辭源之編纂始於淸光緒三十四年（西元一九〇八年），民國四年出版，實爲我國首次以現代辭書方式編纂而成之大型辭書。民國二十年於正編之外，再出版續編。二十八年出版正續編合訂本，本館來臺後，曾多次重版。五十九年出版補編。六十五年至六十七年進行大規模增修，全部重新排校，分訂上下兩册，稱爲增修辭源。全書總條目增達 128,074 條，單字11,491個。一時光采煥然，至今風行不少衰，而以後每次再版，亦迭作局部修訂。

我國大陸自民國四十七年至七十二年亦從事辭源之修訂工作，放棄原來百科全書式之內容，而將之修訂爲閱讀國學古籍之工具書及古典文史研究之參考書。全書共收單字12,890個，複詞84,134條，合計97,024條，分訂四大册，將原來直排形式改爲橫排。爲應此地讀者之需求，本館今取得授權在臺灣出版發行。而爲使用方便計，特將原書四册改訂爲上下兩册，字體則與原書完全相同，大小適中，不傷目力。上下册書前皆刊載部首目錄及難檢字表，復將原四分册各書後之索引彙爲一編，以便檢索。

辭源，這一現代化大型辭書，久爲我國知識界所利賴。今海峽兩岸兩種旨趣截然不同之修訂本，皆由本館出版，宛若雙璧，昆崗玉出，延津劍合，欣快何如！

大陸版

辭源

修訂本

上冊

臺灣商務印書館 發行

大陸版《辭源》修訂本在臺出版說明

本館於晚清光緒二十三年（西元一八九七年）創基滬上，迄今已九十餘年，在所刊行之數萬種圖書中，堪稱爲創造性之著作者，厥首推辭源。辭源之編纂，始於光緒三十四年（西元一九〇八年），由「國學丈人」陸爾奎先生主持，歷時七年，而於民國四年以甲乙丙丁戊五種版式出版。此一版式其後稱爲正編，實爲我國首次以西方辭書方式編纂而成之大型辭書。其內容係承緒舊有字書、韻書、類書爲基礎，吸收現代辭書之特點，以語詞爲主，兼收百科；並以常見爲主，強調實用；結合書證，重在溯源，故稱爲辭源。而由於新詞領域日擴，繼起主持辭典編纂工作之方毅先生，積十餘年之蒐羅纂輯，乃於民國二十年出版辭源續編，對舊辭引書更兼列篇名。茲後爲使用方便計，民國二十八年出版辭源正續編合訂本，全書共收單字一萬餘，複詞 89,944 條。民國三十八年又出版辭源簡編。

辭源自問世以來，不脛而走，風行海內外，無數讀者手此一編，從中得到甚大便利與益處。然舊版辭源在長久使用中，亦逐漸顯現其缺點與不足。最主要者有兩項：一爲編纂較早，所收社會科學、自然科學之名詞術語，頗感過時致不敷應用。二爲釋義引書，但舉書名而未列篇名、作者，令人查核維艱。前者蓋受限於時代，有待訂補；後者則係編輯上之缺失，需加以澈底改正。因此，多年來海峽兩岸均有修訂辭源之舉，唯因彼此環境不同，致修訂方向與重點，產生極大差異。

本館來臺後，即曾多次重版辭源，以應讀者需求，且於民國五十九年出版辭源補編臺一版，共增補 8,700 條，使全書條目近十萬條。其後每次再版，亦略有局部修訂，然以遷就原有版式，未能充份容納新出語詞。爲期與日推移，日新又新，乃自民國六十五年四月開始，進行大規模之增修，將前正續補三編之條文逐一審核，删去若干已失時效或不甚適宜之條文，並增列新語詞，全部重新排校，於六十七年七月完成出版，稱爲增修辭源，分訂上下兩册。此次增補，新增語詞共 29,430 條，以文學詞藻爲最多（增 15,000 條以上），佛學語、詞曲牌名、社會科學名詞等次之，使辭源全書總條目增達 128,074 條，單字則爲 11,491 個。一時光采煥然，極爲讀者所歡迎，至今風行不少衰，而每次再版，亦迭作局部之修訂。最近一次較大規模之修訂，已於民國七十八年四月完成，即將出版發行，是爲最新增訂本。

在中國大陸方面，亦積極從事辭源之修訂工作。早在民國四十七年下半年開始，北平商務印書館即根據與辭海、現代漢語詞典分工之原則，將辭源修訂爲閱讀古籍用之工具書及古典文史研究之參考書。修訂稿第一册於民國五十三年出版。其後不幸發生文革十年動亂，修訂工作無形停頓。迨民國六十五年，始復統一規劃，指定廣東、廣西、河南、湖南四省（區）共同擔任辭源之修訂工作，並各別成立專門機構職司其事，以舊版辭源正續編、修訂稿第一册及其他未出版之各分册初稿或資料爲基礎，與商務印書館編輯部共同編輯、審定，並由商務印書館負最後定稿之責。

此次修訂，根據「分工」原則，本書之性質及目標均有極大之變化，悉數刪去舊版辭源中之自然科學、社會科學與應用技術之詞語，以及少數不成詞或過於冷僻之詞目，而增補若干比較常見之詞目；收詞下限則一般止於鴉片戰爭。單字下注漢語拼音及注音字母，加注廣韻反切，標出聲紐。廣韻不收之字，採用集韻或其他韻書、字書之反切。釋義力求簡明確切，並注意語詞之來源，以及語詞在使用過程中之發展演變。對書證文字均作覆核，標明作者、篇目與卷次。復在有關詞目之末略舉參閱書目，以供專業研究者之參考。全書共收單字 12,890 個，複詞 84,134 條，合計 97,024 條。仍照原有之部首筆畫順序，用正體字排印，其最大特色爲將原來直排形式改爲橫排。全書則仍依舊式以十二地支編爲十二集，分訂四大册。第一册爲子集、丑集，於民國六十八年七月出版；第二册爲寅、卯、辰三集，六十九年八月出版；第三册爲巳、午、未三集，七十年十二月出版；第四册爲申、酉、戌、亥四集，則係七十二年七月出版。

辭源，此一現代化巨型辭書，久爲我國知識界之所利賴，近年海峽兩岸之修訂工作，更賦予此書以新生命及使用價值。唯兩者旨趣有別，本館之增修辭源仍往一般百科全書式之辭書方向發展，大陸之辭源修訂本則往古漢語及文史研究之專門工具書發展，門徑有殊，乃各有其截然不同之面貌。

在過去兩地隔閡之情況下，臺灣地區之讀者，無緣共享大陸版辭源修訂本之成就，殊可遺憾！今海峽兩岸交流日趨頻繁，大陸出版品紛紛在臺發行。本館有鑑於大陸版辭源修訂本對知識界之價值，復承蒙原書編纂吳澤炎先生之雅意，將此書授權本館在臺灣出版發行。本館對吳澤老與黃秋耘、劉葉秋諸先生，以及百餘位參與此書修訂工作之編輯諸君，經多年努力而成此一鉅構，利便學術，嘉惠士林，深致佩仰之忱。今爲使用方便計，特將原書四册改訂爲上下兩册，並用聖經紙印製以提高印刷品質；其字體大小適中，與原書完全相同，不傷目力。各册書前例刊有部首目錄及難檢字表；復將原四分册各書後之索引彙爲一編，檢索稱便。而原書偶有魯魚亥豕之處，亦乘此一併更正，可謂粹原書之衆長而少其短。總之，本館能有機會帶給此地讀者如此高水準之漢語辭書，尤其是海峽兩岸兩種不同之修訂本辭源，皆由本館出版發行，宛若雙璧，昆崙玉出，延津劍合，欣快何如！

臺灣商務印書館編審委員會 謹識

中華民國七十八年七月一日

出 版 説 明

辭源的編纂開始於1908年(清光緒三十四年)。1915 年以甲乙丙丁戊五種版式出版。1931年出版辭源續編，1939年出版辭源合訂本。1949年出版辭源簡編。辭源以舊有的字書、韻書、類書爲基礎，吸收了現代詞書的特點；以語詞爲主，兼收百科；以常見爲主，强調實用；結合書證，重在溯源。這是我國現代第一部較大規模的語文詞書。

考慮到廣大讀者迫切需要一部内容充實的古漢語詞典，用來解決閱讀古籍時關於語詞典故和有關古代文物典章制度等知識性疑難問題。爲此，1958年開始修訂工作，根據與辭海、現代漢語詞典分工的原則，將辭源修訂爲閱讀古籍用的工具書和古典文史研究工作者的參考書。修訂稿第一册於1964年出版。

1976年，由國家統一規劃，廣東、廣西、河南、湖南四省(區)協作擔任辭源的修訂工作。四省(區)分别成立專門機構，以修訂稿第一册和未出版的其他各分册初稿或資料爲基礎，和商務印書館編輯部共同編輯、審定。

這次修訂，根據本書的性質、任務，删去舊辭源中的現代自然科學、社會科學和應用技術的詞語；收詞一般止於鴉片戰争(公元1840年)；增補一些比較常見的詞目，並删去少數不成詞或過於冷僻的詞目。單字下注漢語拼音和注音字母，並加注廣韻的反切，標出聲紐。廣韻不收的字，採用集韻或其它韻書、字書的反切。釋義力求簡明確切，並注意語詞的來源和語詞在使用過程中的發展演變。對書證文字都作了覆核，並標明作者、篇目和卷次。爲了給專業研究工作者提供參考資料，在有關詞目之末略舉參閱書目。

本書分四册陸續出版。在整個修訂過程中，四省(區)領導和有關方面給了我們大力支持和幫助，我们表示衷心的感謝。

由於我們水平不高，累積的資料不多，缺點錯誤一定不少。希望讀者和專家批評指教，以便再作必要的訂正。

商務印書館編輯部

1979年9月

辭源修訂本體例

1. 單字條的組成包括字頭、漢語拼音、注音字母、廣韻的反切與聲紐、釋義、書證。

2. 單字有幾個讀音的，分別注音。單字下複詞第一字的不同讀音，按單字注音的次序也相應地加以注明。

例如;【參辰】(屬第一音讀,本字後不注"1"字。)

【參$_2$差】

【參$_3$考】

【參$_4$坐】

【參$_5$撾】

3. 複詞條的組成包括釋義和書證。知識性條目一般採用叙述體，注明出處或加注參考資料。

4. 多義詞的解釋一般以本義、引申、通假爲先後，分别用㊀、㊁、㊂……爲序號。如一義中再需分釋,用1、2、3、……爲序號。

5. 内容近似的條目,一般只在一條下詳加解釋,他條從略，但注明"詳'某某'"條。如"大喬"條後注明"詳'二喬'"。

6. 内容有關的條目,可以互相補充參考的,注明"參見'某某'"條。如"外水"爲水名，與地名"彭亡"條有關,故於"外水"條後注明"參見'彭亡'"。

7. 内容相同的條目,一般只在一條下加以解釋,列舉書證;另一條下則注明"見'某某'"條，以免重複。如"吴越同舟"條,注明"見'同舟共濟'"。

8. 有的條目,爲了提供參考資料,在解釋和引證之後,注明"參閱某書"。如"博碩肥腯"，參閱清劉文淇春秋左氏傳舊注疏證。

9. 書證都經覆核原書,注明書名、篇目或卷次。引用先秦著作、史集、總集、類書、明清小説和字書等以外的一般著作,還加注時代和作者姓名。古人著作大都由後人編選,但爲了統一體例，仍列作者姓名。

10. 校訂引證的原著脱誤,用方括號表明。爲了使前後文義貫通,在引文中增補字句,或在引文中夾注,一律用圓括號表明。如引文有所節略,加省略號。

11. 引用古籍,一般據通行本。如二十四史用中華書局點校本、百衲本，十三經用注疏本，四部書用四部叢刊本等。

12. 書證引文中部分古體或異體字，少數常見的改爲通行字。如:"灋"、"墬"、"鷰"改爲"法"、"地"、"燕"。

13. 本書單字仍照舊辭源用部首排列。同部首的按筆劃數多少爲序,少的在前，多的在後。同筆劃數的按起筆筆形、一(包括乛)丨(包括乚)丿(包括𠃋)爲序,依次排列。每個單字下的複詞按字數多少爲序,字數少的排在前,多的在後。字數相同的,以第二字的筆劃數多少爲序。筆劃數相同的,以第二字的起筆筆形、一丨丿爲序。書末附四角號碼索引。

14. 本書用繁體字,全書末附繁簡字對照表。

辭源修訂本上册部首目錄

辭源修訂本上册難檢字表

本册所收單字，其部首難於尋檢的，按筆畫及、一丨丿排列，並注明總頁碼和欄次，列表於下：

一　部

一 YĪ　於悉切,入,質韻,影。
ㄧ

㊀數詞。大寫作"壹"。書皋陶謨:"一日二日萬幾。"㊁純一。書大禹謨:"惟精惟一,允執厥中。"㊂都,一概。統括之詞。詩邶風北門:"政事一埤益我。"荀子勸學:"君子之學也,入乎耳,箸乎心……一可以爲法則。"注:"一,皆也。"㊃全。禮雜記下:"一國之人皆若狂,賜未知其樂也。"㊄相同,一樣。孟子離婁下:"其揆一也。"莊子逍遥遊:"能不龜手一也。"㊅統一。韓非子五蠹:"法莫如一而固。"唐杜牧樊川集一阿房宫賦:"六王畢,四海一。"㊆專一。禮禮運:"欲一以窮之。"㊇一旦,一經。左傳成二年:"蔡許之君,一失其位,不得列於諸侯。"㊈初次,第一次。左傳莊十年:"一鼓作氣,再而衰,三而竭。"㊉二者居其一,或者。孫子謀攻:"不知彼而知己,一勝一負。"⑪竟,乃。戰國策齊一:"靖郭君之於寡人,一至此乎!"⑫助詞。見"一何"。⑬樂譜記音符號之一。詳"管色譜"。

【一一】逐一。韓非子外儲右下:"善張網者引其綱,不一一攝萬目而後得,……引其綱而魚已囊矣。"

【一二】㊀表示小量。書康王之誥:"一二臣衛,敢執壤奠。"元曲選馬致遠黄粱夢三:"解子哥,怎生可憐見方便一二。"㊁一一,逐一。漢書六二司馬遷傳報任安書:"事未易一二爲俗人言也。"

【一丁】㊀一個成年男子。唐白居易長慶集三新豐折臂翁詩:"無何天寶大徵兵,户有三丁點一丁。"㊁舊唐書一二九張延賞傳附張弘靖:"今天下無事,汝輩挽得兩石力弓,不如識一丁字。"宋吳曾能改齋漫録五不如識一丁字引唐竇苹唐書音訓,認爲丁當作"个"。又王楙野客叢書二一一丁説同。後稱不識字爲不識一丁。㊂一枚釘子。引申爲微小的東西。宋沈括夢溪筆談四:"雷公炮炙論云:以桂爲丁,以釘木中,其木卽死。一丁至微,未必能螫大木,自其性相制耳。"

【一了】㊀一向,本來。元曲選缺名看錢奴二:"一了他一貧如洗,專與人挑土築墻……做坌工生活。"水滸十六:"那漢道:'我一了不説價,五貫足錢一桶,十貫足錢一担。'"㊁見"一了百當"。

【一力】㊀協力。韓非子功名:"人主者,天下一力以共戴之,故安。"㊁一人之力。漢劉向新序刺奢:"聞大王將起中天臺,臣願加一力。"㊂竭力。新編五代史平話唐史平話下:"(戴)思遠……晝夜攻打甚急,(李)存審一力拒守。"

【一人】㊀帝王的自稱或被稱。書呂刑:"一人有慶,兆民賴之。"傳:"一人,天子也。"意林一太公六韜:"屈一人下,伸萬人上,惟聖人能行之。"㊁一個人。詩鄭風野有蔓草:"有美一人,清揚婉兮。"

【一干】㊀一批,一伙。水滸二六:"一干高鄰在這裏,中間那個會寫字?"㊁"一干"的隱語。詳"一干一方"。

【一寸】長度單位。十分爲一寸。引申爲微量。韓非子説林上:"蟻冬居山之陽,夏居山之陰,蟻壤一寸而仞有水。"金史左企弓傳詩:"君王莫聽捐燕議,一寸山河一寸金。"元同恕榘菴集十五送陳嘉會詩:"盡歡菽水晨昏事,一寸光陰一寸金。"

【一己】自己一人。關尹子三極:"聖人不以一己治天下,而以天下治天下。"

【一口】㊀一人。漢書九九下王莽傳:"上公以下諸有奴婢者,率一口出錢三千六百。"㊁一人之口,一席話。韓非子孤憤:"以一口與一國爭,其數不勝也。"文選晉左太沖(思)魏都賦:"四海齊鋒,一口所敵。"唐李周翰注:"四海諸侯,雖齊鋒攻秦,一言以説,乃能敵之。"㊂衆口一詞,異口同聲。韓非子説難:"一口惑主敗法,以亂士民。"注:"雷同是非,故曰一口。"新唐書一〇三張玄素傳:"天下翕然,一口頌歌。"㊃一孔。晉書元帝紀:"遂爲二榼,共一口,以貯酒焉。"㊄表數量。如劍一口,斧一口。晉書劉曜載記:"獻劍一口。"

【一川】㊀一條河。漢書溝洫志:"獨一川兼受數河之任。"㊁一片。唐杜甫杜工部草堂詩箋三二自瀼西荆扉且移居東屯茅屋:"平地一川穩,高山四面同。"

【一方】㊀一邊,一端。詩秦風蒹葭:"所謂伊人,在水一方。"㊁一方面。荀子儒效:"卒然起一方,則舉統類而應之。"㊂一類。慎子民雜:"是故不設一方以求於人,故所求者無不足也。"㊃一種方法。南朝梁劉勰文心雕龍養氣:"斯亦衛氣之一方也。"㊄一塊。北魏賈思勰齊民要術五種榆白楊:"不如割地一方種之。"元曲選吳昌齡東坡夢一:"沽一壺酒,買一方肉。"㊅宋熙寧五年,重修定方田法,以一百六十步爲一方。見文獻通考四田賦四。㊆一萬的隱語。詳"一干一方"。

【一文】㊀一斑。文,通"紋"。淮南子説林:"見虎一文,不知其武。"㊁織絲的名稱。後漢書輿服志下:"凡先合單紡爲一系,四系爲一扶,五扶爲一首,五首爲一文,文采淳爲一圭。"㊂錢一枚。文,原指錢面的文字,後以文爲計錢量詞。水經注十五漸江水:"漢世劉寵作郡,有政績,將解任去治,此溪父老人持百錢出送,寵各受一文。"

【一心】㊀同心,齊心。書泰誓中:"乃一德一心,立定厥功。"㊁專心一志。書盤庚下:"式敷明德,永肩一心。"唐駱賓王集二代女道士王靈妃贈道士李榮詩:"一心一意無窮已,投漆投膠非足擬。"

【一火】㊀一點燈火。全唐詩五五四項斯江村夜泊:"幾家深樹裏,一火夜漁歸。"㊁一把火。全唐詩六八六吳融廢宅:"不獨淒涼眼前事,咸陽一火便成原。"㊂唐代兵制,十人爲一火。新唐書兵志:"十人爲火,火有長。"後泛指一羣人爲一火。也作"一伙"。宋孟元老東京夢華録十十二月:"自入此月,卽有貧者三數人爲一火。"

【一王】一代王朝。史記太史公自序:"(孔子)故作春秋,垂空文,以斷禮義,當一王之法。"

【一夫】㊀一人。古籍中多指男人。書君陳:"無求備于一夫。"㊁獨夫,指衆叛親離的暴君。孟子梁惠王下:"殘賊之人,謂之一夫。聞誅一夫紂矣,未聞弒君也。"

【一元】㊀事物的開始。關尹子二柱:"先想乎一元之氣,具乎一物。"此指宇宙初形成時天地不分的混沌狀態。後泛指事物之始。漢書五六董仲舒傳:"春秋謂一元之意,一者萬物之所從始也;元者,辭之所謂大也。"㊁古代紀年的單位。參見"三統曆"。㊂天下,全國。晉書赫連勃勃載記:"我皇祖大禹……疏三江而決九河,夷一元之窮災,拯六合之沉溺。"㈣淸代稱元寶一枚爲一元。淸袁枚隨園尺牘答孫補山相公書:"捧到國寶一元,照人若雪。"淸末又稱銀幣一枚爲一元。

【一切】㈠權宜。淮南子泰族:"今商鞅之啓塞,申子之三符,韓非之孤憤,張儀蘇秦之從衡,皆掇取之權,一切之術也,非治之大本。"㈡一律,一概。史記八七李斯傳:"諸侯人來事秦者,大抵爲其主游閒於秦耳,請一切逐客。"索隱:"一切,猶一例,言盡逐之也。言切者,譬若利刀之割,一運斤無不斷者。"㈢諸凡,所有。漢書七六趙廣漢傳:"一切治理,威名流聞。"㈣一般。漢應劭風俗通四過譽:"(霍)去病外戚末屬,一切武夫,尙能抗節洪毅,而(皇甫)規世家純儒,何獨負哉?"

【一孔】㈠一個洞眼。舊題漢郭憲洞冥記四:"數過國獻能言龜一頭,盛以靑玉匣,匣中豁一孔以通氣。"比喻所見狹窄。漢桓寬鹽鐵論相刺:"持規而非矩,執準而非繩,通一孔,曉一理,而不知權衡。"後稱孤陋寡聞爲一孔之見。㈡一個來源。管子國蓄:"利出於一孔者,其國無敵。"淮南子原道:"萬物之總,皆閱一孔;百事之根,皆出一門。"

【一日】㈠一晝夜。詩王風采葛:"一日不見,如三秋兮。"㈡一旦,有一天。假設之詞。戰國策秦五:"王之春秋高,一日山陵崩,太子用事,君危於累卵。"㈢日昨,不久前的某一天。後漢書八一李充傳:"一日,聞足下與鄧將軍說士未究,激刺面折。"

【一介】㈠一人。書秦誓:"如有一介臣,斷斷猗,無他伎。"㈡形容小量。孟子萬章上:"一介不以取諸人。"也作"一芥"。漢王充論衡知實:"不取一芥於人。"㈢一個。多用作自謙之詞。三國志魏管寧傳:"自陳一介野生,無軍國之用。"

【一半】㈠一片。漢書五四李陵傳:"令軍士人持二升糒,一半冰。"注:"半讀曰判。判,大片也。時冬寒有冰,持之以備渴也。"漢荀悅前漢紀武帝紀五天漢二年作"一片冰"。㈡二分之一。樂府詩集八缺名綿州巴歌:"織得絹,二丈五,一半屬羅江,一半屬玄武。"

【一世】㈠一代。左傳昭元年:"一世無道,國未艾也。"㈡古稱三十年爲一世。漢王充論衡宣漢:"且孔子所謂一世,三十年也。"㈢一時。管子牧民:"不偷取一世,則民無怨心。"㈣一生。史記留侯世家:"人生一世間,如白駒過隙。"㈤一世間。莊子天地:"不拘一世之利以爲己私分。"

【一本】㈠同一根源。孟子滕文公上:"且天之生物也,使之一本。"㈡表數量。1.草木一株。荀子富國:"然後瓜桃棗李,一本數以盆鼓。"2.書一册,文一篇。魏書崔光傳:"今繕寫一本,敢以仰呈。"

【一旦】㈠有一天。戰國策趙四:"一旦山陵崩,長安君何以自託于趙?"㈡一時,忽然。戰國策燕二:"伯樂乃還而視之,去而顧之,一旦而馬價十倍。"漢王充論衡辨祟:"一旦令至,解械徑出。"

【一目】㈠一隻眼,獨眼。韓非子說林上:"惠子見鄒君曰:'今有人見君,則眣其一目,奚如?'"南史王偉傳:"項羽重瞳,尙有烏江之敗;湘東一目,寧爲四海所歸。"南朝宋劉彧,獨眼,封湘東王。㈡一個網眼。淮南子說山:"有鳥將來,張羅而待之,得鳥者羅之一目也。今爲一目之羅,則無時得鳥矣。"㈢一眼望去。宋朱熹朱文公集三再用韻題翠壁詩:"孤亭一目盡天涯,俯瞰煙村八九家。"㈣傳說古代海外國名。見山海經海外北經。

【一甲】㈠一副鎧甲。用以指代一兵、一卒。戰國策秦三:"禽馬服之軍,不亡一甲。"㈡封建科舉制度殿試的第一等。唐時進士不分甲。宋太平興國八年始分甲,當時一甲有數人。至元明一甲僅限三人,卽所謂狀元、榜眼、探花。參閱續通典十九選舉三歷代制下、宋史選舉志二。

【一出】㈠出生,出現。商君書農戰:"今夫螟螣蚼蠋,春生秋死,一出而民數年不食。"㈡出行一次。史記六七仲尼弟子傳:"故子貢一出,存魯,亂齊,破吳,强晉而霸越。"㈢一番。世說新語文學:"有人道上見者,問云:'公何處來?'答曰:'今日與謝孝劇談一出來。'"㈣一套。景德傳燈錄十四:"藥山乃又問:'聞汝解弄師(獅)子,是否?'師曰:'是。'……曰:'我亦弄得。'師曰:'和尙弄得幾出?'曰:'我弄得一出。'"㈤演戲一齣。醒世姻緣六九:"找了一出月下斬貂蟬,一出獨行千里,方各散席回房。"

【一生】人從初生到老死爲一生。世說新語雅量:"未知一生當著幾量屐?"晉陶潛陶淵明集三飮酒詩:"所以貴我身,豈不在一生。"

【一代】㈠一個朝代。漢王充論衡宣漢:"周有三聖,……漢亦一代也,何以當少於周?周之聖王何以當多於漢?"㈡一世,一輩。北周庾信庾子山集三擬詠懷詩之二四:"千年水未淸,一代人先改。"唐人避太宗李世民諱,常以代作"世"。

【一匡】納入正軌。匡,正。論語憲問:"管仲相桓公,霸諸侯,一匡天下。"

【一地】一味,總是。元曲選白仁甫梧桐雨三:"總便有萬千不是,看寡人也合饒過他,一地胡拿。"胡拿,卽胡鬧。也作"一地裏"。元曲選李好古張生煮海三:"一地裏受煎熬,遍寰宇空勞攘。"

【一老】指有德行的老人。詩小雅十月之交:"不憖遺一老,俾守我王。"

【一再】㈠第一、二次。管子立政:"一再則宥,三再不赦。"㈡屢次,再三。史記一一八淮南王傳:"太子學用劍,自以爲人莫及,聞郎中雷被巧,乃召與戲,被一再辭讓。"

【一同】㈠相同。荀子榮辱:"凡人有所一同,饑而欲食,寒而欲煖。"㈡使相同,統一。墨子尙同中:"明乎民之無正長,以一同天下之義,而天下亂也。"㈢方百里的土地。左傳襄二五年:"且昔天子之地圻,列國一同。"參閱周禮考工記匠人。㈣一齊。宋書武帝紀上義熙六年:"於是大開賞募,投身赴義者,一同登京城之科。"

【一曲】㈠河流彎曲的地方。詩魏風汾沮洳:"彼汾一曲,言采其藚。"㈡一隅,片面。荀子解蔽:"凡人之患,而蔽於一曲,闇於大理。"㈢一首樂曲。文選三國魏嵇叔夜(康)與山巨源絕交書:"濁酒一盃,彈琴一曲。"

【一色】㈠單色,一種顏色。漢書六七梅福傳:"一色成體謂之醇,白黑雜合謂之駮。"文苑英華七一八唐王勃滕王閣序:"落霞與孤鶩齊飛,秋水共長天一色。"㈡一類。唐六典三戶部尙書金部郎中:"開元二十年敕,以爲(俸食)名目雖多,料數先定,既煩案牘,因此生姦,自今以後,合爲一色,都以月俸爲名。"

【一向】㈠朝着一個方向前進。孫子九地:"並敵一向,千里殺將。"㈡偏一邊。唐元稹長慶集十八放言詩之二:"竹枝待鳳千莖直,柳樹迎風一向斜。"㈢一片。唐溫庭筠詩集四溪上行:"風翻荷葉一向白,雨濕蓼花千穗紅。"㈣一味,總是。唐白居易長慶集十六昭君怨詩:"自是君恩薄如紙,不須一向恨丹靑。"㈤時間副詞。1.指過去或最近一段時間。宋秦觀淮海詞促拍滿路花:"未知安否,一向無消息。"2.片刻,霎時間。也作"一晌"、"一餉"。唐敦煌變文大目乾連冥間救母:"目連一向至天庭,耳裏唯聞鼓樂聲。"

【一任】㊀聽任，任憑。舊唐書憲宗紀下八年十二月敕："應賜王公、公主、百官等莊宅、碾磑、店鋪、車坊、園林等，一任貼典貨賣。"㊁作一任官。宋史孝宗紀乾道二年："戊戌，詔改官人實歷知縣一任，方許闕升，著爲定式。"

【一行】㊀一種德行，一種特出的行爲。淮南子人間："今捲捲然守一節，推一行，雖以毀碎滅沈，猶且弗易者，此察於小好而塞於大道也。"唐李吉甫著有一行傳，新五代史也有一行傳，均仿後漢書八一獨行傳，載所謂節行之士的事迹。㊁一輩。新五代史張居翰傳："詔書言'誅衍一行'，居翰以謂殺降不祥，乃以詔傅柱，揩去'行'字，改爲一'家'。"㊂一面。古今小説張古老種瓜娶文女："大伯一行説話，一行咳嗽。"㊃一經。詳"一行作吏"。㊄人名。卽僧一行。公元683—727年。唐魏州昌樂人。本名張遂，爲太宗功臣張公謹之孫。出家後博覽經典，精通曆算，著有大衍曆等。從善無畏筆受大日經，並作疏，爲我國佛教密宗(眞言宗)之祖。見舊唐書一九一一行傳、高僧傳、佛祖統紀等書。

【一合】㊀會合。國語周中："一合諸侯而有再逆政，余懼其無後也。"㊁古代交戰的一個回合。宋書孟懷玉傳："每一合輒殺數人。"㊂容量單位。漢劉向説苑辨物："十龠爲一合。"又，十合爲一升。

【一好】唯一的愛好。好，hào。荀子修身："凡治氣養心之術，莫徑由禮，莫要得師，莫神一好。"

【一言】㊀一個字。論語衛靈公："子貢問曰：'有一言可以終身行之者乎？'子曰：'其恕乎！'"㊁一句話，一番話。論語爲政："詩三百，一言以蔽之，曰：思無邪。"左傳僖二八年："楚一言而定三國，我一言而亡之。"㊂衆口一詞。韓非子內儲上七術："今魯國之羣臣以千百數，一言於季氏之私。"

【一弄】㊀奏一曲。樂府詩集五九唐劉商胡笳十八拍之十八："載持巾櫛禮儀好，一弄絲桐生死足。"金董解元西廂三："紅娘，我對你不是打閧，你且試聽一弄。"㊁一舉，一動。宋蘇軾東坡集續集三和陶詩神釋詩："如今一弄火，好惡都焚去。"㊂一派。宋王安石臨川集三七漁家傲詞："一弄松聲悲急管，吹夢斷，西看窗日猶嫌短。"㊃統括之詞。一齊，一切。也作"一弄兒"。兒，語尾詞。古今雜劇元白仁甫梧桐雨四："回到這寢殿中，一弄兒助人愁也。"

【一劫】佛教稱天地的一成(生)一敗(滅)叫一劫。隋書經籍志四："天地之外，四維上下，更有天地，亦無終極，然皆有成有敗，一成一敗謂之一劫。"

【一投】一旦。古今雜劇鄭德輝翰林風月四："那窮酸每一投得了官呵！胸臆在九霄雲外。"又缺名漁樵記三："他不看見我，萬事都休；一投得見了我，便認的俺是本村裏張伯伯。"

【一局】下棋一盤。南齊書蕭惠基傳："太祖使(褚)思莊與王抗交賭，自食時至日暮，一局始竟。"唐杜牧樊川集三寄李起居四韻詩："自憐窮律窮途客，正劫孤燈一局棋。"劫，指下圍棋的"打劫"。

【一吷】輕輕一吹之聲。莊子則陽："惠子曰：夫吹筦也，猶有嗃也，吹劍首者，吷而已矣。堯舜人之所譽也，道堯舜於戴晉人之前，譬猶一吷也。"

【一壯】在穴位上用艾火灼一次，稱一壯。舊題晉葛洪肘後備急方治卒心腹煩滿方十一："又灸兩手中央長指爪一，一壯，愈。"宋沈括夢溪筆談十八技藝："醫用艾一灼謂之一壯者，以壯人爲法……老幼羸弱，量力減之。"

【一坐】㊀全部在座的人。坐，同"座"。史記孝武紀："一坐盡驚。"漢王充論衡道虛："老人爲兒時，從〔王〕父識其處，一座盡驚。"㊁一跪。禮王制："八十拜君命，一坐再至。"疏："其受君命之時，理須再拜，不堪爲勞，一坐於地，而首再至於地。"㊂數量詞。一座。宋史禮志："唯天帝(古天文星座名)一坐在第三等。"

【一成】㊀一重，一層。爾雅釋丘："丘一成爲敦丘。"疏："言丘上更有一丘相重累者名一成。"㊁一下。呂氏春秋長攻："反斗而擊之，一成，腦塗地。"注："一成，一下也。"㊂田方十里爲一成。左傳哀元年："有田一成，有衆一旅。"詳"一成一旅"。㊃奏樂一曲叫一成。參見"一竟"。

【一何】何其，多麽。戰國策燕一："此一何慶弔相隨之速也。"文選古詩十九首之五："上有絃歌聲，音響一何悲！"又之十二："四時更變化，歲暮一何速。"一，又作"壹"。漢書六五東方朔傳："拔劍割肉，壹何壯也！"

【一注】一筆，多指錢財言。元曲選(蕭德祥)殺狗勸夫二："你懷揣着鴉青料鈔尋相識，並没半升粗米施饘粥，單有一注閒錢補笊籬。"

【一宗】㊀同族，同姓。漢書三五吳王濞傳："吳王慍曰：'天下一宗，死長安卽葬長安，何必來葬！'"史記作"同宗"。㊁一椿，一件。宋司馬光涑水記聞十六："(何)洙索紙萬幅以答款，府司以數百幅給之，乃一紙書一宗。"

【一空】㊀同"一孔㊁"。韓非子飭令："利出一空者，其國無敵；利出二空者，其兵半用；利出十空者，民不守。"管子國蓄空作"孔"。㊁消失淨盡，一點不剩。宋范仲淹范文正公集七岳陽樓記："而或長煙一空，皓月千里。"宣和遺事後集靖康元年："民間藏蓄，爲之一空。"

【一昔】一夜。左傳哀四年："爲一昔之期。"新唐書八一三宗諸子傳惠宣太子業："業有疾，帝憂之，一昔容髮爲變。"

【一芥】見"一介㊁"。

【一花】㊀開花一次。舊題漢郭憲洞冥記："塗山之背，梨大如升，或云斗，紫色，千年一花，亦曰紫輕梨。"㊁銅錢五文爲一花。清翟灝通俗編三二數目一花："(明李翊)俗呼小錄：數錢以五文爲一花。按：凡花五出者爲多，故諺云爾。"

【一芹】列子楊朱有獻芹於人，因味不中口而爲人所怨事。後常用作自謙禮品微薄的典故。清陸隴其三魚堂文集六與鄭堂邑書："一芹之微，聊申鄙忱，並祈哂納。"參見"獻芹"。

【一抹】㊀塗抹。唐詩紀事六九羅虬比紅兒詩之十七："一抹濃紅傍臉斜，妝成不語獨攀花。"㊁凡像塗抹形狀的也稱一抹。才調集八羅隱牡丹詩："豔多煙重欲開難，紅蕊當心一抹檀。"宋秦觀淮海集十泗州東城晚望詩："林梢一抹青如畫，應是淮流轉處山。"㊂一彈。抹，彈奏弦樂器的一種指法。才調集四杜牧定子詩："濃檀一抹廣陵春，定子初開睡臉新。"

【一枝】㊀一條枝杈。莊子逍遙遊："鷦鷯巢於深林，不過一枝。"唐詩紀事四李義府詠烏："上林如許樹，不借一枝棲。"舊時書信中稱謀求職位爲覓一枝棲，本此。㊁凡條狀的東西都叫一枝。舊題晉王嘉拾遺記："員嶠山有草名芝莖，色白如雪，一枝二丈。"唐羅隱甲乙集三登夏州城樓詩："如脫儒冠從校尉，一枝長戟六鈞弓。"

【一門】㊀一個城門。左傳定十年："每出一門，郈人閉之。"㊁一家。後漢書三四梁冀傳："冀一門前後七封侯，三皇后，六貴人，二大將軍。"㊂一類。晉張華張茂先集遊獵篇："榮辱渾一門，安知惡與美。"㊃一個來源。淮南子原道："萬物之總，皆閱一孔；百事之根，皆出一門。"㊄一件，一樁。金董解元西廂二："一門親事，十分指望着九。"

【一味】㊀一味菜肴，卽無兼味。漢徐幹中論治學："嘉膳之和，非取乎一味。"㊁一向。宋陸游劍南詩稿九次韻張季長正字梅花："一味淒涼君勿歎，平生自不願春知。"㊂藥方上每一種藥稱爲一味。抱朴子四金丹："取金液及水銀一味合煮之。"

【一帖】㊀藥一劑稱一帖。唐白居易長慶集十四聞微之江陵卧病以大通中散碧腴垂雲膏寄之因題四韻詩："已題一帖紅消散，又封一合碧雲英。"㊁古代科擧考試，試題一條稱一帖。新唐書選擧志上："博士考試，讀者千言試一帖，帖三言。"

【一牀】㊀一件卧具或坐具。禮喪大記："設牀襢第，有枕含一牀，襲一牀，遷尸于堂又一牀，皆有枕席，君大夫一也。"㊁古代稅制。魏晉時，有户者出布帛。以一夫一妻出帛一疋，至北齊北周，始有一牀半牀之分：已娶者輸絹一疋，綿八兩，凡十斤，稱一牀；未娶者減半，稱半牀。參閱通典五食貨五賦稅中。㊂一架。北周庾信庾子山集四寒園卽目詩："遊仙半壁畫，隱士一牀書。"魏書源賀傳："城置萬人，給强弩十二牀，武衛三百乘。弩一牀，給牛六頭。"

【一念】㊀一動念。樂府詩集三七南朝梁沈約却出東西門行："一念起關山，千里顧丘窟。"㊁指極短促的時間。翻譯名義集時分篇："一念中有九十刹那。"

【一金】一斤。戰國策齊一"公孫閈乃使人操十金而往市卜於市"漢高誘注："二十兩爲一金。"史記平準書"一黃金一斤"索隱引臣瓚："秦以一鎰爲一金，漢以一斤爲一金。"參閱宋程大昌演繁露十一。

【一命】㊀命，官階。周時官階從一命到九命。一命爲最低一級的官。周禮地官黨正："一命齒於鄉里。"後用以泛指官職低微。文苑英華一六二南朝梁劉孝綽上虞鄉亭觀濤津渚學潘安仁河陽縣詩："無貲徒有任，一命忝爲郎。"參見"九命"。㊁相同的命運。漢王充論衡氣壽："若夫無所遭遇，虛居困劣，短氣而死，……此與始生而死，未產而傷，一命也。"㊂一人性命。唐駱賓王集四幽縶書情通簡知己詩："一命淪驕餌，三緘慎禍胎。"

【一刹】㊀"一刹那"的省稱，指極短的時間。廣弘明集十六南朝梁沈約千佛頌："一刹靡停，三念齊往。"㊁一座寺廟。全唐詩五四三喻鳧宿石窟寺："一刹右岡南，孤鐘撼夕嵐。"

【一物】㊀一種事物。管子白心："然而天不爲一物枉其時。"㊁同事物。周禮夏官校人："辨六馬之屬，種馬一物，戎馬一物，齊馬一物，道馬一物，田馬一物，駑馬一物。"注："謂以一類相從也。"

【一例】㊀一律，一概。公羊傳僖元年："臣子一例也。"㊁一種體制或規則。宋張載張子全書十易說中："王弼於此無咎，又别立一例，只舊例亦可推行。"

【一姓】㊀一家，一族。左傳昭四年："四嶽三塗，陽城大室荆山中南，九州之險也，是不一姓。"㊁一個朝代。國語周下："吾聞之曰：一姓不再興，今周其興乎？"注："一姓，一代也。"

【一派】㊀一支流。唐羅隱甲乙集四上雪川裴郎中詩："一派水清疑見膽，數重山翠欲留人。"宋史食貨志上一："自太湖分二派，東南一派由松江入于海，東北一派由諸浦注之江。"㊁一片。金元好問遺山集十一自題寫真詩之二："一派春煙滄不收，漁家已許借扁舟。"

【一音】㊀同一個聲音。淮南子說林："猶金石之一調，相去千歲，合一音也。"㊁佛教稱佛說法的音爲一音。晉鳩摩羅什譯維摩詰經佛國品："佛以一音演說法，衆生隨類，各得解脫。"文苑英華八五三唐王勃彭川九隴縣龍懷寺碑："一音演而荒景服，三聖澄而禮樂備。"

【一炬】一把火。漢王充論衡感虛："夫熯一炬火，爨一鑊水，終日不能熱也。"唐杜牧樊川集一阿房宫賦："楚人一炬，可憐焦土！"

【一軌】㊀一條車道。周禮地官遂人"澮上有涂"漢鄭玄注："涂，容乘車一軌；道，容乘車二軌。"㊁管子君臣上："書同名，車同軌。"意指把車道的規格統一起來。後引申爲政治上的統一。晉書苻堅載記下："晉武若信朝士之言而不征吳者，天下何由一軌。"參見"一軌同風"。㊂一種途徑。唐韓愈昌黎集一秋懷詩之一："浮生雖多途，趨死惟一軌。"

【一要】見"一腰"。

【一指】㊀一個指頭。孟子告子上："養其一指，而失其肩背而不知也，則爲狼疾人也。"㊁一指點。漢王充論衡程材："直言一指，觸諱犯忌。"晉書苻生載記："先帝神矛一指，望旗冰解。"㊂指。通"旨"。荀子王霸："陳一法，明一指。"

【一面】㊀一個方面。史記留侯世家："而漢王之將獨韓信可屬大事，當一面。"成語"獨當一面"，本此。㊁一邊。漢書四八賈誼傳："夫辟者一面病，痱者一方痛。"㊂一次會面。世說新語賢媛："山公與嵇阮一面，契若金蘭。"㊃表數量。水經注三一溳水："鄖縣有故城一面，未詳里數，號爲長城，卽此城之西隅。"朝野新聲太平樂府九元睢景臣高祖還鄉："一面旗雞學舞，一面旗狗生雙翅，一面旗蛇纏胡蘆。"

【一致】相同。易繫辭下："天下同歸而殊塗，一致而百慮。"注："慮雖百，其致不二。"晉陸機陸士衡集七秋胡行："道雖一致，塗有萬端。"

【一眄】擧目斜視，表示輕蔑。列子黃帝："三年之後，心不敢念是非，口不敢言利害，始得夫子一眄而已。"

【一盼】擧目一看。晉陶潛陶淵明集三戊申歲六月中遇火詩："中宵竚遙念，一盼周九天。"

【一星】比喻微小的一點。唐李羣玉詩集後集一仙明洲口號："半浦夜歌聞盪槳，一星幽火照叉魚。"也作"一星兒"。元曲選孫仲章勘頭巾二："可怎生無半點兒塵絲，一星兒土漬？"重疊作"一星星"，猶言一點點、一件件。元曲選缺名謝金吾三："到來日我一星星奏與君王，不到得輕輕的素放了你！"

【一昨】前些日子。淳化閣帖八晉王羲之帖："多日不知君問，得一昨書，知君安善爲慰。"唐杜甫杜工部草堂詩箋十五寄贊上人："一昨陪錫杖，卜鄰南山幽。"

【一品】㊀自三國魏以後，官分九品，最高者爲一品。參閱隋書百官志中。㊁第一等。宋王明清摭青雜說："京師樊樓畔，有一小茶肆，甚瀟灑清潔，皆一品。"㊂一種。宋沈括夢溪筆談補筆談三："當時揚州芍藥，未有此一品，今謂之'金纏腰'者是也。"

【一食】㊀一頓飯。國語晉九："吾子一食之間而三歎，何也？"㊁一種食物。宋程頤程氏遺書十八："得一食必先以食父母。"㊂佛教中一派的戒律，每日一餐，過午不食。唐白居易長慶集十九龍華寺主家小尼詩："夜静雙林怕，春深一食飢。"

【一脉】見"一脈"。

【一律】㊀同一音律。淮南子說林："異音者不可聽以一律，異形者不可合於一體。"㊁一樣，一例。唐韓愈昌黎集三四南陽樊紹述墓志銘："後皆指前公相襲，從漢迄今用一律。"

【一紀】㊀歲星（木星）繞太陽一周約需十二年，所以古代稱十二年爲一紀。國語晉四："文公在狄十二年，狐偃曰：'……蓄力一紀，可以遠矣。'"南朝梁劉勰文心雕龍六神思："張衡研京（二京賦）

以十年，左思練都(兩都賦)以一紀。”此外，又有以三十年(素問天元紀大論)、七十六年(易乾鑿度)、一千五百二十歲(詩大雅文王序疏引三統曆)、四歲一小周(素問六微旨大論)爲一紀的。㊂有條理的一部分。靈樞經官能：“黃帝問于岐伯曰：‘余聞九鍼於夫子衆多矣，不可勝數，余推而論之，以爲一紀。’”

【一流】㊀同一類。世説新語容止：“劉尹(惔)道桓公(溫)，……自是孫仲謀(權)司馬宣王(懿)一流人。”㊁第一等。三國魏劉邵人物志接識：“故一流之人能識一流之性，二流之人能識二流之美。”㊂古代錢幣單位名。漢書食貨志下：“朱提銀重八兩爲一流，直一千五百八十。它銀一流直千。”

【一家】㊀一個家庭。管子地數：“黃帝問於伯高曰：吾欲陶天下而以爲一家，爲之有道乎？”㊁全家。唐韓愈昌黎集十二伯夷頌：“一家非之，力行而不惑者，寡矣。”㊂一個流派。舊唐書一六五柳公綽傳：“公權初學王書，遍閱近代筆法，體勢勁媚，自成一家。”㊃一家之學說，同“一家言”。晉書荀崧傳：“(劉)向、歆，漢之碩儒，猶父子各執一家，莫肯相從。”

【一座】㊀同“一坐”。見“一坐㊀”。㊁表數量。稱有座的建築物或器物。神仙傳六：“又別設一座祀文成。”舊題漢伶玄飛燕外傳：“謹奏上二十六物以賀：……通香虎皮檀象一座。”

【一起】一羣，一批。元曲選缺名合同文字四：“張千，將安住一起都與我拿上廳來者。”紅樓夢五三：“一面男一起，女一起，一起一起俱行過了禮。”

【一帶】㊀一條。唐白居易長慶集十七別草堂詩：“三間茅舍向山開，一帶山泉遶舍迴。”㊁一片。唐羅隱甲乙集二后土廟詩：“一帶好雲侵鬢綠，兩層危岫拂眉青。”㊂泛指一個區域。宋史三五八李綱傳：“若荊南一帶，皆當屯宿重兵，倚爲形勢。”

【一剗】又作“一剗地”或“一剗的”。㊀一派，一齊。元曲選缺名桃花女四：“打一望只見茫茫蕩蕩，一剗都是荊榛草莽。”元曲選王實甫麗春堂四：“元來是文官武職，一剗地濟濟蹌蹌。”又關漢卿金線池二：“怎麼門前的地也沒有掃，一剗的長起青苔來？”㊁一味，總是。元曲選尚仲賢柳毅傳書一：“敢只是一剗的雷霆怒。”

【一夏】㊀一個夏季。漢王充論衡順鼓：“其遭若堯湯之水旱，猶一冬一夏也。”宋戴復古石屏詩集一織婦嘆：“一春一夏爲蠶忙，織婦布衣仍布裳。”㊁僧徒以四月十六日至七月十五日爲靜修之期，謂之一夏。佛經中稱爲安居。見翻譯名義集四衆善行法安居。

【一時】㊀四季的一季。國語周上：“三時務農，而一時講武。”㊁一個時期。孟子公孫丑下：“彼一時，此一時也。”㊂一世。三國志蜀鄧芝傳：“諸葛亮亦一時之傑也。”㊃暫時。荀子正名：“其累百年之欲，易一時之嫌。”㊄即時。世説新語容止：“始入門，諸客望其神姿，一時退匿。”㊅同時。南史謝晦傳：“時謝混風華爲江左第一，嘗與晦俱在武帝前，帝目之曰：‘一時頓有兩玉人耳。’”㊆片刻。元王實甫西廂記四本三折：“雖然是廝守得一時半刻，也合著俺夫妻每共桌而食。”

【一晌】片時。同“一餉”。花草粹編南唐李煜浪淘沙令：“夢裏不知身是客，一晌貪歡。”草堂詩餘作“一餉”。

【一氣】㊀構成天地萬物的基本素質。莊子知北遊：“臭腐復化爲神奇，神奇復化爲臭腐，故曰通天下一氣耳。”漢王充論衡齊世：“一天一地，並生萬物。萬物之生，俱得一氣。”㊁聲氣相通，引申爲一伙。紅樓夢一一九：“況且還有舅舅做保山，他們都是一氣。”

【一眚】一點小過失。眚，目病，引申爲過失。左傳僖三三年：“大夫何罪？且吾不以一眚掩大德。”

【一乘】㊀兵車一輛，馬四匹。左傳成十八年：“……使程滑弒(晉)厲公，葬之于翼東門之外，以車一乘。”㊁四矢爲一乘。儀禮既夕禮：“猴矢一乘，骨鏃短衛。”㊂佛教用語。即一乘法、一乘顯性教。華嚴宗認爲這是成佛的唯一教法。乘，指車乘，比喻能載人到達涅槃境界。唐大詔令集一一三貞觀十一年道士女冠在僧尼之上詔：“至於佛法之興，基於西域，……洎於近世，崇信茲深，……諸華之教，翻居一乘之後。”

【一脈】脈，也作“脉”。㊀河流或山脈的一支。宋陸游劍南詩稿五五魯墟：“青圍舊墅千峯立，綠引官河一脈分。”清龔自珍全集十己亥雜詩之八：“太行一脉走蝹蜿，莽莽畿西虎氣蹲。”㊁一線。元詩選張養浩雲莊類稿秋日梨花：“只知秋色千林好，爭信陽和一脈存。”㊂父子世系相承、師弟學問傳受或前後作風相類，叫一脈相傳。明汪廷訥三祝記敍別：“你向日將囊金封還張子，純仁今日將麥舟賑濟曼卿，這纔是一脈相傳，何愁皇天不祐。”

【一借】後漢寇恂爲河內太守，調到京裏作官，剛巧光武帝路過那裏，當地人攔路請願，說：“願從陛下復借寇君一年。”見後漢書十六寇恂傳。後來詩文裏用“一借”指官吏的留任。文選南朝梁沈休文(約)齊故安陸昭王碑文：“去思一借之情，愈久彌結。”參見“借寇”。

【一息】㊀一呼一吸。比喻時間很短。亦作“壹息”。漢書六四王褒傳聖主得賢臣頌：“周流八極，萬里壹息，何其遼哉？人馬相得也。”㊁一個念頭。關尹子一宇：“一息不存，道將來契。”㊂暫停一下。穀梁傳昭四年：“慶封曰：‘子一息，我亦且一言。’”

【一般】㊀一樣。唐王建詩八宮詞之三五：“雲駮花騘各試行，一般毛色一般纓。”(唐六名家集)。重疊作“一般般”。唐羅隱甲乙集十下第詩：“年年模樣一般般，何似東歸把釣竿。”㊁一種。花庵詞選南唐李煜烏夜啼：“別是一般滋味在心頭。”

【一宿】一夜。左傳僖二四年：“蒲城之役，君命一宿，女即至。”也作“壹宿”。管子乘馬：“天下乘馬服牛，而任之輕重有制，有壹宿之行，道之遠近數矣。”

【一竟】奏樂一曲稱一竟。也叫一成、一終。周禮春官樂師“凡樂成則告備”漢鄭玄注：“成，謂所奏一竟。”疏：“云成謂所奏一竟者，竟則終也。所奏八音俱作，一曲終則爲一成，則樂師告備。”參見“一終㊁”。

【一毫】毫，毛。一毫，比喻事物的微小。南史王曇首傳：“自非祿賜，一毫不受於人。”宋蘇軾經進東坡文集事略一赤壁賦：“苟非吾之所有，雖一毫而莫取。”

【一庹】兩臂伸及之長度。庹音托，兩臂橫量繩數曰一庹、兩庹。見清吳任臣字彙補。

【一揆】同一道理，一個樣。孟子離婁下：“先聖後聖，其揆一也。”後漢書五七劉陶傳：“古今一揆，成敗同勢。”

【一通】擊鼓三百三十搥爲一通。明楊慎丹鉛總錄二七瑣語：“鼓三百三十搥爲一通，鼓止角動，吹十二聲爲一疊，故唐詩有疊鼓鳴笳之句。出衛公兵法。”

【一貫】㊀用一種道理貫穿於事物之中。論語里仁：“吾道一以貫之。”後漢書五九張衡傳：“親履艱難者知下情，備經險易者達物僞，故能一貫萬機，靡所疑惑。”㊁一樣，相同。韓非子顯學：“磐不生粟，象人不可使拒敵也。今商官技藝之士，亦不墾而食，是地不墾，與磐石一貫也。”㊂一串。北魏賈思勰齊民要術七造神麴并酒等:"三七日,以麻繩穿之,五十餅爲一貫。"又一千文錢一串稱一貫。漢書武帝紀"元狩四年,初算緡錢"唐顏師古注:"緡,絲也,以貫錢也。一貫千錢。"

【一偏】㊀一面,片面。荀子天論:"萬物爲道一偏,一物爲萬物一偏,愚者爲一物一偏,而自以爲知道,無知也。"㊁偏於一方。宋史河渠志:"梁燾言朝廷治河東流北流,本無一偏之私。"

【一得】一點心得,一些可取之處。謙詞。史記九二淮陰侯傳:"廣武君曰:'臣聞智者千慮,必有一失;愚者千慮,必有一得。'"成語"千慮一得"、"一得之愚"本此。

【一終】㊀十二年爲一終。左傳襄九年:"十二年矣,是爲一終,一星終也。"注:"歲星十二歲而一周天。"參見"一紀㊀"。㊁古樂章以奏詩一篇爲一終。每次奏樂共三終。禮鄉飲酒義"工入,升歌三終"唐孔穎達疏:"工入升歌三終者,謂升堂歌鹿鳴、四牡、皇皇者華,每一篇而一終也。"

【一斑】晉王羲之的兒子王獻之嘗看他父親的門生聚賭,見有勝負,曰:"南風不競。"門生説:"此郎亦管中窺豹,時見一斑。"意謂如從竹管孔裏看豹,只能見豹身的一點斑紋而已。見世説新語方正、晉書王羲之傳。後來用"一斑"比喻事物的一點、一小部分。

【一壺】道家所指仙境。唐李商隱李義山詩集四玄微先生:"仙翁無定數,時入一壺藏。"參見"壺天"。

【一鼓】㊀三十斤爲鈞,四鈞爲石,四石爲鼓,合四百八十斤。左傳昭二九年:"遂賦晉國一鼓鐵,以鑄刑鼎。"參閱清顧炎武左傳杜解補正(清經解一)。㊁鼓一次。詳"一鼓作氣"。

【一朝】㊀一個早晨。詩小雅彤弓:"鐘鼓既設,一朝饗之。"㊁一時。論語顏淵:"一朝之忿,忘其身,以及其親,非惑與?"

【一粟】㊀古代長度和重量的單位。淮南子天文:"秋分蔈定,蔈定而禾熟。律之數十二,故十二蔈而當一粟,十二粟而當一寸,……其以爲量。十二粟而當一分,十二分而當一銖,十二銖而當一兩。"㊁比喻事物的細微、渺小。宋蘇軾經進東坡文集事略一赤壁賦:"寄蜉蝣於天地,渺滄海之一粟。"

【一發】㊀越發,更加。京本通俗小説錯斬崔寧:"買賣行中一發不是本等伎倆。"㊁一起。宣和遺事亨集宣和五年:"武士一發向前,正欲擒那僧人。"水滸三:"魯達道:'問什麼?但有,只顧賣來,一發算錢還你。'"

【一間】非常接近,所差無幾。間,間隙。孟子盡心下:"殺人之父,人亦殺其父;殺人之兄,人亦殺其兄;然則非自殺之也,一間耳。"

【一隅】一個角落。論語述而:"舉一隅不以三隅反,則不復也。"意思是物有四隅,舉一隅即可推見其餘。成語"舉一反三"本此。後稱偏於一個方面未能統觀全局爲一隅之見。荀子解蔽:"此數具者,皆道之一隅也。"亦稱地區狹小爲一隅之地。

【一喝】喝爲張口叱咤之聲。佛教禪宗師於弟子參見時,常用口喝,示警醒之意。如百丈參問馬祖道一,馬祖振威一喝。後來百丈謂其門下曰:"佛法不是小事,老僧昔再蒙馬大師一喝,直得三日耳聾眼黑。"見景德傳燈録六。

【一瓻】酒一瓶。古人借書,還書時送酒一瓶以爲報酬。宋薛季宣浪語集鈔從孫元式假定本韓文詩:"校讐歆向君無愧,聊以新詩當一瓻。"亦作"一鴟"。宋黄庭堅山谷外集九聞致政胡朝請多藏書以詩借書目:"願公借我藏書目,時送一鴟開鎖魚。"鴟,盛酒器。後來"瓻"訛轉爲"癡",宋人有"借書與人一癡,借得復還爲一癡"的諺語。見宋曾慥高齋漫録。

【一番】一次。宋歐陽修文忠集十二和禹玉較藝將畢詩:"槐柳來時綠未匀,開門節物一番新。"

【一等】㊀一級臺階。論語鄉黨:"屏氣似不息者,出,降一等,逞顏色,怡怡如也。"引申爲一個等級。國語魯上:"自是晉聘於魯,加於諸侯一等。"㊁另一種。唐釋寒山子詩集寒山之七五:"世有一等愚,茫茫恰似驢。"

【一統】㊀統一。公羊傳隱元年:"何言乎王正月?大一統也。"史記秦始皇紀:"今陛下……平定天下,海内爲郡縣,法令由一統,自上古以來未嘗有,五帝所不及。"後稱統一全國爲一統,據地一方爲割據。㊁漢代"三統曆"的計時單位。以一千五百三十九年爲一統。詳"三統曆"。㊂一座。元曲選宫大用范張雞黍二:"高聳聳立一統碑碣。"

【一意】也作"壹意"。㊀專心。商君書墾令:"愚躁欲之民壹意,則農民必靜。"漢陸賈新語懷慮:"故管仲相桓公,詘節事君,專心一意。"㊁同心。韓非子存韓:"昔秦韓勠力一意以不相侵,天下莫敢犯。"㊂一己之見。詳"一意孤行"。

【一誠】誠心專一。淮南子説林:"管子以小辱成大榮,蘇秦以百誕成一誠。"三國魏嵇康嵇中散集四答難養生論:"上以周孔爲關鍵,畢志一誠。"

【一葦】捆葦草當筏。後用作小船的代稱。詩衛風河廣:"誰謂河廣,一葦杭(通"航")之。"疏:"言一葦者,謂一束也;可以浮之水上而渡,若桴栰然,非一根葦也。"三國志吴賀邵傳上疏:"長江之限,不可久恃,苟我不守,一葦可航也。"

【一葉】㊀指小船。唐李賀歌詩編一送沈亞之歌:"雄光寶礦獻春卿,烟底驀波乘一葉。"㊁一片葉子。詳"一葉知秋"。

【一搭】㊀一處,一道。唐盧仝集一月蝕詩:"摧環破璧眼看盡,當天一搭如煤炲。"又作"一搭裏"。元曲選缺名硃砂擔:"我和你合個夥計,一搭裏做買賣去。"㊁一方,一塊。水滸十二:"面皮上老大一搭青記。"㊂一疊。官場現形記四六:"一搭五十張,望上去有七八搭的光景。"

【一椽】一間屋。宋朱熹朱文公集七次張彦輔西原之作詩:"無處堪投迹,空山寄一椽。"

【一頓】㊀一會兒。古文苑四漢揚雄太玄賦:"忽萬里而一頓兮,遇列仙以託宿。"㊁數量詞。世説新語任誕:"欲乞一頓食耳。"太平廣記一七六李日知引唐張鷟朝野僉載:"我欲笞汝一頓。"

【一飯】一餐飯。公羊傳昭十九年:"樂正子春之視疾也,復加一飯則脱然愈,復損一飯則脱然愈。"

【一稔】農作物的一次成熟,引申爲一年。晉書摯虞傳思游賦:"羨一稔而三春兮,尚含英以容豫。"

【一腰】帶一條稱一腰。隋書柳裘傳:"後以奉使功,賜絲三百匹,金九環帶一腰。"腰,也作"要"。周書李賢傳:"賜衣一襲,……十三環金帶一要。"

【一經】一種經書。史記樂書:"通一經之士,不能獨知其辭。"漢初儒者重家法,專通一經,後纔兼通諸經,故史記漢書常言一經。

【一漚】漚,水泡。佛教用水泡比喻生命之空幻。楞嚴經指掌疏六:"空生大覺中,如海一漚發。"宋蘇軾分類東坡詩十二書丹元子所示李太白真:"天人幾何同一漚,謫仙非謫乃其游。"

【一端】㊀一方面。禮祭義:"夫言豈一端而已,夫各有所當也。"注:"豈一端,言不可以一概也。"㊁物有兩頭,各爲一端。淮南子説林:"一端以爲冠,一端以爲絑。"㊂古代以布帛二丈爲一端。左傳昭二六年"以幣錦二兩"晉杜預注:"二丈爲一端,二端爲一兩,所謂匹也。"宋洪邁容齋隨筆五筆十謂端爲匹:"今人謂縑帛一匹爲一端,或總言端匹。"

【一齊】㊀相同,整齊劃一。莊子秋水:"萬物一齊,孰短孰長?"淮南子主術:"毋小大脩短各得其宜,則天下一齊,無以相過也。"㊁一劑。齊,通"劑"。史記一〇五扁鵲倉公傳:"有餘病,即飲以消石一齊,出血,血如豆比五六枚。"㊂全部。元高則誠琵琶記十六:"情到不堪回首處,一齊分付與東風。"

【一塵】㊀一粒微塵。比喩事物的微小。南朝宋鮑照鮑氏集二野鵝賦:"雖陋生於萬物,若沙漠之一塵。"㊁道家稱一世爲一塵。參見"塵㊉"。

【一爾】㊀頃刻之間。三國志吳陸遜傳:"乃敕各持一把茅,以火攻拔之,一爾勢成,通率諸軍,同時俱攻。"㊁如此。北齊顏之推顏氏家訓風操:"一爾之後,命子拜伏,呼爲丈人,申父友之敬。"

【一種】一樣,同樣。唐李白李太白詩八江夏行:"一種爲人妻,獨自多悲悽。"

【一遞】輪流不斷,更番接連。元王實甫西廂記四本三折:"一箇這壁,一箇那壁,一遞一聲長吁氣。"也作"一遞裏"。元曲選(蕭德祥)殺狗勸夫三:"一遞裏暗昏昏眼前花發,一遞裏古魯魯肚裏雷鳴。"裏,詞尾。

【一麾】㊀一招,一揮。漢王充論衡感虛:"襄公志在戰,爲日暮一麾,安能令日反?"㊁見"一麾出守"。

【一廛】一夫所居之地。孟子滕文公上:"遠方之人,聞君行仁政,願受一廛而爲氓。"也作"一壥"。漢書八七上揚雄傳:"有田一壥,有宅一區。"參閱周禮地官遂人"上地,夫一廛,田百畮,萊五十畮"注。

【一暮】一個晚上。史記殷紀:"亳有祥桑穀共生於朝,一暮大拱。"

【一餉】短暫的時間。同"一晌"。唐韓愈昌黎集四劉生詩:"譬然一餉成十秋,昔鬚未生今白頭。"

【一槩】同"一概"。㊀槩,原爲平斗斛的木棍,引申爲齊平一切的意思。楚辭屈原九章懷沙:"同糅玉石兮,一槩而相量。"㊁一律。抱朴子釋滯:"各從其志,不可一槩而言也。"㊂一節,一端。淮南子説山:"喜武非俠也,喜文非儒也,……此有一槩而未得主名也。"

【一德】㊀一項專長。管子法法:"天下之賢人也,猶尚精一德。"㊁同心同德。書泰誓中:"乃一德一心,立定厥功。"

【一霎】一會兒。唐孟郊孟東野集九春後雨詩:"昨夜一霎雨,天意蘇羣物。"也作"一霎兒"。宋辛棄疾稼軒詞二醜奴兒博山道中效李易安體:"千峯雲起,驟雨一霎兒價。"

【一頭】㊀一端。晉陸璣毛詩草木鳥獸蟲魚疏上:"梅樹皮似豫樟,葉大如牛耳,一頭尖,赤心,華赤黄,子青不可食。"㊁一面。唐大詔令集六八張九齡開元十一年南郊赦:"緣大禮數處有職掌者,任於一頭從高敍。"㊂一椿,一門。京本通俗小説西山一窟鬼:"好叫官人得知,却有一頭好親在這裏。"㊃一邊。元曲選(蕭德祥)殺狗勸夫三:"待我一頭開門,一頭念詩你聽咱。"㊄一到,一旦。同"一投"。古今雜劇元高文秀襄陽會一:"一頭的袁紹與兵行跋扈,可又早曹公霸道騁奸回。"㊅數量詞。三國志魏管輅傳:"輅曰:'當有公從東方來,攜豚一頭,酒一壺。'"

【一噱】一笑。宋歐陽修文忠集外集四雪詩:"自非我爲發其端,凍口何由開一噱。"

【一鴟】見"一瓻"。

【一壁】一邊,一面。宋陸游老學庵筆記四:"没興主司逢葛八,賢弟被黜兄薦發,細思堪惜又堪嫌,一壁有眼半壁瞎。"也作"一壁廂"。雍熙樂府十九寄生草道情:"一壁廂淡煙衰草霸王城,一壁廂西風落日高皇廟。"

【一應】一切,全部。元史世祖紀七:"仍詔諭烏蒙路總管阿牟,置立站驛,修治道路,其一應事務并聽行省平章賽典赤節制。"

【一瞥】一注目間,比喩極短促的時間。宋蘇軾分類東坡詩七聚星堂雪:"模糊檜頂獨多時,歷亂瓦溝裁一瞥。"瞥,古字作"覕"。莊子徐無鬼:"是以一人之斷制利天下,譬之猶一覕也。"釋文:"覕,暫見之貌。"現把所見之粗略情況叫一瞥。

【一瞬】㊀一眨眼,比喩時間極爲短促。文選晉陸士衡(機)文賦:"觀古今於須臾,撫四海於一瞬。"㊁佛書中以二十念爲一瞬。二十瞬爲一彈指。見翻譯名義集二時分。

【一曙】一朝,一旦。吕氏春秋重己:"論其安危,一曙失之,終身不復得。"

【一簇】一叢。唐杜甫杜工部草堂詩箋十八江畔獨步尋花之五:"桃花一簇開無主,可愛深紅映淺紅。"

【一簣】一筐。簣,盛土竹器。書旅獒:"爲山九仞,功虧一簣。"後稱功敗垂成爲功虧一簣。簣,也作"匱"。漢書九九上王莽傳:"綱紀咸張,成在一匱。"又作"壝"。南朝梁劉昭後漢書注補志序:"爲山霞高,不終踰乎一壝。"

【一雙】㊀一對。戰國策燕二:"臣請獻白璧一雙,黄金千鎰,以爲馬食。"兩人也稱一雙。南史王裕之傳附阮韜:"宋孝武選侍中四人,並以風貌取之,王彧、謝莊爲一雙,韜與何偃爲一雙。"㊁唐時南詔耕地,五畝爲一雙。見新唐書二二二上南詔。明陶宗儀輟耕録二九稱地爲雙引雲南雜誌,以三人二牛犁田一日爲一雙,約四畝。

【一轍】同一軌跡。轍,輪跡。比喩趨向相同。文選晉盧子諒(諶)贈劉琨詩:"惟同大觀,萬殊一轍。"殊,六臣本作"塗"。

【一藝】㊀儒家的六藝之一。史記一二一公孫弘傳:"能通一藝以上,補文學掌故缺。"㊁一種才藝、技能。後漢書十六鄧禹傳:"有子十三人,各使守一蓺。"蓺,同"藝"。

【一蹶】一失足。漢劉向説苑十六叢談:"一噎之故,絶穀不食;一蹶之故,却足不行。"唐杜甫杜工部草堂詩箋十三瘦馬行:"當時歷塊誤一蹶,委棄非汝能周防。"後稱一經挫折即不能再振爲一蹶不振,本此。

【一蹴】一步,一舉足。宋蘇洵嘉祐集十上田樞密書:"天下之學者,孰不欲一蹴而造聖人之域。"

【一臘】㊀一冬。宋曾鞏元豐類稿一冬暮感懷詩:"一臘今已半,浮陽壯猶矜。"㊁宋代江浙民間風俗,生子七天爲一臘,有一臘、二臘、三臘、滿月等説法。見宋吳自牧夢粱録二十育子、元周密武林舊事八宮中誕育儀例略。

【一鶚】鶚,大鵰。比喩出類拔萃的人。漢書五一鄒陽傳:"臣聞鷙鳥累百,不如一鶚。"漢末孔融薦禰衡,即引用此語。見文選漢孔文舉(融)薦禰衡表。

【一嚴】古以漏箭計時刻,按時刻擊鼓,一次爲一嚴。宋書禮志一:"上水一刻,奏槌一鼓爲一嚴。上水二刻,奏槌二鼓爲再嚴。"

【一籌】㊀夜一更。晉書趙王倫傳:"期四月三日丙夜一籌,以鼓聲爲應。"㊁古代用刻有數字的竹籌爲計算工具,因稱謀略爲運籌、籌策。宋史四三四蔡幼學傳:"其極至於九重深拱而羣臣盡廢,多士盈庭而一籌不吐。"成語"一籌莫展"本此。參見該條。

【一顧】㊀戰國策燕二,有馬經伯樂一顧而增價十倍的説法。後比喩受人推薦贊揚。南齊謝朓謝宣城集四和王主簿李哲怨情詩:“生平一顧重,宿昔千金賤。”㊁一看。漢書九七上外戚傳:“(李)延年侍上起舞,歌曰:‘……一顧傾人城,再顧傾人國。’”樂府詩集十八魏文帝(曹丕)臨高臺:“五里一顧,六里徘徊。”

【一夔】夔,人名,相傳爲堯(一說舜)時樂正,僅有一足。孔子答魯哀公問,說“足”是足够的意思,指有夔一人,就可以制樂。後多從此說。見韓非子外儲左下、呂氏春秋察傳。後因以“一夔”指能獨當一面的專門人才,或指一人雖多缺點,但仍有一可取之處。梁書裴子野傳范縝表:“且(子野)章句洽悉,訓故可傳,脫置之膠序,以弘獎後世,庶一夔之辯可尋,三豕之疑無謬矣。”也作“一夔已足”。

【一覽】㊀粗略一看。後漢書八十禰衡傳:“吾雖一覽,猶能識之。”㊁舉目縱觀。唐杜甫杜工部草堂詩箋一望嶽:“會當臨絕頂,一覽衆山小。”

【一蹻】一大步。元曲選缺名抱粧盒二:“恨不得到這座濯龍門側,將兩步爲一蹻。”雍熙樂府九一枝花抱粧盒套作“兩步那(挪)爲一部邁。”邁與蹻音義相近。

【一襲】數量詞。一身,一套。史記九九叔孫通傳:“迺賜叔孫通帛二十匹,衣一襲。”漢書四三叔孫通傳注:“一襲,上下皆具也,今人呼爲一副。”

【一體】㊀關係密切、協調統一,如同一個整體。管子七法:“有一體之治,故能出號令,明憲法矣。”儀禮喪服:“父子,一體也;夫婦,一體也;昆弟,一體也。”㊁一部分。孟子公孫丑上:“昔者竊聞之,子夏子游子張,皆有聖人之一體;冉牛閔子顏淵,則具體而微。”注:“體者,四肢股肱也,……一體者,得一肢也。”漢王符潛夫論論榮:“茲可謂得論之一體矣,而未獲至論之淑真也。”㊂一律,一樣。史記八九張耳陳餘傳:“陳餘張耳一體有功於趙。”

【一靈】人的心靈,靈魂。唐韓偓玉山樵人集贈僧詩:“三接舊承前席遇,一靈今用戒香燻。”元曲選關漢卿竇娥冤四:“呀,今日個搭伏定攝魂,一靈兒怨哀哀。”

【一臠】一塊肉。臠,切成方塊的肉。莊子至樂:“奏九韶以爲樂,具太牢以爲膳。鳥乃眩視憂悲,不敢食一臠。”淮南子說林:“嘗一臠肉而知一鑊之味。”呂氏春秋察今作“一脟肉”,脟、臠,音近義同。成語“嘗鼎一臠”本此。

【一人敵】指憑個人血氣之勇,只能敵一人。史記項羽紀:“劍,一人敵,不足學,學萬人敵。”按孟子梁惠王下“此匹夫之勇,敵一人者也。”義同。參見“萬人敵”。

【一干人】互有關係的一幫人。宋宋慈宋提刑洗冤録頒降新例:“仍取苦主並聽一干人等連名甘結。”

【一丈青】㊀綽號。宣和遺事亨集有一丈青李横,爲呼延灼部將,同奔宋江。水滸傳演爲一丈青扈三娘,爲矮脚虎王英之妻。㊁婦女用的一種簪子。紅樓夢五二:“晴雯便冷不防欠身一把將他的手抓住,向枕邊拿起一丈青來,向他手上亂戳。”

【一丈紅】蜀葵花的別名。廣羣芳譜四六:“蜀葵,一名一丈紅。”注引草木記:“浙中人種葵,俗名一丈紅,有五色。”

【一口鐘】指一種無袖不開衩的長外衣。以形如鐘覆,故名。又叫斗蓬、蓮蓬衣、一裹圓。明方以智通雅三六衣服:“周弘正著繡假鐘,蓋今之一口鐘也。凡衣掖下安襬,襞積殺縫,兩後裾加之。世有取煖者,或取冰紗映素者,皆略去安襬之上襞,直令四圍衣邊與後裾之縫相連,如鐘然。”西遊記三六:“有的披了袈裟;有的着了偏衫;無的穿着個一口鐘直裰。”

【一丸泥】東觀漢記二三隗囂載記:“囂將王元說囂曰:‘元請以一丸泥爲大王東封函谷關,此萬世一時也。’”比喻地勢險要,用丸泥封塞,即可阻敵。又見後漢書十三隗囂傳。簡作“一丸”。宋王安石臨川集七六西帥詩:“一丸豈慮封函谷,千騎無由飲渭橋。”

【一文錢】㊀古錢名。見宋洪遵泉志七。㊁雜劇名。明徐復祚(破慳道人)撰。劇中諷刺盧員外非常吝嗇,一錢如命。有盛明雜劇及誦芬室叢刊本。

【一之日】十月以後的第一個月,即農曆十一月。詩豳風七月:“一之日觱發,二之日栗烈。”詩傳疏以“一之日”爲周曆正月。

【一切法】佛教稱總括萬有的法爲一切法。又叫一切諸法。大智度論二:“復次一切法,略說有三種:一者有爲法,二者無爲法,三者不可說法,此已攝一切法。”

【一切經】佛教經書的總稱。又叫大藏經,簡稱藏經、佛藏、釋藏。隋書經籍志四佛經:“開皇元年,高祖普詔天下,……而京師及并州相州洛州等諸大都邑之處,並官寫一切經,置於寺內。而又別寫,藏于祕閣。”參見“藏經”。

【一尺布】漢文帝少弟劉長(淮南厲王),因謀反被廢,送蜀中安置,中途不食而死。當時民間有歌謠:“一尺布,尚可縫;一斗粟,尚可舂。兄弟二人不相容!”見史記一一八、漢書四四淮南王傳。

【一片石】㊀碑碣。北周庾信說:“惟有韓陵山一片石堪共語。”即指北魏溫子昇所寫的韓陵山寺碑。見太平廣記一九八庾信。㊁地名。在今河北撫寧縣。明末,吳三桂引清兵入關,李自成領導的農民起義軍與之激戰於此。參閱明史三〇九李自成傳。㊂傳奇名。清蔣士銓撰。爲紅雪樓九種曲之一。演明朱宸濠(寧王)妃婁氏立碑的故事。

【一半兒】曲牌名。屬北曲仙呂宮,與詞牌憶王孫相仿,惟末句七字增爲九字。“一半兒”三字重復出現,故名。

【一生人】南宋時稱初次賣給人家做奴婢的女子。宋陸游老學庵筆記六:“都下買婢,謂未嘗入人家者爲一生人,喜其多淳謹也。”

【一字巾】頭巾的一種。相傳起於宋韓世忠。傳統劇中丑角扮書僮常戴此。宋洪邁夷堅志甲志一韓郡王薦士:“紹興中,韓郡王(世忠)既解樞柄,逍遙家居,常頂一字巾,跨駿騾,周游湖山之間。”又見宋李心傳建炎以來繫年要録一〇四紹興十一年。

【一字王】指用一個字作爲封號的王。遼有一字王,如趙王魏王等。若爲郡王,則用二字,如混同郡王、蘭陵郡王,位次於一字王。金元僅親王得封一字王。見金史睿宗欽慈皇后傳、元史一三六哈剌哈孫傳。參閱清袁枚隨園隨筆上官職一字王。

【一字師】指改正一個字的老師。五代齊己早梅詩有“前村深雪裏,昨夜數枝開”句,鄭谷改“數枝”爲“一枝”,時人稱鄭谷爲一字師。見五代史補三齊己。古籍中稱一字師的很多,如唐李相、宋楊萬里並稱小吏爲一字師。見五代王定保唐摭言切磋、羅大經鶴林玉露十三。又宋曾吉父稱韓子蒼、張詠稱蕭楚才爲一字師。見宋周紫芝竹坡詩話三、戴埴鼠璞。

【一字禪】佛教禪宗,不重視佛經的宣講,重在頓時的觸悟,喜用比喻、隱語等方式暗示教義。答人提問,有時只說一字,叫做一字禪。碧巖録一:“僧問:‘殺父殺母,佛前懺悔;殺佛殺祖,向什麽處懺悔?’門云:‘露。’又問:‘如何是正法眼藏?’門云:‘普。’”

【一地裏】㊀同“一地”。㊁到處。水滸三七:“這太公和我父親一般,件件都要自來照管，這早晚也未曾去睡，一地裏親自點看。"

【一戎衣】書武成："一戎衣，天下大定。"傳："衣，服也；一著戎服而滅紂。"又禮中庸："壹戎衣而有天下。"漢鄭玄注說衣，讀如"殷"，即出兵伐殷的意思。壹戎衣就是書康誥的"殪戎殷"。自僞古文盛行後，多用孔安國傳的解釋。後泛稱用兵爲一戎衣。唐杜甫杜工部草堂詩箋十一重經昭陵："風塵三尺劍，社稷一戎衣。"也簡稱"一戎"。晉書樂志上："魏武挾天子而令諸侯，思一戎而匡九服。"

【一百八】佛教認爲人生之煩惱凡一百零八種，爲去此煩惱，故貫佛珠一百零八顆，念佛一百零八遍，叩鐘一百零八下等。

【一百五】㊀從冬至到寒食，共一百零五天，因稱寒食日爲一百五。唐姚合姚少監集六寒食詩一："今朝一百五，出户雨初晴。"參見"一百五日"。㊁牡丹之一種。多葉，花白色。洛陽牡丹一般穀雨繞開，此花寒食卽開，最早，故稱一百五。見宋歐陽修文忠集七二洛陽牡丹記花釋名。

【一年景】宋靖康初，織物或服飾的圖案，一幅上具備一年四季的景物。如節物有春幡、燈毬、競渡、艾虎、雲月；花有桃、杏、荷、菊、梅，叫一年景。見宋陸游老學庵筆記二。

【一色服】元內廷大宴時的賜服。元史輿服志一："質孫，漢言一色服也。……精粗之制，上下之别，雖不同，總謂之質孫云。"也作"一色衣"。元王逢梧溪集五古宮怨詩："萬年枝上月團團，一色珠衣立露寒。"

【一向眠】安睡。資治通鑑二八四後晉開運二年："漢兒何得一向眠？"注："人寢不安席，則輾轉反側而不成寐，一向眠，則其眠安矣。"

【一言詩】古詩中的一字句。清顧炎武說詩鄭風緇衣三章，三國志吳孫晧傳歷陽山石文都有一言句。參閱日知録二一一言、清趙翼陔餘叢考二三一二言詩。

【一抔土】一捧土。抔，用手捧。史記一〇二張釋之傳："假令愚民取長陵一抔土，陛下何以加其法乎？"長陵是漢高祖的陵墓。後稱墳墓爲一抔土，本此。唐駱賓王集十代李敬業以武后臨朝移諸郡縣檄："一抔之土未乾，六尺之孤安在？"

【一把子】㊀一伙。多含輕蔑意。北齊書高阿那肱傳："一把子賊，馬上刺取，擲著汾河中。"南史陳武帝紀："一把子人，何足可打。"㊁言數之多。西遊記三三："我這一把子年紀，豈不知你的話說？"

【一把蓮】明宮內床前衣架。清張海鵬輯宮詞小纂三九明秦蘭徵天啓宮詞："黃金睡鴨香柟架，明日重懸一把蓮。"注："每夜寢殿門既闔，內臣散歸直房，所卸衣總掛牀前架上，熏以蘭麝，名曰一把蓮。"參閱明劉若愚明宮史水集一把蓮。

【一串珠】比喻歌聲圓轉如珠，連續成串。唐白居易長慶集六五寄明州于駙馬使君三絶句詩之三："何郎小妓歌喉好，嚴老呼爲一串珠。"也作"一串驪珠"。明陶宗儀輟耕録二七燕南芝庵先生唱論："有子母調，有姑舅兄弟，有字多聲少，有聲少字多，所謂一串驪珠也。"

【一串鈴】明中葉徵收錢糧，總收分解，稱一串鈴法。明史食貨志二："時又有綱銀、一串鈴諸法。綱銀者，舉民間應役歲費丁四糧六總徵之。……一串鈴，則夥收分解法也。"解，上繳。

【一角獸】野獸名。相傳屬麒麟類，被視爲祥瑞。史記孝武紀："其明年，郊雍，獲一角獸，若麃然。"宋書符瑞志中："一角獸，天下平一則至。"

【一枝花】㊀唐民間傳說故事。唐元稹長慶集十酬翰林白學士代書一百韻詩"翰墨題名盡，光陰聽話移"自注："又嘗於新昌宅說一枝花話，自寅至巳，猶未畢詞也。"唐白行簡的李娃傳就是取民間流傳的一枝花故事改寫而成的。宋曾慥類說及羅燁醉翁談録都以"一枝花"爲李娃舊名。㊁詞牌名。一作唱馬一枝花，又名滿路花，或促拍滿路花、歸去難等。㊂曲牌名。屬南吕宮。參閱九宮大成譜。

【一枝春】指梅花。太平御覽九七〇南朝宋盛弘之荆州記："陸凱與范曄相善，自江南寄梅花一枝，詣長安，與曄，並贈花詩曰：'折花逢驛使，寄與隴頭人。江南無所有，聊贈一枝春。'"後來多把一枝春作爲梅花之别名。宋黃庭堅豫章集十劉邦直送早梅水仙花詩之一："欲問江南近消息，喜君貽我一枝春。"

【一枝香】植物名。產於江西上饒市，鋪地而生，葉如桂葉而柔厚，面光綠，背淡，有白毛。根鬚長三、四寸，赭色，可入藥。見清吳其濬植物名實圖考九山草。

【一弦琴】古琴的一種。晉書孫登傳："好讀易，撫一弦琴。"宋史樂志四絲部琴有一弦、三弦、五弦、七弦、九弦等名目。

【一味禪】佛教中不立文字語言、靠頓悟而明的一派。聯燈會要四廬山歸宗智常禪師："師因小師大愚辭師，問甚處去，云：'諸方學五味禪去。'師云：'諸方有五味禪，我這裏有一味禪，爲甚不學？'"宋王灼頤堂文集四送演上人詩："據堂說法盡龍虎，只應飽取一味禪。"

【一刹那】極短的時間。景德傳燈録三僧那禪師："未嘗有一刹那頃斷續之相。"參見"刹那"。

【一炷香】㊀一枝香。唐李中碧雲集中貽念法華經綬上人詩："五更初起掃松堂，瞑目先焚一炷香。"㊁明清時下官見上司時投遞的手本。楷書工整，細字直行，故比喻作"一炷香"。清翟灝通俗編九手本："今手本單書官銜姓名，俗號一炷香者，長刺也。"

【一封書】㊀一封信。史記越世家："（陶）朱公不得已而遣長子，爲一封書，遺故所善莊生。"㊁雜劇名。清丁鉦撰，演唐魏允中寫信給他父親救姜鶴的故事，故名一封書。又劇中天妃以雙劍授金鑾姜鶴，故又名劍雙飛。見曲海總目提要二四。

【一封駝】單峰駱駝。漢書九六上西域傳："大月氏國，治監氏城，……出一封橐駝。"注："脊上有一封也。封，言其隆高，若封土也。今俗呼爲封牛。"唐李商隱李義山詩集四鏡檻："傳書兩行雁，取酒一封駝。"

【一指禪】佛教禪宗用語。喻萬法歸一。唐俱胝和尚向天龍和尚詢問關於佛教教義時，天龍豎一個手指，俱胝馬上大悟。此後凡有人來求教，他也常豎一指。他臨死前說："吾得天龍一指頭禪，一生用不盡。"見景德傳燈録十一俱胝和尚。宋陸游劍南詩稿二八冬夜讀書有感："一指頭禪用不窮，一刀匕藥去沒空。"省作"一指禪"。宋黃裳演山集九贈致政王朝奉詩："有身且睡三竿日，無物應看一指禪。"

【一柱觀】古迹名。南朝宋臨川王劉義慶在荆州羅公洲（今湖北松滋縣東）建一柱觀，宏大而只有一柱，故名。文苑英華二四七南朝梁劉孝綽江津寄劉之遴詩："經過一柱觀，出入三休臺。"參閱唐余知古渚宮舊事補遺。

【一品集】書名。見"會昌一品集"。

【一家言】㊀指有獨特見解，自成體系的論著。史記自序："略以拾遺補蓺，成一家之言。"文選三國魏文帝（曹丕）典論論文："唯（徐）幹著論，成一家言。"也作"一家書"。晉書王接傳："常謂左氏辭義贍富，自是一家書，不主爲經發。"㊁書名。全稱笠翁一家言，清李漁撰。收集平生所作詩文及雜著，其中閒情偶寄最著名。自序謂"未經繩墨，不中體裁，……不過自爲一家，云所欲云而止。"因以爲書名。

【一家春】形容美好的自然境界或生活景況。唐王勃王子安集三山扉夜坐詩："林塘花月下，别是一家春。"樂府詩集九一唐韋巨源聖壽無疆詞十之四："雲山九門曙，天地一家春。"

【一索珠】比喻歌聲宛轉像珠子連貫成串。唐白居易長慶集六五夜宴醉後留獻裴侍中詩："翩翻舞袖雙飛蝶，宛轉歌聲一索珠。"

【一笑散】明李開先著戲劇六種的總名。據李氏中麓閒居集跋文五一笑散序稱，六種爲：打啞禪 園林午夢攪道場喬坐衙昏廝謎三枝花大鬧土地堂。有嘉靖刊本。今僅傳前兩種。

【一條冰】宋晁載之續談助三引聖宋掇遺："陳彭年在翰林，所兼十餘職，皆文翰清秘之目，時人謂其署銜爲一條冰。"意爲官職清貴。又見王君玉國老談苑二。

【一條鞭】明田賦制度，把賦與役合爲一，以各州縣田賦、各項雜款、均徭、力差、銀差、里甲等編合爲一，通計一省稅賦，通派一省徭役，官收官解，除秋糧外，一律改收銀兩，計畝折納，總爲一條，稱一條鞭法。嘉靖時始行於地方，萬曆初張居正執政，推行於全國。見明史食貨志二賦役。清代因之。亦作"一條邊"。見明劉仕義新知録摘鈔一條邊。參閱清朝通典七食貨七。

【一紙書】一封信。晉書劉弘傳："弘每有興廢，手書守相，丁寧款密，所以人皆感悦，争赴之，咸曰：'得劉公一紙書，賢於十部從事。'"唐李商隱李義山詩集六寄令狐郎中："嵩雲秦樹久離居，雙鯉迢迢一紙書。"

【一宿覺】佛教語。在一個晚上就頓然覺悟。唐玄覺禪師初謁六祖慧能，談話投機，頓時得悟，因留住一宿，時稱一宿覺。見景德傳燈録五玄覺禪師。宋蘇軾分類東坡詩四三朵花："歸來且看一宿覺，未暇遠尋三朵花。"

【一捧雪】傳奇名。清李玉作。三十齣。敍明莫懷古有玉杯名一捧雪，嚴世蕃欲奪之，屢加迫害，有僕代死，始得脱身。世蕃敗，懷古子昊重得玉杯，且與父母完聚。京劇一捧雪，卽以此故事爲本。

【一捻紅】花名，牡丹的一種。見廣羣芳譜三二花譜牡丹一。參見"一擫紅"。又，山茶花的一種也稱一捻紅。見本草綱目三六木山茶引格古論。

【一掬淚】一捧眼淚，形容其多。唐李白李太白詩八秋浦歌："遥傳一掬淚，爲我達揚州。"

【一桮羹】一杯肉湯。桮，同杯、盃。史記項羽紀："漢王曰：'吾與項羽俱北面受命懷王，曰：約爲兄弟。吾翁卽若翁，必欲烹而翁，則幸分我一桮羹。'"漢書三一項籍傳作"一杯羹"。參見"分我杯羹"。

【一陰生】夏至後白天漸短，古代認爲是陰氣初動，所以夏至又稱一陰生。易復"後不省方"唐孔穎達疏："夏至一陰生，是陰動用而陽復於靜也。"唐權德輿權載之集六夏至日作詩："寄言赫羲景，今日一陰生。"

【一斛珠】㊀十斗明珠。古時一斛爲十斗。三國志蜀宗預傳："預復東聘吳，……(孫權)遺預大珠一斛。"元趙孟頫松雪齋集五海子上卽事與李子構同賦重用韻詩："姬姜自愛千金貌，游俠輕量一斛珠。"㊁曲名。唐玄宗把外國所進的寶珠，送一斛給梅妃，並命樂府官用新聲譜曲，名"一斛珠"。宋史樂志十七有一斛夜明珠，屬中吕調，爲隊舞大曲。宋人入詞調，晏殊易名爲醉落魄，張先改爲醉東風，黄庭堅改爲醉落拓。雙調，五十七字。見詞譜十二。

【一陽生】冬至後白天漸長，古代認爲是陽氣初動，所以冬至又稱一陽生。易復"後不省方"唐孔穎達疏："冬至一陽生，是陽動而陰復靜也。"唐杜牧樊川集外集冬至日遇京使發寄舍弟詩："遠信初逢雙鯉去，他鄉正遇一陽生。"

【一掌金】算法名稱。用手指代替珠盤直檔的一種計算方法。左手每指以三節分定九數，一二三位於左，自下而上；四五六位於中，自上而下；七八九位於右，自下而上。計算時，用右手各指指定其位以辨數。參閱古今圖書集成一二五明程大位算法統宗十三難題三一掌金定位圖。

【一筆勾】抹去，破除。宋朱熹五朝名臣言行録七參政范文正公："公取班簿，視不才監司，每見一人姓名，一筆勾之。"梨園按試樂府新聲上馬致遠雙調行香子："自也羞，則不如一筆勾。"後謂不提前事爲一筆勾銷。

【一筆書】指漢字草書。草書體勢，似一筆寫成，偶有不連，而氣脈不斷，字雖隔行，下行首字，往往繼其前行，故稱一筆書。參閱唐張彥遠法書要録七引張懷瓘書斷上，又歷代名畫記二論顧陸張吳用筆。

【一筆畫】國畫繪法的一種。唐張彥遠歷代名畫記二論顧陸張吳用筆："其後陸探微亦作一筆畫，連綿不斷，故知書畫用筆同法。"原是説繪畫用筆連綿相屬、氣脈不斷的意思，後來便把一筆畫成的畫叫做一筆畫。

【一筆錦】舊傳筆算法的一種。其算法同珠算，但珠算用珠記數，此法則用字記數。每運算一次，卽將各數字改寫一次。

【一犂雨】春雨。雨量相當於一犂入土的深度。宋詩鈔蘇舜欽滄浪集田家詞："山邊夜半一犂雨，田父高歌待收穫。"

【一統志】記全國地理之書。元明清都有。元一統志一千卷，岳璘等撰，已殘缺不全。明一統志九十卷，李賢等撰，四庫提要説它舛譌牴牾，疎謬殊甚。清一統志於康熙乾隆嘉慶時，屢經修輯。通行的爲乾隆四十九年所修之本，五百卷。嘉慶補纂本，至道光二十二年完成，五百六十卷，僅有進呈寫本。1934年由商務印書館影印刊入四部叢刊三編。

【一溜煙】急走的樣子。孤本元明雜劇元缺名閥閱舞射柳蕤丸記三："騎不的劣馬，不好扯硬弓，聽的廝殺，拽起衣服，往帳房裏則一溜煙。"也作"一溜風"。醒世姻緣六："嚷得那養娘一溜風跑了。"又作"一道煙"。元曲選關漢卿救風塵三："那婦人就一道煙去了。"

【一落索】一連串。宋朱熹朱文公集四八答吕子約書："然看子約議論如此，自是無緣得契合，更請打併了此一落索後看，卻須有會心處也。"也作"一絡索"。續景德傳燈録二七宗杲禪師："(克)勤遂連舉前輩一絡索淆訛語話徵詰之，師隨聲酬對，了無滯礙。"

【一萼紅】詞牌名。有平仄韻兩體。平韻見宋姜夔詞，仄韻見樂府雅詞。因其詞有"未教一萼，紅開鮮蕊"句，因取以爲名。雙調，一百七或一百八字。見詞譜三五。

【一塊肉】宋祥興二年，元兵攻陷厓山，陸秀夫背幼帝趙昺跳海死。帝母楊太后聞之，大慟，曰："我忍死艱關至此者，正爲趙氏一塊肉爾，今無望矣！"亦投海死。見宋史瀛國公紀。元張憲玉笥集二厓山行詩："皇天不遺一塊肉，一瓣香焚海舟覆。"後來稱僅存的子孫爲一塊肉，本此。

【一路哭】宋范仲淹當了宰相，有意改革吏治，拿出諸路監司的名册，把不稱職官員的姓名，一筆勾掉。富弼在旁説："十二丈則是一筆，焉知一家哭矣！"仲淹回答說:"一家哭，何如一路哭耶!"見宋朱熹五朝名臣言行録七參政范文正公。路,是宋朝大行政區名;一路哭，指一個地區的人民受害。

【一脚指】比喻細小微末。北史李義深傳附李幼廉:"齊神武(高歡)行經冀部,……微責文溥,指影取備,事非一緒。幼廉應機立成,恒先期會,爲諸州準的。神武深加慰勉,仍責諸人曰:'碎卿等諸人,作得李長史一脚指不?'"

【一微塵】佛教語。比喻極其微小之量。首楞嚴經三:"及觀父母所生之身，猶彼十方虚空之中,吹一微塵,若存若亡。"唐白居易長慶集七一禽蟲十二章詩之七:"應似諸天觀下界,一微塵内鬬英雄。"

【一滴禪】佛教禪宗主張見心明性，不立文字,從生活瑣事中觸機悟道。宋釋本覺釋氏通鑑十二韶國師:"又有問如何是曹溪一滴水?(法)眼曰:'是曹溪一滴水。'韶聞乃大悟,平生疑滯,涣若冰釋。"曹溪，禪宗六祖慧能。宋唐庚眉山唐先生文集一夢泉詩:"雖無十丈花，中有一滴禪。"

【一窩蜂】㊀形容人多聲雜如羣蜂一擁而來。西遊記二八:"那些小妖，就是一窩蜂，齊齊擁上。"㊁一種大炮。形狀如鳥銃的鐵幹,管口稍寬,一發百彈，漫空散去,因此得名。見明謝杰虔臺倭纂上、茅元儀武備志一二三鉛彈一窩蜂。

【一裹圓】一口鐘的别名。清西清黑龍江外記六:"官員公服,亦用一口鐘,朔望間以貂補褂。惟蟒袍中不用。一口鐘，滿洲謂之呼呼巴，無開衩之袍也。亦名一裹圓。"參見"一口鐘"。

【一種情】雜劇名。清焦循劇説五謂明吴石渠作,黄文暘曲目録謂明沈璟作,曲海總目提要則謂清李漁作。其内容取材於情史吴興娘與崔興哥生死姻緣事。今僅存冥勘拾釵兩折。

【一翦梅】詞牌名。宋周邦彦詞起句爲"一翦梅花萬様嬌"，因取以爲名。韓淲詞有"一朵梅花百和香"句,故又名臘梅香。李清照詞有"紅藕香殘玉簟秋"句，故又稱玉簟秋。見詞譜十三。

【一彈指】佛家語。言極短的時間。翻譯名義集二時分:"倶舍云:壯士一彈指頃六十五刹那。"唐白居易長慶集七一禽蟲十二章詩之八:"何異浮生臨老日，一彈指頃報恩讐。"

【一箭道】猶言一箭之地。翻譯名義集三數量:"一箭道,嘉祥云二里,或云取射垛一百五十步,或云百三十步,或云百二十步。"

【一輩兒】㊀同輩。兒，詞尾無義。元曲選武漢臣老生兒一:"聽的我那一輩兒老相識朋友每,説我些什麽來?"㊁一生，一世。元曲選岳伯川鐵拐李三:"一家兒享富貴,一輩兒無差役。"也作"一輩子"。紅樓夢二二:"這一去，一輩子也别來了!"

【一線天】山崖洞窟深閉，僅有一縫隙透光的，多稱此名。如浙江金華北山有一線天。見宋方鳳金華遊録(寶顔堂秘笈作謝翺撰)。又杭州靈隱山有玉乳洞,亦稱一線天。又,兩山高聳壁立對峙,相間僅一縫天，也稱一線天。清詩别裁二彭而述鄂渚别趙興寧柱史之官滇南:"千盤路上檳榔塢,一線天開瑇瑁池。"

【一頭地】宋歐陽修文忠集一四九與梅聖俞書:"讀(蘇)軾書，不覺汗出，快哉快哉!老夫當避路,放他出一頭地。"猶言讓他高出一頭。

【一壁廂】一邊，一面。元曲選關漢卿魯齋郎一:"一壁廂黄鸝聲恰恰，一壁廂血淚滴漣漣。"

【一謎裹】猶言一味的。元曲選楊文奎兒女團圓三:"一謎裹便胡謅亂説。"也作"一迷的"。元王實甫西廂記三本二折:"小孩兒家口没遮攔,一迷的言語摧殘。"

【一撅紅】牡丹花的一種。宋歐陽修文忠集七二洛陽牡丹記花釋名:"一撅紅者,多葉,淺紅花,葉杪深紅一點,如人以手指撅之。"

【一鍋麵】糊塗的意思。南宋理宗時,民生艱苦,當時有人造輿論,要真德秀出來負責政事,説:"若欲百物賤，直待真直院。"及真任參知政事，首先提出以尊崇道學正心誠意爲第一義，接着又進獻大學衍義，都是不急之務。人們大失所望,便續上兩句説:"喫了西湖水,打成一鍋麵。"南宋以杭州爲京都，故諷刺他進了朝廷，吃的是西湖水，辦的都是糊塗事。見元周密癸辛雜識前集真西山入朝詩。

【一轉語】佛家禪宗參禪時以一語轉機鋒,稱一轉語,又指用一句話啓發,使人恍然大悟。碧巖九十一則:"請禪客各下一轉語。"宋陸游劍南詩稿三一贈應秀才:"我得茶山一轉語，文事切忌參死句。"茶山,曾幾别號。

【一瓣香】猶言一炷香，即焚香敬禮的意思。佛教禪宗長老開堂講道，燒至第三炷香時，長老就説道一瓣香敬獻授給我道法的某某法師。後來師承某人，也叫瓣香某人。宋陳師道後山詩注三觀兖文忠家六一堂圖書:"向來一瓣香，敬爲曾南豐。"曾鞏(南豐)是陳的老師,故云。

【一了百當】多指辦事妥當、徹底。明張居正張太岳文集三三答山東巡撫何來山:"清丈事實百年曠舉，宜及僕在位,務爲一了百當，若但草草了事，可惜此時,徒爲虚文耳。"

【一刀兩斷】比喻徹底决裂。宋朱熹朱子語類四四論語二六:"觀此可見克己者是從根源上一刀兩斷,便斬絶了,更不復萌。"也作"一刀兩段"。五燈會元十二文悦禪師:"一刀兩段，未稱宗師。"

【一干一方】明代官場行賄的黑話。"干"與"千"、"方"與"万"字形相似,干方即千万的隱語。明陳洪謨繼世紀聞二:"逆(劉)瑾用事，賄賂公行。凡有干謁者,云饋一干,即一千之謂;云一方,即一萬之謂。後漸增至幾干幾方。"

【一寸丹心】一片赤誠之心。唐杜甫杜工部草堂詩箋十二鄭駙馬池臺喜遇鄭廣文同飲:"白髮千莖雪,丹心一寸灰。"宋楊萬里誠齋集十二新除廣東常平之節感恩書懷詩:"向來百鍊今繞指，一寸丹心白日明。"

【一口兩匙】貪多的意思。宋范成大石湖集二六丙午新正書懷詩之四:"口不兩匙休足穀，身能幾屐莫言錢。"自注:"吴諺云:'一口不能著兩匙。'"

【一元大武】指古代祭祀所用的牛。禮曲禮下:"凡祭宗廟之禮，牛曰一元大武。"注:"元,頭也;武,迹也。"疏:"牛若肥則脚大,脚大則迹痕大,故云一元大武也。"

【一五一十】從頭到尾，源源本本。儒林外史一:"翟買辦飛奔下鄉,到秦老家,邀王冕過來,一五一十,向他説了。"

【一切有情】佛教指一切衆生。舊譯爲衆生,新譯爲有情,故一切衆生又稱一切有情。大般若經五七八:"一切有情無所有,故甚深般若波羅蜜多亦無所有。"

【一切衆生】佛教稱人類和一切生物爲一切衆生。法華經譬喻品:"一切衆生，皆是吾子。"元曲選缺名碧桃花三:"誓欲剿除天下妖邪鬼怪,救度一切衆生。"

【一切種智】佛教稱智有三種:一切智，道智、一切種智。能以知一切道者爲一切種智。大智度論二七:"一切智，是聲聞、辟支佛事;道智,是諸菩薩事;一切種智,是佛事。"

【一切諸佛】佛教對三世十方諸佛的總稱。阿彌陀經:"汝等衆生，當信是稱讚不可思議功德、一切諸佛所護念經。」

【一木難支】一木難支大廈。比喻艱鉅的工作，非一人所能勝任。世說新語任誕：「和(嶠)曰：『元裒(任愷)如北夏門，拉攞自欲壞，非一木所能支。』」隋王通文中子事君：「大廈將顛，非一木所支也。」也作「一柱難支」。唐白居易長慶集十三代書詩一百韻寄微之詩：「千鈞勢易壓，一柱力難支。」

【一日九遷】形容官職提升之快。漢焦延壽易林三履之節：「漢車千秋一日九遷其官。」

【一日之長】㊀年齡較人稍長。長，zhǎng。論語先進：「以吾一日長乎爾，毋吾以也。」㊁才能較人稍强。長，cháng。世說新語品藻：「顧劭嘗與龐士元(統)宿語，問曰：『聞子名知人，吾與足下孰愈？』曰：『陶冶世俗，與時浮沉，吾不如子。論王霸之餘策，覽倚仗之要害，吾似有一日之長。』」

【一日之雅】一面之交。漢書八五谷永傳：「永奏書謝(王)鳳曰：『永斗筲之材，質薄學朽，無一日之雅，左右之介。』」無一日之雅，猶言素不相識。

【一日三秋】形容對人思念之切。三秋，三個秋天。詩王風采葛：「一日不見，如三秋兮。」藝文類聚三二南朝梁何遜爲衡山侯與婦書：「路邇人遐，音塵寂絶，一日三秋，不足爲喻。」

【一日千里】㊀形容馬跑得極快。荀子修身：「夫驥一日而千里，駑馬十駕則亦及之矣。」㊁引申指人才駿逸。後漢書六六王允傳：「同郡郭林宗(泰)嘗見允而奇之，曰：『王生一日千里，王佐才也。』」今稱進步神速爲一日千里。

【一日萬幾】指帝王政務繁忙，每天要處理成千上萬件事情。書皋陶謨：「兢兢業業，一日二日萬幾。」晉書摯虞傳答杜預書：「今帝者一日萬幾，太子監撫之重，以宜奪禮，葬訖除服。」

【一牛吼地】牛的吼叫聲所及的距離。翻譯名義集三數量：「拘盧舍，此云五百弓，亦云一牛吼地，謂大牛鳴聲所極聞。或云一鼓聲。俱舍云二里，雜寶藏云五里。」宋王安石臨川集十八答張奉議詩：「五馬渡江開國處，一牛吼地作菴人。」也叫「一牛鳴地」，或簡稱「一牛鳴」。唐王維王右丞集五與蘇盧二員外期遊方丈寺……詩：「迴看雙鳳闕，相去一牛鳴。」

【一手一足】一個人的力量。禮表記：「后稷天下之爲烈也，豈一手一足哉！」

【一手遮天】比喻倚仗權勢，混淆是非，遮人耳目。按唐詩紀事六十曹鄴讀李斯傳詩「難將一人手，掩得天下目」，語意正相反。

【一毛不拔】孟子盡心上：「楊子取爲我，拔一毛而利天下，不爲也。」北堂書鈔三三引燕丹子：「荆(軻)曰：『有鄙志，嘗謂心向意等，没身不顧；情有乖異，一毛不拔。』」後用以譏諷人的極端吝嗇。

【一片冰心】形容心地純潔。全唐詩一四三王昌齡芙蓉樓送辛漸二首之一：「洛陽親友如相問，一片冰心在玉壺。」

【一片宫商】宋孫光憲北夢瑣言七來鵬詩：「前進士沈光有洞庭樂賦，韋八座岫謂朝賢曰：『此賦乃一片宫商也。』」宫、商，古樂的兩個音階。這裏比喻詞賦優美，像樂曲那樣和諧動聽。

【一去不返】史記八六荆軻傳：「風蕭蕭兮易水寒，壯士一去兮不復還。」河嶽英靈集中崔顥黄鶴樓詩：「黄鶴一去不復返，白雲千載空悠悠。」後稱人或事已成陳跡爲一去不返。

【一世之雄】一個時代的英雄人物。宋書武帝紀上：「劉裕足爲一世之雄。」宋蘇軾經進東坡文集事略一前赤壁賦：「固一世之雄也，而今安在哉！」指曹操。

【一世龍門】東漢李膺聲望很高，後輩有升其堂者，稱爲登龍門。見世說新語德行。後稱文人所宗仰的人物爲一世龍門。晉書王衍傳：「衍既有盛才美貌，明悟若神，常自比子貢。兼聲名籍甚，傾動當世。……朝野翕然，謂之一世龍門矣。」參見「龍門㊂」。

【一民同俗】國家統一，風俗一致。晏子春秋問上：「古者百里而異習，千里而殊俗。故明王修道，一民同俗。」

【一目十行】形容讀書敏捷。宋劉克莊後村集四四雜記六言五首詩之二：「五更三點待漏，一目十行讀書。」

【一丘一壑】指古代隱士居住的地方。太平御覽七九苻子：「黄帝……謂容成子曰：『吾將釣於一壑，栖於一丘。』」世說新語品藻：「明帝問謝鯤：『君自謂何如庾亮？』答曰：『端委廟堂，使百官準則，臣不如亮；一丘一壑，自謂過之。』」後多引申爲退隱在野的意思。宋張方平樂全集一都官葉紓郎中歸三衢詩：「一丘一壑平生志，況有門人伴釣遊。」

【一丘之貉】比喻同類，並無差別。漢書六六楊惲傳：「古與今如一丘之貉。」注：「言其同類也。貉，獸名，似狐而善睡。」後用爲貶義，比喻同屬一路貨色。

【一代宗臣】一代所宗仰的大臣。漢書三九蕭何曹參傳贊：「淮陰黥布等已滅，唯何參擅功名，位冠羣臣，聲施後世，爲一代之宗臣。」又稱「一代鼎臣」。南史丘靈鞠傳：「公爲一代鼎臣，不可復爲覆餗。」

【一代風流】創立風尚，爲當時景仰的人物。宋陳師道後山詩註一丞相温公輓詞：「一代風流盡，三師禮數崇。」

【一代談宗】當代的清談大師。晉書潘京傳：「尚書令樂廣……深歎其才，謂京曰：『君天才過人，恨不學耳！若學，必爲一代談宗。』」

【一仍舊貫】一切照舊行事。同「仍舊貫」。論語先進：「仍舊貫，如之何，何必改作。」晉書殷仲堪傳上書：「謂今正可更加梁州文武五百，合前爲一千五百，自此之外，一仍舊貫。」

【一字一珠】㊀形容歌喉婉轉圓潤。才調集一薛能贈歌者：「一字新聲一顆珠，囀喉疑是擊珊瑚。」㊁比喻文章寫得好。儒林外史三：「這樣文字，連我一兩遍也不能解，直到三遍之後，纔曉得是天地間之至文！真乃一字一珠。」

【一字千金】秦相呂不韋使門客著呂氏春秋，書成，公布於咸陽城門，聲言有能增删一字者，賞予千金。見史記八五呂不韋傳。又漢劉安著淮南子，亦懸置千金，徵求士人意見。見文選漢楊德祖(修)答臨淄侯牋注引桓子新論。後用來稱譽詩文價值很高。南朝梁鍾嶸詩品：「驚心動魄，可謂幾乎一字千金。」

【一字褒貶】儒家謂春秋書法，褒則稱字，貶則稱名，其他行文，亦於一字之中寓褒貶之意。晉杜預春秋經傳集解序：「春秋雖以一字爲褒貶，然皆須數句以成言。」又范甯穀梁傳集解序：「一字之褒，寵踰華袞之贈；片言之貶，辱過市朝之撻。」後泛指記事論人用字措辭嚴格而有分寸。

【一衣帶水】南史陳後主紀禎明二年：「隋文帝謂僕射高熲曰：『我爲百姓父母，豈可限一衣帶水不拯之乎？』」一衣帶水，像一條衣帶那麽寬的河流，形容其狹窄。因隋將伐陳，陳在長江之南，故云。後也泛指江河湖海不足爲阻。

【一百五日】寒食日。卽清明節前二日。自冬至到寒食，剛好一百零五天。初學記四南朝梁宗懍荆楚歲時記：「去冬節一百五日，卽有疾風甚雨，謂之寒食，禁火三日。」唐姚合姚少監集六寒食詩之一：「今朝一百五，出户雨初晴。」也有稱一百六日的。唐元稹長慶集二四連昌宫詞詩："初過寒食一百六，店舍無煙宮樹綠。"參閲宋洪邁容齋隨筆四一百五日。

【一年半載】一年或半年。指一段時間。古今雜劇元楊梓敬德不服老："將軍你且耐心道那裏，無箇一年半載，俺衆將每必然保奏將軍回來。"

【一行作吏】一經爲官。文選三國魏嵇叔夜(康)與山巨源絶交書："遊山澤，觀魚鳥，心甚樂之，一行作吏，此事便廢。"

【一行居集】清彭紹升著，八卷，附録一卷。紹升字允初，號尺木，别號知歸子。精研佛典。此書主旨在發揮淨土宗教義。别有二林居集二四卷。

【一言九鼎】秦昭王十五年，秦圍趙都邯鄲，趙使平原君赴楚求救，毛遂自願同往。經毛遂對楚王曉以利害，楚王同意救趙。平原君因而贊揚説："毛先生一至楚而使趙重於九鼎大呂。"見史記七六平原君傳。九鼎、大呂，古代國家的寶器。後稱起決定作用的言論爲一言九鼎。

【一言難盡】形容事情曲折複雜，不是一句話所能説完。京本通俗小説志誠張主管："張主管道：'小夫人如何在這裏？'夫人道：'一言難盡！'"

【一步一鬼】卽疑心生暗鬼之意。俗有"一步一鬼"之語，按漢王充論衡訂鬼："人病則憂懼，憂懼見鬼出，……晝日則鬼見，暮卧則夢聞。"語意相類。

【一見如故】初次相見就情投意合，像老朋友一樣。宋張洎賈氏譚録："李鄴侯(泌)爲相日，吳人顧况西遊長安，鄴侯一見如故。"也作"一見如舊"。新唐書九六房玄齡傳："太宗以燉煌公徇渭北，杖策上謁軍門，一見如舊。"

【一串驪珠】見"一串珠"。

【一吟一詠】指吟詩作賦。晉孫綽許詢同負盛名，和尚支遁問綽與詢孰優孰劣，綽答："高情致遠，弟子早已伏膺；一吟一詠，許將北面。"意謂在詩文方面，許詢要拜我爲師。見世説新語品藻、晉書孫楚傳附孫綽。

【一成一旅】十平方里爲成，五百人爲旅。一成一旅，形容地狹人少，勢單力薄。相傳夏少康只有田一成，衆一旅。但終於依賴羣力，滅了過戈，恢復了夏禹的大業。見左傳哀元年、史記吳太伯世家。

【一成不變】禮王制："刑者侀也，侀者成也，一成而不可變。"後稱墨守成規，不加改變爲一成不變。

【一身二任】一人承担兩種任務。漢書七二王吉傳上疏："諸侯骨肉，莫親大王。大王於屬則子也，於位則臣也，一身而二任之責加焉。"

【一身兩役】一人兼作兩事。梁書張充傳："緒嘗請假還吳，始入西郭，值充出獵，左手臂鷹，右手牽狗，遇緒船至，便放紲脱韝，拜於水次。緒曰：'一身兩役，無乃勞乎？'"緒，充父。

【一身是膽】極言人的英勇無畏。三國志蜀趙雲傳"以雲爲翊軍將軍"注引雲别傳："先主(劉備)明旦自來，至雲營圍視昨戰處，曰：'子龍一身都是膽也！'"子龍，雲字。

【一佛出世】佛教認爲世界每經歷一小劫，始有一佛出世。隋書經籍志四佛經："每一小劫，則一佛出世。"後引申爲難得的意思。宋葉廷珪海録碎事十一上臣職中書舍人一佛出世："談苑：(唐)文宗嘗謂近臣曰：'詞臣之選，古今尤重，朕聞朝廷除一舍人，六親相賀，諺以爲一佛出世，豈容易哉！'"

【一波三折】指寫字筆劃曲折多姿。唐張彥遠法書要録一引晉王羲之王右軍題衛夫人筆陣圖後："每作一波，常三過折筆。"宣和書譜五太上内景神經："釋疊林莫知世胄，作小楷下筆有力，一點畫不妄作，……但恨拘窘法度，無飄然自得之態。然其一波三折筆之勢，亦自不苟。"後形容事多波折，也叫一波三折。

【一定不易】固定不可改變。淮南子主術："今夫權衡規矩，一定而不易，不爲秦楚變節，不爲胡越改容。"

【一官一集】封建士大夫以自己的官名作爲文集的名稱，始於南朝梁王筠。南史王曇首傳附王筠："筠自撰其文章，以一官爲一集，自洗馬中書中庶……各十卷，尚書三十卷，凡一百卷，行於世。"宋樓鑰攻媿集二送楊廷秀秘監赴江東漕詩："一官定一集，流傳殆千卷。"

【一官半職】泛指官職。元王實甫西廂記四本三折："都則爲一官半職，阻隔得千山萬水。"

【一卒之令】秦末，劉邦率兵攻入秦都咸陽，爲爭取人心，約法三章："殺人者死，傷人及盜抵罪。"死罪只有一條，後來就稱約法三章爲"一卒之令"。漢桓寬鹽鐵論詔聖："高皇帝時，天下初定，發德音，行一卒之令，權也。"

【一刻千金】比喻時間寶貴。宋蘇軾東坡集續集二春夜詩："春宵一刻值千金，花有清香月有陰。"

【一花五葉】佛教傳到中國後，禪宗以達摩爲祖，稱爲一花，後演變成曹洞臨濟雲門溈仰法眼五派，稱五葉。景德傳燈録三第二十八祖菩提達摩："一花開五葉，結果自然成。"宋黄庭堅山谷琴趣外篇三漁家傲戲效通禪作頌詞："面壁九年看二祖，一花五葉親分付。"面壁九年，指達摩。

【一事無成】一件事也没作成。唐白居易長慶集五三除夜寄微之詩："鬢毛不覺白毿毿，一事無成百不堪。"

【一呼百諾】形容權勢顯赫，侍從和奉承者衆多。元雜劇中常用此語。元曲選缺名舉案齊眉二："堂上一呼，階下百諾。"清孔尚任桃花扇哭主："羅公獨坐當中，一呼百諾，掌着生殺之權。"

【一枕黄粱】比喻癡心妄想。清袁枚小倉山房詩集三七夢："古今最是夢難留，一枕黄粱醒卽休。"詳"黄粱夢"。

【一牀兩好】夫婦兩人美好相稱。宋曾慥高齋漫録記毗陵成郎中，貌醜，多鬍鬚。岳母很討厭他。成成婚之夕，寫了一首詩："一牀兩好世間無，好女如何得好夫？高捲珠簾明點燭，試教菩薩看麻胡。"牀，一本作"雙"。

【一知半解】所知不多或理解膚淺。宋嚴羽滄浪詩話詩辨："詩道亦在妙悟，……有透徹之悟，有但得一知半解之悟。"

【一往情深】世説新語任誕："桓子野(伊)每聞清歌，輒喚奈何！謝公(安)聞之，曰：'子野可謂一往有深情。'"後稱寄情深遠爲一往情深。

【一狐之腋】一隻狐狸腋下的皮毛。比喻珍貴的東西。史記趙世家："簡子曰：'吾聞千羊之皮，不如一狐之腋。'"史記六八商君傳作"一狐之掖"。

【一封軺傳】漢制，凡受朝廷徵召的人乘坐公家的馬車，要帶一尺五寸長的木條製作的傳信，有御史大夫的封章，以爲憑證，軺傳兩馬，一馬一封，所以叫做一封軺傳。見漢書平帝紀元始五年"在所爲駕一封軺傳"注。

【一軌同風】車軌相同，風俗一致。比喻國家統一。晉書苻堅載記上："一軌九州，同風天下。"

【一茅三脊】有三條脊骨的茅草，卽菁茅，又叫靈茅。管子封禪："江淮之間，一茅三脊，所以爲籍也。"又輕重丁："江淮之間，有一茅而三脊，毌(貫)至其本，名之曰菁茅。……諸從天子封於太山、禪於梁父者，必抱菁茅一束，以爲禪籍，不如令者不得從。"帝王封禪都用菁茅來濾酒。參閲史記封禪書。參見"三脊茅"。

【一柱擎天】楚辭屈原天問"八柱何當"漢王逸注:"謂天有八柱。"後來用一柱擎天喻人能擔當天下的重任。唐大詔令集六四賜陳敬瑄鐵券文:"卿五山鎮地,一柱擎天,氣壓乾坤,量含宇宙。"

【一面之交】僅僅相識,瞭解不深。文選晉袁彥伯(宏)三國名臣序贊"定交一面"注引漢崔寔本論:"且觀世人之相論也,徒以一面之交,定臧否之決。"

【一面之辭】單方面的話。紅樓夢一一九:"據媒人一面之辭,所以派人相看。"

【一面如舊】同"一見如故"。晉書張華傳:"初,陸機兄弟志氣高爽,……見華一面如舊,欽華德範,如師資之禮焉。"

【一飛沖天】見"一鳴驚人"。

【一家一計】一夫一妻之家庭。古今雜劇元關漢卿望江亭二:"把似你守着一家一計,誰着你收拾下兩婦三妻?"引申爲一家之人。孤本元明雜劇元缺名劉弘嫁婢二:"從今後你個嬸子,和你個姪兒,咱可都是一家一計。"

【一家之學】自成一家的學派。三國志魏杜畿傳附杜恕"掇其切世大事著于篇"注引杜氏新書:"(杜預)乃錯綜微言,著春秋左氏經傳集解,又參考衆家,謂之釋例,又作盟會圖春秋長曆,備成一家之學,至老乃成。"後漢書章帝紀"雖曰承師,亦別名家"唐李賢注:"言雖承一師之業,其後觸類而長,更爲章句,則別爲一家之學。"

【一祖三宗】元方回論詩,排斥西崑派,推崇江西派。認爲唐杜甫爲唐詩之冠,推爲一祖。宋黄庭堅陳師道陳與義皆師法杜甫,推爲三宗。見元方回瀛奎律髓十六節序類、二六變體類。

【一索得男】易說卦:"震一索而得男,故謂之長男。"後來詩文中用以稱初生男孩子。宋王邁臞軒集十五賀陳講書謀仲諏璋慶詩:"十爲良月陽將長,一索成男喜可知。"

【一笑千金】指美人笑之難得。藝文類聚五七東漢崔駰七依:"迴顧百萬,一笑千金。"南朝梁王僧孺王左丞集詠寵姬詩:"再顧連城易,一笑千金買。"

【一笑置之】不值得理睬的意思。宋楊萬里誠齋集二六觀水嘆詩:"出處未可必,一笑姑置之。"

【一息尚存】只要還有一口氣。論語泰伯:"死而後已,不亦遠乎!"宋朱熹集注:"一息尚存,此志不容少懈,可謂遠矣。"

【一倡三歎】宗廟奏樂,一人唱歌,三人贊嘆而應和之。荀子禮論:"清廟之歌,一倡而三歎也。"倡,也作"唱",一,也作"壹"。後用以形容詩文婉轉而富於情味。宋蘇軾東坡集前集十三和蔡景繁海州石室詩:"長篇小字遠相寄,一唱三歎神凄楚。"

【一張一弛】張,拉緊弓弦。弛,放松弓弦。禮雜記下:"張而不弛,文武弗能也;弛而不張,文武弗爲也。一張一弛,文武之道也。"疏:"喻民一時須勞,一時須逸,勞逸相參。"

【一敗塗地】徹底失敗,不可收拾。史紀高祖紀:"天下方擾,諸侯並起,今置將不善,壹敗塗地。"索隱:"言一朝破敗,便肝腦塗地。"漢書高帝紀上作"一敗塗地。"一說古時築土爲牆,牆塌則泥土散落滿地,不可收拾,故以此爲喻。

【一唱三歎】見"一倡三歎"。

【一國三公】謂政令出於多頭,事權不一,使人無所適從。左傳僖五年:"狐裘尨茸,一國三公,吾誰適從?"按三公指晉獻公和他的兒子公子夷吾重耳。

【一貧如洗】赤貧,一無所有。元曲選關漢卿竇娥寃楔子:"小生一貧如洗,流落在這楚州居住。"

【一得之愚】自謙之詞。詳"一得"。

【一視同仁】唐韓愈昌黎集十一原人:"是故聖人一視而同仁,篤近而舉遠。"指對百姓一例看待,同施仁愛。後泛指平等對待,不分厚薄。元曲選(蕭德祥)殺狗勸夫一:"为甚麼小的兒多貧困,大的兒有金錢,爹爹妳妳阿!你可怎生來做的個一視同仁!"

【一勞永逸】勞苦一時,得永享其利。北魏賈思勰齊民要術三種苜蓿:"長生種者,一勞永逸。"文選漢班孟堅(固)封燕然山銘:"茲可謂一勞而久逸,暫費而永寧也。"

【一寒如此】史記七九范睢傳:"魏使須賈於秦,范睢聞之,爲微行,敝衣閒步之邸。……(賈)曰:'范叔一寒如此哉!'乃取其一綈袍以賜之。"寒,貧寒潦倒。後用以表示貧困已極。元方回桐江續集十四次韻許大初見贈詩:"賴是同鄉復同味,一寒如此遽春還。"

【一琴一鶴】宋趙抃任成都轉運使,到官時,隨身只帶一琴一鶴。見宋沈括夢溪筆談九人事一、宋史三一六抃本傳。後即用一琴一鶴美化封建官僚爲政清廉。按宋趙善璙自警篇嗜好說是一龜一鶴,葉夢得石林詩話則以琴鶴龜三事並言,說法不一。

【一壺千金】鶡冠子學問:"中河失船,一壺千金,貴賤無常,時使物然。"宋陸佃注:"壺,匏也。佩之可以濟涉,南人謂之腰舟。"比喻物雖輕微,用得着時便十分寶貴。

【一場春夢】一場春宵好夢。喻轉眼成空。才調集四張泌寄人詩:"倚柱尋思倍惆悵,一場春夢不分明。"宋趙令畤侯鯖錄七:"東坡老人(蘇軾)在昌化,嘗負大瓢,行歌於田間。有老婦年七十,謂坡云:'內翰昔日富貴,一場春夢!'坡然之。里中呼此媪爲春夢婆。"參見"春夢婆"。

【一朝一夕】一日一夜,指短促的時間。易坤文言:"臣弑其君,子弑其父,非一朝一夕之故,其所由來者漸矣。"史記自序引作"一旦一夕"。

【一揮而成】形容文思敏捷。宋史四一八文天祥傳:"天祥以法天不息爲對,其言萬餘,不爲藁,一揮而成。"也作"一揮而就"。警世通言俞仲舉題詩遇上皇:"俞良一揮而就,做了一隻詞,名過龍門令。"

【一棲兩雄】比喻兩雄對峙,勢不兩立。韓非子揚權:"一棲兩雄,其鬬㘖㘖。"史記九七酈食其傳有"兩雄不俱立"之語。

【一階半級】指低微的官職。北齊顏之推顏氏家訓勉學:"或因家世餘緒,得一階半級,便是爲足,全忘修學。"也作"一階半職"。元曲選馬致遠陳摶高卧三:"便博得一階半職,何足算,不堪提。"

【一陽來復】古人以爲天地間有陰陽二氣,每年到了冬至日,陰氣盡,陽氣開始復生,叫做一陽來復。見易復。元侯克中艮齋詩集十四春前一日詩:"歲月催人不易禁,一陽來復又成臨。"

【一瓻筆存】叢書名。清管廷芬編。搜輯歷代單本書,分經史子集四部。經部起晉阮咸注古三墳,訖清繆艮四書對語;史部起宋尹洙五代春秋,訖明屠隆古今碑帖箋;子部起明張獻翼晤言談,訖明黄宗羲丹山圖詠;集部起元釋宗起織錦迴文讀法,訖清許樹棠鶺鴒裘傳奇稿。共一百十種,一百二十餘卷。

【一傅衆咻】一人教,衆人喧嘩搗亂。比喻不能有所成效。傅,教。咻,喧嘩。孟子滕文公下:"有楚大夫於此,欲其子之齊語也……一齊人傅之,衆楚人咻之,雖日撻而求其齊也,不可得矣。"

【一絲不掛】佛教常用來比喻不被塵俗牽累。宋黄庭堅豫章集三僧景宗相訪寄法王航禪師詩:"一絲不掛魚脫淵,萬古同歸蟻旋磨。"此言釣竿不繫絲則魚得脱，以喻人之不爲情累。景德傳燈録八池州南泉禪師與陸亘問答，作“寸絲不挂”。也泛指裸體。宋楊萬里誠齋集二七清曉洪澤放閘四絶句詩：“放閘老兵殊耐冷，一絲不挂下冰灘。”

【一意孤行】史記一二二張湯傳：“(趙)禹爲人廉倨。爲吏以來，舍毋食客。公卿相造請禹，禹終不報謝，務在絶知友賓客之請，孤立行一意而已。”本謂謝絶請託，按己意執法。後指固執己見，獨斷獨行。

【一落千丈】唐韓愈昌黎集五聽潁師彈琴詩：“躋攀分寸不可上，失勢一落千丈强。”指琴聲陡然由高到低。後常用來比喻聲譽地位的急劇下降。宋王邁臞軒集九上何帥啓：“失勢一落千丈强，自安蹇步；衝人決起百餘尺，坐看羣飛。”

【一葉兩豆】見“一葉蔽目”。

【一葉知秋】看見一片落葉，便知秋季來臨。比喻由小見大，從部分現象，推知事物的本質、全體和發展趨勢。淮南子説山：“以小明大，見一葉落，而知歲之將暮；睹瓶中之冰，而知天下之寒。”文苑英華一四二唐李子卿聽秋蟲賦：“時不與兮歲不留，一葉落兮天地秋。”宋唐庚文録、陳元靚歲時廣記三引唐人詩：“山僧不解數甲子，一葉落知天下秋。”

【一葉蔽目】鶡冠子天則：“夫耳之主聽，目之主明，一葉蔽目，不見太山；兩豆塞耳，不聞雷霆。”意思説目有所蔽，就看不見東西；耳有所塞，就聽不到聲音。後用以比喻被細小的事物所迷惑，看不到全局和整體。

【一鼓作氣】左傳莊十年：“夫戰，勇氣也。一鼓作氣，再而衰，三而竭。”古代作戰，擊鼓進軍。擂第一通鼓時，士氣最盛。後比喻趁鋭氣旺盛的時候，一舉成事。

【一路福星】宋鮮于侁爲京東轉運使，比行，司馬光謂人曰：“福星往矣。”見宋秦觀淮海集三六鮮于子駿行狀。清翟灝十祝誦引作“一路福星”。福星，卽歲星，舊時術士謂歲星照臨能降福於民。宋代行政大區稱路，後來以路爲道路之“路”，以一路福星爲祝人旅途平安之語。

【一飯千金】喻報恩酬謝之厚。漢韓信少年家貧，曾得一漂絮老婦給飯充飢。後來當了楚王後，賜千金以爲報答。見史記九二淮陰侯傳。

【一飲一啄】指鳥類飲食隨心，生活逍遥自在。莊子養生主：“澤雉十步一啄，百步一飲，不蘄畜乎樊中。”文苑英華一三七唐高郢沙洲獨鳥賦：“一飲一啄，載沉載浮。”後來泛指人的飲食。太平廣記一五八貧婦引玉堂閒話：“諺云：‘一飲一啄，繫之於分。’”

【一誤再誤】前事已誤，不以爲戒，後事又誤。宋史二四四魏王廷美傳：“太宗嘗以傳國之意訪之趙普。普曰：‘太祖已誤，陛下豈容再誤耶？’”

【一塵不到】同“一塵不染”。唐唐彥謙鹿門集中遊清涼寺詩：“一塵不到心源静，萬有俱空眼界清。”

【一塵不染】佛教語，指佛教徒修行，排除物欲，保持身心純潔。佛教禪宗六祖慧能偈云：“本來無一物，何假拂塵埃？”見景德傳燈録三弘忍大師。後用以形容非常純淨或絲毫不受壞習氣影響。宋張耒柯山集二六臘初小雪後圃梅開詩：“一塵不染香到骨，姑射仙人風露身。”

【一臺二妙】晉衛瓘與索靖都善於草書。瓘爲尚書令，靖爲尚書郎，時人稱爲“一臺二妙”。見晉書衛瓘傳。後來用以泛指同一官署中負有名氣的兩人。唐韋應物韋江州集五路逢崔元二侍御避馬見招以詩戲贈詩：“一臺稱二妙，歸路望行塵。”

【一團和氣】和藹可親。宋楊無咎逃禪詞選冠子許倅生辰：“看縱横才美，雍容談笑，一團和氣。”古今雜劇元缺名風月南牢記：“你是箇不誠實材料，悔從前將你託，一團和氣盡虚囂，滿面春風笑裏刀。”今指不講原則的團結。

【一鳴驚人】韓非子喻老：“雖無飛，飛必沖天；雖無鳴，鳴必驚人。”史記一二六滑稽傳：“此鳥不飛則已，一飛沖天；不鳴則已，一鳴驚人。”比喻平時默默無聞，突然做出驚人的表現。

【一網打盡】全部肅清。宋魏泰東軒筆録四：“劉待制元瑜既彈蘇舜欽，而連坐者甚衆，同時俊彥，爲之一空。劉見宰相曰：‘聊爲相公一網打盡！’”宋史蘇舜欽傳作王拱宸語。

【一麾出守】文選南朝宋顏延年(延之)五君詠阮始平(咸)詩：“屢薦不入官，一麾乃出守。”麾，是揮斥、排擠的意思。詩意説阮咸受到荀勗的排擠，出爲始平太守。唐杜牧樊川集二將赴吳興登樂遊原詩：“欲把一麾江海去，樂遊原上望昭陵。”把麾字誤解爲“旌麾”的“麾”，後來沿誤就把“一麾出守”作爲京朝官出爲外任的典故。參閲宋沈括夢溪筆談四辨證二、黄朝英靖康緗素雜記七一麾。

【一髮千鈞】古三十斤爲一鈞。一髮弔千鈞，比喻情況萬分危急。漢書五一枚乘傳：“夫以一縷之任係千鈞之重，上縣無極之高，下垂不測之淵，雖甚愚之人猶知哀其將絶也。”唐韓愈昌黎集十八與孟尚書書：“其危如一髮引千鈞。”

【一瞑不視】説人死不能再有所見。戰國策楚一：“有斷頭決腹，一瞑而萬世不視，不知所益，以憂社稷者。”宋鮑彪注：“瞑，不視也，謂死。”

【一噴一醒】唐韓愈昌黎集八鬭雞聯句：“一噴一醒然，再接再礪乃。”意思是鬭雞用水噴，使之清醒後再鬭。後用以比喻推動督促。昭代經濟言十三明張棟陳邊事：“又未幾而改命臣等九人，分道而出，一噴一醒，而終不能保其後之不痿痹也。”

【一暴十寒】曬一天，凍十天。比喻做事一日勤，十日怠，没有恒心。孟子告子上：“雖有天下易生之物也，一日暴之，十日寒之，未有能生者也。”

【一漿十餅】漿、餅皆微物，比喻小恩小惠。新唐書二一三李正己傳附李師道：“大將崔承慶獨進曰：‘公初不示諸將腹心，而今委以兵，此皆嗜利者，朝廷以一漿十餅誘之，去矣！’”

【一箭雙鵰】隋長孫晟、唐高駢都有一箭射中兩鵰的事，見北史新唐書本傳。因而用一箭雙鵰來形容射藝的高明。續景德傳燈録二六慧海儀禪師：“萬人膽破沙場上，一箭雙鵰落碧空。”後用來比喻一舉兩得。

【一舉千里】一飛就是千里。喻前程遠大。史記留侯世家：“鴻鵠高飛，一舉千里。”文選三國魏曹子建(植)與楊德祖書：“然此數子，猶復不能飛軒絶跡，一舉千里。”

【一舉兩得】作一件事，同時收到兩方面的利益。東觀漢記八耿弇傳：“吾得臨淄，卽西安孤，必復亡矣，所謂一舉而兩得者也。”晉書束晳傳：“(陽平頓丘)二郡田地逼狹，謂可徙遷西州，以充邊土，……一舉兩得，外實內寬。”

【一舉成名】一舉成事就名聲大振。唐韓愈昌黎集三三唐故國子司業竇公墓誌銘：“公一舉成名而東。”金劉祁歸潛志七：“故當時有云：古人謂十年窗下無人問，一舉成名天下知。今日一舉成名天下知，十年窗下無人問也。”

【一德一心】同心同德。書泰誓中：“乃一德一心，立定厥功，惟克永世。”

【一龍一蛇】比喻時隱時顯，變化莫測。管子樞言：“周者不出于口，不見于色。

一龍一蛇，一日五化之謂周。”注:“一則爲龍，一則爲蛇，喻人行藏。”莊子山木:“無譽無訾，一龍一蛇，與時俱化，而無肯專爲。”

【一龍一豬】比喻同時二人，相去懸殊。唐韓愈昌黎集六符讀書城南詩:“兩家各生子，提孩巧相如。……三十骨骼成，乃一龍一豬。”

【一諾千金】指諾言之信實可貴。史記一〇〇季布傳:“楚人諺曰:‘得黄金百斤，不如得季布一諾。’”唐李白李太白詩十敍舊贈江陽宰陸調:“一諾許他人，千金雙錯刀。”錯刀，古代錢名，一刀值五千錢。

【一樹百穫】謂培養人才，獲益長遠。管子權修:“一樹一穫者，穀也;一樹十穫者，木也;一樹百穫者，人也。”

【一筌牙齒】指一家人口。宋張仲文白獺髓杭州流俗:“行都人……其語言無實，尤可誚。……語家口則曰一筌牙齒。”行都，指杭州。宋范成大石湖集三一淨慈顯老爲衆行化……就作畫贊詩:“擔負一筌牙齒債，鐘鳴鼓響幾時休？”

【一錢太守】東漢會稽太守劉寵將内遷爲大臣，山陰縣有五、六老人，各贈百錢爲他送行。劉只受每人一大錢，當地人稱之爲“一錢太守”。見後漢書七六劉寵傳。後用作廉吏的别稱。

【一錢不直】直，同“值”。極言毫無價值。史記一七〇魏其武安侯傳:“生平毁程不識不直一錢。”唐張鷟游仙窟:“少府謂言兒是九泉下人，明日在外處，談道兒一錢不直。”也作“一文不值”。明畢魏三報恩罵侯:“最可悲年少科名，弄得一文不值。”

【一龜一鶴】見“一琴一鶴”。

【一謙四益】謙虛能使人得到很多益處。漢書藝文志道家:“易之嗛嗛，一謙而四益，此其所長也。”

【一點靈犀】舊説犀角上有紋兩頭，感應通靈，故稱靈犀。1.比喻心心相印。見“心有靈犀一點通”。2.聰明。陽春白雪後集四元王仲誠粉蝶兒套數:“蕙蘭性一點靈犀透，舉止温柔。”

【一瀉千里】原指江河水勢奔騰直下，後因用以形容文筆氣勢奔放。唐李白李太白詩十二贈從弟宣州長史昭:“長川豁中流，千里瀉吴會。”明王世貞文評:“方希直（孝孺）如奔流滔滔，一瀉千里。”也作“一瀉百里”。唐韓愈昌黎集三貞女峽詩:“懸流轟轟射水府，一瀉百里翻雲濤。”

【一竅不通】譏諷見聞狹隘或不明事理。古今雜劇元張國賓羅李郎一:“阿這老的一竅也不通。”

【一擲千金】花錢無度，任意揮霍。文苑英華一九四唐吴象之少年行:“一擲千金渾是膽，家無四壁不知貧。”

【一擲百萬】形容賭徒下注極大。宋書武帝紀上:“劉毅家無擔石之儲，摴蒱一擲百萬。”

【一擲乾坤】以天下爲孤注之一擲。唐韓愈昌黎集十過鴻溝詩:“誰勸君王回馬首，真成一擲賭乾坤。”宋李光莊簡集四伏覩親征榜又聞韓侯過江北……詩:“百年社稷傾危後，一擲乾坤勝負間。”

【一薰一蕕】薰，香草。蕕，臭草。薰蕕混在一起，只聞其臭不聞其香，比喻善常爲惡所掩蓋。左傳僖四年:“一薰一蕕，十年尚猶有臭。”

【一鎗一旗】指幼嫩的茶葉。宋熊蕃宣和北苑貢茶録:“次曰揀芽，乃一芽帶一葉者，號一鎗一旗。”參見“旗鎗”。

【一簧兩舌】比喻誑言亂語。漢焦延壽易林一坤之夬:“一簧兩舌，妄言謬語。”

【一簞一瓢】論語雍也:“一簞食，一瓢飲，在陋巷，人不堪其憂，回也不改其樂。”這是孔子讚美顏回安貧樂道的話。後用以比喻生活清苦。參見“簞食瓢飲”。

【一觴一詠】指賦詩飲酒。世説新語企羡“甚有欣色”注引晉王羲之臨河敍:“雖無絲竹管絃之盛，一觴一詠，亦足以暢敍幽情。”

【一嚬一笑】憂和喜的表情。韓非子内儲上七術:“吾聞明主之愛，一嚬一笑，嚬有爲嚬，而笑有爲笑。”指喜怒不輕見於外。嚬，同“顰”，憂愁貌。樂府詩集五十南朝梁昭明太子龍笛曲:“金門玉堂臨水居，一嚬一笑千萬餘。”

【一夔已足】見“一夔”。

【一籌莫展】束手無策。籌，計算的籌碼。引伸爲計策。清孔尚任桃花扇誓師:“下官史可法，日日經略中原，究竟一籌莫展。”

【一饋十起】極言事務繁忙，連吃一頓飯也要多次起立。淮南子氾論:“禹之時以五音聽治，……當此之時，一饋而十起，一沐而三捉髮，以勞天下之民。”

【一鱗一爪】龍在雲中，時露一鱗一爪，使人難於見其全貌。清王士禎主張作詩貴含蓄，忌淺露，以此爲喻。趙執信駁其説，曰:“神龍者屈伸變化，固無定體，恍惚望見者，第指其一鱗一爪，而龍之首尾完好，故宛然在也。”見所著談龍録。後用以比喻零星片段的事物。

【一鱗半甲】中興閒氣集上蘇渙:“三年中作變律詩九首，上廣州李帥，其文意長於諷刺，亦有陳拾遺（子昂）一鱗半甲。”這裏以龍爲喻，得其一鱗半甲，即略有相似之處。後用以比喻事物的片段。清趙翼甌北詩鈔五題黄陶庵手書詩册:“嗚呼公已騎箕去，故紙殘零亦何有。一鱗片甲乃幸存，其字其詩遂不朽。”

【一切經音義】書名。1.唐釋玄應撰。二十五卷。又名玄應音義。此書宋藏所收二十五卷，與唐志合。明代刻本分爲二十六卷。清乾隆中莊炘錢坫孫星衍校刻復二十五卷之舊，且附校注，多所是正。2.唐釋慧琳撰，一百卷。以説文字林玉篇字統古今正字文字典説開元文字音義七家書釋字義，釋衆經一千三百部，五千七百餘卷。合玄應音義、慧苑華嚴經音義等，前後二十餘年始成。於大中五年奏准入藏。此書在我國失傳已久，日本傳本自高麗藏譯出。又遼釋希麟撰續一切經音義十卷，也爲日本所傳，今一併收入大藏經中。

【一代風騷主】一個時代文壇上的領袖人物。唐鄭谷小時作詩有名，司空圖稱他“當爲一代風騷主”。見詩話總龜六引潘若冲郡閣雅談。

【一百二十行】宋元人稱社會上各行各業爲一百二十行。宣和遺事亨集:“遂於宫中，内列爲市肆，令其宫女賣茶賣酒，及一百二十行，經紀買賣皆全。”詳“三百六十行”。

【一戎大定樂】唐武樂名。龍朔元年作，以此象徵用武得勝之勢。舞者一百四十人，披五彩甲，持槊而舞，並有歌者相和。參閱唐會要三三諸樂、新唐書禮樂志十一。

【一乘顯性教】佛教華嚴宗稱，佛教最上的一乘，能使一切衆生，顯明本性，與佛無異。唐釋宗密原人論斥偏淺:“佛教自淺之深，略有五等:一、人天教，二、小乘教，三、大乘法相教，四、大乘破相教，五、一乘顯性教。”

【一朝權在手】一旦大權在握。中興閒氣集上朱灣奉使設宴戲擲籠籌詩:“一朝權入手，看取令行時。”明顧大典青衫記承璀授闖:“一朝權在手，便把令來行，大小三軍，聽吾命令！”

【一棒一條痕】佛教禪宗用來比喻做事扎實，一步一個脚印。宋朱熹朱子語類三四論語十六:“大概聖人做事，如所謂一棒一條痕,一摑一掌血,直是恁地。”

【一賜樂業教】一賜樂業爲以色列之古音譯。一賜樂業教即猶太教。其教於宋元之間傳入我國,開封有明弘治二年重建清真寺記、正德七年尊崇道經寺記。

【一不做,二不休】不做則已,做就做到底。唐趙元一奉天録四:“傳語後人:第一莫作,第二莫休。”元曲選王曄桃花女三:“我看那周公和這桃花女,一不做,二不休,少不得弄出幾個人命來。”

【一牀錦被遮蓋】比喻請求別人通融、庇護。元周密齊東野語二淮西之變:“且以王德爲都統制,酈瓊副之。……及德視事教場,諸將執撾,用軍禮謁拜,瓊登而言曰:‘尋常伏事太尉不周,今日乞做一床錦被遮蓋。’”水滸二五:“只是如今殮武大的屍首,凡百事週全,一牀錦被遮蓋則箇,別無多言。”

【一客不煩兩家】一人全部擔承或一人始終成全其事。續傳燈録二八堂遠禪師:“一鶴不棲雙木,一客不煩兩家。”也作“一客不煩二主”或“一客不犯二主”。明徐𤦺殺狗記十二:“一客不犯二主,一發是你去。”

【一動不如一靜】宋張端義貴耳集上:“(宋)孝宗幸天竺及靈隱,有輝僧相隨。見飛來峯,問輝曰:‘既是飛來,如何不飛去?’對曰:‘一動不如一静。’”後作多一事不如少一事解。

【一傳十,十傳百】宋陶穀清異録喪葬義疾:“一傳十,十傳百,展轉無窮,故號義疾。”原指疾病傳染。後泛作言語、消息輾轉相傳之意。明缺名韋鳳翔玉環記六:“吾如今一人傳十,十人傳百,那時人都知道,再不上你家的門來了。”

【一榜盡賜及第】猶言全部録取。宋邵伯温聞見前録七:“太宗即位,(張)齊賢方赴廷試,帝欲其居上甲,有司置於丙科。帝不悦,有旨一榜盡除京官通判。”後稱一榜盡賜及第,本此。

【一蟹不如一蟹】舊題宋東坡居士艾子雜説記艾子行於海上,初見蝤蛑,繼見螃蟹及彭越,形皆相似而體愈小,因嘆曰:“何一蟹不如一蟹也!”宋王君玉國老談苑二、曾慥類説四五聖宋掇遺都説是宋初陶穀出使吳越,因嗤蟹借以諷刺吳越王錢俶的事,但作“一代不如一代”。金王若虚滹南遺老集三五:“晏殊以爲柳勝韓,李淑又謂劉勝柳,所謂一蟹不如一蟹。”都有每況愈下的意思。

【一口吸盡西江水】一氣呵成,融貫萬法的意思。景德傳燈録八居士龐蘊:“後之江西,參問馬祖云:‘不與萬法爲侶者是什麼人?’祖云:‘待汝一口吸盡西江水,即向汝道。’”後指人操之過急,想一下子就達到目的。

【一失足成千古恨】一犯錯誤,悔恨莫及。明楊儀明良記:“唐解元寅既廢棄,詩云:‘一失脚成千古笑,再回頭是百年人。’”後多作“一失足成千古恨”。

【一人傳虛,萬人傳實】本無其事,傳的人多了,就信以爲真。漢王符潛夫論賢難:“一犬吠形,百犬吠聲;一人傳虛,萬人傳實。”

【一之謂甚,其可再乎】即不可一錯再錯之意。左傳僖五年:“晉不可啓,寇不可翫,一之謂甚,其可再乎!”

【一夫當關,萬夫莫開】比喻地勢險要,易守難攻。文選晉左太沖(思)蜀都賦:“至于臨谷爲塞,因山爲障,峻岨塍埒,長城豁險,吞若巨防。一人守隘,萬夫莫向。”唐李白李太白詩三蜀道難:“劍閣崢嶸而崔嵬,一夫當關,萬夫莫開。”

【一言既出,駟馬難追】謂話已出口,無法收回。鄧析子轉辭:“一聲而非,駟馬勿追;一言而急,駟馬不及。”宋歐陽修文忠集一二九筆説駟不及舌説:“俗云:一言出口,駟馬難追。論語所謂‘駟不及舌’也。”元曲選李壽卿伍員吹簫三:“大丈夫一言既出,駟馬難追,豈有番悔之理。”

【一佛出世,二佛生天】出世,生;生天,死。即死去活來之意。二刻拍案驚奇五:“真珠姬一發亂攧亂擲,哭得一佛出世,二佛生天。”又稱“一佛出世,二佛涅槃”。水滸五三:“衆人只得拿翻李逵,打得一佛出世,二佛涅槃。”

一 畫

丁 1. dīng 當經切,平,青韻,端。
ㄉㄧㄥ

㊀釘。金文寫作↑,象形。晉書陶侃傳:“及桓温伐蜀,又以侃所貯竹頭作丁裝船。”世説新語政事作“釘”。㊁我國古代用干支配合以紀日、月、年,丁是天干中的第四位。參見“干支”。㊂壯大。史記律書:“丁者,言萬物之丁壯也。”故稱成年男女爲丁男、丁女。唐白居易長慶集三新豐折臂翁詩:“無何天寶大徵兵,户有三丁點一丁。”㊃從事某種勞動的人。如庖丁、畦丁、園丁。莊子養生主:“庖丁爲文惠君解牛。”㊄當。詩大雅雲漢:“寧丁我躬。”後漢書十七岑彭傳:“我喜我生獨丁斯時。”參見“丁憂”、“丁艱”。㊅魚的枕骨。爾雅釋魚:“魚枕謂之丁。”注:“枕在魚頭骨中,形似篆書丁字,可作印。”㊆姓。相傳齊太公後有丁公伋,子孫以謚爲姓。見元和姓纂五青引秘笈新書。

2. zhēng 側莖切,平,耕韻,莊。
ㄓㄥ

㊇象聲詞。見“丁$_2$丁$_2$”。

【丁丁】雄健的様子。唐白居易長慶集二二畫鵰贊詩:“鷙禽之英,黑鵰丁丁。”

【丁$_2$丁$_2$】伐木聲。詩小雅伐木:“伐木丁丁。”唐宋時人常用以形容琴聲、棋聲、漏聲、佩玉聲等。宋王禹偁小畜集十七黄州新建小竹樓記:“宜圍棋,子聲丁丁然。”

【丁力】勞力。金史食貨志一:“民乏食,至鬻子者,聽以丁力等者贖之。”

【丁子】蝌蚪。也叫蝦蟆子,初生頭大有尾象“丁”字。莊子天下:“丁子有尾。”

【丁口】人口。古代通常男稱丁,女稱口。唐韓愈昌黎集五寄盧仝詩:“國家丁口連四海,豈無農夫親耒耜。”

【丁女】㊀堪任力役的成年女子。墨子備城門:“守法:五十步,丈夫十人,丁女二十人,老小十人。”史記一一二主父偃傳:“丁男被甲,丁女轉輸,苦不聊生,自經於道樹,死者相望。”㊁道家所謂的六丁之神,即火神。宋蘇軾分類東坡詩二四真一酒歌:“壬公飛空丁女藏,三伏遇井了不嘗。”注:“丁女,言火也。”

【丁夫】即丁男。漢王符潛夫論浮侈:“或丁夫世不傳犂鋤,懷丸挾彈,攜手遨遊。”唐代規定丁是正役,夫是雜徭。唐律疏議二八捕亡:“諸丁夫雜匠在役。”

【丁丑】隋大業十三年(公元617年)竇建德農民起義軍建立政權時所用的年號。見舊唐書五四竇建德傳。

【丁中】古代徵税、徵勞役,一般按年齡分爲兩大類:一類稱丁,一類稱中。丁中年齡的劃分,歷代各有不同。北齊規定男子十八至六十五歲爲丁,十六、十七歲爲中。唐武德七年規定男女十六歲爲中,二十一歲爲丁。參閲通典七食貨七。參見“丁老”。

【丁父】丁公藤的別名。詳“丁公藤”。

【丁公】名固。薛人,季布之母弟。爲項羽將,曾圍攻劉邦於彭城西。劉邦危急,對丁公説:“兩賢豈相厄哉!”丁公遂引兵退。後劉邦爲帝,丁公往見。劉邦以“使項王失天下者,迺丁公也”爲理由,把他殺了,並説:“使後世爲人臣者,無效丁公。”見史記一〇〇季布欒布傳。

【丁丙】公元1832—1899年。清浙江錢塘人。字嘉魚,别字松生,晚號松存。杭州文瀾閣所藏的四庫全書因戰爭散失,丙與兄申盡力搜求,十得八九。家有嘉惠堂,藏書很多。輯有武林掌故叢編武林往哲遺書。著有北隅綴録善本書室藏書志等。其後人將丙所藏之書賣給江南圖書館(今南京圖書館)。參閲葉昌熾藏書記事詩七、續碑傳集八一。

【丁令】㊀即丁靈。漢書五四李廣蘇建傳附蘇武:"其冬,丁令盜武牛羊。"詳"丁靈"。㊁即丁令威。文苑英華一唐翟楚賢碧落賦:"千年丁令,暫下遼水之曲。"詳"丁令威"。

【丁冬】象聲詞。也作"丁東"。才調集三韋莊擣練篇:"臨風縹緲疊秋雪,月下丁冬擣寒玉。"

【丁奴】成年男奴僕。新唐書百官志一:"凡居作者,差以三等,四歲以上爲小,十一以上爲中,二十以上爲丁。丁奴,三當二役;中奴丁婢,二當一役;中婢,三當一役。"

【丁米】按人口繳納的税米。文獻通考十一戶口二:"然道州丁米,每歲猶爲二千石,人甚苦之。"參見"丁賦"。

【丁老】壯年人和老年人。丁則服役納税,老則免役免税。丁年老年的標準,歷代規定不同。晉規定男女年十六至六十歲爲正丁,十三至十五歲和六十一至六十五歲爲次丁,十二歲以下六十六歲以上爲老小,免役。唐規定二十一至五十九歲爲丁,六十歲以上爲老。明代十六歲爲成丁,服役,六十歲免役。清康熙五十年規定以後所生人丁,永不加賦,丁老的區别,已無實際意義。參閲晉書食貨志、新唐書食貨志一、續通典十食貨十。

【丁匠】在官府服役的工匠。北史袁充傳:"將作役功,因加程課,丁匠苦之。"

【丁年】成丁的年齡。文選舊題漢李少卿(陵)答蘇武書:"丁年奉使,皓首而歸。"注:"丁年,謂丁壯之年也。"

【丁辰】適逢其時。後漢書四十下班固傳典引:"逢吉丁辰,景命也。"

【丁妻】壯年的妻子。全唐詩四七五李德裕句:"誰家幼女敲筋歌,何處丁妻點燈織。"

【丁男】成年男子。史記一一二主父偃傳:"然後發天下之丁男以守北河。"參見"丁女㊀"。

【丁壯】少壯男子。也稱"壯丁"。史記項羽紀:"楚漢久相持未決,丁壯苦軍旅,老弱罷轉漕。"

【丁役】服勞役的壯丁。唐張籍張司業集一西州詩:"郡縣發丁役,丈夫各征行。"

【丁泠】滴水聲。唐賈島長江集三送烏行中石淙别業詩:"寒水長繩汲,丁泠數滴翻。"

【丁夜】四更時,卽深夜二時左右。新唐書天文志二:"(太和)九年六月丁酉,自昏至丁夜,流星二十餘,縱横出没,多近天漢。"

【丁東】象聲詞。多用來形容漏聲、玉佩聲等。也作"丁冬"。唐温庭筠詩集一織錦詞:"丁東細漏侵瓊瑟,影轉高梧月初出。"

【丁杰】公元1738—1807年。清浙江歸安人。字升衢,一字小疋。乾隆四十六年進士,官教授。研究經史,旁及説文、音韻、算數。曾和朱筠戴震等參加四庫全書的編纂工作。著有周易鄭注後定大戴禮記繹小酉山房文集等書。見清李元度國朝先正事略三五。

【丁度】公元990—1053年。宋祥符人。字公雅。仁宗時爲翰林學士、參知政事。謚文簡。著有邇英聖覽(宋史藝文志作答邇英聖問)、龜鑑精義、編年總録等書。又嘗主編武經總要、集韻、景祐禮部韻略等書。見宋史二九二丁度傳。

【丁若】複姓。相傳春秋齊國丁公的兒子懿伯,食邑於若,因以丁若爲姓氏。晉有遂興令丁若賢。見通志二九氏族五。

【丁香】㊀桃金娘科,常緑喬木,高達十米,産熱帶。丁香的花蕾和果實,曬乾後有辛郁香味,可入藥。因其種仁由兩片形狀似雞舌的子葉抱合而成,故又稱"雞舌香",頗貴重。宋沈括夢溪筆談二六藥議:"三省故事:郎官日含雞舌香,欲其奏事對答,其氣芬芳。"參見"雞舌香"。㊁我國所産木犀科灌木紫丁香的花蕾。南唐二主詞李璟浣溪沙:"青鳥不傳雲外信,丁香空結雨中愁。"

【丁侯】相傳爲商周時的一個諸侯名。明焦竑焦氏類林六上兵策引太公金匱:"武王伐殷,丁侯不朝,尚父畫丁侯,三旬射之,丁侯病。"明人小説封神演義述陸壓縛草人咒刺趙公明的故事,取材於此。

【丁恭】東漢山陽東緡人。字子然。漢光武帝建武時,當過博士、祭酒等官。研究公羊嚴氏春秋,學生很多,號稱"大儒"。見後漢書七九下儒林傳。

【丁晏】公元1794—1875年。清江蘇山陽人。字儉卿,一字柘堂。道光初舉人。曾參與鎮壓捻軍。早歲治經,主漢學,長於訓詁。他校訂的書籍很多,有頤志齋叢書二十二卷。見續碑傳集七四。

【丁翁】通草的别名。一名附支。見神農本草經二通草。參見"丁公藤"。

【丁倒】顛倒。丁、顛雙聲,通用。樂府詩集四六南朝宋讀曲歌:"鹿轉方相頭,丁倒欺人目。"

【丁部】三國魏荀勗把國家藏書分爲甲、乙、丙、丁四部。唐以後改爲經、史、子、集。丁部卽集部。南史徐羨之傳附徐君蒨:"(君蒨)幼聰朗好學,尤長丁部書,問無不對。"詳"四部"。

【丁産】人口和田産。宋史三四〇蘇頌傳:"頌因治訊他事,互問民鄰里丁産識其詳。"

【丁庸】向官府交納用以代替勞役的錢或物。周書三五裴俠傳:"肥鮮不食,丁庸不取。"

【丁祭】封建時代於每年二月、八月第一個丁日(上丁)祭祀孔子,稱丁祭。參閲太平御覽五三五拜奠、新唐書禮樂志。

【丁婢】成年的婢女。新唐書百官志一:"中奴、丁婢,二當一役。"詳"丁奴"。

【丁覘】南朝梁洪亭人。著名的書法家。擅長隸書、草書。與同時的智永齊名,時人稱爲"丁真永草"。見北齊顔之推顔氏家訓慕賢。參見"丁真楷草"。

【丁傅】漢哀帝時有權勢的外戚家族丁傅兩姓。哀帝的祖母爲傅昭儀,母親爲定陶恭王丁姬,又納傅昭儀姪子的女兒爲妃。哀帝一卽位,同日封妻父傅晏爲孔鄉侯,舅丁明爲陽安侯,顯貴用事。哀帝死,王莽執政,被免官。見漢書九七下外戚傳。

【丁煒】清福建晉江人。字瞻汝,一字雁水。順治年間,當過漳平教諭,官至湖北按察使。作詩追求唐人風格,爲王士禎朱彝尊等所推重,詩集都經士禎和施閏章評定。著有問山詩集十卷,問山文集八卷,紫雲詞一卷。見碑傳集八一陳壽祺丁煒傳。

【丁零】㊀見"丁靈"。㊁唐州名,屬月支都督府(在今新疆吐魯番縣境)。見新唐書地理志七下。

【丁董】象聲詞。又借以影射和諷刺丁大全和董宋臣。丁,南宋時宰相。董,南宋時太監。兩人内外勾結,專横跋扈,人民極爲不滿。清田汝成西湖遊覽志餘二帝王都:"一日,内宴雜劇,一人專打鑼,一人扑之曰:'今日排當,不奏他樂,丁丁董董不已,何也?'曰:'方今事皆丁董,吾安得不丁董?'"

【丁敬】公元1695—1765年。清浙江錢塘人。字敬身,號鈍丁梅農,晚署龍泓山人。能詩,善長篇。好金石,窮巖絶壁,手自摹拓。篆刻力追秦漢,開浙派之先河,爲西泠八家之首。著有龍泓山館詩鈔武林金石録。見清汪啓淑飛鴻堂印人傳、張維屏國朝詩人徵略二五。

【丁當】象聲詞。也作"丁璫"、"玎璫"、"叮噹"。唐杜牧樊川集二華清宮三十韻詩:"神仙高縹緲,環珮碎丁當。"

【丁徭】封建時代壯丁所服的勞役。宋史刑法志二:"請同舉人法,得免丁徭。"

【丁寧】㊀叮囑,告誡。同"叮嚀"。詩小雅采薇"日歸曰歸,歲亦莫止"漢鄭玄箋:"丁寧歸期,定其心也。"此言叮囑。漢書八五谷永傳:"(日食、地震)二者同日俱發,以丁寧陛下。"此言告誡。㊁行軍所用的銅鉦。左傳宣四年:"著於丁寧。"注:"丁寧,鉦也。"鉦,形狀似鐘而較小的銅器。

【丁廙】公元?—220年。字敬禮。丁儀弟。詳"丁儀"。

【丁算】即"丁賦"。見該條。

【丁銀】按人口交納的稅銀。清通志八三食貨三:"於是議定:直隸每地賦銀一兩,攤入丁銀二錢七釐有奇。"詳"丁賦"。

【丁澎】清浙江仁和人。字飛濤,號藥園。順治十二年進士,官至禮部郎中。能詩,爲西泠十子之一。在北京時,與宋琬施閏章張譧明周茂元嚴沆趙錦帆等,稱爲燕臺七子。康熙二十二年主輯浙江通志。著有扶荔堂集信美堂詩選。參閱清張維屏國朝詩人徵略四。

【丁寬】㊀漢梁人。字子襄。曾從田何學易,自作易說。漢景帝時爲梁孝王將軍,曾抗擊吳楚七國叛軍,號丁將軍。見漢書八八儒林傳。漢書藝文志易著録有丁氏八篇。㊁南齊畫家。見唐張彥遠歷代名畫記七、元夏文彥圖繪寶鑑二。

【丁鞋】雨天所穿的鞋,即釘鞋。宋葉適水心集七送呂子陽詩:"火把起夜色,丁鞵明齒痕。"鞵,同"鞋"。

【丁憂】遭父母之喪。晉書袁悦之傳:"(袁)始爲謝玄參軍,爲玄所遇,丁憂去職。"參見"丁艱"。

【丁賦】封建時代按人丁徵收的賦稅。始於漢高祖四年(公元前203年),叫算賦。凡年在十五至五十六歲的人,每年交納一百二十錢,叫一算。後歷代在性別、年齡、數量上的規定不一,名稱亦異,稱"丁賦""丁錢""丁算""丁銀"等。明清以後,丁賦逐步爲土地稅所代替。參閱通典四賦稅上、文獻通考十户口一歷代户口丁中賦役。

【丁儀】公元?—220年。漢末三國時沛郡人。字正禮。少有才名。曹操想招他爲婿,因曹丕反對,未成。丁儀及其弟丁廙與曹植親近,曾勸操立植爲太子。及曹丕爲帝,藉故殺儀兄弟。見三國志十九陳思王植傳注引魏略。

【丁謂】公元962—1033年。宋長洲人。字謂之,後改字公言。少與孫何齊名,稱孫丁。淳化三年進士。真宗時,寇準爲相,謂參政,排擠準去而代之。極力迎合真宗,大興土木,建造玉清昭應宮,以爲迎仙祭神之用,並慫恿真宗到泰山舉行封禪大典,耗費人力財力不可勝計。仁宗時被貶崖州。以曾封晉公,故亦稱丁晉公。見宋史二八三丁謂傳。

【丁歷】葶草的別名。爾雅釋草:"葶,亭歷。"急就篇四:"亭歷、桔梗、龜骨枯。"注:"亭歷,一名丁歷,一名葶,一名狗薺。"名醫別録作"丁藶"。參見"亭藶"。

【丁彊】壯健。彊,同"强"。漢王充論衡無形:"身氣丁彊,超乘不衰。"也指壯健的人,即壯丁。漢王符潛夫論實邊:"丁彊武猛衛其外。"三國志魏梁習傳:"乃次發諸丁彊以爲義從。"

【丁錢】人口稅。文獻通考十一户口二歷代户口丁中賦役:"自馬氏據湖南,始取永道郴州桂陽軍茶陵縣民丁錢、絹、米、麥。"參見"丁賦"。

【丁鴻】公元?— 94年。東漢潁川定陵人。字孝公。研究尚書,持"天人感應"論。章帝時與諸儒於白虎觀論定五經同異,論難最明,時人歎曰:"殿中無雙丁孝公。"深得章帝賞識,被提升爲校書官。參閱後漢書三七丁鴻傳。

【丁謙】㊀南唐畫家。晉陵人。初工畫竹,後兼寫果實、蔬菜等,摹寫蟲蠹殘蝕的形狀,栩栩如生。見宣和畫譜二十。㊁公元1843—1919年。字益甫。浙江仁和人。清末舉人。專攻地理考古,對歷代記載邊疆地理及遊記中的地名,一一詳考,證以今地。著有蓬萊軒輿地叢書六十九卷。

【丁璫】象聲詞。同"丁當"。唐詩紀事六二鄭嵎津陽門:"月中秘樂天半間,丁璫玉石和塤篪。"

【丁艱】舊時稱遭父母之喪爲丁艱。也叫丁憂。父母死後,子女要在家守喪三年,不做官,不婚娶,不赴宴,不應考。世説新語仇隙:"(王)藍田於會稽丁艱,停山陰治喪。"藍田,王述。父喪稱"丁外艱",母喪稱"丁內艱"。參見"外艱"、"內艱"。

【丁櫟】良種牛。藝文類聚九四漢植譚新論:"夫畜生賤也,然有尤善者,皆見記識,故馬稱驊騮驥騄,牛譽郭椒丁櫟。"又作"丁犖"。見廣雅釋獸。

【丁蘭】漢代人。相傳少喪父母,及長,刻木像,事之如生。宋書樂志四引三國曹植靈芝篇:"丁蘭少失母,自傷早孤煢,刻木當嚴親,朝夕致三牲。"參閱初學記十七晉孫盛逸人傳。

【丁靈】古民族名。也作"丁令"、"丁零"。漢時爲匈奴屬國,遊牧於我國北部和西北部廣大地區。公元四、五世紀,稱鐵勒,又稱高車回紇回鶻。唐朝册封第一代回紇可汗爲懷仁可汗,以後長期保持着友好和從屬關係。至公元九世紀中葉,分三支西遷,一支遷河西走廊,兩支遷新疆。參閱史記一一〇匈奴傳、新唐書二一七回鶻傳。

【丁口錢】人口稅。同"丁錢"。資治通鑑二七〇後梁貞明四年:"吳有丁口錢,又計畝輸錢,錢重物輕,民甚苦之。"丁口錢,漢稱口賦,亦稱算錢。詳"丁賦"。

【丁公藤】通草的別名,即丁翁。政和證類本草三十作"丁公寄"。按語引陳藏器:"丁公寄即丁公藤也。"

【丁氏粟】管子山權數:"還四年,伐孤竹,丁氏之家粟,可食三軍之師。"注:"丁氏,齊之富人,所謂丁惠也。"後用作稱豪富之詞。

【丁令威】也作"丁令"、"令威"。傳説是漢遼東人,在靈虛山學道成仙,後化鶴歸來,落城門華表柱上。有少年欲射之,鶴乃飛鳴作人言:"有鳥有鳥丁令威,去家千年今始歸,城郭如故人民非,何不學仙塚纍纍。"見舊題晉陶潛搜神後記一。後常用以比喻人世的變遷。宋李新跨鼇集三憶故園詩:"終當問遺老,何如丁令威?"

【丁卯集】唐許渾著。新唐書藝文志著録有丁卯集二卷。現有續集二卷,續補一卷,集外遺詩一卷,都是由後代人編集而成的。因渾住潤州城南丁卯橋旁的丁卯莊,故以丁卯爲集名。許渾的詩,以律詩爲最著。

【丁汝昌】公元?—1895年。清安徽廬江人,字禹廷。光緒時任北洋海軍提督,1894年9月在大東溝負傷督戰,擊退日艦。1895年2月中日威海衛海戰中,投降派將領勾結英人浩威等,迫脅丁汝昌投降,丁拒降,服毒自殺。參閱清姚錫光東方兵事紀略三山東四海軍。

【丁字沽】地名。也稱丁沽、丁字水。在今天津市北，爲七十二沽之一。以淸河入運河，縱橫作丁字形，故名。舊時運河通航，船舶都在此停泊。淸黃景仁兩當軒集十五直沽舟次寄懷都下諸友人詩："長謝一沽丁字水，送人猶有故人情。"

【丁字簾】地名。在南京市利涉橋邊。明時爲樂户聚居的地方。淸孔尙任桃花扇寄扇："桃根桃葉無人問，丁字簾前是斷橋。"

【丁取忠】淸長沙人。字果臣，號雲梧。自小喜歡步算，後和吳嘉善等數學家爲友，互相切磋，造詣更加精深。曾刊白芙蓉堂算學叢書二十一種，著有數學拾遺粟布演草對數詳解輿地經緯度里表等書。參閱淸諸可寶疇人傳三編六。

【丁拐兒】本指牙牌中的么二，後用以比喻仗勢剝削人民的官親。參閱淸梁紹壬兩般秋雨盦隨筆五丁拐兒。

【丁香核】小核良種荔枝。也稱丁香荔。宋黃庭堅山谷詞望遠行："且與一斑半點，只怕你没丁香核。"題注："馬湖出丁香核荔枝。"宋蔡襄荔枝譜七："丁香荔枝，核如小丁香。"

【丁香結】丁香的花蕾。唐宋詩人多用來比喻愁思固結不解。唐李商隱李義山詩集六代贈之一："芭蕉不展丁香結，同向春風各自愁。"花間集四牛嶠感恩多詞："自從南浦别，愁見丁香結。"

【丁香頭】指繪竹生葉的地方。元李衎竹譜詳録一墨竹譜畫枝："畫枝各有名目：生葉處，謂之丁香頭；相合處，謂之雀爪；直枝，謂之釵股。"

【丁娘子】布名。明時松江府東門外雙廟橋有民丁氏，彈棉花極純熟，花皆飛起，用以織布，尤爲精軟，號"丁娘子"，一名"飛花布"。見淸嘉慶修松江府志六疆域物産服用之屬布。淸朱彝尊曝書亭集九有汪舍人以丁娘子布見贈賦寄詩。

【丁雲鵬】明安徽休寧人。字南羽，號聖華居士。精繪畫，所作白描人物、山水、佛像都很精妙，和宋李公麟、元趙孟頫並稱。參閱歷代畫史彙傳三四、明畫録一。

【丁督護】南朝宋時一種吳聲歌曲。也作"丁都護"。宋書樂志一："督護哥(歌)者，彭城内史徐逵之爲魯軌所殺，宋高祖(劉裕)使府内直督護丁旿收斂殯埋之。逵之妻，高祖長女也，呼旿至閤下，自問斂送之事，每問，輒歎息曰：'丁督護！'其聲哀切，後人因其聲，廣其曲焉。"今存丁督護歌五首，題宋武帝作。唐李白有丁都護歌，寫縴夫的痛苦生活。參閱樂府詩集四五。

【丁寶楨】公元1820—1886年。淸貴州平遠人。字稚璜。咸豐三年進士。在家服母喪時，曾招募兵丁鎭壓苗教(苗族反官抗糧的鬪争)。任山東巡撫時，曾鎭壓捻軍。但他主張加强國防，抵抗侵略，曾修築烟臺威海登州炮臺。任四川總督時，創辦四川機械局，製造槍炮彈藥。英國侵佔緬甸和我國西藏時，經營西南邊防；俄國侵佔我伊犂時，要求親自赴俄談判，索還伊犂(未得批准)；對老沙皇企圖侵略我西藏保持警惕。臨死時，還寫下遺疏："外洋和約萬不足恃，止可以安爲攘。"謚文誠。著有丁文誠公奏稿二十六卷。

【丁鶴年】公元1335—1424年。元武昌人。字永庚，號友鶴山人。回族。喜作五言、七言近體詩。晚年學佛。著有海巢集等。參閱明史二八五戴良傳附丁鶴年、新元史二三八。

【丁一卯二】確實，牢靠。元曲選缺名抱粧盒三："要説箇丁一卯二，不許你差三錯四。"雍熙樂府九一枝花羅帕傳情："封裹的丁一卯二，和包袱鎖入箱子。"

【丁一確二】明白，確實。宋朱熹朱子語録六九易五："如今人持擇言語，丁一確二，一字是一字，一句是一句。"元曲選(蕭德祥)殺狗勸夫四："我説的丁一確二，你説的巴三覽四。"

【丁公鑿井】春秋時，宋人丁某挖井，對人説："吾穿井得一人。"原意是井挖成後可節省一人挑水，但誤傳成從井中挖得一人。事見呂氏春秋察傳。漢王充論衡書虛："俗傳言曰：丁公鑿井，得一人於井中。夫人生於人，非生於土也。穿土鑿井，無爲得人。"後用以比喻語言輾轉相傳而弄錯。

【丁真楷草】唐張彥遠法書要録八引張懷懽書斷云南朝陳釋智永及其兄智楷，都善寫草書。丁覘善寫隸書。時人稱"丁真楷草"。太平廣記二〇七僧智永引書斷作"丁真永草"。後用來讚人書法工妙。

【丁娘十索】樂府詩集七九有隋妓丁六娘所作樂府詩，每首末句有"從郎索衣帶"、"從郎索花燭"等話，本十首，所以叫十索。今存四首。舊時狎邪文字中多用來指妓女的需索。

【丁是丁，卯是卯】丁爲物之凸出者，即榫頭；卯爲物之凹入者，即卯眼。口語"丁是丁，卯是卯"，表示做事認真，不肯通融之意。紅樓夢四三："鳳姐笑道：'我看你利害，明兒有了事，我也丁是丁，卯是卯的，你也别抱怨。'"參見"丁一卯二"。

七

qī 親吉切，入，質韻，清。
ㄑㄧ

㊀數詞。周禮考工記："凡攻木之工七。"大寫作"柒"，古作"桼"。漢揚雄太玄經玄攡："運諸桼政。"解："桼政，日月五星也。"㊁文體的一種，也叫七體。西漢枚乘有七發，後世作家仿作的有七激七辯七啓等。㊂姓。明有七希賢。見明萬姓統譜。

【七七】舊俗，人死後每隔七日爲忌日，祭奠一次，到七七四十九日止。魏書胡國珍傳："又詔自始薨至七七，皆爲設千僧齋。"

【七子】㊀漢代皇宫中女官名。官秩相當於八百石，與右庶長同。見漢書九七上外戚傳。㊁古人常把同時代形成一派或交往密切的七個有名的文人，稱爲"七子"。比較著名的有：1.漢末建安中孔融陳琳王粲徐幹阮瑀應瑒劉楨，稱建安七子。見文選魏文帝(曹丕)典論。2.明代嘉靖年間，李夢陽何景明徐禎卿邊貢康海王九思王廷相號前七子；李攀龍謝臻梁有譽宗臣王世貞徐中行吳國倫號後七子。見明史二八六、七文苑傳二、三。

【七山】山名。在廣西蒼梧縣和藤縣之間。明宏治嘉靖萬曆年間，瑶族、僮族人民曾據七山等地多次舉行起義。參閱明史三一七廣西土司一。

【七夕】農曆七月初七夜。民間傳説牛郎織女此夜在天河相會，後摻入封建迷信色彩，有婦女穿針乞巧，祈禱福壽等活動。七夕風俗及牽牛織女兩星七月相會的故事，見於漢崔寔四民月令、晉周處風土記、南朝梁吳均續齊諧記等書。參閱藝文類聚四、太平御覽三一七月七日及淸洪亮吉卷施閣集甲二釋歲。

【七王】㊀指戰國時韓魏趙燕齊秦楚七國。晉書地理志："至于戰國，遂有七王。"㊁漢景帝時七個叛亂的諸侯王。明徐光啓集十二聞楚變有感詩："我聞漢景時，作難自七王。"詳"七國之亂"。㊂南宋追封高宗時抗金諸將韓世忠爲蘄王、劉安世爲鄜王、張俊爲循王、岳飛爲鄂王、楊存中爲和王、吳玠爲涪王、吳璘爲信王，稱七王。見宋王應麟小學紺珠六名臣下。

【七元】㊀日、月、五星。後漢書律曆志下："日、月、五緯各有終原，而七元生焉。"㊁舊律曆家以二十八星宿中的七宿配六十甲子，一元甲子起虛，二元起奎，三元起畢，四元起鬼，五元起翼，六元起氐，七元起箕，凡四百二十日爲一周始，共得甲子七次，故稱七元。參閱清協紀辨方書一引考原。

【七尺】人身長約當古尺七尺，故以"七尺"代稱身軀。荀子勸學:"口耳之間，則四寸耳，曷足以美七尺之軀哉？"藝文類聚四六南朝梁沈約齊太尉王儉碑銘:"傾方寸以奉國，忘七尺以事君。"

【七月】詩豳風中的一首，因首句是"七月流火"，故以"七月"爲篇名。內容反映西周時代奴隸受奴隸主貴族殘酷剝削，終年勞苦不得温飽的生活狀况。

【七札】七層厚甲。札，甲的葉片。左傳成十六年:"潘尪之黨，與養由基蹲甲而射之，徹七札焉。"北周庾信庾子山集一三月三日華林園馬射賦:"七札俱穿，五豝同空。"穿七札，形容射力强勁。

【七旦】樂調名。遼史樂志:"大樂調，雅樂有七音，大樂亦有七聲，謂之七旦。……自隋以來，樂府取其聲四旦二十八調爲大樂。"

【七出】古代社會丈夫遺棄妻子的七種藉口:一、無子，二、淫泆，三、不事舅姑，四、口舌，五、盜竊，六、妬忌，七、惡疾。見儀禮喪服"出妻之子爲母"疏。有其中之一，即可遺棄。又叫"七去"(大戴禮本命，列女傳二宋鮑氏女宗)、"七棄"(公羊傳莊二七年"大歸日來歸"注)。這是爲維護夫權而制定的迫害婦女的反動禮教。

【七戎】古代對我國西部少數民族的泛稱。也稱"五戎"、"六戎"。墨子節葬下:"舜西教乎七戎。"爾雅釋地:"九夷八狄，七戎六蠻，謂之四海。"注:"七戎在西。"

【七志】書目分類專著。南朝宋王儉撰。儉依劉向別録之體，分圖書爲經籍、諸子、文翰、軍事、陰陽、術藝、圖譜七類。另附道、佛各一類。宋書後廢帝紀謂有十三卷，南齊書王儉傳作四十卷，後經賀縱補注，隋書經籍志二作今書七志七十卷。今佚。

【七步】相傳三國魏曹植七步成詩，後常以七步喻人才思敏捷。文選梁任彥昇(昉)齊竟陵文宣王行狀:"淮南取貴於食時，陳思見稱於七步，方斯蔑如也。"北齊書魏收傳:"雖七步之才，無以過此。"詳"七步成詩"。

【七佐】輔佐商湯的七個大臣。鬻子:"湯之治天下也，得慶輔(或作誧)伊尹湟里且東門虚南門蜧西門疵北門側七大夫佐以治天下。"後用作稱頌高官之詞。文苑英華九一一唐許敬宗唐并州都督鄂國公尉遲恭碑:"抑揚七佐，鎔鑄五臣。"

【七佛】佛家稱毗婆尸尸棄毗舍俱留孫俱那含牟尼迦葉波釋迦牟尼爲七佛。見佛説七佛經。南朝陳徐陵徐孝穆集五東陽雙林寺傅大士碑:"七佛如來，十方並現。"

【七祀】周代的七種祭祀。七祀是:司命、中霤、國門、國行、泰厲、户、竈。禮祭法:"王爲羣姓立七祀……王自爲立七祀。"

【七事】㊀古代統治者用以治國的七件事。周禮天官小宰:"以法掌祭祀，朝覲、會同、賓客之戒具，軍旅、田役、喪荒亦如之。七事者令百官府共(供)其財用，治其施舍，聽其治訟。"㊁唐武官隨身佩帶的七件東西:佩刀、刀子、礪石、契苾真、噦厥、針筒、火石。這些東西都是軍中常需應用的。見新唐書車服志。清代武官行裝，繫忠孝帶，佩荷包，內貯火鐮小刀等，是其遺制。

【七林】書名。1.晉傅玄撰。集七發一類作品而加以品評。見太平御覽五九〇七辭。2.隋許善心撰。善心仿南朝梁阮孝緒七録，更製七林。見隋書本傳。3.南朝梁卞景撰，十二卷，録二卷。又別一種七林，三十卷，音一卷。見隋書經籍志四。以上四書今皆失傳。

【七始】古代樂論，謂音律發端於七始。七始:黃鍾，林鍾，太簇，天地人之始；姑洗、蕤賓、南宮、應鍾，春夏秋冬之始。漢書律曆志上:"書曰:'予欲聞六律，五聲、八音、七始詠，以出內五言。'"後因作爲樂曲名。漢書禮樂志安世房中歌:"七始華始，肅倡和聲。"參閱宋王應麟小學紺珠一律曆。

【七音】㊀古樂理以宮、商、角、徵、羽、變宮、變徵爲七音。亦稱"七聲"。見左傳昭二十年"六律七音"注。㊁等韻之學，分脣音、舌音、牙音、齒音、喉音、半舌音、半齒音等七種發音，亦稱七音。見宋鄭樵通志七音略。

【七哀】魏晉樂府的一種詩題。起於漢末。魏王粲曹植、晉張載皆有七哀詩，爲反映社會動亂、舒發悲傷感情的五言詩。文選曹子建(植)七哀詩唐呂向注:"七哀，謂痛而哀，義而哀，感而哀，怨而哀，耳目聞見而哀，口歎而哀，鼻酸而哀也。"

【七政】日、月和金、木、水、火、土五星。書舜典:"在璿璣玉衡，以齊七政。"一説以春、秋、冬、夏、天文、地理、人道爲七政。見尚書大傳一。

【七垢】佛教認爲欲、見、疑、慢、憍、惰眠、慳，都能垢染人心，故稱七垢。見唐玄奘譯瑜珈師地論七四。

【七奔】左傳成七年:"子重子反於是乎一歲七奔命。"因以喻長途奔波。南朝宋鮑照鮑氏集三代東武吟詩:"密塗亙萬里，寧歲猶七奔。"

【七星】㊀星宿名。南方朱鳥七宿中第四宿的七星。禮月令:"季春之月，日在胃，昏七星中。"㊁北斗星。史記天官書:"北斗七星，所謂旋璣玉衡，以齊七政。"㊂古樂器名，屬管樂。見通典一四四樂四。

【七香】混合多種香料塗飾或製作的器物，古時多以七香爲名。參見"七香車"。

【七律】㊀古樂中的七種基本音律。國語周下:"七律者何？"注:"七律爲音器，用黃鍾爲宮，太簇爲商，姑洗爲角，林鍾爲徵，南呂爲羽，應鍾變宮，蕤賓變徵也。"㊁詩體名。即七言律詩。每首八句，每句七字，平仄、對仗、用韻都有一定格律，中間兩聯要求對仗。詳"律詩"。

【七祖】佛教稱傳法相承的七代。華嚴宗以馬鳴龍樹杜順智儼法藏澄觀宗密爲七祖。禪宗以達摩慧可僧璨道信弘忍慧能神會爲七祖。禪宗南宗以弘忍的另一弟子神秀爲六祖，普寂爲七祖。見景德傳燈録九弘辯禪師。

【七真】道家稱茅盈許旌等七人爲七真。唐陸龜蒙甫里集八和江南道中懷茅山廣文南陽博士詩:"一片輕帆背夕陽，望三峰拜七真堂。"自注:"三茅，二許，一楊、一郭，是爲七真。"

【七校】漢代武官校尉有中壘、屯騎、步兵、越騎、長水、胡騎、射聲、虎賁等等名目。胡騎不常設，所以也稱七校。另説，中壘爲北軍，非武帝初置，不在七校之列。漢書刑法志:"至武帝平百粤，內增七校。"後統稱將領爲七校。唐高適高常侍集七信安王幕府詩:"雷霆七校發，旌旆五營連。"

【七書】宋元豐間武學生應試必讀的七種兵書。即孫子吳子六韜司馬法黃石公三略尉繚子李衛公問對。參閱宋晁公武郡齋讀書志三下、宋史選舉志三。

【七族】親族的統稱。史記八三鄒陽傳:"然則荆軻之湛七族，要離之燒妻子，豈足道哉！"集解引張晏:"七族，上至曾祖，下至曾孫。"索隱:"父之族，一也；姑之子，二也；姊妹之子，三也；女子之子，四也；母之族，五也；從子，六也；及妻父母凡七。"兩説不同。

【七情】人的七種感情。禮禮運:"何謂人情？喜、怒、哀、懼、愛、惡、欲，七者弗學而能。"明朱橚等普濟方四三因論:"七情者,喜怒憂思悲恐驚,若將護得宜,怡然安泰;役冒非理,百病生焉。"

【七教】古稱父子、兄弟、夫婦、君臣、長幼、朋友、賓客七種倫理關係的教化。禮王制:"明七教以興民德。"孔子家語王言解以敬老、尊齒、樂施、親賢、好德、惡貪、廉讓爲七教。

【七略】漢劉歆撰。我國最早的圖書目録分類著作,在我國目録學史上有重要影響。漢書藝文志:"至成帝時……詔光禄大夫劉向校經傳諸子詩賦……輒條其篇目,撮其指意,録而奏之。會向卒,哀帝復使向子侍中奉車都尉歆卒父業。歆於是總羣書而奏其七略,故有輯略,有六藝略,有諸子略,有詩賦略,有六書略,有術數略,有方技略。"原書已失傳。漢書藝文志依七略分類,可以見其概略。清馬國翰姚振宗等都有輯本。參見"别録"。

【七國】㊀戰國時秦楚燕齊韓趙魏稱爲七國。也稱"七雄"、"七王"。漢許慎説文解字敍:"其後諸侯力政,不統於王……分爲七國。"㊁指漢景帝時吴楚趙膠西濟南菑川膠東七國。漢書四九鼂錯傳:"吴楚七國俱反,以誅錯爲名。"參見"七國之亂"。

【七衆】佛教將其信徒分爲七衆:出家的五衆,即比丘、比丘尼、學法女(式叉摩耶)、沙彌、沙彌尼;在家的兩衆,即優婆塞、優婆夷。見圓覺經下、釋氏要覽上稱謂。

【七卿】㊀春秋鄭國七穆爲七卿。詳"七穆"。㊁明代以六部尚書、左右都御史爲七卿。見明史七卿年表。

【七絃】琴有七絃,因以七弦爲琴的代稱。三國魏嵇康嵇中散集一酒會詩:"但當體七絃,寄心在知己。"

【七萃】七支精幹的隊伍,指周王的禁衛軍。穆天子傳一:"賜七萃之士戰。"注:"萃,集也,聚也;亦猶傳有七輿大夫,皆聚集有智力者,爲王之爪牙也。"後泛指精幹的隊伍。北周庾信庾子山集三擬詠懷詩之二三:"鼓鞞喧七萃,風塵亂九重。"

【七雄】指戰國時秦楚燕齊韓趙魏七國。亦稱"七王"。漢書一〇〇上敍傳班固答賓戲:"於是七雄虓闞,分裂諸夏,龍戰而虎爭。"

【七發】辭賦篇名。西漢枚乘作。文選七發八首題注:"七發者,説七事以起發太子也,猶楚辭七諫之流。"後有不少仿作,如傅毅七激、張衡七辯、崔駰七依、馬融七廣、王粲曹植七啓、徐幹七喻、張協七命等,形成一種辭賦體裁,稱"七體"。

【七貴】㊀西漢時七個以外戚關係把持政權的家族。文選晉潘安仁(岳)西征賦:"窺七貴於漢庭,譸一姓之或在。"注:"七姓謂吕、霍、上官、趙、丁、傅、王也。……聲類曰:譸亦疇字也。"㊁隋末洛陽人稱段達王世充元文都盧楚皇甫無逸郭文懿趙長文爲七貴。見北史隋越王侗傳。㊂泛指權貴。唐李白李太白詩十一流夜郎贈辛判官:"昔在長安醉花柳,五侯七貴同杯酒。"

【七絶】㊀七言絶句的簡稱。參見"絶句"。㊁七種特色。唐段成式酉陽雜俎十八廣動植三木柿説柿樹有七絶:一、壽,二、多陰,三、無鳥巢,四、無蟲,五、霜葉可玩,六、嘉實,七、落葉肥大。

【七絲】七弦琴。唐韓偓玉山樵人集贈湖南李思齊處士詩:"兩板船頭濁酒壺,七絲琴畔白髭鬚。"宋詩鈔一趙抃清獻集鈔遊青城山:"陟險齊雙屐,逢幽鼓七絲。"

【七筴】七種作交易媒介用的寶物。管子揆度:"桓公問管子曰:'吾聞海内玉幣有七筴,可得而聞乎?'管子對曰:'陰山之礝碈,一筴也;燕之紫山白金,一筴也;發朝鮮之文皮,一筴也;汝漢水之右衢黄金,一筴也;江陽之珠,一筴也;秦明山之曾青,一筴也;禺氏邊山之玉,一筴也。'"

【七煞】凶神。古今圖書集成六八二明朱權臞仙肘後神樞年方凶神:"浮天空亡,金神七煞,破敗五鬼。"也作"七殺"。元曲選缺名桃花女二:"又犯着金神七殺上路。"

【七經】㊀漢以來歷代封建王朝所推崇的七本儒家的書。七經名目不一。東漢一字石經以易詩書儀禮春秋公羊論語爲七經,宋劉敞七經小傳以書詩三禮公羊論語爲七經,清康熙御纂七經以易書詩春秋三禮爲七經。㊁佛家淨土宗的七種經典:無量清淨平等覺經大阿彌陀經無量壽經觀無量壽經阿彌陀經稱讚淨土佛攝受經鼓音聲王陀羅尼經。

【七説】文體名。南朝梁劉勰文心雕龍三雜文:"自桓麟七説以下,左思七諷以上,枝附影從,十有餘家。"麟是桓彬的父親。後漢書三七彬傳稱彬著有七説及書三篇,是桓氏父子各有七説之作。

【七輔】傳説輔助黄帝的七個人:風后天老五聖知命窺紀地典力墨(或作力牧)。見舊題晉陶潛集聖賢羣輔録上。

【七閩】指古代居住在今福建省和浙江省南部的閩人,因分爲七族,故稱七閩。周禮夏官職方氏:"辨其邦國、都、鄙、四夷、八蠻、七閩、九貉、五戎、六狄之人民。"疏:"叔熊居濮如蠻,後子從分爲七種,故謂之七閩。"後稱福建省爲閩,也叫七閩。宋蘇軾分類東坡詩二十送張職方吉甫赴閩漕:"空使吴兒怨不留,青山漫漫七閩路。"

【七調】古樂律高低音域,自黄鍾至中吕,稱七調。魏書樂志:"後,太樂令崔九龍言於太常卿祖瑩曰:'聲有七聲,調有七調,以今七調,合之七律,起於黄鍾,終於中吕。今古雜曲,隨調舉之,將五百曲。'"後世宫、商、角、羽各有七調,稱四聲二十八調。參閲宋史樂志十七。

【七廟】歷代帝王爲進行宗法統治,設七廟供奉七代祖先。禮王制:"天子七廟,三昭三穆,與太祖之廟而七。"後以七廟代稱封建王朝。文選漢賈誼過秦論:"一夫作難而七廟隳。"參見"昭穆"。

【七趣】佛教謂地獄、餓鬼、畜生、人、神仙、天、阿修羅,爲衆生所趣向,故稱七趣。大佛頂首楞嚴經九:"精研七趣,皆是昏沈諸有爲相。"

【七賢】見"竹林七賢"。

【七賦】五穀和桑、麻。漢揚雄揚子法言四問道:"五政之所加,七賦之所養,中於天地者爲中國。"

【七魄】抱朴子地真:"欲得通神,當金水分形,形分則自見其身中之三魂七魄。"按道家謂人有七魄,各有名目。參見"三魂七魄"。參閲雲笈七籤五四魂神制七魄法。

【七緯】㊀日、月和金、木、水、火、土五星。南朝宋鮑照鮑氏集十河清頌:"如彼七緯,累璧重珠。"㊁緯書分易緯書緯詩緯禮緯樂緯春秋緯孝經緯七類三十五種,稱七緯。後漢書八二上方術傳:"樊英……又善風角、星算、河洛七緯,推步災異。"參見"緯書"。

【七澤】指古時楚地諸湖泊。其中以雲夢澤爲最著名。史記一一七司馬相如傳子虛賦:"臣聞楚有七澤,嘗見其一,未覩其餘也。臣之所見,蓋特其小小者耳,名曰雲夢。"參見"雲夢"。

【七諫】楚辭篇名。舊題漢東方朔作。分初放沈江怨世怨思自悲哀命謬諫七章。王逸序:"七諫者,東方朔之所作也。……追憫屈原,故作此辭。"

【七録】是繼七略七志以後的一部圖書分類目録專著。南朝梁阮孝緒撰。全書分内外篇,經典録記傳録子兵録文集録技術録,爲内篇;佛録道録,爲外篇;共七類。見隋書經籍志一。書已失傳。廣弘明集三阮孝緒七録序七録目録，分五十五部，所收書有六千二百八十八種，四萬四千五百二十六卷。

【七穆】 春秋鄭穆公之孫子展子西子産伯有子太叔子石伯石，稱七穆，是掌握鄭國政權的世卿。見左傳僖二六年。新唐書一一九武平一傳以穆公子子罕子駟子良子國子遊子印子豐爲七穆。

【七襄】 自卯至酉爲晝，共七辰，每辰更移一次，因稱七襄。襄，駕；指移動。詩小雅大東："跂彼織女，終日七襄。"

【七聲】 即五音及二變。依十二律高下的次序，定宫、商、角、徵、羽、變宫、變徵爲七聲，爲樂律之本。後世樂家多用簡號，各管色譜分合(近世作和)、四、乙、上、尺、工、凡，七聲，謂之工尺。參閲文獻通考一三一樂四歷代制造律吕。

【七竅】 ㊀竅，孔。眼、耳、口、鼻七孔叫七竅。莊子應帝王："人皆有七竅，以視聽食息。"靈樞經脈度："五藏常内閲於七竅也，……五藏不和，則七竅不通也。"㊁古代相傳心有七孔。史記殷紀："(比干)迺彊諫紂，紂怒曰：'吾聞聖人心有七竅。'剖比干，觀其心。"

【七曜】 ㊀指日、月和水、火、木、金、土五星。曜，也作"燿"。素問天元紀大論："九星懸朗，七曜周旋。"㊁北斗七星。唐王勃王子安集十三益州夫子廟碑："述夫帝車南指，遁七曜於中階。"

【七寶】 ㊀用多種寶物裝飾的器物，泛稱七寶。如西京雜記一有七寶綦履，二有七寶床；北齊書穆后傳有七寶香車，開元天寶遺事有七寶花障等。㊁七種寶物。新唐書七六后妃傳上則天武皇后："太后又自加號金輪聖神皇帝，置七寶于廷：曰金輪寶、曰白象寶、曰女寶、曰馬寶、曰珠寶、曰主兵臣寶、曰主藏臣寶，率大朝會則陳之。"佛教七寶名目説法不一，參閲翻譯名義集三七寶。

【七騶】 ㊀駕御車馬的吏役。禮月令季秋之月："命僕及七騶，咸駕。"注："七騶，謂趣馬，主爲諸官駕説者也。"駕説：駕車、脱車。説，通"脱"。㊁封建官員出行時的儀仗，有士卒七人。宋蔡齊舉進士，詔金吾給七騶傳呼。見宋史二八六蔡齊傳。

【七耀】 同"七曜"。晉范寧春秋穀梁傳序："七耀爲之盈縮。"

【七觀】 儒家對尚書内容概括爲七個方面，因爲可以供借鑒，所以叫七觀。尚書大傳五略説："六誓可以觀義，五誥可以觀仁，甫刑可以觀誡，洪範可以觀度，禹貢可以觀事，皋陶謨可以觀治，堯典可以觀美。"南朝梁劉勰文心雕龍一宗經："於是易張十翼，書標七觀。"孔叢子論書也提及七觀，但内容、次序與大傳不同。

【七十子】 儒家傳説孔子有學生三千人，第一等的有七十來人。孟子公孫丑上作七十人，史記孔子世家作七十二人，仲尼弟子傳作七十七人。稱七十是取其整數。

【七大家】 明李紹蘇文忠公集序稱韓愈柳宗元歐陽修蘇軾蘇轍曾鞏王安石爲古文七大家。又有人增蘇洵作八大家。參見"唐宋八大家"。

【七子鏡】 裝有七面鏡子的鏡臺。藝文類聚一南朝梁簡文帝望月詩："形同七子鏡，影類九秋霜。"

【七女池】 池名。在今陝西城固縣北。水經注二七沔水："㵎水又東逕七女冢，……水北有七女池，池東有明月池，狀如偃月，皆相通注，謂之張良渠。"相傳是漢項伯死後，他的七個女兒爲他取土築墳所造成，故稱七女池。

【七五三】 一種鑼鼓調。清李斗揚州畫舫録十一虹橋録下："鑼鼓盛於上元、中秋二節。以鑼鼓鐃鈸，考擊成文，有七五三、鬧元宵、跑馬、雨夾雪諸名。"

【七不堪】 三國魏嵇康反對當時執政的司馬師司馬昭等。司馬集團的山濤推薦他做選曹郎，在他給山濤的絶交書裏列陳不能出仕的原因有"必不堪者七，甚不可者二。"後來詩文中把"七不堪"作爲才能不稱的典故。宋范成大石湖集二二公退書懷詩："四無告者僅一飽，七不堪中仍百忙。"

【七孔鍼】 舊俗七夕婦女穿針乞巧所用的針。鍼，同"針"。西京雜記一："漢綵女常以七月七日穿七孔鍼於開襟樓。"參見"七夕"。

【七字法】 漢字書寫運筆的七種方法，即擫、壓、鉤、揭、抵、導、送，也稱撥鐙法。明徐渭筆玄要旨有七字書訣。參見"撥鐙法"。

【七老會】 唐白居易晚年家居洛陽，過着士大夫的閒適生活，招請好友胡杲等九人宴飲，其中七人年在七十以上，稱爲七老會。參閲白居易長慶集七一胡吉鄭劉盧張等六賢……詩、宋沈括夢溪筆談九人事一。參見"九老會"。

【七件事】 日常生活中的七種必需品。宋吴自牧夢粱録十六鮝鋪："蓋人家每日不可闕者，柴、米、油、鹽、醬、醋、茶。"元曲選武漢臣玉壺春一："早晨起來七件事，柴、米、油、鹽、醬、醋、茶。"

【七言詩】 詩體的一種。每句七字或以七字爲主，如七古、七律、七絶等。七言之始，或説出於詩騷，或説起於柏梁臺詩，説法不一。近人多以爲起於漢魏，至六朝而趨於成熟。參閲清趙翼陔餘叢考二三七言。

【七里香】 植物名。1.芸草别名。宋沈括夢溪筆談三辯證一："古人藏書辟蠹用芸。芸，香草也，今人謂之'七里香'者是也……南人採置席下，能去蚤蝨。"2.山礬别名。主治久痢，止渴殺蚤蠹。見本草綱目三六木部山礬。3.草花名。清吴其濬植物名實圖考二九羣芳："七里香生雲南，開小白花，長穗如蓼，近之始香。"

【七里海】 湖名。在今天津市轄寧河縣西南。一名七里淀，古九十九淀之一。受北運河及天津各河之水，南流合薊運河，由北塘入海。參閲畿輔通志五八輿地十三山川二。

【七門堰】 水壩名。本漢羹頡侯所築，東漢末曹操實行屯田時派劉馥重修。共有三堰，可灌田二萬頃。三國志魏劉馥傳："廣屯田，興治芍陂及茹陂七門吴塘諸堨以溉稻田，官民有畜。"故址在今安徽舒城縣西南七門山下。參閲讀史方輿紀要二六廬州府。

【七里澗】 地名。1.在今河南洛陽市東。西晉永嘉二年，王彌率農民起義軍進逼洛陽，曾屯兵於此。參閲晉書王彌傳。又，西晉太安初，成都王司馬穎派陸機爲前鋒都督，與長沙王司馬乂戰於此，機兵大敗，投水死者甚衆，澗水爲之不流。見晉書陸機傳。2.河南陝縣西曹陽墟的俗稱。東漢獻帝爲李傕等所迫，逃亡途中露宿於曹陽之墟，即此地。見元和郡縣志六陝州陝縣。

【七里瀨】 地名。又叫七里灘七里瀧富春渚。在今浙江桐廬縣嚴陵山西，長七里。兩山夾峙，東陽江流其間，水流湍急，行船難以牽挽，快慢要看風力。故民間有"有風七里，無風七十里"的諺語。南朝宋謝靈運有七里瀨詩。參閲後漢書八三逸民傳、太平寰宇記九五睦州。

【七金山】 山名。蒙語爲和爾博勒津山。在今河北平泉縣東，見遼史地理志三。

【七返丹】 即七返靈砂。宋蘇軾分類東坡詩四錢安道席上令歌者道服："如今且作華陽服，醉唱儂家七返丹。"

【七洲洋】 西沙羣島及附近海面。西沙羣島自然分爲東西兩羣：西面的叫永樂羣島，我漁民稱之爲下八島；東面的叫宣德羣島，我漁民稱之爲上七島。古籍稱之爲"七洲洋"（見宋吳自牧夢粱録十二江海船艦）。爲我國海防重地及遠洋漁業基地之一。自東漢以來，我歷代政府一直行使對包括七洲洋在内的南海諸島的行政管轄權。

【七星岩】㊀岩洞名。在廣西桂林市區東七星山。又名棲霞洞、碧虚巖。原爲古地下河道，隋、唐以來卽爲遊覽勝地。巖洞雄偉深邃，各種形狀的鐘乳石，布列其間，瑰麗多彩。宋張孝祥于湖集五遊千山觀詩："朝遊七星巖，暮上千山觀，東西兩奇絶，勢略嶺海半。"解放後，洞内裝置了電燈，鋪設了道路，洞外修建樓亭，廣植樹木，面貌一新。㊁山名。在廣東肇慶市北。七峰羅列，峻拔挺立。是著名的風景區。明王折三才圖會七星巖考："七星巖，在肇慶府城北，其峰峋嶙葱鬱，森列蒼布，如隕石麗地錯落。"

【七星板】舊時停屍牀上及棺内放置的木板。上鑿七孔，斜鑿梘槽一道，使七孔相連，名七星板，大殮時納於棺內。北齊顔之推顔氏家訓七終制："牀上唯施七星板。"通典八五喪制三引大唐元陵儀制："加七星版於梓宫内。"

【七星關】關隘名。1.在貴州畢節縣西南七星山上，下臨烏江上游六冲河，地勢險要，明清時爲川黔滇三省交通樞紐。參閲讀史方輿紀要一二〇貴州一。2.在貴州甕安縣南、福泉縣東北，以前爲黔湘往來要道。3.在四川茂汶羌族自治縣境内。因關前山上有小孔七，大孔一，穿山而成，如七星伴月，因此得名。又名望星關。唐乾符二年高駢派兵駐守於此。關南棧道，極爲險要，明嘉靖年間又鑿崖重修。

【七科適】西漢有戰爭時徵派到邊疆去服兵役的七種人。史記一二三大宛傳："益發戍甲卒十八萬酒泉、張掖北，置居延、休屠以衛酒泉，而發天下七科適，及載糒給貳師。"正義："張晏云：'吏有罪一，亡命二，贅壻三，賈人四，故有市籍五，父母有市籍六，大父母有籍七：凡七科。武帝天漢四年，發天下七科讁出朔方也。'"適，通"謫"。

【七香車】用多種香料塗飾的車。太平御覽七七五魏武（曹操）與楊彪書："今贈足下四望通幰七香車二乘。"

【七家茶】舊時杭州風俗，於立夏日烹新茶，配以各色細果，贈送親戚鄰居，叫七家茶。見明田汝成西湖遊覽志餘二十熙朝樂事。

【七國考】明董説撰。十四卷。匯輯戰國時七國的典章制度，分職官、食貨等十四門。資料來自史記、戰國策、諸子雜史、寓言、小説、雜記等。對了解戰國時期的史實有一定參考價值。

【七椀茶】唐盧仝玉川子集二走筆謝孟諫議新茶詩："一椀喉吻潤。兩椀破孤悶。三椀搜枯腸，唯有文字五千卷。四椀發輕汗，平生不平事，盡向毛孔散。五椀肌骨清。六椀通仙靈。七椀喫不得也，唯覺兩腋習習清風生。"力贊飲茶的效果。宋蘇軾東坡集續集二六月六日……晚謁損之戲留一絶詩："何須魏帝一丸藥，且盡盧仝七椀茶。"

【七聖刀】宋時百戲中的一個節目。宋孟元老東京夢華録七駕登寶津樓諸軍呈百戲："又爆仗響，有煙火就湧出，人面不相覩，煙中有七人……執真刀，互相格鬬擊刺，作破面剖心之勢，謂之'七聖刀'。"

【七種曲】曲名。清黄燮清撰。有茂陵絃帝女花脊令原鴛鴦鏡凌波影桃谿雪居官鑑七種，合稱倚晴樓七種曲，收入倚晴樓全書。

【七槃舞】古舞名。通典一四五樂五："槃舞，漢曲，至晉加之以杯，謂之世寧舞也。張衡舞賦云：'歷七槃而縱躡。'王粲釋云：'七槃陳於廣庭。'"

七槃舞

【七輪扇】我國古代以機輪運轉的一種風扇。西京雜記一："（巧工丁緩）又作七輪扇，連七輪，大皆徑丈，相連續，一人運之，滿堂寒顫。"

【七盤關】關隘名。在四川廣元縣與陝西寧强縣交界處的七盤嶺（又名五盤嶺）上，是川、陝間重要關隘之一。明崇禎十年，農民起義軍領袖李自成等率起義軍由陝西進兵四川時，曾取道於此。參閲明史三〇九李自成張獻忠傳。

【七德舞】唐舞名。唐初有秦王破陣樂曲，至貞觀七年太宗製破陣樂舞圖，後令魏徵、虞世南等改製歌詞，更名七德之舞。七德，本左傳宣十二年所説的禁暴、戢兵、保大、定功、安民、和衆、豐材七件事。參閲唐會要三三破陣樂、舊唐書音樂二。唐白居易白氏長慶集三有七德舞篇。

【七緵布】一種粗布名。史記孝景紀："令徒隸衣七緵布。"索隱："七緵，蓋今七升布，言其粗。"

【七寶花】㊀花名。宋宋祁益部方物略記七寶花："條葉，大抵玉蟬花類也，其生叢蔚，花紫質蔚云。"㊁用多種寶器製成的蓮花。妙法蓮華經九授學無學人記品："爾時佛告羅睺羅，汝於來世當得作佛，號蹈七寶華。"華，同"花"。

【七觀帖】法帖名。元袁桷撰文，趙孟頫書，是送程鉅夫致仕南歸的一篇序。見佩文齋書畫譜七九。

【七十二子】指孔子弟子。參見"七十子"。

【七十二行】舊時對各種行業的通稱。舉大數而言。參見"三百六十行"。

【七十二候】古代以五日爲一候，一月六候，三候爲一節氣。一年分二十四個節氣，共七十二候。物候是根據動物、植物或其他自然現象變化的徵候，説明節氣變化，作爲農事活動的依據。其説初見於逸周書、吕氏春秋十二紀，漢儒列於禮月令，又見於淮南子時則，北魏始入曆爲七十二候。但各書所舉月令時候，互有出入；卽唐王冰注素問引吕氏春秋七十二候，亦與今本吕書及曆中所載不同。自唐以來，講月令的書，不下數十家。清李調元著月令氣候圖説，總匯諸家之説，其中中星氣候圖最爲簡明。

【七十二營】指參加滎陽大會的明末農民起義軍各部。崇禎八年（公元 1635 年），各路農民起義軍在河南滎陽召開大會，與會的有高迎祥李自成等十三家七十二營的首領，會上制定了聯合作戰的方針。參閲明史三〇九李自成張獻忠傳。

【七尺之軀】見"七尺"。

【七手八脚】喻人動作忙亂。五燈會元二十德光禪師："上堂七手八脚，三頭兩面，耳聽不聞，眼覷不見，苦樂逆順，打成一片。"紅樓夢三三："衆人一聲答應，七手八脚，忙把寶玉送入怡紅院内自己牀上卧好。"

【七青八黄】指錢財。元王實甫西廂記一本二折："量着窮秀才人情則是紙半張，又没甚七青八黄。"明曹昭格古要論六金："其色七青八黄，九紫十赤，以赤爲足色金也。"

【七步成詩】世説新語文學："文帝（曹丕）嘗令東阿王（丕弟曹植）七步中作詩，不成者行大法，應聲便爲詩曰：'煮豆持作羹，漉菽以爲汁；萁在釜下燃，豆在釜中泣；本是同根生，相煎何太急。'帝深有慚色。"用煮豆燃萁，比喻兄弟相逼。後稱人文思敏捷爲七步成詩。

【七返靈砂】道家所謂可以起死回生的靈丹，也省作"七返丹"。宋康駢劇談錄下說方士："爐中煉藥，乃七返靈砂也。"參閱雲笈七籤六九金丹部七返靈砂論。

【七政推步】明南京欽天監監副貝琳輯編。七卷，即穆罕默德的回回曆。回回曆元時傳入我國，明洪武十五年，翰林李翀吳伯宗與回回大師瑪沙伊赫等奉旨翻譯，貝琳據譯本修輯成此書。明代與大統曆參用。參閱清阮元疇人傳二九、四庫提要子部天文算法類一。詳"回回曆"。

【七俠五義】小說名。三俠五義的改編本。詳"三俠五義"。

【七修類稿】明郎瑛撰。五十一卷，續稿七卷。分天地、國事、義理、辨證、詩文、事物、奇謔七門，引證頗廣。對元末農民革命領袖韓山童劉福通等，也有記載。可補元明史志之所未詳。

【七國之亂】也稱吳楚七國之亂。西漢初，諸侯王國割據勢力逐漸强大，威脅中央集權。景帝採用鼂錯建議，削減諸侯王封地。吳王劉濞勾結楚趙膠西濟南菑川膠東等六國，於景帝前元三年（公元前154年），以"請誅鼂錯，以清君側"爲名，發動武裝叛亂。後爲周亞夫平定。參閱史記一〇一袁盎鼂錯傳、漢書景帝紀。參見"清君側"。

【七國象戲】亦稱古局象棋。相傳爲宋司馬光作。棋局中心爲周，用黃色；四周爲七國：秦白，楚赤，齊青，燕黑，韓丹，魏綠，趙紫。七國各有將、一偏、一裨、一行人、一炮、一弓、一弩、二刀、四劍、四騎。七人對弈，弈者各占一國。人數不足，則秦可以與一國連橫爲一方，或六國的齊楚與一國合縱爲一方。弈法類似象棋。棋局縱橫各十九行，與圍棋同。見宋司馬光古局象棋圖。

【七零八落】零碎，不完整。宋惟白集建中靖國續燈錄六有文禪師："無味之談，七零八落。"

【七損八益】中醫以七指女，八指男。女常有天癸之瀉，故有陰常不足陽常有餘之說。素問陰陽應象大論："能知七損八益，則二者可調；不知用此，則早衰之節也。"又見同書上古天真論。

【七賢過關】古畫名。即七賢過關圖。一說爲晉"竹林七賢"，一說爲唐張說張九齡李白李華王維鄭虔孟浩然出藍田關。說法不一。元曹伯啓漢泉漫稿有七賢過關圖詩。參閱明楊慎畫品一七賢過關、明郎瑛七修類稿二五七七賢過關姓名。

【七輿大夫】春秋時，侯伯出行有副車七乘，每車有一大夫主管，故稱七輿大夫。左傳僖十年："郤芮曰：'幣重而言甘，誘我也。'遂殺丕鄭祁舉及七輿大夫。"

【七縱七禽】禽，同"擒"。三國時，諸葛亮爲了鞏固蜀漢後方，於蜀建興三年平定南中（包括今四川南部、雲南貴州等地），曾七次生擒孟獲，又七次釋放。最後，孟獲心悅誠服。參閱三國志蜀諸葛亮傳注引漢晉春秋。

【七顛八倒】混亂。景德傳燈錄二一道匡禪師："問如何是佛法大意，師曰：'七顛八倒。'"水滸二四："如今不幸他歿了，已得三年，家裏的事都七顛八倒。"

【七十家賦鈔】清張惠言撰。六卷。選錄自屈原離騷至南北朝庾信辭賦共七十家二百零六篇。卷首有弁言，概述賦體演變。

丂 1. kǎo 苦浩切，上，晧韻，溪。ㄎㄠˇ

㊀氣欲舒出，ㄅ上礙於一。見說文。或以爲是氣欲舒出的樣子。見覆宋本重修廣韻。㊁"考"本字。見清邵瑛說文解字羣經正字。

2. qiǎo ㄑㄧㄠˇ

㊂說文："丂，古文以爲亏字，又以爲巧字。"清段玉裁說文"丂"注認爲是"巧"的假借字。

二畫

三 sān 蘇甘切，平，談韻，心。ㄙㄢ

㊀數詞。大寫作"叁"，也作"參"。古文或作"弎"。古時常以三表示多數。詩魏風碩鼠："碩鼠碩鼠，無食我黍。三歲貫女，莫我肯顧。"參閱清汪中述學內篇一釋三九。㊁終。漢揚雄太玄經二進："三歲不還。"注："三，終也。……山川高險，終歲不還，以諭難也。"

蘇暫切，去，闞韻，心。

㊂多次，再三。讀如字，又音sàn。見"三思"。

【三一】㊀傳說中的三種神。史記武帝紀："古者天子三年一用太牢具祠神三一：天一地一泰一。"參見"泰一"。㊁基督教所謂三位一體的教義。唐大秦景教流行中國碑頌序："總玄樞而造化，妙衆聖以元尊者，其唯我三一妙身，无元真主阿羅訶歟！"

【三七】藥用植物。五加科。也叫田三七、參三七。本名山漆，又名金不換。以根莖入藥，可止血、定痛、消腫、行瘀。見本草綱目十二草部三七。

【三刀】晉書王濬傳："濬夜夢懸三刀於卧屋梁上，須臾又益一刀，濬驚覺，意甚惡之。主簿李毅再拜賀曰：'三刀爲州字，又益一者，明府其臨益州乎？'……果遷濬爲益州刺史。"這個傳說，後常用爲官吏升調的典故。唐柳宗元柳先生集四二奉和周二十二丈……率然成篇代意之作詩："夢喜三刀近，書嫌五載違。"參見"夢刀"。

【三又】同"三宥㊁"。禮王制："王三又然後制刑。"詳"三宥㊁"。

【三九】㊀三公九卿，封建王朝掌握中央政權的高級官職。後漢書三十下郎顗傳："陛下踐祚以來，懃心衆政，而三九之位，未見其人。"注："三公九卿也。"參見"三公"、"九卿"。㊁三種韭菜。九爲"韭"的諧音。南齊書庾杲之傳："清貧自業，食唯有韭菹、瀹韭、生韭雜菜。或戲之曰：'誰謂庾郎貧？食鮭常有二十七種。'言三九也。"宋蘇軾經進東坡文集事略一後杞菊賦："何侯方丈，庾郎三九。"何侯，晉何曾，生活奢侈，食前方丈。㊂指三九天。從冬至次日起，每九天爲一九，至九九止共八十一天，稱數九寒天。冬至後第三個九（即第十九天至第二十七天）稱三九天，是一年中最冷的時候。明徐光啓農政全書十一農事占候："諺言：……三九廿七，籬頭吹觱篥。"

【三才】天、地、人。易說卦："是以立天之道，曰陰與陽；立地之道，曰柔與剛；立人之道，曰仁與義；兼三才而兩之，故易六畫而成卦。"北周庾信庾子山集六宮調曲："三才初辨，六位始成。"

【三弋】三種鳥。晏子春秋內篇雜下："晏子相景公，食脫粟之食，炙三弋、五卵、苔菜耳矣。"清孫星衍音義："詩傳弋，射；說文作'隿'，繳射飛鳥也，言炙食三禽耳矣。"

【三巳】即上巳，農曆三月上旬的巳日。魏以後專指農曆三月初三。北堂書鈔一五五晉王廙洛都賦："若乃暮春嘉禊，三巳之辰。"參見"上巳"。

【三尸】道家認爲人身中有作祟之神三，叫三尸。每逢庚申的日子，向天帝訴說人的過惡。唐段成式酉陽雜俎二玉格："三尸一日三朝，上尸青姑，伐人眼；中尸白姑，伐人五藏；下尸血姑，伐人胃命。"

唐白居易長慶集十九不睡詩："年衰自無睡，不是守三尸。"柳宗元柳先生集十八有罵尸蟲文，譏諷陷害他的政客。參見"三蟲"。

【三叉】指交叉路。宋蘇軾東坡集續集二儋耳四絶句之二："溪邊古路三叉口，獨立斜陽數過人。"陸游劍南詩稿三六舍北行飯書觸目之二："意行舍北三叉路，閑看橋西一片秋。"

【三上】宋歐陽修歸田録二："余平生所作文章，多在三上，乃馬上、枕上、廁上也；蓋惟此，尤可以屬思爾。"

【三山】㊀古代神話中的三神山。舊題晉王嘉拾遺記高辛："三壺，則海中三山也：一曰方壺，則方丈也；二曰蓬壺，則蓬萊也；三曰瀛壺，則瀛洲也。"文選漢張平子(衡)思玄賦："過少皥之窮野兮，問三丘於句芒。"三丘即三山。參見"三神山"。㊁山名。1.在今南京市西南，長江東岸，突出江中，爲江防要地，又名護國山。南齊謝朓謝宣城集有晚登三山望京邑詩。唐李白李太白詩二一登金陵鳳凰臺："三山半落青天外，一水中分白鷺洲。"見太平寰宇記九十昇州。2.江蘇鎮江市的金山焦山北固山合稱京口三山。見讀史方輿紀要二五鎮江府焦山。㊂舊時福州的別稱。福州舊城中有九仙山閩山越王山三座山，故福州又有三山之稱。見讀史方輿紀要九六福州府福州城越王山。

【三川】㊀三條河的合稱。1.西周以涇渭汭爲三川。國語周上："幽王二年，西周三川皆震。"注："三川，涇渭汭，出於岐山也。"2.東周以伊洛河爲三川。戰國策秦一："今三川，周室，天下之市朝也。"3.唐李白李太白詩二古風第四六："隱隱五鳳樓，峨峨横三川。"㊁郡名。秦莊襄王時置，地在今河南洛陽市西南一帶，因有伊洛河三川，故名。史記秦紀："秦界至大梁，初置三川郡。"㊂地名。1.唐以劍南東劍南西山南西三道爲三川。新唐書二〇一杜甫傳："禄山亂，天子入蜀，甫避走三川。"2.在今陝西洛川縣南，因華池水黑源水洛水三水同滙得名。唐杜甫杜工部草堂詩箋十述懷："寄書問三川，不知家在否？"參閲元和郡縣志四鄜州。

【三户】㊀三户人家。史記項羽紀："楚雖三户，亡秦必楚也。"集解："瓚曰：'楚人怨秦，雖三户猶足以亡秦也。'"又索隱引韋昭說，三户是楚國的昭屈景三家大貴族。後常用以比喻雖地小人寡，猶可發奮圖强。㊁古漳水的一個渡口，在今河北磁縣境內。史記項羽紀："項羽使蒲將軍日夜引兵度三户，軍漳南。"㊂地名。在今河南淅川縣西南。左傳哀四年晉人執戎蠻子"以畀楚師於三户"即此地。

【三王】㊀夏禹、商湯、周文武。亦謂禹、湯、文王，或夏禹、殷湯、周文王，或夏、殷、周。商君書錯法："三王五霸，其所道不過爵禄，而功相萬者，其所道明也。"㊁荀子强國："負三王之廟。"三王，指楚國立業、受封、稱霸的三君，即鬻熊熊繹莊王。㊂同時代著名的王姓三人。如漢王尊王章王駿前後爲京兆尹，人稱之爲三王。見漢書七二王吉傳。唐王珣王璵王瑨兄弟同以文學著稱，時稱三王。見新唐書一一一王方翼傳。唐韓愈昌黎集十三新修滕王閣記："竊喜載名其上，詞列三王之次。"指王勃作序，王緒作賦，王仲舒作修閣記。宋王安石王安國王安禮三兄弟，世稱三王。見宋王應麟小學紺珠氏族類三王。清初畫家王時敏王原祁王鑑，也稱三王；又與畫家王翬並稱四王。參見"四王"。

【三天】㊀我國古代記載天體有渾儀、宣夜、周髀三家之說，稱三天。宋書律志序："致使三天之說，紛然莫辨。"參見"渾儀"、"宣夜"、"周髀"各條。㊁道家稱清微天、禹余天、大赤天爲三天。舊題漢東方朔十洲記："方丈洲在東海中央……有金玉琉璃之宫，三天司命所治之處。"㊂佛教稱欲界、色界、無色界爲三天。亦泛指高空。唐宋之問集下登禪定寺閣詩："梵宇出三天，登臨望八川。"又李白李太白詩二一秋日登揚州西靈塔："萬象分空界，三天接畫梁。"

【三元】㊀元旦，農曆正月初一。初學記四隋杜臺卿玉燭寶典："正月爲端月，其一日爲元日……亦云三元。"注："歲之元，時之元，月之元。"南齊書武帝紀："緣淮戍將，久處邊勞，三元行始，宜沾恩慶。"也稱三朔。㊁唐人稱農曆正月、七月、十月的十五日爲上元、中元、下元，合稱三元。唐詩紀事三三盧拱中元日觀法事："四孟逢秋序，三元得氣中。"㊂天、地、人。文苑英華一六八唐王昌齡夏月花萼樓酺宴應制詩："土德三元正，堯心萬國同。"㊃術數家以六十甲子配九宫，一百八十年一周始，第一甲子爲上元，第二甲子爲中元，第三甲子爲下元，合稱三元。晉書苻堅載記下："從上元人皇起，至中元，窮於下元，天地一變，盡三元而止。"㊄封建科舉考試，鄉試、會試、殿試都是第一名，叫三元，即解元、會元、狀元。見宋趙升朝野類要二舉業三元。明時又以殿試的前三名爲三元。

【三五】㊀三五相乘爲十五。或指十五日。禮禮運："播五行於四時，和而後月生也，是以三五而盈，三五而闕。"或指十五歲。晉陶潛陶淵明集四雜詩："年始三五間。"或指農曆十五日的夜晚。文選古詩十九首之十八："三五明月滿，四五蟾兔缺。"㊁二十八星宿中的心宿和柳宿。詩召南小星："嘒彼小星，三五在東。"傳："三心五噣，四時更見。"心宿三星，噣即柳宿，有五星，故稱三五。一說三五爲三五個。㊂三辰五星。史記天官書："爲天數者，必通三五。"參見"三辰"、"五星"。㊃三王五霸。楚辭屈原九章抽思："望三五以爲像兮。"也指三皇五帝。文選漢班孟堅(固)東都賦："事勤乎三五。"注："楚子西曰：'孔丘述三五之法，明周召之業。'春秋元命苞曰：'伏羲、女媧、神農爲三皇。'史記五帝本紀曰：'黄帝、顓頊、帝嚳、帝堯、帝舜也。'"漢書郊祀志下："夫周秦之末，三五之隆。"王先謙補注認爲三五之隆的三五指三世五世，即文帝和武帝。㊄三正五行。後漢書三十下郎顗傳："臣聞天道不遠，三五復反。"參見"三正"、"五行"。㊅三五個人。唐李白李太白詩十六魯郡堯祠送竇明府薄華還西京："遂將三五少年輩，登高遠望形神開。"

【三支】漢末高僧月氏人支謙受業於支亮，支亮受業於支讖，稱爲三支。宋陳師道後山詩註六別寶講主："慙息三支論，重參二祖禪。"

【三木】古代加在犯人頸、手、足上的刑具。漢書六二司馬遷傳報任安書："魏其(竇嬰)，大將也，衣赭，關三木。"一本衣赭作"赭衣"。赭衣，囚衣。

【三友】㊀三種交友之道。論語季氏："益者三友，損者三友。友直、友諒、友多聞，益矣。友便辟、友善柔、友便佞，損矣。"謂友道損益有三。宋秦觀淮海集四送少章弟赴仁和主簿詩："投閑數訪之，可得三友益。"㊁以三種事物爲友。如唐元結丐論以雲山、松竹、琴酒爲三友。白居易北窗三友詩以琴、酒、詩爲三友。宋蘇軾題文與可畫詩以梅、竹、石爲三友。明馮應京月令廣義以松、竹、梅爲三友。參見"歲寒三友"。

【三尺】㊀劍。劍長約三尺，故名。漢書高帝紀下："吾以布衣提三尺取天下。"史記高祖紀作"三尺劍"。㊁古代把法律刻寫在三尺長的竹簡上，故也稱法律爲三尺。史記一二二杜周傳："三尺安出哉？

前主所是著爲律，後主所是疏爲令。"宋王觀國學林五尺一："法律者，一定之制，故以三尺竹簡書之，明示其凡目，使百官萬民循守之，故謂之三尺。"參見"三尺法"。

【三巴】地名。指巴郡巴東巴西。晉常璩華陽國志一巴："(劉)璋乃改永寧爲巴郡，以固陵爲巴東，徙(龐)羲爲巴西太守，是爲三巴。"永寧在今四川巴縣至忠縣一帶，固陵郡在今雲陽奉節等地，巴西郡卽閬中縣地。

【三孔】宋孔文仲與弟武仲平仲皆有文名，時稱三孔。宋黃庭堅豫章集三和答子瞻和子由常父懷館中故事詩："二蘇上連璧，三孔立分鼎。"

【三少】㊀三公的副職，也稱"三孤"。漢書百官公卿表上："太師太傅太保是爲三公，……又立三少爲之副，少師、少傅、少保，是爲孤卿。"㊁宋姚寬西溪叢語下引宇文士及粧臺記序："春秋之初，有晉楚之諺曰：'夏姬得道，鷄皮三少。'"意謂三次老而重獲青春。㊂同時代有名望而又年少的三人。晉王羲之王承王悦，唐李嗣真劉獻臣徐昭皆有三少之名。見晉書王羲之傳、新唐書九一李嗣真傳。

【三内】皇帝所居處稱大内。唐代大内以太極宮爲西内，大明宮爲東内，興慶宮爲南内，合稱三内。見宋王應麟小學紺珠九制度三内。

【三水】地名。1.漢縣。因縣界内有羅川谷三泉並流，故名。在今陝西邠縣。參閱元和郡縣志三邠州。2.今縣。屬廣東省。本漢南海郡番禺四會二縣地。明嘉靖五年分置三水縣。見嘉慶一統志四四一廣州府一。

【三公】㊀輔助國君掌握軍政大權的最高官員。書周官："立太師、太傅、太保，玆惟三公，論道經邦，燮理陰陽。"此指周之三公。又公羊傳隱五年："天子三公者何？天子之相也。天子之相，則何以三？自陝而東者周公主之；自陝而西者召公主之；一相處乎內。"此又一說。又，西漢以大司馬、大司徒、大司空爲三公，文選漢枚叔(乘)上書重諫吳王："今漢親誅其三公以謝前過。"注："謂誅鼂錯也，錯爲御史大夫，故曰三公。"東漢以太尉、司徒、司空爲三公。三公也稱三司。見漢書百官公卿表七上、後漢書順帝紀。唐宋仍稱三公，但已無實權。明清只用作大臣的加銜。㊁星名。晉書天文志上："三公在北三星曰九卿內坐，主治萬事。"

【三壬】星相術士的迷信用語。三壬是福壽之相。三國志魏管輅傳："背無三甲，腹無三壬，此皆不壽之驗。"唐劉禹錫劉夢得集外集四樂天長齋聯句詩："鑒容稱四皓，捫腹有三壬。"

【三仁】指殷的微子箕子比干。論語微子："微子去之，箕子爲之奴，比干諫而死。孔子曰：'殷有三仁焉。'"文選漢班孟堅(固)幽通賦："三仁殊於一致兮，夷惠舛而齊聲。"

【三玄】魏晉南北朝流行玄學，以周易老子莊子爲三玄。北齊顏之推顏氏家訓三勉學："洎於梁世，茲風復闡，莊老周易，總謂三玄。"

【三正】㊀書甘誓："有扈氏威侮五行，怠棄三正。"三正有兩說。1.僞孔傳指天地人的正道。2.甘誓釋文引馬融："建子、建丑、建寅，三正也。"夏代建寅，以農曆正月一日爲一年之始，殷代建丑，以農曆十二月爲正月，周代建子，以農曆十一月爲正月。參見"正朔"。㊁夏殷周三代。文選漢班孟堅(固)幽通賦："匝三正而滅姬。"注引曹大家："三正，謂夏商周也。"

【三世】㊀祖孫三代。禮曲禮下："醫不三世，不服其藥。"疏："擇其父子相承至三世也。"又一說，以黃帝針灸神農本草素女脈訣(夫子脈訣)爲三世，醫不習此三者，不得服其藥。見疏。㊁公羊學派解釋春秋，分爲三世：所見世、所聞世、所傳聞世。見公羊傳隱元年注。康有爲根據公羊傳的三世推演出據亂世、升平世、太平世，作爲變法的理論根據。㊂佛教以過去、現在、未來爲三世。集異門論三："三世者，謂過去世，未來世，現在世。"

【三古】㊀指伏羲文王孔子代表的三個時代。漢書藝文志："易道深矣，人更三聖，世歷三古。"注"孟康曰：'易繫辭曰：易之興其於中古乎？然則伏羲爲上古，文王爲中古，孔子爲下古。'"㊁古文、大小篆。唐張彥遠法書要録八："古文可爲上古，大篆爲中古，小篆爲下古，三古爲實，草隸爲華。"

【三本】㊀荀子禮論："禮有三本：天地者，生之本也；先祖者，類之本也；君師者，治之本也。"㊁皇帝內府藏書，圖籍各備三本，以便保存。北齊書邢邵傳："炎漢勃興，更修儒術，故西京有六學之義，東都有三本之盛。"唐代祕書郎掌四部圖籍，有正、副、貯三本。見新唐書百官志二。

【三司】㊀卽三公。東漢改大司馬爲太尉，與司徒、司空並稱三公，亦稱三司。後漢書順帝紀陽嘉元年："令刺史二千石之選，歸任三司。"㊁唐宋置鹽鐵使、度支使、户部使爲管理財賦之官。五代後唐長興元年以張延朗行工部尚書充三司使，始著三司之名，至宋而專掌財賦。太平興國八年，分置三司，號計相。參閱五代史張延朗傳、宋葉夢得石林燕語六。金泰和以後省户部，置三司，掌勸農鹽鐵、度支、户部等三事。見續通志一三三職官略四。㊂理獄之官。唐時以御史大夫、中書、門下爲三司，受理刑獄。見新唐書百官志三。㊃唐制，以皇太子監國，詹事、左、右庶子號三司使。見宋趙彥衛雲麓漫鈔七。㊄明代各省的都指揮使司、布政使司、按察使司，合稱三司，分管兵、刑、錢糧。見明史職官志一。

【三加】古代冠禮，初加緇布冠，次加皮弁，次加爵弁。稱爲三加。禮冠義："故冠於阼，以著代也。醮於客位，三加彌尊，加有成也。"

【三甲】㊀宋史選舉志一："(太平興國)八年，進士諸科，始試律義，……進士始分三甲。"一甲第一名叫狀元，第二名叫榜眼，第三名叫探花；二甲第一名叫傳臚。明清科舉仍分三甲，但第一甲僅限三人，第二甲稱"賜進士出身"，第三甲稱"賜同進士出身"。參見"進士"。㊁星相術士用語。宋仲并浮山集二再用前韻呈陳得之諸公詩："未論骨相無三甲，細數年華有六身。"參見"三壬"。

【三史】魏晉六朝以史記漢書東觀漢記爲三史。三國志蜀孟光傳："博物識古，無書不覽，尤銳意三史。"唐以後東觀漢記失傳，以史記漢書後漢書爲三史。見宋王應麟小學紺珠四藝文。又唐時科舉，設有三史科。見新唐書選舉志上。

【三出】雹形似半珠，其粒皆三出。宋陸佃埤雅釋天雹："雹三出而成實。"

【三生】佛教語。指前生、今生、來生，卽過去世、現在世、未來世。唐白居易長慶集六七自罷河南已換七尹……偶題西壁詩："世説三生如不謬，共疑巢許是前身。"參見"三世"。

【三冬】㊀三個冬季，卽三年。漢書六五東方朔傳："年十三學書，三冬文史足用。"注引如淳："貧子冬日乃得學書。"清俞樾古書疑義舉例三："三冬亦卽三歲也。"㊁冬季三月，卽冬季。唐杜甫杜工部草堂詩箋十五遣興之一："蟄龍三冬臥，老鶴萬里心。"

【三丘】㊀高下三層的丘。爾雅釋丘："丘一成爲敦丘，再成爲陶丘，再成銳上爲融丘，三成爲崐崘丘。"晉書食貨志：

“河濱海岸，三丘八藪。”㊁蓬萊方丈瀛洲三山。文選漢張平子(衡)思玄賦：“過少皞之窮野兮，問三丘于句芒。”

【三代】㊀夏商周。荀子王制：“道不過三代，法不貳後王。”㊁祖、父、子。漢書五四李廣傳贊：“然三代之將，道家所忌，自廣至陵，遂亡其宗。”㊂曾祖、祖父、父。宋會要輯稿一〇八選舉四：“(徽宗)崇寧五年十月一日禮部尚書朱諤言：推恩諸科舉人，所應科目、姓名、鄉貫、年甲、三代、户頭、舉數年月，逐一開析勘驗。”

【三白】㊀唐人稱蘿蔔、鹽、飯爲三白。見宋晁載之續談助五引唐楊曅膳夫經手錄、宋朱弁曲洧舊聞六。㊁雪。宋蘇軾分類東坡詩七次韻王觀正言喜雪：“行當見三白，拜舞慬萬歲。”㊂酒名。明謝肇淛五雜組十一物部三：“江南之三白，不脛而走，半九州矣，然吴興造者，勝於金昌。”

【三台】星名。謂上台、中台、下台共六星，兩兩相比，起文昌，列抵太微。也作三階，又稱泰階。見晉書天文志上。古代以星象徵人事，稱三公爲三台。晉書天文志上：“在人曰三公，在天曰三台。”唐張九齡曲江集三故刑部李尚書挽歌詞之二：“宿昔三台踐，榮華駟馬歸。”參見“三臺”。

【三江】㊀三條江的合稱。書禹貢：“三江既入，震澤底定。”周禮夏官職方氏：“東南曰揚州……其川三江。”三江說法很多，主要有：1.國語越上“三江環之”注以吴江錢塘江浦陽江爲三江。吴越春秋夫差内傳“出三江之口”注“吴江”作“松江”。2.水經注二九沔水引晉郭景純(璞)說以岷江松江浙江爲三江。3.書禹貢釋文引吴地記以松江婁江東江爲三江。4.漢書地理志上“三江既入”注以北江中江南江爲三江。㊁蜀有三江，即長江上游支流的岷江涪江沱江。見晉常璩華陽國志一。㊂縣名，即今三江侗族自治縣，在廣西東北部。明爲三江鎮巡察司。見明史地理志六。

【三池】㊀星名。晉書天文志上：“九坎間十星曰天池，一曰三池，一曰天海。”㊁道家稱膽爲中池，舌下爲華池，小腹胞爲王池，合稱三池。見雲笈七籤十一黄庭内景經中池。

【三汛】春夏秋三季漲水期。參閱清朱庚河防志五。

【三交】城名。1.在陝西寶鷄市西。相傳爲三國魏司馬懿所築。見元和郡縣志二鳳翔府寶雞縣。2.在山西太原市北。宋太宗太平興國四年癸亥，命潘美屯河東三交口，即此地。見讀史方輿紀要四十山西二。

【三衣】僧侶的法衣，有三種：僧伽梨，即大衣；鬱多羅僧，即上衣；安陀會，即下衣。合稱三衣。唐賈島長江集七送去華法師詩：“秋江洗一鉢，寒日曬三衣。”參閱釋氏要覽上法衣三衣。

【三次】三處。國語魯上：“五刑三次，是無隱也。”注：“次，處也。三處，野、朝、市也。”

【三州】複姓。以地爲氏。相傳爲三州的後代，也單姓州。通志二七氏族三以地爲氏引孝子傳有三州昏。

【三式】術數家以雷公(遁甲)、太乙、六壬爲三式。唐六典十四：“太卜令掌卜筮之法，以占邦家動用之事。……凡式，占辨三式之同異。”注：“一曰雷公式；二曰太乙式，並禁私家畜；三曰六王(當作“壬”)式，士庶通用之。”

【三圭】諸侯五等爵位中的公、侯、伯。也作“三珪”。楚辭大招：“三圭重侯，聽類神只。”注：“三圭，謂公、侯、伯也。公執恒圭，侯執信圭，伯執躬圭，故言三圭也。”莊子讓王：“(楚昭)王謂司馬子綦曰：‘屠羊說居處卑賤而陳義甚高，子綦爲我延之以三旌之位。’”釋文：“三旌，三公位也。”司馬(彪)本作“三珪”。

【三老】㊀相傳古代天子養老，有三老五更。孝經緯援神契下：“天子親臨雍，袒割尊事三老，兄事五更。”參見“三老五更”。㊁秦置鄉三老。漢並置縣三老、郡三老，幫助縣令、丞、尉推行政令。漢書百官公卿表：“十亭一鄉，鄉有三老。”後漢書七六王景傳：“父閎，爲三郡老。”㊂東漢赤眉農民起義軍首領樊崇號稱三老。見後漢書十一劉盆子傳。㊃指上壽、中壽、下壽。左傳昭三年：“公聚朽蠹而三老凍餒。”注：“三老，謂上壽、中壽、下壽，皆八十已上。”㊄川江峽中稱篙師爲長年，柁工爲三老。唐杜甫杜工部詩十四撥悶：“長年三老遥憐汝，棙柁開頭捷有神。”

【三考】古代官吏的考績制度。即三年考一次，九年考三次，決定降免或提升。書舜典：“三載考績，三考黜陟幽明。”疏：“言帝命羣官之後，經三載，乃考其功績。經三考則九載，黜陟幽明，明者升之，闇者退之。”以後歷代封建王朝，一般都採用三考制度。參閲文獻通考三九選舉考課。又舊時科舉中的“鄉試”“會試”“殿試”，也稱三考。

【三至】㊀三條原則。荀子議兵：“所以不受命於主有三，可殺而不可使處不完，可殺而不可使擊不勝，可殺而不可使欺百姓，夫是之謂三至。”注：“至，謂一守而不變。”㊁相傳曾參居費，有同名的殺人，别人告訴參母：“曾參殺人。”母初不信，照常織布。後又有二人相繼來告，參母懼怕，投杼越牆而走。見戰國策秦二。後用“三至”表示謡言多次傳播，也會産生影響。後漢書四七班超傳：“身非曾參而有三至之讒，恐見疑於當時矣。”

【三光】日、月、星。莊子說劍：“上法圓天，以順三光。”又以日、月、五星合稱三光。史記天官書：“衡，太微，三光之廷。”索隱：“三光，日，月、五星也。”

【三多】㊀多福、多壽、多男子。舊時流行的祝頌詞。說本莊子天地，但莊子只說壽、富、多男子，並非吉語。參見“華封三祝”。㊁宋陳師道後山居士詩話：“永叔(歐陽修)謂爲文有三多，看多、做多、商量多也。”

【三危】山名。1.書禹貢：“三危既宅，三苗丕敍。”關於三危的地理位置，說法不一：一說今甘肅敦煌有三危山，即古三危。見書禹貢。一說在甘肅岷山之西南。見清孫星衍尚書今古文注疏堯典。一說在雲南。見通志地理略。2.神話中的仙山。山海經西山：“又西二百二十里曰三危之山，三青鳥居之。”

【三休】㊀臺名。文苑英華二四七南朝梁劉孝綽江津寄劉之遴詩：“經過一柱觀，出入三休臺。”按漢賈誼新書退讓：“翟王使使至楚，楚王欲夸之，故饗客於章華之臺上，上者三休而乃至其上。”三休臺即指章華臺。㊁亭名。唐司空圖晚年因足疾請退休，家中條山王官谷築亭曰三休，意謂量才、揣分兼耄聵，三件事都應退休。見舊唐書一九〇司空圖傳、元辛文房唐才子傳八司空圖。宋杭州玲瓏山有三休亭。宋蘇軾分類東坡詩七登玲瓏山：“三休臺上工延月，九折巖前巧貯風。”㊂漢代金敞字元休，第五巡字文休，韋端字甫休，三人齊名，同是京兆人，稱京兆三休。見舊題晉陶潛聖賢羣輔録下。㊃三頓。金董解元西廂五：“紅娘覷了吃地笑，俺骨子不曾移動脚，這急性的郎君三休飯飽。”

【三伏】農曆夏至後第三庚日起爲初伏，第四庚日起爲中伏，立秋後第一庚日起爲末伏。三伏是一年中最熱的時候。參閲藝文類聚五歲時下伏。南朝梁蕭統昭明太子集三錦帶書十二月啓林鍾六月："三伏漸終,九夏將謝。"參見"伏日"。

【三行】㊀春秋時晉國軍制之名。行, háng。左傳僖二八年："晉侯作三行以禦狄。荀林父將中行,屠擊將右行,先蔑將左行。"注："晉置上中下三軍，今復增置三行，以辟天子六軍之名。"㊁舉杯祝酒三回。行, xíng。漢揚雄法言修身："賓主百拜,而酒三行。"

【三后】古代天子或諸侯皆稱后。三后指三個帝王。1.楚辭屈原離騷："昔三后之純粹兮，固衆芳之所在。"注："后，君也，謂禹湯文王也。"2.詩大雅下武："三后在天，王配於京。"注："三后大王王季文王也。"3.指虞夏商三代的君主。左傳昭三二年："三后之姓，於今爲庶。"注："三后,虞夏商。"4.指漢之宣景文三帝。文選晉陸士衡(機)皇太子宴玄圃宣猷堂有令賦詩："三后始基，世武丕承。"

【三巡】㊀巡繞遍行三次。左傳桓十二年："伐絞之役,楚師分涉於彭,羅人欲伐之，使伯嘉諜之,三巡數之。"㊁斟酒三次。水滸二四："一連斟了三巡酒，那婆子便去燙酒來。"

【三沙】地名。在上海市崇明縣東北。嘉慶一統志一〇三太倉州一引蘇州府志："宋建中靖國初，又湧一沙於姚劉沙西北,曰三沙,鼎立海心,亦謂之崇明沙。"

【三言】㊀三個字。戰國策齊一："靖郭君謂謁者無爲客通。齊人有請者曰：'臣請三言而已矣，益一言，臣請烹。'靖郭君因見之。客趨而進曰：'海大魚。'因反走。"㊁三句話。1.晏子春秋雜下六："晏子對曰：'君商漁鹽，關市譏而不征。耕者十取一焉。弛刑罰，若死者刑，若刑者罰,若罰者免,若此三言者，嬰之祿，君之利也。'"2.韓詩外傳二："君子有三言，可貫而佩之。一曰：無內疏而外親；二曰：身不善而怨他人；三曰：患至而後呼天。"㊂見"三言二拍"。

【三良】三個賢良的人。詩秦風黃鳥序："黃鳥，哀三良也。"文選晉潘安仁(岳)寡婦賦："感三良之殉秦兮，甘捐生而自引。"指秦穆公的臣子奄息仲行鍼虎三人。又春秋鄭叔詹堵叔師叔(見左傳僖七年)，晉王導郗鑒庾亮(見晉書陸玩傳)，都有三良之稱。

【三邦】三國。書禹貢："荆及衡陽惟荆州，……惟箘簵楛，三邦底貢厥名。"史記夏本紀作"三國致貢其名"。唐孔穎達正義謂卽近雲夢澤之三國。

【三車】佛教以牛車、羊車、鹿車爲三車，比喻三乘。見妙法蓮華經三譬喻品。唐杜甫杜工部詩史補遺二酬高使君相贈："雙樹容聽法，三車肯載書。"參見"三駕㊀"、"三乘㊀"。

【三芝】芝爲寄生於枯木的一種菌類，可入藥，古人以爲瑞草。文選南朝梁沈休文(約)鍾山詩應西陽王教："淹留訪五藥，顧步佇三芝。"注引抱朴子仙藥以參成芝、木渠芝、建實芝爲三芝；唐呂向注以石芝、靈芝、肉芝爲三芝。

【三更】一夜分爲五更，半夜子時爲三更，卽夜十一時至一時。樂府詩集四五晉子夜變歌："三更開門去，始知子夜變。"

【三酉】酒。明田藝衡留青日札二四酒名："今人稱酒曰三酉，皆言三點水加酉也。"

【三李】1.魏書高允傳："趙實名區，世多奇士，山岳所鍾，挺生三李。"這裏指李詵李靈李遐。2.北宋元祐年間舒州善畫的李伯時(公麟)、能文的李亮工、工書的李元中，稱三李。見宋王明清揮麈三錄二龍眠三李。

【三戒】㊀戒色、戒鬭、戒得。論語季氏："君子有三戒：少之時，血氣未定，戒之在色；及其壯也，血氣方剛，戒之在鬭；及其老也，血氣既衰，戒之在得。"㊁篇名。唐柳宗元作三戒。分臨江之麋、黔之驢、永某氏之鼠三段，以寓言的方式，諷刺人物。見柳先生集十九。

【三辰】日、月、星。左傳桓二年："三辰旂旗，昭其明也。"國語魯上："帝嚳能序三辰以固民。"

【三君】三個受人敬仰的人物。東漢陳蕃竇武劉淑，又陳寔及其子陳紀陳諶，都有三君之稱。君，謂世所宗仰。見後漢書六七黨錮傳、六二陳寔傳。明末東林黨的趙南星鄒元標顧憲成，亦稱三君。見明史二四三趙南星傳。

【三吳】地名。1.以吳興吳郡會稽爲三吳。見水經注四十漸江水。2.以吳郡吳興丹陽爲三吳。見通典一八二州郡十二。3.以蘇州潤州湖州爲三吳。見名義考三地部三楚三吳三晉三秦。

【三秀】靈芝草的別名。靈芝一年開花三次，故又稱三秀。楚辭屈原九歌山鬼："采三秀兮於山間。"

【三何】南朝梁何思澄何遜何子朗都是東海人，均有文名，時人稱爲東海三何。見梁書何思澄傳。何遜最著名，漢魏百三家集中有何水部集一卷。

【三身】㊀神話中的國名。山海經海外西經："三身國在夏后啓北，一首而三身。"又山海經大荒南經："大荒之中，有不庭之山，滎水窮焉，有人三身。"㊁佛教語。稱法身、受用身、變化身爲三身。見佛地經論七。

【三河】地名。1.漢以河內河南河東三郡爲三河，卽今河南洛陽市黃河南北一帶。史記一二九貨殖傳："昔唐人都河東，殷人都河內，周人都河南。夫三河在天下之中，若鼎足，王者所更居也。"2.縣名。屬河北省。本漢潞縣地。唐開元四年改置三河縣，以地近七渡鮑邱臨洵三水而名。參閱太平寰宇記七十薊州、讀史方輿紀要十一直隸二順天府。3.後涼呂光自稱三河王，置三河郡，治白土縣。三河謂金城河賜友河湟河。參閱讀史方輿紀要六四西寧鎮。4.三河鎮。在今安徽合肥市，因三水匯流於此，故名。清咸豐八年(1858年)太平天国英王陳玉成大敗清兵於此，擊斃湘軍悍將李續賓曾國華等，使天京、安慶得以轉危爲安。

【三表】漢書四八賈誼傳贊："施五餌三表以係單于。"注："賈誼書謂愛人之狀，好人之技，仁道也；信爲大操，常義也；愛好有實，已諾可期，十死一生，彼將必至；此三表也。"

【三泖】湖名。卽泖湖。在上海市松江縣西。有上中下三泖，上承澱山湖，下流合黃浦江入海，今多淤積爲田。宋朱長文吳郡圖經續記下往迹："三泖在華亭境，魯望(和吳中書事)詩云：'三泖涼波漁蕝動'，謂此也。"魯望，唐陸龜蒙字。

【三官】㊀古代三種官的合稱。1.輔佐君主的三種官：大樂正、大司寇、司市，或大司徒、大司馬、大司空。見禮王制。2.軍中執掌鼓、金、旗以發布軍令的三種官。見管子兵法。3.管理農、商、工的田師、市師、器師。見荀子解蔽。4.漢代管鑄錢的均輸、鍾官、辨銅令三官。見史記平準書。㊁東漢時，張角的太平道和張魯、張修的五斗米道奉天、地、水爲三神，也叫三官。他們以"三官手書"傳道治病爲名，組織和發動了有名的黃巾農民起義和巴蜀農民起義。見三國志魏張魯傳注引典略。㊂人身上的三種器官。1.耳、目、心。呂氏春秋任教："凡耳之聞也藉於靜，目之見也藉於昭，心之知也藉於理。君臣易操，則上之三官者廢矣。"2.口、目、耳。淮南子詮言："三官交爭。"注："三官，三關，謂食、視、聽也。"

【三性】㊀漢王充論衡命義："亦有三性，有正，有隨，有遭。正者，稟五常之性也；

隨者，隨父母之性；遭者，遭得惡物象之故也。"㊁佛教把人性分爲善、惡、無記(不善不惡無法識別)三性。參閱成唯識論三。㊂佛教法相宗認爲事、理、迷悟一切諸法，不出三種性質，卽遍計所執性、依地起性和圓成實性。參閱唯識論八九、瑜伽師地論七三。

【三府】漢代的太尉、司徒、司空設立的府署，合稱三府。漢王符潛夫論班祿："三府制法。"後漢書二四馬援傳："初，援在隴西上書，言宜如舊鑄五銖錢，事下三府，三府奏以爲未可許。"

【三長】㊀北魏地方基層行政官吏。魏書高祖紀："(太和)十年……二月申戌，初立黨、里、鄰三長，定民户籍。"㊁唐代史學家劉知幾認爲寫歷史必須有三長，卽才、學、識。見新唐書一三二劉子玄傳。宋陸游劍南詩稿二一史院書事："皇祖聖謨高萬古，諸賢直筆擅三長。"

【三武】㊀星名。卽河鼓三星。見晉書天文志上。㊁北魏太武帝、北周武帝、唐武宗皆禁佛教，勒令僧尼還俗，佛家稱爲"三武之難"。

【三毒】佛教以貪欲、瞋恚、愚癡爲三毒。大智度論三一："我所心生故，有利益我者生貪欲，違逆我者而生瞋恚。此結使不從智生，從狂惑生故，是名爲癡。三毒爲一切煩惱之根本，悉由吾故。"

【三事】㊀三件事。內容隨文而異。書大禹謨："六府三事允治。"指正德、利用、厚生。詩大雅常武："三事就緒。"指春、夏、秋三季農事。㊁古稱三公爲三事大夫。三公雖無職，而參與六卿之事，故稱三事。詩小雅雨無正："三事大夫，莫肯夙夜。"正義："三事大夫爲三公耳。"漢蔡邕蔡中郎集二陳太丘碑："云欲特表，便可入踐常伯，超補三事。"

【三刺】審理訴訟，經三訊而後判決。周禮秋官小司寇："以三刺斷庶民獄訟之中，一曰訊羣臣，二曰訊羣吏，三曰訊萬民。"

【三板】㊀古代築牆用的板，每塊二尺高。三板就是六尺高。戰國策趙一："今城不沈者三板。"㊁小船名。唐錢起錢考功集九江行無題一百首詩之九十："一彎斜照水，三板順風船。"也作"三版"。宋陸游劍南詩稿六三舟中作："蘧篨作帆三版船，漁燈夜泊閶門邊。"今多寫作"舢板"。㊂明代水師最小之戰船叫三板，也叫劃船。見明李昭祥龍江船廠志二。

【三到】指讀書須三到，卽心到、眼到、口到，纔能有所得。宋朱熹訓學齋規讀書寫文字四："余嘗謂讀書有三到，謂：心到、眼到、口到。……三到之中，心到最緊。心既到矣，眼口豈不到乎？"

【三門】㊀古傳天子五門，諸侯三門。三門指皋門、應門、路門。見周禮天官閽人"掌守王宮之中門之禁"疏。參見"五門。"㊁戰陣名。後漢書八十下高彪傳："天有太一，五將三門；地有九變，丘陵山川。"注："三門者，開門、休門、生門。"㊂山名。一名三門山，又名砥柱。在河南陝縣東北，位於黄河之中。見水經注四河水。參見"中流砥柱"。㊃寺院大門。後泛指寺院。釋氏要覽上住處："凡寺院有開三門者，只有一門亦呼爲三門者何也？佛地論云：大宮殿，三解脱門……謂空門、無相門、無作門。"元曲選武漢臣老生兒一："休道立下寺，我連三門都爲你蓋了。"也作"山門"。水滸四："不可剃度他，恐久後累及山門。"

【三弦】見"三絃"。

【三孤】書周官："少師、少傅、少保，曰三孤。"孤，謂特殊；言其卑於公，尊於卿，置此三人，爲三公之副。清王引之經義述聞八周官上孤謂孤之數必非三人。參見"三少㊀"。

【三阿】地名。在江蘇高郵縣西北。晉時苻秦將俱難彭超圍三阿，爲謝玄所破，卽此地。資治通鑑一〇四晉太元四年："秦兵六萬，圍幽州刺史田洛於三阿。"注："晉僑置幽冀青并四州於江北三阿，今寶應軍卽其地。"

【三奇】㊀指三陽爻，卽乾卦。易乾卦畫作三。古時以一爲奇(數)，畫三奇爲乾卦。㊁陰陽家術語。奇門遁甲以十干的乙、丙、丁爲三奇。明程道生遁甲演義一烟波釣叟賦："六甲元號六儀名，三奇卽是乙、丙、丁。"參見"奇門"、"遁甲"。明萬民英三命通會論三奇以乙、丙、丁爲天上三奇，甲、戊、庚爲地下三奇，辛、壬、癸爲人間三奇。

【三叔】周武王兄弟管叔蔡叔霍叔，稱三叔。武王滅殷，立紂子祿父(武庚)守商祀；命三叔監管殷遺民，防止他們反叛。見逸周書作雒、史記周紀。參見"三監㊀"。

【三虎】虎是猛獸，喻同時以雄傑著稱的三人。如東漢賈彪三兄弟，當時稱爲三虎。見後漢書六七黨錮傳。宋楊紘王鼎王綽三人也稱三虎。見宋史三〇五楊億傳附楊紘。

【三明】㊀日、月、星。晉崔豹古今注下問答釋義："三王，三明也；五霸，五嶽也。"㊁漢段熲字紀明，與皇甫威明、張然明稱涼州三明。見後漢書六五段熲傳。宋黄庭堅豫章集二次韻劉景文登鄴王臺見思詩之四："路尋西九曲，人似漢三明。"晉諸葛恢荀闓蔡謨三人，都以道明爲字，著名當時，號稱中興三明，又稱京都三明。見文選南朝梁任彦昇(昉)王文憲集序注引晉中興書、及晉書七七諸葛恢傳。㊂佛教以天眼明、宿命明、漏盡明爲三明。文選南朝梁王簡栖(屮)頭陁寺碑："氣茂三明，情超六入。"

【三易】㊀指連山歸藏周易。見周禮春官大卜。相傳連山、歸藏爲夏、商之易，書已失傳。㊁易，難易之"易"。三易所指，隨文而異。1.韓非子用人："君人者釋三易之數而行……明主之表易見，故約立；其教易知，故言用；其法易爲，故令行。"2.北齊顏之推顏氏家訓文章："沈隱侯(約)曰：'文章當從三易：易見事，一也；易識字，二也；易讀誦，三也。'"

【三典】輕、中、重三類刑法。周禮秋官大司寇："掌建邦之三典，以佐王刑邦國，詰四方。一曰刑新國，用輕典；二曰刑平國，用中典；三曰刑亂國，用重典。"注："典，法也。"宋書明帝紀泰始四年詔："夫愆有大小，憲隨寬猛，故五刑殊用，三典異施。"

【三竺】浙江杭州靈隱山飛來峰東南，有上天竺中天竺下天竺三座山，合稱三竺。宋詩鈔林景熙白石樵唱鈔西湖："斷猿三竺曉，殘柳六橋春。"詳"天竺"。

【三舍】㊀一舍，三十里；三舍，九十里。左傳僖二三年："晉楚治兵，遇於中原，其辟君三舍。"㊁二十八宿，一宿叫一舍。三舍卽三座星宿的位置。呂氏春秋制樂："今夕熒惑，其徙三舍。"㊂宋太學及地方學分外舍、內舍、上舍，合稱三舍。詳"外舍"、"三舍法"。

【三命】㊀周代大國與次國之卿，天子之上士皆三命。禮王制："大國之卿不過三命。"參見"九命"。㊁人壽分爲上中下三等。文選晉孫子荆(楚)征西官屬送于陟陽侯作詩："三命皆有極，咄嗟安可保。"注引養生經："黄帝曰：'上壽百二十，中壽百年，下壽八十。'"㊂三次，多次。文選南朝宋顏延年(延之)陶徵士誄："初辭州府，三命後爲彭澤令。"㊃漢王充論衡命義："傳曰，説命有三，一曰正命，二曰隨命，三曰遭命。"㊄舊時星命術士以人出生的年、月、日所屬干支爲三命，並依此推算，附會命運吉凶。宋晁公武郡齋讀書志十四有珞琭子三命賦一卷，謂金司天臺有女直漢人學生課三命五星之術。見金史選舉志一。

【三季】㊀夏商周三代的末年。國語晉一:"雖當三季之王,亦不可乎?"注:"季,末也。三季王,桀紂幽王也。"漢書一〇〇下敍傳述天文志:"三季之後,厥事放紛。"㊁指春秋魯國的季孫氏仲孫氏叔孫氏。見呂氏春秋察微。

【三侑】同"三宥"。見"三宥㊁㊂"。

【三姑】㊀山名。初學記八引輿地志:"黟縣東有黳山,山有三峯,名爲三姑山。"㊁從事迷信活動的尼姑、道姑、卦姑。見"三姑六婆"。㊂民間傳説的管蠶女神。明高啓高太史集二養蠶詞:"三姑祭後今年好,滿簇如雲繭成早。"

【三姓】地名。卽今黑龍江依蘭勃利等縣之地。爲建州女直本土。元代在此設置南京三萬户府,明初移治開原。清康熙五十四年建城。因此地爲努葉勒葛依克勒湖西哩三族赫哲人所居,故名三姓。滿語"依蘭"爲三,"哈拉"爲姓,故又名依蘭哈拉。參閱清通考二七一輿地三、吉林外記二。

【三始】正月初一。也稱三朝。漢書七二鮑宣傳:"今日蝕於三始,誠可畏懼。"注引如淳:"正月一日爲歲之朝,月之朝,日之朝;始,猶朝也。"

【三洲】㊀地名。詩小雅鼓鐘:"淮有三洲。"注:"三洲,淮上地。"㊁歌曲名。詳"三洲歌"。

【三洪】南宋洪适洪遵洪邁兄弟三人,先後中博學鴻詞科,皆以博學能文著稱,時稱三洪。見宋史三七三洪适傳。

【三洞】道家把諸經分爲洞真、洞玄、洞神三部分,合稱三洞。見雲笈七籤六。

【三宥】㊀對犯罪者可以從寬處理之三種情況。周禮秋官司刺:"司刺掌三刺三宥三赦之法,以贊司寇聽獄訟。……壹宥曰不識,再宥曰過失,三宥曰遺忘。"㊁寬恕三次。周法規定,王、公的家族有人犯法時,經王、公三次説了"宥之"以後,始對犯人施刑。見禮文王世子。宥,亦作"又"。禮王制:"王三又,然後制刑。"宥,又作"侑"。管子法法:"文有三侑,武毋一赦。"注:"侑,寬也。"㊂古代貴族勸食的禮節。宥,同"侑"。周禮春官大司樂:"王大食三侑,皆令奏鐘鼓。"注:"侑,猶勸也。"天子或諸侯於每月初一、十五日加牲進食,稱爲大食。

【三亭】地名。在今湖南保靖縣西。本漢遷陵縣,隋并入大鄉縣,唐貞觀九年又從大鄉縣劃出。因縣西有三亭古城,故名。見元和郡縣志三十溪州。

【三軍】㊀周制天子六軍,諸侯大國三軍。一軍爲一萬二千五百人。左傳襄十四年:"成國不過半天子之軍,周爲六軍,諸侯之大者,三軍可也。"又春秋時,大國多設三軍,如晉稱中軍、上軍、下軍;楚稱中軍、左軍、右軍;齊魯吴也設上、中、下三軍。參閱左傳襄十一年"將作三軍"疏。參見"六軍"。㊁軍隊的通稱。荀子賦:"城郭以固,三軍以强。"㊂步、車、騎三軍。六韜六犬韜戰單:"步貴知變動,車貴知地形,騎貴知别徑奇道,三軍同名而異用也。"㊃商君書兵守:"三軍:壯男爲一軍,壯女爲一軍,男女之老弱者爲一軍,此之謂三軍也。"壯男作戰,壯女防守,老弱輸送食物。

【三恨】三件恨事。唐薛元超以不得進士擢第,不娶五姓女,不得參與編修國史爲三恨。見唐劉餗隋唐嘉話中、宋王讜唐語林四企羡。這反映了唐代重進士、重門地和爭名逐利的思想。又,後唐李克用以未能平朱全忠、劉仁恭及契丹背晉從梁爲三恨。見新五代史伶官傳序。

【三恪】古代新的統治王朝爲籠絡人心,鞏固統治,往往封前代三個王朝的子孫,給以王侯名號,稱三恪。恪,尊敬的意思。1.陳杞宋三國。左傳襄二五年:"而封諸陳,以備三恪。"注:"周得天下,封夏殷二王後,又封舜後,謂之恪,並二王後爲三國。其禮轉降,示敬而已,故曰三恪。"2.周武王封黄帝之後於薊,帝堯之後於祝,帝舜之後於陳。見禮樂記。以後歷代封建王朝亦曾有三恪的名號,如唐以商周漢之後爲三恪。清吴大澂古籀彙編十據周愙鼎認爲"愙(恪)"卽"客"的異文,三恪卽三客,就是以客禮待夏商周三代子孫的意思。

【三首】神話國名。山海經海外南經:"三首國在其(崑崙墟)東,其爲人一身三首。"參見"三面人"。

【三春】㊀春季三個月。農曆正月稱孟春,二月稱仲春,三月稱季春,合稱三春。文選晉張景陽(協)七命"晞三日之溢露"注引漢班固終南山賦:"三春之季,孟夏之初。"也單指春季的第三個月。唐岑參岑嘉州詩三臨洮龍興寺玄上人院同詠青木香叢:"六月花新吐,三春葉已長。"㊁三個春天,卽三年。晉陸機陸士衡集五答賈謐詩:"遊跨三春,情固二秋。"

【三封】地名。漢置縣,屬朔方郡。見漢書地理志下。水經注三河水:"河水東北逕三封縣故城東,漢武帝元狩三年置。十三洲志曰:在臨戎縣西百四十里。"在今內蒙古伊克昭盟伊金霍洛旗境内。

【三垣】我國古代天文學家將天體的恒星分爲三垣、二十八宿及其他星座。三垣卽太微垣、紫微垣、天市垣。其名始見於通志三九天文略二引丹元子步天歌。宋王應麟小學紺珠一天道:"三垣,上垣太微十星,中垣紫微十五星,下垣天市二十二星。三垣四十七星。"

【三垢】佛經稱貪、嗔、癡。也作"三毒"。無量壽經上:"消除三垢冥,明濟衆厄難。"參見"三毒"。

【三茅】㊀作包裹用的三脊茅草,卽菁茅。晉書禮志上:"其吉禮也,則三茅不翦,日觀停瑄。"參見"一茅三脊。"㊁山名。卽茅山,又名曲山。在江蘇西南部。相傳漢代茅盈茅固茅衷曾居此山,故名。唐劉禹錫劉夢得集六重送浙西李相公……詩:"城下清波含百谷,牕中遠岫列三茅。"

【三苗】我國古代部族名。書禹貢:"三危旣宅,三苗丕敍。"史記五帝紀:"三苗在江淮、荆州。"正義:"吴起云:'三苗之國,左洞庭而右彭蠡。'"則三苗西徙以前,當在長江中游以南一帶之地。

【三革】革製的甲、胄、盾。國語齊"定三革"三國吴韋昭注:"三革,甲、胄、楯也。"又管子小匡"定三革"唐房玄齡注:"車、馬、人皆有革甲,曰三革。"荀子儒效"反而定三革"唐楊倞注:"三革,犀也,兕也,牛也。"周禮考工記函人以犀甲、兕甲、合甲爲三革。説各不同。

【三英】古時以素絲英飾裘,稱三英。詩鄭風羔裘:"羔裘晏兮,三英粲兮。"清馬瑞辰毛詩傳箋通釋八:"羔羊詩傳素絲以英裘,三英當指裘飾。初學記二六引晉郭璞毛詩拾遺:'英謂古者以素絲英飾裘,卽上素絲五紽也。'五紽、五緎、五總,卽此詩三英是也。"

【三胡】我國古代北方少數民族。史記趙世家:"變服騎射,以備燕三胡秦韓之邊。"索隱:"林胡樓煩東胡是三胡也。"

【三面】㊀三方面。漢書四十張良傳:"阻三面而固守,獨以一面東制諸侯。"㊁傳統戲劇中稱丑脚爲三面,又稱小花面或三花面。清李斗揚州畫舫録五新城北録下:"副末以下老生、正生、老外、大面、二面、三面七人,謂之男脚色。"

【三柱】星名。漢書天文志:"有星守三淵,天下大水。……三淵,蓋五車之三柱也。"注引晉灼:"柱,音注解之注。"晉書天文志上:"五車五星,三柱九星,在畢北。……三柱一曰三泉。”也稱三淵，唐人避李淵諱，改稱三泉。

【三建】中藥附子、天雄、烏頭。宋書謝靈運傳山居賦：“二冬並稱而殊性，三建異形而同出。”注：“三建者，附子，天雄、烏頭。”南朝梁陶弘景以三物皆出於建平，故名。參閱政和證類本草十天雄。

【三省】㊀從三個方面反省。省，xǐng。論語學而：“曾子曰：‘吾日三省吾身：爲人謀而不忠乎？與朋友交而不信乎？傳不習乎？’”後泛指回顧過去的言行，看是否有過錯。藝文類聚五一漢曹操上書讓增封武平侯及費亭侯：“伏自三省，姿質頑素。”㊁指中書省、門下省、尚書省爲宰相的職位。省，shěng。參閱新唐書百官志一、文獻通考四九職官三。

【三昧】㊀佛教語，梵文音譯。又作“三摩提”或“三摩帝”。意爲“定”、“正定”等，即排除一切雜念，使心神平靜。智度論七：“善心一處不動，是名三昧。”後稱解脱束縛爲三昧。唐李肇翰林志：“（學士）每下直出門，相謔謂之小三昧，出銀臺乘馬，謂之大三昧，如釋氏之去纏縛而自在也。”㊁奥妙，訣竅。唐李肇國史補中：“長沙僧懷素好草書，自言得草聖三昧。”宋董逌廣川畫跋三勘書圖：“至於神明頓發，意態隨出，顧非畫入三昧，不能造此地。”

【三星】詩唐風綢繆：“三星在天。”三星，毛傳以爲卽參星，鄭玄箋以爲即心星，均指一星而言。據近人研究，認爲唐風綢繆一詩，三章所言三星，是指一夜之間，時間不同，三個星座順次出現。首章“綢繆束薪，三星在天”指參宿三星；二章“綢繆束芻，三星在隅”指心宿三星；末章“綢繆束楚，三星在户”指河鼓三星。參見“三五”。

【三思】再三思考。論語公冶長：“季文子三思而後行。子聞之，曰：‘再，斯可矣。’”釋文：“三，息暫反。又如字。”

【三畏】儒家認爲人應該敬畏的三件事。論語季氏：“君子有三畏：畏天命、畏大人、畏聖人之言。”

【三界】佛教用語。佛教把生死流轉的人世間分爲三界，卽欲界、色界、無色界。大佛頂首楞嚴經一：“弘範三界，應身無量。”唐陳子昂集二夏日暉上人房别李參軍崇嗣詩：“自超三界樂，安知萬里征。”

【三品】㊀三類。1. 獵物分爲三類。易巽：“田獲三品。”注：“三品者，一曰乾豆，二曰賓客，三曰充君之庖廚也。”2.金、銀、銅。書禹貢：“厥貢，惟金三品。”疏：“金銀銅也。”3.漢代的三種貨幣，卽龍幣、馬幣、龜幣。見史記平準書、漢書食貨志下。㊁上中下三等。1.漢儒董仲舒從先驗論出發，把人性分爲三等，卽所謂“聖人之性”、“中民之性”、“斗筲之性”。見春秋繁露實性。詳“性三品”。2.梁鍾嶸詩品，把漢魏齊梁詩人一百零三人，分爲上中下三品，評價雖不盡確切，但對後世文學批評影響頗大。3.古代把書法、繪畫按工拙分神品、妙品、能品三等。見唐張懷瓘書斷、元夏文彦圖繪寶鑑。4.唐陸羽茶經把茶分爲上中下三品。

【三食】㊀每日三餐。戰國策齊四：“士三食不得饜，而君鵝鶩有餘食。”㊁封建地主階級子弟財産花光，靠出賣莊園、書籍、奴婢而食，稱三食。見宋孫光憲北夢瑣言。也稱三變。詳“三變”。

【三竿】形容太陽已升得很高，時已近午。南齊書天文志上：“日出高三竿。”唐劉禹錫劉夢得集九竹枝詞之四：“日出三竿春霧消，江頭蜀客駐蘭橈。”

【三朡】古代國名。其地在今山東定陶縣境。史記殷紀：“湯遂伐三朡，俘厥寶玉。”書湯誓作“三朡”，後漢書郡國志三作“三鬷”。

【三俎】豕、魚、腊三样祭品。禮玉藻：“又朝服以食，特牲三俎，祭肺。”注：“三俎，豕魚腊。”加羊及其腸胃爲五俎。

【三拜】長跪、彎腰、垂手至地爲拜。拜時頭低垂至地，並略停留，叫稽首。古時以再拜稽首爲常禮。如遇特殊情況，也有變常禮爲三拜稽首的。左傳僖十五年：“秦獲晉侯以歸，……晉大夫三拜稽首。”至北周宣帝（宇文贇），始改三拜爲常禮。周書宣帝紀：“詔諸應拜者皆以三拜成禮。”清初再改以一跪三叩首爲通制，朝會大典，則三跪九叩首。古今拜制沿革，參閱清顧炎武日知録二八拜稽首、百拜、九頓首三拜。

【三牲】㊀牛、羊、豕。禮祭統：“三牲之俎，八簋之實，美物備矣。”禮宰夫“凡朝覲會同賓客以牢禮之法”漢鄭玄注：“三牲，牛羊豕具爲一牢。”㊁道家以麞、鹿、麂爲玉署三牲。見宋陶穀清異錄二獸。

【三秋】㊀三季，九個月。詩王風采葛：“一日不見，如三秋兮。”疏：“年有四時，時皆三月，三秋謂九月也。”後來多作三年解，謂經歷三個秋季。㊁秋季三個月。文選南齊王元長（融）永明十一年策秀才文：“宰四境無虞，三秋式稔。”㊂秋季的第三個月，卽農曆九月。唐王勃王子安集五滕王閣詩序：“時維九月，序屬三秋。”

【三皇】傳説中遠古部落的酋長。三皇之稱，初見於周禮春官外史。其名傳説不一。
1.伏羲神農黄帝。見世本、孔安國尚書序、皇甫謐帝王世紀。
2.天皇地皇泰皇。見史記秦始皇紀。
3.伏羲神農祝融。見白虎通號。
4.伏羲女媧神農。見風俗通皇霸、唐司馬貞補史記三皇紀。
5.天皇地皇人皇。見藝文類聚十一春秋緯。
6.伏羲神農燧人。見白虎通號。

【三泉】㊀三重泉，卽地下深處。史記秦始皇紀：“穿三泉下銅而致槨。”引申爲埋葬死者之處。漢書七二鮑宣傳：“退入三泉，死亡所恨。”㊁星名。卽三柱。本爲三淵，唐人避李淵諱改。晉書天文志上：“三柱一曰三泉。”詳“三柱”。

【三俊】㊀古代指具有剛、柔、正直三種品德的人。書立政：“克用三宅三俊。”㊁同時以才名見稱的三個人。如晉顧榮與陸機陸雲兄弟（晉書顧榮傳），唐代李紳李德裕元稹（舊唐書一七三李紳傳），都有三俊之稱。

【三流】舊刑律名。五刑中，第四曰流刑。俗稱充軍、發配。隋分三等：一千里、一千五百里、二千里。見隋書刑法志。唐爲二千里、二千五百里、三千里，故稱三流。見唐律一流刑三。疏議：“書云：‘……五流有宅，五宅三居。’大罪投之四裔，或流之於海外，次九洲之外，次中國之外，蓋始於唐虞，今之三流，卽其義也。”清律三流，終身不返，並杖一百。見清文獻通考一九五刑一。

【三酒】古代貴族在不同場合使用的三種酒。周禮天官酒正：“辨三酒之物，一曰事酒，二曰昔酒，三曰清酒。”注引鄭司農（衆）：“事酒，有事而飲也；昔酒，無事而飲也；清酒，祭祀之酒。”據注疏，事酒爲新酒，昔酒、清酒爲陳酒，清酒最陳而清。

【三海】㊀在今北京市故宫、景山西側。遼建燕京，引京西北玉泉山水入城，匯爲池沼，金稱西華潭，元稱太液池。池上跨金鰲玉棟橋，橋北爲北海，橋南爲中海南海，合稱三海。參閱明陶宗儀輟耕錄一萬歲山、明劉侗帝京景物略三南海子、清孫承澤春明夢餘録三、高士奇金鼇退食筆記上。㊁在今湖北江陵縣東北。三國吴引諸湖及沮漳水匯江陵以北，以拒魏軍,稱北海,後時淤時開。至宋開禧中守臣劉甲就原址修上、中、下三海(稱古嶺先鋒三汊)。其後孟珙重修,溝通三海爲一,以拒元軍。三海或名海子。見湖北通志建置十二江陵縣。

【三害】晉陽羨周處,少時橫行鄉里,當地人把他同南山白額虎、長橋下蛟並稱爲三害。周處得知,即射虎殺蛟,改過自新,從陸機陸雲學,三害並除。見晉書周處傳。世説新語自新三害作"三横"。

【三家】㊀春秋魯大夫孟(仲)孫氏叔孫氏季孫氏。論語八佾:"三家者以雍徹。"參見"三桓"。㊁指春秋末晉國的韓趙魏。史記天官書:"三家分晉。"正義:"周安王二六年,魏武侯韓文侯趙敬侯共滅晉静而三分其地。"㊂漢代傳授詩和易的三個流派。漢書藝文志:"詩經二十八卷,魯齊韓三家。"又"魯申公爲詩訓故,而齊轅固、燕韓生皆爲之傳。……三家皆列於學官。"又:"易經十二篇,施、孟、梁丘三家。"參見"三家詩"。㊃三皇。後漢書六十馬融傳:"軼越三家,馳騁五帝。"注:"三家,三皇也。"

【三宫】㊀儒家稱天子六宫,諸侯之夫人減半,稱爲三宫。禮祭義:"卜三宫之夫人、世婦之吉者,使入蠶于蠶室。"㊁三個星座。楚辭屈原遠遊"後文昌使掌行兮"漢王逸注:"天有三宫,謂紫宫、太微、文昌也。"㊂明堂、辟雍、靈臺。文選張平子(衡)東京賦:"乃營三宫,布教頒常。"參見"三雍"。㊃皇帝、太后、皇后。漢書八六王嘉傳:"自貢獻宗廟三宫。"

【三案】指發生在明神宗萬曆時的梃擊、光宗泰昌時的紅丸及熹宗天啓初的移宫三大案件。當時閹黨頭目魏忠賢借此三案,編三朝要典,誣諂、打擊東林黨人。自天啓至明亡,明代統治階級内部東林黨與非東林黨圍繞宫廷三案不斷發生激烈的鬭爭。參見"梃擊"、"紅丸"、"移宫"各條。

【三亳】古地名。商都城。書立政:"三亳阪尹。"商都曾七次遷移,故三亳所在地説法不一。1.書疏引東漢鄭玄説,以亳爲湯舊都,北臨大河,東成皋,南轘轅、西降谷爲三亳。2.書疏引晉皇甫謐説,以穀熟爲南亳,湯都;蒙爲北亳,即景亳,湯受命地;偃師爲西亳,盤庚遷徙之地。3.清魏源書古微六湯誓序發微謂湯遷都於偃師之景亳,建東亳於商邱,商州仍爲西亳。

【三高】三高士。封建社會稱有名望而不作官的人爲高士。漢王霸摯恂申屠蟠稱三高士。見唐陸龜蒙甫里集十八漢三高士贊。南朝梁何胤何求何點三兄弟,稱何氏三高。見南史何胤傳。五代鄭遨李道殷羅隱之亦稱三高。見新五代史鄭遨傳。又宋吴江有三高祠,以越范蠡、晉張翰、唐陸龜蒙爲三高。見元周密齊東野語七鴟夷子見黜。

【三庫】㊀元代内府出納分内藏、右藏、左藏三庫。内藏保管御用寶玉、遠方珍異;右藏保管金銀、只孫衣段;左藏保管常課衣段、綺羅、縑布。見元史世祖紀九。㊁清代户部所管的三庫:銀庫在户部,保管各省解京的歲輸賦税;緞疋庫在東華門外,保管各省所輸的綢緞絹布絲棉線麻等;顔料庫在西華門外,保管各省所輸的銅、鐵、鉛、錫、硃砂、黄丹、沈香、降香、黄茶、白蠟、黄蠟、桐油並花梨、紫榆等。見清文獻通考四十國用二庫藏。

【三唐】舊時對唐詩的分期。宋嚴羽滄浪詩話詩體二以初唐、盛唐、晚唐爲三唐。元楊士宏唐音以盛唐、中唐、晚唐爲三唐。明高棅唐詩品彙則初、盛、中、晚並稱爲四唐。其後又有以中唐分屬盛晚爲三唐者。清人師友詩傳録記王士禎答郎廷槐問詩之語,亦以六代與三唐並舉。

【三祖】三代祖先。1.左傳哀二年:"無作三祖羞。"指文王(皇祖)康叔(烈祖)襄公(文祖)。2.三國魏景初元年立三祖廟,指曹操(太祖)曹丕(高祖)曹叡(烈祖)。南朝梁鍾嶸詩品下:"曹公古直,甚有悲涼之句;叡不如丕,亦稱三祖。"

【三神】㊀天、地、人。漢書八七上揚雄傳甘泉賦:"惟夫所以……感動天地,逆釐三神者。"㊁道家稱三尸之神。雲笈七籤十二黄庭外景經中部經二:"内拘三神可長生。"參見"三尸"。

【三祝】舊時祝人多壽、多富、多男子,稱三祝。見莊子天地。參見"三多㊀"、"華封三祝"。

【三郎】㊀秦漢時郎官的合稱。史記秦始皇紀:"乃行誅大臣及諸公子,以罪過連逮少近官三郎,無得立者。"正義:"漢書百官表云有議郎、中郎、散郎,又有左右三將,謂郎中、車郎、户郎。"㊁古時稱排行第三的男子爲三郎。如唐李隆基(玄宗)兄弟六人,一人早亡,玄宗行列第三,故稱三郎。唐詩紀事六二鄭嵎津陽門:"三郎紫笛弄煙月,怨如别鶴呼羈雌。"自注:"内中皆以上爲三郎。"

【三朔】㊀朔,開始。相傳夏以平旦爲朔,商以鳴雞爲朔,周以夜半爲朔,合稱三朔。見尚書大傳三略説。㊁農曆正月初一。詳"三元㊀"。

【三益】後漢書二八下馮衍傳上疏:"臣自惟無三益之才,不敢處三損之地。"文選晉盧子諒(諶)答魏子悌詩:"寄身蔭四嶽,託好憑三益。"都以友直、友諒、友多聞爲三益。參見"三友㊀"。

【三秦】㊀地名。故地在今陜西省一帶。項羽破秦入關,三分秦關中之地:以秦降將章邯爲雍王,領咸陽以西之地;司馬欣爲塞王,領咸陽以東至黄河之地;董翳爲翟王,領上郡之地(陝西北部),合稱三秦。見史記項羽紀。後來泛稱關陝一帶爲三秦。唐王勃王子安集三杜少府之任蜀州詩:"城闕輔三秦,風煙望五津。"㊁晉時十六國之前秦後秦西秦也稱三秦。各詳本條。

【三珪】見"三圭"。

【三素】藝文類聚七八南朝梁陶弘景水仙賦:"迎九玄於金闕,謁三素於玉清。"詳"三素雲"。

【三袁】明袁宏道宗道中道兄弟,皆有文名,稱爲三袁。見明史二八八文苑傳四。參見"公安派"。

【三真】宋時有人稱富弼韓琦爲真宰相,歐陽修爲真内翰,張康節爲真御史,合稱三真。見宋朱弁曲洧舊聞一。

【三哲】三個賢人。所指隨文而異。漢書一〇〇下敍傳:"陳湯誕節,救在三悊。"指劉向谷永耿育。文選晉陸士衡(機)答賈長淵詩:"乃眷三哲,俾乂斯民。"指劉備孫權曹操。悊,同"哲"。

【三桓】春秋魯大夫孟孫(仲孫)叔孫季孫,都是魯桓公的後代,故稱三桓。文公死後,三桓勢力日强,分領三軍,實際掌握了魯國的政權。見史記魯周公世家。

【三桃】三種桃。文選晉潘安仁(岳)閒居賦:"三桃表櫻胡之别,二柰曜丹白之色。"注以櫻桃(含桃、荆桃)、榹桃(山桃)與由西域傳入的胡桃爲三桃。唐李周翰注以侯桃、櫻桃、胡桃爲三桃。

【三夏】㊀夏季三個月。樂府詩集四四晉子夜四時歌夏歌:"情知三夏熱,今日偏獨甚。"㊁三個夏季,即三年。宋晁貫之墨經新故:"凡新墨不過三夏,殆不堪用。"㊂古樂曲名,即肆夏韶夏納夏的合稱。見左傳昭四年。

【三原】㊀三次寬恕。後漢書七五劉焉傳:"犯法者先加三原,然後行刑。"參見"三宥"。㊁縣名。屬陝西省。本漢池陽縣地。苻秦時因其地西有孟侯原,南有豐原,北有白鹿原,於此置三原護軍。北魏太武帝時改置三原縣。見元和郡縣志一京兆府、讀史方輿紀要五三西安府。

【三晉】春秋末，晉國爲韓趙魏三家卿大夫所分，各立爲國，史稱三晉。戰國策趙一："三晉合而秦弱，三晉離而秦强。"三晉地包括今山西河南及河北西南部分。

【三院】唐代中央監察機構御史臺有三院，卽：臺院，設侍御史；殿院，設殿中侍御史；察院，設監察御史。宋沿唐制，有三院大夫，但無正員，只是兼官。見新唐書百官志三、文獻通考五三職官七御史臺。

【三陣】古兵家以天陣、地陣、人陣爲三陣。新唐書一一二員半千傳："夫師以義出，沛若時雨，得天之時，爲天陣；足食約費，且耕且戰，得地之利，爲地陣；擧三軍士，如子弟從父兄，得人之和，爲人陣。"

【三陟】㊀旅途辛勞。詩周南卷耳有"陟彼崔嵬，我馬虺隤"、"陟彼高岡，我馬玄黃"、"陟彼砠矣，我馬瘏矣"三句，故後人合稱三陟。文選南朝宋顏延年(延之)秋胡詩："嗟余怨行役，三陟窮晨暮。"㊁三次升官。魏書八二常景傳："柳下三黜，不愠其色；子文三陟，不喜其情。"柳下，春秋魯柳下惠；子文，楚令尹。參見"黜陟"。

【三眠】㊀指檉柳(卽人柳或三眠柳)的柔弱枝條在風中時起時伏。三輔舊事(清張澍輯)："漢苑中有柳狀如人形，號曰人柳，一日三眠三起。"㊁蠶自初生至成蛹，蛻皮三四次。蛻皮時不食不動，其狀如眠，故稱三眠。唐李白李太白詩十三寄東魯二稚子："吳地桑葉綠，吳蠶已三眠。"參閱宋秦觀蠶書時食。

【三時】㊀指春、夏、秋三個務農季節。國語周上："三時務農而一時講武。"注："三時，春夏秋。"㊁佛教分一年爲熱、雨、寒三時。大唐西域記二三國："如來聖教，歲爲三時：正月十六日至五月十五日，熱時也；五月十六日至九月十五日，雨時也；九月十六日至正月十五日，寒時也。"㊂夏至後半月爲三時，頭時三日，中時五日，三時七日。見明周之璵農圃六書三占候五月占。

【三峽】峽名。1.四川奉節至湖北宜昌之間的長江兩岸，重巖疊嶂，無地非峽，就其最險者稱爲三峽。文選晉左太沖(思)蜀都賦："經三峽之崢嶸，躡五屼之蹇滻。"三峽所指，歷代說法不一：

(1)明月峽(巫峽) 廣德峽(秭歸峽) 東突峽(歸鄉峽)　藝文類聚六庾仲雍荆州記

(2)巫峽巴峽明月峽　太平寰宇記一三五利州

(3)西峽巫峽歸峽　太平寰宇記一四八夔州、明郝郊入蜀紀見

今以瞿塘峽巫峽西陵峽爲三峽。2.廣東北江自英德至清遠間也有三峽，名中宿大廟湞陽。見清屈大均廣東新語三三峽。

【三峨】四川峨嵋山，有大峨中峨小峨三峯，故有三峨之稱。宋蘇軾分類東坡詩八軾欲以石易畫……并解三詩之意："三峨吾鄉井，萬里君部曲。"參閱元和郡縣志三一峨嵋縣、又綏山縣。

【三豹】唐時監察御史王旭李嵩李全交三人皆嚴酷，京師號三豹，民間相詛曰："若逢教，值三豹。"見新唐書二〇九王旭傳。後以三豹稱酷吏。

【三倉】也作"三蒼"。漢初，有人將當時流傳的字書倉頡篇爰歷篇博學篇合爲一書，統稱倉頡篇，又稱三倉。魏晉時，又以倉頡篇與漢揚雄訓纂篇、賈魴滂喜篇三篇字書分爲上、中、下三卷，合爲一部，也稱三倉。參閱漢書藝文志、隋書經籍志一。

【三郤】春秋晉大夫郤犨郤至郤錡。三人都被晉厲公所殺。左傳成十七年："必先三郤，族大多怨。"

【三釜】古代低級官吏的俸祿數量。一釜爲六斗四升。莊子寓言："彼視三釜、三千鍾，如觀雀蚊虻相過乎前也。"宋黃庭堅山谷外集補三初望淮山詩："三釜古人干祿意，一年慈母望歸心。"

【三氣】㊀指太初、太始、太素。太初，氣之始；太始，形之始；太素，質之始。見漢班固白虎通天地。廣雅釋天："三氣相接，至於子仲，剖判分離，輕清者上爲天，重濁者下爲地，中和爲萬物。"宋王應麟小學紺珠四三墳引馬融說："三氣，天、地、人之氣。"參見"太初"、"太始"、"太素"各條。㊁道家稱玄氣、元氣、始氣爲三氣。見雲笈七籤三道教三洞宗元。

【三乘】㊀佛教以車乘喻佛法，學者接受的能力不一，分三種情況，稱三乘。卽聲聞乘、緣覺乘、菩薩乘。聲聞者，悟諸諦而得道；緣覺者，悟十二因緣而得道；菩薩者，因六度而得道。唐釋皎然集八能秀二祖贊："三乘同軌，萬法斯一。"㊁道家以洞真部爲大乘、洞玄部爲中乘、洞神部爲小乘，合稱三乘。見雲笈七籤三道教三洞宗元。

【三島】卽三神山。見該條。

【三脈】中醫稱足陽明、足厥陰、足少陰之脈爲三脈，三脈交會於足大指之間。見靈樞經二終始。又三陽經之脈也稱三脈。見靈樞經一九鍼十二原。

【三師】㊀官名。指太師、太傅、太保。北魏時並稱三師上公，位尊而無實權。唐後不常置，無人則闕。至宋，爲權貴加封的尊號。明代均爲正一品。清廢。參閱文獻通考四八職官二、續通考五二職官二。㊁太子的太師、太傅、太保有時也簡稱三師。舊唐書職官志三東宮官屬："三師三少之職，掌教諭太子。"㊂三軍。商代的軍隊組織，分右、中、左三師。殷契粹編五九七片釋文："丁酉貞，王作三師，右、中、左。"㊃星名。宋史天文志二："三公三星……在魁西者名三師。"

【三候】中醫測手之寸、關、尺三處脈搏，有浮、中、沉三象，謂之三候。素問六三部九候論："故人有三部，部有三候，以決死生，以處百病，以調虛實，而除邪疾。"初學記二十晉楊泉物理論："名醫達脈者，求之寸口三候之間，則得之矣。"

【三徑】西漢末，王莽專權，兗州刺史蔣詡告病辭官，隱居鄉里，於院中闢三徑，唯與求仲羊仲來往。事見晉趙岐三輔決録逃名。後常用三徑指家園。晉陶潛陶淵明集五歸去來兮辭："三徑就荒，松菊猶存。"也作"三逕"。文選南齊陸韓卿(厥)奉答內兄希叔詩："杜門清三逕，坐檻臨曲池。"

【三徐】地名。北魏以彭城郡沛郡等七郡爲徐州，以東泰山郡琅邪郡二郡爲北徐州，以下邳郡武原郡等四郡爲東徐州，叫三徐。見魏書地形志二上。

【三能】星名，卽三台。位北斗星下，六顆，分三組，兩兩相對。見史記天官書。集解引蘇林："音三台。"也稱三臺。參見"三臺"。

【三清】㊀道家認爲人天兩界之外，別有三清。有二說：1.玉清、太清、上清，是神仙居住的仙境。靈寶太乙經："四人天外曰三清境，玉清、太清、上清，亦名三天。"2.唐段成式酉陽雜俎二玉格："四人天外曰三清：大赤、禹餘、清微也。"唐劉禹錫劉賓客集二三遊桃源一百韻詩："如嚴三清居，不使恣搜索。"後因稱道教宮觀爲三清。㊁佛教以如來真身外，以本性爲法身，德業爲極身，爲三身。道家仿而以老子爲上清太上老君，又造設玉清元始天尊，上清天上道君，並設三像，稱爲三清。參閱雲笈七籤三道教三洞宗元。

【三梁】㊀地名。1.卽南梁，古名蠻子邑。在今河南臨汝縣西南。春秋時本稱

梁，戰國後，爲區別於大梁(今河南開封)、少梁(今陝西韓城縣南)，而稱南梁或三梁。參閱史記田敬仲完世家、七二穰侯傳索隱及正義。2.指廣西桂林一帶。陽江(今稱桃花江)於桂林原文昌門附近經三道石梁，在漓山(象鼻山)下匯入漓江，故稱桂林一帶爲三梁。唐李商隱李義山文集一爲滎陽公桂州謝上表："三梁路阻，九嶠山遥。"㊁古代的一種禮帽，卽進賢冠。皇帝戴的五梁，公侯三梁，中二千石以下兩梁，博士以下一梁。唐李賀歌詩編一竹："三梁曾入用，一節奉王孫。"參閱後漢書輿服志下進賢冠。

【三淖】傳説中的地名。山海經大荒西經："大荒之中有龍山，日月所入。有三澤水，名曰三淖。"清畢沅注："穆天子傳引此，作有川名曰三淖，其地卽蜀也。古字蜀作'淖'。"

【三淫】三種罪行。淫，過錯。呂氏春秋古樂："周文王處岐，諸侯去殷三淫而翼文王。"注："三淫，謂剖比干之心，斷材士之股，刳孕婦之胎者，故諸侯去之而佐文王也。"

【三淵】星名。詳"三柱"。

【三宿】㊀一宿，指卽日；三宿，三天的路程。左傳僖二四年："女爲惠公來求殺余，命女三宿，女中宿至，雖有君命，何其速也！"孟子公孫丑下："三宿而後出晝，是何濡滯也。"㊁一天一夜爲一宿；三宿，三天三夜。北魏賈思勰齊民要術二水稻："漬經三宿，漉出，内草篅中裹之，復經三宿，芽生長二分。"㊂留宿三夜。後漢書三十下襄楷傳："浮屠不三宿桑下，不欲久生恩愛，精之至也。"後引申爲戀戀不捨之意。宋蘇軾分類東坡詩一別黄州："桑下豈無三宿戀，尊前聊與一身歸。"

【三商】古代以漏刻計時，叫做商，也叫刻。三商卽三刻。詩齊風東方未明"折柳樊圃、狂夫瞿瞿"唐孔穎達疏："尚書緯謂刻爲商，鄭(玄)作士昏禮目録云：'日入三商爲昏'，舉全數以言耳。"

【三旌】諸侯之三卿。因其車服各有旌別，故稱三旌。詳"三珪"。

【三族】三族説法不一。1.史記秦紀："法初有三族之罪。"集解："張晏曰：'父母、兄弟、妻子也。'如淳曰：'父族、母族、妻族也。'"2.儀禮士昏禮："惟是三族之不虞。"注："三族，謂父昆弟、己昆弟、子昆弟。"3.周禮春官小宗伯："掌三族之別，以辨親疏。"注："三族，謂父、子、孫。"

【三望】㊀祭祀名。望，不能親詣所在，遥望而祭的意思。所祭的事有三，故稱三望。春秋僖三一年："乃免牲，猶三望。"注："三望，分野之星，國中山川，皆郊祀，望而祭之。"公羊傳僖三一年："三望者何？望，祭也。然則曷祭？祭泰山、河、海。"㊁晉王公大臣所乘的一種車子。四面有窗可望。晉書輿服志："位至公，或四望、三望、夾望車。"

【三赦】指三種可赦免刑罰的人。周禮秋官司刺："司刺掌三刺三宥三赦之法。……壹赦曰幼弱，再赦曰老旄，三赦曰惷愚。"注："惷愚，生而癡騃童昏者。鄭司農(衆)云：'幼弱老旄若今律令年未滿八歲、八十歲以上，非手殺人，他皆不坐。'"

【三教】㊀漢儒宣揚夏尚忠，商尚敬，周尚文爲三教。白虎通三教："教所以三何？法天地人，内忠外敬文飾之，故三而備也。"㊁自東漢佛教傳入我國後，稱儒、道、佛爲三教。北史周紀下："帝升高座，辨釋三教先後，以儒教爲先，道教次之，佛教爲後。"

【三推】古代帝王爲表示勸農，每年舉行一次耕籍之禮，掌犁推行三周，稱三推。後來歷代封建王朝，皆有親耕三推儀式，成爲例行公事。禮月令孟春之月："乃擇元辰，天子親載耒耜 ……帥三公、九卿、諸侯、大夫，躬耕帝籍。天子三推，三公五推，卿、諸侯九推。"

【三通】唐杜佑通典，宋鄭樵通志，元馬端臨文獻通考，合稱三通。參見"九通"。

【三務】春、夏、秋三季的農活。左傳昭二三年："三務成功，民無内憂而又無外懼，國焉用城？"管子君臣下："民有三務，不布，其民非其民也。"注："三務謂春、夏、秋務農。"

【三張】㊀東漢五斗米道的三個首領張陵張衡張魯。見三國志魏張魯傳。㊁西晉張載張協張亢，皆有才名，與同時的陸機陸雲，稱二陸三張。南朝梁鍾嶸詩品總論："三張二陸，兩潘一左。"

【三晡】傍晚時分。晡，午後申時。宋書后妃傳江斅讓婚表："召必以三晡爲期，遣必以日出爲限。"北周庾信庾子山集一春賦："百丈山頭日欲斜，三晡未醉莫還家。"

【三略】古兵書。舊題漢黄石公撰。隋書經籍志三著録有黄石公三略三卷，題下邳神人撰，已失傳。文選魏李蕭遠(康)運命論："張良受黄石之符，誦三略之説。"清姚際恒古今僞書考認爲史記留侯世家載圯上老人授張良兵書事，後人遂依託成篇。武經七書中收有此書。

【三國】東漢後，魏蜀吳分別建立政權，鼎足而三，稱三國。三國時代始於曹丕稱帝至吳亡(公元 220—280 年)共歷六十一年。

【三趾】卽三足烏。傳説中代表祥瑞的鳥。文選晉左太沖(思)魏都賦："莫黑匪烏，三趾而來儀，莫赤匪狐，九尾而自擾。"注："延康元年，三足烏、九尾狐見於郡國。"參見"三足烏"。

【三衆】漢代西域諸國稱天下有三衆：中國爲人衆，大秦爲寶衆，月氏爲馬衆。見史記一二三大宛傳索隱引康泰外國傳。

【三崇】山名。在雲南雲龍縣西。嘉慶一統志四七八大理府引明劉文徵滇志："三崇山名三危山，瀾滄經其麓，其地有黑祠，或以爲卽古三危山也。"

【三崤】山名。一名嶔崟山。在今河南洛寧縣西北六十里。見讀史方輿紀要四六河南一三崤。參見"二崤"。

【三崔】東漢崔駰及其子瑗、孫寔，皆有文名，合稱三崔。南朝梁劉勰文心雕龍時序："自安和以下，迄至順桓，則有班傅三崔，王馬張蔡。"

【三停】㊀三部分。宋郭若虛圖畫見聞志一論製作楷模："畫龍者，折出三停，分成九似。"注："自首至膊，膊至腰，腰至尾。"又封建迷信的相術把人體及面部各分上、中、下三部分，稱三停，因此又作爲面部的代稱。孤本元明雜劇缺名孟母三移一："你道他三停五岳貌堂堂。"此外，書法理論把某些漢字的結構分成上、中、下三段，也稱三停。見明李淳大字結構法。㊁三成。金董解元西廂一："三停來是悶怨相思。"三國演義十二："(呂)布軍三停去了二停。"

【三鳥】古代神話指西王母的使者。山海經大荒西經："有三青鳥，赤首黑目，一名曰大鵹，一名曰少鵹，一名曰青鳥。"郭璞注："皆西王母所使也。"後以三鳥爲使者之代稱。楚辭漢劉向九嘆憂苦："願寄言於三鳥兮，去飄疾而不可得。"唐駱賓王文集二代女道士王靈妃贈道士李榮詩："雙童綽約時遊陟，三鳥聯翩報消息。"參閱晉張華博物志八史補。

【三梟】㊀北齊税制名。隋書食貨志："墾租皆依貧富爲三梟。其賦税常調，則少者直出上户，中者及中户，多者及下户。上梟輸遠處，中梟輸次遠，下梟輸當州倉。三年一校焉。"㊁古代賭博樗蒱中的一種采。漢焦延壽易林一："三梟四散，主人勝客。"詳"樗蒱"。

【三卿】指司徒、司馬、司空。禮王制：

"大國三卿，皆命於天子，……次國三卿，二卿命於天子，一卿命於其君。"疏："三卿者，依周制而言，謂立司徒兼冢宰之事，立司馬兼宗伯之事，立司空兼司寇之事。故春秋左傳云：季孫爲司徒，叔孫爲司馬，孟孫爲司空，此是三卿也。"

【三絃】絃，也作"弦"。樂器名。唐代的雲頭琵琶、龍首琵琶、直頸琵琶，均爲三絃。三絃，長柄、方槽、圓角，上蒙蛇皮，架三根絃，以指撥絃而發聲。參閱通典六六牙四、文獻通考一六四樂考十樂器四三絃。

三絃

【三組】組，結印章的絲帶。三組卽三顆印，表示兼任三種官職。漢書九十楊僕傳："懷銀黃，垂三組，夸鄉里。"注："銀，銀印也。黃，金印也。僕爲主爵都尉，又爲樓船將軍，并將梁侯，三印，故三組也。"唐杜牧樊川集十六上周相公啓："楊僕三組垂腰，蘇秦六印在手。"

【三終】見"一終"。

【三湘】㊀湖南的湘潭湘鄉湘陰（或湘源），合稱三湘。參閱太平寰宇記一一四道州。㊁流經湖南境內的三條水：江湘沅。見宋王應麟小學紺珠二地理類三湘五淸。㊂湘江的三支流。湖南通志十三長沙府："湘猶相也，言有所合。至永州與瀟水合曰瀟湘，至衡陽與烝水合曰烝湘，至沅江與沅水合曰沅湘。會衆流以達洞庭。"㊃瀟湘資湘沅湘爲三湘。見湖南通志卷末十七引清陶澍資江耆舊集序。古代詩文中的三湘，多泛指今洞庭湖南北，湘江流域一帶。唐宋之問集上晚泊湘江詩："五嶺恓惶客，三湘顦顇顏。"

【三盜】㊀穀梁傳哀四年："春秋有三盜：微（地位低微的人）殺大夫謂之盜，非所取而取之謂之盜，辟中國之正道以襲利謂之盜。"前者指哀十三年冬殺陳夏區夫，次指定八年陽貨取寶玉大弓，後者指哀四年殺蔡侯申。㊁道家對天地、萬物與人之間依存關係的一種認識。陰符經中："天地，萬物之盜。萬物，人之盜。人，萬物之盜也。三盜旣宜，三才旣安。"意指萬物從大自然取得補養，萬物與人又互相取補。參閱李筌注。㊂影響農作物收成的三種不利因素：土瘦、苗弱、草雜。呂氏春秋辯土："無與三盜任地。夫四序參發，大甽小畝，爲靑魚胠，苗若直獵，地竊之也；旣種而無行，耕而不長，則苗相竊也；弗除則蕪，除之則虛，則草竊之也。故去此三盜者，而後粟可多也。"

【三童】㊀古國名。通典一九三西戎五："三童在軒渠國西南千里。……常貨多用蕉越犀象作金幣，率效國王之面，亦效王后之面；若丈夫交易，則用國王之面。王死則更鑄。"㊁山名。在浙江黃巖縣西南，上有三峯，各高數丈，遠視狀如童子，故名。見明一統志四七台州府。

【三善】親親、尊君、長長，封建社會提倡的三種道德規範。禮文王世子："行一物而三善皆得者，唯世子而已。"初學記十北魏溫子昇莊帝生皇太子赦詔："有國三善，事屬元良。"

【三尊】㊀封建社會把君、父、師稱作三尊。白虎通封公侯："人有三尊：君、父、師。"㊁酒的三種等級。漢書七一平當傳"上尊斗十石"注引如淳："律、稻米一斗，得酒一斗，爲上尊；稷米一斗，得酒一斗，爲中尊；粟米一斗，得酒一斗，爲下尊。"

【三壺】古代傳說東海中有三仙山，神人所居，名方壺（方丈）、蓬壺（蓬萊）、瀛壺（瀛洲），稱三壺。見舊題晉王嘉拾遺記一高辛。

【三越】吳越閩越南越，合稱三越。古代泛指東南沿海一帶。文選晉阮嗣宗（籍）爲鄭沖勸晉王牋："威加南海，名懾三越。"

【三彭】道家用語，卽三尸。傳說三尸姓彭，常居人身中，伺察功罪。學仙的人，當先絕三尸。見唐張讀宣室志一。宋蘇軾分類東坡詩十八次韻子由病酒肺疾發："三彭恣啖嚙，二豎肯逋播。"參見"三尸"。

【三都】三個都城。史傳記載甚多，著名的有：1.春秋魯國季孫氏建費都（今山東費縣），孟孫氏建成都（今山東寧陽東北），叔孫氏建郈都（今山東東平縣東南），與魯公室對抗。左傳定十二年："仲由爲季氏宰，將墮三都。"2.東漢稱洛陽（在今河南洛陽市東）爲東都，長安（在今陝西西安市西北）爲西都，宛（今河南南陽市）爲南都。見通志四一都邑一。3.三國時，劉備建都成都（今四川成都市），孫權建都建業（今江蘇南京市），曹操建都鄴（今河南安陽市北），稱三都。見文選晉左太沖（思）三都賦序。4.唐代以長安洛陽太原爲三都。見通志四十地理一。5.蜀之新都廣都成都，也稱三都。見水經注三三江水。

【三荆】㊀一株三枝的荆樹。詩人常用來比喻同胞兄弟。文選晉陸士衡（機）豫章行："三荆歡同株，四鳥悲異林。"前句詠相聚，後句詠離散。後來演爲兄弟分而復合的故事。藝文類聚八九周景式孝子傳："古有兄弟，忽欲分異，出門見三荆同株，接葉連陰。歎曰：'木猶欣聚，況我而殊哉！'還爲雍和。"此僅泛言兄弟三人，至南朝梁吳均續齊諧記、琱玉集十二感應引前漢書，始專指漢京兆田真兄弟三人，成爲維護封建大家庭、主張兄弟不分家的典故。明人戲曲小說中寫孝子不分家的故事，多取材於此。㊁地名。1.北魏遷荆州於穰城（今河南鄧縣），以比陽（比，又作"沘"，卽今河南泌陽縣）爲東荆州，以春陵（今湖北棗陽縣）爲南荆州，合稱三荆。參閱資治通鑑一五四南朝梁中大通二年"仍出魯陽歷三荆"注、讀史方輿紀要五一比陽廢縣。2.以伊陽爲北荆州，以淮州（淮安）爲東荆州，以南陽爲荆州，合稱三荆。見通志四十地理一、資治通鑑一五四注。

【三戟】唐制三品以上官員可以在邸院門前立戟。張儉兄弟三院皆立戟，人稱三戟張家。見舊唐書八三張儉傳。又崔琳、崔珪、崔瑤兄弟均列棨戟，稱三戟崔家。見新唐書一〇九崔琳傳。後以三戟指大官僚家庭。宋陸游劍南詩稿五四放慵："進愧門三戟，歸無畝一鍾。"

【三朝】㊀正月一日，是一年歲、月、日的開始，稱三朝。朝，zhāo。漢書八一孔光傳："歲之朝，曰三朝。"注："歲之朝，月之朝，日之朝，故曰三朝。"㊁三個早晨，也指三日。唐李白李太白詩二二上三峽："三朝上黃牛，三暮行太遲。"㊂舊風俗婚後、産後第三日稱三朝。宋吳自牧夢粱錄二十嫁娶："三日女家送冠花綵緞鵝蛋……並以茶餅鵝羊果物等合送去壻家，謂之送三朝禮也。"又育子："三朝與兒落臍炙顖。"㊃古代天子、諸侯處理政事的場所，分外朝、治朝、內朝（燕朝）。朝，cháo。周禮秋官朝士"朝士掌建邦外朝之法"漢鄭玄注："周天子、諸侯皆有三朝：外朝一，內朝二。內朝之在路門內者，或謂之燕朝。"書召誥"越五日甲寅位成"疏引鄭玄說：外朝，是詢衆庶之朝。內朝有二，一名治朝，處理政事。一名燕朝，是休息的地方。㊄三個朝代或三個帝王。唐劉長卿劉隨州集五送徐大夫赴廣州詩："遠人來百越，元老事三朝。"

【三揖】㊀三次拱手行禮。見儀禮士冠禮"至于廟門揖，入三揖"疏。三，也作多次解。唐韓愈昌黎集三六送窮文："三揖窮鬼而告之。"㊁指卿、大夫、士。古禮制規定，這三種人向君王行禮時，君王須還揖，故稱卿、大夫、士爲三揖。左傳哀二年："三揖在下。"疏："三揖，卿、大夫、士。"

【三極】天、地、人。易繫辭上："六爻之動，三極之道也。"注："三極，三才也。"

【三雅】雅，酒爵。以盛酒之多少分伯雅、仲雅、季雅，爲三爵。太平御覽八四五三國魏曹丕典論："劉表有酒爵三，大曰伯雅，次曰仲雅，小曰季雅。伯雅容七升，仲雅六升，季雅五升。"樂府詩集六七晉張華輕薄篇："三雅來何遲，耳熱眼中花。"

【三惑】指酒、色、財。後漢書五四楊震傳贊："震畏四知，秉去三惑。"詳"三不惑"。

【三雄】同時代的三個稱雄人物。所指隨文而異。文選晉陸士衡(機)漢高祖功臣頌："燏燏三雄，至于垓下。"注："三雄，韓信、彭越、英布。"文選晉潘安仁(岳)爲賈謐作贈陸機詩："三雄鼎立，孫啓南吳。"指三國時的曹操劉備孫權。

【三孱】孱，軟弱無能。三孱，謂軟弱者雖多而不中用。宋黄庭堅豫章集六次韻楊明叔詩之四："四士能光國，三孱不滿隅。"

【三登】穀物一年三熟。水經注三九耒水："(便縣)縣界有温泉水，在郴縣之西北，左右有田數千畮，……温水所溉，年可三登。"

【三階】㊀三層臺階。管子君臣上："立三階之上，南面而受要。"㊁星名。楚辭漢王逸九思守志："望太微兮穆穆，睨三階兮炳分。"參見"三台"。

【三陽】㊀易卦中陽爻稱九，位在第一稱初九，第二稱九二，第三稱九三，合三者爲三陽。易需"三人來，敬之、終吉"唐孔穎達疏："以一陰而爲三陽之主。"㊁春天開始。十一月冬至日，晝最短，此後，晝漸長，古人以爲陰氣漸去而陽氣始生，稱冬至一陽生，十二月二陽生，正月三陽開泰。書洪範"三曰木"唐孔穎達疏："正月爲春，木位也，三陽已生，故三爲木數。"藝文類聚八南朝宋孔皐會稽記："餘姚縣南百里，有太平山，……三陽之辰，華卉代發。"㊂中醫指太陽、少陽、陽明三經脈爲三陽。史記四五扁鵲傳："厲鍼砥石，以取外三陽五會。"㊃晉張載(孟陽)、張協(景陽)、張亢(季陽)，合稱三陽。文苑英華七〇一張説洛州張司馬集序："魏則十龍儒雅，晉則三陽藻緻。"也稱三張。參見"三張㊀"。

【三最】封建時代考核官吏政績，分高下，高者叫"最"，下者叫"殿"。漢書七九馮奉世傳附馮野王："夫三最予告，令也。"注："在官連有三最，則得予告也。"宋史職官志三謂三最指治事之最(善於審理案件、催收賦税)、勸課之最(善於督理農桑、興修水利)、撫養之最(善於屏除姦盜，振恤困窮)。

【三單】詩大雅公劉："其軍三單，度其隰原，徹田爲糧。"一説古者大國之制三軍，以其餘卒爲羨，如所徵的丁夫恰好滿三軍定額，並無餘卒，就叫三單。見漢鄭玄箋。又説，單是單處的意思，指分散在山陽、山陰、流泉旁三地。見清馬瑞辰毛詩傳箋通釋二五。又説單通"襌"，意爲更番代替。三單，指把軍隊分爲三番，輪換服役。見清胡承珙毛詩後箋二四公劉(續清經解)。

【三甥】指春秋時鄧國的騅甥聃甥養甥。左傳莊六年："楚文王伐申，過鄧，鄧祁侯曰：'吾甥也'，(楚文王爲鄧祁侯之甥)，止而享之。騅甥聃甥養甥請殺楚子，鄧侯弗許。三甥曰：'亡鄧國者，必此人也。'"其後鄧終爲楚所滅。唐劉知幾史通七品藻："是則三甥見幾而作，決在未萌。"

【三象】㊀古樂名。呂氏春秋古樂："商人服象爲虐於東夷，周公遂以師逐之，至於江南，乃爲三象，以嘉其德。"注："三象，周公所作樂名。"㊁日、月、星。藝文類聚十四南朝梁沈約齊武帝謚議："含精靈於五緯，篤貞明於三象。"

【三焦】中醫以胆、胃、大腸、小腸、膀胱、三焦爲六腑。三焦指食道、胃、腸等部分及其生理機能。難經榮衛三焦三十一難："三焦者，水穀之道路，氣之所終始也。上焦者，在心下下膈，在胃上口，主内而不出。……中焦者，在胃中脘，不上不下，主腐熱水穀。……下焦者，當膀胱上口，主分別清濁，主出而不内以傳導也。"

【三傑】史傳詩文中稱三傑者甚多。如漢張良韓信蕭何稱漢三傑。見史記高祖紀。三國諸葛亮關羽張飛稱蜀漢三傑。見三國志蜀先主傳。唐宋璟張説源乾曜(新唐書一二四宋璟傳)、富嘉謨吳少微魏谷倚(新唐書二〇二尹元凱傳)、宋韓琦富弼歐陽修(蘇軾經進東坡文集事略五六范文正公文集序)等，都有三傑之稱。

【三統】㊀古曆法名。史記曆律志："三統者，天施、地化、人事之紀也。"參見"三統曆"。㊁漢儒董仲舒在春秋繁露三代改制質文中，把夏商周三代的正朔，塗上神祕色彩，説夏以寅月(農曆正月)爲歲首，叫建寅，以黑色爲上色，稱黑統；商以丑月(農曆十二月)爲歲首，叫建丑，以白色爲上色，稱白統；周以子月(農曆十一月)爲歲首，叫建子，以赤色爲上色，稱赤統。是爲三統。繼周而興的朝代必須用夏正，尚黑色，這樣循環不已。

【三絳】地名。漢置縣，屬益州越嶲郡，故址在今四川會理縣東。見漢書地理志上。後漢書郡國志五、晉常璩華陽國志三蜀志皆誤作"三縫"。

【三絶】㊀三種超絶特出的技能。史傳中稱三絶的很多，如晉顧愷之的才、畫、癡(晉書九二顧愷之傳)，唐鄭虔的詩、書、畫(唐封演封氏聞見記五圖畫)。南朝宋謝靈運作喜霽詩，謝混詠詩，王弘在坐，時稱三絶(南史宋謝瞻傳)。唐李綽尚書故實魏受禪碑："王朗文，梁鵠書，鍾繇鐫字，謂之三絶。"㊁斷了三次或多次。史記孔子世家："讀易韋編三絶"。參見"韋編三絶"。

【三塗】㊀山名。在河南嵩縣西南，指太行轘轅崤澠三山。逸周書度邑："我南望過于三塗。"左傳昭四年："四嶽三塗……九州之險也。"釋文："三塗，山名，太行轘轅崤澠也。"㊁佛教指地獄、餓鬼、畜生。詳"三惡趣"。

【三準】㊀指文章的情、事、辭三事。南朝梁劉勰文心雕龍鎔裁："是以草創鴻筆，先標三準：履端於始，則設情以位體；舉正於中，則酌事以取類；歸餘於終，則撮辭以舉要。"㊁古琴將全絃分爲十二個段落，在琴面上用金、玉作出標幟，作爲調定音階的標準，稱十三徽(一作"暉")，每徽一音。其中一至四徽稱上準，四至七徽稱中準，七徽至絃末爲下準，爲三個定音的標準區，稱三準。又，清律呂正義認爲十三徽中，七徽適得絃度之半，爲平分五聲的正位；四徽得七徽之半，一徽又得四徽之半，這三徽是標徽定音的標準，稱三準。

【三窟】三個洞穴。戰國策齊四："狡兔有三窟，僅得免其死耳。"謂狡兔遇敵，可以輾轉逃避。後比喻人有多種避禍方法。宋陸游劍南詩稿七一幽居："平生本不營三窟，此日何須直一錢。"

【三雍】辟雍、明堂、靈臺，合稱三雍。爲封建帝王舉行祭祀、典禮的場所。後漢書七九上儒林傳："中元元年，初建三雍；明帝卽位，親行其禮。"也稱三雍宮。參見"明堂"、"辟雍"、"靈臺"、"三雍宮"。

【三遊】遊俠，遊說，遊行。漢荀悦前漢紀十武帝建元二年："世有三俠，德之賊也。一曰遊俠，二曰遊説，三曰遊行。……此三遊者，亂之所由也。"

【三勢】淮南子兵略："兵有三勢，有二權，有氣勢，有地勢，有因勢。"氣勢，指鬭志；地勢，指選擇有利的地理條件；因勢，指善於窺伺敵方的間隙。

【三聖】古代統治階級奉爲楷模的三個聖人。三聖，隨文而異。孟子滕文公下："以承三聖者。"指禹周公孔子。漢書高惠高后文功臣表："湯法三聖。"指堯舜禹。又藝文志易："易道深矣，人更三聖，世歷三古。"指伏羲文王孔子。又諸侯王表："三聖治法。"指文王武王周公。

【三鼓】㊀古代作戰擊鼓進軍，鳴金收兵。三鼓，謂擊鼓三次。左傳莊十年："齊人三鼓"。㊁三更。也稱"丙夜"。北齊顔之推顔氏家訓書證："漢魏以來，謂爲甲夜、乙夜、丙夜、丁夜、戊夜；又云鼓，一鼓、二鼓、三鼓、四鼓、五鼓；亦云一更、二更、三更、四更、五更，皆以五爲節。"

【三殿】㊀唐麟德殿的别名。玉海一六〇唐三殿："三殿者，麟德殿也。一殿而有三面，故名。亦名三院。"此殿多作宴會之用。㊁明清以皇極殿（清改太和殿）、中極殿（又名華蓋殿，清改中和殿）、建極殿（又名謹身殿，清改保和殿）爲三大殿，節日慶典，命將出師，殿考朝考，宴待外使皆分别在三殿舉行。

【三葉】三世，三代。文選漢張平子（衡）思玄賦："尉尨眉而郎潛兮，逮三葉而遘武。"武，漢武帝。三葉，指文景武三世。

【三楚】㊀地名。戰國楚地。今從黄淮至湖南一帶，有西楚東楚南楚之分。史記一二九貨殖傳以淮北沛陳汝南南郡爲西楚；彭城以東，東海吴廣陵爲東楚；衡山九江江南豫章長沙爲南楚。漢書高帝紀注引孟康以江陵爲南楚，吴爲東楚，彭城爲西楚。後多用以泛指湘、鄂一帶。文選晉阮嗣宗（籍）詠懷詩之十七："三楚多秀士，朝雲進荒淫。"㊁五代長沙馬殷、江陵高季興、武陵周行逢，皆占據楚地稱王，也稱三楚。見宋周羽翀三楚新録。

【三楊】楊姓三人同時齊名者，如晉楊駿掌朝政，與弟珧、濟稱三楊（晉書楊駿傳），唐楊憑和弟凝凌都能文，當時稱三楊（新唐書一六〇楊憑傳），明楊士奇楊榮楊溥，英宗時共掌朝政，人稱三楊。以居地所在，士奇稱西楊，榮稱東楊，溥自以祖籍爲南郡稱南楊（明史一四八楊溥傳）。

【三辟】辟，刑法。指夏商周三代的刑法。左傳昭六年："三辟之興，皆叔世也。"

【三鼎】古代貴族祭祀之禮，因等級而異制，士用三鼎，大夫用五鼎。儀禮士昏禮："陳三鼎于寢門外。"注："鼎三者，升豚、魚、腊也。"

【三農】㊀居住在三類地區的農民。周禮天官大宰："一曰三農，生九穀。"注："鄭司農（衆）曰：'三農，平地、山、澤也。'（鄭）玄謂三農，原、隰及平地。"㊁春、夏、秋三個農時。文選漢張平子（衡）東京賦："三農之隙，曜威中原。"

【三過】㊀經過三次。孟子離婁下："禹稷當平世，三過其門而不入。"㊁三種過失。淮南子齊俗："子之賓獨有三過：望我而笑，是攓也；談語而不稱師，是返也；交淺而言深，是亂也。"㊂書法術語。指寫乀（捺）筆時的三折筆勢。唐張彦遠法書要録一王羲之題筆陣圖後："每作一波，常三過折筆。"參見"一波三折"。

【三署】漢時宫庭宿衛諸郎分别屬五官、左、右中郎將，統稱三署，也叫三署郎，以五官中郎爲一署，左中郎爲一署，右中郎爲一署，統屬於光禄勳。後漢書二七杜林傳："内奉宿衛，外總三署。"參閲文獻通考五九職官十三。

【三蜀】地名。指蜀郡廣漢犍爲。文選晉左太沖（思）蜀都賦："三蜀之豪，時來時往。"注："三蜀，蜀郡廣漢犍爲也。本一蜀國，漢高祖分置廣漢，漢武帝分置犍爲。"

【三業】佛家語。業，梵語"羯磨"的意譯。三業説法很多，有稱人的身、口、意三者爲三業的。見唐玄奘譯成唯識論一。又，意中的貪、嗔、癡謂之三毒，也稱三業。

【三節】㊀韓非主張國君約束、控制大臣的三種手段。韓非子八經："其位至而任大者，以三節持之，曰質、曰鎮、曰固。親戚妻子，質也。爵禄厚而必，鎮也。參伍責帑，固也。"㊁古時國君召見臣子以玉爲符，分三節以别緩急。禮玉藻："凡君召以三節，二節以走，一節以趨。"宋王安石臨川集五六知江寧府謝上表："延之以三節之嚴，付之以十城之重。"

【三頌】詩經中的周頌魯頌商頌。其中多爲有關貴族祭祀、祈福的樂章。周頌時代最早，是西周初年的詩；魯頌商頌是東遷以後的詩。

【三腴】見"三熨"。

【三傳】㊀漢初傳春秋有公羊穀梁鄒氏夾氏四家並行。公羊穀梁，立於學官，鄒氏無師，夾氏無書。武帝建武中立左氏，公穀左合稱三傳。晉時三傳俱立國學，至隋盛行左傳，公羊穀梁之學逐漸衰落。參閲漢書藝文志、隋書經籍志一。㊁多知古事、能寫會唱的人稱爲三傳。金缺名劉知遠諸宫調："翁翁姓李，爲多知古事，時人美呼三傳。"宋吴自牧夢粱録二十："昨汴京有孔三傳，編成傳奇靈怪，入曲説唱。"

【三愆】三種過失。論語季氏："孔子曰：'侍於君子有三愆：言未及之而言，謂之躁；言及之而不言，謂之隱；未見顔色而言，謂之瞽。'"

【三衙】宋稱掌管宫庭禁衛軍的殿前司和侍衛馬軍司、侍衛步軍司爲三衙。宋歐陽修歸田録一："舊制：侍衛親軍與殿前分爲兩司。自侍衛司不置馬步軍都指揮使，止置馬軍指揮使、步軍指揮使以來，侍衛一司，自分爲二，故與殿前司列爲三衙也。"參閲宋吴自牧夢粱録九三衙。

【三微】古代曆法，周以十一月、殷以十二月、夏以正月爲一年的開始，稱三正。這時萬物動於黄泉之下，微而未著，故三正又稱三微。後漢書章帝紀元和二年："春秋於春每月書王者，重三正，慎三微也。"參閲後漢書四六陳寵傳"三微成著"注。

【三經】㊀春秋時管仲認爲君主立國必須具有的三個條件。管子版法："三經既飭，君乃有國。"郭沫若謂三經爲天時、地利、人和。見管子集校。㊁儒家的三部經典。所指因文而異。漢書五行志下之下："是故聖人重之，載於三經。"指易詩春秋。宋王安石著三經新義，楊時著三經義辯，都指書詩周禮。宋史藝文志一有劉元剛三經演義十一卷，指孝經、論語、孟子。

【三漏】三孔。淮南子脩務："禹耳參（同"三"）漏，是謂大通。"

【三寢】古代天子諸侯的三座宫室。公羊傳莊三二年"公薨于路寢"漢何休注："天子諸侯皆有三寢：一曰高寢，二曰路寢，三曰小寢。"路寢爲治事之所，小寢爲燕息之所；父子並死，父殯於高寢。周禮天官宫人説天子有六寢，與公羊傳注説不同。

【三端】指文士的筆端，武士的鋒端，辯士的舌端。見韓詩外傳七。藝文類聚十七南朝梁簡文帝舌賦："夫三端所貴，三寸著名。"

【三齊】地名。史記項羽記："(田榮)並王三齊。"集解："漢書音義曰：齊與濟北、膠東。"正義："三齊記云：'右即墨，中臨淄，左平陸，謂之三齊。'"皆在今山東東部。

【三豪】指宋杜默(師雄)、石延年(曼卿)、歐陽修(永叔)。宋蘇軾仇池筆記上三豪詩："石介作三豪詩云：'曼卿豪於詩，永叔豪於辭，師雄豪於歌。'永叔亦贈杜默師雄詩云：'贈之三豪篇，而我濫一名。'"又見宋王闢之澠水燕談録七歌詠。

【三精】日、月、星。後漢書光武帝紀贊："九縣飆迴，三精霧塞。"注："三精，日、月、星也。"

【三魂】道家認爲人有三魂七魄。三魂，名爽靈、胎光、幽精。參閱抱朴子地真、雲笈七籤十一黄庭内景經。參見"三魂七魄"。

【三壽】高壽分上、中、下三等。詩魯頌閟宫："三壽作朋，如岡如陵。"唐孔穎達疏認爲三壽即三卿，非是。清王夫之詩經稗疏四引博古圖載周晉姜鼎銘："三壽是利。"認爲"三壽者，壽之三等也"(續清經解三)。左傳昭三年杜注："上壽、中壽、下壽皆八十以上。"又引養生經："上壽百二十，中壽百年，下壽八十。"後來稱三老爲三壽。文選漢張平子(衡)東京賦："降至尊以訓恭，送迎拜乎三壽。"

【三臺】㊀古代有靈臺、時臺、囿臺，合稱三臺。太平御覽一七七漢許慎五經異義："天子有三臺：靈臺以觀天文，時臺以觀四時施化，囿臺以觀鳥獸魚鱉。"㊁官名。漢因秦制，設置尚書爲中臺，御史爲憲臺，謁者爲外臺，合稱三臺。見文選三國魏陳孔璋(琳)爲袁紹檄豫州"坐領三臺，專制朝政"注引漢應劭漢官儀。㊂漢、魏、北齊宫殿名。初學記八晉陸翽鄴中記："魏武於鄴城西北立三臺。中臺名銅雀臺，南名金獸臺，北名冰井臺。"故址在今河南漳縣西南。北齊高洋(文宣帝)在其舊基上更築三臺，改銅雀爲金鳳，金獸爲聖應，冰井爲崇光。見北史齊紀中。㊃曲調名，屬漢樂府雜曲。爲三十拍促曲。樂府詩集七五雜曲歌辭有唐韋應物王建二人寫的三臺曲。又因題材不同，而有宫中三臺、突厥三臺、江南三臺等名稱。促曲即促拍。參見"促拍"。㊄詞牌名。1.或稱三臺令，二十四字小令，與韋應物等的三臺曲完全相同。又有長調三臺，其曲、辭均爲宋人所製撰。見詞律一三臺。2.即調笑令，又名三臺令，三十二字。見詞律二調笑令。參見"調笑令"。

【三遠】國畫技巧，指山水畫從三種不同角度取景的方法。宋郭熙林泉高致集山水訓："山有三遠：自山下而仰視山巔，謂之高遠；自山前窺山後，謂之深遠；自近山而望遠山，謂之平遠。"又明陶宗儀輟耕録八寫山水訣："山論三遠：從下相連不斷，謂之平遠；從近隔開相對，謂之闊遠；從山外遠景，謂之高遠。"

【三輔】指西漢治理京畿地區的三個職官。西漢建都長安，京畿官統稱内史。景帝時分置左右内史及都尉，即有三輔的名稱。武帝太初元年，改右内史爲京兆尹，治長安以東；左内史爲左馮翊，治長陵以北；都尉爲右扶風，治渭城以西。見漢書百官公卿表上、地理志上、三輔黄圖一三輔沿革。又長安近畿，三輔所轄地區亦稱三輔。漢桓寬鹽鐵論園池："三輔迫近於山河，地狹人衆，四方並臻。"

【三監】㊀周武王滅商後，以商舊都封給紂子武庚，並以殷都以東爲衛，由武王弟管叔監之；殷都以西爲鄘，由武王弟蔡叔監之；殷都以北爲邶，由武王弟霍叔監之；總稱三監。見漢鄭玄詩邶鄘衛譜。一説指武庚、管叔、蔡叔。參閱漢書地理志下、清王引之經義述聞三三輔。漢代儒家依託周初三監的事，把三監作爲周朝的通制。禮王制："天子使其大夫爲三監，監於方伯之國，國三人。"參閱清孫希旦禮記集解十二。㊁唐代官署國子監、少府監、將作監的合稱。舊唐書職官志一："貞觀元年，改國子學爲國子監，分將作監爲少府監，通將作監爲三監。"

【三夢】古代相傳有致夢、觭夢、咸陟三種占夢的方法。見周禮春官太卜。

【三蒼】見"三倉"。

【三槐】㊀相傳周代宫廷外種有三棵槐樹，朝見天子時，三公面向三槐而立。周禮秋官朝士："面三槐，三公位焉。"後世即以三槐比喻三公一類的高級官位。晉書荀崧傳虞預與王導書："生有三槐之望，没無鼎足之名，寵不增於前秩，榮不副於本望。"參見"三槐九棘"。㊁宋王旦父祐在庭院中親手種植槐樹三棵，説："吾之後世，必有爲三公者。"時稱三槐王氏。參閱宋司馬光涑水紀聞七、宋史二八二王旦傳。後即以三槐爲有關王姓的典故。

【三肅】古時致敬的一種禮節。左傳成十六年："三肅使者而退。"注："肅，手至地，若今撎。"

【三閣】魏晉時的國家藏書樓。漢初，國家圖書按其重要性分藏於外府藏書閣或禁中。桓帝延熹二年，置秘書監，掌管理、校訂圖書。魏文帝代漢，更集經典，藏在秘書内外三閣，始有三閣之稱。晉承魏制，亦設三閣，以秘書監統著作局，掌三閣圖書。文選晉陸士衡(機)謝平原内史表："身登三閣，官成兩宫。"參閱隋書四九牛弘傳、太平御覽二三三職官、通志五四職官。

【三翟】古代王后的三種繪有翟的祭服。翟，山雉。周禮天官内司服所載：褘衣、揄狄、闕狄、鞠衣、展衣、緣衣六服，前三服稱爲三翟。褘衣，繪翬雉，玄色；揄狄，繪鷂雉，青色；闕狄，繪雉形而不畫彩色，赤色。狄，通"翟"。南史梁紀中："後宫職司貴妃以下，六宫褘褕三翟之外，皆衣不曳地，傍無錦綺。"

【三銓】唐代對文武官吏的選拔、授職、考績，由吏部及兵部尚書、侍郎分掌其事。尚書一人爲尚書銓，掌五品至七品選；侍郎二人，分爲中銓東銓，掌八品九品選，合爲三銓。其後都由侍郎處理，尚書僅在文書上署名而已。參閱唐六典二吏部尚書及五兵部尚書、唐會要五八吏部尚書、新唐書選舉志下。

【三鳳】比喻同時以才華見稱的三個人。所指隨文而異。唐薛元敬少與收及收族兄德音齊名，時人謂之河東三鳳(舊唐書七三薛收傳)。明太倉人張泰陸釴陸容三人有才名，號婁東三鳳(明史二八六張泰傳)。

【三綱】謂君臣、父子、夫婦之道。這是由漢儒董仲舒提出，後經封建統治階級加以系統化的一套封建教條。白虎通三綱六紀："三綱者，何謂也？謂君臣、父子、夫婦也。……故含文嘉曰：'君爲臣綱，父爲子綱，夫爲妻綱'"。意思是説，臣要絶對服從君，子要絶對服從父，妻要絶對服從夫。見漢董仲舒春秋繁露基義。參見"五常"。

【三論】㊀論語有魯論語齊論語古文論語三種，合稱三論。參見"論語"。㊁佛教三論宗所依據的經典，即中論十二門論百論。陳書徐孝克傳："與諸僧討論釋典，遂通三論。"

【三調】調，diào。㊀漢代樂府相和歌的平調、清調、瑟調的合稱，也叫清商三調。南北朝至隋唐，以清、平、側爲三調。文選南朝宋謝靈運會吟行"三調佇繁音"注引南朝梁沈約宋書："第一平調，第二清調，第三瑟調，第四楚調，第五側調。然今三調，蓋清、平、側也。"參閱舊唐書樂志二、宋沈括夢溪筆談五樂理一。㊁南齊時，封建王朝向人民榨取糧食（調粟）、絹帛（調帛）、攤派勞役等（雜調），稱三調。南齊書武帝紀："水旱成災，穀稼傷弊，凡三調衆逋，可同申至秋登。"

【三墳】傳説中我國最古的書籍。左傳昭十二年："是能讀三墳、五典、八索、九丘。"注："皆古書名。"僞孔安國尚書序："伏羲神農黄帝之書，謂之三墳。"按漢書藝文志、東漢劉歆七略、隋書經籍志均未提到此書，宋元豐中張商英自稱得之於民家，内容多荒誕無稽。宋晁公武郡齋讀書志認爲即商英所僞造。陳振孫書録解題也認爲是僞書，但説毛漸得於唐州民間。明程榮刻入漢魏叢書，前有毛漸序。又故弄玄虚，並題作晉阮咸注，更是僞中之僞。

【三醉】㊀石名。宋歐陽修文忠集五一嵩山十二首三醉石序："三醉石在八仙壇上。"㊁芙蓉的一種。明王世懋學圃雜疏花疏："芙蓉特宜水際，種類不同。……有曰三醉者，一日間凡三换色，亦奇。"

【三閭】㊀戰國楚屈原曾任三閭大夫，後即以三閭專指屈原。後漢書七十孔融傳："忠非三閭，智非鼂錯。"參見"三閭大夫"。㊁複姓。元和姓纂五談："楚屈原爲三閭大夫，因氏焉。"

【三駕】㊀三次興兵。左傳襄九年："三駕而楚不能與爭。"注："三駕，三興師，謂（襄）十年師於牛首，十一年師於向，其秋觀兵於鄭東門。"㊁北魏天興時皇帝外出的車駕有三種：一大駕，從屬的車八十一乘，出征或大祭時用；二法駕，從屬的車三十六乘，巡行或小祭時用；三小駕，從屬的車十二乘，遊宴或到離宫時用。見魏書禮志四。㊂佛教以羊車比喻聲聞乘，鹿車比喻緣覺乘，牛車比喻菩薩乘，稱三駕。北齊顔之推顔氏家訓歸心："有六舟三駕，運載羣生。"參閲法華經三譬喻品。

【三幣】三種貨幣。1．指珠玉、黄金、刀布。管子國蓄："以珠玉爲上幣，以黄金爲中幣，以刀布爲下幣。"2．指龍幣、馬幣、龜幣。漢書食貨志下："又造銀錫白金。以爲天用莫如龍，地用莫如馬，人用莫如龜，故白金三品：其一曰重八兩，圜之，其文龍，名'白撰'，直三千；二曰以重差小，方之，其文馬，直五百；三曰復小，橢之，其文龜，直三百。"

【三墨】墨子之後，墨家分爲三派，稱三墨。韓非子顯學："自墨子之死也，有相里氏之墨，有相夫氏之墨，有鄧陵氏之墨。故孔墨之後，儒分爲八，墨離爲三。取舍相反不同，而皆自謂真孔墨。"參見"别墨"。

【三賦】唐代租、庸、調稱三賦。詳"租庸調"。

【三蝬】介類動物名。文選晉郭景純（璞）江賦："三蝬蝷江。"注引臨海水土物志："三蝬似蛤。"

【三幡】道家認爲搖惑人心的有三事：一爲色，二爲色空，三爲觀，稱三幡。文選晉孫興公（綽）游天台賦："釋二名之同出，消一無於三幡。"

【三儀】㊀天、地、人。漢揚雄太玄經玄攡："三儀同科。"㊁觀察天文的儀器，即黄道儀。唐天文學家李淳風設計製造。表裏三重，狀如十字，由六合儀、三辰儀、四游儀三部分構成，銅質。貞觀七年製成，置於凝暉閣，用以測候。已亡失。見新唐書天文志一。遼史曆象志下："設三儀以明度分，管一衡以正辰極。"

【三德】三種品德。隨文而異。書洪範："三德：一曰正直，二曰剛克，三曰柔克。"漢書郊祀志上："禹收九牧之金，鑄九鼎，……其空足曰鬲，以象三德。"周禮地官師氏以至德、敏德、孝德爲三德。

【三徵】朝廷的三次徵召。後漢書七九上楊倫傳："倫前後三徵，皆以直諫不合。"後泛指屢次徵召。唐李白李太白詩二五别内赴徵之一："王命三徵去未還，明朝離别出吴關。"

【三緘】緘，封；三緘，封口三重。相傳孔子至周，走進太廟，見有金人，三緘其口，背有銘曰："古之慎言人也。"見漢劉向説苑敬慎、孔子家語觀周。後稱言語謹慎，少説或不説話爲三緘其口。宋王邁臞軒集十二寄陳士登元龍……詩："我壯君之言，義起千夫愞，顧方謹三緘，此戒那可破。"

【三樂】㊀三件值得高興的事。孟子盡心上以"父母俱存，兄弟無故"、"仰不愧於天，俯不怍於人"、"得天下英才而教育之"爲三樂。列子天瑞以爲人、爲男、得壽爲三樂。㊁三件愛好的事。論語季氏："益者三樂，損者三樂。"

【三澣】澣，同"浣"。洗。㊀唐制，官吏十日一休沐，沐謂澣濯，故一月有三澣。後以上澣、中澣、下澣稱一個月的上旬、中旬、下旬。參閲明楊慎丹鉛總録三時序三澣。㊁洗過三次。新唐書一六三柳公權傳："因舉袂曰：'此三澣矣。'"

【三澨】古水名。書禹貢："過三澨，至于大别。"史記夏紀："過三澨"索隱："三澨，地名，在南郡邔縣北。孔安國鄭玄以爲水名。今竟陵有三參水，俗云是三澨水。"讀史方輿紀要七七湖廣三："（澨水）出（湖北）京山縣西七十里之磨石山，流入縣界，東注于蒿臺湖，或以爲禹貢之三澨也。"

【三龍】㊀舊縣名。北周置，隋改。在今陝西鳳翔縣境。元和郡縣志二鳳翔府岐山縣："周武帝天和四年，割涇州鶉觚之南置三龍縣。開皇十六年，移三龍縣於岐山南十里，改爲岐山縣。"㊁舊時對兄弟三人的美稱。如五代王審知和長兄潮、次兄圭，軍中號爲三龍。見宋缺名五國故事（説郛六四）。宋孫逢吉與弟逢年、逢辰都有文名，時稱孫氏三龍。見宋史四〇四孫逢吉傳。

【三頭】唐代科舉考試三試都中第一名的人。即府試爲解頭，進士試爲狀頭，博學宏詞及制科試爲勅頭。也稱三元。崔元翰武翊黄張又新等都有三頭之稱。見五代王定保唐摭言二、宋王讜唐語林六補遺、錢易南部新書巳、明胡震亨唐音癸籤二八談叢四。參見"三元㊂"。

【三遷】相傳孟軻幼年時，鄰里環境不好，孟母三次遷居，使軻得到比較好的學習環境。事見列女傳一母儀、漢趙岐孟子題辭。也作"三徙"。元滕安上東庵集三有懷詩："三徙終蒙黄卷力，百年不假白頭親。"舊時常用作頌揚母教之詞。

【三選】㊀經過三次選拔。春秋時，管仲爲齊桓公制定的選拔官吏的方法。國語齊："升以爲上卿之贊，謂之三選。"注："三選，鄉長所進，官長所選，公所訾相。"又見管子小匡。㊁三種人。文選漢班孟堅（固）西都賦："七相五公，與乎州郡之豪傑，五都之貨殖，三選七遷，充奉陵邑。"三選是指吏二千石、高訾富人及豪傑兼并三種人，把他們遷去守陵墓。

【三隧】㊀隧，同"遂"。遠郊之地。史記魯周公世家："魯人三郊三隧。"集解引王肅："邑外曰郊，郊外曰隧，不言四者，東郊留守，故言三也。"㊁三條通道。靈樞經十邪客："五穀入于胃也，其糟粕、津液、宗氣分爲三隧。"

【三餐】三次進食。莊子逍遥遊："適莽蒼者三餐而反，腹猶果然。"宋陸游劍南詩稿六九老景："疾行逾百步，健啖每三餐。"

【三器】三種治國的手段，指號令、斧鉞、禄賞。管子版法解："治國有三器，……曰：號令也，斧鉞也，禄賞也。……非號令無以使下，非斧鉞無以畏衆，非禄賞無以勸民。"

【三餘】㊀三國志魏王肅傳"頗傳於世"注引魏略:"(董)遇言'當以三餘'。或問三餘之意。遇言'冬者歲之餘,夜者日之餘,陰雨者時之餘也'。"後以三餘泛指空閒時間。晉陶潛陶淵明集六感士不遇賦序:"余嘗以三餘之日,講習之暇,讀其文。"㊁地名。餘暨、餘姚、餘杭,合稱三餘。水經注四十漸江水:"漢末童謡云,天子當興東南三餘之間。"

【三龜】古代卜筮之法。書金縢:"乃卜三龜。"按史記魯周公世家"即三王而卜",即於大王王季文王前,各置一龜以卜。

【三學】㊀唐代有國子學、太學、四門學。隸屬國子監。文武三品以上官吏子孫得入國子學,五品以上子孫得入太學,七品以上子孫及平民之俊異者得入四門學。見新唐書選舉志上、一九八儒學傳序。宋代以太學之外舍、内舍、上舍,爲三學。參見"三舍法"。㊁佛教稱戒、定、慧爲三學,戒學屬律,定學屬經,慧學屬論。翻譯名義集示三學法:"今謂防非止惡曰戒,息慮静緣曰定,破惑證真曰慧。……三學是爲涅槃法。"㊂山名。明一統志六七成都府:"三學山在金堂縣東北一十里,上有法海普濟廣濟三寺。"

【三衛】㊀唐襲隋制,設有親衛、勳衛、翊衛三衛,每衛置中郎將一人,掌宫庭禁衛之事。見通典二八職官十武官上、舊唐書職官志二。宋代稱三衙爲三衛。宋史職官志六:"渡江草拁,三衛之制未備。"參見"三衙"。㊁明代設置朵顔、福餘、泰寧三個帶軍事性質的地方行政機構,史稱兀良哈三衛。見明史三二八外國傳、清傅維鱗明書一六五四國傳一兀良哈。又明有建州三衛。見清史稿二二二阿哈出傳。

【三謝】㊀晉謝尚、謝奕、謝安的書法有名,稱三謝。見唐張彦遠法書要録五竇臮述書賦上。㊁南朝宋謝靈運、謝惠連及南齊謝朓皆有詩名,合稱三謝。參閲南史十九謝靈運傳。㊂多次感謝。唐李白李太白詩二二宿五松山下荀媪家:"令人慚漂母,三謝不能餐。"

【三髽】古代婦女服喪時的三種髮髻。禮喪服小記:"男子免而婦人髽(zhuā)。"南朝梁皇侃以斬衰麻髽、齊衰布髽、露紒髽爲三髽;唐孔穎達認爲只有兩髽:麻髽、布髽,皆名露紒髽。並見疏。後亦用來指兒童的髮式。宋陸游劍南詩稿四七寺閣:"三髽初得牧牛童,兩扇新成釣舸篷。"

【三韓】漢時,朝鮮南部分爲馬韓(西)、辰韓(東)、弁辰(南)三國。至晉,亦稱弁辰爲弁韓。合稱三韓。見後漢書八五東夷傳、三國志魏東夷傳。後即用爲朝鮮的代稱。唐杜甫杜工部草堂詩箋五奉贈太常張卿均二十韻:"方丈三韓外,崑崙萬國西。"

【三翼】古代船分大翼、中翼、小翼,合稱三翼。文選晉張景陽(協)七命:"爾乃浮三翼,戲中沚。"注引越絶書伍子胥水戰兵法内經:"大翼一艘,長十丈;中翼一艘,長九丈六尺;小翼一艘,長九丈。"文選南朝宋顔延年(延之)車駕幸京口三月三日侍遊曲阿後湖詩"千翼汎飛浮"注引同書,作大翼廣一丈五尺二寸,長十丈;中翼廣一丈三尺五寸,長五〔九〕丈六尺;小翼廣一丈二尺,長九丈。也泛指船隻。唐駱賓王文集三晚泊江鎮詩:"四運移陰律,三翼泛陽侯。"

【三隱】同時隱居的三人。如南朝宋周續之劉遺民陶潛,皆不應徵召出來作官,時稱潯陽三隱。見宋書周續之傳。又梁劉訏、訏之族兄歊與阮孝緒,皆不仕,也稱三隱。見南史劉懷珍傳附劉訏。

【三黜】三次被罷官。論語微子:"柳下惠爲士師,三黜。"後人多把"三黜"用爲官場失意的典故。唐柳宗元柳先生集四十祭穆質給事文:"形軀獲宥,三黜無虧。"

【三館】㊀漢武帝時,丞相公孫弘開欽賢、翹材、接士三館,收羅人材。見西京雜記四。㊁唐有弘文(亦稱昭文)、集賢、史館三館,負責藏書、校書、修史等事項。宋因之,三館合一,並在崇文院中。宋鄭樵通志總序:"欲三館無素餐之人,四庫無蠹魚之簡。"參閲舊唐書職官志二。㊂宋設廣文、大學、律學三館,以爲教育士子的機構。見宋史選舉志三。

【三縫】地名。詳"三絳"。

【三禮】㊀古代祭天、地、宗廟之禮。書舜典:"咨四岳,有能典朕三禮。"傳:"三禮,天地人之禮。"㊁儒家經典周禮儀禮禮記的合稱。漢初所謂禮,指十七篇之儀禮,又稱禮經;合記而言,稱禮記。後專稱四十九篇之記爲禮記,十七篇之禮經爲儀禮,又以周官經爲周禮,合稱三禮。漢鄭玄並注三禮,唐代試明經,有三禮一科。參閲皮錫瑞經學通論三禮。

【三藏】佛、道經典的總集。佛教以經、律、論爲三藏。經爲佛所自説,論是經義的解釋,律記戒規。後把通曉三藏的僧人稱爲三藏法師,簡稱三藏。如唐玄奘稱爲唐三藏。參閲唐法藏大乘起信論義記一、翻譯名義集四總明三藏。

【三曜】日、月、星。藝文類聚七八晉張協遊仙詩:"亭館籠雲構,脩梁流三曜。"

【三蟲】人體内的寄生蟲。漢王充論衡商蟲:"人腹中有三蟲,……三蟲食腸。"後漢書八二華佗傳:"佗授以漆葉青黏散,……言久服,去三蟲,利五藏。"

【三魏】㊀地名。晉書五一束晳傳:"又州司十郡,土狹人繁,三魏尤甚。"水經注十濁漳水:"漢高帝十二年置魏郡,治鄴縣,王莽更名魏城。後分魏郡,置東西部都尉,故曰三魏。"在今河北魏縣磁縣一帶。㊁明末魏禧魏祥魏禮,皆有詩名,時稱寧都三魏。禧等有寧都三魏全集,爲清代禁書。見清王士禎池北偶談四徵聘不至。

【三歸】㊀論語八佾:"管氏有三歸。"三歸,説不一:1.謂娶三姓女。戰國策東周:"管仲故爲三歸之家。"注:"婦人謂嫁曰歸。"漢書地理志下:"身在陪臣而取三歸。"三國魏何晏論語集解亦主此説。2.臺名。漢劉向説苑善説:"管仲故築三歸之臺,以自傷於民。"宋朱熹論語集注、元金履祥論語集注考證二皆從之。3.謂三歸指市租常例之歸之公者,語本管子山至數"則民之三有歸於上矣。"見清郭嵩燾釋三歸。㊁佛教合稱歸依佛、歸依法、歸依僧爲三歸。魏書釋老志:"故其始修心,則依佛、法、僧,謂之三歸。"歸,亦作"皈"。

【三雝】官名。詳"三雍"、"三雍宫"。

【三羸】指馬的三種劣相。太平御覽八九六伯樂相馬經:"凡相馬之法,先觀三羸五駑,乃相其餘。大頭小頸,一羸也;弱脊大腹,二羸也;小脛大蹄,三羸也。"

【三藩】㊀三個藩王。後漢書五十孝明八王傳:"三藩夙齡,纂惟荒忒。"三藩指東漢時明帝子千乘哀王建、淮陽頃王昞、濟陰悼王長。㊁明末農民起義軍進北京,崇禎帝自殺。朱由崧(福王)即位於南京,年號弘光;朱聿鍵(唐王)稱帝於福州,年號隆武;朱由榔(桂王)稱帝於肇慶,年號永曆;先後都失敗。清統治者稱朱由崧等爲三藩。見清楊陸榮三藩紀事本末。㊂清封明降將耿仲明爲靖南王,尚可喜爲平南王,吴三桂爲平西王,稱三藩。後逐漸成爲割據勢力。康熙十二年下命削藩,吴三桂、耿精忠(仲明孫)、尚之信(可喜子)先後反清,均爲清政府所平定。參閲清魏源聖武記二康熙戡定三藩記。

【三鴉】地名。在今河南南召縣東北。元和郡縣志六汝州:“魯陽關水俗謂之三鴉水,經(魯山)縣西七里,其關三鴉鎮在縣西南十九里。後周置以禦北齊,亦名平高城。”

【三鬷】見“三嵏”。

【三關】㊀三個重要關口。史傳記載很多,著名的如:1. 後漢書二八上馮衍傳:“夫上黨之地,有四塞之固,東帶三關,西爲國蔽。”注:“三關,謂上黨關壺口關石陘關也。”2. 陽平關江關白水關。見“蜀三關”。3.平靖關(西關)、武勝關(東關)、黄峴關(百雁關)。在今河南信陽市南。南齊書州郡志下:“泰始中,立州於義陽郡,有三關之隘。”義陽卽今信陽。4. 益津關瓦橋關淤口關。參閱新五代史周紀世宗顯德六年“癸卯,取瓦橋關,以爲雄州”注。5. 明代以山西境内的雁門關寧武關偏頭關爲外三關,以河北的居庸關紫荆關倒馬關爲内三關。見讀史方輿紀要十直隸一倒馬關。㊁耳、目、口。淮南子主術:“夫目妄視則淫,耳妄聽則惑,口妄言則亂,夫三關者,不可不愼守也。”

【三羅】唐末羅隱,與其族人虬鄴同應舉,均擅長文辭,並有詩名,稱爲三羅。見五代王定保唐摭言十海敍不遇。

【三邊】漢代幽并涼三州,其地都在邊疆。後漢書九十鮮卑傳:“靈帝立,幽、并、涼三州緣邊諸郡無歲不被鮮卑寇抄,殺略不可勝數。”後泛指邊疆。唐李白李太白詩二古風之六:“誰憐李飛將,白首没三邊!”

【三寶】三種可寶貴的事物。所指隨文而異。如老子三寶指慈、儉、不敢爲天下先;孟子盡心下以土地、人民、政事爲諸侯之三寶;六韜六守以農、工、商爲三寶;佛教以佛、法、僧爲三寶,見翻譯名義集一十種通號。道家則以精、氣、神爲内三寶,耳、目、口爲外三寶。

【三壤】土壤按肥瘠分爲上中下三品,稱三壤。三品又各分上中下三等,共九等。書禹貢:“咸則三壤,成賦中邦。”疏:“土壤各有肥瘠。貢賦從地而出。故分其土壤爲上中下,計其肥瘠……以爲貢賦之差。雖細分三品,以爲九等。”

【三蘇】指宋蘇洵及其子軾轍。宋王闢之澠水燕談録四才識:“蘇氏文章擅天下,目其文曰三蘇。蓋洵爲老蘇,軾爲大蘇,轍爲小蘇也。”

【三黨】㊀指三族:父族、母族、妻族。爾雅釋親:“父之黨爲宗族,母與妻之黨爲兄弟。”㊁宋哲宗元祐間有洛蜀朔三黨。洛黨以理學家程頤賈易爲首,蜀黨以蘇軾呂陶爲首,朔黨以劉摯爲首。三黨都反對王安石變法,但他們之間有矛盾,彼此攻擊。蜀洛兩黨相攻最烈,朔黨則遊離於二者之間,議論亦互有異同。参閱宋王應麟小學紺珠六名臣下元祐三黨。

【三獻】㊀古代郊祭時的儀式,陳祭品後要三次獻酒,卽初獻爵、亞獻爵、終獻爵。儀禮聘禮:“薦脯醢,三獻。”後漢書百官志二:“光禄勳,……郊祀之事,掌三獻。”㊁ 三種祭品。宋沈括夢溪筆談三辯證一:“祭禮有腥、爓、熟三獻。”

【三犧】三種祭品。左傳昭二五年:“爲六畜、五牲、三犧,以奉五味。”疏:“服虔云:‘三犧,鴈、鶩、雉也。’”

【三顧】見“三顧草廬”。

【三懼】國君應戒懼的三件事。韓詩外傳七:“孔子曰:‘明王有三懼:一曰處尊位而恐不聞其過;二曰得志而恐驕;三曰聞天下之至道而恐不能行。’”

【三露】三種甘露。魏晉方士說甘露可以治病長生。舊題漢郭憲洞冥記二:“漢武帝時,……東方朔得玄、青、黄三露,各盛五合,以獻於帝。”南朝宋鮑照鮑氏集五白雲詩:“凌崖采三露,攀鴻戲五煙。”

【三驅】易比:“王用三驅,失前禽。”三驅之意説法不一。1. 注疏釋爲三面驅禽,讓開一路,卽網開三面,以示好生之德。參閱清孫星衍周易集解二十。2. 釋文引馬融說:“三驅者,一曰乾豆,二曰賓客,三曰君庖。”馬説本禮王制:“天子諸侯無事,則歲三田,一爲乾豆,二爲賓客,三爲充君之庖。”

【三屬】㊀古代戰士的鎧甲。荀子議兵:“魏氏之武卒,以度取之,衣三屬之甲。”漢書刑法志“衣三屬之甲”注引蘇林説:三屬指兜鍪、盆領、髀褌;如淳說:三屬指上身、髀褌、脛繳。參見“盔甲”。㊁三次會盟。國語晉二:“三屬諸侯,存亡國三。”注:“屬,會也。三會,乘車之會三也。”㊂同“三族”。後漢書章帝紀元和元年:“詔曰:一人犯罪,禁至三屬。”注:“卽三族也。謂父族、母族及妻族。”參見“三族”。㊃三次斟酒。儀禮士昏禮:“酌玄酒三屬(zhǔ)於事。”注:“屬,注也。”

【三疊】古歌曲反復詠唱某句,稱三疊。唐李肇國史補上王摩詰辨畫:“人有畫奏樂圖,(王)維熟視而笑。或問其故,維曰:‘此是霓裳羽衣曲第三疊第一拍。’好事者集樂工驗之,一無差謬。”宋蘇軾仇池筆記陽關三疊,謂第一句不疊,餘三句皆更唱。

【三鑑】北堂書鈔一三六漢荀悦申鑒:“君子有三鑑:鑑乎古,鑑乎人,鑑乎鏡。”今本申鑒鑑作“鑒”,文字也略有出入。新唐書九七魏徵傳:“(唐太宗)嘆曰:‘以銅爲鑑,可正衣冠;以古爲鑑,可知興替;以人爲鑑,可明得失。’”舊唐書七一魏徵傳鑑作“鏡”。新唐書爲避宋太祖祖趙敬諱,改作“鑑”。

【三變】㊀論語子張:“君子有三變:望之儼然,卽之也温,聽其言也厲。”㊁史記天官書:“夫天運三十歲一小變,百年中變,五百載大變,三大變一紀。”㊂古詩三變。遠古至漢魏爲一變,晉宋至唐初爲一變,盛唐以後又一變。見宋王應麟小學紺珠四詩三變。㊃新唐書二〇一文藝傳序:“唐有天下三百年,文章無慮三變。”指唐初王勃楊炯爲一變,玄宗時張説蘇頲爲一變,大曆、貞元間韓愈柳宗元等倡導古文運動,逐步確立以散文爲主的唐代古文,爲一變。㊄宋孫光憲北夢瑣言三不肖子三變:“第一變爲蝗蟲,謂鬻莊而食也;第二變爲蠹蟲,謂鬻書而食也;第三變爲大蟲,謂賣奴婢而食也。”

【三體】㊀詩的三種體裁。1.詩經按風、雅、頌三體分類。詩豳風七月疏:“諸詩未有一篇之内備有風、雅、頌,而此篇獨有三體者。”2. 分唐詩爲三體。詳“三體唐詩”。㊁在真書流行前,稱古文、篆、隸爲三體。後漢書七九上儒林傳序:“靈帝乃詔諸儒正定五經,刊於石碑,爲古文、篆、隸三體書法,以相參驗。”參見“三體石經”。後來真書、行書、草書也稱三體。新唐書一六三柳公權傳:“宣宗召至御座前,書紙三番,作真、行、草三體。”㊂舊史學稱編年、紀傳與紀事本末爲三體。詳“二體㊀”。

【三讓】㊀古時迎賓禮節。禮鄉飲酒義:“鄉飲酒之義,主人拜迎賓于庠門之外,入,三揖而後至階,三讓而後升,所以致尊讓也。”㊁三次謙讓。論語泰伯:“泰伯其可謂至德也已矣,三以天下讓,民無得而稱焉。”史記宋微子世家:“宣公病,讓其弟和,……和亦三讓而受之。”

【三靈】㊀天、地、人。文選漢班孟堅(固)典引:“答三靈之蕃祉。”注:“三靈,天、地、人也。”㊁日、月、星。漢書八七上揚雄傳:“方將上獵三靈之流,下決醴泉之滋。”注:“三靈,日、月、星,垂象之應也。”㊂靈臺、靈囿、靈沼。詩大雅靈臺“以及鳥獸昆蟲焉”唐孔穎達疏:“則辟廱及三靈,皆同處在郊矣。”

【三鱣】東漢楊震在湖城居住時,有冠雀

銜三條鱣魚飛集在講堂前。當時人們附會説：蛇鱣是卿大夫的服飾；其數爲三，是登三公高位的吉祥徵兆。參見後漢書五四楊震傳。後多用作官至三公的典故。藝文類聚四七南朝梁簡文帝司徒始興忠武王誄："三鱣表服，二鹿隨輪。"

【三衢】㊀地名。在今浙江衢縣。唐武德四年，改舊屬婺州的信安縣爲衢州，因境内有三衢山，故又以三衢稱衢州。見元和郡縣志二六衢州。唐羅隱甲乙集三寄三衢孫員外詩："小敷文伯見何時，南望三衢渴復飢。" ㊁山名。在浙江常山縣北。見明一統志四三衢州府山川。

【三臡】麋、鹿、麇三種帶骨的肉醬。臡，ní。周禮天官醢人："王舉，則共醢六十罋，以五齊、七醢、七菹、三臡實之。"藝文類聚五七漢張衡七辯："嘉肴雜醢，三臡七菹。"

【三寸舌】能説善辯，以言語勝人。史記七六平原君傳："毛(遂)先生以三寸之舌，彊於百萬之師。"史記留侯世家："今以三寸舌爲帝者師。"

【三寸轄】轄是裝在車軸兩端的鍵。長約三、四寸，它使車輪不外脱，是重要部件。後以喻事物的關鍵。淮南子人間："夫車之所以能轉千里者，以其要在三寸之轄。"

【三大部】三種佛經。天臺宗奉法華經爲本經，以陳隋間天臺大師智顗所著法華玄義十卷、法華文句十卷、摩訶止觀十卷爲三大部。又，律宗奉五部律中之四分律，以唐道宣著四分律行事鈔三卷、四分律羯磨疏四卷、四分律戒本疏四卷爲三大部。

【三大營】明永樂時，京軍分爲五軍、三千、神機三大營。平時，五軍營輪番衛戍京師。三千營爲明成祖時以塞外降丁三千騎兵組成，主管巡哨。神機營爲南征得火器之後成立，使用火器。正統十四年，土木之役後，三大營損失幾盡。景泰中，于謙從各營中選精兵十萬，編爲十團營，其舊設者稱老營。嘉靖中，取消團營，恢復三大營舊制，并改三千營爲神樞營。參閲明史兵志一、明史職官志五、清劉獻廷廣陽雜記一。

【三大禮】唐代祀南郊，祠太清宫，享太廟，稱三大禮。參閲杜少陵集詳注二四進三大禮賦表題注、舊唐書玄宗紀下。

【三千營】明永樂時京軍三大營之一。嘉靖中改名神樞營。見明史兵志一。參見"三大營"。

【三元里】地名。原屬廣東番禺縣，現劃入廣州市，附近有三元廟，故名。清道光二一年(1841年)，三元里人民羣衆發動抗英鬬爭，重創入侵廣州的英軍，是近代中國人民武裝反抗外國侵略的第一聲。

【三元記】傳奇名。1.明沈受先撰。又叫馮京三元記，三十六齣。寫宋馮京連中三元事，宣揚因果報應。有汲古閣原刻初印本、六十種曲本。2.明人撰，佚名。又叫商輅三元記斷機記，三十八齣。寫明商輅母秦氏斷機杼教子讀書，後輅連中三元事。有明萬曆間金陵富春堂刻本。

【三五夜】農曆十五日夜。玉臺新詠七南朝梁湘東王(蕭)繹登顔園故閣詩："高樓三五夜，流影入丹墀。"

【三屯營】地名。在河北遷安縣西北，爲明代軍事要地。景泰中，派大將駐守。見讀史方輿紀要十七遷安縣。

【三不去】封建禮教在規定"七出"的同時，又提出了"三不去"。去，休棄。卽：無家可歸的不能休棄；曾爲公婆守過三年喪的不能休棄；娶時丈夫貧賤，後變富貴的不能休棄。見大戴禮本命、公羊傳莊二七年注。

【三不朽】立德、立功、立言。詳"不朽"。

【三不知】左傳哀二七年："文子曰：'吾乃今知所以亡。君子之謀也，始、衷、終皆舉之，而後入焉。今我三不知而入之，不亦難乎？'"意思是自始至終完全不知。後指事事不知爲三不知。紅樓夢五五："一個是拿定了主意，'不干己事不張口，一問搖頭三不知。'"在小説、戲曲中，有時當作突然解。醒世姻緣二五："正好好的，三不知又變壞了。"

【三不剌】地名。亦作賽音布拉克。元置州。因其地有三不剌山，故名。在甘肅靖遠縣北黄河西。見讀史方輿紀要六二靖遠衛。

【三不欺】相傳春秋戰國時，子產治鄭，"民不能欺"；子賤(孔子學生宓不齊)治單父，"民不忍欺"；西門豹治鄴，"民不敢欺"。見史記一二六滑稽傳。

【三不惑】後漢書五四楊秉傳："(楊)秉性不飲酒，又早喪夫人，遂不復娶，所在以淸白稱。嘗從容言曰：'我有三不惑：酒、色、財也。'"後人遂稱不惑於酒、色、財爲三不惑。

【三不開】五代後周馬胤孫當宰相，處事常不能作出決定，當時有人稱他爲"三不開"，説他"不開口以論議，不開印以行事，不開門以延士大夫"，諷刺他懦弱糊塗，不敢有所作爲。見新、舊五代史本傳。

【三互法】東漢時選任地方官吏的一種限制辦法。爲防止地方勢力結黨營私，規定凡婚姻之家及兩州人士，不得交互爲官，稱爲三互法。兩州，指幽州冀州，是東漢軍力的主要基地，所以不許其他十一州的人作兩州的地方長官。後漢書六十下蔡邕傳："初朝議以州郡相黨，人情比周，乃制婚姻之家及兩州人士，不得對相監臨。至是復有三互法，禁忌轉密，選用艱難。"參閲漢蔡邕蔡中郎集六幽冀二州刺史久缺疏。

【三尺水】劍的別稱。藝文類聚六十南朝梁吳筠詠寶劍："我有一寶劍，出自昆吾溪，照人如照水，切玉如切泥。"唐李賀歌詩編一春坊正字劍子歌："先輩匣中三尺水，曾入吳潭斬龍子。"水，比喻劍的光芒。參見"三尺㊀"。

【三尺法】指法律。古時把法律條文寫在三尺長的竹簡上，故稱三尺法。簡稱三尺。史記一二二杜周傳："客有讓(杜)周曰：'君爲天子決平，不循三尺法，專以人主意指爲獄。獄者固如是乎？'"

【三尺桐】琴。傳説神農造琴，長三尺六寸六分。上等的琴，都用桐木作琴身。宋蘇軾蘇文忠詩合注十八戴道士得四字代作："賴此三尺桐，中有山水意。"

【三尺喙】比喻人能言善辯。宋楊萬里誠齋集十一和王法司雨中惠詩詩："絶憐法曹三尺喙，不辦太倉五升米。"

【三公山】山名。在今安徽無爲縣西南，上有三峯，故名。隋書地理志下廬江郡注："廬江有三公山。"太平寰宇記一二六廬州："三公山在縣東南一百五十里，山有三峯，相去一里，俗傳山皆東靡，似有顧瞻。……天寶六載，改爲顧山。"宋王存元豐九域志作東顧山。

【三公曹】官名。漢武帝設置尚書四員，分常侍、二千石、户、主客四曹，至成帝時又設置三公曹，掌管刑法。見漢書成帝紀注、後漢書光武帝紀上注。

【三正曆】卽"三統曆"。晉書律曆志下："劉子駿(歆)造三正曆，以修春秋。"注："三正曆當作三統曆。"詳"三統曆"。

【三司使】官名。詳"三司㊁㊂㊃"。

【三生石】傳説唐代李源與僧圓觀友好，圓觀和李約定，待他自死後十二年在杭州天竺寺相見。十二年後李到寺前，有一牧童唱道："三生石上舊精魂，賞月吟風不要論，慚愧情人遠相訪，此身雖異性長存。"牧童就是圓觀的托身。見唐袁郊甘澤謡五圓觀。本來是宣揚佛教輪迴宿命的故事,後來又有人附會,把杭州天竺寺後面的山石指爲三生石,説是李源和圓觀相會的地方。詩文中常把三生石作爲因緣前定的典故。五代前蜀釋貫休禪月集十九酬和(張)相公見寄詩:"感通未合三生石,騷雅懽擎九轉金。"

【三白法】佛教徒節食修行的一種方法。南朝梁釋慧皎高僧傳二三元慧傳:"立志持三白法……白飯、白水、白鹽事也。"

【三白渠】也叫白渠,在陜西涇陽三原縣一帶。古時引涇水南流,至涇陽縣北五里,建三閘分水,北叫太白渠,中叫中白渠,南叫南白渠。見讀史方輿紀要五三涇陽縣。

【三江口】多指三條江匯流處。著名的有:1.江蘇吴江縣北,吴淞江婁江東江分流處。吴越春秋三夫差内傳:"不知越王將選死士出三江之口,入五湖之中。"2.浙江的曹娥江錢清浙江三水於海口匯合處。見讀史方輿紀要九二會稽縣。3.廣東鬱水(西江)、湞水(北江)與浪水(東江)合流處,廣西藤江繡江桂江合流處都叫三江口。

【三字經】相傳爲南宋王應麟編。明黄佐廣州人物傳十、屈大均廣東新語十一、清惲敬大雲山房雜記二都説宋末區適撰;清邵晉涵説是明人黎貞撰,明清以來續有增補。全書用三字一句的韻文寫成,讀起來很順口。内容宣揚封建禮教,與千字文並行,爲舊時流行較廣的啟蒙課本。

【三字獄】南宋秦檜誣陷堅决抗金的岳飛下獄,韓世忠不平,詰問秦檜,檜説:"莫須有?"世忠説:"莫須有三字,何以服天下?""莫須有"即"也許有"、"大概有"的意思。事見宋史三六五岳飛傳。後人遂稱岳飛的冤獄爲"三字獄"。

【三百篇】相傳詩三千餘篇,經孔子删定存三百一十一篇。内六篇有目無詩,實有詩三百零五篇,舉成數稱爲三百篇。後來"三百篇"即成爲詩經的代稱。論語爲政:"詩三百,一言以蔽之,曰:思無邪。"史記太史公自序:"詩三百篇,大抵賢聖發憤之所爲作也。"

【三年艾】孟子離婁上:"今之欲王者,猶七年之病,求三年之艾也,苟不爲畜,終身不得。"針灸用艾,以收藏多年乾透的效果最好,故云。宋張侃拙軒集三池邊詩:"勞神空見三年艾,妄想休乘八月槎。"後也用來比喻辦事必須早作準備。

【三年喪】古代服喪中最重的一種。臣爲君、子爲父、妻爲夫等要服喪三年(古制爲二十五個月,後來從鄭玄説都定二十七個月)。後經儒家提倡,帝王推行,三年之喪遂成爲封建社會的基本喪制。參閲儀禮喪服、清顧炎武日知録五三年之喪。

【三言詩】三字一句的詩。書益稷的股肱喜哉歌雖爲四字句,但每句都是第三字押韻,又如詩邶風擊鼓第四章、陳風月出也一樣,相傳爲三言詩的起源。至漢安世房中歌的安其所豐草葽雷震震,郊祀歌的練時日天馬華燁燁五神朝隴首象載瑜赤蛟等,全首都是三字一句,成爲詩體之一。參閲清趙翼陔餘叢考二三三言詩。

【三折肱】左傳定十三年:"三折肱,知爲良醫。"意即多次折斷手臂,就能懂得醫治折臂的方法。後常以此比喻對某事閲歷多,富有經驗,自能造詣精深。宋張侃拙軒集一歲時書事詩:"年來三折肱,逢人漫稱好。"參見"九折臂"。

【三足烏】古代神話中太陽内的神烏。淮南子精神"日中有踆烏"漢高誘注:"踆,猶蹲也。謂三足烏。"春秋元命苞:"日中有三足烏。"故太陽也叫作三足烏或金烏。又西王母有三足烏,是替西王母取食的青鳥。見史記一一七司馬相如傳大人賦"亦幸有三足烏爲之使"正義。

【三希堂】在北京故宫博物院養心殿内。清乾隆曾將晉王羲之快雪時晴帖、王獻之中秋帖、王恂伯遠帖收藏於此,認爲是三件希有的珍貴文物,故名三希堂。又選魏晉至明代的書法名迹刻石,稱三希堂法帖,共三十二卷。法帖刻石,現藏北海閲古樓。

【三角髻】古代婦女的一種髮髻式樣。漢武帝内傳:"(上元)夫人年可二十餘,……頭作三角髻,餘髮散垂至腰。"

【三角獸】古代傳説中的靈獸。見宋書符瑞志中。後代帝王儀衛旗幟上有用爲繪飾的。宋元皆有三角獸旗。參閲宋史儀衛志一、元史輿服志二。

【三告官】宋代宰相、翰林學士、御史稱三告官。告,指"告喝"。長官出行時,衙吏走在前頭,用木棍打地警衆,吆喝開道。是封建時代官吏顯示威風的一種儀式。宋沈括夢溪筆談二故事二:"三司,開封府,外州長官,升聽事,則有衙吏前導告喝。國朝之制,在禁中唯三官得告:宰相告於中書,翰林學士告於本院,御史告於朝堂,皆用朱衣吏,謂之三告官。"

【三佛齊】南洋古國名。南朝時叫干陀利,唐代叫室利佛逝,宋代叫三佛齊。宋趙汝适諸蕃志上三佛齊國稱此國位於真臘闍婆之間,管州十有五,其國在海中。曾先後都巴林馮詹卑等處。明初爲爪哇所併,改名舊港。參閲宋史四八九外國傳五、明史三二四外國傳五。

【三法司】明清時代,全國高級司法機關刑部、都察院、大理寺合稱三法司。見清會典五三刑部、六九都察院、大理寺卿。參見"三司㊂"。

【三長月】佛教分一年爲三時,二、三、四、五月,六、七、八、九月,十、十一、十二、正月各爲一時。每時的最末一個月,即五月、九月、正月爲三長月。唐代在這三個月内不執行死刑。參閲釋氏要覽下雜記。

【三花馬】唐代邊地所進良馬,由尚乘局在馬身上印上三花、飛鳳等字。又把馬鬃修剪編成三辮,稱三花馬;編成五辮的,稱五花馬。見新唐書百官志二殿中省。唐白居易長慶集五六和春深詩之六:"鳳書裁五色,馬鬣剪三花。"

【三花樹】又名貝多、貝多、思惟樹。一年開花三次,故名。見北魏賈思勰齊民要術十貝多。唐李白李太白詩七鳴皋歌奉餞從翁清歸五崖山居:"去時應過嵩少間,相思爲折三花樹。"

【三花臉】戲劇中丑角。俗稱三花臉,也稱三面。其扮相常在鼻間繪粉色,故又有白鼻頭之稱。丑分文武,武的叫開口跳,文的有大小丑與丑旦之分。一般披蟒着褶子的,謂之大丑,如傳統劇中審頭刺湯的湯勤,草船借箭的蔣幹等。其餘都是小丑,女丑角爲丑旦。

【三門山】山名。詳"砥柱"。

【三服官】漢官名,主作皇帝冠服。漢書七二貢禹傳:"故時齊三服官輸物不過十笥,方今齊三服官作工各數千人,一歲費數鉅萬。"注:"三服官主作天子之服,在齊地。"又見漢書元帝紀"齊三服官"注引李斐:"齊國舊有三服之官,春獻冠幘縰爲首服,紈素爲冬服,輕綃爲夏服,凡三。"

【三舍法】宋代熙寧新政之一。王安石變法,主張以"學校養士"代"科舉取士",罷諸科,保留進士科,立明法科。廢詩賦帖經墨義,改試諸經大義。熙寧四年定三舍法,分太學爲上舍、內舍、外舍,擴大太學生名額。初入學爲外舍,人數不限;外舍升内舍,二百人;内舍升上舍，一百人，並規定有關肄業、考核及出身的各種規章制度。後來由於新舊黨爭，科舉制度多有變化，但三舍法一直維持到宋王朝滅亡。參閱文獻通考三一選舉四及四二學校三、宋史選舉志一。

【三洲歌】樂府西曲歌名。通典一四五樂五雜歌曲："三洲歌者，諸商客數由巴陵三江口往還，因共作此歌。又因三洲曲而作采桑。"

【三茅君】漢有咸陽三茅君得道，來掌句容之句曲山，故謂之茅山。見梁書陶弘景傳。按史記秦始皇紀三一年集解引太原真人茅盈內紀，稱盈曾祖濛於華山得道。後來傳說以盈與弟固衷爲三茅。諸真宗派總簿有太茅真君(盈)、二茅真君(固)、北茅真君(衷)，道教清微派奉以爲祖。

【三面人】神話中一頭三面的人。山海經大荒西經："大荒之中，有山名曰大荒之山，日月所入，有人焉，三面，是顓頊之子，三面一臂，三面之人不死。"注："言人頭三邊各有面也。"淮南子地形有三頭民。

【三面網】史記殷紀："湯出，見野張網四面。祝曰：'自天下四方皆入吾網。'湯曰：'嘻，盡之矣！'乃去其三面，祝曰：'欲左，左。欲右，右。不用命，乃入吾網。'諸侯聞之，曰：'湯德至矣，及禽獸。'"這本是吹嘘湯施行仁政的話，後用爲吹捧統治者"省刑愛民"之詞。北周庾信庾子山集五和王内史從駕狩詩："猶開三面網，誰肯一山重。"

【三癸亭】亭名。唐顏真卿任湖州刺史，在浙江烏程西南杼山造亭，因建於癸丑年(大曆八年)、癸卯月(十月)、癸亥日(二十一日)，故名三癸亭。見顏魯公集七湖州烏程縣杼山妙喜寺碑銘。烏程，今浙江吴興縣。

【三品院】唐武則天爲了處置三品以上的犯官而特設的司法機構。見資治通鑑二〇七唐長安元年"舍于三品院"注。

【三品料】指用三品官的俸禄來飼養馬匹。五代北漢劉旻爲他乘的契丹黄騮治廄，飾以金銀，飼以三品官的料，號自在將軍。見新五代史東漢世家。宋陸游劍南詩稿六八老馬行："老馬虺隤依晚照，自計豈堪三品料。"

【三品鳥】鷗的别名。見宋陶穀清異録禽。

【三思臺】㊀腦袋。元曲選鄭庭玉後庭花："我見他手掿着巨毒，把我這三思臺揞住。"㊁胸口。元曲選缺名爭報恩："則我這點槍，可搭！搠透他那三思臺。"

【三垂岡】地名。又稱三垂山。在今山西長治市。後唐李存勗曾在此地設伏兵，攻破後梁夾寨，解潞州之圍。見資治通鑑二六六後梁太祖開平二年、讀史方輿紀要四二三垂山。

【三段碑】碑名。即天發神讖碑。見"天發神讖碑"。

【三紀曆】曆法名。東晉列國後秦姚興時，姜岌認爲古曆不準確，乃根據日月運行，由月蝕而推算日宿度，創造三紀甲子元曆，簡稱三紀曆。其曆僅行於後秦。見晉書十八律曆志下。

【三家村】指人烟稀少、偏僻的小村落。景德傳燈録二四白雲和尚："恁麽見解，何似三家村裏。"宋蘇軾分類東坡詩二一用舊韻送魯元翰知洛洲："永謝十年舊，老死三家村。"

【三家詩】漢初傳詩經的有魯齊韓三家，都立於學官，置博士弟子。魯詩源於申公，齊詩源於轅固，韓詩源於韓嬰。又有毛詩一家，自稱子夏所傳，不立學官。東漢馬融鄭玄等推重毛詩，分别爲詩作注箋，毛詩遂盛行於世。魏時齊詩已亡，魯詩至西晉亦亡，韓詩僅存外傳，在魏晉以前古籍中常有三家遺説。宋王應麟輯詩考一卷，清代有陳喬樅三家詩遺説考，范家相三家詩拾遺，王先謙詩三家義集疏，三家詩的佚文大致已經搜集無遺。

【三脊茅】茅草的一種。古代在祭祀、封禪時用來濾酒。管子輕重丁菁茅謀："江淮之間，有一茅而三脊，毌至其本，名之曰菁茅。"一説三脊茅産於江淮之間，古爲楚越之地，故以得到三脊茅象徵平服楚越。見宋劉敞公是集三六三脊茅記。

【三神山】秦漢方士稱東海中仙人所居之地。或稱三島；因形狀像壺，又叫三壺。史記秦始皇紀二八年："齊人徐市等上書，言海中有三神山，名曰蓬萊方丈瀛洲，僊人居之。"又見封禪書。

【三座塔】地名。即今遼寧朝陽縣。遼置興中府興中縣，其地有三塔，故俗稱三座塔。清乾隆三十九年設三座塔廳，四十三年改爲朝陽縣。見嘉慶一統志四二承德府一。

【三秦記】古代地理書。辛氏著。已失傳。所記山川都邑宫室皆秦漢時地理故事，不及魏晉，疑爲漢人作品。漢書藝文志隋書經籍志都没有著録，但六朝以來的地理書、類書多引用。今有清王謨輯本。

【三珠符】元兵符名。元制：典兵官長萬名的叫"萬户"，千名的叫"千户"，百名的叫"百户"。又各分爲上中下三級。萬户佩金虎符，符作伏虎狀，虎頭上裝嵌明珠，有三珠二珠一珠之别。千户佩金符，百户佩銀符。見元史兵志一。

【三珠釵】釵名。漢代婦女流行的一種髮飾。北堂書鈔一三六漢崔瑗三珠釵箴："元正上日，百福孔靈。鬒髮如雲，乃象衆金，三珠璜釵，攝媛讚靈。"

【三珠樹】㊀神話中樹名。山海經海外南經："三株樹在厭火北，生赤水上，其爲樹如柏，葉皆爲珠。"淮南子地形、初學記引山海經"三株"均作"三珠"。晉郭璞山海經圖讚有三珠樹讚。㊁唐初王勔王勮王勃兄弟三人都有才名，杜易簡稱他們爲三珠樹。見新唐書二一王勃傳。後人常用作對别人兄弟的讚詞。宋樓鑰攻媿集十三王提刑正功輓詞："伯仲三珠樹，優爲一世才。"

【三素望】南朝宋阮萬齡袁豹江夷是當時大名士，在孟昶官署任司馬、長史，頗有聲望，人稱昶府有三素望。見宋書阮萬齡傳。素望，謂久著聲望的人。

【三素雲】道家稱紫、白、黄三色之氣爲三素雲。見雲笈七籤十一黄庭内景經。唐代試進士，常以"立春日望三素雲飛"爲詩題。唐李商隱李義山詩集五和韓録事送宫人入道："九枝燈下朝金殿，三素雲中侍玉樓。"

【三桃湯】古代喪制，取桃樹的葉、枝、莖三者煮湯，用來洗屍體，稱三桃湯，省稱桃湯。見太平御覽九六七三國魏王肅喪服要記。

【三時殿】佛經記載淨飯王爲太子築暖、涼、中三殿，用來比擬隆冬、夏暑和春秋，稱三時殿。唐弘明集十七南朝梁簡文帝菩提樹頌序："製三時之殿，聳四柱之臺。"

【三條燭】唐代考進士科，應考的人可於夜間繼續應試，但只限用三條蠟燭。故唐人詩文中常用"三條燭"一詞。如秦韜玉謝新人呼同年書："三條燭下，雖阻門闌；數仞牆邊，幸同恩地。"(唐詩紀事六三)韋承貽策試夜潛紀長句於都堂西南隅："三條燭盡鐘初動，九轉丹成鼎未開。"(詩話總龜十引古今詩話)參閱宋程大昌演繁露七進士試徹夜。

【三笑圖】古畫名。已失傳。宋蘇軾有三笑圖贊，没有説三人爲誰。宋陳舜俞廬山記説是晉朝的陶潛惠遠陸静修，三人同在廬山共話，一日共話，大笑而别。

按陸靜修於南朝宋元嘉末到廬山，其時惠遠已死三十多年，陶潛已死二十多年，在山共話顯然出於後人附會。見宋樓鑰攻媿集七七又跋東坡三笑圖贊。

【三娘子】公元1550—1612年。明代我國北方少數民族韃靼部首領俺答（明封爲順義王）之妻。俺答死後，掌權達二十餘年，繼續推行與明政府友好的政策，促進了蒙漢地區之間經濟和文化的交流。萬曆十五年，受封爲忠順夫人。見明史三二七韃靼。

【三部脈】指中醫手脈的寸、關、尺。難經十八難："脈有三部，……三部者，寸、關、尺也。"元曲選缺名碧桃花："怎又道寸關尺三部脈都沉細，還只怕這病候有差遲。"

【三勒漿】酒名。唐李肇國史補下："又有三勒漿類酒，法出波斯。三勒者，謂菴摩勒、毘梨勒、訶梨勒。"

【三雀錢】一種古錢。徑一寸三分，重十銖，因錢的兩面分别飾有"五行大布"、三雀啣花和花草圖案，故稱爲三雀錢。北周建德三年鑄錢曰五行大布，有人説即指此。參閱宋洪遵泉志一三奇品。

【三國志】晉陳壽著，六十五卷。與史記漢書後漢書合稱四史。分魏蜀吴三志，分别記載三國的歷史。只有紀、傳，無志、表，記述簡略。南朝宋裴松之作注，引書一百五十六種（其中絶大部分今天已經不存），篇幅超出原書數倍，保存了不少史料。清杭世駿三國志補注六卷，潘眉三國志考證八卷、梁章鉅三國志旁證三十卷、近人盧弼有三國志集解，對本書皆有補證。

【三婦豔】樂府相和歌辭篇名，古詩相逢行、長安有狹斜行的後段，都有大婦、中婦、小婦等辭。三婦豔詩即專取此古詩的後六句爲式。宋郭茂倩樂府詩集三五，收録南朝宋至唐的三婦豔詩共二十餘首。

【三善道】佛教指天道、人道、阿修羅道。智度論三十："善有上中下故，有三善道：天、人、阿修羅。"也叫三善趣，對三惡趣而言。參見"三惡趣"。

【三雲殿】漢殿名，在甘泉宫中（在今陝西淳化縣甘泉山）。西京雜記一："（漢）成帝設雲帳、雲幄、雲幙於甘泉紫殿，世謂三雲殿。"

【三惡趣】佛教語，指地獄、餓鬼、畜生。趣，歸向的意思。也叫"三塗"。增一阿含經十三："若比丘有此三不善根者，墮三惡趣。"也作"三惡道"。法華經方便品："以諸欲因緣，墜墮三惡道。"參閱翻譯名義集二地獄。

【三棒鼓】即花鼓。用三棒上下交替拋擲擊鼓，唐代稱三杖鼓。明沈德符顧曲雜言："又吴下向來有婦人打三棒鼓乞錢者，余幼時尚見之。亦起唐咸通中，王文通好用三杖打撩，萬不失一。但其器有三等：一曰頭鼓，形類甕；二曰聒鼓；三曰和鼓。今則一鼓三槌耳。"

【三等數】㊀萬以上數的進數法，有上中下三等的不同。漢徐岳數術記遺："三等者，謂上中下也。其下數者，十十變之，若言十萬曰億，十億曰兆，十兆曰京；中數者，萬萬變之，若言萬萬曰億，萬萬億曰兆，萬萬兆曰京也；上數者，數窮則變，若言萬萬曰億，億億曰兆，兆兆曰京也。"㊁古算書。晉董泉撰，北周甄鸞注。見舊唐書經籍志曆算類。唐有明算科，除專習數經十書外，兼習記遺及三等數，即此書。至宋亡佚。

【三統曆】曆法名。漢劉歆就太初曆所造，以解釋春秋。以經文於春三月每月書王，爲古之三統，即夏正建寅爲人統，商正建丑爲地統，周正建子爲天統；故又稱三正曆。其法：

1月＝$29\frac{43}{81}$天

1歲＝$12\frac{7}{19}$月＝$365\frac{38}{1539}$天

1章＝19年＝235月

1統＝81章＝1,539年

1元＝3統＝4,617年

詳見漢書律曆志。我國曆法，完備見於史志者，以此爲最早。惟古曆四分法之歲餘，已較實測爲大，而三統歲餘較古曆尤大，故初行時落下閎就説："後八百歲，此曆差一日。"（見益都耆舊傳）至東漢章帝時，始改用四分曆。

【三絶碑】碑名。三絶，指撰文、書法、篆額和鐫刻的技藝等等。1.見"上尊號廟碑"。2.梁三絶碑，劉孝儀文，蕭子雲書，普通三年立。見宋陳思寶刻叢編三襄陽府。3.金博州重修廟學記碑，王去非撰記，王庭筠書丹，党懷英篆額。碑文見金石萃編一五五。

【三遊洞】地名。在湖北宜昌縣西北二十里長江北岸西陵峽口。唐白居易兄弟及元稹遊此，三人各賦詩，居易並作三遊洞序，故名。見白氏長慶集二六。宋歐陽修蘇軾蘇轍都有三遊洞詩，人稱後三遊。見宋陸游入蜀記六。

【三雍宫】漢官名。在長安西北七里。漢書五三河間獻王傳："武帝時，獻王來朝，獻雅樂，對三雍宫及詔策所問三十餘事。"注："辟雍、明堂、靈臺也。"

【三達尊】儒家以爵位、高齡、品德三者爲人所通尊，稱三達尊。孟子公孫丑下："天下有達尊三：爵一，齒一，德一。朝廷莫如爵，鄉黨莫如齒，輔世長民莫如德。"

【三達德】三種常行的美德。禮中庸："智、仁、勇三者，天下之達德也。"

【三鼎甲】科舉制度，狀元、榜眼、探花合稱三鼎甲。儒林外史三十："尊府是一門三鼎甲，三代六尚書。"

【三署郎】官名。秦置中郎，西漢置五官中郎、左中郎、右中郎，各置中郎將統領之，担任皇帝的侍衛，屬光禄勳，稱三署郎。郡國舉孝廉，以補三署郎。年五十以上屬五官，其次分在左右署，人員無定數。參閱後漢書和帝紀元興元年"引三署郎召見禁中"注引漢官儀。參見"中郎將"。

【三脚猫】形容事物徒有其表，不中用。宋缺名百寶總珍集十解寶："物不中謂之三脚貓。"明陶宗儀輟耕録二八水仙子："張明善作北樂府水仙子譏時云：'……説英雄，誰是英雄？五眼雞，岐山鳴鳳；兩頭蛇，南陽卧龍；三脚貓，渭水非熊。'"非熊即飛熊，言把三脚貓當作飛熊。

【三衙家】擺架子，大模大樣。元曲選缺名來生債一："若有個簣賓朋，一徑的將他來投奔。……他可自三衙家不出那正堂門。"

【三語掾】傳説晉朝王衍問阮修，儒家提倡名教，老子莊子宣揚自然，究竟有什麼差别。阮修答："將無同（大約差不多罷）。"王衍聽了很欣賞，就聘他做屬員。當時人就把阮修叫"三語掾"。掾，古代官署屬員的通稱。見世説新語文學。太平御覽二〇九衛玠別傳作王衍和阮瞻的事，晉書阮籍傳附阮瞻作王戎和阮瞻的事。後來詩文裏便把"三語掾"作爲對幕府官的贊美之詞。唐元稹長慶集十一答姨兄胡靈之見寄五十韻詩："官曹三語掾，國器萬尋楨。"

【三閣詞】樂府名，屬吴聲曲。南朝陳後主（叔寶）在光照殿前建臨春結綺望仙三閣，唐劉禹錫以爲題材，作三閣詞四首。見劉夢得集八。

【三銖錢】漢代錢名。秦錢半兩。漢興，鑄莢錢，重三銖（二十四銖爲一兩），名三銖錢。文帝時鑄四銖錢。武帝時又行五銖錢。見史記平準書、漢書食貨志下。

【三論宗】佛教流派之一。源於印度大

乘佛教的中觀宗，以龍樹所著中觀論十二門論和他的學生迦那提婆所著百論爲主要典據，故稱三論宗。又因强調宣揚諸法性空，又稱法性宗。三論於後秦時，經鳩摩羅什的翻譯而傳入中國。鳩摩羅什的著名弟子有道融僧叡僧肇道生。道生後有曇濟僧瑾道猷，曇濟後有道朗，道朗後有僧詮。北齊初期，勢漸衰微。僧詮又加振興。到隋嘉祥大師吉藏，三論宗就形成了一個大派別。此外又有日照三藏（又名地婆訶羅）之傳。叫新三論。在北方，三論之外又加龍樹的智度論，稱四論宗，但不盛行。

【三摩地】 梵文的音譯，又譯三摩提或三昧，是“正定”的意思。楞嚴經六：“彼佛教我，從聞思修，入三摩地。”參見“三昧”。

【三慶班】 清乾隆時，由安徽藝人高朗亭組成的安慶徽班到北京演唱，在徽調（二黄）的基礎上，吸收京腔和秦腔入戲，稱三慶班，受到觀衆歡迎。自此徽班逐漸在北京流行。至嘉慶時，與四喜和春春臺合稱京師四大名班，逐漸形成一個新的藝術流派。見清楊懋建夢華瑣簿梁紹壬兩般秋雨盦隨筆三京師梨園。

【三節棍】 古武器名。在棍的一頭用鐵索連接短棍兩節，用以擊敵，可破刀牌。明茅元儀武備志一〇四軍資乘稱爲連珠雙鐵鞭。

三節棍

【三獨坐】 漢臣僚朝會，一般按席而坐。只有最高級的官僚，或皇帝特許的人纔得獨坐一席。御史中丞、司隸校尉、尚書令是諸官的首長，京師號爲三獨坐。見後漢書二七宣秉傳。

【三禮圖】 書名。漢鄭玄、晉阮諶、唐張鎰等人所撰三禮圖共六種，都已失傳。現存有宋太常博士聶崇義撰三禮圖二十卷。崇義於五代周顯德年間奉詔參照前代六種舊圖編寫。宋沈括夢溪筆談、歐陽修集古録等認爲多與三禮注解不合。現存者還有明劉績撰三禮圖四卷，舛誤更多。

【三韻律】 格律詩的一種。每首六句，隔句押韻，共三個字押韻。如唐李白李太白詩二五送内尋廬山女道士李騰空：“君尋騰空子，應到碧山家。水舂雲母碓，風掃石楠花。若愛幽居好，相邀弄紫霞。”

【三十二天】 佛教稱欲界十天，色界十八天，無色界四天，爲三十二天。見法苑珠林五三界辨位。

【三十二相】 佛教謂佛有三十二相。如目如青蓮花，手如兜羅綿，胸有卍字，髮作螺文之類皆是。法苑珠林七四謀謗佛經苦行緣：“以三十二相嚴飾其體。”參閱阿含經第一分初大本經一。

【三十三天】 梵語“忉利天”，譯作三十三天，爲欲界的第六天，在須彌山頂上。中央爲釋天帝所住之處，四方有四峯，每峯各有八天，合稱三十三天。見佛地經論五。智度論九：“須彌山高八萬四千由旬，上有三十三天城。”後極言其高稱三十三天。參閱法苑珠林五三界辨位。

【三十三祖】 佛教禪宗第一祖摩訶迦葉二十八傳至達摩，爲東土初祖；至慧能共三十三人，稱三十三祖。名字見釋氏稽古録一釋迦文佛宗派祖師授受圖。

【三十六行】 舊時指各種行業分工的大約説法，一倍爲七十二行，十倍爲三百六十行，後有人强立名目，不免穿鑿。清李漁玉搔頭：“三十六行，行行相妒。”

【三十六雨】 漢京房易説和讖緯家認爲，十天下一次雨，一年下三十六次雨，這就是天下太平、五穀豐登的徵兆。見太平御覽十漢京房易飛候、藝文類聚二引春秋説題辭。

【三十六陂】 地名。在今江蘇揚州市。宋王安石臨川集二六題西太一宫壁詩之一：“三十六陂流水，白頭想見江南。”

【三十六計】 古語有三十六計語，三十六本爲虚數，極言多的意思。後來好事者附會，取四字成語或熟語等，立爲名目，湊足三十六實數。名目有瞞天過海，圍魏救趙，借刀殺人，以逸待勞，趁火打劫，聲東擊西，無中生有，暗渡陳倉，隔岸觀火，笑裏藏刀，李代桃僵，順手牽羊，打草驚蛇，借屍還魂，調虎離山，欲擒先縱，抛磚引玉，擒賊擒王，釜底抽薪，混水摸魚，金蟬脱殼，關門捉賊，遠交近攻，假道伐虢，偷樑换柱，指桑罵槐，假癡不癲，上屋抽梯，樹上開花，反客爲主，美人計，空城計，反間計，苦肉計，連環計，走爲上計。參見“三十六計，走爲上計”。

【三十六苑】 苑，此指牧馬場所。漢景帝（劉啓）在我國北邊、西邊三十六處，以郎爲苑監，用三萬官奴婢養馬三十萬匹，以供軍用，號三十六苑。見漢書景帝紀中六年“取苑馬”注引漢儀注、三輔黄圖四苑囿。

【三十六宫】 言宫殿之多。文選漢班孟堅（固）西都賦：“離宫别館，三十六所。”唐駱賓王文集九帝京篇詩：“秦塞重關一百二，漢家離宫三十六。”宋詩鈔費氏花蕊詩鈔宫詞之一：“三十六宫連内苑，太平天子住崑山。”

【三十六郡】 秦統一全國後，推行郡縣制，於始皇二六年（公元前221年）分天下爲三十六郡，史記始皇紀集解列舉郡名爲：

三川	河東	南陽	南郡	九江
鄣郡	會稽	潁川	碭郡	泗水
薛郡	東郡	琅邪	齊郡	上谷
漁陽	右北平	遼西	遼東	代郡
鉅鹿	邯鄲	上黨	太原	雲中
九原	雁門	上郡	隴西	北地
漢中	巴郡	蜀郡	黔中	長沙

共三十五，與内史爲三十六郡。漢書地理志無黔中鄣郡。近人王國維觀堂集林秦郡考主張秦有四十八郡，始皇二十六年以前爲三十六郡，以後增設的有十二郡：

桂林	南海	象郡	九原	陳郡
東海	膠東	膠西	濟北	博陽
成陽	廣陽			

【三十六峯】 地名。河南登封縣北的少室山，有三十六峰。唐李白李太白詩九贈嵩山焦鍊師序：“余訪道少室，盡登三十六峯。”即此。又七元丹邱歌：“三十六峯常周旋。”清王琦注列有三十六峰的名稱。

【三十六國】 ㊀指漢時西域諸城國，大部在今新疆維吾爾自治區境内。漢書西域傳上：“西域以孝武時始通，本三十六國，其後稍分至五十餘，皆在匈奴之西，烏孫之南。”東漢荀悦漢紀列舉三十六國名，清徐松漢書西域傳補注作了改訂，其名目如下：

婼羌	樓蘭	且末	小宛	精絶	戎盧
扜彌	渠勒	于闐	皮山	烏秅	西夜
子合	蒲犂	依耐	無雷	難兜	大宛
桃槐	休循	捐毒	莎車	疏勒	尉頭
姑墨	温宿	龜兹	尉犂	危須	焉耆
姑師	墨山	劫	狐胡	渠犂	烏壘

㊁古代相傳海外有三十六國，其名見淮南子地形。

【三十六策】 元方回桐江續集二三記遊自次前韻詩：“爾來何止師左次，三十六策走上策。”參見“三十六計，走爲上計”。

【三十六體】 唐李商隱温庭筠段成式三人擅長作駢體文，因三人均排行第十六，時人稱三十六體。見舊唐書一九〇下李商隱傳。

【三十六鱗】 鯉魚的别名。唐段成式酉陽雜俎十七廣動植二：“鯉，脊中鱗一道，每鱗有小黑點，大小皆三十六鱗。”唐詩紀事五七段成式與温庭筠雲籃紙："三十六鱗充使時，數番猶得裏相思。"

【三十五舉】元吾丘衍學古編上有三十五舉，敍述篆刻、隸書體的演變和篆寫摹刻的方法，後來篆刻家多奉爲科律。清桂馥有續三十五舉，姚晏著有再續三十五舉，並刻入咫進齋叢書。

【三十稅一】漢代田賦稅率。名義上爲三十稅一，實際上除田賦外，還有口賦、算賦、更賦等，仍占農民收入一半以上，至貧民常衣牛馬之衣，食犬彘之食。見漢書食貨志上、通典四食貨四賦稅上。

【三人成虎】城市内本來無虎，由於傳說的人多，令人信以爲真。比喻流言可以聳動視聽。戰國策魏二："夫市之無虎明矣，然而三人言而成虎。"又秦三："聞三人成虎，十夫揉椎，衆口所移，毋翼而飛。"

【三三五五】三五成群。唐李白李太白詩四采蓮曲："岸上誰家遊冶郎，三三五五映垂楊。"

【三三兩兩】㊀三兩爲群。樂府詩集四七晉人嬌女："魚行不獨自，三三兩兩俱。"㊁零落不多。宋陸游劍南詩稿八四夜興："夜闌扶策繞中庭，雲罅三三兩兩星。"

【三才圖說】明王圻輯，一〇六卷。明史藝文志三子部類書類著録，千頃堂書目十五和四庫提要子部類書類存目二都作三才圖會。分天文、地理、人物、時令、宫室、器用、身體、衣服、人事、儀制、珍寶、文史、鳥獸、草木十四門。搜羅廣博，但無雜不精。

【三千世界】見"三千大千世界"。

【三千珠履】門客衆多而豪奢。史記七八春申君傳："趙使欲夸楚，爲瑇瑁簪，刀劍室以珠玉飾之，請命春申君客。春申君客三千餘人，其上客皆躡珠履以見趙使，趙使大慚。"

【三心二意】拿不定主意。元曲選關漢卿救風塵一："爭奈是匪妓，都三心二意。"參見"二心兩意"。

【三尺童兒】不很懂事的兒童。唐李白李太白詩十醉後贈從甥高鎮："時清不及英豪人，三尺童兒唾廉藺。"也作"三尺童蒙"。三國演義四三："雖三尺童蒙，亦謂彪虎生翼，將見漢室復興，曹氏卽滅矣。"

【三日耳聾】景德傳燈録六懷讓禪師："一日，師（百丈）謂衆曰：'佛法不是小事，老僧昔日被馬大師一喝，直得三日耳聾眼黑。'"極言其受震動之烈。宋陸游劍南詩稿四十戲用方外語示客："踞牀一喝君聞否？三日猶應覺耳聾。"

【三日新婦】喻行動像新娘般拘束。梁書曹景宗傳："性躁動，不能沈默，出行常欲褰車帷幔，左右輒諫。……景宗謂所親曰：'……閉置車中，如三日新婦，遭此邑邑，使人無氣。'"清詩别裁十一陳維崧酬許元錫："何肯齷齪學章句，三日新婦殊可憐。"

【三日僕射】晉周顗早年名氣很大，自以爲了不起，到作了僕射以後，一天到晚喝酒，常常接連三天不醒，時人稱他"三日僕射"。見世說新語任誕、晉書周顗傳。

【三分公室】春秋時，魯國的孟孫氏叔孫氏季孫氏於公元前 562 年，瓜分了魯國的土地。左傳襄十一年："三分公室，而各有其一。"舊史上稱爲"三分公室"。參見"三桓"。

【三分損益】古樂律管相生的算法。作律者先求黄鐘，謂之元聲，餘律就依黄鐘之管，損益而得。如黄鐘九寸，三分損一得六寸，而下生林鐘；林鐘三分益一得八寸，又上生大簇；自此遞推以得十二律。見漢書律曆志上。

【三分鼎足】形容三分天下，像鼎三足並立對峙。楚漢相爭時，蒯通勸韓信說："莫若兩利而俱存之，參分天下，鼎足而居。"見史記九二淮陰侯傳。後漢書二二竇融傳："欲三分鼎足，連衡合從，亦宜以時定。"

【三公尚書】漢晉官名，卽三公曹。漢成帝設尚書，分曹辦事。三公曹主管訴訟。後漢光武以三公曹主管賦稅及各州郡事。晉仍置三公曹。元康初年以劉頌任三公尚書。太康時以吏部、殿中、五兵、田曹、度、左民爲六曹尚書，以後不再有三公尚書的名義。見晉書職官志及劉頌傳。

【三月三日】農曆三月三日，古代稱"上巳節"，在這一天，人們到水邊洗濯、喝酒，認爲可以祈福驅邪。初學記四南朝梁宗懍荆楚歲時記："三月三日，士人並出水渚，爲流杯曲水之飲。"唐杜甫杜工部草堂詩箋四麗人行："三月三日天氣新，長安水邊多麗人。"

【三平二滿】猶言平穩過得去。宋辛棄疾稼軒詞四鷓鴣天登一邱一壑偶成："百年雨打風吹卻，萬事三平二滿休。"陳亮集二十又乙巳秋（與朱熹）書："最可惜許多眼光抹漆者盡指之爲盲人，而一世之自號開眼者，正使眼無翳，眼光亦三平二滿，元靠不得，亦何力使得天地清明，赫日常在乎！"

【三瓦兩舍】宋元時大城市裏妓院及各種娛樂場所。水滸六一："盧俊義分付道：'小乙在家，凡事向前，不可出去三瓦兩舍打鬨。'"詳"瓦舍"。

【三令五申】再三告誡。史記六五孫武傳："約束既布，乃設鈇鉞，卽三令五申之。"文選張平子（衡）東京賦："三令五申，示戮斬牲。"注引尹文子："將戰，有司請誥誓，三令五申之，既畢，然後卽敵。"

【三老五更】相傳古代設三老五更之位，以養老人。禮記文王世子："遂設三老五更，群老之席位焉。"注："三老五更各一人也，皆年老更事致仕者也，天子以父兄養之，示天下之孝悌也。"這種制度到漢代還保存。漢書禮樂志："養三老五更于辟雍。"後漢書明帝紀："尊事三老，兄事五更。"鄭玄據漢制以三老五更爲各一人；蔡邕以三老爲三人，五更爲五人。

【三吏三别】組詩名。唐杜甫作。包括新安吏潼關吏石壕吏和新婚别垂老别無家别六首。皆以安史之亂，人民遭受顛沛流離之苦爲背景，描寫從洛陽到華州途中所看到的社會情況，思想性藝術性都較好，是優秀的古典文學作品。

【三旨相公】宋史三一二王珪傳："（珪）自執政至宰相，凡十六年，無所建明，當時目爲三旨相公。以其上殿進呈，云取聖旨；上可否訖，云領聖旨；退諭禀事者，云已得聖旨也。"後來用以諷刺庸碌無能的官僚。

【三言二拍】指明末馮夢龍所輯喻世明言（又稱古今小說）、警世通言、醒世恒言和凌濛初所撰拍案驚奇初刻和二刻等五部話本集。三言收集宋元話本和明人擬話本，其中有些作品揭露當時社會黑暗，表現市民階層及被壓迫婦女的反封建思想，有一定的社會意義；但宣揚封建倫理道德、因果報應以及渲染色情的爲數也不少。二拍中的糟粕更多。

【三言兩語】說話簡短。水滸六一："小乙可惜夜來不在家裏，若在家時，三言兩語，盤倒那先生。"又作"三言兩句"。元曲選關漢卿救風塵二："我到那里三言兩句，肯寫休書，萬事俱休。"

【三更半夜】深夜。一夜分爲五更，三更爲深夜十二時左右。宋時陳象輿胡旦董儼梁顥四人，日夜在趙昌言家聚會，京師人稱之爲"陳三更，董半夜"。見宋史二六七趙昌言傳。

【三豕涉河】吕氏春秋察傳："子夏之晉，過衛。有讀史記者曰：'晉師三豕涉河'。子夏曰:'非也,是己亥也。'夫己與三相近,豕與亥相似。至于晉而問之,則曰晉師己亥涉河也。"後用以指文字訛誤或傳聞失實。南朝梁劉勰文心雕龍練字:"晉之史記,三豕渡河,文變之謬也。"梁書裴子野傳范縝表:"且(子野)章句洽悉,訓故可傳,脫置之膠庠,以弘奬後世,庶一夔之辯可尋,三豕之疑無謬矣。"

【三角臺垛】數學名詞。三角臺垛,爲截去三角垛之上若干層,其形如三角臺。元朱世傑四元玉鑑果垛疊藏門,有三角臺垛果子積題。

【三注三唱】唐制:六品以下官吏的選拔,始集試觀書判,次面試觀察言貌,然後擬官注籍。既注唱名,三唱後冬集,把名字上報僕射,再由門下省上報皇帝,然後依旨授官。參閲通典十五選舉三。

【三長兩短】指意外的事故,特指死亡。明范文若鴛鴦棒傳奇恚剔:"我還怕薄情郎折倒我的女兒,須一路尋上去,萬一有三長兩短,定要討個明白。"

【三受降城】唐神龍三年,中宗(李顯)命張仁愿在黄河以北築中、東、西三受降城,以拂雲祠爲中城,與東西兩城相距各四百里左右,置烽候一千八百所,首尾相應,鞏固了唐王朝北部邊疆。見舊唐書九三張仁愿傳。元和郡縣志四謂東受降城在榆林縣東北八里(今内蒙古托克托南),中受降城在五原(今包頭市西北),西受降城在豐州西北八十里(今杭錦後旗烏加河北岸)。

【三命通會】十二卷,題育吾山人撰。四庫全書總目提要認爲卽明史藝文志著録的萬民英撰三命會通。此書以人生年月日時所值干支推算禍福吉凶和壽命長短,宣揚宿命論。明代以來,講看相算命的都以此爲依據。

【三姑六婆】三姑指尼姑、道姑、卦姑。六婆指牙婆、媒婆、師婆、虔婆、藥婆、穩婆。見明陶宗儀輟耕録十三三姑六婆。

【三昭三穆】周代規定天子設置七廟祭祀祖先。太祖的廟設在當中。二世、四世、六世的廟設在左邊,叫做"昭"。三世、五世、七世的廟設在右邊,叫做"穆"。禮王制:"天子七廟三昭三穆,與大祖之廟而七。"

【三科九旨】公羊學家謂春秋書法有三科九旨之説,卽在三段中包含着九種意思。春秋公羊傳"隱公第一"疏引漢何休文諡例:"三科九旨者,新周故宋,以春秋當新王,此一科三旨也。又云,所見異辭,所聞異辭,所傳聞異辭,二科六旨也。又内其國而外諸夏,内諸夏而外夷狄,是三科九旨也。"另一説以張三世、存三統、異外内爲三科,以時、月、日、王、天王、天子、譏、貶、絶爲九旨。三世指夏商周;夏爲人統,殷爲地統,周爲天統。時、月、日,指記事的詳略;王、天王、天子,指稱謂的遠近親疏;譏、貶、絶指書法的輕重。參閲公羊傳"隱元年"疏。

【三風十愆】三風指巫風、淫風、亂風。其中巫風二:舞、歌;淫風四:貨、色、遊、畋;亂風四:侮聖言、逆忠直、遠耆德、比頑童,合爲十愆。見書伊訓"惟兹三風十愆"疏。相傳是商朝初年伊尹輔政時告誡湯孫太甲的話,要他戒除這些惡習,以維護鞏固商王朝的統治。

【三俠五義】原名忠烈俠義傳,首署石玉昆述,一百二十回,清光緒五年(1879年)刊行。以龍圖公案爲藍本。前半部寫包拯立朝剛毅,誅戮不法的皇親國戚;後半部寫諸俠除暴安民的故事。三俠,爲南俠展昭,北俠歐陽春,雙俠丁兆蘭丁兆蕙;五義,爲鑽天鼠盧方、徹地鼠韓彰、穿山鼠徐慶、翻江鼠蔣平、錦毛鼠白玉堂。清俞樾又加訂正,增智化沈仲元艾虎爲七俠,改名七俠五義,與初本並行。這書雖反映出一些封建統治階級的黑暗與殘暴,但着重宣揚了封建道德觀念和因果報應的消極思想。參閲魯迅中國小説史略二七。

【三皇五帝】古代傳説中的帝王。現代史學家多認爲是我國原始社會末期部落或部落聯盟的首領。周禮春官外史:"掌三皇五帝之書。"三皇五帝一名見於秦漢古籍者僅此,其説起於戰國時。三皇五帝究爲何人,説法不一,但多是附會之談。詳"三皇"、"五帝"。

【三保太監】我國明代著名航海家鄭和,小字三保(一作三寶)。詳"鄭和"。

【三浴三熏】見"三釁三浴"。

【三家宮詞】明毛晉編。三卷。三家是指唐王建、蜀花蕊夫人費氏及宋王珪。各一百首。這些宮詞很大一部分是描寫帝王宮廷享樂腐化的生活,但其中有些資料,可供考史參證。

【三馬同槽】三國魏正始後,司馬懿和他的兒子師、昭掌握軍政大權,排除異己,當時流傳曹操曾經夢見三馬同食一槽的故事。三馬,隱指司馬懿父子三人。見晉書宣帝紀。

【三班六房】明清時州縣衙門中吏役的總稱。三班分皁、壯、快,屬於差役類;六房分吏、户、禮、兵、刑、工,屬於胥吏類。儒林外史二:"想這新年大節,老爺衙門裏,三班六房,那一位不送帖子來?"

【三班奉職】宋時武臣職官,分東、西、横三班。凡作官的人,先爲三班借職,後轉爲三班奉職。以次遞遷,最高可至節度使。政和中,改三班借職爲承信郎,三班奉職爲承節郎,是武官最低的職級。見文獻通考六四職官十八諸校尉。

【三真六草】書法中有真體、草體,三真六草泛指各種書體。南史王彬傳:"彬字思文,好文章,習篆隸,與(王)志齊名。時人爲之語曰:'三真六草,爲天下寶。'"

【三茶六禮】古時婚姻多以茶爲禮,取"茶不移本,植必子生"之意;從訂婚至結婚,常舉行下茶、納采、問名、納吉、納徵、請期、親迎等各種儀式。三茶六禮是這些儀式的總稱。參閲儀禮士昏禮疏、明許次紓茶疏考本。

【三原學案】論述明代王恕一派的理學。王恕尊奉程頤朱熹,爲河東薛瑄學派的一支。恕是陝西三原人,故稱三原學案。恕著有石渠意見。參閲明儒學案九。

【三笑姻緣】長篇彈詞。清人撰,佚名。寫明才子唐伯虎與蘇州學士華鴻山的婢女秋香結成眷屬和周文賓男扮女裝與惡霸王老虎之妹王月仙巧成姻緣的故事。用喜劇手法,嘲笑華鴻山父子及王老虎等人,但也雜有許多庸俗的描寫,宣揚封建文人享樂腐化思想。

【三條椽下】佛寺和尚的卧床,每人座位横占三尺左右,卽相當於瓦頂三條椽寬的地位,因稱禪床爲三條椽下。宋惟白集建中靖國續燈録八繼圖禪師:"若也不知,且向三條椽下,六尺單前,快須究取。"六尺單,也指禪床。

【三紙無驢】謂寫文章廢話連篇,不得要領。北齊顔之推顔氏家訓勉學:"問一言輒酬數百,責其指歸,或無要會。鄴下諺云:'博士買驢,書卷三紙,未有驢字。'"

【三婆兩嫂】三妻四妾。南宋遷都臨安(杭州),士大夫南逃,很多人丢掉了官職出身文件,就走門路,行賄賂,謀取一官半職。吏、户、刑三部官吏,乘機受賄,大發其財,過着"三妻四妾"的糜爛生活。當時有人説:"吏、勳、封、考,三婆兩嫂。"見宋陸游老學庵筆記六。吏、勳、封、考,是指主管人員登記授官和考績的吏部、司勳、司封、考功四曹。

【三鹿郡公】舊題唐馮贄雲仙雜記五三

鹿郡公引幽燕記:"袁利見爲性頑獷，方棠謂袁生已封三鹿郡公，蓋譏其太粗疎也。"三鹿爲麤，即"粗"字。

【三教九流】㈠指儒、釋、道三教；儒、道、陰陽、法、名、墨、縱橫、雜、農九家。後泛指宗教、學術中各種流派。宋趙彥衛雲麓漫鈔六:"帝問三教九流及漢朝舊事，了如目前。"㈡舊社會泛指各色人物或各種行當。水滸傳六九:"原來董平心機靈巧，三教九流，無所不通。"又七一:"其人則有帝子神孫，富豪將吏，并三教九流，乃至獵户漁人，屠兒劊子，都一般兒哥弟稱呼，不分貴賤。"

【三教珠英】新唐書藝文志類書類:"三教珠英一千三百卷，目十三卷。"注:"張昌宗李嶠崔湜閻朝隱徐彥伯張説沈佺期宋之問富嘉謨喬侃員半千薛曜等撰。開成初改爲海内珠英。"宋時只存三卷，今已全佚。又崔融把李嶠張説等詩，編集爲珠英學士集五卷，今亦不傳。

【三國史記】記述朝鮮古代新羅高句麗百濟三國歷史的史書，五十卷。高麗金富軾撰。根據當時保存的古代朝鮮史料和中國的有關史料編寫而成。宋史藝文志著録，稱不知作者；玉海十六引中興館閣書目，作高麗金富軾撰。東國書目作三國史。

【三國會要】清楊晨撰。二十二卷。採葺三國制度，分爲十五門，可以補充陳壽的三國志。又錢儀吉撰三國會要，未刊行。

【三國演義】歷史小説，全名三國志通俗演義，元末明初羅貫中著。演三國事，起自桃園結義，止於西晉統一。取材於陳壽三國志及裴松之注，並博採民間故事傳説。按唐代已流傳三國故事，宋有説"三分"的，元時盛行三國戲，至平年間新安虞氏刻全相三國志平話一種，分上、中、下三卷。羅氏總其成，編成此書。現存最早的刊本爲明嘉靖本，全書二百四十卷，分二百四十則。又有鍾惺（伯敬）、李贄（卓吾）評點本。清康熙年間毛宗崗仿金聖歎改西廂水滸例，增删改削羅本，定爲第一才子書，即現在通行的一百二十回本，簡稱三國演義。此書描寫了三國封建統治集團之間的矛盾和鬭争，在一定程度上反映了當時的歷史狀況，但作者從封建正統觀念出發，誣蔑農民起義，宣揚了唯心史觀。參閲魯迅中國小説史略十四。

【三從兄弟】同高祖的兄弟。詳"族昆弟"。

【三從四德】封建統治階級奴役婦女的教條。三從，指幼從父兄，嫁從夫，夫死從子。四德，指婦德、婦言、婦容、婦功。見禮郊特牲及昏義。元曲選武漢臣老生兒一:"不學些三從四德，俺一家兒簇捧著爲甚麽來。"

【三朝要典】明顧秉謙黄立極馮銓等於天啓六年（公元1626年）奉敕撰。二十四卷。纂輯萬曆泰昌天啓三朝關於梃擊、移宫、紅丸三案的示諭奏疏，加上按語而成。顧秉謙等都是魏忠賢的黨羽，秉承魏的意思，誣衊東林黨人，以王之宋孫慎行楊漣爲三案的罪魁禍首。原書於崇禎元年毁禁，傳本極少。參閲清顧炎武日知録十八三朝要典、谷應泰明史紀事本末六八三案。參見"三案"。

【三陽開泰】易十月爲坤卦䷁，純陰之象。十一月爲復卦䷗，一陽生於下；十二月爲臨卦䷒，二陽生於下；正月爲泰卦䷊，三陽生於下；冬去春來，陰消陽長，有吉亨之象。故舊時以"三陽開泰"或"三陽交泰"爲一年開頭的吉祥語。宋史樂志七紹興以來祀感生帝:"三陽交泰，日新惟良。"明張居正張文忠集十三賀元旦表二:"兹者，當三陽開泰之候，正萬物出震之時。"

【三番五次】屢次，多次。儒林外史三八:"三番五次，纏的老和尚急了，説道:'你是何處光棍，敢來鬧我們！'"也作"三番兩次"。古今雜劇元鄭德輝王粲登樓一:"叔父，王粲不曾自來，你將書呈三番兩次調發小生到此處。"

【三無坐處】指官員太多，人浮於事。唐景龍以後，政治混亂，設官冗雜，宰相、御史、員外官，多的超過過去十倍，以至官廳無處可坐，時人稱爲"三無坐處"。見通典十九職官一。

【三₂復白圭】論語先進:"南容三復白圭，孔子以其兄之子妻之。"注:"詩云:'白圭之玷，尚可磨也；斯言之玷，不可爲也。'南容讀詩至此，三反復之，是其心慎言也。"後用來形容説話行動，十分謹慎。

【三媒六證】舊時婚姻，由父母包辦，還必須有媒妁傳言。三媒六證，言其鄭重。元曲選武漢臣生金閣二:"我大茶小禮，三媒六證，親自娶了個夫人。"

【三楚新録】宋周羽翀撰。三卷。五代時長沙馬殷、武陵周行逢、江陵高季興都占據楚地稱王。此書論述三楚政權建立和滅亡的經過，以一國爲一卷。因係根據故老傳説寫成，與五代史所載，頗多出入。宋史藝文志八入史部霸史類。

【三經一論】佛教淨土宗稱無量壽經觀無量壽經阿彌陀經及天親的淨土論爲三經一論。這幾本書都是淨土宗的必修要典。

【三經新義】宋王安石著。此書對書詩周禮作了新的解説，擺脱訓詁繁瑣的注釋，用來作爲變法的理論根據。熙寧變法，考試用經義論策，規定必須用新義的説法。現僅存周官新義。

【三魂七魄】中醫認爲肝屬東方木而藏魂，肺屬西方金而藏魄；太玄以三爲木，四爲金。道家因以附會稱人有三魂七魄。抱朴子地真:"欲得通神，當金水分形，形分則自見其身中之三魂七魄。"參閲宋俞琰席上腐談上。

【三輔決録】漢趙岐撰。晉摯虞注。二卷。記漢時三輔事。書已佚。有清張澍和茆泮林輯本，收入二酉堂叢書及十種古佚書。

【三輔黄圖】缺作者姓名。宋晁公武郡齋讀書志謂爲六朝梁陳間人作；程大昌雍録謂出於唐人。隋書經籍志作一卷，晁志作三卷，今本六卷，三十六篇。記載漢時長安古迹，對宫殿苑囿記述尤詳。

【三槐九棘】周禮秋官朝士:"朝士，掌建邦外朝之法，左九棘，孤卿大夫位焉。……面三槐，三公位焉。"注:"樹棘以爲位者，取其赤心而外刺，象以赤心三刺也。槐之言懷也，懷來人於此，欲與之謀。"後來即以稱三公九卿。後漢書七四袁紹傳:"乞下臣章，咨之羣賢，使三槐九棘議臣罪戾。"

【三熏三浴】見"三釁三浴"。

【三綱五常】論語爲政"周因於殷禮……"三國魏何晏集解引漢馬融:"所因謂三綱五常。"三綱指君爲臣綱，父爲子綱，夫爲妻綱。五常即仁、義、禮、智、信。見白虎通三綱六紀情性。這是封建統治階級爲了鞏固其反動體制而强迫人民奉行的教條。

【三潭印月】在浙江杭州市西湖，爲西湖十景之一。明田汝成西湖遊覽志二:"相傳湖中有三潭，深不可測，西湖十景所謂三潭印月者也，故建三塔以鎮之。"

【三墳五典】相傳爲古書名。左傳昭十二年:"是能讀三墳五典八索九丘。"注:"皆古書名。"後人附會稱三墳爲伏羲神農黄帝之書，五典爲少昊顓頊高辛堯舜之書。見舊題孔安國尚書序。

【三閭大夫】春秋楚官名。屈原曾任三閭大夫。史記八四屈原傳:"子非三閭大夫歟？"集解引王逸離騷序:"三閭之職，掌王族三姓，曰昭屈景。"

【三影郎中】宋張先，字子野，工於詞。有句云："雲破月來花弄影"；"嬌柔懶起，簾押捲花影"；"柳徑無人，墮飛絮無影"；世稱張三影。因先任郎中職，也稱三影郎中。見宋胡仔苕溪漁隱叢話前集三七張子野。

【三徵七辟】謂朝廷多次招請。晉書王裒傳："於是隱居教授，三徵七辟，皆不就。"

【三頭二面】喻奉承拍馬，玩弄兩面手法。舊題李義山雜纂上愚昧："三頭二面趨奉人。"宋曾慥類説五三談苑："（黨進）過市，……優者説韓信，進怒曰：'汝對我説韓信，見韓信即當説我，此三頭兩面之人！'即命杖之。"

【三頭六臂】佛經上説佛的法相有三個頭六條臂。景德傳燈録十三善昭禪師："三頭六臂擎天地。"後用來比喻神通廣大，本領出衆。元曲選缺名馬陵道四："總便有三頭六臂天生別，到其間那裏好藏遮。"

【三翮六翼】九鼎的別名。史記楚世家："吞三翮六翼以高世主。"索隱："三翮六翼，亦謂九鼎也。空足曰翮，六翼即六耳。"參見"九鼎"。

【三餘贅筆】明都卬撰，一卷。雜録見聞，間有辯論。其中不少是摘抄舊文而成。有格致叢書五朝小説續知不足齋叢書等刊本。

【三錢之府】古代錢庫。史記越王句踐世家："王乃使使者封三錢之府。"集解："虞夏商周金幣三等，或赤或白或黄。……錢者，金幣之名，所以貿買物，通財用也。"

【三藩之亂】清初吳三桂尚之信耿精忠原爲明將，降清後以鎮壓、屠殺人民起家。清初分封吳三桂爲平西王，守雲南；尚可喜爲平南王，守廣東；耿繼茂爲靖南王，守福建，稱三藩。後逐漸發展爲地方武裝割據勢力。康熙十二年（公元 1673 年），清政府下令撤藩，吳三桂、尚之信（可喜子）、耿精忠（繼茂子）相繼反清。先後爲清軍所敗。參閲清史稿聖祖紀一，清魏源聖武紀二康熙戡定三藩記。

【三禮義宗】南朝梁崔靈恩撰。南史儒林傳本傳稱靈恩徧習五經，尤精三禮三傳，注有周禮四十卷，三禮義宗三十卷，書已佚。此書頗爲唐人所推重，禮記正義多引其説。清有王謨馬國翰黄奭等輯本。

【三獸渡河】佛經中有兔、馬、象三獸渡河的故事。兔渡浮在水上，馬渡則及半，象渡沉底而過，比喻佛教徒領會教義各有深淺不同。見優婆塞戒經一三種菩提品。

【三顧草廬】漢末劉備三次往隆中訪聘諸葛亮，世稱"三顧草廬"。三國志蜀諸葛亮傳出師表："先帝不以臣卑鄙，猥自枉曲，三顧臣於草廬之中。"三國演義三七劉玄德三顧草廬即演述這一故事。

【三體石經】東漢熹平四年，靈帝詔令正定五經文字，命議郎蔡邕以隸體書丹於碑，刻石立太學門外。因用古文、篆、隸三種字體參校，故也稱三體石經。魏正始中，邯鄲淳又用古文、小篆、漢隸三種字體書寫石經，立於漢碑西，亦曰三體石經。見後漢書七九儒林傳序、水經注十六穀水、北史江式傳、資治通鑑五七漢熹平四年注。

【三體唐詩】宋周弼撰，元釋圓至注，清高士奇補注，六卷。編選唐詩一百六十七首，分七絶，七律，五律三體。首載選例，七絶分七格，七律分六格，五律亦分七格。當時江湖派用相授受，供初學詩者借鑑。

【三釁三浴】再三熏香沐浴，表示以禮待人，十分尊重。春秋時齊桓公從魯國接回管仲，據國語齊："比至，三舋三浴之。"注："以香塗身曰舋，亦或爲薰。"舋，同"釁"。唐韓愈昌黎集十八答呂毉山人書："方將坐足下三浴而三熏之。"

【三十六天罡】道家認爲，天罡即北斗星，有三十六神，所以稱三十六天罡。宣和遺事亨集載鄆城宋江，在九天玄女廟中，得天書，寫三十六人姓名，末有一行字"天書付天罡院三十六員猛將，使呼保義宋江爲帥。"又見水滸七一。

【三十六江樓】清代在廣東三水縣江口，設行臺，作爲督臣閲兵駐節的地方，道光時阮元撫粵，改爲學海書院，規模宏壯，飛閣臨江，題爲三十六江樓。以北江九條江，西江二十七條江之水匯合經此，故名。見清梁紹壬兩般秋雨盦隨筆四三十六江樓。

【三十六字母】相傳是宋僧守温所擬訂，即宋代漢語語音三十六個聲母的代表字。最初爲三十個字母，敦煌寫本有歸三十字母例，秘書省續編到四庫闕書目著録僧守温述三十字母圖一卷。以後經過陸續訂正，始定爲三十六字母。宋鄭樵通志七音略對守温所述三十六字母評價很高。明清以來，學者研究切韻的語音系統，論述元以後的語音變化，都以此三十六字母爲依據。守温原書今不存，按七音略及舊題宋司馬光切韻指掌圖等記載，三十六字母的名稱及分屬七音如下：

牙音		見	溪	羣	疑	
舌音	舌頭：	端	透	定	泥	
	舌上：	知	徹	澄	娘	
脣音	重脣：	幫	滂	並	明	
	輕脣：	非	敷	奉	微	
齒音	齒頭：	精	清	從	心	邪
	正齒：	照	穿	牀	審	禪
喉音		影	曉	匣	喻	
半舌		來				
半齒		日				

【三十六洞天】道家稱神仙居住的地方。述異記下："人間三十六洞天，知名者十耳，餘二十六天出九微志，不行於世也。"後來又附會，有三十六小洞天等名目。參閲雲笈七籤二七洞天福地。

【三五七言詩】唐李白李太白詩二五有三五七言詩一首，雜用三五七字爲句，後人仿作，遂成爲一種詩體。

【三百六十行】舊時對各種行業的通稱。元人多説一百二十行。元曲選關漢卿金線池一："我想一百二十行，門門都好著衣喫飯。"到明時慣稱三百六十行。明缺名白兔記投軍："左右的，與我扯起招軍旗，叫街坊上民庶，三百六十行做買賣的，願投軍者，旗下報名。"參見"三十六行"、"一百二十行"。

【三希堂法帖】全稱三希堂石渠寶笈法帖。三十二册。清乾隆十二年梁詩正等奉命編次內府所藏魏晉至明代法書，命工摹勒上石，是法帖中的巨製。原石現在北京北海公園閲古樓內。

【三家詩拾遺】清范家相編。十卷。宋王應麟詩考，搜集許多書中所引齊魯韓三家的詩，本書在這個基礎上又搜集有關三家的遺文佚説，比詩考完備。

【三千大千世界】佛教語。謂以須彌山爲中心，以鐵圍山爲外郭，是一小世界；一千小世界合起來就是小千世界；一千個小千世界合起來就是中千世界；一千個中千世界合起來就是大千世界。總稱三千大千世界。參閲智度論七、釋氏要覽中界趣。

【三吳水利便覽】明童時明著。成書於萬曆四十一年，後來失傳，公元 1963 年在四川理縣明墓中發見。全書共八章，論述太湖流域水利的形勢、治水的工程技術，並摘録前人有關治理太湖水利的理論，記敍了十七世紀以前太湖流域勞動人民在治水中創造的經驗，是記述太湖流域水利問題的重要著作。

【三長物齋叢書】清湖南寧鄉黄本驥編。共二十六種，二百多卷。有述異、金石、經籍志、方物志、詩文集及歷代職官表等多種門類。多是黄本驥及其兄本騏的作品，宋明人著作僅有五六種。

【三朝北盟會编】宋徐夢莘编。二百五十卷。記載徽宗欽宗高宗三朝與金和、戰的歷史事實。自政和七年海上之盟，至紹興三十一年的四十五年間，凡是涉及宋金通和用兵的有關史料，都按照事件的始末、年月的順序進行編輯，徵引全録原文，不加評論，故稱會编。所引書，除文集外，計一百九十六種。

【三十六計，走爲上計】謂事態已經難以挽回，别無妙計，只有一走了事。南齊書王敬則傳："檀公(道濟)三十六策，走是上計，汝父子唯應急走耳!"當時習用此語，所以王敬則用來諷刺東昏侯父子。宋惠洪冷齋夜話九："淵才曰：'三十六計，走爲上計。'"又見續傳燈録十二子勝禪師。也作"三十六着，走爲上着"。水滸二："我兒，三十六着，走爲上着，只恐没處走。"三十六本爲虚數，重點在於一走了事，後來好事者附會凑合爲處事之計有三十六條，非原意。

【三日打魚，兩日曬網】比喻斷斷續續，没有耐心，不能堅持。紅樓夢九："(薛蟠)因此也假説了來上學，不過是三日打魚，兩日曬網，白送些束脩與賈代儒，却不曾有一點兒進益。"

下 xià 胡雅切，上，馬韻，匣。
ㄒㄧㄚˋ

㊀方位詞，指底部。詩召南殷其靁："在南山之下。"㊁劣等，次。如下等，下策。戰國策齊一："能謗議於市朝，聞寡人之耳者，受下賞。"㊂次序、時間在後。如下册，下年。詩大雅下武："下武維周。"漢王充論衡問孔："案聖賢之言，上下多相違，其文前後多相伐者。"㊃對地位高的稱下，如言下情、下懷。國語周上："夫下事上，少事長，所以爲順人。"㊄指所在之處。如名下、部下。元李治敬齋古今黈拾遺二："洛言洛下，稷言稷下……言稱下者，猶言在此處也。"㊅降落。孟子梁惠王上："沛然下雨。"吕氏春秋功名："下鳥乎百仞之上。"注："下，猶隕也。"㊆下達，發布。史記六五孫武傳："趣使使下令曰：'寡人已知將軍能用兵矣。'"唐杜甫杜工部詩十四新安吏："府貼昨夜下，次選中男行。"㊇戲劇用語，退場。元曲選關漢卿魯齋郎楔子："李四做哭科云：告他走一遭去。(下)"㊈去，除。周禮秋官司民："歲登下其死生。"注："下猶去也。 每歲更著生去死。"㊉攻陷，降服。戰國策齊六："將軍攻狄，不能下也。"⑪減，遜。戰國策西周："温囿不下此。"⑫量詞。表次數。漢書九九下王莽傳："莽立載行視，親舉築三下。"魏書北海王傳："乃扙詳背及兩脚百餘下。"

胡駕切，去，禡韻，匣。

⑬謙讓，退讓。如禮賢下士。易屯："以貴下賤，大得民也。"

【下人】㊀居於人之後，謙讓。易繫辭上："語以其功下人者也。"疏："能以其有功卑下於人者也。"左傳宣十二年："其君能下人。"㊁人才庸劣。漢書九七外戚傳："曾孫體近，下人，乃關内侯，可妻也。"注："言曾孫之身於帝爲近親，縱其人材下劣，尚作關内侯。"㊂婢僕。五代王定保唐摭言十三矛盾："措大喫酒點鹽，下人喫酒點鮓。"

【下九】農曆每月十九日。玉臺新詠一古詩爲焦仲卿妻作："初七及下九，嬉戲莫相忘。"元伊世珍瑯嬛記中引採蘭雜志："九爲陽數。古人以二十九日爲上九，初九日爲中九，十九日爲下九。每月下九，置酒爲婦女之歡，名曰陽會。"

【下下】古代品評人、物，常分九等，下下爲最末等。書禹貢："厥田惟下下。"漢書古今人表自上上至下下分九等，上上爲聖人，下下爲愚人。

【下土】㊀地，對天而言。詩邶風日月："日居月諸，照臨下土。"㊁低窪之地，又指"下等土地"。書禹貢："厥土惟壤，下土墳壚。"㊂邊遠地區。漢書七七劉輔傳："新從下土來，未知朝廷體。"

【下士】㊀官名。古代天子、諸侯都設有士，分上士、中士、下士。參閲孟子萬章下、禮王制。秦以後也沿用。漢書九九中王莽傳："更名秩百石曰庶士，三百石曰下士。"㊁謙恭對待賢士。史記七七魏公子傳："公子爲人，仁而下士。"㊂最差一等的人。老子："下士聞道大笑之。"此指理解力高下而言。周禮考工記弓人："弓長六尺，謂之下制，下士服之。"疏："此以弓有長短三等，人亦有長短三等而言。……短者爲下士。"此指身材高矮而言。

【下才】資質平庸的人。列子説符："臣之子皆下才也。"也作"下材"。史記一二一公孫弘傳："其不事學若下材及不能通一藝，輒罷之。"

【下口】㊀地名，即今南口，屬北京市。水經注十四㶟餘水："其水南流出關，謂之下口，水流潛伏十許里也。"地以水爲名，也作夏口。北齊書文宣紀天保六年："築長城，自幽州北夏口至恒州九百餘里。"㊁吃的東西，特指下飯下酒的菜。水滸十五："阮小二道：'有甚麽下口？'小二哥道：'新宰得一頭黄牛，花糕也似好肥肉。'"

【下女】㊀世間之女，對天上而言。楚辭屈原離騷："及榮華之未落兮，相下女之可詒。"㊁侍女。楚辭屈原九歌湘君："采芳洲兮杜若，將以遺兮下女。"

【下火】佛教徒火葬時舉行燃火的儀式。古今小説月明和尚度柳翠："差人去合一個龕子，將玉通和尚盛了，教南山淨慈寺長老法空禪師與玉通和尚下火。"

【下方】㊀下面的部位。史記一二八漢褚少孫補龜策傳："寫取龜策卜事，編於下方。"㊁南方與西方。漢書七五翼奉傳："下方之情哀也。"注引孟康："下方，謂南與西也，陰氣所萌生，故爲下。"㊂人間，下界。對天而言。宋史禮志七天書："七月一日下降，總治下方。"

【下户】貧民。史記一二二張湯傳："即下户羸弱，時口言，雖文致法，上財察。"通典一田制上引漢崔寔政論："下户踦軀，無所跱足。"

【下元】㊀農曆十月十五日。詳"三元㊀"。㊁第三甲子爲下元。唐李賀歌詩編二仁和里雜敍皇甫湜："明朝下元復上道，崆峒敍别長如天。"詳"三元㊃"。

【下中】下等中的中等。書禹貢："厥土惟塗泥，厥田惟下中。"史記一〇九李將軍傳："(李)蔡爲人在下中。"

【下比】在下面互相勾結。荀子不苟："不下比以闇上，不上同以疾下。"

【下水】㊀放水。戰國策東周："東周欲爲稻，西周不下水。"㊁順流而下。水經注三四江水："袁山松曰：'自蜀至此，五千餘里，下水五日，上水百日也。'"㊂比喻作壞事。官場現形記七："兄弟不是一定要拉子翁下水。"

【下手】動手，着手。舊題漢班固漢武故事："今繼母無狀，手殺其父，則下手之日，母恩絶矣。"(説郛五二)北齊書馬嗣明傳："至遼陽山中，數處見牓，云有人家女病，……諸名醫多尋牓至，問病狀，不敢下手，唯嗣明獨治之。"

【下平】見"上下平"。

【下世】㊀近古。商君書開塞："上世親親而愛私，中世上賢而説仁，下世貴貴而尊官。"淮南子泰族:"上世養本，而下世事末。"㊁死亡。漢劉向列女傳二柳下惠妻:"嗟呼惜哉，乃下世兮。"三國魏曹植曹子建集五三良詩:"秦穆先下世，三臣皆自殘。"

【下石】"投井下石"之省。比喻乘人危難，又加以打擊陷害。宋陸游劍南詩稿十七感興:"下石紛紛驚俗薄，絶絃寂寂嘆吾衰。"

【下民】指世間的人民。因對天而言，故稱下民。書湯誥:"惟皇上帝，降衷於下民。"詩小雅十月之交:"下民之孽，匪降自天。"

【下江】㊀湖北江陵縣以下，地屬長江下游，稱下江。漢書九九下王莽傳:"是時南郡張霸、江夏羊牧王匡等起雲杜綠林，號曰下江兵。"㊁舊稱安徽省地區爲上江，江蘇省地區爲下江。㊂婁江的別稱。史記夏紀"三江既入，震澤致定"唐張守節正義:"江東北下三百餘里入海，名曰下江，亦曰婁江。"今瀏河。㊃清貴州省黎平府下屬有下江廳，在今榕江縣東南。見清史稿地理志二二貴州黎平府。

【下交】舊時稱地位高的人與地位低的人結交爲下交。易繫辭下:"君子上交不諂，下交不瀆。"史記七七魏公子傳論:"然信陵君之接巖穴隱者，不恥下交，有以也。"

【下忙】見"上下忙"。

【下考】㊀君主考察臣下。韓非子揚權:"主上不神，下將有因。其事不當，下考其常。"㊁科舉考試的下等。北史杜銓傳:"子正玄……隋開皇十五年，舉秀才，試策高第。曹司以策過左僕射楊素，怒曰:'周孔更生，尚不得爲秀才，刺史何忽妄舉此人?可附下考。'"

【下臣】㊀臣對君的謙稱。左傳僖二六年:"使下臣犒執事。"儀禮士相見禮:"凡自稱於君，士大夫則曰下臣。"禮玉藻:"凡自稱……上大夫曰下臣。"疏:"上大夫，卿也。自於已君之前，稱曰下臣。"㊁庸劣之臣。荀子大略:"下臣事君以貨，中臣事君以身，上臣事君以人。"

【下吏】㊀低級官吏。左傳哀十五年:"弔君之下吏。"淮南子主術:"大臣專權，下吏持勢。"㊁交法官審訊。史記一〇九李將軍傳:"而右將軍獨下吏，當死，贖爲庶人。"

【下列】㊀末等。後漢書五九張衡傳:"立事有三，言爲下列。"㊁末位。晉陸雲陸士龍集三附兄平原贈詩:"守局下列，譬彼飛塵。"平原，即陸雲之兄陸機。

【下旬】農曆每月二十一日至三十日爲下旬。周禮大宰"前期十日"疏引漢鄭玄箴膏肓:"魯之卜三正下旬之日。"

【下伏】三伏的末伏。唐姚合姚少監集九酬光祿田卿末伏見寄詩:"下伏秋期近，還知扇漸疏。"參見"三伏"。

【下行】㊀寫字由上而下稱下行。法苑珠林十五千佛召師:"少者蒼頡，其書下行。"參見"左行㊀"。㊁官府文書由上級致下級稱下行。唐敦煌敦煌變文集一伍子胥變文:"勑既下行，水楔不通，州縣相知，牓標道路。"清會典禮部三十:"凡官文書，上行，下行，平行，各別其制。"

【下走】自稱的謙詞。漢書七八蕭望之傳周堪奏記:"若管晏而休，則下走將歸延陵之皋。"注:"應劭曰:'下走，僕也。'……師古曰:'下走者，自謙言趨走之役也。'"文選晉阮嗣宗(籍)詣蔣公:"開府之日，人人自以爲掾屬，辟書始下，下走爲首。"或僅稱走。參見"走"。

【下車】㊀古代作爲送葬明器而製作的粗陋的車。左傳襄二五年:"下車七乘。"㊁禮樂記:"武王克殷反商，未及下車而封黃帝之後於薊。"後稱初即位或到任爲下車。後漢書七九儒林傳序:"及光武中興，愛好經術，未及下車而先訪儒素。"

【下杜】地名。周有杜原城，漢宣帝時在原上築陵墓並置縣，改名下杜。見太平寰宇記二五雍州。

【下里】㊀鄉里。文選戰國楚宋玉對楚王問:"客有歌於郢中者，其始曰下里巴人。"下里本謂鄉曲里閭，因以下里名其歌。後來遂爲民間歌謠之通稱。文選晉陸士衡(機)文賦:"綴下里於白雪，吾亦濟夫所偉。"參見"下里巴人。"㊁人死歸葬之所。隨葬之物叫下里物。漢書七六韓延壽傳:"賣偶車馬下里僞物者棄之市道。"又九十田延年傳:"先是，茂陵富人焦氏賈氏以數千萬陰積貯炭葦諸下里物。"注引孟康:"死者歸蒿里，葬地下，故曰下里。"

【下邑】㊀國都以外的所屬城邑。春秋莊二八年"冬，築郿"晉杜預注:"郿，魯下邑。"疏:"國都爲上，邑爲下。"㊁小城邑。謙詞。晉陸雲陸士龍集五吴故丞相陸公誄:"和羹未飪，宰物下邑。"㊂地名。戰國楚邑，秦漢置下邑縣。北魏孝昌二年移縣於城界，明初改爲夏邑縣。地在今安徽碭山縣境。參閱太平寰宇記十二宋州、讀史方輿紀要五十河南歸德府。

【下坐】末坐，末席。比喻地位低下。史記七五孟嘗君傳:"客之居下坐者有能爲雞鳴，而雞齊鳴。"

【下位】在下之地位。左傳昭十五年:"子亦長矣，而在下位，辱。"參見"上位㊀"。

【下官】㊀下屬官吏。漢書四八賈誼傳:"坐罷軟不勝任者，不謂罷軟，曰'下官不職'。"謂不直斥本人，而只指責他的下屬官吏。㊁漢時郡國内的屬吏對其長官及國主自稱臣，或稱下官，至南朝宋孝建中，始禁屬吏自稱臣，一律改稱下官。見宋書劉穆之傳。南朝梁江淹江文通集五詣建平王上書:"下官每讀其書，未嘗不廢卷流涕。"又用爲官吏自稱的謙詞。元曲選張國賓合汗衫三:"兀那老的，你那孩兒怎生與下官面貌相似。"

【下妾】古代婦女自謙之稱。左傳襄二三年:"下妾不得與郊弔。"疏:"下猶賤，謙言賤妾也。"

【下妻】妾。也叫小妻。漢書九九中王莽傳:"自稱漢氏劉子輿，成帝下妻子也。"後漢書光武紀下建武十三年:"或依託爲人下妻，欲去者，恣聽之。"

【下直】值班已畢而退。猶言下班。直，同"值"。宋書殷淳傳:"淳居黃門爲清切，下直應留下省，以父老，特聽還家。"

【下邳】㊀秦縣。漢屬東海郡，故地在今江蘇宿遷縣境。史記項羽紀:"凡六七萬人，軍下邳。"正義:"下邳，泗水縣也。應劭曰:'邳在薛，徙此，故曰下邳。'按有上邳故曰下邳。"㊁郡名。南朝宋置，梁改武州，北魏仍爲郡，至隋廢。故地在今江蘇宿遷縣。見讀史方輿紀要二二邳州。

【下門】複姓。周景王時有大夫下門子。見國語周下。晉有大夫下門聰。見世本。

【下弦】農曆每月二十三日前後謂之下弦。詩小雅天保"如月之恒"唐孔穎達疏謂弦有上下，月體至二十三日二十四日亦正半似弓之張而弦直，謂之下弦。南朝宋鮑照鮑氏集九登大雷岸與妹書:"下弦內外，望達所屆。"參見"上弦"。

【下昃】日暮時。春秋定十五年:"戊午，日下昃，乃克葬。"

【下服】㊀古代施於身體下部的刑罰。詳"上服㊀"。㊁減刑，從輕處刑。書呂刑:"上刑適輕，下服;下刑適重，上服。"

【下的】忍心、捨得。元曲選關漢卿竇娥冤楔子:"爹爹!你直下的撇了我孩兒去也。"也作"下得"。金董解元西廂四:"薄倖的冤家，好下得甚把人拋躲?"

【下庠】古代小學。禮王制:"有虞氏養國老於上庠,養庶老於下庠。"注:"皆學名也。……下庠,左學小學也。"

【下軍】春秋晉國三軍分稱中軍、上軍、下軍。左傳宣十二年:"晉師救鄭……趙朔將下軍,欒書佐之。"

【下邽】地名。秦武公移邽戎民於咸陽以東,渭水北岸,置縣,因隴西原有上邽,故名下邽。漢屬京兆尹。元廢。故地在今陝西渭南縣東北。參閱漢書地理志上下邽縣注、讀史方輿紀要五三西安府渭南縣。

【下苑】見"宜春苑"。

【下相】地名。秦置縣。漢屬臨淮郡。史記項羽紀:"項籍者,下相人也。"索隱引應劭:"相,水名,出沛國。沛國有相縣,其水下流,又因置縣,故名下相也。"故地在今江蘇宿遷縣西。

【下界】人間。對天上而言。唐白居易長慶集十五曲江醉後贈諸親故詩:"中天或有長生藥,下界應無不死人。"

【下品】猶言下等。魏晉士族門第低的稱爲下品。晉書劉毅傳:"是以上品無寒門,下品無勢族。"南朝梁鍾嶸詩品把漢至齊梁的七十二個詩人的作品分爲上中下三品。

【下降】公主出嫁稱出降,也稱下降。唐會要六公主:"自是公主下降,有舅姑者皆備禮。"

【下食】準備食物。呂氏春秋報更:"昔趙宣孟將上之絳,見骫桑之下,有餓人卧不能起者,宣孟止車,爲之下食,蠲而餔之。"

【下拜】跪下而拜。左傳僖九年:"王使宰孔賜齊侯胙,……齊侯將下拜。孔曰:'且有後命。天子使孔曰:以伯舅耋老,加勞賜一級,無下拜。'對曰:'天威不違顏咫尺,小白,余敢貪天子之命,無下拜,恐隕越於下,以遺天子羞,敢不下拜。'下拜登受。"唐宋之問集下扈從登封告成頌:"萬方俱下拜,相與樂昇平。"參見"拜"。

【下科】下等,下等科目。三國志魏王朗傳附王肅"頗傳於世"南朝宋裴松之注引魚豢:"且世人所以不貴學者,必見夫有'誦詩三百而不能專對於四方'故也。余以爲是則下科耳,不當顧中庸以上材質適等而加之以文乎?"

【下風】風向的下方。孫子火攻:"火發上風,無攻下風。"因喻下位或劣勢。多作謙辭。左傳僖十五年:"晉大夫三拜稽首曰:'君履后土而戴皇天,皇天后土,實聞君之言,羣臣敢在下風。'"

【下泉】㊀泉水往下流。詩曹風下泉:"冽彼下泉,浸彼苞稂。"傳:"下泉,泉下流也。"詩序說下泉是曹國人怨恨曹共公剝削人民,盼望賢明的統治者而作。文選三國魏王仲宣(粲)七哀詩:"悟彼下泉人,喟然傷心肝。"㊁地下,猶言黃泉。唐白居易長慶集五效陶潛體詩之一:"早出入朝市,暮已歸下泉。"

【下浣】每月二十一日至三十日。浣,也作"澣"。參見"三澣"。

【下流】㊀河的下游。漢劉向列女傳一楚子發母:"客有獻醇酒一器,王使人往江之上流,使士卒飲其下流"。㊁喻衆惡所歸之處。論語子張:"紂之不善不如是之甚也,是以君子惡居下流,天下之惡皆歸焉。"由此轉指品行卑污。漢書六六楊敞傳附楊惲報孫會宗書:"下流之人,衆毁所歸。"㊂地位低微。漢王充論衡逢遇:"或高才潔行,不遇,退在下流。"漢蔡邕蔡中郎集三漢太尉楊公碑:"惟我下流二三小臣。"㊃魏晉人稱子孫爲下流。三國志魏樂陵王茂傳:"今封茂爲聊城王,以慰太皇太后下流之念。"南朝梁劉勰文心雕龍指瑕:"潘岳爲才,善於哀文,然悲内兄則云感口澤,傷弱子則云心如疑,禮文在尊極而施之下流,辭雖足哀,義斯替矣。"

【下酒】㊀以菜佐酒。北魏賈思勰齊民要術八脯腊:"作鱧魚脯法,……味又絕倫,過飯下酒,極是珍美也。"㊁指佐酒的菜肴果品之類。宋孟元老東京夢華錄二:"賣貴細下酒。"金董解元西廂三:"吃着下酒没滋味,似泥土。"參見"下酒物"。

【下宫】㊀祖廟。禮文王世子:"諸子諸孫,守下宫下室。"注:"下宫,親廟也。"㊁後宫,也指宫人。戰國策齊四:"下宫糅羅紈,曳綺縠。"

【下席】㊀離開座位,表示敬意。漢劉向說苑政理:"景公乃下席而謝之。"㊁席位的下座。古人常以居下席表示謙敬。文苑英華一六九南朝梁沈約侍宴謝朏宅餞東歸應制詩:"飲和陪下席,論道光上筵。"

【下茶】舊俗女子受男家聘禮叫下茶。明湯顯祖牡丹亭硬拷:"我女已亡故三年,不說到納采下茶,便是指腹裁襟,一些没有。"明許次紓茶疏考本:"茶不移本,植必子生。古人結昏(婚),必以茶爲禮,取其不移置子之意也。今人猶名其禮曰下茶。"

【下氣】態度恭順。禮内則:"下氣怡色,柔聲以諫。"參見"下氣怡聲"。

【下乘】㊀下等的馬。比喻庸劣的人材。文選三國魏陳孔璋(琳)爲曹洪與魏文帝書:"褰之者,固以爲園囿之凡鳥,外廄之下乘也。"㊁佛教語。即小乘。詳"上乘禪"。

【下密】地名。漢縣,屬膠東國,隋開皇六年置濰水縣。隋大業初,改下密爲北海縣,而以濰水爲下密。唐武德八年,下密縣并入北海。故城在今山東昌邑縣東南。參閱漢書地理志下、太平寰宇記十八濰州。

【下情】㊀下面的情況和意見。管子明法:"下情求不上通,謂之塞。"㊁謙詞,指自己的心情或欲陳述的意見。晉書陸納傳:"(納)後伺(桓)温閑,謂之曰:'外有微禮,方守遠郡,欲與公一醉,以展下情。'"

【下舂】日落之時。淮南子天文:"日出於暘谷……至於淵虞,是謂高舂。至於連石,是謂下舂。"注:"連石,西北山。言將欲冥,下象息舂,故曰下舂。"

【下梢】結果,終結。宋朱熹朱子語類九學三:"今既要理會,也須理會取透,莫要半青半黄,下梢多不濟事。"元曲選關漢卿救風塵一:"尋前程,覓下梢,恰便是黑海也似難尋覓。"

【下問】以能問於不能,以多問於少,以上問於下,都稱下問。管子戒:"好上識而下問。"論語公冶長:"敏而好學,不恥下問。"

【下陳】賓主相接陳列禮品之處,位於堂下,因稱下陳。古代統治者用剝削掠奪所得的財物、婢妾充實府庫後宫,炫耀權勢,稱爲充下陳。戰國策齊四:"狗馬實外廄,美人充下陳。"

【下陰】㊀春秋楚地。左傳昭十九年:"楚工尹赤,遷陰於下陰。"注:"陰縣今屬南鄉郡。"即今湖北光化縣西,漢水西岸古陰縣城。㊁女性生殖器官。素問氣府論:"下陰别一。"

【下堂】㊀降階而到堂下。禮郊特牲:"覲禮,天子不下堂而見諸侯。"㊁後漢書二六宋弘傳:"弘曰:'臣聞貧賤之知不可忘,糟糠之妻不下堂。'"後稱妻子被丈夫遺棄或要求離婚曰下堂。

【下處】臨時歇息的地方,住所。宋岳珂寶真齋法書贊二三劉武忠書簡帖:"水路迂澀,想勞神用安。下處已有,俟公到修治也。"水滸三:"魯提轄回到下處,急急捲了些衣服盤纏,細軟銀兩,但是舊衣粗重都棄了。"

【下晡】申後五刻，卽下午五時三刻。漢書天文志："晡至下晡，爲叔，下晡至日入，爲麻。"史記天官書晡作"餔"；叔作"菽"。素問標本病傳論："夏下晡。"注："下晡，謂日下於晡時，申之後五刻也。"

【下國】㊀諸侯國。書泰誓："有夏桀弗克若天，流毒下國。"㊁小國。詩商頌殷武："命于下國，封建厥福。"唐溫庭筠集四過五丈原詩："下國卧龍空寤主，中原逐鹿不由人。"㊂謙稱本國。國語吳："天若不知有罪，則何以使下國勝。"

【下帷】放下室內懸掛的帷幕。指教書。史記一二一董仲舒傳："下帷講誦，弟子傳以久次相授業，或莫見其面，蓋三年董仲舒不觀於舍園，其精如此。"文選三國魏應休璉(璩)與侍郎曹長思書："才劣仲舒，無下帷之思；家貧孟公，無置酒之樂。"孟公，漢陳遵。引伸爲閉門苦讀。梁書王僧孺傳任昉贈詩："下帷無倦，升高有屬。"帷，亦作"幃"。魏書李謐傳孔璠等上書："遂絶跡下幃，杜門却掃，棄產營書，手自刪削。"

【下第】㊀劣等。漢王充論衡程材："論者以儒生不曉簿書，置之於下第。"㊁科舉考試不中。也稱"落第"。唐韋應物韋江州集四送槐廣落第歸揚州詩："下第常稱屈，少年心獨輕。"資治通鑑二四三唐文宗太和二年："李郃曰：'劉蕡下第，我輩登科，能無厚顏！'"舊唐書蕡傳作"不第"。

【下貧】極窮的人。管子度地："令甲士作隄大水之旁……令下貧守之。"後漢書明帝紀中元二年詔："又郡縣每因徵發，輕爲姦利，詭責羸弱，先急下貧。"

【下卿】古代官名。天子諸侯設卿，有上卿、中卿、下卿。公羊傳襄十一年："古者上卿、下卿、上士、下士。"參見"卿㊀"。

【下游】河流出口處，猶言下流。其附近地區，亦稱下游。如江蘇省爲長江的下游。

【下博】地名。漢縣，屬信都國。位於博水下游，故稱下博。故城在今河北深縣。見漢書地理志下、後漢書光武紀上更始二年注。

【下都】㊀周初都鎬京時，營建洛邑爲東都；又建成周爲下都，把殷王朝的遺民位置於此。到周敬王時遷都於此。卽今河南洛陽舊城。參閱資治通鑑四周紀"西州之地"注。㊁東晉稱建業爲下都。世説新語容止："衛玠從豫章至下都。"參見"建業"。㊂北齊以晉陽爲下都。見太平御覽一五五敍京都上。㊃神話中稱天帝在地上所住的都邑。山海經西山經："西南四百里曰昆侖之邱，是實惟帝之下都。"

【下場】㊀下列，下位。三國魏劉楨劉公幹集遂志賦："翼儁乂於上列，退仄陋於下場。"㊁收場，結局。清洪昇長生殿私祭："風流陡然没下場。"參見"下場頭"。

【下陽】㊀地名。春秋時北虢的都城。在今山西平陸縣境。左傳僖二年："夏，里克荀息帥師會虞師伐虢，滅下陽。"㊁複姓。原爲姬姓，虢叔之後。見宋鄧名世古今姓氏書辨證三三。

【下策】末策。不高明的計策。漢書溝洫志："治河有上中下策。……若乃繕完故堤，增卑倍薄，勞費無已，數逢其害，此最下策也。"

【下筆】落筆。漢書六四下賈捐之傳："君房(捐之字)下筆，言語妙天下。"漢王充論衡問孔："夫賢聖下筆造文，用意詳審，尚未可謂盡得實。"

【下焦】中醫所稱三焦之一。詳"三焦"。

【下溼】低窪潮濕的地方。漢書七九馮奉世傳附馮立："後遷爲東海太守，下溼，病痹。"痹，風濕病。

【下意】㊀屈意以從人。漢書四五蒯通傳："彼東郭先生梁石君，齊之俊士也，隱居不嫁，未嘗卑節下意以求仕也。"㊁虛心求教。後漢書和熹鄧皇后紀："諸兄每讀經傳，輒下意難問。"㊂提出意見。世説新語政事："賈充初定律令，與羊祜共咨太傅鄭沖。……羊曰：'上意欲令小加弘潤。'沖乃粗下意。"魏書崔休傳："休久在臺閣，明習典禮，每朝廷疑議，咸取正焉。諸公咸相謂曰：'崔尚書下意處，我不能異也。'"

【下資】唐酬功等級之一。詳"上資"。

【下達】㊀追求財利。參見"上達㊀"。㊁古時婚禮，男家使媒人向女家求婚，叫下達。儀禮士昏禮："昏禮，下達納采，用鴈。"南齊書武帝紀永明七年："婚禮下達，人倫攸始。"

【下落】着落，結果。宋蔡絛鐵圍山叢談一："是時天下免夫所入，凡六千二百餘萬緡，朝廷樁以備緩急。至宣和七年春已用之，止餘六百萬緡爾，外二千二百餘萬緡，有司奏不知下落。"水滸十八："(何濤)逕到州衙裏見了太守，府尹問道：'那公事有些下落麽？'"

【下愚】最愚蠢的人。論語陽貨："唯上知與下愚不移。"又用以表示自謙。文選三國魏吳季重(質)答魏太子箋："臣幸得下愚之才，值風雲之會。"參見"上知下愚"。

【下蜀】地名。在今江蘇句容縣北。資治通鑑二二一唐上元元年："(劉)展乃自上流濟，襲下蜀。"注："昇州東北九十里至句容縣，有下蜀戍，在句容縣北，近江津。"宋置下蜀鎮巡司。宋紹興三一年，金完顏亮率兵南下，虞允文駐京口，命苗定駐下蜀爲援，卽此。見宋史三八三虞允文傳。

【下飯】以菜餚佐餐。宋范公偁過庭録："(王)子野正食，羅列珍品甚盛。水生適至，子野指謂生曰：'試觀之，何物可下飯乎？'生遍視良久，曰：'此皆未可，唯饑可下飯爾。'"後來又指佚下飯的菜餚等。水滸三"(酒保)又問道：'官人，吃甚下飯？'"

【下雉】地名。西漢置縣，屬江夏郡。晉併入陽新。漢南陽郡別有雉縣，故此稱下雉。在今湖北陽新縣東南。史記一一八淮南王傳："守下雉之城，結九江之浦，絶豫章之口。"

【下雋】地名。西漢置縣，屬長沙國。隋省入蒲圻。故城在今湖南沅陵縣東北。一説在湖北通城縣境。漢書地理志上武陵郡充縣："澧水所出，東至下雋入沅。"其地當在今湖南安鄉縣。後漢書二四馬援傳"軍次下雋"注謂下雋故城在辰州沅陵縣，而歷代地志多以通城以西當之，古今易置，已難詳考。

【下塵】猶言下風。戰國策楚二："弊甲鈍兵，願承下塵。"宋鮑彪注："凡人相趨則有塵，戰亦有塵。不敢與齊抗，故言下。"

【下壽】人壽有長短，分爲上、中、下三等。莊子盜跖："下壽六十。"也有說下壽八十或八十以上的。見左傳僖三二年、昭三年疏。

【下榻】東漢陳蕃做豫章太守時，不接待來訪賓客，只遇郡中名士徐穉來，特設一榻，穉一去就把榻掛起來。見後漢書五三徐穉傳，後因稱接待賓客爲"下榻"。文選南朝梁沈休文(約)和謝宣城詩："賓至下塵榻，憂來命緑樽。"也泛指留下住宿。清孔尚任桃花扇鬧榭："我二人不回寓，就下榻此間了。"

【下管】古代舉行大祭等儀式，在堂下吹奏管樂，故亦稱管樂爲下管。周禮春官大師："大祭祀，令奏擊拊，下管，播樂器，令奏鼓朄，大饗亦如之。"文選晉陸士衡(機)文賦："象下管之偏疾，故雖應而不和。"唐呂向注："堂上歌鹿鳴，堂下吹下管，管聲疾與鹿鳴雅聲不相和叶。"

【下僚】職位低微之屬吏。後漢書四十下

班固傳奏記說東平王蒼："如得及明時，秉事下僚，進有羽翮奮翔之用，退有杞梁一介之死。"文選晉左太沖(思)詠史詩："世胄躡高位，英俊沈下僚。"

【下髮】剃髮。魏書釋老志："師賢假爲醫術還俗，而守道不改。於修復日，即返沙門。其同輩五人，帝乃親爲下髮。"

【下駟】劣等馬。詳"上駟"。

【下賢】㈠在下位的賢者。禮表記："彰人之善而美人之功，以求下賢。"㈡屈己以尊賢者。呂氏春秋慎大有下賢篇。

【下蔡】地名。卽春秋楚邑州來。魯昭公二十三年爲吳所有。魯哀公二年，吳遷蔡昭侯於此，改稱下蔡。見史記管蔡世家。漢置縣，屬沛郡。南朝梁時改名汴城。隋仍爲下蔡縣。宋屬壽州，也稱北壽春。至元末廢。故城在今安徽壽縣北。見讀史方輿紀要二一壽州。

【下殤】人年八至十一歲死爲下殤。禮檀弓："以夏后氏之堲周葬中殤、下殤。"注："十六至十九爲長殤，十二至十五爲中殤，八歲至十一爲下殤，七歲以下爲無服之殤，生未三月不爲殤。"

【下幣】見"上幣"。

【下箬】地名。在今浙江長興縣南。太平寰宇記九四湖州長興縣引南朝梁顧野王輿地志："夾(箬)溪悉生箭箬，南岸曰上箬，北岸曰下箬；二箬，村名。村人取下箬水釀酒，醇美勝於雲陽，俗稱箬下酒。"太平御覽六五引輿地志作上若下若。唐白居易長慶集二十錢湖州以箬下……無因同飲聊詠所懷詩："勞將箬下忘憂物，寄與江城愛酒翁。"

【下箸】下筷夾菜餚。晉書何曾傳："食日萬錢，猶曰無下箸處。"

【下節】㈠品德低下。韓非子說難："所說出於爲名高者也，而說之以厚利，則見下節而遇卑賤，必棄遠矣。"㈡擊節，打拍子。文選晉張景陽(協)雜詩之五："陽春無和者，巴人皆下節。"

【下稷】日昃，天將暮時。穀梁傳定十五年："戊午，日下稷，乃克葬。"注："稷，昃也；下昃，謂晡時。"參見"下昃"。

【下澣】農曆每月的下旬。同"下浣"。詳"三澣㈢"。

【下辨】地名。西漢武都郡有下辨道，東漢置縣。後漢書十四順陽懷侯(劉)嘉傳："還軍河池下辨。"注："下辨，縣名，今成州同谷縣也。"下辨卽下辯。史記曹相國世家："從還定三秦，初攻下辯。"故地在今甘肅成縣西。

【下頭】下面，下邊。頭，詞尾。唐白居易長慶集六七奉和裴令公三月上巳日遊太原龍泉憶去歲禊洛見示之作詩："去歲暮春上巳，共泛洛水中流，今歲暮春上巳，獨立香山下頭。"

【下縣】㈠秦漢時，郡四周之諸縣。史記項羽紀："(項梁)使人收下縣，得精兵八千人。"漢書三一項籍傳"使人收下縣"注："四面諸縣也。非郡所都，故謂之下也。"㈡古代按縣的户口、出產、形勢等條件劃分等級，如北齊分所屬縣爲上、中、下三等，每等又有上中下的區別；唐分爲赤、畿、望、緊、上、中、下共七等。參閱通典三三職官一五、文獻通考六三職官一七。

【下學】㈠向臣下或學問不如自己的人請教。戰國策齊四："是以君王無羞亟問，不媿下學。"㈡放學。宋陸游劍南詩稿七八農家："諸孫晚下學，髻脫繞園行。"

【下聲】低聲。周禮春官典同："下聲肆。"世說新語輕詆："謝公(安)熟視殷(顗)曰：'阿巢故似鎮西。'於是庾(桓)下聲語曰：'定何似？'"阿巢，顗小字；鎮西，謝尚。顗與桓都是謝尚的外孫。

【下瞰】俯視。唐康駢劇談錄上渾令公李西平爇朱泚雲梯："其(雲梯)高九十餘尺，上施板屋樓櫓，可以下瞰城中。"

【下瀨】漢將軍名號。漢書武帝紀元鼎五年："甲爲下瀨將軍，下蒼梧。"

【下藩】諸侯國。文選晉陸士衡(機)漢高祖功臣頌："絳侯質木，多略寡言，……勳耀上代，身終下藩。"

【下體】㈠詩邶風谷風："采葑采菲，無以下體。"指植物的根莖。漢書五行志："時則有下體生上之痾。"注"韋昭曰：'若牛之足反出背上。'"指動物的下肢。㈡卑躬屈節。楚辭漢劉向九嘆惜賢："欲卑身而下體兮，心隱惻而不置。"

【下矚】俯視。唐韓愈昌黎集五酬司門盧四兄雲夫院長望秋作詩："樂遊下矚無遠近，綠槐萍合不可芟。"

【下大夫】古官名。韓非子外儲左下："故晉國之法，……下大夫專乘。"詳"上大夫"。

【下五旗】清順治後，滿洲八旗分爲上三旗和下五旗。鑲黃、正黃、正白稱上三旗，由皇帝親自掌握；正紅、正藍、鑲白、鑲紅、鑲藍稱下五旗，由諸王、貝勒、貝子等分統。參閱清文獻通考一七九兵一。參見"八旗"。

【下水船】順水下駛的船，意謂迅速。唐白居易長慶集十八重寄荔枝與楊使君[illegible]詩："摘來正帶凌晨露，寄去須憑下水船。"又比喻文思敏捷。如唐末裴廷裕有下水船之稱。同時，有姚洎，人稱爲急灘頭上水船，極言其文思遲滯。見五代王定保唐摭言十三敏捷。五代吳沈顏爲文敏速，亦有下水船之稱。見宋晁公武郡齋讀書志別集中沈顏聱書。

【下手書】按捺指印作爲憑證的文書。周禮地官司市"以質劑結信而止訟"漢鄭玄注："質劑，謂兩書一札而別之也，若今下手書"。疏："漢時下手書，卽今畫指券。"

【下曲陽】地名。今河北晉縣西。戰國時燕地。漢置縣，屬鉅鹿郡。黃巾軍首領張寶就義於此。魏稱曲陽。北齊廢。後漢書光武紀上更始二年："於是北降下曲陽。"注："常山郡有上曲陽，故此言下。"

【下若酒】酒名。詳"下箬"。

【下酒物】用以佐酒的食品。省稱下酒。太平廣記一九三引唐杜光庭虬髯客傳："吾有少下酒物，李郎能同之乎？"宋蘇舜欽每晚讀書，都要喝一斗酒。讀漢書時，常常一大杯一大杯的喝。他岳丈杜衍聽說，笑道："有如此下酒物，一斗誠不爲多也！"此謂以讀書佐酒。見宋龔明之中吳紀聞二蘇子美飲酒。

【下馬坊】古時在帝王陵墓或廟宇寺院前建立牌樓。乘車騎馬的人到此，必須下來步行，叫下馬坊。清實錄天聰三年："陵東西兩旁，立下馬坊，禁乘車馬行走，過必下。"

【下馬威】舊時新官到任，故意用嚴法處分屬吏，以示威嚴，稱下馬威。漢書一〇〇上敍傳："定襄聞(班)伯素貴，年少，自請治劇，畏其下車作威，吏民竦息。"後也泛指先給對方以打擊或威嚇。二刻拍案驚奇二一："李彪終久是衙門人手段，走到竈下取一根劈柴來，先把李旺打一個下馬威。"參見"入門杖子"。

【下馬陵】地名。詳"蝦蟆陵"。

【下馬碑】舊時，封建統治階級爲了尊孔，在孔廟門外立石碑，碑上寫"文武官員軍民人等至此駐轎下馬"，因稱下馬碑。相傳始於金明昌二年。參閱清俞樾茶香室四鈔八孔廟下馬碑。

【下城父】地名。秦末農民起義領袖陳勝在行軍途中，在此被部下叛徒莊賈殺害。見史記陳涉世家。後漢書郡國志二汝南郡山桑侯國有下城父聚。故地在今安徽蒙城縣西北。

【下場詩】劇中人物下場時所唸的詩。明傳奇一般用五、七言絕句。往往概括劇情，給人以啓發或引人思考。明湯顯祖牡丹亭每齣下場詩，全採用唐詩成句。

【下場頭】結局。元曲選缺名陳州糶米二："你積趲的金銀過北斗，你指望待天長地久，看你那於家爲國下場頭。"

【下碇税】船隻停靠碼頭所交的税。新唐書一六三孔戣傳："蕃舶泊步，有下碇税。"

【下澤車】便於在沼澤地行走的短轂車。後漢書二四馬援傳："乘下澤車，御款段馬。"按周禮冬官考工記下："車人爲車，……行澤者欲短轂，行山者欲長轂；短轂則利，長轂則安。"

【下瀨船】行於淺水急流的平底小船。漢書武帝紀元鼎五年"甲爲下瀨將軍，下蒼梧"注引臣瓚曰："瀨，湍也。吴越謂之瀨，中國謂之磧。伍子胥書有下瀨船。"宋蘇軾分類東坡詩八次韻劉景文周次元寒食同游西湖："絮飛春減不成年，老境同乘下瀨船。"

【下比有餘】文選晉張茂先（華）鷦鷯賦："將以上方不足，而下比有餘。"又晉王濟稱王湛"上方山濤不足，下比魏舒有餘。"見晉書王湛傳。世説新語賞譽作"山濤以下，魏舒以上"。按莊子駢拇"長者不爲有餘，短者不爲不足"義亦相同。後來成語"比上不足，比下有餘"出於此。

【下次小的】元代對僕役的稱呼。古今雜劇元鄭德輝倩女離魂楔子："下次小的每，安設酒肴，俺後堂中飲酒去來。"元曲選岳伯川鐵拐李二："下次小的每，快熬粥湯去！"每，同"們"。

【下坂走丸】坂，斜坡。坂上滚丸，喻敏捷而無停滯。漢荀悦前漢紀一："君計莫若以黄屋朱輪以迎范陽令，使馳騖乎燕趙之郊，則邊城皆喜，相率而降。此由（猶）以下坂而走丸也。"五代後周王仁裕開元天寶遺事下走丸之辯："張九齡善談論，每與賓客議論經旨，滔滔不竭，如下坂走丸也。"也作"下阪丸"。清趙翼甌北詩鈔五言古三輓唐再可詩："流光下坂丸，暮景穿縞弩。"

【下車泣罪】言不得已而用刑，比喻爲政寬仁。漢劉向説苑君道："禹出見罪人，下車問而泣之。"梁書王僧孺傳與何炯書："解網祝禽，下車泣罪。"藝文類聚二六引作與何遜書。

【下里巴人】古民間通俗歌曲。下里，鄉里。巴，古國名，地在今川東一帶。文選戰國楚宋玉對楚王問："客有歌於郢中者，其始曰下里巴人，國中屬而和者數千人。"唐李周翰注："下里巴人，下曲名也。"

【下氣怡聲】和悦聲氣，恭順貌。禮内則："及所，下氣怡聲，問衣燠寒。"也作"下氣怡色"。禮内則："父母有過，下氣怡色，柔聲以諫。"

【下筆成章】形容文思敏捷。章，也作"篇"。文選三國魏曹子建（植）王仲宣誄："發言可詠，下筆成篇。"仲宣，王粲字。三國志魏陳思王植傳："言出爲論，下筆成章。"

【下喬入幽】孟子滕文公上："吾聞出於幽谷，遷於喬木者，未聞下喬木而入於幽谷者。"冬季鳥躲在深山窮谷，到春天出來飛鳴於喬木，用來比喻人捨棄黑暗而接近光明，或者從劣境而進入良好的處境。相反則叫下喬入幽。

万 1. wàn ㄨㄢˋ

㊀現代漢語"萬"的簡化字。㊁十千爲萬。簡寫作"万"。韓非子定法："故託万乘之勁韓。"一本作"萬"。漢建平郫縣碑："賈二万五千。"（宋洪适隸續三）

2. mò ㄇㄛˋ 莫北切，入，德韻，明。

㊁万俟，複姓。詳"万₂俟"。

【万₂俟】mò qí。複姓。出自北魏拓拔氏。北齊有万俟普，宋太平興國有万俟卨 xié。見通志二九氏族五代北複姓。

【万₂俟詠】宋詞人。字雅言，自號詞隱。崇寧中，充任大晟府制撰官。著有大聲集。宋陳振孫直齋書録解題二一歌詞類著録五卷。今僅存詞二十餘首，有輯本。風格纖弱，多風花雪月之作。

【万₂俟卨】公元 1083—1157 年。宋開封陽武人。南宋初任監察御史、右正言，諂事秦檜，主張投降，力助檜奪抗金將領兵權，並與檜合謀，害死主張抗戰的岳飛父子和張憲。檜死後任尚書右僕射。繼續對金稱臣。宋史列入奸臣傳。

与 yǔ ㄩˇ 余吕切，上，語韻，喻。

㊀説文："与，賜予也。一勺爲与，此与與同。"古籍中皆作"予"、"與"。章炳麟謂"与"專指酒食，"予"兼指百物。見文始五。㊁現代漢語"與"的簡化字。

丈 zhàng ㄓㄤˋ 直兩切，上，養韻，澄。

㊀度名，十尺爲丈。國語周下："其察色也不過墨丈尋常之間。"注："五尺爲墨，倍墨爲丈。"㊁量地。如清丈，丈量。左傳襄九年："巡丈城"注："丈，度也。"㊂對長輩的尊稱。大戴禮本命："丈者，長也。"參見"丈人㊂"。

【丈人】㊀通稱老人。易師："師貞，丈人，吉，无咎。"論語微子："丈人曰：'四體不勤，五穀不分，孰爲夫子？'植其杖而芸。"按漢王充論衡氣壽"名男子爲丈夫，尊公嫗爲丈人。"是當時丈人也可用以稱婦女。㊁岳父。三國志蜀先主傳"獻帝舅車騎將軍董承辭受帝衣帶中密詔"注："董承漢靈帝母董太后之姪，於獻帝爲丈人，蓋古無丈人之名，故謂之舅也。"㊂祖父。北齊顏之推顏氏家訓書證："丈人亦長老之目，今世俗猶呼其祖考爲先亡丈人。"㊃星名。晉書天文志上："軍市西南二星曰丈人。"

【丈丈】對老人的尊稱。唐鄭谷年幼，司空圖問他曾吟得丈丈詩否。見唐詩紀事七十鄭谷。宋蘇軾東坡集續集五答范蜀公書之四："顛仆罪戾，世所鄙遠，而丈丈獨收録。"水滸五六："李逵捻起拳頭，要打老兒，戴宗慌忙喝住，與他陪話道：'丈丈休和他一般見識，小可陪丈丈一分麵。'"

【丈夫】㊀成年男子的通稱。穀梁傳文十二年："男子二十而冠，冠而列丈夫。"晏子春秋諫下："今齊國丈夫耕，女子織，夜以接日，不足以奉上。"㊁妻稱夫爲丈夫。水滸十七："只見老婆問道：'丈夫，你如何今日這般嘴臉？'"

【丈母】㊀古稱父輩的妻子爲丈母。北齊顏之推顏氏家訓風操："中外丈人之婦，猥俗呼爲丈母。"㊁岳母。唐柳宗元柳先生集四一有祭獨孤氏丈母文。舊題唐李商隱義山雜纂上惡模樣："對丈人丈母唱豔曲。"

【丈室】長寬各一丈的房子，比喻狹小。唐白居易長慶集五秋居書懷詩："丈室可容身，斗儲可充腹。"

【丈量】以丈爲單位而量物。漢書五一枚乘傳："夫銖銖而稱之，至石必差；寸寸而度之，至丈必過。石稱丈量，徑而寡失。"後稱測量土地面積爲丈量。明史食貨志一："而顧鼎臣請履畝丈量，丈量之議由此起。"

【丈人行】對長輩的尊稱。史記匈奴傳上："（單于）乃自謂：'我兒子，安敢望漢天子；漢天子，我丈人行也。'"唐杜甫杜工部詩史補遺八李潮八分小篆歌："豈知吾甥不流宕，丞相中郎丈人行。"

【丈人峯】山峯名。1. 在泰山。清聶鈫泰山道里記："（泰山）絶巔西里許爲丈人峯，狀如老人傴僂。"2. 在四川青城山。

宋范成大吴船録上："夜宿丈人觀，觀在丈人峯下，五峯峻峙如屏。"唐杜甫杜工部詩史補遺二丈人山詩，卽指此峯。

【丈夫子】古時子女通稱子，男的叫丈夫子，女的叫女子子。戰國策燕二："人主之愛子也，不如布衣之甚也；非徒不愛子也，又不愛丈夫子獨甚。"

【丈夫女】具有英武氣概的女子。漢趙曄吴越春秋三王僚使公子光傳："(伍)子胥行，反顧，女子已自投於瀨水矣。於乎！貞明執操，其丈夫女哉！"

【丈夫國】神話國名。山海經海外西經："丈夫國，在維鳥北，其爲人衣冠帶劍。"淮南子地形有丈夫民。

【丈八蛇矛】古兵器名。太平御覽四九六東晉列國前趙和苞漢趙記："陳安奮刀，左右俱發。隴上語曰：'隴上壯士有陳安，丈八蛇矛左右盤。'"唐李白李太白詩十五送外甥鄭灌從軍之二："丈八蛇矛出隴西，彎弧拂箭白猿啼。"

丌 1. jī 集韻 居之切，平，之韻。ㄐㄧ

㊀器物的座墊。說文："丌，下基也。薦物之丌，象形。"

2. qí ㄑㄧˊ

㊀同"亓"，見"亓"。

【丌₂官】複姓。孔子娶於宋之丌官氏。見孔子家語九本姓解。

上 1. shàng 時亮切，去，漾韻，禪。ㄕㄤˋ

㊀高處，上面。詩周頌敬之："命不易哉，無曰高高在上。"易渙："風行水上，渙。"㊁上等。如上位，上品，上壽。孫子謀攻："凡用兵之法，全國爲上。"㊂在先，在前。如上册，上篇。商君書開塞："上不及虞夏之時，而下不修湯武。"㊃指天。書文侯之命："昭升於上。"㊄在上者，君主。管子君臣下："民之制於上，猶草木之制於時也。"史記太史公自序："作今上本紀第十二。"今上，指漢武帝。㊅方位詞。邊畔。左傳僖二四年："瑕甥郤芮不獲公，乃如河上。"㊆通"尚"。1.表示祈使。詩魏風陟岵："上慎旃哉，猶來無止。"2.崇尚，提倡。管子立政："上完利。"

時掌切，上，養韻，禪。

㊇升，登。易需："雲上於天。"㊈獻上。莊子說劍："宰人上食。"㊉向前。戰國策秦二："三鼓之而卒不上。"⑪古樂譜記音符號名。宋史樂志十七："中呂用上字。"

2. shǎng ㄕㄤˇ

⑫四聲之一。詳"上聲"。

【上丁】農曆每月上旬的丁日。禮月令："仲春之月……上丁，命樂正習舞，釋菜。"歷代封建王朝尊孔，規定仲春（二月）、仲秋（八月）上丁爲祭孔的日子。

【上人】㊀職位高的統治者。馬王堆漢墓帛書十大經："上人正一，下人静之，正以侍〔待〕天，静以須〔待〕人。"㊁佛教稱具備德智善行的人。見圓覺要覽。後來作爲對僧人的敬稱。世說新語文學"今小品猶存"注引裴氏語林王羲之謂支道林曰："且己所不解，上人未必能通。"

【上九】㊀易經卦爻，在第六位的陽爻叫上九。易乾："上九曰亢龍有悔。"㊁農曆九月初九爲重陽，古稱"上九"。太平御覽九九一晉周處風土記："俗上九月九日，謂爲上九。"㊂古稱每月二十九日爲上九。參見"下九"。

【上下】㊀泛指相對的兩個方面，如天地、山澤、高低、尊卑、優劣、神人、古今等，隨文而異。1.書堯典："光被四表，格于上下。"指天地。2.書舜典："疇若予上下草木鳥獸。"指山澤。3.書周官："宗伯掌邦禮，治神人，和上下。"指尊卑。4.國語周上："夫王人者，將導利而布之上下者也。"指神人。5.楚辭屈原離騷："路曼曼其脩遠兮，吾將上下而求索。"指左右。6.史記序："馳騁上下數千載間。"指古今。7.周禮地官廩人："以歲之上下數邦用。"指好壞。㊁六朝人對父母尊長的敬稱。南史劉瓛傳："上下年尊。"又郭原平傳："建安綿好，以此奉尊上下。"參閱唐顔師古匡謬正俗八上下。㊂對衙門差役的稱呼。水滸八："上下要縛便縛，小人敢道怎的。"

【上士】㊀高明之士。老子："上士聞道，勤而行之。"㊁官名。周有上士、中士、下士。禮王制："諸侯之上大夫卿、下大夫、上士、中士、下士凡五等。"㊂佛經中稱菩薩爲上士。也稱大士。釋氏要覽上引瑜珈論："無自利利他行者，名下士；有自利無利他者，名中士；有二利，名上士。"

【上工】㊀有高超技能的人。周禮考工記弓人："上工以有餘，下工以不足。"史記一〇五扁鵲傳"良工取之"唐張守節正義："吕廣云：'五藏一病輒有五，解一藏爲下工，解三藏爲中工，解五藏爲上工也。'"此專指醫者。㊁開始勞動。明徐光啓農政全書十授時："初二日，東作興，俗謂上工日。田家雇傭工之人，俱此日執役之始，故名上工。"

【上巳】農曆每月上旬的巳日。三月上巳，爲古代節日。漢以前，上巳必取巳日，但不必三月初三；自魏以後，一般習用三月初三，但不定爲巳日。元曲選白仁甫牆頭馬上一有"今日乃三月初八日，上巳節令"語，說明有些地區仍有用巳日的。參閱後漢書禮儀志上、宋書禮志二。

【上口】讀書出口流利。三國志蜀關羽傳"追謚羽曰壯繆侯"注引江表傳："羽好左氏傳，諷誦略皆上口。"

【上上】最上等。書禹貢："厥賦惟上上錯。"錯，雜，指第一等賦中夾雜有第二等賦。漢書古今人表將名人從上上到下下共分九等，上上是最高的一等。元曲選張國賓合汗衫二："有箇玉杯珓兒，擲箇上上大吉，便是箇小廝兒。"參見"下下"。

【上方】㊀道家的所謂天上仙界。雲笈七籤二二天地："上方九天之上，清陽虛空之內。"宋洪朋洪龜父集上遊天宫寺上方瑜道人出漫題詩："攝示禪界中，高步上方外。"㊁地勢最高之處。唐杜甫杜工部草堂詩箋十四山寺："上方重閣晚，百里見纖毫。"㊂漢代五行家以北方與東方爲上方。漢書七五翼奉傳："上方之情，樂也。"注引孟康："上方謂北與東也，陽氣所萌生，故爲上。"㊃漢代官署名，居少府，製作刀劍等物。漢書九三董賢傳："武庫禁兵，上方珍寶。"參見"尚方"。

【上天】㊀上帝。書仲虺之誥："夏王有罪，矯誣上天，以布命于下。"㊁天空。詩小雅信南山："上天同雲，雨雪雰雰。"文選三國魏文帝(曹丕)芙蓉池作詩："上天垂光采，五色一何鮮。"㊂登天。史記封禪書："而後世皆曰秦繆公上天。"

【上元】㊀農曆正月十五日爲上元節，十五夜稱元夜、元宵。見唐白居易六帖四。舊唐書中宗紀景龍四年："丙寅上元夜，帝與皇后微行觀燈。"㊁講陰陽五行的人以一百八十年爲一周，以其中前六十年（第一个甲子）爲"上元"。參見"三元㊃"。㊂縣名。秦漢爲秣陵縣地。隋改置江寧縣。唐上元二年，改爲上元，屬潤州。南唐爲西都。宋爲建康府治，明洪武初，定都於此，爲應天府治。地在今江蘇南京市。參閱嘉慶一統志七三江寧府一。㊃年號。1.唐李治(高宗)。公元674—676年。2.唐李亨(肅宗)。公元760—761年。3.南詔異牟尋(孝恒王)。公元784—？年。

【上日】農曆每月的初一。書舜典："正月上日，受終于文祖(堯)。"傳："上日，朔日也。"

【上水】㊀上流，上游。唐白居易長慶集

十一初到忠州登東樓寄萬州楊八使君詩:“背春有去雁,上水無來船。”㊁逆流而上。詳“下水㊁”。

【上公】㊀周制,三公(太師、太傅、太保)八命,出封時,加一命,稱上公。周禮春官典命:“上公九命爲伯。”注:“上公,謂王之三公有德者加命爲二伯;二王之後,亦爲上公。”㊁漢制,太傅位在三公(大司馬、大司徒、大司空)之上,稱上公。後漢書百官志一:“太傅,上公一人。”㊂公爵的尊稱,言位在諸爵之上。

【上手】㊀才藝精巧的人,如說高手、妙手。北齊顏之推顏氏家訓雜藝:“且(占卜)十中六七,以爲上手。”唐段安節樂府雜録箜篌:“太和中,有季齊皋者,亦爲上手。”㊁範例,榜樣。元曲選缺名陳州糶米二:“我也曾觀唐漢、看春秋,都是俺爲官的上手。”㊂原來的,先前的。儒林外史十六:“我賭氣不賣給他,他就下一個毒,串出上手業主拿原價來贖我的。”

【上月】㊀天上的月亮。藝文類聚二九南朝梁劉孝綽餞張惠紹應令詩:“鮮雲積上月,凍雨晦初陽。”㊁前月。紅樓夢二:“可惜上月其母竟亡故了!”

【上主】賢明的君主。漢書八五谷永傳:“臣聞上主可與爲善,不可與爲惡。”

【上玄】㊀天。漢書八七上揚雄傳甘泉賦:“惟漢十世,將郊上玄。”㊁道家稱心爲上玄。雲笈七籤十一上清黄庭内景經:“中有童子冥上玄。”

【上世】㊀上古時代。商君書開塞:“上世親親而愛私,中世上賢而說仁,下世貴貴而尊官。”㊁先代。漢書六二司馬遷傳:“予先,周室之太史也。自上世嘗顯功名虞夏,典天官事。”

【上古】遠古,指有文字以前的時代。如與中古並提時,一般指秦漢以前。易繫辭下:“上古穴居而野處,……上古結繩而治。”韓非子五蠹:“上古之世,人民少而禽獸衆。”

【上司】㊀漢稱掌管軍事的司馬爲上司。東漢光武改司馬爲太尉,故太尉也稱上司。見後漢書章帝紀元和三年及郎顗、劉愷、楊震等傳。後來成爲屬吏對上官的通稱。後漢書六四吴祐傳“祐在膠東九年”注引陳留耆舊傳:“祐處同僚,無私書之問,上司無牋檄之敬。”㊁高級官吏。三國志魏鍾會傳檄蜀文:“往者吴將孫壹,舉衆内附,位爲上司,寵秩殊異。”

【上戊】農曆每月上旬的戊日。新唐書禮樂志一:“仲春、仲秋上戊,祭于太社。”

【上冬】孟冬。即農曆十月。南朝宋謝靈運謝康樂集二遊嶺門山詩:“協以上冬月,晨遊肆所喜。”

【上代】㊀先世,前代。漢王充論衡齊世:“畫工好畫上代之人,秦漢之士,功行譎奇,不肯圖今世之士者,尊古卑今也。”㊁上古。晉陸雲陸士龍集三答兄平原詩:“昔在上代,軒虞篤生。”

【上仙】㊀離世成仙。莊子天地:“千歲厭世,去而上僊(仙);乘彼白雲,至於帝鄉。”後稱帝王死爲上仙。宋王闢之澠水燕談録一:“真宗初上仙,莊獻攀慕號切。”㊁道家分天上仙人爲九个等級,第一等級爲上仙。雲笈七籤三道教本始部:“太清境有九仙,……其九仙者,第一上仙。”參見“九仙”。

【上台】㊀星名。三台之一,屬紫微垣,在大熊星座中。晉書天文志:“西近文昌二星曰上台,爲司命,主壽。”㊁指三公。文選三國魏阮嗣宗(籍)詣蔣公:“伏惟明公以含一之德,據上台之位,群英翹首,俊賢抗足。”參見“三台”。

【上江】㊀水名。1.史記夏紀:“三江既入,震澤致定。”正義:“三江者,在蘇州東南三十里,名三江口。……江東南上七十里至白蜆湖,名曰上江,亦曰東江。”2.廣東省以鬱水爲上江。鬱水即西江。參見“西江”。3.長江上游。資治通鑑一八五唐高祖武德元年三月:“朕方欲歸,正爲上江米船未至,今與汝歸耳。”注:“夏口以上爲上江。”㊁地名。1.舊稱安徽省爲上江,江蘇省爲下江。明代兩地合稱江南,故以上下江爲别。清代科舉時,南京有上江考棚。2.浙江金華衢州一帶居浙江上游,舊時也稱上江。

【上交】地位低的人結交地位高的人。易繫辭下:“君子上交不諂,下交不瀆。”

【上忙】見“上下忙”。

【上考】官吏考績的最上等級。舊唐書一三六盧邁傳:“屬校定考課,邁固讓。以授官日近,未有政績,不敢當上考。”按唐代官吏考績,流内官有四善二十七最,分上、中、下三等;流外官以行、能、功、過爲四等,有上、中、下、下下之分,皆由吏部掌管。參閱唐六典二、新唐書百官志一考功郎中。

【上地】㊀上等土地。管子乘馬:“上地方八十里,萬室之國一,千室之都四。”宋書孔羊沈傳論:“膏腴上地,畝直一金。”㊁通都大邑。列子說符:“牛缺者,上地之大儒也。”㊂秦漢地名。史記秦始皇紀:“十八年,大興兵攻趙,王翦將上地,下井陘。”地約在今陝西綏德縣一帶。

【上列】㊀大官。後漢書六十蔡邕傳:“臣季父質,連見拔擢,位在上列。”㊁受尊敬的席位。唐杜甫杜工部草堂詩箋六後出塞之一:“斑白居上列,酒酣進庶羞。”

【上年】大豐年。管子大匡:“上年什取三,中年什取二,下年什取一。”

【上名】說話時尊稱對方。古今小說三五簡帖僧巧騙皇甫妻:“(皇甫殿直)道:‘煩上名收領這厮。’四人道:‘父母官使令,領台旨。’”

【上行】㊀上升。行,xíng。易謙:“天道下濟而光明,地道卑而上行。”㊁尊位。行,háng。漢書六八霍光傳人爲徐生上書:“於是殺牛置酒,謝其鄰人,灼爛者在於上行,餘各以功次坐,而不録言曲突者。”

【上色】㊀美女。南朝梁江淹江文通集十山中楚辭:“舞燕趙之上色,激河淇之名謳。”㊁表示品級高貴的服色。唐韓愈昌黎集四送區弘南歸詩:“騰蹋衆駿事鞍韉,佩服上色紫與緋。”

【上旬】每月一至十日爲上旬。漢書六九趙充國傳:“以七月上旬,齎三十日糧。”

【上辛】農曆每月上旬的辛日。穀梁傳哀元年:“我以十二月下辛卜正月上辛。”史記樂書:“漢家常以正月上辛祠太一甘泉。”

【上邪】漢樂府曲名。鐃歌十八曲之一。以第一句“上邪”二字而名。上,指天。邪,通“耶”,語氣詞。即指天爲誓的意思。樂府詩集十六古今樂録:“漢鼓吹鐃歌十八曲,……十五曰上邪。”魏鼓吹曲改漢上邪爲太和。

【上辰】農曆每月上旬的辰日。西京雜記三:“正月上辰,出池邊盥濯,食蓬餌,以祓妖邪。”

【上尾】南朝梁沈約提出的作詩八病之一。凡上句尾字與下句尾字,或第一句與第三句尾字爲雙聲,皆稱上尾。參見“八病”。

【上足】㊀徒弟的美稱。義同“高足”。唐王勃王子安集十三彭州九隴縣龍懷寺碑:“四上人者,並禪師之上足,而法門之領袖也。”㊁指駿馬。南史梁武帝諸子圓正傳:“馬八千匹,上足者置之内廄。”

【上坐】受尊敬的席位。坐,通“座”。史記高祖紀:“高祖因狎侮諸客,遂坐上坐。”

【上谷】郡名。戰國燕地。秦漢至晉皆置上谷郡。以郡在谷之頭而名。秦郡地廣，包括今河北中部、西北及西部。自漢至晉，郡治在沮陽，今河北懷來縣東南。隋大業初改易州爲上谷郡，郡治在易縣。大業十一年，王須拔魏刁兒等農民軍在此起義。唐初改爲易州，天寶元年又復爲上谷郡。参閱史記匈奴傳、元和郡縣志十八易州。

【上邦】大國。文選晉左太沖（思）吳都賦：“習其弊邑而不覩上邦者，未知英雄之所躔也。”

【上位】㊀高位。易乾：“是故居上位而不驕，在下位而不憂。”㊁貴客座位。漢劉向新序雜事一：“秦使者至，昭奚恤曰：‘君，客也，請就上位。’”

【上兵】用兵的上策。孫子謀攻：“故上兵伐謀，其次伐交，其次伐兵。”注“張預曰：‘言以奇策祕筭，取勝於不戰，兵之上也。’”

【上佐】州郡長官部下屬官的通稱。晉書王舒傳：“明帝之爲東中郎將，妙選上佐，以舒爲司馬。”通典三三職官十五州郡下總論郡佐注：“大都督府司馬，有左右二員，凡別駕、長史、司馬，通謂之上佐。”

【上宗】周制春官之長大宗伯的別稱。書顧命：“上宗奉同瑁。”疏：“鄭玄云：‘上宗猶太宗，變其文者，宗伯之長，大宗伯一人，與小宗伯二人，凡三人，使其上二人也。’”

【上官】㊀大官。管子小問：“客或欲見齊桓公，請仕上官，授祿千鍾。”㊁舊時官吏對長官的稱呼。後漢書七六任延傳：“拜武威太守，帝親戒之曰：‘善事上官，無失名譽。’”㊂複姓。楚王子蘭爲上官邑大夫，因邑爲氏。漢有上官桀。參閱元和姓纂九。

【上穹】上天。三國魏曹植曹子建集九武帝誄：“兆民號咷，仰愬上穹。”

【上京】㊀首都。漢書一〇〇上敍傳幽通賦：“皇十紀而鴻漸兮，有羽儀于上京。”㊁地名。1.唐勃海最盛時有五京十五府六十二州，以肅慎故地爲上京，稱龍泉府，管轄龍湖勃三州。見文獻通考三二六渤海。其地在今黑龍江寧安縣西南。2.契丹會同元年，改皇都爲上京臨潢府，見遼史地理志一。地在今遼寧昭烏達盟巴林左旗。3.金熙宗天眷元年，以京師會寧爲上京府。見金史熙宗紀、地理志上。地在今黑龍江阿城縣南。

【上房】正房。紅樓夢三：“正面五間上房，皆是雕梁畫棟。”

【上刑】㊀重刑。書呂刑：“上刑適輕，下服。”㊁用刑。老殘遊記十七：“老殘看賈魏氏正要上刑，急忙搶上堂去，喊了住手。”

【上事】向朝廷上書陳述意見。後漢書明帝紀永平六年詔：“先帝詔書，禁人上事言聖。”

【上雨】及時雨。公羊傳僖三年：“其言六月雨何？上雨而不甚也。”

【上杭】縣名。屬福建省。唐於龍巖縣的胡雷下保置上杭場。宋升爲縣。乾道三年，遷至今治。參閱讀史方輿紀要九八福建四。

【上林】㊀苑名。1.秦舊苑。漢武帝擴建，周圍至三百里，有離宮七十所。苑中養禽獸，供皇帝春秋打獵。見太平御覽一九六漢舊儀。其地在今陝西長安、盩厔、鄠縣界。漢司馬相如有上林賦，見史記、漢書本傳。參閱三輔黃圖四苑囿。2.東漢有上林苑，在今河南洛陽市東。3.南朝宋大明三年築，初名西苑，梁改爲上林。地在今江蘇江寧縣雞籠山東。㊁縣名。漢嶺方縣地，唐武德四年分置縣。故城在今廣西上林縣東。參閱元和郡縣志三八澄州。

【上邳】古邳邑。周武王封仲虺的後代於邳。漢高祖封楚元王的兒子郢客爲上邳侯。見漢書王子侯表上。地在今山東滕縣南。

【上門】㊀上等門第，有權有勢的豪門。北齊書馮子琮傳：“又專營婚媾，歷選上門，例以官爵許之，旬日便驗。”㊁登門。儒林外史十六：“因爲無事不敢來上門上户，驚動老爹。”

【上弦】月亮盈虧現象之一。月亮繞地球運動時，當農曆每月初七、初八左右，從地球上看，傍晚時月亮位於子午線附近，月亮形狀約爲滿月的一半，亮面朝西，叫上弦。詩小雅天保“如月之恒”唐孔穎達疏：“弦有上下，……八日、九日，大率月體正半，昏而中，似弓之張而弦直，謂上弦也。”

【上明】㊀地名。東晉桓沖自江陵移鎮於此。又名桓城。見晉書桓彝傳附桓沖、湖北通志輿地志十九古迹五。地在今湖北松滋縣西。㊁縣名。本西魏洛平縣。隋開皇十八年改名上明，後廢。見隋書地理志下。地在今湖北隨縣東北。㊂大理段壽輝年號。公元1081年。

【上知】智力特出的人。商君書定分：“夫微妙意志之言，上知之所難也。”

【上舍】㊀招待賓客的上等房舍。戰國策齊一：“於是舍之上舍。”注：“上舍，上傳也。一曰甲第也。”㊁上舍生。宋代太學生之一。詳“外舍”、“三舍法”。

【上服】㊀古代施於罪人面部的體刑。指割鼻或刺面頰。周禮秋官小司寇：“聽民之所刺宥，以施上服下服之刑。”㊁重刑，加等刑。書呂刑：“下刑適重，上服。”宋蔡沈傳：“事在下刑，而情適重，則服上刑。”㊂上衣。古文苑三漢司馬相如美人賦：“女乃弛其上服，表其褻衣。”㊃上等服裝。魏書契丹傳：“靈太后以其俗嫁娶之際，以青氈爲上服。”

【上臾】見“上腴”。

【上供】唐代地方上交朝廷的賦稅。新唐書食貨志二：“分天下之賦以爲三：一曰上供，二曰送使（節度使），三曰留州。”

【上洛】地名。也作上雒。春秋時晉地。西漢置縣，西晉兼置郡，隋廢郡，唐曾改爲商州，元廢縣。地在今陝西商縣。參閱漢書地理志上、通典一七五古梁州。

【上客】尊貴的客人。戰國策秦三：“應侯（范雎）曰：‘善。’乃延（蔡澤）入座，爲上客。”

【上帝】㊀天帝，天神。書盤庚：“上帝將復我高祖之德。”詩大雅蕩：“蕩蕩上帝，下民之辟。”㊁古代的帝王。素問六節藏象論：“此上帝所秘，先師傳之也。”㊂星名。宋史天文志：“紫微垣東蕃八星，……第二星爲上帝。”

【上計】㊀高明的計策。戰國策西周：“趙之上計，莫如令秦魏復戰。”又燕二樂毅報燕王書：“夫免身全功，以明先王之迹者，臣之上計也。”㊁戰國、秦、漢時，年終，地方官本人或遣吏至京上計簿，將全年人口、錢、糧、盜賊、獄訟等事報告朝廷。韓非子外儲左下：“西門豹爲鄴令，……居期年，上計，君收其璽。”

【上庠】古代爲貴族設置的大學。禮王制：“有虞氏養國老於上庠。”

【上軍】春秋時晉之三軍稱上軍、中軍、下軍。左傳僖二七年：“乃使郤縠將中軍，郤溱佐之；使狐偃將上軍，讓于狐毛而佐之。”參見“三軍㊀”。

【上首】㊀佛家語。稱一座大衆中的主位。或爲一人，或爲多人，各經說法不同。觀無量壽經：“三萬二千菩薩衆中，舉文殊師利一人爲上首。”後來稱首座爲上首。㊁動物。大戴禮曾子天圓：“天之所生上首，地之所生下首。”清孔廣森補注：“上首謂動物，下首謂植物。”

【上春】農曆正月。周禮天官內宰“上春”疏：“上春者，亦謂正歲，以其春事將興，故云上春也。”初學記三梁元帝纂要：

"正月孟春，亦曰……上春。"也泛言初春。文選南朝梁江文通(淹)別賦:"珠與玉兮豔暮秋，羅與綺兮嬌上春。"

【上邽】地名。古邽戎地。秦武公十年伐邽戎置縣，屬隴西郡。唐屬秦州郡，宋併入成紀縣。在今甘肅天水市西南。參閱太平寰宇記一五〇秦州。

【上苑】供帝王玩賞、打獵的園林。新唐書一〇三蘇良嗣傳:"帝遣宦者采怪竹江南，將蒔上苑。"

【上指】形容人憤怒時頭髮豎起。莊子盜跖:"盜跖聞之大怒，目如明星，髮上指冠曰:'此夫魯國之巧僞人孔丘非耶？'"史記項羽紀:"(樊噲)瞋目視項王，頭髮上指，目眦盡裂。"

【上相】㊀周代禮官大宗伯的職務之一，在天子會見諸侯時主持禮儀。周禮春官大宗伯:"朝覲會同，則爲上相(xiàng)。"㊁對宰相的尊稱。史記九七陸賈傳:"足下位爲上相，食三萬户侯。"㊂星名。1.晉書天文志:"東蕃四星，南第一星曰上相。"也叫東上相。2.晉書天文志:"西蕃四星，南第一星曰上將，……第四星曰上相，亦曰四輔也。"也叫西上相。

【上品】㊀魏晉南北朝時，統治階層中門閥最高的等級。晉書劉毅傳:"是以上品無寒門，下品無勢族。"參見"九品中正"。㊁上等。魏書食貨志:"桓州上言白登山有銀礦八石得銀七兩，錫三百餘斤，其色潔白，有踰上品。"

【上則】上策。文選漢揚子雲(雄)劇秦美新:"斯天下之上則已，庶可試哉。"

【上思】縣名。屬廣西僮族自治區。唐置上思州，屬邕州都督府。明改屬南寧府。清改上思直隸廳。公元1913年改縣。參閱讀史方輿紀要一一〇上思州。

【上界】天上，天界。道教、佛教所指神仙居住的地方。唐張九齡曲江集三祠紫蓋山經玉泉山寺詩:"上界投佛影，中天揚梵音。"

【上秋】農曆七月爲孟秋，也稱上秋。見初學記三梁元帝纂要。

【上風】風向的上方。孫子火攻:"火發上風，無攻下風。"

【上信】七、八月東北信風。唐李肇國史補下:"自白沙泝流而上，常待東北風，謂之信風。七月八月有上信，三月有鳥信，五月有麥信。"

【上皇】㊀天帝。莊子天運:"監照下土，天下戴之，此謂上皇。"㊁上古的帝王。漢鄭玄詩譜序:"詩之興也，諒不於上皇之世。"疏:"上皇，謂伏羲，三皇之最先者。"㊂神名。楚人以東皇太一爲天上最高貴的神，稱上皇。楚辭屈原九歌東皇太一:"吉日兮辰良，穆將愉兮上皇。"㊃皇帝父親的尊稱，同"太上皇"。新唐書肅宗紀:"卽皇帝位於靈武，尊皇帝(玄宗)曰上皇天帝。"唐黃滔黃御史集四馬嵬詩之一:"嗚泉亦感上皇意，流下隴頭嗚咽多。"

【上浣】農曆每月初一至初十日。同"上澣"。見"上澣"。

【上流】㊀河川的上游。左傳襄十四年:"秦人毒涇上流，師人多死。"㊁上等，上品。世說新語言語:"謝仁祖(尚)年八歲……爾時語已神悟，自參上流。"㊂有權勢的社會地位。南史謝晦傳論:"加以身處上流，兵權總已。"

【上海】縣名。屬上海市。戰國時爲楚春申君封地，故名春申，簡稱申。漢爲海鹽、婁二縣地。唐爲華亭縣地。南宋咸淳初置上海鎮，設有管理船舶的市舶提舉司和管理貿易的榷貨場。元至元二十九年割華亭五鄉設上海縣，屬松江府。參閱讀史方輿紀要二四松江府。

【上宰】㊀宰相。文選晉棗道彥(據)雜詩:"天子命上宰，作蕃于漢陽。"㊁上天，天帝。隋書高祖紀:"周帝詔曰:'……一陰一陽，調其氣者上宰。'"

【上宮】㊀宮室名，卽樓。詩鄘風桑中:"期我乎桑中，要我乎上宮。"孟子盡心下:"孟子之滕，館於上宮。"這指賓客所館的樓上。㊁古史記紂都朝歌，有鹿臺，也叫殷墟上宮臺。地在今河南淇縣。參閱通典一七八郡八。

【上高】縣名。屬江西省。漢建成縣地。唐改爲高安，而以故望蔡縣地置上高鎮。南唐改鎮爲場，保大十年升爲縣。參閱讀史方輿紀要八四瑞州府。

【上神】先祖。一說爲天神。禮禮運:"以降上神與其先祖。"疏:"上神謂在上精魂之神，卽先祖也。……皇氏熊氏等云:'上神謂天神也。'"

【上座】寺院最高的職位，在寺主、維那之上。一般取年德較高而有辦事能力的人充當。以後也作爲對僧人的敬稱。參閱釋氏要覽稱謂上座、宋贊寧僧史略中雜任職員。道教也有上座名稱。唐代觀宇，有觀主、上座、監齋各一人，共管觀事。見唐六典四禮部尚書祠部郎中。

【上真】道教稱修鍊得道的人爲真人，上真卽上仙。唐李商隱李義山詩集六同學彭道士參寥:"莫羨仙家有上真，仙家暫謫亦千春。"參見"九仙"。

【上郡】郡名。秦昭王三年置，領膚施等二十三縣。漢高祖元年改爲翟國，後仍稱上郡。東漢初銅馬等農民軍在此立孫登爲帝。地在今陝西延安、榆林一帶。參閱漢書地理志下。

【上書】用文字向君主或上官陳述意見或反映情況。史記八七李斯傳:"李斯乃從獄中上書曰:'臣爲丞相治民，三十餘年矣。'"又九三淮陰侯傳:"漢六年，人有上書告楚王信反。"

【上除】卽上巳。古代風俗，在農曆三月上巳這天，人們往水邊用齋戒沐浴等方法除災求福，故上巳又稱上除。初學記四三國魏徐幹齊都賦:"青陽季月，上除之良，無大無小，祓於水陽。"參見"上巳"。

【上乘】㊀四馬共駕一車爲上乘。左傳哀十七年"衷甸"唐孔穎達疏:"四馬爲上乘，兩馬爲中乘。"㊁上等好馬。左傳哀六年:"陽生駕而見南郭且于曰:'嘗獻馬於季孫，不入於上乘，故又獻此，請與子乘之。'"㊂佛教稱大乘爲上乘，小乘爲下乘。攝大乘論攝一:"如是三藏，下乘上乘，有差別故，則成二藏。"參見"大乘"。後也用以比喻上等的事物。明王世貞弇州山人四部稿一三一題三吳楷法十册第七册:"所謂大巧若拙，書家之上乘也。"

【上清】㊀道家幻想的仙境。三清境之一。唐白居易長慶集一夢仙詩:"人有夢仙者，夢身升上清。"參見"三清㊀"。㊁宮名。新五代史前蜀世家:"(乾德)五年起上清宮。"㊂唐柳埕上清傳中的人物，是竇參家的婢女。見太平廣記二七五引異聞録。後遂以上清爲婢女的通稱。

【上寅】農曆每月上旬的寅日。唐元稹長慶集十代曲江老人百韻詩:"校獵求初吉，先農卜上寅。"

【上章】㊀古用甲子紀年，庚年叫上章。爾雅釋天:"(太歲)在庚曰上章。"淮南子天文:"申在庚曰上章。"注:"言陰氣上升，萬物畢生，故曰上章也。"㊁向帝王上表奏請。後漢書百官志二"公車司馬令一人，六百石"注:"掌宮南闕門，凡吏民上章，四方貢獻，及徵詣公車者。"㊂道士替人上表給天神，祈求消災除難的迷信活動。世說新語德行:"王子敬(獻之)病篤，道家上章應首過，問子敬由來有何異同得失。"

【上孰】上等收成，豐收。孰，通"熟"。漢書食貨志上:"是故善平糴者，必謹觀歲有上中下孰。上孰其收自四，餘四百石；

中執自三，餘三百石；下執自倍，餘百石。”

【上衮】指宰相職務。後漢書二六牟融傳贊：“牟公簡帝，身終上衮。”

【上庸】地名。春秋時庸國地。戰國時楚靳尚提議把上庸六縣換取張儀，卽此。秦置上庸縣，漢因之。至宋開寶中併入竹山縣。地在今湖北竹山縣。參閱元和郡縣志二一房州、讀史方輿紀要七九鄖陽府。

【上梓】以文字刻於木版上。見“付梓”。

【上陵】㊀帝王祭祀自己的祖先陵墓。後漢書禮儀志上：“五供畢，以次上陵。”㊁漢樂府民歌名稱。屬鼓吹曲辭漢鐃歌十八曲，以第一句“上陵何美美”得名。參閱樂府詩集十六。

【上堂】㊀升堂。禮曲禮：“將上堂，聲必揚。”㊁高堂。後漢書六四趙岐傳：“迎入上堂，饗之，極歡。”㊂佛教凡講經說法或吃粥飯而上法堂，都叫上堂。五代王定保唐摭言七記王播詩：“上堂已了各西東，慚愧闍黎飯後鐘。”

【上國】㊀國都的上游地帶。左傳昭十四年：“楚子使然丹簡上國之兵於宗丘。”注：“上國在國都之西，西方居上流，故謂之上國。”㊁春秋時稱中原諸侯國爲上國，是與吳楚諸國相對而言。左傳昭二七年：“(吳子)使延州來季子聘於上國。”疏引服虔：“上國，中國也。蓋以吳辟在東南，地勢卑下，中國在其上流，故謂中國爲上國也。”㊂諸侯稱帝室爲上國。文選三國魏曹子建(植)與楊德祖書：“吾雖德薄，位爲藩侯，猶庶幾戮力上國，流惠下民。”㊃京師，首都。唐劉長卿劉隨州集七客舍贈別韋九建赴任河南……詩：“頃者遊上國，獨能光選曹。”

【上將】㊀高級武官，義同大將、主將。孫子地形：“料敵制勝，計險阨遠近，上將之道也。”隋唐以後，有上大將軍、上將軍及天策上將等稱號。㊁星名。1. 史記天官書：“斗魁戴匡六星，曰文昌宮：一曰上將，二曰次將。”2. 晉書天文志上：“房四星，爲明堂，……下第一星，上將也。”3. 隋書天文志上：“東蕃四星，……第四星曰上將(東上將)。”

【上第】㊀上等。後漢書三四梁冀傳：“其四方調發，歲時貢獻，皆先輸上第於冀。”注：“上第，第一也。”㊁考試或考核成績被列爲優秀的人。後漢書獻帝紀：“試儒生四十餘人，上第賜位郎中，次太子舍人，下第者罷之。”

【上造】爵位名。秦制定爵位二十級，第二級爲上造。漢承秦制。漢書百官公卿表上注：“造，成也，言有成命於上也。”參閱商君書境内。

【上卿】周官制，最尊貴的諸侯臣稱上卿。公羊傳襄十一年：“古者上卿、下卿、上士、下士。”參見“卿㊀”。

【上游】㊀江河發源處和它鄰近地區。史記高祖紀：“古之帝者，地方千里，必居上游。”㊁比喻高位。唐羅隱甲乙集七春日投錢唐元帥尚父諸之二：“征東幕府十三州，敢望非才忝上游。”㊂比喻前列。宋史四四三黄伯思傳：“甫冠入太學，校藝屢占上游。”

【上善】最完美，至善。老子上：“上善若水，水善利萬物而不爭。”南朝齊謝朓謝宣城詩集五奉和隨王殿下之八：“上善叶淵心，止川測動性。”

【上尊】㊀古代祭祀時放在首位的酒杯。禮郊特牲：“黄目，鬱氣之上尊也。”疏：“祭祀時，列之最在諸尊之上，故云上也。”黄目，一種用黄銅雕飾的貴重酒杯。㊁上等醇酒。詳“上尊酒”。㊂尊稱，尊奉。史記晉世家：“齊頃公如晉，欲上尊晉景公爲王，景公讓不敢。”

【上都】㊀京師，首都。文選漢班孟堅(固)西都賦：“實用西遷，作我上都。”㊁地名。本蒙古汗國開平府。中統五年加號上都。至元五年置上都路總管府。見元史地理志一。治所在今内蒙古正藍旗兆乃曼蘇默。

【上朝】臣僚入見皇帝議事。梁書武帝紀：“經國有體，必詢諸朝，所以尚書置令、僕、丞、郎，旦旦上朝，以議時事。”

【上陽】㊀春秋時虢國(南虢)都城。左傳僖五年：“晉侯圍上陽。”在今河南陝縣東南。㊁唐宫名。詳“上陽宫”。

【上賀】㊀臣僚向皇帝祝賀。晉書孫楚傳：“時龍見武庫井中，羣臣將上賀。”㊁宋時婚禮，女家設宴款待新婿，有上賀禮物。見宋吳自牧夢粱錄二十嫁娶。後來稱新婦進獻尊長的禮物爲上賀。

【上番】㊀輪番值勤。唐吳兢貞觀政要十慎終魏徵十漸不克終疏：“雜匠之徒，下日悉留和雇；正兵之輩，上番(fān)多別驅使。”㊁唐人稱植物不斷生長爲上番(fàn)，爲當時四川方言。唐杜甫杜工部詩史補遺一三絶句之三：“會須上番看成竹，客至從嗔不出迎。”唐元稹長慶集十四賦得春雪映早梅詩：“飛舞先春雪，因依上番梅。”

【上智】智力特出的人。也作“上知”。孫子用間：“故惟明君賢將，能以上智爲間者，必成大功。”韓非子五蠹：“微妙之言，上智所難知也。”

【上策】高明的計謀。漢書溝洫志：“此功一立，河定民安，千載無患，故謂之上策。”

【上腴】肥沃的上等土地。後漢書四十班固傳兩都賦：“華實之毛，則九州之上腴焉。”腴，也作“臾”。管子乘馬數：“郡縣上臾之壤，守之若干。”

【上焦】中醫稱三焦之一，指舌根至胃的上口。詳“三焦”。

【上猶】縣名。屬江西省。本南康縣地，五代唐同光二年析置上猶場。因其地有猶水，故名。南唐保大十年升爲縣。宋改南安，元明復名上猶。見讀史方輿紀要八八南安府。

【上道】㊀最高深的道。馬王堆漢墓帛書道原：“是故上道高而不可察也，深而不可則〔測〕也。”㊁大路。全唐詩二六三嚴維酬謝侍御喜王宇及第見賀不遇之作：“柳映三橋發，花連上道明。”

【上祿】地名。漢置縣，屬武都郡。唐大曆後，爲我國當時的少數民族吐蕃所管轄。咸通末，縣廢。見太平寰宇記一五〇成州。舊城在今甘肅成縣附近。

【上資】唐制，酬功的最上一等叫上資。新唐書百官志一吏部：“凡酬功之等：見任、前資、常選，曰上資；文武散官、衛官、勳官五品以上，曰次資；五品以上子孫，上柱國、柱國子，勳官六品以下，曰下資；白丁、衛士，曰無資。”

【上達】㊀上進。論語憲問：“君子上達，小人下達。”㊁下情達於上。荀子成相：“中(衷)不上達，蒙揜耳目塞門户。”

【上聖】德才最高超的人。商君書弱民：“今當世之用事者，皆欲爲上聖。”文選三國魏陳琳檄吳將校部曲文：“夫見機而作，不處凶危，上聖之明也。”

【上葉】前代，先世。南齊書高帝紀再命璽書：“勛華弘風於上葉，漢魏垂式於後昆。”勛，放勛，卽堯。華，重華，卽舜。

【上虞】縣名。屬浙江省。在曹娥江東。秦置，隋廢。唐貞元元年復置。東晉農民起義領袖孫恩在此起義。參閱水經注四十漸江水。

【上愚】最愚。荀子儒效：“狂惑戇陋之人……夫是之謂上愚。”

【上嗣】古代君主的嫡長子。後來稱太子。禮文王世子：“宗人授事，以爵以官，其登餕獻受爵，則以上嗣。”周書蕭圓肅傳：“莫不援立太子爲皇之貳，是以易稱明兩，禮云上嗣。”

【上農】㊀勞力强、生産技術高的農民。管子揆度:"上農挾五,中農挾四,下農挾三。"漢王充論衡别通:"能多種穀謂之上農。"㊁重視農業。上,通"尚"。史記秦始皇紀:"上農除末,黔首是富。"

【上歲】豐收之年。史記天官書:"東北爲上歲。"集解引韋昭:"歲大穰。"

【上賓】㊀上等賓客。漢書五一枚乘傳:"乘久爲大國上賓,與英俊並游。"㊁逸周書太子晉:"吾後三年上賓于帝所。"言死後必作天帝的上賓。後因稱帝王之死爲上賓。宋陸宰埤雅序:"編纂將終,而永裕上賓矣。"宋神宗葬永裕陵,故稱永裕。

【上壽】㊀高齡。莊子盜跖:"人上壽百歲。"漢王充論衡正説:"上壽九十,中壽八十,下壽七十。"文選三國魏嵇叔夜(康)養生論:"上壽百二十。"㊁祝壽。史記封禪書:"天子從禪還,坐明堂,羣臣更上壽。"

【上輔】㊀宰相的尊稱。元史一三八伯顏傳:"詔爲大丞相,加號元德上輔。"㊁星名。宋史天文志二:"其紫微垣西蕃近閶闔門,……第三星爲上輔。"

【上蓋】外衣。元曲選缺名陳州糶米三:"與你做一領硬掙掙的上蓋,再與你做一頂新帽兒。"

【上蒼】上天。越絶書越絶請糴内傳:"昔者上蒼以越賜吳,吳不受也。"

【上聞】以事報告君主或上官。韓非子難三:"故季氏之亂成而不上聞,此魯君之所以劫也。"

【上算】㊀上策。周書異域傳論:"舉無遺策,謀多上算。"㊁上當,中人圈套。儒林外史十五:"他原來結交我,是要借我騙胡三公子,幸得胡家時運高,不得上算。"

【上請】對上級有所請求。宋葉夢得石林燕語八:"唐禮部試詩賦題,不皆有所出,或自以意爲之,故舉子皆得進問題意,謂之上請。"

【上駟】最好的馬。史記六五孫武傳:"今以君之下駟與彼上駟,取君上駟與彼中駟,取君中駟與彼下駟。"與,共比賽。後來泛指事物的精品。清黄丕烈士禮居藏書題跋記續下孫可之文集:"余友顧抱沖(之逵)得宋刻本於華陽橋顧聽玉家,楮墨精良,首尾完好,真宋刻中上駟。"

【上賢】㊀指最有道德才能的人。荀子正論:"故上賢禄天下,次賢禄一國,下賢禄田邑。"㊁提倡尊重賢人。上,通"尚"。商君書開塞:"親親廢,上賢立矣。"參見"尚賢"。

【上蔡】地名。屬河南省。周爲蔡國,周武王封弟叔度於此。漢置縣,屬汝南郡,以沛郡有下蔡,故稱上蔡。見水經注二一汝水、元和郡縣志九蔡州。故縣在今縣西南。

【上戮】重刑。韓詩外傳七:"(句踐)令諸大夫曰:'聞過而不以告我者,爲上戮。'"

【上賞】上等的獎賞。戰國策齊一:"(齊威王)乃下令羣臣吏民:'能面刺寡人之過者,受上賞;上書諫寡人者,受中賞;能謗議於市朝,聞寡人之耳者,受下賞。'"

【上幣】上等的貨幣。1. 指珠玉。管子國蓄:"以珠玉爲上幣,以黄金爲中幣,以刀布爲下幣。"2. 指黄金。史記平準書:"黄金以鎰名,爲上幣,銅錢識曰半兩,重如其文,爲下幣。"

【上儀】㊀隆重的禮節。文選漢班孟堅(固)東都賦:"盛三雍之上儀,修袞龍之法服。"㊁最高的法則。文選漢班孟堅(固)典引:"洋洋乎若德,帝者之上儀,誥誓所不及已。"

【上德】㊀最高的道德。老子:"上德不德,是以有德。"㊁帝王的功德。文選漢班孟堅(固)兩都賦序:"或以抒下情而通諷諭,或以宣上德而盡忠孝。"㊂以德爲重。上,通"尚"。左傳僖二八年:"原軫將中軍,胥臣佐下軍,上德也。"㊃大理段廉義年號。公元1075—1076年。

【上澣】唐宋官員行旬休,即在官九日,休息一日。休息日多行浣洗,故稱上旬休日爲上澣。明楊慎丹鉛總録三時序三澣:"俗以上澣中澣下澣爲上旬中旬下旬,蓋本唐制十日一休沐。"參見"三澣"。

【上謁】請求進見。史記八九張耳陳餘傳:"陳涉起蘄至入陳,兵數萬。張耳陳餘上謁陳涉。"

【上諭】帝王的指示、命令。元史一三七阿里海牙傳:"是州生齒數百萬口,若悉殺之非上諭。"清制,凡宣布官吏升降及對臣民有所通告,皆用上諭的形式。

【上頭】㊀古代女子年十五加笄,稱上頭。玉臺新詠十南朝梁簡文帝和人渡水詩:"婉娩新上頭,湔裾出樂遊。"㊁古代男子成年舉行冠禮亦稱上頭。南齊書華寶傳:"父豪……謂寶曰:'須我還,當爲汝上頭。'"㊂前列。玉臺新詠一日出東南隅行:"東方千餘騎,夫壻居上頭。"㊃高處。唐白居易長慶集六遊悟真寺詩:"我來登上頭,下臨不測淵。"

【上選】經過挑選的上等品。後漢書輿服志序:"及秦并天下,攬其輿服,上選以供御,其次以錫百官。"

【上學】㊀最好的學習。文子道德:"上學以神聽,中學以心聽,下學以耳聽。"㊁入學,學習功課。唐元稹長慶集九哭子詩之三:"鐘聲欲絶東方動,便是尋常上學時。"

【上襄】最好的馬。詩鄭風大叔于田:"兩服上襄,兩驂雁行。"襄,駕車的馬。清王引之經義述聞五謂古代"上"與"前"同義,上襄是説駕車走在前面的兩匹馬。

【上₂聲】漢語聲調之一。古代漢語分平、上、去、入四聲。唐釋神珙反紐圖譜:"上聲厲而舉。"明釋真空玉鑰匙歌訣:"上聲高呼猛烈强。"現代漢語普通話上聲念降升調。參見"四聲"。

【上簇】蠶成長後,移到簇上結繭,叫上簇。俗稱"上山"。簇用稻稈、麥稈製成,有蜈蚣形、山形等。唐王建詩一荆南贈别李肇著作轉韻:"麥收蠶上簇,衣食應豐足。"

【上臉】目無尊卑長幼,對長輩開玩笑。紅樓夢三九:"平兒啐道:'好了,你們越發上臉了!'"

【上薦】上獻。向鬼神供獻祭物。古文苑一秦李斯嶧山刻石:"廿有六年,上薦高號。"北史何妥傳:"乾豆上薦,奏登歌之樂,猶古清廟之歌也。"

【上禮】㊀最高的禮節。老子下:"上禮爲之而莫之應,則攘臂而扔之。"扔,通"仍",意指繼續去作。㊁上等待遇。南朝梁江淹江文通集九蕭相國拜齊王表:"業不題於宗器,聲靡記於彝典,而超居上禮,遜乘峻爵。"㊂送禮。晉書石勒載記上:"勒晨至薊,叱門者開門,疑有伏兵,先驅牛羊數千頭,聲言上禮。"

【上醫】最高明的醫生。國語晉八:"上毉毉國,其次疾人。"毉,同"醫"。新唐書二〇四甄權傳:"古之上醫,要在視脈,病乃可識。"

【上藥】上等的藥物。文選三國魏嵇叔夜(康)養生論:"故神農曰:上藥養命,中藥養性者,誠知性命之理,因輔養以通也。"晉陶潛陶淵明集八祭從弟敬遠文:"晨採上藥,夕閑素琴。"

【上願】㊀最大的願望。史記七十張儀傳"假令誅臣而爲秦得黔之地,臣之上願。"㊁南朝梁大同元年(公元535年)鮮于琛領導的農民起義軍的年號。

【上壤】上等的土地。管子乘馬數:"故以上壤之滿,補下壤之衆。"

【上臘】僧人出家受戒,經歷一夏爲一

臘，二夏爲二臘，依次類推。僧人計算年齡，稱生年爲世壽，稱出家受戒後的年數爲法臘。僧人排座次，依臘數多少而定高下，稱爲臘次。臘數多的叫上臘，少的叫下臘。臘，也作"臈"。

【上黨】地名。戰國韓地，後屬趙。又名上地。秦置上黨郡。治所在壺關。北魏時，這裏曾發生過勞聰士臻領導的農民起義。隋置上黨縣，即今山西長治市地。

【上蘭】漢宮觀名，漢代諸帝多在此打獵。漢書八七上揚雄傳校獵賦："翼乎徐至於上蘭。"注引晉灼："上蘭觀，在上林中。"故址在今陝西長安縣西。

【上饒】㊀水名，信江的上游，在江西上饒縣境内的叫上饒水。詳"信江"。㊁縣名，屬江西省。漢豫章郡鄱陽縣地。三國吳置上饒縣。隋平陳後省。唐乾元元年復置。見元和郡縣志二八信州。故城在今上饒市附近。

【上變】向朝廷密告謀反叛亂事件。史記九二淮陰侯傳："舍人弟上變，告(韓)信欲反狀於呂后。"

【上靈】上天，上帝。晉書樂志上："我其夙夜，祇事上靈。"

【上三旗】清順治後，滿洲八旗分爲上三旗和下五旗。鑲黄、正黄、正白稱上三旗，爲皇帝親兵。參見"下五旗"。

【上干溪】水名。在江西玉山縣東，即信江上游。源出懷玉山。舊記云："溪元乾淺，秋冬不通舟船，故名乾溪，或謂干字誤也。"見太平寰宇記一〇七信州。

【上下平】韻書的上平、下平。切韻廣韻等韻書按平上去入四聲編排，上去入各爲一卷，平聲因字多，又分爲上平、下平兩卷。參閲清陳澧切韻考。

【上下忙】清雍正十三年規定徵收田賦，分上下二期。上期從農曆二月開徵，五月截止，叫上忙。下期從八月接徵，十一月截止，叫下忙。參閲清文獻通考三田賦考三。

【上下牀】漢末許汜見陳登，登自卧大牀，使汜卧下牀。汜告劉備，備說："君求田問舍，言無可采。……如小人欲卧百尺樓上，卧君于地，何但上下牀之間邪?"見三國志魏陳登傳。後來稱人或事高下懸殊爲有上下牀之别。元方回桐江續集十五追和艮軒俞同年題程一甫詩卷詩："人物真高絶，何徒上下牀。"

【上大人】舊時學童初入學，蒙師多寫"上大人"數語，要學生照此描紅習字。按敦煌寫本已有"上大人，孔乙己，化三千，七十二，女小生，八九子，牛羊万，日舍乇"語。續傳燈録二一記白雲禪師以"上大人、丘乙己、化三千、七十士、爾小生、八九子、佳作仁、可知禮"告郭祥正(功甫)事，當爲唐代民間學童啓蒙讀物的文字。

【上大夫】古官名。周王室及諸侯各國，卿以下，有大夫，分上、中、下三等。左傳桓三年："凡公女嫁……於小國，則上大夫送之。"

【上之回】漢鐃歌名。因首句爲"上之回"而得名。唐吳兢樂府古題要解上："漢武帝元封初，因至雍，遂通回中道，後數出遊幸焉。其歌稱帝'遊石關，望諸國，月支臣，匈奴服'，皆美當時事也。"歌辭見樂府詩集十六。

【上方山】㊀北京市房山縣大房山的支脈，風景幽美，山上有九洞十二峯、七十二庵。其中大悲庵内有明代壁畫，是著名遊覽勝地。㊁江蘇吳縣西南的楞伽山，也叫上方山。

【上元舞】唐舞名。新唐書禮樂志十一："上元舞者，高宗所作也。舞者百八十人，衣畫雲五色衣，以象元氣，……大祠享皆用之。"

【上水船】逆水而上的船。比喻文思遲滯。詳"下水船"。

【上池水】竹木上的露水。史記一〇五扁鵲傳："(長桑君)乃出其懷中藥予扁鵲：'飲是以上池之水，三十日當知物矣。'"索隱："案：舊說云，上池水謂水未至地，蓋承取露及竹木上水，取之以和藥。"

【上官儀】公元?—664年。唐陝州人。字游韶。貞觀進士。太宗高宗時任弘文館學士、西臺侍郎等職。曾建議高宗廢皇后武則天，爲武則天所懷恨。後因梁王忠謀反事，受牽連，下獄死。儀擅長五言詩，多是應制、奉和之作，工於格律，婉媚華麗，適合宫庭需要，多爲士大夫仿效，稱爲上官體。有文集三十卷。新、舊唐書有傳。

【上官體】見"上官儀"。

【上林署】官署名。漢有水衡都尉，東漢稱上林苑，令一人。隋唐稱上林署，屬司農，有令二人，丞四人，管理園囿池沼種植蔬果藏冰諸事。參閲通典二六司農卿。

【上首功】古代作戰斬敵首者得紀功，稱首功。上首功，即崇尚戰功。上，通"尚"。戰國策趙三："彼秦者，棄禮義而上首功之國也。"按荀子議兵："齊人隆技擊，其技也，得一首者則賜贖錙金。"當時崇尚戰功的不限於秦國。

【上柱國】官名。戰國楚制，立覆軍殺將戰功的，官爲上柱國。陳勝起義時，以上蔡人房君蔡爲上柱國；項梁陳嬰都有上柱國名號。北魏置柱國大將軍，北周增置上柱國大將軍，唐宋也以上柱國爲武官勳級中的最高級，柱國次之。歷代沿用，清廢。參閲唐六典二吏部尚書司勳郎中。

【上馬盃】餞行酒。宋真宗在澶淵抵禦契丹，寇準建議派王欽若去掌管天雄軍，並用大盃敬酒催促他出發，叫作上馬盃。見宋魏泰東軒筆録一。

【上書房】清代皇子讀書之處。在故宫乾清宫左。皇子六歲，入上書房讀書。教師由皇帝特派，稱授讀師傅。參閲清福格聽雨叢談十一。

【上乘禪】佛教原分爲大小二乘，以大乘爲上乘，小乘爲下乘。禪宗興起以後，自稱超於二乘之上，另立上乘禪之名。

【上留田】樂府曲名。晉崔豹古今注中音樂："上留田，地名也。其地人有父母死，不字其孤弟者，鄰人爲其弟作悲歌，以諷其兄，故曰上留田。"五代後唐馬縞中華古今注下"上留"作"上霤"。

【上清珠】珠名。唐開元中西域罽賓國所進。見唐段成式酉陽雜俎前集十物異。

【上清觀】道觀(guàn)名。觀位於江西貴溪縣龍虎山。道教以龍虎山爲第三十二福地，相傳爲漢張道陵修鍊之地。唐於此建真仙觀，宋大中祥符八年立上籙院及上清觀，後改名上清真一宫。元改正一萬壽宫，清改太上清宫。

【上梁文】文體名。建房屋時頌祝的駢文。據宋王應麟困學紀聞二十謂北魏温子昇閶闔門上梁祝文，爲上梁文之始。明徐師曾文體明辨："按上梁文者，工師上梁之致語也。世俗營宫室，必擇吉上梁，親賓裹麪，雜他物稱慶，而因以犒匠人。於是匠人之長，以麪抛梁而誦此文以祝之。其文首尾皆用儷語，而中陳六詩，詩各三句，以按四方上下，蓋俗禮也。"又有上牌文，爲上匾額時之祝辭，亦由上梁文推演而來。宋王十朋梅溪集十八有淵源堂上牌文。

【上將軍】官名。古天子將兵稱上將軍。其後戰國燕樂毅、齊田單都號上將軍。秦末楚懷王曾先後任命宋義項羽爲上將軍。漢以呂禄爲上將軍。唐各衛置上將軍，位在大將軍上。宋因之。金元爲武散官。明廢。

【上尊酒】上等酒。漢書七一平當傳：

"使尚書令譚賜君養牛一，上尊酒十石。"注："如淳曰：'律，稻米一斗得酒一斗爲上尊，稷米一斗得酒一斗爲中尊，粟米一斗得酒一斗爲下尊。'師古曰：'……且作酒自有澆醇之異，爲上中下耳，非必繫之米。'"

【上雲樂】樂府曲名。因歌辭多講神仙飛升的故事，故名。樂府詩集五一上雲樂引古今樂録："上雲樂七曲，梁武帝製，以代西曲。一曰鳳臺曲，二曰桐柏曲，三曰方丈曲，四曰方諸曲，五曰玉龜曲，六曰金丹曲，七曰金陵曲。"

【上堵吟】歌辭名。漢末孟達爲新城郡太守，曾登白馬山，有感而嘆，説："劉封申耽據金城千里而更失之乎！"因作上堵吟。見水經注二八沔水。

【上都河】水名。灤河上游，因流經元上都而得名。詳"灤河"。

【上陽宮】唐宮名。在洛陽(東都)禁苑之東，東接皇城之西南隅，上元中置。見新唐書地理志二東都注、元河南志四。遺址在今河南洛陽市。

【上聞爵】官爵名。呂氏春秋下賢："天子賞(魏)文侯以上聞爵。"漢書四一樊噲傳："(噲)從攻陽城，先登；下户牖；破李由軍，斬首十六級，賜上聞爵。"

【上駟院】清官署名。管理駝馬畜牧之事，所轄牧地包括大凌河、上都、達布遜諾爾、達里岡崖一帶。掌管的長官叫上駟院卿，屬内務府。見清通典二九職官七。

【上聲歌】樂府吴聲歌曲。樂府詩集四五吴聲曲辭引古今樂録："上聲歌者，此因上聲促柱得名。或用一調，或用無調名，如古歌辭所言，謂哀思之音，不及中和。"

【上靈曲】漢代歌名。西京雜記三："戚夫人侍兒賈佩蘭，後出爲扶風人段儒妻，説在宫内時，……十月十五日共入靈女廟，以豚黍樂神，吹笛擊筑，歌上靈之曲。"

【上下同門】姑婿與侄婿的互稱。唐趙璘因話録三商部下："楊僕射於陵在考功時，與李師稷及第。至其子相國嗣復知舉，門生集侯僕射，而李公在坐，時人謂之楊家上下門生。"自注："代有姑之婿，與侄之婿，謂之上下同門。"

【上下其手】左傳襄二六年，楚國進攻鄭國，穿封戌活捉了鄭將皇頡，公子圍要争功，請伯州犁裁處。伯州犁有意偏袒公子圍，説："請問于囚。"叫皇頡作證時，伯州犁故意上其手曰："夫子爲王子圍，寡君之貴介弟也。"下其手曰："此子爲穿封戌，方城外之縣尹也。誰獲子？"皇頡曰："頡遇王子，弱焉。"後來稱舞文玩法、串通作弊爲上下其手，本此。唐趙思廉墓誌："或犯法當訊，執事者上下其手。"(金石萃編八七)

【上方不足】見"下比有餘"。

【上方寶劍】皇帝御用的寶劍，授給親信大臣，有權先斬後奏。漢書六七朱雲傳："臣願賜尚方斬馬劍，斷佞臣一人以厲其餘。"文苑英華三四六唐王翰飛燕篇："安得尚方斷馬劍，斬取朱門公子頭。"尚方，爲古代少府的屬官，供辦皇室刀劍等御用器物。後多作上方寶劍。

【上元夫人】神話中的女仙名。太平廣記三漢武帝引漢武内傳："王母乃遣侍女郭密香與上元夫人相問，……帝因問王母，不審上元何真也？王母曰：'是三天上元之官，統領十萬玉女名籙者也。'"

【上行下效】上頭的人怎樣作，下面的人就照着作。多用於貶義。漢班固白虎通三教："教者效也，上爲之，下效之。"舊唐書一九〇中賈曾傳曾啓諫："良以婦人爲樂，必務冶容，……上行下効，淫俗將成，敗國亂人，實由兹起。"効，同"效"。

【上官婉兒】公元664—710年。唐陝州人，上官儀的孫女，庭芝的女兒。儀父子因反對武則天執政被殺。婉兒與母親配入宫庭。十四歲起，即爲武則天草擬詔令。中宗(李顯)當皇帝後，她作了掌管文學音樂的女官，經常爲皇后和公主作詩，爲韋后及武三思所信任。韋后失敗，被斬於旗下。有文集二十卷，已佚。參閲新、舊唐書本傳。

【上知下愚】知，同"智"。論語陽貨："唯上知與下愚不移。"

【上清童子】錢的别名。唐人傳説貞觀年間，岑文本在山亭避暑，有一"上清童子元寶"進見。交談後，送出山亭，在牆下忽然不見。掘地，得古錢一枚，纔明白上清童子是銅名，元寶是錢文。後來便把上清童子作爲錢的别名。見唐鄭還古博異志。

【上漏下溼】指房屋破漏不能蔽風雨。莊子讓王："原憲居魯，環堵之室，……上漏下溼，匡坐而弦。"

【上蔡學案】宋代唯心主義的理學學派之一。謝良佐所創。良佐上蔡人，是程頤的得意門生，稱上蔡先生。其學派以仁、天理爲主體，摻雜禪學思想，講究修身養性。宋胡安國曾括收集他的講學談話爲上蔡語録。今本三卷，爲朱熹所删定。參閲清黄宗羲宋元學案二四上蔡學案。

【上諱下諱】舊時稱父祖的正名必須加一"諱"字，表示避諱之意。單名稱諱某，雙名拆開，稱上字諱某，下字諱某。宋王楙野客叢書九犨奴事："(王)炳之，僕曾大父也，上字諱伯，下字諱虎。"

【上樹拔梯】比喻誘人前行而斷絶其退路。猶言過河拆橋。初學記二四晉郭澄之郭子："殷中軍(浩)廢後，恨簡文曰：'上人著百丈樓上，擔梯將去。'"宋釋曉瑩羅湖野録一引黄庭堅與興化海老手帖："……此事黄龍興化亦嘗作助道之緣，共出一臂，莫送人上樹拔却梯也。"

【上廳行首】元明官妓承應官府，參拜或歌舞，以姿藝最出色的排在行列最前面，稱"上廳行首"。上廳，指官府。後來成爲名妓的通稱。元曲選關漢卿金線池一："自家姓李，夫主姓杜，所生一箇女兒，是上廳行首杜蘂娘。"

【上郡屬國城】地名。漢代爲安置龜兹降人，置龜兹縣，並設立上郡屬國都尉，又稱爲上郡屬國城。見漢書地理志下上郡。舊城在今陝西榆林縣。

【上尊號廟碑】碑名。記漢末華歆賈詡王朗等對曹丕勸進事。隸書，筆法遒勁有力，或傳爲鍾繇書，或傳爲梁鵠書。文見隸釋十九。宋歐陽修集古録跋尾四作魏公卿上奏號表。

【上陽白髮人】唐新樂府曲名。唐玄宗天寶五年後，楊貴妃得寵，排斥有姿色的宫女。有些宫女在上陽宫關閉了幾十年，頭髮都白了。曲名來源於此。白居易長慶集三新樂府序："上陽白髮人，愍怨曠也。"元稹長慶集二四也有此作。

【上梁不正下梁歪】比喻居上位的人行爲不正，不能以身作則，下面的人也就跟着學壞。元曲選石君寶曲江池三："月館風亭，則爲這虔婆上梁不正，這些時消疎了燕燕鶯鶯。"綴白裘七集四鐵冠圖夜樂："不要怪他們，這叫做上梁不正下梁歪。"按意林五引晉楊泉物理論，有"上不正，下参差"語，意亦相同。

【上天無路，入地無門】形容處境窘急，没有出路。宋悟明集聯燈會要二八體柔禪師："進則觸途成滯，退後即噎氣填胸，直得上天無路，入地無門。"

【上有天堂，下有蘇杭】南宋建都臨安(杭州)，江南地區城市有了較大的發展，杭州蘇州爲當時豪門勢要集中之地，生活豪奢，出現了畸形的繁榮局面，對有錢有勢的人來説，成了人間天堂。元楊朝英樂府新編陽春白雪前集二元奥敦周卿小令蟾宮曲："春暖花香，歲稔時康，真乃上有天堂，下有蘇杭。"

三畫

丐 gài 古太切，去，泰韻，見。ㄍㄞ

本作"匃"、"匄"。㊀乞求。左傳昭六年："不强匄。"注："匄，本或作丐，音蓋，乞也。"史記外戚世家竇太后："丐沐沐我。"㊁乞丐。唐柳宗元柳先生集二十寄許京兆孟容書："皁隸傭丐，皆得上父母丘墓。"㊂給予。新唐書二〇一杜甫傳贊："沾丐後人多矣。"

【丐户】封建社會最受歧視的平民，其起源不詳。明代浙東及舊蘇州府常熟昭文二縣都有丐户，至清雍正八年，常昭丐户纔獲準取消丐籍。参閲明沈德符萬曆野獲編二四風俗、清文獻通考十九户口一。

【丐取】强求。唐柳宗元柳先生集八段太尉逸事狀："日羣行丐取於市，不嗛，輒奮擊折人手足。"也作"丐頡"。新唐書一五三段秀實傳："白晝羣行丐頡於市，有不嗛，輒擊傷市人。"

【丐養】被人收養的義子。新五代史義兒傳序："開平顯德五十年間，天下五代，而實八姓，其三出於丐養。"

不 1. bù 分物切，入，物韻，幫。ㄅㄨ

㊀否定詞，表示相反意。詩魏風伐檀："不稼不穡，胡取禾三百廛兮？"㊁毋，勿，不要。表示禁止。孟子滕文公上："病愈，我且往見。夷子不來！"㊂未。孟子梁惠王上："直不百步耳，是亦走也。"㊃非，不是。商君書更法："治世不一道。"史記項羽紀："乃引'天亡我，非用兵之罪也'豈不謬哉！"㊄無，没有。詩王風君子于役："君子于役，不日不月。"

2. fǒu 方久切，上，有韻，幫。ㄈㄡˇ

㊅同"否"。史記項羽紀："不者，若屬皆且爲所虜。"又一〇一鼂錯傳："上問曰：'道軍所來，聞鼂錯死，吴楚罷不？'"

3. fōu 甫鳩切，平，尤韻，幫。ㄈㄡ

㊆姓。晉有汲郡人不準。

4. fū 集韻 風無切，平，虞韻。ㄈㄨ

㊇花蕚。詩小雅常棣："常棣之華，鄂不韡韡。"箋："承華者曰鄂，不當作拊，拊，鄂足也。"按，不，形如花蒂𠀚。拊，應作柎。羣書治要本作"蕚不煒煒"。注："不，嘗作跗。跗，蕚足也。"

【不一】㊀不一樣，不相同。管子禁藏"赦罪而不一，德雖厚，不譽者多。"㊁不詳説，舊時書信結尾用語。明歸有光震川集七與宣仲濟書："人去草草，明當奉晤，不一。"

【不二】專一，一心一意。韓非子難三："君令不二，除君之惡，惟恐不堪。"吕氏春秋審分有不二篇。

【不才】没有才能。左傳成三年："臣不才，不勝其任。"後常用作自謙之詞。明宗臣宗子相集報劉一丈書："何至更辱饋遺，則不才益將何以報焉。"

【不凡】非常，出色。後漢書三八度尚傳注引三國吴謝承後漢書："擢門下書佐朱雋，恒嘆述之，以爲有不凡之操。"

【不夭】不爲天所保佑。左傳宣十二年："孤不夭，不能事君，使君懷怒以及敝邑，孤之罪也。"

【不比】㊀不偏私。論語爲政："君子周而不比。"注："忠信爲周，阿黨爲比。"㊁音調不和諧。戰國策魏一："鐘聲不比乎，左高。"㊂比不上。元曲選馬致遠漢宫秋四："不比那雕梁燕語，不比那錦樹鶯鳴。"

【不弔】㊀不合弔哭。禮檀弓上："死而不弔者三：畏、厭、溺。"畏，受冤屈死。厭，通壓，被壓死。溺，溺死。後來以"三不弔"指不正常的死亡。唐李頻梨嶽詩集八月上峽："免爲三不弔，已白一生頭。"㊁不爲天所憐恤。詩小雅節南山："不弔昊天，亂靡有定。"左傳昭二六年："帥羣不弔之人以行亂于王室。"㊂猶言不幸。左傳襄二三年："敢告不弔。"亦作"弗弔"、"無弔"。書大誥："弗弔，天降割于我家。"左傳成七年："中國不振旅，蠻夷入伐，而莫之或恤，無弔者也夫！"

【不日】㊀不久。詩大雅靈臺："經始靈臺，經之營之，庶民攻之，不日成之。"言其完成之速。漢鄭玄箋謂不設期日而成。㊁不記日期。春秋記載諸侯國盟約，以"不日"表示没有遵守盟約。穀梁傳隱元年："不日，其盟渝也。"注："日者，所以謹信，盟變，故不日。"

【不中】㊀不適合。論語子路："刑罰不中，則民無所措手足。"左傳定元年："未嘗不中吾志也。"㊁不行，不成。孟子離婁下："中也養不中，才也養不才。"元曲選喬孟符金錢記三："這個先生實不中，九經三史幾曾通？"

【不分】㊀不料。唐駱賓王文集五秋晨同淄州毛司馬秋九詠詩："不分（fèn）君恩絶，紈扇曲中秋。"㊁不服氣。南齊書王僧虔傳："庾征西翼書，少時與右軍（王羲之）齊名，右軍後進，庾猶不分。"宋葛勝仲丹陽詞浣溪紗賞芍藥："不分與花爲近侍，難更溱洧贈閑人。"

【不介】㊀不披甲。左傳成二年："不介馬而馳之。"介，通"甲"。㊁不經介紹。文選魏李蕭遠（康）運命論："其所以相遇也，不求而自合；其所以相親也，不介而自親。"

【不毛】㊀不生長五穀，指土地貧瘠。公羊傳宣十二年："錫之不毛之地。"三國志蜀諸葛亮傳："故五月渡瀘，深入不毛。"㊁不種植。周禮地官載師："凡宅不毛者，有里布。"注："宅不毛者，謂不樹桑麻也。"里布，賦税名稱。㊂祭祀所用毛色不純的牲畜。公羊傳文十三年："周公用白牲，魯公用騂犅（赤色牛），羣公不毛。"

【不仁】㊀殘暴，殘忍。老子："聖人不仁，以百姓爲芻狗。"㊁不合於仁。論語陽貨："宰我問。'三年之喪，期已久矣。'……宰我出，子曰：'予之不仁也！'"孔子以孝道作爲"仁"的重要内容，宰我要把三年之喪改爲一年，所以駡他"不仁"。㊂麻木失去知覺。素問痹論："其不痛不仁者，病久入深，榮衛之行濇，經絡時疎，故不通，皮膚不營，故爲不仁。"

【不升】㊀不登堂。儀禮聘禮："主人不筵几，不禮面，不升。"㊁穀類歉收。韓詩外傳八："四穀不升謂之荒，五穀不升謂之大侵。"侵，歲凶。

【不平】㊀不公平。詩小雅節南山："昊天不平，我王不寧。"莊子列御寇："以不平平，其平也不平。"㊁憤慨不滿。楚辭宋玉九辯："坎廩兮貧士，失職而志不平。"史記周勃世家："條侯心不平。"條侯，勃子亞夫。㊂身體不適。初學記十七宋魏野東觀記："（汝）郁察母顔色不平，中夜命（魏德公）作粥。"

【不世】罕有，非常。後漢書十三隗囂傳方望與囂書："足下將建伊（尹）、吕（望）之業，弘不世之功。"

【不令】㊀不友好，不聽命令。詩小雅角弓："不令兄弟，交相爲瘉。"商君書算地："故國有不服之民，有不令之臣。"㊁不合時令。詩小雅十月之交："爗爗震電，不寧不令。"

【不刊】古代文書刻於竹簡，有錯就削去，叫刊。不刊，就是無須修改，不可磨滅。古文苑十揚雄答劉歆書："是縣諸日月，不刊之書也。"

【不用】㊀不使用，不任用，廢棄。商君書靳令：“六蝨不用，則兵民畢競勸而樂爲主用。”六蝨，禮、樂；詩、書；修善、孝悌；誠信、貞廉；仁、義；非兵、羞戰。㊁不爲所用。管子權修：“舉事不成，應敵不用。”㊂用不着。宋洪邁夷堅志乙志十九賈成之：“我落人先手，輸了性命，不用經有司。”

【不字】未許嫁。古代女子許嫁叫字。易屯：“女子貞不字。”

【不次】不按尋常的次序。漢書六五東方朔傳：“待以不次之位。”注：“不拘常次，言超擢也。”唐白居易長慶集八長慶二年七月自中書舍人出守杭州路次藍溪作詩：“老逢不次恩，洗拔出泥滓。”

【不叵】不料，想不到。孤本元明雜劇缺名單戰呂布四：“不叵劉關張兄弟三人一陣成功，又奪了虎牢關也。”叵，也作“恒”、“讵”。元曲選張國賓合汗衫一：“被我揪過那年紀少的來，則打的一拳，不恒就打殺了。”二刻拍案驚奇二十：“就是賈成之夫妻二人，也只說是甚麼神棍弄了去，神仙也不讵是自家老子。”

【不刑】㊀用刑不當。左傳襄五年：“君子謂楚共王於是不刑。”㊁不用刑。孔叢子論書：“一人不刑天下治。”

【不臣】㊀不忠於君主或背叛君主。左傳昭三一年：“若召季孫而不來，則信不臣矣。”商君書農戰：“故民離上，而不臣者成羣。”㊁不以臣下之禮相待。商君書慎法：“外不能戰，内不能守，雖堯爲主，不能以不臣諧所謂不若之國。”漢書七八蕭望之傳：“宜待以不臣之禮，位在諸侯王上。”謂尊之爲貴賓。

【不共】㊀不供給，不具備。共，古“供”字。國語魯下：“具舟除隧，不共有法。”㊁不恭。共，通“恭”。左傳僖二七年：“公卑杞，杞不共也。”

【不托】卽湯麪。晉時以手搏麪而擘置湯中煮之，猶今之抻麪，稱湯餅，唐時稱不托。一說用刀在案上切麪，不再用手托，故名。新五代史四十李茂貞傳：“朕與六宮皆一日食粥，一日食不托。”又寫作“餺飥”、“䬪飥”、“餢飥”，皆取不托之音而加食旁。參閱宋歐陽修歸田録二、程大昌演繁露十五。

【不朽】永不磨滅。左傳襄二四年：“太上有立德，其次有立功，其次有立言。雖久不廢，此之謂不朽。”

【不在】㊀没有在所居之地。穀梁傳僖十年：“君田而不在。”㊁死。宋岳珂桯史七朝士留刺：“凡人之死者，乃稱不在。”

【不存】㊀不存在。左傳僖十四年：“皮之不存，毛將安傅？”㊁史記一一七司馬相如傳：“卒然遇軼材之獸，駭不存之地。”索隱：“謂所不慮而猛獸駭發也。”漢書五七上相如傳注：“不存，不可得安存也。”兩注不同。後多以不存之地比喻險境。

【不没】不能終天年，短命。左傳僖二二年：“楚王其不没乎？”

【不良】㊀不好。詩陳風墓門：“夫也不良，國人知之。”㊁唐代官府管偵緝逮捕的小吏，也叫不良人，統管的人叫不良帥。唐韋絢劉賓客嘉話録：“相國李司徒勉爲開封知縣尉捕賊。時有不良試公之寬猛，乃潛納人賄，俾公知之。”

【不快】㊀心情不舒暢。易旅：“我心不快。”㊁身體不舒服。三國志魏華佗傳：“體中不快。”

【不弟】對兄長或長輩不恭順。左傳隱元年：“鄭伯克段於鄢，段不弟，故不言弟。”鄭伯，鄭莊公。段，莊公弟。孟子告子下：“疾行先長者謂之不弟。”

【不忒】没有差錯。易豫：“天地以順動，故日月不過，而四時不忒。”孫子形篇：“故其戰勝不忒，不忒者所措必勝，勝已敗者也。”

【不孝】㊀不孝順父母。封建社會以不孝爲大罪。自唐以來，都把不孝作爲十惡之一。孝經五刑：“五刑之屬三千，而罪莫大於不孝。”㊁父母死，子於喪帖自稱不肖子，清初也稱不孝。參閱清王應奎柳南續筆三不肖子。

【不更】㊀秦爵名。左傳成十三年：“獲秦成差及不更女父。”漢書百官公卿表上：“爵一級曰公士……四不更。”注：“言不豫更卒之事也。更音工衡反。”㊁不改變。商君書墾令：“迂者不飾，代者不更，則官屬少而民不勞。”

【不材】㊀無用之木。莊子山木：“此木以不材得終其天年。”㊁不長進，不成器。史記一一七司馬相如傳：“女至不材，我不忍殺，不分一錢也。”㊂才能平庸。常用作自謙詞，與“不才”同。史記吳太伯世家：“札雖不材，願附於子臧之義。”

【不辰】不得其時。詩大雅桑柔：“我生不辰，逢天僤怒。”

【不君】喪失爲君之體。管子小匡：“爲君不君，爲臣不臣，亂之本也。”左傳宣二年：“晉靈公不君。”

【不那】無奈。唐李商隱李義山詩集四別薛巖賓：“別離真不那，風物正相仍。”宋張綱華陽集三六家叔示秋夜詩次韻詩：“莫將詩課頻頻聒，不那愁城日日深。”

【不肖】㊀子不似父。孟子萬章上：“丹朱之不肖，舜之子亦不肖。”說文：“肖，骨肉相似也。从肉，小聲。不似其先，故曰不肖也。”後來稱不孝之子爲不肖。㊁不才，不正派。商君書畫策：“不明主在上，所舉必不肖。”㊂自謙之詞。戰國策齊二：“故(張)儀願乞不肖身而之梁。”宋陳淵默堂文集十六與廖用中中丞書：“碑字如苦要不肖寫，急遣人來喻，亦不爭三四十日。”

【不男】男子生理有缺陷、不能生殖者。南史后妃傳上宋後廢帝陳太妃：“先是人間言明帝不男，故皆呼廢帝爲李氏子。”

【不足】㊀不够。商君書算地：“今世主有地方數千里，食不足以待役實倉，而兵爲鄰敵，臣故爲世主患之。”唐白居易長慶集二十錢塘湖春行詩：“最愛湖東行不足，綠楊陰裏白沙堤。”㊁不值得。商君書更法：“拘禮之人不足與言事。”

【不成】㊀未成年。左傳哀五年：“齊燕姬生子，不成而死。”㊁没有成就。史記項羽紀：“項籍少時，學書不成。去學劍，又不成。”㊂加强反問語氣詞，猶言難道，不行。元曲選(蕭德祥)殺狗勸夫二：“員外着你跪，你就跪；難道着你死，你就死了不成？”金劉知遠諸宮調二：“不成爲新妻，便把舊妻忘。”

【不利】㊀不合算，不得利。商君書外内：“食貴，糴食不利。”孫子地形：“遠形者勢均，難以挑戰，戰而不利。”㊁不鋒利。漢王充論衡書解：“稱干將之利，刺則不能擊，擊則不能刺，非刃不利，不能一旦二也。”

【不佞】㊀不以花言巧語討好人。論語公冶長：“(冉)雍也，仁而不佞。”㊁無才，自謙詞。左傳成十三年：“君若不施大惠，寡人不佞，其不能〔以〕諸侯退矣。”

【不皂】深灰色。清高士奇天禄識餘上：“宋時縑帛中有淡皂色，謂之不皂。”

【不法】㊀不效法。商君書開塞：“聖人不法古，不修今。”㊁違法。史記九三韓信盧綰傳：“上乃令人覆案(陳)豨客居代者財物諸不法事。”

【不治】㊀不能治理。管子國蓄：“法令之不行，萬民之不治，貧富之不齊也。”㊁不追究，不治罪。漢書四九鼂錯傳：“誹謗不治，鑄錢不除。”㊂不醫治，無法治療。史記一〇五扁鵲傳：“君有疾在腠理，不治將深。”又“病有六不治：驕恣不論於理，一不治也。”

【不空】公元705—774年。佛教真言宗傳法第六祖。梵名阿目法、跋折羅，譯名不空金剛，簡稱不空。本北天竺婆羅門族。幼喪父，隨叔父來中國，師事金剛智。唐開元年間返國，廣求密藏。至天寶五年復來中國，譯出密部經七十七部一百二十餘卷。大曆九年卒。釋圓照輯代宗朝贈司空大辨正廣智三藏和上表制集六卷。參閱宋釋贊寧高僧傳一慧朗唐京兆大興善寺不空傳。

【不享】諸侯不來朝。書洛誥："亦識其有不享。"注："奉上謂之享。"大戴禮五帝德："舉干戈以征不享不道無道之民。"

【不祀】不爲人奉祀，比喻亡國。左傳文五年："臧文仲聞六與蓼滅，曰'皋陶庭堅，不祀忽諸。'"後漢書二八馮衍傳顯志賦："哀羣后之不祀兮，痛列國之爲墟！"

【不夜】地名。漢縣。屬東萊郡。王莽時改爲夙夜，東漢廢。漢書地理志上東萊郡注引齊地記："古有日夜出，見於東萊，故萊子立此城，以不夜爲名。"故城在今山東文登縣東北。

【不武】不足以示威武。左傳襄十年："城小而固，勝之不武，弗勝爲笑。"

【不幸】㊀指意外挫折或災禍。論語雍也："有顏回者好學……不幸短命死矣！"㊁指死。戰國策韓二："前所以不許仲子者，徒以親在。今親不幸，仲子欲報仇者爲誰？"

【不事】㊀不作官。事，通"仕"。易蠱："不事王侯，高尚其事。"晉書劉寔傳："臣以爲古之養老，以不事爲優，不以吏之爲重。"㊁不服勞役。荀子大略："八十者一子不事，九十者舉家不事，廢疾非人不養，一人不事。"

【不拔】㊀牢固不可拔除。老子："善建者不拔。"㊁不能攻克。史記秦紀："王齕攻邯鄲，不拔，去。"

【不到】㊀料想不到。宋趙以夫虛齋樂府上解語花詞："倒銀河秋夜雙星，不到佳期誤。"㊁不至於，不見得。宋趙以夫虛齋樂府上賀新郎詞："追憶蘭亭當日事，儘淒涼，也勝盧仝屋，應不到羨金谷。"元曲選張國賓合汗衫三："我可不到的饒了他哩！"

【不屈】㊀不折斷。左傳襄二九年："曲而不屈。"注："屈，撓。"㊁不屈服，不順從。晉皇甫謐高士傳下嚴光："(光武)除爲諫議大夫，不屈，乃耕於富春山。"

【不居】不停留。禮月令："民氣解惰，師興不居。"文選漢孔文舉(融)論盛孝章書："歲月不居，時節如流。"

【不阿】公正不徇私，不阿附。商君書慎法："夫愛人者不阿，憎人者不害，愛惡各以其正，治之至也。"

【不具】㊀不完備。後漢書祭祀志上："建武元年已前，文書散亡，舊典不具。"㊁不詳盡。書信末尾常用語。唐張彥遠法書要錄十右軍書記王羲之書："想上下無恙，力知問，不具。"參見"不宣㊁"。

【不易】㊀難。論語子路："爲君難，爲臣不易。"左傳襄二八年："以歲之不易。"注："言歲有饑荒之難。"㊁不變。易乾："不易乎世，不成乎名。"注："不爲世俗所移易也。"

【不典】不守常道，不合準則。書多方："爾乃自作不典，圖忱于正。"宋蘇軾東坡集續集六與大覺禪師璉公書之二："此乃近世俗氣，極不典也。"

【不爭】㊀不競奪。商君書修權："賞誅之法，不失其議，故民不爭。"唐杜甫杜工部草堂詩箋二一莫相疑行："寄謝悠悠世上兒，不爭好惡莫相疑。"㊁只因爲。元曲選康進之李逵負荊二："不爭你搶了他花朵般青春艷質，這其間抛閃殺那草橋店白頭老的。"㊂如果。元王實甫西廂記二本一折："不爭鳴鑼擊鼓，驚死小姐，也可惜了。"㊃不在乎。元曲選馬致遠黃粱夢三："我死不爭，可憐見這一雙兒女。"

【不忿】也作"不分"、"不憤"。㊀不怨，不惱恨。禮坊記："從命不忿，微諫不倦，勞而不怨。"唐鄭谷鄭守愚集一游蜀詩："不忿黃鸝驚曉夢，唯悲杜宇起春愁。"㊁不平，不服氣。世說新語文學："于法開始與支公(遁)爭名，後情漸歸支，意甚不忿，遂遁迹剡下。"北史劉晝傳："曾以賦呈魏收而不拜。收忿之，謂曰：'賦名六合，已是太愚；文又愚於六合，君四體又甘於文。'晝不忿，又以示邢子才。"

【不物】㊀越出常軌，不合法度。參見"不軌"。㊁違禁的事物。周禮地官司稽："掌巡市而察其犯禁者，與其不物者而搏之。"疏："案大司徒，民當同衣服，今有人衣服不與衆人同，又視占亦不與衆人同；及所操物不如品式；此皆違禁之物，故搏之也。"

【不周】㊀不合。楚辭屈原離騷："雖不周於今之人兮，願依彭咸之遺則。"㊁不齊全，不完備。三國志吳華覈傳："布帛之賜，寒暑不周。"㊂風名。史記律書："不周風居西北，主殺生。"㊃山名。見"不周山"。

【不舍】不停止，堅持下去。論語子罕："逝者如斯夫，不舍晝夜！"荀子勸學："騏驥一躍，不能十步；駑馬十駕，功在不舍。"

【不佳】身體不舒適，小病。北堂書鈔一四四郭林宗別傳："林宗嘗不佳，夜間命作粥。"晉書王湛傳："(兄子)濟嘗詣湛，見牀頭有周易，問曰：'叔父何用此爲？'湛曰：'體中不佳時脫復看耳。'"

【不孥】指不懲罰罪人的妻子兒女。孥，妻子兒女。孟子梁惠王下："昔者文王之治岐也，……罪人不孥。"漢書四九鼂錯傳作"罪人無孥"。

【不宣】㊀閉塞，不流傳。左傳昭十二年："寵光之不宣。"漢書高帝紀下諸侯王上疏："地分已定，而位號比儗，亡上下之分，大王功德之著，於後世不宣。昧死再拜上皇帝尊號。"㊁舊時書信末尾常用語，不一一細說的意思。文選漢楊德祖(修)答臨淄侯牋："反答造次，不能宣備。"後來又省作"不宣"。唐柳宗元柳先生集三二答元饒州論政理書："書雖多，言不足道意，故止於此。不宣。"參閱宋魏泰東軒筆錄十五、清俞樾曲園雜纂三二訂胡不宣。

【不度】不合法度。左傳隱元年："今京不度，非制也。"

【不恇】見"不匡"。

【不首】不伏罪。漢書四七文三王傳："王(梁王立)陽(佯)病抵讕，置辭驕嫚，不首主令，與背畔亡異。"

【不軌】越出常軌，不合法度。左傳隱五年："不軌不物，謂之亂政。"史記平準書："卜式上書，願輸家之半縣官以助邊，……天子以語丞相(公孫)弘，弘曰：'此非人情，不軌之臣，不可以爲化而亂法，願陛下勿許。'"

【不剌】助詞，無義。元曲選范子安竹葉舟楔子："你穿着這破不剌(là)的舊衣，擎着這黃甘甘的瘦臉。"又喬夢符兩世姻緣一："對門間壁，都有些酸辣氣味，只是俺一家兒淡不剌的。"

【不若】㊀不如。荀子王制："(人)力不若牛，走不如馬，而牛馬爲用，何也？"㊁不善，不治。左傳宣三年："鑄鼎象物，百物而爲之備，使民知神姦。故民入川澤山林，不逢不若。"商君書慎法："外不能戰，內不能守，雖堯爲主，不能以不臣諧所謂不若之國。"

【不苟】認真，不苟且。管子小匡："山澤各以其時至，則民不苟。"三國志吳周瑜傳"周瑜病困上疏"注引江表傳："魯肅忠烈，臨事不苟，可以代瑜。"

【不殆】不危險。詩商頌玄鳥："商之先

后，受命不殆。"孫子謀攻："知彼知己，百戰不殆。"

【不韋】漢縣名。西漢時屬益州郡。後漢書八六西南夷傳"追至不韋"注引孫盛蜀譜："初，秦徙呂不韋子弟宗族於蜀。漢武帝開西南夷，置郡縣，徙呂氏以充之，因置不韋縣。"又見水經注三七葉渝河。東晉廢。地在今雲南保山縣。

【不省】㊀不察。禮禮器："禮，不可不省也。"又引申爲不檢查。漢書四九鼂錯傳上書言兵事："此將不省兵之禍也，五不當一。"注："省，視也。"㊁不節約。史記平準書："錢益輕薄而物貴，則遠方用幣煩費不省。"

【不昧】㊀不忘。逸周書王會："佩之令人不昧。"山海經西山經晉郭璞注引，昧作"眯"。㊁不晦暗，明亮。老子："其上不皦，其下不昧。"㊂不湮滅。唐杜甫杜工部草堂詩箋三九迴棹："吾家碑不昧，王氏井依然。"

【不迭】不及。金董解元西廂二："一個走不迭和尚，被小校活拏。"元曲選石君寶秋胡戲妻三："他是何人，却走到園子裏邊來，着我穿衣服不迭。"

【不拜】㊀古代以拜爲謁見上級的禮節。武官披甲，屈伸不便，允許不拜。禮曲禮上："介者不拜。"㊁不接受任命。晉陶潛陶淵明集五晉故征西大將軍長史孟府君傳："除尚書刪定郎，不拜。"

【不咸】㊀不和諧。左傳僖二四年："昔周公弔二叔之不咸。"注："咸，同也。"㊁不廣。國語魯上："小賜不咸。"㊂不能感動人。左傳昭二一年："故和聲入於心而藏於心，心億則樂，窕則不咸，槬則不容。"㊃傳說中的山名。山海經大荒北經："大荒之中有山，名曰不咸，有肅愼氏之國。"

【不盈】不滿。易坎："水流而不盈。"詩周南卷耳："采采卷耳，不盈頃筐。"

【不便】㊀不利，不得宜。孫臏兵法客主人分："退敢刎頸，進不能拒敵，其故何也？勢不便，地不利也。"㊁不方便。元曲選缺名碧桃花二："老夫本意要親自問病去，奈其中有許多不便處。"

【不皇】同"不遑"。左傳昭七年："孤與其二三臣悼心失圖社稷之不皇，況能懷思君德。"

【不律】㊀不效法。荀子非十二子："勞知而不律先王，謂之奸心。"㊁不馴順，不守法。元史一二九來阿八赤傳："斬之，以懲不律。"不馴順，不守法的人叫"不律頭"。古今雜劇元關漢卿竇娥冤一："到今日招的箇村老子，領着箇不律頭。"參見"不劣方頭"。㊂筆。爾雅釋器："不律謂之筆。"注："蜀人呼筆爲不律也，語之轉變。"

【不窋】周王朝始祖后稷(棄)的兒子。相傳棄在堯舜時爲農師，死後，不窋(zhú)繼任。夏太康時，不窋失官，西遷於戎、狄之間。不窋故城在今甘肅慶陽縣。參閱史記周紀。

【不衷】不合適，不正當。左傳僖二四年："服之不衷，身之災也。"又昭十六年："發命之不衷，出令之不信，……僑之恥也。"僑，子產。

【不庭】左傳隱十年："以王命討不庭。"又成十二年："謀其不協而討不庭。"注："下之事上皆成禮於庭中。"背叛不來王庭的稱不庭。國語周中"以待不庭不虞之患"三國吳韋昭注："庭，直也；虞，度也。不庭，猶不道也。"以不循理爲不庭。韋說較長。參閱清洪頤煊讀書叢錄。

【不起】㊀不發動。商君書畫策："神農之世，甲兵不起而王。"㊁病不能愈。戰國策秦一："(秦)孝公行之十八年，疾且不起，欲傳商君，辭不受。"㊂在野不出來作官。唐李白李太白詩九贈盧徵君昆弟："二盧竟不起，萬乘高其風。"

【不翅】㊀不但，同"不啻"。莊子大宗師："陰陽於人，不翅於父母。"㊁過多。文選三國魏王仲宣(粲)公讌詩："見眷良不翅，守分豈能違。"唐張銑注："不翅，猶過多也，言見眷過多，守分不敢違迕。"

【不恭】不敬。管子四稱："倨敖不恭，……此亦謂昔者無道之臣。"孟子萬章下："(萬章)曰：'卻之，卻之爲不恭，何哉？'"

【不根】沒有根據，不實在。漢書六四嚴助傳："(東方)朔、(枚)皋不根持論。"注："論議委隨，不能持正，如樹木之無根柢也。"

【不殊】㊀自殺未死。史記一一八淮南王安傳："太子即自剄，不殊。"漢書四四淮南王傳注："殊，絕也。雖自刑殺，而身首不絕也。"㊁沒有差別，一樣。漢王充論衡書虛："舜之與堯，……二帝之道，相因不殊。"

【不屑】不值得，表示輕視。詩鄘風君子偕老："鬒髮如雲，不屑髢也。"孟子告子下："予不屑之教誨也者，是亦教誨之而已矣。"

【不時】㊀不合時。論語鄉黨："不時不食。"㊁不準時。唐南卓羯鼓錄："黃幡綽亦知音。上嘗使人召之，不時至。上怒，絡繹遣使尋捕。"㊂臨時，隨時。宋蘇軾經進東坡文集事略一後赤壁賦："我有斗酒，藏之久矣，以待子不時之須。"須，同"需"。

【不息】㊀不停止。馬王堆漢墓帛書經法國次："天地無私，四時不息。"㊁不滅。息，通"熄"。荀子不苟："(跖)名聲若日月，與舜、禹俱傳而不息。"

【不借】草鞋。絲製者稱履，麻製者稱不借。以賤而易敝，不借之於人，故名。急就篇二："裳韋不借爲牧人。"周禮夏官弁師"會五采玉璂"漢鄭玄注作"薄借"。參閱方言四、釋名釋衣服。

【不倒】不停止，連續不斷。宋陸游老學庵筆記六："吏勳封考，筆頭不倒。"儒林外史五："嚴監生喉嚨裏痰響得一進一出，一聲不倒一聲的，總不得斷氣。"

【不倫】㊀禮曲禮下："儗人必於其倫。"倫，類；同類的，才能互相比較。成語"不倫不類"，本此。見該條。㊁不凡，不平常。魏書桓玄傳："玄志氣不倫，欲以雄豪自許。"

【不純】㊀衣不鑲邊。荀子正論："殺，赭衣而不純。"㊁不純淨。漢王充論衡累害："以不純言之，玉有瑕而珠有毀。"

【不淑】弔唁及嘆惘之詞，義隨文而別。1.詩王風中谷有蓷："遇人之不淑矣。"謂生離。2.詩鄘風君子偕老："子之不淑，云如之何。"謂失德無行。3.逸周書度邑："王乃升汾之阜，以望商邑，永嘆曰：'嗚呼不淑！'"指亡國。4.禮雜記上："如何不淑？"指人死。

【不祥】㊀不吉利。易困："入于其宮，不見其妻，不祥也。"㊁不善。管子任法："法不一，則國者不祥。民不道法，則不祥。國更立法以典民，則祥。"左傳成十三年："君又不祥，背棄盟誓。"

【不祧】古代宗法立廟祭祖，因世數過遠而遷廟稱作"祧"，只有始祖廟永遠不遷，叫作不祧。宋史禮志九："今太祖受命開基，太宗纘成大寶，則百世不祧之廟矣。"後來用以比喻永久不可廢除的事物。參見"祧"。

【不粒】絕糧。粒，穀粒。北齊顏之推顏氏家訓涉務："三日不粒，父子不能相存。"

【不理】㊀不利。孟子盡心下："貉稽曰：稽大不理於口。"注："爲衆口所訕。理，賴也。"清焦循正義："國語晉語'君得其賴'韋昭注云：'賴，利也。'不理於口，猶云不利於人口也。"㊁不治。孔叢子執節："昔伊摯在夏，呂望在商，而二國不理，豈伊呂之不欲哉？"後漢書四四胡廣傳:"萬事不理問伯始(胡廣字)。"

【不莊】舊時寫信不用正楷而用行書或草書時,結尾常用此語,以示歉意。清周亮工尺牘新鈔一清熊文舉與紀伯紫書:"謝教不莊,仰惟原宥。"

【不採】不理睬。北齊書穆后傳:"后既以陸爲母,提婆爲家,更不採輕霄。"採,也作"保"。明蘇復之金印記周氏回家:"女壻功名不遂回來,一家人不偢不保。"又作"睬"。三國演義四九:"時雲長在側,孔明全然不睬。"

【不爽】没有差失。詩小雅蓼蕭:"其德不爽,壽考不忘。"

【不通】㊀阻塞。左傳成十三年:"東道之不通,則是康公絶我好也。"㊁學識見聞淺陋,不精通。漢王充論衡别通:"俱以七尺爲形,通人胸中懷百家之言,不通者空腹無一牒之誦。"太平御覽二二〇引晉陽秋:"温嶠上疏曰:'臣才短學淺,文義不通。'"

【不逞】不滿意,不得志。左傳隱十一年:"鬼神實不逞於許君,而假手於我寡人。"後稱爲非作歹的人爲不逞之徒或不逞。後漢書六四史弼傳:"外聚剽輕不逞之徒。"宋書蔡廓傳復肉刑議:"圖像既陳,則機心冥戢;刑人在塗,則不逞改操。"

【不將】舊時陰陽家選擇的吉日,以爲這一天諸事皆宜。儒林外史十:"陳和甫選在十二月初八日不將大吉,送過吉期去。"參見"陰陽不將"。

【不第】科舉考試不中。新唐書選舉志上:"其不第則習業如初。三歲而又試,三試而不中第,從常調。"宋王君玉國老談苑二:"無憀獨出金門去,恰似當年不第歸。"

【不造】詩周頌閔予小子:"閔予小子,遭家不造,嬛嬛在疚。"造,成就。時成王喪父,故自稱"遭家不造"。後來泛稱處身失所爲不造。文選潘安仁(岳)寡婦賦:"嗟余生之不造兮,哀天難之匪忱。"

【不敏】不才,自謙之詞。論語顔淵:"回雖不敏,請事斯語矣。"戰國策燕一:"竊聞王義,甚高甚順,鄙人不敏,竊釋鉏耨而干大王。"

【不售】㊀貨物賣不出去。詩邶風谷風:"賈用不售。"引申爲考試不中。聊齋志異賈奉雉:"才名冠一時,而試輒不售。"㊁行不通。文選漢張平子(衡)西京賦:"挾邪作蠱,於是不售。"注:"售猶行也,謂懷挾不正道者,於是時不得行也。"

【不偷】不懈怠,不苟且。管子幼官:"執務明本,則士不偷。"商君書農戰:"善爲國者,倉廩雖滿,不偷於農。"

【不終】不合格。終,通"中"。西遊記四七:"雖然相貌不終,却倒會降龍伏虎,捉怪擒妖。"

【不測】㊀不可測度。易繫辭上:"陰陽不測之謂神。"史記秦始皇紀:"據億丈之城,臨不測之谿以爲固。"言其深不可測。㊁指意外的事。元曲選楊顯之瀟湘雨楔子:"船便開,倘若有些不測,只不要抱怨我。"

【不啻】㊀不但,不止。書多士:"爾不啻不有爾土。"㊁無異於。明歸有光震川集十五花史館記:"百年之内,視二千餘年不啻一瞬。"

【不惶】來不及。同"不遑"。世説新語雅量:"王子猷子敬曾俱坐一室,上忽發火,子猷遽走避,不惶取屐。"子猷,徽之字;子敬,獻之字,王羲之子。

【不貳】㊀專一,無二心。左傳襄二九年:"美哉!思而不貳。"注:"思文武之德,無貳叛之心。"㊁不重複。論語雍也:"有顔回者好學,不遷怒,不貳過。"

【不壹】壹,也作"一"。㊀不專一。商君書農戰:"是以官無常,國亂而不一,辯説之人無法也。"孫臏兵法將失:"令不行,衆不壹,可敗也。"㊁不僅一事。詳"不一而足"。

【不報】㊀不報復。禮中庸:"寬柔以教,不報無道。"㊁接人書信,或皇帝對臣下疏奏,置不答復。唐王維王右丞集六不遇詠:"北闕獻書寢不報,南山種田時不登。"清周亮工尺牘新鈔一高攀龍與葉同適:"朋友相與,須盡力砭其失,方有進處。弟施矣,足下不可不報。"

【不堪】㊀受不了。左傳隱元年:"今京不度,非制也,君將不堪。"文選三國魏嵇叔夜(康)與山巨源絶交書:"吾直性狹中,多所不堪。"㊁不能。韓非子難三:"君令不二,除君之惡,惟恐不堪。"㊂用在消極意義的詞後,表示程度極深。北齊書幼主傳:"帝幼……性懦不堪。"紅樓夢一一〇:"到了西院房上,見那瓦片破碎不堪。"

【不惡】㊀見"不惡而嚴"。㊁不壞,很好。世説新語賢媛:"王凝之謝夫人(道韞)既往王氏,大薄凝之。……太傅(謝安)慰釋之曰:'王郎,逸少(羲之)之子,人身亦不惡,汝何以恨乃爾?'"

【不惠】㊀無恩情。詩小雅節南山:"昊天不惠,降此大戾。"㊁不順。漢書藝文志雜占序:"德勝不祥,義厭不惠。"㊂愚笨。惠,通"慧"。鬼谷子忤合:"材質不惠,不能用兵。"

【不期】㊀事前未約定。公羊傳隱四年:"夏,公及宋公遇於清,遇者何?不期也。"後常引申爲意料之外。㊁不希望。唐柳宗元柳先生集十八乞巧文:"不期一時,以俟悠久。"

【不辜】無罪。書大禹謨:"與其殺不辜,寧失不經。"

【不揚】㊀聲音不高。詩魯頌泮水:"烝烝皇皇,不吴不揚。"疏:"揚者高舉之義。……不揚爲不揚聲。"㊁不振作。楚辭漢嚴忌哀時命:"志沈抑而不揚。"㊂相貌不好看。全唐文五三八裴度自題寫真贊:"爾才不長,爾貌不揚。"

【不逮】不及。書周官:"今予小子,祇勤于德,夙夜不逮。"楚辭屈原卜居:"數有所不逮,神有所不通。"

【不登】歉收。管子山權數:"某穀不登。"漢書文帝紀後元年:"間者數年比不登,又有水旱疾疫之災。"

【不然】㊀不這樣。荀子性惡:"孟子曰:'人之性善。'曰:'是不然。'"㊁難道,猶言不成。宋辛棄疾稼軒詞浣溪沙種梅菊:"百世孤芳肯自媒,直須詩句與推排;不然喚近酒邊來。"

【不勝】㊀不能制服。管子正世:"暴人不勝,邪亂不止,則君人者勢傷而威日衰。"㊁受不住。見"不勝衣"。㊂不盡。唐李白李太白詩二二蘇臺覽古:"舊苑荒臺楊柳新,菱歌清唱不勝春。"

【不腆】不豐厚,不善。自謙之詞。左傳僖三三年:"不腆敝邑,爲從者之淹,居則具一日之積,行則備一夕之衛。"儀禮燕禮:"寡君有不腆之酒。"

【不備】㊀無準備。左傳隱五年:"不備不虞,不可以師。"㊁不詳盡。舊時書信結尾用語。參見"不一㊁"、"不宣㊁"。

【不給】不足。左傳宣十二年:"子有軍事,獸人無乃不給於鮮,敢獻於從者。"孟子梁惠王下:"春省耕而補不足,秋省斂而助不給。"

【不幾】㊀不多。荀子不苟:"短綆不可以汲深井之泉,知不幾者不可與及聖人之言。"㊁不相近。幾,近。左傳襄二八年:"楚不幾十年,未能恤諸侯也。"注:"幾,近也。言失道遠者,復之亦難。"㊂不可希望。幾,庶幾。漢書五一鄒陽傳諫吴王書:"此皆國家之不幾者也。"注:"應劭曰:'言不可庶幾也。'"

【不$_{2}$準】晉汲郡人。晉武帝太康二年,盜發魏襄王墓,或言安釐王冢,得竹書數十車,大凡七十五篇。其中有竹書紀年穆天子傳等。見晉書束晳傳。

【不意】㊀不以爲意。詩小雅正月:"終踰絶險,曾是不意。"㊁意料之外。孫子計:"攻其不備,出其不意。"

【不禄】㊀士死稱不禄,意爲不再享俸禄。禮曲禮下:"天子死曰崩,諸侯曰薨,大夫曰卒,士曰不禄,庶人曰死。"㊁諸侯、大夫死,訃告上的謙稱。禮雜記上:"君訃於他國之君,曰寡君不禄……大夫訃於適者,曰某不禄。"㊂夭折。禮曲禮下:"壽考曰卒,短折曰不禄。"

【不義】㊀不應爲的事。左傳隱元年:"多行不義,必自斃。"㊁隋律規定的十條重罪之一。指殺本屬府主、刺史、縣令、見受業師;吏卒殺本部五品官以上官長;及聞夫喪匿不舉哀、守喪期間作樂、穿吉服及改嫁。見隋書刑法志、唐律疏議一十惡。

【不詳】㊀不詳細。荀子成相:"慎墨季惠,百家之説誠不詳。"㊁不知道。晉陶潛陶淵明集五五柳先生傳:"亦不詳其姓字。"㊂不公平。漢書食貨志下賈誼諫書:"善人怵而爲姦邪,愿民陷而之刑戮,刑戮將甚不詳,柰何而忽?"注:"詳,平也。"

【不道】㊀卽無道。管子中匡:"吾欲誅大國之不道可乎?"漢以來以"不道"作爲刑律的名目,至隋列爲十大罪惡之一。唐律有"十惡",其五爲"不道"。凡殺一家三人,支解人或以毒藥人,或借鬼神殺人,皆屬不道。見唐律疏議一十惡。㊁不談。荀子非相:"相人,古之人無有也,學者不道也。"唐姚合姚少監集一送李廓侍御赴西川行營詩:"不道弓箭事,罷官唯醉眠。"㊂不料,想不到。唐李商隱李義山詩集五贈華陽宋真人兼寄清都劉先生:"但驚茅許同仙籍,不道劉盧是世親。"㊃不顧。唐李白李太白詩十三憶舊遊寄譙郡元參軍:"五月相呼度太行,摧輪不道羊腸苦。"㊄無奈,不堪。宋吳曾能改齋漫録十六傷春怨王安石(生查子)詞:"與君相逢處,不道春將暮,把酒祝東風,且莫恁匆匆去。"

【不落】酒器。宋陶穀清異録器具水晶不落:"白樂天送春詩云:銀花不落從君勸,金屑琵琶爲我彈。"按白居易長慶集五五送春詩作"鑿落"。參見"鑿落"。

【不禁】㊀不制止。管子權修:"微邪不禁,而求大邪之無傷國,不可得也。"㊁禁不住,經受不起。唐杜甫杜工部草堂詩箋三三舍弟觀赴藍田取妻子到江陵喜寄之二:"巡簷索近梅花笑,冷蘂疎枝半不禁。"宋辛棄疾稼軒詞八蝶戀花送人行:"蜂蝶不禁花引調,西園人去春風少。"

【不羣】㊀不平凡,高出於同輩。楚辭屈原九章惜誦:"行不羣以巔越兮,又衆兆之所咍。"巔越,跌跤。咍,譏笑。㊁孤高,不合羣。楚辭屈原離騷:"鷙鳥之不羣兮,自前世而固然。"

【不當】㊀不相稱,不恰當。管子霸言:"舉而不當,此鄰敵之所以得意也。"馬王堆漢墓帛書經法國次:"誅禁不當,反受其央〔殃〕。"㊁抵不上,算不得。漢書四九鼂錯傳上書言兵事:"兵法曰:'……平原廣野,此車騎之地,步兵十不當一。'"宋吳泳鶴林詞摸魚兒生日:"别料理,那玉燕石麟,不當真符瑞。"㊂不應該。元王實甫西廂記二本四折:"你那裏休聒,不當一箇信口開合。"

【不虞】㊀沒有意料到的事。詩大雅抑:"用戒不虞。"箋:"用備不億度而至之事。"左傳桓十七年:"疆埸之事,慎守其一而備其不虞。"㊁事前不考慮,無準備。孫子謀攻:"以虞待不虞者勝。"

【不訾】㊀數量很大,不能以資財計算。管子七臣七主:"貧富之不訾。"史記一二九貨殖傳:"巴蜀寡婦清……家亦不訾。"也作"不貲"。三國志魏高柔傳:"羣鹿犯暴,殘食生苗,處處爲害,所傷不貲。"㊁貴重無比。漢書七七蓋寬饒傳:"用不訾之軀,臨不測之險。"㊂不思。禮少儀:"不訾重器。"

【不過】㊀不超過。易豫:"天地以順動,故日月不過。"㊁螳螂的别名。見爾雅釋蟲。也作"不蝸"。見禮月令"小暑至,螳蜋生"疏。

【不置】㊀不安放。史記周勃世家:"上居禁中,召亞夫賜食,獨置大胾,無切肉,又不置箸,亞夫心不平。"㊁不止,不停。新唐書一一五狄仁傑傳:"爲兒時,門人有被害者,吏就詰,衆爭辨對,仁傑誦書不置。"

【不遑】來不及,没有空閒。詩小雅小弁:"心之憂矣,不遑假寐。"

【不經】㊀不合於常規。書大禹謨:"與其殺不辜,寧失不經。"㊁缺乏根據,不近情理。史記四七孟子荀卿傳:"終始、大聖之篇十餘萬言,其語閎大不經。"漢書郊祀志上:"(公孫)卿有札書,……卿因所忠欲奏之,所忠視其書不經,疑其妄言。"

【不端】不正派,不規矩。文選南朝宋顏延年(延之)祭屈原文:"贏芉遘紛,昭懷不端。"注:"大戴禮曰:太子處位不端,受業不敬,此屬太保之任也。"宋張綱華陽集十七駮陳鑄吳説差遣指揮狀:"臣伏見吳説陳鑄輕儇不端,皆無素行。"

【不匱】不缺乏,不窮盡。詩大雅既醉:"孝子不匱,永錫爾類。"管子七法:"有蓄積則久(戰)而不匱。"

【不蒙】複姓。卽夫蒙。古代西羌族的姓。唐王維王右丞集二有奉和聖制送不蒙都護兼鴻臚卿歸安西應制詩。也作"不夢"。

【不爾】不然,不這樣。管子海王:"不爾而成事者,天下無有。"世説新語品藻:"謝公(安)問王子敬(獻之):'君書何如君家尊(王羲之)?'答曰:'固當不同。'公曰:'外人論殊不爾。'"

【不盡】不竭,不完全。易繫辭上:"書不盡言,言不盡意。"商君書兵守:"客不盡夷城,客無從入。"

【不遜】㊀不順。書舜典:"百姓不親,五品不遜。"㊁不謙虛,不恭敬。荀子子道:"辭不遜與。"史記八三魯仲連鄒陽傳論:"鄒陽辭雖不遜,然其比物連類,有足悲者。"

【不圖】㊀想不到。論語述而:"不圖爲樂之至於斯也。"㊁不謀取。管子君臣:"無法之勞,不圖於功。"

【不稱】不相稱,不符合,不勝任。詩曹風候人:"彼其之子,不稱其服。"史記八一廉頗藺相如傳附趙奢:"王終遣之,卽有如不稱,妾得無隨坐乎?"隨坐,牽連坐罪。

【不適】㊀不符合,不和諧。管子任法:"凡爲主而不得用其法,不適其意,顧臣而行。"㊁不敵。漢書八九黃霸傳:"又發騎士詣北軍,馬不適士。"注引孟康:"關西人謂補滿爲適。馬少士多,不相補滿也。"㊂非特,不僅。同"不啻"、"不翅"。戰國策秦二:"疑君者不適三人。"注:"適,音翅。"史記七一甘茂傳作"非特"。

【不調】㊀音調不和諧。漢書五六董仲舒傳:"竊譬之,琴瑟不調甚者,必解而更張之,乃可鼓也。"㊁與人合不來。楚辭漢東方朔七諫謬諫:"不論世而高舉兮,恐操行之不調。"㊂不升調官職。漢書五九張湯傳附張安世:"有郎功高不調。"注:"調,選也。音徒釣反。"

【不憤】㊀不發憤。論語述而:"不憤不啓。"㊁不平,不服氣。同"不忿"。唐杜甫杜工部詩史補遺四送路六侍御入朝:"不憤桃花紅勝錦,生憎柳絮白於綿。"

【不慧】愚笨。列子湯問:"甚矣,汝之不

慧。"後來僧人自謙,也稱不慧。

【不穀】不善。穀,善。古代王侯自稱的謙詞。老子:"故貴以賤爲本,高以下爲基,是以侯王自謂孤、寡、不穀。"左傳僖二三年:"楚王饗之,曰:'公子若反晉國,則何以報不穀?'"

【不遭】不遇。史記六二管仲傳:"吾嘗三仕三見逐於君,鮑叔不以我爲不肖,知我不遭時也。"後漢書二八馮衍傳:"時莫能聽用其謀,喟然長歎,自傷不遭。"

【不齒】㊀不與同列,表示極端鄙視。書蔡仲之命:"降霍叔於庶人,三年不齒。"詩鄘風蝃蝀序:"淫奔之恥,國人不齒。"宋沈括夢溪筆談二五雜志二:"以爲士人不齒,放棄終身。"㊁周制,官分九等,叫"九命"。"三命"官參加鄉飲不按年齡排座次,位居一般人之上,叫"不齒"。周禮地官黨正:"壹命齒于鄉里,再命齒于父族,三命而不齒。"參見"九命"。

【不耦】遭遇不順利,没有成就。漢書五五霍去病傳:"諸宿將常留落不耦。"史記一一一衛青傳作"不遇"。

【不億】㊀形容數量很多。詩大雅文王:"商之孫子,其麗不億。"㊁形容奸惡不可測。漢賈誼新書淮難:"今陛下將尊不億之人……此所謂假賊兵爲虎翼者也。"

【不德】㊀道德敗壞。書伊訓:"爾惟不德罔大,墜厥宗。"㊁不施恩德。左傳文十七年:"德,則其人也;不德,則其鹿也,鋌而走險。"㊂不感恩戴德。孫臏兵法行篡:"貨多則辨;辨則民不德其上。"辨,通"便"。安逸。

【不諧】不成功。後漢書二六宋弘傳:"帝顧謂主曰:'事不諧矣。'"

【不諱】㊀不隱諱。楚辭屈原卜居:"寧正言不諱以危身乎?將從俗富貴以媮生乎?"㊁不避尊長的名字。禮曲禮上:"詩書不諱,臨文不諱,廟中不諱。"㊂死的婉詞。意爲人死不可避免,無可忌諱。戰國策魏一:"公叔(痤)即不可諱,將奈社稷何?"漢書七四魏相丙吉傳:"君即有不諱,誰可以自代者?"

【不橈】不彎曲,不屈服。荀子榮辱:"重死持義而不橈。"漢書七八蕭望之傳贊:"折而不橈。"

【不豫】㊀不猶豫。楚辭屈原九章惜誦:"壹心而不豫兮,羌不可保也。"㊁不事先預備。禮中庸:"凡事豫則立,不豫則廢。"㊂不高興。孟子梁惠王下:"吾王不豫,吾何以助。"㊃不厭煩。莊子應帝王:"無名人曰:去!汝鄙人也。何問之不豫也。"㊄天子有病的諱稱。史記魯世家:"武王有疾不豫。"

【不器】不像器具那樣,其作用只局限於某一方面。論語爲政:"君子不器。"禮學記:"大道不器。"後來即以"不器"作爲贊人全才的詞。元周恕渠菴集十二送曹侍郎仕開詩:"陸駕舟航嗟不器,秋霜春露見能時。"

【不舉】㊀不檢舉。史記秦始皇紀:"有敢偶語詩書者棄市,以古非今者族,吏見知不舉者同罪。"㊁生子女而不養育。漢書九七孝成趙皇后傳:"初生時父母不舉,三日不死,乃收養之。"㊂不成,不能舉辦。玉臺新詠一古詩爲焦仲卿妻作:"適得府君書,明日來迎汝。何不作衣裳,莫令事不舉。"

【不禮】不以禮相待。左傳隱六年:"鄭伯如周,始朝桓王也,王不禮焉。"

【不贅】不説多餘的話。宋胡安國春秋傳隱四年:"春秋立義至精,辭極簡嚴而不贅也。"舊時書信結尾常用此語。清顏光敏顏氏家藏尺牘四孔處士貞燦:"茲單縣庫吏劉之粹,於二十年考過吏目職,今入都候選,……更求推愛,叨寵無量。不贅。"

【不職】不勝任,不稱職。漢書四八賈誼傳陳政事:"古者大臣……坐罷軟不勝任者,不謂罷軟,曰'下官不職'。"

【不韙】不是,過錯。左傳隱十一年:"不度德,不量力,不親親,不徵辭,不察有罪,犯五不韙。"參見"不若"。

【不颺】貌不軒昂,醜陋。左傳昭二八年:"今子少不颺。"參見"不揚㊂"。

【不識】㊀西周刑法中三種可寬恕的條件之一。不識指誤殺。周禮秋官司刺:"壹宥曰不識,再宥曰過失,三宥曰遺忘。"注:"識,審也。不審,若今仇讎當報甲,見乙誠以爲甲而殺之者。"漢書刑法志作"弗識"。㊁不知道。孫臏兵法勢備:"殺人百步之外,不識其所道(由)至。"

【不韻】不風雅。世説新語言語:"支道林常養數匹馬,或言道人畜馬不韻。"

【不羹】古地名。羹,láng。不羹城,也叫西不羹。不羹亭,也叫東不羹。參閱左傳昭十一年"楚子城陳蔡不羹"注、漢書地理志上潁川郡、後漢書郡國志二潁川郡。地皆在今河南省。不羹城在襄城縣。不羹亭在定陵,今屬舞陽縣。

【不類】㊀壞,不善。書太甲:"予小子不明於德,自底不類。"㊁不當。逸周書官人:"規諫而不類,道行而不平,曰竊名者也。"㊂不及,不包括。管子君臣下:"其選賢遂材也,舉德以就列,不類無德;舉能以就官,不類無能。"㊃不像。唐李商隱李義山詩集一行次西郊作一百韻:"草木半舒坼,不類冰霜晨。"

【不羈】豪放,不甘受約束。史記八三鄒陽傳獄中上書:"使不羈之士,與牛驥同皁。"索隱:"言駿足不可羈絆,以比喻逸才之人。"漢書六二司馬遷傳報任安書:"僕少負不羈之材,長無鄉曲之譽。"

【不讎】没有徵驗。漢書郊祀志上:"五利妄言見其師,其方盡多不讎。"注:"讎,應當也。不讎,無驗也。"

【不一一】書信結尾語,意爲不詳備。唐張彥遠法書要錄十右軍書記:"足下晚可耳,至劣劣,力不一一。王羲之白。"一説羲之草書書末"不具"二字,似"不一一",後來就被沿用。見宋車若水脚氣集上。

【不二色】指男子不娶妾,無外遇。清李漁奈何天鬧封:"誰知命運偏高,頂了尚義君不二色的原配。"

【不二價】不賣兩種價錢。孟子滕文公上:"從許子之道,則市賈不貳。"後漢書八三韓康傳:"嘗采藥名山,賣於長安市,口不二價,三十餘年。"

【不了事】不懂事,糊塗。南史蔡撙傳:"(武帝)曰:'卿殊不了事。'撙正色俯身拾牒起曰:'……臣撙少而仕宦,未嘗有不了事之目。'"元曲選鄭德輝㑳梅香二:"哎!你個不了事的呆才,可元來在這手兒裏搦着。"

【不入耳】不堪聽取。文選舊題漢李少卿(陵)答蘇武書:"左右之人,見陵如此,以爲不入耳之歡,來相勸勉。"

【不乃羹】古交趾食品名。唐劉恂嶺表錄異上:"交趾之人,重不乃羹。羹以羊鹿雞豬肉和骨,同一釜煮之,令極肥濃。漉去肉,進葱薑,調以五味,貯以盆器,置之盤中……喫羹了,然後續以諸饌,謂之不乃會。"宋朱輔溪蠻叢笑引此條謂"不乃"爲擺的反切。

【不中用】㊀不合用。史記秦始皇紀:"吾前收天下書,不中用者盡去之。"詩小雅大東"無浸穫薪"漢鄭玄箋:"浸之,則將溼腐不中用也。"㊁表示快要死了。紅樓夢十六:"茗烟道:'秦大爺不中用了!'"

【不中意】不合意。漢書八一孔光傳:"以議不中意,左遷廷尉。"

【不中訾】家財在一定數額以下。訾,通"貲"。史記一二四郭解傳:"(郭)解家貧,不中訾。"索隱:"貲不滿三百萬已上爲不中。"

【不及秋】唐末夏裝名。宋吳處厚靑箱雜記七:"天祐末,廣陵人競服短袴,謂之不及秋。"言天稍涼卽不再用。

【不及格】不合規格。宋史三二四張亢傳:"馬高不及格,宜悉還坊監。"又指參加科舉考試不被錄取。淸龔自珍定盦文集續集三干祿新書自序:"殿上三試,三不及格,不入翰林。"

【不可諱】死之婉言。詳"不諱㊀"。

【不世出】謂非世所常有。史記九二淮陰侯傳:"此所謂功無二於天下,而略不世出者也。"

【不打緊】無關緊要。元曲選缺名陳州糶米三:"别的郎君子弟、經商客旅都不打緊,我有兩個人,都是倉官,又有權勢,又有錢鈔。"

【不令支】古代我國北方少數民族的部落國名。逸周書王會:"北方……不令支玄模。"注:"不令支,皆東北夷。"參見"令支"。

【不付能】見"不甫能"。

【不灰木】卽石綿。政和證類本草五引圖經本草:"不灰木出上黨,今澤潞山中皆有之,蓋石類也。其色青白如爛木,燒之不然,以此得名。"

【不死草】㊀古代方士傳說服之可使死者復活的還魂草。見初學記六漢東方朔十洲記。㊁麥門冬的別名。見本草綱目十六麥門冬。

【不死麪】茯苓的別名。見本草綱目三七茯苓。詳"茯苓"。

【不死藥】古代方士傳說服之可以長生不死的藥。韓非子說林上:"有獻不死之藥於荆王者。"唐李白李太白詩二歌詩之三:"尚採不死藥,茫然使心哀。"

【不如意】晉羊祜一再上表主張平吳,議事者多不贊同。祜嘆道:"天下不如意事,恒十居七八。"見晉書羊祜傳。後常爲人沿用。宋辛棄疾稼軒詞一賀新郎題傳巖叟悠然閣用前韻再賦:"歎人生不如意事,十常八九。"陸游劍南詩稿八新津小宴之明日……呈范舍人:"不如意事十八九,正用此時風雨來。"

【不走落】宋代宮妃髻式。宋史五行志三:"理宗朝,宮妃……梳高髻於頂,曰不走落。"

【不甫能】剛纔,剛巧能够,好不容易。不,助詞,無義。古今雜劇元關漢卿三勘蝴蝶夢四:"不甫能還了恓惶債,黑漫漫打出迷魂寨。"元曲選缺名賺蒯通一:"不甫能平定了劉家天下,纔得做大漢司徒。"也作"不付能"。孤本元明雜劇元鄭廷玉金鳳釵一:"不付能恰做官,没揣的罷了職。"又作"副能"、"甫能"。宋辛棄疾稼軒詞杏花天:"副能得見茶甌面,却早安排腸斷。"京本通俗小說錯斬崔寧:"官人直恁負恩!甫能得官,便娶了二夫人。"

【不求人】器物名。用骨角木竹削作人指爪狀,裝把,遇脊背有癢,人手不及,用以搔癢。見宋吳曾能改齋漫錄二如意引音義指歸。北方叫"癢癢撓"。元陳櫟定宇集十二和不求人贊:"雖不求人兮,未免求木奴之指。"

【不杖期】舊時喪制,一年之喪,謂之期服。期服有杖期、不杖期之分。凡丈夫爲妻服喪,如父母在,不得持杖,稱不杖期。儀禮喪服:"父在則爲妻不杖。"參見"杖期"。

【不防頭】不留神。古今雜劇元李文蔚燕青博魚二:"又被這箇不防頭愛撇的輒兒來隱。"紅樓夢七:"你侄兒年紀小,倘或說話不防頭,你千萬看着我,别理他。"

【不足多】不值得稱贊。韓非子五蠹:"夫古之讓天子者,是去監門之養而離臣虜之勞也,故傳天下而不足多也。"史記六八商君傳:"反古者不可非,而循禮者不足多。"

【不足齒】不足掛齒,不值一談。世說新語簡傲:"王子敬(獻之)自會稽經吳,聞顧辟疆有名園,先不識主人,徑往其家……指麾好惡,傍若無人。顧勃然不堪,曰:'傲主人,非禮也,以貴驕人,非道也;失此二者,不足齒人,傖耳!'"

【不成人】禮禮器:"禮也者,猶體也。體不備,君子謂之不成人。"後來稱行爲惡劣的人爲不成人。元曲選缺名凍蘇秦四:"豈知你倚恃着做官尊,覷朋友若遺塵,……訕笑的我不成人。"

【不成器】不成材。禮學記:"玉不琢,不成器。"常用來比喻不求上進的人。元曲選秦簡夫東堂老三:"揚州奴云:'不成器的看樣也!自家揚州奴的便是。'"

【不利市】遇事不順利,卽所謂"運氣"不好。太平廣記二七五李敬引唐摭言:"初(夏侯)孜未遇,伶俜風塵,所跨蹇驢,無故墜井。及朝士之門,或逆旅舍,常多齟齬。時人號曰不利市秀才。"元曲選康進之李逵負荆二:"我道光頭不賭他罷,省的你叫不利市。"

【不住子】僧人。佛經中有不住相,常住相;不住,言内心虛静,没有執着。全唐詩一三七儲光羲題愼言法師故房:"精廬不住子,自有無生鄉。"

【不夜侯】指茶。宋陶穀淸異錄茗荈:"胡嶠飲茶詩曰:'沾牙舊姓餘甘氏,破睡當封不夜侯。'"

【不夜城】㊀形容城市燈火通明,光照如晝。宋蘇軾分類東坡詩五雪後到乾明寺遂宿:"風花誤入長春苑,雲月長臨不夜城。"元王旭蘭軒集九算和尚山中元夕懷京都詩:"一燈明處萬燈明,天上人間不夜城。"㊁地名。詳"不夜"。

【不長進】没有進步。世說新語文學:"身與君别多年,君義言了不長進。"宋書前廢帝紀景和元年:"子業啓參承起居,書迹不謹,上詰讓之。子業啓事陳謝,上又答曰:'書不長進,此是一條耳。'"後多謂人行爲不端爲不長進。元曲選(蕭德祥)殺狗勸夫一:"哥哥,這等人不長進。"

【不事事】不親理事務。愼子民雜:"人君自任而躬身,則臣不事事,是君臣易位也。"韓非子内儲上七術:"周主亡玉簪,令吏求之,三日不能得也。……周主曰:'吾知吏之不事事也。'"

【不其然】豈非如此。論語泰伯:"才難,不其然乎?"

【不到得】不至於。水滸十一:"大官人是識法度的,不到得肯夾帶了出去。"也作"不到的"。元曲選紀君祥趙氏孤兒四:"誰欺負着你來?對您孩兒說,我不到的饒了他哩!"又作"不道得"。古今小說十五:"我教你把這件物事將去爲定,他不道得不肯。"

【不到頭】㊀有頭無尾,没有收場。才調集三李山甫上元懷古詩:"南朝天子愛風流,盡守江山不到頭。"㊁鞋名。金主完顏亮自製尖靴,足趾不到靴頭,謂便於取鐙,名爲不到頭。見宋郭彖睽車志四。

【不相干】淮南子兵略:"前後不相撚,左右不相干。"本謂不相犯。後來用作不相關涉之意。宋蘇軾蘇文忠詩合注十五堂後白牡丹:"何似後堂冰玉潔,遊蜂非意不相干。"

【不相中】互相不投合。管子國蓄:"大國之君不相中,舉兵而相攻。"史記絳侯世家:"(勝之)六歲,尚公主,不相中。"

【不相能】不睦。左傳襄二一年:"(范宣子)故與欒盈爲公族大夫而不相能。"

【不相得】㊀不投合。易革:"二女同居,其志不相得,曰革。"㊁彼此没有相遇。漢書高帝紀上:"過沛,使人求室家,室家亦已亡,不相得。"

【不耐煩】文選三國魏嵇叔夜(康)與山巨源絶交書:"心不耐煩,而官事鞅掌。"

謂不能承受煩劇之事。宋書庾登之傳附庾炳之:"炳之爲人,彊急而不耐煩,賓客干訴非理者,忿詈形於辭色。"

【不食言】不違背諾言。書湯誓:"爾無不信,朕不食言。"參見"食言"。

【不秋草】指竹。金元好問中州集七馬天來賦丹霞下寺竹詩:"人天解種不秋草,欲界獨爲無色花。"

【不容口】非口説所能盡。史記一〇一袁盎傳:"刺者至關中,問袁盎,諸君譽之皆不容口。"

【不郎鼓】貨郎所拿的鼓,兩側以繩繫墜,搖動時"不郎"、"不郎"作響,故名。古今雜劇元關漢卿夜月四春園三:"自家是個貨郎兒,來到這街市上,我搖動不郎鼓兒,看有是麼人來。"

【不脂户】比喻話少的人。淮南子説山:"人有多言者,猶百舌之聲;人有少言者,猶不脂之户也。"注:"不脂之户,難開閉,亦喻人少言語也。"

【不倒翁】兒童玩具,形似醉漢,中空底實,按捺旋轉不倒。清吳偉業梅村家藏稿十六有戲詠不倒翁詩。趙翼謂卽唐摭言十盧汪所賦之酒胡子,本爲勸酒所用。見陔餘叢考三三不倒翁。

【不能彀】力弱不能張滿弓。漢書九四上匈奴傳:"七日不食,不能彀弩。"新唐書一九二張巡傳:"才千餘人,皆癯劣不能彀。"後引申爲不勝任,不滿意。元曲選缺名抱粧盒四:"不能彀題名丹闕,只落得埋骨黃壚。"

【不旋踵】㊀不轉動脚跟,比喻不退却逃跑。商君書畫策:"是以三軍之衆,從令如流,死而不旋踵。"也作"不還踵"。孫臏兵法善者:"民見進而不見退,蹈白刃而不還踵。"㊁來不及轉動脚跟,喻時間短促。漢書六四徐樂傳:"不得還踵而身爲禽,吳、楚是也。"注:"還,讀曰旋。"宋王安石臨川集五和吳沖卿雪詩:"紛華始滿眼,消釋不旋踵。"

【不祥人】㊀不吉利的人。左傳成二年:"(楚)子反欲取之(夏姬)。……巫臣曰:'是不祥人也,是夭子蠻,殺御叔,弒靈侯,戮夏南,出孔儀,喪陳國,何不祥如是。'"㊁圖謀暗害的人。宋書武帝紀下:"若大臣中任要,宜有爪牙以備不祥人者,可以臺見隊給之。"

【不速客】不招而自來的客人。易需:"有不速之客三人來。"疏:"速,召也。不須召喚之客有三人自來。"

【不動尊】㊀佛教的護法神名。謂能降服一切鬼魅及諸種煩惱。宋葉夢得石林燕語五:"官局正門裏皆於中間用小木龕供佛,曰不動尊佛。"㊁指錢。意爲藏錢不用,如佛之安坐不動。宋陶穀清異錄一人事:"郎君家庫裏許多青銅,教做不動尊,可惜爛了。"聊齋志異仇大娘:"石池盈丈,滿中皆不動尊也。"

【不得意】不如意,不稱心。史記七六虞卿傳:"(虞卿)不得意,乃著書。"漢書一〇七田蚡傳:"諸公稍自引而怠驁,唯灌夫獨否,故(竇)嬰墨墨不得意而厚遇夫也。"

【不敢當】不敢承受,不配接受。莊子讓王:"大王反國,非臣之功,故不敢當其賞。"呂氏春秋審應、史記文帝紀、聶政傳、漢書杜延年傳皆有"不敢當"之文,是當時習用語。後多作謙讓之詞。史記孝文紀:"寡人不佞,不足以稱宗廟,願請楚王計宜者,寡人不敢當。"

【不屠何】我國古代東北少數民族的部落名。逸周書王會:"不屠何,青熊。"注:"不屠何,亦東北夷也。"

【不登登】形容忿怒。古今雜劇元缺名敬德不伏老一:"這廝便走將來上首頭無些謙遜,惱的我便不登登按不住心頭忿。"也作"不鄧鄧"。元曲選楊顯之瀟湘雨三:"則見他努眼撐睛大叫呼,不鄧鄧氣夯胸脯。"

【不唧溜】不聰明。唐盧仝玉川子集二揚州送伯齡過江詩:"不唧溜鈍漢,何由通姓名。"宋宋祁宋景文公筆記上:"孫炎作反切語,本出於俚俗常言,尚數百種。故謂'就'爲鯽溜。凡人不慧者,卽曰不鯽溜。"鯽與唧同音。溜,也作"噹"。續燈錄二二悟本禪師:"大衆道一隊不唧噹漢。"

【不勝衣】㊀形容身體極衰弱,承擔不起衣服。荀子非相:"葉公子高微小短瘠,行若將不勝其衣然。"唐高彥休唐闕史下辛尚書神力:"時(辛)讜侏儒瘠瘁,如不勝衣。"㊁謙虛退讓的樣子。禮檀弓下:"(趙)文子其中退然,如不勝衣。"五代王定保唐摭言十一:"夫叔向者,不能言,退然不勝衣,爲晉國之望。"

【不落莢】農曆四月八日用白面調蔬品攤桐葉上合葉蒸食,名不落莢。明王朝以此賜百官。又以米蒸作飯,用不落葉包蒸,北方少數民族用以供佛,與烏飯同謂之不落角兒。見清王棠燕在閣知新錄二九不落莢。明李詡戒庵漫筆一不落莢不落莢謂卽粽子。明劉若愚酌中志二十飲食好尚紀略作"不落夾"。

【不落道】不旁越他道,表示有條不紊。唐白居易長慶集五一小童薛陽陶吹觱篥歌:"碎絲細竹徒紛紛,宫調一聲雄出羣,衆音覼縷不落道,有如部伍隨將軍。"

【不愛錢】不貪財。唐李白李太白詩十贈崔秋浦之二:"見客但傾酒,爲官不愛錢。"宋史三五六岳飛傳:"或問天下何時太平,飛曰:'文臣不愛錢,武臣不惜死,天下太平矣。'"

【不經事】不懂事,謂無經驗。晉書桓沖傳:"雖遣諸不經事少年,衆又寡弱,天下事可知。"

【不認親】明末民間的一種頭巾,戴時把帽簷低側遮掩住眉目,叫不認親。見清凌揚藻蠡勺編四十不認親。

【不徹頭】竹骨扇以木爲柄,至宋宣和末,變爲短柄,只插至扇半,名不徹頭。見宋陸游老學庵筆記三。

【不覩事】不看清事實,引申爲不明是非,不識時務,任性妄爲。元王實甫西廂記五本三折:"硬打捱,强爲眷姻;不覩事,强諧秦晉。"也作"不覩是"。太平樂府八姚守中粉蝶兒十二月套:"被這廝添錢買我離桑樞,不覩是牽咱過前途。"又作"不睹時"。見孤本元明雜劇元缺名替殺妻一。

【不曉事】不明事理。三國志魏陳思王植傳"植益内不自安"注引典略楊修答書:"修家子雲(揚雄字),老不曉事,彊著一書,悔其少作。"

【不龜手】冬天人手受冷,皮拆如龜,用藥敷之,可免,叫不龜手。又説,龜是"皸"的假借。莊子逍遙遊:"宋人有善爲不龜手之藥者。"宣和書譜四儒素帖載唐人詩:"寄言昔日不龜手,應念江頭洴澼人。"

【不濟事】不能成事。北齊書高昂傳:"高祖曰:'高都督純將漢兒,恐不濟事。'"後也指久病不愈,生命危殆。儒林外史一:"一日母親吩咐王冕道:'我眼見得不濟事了。'"

【不還踵】見"不旋踵"。

【不藉木】戰船所用武器名。詳"木老鴉"。

【不繫舟】喻漂泊不定。莊子列御寇:"飽食而敖遊,汎若不繫之舟,虛而敖遊者也。"唐李白李太白詩十四寄崔侍御:"宛溪霜夜聽猿愁,去國長如不繫舟。"

【不一而足】公羊傳文九年:"許夷狄者不一而足也。"又襄二九年作"不壹而足"。原指不是一事一物可以滿足。後用來表示同類事物多次出現,不可盡舉。朱子語類六三中庸二:"到此已兩月,蒙先生教誨,不一而足。”紅樓夢一一七:“賈環賈薔等愈鬧的不像事了,甚至偷典偷賣,不一而足。”

【不二法門】佛教語。意爲直接入道,不可言傳的法門。維摩詰經入不二法門品:“如我意者,於一切法無言無說,無示無識,離諸問答,是爲入不二法門。”後用來比喻唯一的門徑、方法。或省作“不二門”。元方回桐江續集十二贈刊工程禮詩:“鏤金鐫石切瑤琨,深入詩家不二門。”

【不三不四】不正派,猶言不倫不類。水滸七:“(魯)智深見了,心裏早疑忌道:‘這夥人不三不四,又不肯近前來,莫不要攧洒家?’”

【不文不武】既不能文,又不能武。唐韓愈昌黎集六瀧吏詩:“不知官在朝,有益國家不?得無虱其間,不武亦不文。”後用以譏人無能。

【不亢不卑】也作“不卑不亢”。既不高傲,也不自卑。亢,亦作“抗”。紅樓夢五六:“他這遠愁近慮,不抗不卑,他們奶奶便不是和咱們好,聽他這一番話,也必要自愧的變好了。”

【不日不月】㊀不計日月,沒有期限。詩王風君子于役:“君子于役,不日不月。”㊁不選擇時日。管子白心:“不日不月,而事以從;不卜不筮,而謹知吉凶。”

【不今不古】漢揚雄太玄經三更:“童牛角馬,不今不古。”意指事物反常,古今所無。後也用來譏人學無所得,又好標新立異。

【不分皁白】不分黑白,不辨是非。詩大雅桑柔“匪言不能,胡斯畏忌”漢鄭玄箋:“賢者見此事之是是非非,不能分別皁白言之於王也。”金董解元西廂二:“豈辨箇是和非,不分箇皂白。”參見“皁白”。

【不主故常】不拘守舊規。莊子天運:“變化齊一,不主故常。”

【不平之鳴】唐韓愈昌黎集十九送孟東野序:“大凡物不得其平則鳴。”後因以不平之鳴指申訴枉屈的呼聲。

【不可收拾】指事物敗壞到無法整頓、不可救藥的地步。唐韓愈昌黎集二一送高閑上人序:“泊與淡相遭,頹墮委靡,潰敗不可收拾。”

【不可思議】指事理極其奧妙神祕,想也想不到,說也說不清。北魏楊衒之洛陽伽藍記一城內永寧寺:“佛事精妙,不可思議。”

【不可救藥】病重到無法用藥救治。又比喻事態嚴重,無法挽救。詩大雅板:“多將熇熇,不可救藥。”元周密癸辛雜識後集賈相制外戚抑北司戢學校:“垢面弊衣,冬烘昏憒〔瞶〕,以致靡爛漸盡而不可救藥。”

【不生不死】莊子大宗師:“無古今而後能入於不死不生。”入楞伽經八:“如來藏世間,不生不死,不來不去,常恒清涼不變。”原指超脫生死的境界,後指人或事不死不活、沒有生氣。

【不安於室】詩邶風凱風序:“衛之淫風流行,雖有七子之母,猶不能安其室。”後因稱已婚婦女有外遇爲不安於室。

【不亦樂乎】論語學而:“有朋自遠方來,不亦樂乎!”本是喜悅的意思,後常用以表示極度、非常、淋漓盡致之意,並兼有詼諧味。古今雜劇明缺名吳起掛帥四:“吳起着我打聽秦兵去,誰想正撞着秦兵,把我一陣殺的不亦樂乎,跑將來了。”

【不夷不惠】夷,殷末的伯夷,堅持不肯當周朝的官;惠,春秋時柳下惠,相傳三次罷官,不肯離開。折中而不偏激,叫不夷不惠。漢揚雄法言淵騫:“不夷不惠,可否之間也。”

【不共戴天】不共存於人世間,比喻仇恨極深。禮曲禮上:“父之讐,弗與共戴天。”宋李心傳建炎以來繫年要錄六建炎元年六月庚申:“報不共戴天之仇,雪振古所無之恥。”

【不在話下】㊀事屬當然,用不着說它。水滸一:“仁宗准奏,賞賜洪信,復還舊職,亦不在話下。”㊁暫且不提。紅樓夢三十:“那金釧兒含羞忍辱的出去,不在話下。”

【不存不濟】不死不活。元曲選缺名百花亭三:“剗的着俺不存不濟,則爲半生花酒耽閣盡一世前程。”

【不劣方頭】倔強固執。方頭,指做事固執、不圓通。元曲選缺名陳州糶米二:“我從來不劣方頭,恰便似火上澆油。”也作“方頭不劣”、“方頭不律”。元曲選關漢卿緋衣夢三:“俺這裏有箇裴炎,好生方頭不劣。”參見“不律㊀”。

【不因人熱】意指不依賴人。東觀漢記十八梁鴻傳:“比舍先炊已,呼鴻及熱釜炊。鴻曰:‘童子鴻,不因人熱者也。’滅竈更燃火。”唐駱賓王集二夏日遊德州贈高四詩:“潘岳本自閑,梁鴻不因熱。”

【不合時宜】不合當時的形勢、潮流。漢書哀帝紀建平二年:“皆違經背古,不合時宜。”又作“不入時宜”。宋費衮梁谿漫志四侍兒對東坡語:“東坡一日退朝,捫腹徐行,顧謂侍兒曰:‘汝輩且道是中有何物?’……朝雲乃曰:‘學士一肚皮不入時宜。’”

【不名一錢】史記一二五鄧通傳:“竟不得名一錢。”漢王充論衡骨相:“(鄧)通有盜鑄錢之罪,景帝考驗,通亡,寄死人家,不名一錢。”鄧通是漢文帝的寵臣,准他自己鑄錢幣,名鄧氏錢。景帝時,以盜鑄罪,財產全部被沒收,不得占有一錢。後稱人貧窮得一無所有爲不名一錢。明吳應箕樓山堂集十八忠烈楊漣傳:“蒞虞一年,不名一錢。”

【不伏燒埋】不伏罪,不聽勸解。元曲選缺名爭報恩二:“我又不敢當廳抵賴,恰待分說,又道咱家不伏燒埋。”燒埋,燒埋錢的簡稱。參見“燒埋錢”。

【不如歸去】杜鵑鳥鳴聲。舊詩文中多用爲思歸或催人歸家之詞。宋梅堯臣宛陵集四四杜鵑詩:“不如歸去語,亦自古來傳。”也作“不如歸”。宋范沖淹范文正集三越上聞子規詩:“春山無限好,猶道不如歸。”

【不言之化】論語陽貨:“天何言哉!四時行焉,百物生焉,天何言哉!”莊子知北遊:“夫知者不言,言者不知,故聖人行不言之教。”意指無爲而治,使民自化。晉書劉寔傳:“人無所用其心,任衆人之議,而天下自化矣。不言之化行,巍巍之美,於此著矣。”

【不言而喻】不待解釋,自然明白。孟子盡心上:“施於四體,不言而喻。”清王夫之讀通鑑論二:“諸葛公(亮)之感昭烈(劉備),豈僅以三分鼎足之數語哉!神氣之間,有不言而相喻者在也。”

【不忮不求】指不嫉妒不貪求。詩邶風雄雉:“不忮不求,何用不臧。”梁蕭統陶淵明集序:“不忮不求者,賢達之用心。”

【不求甚解】晉陶潛陶淵明集五五柳先生傳:“好讀書,不求甚解,每有會意,便欣然忘食。”原指讀書只求理解精神,不刻意於一字一句的解釋。後引申爲讀書不認真,略知大意,而不求深入理解。

【不直一錢】毫無價值,比喻人無能或品格卑污。史記一〇七魏其武安侯傳附灌夫:“乃罵臨汝侯曰:‘生平毀程不識不直一錢,今日長者爲壽,乃效女兒呫囁耳語!’”也作“一錢不值”。清吳偉業梅村家藏藁二二賀新郎病中有感詞:“脫屣妻孥非易事,竟一錢不值何須說!”

【不拘小節】不拘束於生活小事。後漢書二八馮衍傳:“論於大體,不守小節。”隋書楊素傳:“素少落拓,有大志,不拘小節。”

【不知甘苦】墨子非攻上：“少嘗苦曰苦，多嘗苦曰甘，則必以此人爲不知甘苦之辯矣。”後多指不知道事之經過困難爲不知甘苦。

【不知所措】不知道該怎麽辦，多指對突然而來的事情，無法應付。三國志吴諸葛恪傳與弟融書：“大行皇帝委棄萬國，……皇太子以丁酉踐尊號，哀喜交并，不知所措。”

【不知蕭薑】譏人之愚昧不解事。明董斯張吹景集十俗語有所祖：“吾里（烏程）謂愚者曰不知蕭薑。爾雅釋草云：蘋，蕭薑，注似蒲而細。不知蕭薑者，豈不辨菽麥意乎？”清翟灝通俗編三十草木謂應作“丁董”，引三國志魏吕布傳，以布不知丁原董卓之奸爲愚闇。按傳僅言布反復無常，不言其愚，此説恐非。

【不近人情】不合人之常情。莊子逍遥遊：“大有逕庭，不近人情焉。”宋邵博僞撰蘇洵辨奸：“凡事之不近人情者，鮮不爲大姦慝。”文見宋文鑑九七。

【不衫不履】衣履不整，指不拘小節。太平廣記一九三虬髯客引虬髯傳：“既而太宗至，不衫不履，裼裘而來，神氣揚揚，貌與常異。”

【不食之地】指不耕種或不長莊稼的土地。禮檀弓上：“我死則擇不食之地而葬我焉。”漢桓寬鹽鐵論地廣：“沙石鹹鹵，不食之地。”

【不即不離】佛教語，猶言不一不異。圓覺經上：“不即不離，無縛無脱。”後多用來指對人的關係似親非親，似疏非疏。

【不郎不秀】原意是不高不低，不倫不類。明田藝蘅留青日札摘抄四沈萬三秀：“元時稱人以郎、官、秀爲等第，至今人之鄙人曰不郎不秀，是言不高不下也。”後用來比喻不成材或没有出息。明薛近兖繡襦記傳奇：“弄得來郎不郎，秀不秀，難道到得你一世無成。”參閲明董穀碧里雜存上沈萬三秀。

【不恥下問】不以向學識、地位不如自己的人請教爲恥。論語公冶長：“敏而好學，不恥下問。”集解引孔安國：“下問，問凡在己下者也。”

【不時之需】見“不時㊂”。

【不倫不類】形容不成樣子、不正派或没有條理。明吴炳療妒羹傳奇上絮影：“眼中人不倫不類，穽中人不伶不俐。”紅樓夢六七：“又見他説的不倫不類，也不便不理他。”

【不修邊幅】指不注意衣着、儀表。後漢書二四馬援傳：“公孫（述）不吐哺走迎國士，與圖成敗，反修飾邊幅，如偶人形。此子何足久稽天下士乎？”北齊顔之推顔氏家訓序致：“肆欲輕言，不修邊幅。”

【不逞之徒】見“不逞”。

【不偏不倚】宋朱熹中庸集注：“中者，不偏不倚，無過不及之名。”原意指儒家折中調和的“中庸之道”。現常用於指不偏袒某一方。

【不脛而走】文選漢孔文舉（融）論盛孝章書：“珠玉無脛而自至者，以人好之也，況賢者之有足乎？”脛，小腿。後來稱迅速地流行、傳播爲不脛而走，本此。

【不俅不倸】見“不採”。

【不得要領】没有掌握到事物的要點或關鍵。史記一二三大宛傳：“騫不得其要領。”清黄宗羲南雷文案四答張爾公論茅鹿門批評八家書：“鹿門（茅坤）八家之選，其指大略本之荆川（唐順之）、道思（王慎中），然其圈點勾抹，多不得要領。”參見“要領”。

【不寒而栗】不寒冷而發抖，形容恐懼之極。栗，通“慄”。史記一二二義縱傳：“是日皆報殺四百餘人，其後郡中不寒而栗。”文選漢楊子幼（惲）報孫會宗書：“下流之人，衆毁所歸，不寒而慄。”

【不寧唯是】不僅如此。寧，助詞，無義。左傳昭元年：“不寧唯是，又使圍蒙其先君。”

【不期而會】没有約定而遇見。穀梁傳隱八年：“八年春，宋公衛侯遇于垂。不期而會曰遇，遇者志相得也。”也作“不期而遇”。

【不欺暗室】雖處於没有人看見的暗室，也不作見不得人的事。漢劉向列女傳衛靈夫人有蘧伯玉“不爲冥冥墮行”語，故後稱蘧伯玉不欺暗室。唐駱賓王集一螢火賦：“類君子之有道，入暗室而不欺。”

【不間不界】不三不四。没有着落。宋朱熹朱子語類三四論語十六：“聖人全體極至，没那不間不界底事。”宋吴泳鶴林集二賦半齋送張清卿分教嘉定詩：“道如大路皆可遵，不間不界難爲人。”間界，今通作“尷尬”。

【不勝其煩】極言煩雜瑣碎。宋陸游老學庵筆記三：“於是不勝其煩，人情厭患〔惡〕。”

【不稂不莠】原意是説禾苗中没有稂、莠等野草。詩小雅大田：“既堅既好，不稂不莠。”後用以比喻不成材或没有出息。明畢魏竹葉舟傳奇收秀：“一身無室無家，半世不稂不莠。”

【不絶若綫】㊀如綫之將斷，比喻形勢危急。公羊傳僖四年：“南夷與北狄交，中國不絶若綫。”荀子彊國有“不絶若繩”。史記一〇一袁盎傳有“不絶如帶”。唐柳宗元柳先生集二十寄許京兆孟容書有“不絶如縷”。意思都相同。㊁形容聲音將絶未絶，細微悠長。宋蘇軾經進東坡文集事略一赤壁賦：“餘音嫋嫋，不絶如縷。”

【不落窠臼】不落俗套，有獨創性。紅樓夢七六：“這‘凸’、‘凹’二字，歷來用的人最少，如今直用作軒館之名，更覺新鮮，不落窠臼。”參見“窠臼”。

【不虞之譽】意外的贊揚。孟子離婁上：“有不虞之譽，有求全之毁。”

【不遠千里】不以千里爲遠。管子小問：“公曰：‘來工若何？’管子對曰：‘三倍，不遠千里。’”孟子梁惠王上：“不遠千里而來，亦將有以利吾國乎？”

【不違農時】不耽誤農業耕作的季節。孟子梁惠王上：“不違農時，穀不可勝食也。”

【不實不盡】舊律用語，指犯人所供不真實、不完全。唐律疏議五名例犯罪未發自首：“即自首不實及不盡者，以不實不盡之罪罪之。”現在泛指人説話真真假假、躲躲閃閃爲不實不盡。

【不謀而同】事前没有商量，彼此意見或行動相同。宋蘇軾東坡集二四居士集序：“士無賢不肖，不謀而同曰：歐陽子，今之韓愈也。”後多作“不謀而合”。清洪亮吉北江詩話二：“詩人用意，有不謀而合者。”

【不舞之鶴】世説新語排調：“昔羊叔子（祜）有鶴善舞，嘗向客稱之。客試使驅來，氃氋而不肯舞。”後來譏笑他人或自謙無能叫不舞之鶴。聊齋志異折獄：“（費褘祉）方宰淄時，松裁弱冠，過蒙器許，而駑鈍不才，竟以不舞之鶴，爲羊公辱。”

【不蔓不枝】宋周敦頤周濂溪集八愛蓮説：“中通外直，不蔓不枝。”原指蓮梗光直而無分枝，後用以比喻説話或寫文章簡潔而不拖沓。枝，也作“支”。

【不辨菽麥】分辨不出豆子和麥子，形容愚昧無知。左傳成十八年：“周子有兄而無慧，不能辨菽麥。”

【不遺餘力】竭盡全力。戰國策趙三：“秦之攻我也，不遺餘力矣。”

【不學無術】漢書六八霍光傳贊：“然光不學亡術，闇於大理。”亡，通“無”。本是説霍光不能學古，故所行不合於道術。後泛稱没有學問、修養爲不學無術。

【不翼而飛】没有翅膀而能飛行，比喻自然傳播。管子戒："無翼而飛者，聲也。"戰國策秦三："衆口所移，毋翼而飛。"毋，通"無"。後來也稱東西丢失爲不翼而飛。

【不豐不殺】不奢不儉，適得其中。禮禮器："禮不同，不豐不殺。"疏："不豐者，應少不可多，是不豐也；不殺者，應多不可少也，是不殺也。"

【不識時務】不認識時勢。後漢書三六張霸傳："霸名行，欲與爲交，霸逡巡不答，衆人笑其不識時務。"三國志魏崔琰傳"有所不堪者，魯國孔融"注引張璠漢紀："是時天下草創，曹(操)袁(紹)之權未分，(孔)融所建明，不識時務。"

【不癡不聾】指故意不聞不問，裝聾作啞。釋名釋首飾瑱引里語："不瘖不聾，不成姑公。"唐馬總意林、太平御覽四九六並引愼子："諺云：'……不瞽不聾，不能爲公。'"六朝隋唐時，多作"不癡不聾"。見宋書庾炳之傳、隋書長孫平傳、唐趙璘因話録等。

【不櫛進士】唐劉訥言諧噱録不櫛進士："關圖有妹能文，每語人曰：'有一進士，所恨不櫛耳。'"櫛，男子束髮用的梳篦。後稱有文才的女子爲不櫛進士。

【不喫烟火食】烟火食，熟食。道教謂神仙或修道者不吃熟食，喻人有出世之想。詩話總龜九王直方詩話："(張)文潛先與李公擇輩來余家作長句，後再同東坡來。東坡讀其詩，歎息云：'此不是喫烟火食人道底言語。'"後來也用於稱贊詩文立意高超，言詞清麗，不同凡俗。

【不打不成相識】指經過交手彼此互相了解，結交更能契合。水滸三八："戴宗道：'你兩個今番却做個至交的弟兄。常言道：不打不成相識。'"

【不可同日而語】指兩方大異，不能相提並論。有天淵之别。戰國策趙二："夫破人之與破於人也，臣人之與臣於人也，豈可同日而言之哉？"亦作"不可同年而語"。史記秦始皇紀賈誼曰："試使山東之國與陳涉度長絜大，比權量力，則不可同年而語矣。"

【不當家花拉的】北方方言，指不當、不應該，有罪過。家即價，結構助詞；花拉，語尾，都無實義。紅樓夢二八："王夫人聽了道：'阿彌陀佛，不當家花拉的！就是墳裏有，人家死了幾百年，這會子翻屍盜骨的，作了藥也不靈。'"也作"不當家花花的"、"不當花花的"。

【不怕官，只怕管】指在人管轄之下，聽命於人。水滸二："他(高俅)今日發跡，得做殿帥府太尉，正待要報仇，我不想正屬他管！自古道：'不怕官，只怕管'，俺如何與他爭得？"

【不入虎穴，焉得虎子】比喻不冒風險，就不能取得成功。後漢書四七班超傳："不入虎穴，不得虎子。"三國演義七十："不入虎穴，焉得虎子？"

【不因一事，不長一智】謂智慧因閱歷而增加。宋悟明聯燈會要十八道顔禪師："老趙州十八以上便解破家散宅，徒爲戲論，雖然如是，不因一事，不長一智。"紅樓夢六十："俗話説：'不經一事，不長一智。'我如今知道了，你又該來支問着我了。"

【不塞不流，不止不行】唐韓愈昌黎集十二原道："(孟)軻之死，不得其傳焉。……然則如之何而可也？曰：不塞不流，不止不行。人其人，火其書，廬其居，……其亦庶乎其可也。"原指對佛教、道教如不加阻塞，儒教就不能得到推行。現在借以説明不破除舊的反動的東西，新的革命的東西就建立不起來。

【不是東風壓了西風，就是西風壓了東風】比喻矛盾雙方，不是這方壓倒那方，就是那方壓倒這方。紅樓夢八二："但凡家庭之事，不是東風壓了西風，就是西風壓了東風。"今以東風比喻革命的、進步的力量；西風比喻反動的、落後的力量。

丑

chǒu 敕久切，上，有韻，徹。
ㄔㄡˇ

㊀十二支的第二位。㊁十二時辰之一，午夜一點鐘至三點鐘，古稱雞鳴時。㊂十二生肖之一，丑屬牛。漢王充論衡物勢："丑，牛也。"㊃戲劇裏面敷粉墨，插科打諢的滑稽角色，俗稱小花面，小丑。古叫醜，省作丑。明徐渭南詞敍録："以墨粉塗面，其形甚醜。今省文爲丑。"㊄姓。周有丑父。見左傳成二年。南齊有丑千。見明夏樹芳奇姓通。

【丑座】舊十二生肖丑屬牛。唐牛僧孺當宰相，李逢吉同他開玩笑，叫他"丑座"。參閱宋魏泰東軒筆録二。

【丑寶】牛黄的别名。本草綱目五十牛黄："牛屬丑，故隱其名。"金光明經謂之瞿盧折娜。詳"牛黄"。

四 畫

丙

bǐng 兵永切，上，梗韻，幫。
ㄅㄧㄥˇ

㊀古代用以紀時，爲天干的第三位，也用作第三的代稱。㊁五行中丙屬火，故以丙爲火的代稱。如把東西燒掉稱爲"付丙"。參見"丙丁"、"付丙"。㊂丙字金文多作冂或作𠔿，形狀象魚尾。爾雅釋魚："魚尾謂之丙。"參見"魚尾"。㊃姓。齊大夫邴歜之後，去邑(阝)爲丙氏。漢有丙吉。參閲元和姓纂七梗。

【丙丁】吕氏春秋孟夏紀："其日丙丁。"注："丙丁，火日也。"後來就以丙丁代稱火。宋李光莊簡集十五與胡邦衡(銓)書："近又緣虚驚，取平生朋友書問，悉付丙丁。"

【丙穴】地名。在今陝西略陽縣東南，與勉縣接境。文選晉左太沖(思)蜀都賦："嘉魚出于丙穴，良木攢於褒谷。"

【丙吉】公元前？—55年。亦作邴吉。字少卿。漢魯國人。宣帝出生不久，因祖父衛太子事入獄，以吉任廷尉監，多方保護而獲全。昭帝死，吉向大將軍霍光建議迎立宣帝。封博陽侯，任丞相。以知大體見稱，與魏相並有時名，號爲丙魏。見漢書七四本傳。

【丙夜】三更時。南史梁武帝紀中中大通五年："祀南郊，……先是一日丙夜，南郊令解滌之等到郊所履行。"

【丙舍】㊀後漢宫中正室兩旁的房屋，以次於甲乙，所以叫丙舍。後漢書五五清河孝王慶傳："遂出貴人姊妹置丙舍。"也泛指正室旁的别室。清袁枚小倉山房集外集五上尹制府乞病啓："對此日琴堂之官燭，憶當年丙舍之書燈。"㊁三國魏鍾繇有墓田丙舍帖，本指在墓地的丙舍，後來轉爲指停放靈柩的房屋。元迺賢金臺集一秋夜有懷侄元童詩："墓田丙舍知何所？一夜令人白髮長。"

【丙科】漢時考試的第三等科目。史記九六張丞相傳附匡衡："(匡衡)才下，數射策不中，至九，乃中丙科。"漢書八八儒林傳序："平帝時……歲課，甲科四十人爲郎中，乙科二十人爲太子舍人，丙科四十人補文學掌故云。"

【丙部】經、史、子、集四部的子部。舊唐書四六經籍志上："四部者，甲乙丙丁之次也……丙部爲子。"詳"四部書"。

世

shì 舒制切，去，祭韻，審。
ㄕˋ

㊀三十年。甲骨文和金文中卅是三十的意思，後演變爲"世"，三十年爲一世。論語子路："如有王者，必世而後仁。"㊁改朝换代建立新王朝爲一世。如：在夏后之世、殷之末世。文選陸士衡(機)嘆逝賦：

"世間人而爲世。"注:"夫世之得名,緣於君上。……故以一代之人,通呼爲世。"㊂父子一輩叫一世。孟子離婁下:"君子之澤,五世而斬(盡)。"㊃一生。莊子天地:"不拘一世之利以爲己私分。"㊄時。書呂刑:"刑罰世輕世重。"後漢書四八應劭傳引作"刑罰時輕時重。"㊅歲,年。漢書食貨志上:"世之有饑穰,天之行也。"㊆人世,世界。楚辭屈原九章懷沙:"舉世混濁,而我獨清。"㊇世系,家世。荀子君子:"以族論罪,以世舉賢,雖欲無亂,得乎哉!"㊈繼承。漢書四八賈誼傳:"賈嘉最好學,世其家。"注:"言繼其家世。"參見"世及"。㊉姓。周人世碩著養書一篇。

【世子】㊀帝王和諸侯的正妻所生的長子。也叫太子。禮文王世子:"文王爲世子。"清代親王的嫡長子封世子。㊁書名。漢書藝文志諸子略載有世子二十一篇。注:"名碩,陳人也,七十子之弟子。"按論衡本性稱周人世碩著養書一篇,謂人性有善有惡,善惡是隨着教養而消長的。書今佚。

【世士】讀書人。漢王充論衡儒增:"世士相激,文書傳稱之,莫謂不然。"三國志魏武帝紀建安十五年"冬,作銅雀臺"注引魏武故事曹操十二月己亥令:"自以本非巖穴知名之士,恐爲海內人之所見凡愚,欲爲一郡守,好作政教,以建立名譽,使世士明知之。"

【世父】大伯父。後爲伯父的通稱。爾雅釋親:"父之晜(昆)弟,先生爲世父,後生爲叔父。"漢書九九上王莽傳:"世父大將軍鳳病。"注:"謂伯父也。"

【世及】世襲。禮禮運:"大人世及以爲禮。"疏:"世及,諸侯傳位自與家也。父子曰世,兄弟曰及。謂父傳與子;無子,則兄傳與弟也。"文選晉陸士衡(機)五等諸侯論:"故諸侯享食土之實,萬國受世及之祚矣。"

【世主】國君。商君書算地:"凡世主之患,用兵者不量力,治草萊者不度地。"

【世世】累世,代代。書微子:"世世享德。"左傳僖二六年:"世世子孫,無相害也。"

【世本】書名。漢書藝文志六藝略載有世本十五篇,又司馬遷傳贊也提到此書。記黃帝以來至春秋時(後人增補至漢)列國諸侯大夫的氏姓、世系、居(都邑)、作(制作)等。此書在唐代已有殘缺,至宋末亡佚。清王謨孫馮翼王梓材陳其榮秦嘉謨張澍雷學淇茆泮林等人各有輯本。1957年商務印書館合印成世本八種。唐因避李世民諱,改稱系本。

【世兄】有世交的同輩稱世兄,也用於世交的晚輩。明清科舉,稱座師、房師的兒子爲世兄。儒林外史十四:"二位世兄,爲何駕着一隻小船在河裏?"參閱清顧炎武亭林文集一生員論中。

【世代】㊀朝代。三國志魏楊阜傳:"惟陛下稽古世代之初所以明赫,及季世所以衰弱至於泯滅,近覽漢末之變,足以動心誡懼矣。"㊁累世,代代。晉書明帝紀太寧三年詔:"三恪二王,世代之所重;興滅繼絕,政道之所先。"三恪指黃帝堯舜的後代,二王指夏殷的後代。

【世母】伯母。儀禮喪服:"世母叔母何以亦期也?"爾雅釋親:"父之兄妻爲世母。"

【世用】㊀世間所習用。管子宙合:"世用器械。"㊁處世治事的才能。北齊書封隆之傳:"弟延之,字祖業,少明辨,有世用。"

【世交】兩家世代有交情者。也稱世誼、世好。晉書何劭傳:"太保(何曾)與(袁)毅有累世之交,遵等所取差薄,一皆置之。"曾,劭父。太平御覽四一〇有世交類。宋胡寅斐然集三和范元作詩:"世交論契厚,歲晚莫情疎。"

【世臣】歷世有功勳的舊臣。孟子梁惠王下:"所謂故國者,非謂有喬木之謂也,有世臣之謂也。"禮曲禮下:"大夫不名世臣姪娣。"注:"世臣,父時老臣。"

【世吏】世代爲吏的人。漢書七六趙廣漢傳:"廣漢所居好用世吏子孫、新進年少者。"

【世匠】當代掌權的人。藝文類聚三七南朝梁沈約七賢論:"自嵇(康)阮(籍)之外,山(濤)向(秀)五人,止是風流器度,不爲世匠所駭。"

【世好】㊀世俗所愛好的。宋蘇軾分類東坡詩二五題王逸少帖:"顛張醉素兩禿翁,追逐世好稱書工。"張,張旭;素,懷素。㊁猶世交。宋陸游劍南詩稿五二送子虡赴金壇丞:"汝雖登門晚,世好亦牽聯。"

【世系】一姓世代相承的系統。南朝陳徐陵徐孝穆集六封始興王詔:"晉元世系,琅邪傳國。"新唐書有宗室世系表宰相世系表。

【世役】人世間的事務。唐白居易長慶集六觀稼詩:"世役不我牽,身心常自若。"

【世法】㊀代代效法。國語齊六:"昔吾先王昭王穆王,世法文武遠績以成名。"㊁社會之楷模,世俗沿用的習例常規。漢桓寬鹽鐵論相刺:"故居則爲人師,用則爲世法。"宋黃庭堅豫章集二五書贈俞清老:"(米芾)冠帶衣襦,多不用世法。"㊂佛教把人世間一切生滅無常的事情都叫作世法。唐譯華嚴經二世主妙嚴品:"佛觀世法如光影。"

【世官】古代官職由一族一姓世世執掌,如周的祖先棄世爲后稷,漢司馬談司馬遷相繼爲太史,叫作世官。孟子告子下:"(齊桓公)葵丘之會,……四命曰:'士無世官,官事無攝,取士必得,無專殺大夫。'"

【世表】㊀世人的表率。三國志魏管寧傳"太尉華歆遜位讓寧"注引陳羣薦寧表:"伏見徵士北海管寧行爲世表,學任人師。"㊁人世之外。文選晉陸士衡(機)嘆逝賦:"精浮神淪,忽在世表。"唐李白李太白詩二十春陪商州裴使君遊石娥溪:"蕭條出世表,冥寂閉玄關。"㊂歷史世系表。漢司馬遷作史記,因古史悠遠,從黃帝到周共和年紀已不可細考,僅將世承關係列表,名三代世表。見史記太史公自序。

【世事】㊀周禮地官大司徒:"以世事教能,則民不失職。"注:"世事,謂士農工商之事。"㊁當世之事。史記八四屈原傳:"上稱帝嚳,下道齊桓,中述湯武,以刺世事。"

【世叔】㊀對父輩朋友中年齡小於己父者的稱呼。儒林外史四:"弟意也要去候敝世叔。"於年齡長於己父者,則稱世伯。㊁明清翰林稱太老師的兒子爲世叔。見明張位詞林典故。太老師,科舉時座師的老師。

【世味】人世滋味,猶言世情。唐韓愈昌黎集六示爽詩:"吾老世味薄,因循致留連。"宋陸游劍南詩稿十七臨安春雨初霽:"世味年來薄似紗,誰令騎馬客京華。"

【世典】㊀世間的典籍。後漢書八四列女傳論:"則其徽美未殊也,而世典咸漏焉。"㊁佛家稱佛教經典以外的書籍爲世典。維摩經方便品二:"雖明世典,常樂佛法。"

【世室】卽明堂。周禮考工記匠人:"夏后氏世室,堂脩(長)二七,廣四脩一。"注"世室者,宗廟也。"禮明堂位疏引蔡邕明堂月令章句:"夏后氏世室,殷人重屋,周人明堂,饗功養老,教學選士,皆在其中。"西周魯也有世室,見公羊傳文十三年。參見"明堂"。

【世故】㊀生計。列子楊朱："衛端木叔者，子貢之世也。藉其先貲，家累萬金，不治世故，放意所好。"㊁世間的一切事故。特指變故。文選三國魏嵇叔夜(康)與山巨源絶交書："機務纏其心，世故繁其慮。"世說新語言語："郗太尉(鑒)拜司空，語同坐曰：'平生意不在多，值世故紛紜，遂至臺鼎。'"㊂世交。宋王安石臨川集八四送陳興之序："吾於興之又世故，故又爲之思所以慰其親。"㊃待人接物的處世經驗。官場現形記六："其實有人孝敬他老人家，他的爲人又極世故，一定必要領人家的情。"

【世面】人情世故，也指形形色色的情狀。紅樓夢四一："你好沒見世面！見這裏的花好，你就沒死活戴了一頭。"

【世界】㊀佛家語，指宇宙。世指時間，界指空間。楞嚴經四："何名爲衆生世界？世爲遷流，界爲方位。汝今當知，東、西、南、北、東南、西南、東北、西北、上、下爲界，過去、未來、現在爲世。"㊁世間，人間。唐岑參岑嘉州詩一登慈恩寺塔："登臨出世界，磴道盤虛空。"今泛稱地球上所有的地方爲世界。

【世胄】猶世家，貴族的子孫。文選晉左太沖(思)詠史詩之二："世胄躡高位，英俊沈下僚。"

【世胙】世代享有封爵。左傳襄十四年："世胙大師(姜尚)，以表東海。"周王朝爲報答姜尚的功績，封以齊地，子孫世襲爲諸侯。

【世俗】㊀世間通行的風俗習慣。史記一一九孫叔敖傳："孫叔敖者，……三月爲楚相，施教導民，上下和合，世俗盛美。"㊁指當代一般人。多含有平常、凡庸的意思。孟子梁惠王下："寡人非能好先王之樂也，直好世俗之樂耳。"商君書更法："子之所言，世俗之言也。"楚辭屈原離騷："謇吾法夫前脩兮，非世俗之所服。"

【世風】社會風尚。宋蘇舜欽蘇學士集二檢書詩："世風隨日偸，俗態逐勢熱。"

【世紀】㊀記錄帝王世系的書。晉皇甫謐有帝王世紀，載上古以來帝王的事蹟。金史有世紀，記述金太祖(阿骨打)的祖先，相當於魏書的序紀。㊁現代紀年單位。一百年爲一世紀。

【世家】㊀古稱世代顯貴的家族爲世家。孟子滕文公下："(陳)仲子，齊之世家也。"㊁史記把記述諸侯王的傳記稱爲世家。但秦末農民起義領袖陳涉，儒家宗師孔丘，雖不是諸侯王，也列入世家。宋歐陽修五代史中有十國世家。

【世祖】㊀帝王死後的廟號之一。東漢劉秀(光武帝)、元忽必烈、清福臨(順治)，皆稱世祖。㊁指祖先。漢王充論衡自紀："世祖勇任氣。"

【世族】泛指世代顯貴的家族，同"世家㊀"。按左傳隱八年："官有世功，則有官族。"世族之名取義於此。秦以前，大夫以上都是世族，如魯有三桓，鄭有七穆，齊有國高崔慶，晉有欒郤胥原范荀，楚有屈昭景，宋有武穆莊桓等都是。

【世情】世態人情。文選晉陸士衡(機)文賦："練世情之常尤，識前修之所淑。"唐杜甫杜工部草堂詩箋十六佳人："世情惡衰歇，萬事隨轉燭。"

【世教】當時的正統思想。漢書一〇〇上敍傳："既繫攣於世教矣，何用大道爲自眩曜？"世教指孔孟之道；大道指老莊之道。

【世務】時務。史記一一二平津侯主父列傳："是時，趙人徐樂、齊人嚴安俱上書言世務。"漢桓寬鹽鐵論論儒："孟軻守舊術，不知世務。"

【世卿】世代承襲的卿大夫。公羊傳隱三年："尹氏者何？天子之大夫也。其稱尹氏何？貶。曷爲貶？譏世卿。世卿，非禮也。"

【世婦】宮中女官，相當於妃嬪之類。禮曲禮下："天子有后，有夫人，有世婦……。"疏："婦，服也，言其進以事君子也；以其貴，故加以世言之。"周禮天官冢宰："世婦掌祭祀賓客喪紀之事。"後世宮庭，多設此官，掌管賓客祭祀事務。參閱隋書后妃傳序。

【世尊】佛家對釋迦牟尼的尊稱。梵語"路迦那他"、"薄加梵"的義譯。四十二章經："世尊成道已，作是思維。"隋慧遠無量壽經義疏上："佛備衆德，爲世欽仰，故號世尊。"

【世雄】佛家對釋迦牟尼的尊稱。隋慧遠無量壽經義疏上："佛之異名。佛於世間，最爲雄猛，故曰世雄。"

【世統】家族世代相承的系統。宋書禮志三："尊祀世統，以昭功德。"

【世道】社會風氣。抱朴子釋滯："世道夷則奇士退。"唐李白李太白詩二古風之二五："世道日交喪，澆風散淳源。"

【世祿】世代享有祿位。書畢命："世祿之家，鮮克由禮。"國語晉八："此之謂世祿，非不朽也。"注："世祿，世食官邑。"

【世資】㊀同"世用㊁"。漢書一〇〇下敍傳："用合時宜，器周世資。"㊁世間的資財。文選晉左太沖(思)魏都賦："同賑大內，控引世資。"㊂由祖先家世而取得的特殊身分。宋書恩倖傳論："而舉世人才，升降蓋寡，徒以憑藉世資，用相陵駕。"

【世運】世事盛衰治亂的更迭變化。漢書一〇〇上敍傳班彪王命論："驗行事之成敗，稽帝王之世運。"

【世路】世間人事的經歷。後漢書五九張衡傳應閒："吾子性德體道，篤信安仁，約己博藝，無堅不鑽，以思世路，斯何遠矣。"亦指世事、世道。唐劉禹錫集三四酬樂天偶題酒甕見寄詩："從君勇斷抛名後，世路榮枯見幾回？"

【世業】㊀世代相傳的事業。漢書一〇〇上敍傳："方今雄桀帶州城者，皆無七國世業之資。"㊁祖先所遺留的產業。南史張邵傳附張融："但世業清貧，人生多待。"北齊以後授田制度，有死後要交還官府的口分田和可以留給子孫的永業田，永業田也叫世業田。參閱通典一、二田制。

【世塵】佛教和道教宣揚消極出世思想，稱有關社會現實生活之事爲世塵。唐李白李太白詩七鳴皐歌奉餞從翁清歸五崖山居："我家仙翁愛清真，才雄草聖凌古人，欲卧鳴皐絶世塵。"

【世態】人世間的情態。一般帶有貶義，如：世態炎涼。全唐詩二七四戴叔倫旅次寄湖南張郎中："卻是梅花無世態，隔牆分送一枝春。"宋趙蕃淳熙稿十五留別在伯詩："交情自謂惟君厚，世態於今猶我知。"

【世網】比喻社會上法律、禮教、風俗等對人的束縛。三國魏嵇康嵇中散集四答向子期難養生論："奉法循理，不絓世網。"文選晉陸士衡(機)赴洛道中作詩："借問子何之，世網嬰我身。"

【世嫡】嫡系子孫。漢書成帝紀："孝成皇帝，元帝太子也。……元帝在太子宮，生甲觀畫堂，爲世嫡皇孫。"

【世論】㊀當世的評論。晉書庾冰傳："兄亮以名德流訓，冰以雅素垂風，……爲世論所重。"㊁佛教對其他宗教、學派言論的貶稱，又稱惡論。晉法顯神僧傳佛圖澄："妙解深經，旁通世論。"

【世德】世代留傳的功德。詩大雅下武："王配于京，世德作求。"文選晉陸士衡(機)文賦："詠世德之駿烈。"注："言歌詠世有俊德者之盛業。"

【世緣】佛教以因緣解釋人事，因稱人世

事爲世緣。唐白居易長慶集九早梳頭詩："年事漸蹉跎，世緣方繳繞。"

【世澤】祖先的恩惠，主要指權勢、財産、地位等。孟子離婁下："君子之澤，五世而斬。"紅樓夢一一九："沐皇恩賈家延世澤。"

【世親】㊀世代有通婚關係的親屬。文選晉潘安仁(岳)楊仲武誄："既藉三葉世親之恩，而子之姑，余之伉儷焉。"㊁人名。梵語，音譯婆藪槃豆，亦作伐蘇畔度。也譯作天親。相傳在釋迦牟尼死後九百年，生於印度阿踰陀國。初習小乘，後隨兄無著改習大乘。據説曾著小乘五百部，大乘五百部，有千部論師之稱。所著俱舍論，是佛教俱舍宗的開宗論著，對瑜珈、唯識、淨土等宗都有很大影響。

【世諦】佛家把他們信奉的事理叫真諦，把世上的事理叫世諦。涅槃經："如出世人所知者，第一義諦。世間人所知，名爲世諦。"唐高適高常侍集三同馬太守聽九思法師講金剛經詩："途經世諦間，心到空王外。"

【世儒】㊀俗儒。史記律書："豈與世儒闇於大較，不權輕重？"㊁傳授經學的教師。漢王充論衡書解："著作者爲文儒，説經者爲世儒。"

【世講】宋呂本中官箴："同僚之契，交承之分，有兄弟之義；至其子孫，亦世講之。"指兩姓子孫有共同講學的情誼。後稱朋友的後輩、或老師稱學生爲世講。明張居正張文忠集書牘九答滇撫王凝齋："向奉書云云，恃在世講至愛，故敢直獻其愚。"

【世類】出身。漢書四一樊酈滕灌傳靳周傳贊："仲尼稱：'犁牛之子騂且角，雖欲勿用，山川其舍諸？'言士不繫於世類也。"孤本元明雜劇明康海貞烈傳二："俺想古來賢孝的人，果是不繫世類呵！"

【世職】父子相襲的官職。宋史三一四范純仁傳："(范純仁)知慶州，過闕入對。神宗曰：'卿父在慶著威名，今可謂世職。'"紅樓夢一一九："珍大爺不但免了罪，仍襲了寧國三等世職。"參閱清文獻通考八六職官十。

【世舊】世代交誼。舊唐書一九〇杜甫傳："(嚴)武與甫世舊，待遇甚隆。"

【世醫】世代行醫的人。禮曲禮下："醫不三世，不服其藥。"漢書九二樓護傳："父世醫也，護少隨父爲醫長安。"

【世爵】世代繼承爵位。詳"世襲"。

【世議】世間的議論。南朝宋鮑照鮑氏集三代白頭吟："人情賤恩舊，世議逐興衰。"南齊書孔稚珪傳："今之世子，莫肯爲業；縱有習者，世議所輕。"

【世譽】當世的聲譽。文選漢崔子玉(瑗)座右銘："世譽不足慕，唯仁爲紀綱。"南齊書柳世隆傳："(世隆)在朝不干世務，垂簾鼓琴，風韻清遠，甚獲世譽。"

【世襲】世代繼承爵位。三國志魏武帝紀"漢相國參之後"注引晉王沈魏書："漢高祖之起，曹參以功封平陽侯，世襲爵土。"清制凡爵位世襲都限定世數，其不限次的前加"世襲罔替"字樣，以示區別。

【世讎】累世的仇人。書泰誓下："(商紂)乃汝世讎。"注："乃是汝累世之讎。"

【世外交】非世俗的交往。晉書王羲之傳附許邁："永和二年，(邁)移入臨安西山，……羲之造之，未嘗不彌日忘歸，相與爲世外之交。"唐孟浩然集四張七及辛大見訪詩："世外交初得，林中契已并。"

【世善堂】明連江陳第藏書堂名。第藏書多善本，有世善堂書目，藏書到清乾隆初已散佚。其書目，清鮑以文刊入知不足齋叢書。

【世綵堂】宋人廖剛堂名。剛有世綵集三卷。其後人瑩中爲賈似道門客，精於摹拓字帖，當時王用和工於雕刻，兩人合翻淳化絳帖，世稱世綵堂帖。瑩中又把所藏陳與義姜夔任希夷盧柳南四家書摹刻爲小帖，稱世綵堂小帖。翻刻的柳河東集韓昌黎集孟東野集等書，是比較珍貴的本子。參閱元周密癸辛雜識後集賈廖碑帖。

【世外桃源】晉陶潛陶淵明集五桃花源記："自云：先世避秦時亂，率妻子邑人來此絶境，不復出焉，遂與外人間隔。問今是何世？乃不知有漢，無論魏晉。"後把虛構的逃避現實的境界稱爲世外桃源，本此。

【世掌絲綸】禮緇衣："王言如絲，其出如綸。"後來中書省代皇帝草擬詔旨，稱爲掌絲綸。父子或祖孫相繼在中書省任職的稱爲世掌絲綸。唐杜甫杜工部草堂詩箋十二奉和賈至舍人早朝大明宮舍人先世掌絲綸："欲知世掌絲綸美，池上于今有鳳毛。"

【世説新語】南朝宋劉義慶撰，梁劉孝標注。原名世説，亦曰世説新書，其改稱世説新語，不知始於何時。內容按類分爲德行言語政事文學等三十六門。主要記述東漢末年至東晉年間名士文人的言行風貌，反映了當時的社會政治情況和士大夫階層的生活習氣。文字簡潔而有文采，對後代小説及筆記文學有較大影響。敦煌出土有唐人寫世説新書殘卷。劉孝標的注所引諸書多已亡佚，故與裴松之三國志注、酈道元水經注同爲考證家所引據。

【世上無難事】世間沒有不可克服的困難。明馬佶人荷花蕩傳奇下十："正是世間無難事，只怕有心人。"西遊記二："世上無難事，只怕有心人。"

丕 pī 敷悲切，平，脂韻，滂。ㄆㄧ

或作"丕"。㊀大。書大禹謨："嘉乃丕績。"㊁奉。漢書郊祀志下："丕天之大律。"㊂乃，承上之詞。書禹貢："三危既宅，三苗丕敍。"㊃助詞。無義。置句首或句中。書君奭："丕承無疆之恤。"又康誥："惟乃丕顯考文王克明德慎罰。"㊄姓。春秋晉有丕鄭。見通志二七氏族略三。

【丕乃】連詞。承上，猶言於是。書盤庚上："汝克黜乃心，施實德于民，至于婚友，丕乃敢大言汝有積德。"

【丕革】大變革。唐柳宗元柳先生集十四天對："時之丕革，由是而門。"

【丕烈】大功業。漢蔡邕蔡中郎集四太傅安樂鄉文恭侯胡公碑："休績丕烈，宜宣于此。"後漢書二八上馮衍傳："衍上書陳八事，其一曰顯文德，其二曰褒丕烈。"

【丕業】大事，指事業、典禮等。史記一一七司馬相如傳封禪書："皇皇哉斯事，天下之壯觀，王者之丕業，不可貶也！"

【丕鄭】春秋晉大夫。晉獻公時，與里克謀，殺公子奚齊卓子。晉惠公立，鄭乘使秦之機，勸秦穆公另立重耳爲晉君，自己願回晉作內應。未遂，爲惠公所殺。見左傳僖九、十、十一年。

【丕顯】大明。書君牙："丕顯哉，文王謨！丕承哉，武王烈！"左傳僖二八年："晉侯三辭從命，曰：'重耳敢再拜稽首，奉揚天子之丕顯休命。'"丕本爲語詞，後人承用爲大義，因以丕顯作大明解。

【丕丕基】極大的基業。書立政："以竝受此丕丕基。"後即以指帝位。

且 1. qiě 七也切，上，馬韻，清。ㄑㄧㄝ

且，古爲"俎"字，借爲語詞。參閱清阮元揅經室集一釋且。㊀此。詩周頌載芟："匪且有且。"㊁連詞。1.又。詩小雅魚麗："君子有酒，旨且多。"2.或者，還是。禮曾子問："日有食之，則有變乎？且不乎？"3.而。老子："捨慈且勇，捨儉且廣，捨後且先。"4."且……且……"連用。表示兩件事同時進行。史記一〇九李將軍傳：

"士死者過半，而所殺傷匈奴，亦萬餘人，且引且戰。" 5. 表示轉折更進之意。論語季氏："且爾言過矣。"㊂副詞。1.尚且。易乾："天且弗違，而況於人乎！" 2.姑且。詩鄭風溱洧："且往觀乎？" 3.將。列子湯問："北山愚公者，年且九十。"㊃助詞。用在句首，如同"夫"。韓非子難二："且蹇叔處干而干亡，處秦而秦霸，非蹇叔愚於干而智於秦也。"

2. jū 子魚切，平，魚韻，精。ㄐㄩ

㊄多的樣子。詩大雅韓奕："籩豆有且。"籩豆，禮器。這裏指禮器中的祭品。㊅恭敬的樣子。詩周頌有客："有萋有且。"㊆助詞。用在句中或句末。詩鄭風褰裳："狂童之狂也且。"㊇通"趄"。見"次且"。㊈同"徂"。往。詩鄭風溱洧："女曰觀乎，士曰既且。"釋文："且，音徂，往也。"㊉姓。春秋吳有且姚。見左傳哀十二年。

【且₂于】春秋地名，在今山東莒縣一帶。左傳襄二三年："齊侯還自晉，不入，遂襲莒，門于且于。"

【且₂月】農曆六月的別名。爾雅釋天："六月爲且。"清郝懿行義疏："且者次且，行不進也。六月陰漸起，欲遂上，畏陽，猶次且也。"

【且₂末】漢代西域城國。漢書九六上西域傳且末："且末國王治且末城，去長安六千八百二十里。"地在今新疆且末縣。

【且苴】指草鞋。且苴，是粗的意思。墨子兼愛下："且苴之屨。"

【且說】宋元之說書人於接續前事，新起話頭時常用之，後來成爲章回小說的習用套語。宣和遺事前集："且說徽宗自得燕山之後，……。"也作"却說"。三國演義五："却說陳宮正欲下手殺曹操。"

【且₂彌】漢代西域城國。有東西兩且彌，其後合爲一國。見漢書九六下西域傳。地在今新疆鄯善縣。

【且₂蘭】漢代西南地區且蘭侯邑。武帝於其地置故且蘭縣，屬牂柯郡。見漢書地理志上。地在今貴州福泉縣。

【且住爲佳】勸人暫留的話。晉人有且住爲佳帖。宋辛棄疾稼軒詞四霜天曉角旅興："玉人留我醉，明日落花寒食，得且住爲佳耳。"參閱清徐釚詞苑叢談三。

【且食蛤蜊】南史王弘傳附王融："(王融) 詣王僧佑，因遇沈昭略，未相識。昭略屢顧盼，謂主人曰：'是何年少？'融殊不平，謂曰：'僕出于扶桑，入于暘谷，照耀天下，誰云不知，而卿此問？'昭略云：'不知許事，且食蛤蜊。'"即姑置不問的意思。宋虞儔尊白堂集二雪晴後書懷詩："咄咄那容如許事，尊前且食蛤蜊休。"

丘 qiū 去鳩切，平，尤韻，溪。ㄑㄧㄡ

㊀小土山。書禹貢："九河既道，……是降丘宅土。"㊁墓。周禮春官冢人："以爵等爲丘封之度，與其樹數。"注："王公曰丘，諸臣曰封。"㊂廢墟。楚辭屈原九章哀郢："曾不知夏之爲丘兮，孰兩東門之可蕪。"㊃古代劃分田地、區域的單位。周禮地官小司徒："九夫爲井，四井爲邑，四邑爲丘。"孟子盡心下"是故得乎丘民而爲天子"注、國語楚下"國馬足以行軍"注，都稱十六井爲丘。㊄大。丘、巨，雙聲。見"丘嫂"。㊅空。見"丘亭"。㊉姓。相傳齊太公封於營丘，子孫以地爲姓。見元和姓纂五尤。左傳有邾大夫丘弱，見昭二十三年。清避孔丘諱，將丘寫爲"丠"，或加"阝"(邑)旁爲"邱"。

【丘八】兵字拆爲"丘八"，舊時因戲稱兵爲丘八。太平御覽四〇〇引續晉陽秋："(慕容)垂是夜夢行路路窮，顧見孔子墓傍有八，……召占夢者占之，曰：'……孔子名丘，八以配丘，此兵字，路必有伏兵。'"後蜀何光遠鑑戒録四輕薄鑑："(前蜀)太祖(王建)問(馮涓)擊槍之戲，創自誰人。大夫對曰：'丘八所置。'上爲大笑。"

【丘井】㊀丘、井都是分田地區域的單位。管子小匡："陵陸丘、井田疇均，則民不惑。"參見"丘㊃"。㊁指偏僻的地方。魏書張彝傳："伏願昭覽，敕付有司，使魏代所採之詩，不堙於丘井。"㊂枯井。比喻身心衰老，不能任事。維摩經方便品："是身如丘井，爲老所逼。"

【丘木】墓木。禮曲禮下："爲宮室，不斬於丘木。"

【丘牛】根據兵賦徵調來的牛。孫子作戰："戟楯蔽櫓，丘牛大車，十去其六。"漢曹操注："丘牛謂丘邑之牛。"

【丘民】衆民，猶言鄉民、邑民、國民。孟子盡心下："是故得乎丘民而爲天子。"

【丘甲】春秋魯兵賦制度。春秋成元年："三月作丘甲。"丘甲有二說：1.晉杜預注謂周禮九夫爲井，四井爲邑，四邑爲丘，四丘爲甸。古制規定每甸出長轂一乘，戎馬四匹，牛十二頭，甲士三人，步卒七十二人。魯成公時，推行丘甲制，就是要丘擔負甸的賦稅總量。賦稅增加了四倍。2.穀梁傳謂古代農工分職，甲非人人所能爲，今使每丘人各制甲，加强了對農民的剝削。參閱清顧炎武左傳杜解補正（清經解一）、毛奇齡春秋毛氏傳(清經解十七)。

【丘仲】漢武帝時人，相傳是初造笛子的人。見風俗通六笛。文選漢馬季長(融)長笛賦說，庶士丘仲說笛出於羌中，但没有說丘仲是造笛的人。

【丘吾】即皋魚。孔丘弟子。說苑敬慎、孔子家語致思作丘吾子。韓詩外傳九作皋魚。皋丘雙聲，魚吾叠韻，古音相近。參見"皋魚"。

【丘里】鄉里。莊子則陽："丘里者，合十姓百名，而以爲風俗也。"釋文："李(頤)云：'四井爲邑，四邑爲丘，五家爲鄰，五鄰爲里。'"

【丘阜】小土山。淮南子泰族："丘阜不能生雲雨，滎水不能生魚鼈者，小也。"

【丘亭】空亭。漢書四五息夫躬傳："躬歸國，未有第宅，寄居丘亭。"注："丘，空也。"

【丘冢】墳墓。史記一〇六吳王濞傳："(吳王濞等) 燒殘民家，掘其丘冢，甚爲暴虐。"冢，也作"塚"。宋史三一五韓億傳附韓綜："河溢金堤，民依丘塚者數百家。"

【丘索】即九丘八索，相傳都是遠古書名。宋書禮志三江夏王劉義恭表："丘索著明者，尚有遺炳。"詳"八索九丘"。

【丘陵】丘，小土山。陵，大土山。易坎："地險，山川丘陵也。"後通稱連綿起伏的山坡地爲丘陵。漢書四九鼂錯傳："土山丘陵，曼衍相屬。"

【丘嫂】大嫂。漢書三六楚元王傳："高祖微時，常避事，時時與賓客過其丘嫂食。"注引張晏："丘，大也，長嫂稱也。"史記楚元王世家作"巨嫂"。

【丘園】丘墟，園圃。易賁："賁于丘園。"疏："丘謂丘墟，園謂園圃，唯草木所生，是質素之處，非華美之所。"後多指隱居的地方。漢蔡邕蔡中郎集二處士圂叔則銘："潔耿介於丘園，慕七人之遺風。"唐代科舉名目有高蹈丘園科，見唐會要七六。

【丘蓋】存疑。漢書八八王式傳："試誦說，有法；疑者丘蓋不言。"注："如淳曰：'齊俗以不知爲丘。'"參見"區蓋"。

【丘墓】墳墓。漢書六二司馬遷傳報任安書："僕以口語遇遭此禍，重爲鄉黨戮笑，汙辱先人，亦何面目復上父母之丘墓乎？"

【丘墳】㊀山陵之地。史記一一七司馬相如傳上疏諫獵："而況涉乎蓬蒿，馳乎丘墳。"㊂墳墓。文選漢曹大家(班昭)東征賦:"蘧氏在城之東南兮,民亦尚其丘墳。"㊂傳說的古書九丘三墳的略稱。梁書昭明太子傳:"遍該緗素,殫極丘墳。"詳"九丘"、"三墳"。

【丘墟】㊀廢墟,荒地。管子八觀:"衆散而不收,則國爲丘墟。"墟,又作"虛"。漢書五八公孫弘傳:"自(李)蔡至(石)慶,丞相府客館,丘虛而已。"注"言不能進賢,故不繕修其室屋也。"㊁墳墓。宋陸游劍南詩稿三六嘆老:"朋儕什九墮丘墟,自笑身如脱網魚。"

【丘樊】山林。多指隱居的地方。南史隱逸傳論:"夫獨往之人,皆禀偏介之性,……若使夫遇見信之主,逢時來之運,豈其放情江海,取逸丘樊,不得然而故也。"唐白居易長慶集五二中隱詩:"大隱住朝市,小隱入丘樊。"

【丘遲】公元464—508年。字希範,南朝梁吳興烏程人。靈鞠子,工文,辭采麗逸。南朝梁鍾嶸詩品評其詩"點綴暎媚,似落花依草",列入中品。梁書南史皆入文學傳。隋書經籍志著録文集十卷,今佚。明人張溥漢魏百三名家集中輯有丘司空集,存詩文二十四篇。

【丘賦】春秋鄭田賦制度。左傳昭四年:"鄭子産作丘賦。"注:"丘,十六井,當出馬一匹,牛三頭。今子産别賦其田,如魯之田賦。"參見"田賦"。

【丘壑】㊀深山幽谷,常指隱居的地方。文選南朝宋謝靈運齋中讀書詩:"昔余遊京華,未嘗廢丘壑。"參見"一丘一壑"。㊁宋黄庭堅豫章集五題子瞻枯木詩:"胸中元自有丘壑,故作老木蟠風霜。"本是説畫家的構思布局。後也稱人思慮深遠爲胸有丘壑。

【丘壟】壟,也作"壠"、"隴"。㊀墳墓。楚辭漢東方朔七諫沈江:"封比干之丘壟。"注:"小曰丘,大曰壟。"淮南子時則:"營丘壠之大小高庳。"㊁田野。晉陶潛陶淵明集二歸園田居詩之四:"徘徊丘隴間,依依昔人居。"

【丘的篤】相傳明萬曆年間,常州姓丘的儒生,身材矮小,人稱丘的篤。人家有婚喪事,他不論認識與否,都闖入賀弔,以博取飲食和回禮。舊時因稱婚喪中假借名義前來博取酒食和酬金的人爲"丘的篤"。見清王逋蚓庵瑣語。

【丘處機】公元1148—1227年。元登州棲霞人。字通密。號長春子。道教全真派的開創人。於1219年奉詔從萊州(今山東掖縣)出發,經陰山、雪山(喜馬拉雅山)到達邪米思干(今譯撒馬爾罕)朝見成吉思汗。被封爲國師,號長春真人,總領道教。其弟子李志常以往返見聞寫成長春真人西遊記。死後忽必烈褒贈長春演道主教真人封號。北京白雲觀有丘處機遺骨埋葬處。其道教著作有攝生消息論大丹直指,詩集有磻溪集。參閱元史二〇二釋老傳。

五　畫

丟

diū
ㄉㄧㄡ

見"丢"。

丞

chéng 署陵切,平,蒸韻,禪。
ㄔㄥˊ

㊀輔佐。吕氏春秋介立:"有龍于飛,周徧天下,五蛇從之,爲之丞輔。"丞也用於官名,如相國稱丞相;中央和地方官吏的副職有大理丞、府丞、縣丞等。㊁秉承。通"承"。史記一二二張湯傳:"於是丞上指,請造白金及五銖錢。"㊂通"拯"。文選漢揚子雲(雄)羽獵賦:"丞民乎農桑。"注:"聲類曰:'丞亦拯字也。'"

【丞史】秦漢中央和地方官吏的助理官。令吏稱令史,丞吏稱丞史。太守以下的内史、史、卒、史書佐等也總稱丞史。漢代中央各官署都有丞。史記一〇一袁盎傳"鼂錯謂丞史曰"集解説丞史卽丞相史。按漢書百官公卿表丞相有兩長史,御史大夫有兩丞,丞史可能是這二者的合稱。史記一二〇汲黯傳:"(黯)爲東海太守……擇丞史而任之。"指太守以下諸助理官。

【丞相】官名。是古代中央政權的最高行政長官,協助皇帝處理國家政務。戰國秦悼武王二年始設左右丞相。秦時有相國和丞相。漢初設相國,不久卽改爲丞相。西漢末改稱大司徒。東漢末復稱丞相。三國晉南北朝時,時廢時設。唐廢丞相,以中書令、侍中、尚書令、僕射等爲宰相,宋因之。倘非中書、門下長官任宰相,則稱同中書門下平章事。宋神宗元豐時廢同平章事,以尚書左右僕射爲宰相。南宋孝宗時改左右僕射爲左右丞相。至此宰相復稱丞相。元時中書省及行中書省置左右丞相。明洪武十三年革去中書省,盡罷其官,權歸六部。太平天国也設丞相,是官階,不是職務,地位低於王、侯。參閱通典二一職官三宰相、續通典二五職官三宰相。參見"宰相"。

【丞郎】唐尚書省的左右丞和六部侍郎的總稱。尚書在左右丞之上,也稱丞郎。參閱宋陸游老學庵筆記八。

六　畫

丣

yǒu
ㄧㄡˇ

古"酉"字。見"酉"。

八　畫

並

1. bìng 蒲迥切,上,迥韻,並。
ㄅㄧㄥˋ

㊀一齊,一并。詩齊風還:"並驅從兩肩兮,揖我謂我儇兮。"肩,三歲獸。漢書高帝紀:"諸侯並起。"㊁平列。荀子儒效:"俄而並於堯禹。"㊂連同。漢書四七文三王傳:"徙代王於清河,是爲剛王。並前在代凡立四十年薨。"㊃普遍。書立政:"以並受此丕丕基。"參閱清王引之經義述聞一並受其福。

2. bàng
ㄅㄤˋ

㊄通"傍"。史記秦始皇紀:"自榆中並河以東,屬之陰山。"集解引服虔:"並音傍。傍,依也。"

【並世】同時。列子力命:"北宫子謂西門子曰:'朕與子並世也,而人子達。'"達,使顯達。

【並肩】同列。南史陸驗傳:"鳴佩珥貂,並肩英彦。"

【並流】㊀一齊朝着一個方向流動。淮南子泰族:"故百川並流,不朝海者,不爲川谷。"㊁一并流傳。藝文類聚三七南朝梁沈約謝齊竟陵王教撰高士傳啓:"巢由與伊旦並流,三辟與四門共軌。"

【並蒂】兩花共一蒂,如並蒂蓮、並蒂蘭之類。蒂,也作"蔕"。唐杜甫杜工部草堂詩箋十九進艇:"俱飛蛺蝶元相逐,並蔕芙蓉本自雙。"詩文中常以並蒂比喻夫婦的恩愛。

【並驅】兩馬並進。詩齊風還:"並驅從兩肩兮,揖我謂我儇兮。"又常用以比喻雙方才力相等。三國志蜀關羽傳諸葛亮與羽書:"孟起(馬超)……黥(布)彭(越)之徒,當與益德(張飛)並驅爭先,猶未及髯之絶倫逸羣也。"參見"並駕齊驅"。

【並轡】兩馬同進,義同並驅。三國魏劉邵人物志釋爭十二:"是故並轡爭先而不能相奪。"

【並頭蓮】一蒂兩心的荷花。常用爲男女好合的象徵。元王實甫西廂記二本二折:"地生連理木,水出並頭蓮。"

【並行不悖】同時進行，互不相礙。禮中庸："道並行而不相悖。"

【並駕齊驅】齊頭並進。用以比喻彼此力量、地位或才能不相上下。南朝梁劉勰文心雕龍附會："是以駟牡異力，而六轡如琴；並駕齊驅，而一轂統輻。"

丨部

丨 gǔn 古本切，上，混韻，見。ㄍㄨㄣˇ

漢字筆畫名。部首。

二畫

丫 yā 於加切，平，麻韻，影。ㄧㄚ

物體分叉的形象。宋詩鈔汪元量水雲詩鈔湖州歌之四六："宮人夜泊近人家，暫見紅榴三四丫。"

【丫叉】樹木分枝的地方，形狀象"丫"，叫丫叉。也泛指交叉的形象。宋陸游劍南詩稿四一冬晴與子坦子聿遊湖上："雙手丫叉出迎客，自稱六十六年僧。"

【丫戾】反覆繞轉。詳"了戾"。

【丫髻】兩髻形狀如丫的稱丫髻。太平廣記五四劉曆引續仙傳："曆遂丫髻布衣，隨道士入羅浮山。"也作"髻丫"。宋劉克莊後村集一〇二題李伯時畫十國圖："其王或蓬首席地，或戎服踞坐，或剪髮露骭，或髻丫跣行。"

【丫頭】㊀女孩因頭上梳兩髻，象"丫"形，故稱丫頭。漢代稱爲偏髾。唐劉禹錫劉夢得集外集二寄贈小樊詩："花面丫頭十三四，春來綽約向人時。"後來多指婢女。宋王洋東牟集六弋陽道中題丫頭巖詩："不謂此州無美豔，只嫌名字太粗生。"自注："吳楚之人謂婢子爲丫頭。"參見"丫鬟"。㊁對小輩女子的親暱稱呼。紅樓夢九八："鳳姐便背了寶玉，緩緩的將黛玉的事回明了。……賈母眼淚交流，說道：'是我弄壞了他了！但只是這個丫頭也忒傻氣！'"

【丫鬟】婢女。宋洪邁夷堅志三志徐五秀才："聞剝啄叩户者，啓而視之，一青衣丫鬟，音韻楚楚。"

个 gè 古賀切，去，箇韻，見。ㄍㄜˋ

㊀量詞。左傳昭三年："又弱一个焉。"弱，死。史記一二九貨殖傳："竹竿萬个。"正義："竹曰个，木曰枚。"㊁正堂兩旁的側室。禮月令孟春之月："天子居青陽左个。"

三畫

丰 fēng 敷容切，平，鍾韻，滂。ㄈㄥ

㊀草木茂盛。說文："丰，艸盛丰丰也。"㊁體態豐滿。詩鄭風丰："子之丰兮，俟我乎巷兮。"

【丰采】風度，神采。清江藩漢學師承記朱筠："天下士仰慕丰采，望風景附。"

【丰姿】美好的容貌姿態。太平廣記三三一道德里書生引紀聞："有貴主，年二十餘，丰姿絕世。"

【丰容】㊀豐茂。文選南朝宋謝靈運於南山往北山經湖中瞻眺詩："解作竟何感，升長皆丰容。"指草木茂盛。㊁同"丰姿"。玉臺新詠五南朝梁沈約少年新婚爲之詠詩："丰容好姿顏，便辟工言語。"又作"風容"。後漢書章德竇皇后紀："后與女弟俱以選例入見長樂宮，進止有序，風容甚盛。"

【丰神】風貌神情。太平廣記四八七蔣防霍小玉傳："忽有一豪士，衣輕黃紵衫，挾朱彈，丰神雋美，衣服輕華。"

【丰茸】豐盛茂密。文選漢司馬長卿(相如)長門賦："羅丰茸之遊樹兮，離樓梧而相撐。"

中 1. zhōng 陟弓切，平，東韻，知。ㄓㄨㄥ

㊀中間，當中。孫子九地："擊其首則尾至，擊其中則首尾俱至。"㊁裏面。韓非子五蠹："田中有株，兔走觸株，折頸而死。"㊂不偏不倚，無過不及，叫中。見"中行㊀"、"中庸㊀"。㊃正。書大禹謨："允執厥中。"㊄中等。漢書溝洫志："書待詔賈讓奏言，治河有上中下策。"㊅媒介。穀梁傳桓九年："爲之中者，歸之也。"參見"中人"。㊆內心。史記一〇八韓安國傳論："壺遂之深中隱厚。"㊇內臟。素問陰陽類論："五中所主。"㊈半。春秋莊七年："夜中，星隕如雨。"㊉泛指一個時期內或一個地區內。如云"晉太元中"，"蜀中"。⑪古户役年齡，北齊以十六至十七爲中。隋以十一至十七爲中，唐以十六爲中。參閱通典七歷代盛衰户口丁中。⑫符合。商君書君臣："言中法，則辯之；行中法，則高之；事中法，則爲之。"⑬合格，合用。史記秦始皇紀三五年："吾前收天下書，不中用者盡去之。"⑭古代投壺時裝計數籌碼的器皿。禮投壺："主人奉矢，司射奉中，使人奉壺。"⑮我國的省稱。見"中外㊃"。

中 2. zhòng 陟仲切，去，送韻，知。ㄓㄨㄥˋ

⑯着，擊中目標。左傳桓五年："祝聃射王，中肩。"⑰爲外物所著，遭受。莊子達生："中身當心則爲病。"引申爲攻擊陷害。後漢書六六王允傳："以事中允。"注："中，傷也。"今言"中傷"。⑱應。禮月令季夏之月："律中黃鐘之宮。"⑲滿。見"中$_{2}$二千石"。⑳通"仲"。見"中$_{2}$冬"、"中$_{2}$夏"等。

【中人】㊀平常人。荀子非相："中人羞以爲友。"史記一〇九李將軍傳："才能不及中人。"㊁君主身邊有權勢的人。三國魏曹植曹子建集六當牆欲高行："龍欲升天須浮雲，人之仕進待中人。"㊂宦官，太監。漢書百官公卿表上："將行，秦官。景帝中六年，更名大長秋，或用中人，或用士人。"㊃宮女。史記一〇九李將軍傳："(李)敢有女爲太子中人。"㊄舊時在兩方中間作見證或調解的人。明徐咸西園雜記下："陸(三)挽出一無賴作中，假寫賣券。……他日某知之，與理論不明，訟之縣官，拘審陸與中人。"㊅古地名。在今河北唐縣西北。史記趙世家："伐中山，又戰於中人。"

【中士】㊀中等人。老子："上士聞道，勤而行之；中士聞道，若存若亡；下士聞道，大笑之。"㊁官名。詳"士"。

【中土】㊀中原。漢以來，以今河南一帶爲中土。淮南子地形："正中冀州曰中土。"三國志蜀姜維傳："以伯約比中土名士，公休(諸葛誕)、太初(夏侯玄)不能勝也。"伯約，維字。參見"中原"。㊁中國。後漢書八八西域傳："其國則殷乎中土。"

【中山】㊀周諸侯國名。春秋白狄別族之鮮虞地，戰國時爲中山國，被趙武靈王所滅。見史記趙世家。地在今河北定縣唐縣一帶。㊁漢郡國名。高帝置郡，景帝三年置諸侯國。見漢書地理志下二。

地在今河北唐縣定縣一帶。㊂山海經有中山經，記中原諸山。㊃地名。唐韓愈昌黎集三六毛穎傳："毛穎者，中山人也。"明李詡戒庵漫筆七筆墨："中山非晉，乃唐宣州中山也。宣州自唐來多擅名筆。"宣州，今安徽宣城縣。㊄縣名。在今廣東珠江三角洲南部。宋置香山縣，公元1925年，因紀念孫中山(文)改今名。

【中₂山】山名。卽陝西仲山。見"仲山"。

【中夕】半夜。南朝梁江淹江文通集三效阮公詩之一："歲暮懷感傷，中夕弄清琴。"

【中心】㊀內心。心居體中，故稱中心。詩唐風有杕之杜："中心好之，曷飲食之。"㊁物之中央。文選漢王子淵(褒)四子講德論："君者中心，臣者外體。"唐白居易長慶集一雲居寺孤桐詩："四面無附枝，中心有通理。"

【中天】㊀天空之中。三國志蜀先主傳："數有氣如旗從西竟東，中天而行。"唐杜甫杜工部草堂詩箋二二宿府："永夜角聲悲自語，中天月色好誰看。"㊁古史稱堯舜時爲中天之世，猶言盛世。後來成爲對帝王歌功頌德的套語。後漢書五七劉陶傳陳事疏："伏惟陛下年隆德茂，中天稱號。"

【中元】㊀時節名。道家以農曆七月十五日爲中元節。舊時道觀在這一天作齋醮，僧寺作盂蘭盆齋。唐李商隱李義山詩集五中元作："絳節飄颻宮國來，中元朝拜上清迴。"參閱唐韓鄂歲華紀麗三中元、元周密乾淳歲時記中元。㊁術數家以第二甲子爲中元。參見"三元㊃"。

【中止】中途停歇。南朝宋鮑照鮑氏集一舞鶴賦："將興中止，若往而歸。"

【中分】㊀對半分。莊子德充符："王駘兀者也，從之遊者，與夫子中分魯。"史記高祖紀："(項羽)與漢王約，中分天下，割鴻溝而西者爲漢，鴻溝而東者爲楚。"㊁房屋從梁到地面的部分。宋沈括夢溪筆談十八技藝："凡屋有三分 (fèn)，自梁以上爲上分，地以上爲中分，階爲下分。"

【中手】技藝中等的人。韓非子難勢："夫良馬固車，五十里而一置，使中手御之，追速致遠，可以及也。"

【中允】官名。太子官屬。漢稱中盾，南朝宋齊稱中舍人，唐貞觀改稱中允，屬詹事府。掌管侍從禮儀，審駁太子給皇帝的奏章文書，並監管用藥等事。清末廢。參閱文獻通考六十職官十四太子庶子。參見"中盾"。

【中立】㊀在對立的雙方之間，不偏袒一方。戰國策齊一："楚將伐齊，魯親之，齊王患之。張丐曰：'臣請令魯中立。'"㊁獨立。禮中庸："中立而不倚，强哉矯。"史記一二三大宛傳："昆末乃率其衆遠徙，中立，不肯朝會匈奴。"㊂居中而立。大戴禮保傅："故成王中立而聽朝，則四聖維之。"

【中平】東漢劉弘(靈帝)年號。公元184—189年。

【中正】㊀官名。陳勝爲楚王時設中正。三國魏在各州郡置中正官，負責考察本州人才品德，分成九等，作爲選任官吏的依據。吳有大公平，職任同。晉、南北朝、隋沿用，唐廢。參閱通典二三職官十四總論州佐。參見"九品中正"。㊁正直。楚辭屈原離騷："跪敷衽以陳詞兮，耿吾得此中正。"管子五輔："其君子上中正而下諂諛，其士民貴武勇而賤得利。"

【中古】次於上古的時代。我國歷史上的中古時代，說法不一。易繫辭下："易之興也，其於中古乎？"指商周之間。韓非子五蠹："中古之世，天下大水，而鯀禹決瀆。"指傳說中的虞夏時期。文選晉左太沖(思)三都賦："夫蜀都者，蓋兆基於上世，開國於中古。"指秦代。今一般以魏晉南北朝隋唐爲我國歷史上的中古時代。

【中司】指御史中丞。唐皇甫冉詩集一送魏中丞還河北："上國風塵舊，中司印綬榮。"詳"中丞"。

【中民】㊀中等家產的人。史記孝文紀："百金，中民十家之產。"㊁一般官吏。管子君臣下："有大臣之亂，有中民之亂。"清戴望注："中民，謂百吏之屬也。"

【中央】㊀四方之中。詩秦風蒹葭："宛在水中央。"正義以"中央"二字連讀。清馬瑞辰毛詩傳箋通釋十二："說文央旁同義，下云'宛在水中央'，亦謂水之旁，非以中央連讀也。"別爲一說。㊁中心位置。荀子大略："欲近四旁，莫如中央；故王者必居天下之中，禮也。"㊂掌握國家最高權力的機構。韓非子揚權："事在四方，要在中央。"注："四方謂臣民，中央謂主君。"

【中令】中書令的省稱。宋趙普爲中書令，人稱趙中令。宋王禹偁小畜集九三月二十七日偶作簡仲咸詩："請看富貴趙中令，已作北邙山下塵。"參見"中書"。

【中外】㊀中央與地方。後漢書七八宦者傳序："梁冀受鉞，迹因公正，恩固主心，故中外服從，上下屏氣。"㊁宮廷內外。管子君臣下："是以中外不通，讒慝不生。"㊂中表親。中指舅父子女，爲內兄弟；外指姑母子女，爲外兄弟。後漢書八四董祀妻傳悲憤詩："既至家人盡，又復無中外。"參見"中表"。

【中₂冬】冬季的第二個月，卽農曆十一月。中，通"仲"。周禮夏官司馬："中冬，教大閱。"

【中用】合用。詩小雅白華"白華菅兮"漢鄭玄箋："白華於野已漚，名之爲菅，菅柔忍中用矣。"後稱人能力高，辦事稱職爲中用，反之爲不中用。參見"不中用"。

【中台】㊀星名。晉書天文志上："西近文昌二星曰上台，……次二星，曰中台。"參見"三台"。㊁漢晉以來，用三台象徵三公的職位。中台象徵司徒或司空。後漢書三十郎顗傳："白虹貫日，以甲乙見者，則譴在中台，……宜黜司徒，以應天意。"晉書張華傳："少子韙以中台星坼，勸華遜位。"時張華任司空。

【中江】水名。1.古三江之一。書禹貢："東爲中江，入于海。"漢書地理志上丹揚郡蕪湖縣注："中江出西南，東至陽羨入海。"2.今四川沱江，六朝以來稱中江。水自金堂縣東南流至瀘縣，注入泯江。一名牛鞞水，亦名雁水。見太平寰宇記七六懷安軍。3.源出四川安縣，南流經舊羅江中江兩縣，折東流至三臺縣南，入涪江。古稱五城水，今稱羅江水。見太平寰宇記八二梓州。

【中衣】㊀古時穿在祭服、朝服裏面的衣服。三代時以深衣作中衣。禮深衣注："名曰深衣者，謂連衣裳而純之以采也，有表則謂之中衣。"參見"中單㊀"。㊁內衣。玉臺新詠一漢繁欽定情詩："何以結愁悲，白絹雙中衣。"

【中州】㊀古豫州地處九州中間，稱爲中州。漢王充論衡對作："建初孟年，中州頗歉，潁川、汝南民流四散。"今河南爲古豫州地，故相沿亦稱河南爲中州。㊁泛指黃河中游地區。三國志吳全琮傳："是時中州人士避難而南，依琮居者以百數。"㊂中國。漢書五七下司馬相如傳大人賦："世有大人兮，在乎中州。"注："中州，中國也。"

【中₂式】㊀科舉考試被取錄叫中式。明史選舉志二："三年大比，以諸生試之直省，曰鄉試。中式者爲舉人。"㊁符合規格。新五代史張筠傳："坐馬不中式，有司理其價直。"

【中旨】㊀帝王的意旨。文選南朝宋顏延年(延之)赭白馬賦："乃詔陪侍，奉述中旨。”㊁唐宋時不經中書門下而直接由宮廷發出的帝王詔諭。見宋趙升朝野類要三差除。

【中₂旨】合乎君主的意旨。史記六八商君傳：“鞅復見孝公，益愈，然而未中旨。”文選南朝梁沈休文（約）齊故安陸昭王碑文：“起予聖懷，發言中旨。”

【中丞】官名。漢御史大夫下設兩丞，一稱御史丞，一稱中丞。中丞居殿中，故以爲名。掌管蘭臺圖籍祕書，外督部刺史，內領諸御史，受公卿奏事，舉劾案章。因負責察舉非法，故又稱御史中執法。東漢以來，御史大夫轉爲大司空，以中丞爲御史臺長官。見通典二四職官六中丞。明初設都察院，其中副都御史職位相當御史中丞。明清常以副都御史或僉都御史出任巡撫，清代各省巡撫例兼右都御史銜，因此明清的巡撫，也稱中丞。

【中年】㊀一般稱四十歲左右爲中年。漢王充論衡論死：“若中年夭亡，以億萬數。”晉書王羲之傳：“謝安嘗謂羲之曰：‘中年以來，傷於哀樂。’”㊁中世。晉書后妃傳上：“爰自夐古，是謂元妃；降及中年，乃稱王后。”㊂中等收成的年歲。管子大匡：“（賦稅）上年什取三，中年什取二，下年什取一。”周禮地官均人：“凡均力政，以歲上下，豐年則公旬用三日焉，中年則公旬用二日焉。”㊃隔一年。間歲。禮學記：“比年入學，中年考校。”疏：“謂每間一歲，鄉遂大夫考校其藝也。”

【中旬】每月十一日至二十日。才調集一王建宮前早春詩：“內園分得溫湯水，三月中旬已進瓜。”

【中伏】三伏的第二伏。夏至後第四庚爲中伏。宋釋惠洪石門文字禪二夏日……烹茶分韻得嘉字詩：“炎炎三伏過中伏，秋光先到幽人家。”參見“三伏”。

【中行】㊀中等、平常的品行。行，xìng。荀子子道：“入孝出弟，人之小行也。上順下篤，人之中行也。從道不從君，從義不從父，人之大行也。”㊁中庸之道。論語子路：“不得中行（xíng）而與之，必也狂狷乎！”參見“中庸㊀”。㊂春秋晉軍制。行，háng。參見“三行”。㊃複姓。行，háng。春秋晉荀林父將中行，後以中行爲姓。見通志二八氏族四以官爲氏。

【中牟】地名。1.春秋晉地，戰國屬趙。左傳定九年：“齊侯伐晉夷儀，晉車千乘在中牟。”地在今河南湯陰縣西。2.春秋鄭地。漢設中牟縣，屬河南郡。見漢書地理志上。地在今河南中牟縣東。

【中牢】豬羊二牲。漢書昭帝紀元鳳元年：“其務修孝弟以教鄉里，令郡縣常以正月賜羊酒；有不幸者，賜衣被一襲，祠以中牢。”

【中更】爵位名。秦立爵位二十級，獎賞有軍功的人。漢承秦制，中更秩在第十三級。漢書百官公卿表上：“爵：一級曰公士，……十二左更，十三中更，十四右更。”注：“言主領更卒，部其役使也。”

【中材】中等才能。史記九十魏豹彭越傳論：“中材已上且羞其行，況王者乎！”也作“中才”。漢書六二司馬遷傳報任安書：“夫中才之人，事關於宦豎，莫不傷氣，況忼慨之士乎！”

【中男】㊀次子。易說卦傳：“坎再索而得男，故謂之中男。”史記八五呂不韋傳：“安國君中男名子楚。”㊁未成丁的男子。魏書高祖孝文帝紀：“一夫制治田四十畝，中男二十畝。”唐初法令以十六爲中男，天寶三載十二月改以十八以上爲中男，二十三以上成丁。見通典七食貨七丁中。唐杜甫杜工部草堂詩箋十三新安吏：“府帖昨夜下，次選中男行。中男絕短小，何以守王城？”

【中₂呂】古樂十二律的第六律。禮月令孟夏之月：“律中中呂。”也作“仲呂”。史記律書：“仲呂者，言萬物盡旅而西行也。其於十二子爲巳。巳者，言陽氣之已盡也。”參見“十二律”。

【中孚】卦名。六十四卦之一。☴☱。兌下巽上。易中孚：“象曰：澤上有風，中孚。”疏：“風行澤上，無所不周，其猶信之被物，無所不至。”後稱恩澤下流爲中孚。宋書何承天傳：“夫明德慎罰，文王所以恤下；議獄緩死，中孚所以垂化。”

【中兵】官名。三國魏設置五兵尚書，稱中、外、騎、別、都五兵。中兵曹，掌管都城的軍隊。晉太康中分中兵爲左右。後代沿用。北齊左中兵掌管諸都督告身和宿衛官；右中兵掌管都城丁帳事和諸兵力士。隋以後廢。又自晉以來，地方軍事長官，亦置中兵參軍，以爲僚屬。參閱通典二三職官五尚書下兵部尚書。

【中身】㊀中年。人壽大計百年，中數指五十歲上下。書無逸：“文王受命惟中身，厥享國五十年。”注：“中身謂中年。”文選南朝宋顏延年（延之）陶徵士誄：“年在中身，疢維痁疾。”㊁身體的中段。戰國策魏四：“有蛇於此，擊其尾，其首救；擊其首，其尾救；擊其中身，首尾皆救。”

【中作】工程未完成，仍在進行中。史記河渠書：“（韓）乃使水工鄭國間說秦，令鑿涇水。……中作而（秦）覺。”漢書溝洫志“中作而覺”注：“中作，謂用功中道，事未竟也。”

【中注】宋代除授官吏、登記姓名年貌的册子。也叫中注。以後因把中注作爲相貌的代稱。元曲選李直夫虎頭牌二：“哥哥，你那幼年間中注模樣，如今便怎生老的這等了。”

【中官】㊀古官名。對春官夏官秋官冬官而言。左傳昭十七年“大皞氏以龍紀，故爲龍師而龍名”疏引服虔：“黃帝以雲名官，蓋春官爲青雲氏，夏官爲縉雲氏，秋官爲白雲氏，冬官爲黑雲氏，中官爲黃雲氏。”㊁朝內的官。後漢書三十郎顗傳條便宜七事之六：“方今中官外司，各各考事。”㊂宦官，太監。漢書高后紀八年：“諸中官、宦者令丞，皆賜爵關內侯，食邑。”注：“諸中官，凡閹人給事於中者皆是也。”後漢書七八宦者傳：“遂享分土之封，超登宮卿之位，於是中官始盛焉。”

【中京】地名。1.南朝稱洛陽爲中京。後遂爲洛陽的別稱。南齊書明帝紀：“昔中京淪覆，鼎玉東遷。”2.唐時，渤海以顯德府爲中京。地在今吉林永吉縣西南。3.遼以大定府爲中京。見遼史地理志三中京道。地在今遼寧凌源縣。4.金興定初以河南府爲金昌府，號中京。即今洛陽市。

【中祀】見“大祀”。

【中夜】半夜。書冏命：“怵惕惟厲，中夜以興，思免厥愆。”文選三國魏曹子建（植）美女篇：“盛年處房室，中夜起長歎。”

【中表】父親姊妹（姑母）的兒女叫外表，母親的兄弟（舅父）姊妹（姨母）的兒女叫內表，互稱中表。漢蔡邕蔡中郎集二貞節先生陳留范史雲銘：“閉門靜居，九族中表，莫見其面。”後漢書七十鄭太傳：“又明公將帥，皆中表腹心，周旋日久。”

【中刑】中等的刑罰。周禮地官司市：“小刑憲罰，中刑徇罰，大刑扑罰。”國語魯上：“中刑用刀鋸，其次用鑽笮。”

【中尚】官署名。起於漢代，即中尚方。唐改稱中尚，和左尚、右尚稱三尚署。中署掌管宮內營造雜作，左署掌管車輦繖扇膠漆畫縷等件，右署掌管皮毛膠墨雜作席薦等事。開元以後，別置中尚使以監之。元有中尚監，掌管雜造及製氈，供內府陳設帳房帘幕車輿雨衣之用。參閱通典二七職官九少府監、續通志一三四職官五金元官制下。參見“尚方”。

【中₂肯】莊子養生主：“技經肯綮之未

嘗，而況大軱乎。"肯是着骨之肉，爲身體要害之處。中肯，謂中其要害。元史一八四王都中傳："都中遇事剖析，動中肯綮。"參見"肯綮"。

【中典】常行的法律。周禮秋官大司寇："一曰刑新國，用輕典；二曰刑平國，用中典；三曰刑亂國，用重典。"文選南朝梁陸佐公（倕）石闕銘："謀協上策，刑從中典。"

【中舍】宋初，以朝官有出身的人爲太子中允，没有出身的爲太子中舍。元豐改官制稱通直郎。後來傳訛稱中書舍人爲中舍。參閲宋洪邁容齋隨筆三筆十六中舍。

【中知】中等才智的人。穀梁傳僖二年："且夫玩好在耳目之前，而患在一國之後，此中知以上，乃能慮之。臣料虞君中知以下也。"也作"中智"。後漢書四八吳漢傳："蓋聞上智不處危以僥倖，中智能因危以爲功，下愚安於危以自亡。"

【中和】㊀儒家中庸之道，認爲能"致中和"，則無事不達於和諧的境界。禮中庸："喜怒哀樂之未發謂之中，發而皆中節謂之和，……致中和，天地位焉，萬物育焉。"文選漢馬季長（融）長笛賦："皆反（返）中和，以美風俗。"參見"中庸"。㊁中正和平。荀子王制："中和者，聽之繩也。"聽，指處理政事。㊂唐李儇（僖宗）年號。公元881—884年。

【中使】帝王宫廷中派出的使者，多由宦官充任。宋書袁粲傳："元徽元年，丁母憂。葬竟，攝令親職，加衛將軍，不受。敦逼備至，中使相望，粲終不受。"唐白居易長慶集四繚綾詩："去年中使宣口敕，天上取樣人間織。"

【中軍】㊀古代行軍作戰分左、右、中（或上、下、中）三軍，由主將所處的中軍發號施令。左傳桓五年："秋，王以諸侯伐鄭，鄭伯禦之。王爲中軍，虢公林父將右軍，周公黑肩將左軍。"後來引申稱主將爲中軍。唐李賀歌詩編二貴主征行樂："中軍留醉河陽城，嬌嘶紫燕踏花行。"㊁清代緑營兵制，分督、撫、提等標，各標的統領官叫中軍。督標中軍由副將擔任，撫標中軍及提標中軍由參將擔任。

【中春】農曆二月十五日是春季的正中，故稱中春。全唐詩四七四徐凝二月望日："長短一年相似夜，中秋未必勝中春。"

【中$_2$春】春季的第二個月，即農曆二月。周禮春官籥章："中春，晝擊土鼓，龡豳詩以逆暑。"注："中音仲。"

【中垢】隱暗齷齪。詩大雅桑柔："維彼不順，征以中垢。"傳："中垢，言闇冥也。"清王引之訓中爲"得"，垢，通"詬"，恥辱的意思。見經義述聞七。

【中英】複姓。傳説古帝少昊氏有六英之樂，掌管中英的以官爲氏。見元和姓纂一東。

【中南】即終南山。在今陝西西安市西南。左傳昭四年："四嶽三塗陽城大室荆山中南，九州之險也。"注："在始平武功縣南。"初學記五晉潘岳關中記："其山一名中南，言在天之中，居都之南，故曰中南。"參見"終南"。

【中星】㊀二十八宿按一定的軌道運轉，順次每月在天中的星叫中星。如禮月令、吕氏春秋十二紀所載昏參中、旦尾中之類。清胡亶有中星譜，徐朝俊有中星表，張作楠有中星圖表。㊁古天文家把二十八宿分爲四方，每方七宿，其居中的宿叫中星。如火爲蒼龍之中星，虚爲玄武之中星，昴爲白虎之中星等。見書堯典"日永星火"、"宵中星虚"、"日短星昴"傳。

【中食】佛家稱正午的齋食爲中食。釋氏要覽上中食引僧祇律："今言中食，以天中日午時得食，當日中，故言中食。"參見"齋食"。

【中$_2$秋】秋季的第二個月，即農曆八月。周禮夏官大司馬："中秋，教治兵。"中，通"仲"。

【中$_2$風】腦内小血管破裂，使病者突然昏倒，中醫稱爲中風。漢書一〇〇上敍傳："道病中風。"注："中，傷也，爲風所傷。"

【中盾】漢官名。即中允。盾，yǔn。漢書一〇〇上敍傳："成帝季年，立定陶王爲太子，數遣中盾請問近臣。"注："漢舊儀云：'秩四百石，主徼巡宫中。'"參見"中允"。

【中浣】農曆每月十一日至二十日叫中浣。也作中澣。

【中流】㊀半渡，渡程中間。史記周紀："武王渡河，中流白魚躍入王舟中。"㊁江河的中段。文選南朝梁沈休文（約）齊故安陸昭王碑文："衿帶中流，地殷江漢。"㊂中等，次等。晉書張輔傳："良史述事，善足以獎勸，惡足以監誡。人道之常，中流小事，亦無取焉。"㊃適中。荀子禮論："文理情用，相爲内外表裏，並行而雜，是禮之中流也。"王先謙集解："中流猶中道。"

【中$_2$酒】酒酣。史記九五樊噲傳："項羽既饗軍士，中酒，亞父謀欲殺沛公。"漢書噲傳注："張晏曰：'酒酣也'。師古曰：'飲酒之中也，不醉不醒，故謂之中。中音竹仲反。'"後多以中酒稱醉酒。唐杜牧樊川集三睦州四韻詩："殘春杜陵客，中酒落花前。"

【中涓】秦漢時皇帝親近的侍從官。墨子號令："執盾、中涓及婦人侍前者。"史記曹相國世家："高祖爲沛公而初起也，參以中涓從。"漢書高惠高后文功臣表"平陽懿侯曹參"唐顔師古注："中涓，親近之臣，若謁者舍人之類也。涓，潔也，主居中掃潔也。"

【中家】中等財産的人家。史記平準書："卜式相齊，而楊可告緡徧天下，中家以上，大抵皆遇告。"

【中宵】半夜。晉陶潛陶淵明集三辛丑歲七月赴假還江陵夜行塗中詩："懷役不遑寐，中宵尚孤征。"

【中宫】㊀皇后住處，以别於東西二宫。故常用爲皇后的代稱。周禮天官内宰"以陰禮教六宫"疏引漢舊儀，皇后稱中宫。㊁指北極星所處的天域。史記天官書："中宫天極星，其一明者，太一常居也。"

【中唐】㊀大門至廳堂的路。詩陳風防有鵲巢："中唐有甓"。㊁唐詩分期之一。元楊士弘唐音選唐詩，以初唐盛唐爲一類，中唐爲一類，晚唐爲一類。明高棅唐詩品彙也以四唐標目。中唐，指大曆至太和之間，韓愈柳宗元韋應物劉長卿大曆十才子都在此期内。唐竇常南薰集、高仲武中興間氣集所選唐詩，都是中唐人的作品。後世論詩家，有僅分初盛晚三期的，以元和爲盛唐晚唐區分之期。韓愈柳宗元按四唐分，屬中唐；按三唐分，屬晚唐。參見"四唐"。

【中衰】中途衰落。漢書六二司馬遷傳："太史公（司馬談）執遷手而泣曰：'……後世中衰，絶於予乎？汝復爲太史，則續吾祖矣。'"又七五李尋傳："尋見漢家有中衰阸會之象。"

【中祕】㊀宫内。唐白居易長慶集一讀張籍古樂府詩："願藏中祕書，百代不湮淪。"參見"中祕書"。㊁中書、祕書兩官署。魏書伊馛傳："中祕二省，多諸文士。"

【中郎】官名。秦置，漢沿用。擔任宫中護衛、侍從。屬郎中令。分五官、左、右三中郎署。各署長官稱中郎將，也省稱中郎。如漢蔡邕爲左中郎將，人稱蔡中郎。東晉南北朝皆置從事中郎，是將帥的幕僚，隋以後廢。參閲通典二九職官十一中郎將。

【中悔】半途翻悔。漢王充論衡問孔:"且本何善所見,而使之王?後何惡所聞,中悔不命?"世說新語品藻:"有人問謝安石王坦之優劣於桓公(溫)。桓公停欲言,中悔曰:'卿喜傳人語,不能復語卿。'"

【中冓】內室。詩鄘風牆有茨:"中冓之言,不可道也。"玉篇引作"寓"。寓,廣雅訓"夜"。漢書四七文三王傳:"不窺人閨門之私,聽聞中冓之言。"一說冓爲"垢"、"詬"的假借字;中冓,猶言內室詬恥之言。後譏諷人妻有外遇爲中冓之羞。參閱清惠棟九經古義五毛詩古義上、馬瑞辰毛詩傳箋通釋五。

【中校】官名。秦設將作少府,漢景帝改名將作大匠,屬官有左右前後中校等令丞。掌宮廷的營建和管理。唐設中校署,有令一人,丞三人,管理車、船、馬、兵器等事。參閱漢書百官公卿表上、舊唐書職官志三。

【中夏】㊀中國。後漢書四十下班固傳東都賦:"目中夏而布德,瞰四裔而抗棱。"㊁指中原地區。晉書王珣傳:"時(桓)溫經略中夏,竟無寧歲。"㊂夏季之中,指農曆五月。全唐詩三唐玄宗端午:"端午臨中夏,時清日復長。"

【中₂夏】夏季的第二月,即農曆五月。周禮夏官大司馬:"中夏,教茇舍。"中,通"仲"。

【中原】㊀平原,原野。詩小雅小宛:"中原有菽。"左傳僖二三年:"晉楚治兵,遇於中原,其辟君三舍。"㊁地域名。狹義的中原,指今河南一帶。廣義的中原,指黃河中下游地區或整个黃河流域。文選三國蜀諸葛孔明(亮)出師表:"今南方已定,兵甲已足,當帥將三軍北定中原。"唐溫庭筠詩集四過五丈原:"下國臥龍空寤主,中原逐鹿不由人。"逐,一作"得"。㊂內地,別於邊境地區而言。孫子作戰:"力屈財殫,中原內虛。"

【中宿】㊀次夜。左傳僖二四年:"寺人披請見,(晉文)公使人讓之,且辭焉。曰:'女爲惠公來求殺余,命女三宿,女中宿至。雖有君命,何其速也!'"女,通"汝"。㊁中途投宿。史記一一七司馬相如傳上林賦:"步櫚周流,長途中宿。"漢書五七司馬相如傳注:"謂其途長遠,雖徑日行之,尚不能達,故中道而宿也。"

【中部】地名。東晉列國後秦置中部郡,北朝魏太武帝改爲中部縣。隋開皇九年改稱內部縣。唐武德二年復改稱中部縣。天寶年間曾置州。地在今陝西黃陵縣。參閱元和郡縣志三、太平寰宇記三五。

【中孰】中等年成。孰,同"熟"。漢書食貨志上:"故大孰則上糴三而舍一,中孰則糴二,下孰則糴一。"

【中庸】㊀不偏叫中,不變叫庸。儒家以中庸爲最高的道德標準。論語雍也:"中庸之爲德也,其至矣乎!"㊁書名。相傳爲孔子的孫子子思所作。原爲禮記中的一篇,南宋唯心主義理學家朱熹把它同大學論語孟子合編爲四書,並作了注解。㊂中等之才。荀子王制:"元惡不待教而誅,中庸民不待政而化。"文選漢賈誼過秦論:"材能不及中庸。"

【中情】內心的思想感情。楚辭屈原離騷:"荃不察余之中情兮,反信讒而齌怒。"

【中₂理】合理。晉書傅咸傳:"詔曰:'但當思必應繩中理,威風日伸,何獨劉毅!'"

【中堅】㊀古代主將所在的中軍部隊,是全軍的主力,稱中堅。後漢書光武帝紀上:"光武乃與敢死者三千人,從城西水上衝其中堅。"也泛指骨幹力量。東觀漢記十陳俊傳:"上賜俊絳衣三百領,以衣中堅同心之士。"㊁將軍名號。漢書八四翟方進傳:"(王)莽聞之大懼,迺拜其黨……中少府建威侯王昌爲中堅將軍。"魏書官氏志從四品階有中堅將軍。

【中尉】官名。1.戰國時趙國設置,負責選任官吏。秦漢時是武職,掌管京師治安。武帝時,改稱執金吾。漢各諸侯王國也設置中尉,維持治安。元時,內史府置中尉。2.主爵中尉,秦置,掌管列侯。漢沿置。武帝改爲右扶風。3.御史中尉,北朝魏置,即御史中丞,負責監察官吏。4.護軍中尉。唐後期用宦官任護軍中尉,統領神策軍,爲皇帝禁軍,防守京師。

【中堂】㊀堂的正中。儀禮聘禮:"公側襲受玉于中堂與東楹之間。"㊁庭院。藝文類聚三四三國魏曹丕感物賦:"掘中堂而爲圃,植諸蔗於前庭。"㊂唐設政事堂於中書省,以宰相領其事。後因稱宰相爲中堂。元王惲有中堂事記,記元初中書省事。明清內閣大學士實際上是宰相,在文淵閣辦公,中書居東西兩房,大學士居中,故也稱中堂。參閱清葉鳳毛內閣小志。㊃懸掛在廳堂正中的大幅字畫。老殘遊記三:"祇有中間掛着一幅中堂,祇畫了一個人。"

【中野】㊀荒野之中。易繫辭傳:"葬之中野,不封不樹。"文選三國魏繆熙伯(襲)挽歌:"生時遊國都,死没棄中野。"㊁複姓。相傳爲微子之後。楚文王時有御史中野彪。見通志二九氏族五。

【中國】㊀上古時代,我國華夏族建國於黃河流域一帶,以爲居天下之中,故稱中國,而把周圍我國其他地區稱爲四方。後成爲我國的專稱。禮中庸:"是以聲名洋溢乎中國。"漢書四三陸賈傳:"皇帝(劉邦)……繼五帝三王之業,統天下,理中國。中國之人以億計,地方萬里,居天下之膏腴,人衆車輿,萬物殷富,政由一家,自天地剖判未始有也。"㊁指春秋戰國時中原各諸侯國。韓非子孤憤:"夫越雖國富兵强,中國之主皆知無益於己也。"後泛指中原地區。唐陳子昂陳伯玉集二度峽口山詩:"峽口大漠南,横絕界中國。"㊂京師。詩大雅民勞:"惠此中國,以綏四方。"箋:"京師者諸夏之根本。"

【中途】在半路上。亦指事情在進行過程中。易訟"窒惕中吉"唐孔穎達疏:"謂此訟事以中途而止,乃得吉也。"齊書王僧虔傳:"孝武初,出爲武陵太守。兄子儉於中途得病,僧虔爲廢寢食。"

【中停】相術以腰爲中停,又以山根至準頭爲中停。參見"三停"。

【中₂暑】由長時間受强烈陽光照射所引起的病症。後漢書二六伏湛傳:"湛因讌見中暑,病卒。"

【中卿】官名。詳"卿㊀"。

【中詔】帝王手詔,不經主管官吏而直接頒行的稱中詔。後漢書六六陳蕃傳:"宦官由此疾蕃彌甚,選舉奏議,輒以中詔譴卻。"

【中詗】暗中偵詢。史記一一八淮南王安傳:"淮南王有女陵,……常多予金錢,爲中詗長安,約結上左右。"索隱引孟康:"詗音偵。西方人以反間爲偵。"

【中尊】㊀中等容量的酒器。爾雅釋器:"卣,中尊也。"注:"不大不小者。"左傳僖二八年"秬鬯一卣"疏引孫炎:"罇,彝爲上,罍爲下,卣居中也。"㊁中等的酒。詳"上尊酒"。

【中₂惡】突然患急病。三國志吳吳主權潘夫人傳:"諸宫人伺其昏臥,共縊殺之,託言中惡。"

【中逵】諸道路交錯之處。詩周南兔罝:"肅肅兔罝,施于中逵。"注:"逵,九達之道。"文選南朝宋鮑明遠(照)蕪城賦"峥嶸古馗"注引韓詩,逵,作"馗"。引申爲中道、中途。三國魏曹植曹子建集五贈白馬王彪詩:"中逵絶無軌,改轍登高崗。"

【中都】㊀地名。1.春秋晉邑。戰國屬趙。漢置縣,屬太原郡。見漢書地理志上。北魏移置榆次縣界。地在今山西平遥縣西北。2.春秋魯邑。孔子曾任中都宰,即此。見史記孔子世家。地在今山東汶上縣西。3.金貞元元年遷都燕京,改燕京爲中都。元至元九年改稱大都。即今北京。4.唐時南詔以羊苴咩城爲中都,即今雲南大理縣。參閲讀史方輿紀要一一七。㊁京城。史記平準書:"漕轉山東粟,以給中都官。"

【中華】我國古代華夏族興起於黄河流域一帶,居四方之中,文化發達,歷史悠久,因稱其地爲中華,亦稱中原、中國。三國志蜀諸葛亮傳"與亮友善"南朝宋裴松之注:"若使游步中華,騁其龍光,豈夫多士所能沈翳哉。"魏書宕昌傳:"其地東接中華,西通西域。"後來中華遂成爲我國的稱號。

【中黄】㊀指勇力之士。文選漢張平子(衡)西京賦:"迺使中黄之士,育獲之儔。"唐李周翰注:"中黄,國名,其俗多勇力。育,夏育;獲,烏獲,皆古之勇力者。"㊁府庫名。後漢書桓帝紀建和元年:"芝草生中黄藏府。"注引漢官儀:"中黄,藏府,掌中幣帛金銀諸貨物也。"

【中散】官名。中散大夫的省稱。三國魏嵇康曾任中散大夫,稱嵇中散。南朝梁江淹江文通集一恨賦:"及夫中散下獄,神氣激揚。"參見"中散大夫"。

【中朝】㊀朝中。史記七九范睢傳:"今大王中朝而憂,臣敢請其罪。"㊁中國。資治通鑑二九四五代後周顯德六年:"(南)唐清源節度使留從效遣使入貢,請置進奏院於京師,直隸中朝。"注:"中朝,謂中國。"這裏指五代周。㊂漢代朝官有中朝、外朝之分。漢書七七劉輔傳"於是中朝左將辛慶忌"注引孟康:"大司馬左右前後將軍、侍中、常侍、散騎、諸吏爲中朝。"㊃中葉。南齊書禮志上:"是故中朝以來,太子冠則皇帝臨軒。"

【中極】㊀要害。孫臏兵法十問:"擊此者,必將三分我兵,練我死士,二者延陣張翼,一者材士練兵,期其中極。"㊁北極星。續古文苑三隋李播天文大象賦:"垂萬象乎列星,仰四覽乎中極。"㊂人體經穴名,在臍下四寸。素問骨空論:"任脈者,起於中極之下。"

【中陽】地名。戰國時趙邑。史記趙世家:"(武靈王)十年,秦取我西都及中陽。"漢設縣,屬西河郡。見漢書地理志下。東漢廢。地在今山西中陽縣。

【中貴】顯貴的侍從宦官。唐李白李太白詩二古風之二四:"中貴多黄金,連雲開甲宅。"參見"中貴人"。

【中單】㊀祭服、朝服的裏衣。古稱中衣。自唐以後,漸趨簡易,變通其制,腰無縫,下不分幅,故稱中單。參閲文獻通考一一二君臣冠冕服章。參見"中衣㊀"。㊁汗衫。太平御覽四〇三晉虞預會稽典録:"民有弟用兄錢者,未還之,嫂詣(鄭)弘訴之,弘賣中單爲叔還錢。"注:"即今之汗衫也。"

【中$_2$程】程是法式,中程謂符合準則、規格。商君書修權:"故立法明分,中程者賞之,毀公者誅之。"韓非子難一:"中程者賞,弗中程者誅。"

【中智】見"中知"。

【中焦】胃的内腔。詳"三焦"。

【中傅】官名。漢初諸侯王國有中傅,由宦官擔任,職掌教導諸侯王。漢書武帝紀建元三年:"濟川王明坐殺太傅中傅,廢遷防陵。"資治通鑑十七漢建元三年七月注:"漢諸王國有太傅,秩二千石,掌傅王以德義。中傅出入王宫,在王左右,亦主傅教導王。"

【中統】蒙古汗國忽必烈(世祖)年號。公元1260--1264年。

【中$_2$意】合意。漢書四五江充傳:"上以充忠直,奉法不阿,所言中意。"注:"中,當也。"

【中$_2$試】合格,合乎標準。荀子議兵:"日中而趨百里,中試則復其户。"漢書刑法志引荀子"中試則復其户"注:"中試,試之而中科條也。"宋史選舉志三:"知舉及學官,以中試之等,參驗於籍,通定升絀高下。"

【中裙】內衣。史記一〇三萬石君傳:"取親中裙廁牏,身自浣滌。"索隱:"中裙,近身衣也。"

【中廇】室的中央。即中霤。楚辭漢劉向九嘆愍命:"刜讒賊於中廇兮,選吕管於榛薄。"吕,太公望;管,管仲。詳"中霤㊀"。

【中道】㊀無過無不及,中庸之道。孟子盡心下:"孔子不得中道而與之,必也狂狷乎!"詳"中庸㊀"。㊁中途,半路。論語雍也:"力不足者,中道而廢。"楚辭屈原離騷:"羌中道而改路。"㊂道路的中央。禮曲禮上:"爲人子者……行不中道,立不中門。"

【中壼】宫内小道。舊時以中壼爲皇后位之稱。唐陸贄陸宣公集四册淑妃王氏爲皇后文:"中壼(kǔn)虚位,於今歷年。"

【中葉】中世。詩商頌長發:"昔在中葉,有震且業。"文選漢班孟堅(固)幽通賦:"系高頊之玄胄兮,氏中葉之炳靈。"

【中禁】皇帝居住的地方。同"禁中"。魏書高閭傳:"閭昔在中禁,有定禮正樂之勳。"

【中歲】㊀指四十歲左右的年齡。南齊謝朓謝宣城集三賦貧民田詩:"中歲歷三臺,旬月典邦政。"唐王維王右丞集三終南別業詩:"中歲頗好道,晚家南山陲。"㊁中等收成的年歲。史記天官書:"風從南方來,大旱;……北方爲中歲,東北爲上歲。"

【中$_2$暍】中醫病名。即中暑。暍,yē。說文:"暍,傷暑也。"漢張仲景傷寒論二辨痓濕暍脈證第四:"太陽中暍者,身熱疼重而脈微弱。"

【中路】㊀路的正中。史記一一七司馬相如傳上疏諫獵:"且夫清道而後行,中路而後馳,猶時有銜橛之變。"㊁半途。楚辭宋玉九辯:"然中路而迷惑兮,自壓按而學誦。"

【中飯】㊀飯吃到一半。三國志魏王脩傳"百姓稱之"注引魏略:"欣於所受,俯慙不報,未嘗不長夜起坐,中飯釋餐。"即一食三吐哺之意。㊁午餐。唐權德輿權載之集一田家即事詩:"山僧相訪期中飯,漁父同遊或夜歸。"

【中腸】內心。文選三國魏文帝(曹丕)雜詩之一:"向風長歎息,斷絶我中腸。"唐杜甫杜工部草堂詩箋十四贈衛八處士:"訪舊半爲鬼,驚呼熱中腸。"

【中$_2$雋】左傳昭十二年:"晉侯以齊侯宴,中行穆子相。投壺,晉侯先。穆子曰:'……寡君中此,爲諸侯師。'……伯瑕謂穆子曰:'子失辭。吾固師諸侯矣,壺何爲焉?其以中雋也'。"雋,同"俊"。意思是說投壺投中的爲俊秀。後來稱考試被録取爲中雋,本此。

【中$_2$傷】㊀受傷。列子天瑞:"(日月星宿)只使墜亦不能有所中傷。"㊁陰謀詆陷別人。漢書八四翟方進傳:"峻文深詆,中傷者尤多。"後漢書五四楊秉傳:"有忤逆於心者,必求事中傷,肆其凶忿。"

【中節】合乎法度。意謂無過無不及。禮中庸:"喜怒哀樂之未發謂之中,發而皆中節謂之和。"唐韓愈昌黎集十八答吕毉山人書:"議雖未中節,其不阿曲以事人者,灼灼明矣。"

【中微】中途衰落。史記楚世家:"季連生附沮,附沮生穴熊,其後中微,或在中國,或在蠻夷,弗能紀其世。"

【中經】㊀宮廷所藏的經籍。三國魏祕書郎鄭默以宮內所藏經籍整理編目,名中經。晉祕書監荀勗又因中經著新簿,將經籍分爲甲、乙、丙、丁四部,總括羣書。見隋書經籍志。㊁唐國子監教學生讀經,依經書文字多少,分大、中、小三等,以詩周禮儀禮爲中經;宋以書易公羊穀梁儀禮爲中經。見新唐書選舉志上、宋史選舉志一。參見"大經"。

【中說】新、舊唐書經籍志藝文志著錄五卷,舊題王通撰。宋史藝文志藝文四作文中子,十卷,宋阮逸注。宋洪邁容齋隨筆續筆一疑該書爲逸僞撰。四庫提要說是通子福郊、福時所纂述。文體模仿論語,記錄通和門徒的問答。

【中旗】人名。即鍾子期。史記魏世家作"中旗",韓非子難三、戰國策秦四作"中期"。詳"鍾子期"。

【中廐】國君的養馬舍。穀梁傳僖二年:"如受吾幣而借吾道,則是我取之中府,而藏之外府,取之中廐,而置之外廐也。"楚有中廐尹,見左傳昭二七年。漢皇后安置車馬的地方叫中廐,設中廐令。見漢書六三武五子傳"發中廐車"注。

【中壽】次於上壽爲中壽,說法不一。左傳僖三二年:"中壽,爾墓之木拱矣。"疏:"中壽百。"莊子盜跖以中壽爲八十,淮南子原道以中壽爲七十,呂氏春秋安死、抱朴子至理以中壽爲六十。

【中臺】即尚書省。秦漢時尚書稱中臺。與謁者(外臺)、御史(憲臺)合稱三臺。魏晉宋齊並稱尚書臺,梁陳北魏北齊隋則稱尚書省。唐龍朔二年及長安初,都曾更名中臺,不久又改爲尚書省。見初學記十一尚書令。

【中飽】中間得利。韓非子外儲右下:"薄疑謂趙簡主曰:'君之國中飽。'簡主欣然而喜曰:'何如焉?'對曰:'府庫空虛於上,百姓貧餓於下,然而姦吏富矣。'"後來稱經手公款,從中貪污爲中飽。

【中潬】城名。東魏元象元年築,是當時河陽三城之一。故地在今河南孟縣西南。唐視爲重地,置河陽三城使。宋洪邁容齋隨筆續筆十二古跡不可考:"又河之中泠一洲島,名曰中潬。……嘉祐八年秋,大水馮襄,了無遺跡,中潬自此遂廢。"

【中論】書名。1.漢徐幹著。三國志魏王粲傳注引魏略曹丕與吳質書:"而偉長(幹字)……著中論二十餘篇,成一家之義。"隋書經籍志著錄作六卷。今本二卷。內容主要是闡明儒家經義。2.佛經。全名中觀論。四卷。相傳是印度龍樹作,他的弟子青目作解釋,東晉列國後秦鳩摩羅什譯。內容是說觀破一切法相,使合於中道。與十二門論、百論合稱三論,更與大智度論合稱四論。

【中調】詞調分類名稱之一。詞家謂詞調字數在五十九至九十字之間的叫中調,以其長短適中,故名。詳"小令"。

【中駟】中等的馬。史記六五孫子傳:"馬有上中下輩。……取君上駟,與彼中駟。"後來把次等的人才和事物也叫中駟。

【中輟】中止進行。唐柳宗元柳先生集一貞符序:"臣爲尚書郎時,嘗著貞符,……會貶逐中輟,不克備究。"

【中樞】㊀中央。漢揚雄太玄一周:"植中樞,周無隅。"唐劉禹錫劉夢得集外集一和令狐相公初歸京國賦詩言懷詩:"凌雲羽翮掞天才,揚歷中樞與外臺。"㊁舊稱兵部爲中樞。清代官書中有中樞政考,記載八旗綠營兵制。

【中殤】未成年而死叫殤。古時把八歲至十九歲死者的喪服分爲長、中、下殤三等,十二至十五歲爲中殤。見儀禮喪服、禮檀弓上"以夏后氏之堲周葬中殤"注。

【中鋒】書法用語。指運筆時,筆力集中,以別於偏鋒。宋沈括夢溪筆談十七書畫:"江南徐鉉善小篆,映日視之,畫之中心,有一縷濃墨,正當其中,至於屈折處亦當中,無有偏側處,乃筆鋒直下不倒側,故鋒常在畫中,此用筆之法也。"

【中幣】古時中等品級的貨幣。管子國蓄:"以珠玉爲上幣,以黃金爲中幣,以刀布爲下幣。"

【中儀】唐稱禮部郎中爲中儀,員外郎爲小儀,也叫少儀。唐鄭谷鄭守愚集二寄同年禮部趙郎中詩:"仙步徐徐整羽衣,小儀澄澹轉中儀。"

【中畿】京都。晉書桓溫傳哀帝詔:"廓清中畿,光復舊京。"資治通鑑一〇一晉隆和元年三月"廓清中畿"元胡三省注:"中畿,王畿也。周禮九畿,王畿方千里,其外侯、甸、男、采、衛、蠻、夷、鎮、蕃,皆以五百里言之。王畿在九畿之中,故此曰中畿。"

【中澣】見"中浣"。

【中翰】清代稱內閣中書爲中翰,也稱內翰。

【中冀】中州,中原地區。逸周書嘗麥:"赤帝大懾,乃說于黃帝,執蚩尤,殺之于中冀,……用名之曰絕轡之野。"

【中興】㊀由衰落而重新興盛。詩大雅烝民序:"任賢使能,周室中興焉。"㊁地名。元設置中興路,包括今湖北宜都縣以東至潛江縣一帶地區,治江陵,即今江陵縣。㊂年號。1.東晉列國西燕慕容永。公元386—394年。2.南齊蕭寶融(和帝)。公元501—502年。3.北魏元朗(安定王)。公元531—532年。4.五代南唐李璟(元宗)。公元958年。5.渤海大華璵。公元794年。6.南詔舜化真。公元898—902年。

【中謝】㊀侍奉帝王的近臣。史記七十張儀傳:"中謝對曰:'凡人之思故,在其病也。'"也作"中射"。見"中射士"。㊁唐代官員受職以後,入朝謝恩,稱中謝。資治通鑑二四七唐會昌四年:"甲辰,以(杜)悰同平章事,兼度支鹽鐵轉運使。及悰中謝,上勞之曰:'……今相卿,如得一魏徵矣!'"自唐以後,臣僚上奏章,慣例有誠惶誠恐及誠歡誠喜、頓首稽首等套語叫做中謝、中賀。參閱元周密齊東野語十三中謝中賀。

【中璫】太監。明詩別裁五何景明鰣魚:"賜鮮徧及中璫第,薦熟應開宗廟筵。"

【中聲】㊀和諧的音樂。國語周下:"古之神瞽,考中聲而量之以制。"荀子勸學:"詩者,中聲之所止也。"㊁古音樂五音的商音。宋沈括夢溪筆談五樂律:"宮生徵,徵生商,商生羽,羽生角,故商爲中聲。"

【中隱】隱於閒官。唐白居易長慶集五二中隱詩:"大隱住朝市,小隱入丘樊,……不如作中隱,隱在留司官。"

【中嶽】即嵩山,五嶽之一。在今河南登封縣北,古名嵩高。爾雅釋山:"嵩高爲中嶽。"嶽,也作"岳"。史記封禪書:"中岳,嵩高也。"正義引括地志:"嵩山亦名太室,亦名外方也。在洛州陽城縣西北二十三里。"又:"昔三代之君皆在河洛之間,故嵩高爲中岳。"

【中霤】㊀土屋的天窗,也指室的中央。公羊傳哀六年:"於是使力士舉巨囊,而至于中霤。"疏引庾蔚之:"複地上累土,穴則穿地也。複穴皆開其上取明,故雨霤之,是以因名中室爲中霤也。"參閱清陳立公羊義疏哀六年。㊁古代五祀之一,即後來之宅神。禮月令季夏之月:"其祀中霤,祭先心。"又郊特牲:"家主中霤而國主社。"注:"中霤亦土神也。"

【中藏】藏,zàng。㊀漢內庫叫中藏府,省稱中藏。後漢書五八蓋勳傳:"吾多出中藏財物以餌士,何如?"參見"中藏府"。㊁內臟。史記一〇五倉公傳:"其色澤者,中藏無邪氣及重病。"㊂書名。詳"中藏經"。

【中₂醫】符合醫理。漢書藝文志經方:"(庸醫)以熱益熱,以寒增寒,精氣內傷,……故諺曰:'有病不治,常得中醫。'"意謂如讓庸醫治病,不如不治爲好,故以不治爲中醫。

【中壘】㊀官名。1.漢武帝時執金吾屬官有中壘丞、中壘令、中壘尉。東漢省。見漢書百官公卿表上。2.前漢有中壘校尉,掌管北軍壘門之內,又外掌西域。爲八校尉之一。見漢書百官公卿表上。劉向曾任此官,故有劉中壘之稱。清王念孫認爲中壘校尉與西域無關,西域是"四城"的誤寫。見讀書雜志四漢書三掌北軍壘門內外掌西域。㊁複姓。元和姓纂一東引風俗通,説劉向爲中壘校尉,其支孫以官爲氏。

【中懷】內心。文選漢蘇子卿(武)詩四首之二:"幸有絃歌曲,可以喻中懷。"晉陶潛陶淵明集二遊斜川詩:"念之動中懷,及辰爲茲遊。"

【中邊】表裏,裏外。四十二章經三九:"譬如食蜜,中邊皆甜。"

【中嚴】禁中戒備。新唐書禮樂志一:"致齋之日,質明,諸衛勒所部屯門列仗。晝漏上水一刻,侍中版奏'請中嚴',諸衛之屬各督其隊,入陳於殿庭。"宋王禹偁小畜集九南郊大禮詩四:"綵城殘月帶微霜,版奏中嚴夜未央。"

【中饋】古時指婦女在家主持飲食之事。易家人:"無攸遂,在中饋。"玉臺新詠一張衡同聲歌:"綢繆主中饋,奉禮助烝嘗。"後引申爲妻子,没有妻子的稱中饋猶虛。官場現形記三八:"他是上年八月斷絃,目下尚虛中饋。"

【中權】㊀指中軍。左傳宣十二年:"前茅慮無,中權後勁。"注:"中軍制謀,後以精兵爲殿。"㊁指朝廷的中樞。梁書武帝紀:"宣讚中權,奉衛輿輦。"㊂指地域的中心。宋朱熹朱文公集八次少傅相公送行長句詩之二:"地兼梁益盛中權,自昔疇咨出萬全。"

【中欒】古鎮名。在今河南封丘縣西南、黃河北岸。元代曾是從浙西經長江淮河黃河往京都的水路運輸中轉站。參閱嘉慶一統志二〇〇衛輝府關隘。

【中鹽】宋初於京師設折中倉,招募各地商人運糧到京師,兑給緡錢或鹽茶等貨物,稱爲入中或折中。見宋史食貨志三和糴、李燾續資治通鑑三十宋端拱二年九月。明沿宋制,於洪武四年定中鹽例。商人輸糧入倉後,憑證到各轉運提舉司支取食鹽,謂之中鹽,也叫開中。見明史食貨志四鹽法。

【中大人】漢代稱老年宦人。後漢書十六鄧禹傳:"時宦人出入,多能有所毀譽,其中耆宿,皆稱中大人。"

【中大夫】官名。詳"大夫"。

【中大同】南朝梁蕭衍(武帝)年號。公元546—547年。

【中大通】南朝梁蕭衍(武帝)年號。公元529—534年。

【中山酒】酒名。又名千日酒。唐鮑溶詩范真傳侍御累有寄因奉酬之五:"聞道中山酒,一杯千日酲。"(唐六名家集)參見"千日酒"。

【中山狼】明馬中錫著小説中山狼傳(一説宋謝良著),記戰國時趙簡子在中山打獵,追逐一狼。狼向東郭先生求救,脱險後反而要吃東郭先生。比喻人的忘恩負義,揭示對壞人不能講仁慈的真理。古今説海五朝小説合刻三志明文英華等均收此書。明康海以此故事編爲雜劇,相傳爲諷刺李夢陽而作,收入盛明雜劇。又明王九思汪廷訥陳與郊都有中山狼劇。紅樓夢五:"子係中山狼,得志便猖狂。"

【中古文】漢代收藏在內府的先秦古文經籍。漢書藝文志:"劉向以中古文易經校施孟梁丘經。"注:"中者,天子之書也。言中,以別於外耳。"

【中州集】詩總集名。金末元好問編。集錄金代二百四十九人的作品。分十卷,附中州樂府一卷。每人附小傳,兼評其詩。其中保存有不少歷史資料,有"以詩存史"的用意。

【中泠泉】在今江蘇鎮江市西北石山簰東。泠,一作"零"。原在長江中,盤渦深險,至冬季枯水期,可以汲竿取水。唐劉伯芻認爲泡茶的好泉水,以中泠泉爲第一,故有天下第一泉之稱。又作中濡。宋陸游劍南詩稿十將至京口:"銅瓶愁汲中濡水,不見茶山九十翁。"後來江岸漲沙,泉已爲積沙壓蓋湮沒。參閱嘉慶一統志九十鎮江府一。

【中直兵】官名。南朝宋丞相府衛隊的將官。資治通鑑一三三宋泰豫元年二月:"中直兵焦度趙智略憤怒,曰:'大丈夫安能坐受死!'"參閱宋書百官志上。

【中和殿】北京故宮三大殿之一。在太和殿後,保和殿前。明初建,原名華蓋殿,又名中極殿。清順治二年(公元1645年)重建,改爲中和殿。縱廣各三間,方檐圓頂。清代凡行祭祀禮視祝版,行耕籍禮視五穀農器,都在此舉行。

【中和節】唐德宗貞元五年,根據李泌建議,下詔廢止正月晦日之節,以二月初一爲中和節,與上巳、九日爲三令節,休假一日,民間以青囊盛百穀果實,互相贈送。參閱唐大詔令集八十貞元五年以二月一日爲中和節敕、舊唐書德宗紀、唐尉遲樞南楚新聞(説郛七三)。

【中星譜】清胡亶撰。一卷。所訂經星共四十五座,於二十八宿之外,又增補大角等十七星,與儀象考成中星更錄相近。作於康熙八年,有康熙中刊本,四庫全書本。

【中祕書】宮內的藏書。漢書成帝紀河平三年八月:"光祿大夫劉向校中祕書。"又藝文志注引如淳:"劉歆七略曰:'外則有太常、太史、博士之藏,內則有延閣、廣內、祕室之府。'"

【中郎將】官名。秦置。西漢時,皇帝的衛侍分置五官、左、右三署,各設中郎將統率之,故有五官中郎將的名號。位次於將軍。東漢又增設東南西北中郎將。此外又有雜中郎將,如虎賁中郎將、使匈奴中郎將等。建安以後,地方割據,自相署置,始多名號中郎將。唐代各衛有中郎將,職位較低。宋初曾用爲虛銜,後廢。參閱通典二九職官十一。參見"中郎"。

【中書令】見"中書"。

【中書君】唐韓愈昌黎集三六毛穎傳,以筆擬人,叫做毛穎,又稱爲中書君,後即成爲毛筆的別名。宋蘇軾分類東坡詩二五自笑:"多謝中書君,伴我此幽棲。"

【中書省】官署名。魏晉始設置。梁陳時,總管國家政事。中書省有中書舍人五人,統領主書、書吏等,分別掌管二十一局的事務。北魏也叫西臺。隋改爲內史省,唐改爲鳳閣,又改爲紫微省,不久復稱中書省,也叫右省。設置令、侍郎、舍人、右散騎常侍、起居舍人、右補闕、右拾遺、通事舍人等官。宋沿用。元代中書省兼管尚書省的職權,權更重,有中書令、左右丞相、平章政事、左右丞、參知政事等官,下設左右司,分別掌管各房。明初仍以中書省統六部,但不設中書令。洪武十三年廢中書省,政歸六部。見文獻通考五一職官五中書省、續通考五二職官二。

【中書郎】官名。即中書侍郎。三國魏黄初初年，設中書監、令、通事郎、黄門郎。後改通事郎爲中書侍郎。是中書監、令的副職，參與朝政。以後歷代相沿，至明洪武十三年始廢。參閱晉書職官志、文獻通考五一職官五中書省、續文獻通考五二職官二、明史職官志一。

【中書監】見"中書"。

【中射士】帝王的侍御近臣。戰國策楚四："中射之士問曰：'可食乎？'"韓非子十過："中射士諫曰：'合諸侯不可無禮。'"省稱中射，又稱中謝。參見"中謝㊀"。

【中庶子】官名。周代有庶子官，也稱諸子。掌管諸侯卿大夫的庶子的教育管理。戰國策韓二："韓公叔與幾瑟爭國，中庶子强謂太子曰：'不若及齊未入，急擊公叔。'"注："庶子，周官，秦置中庶子。"商鞅入秦以前，在魏爲中庶子。漢以後是太子屬官，稱太子中庶子，職如侍中，秩六百石。參閱通典三十職官十二太子庶子。參見"庶子"。

【中執法】官名。又叫御史中執法，即中丞。詳"中丞"。

【中常侍】官名。秦設置。漢沿用，出入宫廷，侍從皇帝，常由列侯至郎中等官員兼任。東漢由宦官專任，傳達詔令和掌管文書。魏以後，中常侍和散騎合併，稱散騎常侍，不再由宦官專任。參見通典二一職官三侍中。參見"常侍"。

【中都官】漢代稱京師諸官府。史記平準書："漕轉山東粟，以給中都官，歲不過數十萬石。"漢書宣帝紀本始元年："賜吏二千石、諸侯相，下至中都官、宦吏、六百石爵，各有差。"

【中黄門】在宫廷中服役的太監。漢書百官公卿表上少府："又中書謁者、黄門、鉤盾、尚方、御府、永巷、内者、宦者，八官令丞。諸僕射、署長、中黄門，皆屬焉。"注："中黄門，謂奄人居禁中，在黄門之内給事者也。"

【中貴人】帝王所寵信的宦官。史記一〇九李將軍傳："匈奴大入上郡，天子使中貴人從(李)廣勒習兵擊匈奴。"索隱："案董巴輿服志云：'黄門丞至密近，使聽察天下，謂之中貴人使者。'崔浩云：'在中而貴幸，非德望，故名不見也。'"其後專稱宦官爲中貴人。宋司馬光涑水記聞四："保州界河巡檢兵士，常以中貴人領之，與州抗衡。"

【中聖人】漢末曹操主政，禁酒甚嚴。當時人諱説酒字，把清酒叫聖人，濁酒叫賢人。尚書郎徐邈私飲沈醉，對人稱中聖人，猶言中酒。見三國志魏邈傳。後來把喝醉酒叫中聖人，省稱中聖。唐李白李太白詩九贈孟浩然："醉月頻中聖，迷花不事君。"

【中領軍】官名。詳"領軍"。

【中慶路】地名。唐爲姚州。天寶末，屬南詔。元初置鄯闡萬户府，至元十三年改爲中慶路，明洪武十五年改爲雲南府。地在今雲南昆明市。參閱讀史方輿紀要一一四。

【中藏府】漢内庫名。設有令、丞，主管金錢貨物等事。後漢書六五段熲傳："劾中藏府調金錢綵物，增助軍費。"後漢書二六韋彪傳："其遣太子舍人詣中臧府，受賜錢二十萬。"臧，通"藏"。

【中藏經】舊題漢華陀著。通志藝文略七、陳振孫直齋書録解題十三著録中藏經一卷。今本三卷，文義古奥，疑是六朝人所著。

【中護軍】官名。詳"護軍"。

【中$_2$二千石】漢代官職品級的一種。漢書宣帝紀神爵四年四月："潁川太守黄霸以治行尤異，秩中二千石。"注："漢制，秩二千石者一歲得一千四百四十石，實不滿二千石也。其云中二千石者，一歲得二千一百六十石，舉成數言之，故曰中二千石。中者，滿也。"參見"二千石"。

【中山詩話】宋劉攽撰。一卷。祕書省續四庫書目作劉貢父詩話二卷。攽以博洽著稱，和空談説詩者不同。書名中山，爲後人用其郡望追題。通行有宋三家詩話、歷代詩話、津逮祕書本。

【中千世界】見"三千大千世界"。

【中文尚書】書名。用古文尚書和今文尚書互相參證而成，已佚。後漢書五七劉陶傳："陶明尚書春秋，爲之訓詁。推三家尚書及古文，是正文字七百餘事，名曰中文尚書。"三家指夏侯建夏侯勝及歐陽生。

【中元克復】年號。唐睿宗景雲元年(公元710年)，譙王李重福在均州自立爲帝，改元爲中元克復，僅一月事敗自殺。見新唐書八一三宗諸子傳，通鑑考異引太上皇實録作中宗克復。

【中州全韻】明范善溱著。十九个韻部的劃分與中原音韻同，除平聲分陰陽之外，去聲也區分爲陰陽二調。范生長於姑蘇，他寫書在一定程度上受當時南曲的影響。其後，清王鵔於公元1781年著中州音韻輯要，其實是范書的輯要本，不過在韻部劃分方面把"齊微"、"魚模"各分爲二，成爲二十一个韻部，與南曲用韻情況更接近。

【中州音韻】書名。1.周德清中原音韻的别稱。見"中原音韻"。2.明王文璧撰。分韻本於中原音韻，但增字、加注並標明反切。由於受南音的影響，反切大致清濁分紐，平聲不立陰、陽之名。明程明善嘯餘譜收有此書。

【中州樂府】詞集總名。金元好問輯，一卷。附在中州集内。選録詞三十六家，一百二十四首。各家均附有小傳。有彊村叢書本。

【中吴紀聞】宋龔明之著，由其子龔昱紀録整理。共六卷，二百二十五條。成書於淳熙九年。記載新舊史所不録的江浙地區風土逸聞、人物言行。有知不足齋叢書本。

【中和韶樂】清代大樂。順治元年議定祭天地太廟社稷，都用中和韶樂。康熙五十二年，考定壇、廟、宫殿樂器，乾隆時又加修改，凡大朝會大祭祀，皆在殿陛奏此樂。見清通典六三樂一。

【中和樂舞】唐雜舞名。唐貞元十二年十二月，昭義節度使王虔休獻繼天誕聖曲，以宫爲調，以土爲德，凡二十五遍。十四年中和節，因以製中和舞。見唐會要三三諸樂。

【中流底柱】底柱，山名，屹立在三門峽附近的黄河中流。故常用中流底柱比喻能頂住危局的堅强力量。宋朱熹朱文公集二四與陳侍郎書："而二公在朝，天下望之，屹立若中流底柱，有所恃而不恐。"底柱，又作"砥柱"。宋陳亮集與彭子壽祭酒："亮向者得台翰回報之後，仰止道誼，不任此情。班行之有門下，屹然如中流之砥柱。"

【中流擊楫】東晉初，祖逖任豫州刺史，渡江北伐苻秦，中流擊楫而誓曰："祖逖不能清中原而復濟者，有如大江！"見晉書逖傳。後用以比喻決心收復失地的壯烈氣概。

【中原音韻】元周德清著。二卷。漢語語音到了元代，與廣韻時代相比已有不少變化和發展，作者根據元代北方語音系統和元曲用韻的實際情況，歸納爲十九个韻部，把廣韻中的平、上、去、入四聲，改爲符合當時實際的陰平、陽平、上聲、去聲四聲。入聲在北方話中已經消失，因此分别歸到平、上、去三聲中。其後洪武正韻即以此書爲藍本，但遷就舊韻，仍保留入聲。

【中書門下】唐初設置中書、尚書、門下

三省，三省長官共同在門下省的政事堂議論政務。永淳元年，裴炎任中書令，遷政事堂於中書省。開元十一年，張説任中書令，改政事堂爲中書門下，設吏、樞機、兵、户、刑禮五房，分科辦理政務。參閲新唐書百官志一。

【中書舍人】官名。是中書省的屬官。西晉初設置，歷代名稱和職務不盡相同。東晉至宋齊爲中書通事舍人，隋唐初爲內史舍人，隋煬帝時爲內書舍人，唐武則天時爲鳳閣舍人。中書舍人原在中書省主管文書，職位低於中書侍郎。南朝後舍人的實權很大，從起草詔令、參與機密到決斷政務，往往代行宰相職務。隋代舍人主管詔令。唐掌管詔令、侍從、宣旨、接納上奏文表等事。宋主管中書六房(吏、户、禮、兵、刑、工)，承辦各項文書，起草有關詔令。明有中書科舍人二十人，屬內閣中書科，負責繕寫文告、命令等事務。清代沿置。參見"舍人"。

【中黄藏府】見"中黄㊁"。

【中散大夫】官名。省稱中散。王莽時設置。歷代沿置。參與議論政事，無固定名額。三國魏嵇康曾任中散大夫，故稱嵇中散。唐宋爲散官，元廢。參見通典三四職官十六。

【中朝故事】五代後唐尉遲渥著。以筆記形式記録了唐代宣懿昭哀四朝舊聞故事。對朝廷内部鬭争，朝政昏亂情況，有所反映。其時去唐未遠，文獻多有可徵。但記述不少術士、神鬼故事，誣衊黄巢起義等等。因後唐李氏王朝自稱爲唐太宗的後代，所以把唐代稱爲中朝。宋宋祁修唐書，司馬光修通鑑，都曾取材於此書。

【中興小曆】宋熊克著。原四十一卷。宋代慣例，編寫本朝歷史，都須先修日曆；本書係私人著述，故名小曆，以别於官書。清代修四庫全書時，從永樂大典録出，訂爲四十卷。因避乾隆(弘曆)諱，改名中興小紀。内容按年月記述宋高宗南渡以後的事跡，起於建炎丁未(公元1127年)，止於紹興壬午(公元1162年)。書中詆毁李綱岳飛韓世忠等抗金將領，贊頌宋高宗秦檜偏安江南，屈事金人的投降主張，并誣衊楊么農民起義軍，但也保存了不少爲正史所不記載的資料。

【中壘校尉】見"中壘㊀2"。

【中都官從事】漢官名。即都官從事。司隸校尉的屬官，負責檢舉官員犯法行爲。見後漢書百官志四。

【中興閒氣集】唐高仲武選編的唐詩集。選録唐代肅宗代宗時期錢起等二十六人的一百三十二首詩。自序稱"朝野通取，格律兼收"，並對每个作者都加上簡短評語。以這个期間，安史之亂平定，文教中興，人才輩出，故以"中興閒氣"爲名。

四　畫

丱 guàn ㄍㄨㄢˋ 古患切，去，諫韻，見。

兒童束髮成兩角的樣子。詩齊風甫田："總角丱兮。"清阮元校勘記説應依唐石經作"卝"。

【丱齒】，幼年。唐王勃王子安集四四分律宗記序："髫抱顯於髫齡，蘭芬凝於丱齒。"

【丱兮城】地名。傳説秦始皇派徐福(一作"市")帶童男女數千人入海求仙。渡海前，築城給童男女居住，人稱之爲丱兮城。漢置千童縣，東漢改稱饒安。地在今河北鹽山縣東北。參閲史記秦始皇紀、畿輔通志一五六古蹟三。

六　畫

串 1. chuàn ㄔㄨㄢˋ 字集 樞絹切，音釧。

㊀以物相連貫叫串。錢或其他可相連貫的東西，常以串爲單位。唐權德輿陸宣公翰苑集序："(張)鎰以泉貨數萬爲賚，……公悉辭之，領新茶一串而已。"㊁支取貨物的單據。本作"賗"。見"串子"。㊂進出，走動。清平山堂話本快嘴李翠蓮："不曾走東家，不曾西鄰串。"㊃扮演。儒林外史三十："那日我也串一齣。"㊄勾結，串通。清黄六鴻福惠全書八倉收陋弊："又有倉胥積惡，……或串同斗級，踢斛淋尖，指稱欠數，停閣倉收。"

2. guàn ㄍㄨㄢˋ 古患切，去，諫韻，見。

㊅習慣。荀子大略："國法禁拾遺，惡民之串以無分得也。"南史宗慤傳："宗軍人串噉粗食。"㊆親串，親狎的人。文選晉謝惠連秋懷詩："因歌遂成賦，聊用布親串。"

【串子】明代官倉收到實物後所開的收據。正字通："串又與券通，别作賗。文字指歸曰：'支取貨契曰賗。'今官司倉庫收帖曰串子。"

【串月】蘇州上方山東臨石湖，湖中有寶帶橋，横亙南北。橋有五十三洞，月光映水，正對環洞，一環一月，連絡貫串，稱爲串月。舊時民俗於農曆八月十八日，人多登山觀月，稱爲看串月。見清朱象賢聞見偶録串月。

【串₂夷】古代我國西部少數民族名。詩大雅皇兮："帝遷明德，串夷載路。"箋："串夷即混夷，西戎國名也。"史記一一〇匈奴傳作畎夷。竹書紀年殷帝乙三年作昆夷。

【串客】官僚地主家的幫閒清客。清孔尚任桃花扇拒媒："那些串客表子，没處尋覓。"

【串茶】唐代茶名。宋沈括夢溪筆談二五雜志二："古人論茶，唯言陽羨顧渚天柱蒙頂之類，都未言建溪。然唐人重串茶黏黑者，則已近乎建餅矣。"

【串票】舊時徵收錢糧所發的收據。明代自萬曆以後，實行一條鞭法，清代沿用。順治十三年起，每年開徵前一月，先發"易知由單"，預告各納户應上繳錢糧數目，再以截票開列實徵地丁錢糧數目，分爲十限，每月限納完一分。在截票蓋印的地方裁爲兩半，一給納户，一留櫃存查，稱爲串票。見清通典七食貨七田賦。

【串戲】搬演故事戲目。因脚色須連貫成隊，故稱串。宋孟元老東京夢華録九宰執親王宗室百官入内上壽："内殿雜戲，爲有使人預宴，不敢深作諧謔，惟用群隊裝其似像，市語謂之拽串。"明張岱陶庵夢憶六彭天錫串戲："彭天錫串戲妙天下，然齣齣皆有傳頭。"又四不繫園謂串戲之串，本是"爨"字。元人院本用五人扮演者稱五花爨弄。參閲清翟灝通俗編三一俳優爨戲。

七　畫

弗 chǎn ㄔㄢˇ 初限切，上，産韻，初。

烤肉器。唐韓愈昌黎集五贈張籍詩："試將詩義授，如以肉貫弗。"

丶 部

丶 zhǔ 知庾切，上，麌韻，知。ㄓㄨˇ

部首。舊時文章斷句的標點。說文："有所絕止，丶而識之也。"

二 畫

丸 wán 胡官切，平，桓韻，匣。ㄨㄢˊ

㊀小圓球形的物體。左傳宣二年："晉靈公不君，厚斂以雕牆，從臺上彈人而觀其辟丸也。"此指彈丸。㊁卵。呂氏春秋本味："丹山之南，有鳳之丸。"注："丸，古卵字也。"㊂量詞。三國魏曹植曹子建集六善哉行："仙人王喬，奉藥一丸。"太平御覽六〇五引東宮舊事："皇太子初拜，給香墨四丸。"古時墨作圓形，計數因亦稱丸。㊃見"丸蘭"。

【丸丸】高大挺直貌。詩商頌殷武："陟彼景山，松柏丸丸。"

【丸泥】㊀揉泥成丸。三國志吳吳主傳建安五年"討不從命"注引江表傳："糧食乏盡，婦女或丸泥而吞之。"㊁泥塑。晉葛洪神仙傳玉子："每與子弟行，各丸泥爲馬與之，須臾成大馬。"㊂同"一丸泥"。宋陸游劍南詩稿十三書悲："何當受詔出，函谷封丸泥。"

【丸散】藥丸和藥粉。古代治病以丸散爲主，如舊題華佗中藏經卷下萬應圓等皆以丸散治疾而無湯藥。抱朴子極言："不知過之在已，而反云道之無益，故損丸散而罷吐納矣。"

【丸經】元人撰。二卷。莊子徐無鬼記楚有熊宜僚工於弄丸。宋元皆有捶丸的遊戲。此書考證古今制作，敘述籌算多少之計，共三十二章。

【丸熊】揉和熊膽做成丸。新唐書一六三柳仲郢傳："母韓，即皐女也，善訓子，故仲郢幼嗜學，嘗和熊膽丸，使夜咀嚥以助勤。"後多用爲形容母教的典故。

【丸劍】雜伎名。文選漢張平子（衡）西京賦："跳丸劍之揮霍，走索上而相逢。"唐張銑注："跳，弄也。丸，鈴也。揮霍，鈴劍上下貌。"

【丸藥】㊀藥丸通稱丸藥。史記一〇五扁鵲倉公傳："即令更服丸藥，出入六日，病已。"㊁製藥成丸。晉書陳壽傳："遭父喪，有疾，使婢丸藥。"

【丸蘭】茂盛貌。漢揚雄太玄經三密："萬物丸蘭，咸密無間。"

三 畫

丹 dān 都寒切，平，寒韻，端。ㄉㄢ

㊀硃砂。書禹貢："礪砥砮丹。"㊁赤色。丹淺於赤。春秋莊二三年："秋，丹桓宮楹。"國語吳："皆赤裳赤旟丹甲朱羽之矰，望之如火。"㊂精煉的成藥常稱丹。如還魂丹。

【丹干】朱砂。荀子王制："南海則有羽翮、齒革、曾青、丹干焉。"注："丹干，丹砂也，蓋一名丹干。干讀爲矸，胡三反。"

【丹寸】赤誠的心。藝文類聚五一梁王僧孺爲南平王妃拜改封表："奉命震惕，有灼丹寸。"

【丹山】山名。在今湖北巴東縣西。北堂書鈔一五一霧"如烟"注引晉袁山松宜都記："郡西北四十里有丹山，山間時有赤氣籠林，嶺如丹色，因名丹山。"

【丹方】㊀道家煉丹的方法。南朝梁沈約沈隱侯集二華山館爲國家營功德詩："丹方緘洞府，河清時一傳。"㊁相傳的驗方。本作"單方"，宋明以後，因其有神效，比之丹藥，故也稱丹方。

【丹心】赤誠的心。三國魏阮籍阮步兵集詠懷詩之五一："丹心失恩澤，重德喪所宜。"宋文天祥文山集十四過零丁洋詩："人生自古誰無死，留取丹心照汗青。"

【丹元】道家所謂心之神。雲笈七籤十一黃庭內景經心神："心神丹元字守靈。"唐李商隱李義山詩集一戊辰會靜中出貽同志二十韻："丹元子何索，在己莫問鄰。"

【丹水】河名。1. 發源於陝西商縣冢領山，東入河南省境，經內鄉淅川二縣，東注均水。秦有丹水縣，故城在淅川縣西丹水之北。又名丹淵，相傳爲堯子丹朱之封地。見漢書地理志上弘農郡，又律曆志。2. 發源於山西高平縣北丹朱嶺，東南流經晉城入河南沁陽縣，南入沁河，分支東流爲小丹河，入衛河。見水經注九沁水。

【丹丹】古南海國名。南史夷貊傳有丹丹國。舊唐書地理志四："丹丹國，振州東南海中之一洲，舟行十日至。"新唐書、續通典邊防二作單單，清文獻通考二九七四裔五作單呾，謂與丁機奴彭亨同爲柔佛屬國，在西南海中。

【丹穴】㊀地名。爾雅釋地："岠齊州以南，戴日爲丹穴。"疏："言去中國以南，北户以北，值日之下，其處名丹穴。"㊁山名。山海經南山經："又東五百里曰丹穴之山，其上多金玉，丹水出焉，而南流注於渤海。"㊂產硃砂的地方。史記一二九貨殖傳："而巴蜀寡婦清，其先得丹穴而擅其利數世。"

【丹田】道家稱人身臍下三寸爲丹田。雲笈七籤十二黃庭外景經上："丹田之中精氣微。"抱朴子地真分丹田爲三：在臍下者爲下丹田，在心下者爲中丹田，在兩眉間者爲上丹田。

【丹丘】神話中神仙之地，晝夜長明。楚辭屈原遠遊："仍羽人於丹丘兮，留不死之舊鄉。"舊題晉王嘉拾遺記："有丹丘之國，獻瑪瑙甕，以盛甘露。"

【丹朱】㊀丹和朱均赤色。丹色稍淺。禮郊特牲："繡黼丹朱中衣，大夫之僭禮也。"㊁帝堯之子。堯因丹朱不肖，禪位於舜。見史記五帝紀。㊂硃砂。太平御覽九八五廣志："丹朱，沙之朴也。"

【丹良】螢火蟲的別名。見晉崔豹古今注魚蟲。

【丹谷】地名。在今山西晉城縣西南。水經注九沁水："丹水又東南流，注於丹谷。"魏書孝莊帝紀永安三年命大都督源子恭鎮守太行丹谷，以防爾朱氏，即此地。

【丹府】赤誠的心。文選晉陸士衡（機）辯亡論下："接士盡盛德之容，親仁罄丹府之愛。"

【丹房】道家煉丹的地方。舊題漢東方朔十洲記昆侖："又有……碧玉之堂，瓊華之室，紫翠丹房。"唐王勃王子安集一遊廟山賦："見丹房之晚晦，知紫洞之宵寒。"

【丹青】㊀丹砂和青雘，兩種可製顏料的礦石。管子小稱："丹青在山，民知而取之。"漢書五七司馬相如傳子虛賦："其土則丹青赭堊。"注："丹沙，今之朱沙也；青雘，今之空青也。"㊁泛指繪畫用的顏色。漢書五四蘇武傳："雖古竹帛所載，丹青所畫，何以過子卿(蘇武)？"後指繪畫藝術。晉書顧愷之傳："尤善丹青，圖寫特妙。"㊂丹青不易退色，故用以比喻光明顯著。漢揚雄法言君子："或問聖人之言，炳若丹青。"㊃古代丹册紀勳，青史紀事，丹青猶言史籍。宋文天祥文山集十四正氣歌："時窮節乃見，一一垂丹青。"㊄樹名。西京雜記一："終南山……有樹直上百文無枝，上結藂條，如車蓋，葉一青一赤，望之斑駮如錦繡，長安謂之丹青樹，亦云華蓋樹。亦生熊耳山。"

【丹玕】硃砂。同"丹干"。荀子正論："加之以丹玕，重之以曾青。"又作"丹干"。荀子王制："南海則有羽翮齒革，曾青丹干焉。"

【丹若】石榴的别名。見唐段成式酉陽雜俎十八廣動植三木。

【丹砂】硃砂。史記孝武紀："致物而丹砂可化爲黄金。"也作"丹沙"。管子地數："上有丹沙者，下有黄金。"

【丹侶】道士。道家持修丹鍊氣之説，故稱丹侶。明何景明何大復集二十天壇沈道士觀中詩："洞口逢丹侶，花間醉碧簫。"

【丹海】神話中海名。舊題晉王嘉拾遺記虞舜："有鳥如雀，自丹州而來，吐五色之氣，……常遊丹海之際，時來蒼梧之野。"後漢書三四梁統傳附梁竦"繫玄石而沈之"注引東觀記梁竦悼騷賦："臨岷川以悵恨兮，指丹海以爲期。"

【丹素】㊀詩唐風揚之水："素衣丹襮。"箋："襮，領也。諸侯繡黼丹朱中衣。"後因稱士大夫的衣服爲丹素。南朝宋鮑照鮑氏集四擬古詩之一："魯客事楚王，懷金襲丹素。"㊁赤誠的心。唐李白李太白詩十贈溧陽宋少府陟："人生感分義，貴欲呈丹素。"

【丹荔】荔枝色紅，故别名丹荔。全唐詩二三七戴叔倫春日早朝應制："丹荔來金闕，朱櫻貢玉盤。"參閲本草綱目三一果三。

【丹桂】㊀桂樹的一種。葉如桂，皮赤。文選晉左太沖(思)吳都賦："洪桃屈盤，丹桂灌叢。"晉嵇含南方草木狀中："桂有三種：葉如柏葉，皮赤者爲丹桂。"其他兩種是菌桂、牡桂。㊁木犀的一種。本草綱目木部一："(巖桂)俗呼爲木犀，其花有白色者爲銀桂，黄色者爲金桂，紅色者名丹桂。"㊂舊時以丹桂比喻科舉及第者。五代末竇禹鈞五子儀儼侃偁僖都科舉及第，馮道贈詩有"靈椿一株老，丹桂五枝芳"之句。見宋釋文瑩玉壺新話。參見"折桂"。㊃月的代稱。宋葛勝仲丹陽詞虞美人："一輪丹桂窅窊樹，光景疑非暮。"

【丹書】㊀古代統治者託言天命，捏造所謂天書，如河圖洛書之類。因用丹筆書，故也稱丹書。大戴禮武王踐阼："(武王)然後召師尚父而問焉，曰：'黄帝顓頊之道存乎？'……師尚父曰：'在丹書。'"㊁帝王頒發給功臣的一種證件。漢書高惠高后文功臣表："申以丹書之信，重以白馬之盟。"參見"丹書鐵契"。㊂罪人名册，古用丹筆書寫，故稱丹書。左傳襄二三年："裴豹隸也，著於丹書。"

【丹陛】宫殿的臺階，因漆紅色，故稱丹陛。北史樊子蓋傳："大業三年入朝，……於是賜之口味百餘斛，加右光禄大夫。子蓋曰：'願侍丹陛。'"唐岑參岑嘉州詩三寄左省杜拾遺："聯步趨丹陛，分曹限紫微。"

【丹悃】赤誠的心。唐劉禹錫劉夢得集十八賀收蔡州表："不獲稱慶闕庭，陳露丹悃。"

【丹徒】縣名。春秋時叫朱方，秦時有言其地有王氣，始皇命刑徒三千人鑿京峴山爲長坑，刑徒服赭衣，因改名丹徒。漢置縣，屬會稽郡。見漢書地理志上。後漢屬吳郡。三國吳嘉禾三年改武進，晉復爲丹徒，隋改名延陵，唐復舊名。參閲宋書州郡志一、元和郡縣志二五。唐以前故城在今江蘇鎮江市東南。

【丹淵】㊀漢書律曆志下："(帝堯)讓天下於虞，使子朱處於丹淵爲諸侯。"參見"丹水1"。㊁神話中的地名。三國魏阮籍阮步兵集采薪者歌："日没不周西，月出丹淵中。"南朝梁江淹江文通集一丹砂可學賦："乘彩霞於西海，驛行雨於丹淵。"

【丹訣】道家所謂煉丹成仙的祕訣。晉干寶搜神記一："有人入焦山七年，老君與之木鑽，使穿一盤石。……積四十年，石穿，遂得神仙丹訣。"唐王維王右丞集五送張道士歸山詩："别婦留丹訣，驅雞入白雲。"

【丹堊】指油漆粉刷。丹，紅漆。堊，白土。晉崔豹古今注上都邑闕："其上皆丹堊，其下畫雲氣仙靈奇禽怪獸，以昭示四方焉。"宋蘇轍欒城集二三杭州龍井院訥齋記："臺觀飛湧，丹堊炳煥。"

【丹魚】魚名。因出丹水而得名。見水經注二十丹水。

【丹鳥】㊀螢火蟲的别名。夏小正八月："丹鳥羞白鳥。"晉崔豹古今注："螢火……一名丹鳥。"㊁鷩雉。今稱錦雞。左傳昭十七年："丹鳥氏司閉者也。"注："丹鳥，鷩雉也。以立秋來，立冬去。"㊂鳳的别名。南朝陳徐陵徐孝穆集九丹陽上庸路碑："天降丹鳥，既序孝經；河出應龍，乃弘周易。"

【丹參】一年生草，野生，莖高二尺許，葉爲奇數，羽狀複葉，秋初開淡紫色小唇形花，成長穗。根長尺餘，皮丹肉紫，可入藥。神農本草經列上品。見政和證類本草七。

【丹渥】像丹砂一樣的紅潤。同"渥丹"。唐劉禹錫劉夢得集九百花行："滿庭蕩魂魄，照廡成丹渥。"

【丹詔】皇帝的敕命。唐羅隱甲乙集二送淮南李司空朝覲詩："聖君宵旰望時雍，丹詔西來雨露濃。"

【丹旐】祭祀或喪禮中用的銘旌。南朝梁何遜何水部集王尚書瞻祖日詩："昱昱丹旐振，亭亭素蓋上。"文苑英華三〇五北周王褒送觀寧侯葬詩："丹旐書空位，素帳設虚樽。"

【丹粟】丹砂。山海經南山經："柜山，……英水出焉，西南流注於赤水，其中多白玉，多丹粟。"

【丹棘】萱草的别名。晉崔豹古今注下問答釋義："丹棘，一名忘憂草，使人忘其憂也。"參見"萱草"。

【丹黄】點校書籍所用的兩種顔色。舊時點校書籍，用朱筆書寫，如遇誤字時則用雌黄塗抹。儒林外史十一："每日丹黄爛然，蠅頭細批。"

【丹陽】㊀地名。1.春秋楚丹陽有二：一爲熊繹所封地，叫西楚，漢書地理志上作丹楊。地在今湖北秭歸縣東。一爲楚文王徙都之地，叫南楚。地在今湖北宜都縣西。參閲史記楚世家、通典一八三州郡十二古荆州。2.秦鄣郡。漢武帝二年更名。治宛陵。見漢書地理志上。地在今安徽宣城縣。㊁縣名。秦爲雲陽，屬會稽郡，後改曲阿。漢屬揚州。唐天寶間以京口爲丹陽郡，改曲阿爲丹陽縣。參閲資治通鑑九三晉太寧二年注、寰宇通志十六鎮江府丹陽縣。

【丹階】同"丹陛"。玉臺新詠九南齊陸厥李夫人及貴人歌："臨丹階，泣椒塗。"

【丹筆】書寫罪人名册所用的紅筆。北史劉炫傳："名不挂於白簡，事不染於丹筆。"初學記二十三國吳謝承後漢書："盛吉爲廷尉，每至冬節，罪囚當斷，妻夜執燭，吉持丹筆，夫妻相對，垂泣決罪。"

【丹溪】元醫家朱震亨別號。詳"朱震亨"。

【丹款】赤誠的心。晉書傅玄傳附傅咸:"陛下過意,授非所堪,披露丹款,歸窮上聞。"

【丹禁】帝王所居的禁城。隋書百官志上:"武騎之職,皆以分司丹禁,侍衛左右。"唐宋之問集秋蓮賦:"四繞兮丹禁,三匝兮承明。"

【丹鼎】道士鍊丹的器具。唐盧照鄰盧昇之集二贈李榮道士詩:"圓洞開丹鼎,方壇聚絳雲。"

【丹鉛】丹砂和鉛粉,古人多用來校勘文字,所以稱考訂工作爲丹鉛。唐韓愈昌黎集一秋懷詩之七:"不如覷文字,丹鉛事點勘。"明楊愼編集所著考據文字,即以丹鉛爲名。

【丹誠】赤誠的心。三國志魏陳思王植傳請存問親戚疏:"承答聖問,拾遺左右,乃臣丹誠之至願,不離於夢想者也。"

【丹臺】道家稱神仙居住的地方。唐李白李太白詩二五題隨州紫陽先生壁:"復聞紫陽客,早署丹臺名。"

【丹墀】古代宮殿前的石階,漆成紅色,稱爲丹墀。文選漢張平子(衡)西京賦:"右平左墄,青瑣丹墀。"

【丹圖】有紅色圖象的雕器。周禮秋官司約:"凡大約劑,書於宗彝;小約劑,書於丹圖。"

【丹霄】天空。北堂書鈔一五一漢賈誼詩:"青青雲衆,上拂丹霄。"

【丹魄】㊀赤誠的心。南朝梁江淹江文通集八蕭重讓揚州表:"素心丹魄,皦然靡疚矣。"㊁琥珀的別名。琥珀色赤,故稱。宋書恩倖傳論:"南金北毳,來悉方艚,素緤丹魄,至皆兼兩。"

【丹徼】古稱南方邊境。晉崔豹古今注上都邑:"南方徼色赤,故稱丹徼。"隋書南蠻傳:"自秦并二楚,漢平百越,地窮丹徼,景極日南。"

【丹闕】赤色的宮門,指宮禁內庭。唐李白李太白詩五邯鄲才人嫁爲厮養卒婦:"妾本叢臺女,揚蛾入丹闕。"

【丹雘】油漆用的紅色顏料。書梓材:"惟其塗丹雘。"疏:"雘是彩色之名,有青色者,有朱色者。"

【丹曦】紅日。南朝梁蕭統昭明文集一銅博山香爐賦:"吐圓舒於東岳,匿丹曦於西嶺。"

【丹竈】道士鍊丹的竈。南朝梁江淹江文通集一別賦:"守丹竈而不顧,鍊金鼎而方堅。"

【丹元子】隋隱士,姓名不詳,自號丹元子,著步天歌七卷。是一種講天文的通俗讀物。見通志三八天文一天文序。按郡齋讀書志、文獻通考著錄步天歌,皆不著撰人姓名,惟唐志、玉海引崇文總目謂爲王希明撰。其書不見於隋書經籍志,故四庫提要及錢大昕皆不信爲隋人所撰。錢說見十駕齋養新錄十四丹元子步天歌。葉廷琯吹網錄五謂爲宋人姚安世撰。

【丹青手】畫師。又玄集下唐高蟾金陵晚望:"世間無限丹青手,一片傷心畫不成。"宋王安石臨川集四明妃曲二首之一:"歸來却怪丹青手,入眼平生幾曾有。"

【丹淵集】宋文同撰。四十卷。曾孫鷟根據家集編。慶元中家誠之重新整理,增拾遺、年譜、附錄五卷。同詩爲蘇軾所推崇,文章也與黃庭堅陳師道等齊名。因長於畫竹,著名當代,文名反爲畫名所掩。

【丹鳥氏】傳說少皞氏以鳥名官,曆正屬官有丹鳥氏。左傳昭十七年:"丹鳥氏司閉者也。"

【丹陽集】宋葛勝仲撰。二十四卷。宋史藝文志有葛勝仲集八十卷,自明以來久佚。四庫全書從永樂大典輯出文十五卷,詩七卷,詩餘一卷,又附錄行狀諡議一卷。詞集有毛晉刻本。

【丹鉛錄】明楊愼作。其中餘錄、續錄、摘錄,爲愼自編,總錄則爲其學生梁佐編。愼平生著述多至二百餘種,凡考證諸書異同的著作,都冠以"丹鉛"二字。這些考證取材豐富,且時有新見解,但所涉範圍旣廣,不免蕪雜,又務奇好勝,甚至僞撰古書,以助論證,故爲陳耀文、胡應麟所深詆。

【丹書鐵契】帝王頒賜功臣使其世代享受免罪特權的契券。因其以丹書寫於鐵板之上,故名。漢書高帝紀下:"又與功臣剖符作誓,丹書鐵契,金匱石室,藏之宗廟。"也作"丹書鐵券"。後漢書二十祭遵傳范升疏:"丹書鐵券,傳於無窮。"

四　畫

主 zhǔ 之庾切,上,麌韻,照。
ㄓㄨˇ

㊀家長。左傳襄二七年:"保家之主也。"㊁主人。1. 對賓客來說。禮檀弓下:"賓爲賓焉,主爲主焉。"2. 對奴僕來說。史記外戚世家:"(竇)少君年四五歲時,家貧,爲人所略賣,……爲其主入山作炭。"㊂古時稱諸侯爲社稷主,天子爲天下主。舊時以正統爲帝,非正統爲主。如陳壽三國志以魏爲正統,稱魏爲帝,蜀吳爲主。朱熹通鑑綱目以蜀爲正統,稱蜀爲帝,魏吳爲主。㊃物的所有者。唐柳宗元柳先生集二九鈷鉧潭西小丘記:"問其主,曰:'唐氏之棄地。'"㊄根本。易繫辭上:"言行君子之樞機,樞機之發,榮辱之主也。"㊅供奉死人的牌位,俗稱神主。穀梁傳文二年:"作僖公主。"注:"主蓋神之所馮依,其狀正方,穿中央,達四方。"㊆主持,掌管。孟子萬章上:"使之主事而事治。"㊇注重,着重。論語學而:"主忠信,無友不如己者。"孫子九地:"兵之情主速。"㊈主婚。穀梁傳莊元年:"主王姬者必自公門出。"㊉公主的簡稱。史記外戚世家:"主(平陽公主)見所侍美人,上弗說。"⑪姓。主父,複姓,或單姓主。見元和姓纂六麌。

【主上】臣下對國君或帝王的稱呼。韓非子孤憤:"是以國地削而私家富,主上卑而大臣重。"漢書六二司馬遷傳報任安書:"文史星曆,近乎卜祝之間,固主上所戲弄,倡優畜之。"

【主文】主考。五代王定保唐摭言八:"鄭侍郎薰主文,誤謂顏標乃魯公之後,……即以標爲狀元。"也可用以稱主考官。宋范鎮東齋紀事一:"景德中李迪賈邊皆舉進士,有名當時。及就省試,主文咸欲取之。"

【主户】世代居住在當地的户口,以別於外地移來的客户。新唐書食貨志一:"凡主户內有課口者爲課户。"

【主父】㊀古代婢妾稱男主人爲主父,女主人爲主母。戰國策燕一:"妻使妾奉卮酒進之。妾知其藥酒也,進之則殺主父,言之則逐主母,乃陽僵棄酒。"㊁戰國時趙武靈王讓國給兒子惠文王,自號主父。見史記趙世家。㊂複姓。相傳爲趙武靈王之後。見元和姓纂六麌。

【主公】猶言主上。三國志蜀法正傳:"或謂諸葛亮曰:'法正於蜀郡太縱橫,將軍宜啓主公,抑其威福。'"

【主司】㊀主考官。唐李白李太白詩十六送楊少府赴選:"夫子有盛才,主司得球琳。"㊁有關部門的主管官員。魏書釋老志:"但主司冒利,規取贏息……侵蠹貧下,莫知紀極。"

【主母】見"主父㊀"。

【主考】明清各省鄉試都由皇帝簡派考官,前往主持考試。正副考官由侍郎、翰、詹、科道及閣部府寺進士出身的人擔任；助理閱卷的人，稱同考官。見明史選舉志二、清文獻通考四九選舉三。

【主臣】表示恭敬惶恐之詞。也直接作驚恐用。史記陳丞相世家："平謝曰：'主臣，陛下不知其駑下，使待罪宰相。'"集解："張晏曰：'若今人謝曰惶恐也。馬融龍虎賦曰：勇怯見之，莫不主臣。'"

【主吏】秦漢郡縣地方官的屬吏。史記高祖紀："沛中豪桀吏聞令有重客，皆往賀。蕭何爲主吏，主進。"集解："孟康曰：'主吏，功曹也。'"

【主君】㊀古之國君、卿、大夫，均可稱主君。史記七一甘茂傳："樂羊再拜稽首曰：'此非臣之功也，主君(魏文侯)之力也。'"左傳昭二九年："齊侯使高張來唁公，稱主君。"注："比公于大夫。"戰國策齊一："齊王曰：'寡人不敏，今主君(指蘇秦)以趙王之詔告之，敬奉社稷以從。'"㊁宗法社會中家長爲一家之主，也稱主君。北齊顏之推顏氏家訓風操："失教之家，閽寺無禮，或以主君寢食嗔怒，拒客未通。"

【主位】㊀君主的地位。管子七臣七主："故君法則主位安，臣法則貨賂止。"㊁主人的座位。後漢書六四趙岐傳："圖季札子產晏嬰叔向四像居賓位，又自畫其像居主位，皆爲讚頌。"

【主劵】舊時一個墳有幾個穴，埋家主棺材的爲正穴，稱主劵。清桂馥札樸九鄉里舊聞主劵："塋兆正穴，俗稱主劵，……乃知與神立劵，其劵即瘞(埋)地中，故稱主穴者爲主劵。"

【主事】官名。漢代光祿勳屬官有主事。北魏於尚書諸司設主事令史。隋於諸省又各設主事令史。煬帝三年省令史名稱，只稱主事，每十令史設一主事。唐以後沿置。明廢中書省，六部各設主事，職位次於員外郎。清沿置。參閱通志五三職官三。

【主使】教唆犯。漢唐律稱造意首惡，清律例稱主使。

【主客】官名。戰國時齊曾經設諸侯主客，負責對外接待。漢成帝時，尚書有客曹，負責接待外國使者。東漢光武改爲南主客、北主客二曹。晉又分爲左右南北四主客。南朝只有主客。隋唐以後在禮部都設有主客司。置主客郎中及員外郎，負責各藩屬國朝聘、接待給賜等事。至清末廢。參閱文獻通考五二職官六禮部尚書。

【主計】官名。主管國家財政，計算出入，故名。史記九六張丞相傳："(張蒼)遷爲計相，一月，更以列侯爲主計四歲。"索隱："謂改計相之名，更名主計也。"

【主者】主管人。史記陳丞相世家："上曰：'主者爲誰？'平曰：'陛下卽問決獄，責廷尉；問錢穀，責治粟内史。'上曰：'苟各有主者，而君所主者何事也？'"

【主宰】主管，支配。宋朱熹朱子語類四性理一："這便自分明有個人在裏主宰相似。"元杜本清江碧嶂集和何得之見寄詩："春風誰主宰？客夢自清安。"

【主記】主管記錄。史記七五孟嘗君傳："孟嘗君待客坐語，而屏風後常有侍史，主記君所與客語。"掌管文書者也稱主記，猶言記室。東漢朔方太守碑碑背面題名有衙主記掾楊綬，見宋歐陽修集古錄跋尾二。唐李德裕李文饒集七別集掌書記廳壁記："以右拾遺杜君爲主記。"

【主席】舊時指主管宴會的人。宋衛宗武秋聲集三清明前有遠役呈埜渡詩："月集相期在後旬，料應主席不寒盟。"

【主書】官名，主管文書。晉設置。爲中書省屬官。南齊和北魏都在中書省設主書令史，南朝陳及唐只稱主書。宋以後廢。參閱通典二一職官三中書令。

【主峯】山脈的正峰。宋郭熙林泉高致："嵩山多好溪，華山多好峯，衡山多好別岫，常山多好列岫，泰山特好主峯。"

【主鬯】古代祭祀所用的酒。鬯，chàng。按易震"震驚百里，不喪匕鬯"疏："震卦施之於人，又爲長子。長子則正體於上，將所傳重，出則撫軍，守則監國，威震驚於百里，可以奉承宗廟彝器粢盛，守而不失也。"後因以主鬯稱太子。唐柳宗元柳先生集三七賀踐祚表："陛下重離出曜，體乾繼統，主鬯彰孝恭之美，撫軍著神武之功。"

【主張】㊀主宰。莊子天運："天其運乎？地其處乎？日月其爭於所乎？孰主張是？"㊁見解，主意。唐韓愈昌黎集三六送窮文："各有主張，私立名字。"水滸二一："外人說的閒是閒非，都不要聽他，押司自做箇主張。"

【主國】諸侯國互相聘問，被聘之國稱主國。禮聘義："主國待客，出入三積，餼客於舍。"

【主祭】主持祭祀。孟子萬章上："使之主祭而百神享之。"唐張籍張司業集二江陵孝女詩："無家空託墓，主祭不從人。"古禮家祭嫡長子主持，此謂以女代行子職。

【主婦】㊀正妻，別於妾而言。戰國策魏一："今臣之事王，若老妾之事其主婦者。"㊁一家的女主人。唐韓愈昌黎集七示兒詩："主婦治北堂，膳服適戚疎。"

【主意】㊀創議。宋重修卧龍寺記："歲次乙酉主意造碑住持僧行遵同本師子温立。"(清陸增祥八瓊室金石補正)㊁辦法，主張。儒林外史二二："牛姑爺也該自己做一個主意來，只管不尷不尬住着，也不是事。"

【主僧】主持寺院的和尚。金史世宗紀大定六年五月："幸華嚴寺，觀故遼諸帝銅像，詔主僧謹視之。"

【主辦】主持辦理。史記項羽紀："每吳中有大繇役及喪，項梁常爲主辦。"

【主器】太子。易序卦："主器者，莫若長子。"古代國君的長子主宗廟祭器，因稱太子爲主器。

【主爵】官名。秦有主爵中尉，漢景帝中六年改爲主爵都尉。掌管有關封爵的事宜。武帝太初元年又改爲右扶風，變爲地方行政長官。見漢書百官公卿表上。北魏、北齊、隋在吏部設有主爵曹，設郎中一人。唐龍朔二年改爲司封。參閱通典二三職官五尚書下。

【主簿】官名。漢以後中央各機構及地方郡、縣官府都設有主簿，負責文書簿籍，掌管印鑑，爲掾史之首。1.公府主簿。漢時太尉御史大夫皆有主簿，省錄衆事。晉南北朝三師三公及開府儀同之屬，多置主簿。唐宋因之。參閱文獻通考五三職官七主簿。2.寺監主簿。九寺除太常、光祿、衛尉主簿爲漢置，大理主簿始於魏外，餘皆梁所置。各監中少府、將作、都水主簿爲晉置，國子主簿爲北齊置，軍器主簿爲唐置，皆主稽核簿書。明時惟太僕、鴻臚二寺及欽天監有主簿，太常、光祿及國子監，改爲典簿。清因之。3.州縣主簿，皆漢時置。州主簿錄門下衆事，省署文書，至唐代廢。縣主簿主諸簿目，歷朝皆有，訖清末。亦簡稱簿。參閱通典三二職官十四總論州佐。4.雜主簿。宋時諸坡砦、馬監及岳瀆神廟，皆置主簿，掌簿籍之事。參閱文獻通考六三職官十七縣丞。

【主顧】顧客。古今雜劇元賈仲名桃柳昇仙夢一："酒店門前三尺布，人來人往尋主顧。"

【主人公】主人。漢書六三武五子傳："主人公遂格鬬死。"唐韓愈昌黎集十詠燈花同侯十一詩："更煩將喜事，來報主人公。"

【主人翁】主人。史記七九范睢傳："范睢曰：'願爲君借大車駟馬於主人翁。'"

【主父偃】公元前？—前127年。漢臨菑人。初習縱橫家言，後乃學易春秋百家之説。武帝元光初上書言事，任郎中，一年之內四遷官，至中大夫。提出削弱諸侯王勢力的"推恩法"，主張抑制豪强貴族的兼并，建議設置朔方郡，以抗擊北方匈奴的侵擾。元朔二年出任齊王相，揭發齊王與其姊通姦的荒淫行爲，迫齊王自殺，以此得罪族誅。見史記一一二、漢書六四本傳。漢書藝文志縱橫家有主父偃二十八篇，今不傳。

【主衣庫】儲藏皇帝服飾儀物的地方，掌管的官叫主衣，又叫尚衣。南史齊明帝紀永泰元年："永明中輿輦舟乘，悉剔取金銀，還主衣庫，以牙角代之。"

【主客圖】見"詩人主客圖"。

【主簿蟲】蠍的别名。唐段成式酉陽雜俎十七："江南舊無蠍，開元初嘗有一主簿，竹筒盛過江，至今江南往往而有，俗呼爲主簿蟲。"大唐傳載説是大曆中之事，李肇國史補下説是劍南之事，傳説不一。

【主文譎諫】通過配樂的詩歌，委婉規勸。詩序："上以風化下，下以風刺上，主文而譎諫，言之者無罪，聞之者足以戒，故曰風。"

【主少國疑】新登位的國君年紀小，人心疑懼不安。史記六五吳起傳："主少國疑，大臣未附，百姓不信。"

【主敬存誠】易乾："閑邪存其誠。"禮少儀："賓客主恭，祭祀主敬。"都是泛言誠敬。宋代唯心主義理學家把它特别提出，認爲是修身之本。

丿 部

丿 piě 普蔑切，入，屑韻，滂。
ㄆㄧㄝ

撇。漢字筆劃名。也作部首用。

一 畫

乂 1. yì 魚肺切，去，廢韻，疑。
ㄧ

㊀刈的本字，割草。説文："乂，芟艸也。从丿从乀相交。刈，乂或从刀。"參見"刈㊀"。㊁治理。書堯典："下民其咨，有能俾乂。"又禹貢："雲土夢作乂。"注："雲夢之澤在江南，其中有平土丘，水去可爲耕作畎畝之治。"㊂才能出衆。書皋陶謨："俊乂在官。"疏："馬(融)王(肅)鄭(玄)皆云才德過千人爲俊，百人爲乂。"

2. ài 集韻 牛蓋切，去，泰韻。
ㄞ

㊃懲創。漢書八十淮陽憲王欽傳："懲艾霍氏。"注："艾，讀曰乂。乂，創也。"

【乂安】太平無事。史記一一二平津侯主父偃傳贊："是時，漢興六十餘載，海內乂安，府庫充實。"漢書五八公孫弘卜式兒寬傳贊作"艾安"。

乃 nǎi 奴亥切，上，海韻，泥。
ㄋㄞ

㊀是，就是。戰國策齊四："孟嘗君怪之，曰：'此誰也？'左右曰：'乃歌夫長鋏歸來者也。'"㊁代詞。1.你，你們。書酒誥："乃不用我教辭。"2.這，這樣。莊子大宗師："孟孫氏特覺，人哭亦哭，是自其所以乃。"㊂連詞。1.於是，然後。詩大雅公劉："俾筵俾几，既登乃依。"史記晉世家："重耳謂其妻曰：'待我二十五年不來，乃嫁。'"2.而且。戰國策韓一："非獨聶政能，乃其姊者烈女也！"3.却，可是。詩鄭風山有扶蘇："不見子都，乃見狂且。"4.如果。書費誓："乃越逐不復，汝則有常刑。"㊃副詞。1.纔，就。孫臏兵法殺士："必勝乃戰，毋令人知也。"2.僅，只。史記項羽紀："至東城，乃有二十八騎。"㊄助詞。無義。書大禹謨："乃聖乃神，乃武乃文。"㊅見"欸乃"。

【乃今】而今。左傳襄七年："吾乃今而後知有卜筮。"莊子逍遥遊："而後乃今培風，背負青天，而莫之夭閼者，而後乃今將圖南。"

【乃父】你的父親。書君牙："惟乃祖乃父，世篤忠貞。"

【乃公】㊀父自稱。漢書六六陳萬年傳："乃公教戒汝，汝反睡，不聽吾言，何也？"㊁傲慢的自稱語。詳"迺公"。

【乃者】從前，往日。史記曹相國世家："乃者，我使諫君也。"

【乃祖】㊀你的祖父。書盤庚中："古我先后，既勞乃祖乃父。"㊁先祖。藝文類聚三五漢揚雄逐貧賦："昔我乃祖，宣其明德。"

【乃翁】㊀你的父親。漢書三一陳勝項籍傳："吾翁即汝翁。必欲亨(烹)乃翁，幸分我一盃羹。"史記項羽紀作"而翁"。㊁父自稱。宋陸游劍南詩稿八五示兒："王師北定中原日，家祭無忘告乃翁。"

【乃誠】忠誠。六朝人多用此語。晉書劉琨傳："廣武侯劉琨忠亮開濟，乃誠王家。"南齊書河南氐羌傳："又卿乃誠遥著，保寧遐疆。"

【乃心王室】書康王之誥："雖爾身在外，乃心罔不在王室。"傳："汝心常當忠篤，無不在王室。"本意爲你的心當忠於王室，後稱忠於朝廷爲乃心王室。三國志魏鍾繇傳："繇説(李)傕、(郭)汜等曰：'方今英雄並起，各矯命專制，唯曹兖州乃心王室。'"

二 畫

久 jiǔ 舉有切，上，有韻，見。
ㄐㄧㄡ

㊀時間長。論語述而："久矣吾不復夢見周公！"㊁滯留。公羊傳莊八年："何言乎祠兵？爲久也。"注："爲久，稽留之辭。"㊂故舊。見"久要"。㊃等待。左傳昭二四年："寡君以爲盟主之故，是以久子。"㊄覆蓋。通"灸"。儀禮士喪禮："冪用疏布久之。"注："久，讀爲灸，謂以蓋塞鬲口也。"説文久引周禮"久諸牆以觀其橈"，今本周禮考工記久作"灸"。參閲清惠棟九經古義十儀禮古義下。

【久仰】仰慕已久。初次見面時的客套話。明朱宗藩小青娘風流院探檻："久仰久仰，前日這樁事情，更見老先生施恩仗義。"

【久客】㊀長期旅居在外。漢焦延壽易林一屯之巽："久客無依，思歸我鄉。"㊁蠟梅的别名。宋姚寬西溪叢語上以蠟梅爲寒客，程棨三柳軒雜識改爲久客。

【久要】平時的期待約定。要，約。論語憲問："久要不忘平生之言。"三國志蜀許靖傳與曹操書："昔在會稽，得所貽書，辭旨款密，久要不忘。"

【久盈】長久圓滿。晉陸機陸士衡集六齊謳行："天道有迭代，人道無久盈。"

【久袴】舊褲。南史卞彬傳蚤虱賦序："若吾之蝨者……晏聚乎久袴爛布之裳。"南齊書卞彬傳作"久襟"。

【久視】㊀永不衰老。老子："是謂深根固柢，長生久視之道。"吕氏春秋重己："世之人主貴人，無賢不肖，莫不欲長生久視。"注："視，活也。"㊁唐武則天年號。公元700年。

【久違】久別。唐劉長卿劉隨州集九送皇甫曾赴上都詩:"東遊久與故人違，西去荒涼舊路微。"後多用作久別重逢時的套語。儒林外史十七:"趙雪兄,久違了!那裏去?"

【久闊】久別。三國志蜀許靖傳"文多故不載"注引魏略王朗與靖書:"久闊情慉,非夫筆墨所能寫陳。"

【久安長治】國家長期安寧鞏固。也作"長治久安"。漢書四八賈誼傳:"建久安之勢，成長治之業。"清汪琬堯峯文鈔八兵論:"而其道遂出于萬全，此漢宋之所以久安長治與?"

【久病成醫】人病久,熟悉病理藥性,就像醫生一樣。卽左傳定十三年"三折肱,知爲良醫"之意。楚辭屈原九章惜誦"九折臂而成醫兮"注:"言人九折臂,更歷方藥,則成良醫。"

【久假不歸】借人東西長久不歸還。孟子盡心上:"久假不歸，惡知其非有也。"宋王明淸揮麈録後録七:"煨燼之餘，所存不多，諸姪輩不能謹守，又爲親戚盜去,或他人久假不歸。"

【久旱逢甘雨】形容盼望已久,終於如願的得意心情。宋洪邁容齋隨筆四筆八得意失意詩引傳誦的世人得意詩:"久旱逢甘雨,他鄉見故知。"

么 yāo ㄧㄠ

同"幺"。見"幺"。

三 畫

之 zhī 止而切,平,之韻,照。ㄓ

㊀往。戰國策齊三:"(蘇秦)對曰:臣請爲君之楚。"㊁至。見"之死靡它"。㊂代詞。1.它,他,他們。詩周南樛木:"南有樛木，葛藟纍之。"又邶風谷風:"凡民有喪,匍匐救之。"2.道,這個。詩周南桃夭:"之子于歸，宜其室家。"莊子逍遙遊:"之二蟲又何知?"㊃介詞。於。禮大學:"人,之其所親愛而辟焉。"㊄連詞。與。書立政:"其勿誤于庶獄，惟有司之牧夫。"㊅助詞。1.無義。詩大雅假樂:"之綱之紀。"2.相當於"的"。莊子盜跖:"此夫魯國之巧僞人孔丘非邪?"㊆姓。明陳士元姓觿一支:"出姓苑。千家姓云雁門族。"

【之子】這個人。詩周南桃夭:"之子于歸，宜其室家。"唐韋應物韋江州集三贈丘員外詩:"每一覯之子，高詠遂起予。"

【之而】鬚毛。見周禮考工記梓人"作其鱗之而"注。清戴震考工記補注:"頰側上出者曰之,下垂者曰而,須鬣屬也。"王引之經義述聞九鱗之而:"今按而，頰毛也;之,猶與也。作其鱗之而，謂起其鱗與頰毛也。"兩說不同。

【之罘】山名。也作芝罘。三面環海,一徑南通，在今山東煙台市北。秦始皇二十九年登之罘刻石，三十七年登之罘射魚,漢武帝太始三年登之罘，卽此山。參閱山東通志二七山川。

【之無】之字與無字。相傳唐白居易剛生六七月,就能辨認"之"、"無"二字。見白居易長慶集二八與元九(稹)書。元稹長慶集五一白氏長慶集序、李商隱李義山文集四唐刑部尙書……白公墓碑銘、新、舊唐書白居易傳都提到這事。金元好問元遺山集四贈利州侯神童詩:"極知之無不足訝,更恐洛誦難爲功。"後來用"僅識之無"或"不識之無"稱識字不多或不識字。聊齋志異醫術:"張曰:'我僅識之無耳,烏能是?'道士笑曰:'迂哉,名醫何必多識字乎,但行之耳。'"

【之乎者也】四字都是古漢語的語助字。南朝梁劉勰文心雕龍章句:"之、而、於、以者,乃劄句之舊體;乎、哉、矣、也,亦送末之常科。"唐宋筆記小說裏常以"之乎者也"連用，指讀書人的本分。敦煌零拾五歎五更:"之乎者也都不識，如今嗟歎始悲吟。"宋僧文瑩湘山野録中:"太祖皇帝將展外城,幸朱雀門，親自規畫,獨趙韓王普從幸。上指門額問普曰:'何不衹書朱雀門,須著之字安用?'普對曰:'語助。'太祖笑曰:'之乎者也，助得甚事?'"(說郛本)這是譏諷書生只知道掉文,不能解決實際問題,語意雙關。元明雜劇元關漢卿單刀會四:"我跟前使不着你之乎者也，詩云子曰，早該豁口截舌。"

【之死靡它】至死不變。詩鄘風柏舟:"之死矢靡它。"明李贄焚書四雜述:"忠臣挾忠……則臨難自奮，之死靡它。"

四 畫

乏 fá 房法切,入,乏韻,並。ㄈㄚˊ

㊀缺乏，缺少。左傳僖三十年:"行李之往來，共其乏困。"周禮地官遺人"以恤民之艱阨"疏:"案書傳云:行而無資謂之乏,居而無食謂之困。"㊁乏力，困倦。新唐書二一二朱滔傳:"滔急召(馬)寔至貝州,步馬乏頓，明日輙約戰，寔請休士三日。"㊂廢，耽誤。莊子天地:"子往矣,無乏吾事。"㊃古代行射禮時報靶人用來護身的器具，用皮革製成，像小屏風,箭矢射到時力已減弱,故稱乏。周禮春官車僕:"大射，共三乏。"

【乏月】農曆四月,因青黄不接而名。太平御覽二二引四時纂要:"四月也，是謂乏月,冬穀旣盡,宿麥未登,宜賑乏絶,救飢窮。"

【乏絶】窮困。多指暫時的供應不繼。禮月令季春之月:"命有司發倉廩,賜貧窮,振乏絶。"戰國策秦一:"(蘇秦)說秦王,書十上而說不行,黑貂之裘敝，黄金百斤盡,資用乏絶,去秦而歸。"

【乏興】耽誤軍用物資徵集調撥,叫乏軍興,省作"乏興"。官府徵集物資叫興。漢書七六趙廣漢傳:"又坐賊殺不辜，……擅斥除騎士，乏軍興數罪。"又景武昭宣元成功臣表成安侯韓延年:"元封六年坐爲太常行大行令事留外國書一月,乏興,入穀贖,完爲城旦。"見周禮地官旅師"平頒其興積"注。

乎 hū 户吳切,平,模韻,匣。ㄏㄨ

㊀助詞。1.表示疑問或反問。孫臏兵法威王問:"以一擊十，有道乎?"史記陳涉世家:"王侯將相寧有種乎?"2.表示呼告。論語里仁:"參乎!吾道一以貫之。"3.表示贊嘆,常在形容詞或副詞後。論語泰伯:"洋洋乎盈耳哉!"4.表示停頓。左傳僖十五年:"秦於是乎輸粟于晉。"㊁介詞。相當於"於"。楚辭屈原九章涉江:"吾又何怨乎今之人。"

乍 1. zhà 鋤駕切,去,禡韻,牀。ㄓㄚˋ

㊀忽然，猝然。鬼谷子中飛箝:"其說辭也,乍同乍異。"孟子公孫丑上:"今人乍見孺子將入於井，皆有怵惕惻隱之心。"㊁正，恰好。唐張九齡曲江集三晨坐齋中偶而成詠詩:"孤頂乍修聳，微雲復相續。"㊂初，剛。宋柳永樂章集滿朝歡詞:"巷陌乍晴，香塵染惹，垂楊芳草。"㊃元曲唱詞句尾常用詞，含義隨內容而不同。元王實甫西廂記三本三折:"打扮的身兒乍。"形容俏麗。元曲選白仁甫梧桐雨三:"諕的我戰欽欽遍體寒毛乍。"形容寒毛豎起。㊄見"乍可"。

2. zuò 集韻 卽各切,入,鐸韻。ㄗㄨㄛˋ

㊅通"作"。商周青銅器銘文多作"乍"。墨子兼愛下:"文王若日若月，乍照光于四

方，于西土。」參閱孫詒讓墨子閒詁。

【乍可】寧可。唐高適高常侍集五封丘縣詩：「乍可狂歌草澤中，寧堪作吏風塵下。」賈島長江集四夏夜詩：「唯愁秋色至，乍可在炎蒸。」

【乍浦】地名。在浙江平湖縣東南。元時海外貿易，外國船舶多會集於此。明洪武中築城。見浙江通志十一山川乍浦。

五畫

丟 diū ㄉㄧㄡ 字集 丁羞切，音兜。

本作「丢」。在「一」部。㊀拋棄。元曲選康進之李逵負荊一：「把煩惱都也波丟，都丟在腦背後。」㊁失落，丟失。紅樓夢一一九：「只有哭着罵賈蘭道：『糊塗東西，你同二叔在一處，怎麽他就丟了？』」

【丟抹】羞辱，害臊。也作「彫抹」、「抹丟」。元曲選石君寶秋胡戲妻三：「他酩子裏丟抹娘一句，怎人模人樣，做出這等不君子，待何如？」

【丟醜】丟臉。清孔尚任桃花扇餘韻：「丟醜之極。」

【丟巧針】舊時七月七日乞巧風俗。明劉侗帝京景物略二：「七月七日之午，丟巧針。婦女曝盎水日中，頃之，水膜生面，繡針投之則浮；則看水底針影，有出雲物花頭鳥獸影者，有成鞋及剪刀水茄影者，謂乞得巧。」參見「乞巧」。

【丟三忘四】喻健忘。紅樓夢七二：「我如今竟糊塗了，丟三忘四，惹人抱怨，竟大不像先了。」也作「丟三落四」。紅樓夢六七：「咱們家没人，俗語説的『夯雀兒先飛』，省的臨時丟三落四的不齊全，令人笑話。」

乑 1. yín ㄧㄣˊ 魚金切，平，侵韻，疑。

㊀衆立。見説文。

2. pān ㄆㄢ

㊁古「攀」字。漢書八七上揚雄傳反離騷：「纍既乑夫傅説兮，奚不信而遂行。」注：「乑，古攀字。既攀援傅説，何不信其所行，自見用而遂去。」

七畫

乖 guāi ㄍㄨㄞ 古懷切，平，皆韻，見。

㊀背離，不一致。左傳昭三十年：「楚執政衆而乖。」漢王充論衡薄葬：「今墨家非儒，儒家非墨，各有所持，故乖不合。」㊁乖巧，機靈。宋邵雍伊川擊壤集九安樂窩中好打乖吟：「安樂窩中好打乖，打乖年紀合挨排。」西遊記十五：「行者的眼乖。」

【乖互】違背，抵觸。漢王符潛夫論交際：「苟相背也，心情乖𠀋。」𠀋，同「互」。後漢書四三樂恢傳：「經曰：『天地乖互，衆物夭傷。』」

【乖分】不同。差別。晉陶潛陶淵明集二與殷晉安別詩：「語默自殊勢，亦知當乖分。」

【乖巧】機靈。儒林外史十五：「匡超人爲人乖巧，在船上不拿强拿，不動强動，一口一聲，只叫『老爹』。」

【乖忤】相抵觸。漢王充論衡逢遇：「操志乖忤，不遇固宜。」也作「乖迕」。漢書食貨志上鼂錯論貴粟疏：「上下相反，好惡乖迕，而欲國富法立，不可得也。」

【乖別】分離。文選三國魏曹子建（植）朔風詩：「昔我同袍，今永乖別。」

【乖舛】不齊。文選晉潘安仁（岳）西征賦：「人度量之乖舛，何相越之遼迴。」

【乖角】㊀抵觸，鬧矛盾。魏書李崇傳：「朝廷以諸將乖角，不相順赴，乃以尚書李平兼右僕射，持節節度之。」㊁錯誤，怪僻。唐羅隱甲乙集一焚書坑詩：「祖龍算事渾乖角，將爲詩書治得人。」太平廣記五四韓愈外甥引仙傳拾遺：「衣服滓弊，行止乖角。」㊂機靈。同「乖覺」。清褚人穫堅瓠集六集四乖角：「俗美聰慧小兒曰乖角。」

【乖戾】抵觸，不一致。史記天官書：「三能色齊，君臣和；不齊，爲乖戾。」後漢書三六范升傳：「各有所執，乖戾分爭。」今稱急躁、易怒爲性情乖戾。

【乖剌】違忤，不和諧。楚辭漢東方朔七諫怨世：「吾獨乖剌而無當兮，心悼怵而耄思。」漢書三六劉向傳：「朝臣舛午，膠戾乖剌。」注：「言志意不和，各相違背。」

【乖張】㊀不順，分離。廣弘明集二九上南朝梁武帝孝思賦：「何在我而不爾，與二氣而乖張。」才調集二吳融富水驛東楹有人題詩詩：「何事遽驚雲雨別，秦山楚水兩乖張。」唐顔師古前漢書敍例：「先後錯雜，隨手率意，遂有乖張。」㊁指性情執拗，怪僻。紅樓夢三：「行爲偏僻乖張，那管世人誹謗。」

【乖越】㊀錯過。樂府詩集八六宋伍緝之勞歌之一：「吉辰既乖越，來期眇未央。」㊁不相稱。魏書劉騰傳：「吏部嘗望（劉）騰意，奏其弟爲郡帶戍，人資乖越，清河王懌抑而不與。」

【乖疎】失當，忽略。宋真德秀真文忠公集七第二奏乞待罪：「委任非人，措置乖疎。」

【乖違】㊀失誤。後漢書八一范式傳：「巨卿信士，必不乖違。」㊁分崩離析。三國志魏陳留王奐傳：「國内乖違，人各有心。」㊂分離。晉陶潛陶淵明集二於王撫軍座送客詩：「洲渚四緬邈，風水互乖違。」南朝梁何遜何水部集贈江長史別詩：「中歲多乖違，由來難具敍。」

【乖隔】別離。後漢書八四董祀妻傳悲憤詩：「存亡永乖隔，不忍與之辭。」唐韓愈昌黎集十八答渝州李使君書：「乖隔年多，不獲數附書，慕仰風味，未嘗敢忘。」

【乖龍】傳説中的孽龍。唐韓愈昌黎集十答道士寄樹雞詩：「煩君自入華陽洞，直割乖龍左耳來。」

【乖闊】分離。唐韋應物韋江州集五酬李儋詩：「人生所各務，乖闊累朝昏。」

【乖錯】謬誤。漢王充論衡薄葬：「術用乖錯，首尾相違，故以爲非。」唐柳宗元柳先生集四辨列子：「不知（劉）向言魯穆公時，遂誤爲鄭耶，不然，何乖錯至如是！」

【乖謬】荒謬背理。鶡冠子天則：「上下乖謬者，其道不相得也。」漢書九九上王莽傳：「將令正乖繆，壹異説云。」繆，通「謬」。

【乖離】背離，抵觸。荀子天論：「上下乖離，寇難并至。」漢書五行志下：「終於君臣乖離，上下交怨。」

【乖覺】機靈。水滸四一：「黃文炳是個乖覺的人，早瞧了八分，便奔船梢後走，望江裏踴身便跳。」

【乖盭】分離，抵觸。同「乖戾」。唐柳宗元柳先生集三封建論：「天下乖盭，無君君之心。」

九畫

乘 1. chéng ㄔㄥˊ 食陵切，平，蒸韻，神。

㊀坐，駕。詩邶風二子乘舟：「二子乘舟，汎汎其景。」㊁登上。詩衛風氓：「乘彼垝垣，以望復關。」㊂利用，趁機會。韓非子八經起亂：「故明主審公私之分，審利害之地，姦乃無所乘。」㊃戰勝，壓服。書西伯戡黎：「周人乘黎。」國語周語中：「乘人不義。」㊄計量。周禮夏官槀人：「乘其事，試其弓弩。」注：「鄭司農云：『乘，計也。』」韓非子難一：「爲人臣者，乘事有功則賞。」㊅算術運算方法之一，兩數相倍

叫乘。周髀算經上二:"勾股各自乘,并而開方除之,得邪至日。"㊆佛教稱解釋教義深淺的等級爲乘,如言小乘、大乘、上乘等。乘有運載的意思。隋慧遠大乘起信論義疏上之上:"所言乘,運載爲義。……言行乘者自運運他,故名爲乘。"參見"大乘"、"小乘"。㊇姓。漢有乘距,見漢書五三廣川惠王劉越傳;乘弘,見漢書八八京房傳。

2. shèng 實證切,去,證韻,神。
ㄕㄥ

㊈車輛叫乘。春秋時甲車一乘,配甲士三人,步卒七十二人。詩小雅六月:"元戎十乘,以先啓行。"㊉古井田制九夫爲井,十六井爲丘,四丘爲乘。禮郊特牲:"唯社丘乘共粢盛。"注:"丘,十六井也;四丘六十四井曰甸,或謂之乘。乘者,以於車賦,出長轂一乘。"⑪古戰車一乘四馬,因以乘爲四的代稱。禮少儀:"其以乘壺酒、束脩、一犬,賜人。"注:"乘壺,四壺也。"⑫春秋時晉史書名。孟子離婁下:"晉之乘,楚之檮杌,魯之春秋,一也。"注:"乘者興於田賦乘馬之事,因以爲名。"

【乘戈】傳說中的仙人名。楚辭漢王逸九思傷時:"使素女兮鼓簧,乘戈龢兮謳謠。"

【乘凶】舊時父母剛死不成服就婚娶叫乘凶。見清徐樹丕識小錄四乘凶。參見"借吉"。

【乘化】順應自然的變化。晉陶潛陶淵明集五歸去來辭:"聊乘化以歸盡,樂夫天命復奚疑。"

【乘石】上車的墊脚石。周禮夏官隸僕:"王行,洗乘石。"參閱明環中迂叟(陳士元)俚言一上馬臺。

【乘且】良馬名。漢賈誼新書匈奴:"御騶乘且。"也作"乘旦"。文選漢王子淵(褒)聖主得賢臣頌:"及至駕齧膝,驂乘旦。"清王念孫讀書雜志六漢書十一:"乘旦當爲乘且,字之誤也,且與駔同,駔者駿馬之名。"

【乘旦】見"乘且"。

【乘$_2$田】春秋魯管理牧場飼養六畜的小吏。孟子萬章下:"(孔子)嘗爲乘田矣,曰:'牛羊茁壯長而已矣。'"

【乘丘】㊀地名。春秋魯地。春秋莊十年"公敗宋師于乘丘",卽此。漢時置縣,屬泰山郡,後廢。故城在今山東曲阜縣西北。㊁複姓。漢書藝文志諸子略陰陽家著錄戰國乘丘子著書五篇,已佚。

【乘危】履危險之地,處危險之時。漢書七一薛廣德傳:"乘船危,就橋安,聖主不乘危。"漢陸賈新語輔政:"是以聖人居高處上,則以仁義爲巢;乘危履傾,則以賢聖爲杖。"

【乘$_2$韋】四張熟牛皮。乘,四;韋,熟牛皮。左傳僖三三年:"(秦師)及滑,鄭商人弦高將市於周,遇之,以乘韋先,牛十二,犒師。"

【乘風】㊀海鳥名。古時懸鐘的架子多作乘風鳥形,故也用以指懸鐘的架子。急就篇二:"乘風縣鐘華洞樂。"注:"乘風一名爰居,一名雜縣,蓋海鳥也,言爲乘風之狀,作簨虡以懸鐘。"文選晉潘安仁(岳)西征賦:"洪鍾頓於毁廟,乘風廢而弗縣。"㊁乘風勢。三國魏曹植曹子建集六升天行:"乘風忽登舉,彷彿見衆仙。"

【乘便】乘機,趁勢。漢桓寬鹽鐵論世務:"今匈奴挾不信之心,懷不測之詐,見利如前,乘便而起。"

【乘馬】㊀騎馬,駕馬。易繫辭下:"服牛乘馬,引重致遠。"㊁古軍賦名。按田邑多少徵集車馬甲士。參閱漢書刑法志、管子乘馬。㊂複姓。漢書溝洫志有諫議大夫乘馬延年。

【乘$_2$馬】四匹馬拉的車。詩鄭風大叔于田:"大叔于田,乘乘馬。"

【乘軒】乘大夫的車子。左傳閔二年:"衛懿公好鶴,鶴有乘軒者。"疏:"服虔云:'車有藩曰軒。'"春秋時只有大夫纔能乘軒,因此後來用乘軒泛指官員。唐劉禹錫劉夢得集外集六酬國子崔博士立之見寄詩:"遍看今日乘軒客,多是昔年呈卷人。"

【乘除】㊀算術的乘法和除法。周髀算經上之一"矩出于九九八十一"漢趙君卿注:"推圓方之率,通廣長之數,當須乘除以計之。九九者,乘除之原也。"㊁抵銷。意謂一乘一除,仍爲原數。唐韓愈昌黎集四三星行詩:"名聲相乘除,得少失有餘。"

【乘涼】㊀趁着涼快的時候。唐韓偓玉山樵人集野塘詩:"侵曉乘涼偶獨來,不因魚躍見萍開。"㊁熱天納涼。紅樓夢三一:"只見院中早把乘涼的枕榻設下。"

【乘桴】乘竹木小筏。論語公冶長:"子曰:道不行,乘桴浮於海。"後因以"乘桴"表示避世。唐岑參岑嘉州詩一酬成少尹駱谷見行呈詩:"浮名何足道,海上堪乘桴。"

【乘黄】㊀傳說中的神馬名。管子小匡:"河出圖,雒出書,地出乘黄。"又名騰黄、翠黄。詳各該條。㊁傳說中的奇獸名。山海經海外西經:"白民之國……有乘黄,其狀如狐,其背上有角。"注:"卽飛黄也。"

【乘$_2$黄】四匹黄馬。詩秦風渭陽:"何以贈之,路車乘黄。"又魯頌有駜:"有駜有駜,駜彼乘黄。"

【乘間】趁空,鑽空子。漢書六九趙充國傳:"內不損威武之重,外不令虜得乘間之勢。"

【乘虚】趁空虛無備。三國志魏袁紹傳:"外結英雄,内修農戰,然後簡其精鋭,分爲奇兵,乘虚迭出,以擾河南。"

【乘勢】㊀利用權勢。韓非子五蠹:"故以義則仲尼不服於哀公,乘勢則哀公臣仲尼。"㊁趁着時勢。孟子公孫丑上:"雖有智慧,不如乘勢;雖有鎡基,不如待時。"

【乘隙】趁空。得間。文苑英華一七〇隋李德林從駕還京詩:"玄覽時乘隙,訓旅次山川。"

【乘$_2$傳】古代驛站用四匹下等馬拉的車。史記九四田横傳:"田横迺與其客二人乘傳詣雒陽。"集解引如淳:"四馬下足爲乘傳。"

【乘槎】槎,木筏。神話傳說謂天河通海,有個住在海邊的人,常見每年八月海上有木筏來,他就登槎到達天河,看見牛郎織女。見博物志三。後來詩文中以乘槎指登天。北周庾信庾子山集二哀江南賦序:"況復舟楫路窮,星漢非乘槎可上;風飆道阻,蓬萊無可到之期。"唐李商隱李義山詩集六海客:"海客乘槎上紫氛,星娥罷織一相聞。"參見"星槎"。

【乘龍】㊀喻將乘時而動。易乾:"時乘六龍以御天。"六龍,乾卦六陽爻。㊁藝文類聚四十引楚國先賢傳:"孫儁字文英,與李元禮(膺)俱娶太尉桓焉女。時人謂桓叔元兩女俱乘龍,言得壻如龍也。"初學記三十引魏志,孫儁作黄尚,桓焉作桓温。後美稱別人女婿爲乘龍,本此。唐杜甫杜工部草堂詩箋二李監宅:"門闌多喜色,女壻近乘龍。"宋吴曾説杜詩"乘龍",是用秦女乘鳳、簫史乘龍的典故。見能改齋漫錄二女壻乘龍。

【乘興】趁着一時之興。晉王徽之居山陰,忽然想念戴逵。當時戴在剡溪,王連夜乘船去訪,經一夜,到戴門口,没有進去便回來了。對人說:"吾本乘興而行,興盡而返,何必見戴?"見藝文類聚二引語林、世説新語任誕。

【乘$_2$輿】㊀皇帝、諸侯乘坐的車子。孟子梁惠王下:"今乘輿已駕矣。"漢賈誼新書等齊:"天子車曰乘輿,諸侯車曰乘輿,乘輿等也。"㊁皇帝用的器物。漢蔡邕獨斷上："車馬衣服器械百物曰乘輿。"後來即用作皇帝的代稱。漢蔡邕獨斷上："天子至尊，不敢渫瀆言之，故託之於乘輿……或謂之車駕。"後漢書十九耿弇傳："弇曰：'乘輿且到，臣子當擊牛釃酒，以待百官。'"㊂泛指馬車。漢王符潛夫論贊學："是故造父疾趨，百步而廢，而託乘輿，坐致千里。"

【乘蹻】道家的所謂飛行術。抱朴子雜應："若能乘蹻者，可以周流天下，不拘山河。"

【乘東維】箕星斗星之間，天河的東岸，叫東維。古代神話說，殷相傅說，死後靈魂上乘東維。星經有傅說星。見莊子大宗師"乘東維，騎箕尾，而比於列星"注。參閱星經下尾宿。

【乘車戴笠】乘車，喻富貴；戴笠，喻貧賤。初學記十八晉周處風土記："越俗性率朴，初與人交有禮，封土壇，祭以犬雞，祝曰：'卿雖乘車我戴笠，後日相逢下車揖。我步行，卿乘馬，後日相逢卿當下。'"又見太平御覽四〇六。後來以乘車戴笠指故舊之交。唐元稹長慶集八酬東川李相公十六韻附啓："昔楚人始交，必有乘車戴笠，不忘相揖之誓，誠以爲富貴不相忘之難也。"

【乘風破浪】南朝宋宗慤少時，叔父炳問其志，曰："願乘長風，破萬里浪。"見宋書本傳。後因以乘風破浪指志向遠大，氣概豪邁。宋李洪芸菴類稿五偶作詩："乘風破浪非吾事，暫借僧窗永日眠。"

【乘堅策肥】乘好車，騎好馬。形容生活豪奢。漢書食貨志上鼂錯論貴粟疏："乘堅策肥，履絲曳縞。"也作"乘堅驅良。"史記越王句踐世家："乘堅驅良逐狡兔，豈知財所從來。"又作"乘輕驅肥"。晉書傅咸傳上書："古者大夫乃不徒行，今之賤隸乘輕驅肥。"

【乘僞行詐】弄虛作假。漢劉向列女傳三晉范氏母："夫伐功施勞，鮮能布仁；乘僞行詐，莫能久長。"

乙部

乙 yǐ 於筆切，入，質韻，影。ㄧˇ

㊀天干第二位。爾雅釋天："太歲……在乙，曰旃蒙。"參見"干支"。㊁代詞，如某乙；又第二的代稱。漢書宣帝紀地節四年"令甲，死者不可生"注："甲乙者，若今之第一、第二篇耳。"㊂舊時讀書記止處的符號。史記一二六滑稽傳褚少孫補："(東方)朔初入長安，至公車上書，凡用三千奏牘。……人主從上方讀之，止，輒乙其處，讀之二月乃盡。"又字有錯漏，從旁勾補也叫乙。唐韓愈昌黎集十一讀鶡冠子："文字脫謬爲之正三十有五字，乙者三。"㊃魚的頰骨。見禮內則"魚去乙"注。一說爲魚腸。見爾雅釋魚。㊄虎兩脇和尾端骨，叫虎威，形如乙。見唐段成式酉陽雜俎十六毛。後以乙喻虎威。宋蘇軾分類東坡詩九寄傲軒："得如虎挾乙，失若龜藏六。"㊅姓。見元和姓纂十質。㊆通"鳦"。弘明集六南齊張融答周顒書："道佛兩殊，非鳧則乙(yà)。"

【乙乙】㊀難出的樣子。文選晉陸士衡(機)文賦："理翳翳而愈伏，思乙乙(yà)其若抽。"乙乙，六臣本作"軋軋"。㊁逐一。同"一一"。舊時書信中常用。如不復乙乙。

【乙士】二等兵。宋書蒯恩傳："高祖征孫恩，縣差爲征民，充乙士，使伐馬芻。"

【乙弗】複姓。北魏有乙弗相。見元和姓纂十質。

【乙夜】二更時候，約爲夜間十時。後漢書百官志三"右丞"注引蔡質漢儀："凡中宮漏夜盡，鼓鳴則起，鐘鳴則息。衛士甲乙徼相傳，甲夜畢，傳乙夜，相傳盡五更。"

【乙科】古考試科目名稱。漢書八八儒林傳序："平帝時……歲課，甲科四十人爲郎中，乙科二十人爲太子舍人，丙科四十人補文學掌故云。"唐、宋進士皆有甲乙科，明、清稱舉人爲乙科，進士爲甲科。

【乙旃】複姓。魏書官氏志："獻帝……又命叔父之胤曰乙旃氏。後改爲叔孫氏。"

【乙部】圖書分類名稱。隋以前稱子部的書爲乙部。隋書經籍志一："秘書監荀勗又因中經，更著新簿，分爲四部，總括羣書。……二曰乙部，有古諸子家、近世子家、兵書、兵家、術數。"唐以後稱史部的書爲乙部。舊唐書經籍志上："四部者，甲乙丙丁之次也。甲部爲經……乙部爲史，其類十有三……丙部爲子……丁部爲集。"

【乙帳】皇帝的別館。帳指帷幕。漢書九六西域傳贊："興造甲乙之帳，落以隨珠和璧，天子負黼依，襲翠被，馮玉几，而處其中。"注："其數非一，以甲乙次第名之也。"太平御覽六九九引漢武故事："上以琉璃、珠、玉、明月、夜光，雜錯天下珍寶爲甲帳，其次爲乙帳，甲以居神，乙以自居。"

【乙第】㊀次等宅第。晉書楊軻傳："(楊軻)既見(石)季龍，不拜，與語，不言，命舍之於永昌乙第。"㊁乙等。新唐書選舉志上："凡進士，試時務策五道，帖一大經，經、策全通爲甲第，策通四，帖過四以上爲乙第。"

【乙榜】明清科舉制度，鄉試合格的爲舉人，稱乙榜。明文洪淶水文集龍游從學記："景泰某年，舅氏張宗德先生以乙榜教諭衢之龍游。"(文氏五家集)參見"乙科"、"甲榜"。

【乙覽】相傳唐文宗曾對左右說："若不甲夜視事，乙夜觀書，何以爲人君耶？"見唐蘇鶚杜陽雜編中。以後稱皇帝閱覽文書爲乙覽。宋王明清揮麈錄後錄九："楚州城陷，鎮撫使趙立死之。高宗命先人撰其傳以進乙覽，嘉歎久之。"

【乙未曆】曆法名。金大定間，趙知微奉詔重修大明曆。同時，耶律履也作乙未曆，以阿骨打(太祖)於乙未稱帝，建立金國，故名。因不如知微曆精密，沒有推行。見金史曆上。

乚 yà 集韻乙黠切，入，黠韻。ㄧㄚˋ

玄鳥。見說文。

一畫

乜 miē 彌也切，上，馬韻，明。ㄇㄧㄝ

㊀眼微張。見"乜斜"。㊁姓。音niè見宋鄧名世古今姓氏書辨證二六馬。

【乜斜】眼微張之狀。元曲選關漢卿望江亭三："那廝也，忒懵懂玉山低趄，着鬼祟醉眼乜斜。"也作"乜嬉"。又缺名神奴兒一："心鬧吵，眼乜嬉。"後也稱眼斜視爲乜斜。

九 jiǔ 舉有切，上，有韻，見。ㄐㄧㄡˇ

㊀數名。素問三部九候論："天地之至

數，始於一，終於九焉。”隸書防作僞，記數九字，借用“玖”。參閱宋程大昌演繁露三十數改用多畫字。㊁虛指多數。古人對事物的數目，三以上則約稱之以九。清汪中述學釋三九：“凡一二之所不能盡者，則約之以三，以見其多；三之所不能盡者，則約之以九，以見其極多。”㊂易以陽爻爲九，如初九、上九等。易乾“初九、潛龍勿用”疏：“乾體有三畫，坤體有六畫，陽得兼陰，故其數九。”㊃匯合。通“鳩”。莊子天下：“禹親自操橐耜，而九雜天下之川。”釋文：“九亦作鳩。”

【九九】㊀算法名，即九九乘法。如一一得一、一二得二、……九九八十一。管子輕重戊：“虙戲作造六峜，以迎陰陽，作九九之數，以合天道。”㊁八十一。文選漢張平子(衡)東京賦：“屬車九九，乘軒並轂。”注：“漢雜事曰：‘諸侯貳車九乘，秦滅九國，兼其車服，故大駕屬車八十一乘。’”㊂從冬至次日起數，每九天爲一九，第九個九天爲九九。全唐詩五五九薛能漢廟祈雨回陽春亭有懷：“九九已從南至盡，芊芊初傍北籬新。”南至即冬至。參閱明田汝成西湖遊覽志餘二五委巷叢談。㊃重陽節。唐中宗九月九日臨渭亭登高作詩，諸臣同賦，薛稷得曆字韻云：“願陪九九辰，長奉千千曆。”見唐詩紀事一中宗。

【九土】㊀九州之土。國語魯上：“共工氏之伯九有也，其子曰后土，能平九土。”參閱淮南子地形。㊁九種地形、土質。左傳襄二五年“蔿掩書土田，度山林，鳩藪澤，辨京陵，表淳鹵，數疆潦，規偃豬，町原防，牧隰皋，井衍沃，量入修賦”。疏：“量其九土所宜，觀其收入多少，乃準其所入，修其賦稅。”自山林至衍沃爲九土。㊂九州。文選晉左太沖(思)蜀都賦：“九土星分，萬國錯跱。”唐李白李太白詩十一經亂離後天恩流夜郎……贈江夏韋太守良宰：“炎涼幾度改，九土中橫潰。”

【九大】道家謂風、雲、雷、海、火、日、地、天、空爲九大。唐張志和玄真子鸑鷟：“造化之初，九大相競。”

【九子】九顆星。史記天官書：“尾爲九子。”尾，二十八宿之一，有星九顆。

【九山】㊀九州的名山。書禹貢：“九山刊旅。”㊁九座名山。山名隨文而異：

會稽太山王屋首山太華岐山太行羊腸孟門(呂氏春秋有始、淮南子地形)

會稽衡山華山沂山岱山嶽山醫無閭霍山恒山(周禮夏官職方氏)

汧壺口砥柱太行西傾熊耳嶓冢內方岐(史記夏紀“道九山”索隱)

【九川】九條大川。書禹貢：“九川滌源。”史記夏紀“道九川”索隱以弱黑河瀁江沇淮渭洛爲九川。

【九方】㊀八方和中央。文苑英華三五一南朝梁簡文帝（蕭綱）七勵：“情苞六合，德貫九方。”㊁複姓。春秋秦穆公時有會相馬的九方皋。見通志二七氏族三以地爲氏。

【九天】㊀中央與八方。楚辭屈原離騷：“指九天以爲正兮，夫唯靈修之故也。”也作“九野”。呂氏春秋有始謂天有九野：中央曰鈞天，東方曰蒼天，東北曰變天，北方曰玄天，西北曰幽天，西方曰顥天，西南曰朱天，南方曰炎天，東南曰陽天。淮南子天文同，唯顥天作“昊天”。尚書考靈曜作東方皞天，西方成天，南方赤天，餘同。㊁極言其高。孫子形：“善攻者，動於九天之上。”唐李白李太白詩二一望廬山瀑布之二：“飛流直下三千尺，疑是銀河落九天。”“九天”，一本作“半天”。㊂比喻皇宮，言其深遠。唐王維王右丞集二和賈舍人早朝大明宮之作詩：“九天閶闔開宮殿，萬國衣冠拜冕旒。”㊃神名。史記封禪書：“九天巫祠九天。”索隱：“孝武紀云：‘立九天廟於甘泉。’三輔故事云：‘胡巫事九天於神明臺。’”

【九五】易乾：“九五，飛龍在天，利見大人。”乾卦九五，術數家說是人君的象徵，後因稱帝位爲九五之尊。宋書武帝紀元熙二年：“夫或躍在淵者，終饗九五之位。”

【九日】㊀古代神話，謂天有十日，九日居大樹的下枝，一日居上枝，堯使后羿射去九日。見楚辭宋玉招魂、山海經海外東經、淮南子本經。北堂書鈔一四九晉傅玄雜詩：“暘谷發精曜，九日棲高枝。”㊁指農曆九月初九，即重陽節。藝文類聚四引續晉陽秋：“世人每至九日，登山飲菊酒。”六朝以來詩題爲九日者，一般都指重陽節日。

【九丹】道家所謂服之可以長生升仙的九種丹藥：丹華、神符、神丹、還丹、餌丹、煉丹、柔丹、伏丹、塞丹。見抱朴子金丹。北周庾信庾子山集四贈周處士詩：“九丹開石室，三徑沒荒林。”

【九主】九種類型的君主。說法不一：

1. 法君、專君、授君、勞君、等君、寄君、破君、國君、三歲社君　史記殷紀（裴駰集解引劉向別錄）
2. 三皇、五帝、夏禹　史記殷紀（司馬貞索隱）
3. 法君、專授之君、勞君、半君、寄主、破邦之主二、滅社之主二。　馬王堆漢墓帛書伊尹篇

【九市】宮中買賣貨物的場所。漢書六五東方朔傳：“夫殷作九市之宮，而諸侯畔。”注引應劭：“紂於宮中設九市。”文選漢班孟堅(固)西都賦：“九市開場，貨別隧分。”注引漢宮闕疏：“長安立九市，其六市在道西，三市在道東。”

【九玄】㊀九天。抱朴子刺驕：“若夫偉人巨器，量逸韻遠，……身寄波流之間，神躋九玄之表，道是於內，遺物於外。”參見“九天㊀”。㊁猶言九仙。藝文類聚七八南朝梁陶弘景水仙賦：“迎九玄於金闕，謁三素於玉清。”

【九功】㊀六府三事之功。書大禹謨：“九功惟敘。”疏：“養民者使水、火、金、木、土、穀六事惟當修治之；正身之德、利民之用、厚民之生，此三事惟當諧和之。”參見“六府㊀”。㊁從事九種職業的賦稅。周禮天官大府：“大府掌九貢，九賦、九功之貳，以受其貨賄之入。”疏：“謂九職之功，大宰以九職任之，成熟斂其稅，則是九功也。”參見“九職”。

【九冬】冬季九十天。初學記三梁元帝纂要：“冬曰玄英，亦曰安寧，亦曰玄冬、三冬、九冬。”藝文類聚五八南朝梁劉孝標（峻）答劉之遴借類苑書：“九冬有隟(隙)，三餘暇時。”

【九代】㊀九世。宋書樂志四：“廟勝敷九代，神謨洞七德。”㊁馬名。山海經海外西經：“大樂之野，夏后啓於此儛九代。”

【九丘】古書名。詳“八索九丘”。

【九仙】諸仙人。九指多數。初學記三十南朝宋顏延之寒蟬賦：“餐霞之氣，神馭乎九仙。”唐王勃王子安集二上巳浮江宴詩：“逸興懷九仙，良辰傾四美。”後來道家就立了九種仙人的名目，叫上仙、高仙、大仙、玄仙、天仙、真仙、神仙、靈仙、至仙。見雲笈七籤三道教三洞宗元。

【九江】㊀長江水系的九條河。各說不同：

1. 江於荊州界，分而爲九。見書禹貢“九江孔殷”傳、漢書地理志上注。即今湖北廣濟黃梅及安徽宿松望江諸縣境的江水。
2. 九江各有所源，下流合於大江。見書禹貢疏引鄭玄說。
3. 以烏白江蚌江烏江嘉靡江畎江源江廩江提江箘江爲九江。見經典釋文三引

尋陽地記。或以三里江五州江嘉靡江烏土江白蚌江白烏江箘江沙提江廩江爲九江。見經典釋文三引張須元緣江圖。

4. 漢劉歆以流入彭蠡(卽鄱陽湖)的湖漢九水爲九江。見經典釋文三引太康地記。

5. 以流入洞庭湖的沅漸元辰敘酉澧資湘等九條水稱九江。見宋蔡沈書經集傳。

㊁地名。戰國楚地。秦爲九江郡。三國吳屬武昌郡。晉置尋陽郡,屬江州。隋大業三年改江州爲九江郡。唐復爲江州。元末朱元璋改爲九江府。清因之,屬江西省。府治德化,在今江西九江市。參閱嘉慶一統志三一八九江府一。

【九州】 ㊀古代中國設置的九個州。1. 書禹貢九州爲:冀豫雍揚兗徐梁青荆。2. 爾雅釋地九州無青梁,有幽營。3. 周禮夏官職方氏九州無徐梁,有幽幷。後來九州泛指中國。宋陸游劍南詩稿八五示兒:“死去元知萬事空,但悲不見九州同。”㊁古稱中國爲神州,與神州等同的州有九個,稱大九州,以別於中國之內的九州。參見“大九州”。

【九式】 周代關於祭祀、賓客、喪荒、羞服、工事、幣帛、芻秣、匪頒、好用九個方面的財政支出法式。見周禮天官大宰。

【九寺】 九卿的官署。漢代把太常、光祿勳、衛尉、太僕、廷尉、大鴻臚、宗正、大司農、少府稱爲九寺大卿。寺卽官署,如太常卿的官署稱太常寺。後魏也有九寺,叫九卿寺。但九卿名稱與漢不全相同。到北齊以太常、光祿、衛尉、宗正、太僕、大理、鴻臚、司農、太府爲九寺,各寺長官稱寺卿,如太常寺長官稱太常寺卿。以後爲各代所沿用,直至清末。參見“十二卿”。

【九地】 ㊀根據地質、地形而分的九種土地。漢揚雄太玄玄數:“九地:一爲沙泥,二爲澤地,三爲沚崖,四爲下田,五爲中田,六爲上田,七爲下山,八爲中山,九爲上山。”㊁用兵之九種地勢。孫子九地:“用兵之法,……諸侯自戰其地,爲散地;入人之地而不深者,爲輕地;我得則利,彼得亦利者,爲爭地;我可以往,彼可以來者,爲交地;諸侯之地三屬,先至而得天下之衆者,爲衢地;入人之地深,背城邑多者,爲重地;行山林險阻沮澤,凡難行之道者,爲圮地;所由入者隘,所從歸者迂,彼寡可以擊吾之衆者,爲圍地;疾戰則存,不疾戰則亡者,爲死地。”㊂地下最深處。孫子形:“善守者藏於九地之下,善攻者動於九天之上。”

【九共】 尚書虞書篇名,已失傳。書舜典:“帝釐下土方,設居方,別生分類,作汩作九共九篇,槀飫。”今尚書大傳僅記其逸文。伏勝稱九共以諸侯來朝,各述其土地所生美惡,人民好惡,爲之貢賦政教。

【九列】 ㊀九卿之位。漢書七四韋玄成傳戒子孫詩:“不遂我遺,恤我九列。”時玄成爲少府。晉書劉頌傳:“秦漢以來,九列執事,丞相都總。”參見“九卿”。㊁九星。逸周書成開:“天有九列,別時陰陽。”清惠(棟)云:“九列卽九星。”

【九死】 多次近於死亡。楚辭屈原離騷:“亦余心之所善兮,雖九死其猶未悔!”

【九有】 九州。詩商頌玄鳥:“方命厥後,奄有九有。”也泛指全國。文選晉應吉甫(貞)晉武帝華林園集詩:“六府孔修,九有斯靖。”

【九百】 ㊀宋人譏諷癡呆、精神不足的人爲九百。見陳師道後山居士詩話。莊季裕雞肋編上、朱彧萍州可談三、缺名愛日齋叢鈔五都有此語。金董解元西廂二:“道九百孩兒,休把人厮啅(哄騙)。”也作“九伯”。古今雜劇缺名漢鍾離度脫藍采和一:“使不的你九伯風顛,我鎖了勾欄門,看你怎生出的去?”㊁複姓。漢時代縣有小吏九百里。見通志二九氏族五複姓引姓苑。

【九光】 多種彩色。北堂書鈔一四九引尚書考靈曜:“日照四極九光。”道家書中常用以形容彩色繽紛的事物,如九光之綬、九光之燈、九光之輿等。

【九曲】 ㊀言黃河河道之曲折。樂府詩集九一唐高適九曲詞序:“河圖曰:黃河出崑崙山東北……河水九曲,長九千里,入於渤海。”御覽詩盧綸邊思:“黃河九曲流,繚繞古邊州。”㊁地名。漢大小榆谷地。唐景雲元年,吐蕃賄賂鄯州都督楊矩,要求作爲金城公主湯沐之邑。天寶十二年,改爲郡縣。唐杜甫杜工部草堂詩箋二四八哀詩贈司空王公思禮:“九曲非外蕃,其王轉深壁。”地在今青海化隆回族自治縣。參閱新唐書二一六上吐蕃傳、資治通鑑二一一唐景雲元年、二一六天寶十二載。

【九色】 九種顏色。三國志魏烏丸鮮卑東夷傳評注引魏略西戎傳:“大秦國……山出九色次玉石:一曰青,二曰赤,三曰黃,四曰白,五曰黑,六曰綠,七曰紫,八曰紅,九曰紺。今伊吾山中有九色石,卽其類。”後來詩文中之九色,泛指多種顏色,並不拘泥於九種。

【九伐】 制裁諸侯違犯王命行爲的九種辦法。周禮夏官大司馬:“以九伐之法正邦國:馮弱犯寡則眚(削地)之,賊賢害民則伐之,暴內陵外則壇(撤職)之,野荒民散則削之,負固不服則侵之,賊殺其親則正之,放弒其君則殘之,犯令陵政則杜之,外內亂、鳥獸行則滅之。”三國志魏鍾會傳:“方國家多故,未遑修九伐之征也。”

【九行】 ㊀漢書天文志:“日有中道,月有九行(háng)。”我國古代天文學家把月亮運行的軌道,視爲九道。卽內朱道、外朱道、內白道、外白道、內黑道、外黑道、內青道、外青道、中黃道。參閱清阮元疇人傳二八元趙友欽。參見“九道㊁”。㊁穆天子傳五:“帝收九行(háng)。”注:“九行,九道也,言收羅九域之道里也。”泛指通往各地的道路。㊂行酒九巡。史記九九叔孫通傳:“以尊卑次起上壽,觴九行(xíng),謁者言罷酒。”

【九言】 古體詩之一。南朝梁昭明太子文選序:“又少則三字,多則九言,各體互興,分鑣並驅。”唐呂向注:“文始三字,起夏侯湛;九言,出高貴鄉公。”

【九投】 指酒經多次加工釀成。因以稱醇酒。初學記二六引酒經:“空桑穢飲,醞以稷麥,以成醇醪,酒之始也;烏梅女鼗,甜醹九投,澄清百品,酒之終也。”也作“九酘”。宋梅堯臣宛陵集四二依韻四和正仲詩:“四和還如九酘醅,更醇更美未嫌來。”參見“九醞酒”。

【九攻】 多次進攻。淮南子脩務:“於是公輸般設攻宋之械,墨子設守宋之備,九攻而墨子九卻之,弗能入。”唐柳宗元柳先生集五南霽雲睢陽廟碑:“技雖窮於九攻,志益專於三板。”

【九成】 ㊀多次演奏。音樂奏完一曲叫一成。書益稷:“簫韶九成。”疏:“鄭玄曰:成,猶終也。每曲一終,必變更奏。故經言九成,傳言九奏,周禮謂之九變。”㊁九層,極高。文選漢馬季長(融)長笛賦:“託九成之孤岑兮,臨萬仞之石磎。”注:“郭璞曰:‘成,亦重也。言九者,數之多也。’”

【九伯】 九州之伯。見左傳僖四年“五侯九伯,汝實征之”注。

【九法】 ㊀周代天子治理諸侯國的九項措施。周禮夏官大司馬:“大司馬之職,掌建邦國之九法,以佐王平邦國:制畿封國以正邦國,設儀辨位以等邦國,進賢興功以作邦國,建牧立監以維邦國,制軍詰禁以糾邦國，施貢分職以任邦國，簡稽鄉民以用邦國，均守平則以安邦國，比小事大以和邦國。”㊁同“九疇”。唐韓愈昌黎集十八與孟簡尚書書：“聖賢之道不明，則三綱淪而九法斁。”詳“九疇”。㊂漢律九章。漢書一〇〇下敘傳：“漢章九法，太宗改作。”參見“九章㈥”。㊃九種書法。即綠素書、簡奏書、牋表書、弔記書、行狎書、檝書、藁書、半草書、全草書。見唐張彥遠法書要錄二引梁庾元威論書。

【九河】㊀古代黃河自孟津而北，分爲九道，故名。書禹貢：“九河既道。”注引爾雅：“徒駭一，太史二，馬頰三，覆釜四，胡蘇五，簡六，絜七，鉤盤八，鬲津九。”今爾雅釋水覆釜作“覆鬴”。九河古道，湮廢已久，當在今山東德州市以北，天津市南一帶地方，以年代悠遠，已不能盡考。參閱清成瓘篛園日札二讀尚書偶筆九河古證。㊁天河。文選屈原九歌少司命：“與女游兮九河，衝飇至兮水揚波。”

【九宗】㊀一姓的九族。左傳隱六年：“翼九宗、五正。”㊁佛教宗派八宗之外，加禪宗或淨土宗爲九宗。參見“八宗”。

【九官】傳說虞舜置九官，即：伯禹作司空，棄爲后稷，契作司徒，皋陶作士，垂爲共工，益作朕虞，伯夷作秩宗，夔爲典樂，龍爲納言。見書舜典。

【九京】山名。同“九原”。國語晉：“趙文子與叔向游於九京。”注：“京當爲原。”禮檀弓下“是全要領以從先大夫於九京也”。注：“晉卿大夫之墓地在九原，京蓋字之誤，當爲原。”參見“九原㊀”。

【九府】㊀周代掌管財物的九種官。即大府、玉府、內府、外府、泉府、天府、職內、職金、職幣。見史記一二九貨殖傳“設輕重九府”正義、漢書食貨志下“太公爲周立九府圜法”注。㊁九方的寶藏和特產。爾雅釋地九府：“東方之美者，有醫無閭之珣玗琪焉；東南之美者，有會稽之竹箭焉；南方之美者，有梁山之犀象焉；西南之美者，有華山之金石焉；西方之美者，有霍山之多珠玉焉；西北之美者，有崑崙虛之璆琳琅玕焉；北方之美者，有幽都之筋角焉；東北之美者，有斥山之文皮焉；中有岱岳，與其五穀魚鹽生焉。”㊂九卿的官府。南史鍾嶸傳：“時齊明帝躬親細務，綱目亦密，於是郡縣及六署九府常行職事，莫不爭自啓聞，取決詔敕。”參見“九寺”。

【九刑】㊀古代以墨、劓、刖、宮、大辟爲五刑，加流、贖、鞭、扑四刑爲九刑。見漢書刑法志“周有亂政而作九刑”注。參見“五刑”。㊁周代的刑書名。左傳昭六年：“周有亂政而作九刑。”

【九兩】諸侯統治人民的九事。周禮天官大宰：“以九兩繫邦國之民：一曰牧，以地得民；二曰長，以貴得民；三曰師，以賢得民；四曰儒，以道得民；五曰宗，以族得民；六曰主，以利得民；七曰吏，以治得民；八曰友，以任得民；九曰藪，以富得民。”注：“兩猶耦也，所以協耦萬民。”

【九芝】有九莖的芝草。漢書宣帝紀神爵元年：“金芝九莖，產於函德殿銅池中。”藝文類聚九一南朝梁劉孝儀爲晉安王謝賜鵝鴨啓：“出九芝之池，去千金之沼。”

【九招】古樂名。也作“九韶”。古籍中或謂帝嚳命咸黑所作，見呂氏春秋古樂、文心雕龍頌讚；或謂帝舜命質所修，以後湯又修九招，見呂氏春秋古樂；或謂爲夏禹所作，見史記五帝紀；或謂爲夏啓所作的，見山海經大荒西經。皆本傳說，樂已久亡，都不足據。

【九枝】㊀指一幹九枝的花燈。藝文類聚三四南朝梁沈約傷美人賦：“拂螭雲之高帳，陳九枝之華燭。”唐盧照鄰幽憂子集二十五夜觀燈詩：“別有千金笑，來映九枝前。”㊁指婦女釵頭上的花朵飾物。玉臺新詠六南朝梁費昶華觀省中夜聞城外擣衣詩：“衣熏百和屑，鬢搖九枝花。”

【九門】㊀古制天子所居有九門：路門、應門、雉門、庫門、皋門、城門、近郊門、遠郊門、關門。見禮月令季春之月“毋出九門”注。清朱彬禮記訓纂六引王引之，九門指南面三門，三面各二門，合爲九門，鄭玄注非。㊁泛指皇宮。唐王維王右丞集二同崔員外秋宵寓直詩：“九門寒漏徹，萬井曙鐘多。”㊂神話中的九道天門。唐李白李太白詩三梁甫吟：“閶闔九門不可通，以額扣關閽者怒。”㊃清時指北京外城九門：正陽崇文宣武安定德勝東直西直朝陽阜成。康熙十三年改設九門步軍巡捕爲提督九門步軍統領，以親信大臣兼任，掌京城內外門禁，統帥八旗步軍五營。見歷代職官表四步軍統領、清通典三一職官九。㊄地名。戰國趙邑。史記趙世家十七年：“（武靈）王出九門，爲野臺以望齊中山之境”，即此。地在今河北石家莊市東北。

【九虎】王莽的九個將軍。漢書九九下王莽傳：“莽拜將軍九人，皆以虎爲號，號曰九虎。”後漢書二八上馮衍傳：“摧九虎之軍。”即指此。

【九旻】猶“九天”，喻極高遠處。南朝梁劉勰文心雕龍封禪：“樹石九旻，泥金八幽。”

【九采】㊀各諸侯國。禮明堂位：“九采之國。”疏：“謂之采者，以采取當州美物而貢天子；故王制云：‘千里之外曰采。’”㊁多種色彩。藝文類聚八七三國魏劉楨瓜賦：“揚暉發藻，九采雜糅。”

【九命】周代的官爵分爲九個等級，稱九命。上公九命爲伯；王之三公八命；侯伯七命；王之卿六命；子男五命；王之大夫、公之孤四命；公、侯伯之卿三命；公、侯伯之大夫，子男之卿再命（即二命）；公、侯伯之士，子男之大夫一命。子男之士不命。他們的宮室、車旗、衣服、禮儀等，各按等級作具體規定。參閱周禮春官典命、禮記王制。

【九牧】九州。荀子解蔽：“此其所以代殷王而受九牧也。”注：“九牧，九州也。”也稱九州的長官。周禮秋官掌交：“九牧之維。”注“九牧，九州之牧”。

【九服】㊀相傳古代天子所住京都以外的地方按遠近分爲九等，叫九服。方千里稱王畿，其外方五百里叫侯服，又其外方五百里叫甸服，又其外方五百里叫男服，又其外方五百里叫采服，又其外方五百里叫衞服，又其外方五百里叫蠻服，又其外方五百里叫夷服，又其外方五百里叫鎮服，又其外方五百里叫藩服。見周禮夏官職方氏。逸周書職方王畿作“王圻”。以後泛指全國。周書文帝紀詔：“朕所以垂拱九載，實資元輔之力；俾九服寧謐，誠賴翊贊之功。”㊁相傳爲古代王和后的九種服制。周禮天官屨人：“掌王及后之服屨。”注：“王吉服有九。”九服：冕服六（大裘至玄冕）；弁服三（韋弁，皮弁，冠弁）。見宋王應麟小學紺珠九制度。

【九姓】㊀唐代鐵勒族分爲回紇僕固渾拔野古同羅思結契苾阿布思骨崙屋骨九個部族，稱爲九姓鐵勒，簡稱九姓。見通典一九九邊防十五鐵勒、舊唐書一九九下鐵勒傳。㊁唐時回紇分爲九個部族：藥羅葛胡咄葛啒羅勿貊歌息訖阿勿嘀葛薩斛嗢素藥勿葛奚邪物，稱爲九姓回紇。又稱回紇內九族。見舊唐書一九五回紇傳。㊂唐時中亞細亞有昭武九姓。原居祁連山北的昭武城（今甘肅高臺縣），後遷中亞細亞，分爲九國：米史曹何安小安那色波烏那曷穆。都以昭武爲姓，也稱昭武九姓國。見通典一九三邊防九康居、隋書西域傳、新唐書二二一下西域傳。各書所列國名，略有不同。㊃地名。

明時永寧有九姓長官司，屬永寧宣撫司。見明史地理志四，地在今四川敍永縣境。又貴州有九名九姓獨山州長官司，見明史地理志七。卽今貴州獨山縣。

【九洛】莊子天運："九洛之事，治成德備。"王先謙集解引明楊愼謂九洛卽九疇、洛書兩書。參見"九疇"。

【九派】原指江西九江市北的一段長江。這裏江水有九個支流，故叫九派。文選晉郭景純(璞)江賦："源二分於崌崍，流九派乎潯陽。"文苑英華二七二唐皇甫冉送李錄事赴饒州詩："山從建業千峰遠，江到潯陽九派分。"也泛指長江。南朝宋鮑照鮑氏集七登黃鶴磯詩："三崖隱丹磴，九派引滄流。"

【九斿】㊀同"九旒"。周禮考工記輈人："龍旂九斿，以象大火也。"參見"九旒"。㊁星名。史記天官書："三曰九斿。"正義："九斿九星。"百衲本斿作"游"。字同。見玉篇十七。

【九軍】軍隊的總稱。商君書賞刑："武王與紂戰於牧野之中，大破九軍。"莊子德充符："勇士一人，雄入於九軍。"釋文："崔(譔)本云：天子六軍，諸侯三軍，通爲九軍也。簡文云：兵書以攻九天，收九地，故謂之九軍。"

【九奏】奏樂九曲。猶言九成。書益稷"簫韶九成鳳凰來儀"傳："備樂九奏而致鳳凰。"史記趙世家："(趙簡子)語大夫曰：'我之帝所甚樂，與百神游於鈞天，廣樂九奏萬舞，不類三代之樂，其聲動人心。'"

【九春】㊀春季九十日。文選三國魏阮嗣宗(籍)詠懷詩之四："悦懌若九春，磬折似秋霜。"初學記三南朝梁元帝纂要："春……亦曰九春。"㊁一年春季三個月，故以三年稱九春。文選三國魏曹子建(植)雜詩之三："自期三年歸，今已歷九春。"

【九垓】㊀天空極高遠處。猶言九重天。史記一一七司馬相如傳封禪書："上暢九垓，下泝八埏。"㊁猶言九州。同"九畡"。文苑英華七七二南朝梁簡文帝南郊頌："九垓同軌，四海無波。"參見"九畡"。

【九垠】同"九垓㊀"。漢書八七上揚雄傳甘泉賦："漂龍淵而還九垠兮，窺地底而上回。"注："九垠，九垓也。"

【九英】㊀卽北斗九星。三國魏阮籍阮步兵集淸思賦："襲九英之曜精兮，佩瑤光以發徵。"參見"九星㊁"。㊁臘梅的別名。詳"九英梅"。㊂蕪菁。見北魏賈思勰齊民要術三蕪菁。又名九英蔓菁。見政和證類本草二七蕪菁。也叫九英菘。見本草綱目二六蕪菁。

【九陔】同"九垓"。抱朴子廣譬："日未移晷，周章九陔。"參見"九垓㊀"。

【九陌】㊀漢長安城中有八街、九陌。見三輔黃圖一漢長安故城。後來泛指都城大路。唐駱賓王文集九帝京篇："三條九陌麗城隈，萬户千門年旦開。"白居易長慶集十二送張山人歸嵩陽詩："朝遊九城陌，肥馬輕車害殺客。"㊁泛指田疇。宋蘇軾分類東坡詩三次韻蔣穎叔錢穆父從駕景靈宮："雨收九陌豐登後，日麗三元下降辰。"㊂錢以九十當一百。陌，通"百"。梁書武帝紀中大同元年："頃聞外間多用九陌錢。……徒亂王制，無益民財，自今可通用足陌錢。"

【九則】九等。楚辭屈原天問："地方九則，何以墳之？"注："墳，分也。謂九州之地，凡有九品。"

【九星】㊀指四方和五星。逸周書小開武："一維天九星，二維地九州。"㊁九個星，卽北斗七星和輔佐二星。素問天元紀大論："九星縣朗，七曜周旋。"注："九星謂：天蓬、天内、天衝、天輔、天禽、天心、天任、天柱、天英。"

【九思】㊀反復思考。九，虛數。抱朴子論仙："願加九思，不遠迷復焉。"㊁楚辭篇名。漢王逸爲悼念屈原而作。分逢尤、怨上、疾世、憫上、遭厄、悼亂、傷時、哀歲、守志九章。

【九品】㊀九卿。國語周中："外官不過九品。"㊁漢書古今人物表把古今人物分爲九等，卽上上、上中、上下；中上，中中，中下；下上，下中，下下。三國魏司空陳羣始立九品之制，在郡縣設中正評定人材高下，分爲九等，本爲軍事時期的臨時措施，到晉、南北朝時，中正一職多由地方豪族把持，故晉劉毅說："下品無高門，上品無賤族。"參閱宋書恩倖傳論。㊂古代官職的九個等級。周代官有九等之命。漢自中二千石到百石凡十六等，東漢分十三等。魏、晉開始，立九品之制。北魏時每品各分正、從，共十八品；四品以下每品正、從又各分上、下階，共三十階。唐、宋文職與北魏同，武職三品起分上、下階。元、明、淸保留正、從品，無上、下階，文武均同。㊃技藝和物類的高下也有九品之稱。如宋晏天章棊經說棋有九品，南越志說珠有九品。

【九囿】卽九州。囿，區域。宋劉恕通鑑外紀一包犧以來紀："人皇氏……依山川土地之勢，財度爲九州，謂之九囿。"

【九幽】地下極深處。藝文類聚二五南朝宋謝莊爲朝臣與雍州刺史袁顗書："德洞九幽，功貫二曜。"宋蘇軾分類東坡詩七韓太祝送遊太山："恨君不上東峰頂，夜看金輪出九幽。"

【九拜】見"九捧"。

【九重】㊀指天。傳說天有九層，極言其高。楚辭屈原天問："圜則九重，孰營度之？"㊁指宮禁。極言其深遠。楚辭宋玉九辯："豈不鬱陶而思君兮，君之門以九重。"注："君門深邃，不可至也。"唐劉禹錫劉夢得集四逢王二十學士入翰林詩："定知欲報淮南詔，促召王褒入九重。"參見"九門㊀"。

【九秋】秋季九十天。文選三國魏曹子建(植)七啓："九秋之夕，爲歡未央。"初學記三南朝梁元帝纂要："秋……亦曰三秋、九秋。"

【九皇】傳說遠古的帝王。史記孝武紀："高世比德於九皇。"集解："韋昭曰：'上古人皇者，九人也。'"參見"人皇"。漢董仲舒春秋繁露三代改制質文："是故人之王，尚推神農爲九皇，而改號軒轅，謂之黃帝。"言神農爲九皇之末，黃帝居五帝之首。

【九泉】㊀地下深處。常指人死後埋葬的地方。初學記十四三國魏阮瑀七哀詩："冥冥九泉室，漫漫長夜臺。"又玄集下崔珏哭李商隱詩之二："九泉莫歎三光隔，又送文星入夜臺。"㊁深淵。晉書皇甫謐傳釋勸論："龍潛九泉，硜然執高。"

【九侯】殷代諸侯。紂以西伯昌(周文王)、九侯、鄂侯爲三公。九侯有美女，送給紂，紂不喜歡，把她殺掉，並把九侯剁成肉醬。見史記殷紀。集解引徐廣："一作鬼侯，鄴縣有九侯城。"戰國策趙三、呂氏春秋行論、禮明堂位皆作鬼侯。鬼，古音近"九"。楚辭宋玉招魂："九侯淑女，多迅衆些。"

【九流】㊀戰國時的九個學術流派。漢書一〇〇下敍傳："劉向司籍，九流以別。"九流卽儒家、道家、陰陽家、法家、名家、墨家、縱橫家、雜家、農家。又有小說家一派，合爲十家。見漢書藝文志。後來作各學術流派的泛稱。南史袁粲傳："然九流百氏之言，雕龍談天之藝，皆沈識其大歸。"㊁九品人物。南史梁武帝紀天監四年："自今九流常選，年未三十，不通一經，不得解褐。"參見"九品中正"、"九流賓客"。㊂江河的許多支流。三國魏徐幹徐偉長集齊都賦："其川瀆則洪河洋洋，發源崑崙，九流分逝，北朝滄淵。"唐孟浩然集一自潯陽泛舟經明海作詩:"大江分九流,淼漫成水鄉。"參見"九派"。

【九家】指戰國時法、道、儒、陰陽、名、墨、縱橫、雜、農九個學派。漢書藝文志:"諸子十家,其可觀者九家而已。"

【九宮】㊀東漢以前易緯家之說。以離、艮、兌、乾、巽、震、坤、坎八卦之宮,加上中央,合爲九宮。見後漢書五九張衡傳請禁絶圖讖疏及"重之以卜筮,雜之以九宮"注。㊁唐玄宗天寶三年,置太一天一招搖軒轅咸池青龍太陰天符攝提九宮神壇,四時行祭。見舊唐書禮儀志四。㊂古代算法名。漢徐岳數術記遺:"九宮算,五行參數,猶如循環。"甄鸞注:"九宮者,卽二四爲肩,六八爲足,左三右七,戴九履一,五居中央。"依此排列,橫竪斜偏,三個數相加都得十五。如圖:

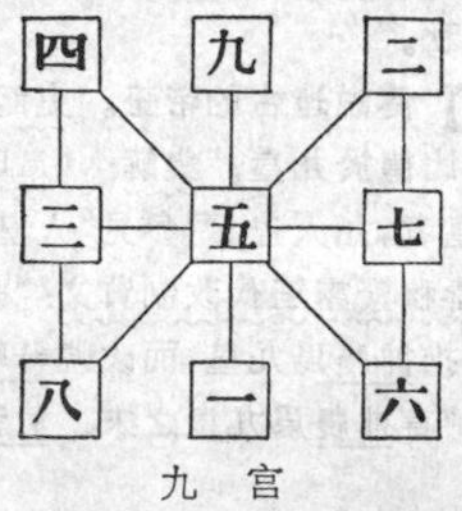

九　宮

㊃山名。在今湖北通山縣南。太平御覽四八引武昌記:"九宮山西北陸路去州五百八十里,其山晉安王兄弟九人造九宮殿於此山,遂以爲名。"明末農民革命領袖李自成在這裏英勇犧牲。㊄曲中九宮。詳"宮調"。㊅明堂九宮。詳"明堂"。

【九容】數學名詞。指勾股形上九種容圓之法(從圓的相關九個直角三角形的邊長求同圓直徑長的方法)。卽勾上容圓、股上容圓、弦上容圓、勾股上容圓、勾外容圓、股外容圓、弦外容圓、勾外容圓半、股外容圓半。參閱元李冶測圓海鏡細草序、二正率一十四問。

【九貢】相傳周代徵納貢物的九種名目。周禮天官大宰:"以九貢致邦國之用:一曰祀貢,二曰嬪貢,三曰器貢,四曰幣貢,五曰材貢,六曰貨貢,七曰服貢,八曰斿貢,九曰物貢。"

【九夏】㊀古樂名。周禮春官鍾師:"鍾師,掌金奏,凡樂事,以鍾鼓奏九夏:王夏、肆夏、昭夏、納夏、章夏、齊夏、族夏、祴夏、驁夏。"㊁夏季的九十天。南朝梁蕭統梁昭明文集三錦帶書十二月啓林鐘六月:"三伏漸終,九夏將謝。"

【九原】㊀九州之土。國語周下:"汨越九原。"㊁山名。禮檀弓下:"趙文子與叔譽觀乎九原。"在山西新絳縣北。也作"九京"。禮檀弓下:"是全要領以從先大夫於九京也。"注:"晉卿大夫之墓地在九原,京蓋字之誤,當爲原。"後世因稱墓地爲九原。文選南朝梁沈休文(約)冬節後至丞相第詣世子車中作詩:"誰當九原上,鬱鬱望佳城。"㊂郡名。秦置,漢更名五原郡。見漢書地理志八下。在今內蒙古五原縣。

【九秩】九十歲。宋樓鑰攻媿集十二老態詩:"公開九秩身方健,我甫六旬心已疲。"

【九皋】深遠的水澤淤地。詩小雅鶴鳴:"鶴鳴于九皋,聲聞于野。"箋:"皋,澤中水溢出所爲坎,自外數至九,喻深遠也。"

【九烏】古代神話傳說日中有三足烏,因以九烏代表九個太陽。楚辭屈原天問"羿焉彃日,烏焉解羽"注:"淮南言,堯時十日並出,草木焦枯,堯命羿仰射十日,中其九日,日中九烏皆死,墮其羽翼,故留其一日也。"唐李白李太白詩四古朗月行:"羿昔落九烏,天人清且安。"參見"九日㊀"。

【九師】漢書藝文志易有淮南道訓二篇,注:"淮南王安聘明易者九人,號九師說。"後人因泛稱學者爲九師,梁書陸倕傳任昉報倕書:"採三詩於河間,訪九師於淮曲。"

【九能】古代統治者所理想的九種才能。詩鄘風定之方中"卜云其吉"傳:"龜曰卜,允信臧善也。建國必卜之,故建邦能命龜、田能施命、作器能銘、使能造命、升高能賦、師旅能誓、山川能說、喪紀能誄、祭祀能語。君子能此九者,可謂有德音,可以爲大夫。"新唐書一一七魏玄同傳:"以刀筆量才,簿書察行,……使百行折之一面,九能斷之數言。"

【九淵】㊀水的最深處。莊子列禦寇:"夫千金之珠,必在九重之淵,而驪龍頷下。"史記八四賈生傳弔屈原賦:"襲九淵之神龍兮,沕深潛以自珍。"㊁古樂名。周禮春官大司樂"以樂舞教國子,舞雲門……大武"疏:"少昊之樂爲九淵。"其樂早失傳。唐元結採用其名補作樂歌。見元次山集一。

【九章】㊀古代帝王服飾的九種圖案。書益稷:"日、月、星、辰,山、龍、華、蟲,作會,宗彝,藻、火、粉、米,黼、黻、絺、繡。"疏:"九章,初一曰龍,次二曰山,次三曰華、蟲,次四曰火,次五曰宗彝,皆畫以爲繢;次六曰藻,次七曰粉、米,次八曰黼,次九曰黻,以絺爲繡。則袞之衣五章,裳四章,凡九也。"㊁古代指揮行軍的九種旗章,其上有日、月、龍、虎、鳥、蛇、鵲、狼、韓九種圖案。舉日章則晝行,舉月章則夜行,舉龍章則行水,舉虎章則行林,舉鳥章則行陂,舉蛇章則行澤,舉鵲章則行陸,舉狼章則行山,舉韓章則載食而駕。見管子兵法。㊂楚辭篇名。戰國楚屈原作。分惜誦涉江哀郢抽思懷沙思美人惜往日橘頌悲回風九章。漢王逸序:"章者,著也,明也,言己所陳忠信之道,甚著明也。"宋朱熹謂後人輯之,得其九章,合爲一卷,非必出於一時之言。㊃古算術。詳"九章算術㊀"。㊄卽洪範九疇。漢書律曆志上:"箕子言大法九章。"注:"卽洪範九疇也。"詳"九疇"。㊅戰國魏李悝作法經六篇:卽盜法、賊法、囚法、捕法、雜法、具法。秦商鞅改法爲律。漢初有約法三章,後蕭何取秦法六律,又增戶律、興律、廄律,合爲九篇,稱九章律。參閱漢書刑法志、唐律疏議一名例。

【九族】始見於書堯典"以親九族"。漢代儒家有二說。今文尚書夏侯歐陽說九族爲異姓親族,卽父族四、母族三、妻族二。見左傳桓六年"親其九族"注疏。班固白虎通宗族從之。古文尚書家認爲是同姓親族,謂從自己算起,上至高祖,下至玄孫爲九族。馬融鄭玄尚書注、詩小雅常棣鄭玄箋、禮喪服小記注、書僞孔傳從之。明清刑律服制圖,均以高祖至玄孫爲同宗親族的範圍。九族以自己爲本位;直系親,上推至四世高祖,下推至四世玄孫;旁系親,則橫推至三從兄弟,卽以族兄弟、再從兄弟、堂兄弟,兄弟,同爲高祖四世之孫。

【九扈】傳說是少皞時主管農事的官名。左傳昭十七年:"九扈爲九農正。"注:"扈有九種也。……以九扈爲九農之號,各隨其宜以教民事。"爾雅釋鳥,扈,作"鳸";說文引作"九雇",本是農桑候鳥,借以作農事官名。文選漢張平子(衡)東京賦:"嘉田畯之匪懈,勸致資于九扈。"

【九域】九州。漢書律曆志下:"祭典曰:共工氏伯九域。"後來泛指全國。宋有九域圖、九域志,都是記全國各地疆域的地理圖記。

【九乾】九天。謂天空極高處。後漢書五二崔駰傳達旨:"俯鈎深於重淵,仰探遠乎九乾。"注:"九乾,謂天有九重也。"

【九推】古禮天子舉行親耕儀式,卿、諸侯參加撥土九次,稱爲九推。禮月令孟春之月:"帥三公、九卿、諸侯、大夫,躬耕帝藉,……卿、諸侯九推。"

【九區】㊀九州。泛指全國。文選晉陸

士衡（機）皇太子宴玄圃宣猷堂有令賦詩:“九區克咸，讌歌以詠。”注引東漢劉騊駼郡太守箴:“大漢遵周，化洽九區。”㊁湖澤名。淮南子地形:“西方曰九區，曰泉澤。”

【九通】通典、通志、文獻通考，舊稱三通。清代又以續通典續通志續文獻通考清通典清通志清文獻通考合稱九通。公元 1937 年商務印書館又以劉錦藻清續文獻通考一並刊印爲十通。

【九陰】陰暗之地。唐柳宗元柳先生集十四天對:“九陰極冥，厥朔以炳。”

【九晐】中央與八極之地。國語鄭:“故王者居九晐之由，收經入以食兆民。”說文“垓”字下引作“九垓”。

【九野】㊀九州地域。後漢書二八下馮衍傳:“疆理九野，經營五山。”㊁中央與八方。即九天。詳“九天”。

【九國】㊀秦統一六國前的九個諸侯國。文選漢賈誼過秦論:“九國之師，逡巡而不敢進。”注:“九國，謂齊楚韓魏燕趙宋衛中山也。”㊁漢初分封的九個諸侯王國。史記漢興以來諸侯王年表:“高祖子弟同姓爲王者九國。”集解:“徐廣曰:齊楚荆淮南燕趙梁代淮陽。”索隱:“徐氏九國不數吴，蓋以荆絶乃封吴故也。仍以淮陽爲九。今案:下文所列有十國者，以長沙異姓，故言九國也。”漢書諸侯王表所列九國有長沙，無淮陽。

【九卿】㊀古時中央政府的九個高級官職。周以少師、少傅、少保、冢宰、司徒、宗伯、司馬、司寇、司空爲九卿。秦以奉常、郎中令、衛尉、太僕、廷尉、典客、宗正、治粟内史、少府爲九卿。漢改奉常爲太常、郎中令爲光禄勳、典客爲大鴻臚、治粟内史爲大司農。歷代因之。也叫九寺。北齊改廷尉爲大理，少府爲大府。明改宗正爲宗人府，廢衛尉，司農、大府，以六部尚書、都察院都御史、通政司使、大理寺卿爲九卿。清以都察院、大理寺、太常寺、光禄寺、鴻臚寺、太僕寺、通政司、宗人府、鑾儀衛爲九卿。㊁星名。晉書天文志上:“三公北三星曰九卿。”

【九御】㊀即九嬪。見國語周中“内官不過九御”注。詳“九嬪”。㊁宮中女官，九人一御，九御八十一人。掌管織紝組紃縫線之事。見周禮天官内宰“以婦職之法教九御”疏及女御。

【九游】㊀見“九旒”、“九斿㊀”。㊁星名。見“九斿㊁”。

【九扈】見“九鳸”。

【九逵】都城的大路。三輔黄圖一引三輔決録:“長安城面三門，四面十二門，皆通達九逵，以相經緯。”玉臺新詠五南朝梁何遜擬輕薄篇:“長安九逵上，青槐蔭道植。”參見“九衢㊀”。

【九棘】相傳古代羣臣外朝時，立九棘爲標幟，區別等級職位。周禮秋官朝士:“左九棘，孤、卿、大夫位焉；……右九棘，公、侯、伯、子、男位焉。”注:“樹棘以爲位者，取其赤心而外刺，象以赤心三刺也。”後以九棘爲九卿的代稱。後漢書十六寇榮傳:“臣思入國門，坐于肺石之上，使三槐九棘，平臣之罪。”

【九華】㊀山名。在今安徽青陽縣西南。山有九峰，原名九子山，唐李白遊江漢，見九峰如蓮華，改名九華。見李白李太白詩二五改九子山爲九華山聯句序、太平御覽四六引九華山録。㊁指菊花。晉陶潛陶淵明集二九日閒居詩序:“余閒居，愛重九之名，秋菊盈園，而持醪靡由，空服九華，寄懷於言。”㊂形容宮室器物等絢爛多采。九言其繁多，華言其采色繽紛。如三國魏有九華臺，後趙石虎有九華宮，北魏有九華堂；又九華燈、九華帳之類皆是。

【九閎】九天的門户。漢書八七下揚雄傳解難:“不階浮雲，翼疾風，虚舉而上升，則不能撠膠葛，騰九閎。”注:“九閎，九天之門。”

【九陽】㊀天地的邊沿。楚辭屈原遠遊:“朝濯髮於湯谷兮，夕晞余身兮九陽。”㊁日出的地方。楚辭漢王逸九思:“躡天衢兮長驅，踵九陽兮戲蕩。”㊂太陽。後漢書四九仲長統傳樂志詩:“沆瀣當餐，九陽代燭。”㊃道家以純陽爲九陽。抱朴子勗學:“鼓九陽之洪爐，運大鈞乎皇極。”

【九隅】九州。逸周書嘗麥:“蚩尤乃逐帝，爭於涿鹿之阿，九隅無遺。”楚辭漢王褒九懷匡機:“彌覽兮九隅，彷徨兮蘭宮。”

【九隆】山名。即牢山。在雲南保山縣西南。山勢起伏凡九，分爲九嶺，一名九坡嶺。山麓有九龍池。見讀史方輿紀要一一八永昌軍民府。

【九圍】九州。詩商頌長發:“帝命式於九圍。”疏:“謂九州爲九圍者，蓋以九分天下，各爲九處，規圍然，故謂之九圍也。”全唐詩一唐太宗過舊宅:“昔地一蕃内，今宅九圍中。”文苑英華一七四作“九闈”。

【九嵕】山名。在陝西醴泉縣東北。有九峰高聳，山的南麓，即咸陽北坂。史記一一七司馬相如傳上林賦:“九嵕巀嶭，南山峩峩。”嵕，zōng。

【九逸】漢文帝自代還，有良馬九匹，名叫浮雲、赤電、絶羣、逸驃、紫鷰騮、緑螭驄、龍子、麟駒、絶塵，號爲九逸。見西京雜記二。

【九結】佛教把愛、恚、慢、無明、見、取、疑、嫉、慳，稱爲九結。說這九種東西結縛衆生，使人不能擺脱生死的煩惱。見成實論十九結品、俱舍論二一。

【九塞】古代稱九處險要的地方。吕氏春秋有始:“山有九塞。……何謂九塞？大汾冥阸荆阮方城殽井陘令疵句注居庸。”淮南子地形，冥阸作澠阸，殽作殽阪。

【九旒】旗名。禮樂記:“龍旂九旒，天子之旌也。”宋書禮志五:“皇子爲王，錫以此乘，故曰王青蓋車。皆左右騑駕，五旂，旂九旒，畫降龍。”旒，也作“游”、“斿”。

【九猷】蟲名。莊子至樂:“黄軦生乎九猷。”釋文:“九宜爲久；久，老也。猷，蟲名也。”又見列子天瑞。

【九道】㊀九州的道路。左傳襄四年:“經啓九道。”㊁古人指日月運行的軌道。日行九道，見禮月令疏引尚書考靈曜及鄭玄注。月行九道，見宋史天文志一。漢書天文志作“九行”。㊂九種知識。鶡冠子學問:“始於初問，終於九道:一曰道德，二曰陰陽，三曰法令，四曰天官，五曰神徵，六曰伎藝，七曰人情，八曰械器，九曰處兵。”

【九勢】漢字書法的九種筆勢。即落筆、轉筆、藏鋒、藏頭、護尾、疾勢、掠筆、澀勢、横鱗竪勒。參閲宋陳思書苑精華、明張紳法書通釋下執使。

【九愍】篇名。晉陸雲撰。陸士龍集七九愍自序:“昔屈原放逐，而離騷之辭興。自古及今，文雅之士，莫不以其情，而玩其辭，而表意焉。遂廁作者之末，而述九愍。”

【九暑】盛暑。管子四時:“九暑乃至。”

【九寓】九州。唐李白李太白詩二古風四十八:“徵卒空九寓（即“宇”字），作橋傷萬人。”

【九鼎】㊀古代象徵國家政權的傳國之寶。史記武帝紀:“禹收九牧之金，鑄九鼎，象九州。”相傳成湯遷九鼎於商邑，周武王遷之於洛邑。戰國時，秦楚皆有興師到周求鼎之事。周顯王四十二年，宋大丘社亡，九鼎没於泗水彭城下。見史記封禪書、漢書郊祀志。唐武后萬歲通天二年、宋徽宗崇寧三年，也曾鑄九鼎。

金人南下，掠取九鼎北徙，後下落不明。㊁喻分量之重。史記七六平原君傳:"毛先生(遂)一至楚，而使趙重於九鼎大呂。"

【九畹】楚辭屈原離騷:"余既滋蘭之九畹兮,又樹蕙之百畝。"注:"十二畝曰畹,或曰田之長爲畹也。"後來九畹就成爲種蘭的典故。唐韓愈昌黎集二合江亭詩:"樹蘭盈九畹,栽竹逾萬个。"又直接用以稱蘭花。元張昱可閒老人集四趙松雪墨蘭詩:"玉廬墨妙世無同,九畹高情更所工。"

【九罭】一種帶有囊袋以捕捉小魚的網。九,虛數,言其甚密而小。詩豳風九罭:"九罭之魚,鱒魴。"釋文:"今江南呼緵罟爲百囊網也。"

【九飯】古代禮制，祭用尸，尸是代表被祭鬼神的活人。尸飯以被祭者身分尊卑而不同。士禮尸三飯，禮一成；又三飯，禮再成；又三飯，禮三成。三三爲九飯。儀禮有司徹"尸又三飯"疏:"士禮九飯。"轉以喻士人身分的生活待遇。晉陶潛陶淵明集三有會而作詩:"惄如亞九飯，當暑厭寒衣。"

【九貉】古代北方民族。周禮夏官職方氏:"七閩、九貉。"

【九愁】言憂愁之極。三國魏曹植有九愁賦。見曹子建集二。南朝梁簡文帝集二喜疾瘳詩:"逍遥臨四注，兼持散九愁。"

【九微】燈名。藝文類聚四南朝梁何遜七夕詩:"月映九微火，風吹百和香。"唐王維王右丞集一洛陽女兒行:"春窗曙滅九微火，九微片片飛花瑣。"

【九經】㊀九條南北向的大路。周禮考工記:"國中九經九緯，經涂九軌。"疏:"南北之道爲經，東西之道爲軌。"㊁儒家奉爲經典的九種古籍。九種名目，相傳不一:

易書詩禮樂春秋論語孝經小學	漢書藝文志六藝
易書詩周禮儀禮禮記春秋孝經論語	經典釋文敍錄
易書詩周禮儀禮禮記左傳公羊穀梁	初學記二一經典
易書詩左傳禮記儀禮周禮論語孟子	宋刻九經白文
易書詩春秋禮記儀禮周禮論語孟子	明郝敬九經解
易書詩春秋周禮儀禮大學中庸論語孟子	清刻篆字九經(實爲十經)
易書詩周禮禮記春秋孝經論語孟子	清朱彝尊經義考二九六通說
易書詩周禮儀禮禮記公羊穀梁論語	清惠棟九經古義

【九漏】九孔。1. 唐張説之集十九唐玉泉寺大通禪師碑:"心洞九漏，懸解先覺。"此指眼耳鼻口及大小便處九孔。2. 元楊維楨鐵崖古樂府二内人吹篴詞爲顧瑛題盛子昭畫:"美人何處竊九漏,耳譜亦解傳伊涼"。此指九孔笛子。

【九賓】古代朝會大典設九賓。九賓的説法不一：1. 史記八一廉頗藺相如傳:"今大王亦宜齋戒五日，設九賓於廷，臣乃敢上璧。"集解引韋昭:"九賓則周禮九儀。"按周禮鄭玄注九儀爲公、侯、伯、子、男、孤、卿、大夫、士。2. 漢書四三叔孫通傳:"大行設九賓、臚句傳。"王先謙補注引劉攽:"賓謂傳擯之賓。九賓，擯者九人。"傳擯，在賓主之間傳言。指九個接待賓客的人。3. 後漢書禮儀志上五供"大鴻臚設九賓,隨立寢殿前"注引薛綜:"九賓謂王、侯、公、卿、二千石、六百石、下及郎、吏、匈奴侍子,凡九等。"指九種地位不同的禮賓人員。

【九寡】春秋魯的寡母有九子，因稱九寡。文選漢枚叔(乘)七發:"九寡之珥以爲約。"其事見列女傳一魯之母師。唐張銑注謂約爲琴飾,取寡婦之珥爲琴飾,欲其聲多悲，後因以九寡喻悲聲。宋楊萬里誠齋集三和文明主簿叔見寄之韻詩之一:"古聲彈九寡,妙學足三多。"

【九韶】古樂名。莊子至樂:"奏九韶以爲樂。"也作"九招"。史記五帝紀:"咸戴帝舜之功,於是禹乃興九招之樂。"索隱:"招，音韶，即舜樂簫韶。九成,故曰九招。"參見"九招"。

【九旗】有不同圖象,表示不同等級的九種旗幟。即常、旂、旜、物、旗、旟、旐、旞、旌。見周禮春官司常及注。

【九歌】㊀楚辭篇名。戰國楚屈原本湘沅間祀神的民間樂曲而作。漢王逸謂作於屈原遭放逐之後。見九歌序。九歌共十一篇:東皇太一、雲中君、湘君、湘夫人、大司命、少司命、東君、河伯、山鬼、國殤、禮魂。内容反映了我國古代一些富於積極意義的神話傳説，在我國詩歌史上有重要的地位。㊁相傳爲禹時的樂歌。楚辭屈原離騷:"奏九歌而舞韶兮，聊假日以媮樂。"注:"九歌:九德之歌,禹樂也。"

【九疑】山名。史記五帝紀舜:"(舜)葬於江南九疑。"水經注三八湘水:"蟠基蒼梧之野，峯秀數郡之間；羅巖九舉，各導一溪；岫壑負阻，異嶺同勢；遊者疑焉，故曰九疑山。"也作"九嶷"。漢書武帝紀元封五年:"望祀虞舜于九嶷。"在今湖南寧遠縣南。

【九閡】同"九垓"。漢書禮樂志郊祀歌天門:"專精厲意逝九閡,紛云六幕浮大海。"淮南子道應作"九垓"。參見"九垓㊀"。

【九鳳】神話中的神名。山海經大荒北經:"大荒之中,有山名曰北極天櫃,……有神九首，人面鳥身，名曰九鳳。"

【九魁】北斗九星。楚辭漢劉向九嘆遠逝:"訊九魁與六神。"補注:"魁者祈,星名也。北斗七星,輔一星在第六星旁,又招摇一星在北斗杓端。"清錢大昕認爲魁爲"魁"之誤。見十駕齋養新録十七九魁。

【九廟】古代帝王立七廟以祀祖先，至王莽增建黄帝太初祖廟和帝虞始祖昭廟，共九廟。見漢書九九下王莽傳。後來歷代封建王朝沿用九廟。唐張説之集十開元樂章十九首:"肇禋九廟，四海來尊。"參見"七廟"。

【九霄】㊀九天雲霄,天空極高之處。抱朴子暢玄:"其高則冠蓋乎九霄,其曠則籠罩乎八隅。"文選南朝梁沈休文(約)遊沈道士館詩:"鋭意三山上,託慕九霄中。"㊁喻皇帝之居。唐杜甫杜工部草堂詩箋十二春宿左省:"星臨萬户動,月傍九霄多。"

【九穀】九種穀物。周禮天官大宰:"一曰三農生九穀。"注:"鄭司農(衆)云:'九穀:黍、稷、秫、稻、麻、大小豆、大小麥。'……(鄭)玄謂……九穀無秫、大麥,而有粱、苽。"氾勝之書以稻、米、黍、麻、秫、小麥、大麥、小豆、大豆爲九穀。晉崔豹古今注下草木又以黍、稷、稻、粱、三豆、二麥爲九穀。清程瑶田著有九穀考。

【九歎】楚辭篇名。漢劉向作。王逸序:"向……追念屈原忠信之節,故作九歎。歎者,傷也,息也。"分逢紛離世怨思遠逝惜賢憂苦愍命思古遠遊九章。

【九㩎】㩎,同"拜"。古代祭祀相見時行禮的九種形式，即稽首、頓首、空首、振動、吉㩎、凶㩎、奇㩎、褒㩎、肅㩎。見周禮春官大祝。

【九賦】古代賦税,有邦中、四郊、邦甸、家削、邦縣、邦都、關市、山澤、弊餘九種。見周禮天官大宰。

【九數】古數學名詞。周禮地官保氏:"養國子以道，乃教之六藝，……六曰九數。"注引鄭衆説,認爲九數即九章算術。

按九章算術晉劉徽序:"周公制禮而有九數,九數之流,則九章是矣。"認爲九數與九章算術有別,是源與流的關係。參見"九九㊀"。

【九黎】古代南方的部落名。國語楚下:"及少皞之衰也,九黎亂德,……其後三苗復九黎之德。"注:"九黎,黎氏九人。"又:"三苗,九黎之後也。"

【九儀】㊀周代對九種命官的授命儀式。周禮春官大宗伯:"以九儀之命,正邦國之位。壹命受職,再命受服,三命受位,四命受器,五命賜則,六命賜官,七命賜國,八命作牧,九命作伯。"㊁天子接待來朝者按其名位等級有九種不同的禮節。周禮秋官大行人:"以九儀辨諸侯之命,等諸侯之爵,以同邦國之禮,而待其賓客。"注:"九儀,謂命者五:公、侯、伯、子、男也;爵者四:孤、卿、大夫、士也。"又"上公之禮,執桓圭九寸,繅藉九寸,冕服九章,建常九斿,樊纓九就,貳車九乘,介九人,禮九牢。"侯伯以下,各有差別。㊂古印度九種致敬的儀式。唐玄奘大唐西域記二三國:"致敬之式,其儀九等:一、發言慰問,二、俯首示敬,三、舉手高揖,四、合掌平拱,五、屈膝,六、長跪,七、手膝踞地,八、五輪俱屈,九、五體投地。"

【九盤】㊀形容彎曲很多。全唐詩五〇八白敏中賀收復秦原諸州:"河水九盤收數曲,天山千里鎖諸關。"㊁山名。1.在四川南川縣東。其山峯巒高遠,九折層疊而上,故名。參閱讀史方輿紀要六九四川南川縣。2.在浙江臨海縣東南。山路縈迴九轉,故名。參閱讀史方輿紀要九二浙江臨海縣。

【九德】九種品德。逸周書常訓:"九德:忠、信、敬、剛、柔、和、固、貞、順。"古籍中談到九德的很多,如書皋陶謨、逸周書文政、寶典、左傳昭二八年、國語周下都有關於九德的記述,内容隨文而異。

【九畿】畿,界域。古謂自天子王城,以五千里爲界,分侯、甸、男、采、衛、蠻、夷、鎮、蕃九畿。見周禮夏官大司馬。參見"九服㊀"。

【九龍】㊀漢文帝(劉恒)有駿馬九匹,叫九逸,也叫九龍。詳"九逸"。㊁古人多以九龍爲裝飾,如漢魏有九龍殿,五代時閩主王延鈞作九龍帳;此外,還有九龍冠、九龍輿等。北京故宫博物院和北海公園皆有九龍壁,琉璃雕鏤。㊂封建社會稱有才名的兄弟九人爲九龍,如北魏崔長瑜子樞等九人,北齊王昕兄弟九人,時人俱呼爲九龍。見宋王應麟小學紺珠七氏族。

【九閽】九天之門,猶言九關。也用來比喻帝王的宫門。唐李商隱李義山詩集五哭劉蕡:"上帝深宫閉九閽,巫咸不下問銜冤。"

【九錫】傳説古代帝王尊禮大臣所給的九種器物。漢書武帝紀元朔元年詔,有"乃加九錫"語,爲九錫見於書面的最早出處。九錫名目大同小異,排列前後次序不一:

禮曲禮上疏引公羊家説	公羊傳莊元年何休傳據禮緯含文嘉	韓詩外傳八	漢書王莽傳上
1.加服	4.車馬	4.車馬	1.衣服
2.朱户	1.衣服	1.衣服	4.車馬
3.納陛	5.樂則	6.虎賁	8.弓矢
4.輿馬	2.朱户	5.樂器	7.斧鉞
5.樂則	3.納陛	3.納陛	9.秬鬯
6.虎賁	6.虎賁	2.朱户	5.命珪
7.斧鉞	8.弓矢	8.弓矢	2.朱户
8.弓矢	7.斧鉞	7.鈇鉞	3.納陛
9.秬鬯	9.秬鬯	9.秬鬯	6.虎賁

漢末獻帝賜曹操九錫,采用禮緯説,歷代相襲沿用。前漢王莽陰謀建立新王朝前,先加九錫,後來魏晉南北朝掌政大臣奪取政權、建立新王朝前,都加九錫,成爲例行公事。

【九聲】宫、商、角、徵、羽五聲,合宫清、商清、角清、徵清四高聲爲九聲。參見"四清"。

【九嬰】古代神話中的水火怪名。淮南子本經:"堯乃使羿誅鑿齒於疇華之野,殺九嬰於凶水之上。"注:"九嬰,水火之怪,爲人害。北狄之地有凶水。"

【九嶷】山名。即九疑。詳"九疑"。

【九嬪】王宫中女官,也是帝王的妃子。禮昏義:"古者天子后立六宫、三夫人、九嬪。"周禮天官内宰:"九嬪掌婦學之法,以教九御。"歷代王朝多因其制。唐制:王后而下,以昭儀、昭容、昭媛、修儀、修容、修媛、充儀、充容、充媛爲九嬪。見新唐書七六上后妃傳。

【九竅】九孔。周禮天官疾醫:"兩之以九竅之變。"注:"陽竅七,陰竅二。"陽竅七,指眼、耳、鼻、口;陰竅二,指大、小便處。又難經三十七難以眼(二)、耳(二)、鼻(二)、口、舌、喉爲九竅。

【九禮】㊀九儀之禮。見周禮秋官掌交"九禮之親"注。參見"九儀㊀"。㊁古代禮制的九種禮節。即冠、婚、朝、聘、喪、祭、賓主、鄉飲酒、軍旅的禮節。見大戴禮本命。

【九鍼】靈樞經九鍼:"虚實之要,九鍼最妙。"古代醫生應用的九種不同的針,爲鑱鍼、員鍼、鍉鍼、鋒鍼、鈹鍼、員利鍼、毫針、長鍼、大鍼。見靈樞經九鍼。公元1968年河北滿城西陵山漢劉勝夫婦墓出土隨葬物品中有九鍼實物。

【九壥】九野。宋史樂志十一樂章六紹興祀岳鎮海瀆:"帝奠九壥,孰匪我疆;繄我東土,山川相望。"壥,同"廛"。

【九職】㊀九種職務。周禮天官大宰:"以九職任萬民:一曰三農,生九穀;二曰園圃,毓草木;三曰虞衡,作山澤之材;四曰藪牧,養蕃鳥獸;五曰百工,飭化八材;六曰商賈,阜通貨賄;七曰嬪婦,化治絲枲;八曰臣妾,聚斂疏材;九曰閒民,無常職,轉移執事。"㊁九種官職。漢劉向説苑君道:"當堯之時,舜爲司徒,契爲司馬,禹爲司空,后稷爲田疇,夔爲樂正,倕爲工師,伯夷爲秩宗,皋陶爲大理,益掌敺禽。……堯知九職之事,使九子者各受其事,皆勝其任,以成九功。"參見"九官"。

【九藏】人體中的九種臟腑。周禮天官疾醫"參之以九藏之動"疏以肺、心、肝、脾、腎五藏,合六府之胃、膀胱、大腸、小腸爲九藏。素問六節藏象論:"合爲九藏"注以頭角、耳目、口齒、胸中四者爲形藏,肝、心、脾、肺、腎五者爲神藏,合稱九藏。

【九懷】楚辭篇名。漢王褒作。分匡機、通路、危俊、昭世、尊嘉、蓄英、思忠、陶壅、株昭九章。王逸序:"懷者,思也。褒讀屈原文,……追而愍之,故作九懷,以裨其詞。"

【九藪】九州的湖泊。國語周下:"封殖九藪。"九藪的名稱與所在,古籍傳説不一:

1.具區(揚州)、雲夢(荊州)、圃田(豫州)、望諸(青州)、大野(兖州)、弦蒲(雍州)、貕養(幽州)、楊紆(冀州)、昭餘祁(并州)	周禮夏官職方氏、説文藪(望諸作孟諸、貕養作奚養)、風俗通藪(同説文,惟楊紆作泰陸)
2.具區(吴)、雲夢(楚)、陽華(秦)、大陸(晉)、圃田(梁)、孟諸(宋)、海隅(齊)、鉅鹿(趙)、大昭(燕)	吕氏春秋有始、淮南子地形(吴作越,梁作鄭,陽華作陽紆,大昭作昭餘)。

爾雅有十藪。參見"十藪"。

【九閽】天門九重。楚辭宋玉招魂："虎豹九關，啄害下人些。"

【九疇】傳説禹治理天下的九類大法。疇，品類。書洪範："天乃錫禹洪範九疇，彝倫攸敍。初一曰五行，次二曰敬用五事，次三曰農用八政，次四曰協用五紀，次五曰建用皇極，次六曰乂用三德，次七曰明用稽疑，次八曰念用庶徵，次九曰嚮用五福，威用六極。"

【九邊】明代北方的九處要鎮。初設遼東宣府大同延綏四鎮，繼設寧夏甘肅薊州三鎮，太原總兵治偏頭，三邊制府駐固原，也稱二鎮，合爲九邊。見明史兵志三。明魏焕有皇明九邊考，許論有九邊圖論。

【九寶】㊀九鼎。三國志魏鍾繇傳："楷兹度矩"注引魏略曹丕與繇書："昔有黄三鼎，周之九寶，咸以一體。"㊁秦制皇帝六璽，又有傳國璽。唐改爲寶，其制有八，宋因之。徽宗政和七年又從于闐得大玉，另鑄定命寶，合舊八寶，稱爲九寶。見宋史輿服志六寶。

【九譯】㊀多次展轉翻譯。文選漢張平子(衡)東京賦："重舌之人九譯，僉稽首而來王。"注："重舌謂曉夷狄語者。九度譯言始至中國者也。"後來也作爲殊方遠國的通稱。宋書武帝紀義熙十二年："九譯來庭。"㊁官名。漢書百官公卿表上："典屬國，秦官，掌蠻夷降者。……屬官有九譯令。"即通譯官。

【九壤】九州。三國魏曹植曹子建集九文帝誄："朱旗所勦，九壤被震。"

【九獻】帝王宴請上公的儀節，獻酒共九次。周禮秋官大行人："饗禮九獻。"疏："九獻者，王酌獻賓，賓酢主人，主人酬賓，酬後更八獻，是爲九獻。"

【九辯】㊀夏樂名。楚辭屈原離騷："啓九辯與九歌兮。"注："九辯九歌，禹樂也，言禹平治水土，以有天下，……故九州之物，皆可辯數。"也作"九辨"。㊁楚辭篇名。宋玉作。漢王逸序："辯者，變也。謂敶(陳)道德，以變説君也。九者，陽之數，道之綱紀也。……宋玉者，屈原弟子也。閔惜其師忠而放逐，故作九辯，以述其志。"

【九屬】直系的九代親屬。玄孫、曾孫、仍孫、子、身、父、祖父、曾祖父、高祖父。見漢揚雄太玄經數。參見"九族"。

【九變】㊀奏樂九次。周禮春官大司樂："若樂九變。"㊁言變革之多。漢書武帝紀元朔元年："易曰：'通其變，使民不倦。'詩云：'九變復貫，知言之選。'"舊注各説不同。參閲漢書注。㊂篇名。管子有九變篇，論述人民願意"守戰至死"的九種原因。孫子也有九變篇，論述將領應根據不同情況，採取不同的戰略戰術。

【九籥】㊀泛指道家藏經卷的容器。籥，竹管，可以藏書。文選南朝宋鮑明遠(照)升天行："五圖發金記，九籥隱丹經。"注："齊魯之間，名門户及藏器之管曰籥，以藏經，而丹有九轉，故曰九籥也。"又唐劉良注："仙經有九轉金液丹法，籥可以藏書，故云隱丹經。"宋吴聿觀林詩話認爲天門有九，故曰九籥。㊁道家稱天門，也指宫門。宋宋祁景文集十七擬杜子美峽中意詩："十年不識長安道，九籥宸開紫氣深。"

【九衢】㊀四通八達的道路。玉臺新詠九南朝梁沈約歲暮愍衰草："彫芳卉之九衢，實靈茅之三脊。"㊁形容草木枝莖密茂交錯。楚辭屈原天問："靡萍九衢，枲華安居？"

【九子母】女神名。唐韓鄂歲華紀麗二引荆楚歲時記："四月八日，長沙寺閣下，有九子母神。是日，市肆之人無子者，供養薄餅以乞子。"列女傳一謂春秋魯有寡母九子，魯君尊爲母師，也稱九子母。

【九子鈴】金玉飾物。西京雜記一："(漢昭陽殿)上設九金龍，皆銜九子金鈴。"南史齊紀下廢帝東昏侯永元三年："莊嚴寺有玉九子鈴，外國寺佛面有光相，禪靈寺塔諸寶珥，皆剥取以飾潘妃殿飾。"唐李商隱李義山詩集六齊宫詞："梁臺歌管三更罷，猶自風摇九子鈴。"

【九子粽】食品名。樂府詩集四九晉人月節折楊柳歌五月歌："折楊柳，作得九子粽，思想勞歡手。"

【九子蒲】植物名。古時婚禮男方送給女方的采禮之一種。唐段成式酉陽雜俎一禮異："婚禮納綵有：合歡、嘉禾、阿膠、九子蒲、朱葦、雙石、綿絮、長命縷、乾漆九事，皆有詞，……蒲葦爲心，可屈可伸也。"

【九子墨】墨名。古時祝賀婚禮用物。初學記二一墨引漢鄭氏(衆)婚禮謁文讚："九子之墨，藏於松煙，本姓長生，子孫圖邊。"北堂書鈔一〇四引文末句作"子孫圍邊"。

【九千歲】封建社會稱皇帝爲萬歲，阿諛權臣稱九千歲。意即僅次於萬歲。明鄭中夔耳新七醜媚："魏忠賢擅竊威福，建祠幾遍天下。……至迎像行九拜禮，稱呼用九千歲，或九千九百九十歲。"又見明史三〇五魏忠賢傳。

【九方皋】春秋時善相馬的人，爲伯樂所稱道。見列子説符。吕氏春秋觀表、淮南子道應作九方堙。莊子徐無鬼有九方歅，但説他善相人，不言善相馬。

【九日臺】山崗名。也稱孫陵崗。在今南京鍾山南麓。南齊武帝建商飈館於其上，九日宴羣臣於此，因又稱爲九日臺。參閲南齊書武帝紀永明五年、嘉慶一統志七四江蘇江寧府二商飆館。

【九功舞】唐代有文舞，武舞。文舞叫九功舞。本名功成慶善樂。以兒童六十四人，戴進德冠，紫袴褶，長裳，漆髻，屣履而舞。參閲通典一四二樂二、新唐書禮樂志十一。

【九牛毛】形容數量大。晉書華譚傳："或問譚曰：'諺言：人之相去如九牛毛，寧有此理乎？'"宋蘇軾分類東坡詩三趙閲道高齋："乃知賢達與愚陋，豈直相去九牛毛。"

【九州長】九州的首長。晉皇甫謐高士傳上："堯又召(許由)爲九州長，由不欲聞之，洗耳於潁水濱。"也稱九州伯，即九伯。晉書桓玄傳："父爲九州伯，兒爲五湖長。"玄，桓温子。

【九老會】㊀唐白居易在洛陽時，有九老之會。詳"九老圖"。㊁宋李昉罷相，居京師，與張好問李運宋琪武允成僧贊寧魏丕楊徽之朱昂，作九老會。見宋王禹偁小畜集二十左街僧録通惠大師文集序。

【九老圖】唐白居易會昌五年二月於洛陽與胡杲吉皎劉真鄭據盧貞張渾舉行尚齒會，各賦詩記事。同年夏，又有李元爽及僧如滿也告老回洛，舉行九老尚齒之會，因繪圖書姓名、年齡，題爲九老圖。見唐詩紀事四九。新唐書一一九白居易傳所列九老有盧真狄兼謨，而没有李元爽如滿。清汪立名香山集補遺據白氏七老會詩序、九老圖詩序則謂盧真、狄兼謨因年未七十，雖與會而未列九老中，餘二人爲李元爽、如滿。

【九光燈】燈名。漢武帝内傳："七月七日……然(燃)九光之燈。"參閲"九枝㊀"。

【九折阪】在今四川滎經縣西邛崍山。山路險阻回曲，須九折乃得上，故名。相傳漢朝王陽爲益州刺史，路過此地，怕出意外，託病辭官。後王尊爲刺史，過此，問人知是王陽停留的地方，滿不在乎地要駕馬的加鞭前進。後人在此建叱馭橋。見漢書七六王尊傳。水經注三三江水阪作"坂"。後來詩文中也用來比喻曲折、變化多。明童冀尚絅齋集一次李存客居感時韻詩之一:"人情蜀道九折坂，世事黄臺三摘瓜。"

【九折臂】 楚辭屈原九章惜誦:"九折臂而成醫兮，吾至今而知其信然。"謂人屢次折臂，經用多種方藥醫治，自己也就成了良醫。與三折肱意義相同。

【九尾狐】 傳説中獸名。文選漢王子淵(褒)四子講德論:"昔文王應九尾狐而東夷歸周。"注:"春秋元命苞曰：天命文王以九尾狐。"白虎通三上封禪、太平御覽九〇九引山海經、竹書紀年、吴越春秋、魏略等書，都以九尾狐爲瑞獸。宋田況儒林公議上謂陳彭年奸佞媚上，時人目之爲九尾狐，則以九尾狐爲妖魅多詐的象徵。小説封神榜以紂妃妲己爲九尾狐化身，也是此義。

【九尾龜】 ㊀傳説中的龜名。明陸粲庚巳編十九尾龜:"海寧百姓王屠……買龜繫柱下，將烹之，鄰居有江右商人見之……曰:'此九尾龜，神物也。'"㊁書名。清漱六山房(張春帆)作，共十二集，每集十六回，自爲起訖。後人又續至二十四集。書中刻畫當時封建官僚、洋場買辦等的糜爛生活與醜惡面貌。相傳影射官僚買辦盛宣懷，是清末較爲流行的譴責小説。

【九里山】 山名。1. 在江蘇銅山縣北。太平寰宇記十五徐州彭城縣引元中記:"彭城北有九里山。"相傳爲秦末劉項交戰的戰場。2.在山東歷城縣東北。山東通志二二疆域三山川:"九里山在縣東北九里，相傳韓信破齊歷下，嘗駐軍于此。"3.在四川廣元縣北。山盤曲嵯峨，約高九里，故名。參閲嘉慶一統志三九〇保寧府山川。

【九里松】 地名。在浙江杭州市西湖北。唐刺史袁仁敬守杭日，植松於左右，各三行。人稱九里松。宋南渡，建都臨安，官府大字題扁，有吴説趙構(宋高宗)題字。見宋王明清揮塵録後録十。

【九里關】 卽黄峴關。詳"黄峴關"。

【九局圖】 有九局棋的棋譜。唐韓偓玉山樵人集安貧詩:"手風慵展八行書，眼暗休尋九局圖。"

【九成宫】 唐宫名。在陝西麟遊縣西。本隋仁壽宫。唐太宗貞觀五年重修，爲避暑之所，以山有九重，改名九成。六年得泉，命魏徵作銘，歐陽詢書刻石，稱九成宫醴泉銘。永徽二年改萬年宫。乾封二年復舊名。唐杜甫李商隱等都有九成宫詩。今遺址無考，惟九成、萬年兩古碑尚存。參閲唐會要三十九成宫。

【九成臺】 ㊀九層之高臺。吕氏春秋音初:"有娀氏有二佚女，爲之九成之臺。"注:"成，猶重。"長沙馬王堆漢墓出土帛書老子:"九成之臺，作於羸土。"㊁臺名。原名聞韶臺，相傳舜南巡奏樂於此。宋蘇軾蘇東坡集後集八九成臺銘:"韶陽太守狄咸新作九成臺。"在廣東曲江縣北城上。

【九花虬】 馬名。唐代宗時范陽節度使李德山所貢。額高九寸，毛拳如麟，頭頸鬃鬣，身披九花紋，故號九花虬。後代宗以賜郭子儀。見唐蘇鶚杜陽雜編上。

【九花樹】 樹名。太平御覽二十晉陸機要覽:"九花樹生南岳，雖經雪凝寒，花必開，便落，時人謂之應春花。"

【九英梅】 蠟梅别名。永樂大典二八一〇引古今事通:"當朝録:'元稹爲翰林承旨，朝退，行至廊下，時初日映九英梅，隙光射稹，有氣勃勃然，百僚望之曰：豈腸胃文章，映日可見乎?'"廣羣芳譜四一引梅譜:"子種不經接，花小香淡，其品最下，謂之狗蠅，後訛爲九英。"

【九苞奴】 雉别名，卽野雞。宋陶穀清異録禽:"動植物廣疏云：雉一名九苞奴，謂其有文無德，真鳳凰之奴隸。"也省稱"九苞"。宋方夔富山遺稿九賀山房先生得孫詩:"喜存千載古罍洗，初聽九苞雛鳳凰。"

【九星洋】 一作九洲洋，也叫七里洋。在廣東中山縣東南。讀史方輿紀要一〇一廣東二香山縣井澳引一統志:"海中有九曜山，羅列如九星，洋因以名。"

【九迴腸】 腸屢次爲之回轉，形容憂思之甚。文選漢司馬子長(遷)報任少卿書:"是以腸一日而九迴。"漢書六二司馬遷傳迴作"回"。藝文類聚二八南朝梁簡文帝應令詩:"望邦畿兮千里曠，悲遥夜兮九迴腸。"唐柳宗元柳先生集四二登柳州城樓寄漳汀封連四州詩:"嶺樹重遮千里目，江流曲似九迴腸。"

【九宫格】 臨摹碑帖所用的方格。一格中分成九小格，象古代皇帝的明堂九宫，所以叫九宫格。這個方法始於唐代。元陳繹曾翰林要訣九方法説九宫結構，隨字點畫多少疏密，各有停分，作九九八十一分，界畫勻布，以便於臨摹。清蔣驥續書法論又有九宫新式，於一格内分爲三十六格，便於初學書法的人臨寫。

【九部樂】 隋樂，分九部。隋書音樂志下:"始開皇初，定令置七部樂。……及大業中，煬帝乃定清樂、西涼、龜兹、天竺、康國、疏勒、安國、高麗、禮畢以爲九部樂。"

【九域志】 元豐九域志的簡稱。詳"元豐九域志"。

【九連山】 山名。也稱九龍山。主峰在廣東連平縣東北。嘉慶一統志四四五惠州府山川:"九連山在連平州東三十里，高二千餘丈，周五六百里，東連龍川河原，南連博羅增城龍門從化，西連翁源英德，北連龍南，環通九縣，因名。"明代南方農民起義，常依此山爲根據地。

【九連環】 玩具。銅製。得法者須上下八十一次，纔能將相連結的九個圓環套入一柱，再八十一次纔能將九環全部解下。紅樓夢七:"誰知此時黛玉不在自己房裏，却在寶玉房中，大家解九連環作戲。"

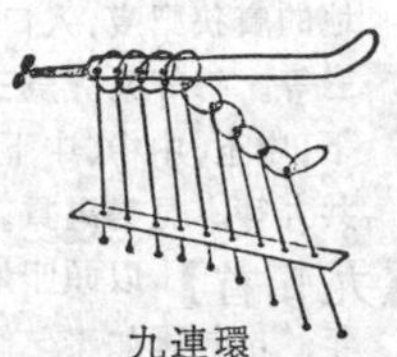
九連環

【九國志】 宋路振作。振采五代吴南唐吴越前蜀後蜀南漢北漢閩楚九國君臣行事，作世家列傳，書未成而卒。原書四十九卷，其後張唐英補撰二卷，共五十一卷。書久已失傳，現存的十二卷爲清乾隆時邵晉涵從永樂大典録出，周夢棠重加編次，僅存列傳一三六篇。

【九飣盤】 器皿名。太平廣記二三四引盧氏雜説:"御廚進饌，凡器用有少府監進者，用九飣食。以牙盤九枚裝食味於其間，置上前，亦謂之看食。"又見宋錢易南部新書壬。飣，也作"釘"。宋曾慥類説二五引玉泉子九釘盤:"唐御廚進饌，用九盤裝累，名九釘盤。"

【九參官】 唐代武官三品以上，三日一朝，一月朝參九次，號九參官。見新唐書百官志三。

【九絃琴】 樂器名。宋史樂志一:"太宗嘗謂舜作五絃之琴以歌南風;後王因之，復加文武二絃;至道元年，乃增作九絃琴。"又:"琴七絃，朕今增之爲九，其名曰:君、臣、文、武、禮、樂、正、民、心。"

【九雲鑼】 樂器名。卽雲鑼。用銅做成，鑼制十面，但最上一面不常用，故也稱九雲鑼。參見"雲鑼"。

【九華門】 宫門名。西京雜記一言漢成帝有九華殿。後來往往以九華門作爲宫門的通稱。唐李商隱李義山詩集六公子:"外戚封侯自有恩，平明通籍九華門。"

【九華扇】 扇名。西京雜記一記漢宫扇名有九華扇。三國魏曹植曹子建集三九華扇賦序:"昔吾先君常侍,得幸漢桓帝,賜方扇,不方不圓,其中結成文,名曰九華。"

【九華帳】帳名。九華,形容色彩繽紛。唐白居易長慶集十二長恨歌:"聞道漢家天子使,九華帳裏夢中驚。"

【九華菊】菊花名。廣羣芳譜四八花譜二七菊花:"九華菊,此品乃淵明(晉陶潛)所賞。今越俗多呼爲大笑,瓣兩層者曰九華,白瓣黃心,花頭極大,有闊及二寸四五分者,其態異常,爲白色之冠。"參見"九華㊀"。

【九等賦】相傳爲古代田賦制度,按土地的廣狹肥瘦,人口多少,分爲上、中、下三等。每等又分爲三:卽上上、上中、上下、中上、中中、中下、下上、下中、下下,共九等。見書禹貢。

【九頓首】以頭叩地的禮節。左傳定四年:"申包胥如秦乞師,……立依於庭牆而哭,日夜不絕聲,勺飲不入口,七日,秦哀公爲之賦無衣,九頓首而坐。"注:"無衣三章,章三頓首。"參見"頓首"。

【九經庫】比喻人的學識淵博。新唐書一九八谷那律傳:"淹識羣書,褚遂良嘗稱爲'九經庫'。"

【九種曲】曲集名。清蔣士銓撰,也叫藏園九種曲,又名紅雪樓九種曲、清容外集。九種是一片石第二碑(又名後一片石)四弦秋雪中人臨川夢桂林霜冬青樹香祖樓空谷香。一片石第二碑寫重修明寧王婁妃碑事,四弦秋寫唐白居易琵琶行,雪中人寫吳六奇與海寧孝廉查培繼遇合事,臨川夢寫明湯顯祖的故事,桂林霜寫清初馬雄鎮戰死於廣西事,冬青樹寫宋文天祥殉國事,香祖樓寫三個蘭花仙子的神話故事。空谷香寫素心蘭仙子的神話故事,意在懲惡勸善。清容外集又有采石磯采樵圖廬山會三種,連同以上九種共爲十二種。

【九僧詩】宋初九僧淮南惠崇、劍南希晝、金華保暹、南越文兆、天台行肇、汝州簡長、青城維鳳、江東宇昭、峨眉懷古的詩集。宋人集本作聖宋九僧詩。參閱宋周煇清波雜志十一。

【九穀考】清程瑤田作,四卷。敍述粱、黍、稷、稻、麥、大豆、小豆、麻、苽及古今異名的變遷。

【九蓮燈】㊀以蓮花燈九盞相連成串,俗稱九蓮燈,曲中常用此語。㊁傳奇名。清朱佐朝撰。演閔覺父子下獄,富奴從蓮花山道德眞君處借九蓮燈以救主事。

【九節蘭】卽蕙蘭。明陳懋仁泉南雜志上:"九節蘭花易植,不若吳中所欽,靜宇中雖若棋列,亦不甚香。"詳"蕙蘭"。

【九龍江】江名。1.在福建南部。源出龍巖大田等縣,經龍溪縣九龍山,因而得名。至龍海縣入海。見嘉慶一統志四二九福建漳州府山川。2.在雲南普洱縣南,爲瀾滄江支流,自北流繞,山勢九嶺相向,矯若游龍,故名。見嘉慶一統志四八六雲南普洱府山川。

【九龍殿】宮殿名。1.文選漢張平子(衡)東京賦:"九龍之內,實曰嘉德。"注:"九龍,本周時殿名也;門上有三銅柱,柱有三龍相糾繞,故曰九龍。嘉德,殿名,在九龍門內也。"2.三國志魏明帝紀青龍三年:"洛陽崇華殿災,……命有司復崇華,改名九龍殿。"3.新五代史楚世家馬希範:"希範又作九龍殿,以八龍繞柱,自言身一龍也。"

【九頭紀】古代傳說人皇氏兄弟九人,稱爲九頭紀。廣雅釋天:"天地闢設,人皇以來至魯哀公……分爲十紀。曰:九頭、五龍、攝提、合雒、連通、序命、循蜚、因提、禪通、疏訖。"唐司馬貞補史記三皇紀引春秋緯,謂爲十紀之一。參閱清王念孫廣雅疏證九上。

【九頭鳥】傳說中的妖鳥。太平御覽九二七鬼車引三國典略謂九頭鳥色赤,似鴨,而九頭皆鳴。後也以九頭鳥比喻奸詐狡猾的人。清詩別裁六吳嘉紀我昔三首效袁景文之三:"夜寒鬼語聚稍稍,細雨還聞九頭鳥。"語意雙關。參見"奇鶬"。

【九齋日】佛教的九種齋日,卽正、五、九三個全月,加每月八、十四、十五、二十三、二十九、三十日,共九種。每逢齋日,午後不進食。見三藏法數三五。

【九霞觴】㊀酒杯名。全唐詩八六一許碏醉吟:"閬苑花前是醉鄉,踏翻王母九霞觴。"㊁曲調名。大曲越調,宋太宗製。見宋史樂志十六。

【九環帶】帝王和大官僚穿常服時用的腰帶。起自魏周,隋唐沿用,惟皇帝的帶環增至十三。見舊唐書輿服志。

【九醞酒】酒名。西京雜記一:"漢制,宗廟八月飲酎,用九醞太牢,皇帝侍祠,以正月旦作酒,八月成,名曰酎,一曰九醞,一名醇酎。"文選漢張平子(衡)南都賦:"酒則九醞甘醴,十旬兼清。"注:"魏武集上九醞酒奏曰:'三日一釀,滿九斛米止。'"

【九還藥】卽九轉金丹。才調集九吳商浩北邙山詩:"堪取金爐九還藥,不能隨夢向浮生。"參見"九轉金丹"。

【九曜石】卽太湖靈璧石。相傳五代南漢劉鋹好治宮室,使人自太湖靈璧運至廣東藥州。共九石,皆高數丈,號九曜石。見宋朱彧萍州可談二。清屈大均廣東新語五石語九曜石謂海運係高祖劉龑時事,石高八九尺或丈餘。清翁方綱有九曜石考二卷,專考此石來歷。

【九十其儀】詩豳風東山:"九十其儀。"箋:"喻丁寧之多。"九十是極多的意思。言女子出嫁,母親再三叮嚀要注意儀表。詩集傳說是指誇美新婦的儀態。

【九天玄女】道教神仙名。也稱"玄女"。唐羅隱甲乙集二后土廟詩:"九天玄女猶無聖,后土夫人豈有靈。"參閱雲笈七籤一一四九天玄女傳。

【九牛一毛】極多數中的極少數,比喻微不足道。漢書六二司馬遷傳報任安書:"假令僕伏法受誅,若九牛亡一毛,與螻蟻何異?"宋朱熹朱文公集十六繳納南康任滿合奏禀事件狀:"此與大農之經費,不足以當九牛之一毛。"

【九牛二虎】詩邶風簡兮:"有力如虎,執轡如組。"列子仲尼:"吾之力者,能裂犀兕之革,曳九牛之尾。"後因以九牛二虎形容非常的大氣力。孤本元明雜劇元鄭德輝三戰呂布楔子:"兄弟,你不知他靴尖點地,有九牛二虎之力,休要放他小歇。"

【九朽一罷】畫人物的一種畫法。宋鄧椿畫繼三巖穴上士周純:"畫家於人物,必九朽一罷。謂先以土筆撲取形似,數次修改,故曰九朽;繼以淡墨一描而成,故曰一罷,罷者,畢事也。"

【九死一生】形容處於生死關頭,情況十分危急。文選戰國楚屈原離騷"雖九死其猶未悔"唐劉良注:"雖九死無一生,未足悔恨。"元曲選王仲文救孝子一:"您哥哥劍洞槍林快廝殺,九死一生不當個耍。"

【九合諸侯】春秋時齊桓公、晉悼公皆有九合諸侯事。1.齊桓公。論語憲問:"(齊)桓公九合諸侯。"疏:"言九合者,史記云:兵車之會三,乘車之會六。穀梁傳云:衣裳之會十有一。"集注:"九,春秋傳作'糾',督也。古字通用。"2.晉悼公。左傳襄十一年:"八年之中,九合諸侯。"注:"五年會于戚,一也;其年又會于城棣救陳,二也;七年會于鄬,三也;八年會于邢丘,四也;九年會于戲,五也;十年會于柤,六也;又成鄭虎牢,七也;十一年同盟于亳城北,八也;又會于蕭魚,九也。"

【九成宮碑】碑名。全稱九成宮醴泉銘。省稱九成宮。唐貞觀六年，太宗避暑九成宮，得甘泉，命魏徵撰醴泉銘，歐陽詢書寫。刻碑立於麟山。書法家稱之爲唐楷第一。清初鑿損三十餘字，故拓本有已鑿未鑿之別。第二十三行"雖休弗休"的"弗"字，未鑿成"勿"字者，爲未鑿本。摹刻本以宋榷場本、明余氏本、萬曆内府本爲最著。銘文見宋歐陽修集古錄跋尾五。

【九府圜法】周代財帛流通之法。漢書食貨志下:"太公爲周立九府圜法: 黄金方寸，而重一斤; 錢圜函方，輕重以銖; 布帛廣二尺二寸爲幅，長四丈爲匹。"注:"圜謂均而通也。"參見"九府㊀"。

【九品中正】魏晉南北朝保證世族特權的官吏選拔制度。魏曹丕(文帝)黃初元年採納吏部尚書陳羣的建議，每個州郡由有"聲望"的人担任中正官，把州郡内的士人按其"才能"分爲九品，每十萬人舉一人，由吏部授予官職，即所謂"九品官人之法"。各州中正官實際上均由世族豪門擔任，選取原則以"家世"爲重，因此形成了"上品無寒門，下品無世族"的門閥制度。這種制度到隋開皇年間纔廢除。見通典十四選舉二。參見"九品"。

【九流賓客】各品人才，各種人物。梁書蕭子顯傳:"子顯性凝簡，頗負其才氣，及掌選，見九流賓客，不與交言，但舉扇一撝(揮)而已。"也作"九流人物"。文苑英華二八一唐薛逢送西川杜司空赴鎮詩:"莫遣洪鑪曠真宰，九流人物待陶甄。"

【九宮大成】全名新定九宮大成南北詞宮譜。清律呂正義館樂工周祥鈺鄒金生等編輯。八十二卷。成書於乾隆十一年，内容包括唐宋詞、諸宮調、元曲、元明散曲、明清傳奇及昆腔的曲調，按引曲、正曲、套曲、集曲等分類編輯，紀錄大小曲牌二〇九四個，另附同名變體曲牌四四六六個。此外尚有北曲套曲一八五套，南北合套三十六套。

【九原可作】國語晉八:"趙文子與叔向遊於九原曰:'死者若可作也，吾誰與歸!'"鮑彪本作"九京"。後來設想已死之人再生，叫九原可作。唐杜牧樊川文集二長安雜題長句詩之四:"九原可作吾誰與? 師友瑯琊邴曼容。"參見"九原㊁"。

【九峯學案】宋蔡沈的學派。沈是朱熹學生元定之子。因隱居九疑山，故稱九峰先生。著書經集傳，其中洛誥泰誓諸篇有些創見，而洪範篇則用抽象的數來解釋客觀事物，認爲宇宙萬物都依數的關係而形成。參閱宋元學案六七。

【九章算術】我國古代數學重要典籍。作者不詳，成書約在公元前三世紀到一世紀之間。漢張蒼耿壽昌等曾據舊文遺殘刪補。流傳至今的是晉劉徽、唐李淳風注本。九卷。九章算術就是九類問題的解法，分方田、粟、米、差分、少廣、商功、均輸、方程、贏不足、勾股等九章。共二百四十六則題。内容多數反映秦漢的社會生活，總結了勞動人民的數學知識。書中講的負數概念、最小公倍數和聯立一次方程的解法等，遠早於印度和歐洲。有天祿琳琅叢書影印汲古閣影鈔宋本，武英殿本爲戴震從永樂大典輯出。

【九華真妃】道教神仙名。南朝梁陶弘景真靈位業圖:"紫清上宫九華真妃。"注:"姓安，晉朝降於茅山。"新唐書藝文志三有九華真妃内記一卷。

【九鼎大吕】古代國家的寶器。史記平原君傳:"毛先生一至楚，而使趙重於九鼎大呂。"相傳九鼎爲夏禹所鑄，大呂爲周朝大鐘。以喻其言之貴重。參見"九鼎"、"大呂"。

【九經古義】清惠棟作。十六卷。對周易尚書毛詩周禮儀禮禮記左傳公羊傳穀梁傳及論語十種古書的某些字句，加以考證注釋，特别注重字的假借旁通，有不少新的見解，但也有考證過於煩瑣的缺點。因左傳補注先已刊行，故書名題九經。

【九經字樣】唐唐玄度作。一卷。玄度於大和中考定石經的字體，補充張參五經文字一書没有收入的字，共四百一十字。每字都用同紐的字注音，並標明四聲，以糾正俗字錯字。

【九霄雲外】形容極其高遠的地方。古今雜劇元鄭德輝傷梅香四:"那窮酸每一投得了官呵，胸臆在九霄雲外。"比喻目中無人。紅樓夢二八:"黛玉聽了這話，不覺將昨晚的事都忘在九霄雲外了。"比喻爲無形無踪。

【九數通考】清屈曾發作。十三卷。原書本名數學精詳，戴震以與數理精蘊書名相近，改爲九數通考。全書文字淺顯易懂，演算用珠盤，末尾附三角割圓等運算方法，是融合了中西算法的數學著作。

【九轉金丹】道家謂煉燒金丹，以九轉爲貴。轉，循環變化之意，如把丹砂燒成水銀，將水銀又煉成丹砂。燒煉時間愈久，則轉數愈多，效能愈高。見抱朴子金丹。

【九九消寒圖】舊俗於冬至後計日之圖。明劉侗帝京景物略二:"日冬至，畫素梅一枝，爲瓣八十有一，日染一瓣，瓣盡而九九出，則春深矣，曰九九消寒圖。"

【九靈山房集】元戴良撰。三十卷。另有補編二卷。戴良世居浙江金華九靈山下，自號九靈山人。曾反對元末農民大起義。元亡，幽囚以死。明史有傳。良詩以秀美見稱，但境界不高，有不少宣揚封建禮教的庸腐作品。

二畫

也 yě 羊者切，上，馬韻，喻。ㄧㄝ

㊀語氣詞。1.用於判斷句尾，表示判斷語氣。論語爲政:"知之爲知之，不知爲不知，是知也。"荀子天論:"治亂非天也。"2.用於因果句尾，表示解釋。商君書畫策:"黄鵠之飛，一舉千里，有必飛之備也。"史記八七李斯傳諫逐客書:"向使四君却客而不内(納)，疏士而不用，是使國無富利之實，而秦無强大之名也。"3.用於疑問句尾，常與疑問代詞或疑問副詞相配合，表示疑問或反問。荀子强國:"人之所惡何也?"韓非子六反:"是以上設重刑者而姦盡止，姦盡止則奚傷於民也?"4.用在句中，表示停頓，以引起下文。論語先進:"(顏)回也視予猶父也。"商君書賞刑:"聖人之爲國也，壹賞、壹刑、壹教。"㊁副詞。同"亦㊀"。唐岑參岑嘉州詩七赴北庭度隴思家:"西向輪臺萬里餘，也知鄉信日應疎。"

【也可】蒙古語，大的意思。也作"也克"、"伊克"。元代任同一官職的數人，爲首的在官名前加也可二字，表示第一。元史食貨志三歲賜勳臣有也可太傅，即耶律秃花傳中拜太傅總領之也可那延。武宗紀一有同知徽政院事床兀兒、也可扎魯忽赤阿木不花。參閱清錢大昕十駕齋養新錄九也可太傅。

【也先】公元 1407—1455 年。明代我國蒙古族瓦剌部首領。也先的祖父馬哈木和父親脱歡，先後受明王朝封爲順寧王。脱歡死後，也先繼任瓦剌部太師，襲爵順寧王。正統十四年率部入塞，侵掠邊境。明朱祁鎮(英宗)親征，不利，於退軍路中，至土木戰敗，爲也先所俘。次年，也先因攻明失利，派人護送英宗回京，與明王朝再通好。不久，殺韃靼可汗脱脱不花，自稱大元天聖可汗。後被部屬阿剌所殺。也先，明代有人誤作也先，清代官書改作額森。參閱明史三二七韃靼傳、三二八瓦剌傳。

【也得】也可以。宋辛棄疾稼軒詞四杏花天嘲牡丹:"若教解語應傾國,一個西施也得。"

【也速該】人名。蒙古族一個部落的首領,成吉思汗的父親。被塔塔兒部人毒死。至元三年追謚爲烈祖。見元史太祖紀、元朝秘史一、二。

【也麼哥】元明戲曲中常用的襯詞,有聲無義。也作"也末哥"、"也波哥"。元曲選關漢卿竇娥冤三:"他見我披枷帶鎖赴法場飡刀去呵,枉將他氣殺也麼哥,枉將他氣殺也麼哥!"元王伯成貶夜郎一:"委實不住也末哥,便似跳龍門及第思鄉去。"

【也里可温】元時稱天主教徒爲也里可温。元史武宗紀二至大二年:"宣政院奏免僧、道、也里可温、答失蠻租税。"答失蠻,伊斯蘭教中一派的教徒。

【也里迭兒】人名。即也黑迭兒丁。本大食人。至元三年,授嘉議大夫,主持茶迭兒局(建築蒙古包的機構),兼管宫殿工程。曾奉命修建中都(今北京市)宫殿。參閱新元史也里迭兒傳。

【也兒的石】河名。即額爾齊斯河下游,在今新疆北部。元史太祖紀作也兒的石河,憲宗紀作葉兒的石河,武宗紀作也里的失河,元朝秘史作額兒的失水。即隋書鐵勒傳所説的阿得水。見元朝秘史九注。

乞 1. qǐ ㄑㄧˇ 去訖切,入,迄韻,溪。

㊀向人求討。左傳僖十三年:"冬,晉荐饑,使乞糴於秦。"㊁貧窮。宋書明恭王皇后傳:"外舍家寒乞。"㊂姓。五代有乞力,明有乞賢。

2. qì ㄑㄧˋ 去既切,去,未韻,溪。

㊃給與。漢書六四上朱買臣傳:"妻自經死,買臣乞其夫錢,令葬。"按左傳昭十六年"毋或匄奪"疏:"乞之與乞,一字也,取則入聲,與則去聲也。"

【乞人】乞食的人。孟子告子上:"蹴爾而與之,乞人不屑也。"

【乞士】和尚的别稱。大智度論三:"云何名比丘?比丘名乞士。"隋吉藏法華義疏一:"比丘名爲乞士,上從如來乞法以練神,下就俗人乞食以資身,故名乞士。"參閱翻譯名義集一衆弟子。

【乞火】㊀求取火種。淮南子覽冥:"是故乞火不若取燧,寄汲不若鑿井。"㊁引申爲説項、推薦之意。漢書四五蒯通傳:"里婦夜亡肉,姑以爲盜,怒而逐之。婦晨去,過所善諸母,……(里母)卽束緼請火於亡肉家曰:'昨莫夜,犬得肉,爭鬬相殺,請火治犬。'亡肉家遽追呼其婦。故里母非談説之士也;束緼乞火,非還婦之道也;然物有相感,事有適可。臣請乞火於曹相國。"意謂解紛、薦士,均須善於措辭。後因用乞火爲向人説情、推薦的典故。唐杜牧樊川文集四酬張祜處士見寄長句四韻詩:"薦衡昔日知文舉,乞火無人作蒯通。"衡,禰衡;文舉,孔融。

【乞丐】㊀求乞。漢書九六上西域傳罽賓:"擁彊漢之節,餒山谷之間,乞匄(丐)無所得。"㊁討飯度日的人。太平廣記一二六蕭懷武引王氏見聞:"至於深坊僻巷,馬醫酒保,乞丐傭作及販賣兒童輩,並是其狗。"元曲選缺名看錢奴二:"忍饑餓街頭,做乞丐。"㊂給。漢書六四上朱買臣傳:"待詔公車,糧用乏,上計吏卒更乞匄之。"

【乞巧】舊時的一種風俗。傳説農曆七月七日夜天上牛郎織女相會,婦女於當晚穿針,稱爲乞巧。初學記四南朝梁宗懍荆楚歲時記:"七夕婦女結綵縷,穿七孔針,或以金銀鍮石爲針,陳瓜果於庭中以乞巧。有喜子網於瓜上,則以爲得。"五代後周王仁裕開元天寶遺事下乞巧樓、宋孟元老東京夢華録八七巧,對唐宋七夕乞巧風俗有詳細記載。

【乞伏】複姓。本鮮卑族乞伏部,以乞伏爲姓。見通志二九氏族五。

【乞言】古代帝王及其嫡長子養一些德高望重的老人,以便向他們求教,叫乞言。見禮文王世子"凡祭與養老,乞言合語之禮"注。周書于謹傳:"詔曰:'……太傅、燕國公謹,執德淳厚,爲國元老,饋以乞言,朝野所屬,可爲三老。'"

【乞求】請求,期望。樂府詩集三八相和歌辭病婦行:"從乞求與孤兒買餌。"元曲選王仲文救孝子一:"乞求的兩個孩兒學成文武藝。"參閱明陶宗儀輟耕録十二乞求。

【乞免】求人饒免。晉干寶搜神記四:"可爲吾陳之,乞免此役。"自請免去官職也叫乞免。唐杜牧樊川文集八唐故宣州觀察使御史大夫韋公墓誌銘並序:"上疏乞免,改著作佐郎。"

【乞身】封建時代以作官爲委身事君,因稱請求退職爲乞身。史記七十張儀傳:"今聞齊王甚憎儀,儀之所在,必興師伐之,故儀願乞其不肖之身之梁,齊必興師而伐梁。"漢巴郡太守樊敏碑:"秋老乞身,以助義都尉養疾閭里。"(隸釋十一)

【乞命】請求寬宥生命。魏書高允傳:"今已分死,不敢虚妄。殿下以臣侍講日久,哀臣乞命耳。"

【乞兒】同"乞丐㊁"。初學記二九晉郭頒魏晉世語:"司馬宣王(懿)辟周泰爲新城太守,鍾毓謂泰曰:'君釋褐登宰府,乞兒乘小車,一何駛?'"列子黄帝:"自此之後,范氏門徒路遇乞兒馬醫,弗敢辱也。"

【乞活】到有糧之地去就食求生。晉書東海王越傳:"初,東嬴公騰之鎮鄴也,攜并州將田甄……等部衆萬餘人至鄴,遣就穀冀州,號爲乞活。"資治通鑑一一八晉元熙元年:"有司馬文榮者,帥乞活千餘户,屯金墉城南。"注:"惠帝時,并州饑荒,其吏民隨東燕王騰東下,號曰'乞活'。是後流徙逐糧者亦曰乞活。"

【乞相】乞丐般的貧窮樣子。五代王定保唐摭言:"值新進士綴行而出,團司所由輩見(薛)逢,斥令回避,逢遣一介曰:'報道莫乞相,阿婆三五少年時,也曾東塗西抹來。'"

【乞旅】同"乞師"。左傳襄十一年:"楚子囊乞旅於秦。"

【乞降】請求投降。後漢書光武帝紀上:"積弩亂發,矢下如雨,城中負户而汲,王鳳等乞降,不許。"

【乞食】向人求食。左傳僖二三年:"乞食于野人。"戰國策秦三:"(伍子胥)坐行蒲伏,乞食於吴市。"

【乞師】請求出兵援助。左傳定四年:"申包胥如秦乞師。"

【乞假】㊀求借東西。禮内則:"不通乞假。"假,jiǎ。㊁請假。唐杜牧樊川文集十四祭故處州李使君文:"我有家事,乞假南來。"假,jià。

【乞寒】古代雜戲名。又叫"乞寒胡"、"潑寒胡"。周書宣帝紀大象元年十二月:"甲子,還宫,御正武殿,集百官及宫人内外命婦,大列妓樂,又縱胡人乞寒,用水澆沃爲戲樂。"舊唐書九七張説傳:"自則天末年,冬季爲潑寒胡戲。"

【乞貸】請求借貸。史記孔子世家:"游説乞貸,不可以爲國。"又七三王翦傳:"或曰:'將軍之乞貸,亦已甚矣。'"

【乞盟】㊀向敵求和。左傳僖八年:"鄭伯乞盟,請服也。"㊁古代訂立盟約時,請求神明監督。左傳僖二八年:"用昭乞盟于爾大神,以誘天衷。"

【乞緊】真的,真個。同"喫緊"、"赤緊的"。元本趙氏孤兒二:"怎不交〔教〕我忿氣塡胸，乞緊君王在小兒勾中？」

【乞銀】 ㊀鮮卑語稱馬爲乞銀。宋文同丹淵集二驄馬詩："鬐鬛擁如雲，西人號乞銀。"㊁地名。本前秦驄馬城，鮮卑語馬曰乞銀，城因以此爲名。在今陝西米脂縣西北。周書武帝紀上保定三年正月："壬辰，於乞銀城置銀州。"也作"乞闇"。宋蘇軾分類東坡詩二二聞陝西兵殺西夏："聞說官軍取乞闇，將軍旗鼓捷如神。"

【乞憐】 求人憐憫、幫助。明史三〇六崔呈秀傳："暮夜乞憐者，莫不緣呈秀以進，蠅集蟻附，其門如市。"參見"搖尾乞憐"。

【乞鄰】 求助於鄰居。論語公冶長："子曰：'孰謂微生高直？或乞醯焉，乞諸其鄰而與之。'"明張居正張文忠集奏牘十五："不惟橋公感德於泉壤，而僕亦借報於乞鄰。"

【乞頭】 唐宋時開賭場的人向贏錢賭徒抽錢叫乞頭。唐李肇國史補下："囊家什一而取，謂之乞頭。"又，觀賭的人向贏錢的人討錢，也叫乞頭。宋洪邁夷堅志丁一夏氏骰子："夏廑……家故貧，至無一錢，同舍生或相聚博戲，則袖手旁觀，時從勝者覓錙銖，俗謂之乞頭是也。"

【乞骸】 古代官吏因年老請求退職，常稱乞骸。言使骸骨得歸葬其故鄉。舊唐書一二〇郭子儀傳："恩榮已極，功業已成，尋合乞骸，保全餘齒。"參見"乞身"。

【乞糧】 求人接濟糧食。左傳哀十三年："吳申叔儀乞糧於公孫有山氏。"

【乞靈】 求助於所謂神靈或某種權威。左傳哀二四年："寡君欲徼福於周公，願乞靈於臧氏。"南朝梁劉勰文心雕龍辨騷："亦不復乞靈於長卿(司馬相如)，假寵於子淵(王褒)矣。"

【乞巧樓】 乞巧的棚架。西崑酬唱集一錢惟演戊申年七夕詩："欲聞天語猶嫌遠，更結三層乞巧樓。"詳"乞巧"。

【乞米帖】 唐顏眞卿寫的借米信，被人稱爲乞米帖。卽顏魯公文集十一與李太保帖。後來戲稱向人借貸的書信爲乞米帖。宋莊季裕雞肋編上："先公元祐中爲尙書郎，時黃魯直(庭堅)在館中，每月常以史院所得筆墨來易米報謝，積久尺牘盈軸，目之爲乞米帖。"

【乞如願】 晉南北朝流行湖神婢女如願的故事，後來演爲在除夕或元旦祝一年如意的風俗。舊題唐馮贄雲仙雜記十如願："有商人過淸湖，見淸湖君，君問所需，商曰：但乞如願。君許之，果得一婢。如願卽其名也。商有所求，悉能致之。後因正旦，如願晚起，商人撻之，走入糞壤中不見。今人正旦，以細繩繫綿人投糞掃中，云乞如願。"宋范成大石湖集三十打灰堆詞："除夜將闌曉星爛，糞掃堆頭打如願。"參閱晉干寶搜神記四、太平廣記二九二歐明引博異錄。

【乞活臺】 樓臺名。卽吹臺，故址在今河南開封市東南。水經注二二渠水"又東至浚儀縣"注："梁王增築以爲吹臺，……晉世喪亂，乞活憑居，削墮故基，遂成二層，上基猶方四五十步，高一丈餘，世謂之乞活臺。"梁王爲漢文帝子梁孝王劉武。

【乞骸骨】 同"乞骸"。晏子春秋重而異者七："臣愚不能復治東阿，願乞骸骨。"也稱"賜骸骨"。史記項羽紀："范增大怒曰：'天下事大定矣，君王自爲之。願賜骸骨歸卒伍。'"

【乞伏國仁】 公元？—388年。東晉十六國時西秦國主，鮮卑族。受前秦封爲南單于，駐勇士川（今甘肅榆中縣東北）。後乘前秦苻堅敗亡，收集餘部，築勇士城，自稱大單于，建立政權，改元建義元年，舊史稱爲西秦。參閱晉書載記、十六國春秋輯補八五西秦錄(淸湯球輯)。

【乞兒乘車】 諷刺官職提升得快。三國志魏鄧艾傳附州泰傳注引世語："宣王(司馬懿)爲泰會，使尙書鍾繇調泰：'君釋褐登宰府，三十六日擁麾蓋，守兵馬郡，乞兒乘小車，一何駛乎？'"

【乞漿得酒】 比喻所得超過所求。宋曾慥類說三五引意林："袁惟正書曰：歲在申酉，乞漿得酒。"李石續博物志一作"太歲在丑，乞漿得酒。"

三 畫

纠 jiǔ ㄐㄧㄡˇ

字書無纠字，始見於遼史百官志等。詳見"纠軍"。

【纠軍】 遼金按部落組成的一種軍隊。遼的纠軍有五軍，以契丹人與他族人混合編制，負責保護官殿。金的纠軍，全由契丹人組成，負責防守邊疆。參閱遼史百官志，金史百官志、兵志、地理志。

四 畫

乜 yí 集韻 余支切，平，支韻。ㄧˊ

我國古代百越族的一種。見隋書八二南蠻傳。

五 畫

乩 jī 古奚切，平，齊韻，見。ㄐㄧ 康禮切，上，齊韻，溪。

問卜。舊時術士圖利騙人，用兩人扶丁字架，下面放沙盤，裝做鬼神憑身，畫沙作字，預言人事禍福，叫做扶乩。也叫扶鸞。說文："卟，卜以問疑也。從口卜，讀與稽同。書云：卟疑。"今作"乩"。玉篇卜部有"卟"。乙部又收"乩"，說今作稽。

六 畫

乱 luàn ㄌㄨㄢˋ

"亂"的簡體字。見字彙。

七 畫

乳 rǔ 而主切，上，麌韻，日。ㄖㄨˇ

㊀生子。說文："人及鳥生子曰乳，獸曰產。"漢書九七下趙皇后傳解光奏："(曹)宮乳掖庭牛官令舍。"又："(許美人)元延二年懷子，其十一月乳。"㊁乳房。史記一〇五倉公傳："意(倉公)告之後百餘日，果爲疽發乳上。"㊂奶汁。魏書王琚傳："常飲牛乳，色如處子。"㊃以乳汁哺嬰兒。左傳宣四年："䢵夫人使弃諸夢中，虎乳之。"㊄飲。南朝宋鮑照鮑氏集一蕪城賦："伏虣藏虎，乳血餐膚。"㊅幼小。見"乳女"、"乳燕"。

【乳人】 同"乳母"。南齊書宣孝陳皇后傳："太祖年二歲，乳人乏乳。"

【乳女】 幼女。唐杜牧樊川文集四題村舍詩："三樹稚桑春未到，扶牀乳女午啼饑。"

【乳毛】 松樹的別名。唐鄭谷鄭守愚文集三乳毛松詩："松格一何高，何人號乳毛。"

【乳石】 乳，指石鍾乳；石，指白石英、紫石英、赤石脂之類。古代用上述諸石製成藥物，統稱乳石。唐王燾外臺秘要三七至三八乳石論，專論服石鍾乳及諸石之法。

【乳母】 被傭爲別人哺育嬰兒的婦女。荀子禮論："乳母，飲食之者也。"元典章三十禮三喪禮有三父八母之圖，以乳母爲八母之一。

【乳名】 幼兒時期所取的名字。宋史選舉志三宗學："凡無官宗子應舉，初生則用乳名給據，及長則用訓名。"

【乳卵】 產卵。宋陸佃埤雅二鼈："今鴨

瑁(玳瑁)乳卵，大如彈丸。亦望卵而蔭，一如龜鼈，呼爲護卵。”

【乳花】㊀卽石花。政和證類本草四玉石部：“石花……與殷孽同，一名乳花。唐本草云：‘三月九月採之，乳水滴水上巖如雪霜者。’”明李時珍本草綱目九金部殷孽附録：“石花是鍾乳滴于石上迸散，日久積成如花者。”㊁烹茶所起的泡沫。文苑英華三三七唐崔珏美人嘗茶行：“銀瓶貯泉水一掬，松雨聲來乳花熟。”又稱“乳粟”。宋秦觀淮海集後集一茶詩：“侵尋發美鬯，旖旎生乳粟。”

【乳虎】㊀育子的母虎。莊子盜跖：“案劍瞋目，聲如乳虎。”漢書九十義縱傳：“甯成爲濟南都尉，其治如狼牧羊，……號曰：‘寧見乳虎，無直(值)甯成之怒。’”注：“猛獸産乳，養護其子，則搏噬過常，故以喻也。”㊁幼虎。宋陸游劍南詩稿七二秋晚：“老羆尚欲身當道，乳虎何疑氣食牛。”

【乳牀】石鍾乳的根部。又名石床。見政和證類本草三石鍾乳引陶弘景本草別録、宋本草圖經。

【乳狗】㊀幼狗。荀子榮辱：“乳狗不遠游，不忘其親也。”㊁育子的母狗。資治通鑑周紀一威烈王二三年論：“譬如乳狗搏人，人得而制之。”

【乳姐】宋人稱乳母爲乳姐。宋人紺珠集：“屬之乳姐，傳以湩母。”湩母卽乳母。見明王志堅表異録三人物士庶引諸事拾遺。

【乳茄】嫩茄。宋張耒張右史集十五秋蔬詩：“藏鞭雛筍纖玉露，映葉乳茄濃黛抹。”

【乳柑】卽温州蜜柑，我國名果之一。皮薄汁甜，味似乳，故名乳柑。見宋韓彦直橘録上真柑、政和證類本草二三果部乳柑子。

【乳香】橄欖科常緑小喬木莖皮滲出的樹脂，滴下凝成乳頭狀，故稱乳香。爲薰香原料，上等的稱滴乳，色淡黄，可作外科藥劑。又稱薰陸。宋沈括夢溪筆談二六藥議：“薰陸，卽乳香也，以其滴下成乳頭者，謂之乳頭香，鎔塌在地上者謂之塌香。”又見寇宗奭本草衍義十三薰陸香。

【乳保】乳母，保姆。文苑英華七五一隋李德林天命論：“幼在乳保之懷，忽覩爲龍，懼而失抱。”亦指幼年。舊唐書一六五郭承嘏傳：“承嘏生而秀異，乳保之年，卽好筆硯。”

【乳哺】哺育嬰兒。舊唐書一九〇下劉蕡傳對策：“夫百姓者，陛下之赤子也，宜令仁慈者親育之，如母傳焉，如乳哺焉，如師之教導焉。”

【乳氣】孩子氣。唐白居易長慶集五八阿崔詩：“乳氣初離㲉，啼聲漸變雛。”

【乳臭】口中尚有乳味，謂其幼稚。漢書高帝紀上：“(酈)食其還，漢王問：‘魏大將誰也？’對曰：‘柏直。’王曰：‘是口尚乳臭，不能當韓信。’”

【乳梨】梨的一種。政和證類本草二三梨引圖經本草：“乳梨出宣城，皮厚而肉實，其味極長。”明李時珍說卽雪梨。見本草綱目三十梨。

【乳婢】乳娘。晉書石勒載記下：“黎陽人陳武妻，一産三男一女……(勒)賜其乳婢一口，穀一百石，雜綵四十匹。”

【乳粥】用乳汁調製的粥。宋史禮志二四禡祭：“太宗征河東……用香柳枝、燈油、乳粥、酥蜜、餅果，祭北方天王。”元楊允孚灤京雜詠上：“夜宿氈房月滿衣，長餐乳粥椀生肥。”

【乳彘】育子的母猪。荀子榮辱：“乳彘觸虎。”

【乳窟】石鍾乳叢生的洞穴。也叫乳竇。南朝梁任昉述異記下：“荆州清溪秀壁諸山山洞，往往有乳窟。”又叫“鍾乳穴。”水經注十一易水：“易水又東逕孔山北，山下有鍾乳穴，穴出佳乳。”

【乳酪】由牛、羊乳汁提煉成的食品。晉書張軌傳附張天錫：“乳酪養性。”五代王定保唐摭言十五：“韋澳孫弘大中時同在翰林，……尋賜銀餅餡，食之甚美，皆乳酪膏腴所製也。”

【乳蕚】植物初生的花蕚。元戴良九靈山房集二七對菊聯句詩：“傍芽萌庶孽，乳蕚孕懷绷。”

【乳鉢】研磨細末的器皿。唐虞世南有借乳鉢帖。見宣和書譜八。

【乳媪】同“乳母”。梁書袁昂傳：“父顗……事敗誅死，昂時年五歲，乳媪攜抱，匿于廬山。”

【乳腐】乳製食品名。也稱乳餅。唐穆寧有四子，贊、質、員、賞，兄弟皆和粹，世以珍味目之：贊少俗，然有格，爲酪；質美而多入(一作文)，爲酥；員爲醍醐；賞爲乳腐。見唐李肇國史補中、新唐書一六三穆寧傳附穆員。

【乳管】管狀的石鍾乳。唐陸龜蒙甫里集四寄茅山何道士詩：“圃暖芝臺秀，巖春乳管圓。”

【乳嫗】同“乳母”。宋洪邁夷堅志甲十五晁安宅妻：“婦與乳嫗以月二日往焚香。”

【乳節】樹木的瘤節。宋蘇軾分類東坡詩十三鐵柱杖：“柳公手中黑蛇滑，千年老根生乳節。”

【乳鴉】幼鴉。宋秦觀淮海集補遺昭君怨詞：“隔葉乳鴉聲軟，啼斷日斜陰轉。”

【乳糖】食品名。宋孟元老東京夢華録二飲食果子：“又有托小盤賣乾果子……西川乳糖、獅子糖。”

【乳燕】幼燕。南朝宋鮑照鮑氏集五詠采桑詩：“乳燕逐草蟲，巢蜂拾花蘂。”

【乳糜】同“乳酪”。水經注河水一：“長者女以金鉢盛乳糜上佛。”

【乳餅】乳製食品名。元楊允孚灤京雜詠上：“營盤風軟淨無沙，乳餅羊酥當啜茶。”本草綱目五十乳腐集解有造乳餅法。

【乳醫】相當於後來的婦産科醫生。漢書六八霍光傳：“(霍光妻顯)私使乳醫淳于衍行毒藥殺許后。”注：“乳醫，視産乳之疾者。”

【乳餳】乳酪製成的糖。唐李濟翁資暇集下李環餳：“余弱冠前，步月洛之綏福里，方見夜作，問之，云：‘乳餳。’……明日市得而歸。不三數月，滿洛陽盛傳矣。”

【乳雛】㊀鳥哺子。唐白居易長慶集七晚燕詩：“百鳥乳雛畢，秋燕獨蹉跎。”㊁幼禽。如乳燕、乳鶯等。

【乳藥】服毒藥。後漢書六六王允傳：“允厲聲曰：‘吾爲人臣，獲罪於君，當服犬辟以謝天下，豈有乳藥求死乎！’”資治通鑑五八後漢靈帝中平元年注說，乳，當作“咀”。

【乳獸】育子的野獸。唐杜甫杜工部草堂詩箋二八課伐木：“空荒咆熊羆，乳獸待人肉。”

【乳竇】石鍾乳洞。同“乳窟”。南朝宋鮑照鮑氏集五過銅山掘黄精詩：“銅溪晝沉森，乳竇夜涓滴。”文選南朝梁江文通(淹)雜體詩游山：“乳竇既滴瀝，丹井復寥泬。”

【乳鶯】幼鶯。宋秦觀淮海詞阮郎歸褪花新緑漸團枝詞：“游蝶困，乳鶯啼，怨春春不知。”

十畫

乾

1. qián ㄑㄧㄢ 渠焉切，平，仙韻，羣。

㊀易卦名。八卦的首卦，卦形☰；又六十四卦之一，卦形䷀，乾上乾下。㊁易乾象天、象君、象陽，見“乾坤”、“乾綱”、“乾宅”。㊂剛健。易說卦：“乾，健也。”

2. gān ㄍㄢ 古寒切。平，寒韻，見。

㊃乾燥。詩王風中谷有蓷："嘆其乾矣。"㊄枯竭。左傳僖十五年："外彊中乾。"㊅空，徒然。見"乾笑"、"乾愁"。㊆有名無實。見"乾娘"、"乾兒"、"乾俸"。

【乾元】㊀天。易乾："大哉乾元。"㊁唐李亨（肅宗）年號，公元758—760年。

【乾化】年號。五代後梁朱温（太祖），公元911—912年。朱友貞（末帝），公元913—915年。

【乾宅】易繫辭上："乾道成男，坤道成女。"故舊時婚禮，男家稱乾宅，女家稱坤宅。

【乾吉】鳥名。漢劉向列女傳三晉羊叔姬傳："南方有鳥，名曰乾吉，食其子，不擇肉，子常不遂。"

【乾$_2$没】㊀徼幸取利。漢書五九張湯傳："（湯）始爲小吏，乾没，與長安富賈田甲、魚翁叔之屬交私。"注："服虔曰：'乾没，射成敗也。'如淳曰：'豫居物以待之，得利爲乾，失利爲没。'"後指僥幸、冒險、竭力。晉書張駿傳："霸王不以喜怒興師，不以乾没取勝，必須天時人事，然後起也。"晉書馮紞傳："（賈）充女之爲皇太子妃也，紞有力焉，及妃之將廢，紞、（荀）勖乾没救請，故得不廢。"參閲清郝懿行晉宋書故乾没。㊁侵吞公家或別人的財物。言以公家財物入已，如水之淹物，沈没無迹。不水而没，故曰乾。新唐書一六五權德輿傳："（董）溪等方山東用兵，乾没庫財，死不償責（債）。"新五代史李崧傳："（李）嶼僕葛延遇爲嶼商賈，多乾没其貲。"參閲清黄生義府下乾没。

【乾亨】年號。1.五代十國南漢劉龑（高祖）。公元917—925年。2.遼耶律賢（景宗）。公元979—983年。

【乾$_2$豆】祭祀用品。乾，乾肉。豆，祭器。古代祭禮把乾肉放在豆中祭祀天地祖先。禮王制："天子諸侯，無事則歲三田，一爲乾豆，二爲賓客，三爲充君之庖。"又見公羊穀梁傳桓四年。文選揚子雲（雄）長楊賦："外之則以爲娛樂之游，內之則不以爲乾豆之事。"

【乾車】車身畫有天文圖象的車。漢書九九中王莽傳："五威將乘乾文車，駕坤六馬。"又下："莽使尚書劾（孔）仁：乘乾車，駕坤馬。"

【乾定】西夏趙德旺（獻宗）年號，公元1223—1226年。

【乾$_2$卦】易離卦諸種含義之一，與八卦的乾卦不同。易説卦："離爲火，爲日，……爲乾卦。"釋文引鄭玄："乾當爲幹，陽在外，能幹正也。"

【乾坤】㊀易八卦中的乾坤二卦。易認爲乾坤屬於陰陽的範疇，是宇宙的原始物質，它們的相互對立，相互交感，相互制約，推動事物的發生和變化。易繫辭上："乾坤成列，而易立乎其中矣。"㊁天地。易説卦："乾，天也，故稱乎父；坤，地也，故稱乎母。"唐杜甫杜工部草堂詩箋三六登岳陽樓："吳楚東南坼，乾坤日夜浮。"

【乾陀】㊀古代西域國名。也作乾陀羅、健馱羅。梵語乾爲香，陀羅爲遍，義譯爲香遍國。魏書、北史西域傳作乾陀，北魏楊衒之洛陽伽藍記五城北作乾陀羅，大唐西域記二作健馱羅國，高僧法顯傳作揵陀衛。近代考證謂其地當在今喀布爾河沿岸一帶。參閲唐慧琳一切經音義二二乾陀羅國。㊁木名。樹皮可作染料和藥用。見本草綱目二七木部附録乾陀木皮。

【乾明】北齊高殷（廢帝）年號，公元560年。

【乾竺】印度的古稱。也作"身毒"、"天竺"。唐釋彥琮唐護法沙門法琳別傳下："老子西昇經云：乾竺有古皇先生者，是吾師也。"

【乾和】五代南漢劉晟（中宗）年號，公元943—958年。

【乾$_2$和】酒不攙水。宋竇苹酒譜："張籍詩云：'釀酒愛乾和'，即今人不入水也。"（説郛）。按唐張籍張司業詩集二和左司元郎中秋居作"朝和"。

【乾$_2$兒】拜他人爲父母的人，稱乾兒。明楊繼盛楊忠愍公集一請誅賊臣嚴嵩疏："（嚴）世蕃却又約諸乾兒子趙文華等，羣會票擬，結成奸黨。"清詩別裁九喬萊過應山縣弔楊忠烈公："乾兒義孫滿廊廟，二十四罪憤所切。"

【乾封】㊀地名。唐置，宋改奉符。元和郡縣志十兗州："乾封縣，本齊之博邑。……乾封元年，高宗封岳，析長安以置乾封。長安元年廢，乃於岱山下改博城縣爲乾封縣。"在今山東泰安市東南。㊁唐李治（高宗）年號，公元666—668年。

【乾貞】五代十國楊溥（睿帝）年號。公元927—929年。

【乾$_2$侯】地名。春秋晉邑。春秋昭二八年："公如晉，次於乾侯。"注："乾侯在魏郡斥丘縣。晉竟内邑。"在今河北磁縣境。

【乾$_2$浴】按摩。雲笈七籤三二雜修攝導引按摩："摩手令熱，摩身體從上至下，名曰乾浴。"宋蘇軾分類東坡詩二五次韻子由浴罷："閉息萬竅通，霧散名乾浴。"

【乾祐】年號。1.五代後漢劉暠（高祖）。公元948年。2.五代後漢劉承祐（隱帝）。公元949—950年。3.五代北漢劉旻（世祖）。公元951—954年。4.五代北漢劉鈞（孝和帝）。公元954—956年。5.西夏李仁孝（仁宗）。公元1170—1193年。

【乾$_2$時】地名。春秋齊地。春秋莊九年："八月庚申及齊師戰於乾時。"注："乾時，齊地，時水在樂安界岐流，旱則竭涸，故曰乾時。"釋文："乾音干。"在今山東益都縣境。參見"時水"。

【乾$_2$笑】心無喜意，强作笑容。宋書范曄傳："曄乾笑云：'罪至'而已。"

【乾皋】鸚鵡的一種。宋陸佃埤雅八釋鳥鳳："乾皋斷舌則坐歌，孔雀拍尾則立舞，人勝之也。"

【乾$_2$娘】義母。舊亦稱過房娘。明文林琅琊漫抄："趙氏乾娘，高皇義父之妻也。"高皇即明太祖朱元璋。

【乾$_2$淨】乾脆，直截了當。宋沈端節克齋詞菩薩蠻："酒醒初夢破，夢破愁無那。乾淨不如休，休時只恁愁。"又喜遷鶯："悶酒孤斟，半醺還醒，乾淨不如不醉。"

【乾乾】自强不息貌。易乾："君子終日乾乾，夕惕若厲，无咎。"近人聞一多謂，乾乾當讀爲悁悁，憂念貌。"若"字斷句，"厲"字屬下。見古典新義上周易義證類纂。

【乾陵】㊀唐李治（高宗）與武則天合葬的墓，在今陝西乾縣西北梁山。㊁遼耶律賢（景宗）墓。在今遼寧北鎮縣醫巫閭山。

【乾符】㊀符瑞。舊時迷信指帝王受命於天的吉祥徵兆。後漢書四十下班彪傳附班固："於是聖皇乃握乾符，闡坤珍。"注："乾符坤珍，謂天地符瑞也。"㊁地名。隋置魯城縣。唐乾符二年改爲乾符縣。周顯德二年併入清池。見太平寰宇記六五滄州。故城在今河北滄縣東北。㊂唐李儇（僖宗）年號，公元874—879年。

【乾$_2$都】老態。漢揚雄方言十："惐鰓、乾都、耇、革老也，皆南楚江湘之間代語也。"注："皆老者皮枯瘁之形也。"

【乾隆】清愛新覺羅弘曆（高宗）年號，公元1736—1795年。

【乾象】乾卦象天，故稱天象爲乾象。後漢書六八郭太傳："吾夜觀乾象，晝察人事。"

【乾統】遼耶律延禧（天祚帝）年號，公元1101—1110年。

【乾道】㊀天道。易乾："乾道變化，各正

性命。"㊁年號。1. 南宋趙昚(孝宗)。公元1165—1173年。2. 西夏李秉常(惠宗)。公元1068—1069年。

【乾$_2$愁】無濟於事的空發愁。唐韓愈昌黎集三感春詩："乾愁漫解坐自累，與衆異趣誰相親。"

【乾寧】㊀地名。資治通鑑二六二唐光化三年六月："劉仁恭將幽州兵五萬救滄州，營於乾寧軍。"注："乾寧軍在滄州西一百里，蓋乾寧間始置此軍也。"明改爲青縣。在今河北青縣境內。㊁唐李曄(昭宗)年號，公元894—898年。

【乾圖】天象。同"乾象"。藝文類聚十二魏曹植漢二祖優劣論："握乾圖之休徵，應五百之顯期。"

【乾綱】君權，夫權。晉范甯春秋穀梁傳序："昔周道衰陵，乾綱絶紐。"聊齋志異馬介甫："兄勿餒，乾綱之振在此一舉也。"

【乾$_2$麨】麪粉。宋沈遼雲巢編(沈氏三先生集)四贈別子瞻詩："罷亞(稻名)若可摶乾麨，以無易有遥相望。"罷亞，同䆉稏。

【乾德】㊀乾，天。古時帝王自以爲是"天"的兒子，標榜他的品德爲乾德。漢焦延壽易林十二升之艮："扶陝之岐，以保乾德。"㊁年號。1. 五代前蜀王衍(順正公)。公元919—925年。2. 宋趙匡胤(太祖)。公元963—968年。

【乾興】年號。1. 北宋趙恒(真宗)。公元1022年。2. 南詔段素廉(宣肅帝)，在宋真宗時。

【乾衡】衡爲玉衡，即北斗星的斗柄。乾衡即天柄。宋書樂志四："撫乾衡，鎮地機。"

【乾$_2$燥】乾旱，缺乏水分。管子度地："當春三月，天地乾燥。"

【乾$_2$隱】隱瞞侵吞。新唐書一六七裴延齡傳："延齡嘗奏句獲乾隱二千萬緡，請舍別庫爲羨餘，供天子私費。"唐陸贄陸宣公文集二一論裴延齡姦蠹書作"隱欺"。

【乾$_2$谿】地名。春秋楚地。左傳昭十二年："楚子次於乾谿。"注："乾谿在譙國城父縣南，楚東境。"地在今安徽亳縣東南。

【乾$_2$糧】行旅時便於攜帶的乾製食品。宋沈括夢溪筆談十一官政一："人負米六斗，卒自攜五日乾糧。"

【乾曜】日光。元史一一四順帝答納失里皇后傳："月之道循右行，明同貞於乾曜。"

【乾$_2$餱】粗薄的食品。餱，乾糧。詩小雅伐木："民之失德，乾餱以愆。"

【乾$_2$癟】枯瘦，乾枯。水滸四："如今教洒家做了和尚，餓得乾癟了。"癟，本作"㿜"。

【乾$_2$鵲】喜鵲。淮南子氾論："乾鵲，知來而不知往。"注："乾鵲，鵲也。"西京雜記三："乾鵲噪而行人至。"鵲惡濕，晴則噪，故稱乾鵲。

【乾$_2$䕩】乾梅。周禮天官籩人："饋食之籩，其實棗、栗、桃、乾䕩、榛實。"

【乾$_2$阿嬭】不喂奶的保姆。北齊書穆提婆傳："提婆母陸令萱嘗配入掖庭，後主襁褓之中，令其鞠養，謂之乾阿妳。"妳，同嬭。也作"乾嬭婆"，以別於乳媪之稱阿嬭。

【乾$_2$屎橛】糞之乾塊。比喻至穢至賤之物。景德傳燈録十二義玄禪師："時有僧問，如何是無位真人？師便打，云：'無位真人是什麼乾屎橛！'"

【乾清宮】宮殿名，在北京故宮保和殿後。上有胤禛(雍正)書"正大光明"額匾。清代是皇帝召見大臣的地方。每年元旦，皇帝在這裏設宴招待諸王。

【乾$_2$淨地】未遭敵人踩躪的土地。宋度宗咸淳十年，元兵深入宋地，當時的沿江置制使、江淮招討使汪立信，到建康募兵，以援江上各郡，他對賈似道說："今江南無一寸乾淨地，某去尋一片趙家地上死，第要死得分明爾！"見宋史四一六汪立信傳。

【乾$_2$渡錢】苛捐雜稅名。宋史三一〇李迪傳附李柬之："境上有廢河故道，官收行者税，謂之乾渡錢。"

【乾象曆】我國古代曆法的一種。東漢靈帝時劉洪作。三國吳黄武二年採用，直至吳亡。參閲晉書律曆志中。

【乾$_2$餘骨】傳説中鳥名。莊子至樂："鴝掇千日，爲鳥，其名曰乾餘骨，乾餘骨之沫爲斯彌。"又見列子天瑞。

【乾闥婆】佛教樂神，也叫凌空之神。又作犍闥婆、犍闥縛。古代西域的樂人也叫乾闥婆。參閲唐慧琳一切經音義二二乾闥婆城、翻譯名義集二八部。

【乾坤一擲】見"一擲乾坤"。

【乾坤體義】明時意大利人利瑪竇著。二卷。上卷言天象，下卷言算術。清阮元疇人傳四四作三卷。爲介紹西洋天文學之最早著作。

【乾坤鑿度】易緯八種之一。分乾鑿度、坤鑿度二卷。雜引諸諱書之辭。內容多屬荒誕無稽，文字晦塞難解。隋志唐志及崇文總目皆未著録，至宋元祐始出，當爲宋人依託的作品。清四庫全書本自永樂大典中輯出。

【乾$_2$啼濕哭】猶言哭哭啼啼。北齊書尉景傳："景有果下馬，文襄(高澄)求之，景不與，……神武(高歡)對景及常山君責文襄而杖之，常山君泣救之。景曰：'小兒慣去放使作心腹，何須乾啼濕哭不聽打耶！'"元王沂伊濱集六書事詩："暮三朝四裏，乾啼濕哭中。"

【乾嘉學派】清乾隆嘉慶年間的考據學派。也稱漢學或古文經學派。代表人物有戴震、惠棟、王念孫、段玉裁等。他們繼承古文經學的訓詁方法，從校訂經書擴大到校勘史籍和諸子，從解釋經義擴大到考究歷史、地理、天文、曆法、音韻、典章制度，對古籍和史料的整理、考訂與辨僞都有較大貢獻。但他們受唯心主義思想方法和研究材料的限制，常常爲考據而考據，不免煩瑣。參見"漢學"。

【乾坤正氣集】清姚瑩輯，顧沅補。五百七十四卷。採自秦漢至明末封建朝代所謂忠臣義士之文，共一百〇一家。首載各人傳略。取宋文天祥正氣歌"天地有正氣"句爲書名。沅別有乾坤正氣詩二十卷。

【乾坤清氣集】明偶桓編。十四卷。所録詩上起宋金之末，下逮明初。清朱彝尊靜志居詩話稱爲在明人選詩中別開生面者。按元王冕墨梅詩："不要人誇好顔色，只留清氣滿乾坤"，書名本此。

【乾嘉苗族起義】清乾隆嘉慶年間，貴州、湖南、四川交界地區苗族的一次大起義。清雍正時，在這個地區實行改土歸流，加强了對苗漢人民的剥削和壓迫。乾隆五十六年，爆發了以石滿宜爲首的苗民大暴動，後被鎮壓下去。乾隆六十年，貴州銅仁府（今銅仁縣）苗民石柳鄧又率衆起義，永綏石三保、吳半生、吳八月及其子吳廷禮、吳廷義相繼響應。吳八月據平隴稱吳王。參加這次起義的苗族、土家族及漢族勞動人民達三十餘萬，屢次擊潰貴雲川兩湖兩廣七省數十萬清軍的圍剿，鬬争持續達十一年之久。參閲清魏源聖武記七、東華録、續東華録。

十二畫

亄 yì 乙冀切，去，至韻，影。
ì 於筆切，入，質韻，影。

㊀貪婪吝嗇。漢揚雄方言十二："亄，嗇，貪也。荆、汝、江、湘之郊，凡貪而不施謂之亄。"㊁見"亄費"。

【亄費】仿佛。文選晉左太沖(思)吳都

賦:"簡其華質,則亂賁錦繢。"唐呂延濟注:"亂賁,猶依稀也。"

亂 luàn 郎段切,去,换韻,來。ㄌㄨㄢ

㊀没有條理。左傳莊十年:"吾視其轍亂,望其旗靡,故逐之。"楚辭屈原卜居:"心煩意亂,不知所從。"㊁動蕩不定。和"治"相反。韓非子難勢:"抱法處勢則治,背法去勢則亂。"㊂起事,造反。書湯誓:"非台小子,敢行稱亂。"史記八七李斯傳:"於是楚成卒陳勝、吳廣等作亂。"㊃擾亂。韓非子五蠹:"儒以文亂法。"㊄混雜。韓非子喻老:"宋人有爲其君以象爲楮葉者……亂之楮葉之中而不可别也。"㊅淫穢行爲。荀子天論:"男女淫亂。"漢書四四衡山王傳:"欲與亂以止其口。"㊆治,理。見"亂臣㊀"。參閲清段玉裁説文解字注亂。㊇横渡。詩大雅公劉:"涉渭爲亂。"疏:"水以流爲順,横渡則絶其流,故爲亂。"書禹貢:"入于渭,亂于河。"㊈古代樂曲的最後一章。論語泰伯:"關雎之亂。"凡樂之大節,有歌,有笙,有間,有合,叫一成。以升歌始,終於合樂,故升歌謂之始,合樂謂之亂。辭賦篇末總括全篇要旨的話也叫"亂",如屈原離騷篇末的"亂曰"。

【亂世】動蕩不安的時代。商君書修權:"今亂世之君臣,區區然皆擅一國之利,而管一官之重,以便其私,此國之所以危也。"

【亂民】㊀統治人民。書説命中:"不惟逸豫,惟以亂民。"㊁侵害人民。韓非子詭使:"下漸行如此,入則亂民,出則不變也。"㊂歷代反動統治階級把反抗他們的人都誣衊爲亂民。周禮地官:"八曰亂民之刑。"

【亂臣】㊀善於治理國家的臣子。書泰誓中:"予有亂臣十人。"疏:"(爾雅)釋詁云:'亂,治也。'治理之臣有十人也。"㊁作亂的臣子。管子君臣下:"君爲倒君,臣爲亂臣。"

【亂行】㊀胡作非爲。漢王充論衡書虚:"用管仲,故知桓公無亂行(xíng)也。"㊁亂了行列。孫臏兵法威王問:"毁卒亂行(háng),以順其志,則必戰矣。"

【亂君】昏庸無道的君主。戰國策齊四:"斗生於亂世,事亂君,焉敢直言正諫?"斗,王斗。韓非子心度:"故明君有權有政,亂君亦有權有政,積而不同,其所以立異也。"

【亂邦】動亂的國家。論語泰伯:"危邦不入,亂邦不居。"

【亂命】人將死神志昏亂時的遺言。爲治命之反。詳"治命"。

【亂首】㊀爲首作亂的人。馬王堆漢墓帛書十大經順道:"不爲亂首,不爲宛(怨)謀(媒)。"㊁禍亂的開端。老子三:"夫禮者,忠信之薄而亂之首也。"漢書刑法志:"政衰聽怠,則廷平將招權而爲亂首矣。"㊂披頭散髮。晏子春秋諫下:"被髮亂首,南面而立,傲然。"

【亂政】㊀治理國事。書盤庚中:"兹予有亂政同位,具乃貝玉。"傳:"亂,治也。此我有治政之臣,同位於父祖,不念盡忠,但念貝玉而已,言其貪。"㊁腐敗的政治。韓非子難三:"法敗而政亂,以亂政治敗民,未見其可也。"㊂敗壞政治。左傳隱五年:"亂政亟行,所以敗也。"

【亂風】壞風氣。書伊訓:"敢有侮聖言,逆忠直,遠耆德,比頑童,時謂亂風。"

【亂俗】傷風敗俗。書君陳:"狃于姦宄,敗常亂俗。"史記七四荀卿傳:"如莊周等又猾稽亂俗。"

【亂紀】違犯法紀。馬王堆漢墓帛書十大經成法:"循名復一,民無亂紀。"晏子春秋諫下:"亂紀失民,危道也。"

【亂流】㊀横渡。後漢書八二徐登傳:"(趙炳)又嘗臨水求渡,船人不和之,炳乃張蓋坐其中,長嘯呼風,亂流而濟。"㊁水流不循常道。才調集八李嘉祐送王牧往吉州謁王使君:"野渡花爭發,春塘水亂流。"㊂濁流。唐韋應物韋江州集二自鞏洛舟行入黄河卽事寄府縣僚友詩:"寒樹依微遠天外,夕陽明滅亂流中。"

【亂真】仿造得精巧,達到真假難分的程度。唐張彦遠法書要録一南齊王僧虔論書:"張翼書右軍(王羲之)自書表,晉穆帝令翼寫題後答右軍。右軍當時不别,久方覺,云:小子幾欲亂真。"

【亂倫】㊀古代對違反當時倫理道德的行爲,叫亂倫。論語微子:"欲潔其身,而亂大倫。"魏晉以後,門第不相對和輩份不同的婚姻也叫亂倫。見世説新語方正。㊁舊時刑律稱血親通奸。漢律叫"禽獸行",唐律叫"内亂"。

【亂梯】同"亂階"。國語越下:"無曠其衆,以爲亂梯。"

【亂國】㊀紛亂不安的國家。管子治國:"故治國常富,而亂國常貧。"㊁搞亂國家。管子法禁:"上以蔽君,下以索民,此皆弱君亂國之道也。"

【亂萌】動亂的苗頭。淮南子兵略題解:"兵,防也,防亂之萌。"漢桓寬鹽鐵論授時:"三代之盛無亂萌,教也。"

【亂階】禍亂的來由。詩小雅巧言:"無拳無勇,職爲亂階。"

【亂道】㊀胡説。漢書八一張禹傳:"新學小生,亂道誤人,宜無信用。"又自謙作品寫得不好叫亂道。宋歐陽修文忠集一五一答連職方書:"亂道思潁詩一卷,粗以見志,閑中可資一噱。"㊁反動統治者把他們認爲的"異端邪説"叫亂道。明神宗萬曆實録三六九:"敢倡亂道,惑世誣民。"

【亂彈】清李斗揚州畫舫録五新城北録下:"雅部卽崑山腔;花部爲京腔、秦腔、弋陽腔、梆子腔、羅羅腔、二簧調,統謂之亂彈。"又:"郡城花部,皆係土人,謂之本地亂彈。"浙江紹興等處,别有亂彈戲,與京腔等不同。綴白裘中所收亂彈,亦别於高腔、弋陽腔而言。

【亂頭】散髮不理。世説新語容止:"裴令公(楷)有儁容儀,脱冠冕,麤服亂頭皆好。時人以爲玉人。"晉書陶侃傳:"君子當正其衣冠,攝其威儀,何有亂頭養望,自謂弘達邪?"參見"亂首㊂"。

【亂離】政治混亂,給人民造成憂患。詩小雅四月:"亂離瘼矣,爰其適歸。"傳:"離,憂。"疏:"王政既亂,則國將有憂病矣。"後把遭遇戰爭,流亡逃難叫亂離。後漢書八四董祀妻(蔡琰)傳:"後感傷亂離,追懷悲憤,作詩二章。"

【亂臣賊子】歷代統治者把他們内部反對朝廷的人叫做亂臣賊子。也用來誣衊起義、反抗的人民。孟子滕文公下:"孔子成春秋而亂臣賊子懼。"後漢書七二董卓傳:"汝等凶逆,逼迫天子,亂臣賊子未有如汝者。"指李傕。

【亂頭粗服】形容不事修飾。詳"亂頭"。

【亂點鴛鴦】舊時用鴛鴦比喻夫妻,將兩對夫妻交互錯配叫亂點鴛鴦。醒世恒言八有喬太守亂點鴛鴦譜,京劇花田錯也叫亂點鴛鴦譜。

亅 部

亅 jué ㄐㄩㄝˊ 其月切，入，月韻，羣。

漢字筆劃名稱，倒鬚鈎，也稱竪鈎。作部首用。

𠄌 jué ㄐㄩㄝˊ 居月切，入，月韻，見。

古時讀書、披閱文件，讀到某處暫時中止，用"𠄌"作標志，也作"乙"字。史記一二六滑稽傳："（東方）朔初入長安，至公車上書，……人主從上方讀之，止，輒乙其處。"清段玉裁說文解字注引此文，說："此非甲乙字，乃正𠄌字也。"參見"乙㊂"。

一 畫

了 1. liǎo ㄌㄧㄠˇ 盧鳥切，上，篠韻，來。

㊀手彎曲。見"了尦"。㊁了結。後漢書四九仲長統傳損益："人遠則難綏，事總則難了。"㊂完全。抱朴子審舉："假令不能必盡得賢，要必愈於了不試也。"晉陶潛陶淵明集三癸卯十二月中作與從弟敬遠詩："蕭索空宇中，了無一可悅。"多用在"無""不"之前。㊃明白。晉書杜預傳上表："臣心實了，不敢以曖昧之見，自取後累。"晉郭璞爾雅序："其所易了，闕而不論。"

2. lè ㄌㄜ˙

㊄助詞。用在動詞後面或用在句末，表示過程已經完了。宣和遺事元集："可以下來了。"

【了了】㊀聰明伶俐，明白事理。世說新語言語："小時了了，大未必佳。"南史戴法興傳："彭城王義康于尚書中覔了了令史，得法興等五人。"㊁清楚。唐李白李太白詩八秋浦歌之十七："桃波一席地，了了語聲聞。"

【了𠄏】懸掛東西的樣子。又作"了佻"、"了鳥"。詳"了鳥"。

【了卻】了結，解決。宋辛棄疾稼軒長短句八破陣子爲陳同甫賦壯詞以寄之："了卻君王天下事，贏得生前身後名，可憐白髮生。"

【了尦】清朱駿聲說文通訓定聲："手之攣曰了，脛之攣曰尦。"了尦，疊韻字，凡糾纏不順理者，皆謂之了尦，義同了戾。見清王筠說文句讀。

【了知】明知。唐李白李太白詩二古風之二十："蕭颯古仙人，了知是赤松。"

【了戾】二物糾結絞纏不直伸的叫了戾，卽繚戾。荀子修身"摯戾"唐楊倞注、淮南子原道"抮抱"漢許慎注，都有此語。唐段成式酉陽雜俎續集八支動："野牛高丈餘，其頭似鹿，其角了戾，長一丈。"參見"繚戾"。

【了的】同"了得㊀"。

【了悟】佛教禪宗認爲，每個人内心都有佛性。認識到這一點，叫了悟。景德傳燈錄四智威禪師："師知其了悟，乃付以山門。"

【了哥】鳥名。秦吉了的別稱。明徐渭青藤書屋文集十二題畫詩："雷雨垂垂翠色繁，古松陰裏了哥喧。"詳見"秦吉了"。

【了鳥】鳥，diǎo。㊀破爛。三國志魏明帝紀景初元年注引魏略董尋諫書："今陛下既尊羣臣，……而使穿方舉土，面目垢黑，沾體塗足，衣冠了鳥。"元李治敬齋古今黈四："又衣冠了鳥，了鳥當竝音去聲。今世俗人謂腰膂四支不相收拾者，謂之了鳥，卽此語也，音料掉。"按鳥的本字爲了，以爲懸義，因爲不易書寫，故以鳥字代替。參閱清黃生字詁了鳥、翟灝通俗編身體。㊁門窗搭扣。唐李商隱李義山詩集四病中聞河東公樂營置酒："鏁門金了鳥，展障玉鵶叉。"現在北方話門扣仍叫"釕銱兒"。

【了得】㊀了結。宋李清照漱玉詞聲聲慢秋情："梧桐更兼細雨，到黄昏點點滴滴，這次第，怎一個愁字了得！"㊁能幹，高强。水滸二："哥哥不可小覷了他，那人端的了得。"也作"了的"。古今雜劇元缺名智取符金錠楔子："我有兩個伴當，好生了的，我如今叫他來計議。"㊂用作反詰語氣時表示不得了的意思。老殘遊記五："你這東西謠言惑衆，還了得嗎？"

【了然】明白清楚。唐白居易長慶集七睡起晏坐詩："了然此時心，無物可譬喻。"

【了結】解決，結束。紅樓夢四："如你這樣說來，卻怎樣了結此案。"

【了義】佛教認爲能够準確地闡明佛教的教義，叫了義。反之，叫不了義。唐菩提流支譯大寶積經五二："若諸經中，有所宣說，厭背生死，欣樂涅槃，名不了義；若有宣說生死涅槃，二無差別，是名了義。"涅槃，佛教虛構的不生不滅的精神世界。文選南朝梁王簡栖（屮）頭陁寺碑文："全姿寶相，永籍閑安；息心了義，終焉游集。"唐高適高常侍集三同馬太守聽九思法師講金剛經詩："了義同建瓴，梵法若吹籥。"

【了當】㊀擔當得了。唐缺名海山記："（楊）素（既扶煬帝登位）歸謂家人輩曰：'小兒子吾已提起教作大家，卽不知了當得否？'"㊁完畢，結束。宋范仲淹范文正公集奏議上奏乞差官看詳投進利見文字："其看詳官每季或半年一替，所看文字，須旋旋了當，不得交割後人。"

【了解】明白理解。宋陸游劍南詩稿十一對酒："孫吳相斫書，了解亦何益。"

【了語】說到盡頭的話。世說新語排調："桓南郡（玄）與殷荆州（仲堪）語次，因共作了語。顧愷之曰：'火燒平原無遺燎。'桓曰：'白布纏棺豎旒旐。'殷曰：'投魚深淵放飛鳥。'"旒旐（liú zhào），這裏指招魂幡。又見晉書顧愷之傳。

【了不得】猶言不得了，表示事態嚴重，無法收拾。清李玉清忠譜六罵像："咱的爺爺阿！頭疼阿！了不得，了不得。"稱人之成就超絶，亦曰了不得。

【了身達命】佛家所謂徹底了悟、超凡出世的意思。水滸九十："數載之前，已知魯智深是個了身達命之人。"又一一四："尋個了身達命之處。"

𠄏 diǎo ㄉㄧㄠˇ 都了切，上，篠韻，端。

㊀倒掛。古文苑六王延壽王孫賦："𠄏瓜懸而瓠垂。"㊁男性生殖器。見通志三一六書略象形一人物之形。

三 畫

予 1. yǔ ㄩˇ 余呂切，上，語韻，喻。

㊀給予。通"與"。詩小雅采菽："君子來朝，何錫予之？"㊁贊許。通"與"。荀子大略："天下之人，唯各特意哉，然而有所共予也。言味者予易牙，言音者予師曠。"各特意，看法各不相同。

2. yú ㄩˊ 以諸切，平，魚韻，喻。

㊂我。同"余"。書湯誓："時日曷喪？予及女皆亡。"

【予告】古代官吏休假叫"告"。漢律規定，年俸二千石以上有功官員有予告、賜告待遇。准予休假稱予告；病滿三月准予回家治病稱賜告。漢書七九馮奉世傳附馮野王："今有司以爲予告得歸，賜告不得，是一律兩科，失省刑之意。"參閱史記高祖紀"高祖嘗告歸之田"集解。以後封建社會中，凡高級官員因老、病准予休假的都叫予告。

【予₂智】自誇聰明。禮中庸："人皆曰予知。"注："予，我也，言凡人自謂有知。"知，同"智"。後來言人妄自誇大曰"予智自雄"，本此。

【予₂聖】自誇才智出衆。詩小雅正月："具曰予聖，誰知烏之雌雄？"

【予寧】古時官員父母去世，准予在家守喪。意同"丁憂"、"丁艱"。漢書哀帝紀："博士弟子父母死，予寧三年。"注："寧，謂處家持喪服。"

【予奪】給予和剝奪。管子七法："予奪也，利害也，難易也，開閉也，殺生也，謂之決塞。"

【予賜】予告和賜告。漢書七九馮奉世傳附馮野王："吏二千石告，過長安謁，不分別予賜。"詳"予告"、"賜告"。

【予₂一人】古代天子的自稱。書湯誥："嗟！爾萬方有衆，明聽予一人誥。"也作"余一人"。後來諸侯也有稱"余一人"的。左傳哀十六年："夏，四月，孔丘卒。公（魯哀公）誄之曰：'旻天不弔，不慭遺一老，俾屏余一人以在位。'"

【予₂小子】古代帝王對先王或長輩的自稱。書太甲中："王拜手稽首曰：'予小子不明于德。'"爲太甲自稱。詩周頌閔予小子："閔予小子，遭家不造。"爲成王自稱。禮曲禮下："天子未除喪，曰予小子。"

【予₂取予₂求】從我這裏取求。左傳僖七年："唯我知女，女專利而不厭，予取予求，不女疵瑕也。"後指任意取求。

七 畫

事 1. shì ㄕ 鉏吏切，去，志韻，牀。

㊀事情。凡人所作所爲所遭遇都叫事。社會生活的一切活動和自然界的一切現象也叫事。禮大學："物有本末，事有終始。"荀子修身："勞苦之事則爭先，饒樂之事則能讓。"在甲骨文和金文中，"事"與"吏"、"使"爲一字。有從事某種事情和從事某種事情的人的意思。㊁職務。論語衛靈公："事君敬其事而後其食。"韓非子五蠹："無功而受事，無爵而顯榮。"㊂作，從事。商君書農戰："境内之民……事商賈，爲技藝，避農戰。"㊃侍奉。易蠱："不事王侯。"荀子王制："能以事親謂之孝，能以事兄謂之弟。"㊄變故。多指重大政治、軍事事件。商君書農戰："國有事，則學民惡法，商民善化，技藝之民不用，故其國易破也。"㊅物一件叫一事。唐白居易長慶集六二張常侍池涼夜閒讌贈諸公詩："對月五六人，管弦三兩事。"

2. zì ㄗ 側吏切，去，志韻，莊。

㊆殺，刺入。通"倳"、"剚"。漢書四五蒯通傳："所以不敢事刃於公之腹者，畏秦法也。"參見"倳刃"、"剚刃"。

【事力】㊀從事體力勞動。韓非子五蠹："不事力而衣食，則謂之能；不戰功而尊，則謂之賢；賢能之行成，而兵弱而地荒矣。"㊁從事體力勞動的人，僮僕。宋書蕭惠開傳："有舫十餘，事力二三百人。"北魏楊衒之洛陽伽藍記三城南景明寺："（邢邵）遷國子祭酒，……永熙年末，以母老辭，……詔以光禄大夫歸養私庭，所在之處，給事力五人。"

【事火】拜火爲神，卽古波斯的拜火教，也叫祆教。詳"祆教"。

【事主】㊀事情的謀主。宋書謝晦傳："（檀）道濟止於脅從，本非事主。殺害之事，又所不關。"㊁舊時多用以稱刑事案件中受害的原告，也借指其他方面的受害者。元王惲玉堂嘉話七："（元）遺山嘗與張囈齋論文，見有竊用前人辭意而復加雌黄者，遺山曰：'既盜其物，又傷事主，可乎？'"

【事功】㊀作事的功勞。周禮夏官司勳："事功曰勞。"㊁事業，功績。世說新語文學"何晏爲吏部尚書"注引王弼別傳："（何晏）以弼補臺郎，弼事功雅非所長，益不留意。"宋陳亮集戊申再上孝宗皇帝書："書生之智，知議論之當正，而不知事功之爲何物。"

【事本】㊀從事本業。商君書壹言："事本摶，則民喜農而樂戰。"摶，通"專"，專一。㊁事情的前後經過。後漢書六三李燮傳："姊文姬爲同郡趙伯英妻，賢而有智，見二兄歸，具知事本。"

【事目】摘要。宋胡太初晝簾緒論聽訟："令每遇決一事，案牘紛委，憚於徧閱，率令吏摘撮供具，謂之事目。"

【事由】㊀事情的原由。全唐詩六五二方干感時之一："破除生死須齊物，誰向穹蒼問事由？"㊁公文用語，指公文的主要內容。也叫"由頭"。唐會要二六牋表例："大中三年，應邊鎮及諸道奏事表，時有不題事由。舊制，引進狀内每具所奏事由，時邊鎮節將，以討伐黨項羌，兵機急速，恐人先知，因有此請。"

【事件】㊀具體事務。宋司馬光司馬温公集三十貢院乞逐路取人狀："今來柳村所啓請科場事件，若依而行之，委得中外均平，事理允當。"㊁可供食用的鳥獸類的內臟。宋孟元老東京夢華録四食店："更有川飯店，則有……雜煎事件。"宋吳自牧夢粱録十三天曉諸人出市："御街鋪店，聞鐘而起，賣早市點心，如煎白腸、羊鵝事件之類。"㊂今用以稱歷史上或現實生活中發生的不平常的事情。

【事宜】㊀事理。漢書五八兒寬傳："總百官之職，各稱事宜而爲之節文。"晉書劉琨傳："征討之務，得從事宜。"㊁事情。清龔自珍定庵集乙丙之際塾議三："京秩官未知外省事宜，宜聽我書。"

【事官】管理百工之事的官吏。周禮稱冬官爲事官。周禮冬官考工記："國有六職，百工與居一焉。"注："百工，司空事官之屬，於天地四時之職亦處其一也。"

【事事】㊀各事。書說命中："惟事事乃有其備，有備無患。"注："事事，非一事。"漢書九九上王莽傳："事事謙退，動而固辭。"㊁辦事。史記曹相國世家："日夜飲醇酒，卿大夫已下吏及賓客，見參不事事，來者皆欲有言。"注引如淳："不事丞相之事。"

【事典】㊀治事的法規。周禮天官太宰："六曰事典，以富邦國，以任百官，以生萬民。"左傳文六年："（趙）宣子於是乎始爲國政，制事典。"㊁專門輯集有關禮制事件的類書。如明史藝文志三有徐袍著事典考略六卷。

【事例】以前事爲例。南齊書褚淵傳："淵固讓司徒，與僕射王儉書，欲依蔡謨事例。"據晉書蔡謨傳記載，蔡謨被提升爲侍中司徒，堅不受命。所以褚淵引作前例。清會典凡例："會典以典章會要爲義，……皆總括綱領，勒爲完書，其間司事例，隨時損益凡頒之。"

【事物】客觀存在的一切物體和現象。荀子君道："國者，事物之至也如泉源，一物不應，亂之端也。"

【事始】不著撰人。一卷。其書皆推原事物之始，雜引經史，多疎舛不精審。按：

舊唐書經籍志有事始三卷，入雜家類，作劉孝孫撰；新唐書藝文志入小説家類，作劉孝孫房德懋撰；又有劉睿續事始三卷。又宋史藝文志小説家類著録劉存事始三卷、馮鑑續事始五卷。四庫提要謂今本疑後人抄撮劉馮等書，湊合成帙。

【事故】事情。周禮秋官小行人："治其事故。"唐白居易長慶集六六對酒勸令公開春遊宴詩："自去年來多事故，從今日去少交親。"後多指意外發生的不幸事情。清平山堂話本錯認屍："倘有事故，你可照管周氏。"

【事酒】周禮三酒之一。詳"三酒"。

【事迹】事情經過的痕迹。史記秦始皇紀："本原事迹，追首高明。"也作"事跡"、"事蹟"。唐詩紀事六二鄭嵎津陽門："開元到今逾十紀，當初事跡皆殘隳。"

【事情】事實。戰國策秦二："公孫衍謂義渠君曰：'道遠，臣不得復過矣，請謁事情。'"注："情，實也。"史記七四孟軻傳："則見以爲迂遠而闊事情。"

【事理】事情的道理。韓非子解老："思慮熟則得事理，得事理則必成功。"

【事務】事情。管子正世："古之欲正世調天下者，必先觀國政，料事務，察民俗。"南史袁湛傳附袁粲："雖位任隆重，不以事務經懷。"

【事略】文體之一種，以記人或事。宋王偁有東都事略一百三十卷，記北宋九朝事跡。明歸有光震川集二五有先妣事略，記其母之生平。

【事勢】事情的趨勢。漢書三六楚元王傳附劉向："事勢不兩立，王氏與劉氏亦且不並立。"三國志吴孫晧傳元興元年："晉文帝爲魏相國，遣……降將徐紹孫彧銜命齎書，陳事勢利害，以申喻晧。"

【事業】㊀人的成就。易坤："而暢於四支，發於事業。"疏："所營謂之事，事成謂之業。"㊁重要工作。荀子君道："故明主有私人以金石珠玉，無私人以官職事業，是何也？曰：本不利於所私也。"

【事會】事機。三國志蜀先主傳"表不能用"注引漢晉春秋："今天下分裂，日尋干戈，事會之來，豈有終極乎？"

【事實】事情的真實情況。韓非子制分："法重者得人情，禁輕者失事實。"史記六三莊子傳："畏累虚亢桑子之屬，皆空語，無事實。"

【事端】事之開始。史記周紀："以匿事端。"後多指亂子，事故。晉書文明王后傳："（鍾）會見利忘義，好爲事端。"

【事語】戰國策的别名。漢劉向上戰國策序："或曰國策，或曰國事，或曰短長，或曰事語，或曰長書，或曰脩書。"

【事機】事情的機會，時機。三國志魏鄧艾傳："今吴未賓，勢與蜀連，不可拘常以失事機。"北堂書鈔七三引晉起居注："王濬爲益州，伐吴，遣别駕何攀奉表詣臺，口陳事機。"

【事類】按事分類。後漢書四六陳寵傳："寵爲（鮑）昱撰辭訟比七卷，決事科條，皆以事類相從。"三國志魏武宣卞皇后傳"少有才學"注引魏略曹丕答卞蘭教："賦者，言事類之所賦也。"

【事權】作事的權宜或權能。淮南子兵略："左右不相干，受刃者少，傷敵者衆，此謂事權。"

【事變】㊀事情發生變化。詩序："吟咏情性，以風其上，達於事變，而懷其舊俗者也。"㊁非常變異的事。管子幼官："和好不基，貴賤無司，事變日至。"荀子富國："賞行罰威，……若是則萬物得宜，事變得應。"

【事體】㊀事之體統。後漢書四四胡廣傳："達練事體，明解朝章。"㊁事情。西遊記九："不知後來事體如何，且聽下回分解。"

【事類賦】宋吴淑著，並自注釋。三十卷。書以一題（如天、地、山、水等）爲一賦來概括有關的史實典故。共一百題。後人續有增補，清華希閔有廣事類賦，吴世旃有廣廣事類賦等，都僅供文人選擇詞藻之用，不如吴淑原書的精當。

【事文類聚】宋祝穆撰，一百七十卷，分前、後、别、續四集。其書仿藝文類聚、初學記等類書，搜集古今紀事及詩文，合編成書，供查閲典故之用。祝穆是宋代理學家朱熹的學生，書内突出儒家思想，但收集的材料較豐富，其中包括一些已散佚了的古書中的資料。後元富大用又編新集三十六卷，外集十五卷；祝淵編遺集十五卷。都依穆書體例，内容有所增益。

【事半功倍】用力小而功效大。孟子公孫丑上："故事半古之人，功必倍之，惟此爲然。"六韜龍韜："夫必勝者，先見弱於敵而後戰者也，故事半而功倍。"（羣書治要本）

【事物紀原】舊題宋高承撰，十卷。分五十五部，包括天地山川，鳥獸草木，陰陽五行，禮樂制度。紀事達一千八百四十一條，敍述事物的起源，雖不盡確切，但都引用原書，可供參證。

【事與願違】事實與願望相違背。文選三國魏嵇叔夜（康）幽憤詩："事與願違，遘兹淹留。"也作"事與心違"。宋歐陽修文忠集十二紀德陳情上致政太傅杜相公詩："貌先年老因憂國，事與心違始乞身。"

【事實類苑】宋江少虞撰，六十三卷，分二十二門。引書按内容分類，全録原文，不加增損，共六十餘家，輯録北宋一代遺文逸事。頗便查考。

【事魔食菜】也作"喫菜事魔"。卽明教。宋志盤佛祖統記四八："喫菜事魔……稱爲明教會。"五代宋元農民起義常利用明教組織羣衆。明教供奉光明之神摩尼，崇拜日月，素食，禁葷酒。五代以來封建統治階級改"摩"爲"魔"，誣稱爲"事魔食菜"，嚴加申禁。宋宣和二年浙江方臘起義就用明教作爲發動起義的組織方式。參閲宋莊季裕雞肋編上。參見"明教"。

㐨 xù ㄒㄩˋ

見"孖"。

二部

二 èr 而至切，去，至韻，日。
二 ㄦˋ

㊀數詞。易繫辭上："分而爲二以象兩。"㊁副。與"正"相對。同"貳"。禮坊記："故君子有君不謀仕，唯卜之日稱二君。"㊂次。與"主"相對。韓詩外傳四："君行一，臣行二。"㊃相比。史記九二淮陰侯傳："此所謂功無二於天下，而略不世出者也。"㊄再次。南齊書禮志上："醮酒二辭。"㊅疑，不明確。吕氏春秋應言："令二，輕臣也。"㊆重文符號。後漢書十六鄧禹傳附鄧騭："時遭元二之災。"注："卽元元也。"按古籍重文下多記＝（短横），後訛寫成"二"字。

【二七】卽十四。宋書禮志二引劉楨魯

都賦:"素秋二七,天漢指隅。"即農曆七月十四日。樂府詩集六八南朝陳後主(叔寶)東飛伯勞歌:"年時二七猶未笄,轉顧流眄鬟鬢低。"即十四歲。

【二八】㊀即十六。左傳襄十一年:"女樂二八。"指十六人。南朝宋鮑照鮑氏集七玩月城西門廨中詩:"三五二八時,千里與君同。"指每月的十六日。素問上古天真論:"二八腎氣盛。"宋蘇軾分類東坡詩十四李鈐轄座上分題戴花:"二八佳人細馬馱,十千美酒渭城歌。"指十六歲。㊁八元、八愷的合稱。藝文類聚五七漢張衡七辯:"於是二八之儔,列乎帝庭。"參見"八元"、"八愷"。

【二三】㊀時二時三,反覆無定。書咸有一德:"德惟一,動罔不吉;德二三,動罔不凶。"傳:"二三,言不一。"詩衛風氓:"士也罔極,二三其德。"這指愛情不專一。㊁約數,或二或三。左傳文十三年:"請東人之能與夫二三有司言者,吾與之先。"

【二方】東漢陳寔長子紀,字元方;四子諶,字季方;有高名,稱二方。後漢書六二陳寔傳贊:"二方承則,八慈繼塵。"八慈,荀淑八子,均以"慈"爲字。

【二心】有異心。書康王之誥:"不二心之臣。"左傳莊十四年:"納我而無二心者,吾皆許之。"

【二王】㊀詩周頌序:"振鷺,二王之後來助祭也。"古代新王朝建立後,封前兩朝的王族後裔爲諸侯國君,稱二王。如周封禹後裔於杞,封湯後裔於宋。東漢光武帝封殷後裔孔安爲殷紹嘉公,封周後裔姬常爲周承休公。㊁晉王羲之獻之父子善書法,後人稱爲二王。唐張彥遠法書要錄二梁虞龢論書表:"洎乎漢魏,鍾(繇)張(芝)擅美,晉末二王稱英。"

【二天】東漢冀州刺史蘇章巡視部屬時,特別宴請清河太守,太守高興地說:"人皆有一天,我獨有二天。"見後漢書三一蘇章傳。後來詩文中常用二天爲感恩之詞。唐杜甫杜工部草堂詩箋二一江亭王閬州錢筵蕭遂州:"二天開寵餞,五馬爛生光。"

【二分】春分,秋分。左傳昭二一年:"二至二分,日有食之,不爲災。"文選晉左太冲(思)魏都賦:"閫鉤繩之筌緒,承二分之正要。"

【二凶】凶,指凶惡的事或人,隨文而異。管子內業:"節其五欲,去其二凶。不喜不怒,平正擅匈(胸)。"此指喜怒過度。南朝宋劉劭和他弟弟劉濬,殺死他的父親劉義隆(文帝),劭自稱帝。宋書稱劭爲元凶,爲他們兄弟二人立二凶傳。

【二手】非一人手筆。元夏文彥圖繪寶鑑五:"(倪瓚)晚年,率略酬應,似出二手。"

【二毛】人老頭髮斑白,故以此稱老人。左傳僖二二年:"君子不重傷,不禽二毛。"北周庾信庾子山集二哀江南賦序:"信年始二毛,卽逢喪亂。"

【二氏】㊀二姓。左傳昭二九年:"獻子曰,是二氏者吾亦聞之。"㊁指釋道兩家。唐韓愈昌黎集十四重答張籍書:"今夫二氏行乎中土也,蓋六百年有餘矣。"

【二世】㊀兩代。宋書禮志三:"大業之隆,重光四葉,不羈之寇,二世而平。"㊁秦制,皇帝以世次稱。秦始皇既死,趙高和丞相李斯合謀立始皇少子胡亥作皇帝,稱二世。參見"胡亥"。

【二史】㊀左史和右史。漢荀悅申鑒時事:"朝有二史:左史記言,右史記動。"㊁太史和國史。古代的史官掌管天文、曆法和人事,自東漢開始,曆官(太史)和史官(國史)分設,只有遼設國史館,合太史與國史爲一。遼史曆象志下朔考:"時月不正,則敍事不一,故二史合爲一官。"

【二四】放肆,撒賴,隨便。常與"放"字連用。金董解元西廂二:"當初遭難,與俺成親事,及至如今放二四。"古今雜劇元尚仲賢氣英布四:"我不認得恁劉沛公,放二四拖狗皮是不回席。"

【二老】㊀二位老者。常用以尊稱同時齊名的老人。孟子離婁上:"二老者,天下之大老也。"指伯夷太公望。文選晉孫興公(綽)遊天台山賦:"追羲農之絕軌,躡二老之玄蹤。"指老子老萊子。㊁父母。北周庾信庾子山集十二王祥扣冰魚躍贊:"二老同膳,雙魚共浮。"

【二至】冬至和夏至。左傳昭二一年:"二至二分,日有食之,不爲災。"

【二曲】陝西盩厔縣(今周至縣)的別名。山曲爲盩,水曲爲厔,因山水的曲折而命名。見太平寰宇記三十鳳翔府盩厔縣。宋蘇軾分類東坡詩一奉詔減決囚禁記所經歷:"二曲林泉勝,三川氣象侔。"

【二名】兩個字的名字。公羊傳定六年:"此仲孫何忌也,曷爲謂之仲孫忌?譏二名,二名非禮也。"

【二色】㊀兩種顏色。太平御覽四三二漢蔡邕書:"早喪二親,年踰三十,鬢髮二色。"㊁舊指對妻子愛情不專一。詳"不二色"。

【二仲】指漢羊仲裘仲二人。初學記十八漢趙岐三輔決錄:"蔣詡字元卿,舍中三逕,唯羊仲裘仲從之遊。二仲皆推廉逃名。"晉陶潛陶淵明集八與子儼等疏:"但恨鄰靡二仲,室無萊婦,抱兹苦心,良獨罔罔。"

【二任】見"一身二任"。

【二后】周文王武王。詩周頌昊天有成命:"昊天有成命,二后受之。"

【二妃】傳說堯的兩女娥皇女英,是舜的妻子。漢書三六劉向傳:"舜葬蒼梧,二妃不從。"文選漢張平子(衡)思玄賦:"哀二妃之未從兮,翩繽處彼湘濱。"

【二宋】指同時齊名的宋姓二人。如:1.宋代宋祁和兄宋庠。庠爲大宋,祁爲小宋,合稱二宋。見歐陽修歸田録一、宋史二八四宋祁傳。2.宋代宋雄宋琪齊名,時稱二宋。見宋史二六一宋雄傳。3.元代宋褧和兄宋本都以文章著名,時稱二宋。見元史一八二宋本傳。4.明代宋克宋廣都擅長草書,稱爲二宋。見明史二八五王行傳附宋克。

【二志】二心,異心。後漢書五八臧洪傳:"凡我同盟,齊心一力,……必無二志。"

【二酉】指大酉小酉二山。在今湖南沅陵縣西北。太平御覽四九荆州記:"小酉山上石穴中有書千卷,相傳秦人於此而學,因留之。"後稱藏書多曰二酉,本此。清張澍所輯叢書名二酉堂叢書。

【二別】指大別山小別山。南齊謝朓謝宣城集四和王著作(融)八公山詩:"二別阻漢坻,雙崤望河澳。"

【二伯】㊀周代主持國政的東西二伯。禮王制:"八伯(方伯)各以其屬,屬於天子之老(上公)二人,分天下以爲左右,曰二伯。"注:"春秋傳曰:'自陝以東,周公主之,自陝以西,召公主之。'"㊁春秋時的齊桓公晉文公。穀梁傳隱八年:"誥誓不及五帝,盟詛不及三王,交質子不及二伯。"

【二妙】稱同時以才藝著名的二人。1.晉衛瓘和索靖都擅長草書,時人號爲一臺二妙。詳"一臺二妙"。2.新唐書一一八韋維傳:"(維)遷户部郎中,善裁剖,時員外宋之問善詩,故時稱户部二妙。"3.元夏文彥圖繪寶鑑四:"艾淑……善畫竹,與陳所翁同舍畫龍,俱得名,時稱六館二妙。"4.金段克已成已兄弟,都以文章著名,趙秉文稱爲二妙。有詩集八卷,題爲二妙集。

【二京】㊀漢代的東京(洛陽)、西京(長安)。晉書左思傳:"班固兩都,理勝其辭;張衡二京,文過其意。"東漢張衡二京(東京西京)賦,文見後漢書本傳及文選。㊁兩座京觀。吕氏春秋不廣:"齊攻廩丘,趙使孔青將死士而救之,與齊人戰,大敗之。齊將死,得車二千,得尸三萬,以爲二京。"參見"京觀"。

【二府】㊀本指漢代丞相和御史的官署,也用以代稱丞相和御史。漢書三六劉向傳:"今二府奏佞讇不當在位。"後漢書四三何敞傳:"而二府以爲故事。"注:"二府,謂司徒(丞相)、司空(御史大夫)。"㊁宋代中書省和樞密院稱二府。宋史職官志二:"宋初循唐五代之制,置樞密院,與中書對掌政軍大權,號爲二府。"㊂明清兩代同知的俗稱。因同知是知府的副職,故名。儒林外史二五:"我在安東做了兩年,又到四川做了一任知州,轉了個二府,今年纔陞到這裏。"

【二房】小老婆。紅樓夢二:"託他向甄家娘子,要那嬌杏作二房。"

【二叔】周武王弟管叔蔡叔。左傳僖二四年:"昔周公弔二叔之不咸,故封建親戚,以蕃屏周。"漢馬融以二叔指夏殷之末世,鄭衆賈逵鄭玄指管蔡。參閱唐孔穎達正義。

【二典】尚書的堯典舜典。文苑英華三八六唐賈至授房琯刑部尚書制:"俾掌二典,以弼五教。"按尚書今文僅有堯典,東晉僞古文始自堯典分出舜典一篇。

【二朋】兩行,兩列。新唐書二二一西域傳下寧遠:"每元日,王及首領判二朋,朋出一人,被甲鬬,……以卜歲善惡。"

【二周】㊀西周東周。戰國策西周:"盡包二周,多於二縣,九鼎存焉。"㊁兩年。文選晉潘安仁(岳)爲賈謐作贈陸機詩:"自我離羣,二周於今。"

【二姓】㊀締結婚姻的男女兩家。禮昏義:"昏禮者,將合二姓之好。"㊁兩朝君王。後漢書六十蔡邕傳:"六世祖勳,……王莽初,授以厭戎連率。勳對印綬仰天歎曰:'吾策名漢室,死歸其正,昔曾子不受季孫之賜,況可事二姓哉?'"

【二南】詩經的周南召南。晉書樂志上:"周始二南,風兼六代。"

【二柄】㊀賞與罰。韓非子二柄:"二柄者,刑德也。……殺戮之謂刑,慶賞之謂德。"㊁文與武。唐柳宗元柳先生集四十爲韋京兆祭杜河中文:"自古謀帥,恒在諸儒,……爰及近代,二柄殊途,授鉞之臣,率由武夫。"

【二而】傳統戲劇中副淨的别稱,或叫二花臉。清李斗揚州畫舫録五新城北録下:"馬文觀,字務功,爲白面,兼工副淨。……二面之難,氣局亞於大面,温暾近於小面,忠義處如正生,卑小處於副,至乎其極。又服婦人之衣作花面丫頭,與女脚色争勝。"

【二省】指中書省、門下省。前者爲掌管機要、發布政令的機構,後者爲皇帝的侍從顧問機構。南齊書明帝紀:"東西二省,猶沾微俸。"北史崔瞻傳:"瞻患氣,兼性遲重。雖居二省,竟不堪敷奏。"

【二皇】古代傳説中的人物伏羲和神農。淮南子原道:"泰古二皇,得道之柄,立于中央。"文選漢張平子(衡)東京賦:"軼五帝之長驅,踵二皇之遐武。"

【二俊】兩個同時以才能著稱的人。晉書陸機傳:"至太康末,與弟雲俱入洛,造太常張華。華素重其名,如舊相識。曰:'伐吳之役,利獲二俊。'"世説新語言語"陸機詣王武子"注引晉陽秋作"平吳之利,在獲二儁。"

【二紀】日、月。文選漢張平子(衡)思玄賦:"倚招摇攝提以低回劉流兮,察二紀五緯之綢繆遹皇。"招摇、攝提,星名。五緯,五大行星。

【二姚】古代傳説夏少康失國,流亡到有虞,虞君把兩個女兒嫁給他。虞國姓姚,所以叫二姚。左傳哀元年:"虞思於是妻之以二姚。"楚辭屈原離騷:"及少康之未家兮,留有虞之二姚。"

【二浙】浙東浙西。宋范祖禹范太史集二十封還臣寮論浙西賑濟事狀:"今國家建都於汴,實就漕挽東南之利,京師億萬之口所食,瞻軍養民,皆出於二浙。"

【二庭】㊀東漢建武二十四年薁鞬日逐王自立爲單于,爲南單于,從此匈奴分爲南北二庭。見後漢書八九南匈奴傳。㊁唐時西突厥分二庭。乙毗沙鉢羅葉護可汗建庭於雖合水北,爲南庭;咄陸建庭於鏃曷山西,爲北庭。二庭以伊列水爲界。見新唐書二一五突厥傳下。唐駱賓王文集三晚泊蒲類詩:"二庭歸望斷,萬里客心愁。"

【二祖】指建立王朝的祖先二人。文選漢張平子(衡)東京賦:"瞻仰二祖,厥廟孔肆。"指漢劉邦(高祖)劉秀(光武)。又晉陸士衡(機)答賈長淵詩:"惟公太宰,光翼二祖。"指晉司馬昭(太祖)、司馬炎(世祖)。

【二班】漢班彪班固父子。後漢書四十上班彪傳贊:"二班懷文,裁成帝墳。"南朝梁劉勰文心雕龍才略:"二班兩劉,弈葉繼采。"兩劉,漢劉向劉歆父子。

【二陝】陝東陝西。相傳周初周公召公分治二陝。文苑英華二六七唐李嶠送光禄劉主簿之洛詩:"函谷雙崤右,伊川二陝東。"

【二哥】宋元時稱店主爲大哥,店小二爲二哥。金董解元西廂一:"正疑惑之際,二哥推户。"

【二致】不一致。指兩種意見、主張。宋史四三二周堯卿傳:"至三傳之異同,均有所不取,曰:'聖人之意,豈二致耶?'"

【二氣】陰、陽。易咸:"二氣感應以相與。"

【二乘】指佛教的大乘、小乘。景德傳燈録五慧能大師:"若以智慧照煩惱者,此是二乘小兒,羊鹿等機。上智大根,悉不如是。"

【二徐】五代南唐徐鉉徐鍇兄弟,因研究説文有名,時號二徐。參閲宋陸游南唐書五。又以輩行稱大徐、小徐。

【二陸】同時有名的陸姓二人。如:1.晉陸機陸雲兄弟齊名,時人稱爲二陸。南朝梁鍾嶸詩品中:"清河之方平原,殆如陳思之匹白馬;于其哲昆,故稱二陸。"2.宋儒陸九齡陸九淵兄弟。見宋史四三四陸九齡傳。

【二陵】殽山中兩個丘陵,在今河南陝西間,爲漢以前交通要道。左傳僖三二年:"晉人禦師必於殽。殽有二陵焉:其南陵,夏后皋之墓也;其北陵,文王之所辟風雨也。必死是間。"注:"殽,本又作'崤'。"參見"二崤"。

【二麥】大麥、小麥。宋書武帝紀大明七年:"今二麥未晚,甘澤頻降。"

【二崤】崤山,在今河南洛寧縣西北。山分東崤西崤,故稱二崤。文選漢班孟堅(固)西都賦:"左據函谷二崤之阻,表以太華終南之山。"元和郡縣志五河南府:"二崤山又名嶔崟山,在(永寧)縣北二十八里。……自東崤至西崤三十五里,東崤長坂數里,峻阜絶澗,車不得方軌;西崤全是石坂十二里,險絶不異東崤。"或説崤有二陵,故稱二崤。

【二絃】絃樂器,二胡之類。清續文獻通考一九四樂七:"二絃等於二胡,惟槽之前後均冒皮,出音較沉,中音部樂器。"參見"胡琴"。

【二婚】舊社會對再嫁婦女的稱呼。清李漁凰求鳳媒間:"是個二婚,年紀不過二十四五歲。"口語叫二婚兒或二婚頭。

【二華】太華少華二山。文選漢張平子(衡)西京賦:"綴以二華,巨靈贔屓,高掌遠蹠,以流河曲。"古代神話説,二華本來是一座山,因它擋住河流,河神巨靈用手擘開它的上方,用脚踹開它的下方,把它中分爲二,河水就不用繞道。見晉干寶搜神記十三。

【二黄】戲曲調名。源出湖北的黄岡黄陂,故名。又名湖廣調。清乾隆年間,由徽班傳入北京。咸豐同治間,合西皮調稱爲皮黄調。

【二極】南極、北極。書洪範"日月之行"唐孔穎達疏:"南北二極,中等之處,謂之赤道。"

【二雅】詩經的大雅小雅。漢書一〇〇上敘傳幽通賦:"葢惴惴之臨深兮,乃二雅之所祇。"

【二疏】漢疏廣爲太傅,其侄疏受爲少傅。因年老同時辭官,公卿大夫在東都門外盛會歡送。封建文人以此爲美談。見漢書七一疏廣傳。文選晉張景陽(協)詠史詩:"藹藹東都門,羣公祖二疎。"疎,同"疏"。

【二程】宋理學家程顥程頤兄弟。宋史四二七張載傳:"一夕二程至,與論易。"

【二喬】三國時喬公的兩個女兒。喬,一作"橋"。三國志吳周瑜傳:"(孫)策欲取荆州,以瑜爲中護軍,領江夏太守,從攻皖,拔之。時得橋公兩女,皆國色也。策自納大橋,瑜納小橋。"唐杜牧樊川文集四赤壁詩:"東風不與周郎便,銅雀春深鎖二喬。"清沈欽韓兩漢書疏證説橋公即漢太尉喬玄。

【二傅】太傅、少傅,都是輔導太子的官。南史王儉傳:"又領太子少傅。舊太子敬二傅同,至是朝議接少傅以賓友之禮。"

【二象】乾、坤。晉書王坦之傳:"二象顯於萬物,兩德彰於羣生。"

【二絶】同時並稱的兩種傑出技藝。陳書顧野王傳:"宣城王爲揚州刺史,野王及琅琊王褒並爲賓客。王甚愛其才。野王又善丹青。王於東府起齋,乃令野王畫古賢,命王褒書贊,時人稱爲二絶。"

【二溟】南海、北海。溟,海。文選晉袁彦伯(宏)三國名臣序贊:"洪飈扇海,二溟揚波。"

【二傳】解釋春秋的公羊傳和穀梁傳。後漢書三六賈逵傳:"帝善逵説,使發出左氏傳大義長於二傳者。"

【二端】㊀兩種主意。戰國策東周:"西周之欲入寶,持二端。"宋鮑彪注:"言東兵急則入,不急則已。持二端。"持二端,猶言遲疑不決。參見"首鼠兩端"。㊁氣和魄。禮祭義:"二端既立,報以二禮。"㊂兩個方面。漢董仲舒春秋繁露六二端:"春秋至意有二端。"

【二臺】㊀東漢的侍御史、尚書郎稱爲二臺。後漢書四六陳寵傳附陳忠:"顯列二臺。"㊁内臺、外臺的合稱。漢官儀謂御史臺内掌蘭臺祕書,外督諸州刺史,故以蘭臺爲内臺,刺史治所爲外臺,合稱二臺。晉陶潛陶淵明集一命子詩:"直方二臺,惠和千里。"

【二甄】圍獵或軍陣的左右兩翼。左傳文十年"遂道以田孟諸,……子朱及文之無畏爲左司馬"晉杜預注:"將獵,張兩甄。"宋書禮志一:"大司馬屯北旌門,二甄帥屯左右旌門。"亦作"雙甄"。世説新語規箴:"桓南郡(玄)好獵,……雙甄所指,不避陵壑。"

【二廣】春秋楚軍制名,謂左右二列。左傳宣十二年:"其君之戎,分爲二廣,廣有一卒,卒偏之兩。"注:"十五乘爲一廣。司馬法百人爲卒,二十五人爲兩,車十五乘爲大偏。今廣十五乘,亦用舊偏法,復以二十五人爲承副。"

【二篆】大篆、小篆。晉書衛瓘傳附衛恒:"秦時李斯,號爲二篆,諸山及銅人銘,皆斯書也。"唐杜甫杜工部詩史補遺八李潮八分小篆歌:"陳倉石鼓又已訛,大小二篆生八分。"

【二儀】天地。三國魏曹植曹子建集六惟漢行詩:"太極定二儀,清濁始以形。"晉范甯春秋穀梁傳序:"該二儀之化育,贊人道之幽變。"參見"兩儀"。

【二價】不同的貨價。漢王充論衡是應:"買物安肯不求賤?賣貨安肯不求貴?有求貴賤之心,必有二價之語。"

【二劉】同時有名的劉姓二人。著名的如:1.隋劉焯劉炫。見北史劉焯傳。2.宋劉敞劉攽。見宋王應麟小學紺珠七氏族。3.明劉鈗劉棨。見明史一六八劉珝傳。4.清劉寶楠劉文淇。見續碑傳集七三。

【二嬀】嬀姓二女。傳説是堯女舜妻,即娥皇女英。晉書康獻褚皇后傳:"伏惟陛下德侔二嬀,淑美關雎,臨朝攝政,以寧天下。"

【二親】父母。韓詩外傳一:"二親之壽,忽如過隙。"漢書六二司馬遷傳報任安書:"今僕不幸,蚤失二親,無兄弟之親,獨身孤立。"

【二龍】稱譽同時著名的兩個人,多指兄弟。歷史上記載的很多。著名的有東漢許虔許劭,見後漢書六八許劭傳;南朝梁謝舉謝覽,見南史謝舉傳;柳惔柳悦,見南史柳惔傳;唐烏承玼烏承恩,見新唐書一三六烏承玼傳。

【二諦】佛教語,指真諦和俗諦。諦意即實理。世俗的道理叫俗諦,佛家的道理叫真諦。廣弘明集二一南朝梁蕭統解二諦義:"所言二諦者,一是真諦,二名俗諦。真諦亦名第一義諦,俗諦亦名世諦。"

【二諾】隨便答應,不守諾言。唐魏徵魏鄭公詩集述懷:"季布無二諾,侯嬴重一言。"參見"一諾千金"。

【二豎】病魔。左傳成十年:"公夢疾爲二豎子,曰:'彼良醫也,懼傷我,焉逃之?'其一曰:'居肓之上,膏之下,若我何?'醫至,曰:'疾不可爲也,在肓之上,膏之下,攻之不可,達之不及,藥不至焉,不可爲也。'"後因稱人所患的疾病爲二豎,病至不可救藥爲病入膏肓。抱朴子至理:"破積聚於腑臓,追二豎於膏肓。"參見"膏肓"。

【二謝】同時有名的謝姓二人。著名的如:1.晉謝安謝萬。世説新語品藻:"或問林公(支遁),司州(王胡之)何如二謝?林公曰:'固當攀安提萬。'"2.南朝宋謝靈運謝朓。唐杜甫杜工部草堂詩箋三二解悶:"孰知二謝將能事,頗學陰(鏗)何(遜)苦用心。"一説指謝靈運謝惠連。見九家注杜詩。

【二應】三國魏應瑒應璩兄弟。陳書陸瑜傳:"轉軍師,……東宫學士,兄琰時爲管記,並以才學娱侍左右,時人比之二應。"

【二戴】漢戴德戴聖。戴德删禮記爲八十五篇,後人稱爲大戴禮;他的姪子戴聖又删爲四十九篇,稱小戴禮,就是十三經裏的禮記。唐孔穎達禮記正義序:"去聖逾遠,異端漸扇,故大小二戴,共氏而分門。"

【二離】比喻同時兩個有才華的人。離,長離,傳説的鳳鳥。文選晉傅長虞(咸)贈何劭王濟詩:"雙鸞游蘭渚,二離揚清暉。"

【二難】㊀兩件難事。左傳襄十年:"子産曰:'衆怒難犯,專欲難成。合二難以安國,危之道也。'"㊁唐王勃王子安集五滕王閣詩序:"四美具,二難并。"指賢主、嘉賓,二者難得。㊂即"難兄難弟"。詳該條。

【二蘇】同時有名的蘇姓二人。如:1.東漢蘇章蘇不韋。見後漢書三一蘇章蘇不韋傳贊。2.南北朝的蘇亮蘇綽。見周書蘇亮傳。3.宋蘇軾蘇轍。宋黄庭堅豫章集三和答子瞻和子由常父憶館中故事詩:"二蘇上連璧,三孔立分鼎。"

【二耀】日、月。南齊書王融傳畫漢武北伐圖上疏："偶化兩儀，均明二耀。"

【二變】變宮、變徵。詳"七聲"。

【二體】㊀史書的兩種體裁。一是編年體，始於春秋；一是紀傳體，始於史記。唐劉知幾史通有二體一篇，論兩體之得失。後來宋袁樞又創紀事本末體。以後目録史部分類，相沿分爲三種體裁。㊁兩種體式。左傳昭二十年："聲亦如味，一氣，二體。"疏："文舞執羽籥，武舞執干戚，舞者有文武之二體。"

【二三子】諸位，幾個人。論語陽貨："子曰：'二三子，偃(子游)之言是也。'"左傳僖二四年："主晉祀者，非君而誰？而二三子以爲己力，不亦誣乎！"參見"二三君子"。

【二千石】漢代内自九卿郎將，外至郡守尉的俸禄等級，都是二千石。分三等：中二千石，月得百八十斛；二千石，月得百二十斛；比二千石，月得百斛。東漢二千石稱真二千石。後因稱郎將、郡守和知府爲二千石，本此。史記孝文紀："臣謹請(與)陰安侯列侯頃王后與瑯玡王、宗室、大臣、列侯、吏二千石議。"漢書循吏傳序："與我共此者，其唯良二千石乎？"參閲漢書宣帝紀神爵四年注、西漢會要三七職官七秩禄。

【二之日】周曆二月，即農曆十二月。詩豳風七月："一之日觱發，二之日栗烈。"

【二王帖】法帖名。晉王羲之王獻之父子的書法拓本。右軍(羲之)二卷，大令(獻之)一卷，爲宋臨江石刻。見明汪珂玉珊瑚網二一法書題跋。

【二五耦】左傳莊二八年："二五卒與驪姬譖羣公子而立奚齊，晉人謂之二五耦。"二五，指晉獻公的寵臣梁五和東關五；耦，二人並耕。比喻狼狽爲奸。

【二言詩】每句二字的詩，或篇中的二言句。南朝梁劉勰文心雕龍章句："唯祈父肇禋，以二言爲句。尋二言肇於黄世，竹彈之謡是也。"按吳越春秋九記載的彈歌："斷竹，續竹，飛土，逐肉。"全首以二字爲句。詩小雅祈父的"祈父"，周頌維清的"肇禋"都是一章中的二字句。

【二郎神】㊀神名。自宋以來，各地多有二郎神廟，宋朱熹朱子語録："蜀中灌口二郎廟，當時是(秦)李冰因開離堆有功立廟，……乃是他第二兒子。"但不言其名，封神演義作楊戬。㊁詞牌名。雙調。原是唐教坊曲名。宋徐伸詞，名轉調二郎神；宋吳文英詞，名十二郎。見詞譜三二。

【二聖環】南宋時軍旗上的雙環圖案。宋張瑞義貴耳集下："紹興初，楊存中在建康，諸軍之旗，中有雙勝交環，謂之二聖環，取兩宮(宋徽宗欽宗)北還之意。"又有用玉石琢成的帽環，也叫二聖環。

【二十一史】明萬曆國子監刊行的史書。將宋時所稱的十七史增加宋遼金元四史，稱爲二十一史。參閲清顧炎武日知録十八監本二十一史。

【二十二子】叢書名。1.清光緒間浙江書局據善本彙刻。共收老子莊子管子列子墨子荀子尸子孫子孔子集語晏子春秋吕氏春秋賈誼新書春秋繁露文子纘義揚子法言黄帝内經竹書紀年統箋商君書韓非子淮南子文中子山海經二十二種。2.清王纘堂彙刊，名二十二子全書。共收古三墳鬻子子華子尹文子慎子公孫龍子于陵子鄧子素書忠經女孝經素履子兩同書鹿門子農説佛説四十二章經青烏先生葬經葬經内篇玄真子外篇天隱子無能子胎息經二十二種。

【二十二史】清代以二十一史加明史，合稱二十二史。參見"十七史"、"二十一史"。

【二十八舍】二十八宿所在位置，即二十八宿。史記律書："七正二十八舍。"

【二十八宿】古代天文學家把黄道（太陽和月亮所經天區）的恒星分成二十八個星座，稱爲二十八宿，四方各有七宿。淮南子天文："五星、八風、二十八宿。"注："東方：角、亢、氐、房、心、尾、箕；北方：斗、牛、女、虚、危、室、壁；西方：奎、婁、胃、昴、畢、觜、參；南方：井、鬼、柳、星、張、翼、軫。"

【二十八將】東漢光武時二十八個有功的武將。東漢明帝永平三年，在南宫雲臺畫了二十八將的像，稱爲雲臺二十八將。鄧禹爲首，以下是馬成吳漢王梁賈復陳俊耿弇杜茂寇恂傅俊岑彭堅鐔馮異王霸朱祐任光祭遵李忠景丹萬修蓋延邳彤銚期劉植耿純臧宫馬武劉隆。見後漢書二二馬武傳論、二二朱祐傳。

【二十八調】唐代教坊俗樂之調，宫、商、角、羽四聲各七調，共二十八調。新唐書禮樂志十二："凡所謂俗樂者，二十有八調：正宫、高宫、中吕宫、道調宫、南吕宫、仙吕宫、黄鍾宫爲七宫。越調、大食調、高大食調、雙調、小食調、歇指調、林鍾商爲七商。大食角、高大食角、雙角、小食角、歇食角、林鍾角、越角爲七角。中吕調、正平調、高平調、仙吕調、黄鍾羽、般涉調、高般涉調爲七羽。"

【二十五絃】二十五絃的琴。淮南子泰族："琴不鳴而二十五絃各以其聲應。"絃，又作"弦"。唐錢起錢考工集十歸雁詩："二十五弦彈夜月，不勝清怨却飛來。"

【二十四史】紀傳體的史書，自唐有三史，宋有十七史，明有二十一史之目，清乾隆四年又增明史舊唐書舊五代史，合爲二十四史。總計三千二百四十三卷。其卷數及作者(或領銜人)如下：

書　名	卷數	作者(或領銜人)
史記	130	漢司馬遷
漢書	120	漢班固
後漢書	120	南朝宋范曄
三國志	65	晉陳壽
晉書	130	唐房玄齡
宋書	100	南朝梁沈約
南齊書	59	南朝梁蕭子顯
梁書	56	唐姚思廉
陳書	36	唐姚思廉
魏書	114	北齊魏收
北齊書	50	唐李百藥
周書	50	唐令狐德棻
隋書	85	唐魏徵
南史	80	唐李延壽
北史	100	唐李延壽
舊唐書	200	五代後晉劉昫
新唐書	225	宋歐陽修
舊五代史	152	宋薛居正
新五代史(五代史記)	75	宋歐陽修
宋史	496	元托克托
遼史	116	元托克托
金史	135	元托克托
元史	210	明宋濂
明史	336	清張廷玉

二十四史有武英殿刊本（殿本），1930—37年商務印書館百衲本。解放後，中華書局對二十四史重加校訂標點，出版點校本。

【二十四考】舊唐書一二〇郭子儀傳引史官裴垍語："校中書令考二十有四。"(新唐書一三七郭子儀傳，資治通鑑建中二年六月)。指郭子儀於乾元元年(公元758年)至建中二年(公元781年)中書令任期中，主持官吏的考績，前後共二十四次。唐代京官、外官，每年都要經過考績。考績的具體工作，屬於考功郎中掌管，由朝廷另派有聲望的高官兩人主持其事，一人校京官考，一人校外官考。詳唐六典二考功郎中。"二十四考"後來成爲封建文人稱頌秉政大僚位高任久的典故。

【二十四孝】封建統治階級宣揚的二十四個所謂盡孝的典型人物。舊時有二十四孝一書，不著撰人；集虞舜漢文帝曾參閔損仲由董永郯子江革陸績唐夫人吳猛王祥郭巨楊香朱壽昌庾黔婁老萊子蔡順黃香姜詩王褒丁蘭孟宗黃庭堅二十四人的"孝行"傳說編成。有人說是元郭守敬弟守正所編。元張憲玉笥集五有題王克孝二十四孝圖詩。以後，又有人刊行二十四孝圖詩、女二十四孝圖等，流傳甚廣。參閱清韓泰華無事爲福齋隨筆上、魯迅朝花夕拾二十四孝圖。

【二十四時】舊時把一日分爲子、丑、寅、卯、辰、巳、午、未、申、酉、戌、亥十二時；每時又分初、正(如子初、子正)，共二十四時。參閱清錢大昕十駕齋養新錄十七二十四時。

【二十四氣】我國古代曆法，根據太陽在黃道上的位置，把一年劃分爲二十四個節氣，叫二十四氣。二十四節氣表明氣候變化和農事季節，是我國農曆的特點。名目與公曆對照表如下（農曆因閏月關係，每年節氣的日期差異較大)：

		公曆	農曆
春	立春	2月3日至5日	正月節
	雨水	2月18日至20日	正月中
	驚蟄	3月5日至7日	二月節
	春分	3月20日至22日	二月中
	清明	4月4日至6日	三月節
	穀雨	4月19日至21日	三月中
夏	立夏	5月5日至7日	四月節
	小滿	5月20日至22日	四月中
	芒種	6月5日至7日	五月節
	夏至	6月21日至22日	五月中
	小暑	7月6日至8日	六月節
	大暑	7月22日至24日	六月中
秋	立秋	8月7日至9日	七月節
	處暑	8月22日至24日	七月中
	白露	9月7日至9日	八月節
	秋分	9月22日至24日	八月中
	寒露	10月8日至9日	九月節
	霜降	10月23日至24日	九月中
冬	立冬	11月7日至8日	十月節
	小雪	11月22日至23日	十月中
	大雪	12月6日至8日	十一月節
	冬至	12月21日至23日	十一月中
	小寒	1月5日至7日	十二月節
	大寒	1月20日至21日	十二月中

農曆平年每月有兩(節)氣，月初的叫節氣，月中以後的叫中氣。閏月沒有中氣。關於二十四氣的名稱，參閱逸周書時則、禮月令、淮南子天文、漢書律曆志。

【二十四橋】古代名勝，在江蘇江都縣西門外。唐杜牧樊川文集四寄揚州韓綽判官詩："二十四橋明月夜，玉人何處教吹簫？"方輿勝覽認爲隋代已有二十四橋，並以城門坊市爲名。後來宋韓令坤築州城，別立橋梁，所謂二十四橋或存或廢，已難考查。宋沈括夢溪筆談補筆談認爲是西自濁河茶園橋起，東至山光橋止沿途所有的橋，但也不足二十四座。清李斗揚州畫舫錄十五岡西錄又說二十四橋卽吳家磚橋，一名紅葉橋。

【二三君子】諸君。省稱"二三子"。左傳昭十六年："二三君子請皆賦，起(韓宣子)亦以知鄭志。"參見"二三子"。

【二心兩意】意志不專一、不堅定。漢王充論衡調時："非有二心兩意，前後相反也。"後多作"三心二意"。

【二分明月】全唐詩四七四徐凝憶揚州："天下三分明月夜，二分無賴是揚州。"說天下明月三分，揚州占了二分，比喻當日揚州的繁華。

【二缶鍾惑】喻是非不明。莊子天地："以二缶鍾惑，而所適不得矣。"王先謙集解："缶、鍾皆量器，缶受四斛，鍾受八斛。以二缶鍾惑，不辨缶鍾所受多寡也。持以爲量，芒乎無所適從矣。"

【二帝三王】二帝，指堯舜；三王，指夏禹商湯周文王武王。漢書八七上揚雄傳："以爲昔在二帝三王，……財足以奉郊廟，御賓客，充庖厨而已。"

【二惠競爽】二惠指春秋齊惠公的孫子公孫竈(子雅)和公孫蠆(子尾)。左傳昭三年："齊公孫竈卒。……晏嬰曰：'……二惠競爽猶可，又弱一个焉，姜其危哉。'"姜，齊姓。競爽，爭爲光榮。後來用"二惠競爽"作爲稱頌別人兩兄弟的詞語。

【二程全書】宋代唯心主義理學家程顥程頤兄弟著作的合編。包括二程遺書二十五卷、附錄一卷(行狀)、二程外書十二卷(以上宋朱熹編集)，明道先生文集五卷、伊川先生文集八卷、伊川易傳四卷、經說八卷及二程粹言二卷（以上宋楊時編集)。參見"程顥"、"程頤"。

【二滿三平】平穩，過得去。宋陳亮龍川詞三部樂："小屈穹廬，但二滿三平，共勞均佚。"宋洪咨夔平齋詞柳梢青："二滿三平，粗衣淡飯，鐘鼎山林。"又作"三平二滿"。參見該條。

【二薇亭詩】宋徐璣撰。一卷。宋史藝文志集部作四卷，注一卷。璣字靈淵，與同時的翁卷(靈舒)、趙師秀(靈秀)、徐照(靈暉)，合稱永嘉四靈。永嘉，今浙江溫州。

【二體石經】用篆、隸二體刻在石上的儒家經典。也叫二字石經。宋仁宗時刻石，嘉祐六年竣工，又稱嘉祐石經。有易詩書周禮禮記春秋左氏傳孝經論語孟子九種。

【二十四詩品】卽詩品。詳"詩品"。

【二酉堂叢書】清張澍輯刊。搜集唐以前有關關隴(陝甘寧)的著作和古地理書的輯佚本，共二十四種；又孤本罕見的十二種，刊於道光元年。先成二十一種，餘十五種未刊。是西北地方文獻的重要資料。澍家有二酉堂，故名。參見"二酉"。

【二桃殺三士】傳說齊景公時，有公孫接田開疆古冶子三勇士，恃功驕傲。晏嬰勸景公除去三人，於是設計讓景公送去兩个桃子，要他們論功大小領取桃子。三人互不相讓，爭論起來，先後自殺。見晏子春秋諫下二。後來常用此語比喻施用陰謀殺人。樂府詩集四一三國蜀諸葛亮梁甫吟："一朝被讒言，二桃殺三士。"

【二十一史四譜】清沈炳震撰。五十四卷。分紀元、封爵、宰執、謚法四譜，摘取二十一史中有關資料，分韻編列，便於檢查。

【二十二史考異】清錢大昕撰。一百卷。對二十二史的內容和文字，參校同異，並採歷朝會要和各家詩文集，多所訂正，在考證方面有不少創見。

【二十二史劄記】清趙翼撰。三十六卷。就諸史傳、表、志參互校勘，並以本書證本書，訂正錯誤；對史實亦加以評議。全書包括二十四史，但以新、舊唐書，新、舊五代史各合爲一史，故以二十二史命名。

【二十四番花信風】古代認爲應花期而來的風。簡稱花信風。由小寒到穀雨共八个節氣，一百二十日，每五日爲一候，計二十四候，每候應一種花信。小寒節三信：梅花、山茶、水仙；大寒節三信：瑞香、蘭花、山礬；立春節三信：迎春、櫻桃、望春；雨水節三信：菜花、杏花、李花；驚蟄節三信：桃花、棠棣、薔薇；春分節三信：海棠、梨花、木蘭；清明節三信：桐花、麥花、柳花；穀雨節三信：牡丹、酴醿、楝花。參閱宋程大昌演繁露一花信風、王逵蠡海集氣候。

一 畫

亍 chù 丑玉切,入,燭韻,徹。
ㄔㄨˋ 中句切,去,遇韻,知。

㊀小步而行,踟躕。文選晉左太沖(思)魏都賦:"喬雲翔龍,澤馬亍阜。"參見"彳亍"。㊁姓。宋鄧名世古今姓氏書辯證三六:"亍,丑六切。……風俗通云:河東亍氏,楚有大夫亍衡。"

于 1. yú ㄩˊ 羽俱切,平,虞韻,喻。

㊀超過。荀子勸學:"冰,水爲之,而寒于水。"㊁往,去。詩周南桃夭:"之子于歸,宜其室家。"㊂取。詩豳風七月:"晝爾于茅,宵爾索綯。"㊃廣大,尊顯。禮檀弓下:"諸侯之來辱敝邑者,易則易,于則于。"㊄鐘唇,即鐘口兩角之間。周禮冬官鳧氏:"銑間謂之于。"孫詒讓正義:"程瑤田云:兩銑下垂角處相距之閒,即鐘口大徑,其體于然不平,故謂之于。"參閱清戴震考工記圖。㊅草名。後漢書六十馬融傳廣成頌:"格、韮、菹、于。"注:"于,軒于也。一名蕕,生於水中矣。"㊆介詞。1.在。通"於"。詩大雅卷阿:"鳳皇鳴矣,于彼高岡。"2.及於,達到。詩小雅鶴鳴:"聲聞于天。"3.對於。論語爲政:"吾十有五,而志于學。"4.以。書盤庚上:"予告汝于難,若射之有志。"5.爲。詩鄘風定之方中:"定之方中,作于楚宮。"文選晉左太沖(思)魏都賦劉淵林注引詩,于,皆作"爲"。㊇連詞。與,和。書多方:"不克敬于和,則無我怨。"㊈助詞,無義。詩周南葛覃:"黃鳥于飛。"又大雅江漢:"于疆于理。"又相當於"乎",表示疑問。呂氏春秋審應:"昭王曰:然則先生聖于?"㊉姓。元和姓纂二虞:"周武王第二子邘叔,子孫以國爲氏。其後去邑,單爲于氏。"

2. xū ㄒㄩ

⑪嘆詞。通"吁"。見"于嗟"。

【于于】 悠然自得的樣子。莊子盜跖:"神農之世,卧則居居,起則于于。"唐韓愈昌黎集十六上宰相書:"于于焉而來矣。"

【于役】 出外服兵役或勞役。詩王風君子于役:"君子于役,不知其期。"後泛指出行。南齊謝朓謝宣城集四和伏武昌登孫權故城詩:"于役儻有期,鄂渚同遊衍。"

【于飛】 比翼而飛。後用以比喻夫婦和好親愛。詩大雅卷阿:"鳳凰于飛,翽翽其羽。"箋:"翽翽,羽聲也。"

【于思】 鬢鬚盛貌。左傳宣二年:"于思于思,棄甲復來。"釋文:"于思,如字;又西才反。多鬚貌。賈逵云:白頭貌。"

【于耜】 詩豳風七月:"三之日(農曆正月)于耜,四之日舉趾。"疏:"于訓於,三之日於是始修耒耜。"指修理農具。

【于湖】 地名。三國吳督農教尉治。晉太康二年,分丹陽縣立于湖縣。晉王敦移鎮姑孰,屯于湖,即此。至隋廢。見宋書州郡志一。故城在今安徽當塗縣南。

【于越】 ㊀地名。有兩說。1.淮南子原道:"于越生葛絺。"注:"于,吳也。絺,細葛也。"2.漢書九一貨殖傳:"辟猶戎翟之與于越,不相入矣。"注:"孟康曰:'于越,南方越名也。'師古曰:'于,發語聲也。'"參閱元李治敬齋古今黈五。㊁遼官名。爵位最高而無實職。見遼史百官志一。

【于喁】 相互唱和。莊子齊物論:"前者唱于,而隨者唱喁。"釋文引李軌音:"于喁,聲之相和也。"

【于禁】 公元?—221年。三國魏鉅平人。字文則。爲曹操將,每戰常爲前鋒,退爲後衛。建安二十四年佐曹仁攻關羽於樊,兵敗降蜀。後來孫權敗關羽,禁入吳。曹丕時,魏吳交好,復歸魏,丕使禁謁曹操墓,預於墓壁畫他投降關羽像,禁憂慚而死。見三國志魏本傳。

【于₂嗟】 嘆詞。詩周南麟之趾:"于嗟麟兮!"韓詩作"吁嗟"。

【于頔】 公元?—818年。唐河南人。字允之。歷任湖蘇二州刺史,爲政橫暴,專務聚斂。謚厲。新、舊唐書皆有傳。

【于諸】 置。公羊傳哀六年:"陳乞使人迎陽生于諸其家。"注稱"于諸"爲齊人語。清劉淇助字辨略說"諸"是句中助詞。

【于謙】 公元1398—1457年。明浙江錢塘人,字廷益。永樂十九年進士。曾任監察御史、兵部右侍郎,巡撫河南山西,後升任兵部尚書。英宗正統十四年,瓦剌首領也先侵擾大同,英宗親征,在土木堡兵敗被俘。侍講徐珵(後改名有貞)等主張放棄北京南遷。于謙堅決反對,擁立英宗弟爲景帝,主軍務,擊退也先軍。景泰元年,也先請和,送回英宗。八年,徐有貞石亨等發動"奪門之變",擁英宗復位,誣陷于謙謀逆,處死。後追謚忠肅。著有于忠肅集。明史有傳。

【于闐】 漢代西域城國。又名于寘。在今新疆和田縣一帶。漢書九六上西域傳:"于闐國王治西城,去長安九千六百七十里,户三千三百,口萬九千三百。"

【于歸】 詩周南桃夭:"之子于歸,宜其室家。"于,助詞,無義。毛傳訓"于"爲往。後來相承稱女子出嫁爲于歸。參閱清馬瑞辰毛詩傳箋通釋二桃夭。

【于己尼】 古代水名。又叫北海。即今黑龍江上游的額爾古納河。北史烏洛侯傳:"西北二十日行,有于己尼大水,所謂北海也。"參見"北海㊁"。

【于志寧】 公元588—665年。唐京兆高陵人。高宗時,封爲燕國公,任尚書左僕射,監修國史。曾參與制訂律令、格式、典禮,又與李勣修定本草並圖,訂正南朝梁陶弘景名醫别録之誤四百餘條。新、舊唐書有傳。

【于成龍】 1.公元1617—1684年。清山西永寧人。字北溟。順治間由副貢授廣西羅城知縣,累擢兩江總督,有廉名。卒謚清端。 2.公元1638—1700年。清漢軍鑲黄旗人,字振甲。曾任直隸巡撫、河道總督。主持過運河的通州嶧縣段、黄河的滎澤碭山段各堤加固工程。康熙三十七年,又在直隸主持疏浚渾河,加固堤防工程。卒謚襄勤。

【于湖集】 南宋張孝祥撰。四十卷。又于湖詞三卷。孝祥别號于湖居士,詩文詞皆學蘇軾,但才力不如。明萬曆刊本集祇有八卷。詞有汲古閣刊本。

【于闐採花】 樂調名。唐李白樂府有于闐採花詩,分類李太白詩四于闐採花元蕭士贇注:"樂録,于闐採花者,蕃胡四曲之一。"

亏 yú ㄩˊ

同"于"。見"于"。

二 畫

亓 qí 集韻 渠之切,平,之韻。
ㄑㄧˊ

也作"丌"。㊀"其"的古字。墨子一書中其字多作"丌"。㊁姓。唐代有丌志。見宋鄧名世古今姓氏書辯證四之。又亓官,複姓。

井 jǐng ㄐㄧㄥˇ 子郢切,上,静韻,精。

本作"丼"。㊀水井。易井:"改邑不改井。"疏:"古者穿地取水,以瓶引汲,謂之爲井。"㊁相傳古制八家一井。後引申爲鄉里、人口聚居地。韓非子八姦:"使朝廷市井皆勸譽已。"文苑英華五九三唐陳子昂謝賜冬衣表:"三軍叶慶,萬井相歎。”㊂整齊，有條理。見“井井㊁”。㊃易卦名☵☴。巽下坎上。㊄中醫學名詞。指十二經脈起源之處。靈樞經九鍼十二原：“凡二十七氣，以上下所出爲井。”㊅凡形似水井的，也稱井。如天井，鹽井，湯井(温泉)等。㊆星宿名。有主星八顆，屬雙子座。參見“二十八宿”。㊇姓。周有大夫井利。漢有司徒掾井宗。見元和姓纂七静。

【井火】指天然氣。詳“火井”。

【井户】製井鹽的人家稱井户。宋史食貨志下五：“初，趙開之立榷法也，令商人入錢請引，井户但如額鬻鹽輸土産税而已。”

【井井】㊀潔凈不變。易井：“井，改邑不改井，无喪无得，往來井井。”疏：“此明性常井井，絜静之貌也。往者來者皆使潔静，不以人有往來改其洗濯之性，故曰往來井井也。”㊁有條理。荀子儒效：“井井兮其有理也。”後來稱做事有條理爲井井有條。宋樓鑰攻媿集六一通邵領判啟：“試以劇煩，井井有條而不紊。”

【井市】古代因井設市，即做買賣的市街。同“市井”。全唐詩四八二李紳入揚州郭：“堤繞門津喧井市，路交村陌混樵漁。”

【井田】相傳古代奴隸社會的一種土地制度。以方九百畝的地爲一里，劃爲九區，其中爲公田，八家均私田百畝，同養公田。因形如井字，故名。穀梁傳宣十五年：“古者三百步爲里，名曰井。井田者，九百畝，公田居一。”注：“出除公田八十畝，餘八百二十畝，故井田之法，八家共一井，八百畝。餘二十畝，家各二畝半爲廬舍。”從春秋時起，井田制日趨崩潰，逐漸被封建生産關係所取代。參閱周禮考工記匠人。

【井地】即井田。孟子滕文公上：“經界不正，井地不鈞。”

【井臼】汲水舂米，比喻操持家務。後漢書二八下馮衍傳：“衍娶北地任氏女爲妻，悍忌，不得畜媵妾，兒女常自操井臼。”

【井里】鄉里。古代同里共用一口水井，所以鄉里又稱井里。荀子大略：“(卞)和之璧，井里之厥也。”注：“井里，里名。”

【井花】即井華。宋楊萬里誠齋集七六月十三日立秋詩：“旋汲井花澆睡眼，灑將荷葉看跳珠。”參見“井華”。

【井牀】井上的木欄。同“井幹㊀”。文苑英華三二七唐唐彦謙紅葉詩：“薜荔垂書幌，梧桐墜井床。”

【井牧】井，開田耕作。牧，畜牧。左傳襄二五年：“井衍沃，牧隰皋。”周禮地官小司徒：“乃經土地，而井牧其田野。”參閱孫詒讓周禮正義二十。

【井屋】泛指人家。唐杜甫杜少陵集十九送王信州崟北歸詩：“井屋有煙起，瘡痍無血流。”唐韋應物韋江州集三園林晏起寄昭應韓明府盧主簿詩：“田家已耕作，井屋起晨煙。”

【井眉】井口的邊沿。漢書九二陳遵傳：“子猶瓶矣。觀瓶之居，居井之眉，處高臨深，動常近危。”注：“眉，井邊地，若人目上之有眉。”宋晁補之雞肋集十五同魯直和普安院壁上蘇公詩：“散篆縈簾額，留雲暗井眉。”

【井匽】排除污水穢物的水溝。周禮天官宫人：“爲其井匽，除其不蠲，去其惡臭。”漢鄭衆以匽爲路廁，鄭玄謂爲匽豬，即積受畜水的水池。孫詒讓主路廁之説，認爲井匽當讀作“庰匽”；庰，通“屏”，指屏蔽；匽，指路旁隱僻之處。見周禮正義十一。

【井陘】㊀地名。戰國趙邑。漢屬常山郡。見漢書地理志上。故城在今河北石家莊市北。北齊改置於石邑，即今河北井陘縣治。㊁山名。太行山的支脈，有要隘名井陘口，是漢韓信破陳餘兵處。元和郡縣志十七恒州：“井陘口今名土門口，(獲鹿)縣西南十里。……述征記曰：‘其山首自河内有八陘，井陘第五，四面高，中央低，似井，故名之。’”

【井圃】園圃。唐孟郊孟東野集五立德新居詩之一：“陽崖洩春意，井圃留冬蕪。”

【井魚】井裏的魚。比喻見識狹隘。淮南子原道：“夫井魚不可與語大，拘於隘也。”

【井渠】地下水道。史記河渠書：“於是爲發卒萬餘人穿渠，自徵引洛水至商顔下。岸善崩，乃鑿井，深者四十餘丈，往往爲井，井下相通行水，水頽以絶商顔，東至山嶺十餘里間。井渠之生自此始。”

【井渫】易井：“井渫(xiè)不食，爲我心惻。”説水井經浚治，潔凈清澈，而飲者無人。比喻潔身自持，不爲人所知。文選漢王仲宣(粲)登樓賦：“懼匏瓜之徒懸兮，畏井渫之莫食。”晉書戴若思傳陸機薦若思書：“安窮樂志，無風塵之慕；砥節立行，有井渫之潔。”

【井華】清晨初汲的井水。也作井花。宋書劉懷慎傳：“平旦開城門，取井華水服。”唐杜甫杜工部草堂詩箋九大雲寺贊公房之二：“兒童汲井華，慣捷瓶在手。”

【井税】田税。魏書李孝伯傳附李安世：“井税之興，其來日久。”唐王維王右丞集三贈劉藍田詩：“歲晏輸井税，山村人夜歸。”

【井幹】㊀井上圍欄。莊子秋水：“吾跳梁乎井幹之上，入休乎缺甃之崖。”注：“幹，當從木，作榦。”㊁樓名。史記孝武紀：“乃立神明臺井幹樓，度五十餘丈，輦道相屬焉。”索隱：“言築累萬木，轉相交架，如井幹。”漢書郊祀志下注：“井幹者，井上木欄也，其形或四角，或八角。張衡西京賦云‘井幹疊而百層’，即謂此樓也。”

【井養】易井：“井養而不窮也。”説井水供人飲用，源源不盡。常用來比喻受到别人的好處、恩惠。藝文類聚五八南朝梁元帝答劉縮求述制旨義書：“叩而必應，已謝懸鐘；汲而無竭，復乖井養。”

【井闌】㊀古代登高攻城的工具。三國志魏明帝紀太和二年“諸葛亮圍陳倉”注引魏略：“亮乃更爲井闌百尺，以射城中。”㊁井口的圍闌。闌，通“欄”。南史江夏王鋒傳：“好學書，張家無紙札，乃倚井欄爲書，書滿則洗之。”

【井鮒】井中鮒魚。比喻處在困境。唐白居易長慶集十孟夏思渭村舊居寄舍弟詩：“井鮒思返泉，籠鶯悔出谷。”

【井旟】畫有井星圖案的軍旗。後漢書三十下郎顗傳：“宜以五月丙午，遣太尉服干戚，建井旟。”

【井鼃】井底蛙。鼃，蛙的古字。莊子秋水：“井鼃不可以語於海者，拘於虛也。”常用來比喻見識狹隘的人。

【井底蛙】同“井鼃”。後漢書二四馬援傳：“子陽，井底蛙耳。”注：“言述志識褊狹，如坎井之蛙。”子陽，公孫述字。

【井中視星】坐井觀天的意思。比喻見識狹隘。尸子廣澤：“因井中視星，所見不過數星。”

【井觀瑣言】明鄭瑗著。三卷。内容多爲讀書筆記，考辨故實評述古今，取韓愈原道文中“坐井而觀天”之意，謙稱“井觀”。

云 yún 王分切，平，文韻，于。ㄩㄣˊ

㊀雲的古字。戰國策秦四：“楚燕之兵，云翔不敢校。”今爲“雲”的簡化字。㊁説。論語子罕：“詩云：‘戰戰兢兢，如臨深淵，如履薄冰。’”玉臺新詠一古詩爲焦仲卿妻作：“云有第三郎，窈窕世無雙。”㊂爲，是。後漢書七五袁術傳：“雖云四

夫，霸王可也。”㊃有。荀子法行：“事已敗矣，乃重太息，其云益乎。”㊄運動。管子戒：“故天不動，四時云下而萬物化。”注：“云，運動皃也。”㊅往來周旋。詩小雅正月：“洽比其鄰，昏姻孔云。”㊆代詞。如此。左傳襄二八年：“子之言云，又焉用盟。”㊇假如。列子力命：“及管夷吾有病，小白問之曰：‘仲父之病疾矣，可不諱。云至于大病，則寡人惡乎屬國而可？’”參閱清王引之經傳釋詞三。㊈語助詞，無義。用於句首、句中或句末。詩邶風簡兮：“云誰之思，西方美人。”左傳僖十五年：“歲云秋矣。”詩小雅何人斯：“伊誰云從，維暴之云。”史記六一伯夷傳：“余登箕山，其上蓋有許由冢云。”㊉通“芸”。馬王堆漢墓帛書老子甲本：“天物云云”，今本作“天物芸芸”。(十一)姓。元和姓纂三文引風俗通，漢有諫議大夫云敞。又引官氏志牒，妘氏改爲云氏。

【云云】㊀衆多，紛紜。莊子在宥：“萬物云云，各復其根。”唐成玄英疏：“云云，衆多也。”漢書六六蔡義傳：“以爲人主師當爲宰相，何謂云云？”注：“云云，衆語。”㊁如此如此。史記一二〇汲黯傳：“天子方招文學儒者，上曰吾欲云云。”㊂山名。泰山的支峯，在山東泰安市東南。史記封禪書：“昔無懷氏封泰山，禪云云。”

【云何】爲何，如何。詩唐風揚之水：“既見君子，云何不樂。”三國志魏閻温傳“父子著稱於西州”注引魏略：“(楊)豐謂(黄)昂曰：‘卿前欲生繫我頸，今反爲我所繫，云何？’”

【云亭】云云亭亭二山合稱。相傳神農堯舜等封泰山，禪云云；黄帝封泰山，禪亭亭。見史記封禪書。南朝梁簡文帝集二和武帝宴詩之一：“車書今已共，願奏云亭儀。”

【云爲】言行。易繫辭下：“變化云爲，吉事有祥。”疏：“或口之所云，或身之所爲也。”文選漢班孟堅(固)東都賦：“子實秦人，……烏睹大漢之云爲乎？”

【云爾】語末助詞。相當於“如此而已”。論語述而：“不知老之將至云爾。”

【云都赤】元代皇帝的侍衛官名。明陶宗儀輟耕録一云都赤：“國朝有四怯薛太官，……中有云都赤，乃侍衛之至親近者。雖官隨朝諸司，亦三日一次，輪流入值，負骨朵於肩，佩環刀於要，或二人四人，多至八人。”

五

wǔ ㄨˇ 疑古切，上，姥韻，疑。

㊀數名。易繫辭上：“天數五，地數五。”左傳僖十六年：“隕石于宋五。”㊁一縱一横。古籍中“午”、“五”通用。周禮秋官壺涿氏“則以牡橭午貫象齒而沈之”漢鄭玄注：“故書，橭，爲梓；午，爲五。”左傳成十七年有夷陽五，國語晉六作夷陽午。㊂樂譜記音符號之一。詳“管色譜”。㊃姓。漢書三一陳勝傳有五逢。元和姓纂六姥：“五，本伍氏，避仇去人，氏焉。蜀，五梁；晉始興太守五允。”

【五丁】五個力士。傳説秦惠王要伐蜀而不識道路，於是造了五隻石牛，把金放在石牛尾下，揚言石牛能屙金。蜀王負力信以爲真，派五丁把石牛拉回國，爲秦開了通蜀的道路，因名石牛道。見水經注二七沔水。一説，秦惠王把五女嫁給蜀國，蜀王派五丁迎五女。見晉常璩華陽國志三蜀志、琱玉集十二壯力。唐杜甫杜工部草堂詩箋六橋陵三十韻呈縣内諸官：“卽事壯重險，論功超五丁。”

【五七】約計數目之詞。宋史四七〇朱勔傳：“貢物裁五七品。”金董解元西廂一：“接屋連甍，五七萬人家。”

【五力】佛教語。1.五種魔力。卽色、聲、音、味、觸五塵。止觀輔行八：“增一云：魔有五力，所謂五塵，佛聖弟子，一力能拒，謂不放逸。”2.信、精進、勤念、定、慧。智度論十九：“是五根增長時，能轉入深法，是名爲力。”參見“五根㊀”。3.定力、通力、借識力、大願力、法威德力。見三藏法數二五、宗鏡録四八。

【五卜】古代占卜的五種兆形。荀子王制：“相陰陽，占祲兆，鑽龜陳卦，主攘擇五卜。”注：“五卜，洪範所謂曰雨，曰霽，曰蒙，曰驛，曰剋，言兆之形也。”

【五三】㊀五帝三王。史記一一七司馬相如傳封禪書：“五三六經，載籍之傳，維見可觀也。”㊁五星三辰。漢荀悦申鑒俗嫌：“或問五三之位，周應也，龍虎之會，晉祥也。”

【五土】山林、川澤、丘陵、水邊平地、低窪地等五種土地。後漢書明帝紀永平十三年：“今五土之宜，反其正色。”注：“色謂其黄、白、青、黑之類。”按周禮地官大司徒：“以土會之法，辨五地之物生。”五地，卽五土。

【五才】見“五材㊀”。

【五大】㊀左傳昭十一年：“臣聞五大不在邊。”疏引賈逵鄭衆説，以太子、母弟、貴寵公子、公孫、累世正卿爲五大。㊁佛教稱地、水、火、風之四大與空大爲五大。

【五子】㊀夏太康弟，或説太康弟五人。楚辭屈原離騷：“啓九辯與九歌兮，夏康娱以自縱。不顧難以圖後兮，五子用失乎家巷。”參見“五觀”、“五子之歌”。㊁同時並稱的五個名人。1.春秋齊管仲甯戚隰朋賓胥無鮑叔牙。見國語齊“唯能用管夷吾(仲)……之屬而伯立功”注。2.春秋秦由余百里奚蹇叔丕豹公孫支。見史記李斯傳“遂霸西戎”索隱。3.宋周敦頤程顥程頤張載朱熹。清何凌漢宋元學案敍：“讀宋五子之書。”五子，卽上述五人。㊂漢書藝文志列有古五子十八篇，是論卦説易的書。十八篇分六十四卦，自甲子至壬子，凡五個“子”，所以稱五子。見初學記二一漢劉向別録。㊃樹名。後魏賈思勰齊民要術十引裴淵廣州記：“五子樹，實如梨，裏有五核，因名五子。”參閱本草綱目三一五子實。

【五刃】五種兵器。國語齊：“教大成定三革，隱五刃。”注：“五刃，刀、劍、矛、戟、矢也。”

【五山】㊀渤海之東，岱輿員嶠方壺瀛洲蓬萊稱五山。見列子湯問。華山首山太室泰山東萊也稱五山。見史記武帝紀。三國魏曹植曹子建集六吁嗟篇：“飄飄周八澤，連翩歷五山。”指華山等五山。又，“五嶽”也稱五山。見後漢書二八下馮衍傳“經營五山”注。㊁五大佛寺，皆建於南宋。卽杭州徑山興盛萬壽寺、北山景德靈隱寺、南山淨慈報恩光孝寺、寧波阿育王山鄮峯廣利寺、太白山天童景德寺。

【五方】東、南、西、北、中。禮王制：“五方之民，言語不通，嗜欲不同。”漢書地理志下：“漢興，立都長安，徙齊諸田、楚昭屈景及諸功臣於長陵。……是故五方雜厝，風俗不純。”稱來自各處的人民居於一地爲五方雜處，本此。

【五王】武后周天授五年，張柬之與敬暉崔玄暐袁恕己桓彦范發動政變，重立中宗爲帝，復國號曰唐，因功封爲郡王，號五王。唐顏真卿顏魯公集四宋開府碑：“清宫問罪，事出五王。”

【五天】㊀五天竺(古印度)的省稱。法苑珠林一二〇傳記興福：“沙門玄奘振錫五天，搜揚正法，旋鑣八水，思闡微言。”㊁中醫術語。宋陶穀清異録藥：“藥有五天：決明爲肝天，紫菀爲肺天，神麴爲脾天，遠志爲心天，蓯蓉爲腎天。”

【五五】㊀禮三年問：“三年之喪，二十五月而畢。”五五相乘爲二十五，因此漢人常稱三年之喪爲五五。漢堂邑令費鳳碑：“菲五五縗杖其未除。”(隸釋九) 菲五五是說居喪非食二十五月。㊁以五爲行列。宋書樂志三古詞豔歌何嘗:"飛來雙白鵠,乃從西北來。十十五五,羅列成行。"

【五木】㊀五種取火的木材。尸子上君治:"燧人上觀星辰,下察五木以爲火。"隋書王劭傳:"以此推之,新火舊火,理應有異,伏願遠遵先聖,於五時取五木以變火。"參見"改火"。㊁古博具。太平御覽七五四引江蕤別傳:"蕤年十一,始學樗蒱,祖母爲說往事,有以博弈破業廢身者,於是卽弃五木,終身不爲戲。"宋程大昌演繁露六投:"古惟斲木爲子,一具凡五子,故名五木。後世轉而用石,用玉,用象,用骨。"㊂加在身上的刑具,如枷、鐐、銬等。太平廣記二七九單鸞引野人閑話:"見有數人引入劉公,則五木備體。"

【五牙】戰艦名。隋書楊素傳:"素居永安,造大艦,名曰五牙。上起樓五層,高百餘尺,左右前後置六拍竿,並高五十尺。容戰士八百人,旗幟加於上。"

【五尺】五尺之童的省文。指兒童。戰國策楚二:"悉五尺至六十,三十餘萬,弊甲鈍兵,願承下塵。"參見"五尺之童"。

【五中】五臟。素問陰陽類論:"黃帝燕坐,……而問雷公曰:'陰陽之類,經脈之道,五中所主,何藏最貴?'"後又泛指內心,如說"五中無主"。

【五內】同"五中"。後漢書八四董祀妻傳蔡琰悲憤詩:"見此崩五內,恍惚生狂癡。"

【五父】地名。左傳襄十一年:"季武子將作三軍,……詛諸五父之衢。"注:"五父衢,道名,在魯國東南。"地在今山東曲阜縣東南。

【五玉】㊀古代祭祀時所用的五種玉石。周禮春官大宗伯:"以玉作六器,以禮天地四方。以蒼璧禮天,以黃琮禮地,以青圭禮東方,以赤璋禮南方,以白琥禮西方,以玄璜禮北方。"這裏是六種玉石,除其中蒼璧外,其餘爲五玉,用來祭祀五人帝及五人神,配以五方之色。㊁古代五等(公、侯、伯、子、男)諸侯所執的五種玉石,又稱五瑞。書舜典:"修五禮五玉。"白虎通文質:"五玉者各何施?蓋以爲璜以徵召,璧以聘問,璋以發兵,珪以信質,琮以起土功之事也。"參見"五瑞㊀"。

【五正】殷代五行官之長。左傳隱六年:"翼九宗,五正。"疏:"言五官之長者,謂於殷時爲五行官長。"又昭二九年:"木正曰句芒,火正曰祝融,金正曰蓐收,水正曰玄冥,土正曰后土。"參見"五官㊁"。

【五石】古代道家鍊五石服食,謂可以延壽。史記一〇五扁鵲倉公傳:"論曰:中熱不溲者,不可服五石。"抱朴子金丹:"五石者,丹砂、雄黃、白礬、曾青、慈石也。"

【五民】史記一二九貨殖傳:"臨菑亦海岱之間一都會也。……大國之風也,其中具五民。"集解引服虔稱士農商工賈爲五民,如淳稱五方之民爲五民,兩說不同。

【五旦】㊀西域樂調的五韻。通典一四三樂三:"(樂)又有五旦之名,旦作七調,以華言譯之,旦者,則謂之均也。其聲亦應黃鍾、太簇、林鍾、南宮、姑洗。"均,同"韻"。㊁五更。宋黃庭堅山谷外集五再和寄子瞻聞得湖州詩:"相思欲面論,坐起雞五旦。"

【五甲】宋代科舉考試自一至五等稱五甲。宋史選舉志二:"(乾道)二年御試,始推登極恩,……第一甲,賜進士及第並文林郎;第二甲,賜進士及第並從事郎;第三、第四甲,進士出身;第五甲,同進士出身。"

【五出】草木之花,花瓣多五片,稱五出。唐韓鄂歲華紀麗一春:"柳三眠而盤地,花五出以照人。"注:"韓詩外傳云:草木之花五出也。"

【五戊】立春立秋後第五個戊日。元詩選郭鈺靜思集社日:"甲子頻書入短篇,細推五戊卜春田。"

【五代】五個朝代。1.黃帝唐虞夏殷。禮祭法:"此五代之所不變也。"2.唐虞夏商周。文選漢王文考(延壽)魯靈光殿賦:"殷五代之純熙,紹伊唐之炎精。"注:"五代,周殷夏唐虞也。"3.唐稱梁陳齊周隋爲五代,是爲前五代。隋書後序:"唐武德五年,起居舍人令狐德棻奏請修五代史。"宋以後稱後梁後唐後晉後漢後周爲五代,是爲後五代。宋史太祖紀:"五代諸侯跋扈。"

【五奴】龜奴的代稱。五爲烏龜之烏的借音。見唐崔令欽教坊記。元曲選楊景賢劉行首二:"則聽的虔婆教,五奴教,怎不受神仙教!"

【五白】古代賭博的五木之戲,五子全白,又稱梟。楚辭宋玉招魂:"成梟而牟,呼五白些。"參見"五木㊁"。

【五交】㊀文選南朝梁劉孝標(峻)廣絕交論:"凡斯五交,義同賈鬻。"謂勢交、賄交、談交、窮交、量交,都不是交友的正道。隋王通中說立命:"五交之釁,劉峻亦知言哉。"㊁地名。宋范仲淹曾築城於此。宋史兵志五鄉兵二:"(環慶路)五交鎭,十族,强人一千一百七,壯馬七十三,爲四十九隊。"地在今甘肅慶陽縣東北。

【五羊】廣州的別名。宋唐庚眉山唐先生文集三送客之五羊詩:"五羊雖足樂,雙鯉未宜疎。"詳"五羊城"。

【五戎】㊀卽五兵。呂氏春秋九月:"以習五戎。"注:"五戎,五兵,謂刃、劍、矛、戟、矢也。"禮月令季秋之月:"天子乃教於田獵,以習五戎。"注:"五戎謂五兵:弓矢、殳、矛、戈、戟也。"㊁五種兵車。周禮春官車僕:"掌戎路之萃,廣車之萃,闕車之萃,苹車之萃,輕車之萃。"注:"萃猶副也。此五者皆兵車,所謂五戎也。"㊂古代泛指我國西部地區少數民族。周禮夏官職方氏:"辨其邦國、都、鄙、夷、八蠻、七閩、九貉、五戎、六狄之人民。"按五戎,禮明堂位作六戎,爾雅釋地作七戎,此外更有稱八戎、九戎的。因爲他們時分時合,部族數目多寡不同。

【五地】見"五土"。

【五老】神話傳說中的五星之精。竹書紀年帝堯陶唐氏:"擇良日,率舜等升首山,遵河渚,有五老游焉,蓋五星之精也。"文選南朝梁任彥昇(昉)宣德皇后令:"五老游河,飛星入昴。"

【五臣】㊀五個臣子。隨文所指不同。如論語泰伯:"舜有臣五人而天下治。"指禹稷契皋陶伯益。文選晉袁彥伯(宏)三國名臣序贊:"五臣顯而重耳霸。"注謂狐偃趙衰顛頡魏武子司空季子。唐劉良注有先軫賈佗,無顛頡司空季子。㊁唐開元時,呂向認爲李善文選注過於繁冗,和呂延濟劉良張銑李周翰等另作注解,稱五臣注。見新唐書二〇二呂向傳。

【五百】古代官員出行前導的吏卒。後漢書七八曹節傳:"越騎營五百妻有美色。"注:"韋昭辯釋名曰:'五百,字本爲伍。伍,當也;伯,道也;使之導引,當道陌中,以驅除也。'按今俗呼行杖人爲五百也。"參閱宋書百官志下。也作"伍伯"。唐韓愈昌黎集五寄盧仝詩:"立召賊曹呼伍伯,盡取鼠輩尸諸市。"

【五曲】樂曲名。也叫五弄。文選三國魏嵇叔夜(康)琴賦:"下逮謠俗,蔡氏五曲。"注:"俗傳蔡氏(邕)五曲:遊春淥水坐愁秋思幽居。"樂府詩集五七琴曲歌辭著録蔡氏五弄爲鹿鳴伐檀騶虞鵲巢白駒五曲。

【五屼】山名。文選晉左太沖(思)蜀都賦:"經三峽之崢嶸,躡五屼之蹇滻。"注:"五屼,山名也,一山有五重。在越嶲當犍爲南安縣之南也。”也作“五矹”。古文苑四漢揚雄蜀都賦:“五矹參差。”

【五色】㊀青黄赤白黑五色。書益稷:“以五采彰施於五色,作服,汝明。”舊時把這五種顏色作爲主要的顏色。也泛指各種色彩。老子:“五色令人目盲,五音令人耳聾,五味令人口爽。”㊁神色。漢劉向新序五雜事:“葉公見之,弃而還走,失其魂魄,五色無主。”

【五任】隋書刑法志:“大率二歲刑已上,歲至五千人。是時徒居作者其五任,其無任者,著斗械。”謂犯人具有木工、金工、皮革工、設色工、陶瓦工等技藝的,使服勞役。參閲資治通鑑一五九梁大同十一年注。

【五行】㊀水、火、木、金、土,古代稱構成各種物質的五種元素。書洪範:“初一曰五行。”又:“一、五行:一曰水,二曰火,三曰木,四曰金,五曰土。”㊁卽五常。荀子非十二子:“案往舊造説,謂之五行。”注:“五行(xìng),五常:仁、義、禮、智、信是也。”㊂五種行爲。禮鄉飲酒:“貴賤明,隆殺辨,和樂而不流,弟長而無遺,安燕而不亂,此五行者,足以正身安國矣。”㊃舞名。本周舞,秦始皇二十六年改名五行舞,舞者執干戚,穿五色衣。漢朝祭享漢高祖廟時,奏武德文始五行之舞。見史記孝文紀、漢書禮樂志。

【五辛】五種辛味的蔬菜。一般指葱、薤、韭、蒜、興蕖(阿魏)。佛教徒按戒律不許吃五辛。見唐道世諸經要集二十雜要五辛。參見“五葷”。

【五言】㊀所謂五德之言。書益稷:“予欲聞六律、五聲、八音,在治忽,以出納五言,汝聽。”傳:“又以出納仁義禮智信五德之言,施於民以成化。”㊁見“五言詩”。

【五戒】㊀五種戒令。周禮秋官士師:“以五戒先後刑罰,毋使罪麗于民。一曰誓,用之于軍旅;二曰誥,用之于會同;三曰禁,用諸田役;四曰糾,用諸國中;五曰憲,用諸都鄙。”㊁佛教的五種戒律:不殺生、不偷盗、不邪淫、不妄語、不飲酒食肉。也作“五誡”。晉書會稽王道子傳:“佛者清遠玄虚之神,以五誡爲教。”參閲釋氏要覽上戒法。

【五坊】唐代皇帝飼養獵鷹獵犬的官署。分雕、鶻、鷂、鷹、狗五坊。五坊人員,常借捜捕珍鳥名犬的名義,到處勒索,成爲危害人民的一大弊政。參閲唐韓愈昌黎集外集七順宗實録二、新唐書百官志二殿中省。

【五均】㊀管理市場物價的官署。逸周書大聚:“市有五均,早暮如一。”注:“均,平也,言早暮一價。”西漢末王莽於長安洛陽邯鄲臨菑宛成都立五均司市、錢府官,行賒貸之法。見漢書食貨志下。㊁五聲的韻調。均,古通“韻”。文選漢張平子(衡)思玄賦“考治亂於律均兮”注引樂叶圖徵:“聖人往承天助,以立五均。均者,亦律調五聲之均也。”

【五車】㊀星名,屬畢宿,共有五星。也叫五潢。見史記天官書、晉書天文志上。㊁言書之多。莊子天下:“惠施多方,其書五車。”後以五車稱人的博學。南朝宋鮑照鮑氏集四擬古詩之二:“兩説窮舌端,五車摧筆鋒。”

【五更】㊀年老致仕而經驗豐富的人。禮文王世子:“遂設三老五更羣老之席位焉。”一説“更”爲“叟”之誤。三國志魏高貴鄉公紀甘露三年注引蔡邕明堂論:“更應作叟。叟,長老之稱,字與更相似,書者遂誤以爲更。”參見“三老五更”。㊁舊時分一夜爲甲、乙、丙、丁、戊五段,謂之五更。也叫五夜、五鼓。參見“五鼓㊀”。

【五酉】志怪小説中指成精作怪的龜、蛇、魚、鼈、草木等物。見晉干寶搜神記十九五酉。

【五材】㊀金、木、水、火、土。左傳襄二七年:“天生五材,民並用之。”也作“五才”。後漢書六十上馬融傳:“五才之用,無或可廢。”㊁勇、智、仁、信、忠。六韜論將:“太公曰:‘將有五材十過。’武王曰:‘敢問其目。’太公曰:‘所謂五材者,勇智仁信忠也。’”

【五辰】古代以五行分主四時,故稱春、夏、秋、冬爲五辰。書皋陶謨:“撫于五辰,庶績其凝。”清江聲尚書集注音疏二:“以五行分四時,則爲五行之時,故謂四時爲五辰也。”

【五利】㊀漢將軍名號。漢武帝拜方士欒大爲五利將軍。見史記孝武紀。㊁指導戰爭的五項隨機應變的原則。孫子九變:“治兵不知九變之術,雖知五利,不能得人之用矣。”卽孫子“九變”中的五變:“途有所不由,軍有所不擊,城有所不攻,地有所不爭,君命有所不受。”

【五位】㊀歲、月、日、星、辰。國語周下:“王欲合是五位三所而用之。”㊁東、南、西、北、中五方的定位。素問天元紀大論:“天有五行御五位,以生寒暑燥濕風。”㊂五方之神。文選漢班孟堅(固)東都賦明堂詩:“上帝宴饗,五位時序。”參見“五帝㊀”。

【五兵】㊀五種兵器。1.周禮夏官司兵:“掌五兵五盾。”注:“鄭司農(衆)云:‘五兵者,戈、殳、戟、酋矛、夷矛也。’”又:“軍事,建車之五兵,會同,亦如之。”注:“車之五兵,鄭司農所云者是也。步卒之五兵,則無夷矛而有弓矢。”2.穀梁傳莊二五年:“天子救日,置五麾,陳五兵五鼓。”注:“五兵:矛、戟、鉞、楯、弓矢。”3.漢書六四上吾丘壽王傳“作五兵”注:“謂矛、戟、弓、劍、戈。”㊁官名。三國魏置五兵尚書。五兵,謂中兵、外兵、騎兵、别兵、都兵。晉以來,中兵、外兵各分左右,與舊五兵合爲七曹。至北魏遂改爲七兵尚書,隋又改爲兵部。見通典二三職官五兵部尚書。

【五伯】㊀同“五霸”。漢書異姓諸侯王表序:“適成彊於五伯。”注:“伯,讀曰霸。”參見“五霸”。㊁同“五百”。新唐書一〇三蘇世長傳:“初在陝,邑里犯法,不能禁,乃引咎自撻于廛。五伯疾其詭,鞭之流血,世長不勝痛,呼而走。”㊂東漢鄧彪字智伯,與同郡宗武伯翟敬伯陳綏伯張第伯志同道合,齊名,南陽號曰五伯。見後漢書七四鄧彪傳注引東觀漢記。

【五狄】古代對我國北部五個民族的泛稱。一月支,二穢貊,三匈奴,四單于,五白屋。見爾雅釋地“八狄”疏引李巡注。逸周書明堂:“五狄之國,北門之外,南面東上。”

【五泄】山名。在浙江諸暨縣。也作“五洩”。水經注四十漸江水:“(洩)溪廣數丈,中道有兩高山夾溪,造雲壁立,凡有五洩。……上洩懸二百餘丈,望若雲垂,此是瀑布,土人號爲洩也。”浙江通志十五山川七引舊志:“(諸暨)縣西五十里,輿地志:山峻而有五級,故以爲名。刁約謂之小雁蕩。”

【五河】㊀古代術士稱仙境中五種不同顏色的河。漢書五七下司馬相如傳大人賦:“徧覽八紘而觀四海兮,朅度九江越五河。”注:“五河,五色之河也。仙經説有紫碧絳青黄之河。”㊁縣名。屬安徽省。宋於五河口置隘,復置縣。東濱淮,西北有澮河沱河,東南有漴河,東北有潼河,並流合淮,稱五河。參閲寰宇通志九鳳陽府五河縣。

【五宗】㊀古代宗法,繼承始祖的後人叫大宗;繼承高祖、曾祖、祖、父的後人叫小宗;大宗有一,小宗有四,合爲五宗。見漢班固白虎通宗族。㊁五服内的親人。後漢書七八宦者傳序:“直情忤意,則參夷五宗。”又七四袁紹傳陳琳檄:“所愛光五宗,所怨滅三族。”注:“五宗,謂上至高祖，下及孫。”㊂同母所生者爲一宗。漢景帝子共十三人爲王，爲五母所生。史記有五宗世家。㊃佛教的宗派。1.大乘五宗，爲天台宗、華嚴宗、法相宗、三論宗、律宗。2.禪宗的五派，爲潙仰宗、臨濟宗、曹洞宗、雲門宗、法眼宗。

【五官】㊀人身五官。古代說法不一。荀子天論以耳、目、口、鼻、形爲五官。古醫家謂人身有五官六府，以鼻、目、口、舌、耳爲五官，見鍼灸甲乙經五藏六府。隋書劉炫傳以兩手及口、耳、目爲五官。㊁五行之官。左傳昭二九年：“故有五行之官，是謂五官。……木正曰句芒，火正曰祝融，金正曰蓐收，水正曰玄冥，土正曰后土。”國語楚下以天地神民類物之官爲五官。㊂五種官職。相傳殷制以司徒、司馬、司空、司士、司寇典司五衆爲五官。見禮曲禮下。周代冢宰、司徒、宗伯、司馬、司寇、司空六官，去冢宰爲五官。見周禮春官小宗伯。漢史游急就篇：“諸物盡訖五官出。”五官泛指百官。㊃漢有五官中郎將，五官中郎，五官侍郎，五官郎中，是皇帝的侍從官。郡國有五官掾。參閱後漢書百官志二。㊄司曆之官。新唐書百官志二：“五官靈臺郎各一人。”注：“武后長安二年，置挈壺正。乾元元年與靈臺郎、保章正、司曆、司辰，皆加五官之名。”歷代至清，都設此官。㊅漢宮中女官名。漢書九七上外戚傳：“五官，視三百石。”注：“五官，所掌亦象外之五官也。”

【五京】㊀唐有五京：肅宗至德二年十二月收復洛陽長安兩京，因長安在洛陽鳳翔成都太原之中，故改爲中京，成都爲南京，鳳翔爲西京，太原爲北京，洛陽爲東京。見舊唐書地理志一關內道。㊁唐時渤海有五京：上京龍泉府，中京顯德府，東京龍原府，南京南海府，西京鴨渌府。見新唐書二一九渤海傳。㊂遼有五京：上京臨潢府，東京遼陽府(本名南京)，中京大定府，南京析津府，西京大同府。見遼史地理志一至五。㊃金沿遼制，建五京：上京會寧府，東京遼陽府，北京大定府，西京大同府，南京開封府。見金史地理志上、中。

【五祀】古代祭禮名。1.禘、郊、宗、祖、報。見國語魯上。2.周禮春官大宗伯：“以血祭祭社稷五祀五嶽。”鄭衆以五祀爲王者於宮中祀五色之帝，鄭玄以五祀爲五官之神，即句芒蓐收玄冥祝融后土。並見注疏。3.禮祭法：“諸侯爲國立五祀，曰司命，曰中霤，曰國門，曰國行，曰公厲。”又曲禮下：“祭五祀。”注謂戶、竈、中霤、門、行。漢班固白虎通五祀以門、戶、井、竈、中霤爲五祀。

【五夜】一夜分甲、乙、丙、丁、戊五段，即五更。文選南朝梁陸佐公(倕)新刻漏銘：“六日無辨，五夜不分。”注引漢舊儀：“晝夜漏起，省中用火，中黃門持五夜。五夜者，甲夜、乙夜、丙夜、丁夜、戊夜也。”

【五府】東漢稱太傅、太尉、司徒、司空、大將軍爲五府。後漢書三二樊宏傳附樊準上疏：“今可先令太官、尚方、考功、上林池籞諸官，實減無事之物，五府調省中都官吏京師作者，如此則化及四方，人勞省息。”

【五房】唐宋中書省分五個部門主管行政事務。唐分吏房、樞機房、兵房、戶房、刑禮房；宋分孔目房、吏房、戶房、兵禮房、刑房。參閱新唐書百官志一、宋史職官志一。

【五怖】佛教指不活、惡名、死、惡趣、處衆怯等五種怖畏。北周庾信庾子山集十三陝州弘農五張寺經藏碑：“是以法王御世，天人論道，汲引四流，周圍五怖。”參閱四十二章經三二注、瑜迦論四七。

【五性】㊀五臟的特性。漢書七五翼奉傳：“五性不相害，六情更興廢。”注引晉灼謂：翼氏五性：肝性靜，心性躁，脾性力，肺性堅，腎性智。㊁人的五種性情。隨文而異。大戴禮文王官人以喜、怒、欲、懼、憂爲五性；漢武內傳以暴、淫、奢、酷、賊爲五性。白虎通三情性：“五性者何？謂仁、義、禮、智、信也。”

【五毒】㊀五種治病的毒藥。周禮天官瘍醫：“凡療瘍，以五毒攻之。”漢鄭玄注謂：五毒，五藥之有毒者：石膽、丹砂、雄黃、礜石、慈石。㊁五種酷刑。後漢書五一陳禪傳：“笞掠無算，五毒畢加。”五毒，指四肢及身備受楚毒；或云鞭、箠、灼、徽、纆爲五毒。明史刑法志三：“金刑者，曰械，曰鐐，曰棍，曰拶，曰夾棍，五毒備具。”㊂五種毒蟲。舊時風俗於端午日用織物作成五毒(通常指蝎子、蛇、蜈蚣、壁虎、蟾蜍)，結在兒童身上，或掛在牆壁上，說可以避諸毒。參閱清呂種玉言鯖穀雨五毒、潘榮陛帝京歲時紀勝五月端陽。

【五刑】五種輕重不等的刑法。1.古代以墨、劓、剕、宮、大辟爲五刑。書舜典：“五刑有服。”2.以甲兵、斧鉞、刀鋸、鑽笮、鞭扑爲五刑。見國語魯上。漢書刑法志鑽笮作“鑽鑿”。後漢書五二崔駰傳附崔寔政論謂漢初有鯨、劓、斬趾、斷舌、梟五刑。3.唐律於名例之首，列笞、杖、徒、流、死五刑，明清律因之。參閱唐律疏議一名例。

【五事】㊀指古代統治者修身的五件事。書洪範：“敬用五事。”宋王安石臨川集六五洪範傳：“五事，一曰貌，二曰言，三曰視，四曰聽，五曰思。貌曰恭，言曰從，視曰明，聽曰聰，思曰睿。……五事以思爲主，而貌最其所後也。”㊁衡量戰爭得失的五件事。孫子始計：“故經之以五事，……一曰道，二曰天，三曰地，四曰將，五曰法。”

【五兩】古代測風器。用雞毛五兩(或八兩)結在高竿頂上，測風的方向。文選晉郭景純(璞)江賦：“覘五兩之動靜。”注：“兵書曰：‘凡候風法，以雞羽重八兩，建五丈旗，取羽繫其巔，立軍營中。’許慎淮南子注曰：‘綄，候風也，楚人謂之五兩也。綄，音桓。’”唐王維王右丞集五送宇文太守赴宣城詩：“何處寄相思？南風吹五兩。”

【五門】古傳天子有五門，自內而外，爲路門、應門、皋門、雉門、庫門。路門也作畢門。漢鄭衆以皋門爲中門，鄭玄則以雉門爲中門，皋門在雉門之外。說見周禮天官閽人“掌守王宮之中門之禁”注、疏。

【五弦】樂器名。唐元稹白居易所作新樂府，皆有五弦彈篇。太平御覽五八四五弦引音律圖：“五弦不知誰所造也，今世有之，比琵琶稍小，蓋北國所出也。”新唐書禮樂志十一：“五弦如琵琶而小，北國所出，舊以木撥彈，樂工裴神符初以手彈。”

【五果】桃、李、杏、栗、棗。素問藏氣法時論：“五果爲助。”靈樞經五味：“五果：棗甘、李酸、栗鹹、杏苦、桃辛。”

【五味】㊀酸、苦、甘、辛、鹹。老子：“五味令人口爽。”周禮天官疾醫：“以五味五穀五藥養其病。”注：“五味：醯、酒、飴蜜、薑、鹽之屬。”疏：“醯則酸也，酒則苦也，飴蜜即甘也，薑即辛也，鹽即鹹也。”㊁佛教以乳味、酪味、生酥味、熟酥味、醍醐味爲五味。見涅槃經十四。㊂五味子。又名荎藸、玄及、會及。可入藥。見政和證類本草七草部、本草綱目十八草部。

【五明】古印度學者通習的五種基本科目：內明、因明、工巧明、醫方明、聲明。內明爲哲理；因明爲邏輯；工巧明爲工藝技術、天文算數；醫方明爲醫術、藥劑、衛生；聲明爲文法、訓詁。五明爲婆羅門普通之學。大唐西域記二:“七歲之後，漸授五明大論。……究暢五乘因果妙理。其婆羅門，學四吠陀論。”

【五易】指漢字字體的五次變革。唐韋續書法稱字有五易，倉頡復古文，史籀制大篆，李斯制小篆，程邈作隸書，漢人作章草。

【五典】㊀即五常。見“五常㊀”。㊁見“三墳五典”。

【五采】即五色。見“五色㊀”。

【五金】五種金屬。吳越春秋四闔閭內傳:“臣聞越王元常使歐冶子造劍五枚，……一名湛盧，五金之英，太陽之精。”按漢書食貨志上“金、刀、龜、貝”注:“金謂五色之金也，黃者曰金，白者曰銀，赤者曰銅，青者曰鉛，黑者曰鐵。”後來通稱金、銀、銅、鐵、錫爲五金。

【五知】舊時宣揚安分守己、服從封建禮教的一種說教。宋任布作五知堂，謂知恩、知道、知命、知足、知幸。見宋史二八八任布傳。又李繹作五知先生傳，謂知時、知難、知命、知退、知足。見宋史三〇七李若拙傳。

【五季】唐宋之間的後梁後唐後晉後漢後周五代。宋蘇軾蘇文忠詩合注十金門寺中見李西臺與二錢唱和……跋之:“五季文章墮劫灰，升平格律未全回。”又李格非洛陽名園記論:“及其亂離，繼以五季之酷。”

【五服】㊀古代王畿外圍，每五百里爲一區劃，按距離的遠近分爲五等地帶，叫五服。其名稱爲侯服、甸服、綏服、要服、荒服。服，服事天子。見書益稷、禹貢。又周稱侯、甸、男、采、衛爲五服。見書康誥。㊁天子、諸侯、卿、大夫、士五等服式。書皋陶謨:“天命有德，五服五章哉。”又周稱王、公、卿、大夫、士的服式。見周禮春官小宗伯注。㊂舊時喪服制度，以親疏爲差等，有斬衰、齊衰、大功、小功、緦麻五種名稱，統稱五服。禮學記:“師無當於五服，五服弗得不親。”

【五供】漢代皇帝於正月上丁日先祠南郊，以後再祠北郊，明堂、高廟、世祖廟，稱爲五供。見漢蔡邕獨斷、後漢書禮儀志上。

【五例】指春秋在行文上隱寓褒貶有五種體例。晉杜預春秋經傳集解序謂爲例之情有五:一曰微而顯；二曰志而晦；三曰婉而成章；四曰盡而不污；五曰懲惡而勸善。南朝梁劉勰文心雕龍徵聖:“五例微辭以婉晦，此隱義以藏用也。”

【五狗】唐武后時侍御史周利用冉祖雍，太僕丞李悛，光祿丞宋之遜，監察御史姚紹之等五人，諂事武后的姪子武三思，時人呼爲“三思五狗”。見舊唐書一八三武三思傳。新唐書周利用作周利貞，宋之遜作宋之悉。

【五姓】封建迷信把人的姓，按五行五音分配，加上吉凶忌諱的胡說，叫做五姓。漢王充論衡詰術:“五姓之宅，門有宜嚮。嚮得其宜，富貴吉昌。”舊唐書七九呂才傳:“至於近代師巫，更加五姓之說。言五姓者，謂宮、商、角、徵、羽等，天下萬物，悉配屬之，行事吉凶，依此爲法。……又檢春秋，以陳衛及秦並同水姓，齊鄭及宋皆爲火姓，或承所出之祖，或繫所屬之星，或取所居之地，亦非宮、商、角、徵共相管攝。此則事不稽古，義理乖僻者也。”宋史藝文志三譜牒有唐林寶五姓證事二十卷。

【五始】㊀公羊家所說的春秋章法。一、元年，二、春，三、王，四、正月，五、公即位。漢書六四下王褒傳聖主得賢臣頌:“共惟春秋法五始之要。”注:“元者，氣之始；春者，四時之始；王者，受命之始；正月者，政教之始；公即位者，一國之始；是爲五始。共，讀曰恭。”㊁指物質構成的五種變化過程。遼希麟續一切經音義五引三五歷記:“氣象未分，謂之太易；元氣始萌，謂之太初也。氣象之端，謂之太始；形變有質，謂之太素也。質形已具，謂之太極也。斯爲五始也。”

【五津】地名。四川灌縣至犍爲之岷江五渡口:白華津萬里津江首津涉頭津江南津。唐王勃王子安集三杜少府之任蜀州詩:“城闕輔三秦，風煙望五津。”參閱晉常璩華陽國志蜀志。

【五洩】見“五泄”。

【五客】宋初李昉畜五禽，把白鷴叫閒客，鷺叫雪客，鶴叫仙客，孔雀叫南客，鸚鵡叫隴客，繪五客圖。見宋呂祖謙詩律武庫李文正五客、郭若虛圖畫見聞志六五客圖。

【五帝】㊀相傳古代有五帝，其說不一。1.伏羲(太皞)、神農(炎帝)、黃帝、堯、舜。見易繫辭下。2.黃帝、顓頊、帝嚳、堯、舜。見世本四五帝譜、大戴禮五帝德、史記五帝紀。3.少昊、顓頊(高陽)、高辛、堯、舜。見帝王世紀。㊁緯書所說天上五方之帝。東方蒼帝，名靈威仰；南方赤帝，名赤熛怒；中央黃帝，名含樞紐；西方白帝，名招拒；北方黑帝，名汁光紀。見明孫瑴古微書九春秋文耀鉤。周禮春官小宗伯“兆五帝於四郊”注，以太昊、炎帝、黃帝、少昊、顓頊爲五天帝。

【五音】㊀宮、商、角、徵、羽。也叫五聲。孟子離婁上:“不以六律，不能正五音。”楚辭屈原九歌東皇太一:“五音紛兮繁會。”參見“五聲㊀”。㊁音韻學區別聲類爲喉、舌、齒、脣、牙五種，叫作五音。玉篇末附有五音聲論。

【五亭】古蹟名。在浙江吳興縣舊府治東南白蘋洲上。唐白居易長慶集七十白蘋洲五亭記謂大曆十一年，顏真卿爲刺史，在洲上建八角亭。至開成四年楊漢公爲刺史，建白蘋集芳山光朝霞碧波五亭。

【五郊】古制皇帝迎節氣於五郊:立春之日，迎春於東郊；立夏之日，迎夏於南郊；先立秋十八日，迎黃靈於中兆；立秋之日，迎秋於西郊；立冬之日，迎冬於北郊，稱五郊。後漢書明帝紀永平二年:“是歲，始迎氣於五郊。”

【五度】㊀分、寸、尺、丈、引。漢書律曆志上:“十分爲寸，十寸爲尺，十尺爲丈，十丈爲引，而五度審矣。”㊁中醫謂量度神、氣、血、形、志五者之有餘不足爲五度。一說指十度中的脈、臟、肉、筋、俞五度。素問方盛衰論:“取虛實之要，定五度之事，知此，乃足以診。”

【五軍】古代軍制。國語晉四:“作五軍。”注謂晉本有三軍，即中軍、上軍、下軍，後又增加新上軍、新下軍共五軍。文選漢張平子(衡)西京賦:“五軍六師，千列百重。”注:“漢官儀:漢有五營，五軍即五營也。”

【五苦】佛教徒常言五苦，說法不一。一般以生、老、病、死、愛爲五苦。觀無量壽經:“若佛滅後，諸衆生等濁惡不善，五苦所逼，云何當見阿彌陀佛極樂世界?”

【五胡】晉武帝死後，我國北方少數民族匈奴族的劉淵及沮渠氏赫連氏，羯族石氏，鮮卑族慕容氏及禿髮氏乞伏氏，氐族苻氏呂氏，羌族姚氏，相繼建立王朝，舊史稱爲五胡。參見“五胡十六國”。

【五省】官署名。晉，南朝宋、齊、梁、陳及北魏，以尚書、中書、門下、秘書、集書爲五省。隋大業三年以殿內、尚書、門下、內史、秘書爲五省。唐改殿內省爲殿中、內侍兩省，餘仍隋制，共爲六省。參閱通典十九職官一。

【五虐】古代五種酷刑。斷耳、截鼻、宮、黥和大辟。書呂刑:“惟作五虐之刑曰法，殺戮無辜，爰始淫爲劓刵椓黥。”

【五星】金、木、水、火、土五大行星。也作五曜、五緯。淮南子天文:“五星、八風，二十八宿。”史記天官書：“天有五星，地有五行。”漢劉向說苑辨物以歲星（木星）、熒惑（火星）、鎭星（土星）、太白（金星）、辰星（水星）爲五星。參見“五緯”。

【五品】㊀卽五倫。書舜典：“百姓不親，五品不遜。”傳：“五品，謂五常。”疏：“品，謂品秩，一家之內，尊卑之差，卽父、母、兄、弟、子是也。”參見“五倫”。㊁功勳的五種名目。史記高祖功臣侯者年表：“古者人臣，功有五品，以德立宗廟定社稷曰勳，以言曰勞，用力曰功，明其等曰伐，積日曰閱。”

【五牲】用作祭品的五種動物。1.牛、羊、豕、犬、雞。見左傳昭十一年“五牲不相爲用”注。2.麇、鹿、麕、狼、兔。見左傳昭二五年“爲六畜、五牲、三犧，以奉五味”注。疏引漢服虔作麕、鹿、熊、狼、野豕。清王引之謂五牲爲牛、羊、豕、犬、雞，服虔注非。見經義述聞十九五牲三犧。

【五香】青木香之別名。也作五木香。政和證類本草六木香引圖經：“又古方主癰疽五香湯中亦使青木香，青木香名爲五香，信然矣。”後稱茴香、花椒、大料、桂皮、丁香五種調味香料爲五香。

【五威】西漢末王莽卽帝位，建號新，使節旄旛，都用純黃色，署名新使五威節，置五威將軍，周行境內，遠至匈奴西域，收繳漢王朝所發印綬，改發新室印綬。每將各置前、後、左、右、中凡五帥，稱五帝之使。見漢書九九中王莽傳。漢書諸侯王表序：“分遣五威之吏，馳傳天下，班行符命。”卽指此。

【五風】㊀中醫指肝風、心風、脾風、肺風、腎風。素問金匱眞言論：“天有八風，經有五風。”㊁見“五風十雨”。

【五泉】地名。本漢金城縣。隋義寧二年改五泉縣，因境內皋蘭山有五泉而名。唐歸於吐蕃。宋元豐中歸宋，至崇寧三年置蘭泉縣。地在今甘肅蘭州市。參閱太平寰宇記一五一蘭州、讀史方輿紀要六十蘭泉廢縣。

【五侯】㊀公、侯、伯、子、男五等諸侯。左傳僖四年：“管仲對曰：‘昔召康公命我先君太公曰：五侯九伯，女實征之，以夾輔周室。’”參閱清王引之經義述聞十七五侯九伯。㊁同時封侯者五人。如1.漢成帝河平二年封舅王譚平阿侯、王商成都侯、王立紅陽侯、王根曲陽侯、王逢時高平侯，五人同日封。時人謂之五侯。見漢書九八元后傳。2.東漢梁冀之子胤、叔父讓及親從淑忠戟皆封侯，稱梁氏五侯。見後漢書三四梁冀傳、六六陳蕃傳。3.東漢桓帝封宦者單超徐璜具瑗左悺唐衡五人爲侯。亦號五侯。見後漢書單超傳。後泛稱權貴之家爲五侯家。才調集九韓翃寒食詩：“日暮漢宮傳蠟燭，青煙散入五侯家。”

【五衍】卽五乘。佛家以人乘、天乘、聲聞乘、緣覺乘（辟支佛乘）、菩薩乘爲五乘。文選南齊王簡栖（屮）頭陀寺碑文：“憑五衍之軾，拯溺逝川。”注：“五衍，五乘。天竺言衍，此言乘。五乘：一人，二天，三聲聞，四辟支佛，五菩薩。”

【五律】五言律詩的略稱。全首八句，每句五字，中間兩聯要求對仗。以有一定格律，故稱律詩。

【五紀】㊀歲、月、日、星辰、曆數，都是記錄天象的，故叫五紀。見書洪範。莊子盜跖：“五紀六位，將何以爲別乎？”㊁一紀爲十二年，五紀卽六十年。南齊書高帝紀論：“宋氏正位八君，卜年五紀。”唐杜牧樊川集一冬至日寄小姪阿宜詩：“家集二百編，上下馳皇王，多是撫州寫，今來五紀强。”

【五海】中醫謂腦爲髓海，衝爲血海，命門爲精海，丹田爲氣海，胃爲水穀之海。靈樞經五癃津液別篇：“水穀皆入於口，其味有五，各注其海，津液各走其道。”

【五疾】啞、聾、跛、斷肢、侏儒，叫做五疾。荀子王制：“五疾，上收而養之，材而事之。”

【五庫】貯藏財貨的五類倉庫。禮月令季春之月：“是月也，命工師，令百工，審五庫之量，金、鐵、皮、革、筋、角、齒、羽、箭、幹、脂、膠、丹、漆，毋或不良。”初學記二四漢蔡邕月令章句：“五庫者：一曰車庫，二曰兵庫，三曰祭器庫，四曰樂器庫，五曰宴器庫。”

【五祖】佛教禪宗以唐弘忍大師爲五祖。他的弟子慧能神秀分創南北二宗，慧能（六祖）主頓悟，神秀主漸進，爲禪門分南北宗之始。參閱宋契嵩傳法正宗記六。

【五神】㊀漢郊祀歌的第十六章。以首句“五神相”名篇。見漢書禮樂志。㊁五臟之神。老子“谷神不死”河上公注：“神謂五藏之神也。肝藏魂，肺藏魄，心藏神，腎藏精，脾藏志。五藏盡傷，則五神去矣。”㊂五方之神。藝文類聚七九南朝梁簡文帝吳興楚王神廟碑：“昔者武王詢於太公，五神之禮正。”

【五畜】牛、羊、豕、雞、犬。漢書地理志下：“民有五畜，山多麀麖。”靈樞經五味：“五畜：牛甘，犬酸，豬鹹，羊苦，雞辛。”加馬則爲六畜。

【五茸】地名。唐陸龜蒙甫里集九和吳中書事寄漢南裴尚書詩：“三泖涼波漁蕝動，五茸春草雉媒嬌。”自注：“五茸，吳王獵所，茸各有名。”地在今上海松江縣南華亭谷東。故松江別名茸城。

【五貢】科舉時代恩貢、拔貢、歲貢、副貢、優貢五等貢生的總稱。詳“恩貢”、“拔貢”等條。

【五馬】太守的代稱。玉臺新詠一日出東南隅行：“使君從南來，五馬立踟躕。”太守稱“五馬”的來歷，說法不一。1.宋程大昌演繁露二五馬認爲可能出於詩鄘風干旄“良馬五之”。又據漢鄭玄周禮注，認爲漢太守相當於舊時州長，出則御五馬。2.宋彭乘墨客揮犀四認爲古代一乘有四馬，按漢官儀漢時太守出行增加一馬，爲五馬。後卽以五馬爲太守的代稱。唐白居易長慶集五三西湖留別詩：“翠黛不須留五馬，皇恩只許住三年。”

【五根】佛教語。㊀信、精進、念、定、慧爲五根。見智度論十九。又俱舍論三：“於清淨中，信等五根，有增上用。”廣弘明集二七上梁元帝與蕭咨議等書：“必須五根之信，以信爲首；六度之檀，以檀爲上。”㊁眼、耳、鼻、舌、身由此五種感覺，纔産生萬象，如草木之根，能生枝幹，故稱五根。見俱舍論一。

【五原】㊀秦九原郡，漢武帝改置五原郡，有五原縣。見漢書地理志下、水經注二河水。地在今內蒙古五原縣。㊁唐代長安萬年二縣，有畢原白鹿原少陵原高陽原細柳原，稱五原。唐杜甫杜工部草堂詩箋十一喜聞官軍已臨賊境二十韻：“五原空壁壘，八水散風濤。”㊂唐代龍游原乞地干原青嶺原可嵐貞原橫槽原，也稱五原。在今寧夏境內。唐駱賓王駱臨海集箋注四早秋出塞寄東臺詳正學士詩：“促駕逾三水，長驅望五原。”

【五院】唐稱御史臺監察、殿中、侍御史、中丞、大夫五官署爲五院。唐李綽尚書故實：“臺儀自大夫已下至監察，通謂之五院御史。”又見宋錢易南部新書乙。

【五倉】五臟。漢書郊祀志下谷永上言：“及言世有僊人，……化色五倉之術者，皆姦人惑衆，挾左道，懷詐僞，以欺罔世主。”

【五氣】㊀五行之氣，五方之氣。史記五帝紀：“治五氣。”北周庾信庾子山集六配帝舞：“四時咸一德，五氣或同論。”㊁指肺、心、肝、脾、腎五臟的外徵。周禮天官疾醫：“以五氣、五聲、五色眂其死生。”

【五乘】見"五衍"。

【五臭】五種氣味。1.莊子天地:"三曰:五臭薰鼻,困惾中顙。"唐成玄英疏:"五臭謂羶、薰、香、鯹、腐。"2.管子地員:"五粟之土,……五臭生之,薜荔、白芷、蘪蕪、椒、蓮,五臭所校。"

【五射】古代舉行射禮的五種射法。周禮地官保氏:"三曰五射。"注:"五射:白矢、參連、剡注、襄尺、井儀也。"疏:"云白矢者,矢在侯而貫侯過,見其鏃白。云參連者,前放一矢,後三矢連續而去也。云剡注者,謂羽頭高鏃低而去,剡剡然。云襄尺者,臣與君射,不與君並立,襄(讓)君一尺而退。云井儀者,四矢貫侯,如井之容儀也。"

【五鬼】㊀指同時狼狽爲奸的五個人。五代唐馮延巳馮延魯陳覺魏岑查文徽五人把持朝政,時人稱爲五鬼。見新五代史南唐世家李景。宋王欽若丁謂林特陳彭年劉承珪亦有五鬼之稱。見宋史二八三王欽若傳。㊁見"五窮"。

【五倫】封建禮教稱君臣、父子、兄弟、夫婦、朋友之間的五種關係。也稱五常。參見"人倫㊀"。

【五涼】㊀公元317—439年間北方建立的地方政權,前涼後涼南涼西涼北涼,舊史稱爲五涼。詳見各條。㊁唐時稱甘肅之地爲五涼。唐張九齡曲江集十七益州長史叔置酒宴別序:"所以前拜小司馬,兼擁旄於五涼。"岑參岑嘉州詩三題金城臨河驛樓:"古戍依重險,高樓見五涼。"

【五梁】冠名。即有五梁的進賢冠。梁,帽的橫脊。晉書輿服志:"進賢冠,古緇布遺象也,斯蓋文儒者之服;前高七寸,後高三寸,長八寸。有五梁、三梁、二梁、一梁。人主元服,始加緇布,則冠五梁進賢。"參閱新唐書車服志。

【五章】五種彩色。書皋陶謨:"天命有德,五服五章哉。"傳:"五服:天子、諸侯、卿、大夫、士之服也。尊卑采章各異,所以命有德。"左傳昭二五年:"爲九文、六采、五章,以奉五色。"注:"青與赤謂之文,赤與白謂之章,白與黑謂之黼,黑與青謂之黻。五色備,謂之繡。集此五章,以奉成五色之用。"

【五鹿】㊀春秋地名。1.晉之五鹿。左傳哀五年:"齊侯衛侯救邯鄲,圍五鹿。"在今河北大名縣東。2.衛之五鹿。左傳僖二三年:"(晉重耳)過衛……出於五鹿,乞食於野人。"注:"五鹿,衛地。"在今河南濮陽縣南。㊁複姓。通志二七氏族三以邑爲氏引風俗通:"晉公子重耳封舅犯於五鹿,支孫氏焉。漢有少府五鹿充宗。"

【五情】㊀喜、怒、哀、樂、怨。三國志魏陳思王植傳上責躬應詔詩表:"形影相弔,五情愧赧。"㊁佛教稱眼、耳、口、鼻、身。智度論十七:"云何縱塵欲,沈没於五情。"

【五教】㊀五種封建倫理道德,即父義、母慈、兄友、弟恭、子孝。書舜典:"敬敷五教在寬。"左傳桓六年:"故務其三時,修其五教。"㊁書名。新唐書藝文志子部儒家類有五教五卷,三國蜀譙周撰。舊唐書經籍志作譙子五教。北史蘇威傳:"平陳之後,牧人者……無長幼悉使誦五教。"今佚。㊂佛教華嚴宗的分派。唐法藏五教章一分教開宗:"聖教萬差,要唯有五:一、小乘教,二、大乘始教,三、終教,四、頓教,五、圓教。"

【五酘】酒名。宋范成大吳郡志二九土物上:"五酘酒,白居易守洛時,有謝李蘇州寄五酘酒詩。今里人釀酒,麴米與漿水已入甕,翌日,又以米投之,有至一再投者,謂之酘;其酒則清洌異常,今謂之五酘。是米五投之耶?"

【五莖】傳説顓頊的樂歌名。周禮春官大司樂"以樂舞教國子"疏引樂緯:"顓頊之樂曰五莖。"也作"六莖"。漢班固白虎通禮樂:"顓頊曰六莖者,言和律曆以調陰陽,莖者著萬物也。"古歌辭久佚,唐元結補作樂歌,見元次山集一補樂歌。

【五頂】㊀童子的頭髮結爲五髻,稱五頂。唐窺基唯識述記一:"般遮尸棄,此言五頂,頂髮五旋,頭有五角。"㊁山名。即五臺山。

【五通】鬼神名。也叫五聖、五顯靈公、五郎神。自唐宋以來,即有此名。唐詩紀事六六鄭愚大潙虚祐師銘:"牛阿房,鬼五通,專覰捕,見西東。"舊題唐柳宗元龍城錄上龍城無妖邪之怪載柳州有五通鬼。宋洪邁謂二浙江東稱其神曰五通;江西閩中曰木下三郎,又曰木客;一足者曰獨脚五通。見夷堅志丁十九江南木客。明清兩代吳中多祀之。清康熙時湯斌巡撫江南,盡毁蘇州諸處五通祠,見清王士禛池北偶談四毁淫祠、唐鑑國朝學案小識三湯潛庵先生。

【五陵】漢朝皇帝每立陵墓,都把四方富家豪族和外戚遷至陵墓附近居住。最著名的爲五陵,即長陵安陵陽陵茂陵平陵。文選漢班孟堅(固)西都賦:"則南望杜霸,北眺五陵。"注:"高帝葬長陵,惠帝葬安陵,景帝葬陽陵,武帝葬茂陵,昭帝葬平陵。"後來詩文中常以五陵爲豪門貴族聚居之地。唐李白李太白詩六少年行之二:"五陵年少金市東,銀鞍白馬度春風。"又杜甫杜工部草堂詩箋三二秋興之三:"同學少年多不賤,五陵衣馬自輕肥。"

【五陰】㊀中醫稱手太陰、手少陰、足太陰、足少陰、厥陰爲五陰。靈樞經經脈:"五陰氣俱絶,則目系轉,轉則目運。"㊁佛教"五蘊"的舊譯。指色、受、想、行、識。見楞嚴經二。景德傳燈録二七:"僧肇法師……臨就刑,説偈曰:'四大元無主,五陰本來空。'"參見"五蘊"。

【五常】㊀同"五教"。書泰誓下:"今商王受狎侮五常。"詳"五教㊀"。㊁即五倫。詳"五倫"。㊂仁、義、禮、智、信。見漢書禮樂志劉向議、白虎通情性。㊃五行。禮樂記:"合生氣之和,道五常之行。"疏:"道達人情以五常之行,謂依金、木、水、火、土之性也。"㊄三國蜀馬良兄弟五人,都有才名,馬良最著。他們的字都有"常"字,因此鄉里有諺語説:"馬氏五常,白眉最良。"馬良字季常,有白眉毛,故稱。見三國志蜀馬良傳。

【五眼】佛教稱肉眼、天眼、慧眼、法眼、佛眼爲五眼。肉眼、天眼僅能見事物幻相;慧眼、法眼能見實相;佛眼爲如來之眼,無事不知,無事不見。唐釋道世諸經要集一:"五眼精明,六通遥矚。"參閱智度論三三。

【五冕】古代王冠,即衮冕、衮冕、鷩冕、毳冕、希冕。周禮夏官弁師:"掌王之五冕,皆玄冕,朱裏延紐。"按司服的説法,冕有六種,弁師篇中不算玄冕,所以稱五冕。

【五畤】地名。又作五畤原。史記孝武紀:"明年,上初至雍,郊見五畤。"正義:"畤,音止。括地志云:漢五帝畤,在岐州雍縣南。孟康云:畤者,神靈之所止。……按五畤者:鄜畤密畤吳陽畤北畤。"吳陽分上下畤,合爲五畤。地在今陝西鳳翔縣南。

【五衆】㊀五官屬下衆吏的總稱。禮曲禮下:"天子之五官,曰司徒、司馬、司空、司士、司寇,典司五衆。"㊁佛教語。1.出家的五衆:比丘、比丘尼、式叉摩那、沙彌、沙彌尼。參見"七衆"。2.即"五蘊"。法華經譬喻品:"分别説諸法五衆之生滅。"嘉祥疏五:"以五法和聚,義稱五衆;又一一陰法各衆多,故云衆也。"

【五彩】青、黄、赤、白、黑五色。山海經中山經:"祈酒,大牢祠,嬰用圭璧十五。

五彩惠之。"注:"惠猶飾也,方言也。"也作"五綵"。史記八二田單傳:"田單乃收城中得千餘牛,爲絳繒衣,畫以五綵龍文。"

【五欲】㊀耳、目、鼻、口、心的欲望。管子內業:"節其五欲,去其二凶。"㊁佛教語。1.色、聲、香、味、觸。智度論十七:"哀哉衆生,常爲五欲所惱,而猶求之不已。"2.財、色、名、飲食、睡眠。法華經譬喩品:"凡夫淺識,深著五欲。"

【五絃】見"五弦"。

【五湖】周禮夏官職方氏:"東南曰揚州,……其川三江,其浸五湖。"五湖的說法不一,舉要如下:

1.以太湖爲五湖。職方氏注疏、國語越下"戰於五湖"韋昭注、水經注二九沔水、史記河渠書"於吳,則通渠三江、五湖"集解、太平御覽六六張勃吳錄。

2.以太湖及附近四湖爲五湖。水經注二九沔水(長蕩湖太湖射湖貴湖滆湖)、後漢書二八下馮衍傳"沈孫武於五湖兮"注引虞翻(滆湖洮湖太湖射湖貴湖)。

3.謂五湖非一湖,並不在一地。史記河渠書"於吳,則通渠三江、五湖"索隱、又三王世家"五湖之閒"索隱(具區洮滆彭蠡青草洞庭)。按具區卽太湖。

【五勞】中醫學名詞。1.指五臟勞損。心勞、肝勞、脾勞、肺勞、腎勞的總稱。見金匱要略臟腑經絡先後病脈證。2.指五種勞損。素問宣明五氣篇:"久視傷血,久卧傷氣,久坐傷肉,久立傷骨,久行傷筋,是謂五勞所傷。"又作志勞、思勞、心勞、憂勞、瘦勞。參閱隋巢元方巢氏諸病源候總論三虛勞諸病候上。

【五診】中醫診脈方法之一。史記一〇五倉公傳:"臣意教以五診。"正義:"謂診五藏之脈。"

【五雲】㊀青、白、赤、黑、黄五色之雲。周禮春官保章氏:"以五雲之物,辨吉凶、水旱降、豐荒之祲象。"關尹子二柱:"五雲之變,可以卜當年之豐歉。"㊁五色的瑞雲。唐杜甫杜工部草堂詩箋十一重經昭陵:"再窺松柏路,還有五雲飛。"一說指五陵的景色。也用來指皇帝所在。唐李白李太白詩七侍從宜春苑奉詔賦……聽新鶯百囀歌:"是時君王在鎬京,五雲垂暉耀紫清。"王建詩五贈郭將軍:"承恩新拜上將軍,當直巡更近五雲。"(唐六名家集)㊂五朵雲。詳"五雲體"。

【五馭】駕車的五種技術。周禮天官保氏:"乃教之六藝,……四曰五馭。"注:"五馭,鳴和鸞,逐水曲,過君表,舞交衢,逐禽左。"

【五都】㊀戰國齊有五都。戰國策燕一:"王因令辛子將五都之兵,以因北地之衆以伐燕。"周禮地官小司徒謂四縣爲都,齊發郊外二十縣的兵,所以叫五都。㊁五大城市。歷代所指不同。1.漢以洛陽邯鄲臨淄宛成都爲五都。見漢書食貨志下。2.三國魏以長安譙許昌鄴洛陽爲五都。見水經注十濁漳水、三國志魏文帝紀黃初二年注引魏略。3.唐以長安爲上都,洛陽爲東都,鳳翔爲西都,江陵爲南都,太原爲北都。見新唐書肅宗紀寶應元年。㊂泛指繁盛的都市。文苑英華一九九唐李益從軍有苦樂行詩:"俠氣五都少,矜功六郡良。"

【五菜】葵、韭、藿、薤、葱。素問藏氣法時論:"五菜爲充。"靈樞經五味:"五菜:葵甘,韭酸,藿鹹,薤苦,葱辛。"

【五雅】明郎奎金集刻爾雅釋名小爾雅廣雅埤雅五部小學訓詁的書,謂之五雅。釋名無雅字,改稱逸雅。

【五間】戰時用以偵察敵情和反敵諜的五種方法,孫子用間:"故用間有五:有因間,有內間,有反間,有死間,有生間。五間俱起,莫知其道,是謂神紀。"後漢書八十下高彪傳箴:"人有計策,六奇五間。"

【五虛】中醫稱病的五種症狀。素問玉機真藏論:"脈細,皮寒,氣少,泄利前後,飲食不入,此謂五虛。"注:"虛謂真氣不足也。"

【五量】度量衡名。1.漢書律曆志上:"量者,龠、合、升、斗、斛也,所以量多少也。……十龠爲合,十合爲升,十升爲斗,十斗爲斛,而五量嘉矣。"2.孔子家語五帝德:"設五量。"注:"五量:權衡、升斛、尺丈、里步、十百。"

【五等】爵位的五個等級。說法不一。1.禮王制:"王者之制祿爵,公、侯、伯、子、男,凡五等。諸侯之上大夫卿、下大夫、上士、中士、下士,凡五等。"2.孟子萬章下:"天子一位,公一位,侯一位,伯一位,子男同一位,凡五等也。君一位,卿一位,大夫一位,上士一位,中士一位,下士一位,凡六等。"疏:"蓋以孟子所言則周制,而王制所言,則夏商之制也。"

【五勝】五行相勝。水勝火,火勝金,金勝木,木勝土,土勝水,稱爲五勝。史記曆書:"而亦頗推五勝,而自以爲獲水德之瑞。"

【五絝】絝,同"袴"。後漢書三一廉范傳:"廉范字叔度,……建初中遷蜀郡太守,……舊制禁民夜作,以防火災。……范乃毀削先令,但嚴使儲水而已。百姓爲便。乃歌之曰:'廉叔度,來何暮!不禁火,民安作。平生無襦,今五絝。'"後來把五絝作爲稱頌官吏的用語。全唐詩一三七儲光羲晚次東亭獻鄭州宋使君文:"籍籍歌五袴,祁祁頌千箱。"

【五絶】㊀五種絕藝。如南朝宋杜道鞠的彈棊、范悅的詩、褚欣遠的模書、褚胤的圍棋、徐道度的醫術,稱爲五絕。見南史張融傳附徐文伯。又唐虞世南德行、忠直、博學、詞藻、書翰也稱五絕。見唐吳兢貞觀政要二任賢。"詞藻",新唐書一〇二虞世南傳作"文詞"。㊁五言絕句的省稱。全首四句,每句五字。參見"五言詩"。

【五溪】㊀指武陵五溪:雄溪樠溪無溪酉溪辰溪。見水經注三七沅水。後漢書二四馬援傳稱馬援征五溪,卽此。地在今湖南西、貴州東一帶。㊁指雄溪蒲溪酉溪沅溪辰溪。唐李白李太白詩十三聞王昌齡左遷龍標遙有此寄:"楊花落盡子規啼,聞道龍標過五溪。"

【五義】父義、母慈、兄友、弟恭、子孝。國語周中:"五義紀宜。"參見"五常㊀"。

【五道】佛教稱天、人、畜生、地獄、餓鬼爲五道。加阿修羅道爲六道。南朝宋鮑照鮑氏集十佛影頌:"六塵煩苦,五道綿劇。"

【五瑞】㊀古代諸侯作符信用的五種玉。1.書舜典:"輯五瑞,既月,乃日覲四岳羣牧,班瑞於羣后。"疏:"公執桓圭,侯執信圭,伯執躬圭,子執穀璧,男執蒲璧。"2.白虎通文質:"何謂五瑞?謂珪、璧、琮、璜、璋也。"㊁五種祥瑞之物。漢李翕黽池五瑞碑以黃龍、白鹿、嘉禾、木連理、甘露爲五瑞。碑文見宋洪适隸釋四。宋初並以五瑞各撰一曲,在朝會時奏唱。見宋史樂志一。

【五聖】㊀五個聖人,多指帝王。淮南子脩務:"若夫神農堯舜禹湯,可謂聖人乎?有論者必不能廢,以五聖觀之,則莫得無爲明矣。"唐杜甫杜工部草堂詩箋二冬日洛城北謁玄元皇帝廟:"五聖聯龍袞,千官列雁行。"指唐高祖太宗高宗中宗睿宗。㊁五通也稱五聖。詳"五通"。

【五鼓】㊀五種鼓。穀梁傳莊二五年:"天子救日,置五麾,陳五兵五鼓。"疏:"五鼓者,麋信徐邈並云:東方青鼓,南方赤鼓,西方白鼓,北方黑鼓,中央黃鼓。"㊁五更。北齊顏之推顏氏家訓書證:"漢魏以來,謂爲甲夜、乙夜、丙夜、丁夜、戊夜;

又云鼓，一鼓、二鼓、三鼓、四鼓、五鼓；亦云一更，二更，三更，四更，五更，皆以五爲節。"

【五輅】古代統治者使用的五種車子。資治通鑑一三七南齊永明九年五月："魏初造五輅。"注："五輅，玉、金、象、革、木也。" 又一七四南朝陳太建十二年二月："又以五輅載婦人，自帥左右步從。"注："按古制有五輅。後周之制，皇帝之輅十有二等，皇后之車十有二等，亦曰輅，下至三妃、三公、三公夫人之輅皆九，至上媛婦、中大夫孺人，其輅五。……五輅，謂玄輅、夏篆、夏縵、墨車、輚車也。"

【五葷】五種有刺激味的蔬菜。即五辛。鍊形家以小蒜、大蒜、韭、芸薹、胡荽爲五葷。道家以韭、薤、蒜、芸薹、胡荽爲五葷。佛家以大蒜、小蒜、興渠、慈葱、茖葱爲五葷。興渠，即阿魏。見本草綱目二六菜部蒜。

【五損】中醫稱五臟傷損。一損肺，皮槁毛脫；二損心，血脈衰少；三損脾，肌肉消脫；四損肝，筋緩不收；五損腎，骨痿不起。見難經二十四難。

【五禁】㊀五種禁忌。1. 周禮秋官士師："士師之職，掌國之五禁之法，以左右刑罰。一曰宮禁，二曰官禁，三曰國禁，四曰野禁，五曰軍禁。"參閱孫詒讓周禮正義六七。2. 中醫指對食品的五種禁忌：肝病禁辛，心病禁鹹，脾病禁酸，腎病禁甘，肺病禁苦。說見素問宣明五氣論、靈樞經五味；又鍼刺也有五種禁忌。見靈樞經五禁。㊁佛教五戒。唐義淨南海寄歸傳一："若泛爲俗侶，但略言其五禁；局提法衆，遂廣彰乎七篇。"參見"五戒㊀"。

【五鼎】古祭禮，大夫用五鼎盛羊、豕、膚、魚、腊。見儀禮少牢饋食禮。孟子梁惠王下："前以三鼎，而後以五鼎與？"後來用五鼎形容貴族官僚生活的奢侈。史記一一二主父偃傳："且丈夫生不五鼎食，死即五鼎烹耳。"

【五過】審判的五種弊病。書呂刑："五罰不服，正于五過，五過之疵，惟官、惟反、惟內、惟貨、惟來。"傳："五過之所病，或嘗同官位，或詐反囚辭，或內親用事，或行貨枉法，或舊相往來，皆病所在。"宋蔡沈傳以威勢、報德怨、女謁、賄賂、干請爲五過。

【五路】古代帝王使用的五種車。路，車。周禮春官巾車："王之五路。"指玉路、金路、象路、革路、木路。又王后的五路爲重翟、厭翟、安車、翟車、輦車。參見"五輅"。

【五飲】㊀五種飲料。禮玉藻："五飲：上水、漿、酒、醴、酏。"注："上水，水爲上，餘其次之。"按周禮天官酒正有四飲，又漿人有六飲；四飲指清、醫、漿、酏；六飲指水、漿、醴、涼、醫、酏。㊁中醫說致病有五飲，指痰飲、懸飲、溢飲、支飲、伏飲。

【五會】㊀古醫家語。史記一〇五扁鵲傳："扁鵲乃使弟子子陽厲鍼砥石，以取外三陽五會。"正義："素問云：'五會謂百會、胸會、聽會、氣會、臑會也。'"㊁舟名。太平御覽七七〇周處風土記："小曰舟，大曰船。温麻五會者，永寧縣出豫林合五板以爲大船，因以五會爲名也。"

【五雉】相傳上古少昊時官名。左傳昭十七年："五雉爲五工正，利器用，正度量，夷民者也。"疏引漢賈逵說："西方曰鷷雉，攻木之工；東方曰鶅雉，摶埴之工；南方曰翟雉，攻金之工；北方曰鵗雉，攻皮之工；伊洛而南曰翬雉，設五色之工。"

【五稔】穀熟叫稔。五稔即五年。左傳僖二年："虢必亡矣。……不可以五稔。"

【五鳩】㊀相傳上古少皞時官名。左傳昭十七年："祝鳩氏，司徒也；鴡鳩氏，司馬也；鳲鳩氏，司空也；爽鳩氏，司寇也；鶻鳩氏，司事也。五鳩，鳩民者也。"注："鳩，聚也，治民上聚，故以鳩爲名。"㊁複姓。本是官名，後用作姓氏。趙有將軍五鳩。見通志二八氏族四以官爲氏。

【五傳】傳述春秋的左氏公羊穀梁鄒氏夾氏五家。漢書藝文志序："春秋分爲五。"又："及末世口說流行，故有公羊穀梁鄒夾之傳。四家之中，公羊穀梁立於學官，鄒氏無師，夾氏未有書。"五家中左傳後來與公羊穀梁合稱三傳。唐玄宗孝經注序："故魯史春秋，學開五傳。"

【五遁】㊀淮南子本經："故閉四關，止五遁，則與道淪。"四關，耳、目、口、心。五遁，意謂不守本性，沉溺於種種物質享受。五，指金（如器物之用）、木（如宮室之盛）、水（如泛舟之樂）、火（如烹調之美）、土（如樓臺之高）。㊁古代方士荒誕之說，謂仙人能借金、木、水、火、土遁形隱身。見明謝肇淛五雜俎人部二。

【五經】㊀儒家的五部經典。漢武帝建元五年置五經博士，始有五經之稱。漢班固白虎通五經："五經何謂？謂易尚書詩禮春秋也。"五經中的禮，漢時指儀禮，後世指禮記。春秋後來又和左傳合併。見新唐書百官志三五經博士。參見"六經"。㊁指五禮：吉禮、凶禮、賓禮、軍禮、嘉禮。禮祭統："禮有五經，莫重於祭。"參見"五禮"。㊂中醫以素問靈樞難經金匱要略甲乙經爲五經。㊃五臟的經脈。素問經脈別論："水精四布，五經並行。"

【五齊】㊀古時指五種等級的酒。周禮天官酒正："辨五齊之名，一曰泛齊，二曰醴齊，三曰盎齊，四曰緹齊，五曰沈齊。"注："杜子春讀齊皆爲粢，……齊者，每有祭祀，以度量節作之。"五齊，都是味薄的酒。㊁五種切成細末的菜肴。周禮天官醢人："以五齊、七醢、七菹、三臡實之。"注："齊當爲齏。五齊：昌本、脾析、蜃、豚拍、深蒲也。"疏："細切爲齏，……五齏之內，菜肉相兼。"

【五福】舊時所說的五種幸福。書洪範："五福：一曰壽，二曰富，三曰康寧，四曰攸好德，五曰考終命。"宋歐陽修文忠集十二紀德陳情上致政太傅杜相公詩："事國一心勤以瘁，還家五福壽而康。"

【五精】㊀中醫指心、肺、肝、脾、腎五臟的精氣。素問宣明五氣："五精所并。"㊁五方之星。文選漢張平子（衡）東京賦："辨方位而正則，五精帥而來摧。"

【五臺】㊀唐稱尚書、門下、中書、秘書、御史爲五臺。永樂大典二六〇六引數類："唐高宗龍朔二年改尚書省曰中臺，門下省曰東臺，中書省曰西臺，秘書監曰蘭臺，御史臺曰憲臺，故有五臺之號。"㊁山名。在山西五臺縣東北。太平御覽四五引水經注："五臺山其山五巒巍然，故曰五臺。"元和郡縣志十四代州："五臺山在縣東北百四十里，道經以爲紫府山，內經以爲清涼山。"㊂縣名。屬山西省。漢設慮虒縣。隋大業二年改五臺，因山以爲名。見元和郡縣志十四代州。

【五綦】五種官能的極大滿足。荀子王霸："夫人之情，目欲綦色，耳欲綦聲，口欲綦味，鼻欲綦臭，心欲綦佚。此五綦者，人情之所必不免也。"注："綦，極也。"

【五際】漢初詩經有齊魯韓三家。齊詩說詩，附會陰陽五行之說，認爲每當卯、酉、午、戌、亥是陰陽終始際會的年頭時，政治上就必然發生重大變動。說見漢書七五翼奉傳"詩有五際"注。參閱詩序"是謂四始，詩之至也"疏。

【五蓋】佛教稱貪欲、瞋恚、睡眠、調戲、疑悔爲五蓋，因其能覆蓋真性。見智度論十七。文選晉孫興公（綽）遊天臺山賦："蕩遺塵於旋流，發五蓋之遊蒙。"

【五罰】古時五種出錢贖罪的罰則。書呂刑："五刑不簡，正于五罰。"罰金分爲五等：墨，百鍰；劓，二百鍰；剕，五百鍰；宮，六百鍰；大辟，千鍰。一鍰，六兩。

【五管】㊀五臟的腧穴。莊子人間世："頤

隱於臍，肩高於頂，會撮指天，五管在上。"注："五管，五臟腧也。"㊁古地區名。唐永徽後，以廣桂容邕安南府，隸廣府都督統攝，置五府節度使，稱嶺南五管。見舊唐書地理志四。唐韓愈昌黎集四劉生詩："五管歷徧無賢侯，迴望萬里還家羞。"

【五種】五種穀物。周禮夏官職方氏注以黍、稷、菽、麥、稻爲五種。逸周書職方注、荀子儒效注、漢書食貨志上注都以黍、稷、菽、麥、麻爲五種。參見"五穀"。

【五鳳】㊀傳説中的五種鳥名。樂緯樂叶圖徵説是鳳、鷫鷞、發明、焦明、幽昌。宋王應麟小學紺珠十五鳳説是鳳、鵷鶵、鸞、鸑鷟、鵠。㊁稱同時有才名的五人。宋太平興國八年，宋白賈黄中李至吕蒙正蘇易簡五人同時官翰林，扈蒙贈詩稱"五鳳齊飛入翰林"。見宋歐陽修歸田録一、李心傳舊聞證誤一。㊂年號。1.漢劉詢(宣帝)。公元前57—前54年。2.三國吴孫亮(會稽王)。公元254—256年。3.隋末竇建德。公元618—621年。

【五魁】科舉鄉試中的前五名。明代科舉分五經取士，每經以第一名爲經魁，每科第一名至第五名必須分别是一經的經魁。故稱五經魁，簡稱爲五魁。後來五經取士制度廢除，但鄉試中仍習慣把前五名稱爲五魁。見清梁章鉅稱謂録二四經魁。

【五綵】同"五采"、"五彩"。見"五采"、"五彩"。

【五潢】星名。在五車之中。史記天官書："西宫咸池曰天五潢。五潢，天帝車舍。"

【五窮】唐韓愈昌黎集三六送窮文稱窮鬼有五：智窮、學窮、文窮、命窮、交窮。後來以五窮比喻境遇不順利。宋陸游劍南詩稿二五閒中樂事之二："五窮雖偃蹇，二豎已奔亡。"

【五論】佛教法相宗稱瑜珈師地論分别瑜珈論大乘莊嚴經論辨中邊論頌和金剛般若論爲五論。見瑜珈論記一上。

【五調】古代音樂中平、清、瑟、楚、側五調。魏書樂志："若閑準意，則辨五聲清濁之韻；若善琴術，則知五調調音之體。"隋書音樂志中："又春秋左氏所云：'七音六律以奉五聲'，準此而言，每宫應立五調。"

【五廟】古代諸侯有五廟，即二昭二穆和太祖廟。公羊傳莊三年："請後五廟，以存姑姊妹。"參見"昭穆"。

【五穀】五種穀物。説法不一：1.周禮天官疾醫"以五味五穀五藥養其病"注、莊子逍遥遊"不食五穀"疏指麻、菽、麥、稷、黍。2.周禮夏官職方氏"其穀宜五種"注指黍、稷、菽、麥、稻。有稻而無麻。後來統稱穀物爲五穀，不一定限於五種。

【五趣】佛教語。即五道或五惡趣。俱舍論八："謂前所説地獄、傍生、鬼及人、天，是名五趣。"傍生，即畜生。

【五噎】中醫指氣噎、憂噎、食噎、勞噎、思噎五種噎病。也稱五膈。隋巢元方諸病源候論二十五噎病諸侯："夫五噎……雖有五名，皆由陰陽不和，三焦隔絶，津液不行，憂恚嗔怒所生，謂之五噎。噎者，噎塞不通也。"

【五嶠】即五嶺。水經注以大庾等五嶺爲五嶠，見三八溱水湘水，三九耒水鍾水。唐張九齡曲江集一荔枝賦："山五嶠兮白雲，江千里兮青楓。"參見"五嶺㊀"。

【五餌】五種引誘、軟化對方的手段。漢書四八賈誼傳贊："施五餌三表以係單于。"注指用盛服、豐食、聲色、美宅和禮遇等五種手段爲誘餌。參閲賈誼新書匈奴。

【五德】㊀秦漢方士以金、木、水、火、土五行相生相剋的道理來附會王朝的命運，稱五德。有以相剋爲説的，漢初人據鄒衍説認爲秦以周爲火德，漢以水德王；有以相生爲説的，劉向三統曆以秦爲水德，稱漢以火德王，但虚妄則一。參閲漢書律曆志、清俞樾曲園雜纂五五德説。㊁指人或事物的五種品質或特徵。如儒家以温、良、恭、儉、讓爲修身五德；孫子計篇注以智、信、仁、勇、嚴爲將之五德；韓詩外傳二謂雞有文、武、勇、仁、信五德；詩秦風小戎疏説玉也有五德。

【五徵】指雨、暘、燠、寒、風五種自然現象。雨以潤物，暘以乾物，燠以長物，寒以成物，風以動物。古人把這五種自然現象是否正常附會爲統治者施政得失的徵兆。見書洪範"八庶徵"傳。漢書八五谷永傳："五徵時序……庶屮蕃滋。"

【五緯】金、木、水、火、土五大行星的總名。周禮春官大宗伯"以實柴祀日月星辰"注："星謂五緯。"疏："五緯，即五星：東方歲星，南方熒惑，西方大(太)白，北方辰星，中央鎮星。言緯者，二十八宿隨天右轉爲經，五星左旋爲緯。"文選漢張平子(衡)西京賦："五緯相汁，以旅於東井。"東井，星名。

【五樂】㊀五種樂器。1.漢書郊祀志上："修五禮五樂。"注："五樂謂春則琴瑟，夏則笙竽，季夏則鼓，秋則鐘，冬則磬也。"2.宋王應麟小學紺珠四五樂據鬻子上禹改，以鼓、鐘、鐸、磬、鞀爲五樂。㊁五種樂事。佛家以出家、遠離、寂静、菩提，涅槃爲五樂(lè)。參閲唐釋澄觀華嚴大疏鈔二十。

【五濁】佛教稱人世爲五濁惡世。法華經方便品："諸佛出於五濁惡世，所謂劫濁、煩惱濁、衆生濁、見濁、命濁。"參閲法苑珠林一一七法滅五濁。

【五龍】㊀古史相傳遠古部落酋長名。唐司馬貞補史記三皇紀："自人皇以後有五龍氏。"又見文選漢王文考(延壽)魯靈光殿賦注引春秋命曆序。㊁比喻同時有才名的五人。如東漢公沙穆五子紹孚恪達樊，時稱五龍。見舊題晉陶潛集聖賢羣輔録下。又晉書索靖傳記靖與鄉人氾衷、張甝、索紾、索永馳名海内，號稱敦煌五龍。宋史二六三竇儀傳記儀與弟儼、侃、偁、僖，時號竇氏五龍等。㊂古代方士傳説神仙名。文選晉郭景純(璞)遊仙詩之一："奇齡邁五龍，千歲方嬰孩。"注引遁甲開山圖榮氏解，謂五龍爲木、火、金、水、土之仙。

【五諫】向君主進諫的五種方式。後漢書五七李雲傳論："禮有五諫，諷爲上。"注引大戴禮："五諫，謂諷諫、順諫、闚諫、指諫、陷諫也。"漢劉向説苑正諫、班固白虎通諫諍、公羊傳莊二四年注都有五諫的説法，但名目小有不同。

【五壅】猶言五蔽，即使君主失權失勢的五事。韓非子主道："是故人主有五壅：臣閉其主曰壅，臣制財利曰壅，臣擅行令曰壅，臣得行義曰壅，臣得樹人則主失黨。"行義，指對别人擅施恩惠。

【五噫】見"五噫歌"。

【五學】㊀舊稱六藝中的樂詩禮書春秋爲五學。漢書藝文志："至於五學，世有變改，猶五行之更用事焉。"㊁相傳夏商周三代有東南西北之學，並太學稱五學。見大戴禮保傅、漢書四八賈誼傳。

【五禪】佛教禪宗以道行的深淺階段分爲外道、凡夫、小乘、大乘、最上乘五禪。見景德傳燈録十三圭峰宗密禪師。

【五聲】㊀古樂五聲音階的五個階名：宫、商、角、徵、羽。也稱五音。書益稷："予欲聞六律、五聲、八音。"左傳昭二五年："章爲五聲。"疏："聲之清濁，差爲五等，聖人因其有五，分配五行，……土爲宫，金爲商，木爲角，火爲徵，水爲羽。"㊁即五聽。見"五聽"。

【五隸】奴隸社會中的五種奴隸，即：罪隸、蠻隸、閩隸、夷隸、貉隸。前一種是被加上罪名而淪爲奴隸的，後四種是戰争中俘獲的戰俘。見周禮秋官司隸孫詒讓正義。

【五嶺】㊀山名。最早見於漢書三二張耳傳，但說法不一：1. 大庾騎田都龐萌渚越城五嶺。見漢書張耳傳注引鄧德明南康記，水經注三八溱水湘水、三九耒水鍾水。2. 大庾 始安 臨賀 桂陽 揭陽五嶺。見漢書三二 張耳傳 注引 裴淵 廣州記。3. 交趾合浦界上有五嶺，但未指明嶺名。見漢書張耳傳注引服虔。㊁通往嶺南的五條道路。1.自福建長汀入廣東梅縣。2.自江西南安經大庾入廣東南雄。3.自湖南郴州入廣東連縣。4.自湖南道縣入廣西賀縣。5.自全州入静江。見宋周去非嶺外代答一地理五嶺。

【五嶽】即嵩山(中嶽)、泰山(東嶽)、華山(西嶽)、衡山(南嶽)、恒山(北嶽)。先秦古籍只稱四嶽，無中嶽，至周禮春官大宗伯及大司樂才有五嶽之名。參閱爾雅釋山、清郝懿行爾雅義疏。

【五鍾】古代樂器。即青鍾、赤鍾、黃鍾、景鍾、黑鍾。管子五行："昔黃帝以其緩急作五聲，以政五鍾。"鍾，通"鐘"。

【五繇】古代帝王巡狩，預卜五年，以占吉凶，稱爲五繇。繇(zhòu)，卜。文選漢班孟堅(固)典引："既感羣后之讜辭，又悉經五繇之碩慮矣。"宋書謝莊傳舞馬賦："感五繇之程符，鑒羣后之薦典。"

【五韺】樂名。相傳帝嚳所作。廣雅釋樂："六莖五韺。"也作"五英"。漢書禮樂志："昔黃帝作咸池，顓頊作六莖，帝嚳作五英。"

【五禮】㊀古代以祭祀的事爲吉禮，冠婚的事爲嘉禮，賓客的事爲賓禮，軍旅的事爲軍禮，喪葬的事爲凶禮。合稱五禮。周禮春官小宗伯："掌五禮之禁令。"史記五帝紀："同律度量衡，脩五禮。"㊁五種等級的禮。書皋陶謨："天秩有禮，自我五禮，有庸哉。"傳謂五禮指公、侯、伯、子、男五等之禮。疏引鄭玄說，指天子、諸侯、卿大夫、士、庶民五等之禮。

【五曜】即五星。文選漢史孝山(岑)出師頌："五曜霄映，素靈夜嘆。"參見"五星"。

【五藏】㊀五臟。脾、肺、腎、肝、心。管子水地："五味者何？曰五藏。酸主脾，鹹主肺，辛主腎，苦主肝，甘主心。"㊁佛教用語。藏(zàng)，有蘊積、包含的意思。認爲佛教經典包藏着無量的法義，所以叫藏。唐玄奘大唐西域記九擧素呾纜藏等爲五藏。又小乘法藏部，亦立五藏，但名目有所不同。見宗輪論述記。

【五爵】古代的五等爵位。書武成："列爵惟五。"傳："爵五等，公、侯、伯、子、男。"漢揚雄法言重黎："周建子弟，列名城，班五爵。"

【五鎮】㊀即五嶽。詳"五嶽"。㊁五嶽以外，另有五座鎮山，叫五鎮：東鎮青州沂山，西鎮雍州吳山，中鎮冀州霍山，南鎮揚州會稽山，北鎮幽州醫巫閭山。參閱周禮夏官職方氏。

【五識】佛教用語，指五種意識：業識、轉識、現識、智識、相續識。見大乘起信論義記。又法界次第上以眼、耳、鼻、舌、身爲五識。

【五藥】㊀五類藥物。周禮天官疾醫："以五味、五穀、五藥養其病。"注："五藥：草、木、蟲、石、穀也。"文選南朝梁沈休文(約)鍾山詩應西陽王教："淹留訪五藥，顧步佇三芝。"㊁佛教用來代表一切藥物的五種藥。佛經東傳後，佛教徒以我國的伏苓、朱砂、雄黃、人參、赤箭作爲五藥。見唐慧琳一切經音義三六。

【五關】耳、目、口、鼻、身。北齊劉晝新論防欲："將收情慾，先斂五關。"

【五獸】五類動物。周禮考工記梓人："天下之大獸五：脂者，膏者，臝者，羽者，鱗者。"注："脂，牛羊屬。膏，豕屬。臝者，謂虎豹貔螭，爲獸淺毛者之屬。羽，鳥屬。鱗，龍蛇之屬。"

【五辭】原告、被告兩方之述詞。書呂刑："兩造具備，師聽五辭，五辭簡孚，正于五刑。"清孫星衍尚書古今文注疏二七呂刑下說"五辭"就是周禮的五聽。參見"五聽"。

【五臘】道教稱正月一日爲天臘，五月五日爲地臘，七月七日爲道德臘，十月一日爲民歲臘，十二月節日爲侯王臘，在五臘日修齋、祭祀祖先。見雲笈七籤三七齋戒說雜齋法。

【五蘊】佛教語。也稱"五陰"、"五衆"。即色(形相)、受(情欲)、想(意念)、行(行爲)、識(心靈)。識爲認識的主觀要素，色、受、想、行爲認識的客觀要素。唐玄奘譯般若波羅蜜多心經："照見五蘊皆空，度一切苦厄。"

【五霸】稱諸侯中勢力强大稱霸一時的人，說不一：

1. 昆吾、大彭、豕韋、齊桓、晉文　漢班固白虎通號、左傳成二年注、呂氏春秋先己注。
2. 齊桓、晉文、秦穆、楚莊、吳闔閭　白虎通號。
3. 齊桓、晉文、秦穆、宋襄、楚莊　漢趙岐孟子告子下注。
4. 齊桓、晉文、楚莊、吳闔閭、越勾踐　荀子王霸注。

第三說是最通行的說法。

【五屬】同族中的最近親屬，即五服内的親屬。五服是：斬衰、齊衰、大功、小功、緦麻。漢書七三韋玄成傳："天序五行，人親五屬。"後漢書靈帝紀："錮及五屬。"參見"五服㊁"。

【五聽】審案的五種方法。周禮秋官小司寇："以五聲聽獄訟，求民情。一曰辭聽，二曰色聽，三曰氣聽，四曰耳聽，五曰目聽。"

【五權】㊀治軍或治國之五事。荀子議兵："無欲將而惡廢，無急勝而忘敗，無威内而輕外，無見其利而不顧其害，凡慮事欲孰(熟)而用財欲泰：夫是之謂五權。"逸周書五權："五權：一曰地，地以權民；二曰物，物以權官；三曰鄙，鄙以權庶；四曰刑，刑以權常；五曰食，食以權爵。"㊁五種重量單位。漢書律曆志上："權者，銖、兩、斤、鈞、石也。……二十四銖爲兩。十六兩爲斤。三十斤爲鈞。四鈞爲石。……五權之制，以義立之，以物鈞之。"

【五臟】脾、肺、腎、肝、心。書盤庚下"今予其敷心腹腎腸，歷告爾百姓于朕志"唐孔穎達疏："以心爲五臟之主。"參見"五藏㊀"。

【五讓】五次辭讓。漢劉邦死，呂后專權，立諸呂爲王侯。及呂后死，諸呂陰謀奪劉氏政權。丞相陳平、太尉周勃殺諸呂，迎代王劉恒爲帝。恒至長安，在羣臣面前一再推讓。向西讓者三，向南讓者再，共五讓。見史記孝文紀。又楚昭王也有五讓事。見史記楚世家。後泛指多次辭讓。文選南朝梁任彥昇(昉)爲蕭揚州作薦士表："六飛同塵，五讓高世。"

【五靈】古代傳說以麟、鳳、龜、龍、白虎爲五靈。見晉杜預春秋左氏經傳集解序"麟鳳五靈，王者之嘉瑞也"疏。

【五蠹】韓非子篇名。五蠹，指學者(儒家)、言談者(縱橫家)、帶劍者(游俠)、患御者(逃避兵役者)及工商之民五種人。見韓非子五蠹。後來詔令制文中常用五蠹作貶斥人臣的泛稱。

【五衢】㊀通五方的大路。管子輕重丁："行令未能一歲，五衢之民，皆多衣帛完屨。"㊁形容樹枝交錯重疊，向五方伸出如衢。山海經中山經："少室之山，百草木如囷，其上有木焉，……其枝五衢。"藝文類聚七六南朝梁簡文帝相宮寺碑:"四照芬吐,五衢異色。"

【五觀】人名。夏啓之子,太康之弟。國語楚上:"堯有丹朱,舜有商均,啓有五觀。"也作"武觀"。竹書紀年上帝啓:"十一年放王季子武觀於西河。"注:"武觀,即五觀也。觀國,今頓丘衛縣。"漢王符潛夫論五德志:"啓子太康仲康更立,兄弟五人,皆有昏德,不堪帝事,降須洛汭,是謂五觀。"以五觀指啓子兄弟五人。參見"五子之歌"。

【五鑿】荀子哀公:"五鑿爲(似)正,心從而壞。"五鑿,指耳、目、鼻、口、心五竅。一說五鑿卽五情:喜、怒、哀、樂、怨。

【五大夫】㊀官名。戰國時楚魏有五大夫。戰國策楚一:"楚杜赫說楚王以取趙,王且予之五大夫,而令私行。"又魏四:"君其遣縮高,吾(信陵君)將仕之以五大夫,使爲持節尉。"秦漢亦設此官。史記高祖紀:"項梁益沛公卒五千人,五大夫將十人。"集解:"五大夫,第九爵也。"漢末曹操封魏公,也設五大夫,以賞軍功。見三國志魏武帝紀建安二十年十月。㊁松的別名。史記秦始皇紀二八年:"(始皇)乃遂上泰山,立石,封,祠祀。下,風雨暴至,休於樹下,因封其樹爲五大夫。"藝文類聚八八漢應劭漢官儀說始皇所封的樹是松樹。後來就以五大夫爲松的別名。

【五丈原】地名。在今陝西岐山縣南、寶雞縣東、周至縣(舊作盩厔)西。三國志蜀諸葛亮傳:"(建興)十二年春,亮悉大衆由斜谷出,以流馬運,據武功五丈原。"亮於是年秋在此地病逝。

【五千言】老子道德經的代稱。又稱"五千文"。史記六三老子韓非傳:"於是老子迺著書上下篇,言道德之意五千餘言而去,莫知其所終。"唐白居易長慶集五養拙詩:"迢遥無所爲,時窺五千言。"又六五讀老子詩:"若道老君是知者,緣何自著五千文。"

【五斗米】㊀指低級官吏的微薄薪俸。晉書陶潛傳:"以(潛)爲彭澤令。……郡遣督郵至縣,吏白應束帶見之,潛歎曰:'吾不能爲五斗米折腰,拳拳事鄉里小人!'義熙二年,解印去縣。"宋范成大石湖集十五初入湖湘懷南州諸官詩:"懷哉千金軀,博此五斗米。"㊁見"五斗米道"。

【五天竺】古代印度的區劃。簡稱五天,也稱五印度。參見"五天㊀"、"五印度"。

【五日子】農曆五月五日所生之子。古人迷信,認爲道一天出生的兒子不吉利。西京雜記三:"俗諺舉五日子,長及户則自害,不則害其父母。"戰國孟嘗君、漢王鳳、晉王鎭惡皆五月五日生,其初都有父母不擬撫養的事。參閱史記七五孟嘗君傳、宋書王鎭惡傳。

【五分錢】漢初錢名。漢書高后紀六年:"行五分錢。"注:"應劭曰:'所謂莢錢者。'"參見"莢錢"。

【五石瓠】可以容受五石的大瓠(葫蘆)。莊子逍遥遊:"今子有五石之瓠,何不慮以爲大樽而浮乎江湖,而憂其瓠落無所容,則夫子猶有蓬之心也夫。"

【五石散】寒食散的別稱。世說新語言語:"何平叔(晏)云:服五石散,非唯治病,亦覺神明開朗。"詳"寒食散"。

【五石銅】攙入藥石的合金銅。漢書九九下王莽傳:"是歲八月,莽親之南郊,鑄作威斗。威斗者,以五石銅爲之。"注:"以五色藥石及銅爲之。"

【五加皮】五加之根、皮,陰乾後可作藥。洗凈造酒,能去風濕,壯筋骨。本草經入上品。政和證類本草十二木部上品引圖經:"五加皮生漢中及冤句,今江淮湖南州郡皆有之。……吳中亦多,俗名追風使,亦曰刺通。"參閱本草綱目三六五加。

【五代史】㊀書名。記載公元907年至960年梁唐晉漢周五代史實。有新舊兩部。五代史,宋薛居正等撰,一百五十卷。仁宗時,歐陽修以其繁猥失實,重加修定,撰五代史記七十四卷。修死,付國子監刊行。後來爲了別於舊史,也稱新五代史。兩史並行。金泰和七年,詔令只刊行新史,舊史於是散失。清乾隆間館臣從永樂大典內輯出有關部分,又以宋人書所引用舊史加以補充,仍定爲一百五十卷,篇次已和原本不一。在史料的蒐集和編寫上,舊史多據實録,比較詳細;新史則補充了舊史所没有的材料。㊁唐初修梁陳北齊北周隋五史合稱五代紀傳,也稱五代史。唐王方慶輯魏鄭公諫録五有進五代史篇。舊唐書太宗紀下貞觀十年:"尚書左僕射房玄齡、侍中魏徵上梁陳齊周隋五代史,詔藏于祕閣。"㊂梨園按試樂府新聲中缺名小令滿庭芳:"五代史般聒聒炒炒,八陽經般絮絮叨叨。"五代時戰亂頻繁,因以"五代史"指紛亂、吵鬧。

【五羊皮】見"五羖大夫"。

【五羊城】廣州的別名。五羊的傳說不一。1.戰國南海人高固當楚國宰相,有五羊銜着穀穗出現於楚庭,因而在州廳上繪了五羊圖。見太平御覽七〇四裴淵廣州記。2.古時傳說有五個仙人乘五色羊執六穗秬(jǔ)來到廣州。見太平寰宇記一五七廣州引續南越志。廣州別稱五羊、穗垣,本此。

【五老峯】江西廬山南面峰名。唐李白李太白詩二一有登廬山五老峰詩。楊齊賢注:"潯陽記:山北有五峰,於廬山最爲峻極,其形如河中虞鄉縣前五老之形,故名。"

【五老會】宋慶曆末,杜祁公(衍)退休後住在商丘,和另外四個退休官員王涣畢世長朱貫(貫)馮平時相歡聚,爲五老會。當時五人的年齡都在八十歲以上。見宋王闢之澠水燕談録四高逸、元周密齊東野語二十耆英諸會。

【五色石】古代神話,女媧鍊五色石補天。淮南子覽冥:"往古之時,四極廢,九州裂。……於是女媧鍊五色石以補蒼天,斷鼇足以立四極。"又見漢王充論衡談天、列子湯問、唐司馬貞補史記三皇紀。

【五色雲】五種顏色的雲彩,古人以爲祥瑞。舊唐書一七六鄭肅傳:"仁表(肅孫)文章尤稱俊拔,然恃才傲物,……嘗曰:'天瑞有五色雲,人瑞有鄭仁表。'"又見宋錢易南部新書癸。後來詩文中因用以指人才。元方回桐江續集十次韻劉君鼎見贈詩之二:"名場早捷千軍陣,臚陛應符五色雲。"

【五色棒】漢末曹操任洛陽北部尉,於衙署修建四門,門旁掛五色棒二十多根。如有豪强犯禁,照例棒殺。見三國志魏武帝紀"遷頓丘令"注。後來詩文中比喻嚴刑峻法。唐李商隱李義山詩集四有感之一:"蒼黃五色棒,掩過一陽生。"

【五色筆】比喻文才。唐李商隱李義山詩集六縣中惱飲席:"若無江氏五色筆,争奈河陽一縣花。"參見"夢筆"。

【五色線】㊀唐杜牧樊川文集一郡齋獨酌詩:"平生五色線,願補舜衣裳。"按舊謂臣下規諫皇帝的過失叫補袞,補袞用五色線。又用來比喻文章華美。明文彭博士詩集下:"少小習章句,朝夕親筆研。詞場十度遊,終迷五色線。"(文氏五家集八)參見"補袞"。㊁書名。宋史藝文志子部類書類著录,一卷,不署作者名。千頃堂書目子部小說類有邵文伯浩然翁手鈔五色線二卷。今有津逮祕書本。書中采拾百家雜記中新穎奇怪的記述,摘取斷章,自爲標目,隨意割裂,多無條理。

【五色縷】五色絲線。西京雜記三:"至七月七日臨百子池,作于闐樂。樂畢,以五色縷相羈,謂爲相連愛。"又五月五日也有用五采絲繫臂的風俗。見藝文類聚四漢應劭風俗通。

【五朵雲】見"五雲體"。

【五印度】古印度分東、南、西、北、中五部。又稱五天竺。大唐西域記二三國:"五印度之境,周九萬餘里,三垂大海,北背雪山,北廣南狹,形如半月。"簡稱五印。唐釋冥祥大唐故三藏玄奘法師行狀:"扇唐風於八河之外,揚國仁於五印之間。"

【五行家】古代方士的一種流派。漢書藝文志數術有五行三十一家,六百五十二卷。褚少孫補史記日者傳敍占家名目,其中有五行家一種。隋書經籍志三子五行説五行家"爲卜筮以考其吉凶,占百事以觀於來物,覩形法以辨其貴賤。"後來流變爲後世騙財惑衆的星相卜筮等迷信術。

【五行草】馬齒莧的别名,可入藥。政和證類本草二九馬齒莧引圖經:"馬齒莧,舊不著所出州土,今處處有之。……又名五行草,以其葉青、梗赤、花黄、根白、子黑色。"參閱本草綱目二七。

【五行陣】唐李靖兵法説,各路軍旗按所在方位作五色:赤,南方火;白,西方金;皂,北方水;碧,東方木;黄,中央土。見清汪宗沂輯衛公兵法輯本中。其後宋阮逸僞撰唐太宗李衛公問對,就根據五方之色而稱爲五行陣。

【五行舞】秦漢時樂舞名。漢書禮樂志:"五行舞者,本周舞也。秦始皇二十六年更名曰五行也。"又景帝紀元年:"奏武德文始五行之舞。"注:"五行舞,冠冕衣服法五行色。"

【五辛盤】盛五種辛物的盤。太平御覽二九周處風土記:"元日造五辛盤。……注曰:五辛,所以發五藏氣。"初學記四南朝梁庾肩吾歲盡應令詩:"聊開柏葉酒,試奠五辛盤。"參見"五辛"、"五葷"。

【五言詩】每句五字的詩,包括五古、五律、五絶、五排。詩經楚辭和其他古歌謡中已有五言句式,到漢代纔出現整首是五言的詩體,唐以來有五言律體。舊時多以文選所采古詩十九首和蘇武、李陵河梁贈答爲古體五言之始。近人因劉向父子七略詩賦收詩歌共三百一十四篇,都没有五言體式,而相傳出於西漢人手的五言詩,又大都是後世僞作,因此主張五言詩起於東漢,至建安、正始而大盛。

【五言城】比喻優秀的五言詩作者。宋趙蕃章泉稿二送劉伯瑞詩之一:"長懷遠齋老,贈我五言城。"參見"五言長城"。

【五更轉】古從軍行一類的歌曲,内容多述軍中生活,曲詞自一更至五更,遞轉詠嘆,故稱五更轉。樂府詩集三三相和歌載伏知道從軍五更轉五首,引樂苑曰:"五更轉商調曲,按伏知道已有從軍辭,則五更轉蓋陳已前曲也。"民歌中也有五更調。參閲宋王楙野客叢書十八五更轉。

【五技鼠】比喻多能而不精一技。荀子勸學:"梧鼠五技而窮。"注以梧爲"鼫"的誤寫。漢蔡邕勸學篇:"鼫鼠五能,不成一技。五技者,能飛不能上屋,能緣不能窮木,能泅不能渡瀆,能走不能絶人,能藏不能覆身是也。"按鼫是鼠的一種。本草綱目五一獸三鼫鼠:"鼫鼠處處有之,居土穴樹孔中,形大於鼠,頭似兔,尾有毛青黄色。善鳴,能人立。"五技鼠或説即指鼫鼠,或説指螻蛄(土狗),見本草綱目四一蟲螻蛄引舊説。

【五君詠】詩篇名。南朝宋顏延之作。宋書顏延之傳:"出爲永嘉太守。延之甚怨憤,乃作五君詠以述竹林七賢。"五君指嵇康向秀劉伶阮籍阮咸。七賢中山濤王戎以貴顯不列。詩有五首,見文選詠史。

【五里霧】後漢書三六張霸傳附張楷:"(楷)性好道術,能作五里霧。"唐李商隱李義山詩集四鏡檻:"五里無因霧,三秋只見河。"後來稱遇事不能真切明瞭爲"如墮五里霧中"。

【五位缾】五代時流行的酒具。宋陶穀清異録器具:"五位缾,自同光至開運盛行。以銀銅爲之,高三尺,圍八九寸,上下直如筒樣,安嵌蓋,其口有微窪處,可以傾酒。春日郊行,家家用之。"

【五兵佩】晉代婦女仿兵器形狀製成的髮飾。宋書五行志一:"晉惠帝元康中,婦人之飾有五兵佩,又以金銀瑇瑁之屬,爲斧鉞戈戟以當笄。"

【五花馬】唐人把馬鬃剪成三簇的叫三花,五簇的叫五花。另一説五花指馬的毛色斑駁。唐李白李太白詩三將進酒:"五花馬,千金裘,呼兒將出換美酒,與爾同銷萬古愁。"又杜甫杜工部草堂詩箋七高都護驄馬行:"五花散作雲滿身,萬里方看汗流血。"

【五花館】唐末南平(荆南)的賓館名。宋錢易南部新書癸:"荆南舊有五花館,待賓之上地也。故蔣肱上成汭詩云:'不是上臺名姓字,五花賓館敢從容。'"

【五花驄】即五花馬。文苑英華二七二唐韓翃送王光輔歸青州兼寄朱侍御詩:"遠憶故人滄海别,當年好躍五花驄。"

【五弦琴】古樂器名。禮樂記:"昔者舜作五弦之琴,以歌南風。"疏:"謂無文武二弦,惟宫商等五弦也。"宋史樂志十七:"五弦琴圖説:'琴爲古樂,所用者皆宫、商、角、徵、羽正音,故以五弦散聲配之。'"

【五坡嶺】山名。在廣東海豐縣。相傳爲宋文天祥抗元兵敗被俘的地方。宋史四一八文天祥傳:"天祥方飯五坡嶺,張弘範兵突至,衆不及戰。"

【五味子】即荎藸(chí chú),一名會及,又名玄及。因皮肉甘酸,核中苦辣,又都有鹹味,故名五味。本草經入上品。政和證類本草七草部上品引圖經:"五味子生齊山山谷及代郡,今河東陝西州郡尤多,而杭越間亦有。"參閲本草綱目一八五味子。

【五明扇】扇名。晉崔豹古今注上輿服:"五明扇,舜作也。……漢公卿士大夫皆得用之,晉非乘輿(皇帝)不得用也。"

【五明囊】古俗用囊盛取露水,謂用以洗眼,可使眼明。太平御覽十二引述仙(征)記:"八月一日作五明囊,盛取百草頭露,以之洗眼,眼明也。"也叫"眼明囊"。又七〇四南朝梁宗懔荆楚歲時記:"八月,民俗以錦綵爲眼明囊,……遞相餉遺。"

【五供養】㊀佛教説的五種供養物:塗香、供花、燒香、飯食、燈明。參閲蘇悉地羯囉經上。㊁繪有五供養花紋圖案的瓷器。參閲明高濂遵生八箋十四上論饒器新窰古窰。

【五帝坐】星名。屬太微垣,共五星。坐,同"座"。史記天官書:"其内五星,五帝坐。"正義:"黄帝坐一星,在太微宫中,含樞紐之神。四星夾黄帝坐,蒼帝東方靈威仰之神;赤帝南方赤熛怒之神;白帝西方白昭拒之神;黑帝北方叶光紀之神。"

【五帝德】書名。已佚。漢司馬遷撰史記五帝本紀、三代世表多采用其文字。史記五帝紀:"孔子所傳宰予問五帝德及帝繫姓,儒者或不傳。……余并論次,擇其言尤雅者,故著爲本紀書首。"大戴禮及孔子家語都有五帝德篇。

【五音法】我國音韻學中的聲母分類法。廣韻卷末有辨字五音法:"凡呼吸文字,即有五音:一、唇聲,并餅;二、舌聲,靈歷；三、齒聲，陟珍；四、牙聲，迦佉；五、喉聲，綱各。”參閱宋沈括夢溪筆談十五藝文二。

【五指山】山名。全國用“五指”作山名的很多，較著名的有：1.在河北邢臺縣。見太平御覽四五李穆叔趙記。2.在浙江諸暨縣西南。見嘉慶一統志二九四紹興府山川。3.在廣東海南安定縣西南。舊稱黎母山，也稱黎山。參閱宋范成大桂海虞衡志、嘉慶一統志一九六瓊州府一。4.在河北承德市東南。當地人稱雞冠山。見畿輔通志六十輿地十五山川四。

【五柞宮】漢宮名。故址在今陝西周至縣(舊作盩厔)東南。漢書武帝紀後元二年：“二月，行幸盩厔五柞宮。”注引張晏：“有五柞樹，因以名宮也。”三輔黄圖三甘泉宮：“五柞宮，漢之離宮也。”(清畢沅校正本)

【五星聚】也叫五星聯珠，指金、木、水、火、土五行星同時並見於一方。古人以日月合璧、五星聯珠作爲曆元，稱爲七曜齊元。這種現象很少見，附會視爲祥瑞。後世推廣其意，五星各居一宮，相連不斷，如水在申，金在酉，火在戌，木在亥，土在子丑，也叫做聯珠。清代欽天監又縮小範圍，日月合璧，以合朔爲限，農曆初一皆稱合璧；五星聯珠，以經度相距四十五度以内爲限。

【五侯鯖】西京雜記二：“婁護豐辯，傳食五侯間，各得其懽心，競致奇膳，護乃合以爲鯖，世稱五侯鯖，以爲奇味焉。”五侯，即漢成帝同日所封母舅王譚王商王立王根王逢時五人。鯖同“脏”，是魚和肉合烹成的食物。後稱美味、佳肴爲五侯鯖。宋蘇軾蘇文忠詩合注二二次韻孔毅父集古人句見贈：“今君坐致五侯鯖，盡是猩脣與熊白。”

【五紀曆】曆法名。唐寶應元年，以至德曆失時，詔司天臺官屬郭獻之等再用麟德紀元，另立歲差，調整遲疾、交會及五星差數，仿照大衍舊法，另撰新曆，和大衍小異，題名爲五紀曆。行用二十一年(自寶應元年至建中五年，公元762—784年)。參閱新唐書曆志五。

【五馬山】山名。在河北元氏縣東。山有五馬石，故名。南宋建炎初，和州防御使馬擴奔五馬山聚兵，擁立宋徽宗子信王趙榛，總領各寨抗金，即此地。見畿輔通志六三輿地十八山川七。

【五原塞】漢五原郡之榆柳塞。漢書九四下匈奴傳：“呼韓邪單于款五原塞。”注：“款，叩也。”地在今内蒙古五原縣境内。

【五時衣】古代隨時節而服色不同的服裝。後漢書四二東平憲王蒼傳：“乃閱陰太后舊時器服，愴然動容，乃命留五時衣各一襲。”注：“五時衣，謂春青，夏朱，季夏黄，秋白，冬黑也。”太平御覽六九一漢馬融遺令：“穿中除五時衣，但得施絳絹單衣。”舊時江南婚俗，新婦有五時衣。見清梁紹壬兩般秋雨盦隨筆一五時衣。

【五倍子】鹽膚木葉上的蟲癭。又名文蛤。大者如拳，小者如菱。可入藥，亦可用於染物，製革。産兩廣及四川山野間。參閱本草綱目三九五倍子。

【五粒松】松的一種，即五鬣松。太平御覽九五三周景式廬山記：“石門巖即松林也。……又葉五粒者，名五粒松。”唐李賀歌詩編有五粒小松歌。參見“五鬣松”。

【五國城】地名。宋徽宗爲金兵所俘，死在此地。也稱五國頭城。所在地說法不一。清曹廷杰東三省輿地圖說五國城考認爲在三姓，即今黑龍江依蘭縣一帶。嘉慶一統志六八吉林古迹認爲在寧古塔東北，即今黑龍江寧安縣。

【五將山】山名。也稱武將山。在陝西鳳翔縣東北。水經注十八渭水：“(杜水)有二源：一水出西北，……歷五將山，又合鄉谷水。”晉太元十年，前秦苻堅兵敗奔五將山，爲姚萇將吴忠所俘，即此地。

【五鳥花】紫參的别名。唐錢起錢考功集三紫參歌序：“紫參，幽芳也。五葥連萼，狀飛禽羽舉，俗名之五鳥花。”參見“紫參”。

【五湖長】晉朝桓温的兒子桓玄，太元末年做義興太守，自以爲不得志。有一次登高望太湖，嘆一口氣說：“父爲九州伯，子爲五湖長！”義興，今江蘇宜興。五湖，這裏指太湖。意思說處於閒散而没有實權。見晉書本傳。

【五雲車】道家謂仙人所乘的車。北周庾信庾子山集二道士步虚詞之六：“東明九芝蓋，北燭五雲車。”後泛指華麗的車。唐李白李太白詩二五陌上贈美人：“駿馬驕行踏落花，垂鞭直拂五雲車。”

【五雲體】唐韋陟用五采箋寫信，由别人代筆，自己只簽名。自稱所簽的陟字有如五朵雲。陟封郇國公，時人仿其體簽字，稱爲郇公五雲體。見唐段成式酉陽雜俎續集三支諾皋下、新唐書本傳。後敬稱别人來信爲朵雲，本此。

【五惡趣】佛教說的地獄、餓鬼、畜生、人、天五種境界。無量壽經下：“往生安養國，横截五惡趣。”

【五單于】漢宣帝以後，匈奴屢爲漢所敗，勢漸不振。後來分立爲五單于：呼韓邪單于(左部稽侯)、屠耆單于(右部日逐王)、呼揭單于(西方呼揭王)、車犁單于(右奥鞬王)、烏藉單于(右部烏藉都尉)。五單于互相争奪，後歸併於呼韓邪單于。見漢書九四下匈奴傳。

【五粱禾】五色的穀物。漢書郊祀志下：“又種五粱禾於殿中，各順色置其方面。”

【五禽言】有五種鳥以鳴聲近似某些詞語而爲名。取其名吟詠成詩，並寓相關之意，稱爲禽言詩。宋蘇軾曾仿梅聖俞(堯臣)四禽言詩作五禽言詩。所詠五禽是：蘄州鬼、脱却破袴(布谷)、麥飯熟(快活)、蠶絲一百箔、姑惡。見宋蘇軾分類東坡詩十三五禽言五首序及詩注。參見“禽言詩”。

【五禽戲】古代一種體育治療法。其法仿效動物姿態，展手伸足，俯身仰首，借以加速血液循環。相傳爲東漢華佗首創。後漢書八二下華佗傳：“佗語(吴)普曰：‘……吾有一術，名五禽之戲：一曰虎，二曰鹿，三曰熊，四曰猨，五曰鳥。亦以除疾，並利蹏足，以當導引。體有不快，起作一禽之戲，怡而汗出，因以著粉，身體輕便而欲食。’”唐柳宗元柳先生集四三從崔中丞過盧少府郊舍詩：“聞道偏爲五禽戲，出門鷗鳥更相親。”

【五稜子】果名。即五斂子。詳“五斂子”。

【五經庫】比喻博通儒家經書的人。隋書房暉遠傳：“暉遠幼有志行，治三禮春秋三傳詩書周易，兼喜圖緯。……太常卿牛弘每稱爲五經庫。”參見“五經笥”。

【五經師】漢代教授易書詩禮春秋五經的學官。後來也用以稱授五經的教師。後漢書明帝紀永平九年：“春三月辛丑……爲四姓小侯開立學校，置五經師。”

【五經笥】比喻博通儒家經學的人。東漢邊韶、南朝梁任昉都有此稱。後漢書八十上邊韶傳：“腹便便，五經笥。”新唐書一二〇李守素傳：“昔任彦昇(昉)通經，時稱五經笥。”

【五銖衣】古代傳說神仙所穿的衣服。五銖，言極輕。故事見唐鄭還古博異志岑文本。唐李商隱李義山詩集五聖女祠：“無質易迷三里霧，不寒長著五銖衣。”

【五銖錢】漢武帝元狩五年，罷半兩錢，始鑄五銖錢。後來魏晉六朝，都曾鑄五銖。史記平準書：“有司言三銖錢輕，

五銖錢

易姦詐，乃更請諸郡國鑄五銖錢，周郭其下，令不可磨取鋊焉。”參閱錢録三。

【五鳳樓】樓名。唐和後梁在洛陽皆有五鳳樓。見新唐書一九四元德秀傳、舊五代史羅紹威傳。借喻能文的人爲造五鳳樓手。宋曾慥類説五三(國老)談苑：“韓浦韓洎咸有詞學，洎嘗輕浦，語人曰：‘吾兄爲文，譬如繩樞草舍，聊庇風雨。予之爲文，如造五鳳樓手。’”

【五熟釜】古代炊具。一釜中分幾格，可以同時烹調各物。三國志魏鍾繇傳：“文帝在東宮，賜繇五熟釜，爲之銘。”注引魏略：“繇爲相國，以五熟釜鼎範，因太子鑄之。釜成，太子與繇書曰：‘昔有黄三鼎，周之九寶，咸以一體，使調一味，豈若斯釜，五味時芳。’”

【五穀精】漢氾勝之説，用雪汁浸原蠶屎五、六天，拌和穀種下種，可以抗旱，故稱雪汁爲五穀精。見北魏賈思勰齊民要術一種穀、太平御覽十一引氾勝之書。

【五諸侯】㊀史記項羽紀：“漢王部五諸侯兵……東伐楚。”漢書高帝紀二年注，稱五諸侯爲常山王張耳、河南王申陽、韓王鄭昌、魏王豹、殷王司馬卬。㊁星名，屬井宿。晉書天文志上：“五諸侯五星，在東井北。……一曰帝師，二曰帝友，三曰三公，四曰博士，五曰太史。”

【五燈録】佛教禪宗記宗派傳授，有名禪師宣揚禪理語録的五種書。即宋釋道原景德傳燈録、李遵勗天聖廣燈録、釋惟白建中靖國續燈録、釋悟明聯燈會要、釋正受嘉泰普燈録，各三十卷。參見“五燈會元”。

【五噫歌】東漢梁鴻作。詩五句，每句末都有一噫字，故名。後漢書八三梁鴻傳：“因東出關過京師，作五噫之歌，曰：‘陟彼北芒兮，噫！顧覽帝京兮，噫！宫室崔嵬兮，噫！人之劬勞兮，噫！遼遼未央兮，噫！’”後來詩文中多用“五噫”作爲告退的意思。宋陸游劍南詩稿四十秋思：“平生許國今何有，且擬梁鴻賦五噫。”

【五斂子】果名。又名五稜子、羊桃、陽桃。晉嵇含南方草木狀下：“五斂子，大如木瓜，黄色，皮肉脆軟，味極酸。上有五稜，如刻出，南人呼稜爲斂，故以爲名。以蜜漬之，甘酢而美。出南海。”宋范成大桂海虞衡志志果作“五稜子”。

【五總志】宋吴炯撰。一卷。記見聞雜事，偶亦考證舊文。論詩則推崇黄庭堅，屬江西派。書名五總志是取“龜生五總，靈而知事”的意思。

【五總龜】龜壽較長，古人視爲靈物，因稱博學多聞的人爲五總龜。唐顔真卿顔魯公文集十麗正殿學士殷君墓碣銘：“尤精史記漢書百家氏族之説，至於陰陽數術醫方刑法之流，無不該洞焉。與賀知章陸象先我伯父元孫韋述友善，賀呼君爲總龜，以龜千年五聚，問無不知也。”新唐書一九九殷踐猷傳：“知章嘗號爲‘五總龜’。”

【五雜俎】㊀古樂府名，三言六句：“五雜俎，岡頭草，往復還，車馬道，不獲已，人將老。”無作者姓名，僅以首句爲題。後人仿作，成爲詩體的一種。俎，本作“組”。見明馮惟訥古詩紀統論。㊁明謝肇淛撰。十六卷。分天、地、人、物、事爲五部，記讀書及見聞所得。有萬曆如韋軒本。清代因書中有指責滿族的話，列爲“全毁”的書。解放後中華書局有重印本。

【五藏神】道教稱五臟之神。唐白居易長慶集六六感事詩：“睡適三尸性，慵安五藏神。”後來戲曲小説裏多作詼諧的用法，指胃口、食欲。孤本元明雜劇元鄭庭玉宋上皇御斷金鳳釵二：“百忙裏要饅頭糕麵，枉把你五藏神虚邀。”參閲雲笈七籤十一黄庭内景經心神。

【五靈脂】中藥名。是寒號蟲的糞，狀如凝脂，故名。政和證類本草二二五靈脂引本草圖經：“五靈脂出北地，今惟河東州郡有之，云是寒號蟲糞。色黑如鐵，採無時。”參閲本草綱目四八寒號蟲。

【五鬣松】松的一種，又名五鬣松、五粒松。因每簇五針，故名。唐段成式酉陽雜俎十八廣動植三木：“松，凡言兩粒五粒，粒當言鬣。”參見“五粒松”。

【五大夫松】見“五大夫㊀”。

【五大夫城】古地名。在今河北易縣境内。水經注十一易水：“易水出西山寬中谷，東逕五大夫城南。昔北平侯王譚不從王莽之政，子興生五子，並避時亂，隱居此山，故其舊居，世以爲五大夫城。”

【五子之歌】尚書夏書篇名。按書序：“太康失邦，昆弟五人，須於洛汭，作五子之歌。”原文久已失傳，東晉時梅賾獻僞古文尚書，其中却有五子之歌一篇。由於作僞者誤會序文中的“歌”是唱歌，便僞造了五首歌詞，説是夏啓的五個兒子追述夏禹的訓誡(清孫星衍説“歌”是地名，即觀)。後人相沿就用五子之歌作臣子勸誡之辭。唐白居易長慶集二八與元九書：“聞五子洛汭之歌，則知夏政荒矣。”參閲尚書夏書疏、清段玉裁古文尚書撰異、孫星衍尚書古今文注疏。

【五斗米道】道教的一派。東漢末，張道陵創五斗米道，跟他學道的人要出五斗米，因以爲名。參閲三國志魏張魯傳及注、後漢書七五劉焉傳。

【五斗先生】隋王績别號。傳説王績能飲酒至五斗不醉，著有五斗先生傳。見新唐書一九六王績傳。

【五方元音】清樊騰鳳撰。二卷。純用方音分韻，調分陰平、陽平、上、去、入五聲，韻分天、人、龍、羊、牛、獒、虎、駝、蛇、馬、豺、地十二韻，并爲梆、匏、木、風、斗、土、鳥、雷、竹、蟲、石、日、剪、鵲、絲、雲、金、橋、火、蛙二十個字母。騰鳳是河北唐山人，專用北方話編寫，在北方流行很廣。

【五尺之童】指尚未成年的兒童。古尺短，故稱五尺之童。孟子滕文公上：“雖使五尺之童適市，莫之或欺。”晉書李密傳陳情表：“外無朞功强近之親，内無應門五尺之童。”也簡稱五尺。

【五日京兆】漢京兆尹張敞，因和友人楊惲的罪案有牽連，被大臣彈劾。他部下賊捕掾絮舜以爲敞就要罷官，拒絶執行他的命令，説：“今五日京兆耳，安能復案事？”敞當時就把舜逮捕入獄，對舜説：“五日京兆竟何如？”將舜處死。見漢書七六張敞傳。後把任職時間短暫，或凡事不作長遠打算的稱爲五日京兆。宋趙鼎臣竹隱畸士集九：“時可投劾勇去，頃刻不可留，雖子贅亦自謂五日京兆也。”

【五分作法】古代印度學者的推理形式，後隨佛教傳入我國。這種推理形式由五個部分組成，故名五分作法，也叫五支作法。據唐窺基因明入正理論疏所載推理形式是：

宗 （論題）
因 （理由）
喻 （例證）
合 （應用）
結 （結論）

如：某處有火（宗），發現了烟的原故(因)，好象廚房等地(喻)，現在某處也一樣有烟(合)，所以那裏有火(結)。

【五月飛霜】舊説戰國時，鄒衍事燕惠王，被誣枉下獄，鄒仰天而哭，時當五月，天爲之下霜。後用此比喻冤獄。唐李白李太白詩二古風之三七：“燕臣昔慟哭，五月飛秋霜。”

【五月披裘】晉皇甫謐高士傳上披裘公：“披裘公者，吴人也。延陵季子出遊，見道中有遺金，顧披裘公曰：‘取彼金。’

公投鐮瞋目，拂手而言曰：'何子處之高而視人之卑？五月披裘而負薪，豈取金者哉！'"事又見韓詩外傳十。後以"五月披裘"比喻清廉，孤高自賞。也作"披裘負薪"，或省作"披裘"。唐王績東皋子集遊北山賦："勿據梧而策杖，亦披裘而負薪。"

【五世同堂】也作五世同居、五代同居。指自高祖至玄孫，五代並存，不分家而同居。封建統治者認爲這樣有利於維護宗法制度，故常給予表彰。

【五世其昌】春秋時，陳國公子陳完出奔齊國，齊大夫懿仲想把女兒嫁給他。卜人占卜，有"五世其昌，並於正卿"的話，意思是說五世以後，子孫昌盛，可以與卿並列。見左傳莊二二年、史記陳杞世家。後多用作祝頌新婚之詞。

【五代十國】見"五代㊃"、"十國"。

【五代詩話】清王士禎撰，未成書，鄭方坤重加補正刊行。搜羅五代遺聞佚事，每條下皆注明所引書名。王本原書十二卷、六百四十二條；鄭刪補爲十卷、一千二百一十五條。引文都注明出處。

【五代會要】宋王溥撰。三十卷。五代時，戰爭頻繁，關於各個王朝的法制典章，僅見於各朝實録。王溥根據歷朝文獻，分類整理，編成此書，史料較爲豐富，是研究五代史的重要參考資料。

【五百羅漢】佛教語。法苑珠林七三耆彌跋謗佛緣："過去久遠九十一劫，有一婆羅門名延如達，好學廣博，常教五百豪族童子，今五百羅漢是。"羅漢，是梵文"阿羅漢"的省略語，是小乘教稱聖者的名位。法華經有五百弟子授記品，載釋迦牟尼和五百羅漢對話的故事。

【五光十色】形容景色煥發多彩。梁江淹江文通集二麗色賦："其少進也，如綵雲出崖，五光徘徊，十色陸離。"

【五色無主】恐懼而神色不定。漢劉向新序五雜事："葉公見之，弃而還走，失其魂魄，五色無主。"

【五行大布】北周貨幣名，又名三當錢。銅質，圓形方孔。一面篆書"五行大布"四字。另一面則爲雀銜花，或爲龜蛇北斗寶劍圖案，或爲團圓二字，或無文。周書武帝紀建德三年："六月……壬子，更鑄五行大布錢，以一當十，與布泉錢並行。"參見"三當錢"。

【五行並下】誇張形容讀書敏捷神速。後漢書四八應奉傳："奉少聰明，自爲童兒及長，凡所經履，莫不暗記。讀書五行並下。"也作"五行俱下"。三國志魏應瑒傳注引華嶠漢書："瑒祖奉，字世叔。才敏，善諷誦，故世稱應世叔讀書，五行俱下。"

【五言長城】新唐書一九六秦系傳："(秦系)與劉長卿善，以詩相贈答。權德輿曰：'長卿自以爲五言長城，系用偏師攻之，雖老益壯。'"長城，喻固守人不能勝。後以五言長城稱贊善作五言詩者。又五代南唐劉洞擅長五言詩，自號爲"五言金城"。見宋馬令南唐書儒者傳。

【五車韻瑞】明凌稚隆撰。一百六十卷。以元陰時夫韻府羣玉爲本，增補而成。分經、史、子、集、雜五部，每部列出二、三、四字熟語，注明出處。五車，表示多。瑞，美好之意。清康熙時官修的佩文韻府即以韻府羣玉、五車韻瑞爲底本增益而成。

【五李三張】唐宋著名墨工李廷珪張遇的合稱。後用作名墨的別稱。元曲選馬致遠岳陽樓一："這墨光照文房，取烟在太華頂上仙人掌，更壓着五李三張，入硯松風響。"參閱宋王闢之澠水燕談録八、明陶宗儀輟耕録二九墨。

【五步成詩】形容作詩敏捷。據全唐詩一一五記載，唐開元初史青上書皇帝，自稱善作詩，說："子建(曹植)七步，臣五步之內，可塞明詔。"玄宗試以除夕、上元、竹火籠等題，史青均脫口成篇。今存應詔賦得除夜一首。

【五角六張】乖角，七顛八倒。唐鄭棨開天傳信記記劉朝霞俳諧文："今日是千年一遇，叩頭莫五角六張。"宋王安石臨川集三七清平樂詞："丈夫運用堂堂，且莫五角六張。"宋馬永卿嬾真子一："世言五角六張，此古語也。……五角六張，謂五日遇角宿，六日遇張宿，此兩日作事，多不成。"參閱清沈濤銅熨斗齋隨筆七五角六張。

【五夜元宵】我國有元宵節前後放燈五晚的舊俗，相傳起於宋初。宣和遺事前集："且如前代慶賞元宵，只是三夜。蓋自唐玄宗開元年間，……放三夜元宵燈燭。至宋朝開寶年間，有兩浙錢王獻了兩夜浙燈，展了十七八兩夜，謂之五夜元宵。"

【五花八門】五花，即五行陣；八門，即八門陣。本是古代兵法中的陣名。後用來比喻事物花樣繁多，變化莫測。儒林外史四二："那小戲子……跑上場來，串了一個五花八門。"或作"八門五花"。虞初新志十七清孫嘉淦南游記："羣峰亂峙，四布羅列，如平沙萬幕，八門五花。"

【五花判事】宋代中書省設中書舍人若干名，分管尚書六曹。遇判決公事時，因各人意見不同，須分別在文書上加具意見和簽名，稱爲五花判事。見宋錢易南部新書乙、宋曾鞏元豐類稿三二論中書録黃畫黃舍人不書檢劄子。

【五花爨弄】金元時代在北方流行的戲劇。由副凈、副末、引戲、末泥、孤裝五種角色演出，叫五花爨(cuàn)弄。或說宋徽宗見爨人(西南地區少數民族名)衣冠巾履舉動特異，因令伶人做爲之戲，故名。見明陶宗儀輟耕録二五院本名目。

【五音集韻】金韓道昭撰。十五卷。以三十六字母分爲四等排列，諸字次第大抵以廣韻爲藍本。增入之字，則以集韻爲藍本。改廣韻二〇六韻爲一六〇韻。於不可通者則仍唐韻，可藉以訂正重刊廣韻之誤。

【五柳先生】晉陶潛自號。陶潛以宅旁有五株柳樹，因作五柳先生傳以自況。見晉書本傳。

【五星聯珠】見"五星聚"。

【五風十雨】意謂風調雨順。漢王充論衡是應："風不鳴條，雨不破塊。五日一風，十日一雨。"宋詩鈔王炎雙溪詩鈔豐年謠之一："五風十雨天時好，又見西郊稻秫肥。"

【五羖大夫】春秋時秦國大夫百里奚。羖，黑色羊。關於五羖，傳說不一。有說百里奚以五張羊皮的身價，賣身到秦國，替別人養牛，想找機會接近秦穆公(孟子萬章上)。有說百里奚從秦國逃到宛，被楚人拘留，秦穆公知道以後，用五張羊皮把他贖回，並授以國政，稱五羖大夫(史記秦紀)。後來多用爲統治者禮賢下士的典故。也省作"五羖"。晉書段灼傳上表："自穆公至於始皇，皆能留心待賢，遠求異士，招由余於西戎，致五羖於宛市，取丕豹於晉卿，迎蹇叔於宗里。"

【五馬山寨】南宋初年河北農民起義軍根據地。靖康元年，金兵南侵，河北五馬山(在今河北贊皇縣)附近農民紛起抵抗金兵，先後推趙邦杰馬擴爲首領，後擁戴信王趙榛(一說是燕人趙恭冒充)爲領袖。河北山西義軍響應者數十萬。建炎二年，金兵大舉圍攻，因南宋政府坐視不救，山寨被攻破。紹興五年，又有沙真等結聚在此山重股寨繼續進行鬬爭。見建炎以來繫年要録十三。

【五馬渡江】晉時有童謠說："五馬浮渡江，一馬化爲龍。"舊史認爲是指永嘉中，司馬睿(琅玡王)、繹(彭城王)、羕(西陽王)、祐(汝南王)、宗(南頓王)五王南奔過長江,而睿登帝位的預言。馬,指晉帝姓司馬。宋王安石臨川集十八答張奉議詩:"五馬渡江開國處,一牛吼地作菴人。"參閱晉書元帝紀、藝文類聚十三引晉陽秋。

【五時八教】佛教天台宗說釋迦牟尼說法順序爲華嚴時(說華嚴經)、鹿苑時(說阿含經)、方等時(說維摩楞伽勝鬘等經)、般若時(說般若經)、法華涅槃時(說法華經涅槃經),稱爲五時。用八教來分別說法的儀式(化儀四教,即頓、漸、秘密、不定)和教法的深淺(化法四教,即藏、通、別、圓),叫五時八教。見天台四教儀。

【五峯學案】宋代理學流派之一。創始人爲胡宏,學者稱他爲五峯先生。著有知言,論所謂"心無生死,性無善惡"。見清黃宗羲宋元學案四二五峯學案。

【五鹿充宗】西漢人。複姓五鹿,字君孟,學梁丘易。任職少府。曾同諸易家辯論。充宗憑藉權勢,諸儒不敢同他爭論,只有朱雲多次把他駁倒。當時人稱"五鹿嶽嶽(長角的樣子),朱雲折其角"。見漢書八八朱雲傳。漢書藝文志易有五鹿充宗略說三篇。

【五曹算經】古算經十書之一。新唐書藝文志載有甄鸞韓延各著五曹算經五卷。今傳本從永樂大典輯出,不著撰者名氏。分田曹、兵曹、集曹、倉曹、金曹五卷。討論田畝面積、軍隊給養、比例、糧食徵收儲運等算題的計算法。鐵琴銅劍樓藏書目錄有影鈔宋本。爲唐李淳風注釋。

【五雀六燕】九章算術八方程有一道題:"今有五雀六燕,集稱之衡,雀俱重,燕俱輕;一雀一燕交而處,衡適平;并燕雀重一斤。問:燕雀一枚,各重幾何?"後來借喻兩者輕重相差無幾。

【五國故事】二卷,作者不詳。記敍五代時地方割據勢力吳楊氏、南唐李氏、蜀王氏孟氏、南漢劉氏、閩王氏之事迹。通志列入霸史類,宋史藝文志二列入史部故事類。

【五湖四海】泛指各地。全唐詩八五七呂巖絕句:"斗笠爲帆扇作舟,五湖四海任遨遊。"宋李洪芸庵類藁五謁皇甫清虛詩:"五湖四海仰儀形,道貌天真孰可名。"

【五葷三厭】佛教忌食五葷。道家忌食三厭。三厭:天厭雁,地厭狗,水厭烏魚。厭 猶言多。參閱明朱國禎湧幢小品十八。參見"五葷"。

【五經文字】唐張參撰,三卷。辨明五經文字的讀音,以及相承隸省、隸變與說文字體異同。共收三千二百三十五字,依偏旁分一百六十部。初時寫在太學孔廟牆壁上,大和間改用木版,後又改爲石刻。北周時雕印成書。

【五經正義】儒家五種經書的注疏本,一百八十卷。由唐孔穎達等撰定,初名五經義疏,後定名爲五經正義。唐宋間作爲科舉考試的依據。所定五經,易上下經用王弼注,繫辭以下用韓康伯注,書用孔安國傳,詩用毛公傳、鄭玄箋,禮用鄭玄注,左傳用杜預注。參閱皮錫瑞經學歷史。

【五經掃地】喻喪盡文人體面,猶言斯文掃地。新唐書一〇九祝欽明傳:"帝與羣臣宴,欽明自言能八風舞,帝許之。欽明體肥醜,據地搖頭睆目,左右顧眄,帝大笑。吏部侍郎盧藏用歎曰:'是舉五經掃地矣。'"

【五經異義】東漢許慎撰,十卷。敍述今文經學和古文經學的不同內容。原書已佚,僅散見於初學記、通典、太平御覽等書。清王復輯本一卷。附東漢鄭玄駁五經異義一卷。清陳壽祺有五經異義疏證,皮錫瑞有駁五經異義疏證等。

【五經博士】㊀官名。漢武帝建元五年開始設置,以傳授儒家的經典。見漢書百官公卿表上。參閱清王鳴盛蛾術編一立學迮鶴壽參校。㊁明正德五年,授孔子的後裔爲五經博士。清順治時又增授顏曾孟仲程朱的後裔爲五經博士(僅作官銜),子孫世襲。見清文獻通考八四職官八、續文獻通考四八學校二。

【五經算術】古算經十書之一。北周甄鸞撰,唐李淳風注。二卷。原書已佚。今傳本從永樂大典中輯出。書中列舉易詩書周禮禮記春秋論語中涉及算術的內容並敍述計算方法。實爲七經。參閱新唐書選舉志及百官志。

【五燈會元】二十卷。宋釋普濟撰。此書將釋道原景德傳燈錄、李遵勗天聖廣燈錄、釋惟白建中靖國續燈錄、釋悟明聯燈會要、釋正受嘉泰普燈錄五書摘要合編而成,故稱會元。對於佛教禪宗的源流本末,敍述較爲明晰。自此書出,除景德傳燈錄外,餘四燈遂少流傳。

【五禮通考】清秦蕙田撰。二百六十二卷。此書採用清徐乾學讀禮通考的體例,收羅各種說法,分編爲七十五類,內容除吉、凶、賓、軍、嘉五禮外,還涉及樂律、天文、算法、地理等方面。

【五藏六府】也作五臟六腑。見"五藏㊀"、"六府㊀"。

【五體投地】指兩肘、兩膝及頭部着地的致敬儀式。古印度致敬的儀式有九等,表示最尊敬的是五體投地。楞嚴經一:"阿難聞已,重復悲淚,五體投地,長跪合掌。"後用來比喻極其欽佩,傾倒備至。參閱釋道誠釋氏要覽中禮數。

【五軍都督府】官署名。明洪武十三年設置。五軍爲左軍、右軍、中軍、前軍、後軍。五軍都督府掌握兵權,統領京師和外地的衛所。但調動軍隊的權力則屬於兵部,兩者互相制約。參閱明史兵志二五軍都督府所屬衛所。

【五胡十六國】西晉末年,各族人民紛紛起義,匈奴鮮卑羯氐羌等五族的上層分子,乘機竊取各族人民起義鬭爭的果實,先後建立十六國政權:即五涼(前、後、南、西、北),二趙(前、後),三秦(前、後、西),四燕(前、後、南、北),夏,成漢。另有冉魏西燕後蜀一般不包括在內。時間從公元304年到439年,歷一百三十五年。

十六國列表如下:

國名	始建者	民族	都城所在	滅之者	公元起訖
前趙	劉淵	匈奴	(初)平陽(遷)長安	後趙	304—329
成漢	李雄	氐	成都	東晉	304—347
前涼	張寔	漢	姑臧	前秦	314—376
後趙	石勒	羯	(初)襄國(遷)鄴	冉魏	319—350
前燕	慕容皝	鮮卑	(初)龍城(遷)鄴	前秦	337—370
前秦	符健	氐	長安	西秦	351—394
後秦	姚萇	羌	長安	東晉	384—417
後燕	慕容垂	鮮卑	中山	北燕	384—407
西秦	乞伏國仁	鮮卑	苑川	夏	385—431
後涼	呂光	氐	姑臧	後秦	386—403

南涼	禿髮烏孤	鮮卑	(初)廉川(還)樂都	西秦	397—414
南燕	慕容德	鮮卑	廣固	東晉	398—410
西涼	李暠	漢	酒泉	北涼	400—420
北涼	沮渠蒙遜	匈奴	張掖	北魏	401—439
夏	赫連勃勃	匈奴	統萬	吐谷渾	407—431
北燕	馮跋	漢	昌黎	北魏	409—436

【五城十二樓】 古代傳說神仙居住的地方。史記孝武紀:“方士有言‘黃帝時爲五城十二樓,以候神人於執期,命曰迎年。’”唐李白李太白詩十一憶舊遊懷贈江夏韋太守良宰:“天上白玉京,十二樓五城。”

【五部大乘經】 隋智顗(智者大師)所選的宣揚佛教天台宗基本教義的五種大乘經:一、華嚴經,二、大集經,三、大品般若經,四、法華經,五、涅槃經。智顗法華玄義五上:“究竟大乘,無過華嚴大集大品法華涅槃。”

【五嶽真形圖】 道家佩帶的一種符籙。漢武帝内傳:“帝又見王母巾笈中,有一卷書,盛以紫錦之囊。……王母出以示之,曰:‘此五嶽真形圖也。’”又見洞冥記二。河南登封縣嵩山中嶽廟内現在還保留此圖的碑刻。

【五十步笑百步】 孟子梁惠王上:“孟子對曰:‘王好戰,請以戰喻。填然鼓之,兵刃既接,棄甲曳兵而走,或百步而後止,或五十步而後止。以五十步笑百步則何如?’曰:‘不可,直不百步耳,是亦走也。’”後用以比喻自已跟別人有同樣的缺點或錯誤,却以自己程度較輕而嘲笑別人。又用以比喻兩者的缺點、錯誤雖有程度差別而實質相同。

【五百年前是一家】 舊時同姓相見,拉攀關係,常用這一套語。元曲中常見。元曲選鄭廷玉忍字記楔子:“可不道一般樹上無有兩般花,五百年前是一家。”

互 hù 胡誤切,去,暮韻,匣。 ㄏㄨˋ

㊀交錯。漢書八五谷永傳:“百官盤互。”注:“盤結而交互也。……互字或作牙,如豕牙之盤曲,犬牙之相入也。”㊁互相,彼此。三國魏何晏論語集解序:“所見不同,互有得失。”㊂掛肉的架子。通“枑”。周禮地官牛人:“凡祭祀共其牛牲之互。”見圖。㊃古代設置在官署前用以阻攔行人的障礙物。通“枑”。周禮秋官修閭氏:“掌比國中宿互欜者。”注:“互謂行馬,所以障互禁止人也。”參見“行馬”。㊄介殼動物。見“互物”。

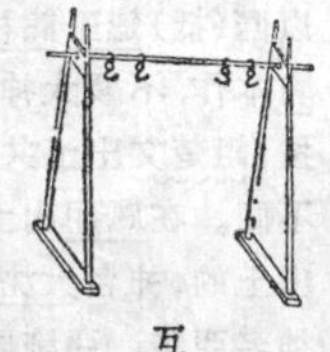
互

【互市】 ㊀往來貿易。後漢書九十烏桓傳:“賞賜,質子,歲時互市焉。”唐代設有互市監,掌管對外國貿易和對少數民族貿易事務。㊁比喻豪門權貴間互相勾結,互相利用,以謀取官位。晉書惠帝紀:“勢位之家,以貴陵物,忠賢絶路,讒邪得志,更相薦舉,天下謂之互市焉。”

【互卦】 卽互體。見“互體㊀”。

【互物】 介類動物。周禮天官鱉人:“掌取互物。”注:“鄭司農(衆)云:‘互物,謂有甲𦟝胡,龜鼈之屬。’”又地官掌蜃:“掌斂互物蜃物。”注:“互物,蚌蛤之屬。”

【互訓】 用同義詞互相注釋。如爾雅釋宫:“宫謂之室,室謂之宫。”

【互郎】 舊時替買賣雙方說合並抽取佣金的經紀人。又稱牙商。宋曾慥類說五六劉貢父詩話:“今有人謂駔儈(zǒng kuài)爲牙,本謂之互郎,主互市事也。唐人書互作牙,以互似牙,因轉爲牙。”

【互結】 相互擔保出具的信約。清會典事例四三吏部投供驗到:“初選官,投互結並同鄉京官印結。”

【互鄉】 地名。論語述而:“互鄉難與言。”元和郡縣志九徐州說滕縣東二十三里有合鄉故城,就是春秋時的互鄉;讀史方輿紀要三二兗州府嶧縣偪陽城謂在嶧縣西北。年代久遠,已無可考。參閱清劉寶楠論語正義。

【互體】 ㊀易卦凡卦爻二至四、三至五,兩體交互,各成一卦,叫互體。按易本是占卜用的書,漢儒荀爽虞翻等人又穿鑿附會,有所謂卦變、互體等說,皆不足信。參閱清顧炎武日知録一互體、卦爻外無別象。㊁舊體詩的一種技巧,指一聯中上下文義互相呼應,彼此映襯。宋羅大經鶴林玉露七:“杜少陵(甫)狂夫詩云:‘風含翠篠娟娟淨,雨裛紅蕖冉冉香。’上句風中有雨,下句雨中有風,謂之互體。”

四　畫

亘 1. xuān 集韻 荀緣切,平,僊韻。 ㄒㄩㄢ

㊀通“宣”。先秦古籍中的“宣”字,除宣室之“宣”外,都作亘。見清邵瑛說文羣經正字。

2. gèn ㄍㄣˋ 古鄧切,去,嶝韻,見。

㊁連接。通“亙”。文選漢班孟堅(固)西都賦:“北彌明光而亘長樂。”本字應作“亙”。北齊顔之推顔氏家訓書證:“彌亘字從二間舟。”㊂引。文選晉左太冲(思)吴都賦:“亘以綠水。”㊃貫串。見“亘古”。

【亘₂古】 終古。整個古代。南朝宋鮑照鮑氏集十河清頌:“亘古通今,明鮮晦多。”

【亘₂帶】 綿延。藝文類聚八晉孫綽望海賦:“彌綸八荒,亘帶九地。”

亙 gèn ㄍㄣˋ

說文“恆”,古文作“亙”。後來假借作“亘”。見“亘㊁”。

六　畫

亞 1. yà ㄧㄚˋ 衣嫁切,去,禡韻,影。

㊀古器圖案。商周青銅器上的亞字形圖案;刻在青銅器、玉器上圖畫文字周圍的亞字形邊欄。宋張掄紹興内府古器評上商父乙觚:“凡器之有亞形者,皆爲廟器,蓋亞形所以象廟室耳。”㊁僅次一等的,次於。國語吴語:“乃退就幕而會,吴公先歃,晉侯亞之。”㊂姊妹的丈夫相互間的稱呼。通“婭”。詩小雅節南山:“瑣瑣姻亞。”㊃低垂的樣子。通“壓”。唐杜甫杜工部草堂詩箋三七上巳日徐司録林園宴集:“鬢毛垂領白,花蘂亞枝紅。”㊄掩閉。通“掩”。宋蔡伸友古詞如夢令:“人静重門深亞。”

2. yā 集韻 於加切,平,麻韻。 ㄧㄚ

㊅象聲詞。漢書六五東方朔傳:“伊優亞者,辭未定也。”

【亞父】 敬稱,表示僅次於父。史記項羽紀:“亞父南嚮坐。亞父者,范增也。”世說新語言語“衛洗馬(玠)初欲渡江”注引玠別傳:“玠穎識通達,天韻標令,陳郡謝幼輿(鯤),敬以亞父之禮。”

【亞相】 秦漢官制以御史大夫爲丞相的副職,丞相缺位,往往用以遞補。後因稱御史大夫爲亞相。唐杜甫杜工部詩史補遺九哭韋大夫之晉:“漢道中興盛,韋經亞相傳。”

【亞旅】 ㊀上大夫的別稱。左傳文十五年:"宋華耦來盟,……請承命於亞旅。"注:"亞旅,上大夫也。"㊁諸大夫。書牧誓:"亞旅師氏。"傳:"亞,次;旅,衆也。衆大夫,其位次卿。"

【亞將】次將,副將。史記陳丞相世家:"引而還,收散兵,至滎陽,以(陳)平爲亞將,屬於韓王信,軍廣武。"

【亞卿】職位次於正卿的官員。左傳文六年:"先君是以愛其子,而仕諸秦,爲亞卿焉。"

【亞傅】卽少傅。宋楊萬里誠齋集四九賀張魏公少傅宣撫啓:"恭審召升亞傅,命撫征師。"參見"師傅"、"三孤"。

【亞聖】㊀元以前泛指才智、名位次於所謂聖人的人。漢王充論衡書虛:"如才庶幾者,明目異於人,則世宜稱亞聖,不宜言離朱。"抱朴子正郭:"嵇生以爲太原郭林宗竟不恭三公之命,……知人則哲,蓋亞聖之器也。" ㊁元至順元年封孟軻爲鄒國亞聖公,明嘉靖九年,除去封爵,稱爲"亞聖"。以後遂爲孟子之專稱,意謂僅次於所謂至聖的孔子。見續文獻通考四八學校二。

【亞歲】冬至。三國魏曹植曹子建集八冬至獻履襪頌表:"亞歲迎祥,履長納慶。"宋陳元靚歲時廣記三八引歲時雜記:"冬至既號亞歲,俗人遂以冬至前之夜爲冬除。"

【亞駞】水神名。古文苑一秦惠文王詛楚文:"又秦嗣王敢用吉玉瑄璧,使其宗祝邵鼛(gāo)布忠告於不顯大神巫咸,以底(抵)楚王熊相之多辠(罪)。"注:"亞駞本作'不顯大神亞駞。亞,讀作烏。'"按,詛楚文出土共三石,文字相同而神名不同。在鳳翔出土的,神名巫咸;在渭河出土的,神名大沈久湫;在洛陽出土的,神名亞駞。亞駞卽滹沱河,是用水名作爲神名。

【亞嶽】僅次於嶽神的山神。金元好問元遺山集三二崔府君廟記:"唐崔子玉府君祠,在所有之,或謂之亞岳,或謂之顯應王者,皆莫知其所從來。"岳,同"嶽"。

【亞獻】古代祭祀時第二次獻爵叫亞獻。儀禮士虞禮:"主婦洗足爵於房中,酌亞獻尸。"古時扮演受祭者身分的幼輩叫尸。

【亞肩疊背】肩并肩,背挨背,形容人多擁擠。水滸一二〇:"只見一簇人亞肩疊背的圍着一個漢子,赤着上身,在那陰涼樹下,吆吆喝喝地使棒。"

亟 1. jí ㄐㄧˊ 紀力切,入,職韻,見。

㊀趕快,急速。詩豳風七月:"亟其乘屋,其始播百穀。"

2. qì ㄑㄧˋ 去吏切,去,志韻,溪。

㊀屢次,一再。左傳隱元年:"亟請於武公,公弗許。"㊁暱愛。通"暱"。方言一:"亟,愛也。東齊海岱之間曰亟,自關而西,秦晉之間,凡相敬愛,謂之亟。"

【亟墨】古代西域城國。在今新疆拜城縣。新唐書二二一上西域龜兹傳:"自龜兹贏六百里,踰小沙磧,有跋祿迦,小國也。一曰亟墨,卽漢姑墨國,橫六百里,縱三百里,風俗文字與龜兹同。"

些 1. xiē ㄒㄧㄝ 寫邪切,平,麻韻,心。

㊀一點點,少許。太平廣記一二七岐州寺主引廣古今五行記:"見寺主左臂上袈裟忽有些鮮血。"

2. suò ㄙㄨㄛˋ 蘇箇切,去,箇韻,心。
蘇計切,去,霽韻,心。

㊀語末助詞,無義。楚辭宋玉招魂:"去君之恒幹,何爲四方些。"宋沈括夢溪筆談三辯證一:"今夔峽湖湘及南北江僚人,凡禁呪句尾皆稱'些',此乃楚人舊俗。"

【些子】一點兒。唐貫休禪月集二苦熱寄赤松道者詩:"蟬喘雷乾冰井融,些子清風有何益。"也作"些子兒"。宋陳師道後山詩話引盧多遜新月詩:"誰家玉匣開新鏡,露出清光些子兒。"

【些些】少許。唐白居易長慶集十七衰病詩:"更恐五年三歲後,些些談笑亦應無。"

【些子景】元人稱盆景爲些子景。詳"盆景"。

亠 部

亠 tóu ㄊㄡˊ 正字通徒侯切,音頭。

說文不用爲部首,本無音義。篇海始增爲部首。

一畫

亡 1. wáng ㄨㄤˊ 武方切,平,陽韻,明。

㊀逃跑,逃亡。左傳僖二四年:"晉侯賞從亡者。"㊁不在,外出。論語陽貨:"孔子時其亡也,而往拜之。"㊂遺失。易旅:"射雉一矢亡。"㊃滅亡,消亡。書湯誓:"予及汝皆亡。"荀子天論:"天行有常,不爲堯存,不爲桀亡。"㊄死去。晉書周嵩傳:"嵩曰:'亡兄天下人,爲天下人所殺。'"㊅忘記。通"忘"。詩邶風綠衣:"心之憂矣,曷維其亡。"

2. wú ㄨˊ

㊀通"無"。詩邶風谷風:"何有何亡,黽勉求之。"

【亡人】㊀逃亡的人。左傳僖二三年:"(晉)懷公命無(毋)從亡人(指重耳),期期而不至,無赦。"㊁死去的人。唐段成式酉陽雜俎前集十三尸穸:"近代喪禮,初死內棺,而截亡人衣後幅留之。"

【亡八】舊時開設妓院的人。同"忘八"。警世通言二四玉堂春落難逢夫:"亡八一見無錢,凡事疏淡,不照常答應奉承。"後也作駡人語。

【亡户】逃亡的百姓人家。晉書毛璩傳:"海陵縣界地名青蒲,四面湖澤,皆是菰葑,逃亡所聚。……時大旱,璩因放火,菰葑盡然,亡户窘迫,悉出詣璩自首,近有萬户,皆以補兵。"

【亡化】死亡。元曲選王仲文救孝子:"家業消乏,拙夫亡化,拋撇下癡小冤家。"

【亡羊】㊀莊子駢拇:"臧與穀,二人相與牧羊,而俱亡其羊。問臧奚事,則挾筴讀書;問穀奚事,則博塞以遊。二人者,事業不同,其於亡羊均也。"比喻放棄本職工作。㊁列子說符:"楊子之鄰人亡羊,既率其黨,又請楊子之豎追之。……既反,問:'獲羊乎?'曰:'亡之矣。'曰:'奚亡之?'曰:'歧路之中又有歧焉,吾不知所之,所以反也。'……心都子曰:'大道以多歧亡羊,學者以多方喪生。'"比喻見異思遷,泛而不專,則終無所成。

【亡地】死地,絕境。孫子九地:"投之亡地然後存,陷之死地然後生。"

【亡2如】蔑視,不放在眼裏,有象没有一樣。漢書六八霍光傳:"百官以下,但事馮子都王子方等,視丞相亡如也。"參閱清王念孫讀書雜志六亡如也。

【亡₂何】㊀不過問其他事情。漢書四九爰盎傳:"南方卑溼,絲(爰盎字)能日飲,亡何,説王毋反而已,如此幸得脫。"注:"無何,言更無餘事。"史記作"毋何"。㊁不久。漢書八四翟方進傳:"居亡何,方進奏咸與逢信'邪枉貪汙,營私多欲。'"㊂無緣無故。漢書六八金日磾傳:"上未起,(莽)何羅亡何從外入。"

【亡₂其】連詞。抑或,還是。戰國策趙三:"秦之攻趙也,倦而歸乎?亡其力尚能進,愛王而不攻乎?"也作"忘其"。戰國策趙二:"不識三國之憎秦而愛懷邪?忘其憎懷而愛秦邪?"又作"妄其"。國語越:"王怒曰:'道固然乎?妄其棄不穀邪?'"

【亡₂狀】無禮。漢書三一項籍傳:"秦中遇之多亡狀。"史記項羽紀作"無狀"。

【亡命】逃亡在外。史記八九張耳傳:"張耳嘗亡命遊外黃。"索隱:"晉灼曰:'命者,名也,謂脱名籍而逃。'崔浩曰:'亡,無也;命,名也。逃匿則削除名籍,故以逃爲亡命。'"又指逃亡的人。漢書八七下揚雄傳解謿:"范睢,魏之亡命也。"

【亡酒】避酒而逃亡。史記齊悼惠王世家:"諸呂有一人醉,亡酒,(劉)章追,拔劍斬之,而還報曰:'有亡酒一人,臣謹行法斬之。'"

【亡₂聊】無所依賴。漢書食貨志四上:"重以貪暴之吏,刑戮妄加,民愁亡聊,亡逃山林。"

【亡國】㊀被滅亡的國家。左傳僖十九年:"齊桓公存三亡國,以屬諸侯。"荀子强國:"亡國至亡而後知亡。"㊁使國家滅亡。莊子大宗師:"亡國而不失人心。"韓非子難三:"或曰:'仲尼之對,亡國之言也。'"

【亡逸】散失。北史儒林傳:"考證亡逸,研覈異同,積滯群疑,渙然冰釋。"也作亡佚、亡軼。

【亡虜】逃亡的罪人。漢書三三田儋傳:"(田)横始與漢王俱南面稱孤,今漢王爲天子,而横乃爲亡虜。"

【亡₂慮】總計物數,猶言大約。漢書六九趙充國傳:"亡慮萬二千人。"食貨志下作"無慮"。

【亡徵】滅亡的迹象、徵兆。韓非子亡徵:"亡徵者,非曰必亡,言其可亡也。"

【亡₂謂】没有意義。漢書高祖紀下五年詔:"久立吏前,曾不爲決,甚亡謂也。"

【亡₂賴】不務正業。漢書高祖紀下九年:"始大人常以臣亡賴,不能治產業,不如仲力。"史記高帝紀作"無賴"。

【亡闕】散失殘缺。舊唐書經籍志上:"于時祕書省經書,實多亡闕,諸司墳籍,不暇討論。"

【亡靈】指死者的靈魂。後漢書十六鄧禹傳附鄧騭,朱寵理騭疏:"宜收還冢次,寵樹遺孤,奉承血祀,以謝亡靈。"

【亡釁】死亡或敗亡的迹兆。左傳襄二四年:"且夫既登(高位)而求降階者,……其有亡釁乎?"

【亡₂是公】漢司馬相如子虛賦中虛構子虛、烏有先生、亡是公三人,相爲問答。見漢書五七司馬相如傳上。史記作"無是公"。又作"亡是叟",也是假託的人名。宋蘇軾分類東坡詩八楊康公有石狀如醉道士:"吾言既妄云,得之亡是叟。"

【亡羊補牢】比喻出了差錯後要及時補救。戰國策楚四:"臣聞鄙語曰:'見兔而顧犬,未爲晚也;亡羊而補牢,未爲遲也。'"宋陸游劍南詩稿六八秋興之八:"懲羹吹虀豈其非,亡羊補牢理所宜。"

【亡國大夫】禮射儀:"(子路)曰:'賁(敗)軍之將,亡國之大夫與爲人後者,不入,其餘皆入。'"疏:"亡國之大夫者,謂亡君之國,言不忠且無智也。"後來王朝易代,譏諷前朝舊臣曰亡國大夫,本此。

【亡國之音】禮樂記:"亡國之音哀以思,其民困。"又:"桑間濮上之音,亡國之音也。其政散,其民流。"前者指國家將亡,人民困苦,故音樂也多哀思;後者指靡靡輕浮之樂;常和治世之音相對。

【亡戟得矛】比喻有失有得。呂氏春秋離俗:"齊晉相與戰,平阿之餘子,亡戟得矛,卻而去,不自快,謂路之人曰:'亡戟得矛,可以歸乎?'路之人曰:'戟亦兵也,矛亦兵也,亡兵得兵,何爲不可以歸?'去行,心猶不自快,遇高唐之孤叔無孫,當其馬前曰:'今者戰,亡戟得矛,可以歸乎?'叔無孫曰:'矛非戟也,戟非矛也,亡戟得矛,豈亢責也哉?'"前者謂得失相當,後者謂得失不相當。

二　畫

亢 1. gāng 古郎切,平,唐韻,見。ㄍㄤ

㊀咽喉。引申爲要害。漢書四三婁敬傳:"夫與人鬭,不搤其亢,拊其背,未能全勝。今陛下入關而都,按秦之故,此亦搤天下之亢而拊其背也。"史記作"肮"。鳥的喉嚨也叫亢。見爾雅釋鳥。㊁星名。見"亢宿"。

2. kàng 苦浪切,去,宕韻,溪。ㄎㄤˋ

㊂高。莊子人間世:"故解之以牛之白顙者,與豚之亢鼻者……不可以適河。"㊃舉。通"抗"。楚辭屈原卜居:"寧與騏驥亢軛乎?"㊄遮蔽,庇護。見"亢宗"。㊅抵禦。左傳宣十三年:"罪我之由,我則爲政,而亢大國之討,將以誰任?"注:"亢,禦也。"釋文:"亢,苦浪反。"㊆姓。宋鄧名世古今姓氏書辯證三三:"唐韋皋鎭蜀,有部將亢榮朝。"

【亢₂木】古代傳説中的一種樹木。山海經中山經:"又東三十里,曰浮戲之山,有木焉,葉狀如樗而赤實,名曰亢木,食之不蠱。"

【亢父】古地名。戰國齊邑。秦置縣。北齊廢。戰國策齊一:"今秦攻齊則不然,……徑亢父之險,車不得方軌,馬不得比行。"史記項羽紀:"(項梁)引兵攻亢父。"正義引括地記:"亢父故城,在兖州任城縣南五十一里。"索隱:"亢音剛,又苦浪反。"故址在今山東濟寧市南。

【亢池】古星名。屬氐宿。宋史天文志三:"亢池六星,在亢宿北。"

【亢₂扞】抗禦,捍衛。漢書八四翟方進傳附翟義:"方今宗室衰弱,外無彊蕃,天下傾首服從,莫能亢扞國難。"

【亢₂旱】大旱。三國志吳陸遜傳:"縣連年亢旱,遜開倉穀以振貧民。"

【亢₂宗】庇護宗族。左傳昭元年:"吉不能亢身,焉能亢宗?"舊時謂人子能擴大家族權勢者曰亢宗之子,本此。後引申爲光宗耀祖。清龔自珍全集農宗:"本不百畝者進而仕,謂之亢宗之農。"

【亢₂直】剛直,正直。三國志魏杜畿傳附杜恕:"樂安廉昭以才能拔擢,頗好言事,恕上疏極諫,……恕在朝八年,其論議亢直,皆此類也。"也作"伉直"。參見"伉直"。

【亢₂悔】易乾:"上九,亢龍有悔。"亢,至高;龍象君位。意思説居高位的人要以驕傲自滿爲戒,否則便有敗亡的災禍。抱朴子嘉遯:"畏亢悔而貪榮之欲不滅,忌毁辱而爭肆之情不遣。"

【亢宿】二十八宿之一。蒼龍七宿的第二宿,有星四顆,在室女星座中。也叫亢星。爾雅釋天:"壽星,角、亢也。"

【亢₂爽】高曠開朗。宋曾鞏南豐類稿十八擬峴臺記:"去榛與草,發其亢爽。"

【亢₂陽】"陰"、"陽"是我國古代思想中一對互相對立的概念。亢陽,指"陽"極盛之意。易乾"上九,亢龍有悔"疏:"上九，亢陽之至，大而極盛。”又指陽光熾烈，久旱不雨。故天旱曰亢陽。文選晉成子安(公綏)嘯賦：“濟洪災於炎旱，反亢陽於重陰。”也作“炕陽”。參見該條。

【亢$_2$滿】極高。後漢書三四梁統傳論：“梁商稱爲賢輔，豈以其地居亢滿，而能以愿謹自終者乎？”

【亢$_2$厲】極其嚴厲，嚴酷。清王夫之讀通鑑論十七簡文帝：“擅利淫刑之守，亢厲以爲能。”

【亢$_2$龍】見“亢$_2$悔”。

【亢$_2$衡】相對等，敵對。同“抗衡”。漢書五行志中之上：“虢爲小國，介夏陽之阸，怙虞國之助，亢衡于晉。”

【亢$_2$燥】高爽乾燥。元詩選舒頔貞素齋集適耕堂爲吳琴汪壽甫扁而賦之：“衣冠濟楚信行惇，築室亢燥依山根。”

【亢$_2$禮】彼此以平等禮節相待。史記一〇七魏其武安侯傳：“每朝議大事，條侯魏其侯，諸列侯莫敢與亢禮。”亢，也作“抗”。參見“抗禮”、“分庭亢禮”。

【亢$_2$倉子】舊題庚桑楚作。一卷。按孟浩然集唐王士源序，自稱曾編寫亢倉子九篇；韋滔序也説“宜城王士源……著亢倉子數篇，傳之於代”。新唐書藝文志子部神仙家中列王士元(源)亢倉子兩卷。唐王朝崇信道教，把老子莊子列子亢桑子列於學官。天寶元年稱亢倉子爲洞靈真經。因亢桑子久已散失，王士源遂雜取老莊列子文子商君書呂氏春秋説苑新序等編寫成亢倉子，獻給朝廷。唐柳宗元辨亢倉子和唐李肇國史補都説亢倉子是僞作。唐劉肅大唐新語九著述則認爲是續作補著。

四畫

交 jiāo 古肴切，平，肴韻，見。ㄐㄧㄠ

㊀接觸，貫通。易泰：“天地交而萬物通也。”㊁結交，往來。楚辭九歌湘君：“交不忠兮怨長，期不信兮告余以不閒。”戰國策秦三：“王不如遠交而近攻。”㊂此與而彼受。禮禮器：“室事交乎户，堂事交乎階。”㊃性交。禮月令仲冬之月：“虎始交。”㊄並，都。國語越下：“君臣上下，交得其志。”注：“交，俱也。”㊅前後交替的時候。左傳僖五年：“其九月十月之交乎？”㊆使。通“教”。唐羅隱甲乙集二銅雀臺詩：“祇合當年伴君死，免交憔悴望西陵。”㊇通“蛟”。漢書高帝紀上：“父太公往視，則見交龍於上。”史記作“蛟”。

【交刀】剪刀。太平御覽八三〇引東宮舊事：“太子納妃，有龍頭金縷交刀四。”也作“鉸刀”。唐李賀歌詩編四五粒小松歌：“綠波浸葉滿濃光，細束龍髯鉸刀翦。”

【交子】宋代發行的紙幣。宋史食貨志下三：“交子之法，蓋有取於唐之飛錢。真宗時，張詠鎮蜀，患蜀人鐵錢重，不便貿易，設質劑之法，一交一緡，以三年爲一界而換之，六十五年爲二十二界，謂之交子。”大觀元年改交子爲錢引。參閲宋李攸宋朝事實十五財用、文獻通考九錢幣二。

【交口】衆口一辭。唐韓愈昌黎集三二柳子厚墓誌銘：“諸公要人，爭欲令出我門下，交口薦譽之。”

【交心】㊀交集於心中。晉陶潛陶淵明集一時運詩序：“偶景獨游，欣慨交心。”㊁開誠相見。清孔尚任桃花扇訪翠：“你們一對兒，吃箇交心酒何如？”

【交引】宋代採辦軍糧使用的證券。文獻通考十六征榷五：“雍熙後用兵，乏於餽餉，多令商人輸芻糧塞下，酌地之遠近不爲直，取市價而後增之，授以要券，謂之交引，至京師給以緡錢。又移文江淮荆湖給以顆末鹽及茶。”太府寺屬下有交引庫，掌給印出納交引錢鈔之事。見宋史職官志五。

【交午】㊀縱橫交錯。穀梁傳昭十九年“羈貫成童”注：“羈貫，謂交午剪髮以爲飾，成童八歲以上。”㊁華表的别名。見晉崔豹古今注下問答釋義。參見“華表”。

【交手】㊀二人手攙手。楚辭屈原九歌河伯：“子交手兮東行，送美人兮南浦。”注：“交手者，古人將別，則相執手，以見不忍相遠之意。”㊁拱手。漢書六三武五子燕刺王旦傳：“前高后時僞立子弘爲皇帝，諸侯交手事之八年。”㊂手相搏曰交手。因亦稱交兵爲交手。北齊書瑯玡王儼傳：“小兒輩弄兵，與交手即亂。”引申爲角力或比賽武藝。水滸九：“兩個教師就明月地上交手，真個好看。”

【交市】互市，往來通商。後漢書八八西域傳：“(大秦)與安息天竺交市於海中，利有十倍。”

【交加】㊀結交，互相往來。後漢書七八孫程傳：“臣生自草茅，長於宮掖，既無知人之明，又未嘗交加士類。”㊁相集，錯雜。文選戰國楚宋玉高唐賦：“交加累積，重疊增益。”宋歐陽修文忠集十一豐樂亭遊春詩：“綠樹交加山鳥啼，晴風蕩漾落花飛。”

【交片】清代軍機處照皇帝旨意發交由衙門辦理公事所行的文書。

【交代】前後相接替，移交。漢書七七蓋寬饒傳：“及歲盡交代，……衛卒數千人皆叩頭自請，願復留共更一年。”後漢書五八傅燮傳：“初，郡將范津明知人，舉燮孝廉。及津爲漢陽，與燮交代，合符而去。”

【交交】㊀鳥鳴聲。詩秦風黃鳥：“交交黃鳥，止于棘。”毛傳作小貌。交，通作“咬”。文選晉嵇叔夜(康)贈秀才入軍詩之二注、玉篇、廣韻並作“咬”，鳥聲。參閲清馬瑞辰毛詩傳箋通釋十二。㊁鳥飛來飛去的樣子。詩小雅桑扈：“交交桑扈，有鶯其羽。”

【交州】古地名。漢武帝元封五年設置十三州部，交州是其一。東漢交州首府在廣信，即今廣西蒼梧縣。三國吳分置廣州，不久即併入交州，首府改設於番禺，後遷到交趾。晉又遷至龍編。隋設置總管府。唐改爲安南都護府。參閲元和郡縣志三八嶺南道五、新唐書地理志七。

【交耳】靠近耳邊説話。漢王充論衡解除：“胡越之人，耳口相類，心意相似，對口交耳而談，尚不相解。”

【交年】宋代以十二月二十四日爲交年節，指新歲和舊歲在這一天相交替。參閲宋孟元老東京夢華録十十二月、陳元靚歲時廣記三九交年節。

【交好】友好，親善。周禮秋官掌交：“掌邦國之通事，而結其交好。”

【交初】古代天文學名詞。即升交點，又叫羅睺，是行星或月球軌道同黃道相交點之一。宋沈括夢溪筆談七：“交初謂之羅睺，交中謂之計都。”

【交阯】即交趾。漢武帝元鼎六年冬，設置交阯九真日南珠厓等九郡。見漢書武帝紀。參見“交趾”。

【交孚】志同道合，意氣相投。孚，信任。易睽：“睽孤，遇元夫(善人)，交孚，厲无咎。”

【交兵】交戰。史記八九陳餘傳：“如此野無交兵，縣無守城。”

【交河】㊀縣名。屬河北省。漢中水縣地。宋爲交合鎮。金大定七年置縣，因滹沱高河二水交流而得名。見讀史方輿紀要十三直隸四。㊁古城名。西漢車師前國首府。漢書九六西域傳：“車師前國，王治交河城。河水分流繞城下，故號交河。”漢元帝初元元年在此設戊己校尉，掌管屯田等事務。北魏至唐期間，爲地方政權高昌首府。唐貞觀十四年設交河縣。見元和郡縣志四十西州。西域圖志作招哈和屯。地在今新疆吐魯番縣西北的雅爾和屯。

【交杯】舊時婚禮，新婚夫婦交換酒杯飲酒，叫交杯。又叫合卺（jǐn）、交卺。宋王得臣麈史下風俗："古者婚禮合卺，今也以雙盃綵絲連足，夫婦傳飲，謂之交杯。"所飲的酒叫交杯酒。宋孟元老東京夢華録五娶婦："用兩盞以綵結連之，互飲一盞，謂之交杯酒。"

【交門】官名。漢書武帝紀太始四年："夏四月，幸不其（jī），祠神人於交門宫。"注引晉灼："琅邪縣有交門宫，武帝所造。"

【交易】㊀物物交换。易繫辭下："日中爲市，致天下之民，聚天下之貨，交易而退，各得其所。"後來多指商業買賣。史記平準書："農工商交易之路通，而龜貝金錢刀布之幣興焉。"㊁往來。公羊傳宣十二年："君之不令臣，交易爲言。"注："言君之不善臣，數往來爲惡言。"

【交牀】有靠背的坐具。也叫交椅、繩牀。説郛五七隋杜寶大業雜記："（煬帝）自幕北還至東都，改胡牀爲交牀，胡瓜爲白露黄瓜。"參見"胡牀"。

【交爭】㊀互相爭論。史記六三老子韓非傳："深計而不疑，交爭而不罪。"㊁紛爭，交集。文選漢張平子（衡）東京賦："勸德畏威，喜懼交爭。"

【交和】㊀互相和好，和合。戰國策齊一："（章子）與秦交和而舍，使者數相往來。"文選漢張平子（衡）東京賦："於是陰陽交和，庶物時育。"㊁兩軍對壘。孫子軍爭："交和而舍，莫難於軍爭。"注："曹公（操）曰：'軍門爲和門，左右門爲旗門，以車爲營曰轅門，以人爲營曰人門，兩軍相對爲交和。'"

【交佩】㊀左右佩帶。楚辭屈原九章思美人："解萹薄與雜菜兮，備以爲交佩。"㊁指漢皋神女解佩贈鄭交甫的故事。唐王勃王子安集二采蓮曲："不惜西津交佩解，還羞北海雁書遲。"參見"鄭交甫"。

【交拜】㊀相對而拜。古人相見時的一種禮節。後漢書二四馬援傳："（公孫）述盛陳陛衛，以延援入，交拜禮畢，始出就館。"㊁指舊婚禮中新郎新娘對面相拜，俗稱拜堂。唐段成式酉陽雜俎一禮異："北朝婚禮，青布幔爲屋，在門内外，謂之青廬，於此交拜。"

【交契】交情，友好投合。唐杜甫杜工部草堂詩箋十一徒步歸行贈李特進……詩："人生交契無老少，論交何必先同調。"

【交涉】關連。景德傳燈録十九文偃禪師："問佛問祖，向上向下，求覓解會，轉没交涉。"宋范成大石湖集十七病中聞西園新花已茂……詩："春雖與病無交涉，雨莫將花便破除。"後把就彼此有關的事情進行談判叫做交涉。官場現形記九："畢竟是他不識外情，不諳交涉之故。"

【交衽】衣襟交接。比喻親密。唐柳宗元柳先生集二二送苑論登第後歸覲詩序："余與馬邑苑言揚聯貢於京師，自時而後，車必挂轊，席必交衽。"衽，同"衽"。

【交泰】㊀易泰："天地交，泰。"注"泰者，物大通之時也。"交泰，指天地之氣融合貫通，生養萬物，物得大通，故曰泰。漢王符潛夫論班禄："是以天地交泰，陰陽和平。"後引申爲時運亨通之意。㊁五代南唐李璟（玄宗、中主）年號，公元958年。

【交城】縣名。屬山西省。漢晉陽縣西境。隋開皇十六年從晉陽縣分置，以在汾孔二水交流之處，故名。唐移置山南。見元和郡縣志十三太原府。

【交倚】坐具，卽交牀。宋曾三異因話録："交倚謂之繩牀。"參見"交椅"。

【交部】漢武帝元封五年，分置十三州部，交州是其中之一，後因稱交州爲交部。南齊書州郡志上："廣州，鎮南海。濱際海隅，委輸交部。"

【交情】友誼。史記一二〇汲黯鄭當時傳贊："一死一生，乃知交情。……一貴一賤，交情乃見。"唐元稹長慶集二二寄浙西李大夫詩："禁林同直話交情，無夜無曾不到明。"

【交接】㊀人與人之間的交往。禮樂記："射鄉食饗，所以正交接也。"漢書八三薛宣傳："善交接，得州里之稱。"㊁兵器相接，卽交戰。淮南子兵略："兵未交接而敵人恐懼。"㊂性交。漢書三八高五王傳："或白晝使贏（裸）伏，犬馬交接。"

【交通】㊀互相通達。管子度地："山川涸落，天氣下，地氣上，萬物交通。"晉陶潛陶淵明集五桃花源記："阡陌交通，雞犬相聞。"㊁交往，勾結。史記九一黥布傳："布已論輸麗山，麗山之徒數十萬人，布皆與其徒長豪桀交通。"漢書四五江充傳："（趙太子丹）交通郡國豪猾，攻剽爲姦，吏不能禁。"

【交陰】花木枝葉，交錯成蔭。宋王安石臨川集二五次韻春日卽事詩："丹白自分齊破蕾，青黄相向欲交陰。"

【交趾】古地名。本指五嶺以南一帶的地方。漢置交趾郡，古代相傳其地人卧時頭外向，足在内而相交，故稱交趾。見禮王制"雕題交趾"疏。墨子節用中、荀子王霸注引尸子皆作"交阯"。參見"交州"。

【交婚】互通婚姻。魏書序紀建國七年："慕容元真遣使奉聘，求交婚。"

【交割】新舊移交時，雙方交代有關事務。唐大詔令九九天授二年置鴻宜鼎稷等州制："其官人百姓有情願於洛懷等七州附貫者，亦聽，應須交割及發遣受領，並委本貫共新附州分明計會。"官吏移交，也稱交割。宋歐陽修文忠集九四辭宣徽使判太原府劄子："自二月以來，交割却本州公事，見今在假將理所有。"又買賣結清手續也叫交割。京本通俗小説錯斬崔寧："既然有了主兒，便同到我爹娘家裏來交割。"

【交惡】互相懷恨在心。左傳隱三年："周鄭交惡（wù）。"

【交戟】執戟相交。史記項羽紀："（樊）噲卽帶劍擁盾入軍門，交戟之衛士，欲止不内。"引申爲有守衛之地，宫廷。漢書三六劉向傳上封事："今佞邪與賢臣並在交戟之内，合黨共謀，違善依惡。"

【交椅】坐具。宋陶穀清異録三逍遥座："胡牀施轉關以交足，穿便條以容坐，轉縮須臾，重不數斤。相傳明皇行幸頻多，從臣或待詔野頓扈駕，登山不能跂立，欲息則無以寄身，遂創意如此，當時稱逍遥座。"此爲胡牀改交椅之始。其後南宋吳淵又設計荷葉托首，號曰太師樣，卽後世所稱太師椅。見宋張端義貴耳集下。椅本作"倚"。

交椅（元）

【交鈔】金元兩代發行的紙幣。交易時用之，故名。宋范成大攬轡録："金本無錢，惟煬王亮嘗一鑄正隆錢，絶不多，餘悉用中國舊錢，又不欲留錢於河南，故仿中國楮幣，於汴京置局造官會，謂之交鈔，擬見錢行使，而陰收銅錢，悉運而北。"金史食貨志三錢幣："海陵庶人貞元二年遷都之後，户部尚書蔡松年復鈔引法，遂製交鈔，與錢並用。……印一貫、二貫、三貫、五貫、十貫五等，謂之大鈔；一百、二百、三百、五百、七百五等，謂之小鈔。"蒙古汗窩闊台八年也發行過交鈔，忽必烈中統元年發行中統交鈔，使用較久，元順帝至正十年發行過至正交鈔。金時設有交鈔庫，負責發行交鈔等事務。參閲金史百官志二、續文獻通考八錢幣二。

【交番】 輪流值班。新唐書儀衛志上:"宣政左右門仗、內仗,皆分三番而立,號曰交番仗。"

【交結】 ㊀交往。漢書八四翟方進傳:"今(王)立斥逐就國,所交結尤著者,不宜備大臣爲郡守。" ㊁勾結。漢書七一雋不疑傳:"武帝崩,昭帝卽位,而齊孝王孫劉澤,交結郡國豪傑謀反。" ㊂交相連結。文選三國魏何平叔(晏)景福殿賦:"欃櫨(斗拱)各落以相承,欒栱(柱上曲木)夭蟜而交結。"

【交遊】 ㊀往來的朋友。莊子山木:"辭其交遊,去其弟子,逃於大澤。"也作"交游"。管子權修:"觀其交游,則其賢不肖可察也。" ㊁交結。漢書四五息夫躬傳:"皆交遊貴戚,趨權門爲名。"

【交道】 ㊀結交朋友之道。後漢書二七王丹傳:"交道之難,未易言也。" ㊁一縱一橫的十字大路。晉書石季龍載記下:"火滅,取灰分置諸門交道中。"

【交馳】 交相奔走,紛至沓來。文選三國魏吳季重(質)答魏太子牋:"軍書輻至,羽檄交馳。"

【交搆】 見"交構㊀"。

【交聘】 雙方互派使者訪問。北齊書陸卬傳:"自梁魏通和,歲有交聘。"金史有交聘表。

【交感】 互相吸引應衞。宋周敦頤太極圖說:"二氣交感,化生萬物。"

【交睫】 上下睫毛相接,閉目而睡的意思。史記一〇一袁盎傳:"太后嘗病,三年,陛下不交睫,不解衣。"

【交鉤】 交錯,混雜。宋歐陽修文忠集一送黎生下第還蜀詩:"遂令學者迷,異說相交鉤。"

【交綏】 雙方軍隊各自撤退。左傳文十二年:"秦以勝歸,我何以報,乃皆出戰,交綏。"注:"秦晉志未能堅戰,短兵未至,爭而兩退,故曰交綏。"後也稱兩軍相接。文苑英華六四五隋盧思道爲北齊檄陳文:"呂梁之役,貫盈惡稔,曾未交綏,雲卷霧徹。"

【交語】 傳告。玉臺新詠一古詩爲焦仲卿妻作:"交語速裝束,絡繹如浮雲。"

【交精】 鳥名。卽爾雅釋鳥中所說的鵁鶄鳥。漢書五七司馬相如傳子虛賦:"駕鵞屬玉,交精旋目。"注引郭璞:"交精似鳧而脚高,有毛冠。"史記作"鵁鶄",正義作"交青"。參見"鵁鶄"。

【交煽】 勾結招搖,遇事生風。新唐書一二一崔日用傳:"諸武若三思、廷秀、(宗)楚客等,權寵交煽。"又一七〇王栖曜傳附王茂元:"家積財,交煽權貴,鄭注用事,遷涇原節度使。"

【交蓋】 路上兩車相遇,車篷相接。形容朋友相逢談話之親切。同"傾蓋"。漢書五一鄒陽傳獄中上書"語曰'有白頭如新,傾蓋如故'"注:"傾蓋,猶交蓋駐車也。"宋黃庭堅山谷外集一次韻裴仲謀同年詩:"交蓋春風汝水邊,客牀相對卧僧氈。"參見"傾蓋"。

【交構】 ㊀交合,結合。後漢書六一周舉傳:"二儀交構,乃生萬物。"也作交媾。唐李白李太白詩十草創大還贈柳官迪:"造化合元符,交媾騰精魄。" ㊁互相構陷。指有意虛構,擴大事態。三國志吳賀齊傳:"齊令越人因事交構,遂致疑隙,阻兵相圖。"亦作交搆。後漢書六九何進傳:"交搆已成,形勢已露。"

【交際】 ㊀接觸往來。孟子萬章下:"萬章曰:'敢問交際何心也?'"宋朱熹集注:"際,接也。交際謂人以禮儀幣帛相交接也。" ㊁和洽。樂府詩集七唐祭太社樂章肅和:"九域底平,兩儀交際。"

【交領】 古代衣領,下連到襟,故稱交領。爾雅釋器"衣眥謂之襟"注:"襟,交領。"晉書五行志上:"至元康末,婦人出兩襠,加乎交領之上。"

【交態】 友情的深淺程度。史記一二〇汲黯鄭當時傳贊:"一貧一富,乃知交態。"

【交鋒】 鋒刃相接,猶言交戰。後漢書七四上袁紹傳上獻帝書:"會公孫瓚師旅南馳,陸掠北境,臣卽星駕席捲,與瓚交鋒。"晉陸機陸士衡集十辨亡論上:"攻無堅城之將,戰無交鋒之虜。"

【交質】 古代國家或侯王互相以人爲質,作爲守信的保證。左傳隱三年:"周鄭交質,王子狐爲質於鄭,鄭公子忽爲質於周。"後互以物品作抵押,也叫交質。文選南朝梁任彥昇(昉)奏彈劉整:"何其不能折契鍾庾,而襜帷交質。"

【交親】 互相親近。荀子不苟:"交親而不比。"注:"親謂仁恩,比謂暱狎。"唐陳子昂陳伯玉集二送東萊王學士無競詩:"懷君萬里別,持贈結交親。"

【交龍】 兩龍蟠結的圖案。周禮春官司常:"交龍爲旂。"

【交輸】 一種衣飾。把一幅布帛對角裁開,垂於身後兩旁,像燕尾形狀。漢書四五江充傳:"充衣紗縠禪衣,曲裾後垂交輸。"

【交頸】 ㊀兩頸相依,表示親密。莊子馬蹄:"夫馬,陸居則食草飲水,喜則交頸相靡,怒則分背相踶。"後多用以比喻夫婦之親愛。㊁錯落在脖子上。文選三國魏曹子建(植)王仲宣誄:"延首嘆息,雨泣交頸。"

【交錯】 相互往來。詩小雅楚茨:"爲賓爲客,獻醻交錯。"指相互祝酒。文選枚叔(乘)七發:"白刃磑磑,矛戟交錯。"指武器錯雜。

【交禪】 指王位的推讓。文選晉皇甫士安(謐)三都賦序:"言吳蜀以擒滅比亡國,而魏以交禪比唐虞。"

【交臂】 ㊀兩人以臂相交。莊子田子方:"吾終身與汝,交一臂而失之。"文選南朝梁江文通(淹)雜體詩孫廷尉綽:"交臂久變化,傳火迺薪草。"參見"失之交臂"。㊁叉手,拱手,表示恭敬。戰國策韓一:"今大王西面交臂而事秦,何以異於牛後乎?"三國志魏蔣濟傳:"北拔柳城,南向江漢,荆州交臂,威震天下。" ㊂反縛。莊子天地:"睆睆然在纆繳之中而自以爲得,則是罪人交臂歷指,而虎豹在於囊檻,亦可以爲得矣。"

【交謫】 互相埋怨責難。謫,也作"讁"。詩邶風北門:"室人交徧讁我。"箋:"在室之人,更迭遍來責我。"後多指夫婦口角爭執。聊齋志異王成:"(成)與妻卧牛衣中,交謫不堪。"

【交關】 ㊀交通往來。後漢書八七西羌傳:"武帝通道玉門,隔絕羌胡,使南北不得交關。" ㊁牽連,勾結。後漢書三三周章傳:"及(竇)憲被誅,公卿以下,多以交關得罪。"三國志魏夏侯尚傳:"交關閹豎,授以姦計。" ㊂開合關鈕,猶今之合頁。唐李賀歌詩編二屏風曲:"蝶棲石竹銀交關,水凝綠鴨琉璃錢。"此指連接屏風的合頁。

【交譎】 狡猾詭詐。交,古通"狡"。荀子大略:"蔽公者謂之昧,隱良者謂之妒,奉妒昧者謂之交譎。"

【交露】 用珠串組成的帷幔。象一串串露珠,故名。無量壽經上:"又講堂精舍宮殿樓觀,……復以真珠明月摩尼衆寶以爲交露,覆蓋其上。"

【交鬬】 引起爭執,衝突。左傳昭十六年:"若屬有讒人,交鬬其間,鬼神而助之,以興其凶怒,悔之何及。"三國志魏郭嘉傳:"袁紹愛此二子(譚、尚),莫適立也,有郭圖逢紀爲之謀臣,必交鬬其間,還相離也。"

【交驩】 結交而取得對方歡心。戰國策韓二:"故直進百金者,特以爲夫人麤糲之費，以交足下之驩，豈敢以有求邪？"史記九七陸賈傳："絳侯(周勃)與我戲，易吾言，君何不交驩太尉，深相結。"又作"交歡"。漢劉向說苑善說："鄂君子晳，親楚王母弟也，……一榜枻越人，猶得交歡盡意焉。"

【交子務】宋代掌管紙幣流通事務的官署。大觀元年改稱錢引務。見宋史食貨志下三。參見"交子"。

【交虬盒】周代鑄造的一種盛水用的青銅器。無銘文。宋王黼等撰重修宣和博古圖録二十："周交虬盒，純緣，外著以交虬。兩耳作連環，所以便於提攜，以圈爲足，而器之中純素，略無文彩。"

【交杯酒】見"交杯"。

【交泰殿】清代宮殿名。在故宮乾清宮後、坤寧宮前，以在兩宮之間，取天地交泰之義，故名。清廷寶璽藏於此殿。今爲故宮博物院的一部。

【交鈔庫】見"交鈔"。

【交龍錦】織有蟠龍紋的絲織品。三國志魏東夷傳："詔書報倭女王曰：'……今以絳地交龍錦五匹，……答汝所獻貢直(值)。'"

【交讓木】楠木的別名。文選晉左太沖(思)蜀都賦："交讓所植，蹲鴟所伏。"劉淵林注："兩樹對生，一樹枯則一樹生，如是歲更，終不俱生俱枯也。出岷山，在安都縣。"明王象晉羣芳譜七二柟："柟生南方，故又作楠。其樹童童若幢蓋，枝葉森秀不相礙，若相避然，又名交讓木。"

【交淡若水】指道義之交。莊子山木："且君子之交淡若水，小人之交甘若醴。君子淡以親，小人甘以絕。"

【交淺言深】交情雖淺，言談却很深切。戰國策趙四："客有見人於服子者，已而請其罪。服子曰：'公之客獨有三罪：望我而笑，是狎也；談語而不稱師，是倍(背)也；交淺而言深，是亂也。'客曰：'不然。夫望人而笑，是和也；言而不稱師，是庸說也；交淺而言深，是忠也。'"淮南子齊俗引此，服子作宓子，卽宓子賤。戰國策秦三范睢說秦王，以交疏言深並舉，義同。

【交梨火棗】道教稱神仙所食的兩種果品。南朝梁陶弘景真誥二："玉醴金漿，交梨火棗，此則騰飛之藥，不比於金丹也。"

【交頭接耳】湊近耳邊低聲密語。前漢春秋平話："第二，筵上不得交頭接耳。"元明雜劇元關漢卿單刀會三："大小三軍，聽我將令，甲馬不許馳驟，金鼓不許亂鳴，不許交頭接耳，不許笑語喧嘩。"

亦 yì 羊益切，入，昔韻，喻。ㄧˋ

㊀人肢窩。篆作夾。見說文。"掖"、"腋"的本字。㊁也。以表示承接。書康誥："怨不在大，亦不在小。"莊子讓王："古之得道，窮亦樂，通亦樂。"㊂不過，只是。戰國策齊四："王亦不好士也，何患無士？"㊃助詞。用於句首或句中，無義。詩召南草蟲："亦既見止，亦既覯止，我心則降。"書盤庚上："予亦拙謀，作乃逸。"㊄大。通"奕"。詩周頌豐年："亦有高廩，萬億及秭。"

【亦世】世世代代。同"奕世"。詩大雅文王："凡周之士，不(丕)顯亦世。"參見"奕世"。

【亦都護】古代我國西域地區少數民族鐵勒拔悉蜜部（在今新疆北部的吉木薩爾）和高昌族人對部族長的稱號。一說是借用漢語"都護"(官名)，在詞首加元音"亦"而成。元史巴而朮阿而忒的斤傳："巴而朮阿而忒的斤亦都護，亦都護者，高昌國主號也。"

【亦集乃】元代路名。至元二三年置。治所在今甘肅省額濟納旗東南。轄境北至居延海，西北接沙磧，相當今甘肅省東北部額濟納旗一帶。元初曾在此鑿渠屯田。元史地理志三："亦集乃路在甘州北一千五百里，城東北有大澤，西北俱接沙磧，乃漢之西海郡居延故城。"

【亦步亦趨】原指學生向老師學習。莊子田子方："顏淵問於仲尼曰：'夫子步亦步，夫子趨亦趨，夫子馳亦馳，夫子奔逸絕塵，而回瞠若乎後矣。'"後來指一意模仿或追隨別人。清洪亮吉北江詩話五："惟吾鄉邵山人長蘅，初所作詩，既描摹盛唐，苦無獨到，及一入宋商邱(犖)幕府，則又亦步亦趨，不能守其故我也。"

【亦剌八里】元代地名。在今新疆伊犂河旁。亦剌就是伊犂。元耶律楚材西游録中作亦列八里。八里，維吾爾語"城"的意思。

【亦黑迷失】元代航海家。維吾爾族人。官至平章政事、集賢院使。從世祖至元九年(公元1272年)起，多次出使僧伽剌(今斯里蘭卡)、馬八兒(今印度東南部)等地，並偕各國使者及攜帶當地土特産品回國。以後又曾到過占城（今越南南部)、南巫里（在今蘇門答臘西)、速木都剌(蘇門答臘)等地。見元史一三一亦黑迷失傳。

【亦有生齋集】清趙懷玉撰。收詩三十二卷，文二十卷，詞五卷，樂府二卷。懷玉擅長古文辭，師法韓歐。詩與其同鄉洪亮吉黃景仁孫星衍等齊名。

亥 hài 胡改切，上，海韻，匣。ㄏㄞˋ

㊀十二支的末位，用以紀年月。又十二個時辰的最後一個，卽夜九時至十一時。見爾雅釋天。㊁人出生年的十二種動物屬相之一。亥的生肖爲豕。

【亥月】農曆十月。漢書律曆志上："位於亥，在十月。"北周庾信庾子山集二哀江南賦："戊辰之年，建亥之月。"

【亥市】定期於亥日的集市。唐張籍張司業集一江南曲："江村亥日長爲市，落帆度橋來浦裏。"又白居易長慶集十七江州赴忠州……示舍弟五十韻詩："亥市魚鹽聚，神林鼓笛鳴。"

【亥豕】呂氏春秋察傳："子夏之晉，過衛，有讀史記者曰：'晉師三豕涉河。'子夏曰：'非也，是己亥也。夫己與三相近，豕與亥相似。'至于晉而問之，則曰晉師己亥涉河也。"後因把字形近似的錯誤稱爲亥豕之誤。宋黃伯思東觀餘論下校定楚詞序："此書既古，簡册迭傳，亥豕帝虎，舛午甚多。"參見"魯魚亥豕"。

【亥步】傳說禹臣豎亥善於走路，後因把健行叫亥步。山海經海外東經："帝命豎亥步自東極，至于西極，五億十選(萬)九千八百步。"又見淮南子地形。初學記二十隋江總辭行李賦："輶軒巡履，聲芳亥步。"

【亥既珠】神話傳說中的夜明珠。元伊世珍瑯嬛記中引賈子說林："河伯宴伯禹於河上，獻亥既之珠。亥既珠者，夜中宴樂，懸於殿中，光徹如白日。"

五畫

亨 1. hēng 許庚切，平，庚韻，曉。ㄏㄥ

㊀通達順利。易坤："品物咸亨。"

2. xiǎng 許兩切，上，養韻，曉。ㄒㄧㄤˇ

㊁饗宴。通"享"。易大有："公用亨於天子。"

3. pēng 撫庚切，平，庚韻，滂。ㄆㄥ

㊂烹飪。通"烹"。詩小雅楚茨："或剝或亨。"易鼎："以木巽火，亨飪也。"釋文："本又作亯，同普庚反。煑也。"說文無"亨"字，亨、享本一字。後人始以亨爲亨通，享爲獻享。亨飪字又加火作"烹"。參閱清邵瑛說文羣經正字。

【亨$_3$人】官名。周禮天官亨人："亨人，掌共鼎鑊，以給水火之齊(劑)。職外內饔之爨亨煮，辨膳羞之物。"

【亨途】平坦的道路。也比喻時世太平。唐鄭谷鄭守愚集三詠懷詩："自許亨途在，儒綱復振時。"這是說在儒家思想統治之下，封建士大夫纔能飛黃騰達。

【亨運】舊時指命運亨通或太平盛世。宋書袁顗傳劉彧命謝莊與顗書："吾等獲免刀鋸，僅全首領，復身奉惟新，命承亨運，緩帶談笑，擊壤聖世。"

【亨嘉】美好的事物會聚在一起。易乾："亨者，嘉之會也。"後用來比喻優秀人物一時聚集的盛況。宋歐陽修文忠集九一謝參知政事表："徒以早遘亨嘉之會，驟蒙獎拔之私。"

【亨衢】四通八達的大道。易大畜："何天之衢，亨。"引申用以比喻官運亨通。文苑英華四一八唐薛廷珪授劉處宏……充客省副使制文："弄筆硯以飾躬，考詩書而勵行，遂爲端士，自闢亨衢。"唐李商隱李義山詩集四詠懷寄祕閣舊僚二十六韻："糲食空彈劍，亨衢詎置錐。"

六畫

享 xiǎng 許兩切，上，養韻，曉。ㄒㄧㄤˇ

㊀供獻。指把祭品、珍品獻給祖先、神明或天子、侯王。詩小雅天保："是用孝享。"又商頌殷武："昔有成湯，自彼氐、羌，莫敢不來享。"㊁鬼神享受祭品。通"饗"。左傳僖五年："如是則非德，民不和，神不享矣。"㊂享受，享用。左傳僖二三年："保君父之命，而享其生祿，於是乎得人。"㊃宴會。左傳成十二年："享以訓共儉，宴以示慈惠。"

【享年】享有的年歲，對人或朝代而言。漢蔡邕蔡中郎集二郭有道……碑："享年四十有三。"隋書庾季才傳："昔周武王以二月甲子定天下，享年八百。"

【享祀】祭祀。詩魯頌閟宮："春秋匪解，享祀不忒。"

【享受】當之爲享，得之爲受。後漢書三四梁統傳附梁商："吾以不德，享受多福。"

【享帝】古代帝王祭祀天帝。易鼎："聖人亨(烹)以享上帝。"也作"饗帝"。禮祭義："唯聖人爲能饗帝。"

【享祈】用祭品供神，祈求降福。初學記一三漢崔駰北巡頌："禋潔享祈，歆嘗百福。"

【享國】帝王在位年數。書無逸："肆中宗之享國，七十有五年。"又呂刑："王享國百年。"

【享御】承受帝位。後漢書安帝紀論："孝安雖稱尊享御，而權歸鄧氏。"

【享福】後漢書三〇下郎顗傳陳便宜狀："是故高宗（商武丁）以享福，宋景以延年。"又七三公孫瓚傳陳袁紹罪疏："據職高重，享福豐隆，有苟進之志，無虛退之心。"後來謂享受生活幸福曰享福，本此。

京 jīng 舉卿切，平，庚韻，見。ㄐㄧㄥ

㊀高岡。詩大雅公劉："迺陟南岡，乃覯于京。"爾雅釋丘："絕高謂之京。"㊁大。左傳莊二二年："八世之後，莫之與京。"方言一："凡人之大，……燕之北鄙，齊楚之郊或曰京。"㊂國都。詩大雅文王："裸(guàn)將于京。"㊃圓形的大穀倉。管子輕重丁："有新成囷京者二家。"注："大囷曰京。"㊄數目名。古代數位序列是：萬、億、兆、京。十兆爲京。另有兩種累進法：萬萬兆爲京，兆兆爲京。見漢徐岳數術記遺。參見"兆㊄"。㊅古地名。見"京城㊀"。㊆姓。宋邵思姓解三引風俗通："鄭武公子段封於京，號京城大叔，其後氏焉。"

【京口】城名。三國吳時稱爲京城。東漢建安十四年孫權把官府自吳(蘇州)遷到這裏。建安十六年遷建業（南京)後，改稱京口鎮。見元和郡縣志二五潤州。資治通鑑六六漢建安十五年十二月："(劉備)乃自詣京見孫權。"注"爾雅：絕高曰京。其城因山爲壘，緣江爲境，因謂之京口。"東晉、南朝時稱京口城。爲古代長江下游的軍事重鎮。地在今江蘇鎮江市。

【京山】縣名。屬湖北省。本漢代的雲杜縣地，晉置新陽縣，隋大業二年改爲京山縣。見元和郡縣志二一郢州。

【京尹】首都所在地區的行政長官。文選漢張平子(衡)西京賦："封畿千里，統以京尹。"參見"京兆尹"。

【京水】水名。即今河南賈魯河。源出滎陽縣東南，自鄭州市以上叫京水，以下叫賈魯河。太平寰宇記九鄭州滎陽："京水在縣東二十二里。水經注云：黃水發源京縣黃堆山，東南流，亦名祝龍泉，泉勢沸涌，狀似鼎湯，世謂之京水也。"

【京丘】即京觀。呂氏春秋禁塞："爲京丘若山陵。"注："戰鬬殺人，合土築之，以爲京觀，故謂之京丘，若山陵高大也。"參見"京觀"。

【京江】長江下游稱揚子江，亦名京江。因流經鎮江市，而鎮江古稱京口，所以叫京江。見嘉慶一統志九十鎮江府一山川。

【京西】宋代路名。管轄八州三十縣。治所在河南府，即今洛陽市。轄境相當今河南省開封、淮陽以西，陝西省東南部，以及湖北省西北部。太平興國二年分爲京西北路和京西南路。後併爲一路。熙寧五年再分爲二路。參閱元豐九域志一。

【京兆】㊀漢代京畿的行政區劃名，爲三輔之一，即今陝西西安市以東至華縣之地。後世因稱京都爲京兆。漢書百官公卿表上注："京，大也；兆者，衆數；言大衆所在，故云京兆也。"參見"京兆尹"。㊁官名。京兆尹的省稱。漢書七六張敞傳："敞爲京兆。"

【京圻】京都及其附近地區。元詩選孛朮魯翀菊潭集范墳："襄城下封竁，汝潁皆京圻。"

【京邑】京都所在的地區。文選漢張平子(衡)東京賦："京邑翼翼，四方所視。"

【京官】在京都任職的官員，對外官而言。北齊書崔劼傳："世門之胄，多處京官；而劼二子拱、撝並爲外任。"唐代自尚書、中書、門下三省長官以下，都稱爲京官。唐賈島長江集二和劉涵詩："京官始云滿，野人依舊閑。"宋代則把常參官能參預朝謁的叫升朝官，不能參預朝謁的叫京官。見宋陸游老學庵筆記八、王得臣麈史上官制。

【京京】憂慮不止。詩小雅正月："念我獨兮，憂心京京。"傳："京京，憂不去也。"集傳："京京，亦大也。"

【京府】即京畿。資治通鑑二〇七唐長安三年九月："太后曰：'(薛)季昶久任京府，朕欲別除一官。'"

【京房】公元前77—前37年。西漢今文易學京氏學的創始人。東郡頓丘人，字君明。本姓李，好音律，推律自定爲京氏。元帝時立爲博士，官至魏郡太守。他學易於焦延壽，宣揚"天人感應"說，借自然界的災異來附會朝政。後因與中書令石顯爭權，爲石顯忌恨，被捕下獄處死。今存京氏易傳三卷。參見"京氏易傳"。

【京東】宋代路名。管轄八州一軍三十七縣。治所在宋州，即今商邱市。轄境相當今山東省黃河以南，河南省開封、柘城以東，及江蘇省西北部。熙寧末分爲京東東路和京東西路。參閱元豐九域志一。

【京花】千葉牡丹的別名。宋范成大石湖集十七清明日試新火作牡丹會詩:"那得青煙穿御柳,且將銀燭照京花。"自注:"蜀人以洛中千葉種爲京花,單葉爲川花。"又見陸游天彭牡丹譜二花釋名。

【京直】驚蟄二字的省筆。驚,又作"惊",省左旁忄作京。蟄、直音近。宋陳叔方潁川語小下:"從筆之便,……驚蟄化爲京直矣。"

【京周】周代的國都。猶言周京。詩曹風下泉:"愾我寤嘆,念彼京周。"

【京牧】官名。漢武帝設司隸校尉,負責京師一帶的治安。東漢後領有一州,權力更大。因其轄區是京師一帶,所以稱京牧,所領的州叫司州。魏晉相承設置。資治通鑑一〇三晉咸安二年八月:"端右(尚書令)事繁,京牧任大。"

【京洛】即洛陽。因東周、東漢曾建都於此,故稱京洛。文選漢班孟堅(固)東都賦:"子徒習秦阿房之造天,而不知京洛之有制。"

【京室】王室。詩大雅思齊:"思媚周姜,京室之婦。"文選三國魏曹子建(植)王仲宣誄:"皇家不造,京室隕顛。"

【京相】複姓。晉有京相璠,著春秋土地名三卷。今亡。見新唐書藝文志經春秋。

【京索】地名。秦末楚漢兩軍決戰的地區。在今河南滎陽縣一帶。史記項羽紀:"與漢戰於滎陽南,京索間。"集解:"京,縣名,屬河南。"水經注七濟水:"濟水又東,索水注之。……索水又北屈,東逕大索城南。……晉地道志所謂京有大索小索亭,漢書'京索之間'也。"

【京城】㊀國都。晉陸機陸士衡集五爲周夫人贈車騎詩:"今時得君書,聞君在京城。"又唐天寶元年以前稱京都長安爲京城。見新唐書地理志。㊁古地名。1.春秋鄭國的城邑。左傳隱元年:"請京,使居之,謂之京城大叔。"故城在今河南滎陽縣東南。2.三國吳地。三國志吳孫韶傳:"孫韶,字公禮,伯父河,……後爲將軍,屯京城。"即今江蘇鎮江市地。參見"京口"。

【京茲】地名。春秋時齊地。左傳襄十八年:"荀偃士匄以中軍克京茲。"注:"在平陰縣東南。"在今山東東平縣東南。

【京挺】茶名。五代南唐保大四年命建州貢茶,初造研膏,繼造蠟面,以後又加工精製,叫做京挺。見宋馬令南唐書二嗣主、熊蕃宣和北苑貢茶錄。

【京倉】大糧倉。文選漢張平子(衡)東京賦:"發京倉,散禁財。"後來稱京師的糧倉爲京倉。清朝在北京設有十三個糧倉。其中:祿米、南新、舊太、富新、興平五倉在朝陽門內;海運、北新二倉在東直門內;太平、萬安二倉在朝陽門外;本裕、豐益二倉在德勝門外;儲濟、裕豐二倉在東便門外。各倉通稱京倉。見清會典七二倉廒。

【京師】國都。詩大雅公劉:"京師之野,於時處處。"京師之稱始此。後世遂稱國都爲京師。公羊傳桓九年:"京師者何?天子之居也。京者何?大也;師者何?衆也。天子之居,必以衆大之辭言之。"史記太史公自序:"藏之名山,副在京師。"清顧炎武肇域志謂陝西鳳翔有山曰京,有水曰師,周文武建都於此,統名之曰京師,別爲一說。

【京域】京師。文選三國魏曹子建(植)洛神賦:"余從京域,言歸東藩。"五臣本作"京師"。

【京曹】清代在朝廷各部衙門內任職的屬官,司官以下,泛稱京曹。

【京堂】清代對某些高級官員的稱呼,一般是三品或四品官。如都察院、通政司、詹事府、國子監和大理、太常、太僕、光祿、鴻臚等寺的長官,都稱爲京堂。清中葉以後成爲一種虛銜,如言三品京堂、四品京堂等。或稱三、四品卿,又尊稱爲京卿。

【京國】國都。文選三國魏曹子建(植)王仲宣誄:"我公奞嘉,表揚京國。"

【京魚】即鯨魚。漢書八七揚雄傳上羽獵賦:"乘鉅鱗,騎京魚。"注:"京,大也,或讀爲鯨。鯨,大魚也。"

【京報】清代北京報房發行出售的類似報紙的出版物,也叫邸鈔,用活體木字排印。內容包括內閣發抄的皇帝諭旨、大臣奏議等官方文書和其他政事等,多者十餘頁,少者五六頁。一月一期。至清末爲近代報紙所代替。參閱六部成語注解京報起原。

【京都】即京師。魏晉時,因避司馬師名諱,改稱京師爲京都。文選三國魏應休璉(璩)與從弟君苗君冑書:"來還京都,塊然獨處。"

【京華】即京都。因京都是文物、人才匯集的地方,所以稱爲京華。文選晉郭景純(璞)遊仙詩:"京華遊俠窟,山林隱遯棲。"

【京腔】㊀清乾隆末年,地方劇徽調傳入北京,繼承弋陽腔和吸收楚調的精華,有西皮、二黃等調,當時稱爲京腔。王正祥有新定十二律京腔譜。參見"皮黃戲"。㊁舊時稱北京話爲京腔。

【京債】封建時期新任的外官赴任前,在京借高利貸,置辦行裝,叫做京債。唐代已有借京債的記載。舊唐書武宗紀:"會昌二年二月,中書奏,……又赴選官人多京債,到任填還,致其貪求,罔不由此。"參閱清顧炎武日知錄二八京債、趙翼陔餘叢考三三、姚之駰元明事類鈔七。

【京察】明清兩代,對在京官吏定期進行考績。明代每六年即逢巳、亥年進行一次京察。四品以上由本人自陳,由皇帝裁定;五品以下具冊奏請。見明史選舉志三。清代吏部設考功清吏司,對文武官員三年考績一次,在京的稱京察,在外地的稱大計。京察三品以上,由部開列事實,具奏裁定,四五品特簡王大臣驗看;餘官由長官考察。見清會典六吏部考功清吏司考察。

【京輔】即京畿。文選南齊王仲寶(儉)褚淵碑文:"丹陽京輔,遠近攸則。"

【京輦】皇帝所乘的車子叫輦,因稱京城爲輦轂下;皇帝居京兆之中,故稱京輦。後漢書七七周紆傳:"太傅鄧彪奏紆在任過酷,不宜典司京輦。"文選晉潘安仁(岳)在懷縣作詩之一:"自我違京輦,四載迄於斯。"

【京劇】㊀指京都官職。劇,繁重的意思。唐白居易長慶集三八除孔戢萬年縣令制:"在郎署間,稱有名實;加以文學,緣飾吏事,俾宰京劇,佇有成功。"㊁劇種名。清乾隆末期,四大徽班進北京後,於嘉慶、道光年間同湖北的漢調藝人合作,吸收昆腔、梆子腔的一些曲調和表演方法,逐漸發展而成。

【京餉】清代各省上繳朝廷的餉項。清王朝規定:除了陝西甘肅四川雲南貴州等布政使司因賦稅收入較少,不用上繳外,其餘各省由戶部按巡撫所報的實存冊收繳。見清會典戶部田賦。

【京畿】國都所在地及其行政官署所管轄地區。三國志魏武帝紀建安十八年詔:"遂遷許都,造我京畿,設官兆祀,不失舊物。"又蜀後主傳注引諸葛亮集:"曩者漢祚中微,網漏凶慝,董卓造難,震蕩京畿。"

【京闕】古代宮殿和某些高建築物門前兩邊建樓,中間是路,叫闕。京闕,指皇宮。也用來指京城。樂府詩集三七南朝梁沈休文(約)却東西門行:"驅馬城西阿,遥眺想京闕。"唐李白李太白詩七梁園吟:"我浮黃雲去京闕,掛席欲進波連山。"

【京觀】古代戰爭，勝者爲了炫耀武功，收集敵人屍首，封土成高冢，稱爲京觀。左傳宣十二年:"君盍築武軍，而收晉屍以爲京觀。"也稱"京丘"。

【京兆尹】漢三輔之一。秦置內史官，掌治京師。漢景帝二年，分置左右內史。武帝太初元年，改右內史爲京兆尹，下轄十二縣。其長官也稱京兆尹。見漢書百官公卿表上、地理志上。

【京兆眉】指漢京兆尹張敞替妻子畫眉。漢書七六張敞傳:"爲婦畫眉，長安中傳張京兆眉憮(美好)。"參見"張敞"。

【京峴山】山名。在今江蘇鎮江市。原有兩山，東名京山，西南名峴山。太平寰宇記八九潤州丹徒縣:"京峴山，梁典云:'武帝望京峴山盤紆似龍，掘其石爲龍目二湖也。'"

【京畿嶺】山名。又叫金雞嶺。在今江蘇鎮江市西銀山。參閱嘉慶一統志九十鎮江府一山川。

【京氏易傳】西漢京房著。三卷。京房傳焦延壽易學，以陰陽五行之説，把自然界的災變現象，附會成人事變化禍福的迹兆，宣揚"天人感應"的迷信思想。由於封建王朝的提倡，元帝時立於學官，置博士，成爲漢代易學的一大流派。京房共著書十四種，都已亡佚，唯存此書。參閱文獻通考一七五經籍二、清朱彝尊經籍考七易六。

【京本通俗小説】現存宋代話本的一種。原書篇數不詳，殘存七篇，即碾玉觀音菩薩蠻西山一窟鬼志誠張主管拗相公錯斬崔寧馮玉梅團圓。1915年繆荃孫(江東老蟫)據元人寫本影印刊行。繆氏自言尚有定州三怪、金主亮荒淫二卷均未刊。已刊七篇及未刊兩篇又見明馮夢龍輯警世通言、醒世恒言，惟篇名及文字有改動。內容多取材於市井平民的生活，運用民間語言比較熟練。個別篇章揭露了封建官吏的殘暴昏庸，但不少部分宣揚鬼神迷信和封建倫理道德。

七畫

亭 tíng 特丁切，平，青韻，定。ㄊㄧㄥˊ

㊀行人停留宿食的處所。秦漢制度，十里一亭，十亭爲鄉。漢書百官公卿表上:"大率十里一亭，亭有長。十亭一鄉，鄉有三老、有秩、嗇夫、遊徼。"又指邊地崗亭。漢書九六西域傳:"稍築列亭，連城而西。"㊁水靜止的狀態。通"渟"。見"亭居"。㊂平，處理。史記一二二張湯傳:"補廷尉史，亭疑法。"索隱:"亭，平也。使之平疑事也。"㊃調節，調和。史記秦始皇紀:"決河亭水，放之海。"淮南子原道:"味者，甘立而五味亭矣。"㊄正值，剛剛。見"亭午"。㊅亭子，指一種有頂無牆的建築物。唐杜甫杜工部草堂詩箋一陪李北海宴歷下亭……詩:"海右此亭古，濟南名士多。"㊆見"亭亭"。

【亭子】㊀亭長一類的基層小吏。晉書劉卞傳:"少爲縣小吏，功曹夜醉如廁，使卞執燭，不從，功曹銜之，以他事補亭子。"㊁涼亭。唐杜甫杜工部草堂詩箋十三題鄭縣亭子:"鄭縣亭子澗之濱，户牖憑高發興新。"李白李太白詩二十有宴陶家亭子詩。

【亭山】山名。又叫歷山。傳説商湯伐夏桀，桀敗逃，死於此山。見竹書紀年上、荀子解蔽。參見"歷山㊄"。

【亭户】鹽户。古代煮鹽的地方稱亭場，故名。新唐書食貨志四:"就山海井竈近利之地置監院，遊民業鹽者爲亭户，免雜役。"宋元兩代，鹽户仍稱亭户。宋史食貨志下三:"曰京東河北兩浙淮南福建廣南凡六路，……其鬻鹽之地曰亭場，民曰亭户，或謂之竈户。"參閱宋會要食貨二八。

【亭父】亭卒。史記高祖紀"令求盜之薛治之"集解引漢應劭説:"舊時亭有兩卒，其一爲亭父，掌開閉掃除；一爲求盜，掌逐捕盜賊。"又索隱引應劭説:"舊亭卒名弩父，陳楚謂之亭父，或云亭部，淮泗謂之求盜也。"

【亭公】即亭父。方言三:"楚東海之間，亭父謂之亭公。"

【亭午】正午。文選晉孫興公(綽)遊天台山賦:"爾乃羲和亭午，遊氣高褰。"注:"亭，至也。……一曰亭午，即直午之義。"唐李白李太白詩二古風之二四:"大車揚飛塵，亭午暗阡陌。"

【亭寺】驛站小吏辦事的地方。後漢書質帝紀:"夏四月，……陸宮等圍城，燒亭寺。"

【亭戍】邊塞哨所。文苑英華二九二唐王昌齡山行入涇州詩:"西臨有邊邑，北走盡亭戍。"

【亭伯】三國魏官爵名。三國志魏文帝紀黃初三年:"初制封王之庶子爲鄉公，嗣王之庶子爲亭侯，公之庶子爲亭伯。"

【亭育】撫養，培育。梁書武帝紀下普通二年:"思隨乾覆，布茲亭育。"參見"亭毒"。

【亭長】秦漢時每十里爲一亭，設亭長一人。掌治安、訴訟等事。史記高祖紀:"爲泗水亭長。"正義:"亭長，主亭之吏，……蓋今里長也。"此外，城內和城廂的"都亭"，城門的"門亭"，也設亭長，職責同上。隋唐采用古亭長之名，作爲流外的稱號。在尚書省各部衙門設置，負責省門開閉和通傳等事務，其職務與秦漢時的亭長不同。見唐六典一尚書省。

【亭居】水靜止的狀態。即渟居。漢書九六上西域傳:"蒲昌海，……其水亭居，冬夏不增減，皆以爲潛行地下。"

【亭毒】化育，養育。老子:"長之育之，亭之毒之。"文選南朝梁劉孝標(峻)辨命論:"生之無亭毒之心，死之豈虔劉之志。"

【亭亭】㊀山名。泰山的支脈，在今山東泰安市南。史記封禪書:"黃帝封泰山，禪亭亭。"正義引括地志:"亭亭山在兗州博城縣西南三十里也。"㊁遥遠的樣子。文選漢司馬長卿(相如)長門賦"澹偃蹇而待曙兮，荒亭亭而復明。"㊂聳立，高遠。文選漢張平子(衡)西京賦:"狀亭亭以岧岧。"又三國魏文帝(曹丕)雜詩:"西北有浮雲，亭亭如車蓋。"注:"亭亭，迥遠無依之貌。"㊃孤峻高潔的狀態。後漢書六十下蔡邕傳:"和液暢兮神氣寧，情志泊兮心亭亭。"

【亭侯】漢代食祿於鄉、亭的列侯。後漢書百官志五:"列侯……以賞有功，功大者食縣，小者食鄉、亭。"楚漢春秋載高祖封許負爲鳴雌亭侯，是漢初已有亭侯之制。至魏晉皆相沿，如漢末曹操封關羽爲漢壽亭侯。其後少見。參閱清王應奎柳南隨筆四。

【亭皋】水邊的平地。亭，平；皋，水旁地。史記一一七司馬相如傳上林賦:"亭皋千里，靡不被築。"集解引郭璞:"爲亭侯於皋隰，皆築地令平。"

【亭候】古代邊境上監視敵情的崗亭。後漢書光武紀下:"築亭候，修烽燧。"注:"亭候，伺候望敵之所。"

【亭童】枝葉分披的形狀。唐溫庭筠溫飛卿詩集一雍臺歌:"黃金鋪首(銜門環的底座)畫鉤陳，羽葆亭童拂交戟。"四部叢刊本作"停僮"。

【亭場】即鹽場。詳"亭户"。

【亭堠】亭侯。唐陳子昂陳伯玉集一感遇詩之三七:"塞垣無名將，亭堠空崔嵬。"

【亭當】妥當，適宜。也作"停當"。宋朱熹朱文公集三四答吕伯恭書"不知如何整頓得此身心四亭八當，無許多凹凸也。"重疊則作"亭亭當當"。朱子語類九五程子之書："問亭亭當當之說，曰：此俗語也，蓋不偏不倚、直上直下之意也。"參見"停當"。

【亭傳】驛站。後漢書四六陳寵傳附陳忠："繕理亭傳，多設儲跱。"

【亭障】古代邊塞的堡壘。戰國策魏一："卒戍四方，守亭障者參列，粟糧漕庾，不下十萬。"宋鮑彪注："障，隔也，築城壘爲之。"障，也作"鄣"。史記七十張儀傳："守亭鄣者不下十萬。"

【亭歷】即葶藶。一年生草本藥用植物。本草作"丁歷"，名醫別錄作"丁藶"。韓非子難勢："此味非飴、蜜也，必苦菜、亭歷也。"爾雅釋草"蕇，亭歷。"參見"葶藶"。

【亭曈】初出太陽的光芒。文苑英華三八唐馮宿初日照冰池賦："日生東方，冰滿池塘，以涸沍之寒質，承亭曈之晚光。"

【亭徼】邊地哨所。史記平準書："新秦中或千里無亭徼。"集解："晉灼曰：'徼，塞也。'"

【亭燧】設亭障，舉烽火，作爲報警信號。藝文類聚二七漢劉歆遂初賦："望亭燧之皦皦，飛旗幟之翩翩。"

【亭竈】煮鹽的竈。宋史河渠志七："范仲淹爲秦州西溪鹽官日，風潮泛溢，渰汲田産，毁壞亭竈，有請於朝，調四萬餘夫修築，三旬畢工。"

【亭林遺書】清顧炎武著。六十五卷。朱記榮編輯，包括學術、考古、金石、遊記、詩文等著作。解放後重新整理出版，改名顧亭林詩文集，十六卷。書中反映了顧炎武經世致用、倡導實事求是而反對空談心性的主張。

亮 liàng 力讓切，去，漾韻，來。
ㄌㄧㄤ

㊀明亮。文選三國魏嵇叔夜(康)雜詩："皎皎亮月，麗於高隅。"㊁響亮。詩小雅鶴鳴"鶴鳴于九皋，聲聞于野"疏："其鳴高亮聞八九里。"㊂透徹，顯露。南齊書何昌寓傳與褚淵書："昔叔向之理，恃祁大夫而獲亮。"㊃正直，坦白。晉書何曾傳："執心忠亮。"㊄誠信。孟子告子下："君子不亮，惡乎執？"㊅諒解，原諒。詩鄘風柏舟："母也元只，不亮人只。"㊆輔助。書舜典："惟時亮天功。"

【亮拔】明達事理，才能傑出。藝文類聚五十晉孫綽潁州府君碑："奇逸卓犖，茂才亮拔。"

【亮直】忠誠，耿直。漢書敍傳下："賓禮故老，優繇亮直。"此言忠直的人。後漢書七六劉矩傳："矩性亮直，不能諧附貴埶。"

【亮采】輔助辦事。書舜典："亮采惠疇。"又皋陶謨："亮采有邦。"亮謂信，采謂事。史記五帝紀解"亮采"訓相事，即輔相的意思。

【亮陰】帝王居喪。書無逸："其在高宗，……作其即位，乃或亮陰，三年不言。"漢鄭玄注亮陰爲"凶廬"；孔傳謂亮陰爲居喪守默。見書說命"亮陰三祀"注疏。也作"亮闇"。見史記魯周公世家。士大夫居喪也叫亮闇。漢蔡邕蔡中郎集四議郎胡公夫人哀讚："敢曰亮闇，敍我憂痛。"後來只用於皇帝居喪。參見"諒陰"、"諒闇"。

【亮察】敬辭，猶言明鑒。宋蘇軾東坡集續集六與范純父之三："自出都後，更不作不爲，……今不可復寫，千萬亮察。"後來書信中常用"亮察"，猶言希望對方諒解。

【亮節】高尚的節操。晉陸機陸士衡集六猛虎行："急絃無懦響，亮節難爲音。"

【亮闇】見"亮陰"。

八　畫

亳 bó 傍各切，入，鐸韻，並。
ㄅㄛˊ

地名。商湯的國都。史記殷紀："湯始居亳。"故址在今河南商邱縣北。參見"三亳"。

【亳王】我國古代西戎族君主的名號。史記秦紀寧公二年："遣兵伐蕩社。三年，與亳戰，亳王奔戎，遂滅蕩社。"索隱："西戎之君，號曰亳王，蓋成湯之胤。其邑曰蕩社。"

【亳州】地名。春秋陳國譙邑。北魏置南兗州，北周末改置亳州。治所在譙縣(今安徽亳縣)。轄境相當今安徽亳縣、渦陽、蒙城及河南鹿邑、永城等縣地。明轄境縮小。元末劉福通起義，立韓林兒爲帝，曾建都於此。參閱寰宇通志九鳳陽府潁州。

【亳社】殷社。古者建國必先立社。殷都亳，所以叫亳社。殷契粹編第二十片："癸巳貞：卯(御，祭祀之意)于父丁其五十小宰(牢)，于亳土(社)卯。"春秋哀四年："六月辛丑，亳社災。"注："亳社，殷社。"又作"薄社"、"蒲社"。參見各該條。

【亳殷】地名。書盤庚上："盤庚五遷，將治亳殷。"漢鄭玄注："治于亳之殷地，商家自徙此，而改號曰殷亳。"地在今河南安陽市西北。

十一畫

亶 1. dǎn 多旱切，上，旱韻，端。
ㄉㄢˇ

㊀信然，誠然。詩小雅常棣："是究是圖亶其然乎？"㊁厚實，忠實。國語周下："於緝熙，亶厥心，肆其靖之。"

2. dàn
ㄉㄢˋ

㊂通"但"。漢書賈誼傳陳政事疏："非亶倒縣而已，又類辟且病痱。"㊃疲憊。通"癉"。荀子議兵："彼可詐者，怠慢者也，路亶者也。"

3. chán
ㄔㄢˊ

㊄見"亶爰"。

【亶父】即古公亶父。周文王的祖父，是周部族開發岐山南部平原的領導者。周武王追尊爲太王。詩大雅緜："古公亶父，來朝走馬。率西水滸，至於岐下。"

【亶洲】島名。史記秦始皇紀"於是遣徐市發童男女數千人，入海求僊人"正義引括地志："亶洲在東海中，秦始皇使徐福將童女入海求僊人，止住此洲，共數萬家，至今洲上人有至會稽市易者。吳人外國圖云：亶洲去琅玡萬里。"洲，也作"州"。唐楊炯楊盈川集四遂州長江縣先聖孔子廟堂碑："坐於緇帷之林，浮於亶州之海。"

【亶₃爰】傳說中的山名。山海經南山經："亶爰之山，多水，無草木，不可以上。"

【亶時】正得其時。詩大雅生民："上帝居歆，胡臭(祭品的香氣)亶時。"

【亶亶】平坦。同"坦坦"。漢賈誼新書君道："書曰：'大道亶亶，其去身不遠。'"

十九畫

亹 1. wěi 無匪切，上，尾韻，明。
ㄨㄟˇ

㊀勤勉不倦。見"亹亹"。㊁美。文選晉孫興公(綽)遊天台山賦："彤雲斐亹以翼櫺，皦日炯晃以綺疏。"

2. mén 莫奔切，平，魂韻，明。
ㄇㄣˊ

㊂峽中兩岸對峙如門的地方。詩大雅鳧鷖："鳧鷖在亹，公尸來止熏熏。"箋："亹之言門也。"

【亹亹】㊀勤勉不倦貌。詩大雅文王："亹亹文王，令聞不已。"㊁行進的狀態。

楚辭宋玉九辯："時亹亹而過中兮，蹇淹留而無成。"文選晉陸士衡(機)赴洛詩："亹亹孤獸騁，嚶嚶思鳥吟。"㊂指詩文有吸引力，動聽。梁鍾嶸詩品上晉黄門郎張協："詞旨葱蒨，音韻鏗鏘，使人味之亹亹不倦。"

人部

人 rén 如鄰切，平，真韻，日。ㄖㄣˊ

㊀人類。能創造並使用工具進行勞動、改造自然的動物。書泰誓上："惟人萬物之靈。"㊁別人，他人。詩鄭風將仲子："豈敢愛之，畏人之多言。"㊂人民，衆人。左傳襄三十一年："大決所犯，傷人必多。"㊃傑出的人才。左傳文十三年："子無謂秦無人。"㊄人品。宋王安石臨川集八六祭歐陽文忠公文："無問乎識與不識，而讀其文，則其人可知。"

【人丁】成年人。梁書劉坦傳："悉發人丁，運租米三十萬斛，致之義師，資糧用給。"

【人力】㊀人的能力。管子形勢："明主度量人力之所能爲，而後使焉。"㊁男僕。宋宋慈宋提刑洗冤集録一條令："卽緦麻以上親，自相誣告，及人力、女使病死，其親輒以他故誣告主家者，准此。"

【人人】㊀每人，衆人。孫臏兵法延氣："將軍令，令軍人人爲三日糧。"史記秦始皇紀："以諸侯爲郡縣，人人自安樂。"㊁對於親昵者之稱。宋歐陽修文忠集一三二蝶戀花詞之四："翠被雙盤金縷鳳，憶得前春，有箇人人共。"

【人士】㊀有名望的人。詩小雅都人士："彼都人士，狐裘黄黄。"三國志蜀楊戲傳注引李密陳情表："臣之辛苦，非徒蜀之人士及二州牧伯所見明知。"㊁人民。後漢書十六鄧騭傳："人士荒飢，死者相望。"

【人工】㊀人力，勞動力。晉陶潛陶淵明集三飲酒詩之十五："貧居乏人工，灌木荒余宅。"也作"人功"。書禹貢"厥賦惟上上錯"疏："傳以荆州田第八，賦第三，爲人功修也；雍州田第一，賦第六，爲人功少也。"㊁人爲的。明朱同覆瓿集一雪中書懷……詩："大鈞播物本無意，妙巧如此豈人工。"

【人才】㊀人的才能。漢王充論衡累害："人才高下，不能鈞同。"㊁有才學的人。南齊書文學傳論："若子桓(曹丕)之品藻人才。"㊂人的品貌。三國演義六五："馬超縱騎持槍而出，獅盔獸帶，銀甲白袍，一來結束非凡，二者人才出衆。"

【人口】㊀人口數目。漢書九九上王莽傳："羌豪良願等種，人口可萬二千人。"㊁人們的口頭。五代王定保唐摭言十："李濤，長沙人也，篇詠甚著。……皆膾炙人口。"猶言如美味之於人口，爲衆所稱贊。參見"膾炙人口"。

【人文】㊀指禮教文化。易賁："觀乎人文，以化成天下。"㊁人事。對自然而言。後漢書七三公孫瓚傳論："舍諸天運，徵乎人文。"

【人天】㊀人間與天上。魏書釋老志："人天道殊。"㊁人心與天意。晉書陸雲傳："是以帝堯昭焕，而道協人天。"㊂糧食是人生存的必需品，故稱爲人天。舊唐書音樂志三享先農樂章："粒食伊始，農之所先。古今攸賴，是曰人天。"按漢書四三酈食其傳："王者以民爲天，而民以食爲天。"唐人避李世民(太宗)諱，改"民"爲"人"。

【人夫】壯丁。北史魏獻文六王傳趙郡王幹："(拓拔)謐召近州人夫，……搜掩城人，楚掠備至。"

【人日】農曆正月初七日。見初學記四南朝梁宗懍荆楚歲時記。北齊書魏收傳："魏帝宴百僚，問何故名人日，皆莫能知。收對曰：'晉議郎董勛答問禮俗云：正月一日爲雞，二日爲狗，……七日爲人。'"

【人中】㊀人羣之中。左傳襄二二年："從之，"入於人中。"㊁人中穴。人上唇正中的凹痕。靈樞經師傳："脣厚，人中長，以候小腸。"

【人主】人君。管子權修："民賤其服爵，則人主不尊。"後漢書四十下班固傳："肇命人主，五德初始。"注："人主，謂天子也。"

【人功】見"人工"。

【人世】人生，世間。唐韓愈昌黎集二三祭十二郎文："自今已往，吾其無意於人世矣。"又劉禹錫劉賓客集二四西塞山懷古詩："人世幾回傷往事，山形依舊枕寒流。"

【人民】㊀人類。管子七法："人民鳥獸草木之生物。"㊁指平民，百姓。周禮地官大司徒："掌建邦之土地之圖，與其人民之數。"

【人外】世外。後漢書四六陳寵傳："(尹)勤字叔梁，篤性好學，屏居人外，荆棘生門。"舊唐書一三〇李泌傳："初，泌流放江南，與柳渾顧況爲人外之交。"

【人犯】舊時泛指訴訟案件中的被告和見證人。水滸二七："當下縣吏領了公文，抱着文卷，並何九叔的銀子、骨殖、招詞、刀杖，帶了一干人犯，上路望東平府來。"

【人奴】家奴。史記一一一衛將軍驃騎傳："(衛)青笑曰：'人奴之生，得無笞罵，卽足矣！'"

【人次】人類之列。晉書庾亮傳："自古及今，豈有不忠不孝如臣之甚！……朝廷復何理齒臣於人次，臣亦何顏自次於人理！"

【人地】㊀人的才品及門第。世説新語雅量："王東亭(珣)爲桓宣武(溫)主簿，既承藉有美譽，公甚欲其人地爲一府之望。"㊁人與環境。舊唐書六五高士廉傳："凡所署用，莫不人地俱允。"

【人臣】臣下。荀子王霸："人主不公，人臣不忠也。"

【人言】㊀人們的評論。詩鄭風將仲子："人之多言，亦可畏也。"㊁人語聲。全唐詩一三七儲光羲昭聖觀："石池辨春色，林獸知人言。"㊂砒石的別名。本草綱目十金石砒石："砒，性猛如貔，故名。惟出信州，故人呼爲信石；而又隱'信'字爲人言。"

【人豕】同"人彘"。漢書四九爰盎傳："陛下所以爲慎夫人，適所以禍之也。獨不見人豕乎？"詳"人彘"。

【人君】君主。管子權修："民之用力有倦而人君之欲無窮。"

【人位】人的地位。管子五行："然後作立五行以正天時，五官以正人位。"也指身分官階。南史張齊傳論："張齊人位本下，志望易充，績宣所莅，其殆優也。"

【人身】㊀人體。梵網經菩薩戒序："一失人身，萬劫不復。"㊁人的品性。世説新語賢媛："王郎，逸少(羲之)之子，人身亦不惡，汝何以恨乃爾？"王郎，指王凝之。

【人妖】人事上的反常現象。荀子天論："政令不明，舉措不時，本事不理，夫是之謂人祆(妖)。"生理變態或僞裝異性者，也稱人妖。見南史崔慧景傳。

【人定】夜深安息之時。後漢書十五來歙傳："臣夜人定後，爲何人所賊傷，中臣要害。"玉臺新詠一古詩爲焦仲卿妻作："淹淹黄昏後，寂寂人定初。"

【人性】人的本性。在階級社會裏，人性表現爲人的階級性。淮南子修務："人性各有所修短。"

【人表】人的表率。三國志魏劉馥傳附劉靖："宜高選博士，取行爲人表、經任人師者，掌教國子。"

【人事】㊀人世上各種事情。史記太史公自序："夫春秋，上明三王之道，下辨人事之紀。"唐杜甫杜工部草堂詩箋三三小至："天時人事日相催，冬至陽生春又來。"㊁人力所能及的事。孟子告子上："今夫麰麥……雖有不同，則地有肥磽、雨露之養，人事之不齊也。"㊂説情，請託，也指贈送的禮品。後漢書六一黄琬傳："時權富子弟，多以人事得舉。"唐大詔令集七二乾符二年南郊赦："朝廷徵發兵士，固非獲已，道途頓遞，勞費至多，又聞節級須得人事裨補，每縣不下五千文，盡配疲人，深可哀憫。"

【人門】㊀用人環列護衛以當門。周禮天官掌舍："無宫則共人門。"注："謂王行有所逢遇，若住游觀，陳列周衛，則立長大之人以表門。"孫子軍争"交和而舍"曹操注："以人爲營曰人門。"㊁人的才品和門閥地位。陳書蔡凝傳："黄散之職，固須人門兼美。"黄，黄門侍郎；散，散騎侍郎。㊂河南三門峡黄河中有三門山，其北者叫人門。詳"砥柱"。

【人命】㊀人的命運。楚辭屈原九歌大司命："固人命兮有當，孰離合兮可爲？"㊁人的壽命。漢王充論衡解除："國期有遠近，人命有長短。"㊂人的生命。後漢書四一鍾離意傳："詔有司，慎人命，緩刑罰。"

【人牧】古指人君。孟子梁惠王上："今夫天下之人牧，未有不嗜殺人者也。"

【人物】㊀人與物。史記一二九貨殖傳："於是太公(望)勸其女功，極技巧，通魚鹽，則人物歸之，繦至而輻湊。"後漢書六五段熲傳："攻没縣邑，剽略人物。"㊁泛指有才德名望的人。後漢書六八許劭傳："好共覈論鄉黨人物。"唐宋諸賢絶妙詞選二宋蘇軾念奴嬌赤壁懷古："大江東去，浪淘盡千古風流人物。"㊂指人的品貌風度。宋孫光憲北夢瑣言五："蔣凝侍郎亦有人物，每到朝士家，人以爲祥瑞。"

【人和】人民的歡心。孟子公孫丑下："天時不如地利，地利不如人和。"荀子王霸："農夫朴力而寡能，則上不失天時，下不失地利，中得人和而百事不廢。"

【人柳】即檉柳。三輔舊事："漢苑中有柳，狀如人形，號曰人柳，一日三眠三起。"(清張澍輯本)參見"檉柳"。

【人品】人的品格。文選南朝梁沈休文(約)奏彈王源："源雖人品庸陋，胄實參華。"宋黄庭堅豫章集一濂溪詩序："舂陵周茂叔(敦頤)，人品甚高，胸中灑落，如光風霽月。"

【人胞】胎衣，紫河車。見本草綱目五二人人胞。

【人風】民風，民情。唐柳宗元柳先生集十六捕蛇者説："嗚呼！孰知賦斂之毒有甚是蛇者乎？故爲之説，以俟夫觀人風者得焉。"

【人皇】傳説的遠古部落酋長名，三皇之一。參見"三皇"。

【人紀】人的立身處世之道。書伊訓："先王肇修人紀。"

【人海】人羣，極言人衆。唐司空圖司空表聖文集二與李生論詩書："鯨鯢人海涸，魑魅棘林高。"清黄景仁兩當軒集十三都門秋思詩之四："側身人海歎棲遲，浪説文章擅色絲。"

【人鬲】西周時稱俘虜或奴隸。盂鼎銘文："易(賜)女(汝)邦司四白(伯)，人鬲(lì)自馭至庶人六百又五十又九夫。"銘文見清吴式芬攈古録今文三。

【人神】人與神。文選三國魏曹子建(植)洛神賦："恨人神之道殊兮，怨盛年之莫當。"

【人馬】人和馬。吴子治兵："無絶人馬之力。"後來多用以泛指人衆或部隊。三國志吴孫韶傳："(孫)權問青、徐諸屯要害，遠近人馬衆寡。"

【人師】㊀學習的榜樣，師表。荀子儒效："四海之内若一家，通達之屬莫不從服，夫是之謂人師。"又見議兵。㊁别人的老師。孟子離婁上："人之患，在好爲人師。"

【人倫】㊀階級社會裏人的等級關係。孟子滕文公上："使契爲司徒，教以人倫：父子有親，君臣有義，夫婦有别，長幼有敍，朋友有信。"管子八觀："背人倫而禽獸行，十年而滅。"㊁人類。荀子富國："人倫並處，同求而異道，同欲而異知，生也。"注："倫，類也。"㊂辨别、評述人的流品。後漢書六八郭太傳："林宗雖善人倫，不爲危言覈論。"林宗，郭太字。㊃從人的相貌附會禍福的所謂相術。舊唐書一九一孫思邈傳："太子詹事盧齊卿童幼時，請問人倫之事。"宋史藝文志五五行有周輔人倫寶鑒卜法一卷，陳摶人倫風鑒一卷，皆爲相書。

【人徒】衆人。墨子非攻中："以攻戰之故，土地之博，至有數千里也；人徒之衆，至有數百萬人。"也指供役使的人。荀子王霸："使衣服有制，宫室有度，人徒有數，喪祭械用皆有等宜。"

【人庶】庶民，百姓。漢王充論衡正説："復令人庶之野而觀其聖，逢烈風疾雨，終不迷惑。"

【人望】㊀衆人所仰望。後漢書十四齊武王縯傳："諸將會議立劉氏，以從人望。"㊁聲望。北史崔休傳："休少孤貧，矯然自立。……尚書王嶷欽其人望。"

【人情】㊀人的感情。禮禮運："何謂人情？喜、怒、哀、懼、愛、惡、欲。"㊁人之常情。莊子逍遥遊："大有逕庭，不近人情焉。"㊂人心、世情。文選晉歐陽堅石(建)臨終詩："真僞因事顯，人情難豫觀。"明楊基眉庵集二聞蟬詩："人情世故看爛熟，皎不如汚恭勝傲。"㊃以物相饋贈或饋贈品。唐杜甫杜工部草堂詩箋三三戲作俳諧體遣悶："於菟侵客恨，粔籹作人情。"

【人區】人間。後漢書八八西域傳論："神迹詭怪，則理絶人區；感驗明顯，則事出天外。"

【人欲】人的欲望嗜好。禮樂記："人化物也者，滅天理而窮人欲者也。"

【人魚】大鯢，俗稱娃娃魚。山海經北山經："決決之水出焉，而東流注于河，其中多人魚。"水經注十五伊水："廣志曰：鯢魚聲如小兒嗁，有四足，形如鯪鱧，……司馬遷謂之人魚。"參見"人膏"。

【人參】多年生草本植物，貴重中藥。根如人形，故名。古代以産於上黨郡紫團山的爲最名貴，稱黨參。明清以來，以産於東北地區的最稱貴重。人參透明，黨參不透明，故人參又稱明參。參閱本草經上、本草綱目十二人參。

【人琴】世説新語傷逝："王子猷(徽之)子敬(獻之)俱病篤，而子敬先亡。子猷……來奔喪，……便徑入坐靈牀上，取子敬琴彈。弦既不調，擲地云：'子敬子敬，人琴俱亡！'"後來以"人琴"爲悼念友人之詞。唐劉禹錫劉夢得集外集七和西川李尚書漢州微月遊房太尉西湖詩："人琴久寂寞，煙月若平生。”

【人極】爲人的準則。隋王通中説述史：“仰以觀天文，俯以察地理，中以建人極。”

【人雄】傑出的人物。三國志蜀劉焉傳評：“(劉)璋才非人雄，而據土亂世，……其見奪取，非不幸也。”

【人間】人世，世間。韓非子解老：“狂則不能免人間法令之禍。”唐杜甫杜工部詩史補遺一贈花卿詩：“此曲衹應天上有，人間能得幾回聞。”

【人爲】人力所爲，別於自然。明高啓高太史大全集九偃松行詩：“左伸右屈多異態，天自出巧非人爲。”

【人勝】古代風俗，於正月七日(人日)作的人像形首飾。花間集一唐温庭筠菩薩蠻詞之二：“藕絲秋色淺，人勝參差剪。”參閱初學記四南朝梁宗懍荆楚歲時記。

【人腊】枯乾的人屍。見唐韋絢劉賓客嘉話録、段成式酉陽雜俎前集十物異。後取笑別人身體十分枯瘦也稱“人腊”。

【人彘】漢劉邦(高祖)寵戚夫人，欲立其子如意爲太子，未果。高祖死，吕后斷戚夫人手足，去眼，煇耳，飲瘖藥，使居廁中，稱爲“人彘”。見史記吕后紀。漢書作“人豕”。

【人傑】傑出的人物。史記高祖紀五年：“此三者，皆人傑也，吾能用之，此吾所以取天下也。”三傑，指張良蕭何韓信。

【人痾】指生理變態，如怪胎之類。古代迷信，附會人事，認爲是一種妖孽。見漢書五行志中之上。

【人煙】住户的炊烟，泛指人家。文選三國魏曹子建(植)送應氏詩之一：“中野何蕭條，千里無人煙。”

【人道】㊀人類社會的道德規範。易繫辭下：“有天道焉，有人道焉。”㊁階級社會的等級差別。禮喪服小紀：“親親、尊尊、長長、男女之有別，人道之大者也。”㊂指男女交合。詩大雅生民“履帝武敏歆”漢鄭玄箋：“如有人道感己者也。”疏：“謂如人夫妻交接之道。”

【人瑞】指人事方面的吉利徵兆。文選漢王子淵(褒)四子講德論：“今海内樂業，朝廷淑清。天符既章，人瑞又明。”後來也指年壽特高的人。

【人豪】人中豪傑。史記八九陳餘傳：“於此時而不成封侯之業者，非人豪也。”

【人膏】人魚的脂膏。漢書三六劉向傳：“石槨爲游館，人膏爲燈燭，水銀爲江海，黄金爲鳧雁。”史記秦始皇紀作：“以人魚膏爲燭。”

【人境】人間。晉陶潛陶淵明集三飲酒詩之五：“結廬在人境，而無車馬喧。”清褚維壋有人境結廬詩鈔，黄遵憲有人境廬詩草，都是取陶潛的詩意爲名。

【人舞】古代徒手舞。見周禮春官樂師。

【人慶】西夏李仁孝(仁宗)年號。公元1144—1148年。

【人寰】人世間。南朝宋鮑照鮑氏集一舞鶴賦：“去帝鄉之岑寂，歸人寰之喧卑。”

【人貓】比喻人外表柔和而内心陰險。新唐書二二三上李義府傳：“時號義府笑中刀，又以柔而害物，號曰人貓。”

【人爵】爵位。孟子告子上：“公卿大夫，此人爵也。”宋張侃拙軒集三足軒詩：“人爵何須戀，翛然郭外居。”

【人譜】明劉宗周撰。一卷。爲其主持蕺山書院時所作，取古人言行之可以爲法則者，分類編録，間加論斷。内容大抵爲勸人遵守封建道德。

【人鏡】以人爲借鑑。後漢書十六寇恂傳：“今君所將皆宗族昆弟也，無乃當以前人爲鏡戒。”唐元稹長慶集四五崔鄲授諫議大夫制：“昔我太宗文皇帝以魏徵爲人鏡，而姦膽形於下，逆耳聞於上。”宋人因避宋太祖祖敬諱，改鏡爲鑑。參閱唐吴兢貞觀政要二任賢、新唐書九七魏徵傳。

【人籟】古代竹製樂器，即排簫。莊子齊物論：“女聞人籟，而未聞地籟；女聞地籟，而未聞天籟夫。”又：“地籟則衆竅是已，人籟則比竹是已。”後來也泛指人所發出的音響。

【人鑑】見“人鏡”。

【人中白】中藥名。積在尿盆上的灰白色沉澱物。見宋洪邁夷堅志再補人中白。參閱本草綱目五二。

【人中黄】中藥名。用糞汁浸製的甘草。參閱本草綱目五二。

【人中龍】晉宋纖，隱居不仕，太守馬岌嘆道：“名可聞，而身不可見；德可仰，而形不可覩；吾而今而後知先生人中之龍也。”見晉書本傳。後用來比喻出類拔萃的人物。宋家鉉翁則堂集五過沛題旅壁詩：“單吕早識隆準公，擇壻能得人中龍。”

【人外遊】指遨遊山水。南齊謝朓謝宣城集五往敬亭路中聯句：“幸藉人外遊，盤桓未能徙。”

【人物志】㊀三國魏劉邵撰，北魏劉昞注。三卷，分十二篇。用封建道德規範，對人的品性、才能，分別等第，進行闡述分析。㊁唐李守素精通氏姓譜牒之學，時號肉譜，虞世南稱之爲人物志。參閱唐劉肅大唐新語八聰敏，劉餗隋唐嘉話上，新唐書一〇二本傳。

【人面子】㊀樹木名。樹似含桃，子實無味，核兩邊像人面。見晉嵇含南方草木狀下。參閱宋范成大桂海虞衡志志果、清屈大均廣東新語二五木語人面。㊁面具。宋楊萬里誠齋集十四有人面子詩。

【人面竹】竹名。竹節密而凸出，節紋一覆一仰，狀如人面，可作手杖。參閱宋范成大桂海虞衡志志草木。

【人倫鑒】指觀察評定人才高下的識別力。漢末司馬徽、晉王衍王戎、北齊邢巒等，時人都稱爲人倫鑒。也作“倫鑒”。全唐詩六八六吴融蛙聲：“稚珪倫鑒未精通，只把蛙聲鼓吹同。”孔稚珪，南齊人。參見“人倫㊂”。

【人間世】莊子篇名。本篇反映了莊子“清静無爲”、與世無争、獨善其身的没落奴隸主階級思想。

【人勝節】唐人稱正月七日爲人勝節。文苑英華一七三唐李乂奉和人日清暉閣宴羣臣遇雪應制詩：“幸陪人勝節，長願奉垂衣。”參見“人日”。

【人道我】詩邶風終風“願言則嚏”漢鄭玄箋：“今俗，人嚏云：人道我，此古之遺語也。”言人於背後對我有議論。

【人鮓甕】在今湖北秭歸縣西，瞿塘峽下游，長江險灘之一。宋人詩中常與鬼門關對用。蘇軾蘇東坡集續集二竹枝詞詩：“自過鬼門關外天，命同人鮓瓮頭船。”瓮，同“甕”。黄庭堅豫章集五夢李白誦竹枝詞三疊詩：“命輕人鮓甕頭船，日瘦鬼門關外天。”

【人獸關】傳奇名。清李玉撰。三十三齣。記桂薪負施濟恩，其妻子死後皆變爲施家犬事。宣揚因果報應迷信思想。與一捧雪、永團圓、占花魁，合稱“一人永占”。

【人一己百】別人用一倍力，自己則用百倍力，自强不落人後的意思。禮中庸：“人一能之，己百之；人十能之，己千之。果能此道矣，雖愚必明，雖柔必强。”

【人人自危】恐怖不安，人人都有戒心。史記一〇〇欒布傳：“今陛下一徵兵於梁，彭王病不行，而陛下疑以爲反。反形未見，以苛小案誅滅之，臣恐功臣人人自危也。”

【人亡政息】見“人存政舉”。

【人山人海】形容聚集的人極多。水滸五一：“如今(白秀英)見在勾欄裏説唱諸般品調，每日有那一般打散，或是戲舞，或是吹彈，或是歌唱，賺得那人山人海價看。”

【人云亦云】人家說什麼，自己也跟着說什麼，没有定見。中州集一金蔡松年槽聲同彥高賦詩：“槽床過竹春泉句，他日人云吾亦云。”

【人中獅子】比喻出類拔萃的人，猶如獅子爲獸中之王。釋氏要覽下引治禪經後序：“天竺大乘沙門佛陀斯那天才特拔，諸國獨步，内外綜博，無籍不練，世人咸曰人中師子。”師，通“獅”。

【人生如寄】人的生命短促，猶如暫時寄居世間。文選古詩十九首：“人生忽如寄，壽無金石固。”又三國魏魏文帝(曹丕)善哉行：“人生如寄，多憂何爲！”宋書樂志三作“人生若寄”。

【人奴産子】古代罪犯被迫給豪族爲奴，以後子孫也世代爲奴。史記陳涉世家：“秦令少府章邯免酈山徒、人奴産子，悉發以擊楚大軍。”集解引服虔：“家人之産奴也。”漢書三一陳勝傳顔師古注：“奴産子，猶今人云家生奴也。”顔以“人”字斷句。按史記秦二世紀、高祖紀、黥布傳皆以“酈山徒”連稱。漢書食貨志下：“(王)莽大募天下囚徒人奴，名曰豬突豨勇。”以囚徒、人奴分别，當以“徒”字下斷句爲是。

【人死留名】見“豹死留皮”。

【人存政舉】禮中庸：“文武之政，布在方策。其人存，則其政舉；其人亡，則其政息。”本指爲政在乎人，得其人則政行，不得其人則政廢。後以“亡”作死亡解，因而指執政者死後其政不行爲“人亡政息”。

【人自爲戰】人人主動奮戰。史記九二淮陰侯傳：“此所謂驅市人而戰之，其勢非置之死地，使人人自爲戰。”後漢書十八吴漢傳：“若能同心一力，人自爲戰，大功可立。”

【人定勝天】人力可以戰勝自然。宋劉過龍川集一襄陽歌：“人定兮勝天，半壁久無胡日月。”按逸周書文傳“人强勝天”，亦此意。參見“人衆勝天”。

【人事代謝】人世間的事新舊更替。唐孟浩然集三與諸子登峴山詩“人事有代謝，往來成古今。”

【人取我與】見“人棄我取”。

【人命危淺】壽命不長，卽將死亡。文選晉李令伯(密)陳情事表：“但以(祖母)劉日薄西山，氣息奄奄，人命危淺，朝不慮夕。”

【人面桃花】唐崔護遊城南詩：“去年今日此門中，人面桃花相映紅。人面祇今何處去，桃花依舊笑春風。”好事者因此詩演爲崔護和少女的戀愛故事。見唐孟棨本事詩情感。後來男女相識隨卽分離，男子追念舊事，稱“人面桃花之感”，本此。

【人面獸心】漢書九四下匈奴傳贊：“被髮左衽，人面獸心。”本爲鄙視、辱罵匈奴的詞。後用以指人品質行爲萬分惡劣，外貌像人，内心狠毒，有如惡獸。晉書孔嚴傳：“又觀頃日降附之徒，皆人面獸心，貪而無親，難以義感。”

【人浮于食】人的才能高於所得俸祿。禮坊記：“故君子與其使食浮於人也，寧使人浮於食。”注：“食謂祿也，在上曰浮。祿勝己則近貪，己勝祿則近廉。”後用來比喻人多而事少，與廉以自守的原意不同。今多稱“人浮於事。”

【人衆勝天】集衆人力量，可以戰勝自然。史記六六伍子胥傳：“吾聞之，人衆者勝天，天定亦能破人。”

【人棄我取】商人廉價收購滯銷物品，待機高價出售以牟取厚利。史記一二九貨殖傳：“而白圭樂觀時變，故人棄我取，人取我與。”

【人傑地靈】原指地因人而著名。後多用來指傑出人物，生於靈秀之地。唐王勃王子安集五滕王閣詩序：“人傑地靈，徐孺下陳蕃之榻。”

【人給家足】家家户户生活富裕豐足。史記太史公自序：“彊本節用，則人給家足之道也。”參見“家給人足”。

【人微言輕】指地位低微，言論、主張不爲人所重視。多用作自謙之詞。宋蘇軾東坡集續集十一上執政乞度牒賑濟及因修廨宇書：“某已三奏其事，至今未報，蓋人微言輕，理自當爾。”本作“身輕言微”。後漢書七六孟嘗傳：“臣前後七表，……而身輕言微，終不蒙察。”

【人微權輕】資望淺，缺乏權威，不足以服衆。史記六四司馬穰苴傳：“士卒未附，百姓不信，人微權輕。”

【人窮智短】人到山窮水盡的時候，計無所出。宋莊季裕雞肋編下引陳無己詩：“人窮令智短。”惟白集建中靖國續燈録二十演禪師：“人貧智短，馬瘦毛長。”

【人頭畜鳴】詈辭。謂雖爲人而愚蠢如畜類。史記秦始皇紀後附文：“(胡亥)誅斯、去疾，任用趙高。痛哉言乎！人頭畜鳴。”後指人的行爲極端惡劣。明黄宗羲南雷文案八朝議大夫……淸谿錢先生墓誌銘：“臣觀崔魏亂政，奄祠遍於天下，乾兒義子，人頭畜鳴。”

【人生七十古來稀】指七十高齡之不多見。唐杜甫杜工部草堂詩箋十二曲江二首：“酒債尋常行處有，人生七十古來稀。”省作“古希”、“古稀”，見各該條。

二 畫

仄 zé ㄗㄜˋ 阻力切，入，職韻，莊。

㊀旁邊。通“側”。漢書七十段會宗傳：“若子之材，可優遊都城而取卿相，何必勒功昆山之仄。”㊁傾側。周禮考工記車人：“行澤者反輮，行山者仄輮。”㊂内心不安，如言歉仄。㊃平仄的仄。字有平上去入四聲。平聲歸平，上去入三聲歸仄。

【仄日】斜陽。南朝梁蕭綱簡文帝集二餞廬陵内史王脩應令詩：“疏槐未合影，仄日暫流光。”

【仄目】斜着眼睛看，不敢正視，形容畏懼。同“側目”。漢書四五息夫躬傳：“躬既親近，數進見言事，論議亡所避。衆畏其口，見之仄目。”

【仄行】横行貌。指蟹類。周禮考工記梓人：“卻行仄行。”

【仄室】庶子。同“側室”。漢書四八賈誼傳：“高皇帝與諸公並起，非有仄室之勢，以豫席之也。”

【仄陋】出身卑微。同“側陋”。漢劉向說苑臣術：“晏子曰：‘嬰，仄陋之人也。’”漢書八九循吏傳序：“及至孝宣，繇仄陋而登至尊。”

【仄媚】以不正之道，討好奉承。同“側媚”。南朝梁劉勰文心雕龍程器：“孔光負衡據鼎，而仄媚董賢。”

【仄聞】同“側聞”。漢書四八賈誼傳：“恭承嘉會兮竢罪長沙，仄聞屈原兮自湛汨羅。”史記作“側聞”。

【仄慝】夏曆每月初一早晨，月亮在東方出現一綫的天文現象。見漢書五行志下之下。同“側匿”。參見“縮朒”。

今 jīn ㄐㄧㄣ 居吟切，平，侵韻，見。

㊀現在。詩魯頌有駜：“自今以始，歲其有。”㊁現代。孟子梁惠王下：“今之樂，猶古之樂也。”㊂這，此。指示代詞。國語周上：“(惠王)十五年，有神降於莘，王問於内史過，……王曰：‘今是何神也？’”

【今上】稱當時統治的皇帝。史記一〇七魏其武安侯列傳：“孝景崩，今上(武帝)初卽位。”

【今文】漢代稱當時通行的隸書爲今文，

稱以前所用的篆文爲古文。儒家整理的經書用隸書抄録的叫今文經，用古文寫的稱古文經。漢武帝時設立的經學博士用今文經，稱今文家。平帝時增立古文經學博士。其後今文家和古文家成爲研究儒家經傳的兩大流派。

【今吾】現在的我。宋王安石王臨川集二六傳神自贊詩之二:“此物非他物,今吾卽故吾。”

【今雨】全唐文唐杜甫秋述:“秋,杜子卧病長安旅次,多雨生魚,青苔及榻,常時車馬之客,舊,雨來;今,雨不來。”原意是,過去賓客遇雨也來,現在遇雨就不來了。後用“今雨”指新交的朋友。宋范成大石湖集二六丙午新正書懷詩:“人情舊雨非今雨,老境增年是減年。”

【今昔】㊀昨夜。吕氏春秋博志:“尹儒反走,北面再拜曰:‘今昔臣夢受之。’”㊁現在與過去。唐韓愈昌黎集七和裴僕射相公假山十一韻詩:“樂我盛明朝,於焉傲今昔。”

【今來】如今,現在。文選三國魏曹子建(植)情詩:“始出嚴霜結,今來白露晞。”

【今音】以前音韻學者稱隋唐以來的語音爲今音。切韻廣韻集韻禮部韻略五音集韻韻會舉要 韻府群玉 佩文詩韻等韻書,都屬今音,也叫今韻。周秦漢的語音爲古音。現在音韻學者稱前者爲中古音,後者爲上古音。

【今草】漢代流行的草書稱章草。晉以來以筆劃相連的草書稱爲今草。見唐張彥遠法書要録七張懷瓘書斷上。

【今茲】㊀今此,現在。詩小雅正月:“今茲之正,胡然厲矣。”㊁今年。左傳僖十六年:“今茲魯多大喪,明年齊有亂。”

【今隸】卽楷書,又叫真書。由篆書發展而成的隸書叫漢隸;由隸書發展而成的楷書叫今隸。

【今韻】南朝齊梁以來的韻書,分四聲的,都叫今韻。參見“今音”。

【今體】文章、詩歌、書法都有今體,以別於古體。1.指駢儷文體。梁書庾肩吾傳:“遠則楊馬曹王,近則潘陸顔謝,而觀其遣詞用心,了不相似。若以今文爲是,則古文爲非;若昔賢可稱,則今體宜棄。”2.指唐代的律絶詩體。唐張籍張司業詩集四酬祕書王丞見寄:“今體詩中偏出格,常參官裏每同班。”3.指楷書書法。唐張彥遠法書要録三唐虞世南書旨述:“俯於衆美,會滋簡易,制成今體,乃窮奥旨。”

【今水經】清黄宗羲撰,一卷。先表列全國水道名稱,以入海者爲主流,後附支流,並以次作簡明叙述。水道、地名都用當時通用名稱。以別於酈道元水經注,故稱今水經。

【今世説】清王晫撰。八卷。仿南朝宋劉義慶世説新語體例,分目亦大部沿從世説。所記都是當時近事,故以今名。

【今有術】古算術名,又叫異乘同除。相當於現代的比例法。清劉衡有四率淺説一卷、時日淳有今有術申一卷。

【今董狐】唐吴兢和劉知幾撰武后實録,記敍武則天的寵臣張昌宗唆使張説誣證魏元忠的事。張説當丞相後,屢次要求吴兢修改。吴兢推辭説:“徇公之情,何名實録?”時人便稱贊吴兢爲“今董狐”。見新唐書一三二本傳。董狐,春秋時晉國史官,傳説他不避權貴,敢於實録史事。見左傳宣二年。

【今體詩】又叫近體詩,指律詩和絶句(亦稱截句),别於古體詩而言。分五律、七律、排律、五絶、七絶幾種。五律和七律均爲八句,當中四句要對仗,多用平韻,不能轉韻,偶有仄韻。排律句數不限,可多至一百韻以上。絶句爲四句,一般不用對仗。

【今文尚書】尚書是我國上古官方文件的彙編。經秦焚書亡,漢初秦博士伏勝傳二十九篇。師徒傳授,有大小夏侯及歐陽三家,因用漢隸書寫,故稱今文尚書。景帝時,又在孔子舊宅牆壁中發現用古文寫的尚書,比伏勝所傳的多十六篇,稱爲古文尚書。漢後亡失。西漢時,政府立於學官的是今文尚書。參見“今古學派”。

【今月古月】唐李白李太白詩二十把酒問月:“今人不見古時月,今月曾經照古人。”後來在詩詞中常用“今月古月”一語,指月亮古今如一,而人事代謝無常。

【今古奇觀】話本選集。明抱甕老人輯。共四十篇。選自喻世明言警世通言醒世恒言及拍案驚奇。作品以明代爲限,在一定程度上反映了當時的社會生活,但也存在不少封建糟粕,是一本流傳較廣的話本。

【今古學派】研究儒家經傳的兩個流派。西漢時,政府設立詩書易禮春秋五經博士,所授經文都用當時通行的隸書書寫,稱今文。景帝時,魯恭王(劉餘)從孔子故宅牆壁中取得禮記尚書春秋論語孝經等,都是用漢以前的文字書寫,稱爲古文。另外河間獻王(劉德)把他所得的古文經傳獻給朝廷。由此經書便有今文、古文之分。今古文經不但書寫的字體不同,字句、篇章、解釋,以及對古代的制度、人物的評價等也有出入。西漢經師多不信古文,到王莽時纔把古文列入學官,光武時又罷廢。至東漢末,馬融服虔鄭玄都尊奉古文,學習古文經的人漸多。到了晉王肅解毛詩,王弼注易,杜預著春秋左氏經傳集解,便完全脱離了今文的影響,使古文學獨樹一幟,今文學逐漸衰落。現在所存的十三經注疏,多採用古文學派的説法,只有公羊傳的何休注屬於今文學派。

【今是昨非】現在對,過去不對。晉陶潛陶淵明集五歸去來辭:“實迷途其未遠,覺今是而昨非。”

【今愁古恨】極言感慨之多。唐白居易長慶集五一題靈巖寺詩:“今愁古恨入絲竹,一曲涼州無限情。”

【今獻備遺】明項篤壽撰,共四十二卷。據袁袠皇明獻實,採集明代大臣的事迹,加以增删,編爲列傳,自洪武起,至弘治止,共收二百零四人。

从

cóng 疾容切,平,鍾韻,從。ㄘㄨㄥˊ

同“從”。見“從”。

介

jiè 古拜切,去,怪韻,見。ㄐㄧㄝˋ

㊀疆界,邊際。楚辭屈原九章哀郢:“哀州土之平樂兮,悲江介之遺風。”注“介,一作界。”㊁間隔,隔開。漢書七五翼奉傳:“前鄉(向)崧高,後介大河。”㊂處於二者之間。見“介居㊀”。㊃傳賓主之言的人叫介。古時主有儐相迎賓,賓有隨從通傳叫介。禮聘義:“聘禮,上公七介,侯伯五介,子男三介”。後用作聯繫、接洽之意。漢書八五谷永傳:“永斗筲之才,質薄學朽,無一日之雅,左右之介。”㊄憑藉,依賴。左傳文六年:“介人之寵,非勇也。”㊅佐助。見“介壽”。㊆副手。禮檀弓下:“滕成公之喪,使子叔敬叔弔,進書,子服惠伯爲介。”後來因以指傳信的人。也作“价”。宋陽枋字溪集四辭平舟聘禮書:“腆儀不敢祇拜,敬就來介回納。”㊇孤獨,耿直。莊子庚桑楚:“夫函車之獸,介而離山,則不免於罔罟之患。”孟子盡心上:“柳下惠不以三公易其介。”㊈大。見“介圭”、“介弟”等。㊉披甲。通“甲”。左傳成二年:“不介馬而馳之。”也指有甲殼的蟲類和水族。禮月令孟冬之月:“其蟲介。”⑪廬舍。詩小雅甫田:“攸介攸止,烝我髦士。”箋:“介,舍也。”⑫通“芥”。見“一介㊀”。⑬通

"個"。見"一介㊂"。㊃古戲曲用語。劇本中關於動作、表情、效果的舞臺指示。如"飲酒介""笑介"。與元雜劇劇本中的"科"同。㊄姓。春秋晉國有介之推。

【介士】㊀武士。韓非子顯學:"國平則養儒俠,難至則用介士,所養者非所用,所用者非所養。"㊁耿直的人。漢書五一鄒陽傳"是以申徒狄蹈雍之河"注:"服虔曰:(申徒狄)殷之末世介士也。"

【介子】㊀庶子。按宗法制度,長子爲宗子,庶子稱介子。介、副,示不敢僭宗子。禮曾子問:"孝子某使介子某,執其常事。"㊁春秋晉介之推。淮南子說山:"介子歌龍蛇而文君垂泣。"

【介山】山名。1.在山西介休縣東南。古名綿上。春秋晉人介之推隱居此山,因而得名。又叫綿山。參閱太平寰宇記四一汾州介休縣。2.在山西聞喜縣。漢書武帝紀太初二年:"朕用事介山,祭后土。"參閱太平寰宇記四六解州萬泉縣。

【介心】高潔的性格。三國魏曹植曹子建集四蟬賦:"聲皦皦而彌厲兮,似貞士之介心。"

【介夫】披甲的衛士。禮檀弓下:"陽門之介夫死,司城子罕入而哭之,哀。"

【介介】㊀心不安。後漢書二四馬援傳:"但畏長者家兒或在左右,或與從事,殊難得調,介介獨惡是耳。"㊁分隔,離間。楚辭漢劉向九嘆惜賢:"進雄鳩之耿耿兮,讒介介而蔽之。"

【介立】獨立,形容孤高的樣子。文選漢張平子(衡)思玄賦:"何孤行之煢煢兮,孑不群而介立。"

【介次】市中小亭。周禮地官司市:"胥師、賈師涖于介次,而聽小治小訟。"

【介圭】大玉。詩大雅崧高:"錫爾介圭,以作爾寶。"箋:"圭長尺二寸謂之介。"

【介休】縣名。屬山西省。漢名界休,晉改爲介休。春秋晉人介之推隱居的介山就在介休縣內。參閱元和郡縣志十三汾州、寰宇通志八二汾州介休縣。

【介弟】尊稱別人的弟弟。左傳襄二六年:"夫子爲王子圍,寡君之貴介弟也。"也用以稱自己的弟弟。藝文類聚五一南朝梁任昉封臨川安興建安等五王詔:"宏,朕之介弟,早富德譽。"

【介居】㊀處於二者之間。左傳襄九年:"天禍鄭國,使介居二大國之間。"㊁獨處,獨居。史記八九張耳陳餘傳:"將軍今以三千人下趙數十城,獨介居河北,不王無以塡(鎮)之。"文選南朝宋顏延年(延之)陶徵士誄:"自爾介居,及我多暇,伊好之洽,接閻鄰舍。"

【介祉】大福。漢應劭風俗通桃梗:"歲終更始,受介祉也。"

【介恃】倚恃。左傳襄二四年:"以陳國之介恃大國而陵虐於敝邑,寡君是以請罪焉。"

【介冑】披甲戴盔。禮曲禮上:"介冑則有不可犯之色。"表記作"甲冑"。史記絳侯世家:"介冑之士不拜,請以軍禮見。"

【介馬】給戰馬披甲;披甲的戰馬。左傳成二年:"齊侯曰:'余姑翦滅此而朝食。'不介馬而馳之。"宋蘇洵嘉祐集十四送石昌言使北引:"旣出境,宿驛亭,聞介馬數萬騎馳過。"

【介特】㊀單身孤獨的人。左傳昭十四年:"長孤幼,養老疾,收介特。"㊁孤高,不隨流俗。後漢書六十馬融傳廣成頌:"察淫侈之華譽,顧介特之實功。"

【介倪】側目而視。莊子馬蹄:"夫加之以衡軛,齊之以月題,而馬知介倪、闉扼、鷙曼、詭銜竊轡。"注:"介倪,猶睥睨也。"近人謂介卽"兀"。兀倪,卽阢隉,不安貌。

【介卿】次卿。左傳昭四年:"叔孫未乘路,葬焉用之?且冢卿無路,介卿以葬,不亦左乎?"路,車。

【介紹】禮聘義:"介紹而傳命。"古代傳遞賓主言語的人叫介;紹,繼。言衆介並列,相繼傳話。後來用作聯繫、接洽、舉薦的意思。文選漢王子淵(褒)四子講德論:"夫子曰:'無介紹之道,安從行乎公卿?'文學曰:'……苟有至道,何必介紹。'"

【介婦】古代宗法稱嫡長子之妻爲冢婦,非嫡長子之妻爲介婦。禮內則:"舅沒則姑老,冢婦所祭祀賓客,每事必請於姑,介婦請於冢婦。"

【介然】㊀專一,堅定不移。荀子修身:"善在身,介然必以自好也。"㊁耿耿,有心事。漢書七十陳湯傳谷永訟湯疏:"使百姓介然有秦民之恨,非所以厲死難之臣也。"唐韓愈昌黎集二一送溫處士赴河陽軍序:"資二生以待老,今皆爲有力者奪之,其何能無介然於懷邪?"

【介絕】隔絕。東漢荀悅漢紀二十宣帝紀四:"道理遼遠,人物介絕,人事所不至,血氣所不沾。"

【介意】放在心上。後漢書三八度尚傳:"所亡少少,何足介意!"三國志蜀先主傳:"北海相孔融謂先主曰:'袁公路(術)豈憂國忘家者邪?冢中枯骨,何足介意!'"

【介福】大福。詩小雅楚茨:"報以介福,萬壽無疆。"又見信南山、甫田篇。

【介壽】詩豳風七月:"八月剝棗,十月穫稻,爲此春酒,以介眉壽。"箋:"介,助也。"後來稱祝壽爲"介壽"。

【介幘】一種長耳的裹髮巾,流行於漢魏,卽後來的進賢冠。太平御覽六八七晉陸雲與兄書:"一日案行視曹公(操)器物,有一介幘如吴幘。"參閱晉書輿服志、隋書禮儀志七。

【介潔】高潔。唐柳宗元柳先生集十一東明張先生墓誌:"介潔而周流,苞涵而清寧。"

【介潭】古代傳說有鱗甲的動物的祖先。淮南子地形:"介潭生先龍,先龍生玄黿,玄黿生靈龜,靈龜生庶龜;凡介者生於庶龜。"

【介擯】司應接招待的人。古者主有擯,賓有介。見儀禮聘禮。擯也作"儐"。

【介蟲】有硬殼的蟲類。禮月令:"孟秋行冬令,則陰氣大勝,介蟲敗穀。"

【介懷】同"介意"。南史張盾傳:"(盾)爲無錫令,遇劫,……於是生資皆盡,不以介懷。"

【介鱗】㊀甲蟲與鱗蟲。大戴禮曾子天圓:"介蟲,介而後生;鱗蟲,鱗而後生;介鱗之蟲,陰氣之所生也。"㊁古書說的魚類的祖先。淮南子地形:"介鱗生蛟龍,蛟龍生鯤鯁,鯤鯁生建邪,建邪生庶魚;凡鱗者生於庶魚。"

【介子綏】卽介之推。元和姓纂八怪、樂府詩集五七引琴操作"介子綏"。見"介之推"。

【介之推】也作介推、介子綏。春秋晉人。傳說晉文公回國,賞賜流亡時的從屬,他沒有得到提名,就和母親隱居在綿上山裏。文公爲逼他出來,放火燒山,他堅持不出,焚死。見左傳僖二四年、史記晉世家。

【介庵詞】宋趙彥端撰。一卷。宋史藝文志七作四卷。宋陳振孫直齋書錄解題二一作一卷。他的詞風格婉約纖穠,頗有風致。有汲古閣六十家詞本、全宋詞本。

【介葛盧】春秋時介國的國君。相傳通獸語。見左傳僖二九年。太平御覽八九九博物志:"介葛盧聞牛鳴,知生三犢,盡爲犧牲。嵇叔夜以爲無此,皆先儒妄說。"

【介軒學案】宋代理學主要人物有董夢程董琮程正剛馬端臨等的一個學派,又稱新安學派。夢程號介軒,曾受學於朱熹門徒黃榦。馬端臨著有文獻通考。參閱宋元學案八九。

仁 rén 如鄰切,平,真韻,日。
ㄖㄣ

㊀古代一種含義廣泛的道德觀念，其核心指人與人相親,愛人。不同的階級、政治派別,有不同的解釋。論語雍也:“夫仁者，己欲立而立人，己欲達而達人。”墨子經說下:“仁，仁愛也。”㊁假借爲“人”字。論語雍也:“雖告之曰:‘井有仁焉。’其從之乎?”㊂猶“存”。禮仲尼燕居:“郊社之義，所以仁鬼神也。嘗禘之禮，所以仁昭穆也。”注:“仁，猶存也,凡存此者,所以全善之道也。”㊃果核中的種子部分。太平御覽九六五劉根別傳:“可服棗核中仁二十七枚。”㊄手足痿痹不能運用自如叫“不仁”。素問痹論:“皮膚不營,故爲不仁。”㊅姓。見元和姓纂三眞引姓苑。

【仁王】佛教徒對佛的尊稱。又仁王經中所說的仁王，是指古印度十六大國的國王而言。

【仁公】古時對有名位者的尊稱。相當於明公。晉書溫嶠傳與陶侃書:“僕與仁公,當如常山之蛇，首尾相衛。”

【仁化】㊀仁慈的教化。三國魏曹植曹子建集三登臺賦:“揚仁化於宇內兮，盡肅恭於上京。”後漢書四八爰延傳:“後令史昭以爲鄉嗇夫,仁化大行。”㊁縣名。屬廣東省。本漢曲江縣地，南齊置仁化縣，後廢。唐垂拱四年復分曲江縣置，屬韶州。元屬韶州路，明清屬韶州府。參閱元和郡縣志三四韶州、嘉慶一統志四四四廣東韶州府。

【仁兄】對同輩友人的尊稱。舊時在書信中常用。後漢書八十下趙壹傳報皇甫規書:“實望仁兄，昭其懸遲。”宋劉攽刊誤謂兄爲“君”字之誤。文苑英華九八〇唐李華祭亡友張五兄文:“千里申奠，不任酸咽,仁兄先生，俯監悲懷。”

【仁宇】謂在仁德覆蔽之下。宇，覆庇。廣弘明集十六梁沈約瑞石像銘:“惟聖仁宇，實化潛融。”本以頌帝王,後也用作一般讚頌之詞。唐柳宗元柳先生集四十爲韋京兆祭杜河中文:“余弟宗卿，獲芘仁宇。”

【仁弟】㊀兄稱弟。孔叢子連叢子上與從弟書:“誠懼仁弟道未信於世，而以獨知爲愆也。”㊁對年少者的敬稱。宋范仲淹范文正公集尺牘下與李泰伯:“某頓首,秀才仁弟,別來傾渴無已。”舊時師長對學生也常用此稱呼,表示器重和愛護。

【仁君】古時對[illegible]者的尊稱。同“仁公”。後漢書八十下趙壹傳報皇甫規書:“今壹自譴而已，豈敢有猜!仁君忽一匹夫，於德何損?而遠辱手筆，追路相尋，誠足愧也。”

【仁里】指仁者居住的地方。論語里仁:“里仁爲美。”後泛稱風俗淳樸的地方爲“仁里”。文選漢張平子(衡)思玄賦:“匪仁里其焉宅兮,匪義迹其焉追。”

【仁和】地名。在今浙江杭州市。本錢塘鹽官地。唐麟德二年，於州郭置錢塘縣。宋太平興國三年改爲仁和縣。見太平寰宇記九三杭州。

【仁羿】指古代傳説中有窮氏部落首領后羿。山海經海內西經:“昆侖之虛，方八百里，高萬仞，……在八隅之巖，赤水之際,非仁羿莫能上岡之巖。”參見“后羿”。

【仁政】仁者之政。孟子梁惠王上:“王如施仁政於民,省刑罰，薄稅斂,深耕易耨,壯者以暇日修其孝悌忠信,入以事其父兄,出以事其長上,可使制梃以撻秦楚之堅甲利兵矣。”封建統治者歷來以仁政掩蓋階級專政的反動實質。後也用爲稱頌地方官吏施政的套語。唐杜牧樊川文集四寄牛相公詩:“六年仁政謳歌去，柳遶春隄處處聞。”

【仁風】古時美化帝王或地方長官的諛詞，言其恩澤如風之遍布。後漢書章帝紀:“功烈光於四海,仁風行於千載。”

【仁祠】佛教的祭祀。後漢書四二楚王英傳:“楚王誦黃老之微言，尚浮屠之仁祠。”後來泛稱佛寺。唐權德輿權載之文集六八月十五日夜瑤臺寺對月絶句詩:“嬴女乘鸞已上天,仁祠空在鼎湖邊。”

【仁草】㊀瑞草，指靈芝等不常見的草。南朝宋鮑照鮑氏集十河清頌:“仁草晨茅,德宿宵映。”㊁煙草。清李調元南越筆記五鼻烟:“煙草今在處有之。按熊人林地緯云:粵中有仁草,名金絲，醺可辟瘴氣,多吸之能令人醉。亦曰煙酒。”

【仁烏】烏鴉的別名。傳説春秋時晉文公焚林逼介之推出山,有白鴉繞烟亂噪，或羣集之推身旁。晉人稱之爲仁烏。見舊題晉王嘉拾遺記(説郛本)。

【仁鳥】指鸞鳳。漢書六七梅福傳:“夫戴鵲遭害,則仁鳥增逝。”宋書符瑞志中:“鳳凰者,仁鳥也。”

【仁術】㊀孟子所宣揚用來實現“仁政”的策略。孟子梁惠王上:“曰:無傷也,是乃仁術也。”參見“仁政”。㊁指醫術。如明張浩仁術便覽、清王士雄仁術志,都是醫學著作。

【仁壽】㊀言仁者安静,故多長壽。論語雍也:“知者動,仁者静;知者樂，仁者壽。”漢書五六董仲舒傳:“堯舜行德則民仁壽。”㊁縣名。屬四川省。本漢武陽縣之東境。後魏於此置普寧縣。隋開皇十八年改爲仁壽縣。見元和郡縣志三三陵州。㊂隋楊堅(文帝)年號。公元601—604年。

【仁頻】檳榔的別名。史記一一七司馬相如傳上林賦:“留落胥餘，仁頻并閭。”索隱:“孟康曰:仁頻，椶也。姚氏云:檳一名椶,卽仁頻也。頻音賓。”

【仁聲】指古代樂曲雅頌的演奏聲。孟子盡心上:“仁言不如仁聲之入人深也。”

【仁懷】縣名。屬貴州省。宋大觀三年置，宣和三年廢爲播州地。明萬曆二十七年復置。縣內茅台鎮,特產茅台酒。參閱嘉慶一統志五一一遵義府城池。

【仁獸】古代傳説指麒麟。見公羊傳哀十四年。

【仁王會】按佛經仁王經護國品的説法,設百座講仁王經可以消除國家災難。唐代宗時,天久旱,舉行百座仁王會，講不空三藏新譯的仁王經以祈雨。這是後代仁王會的起源。

【仁王經】佛經名。有兩本。舊本爲姚秦鳩摩羅什譯，題爲佛説仁王般若波羅蜜經;新本爲唐不空譯,題爲仁王護國般若波羅蜜多經。均爲兩卷。是釋迦牟尼對當時印度十六大國國王宣講佛法的經文。

【仁恕掾】東漢官名。掌管訴訟刑獄等事,屬河南尹。後漢書二五魯恭傳:“河南尹……使仁恕掾肥親往廉之。”

【仁端録】醫書名。十六卷。明徐謙撰。門人陳葵删定。專論治痘的各種方法。卷末附治疹方法。

【仁壽宮】宮殿名。隋開皇十三年建，唐貞觀五年改名爲九成宮。故址在陝西麟游縣境內。參見“九成宮”。

【仁壽鏡】鏡名。初學記二五晉陸機與弟雲書:“仁壽殿前有大方銅鏡，高五尺餘，廣三尺二寸。”唐溫庭筠詩集四上翰林蕭舍人:“萬象晚歸仁壽鏡，百花春隔景陽鐘。”

【仁人君子】舊時稱好心腸的正派人。晉書刑法志王導賀循等議:“戮過其罪，死不可生，縱虐於此，歲以巨計，此乃仁人君子所不忍聞，而況行之於政乎?”

【仁至義盡】禮郊特牲:“蜡之祭也，……仁之至，義之盡也。”蜡祭是周代的一種祭祀,每年十二月舉行。原意謂報答有功於農事的神，有功必報，就算盡了“仁義之道”。後用來表示對人的愛護、關懷、幫助盡了最大的努力。宋陸游劍南詩稿七七秋思之十：“虛極靜篤道乃見，仁至義盡餘何憂。”

【仁漿義粟】指布施的錢米。搜神記十一楊伯雍：“公汲水作義漿於坂頭，行者皆飲之。”後漢書八十上黃香傳：“時被水年饑，……於是豐富之家，各出義穀，助官稟貸。”義漿、義穀，與仁漿義粟意同。

什 1. shí ㄕˊ 是執切，入，緝韻，禪。

㊀通“十”。見“什一”、“什百”。㊁總數是十的一个單位。古代軍隊，以五人爲伍，兩伍就叫作什。逸周書大聚：“十夫爲什，以年爲長。”參見“什伍”。㊂篇什。詩大雅小雅周頌以十篇詩編爲一卷，叫作什，如鹿鳴之什，谷風之什等。後來用以泛指詩篇或文卷。宋書謝靈運傳論：“升降謳謠，紛披風什。”唐柳宗元柳先生集九唐故兵部郎中楊君墓碣：“君之文若干什，皆可以傳於世。”㊃雜。見“什具”、“什器”。

2. shén ㄕㄣˊ

㊄見“什₂麽”。

【什一】十分之一。孟子滕文公上：“夏后氏五十而貢，殷人七十而助，周人百畝而徹，其實皆什一也。”言皆十分中取其一分。

【什二】十分之二。史記六九蘇秦傳：“周人之俗，治產業，力工商，逐什二以爲務。”又一二九貨殖傳：“佗雜業不中什二。”正義“言雜惡業而不在什分中得二分之利者，非世之美財也。”十分之三作“什三”。史記一二九貨殖傳：“故關中之地，於天下三分之一，而人衆不過什三。”十分之二或三作“什二三”。又高祖紀：“會天寒，士卒墮指者什二三。”

【什百】十倍百倍。孟子滕文公上：“或相倍蓰，或相什百。”亦作什佰。

【什伍】古代戶籍與軍隊的基層編制。戶籍以五家爲伍，互相擔保，十家相連，叫什伍。管子立政：“十家爲什，伍家爲伍，什伍皆有長焉。”軍隊以五人爲伍，二伍爲什。禮祭義：“軍旅什伍，同爵則尚齒。”正義：“五人爲伍，二伍爲什。”

【什邡】縣名。屬四川省。漢置，屬廣漢郡。劉邦封雍齒爲什邡侯，即此。故治在今廣漢縣南。北周廢，唐武德三年復置。參閱元和郡縣志三一漢州。說文邑部、後漢書郡國志五、水經注三三江水皆作什邡，漢書高惠高后文功臣表作汁防，地理志上作汁方。

【什伯】㊀古代軍隊的編制，十人爲什，百人爲伯。史記秦始皇紀引賈誼曰：“躡足行伍之間，而倔起什伯之中。”文選過秦論作“阡陌”。也用來泛指隊伍。淮南子兵略：“正行伍，連什伯，明鼓旗，此尉之官也。”㊁同“什百”。見該條。

【什長】十人之長。史記一一〇匈奴傳：“亦各自置千長、百長、什長。”

【什具】日用器具。新唐書一四〇崔圓傳：“乃治城浚隍，列館宇，儲什具。”舊唐書作“什器”。參見“什器”。

【什₂麽】疑問代詞。五代王定保唐摭言六公薦：“奇章公（牛僧儒）始來自江黃間，置書囊於國東門，攜所業先詣二公（韓愈、皇甫湜）。……其首篇說樂，韓始見題而掩卷問之曰：‘且以拍板爲什麽？’”

【什器】日常生活用具。史記五帝紀：“（舜）作什器於壽丘。”索隱：“什，數也，蓋人家常用之器非一，故以十爲數，猶今云什物也。”參閱唐顏師古匡謬正俗六什器。

【什襲】把物品重重疊疊地包裹起來。藝文類聚六闞子：“宋之愚人得燕石於梧臺之東，歸而藏之以爲寶。周客聞而觀焉。主人齋七日，端冕玄服以發寶。革匱十重，緹巾十襲。客見之，掩口而笑曰：‘此特燕石也，其與瓦甓不殊。’”後也作“什襲”，引申爲鄭重珍藏的意思。宋張守毗陵集十一跋唐千字帖：“此書無一字刓缺，當與夏璜趙璧，什襲珍藏。”

【什翼犍】公元318—376年。十六國時代國君主。鮮卑族拓跋部人。公元338—376年在位，建元建國。設立官職，制定法律，建都雲中盛樂宮（今內蒙古呼和浩特市西南），開始農業生產。後爲其庶長子寔君所殺。至其孫拓跋珪（道武帝），建立北魏王朝。魏書、北史有紀。

仃 dīng ㄉㄧㄥ 當經切，平，青韻，端。

見“伶仃”。

仆 pū ㄆㄨ 芳遇切，去，遇韻，滂。
敷救切，去，宥韻，滂。
匹候切，去，候韻，滂。
蒲北切，入，德韻，並。

向前傾跌。史記六四司馬穰苴傳：“穰苴則仆表決漏。”

【仆頓】倒，失敗。漢王充論衡效力：“夫以庶幾之材，猶有仆頓之禍。”

仂 lè ㄌㄜˋ 盧則切，入，德韻，來。

餘數，零數。禮王制：“祭用數之仂。……喪用三年之仂。”宋晁補之雞肋集九胡戢秀才效歐陽公集古作琬琰堂詩：“願從胡君丐無有，十百數中聊取仂。”參見“阞”。

仇 qiú ㄑㄧㄡˊ 巨鳩切，平，尤韻，羣。

㊀同伴。詩周南兔罝：“赳赳武夫，公侯好仇。”㊁配耦。左傳桓二年：“嘉耦曰妃，怨耦曰仇。”三國魏曹植曹子建集六浮萍篇：“結髮辭嚴親，來爲君子仇。”㊂仇敵。韓非子孤憤：“是智法之士與當塗之人不可兩存之仇也。”參見“同仇”。㊃怨，恨。書五子之歌：“萬姓仇予。”㊄姓。春秋宋有仇牧。見左傳莊十二年。

按仇敵、怨恨之仇，今音 chóu。

【仇方】友好之國。詩大雅皇矣：“帝謂文王，詢爾仇方。”

【仇匹】同伴，朋友。詩秦風無衣“與子同仇”疏：“與子同爲仇匹。”亦用爲動詞。漢董仲舒春秋繁露楚莊王：“百物皆有合偶，偶之合之，仇之匹之，善矣。”

【仇仇】傲慢的樣子。詩小雅正月：“執我仇仇，亦不我力。”

【仇矛】三叉矛。詳“厹矛”。

【仇池】㊀山名。在甘肅成縣西。一名瞿堆。又名百頃山。辛氏三秦記本名仇維，其上有池，故名仇池。參閱後漢書八六西南夷傳白馬氐、魏書氐傳。㊁郡名。晉太元中置。北魏太平真君七年改鎮，後復爲郡。太和中爲梁州。郡治洛谷城，即今甘肅成縣洛谷鎮。參閱嘉慶一統志二七七階州二古迹。

【仇英】明畫家。太倉人。字實父，號十洲。出身工匠。初師周臣學畫，又長期在收藏家項元汴（子京）天籟閣從事臨摹和創作。所作人物、山水多取材於歷史故事及士大夫生活，刻劃精細，色彩富麗。與沈周、文徵明、唐寅並稱吳門四家。參閱清徐沁明畫錄一人物、佩文齋書畫譜五六。

【仇怨】仇恨。史記留侯世家：“今陛下爲天子，而所封皆蕭（何）曹（參）故人所親愛，而所誅者皆生平所仇怨。”

【仇家】仇人，仇怨之家。史記一二四郭解傳：“雒陽人有相仇者，……解夜見仇家，仇家曲聽解。”

【仇偶】匹配，伴侶。文選漢王子淵（褒）四子講德論：“嚶聲相應，仇偶相從。人由意合，物以類同。”指意氣相投的人。

【仇猶】古國名。在今山西陽泉市。史記七一樗里子傳：“智伯之伐仇猶，遺之廣車。”戰國策西周作厹由，韓非子說林下、淮南子精神作仇由，呂氏春秋權勳作厹繇。

【仇隙】有冤仇的人。後漢書質帝紀本初元年詔："頃者，州郡輕慢憲防，競逞殘暴，……恩阿所私，罰枉仇隙。"

【仇敵】敵國，敵人。左傳昭五年："晉，吾仇敵也。"荀子富國："彼愛其爪牙，畏其仇敵，若是，則爲利者不攻也。"

【仇餉】殺人而奪去餉饋的食物。書仲虺之誥："乃葛伯仇餉，初征自葛。"相傳夏時諸侯葛伯不行祭祀，推脫說沒有祭品。湯使亳地的人民去幫助他耕田，老弱去送飯。葛伯把一個送飯的孩子殺了，搶走了送去的飯菜。湯因此就出兵征伐葛伯。見孟子滕文公下。參閱清龔自珍定盦文集補編一葛伯仇餉解。

【仇讎】仇人。左傳成一三年："君之仇讎，而我之昏(婚)姻也。"國語越上："夫吳之與越也，仇讎敵戰之國也。"

【仇兆鰲】清浙江鄞縣人，字滄柱。康熙二十四年進士，官吏部右侍郎。著有杜少陵集評注，在前代各家舊注的基礎上，搜集有關杜詩的典故、事迹、義訓等材料，內容比較豐富，可供研究杜詩的參考。

【仇摩置】于闐南山，卽今新疆和田縣南的尼蟒依山。水經注二河水："河水又東與于闐河合，南源導于闐南山，俗謂之仇摩置。"

【仇池筆記】舊題宋蘇軾撰，二卷。四庫提要疑爲好事者輯其雜帖爲之，未必出於軾手。今本內容有與東坡志林互見者，顯經後人改竄。

仉 zhǎng 諸兩切，上，養韻，照。
ㄓㄤˇ

姓。見廣韻。

仍 réng 如乘切，平，蒸韻，日。
ㄖㄥˊ

㊀因襲，依舊。書顧命："華玉仍几。"傳："仍，因也。因生時几，不改作。"㊁重複，頻繁。國語周下："晉仍無道而鮮胄，其將失之矣。"㊂跟隨。楚辭屈原九章悲回風："觀炎氣之相仍兮，窺煙液之所積。"㊃乃。史記一一八淮南衡山傳："淮南衡山……專挾邪僻之計謀爲畔逆，仍父子再亡國，各不終其身。"㊄姓。見通志二六氏族二。

【仍仍】㊀惘然如有所失的樣子。淮南子精神："今夫窮鄙之社也，叩盆拊瓴，相和而歌，自以爲樂矣。嘗試爲之擊建鼓，撞巨鍾，乃性仍仍然，知其盆瓴之足羞也。"㊁頻頻。元戴良九靈山遺稿四詠雪三十二韻贈友詩："罅隙仍仍掩，高低故故平。"

【仍世】累代。晉書武帝紀泰始元年冬十二月柴燎告類於上帝曰："粵在魏室，仍世多故。"

【仍孫】古稱從本身下數到第八世孫爲仍孫。爾雅釋親："昆(同昆)孫之子爲仍孫。"仍也作"礽"。或稱耳孫。參見"耳孫"。

【仍舊貫】見"一仍舊貫"。

以 yǐ 羊已切，上，止韻，喻。
ㄧˇ

㊀用，使用。書立政："繼自今立政，其勿以憸人。"㊁認爲。左傳昭二五年："告臧孫，臧孫以難；告郈孫，郈孫以可，勸。"㊂與。儀禮鄉射禮："各以其耦進，反于射位。"㊃連及。易小畜："富以其鄰。"㊄緣故。詩邶風旄丘："何其久也？必有以也。"㊅代詞。此，這些。呂氏春秋貴信引周書："以言非信則百事不滿也。"㊆與方位詞連用，表示時間、方位、數量的界限。左傳隱九年："凡雨，自三日以往爲霖。"又昭二十年："聊攝以東，姑尤以西，其爲人也多矣。"㊇介詞。1.把，拿。左傳僖二三年："子犯以璧授公子。"2.在，于。左傳桓二年："初，晉穆侯之夫人姜氏，以條之役生太子。"3.從。漢書九五西南夷傳："今以長沙豫章往，水道多絕，難行。"4.向。儀禮鄉射禮："主人以賓揖先入。"5.因爲。論語衛靈公："君子不以言舉人，不以人廢言。"6.跟，同。詩邶風擊鼓："不我以歸。"7.按，依照。書洪範："時五者來備，各以其序。"㊈連詞。1.和。詩大雅皇矣："予懷明德，不大聲以色。"2.而。易泰："不戒以孚。"楚辭屈原離騷："惟夫黨人之偷樂兮，路幽昧以險隘。"㊉副詞。已經。國語晉四："其聞之者，吾以除之矣。"

【以去】以下。唐成玄英莊子序："自外篇以去，則取篇首二字爲其題目。駢拇、馬蹄之類是也。"

【以甚】過分。同"已甚"。文選晉潘安仁(岳)關中詩："愧無獻納，尸素以甚。"參見"已甚"。

【以降】以後。後漢書八三逸民傳論："自兹以降，風流彌繁，長往之軌未殊，而感致之數匪一。"

【以一奉百】少數人供奉多數人。謂生產的人少，消費的人多。後漢書四九王符傳浮侈："今察洛陽，資末業者什於農夫，虛僞游手什於末業。是則一夫耕，百人食之；一婦桑，百人衣之，以一奉百，孰能供之？"

【以一持萬】提綱挈領，管帶萬物。荀子儒效："法先王，統禮義，一制度，以淺持博，以古持今，以一持萬；苟仁義之類也，雖在鳥獸之中，若別白黑。"

【以一警百】懲罰一人以警戒衆人。漢書七六尹翁歸傳："其有所取也，以一警百，吏民皆服，恐懼改行自新。"

【以文會友】通過文字，交結朋友。論語顏淵："曾子曰：'君子以文會友，以友輔仁。'"河嶽英靈集下祖約清明宴司勳劉郎中別業詩："以文常會友，唯德自成鄰。"

【以心傳心】佛教禪宗用語。指不用語言文字，通過直覺，突然觸發，使人接受佛理。唐宗密禪源諸詮集都序上："欲令知月不在指，法是我心，故但以心傳心，不立文字。"

【以水投水】列子說符："(白公)曰：'若以水投水，何如？'孔子曰：'淄澠之合，易牙嘗而知之。'"後來用以指事物類同而難於鑒別。

【以水濟水】比喻雷同附和，無濟於事。左傳昭二十年："君所謂可，據亦曰可；君所謂否，據亦曰否。若以水濟水，誰能食之。"唐劉知幾史通書志："夫前志已錄，而後志仍書，篇目如舊，頻煩互出，何異以水濟水，誰能飲之者乎！"

【以手加額】表示歡欣慶幸。晉書石勒載記下："勒見(劉)曜無守軍，大悅，舉手指天，又自指額曰：'天也。'"資治通鑑九四作"舉手指天復加額"。宋楊萬里誠齋集七六章貢道院記："斯言一出，十邑之民，以手加額，家傳人誦。"

【以升量石】比喻以淺陋揣度高深。淮南子繆稱："使堯度舜則可，使桀度堯，是猶以升量石也。"

【以古非今】用古事來非難攻擊時政。史記秦始皇紀三四年："有敢偶語詩書者棄市，以古非今者族。"

【以石投水】比喻互相投契。文選三國魏李蕭遠(康)運命論："張良受黄石之符，誦三略之說，以游於羣雄，其言也，如以水投石，莫之受也。及其遭漢祖，其言也，如以石投水，莫之逆也。"

【以白爲黑】比喻顛倒真僞，混淆是非。三國志魏武帝紀建安十年令："昔直不疑無兄，世人謂之盜嫂；第五伯魚三娶孤女，謂之撾婦翁；……此皆以白爲黑，欺天罔君者也。"

【以冰致蠅】比喻必難實現，猶言緣木求魚。呂氏春秋功名："以貍致鼠，以冰致蠅，雖工不能。"

【以夷伐夷】指在軍事上利用對方的矛盾衝突，使之削弱。後漢書十六鄧訓傳："議者成以羌胡相攻，縣官之利，以夷伐夷，不宜禁護。"宋王安石臨川集八八翰林侍讀學士知許州軍梅公神道碑："兵法所謂以夷攻夷。"

【以刑去刑】用刑罰消滅刑罰。商君書畫策："以刑去刑，雖重刑可也。"

【以血洗血】指冤冤相報。舊唐書一二七源休傳："可汗使謂休曰：'我國人皆欲殺汝，唯我不然。汝國已殺董突等，吾又殺汝，猶以血洗血，汙益甚爾。'"

【以身試法】指明知法禁而仍觸犯法令。漢書七六王尊傳："太守以今日至府，願諸君卿勉力正身以率下，……明慎所職，毋以身試法。"

【以佚待勞】指作戰時養精蓄鋭，待敵人疲乏後，相機出擊。孫子軍爭："以近待遠，以佚待勞，以飽待饑；此治力者也。"佚也作"逸"。後漢書十七馮異傳："今先據城，以逸待勞，非所以爭也。"

【以卵投石】用雞蛋碰石頭，一觸就破。比喻必然失敗。墨子貴義："以其言非吾言者，是猶以卵投石也；盡天下之卵，其石猶是也，不可毀也。"荀子議兵："以桀詐堯，譬之若以卵投石，以指撓沸。"

【以往鑒來】把過去的經驗教訓作爲以後辦事的借鑒。三國志魏楊阜傳上疏："願陛下動則三思，慮而後行，重慎出入，以往鑒來。"

【以毒攻毒】指用有毒的藥物來治療毒瘡等病。明陶宗儀輟耕録二九骨咄犀："骨咄犀，蛇角也，其性至毒，而能解毒，蓋以毒攻毒也。"也比喻以對方所用的狠毒手段來制服對方。

【以直報怨】以公道來對待自己怨恨的人。論語憲問："以直報怨，以德報德。"

【以珠彈雀】比喻輕重倒置，得不償失。莊子讓王："今且有人於此，以隨侯之珠，彈千仞之雀，世必笑之。是何也？則其所用者重，而所要者輕也。"

【以退爲進】指以遜讓取得德行的進步。漢揚雄法言君子："請問退進。曰：昔乎顔淵以退爲進，天下鮮儷焉。"後轉指以退讓的姿態作爲進取的階梯。

【以蚓投魚】用蚯蚓作魚餌，比喻投合對方胃口，用較輕的代價，換得較大的成果，即拋磚引玉之意。隋書薛道衡傳："陳使傅縡聘齊，以道衡兼主客郎接對之。縡贈詩五十韻，道衡和之，南北稱美。魏收曰：'傅縡所謂以蚓投魚耳。'"

【以規爲瑱】把規勸的話作爲塞耳的瑱玉。比喻不重視別人的規勸。瑱(zhèn)，塞在耳中的玉石。國語楚上："(楚靈)王病之，曰：'子復語，不穀雖不能用，吾慭寘之於耳。'(白公子張)對曰：'賴君用之也，故言。不然，巴浦之犀犛兕象，其可盡乎！其又以規爲瑱也。'"

【以殺去殺】用重典以禁人犯法。商君書畫策："以殺去殺，雖殺可也。"

【以訛傳訛】把不正確的話錯誤地傳開去，越傳越錯。紅樓夢五一："這兩件事雖無考，古往今來，以訛傳訛，好事者竟故意的弄出這些古蹟來以惑愚人。"

【以湯止沸】比喻捨本逐末，無濟於事。呂氏春秋盡數："夫以湯止沸，沸愈不止，去其火則止矣。"亦作"以湯沃沸"。淮南子原道："若以湯沃沸，亂乃逾甚。"

【以湯沃雪】比喻輕而易舉。淮南子兵略："若以水滅火，若以湯沃雪，何往而不遂，何之而不用。"

【以逸待勞】見"以佚待勞"。

【以意逆志】用自己的意思去揣度他人的心思。孟子萬章上："故説詩者，不以文害辭，不以辭害志；以意逆志，是爲得之。"

【以義割恩】以大義割斷私恩。即"大義滅親"的意思。漢書九七下孝成趙皇后傳："恩之所不能已者，義之所割也。"注："言以義割恩也。"

【以碬投卵】以石頭打雞蛋，必破，比喻必定成功。碬(xiá)，磨刀石。孫子勢："兵之所加，如以碬投卵者，虚實是也。"

【以管窺天】比喻見聞狹隘，片面地看問題。猶言一孔之見。莊子秋水："是直用管闚天，用錐指地也，不亦小乎？"闚同"窺"。史記一〇五扁鵲傳："夫子之爲方也，若以管窺天，以郄視文。"

【以貌取人】以外貌作爲品評人才的標準。春秋時魯國人澹臺滅明，字子羽。孔子嫌他長得醜陋，開始不願收他爲學生，勉强收了以後，發現他表現不錯，於是就説："吾……以貌取人，失之子羽。"見大戴禮五帝德、史記六七仲尼弟子傳。

【以鄰爲壑】孟子告子下："是故禹以四海爲壑，今吾子(指白圭)以鄰國爲壑。"指把鄰境當作排泄洪水的溝壑。後因稱只圖自己的利益而嫁禍於人曰以鄰爲壑。

【以暴易暴】殷末伯夷叔齊反對周武王領導的討伐殷紂王的正義戰爭。武王滅殷以後，他們逃避到首陽山，絶食而死，死前作歌説，"登彼西山兮，采其薇矣。以暴易暴兮，不知其非矣！"見史記六一伯夷傳。後泛指用凶暴代替凶暴。

【以戰去戰】用戰爭制止戰爭。商君書畫策："故以戰去戰，雖戰可也。"

【以火救火，以水救水】言適足以增其焰與勢，使之益甚。莊子人間世："是以火救火，以水救水，名之曰益多。"

三畫

令 1. lìng 力政切，去，勁韻，來。ㄌㄧㄥˋ

㊀命令。書冏命："發號施令，罔有不臧。"用作動詞，指發出命令。詩齊風東方未明："倒之顛之，自公令之。"㊁法令。史記一二二杜周傳："前主所是著爲律，後主所是疏爲令。"太平御覽六三八杜預律序："律以正罪名，令以存事制。"㊂時節。古代以十二個月分別記述應該施行的政令，叫月令。見禮月令疏。後沿用爲季節之稱，如春令、冬令。㊃官名。春秋時楚有令尹。後代有王門令、率更令之類。秦漢時縣官轄區萬户以上的叫令，萬户以下的叫長。後來因有縣令、大令之稱。㊄善，美好。詩大雅卷阿："如圭如璋，令聞令望。"㊅對別人親屬的敬稱。如説令兄、令弟等。見各該條。㊆詞調、曲調名。如十六字令，雙調新水令之類。

2. líng 吕貞切，平，清韻。ㄌㄧㄥˊ 郎丁切，平，青韻，來。

㊇使。詩秦風車鄰："未見君子，寺人之令。"箋："欲見國君者，必先令寺人使傳告之。"史記六五孫子吳起傳："孫子謂田忌曰：'君弟重射，臣能令君勝。'"㊈如果。史記一〇七魏其武安侯傳："令我在也，而人皆藉吾弟；令我百歲後，皆魚肉之矣。"㊉通"鴒"。詩小雅小宛："題彼脊令，載飛載鳴。"脊令，即鶺鴒。⑪通"瓴"。見"令辟"。⑫複姓。見"令$_2$狐"。

3. lián 力延切，平，仙韻，來。ㄌㄧㄢˊ

⑬見"令$_3$居"。

【令乙】法令編次的第二篇。漢書四五江充傳"盡劾没入官"注引如淳："令乙，騎乘車馬行馳道中，已論者没入車馬被具。"也叫乙令。漢書五十張釋之傳"此人犯蹕，當罰金"注引如淳："乙令'蹕先至而犯者，罰金四兩。'"參見"令甲"。

【令丁】漢代稱鈴爲令丁。説文鈴："令丁也。"也作"零丁"。參見該條。

【令人】㊀品德善良的人。詩邶風凱風：

"母氏聖善，我無令人。"㊁命婦的封號。宋政和二年定命婦等級，有孺人、安人、宜人、恭人、令人、碩人、淑人、夫人之號。太中大夫以上的妻子封令人。見宋會要輯稿五十儀制十。㊂衙役。元曲選缺名陳州糶米楔子："令人，你在門外覰者，看有那一位老爺下馬，便來報咱知道。"

【令士】才智之士。三國志魏陳思王植傳"誅丁儀丁廙并其男口"注引魏略："（曹操）聞儀爲令士，雖未見，欲以愛女妻之。"又吳陸績傳："虞翻舊齒名盛，龐統荊州令士，年亦差長，皆與績友善。"

【令才】美好的才華。玉臺新詠一古詩爲焦仲卿妻作："年始十八九，便言多令才。"

【令子】佳兒。對別人兒子的美稱。南史任昉傳："褚彥回（淵）嘗謂（昉父）遙曰：'聞卿有令子，相爲喜之。所謂百不爲多，一不爲少。'"

【令上】美好，卓越。世說新語賞譽下："世目謝尚爲令達。阮遙集（孚）云：'清暢似達。'或曰：'尚自然令上。'"

【令王】㊀賢明的帝王。左傳成八年："三代之令王，皆數百年保天之祿，夫豈無辟王，賴前哲以免也。"㊁對有王爵者的敬稱。隋書崔廓傳附崔賾答豫章王書："伏惟令王殿下，……雅道貴於東平，文藝高於北海。"

【令支】春秋時山戎屬國。國語齊："遂北伐山戎，刜令支。"又見管子大匡。逸周書王會作"不令支"，呂氏春秋有始、淮南子地形作"令疵"，史記齊太公世家作"離枝"。地在今河北遷安縣一帶。

【令尹】㊀春秋時楚國最高的官職。論語公冶長："令尹子文三仕爲令尹，無喜色；三已之，無慍色。"疏："楚臣，令尹爲長。……令，善也；尹，正也，言用善人正此官也。"㊁縣官別名。秦漢以來一縣之長叫縣令，元代叫縣尹，因而也合稱令尹。

【令日】吉日。漢書七三韋賢傳附韋玄成："即以令日遷太上、孝惠廟，孝文太后、孝昭太后寢。"

【令公】宋書孔琳之傳："尚書令省事倪宗又牽威儀手力，擊臣下人。宗云：中丞何得行凶，敢録令公？"令公，指尚書令徐羨之。隋唐以來，凡任中書令的，習稱令公。

【令月】吉月。儀禮士冠禮："令月吉日，始加元服。"

【令正】㊀官名。左傳襄二六年："子大叔爲令正。"注："主作辭令之正。"㊁古代以嫡妻爲正室，故敬稱別人的妻子爲令正。明馮夢龍萬事足傳奇訪友托妻："娘子，高崇本攜令正來到，與你同去迎接。"

【令丙】法令編次的第三篇。後漢書章帝紀元和元年："又令丙，箠長短有數。"晉書刑法志作"令景"，因唐代避李淵（高祖）父李昞諱而改。參見"令甲"。

【令甲】法令編次的第一篇。漢書宣帝紀地節四年："令甲，死者不可生，刑者不可息。"注引文穎："蕭何承秦法所作爲律令，律經是也。天子詔所增損，不在律上者爲令。令甲者，前帝第一令也。"也稱甲令。漢書三四吳芮傳贊："著於甲令而稱忠也。"注："甲者，令篇之次也。"後來便以令甲爲法令的通稱。

【令史】官名。漢代設有蘭臺令史、尚書令史，掌文書，職位次於郎。晉、南北朝沿置。令史都有品秩，可以補升爲郎。隋唐以後，令史已没有品秩，變爲三省、六部及御史臺的低級事務員。見通典二二歷代都事主事令史。唐、宋時京師各有關主管部門都設有令史，至明而廢。

【令兄】詩小雅角弓："此令兄弟，綽綽有裕。不令兄弟，交相爲瘉。"原指兄弟相善。後來作爲對別人之兄的敬稱。宋蘇籀欒城先生遺言："貢父嘗謂公所爲訓詞曰：'君所作强於令兄。'"貢父，劉攽字。兄指蘇軾，君指蘇轍。參見"令弟"。

【令母】賢母。漢蔡邕蔡中郎集九濟北相崔君夫人誄："于其令母，受茲義方。"

【令令】象聲詞。詩齊風盧令："盧令令，其人美且仁。"傳："盧，田犬；令令，纓環聲。"

【令旨】帝王的命令。梁書王僧辯傳："僧辯既入，背（鮑）泉而坐，曰：'鮑郎，卿有罪，令旨使我鏁（鎖）卿，勿以故意見待。'"又宋以太子命、金以皇太后命爲令旨。見宋岳珂愧郯録二聖旨教令之別、金史章宗紀一。

【令名】美名。左傳襄二四年："非無賄之患，而無令名之難。"史記秦始皇紀："阿房宮未成，成，欲更擇令名名之。"

【令色】和悦的面容。詩大雅烝民："令儀令色，小心翼翼。"這是褒義。書皋陶謨："何畏乎巧言令色孔壬！"這是貶義。指諂媚。

【令弟】稱自己的弟輩。文選南朝宋謝靈運酬從弟惠連詩："末路值令弟，開顔披心胸。"唐李白李太白詩十二贈別舍人弟臺卿之江南詩："令弟經濟士，謫居我何傷。"後多用作對別人之弟的敬稱。唐權德輿權載之文集二五揚州兵曹參軍蕭府君墓志銘："初君與令弟故司封郎中惟則，同以儒服游京師。"

【令辰】好時辰。自子至亥爲十二辰。儀禮士冠禮："吉月令辰，乃申爾服。"文選南朝梁任彥昇（昉）到大司馬記室牋："伏承以令月令辰，肅膺典策。"注："劉歆甘泉賦曰：擇吉日之令辰。"

【令君】㊀漢末，尚書令稱令君。晉書荀勗傳："帝嘗謂曰：'魏武帝言荀文若（彧）之進善，不進不止；荀公達（攸）之退惡，不退不休。二令君之美，亦望於君也。'"彧、攸於東漢末曾先後任尚書令。㊁縣令的尊稱。宋韋居安梅磵詩話中："（梁克家）寓（揭陽）縣治東齋，齋前有梅一株，忽於九月中盛開，……邑士多賦詩，往往皆諂令君。"

【令似】對別人兒子的敬稱。同"令嗣"。詩周頌良耜："以似以續，續古之人。"疏："似，訓爲嗣。"宋王銍默記："劉原父（敞）就省試，父立之止以俟榜。郡守曰：'雖令似才俊，豈可預料。'"參見"令嗣"。

【令攸】猶言賢妻。初學記十四東漢秦嘉述婚詩："神啓其吉，果獲令攸。"參見"相攸"。

【令長】縣令，縣長。漢書百官公卿表："縣令、長，皆秦官；掌治其縣。萬户以上爲令，秩千石至六百石。減萬户爲長，秩五百石至三百石。"

【令妻】詩魯頌閟宮："魯侯燕喜，令妻壽母。"疏："謂爲之祝慶，使妻善而母壽也。"後多作名詞，用爲對別人妻子的敬稱。唐劉禹錫劉夢得文集外集十爲鄂州李大夫祭柳員外文："令妻早謝，稺子四歲。"

【令8居】古地名。漢書武帝紀元鼎六年："又遣浮沮將軍公孫賀出九原，匈河將軍趙破奴出令居，皆二千餘里，不見虜而還。"故城在今甘肅永登縣西北。

【令坦】對別人女婿的敬稱。詳"坦腹㊀"。

【令典】國家的憲章法令。左傳宣十二年："蔿敖爲宰，擇楚國之令典。"三國志魏文帝紀黄初五年："自今其敢設非祀之祭，巫祝之言，皆以執左道論，著于令典。"

【令舍】官舍。韓非子十過："臣聞董子之治晉陽也，公宫令舍之堂，皆以鍊銅爲柱質。"

【令岳】對別人妻父的敬稱。宋陳叔方潁川語小上："妻之父曰外舅，妻之母曰外姑，此見於爾雅。……俗呼丈人、丈母，意亦近之。然稱他人妻之父曰丈人，則未穩，惟曰令外舅可也。若云令岳，鄙謬甚矣。"可見令岳一詞在宋代已常用。

【令₂狐】㊀春秋地名。左傳文七年:"戊子,敗秦師於令狐,至於刳首。"故城在今山西臨猗縣(舊猗氏縣)。㊁複姓。春秋晉畢萬之後魏顆,食采令狐,爲令狐氏。東漢有令狐略,唐有令狐德棻。見明陳士元姓觿八引氏族大全。

【令妹】稱自己的妹妹。藝文類聚二九晉左思贈妹九嬪悼離詩:"峨峨令妹,應期誕生。"宋蘇軾東坡集續集七與外生柳閎書:"北歸萬里,無足言者,獨不見我令妹賢妹夫,此心如割。"後用作對別人妹妹的敬稱。

【令音】善言。世説新語賞譽:"謝公(安)云:'長史(王濛)語甚不多,可謂有令音。'"

【令政】㊀善政。書呂刑:"庶民罔有令政在于天下。"㊁對別人妻子的敬稱。同"令正㊁"。明范文若夢花酣傳奇十:"只怕你的令政,像了這畫,也是箇人草薰哩。"

【令姪】對別人侄子的敬稱。唐杜甫杜工部草堂詩箋十送韋十六評事充同谷郡防御判官:"令姪才俊茂,二美又何求。"

【令郎】稱別人子弟爲郎君、令郎君。玉臺新詠一古詩爲焦仲卿妻作:"不堪吏人婦,豈合令郎君?"省作令郎。宋朱熹朱文公集五四答徐彥章書:"并前書送令郎處,尋便附致。"

【令酒】行酒令的人自己先飲一杯,叫令酒。紅樓夢四十:"薛姨媽點頭笑道:'依令。老太太到底吃一杯令酒才是。'賈母笑道:'這個自然。'"

【令書】太子的命令文書。南史王規傳:"太子賜以所服貂蟬,并降令書。"

【令章】㊀酒令。飲宴時勸酒佐興的一種遊戲。唐韓愈昌黎集二二祭河南張員外文:"衡陽放酒,熊咆虎嗥,不存令章,罰籌蝟毛。"宋朱熹校注:"令章謂酒令,違令則以籌記其罰也。"㊁曲子的篇章。宋史禮志二八凶禮四:"訪聞喪葬之家有舉樂及令章者,……或則舉奠之際,歌吹爲娛,靈柩之前,令章爲戲,甚傷風教。"

【令族】望族。指封建社會中有權勢的家族。晉陶潛陶淵明集一贈長沙公詩:"於穆令族,允構斯堂。"

【令疵】即"令支"。見"令支"。

【令望】指有善美的威儀,使人景仰。詩大雅卷阿:"如圭如璋,令聞令望。"

【令堂】對別人母親的敬稱。亦作令慈。古今雜劇元鄭德輝傷梅香三:"這聲音九分兒是你令堂。"

【令問】好名聲。漢蔡邕蔡中郎集二郭林宗碑:"俾芳烈奮乎百世,令問顯乎無窮。"

【令終】㊀保持善名而死。詩大雅既醉:"昭明有融,高朗令終。"後把盡天年、得善終叫令終。宋書雷次宗傳與子侄書:"但願守全所志,以保令終耳。"㊁圓滿結束。文選晉嵇叔夜(康)琴賦:"既豐贍以多姿,又善始而令終。"

【令尊】對別人父親的敬稱。宋陳叔方潁川語小上:"世俗稱謂,多失其義,惟以令尊呼父,以內稱妻,尚可通。"

【令₂辟】磚。同"瓴甓"。漢書九十尹賞傳:"修治長安獄,穿地方深各數丈,致令辟爲郭,以大石覆其口,名爲虎穴。"參見"瓴甓"。

【令嗣】對別人兒子的敬稱。也作"令似"。宋王安石臨川集七八答郟大夫書:"承教,并致令嗣埋銘祭文,發揮德美,足以傳後信今。"

【令愛】對別人女兒的敬稱。宋陳叔方潁川語小上:"世俗稱謂,多失其義,……若謂閤正爲令政,令嗣爲令似,令女爲令愛。"京本通俗小説碾玉觀音上:"適來叫出來看郡王轎子的人,是令愛麼?"

【令聞】好名聲。書微子之命:"爾惟踐修厥猷,舊有令聞。"詩大雅文王:"亹亹文王,令聞不已。"

【令閤】對別人妻子的敬稱。也作"令室"、"令閫"。宋趙令時侯鯖録三:"東坡(蘇軾)再謫惠州日,一老舉人年六十九,爲鄰。其妻三十歲誕子,爲具邀公。公欣然而往,酒酣乞詩,公戲一聯云:令閤方當而立歲,賢夫已近古希年。"

【令稱】好名聲。漢書九九下王莽傳:"以直道侯王涉爲衛將軍;涉者,曲陽侯根子也。根,成帝世爲大司馬,薦莽自代,莽恩之,以爲曲陽非令稱,乃追謚根曰直道讓公。"藝文類聚三七魏桓範薦管寧表:"竊見東莞管寧,束修著行,少有令稱。"

【令僕】尚書令與僕射的合稱。世説新語賞譽下:"桓公(温)語嘉賓(郗超),阿源(殷浩)有德有言,向使作令僕,足以儀刑百揆,朝廷用違其才耳。"浩字淵源。

【令箭】舊時軍隊裏發令所用的小旗,竿上加箭頭,叫令箭。清通考一九四兵十六:"令箭之制,凡旗面式樣,大將軍、督撫、提、鎮,均用三角旗;駐防將軍、都統、副都統,均用方旗,咸以雲緞爲之。"

【令節】㊀清白的節操。三國魏曹植曹子建集九武帝誄:"既以約終,令節不衰。"㊁佳節。藝文類聚四晉傅充妻辛氏元正詩:"元正啓令節,嘉慶肇自兹。"唐杜甫杜工部草堂詩箋九晦日尋崔戢李封:"喜結仁里歡,況因令節求。"唐人常以正月晦日聚飲,與元正同爲佳節。

【令德】美德。書君陳:"君陳,惟爾令德孝恭。"左傳襄二四年:"子爲晉國,四鄰諸侯,不聞令德,而聞重幣。"

【令器】優秀的人材。晉書石苞傳:"(苞子)儁字彥倫,少有名譽,議者稱爲令器。"

【令嶽】見"令岳"。

【令謨】良謀,善策。後漢書五一橋玄傳:"故太尉橋玄,懿德高軌,汎愛博容。國念明訓,士思令謨。"

【令譽】美好的名聲。世説新語言語:"鍾毓鍾會少有令譽。"魏書張烈傳:"時青州有崔徽伯、房徽叔,與烈並有令譽。"

【令君香】東漢荀彧爲尚書令,相傳他的衣帶有香氣,所到之處,香經日不散,人稱爲令君香。見太平御覽七〇三襄陽記。後多用來指宰相大臣的風度神采。唐王維王右丞集六春日直門下省早朝詩:"遙聞侍中珮,闇識令君香。"

【令₂狐楚】公元765—836年。唐華原人。字殼士。貞元七年進士。以文學知名。憲宗時爲中書舍人。敬宗時,内爲尚書僕射,外爲諸鎮節度使。時宦官把持朝政,無所作爲,在政治上屬於牛僧孺一派。新、舊唐書有傳。新唐書藝文志集部著録有漆匳集一百三十卷,佚。

【令₂狐綯】公元795—872年。唐華原人。字子直,令狐楚之子。大和四年進士。武宗時,任湖州刺史。宣宗時,官至宰相,輔政十年。史稱綯品性懦緩,才能平庸。楚、綯都是牛黨的中堅分子。新、舊唐書附令狐楚傳。

【令尹子文】春秋楚令尹。姓鬬,名穀於菟(gòu wū tú),字子文。鬬伯比與邧國女的私生子,生後棄於雲夢,傳説曾由虎喂養。楚人稱乳爲穀,稱虎爲於菟,故名。官令尹。楚有内亂,子文毁家以紓難。三仕三已,無喜慍之色;舊令尹之政,必以告新令尹。見左傳宣四年、莊三十年、國語楚下、論語公冶長。

【令行禁止】有令卽行,有禁卽止。謂法令雷厲風行。逸周書文傳:"令行禁止,王之始也。"韓非子八經:"君執柄以處勢,故令行禁止。"

【令₂狐德棻】公元583—666年。唐宜州華原人。廣泛涉獵文史典籍。高祖時官至祕書丞。唐王朝建立後,奏請購募遺書，並使專人補録，保存了大批典籍。武德四年，建議修撰梁陳周齊隋等朝史書，被採納。貞觀三年擔任周書的主編，並多次參與官書的編寫。有集三十卷，佚。新、舊唐書有傳。

仝 tóng 徒紅切，平，東韻，定。ㄊㄨㄥˊ

㊀即"同"字。唐盧仝玉川子詩集二與馬異結交詩："昨日仝不同，異自異，是謂大仝而小異。"㊁姓。明史二九九方伎傳有仝寅。

仕 shì 鉏里切，上，止韻，牀。ㄕˋ

㊀作官。論語公冶長："令尹子文三仕爲令尹，無喜色。"禮曲禮上："四十曰强而仕。"㊁審察。詩小雅節南山："弗問弗仕，勿罔君子。"㊂事。詩小雅四月："盡瘁以仕，寧莫我有。"

【仕子】作官的人。宋書王華傳："將使公路日清，私請漸塞，……處士砥自求之節，仕子藏交馳之情。"

【仕女】㊀畫家畫的美人，宋以後多叫士女，後又作仕女。宋米芾畫史："江南周文矩士女，面一如(周)昉。"元湯厚古今畫鑑："張萱工仕女人物，尤長于嬰兒，不在周昉之右。"㊁官僚家庭的婦女。元曲選石君寶曲江池一："你看那王孫蹴踘，仕女鞦韆。"

【仕門】仕族，官吏之家。隋書刑法志："是後法令明審，科條簡要，又敕仕門之子弟，常講習之。"也作"仕家"。新唐書一九七韋丹傳："立學官，取仕家子弟十五人充之。"

【仕版】官吏的名册。宣和書譜十三："(張華)爲本郡太守所薦，始登仕版，至晉爲黄門侍郎。"

【仕宦】作官。史記平準書："孝惠高后時，爲天下初定，復弛商賈之律，然市井之子孫，亦不得仕宦爲吏。"

【仕途】官吏晉陞之路。新唐書一九六隱逸傳序："然放利之徒，假隱自名，以詭禄仕，肩相摩於道，至號終南嵩少爲仕途捷徑，高尚之節喪焉。"

【仕進】進身爲官。後漢書五二崔駰傳："少游太學，與班固傅毅同時齊名。常以典籍爲業，未遑仕進之事。"

【仕塗】即仕途。塗，通"途"。後漢書六五皇甫規傳："自以連在大位，欲退身避第，……因令客密告并州刺史胡芳，言規擅遠軍營，公違禁憲，當急舉奏。芳曰：'威明欲避第仕塗，故激發我耳。'"威明，規字。

【仕路】作官的道路。漢王充論衡自紀："罷州家居，年漸七十，時可懸輿，仕路隔絶，志窮無如。"

【仕農工商】仕，同"士"。舊唐書九四崔融傳："仕農工商，四人有業。學以居位曰仕，闢土殖穀曰農，作巧成器曰工，通財鬻貨曰商。"參見"四民"。

付 fù 方遇切，去，遇韻，幫。ㄈㄨˋ

㊀給與。書梓材："皇天既付中國民。"釋文："付如字。馬(融)本作附。"㊁祭。通"祔"。周禮春官大祝："付、練、祥，掌國事。"㊂量詞。通"副"。元曲選缺名來生債一："難道居士另是一付肚腸，與世人各别的？"

【付予】給予。唐韓愈昌黎集三十平淮西碑："天既全付予有家，今傳次在予，予不能事事，其何以見于郊廟？"宋王安石臨川集七六上杜學士書："而卒然舉河北以付執事，豈主上與一二股肱之臣，不惟付予必久而後可要以效哉？"

【付丙】古代以天干配五行，丙、丁屬火，後因稱火爲丙丁，或叫丙；並把付諸火焚叫作"付丙丁"。明錢德洪平濠記："目畢，即付丙丁，知名不具。"也省作"付丙"。

【付法】佛教徒稱佛教的傳受。如元魏吉迦葉等譯付法藏因緣傳，即記迦葉傳阿難，阿難傳商那和修等二十四人的經歷。

【付治】交官府治罪。陳書到仲舉傳："及文帝崩，高宗受遺詔爲尚書令入輔。仲舉與左丞王暹、中書舍人劉師知殷不佞等……矯宣旨遣高宗還東府。事發，師知下北獄賜死，暹不佞並付治。"

【付畀】付與。書康王之誥："皇天用訓厥道，付畀四方。"

【付梓】刻印書籍。古代書籍，先刻木板，後付印。梓，刻板。明吳應箕樓山堂集十五答陳定生書："東林本末採録最真，編定最確，……今以原稿附上，幸即付梓也。"

【付屬】歸屬。詩周南召南譜："故獨取其詩，付屬之於大師之官，使分而國之，爲二國之風。"宋王安石臨川集三九上仁宗皇帝言事書："伏惟三廟祖宗神靈所以付屬陛下，固將爲萬世血食，而大庇元元於無窮也。"

【付之一炬】燒毁。唐杜牧樊川文集一阿房宮賦："楚人一炬，可憐焦土。"後稱財物被火燒毁爲付之一炬。

【付諸東流】我國地勢西北高、東南低，江河東流，最後消失在大海裏。人們以"東流水"或"付諸東流"比喻事情前功盡棄或最後落空。唐李白李太白詩十五夢遊天姥吟留别："世間行樂亦如此，古來萬事東流水。"

代 dài 徒耐切，去，代韻，定。ㄉㄞˋ

㊀更替。以此易彼，以後續前。書皋陶謨："無曠庶官，天工人其代之。"史記項羽紀："彼可取而代也。"㊁世代，時代。論語八佾："周監於二代。"指夏與殷。唐代時，因避李世民(太宗)諱，遇"世"字多改用"代"字。㊂古國名。1.戰國時國名。爲趙襄子所滅。見史記趙世家。地在今河北蔚縣一帶。2.十六國時期鮮卑族拓跋部所建政權。東漢末年拓跋部從漠北南遷，定居盛樂。晉愍帝建興三年封拓跋猗盧爲代王，建立代國。參閱北史魏紀一。㊃姓。見元和姓纂九代。

【代立】指繼承王位。商君書更法："君(秦孝公)曰：'代立不忘社稷，君之道也。'"

【代田】古時北方乾旱地區的一種輪作法。將一畝田劃成三甽三壟，在壟中播種，耨草時鋤壟土，用來培壅苗根。甽和壟的位置逐年輪换，藉以保持地力。見漢書食貨志上。

【代州】地名。春秋時晉地，戰國屬趙，置雁門郡。秦漢因之。隋開皇五年改爲代州。明洪武三年改爲代縣，八年復曰代州，屬太原府。明末，農民起義軍領袖李自成曾在此打敗明總兵周遇吉，打開了進攻北京的通路。轄境相當於今山西代縣、繁峙、五臺、原平等縣。參閱嘉慶一統志一五一代州。

【代言】代皇帝撰寫詔命。宋樓鑰攻媿集一送王正言守永嘉詩："便應珥筆侍天陛，不然代言登鳳詔。"

【代序】歲月季節順次更替。楚辭屈原離騷："日月忽其不淹兮，春與秋其代序。"也作"代敍"。漢桓寬鹽鐵論論災："四時代敍而人則其功，星列於天而人象其形。"

【代步】乘車、馬、船等代替步行。藝文類聚七一東漢李尤天軒車銘："輪以代步，屏以從容。"指車。文苑英華三三〇唐裴度酬張祕書因寄馬贈詩："代步本慚非逸足，緣情何幸枉高文。"指馬。唐白居易長慶集六八足疾詩："閑顔且酌樽中酒，代步多乘池上舟。"指船。

【代谷】地名。史記一一二平津侯傳："及至高皇帝定天下，略地於邊，聞匈奴聚於代谷之外，而欲擊之。"地在今山西繁峙縣及舊崞縣一帶。

【代庖】代廚人做飯。比喻替別人辦事。淮南子主術:"不正本而反自脩，則人主逾勞，人臣逾逸，是猶代庖宰剝牲而爲大匠斲也。"聊齋志異紅玉:"君所欲託諸人者，請自任之；欲自任者，願得而代庖焉。"參見"越俎代庖"。

【代面】㊀面具，假面。北齊蘭陵王元長恭，作戰時常着假面。曾在金墉城下抗擊北周兵，勇冠三軍。北齊人作了一首舞曲，寫他指揮打仗的情景，叫蘭陵王入陣曲。見舊唐書音樂志二、唐段安節樂府雜録鼓架部。後卽以"代面"爲這樂舞的名稱。也作"大面"。參見"蘭陵王"。㊁指以文字代替面談。唐白居易長慶集五三醉封詩筒寄微之詩:"展眉只仰三杯後，代面惟凴(憑)五字中。"

【代耕】㊀指官吏的俸禄。孟子萬章下:"下士與庶人在官者同禄，禄足以代其耕也。"晉陶潛陶淵明集四雜詩之八:"代耕本非望，所業在田桑。"㊁農業以外的職業，也多稱代耕。文選晉潘安仁(岳)閑居賦序:"池沼足以漁釣，舂稅足以代耕。"舊時把靠寫作爲生稱以筆代耕，又叫筆耕；靠教書爲生稱以舌代耕，又叫舌耕。

【代書】明清州縣衙門裏代人書寫稟帖和訴訟狀紙的人。他們没有固定收入，名義上靠出賣狀紙和代人寫狀的酬金爲生，實際上勾結官府豪紳，對平民進行勒索敲詐。參閱清黄六鴻福惠全書三蒞任考代書。

【代馬】㊀古代漠北産的駿馬。三國魏曹植曹子建集五朔風詩:"願騁代馬，倏忽北徂。"㊁古地名。史記六九蘇秦傳:"秦四塞之國，……南有巴蜀，北有代馬。"索隱:"謂代郡馬邑也。地理志代郡又有馬城縣。一云代馬，謂代郡兼有胡馬之利。"

【代脈】中醫把有間歇停止跳動的脈象，稱爲代脈。西醫叫間歇脈。晉王叔和脈經五扁鵲診諸反逆死脈要訣:"脈五來一止，不復增減者死，經名曰代。何謂代？脈五來一止也。"

【代勞】代人效力。南朝梁元帝(蕭繹)金樓子立言:"夫陶犬無守夜之警，瓦雞無司晨之益；塗車不能代勞，木馬不中馳逐。"

【代筆】代人寫作。宋袁燮絜齋集三論國家宜明政刑劄子:"場屋代筆之罰，先朝之所甚嚴。"代筆的人，後叫槍手。

【代御】交替處於支配地位，指順次轉移。荀子天論:"列星隨旋，日月遞炤(照)，四時代御，陰陽大化。"

【代匱】平日積蓄，以備困乏之時用。左傳成九年:"詩曰：'雖有絲麻，無棄菅蒯；雖有姬姜，無棄蕉萃；凡百君子，莫不代匱。'言備之不可以已也。"詩，逸詩。

【代舞】輪番跳舞。楚辭屈原九歌禮魂:"成禮兮會鼓，傳芭兮代舞。"

【代斲】代作他人分内之事。老子:"常有司殺者殺，而代司殺者殺，是代大匠斲。夫代大匠斲者，希不傷其手矣。"文苑英華二四三李夷簡西亭暇日書懷十二韻獻上相公詩:"代斲豈容易，守成獲優悠。"參見"代庖"。

【代德】古代改朝换代時，新王朝都自稱有新德以代舊。左傳僖二五年:"晉侯朝王，……請隧，弗許。曰：'王章也，未有代德，而有二王，亦叔父之所惡也。'"戰國秦漢時，盛行"五行代德"說，如說周是火德，秦是水德，水能克火，所以秦代周。(見史記秦始皇紀)後來"五行代德"便成爲改朝换代時的一種說法。

【代興】更迭興起。左傳昭十二年:"齊侯舉矢曰：'有酒如澠，有肉如陵，寡人中此，與君代興。'"吕氏春秋仲夏紀大樂:"四時代興，或暑或寒。"

【代謝】更替變化。淮南子兵略:"若春秋有代謝，若日月有晝夜，終而復始，明而復晦。"這指四時變化。唐孟浩然集三與諸子登峴山詩:"人事有代謝，往來成古今。"這指人事變化。

【代犧】犧，祭祀用的牲畜。唐武后(武則天)患病，令寵臣閻朝隱到少室山祈禱祭神。朝隱沐浴後，把自己代作牲畜，伏在祭器上，稟告神明，願代武則天分擔疾病的痛苦。武則天病愈後，對他大加賞賜。見新唐書二〇二閻朝隱傳。

【代漏龍】見"知更魚"。

仗 zhàng ㄓㄤˋ 直兩切，上，養韻，澄。直亮切，去，漾韻，澄。

㊀刀戟等兵器的總名。南朝梁元帝金樓子三說蕃:"蕭子響在荆州造仗，長史司馬皆以啓聞。"唐玄應一切經音義二三攝大乘論四刀仗:"人所執持爲仗，仗亦弓、矟、杵、棒之總也。"㊁儀衛。唐錢起錢考功集八早朝詩:"朝時但向丹墀拜，仗下疑從碧落迴。"新唐書儀衛志上:"凡朝會之仗，三衛番上，分爲五仗，號衙内五衛。"㊂憑倚，依靠。史記七八春申君傳:"王若負人徒之衆，仗兵革之彊，……臣恐其有後患也。"㊃執持。見"仗劍"。

【仗身】執武器的隨從衛士。南齊書周山圖傳:"自今往墅，可以仗身自隨，以備不虞。"北齊書陸法和傳:"明日引見，給通幰油絡網車，仗身百人。"

【仗馬】用作皇帝儀仗的馬。清詩別裁十三王九齡竊禄:"無聲慚仗馬，有淚對刑書。"參見"立仗馬"。

【仗氣】㊀堅持正氣。陳書後主紀:"其有負能仗氣，擯壓當時，……亦宜去此幽谷，翔茲天路。"唐劉知幾史通直書:"若南董之仗氣直書，不避强禦。"㊁任性。詳"仗氣使酒"。

【仗義】㊀主持正義。漢書四八賈誼傳陳政事疏:"顧行而忘利，守節而仗義。"㊁講義氣。詳"仗義疏財"。

【仗劍】持劍。史記九二淮陰侯傳:"項梁渡淮，信仗劍從之。"百衲本作"杖劍"。

【仗衛】儀仗侍衛。晉書王忱傳:"嘗朔日見客，仗衛甚盛。"

【仗氣使酒】任性發酒瘋。北齊書崔瞻傳與李概書:"仗氣使酒，我之常弊，詆訶指切，在卿尤甚。"

【仗義疏財】指講義氣，拿錢幫助別人。水滸十五:"吳用道：'這等一個仗義疏財的好男子，如何不與他相見？'"

他 1. tā ㄊㄚ 託何切，平，歌韻，透。

㊀別的，其他的。凡別人、別事、別物，都稱他。詩王風葛藟:"謂他人父，亦莫我顧。"詩小雅小旻:"人知其一，莫知其他。"孟子梁惠王下:"王顧左右而言他。"㊁第三人稱代詞。唐張文成游仙窟:"自隱多姿則，欺他獨自眠。"

2. tuō ㄊㄨㄛ

㊂見"他2他2"。

【他山】見"它山"。

【他方】異地，別的地方。三國志魏文德郭皇后傳:"諸親戚嫁娶，自當與鄉里門戶匹敵者，不得因勢，彊與他方人婚也。"

【他日】㊀昔日。左傳宣四年:"子公之食指動，以示子家曰：'他日我如此，必嘗異味。'"㊁後來。左傳僖二三年:"公子懼，降服而囚。他日，公享之。"

【他生】來生，下一輩子。唐李商隱李義山詩集五馬嵬:"海外徒聞更九州，他生未卜此生休。"

【他2他2】交横錯雜的樣子。文選漢司馬長卿(相如)上林賦:"不被創刃而死者，他他藉藉，填坑滿谷，掩平彌澤。"史記一一七司馬相如傳作"佗佗"，漢書作"它它"。

【他年】㊀將來。左傳成十三年:"曹人

使公子負芻守，……負芻殺其大子而自立也，諸侯乃請討之。晉人以其役之勞，請俟他年。”㊁過去。唐杜甫杜工部草堂詩箋二七存歿口號之一：“玉局他年無限笑，白楊今日幾人悲。”

【他志】異心，另有企圖。左傳襄三一年：“令尹似君矣，將有他志；雖獲其志，不能終也。”

【他每】他們。元曲選關漢卿玉鏡臺一：“他每都恃着口强，便儀秦呵，怎敢比量。”儀，張儀；秦，蘇秦。

【他故】㊀別的理由。楚辭屈原離騷：“豈其有他故兮，莫好脩之害也！”㊁別的事。韓非子說難：“彼顯有所出事，而乃以成他故。”

【他端】其他打算。史記七七魏公子傳：“今有難，無他端，而欲赴秦軍，譬若以肉投餒虎。”

【他誰】誰人。唐元稹長慶集二二郡務稍簡……偶成自嘆因寄樂天詩：“天遣兩家無嗣子，欲將文集與他誰。”元曲選馬致遠青衫淚三：“撇得我孤孤零零難存濟，我淒淒楚楚告他誰。”

【他儂】他人。樂府詩集四九孟珠曲之二：“揚州石榴花，摘插雙襟中。葳蕤當憶我，莫持豔他儂。”

【他心通】佛教所謂能洞見衆生心中所思的神力。詳“六通”。

仞

rèn 而振切，去，震韻，日。
ㄖㄣ

㊀長度單位。書旅獒：“爲山九仞，功虧一簣。”漢書食貨志上：“有石城十仞。”仞的長度說法不一：

七尺　論語包咸注、儀禮鄭玄注、楚辭王逸注、呂氏春秋高誘注

八尺　說文、孟子趙岐注、孔子家語王肅注、書孔傳、山海經郭璞注、漢書顏師古注

五尺六寸　漢書食貨志下注引漢應劭說

四尺　小爾雅廣度

八尺爲周尺，七尺爲漢尺，五尺六寸爲東漢末尺。　清陶方琦說文仞字八尺考

㊁測量深淺。左傳昭三二年：“計丈數，揣高卑，度厚薄，仞溝洫。”㊂承擔，承認。通“認”。淮南子人間：“非其事者勿仞也，非其名者勿就也。”漢書八八孟喜傳：“喜因不肯仞。”㊃充滿。通“牣”。史記一一七司馬相如傳上林賦：“實陂池而勿禁，虛宮觀而勿仞。”㊄通“韌”。易革“鞏用黃牛之革”三國魏王弼注：“牛之革堅仞不可變也。”

仔

1. zǐ 即里切，上，止韻，精。
ㄗˇ 子之切，平，之韻，精。

㊀勝任。見說文。

2. zǎi
ㄗㄞˇ

㊀兒子。我國西南地區方言。㊁動物的小稱。如：猪仔。參見“崽”。

【仔肩】擔任，負責。詩周頌敬之：“佛時仔肩，示我顯德行。”

【仔細】精細，認真。同“子細”。唐杜甫杜工部草堂詩箋九九日藍田崔氏莊：“明年此會知誰健，醉把茱萸仔細看。”

【仔琫】清代西藏地方官名。與商卓特巴都是管理財政的官吏，專管鑄錢。見衞藏通志七。參見“商上”。

仙

xiān 相然切，平，仙韻，心。
ㄒㄧㄢ

同“僊”。㊀神仙。釋名釋長幼：“老而不死曰仙。”㊁非凡的人，如說詩仙、酒仙。唐杜甫杜工部草堂詩箋二飲中八仙歌：“李白一斗詩百篇，長安市上酒家眠；天子呼來不上船，自稱臣是酒中仙。”㊂姓。宋有仙源，明有仙時忠。見正字通。

【仙人】㊀神話及宗教所稱長生不老的人。文選古詩十九首之十五：“仙人王子喬，難可與等期。”㊁神采出衆的人。南史龔祈傳：“祈風姿端雅，容止可觀。中書郎范述見之，歎曰：‘此荆楚之僊人也。’”僊，同“仙”。

【仙才】㊀道家所謂登仙的資質。文選晉郭景純（璞）遊仙詩：“燕昭無靈氣，漢武非仙才。”㊁非凡的才華。宋王得臣麈史中詩話：“慶曆間宋景文（祁）諸公在館，嘗評唐人之詩，云：太白仙才，長吉（李賀）鬼才，其餘不盡記也。”

【仙子】㊀仙人。唐孟浩然集三遊精思觀題觀主山房詩：“方知仙子宅，未有世人尋。”㊁仙女。唐白居易長慶集十二長恨歌：“樓閣玲瓏五雲起，其中綽約多仙子。”後也用以指美貌的女子。

【仙山】仙人居住的山。唐白居易長慶集十二長恨歌：“忽聞海上有仙山，山在虛無縹緲間。”

【仙心】超脫世俗的思想。南朝梁劉勰文心雕龍明詩：“乃正始明道，詩雜仙心。”

【仙夫】仙人。後漢書五九張衡傳思玄賦：“天不可階仙夫希，栢舟悄悄吝不飛。”

【仙公】仙翁，仙人。唐宋之問集上宿雲門寺詩：“鳳歸慨處士，鹿化聞仙公。”

【仙手】名手。唐李邕初學書法，從晉王羲之的行草而加以變化，頓挫起伏，都有妙處，後又擺脫舊習，筆力一新，李陽冰贊他爲書法仙手。見宣和書譜八。

【仙丹】仙人服用的靈丹。南朝梁江淹江文通文集二麗色賦：“象奩瓊盤，神歷仙丹。”

【仙去】去世。死的婉稱。宋韋居安梅磵詩話上引李昴英詩注：“山谷（黃庭堅）謫居宜州城樓，得熱病，病中以簷溜濯足，連稱快哉，未幾仙去。”

【仙仗】皇帝的儀仗。唐岑參岑嘉州詩五奉和中書賈至舍人早朝大明宮：“金闕曉鐘開萬户，玉階仙仗擁千官。”

【仙州】地名。漢葉縣地。唐開元三年置仙州。相傳漢時王子喬在此成仙，故名。二十六年廢。見元和郡縣志六汝州。地在今河南葉縣。

【仙羽】傳說仙人多騎鶴，因以仙羽爲鶴的別稱。唐錢起錢考功集五送陸贄擢第還蘇州詩：“華亭養仙羽，計日再飛鳴。”

【仙吕】樂曲宮調名。宋史樂志十七燕樂：“宮聲七調，曰正宮，曰高宮，曰中吕宮，曰道宮，曰南吕宮，曰仙吕宮，曰黃鐘宮，皆生於黃鐘。”參閱九宮大成南北詞宮譜總論。

【仙步】形容步態輕盈。文選晉何敬祖（劭）雜詩：“心虛體自輕，飄颻若仙步。”

【仙官】道家指有爵位的神仙。太平廣記三引漢武内傳：“比及百年，阿母必能致汝於玄都之虛，迎汝於昆閬之中，位以仙官，遊於十方。”後來亦指處於名勝地方、職務清閒的官缺。唐劉禹錫劉夢得文集外集一白舍人自杭州寄新詩……兼寄浙東元相公詩：“錢塘山水有奇聲，暫謫仙官守百城。”

【仙府】仙人住所。全唐詩二一四高適玉真公主歌：“仙宮仙府有真仙，天寶天仙祕莫傳。”

【仙居】㊀神仙住所。唐白居易長慶集五三答微之誇越州州宅詩：“賀上人迴得報書，大誇州宅似仙居。”㊁縣名。在浙江省。漢回浦縣地。晉初爲始豐縣，永和中析置樂安縣。五代吳越改爲永安縣。宋景德四年，又改永安縣爲仙居。見嘉慶一統志二九七台州府一。㊂山名。杭州靈隱山的別名。見明田汝成西湖遊覽志十北山勝迹。

【仙門】宮門。唐王維王右丞集二奉和

聖制從蓬萊向興慶閣道中……應制詩："鑾輿迥出仙門柳，閣道迴看上苑花。"

【仙使】㊀帝王的使臣。南朝宋鮑照鮑氏集九謝賜藥啓："癘同山嶽，蒙靈藥之賜；惠非河間，謬仙使之屈。"㊁仙家的使者。藝文類聚三二南朝陳伏知道爲王寬與婦義安主書："玉山青鳥，仙使難通。"用漢武故事西王母以青鳥爲使的故事。

【仙客】㊀對道士的尊稱。全唐詩三唐玄宗送胡真師還西山："仙客厭人間，孤雲比性閒。"㊁古人指某些特異的動植物。如鹿的長壽（唐鄭嵎津陽門詩注），瓊花的難遇（宋姚寬西溪叢語上），桂花的異香（明都卬三餘贅筆）等，比之仙人，稱爲仙客。

【仙姿】清麗的姿容。唐詩紀事六二鄭嵎津陽門詩："鳴鞭後騎何躞蹀，宮粧禁袖皆仙姿。"

【仙茅】藥草名。又名婆羅門參。政和證類本草十一唐李珣海藥本草："生西域。麄細有筋，或如筆管，有節文理，其黃色多涎，梵云呼爲阿輸乾陁。"又引圖經："本西域道人所傳，開元元年婆羅門僧進此藥。……今江南但呼此藥爲婆羅門參。"

【仙界】仙境，超絕塵凡的地方。全唐詩五八六劉滄宿題天壇觀："華表鶴聲天外迥，蓬萊仙界海門通。"

【仙品】非凡的品級。相傳唐吳彩鸞用小楷書寫唐韻一部，字畫雖小，但寬綽有餘，不同於世人的筆法，被人稱爲仙品。見宣和書譜五。全唐詩七七五謝邈謝人惠琴材："七弦妙制饒仙品，三尺良材稱道情。"

【仙侶】後漢書六八郭太傳："林宗（太字）唯與李膺同舟而濟，衆賓望之，以爲神仙焉。"後因用仙侶比喻高逸不凡的朋友。唐杜甫杜工部草堂詩箋三二秋興之八："佳人拾翠春相問，仙侶同舟晚更移。"

【仙家】仙人所住的地方。海內十洲記："元洲在北海中，地方三千里，……亦多仙家。"後也指寺觀。唐杜甫杜工部草堂詩箋二一滕王亭子："春日鶯啼修竹裏，仙家犬吠白雲間。"

【仙郎】唐代稱尚書省各部郎中、員外郎爲仙郎。唐王維王右丞集二重酬苑郎中詩："仙郎有意憐同舍，丞相無私斷掃門。"李白李太白詩十一江夏使君叔席上贈史郎中："仙郎久爲別，客舍問何如。"

【仙班】比喻翰林官階的清貴。宋黃庭堅豫章集九同子瞻韻和趙伯充團練詩："金玉堂中寂寞人，仙班時得共朝真。"

【仙桃】㊀古代神話，說西王母曾經以玉盤盛仙桃送給漢武帝，稱"此桃三千年一生實。"見舊題漢班固漢武帝內傳。舊時把美好的桃實叫仙桃，本此。㊁皇宮裏的桃樹。唐杜甫杜工部草堂詩箋十二奉和賈至舍人早朝大明宮："五夜漏聲催曉箭，九重春色醉仙桃。"

【仙骨】道家指升仙的資質。舊題晉葛洪神仙傳八墨子："子有仙骨，又聰明，得此便成，不復須師。"後來又指超脫世俗的氣質。唐杜甫杜工部草堂詩箋二送孔巢父謝病歸江東兼呈李白："自是君身有仙骨，世人那得知其故。"

【仙掖】接近皇宮的地方，叫宮掖。唐代翰林院在宮的附近，翰林學士被認爲是清要的職位，因此把翰林院叫仙掖。唐姚合姚少監詩集九和盧給事酬裴員外："夕郎夜直吟仙掖，天樂和聲下禁樓。"

【仙曹】指唐代尚書省屬下各部曹。唐許渾丁卯集上十二月拜起居表回詩："一章西奏拜仙曹，回馬天津北望勞。"

【仙逝】去世。舊時人死了，說是升仙，含敬意。紅樓夢回目二有賈夫人仙逝揚州城。

【仙尉】漢梅福任南昌縣尉，王莽專政時，他棄家到九江，不知所終，傳說去而成仙。見漢書六七梅福傳。後來詩文中用仙尉作爲贊頌縣佐的代稱。唐常建詩集一送楚十少甫："愁烟閉千里，仙尉其何如。"

【仙童】指道士未成年的徒弟、道童。唐杜甫杜工部草堂詩箋二二寄司馬山人十二韻："有時騎猛虎，虛室使仙童。"

【仙馭】仙人騎乘的東西，一般指鶴。文苑英華三二八唐薛能答賈支使寄鶴詩："瑞羽奇姿踉蹌形，稱爲仙馭過清冥。"

【仙都】㊀仙人居住的地方。海內十洲記："滄海島在北海中，……島中有紫石宮室，九老仙都所治。"㊁山名。即縉雲山。在浙江縉雲縣。道家傳說黃帝曾在此煉丹。道家有三十六小洞天，第二十九洞天爲仙都山洞。見元和郡縣志二六處州、雲笈七籤二七洞天福地。

【仙筆】形容詩文的高超清逸。唐貫休禪月集二常思李太白詩："常思李太白，仙筆驅造化。"

【仙源】㊀神仙居住的地方。唐王維王右丞集一桃源行詩："春來遍是桃花水，不辨仙源何處尋。"㊁縣名。今山東曲阜縣。宋真宗信奉道教，大中祥符元年，把曲阜改爲仙源。到金代又恢復曲阜舊名。見輿地廣記七京東西路。

【仙遊】㊀指信奉道教的人遠出求仙訪道。唐李白李太白詩二四感興："十五遊神仙，仙遊未曾歇。"㊁縣名。在福建省東部，木蘭溪上游。唐聖曆二年分莆城西部地置清源縣，天寶元年，改爲仙遊縣，以縣西仙遊山而名。見元和郡縣志二九泉州仙遊。

【仙輀】運載棺柩的車。紅樓夢十五："逝者已登仙界，非你我碌碌塵寰中人。小王雖上叨天恩，虛邀郡襲，豈可越仙輀而進呢？"

【仙路】仙境。指皇帝宮禁中的道路。全唐詩九六沈佺期再入道場紀事應制："行隨香輦登仙路，坐近爐煙講法筵。"

【仙禽】相傳仙人多騎鶴，因稱鶴爲仙禽。南朝宋鮑照鮑氏集一舞鶴賦："散幽經以驗物，偉胎化之仙禽。"唐韋莊浣花集七信州溪岸夜吟作詩："一城人悄悄，琪樹宿僊禽。"僊，同"仙"。

【仙鳧】㊀傳說東漢王喬當葉縣令，每月初一、十五從縣到朝廷去，都不乘坐車馬。有個太史暗中窺看，發現每次他來時，總有雙鳧從東南飛來。有次張網把鳧逮住，却是王喬所穿的一隻鞋子。見後漢書八二王喬傳。後來便以"仙鳧"比喻足迹所至，多用作縣令的典故。唐孟浩然集二同張明府碧谿贈答詩："仙鳧能作伴，羅襪共凌波。"㊁縣名。唐大曆四年以臨汝郡葉縣析置仙鳧縣，不久廢。見新唐書地理志二。地在今河南葉縣西。

【仙漏】宮中的更漏。唐鄭谷鄭守愚文集二蠟燭詩："仙漏遲遲出建章，宮簾不動透清光。"

【仙境】形容景物極美的地方。文苑英華七〇九唐宋之問奉陪武駙馬宴唐卿山亭序："靈槎仙石，徘徊有造化之姿；苔閣茅軒，髣髴入神仙之境。"宋詩鈔周必大益公省齋稿鈔遊廬山弔大林："康廬第一推仙境，遂使如今忍陸沈。"

【仙臺】指尚書臺。初學記十一南朝梁王筠和劉尚書詩："客館動秋光，仙臺起寒霧。"

【仙標】高尚的品格。唐李白李太白詩二十春陪商州裴使君遊石娥溪："裴公有仙標，拔俗數千丈。"

【仙樂】㊀宮內的音樂。唐宋之問集上龍門應制詩："微風一起祥花落，仙樂初鳴瑞鳥來。"㊁優美的音樂。唐白居易長慶集十二琵琶行："今夜聞君琵琶語，如聽仙樂耳暫明。"

【仙諜】道家的圖籍。諜，通"牒"。唐王勃王子安集十一乾元殿頌："具靈篇之絶貺，究仙諜之殊休。"

【仙壇】仙人所居之地。唐元結元次山文集四登九疑第二峯詩："九疑第二峯，其上有仙壇。"唐顔真卿顔魯公文集十三有撫州南城縣麻姑山仙壇記。

【仙翰】㊀指皇帝的書簡。文苑英華一七九唐李嶠奉教追赴九成宫途中口號詩："委質承仙翰，衹命遄遥策。"㊁指鳳凰。初學記三十唐太宗鳳賦："仙翰屈而還舒，靈音摧而復起。"

【仙翮】高飛的鳥。宋蘇軾蘇東坡集二鳳翔八觀王維吴道子畫詩："摩詰得之於象外，有如仙翮謝籠樊。"摩詰，王維字。

【仙館】神仙所居之處。晉書許邁傳："立精舍於懸霤，而往來茅嶺之洞室，放絶世務，以尋仙館。"也用以稱道觀。唐宋之問集下發端州初入西江詩："金陵有仙館，即事尋丹梯。"

【仙蟲】蟬的别名。宋陶穀清異録蟲青林音樂："唐世京城游手，夏月採蟬貨之。唱曰：'只賣青林音樂。'婦妾小兒争買，以籠懸窗户間。亦有驗其聲長短爲勝負者，謂之仙蟲社。"

【仙籍】㊀仙人的名籍。唐李商隱李義山詩集五重過聖女祠："玉郎會此通仙籍，憶向天階問紫芝。"㊁古代把科舉考試及第，喻爲登仙，因而把及第者的姓名籍貫稱爲仙籍。全唐詩五八六劉滄及第後宴曲江詩："紫毫粉壁題仙籍，柳色簫聲拂御樓。"

【仙人桃】桃名。北魏楊衒之洛陽伽藍記一建春門記載，景陽山南面百果園有仙人桃，赤色，表裏照徹，遇霜即熟。産於昆侖山，也叫王母桃。

【仙人棗】棗名。北魏楊衒之洛陽伽藍記一建春門記載，景陽山南面百果園有仙人棗，長五寸，核細如針，霜降時成熟，味很美。傳説産於昆侖山，也叫西王母棗。

【仙人掌】華岳峯名。在今陝西華陰縣。峯側石上有痕，自下望之，很像手掌，五指俱全。文苑英華二九二唐崔顥行經華陰詩："武帝祠前雲欲散，仙人掌上雨初晴。"

【仙人篇】樂府雜曲歌詞。傳説起於秦始皇時博士所作仙真人詩。後來擬作，多以人世無常，求仙問道爲主題，宣揚出世思想。見樂府詩集六四三國魏曹植仙人篇題解引樂府廣題。

【仙人關】地名。在陝西鳳縣南。南宋紹興四年吴玠、吴璘在這裏打敗金兵，確保了四川的安全，是宋金長期戰爭中的一次著名戰役。參閱宋史紀事本末六九、讀史方輿紀要五六漢中府鳳縣仙人關。

【仙音院】蒙古汗國中統元年設立的掌管樂工供奉祭享的機關。元王朝建立後改爲玉宸院。元曲選馬致遠漢宫秋四："猛聽得仙音院，鳳管鳴，更説甚簫韶九成。"參閱續文獻通考一〇二樂考二。

【仙音燭】燭名。狀如高層露臺，用雜寶製作，裝有花鳥飾物。臺上安燭，點燃時，花鳥玲瓏皆動，發出音響。見説郛六二宋陶穀清異録器具仙音燭。

【仙都觀】道觀名。1.在四川豐都縣平都山。景德宫的舊名。道家傳説漢王方平在此修道。見嘉慶一統志四一六四川忠州平都山。2.在江西南城縣麻姑山，即麻姑仙壇。參見"麻姑"、"麻姑仙壇記"。

【仙韶曲】曲名。唐文宗開成三年詔太常卿馮定採開元雅樂，製雲韶法曲及霓裳羽衣舞曲，遇内宴乃奏。樂成，改法曲爲仙韶曲，以伶官住的地方叫仙韶院。見唐會要三四雜録、新唐書禮樂志十二。

【仙霞嶺】山名。在浙江江山縣南。高三百六十級，二十八曲，長二十里。宋史浩入閩過此，招募人員鋪建石路。形勢險要，向來是浙閩陸地交通的要道。參閱浙江通志十八山川十。

【仙薌酒】糜欽酒的别名。見該條。

【仙靈脾】藥草名，即淫羊藿。政和證類本草八引圖經："淫羊藿俗名仙靈脾，……關中俗呼三枝九葉草。"脾亦作"毗"。唐柳宗元柳先生集四三有種仙靈毗詩。詳"淫羊藿"。

【仙山樓閣】仙人居住的宫殿樓閣。唐白居易長慶集十二長恨歌："忽聞海上有仙山，山在虚無縹緲間。樓閣玲瓏五雲起，其中綽約多仙子。"清龔自珍全集十己亥雜詩之二六八："仙山樓閣尋常事，兜率甘遲十劫生。"

【仙乎仙乎】飄飄然如登仙。舊題漢伶玄飛燕外傳："后歌舞歸風送遠之曲，……中流歌酣，風大起，……后揚袖曰：'仙乎仙乎，去故而就新，寧忘懷乎！'"

【仙風道骨】形容人的風度神采，不同凡俗。唐李白李太白詩一大鵬賦序："余昔於江陵見天台司馬子微（承禎），謂余有仙風道骨，可與神遊八極之表，因著大鵬遇希有鳥賦以自廣。"

【仙源類譜】宋代皇室的族譜。三十卷。祥符八年建玉牒殿屬籍堂於新寺，趙安仁因上仙源積慶圖，每年寫一本；另修新譜，名仙源類譜。見玉海五一。祕書省續四庫書目、中興館閣書目别有王覲撰仙源類譜一卷。

【仙露明珠】比喻人的風采秀異。廣弘明集二二唐太宗三藏聖教序："有玄奘法師者，法門之領袖也。……松風水月，未足比其清華；仙露明珠，詎能方其朗潤。"後也比喻書法的圓潤。

仡 1. yì ㄧ 魚迄切，入，迄韻，疑。許訖切，入，迄韻，曉。

㊀形容勇壯。公羊傳宣六年："祁彌明者，國之力士也，仡然從乎趙盾而入。"㊁擡頭。史記一一七司馬相如傳大人賦："沛艾赳螑仡以佁儗兮。"

2. gē ㄍㄜ

㊂見"仡$_2$僚"。

【仡仡】㊀形容勇壯。書秦誓："仡仡勇夫，射御不違。"㊁形容高大。詩大雅皇矣："臨衝茀茀，崇墉仡仡。"臨、衝，兵車之名；茀茀，强盛；崇，崇侯虎；墉，城垣。

【仡栗】迅速的樣子。唐孟郊孟東野詩集四秋懷之三："一尺月透户，仡栗如劍飛。"

【仡$_2$僚】我國西南地區少數民族名。仡佬族的古稱。見元和郡縣志三十錦州洛浦縣。仡佬族主要分布在貴州黔西、織金、遵義、仁懷和廣西隆林等地。

仟 qiān ㄑㄧㄢ 蒼先切，平，先韻，清。

㊀千人之長。史記陳涉世家："躡足行伍之間，俛仰仟佰之中。"索隱："仟佰謂千人百人之長也。"㊁通"千"。見"仟伯㊁"。㊂通"芊"。見"仟仟"。㊃通"阡"。見"仟伯㊀"。

【仟仟】形容草木茂盛。同"芊芊"。文選晉潘安仁（岳）在懷縣作詩之一："稻栽肅仟仟，黍苗何離離。"注："廣雅曰：芊芊，茂也。"

【仟伯】㊀田間小道。同"阡陌"。漢書食貨志上："及秦孝公用商君，壞井田，開仟伯，急耕戰之賞，……傾鄰國而雄諸侯。"詳"阡陌"。㊁同"千百"。漢書食貨志上鼂錯論貴粟疏："而商賈大者積貯倍息，小者坐列販賣，操其奇贏，……亡農夫之苦，有仟伯之得。"注："仟謂千錢，伯謂百錢也。"

【仟眠】㊀暗昧不明的樣子。楚辭漢王襃九懷通路："遠望兮仟眠，聞雷兮闐闐。"㊁草木叢生的樣子。同"芊綿"。楚辭漢王逸九思悼亂："菅蒯兮壄莽，雚葦兮仟眠。"

彴 zhuó 市若切,入,藥韻,禪。
ㄓㄨㄛˊ

同"彴"。見"彴"。

仉 fán 符咸切,平,凡韻,並。
ㄈㄢˊ

輕。方言十:"仉,僄,輕也。"

【仉剽】輕浮。文選晉左太冲(思)魏都賦:"過以仉剽之單慧,歷執古之醇聽。"仉,六臣注本作"汎"。

四 畫

企 qǐ 丘弭切,上,紙韻,溪。
ㄑㄧˋ 去智切,去,寘韻,溪。

踮起脚跟。漢書高帝紀:"日夜企而望歸。"史記高祖紀企作"跂"。

【企予】踮起脚跟。予相當"而",助詞。樂府詩集三六三國魏文帝(曹丕)秋胡行:"企予望之,步立踌躇。"

【企及】跟上。後漢書六六陳蕃傳:"聖人制禮,賢者俯就,不肖企及。"注引禮記:"不肖者企而及之。"

【企佇】擧踵而望。三國志魏陳思王傳求存問疏:"實懷鶴立企佇之心。"

【企望】盼望。後漢書七四上袁紹傳:"橋瑁乃詐作三公移書,傳驛州郡,說董卓罪惡,天子危迫,企望義兵,以釋國難。"

【企竦】站着看得出神。文選三國魏曹子建(植)求自試表:"夫臨搏而企竦,聞樂而竊抃者,或有賞音而識道也。"

【企羡】仰慕。北史陽休之傳:"休之始爲行臺郎,便坦然投分,文酒會同,相得甚款,鄉曲人士莫不企羡焉。"

【企想】盼望。文選晉潘安仁(岳)射雉賦:"甘疲心於企想,分倦目以寓視。"

【企踵】踮起脚跟。漢書七八蕭望之傳:"是以天下之士,延頸企踵,爭願自効,以輔高明。"參見"延頸擧踵"。

【企喩歌辭】南朝梁鼓角横吹曲名。本我國北方民族馬上之樂,周隋時與西涼樂雜奏。見樂府詩集二五横吹曲辭企喩歌辭。

仿 1. fǎng 妃兩切,上,養韻,滂。
ㄈㄤˇ

㊀相似,模擬。說文:"仿,相似也。"

2. páng
ㄆㄤˊ

㊁通"彷"。見"仿₂佯"、"仿₂洋"、"仿₂偟"。

【仿古】模仿古人的製作。如紙有仿古海月箋,筆有仿古京莊之類。

【仿佛】大體相像。也作彷彿、髣髴、方物、放物等。史記一一七司馬相如傳子虛賦:"縹乎忽忽,若神仙之仿佛。"

【仿₂佯】㊀游蕩,徘徊。楚辭屈原遠遊:"聊仿佯而逍遥兮,永歷年而無成。"㊁地勢坦蕩。楚辭宋玉招魂:"西方……仿佯無所倚,廣大無所極些。"也作"方羊"、"彷徉"、"仿洋"。

【仿₂洋】同"仿佯㊀"。淮南子原道:"逍遥于廣澤之中,而仿洋于山峽之旁。"

【仿₂偟】徘徊。國語吴:"(楚靈)王親獨行,屏營仿偟於山林之中。"也作"彷徨"、"傍偟"、"方皇"。

【仿像】仿佛相似。文選晉木玄虛(華)海賦:"且希世之所聞,惡審其名。故可仿像其色,靉靅其形。"

【仿宋本】依宋時刊本行款字畫刊印的書本。

【仿宋體】印書字體的一種,摹擬北宋刊本歐體字的筆調,略帶長形,與方廓形的宋體字不同。清有武英殿聚珍版本,用仿宋字體;現有鉛字仿宋體字。

伉 kàng 苦浪切,去,宕韻,溪。
ㄎㄤˋ

㊀配耦。見"伉儷"。㊁高尚,强健。見"伉行"、"伉俠"等。㊂傲慢。韓非子亡徵:"太子輕而庶子伉。"㊃抵擋。通"抗"。戰國策秦一:"(蘇秦)廷說諸侯之王,杜左右之口,天下莫之能伉。"㊄高。詩大雅緜:"迺立皐門,皐門有伉。"傳:"伉,高貌。"韓詩作閌,盛貌。

【伉王】勇健的王。史記趙世家:"余將賜女(汝)林胡之地,至於後世,且有伉王。"

【伉合】匹配結合。文選南朝梁沈休文(約)奏彈王源文:"若乃交二族之和,辨伉合之義,升降窊隆,誠非一揆。"

【伉行】高尚的行爲。淮南子齊俗:"敖世輕物,不汙於俗,士之伉行也。"

【伉直】剛直。史記六七仲尼弟子傳:"子路性鄙好勇力,志伉直。"漢書四二周昌傳:"御史大夫昌,其人堅忍伉直。"史記作"質直"。

【伉俠】剛直仗義。漢書八三朱博傳:"伉俠好交。"

【伉健】强健。漢書宣帝紀本始二年:"大發興調關東輕車鋭卒,選郡國吏三百石伉健習騎射者皆從軍。"

【伉厲】高傲,凌厲。史記一二〇汲黯傳:"黯時與(張)湯論議,湯辯常在文深小苛,黯伉厲守高,不能屈。"

【伉衡】對抗。漢書四三陸賈傳:"賈因說(趙)佗曰:'今足下欲以區區之越與天子伉衡爲敵國,禍且及身矣。'"史記賈傳作"抗衡"。參見"抗衡"。

【伉禮】行對等的禮。穀梁傳桓九年:"使世子伉諸侯之禮而來朝。"莊子漁父:"萬乘之主,千乘之君,見夫子未嘗不分庭伉禮。"

【伉儷】配耦,妻子。左傳昭二年:"晉少姜卒。公如晉,及河,晉侯使士文伯來辭曰:'非伉儷也,請君無辱。'"疏:"言少姜是妾,非敵身對耦之人也。"文選潘安仁(岳)楊仲武誄:"而子之姑,余之伉儷焉。"古時伉儷多指嫡妻,後用作夫婦的通稱。晉書孫楚傳:"初楚持婦服作詩以示(王)濟,濟曰:'未知文生於情,情生於文,覽之悽然,增伉儷之重。'"

伈 xǐn 斯甚切,上,寑韻,心。
ㄒㄧㄣˇ

恐懼的樣子。見"伈伈"。

【伈伈】小心恐懼的樣子。唐韓愈昌黎集三六鱷魚文:"刺史雖駑弱,亦安肯爲鱷魚低首下心,伈伈睍睍,爲民吏羞,以偷活於此邪?"

伙 huǒ
ㄏㄨㄛˇ

㊀同"火伴"。㊁雜物家具。見"傢伙"。

【伙伴】見"火伴"。

伎 1. jì 渠綺切,上,紙韻,羣。
ㄐㄧˋ

㊀才能。通"技"。書泰誓:"無他技。"釋文:"本亦作伎。"㊁歌女,舞女。通"妓"。新唐書一四五元載傳:"名姝異伎,雖禁中不逮。"

2. qí 巨支切,平,支韻,羣。
ㄑㄧˊ

㊂通"跂"。見"伎₂伎₂"。

3. zhì 支義切,去,寘韻,照。
ㄓˋ

㊃傷害。通"忮"。說文引詩"鞫人伎忒。"詩大雅瞻卬今本作"鞫人忮忒"。

【伎工】有技藝的工人。隋書禮儀志:"選伎工端潔,善謳詠者。"指樂工。

【伎巧】才藝,工巧。老子:"人多伎巧,奇物滋起。"鬼谷子捭闔:"度權量能,校其伎巧短長。"

【伎₂伎₂】奔走的樣子。詩小雅小弁:"鹿斯之奔,維足伎伎。"傳:"伎伎,舒貌。"謂鹿之奔走,其足伎伎然舒也。"參閱清馬瑞辰毛詩傳箋通釋二十。

【伎倆】技能。三國魏劉劭人物志上流業:"蓋人流之業,十有二焉,……有伎倆。"注:"錯意工巧。"唐釋法琳辯正論七品藻衆書:"從五行俱下,一閱兼誦,論貿乃表於精神,語才實歸於伎倆。"今多用於貶義。

【伎能】同"技能"。史記七五孟嘗君傳:"代舍客馮公,形容狀貌甚辯,長者,無他伎能,宜可令收債。"

【伎₂荷】出水面的荷花。宋陸游老學庵筆記十:"今人謂卷荷爲伎荷。伎,立也。卷荷出水面,亭亭植立,故謂之伎荷。"

【伎懩】即"伎癢"。文選晉潘安仁(岳)射雉賦:"屏發布而累息,徒心煩而伎懩也。"徐爰注:"有伎藝欲逞曰技懩也。"

【伎藝】技術,才藝。國語晉九:"伎藝畢給則賢。"淮南子詮言:"伎藝雖多,未有益也。"也作"技藝"。

【伎癢】有所擅長,一遇機會,就想表現出來,如癢難忍。漢應劭風俗通義六筑:"(高)漸離變名易姓,爲人庸保,……聞其家堂上客擊筑,伎癢,不能出,言曰:彼有善有不善。"文選晉潘安仁(岳)射雉賦注引風俗通作"伎養"。也作"伎懩"。

伍 wǔ ㄨˇ 疑古切,上,姥韻,疑。

㊀古軍隊編制單位名,五人爲伍。左傳桓五年:"爲魚麗之陣,先偏後伍,伍承彌縫。"户籍以五家爲伍。逸周書大聚:"五户爲伍,以首爲長。"㊁行列。孟子公孫丑下:"一日而三失伍。"㊂同伙的人。史記九二淮陰侯傳:"生乃與(樊)噲等爲伍!"㊃通"五"。易繫辭上:"參伍以變。"漢書律曆志上作"參五以變。"㊄姓。楚有大夫伍參,漢有伍被。見通志二八氏族四名字未辨。

【伍人】古代軍隊或户籍編在同伍的人。墨子號令:"伍人不得斬,得之除。"

【伍老】伍長。韓非子外儲說右下:"王國使人問之何里爲之,訾其里正與伍老屯二甲。"參見"伍長"。

【伍伯】㊀伍長。晉崔豹古今注上輿服:"伍伯,一伍之伯也。五人曰伍,五長爲伯,故稱伍伯。"㊁地方官府的兵卒差役。漢以來充當輿衛前導,後稱行刑的役卒。唐韓愈昌黎集五寄盧仝詩:"立召賊曹呼伍伯,盡取鼠輩尸諸市。"也作"五百"。參閱宋書百官志下。參見"五百"。

伍 伯

【伍長】古代軍隊以五人爲伍,户籍以五户爲伍。一伍之長叫伍長。周禮夏官序:"五人爲伍,伍皆有長。"漢舊儀下:"五人爲伍,伍長一人。"也稱軌長。國語齊:"五家爲軌,故五人爲伍,軌長率之。"

【伍尚】公元前?—前522年。春秋楚人。奢長子,員之兄。爲棠邑大夫,時稱棠君。以父奢爲太子太傅,被費無忌所讒,同被楚平王所殺。見左傳昭二十年、史記楚世家。

【伍符】古代軍中各伍互相作保的符信。史記一〇二馮唐傳:"夫士卒盡家人子,起田中從軍,安知尺籍伍符。"索隱:"伍符者,命軍人伍伍相保,不容奸詐也。"

【伍參】錯雜。荀子議兵:"窺敵觀變,欲潛以深,欲伍以參。"注:"伍參,猶錯雜也,使間諜或參之或伍之於敵之間而盡知其事。"參見"參伍㊀"。

【伍奢】公元前?—前522年。春秋楚大夫。事楚平王爲太子太傅。費無忌譖太子,奢力諫,王怒,與子尚同被殺。見左傳昭二十年。

【伍子胥】公元前?—前484年。名員,春秋楚人。父奢兄尚都被楚平王殺害。子胥奔吴,吴封以申地,故稱申胥。與孫武共佐吴王闔閭伐楚,五戰入郢(楚都),掘平王墓,鞭屍三百。吴王夫差敗越,越請和,子胥諫不從。夫差信伯嚭讒,迫子胥自殺。見國語吴、史記六六伍子胥傳。

【伍員吹簫】雜劇名。元李壽卿作。正名爲説鱄諸伍員吹簫,本春秋左傳國語史記及吴越春秋等書所傳子胥奔吴事敷演而成。壽卿所作雜劇甚多,現傳的只有此劇和臨歧柳(正名月明三度臨歧柳)兩種。

休 1. xiū ㄒㄧㄡ 許尤切,平,尤韻,曉。

㊀休息。詩大雅民勞:"民亦勞止,汔可小休。"又用爲止諫的婉辭,帶有不耐煩的口氣。戰國策齊四:"孟嘗君不悅曰:'諾,先生休矣!'"㊁休假。後漢書六十六蔡邕傳:"臣屬吏張宛長休百日。"㊂停止。文選魏文帝(曹丕)典論論文:"下筆不能自休。"㊃辭官。唐杜甫杜工部草堂詩箋三九旅夜書懷:"名豈文章著,官應老病休。"㊄莫,不要。唐杜甫杜工部草堂詩箋二七諸將:"洛陽宫殿化爲烽,休道秦關百二重。"㊅美善,喜慶。書大甲中:"實萬世無疆之休。"動詞爲獎美。文選漢蔡伯喈(邕)郭有道碑文序:"羣公休之,遂辟司徒掾。"參見"休戚"。㊆舊稱離棄妻子爲休。元曲選缺名漁樵記楔子:"你休了媳婦兒,兄弟,你如今可往那裏去?"㊇樹蔭。漢書九七下孝成班倢伃傳:"願歸骨於山足兮,依松柏之餘休。"注:"休,蔭也。"㊈句末語氣助詞。相當於"罷"、"了"等。唐杜甫杜工部草堂詩箋二五徐卿二子歌:"丈夫生兒有如此二雛者,名位豈肯卑微休。"

2. xǔ ㄒㄩˇ

㊉温暖。通"煦"。周禮考工記弓人:"夫角之末,蹙於剫而休於氣,是故柔。"⑪通"咻"。左傳昭三年:"而或燠休之。"燠休,撫慰別人痛苦的聲音。

【休下】官吏休假。下值回家。資治通鑑一五八南朝梁大同五年:"(朱异)用事三十年,……每休下,車馬填門。"

【休日】假日,休沐日。新唐書一三〇裴寬傳:"嘗休日登樓,見人於後圃有所瘞藏者。"

【休牛】歸還軍用的牛,意謂結束戰争。書武成有"歸馬於華山之陽,放牛於桃林之野"的話。漢劉向新序善謀:"休牛於桃林,以示不復輸糧。"宋盧多遜新修周武王碑:"豈直休牛歸馬,但美於偃兵;保大定功,空歌於成德者哉!"(金石萃編一二四)

【休外】官吏休息在家。南史荀伯玉傳:"高帝重伯玉盡心,……權動朝右,每暫休外,軒蓋填門。"

【休老】使老人安居休養。禮王制:"百官齋戒受質,然後休老勞農,成歲事,制國用。"宋史二六五張齊賢傳附張宗誨:"昔賀秘監(知章)以道士服東歸會稽,明皇賜以鑑湖,以爲休老之地。"

【休光】㊀盛美的光輝。漢書八一匡衡傳:"使羣下得望盛德休光,以立基楨。"㊁光華。文選晉嵇叔夜(康)琴賦:"含天地之醇和兮,吸日月之休光。"

【休休】㊀寬容,氣量大。書秦誓:"其心休休焉,其如有容。"公羊傳文十二年:"其心休休。"注:"休休,美大貌。"㊁安閒貌。詩唐風蟋蟀:"好樂無荒,良士休休。"㊂亭名。詳"三休㊀"。

【休行】美好的操行。東漢蔡邕蔡中郎集九袁滿來碑銘:"茂德休行,曰袁滿來。"

【休沐】官吏休息沐浴。指例假。漢書六八霍光傳:"光時休沐出,(上官)桀輒入代光決事。"初學記二十:"休假亦曰休沐。漢律:吏五日得一下沐,言休息以洗沐也。"唐十日一休沐,稱爲旬休。見唐會要八二休假。

【休兵】經過休整的軍隊,生力軍。戰國策趙:"今亡敗之禍未復,而欲以罷趙攻强燕，……而强秦以休兵承趙之敝，此乃强吳之所以亡，而弱越之所以霸，故臣未見燕之可攻也。」

【休延】指太平之世。魏書高允傳：「臣東野凡生，本無宦意，屬休延之會，應旌弓之舉。」

【休官】辭官。唐李商隱李義山詩集五天平公座中呈令狐令公：「白足禪僧思敗道，青袍御史擬休官。」唐詩紀事四五韋丹靈澈酬丹詩：「相逢盡道休官去，林下何曾見一人。」

【休明】美善旺盛。左傳宣三年：「定王使王孫滿勞楚子，楚子問鼎之大小輕重焉。對曰：『在德不在鼎。……德之休明，雖小，重也。』」後漢書四十班固傳：「將軍以周召之德，立乎本朝，承休明之策，建威靈之號。」

【休舍】休止。韓非子說林下：「公奚不休舍，以待後車？」

【休命】美善的命令。易大有：「君子以遏惡揚善，順天休命。」書說命下：「敢對揚天子之休命。」

【休和】安逸和平。左傳襄九年：「若能休和，遠人將至。」文選南齊王元長(融)三月三日曲水詩序：「用能免羣生於湯火，納百姓於休和。」唐張銑注：「休和，謂禍亂已平，兵戈不用，故致之使休息和平也。」

【休咎】善惡，吉凶。書洪範有「休徵」和「咎徵」的話。漢書三六劉向傳：「向見尚書洪範箕子爲武王陳五行陰陽休咎之應。」文選晉陸士衡(機)君子行：「休咎相乘躡，翻覆若波瀾。」

【休美】美善。三國志蜀楊戲傳：「贊時休美，和我業世。」

【休致】官吏年老去職。宋王禹偁小畜集十高閑：「更待吾家婚嫁了，解龜休致未全遲。」清制，自陳衰老，允許休致的，稱自請休致；老不稱職，諭旨令其休致的，稱勒令休致。

【休烈】盛美的事業。史記秦始皇紀會稽立石：「皇帝休烈，平一宇內，德惠脩長。」又一一七司馬相如傳難蜀父老：「故休烈顯乎無窮，聲稱浹乎于滋。」

【休書】舊稱棄妻爲休，離棄時寫給妻子的文書，叫休書。元明雜劇元高文秀遇上皇一：「俺如今直至長街上酒店裏，尋著趙元，打上一頓，問他明要一紙休書。」

【休息】㊀勞累時暫停活動，以恢復精神體力。詩周南漢廣：「南有喬木，不可休息。」㊁停止。文選漢賈誼鵩鳥賦：「萬物變化兮，固無休息。」㊂喻死亡。唐桑叔文淮南節度討擊副使田侁墓誌：「一朝休息，平生已矣。」（八瓊室金石補正六六）

【休務】停止公務。北齊書趙郡王深傳附子叡：「高祖(高歡)命元夫人令就宮與叡相見，叡前跪拜，因抱頭大哭，高祖甚以悲傷，……遂爲休務一日。」宋蘇軾東坡詞臨江仙：「自古相從休務日，何妨低唱微吟。」

【休祥】吉祥。書泰誓中：「襲于休祥，戎商必克。」

【休問】佳訊。三國志蜀許靖傳與曹操書：「既濟南海，與領守兒孝德相見，知足下忠義奮發，整飭元戎，西迎大駕，巡省中嶽。承此休問，且悲且喜。」

【休戚】喜樂與憂慮。國語周下：「晉孫談之子周(晉悼公)適周，事單襄公。……晉國有憂，未嘗不戚；有慶，未嘗不怡。襄公……曰：『……爲晉休戚，不背本也。』」也作「休慼」。晉書王導傳：「導曰：『吾與元規(庾亮)休慼是同。』」

【休停】罷官停職。魏書孝莊帝紀建義二年：「丁亥，詔羣官休停在外者皆令赴闕，程會有差。」

【休偃】休息，安睡。舊唐書九十崔元綜傳：「元綜勤於政事，每在中書，必束帶至晚，未嘗休偃。」

【休假】定期的假日。南史張敬兒傳：「敬兒之爲襄陽府將也，家貧，每休假，輒傭賃自給。」

【休屠】㊀地名。史記一二三大宛傳：「置居延休屠，以衛酒泉。」漢書地理志下武威郡有休屠縣。唐顏師古注：「休音許虯反；屠音儲。」匈奴休屠王都，在今甘肅武威縣北。㊁湖澤名。見漢書地理志下武威注、水經四十禹貢山水澤地所在「都野澤在武威縣東北」注。即今甘肅民勤縣東北的魚海，今名白亭海。

【休循】漢西域城國名。漢書九六上西域傳：「休循國，王治鳥飛谷，在葱領西，去長安萬二百一十里。」

【休暇】休沐假日。唐王勃王子安集五滕王閣詩序：「十旬休暇，勝友如雲。」

【休歇】停止。樂府詩集五九東漢蔡琰胡笳十八拍之四十：「夢中執手兮一喜一悲，覺後痛吾心兮無休歇。」

【休暢】休，美；暢，通；吉順的意思。文選舊題漢李少卿(陵)答蘇武書：「勤宣令德，策名清時，榮問休暢，幸甚，幸甚！」水經注二八沔水：「望衡對宇，歡情自接，泛舟褰裳，率爾休暢。」

【休養】史記一一〇匈奴傳：「休養息士馬，習射獵。」漢書作「休養士馬」。休，指士兵休整；養，指軍馬繁殖。後稱因病老靜養爲休養。

【休德】美德。國語齊：「有功休德。」楚辭屈原遠遊：「貴真人之休德兮，美往世之登仙。」

【休徵】吉利的徵兆。書洪範：「曰休徵。」漢書平帝紀贊：「休徵嘉應，頌聲並作。」

【休澣】即「休沐」。南朝宋鮑照鮑氏集七翫月城西門廨中詩：「休澣自公日，宴慰及私辰。」參見「休沐」。

【休應】吉兆。新唐書五行志二：「池中有龍鳳之形，米麥之異，武后以爲休應。」

【休熾】盛美。漢王充論衡累害：「以休熾之聲，彌口舌之患，求無危傾之害，遠矣。」

【休糧】停食穀物。抱朴子仙藥：「朮餌，令人肥健，可以負重涉險，但不及黃精甘美易食，凶年可以與老小休糧。」唐賈島長江集三山中道士詩：「頭髮梳千下，休糧帶瘦容。」

【休休散】烈性毒藥名。相傳人接觸可以致命。見宋陶穀清異錄蔬。

仳 1. pǐ ㄆㄧˇ 匹婢切，上，紙韻，滂。符鄙切，上，旨韻，並。

㊀分離。文選南朝宋謝惠連西陵遇風獻康樂詩：「哲兄感仳別，相送越坰林。」㊁並。通「比」。墨子經說上：「仳，兩有端而后可。」

2. pí ㄆㄧˊ 房脂切，平，脂韻，並。

㊂見「仳₂倠」。

【仳脅】畸形生長，肋骨相接連爲一。即「駢脅」。漢王充論衡骨相：「晉公子重耳仳脅，爲諸侯霸。」左傳僖二三年作「駢脅」，國語晉作「骿脅」。

【仳₂倠】古醜女名。淮南子修務：「雖粉白黛黑，弗能爲美者，嫫母、仳倠(suī)也。」楚辭漢劉向九嘆思古：「西施斥於北宮兮，仳倠倚於彌楹。」

【仳離】離別。特指婦女被遺棄。詩王風中谷有蓷：「有女仳離，嘅其歎矣。」清馬瑞辰毛詩傳箋通釋七：「仳離猶云披離，屈原九章『絓披離而障之』。其聲又轉爲毗劉，……又轉爲茀離，……凡此等皆連舉之詞，不當以字別爲義。」清袁枚小倉山房文集十四祭妹文：「汝以一念之貞，遇人仳離。」

似 sì ㄙˋ 詳里切，上，止韻，邪。

㊀相像，類似。本作佀。說文：「佀，象

也。从人、目聲。」論語鄉黨:"孔子於鄉黨,恂恂如也,似不能言者。"㈡嗣續,繼承。詩小雅裳裳者華:"是以似之。"傳:"似,續也。"見"似續"。㈢與,給。唐賈島長江集一劍客詩:"今日把似君,誰有不平事。"宋晏幾道小山詞長相思:"欲把相思説似誰?淺情人不知。"㈣擬議未定之詞。史記九七陸賈傳:"(尉他)因問陸生曰:'我孰與蕭何曹參韓信賢?'陸生曰:'王似賢。'"㈤於,表示比較,有"過"的意思。宋劉克莊後村別調浪淘沙旅況:"今年衰似去年些。"

【似箇】若箇,像這樣。唐詩中常用。唐李白李太白詩八秋浦歌:"白髮三千丈,緣愁似箇長。"

【似續】猶言"繼承"。似,嗣。似、續同義。詩小雅斯干:"似續妣祖,築室百堵。"傳:"似,嗣也。"

【似是而非】表面相像,實際不一樣;乍看對,其實不對。孟子盡心下:"孔子曰:'惡似而非者。'"後漢書章帝紀元和二年詔:"夫俗吏矯飾外貌,似是而非,揆之人事則悦耳,論之陰陽則傷化。"王充論衡死僞:"世多似是而非,虛僞類真。"

仰 yǎng 魚兩切,上,養韻,疑。ㄧㄤˇ

㈠抬頭,臉向上。古作"卬"。易繫辭:"仰以觀於天文。"㈡敬慕。見"仰止"。㈢舊時公文用語,下行文表示命令。魏書盧同傳杜冒功竊階表:"仰本軍印記其上,然後印縫各上所司。"上行文用在"懇""請"等字之前,表示恭敬。㈣姓。宋史有永嘉人仰忻。

魚向切,去,漾韻,疑。

㈤依賴。見"仰給"。

【仰山】唐僧慧寂。本姓葉,韶州懷化人。居江西大仰山,因號仰山。十七歲出家,初謁耽源,後參潙山,與潙山靈祐同爲佛教禪宗潙仰宗的祖師。卒年七十七歲。參閱景德傳燈録十一。

【仰止】仰望,嚮往。詩小雅車舝:"高山仰止,景行行止。"也作"仰之"。管子九守:"高山仰之,不可極也。"

【仰成】仰首等待成功。比喻坐享其成。書畢命:"嘉績多于先王,予小子垂拱仰成。"三國志魏杜畿傳:"衛(固)范(先),河東之望也,吾仰成而已。"

【仰毒】服毒自殺。藝文類聚四五南朝宋謝靈運廬陵王誄:"事非淮南,而痛深於中霧;迹非任城,而暴甚於仰毒。"淮南,漢文帝弟劉長,不食而死。任城,曹丕弟彰,相傳中毒暴卒。

【仰屋】㈠舉首望屋,形容無計可施。後漢書四一寒朗傳:"及其歸舍,口雖不言,而仰屋竊歎。"㈡形容苦思冥想之狀。元馬端臨文獻通考序:"矜其仰屋之勤,而俾免於覆車之愧。"

【仰食】賴人爲生。淮南子主術:"中田之穫,卒歲之收,不過畝四石,妻子老弱,仰而食之。"明莊元臣叔苴子外編一:"凡物之附人者仰食;不仰食,則不附于人矣。"

【仰秣】形容馬仰首而聽之狀。荀子勸學:"伯牙鼓琴,六馬仰秣。"淮南子説山作"駟馬仰秣"。注:"仰秣,仰頭吹吐,謂馬笑也。"

【仰給】依賴。史記平準書:"衣食仰給縣官。"

【仰塵】即承塵,今之天花板。宋王鞏聞見近録:"丁晉公(謂)嘗忌楊文公(億)。一日詣晉公,既拜而髯拂地。晉公曰:'内翰拜時鬚撇地。'起,視仰塵,曰:'相公坐處幕漫天。'"(説郛本)

【仰鴆】服毒自殺。晉書宣帝紀:"王淩至項,仰鴆而死。"

【仰慕】仰望思慕。文選三國魏文帝(曹丕)與鍾大理(繇)書:"高山景行,私所仰慕。"後漢書六三李固傳:"昔堯殂之後,舜仰慕三年。"後用作對聞名而初見面者的敬詞。

【仰藥】服毒藥自殺。漢書四五息夫躬傳上疏:"小夫愞臣之徒,憒眊不知所爲,其有犬馬之決者,仰藥而伏刃。"

【仰攀】向上攀援。文選晉左太沖(思)吳都賦:"仰攀鵕鸃,俯蹴豺獏。"後來稱結交地位高於自己的人曰仰攀。

【仰剌叉】仰面跌倒。元曲選李行道灰闌記三:"脚稍天膊的噢個仰剌叉。"又孟漢卿魔合羅二:"滴留撲仰剌叉噢一交。"

【仰人鼻息】依賴他人,看人臉色。後漢書七四上袁紹傳:"袁紹孤客窮軍,仰我鼻息,譬如嬰兒在股掌之上,絶其哺乳,立可餓殺!"資治通鑑六十漢初平二年注:"鼻息,氣一出入之頃也。鼻氣嘘之則温,吸之則寒,故云然。"也稱"仰息"。聊齋志異嬰寧:"轉思三十里非遥,何必仰息他人。"

【仰事俯畜】謂上事父母,下養妻兒。孟子梁惠王上:"必使仰足以事父母,俯足以畜妻子。"後泛指維持一家生計。

【仰首伸眉】形容意氣昂揚。文選漢司馬子長(遷)報任少卿書:"今以虧形爲掃除之隸,在闒茸之中,乃欲仰首伸眉,論列是非,不亦輕朝廷,羞當世之士邪!"漢書六二司馬遷傳作"卬首信眉"。

【仰屋著書】梁書南平王偉傳:"恭每從容謂人曰:'下官歷觀世人,多有不好歡樂,乃仰眠床上,看屋梁而著書,千秋萬歲,誰傳此者?'"後用以稱人從事著述,心不外騖。

【仰望終身】封建禮教要婦人從一而終,故以丈夫爲一生所依賴。孟子離婁下:"良人者,所仰望而終身也。"

【仰視千七百二十九鶴齋叢書】清趙之謙輯刊,共四十種,八十五卷。大抵是舊藏的罕見書,間附己著。自序謂嘗夢見羣鶴飛翔,爲數一千七百二十九,但水中投影,盡是鸜鵒雞鳧,雜有蟲豸,並無一鶴。叢書以此爲名,諷刺時人,以鶴自比,寄託屈居下位的牢騷。

伅 dùn 集韻 杜本切,上,混韻。ㄉㄨㄣˋ

倱伅,也作"渾敦"。見"倱伅""渾敦"。

伐 fá 房越切,入,月韻,並。ㄈㄚˊ

㈠砍斫。詩召南甘棠:"蔽芾甘棠,勿翦勿伐。"㈡敲擊。見"伐鼓"。㈢擊刺,攻殺。書牧誓:"不愆於四伐五伐六伐七伐。"㈣征討。左傳莊二九年:"凡師有鐘鼓曰伐。"㈤功勞。左傳莊二八年:"且旌君伐。"誇耀自己的功勞、才能也叫伐。論語雍也:"孟之反不伐。"㈥兵器名。瞂,盾。詩秦風小戎:"蒙伐有苑。"㈦參宿中作一字斜排的三顆小星。史記天官書:"參爲白虎……下有三星,兑,曰罰。"正義:"罰,亦作伐。"

【伐山】搜山開荒,比喻寫文章自出心裁。宋王銍四六話上:"四六有伐山語,有伐材語。伐材語者,如已成之柱桷,略加繩削而已;伐山語者,則搜山開荒,自我取之。伐材謂熟事也,伐山謂生事也。"明楊慎藝林伐山即取此義爲名。

【伐木】詩經篇名。詩小雅伐木序:"伐木,燕朋友故舊也。"後用以比喻友誼深摯。唐駱賓王駱臨海集三初秋於竇六郎宅宴得風字詩序:"諸君情諧伐木,仰登龍以締歡。"

【伐交】破壞敵人和它盟國的邦交。孫子謀攻:"上兵伐謀,其次伐交。"

【伐冰】鑿冰。禮大學:"伐冰之家,不畜牛羊。"注:"卿大夫以上,喪祭用冰。"疏:"從固陰之處,伐擊其冰,以供喪祭,故云伐冰也。"古代只有卿大夫貴族得用冰,故以"伐冰之家"稱貴族豪門。韓詩外傳四:"故駟馬之家,不圖雞豚之息;伐冰之家,不圖牛羊之入。"也省作"伐冰"。唐柳宗元柳先生集十二故殿中侍御史柳公墓表:"朝端延首,方待以位,既而禄不及伐冰,政不獲專達,以其年正月九日遇疾,終於私館。"

【伐枳】東漢岑熙爲魏郡太守,民間歌之曰:"我有枳棘,岑君伐之。"見後漢書十七岑彭傳。後用"伐枳"作爲頌揚官吏的套語。唐張胤碑:"聊遵置薤之言,俄喧伐枳之詠。"(金石萃編五一)

【伐矜】高傲自誇。管子形勢:"故曰伐矜好專,舉事之禍也。"

【伐善】誇耀自己的長處。論語公冶長:"願無伐善,無施勞。"清俞樾謂伐古訓敗;施通"弛",訓毁。無伐善是與人爲善的意思。見俞樓雜纂十四續論語駢枝。

【伐智】誇耀自己的才智。國語晉六:"今我戰,又勝荆與鄭,吾君將伐智而多力,怠教而重斂。"

【伐鼓】擊鼓。古代打仗擊鼓是進攻的信號,伐鼓指出兵征伐。詩小雅采芑:"伐鼓淵淵。"箋:"謂戰時進士衆也。"唐高適高常侍集五燕歌行:"摐金伐鼓下榆關,旌旆逶迤碣石間。"

【伐罪】征討有罪者。左傳哀二三年:"以辭伐罪足矣,何必卜。"

【伐閱】㊀功績和資歷。左傳成十二年:"郤至驟稱其伐閱。"秦漢功有五品:勳、勞、功、伐、閱。明其等曰伐,積日曰閱。見史記高祖功臣侯年表。後來稱官僚豪門爲伐閱,也作"閥閱"。見該條。㊁記功簿。漢書八三朱博傳:"王卿憂公甚效,檄到,齎伐閱詣府。"

【伐德】㊀敗壞道德。詩小雅賓之初筵:"醉而不出,是謂伐德。"㊁自誇其德。荀子正名:"有兼聽之明,而無奮矜之容;有兼覆之厚,而無伐德之色。"

【伐謀】破壞敵人的計劃。孫子謀攻:"故上兵伐謀,其次伐交,其次伐兵。"漢書四五息夫躬傳"則是所謂上兵伐謀"注:"言知敵有謀者,則以事而應之,沮其所爲,不用兵革,所以爲貴耳。"

【伐檀】詩魏風有伐檀篇。反映了古代勞動人民對剥削階級不勞而食的譴責。詩序以伐檀爲刺貪之作,後人因以"伐檀"譏諷貪鄙無能的官吏。文選三國魏王仲宣(粲)從軍詩之四:"我有素餐責,誠愧伐檀人。"

【伐性斧】比喻危害身心的事物。吕氏春秋本生:"靡曼皓齒,鄭衛之音,務以自樂,命之曰伐性之斧。"

【伐柯人】媒人。詩豳風伐柯:"伐柯如何?匪斧不克。取妻如何?匪媒不得。"禮中庸:"執柯以伐柯。"後來因稱媒人爲伐柯人,作媒爲執柯。宋吴自牧夢粱録二十嫁娶:"其伐柯人兩家通報,擇日過帖。"

【伐烏林】吴鼓吹曲名。晉書樂志下謂韋昭製鼓吹十二曲,改漢上之回爲烏林。樂府詩集十八載其詞,作伐烏林,引古今樂録:"伐烏林者,言魏武(曹操)既破荆州,順流東下,欲來爭鋒,孫權命將周瑜逆擊之於烏林而破走也。當漢上之回。"

【伐檀集】宋黄庶撰。庶,庭堅父。有詩一卷,文一卷,原附庭堅山谷集末。詩古體模仿唐韓愈,開江西宗派之先,近體不甚工。宋史藝文志七别集著録有黄庶集六卷。

【伐闍羅】佛教羅漢名,"金剛"的音譯。唐玄奘大唐西域記九摩揭陁國下:"其王之子伐闍羅。"注:"唐言金剛。"宋黄庭堅豫章集十四十六羅漢贊:"我今稽首伐闍羅,是真離欲阿羅漢。"參閲續一切經音義五金剛頂真實大教王經上跋折羅。

【伐毛洗髓】滌除垢穢。猶言脱胎换骨。太平廣記六東方朔引洞冥記:"俄而有黄眉翁指母以語朔曰:'……三千年一返骨洗髓,二千年一剥皮伐毛,吾生來已三洗髓五伐毛矣。'"清黄景仁(仲則)兩當軒集五浴湯泉詩:"伐毛洗髓欠福命,塵土腸胃聊湔除。"

【伐罪弔民】討伐暴君,拯救百姓。宋書樂志三魏明帝櫂歌行:"伐辠以弔民,清我東南疆。"辠,古"罪"字。文選南朝梁任彦昇(昉)百辟勸進今上箋:"伐罪弔民,一匡靖亂。"

伏 1. fú ㄈㄨˊ 房六切,入,屋韻,並。

㊀身體前傾,面向下。詩大雅靈臺:"麀鹿攸伏。"禮曲禮上:"寢毋伏。"㊁藏匿。詩小雅正月:"潛雖伏矣,亦孔之炤。"㊂伏兵。左傳莊十年:"懼有伏焉。"㊃承受,承認。左傳隱十一年:"許既伏其罪矣。"㊄降服,佩服。通"服"。文選漢王子淵(褒)四子講德論:"其所臨莅,莫不肌栗慴伏。"後漢書三一廉范傳:"世伏其好義,然依倚大將軍竇憲,以此爲譏。"㊅時令名。見"伏日"。㊆車軾,卽車前横木。史記一二二周陽由傳:"俱在二千石列,同車未嘗敢均茵伏。"㊇姓。見元和姓纂十屋。又後魏改俟伏斤氏爲伏氏。見魏書官氏志。

2. fù ㄈㄨˋ 扶富切,去,宥韻,奉。

㊈鳥孵卵。莊子庚桑楚:"越雞不能伏鵠卵。"

【伏士】暗藏的武士。史記晉世家:"已而靈公縱伏士出逐趙盾,祁眯明反擊靈公之伏士,伏士不能進,而竟脱盾。"

【伏尸】㊀倒在地上的尸體。管子山至數:"故伏尸滿衍,兵決而無止。"也作"伏屍"。戰國策魏四:"伏屍二人,流血五步。"㊁伏在尸上,猶言撫尸。後漢書六三李固傳"(質帝)語未絶而崩,固伏尸號哭。"

【伏刃】以刀劍自殺。漢書四五息夫躬傳上疏:"邊境雷動,四野風起,小夫愞(懦)臣之徒,憒眊不知所爲,其有犬馬之決者,仰藥而伏刃,雖加夷滅亡誅,何益禍敗之至哉!"

【伏火】㊀農曆六月黄昏火星(卽心星)中天,大暑後漸移位退伏,説明季節更换,夏去秋來。北周庾信庾子山集五奉和初秋詩:"落星初伏火,秋霜正動鍾。"㊁道家煉丹砂,稱火候調伏爲伏火。唐白居易長慶集六六題酒甕呈夢得詩:"凌烟閣上功無分,伏火爐中藥未成。"

【伏日】也叫伏天,三伏的總稱。古代也專指三伏中祭祀的一天。漢書六五東方朔傳:"伏日,詔賜從官肉。"又郊祀志上"作伏祠"注:"伏者,謂陰氣將起,迫於殘陽而未得升,故爲藏伏,因名伏日也。"參見"三伏"。

【伏甲】暗藏的武士。左傳昭十一年:"五月丙申,楚子伏甲而饗蔡侯於申,醉而執之。"

【伏生】漢濟南人,名勝,字子賤。秦時博士。始皇焚書,伏生將尚書藏屋壁中。漢王朝建立後,伏生求遺書,僅得二十九篇,教於齊魯之間。漢文帝時,伏生已九十餘歲,文帝派太常使掌故晁錯往從學,由伏生女兒通傳口授,卽今文尚書,立於學官。見史記一二一儒林傳、經典釋文敍録。

【伏汛】夏日入伏,上流雪融,河水上漲,叫作伏汛。清會典事例九一三工部河工:"其防守之法,則統於桃、伏、秋三汛。"參見"桃花汛"。

【伏戎】伏兵。易同人:"伏戎於莽,升其高陵,三歲不興。"

【伏利】没有開發的物資、財源。管子五輔:"發伏利,輸墆積,修道路,便關市,慎將宿,此謂之輸以財。"

【伏兵】埋伏待敵的部隊。史記九二淮陰侯傳:"(韓)信乃益爲疑兵,陳船欲渡臨晉,而伏兵從夏陽以木罌缻渡軍。"

【伏法】犯法被處死刑。史記一〇四田叔傳:"今梁王不伏誅,是漢法不行也;如其伏法而太后食不甘味,卧不安席,此憂在陛下也。"

【伏波】㊀漢將軍名號。漢武帝時路博德,後漢光武時馬援皆爲伏波將軍。見漢書武帝紀元鼎五年、後漢書二四馬援傳。㊁波濤伏息。唐韓愈昌黎集三一南海神廟碑:"月光穿漏,伏波不興。"

【伏事】㊀隱祕的事。戰國策趙四:"樓緩將使,伏事辭行。"宋鮑彪注:"將出使,恐王疑之,於辭日以隱伏之事,要王使信已也。"㊁服侍。文選晉陸士衡(機)爲吴王郎中時從陳梁作詩:"誰謂伏事淺,契闊踰三年。"

【伏枕】伏於枕上。詩陳風澤陂:"寤寐無爲,輾轉伏枕。"唐杜甫杜工部草堂詩箋三七清明之二:"寂寂繫舟雙下淚,悠悠伏枕左書空。"

【伏兔】㊀古代車子上鈎連底板與車軸的部件叫轐或轐。因形如伏兔,也叫伏兔。周禮考工記輈人:"良輈環灂,自伏兔不至軓七寸。"㊁人膝上肌肉突起如伏兔,針灸有伏兔穴。針灸甲乙經三足陽明及股凡三十穴:"伏兔在膝上六寸,起肉間,足陽明脈氣所發。"㊂飛廉草的别名。見政和證類本草七引名醫别録。詳"飛廉"。

【伏虎】㊀蹲伏之虎。韓詩外傳六:"昔者楚熊渠子夜行,寢石以爲伏虎,彎弓而射之,没金飲羽。"㊁制服猛虎。南朝梁武帝時,有僧居拾寶巖,夜行山中,虎輒避去。賜號伏虎禪師。見南朝梁釋慧皎高僧傳。㊂便壺。明朱謀㙔駢雅四:"伏虎、楲窬,溺器也。"

【伏狀】供狀,承認罪狀的供詞。元曲選關漢卿竇娥冤二:"既然招了,着他畫了伏狀。"

【伏室】地下室。晉書石季龍載記上:"太武殿基高二丈八尺,以文石綷之,下穿伏室。"

【伏突】短刀。周書異域傳下突厥:"兵器有弓矢鳴鏑甲矟刀劍,其佩飾則兼有伏突。"唐顔真卿顔魯公文集四臨淮武穆王李公神道碑銘:"每臨陣,嘗貯伏突於靴中,義不受辱。"按舊唐書一一〇李光弼傳:"及是擊賊,常納短刀於靴中,有決死之志。"伏突即短刀。

【伏怨】潛藏的怨恨,懷恨在心。韓非子用人:"故内無伏怨之亂,外無馬服(指趙括)之患"…"罪生甲,禍歸乙,伏怨乃結。"

【伏泉】地下泉水。文選晉張景陽(協)雜詩十首之十:"階下伏泉涌,堂上水衣生。"

【伏食】同"服食"。清袁仁林古文周易參同契注二:"伏食三載,輕舉遠遊。"

【伏流】潛行於地下的流水。文選晉左太沖(思)蜀都賦:"龍池瀥瀑濆其隈,漏江伏流潰其阿。"水經注一河水:"高誘稱河出崑山,伏流地中萬三千里,禹導而通之。"

【伏祠】秦漢時夏季的祭祀名。漢書郊祀志上:"秦德公立,卜居雍。……用三百牢於鄜時,作伏祠。"注:"六月伏日也。周時無,至此乃有之。"

【伏豹】唐代官吏節日假日值班叫伏豹。詳"豹直"。

【伏氣】㊀抑制呼吸,羞愧、恐懼的樣子。唐韓愈昌黎集二六唐朝散大夫贈司勳員外郎孔君墓誌銘:"從史羞,面頸發赤,抑首伏氣,不敢出一語以對。"注:"此言伏氣,猶言屏氣耳。"㊁服氣。元高則誠琵琶記十一蔡母嗟兒:"公公又不伏氣,只管和婆婆聞爭,……以致公婆日夜鬧吵。"

【伏梁】病名。素問腹中論:"帝曰:病者有少腹盛,上下左右皆有根,此爲何病?……岐伯曰:病名曰伏梁。"又奇病論:"帝曰:人有身體髀股胻皆腫,環齊而痛,是爲何病?岐伯曰:病名曰伏梁,此風根也。"

【伏寇】潛伏的匪人。管子君臣下:"古者有二言:牆有耳,伏寇在側。"北齊書魏收傳枕中篇:"門有倚禍,事不可不密;牆有伏寇,言不可而失。"

【伏惟】俯伏思惟,下對上的敬詞。漢書六六楊惲傳報(孫)會宗書:"伏惟聖主之恩,不可勝量。"常用於奏疏或信函中。玉臺新詠一古詩爲焦仲卿妻作:"府吏長跪告,伏惟啟阿母。"

【伏閉】漢代習俗,伏日不作事稱伏閉。後漢書和帝紀永元六年:"六月己酉,初令伏閉盡日。"注引漢官舊儀:"伏日萬鬼行,故盡日閉,不干它事。"

【伏匿】躲藏。韓非子詭使:"而士卒之逃事狀匿,附託有威之門,以避徭役而上不得者萬數。"王先謙集解説,狀當作伏,形近而誤。史記七九范睢傳:"魏人鄭安平聞之,乃遂操范睢亡,伏匿,更名姓曰張禄。"

【伏莽】易同人:"九三,伏戎於莽。"莽,叢木。指軍隊埋伏在草莽之中,後也指潛藏的盗匪。舊唐書高祖紀論:"繇是攙金有恥,伏莽知非。"

【伏辜】服罪。詩小雅雨無正:"舍彼有罪,既伏其辜。"漢書六八金日磾傳:"日磾得抱何羅,因傳曰:'莽何羅反!'……得禽縛之,窮治,皆伏辜。"

【伏勝】見"伏生"。

【伏陰】盛夏時節出現的寒氣。指氣候反常。左傳昭四年:"夫冰以風壯,而以風出,其藏之也周,其用之也徧,則冬無愆陽,夏無伏陰。"注:"伏陰謂夏寒。"

【伏誅】受死刑。戰國策秦三:"臣非有所畏而不敢言也,知今日言之於前,而明日伏誅於後,然臣弗敢畏也。"

【伏犀】前額中央至頭頂的骨骼,又名伏委骨。也叫"匿犀"。迷信的人以伏犀爲顯貴之相。後漢書六三李固傳:"固貌狀有奇表,鼎角匿犀,足履龜文。"注"匿犀,伏犀也。"唐韓愈昌黎集七送僧澄觀詩:"有僧來訪呼使前,伏犀插腦高頰權。"

【伏軾】憑軾,意謂乘車。史記九二淮陰侯傳:"且酈生(食其)一士,伏軾掉三寸之舌,下齊七十餘城。"集解:"韋昭曰:'軾,今小車中隆起者。'"

【伏罪】㊀服罪。左傳宣十四年:"孔達縊而死……(衛人)遂告于諸侯曰:'寡君有不令之臣達,構我敝邑于大國,既伏其罪矣,敢告。'"史記趙世家:"晉國有德,始亂者死,夫二子(范吉射,荀寅)已伏罪而安于獨在。"㊁未被揭發的舊罪。漢書九八元后傳:"是歲,新都侯(王)莽告(淳于)長伏罪。"

【伏蒲】漢元帝欲廢太子,史丹闖入帝卧室,伏在青蒲上規勸。見漢書八二本傳。後以伏蒲比喻强諫。唐許渾丁卯集上聞邊將劉皋無辜受戮詩:"却賴漢庭多烈士,至今猶自伏蒲論。"

【伏$_2$雌】孵卵的母雞。樂府詩集六十琴曲歌辭百里奚妻琴歌之一:"百里奚,五羊皮。憶别時,烹伏雌,炊扊扅。今日富貴,忘我爲!"

【伏節】殉節而死。漢書刑法志:"於是師旅亟動,百姓罷敝,無伏節死難之誼。"漢書七七諸葛豐傳上書:"今以四海之大,曾無伏節死誼之臣,率盡苟合取容,阿黨相爲……臣誠恥之亡已。"

【伏劍】以劍自殺。左傳襄三年:"魏絳至,授僕人書,將伏劍。"又見國語晉七。

【伏質】秦漢時死刑有腰斬,犯者裸體伏於質上受刑,稱爲伏質。史記九六張丞相傳:"蒼坐法當斬,解衣伏質。"漢書六六王訢傳:"(暴)勝之過被陽,欲斬訢,訢已解衣伏質。"注:"質,鍖也,欲斬人,皆伏於鍖上也。"質亦作"鑕"。文選漢班叔皮(彪)王命論:"然卒潤鑊伏鑕,烹醢分裂。"

【伏謁】謁見尊者,伏地而通姓名。史記齊世家:"大夫皆伏謁。"又八九張耳陳餘傳:"道逢趙王姊出飲,從百餘騎。李良望見,以爲王,伏謁道旁。"

【伏歷】關在馬房中。歷通"櫪",養馬的地方。漢書七五李尋傳:"馬不伏歷,不可以趨道。"宋書樂志三魏武帝(曹操)步出夏門行詩"驥老伏櫪,志在千里。"一作"老驥"。

【伏膺】牢記在心。同"服膺"。世說新語品藻:"支道林問孫興公(綽):'君何如許掾(詢)?'孫曰:'高情遠致,弟子蚤已服膺,然一詠一吟,許將北面。'"晉書綽傳作"伏膺"。

【伏羲】古代傳說中的部落酋長。即太昊。風姓。相傳他始畫八卦,教民捕魚畜牧,以充庖廚。又名庖犧或包犧(易繫辭下)。又作宓羲(漢書古今人表)、伏戲(莊子大宗師、荀子成相、淮南子覽冥)。宓,卽古"伏"字。參閱史記唐司馬貞補三皇紀。

【伏翼】卽蝙蝠。爾雅釋鳥作"服翼"。政和證類本草十九禽引別錄:"伏翼,一名蝙蝠。生太山川谷及人家屋間。"又引唐本注:"伏翼,以其晝伏有翼爾。"

【伏竄】逃避潛匿。左傳襄二一年:"罪重於郊甸,無所伏竄。"史記八四賈生傳弔屈原賦:"鸞鳳伏竄兮,鴟梟翱翔。"

【伏$_2$雞】孵卵的母雞。淮南子說林:"乳狗之噬虎也,伏雞之搏狸也,恩之所加,不量其力。"文選漢王子淵(褒)四子講德論注引文子:"乳犬噬虎,伏雞搏狸。"

【伏闕】拜伏於宮殿下。古代臣下向皇帝有所陳請時多用此語。新唐書二〇三歐陽詹傳:"詹先爲國子監四門助教,率其徒伏闕下,擧(韓)愈博士。"宋陸游渭南文集三一跋臨汝志:"(歐陽澈)建炎初伏闕上書,論大臣誤國。"

【伏臘】秦漢時,夏天的伏日、冬天的臘日,都是節日,合稱伏臘。史記留侯世家:"留侯死,并葬黃石冢,每上冢伏臘,祠黃石。"漢書六六楊敞傳附楊惲報孫會宗書:"田家作苦,歲時伏臘,烹羊炰羔,斗酒自勞。"

【伏櫪】見"伏歷"。

【伏辯】被告承認犯罪的親筆供詞。宋呂陶淨德集二奏爲乞復置糺察在京刑獄司並審刑院狀:"不過引囚讀示,再取伏辯而已。"又作"伏辨"。宋提刑洗冤集錄頒降新例:"將所招情罪,從頭一一對衆讀示,再三審復,委無冤抑,取本人伏辨。"

【伏靈】㊀中藥名,卽伏苓。史記一二八龜策傳褚先生曰:"伏靈者,千歲松根也。"㊁彗星的一種。晉書天文志中:"太白散爲天杵、天柎、伏靈……白彗。"

【伏牛山】山名。在河南省西南部,是漢水淮河的分水嶺。元和郡縣志六汝州魯山縣:"天息山一名伏牛山。"

【伏侯注】又名伏侯古今注。東漢伏無忌撰。元嘉中,無忌奉詔與黃景、崔寔等共撰漢記,又自採集古今事實,删繁就簡,號曰伏侯注。見後漢書二六伏湛傳及注。其書上自黃帝、下至漢質帝,主要記載帝號、天文、郡國等事。隋書經籍志著錄八卷,入古史類,舊唐書經籍志入雜史類,新唐書藝文志作三卷,入雜家類。唐以後亡佚。淸馬國翰從類書中輯成一卷,多言符瑞災異,收入玉函山房輯佚書。又茅泮林輯三卷入十種古逸書。黃奭輯古今注入黃氏逸書考。

【伏俟城】地名。在今青海省西部。隋於此置西海郡。魏書吐谷渾傳:"伏連籌死,子夸呂立,始自號爲可汗。居伏俟城,在青海西十五里。"

【伏龍肝】竈心的土,供藥用。參閱政和證類本草五伏龍肝、本草綱目七伏龍肝。

【伏而咶天】比喻所作與所求不相稱,背道而馳的意思。荀子仲尼:"辟之是猶伏而咶天,救經而引其足也。"注:"咶與舐同。……伏而舐天,愈益遠也。"

【伏低做小】卑躬屈節,低聲下氣。古今雜劇元孫仲章勘頭巾一:"是一時間言語着錯,連忙去伏低做小。"也作"做小伏低"。又缺名莽張飛大鬧石榴園一:"你則是假粧着做小伏低,你若是得空偷閒便擇離。"

【伏龍鳳雛】東漢末,劉備到襄陽訪問司馬徽。徽說當地有伏龍鳳雛。備問爲誰?答說:"諸葛孔明(亮)、龐士元(統)也。"見三國志蜀諸葛亮傳注引襄陽記。伏龍又作"卧龍"。見同書龐統傳注引襄陽記。

伊 yi ㄧ 於脂切,平,脂韻,影。

㊀助詞。無義。詩邶風谷風:"伊余來塈。"㊁是。詩豳風東山:"不可畏也,伊可懷也。"㊂於是。詩鄭風溱洧:"惟士與女,伊其相謔。"㊃此,這個。指示代詞。見"伊人"。㊄第三人。人稱代詞。世說新語品藻:"王僧恩(褘之)輕林公(支遁),藍田(王述)曰:'勿學汝兄,汝兄自不如伊。'"唐白居易長慶集二李德裕相公貶崖州詩之二:"擺頭撼腦花園裏,將爲春光總屬伊。"也用作第二人稱,卽你。金劉知遠諸宮調十一:"三娘告啓劉知遠,伊自參詳,我因伊喫盡兄打栲。"㊅水名。書禹貢:"伊洛瀍澗。"㊆姓。相傳伊尹居於伊水,因以爲姓。見水經注十五伊水。

【伊人】這個人。詩秦風蒹葭:"所謂伊人,在水一方。"箋:"伊當作緊,緊猶是也。"

【伊川】㊀水名。卽伊河。詳"伊河"。㊁指伊河所經之地,卽今河南伊川縣。左傳僖二二年:"秋,秦晉遷陸渾之戎于伊川。"宋理學家程頤居臨伊川,因稱程伊川。

【伊尹】商湯臣。名摯,是湯妻陪嫁的奴隸。後佐湯伐夏桀,被尊爲阿衡(宰相)。湯死後,孫太甲破壞商湯法制,伊尹把他放逐到桐宮,三年後迎之復位。一說伊尹放逐太甲,自立七年;太甲還,殺伊尹。尚書序稱伊尹作汝鳩、汝方、湯誓、咸有一德、伊訓、肆命、徂后、太甲。今尚書有湯誓、咸有一德、伊訓、太甲等篇,其餘都已亡佚。漢書藝文志道家有伊尹五十一篇,小說家伊尹說二十七篇,久佚。玉函山房輯佚書有伊尹書一卷。一九七三年馬王堆三號漢墓出土帛書有伊尹零篇六十四行。

【伊尼】鹿的別稱。宋黃庭堅豫章集十一德孺五丈和之字詩……輒復和成可發一笑詩:"照灘禽郭索,繞野得伊尼。"郭索,蟹。

【伊州】㊀地名。古稱昆吾,後屬匈奴。隋大業六年,置伊吾郡。唐貞觀四年(新唐書地理志四作六年)改置伊州。見元和郡縣志四十伊州。故城在今新疆哈密縣。㊁曲調名。商調大曲。唐天寶以後,樂曲常以地方爲名,如涼州甘州伊州之類。伊州商調曲係西京節度盍嘉運所進。唐白居易長慶集五五伊州詩:"老去將何散老愁,新教小玉唱伊州。"參閱樂府詩集七九伊州歌、宋王灼碧雞漫志(說郛)。

【伊吾】郡名。漢伊吾盧地。東漢置宜禾都尉。隋大業六年置伊吾郡。治所在今新疆哈密縣。參閱嘉慶一統志五二一哈密。

【伊邑】憤懣,心情不舒暢。同"於邑"、"伊鬱"。三國志魏王朗傳上疏:"設其傲狠,殊無入志,懼彼輿論之未暢者,並懷伊邑。"

【伊吕】伊尹佐商湯，吕尚佐周武王，都是開國元勳。常並稱以頌揚人的地位和功業。漢書刑法志："故伊吕之將，子孫有國，與商周並。"唐杜甫杜工部草堂詩箋三一詠懷古迹之五："伯仲之間見伊吕，指揮若定失蕭曹。"

【伊河】水名。出河南盧氏縣東南，東北流經嵩縣、伊川、洛陽，至偃師，入洛河。書禹貢："伊洛瀍澗，既入於河。"漢書地理志上"弘農盧氏(縣)"注："熊耳山在東，伊水(即伊河)出東北，入雒，過郡一行四百五十里。"

【伊祁】複姓。亦作伊祈、伊耆。史記五帝紀"帝堯者"索隱："姓伊祁氏。"參見"伊耆㊀㊂"。

【伊戾】春秋宋寺人惠牆伊戾向宋公誣告太子痤勾結楚國，將作亂。宋公囚痤，縊死。後來知道痤無罪，乃烹伊戾。事見左傳襄二六年。後漢書七八宦者傳序："及其敝也，則豎刁亂齊，伊戾禍宋。"

【伊軋】象聲詞，指船或車搖動聲。宋陳與義簡齋詩集二三初識茶花詩："伊軋籃輿不受催，湖南秋色更佳哉。"

【伊昔】從前。發語詞。文選晉陸士衡(機)答賈長淵詩："伊昔有皇，肇濟黎庶。"唐李白李太白詩十五感時留別從兄徐王延年從弟延陵："伊昔全盛日，雄豪動京師。"

【伊周】伊尹、周公。兩人都曾攝政，後常並稱。指主持國政的大臣。漢書諸侯王表序："是故王莽……因母后之權，假伊周之稱。"又四十張陳王周傳贊："周勃……誅諸吕，立孝文，爲漢伊周。"

【伊兒】古國名。義爲藩王，蒙古汗國四大藩之一。大汗蒙哥命弟旭烈兀西征，攻陷報達，滅大食的阿拔斯朝，就其地建立王朝，稱伊兒汗。新元史旭烈兀傳作"伊而"。

【伊始】當初，事情的開端。文選晉陸士衡(機)皇太子宴玄圃宣猷堂……詩："匪願伊始，惟命之嘉。"隋書辛彦之傳："時國家草創，百度伊始。……修定儀注，唯彦之而已。"

【伊洛】㊀伊水和洛水。國語周上："昔伊洛竭而夏亡。"注"伊出熊耳，洛出冢嶺。"㊁指宋代程顥程頤的理學。二程講學伊洛之間，故稱其學爲伊洛之學。宋史四五九劉勉之傳："時蔡京用事，禁止毋得挾元祐書，自是伊洛之學不行。"

【伊威】昆蟲名。詩豳風東山："伊威在室，蠨蛸在户。"疏引毛詩草木鳥獸蟲魚疏："伊威一名委黍，一名鼠婦，在壁根下甕底土中生，似白魚者是也。"參見"鼠婦"。

【伊家】你。元高則誠琵琶記三十："他那裏須怨着你沒音信，笑伊家短行，又無情忒甚。"

【伊耆】㊀古帝名。禮郊特牲："伊耆氏始爲蜡。"北齊熊安生南朝梁皇侃都說伊耆即神農；帝王世紀諸書謂帝堯姓伊祈，以伊耆氏爲帝堯。㊁周代官名。周禮秋官伊耆氏："掌國之大祭祀，共其杖咸，軍旅授有爵者杖，共王之齒杖。"㊂複姓。相傳爲帝堯之後。見宋鄧名世古今姓氏書辯證三。亦作"伊祈"、"伊祁"。

【伊涼】曲名。即伊州涼州二曲。唐天寶後樂曲常以地方名爲名。宋蘇軾分類東坡詩十七子玉家宴用前韻見寄復答之："自酌金樽勸孟光，更教長笛奏伊涼。"參閱新唐書禮樂志十二。

【伊望】伊尹和太公望，爲殷周開國元勳，後來用爲稱頌大臣之詞。後漢書二八上馮衍傳說鮑永："伊望之策，何以加兹！"

【伊犁】㊀河名。漢稱伊列。見漢書七十陳湯傳。唐代稱伊麗河，元史作亦刺水，今稱伊犁河。上游在今新疆維吾爾自治區西部。㊁地名。即今新疆綏定縣。漢爲烏孫城國，唐屬西突厥及回鶻。元叫阿力麻里，置元帥府。明爲瓦刺部。清置伊犁府，治綏定，設置以伊犁將軍爲首的行政機構。參閱嘉慶一統志五一七伊犁。

【伊傅】伊尹、傅說，都是殷的名相，後常並稱。後漢書五二崔駰傳崔篆慰志賦："嘉昔人之遘辰兮，美伊傅之遌(迕)時。"

【伊摯】即伊尹。楚辭屈原天問："帝乃降觀，下逢伊摯。"注："摯，伊尹名也。"孫子用間："昔殷之興也，伊摯在夏。"

【伊霍】商伊尹放逐太甲，漢霍光廢昌邑王，後人並稱爲伊霍。後漢書七八宦者傳序："或稱伊霍之勳，無謝於往載；或謂良平之畫，復興於當今。"良平，指張良陳平。

【伊優】本作"伊優亞"，小兒剛學話的聲音。漢書六五東方朔傳："伊優亞者，辭未定也。"後省作"伊優"，用來譏諷逢迎諂媚的人說話沒有定見，迎合人意。後漢書八十下趙壹傳刺世疾邪賦："伊優北堂上，抗髒倚門邊。"

【伊闕】地名。在今河南洛陽市南，即春秋周闕塞。史記秦紀昭襄王十四年："左更白起攻韓魏於伊闕。"水經注十五伊水："伊水又北入伊闕。昔大禹疏以通水，兩山相對，望之若闕，伊水歷其間北流，故謂之伊闕矣，春秋之闕塞也。昭公二六年，趙鞅使女寬守闕塞是也。"闕口東西兩山斷崖，有窟龕二千一百多，保存了南北朝以來的大量佛教藝術，通稱龍門石窟。

【伊麗】即伊犁。唐代稱伊麗。唐蘇定方曾任伊麗道行軍大總管。見新唐書一一一蘇定方傳。參見"伊犁"。

【伊蘭】有臭氣的惡草。又作"伊羅"、"翳羅"、"堙羅那"。佛經中多以伊蘭比喻煩惱，以旃檀木的香味比喻菩提。翻譯名義集三林木引觀佛三昧海經："而伊蘭臭，臭若胖屍，熏四十由旬，其華紅色，甚可愛樂。若有食者，發狂而死。"

【伊鬱】憤懣，憂煩。文選漢班叔皮(彪)北征賦："諒時運之所爲兮，永伊鬱其誰愬？"唐張銑注："伊鬱，憂怨也。"又三國魏何平叔(晏)景福殿賦："感乎溽暑之伊鬱，而慮性命之所平。"注："伊鬱，煩熱貌。"

【伊里布】公元 1771—1843 年。滿洲鑲黄旗人。愛新覺羅氏，字莘農。嘉慶八年進士。道光二十年鴉片戰争起，以欽差大臣赴浙江督軍務，怕死媚外，暗自與英侵略軍代表義律相約休戰。次年約破，革職。其後英侵略軍侵占廈門、定海、鎮海、寶山、上海，進逼江寧。清政府又以伊里布爲欽差大臣，與英濮鼎查在江寧議和，喪權辱國，簽訂了南京條約，爲資本主義國家侵略我國的第一個不平等條約。公元 1843 年，伊里布在廣大人民聲討下，驚懼而死。

【伊秉綬】公元 1754—1815 年。清福建寧化縣人。字組似，號墨卿。乾隆五四年進士，曾任揚州知府。工詩，善篆、隸書，所作墨梅，自成一家。著有留春草堂詩鈔七卷、墨庵集錦等書。

【伊蒲塞】梵語音譯。不出家的男性佛教徒。又叫優婆塞、鄔波索迦。後漢書四二楚王英傳："以助伊蒲塞桑門之盛饌。"注："伊蒲塞即優婆塞也。中華翻爲近住，言受戒行，堪近僧住也。"唐玄奘大唐西域記九摩揭陀國注義譯爲近事男。

【伊于胡底】走到那裏去。不堪設想的意思。伊，助詞，無義。詩小雅小旻："我視謀猶，伊于胡底。"箋："于，往；底，至也。"清沈赤然寒夜叢談三："靡曼成風，不知伊于胡底。"

【伊闕佛龕】在河南洛陽市南，龍門山(即伊闕)西崖。自北魏元恪(宣武帝)始造。唐貞觀十五年，魏王李泰爲母長孫皇后造像，磨崖刻其事由於旁。岑文本撰伊闕佛龕碑，褚遂良用正楷書寫。宋歐陽修集古録跋尾五改題爲三龕記。碑文見清王昶金石萃編四五唐伊闕佛龕碑。參見"龍門石窟"。

【伊洛淵源録】宋朱熹撰。十四卷。記宋理學家周敦頤程頤和門弟子的言論行迹。身列程門而没有言行可記的，只録姓名字號。宋史道學、儒林諸傳，多以此爲藍本。

伃 yú 以諸切，平，魚韻，喻。ㄩˊ

見"倢伃"。

仲 zhòng 直衆切，去，送韻，澄。ㄓㄨㄥˋ

㊀位次在中。如仲春、仲夏。㊁次。舊時兄弟排行以伯、仲、叔、季爲序，仲是老二。㊂古樂器名。爾雅釋樂："大籥謂之產，其中謂之仲。"㊃姓。傳説爲高辛氏才子八元仲堪仲熊之後，以王父字爲氏。見元和姓纂八送。

【仲弓】春秋魯人冉雍的字。孔子弟子。孔子稱讚他德行最好。參閲論語雍也、史記六七仲尼弟子傳、孔子家語七十二弟子解。

【仲父】㊀古稱父的次弟。釋名釋親屬："父之弟曰仲父。……仲父之弟曰叔父。"今通稱父之弟爲叔父。㊁齊桓公稱管仲爲仲父。見戰國策齊六。荀子仲尼："倓然見管仲之能足以託國也，……遂立以爲仲父。"注："仲者，夷吾之字，父者事之如父，故號爲仲父。"後帝王也有尊稱宰相爲仲父的。如秦始皇初立，以呂不韋爲相國，號稱"仲父"，見史記八五呂不韋傳。晉王導也有仲父之稱。見晉書王導傳。㊂指孔子。文選三國魏吳季重(質)答東阿王書："鑽仲父之遺訓，覽老氏之要言。"

【仲氏】弟。詩小雅何人斯："伯氏吹壎，仲氏吹篪。"箋："伯仲，喻兄弟也。"

【仲尼】孔丘字。荀子列子都有仲尼篇。

【仲由】卽子路，孔子弟子。見"子路"。

【仲冬】農曆十一月。處冬季之中，故稱。書堯典："日短星昴，以正仲冬。"

【仲行】春秋秦子車氏之子。秦穆公死，以大夫子車氏的三個兒子奄息、仲行、鍼虎殉葬。秦人哀之，作黄鳥詩，以示悼念。見左傳文六年。詩秦風黄鳥："誰從穆公？子車仲行。維此仲行，百夫之防。"

【仲吕】樂律名。詳"中吕"。

【仲叔】複姓。春秋衛大夫仲叔于奚，其後有仲叔圉。參閲左傳成二年、通志二八氏族四以次爲氏。

【仲明】鮪魚的别名。古代神話説，有樂浪尉名仲明，溺死海中，化爲鮪魚。見詩衛風碩人"鱣鮪發發"疏。

【仲春】農曆二月。仲，指其月在春季的中間。書堯典："日中星鳥，以殷仲春。"

【仲虺】商湯的左相。書有仲虺之誥。荀子堯問作"中蘬"，史記殷紀作"中𤳹"。

【仲秋】農曆八月。仲，指其月在秋季的中間。書堯典："宵中星虚，以殷仲秋。"

【仲家】東漢末年，袁術佔有長江淮河下游地區。建安二年，假託符命，自稱爲帝，號仲家。不久爲曹操攻破，嘔血死。見後漢書七五袁術傳。三國志魏袁術傳注引典略作"仲氏"。

【仲夏】農曆五月。仲，指其月在夏季的中間。書堯典："日永星火，以正仲夏。"

【仲孫】複姓。春秋魯公子慶父的後代。見左傳閔元年。參閲元和姓纂八送。

【仲商】卽仲秋。初學記三梁元帝纂要："八月仲秋，亦曰仲商。"

【仲都】㊀相傳漢元帝時漢中有道士王仲都，能忍寒暑，嚴寒袒卧上林昆明池池臺上，大暑天坐太陽下，環以爐火，不言熱，不出汗。見漢桓譚桓子新論(清孫馮翼輯本)。宋書孝武文穆王皇后傳："王偃無仲都之質，而倮露於此階。"㊁東漢光武時李忠，字仲都，爲大將，軍紀嚴明，光武賜以大驪馬及繡被衣服。見後漢書二一本傳。藝文類聚九三梁元帝謝晉安王賜馬啓："繹武媿仲都，遂蒙大驪之錫。"繹，元帝名。

【仲陽】卽仲春。初學記三梁元帝纂要："二月仲春，亦曰仲陽。"

【仲雍】周太王的次子，又稱虞仲。相傳太王欲立少子季歷，以便再傳給歷子昌(文王)，仲雍和兄太伯一同避往楚越間，自號句吳。太伯死，由他繼位。見左傳僖五年、哀七年，史記吳世家。

【仲山甫】周樊侯，魯獻公次子，宣王時爲卿士。詩大雅烝民："保兹天子，生仲山甫。"全首都是頌揚仲山甫的功德。國語周上作樊仲山父，漢書古今人表作中山父。

【仲氏易】清毛奇齡撰。三十卷。以内容傳述其兄錫齡的遺説，故以仲氏爲名。大旨説易兼變易、交易、反易、對易、移易五義，後三義全是獨抒己見。參閲清朱彝尊經義考六八、四庫提要二經部易六。

【仲長統】公元179—219年。東漢山陽高平人。字公理。官至尚書郎，參丞相曹操軍事。敢直言，語默無常，時人以爲狂生。每論及時事，常發憤歎息，因著論，名昌言。後漢書有傳。隋書經籍志雜家著録仲長子昌言十二卷。

【仲思棗】棗之一種。相傳北齊人仲思得此棗種之，因以爲名。見太平御覽九六五引杜寶大業拾遺録。

份 1. bīn 府巾切，平，真韻，幫。ㄅㄧㄣ

㊀同"彬"。説文："份，文質備也。……論語曰：'文質份份。'彬，古文份。"今論語雍也作"彬彬"。

2. fèn ㄈㄣˋ

㊀數量詞。部分的分，也作"份"。

价 jiè 古拜切，去，怪韻，見。ㄐㄧㄝˋ

㊀見"价人"。㊁古代傳賓主之話的人稱介，故稱使者爲介，也作"价"。宋蘇軾東坡集續集六與潮守王朝請滌二首之二："承諭欲撰韓公廟碑，……謹已撰成付來价。"

【价人】詩大雅板："价人維藩。"傳："价，善也。"箋："价，甲也。被甲之人，謂卿士掌軍事者。"荀子君道引詩作"介人"，義與傳合。參閲清俞樾曲園雜纂六荀子詩説。

伀 zhōng 職容切，平，鍾韻，照。ㄓㄨㄥ

㊀家翁，丈夫的父親。釋名釋親屬："俗或謂舅曰章，又曰伀。"又："夫之兄曰公。……又曰兄伀。"(清畢沅疏證本)參見"兄伀"。㊁恐懼。見廣雅釋詁。三國志吳周魴傳："卒奉大略，伀矇狼狽。"參見"征伀"。

仵 wǔ 疑古切，上，姥韻，疑。ㄨˇ

㊀匹敵，對等。莊子天下："以觭偶不仵之辭相應。"釋文："音誤，徐(邈)音五。仵，同也。"唐成玄英疏："仵，倫次也。"㊁逆，違背。管子心術上："自用則不虚，不虚則仵於物矣。"㊂見"仵作"。㊃姓。見通志二九氏族五上聲。

【仵作】以檢驗死傷、代人殮葬爲業的人。宋鄭克折獄龜鑑二釋冤下府從事引玉堂閒話："乃追封内仵作行人，令供近日與人家安厝去處。"宋廉布清尊録大桶張氏："鄭(三)以送喪爲業，世所謂仵作行者也。"(説郛)參閲清文獻通考二三職役三。

【仵城】複姓。見元和姓纂六。

件 jiàn ㄐㄧㄢ 其輦切,上,獮韻,羣。

㊀分,分列。說文:"件,分也。从人,从牛。牛,大物,故可分。"魏書盧同傳:"若名級相應者,即於黄素楷書大字,具件階級數,令本曹尚書以朱印印之。"㊁量詞。事物的件數。舊唐書刑法志:"一狀所犯十人以上,所斷罪二十件以上,爲大。"

【件件】每件,一件一件。宋惠洪冷齋夜話四滿城風雨近重陽:"秋來景物,件件是佳句。"宋王阮義豐集代胡倉進聖德惠民詩:"件件絲盈軸,方方麥薦籩。"

任 1. rèn ㄖㄣ 汝鴆切,去,沁韻,日。 ㄖㄣ 如林切,平,侵韻,日。

㊀擔保,保舉。周禮秋官大司寇:"使州里任之,則宥而赦之。"㊁負擔。詩小雅黍苗:"我任我輦。"疏:"謂有我負任者、我輓輦者。"國語齊:"負任擔荷,服牛軺馬,以周四方。"注:"背曰負,肩曰擔。任,抱也。荷,揭也。"㊂抵當。左傳僖十五年:"重怒難任。"㊃堪,勝。史記七三白起傳:"是時武安君病,不任行。"正義:"入針反,堪也。"㊄任用。書大禹謨:"任賢勿貳。"㊅信任。詩邶風燕燕:"仲氏任只。"㊆聽憑。書禹貢序:"禹別九州,隨山濬川,任土作貢。"唐杜甫杜工部草堂詩箋十留別賈嚴二閣老兩院補闕:"去遠留詩別,愁多任酒醺。"㊇放縱,不拘束。見"任性"、"任氣"。㊈責任,職責。論語泰伯:"仁以爲己任。"㊉人質。晉書石勒載記上:"王師退還,河北諸堡壁大震,皆請降送任于勒。"參見"任子㊁"。⑪通"妊"、"姙"。漢書一〇〇上敍傳:"初,劉媪任高祖,而夢與神遇。"

2. rén ㄖㄣ

⑫女爵位名。王莽時改稱公主爲任。漢書九九王莽傳中:"封王女齊緩之屬爲侯,……其女皆爲任。"⑬周國名。左傳僖二一年:"任宿須句顓臾,風姓也。"注:"任,今任城縣也。"⑭姓。左傳隱十一年:"不敢與諸任齒。"⑮通"壬"。見"任$_2$人"。

【任人】㊀任用人。書立政:"立政,任人。"㊁同"任子㊀"。後漢書五四楊秉傳:"是時宦官方熾,任人及子弟爲官,布滿天下。"注:"任謂保任。"

【任$_2$人】佞人。任通孔壬之"壬"。書舜典:"惇德允元而難任人。"傳:"任,佞;難,拒也。"宋蔡沈集傳:"任,古文作壬,包藏兇惡之人也。"

【任土】根據土地具體情況,制定田賦。周禮地官載師:"掌任土之法……"注:"任土者,任其力勢所能生育,且以制貢賦也。"

【任士】能擔負職務的人。莊子秋水:"仁人之所憂,任士之所勞,盡此矣。"

【任子】㊀因父兄的功績,得保任授予官職的人。漢書哀帝紀:"除任子令。"注引應劭:"任子令者,漢儀注,吏二千石以上,視事滿三年,得任同產若子一人爲郎。"㊁古代統治者爲了取得別國的信任,常派出自己的親屬或重臣作人質,叫"任子"。晉書宗室傳:"時孫權稱藩,請送任子。"

【任$_2$父】即"任公子"。文選晉左太沖(思)吳都賦:"術兼詹公,巧傾任父。"詳"任公子"。

【任$_2$石】負擔沉重。楚辭屈原九章悲回風:"驟諫君而不聽兮,重任石之何益。"注:"任,負也。百二十斤爲石。言已數諫君而不聽,雖欲自任以重石,終無益於萬分也。"

【任$_2$丘】縣名。屬河北省。本漢鄚縣地。相傳漢平帝命中郎將任丘築城於此,名任丘城。北齊置任丘縣。隋廢,唐武德五年復舊名。參閱太平寰宇記六六莫州。

【任地】㊀即"任土"。周禮地官載師:"凡任地,國宅無征,園廛二十而一,近郊十一,遠郊二十而三。"㊁分配和利用土地。商君書算地:"故爲國任地者,山林居什一,藪澤居什一,谿谷流水居什一,都邑蹊道居什四,此先王之正律也。"據清俞樾諸子平議商子說,"都邑蹊道"下有闕文爲"居什一,惡田居什二,良田"。㊂治理田畝。吕氏春秋辯土:"凡耕之道……無與三盜任地。"

【任放】放縱任性。世說新語德行:"王平子(澄)胡毋彥國(輔之)諸人,皆以任放爲達,或有裸體者。"

【任性】㊀聽憑個性行事,不做作。後漢書六十上馬融傳:"(融)善鼓琴,好吹笛;達生任性,不拘儒者之節。"㊁放縱。後漢書四八楊終傳:"終與馬廖書曰:'黄門郎年幼,血氣方盛,……縱而莫誨,視成任性。'"

【任$_2$昉】公元460—508年。南朝梁博昌人。字彥昇。仕宋、齊、梁三代。梁武帝時爲黄門侍郎,出任義興新安太守。擅長表、奏等各體散文,當時有"任筆沈(約)詩"之稱。其作品隋書經籍志著録有雜傳一四七卷、地記二五二卷、文章始一卷,今盡亡佚。宋史藝文志著録述異記二卷,又有舊本題昉撰文章緣始一卷,皆出後人依託。梁書南史都有傳。

【任命】承受命令。左傳襄二二年:"其無乃不堪任命而翦爲仇讎,敝邑是懼。"後來任用人員,亦稱任命。

【任使】差遣,任用。戰國策燕三:"荆軻曰:'此國之大事,臣駑下,恐不足任使。'"

【任姒】周文王母太任與周武王母太姒。漢書九七班倢伃傳:"美皇英之女虞兮,榮任姒之母周。"後漢書鄧皇后紀:"齊蹤虞妃,比跡任姒。"

【任俠】抱不平,負氣仗義。史記一〇〇季布傳:"季布者,楚人也,爲氣任俠。"漢書三七季布傳"爲任俠有名"注:"謂任使其氣力。俠之言挾也,以權力俠輔人也。"

【任$_2$城】縣名。漢屬東平國。東漢屬任城國。見漢書地理志下東平國。明洪武十八年廢。今山東濟寧市地。

【任真】聽任自然。晉陶潛陶淵明集二連雨獨飲詩:"天豈去此哉?任真無所先。"

【任氣】任性,意氣用事。三國志魏趙儼傳:"時于禁屯潁陰,樂進屯陽翟,張遼屯長社,諸將任氣,多共不協。"

【任脈】人體經脈名,爲奇經八脈之一。起於少腹中極穴下,循腹上行,至於咽喉。素問上古天真論:"女子……二七而天癸至,任脈通,太衝脈盛,月事以時下,故有子。"

【任率】坦率,不做作。晉書王戎傳:"爲人短小,任率不修威儀。"

【任$_2$棠】東漢漢陽人。有奇節,隱居教授。太守龐參往訪,棠不與語,但以薤一大本、水一盂置屏前,自抱孫兒伏在門下。參悟,說:"水者,欲吾清也。拔大本薤者,欲吾擊强宗也。抱兒當户,欲吾開門恤孤也。"見後漢書五一龐參傳。文選南朝梁沈休文(約)齊故安陸昭王碑文:"盡任棠置水之情,弘郭伋待期之信。"參見"置水"。

【任意】任憑己意,爲所欲爲。漢何休公羊傳序:"傳春秋者非一,……至有倍經任意、反傳違戾者。"

【任運】聽任命運擺佈。宋書王景文傳:"有心於避禍,不如無心於任運。"

【任達】放縱,不拘禮法。晉書阮咸傳:"咸任達不拘,與叔父籍爲竹林之游,當世禮法者譏其所爲。"

【任$_2$鄙】戰國秦武王的力士。武王有力好戲，力士任鄙與烏獲、孟説皆至大官。昭襄王十三年，爲漢中郡守，十九年死。見史記秦紀。

【任器】可以負載的雜用器具。周禮地官牛人："掌養國之公牛，……凡會同軍旅行役，共其兵車之牛，與其牽徬，以載公任器。"注："任，猶用也。"晏子春秋內篇諫上一："遂分家粟于氓，致任器于陌。"

【任₂囂】（公元前？—前207？年）秦始皇時爲南海尉。秦末農民起義時，囂築關自保。病危，詐作詔書，使龍川令趙佗代己爲南海尉。見史記一一三南越尉佗傳。

【任₂大椿】公元1738—1789年。清江蘇興化人。字幼植，又字子田。乾隆三四年進士。曾任四庫全書纂修官。少工文詞，後專研經史傳注，通禮，尤長名物攷訂。著字林考逸、小學鉤沉、弁服釋例、深衣釋例等。碑傳集五六有章學誠任君大椿別傳、施朝幹任幼植墓表。

【任₂公子】古代傳説中善於捕魚的人，即任父。相傳他用大鈎粗帛做成釣具，以五十頭牛爲釣餌，蹲在會稽，下鈎東海，每天釣魚，後餌爲一條大魚所吞食，牽着魚鈎在海中掙扎，千里之內都受震動。見莊子外物。後來詩文中多用指超世的高士。文選謝靈運七里瀨詩："目覩嚴子瀨，想屬任公鈎。"唐李賀歌詩編三苦晝短詩："誰似任公子，雲中騎碧驢。"

【任₂兆麟】清江蘇震澤人。字文田，一字心齋，大椿族弟。工詩古文。著有毛詩通説、春秋本義、夏小正注、聲音表、古樂譜、石鼓文集釋、述記，詩文有竹居集。見清李元度國朝先正事略三五。

【任職相】稱職的宰相。後漢書二七杜林傳："代朱浮爲大司空，博雅多通，稱爲任職相。"又四六陳寵傳："寵雖傳法律，而兼通經書，奏議温粹，號爲任職相。"

【任重道遠】負擔重而路途長。論語泰伯："士不可以不弘毅，任重而道遠。"商君書弱民："背法而治，此任重道遠而無馬牛，濟大川而無舡楫也。"也作"道遠任重"。意林一尸子："車輕道近，鞭策不用，鞭策所用，道遠任重。"

【任勞任怨】做事不辭勞苦，不避怨言。清顏光敏顏氏家藏尺牘一勞副都之辨："惟存一矢公矢慎之心，無愧屋漏，而闇中任勞任怨，種種非筆所能盡。"

伋

jí 居立切，入，緝韻，見。
ㄐㄧˊ

見"伋伋"。

【伋伋】形容虛詐。莊子盜跖："子（孔丘）之道，狂狂汲汲，詐巧虛僞事也。"釋文："汲汲，本亦作伋。"唐成玄英疏："伋伋，不足也。"參見"汲汲"。

五畫

佘

shé 視遮切，平，麻韻，禪。
ㄕㄜˊ

姓。元和姓纂五麻："今洪州有佘氏。"按古有余字，無佘字，後來音變分作二字。集韻有佘，从入、从示。

【佘山】山名。在上海市青浦縣東南。相傳有佘姓者隱此，故名。見讀史方輿紀要二四松江府婁縣。

余

1\. yú 以諸切，平，魚韻，喻。
ㄩˊ

㊀我。詩邶風谷風："不念昔者，伊余來塈。"㊁農曆四月的别稱。爾雅釋天："四月爲余。"釋文："餘舒二音，孫（炎）作舒，李（巡）云余，舒也。"謂四月草木枝葉已舒展。㊂通"餘"。周禮地官委人："凡其余聚以待頒賜。"㊃姓。由余之後，以國爲姓。見元和姓纂二魚引風俗通。

2\. xú
ㄒㄩˊ

㊄見"余₂吾"。

【余丘】複姓。元和姓纂二魚："齊公族，食采余丘，因氏焉。漢有侍御史余丘炳，又隱士余丘靈，居由河。"

【余且】古代神話中的漁夫。莊子外物："仲尼曰：'神龜能見夢於元君，而不能避余且之網。'"史記一二八龜策傳作"豫且"。金元好問元遺山集三虞坂行："玄龜竟墮余且網，老鳳常飢竹花實。"

【余車】輦，用人牽引的車。周禮地官鄉師"正治其徒役，與其輂輦"注引司馬法："夏后氏謂輦曰余車。"參閱孫詒讓周禮正義二一鄉師。

【余₂吾】㊀古水名。漢時爲南北交通要道。史記一一〇匈奴傳："匈奴聞，悉遠其累重於余吾水北。"集解："余，一作斜，音邪。"山海經北山經作涂吾之水。㊁縣名。漢置，屬上黨郡，東漢廢。見漢書地理志上。故城在今山西長治市。

【余蕭客】公元1729—1777年。清吳人。字仲林，號古農，爲惠棟門人。家貧，以經術教授鄉里，好學。其弟子著名者有江藩。以漢唐諸儒舊經注多散逸，因採輯各家，分條纂録，編古經解鉤沉三十卷、文選音義四卷等書。參閱碑傳集一三三、江藩國朝漢學師承記二。

佇

zhù 直呂切，上，語韻，澄。
ㄓㄨˋ

㊀久立。詩邶風燕燕："佇立以泣。"楚辭屈原離騷："時曖曖其將罷兮，結幽蘭而延佇。"㊁積儲。通"貯"。文選晉孫興公（綽）天台山賦："惠風佇芳於陽林。"古字作"宁"，又作"竚"、"貯"。參閱清鄭珍説文新附考三佇。

【佇軸】久望而輾轉思念。廣弘明集十九引南齊蕭子良與荆州隱士劉虬書："固已佇軸深衷，傾筐遐路者矣。"初學記二八南朝梁簡文帝修竹賦："陳王歡讌，小堂佇軸，今餞故人，亦賦修竹。"

【佇結】思念之情，積集於心。資治通鑑九九晉永和七年："願單出一相見，以寫佇結之情。"注："久立而待之曰佇；企望之情鬱積而不散曰結。"

佗

1\. tuō tā 託何切，平，歌韻，透。
ㄊㄨㄛ ㄊㄚ

㊀彼，其他。通"他"、"它"。左傳隱元年："制，巖邑也，虢叔死焉，佗邑唯命。"石經宋本作"他"。㊁被。通"拕"、"拖"。史記一二八龜策傳："醮酒佗髮。"

2\. tuó 徒河切，平，歌韻，定。
ㄊㄨㄛˊ

㊂加。詩小雅小弁："舍彼有罪，予之佗矣。"㊃負荷。通"馱"。漢書六九趙充國傳："以一馬自佗，負三十日食。"注："凡以畜産載負物者皆爲佗。"㊄見"佗佗"。

3\. yí
ㄧˊ

㊅通"迤"。"委佗"。

【佗₂佗₂】體態優美。詩鄘風君子偕老："委委佗佗，如山如河。"爾雅釋訓："委委佗佗，美也。"

位

wèi 于愧切，去，至韻，于。
ㄨㄟˋ

㊀方位，位置。周禮天官冢宰："惟王建國，辨方正位。"㊁身分，地位。易艮："君子以思不出其位。"㊂爵次，位次。孟子萬章下："天子一位，公一位，侯一位，伯一位，子男同一位，凡五等。"水滸十六："晁蓋只得坐了第一位。"㊃特指帝王諸侯的王位。如即位，篡位。書舜典："乃命以位。"㊄鬼神的靈位。禮喪服："爲位而哭。"㊅稱人的敬詞。如列位、諸位。水滸十九："弟有片言，不知衆位肯依我麽？"㊆使安於其所。禮中庸："天地位焉。"

【位分】職位的權限。三國志蜀楊戲傳"其見重如此"注引襄陽記楊顒諫諸葛亮："故邴吉不問横道死人而憂牛喘，陳平不肯知錢穀之數，云自有主者，彼誠達於位分(fèn)之體也。"

【位宁】古代宫廷，中庭左右兩側叫位，門屏之間叫宁(zhù)，是在朝的意思。國語楚上："在輿有旅賁之規，位宁有官師之典。"也作"位著"。國語周上："大夫士日恪位著，以儆其官。"

【位秩】官位和俸祿。北史薛孝通傳："然猶致疑忌，不加位秩，但引爲坐客，時訪文典大事而已。"

【位望】地位和聲望。漢王充論衡初稟："命祿尊貴，位望高大。"晉書劉寔傳："寔少貧窶，……薪水之事皆自營給；及位望通顯，每崇儉素，不尚華麗。"

【位號】爵位與名號。史記九三韓王信傳："諸侯雖有畔亡，而復歸，輒復故位號，不誅也。"

【位置】安置。梁武帝書評："羊欣書如大家婢作夫人，不堪位置。"(五朝小説本)意思指羊欣的書法説不上有什麽地位。

【位卑言高】舊指身處下位却議論高官主管的政事。孟子萬章下："位卑而言高，罪也。"

住 zhù 中句切，去，遇韻，知。
ㄓㄨˋ 持遇切，去，遇韻，澄。

㊀停留，停止。後漢書八二下薊子訓傳："見者呼之曰：薊先生小住。"唐李白李太白詩二二早發白帝城："兩岸猿聲啼不住，輕舟已過萬重山。"㊁居住。南齊書張融傳："(融)權牽小船，於岸上住。"㊂姓。見元和姓纂八遇引姓苑。

【住戒】佛家稱守佛戒爲住戒。佛遺教經制心："汝等比丘，已能住戒，當制五根。"

【住所】居住之處。魏書袁翻傳："那瓌住所，非所經見，其中事勢，不敢輒陳。"宋蘇舜欽蘇學士文集三奉酬公素學士見招之作詩："念君住所近不遠，江山蟠鬬氣象豪。"

【住持】僧寺之主。意謂居住寺中，總持事務。也稱"長老"、"主僧"。唐姚合姚少監詩集九謝韜光上人："上方清淨無因住，唯願他生得住持。"景德傳燈録九靈祐禪師："時華林聞之，曰：'某甲忝居上首，祐公何得住持？'"都是泛指主持，至宋政和三年，改庵主爲住持，始作爲職位名號。參閲宋吳曾能改齋漫録十三御筆宮觀寺院不得稱主、釋氏要覽下住持。

【住衰】延年不老。水經注三二肥水："(八公)詣門希見，門者曰：'吾王好長生，今先生無住衰之術，未敢相聞。'"

【住稅】古代城鎮店舖，計貨徵稅，稱住稅，也叫入市稅。舊五代史食貨志："應有往來鹽貨，悉稅之。過稅每斤七文，住稅每斤十文。"

【住著】佛教語。執著之意。唐希運黄檗斷際禪師宛陵録："如今但一切時中行住坐卧，但學無心，……亦無住著，終日任運騰騰，如癡人相似。"唐杜甫杜工部草堂詩箋八戲爲韋偃雙松圖歌："松根胡僧憩寂寞，龐眉皓首無住著。"

伭 xián 胡田切，胡涓切，平，先韻，匣。
ㄒㄧㄢˊ

很。元戴侗六書故八："今人以忿恨不可解爲伭。"

佞 nìng 乃定切，去，徑韻，泥。
ㄋㄧㄥˋ

㊀才能。左傳成十三年："寡人不佞。"自謙無能稱不佞。㊁奸巧諂諛，花言巧語。論語先進："是故惡夫佞者。"史記一二五佞幸傳："嫣善騎射，善佞。"

【佞人】善於花言巧語，阿諛奉承的人。論語衛靈公："放鄭聲，遠佞人；鄭聲淫，佞人殆。"注："卑諂辯給之人。"

【佞巧】逢迎討好，奸詐機巧。史記周本紀："石父爲人佞巧，善諛好利。"

【佞史】爲奉承見好於當權者而歪曲或隱瞞事實的歷史記載。宋史三四三陸佃傳："以修撰神宗實録，徙禮部。數與史官范祖禹黄庭堅争辯，大要多是(王)安石，爲之晦隱。庭堅曰：'如公言，蓋佞史也。'佃曰：'盡用君意，豈非謗書乎？'"

【佞宋】喜愛收藏宋版書籍，謂之佞宋。清徐康前塵夢影録上："乾嘉時，黄蕘圃(丕烈)翁每於除夕，布列家藏宋本經史子集，以花果名酒酬之，翁自號佞宋主人。"

【佞兑】能説會道，善於逢迎。"兑"通"鋭"，快捷、鋭利之意。荀子王制："進退貴賤則舉佞兑。"也作"佞説"。荀子君道："則德厚者進而佞説者止。"説，通"鋭"。

【佞佛】沈迷於佛教。晉書何充傳："而充與弟準，崇信釋氏。謝萬譏之，云：'二郗諂於道，二何佞於佛。'"唐李商隱李義山詩集四詠懷寄祕閣舊僚二十六韻："事神徒惕慮，佞佛總虚辭。"

【佞幸】以諂媚而得寵幸。也作"佞倖"。史記有佞幸傳，後來各史多相沿爲例。後漢書三七桓榮傳附桓鸞："上陳五事：舉賢才，審授用，黜佞倖，省苑囿，息役賦。"

【佞枝】古代神話中的神草名，傳説能指出佞人。文選南齊王元長(融)三月三日曲水詩序："佞枝植，歷草孳。"注引田俅子："黄帝時，有草生於帝庭階，若佞臣入朝，則草指之，名曰屈軼，是以佞人不敢進也。"博物志有指佞草。參見"屈軼"。

【佞客】指含笑花。宋姚寬西溪叢語上："含笑爲佞客。"

【佞哀】指不是發自内心，而是爲了迎合取媚故意做作的哀痛。文選晉潘安仁(岳)西征賦："驅吁嗟而妖臨，搜佞哀以拜郎。"注："鄧曄于匡起兵南鄉，(王)莽愈憂，不知所出。崔發曰：'周禮：國有大災，則哭以厭之。'莽乃率羣臣至南郊，搏心大哭。諸生甚悲哀，及能誦策文，除以爲郎也。"

【佞給】口才伶俐，能説善辯。列子仲尼："佞給而不中，漫衍而無家。"

【佞禄】以奉承拍馬而獲取利禄。亢倉子政道："至理之世，世無僞隱，市無邪利，朝無佞禄。"

【佞讇】討好，諂媚。讇，卽諂字。漢書三六劉向傳上封事："今二府奏佞讇不當在位，歷年而不去。"注："二府，丞相、御史也。"

佖 bí 毗必切，房密切，入，質韻，並。
ㄅㄧˊ

㊀威儀貌。見"佖佖"。㊁滿。漢書八七揚雄傳羽獵賦："鮮扁陸離，駢衍佖路。"注："佖，次比也，一曰滿也。"

【佖佖】威儀貌。説文："佖，威儀也。从人，必聲。詩曰：'威儀佖佖。'"今本毛詩小雅賓之初筵作"威儀怭怭"。傳："怭怭，媟嫚也。"與説文異義。

伴 1. bàn 蒲旱切，上，緩韻，並。
ㄅㄢˋ

㊀伴侶。楚辭屈原九章惜誦："衆駭遽以離心兮，又何以爲此伴也。"㊁陪。楚辭屈原九章悲回風："氾潏潏其前後兮，伴張弛之信期。"

2. pàn 薄半切，去，换韻，並。
ㄆㄢˋ

㊂大。見"伴$_2$奐"。

【伴食】對不稱職、無所作爲的人的諷刺語。舊唐書九八盧懷慎傳："開元三年遷黄門監，懷慎與紫微令姚崇對掌樞密。懷慎自以爲吏道不及崇，每事皆推讓之。時人謂之伴食宰相。"宋史三七四胡銓傳："孫近傅會(秦)檜議，遂得參知政事。天下望治，有如饑渴，而近伴食中書，漫不敢可否事。"

【伴$_2$奐】大。伴、奐，疊韻。詩大雅卷阿："伴奐爾游矣。"傳："伴奐，廣大有文章也。"箋："伴奐，自縱弛之意也。"參見"畔换"、"畔援"。

【伴侶】㊀同伴。唐王維王右丞集三戲贈張五弟諲詩:"雲霞成伴侶,虛白侍衣巾。"㊁曲調名。舊唐書音樂志一:"齊將亡也,而爲伴侶曲。"文獻通考一四二樂十五:"(北齊)後主亦自能度曲,……別採新聲,爲無愁伴侶曲,音韻窈窕,極於哀思。"

【伴當】僕從。也泛稱同伴。永樂大典戲文三種小孫屠:"恰才城外見二三個伴當,喫了兩三盃酒,須索到家着母親見。"元曲選缺名三虎下山楔子:"兀那廝甚麽官人娘子?我是夫人,他是我的伴當。"又作"伴儅"。元王實甫西廂記五本三折:"姑娘若不肯,著二三十箇伴儅,擡上轎子。"

【伴讀】官名。宋時有南北院伴讀,負責宗室子弟的教學工作;遼、金至明,皆爲親王府官。遼史百官志三諸王府官諸王文學館:"聖宗太平八年,長沙郡王宗允等奏選諸王伴讀。"

伻

bēng 普耕切,平,耕韻,滂。ㄅㄥ

㊀使。書立政:"乃伻我有夏。"傳:"乃使我周家王有華夏。"㊁使者。書洛誥:"伻來,以圖及獻卜。"伻也作"抨"。爾雅釋詁:"抨,使也。"

佅

mài 莫話切,去,夬韻,明。ㄇㄞ

古樂名。或以爲東方之樂,或以爲北方之樂。詳"僸佅兜離"。

佉

qū 丘伽切,平,戈韻,溪。ㄑㄩ

梵書譯音字,爲悉曇體文三十五字中牙聲的第二音。

【佉沙】古西域城國。即疏勒。在今新疆喀什喀爾地區。大唐西域記十二佉沙國:"舊謂疏勒者,乃稱其城號也;正音宜云'室利訖栗多底',疏勒之言,猶爲訛也。"參見"疏勒"。

【佉樓】即佉盧。見該條。

【佉盧】佛教所傳古代造佉盧文的人。佉盧文是古印度的一種文字,橫書左行,屬塞姆語系的阿拉米文系統,今已失傳。毘婆沙論:"瞿毘陀羅門造梵書,佉盧仙人造佉盧書,大婆羅門造皮陀論。"南朝梁僧祐出三藏記集一作"佉樓"。

征

zhēng 諸盈切,平,清韻,照。ㄓㄥ

見"征伀"。

【征伀】驚惶失據的樣子。方言十:"濶沭、征伀,遑遽也。江湘之間,凡窘猝怖遽,謂之濶沭,或謂之征伀。"也作"征松"、"怔忪"。見各該條。

估

1. gǔ 公户切,上,姥韻,見。ㄍㄨ

現代漢語讀 gū。㊀物價。新唐書一五一陸長源傳:"乃高鹽直,賤帛估。"舊唐書作"高其鹽價而賤其布值"。㊁商人。通"賈"。北史邢巒傳:"商估交入。"魏書作"商賈交入"。㊂估量物之價值或數目。舊唐書憲宗紀:"出内庫羅綺犀玉金帶之具送度支,估計供軍。"後凡對事物做估量、揣測,都叫估。

2. gù ㄍㄨˋ

㊃見"估₂衣"。

【估₂衣】市肆出售的舊衣。販賣舊衣的行業叫估衣業。清得碩亭草珠一串遊覽"西城五月城隍廟,濫賤紗羅滿地堆"注:"廟外賣估衣者極多。"(清代北京竹枝詞)

【估客】販貨的行商。世說新語文學:"謝鎮西(玄)經船行……聞江渚間估客船上,有詠詩聲,甚有情致。"玉臺新詠九梁元帝別詩:"莫復臨時不寄人,漫道江中無估客。"

【估衒】賣弄技能。隋書音樂志下:"開皇中……有曹妙達王長通……等,皆妙絶弦管,……持其音技,估衒王公之間,舉時争相慕尚。"

【估税】商客之税。晉書甘卓傳:"估税悉除,市無二價。"

【估價】估定物品的價值。唐陸贄陸宣公集十八請減京東水運收脚價於沿邊州鎮儲蓄軍糧事宜狀:"且又虛張估價,不務準平。"

【估客樂】樂府西曲歌名。樂府詩集四八估客樂引古今樂録,説是齊蕭賾(武帝)所作。梁改名爲商旅行。見舊唐書樂志九。北周庾信、唐劉禹錫等所作賈客詞及張籍之賈客樂,皆出於此。

何

1. hé 胡歌切,平,歌韻,匣。ㄏㄜ

㊀代詞。1.什麽。書臯陶謨上:"禹曰:'何?'"公羊傳隱元年:"元年者何?君之始年也。"2.誰。漢書七一雋不疑傳:"廷尉驗治何人,竟得姦詐。"注:"凡不知姓名及所從來者,皆曰何人。"3.哪裏。宋蘇轍欒城集二四黄州快哉亭記:"士生於世,使其中不自得,將何往而非病?"㊁副詞。多麽。漢書六五東方朔傳:"朔來朔來,受賜不待詔,何無禮也!拔劍割肉,壹何壯也!割之不多,又何廉也!歸遺細君,又何仁也!"㊂姓。元和姓纂五歌引祕笈新書:"周成王弟唐叔虞裔孫韓王安爲秦所滅,子孫分散,江淮間音以韓爲何,遂爲何氏。"

2. hē ㄏㄜ

㊃譴責。通"呵"。漢書四八賈誼傳陳政事疏:"故其在大譴大何之域者,聞譴何則白冠氂纓,盤水加劍,造請室而辠耳。"

3. hè 胡可切,上,哿韻,匣。ㄏㄜˋ

㊄擔。通"荷"。詩曹風候人:"彼候人兮,何戈與祋。"羣書治要本何作"荷"。

【何乃】㊀副詞。何能,怎麽能。史記八八蒙恬傳:"此其兄弟遇誅,不亦宜乎!何乃罪地脈哉?"㊁連詞。何況。史記一〇九李將軍傳:"(李廣)還至霸陵亭,霸陵尉醉,呵止廣,廣騎曰:'故李將軍。'尉曰:'今將軍尚不得夜行,何乃故也!'"

【何必】反問的語氣,表示不必。左傳昭二三年:"爲存以力聞可矣,何必以弑君成名。"孟子梁惠王上:"王何必曰利,亦有仁義而已矣。"

【何休】公元129—182年。東漢任城樊人,字邵公。爲董仲舒四傳弟子,精研六經。曾因太傅陳蕃推薦而參政,蕃失敗後受連累罷官。休以十七年的時間撰成春秋公羊解詁。又追述今文家李育的遺説,伸公羊而駁左傳穀梁,著有公羊墨守、左氏膏肓、穀梁廢疾,已佚;見後漢書七九儒林傳下。清王謨漢魏遺書鈔輯有公羊墨守、左氏膏肓、穀梁廢疾佚文各一卷。

【何如】㊀如何,怎麽樣。論語子路:"子貢問曰:'何如斯可謂之士矣?'"史記一〇二張釋之傳:"前曰:'陛下以絳侯周勃何如人也?'上曰:'長者也。'"㊁何似,比……怎麽樣。世説新語文學:"或問顧長康(愷之):'君箏賦何如嵇康琴賦?'"

【何其】多麽。用疑問表示程度。詩小雅庭燎:"夜如何其,夜未央。"左傳僖十五年:"二三子何其慼也。"

【何者】設問之詞。先設問,後陳其事。史記項羽紀:"蒙恬爲秦將,北逐戎人,開榆中地數千里,竟斬陽周。何者?功多,秦不能盡封,因以法誅之。"又一二一儒林傳:"黄生曰:'冠雖敝,必加于首,履雖新,必關于足。何者,上下之分也。'"

【何奈】如何。同奈何。唐韓愈昌黎集四感春詩之三:"孤負平生心,已矣知何奈。"

【何居】什麽。居,助詞。禮檀弓上:"何

居？我未之前聞也。"注："居讀爲姬姓之姬，齊魯之間語助也。"

【何物】 哪一個，什麽人。晉書王衍傳："(王衍)總角嘗造山濤，濤嗟歎良久，既去，目而送之曰：'何物老嫗，生寧馨兒！然誤天下蒼生者，未必非此人也。'"世説新語言語："羊權爲黄門侍郎，侍簡文坐。帝問曰：'夏侯湛作羊秉敍，絶可，想是卿何物，有後不？'"

【何若】 ㊀如何。墨子天志下："順天之義何若？"晏子春秋三問上："然則何若？"㊁何似。漢書七二龔勝傳："(夏侯)常恚謂勝曰：'我視君何若？'"

【何郎】 卽何晏。世説新語容止："何平叔美姿儀，面至白。"三國志魏曹爽傳注引魏略，稱晏平日喜修飾，粉白不去手，行步顧影，人稱"傅粉何郎"。後卽以稱喜歡修飾的青年男子。全唐文二〇七宋璟梅花賦："儼如傅粉，是謂何郎。"

【何晏】 公元190—249年。三國魏宛人。字平叔。漢何進孫。曾隨母爲曹操收養。少以才秀知名，娶魏公主。好老莊言，和夏侯玄王弼等倡導玄學，競尚清談，是三國時著名的玄學家。後因依附曹爽爲司馬懿所殺。著有道德論無爲論等，留傳後世的有論語集解。三國志魏有傳。

【何許】 何處，什麽地方。文選三國魏阮嗣宗(籍)詠懷詩之十："良辰在何許，凝霜霑衣裳。"

【何國】 隋唐時西域城國。都城在那密水南數里，舊時康居之地。隋大業中及唐武德貞觀中，均遣使通問。見通典一九三邊防九康居。翻譯名義集二諸國作屈霜儞迦。

【何渠】 如何。史記九七陸賈傳："使我居中國，何渠不若漢？"又作"何遽"。墨子公孟："子墨子曰：雖子不得福，吾言何遽不善？而鬼神何遽不明？"

【何焯】 公元1661—1722年。清長洲人。字屺瞻，號茶仙。康熙時以李光地薦召值南書房，先後賜舉人、進士，兼武英殿纂修官。藏書數萬卷，多宋元舊刻。治學長於考訂，校勘諸書，時有創見。其藏書處叫賚硯齋。著有義門讀書記五十八卷等。見碑傳集四七。

【何敞】 公元？—約105年。東漢扶風平陵人。字文高。和帝時，任侍御史、尚書。曾多次上書斥責外戚竇憲等專横貪暴，被排擠出外。後任汝南太守，曾徵發民工修治鮦陽舊渠，擴大田地三萬餘頃。見後漢書四三本傳。

【何曾】 ㊀公元199—278年。晉陽夏人。字頴考。三國魏時，官至司徒，曾參預司馬懿和曹爽爭權及司馬炎代魏、建立晉王朝的活動。西晉初，任丞相、太傅等官職。爲人外寬内忌，諂事賈充，生活奢侈，享用"過于王者"。日食萬錢，還説無下箸處。見晉書本傳。㊁猶"何乃"。孟子公孫丑上："爾何曾比予于管仲？"

【何₂詰】 譴責究問。何通"呵"、"訶"。新唐書七六后妃傳上則天武皇后傳："凡言變，吏不得何詰，雖耘夫蕘子必親延見，稟之客館。"

【何鼓】 星名。卽"河鼓"。爾雅釋天："何鼓謂之牽牛。"注："今荆、楚人呼牽牛星爲檐鼓，檐者荷也。"詳"河鼓"。

【何戡】 唐長慶時著名歌者。唐劉禹錫劉夢得文集五有與歌者何戡詩："舊人唯有何戡在，更與殷勤唱渭城。"

【何遜】 公元？—518年。南朝梁東海郯人。字仲言。何承天曾孫。官至尚書水部郎。詩與陰鏗齊名，世號陰何。文與劉孝綽齊名，世稱何劉。其詩善於寫景，工於煉字。有集八卷，今不傳。明張溥漢魏百三家集輯有何水部集一卷。梁書南史有傳。

【何論】 唐宋進士應試的一種文體名。宋陸游老學庵筆記一："國初韻略，載進士所習，有何論一首。施肩吾及第勑亦列其所習何論一首。何論蓋如三傑佐漢孰優，四科取士何先之類。"

【何誰】 阿誰，誰人。史記一〇六吳王濞傳："我已爲東帝，尚何誰拜。"

【何樓】 宋都開封，有何家樓，樓下設市，所出售的東西都以次品充好貨。後來就把虛僞欺僞的人，叫做何樓。見詩話總龜二九宋劉攽貢父詩話。

【何遽】 見"何渠"。

【何羅】 古代傳説中的魚名。山海經北山經："譙明之山，譙水出焉，西流注于河。其中多何羅之魚，一首而十身，其音如吠犬，食之已癰。"

【何乃淘】 世説新語排調："劉真長(惔)始見王丞相(導)，時當盛暑之月，丞相以腹熨彈棊局，曰：'何乃淘。'劉既出，人問見王云何？劉曰：'未見他異，唯聞作吳語耳。'"吳語以冷爲淘(hōng)；何乃，猶言怎麽這樣。

【何心隱】 公元1517—1579年。明泰州學派代表人物之一。本姓梁，名汝元，字夫山，永豐(今屬江西省)人。曾師事顏鈞。其學認爲"心"是萬物的本源，但承認人的物欲應適當加以滿足，反對道學把人欲看成罪惡的説法。到處聚徒講學，曾以計促嚴嵩罷相，爲嚴黨所仇。以得罪張居正，被殺。有爨桐集。

【何仙姑】 傳説中的女仙名，八仙之一。宋魏泰東軒筆録十四説，北宋永州有何氏女，善言禍福，人稱何仙姑。續道藏所收吕祖志三又加以附會敷演，説她是零陵人，幼時採茶山中，爲吕洞賓所度成仙。

【何承天】 公元370—447年。南朝宋天文學家。東海郯人。元嘉時爲著作佐郎，撰修宋書，未成而卒。承天博通經史，精天文律曆，曾上表指出沿用的景初乾象曆法疏漏不當，奏請改曆，稱元嘉曆。對後世曆法影響很大。著有禮論及集，今不傳。宋書南史有傳。

【何首烏】 蓼科宿根藤本植物。本名交藤。供藥用。唐李翺李文公集十八有何首烏方録，謂順州南河縣人何首烏的祖父田兒，掘交藤塊根，曬乾擣末服食，用來治病，因爲是何首烏傳出的藥方，故名。參閲政和證類本草十一何首烏、農政全書五三救荒本草何首烏。

【何秋濤】 公元1824—1862年。清福建光澤人。字願船。道光二十四年進士，官至刑部員外郎。研究輿地之學，特别是邊疆地理，致力最勤。著有朔方備乘、王會篇箋釋、一鐙精舍甲部稿等。刑部奉敕撰律例根源，亦由秋濤在官時創稿。

【何許人】 何處人，哪裏人。晉陶潛陶淵明集五五柳先生傳："先生不知何許人也。"後漢書八三逸民傳："漢陰老父者，不知何許人也。"後常用來指來歷不明的人。

【何紹基】 公元1799—1873年。清湖南道州人。字子貞，號東州，一號蝯叟。道光十六年進士。畢生從事經史及説文的考訂工作，旁及金石律算，其書法唐碑而上溯北朝楷法，獨創一格。著有説文段注駁正四卷、東洲草堂文鈔二卷、詩鈔二十七卷等。

【何景明】 公元1483—1521年。明河南信陽人。字仲默，號大復山人。弘治十五年進士，官至陝西提學使。工詩文，爲弘治十才子之一。正德嘉靖年間，與李夢陽致力於復古之學，極力推崇先秦兩漢的散文、漢魏的古詩，和盛唐的近體詩，與李夢陽、徐禎卿、邊貢、康海、王九思、王廷相稱前七子。著有大復集。明史載文苑傳。

【何當行】 樂府雜曲歌詞。晉傅玄有何當行歌云:"同聲自相應,同心自相知。外合不由中,雖固終必離。管鮑不世出,結交安可爲!"見樂府詩集七六雜曲歌辭。

【何嘗行】樂府相和歌詞。古樂府有豔歌何嘗行,三國魏曹丕(文帝)也有豔歌何嘗行。見樂府詩集三九。

【何滿子】舞曲名。相傳以樂人何滿而名。唐白居易長慶集六八何滿子詩:"世傳滿子是人名,臨就刑時曲始成。一曲四詞歌八疊,從頭便是斷腸聲。"樂府詩集八十引白居易曰:"何滿子,開元中滄洲歌者,臨刑進此曲以贖死,竟不得免。"又元稹長慶集二六何滿子歌:"何滿能歌聲宛轉,天寶年中世稱罕。嬰刑繫在囹圄間,下調哀音歌憤懣。梨園弟子奏玄宗,一唱承恩羈網緩。便將何滿爲曲名,御譜親題樂府纂。"與白說稍有不同。亦作河滿子。唐蘇鶚杜陽雜編中:"時有宮人沈阿翹,爲上舞河滿子。調聲風態,率皆宛暢。"

【何騰蛟】公元1592—1649年。明貴州黎平衞人。字雲從。天啓元年舉人,歷官湖廣巡撫。清兵入關,南明朱由榔(永曆)立,任武英殿大學士。與農民起義軍李自成餘部李赤心等合力抗清。收復湖南全省。永曆三年兵敗被俘,死難於長沙。見明史本傳。

【何氏語林】明何良俊撰。三十卷。因晉裴啟語林之名,義例門目則以劉義慶世說新語爲藍本,雜採漢至元代事跡,共二千七百餘條,每門各有自序,間加論斷。又倣世說新語南朝梁劉孝標注例,自引書作注。

体 bèn ㄅㄣˋ 蒲本切,上,混韻,並。

粗劣。見廣韻。

【体夫】擡運靈柩的人伕。資治通鑑二五二唐咸通十二年:"葬文懿公主,……賜酒百斛,餅餤四十橐駝,以飼体夫。"注:"体夫,轝柩之夫也。"轝卽"輿"。

佐 zuǒ ㄗㄨㄛˇ 則箇切,去,箇韻,精。

㊀輔助,佐助。周禮天官大宰:"以佐王治邦國。"㊁勸。國語晉九:"召之使佐食。"注:"佐,猶勸也。"㊂處於輔助地位的人。僚屬。左傳襄三十年:"有趙孟以爲大夫,有伯瑕以爲佐。"晉書顧榮傳:"功高元帥,賞卑下佐。"

【佐弋】㊀人名,古射箭能手。韓非子外儲說左上:"衞人有佐弋者,鳥至,因先以其褚麾之,鳥驚而不射也。"㊁官名。秦少府官。史記秦始皇紀:"內史肆,佐弋竭。"漢書百官公卿表上"佐弋"作"左弋"。王先謙補注:"左、佐字同,謂佐助弋射之事,因以名官。"參見"左弋"。

【佐史】漢代地方官的屬吏。漢書百官公卿表上:"百石以下有斗食佐史之秩。"注引漢官名秩簿:"佐史,月俸八斛也。"漢王充論衡程才:"一縣佐史之材,任郡掾史。"

【佐吏】古將帥府中的參謀議、備顧問的官員。晉書庾亮傳:"亮在武昌,諸佐吏殷浩之徒,乘秋夜往共登南樓。"資治通鑑一〇五晉太元八年:"(桓)沖對佐吏歎曰:'謝安石有廟堂之量,不閑將略。'"注:"諸藩府參佐爲佐吏。"

【佐戎】參贊軍事。唐韓愈昌黎集二三祭十二郎文:"是年吾佐戎徐州。"

【佐車】古代車戰時副將所乘的戰車,或田獵時助手所乘的車輛。左傳成二年:"鄭周父御左車。"禮少儀:"乘貳車則式,佐車則否。"注:"貳車、佐車,皆副車也。朝祀之副曰貳,戎獵之副曰佐。"又王制:"佐車止,則百姓田獵。"

【佐事】幫助事奉。左傳昭七年:"且追命襄公曰:叔父陟恪在我先王之左右,以佐事上帝。"

【佐命】古代帝王建立王朝,自謂承天受命,故稱輔佐之臣爲佐命。文選舊題李少卿(陵)答蘇武書:"其餘佐命立功之士,賈誼、亞夫之徒,皆信命世之才,抱將相之具。"

【佐酒】陪伴吃酒。漢書高祖紀下:"上還,過沛,留,置酒沛宮,悉召故人父老子弟佐酒。"史記高祖紀作"縱酒"。

【佐書】書體名,卽隸書。也作左書。左,古佐字。魏書江式傳:"時有六書,……四曰佐書,秦隸書也。"漢王莽時,書有六體,卽古文、奇字、篆書、隸書、繆篆、蟲書。見漢書藝文志小學。許愼說文解字敍隸書作"佐書"。

【佐理】助理。三國志吳步隲傳孫登與隲書:"夫賢人君子,所以興隆大化,佐理時務者也。"

【佐貳】作爲副職的官員。新唐書食貨志四:"主以郎官,其佐貳皆御史。"清代稱州同、州判、縣丞、巡檢、典史爲佐貳官。參閱清通典三四職官十二府州、州縣。

【佐幕】在將帥幕府中擔任職務,也指在幕府裏參謀議、管文書的人員。唐李頻梨嶽詩集春日鄜州贈裴居言:"雖將身佐幕,出入似閒居。"

【佐領】官名。清制,京師滿蒙諸旗,都置佐領。滿語稱牛錄章京。歷代職官表八旗都統國朝官制:"八旗佐領……掌稽所治人户、田宅、兵籍,以時頒其職掌。"佐領有兩種:世管佐領都是世襲,公中佐領揀選任命。每壯丁一百五十人編一佐領。見清文獻通考八六職官十。

【佐僚】處於輔助地位的下級官吏。史記禮書:"自天子稱號,下至佐僚及宮室官名,少所變改。"

【佐隸】卽隸書。晉書衞恆傳(隸勢):"鳥跡之變,乃惟佐隸,蠲彼繁文,崇此簡易。"宋黄伯思東觀餘論下跋陳碧虛所書相鶴經後:"自秦易篆爲佐隸,至漢世去古未遠,當時正隸體,尚有篆籀意象。"參見"佐書"。

【佐治藥言】清汪輝祖撰。一卷,續一卷,共六十六則。輝祖佐刑幕三十餘年,協助審理案件,熟習律例。此書論佐幕者所謂持己待人之道。有知不足齋叢書本。

【佐雝得嘗】國語周下:"佐雝者嘗焉,佐鬭者傷焉。"注:"雝,亨(烹)煎之官也。"雝,也作"饔"。北齊顏之推顏氏家訓省事:"王子晉云:'佐雝得嘗,佐鬭得傷。'此書爲善則預,爲惡則去,不欲黨人非義之事也。"比喻助人爲善,自己也分享光榮。

伾 pī ㄆㄧ 敷悲切,平,脂韻,滂。

㊀衆多勢盛貌。見"伾伾"。㊁山嶺重疊。書禹貢:"東過洛汭,至于大伾。"傳:"山再成曰伾。"釋文謂伾,本又作岯,或作坯。史記夏本紀作"邳"。一說山阜叫伾。見近人辛樹幟禹貢新解禹貢用字涵義。

【伾伾】衆多盛大。通"駓"。詩魯頌駉:"以車伾伾。"傳謂有力貌。廣雅釋訓以伾伾爲衆貌。清王念孫疏證:"伾伾,羣行貌也。"

佑 yòu ㄧㄡˋ 于救切,去,宥韻,于。

助。"右"的後起字。書湯誥:"上天孚佑下民。"

【佑命】書多士:"我有周佑命,將天明威。"意爲執行天命。又君奭:"天惟純佑命,則商實百姓。"此指天助王命。清孫星衍尚書今古文注疏二二以"則"字斷句。見該書。

【佑啟】幫助啟發。佑,助;啟,開。孟子滕文公下:"書曰:'……佑啟我後人,咸以正無缺。'"今本書君牙作"啟佑"。

佈 bù ㄅㄨˋ 博故切,去,暮韻,幫。

㊁徧。見廣韻。㊂通“布”。

【佈施】同“布施”。僧人用化緣的方式，請求施給財帛。後凡對人有所施舍，都稱布施。紅樓夢二九：“我不說你是爲送符，倒像是和我們化佈施來了。”詳“布施”。

佀 sì ㄙˋ

“似”本字。漢書似都作“佀”。見“似”。

佛

1. fó ㄈㄛˊ 符弗切，入，物韻，並。

㊀輔佐。通“弼”。詩周頌敬之：“佛時仔肩，示我顯德行。”箋：“佛，輔也。時，是也。仔肩，任也。”宋朱熹集傳：“符弗切，又音弼。”㊁佛教的創始人。佛陀，簡稱佛。晉袁宏漢紀十永平十三年：“西域天竺國有佛道焉。佛者，漢言覺也，將以覺悟羣生也。”

2. fú ㄈㄨˊ 集韻 敷勿切，入，勿韻。

㊂相似。見“仿佛”。㊃違背，乖逆。通“拂”。禮學記：“其施之也悖，其求之也佛。”釋文：“佛本作拂，扶弗反。”疏：“佛者，佛戾也。”

3. bó ㄅㄛˊ 集韻 薄没切，入，没韻。

㊄興起。通“勃”。荀子非十二子：“佛然平世之俗起焉。”注：“佛讀爲勃。勃然，興起貌。”

【佛力】佛教徒認爲佛法有救濟衆生的功力，稱佛力。廣弘明集十五佛德三梁武帝牙像詔：“宜承佛力，弘兹寬大。”

【佛子】㊀受戒的佛教徒。又爲菩薩的通稱。又總稱一切衆生。隋闍那崛多共笈多譯添品妙法蓮華經二譬喻品三：“今日乃知真是佛子，從佛口生，從法化生，得佛法分。”㊁稱慈善的人。如唐末徐守温以寬恕爲治，人稱佛子。見耳目記李記室（說郛）。又宋洪皓爲秀州司録，以所掌發運司錢賑濟飢民，州人叫他洪佛子。見宋趙善璙自警篇救荒。

【佛山】㊀地名。今廣東佛山市。相傳唐在此掘得佛像，故名。舊與夏口、朱仙、景德，並稱我國四大鎮。參閱廣東通志關隘略一廣州府南海縣。㊁舊縣名。在黑龍江省東部黑龍江沿岸。1955年改爲嘉蔭縣。

【佛牙】相傳釋迦牟尼死後，曾留下四顆牙齒，佛教徒奉爲珍寶，特予供奉，稱佛牙。大般涅槃經後分下聖軀廓潤品四：“帝釋……於佛口中右畔上頷，取牙舍利，即還天上，起塔供養。”

【佛日】佛教用語。佛教徒認爲佛的法力廣大，廣濟衆生，像太陽一樣普照大地。觀無量壽經：“唯願佛日教我，觀於清淨業處。”廣弘明集十五梁簡文帝菩提樹頌序：“於是佛日啓，法雷震。”

【佛手】果名，爲枸櫞的變種，果實有裂纹如拳，或開張如指，通稱佛手。本草綱目三十果枸櫞：“枸櫞產閩廣間，……其實狀如人手，有指，俗呼爲佛手柑。”紅樓夢四一：“忽見板兒抱着一個佛手，大姐便要。”

【佛宇】寺院。宋蘇舜欽蘇學士文集五頂破二山詩：“因成兩佛宇，幽邃號勝遊。”

【佛老】佛教和道教的合稱。佛教以佛陀爲始祖，道教以老子爲始祖，故佛老並稱。唐韓愈昌黎集十二進學解：“觝排異端，攘斥佛老。”

【佛曲】古代佛寺講經前後所唱的樂曲，咒、偈、吟、讚雜用，統稱梵唄，用以宣傳佛經的教義。清毛奇齡西河詩話：“或曰佛曲佛舞，在隋唐已有之，不始金元，如李唐樂府有普光佛曲日光明佛曲。……今吳門佛寺，猶能作梵樂，每唱佛曲，以笙笛逐之，名清樂，即其遺意。”清翟灝通俗編二十釋道佛曲：“按晉書鳩摩羅什傳，天竺俗甚重文，制其宫商體韻，以入管弦爲善。凡覲國王，必有贊德，經中偈頌，皆其式也。是佛曲可逐笙管，自其未入中國，原有然矣。樂府雜録長慶中講僧文敍善吟經，其聲宛轉，感動里人，樂工狀其念四聲觀世音菩薩，乃撰文敍子曲，至是佛經無不可吟，不獨偈頌然矣。”其後演變爲講唱文學，敦煌雜曲中尚保留部分作品。舊時也稱變文爲佛曲。

【佛印】㊀佛教用語。印，決定不變的意思。佛教徒奉佛法爲最高準則，認爲它是永不變易的，故名佛印。唐高適高常侍集三同馬太守聽九思法師講金剛經詩：“心持佛印久，摽割魔軍退。”㊁宋僧，名了元。與蘇軾黄庭堅相善，能詩。見續傳燈録五了元禪師、建中靖國續録六。

【佛戒】佛教的規則戒律。有五戒、十戒、五百戒等。隋書經籍志四：“魏黄初中，中國人始依佛戒，剃髮爲僧。”

【佛豆】豆名。宋宋祁益部方物略記：“佛豆，豆粒甚大而堅，農夫不甚種，唯圃中蒔以爲利。以鹽漬食之，小兒所嗜。”明方以智謂即蠶豆。見通雅四四穀蔬。又有謂佛豆種子來自雲南，滇古爲佛國，故稱佛豆。見清吳其濬植物名實圖考一穀類蠶豆。

【佛妝】遼時婦女的化妝式樣。宋朱彧萍洲可談二：“先公言使北時，見北使耶律家車馬來迓，氈車中有婦人，面塗深黄，紅眉黑吻，謂之佛妝。”又宋莊季裕雞肋篇上：“燕地……其家仕族女子，……冬月以括蔞塗面，謂之佛妝。但加傅而不洗，至春暖方滌去。”

【佛佛】南北朝時，夏主赫連勃勃，南朝稱爲佛佛，是勃勃的音轉。見宋書索虜傳。參見“赫連勃勃”。

【佛法】佛教的教義。晉書孝武帝紀太元六年：“帝初奉佛法，立精舍於殿內。”

【佛性】佛教名詞。佛教認爲人人都有覺悟之性，名爲佛性。北齊書杜弼傳：“魏帝見之九龍殿，曰：‘……聞卿精學，聊有所問，經中佛性、法性爲一爲異？’弼對曰：‘佛性、法性，止是一理。’”涅槃經二七：“一切衆生，悉有佛性。”

【佛事】㊀佛教名詞。指諸佛對衆生的教化。觀無量壽經：“於肉髻上有一寶瓶，盛諸光明，普現佛事。”㊁指佛教徒誦經、祈禱及供養佛像等活動。北齊臨淮王碑：“遂於此所，爰營佛事。”（金石萃編三五）

【佛陀】亦作菩提，簡稱爲佛。魏書釋老志：“浮屠正號曰佛陀。佛陀與浮圖聲相近，皆西方言，其來轉爲二音。華言譯之，則謂淨覺。”按佛陀本義爲覺，一自覺，即所謂自悟本性；二覺他，即所謂說法度人；三叫覺行圓滿。具備這三點的，稱爲佛陀。佛教創始人釋迦牟尼有十種尊號，其一爲“佛陀”。參閱翻譯名義集一十種通號。

【佛界】佛家所說的佛境十界之一。凡寺院佛舍、和尚生活之地，皆可稱佛界。宋黄庭堅山谷詩集注三題聖寺庭枸杞：“仙苗壽日月，佛界承雨露。”

【佛海】佛教徒認爲佛法像海一樣廣大無邊。廣弘明集二八引梁武帝金剛般若懺文：“引入慧流，同歸佛海。”

【佛祖】佛教稱修煉成道的人爲佛，稱開創宗派的人爲祖師，合稱佛祖。也專指佛教的創始人，即釋迦牟尼。宋蘇軾分類東坡詩三和蔡景繁海州石室：“前年開閤放柳枝，今年洗心參佛祖。”

【佛桑】灌木名。一名朱槿，也叫扶桑。唐劉恂嶺表録異：“嶺表朱槿花，莖葉皆如桑樹，葉光而厚，南人謂之佛桑。”又見唐段成式酉陽雜俎九支植上。參閱清吳其濬植物名實圖考二九佛桑。

【佛骨】相傳是釋迦牟尼的牙齒。又叫佛舍利。唐韓愈昌黎集三九論佛骨表：

"今聞陛下令羣僧迎佛骨於鳳翔，御樓以觀，舁入大內。"

【佛教】世界主要宗教之一。公元前六至五世紀印度釋迦牟尼創立。反對婆羅門教的種姓制度；主張"衆生平等"、"有生皆苦"，以涅槃（超脱生死）爲理想境界。相傳東漢明帝時傳入我國。至晉後盛行，對我國的文學、藝術、哲學以至社會的風俗習慣等，都有較大影響。參見"宗教"。

【佛堂】原爲佛所住的堂殿，後指供奉佛像的處所。毘奈耶雜事二六唐義淨注："西方名佛所住堂爲健陀俱知。健陀是香；俱知是室。此是香室、香臺、香殿之義。不可親觸尊顔，故但喚其所住之殿，即此方玉階、陛下之類。然名爲佛堂、佛殿者，斯乃不順西方之意也。"參閲釋氏要覽上住處香室。

【佛眼】佛教名詞。認爲修道成佛就具有超凡的眼力，能洞察一切。無量壽經下："佛眼具足，覺了法性。"宋蘇軾分類東坡詩十五贈杜介："何人識此志，佛眼自照瞭。"

【佛國】佛的出生地，指天竺，即古印度。維摩經佛國品一注："經始終由於淨國，故以佛國冠於篇首也。"東晉釋法顯著有佛國記。詳該條。

【佛粥】即臘八粥。宋陸游劍南詩稿二六十二月八日步至西村："今朝佛粥更相餽，更覺江村景物新。"詳"臘八粥"。

【佛圖】塔的别名。亦作浮圖、浮屠。世説新語言語："庾公(亮)嘗入佛圖，見卧佛。"魏書釋老志："凡宫塔制度猶依天竺舊狀而重構之，從一級至三、五、七、九，世人相承謂之浮圖，或云佛圖。"又指佛寺。參見"塔"。

【佛貍】北魏拓跋燾（世祖太武帝）的小字。見宋書索虜傳。宋辛棄疾稼軒詞一水調歌頭："憶昔鳴鏑血汙，風雨佛貍愁。"

【佛藏】見"一切經"。

【佛龕】佛寺。雞林志："龜山有佛龕，林木益邃，傳云羅漢三藏行化至此滁崗。"（説郛七七）又供佛的小室也叫佛龕。

【佛$_2$鬱】心情不舒暢。同"弗鬱"、"佛鬱"。文選晉潘安仁(岳)笙賦："初雍容以安暇，中佛鬱以怫惘。"注引埤蒼："佛鬱，不安貌。"

【佛手蕉】植物名，甘蕉的一種。本草綱目十五甘蕉集解引顧玠海槎録："海南芭蕉常年開花結實。有二種：板蕉大而味淡，佛手蕉小而味甜。"

【佛生日】佛家指夏曆四月初八日爲佛生日。宋孟元老東京夢華録八四月八日："四月八日，佛生日，十大禪院各有浴佛齋會，煎香藥糖水相遺，名曰'浴佛水'。"參閲隋杜臺卿玉燭寶典四。

【佛光袴】五代時服式名。宋陶穀清異録三衣服佛光袴："潞王（李）從珂出馳獵，從者皆輕零衫、佛光袴。佛光者，以雜色横合爲袴。"

【佛名經】千佛名經的簡稱。宋范成大石湖集二一鹿鳴席上贈貢士詩："秋賦重增人物志，春闈俱上佛名經。"詳"千佛名經"。

【佛面竹】竹名，江南竹的變種。竹紋像人面的輪廓，故名。又叫龜紋竹。可製手杖。宋蘇軾分類東坡詩五有送佛面柱杖與羅浮長老詩。

【佛郎嵌】即琺瑯。明曹昭格古論要四古窰器論大食窰："以銅作身，用藥燒成五色花者，與佛郎嵌相似。"

【佛郎機】㊀明代泛指葡萄牙和西班牙。明史外國傳佛郎機："佛郎機，近滿剌加。正德中，據滿剌加地，逐其王。"指葡萄牙對馬六甲的侵略。明史外國傳吕宋："時佛郎機强，與吕宋互市，久之見其國弱可取，……竟乘其無備，襲殺其王，逐其人民，而據其國，名仍吕宋，實佛郎機也。"指西班牙對吕宋(菲律賓）的侵略。㊁佛郎機礮的簡稱。詳"佛郎機礮"。

【佛頂珠】㊀形容人動作的懶散呆滯，推撥不動。見明陶宗儀輟耕録二九井珠。㊁踢毽子的一種架式。明徐炬古今事物原始二二蹴踘："今時小兒以鉛錫爲錢，裝以雞羽，呼爲箭子，三四成羣走踢，有……佛頂珠、剪刀拐之名色，亦蹴踘之遺事也。"

【佛國記】東晉法顯著。一卷。法顯於東晉隆安三年自長安出發，往天竺求佛經，經歷三十餘國，至義熙九年回到建康，根據在各國的見聞，寫成此書。書中記載了中國與印度巴基斯坦尼泊爾錫蘭等國的交通史料，是我國現存有關海外交通的最早的詳細記録。此書在佛經内典中稱爲歷游天竺記傳或法顯傳，隋書經籍志作佛國記。清丁謙有佛國記地理考證一卷。

【佛圖户】也叫"寺户"。北魏時被佛寺奴役剥削的人户。魏書釋老志："曇曜奏：……又請民犯重罪及官奴以爲'佛圖户'，以供諸寺掃灑，歲兼營田輸粟。"

【佛圖澄】公元232—348年。晉時僧人，是天竺罽賓小王的長子。西晉懷帝永嘉四年，東來洛陽，取得後趙石勒石虎的信任，稱爲大和尚。死於鄴。由於他和二石的倡導，佛教大爲盛行，建寺達八百九十三所。見世説新語言語、晉書本傳、唐封演封氏聞見記八佛圖澄姓。

【佛圖關】地名。現名浮圖關。在今四川巴縣西，即三國蜀漢李嚴欲鑿通涪汶二江的地方。因上有石佛像，故名。參閲讀史方輿紀要六九四川四巴縣。

【佛臘日】佛教以農曆七月十五日爲佛臘日。臘是歲末的意思。宋贊寧僧史略下賜夏臘："所言臘者，經律中以七月十六日是比丘五分法身生來之歲首，則七月十五日是臘除也。"

【佛口蛇心】形容滿口慈悲但心腸狠毒。明梅鼎祚玉盒記傳奇上焚修："好兩個佛口蛇心，你且去殿上伺候，怕有客來，好生支應。"

【佛祖通載】全名佛祖歷代通載。元釋念常著。二十二卷。記載佛教故實，上起七佛，下至順帝元統元年。宋元以前部分，抄録景德傳燈録及祖琇隆興佛教編年通論。對佛教的興廢、禪宗的授受等，按編年體裁記載，間加論辨，可供研究佛教史參考。

【佛祖統紀】宋釋志磐著。五十四卷。仿照史記體例，詳載天台宗的源流。一佛二十九祖，稱本紀；旁出諸祖，稱世家，廣智以下爲列傳，附以表、志。

【佛郎機礮】明代稱西班牙人葡萄牙人爲佛郎機人，故名其所製的火礮爲佛郎機礮。明史兵志四："至嘉靖八年，始從右都御史汪鋐言，造佛郎機礮，謂之大將軍，發諸邊鎮。佛郎機者，國名也。"參閲明戚繼光練兵實紀雜集五軍器佛郎機解、清顧張思土風録三佛郎機。

【佛頭著糞】景德傳燈録七如會禪師："崔(羣)相公入寺，見鳥雀於佛頭上放糞，乃問師曰：'鳥雀還有佛性也無？'師云：'有。'崔云：'爲什麽向佛頭上放糞？'師云：'是伊爲什麽不向鷂子頭上放？'"後多用爲褻瀆、玷污之喻。元劉壎隱居通議十八序書："歐陽公(修)作五代史，或作序記其前。王荆公（安石)見之曰：'佛頭上豈可著糞！'"

【佛歡喜日】佛教節日。農曆七月十五日。也叫僧自恣日。盂蘭盆經："善男子，若有比丘、比丘尼、國王、太子、王子、大臣、宰相、三公、百官、萬民、庶人行孝慈者，皆應爲所生現在父母、過去七世父母，於七月十五日佛歡喜日、僧自恣日，以百味飲食安盂蘭盆中，施十方自恣僧。"參見"僧自恣日"。

【佛是金妝，人是衣妝】 舊諺語。意思是說，佛的莊嚴要靠黃金裝點，人的模樣要靠衣飾打扮。明沈自晉望湖亭傳奇十："雖然如此，佛是金粧，人是衣粧，打扮也是極要緊的。"粧，同裝。

伺 1. sì 息茲切，平，之韻，心。ㄙ 相吏切，去，志韻，心。

㊀偵察，等候。古通作"司"。或作"覗"。史記六六伍子胥傳："且嚭使人微伺之。"又齊悼惠王世家："及魏勃少時，欲求見齊相曹參，家貧無以自通，乃常獨早夜埽齊相舍人門外。相舍人怪之，以爲物而伺之，得勃。"

2. cì ㄘˋ

㊁伺候之伺，今讀 cì。

【伺候】 ㊀候望。呂氏春秋制樂："臣請伏於陛下，以伺候之。"唐韓愈昌黎集十七與陳給事書："其後閣下位益尊，伺候於門牆者日益進。"㊁等候。太平廣記三三一李霸引唐戴孚廣異記："霸忽謂子云：'……汝可設廳事，我欲一見諸親。'其子如言，衆人於庭伺候。"

【伺望】 觀察。後漢書七三公孫瓚傳："(袁)紹令星工伺望禨妖。"

【伺晨】 ㊀等候天亮。晉陶潛陶淵明集六閑情賦："起攝帶以伺晨，繁霜粲於素階。"㊁水星別名。太平御覽七："辰星……一名伺晨。"參見"辰星"。

【伺詐】 窺測別人過錯，從而羅織構陷。荀子富國："有掎挈伺詐，權謀傾覆，以相顛倒，以靡敝之。"注："掎摭其事，挈舉其過，伺候其罪，詐僞其辭，顛倒反覆也。"

【伺間】 窺測時機。晉書王彌傳論："王彌好亂樂禍，挾詐懷姦，命儔嘯侶，伺間候隙。"

【伺隙】 窺測可乘之機。藝文類聚五九漢吾丘壽王驃騎論功論："內用商鞅李斯之謀，外用白起王翦之兵，窺間伺隙。"

【伺察】 偵視，觀察。後漢書五五千乘貞王伉傳："王甫伺察，以爲有姦。"三國志魏曹爽傳："(司馬懿)奏爽曰：'臣輒力疾，將兵屯洛水浮橋，伺察非常。'"

【伺應】 等候響應。新唐書一六一張薦傳："周曾奮發於外，韋清伺應於內。"

【伺晨鳥】 雞。文選晉陸士衡(機)擬今日良夜會詩："譬彼伺晨鳥，揚聲當及旦。"注引尸子："使雞伺晨。"

【伺潮雞】 雞的一種。太平御覽九一八晉孫綽望海賦："石雞清響以應潮，慧軀輕近以遠潔。"注："石雞形似家雞而灰色，在海中山上，每潮水將至，輒鳴相應，若家雞司晨也。"南朝梁蕭繹梁元帝集泛蕪湖詩："颿隨迎雨燕，鼓逐伺潮雞。"

佊 bǐ 甫委切，上，紙韻，幫。ㄅㄧˇ 彼義切，去，寘韻，幫。

邪。見玉篇人部。廣韻引論語："子西佊哉。"清王念孫廣雅疏證二下："今論語作彼。馬融注云：'彼哉！彼哉！言無足稱也。'與廣韻所引異義。案彼字當讀偏佊之佊，於義爲長。"章炳麟新方言二釋言："今人呼邪人爲佊子，俗誤書痞。"

佋 1. zhāo 市昭切，平，宵韻，禪。ㄓㄠ

㊀同"昭"。本應讀 zhāo，晉避司馬昭諱，不正讀，作上饒反。後人別造此字，又把它增入說文。見清段玉裁說文解字注昭。

2. shào 市沼切，上，小韻，禪。ㄕㄠˋ

㊁通"紹"。廣韻："佋，佋介。"

伽 qié 求迦切，平，戈韻，羣。ㄑㄧㄝˊ

㊀同"茄"。古文苑四漢揚雄蜀都賦："盛冬育荀，舊菜增伽。"注："荀，今作筍，竹萌也。伽，今作茄。"參見"伽子"。㊁梵書譯音。悉曇體文三十五字中牙聲第四。

【伽子】 茄子。唐段成式酉陽雜俎前集十九廣動植四草茄子："茄子，本蓮經(莖)名，革遐反。今呼伽，未知所自。成式因就節下食伽子數蒂，偶問工部員外郎張周封伽子故事，張云：'一名落蘇，事具食療本草。'此誤作食療本草，元出拾遺本草。"

【伽尼】 石蜜。梵語。卽冰糖。善見律毘婆沙十七："廣州土境，有黑石蜜者，是甘蔗糖，堅強如石，是名石蜜。伽尼者，此是蜜也。"

【伽那】 象。梵語。唐段公路北戶録象鼻炙："梁翔法師云：象一名伽那。"

【伽陀】 佛經中的讚頌詞。梵語譯音。又作"伽他"。大唐西域記三烏仗那國："舊曰偈，梵文略也。或曰偈陀，梵音訛也。今從正音，宜云伽陀者，唐言頌。"玄應一切經音義二三攝大乘論一："伽他，此方當頌，或云攝言，諸聖人所作，莫問重頌字之多少。四句爲頌者，皆名伽他。"

【伽茶】 雷聲。法苑珠林七失候："一於虛空中，雲興雷作伽茶伽茶、瞿廚瞿廚等聲，或出電光，或有風吹冷氣，至如是種種，皆是雨相。"

【伽藍】 梵文僧伽藍摩的略稱，意譯爲"衆園"或"僧院"，卽僧衆居住的園林。後因把佛寺稱爲伽藍。北魏楊衒之有洛陽伽藍記，記述洛陽的寺院。大唐西域記三烏仗那國："舊有一千四百伽藍，多已荒蕪。"僧史略上："僧伽藍者譯爲衆園，謂衆人所居，在乎園圃、生殖之所。佛弟子則生殖道芽聖果也。"

【伽南香】 香名。也叫奇南、伽南、迦南。見清屈大均廣東新語二六香語伽南。參見"沈香"。

佔 1. diān 丁兼切，平，添韻，端。ㄉㄧㄢ

㊀佔佰(dōu)，輕薄。見廣韻。

2. chān 集韻癡廉切，平，鹽韻。ㄔㄢ

㊁通"覘"。見"佔$_2$畢"。

3. zhān ㄓㄢ

㊂見"佔$_3$佔$_3$"。

4. zhàn ㄓㄢˋ

㊃通"占"。例如侵占、占領。

【佔$_3$佔$_3$】 低聲小語。佔同"呫"。史記一一〇匈奴傳："嗟土室之人，顧無多辭，令喋喋而佔佔，冠固何當。"索隱："鄧展曰：'佔囁耳語。……小顏(師古)云：……佔音占。'"

【佔$_2$畢】 禮學記："今之教者，呻其佔畢。"注："佔，視也。簡謂之畢。……言今之師，自不曉經之義，但吟誦其所視簡之文。"清王引之經義述聞十五："佔讀爲笘……亦簡之類，故以佔畢連文。"後來泛稱讀書吟誦爲佔畢。

但 1. dàn 徒旱切，上，旱韻，定。ㄉㄢˋ 徒案切，去，翰韻，定。

㊀副詞。1. 空，徒。史記八七李斯傳："天子所以貴者，但以聞聲。"2. 僅。史記九九劉敬傳："匈奴匿其壯士肥牛馬，但見老弱及羸畜。"㊁連詞。猶言"只是"。文選三國魏魏文帝(曹丕)與吳質書："公幹有逸氣，但未遒耳。"

2. dán 徒干切，平，寒韻，定。ㄉㄢˊ

㊂姓。元和姓纂四寒："但，姓苑云：漢有濟南守但巴。"宋陸游老學庵筆記七："姓但者，音若檀，近歲有嶺南監司曰但中庸是也。"

【但可】 只，只要。三國志魏鍾會傳："文王將西，(邵)悌復曰：'鍾會所統，五六倍于鄧艾，但可敕會取艾，不足自行。'"

【但馬】 沒有鞍韉設備的馬。唐段成式酉陽雜俎一禮異："北齊迎南使……使主副各乘車，但馬在車後，鐵甲者百餘人，儀仗百餘人。”宋程大昌演繁露三誕馬：“但者，徒也；徒馬者，有馬無鞍，如人袒裼之袒也。”又：“在車後而名但，知無乘具以備闕也。”參見“誕馬”。

【但歌】古樂曲名。晉書樂志下：“但歌四曲，自漢世，無弦節，作妓最先唱，一人唱，三人和。魏武帝(曹操)尤好之。……自晉以來不復傳，遂絕。”

【但願】只願。晉陶潛陶淵明集三庚戌歲九月中於西田穫早稻詩：“但願長如此，躬耕非所歎。”

伸 shēn 失人切，平，真韻，審。ㄕㄣ

㊀展開，伸直。易繫辭上：“引而伸之。”㊁申理，使受屈得直。如伸冤。宋史三一五韓絳傳：“小事尚不伸，況大事乎？”㊂陳述，表白。唐杜甫杜工部草堂詩箋二兵車行：“長者雖有問，役夫敢伸恨。”㊃姓。宋代有伸意。

【伸欠】打呵欠。即“欠伸”。太平廣記三一三葛氏婦引玉堂閒話：“每神將至，婦則先伸欠呵嚏。”宋秦觀淮海集三一遣瘧鬼文：“邗溝處士，秋得痎瘧之疾，發以景中，起於毛端，伸欠乃作。”參見“欠伸”。

【伸曳】伸引，調和。淮南子本經：“含吐陰陽，伸曳四時，綱紀八極，經緯六合。”

【伸吭】伸長脖子，表示期待。唐柳宗元柳先生集五上門下李夷簡相公陳情書：“其不顧而去與顧而深矉者，俱不乏焉。然猶仰首伸吭，張目而視。”

【伸伸】形容和悦舒展。漢書一〇〇下敍傳：“萬石温温，幼寤其君，宜爾子孫，夭夭伸伸。”

【伸眉】揚眉吐氣，得意的樣子。文選漢司馬子長(遷)報任少卿書：“乃欲仰首伸眉，論列是非，不亦輕朝廷羞當世之士邪！”

【伸鉤】伸直鐵鉤。謂兩手强有力。漢王充論衡效力：“奡、育，古之多力者，身能負荷千鈞，手能決角伸鉤；使之自舉，不能離地。”

【伸蒙子】唐林愼思撰。三卷。採引前代君臣事蹟，設爲問答，説明治亂之道。書編成，用易林卜筮，得蒙之觀卦，有“伸蒙入觀”之語，因用爲書名。

佃 1. tián 徒年切，平，先韻，定。ㄊㄧㄢ 堂練切，去，霰韻，定。

㊀耕作。漢書五二韓安國傳：“方佃作時，且請罷屯。”注：“佃，治田也。音與田同。”㊁打獵。易繫辭下：“以佃以漁。”注引馬融：“取獸曰佃，取魚曰漁。”

2. diàn ㄉㄧㄢ

㊀向地主或官府租種土地的農民。宋史食貨志上農田：“私租額重而納輕，承佃猶可；公租額重而納重，則佃不堪。”

【佃$_2$户】租地耕種受地主剥削的農户。新五代史周行逢世家：“歲時衣青裙押佃户送租入城。”

【佃作】耕作。史記六九蘇秦傳：“(燕)北有棗栗之利，民雖不佃作而足於棗栗矣。”戰國策燕一作“田作”。

【佃$_2$客】晉代世家豪强屬下的一種依附農民。晉書食貨志：“又得蔭人以爲衣食客及佃客。……其應有佃客者，官品第一第二者佃客無過五十户，第三品十户。”隋書食貨志：“晉自中原喪亂，元帝寓居江左……都下人多爲諸王公貴人左右佃客、典計、衣食客之類，皆無課役。”

【佃器】農具。後漢書三一羊續傳：“賦與佃器，使就農業。”

伷 zhòu 直祐切，去，宥韻，澄。ㄓㄡ

同“胄”。見集韻。晉有司馬伷，司馬懿子。見晉書宣五王琅邪王伷傳。

伶 líng 郎丁切，平，青韻，來。ㄌㄧㄥ

㊀小臣。詩秦風車鄰：“未見君子，寺人之令。”釋文：“令，韓詩作伶。”㊁樂官。國語周下：“問之伶州鳩。”注：“伶，司樂官。”㊂藝人。詳“伶人”，“伶倫”。㊃孤獨。詳“伶仃”。㊄姓。宋邵思姓解一人：“伶，黄帝掌樂官伶倫之後。”也作“泠”。見元和姓纂五青。

【伶丁】孤獨。同“伶仃”、“零丁”。文選晉李令伯(密)陳情事表“零丁孤苦”注引李陵贈蘇武詩：“遠處天一隅，苦困獨伶丁。”

【伶人】古代樂人。相傳黄帝時伶倫作樂，故稱樂官及戲劇演員爲伶人。國語周下：“(景王)二十四年，鐘成，伶人告和。”注：“伶人，樂人也。”一作“泠人”。左傳成九年：“問其族，對曰：‘泠人也。’”注：“泠人，樂官。”

【伶仃】孤獨。也作“伶丁”，“零丁”。宋陸游劍南詩稿六九幽居遣懷：“斜陽孤影歎伶仃，横按烏藤坐草亭。”

【伶利】即“伶俐”。宋惟白集建中靖國續燈録九惟禮禪師：“伶利人難得。”詳“伶俐㊀”。

【伶官】樂官。詩邶風簡兮序：“衛之賢者，仕於伶官。”箋：“伶官，樂官也。伶氏世掌樂官而善焉，故後世多號樂官爲伶官。”宋歐陽修新五代史有伶官傳。

【伶俜】孤單。文選晉潘安仁(岳)寡婦賦：“少伶俜而偏孤兮，痛切怛以摧心。”注：“伶俜，單孑貌。”玉臺新詠一古詩爲焦仲卿妻作：“晝夜勤作息，伶俜縈苦辛。”

【伶俐】㊀聰明，機靈。宋曾覿海野詞鵲橋仙：“温柔伶俐總天然，没半掐教人看破。”朱熹朱子語類三九論語十一：“有一等伶俐人，見得雖快，然只是從皮膚上略過。”㊁乾脆，利落。元曲選缺名賺蒯通一：“可擦的一刀兩段，便除了後來禍患，豈不伶俐？”㊂元曲中稱婦人勾搭男人爲不伶俐勾當，猶言不乾不淨。元曲選李文蔚燕青博魚一：“我雖然嫁了這燕大，私下裏和這楊衙内有些不伶俐的勾當。”

【伶倫】傳説黄帝時的樂官。吕氏春秋古樂：“昔黄帝令伶倫作爲律。”注：“伶倫，黄帝臣。”漢書古今人表作泠淪氏，又律曆志上作泠綸，説苑修文作泠倫。後稱演劇爲伶倫。永樂大典戲文三種宦門子弟錯立身：“它是伶倫一婦人。”又“老身幼習伶倫。”

【伶牙俐齒】能説會道。也作俐齒伶牙。元曲選(蕭德祥)殺狗勸夫四：“一任你百樣兒伶牙俐齒，怎知大人行會斷的正没頭公事。”也作“俐齒伶牙”。元曲選張國賓合汗衫二：“你休聽那廝説短論長，那般的俐齒伶牙。”

你 nǐ 乃里切，上，止韻，泥。ㄋㄧ

第二人稱代詞。本作佘。尒，古爾字。爾汝一聲之轉。佘又變作你。隋書五行志上武平時童謡：“狐截尾，你欲除我我除你。”北史李密傳：“(宇文化及)乃瞋目大言曰：‘共你論相殺事，何須作書傳雅語？’”

【你每】即你，你們。每，詞尾。永樂大典戲文三種宦門子弟錯立身：“侵早已挂了招子，你却百般推抵，又不知你每生着何意。”這裏指一人。明李詡戒庵漫筆一半印勘合户帖引洪武三年旨：“你每户部家出榜去，教那有司官將他所管的應有百姓，都教入官附名字。”這裏指你們。

【你儂】吴方言，即你。元詩選二宋褧燕石集江上棹歌：“我儂一日還到驛，你儂何日到邕州？”

【你死我活】形容鬭爭十分激烈。元曲選缺名度翠柳一：“世俗人没來由，爭長競短，你死我活。”水滸四九：“既是伯伯不肯，我們今日先同伯伯併個你死我活!」

佚 1. yì ㄧˋ 夷質切，入，質韻，喻。

㊀安樂。通"逸"。莊子大宗師:"夫大塊載我以形，勞我以生，佚我以老，息我以死。"漢石經尚書"逸"都作"佚"。㊁放蕩。漢書刑法志:"男女淫佚。"㊂過失。見"佚罰"。㊃散失，遺棄。孟子公孫丑上:"遺佚而不怨。"㊄超過。通"軼"。文選南朝宋鮑明遠(照)蕪城賦:"故能奓秦法，佚周令。"㊅美。見"佚女"。

2. dié ㄉㄧㄝˊ

㊆輪流，更替。通"迭"。史記十二諸侯年表:"(齊晉秦楚)四國佚興。"

【佚力】經過休養整頓的軍事力量。商君書兵守:"以佚力與罷力戰，此謂以生人力與客死力戰。"

【佚女】美女。楚辭屈原離騷:"望瑤臺之偃蹇兮，見有娀之佚女。"注:"佚，美也。"呂氏春秋音初:"有娀氏有二佚女，爲之九成之臺。"

【佚文】散失的文句、篇章。詳"逸文"。

【佚民】遁世隱居的人。即"逸民"。韓詩外傳二:"是以舜無佚民，造父無佚馬。"漢書六七梅福傳:"隱士不顯，佚民不舉。"注:"佚與逸同。"

【佚田】耽溺於打獵。楚辭屈原離騷:"羿淫遊以佚田兮，又好射夫封狐。"注:"田，獵也。""田"，别本作"畋"。

【佚老】同"逸老"。宋蘇軾分類東坡詩十一郭熙畫秋山平遠:"伊川佚老鬢如霜，卧看秋山思洛陽。"

【佚$_{2}$宕】㊀佚通"迭"。穀梁傳文十一年:"弟兄三人，佚宕中國。"注:"佚猶更也。"宕一作害。言更迭爲害中國。㊁同"佚蕩"。藝文類聚三六南朝梁簡文帝玄虛公子賦:"追寂囿而逍遥，任文林而佚宕。"又作"跌宕"。文選南朝梁江文通(淹)恨賦:"嘯傲公卿，跌宕文史。"

【佚忽】漫不經心。漢王充論衡别通:"不肖者輕慢佚忽，無原察之意。"

【佚遊】遊蕩没有節制。論語季氏:"樂驕樂，樂佚遊，樂宴樂，損矣。"集解:"王肅曰:佚遊，出入不節也。"也作"佚游"。漢書六十杜欽傳:"防奢泰，去佚游，躬節儉。"

【佚罰】因犯過失而受到懲罰。書盤庚上:"邦之不臧，惟予一人有佚罰。"傳:"佚，失也。是已失政之罰，罪己之義。"國語周上引盤庚作"逸罰"。

【佚樂】安逸遊蕩。史記三王世家:"無長好佚樂，馳騁弋獵，淫康而近小人。"

【佚$_{2}$蕩】舒緩，悠閑自在。漢書八七上揚雄傳:"爲人簡易佚蕩。"

【佚豫】㊀安樂，舒服。漢書八三薛宣傳上疏:"(陛下)躬有日仄之勞，而亡佚豫之樂。"注:"佚，與逸同。"㊁聲音迅速傳播。文選漢王子淵(褒)洞簫賦:"故其武聲，則若雷霆輘輷，佚豫以沸㥜。"劉良注:"佚豫，聲疾貌。"

【佚存叢書】叢書名。日本林衡(號天瀑山人)輯成於寬政享和間(當我國清嘉慶中)。所收的書大都是中國久已散失的古籍，共六帙，十七種。每書末各附有跋注，記其收藏源流。取宋歐陽修日本刀歌"徐福行時書未焚，佚書百篇今尚存"句意，以"佚存"作爲叢書名。嘉慶時，浙江巡撫阮元徵集四庫未收書一百七十多種，其中的五行大義、兩京新記等即出此書。原書用活字印行，有涵芬樓影印本。

作 1. zuò ㄗㄨㄛˋ 則箇切，去，箇韻，精。則落切，入，鐸韻，精。

㊀興起。易乾:"聖人作而萬物覩。"釋文:"馬融作起。"㊁爲。書洪範:"恭作肅，從作乂，明作哲，聰作謀，睿作聖。"㊂創作，撰述。書益稷:"帝庸作歌。"論語學而:"述而不作。"㊃製造。詩周頌天作:"天作高山。"孫臏兵法勢備:"黄帝作劍，以陣象之。"㊄及。書無逸:"作其即位。"㊅削。通"斮"。禮内則:"肉曰脱之，魚曰作之。"指削去魚鱗。㊆同"做"。後漢書三一廉范傳:"不禁火，民安作。"正字通:"今方音，作讀佐，俗用做。"

2. zǔ ㄗㄨˇ 集韻 莊助切，去，御韻。

㊇通"詛"。詩大雅蕩:"侯作侯祝，靡届靡究。"

3. zhà ㄓㄚˋ

㊈始。通"乍"。書益稷:"萬邦作乂。"荀子致士:"故土之與人也，道之與法也者，國家之本作也。"

4. zuō ㄗㄨㄛ

㊉工地，作坊。三國志魏孫禮傳:"明帝方修宫室，而節氣不和，……而禮徑至作所，不復重奏，稱詔罷民。"宋代手工行業，以作爲名，如篦刃作、腰帶作、金銀鍍作。見宋灌圃耐得翁都城紀勝諸行。

5. zuó ㄗㄨㄛˊ

⑪見"作$_{5}$料"。

【作力】出力。管子八觀:"民非作力，毋以致財。"

【作人】詩大雅棫樸:"周王壽考，遐不作人。"疏:"作人者，變舊造新之辭。"後世指培育人材。

【作$_{4}$人】勞動者。法苑珠林三一入道證引唐唐臨冥祥記:"在田作人見從風上天。"此指農民。宋孟元老東京夢華録二東角樓街巷:"至平明，……方有諸手作人上市，買賣零碎作料。"此指手工藝人。

【作手】能手。元方回桐江續集二七贈存古楊茂盛卿詩:"裝潢作手今無敵，泄得朝天馹騎馳。"題注:"杭表背第一。"此指手工業藝人。明楊慎丹鉛總録十九詩文用字須有來歷:"此皆近日號爲作手徧刻廣傳者。"此指作家。

【作主】見"做主"。

【作古】㊀創始。前所未有，成爲新例。古通"故"。唐大詔令集七三垂拱四年親享明堂制:"時既沿革，莫或相遵；自我作古，用適於事。"參見"自我作古"。㊁俗稱死去爲作古，即已作古人的省稱。

【作用】㊀努力。唐白居易長慶集五三贈楊使君詩:"時命到來須作用，功名未立莫思量。"後把人或事物所起的影響叫作用。㊁作爲。紅樓夢一一○:"鳳姐先前仗着自己的才幹，原打諒老太太死了，他大有一番作用。"

【作册】古官名。商代設置，見於甲骨卜辭。西周時也稱作册内史、作命内史、内史。掌管著作簡册，奉行國王的告命。書洛誥:"王入太室祼，王命周公後，作册逸誥。"參閲孫詒讓周禮正義五二内史、王國維觀堂别集一書作册詩尹氏説。

【作合】配合。詩大雅大明:"文王初載，天作之合。"傳:"合，配也。"後來把男女結成夫婦爲作合。藝文類聚十六晉潘岳南陽長公主誄:"肇自弱笄，有馥其芬，言告言歸，作合于荀。"

【作色】臉上變色，指生氣。戰國策韓一:"韓王忿然作色。"又中山:"中山王作色不悦。"

【作伐】詩豳風伐柯:"伐柯如何？匪斧不克。取妻如何？匪媒不得。"後來因稱爲人作媒曰執柯，又變爲作伐。宋郭彖睽車志一成忠郎傳霖:"適見其婢自外來，云與小娘子作伐。"參見"伐柯人"、"執柯"。

【作$_{4}$坊】工場。唐大詔令集七二乾符二年南郊赦:"諸處本置作坊，只合制造干戈兵甲及進獻供需。"唐梁公儒署銜有

"軍器作坊使"之名。五代時軍器作坊，號稱內諸司使。見宋歐陽修集古録跋尾九唐梁公儒碑。

【作成】㊀做成，造成。漢書禮樂志郊祀歌惟泰元："經緯天地，作成四時。"㊁照應，成全。紅樓夢七："寶叔叔果然疼小侄，或可磨墨滌硯，何不速速的作成。"

【作作】形容光芒四射。史記天官書："作作有芒。"

【作法】制定法律。左傳昭四年："君子作法於涼，其敝猶貪，敝將若之何？"後漢書八五東夷傳論："老子曰：'法令滋章，盜賊多有。'……若箕子之省簡文條而用信義，其得聖賢作法之原矣。"

【作底】如何，怎麽樣。唐白居易長慶集六七寒食日寄楊東川詩："不知楊六逢寒食，作底歡娛過此辰。"

【作刑】制定刑罰。書吕刑："度作刑以詰四方。"漢書刑法志："故制禮以崇敬，作刑以明威也。"

【作兩】易離："明兩作離，大人以繼明照于四方。"疏："明兩作離者，離爲日，日爲明，今有上下二體，故云明兩作離也。"易家認爲是太子的卦，是説能繼承父的事業。後因稱帝王之子爲"作兩"。藝文類聚五五南朝梁元帝皇太子講學碑："皇太子洊雷種德，重離作兩。"

【作活】做工，幹活。魏書北海王詳傳："自今而後，不願富貴，但令母子相保，共汝埽市作活也。"唐張籍張司業詩集四書懷："老大登朝如夢裏，貧窮作活似村中。"

【作洛】書多士："今朕作大邑于兹洛。"周建都於鎬京，成王時，周公以洛陽作爲東都，後世稱爲作洛。文選漢張平子(衡)東京賦："作洛之制，我則未暇。"注："作洛，謂造洛邑也。"

【作計】打算。玉臺新詠一古詩爲焦仲卿妻作："舉言謂阿妹，作計何不量。"世説新語雅量："(謝萬)坐定，謂蔡(系)曰：'卿奇人，殆壞我面。'蔡答云：'我本不爲卿面作計。'"

【作者】㊀創始的人。禮樂記："作者之謂聖，述者之謂明。"㊁營造的人。史記一一七司馬相如傳："因通西南夷道，發巴蜀、廣漢卒，作者數萬人治道。"㊂著書立説的人。文選三國魏曹子建(植)與楊德祖書："僕少小好爲文章，迄至於今二十有五年矣。然今世作者，可略而言也。"晉陸雲陸士龍文集七九愍序："遂廁作者之末，而述九愍。"

【作苦】辛苦勞作。漢書六六楊惲傳報孫會宗書："田家作苦。歲時伏臘，烹羊炰羔，斗酒自勞。"

【作述】創造，傳述。禮樂記："作者之謂聖，述者之謂明。"禮中庸："父作之，子述之。"後來因稱父子爲"作述"，本此。

【作俑】俑，古代用來陪葬的木偶人或泥偶人。作俑，製造殉葬的偶像。孟子梁惠王上："仲尼曰：'始作俑者，其無後乎？'"後謂創始爲作俑，用於貶義。儒林外史五三："論起這件事，却也是杜先生作俑。"

【作家】㊀治家。三國志蜀楊戲傳注引襄陽記："請爲明公以作家譬之。"晉書食貨志："(漢)桓帝不能作家，曾無私蓄。"㊁著作者。太平廣記二五五王維引盧氏雜記："唐宰相王璵好與人作碑誌。有送潤毫者，誤扣右丞王維門。維曰：'大作家在那邊。'"後泛指從事文藝創作的人。㊂能手，行家。景德傳燈録九普岸禪師："僧却打師一拄杖，師曰：'作家！作家！'"

【作$_5$料】材料。宋孟元老東京夢華録二東角樓街巷："方有諸手作人上市買賣零碎作料。"又四修整雜貨及齋僧請道："竹木作料，亦有鋪席。"後也稱調味品爲作料，如鹽、醬之類。儒林外史十九："飯店裏見是潘三爺，屁滚尿流，鴨和肉都檢上好的極肥的切來，海參雜膾，加味用作料。"

【作配】兩人或兩事相對稱。書吕刑："今天相民，作配在下。"文選漢張平子(衡)東京賦："然後宗上帝於明堂，推光武以作配。"注："配，對也。言尊祭武帝於明堂，以光武配之。"

【作耗】胡鬧，搗亂。水滸三九："敢有作耗之人，隨事體察剿除。"紅樓夢七四："你就狗仗人勢，天天作耗，在我們跟前逞臉。"

【作務】操作，幹活。長阿含經三遊行經："其珠光照諸軍衆，猶如晝日，……視城中人皆起作務，謂是爲晝。"百喻經四詐稱眼盲："昔有工匠師，爲王作務，不堪其苦。"

【作祟】原意鬼怪害人，比喻壞人或壞思想從中爲害。古文苑十五漢揚子雲(雄)少府箴："至於耽樂流湎，而妲(妲己)、末(末喜)作祟。"宋楊萬里誠齋集三和蕭伯和韻詩："睡去恐遭詩作祟，愁來當遣酒行成。"

【作氣】振奮勇氣。左傳莊十年："夫戰，勇氣也。一鼓作氣，再而衰，三而竭。"

【作息】工作和休息。唐白居易長慶集五三偶作詩之二："一日分五時，作息率有常。"

【作徒】被判處徒刑從事勞役的人。漢書成帝紀鴻嘉元年："壬午，行幸初陵，赦作徒。"注："徒人之在陵作役者。"

【作問】故意提出問難。漢書六五東方朔傳："上以朔口諧辭給，好作問之。"注："故動作之，而問以言辭也。"

【作梗】干擾，妨害。文選漢張平子(衡)東京賦："度朔作梗，守以鬱壘，神荼副焉，對操索葦。"注："毛詩傳曰：梗，病也。謂爲人作梗病者。"北史魏收傳："羣氐作梗，遂爲邊患。"

【作得】可行。新五代史梁家人廣王全昱傳："太祖(朱全忠)將受禪，有司備禮前殿。全昱視之，顧太祖曰：'朱三，爾作得否？'"

【作强】振作，亢奮。素問三靈蘭祕典論："腎者，作强之官，伎巧出焉。"唐王冰注："强於作用，故曰作强。"元李治敬齋古今黈六："故知作强者，乃精力之謂。"道裏指强勉奮作。

【作健】振作奮發，有稱雄的意思。樂府詩集二五横吹曲辭五企喻歌辭："男兒欲作健，結伴不須多。"世説新語輕詆："庾(恒)復云：'頗似，足作健不？'"

【作場】指藝人圍地演出。宋陸游劍南詩稿三三小舟遊近村捨舟步歸之四："斜陽古柳趙家莊，負鼓盲翁正作場。"宋灌圃耐得翁都城紀勝市井："此外如執政府牆下空地，諸色路岐人在此作場，尤爲駢闐。"

【作惡】㊀鬧事，造反。書洪範："無有作惡，遵王之路。"三國志魏鍾會傳："有頃，白兵走向城，會驚，謂(姜)維曰：'兵來似欲作惡，當云何？'"㊁憂鬱，煩悶。世説新語言語："謝太傅(安)語王右軍(羲之)曰：'中年傷於哀樂，與親友別，輒作數日惡。'"宋陸游劍南詩稿十一梅花絶句："漸老情懷多作惡，不堪還作送梅詩。"㊂作嘔，惡心。形容厭惡之極。惡與"嘔"同。

【作爲】㊀制作。詩小雅巷伯："寺人孟子，作爲此詩。"禮樂記："然後聖人作爲鞉、鼓、椌、楬、壎、篪。"㊁詐僞，虚僞。禮月令季春之月："毋或作爲淫巧以蕩上心。"注："作爲，爲詐僞。"漢書五行志上："作爲奸詐，以傷民財。"

【作意】㊀故意。唐杜甫杜工部草堂詩箋十八江頭五詠花鴨："稻粱霑汝在，作意莫先鳴。"陸龜蒙甫里集四寄懷華陽道士詩："銜煙細草無端緑，冒雨閑花作意紅。」㊁起意，決意。唐張籍張司業詩集二寄昭應王中丞：「春風石甕寺，作意共君遊。」㊂寫作的用意。漢書藝文志：「故書之所起遠矣，至孔子纂焉，上斷於堯，下迄於秦，凡百篇，而爲之序，言其作意。」

【作達】行爲放達。世説新語任誕：「阮渾長成，風氣韻度似父，亦欲作達。步兵曰：『仲容已預之，卿不得復爾！』」步兵，即阮籍；仲容，即阮咸。

【作勢】㊀用力。晉書王敦傳：「（敦）語參軍呂寶曰：『我當力行。』因作勢而起，困乏復卧。」㊁裝腔作勢。元曲選（蕭德祥）殺狗勸夫四：「教那廝越粧模，越作勢。」

【作過】泛指犯法、鬧事、叛亂或敵國入侵，一般多用於公文書中。宋歐陽修文忠集九七論乞詔諭陝西將官劄子：「（元昊）所請之事，必難盡從，事既不成，元昊必須作過。」又一一六論舉官未行劄子：「臣伏見近日保州兵士作過，與國家生一大患。」

【作置】設置。史記八八蒙恬傳：「秦莊襄王元年，蒙驁爲秦將，伐韓，取成皋滎陽，作置三川郡。」

【作業】所從事的業務、工作。管子輕重丁：「行令半歲，萬民聞之，舍其作業，而爲囷京以藏菽粟五穀者過半。」史記高祖紀：「不事家人生産作業。」

【作會】會盟。禮檀弓下：「殷人作誓而民始畔，周人作會而民始疑。」疏：「以會爲盟也。」

【作嫁】才調集五秦韜玉貧女詩：「苦恨年年壓金線，爲他人作嫁衣裳。」後謂爲他人辛苦忙碌曰爲人作嫁。

【作麽】怎麽樣，爲什麽。唐李咸用披沙集六依韻脩睦上人山居詩：「生身便在亂離間，遇柳尋花作麽看。」宋楊萬里誠齋集十二歲之二日欲遊翟園以寒風而止詩：「歲前問訊翟園梅，不知作麽不肯開？」參見「作麽生」。

【作態】故作某種姿態或表情。後漢書八四曹世叔妻傳：「入則亂髮壞形，出則窈窕作態。」這指故作嬌媚、撒嬌。

【作鬧】鬧事，起鬨。舊唐書武宗紀會昌二年：「時有纖人告中尉仇士良，言宰相作赦書，欲減削禁軍衣糧馬草料。士良怒曰：『必若有此，軍人須至樓前作鬧。』」

【作輟】時作時息。漢揚雄法言孝至：「或曰：何以處僞？曰：有人則作之，無人則輟之謂僞。觀人者，審其作輟而已矣。」後於學習工作不能堅持的叫做作輟無常。

【作劇】㊀强度勞動。漢桓寬鹽鐵論水旱：「民用鈍弊，割草不痛。是以農夫作劇，得獲者少，百姓苦之矣。」㊁戲弄，玩笑。宋陳師道後山詩注十二送晁無咎守蒲中：「的桃作劇聊同俗，遇事當前莫後幾。」元方回桐江續集十七六十五春寒吟：「老眼閒中子細看，天公作劇故多端。」參見「惡作劇」。

【作$_5$踐】糟蹋。舊題唐李義山（商隱）雜纂上必富：「物料不作踐。」宋蘇軾東坡集奏議集七申三省起請開湖六條狀：「及土役既畢，則房廊邸店，作踐狼藉。」

【作慝】作惡。詩大雅民勞：「式遏寇虐，無俾作慝。」

【作篇】世本篇名。清洪飴孫史目表：「按世本有作篇，記占驗、飲食、禮、樂、兵、農、車、服、圖書、器用、藝術之原，即太史公八書所本，後世諸志之祖。」

【作$_5$撻】虚度，糟蹋。宋曾布曾公遺錄九：「臣亦累於大行前面陳，以謂千金之家擇一主幹財物人，亦不可不慎，況天下重器，宗社安危，大計所在，豈可付與人作撻？」宋楊萬里誠齋集二五問塗有日戲題郡圃詩：「今年郡圃放遊人，懊惱遊人作撻春。」也作「作蹋」。清惲敬大雲山房雜記一：「作蹋，猶作踐、作藉耳。」

【作霖】下雨。書説命上：「若歲大旱，用汝作霖雨。」傳：「霖，三日雨，霖以救旱。」唐杜牧樊川别集雲詩：「莫隱高唐去，枯苗待作霖。」

【作$_4$頭】舊時的工頭。唐大詔令集七七元和十五年景陵優勞德音：「京兆府及諸州傭斲玄宫石匠及宫寢作頭巧兒，雖給庸直，就中辛苦，各賜勳一轉。」宋蘇軾東坡集續集七與程天侔書之五：「差一人押木匠作頭王皐，暫到郡外，令計料數間屋材。」

【作噩】古稱太歲在酉叫作噩。見爾雅釋天及史記曆書。爾雅釋文：「噩，本或作咢。」淮南子天文作「作鄂」，注：「作鄂，零落也。萬物皆陊落。」

【作興】㊀振興。書益稷：「率作興事，慎乃憲欽哉。」㊁發動。紅樓夢三七：「我就幫着你作興起來。」㊂擡舉，縱容。儒林外史四九：「只因上年國子監裏有一位虞博士着實作興這幾個人。」

【作難】㊀發難，起事。漢賈誼新書過秦論上：「一夫作難而七廟墮。」指陳勝起義，一舉滅亡秦國。漢桓寬鹽鐵論殊路：「田常作難，道不行，身死庭中。」㊁爲難，刁難。清李玉人獸關傳奇窘謁：「這樣作難，這樣作難！」

【作繭】㊀蠶老作繭而成蛹，因借爲入仕的比喻。唐張鷟朝野僉載六：「王顒與文武皇帝有嚴子陵之舊，每掣褌爲戲，捋帽爲歡。帝微時，常戲曰：『王顒抵老不作蠒（繭）。』及帝登極而顒謁奏曰：『臣今日得作蠒（繭）耶？』」後來也用以比喻婦女懷孕。聊齋志異小翠：「昔在家時，阿姑謂妾抵死不作繭。」㊁蠶作繭時與外界隔絶，因作爲隱居的比喻。宋歐陽修文忠集二鎮陽讀書詩：「有似蠶作繭，縮身思自藏。」見「作繭自縛」。

【作孽】造成災害。書太甲中：「天作孽，猶可違；自作孽，不可逭。」傳：「言天災可避，自作災不可逃。」後稱做壞事爲作孽。

【作$_5$獺】胡作妄爲。作蹋的諧音。宋鄭文寶江南餘載上：「張崇帥廬，州人苦其不法。……其在建康，伶人戲爲死獲譴者，云：『當作水族去。』陰司遂判曰：『焦湖百里，一任作獺。』」清翟灝通俗編二八獸畜作獺：「俗謂侵漁曰作獺，被侵漁曰遭獺。」也作「作撻」。參見該條。

【作保見】擔保，作見證。唐寒山子集附拾得詩：「爲他作保見，替他説道理。」

【作麽生】怎麽樣，作什麽。生，助詞。唐裴休傳心法要下：「若不見便休，即誰教爾斷，爾見目前虚空，作麽生斷他。」唐貫休禪月集八懷周朴張爲詩：「白髮應全白，生涯作麽生？」

【作劇錢】見「則劇錢」。

【作死馬醫】見「死馬醫」。

【作法自敝】史記商君傳：「商君亡至關下，欲舍客舍。客人不知其是商君也，曰：『商君之法，舍人無驗者坐之。』商君喟然歎曰：『嗟乎！爲法之敝，一至此哉！』」後稱自己立法反而使自己受害爲作法自敝（弊）。宋莊綽雞肋編中：「章誼宜叟侍郎有田在明州，……歎其賦重。從兄彦武在傍曰：『此作法自弊之過也。』」把官户賦役施於民間，是出於章誼的建議，故云。後也稱「作法自斃」。唐張楚金奏，凡反逆人家口絞斬及配没入官爲奴隸。後來楚金被人誣告造反，全家男子十五歲以上的斬，妻女配没入官，當時有人説楚金「爲法自斃」。見太平廣記一二一張楚金引張鷟朝野僉載。

【作舍道邊】比喻衆説紛紜，莫衷一是，難於成事。後漢書三五曹褒傳：「諺言：作舍道邊，三年不成；會禮之家，名爲聚訟。」參見「築室道謀」。

【作威作福】書洪範：「惟辟作福，惟辟作威，惟辟玉食，臣無有作福作威玉食。」

指統治者專行賞罰，獨攬威權。按史記廣陵王傳，漢書王嘉傳劉向傳第五倫傳，後漢書荀爽傳等引書都把"作威"置於"作福"之前。後來就用"威福"或"作威作福"表示妄自尊大，濫用權勢。漢書三六劉向傳極諫用外戚封事："大將軍秉事用權，五侯驕奢僭盛，並作威福。"晉書劉毅傳附劉暾："暾勃然謂(郭)彰曰：'君何敢恃寵，作威作福！'"

【作姦犯科】爲非作歹，違法亂紀。三國志蜀諸葛亮傳出師表："若有作姦犯科及爲忠善者，宜付有司，論其刑賞。"

【作賊心虛】宋悟明集聯燈會要二七重顯禪師："却顧侍者云：'適來有人看方丈麼？'侍者云：'有。'師云：'作賊人心虛。'"後稱作了壞事又怕人知道，疑神疑鬼，叫作賊心虛。

【作繭自縛】蠶吐絲作繭，把自己包在裏面。比喻自己給自己製造麻煩。唐白居易長慶集十七江州赴忠州至江陵已來舟中示舍弟五十韻詩："燭蛾誰救護，蠶繭自纏縈。"宋陸游劍南詩稿十九書嘆："人生如春蠶，作繭自縛裹。"

佝 kòu 呼漏切，去，候韻，曉。
ㄎㄡˋ 集韻 許侯切，去，候韻。
見"佝愗"。

【佝愗】昏昧無知。玉篇引楚辭："直佝愗以自苦。"今本九辯作"怐愗"。佝愗是疊韻字，也寫作佝瞀、穀瞀、傋霿、溝瞀等，意義都相同。參閱清段玉裁說文解字注佝。

佟 tóng 徒冬切，平，冬韻，定。
ㄊㄨㄥˊ
姓。北燕錄有遼東佟萬，前燕慕容皝有司馬佟壽。參閱宋鄧名世古今姓氏書辯證三。

伯 1. bó 博陌切，入，陌韻，幫。
ㄅㄛˊ
㊀長兄。哥哥。見"伯氏"、"伯兄"。㊁父親的哥哥。北齊顏之推顏氏家訓風操："古人皆呼伯父叔父，而今世多單呼伯、叔。"古代妻稱夫也叫伯。詩衛風伯兮："伯也執殳，爲王前驅。"新婦稱夫兄也叫伯。宋陶岳五代史補五周世宗問相於張昭遠："大哥風狂耶？新婦參阿伯，豈有答禮。"㊂古代管領一方的長官。禮王制："千里以外設方伯，……二百一十國以爲州，州有伯。"注："殷之州長曰伯，虞夏及周皆曰牧。"㊃古代五等爵位的第三等稱伯。詳"五等"。㊄文章出衆或擅長一藝的人，稱伯。如詩伯、文章伯、匠伯，晉陽秋稱晉陸機兄弟爲詩伯。㊅神名。天駟房星之神。詩小雅吉日："既伯既禱。"禱，祭天駟。參見"馬祖"。㊆同"百"。漢書食貨志上鼂錯論貴粟疏："亡農夫之苦，有仟伯之得。"注："伯音莫白反。今俗猶謂百錢爲一伯也。"依注讀mò。㊇姓。元和姓纂十伯："風俗通云：'嬴姓，伯益之後，晉大夫伯宗生州犂，仕楚。'"

2. bà
ㄅㄚˋ
㊈通"霸"。荀子成相："穆公任之，强配五伯六卿施。"

【伯$_2$王】即霸王。漢書三一項籍傳贊："三年遂將五諸侯兵滅秦，分裂天下而威海內，政繇羽出，號爲伯王。"注："伯讀曰霸。"

【伯牙】春秋時人。傳說以精於琴藝著名。荀子勸學："伯牙鼓琴而六馬仰秣。"注："伯牙，古之善鼓琴者，亦不知何代人。"呂氏春秋本味記載，伯牙善鼓琴，只有知友鍾子期完全理解琴意，子期死後，伯牙終身不再鼓琴。注："伯姓牙名，或作雅。"

【伯比】複姓。元和姓纂十陌："伯比，楚鬬伯比之後，至懷王時有伯比仲華。"鬬伯比是楚國大夫。見左傳桓六年。

【伯父】㊀周王朝稱同姓諸侯爲伯父。儀禮覲禮："同姓大國則曰伯父，其異姓則曰伯舅。"㊁父親的哥哥。禮曾子問："已祭而見伯父叔父，而後饗冠者。"釋名釋親屬："父之兄曰世父，……又曰伯父。"

【伯牛】春秋魯國人。孔子弟子冉耕的字。孔門十哲之一。伯牛病重時，孔子去看他，說："斯人也而有斯疾也！斯人也而有斯疾也！"(論語雍也)後來詩文中用"伯牛之疾"指不治的惡疾。

【伯仁】晉周顗的字。元帝時爲僕射，與王導交情很深。王導的堂兄江州刺史王敦，永昌元年起兵，攻入建業，以舊怨殺周顗。事前曾告訴王導，王導沒有表態。後來王導得知周顗曾在元帝面前爲王敦謀反的事，多次爲自己辯護，於是痛哭流涕說："吾雖不殺伯仁，伯仁由我而死。幽冥之中，負此良友！"見晉書周顗傳。

【伯氏】哥哥。詩小雅何人斯："伯氏吹壎，仲氏吹篪。"壎、篪，都是樂器。唐韓愈昌黎集十過始興江口感懷詩："憶作兒童隨伯氏，南來今只一身存。"

【伯$_2$主】即霸主。史記十二諸侯年表："四國迭興，更爲伯主。"參見"霸主"。

【伯兄】長兄。書呂刑："伯父伯兄。"孟子告子上："鄉人長於伯兄一歲，則誰敬？"

【伯母】伯父的妻子。禮雜記下："伯母叔母疏衰，踊不絕地。"太平御覽五一三三十國春秋："羊祜年十五而孤，事伯母蔡氏，以孝聞。"

【伯夷】人名。1.相傳爲顓頊之師。見呂氏春秋尊師。2.舜的臣子。書舜典："有能典朕三禮，僉曰伯夷。"又見史記五帝紀。3.商孤竹君之子。詳"伯夷叔齊"。

【伯有】春秋鄭國大夫良霄的字。他主持國政時，和貴族駟帶發生爭執，被殺。傳說他死後變爲厲鬼，迷信的人因而常常捕風捉影，互相驚擾。事見左傳襄三十年、昭七年。後來謂虛相驚恐曰相驚伯有，本此。

【伯仲】㊀古代以伯、仲、叔、季表示兄弟之間的順序。詩小雅何人斯："伯氏吹壎，仲氏吹篪。"禮檀弓上："幼名冠字，五十以伯仲。"指男子五十歲時，就用伯仲稱呼，表示敬意。㊁評論人的才能時，比喻相差很小，難分優劣。文選魏文帝（曹丕）典論論文："傅毅之於班固，伯仲之間耳。"唐杜甫杜工部草堂詩箋三一詠懷古跡五首之五："伯仲之間見伊呂，指揮若定失蕭曹。"伊呂，指伊尹、太公望；蕭、曹，蕭何、曹參。

【伯冏】周穆王的臣子。穆王任命他爲太僕正，作冏命。見書序。史記周本紀作伯臩，漢書古今人表作伯㬄。冏、臩、㬄，音 jiǒng。

【伯余】古代傳說最初製造衣裳的人。淮南子氾論："伯余之初作衣也，緂麻索縷，手經指挂，其成猶網羅。後世爲之機杼勝複，以便其用，而民得以揜形禦寒。"注："伯余，黄帝臣。世本曰：伯余製衣裳。一曰伯余，黄帝。"

【伯姊】長姊。詩邶風泉水："問我諸姑，遂及伯姊。"

【伯禹】夏禹。禹的父親鯀爲崇伯，故稱伯禹。書舜典："伯禹作司空。"參見"夏禹"。

【伯討】指諸侯有罪，受到方伯的討伐。公羊傳僖四年："執者曷爲或稱侯？或稱人？稱侯而執者，伯討也。稱人而執者，非伯討也。"伯討，如僖二八年晉侯執曹伯，稱爵，故爲伯討。人討，如僖四年齊人執陳袁濤塗。

【伯益】㊀也稱益，一作翳。舜時東夷部落的首領。相傳助禹治水有功，禹要讓位給益，益避居箕山之北。見書舜典、孟子滕文公上、萬章上。竹書紀年上："(夏帝啓）二年，費侯伯益出就國。……六年，伯益薨，祠之。"參見"伯翳"。㊁晉鼓吹曲名。傅玄製。見晉書樂志下。詞見樂府詩集十九晉鼓吹曲。

【伯强】古代神話中的疫鬼。楚辭天問："伯强何處？惠氣安在？"注："伯强，大厲疫鬼也，所至傷人。"

【伯魚】孔子的兒子。名鯉，字伯魚。比孔子先死，死時年五十。見孔子家語本姓。

【伯勞】鳥名。屬鳴禽類。又名鵙或鴂。詩豳風七月："七月鳴鵙。"傳："鵙，伯勞也。"玉臺新詠九東飛伯勞歌："東飛伯勞西飛燕，黃姑（牽牛）織女時相見。"也叫博勞、伯趙。後稱朋友別離爲勞燕分飛。參見"伯趙"。

【伯都】古代方言稱虎爲伯都。方言八："自關東西，（虎）或謂之伯都。"注："俗曰伯都事神虎說。"

【伯陽】㊀周有太史伯陽，見史記周本紀。又老子字伯陽，見史記老子傳。㊁地名。戰國魏邑，今在河南安陽市西北。史記趙世家："（惠文王）十七年，樂毅將趙師，攻魏伯陽。"正義引括地志："伯陽故城一名邯會城，在相州鄴縣西五十五里，七國時魏邑，漢邯會城。"

【伯道】晉鄧攸的字。詳"伯道無兒"。

【伯₂道】即霸道。漢書六七梅福傳上書："亡益於時，不顧逆順，此所謂伯道者也。"

【伯瑜】韓伯瑜漢時人。宋書樂志四三國魏陳思王（曹植）鼙舞歌靈芝篇："伯瑜年七十，采衣以娛親。慈母笞不痛，歔欷涕沾巾。""伯瑜泣杖"的故事，見漢劉向說苑建本，瑜作"俞"。"采衣娛親"，又傳說是周老萊子的事。封建社會宣揚"孝道"，這些傳說成爲詩文裏常見的典故。

【伯禽】周公的兒子。周公相成王，留在東都洛陽。封伯禽於魯。曾經在肹地擊退淮夷徐戎的進攻，作肹誓。在位四十六年。見史記魯周公世家。肹誓，今本尚書作費誓。

【伯舅】周王朝稱異姓諸侯爲伯舅。左傳僖九年："王使宰孔賜齊侯胙，曰：'天子有事於文武，使孔賜伯舅胙。'"又見國語齊。周，姬姓，齊，姜姓。

【伯趙】鳥名。即伯勞。又古代用作官名。左傳昭十七年："伯趙氏，司至者也。"注："伯趙，伯勞也。以夏至鳴，冬至止。"疏："此鳥以夏至來鳴，冬至止去，故以名官，使之主二至也。"

【伯樂】㊀春秋秦穆公時人，以善相馬著稱。楚辭屈原九章懷沙："伯樂既没，驥焉程兮？"事見莊子馬蹄、列子說符。莊子釋文："伯樂姓孫名陽，善馭馬。"㊁星名。晉書天文志上："南河中五星曰造父，御官也。一曰司馬，或曰伯樂。"莊子馬蹄釋文引石氏星經："伯樂，天星名，主典天馬。孫陽善馭，故以爲名。"

【伯翳】即伯益。國語鄭："嬴，伯翳之後也。"後漢書六十下蔡邕傳釋誨："昔伯翳綜聲於鳥語。"注："伯翳即秦之先伯益也，能與鳥語。"參見"伯益㊀"。

【伯顏】元史中名爲伯顏而又著稱的有三人，都有傳。清官書改譯爲巴延。1. 公元 1236—1294 年。蒙古八鄰部人，忽必烈（世祖）時任中書左丞相，是率兵南下滅宋的主帥。2. 蔑兒吉解氏，事武宗及順帝，有戰功，官至大丞相。有異謀，被貶往南恩州，死在途中。3. 哈喇魯氏，一名師聖，字宗道。至正中授翰林待制，曾參加编修金史。

【伯邑考】周文王長子。見禮檀弓上、史記管蔡世家。路史說是文王的嫡孫。相傳伯邑考爲質於殷，被紂烹死。見金樓子一興王。

【伯晨鼎】周器名。伯晨，韓侯名。初封時，朝見周王，賜爵位及衣物，因作此鼎。銘文共有百字。見清吳式芬攈古錄金文三。案詩大雅韓奕有"韓侯受命，王親命之，纘戎祖考"和"王錫韓侯"的話，文義和此器銘文相同。

【伯夷叔齊】商孤竹君的兩個兒子。相傳其父遺命要立次子叔齊爲繼承人。孤竹君死後，叔齊讓位給伯夷，伯夷不受，叔齊也不願登位，先後都逃到周國。周武王伐紂，兩人曾叩馬諫阻。武王滅商後，他們恥食周粟，逃到首陽山，採薇而食，餓死在山裏。見孟子萬章下、史記伯夷傳。封建社會裏把他們當作高尚守節的典型。唐韓愈昌黎集十二伯夷頌是這方面的代表作。

【伯道無兒】晉鄧攸，字伯道。先後任河東吳郡和會稽太守，官至尚書右僕射。因避石勒兵亂，帶了自己的兒子和姪子逃難，路上丢掉自己的兒子，保全了姪兒。以後，他再也沒有兒子。見晉書鄧攸傳。世說新語賞譽："謝太傅（安）重鄧僕射，常言天地無知，使伯道無兒。"後來稱別人無子，多用此語。

【伯歌季舞】漢焦延壽易林否之損："伯歌季舞，讌樂以喜。"後來用作稱兄弟和好的話。

低 dī 都溪切，平，齊韻，端。
ㄉㄧ

下，與"高"相對。

【低卬】高低起伏。卬，同"昂"。史記一一七司馬相如傳大人賦："低卬夭蟜據以驕驁兮，詘折隆窮蠼以連卷。"漢書六六楊惲傳報孫會宗書："拂衣而喜，奮褎低卬，頓足起舞。"文選作"奮袖低昂"。

【低回】㊀徘徊。史記一一七司馬相如傳大人賦："低回陰山翔以紆曲兮，吾乃今目睹西王母皬然白首。"漢書五七司馬相如傳下作"低徊"。又作"低佪"。楚辭屈原九章抽思："低佪夷猶，宿北姑兮。"㊁紆迴曲折。漢書八七揚雄傳下解難："大語叫叫，大道低回。"注："叫叫，遠聲也。低回，紆衍也。"引申爲遷就。宋王明清揮麈錄三錄一："不能低回當世，以直去位。"

【低仰】一高一低。文選晉潘安仁（岳）西征賦："倦狹路之迫隘，軌踦嶇以低仰。"

【低昂】即低卬。楚辭屈原遠遊："服偃蹇以低昂兮，驂連蜷以驕驁。"漢王充論衡變動："故穀價低昂，一貴一賤矣。"參見"低卬"。

【低眉】㊀順服的樣子。太平御覽五〇二晉王隱晉書："人或說之使仕，仲御勃然作色，謂之曰：'我安能隨俗低眉下意乎？'"㊁低着頭。唐白居易長慶集十二琵琶行："低眉信手續續彈，說盡心中無限事。"

【低迷】模糊不清。初學記十二漢應劭漢官："（周澤）一歲三百六十日，三百五十九日齋，一日不齋醉如泥，既作事，復低迷。"文選晉嵇叔夜（康）養生論："夜分而坐，則低迷思寢。"

【低迴】徘徊。同"低回㊀"。唐韓愈昌黎集二二祭郴州李使君文："逮天書之下降，猶低迴以宿留。"

【低腰】微微地彎腰，小心謹慎的樣子。唐白居易長慶集九酬李少府曹長官舍見贈詩："低腰復斂手，心體不遑安。"

【低摧】憔悴。唐柳宗元柳先生集二閔生賦："心沉抑以不舒兮，形低摧而自愍。"

【低頭】低下頭來。1. 喪氣的樣子。莊子盜跖："（孔丘）色若死灰，據軾低頭不能出氣。"2. 低聲下氣的樣子。後漢書二四馬援傳："今者歸老，更欲低頭與小兒曹共槽櫪而食。"3. 難爲情的樣子。唐李白李太白詩四長干行"低頭向暗壁，千喚不一回。"

【低顏】謙遜的樣子。唐杜甫杜工部草堂詩箋三八上水遣懷："低顏下色地，故人知善誘。"地，助詞。

【低光荷】荷的一種。漢宮內池沼種分枝荷，一莖四葉，重疊像蓋子，遮住太陽光，像葵菜葉遮住脚部一樣，叫低光荷。見三輔黃圖四池沼、舊題晉王嘉拾遺記前漢下。

【低三下四】㊀低下，下等。儒林外史四十：“我常州姓沈的，不是甚麼低三下四的人家！”㊁低聲下氣，比喻討好別人。清孔尚任桃花扇聽稗：“您嫌這裏亂鬼當家別處尋主，祇怕到那裏低三下四還幹舊營生。”

【低首下心】低聲下氣、逆來順受的樣子。唐韓愈昌黎集三六祭鱷魚文：“刺史雖駑弱，亦安肯爲鱷魚低首下心，伈伈睍睍，爲民吏羞，以偷活於此邪！”

佤 kuā 苦瓜切，平，麻韻，溪。ㄎㄨㄚ

佤邪，不正。卽“歪斜”。周禮夏官形方氏“而正其封疆，無有華離之地”注：“華讀爲佤哨之佤，正之使不佤邪離絕。”疏：“佤者，兩頭寬，中狹。邪者，謂一頭寬，一頭狹。”

佁 yǐ 夷在切，上，海韻，喻。ㄧ
羊已切，上，止韻，喻。
丑吏切，去，志韻，徹。

㊀癡呆的樣子。說文：“佁，癡貌。”引申爲凝滯不動。㊁見“佁美”。

【佁美】管子侈靡：“佁美然後有煇。”注：“佁，深思貌。謂深得其美理，然後情魂悅而貌煇然也。”

【佁儗】㊀癡呆的樣子。史記五七司馬相如傳大人賦：“沛艾赳螑，仡以佁儗兮。”漢書注：“張揖曰：佁儗，不前也。”清段玉裁說文解字注“佁”字下說，不前卽癡意。唐李白李太白詩十六贈黃屋山人魏萬：“五月造我語，知非佁儗人。”㊁舒緩貌。文選漢馬季長(融)長笛賦：“或乃植持縼纆，佁儗寬容。”

【佁蹷】手足痿痹。呂氏春秋本生：“出則以車，入則以輦，務以自佚，命之曰招蹷之機。”文選漢枚叔(乘)七發注引作“佁蹷”。清王念孫廣雅疏證二：“佁之言待也，止也。……佁蹷，不能行之病，是出車入輦，卽佁蹷之病所由來，故謂之佁蹷之機。枚乘七發云：‘出輿入輦，命曰蹷痿之機。’是也。”

六畫

來 1. lái 落哀切，平，咍韻，來。ㄌㄞˊ

㊀麥名。詳“來牟”。㊁由彼至此，由遠及近，與“去”、“往”相對。詩小雅采薇：“今我來思，雨雪霏霏。”南朝梁周興嗣千字文：“寒來暑往。”㊂回。易雜：“萃聚，而升不來也。”注：“來，還也。方在上升，故不還也。”㊃招致。呂氏春秋不侵：“不足以來士矣。”㊄來日，未來。論語微子：“往者不可諫，來者猶可追。”㊅表示從過去某時到現在的一段時間。猶如“以來”。孟子盡心下：“由孔子而來，至於今百有餘歲。”唐韓愈昌黎集十八與孟尚書書：“未審入秋來，眠食何似，伏惟萬福。”㊆表示約數。唐杜牧樊川文集別集書情詩：“誰家洛浦神，十四五來人。”景德傳燈錄十二陳尊宿：“師云：‘有多少徒衆？’云：‘七十來人。’”㊇助詞。1.用來加强語勢。詩小雅四牡：“是用作歌，將毋來諗。”參閱清王引之經傳釋詞七。2.用在句中或句末。表示祈使語氣，孟子離婁上：“盍歸乎來！”莊子人間世：“子其有以語我來！”晉陶潛陶淵明集五歸去來兮辭：“歸去來兮，田園將蕪胡不歸？”3.無義。元曲選缺名隔江鬬智三：“這幾日離多來會少。”㊈姓。東漢有來歙，後漢書有傳。

2. lài 集韻 洛代切，去，代韻。ㄌㄞˋ

㊉見“勞$_2$來”。

【來乃】唐時驃國樂曲名。一名鬬羊勝。新唐書二二二下南蠻傳：“昔有人見二羊鬬海岸，彊者則見，弱者入山，時人謂之‘來乃’。來乃者，勝勢也。”

【來子】橄欖的別名。元詩選郝經陵川集橄欖：“半青來子味難誇，宜著山僧點蠟茶。”

【來王】古代諸王定期朝見天子，叫作來王。書大禹謨：“無怠無荒，四夷來王。”詩商頌殷武：“莫敢不來享，莫敢不來王。”

【來日】㊀將來的日子。禮曲禮上：“生與來日，死與往日。”晉陸機陸士衡集六短歌行：“蘋以春暉，蘭以秋芳。來日苦短，去日苦長。”㊁往日，過去的日子。唐李白李太白詩五來日大難：“來日一身，攜糧負薪。長鳴食盡，苦口焦唇。今日醉飽，樂過千春。”

【來今】自今以後。淮南子齊俗：“往古來今謂之宙，四方上下謂之宇。”漢書八五杜業傳：“唯陛下深思往事，以戒來今。”

【來古】自古以來。史記太史公自序：“比樂書以述來古。作樂書第二。”索隱：“來古卽古來也。言比樂書以述自古以來樂之興衰也。”

【來世】㊀後代。書仲虺之誥：“予恐來世，以台爲口實。”管子國準：“五代之王，以盡天下數矣。來世之王者，可得而聞乎？”㊁來生。妙法蓮華經四授學無學人記品九：“爾時佛告阿難，汝於來世當得作佛。”

【來由】㊀緣由，來歷。南齊書朱謙之傳：“張緒、陸澄是其鄉舊，應具來由。”唐白居易長慶集十七潯陽春三首春生詩：“先遣和風報消息，續教啼鳥說來由。”㊁結果。古今雜劇元關漢卿救風塵二：“他便初間時有些志誠，臨老也沒有來由。”

【來生】佛教輪迴的說法，人死後再投生爲人，對“今生”來說叫來生。南史天竺迦毗黎國傳：“不照幽冥之塗，弗及來生之化。”唐白居易長慶集六九送後集往廬山東林寺兼寄雲皋上人詩：“來生緣會應非遠，彼此年過七十餘。”

【來安】縣名。屬安徽省。漢建陽、全椒二縣地。東晉爲頓丘縣地。隋於其地置清流縣。唐景龍三年省清流，置永陽縣，屬滁州。五代南唐改稱來安。參閱輿地廣紀二十淮南東路滁州、寰宇通志二二滁州來安縣。

【來同】來朝。同，會朝之名。詩魯頌閟宮：“至于海邦，淮夷來同。”箋：“來同爲同盟也。”

【來年】明年。戰國策趙三：“來年秦復攻王，王無以救矣。”

【來牟】麥的別名。也作“來麰”。詩周頌思文：“貽我來牟，帝命率育。”傳只釋牟爲麥。集傳說“來”是小麥，“牟”是大麥。清陳奐詩毛氏傳疏二六認爲來字是語辭，無義。馬瑞辰毛詩傳箋通釋二八認爲來牟是一麥二夆，卽有雙岐之麥。朱駿聲說文通訓定聲認爲往來的“來”原來是“麥”；菽麥的“麥”原來是“來”，以後互相掉換，沿用至今。

【來享】㊀古代祭祀請鬼神來接受祭禮。詩商頌烈祖：“來假來饗，降福無疆。”又：“以假以享，我受命溥將。”饗，通“享”。㊁遠方諸侯進納貢物。享，獻納。詩商頌殷武：“莫不敢來享，莫不敢來王。”

【來事】未來的事。管子版法解：“往事畢登，來事未起。”史記一二八漢褚少孫補龜策傳：“各信其神，以知來事。”

【來舍】有所定止。表示安定、集中。莊子知北遊：“攝汝知，一汝度，神將來舍。”後把心神不定叫作神不守舍。

【來往】自外至內爲來，自內至外爲往。文選戰國楚宋玉神女賦：“精交接以來往兮,心凱康以樂歡。"

【來者】㊀ 將來出現的事或人。易繫辭下:"往者屈也,來者信也,屈信相感而利生焉。"論語微子:"往者不可諫,來者猶可追。"指事。論語子罕:"後生可畏,焉知來者之不如今也。"指人。㊁來人。孟子盡心下:"往者不追,來者不拒。"史記曹相國世家:"卿大夫已下,吏及賓客,見參不事事,來者皆欲有言。"

【來庭】朝見天子。詩大雅常武:"四方既平,徐方來庭。"漢書一〇〇敍傳下述宣紀:"龍荒幕朔,莫不來庭。"參見"不庭"。

【來茲】來年。呂氏春秋任地:"今兹美禾,來兹美麥。"高誘注:"兹,年。"亦泛指今後。文選古詩十九首之十五:"爲樂當及時,何能待來兹?"

【來哲】後世的高明的人。漢書一〇〇敍傳上幽通賦:"若胤彭而皆老兮,訴來哲以通情。"文選晉潘安仁(岳)西征賦:"如其禮樂,以俟來哲。"

【來格】降臨。格,至。書益稷:"戛擊鳴球,搏拊琴瑟以詠,祖考來格。"禮月令孟夏之月:"行春令,則蝗蟲爲災,暴風來格,秀草不實。"

【來致】招致,招來。荀子王制:"材技股肱、健勇爪牙之士,……我今將來致之、並閱之、砥礪之於朝廷。"

【來孫】遠孫。由自身算起第六代。爾雅釋親:"孫之子爲曾孫,曾孫之子爲玄孫,玄孫之子爲來孫。"又釋名釋親屬:"玄孫之子曰來孫,此在無服之外,其意疏遠,呼之乃來也。"宋林景熙霽山集三題陸放翁詩卷後詩:"來孫却見九州同,家祭如何告乃翁!"

【來章】送來的篇章。指別人的詩文。文選南朝宋謝靈運酬從弟惠連詩:"猶復惠來章,祇足攪余思。"

【來處】來歷,出處。宋黃庭堅豫章集十九答洪駒父書:"老杜(杜甫)作詩,退之(韓愈)作文,無一字無來處。"

【來朝】㊀ 明早。詩大雅緜:"古公亶父,來朝(zhāo)走馬。"㊁來見國君。春秋僖十四年:"季姬及鄫子遇于防,使鄫子來朝(cháo)。"

【來軫】後來之車。比喻接着而來的人或事。軫,車。後漢書六一左雄傳論:"往車雖折,而來軫方遒。"

【來貺】㊀ 有所賜益。文選漢司馬長卿(相如)子虛賦:"足下不遠千里,來貺齊國。"注:"郭璞曰:'言有惠賜也。'"史記一一七司馬相如傳作"來況"。義同。㊁對友人來信的敬稱。後漢書八十下趙壹傳報皇甫規書:"輒誦來貺,永以自慰。"

【來復】往還,一去一來。易復:"反復其道,七日來復,天行也。"注:"以天之行,反復不過七日。"指陽氣自剝至復共七天,因稱七曜日(一周)爲一來復。

【來葉】後世。三國志蜀譙周傳注引李通譙周像頌:"攀諸前哲,丹青是圖。嗟爾來葉,鑒兹顯模。"文選晉陸士衡(機)文賦:"俯貽則於來葉,仰觀象乎古人。"

【來歲】明年。禮月令季冬之月:"天子乃與公卿大夫共飭國典,論時令,以待來歲之宜。"

【來路】卽來歷。儒林外史四一:"此人來路甚奇,少卿兄何不去看看?"

【來禽】果名。卽林檎。藝文類聚八七晉郭義恭廣志:"一名來禽,言味甘熟則來禽也。"宋陳與義簡齋詩集十清明:"東風也作清明節,開遍來禽一樹花。"晉王羲之有來禽帖,因篇首有"青李來禽",故名。原文見唐張彥遠書法要略十右軍書記。參見"林檎"。

【來賓】㊀ 禮月令季秋之月:"鴻雁來賓"。注:"言其客止未去也。"鴻雁,比喻賓客。意思說仲秋初來,至季秋仍未去。後因稱遠方來歸附的人爲來賓。文選漢班孟堅(固)東京賦:"自孝武之所不征,孝宣之所未臣,莫不陸讋水慄,奔走而來賓。"現代稱來客爲來賓。㊁縣名。屬廣西僮族自治區。漢潭中縣地。唐乾封元年置來賓縣。參閱讀史方輿紀要一〇九柳州府。

【來鳳】縣名。屬湖北省。清雍正十三年分恩施縣地置。見嘉慶一統志三五一湖北施南府。

【來暮】東漢廉范調任蜀郡太守。舊制爲了防止火災,禁止百姓夜間點火做工。范到任撤消禁令,命百姓儲水嚴防。百姓稱便,作歌稱頌他:"廉叔度(范),來何暮?不禁火,民安作。平生無襦今五絝。"見後漢書本傳。後卽以來暮爲稱頌地方官吏的典故。唐白居易長慶集三二張平叔可京兆少尹知府事制:"前後歷掾邑,宰郡守,而去思來暮之謠,繼聞於人聽焉。"

【來儀】書益稷:"鳳凰來儀。"古代傳說逢到太平盛世,就有鳳凰飛來。後來就用來儀作鳳凰的代稱。文選漢揚子雲(雄)劇秦美新:"來儀之鳥,肉角之獸,狙獷而不臻。"也比方特出人物的出現。文選漢班孟堅(固)典引:"是以來儀集羽族於觀魏,肉角馴毛宗於外囿。"又三國魏劉公幹(楨)贈從弟詩之三:"何時當來儀,將須聖明君。"

【來緣】佛教的輪迴說法,指來生的因緣。藝文類聚七七北齊邢子才(劭)文襄王帝金象銘:"式圖往祕,用結來緣。"

【來龍】風水術稱主山爲來龍,卽龍脈的來源。宋趙與時賓退錄二:"朱文公(熹)嘗與客談世俗風水之說,因曰:'冀州好一風水,雲中諸山來龍也。'"明吾丘瑞運甓記牛眠指穴:"此間前岡有塊好地,來龍去脈,靠嶺朝山,種種合格。"後稱事情的來歷和發展爲來龍去脈。

【來翰】來信。古代用羽毛(翰)作筆,因以翰爲書寫文字的代稱。宋書吳喜傳:"喜報書曰:'前驅之人,忽獲來翰,披尋狂惑,良深悵駭。'"

【來歷】㊀ 事情的出處。宋嚴羽滄浪詩話詩法:"押韻不必有出處,用事不必拘來歷。"㊁經歷。元周密癸辛雜識前集鄭仙姑:"適新建縣有闕氏者,雇一婢,來歷不明。"

【來歙】公元?— 35 年。東漢南陽新野人。字君叔。劉秀(光武)祖姑的兒子。輔佐劉秀起兵,擊破隗囂軍,屢立戰功,官至中郎將。建武十一年進攻蜀公孫述,爲蜀方刺客所傷,他忍痛把軍事交給副將蓋延處理,寫好遺表,投筆抽刃而絕。後漢書有傳。

【來麰】麥。詳"來牟"。

【來歸】㊀ 回來。詩小雅六月:"來歸自鎬,我行永久。"玉臺新詠一日出東南隅行:"來歸相怨怒,但坐觀羅敷。"㊁饋送。歸,通"饋"。春秋隱元年:"秋七月,天王使宰咺來歸惠公仲子之賵。"指送助喪的財物。㊂被夫家所遺棄的婦女返回母家。左傳莊二十七年:"凡諸侯之女,歸寧曰來,出曰來歸。"注:"嫁謂之歸,而寧謂之來。見絕而出,則以來歸爲辭,來而不反也。"

【來羅】樂府名。樂府詩集四九清商曲辭西曲歌下有來羅四首,引古今樂錄:"倚歌也。"曲中有"此事何足道,聽我歌來羅"。故以爲名。

【來蘇】從疾苦之中,獲得重生。書仲虺之誥:"徯予后,后來其蘇。"徯,待;后,君,指商湯。文選晉潘安仁(岳)西征賦:"激秦人以歸德,成劉后之來蘇。"劉,指漢劉邦。又晉劉越石(琨)勸進表:"四海望中興之美,羣生懷來蘇之望。"

【來饗】卽來享,見"來享㊀"。

【來體】弓呈張狀稱來體,呈弛狀稱往體。周禮考工記弓人:往體多,來體寡,謂之夾、臾之屬，利射侯與弋。"

【來俊臣】公元651—697年。唐雍州萬年人。因告密，爲武則天所信任。歷任侍御史、左臺御史中丞等職，並設立推事院，大興刑獄，打擊唐宗室和官僚中的反對派，被族誅的達一千餘家。後以得罪武氏諸王和太平公主，被處死。見新唐書二〇九本傳。

【來嚼鐵】唐來瑱的綽號。安祿山反，瑱任潁川太守，有戰功。射敵無不應弦而倒，俘殺甚多。敵人稱他爲"來嚼鐵"，極言其英勇。見新唐書本傳。

【來日大難】宋書樂志三古詞善哉行："來日大難，口燥脣乾。今日相樂，皆當喜歡。"來日本指往日。但後來習用"來日大難"，表示前途困難重重；來日，指未來的日子。

侖 lún ㄌㄨㄣˊ 力迍切，平，諄韻，來。

同"崙"。崑崙亦作"昆侖"。

侘 chà ㄔㄚˋ 丑亞切，去，禡韻，徹。敕加切，平，麻韻，徹。

㊀誇。史記一〇八韓安國傳："卽欲以侘鄙縣，驅馳國中，以夸諸侯。"集解："侘音丑亞反，誇也。"漢書五二韓安國傳侘作"姹"。㊁見"侘傺"。

【侘傺】失意而精神恍惚的樣子。楚辭屈原離騷："忳鬱邑余侘傺兮，吾獨窮困乎此時也。"注："忳，憂貌。侘傺，失志貌。"又九章惜誦："心鬱邑余侘傺兮，又莫察予中情。"

佼 1. jiǎo ㄐㄧㄠˇ 古巧切，上，巧韻，見。下巧切，巧韻，匣。

㊀美好。禮月令仲夏之月："養壯佼。"㊁狡詐。管子七臣七主："好佼反而行私請。"㊂誇耀，矜誇。淮南子覽冥："鳳皇之翔至德也，……而燕雀佼之，以爲不能與之爭於宇宙之間。"注："佼或作跤。"清王念孫説，佼，讀爲"姣"，訓侮，是輕侮的意思。舊注非。㊃姓。漢有佼彊。見後漢書十二劉永傳。南朝宋有佼長生。見宋書宗越傳。

2. jiāo ㄐㄧㄠ 古肴切，平，肴韻，見。

㊄通"交"。管子明法："如此，則羣臣皆忘主而趨私佼矣。故明法曰：比周以相爲慝，是故忘主私佼以進其譽。"按明法文作："比周以相爲匿，是忘主死（同"死"，通"私"）交以進其譽，故交衆者譽多。"

【佼人】美人。詩陳風月出："月出皎兮，佼人僚兮。"釋文佼字又作"姣"。史記一一七司馬相如傳"姣冶嫺都"索隱引詩作"姣人嫽兮"。

【佼好】美。墨子尚賢中："面目佼好。"漢王充論衡骨相："陳平貧而飲食不足，貌體佼好，而衆人怪之。"

【佼佼】高出一等。後漢書十一劉盆子傳："卿所謂鐵中錚錚，傭中佼佼者也。"注："言佼佼者，凡傭之人稍爲勝也。"傭，通"庸"。

【佼黠】狡猾。同"狡黠"。漢王充論衡講瑞："且人有佞猾而聚者，鳥亦有佼黠而從羣者。"

佾 yì ㄧˋ 字彙 夷益切，音亦。

解佾。病名。素問五平人氣象論："尺脈緩濇，謂之解佾。"

依 1. yī ㄧ 於希切，平，微韻，影。

㊀恃，依靠。書君陳："無依勢作威，無倚法以削。"國語晉二："託在草莽，未有所依。"㊁按照。漢書六八霍光傳："（上官）桀、（桀子）安欲爲（丁）外人求封，幸依國家故事以列侯尚公主者，光不許。"㊂依從，允許。詩小雅小旻："謀之不臧，則具是依。"㊃茂盛貌。詩小雅車舝："依彼平林，有集維鷮。"㊄親愛。詩周頌載芟："思媚其婦，有依其士。"傳："依之言愛也。"清王引之經義述聞六謂爲盛貌。㊅仍舊。見"依然㊀"。

2. yǐ ㄧˇ 集韻 隱豈切，上，尾韻。

㊆譬喻。禮學記："不學博依，不能安詩。"注："博依，廣譬喻也。"㊇門窗之間的屏風。通"扆"。儀禮士虞禮："佐食無事則出户負依南面。"注："户牖之間謂之依。"

【依人】與人親近不離。全唐詩七三九李建勛白雁："差池失羣久，幽獨依人切。"舊唐書六五長孫無忌傳："（褚遂良）甚親附於朕，譬如飛鳥依人，自加憐愛。"

【依夕】傍晚。水經注三五江水引武昌記："孫權常獵於山下，依夕，見一姥，問權：'獵何所得？'曰：'正得一豹。'"

【依仁】不違於仁。論語述而："依於仁，遊於藝。"注："依，倚也。"依於仁，卽以儒家的最高道德標準"仁"爲依據。晉書龔玄之傳孝武帝詔："（戴逵龔玄之）並高尚其操，依仁游藝，潔己貞鮮，學弘儒業。"亦作"游藝依仁"。魏書高允傳徵士頌："亹亹盧生（玄），量遠思純，鑽道據德，遊藝依仁。"

【依次】按照順序。後漢書五四楊震傳附楊修："（曹）操有問外事，乃逆爲答記，勑守舍兒：'若有令出，依次通之。'"

【依杖】憑藉，倚靠。三國志吳顧雍傳評："顧雍依杖素業，而將之智局，故能究極榮位。"

【依於】相依之處。金元好問元遺山集二學東坡移居八首詩之二："南榮坐諸郎，課誦所依於。"

【依阿】胸無定見，曲意逢迎，隨聲附和。文選晉干令升（寶）晉紀總論："其倚杖虛曠，依阿無心者，皆名重海內。"唐張銑注："依阿無心，謂曲從不察。"

【依阻】託靠，依據。阻亦"依"義。漢書九九下王莽傳："公田儀等……依阻會稽長州。"又："荆、揚之民率依阻山澤，以漁采爲業。"

【依附】依賴，附屬。書武成"天休震動，用附我大邑周"漢孔安國傳："天之美應震動民心，故用依附我。"漢書九二原涉傳："時（王）莽州牧使者依附涉者，皆得活。"

【依依】㊀茂盛的樣子。詩小雅采薇："昔我往矣，楊柳依依。"一説輕柔的樣子。㊁戀戀不舍。韓詩外傳二："其民依依，其行遲遲，其意好好。"㊂隱約。晉陶潛陶淵明集二歸田園居詩之一："曖曖遠人村，依依墟里烟。"

【依倚】憑藉，依靠。玉臺新詠一漢辛延年羽林郎："依倚將軍勢，調笑酒家胡。"後漢書三一廉范傳："世伏其好義，然依倚大將軍竇憲，以此爲譏。"

【依前】像過去一樣，照舊。唐韓愈昌黎集五月蝕詩效玉川子作詩："依前使兔操杵臼，玉階桂樹閑婆娑。"

【依耐】漢西域三十六城國之一。三國時屬疏勒，地在今新疆英吉沙。漢書九六西域傳："依耐國王治，去長安萬一百五十里。"

【依韋】形容聲音的忽離忽合。漢書禮樂志："五音六律，依韋饗昭。"注："依韋，諧和不相乖離也。"參見"依違㊀"。

【依風】文選古詩十九首之一："胡馬依北風，越鳥巢南枝。"注引韓詩外傳作"代馬依北風，飛鳥棲故巢"，都是不忘本鄉的意思。又省作"依風"。後漢書四七班超傳："臣聞太公封齊，五世葬周，狐死首丘，代馬依風。"

【依俙】見"依稀"。

【依約】㊀沿襲。禮表記引詩"施于條枚"唐孔穎達疏："言文王之興，依約先祖。"㊁隱約。唐白居易長慶集五五答蘇庶子詩："蓬山閑氣味，依約似龍樓。"

【依託】憑藉，倚傍。漢書八四翟方進傳："新都侯(王莽)攝天子位，……依託周公輔成王之義，且以觀望。"

【依烏】星名。晉書天文志上："郎位十五星，在帝坐東北。一曰依烏，郎府也。"清盧文弨校晉志，認爲"府"是"位"之誤。漢志作哀烏。唐人以哀烏、依烏稱各部郎官。見宋洪邁容齋四筆十五官稱別名。

【依斐】形容雲朵濃密。楚辭漢嚴忌哀時命："霧露濛濛其晨降兮，雲依斐而承宇。"斐，也作"霏"。晉書摯虞傳思游賦："華雲依霏而翼衡兮，日月炫晃而映蓋。"

【依然】㊀留戀的樣子。南朝梁江淹江文通集一別賦："惟世間兮重別，謝主人兮依然。"晉書華表傳附華廙："帝後又登陵雲臺，望見廙苜蓿園，阡陌甚整，依然感舊。"㊁如故。文苑英華一六六唐韋嗣立偶遊龍門北溪忽懷驪山別業……詩："幽谷杜陵邊，風煙別幾年。偶來伊水曲，溪嶂覺依然。"

【依稀】仿佛，不清晰。南朝宋謝靈運謝康樂集二行田登海口盤嶼山詩："依稀採菱歌，彷彿含嚬容。"稀，或作"俙"。南朝梁江淹江文通集三赤虹賦："俄而赤蜺電出，蚴虯神驤，曖昧以變，依俙不常。"

【依傍】倚靠。唐元稹元氏長慶集二三樂府古題序："近代惟詩人杜甫，……凡所歌行，率皆即事名篇，無所依傍。"宋梅堯臣宛陵集七汝墳貧女詩："勤勤囑四鄰，幸願相依傍。"

【依違】㊀反覆，遲疑不決。楚辭漢劉向九嘆離世："余思舊邦，心依違兮。"注："言我思念故國，心中依違，不能遠去。"㊁形容聲音的忽離忽合。文選三國魏曹子建(植)七啓："飛聲激塵，依違厲響。"

【依微】隱約，依稀。唐韋應物韋江州集二自鞏洛舟行入黃河即事寄府縣僚友詩："寒樹依微遠天外，夕陽明滅亂流中。"

【依遲】依依不捨的樣子。唐王維王右丞集五別輞川別業詩："依遲動車馬，惆悵出松蘿。"

【依劉】三國志魏王粲傳："(粲)以西京擾亂，皆不就。乃之荊州依劉表。"後來因稱投靠爲幕僚曰"依劉"。唐許渾丁卯集上酬和杜侍御詩："因過石城先訪戴，欲朝金闕暫依劉。"戴，晉王徽之好友戴逵。

【依賴】倚靠。宋曾鞏元豐類稿三九齊州到任謁舜廟文："常垂陰施，惠此困窮，庶使遺民，永有依賴。"

【依撻】弓飾名。儀禮既夕禮："設依撻焉。"注："依，纏絃也。撻，弣側矢道也。皆以韋爲之。"

【依據】㊀憑藉，靠託。釋名釋言語："基，據也。在下，物所依據也。"據，通"据"。水經注十四沽河："又南出峽，夾岸有二城，世謂之獨固門，以其藉險憑固，易爲依据，巖壁升聳，疎通若門，故得是名也。"㊁根據。晉書裴秀傳禹貢地域圖序："惟有漢氏輿地及括地諸雜圖，……雖有麤形，皆不精審，不可依據。"

【依戴】親附尊奉。在旁爲依，在上稱戴。後漢書十七馮異傳："今更始諸將從橫暴虐，所至虜掠，百姓失望，無所依戴。"

【依隱】㊀依據。大戴禮十文王官人："故得望譽征利而依隱於物，曰貪鄙者也。"注："征，行也；隱，據也。"㊁若即若離。漢書六五東方朔傳："依隱玩世，詭時不逢。"

【依還】依舊。元曲選鄭廷玉楚昭公疎者下船二："只道他暮景蕭蕭，依還的雄威赳赳。"

【依舊】仍然如故。唐白居易長慶集十二長恨歌："東望都門信馬歸，歸來池苑皆依舊。"孟棨本事詩一情感引崔護詩："人面祇今何處去，桃花依舊笑春風。"

【依歸】有所寄託。書金縢："無墜天之降寶命，我先王亦永有依歸。"

【依懷】歸附。國語周上："其刑矯誣，百姓攜貳，……民神怨痛，無所依懷。"

【依韻】依他人原詩的韻作詩。宋劉攽貢父詩話："唐詩賡和，有次韻(先後無易)；有依韻(同在一韻)；有用韻(用彼韻，不必次)。"宋張表臣珊瑚鉤詩話一："前人作詩，未始和韻。自唐白樂天與元微之爲江浙觀察，往來置郵筒倡和，始依韻。"參見"和₂韻"。

【依黯】唐韓偓玉山樵人集離家第二日却寄諸兄弟詩："却望山南空黯黯，迴看童僕亦依依。"後簡爲"依黯"，表示傷別離、懷遠人的情思。宋蘇軾東坡集續集四答寶月大師書："愈遠鄉里，曷勝依黯！"高觀國竹屋癡語齊天樂詞："樓陰縱覽，正魂怯清吟，病多依黯。"

【依人籬下】見"寄人籬下"。

【依流平進】舊指在仕途中按照資歷循次進取。南史王騫傳："吾家本素族，自可依流平進，不須苟求也。"

【依草附木】古時迷信，指妖魔鬼怪附於物上，爲非作歹。全唐詩七六五代王周巫廟詩："日既恃威福，歲久爲精靈，依草與附木，嗢詭殊不經。"建中靖國續燈錄十九廣鑑禪師："學道須到佛祖道不得處，若不如是，盡是依草附木底精靈，喫野狐涕唾底鬼子。"也比喻依賴或投靠他人。水滸九："洪教頭道：'大官人只因好習鎗棒，往往流配軍人都來倚(也作"依")草附木。'"

【依樣葫蘆】比喻模仿別人，毫無創見。宋魏泰東軒筆錄一："(陶)穀不能平，乃俾其黨與，因事薦引，以爲久在詞禁，宣力實多，亦以微伺上旨。太祖笑曰：'頗聞翰林草制，皆撿前人舊本，改換詞語，此乃俗所謂依樣畫葫蘆耳，何宣力之有？'"亦見宋孔平仲孔氏談苑四、釋文瑩續湘山野錄。清黃宗羲明儒學案發凡："學問之道，以各人自用得著者爲真，凡倚門傍户，依樣葫蘆者，非流俗之士，則經生之案也。"

【依頭縷當】把事情逐件弄清楚。縷當，了當的聲轉。元曲選孟漢卿魔合羅四："則要你依頭縷當，分星劈兩，責狀招實。"

侘 tuō ㄊㄨㄛ 他各切，入，鐸韻，透。

寄。同"託"。見玉篇三。集韻鐸："侘謂依止也，或作'侂'。"

侅 gāi ㄍㄞ 古哀切，平，灰韻，見。苦哀切，平，咍韻，溪。胡改切，上，海韻，匣。

㊀噎。莊子盜跖："侅溺於馮氣，若負重行而上也，可謂苦矣。"釋文："徐(邈)音礙，五代反。又户該反。飲食至咽爲侅。一云徧也。"㊁見"奇₂咳"。

佽 cì ㄘ 七四切，去，至韻，清。

㊀排列有序，通"次"。詩小雅車攻："決拾既佽，弓矢既調。"疏："手指相比次而後射得和利。"㊁幫助。詩唐風杕杜："人無兄弟，胡不佽焉？"

【佽助】幫助。唐杜牧樊川文集八唐故歙州刺史邢君墓誌銘："日夕聞(邢)渙思佽助并州，鉅細合宜。"

【佽非】春秋楚勇士。見淮南子道應、氾論。亦作次非(呂氏春秋知分)、佽飛茲非(並見漢書宣帝紀注)、茲飛(後漢書馬融傳廣成頌)。

【佽飛】㊀官名。漢少府屬下武官左弋，武帝太初元年改名爲佽飛，取古勇士佽飛爲名。掌弋射，有九丞兩尉。見漢書宣帝紀神爵元年、百官公卿表上。㊁見"佽非"。

佯 yáng ㄧㄤ 與章切，平，陽韻，喻。

㊁假裝。荀子非十二子："利心無足，而佯無欲者也。"㊂見"倘₂佯"。

【佯北】詐敗。孫子軍爭："佯北勿從，銳卒勿攻。"

【佯言】說謊。韓非子內儲說上："子之相燕，坐而佯言曰：'走出門者，何白馬也？'"

【佯狂】裝瘋。荀子堯問："然則孫卿懷將聖之心，蒙佯狂之色，視天下以愚。"史記宋微子世家："(箕子)乃被髮佯狂而爲奴。"佯，或作"陽"。參見"陽狂"。

【佯佯】㊀即洋洋，形容衆多。墨子非樂上："嗚乎，舞佯佯，黃言孔章，上帝弗常，九有以亡。"孫詒讓墨子閒詁："吳鈔本作洋洋。"㊁做作之態。唐韓偓香奩集厭花落詩："也曾同在華堂宴，佯佯攏鬢偷回面。"

併

bìng 界政切，去，勁韻，幫。
ㄅㄧㄥˋ 必郢切，上，靜韻，幫。
蒲迥切，上，迥韻，並。

㊀並排。禮祭義："行肩而不併。"疏："行肩而不併者，謂老少並行，言肩臂不得併行，少者差退在後。"㊁競，一齊。漢書四八賈誼傳："天下殽亂，高皇帝與諸公併起。"㊂排斥，拋棄。通"屏"。荀子彊國："併己之私欲。"注："讀曰屏。"管子霸形："併歌舞之樂。"

【併力】合力，協力。孫子行軍："兵非益多也，惟無武進，足以併力，料敵，取人而已。"

【併肩】指勢位相等。漢書三三田儋傳："與其弟併肩而事主。"後漢書二四馬援傳："今者歸老，更欲低頭與小兒曹共槽櫪而食，併肩側身於怨家之朝乎？"後多用以比喻齊心協力，如併肩作戰。

【併當】收拾料理。同"屏當"。世說新語德行："丞相(王導)還臺及行，(長豫)未嘗不送至車後，恒與曹夫人併當箱篋。"長豫，王悅字，導長子。曹夫人，曹淑，導妻，悅母。

侎

mǐ 綿婢切，上，紙韻，明。
ㄇㄧˇ

同"敉"。見"敉"。

侇

yí 集韻 延知切，平，脂韻。
ㄧˊ

安放。儀禮士喪禮："士舉男女，奉尸侇于堂。"注："今文侇作夷。"

侀

xíng 户經切，平，青韻，匣。
ㄒㄧㄥˊ

成形之物。通"形"。禮王制："刑者，侀也；侀者，成也。一成而不可變，故君子盡心焉。"

佳

jiā 古膎切，平，佳韻，見。
ㄐㄧㄚ

美好。楚辭屈原大招："姱修滂浩，麗以佳只。"晉陶潛陶淵明集三飲酒詩："山氣日夕佳，飛鳥相與還。"

【佳人】㊀美好的人。古詩裏作爲比興之詞，含義就所指對象而異。楚辭屈原九章悲回風："惟佳人之永都兮，更統世而自貺。"注："佳人，謂懷襄王也。"文選漢武帝秋風辭："蘭有秀兮菊有芳，懷佳人兮不能忘。"唐呂延濟注："佳人，謂羣臣也。"唐杜甫杜工部草堂詩箋十六佳人："絕代有佳人，幽居在空谷。"題注云："此詩亦以佳人喻賢者。"㊁美女。淮南子說林："佳人不同體，美人不同面，而皆說於目。"漢書九七上孝武李夫人傳："北方有佳人，絕世而獨立。"㊂有才幹的人。三國志魏曹爽傳注引魏氏春秋："曹子丹佳人，生汝兄弟，犢耳。"子丹，爽父曹真。

【佳士】美士，德才兼優的士人。三國志蜀霍峻傳："峻既佳士，加有功於國，欲行酹。"

【佳口】美麗的侍婢。周書尉遲綱傳："太祖喜曰：'事平之日，當賞汝佳口。'及克蜀，賜綱侍婢二人。"

【佳日】天色晴朗、氣候宜人的日子。晉陶潛陶淵明集二移居詩之二："春秋多佳日，登高賦新詩。"

【佳什】好詩。稱譽別人作品。唐許渾丁卯集上酬錢汝州詩序："汝州錢中丞以渾越郢城，見寄佳什。"參見"什㊂"。

【佳句】詩文中的警句。世說新語文學："孫興公(綽)作天台山賦，成，以示范榮期云：'卿試擲地，要作金石聲。'范曰：'恐子之金石，非宮商中聲。'然每至佳句，輒云：'應是我輩語。'"唐杜甫杜工部草堂詩箋一與李十二白同尋范十隱居："李侯有佳句，往往似陰鏗。"

【佳冶】美人。楚辭屈原九章惜往日："妬佳冶之芬芳兮，嫫母姣而自好。"

【佳兵】老子三一："夫佳兵者不祥之器，物或惡之。"佳，舊訓爲善。兵，本指兵器。清王念孫認爲"佳"當作"隹"(唯)字，"夫唯"是連詞。見讀書雜志十六餘編上。但"佳兵"久已沿用爲"好用兵"之義。唐陳子昂陳伯玉文集二送別崔著作東征詩："王師非樂戰，之子慎佳兵。"

【佳作】優美的作品。廣弘明集二十梁昭明太子(蕭統)答玄圃園講頌啟令："首尾可觀，殊成佳作。"魏書溫熙傳："其北邙寺碑文，中書侍郎賈元壽之詞，高祖頻登北邙寺，親讀碑文，稱爲佳作。"

【佳事】好事。三國志蜀諸葛瞻傳："每朝廷有一善政佳事，雖非瞻所建倡，百姓皆傳相告曰：'葛侯之所爲也。'"

【佳俠】美女。漢書九七上孝武李夫人傳："佳俠函光，隕朱榮兮。"注："孟康曰：'佳俠猶佳麗。'"

【佳城】墓地。晉張華博物志七異聞："漢滕公(夏侯嬰)薨，求葬東都門外，公卿送喪，駟馬不行，跼地悲鳴。跑蹄下地，得石有銘，曰：'佳城鬱鬱，三千年，見白日，吁嗟滕公居此室！'遂葬之。"西京雜記四記作夏侯嬰生前的事。稱墓地爲"佳城"，本此。文選南朝梁沈休文(約)冬節後至丞相第詣世子車中詩："誰當九原上，鬱鬱望佳城。"

【佳致】美好的情趣。南史陸雲公傳附陸從典："讀沈約集，見回文研銘，援筆擬之，便有佳致。"

【佳氣】象徵祥瑞的光彩。漢班固白虎通封禪："德至八方則祥風至，佳氣時喜。"古代美化帝王，謂其"恩德"所至，可使"風"和"氣"呈現吉兆。後來，又用"佳氣"泛指美好的景象風光。唐杜甫杜工部詩史補遺二丈人山："丈人祠西佳氣濃，緣雲擬住最高峰。"樂府詩集七七唐顧況春遊曲："翠蓋浮佳氣，朱樓倚太清。"

【佳設】精美的食物。世說新語雅量："羊曼拜丹陽尹，客來蚤者，並得佳設。"

【佳壻】快婿。好女婿。晉書王羲之傳："太尉郗鑒使門生求女壻於導，導令就東廂徧觀子弟。門生歸謂鑒曰：'王氏諸少並佳；然聞信至，咸自矜持。惟一人在東牀坦腹食，獨若不聞。'鑒曰：'正此佳壻邪！'訪之，乃羲之也，遂以女妻之。"亦見世說新語雅量。

【佳期】楚辭屈原九歌湘夫人："登白薠兮騁望，與佳期兮夕張。"注："佳謂湘夫人也。"原謂與佳人相約會。後來凡歡敍之日，通稱佳期。也指婚期。樂府詩集七九唐趙嘏昔昔鹽之十二："何年征戍客，傳語報佳期。"

【佳勝】有名望地位的人。晉書會稽王道子傳桓玄致道子牋："今之貴要腹心，有時流清望者誰乎？豈可云無佳勝？直是不能信之耳。"資治通鑑一一二晉隆安五年注："江東人士，其名位通顯於時者，率謂之佳勝、名勝。"

【佳話】傳誦一時的美談。宋晁補之雞肋集五即事一首次韻祝朝奉十一丈詩："翛然一室內，黃卷開佳話。"

【佳傳】贊頌人的傳記。北齊書魏收傳：

“爲太常少卿，修國史，得陽休之助，因謝休之曰：‘無以謝德，當爲卿作佳傳。’”

【佳境】優美的境界。世説新語排調：“顧長康（愷之）噉甘蔗，先食尾。人問所以，云：‘漸至佳境。’”唐杜甫杜工部草堂詩箋三二自瀼西荆扉且移居東屯茅屋之四：“幽獨移佳境，情深隔遠關。”

【佳對】美滿的配偶。晉書簡文宣鄭太后傳：“帝因從容謂劉隗曰：‘鄭氏二妹，卿可爲求佳對，使不失舊。’”

【佳趣】美好的情趣。唐張九齡曲江集五題畫山水障詩：“對翫有佳趣，使我心眇綿。”

【佳篇】好作品。唐李白李太白詩十九答族姪僧中孚贈玉泉仙人掌茶：“宗英乃禪伯，投贈有佳篇。”

【佳節】美好的節日。唐王維王右丞集三九月九日憶山東兄弟詩：“獨在異鄉爲異客，每逢佳節倍思親。”

【佳器】指有才能的人。宋書謝弘微傳：“此兒深中夙敏，方成佳器。有子如此，足矣。”

【佳麗】㊀美好。楚辭屈原九章抽思：“好姱佳麗兮，胖獨處此異域。”指容貌的娟美。南齊謝朓謝宣城詩集二入朝曲：“江南佳麗地，金陵帝王州。”指土地景物的美好。㊁美女。唐白居易長慶集十二長恨歌詩：“後宮佳麗三千人，三千寵愛在一身。”

【佳子弟】人才出色的晚輩。世説新語賞譽下：“大將軍語右軍，汝是我佳子弟，當不減阮主簿。”右軍卽王羲之，是大將軍王敦的堂侄。阮主簿卽阮裕，當時有重名。又見晉書王羲之傳。

【佳兒佳婦】好兒子和好媳婦。資治通鑑二〇〇唐永徽六年：“朕佳兒佳婦，今以付卿。”舊唐書八十褚遂良傳作“好兒好女”。

侍 shì 時吏切，去，志韻，禪。ㄕ

㊀陪從尊長身旁。論語先進：“閔子侍側，誾誾如也。”㊁進言，進諫。史記趙世家：“明日，荀欣侍以選練舉賢，任官使能。”

【侍丁】豁免徭役、留下侍候父母的男子。隋書煬帝紀上大業元年詔：“篤疾之徒，給侍丁者，雖有侍養之名，曾無賙贍之實，明加檢校，使得存養。”唐六典三户部尚書：“凡庶人年八十及篤疾，給侍丁一人；九十，給二人；百歲，三人。”

【侍人】宮中侍衛的人。左傳襄二五年：“（齊莊）公鞭侍人賈舉而又近之，乃爲崔子（杼）間公。”

【侍子】㊀古代諸侯或屬國的王遣子入侍皇帝，稱侍子。後漢書光武帝紀下建武二一年冬：“鄯善王、車師王等十六國皆遣子入侍奉獻，願請都護。帝以中國初定，未遑外事，乃還其侍子，厚加賞賜。”㊁侍奉父母的兒子。唐張籍張司業集一寄衣曲：“高堂姑老無侍子，不得自到邊城裏。”

【侍中】官名。秦始置，爲丞相屬官。兩漢沿用。因侍從皇帝左右，出入宮廷，應對顧問，地位漸形貴重，如衛青霍去病霍光都以侍中進升，權勢過於宰相。至魏晉以後，實際上已相當於宰相。北周改稱納言，隋因之。唐復稱侍中，成爲門下省的長官。至南宋廢。參閱漢書百官公卿表上、文獻通考五十職官四侍中。

【侍史】㊀古代犯人的家屬没入官府當奴。年輕能幹的，以爲奚（奴）。漢代叫侍史。見周禮天官序官酒人“奚三百人”注。後漢書四一鍾離意傳：“自此部太官賜尚書以下朝夕餐，給帷被皂袍，及侍史二人。”注：“女侍史絜被服，執香鑪燒燻，從入臺中，給使護衣服也。”㊁古代辦理文書的侍從人員。史記七五孟嘗君傳：“孟嘗君待客坐語，而屏風後常有侍史，主記君所與客語。”

【侍生】明清時晚輩對前輩的自稱。明時翰林舊規，入館後七科者稱晚生，後三科者稱侍生。見明王世貞觚不觚録。清代翰林入館後一科卽稱侍生或館侍。對同輩行的婦女，也稱侍生。又地方官拜訪鄉紳，名帖上一般寫侍生，表示尊重對方。儒林外史一：“（時知縣）説罷，辭了危素，回到衙門，差翟買辦持個侍生帖子去約王冕。”

【侍官】㊀侍中常侍的官。南齊書陸澄傳：“魏晉以來，不欲令臣下服袞冕，故位公者加侍官。”㊁唐代稱宮廷裏值夜的士兵。新唐書兵志：“故時府人目番上宿衛者曰侍官，言侍衛天子；至是，衛佐悉以假人爲童奴，京師人恥之，至相罵辱必曰侍官。”

【侍長】金元時稱主人爲侍長。元王實甫西廂記三本楔子：“紅云：‘侍長請起，我去則便了。’”一作“使長”。見“使長”。又侍妾之長亦稱侍長。參閱清俞樾茶香室續鈔六侍長。

【侍其】複姓。元和姓纂八志：“侍其，漢廣野君酈食其元孫以食爲氏；曾孫武，平帝時爲侍中，改爲侍其氏焉。”宋有侍其稹、侍其曙。見宋史本傳。

【侍兒】婢女。史記一〇一袁盎傳：“袁盎自其爲吴相時，嘗有從史。從史嘗盗愛盎侍兒。”唐白居易長慶集十二長恨歌：“侍兒扶起嬌無力，始是新承恩澤時。”

【侍者】㊀侍奉左右的人。左傳襄二五年：“以崔子之冠賜人，侍者曰：‘不可。’”㊁聽候長老使喚的和尚。釋氏要覽下住持：“侍者，卽長老左右也。”

【侍面】當面侍奉。見面的客氣話。晉陸雲陸士龍文集十與陸典書書：“不知從事今在州，得假歸耳。想今來得行，有緣侍面耳。”

【侍祠】陪祭。史記孝文紀：“諸侯王列侯使者侍祠天子，歲獻祖宗之廟。”集解引張晏：“王及列侯，歲時遣使詣京師，侍祠助祭也。”

【侍郎】官名。秦漢時郎中令的屬官有侍郎，本爲宮廷的近侍。東漢以後，尚書屬官初任稱郎中，滿一年稱尚書郎，三年稱侍郎。隋唐以後，中書、門下及尚書省所屬各部均以侍郎爲長官的副職，官位漸高。至明清，遞升至正二品，與尚書同爲各部的堂官。

【侍書】官名。後漢書六十下蔡邕傳：“舉高第，補侍御史，又轉侍書御史。”一作持書御史。後漢書本作“治書”。李賢（章懷太子）作注，避唐高宗（李治）諱，改治爲“持”。見清錢大昕考史拾遺三史拾遺四後漢書蔡邕傳條。明代翰林院有侍書二人。見明史職官志二翰林院。

【侍間】侍於君側，等候間隙。漢書三七季布傳：“滕公心知朱家大俠，意布匿其所，乃許諾。侍間，果言如朱家指。”注：“侍，侍於天子；間，謂事務之隙。”史記季布傳作“待閒”。

【侍晨】道家説是天帝的侍從，仙人。梁陶弘景真誥一運象篇一有侍帝晨王子喬、郭世幹等。唐陸龜蒙甫里集八上元日道室焚修寄襲美詩：“執蓋冒花香寂歷，侍晨交佩響闌珊。”自注：“執蓋、侍晨，皆仙之貴侶矣。”

【侍從】㊀隨從帝王的左右。文選漢班孟堅（固）兩都賦序：“故言語侍從之臣，若司馬相如……朝夕論思，日月獻納。”也指隨侍的人。漢書九七上霍皇后傳：“皇后輦駕，侍從甚盛。”㊁宋代稱翰林學士、給事中、六尚書、侍郎爲侍從。中書舍人、左右史以下，叫小侍從；外官帶諸閣學士待制名號的叫在外侍從。見宋趙升朝野類要二侍從。

【侍御】㊀古代貴族的侍從官。書冏命：“其侍御僕從，罔匪正人。”清代也稱御史爲侍御。㊁極精細的米。也省稱"御"。詩大雅召旻"彼疏斯粺"漢鄭玄箋:"米之率,糲十,粺九,鑿八,侍御七。"疏:"其術在九章粟米之法。彼云:'粟率五十,糲米三十,粺二十七,鑿二十四,御二十一。'言粟五升,爲糲三升,以下則米漸細,故數益少,四種之米,皆以三約之,得此數也。"

【侍禁】官名。有文武之分。宋內侍官階,有左侍禁、右侍禁,都是在皇帝宮禁中侍奉的人。見宋史職官九。

【侍養】奉養。墨子兼愛下:"是以老而無妻子者,有所侍養,以終其壽。"後多指奉養父母而言。

【侍衛】㊀侍從護衛。三國志蜀諸葛亮傳出師表:"然侍衛之臣,不懈於內,忠志之士,忘身於外者;蓋追先帝之殊遇,欲報之於陛下也。"㊁官名。宋有侍衛司,分馬步二軍,爲皇帝禁軍。見宋史職官志六。清有御前侍衛、乾清門侍衛,以及一、二、三等侍衛。見清朝通志六八職官五。

【侍講】㊀從師讀書。後漢書六四盧植傳:"少與鄭玄俱事馬融,……融外戚豪家,多列女倡歌舞於前。植侍講積年,未嘗轉眄。"㊁給皇帝講學。後漢書和帝紀:"詔長樂少府桓郁侍講禁中。"㊂官名。漢有侍講的稱號,但未設官。三國魏明帝景初二年,以曹爽弟彥爲散騎常侍、侍講。唐始設侍講學士,以講論文史。宋沿置,并設侍講、侍讀,都由懂文學的官員兼任。元明清翰林院有侍講學士、侍講。南北朝唐宋諸王府,也有侍講。

【侍讀】官名,職務是給帝王講學。1.唐開元三年置侍讀學士,後廢。宋太平興國中設翰林侍讀學士及翰林侍讀之官。元明因之。清翰林院、內閣,並有侍讀學士及侍讀。2.南北朝唐宋諸王屬官,有侍讀、侍講。南朝宋有侍讀博士。明改爲伴讀及教授。

【侍教生】明代御史與巡撫的自稱或互稱。明王世貞觚不觚錄:"御史于巡撫,尚猶投刺稱晚生侍坐也。辛卯以後,則僉坐矣,尋稱晚侍生正坐矣,又稱侍教生矣,已而與巡撫彼此俱稱侍生矣。"

【侍御史】官名。周有柱下史,秦改稱侍御史。漢沿秦制,在御史大夫下,行監察等職,或奉使出外執行指定任務。晉以後,除侍御史外,又有治(或作持)書侍御史、殿中侍御史。唐改治書侍御史爲御史中丞,而以侍御史、殿中侍御史、監察御史爲御史臺的成員。歷代多因之。至明清則僅存監察御史一種。侍御史通常省稱侍御。

【侍御師】皇帝的醫官,即後來的御醫。資治通鑑一四七梁天監七年:"三月,戊子,魏皇子昌卒,侍御師失於療治。"注:"醫師侍御左右,因以名官。後魏之制,太醫令屬太常,掌醫藥;而門下省別有尚藥局侍御師,蓋今之御醫也。"

【侍香金童】詞牌名。五代王仁裕開元天寶遺事天寶下牀畔香童:"(王元寶)常於寢帳牀前,雕矮童二人,捧七寶博山爐,自暝焚香徹曉。"調名由此而得。宋曾慥集樂府雅詞收缺名詞,即詠其事。雙調,有六十四、六十五字諸體。見詞譜十四。

【侍讀博士】官名。資治通鑑一二九宋大明五年四月:"侍讀博士荀詵諫,休茂殺之。"注:"侍讀博士,授諸王經者也。"

佶

jí 巨乙切,入,質韻,羣。
ㄐㄧˊ

㊀壯健貌。詩小雅六月:"四牡既佶,既佶且閑。"傳:"佶,正也。"箋:"佶,壯健之貌。"㊁見"佶栗"。㊂見"佶屈聱牙"。

【佶栗】聳動的樣子。唐溫庭筠詩集一郭處士擊甌歌:"佶栗金虬石潭古,勺陂瀲灩幽脩語。"唐陸龜蒙甫里集二奉和太湖詩二十首之一初入太湖:"耳目駭鴻濛,精神寒佶栗。"一作"佶傈"。唐李商隱李義山詩集一驕兒:"豪鷹毛崱屴,猛馬氣佶傈。"

【佶屈聱牙】形容文字艱澀,語句拗口。唐韓愈昌黎集十二進學解:"周誥殷盤,佶屈聱牙。"誥,指尚書大誥、康誥之類;殷盤指盤庚。佶屈,也作詰屈,屈曲之意。

佬

liáo 玉篇 力雕切。
ㄌㄧㄠˊ

倰佬,大貌。見玉篇三。後用於指成年男子。

使

shǐ 疎士切,上,止韻,山。
ㄕˇ

㊀派遣,支使。左傳桓六年:"鄭伯使祭足勞王,且問左右。"管子樞言:"天以時使,地以材使,人以德使。"㊁致使。詩鄭風狡童:"維子之故,使我不能餐兮。"左傳隱元年:"無使滋蔓,蔓難圖也。"㊂放任。見"使酒"、"使氣"。㊃使用。元曲選石君寶曲江池三:"你當初有錢在劉桃花家使,須不曾我家使。"㊄假如。論語泰伯:"如有周公之才之美,使驕且吝,其餘不足觀也已。"㊅唐以後朝廷特派去負責地方某種政務的官稱"使"。如領兵稱節度使,管財賦則稱兼觀察使等。明清則常設官也有稱"使"的,如道政使、按察使等。㊆出使。論語子路:"使於四方,不辱君命。"㊇受命出使的人。左傳成九年:"兵交,使在其間可也。"

【使人】即使者。左傳宣十三年:"清丘之盟,晉以衛之救陳也,討焉。使人弗去。"

【使女】婢女。儒林外史十四:"你奸拐了人家使女,犯着官法。"

【使牙】即使衙。古代行軍置營,豎牙旗作軍門,稱牙門。後譌作衙門。資治通鑑二四四唐大和四年二月:"衆怒,大譟,掠庫兵,趨使牙。"注:"節度使所居爲使宅,治事之所爲使牙。"

【使犬】我國東北地區少數民族部落的舊名。清代屬旗籍。清續文獻通考三〇七輿地三吉林省烏拉拉注:"所屬赫哲喀喇,在黑龍江入混同江口,東至烏蘇里江口左右皆是,亦稱使犬魚皮族,在江北者亦名奇勒爾赫哲。"又綏遠州:"綏遠州在省治東北二千五百里,……明爲蒐里衛,明季使犬部之赫哲人居之。"綏遠州即今黑龍江撫遠縣地。

【使主】㊀出使人員之長。魏書李諧傳:"蕭衍求通和好,朝廷盛選行人,以諧兼散騎常侍,爲聘使主。"周書崔孝穆傳:"天和三年,復爲使主,聘於齊。"㊁唐節度使得自行辟召屬員,所屬官吏稱之爲使主。資治通鑑二四三唐大和元年:"晉公於上前以百口保爾使主。"注:"節度使爲一道之主,故對其屬吏,稱之爲使主。"

【使令】使喚。孟子梁惠王上:"便嬖不足使令於前與?"亦指備使喚的人。漢書九七上孝昭上官皇后傳:"雖宮人使令,皆爲窮絝,多其帶。"注:"使令,所使之人也。"

【使乎】稱贊使者的用語。論語憲問:"蘧伯玉使人於孔子。孔子與之坐而問焉,曰:'夫子何爲?'對曰:'夫子欲寡其過而未能也。'使者出,子曰:'使乎!使乎!'"再言使乎以重美之,言使得其人。後因用作使者的代稱。晉書張駿傳:"遣參軍王騭,聘于劉曜。……曜顧謂左右曰:'此涼州高士,使乎得人。'"

【使車】出使的人乘坐的車。戰國策楚一:"(楚王)乃遣使車百乘,獻雞駭之犀,夜光之璧於秦王。"周禮夏官馭夫:"馭夫掌馭貳車、從車、使車。"

【使君】㊀漢時稱刺史爲使君。玉臺新詠—日出東南隅行:"使君從南來,五馬立踟躕。"㊁漢以後對州郡長官的尊稱。三國志蜀先主傳:"是時,曹公從容謂先主(劉備)曰:'今天下英雄,惟使君與操耳!'"當時,劉備爲豫州牧。㊂尊稱奉命出使的人。漢書六六王訢傳:"使君顓殺生之柄,威震郡國。"注:"爲使者,故謂之使君。"

【使作】㊀發作。金董解元西廂一:"膽狂心醉,使作得不顧危亡,便胡做。"㊁作弄。元曲選缺名來生債一:"這錢呵,使作的仁者無仁,恩者無恩。"

【使性】發脾氣。水滸五四:"李逵懼怕羅真人法術,十分小心伏侍公孫勝,那裏敢使性。"

【使長】元代奴僕對主人的稱呼。元曲選李壽卿伍員吹簫四:"害的這小使長好心焦,撞見那年少的女多嬌。"又缺名貨郎旦二:"乞與你不痛親父母行施恩厚,我扶侍義養兒使長多生受。"

【使事】㊀担任出使的事。戰國策趙三:"辛垣衍曰:'吾聞魯連先生,齊國之高士也。衍,人臣也。使事有職,吾不願見魯連先生也。'"㊁詩文引用典故。宋嚴羽滄浪詩話詩法:"不必太著題,不必多使事。"

【使典】舊時官府中辦理文書的小吏。卽胥吏。新唐書一二六張九齡傳:"又將以涼州都督牛仙客爲尚書,九齡執曰:'不可。尚書,古納言,唐家多用舊相。……仙客,河湟一使典耳!使班常伯,天下其謂何!'"唐李商隱李義山詩集一行次西郊作一百韻:"使典作尚書,廝養爲將軍。"

【使命】㊀指差使的命令。左傳昭十六年:"會朝之不敬,使命之不聽。"㊁指使者所奉的命令。玉臺新詠一古詩爲焦仲卿妻作:"下官奉使命,言談大有緣。"㊂奉使的人。梁書賀琛傳:"東境户口空虛,皆由使命繁數。"宋史二六一田景咸傳:"景咸性鄙吝,務聚斂,每使命至,惟設肉一器,賓主共食。"

【使物】來往使者和交易的物品。史記一一三尉佗傳:"高后時,有司請禁南越關市鐵器。佗曰:'高帝立我,通使物,今高后聽讒臣,别異蠻夷,隔絶器物。'"

【使的】行,可以。元曲中多用於表示同意或答允他人的請求。古今雜劇元關漢卿魯齋郎二:"(做喚張千科)張千,將那李四的渾家梳粧打扮得呵,與張珪。(張):使的。"元曲選作"理會的"。

【使客】卽使者。史記九五夏侯嬰傳:"(嬰)爲沛廄司御,每送使客還,過沛泗上亭,與高祖語,未嘗不移日也。"

【使者】受命出使的人。戰國策趙一:"使使者致萬家之邑一於智伯。"

【使相】唐代中期以後,凡節度使加上同平章事官銜的稱使相。這是將加相名。宋代則多以親王、留守、節度使等官銜加給侍中、中書令、同平章事(包括已罷相的),也稱使相,但不干預政事。這是相加將名。清代也用以稱呼兼大學士的總督。參閱宋朱彧萍州可談一、葉夢得石林燕語四、文獻通考六四職官十八。

【使星】後漢書八二李郃傳:"和帝卽位,分遣使者,皆微服單行,至各州縣觀采風謠。使者二人當到益部,投郃候舍。時夏夕露坐,……郃指星示云:'有二使星向益州分野,故知之耳。'"後便把朝廷派出的使者稱作使星。唐杜甫杜工部草堂詩箋十五秦州之九:"稠疊多幽事,喧呼閱使星。"參見"星使"。

【使酒】酗酒任性。史記一〇七灌夫傳:"灌夫爲人剛直,使酒不好面諛。"又一〇〇季布傳:"復有言其勇,使酒難近。"

【使馬】㊀駕馭馬匹。韓詩外傳二:"造父工於使馬。"㊁我國東北地區少數民族部落舊名。爲鄂倫春族的一部,叫使馬鄂倫春。詳見"鄂倫春"。

【使院】唐節度使留後(官名)的官署。資治通鑑二一六唐天寶六載十二月:"(封)常清至使院,使召(鄭)德詮。"參見"留後"。

【使氣】㊀意氣用事。宋書劉穆之傳:"(穆之孫)瑀使氣尚人,爲憲司,甚得志。"㊁申張正氣。唐劉禹錫劉夢得文集二效阮公體詩之三:"昔賢多使氣,憂國不謀身。"

【使鹿】我國東北地區少數民族部落舊名。屬鄂倫春族,以捕貂爲業,馴鹿爲運畜,清代因稱爲使鹿鄂倫春。居黑龍江流域、外興安嶺以南,西起精奇里江(今結雅河),東至庫頁島一帶。參閱清文獻通考二七一輿地三盛京。參見"鄂倫春"。

【使得】可以,作得。京本通俗小説碾玉觀音上:"要好趁這個遺漏人亂時,今夜就走開去,方纔使得。"

【使華】詩小雅皇皇者華序:"皇皇者華,君遣使臣也,送之以禮樂,言遠而有光華也。"後因稱朝廷的使者爲使華。宋詩鈔孔平仲清江集送馬朝請使廣西:"海水揚波今合清,秋風千里使華行。"

【使數】奴僕。元王實甫西廂記五本四折:"我則見丫鬟使數都廝覷,莫不我身邊有甚事故?"又作"使數的"。元曲選關漢卿救風塵三:"怎禁他使數的到支分,背地裏暗忍。"

【使節】㊀使者的信節。周禮地官掌節:"凡邦國之使節,山國用虎節,土國用人節,澤國用龍節。"注:"使節,使卿大夫聘於天子諸侯,行道所執之信也。"㊁使者,奉使。史記一一八淮南王安傳:"作皇帝璽,……漢使節法冠,欲如伍被計。"

【使頭】宋元時奴婢對家主的稱呼。警世通言十三三現身包龍圖斷冤:"見我恁般苦,不去問你使頭借三五百錢來做盤纏?"

【使宅魚】五代吳越錢鏐時,徵斂繁苛,西湖漁民每日要上繳數斤魚,稱爲使宅魚。全唐詩六六五羅隱題磻溪垂釣圖:"若教生在西湖上,也是須供使宅魚。"

【使君子】植物名,又名留求子。花可觀賞,果仁供藥用,作驅蟲劑。政和證類本草九引圖經:"使君子生交廣等州,今嶺南州郡皆有之。"又今附:"俗傳始因潘州郭使君療小兒多是獨用此物,後來醫家因號爲使君子也。"

【使君灘】四川江灘名。水經注三三江水:"(江水)又東徑羊腸虎臂灘。楊亮爲益州,至此舟覆。懲其波瀾,蜀人至今猶名之爲使君灘。"

【使鬼錢】晉書魯褒傳錢神論:"錢無耳,可使鬼。"太平御覽八三六三國魏杜恕體論:"可以使鬼者,錢也。"意謂金錢萬能,可以役使鬼神。宋黃庭堅山谷詩注外集十六次韻胡彥明同年覊旅京師寄李子飛三章:"原無馬上封侯骨,安用人間使鬼錢。"

【使羊將狼】比喻以力弱者率領勢强者,必難成功。史記留侯世家:"太子所與俱諸將,皆嘗與上定天下梟將也,今使太子將之,此無異使羊將狼也,皆不肯爲盡力,其無功必矣。"

【使貪使愚】比喻利用人的缺點以發揮其所長。新唐書九四侯君集傳:"軍法曰:使智使勇,使貪使愚;故智者樂立其功,勇者好行其志,貪者邀趨其利,愚者不計其死。是以前聖使人,必收所長而棄所短。"也作"使愚使過"。宋范仲淹范文正公集十六讓觀察使第一表:"前春延安之戰,大挫國威,朝廷有使愚使過之議,遂及於臣。"

【使智使勇】見"使貪使愚"。

【使臂使指】喻指揮如意。漢書四八賈誼傳陳政事疏:"令海內之勢,如身之使臂，臂之使指，莫不制從。」

【使功不如使過】謂有功者多驕，而有過者自戒自勉，往往能將功贖罪。後漢書八一索盧放傳：「太守受誅，誠不敢言；但恐天下惶懼，各生疑變。夫使功者不如使過，願以身代太守之命。」注：「若秦穆赦孟明而用之，霸西戎。」明張四維雙烈記女戎：「況使功不如使過，着他帶罪殺賊，未爲不可。」

佴 èr 仍吏切，去，志韻，日。ㄦ

㊀隨後，居次。文選漢司馬子長(遷)報任少卿書：「李陵既生降，隤其家聲；而僕又佴之蠶室，重爲天下觀笑。」注：「如淳曰：佴，次也。」王先謙漢書補注：「遷言陵降後族誅，隤其家聲，已又以救陵下蠶室，罪居其次也。」漢書六二司馬遷傳「佴」作「茸」。㊁見「佴次」。

【佴次】副，貳。見爾雅釋言「佴，貳也」注。

供 1. gòng 居用切，去，用韻，見。ㄍㄨㄥˋ 九容切，平，鍾韻，見。

㊀奉獻。書無逸：「文王不敢盤[樂]于遊田，以庶邦惟正之供。」古經傳亦作「共」。㊁祭祀時奉獻的物品。如「果供」。陳設玩賞的物品也叫供，如筆、墨、硯等叫「文房清供」。㊂受審者陳述案情。陳述的話也叫供，如口供，招供。宋陳襄州縣提綱二面審所供：「吏輩責供，多不足憑。」

2. gōng ㄍㄨㄥ

㊃給。見「供₂給」。㊄通「恭」。見「供₂冀」。

【供奉】㊀奉養。漢書九九王莽傳中：「秦爲無道，厚賦稅以自供奉，罷民力以極欲。」㊁官名。在皇帝左右供職的人。唐宋清代都設有供奉的官。如唐有侍御史內供奉、翰林供奉等。宋有東、西頭供奉(武官)，內東西頭供奉(宦官)。清代一般稱南書房行走官員爲內廷供奉。

【供具】擺設酒食的器具。史記封禪書：「張羽旗，設供具，以禮神君。」

【供狀】㊀訴訟中雙方的供詞。宋趙自璪自警篇獄訟：「張文定公(方平)在真宗時，戚里有爭分財不均者，更相訴訟，……即命各供狀結實。」㊁保證書。宋周煇清波雜誌避暑録：「建炎紹興初仕宦者家供狀有不係蔡京王黼等親黨一項。」(説郛本)

【供張】即供帳。漢書七一疏廣傳：「公卿大夫故人邑子設祖道，供張東都門外。」亦作「共張」。漢書成帝紀建始二年：「三輔長無共張繇役之勞。」注：「共音居用反，張音竹亮反。謂供具張設。」

【供帳】供設帷帳。後漢書四十上班固傳東都賦：「內撫諸夏，外接百蠻。乃盛禮樂供帳，置乎雲龍之庭。」

【供₂給】供應給與。國語周上：「事之供給，於是乎在。」注：「供，具也；給，足也。」亦作「共給」。左傳僖四年：「貢之不入，寡君之罪也，敢不共給。」

【供頓】㊀設宴請客。北齊顏之推顏氏家訓風操：「江南風俗，兒生一朞，……其日皆爲供頓。」㊁張羅供應。魏書崔光傳：「供頓候迎，公私擾費。」新唐書百官志一工部：「虞部郎中、員外郎各一人，掌京都衢閧，苑囿、山澤、草木及百官、蕃客時蔬薪炭供頓、田獵之事。」

【供養】㊀奉養的物品。韓非子亡徵：「宮室供養太侈，而人主弗禁。」㊁奉養父母。韓非子外儲説左上：「子盛壯成人，其供養薄，父母怒而誚之。」㊂佛教稱供獻神佛或設飯食招待僧人爲「供養」。世説新語賞譽下：「初法汰北來，未知名。王領軍(洽)供養之，每與周旋行來往名勝許，輒與俱。」景德傳燈録四忍大師：「唐武后聞之，召至都下，於內道場供養。」

【供₂億】按需要而供應。億，估量。左傳隱十一年：「寡人唯是一二父兄，不能共億，其敢以許自爲功乎？」也指供應的東西。資治通鑑二八六後漢天福十二年：「時雨雪連旬，外無供億，上下凍餒。」

【供₂冀】恭敬謹慎。荀子修身：「行而供冀，非漬淖也。」注：「供，恭也。冀當爲翼。凡行自當恭敬，非謂漬於泥淖也。人在泥淖中，則兢兢然。」翼，恭敬的樣子。

【供職】擔任職務。三國志魏梁習傳：「部曲服事供職，同於編戶。」

【供官詩】官場應酬的詩。宋周紫芝太倉稊米集：「東坡嘗言，古今未有無對者。琴家謂琴聲能娛俗耳者爲設客曲。頃時有作送太守詩者，僕嘗問之。其人曰：『此供官詩，不足觀。』於是設客曲乃始有對。」

【供奉曲】宮廷內演奏的歌曲。唐劉禹錫劉夢得文集五聽舊宮中樂人穆氏唱歌詩：「休唱貞元供奉曲，當時朝士已無多。」

侹 wāng 字彙 烏光切，音汪。ㄨㄤ

殘廢有病的人。荀子王霸：「是故百姓賤之如侹，惡之如鬼。」注：「字書無『侹』字，蓋當爲尫，病人也。」王先謙集解引郝懿行：「按侹當作尫，與鬼相韻。注引新序(今本無)作賤之如尫豕，豕字衍耳。」

【侹儴】惶急的樣子。同「劻勷」。聊齋志異珠兒：「忽一小孩，侹儴入室。」

侙 chì 恥力切，入，職韻，徹。ㄔˋ

慎。見廣雅釋言。清王念孫疏證認爲是惕、恐之意。

侉 1. ò 安賀切，去，過韻，影。ㄛˋ

㊀痛呼。見玉篇。

2. kuā ㄎㄨㄚ

㊁誇大，誇張。通「夸」、「誇」。書畢命：「驕淫矜侉，將由惡終。」傳：「言殷衆士驕恣過制，矜其所能，以自侉大。」

3. kuǎ ㄎㄨㄚˇ

㊂見「侉₃子」。

【侉₃子】舊時北京人稱語音不合京音的人爲侉子，有時亦用以指山東一帶的人。參閱章炳麟新方言釋言二。

【侉₂比】柔順。同「夸毗」。爾雅釋訓：「夸毗，體柔也。」引伸爲曲意逢迎。三國魏張君殘碑：「君恥侉比，愠于羣小。」見吳士鑑九鐘精舍金石跋尾乙編四下。

例 lì 力制切，去，祭韻，來。ㄌㄧˋ

㊀類比，照例。公羊僖元年：「臣、子，一例也。」唐韓愈昌黎集三二柳子厚墓志銘：「遇用事者得罪，例出爲刺史；未至，又例貶(永)州司馬。」㊁仿照的準則、規程條例。漢書八六何武傳：「欲除吏，先爲科例，以防請託。」㊂一概。南史劉苞傳：「家有舊書，例皆殘蠹。」

【例外】額外，常例之外。對於規定、原則而言。宋沈作喆寓簡五：「英宗初即位，賜大臣永昭陵遺留器物，已拜賜，又例外賜鄭公如干。」鄭公，富弼。

【例監】科舉時代，由於捐獻財物而取得監生資格的稱爲例監，也叫捐監。始於明，清因之。明史選舉志一：「例監始於景泰元年，以邊事孔棘，令天下納粟納馬者入監讀書。」又：「入國學者，通謂之監生：舉人曰舉監；生員曰貢監；品官子弟曰廕監；捐貲曰例監。」

【例竟門】唐武后時，在麗景門設推事院，指定由來俊臣審理案件。俊臣殘暴，凡入麗景門的，幾乎無一幸免。有人諷刺麗景門爲「例竟門」。意思是「入此門者，例皆竟也。」竟，完了之意。見舊唐書一八六上來俊臣傳。

佰 1. bǎi ㄅㄞ 集韻 博陌切，入，陌韻。

㊀一百。通"百"。㊁百人之長。什佰、仟佰的"佰"同伯仲的"伯"本爲兩字，古通用。參閱清邵瑛說文解字羣經正字。

2. mò ㄇㄛ 莫白切，入，陌韻，明。

㊂田界。通"陌"。漢書八一匡衡傳："南以閩陌爲界。"注："佰者，田之東西界也；閩者，佰之名也。"

侑 yòu ㄧㄡ 于救切，去，宥韻，于。

通"宥"。㊀勸，輔助。詩小雅楚茨："以爲酒食，以享以祀，以妥以侑，以介景福。"㊁報，酬答。爾雅釋詁："酬、酢、侑，報也。"注："此通謂相報答。"㊂寬赦。管子法法："文有三侑，武毋一赦。"

【侑卮】即敧器。卮(巵)，盛酒器。文子守弱："故三皇五帝有勸戒之器，命曰侑卮。"這種器皿注滿水卽易覆，故含有鑑戒自滿之意。詳"敧器"。

【侑食】勸食。周禮天官膳夫："以樂侑食。"注："侑猶勸也。"

【侑祠】配享。後死者附祭於祖廟。宋朱長文吳郡圖經續記中祠廟："泰伯廟在閶門內，舊在門外。漢桓帝時，太守麋豹所建，……延陵季子侑祠焉。"泰伯是吳始立的國君，延陵季子是他的二十代孫。

【侑飲】勸酒。宋史三一八王拱辰傳："聘契丹，見其主混同江，設宴垂釣，每得魚，必酌拱辰酒，親鼓琵琶以侑飲。"

【侑幣】古代主人宴客，認爲未盡殷勤之意，又贈客以財物，稱侑幣。儀禮公食大夫禮："侑幣，束錦也。"詩小雅鹿鳴序"燕羣臣嘉賓也"漢毛亨傳："食之而有幣，侑幣也。"

【侑觴】勸酒。元周密齊東野語二十張功甫(鎡)豪侈："別有名姬十輩，……執板奏歌侑觴，歌罷樂作，乃退。"

【侑歡】猶言助興。新唐書八一三宗諸子傳："聞諸王作樂，必亟召升樓，與同榻坐，或就幸第，賦詩燕嬉，賜金帛侑歡。"

侟 1. cún ㄘㄨㄣ

㊀漢揚雄太玄數"侟志"注："侟，存也。志者，所以爲益也。"太玄經釋文八："侟音存。"

2. jiàn ㄐㄧㄢ

㊁同"薦"、"荐"。見正字通。

侄 zhí ㄓ 之日切，入，質韻，照。

㊀堅，牢固。見廣雅釋詁一、玉篇三。㊁同"姪"。

佷 1. hěn ㄏㄣ 玉篇 户懇切。

㊀狠，殘忍。本作"很"。國語晉九："宣子曰：'宵也佷。'對曰：'宵之佷在面，瑤之佷在心。'"注："佷，佷戾不從人也。"補音本佷作"很"。韓非子亡徵："佷剛而不和，愎諫而好勝。"本亦作"很"。

2. héng ㄏㄥ 集韻 胡登切，平，登韻。

㊁見"佷$_2$山"。

【佷$_2$山】地名。在湖北長陽縣。讀史方輿紀要七八荆州府長陽縣佷山城："在縣西六十五里同昌市。漢縣。佷音銀。蜀漢章武二年，先主伐吳，自佷山通道武陵，使馬良結五溪諸蠻，是也。"

【佷石】石名。在陝西臨潼縣驪山側。太平寰宇記二七關西道三雍州昭應："佷石在縣東十里。初，始皇之葬，遠採此石，將致之驪山，至此不復動。石高一丈八尺，周迴十八步。"唐文粹六七有皇甫湜佷石銘。

侊 guāng ㄍㄨㄤ 古黃切，平，唐韻，見。古橫切，平，庚韻，見。

見下。

【侊飯】盛饌。同"觥飯"。說文引春秋國語："侊飯不及一食。"今國語越下："觥飯不及壺飧。"參見"觥飯"。

佌 cǐ ㄘ 雌氏切，上，紙韻，清。

見下。

【佌佌】小。詩小雅正月："佌佌彼有屋，蔌蔌方穀。"釋文："佌，說文作佌。"

侗 1. tǒng ㄊㄨㄥ 他孔切，上，董韻，透。他紅切，平，東韻，透。

㊀長大，直。引申爲通達無掛礙。莊子庚桑楚："能翛然乎，能侗然乎？"

2. tóng ㄊㄨㄥ 徒紅切，平，東韻，定。

㊁兒童，未成年的人。通"僮"。書顧命："在後之侗，敬迓天威。"侗，成王自稱。㊂幼稚無知。論語泰伯："狂而不直，侗而不愿。"

3. dòng ㄉㄨㄥ

㊃我國少數民族名。分布在貴州湖南廣西毗連地區。

【侗長】高大。漢王充論衡氣壽："儒者說曰：太平之時，人民侗長，百歲左右，氣和之所生也。"

侶 lǚ ㄌㄩ 力舉切，上，語韻，來。

同伴。同"侶"。文選漢王子淵(褒)四子講德論："於是相與結侶，攜手俱遊。"

侰 qiòng ㄑㄩㄥ 集韻 去仲切，去，送韻。

形容細小。文選漢張平子(衡)思玄賦："怨高陽之相寓兮，侰顓頊而宅幽。"

侃 kǎn ㄎㄢ 空旱切，上，旱韻，溪。

㊀耿直。見"侃侃"。㊁和樂貌。通"衎"。漢書七三韋賢傳："我雖鄙耇，心其好而，我徒侃爾，樂亦在而。"

【侃侃】論語鄉黨："朝與下大夫言，侃侃如也。"三國魏何晏集解引孔安國注，釋"侃侃"爲和樂貌。宋朱熹集注據說文，釋"侃侃"爲剛直貌。後把理直氣壯、直抒己見稱爲侃侃而談。

佪 1. huí ㄏㄨㄟ 户恢切，平，灰韻，匣。

㊀見"佪佪"。

2. huái ㄏㄨㄞ

㊁見"徘佪"。

【佪佪】糊塗。漢王符潛夫論救邊："佪佪潰潰，當何終極。"按爾雅釋訓："泂泂，惛也。"玉篇三作"佪佪"。

佺 quán ㄑㄩㄢ 此緣切，平，仙韻，清。

仙人名。見"偓佺"。

佾 yì ㄧ 夷質切，入，質韻，喻。

古代樂舞的行列。參見"八佾"。

【佾生】佾舞生的省稱，也叫樂舞生。舊時孔廟中祭祀時的樂舞人員，由童生擔任。清制，各省府州縣佾舞生，額設三十六名，外加四名，以備補缺。見清會典事例三九二禮部學校挑選佾舞。

佻 1. tiāo ㄊㄧㄠ 吐彫切，平，蕭韻，透。

㊀澆薄，輕薄。左傳昭十年："獻俘始用人於亳社，……佻之謂甚矣，而壹用之，將誰福哉？"注："壹，同也，同人於畜牲。"㊁竊取。國語周中："而郤至佻天之功，以爲己力，不亦難乎！"注："佻，偷也。"㊂輕捷。唐白居易長慶集六一蘇州南禪院千佛堂轉輪經藏石記："佻然巽風，一變至道。"

2. tiáo ㄊㄧㄠ 徒聊切，平，蕭韻，定。

㊃佻佻，疊詞。見"佻$_2$佻$_2$"。

3. yáo ㄧㄠ 音韻闡微 移樵切，平，蕭韻，喻。

㊄延緩。荀子王霸："佻其期日而利其巧任，如是則百工莫不忠信而不楛矣。"

【佻巧】輕薄巧詐。楚辭屈原離騷："雄鳩之鳴逝兮，余猶惡其佻巧。"

【佻易】放縱不羈。三國志魏武帝紀建安二五年注引曹瞞傳："太祖爲人，佻易無威重。"

【佻₂佻₂】形容獨行。詩小雅大東："佻佻公子，行彼周行。"傳："佻佻，獨行貌。"釋文引韓詩作"嬥嬥"，往來貌。佻、嬥，並音挑。清王引之經義述聞六訓爲美好貌。

【佻脱】輕率。世説新語文學"殷中軍讀小品"注引晉裴啓語林："(王羲之謂支道林曰：)且己所不解，上人未必能通；縱復服從，亦名不益高。若佻脱不合，便喪十年所保！"

【佻達】㊀同"挑達"。㊁戲謔。明湯顯祖牡丹亭幽媾："只許他伴人清暇，怎教人佻達。"

【佻薄】輕浮。唐韓愈昌黎集外集九順宗實録四："翰林學士吴通玄故與(陸)贄同職，姦巧佻薄，與贄不相能。"

侏

zhū ㄓㄨ 章俱切，平，虞韻，照。

㊀矮小。見"侏儒"。㊁肥。見"侏大"。

【侏大】肥大。周禮春官甸祝"禂牲禂馬"漢鄭玄注："玄謂禂讀如伏誅之誅。今侏大字也。爲牲祭求肥充，爲馬祭求肥健。"唐賈公彦疏："今漢時人傍侏，是侏大之字，此取肥大之意，故云爲牲祭求肥充。"

【侏張】囂張，放肆。也作"周章"、"輈張"、"譸張"，都是同音通假。文選晉劉越石(琨)答盧諶詩並書注引漢揚雄國三老箴："負乘覆餗，姦寇侏張。"晉書慕容垂載記苻堅報垂書："念卿垂老，老而爲賊，生爲叛臣，死爲逆鬼，侏張幽顯，布毒存亡，中原士女，何痛如之！"魏書趙脩傳詔："朕猶愍其宿隷，每加覆護，擅弄威勢，侏張不已。"

【侏儒】亦作"朱儒"。㊀身材特别矮小的人。左傳襄四年："臧紇救鄫侵邾，敗於狐駘，……國人誦之曰：'……我君小子，朱儒是使，朱儒朱儒，使我敗於邾。'"注："臧紇短小，故曰朱儒。"國語晉四："侏儒不可使援。"㊁雜伎藝人。荀子王霸："俳優侏儒婦女之請謁以悖之。"注："侏儒，短人可戲弄者。"㊂借指未成年的人。漢揚雄太玄一童："次七脩侏侏，比于朱儒。"晉范望注："朱儒，未成人也。七雖長大，而不學道，侏侏然若未成之人也，故以侏儒爲諭焉。"㊃梁上短柱。禮明堂位"藻梲"漢鄭玄注："畫侏儒柱爲藻文也。"也作"棳儒"。釋名釋宮室"棳儒，梁上短柱也。棳儒猶侏儒，短，故以名之也。"㊄蜘蛛。方言十一："鼅鼄……自關而東，趙魏之郊，謂之鼅鼄，或謂之蠾蝓。蠾蝓者，侏儒語之轉也。"鼅鼄，蜘蛛本字。

【侏離】㊀古代我國邊區少數民族的音樂。周禮春官鞮鞻氏"掌四夷之樂"疏引孝經緯鉤命決："西夷之樂曰侏離，持鉞助時殺。"又引虞(翻)傳："東夷之樂亦名侏離。"㊁形容異地語音難辨。後漢書八六南蠻傳："衣裳班蘭，語言侏離。"

【侏儒觀戲】比喻自己没有主見，人云亦云。宋朱弁曲洧舊聞七："秉筆之士所用故實，有滄貫所不究者，有蹈前人舊轍而不討論所從來者，譬侏儒觀戲，人笑亦笑，謂衆人決不誤我者，比比皆是也。"

侁

shēn ㄕㄣ 所臻切，平，臻韻，山。

㊀見"侁侁"。㊁古國名。商有侁氏。見路史國名紀已二商世侯伯。

【侁侁】㊀往來的聲響。楚辭戰國楚宋玉招魂："豺狼從目，往來侁侁些。"注："侁侁，往來聲也。"㊁衆多的樣子。古文苑十二晉傅咸皇太子釋奠頌："濟濟儒生，侁侁胄子。"

佸

huó ㄏㄨㄛˊ 户括切，入，末韻，匣。古活切，入，末韻，見。

相會，到。詩王風君子于役："君子于役，不日不月，曷其有佸。"傳："佸，會也。"釋文引韓詩："佸，至也。"

侚

xùn ㄒㄩㄣˋ 辭閏切，去，稕韻，邪。

疾速。"徇"的本字。說文解字繫傳引史記："黄帝幼而侚齊。"今史記五帝紀作"徇"。

侈

chǐ ㄔˇ 尺氏切，上，紙韻，穿。

㊀浪費，奢侈。荀子正論："然而暴國獨侈，安能誅之。"韓非子解老："衆人之用神也躁，躁則多費，多費之謂侈。"㊁放縱。孟子梁惠王上："苟無恒心，放辟邪侈，無不爲已。"㊂廣，寬。國語吴："伯父秉德已侈大哉！"㊃張開的樣子。詩小雅巷伯："哆兮侈兮，成是南箕。"㊄鑄鐘時鐘腹小、鐘口偏寬的毛病叫侈。周禮春官典同："侈則筰，弇則鬱。"注："侈謂中央約也；侈則聲迫筰，出去疾也。弇謂中央寬也；弇則聲鬱勃不出也。"参見"侈口"。

【侈口】大口。漢書九九王莽傳中："莽爲人侈口蹷顄、露眼赤精。"又器物的口，邊沿外傾，如喇叭口狀，也叫侈口。

【侈言】誇大之辭。文選晉左太沖(思)三都賦序："侈言無驗，雖麗非經。"注引魏劉廙答丁儀刑禮書："崇飾侈言，欲其往來。"

【侈服】奢華的服飾。書泰誓上："惟宫室臺榭，陂池侈服，以殘害于爾萬姓。"傳："侈謂服飾過制。"

【侈侈】盛貌。文選晉左太沖(思)蜀都賦："侈侈隆富，卓鄭埒名。"卓，蜀卓氏；鄭，程鄭，漢代的大富商。

【侈泰】奢侈放縱。管子八觀："儉財用，禁侈泰。"亦作"侈汰"、"侈忲"。

【侈論】浮誇的議論。唐柳宗元柳先生集三一答劉禹錫天論書："無羨言侈論，以益其枝葉。"

【侈離】離散。荀子王霸："四方之國，有侈離之德則必滅。"注："侈，奢侈；離，乖離。皆謂不遵法度。"清王念孫謂侈，亦爲離意，是"誃"的借字。見讀書雜志十一荀子四王霸離。

【侈靡】生活奢侈糜爛。戰國策楚四："莊辛謂楚襄王曰：'君王……專淫逸侈靡，不顧國政，郢都必危矣。'"

佹

guǐ ㄍㄨㄟˇ 過委切，上，紙韻，見。

㊀背戾。周禮考工記輪人"察其菑蚤不齵"注："菑與爪不相佹。"㊁重累。史記五七司馬相如傳上林賦："攢立叢倚，連卷累佹。"漢書"累佹"作"欐佹"，注："連卷，屈曲也；欐佹，支柱也。"㊂同"詭"。見"佹詩"。

【佹詩】言辭激切詭異的詩。佹通"詭"。荀子賦篇："天下不治，請陳佹詩。"

【佹辯】無理强辨，强詞奪理。同"詭辯"。淮南子齊俗："爭爲佹辯，久稽而不訣。"

【佹得佹失】偶然得之，偶然失之。列子力命："佹佹成者，俏成也，初非成也。佹佹敗者，俏敗者也，初非敗也。"注："世有幾得幾失之言，而理實無幾也。"

佩

pèi ㄆㄟˋ 蒲昧切，去，隊韻，並。

㊀古代結於衣帶上的飾物。如珠玉、容刀、帨巾等。詩鄭風子衿："青青子佩，悠悠我思。"楚辭屈原離騷："紉秋蘭以爲佩。"㊁繫物於衣帶上叫佩。左傳閔二年："公衣之偏衣，佩之金玦。"㊂由佩帶

在身上引申爲牢記在心裏。素問四氣調順大論："道者聖人行之，愚者佩之。"三國魏曹植曹子建集八謝妻改封表："況臣含氣，銜佩弘惠，没而後已。"㊃水環繞。水經注十四鮑丘水："澤南紆曲渚十餘里，北佩謙澤，眇望無垠也。"

【佩刀】佩在腰間的刀。古代男子服飾有佩刀，表示威武。漢書七六王尊傳："願觀相君佩刀。"漢代佩刀之制，參閱後漢書輿服志下刀。

【佩玉】古代貴族以佩玉爲飾，以玉比德。左傳哀十三年："佩玉蘂兮，余無所繫之。"

【佩弦】弦，弓弦。弦常緊繃，性情遲緩的人身上佩弦，用來警戒自己。詳見"佩韋"。

【佩服】㊀佩帶。漢王充論衡自紀："有寶玉於是，俗人投之，卞和佩服，孰是孰非，可信者誰？"㊁古代把飾物結在身上，成爲衣服的一部分，因以'佩服'表示在身不忘的意思。南齊謝朓謝宣城集一酬德賦："結德言而爲佩，帶芳猷而爲服。"藝文類聚三一南朝梁蕭綸（邵陵王）贈言賦："欽愛顔之罔已，良佩服之在旃。"後引申爲敬仰悦服。唐杜甫杜工部草堂詩箋三七湘江宴餞裴二端公赴道州："鄙人奉末眷，佩服自早年。"

【佩韋】韋，皮繩，性柔韌，性子急躁的人身上佩韋用來警戒自己。韓非子觀行："西門豹之性急，故佩韋以自緩；董安于之性緩，故佩弦以自急。"東漢范冉性急，常佩韋以自警。見後漢書七一本傳。後來朋友互相規勸稱爲"韋弦"，本此。

【佩魚】唐代五品官以上的章服，按品級的不同，分别佩帶金、銀、銅制成的魚，作爲飾物，叫佩魚。參閲通典六三禮二三嘉禮八、唐會要三一輿服上魚袋、新唐書車服志。

【佩紫】腰邊掛着紫色的印綬。指身爲貴官。史記七九蔡澤傳："吾持粱刺齒肥，躍馬疾驅，懷黄金之印，結紫綬於要，揖讓人主之前，食肉富貴，四十三年足矣！"文選南朝梁丘希範（遲）與陳伯之書："今功臣名將，雁行有序，佩紫懷黄，讃帷幄之謀；乘軺建節，奉疆埸之任。"

【佩幃】隨身所帶的香囊。幃，香囊。楚辭屈原離騷："椒專佞以慢慆兮，樧又欲充夫佩幃。"

【佩猳】佩帶公豬狀的飾物，表示勇敢。猳，同"豭"，公豬。史記六七仲尼弟子傳："子路性鄙，好勇力，志伉直，冠雄雞，佩猳豚。"

【佩龜】唐五品以上官員佩魚，給隨身魚袋。武后時，改内外官所佩魚爲龜。中宗神龍二年，仍改爲佩魚。困學紀聞十四："佩魚始於唐永徽二年，以李爲鯉也。武后天授元年改佩龜，以玄武爲龜也。"參閲唐會要三一輿服上。

【佩璲】佩帶寶玉爲飾物。詩小雅大東："鞙鞙佩璲，不以其長。"箋："佩璲者，以瑞玉爲佩。"

【佩韘】韘，用象骨製成的射決，戴在指上，用以鉤弦射箭，俗稱扳指兒。也佩在身上作飾物。詩衛風芄蘭："芄蘭之葉，童子佩韘。"

【佩蘭】佩帶香草爲飾物，表示立身高潔。楚辭屈原離騷："扈江離與辟芷兮，紉秋蘭以爲佩。"唐李羣玉詩集上送蕭琯之桂林："蘭香佩蘭人，三年蘭江春。"

【佩纕】佩物用的絲帶。楚辭屈原離騷："解佩纕以結言兮，吾令蹇脩以爲理。"

【佩觿】㊀觿，象骨製成的用來解結的錐子。也作飾物。詩衛風芄蘭："芄蘭之支，童子佩觿。"㊁宋郭忠恕撰。三卷。書可以用來解決疑難，像觿可以解結，因取詩"童子佩觿"一語作爲書名。上卷論述文字形聲的真僞和演變；中、下兩卷着重辨證字劃近似的字。

【佩文韻府】分韻編排的辭書。清張玉書等編。康熙十三年始編，五十年完成。"佩文"是清帝書齋名。分韻隸事的書，始於唐顔真卿韻海鏡源，其書已不傳。元明時作者頗多，流傳的有陰幼遇（時夫）韻府羣玉、凌稚隆五車瑞韻。韻府用這兩本書做藍本，作了較大的增補。正集及拾遺共二百十二卷。共收一萬二百五十七字，分一百零六韻，注明音訓。詞語按最下一字分韻排列，注明出處，不作解釋。資料豐富，但引書錯誤較多。它主要是供在科舉制度下作詩文詞賦時修飾詞藻，採擇典故之用。

【佩韋齋輯聞】宋俞德鄰撰，四卷。多考論經史，也涉及當代故實及典籍藝文。第四卷專論四書，不同意朱熹的集注的許多説法，有不少新見，但也不免穿鑿附會之處。

【佩文齋書畫譜】清代官修關於我國歷代書畫藝術的類書。孫岳頒等撰。始於康熙四十四年，四十七年告成。一百卷。分論書，論畫，書畫家傳，書畫跋，書畫辨證及書畫鑒藏等門；徵引古籍計一千八百四十四種，注明出處，便於查考。

【佩文齋詠物詩選】清康熙時官修。四百八十六卷。按天文地理等類編輯，分四百八十六類，每類一卷，又附見者四十九類。收輯漢魏至元明各種體裁的詩作共一萬四千六百九十首。

侐 xù 況逼切，入，職韻，曉。
ㄒㄩˋ 火季切，去，至韻，曉。

清静。詩魯頌閟宫："閟宫有侐，實實枚枚。"

侜 zhōu 張流切，平，尤韻，知。
ㄓㄡ

欺騙，説謊。詩陳風防有鵲巢："誰侜予美，心焉忉忉。"

【侜張】欺誑。爾雅釋訓注："書曰：'無或侜張爲幻。'幻惑，欺誑人者。"今書無逸作"譸張"。章炳麟新方言二釋言："今人謂妄語爲侜誑，或曰胡侜，俗作謅。"

侔 móu 莫浮切，平，尤韻，明。
ㄇㄡˊ

㊀相等。墨子小取："侔也者，比辭而俱行也。"注："謂辭義齊等，比而同之。"韓非子五蠹："超五帝，侔三王者，必此法也。"㊁求得，謀取。通"牟"。管子宙合："知道之不可行，則沈抑以辟罰，静默以侔免。"

【侔利】謀利。同"牟利"。漢桓寬鹽鐵論本議："萬物并收，則物騰躍。騰躍，則商賈侔利。"

【侔莫】勤勉，努力。亦作"密勿"、"黽勉"等。方言七："北燕之外郊，凡勞而相勉，若言努力者，謂之侔莫。"參見"黽勉"。

【侔色揣稱】摹擬比量。侔，等；揣，量；稱，好。後用以形容摹繪物色，恰到好處。文選南朝宋謝惠連雪賦："抽子祕思，騁子妍辭，侔色揣稱，爲寡人賦之。"

七 畫

俞 yú
ㄩˊ

本作兪。見"兪"。

俎 zǔ 側吕切，上，語韻，莊。
ㄗㄨˇ

㊀古代祭祀、設宴時陳置牲口的禮器，木製，漆飾。見圖。詩小雅楚茨："執爨踖踖，爲俎孔碩。"㊁切肉用的砧板。史記項羽紀："如今人方爲刀俎，我爲魚肉。"

俎㊀

【俎豆】㊀俎，置肉的几；豆，盛乾肉一類食物的器皿。都是古代宴客、朝聘、祭祀用的禮器。論語衛靈公："俎豆之事，則嘗聞之矣。"注:"俎豆,禮器。"㊁祭祀,崇奉。莊子庚桑楚:"今以畏壘之細民,而竊竊欲俎豆予于賢人之間,我其杓之人邪。"

【俎實】俎上所盛之物。公羊傳定十四年:"脤者何,俎實也。"注:"實,俎肉也。"

【俎上肉】比喻任人宰割。世説新語方正"今猶俎上腐肉,任人膾截耳!"晉書孔坦傳作"俎上肉"。參見"俎㊂"。

俒 hùn 胡困切,去,慁韻,匣。
ㄏㄨㄣ 户昆切,平,魂韻,匣。

完全。説文俒引逸周書:"朕實不明,以俒伯父。"今本逸周書大戒無"以俒伯父"四字。

信 1. xìn ㄒㄧㄣ 息晉切,去,震韻,心。

㊀誠實,不欺。論語學而:"與朋友交而不信乎?"左傳宣二年:"棄君之命,不信。"㊁信從,信任。論語顏淵:"足食足兵,民信之矣。"㊂的確。書金縢:"信,噫,公命我勿敢言。"左傳昭元年:"子皙信美矣。"㊃任意。荀子哀公:"故明主任計不信怒,闇主信怒不任計。"㊄符契,憑據。墨子號令:"大將使人行,守操信符。信不合及號不相應者,伯長以上輒止之。"㊅使者。史記韓世家:"發信臣。"三國志魏武帝紀建安十六年:"(馬)超等屯渭南,遣信求割河以西請和。"古代謂使人爲信,通書都交人遞達,後來遂以作書爲信,叫作書信。㊆消息。漢揚雄太玄經應:"陽氣極於上,陰信萌乎下。"注:"信,猶聲兆也。"㊇再宿叫"信"。見"信宿"、"信信"。

2. shēn ㄕㄣ 集韻 升人切,平,真韻。

㊈舒展,伸張。通"伸"。易繫辭下:"尺蠖之屈,以求信也。"㊉見"信$_2$圭"。

【信人】老實人。孟子盡心下:"浩生不害問曰:'樂正子何人也?'孟子曰:'善人也,信人也。'"

【信士】㊀誠實的人。荀子王霸:"安與夫千歲之信士爲之也。"後漢書八一范式傳:"巨卿信士,必不乖違。"巨卿,式字。㊁梵語優婆塞,譯爲信男或信士,指信奉佛教的在家男子。參見"優婆塞"。㊂漢碑上有"處士"、"義士"名目。處士指有品德没有官位的人,義士指出財布施的人。宋因避趙匡義(太宗)名,義士改稱信士。後來特指信仰佛教而出錢布施的人。參閱清顧炎武金石文字記一郃陽令曹全碑。

【信口】出言不加思索。唐白居易長慶集七答故人詩:"讀書未百卷,信口嘲風花。"

【信女】梵語優婆夷的譯稱,指信奉佛教的在家婦女。廣弘明集十五南朝梁簡文帝菩提樹頌序:"信女百味之初,諸天四鉢之狀。"六朝及唐經幢造像和寺廟碑版,稱出錢布施的多曰"清信女",後來也稱信女。

【信水】㊀黄河水位隨時節而變化。相傳自立春之後,河邊人候水,如果初至一寸,則夏秋當至一尺,故稱爲信水。見宋史河渠志一。㊁佛教比喻信仰虔誠的人,内心澄淨如水。遼釋覺苑大日經義釋演密鈔三:"若以信水澣令潔白,則堪受染。"㊂婦女月經的别稱。聊齋志異俠女:"本期一索而得,不圖信水復來。"

【信手】隨手。唐白居易長慶集十二琵琶行:"低眉信手續續彈,説盡心中無限事。"宋陸游劍南詩稿二秋風亭拜寇萊公遺像之二:"巴東詩句澶州策,信手拈來盡可驚。"

【信石】砒石的别稱。本草綱目十金石砒石:"惟出信州,故人呼爲信石,而又隱信字爲人言。"

【信史】紀事翔實的史籍。公羊傳昭十二年:"如爾所不知何,春秋之信史也。"

【信用】信任使用。左傳宣十二年:"王曰:'其君能下人,必能信用其民矣。'"史記陳涉世家:"陳王以朱房爲中正,胡武爲司過,……陳王信用之。"

【信矢】作證明用的令箭。聊齋志異柳生:"又遣二騎持信矢,護送之。"

【信仗】信賴。南史建平宣簡王宏傳:"明達政事,上甚信仗之。"

【信江】一名信河。源出江西玉山縣懷玉山,西經上饒市弋陽縣爲弋陽江;又經貴溪縣爲錦江;又向西北經餘干縣南,入鄱陽湖。參閱嘉慶一統志三一四江西廣信府一上饒江。

【信安】㊀地名。春秋姑蔑之地,漢太末縣。東漢獻帝初平三年立新安縣,晉太康元年改名信安,屬衢州。唐咸通中改西安縣。地在今浙江衢縣境。參閱宋書州郡志一、讀史方輿紀要九三浙江五衢州府西安縣。㊁隋郡名。今廣東高要縣。隋大業九年農民起義領袖陳瑱等衆三萬攻陷信安郡,即此。見隋書煬帝紀下。參閱元和郡縣志三四高要縣。㊂江名。衢江的别稱。詳"衢江"。

【信衣】佛教禪宗師徒傳法,内傳法印,以契證心;外傳袈裟,以定宗旨。憑衣爲信,故稱信衣。至慧能(六祖)傳法不再傳衣。景德傳燈録二婆舍斯多(二十五祖):"祖曰:我師難未起時,密授我信衣法偈,以顯師承。"

【信次】留宿至三日以上。南朝宋謝靈運謝康樂集二作離合詩:"古人怨信次,十日眇未央。"參見"信宿"。

【信州】地名。漢餘汗地。唐乾元元年置信州。見元和郡縣志二八江南道四。舊治在今江西上饒市。

【信$_2$圭】相傳周制以玉作六瑞,表示爵位等次,信圭爲六瑞之一,爲侯爵所執持。周禮春官大宗伯:"侯執信圭。"注:"信當爲身,聲之誤也。身圭、躬圭,蓋皆象以人形爲瑑飾,文有麤縟耳,欲其慎行以保身。圭皆長七寸。"

【信伏】欽佩信服。伏通"服"。景德傳燈録十從諗禪師:"時謂趙州門風,皆悚然信伏矣。"

【信仰】信服尊敬。法苑珠林九四綺語引習報頌:"生無信仰心,恒被他笑具。"唐譯華嚴經十四:"人天等類同信仰。"

【信步】隨意行走。唐齊己白蓮集七遊谷山寺詩:"此生有底難拋事,時復移笻信步登。"

【信幸】信任寵愛。韓非子姦劫弑臣:"凡姦臣,皆欲順人主之心,以取信幸之勢者也。"

【信受】信從,承受。梁書任孝恭傳:"孝恭少從蕭寺雲法師讀經論,明佛理,至是蔬食持戒,信受甚篤。"佛經尾語例皆有"皆大歡喜,信受奉行"等語。如金剛般若波羅密經、圓覺經、維摩經等皆是。

【信使】古稱使者爲信,也叫信使。史記一一七司馬相如傳喻巴蜀檄:"故遣信使,曉喻百姓以發卒之事。"

【信命】㊀相信天命。列子力命:"夫信命者亡壽夭,信理者亡是非。"㊁使者攜帶的命令或音信。三國志魏公孫瓚傳:"徵(劉)虞爲太傅,道路隔塞,信命不得至。"

【信$_2$眉】揚眉自得的樣子。信通"伸"。漢書六二司馬遷傳報任安書:"今已虧形爲掃除之隸,在闒茸之中,迺欲卬首信眉,論列是非,不亦輕朝廷、羞當世之士邪?"

【信星】土星。史記武帝紀元封元年:"信星昭見。"索隱:"信星,鎮星也,信屬土。"漢書禮樂志郊祀歌景星:"景星顯見,信星彪列。"

【信香】佛教謂香爲信心的使者,故名。宋贊寧僧史略中行香唱導:"經中長者請佛,宿夜登樓,手秉香罏,以達信心。"明日食時，佛卽來至，故知香爲信心之使也。」

【信₂威】顯示威力。史記七八春申君傳：「今王使盛橋守事於韓，盛橋以其地入秦，是王不用甲，不信威，而得百里之地。」

【信風】隨時令變化，定期定向而來的風。卽季候風。晉法顯佛國記：「汎海西南行，得冬初信風。」唐李肇國史補中：「自西沙泝流而上，常待東北風，謂之信風。」

【信信】連宿四夜。詩周頌有客：「有客宿宿，有客信信。」爾雅釋訓注：「再宿爲信，重言之，故知四宿。」參見「信宿」。

【信₂信₂】舒張貌。漢劉向說苑辨物：「寧則信信如也，動則著矣。」

【信息】消息。唐李中碧雲集中暮春懷故人詩：「夢斷美人沉信息，目穿長路倚樓臺。」

【信徒】信仰宗教的人。北朝魏楊衒之洛陽伽藍記三城南景明寺：「名僧德衆，負錫爲羣；信徒法侶，持花成藪。」今也指信仰某種主義或某個人的人。

【信宿】連宿兩夜。詩豳風九罭：「公歸不復，於女信宿。」左傳莊三年：「凡師一宿爲舍，再宿爲信，過信爲次。」注：「信者，住經再宿，得相信問也。」

【信袋】貯放符信的袋子。金史世宗紀下大定二五年：「是日，命範銅爲禮信之寶，凡賜外方禮物，給信袋，則用之。」

【信鳥】鷗的別名。因隨海潮而定時往來，故稱信鳥。見禽經。

【信都】㊀地名。戰國趙地。漢景帝時爲廣川國，宣帝時改信都國，所屬有信都縣。見漢書地理志下。故城在今河北棗强縣東北。㊁複姓。魏書術藝傳有信都芳。參閱元和姓纂二一震。

【信陽】地名。屬河南省。晉義陽郡，南朝置司州，北周改申州。宋太平興國元年改義陽爲信陽，置爲軍。明洪武七年改爲縣，屬汝寧府。參閱輿地廣記九京西北路、寰宇通志八七汝寧府信陽縣。今爲信陽市。

【信然】誠然，確實。三國志魏曹爽傳：「李勝出爲荊州刺史，往詣宣王。宣王稱疾困篤，示以羸形。勝不能覺，謂之信然。」

【信道】知道，料知。宋柳永樂章集瑞鷓鴣詞：「須信道，緣情寄意，別有知音。」

【信牌】㊀卽傳信牌。宋仁宗康定元年始用於軍中，以傳遞號令及文件。其牌以朱漆木製成，長八寸，寬三寸。腹背刻有某路傳信牌字樣，中間分開，臨陣時分持之。所傳命令署其上，繫於軍吏頸上。命令傳至對方，牌子兩半接合後，回話附於牌上。參閱宋史輿服志六。元代民事也用信牌，凡諸管官以公事攝所部，並用信牌。見清薛允升唐明律合編十信牌。後代改用紙印行，名爲排單。㊁官吏所持的憑證。清顧炎武日知錄三二信：「周禮掌節注：節，猶信也，行者所執之信，此如今人言印信信牌之信。」

【信牒】唐代授官，都發給信符，叫告身。未發告身之前，先給文書以爲憑證，稱信牒。資治通鑑二一九唐至德二載四月：「是時府庫無蓄積，朝廷專以官爵賞功，諸將出征，皆給以空名告身，……其後又聽以信牒授人官爵，有至異姓王者。」

【信禽】雁的別名。雁是候鳥，來去有定時，故名。元郝經陵川文集二雁媒詩：「信禽法天運，斷不爲炎涼。」

【信旗】古代軍中的信號旗。資治通鑑二四八唐會昌四年：「每軍各有宦者爲監使，……每戰，監使自有信旗。」注：「信旗者，別爲一旗，軍中視之以爲進退。」

【信誓】表示誠信的誓言。詩衛風氓：「總角之宴，言笑晏晏，信誓旦旦。」

【信賞】有功者必得賞。韓非子內儲上七術：「三曰信賞盡能。」水滸十一：「出九千貫信賞錢，捉拿正犯林冲。」

【信幡】古代題表官號的旗幟，以爲符信，故稱信幡。見晉崔豹古今注上輿服。

【信豐】縣名。屬江西省。漢南埜縣地。晉南康縣。唐永淳元年分南康更置南安，天寶元年以泉州有南安縣名重，改爲信豐。見元和郡縣志二八虔州。

【信礮】舊時官署按時放礮，使遠近皆知，以便計時。如報曉礮、午時礮等。清代設信礮官專管其事。見清通志六八職官五信礮官。

【信天翁】鳥名。明楊愼丹鉛總錄五鳥獸：「信天翁，鳥名。滇中有之，其鳥食魚而不能捕，俟魚鷹所得偶墜者拾食之。」相傳此鳥凝立水邊，等魚過啄食，終日不移步，故有此稱。

【信陵君】名無忌，戰國魏安釐王異母弟。封信陵君，有食客三千。魏安釐王二十年，秦圍趙，魏使晉鄙領兵救趙，鄙怕秦兵勢强，按兵不動。信陵君使如姬從宮裏竊得調兵的虎符，殺鄙，奪取兵權，救趙勝秦。後爲上將軍，率五國兵，大破秦軍。因功高名盛爲魏王所忌，遂稱病不朝，病酒卒。史記有魏公子傳。

【信口開合】隨便亂說。古今雜劇元闕漢卿魯齋郎四：「你休只管信口開合，絮絮聒聒。」也作「信口開喝」。太平樂府七元張養浩新水令辭官曲：「非是俺全身遠害，免教人信口開喝。」又作「信口開河」。紅樓夢三九：「村老老是信口開河，情哥哥偏尋根究底。」合、河音近，今通作信口開河。

【信口雌黄】見「口中雌黄」。

【信及豚魚】比喻信用卓著，及於微隱之物。易中孚：「豚魚吉，信及豚魚也。」注：「魚者蟲之隱者也，豚者獸之微賤者也。争競之道不興，中信之德淳著，則雖微隱之物，信皆及之。」

【信賞必罰】賞罰嚴明，有功者必賞，有罪者必罰。韓非子外儲右上：「信賞必罰，其足以戰。」

俍 1. liáng 集韻 呂張切，平，陽韻。ㄌㄧㄤˊ

㊀善，完美。莊子庚桑楚：「夫工乎天而俍乎人者，惟全人能之。」釋文：「音良。崔（譔）云：良工也。又音浪。」㊁見「俍倡」。

2. lǎng 盧黨切，上，蕩韻，來。ㄌㄤˇ

㊀俍傷，長貌，見廣韻。

【俍倡】走路不穩。同「踉蹡」。楚辭屈原九辯「然潢洋而不遇兮」漢王逸注：「俍倡後時，無所逮也。」

侲 zhèn 章刃切，去，震韻，照。ㄓㄣ 職鄰切，平，真韻，照。

㊀見「侲子」。㊁養馬人。方言三：「燕齊之間養馬者謂之侲。」注：「音振。」

【侲子】幼童。文選漢張平子（衡）東京賦：「侲子萬童。」後漢書禮儀志中：「先臘一日，大儺，謂之逐疫。其儀，選中黄門子弟十歲以上、十二以下、百二十人爲侲子。皆赤幘皁製，執大鼗。」注：「侲之言善。善童，幼子也。」史記一一八淮南王傳集解引文選作「振子」。

侼 bó 集韻 薄没切，入，没韻。ㄅㄛˊ

㊀强横。見方言十二。郭璞注：「謂强戾也。音敦。」㊁怨恨。通「悖」。

俲 xiāo 集韻 虚交切，平，爻韻。ㄒㄧㄠ

俲佬，大貌。見集韻。

俌 fǔ 芳武切，上，麌韻，滂。ㄈㄨˇ 方矩切，上，麌韻，幫。

輔助。見爾雅釋詁。

便 1. biàn 婢面切，去，線韻，並。ㄅㄧㄢˋ

㊀有利，適宜。戰國策秦二：「或謂救之便。」商君書更法：「治世不一道，便國不

必法古。"㊁簡單，省事。參見"便衣"。㊂熟習。三國志魏呂布傳："布便弓馬，膂力過人，號爲飛將。"㊃大、小便。漢書八九張安世傳："郎有醉小便殿上。"參閱"便利㊂"。㊄縱使。唐杜甫杜工部草堂詩箋十二送鄭十八虔貶台州司戶："便與先生應永訣，九重泉路盡交期。"㊅副詞。1.就。莊子達生："若乃夫没人，則未嘗見舟而便操之也。"2.立即。三國志魏王粲傳："善屬文，舉筆便成，無所改定，時人以爲宿構。"㊆審察。通"辨"。商君書農戰："修守備，便地形，摶民力，以待外事。"

2. pián ㄆㄧㄢˊ 房連切，平，仙韻，並。

㊇安適。墨子天志中："百姓皆得煖衣飽食，便寧無憂。"㊈善辯。見"便$_2$佞"、"便$_2$便$_2$㊀"。㊉通"平"。見"便$_2$章"。

【便了】㊀漢王褒有僮僕名便了。見藝文類聚三五漢王褒僮約、古文苑十七。後轉爲僮僕的通稱。宋楊萬里誠齋集六八答戶部王少愚侍郎書："去秋專遣便了走淮上，專奠於樞使。"㊁句末助詞。表示決定的語氣。元曲選缺名陳州糶米楔子："若有差遲，連着小官坐罪便了。"

【便人】㊀熟習某事的人。禮表記："唯欲行之浮於名也，故自謂便人。"注："亦言其謙也。"㊁趁便代辦某事的人。宋歐陽修文忠集一五二與薛少卿書："祇是沿路多故舊相識，所至牽率，又少便人作書入京。"

【便中】乘便。清顧炎武亭林文集六與毛錦銜書："今年元旦作一對，……便中有字與吳門，可代爲録此，與一二耆舊知心者觀之。"

【便水】熟悉水性。隋書郭榮傳："(宇文)護令榮督便水者，引取其筏。"

【便巧】簡便靈巧，使用方便。漢書食貨志上："其耕耘下種田器，皆有便巧。"

【便$_2$巧】用花言巧語諂媚人。漢陸賈新語輔政："朴直質者近忠，便巧者近亡。"

【便衣】日常所穿的簡便的衣服，對禮服、制服而言。漢書五四李陵傳："陵便衣獨步出營。"注："謂著短衣小袖也。"

【便地】有利的地形。史記九二淮陰侯傳："趙已先據便地爲壁。"

【便$_2$言】巧於言辭。玉臺新詠一古詩爲焦仲卿妻作："年始十八九，便言多令才。"

【便坐】㊀別坐。史記一〇三萬石君(石奮)傳："子孫有過失，不譙讓，爲便坐，對案不食。"索隱："蓋謂爲之不處正室，別坐他處，故曰便坐。坐音如座。"㊁廂房，正房以外的別室。漢書八一張禹傳："禹見之於便坐。"注："便坐，謂非正寢，在於旁側，可以延賓者也。"參見"便室"。

【便利】㊀敏捷。荀子脩身："齊給便利，則節之以動止。"㊁方便，順利。墨子尚同中："萬民之所便利而能彊從事焉，則萬民之親可得也。"㊂大小便。漢書七三韋賢傳："玄成深知其非賢雅意，即陽爲病狂，臥便利，妄笑語昏亂。"玄成，韋賢子。

【便$_2$佞】花言巧語，阿諛逢迎。論語季氏："友便佞，損矣。"注："便，辯也。謂佞而辯。"

【便宜】㊀應辦的事，特指對國家有利的事。史記一〇一鼂錯傳："太常遣錯受尚書伏生所。還，因上便宜事，以書稱說。"㊁因利乘便，見機行事。史記一二〇汲黯傳："臣謹以便宜，持節發河南倉粟以振貧民。"參見"便宜施行"。

【便$_2$宜】利益，好處。宋朱熹朱子語類二六論語八："凡事只認自家有便宜處做，便不恤他人，所以多怨。"金元好問遺山集十三樂天不能忘情圖詩之一："得便宜是落便宜，木石癡兒自不知。"

【便官】事簡的閒官。新唐書一三〇裴漼傳："(漼)父琰之，永徽中爲同州司戶參軍，年甚少，不主曹務，刺史李崇義內輕之，鐫諭曰：'同，三輔，吏事繁，子盍求便官？毋留此！'"

【便房】㊀古代帝王和貴族墳墓中供弔祭者休息用的小室。漢書六八霍光傳："光薨，……賜便房、黃腸、題湊各一具。"文選晉張孟陽(載)七哀詩之一："毀壤過一杯，便房啓幽戶。"㊁休息所。藝文類聚八八晉潘尼桑樹賦："從明儲以省膳，憩便房以偃息。"

【便門】漢長安城西北門與咸陽宮東南門之間、渭水之上的橋名。文選晉潘安仁(岳)西征賦："津便門以右轉，究吾境之所暨。"唐張銑注："便門，便橋也。"水經注十九渭水稱咸陽十二門，南出東頭第三門爲平門，又稱便門。便橋即便門橋。詳"便門橋"。

【便服】日常所穿的衣服，對公服、制服而言。宋史輿服志五："士大夫皆服涼衫，以爲便服矣。"

【便$_2$姍】步履輕盈安詳貌，猶言蹁躚。漢書五七上司馬相如傳上林賦："便姍嫳屑，與世殊服。"注："言其行步安詳，容服絶異也。"文選注引郭璞："衣服婆娑貌。"史記作"媥姺"。參見"蹁躚"。

【便室】別室，休息宴遊的處所。後漢書十二彭寵傳："獨在便室。"按漢書武帝紀建元六年"高園便殿火"唐顏師古注："凡言便殿、便室、便坐者，皆非正大之處，所以就便安也。"

【便面】用來遮面的扇狀物。漢書七六張敞傳："(敞)使御吏驅，自以便面拊馬。"注："便面，所以障面，蓋扇之類也。不欲見人，以此自障面，則得其便，故曰便面，亦曰屏面。今之沙門所持竹扇，上袤平而下圜，即古之便面也。"後來也稱團扇、摺扇爲便面。清詩別裁集八吳綺見人扇頭是友沂絶句愴然和之："只今便面春風在，曾向章臺拂柳花。"

【便$_2$便$_2$】㊀形容善於辭令。論語鄉黨："其在宗廟朝廷，便便言，唯謹爾。"史記孔子世家作"辯辯"。㊁肚子肥滿的樣子。後漢書八十上邊韶傳："韶口辯，曾晝日假卧。弟子私嘲之曰：'邊孝先，腹便便，嬾讀書，但欲眠。'"孝先，韶字。

【便$_2$妍】俏麗。全晉詩四張翰周小史："轉側猗靡，顧眄便妍。"

【便$_2$悁】憂愁。楚辭漢嚴忌哀時命："獨便悁而煩毒兮，焉發憤而抒情。"

【便郡】近便而事簡的郡。宋史二九一吳育傳："(育)遷禮部侍郎，知永興軍，召兼翰林侍讀學士，以疾辭，且請便郡。"

【便時】吉利的時日。後漢書七二董卓傳："是時唯有高廟京兆府舍，遂便時幸焉。"注："便時，謂時日吉便。"又指方便的時日。後漢書四一宋意傳："發遣康焉各歸蕃國，令羨等速就便時。"注："行日取便利之時也。"康，濟南王劉康。焉，中山王劉焉。羨，西平王劉羨。

【便$_2$娟】同"嬋娟"。㊀輕盈美麗的樣子。楚辭屈原大招："豐肉微骨，體便娟只。"㊁迴旋飛舞的樣子。文選南朝宋謝惠連雪賦："初便娟於墀廡，末縈盈於帷席。"

【便液】糞溺。舊唐書一八六郭霸傳："時大夫魏元忠卧疾。……比見元忠，憂懼，請示元忠便液，以驗疾之輕重。"

【便$_2$章】分別彰明。史記五帝紀堯："九族既睦，便章百姓。"書堯典作"平章"。參見"平章"。

【便旋】小便。唐韓愈昌黎集二一石鼎聯句詩序："天且明，道士起出門，若將便旋然。"

【便$_2$旋】回轉，徘徊。文選漢張平子(衡)西京賦："便旋閭閻，周觀郊遂。"

【便捷】行動迅疾。淮南子兵略："虎豹

便捷，熊羆多力。"

【便習】熟悉，熟習。後漢書三一孔奮傳："郡多氐人，便習山谷。"又五一陳龜傳："家世邊將，便習弓馬。"

【便郵】乘便替人投遞書信的人。宋蘇軾東坡詞菩薩蠻回文："郵便問人羞，羞人問便郵。"王邁臞軒集十一祭海豐宰顏養智文："懷此美人，在天一方，物色便郵，將寄雙鯉。"

【便敏】輕巧敏捷。荀子性惡："齊給便敏而無類。"注："便，謂輕巧；敏，速也。"

【便換】唐宋時官府發給商人的兌換證券，近於舊時的本票。舊唐書食貨志上："奏茶商等公私便換見錢，並須禁斷。"唐趙璘因話錄："有士子鬻產於外，得數十千，懼川途難賚，因所納於公藏，傳牒以歸，世所謂便換，寘之衣囊。"宋史食貨志下二："許民入錢京師，於諸州便換，其法：商人入錢左藏庫，先經三司投牒，乃輸於庫。"參見"便錢務"。

【便₂程】分別次第，使作事有步驟。史記五帝紀堯："敬道日出，便程東作。"書堯典作"寅賓出日，平秩東作"。

【便溺】排泄大小便。明陶宗儀輟耕錄九陰府辯詞："其家就牀褥作一竅，任其便溺。"

【便殿】帝王休息宴遊的別殿。漢書七三韋玄成傳："園中各有寢、便殿。"注："便殿者，寢側之別殿耳。"

【便₂辟】逢迎諂媚貌。書冏命："便辟側媚。"論語季氏："友便辟。"也指逢迎諂媚的人。管子立政："三本者不審，則邪臣上通，而便辟制威。"參見"便₂嬖"。

【便₂腹】形容腹部肥滿。宋蘇軾東坡集四寶山晝睡詩："七尺頑軀走世塵，十圍便腹貯天真。"參見"便₂便₂㊀"。

【便橋】即西渭橋，漢稱便門橋，也稱便橋。唐名咸陽橋。三輔黃圖一長安十二門引漢趙岐(三輔)決錄："長安城西門曰便門，橋北與門對，因號便橋。"參見"便門橋"。

【便₂嬖】指阿諛逢迎得到君主寵信的近臣。孟子梁惠王上："便嬖不足使令於前與？"

【便器】便溺之器。西京雜記四："漢朝以玉爲虎子，以爲便器。"

【便錢】㊀宋史食貨志下二："至道末商人入便錢一百七十餘萬貫。"詳"便錢務"。㊁借錢。通方便之意。資治通鑑二七三後周同光二年"豆盧革嘗以手書便省庫錢數十萬"注："今俗謂借錢爲便錢，言借貸以便用也。"

【便₂嬛】輕麗。史記一一七司馬相如傳上林賦："靚粧刻飭，便嬛綽約。"

【便₂辭】牽强附會，巧爲立說。韓非子難二："晏子之貴踴，非其誠也，欲便辭以止多刑也。"漢書藝文志："後世經傳，既已乖離，博學者又不思多聞闕疑之義，而務碎義逃難，便辭巧說，破壞形體，說五字之文，至於二三萬言。"

【便體】體態靈活。唐韓愈昌黎集十九送李愿歸盤谷序："曲眉豐頰，清聲而便體。"

【便門橋】省稱便橋。在長安城西北、咸陽宮東南的渭水上，即西渭橋(三渭橋之一)。漢書武帝紀建元三年："初作便門橋。"注："便門，長安城北面西頭門，即平門也。古者平便皆同字。於此道作橋，跨渡渭水，以趨茂陵，其道易直，即今所謂便橋，是其處也。"水經注十九渭水："渭水上舊有便門橋，與便門對直，武帝建元三年造。"

【便錢務】宋根據唐飛錢法在京都設置的錢幣管理機構。商人到便錢務申請以錢換券，到左藏庫交錢領券，憑券到外地各州取錢。便錢，即取錢便利的意思。相當於舊時的匯款劃付。見文獻通考九錢幣二歷代錢幣之制、宋史食貨志下二。

【便宜施行】不待上奏，自行決斷處置。史記蕭相國世家："(蕭何)即不及奏上，輒以便宜施行。上來以聞。"也作"便宜從事"、"便宜行事"。見史記一二二郅都傳、漢書七四魏相傳。

俉

wǔ 集韻五故切，去，暮韻。
ㄨ

逢，遇到。史記天官書："鬼哭若呼，其人逢俉。"索隱："俉，音五故反。逢俉謂相逢而驚也。亦作'迕'，音同。"

俅

qiú 巨鳩切，平，尤韻，羣。
ㄑㄧㄡ

冠飾貌。見說文。

【俅俅】冠飾華美貌。詩周頌絲衣："絲衣其紑，載弁俅俅。"參閱清馬瑞辰毛詩傳箋通釋三十、郝懿行爾雅義疏三。

俠

1. xiá 胡頰切，入，怗韻，匣。
ㄒㄧㄚˊ

㊀舊時指打抱不平、見義勇爲的人。韓非子五蠹："儒以文亂法，俠以武犯禁。"又見史記一二四遊俠傳。㊁姓。戰國時有韓相俠累。

2. jiā
ㄐㄧㄚ

㊂夾住。通"夾"、"挾"。淮南子道應："兩蛟俠繞其船。"呂氏春秋知分作"夾繞"。

【俠士】仗義的人。晉書馮素弗載記："當世俠士，莫不歸之。"

【俠少】任俠的少年。唐王維王右丞集一燕支行詩："趙魏燕韓多勁卒，關西俠少何咆㘚。"

【俠₂侍】在左右侍奉。藝文類聚九一引漢武故事："有頃，王母至，有二青鳥如烏，俠侍王母旁。"

【俠客】指急人之難、出言必信、見義勇爲的人。史記一二四遊俠傳："要以功見言信，俠客之義易可少哉！"列子說符："俠客相隨而行。"唐人及後來武俠小說專以指武藝高强、敢於打抱不平之武士。

【俠₂拜】古代男女間行禮，女先拜，男拜，女又拜，叫做俠拜。封建社會重男輕女，雖母子相見也如此。儀禮士冠禮："母拜受，子拜送，母又拜。"注："婦人於丈夫，雖其子，猶俠拜。"清胡培翬正義引凌廷堪禮經釋例："俠拜者，丈夫拜一次，婦人則拜兩次也。"

【俠骨】舊指勇武仗義的性格或氣質。樂府詩集六七晉張華博陵王宮俠曲之二："生從命子游，死聞俠骨香。"

俓

jìng 古定切，去，徑韻，見。
ㄐㄧㄥˋ

小路。通"徑"。史記一一七司馬相如傳上林賦："俓陵赴險。"文選作"徑峻"。

俑

yǒng 余隴切，上，腫韻，喻。
ㄩㄥˇ 他紅切，平，東韻，透。

古代用以殉葬的木偶或陶偶。禮檀弓下："孔子謂爲芻靈者，善；謂爲俑者不仁。"注："俑，偶人也。有面目機發，似於生人。"孟子梁惠王上："仲尼曰：始作俑者，其無後乎！"

侵

1. qīn 七林切，平，侵韻，清。
ㄑㄧㄣ

㊀越境進犯。左傳莊二九年："夏，鄭人侵許。凡師有鐘鼓曰伐，無曰侵。"㊁迫害，欺凌。穀梁傳隱五年："苞人民，毆牛馬，曰侵。"史記一二四遊俠傳序："豪暴侵凌孤弱。"㊂古稱荒年爲"侵"。穀梁傳襄二四年："五穀不升，謂之大侵。"㊃侵蝕。北齊書邢邵傳："加以風雨稍侵，漸致虧墜。"㊄漸進。參見"侵淫"、"侵尋"。㊅姓。漢有侵恭。見三輔決錄。

2. qǐn
ㄑㄧㄣˇ

㊆容貌醜陋。通"寑"。史記一〇七魏其武安侯傳："武安(田蚡)者，貌侵。"集解引韋昭："侵音寑，短小也；又云醜惡也。"

【侵占】以不法手段强將他人之物據爲

已有。元史河渠志二澱山湖:"此湖在宋時,委官差軍守之,湖旁餘地,不許侵占。"

【侵犯】侵凌冒犯。史記一〇七灌夫傳:"凌轢宗室,侵犯骨肉。"

【侵早】凌晨,拂曉。唐杜甫杜工部草堂詩箋二五贈崔十三評事公輔:"天子朝侵早,雲臺仗數移。"

【侵牟】掠奪。牟,取。史記一二三安息傳:"將吏貪,多不愛士卒,侵牟之。"漢書景帝紀後二年:"吏以貨賂爲市,漁奪百姓,侵牟萬民。"注引李奇:"牟,食苗根蟲也。侵牟食民,比之蛑賊也。"

【侵官】越犯他人的職守。左傳成十六年:"國有大任,焉得專之。且侵官,冒也;失官,慢也。"國語晉八:"伯華曰:'外有軍,内有事,赤也外事也,不敢侵官。'"注:"非其官而與之爲侵官。"伯華,羊舌赤。赤,伯華自稱。

【侵削】欺凌,掠奪。荀子正論:"甚者諸侯侵削之,攻伐之。"

【侵淫】漸進貌。也作"浸淫"。文選戰國楚宋玉風賦:"夫風生於地,起於青蘋之末,侵淫谿谷,盛怒於土囊之口。"

【侵掠】以强力奪取。左傳襄十一年:"納斥候,禁侵掠。"

【侵陵】侵犯欺凌。禮經解:"諸侯之行惡,而倍畔侵陵之敗起矣。"史記五帝紀:"炎帝欲侵陵諸侯,諸侯咸歸軒轅。"亦作"侵凌"。墨子天志下:"今天下之諸侯,將猶皆侵凌攻伐兼幷。"

【侵晨】破曉。三國志吳呂蒙傳:"侵晨進攻,蒙手執枹鼓,士卒皆騰踊,自升食時破之。"

【侵略】侵犯掠奪。後漢書七十孔融傳:"初,曹操攻屠鄴城,袁(熙)氏婦子多見侵略。"

【侵軼】突襲,包抄。左傳隱九年:"彼徒我車,懼其侵軼我也。"注:"軼,突也。"亦作"侵佚"。後漢書八九南匈奴傳論:"乘間侵佚,害流傍境。"

【侵尋】漸進,浸潤。謂範圍逐漸擴大。史記武帝紀:"是歲,天子始巡郡縣,侵尋於泰山矣。"索隱:"侵尋卽浸淫也……小顏(師古)云:'浸淫,漸染之義。'"亦作"浸尋",見封禪書。或作"浸潯",見司馬相如傳大人賦。或作"寖尋",見漢書郊祀志。

【侵漁】侵奪吞没,謂掠奪他人的財物,像漁人捕魚。韓非子孤憤:"大臣挾愚污之人,上與之欺主,下與之收利侵漁,朋黨比周,相與一口。"漢書宣帝紀神爵三年詔:"今小吏皆勤事,奉祿薄,欲其毋侵漁百姓,難矣。"

【侵曉】拂曉。北齊書崔暹傳:"侵曉,則與兄弟問母之起居。"

【侵街錢】宋李稷任陝西轉運使,橫徵暴斂,人民在街道旁建築房舍也要課稅,叫做侵街錢。見宋史三三四李稷傳。

侯 hóu 户鉤切,平,侯韻,匣。ㄏㄡˊ

㊀箭靶。小爾雅廣器七:"射有張布謂之侯。侯中者謂之鵠;鵠中者謂之正,正方二尺;正中者謂之槷,槷方六寸。"見附圖。㊁君主。易屯:"利居貞,利建侯。"㊂古代五等爵位的第二等。禮王制:"王者之制祿爵,公、侯、伯、子、男,凡五等。"㊃古時士大夫之間的尊稱。猶言君。唐杜甫杜工部草堂詩箋一與李十二白同尋范十隱居:"李侯有佳句,往往似陰鏗。"㊄美麗。詩鄭風羔裘:"羔裘如濡,洵直且侯。"㊅副詞。1.乃,於是。詩大雅文王:"上帝既命,侯于周服。"參閱清王引之經傳釋詞四。2.表疑問,相當於"何"。吕氏春秋觀表:"今侯渫過而弗辭。"㊆語首助詞,同"伊"、"維"。詩小雅六月:"侯誰在矣。"㊇姓。戰國魏有侯嬴。見史記七七魏公子傳。

侯

【侯不】何不。史記一一七司馬相如傳封禪書:"君乎!君乎!侯不邁哉?"

【侯生】卽侯嬴。見該條。

【侯白】隋魏郡人。字君素。性滑稽,愛說諷刺詼諧的話。著旌異記十五卷,啓顏錄十卷。見隋書陸爽傳、新唐書藝文志三小說類。後來因稱詼諧的演員爲侯白。唐缺名玉泉子:"白敏中爲相,嘗欲以前進士侯温爲子壻,且有日矣。其妻盧氏曰:'……已既姓白,又以侯氏兒爲婿,必爲人呼作侯白耳。'"宋林逋林和靖詩集二深居雜興之二:"伶倫近日無侯白,奴僕當時有衛青。"

【侯甸】侯服和甸服,古代近畿之地。書伊訓:"侯甸羣后咸在。"參見"九服㊀"。

【侯官】舊縣名。在今福建福州市。"侯"亦作"候"。漢爲冶縣,東漢末曰侯官縣,南朝梁陳間省入東侯官縣。隋改名閩縣,唐初分閩縣復置,治所在今福州市西北,貞元時移治今市。與閩縣同城。公元1913年與閩縣合并爲閩侯縣。參閱元和郡縣志二九福州、讀史方輿紀要九六福州府。

【侯服】古代稱離王城一千里以外的方五百里的地區爲侯服。書禹貢:"五百里侯服。"傳:"甸服外之五百里。侯,候也。斥候而服事。"參見"五服㊀"、"九服㊀"。

【侯桃】辛夷的別名。藝文類聚八六上晉宮閣名:"華林園桃七百三十八株,白桃三株,侯桃三株。"政和證類本草十二辛夷引神農本草經:"辛夷……一名辛矧,一名侯桃,一名房木。"

【侯景】公元?—552年。南朝梁懷朔鎮人,字萬景。初爲北朝魏爾朱榮將,後歸高歡。歡死,附梁封爲河南王。後舉兵叛變,攻破建康。蕭衍(梁武帝)被圍於臺城(宫城),餓死。景自立,稱漢帝,到處燒殺搶掠,長江下游地區遭受極大破壞,舊史稱侯景之亂。尋爲梁將陳霸先王僧辯擊敗,逃亡時被部下殺死。見梁書本傳、南史賊臣傳。

【侯畿】古代以王城爲中心,把周圍五千里的地區劃分爲九畿。王城附近的區域叫侯畿。周禮夏官大司馬:"方千里曰國畿,其外方五百里曰侯畿。"參見"侯服"。

【侯嬴】公元前?—前257年。戰國魏隱士,亦稱侯生。家貧,年七十,爲大梁夷門的守門小吏,後被信陵君迎爲上客。魏安釐王二十年,秦圍趙,安釐王派將軍晉鄙率兵救趙,觀望不前。侯嬴獻計信陵君,竊得兵符,並推薦力士朱亥,擊殺晉鄙,奪得兵權,却秦救趙。見史記七七魏公子傳。

【侯頭】古代齊人稱小袖的衫爲侯頭。見釋名五釋衣服。亦作"侯窬"、"侯腧",見史記一〇三萬石君傳"廁腧"集解及索隱。漢書四六石奮傳注作"侯腧"。

【侯鮐】魚名,卽河豚。也作"鯸鮐"。文選晉左太沖(思)吳都賦:"王鮪侯鮐。"注:"侯鮐狀如蝌斗,腹下白,背上青黑,有黄文,性有毒。"

【侯爵】古代五等爵位的第二等。自周代以來五等爵位都相同,惟漢只有王、侯,明代只有公、侯、伯。

【侯鯖】精美的肉食。鯖,碎魚肉合煮的菜。明史謹獨醉亭集上高唐驛詩:"慷慨具殽酒,侯鯖雜梨栗。"參見"五侯鯖"。

【侯禳】古代迎祥除災的祭禮。周禮春官小祝:"掌小祭祀,將事侯禳禱祠之祝號。"注:"侯之言候也,侯嘉慶祈福祥之屬;禳,禳卻凶咎寧風旱之屬。"

【侯方域】公元1618—1654年。清河南商邱人。字朝宗,號雪苑。有才名。明末與方以智冒襄陳貞慧合稱爲四公子。入清後,應河南鄉試,中副榜。工詩古文,文學韓歐,長於敍事。著有壯悔堂文集四憶堂詩集。清孔尚任桃花扇卽以侯方域與李香君的戀愛故事爲題材。

【侯兆川】地名，在今河南輝縣西北。有關，重山疊障，地勢險要。宋史三六五岳飛傳："翌日，戰侯兆川，身被十餘創，士皆戰死。"即此。

【侯峒曾】公元1591 — 1645年。字豫瞻。明末蘇州嘉定人。天啓五年進士。曾任浙江右參政。清兵入南京，俘福王，江南州縣多起兵抗清，嘉定推他和黄淳耀等爲倡，守城十餘日，城破，與二子同投水自殺。見明史二七七本傳。

【侯莫陳】姓。見通志二九氏族五代北三字姓。周書有侯莫陳崇。

【侯鯖録】北宋趙令畤撰。共八卷。內容多記瑣聞雜事，也有關於文學的論述。其中一卷爲對唐元稹會真記傳奇小說的考證，附所作商調蝶戀花鼓子詞十二首，對後來諸宮調的發展有一定影響。侯鯖爲碎肉精製的食品，取西京雜記婁護有五侯鯖事爲書名，卽雜録的意思。

【侯門如海】相傳唐崔郊的姑姑有侍婢與郊相戀，後被賣於連帥。有一天，崔郊和她路遇，有感寫詩一首，其中有"侯門一入深如海，從此蕭郎是路人"之句。故事見唐范攄雲溪友議一襄陽傑。宋曾慥類說二七唐末遺史，說連帥就是司空于頔。後來用此語比喻舊日的相識，因權勢地位的懸殊而疏遠隔絶。文苑英華二一六唐杜荀鶴與友人對酒吟詩："客路如天遠，侯門似海深。"元曲選岳伯川鐵拐李四："則俺情意重如山，那裏也侯門深似海。"

【侯服玉食】穿王侯的衣服，吃珍貴的食物，形容生活窮奢極侈。漢書一〇〇下敍傳述貨殖傳："侯服玉食，敗俗傷化。"

侷 jú 渠玉切，入，燭韻，羣。ㄐㄩˊ

見下。

【侷促】短小。見廣韻。參見"局促"。

俏 1. qiào 七肖切，去，笑韻，清。ㄑㄧㄠˋ

㊀美好，苗條。唐白行簡三夢記："鬟梳嫽俏學宮妝，獨立閑庭納夜涼。"㊁簡直，完全。宋楊無咎逃禪詞探春令："奈月華燈影交相照，俏没個，商量地。"

2. xiào 集韻仙妙切，去，笑韻。ㄒㄧㄠˋ

㊂相似。通"肖"。列子力命："佹佹成者，俏成也，初非成也；佹佹敗者，俏敗者也，初非敗也。"

【俏倬】[illegible]，風流。[illegible]"教俺俚浪兒每都伏咱，不曾胡來，俏倬是生涯。"

【俏簇】俏倬的音轉，風流，俊俏。元曲選缺名貨郎旦四："據一表儀容非俗，打扮的諸餘裹俏簇，繡雲胸背鴈銜蘆。"

【俏冤家】㊀暱稱心愛的人。冤是反語。朝野新聲太平樂府五元關漢卿小令一半兒："罵你箇俏冤家一半兒難當，一半兒耍。"㊁薰豬耳的別名。清褚人穫堅瓠四集俏冤家："亦巢偶記：俗呼薰豬耳爲俏冤家，不知何所取意。"

【俏勤兒】風流子弟。元曲選武漢臣玉壺春二："着那俊才郎倒戈甲抱頭縮項，俏勤兒卸袍盔納款投降。"

俔 qiàn xiàn 苦甸切，去，霰韻，溪。ㄑㄧㄢˋ ㄒㄧㄢˋ 胡典切，上，銑韻，匣。

㊀譬喻。詩大雅大明："大邦有子，俔天之妹。"釋文引韓詩作"磬"。俔、磬，雙聲通用。參閱清馬瑞辰毛詩傳箋通釋二四大明。㊁間諜。爾雅釋言："間，俔也。"注："左傳謂之諜，今之細作也。"釋文："胡典反。"㊂船上用以測風之羽毛。通"綄"。淮南子齊俗："譬若俔之見風也，無須臾之間定矣。"文選晉郭景純(璞)江賦引許慎淮南子注作"綄"。

俚 lǐ 良士切，上，止韻，來。ㄌㄧˇ

㊀聊賴，依託。漢書三七季布傳贊："其畫無俚之至耳。"注引晉灼："揚雄方言曰'俚，聊也'。許慎曰'賴也'。此爲其計畫無所聊賴。"俚、聊、賴，皆一聲之轉。㊁鄙俗。漢書六二司馬遷傳贊："辨而不華，質而不俚。"㊂指民間歌謠。唐孟浩然集三和張明府登鹿門山詩："謬承巴俚和，非敢應同聲。"㊃見"俚子"。

【俚子】古代對黎族的别稱。見博物志二異俗。後漢書八六南蠻傳注作俚人。

【俚耳】俗耳，世俗的聽聞。宋王安石臨川集十一寄題郢州白雪樓詩："古心以此分冥冥，俚耳至今徒擾擾。"

【俚言】方言俗語。與"雅言"相對。新唐書一六九韋綬傳："綬數爲俚言，以悦太子。"

【俚語】方言俗語。五代史王彦章傳："彦章武人，不知書，常爲俚語謂人曰：'豹死留皮，人死留名。'"

【俚歌】民間歌謠。唐劉禹錫劉夢得文集三武陵書懷五十韻詩："照山畬火動，踏月俚歌喧。"

俜 pīng 普丁切，平，青韻，滂。ㄆㄧㄥ 匹正切，去，勁韻，滂。

㊀使。見說文。㊁夾持。見清王念孫廣雅疏證釋詁二下。㊂見"伶俜"。

保 bǎo 博抱切，上，晧韻，幫。ㄅㄠˇ

㊀養育，撫養。國語周上："事神保民。"㊁保佑。書召誥："天迪格保。"㊂安定。書無逸："徽柔懿恭，懷保小民。"傳："以美道和民，故民懷之。以美政恭民，故民安之。"㊃守衛，保護。詩大雅崧高："往近王舅，南土是保。"左傳哀二七年："乃先保南里以待之。"㊄負責，保證。周禮地官大司徒："令五家爲比，使之相保。"注："保猶任也。"北齊書宋游道傳高隆之等上書："又左外郎中魏叔道牒云：'局內降人左澤等爲京畿送省，令取保放出。'"㊅歸依，依靠。左傳僖二年："保於逆旅。"左傳僖二三年："保君父之命而享其生禄，於是乎得人。"㊆舊稱傭工。史記一〇〇欒布傳："(布)窮困，賃傭於齊，爲酒人保。"集解："漢書音義曰：酒家作保傭也，可保信，故謂之保。"㊇舊時户籍編制單位。文獻通考兵考五："畿內之民，十家爲一保。"㊈小城。通"堡"。莊子盜跖："所過之邑，大國守城，小國入保。"禮月令孟夏之月注："小城曰保。"㊉襁褓。通"褓"。後漢書三七桓榮傳附桓郁："昔成王幼小，越在襁保。"⑪姓。漢書古今人表有保申。

【保人】保證人。古今雜劇元缺名鴛鴦被楔子："既是這等呵，借與他一個銀子，着他立一紙文書，你就做保人。"1973年，新疆吐魯番阿斯塔唐墓出土文物，有開元二一年西州都督府所給石染典買馬契，末有保人三人。同墓出土唐益謙市卷，末有保人五人。

【保乂】治理，安定。書君奭："保乂有殷。"

【保大】㊀唐代郊廟樂舞名。見舊唐書音樂志四。㊁年號。1.五代南唐李璟(中宗)。公元943 — 957年。2.遼耶律延禧(天祚帝)。公元1121 — 1125年。

【保子】嬰兒。大戴禮王言："上之親下也，如腹心；則下之親上也，如保子之見慈母也。"

【保山】㊀保人。言其可靠像山一樣穩固。紅樓夢一一九："他說二爺不在家，大太太做得主的，況且還有舅舅做保山。"㊁縣名。在雲南西部。漢置不韋縣，元爲永昌府治，明嘉靖元年置縣，取大保山爲名。見讀史方輿紀要一一八雲南永昌府保山縣。

【保介】副職官屬。詩周頌臣工："嗟嗟

保介，維莫之春。”箋：“保介，車右也。……介，甲也。車右勇力之士，被甲執兵也。”呂氏春秋孟春紀：“天子親載耒耜措之，參于保介之御間。”注：“保介，副也。”一說保介爲農官之副。見宋朱熹詩集傳。

【保氏】古代職掌教育貴族子弟的官員。周禮地官保氏：“保氏掌諫王惡，而養國子以道，乃教之以六藝。”參見“師氏”。

【保正】舊時的保長。水滸十四：“原來那東溪村保正姓晁名蓋。”參見“保甲”。

【保甲】封建社會地主階級專政用以統治人民的户籍編制。北宋王安石於熙寧三年推行保甲法，改募兵爲保甲。其法十家爲一保，有保長。五十家爲一大保，有大保長。十大保爲一都保，有正副都保正。家有兩人以上者，選一人做保丁。保丁自備弓箭，演習武藝戰陣。同保範圍内如發生犯法事件，保丁須檢舉、揭發或追捕。南渡後，又改五保爲一大保，通選保正。見文獻通考一五三兵五兵制、宋史兵志六、宋李心傳建炎以來繫年要録八八紹興五年四月。明清兩代相沿保甲編制。見清文獻通考二一職役一。

【保母】古代宫廷裏管撫養子女的女妾。禮内則：“異爲孺子室於宫中，擇於諸母與可者，必求其寬裕、慈惠、温良、恭敬、慎而寡言者，使爲子師，其次爲慈母，其次爲保母，皆居子室。”後泛稱爲人撫育子女的婦女。穀梁傳襄三十：“婦人之義，保母不在，宵不下堂。”又作“保姆”。隋賀德仁棲巖道場舍利塔碑：“宜簡擇保姆之才，鞠養於清淨之室。”（八瓊室金石補正二六）

【保用】珍重收藏的意思。習見於古鐘鼎銘文。後漢書二三竇融傳附竇憲：“南單于於漠北遺憲古鼎……銘曰：‘仲山甫鼎，其萬年子子孫孫永保用。’”

【保安】㊀保護使安全。漢書九九上王莽傳：“輔翼漢室，保安孝平皇帝之幼嗣。”㊁縣名。唐咸亨間，曾在此置左神策軍；貞元中，改爲永康鎮。宋爲保安軍，金改爲縣，復設州治。後廢州爲縣。見寰宇通志九八延安府保安縣。地在今陝西延安縣。㊂南詔段思廉（孝德帝）年號。公元1045年。

【保艾】保養使安全。艾，通“乂”。詩小雅南山有臺：“樂只君子，保艾爾後。”

【保全】保護使不受損失。漢書六四下賈捐之傳：“非所以救助飢饉，保全元元也。”

【保任】㊀負責。左傳襄二一年：“其子黶，不能保任其父之勞。”㊁擔保。舊唐書一〇一薛登傳：“漢法所舉之主，終生保任。”唐律，被保任的人如有罪，舉主按所任罪減二等處分。見唐律疏議二五保任不如所任。

【保赤】保養幼兒。書康誥：“若保赤子，惟民其康乂。”後來醫學書籍如明管橓編保赤全書二卷，清朱之榛輯刊保赤彙編，又中藥有保赤丹等，義皆本此。

【保佑】庇護，扶助。禮中庸：“受禄于天，保佑命之。”也作“保祐”。文選梁任彦昇（昉）齊竟陵文宣王行狀：“方憑保祐，永翼雍熙。”

【保定】㊀地名。1.府名。宋保州，元保定路，明改路爲府。清保定府領州二、縣十四，屬直隸省。府治在今河北保定市。見讀史方輿紀要十二直隸三。2.縣名。漢安定縣地，在今甘肅涇川縣北。唐宋改保定縣。金改縣爲涇州。參閲元和郡縣志三涇州保定縣、讀史方輿紀要五八陝西平涼府涇州。3.縣名。本涿州新鎮地。宋景德元年置保定軍，宣和中廢軍爲縣。舊治在今河北保定市境。見讀史方輿紀要十一直隸二順天府霸州。㊁年號。1.南北朝北周宇文邕（武帝）。公元561—565年。2.南詔段正明（保定帝）。公元1082年。

【保抱】抱持，撫養。保，同“褓”。書召誥：“夫知保抱攜持厥婦子。”

【保林】漢宫廷女官名，禄位相當於百石。見漢書九七上外戚傳序。晉書愍懷太子傳有太子保林蔣俊，爲太子宫女官。

【保固】㊀憑險固守。荀子富國：“境内之聚也保固，視可。”後漢書二六侯霸傳：“及王莽之敗，霸保固自守，卒全一郡。”㊁清代承辦官府建築工程，須立期保證安全，稱爲保固。在限期内如有損壞，由承包人負責賠修。見清會典七二工部營繕清吏司城垣。

【保持】保護扶持。漢王符潛夫論本政：“然後乃保持之。”文選三國魏嵇叔夜（康）與山巨源絶交書：“至爲禮法之士所繩，疾之如讎，幸賴大將軍保持之耳。”

【保重】注意保護身體健康。晉書夏侯湛傳抵疑：“方將保重嗇神，獨善其身。”宋歐陽修文忠集六七與尹師魯第一書：“秋寒矣，千萬保重。”

【保宫】漢少府的屬官。原名居室，武帝太初元年更名保宫。見漢書百官公卿表上、八八瑕丘江公傳。又五四蘇武傳李陵自稱“加以老母繫保宫”。乃指保宫下屬的官署，是拘禁犯罪官吏的監獄。

【保真】保全天真。楚辭屈原卜居：“寧超然高舉以保真乎？”淮南子氾論：“全性保真，不以物累形。”

【保息】安養蕃殖。息，生息，繁殖。周禮地官大司徒：“以保息六，養萬民：一曰慈幼，二曰養老，三曰振窮，四曰恤貧，五曰寬疾，六曰安富。”

【保庸】㊀酬賞有功的人。周禮天官大宰：“以八統詔王馭萬民，……五曰保庸。”疏：“保，安也；庸，功也；有功者上下俱賞之以禄，使心安也。”㊁傭工，僕役。同“保傭”。史記一一七司馬相如傳：“（相如）與保庸雜作，滌器於市中。”

【保辜】古刑律規定，凡打人致傷，官府立限，責令被告爲傷者治療。如傷者在期限内因傷致死，以死罪論；不死，以傷人論。叫“保辜”。急就篇四：“疻痏保辜謕呼號。”注：“保辜者，各隨其狀輕重，令毆者以日數保之，限内致死，則坐重辜也。”唐律疏義二一鬬訟一：“諸保辜者，手足毆傷人限十日，以他物毆傷人者二十日，以刃及湯火傷人者三十日，折跌支體及破骨者五十日。”古今雜劇元孫仲章勘頭巾一：“若是我家狗咬他，我便寫與你保辜文書；若不曾咬着，你便陪（賠）我水缸。”

【保傅】古代輔導天子和諸侯子弟的官員，統稱爲保傅。大戴禮保傅：“保，保其身體；傅，傅其德義。”戰國策秦三：“足下上畏太后之嚴，下惑姦臣之態，居深宫之中，不離保傅之手。”

【保結】清代官吏應選和童生應科舉考試時證明身份的憑證。又百姓對官府所提出的保證書，也叫保結。

【保靖】縣名。屬湖南省。宋置保靖州。明初，置保靖州安撫司。洪武六年，升爲軍民宣慰使司。清改爲縣。參閲讀史方輿紀要八二湖廣八保靖州軍民宣慰使司。

【保義】㊀唐李德裕任劍南節度使時，在二百户中選取一人，演習武藝戰陣，號稱雄邊子弟，精兵分爲五軍：名南燕、保義、保惠、兩河慕義、左右連弩。見新唐書一八〇李德裕傳。㊁宋武官階有保義郎，本爲右班殿直，政和二年改。見宋史職官志九。

【保寧】㊀安定。逸周書嘗麥解：“保寧爾國。”文苑英華三八〇唐蘇頲授薛稷中書侍郎制：“翼戴朕躬，保寧王室。”㊁遼耶律賢（景宗）年號。公元969—978年。

【保聚】聚衆保衛。左傳僖二六年：“及君即位，諸侯之望曰：‘其率桓之功。’我敝邑用不敢保聚。”

【保障】保護障蔽。左傳定十二年:"且成,孟氏之保障也;無成,是無孟氏也。"障也作"鄣"。國語晉九:"以爲繭絲乎?抑爲保鄣乎?"注:"保鄣,蔽捍也。"

【保衡】殷商相伊尹的尊號,即阿衡。書說命下:"昔先正保衡,作我先王。"又君奭:"在太甲,時則有若保衡。"傳:"伊尹爲保衡,言天下所取安,所取平。"

【保舉】舊時大臣舉薦人材,給朝廷任用,並爲其作保。如漢武帝置五經博士,後增至十四人,其舉狀末言"某官某甲保舉"。見後漢書三三朱浮傳"唯賢是登"注引漢官儀。三國志魏何夔傳:"又可修保舉故不以實之令,使有司別受其負。"後來多指大官舉薦屬員。清代對於保舉的名額、程序都有嚴格的規定。見清文獻通考五五選舉九。

【保釐】治理安定。書畢命:"命畢公保釐東郊。"

【保證】舊時書契文件上的保人證人。太平廣記四八四唐白行簡李娃傳:"乃邀立符契,署以保證。"

【保鏢】舊時的鏢局向客商收款後,負責派出會武術的鏢客,護送商旅,叫保鏢。兒女英雄傳三:"這人姓褚,人稱他是褚一官。他是一个保鏢的。"鏢亦作"鑣"。參見"鑣局"。

【保護】護衛。三國志蜀趙雲傳:"雲身抱弱子,即後主也;保護甘夫人,即後主母也"。

【保鑾】皇帝的衛士。皇帝的車駕叫鑾駕。舊五代史王彥章傳:"末帝急遣彥章領保鑾騎士數千,于東路守捉。"

【保叔塔】在杭州市西湖北岸寶石山上。相傳爲五代吳越王錢俶的宰相吳延爽所建,有九級,本名寶所塔,不久崩塌。宋咸平中僧人永保募捐重修,減爲七級。人稱永保爲師叔,因稱塔爲保叔塔。參閱元周密武林舊事五湖山勝概、明田汝成西湖遊覽志八北山勝迹。又說,本名保俶塔。相傳吳越國王錢俶降宋入朝,恐被拘留,因建塔以祈神保佑,稱保俶塔。見明朱國禎湧幢小品十四。

【保和殿】清宮三大殿之一。在北京紫禁城内中和殿後、乾清門前。明初建時稱謹身殿,又名建極殿。天啓五年重建。清順治二年改今名。雍正後,朝考新進士及每年除夕宴請外藩,都在此殿舉行。

【保馬法】即宋王安石於元豐七年推行的保甲養馬法。其制:朝廷設立畜馬監,責令京東京西兩路義勇保甲每都保(五百家)飼養官馬五十匹,京東限十年,京西限十五年養足。每匹給錢十千,並免去飼養者每年的徵役。每年檢查馬的肥瘦,有病死的要補償。哲宗即位後廢除。見宋史三二七王安石傳、文獻通考一六〇兵十二馬政。

【保章氏】古代官名,掌管觀測、記錄天象變異。周禮春官保章氏:"保章氏掌天星,以志星辰日月之變動,以觀天下之遷,辨其吉凶。"

【保母磚志】碑帖名。相傳爲晉王獻之書保母李如意墓志。宋嘉泰二年出土,宋樓鑰攻媿集四錢清王千里得王大令保母甎刻爲賦長句詩記出土經過甚詳。但宋趙彥衛雲麓漫鈔五列舉五證,指爲僞造。碑字爲行書,共十行,有缺損,今存戲鴻堂帖摹本。參閱清王昶金石萃編二五。

【保殘守缺】一味好古,死守着殘缺陳舊的東西不放。漢書三六劉歆傳移太常博士書:"信口說而背傳記,是末師而非往古,……猶欲保殘守缺,挾恐見破之私意,而無從善服義之公心。"今多作"抱殘守缺"。

俋 zhǐ yì 直立切,入,緝韻,澄。ㄓˇ ㄧˋ 集韻 乙及切,入,緝韻。

見下。

【俋俋】專心一意的樣子。莊子天地:"俋俋乎耕而不顧。"釋文:"李(頤)云:'耕貌。'一云:'耕人行貌。'又字林云:'勇壯貌。'"

促 cù 七玉切,入,燭韻,清。ㄘㄨˋ

㊀迫,近。見廣雅釋詁三。參見"促膝"。㊁縮減,短促。抱朴子廣譬:"大川不能促其涯以適速濟之情,五岳不能削其峻以副陟者之欲。"唐柳宗元柳先生集三封建論:"或者又曰:'夏、商、周、漢封建而延,秦郡邑而促。'尤非所謂知理者也。"㊂催促。古多作"趣"。史記陳涉世家:"趣趙兵亟入關。"索隱:"趣音促,謂催促也。"或作"趨"。荀子哀公:"趨駕召顏淵。"注:"趨讀爲促,速也。"

【促中】氣量狹窄。文選三國魏嵇叔夜(康)與山巨源絕交書:"以促中小心之性,統此九患,不有外難,當有內病,寧可久處人間邪?"

【促曲】節奏急促的樂曲。唐李匡乂資暇集下三臺:"今之䜿[催]酒三十拍促曲,名三臺何?或曰,昔鄴中有三臺,石季倫(崇)常爲游宴之地,樂工倦怠,造此以促飲也。"也叫"促拍"。古三臺曲是促曲的一種。參見"三臺㊃"、"促拍"。

【促坐】迫近而坐。史記一二六淳于髡傳:"日暮酒闌,合尊促坐。"

【促拍】唐宋曲子詞的一種,爲節奏急促的樂曲。也稱急曲子。宋張表臣珊瑚鉤詩話二:"樂部中有促拍摧酒,謂之三臺。"促拍曲歌詞的字數比常調多,如采桑子通常是四十四字,而促拍采桑子多至五十六或六十二字。

【促刺】不安寧。樂府詩集九一唐王建促促詞:"促促復刺刺,水中無魚山無石。"唐六名家集王建詩二作促刺詞,首句作"促刺復促刺"。

【促柱】急絃。文選晉左太沖(思)蜀都賦:"巴姬彈弦,漢女擊節;起西音於促柱,歌江上之飆厲。"

【促促】㊀短促,匆匆。藝文類聚四五魏文帝蒼舒誄:"促促百年,亹亹行暮。"㊁小心謹慎的樣子。同"娖娖"。唐韓愈昌黎集十二進學解:"踵常途之促促,窺陳編以盜竊。"參見"娖娖"。

【促席】古人席地而坐,座位靠近叫促席。文選晉左太沖(思)蜀都賦:"合樽促席,引滿相罰。"唐張銑注:"酒將闌,故合并其樽,促近其席。"

【促狹】㊀氣量狹小,性情急躁。三國志魏袁紹傳:"(顏)良性促狹,雖驍勇不可獨任。"㊁刁鑽刻薄,愛捉弄人。紅樓夢四二:"更有顰兒這促狹嘴。"元曲中作"促恰","促掐"。元曲選缺名桃花女三:"桃花女,你好促恰也!"古今雜劇元武漢臣生金閣三:"我把你箇促掐的弟子孩兒,釃這麼滚湯般熱酒來盪[燙]我,把我的脣都盪[燙]了。"

【促裝】急忙治理行裝。文選南朝宋謝靈運初去郡詩:"恭承古人意,促裝反柴荆。"一本作"俶裝"。又梁孔德璋(稚珪)北山移文:"今又促裝下邑,浪拽上京。"

【促節】樂調高而急促。文選晉陸士衡(機)擬古詩擬東城一何高:"長歌赴促節,哀響逐高徽。"

【促管】管,笛。笛聲急促,故稱笛爲促管。文選南朝宋謝靈運道路憶山中詩:"殷勤訴危柱,慷慨命促管。"

【促膝】古人席地或據榻相對近坐時,膝與膝挨近。抱朴子疾謬:"促膝之狹坐,交杯觴於咫尺。"藝文類聚二九梁何遜從鎮江州與故遊別詩:"相悲各罷酒,何時更促膝。"

【促織】蟋蟀的別名。文選古詩十九首:"明月皎夜光,促織鳴東壁。"晉崔豹古今注中魚蟲:"促織,一名投機,謂其聲如急織也。"也作"趨織"、"趣織"。

【促鱗】小魚。文選晉張景陽(協)七命:"何異促鱗之游汀濘,短羽之棲翳薈。"後因稱小魚小鳥爲促鱗短羽。

俁 yǔ 虞矩切,上,麌韻,疑。ㄩˇ

大。見下。

【俁俁】魁偉貌。詩邶風簡兮:"碩人俁俁,公庭萬舞。"傳:"俁俁,容貌大也。"釋文引韓詩作"扈扈"。

修 xiū 息流切,平,尤韻,心。ㄒㄧㄡ

㊀裝飾,整治。說文:"修,飾也。从彡,攸聲。"修爲裝飾,脩爲肉脯,本爲兩個字。自漢隸兩字已互混,在古籍中經常通用。楚辭屈原九歌湘君:"美要眇兮宜脩(修),沛吾乘兮桂舟。"書禹貢:"四海會同,六府孔修。"㊁長,高。詩小雅六月:"四牡修廣,其大有顒。"戰國策齊一:"鄒忌脩(修)八尺有餘。"引申爲善、美好。參見"修名"。㊂學習,遵循。禮學記:"君子之於學也,藏焉、脩(修)焉。"注:"脩,習也。"㊃著作,撰寫。晉杜預春秋經傳集解序:"非聖人所修之要故也。"㊄月在丙(東南偏南)稱修。見爾雅釋天。參見"月陽"。㊅姓。舊唐書西戎傳有修鮮。

【修士】操行純潔的人。荀子君道:"使修士行之,則與汙邪之人疑之。"韓非子孤憤:"人臣之欲得官者,其修士且以精絜固身,其智士且以治辯進業。"注:"修士,謂修身之士。"

【修己】㊀自修其身。論語憲問:"修己以敬。"又:"修己以安人。"㊁古代傳說大禹的母親。一作修巳。見三國志蜀秦宓傳注引帝王世紀。

【修文】㊀興修文教。書武成:"王來自商,至于豐,乃偃武修文,歸馬于華山之陽,放牛于桃林之野。"㊁舊稱文人早死爲修文。唐杜甫杜工部詩史補遺九哭李常侍嶧:"一代風流盡,修文地下深。"詳"地下修文"。

【修水】水名。1.山海經北山經:"梁渠之山,無草木,多金玉,修水出焉。"即漢書地理志下代郡且如縣的于延水,爲今山西天鎮縣北東洋河。2.在江西修水縣。源出幕阜山,以其流長而達章江而名,縣以水爲名。參閱讀史方輿紀要八四江西二寧州。

【修月】古代民間故事。稱月由七寶合成,人間常有八萬二千戶給它修治。見唐段成式酉陽雜俎前集一天咫。宋蘇軾分類東坡詩一正月一日雪中過淮謁客回作之一:"從來修月手,合在廣寒宮。"

【修正】㊀善良正派。漢書五一賈山傳:"求修正之士使直諫。"㊁改變調整。宋書樂志一:"初,荀勖既以新律造二舞,又改修正鐘磬。"

【修古】指遵循古制。商君書更法:"湯武之王也,不修古而興。"韓非子五蠹:"是以聖人不期修古,不法常可。"

【修竹】長竹。晉書王羲之傳蘭亭集序:"此地有崇山峻嶺,茂林修竹,又有清流激湍,映帶左右。"

【修名】㊀盛美的名聲。楚辭屈原離騷:"老冉冉其將至兮,恐修名之不立。"㊁正名分。國語周上:"有不貢則修名。"注:"名,謂尊卑職貢之名號也。"

【修好】重歸和好。左傳成九年:"楚子使公子辰如晉,報鍾儀之使,請脩好結成。"

【修多】修多羅的省稱。文苑英華八五〇北周庾信陝州弘農郡五張寺經藏碑:"蓋聞如來說法,……豈直優波提舍,袛夜修多而已哉!"詳"修多羅"。

【修行】㊀修身實踐。莊子大宗師:"修行无有,而外其形骸。"淮南子詮言:"君子修行而使善無名。"㊁佛教叫出家爲修行。晉書鳩摩羅什傳:"爲性率達,不拘小檢,修行者頗共疑之。"

【修身】修養身心。易復:"象曰:'不遠之復,以脩(修)身也。'"莊子山木:"子其意者飾智以驚愚,修身以明汙,昭昭乎如揭日月而行,故不免也。"修身爲儒家宣揚的教育八條目之一。參閱禮大學。

【修武】地名。1.殷甯邑。韓詩外傳三說武王伐紂,於此駐兵,改名爲寧武。應劭、徐廣、王隱都說周代時本名南陽,至秦始皇時,纔改名修武。漢屬河內郡。見水經注九清水。隋改爲獲嘉縣。故城在河南獲嘉縣。2.漢山陽縣。北齊移修武縣於此。隋廢,唐武德二年復置,今并入河南焦作市。參閱寰宇通志八九懷慶府修武縣。

【修刺】置備名片,作通報姓名之用。三國志吳步騭傳:"騭與(衛)旌……乃共修刺奉瓜,以獻征羌。"征羌,指征羌令焦矯。後漢書八三井丹傳:"性清高,未嘗修刺候人。"

【修明】㊀整飭清明。韓詩外傳五:"禮義修明,則君子懷之。"㊁戰國越女名。詳"夷光"。

【修和】謀求和好。書君奭:"惟文王尚克修和我有夏。"晉書慕容超載記:"可遣將命,降號修和。"

【修訂】著作刊行後,重加改正補充。宋朱熹朱文公文集四九答滕德章書:"熹舊所爲書,近加修訂,稍有條理。"

【修省】修身反省。易震:"君子以恐懼修省。"

【修怨】報怨。左傳哀元年:"及夫差克越,乃脩先君之怨。……吳侵陳,脩舊怨也。"注:"傳言,吳不脩德,而脩怨,所以亡。"

【修姱】潔美。楚辭屈原離騷:"余雖好修姱以鞿羈兮,謇朝誶而夕替。"也作"修嫮"。漢書九七上孝武李夫人傳:"美連娟以修嫮兮,命樔絕而不長。"

【修容】㊀修飾儀表。禮檀弓下:"曾子與子貢入於其廐而修容焉。"注:"更莊飾。"㊁三國魏宮內女官名。南朝宋改爲昭容,至隋仍置修容,爲九嬪之一。參閱宋書后妃傳。

【修書】㊀寫信。世說新語雅量:"修書累紙,意寄殷勤。"㊁著作撰寫。唐開元七年置修書使,十三年以爲集賢書院學士。見唐六典九集賢殿書院。

【修修】㊀端正、整齊貌。荀子儒效:"修修兮其用統類之行也。"㊁象聲詞,形容風聲。唐白居易長慶集十舟中雨夜詩:"江雲闇悠悠,江風冷修修。"

【修能】卓越的才能。一說能同"態",美好的姿態。楚辭屈原離騷:"紛吾既有此內美兮,又重之以脩能。"漢王逸注稱修能爲"絕遠之能"。脩,一本作"修"。

【修理】㊀美善有條理。漢書八三薛宣傳谷永疏:"竊見少府宣……爲左馮翊,崇教養善,威德並行,衆職修理,姦軌絕息。"㊁整治。後漢書光武紀下:"修理長安高廟。"清惠棟補注一:"理本治字,避諱改焉。"唐高宗名治,故諱治。

【修習】講求,熟習。漢書六九趙充國辛慶忌傳贊:"山西天水、隴西、安定北地處勢迫近羌胡,民俗修習戰備,高上勇力鞍馬騎射,……其風聲氣俗,自古而然。"

【修景】指夏至後,日影漸長。文選晉潘安仁(岳)在懷縣作詩之一:"南陸迎修景,朱明送末垂。"

【修偉】指身材魁梧高大。南史袁湛傳附袁昂:"昂容質修偉,冠絕人倫。"

【修辟】魚名。山海經中山經:"其中(橐水)多修辟之魚,狀如黽而白喙,其音如鴟,食之已白癬。"

【修業】㊀推廣、擴大事業。易乾:"君子進德脩業。"㊁古稱書版爲業,因此把寫作叫修業。管子宙合:"修業不息版。"清宋翔鳳管子識誤:"古人寫書用方版,爾雅(釋器):'大版謂之業',故書版亦謂之業。"㊁經營產業。史記一二九貨殖傳:"後年衰老而聽子孫,子孫修業而息之,遂至巨萬。"

【修禊】古代民俗於農曆三月上旬的巳日(魏以後固定爲三月初三),到水邊嬉遊採蘭,以驅除不祥,稱爲修禊。世說新語企羨注引晉王羲之臨河敘:"暮春之初,會于會稽山陰之蘭亭,脩禊事也。"脩,通"修"。

【修飾】㊀整理修改。論語憲問:"爲命,裨諶草創之,世叔討論之,行人子羽修飾之,東里子產潤色之。"指文字的修改潤飾。楚辭屈原九辯:"今脩飾而窺鏡兮。"指人的修飾裝扮。荀子君道:"其所爲身也,謹修飾而不危。"指品德的修養。㊁指搞形式、門面。三國志蜀蔣琬傳:"蔣琬,社稷之器,非百里之才也。其爲政以安民爲本,不以脩飾爲先。"

【修養】儒家指通過內心反省,培養完善的人格。宋朱熹近思錄二爲學引程頤:"修養之所以引年,……皆工夫到這裏,則有此應。"

【修撰】㊀編纂。北史序傳:"不揆愚固,私爲修撰。"㊁官名。唐代史館、宋代翰林學士院,都有修撰官,掌修國史。元時張起巖以進士第一名特授集賢院修撰,明清科舉制度沿襲此制,進士試一甲第一名(狀元)即授翰林院修撰。明制,翰林院修撰、編修、檢討,列爲史官,故俗稱太史。自狀元例授修撰一職以後,又稱狀元爲殿撰。參閱新唐書百官志二、清文獻通考八三職官七史官。

【修學】研習學業。史記一二一董仲舒傳:"終不治產業,以修學著書爲事。"漢書一〇〇敘傳下:"皃生(寬)亹亹,束髮修學。"

【修齋】會集僧徒,供應齋食,使他們作佛事,叫做修齋。全唐詩六九二杜荀鶴登靈山水閣貽釣者:"江上見僧誰是了,修齋補衲日勞身。"

【修謍】指琴聲的和諧優美。淮南子修務:"山桐之琴,澗梓之腹,雖鳴廉修謍唐牙,莫之鼓也。"注:"修謍,音清涼,聲和調。"參閱清王念孫廣雅疏證釋樂。

【修靡】漢女官名。漢書五三廣川惠王傳:"幸姬陶望卿爲修靡夫人,主繒帛。"

【修羅】阿修羅的省稱。詳"阿修羅"。

【修辭】修飾辭句。易乾:"修辭立其誠,所以居業也。"

【修齡】長壽。三國魏阮籍阮步兵集詠懷詩之三九:"修齡適余願,光寵非己威。"又四十:"列仙停修齡,養志在沖虛。"

【修纖】細而長。宋王安石臨川集十二和平甫舟中望九華山詩之一:"盤根雖巨壯,其末乃修纖。"

【修文館】唐武德四年於門下省置修文館,九年改爲弘文館。詳"弘文館"。

【修內司】宋代官名。屬將作監。主管宮城太廟的繕修事宜。見宋史職官志五。

【修羊公】仙人名。見列仙傳上。藝文類聚六五隋江總玄圃石室銘:"地云正域,道示修羊。"

【修多羅】梵語音譯。即佛教經典。唐李師政法門名義集理教品十二部經:"修多羅者是一切本經一切論法,從如是我聞至歡喜奉行,無問卷數多少,皆言修多羅。"省稱"修多"。

【修宮錢】東漢於常稅外所另立的一種雜稅名目。起於靈帝中平二年,除畝稅加十錢外,凡茂才孝廉和官吏遷升,皆須出修宮錢。見後漢書七八張讓傳、五七劉陶傳。

【修修利】佛教咒言有修修利、修多利等語。佛咒譯音,義不可解,稱誦咒可以消除口過。金元好問遺山先生文集十一題山谷小豔詩:"只消一句修修利,李下何妨也整冠。"

【修閭氏】周代掌管王城里門的官員。主管宿衛、擊更、戒備等事。周禮秋官修閭氏:"修閭氏掌比國中宿互㯳者,與其國粥,因比其追胥者而賞罰之。"注:"國中,城中也。粥,養也。國所游養,謂羡卒也。追,逐寇也。"參閱孫詒讓正義二十修閭氏。

【修簫譜】劇曲名。全稱瓶笙館修簫譜。清舒位撰。仿明徐渭四聲猿體例,共四折,每折演一事。四折名:卓女當壚,演卓文君事;博望訪星,演張騫事;樊姬梳髻,演樊姬述趙飛燕事;酉陽修月,演吳剛事。

【修飾邊幅】修整外貌。詳"不修邊幅"。

【修辭鑑衡】元王構編。二卷,上卷論詩,下卷論文。採集宋人詩話、筆記、文集中的雜文編成。其中所引如詩文發源、詩憲、蒲氏漫齋錄等,原書都已亡佚,賴此得以保存。

俘 fú ㄈㄨˊ 芳無切,平,虞韻,滂。

㊀虜獲。書湯誓:"俘厥寶玉。"參見"俘馘"。㊁俘虜。左傳襄二五年:"數俘而出。"

【俘虜】㊀戰爭中活捉的敵人。周書武帝紀上建德元年:"詔江陵所獲俘虜充官口者,悉免爲民。"㊁戰爭中爲敵人所俘、或被俘的人。古文苑八三國魏王粲七哀詩:"子弟多俘虜,哭泣無已時。"樂府詩集二五橫吹曲辭古辭隔谷歌:"先爲俘虜受困辱,骨露力疲食不足。"

【俘馘】俘,被活捉的敵人;馘,從敵屍上割下來的左耳。合指被殲之敵。左傳僖二二年:"鄭文公夫人芊氏、姜氏勞楚子於柯澤,楚子使師縉示之俘馘。"注:"俘,所得囚;馘,所截耳。"說文引"馘"作"聝"。

侳 1. zuò ㄗㄨㄛˋ 則卧切,去,過韻,精。ㄗㄨㄛ 子䑯切,平,戈韻,精。

㊀安。見說文人部。

2. cuò ㄘㄨㄛˋ

㊁羞辱。通"剉"。淮南子說山:"故君子不入獄,爲其傷恩也;不入市,爲其侳廉也。"注:"侳,辱也。"

俆 1. xú ㄒㄩˊ 似魚切,平,魚韻,邪。

㊀遲緩。見廣雅釋詁四。音義與"徐"略同,古經傳多寫作"徐"。

2. shū ㄕㄨ 集韻 商居切,平,魚韻。

㊁見"俆₂州"。

【俆₂州】古薛國。今山東滕縣東南有薛縣故城,即古薛國。史記齊太公世家:"田常執簡公于俆州。"索隱:"俆音舒,其字從人,左氏作'舒'……說文作郐,郐在薛縣。"

俙 xī ㄒㄧ 香衣切,平,微韻,曉。ㄒㄧˇ 虛豈切,上,尾韻,曉。

㊀當面對質。見說文。㊁感動。文選漢司馬長卿(相如)封禪文:"於是天子俙然改容,曰:'俞乎! 朕其試哉。'"俙,或作"沛"。見漢書五七上司馬相如傳、文選注。㊂見"依俙"。

侻 1. tuō ㄊㄨㄛ 他括切,入,末韻,透。

㊀簡易。淮南子本經:"其言略而盡理,其行侻而順情。"參見"通侻"。㊁符合。漢揚雄法言君子:"或曰:孫卿非數家之書,侻也。"

2. tuì ㄊㄨㄟˋ

㊂合適。文選戰國楚宋玉神女賦:"嫷被服,侻薄裝。"注:"說文曰:'侻,好也。'與娧同。……又,侻,可也。言薄裝正相堪可。"

【侻火】極中內當。三國志蜀彭羕傳

諸葛亮書:"意存感激,頗以被酒,俔失老語,此僕之下愚薄慮所致,主公實未老也。"老,指彭羕罵劉備爲"老革荒悖"。

【俔陋】醜陋。新唐書一九六陸羽傳:"貌俔陋,口吃而辯。"

俗 sú ㄙㄨˊ 似足切,入,燭韻,邪。

㊀習俗,風氣。書君陳:"敗常亂俗。"史記八七李斯傳:"孝公用商鞅之法,移風易俗。"㊁庸俗,凡庸。與高雅相對。商君書更法:"論至德者不和於俗。"㊂佛教稱世間或在家爲俗,與出家爲僧相對。宋書徐堪之傳:"時有沙門釋惠休,……世祖命使還俗。"

【俗人】㊀平庸的人。荀子儒效:"不學問,無正義,以富利爲隆,是俗人者也。"㊁佛教指未出家的世俗之人,與"僧侶"相對。

【俗士】見識淺陋的鄙俗的人。三國志蜀諸葛亮傳注引襄陽記:"儒生俗士,豈識時務?識時務者,在乎俊傑。"魏晉以後,文人以隱逸,超脱現實爲"清高",故又稱熱中於功名的人爲俗士。文選南朝齊孔德璋(稚圭)北山移文:"請迴俗士駕,爲君謝逋客。"

【俗文】唐代解釋佛經的説唱文。由詩歌和散文組合而成,串解佛經經文。如敦煌石室遺書中有佛本行集經俗文、八相成道經俗文、維摩詰經俗文等。參閱"變文"。

【俗父】㊀平庸之父。漢王充論衡四諱:"夫田嬰俗父,而田文雅子也。"㊁僧徒稱生父爲俗父。宋劉克莊後村集九九題跋輝上人攜其父所作偈求跋:"學佛者,以師爲父,以父爲俗父。"

【俗本】通行於民間的書籍版本。北齊顏之推顏氏家訓書證:"左傳爲魚麗之陳,俗本多作阜傍。"

【俗目】平庸的眼力。比喻淺薄的見識。宋韓琦安陽集一和袁陟節推龍興寺芍藥詩:"不論姚花與魏花,只供俗目陪妖姹。"

【俗字】在民間流行的異體字,別於正體字而言。北齊顏之推顏氏家訓雜藝:"晉宋以來多能書者,故其時俗,遞相染尚,所有部帙,楷正可觀,不無俗字,非爲大損。"

【俗吏】平庸無能的官吏。漢書四八賈誼傳陳政事疏:"夫移風易俗,使天下回心而鄉道,類非俗吏之所能爲也。俗吏之所務,在于刀筆筐篋,而不知大體。"

【俗耳】流俗之耳,比喻生活瑣屑的聽聞。唐韓愈昌黎集四縣齋讀書詩:"哀狖醒俗耳,清泉潔塵襟。"

【俗忌】世俗所忌諱的事。宋書王鎮惡傳:"鎮惡以五月五日生,家人以俗忌,欲令出繼疎宗。"

【俗尚】時世的風尚。唐韓愈昌黎集十七與馮宿論文書:"然閔其棄俗尚而從於寂寞之道,以之争名於時也。"

【俗氛】俗氣。宋惠洪冷齋夜話四滿城風雨近重陽:"秋來景物,件件是佳句,恨爲俗氛所蔽翳。"

【俗物】魏晉時名士以脱離世務爲清高,常以俗物罵同自己不相合的人。世説新語排調:"嵇(康)阮(籍)山(濤)劉(伶)在竹林酣飲,王戎後往,步兵曰:'俗物已復來,敗人意!'"阮籍官步兵校尉,人稱阮步兵。

【俗姓】僧徒稱出家前的本姓。唐道宣續高僧傳三唐京師清禪寺沙門釋慧賾傳:"釋慧賾,俗姓李,荆州江陵人。"

【俗客】㊀凡俗的客人。唐杜甫杜工部草堂詩箋三二解悶之五:"一飯未曾延俗客,數篇今見古人詩。"㊁舊時評定花品,有將棠棣稱爲俗客的,見宋姚寬西溪叢話上;有將李花稱爲俗客的,見宋程棨三柳軒雜識花客。

【俗流】庸俗之人。唐韓愈昌黎集二薦士詩:"俗流知者誰,指注競嘲傲。"

【俗家】僧人出家前的本家。唐段成式酉陽雜俎續集二支諾皋中:"上都青龍寺僧契宗,俗家在樊川。"

【俗書】㊀風格不高的書法。唐韓愈昌黎集五石鼓歌詩:"羲之俗書趁姿媚,數紙尚可博白鵝。"宋王得臣麈史中書畫:"王右軍書多不講偏旁,此退之所謂羲之俗書趁姿媚者也。"㊁民間通行的字體。參見"俗書刊誤"。

【俗套】世俗的陳規陋習。儒林外史四八:"我和你只論好兄弟,不必拘這些俗套。"紅樓夢二:"何得賈府亦落此俗套?"

【俗骨】庸俗的氣質。全唐詩七〇一王貞白寄天台葉尊師:"念予無俗骨,頻與鶴書招。"

【俗眼】世俗的眼光,淺薄的見識。唐杜甫杜工部草堂詩箋二十丹青引贈曹將軍霸:"途窮反遭俗眼白,世上未有如公貧。"

【俗累】生活瑣事。莊子天下:"不累於俗,不飾於物。"樂府詩集四一梁沈約東武吟行:"霄轡一永矣,俗累從此休。"

【俗説】通俗流行的説法,與雅言相對。漢書刑法志:"孫卿之言既然,又因俗説而論之。"

【俗語】約定俗成、廣泛流行的定型的語句。漢書五一路温舒傳:"故俗語曰:畫地爲獄議不入,刻木爲吏期不對。"隋書經籍志一小學類著録王劭俗語難字一卷。

【俗塵】比喻人世間的煩惱牽累。全唐詩一唐太宗謁并州大興國寺:"對此留餘想,超然離俗塵。"

【俗緣】㊀指世俗的人事關係。唐韓愈昌黎集六華山女詩:"仙梯難攀俗緣重,浪憑青鳥通丁寧。"㊁同"俗姓"。唐道宣續高僧傳二釋彦琮傳:"釋彦琮,俗緣李氏,趙郡栢人也。"參見"俗姓"。

【俗樂】民間音樂,與"雅樂"相對。孟子梁惠王下:"寡人非能好先王之樂也,直好世俗之樂耳。"注:"謂鄭聲也。"隋唐前雅俗之樂不分,官廷宴樂也有用俗樂的。至隋文帝始分雅俗二部。唐玄宗時設置左右教坊以管理俗樂,並在梨園教練俗樂樂工。唐時俗樂有二十八調,與雅樂同隸太常。參閱文獻通考樂考一九俗樂部。

【俗諦】佛教名詞,指世俗的道理,對真諦而言。見大乘義章一。參見"二諦"。

【俗儒】淺陋迂腐的儒生。與"大儒"、"通儒"相對。荀子儒效:"呼先王以欺愚者而求衣食焉,得委積足以揜其口,則揚揚如也,隨其長子,事其便辟,舉其上客,億然若終身之虜而不敢有他志,是俗儒者也。"唐李白李太白詩二一登廣武古戰場懷古詩:"撥亂屬豪聖,俗儒安可通。"

【俗學】世俗流行的學問。莊子繕性:"繕性於俗,俗學以求復其初。"魏書江式傳:"篆形謬錯,隸體失真,俗學鄙習,復加虛巧。"

【俗講】唐時僧徒取佛經中故事編成詩文合體的通俗作品,用以説唱講解,宣傳教義。宣講的人叫俗講僧,宣講的底本就是變文。唐段安節樂府雜録文敍子:"長慶中,俗講僧文敍善吟經,其聲宛暢,感動里人。"參見"變文"。

【俗不可醫】俗氣太深,不可救藥。宋蘇軾分類東坡詩十三於潛僧緑筠軒:"人瘦尚可肥,士俗不可醫。"

【俗書刊誤】明焦竑著。十二卷。前四卷按四聲分類,刊正譌字;五卷考字義;六卷考駢字;七卷考字源;八、九卷考音同字異;十卷考字同音異;十一卷考俗字;十二卷考字形疑似。辨訂相當詳明。

侹 tǐng 他鼎切,上,迥韻,透。
ㄊㄧㄥˇ 他定切,去,徑韻,透。

㊀平直。漢服虔通俗文:"平直曰侹。"引申爲長的樣子。見"侹侹"。㊁代替。方言三:"侹、更、佚,代也。齊曰佚,江淮陳楚之間曰侹。"

【侹侹】長貌。唐韓愈昌黎集二答張徹詩:"石梁平侹侹,沙水光泠泠。"

俈 kù ㄎㄨˋ

帝嚳。俈,同"嚳"。管子侈靡、史記三代世表、武梁祠畫像,帝嚳都作"俈"。

俄 é 五何切,平,歌韻,疑。ㄜˊ

㊀傾側,歪貌。詩小雅賓之初筵:"側弁之俄,屢舞傞傞。"㊁不久,瞬間。公羊傳桓二年:"至乎地之與人,則不然,俄而可以爲其有矣。"周書庾信傳:"俄拜洛州刺史。"

【俄且】卽將。荀子榮辱:"告之示之,……則夫塞者俄且通也,陋者俄且僩也,愚者俄且知也。"

【俄刻】不久,頃刻。南齊書竟陵王(蕭)子良傳:"其次絳縹寸紙,一日數至;徵村切里,俄刻十催。"

【俄頃】一會兒,頃刻。文選晉郭景純(璞)江賦:"倏忽數百,千里俄頃。"初學記一晉湛方生風賦:"雖宇宙之宏遠,倏俄頃而屢經。"

【俄旋】片時。明湯顯祖還魂記幽媾:"怕桃源路徑行來詫,再得俄旋試認他。"

【俄然】突然。莊子齊物論:"昔者莊周夢爲胡蝶,栩栩然胡蝶也。自喻適志與,不知周也。俄然覺,則蘧蘧然周也。"

【俄爾】同"俄而"。忽然,頃刻。晉書五行志下馬禍:"石季龍在鄴,有一馬尾有燒狀,入其中陽門,出顯陽門,……俄爾不見。"

俐 lì 字彙 力至切,音利。ㄌㄧˋ

見"伶俐"。

侮 wǔ 文甫切,上,麌韻,明。ㄨˇ

㊀輕慢。書說命中:"無啓寵納侮。"㊁欺負,凌辱。詩大雅烝民:"不侮矜寡,不畏彊禦。"㊂漢時方言對奴婢的蔑稱。方言三:"臧、甬、侮、獲,奴婢賤稱也。"又:"秦晉之間罵奴婢曰侮。"㊃用手捫住。通"捂"、"搗"。西游記七四:"那大聖雙手侮着眼,正自揉搓流涕,只聽得爐火聲響。"

【侮文】舞文弄墨,歪曲文字的原意,特指歪曲法令條文。同"舞文"。梁書武帝紀下:"侮文弄法,因事生姦。"

【侮食】文選南齊王元長(融)三月三日曲水詩序:"侮食來王,左言入侍。"注:"古本作晦食。周書曰:'東越侮食。'"今逸周書王會作"東越海⿱合黽"。清盧文弨說,侮食是"海⿱合黽"的錯別字。⿱合黽,卽蛤,海蛤指南方食蛤的人。

【侮辱】輕侮羞辱。荀子樂論:"故禮樂廢而邪音起者,危削侮辱之本也。"

【侮笑】侮辱譏笑。唐韓愈昌黎集二送劉師服詩:"低頭受侮笑,隱忍硉兀冤。"

【侮慢】輕侮傲慢。書大禹謨:"侮慢自賢,反道敗德。"

【侮蔑】輕慢。史記周紀:"殄廢先王明德,侮蔑神祇不祀。"後凡對人欺凌侮辱,皆稱侮蔑。

俛 1. miǎn 亡辨切,上,獮韻,明。ㄇㄧㄢˇ

㊀低頭。左傳成二年:"韓厥俛定其右。"注:"俛,俯也。"釋文:"俛音勉。"㊁勤勞貌。通"勉"。禮表記:"俛焉日有孳孳。"文選晉陸士衡(機)文賦:"在有無而僶俛,當淺深而不讓。"

2. fǔ 集韻 匪父切,上,噳韻。ㄈㄨˇ

㊂同"俯"。

【俛詘】冤屈。史記八四屈原傳懷沙賦:"撫情效志兮,俛詘以自抑。"楚辭屈原懷沙作"冤屈而自抑。"

【俛₂僂】背脊彎曲。漢書六六蔡義傳:"(義)年八十餘,……行步俛僂,常兩吏扶夾迺能行。"注:"俛卽俯字也。僂,曲背也。僂音力主反。"

【俛₂首帖耳】馴服聽命。唐韓愈昌黎集十八應科目時與人書:"若俛首帖耳,搖尾而乞憐者,非我之志也。"帖也作"貼"。

【俛₂拾地芥】比喻極易得到。漢書八八夏侯勝傳:"勝每講授,常謂諸生曰:'士病不明經術,經術苟明,其取青紫如俛拾地芥耳。'"青紫,卿大夫的服飾。

㑗 shēn 失人切,平,真韻,審。ㄕㄣ

懷孕。見廣雅釋詁四。

俇 1. guàng 求往切,上,養韻,羣。ㄍㄨㄤˋ

㊀見"俇俇"。

2. kuāng ㄎㄨㄤ

㊁見"俇₂攘"。

【俇俇】惶恐,心神不定。楚辭漢劉向九歎思古:"魂俇俇而南行兮,泣霑襟而濡袂。"

【俇₂攘】紛擾不安。楚辭宋玉九辯:"悼余生之不時兮,逢此世之俇攘。"注:"卒遇譖讒而遽惶也。"文選唐張銑注:"俇攘,憂懼貌。"亦作恇勷。參見"劻勷"。

係 xì 古詣切,去,霽韻,見。
ㄒㄧˋ 集韻 胡計切,去,霽韻。

㊀束縛,綑綁。易坎:"係用徽纆。"左傳僖二五年:"秦人過析限,入而係輿人。"㊁繼續,連結。易隨:"六二,係小子,失丈夫。"爾雅釋詁:"係,繼也。"㊂是。水滸三:"捕捉打死鄭屠犯人魯達,卽係經略府提轄。"

【係仰】係念仰慕。文選漢楊德祖(修)答臨淄侯牋:"不待數日,若彌年載,豈由愛顧之隆,使係仰之情深邪?"

【係累】綑綁,拘囚。墨子天志下:"民之格者勁拔之,不格者係累而歸。"孟子梁惠王下:"若殺其父兄,係累其子弟,……如之何其可也。"又作"係壘"、"係縲"。荀子大略:"氐羌之虜也,不憂其係壘也,而憂其不焚也。"

【係虜】俘虜,被俘。戰國策秦四:"父子老弱係虜,相隨於路。"史記高祖紀漢二年:"齊皆降楚,楚因焚燒其城郭,係虜其子女,齊人叛之。"

【係嗣】繼嗣,傳種接代。後漢書五三姜肱傳:"以係嗣當立,乃遜往就室。"

【係瑣】用鎖索綑綁。漢書九六下西域傳:"因收(魏)和意、(任)昌,係瑣,從尉犂檻車至長安,斬之。"

【係紲】用長繩綑縛。漢賈誼新書階級:"束縛之,係紲之。"漢書四八賈誼傳作"係緤"。

【係頸】用繩套在頸上,表示伏罪投降。史記秦始皇紀論引漢賈誼:"百粤之君,俛首係頸,委命下吏。"又高祖紀漢元年:"秦王子嬰素車白馬,係頸以組。"

【係蹄】捕獸工具。有繩,野獸踏在上面,就被繩纏牢套住。戰國策趙三:"人有置係蹄者而得虎,虎怒決蹯而去。"鮑彪注:"用繩以繫獸蹄。"

【係踵】接踵而至。三國志吳虞翻傳"歸葬舊墓,妻子得還"注引會稽典錄:"海嶽精液,善生俊異,是以忠臣係踵,孝子連閭。"

【係臂】手鐲之類的飾物。急就篇三:"係臂琅玕虎魄龍。"注:"言以虎魄爲龍,并取琅玕係著臂肘,取其媚好,且珍貴也。"

【係獲】俘虜,俘獲。漢桓寬鹽鐵論本議:

"先帝哀邊人之久患，苦爲虜所係獲也，故修障塞，飭烽燧，屯戍以備之。"

【係纍】同"係累"。呂氏春秋義賞："不憂其係纍，而憂其死不焚也。"楚辭漢王逸九思傷時："覽往昔兮俊彥，亦詘辱兮係纍。"

【係羈】束缚，羈絆。莊子馬蹄："是故禽獸可係羈而遊，鳥鵲之巢可攀援而闚。"

【係風捕景】比喻事情不可能作到，或議論缺乏根據。"景"同"影"。漢書郊祀志下谷永對："聽其言，洋洋滿耳，若將可遇；求之盪盪，如係風捕景，終不可得。"也作"繫風捕影"。水經注三九贛水引雷次宗云："此乃繫風捕影之論。"後多作"捕風捉影"。參見"捕風捉影"。

俊 jùn ㄐㄩㄣˋ 子峻切，去，稕韻，精。

㊀才智出衆。楚辭屈原九章懷沙："非俊疑傑兮，固庸態也。"注："千人才爲俊。"㊁大。通"陖"。見"俊風"。㊂美。元曲選喬夢符(吉)揚州夢三："端詳着龐兒俊，思量着口兒甜，怎肯教意兒差。"㊃通"峻"。見"俊德"。

【俊人】才智特出的人。隋王通中說天地："或問蘇綽。子曰：'俊人也。'"

【俊乂】德高望重的老人。書皐陶謨："俊乂在官。"漢書八五谷永傳引書作"俊艾"。又通稱賢德之人爲俊乂。史記一一二主父偃傳："上方鄉文學，招俊乂。"參閱清孫星衍尚書今古文注疏二皐陶謨上。

【俊士】周代稱選取入學的人爲俊士。禮王制："司徒論選士之秀者，而升之學，曰俊士。"也通稱才智出衆的人。荀子大略："天下國有俊士，世有賢人。"

【俊才】卓越的才智。左傳宣十五年："酆舒有三俊才。"後漢書五四楊震傳附楊修："好學，有俊才。"

【俊民】賢明的人。書洪範："俊民用章，家用平康。"注："賢臣顯用，國家平寧。"史記宋微子世家作"畯民用章"。

【俊兄】對自已兄長的尊稱。漢書七三韋玄成傳自劾詩："茅土之繼，在我俊兄；唯我俊兄，是讓是形。"俊兄，指其兄韋弘。

【俊秀】㊀才智出衆的人。三國志吳孫權傳："招延俊秀，聘求名士。"㊁明王朝初建，定平民等級，有郎、官、秀之稱。秀，即俊秀。嘉靖以後，富家子弟援生員之例納粟入國子監的叫作民生，也稱俊秀。謝肇淛五雜俎十五事部三："民家白丁，目不識字，但有餘資，卽廁衣冠之列，謂之俊秀。"參閱明史選舉志一。清代漢族官吏非經科舉或保舉出身的叫俊秀出身。

【俊拔】俊秀出衆。宋史四一八陳宜中傳："少甚貧，而性特俊拔。"

【俊彥】才智傑出的人。書太甲："旁求俊彥，啓迪後人。"後漢書四十上班固傳奏記："竊見故司空掾桓梁，……蓋清廟之光暉，當世之俊彥也。"

【俊風】大風。大戴禮夏小正："時有俊風。"傳："俊者，大也。大風，南風也。"

【俊俏】容貌秀美。元王實甫西廂記一本四折："扭捏着身子兒百般做作，來往向人前賣弄俊俏。"

【俊烈】志氣高尚剛烈。宋王安石臨川集七三答韶州張殿丞書："後既無朝廷之史，而近世非尊爵盛位，雖雄奇俊烈，道德滿衍，不幸不爲朝廷所稱，輒不得見於史。"

【俊鳥】鳥的美稱。楚辭屈原離騷"鸞皇爲余先戒兮，雷師告余以未具"漢王逸注："鸞，俊鳥也。"此以鸞爲俊鳥。藝文類聚九一晉孫楚鷹賦："有金剛之俊鳥，生井陘之巖阻。"此以鷹爲俊鳥。

【俊爽】才華出衆，性格豪爽。晉書裴楷傳："楷風神高邁，容儀俊爽。"梁書武帝紀上："(王)融俊爽，識鑒過人，尤敬異高祖(蕭衍)。"

【俊造】學識造詣很深的人。三國志魏武帝紀建安八年修學令："其令郡國各修文學，縣滿五百戶置校官，選其鄉之俊造而教學之。"

【俊游】高明的朋友。宋秦觀淮海詞望海潮："金谷俊游，銅駝巷陌，新晴細履平沙。"游也作"遊"。宋陸游劍南詩稿十三自詠："三十年前接俊遊，卽今身世寄滄州。"

【俊逸】俊美灑脫，不同凡俗。後漢書七四上袁紹傳討曹操檄："故九江太守邊讓，英才俊逸。"唐杜甫杜工部草堂詩箋二春日憶李白："清新庾開府，俊逸鮑參軍。"

【俊傑】才能出衆的人。孟子公孫丑上："尊賢使能，俊傑在位。"也作"俊桀"。史記八九張耳陳餘傳贊："其賓客廝役，莫非天下俊桀。"

【俊發】俊美豪放。宋樓鑰攻媿集五代書寄內弟耐翁總幹詩："文采旣俊發，吏才人共推。"

【俊髦】才能出衆的人。髦，毛中的長毫。明章懋楓山集一謝恩疏："宜求碩儒，以造就俊髦。"

【俊賞】高超的鑒別能力。梁鍾嶸詩品上："近彭城劉士章，俊賞之士，疾其淆亂，欲爲當世詩品。"

【俊德】才德出衆的人。書堯典："克明俊德，以親九族。"史記五帝紀作"馴德"。大學引帝典作"峻德"，解釋作"自明其德"。參閱清孫星衍尚書今古文注疏一堯典上。

【俊器】卓異的人才。晉書光逸傳："胡毋輔之與荀邃共詣令家，望見逸，謂邃曰：'彼似奇才'。便呼上車，與談良久，果俊器。"

【俊邁】英俊出衆。世說新語識鑒注引續晉陽秋："太傅謝安見其(褚爽)少時，歎曰：'若期生不佳，我不復論士！'及長，果俊邁有風氣。"期生，爽小字。也作"儁邁"。三國志魏管寧傳："賓禮儁邁，以廣緝熙。"此指俊邁的人。

俟 1. sì ㄙˋ 牀史切，上，止韻，牀。

㊀等待。通"竢"。詩邶風静女："静女其姝，俟我於城隅。"

2. qí ㄑㄧˊ 渠希切，平，微韻，羣。

㊀万俟，複姓。見該條。

【俟次】依次。初學記十四晉傅玄朝會賦："相者從容，俟次而入。"

【俟俟】獸行貌。詩小雅吉日："儦儦俟俟，或羣或友。"

【俟河之清】等待黄河由濁變清，比喻期望之事無望或難於實現。左傳襄八年："周詩有之曰：'俟河之清，人壽幾何？'"注："逸詩也。言人壽促而河清遲，喻晉之不可待。"

八畫

倉 1. cāng ㄘㄤ 七岡切，平，唐韻，清。

㊀貯藏穀物的處所。詩小雅甫田："乃求千斯倉，乃求萬斯箱。"後泛指貯藏物品的處所爲倉。㊁船的內部。通"艙"。宋楊萬里誠齋集二四初二日苦熱詩："船倉周圍各五尺，且道此中底寬窄。"㊂青色。通"蒼"。禮月令孟春之月："駕倉龍。"㊃通"滄"。漢書八七上揚雄傳甘泉賦："東燭倉海，西燿流沙。"㊄見"倉卒"、"倉皇"。㊅姓。周禮地官有倉人，以官爲姓。漢書食貨志上"居官者以爲姓號"注引如淳："貨殖傳蒼氏庾氏是也。"

倉

2\. chuang 集韻楚亮切，去，漾韻。
ㄔㄨㄤ

㊉悲傷。通"愴"。見"倉₂兄"。

【倉人】官名，相傳爲周代主管糧食的官。周禮地官倉人："倉人，掌粟入之藏，辨九穀之物，以待邦用。"

【倉公】卽淳于意，漢臨菑人。曾爲齊太倉長，故稱倉公。少喜醫術，師同郡陽慶，傳其禁方，爲人治病多驗，與扁鵲並稱。史記一〇五扁鵲倉公傳載他的"診籍"二十五則，記有姓名、病因、診斷、治療等，是我國最早的醫案資料。

【倉司】官名。宋熙寧年間始置提舉常平倉官，稱爲提舉常平司，也叫倉司。主管常平倉的穀物收藏和分發，並掌免役法，每年考察所屬官吏，加以保舉或罷免。參閱文獻通考六一職官十五。

【倉₂兄】悲愴失意貌。同"愴怳"。詩大雅桑柔："不殄心憂，倉兄填兮。"

【倉池】池名。西漢未央宮太液池。在陝西長安縣故城内。水經注十九渭水："東爲倉池，池在未央宮西。池中有漸臺。漢兵起，王莽死於此臺。"參閱三輔黄圖五臺榭。

【倉吾】地名。卽蒼梧。逸周書王會："倉吾翡翠。"參見"蒼梧"。

【倉卒】㊀匆促。漢書八六王嘉傳："今諸大夫有材能者甚少，宜豫畜養可成就者，……臨事倉卒迺求，非所以明朝廷也。"也作"倉猝"。漢王充論衡逢遇："倉猝之業，須臾之名。"㊁事變，亂離。文選漢劉子駿(歆)移書讓太常博士："遭巫蠱倉卒之難。"漢王充論衡禍虛："倉卒之世，以財利相劫殺者衆。"

【倉庚】黄鶯的别名。也叫商庚、驪黄。詩豳風東山："倉庚于飛，熠燿其羽。"也作"倉鶊"、"鶬鶊"。參見"黄鶯"。

【倉府】貯存錢糧的處所。商君書去彊："倉府兩實，國彊。"漢書五八卜式傳："縣官費衆，倉府空，貧民大徙。"注："倉，粟所積也。府，錢所聚也。"

【倉囷】貯存糧食的地方。韓非子難二："因發倉囷，賜貧窮。"唐白居易長慶集六初除户曹喜而言志詩："廩祿二百石，歲可盈倉囷。"

【倉帑】糧倉和國庫。後漢書四三何敞傳："時竇氏專政，外戚奢侈，賞賜過制，倉帑爲虛。"

【倉垣】地名。水經注二三汳水："汳水東逕倉垣城南。"太平寰宇記一河南道東京上："倉垣縣在縣（開封縣）東北二十里。"地在今河南開封縣

【倉英】青色。墨子旗幟："死士爲倉英之旗。"孫詒讓閒詁引俞樾："倉英之旗皆青色旗。"

【倉皇】匆忙，慌張。同"倉黄"、"倉惶"。抱朴子正郭："倉皇不定。"南唐二主詞五代南唐李煜破陣子："最是倉皇辭廟日，教坊猶奏别離歌。"

【倉庫】儲藏穀物和兵車的處所。國語晉九："從者曰：邯鄲之倉庫實。"史記一〇三萬石君傳："城郭倉庫空虛。"後凡是堆存保管大批物品的處所都叫倉庫。

【倉窌】糧倉。呂氏春秋季春紀："天子布德行惠，命有司發倉窌。"注："方者曰倉，穿地曰窌。"

【倉部】官名。掌管糧食收藏、發放之事。魏始設倉部郎。歷代多因之。隋初改稱倉部侍郎。隋煬帝時復稱倉部郎。唐稱倉部郎中，屬户部。元廢。參閱唐六典三户部尚書。

【倉曹】官名。東漢屬太尉府，主管倉穀事務，唐時左右各衞、王府官屬、各府尹、各都督府、都護府、各州刺史、各鎭將都設有倉曹參軍事，或司倉參軍事。參閱通典二八職官十。

【倉雅】指三倉、爾雅等文字訓詁的書。魏書江式傳："陳留邯鄲淳亦與(張)揖同時，博古開藝，特善倉、雅、許氏字指。"參見"蒼雅"。

【倉場】收納穀米的場所。宋史職官志三户部倉部郎中："若内外倉場帳籍，供申愆期，則以法究治。"清代户部另設倉場衙門，由倉場侍郎主管，負責掌握京倉（京城内外糧倉），通倉（通州糧倉）的政令。京倉十三，通倉二，各倉皆有監督，統由倉場侍郎總管，故又稱爲倉場總督。參閱清通典二職官二。

【倉廒】糧庫。文獻通考二一市糴二社倉："得息米造成倉廒。"廒也作"敖"。宋袁文甕牖閑評六："敖乃地名。秦以敖地爲倉，故爾。今所在竟謂倉爲敖，蓋循習之誤。"

【倉頡】也作蒼頡。傳爲始創漢字者。見荀子解蔽、韓非子五蠹、呂氏春秋君守。史記據世本說是黄帝史官。文字是在社會的長期實踐中逐步産生、形成的，不可能由一人獨創。倉頡可能只是整理文字的一個著名人物。

【倉箱】詩小雅甫田："乃求千斯倉，乃求萬斯箱。"箋："成王見禾穀之稅，委積之多。於是求千倉以處之，萬車以載之，是言年豐收入踰前也。"後因以"倉箱"比喻豐收。唐權德輿權載之文集四四中書門下賀雨表："簦笠就緒，倉箱可期。"

【倉廩】儲藏米穀的倉庫。荀子王制："並聚之於倉廩。"禮月令季春之月："命有司發倉廩。"疏："穀藏曰倉，米藏曰廩。"一說方叫倉，圓叫廩。

【倉頭】漢代對奴僕的稱呼。也作"蒼頭"。漢書七八蕭望之傳："(王)仲翁出入，從倉頭、廬兒。"注："皆官府之給賤役者也。"參見"蒼頭㊁"。

【倉靈】星名。漢揚雄太玄戾："倉靈之雌，不同宿而離失，則歲之功乖。"集注："倉靈，木之精，歲星也。其雌，金之精，謂太白也。"

【倉琅根】裝置在大門上的青銅鋪首及銅鐶。漢書五行志中："木門倉琅根。"注："銅色青，故曰倉琅。鋪首銜環，故謂之根。"

【倉頡篇】古字書名。秦李斯作。說文敍："秦始皇帝初兼天下，丞相李斯乃奏同之，罷其不與秦文合者。斯作倉頡篇。"漢書藝文志作蒼頡篇。王國維有重輯倉頡篇，以史游所録、揚雄杜林所訓之字爲上卷，以見於他書所引者爲下卷。

倧 zōng 作冬切，平，冬韻，精。
ㄗㄨㄥ

神名。見廣韻。

倌 guān 古丸切，平，桓韻，見。
ㄍㄨㄢ 古患切，去，諫韻，見。

㊀小臣。見說文。參見"倌人㊀"。㊁舊時稱在茶樓酒肆裏做工的人，也稱堂倌。又稱牧羊人爲羊倌、牧馬人爲馬倌……等。

【倌人】㊀古代駕馭車馬的人員。詩鄘風定之方中："命彼倌人，星言夙駕。"注："倌人，主駕者。"清馬瑞辰說倌人，卽荀子君臣"口能言，待官人然後詔"的官人，當爲傳命之官，因其爲王前驅，遂兼主駕之事。見毛詩傳箋通釋五。㊁清末吴語小說中稱妓女爲倌人。

倥 1. kōng 苦紅切，平，東韻，溪。
ㄎㄨㄥ

㊀見"倥侗"。

2\. kǒng 康董切，上，董韻，溪。
ㄎㄨㄥ 苦貢切，去，送韻，溪。

㊀見"倥₂傯"。

【倥侗】蒙昧無知。漢書八七揚雄傳下法言："天降生民，倥侗顓蒙。"

【倥₂傯】困苦，急迫。楚辭漢劉向九歎思古："悲余生之無歡兮，愁倥傯於山陸。"後漢書二五卓茂傳論："建武之初，雄豪方擾，……斯固倥傯不暇給之日。"

倍 bèi ㄅㄟˋ 薄亥切，上，海韻，並。

㊀照原數加等。易說卦：“爲近利市三倍。”㊁更加。唐王維王右丞集三九月九日憶山東兄弟詩：“獨在異鄉爲異客，每逢佳節倍思親。”㊂背向。戰國策趙三：“天子弔，主人必將倍殯柩。”㊃背棄。墨子非儒：“倍本棄事而安怠傲。”㊄背誦。見“倍文”。㊂㊃㊄通“背”。

【倍文】背書。周禮春官大司樂“以樂語教國子：興、道、諷、誦、言、語”漢鄭玄注：“倍文曰諷。”唐韓愈昌黎集三五韓滂墓誌銘：“滂清明遜悌以敏，讀書倍文，功力兼人。”

【倍日】一天趕兩天的路程。史記六五孫子吳起傳：“倍日并行逐之。”

【倍半】倍，指數量多；半，指數量少，相反的詞。含有事倍功半的意思。晉書蔡謨傳移鎮石城議：“又是時兗州洛陽關中皆舉兵擊季龍(石虎)，此今三處，反爲其用，方之於前，倍半之覺也。若石生不能敵其半，而征西(庾亮)欲當其倍，愚所疑也。”

【倍世】脫離社會。即“背世”。淮南子人間：“單豹倍世離俗，巖居谷飲，不衣絲麻，不食五穀。”

【倍本】忘本。史記外戚世家：“陳皇后……數讓(漢)武帝姊平陽公主曰：‘帝非我不得立，已而棄捐吾女，壹何不自喜而倍本乎！’”又指背棄本業。史記太史公自序：“民倍本多巧，姦軌弄法，善人不能化，唯一切嚴削爲能齊之。”

【倍律】古代音樂術語。十二律呂正律以外更低聲的各律，稱爲倍律。明朱載堉律學新說、律呂精義內篇稱倍律凡十二。但自仲呂而上，聲抑而啞，實不可用。只有蕤賓、林鐘、夷則、南呂、無射、應鐘六律可以相應和聲。故清康熙律呂正義只有蕤賓而下倍律六種。又清代編鐘編磬的制度，十二律之外，只有夷則以下四個倍律。

【倍差】於一倍以外又加差數。書呂刑：“墨辟疑赦，其罰百鍰。……剕辟疑赦，其罰倍差。”傳：“倍差謂倍之又半，爲五百鍰。”疏引馬融：“倍二百爲四百鍰也；差者，又加四百之三分一，凡五百三十三三分一也。”又說：史記周紀“其罰倍差”正義：“倍中之差，二百去三分一，合三百三十三鍰二兩也。”二百，根據上文“其罰百鍰”，“其罰惟倍”而來。參閱清孫星衍尚書今古文注疏二七呂刑下。

【倍畔】即背叛。墨子尚賢中：“守城則倍畔。”荀子大略：“倍畔之人，明君不內。”

【倍道】㊀兼程而行。一日行兩日的路程。孫子軍事：“是故卷甲而趨，日夜不處，倍道兼行，百里而爭利，則擒三將軍。”㊁離棄正道。荀子天論：“倍道而妄行，則天不能使之吉。”

【倍羨】加倍的盈利。漢賈誼新書三銅布：“挾銅之積，以臨萬貨，以調盈虛，以收倍羨，則官必富而末民困矣。”

【倍稱】借一還二。漢書食貨志上鼂錯論貴粟疏：“當具有者半賈而賣；亡者取倍稱之息。”注：“如淳曰：‘取一償二爲倍稱。’”指無穀者被迫高利借貸，出加倍之息。

【倍僪】日旁的光氣。呂氏春秋明理：“其日有鬭蝕，有倍僪，有暈珥。”注：“倍僪、暈珥，皆日旁之危氣也。在兩旁反出爲倍，在上反出爲僪。”文子精誠作“倍譎”，淮南子覽冥作“背譎”，漢書天文志作“背穴”。

【倍蓰】倍，一倍。蓰，五倍。孟子滕文公上：“夫物之不齊，物之情也。或相倍蓰，或相什百，或相千萬。”

【倍譎】㊀相對立異。莊子天下：“相里勤之弟子五侯之徒，南方之墨者苦獲已齒鄧陵子之屬，俱誦墨經，而倍譎不同，相謂別墨。”清郭慶藩集釋：“莊子蓋喻各泥一見，二人相背耳。”㊁同“倍僪”。文子精誠：“君臣乖心，倍僪見乎天。”詳“倍僪”。

【倍灑】即“倍差”。史記周紀：“剕辟疑赦，其罰倍灑，閱實其罪。”集解引徐廣：“一作‘蓰’。五倍曰蓰。”參見“倍蓰”。又書呂刑作“倍差”。參見“倍差”。

倞 1. jìng ㄐㄧㄥˋ 渠敬切，去，映韻，羣。

㊀强。同“競”。見廣雅釋詁一。詩大雅桑柔：“秉心無競。”又抑：“無競維人。”競，唐石經皆作“倞”。

2. liàng ㄌㄧㄤˋ 音韻闡微吏漾切，去，漾韻，來。

㊁索取。禮郊特牲：“祊之爲言倞也。”注：“倞，猶索也。”釋文：“倞音諒”。㊂清朱駿聲引錢大昕說，以倞爲“亮”本字。隸書移人旁於京下，又省京中丨，遂成亮字。見說文通訓定聲。

倣 fǎng ㄈㄤˇ 分网切，上，養韻，幫。

學習，仿效。淮南子要略：“故言道而不明終始，則不知可倣依。”

【倣古】模仿古人。新唐書一九六王績傳：“兄通，隋末大儒也，聚徒河、汾間，倣古作六經，又爲中說以擬論語。”

【倣傚】依樣效法，即仿效。漢王符潛夫論浮侈：“邊遠下土，亦競相倣傚。”也作“倣效”。三國志魏徐邈傳：“比來天下奢靡，轉相倣效。”

倅 1. cuì ㄘㄨㄟˋ 七內切，去，隊韻，清。

㊀副。見“倅車”、“倅馬”。㊁古時地方佐貳副官叫丞、倅。太平廣記二七八劉檀引玉谿編事：“蜀郡牧請杜評事充倅職。”

2. zú ㄗㄨˊ 臧没切，入，没韻，精。

㊂一百名兵爲倅。通作“卒”。廣韻：“百人爲倅，周禮作卒。”

3. cù ㄘㄨˋ

㊃通“猝”。見“倅₃然”。

【倅車】副車。周禮夏官戎僕：“戎僕掌馭戎車，掌王倅車之政。”

【倅馬】副馬。漢書六九趙充國傳：“發郡騎及屬國胡騎伉健各千，倅馬什二。”

【倅貳】輔佐的官。宋史刑法志二：“每歲冬夏，詔提刑行郡決囚，提刑憚行，悉委倅貳。”

【倅₃然】一下子。墨子魯問：“今有刀於此，試之人頭，倅然斷之，可謂利乎？”孫詒讓閒詁引畢沅：“卒字異文作倅，讀如倉猝。”

俯 fǔ ㄈㄨˇ 方矩切，上，麌韻，幫。

㊀屈身，低頭，與“仰”相對。同“俛”、“頫”。易繫辭上：“仰以觀於天文，俯以察於地理。”㊁潛伏，卧伏。禮月令季秋之月：“蟄蟲咸俯在內。”荀子賦：“冬伏而夏游，食桑而吐絲，……三俯三起，事乃大已。”注：“俯謂卧而不食。”㊂舊時公文及書信對上級或尊長的敬詞。如俯允、俯念。

【俯仰】㊀低頭和擡頭，比喻一上一下。左傳定十五年：“將左右周旋，進退俯仰，於是乎取之。”㊁動向。史記七九范雎傳：“范雎恐，未敢言內，先言外事，以觀秦王之俯仰。”㊂周旋，應付。漢書六二司馬遷傳：“故且從俗浮湛，與時俯仰，以通其狂惑。”晉書王羲之傳蘭亭詩序：“夫人之相與，俯仰一世，或取諸懷抱，晤言一室之內，或因寄所託，放浪形骸之外。”㊃比喻時間短暫。文選三國魏曹子建(植)雜詩之四：“俛仰歲將暮，榮耀難久恃。”俛同“俯”。

【俯拾】俯身拾物，比喻易得。唐司空圖詩品："俯拾即是，不取諸鄰。"參見"俛拾地芥"。

【俯就】㊀屈從。漢應劭風俗通三愆禮："夫聖人之制禮也，……賢者俯就，不肖跂及。"出自禮檀弓上"俯而就之"。三國志吳虞翻傳注引會稽典録："徵士餘姚嚴遵，王莽數聘，抗節不行。光武中興，然後俯就。"㊁遷就。紅樓夢五："寶玉又自悔言語冒撞，前去俯就。"

【俯擗】低頭搥胸，傷心的樣子。文選南齊任彥昇(昉)齊竟陵文宣王行狀："俯擗天倫，踴絶于地。"

【俯首帖耳】見"俛首帖耳"。

倸 xiè ㄒㄧㄝˋ

厭惡。同"偞"。禮玉藻："唯水漿不祭，若祭爲己倸卑。"字本作僷，省作"偞"。唐人避李世民(太宗)諱改作倸。見清雷浚說文外編六經字禮記。

倓 1. tán ㄊㄢˊ 徒甘切，平，談韻，定。徒感切，上，感韻，定。徒濫切，去，闞韻，定。

㊀安然不疑。荀子仲尼："倓然見管仲之能足以託國也。"清俞樾諸子平議謂倓然，暫見貌。

2. dàn ㄉㄢˋ

㊁見"倓₂錢"。

【倓₂錢】古代南方民族用來贖罪的錢。後漢書八六南蠻傳："板楯蠻夷者，……殺人者得以倓錢贖死。"清錢大昕謂倓爲部落名。見十駕齋養新録十五晉率善倓印。

倦 juàn ㄐㄩㄢˋ 渠卷切，去，線韻，羣。

㊀疲勞，懈怠，厭倦。書大禹謨："耄期倦於勤。"論語述而："誨人不倦。"㊁蹲踞。淮南子道應："盧敖就而視之，方倦龜殼，而食蛤梨。"注："楚人謂倨爲倦。"

【倦飛】晉陶潛陶淵明集五歸去來辭："雲無心以出岫，鳥倦飛而知還。"以鳥自比。後以倦飛喻歸隱。

【倦游】指仕宦不如意而思退休。史記一一七司馬相如傳："長卿故倦游。"集解："厭游宦也。"又指遊覽已倦。唐獨孤及毗陵集二將赴京答李紓贈別詩："膠漆常投分，荆蠻各倦遊。"又泛指生活飄泊潦倒。北史毛遐傳附毛鴻賓："羈寓倦游之輩，四座常滿，鴻賓資給衣食，與己悉同。"

【倦勤】書大禹謨："朕宅帝位三十有三載，耄期倦於勤。"舜因年老不任政事辛勞，讓位給禹。後因稱皇帝懶於從政或居高位之官員辭官告退稱倦勤。遼史耶律儼傳："帝晚年倦勤，用人不能自擇，令各擲骰子，以采勝者官之。"

【倦程】倦於旅程。唐李商隱李義山詩集四腸："倦程山向背，望國闕嵯峨。"

倀 chāng ㄔㄤ 褚羊切，平，陽韻，徹。

見下。

【倀倀】無所見貌，無所適從。禮仲尼燕居："治國而無禮，譬猶瞽之無相與，倀倀乎其何之。"荀子修身："人無法則倀倀然。"注："無所適貌，言不知所措履。"

【倀鬼】古時迷信傳說被老虎咬死的人變成的鬼，又引虎食人。見明都穆聽雨紀談倀鬼。成語稱幫助壞人幹壞事曰"爲虎作倀"。

倩 qiàn ㄑㄧㄢˋ 倉甸切，去，霰韻，清。

㊀含笑的樣子。詩衛風碩人："巧笑倩兮。"引申爲嫵媚，如倩盼，倩影。㊁男子的美稱。漢書八九朱邑傳："陳平雖賢，須魏倩而後進。"注："倩，士之美稱。"

七政切，去，勁韻，清。

㊂女婿。史記一〇五倉公傳："黃氏諸倩見(石)建家京下方石，即弄之。"集解："倩者，女婿也。"方言三："東齊之間，壻謂之倩。"明楊基眉菴集九懷萬郎中伯玉詩："倩可承家如有子，俸能給祭勝無官。"㊃借助。見方言十二。請人替自己作事叫倩。藝文類聚三五漢王褒僮約："有一奴，名便了，倩行酤酒。"漢劉向列女傳三魯漆室女："鄰人女奔隨人亡，其家倩吾兄行追之。"後來因稱僕人爲倩。明張居正張文忠集書牘八答應天巡撫宋陽山："頃小兒回籍應舉，自行顧倩。"

【倩俏】漂亮，有風度。宋盧炳烘堂詞少年遊："倩俏精神，風流情態，惟有粉郎知。"

【倩盼】美好動人。宋張耒張右史文集十次韻秦觀詩："嬋娟守重閨，倚市争倩盼。"語出詩衛風碩人："巧笑倩兮，美目盼兮。"

【倩浰】急速，飛快。漢書五七司馬相如傳上子虛賦："乘遺風，射遊騏，儵胂倩浰，雷動焱至。"史記作"凄浰"。

【倩倩】美麗的樣子。唐杜甫杜工部詩史補遺十風疾舟中……呈湖南親友："披顏争倩倩，逸足競駸駸。"

【倩粧】美麗的粧扮。全唐詩六八四吳融還俗尼："柳眉梅額倩(一作"靚")粧新，笑脫袈裟得舊身。"

【倩影】女子美麗的身影。紅樓夢三七："芳心一點嬌無力，倩影三更月有痕。"

【倩女離魂】唐陳玄祐小說離魂記，說衡州張鎰有女倩娘，和鎰甥王宙相戀。後鎰以女另配他人，倩娘抑鬱成病。王宙被遣去四川，夜半，倩娘的魂趕到船上。五年後，兩人歸家，房中臥病在牀的倩娘聞聲出見，兩女合爲一體。見太平廣記三五八王宙。金人有倩女離魂諸宮調，元趙光輔與鄭光祖有雜劇迷青瑣倩女離魂，都以這個故事爲題材。趙劇已不傳，鄭劇見元曲選。

俵 biào ㄅㄧㄠˋ 方廟切，去，笑韻，幫。

分散，分給。字或從手，作"摽"。見集韻。宋孫光憲北夢瑣言十八劉皇后笞父："陛下諸軍困乏，以至妻子餓殍，宰相請出內庫俵給。"

【俵散】分發，分派。宋歐陽修文忠集一一四青州言青苗錢第一劄子："俵散青苗錢以來，中外之議，皆稱不便。"

俸 fèng ㄈㄥˋ 扶用切，去，用韻，並。

官吏所得的薪給。字本作"奉"。韓非子姦劫弒臣："立名譽以取尊官厚俸。"

【俸米】京官除俸銀外，按等級所給的糧食。清文獻通考四二國用四俸餉："(順治)七年定王公俸米。"

【俸恤】官吏除俸給外，另給照顧親屬的錢米。魏書甄琛傳："請取武官中八品將軍已下幹用貞濟者，以本官俸恤領里尉之任。"

【俸秩】即俸禄。秩，禄。晉書山濤傳："禄賜俸秩，散之親故。"

【俸禄】官吏所得的俸錢、禄米。三國志吳朱桓傳："俸禄產業，皆與共分。"

【俸銀】俸錢。因以銀兩作爲俸給，故稱俸銀。清文獻通考四二國用四："(順治)三年更定宗室公俸銀六百二十兩。"

【俸滿】古稱秩滿。即官員在任滿一定年限後，得按例陞調。清文獻通考七七職官官制："雍正元年……嗣後翰林院滿洲侍讀、侍講、諭德、洗馬、國子監司業缺出，將各部俸滿應陞之人，補授一員。"參見"秩滿"。

【俸錢】官吏所得的俸金。唐韓愈昌黎集十二進學解："猶且月費俸錢，歲糜廩粟。"

倢 jié ㄐㄧㄝˊ 即葉切，入，葉韻，精。

倢伃。見下。

【倢伃】漢女官名。一作"婕妤"。漢武帝置。魏晉後至明多沿設。見史記外戚世家、漢書昭帝紀。參見"婕妤"。

倖 xìng 胡耿切,上,耿韻,匣。ㄒㄧㄥˋ

㊀非分所得。唐白居易長慶集四二論孫璹張輔國狀:"亦恐同類之内皆生倖心。"參見"僥₂倖"。㊁親幸,寵幸。通"幸"。後漢書一一〇上黃香傳:"寵遇甚盛,議者譏其過倖。"

【倖臣】猶言寵臣。後漢書五八蓋勳傳:"靈帝召見,問:'天下何苦而反亂如此?'勳曰:'倖臣子弟擾之。'"

【倖門】權貴親幸之門。唐白居易長慶集一雜興詩:"奸邪得藉手,從此倖門開。"

倛 qī 集韻 丘其切,平,之韻。ㄑㄧ

醜惡。見"倛醜"。

【倛醜】醜惡。倛也作"頬"。淮南子精神:"是故視珍寶珠玉,猶石礫也。……視毛嬙西施,猶頬醜也。"文選三國魏應休璉(璩)與廣川長岑文瑜書注引淮南子作"倛醜"。

借 jiè 子夜切,去,禡韻,精。ㄐㄧㄝˋ

㊀暫時使用別人的東西。或把自己的東西暫時給別人使用,都稱借。左傳定九年:"盡借邑人之車。"論語衛靈公:"有馬者,借人乘之。"㊁幫助。漢書六七朱雲傳:"少時通輕俠,借客報仇。"注:"借,助也。"

資昔切,入,昔,精。

㊂假設之詞,假使。詩大雅抑:"借曰未知。"傳:"借,假也。"漢書六八霍光傳引作"藉曰未知"。百衲本藉作"籍"。漢書中"藉"與"籍"多互通。

【借一】最後的決戰。"背城借一"的省略語。梁書武帝紀上中興二年策封相國:"羣豎猖狂,志在借一;豕突淮涘,武騎如雲。"參見"背城借一"。

【借吉】古時父母死亡,按禮俗服喪三年(實際上是二十七個月),在此期内不得婚嫁。如有在此期間成婚的,稱爲借吉。見唐會要三八奪情裴堪疏、舊唐書蔣乂傳。宋李之彥東谷所見作"借親"。(説郛七七)

【借光】㊀漢匡衡家貧,穿壁借鄰舍燭光讀書。又晉車胤囊螢照書夜讀。後常用"借光"比喻勤奮學習。唐駱賓王文集五秋螢詩:"下帷如不倦,當解借餘光。"這是用車胤典故。元吳萊淵穎集二憶寄方子清詩:"隣光因借燭,道味肯吹虀。"這是用匡衡典故。㊁分沾他人利益或光榮。清鄭燮鄭板橋全集一家書序:"板橋詩文,最不喜求人作敍。求之王公大人,既以借光爲可恥;求之湖海名流,必至含譏帶訕,遭其荼毒而無可如何。"今常用作向人詢問或請人給自己方便的謙詞。

【借如】假使。唐張九齡曲江集十六上封事書:"借如諸司清要之職,當用第一之人。"元稹長慶集七遣病詩:"借如今日死,亦足了一生。借使到百年,不知何所成。"

【借助】假借別人的力量。左傳襄四年:"寡君是以願借助焉。"指魯國想得到鄫的幫助。

【借使】假使。史記秦始皇紀論引賈誼:"借使秦王計上世之事,……後雖有淫驕之主而未有傾危之患也。"

【借春】冬至皇帝賞賜百官食品,表示預迎新歲,叫作借春。見唐李淖秦中歲時記。亦指花卉先春而開。宋詩鈔陳造江湖長翁詩鈔聞師文過錢塘:"椒酒須分歲,江梅巧借春。"

【借重】㊀憑藉他人權勢來擡高自己的地位。宋邵博聞見後録十六引王銍跋范仲尹墓志:"(魏泰)最後作碧雲騢,假名梅聖俞(堯臣),毁及范文正(仲淹)公,而天下駭然不服矣。且文正公與歐陽公、梅公立朝同心,詎有異論?特聖俞子孫不耀,故挾之借重以欺世。"㊁指依靠他人的力量,猶言倚重。宋王洋東牟集十一賀鄭侍郎知鎮江府啓:"方北道有往來之便,而南徐實控扼之區,爲其當衝,聊以借重。"

【借寇】東漢寇恂曾爲潁川太守。後隨光武帝至潁川,百姓在路上攔住光武說:"願從陛下復借寇君一年。"見後漢書十六寇恂傳。後以借寇爲地方挽留官員的典故。南朝梁何遜河水部集哭吴興柳惲詩:"霞區西借寇,貪泉一舉巵。"唐杜甫杜工部草堂詩箋三十奉送韋中丞之晉赴湖南:"寵渥徵黃漸,權宜借寇頻。"黃指漢黃霸。

【借問】㊀向人詢問。三國魏曹植曹子建集五七哀詩:"借問歎者誰?言是宕子妻。"㊁假設的問語。晉陶潛陶淵明集二悲從弟仲德詩:"借問爲誰悲?懷人在九冥。"

【借換】漢字書法,爲使結體美觀,移易筆畫位置,如蘇作蘓,秋作秌,鵝作鵞或䳘,稱爲借換。見六藝之一録二七六引元蘇霖書法鈎玄載唐歐陽率更(詢)書三十六法。

【借紫】唐宋制度,官階三品以上著紫服,未到三品而特許著紫服的稱爲借紫。唐會要三一内外官章服注:"天授二年八月二十日,左羽林大將軍建昌王攸寧,賜紫金帶。九月二十六日,除納言,依舊著紫帶金龜。借紫自此始也。"宋制見宋史輿服志五。

【借補】封建王朝,官多缺少,以品階高的銜,補低品官的缺,稱爲借補。宋史選舉志四銓法上:"借補繁多,官資泛濫。"

【借壽】舊時迷信,認爲減少自己的壽數可以增加別人的壽數,叫借壽。見宋樓鑰攻媿集七四跋劉師文昆仲乞增母壽疏稿。

【借對】古人詩文的一種修辭方法。也叫假對。有用同音字借對的,如唐杜甫杜工部詩史補遺九哭李常侍嶧之二:"次第尋書札,呼兒檢贈詩。"借"第"字作"弟"字,對兒字。有用字面借對的,如藝文類聚四七梁沈約司徒謝朏墓志銘:"以彼天爵,轡爲人龍。"以爵爲雀,與"龍"爲對。參閲宋嚴羽滄浪詩話詩體借對、清趙翼陔餘叢考二三借對法。

【借緋】唐宋制度,官階五品以上著緋衣及佩銀魚袋,未到五品而特許著緋衣的,稱爲借緋。參閲唐會要三一内外官章服、宋史輿服志五。

【借筯】筯,筷子。同"借箸"。唐柳宗元柳先生集二二送邠寧獨孤書記赴辟命序:"吾子歷覽古今之變,而通其得失,是將述密畫於借筯之宴,發羣謀於章奏之筆。"詳"借箸"。

【借箸】秦末楚漢相爭,酈食其勸劉邦立六國後代,共同攻楚。邦方食,張良入見,以爲計不可行,說:"臣請藉(漢書四〇張良傳作"借")前箸爲大王籌之。"意爲借劉邦吃飯用的筷子,以指畫當時形勢。事見史記留侯世家。後用來指代人策畫。唐杜牧樊川文集二河湟詩:"元載相公曾借箸,憲宗皇帝亦留神。"著,同"箸"。

【借職】僅有虛銜,不是實際委任的官職。宋徽宗崇寧初,諸王子弟由禮部考試經義律義,及格的,附進士榜,並在三班任職;不及格的,在禮部讀律,在三班借職。見宋史選舉志三。

【借韻】五、七言近體詩,第一句借用旁韻,稱借韻。宋嚴羽滄浪詩話詩體:"有借韻。"注:"如押七'之'韻,可借八'微'韻或十二'齊'韻是也。"如唐皮日休松陵集中唱和諸作。宋人詩借韻之作尤多。參閲清錢大昕十駕齋養新録十六借韻。

【借鏡】同"借鑑"。舊題北齊劉晝新論貴言:"人目短於自見,故借鏡以觀形。"

【借鑑】鑑,鏡子。把別人的經驗教訓當鏡子,對照自己得失。淮南子主術:"夫據榦而窺井底,雖達視猶不能見其睛;借明於鑑以照之,則寸分可得而察也。"省作借鑑,也作"借鏡"。

【借刀殺人】自己不出面,利用或挑撥別人去害人。明汪廷訥三祝記造陷:"恩相明日奏(范)仲淹爲環慶路經略招討使以平(趙)元昊,這所謂借刀殺人。"

【借交報仇】助人報仇。史記一二四郭解傳:"(解)以軀借交報仇。"交也作"客"。漢書六七朱雲傳:"(雲)少時通輕俠,借客報仇。"

【借花獻佛】過去現在因果經一:"今我女弱不能得前,請寄二花以獻於佛。"後比喻借他人之物以餉客爲借花獻佛。元曲選蕭德祥殺狗勸夫楔子:"柳(隆卿)云:既然哥哥有酒,我們借花獻佛,與哥哥上壽咱。"

【借面弔喪】漢末禰衡恃才傲物,有人問他荀彧爲人如何,衡以彧有儀容,答道:"文若,可借面弔喪。"意謂虛有其表。文若,彧字。見三國志魏荀彧傳注、後漢書八十禰衡傳。

【借書一癡】古代諺語。唐李濟翁資暇集下:"又按王府新書杜元凱(預)遺其子書曰:'書勿借人。古人云:古諺借書一嗤,還書二嗤。……'後人……因訛爲癡。"宋邵博說癡當作瓻。瓻是酒器,借書以酒爲酬。見河南邵氏聞見後錄二七。參見"一瓻"。

【借書留真】漢書五三河間獻王傳:"從民得善書,必爲好寫與之,留其真。"指借別人的書,抄寫後留下正本,把抄本還給別人。

【借月山房彙鈔】叢書名。清張海鵬輯。海鵬既輯學津討原墨海金壺叢書,又於嘉慶十七年刻借月山房彙鈔,共十六集,一三五種,二八三卷。專收明清人的著作,包括經說、雜史、傳記、諸子、藝術、小說、詩文評論,範圍很廣。後來版歸上海陳璜,重編爲澤古齋叢鈔,共十二集二十一種;金山錢氏又據原版,增爲二十集,一百三十七種,改名指海。

偌 ruò 集韻 人夜切,去,禡韻。
ㄖㄨㄛˋ

如此,這般。元王實甫西廂記三本二折:"偌早晚敢待來也。"

【偌大】如此大。如稱年紀老大者曰偌大年紀。古今雜劇元缺名大劫牢二:"李應上云:哥也,偌大的風雪,你喚我做甚麼?"

倰 líng 魯登切,平,登韻,來。
ㄌㄧㄥˊ 魯鄧切,去,嶝韻,來。

見"倰僜"。

【倰僜】㊀彈弦聲。全唐詩六八五吳融箇人三十韻:"管咽參差韻,弦嘈倰僜聲。"㊁糊塗。見明方以智通雅四九諺原。

值 zhí 直吏切,去,志韻,澄。
ㄓˊ

㊀相遇。史記一二二義縱傳:"寧見乳虎,無值寧成之怒。"㊁相當。儀禮喪服"大功八升若九升"漢鄭玄注:"欲其文相值。"㊂物價。唐元稹元氏長慶集四旱災自咎貽七縣宰詩:"未蒙所償值,無乃不敢言。"古籍多作"直"。㊃執持。詩陳風宛丘:"無冬無夏,值其鷺羽。"傳:"值,持也。鷺鳥之羽可以爲翳。"

【值宿】夜間輪值。清洪昇長生殿三四刺逆:"外廂值宿軍士快來。"

【值遇】遭逢。爾雅釋言"遇,偶也"晉郭璞注:"偶爾相值遇。"唐韓愈昌黎集一秋懷詩之十一:"運窮兩值遇,婉孌死相保。"

倳 zì 側吏切,去,志韻,莊。
ㄗˋ

插入。也作"剚"。見"倳刃"、"倳耜"。

【倳刃】以刀插入。史記八九張耳陳餘傳:"然而慈父孝子莫敢倳刃公之腹中者,畏秦法耳。"漢書四五蒯通傳作"事刃",文選漢張平子(衡)思玄賦作"剚刃"。

【倳耜】將耜插入地中,即翻地耕種。倳,通"菑"、"載"。管子輕重甲:"春有以倳耜,夏有以決芸。"又:"春日倳耜。"倳耜即禮月令"孟春,天子親載耒耜"的"載耜"。詩小雅大田、周頌載芟"俶載南畝"的載字,漢鄭玄箋都讀爲菑,倳、載,並通"菑"。參閱郭沫若等管子集校輕重甲。

【倳戟】插戟於地。管子輕重甲:"今每戰,輿死扶傷如孤,荼首之孫,仰倳戟之寶。"劉績注:"如字,當作'之'字,言輿死扶傷之孤也。荼首,白首也。寶字,或是室字,言持戟死事之室。此三等人在所當恤。"一說倳戟就是持戟的意思。參閱郭沫若等管子集校輕重甲。

倆 1. liǎng 集韻 里養切,上,養韻。
ㄌㄧㄤˇ

㊀見"伎倆"。

2. liǎ
ㄌㄧㄚˇ

㊀雙數,兩個。

倈 lái 里之切,平,之韻,來。
ㄌㄞˊ

㊀通"來"。漢書五六董仲舒傳對賢良策:"綏之斯倈。"今論語子張"倈"作"來"。楚辭漢嚴忌哀時命:"往者不可扳援兮,倈者不可與期。"㊁供使喚的小廝。明王驥德曲律論部色三七:"小廝曰倈。"也叫倈兒。見"倈兒"。㊂元代戲劇扮演兒童的角色也叫倈。古今雜劇元關漢卿魯齋郎楔子:"外扮李四同旦二倈上。"㊃語中或語尾助詞,無義。元曲選鄭廷玉冤家債主二:"常言道好人倈不長壽,這一場煩惱怎乾休。"古今雜劇本倈作"來"。

【倈兒】小廝,雜劇中扮演兒童的角色。古今雜劇元關漢卿魯齋郎一:"倈兒哭云:'妳妳,打破頭也!'"清焦循劇說一:"倈兒多不言以何色扮之,惟貨郎旦李春郎前稱倈兒,後稱小末,則前以小末扮倈兒。蓋倈兒者,扮爲兒童狀也。"

俴 jiàn 慈演切,上,獮韻,從。
ㄐㄧㄢˋ 即淺切,上,獮韻,精。

㊀淺。見說文。㊁單衣無甲的人。管子參患:"甲不堅密,與俴者同實。……將徒人,與俴者同實。"

【俴駟】不披甲的馬。詩秦風小戎:"俴駟孔羣。"釋文引韓詩:"駟馬不著甲曰俴駟。"疑毛傳本作俴駟不介馬,後人譌爲四介馬。介,甲。參閱清馬瑞辰毛詩傳箋通釋十二。

倚 1. yǐ 於綺切,上,紙韻,影。
ㄧˇ 於義切,去,寘韻,影。

㊀靠着。左傳昭五年:"設機而不倚。"史記八六刺客傳:"(荆)軻自知事不就,倚柱而笑。"㊁依仗。書君陳:"無倚法以削。"㊂偏頗。禮中庸:"中立而不倚,强哉矯。"㊃依照,配合。見"倚瑟"、"倚聲"。㊄椅。見"倚子"、"倚卓"。㊅姓。元和姓纂六紙:"倚相後氏。"

2. jī 集韻 居宜切,平,支韻。
ㄐㄧ

㊆奇異。通"奇"、"畸"。見"倚$_2$人"、"倚$_2$事"。㊇單獨。穀梁傳僖三三年:"匹馬倚輪無反者。"注:"倚輪,一隻之輪。"

【倚$_2$人】奇異的人。莊子天下:"南方有倚人焉,曰黃繚。"釋文:"本或作畸,同,紀宜反。李(頤)云:異也。"

【倚子】即椅子。椅,宋以前多作"倚"。唐濟瀆廟北海壇祭器雜物銘碑陰:"繩床十,内四倚子。"(金石萃編一〇三)

【倚玉】蒹葭倚玉樹的略稱。相形見絀

的意思。世説新語容止:"魏明帝使后弟毛曾與夏侯玄共坐,時人謂蒹葭依玉樹。"唐韓愈昌黎集十和席八十二韻詩:"倚玉難藏拙,吹竽久混真。"

【倚伏】指事物相互依存,相互影響,互相轉化。老子:"禍兮福所倚,福兮禍所伏。"省作"倚伏"。文選漢班孟堅(固)幽通賦:"叛迴穴其若兹兮,北叟頗識其倚伏。"北叟,指淮南子人間中失馬的塞翁。

【倚杖】㊀依賴。文選晉干令升(寶)晉紀總論:"其倚杖虚曠,依阿無心者,皆名重海内。"也作"倚仗"。世説新語品藻:"論王霸之餘策,覽倚仗之要害,吾似有一日之長。"㊁拄杖。南朝宋鮑照鮑氏集三代東武吟:"腰鐮刈葵藿,倚杖牧雞豚。"

【倚₂事】怪異的事。荀子榮辱:"飾邪説,文姦言,爲倚事。"

【倚門】㊀戰國策齊六:"(王孫賈)母曰:'女朝出而晚來,則吾倚門而望;女暮出而不還,則吾倚閭而望。'"後因以倚門、倚閭比喻盼望子女歸來的殷切心情。唐王維王右丞集八送友人南歸詩:"懸知倚門望,遥識老萊衣。"㊁見"倚門賣笑"。

【倚卓】椅桌。宋黄朝英靖康緗素雜記三倚卓:"今人用倚卓字,多從木旁。……倚卓之字,雖不經見,以鄙意測之,蓋人所倚者爲倚,卓之在前者爲卓。"

【倚₂邪】歪曲不正。管子版法:"植固不動,倚邪乃恐。"注:"言執法者必當深植而固守,則不可動移;若乃頓倚而邪,則法亂而身危,故可恐也。"

【倚佯】竹編的粗席。方言五:"筕篖自關而東,周洛楚魏之間,謂之倚佯。"注:"似籧篨,直文而粗。"

【倚相】人名。春秋楚國的左史。左傳昭十二年:"左史倚相趨過,王曰:'良史也。子善視之。是能讀三墳、五典、八索、九丘。'"

【倚恃】依仗,靠託。後漢書五八蓋勳傳:"時武威太守倚恃權勢,恣行貪橫。"唐孟郊孟東野詩集一黄雀吟:"黄雀舞承塵,倚恃主人仁。"

【倚席】古人席地而坐,倚席是把席放在一邊,不復使用。意指廢止講學。後漢書三二樊宏傳附樊準上疏:"今學者蓋少,遠方尤甚。博士倚席不講,儒者競論浮麗。"

【倚重】重視,信任。新唐書九六杜如晦傳附杜讓能:"讓能思精敏,凡號令行下,處事值機,無所遺算,帝倚重之。"

【倚扇】植物名。卽"蓪莆"。詳該條。

【倚馬】晉桓温北征,袁宏倚馬前草擬文告,頃刻寫成七紙。事見世説新語文學。後稱人文思敏捷爲倚馬才。唐李白李太白詩二六與韓荆州書:"請日試萬言,倚馬可待。"全唐詩六八四吴融霞池縣見早梅:"棲身未識登龍地,落筆元非倚馬才。"

【倚望】㊀倚重和期望。唐白居易長慶集三二李愬贈太尉制:"方深倚望,奄忽淪謝。"㊁蟹類動物名。太平御覽九四三引臨海水土物志:"倚望常起,顧睨西東,其形如彭蜞大,行塗上,四五進,輒舉兩螯八足起望,行常如此,唯入穴中乃止。"

【倚傍】取法。晉書王彪之傳:"(彪之)謂(桓)温曰:'公阿衡皇家,便當倚傍先代耳。'"

【倚瑟】唱歌以瑟伴奏。史記一〇二張釋之傳:"使慎夫人鼓瑟,上自倚瑟而歌。"索隱:"謂歌聲合於瑟聲,相依倚也。"

【倚頓】春秋時代的富豪,以經營鹽業致富。韓非子解老:"雖上有天子諸侯之勢尊,而下有倚頓陶朱卜祝之富。"又作"猗頓"。見史記一二九貨殖列傳、孔叢子陳士義。詳"猗頓"。

【倚傾】参差不齊的樣子。史記一一七司馬相如傳上林賦:"槃石振崖,嶔巖倚傾。"

【倚歌】㊀樂曲的一種。古今樂録:"凡倚歌悉用鈴鼓,無弦有吹。"如樂府西曲歌中的青陽度夜度娘雙行纏等是。見樂府詩集四九。㊁以歌配曲。南朝梁吴均續齊諧記:"繫箜篌腰,叩之以倚歌。"

【倚₂魁】行爲偏僻、放蕩。荀子修身:"倚魁之行,非不難也。"注:"倚,奇也。奇讀奇偶之奇。……魁,大也。倚魁,皆謂偏僻狂怪之行。"

【倚閣】暫停。倚,偏;閣,擱。宋官文書多用此。宋蘇軾東坡集奏議集十一論積欠六事并乞檢會應詔所論四事一處行下狀:"而有司以謂有旨倚閣者,方得依十料指揮,餘皆併催。"李心傳建炎以來繫年要録一二八紹興九年五月:"少師京東淮東等路宣撫處置使韓世忠請倚閣俸給之半以助軍用,不許。"

【倚閭】意同"倚門"。宋樓鑰攻媿集四送濾宰富陽詩:"三年待汝歸,二親真倚閭。"参見"倚門㊀"。

【倚賴】依靠。北齊顔之推顔氏家訓誡兵:"吾見今世士大夫,纔有氣幹,便倚賴之。"

【倚聲】卽填詞。凡填詞多依前人詞調,而詞調是依歌聲的節奏而作的,故稱倚聲。新唐書一六八劉禹錫傳:"斥朗州司馬。州接夜郎諸夷,……每祠,歌竹枝鼓吹裴回,……乃倚其聲,作竹枝辭十餘篇。"舊唐書作:"乃依騷人之作,爲新辭以教巫祝。"倚,同"依"。宋張耒柯山集四十賀方回樂府序:"予友賀方回,博學業文,而樂府之詞,高絶一世。攜一編示予,大抵倚聲而爲之詞,皆可歌也。"

【倚薄】迫近。文選南朝宋謝靈運過始寧墅詩:"拙疾相倚薄,還得静者便。"注:"薄謂相附也。"唐杜甫杜工部草堂詩箋二八贈李十五丈别:"多疾紛倚薄,少留改歲年。"

【倚廬】古人居父母喪時所住的房子。墨子節葬下:"處倚廬,寢苫枕出(塊)。"禮喪服大記:"父母之喪,居倚廬,不塗。"疏:"居倚廬者,謂於中門之外,東牆下,倚木爲廬,故云居倚廬。不塗者,但以草夾障,不以泥塗之也。"

【倚勸】帽名。南史齊廢帝海陵王紀:"時又多以生紗爲帽,半其裙而析之,號曰倚勸。"

【倚巇】山勢險峻貌。文選漢王子淵(襃)洞簫賦:"徒觀其旁山側兮,則嶇嶔巋崎,倚巇迤巁。"

【倚市門】詳"倚門賣笑"。

【倚瑟行】唐樂府名。鮑溶作。内容寫漢文帝倚瑟而歌的故事。見樂府詩集九五樂府雜題。参見"倚瑟"。

【倚老賣老】仗着歲數大而輕視他人。元曲選缺名謝金吾一:"則管裏倚老賣老,口裏嘮嘮叨叨的説個不了。"

【倚門傍户】㊀指奴僕。五燈會元十一:"僧問紙衣和尚,如何是賓中賓?師曰:倚門傍户。"㊁没有主見,靠他人代作主張。明黄宗羲明儒學案卷首凡例:"學問之道,以各人自用得著者爲真。凡倚門傍户、依樣葫蘆者,非流俗之士,則經生之業也。"

【倚門賣笑】史記一二九貨殖傳:"刺繡文不如倚市門。"舊時稱妓女生涯爲倚門賣笑,本此。元王實甫西廂記三本一折:"你看人似桃李春風牆外枝,賣俏倚門兒。"

俺 1. yǎn 於驗切,去,豔韻,影。ㄧㄢˇ 於劍切,去,梵韻,影。

㊀大。見説文。

2. ǎn 正字通 阿罕切。ㄢˇ

㊀我。宋辛棄疾稼軒詞四夜游宫苦俗客:"且不罪,俺略起,去洗耳。"正字通:

"俺，北方讀阿罕切，安上聲。凡稱我通曰俺。"

【俺答】公元 1507—1582 年。也作諳達。明韃靼部首領，爲元室之後。俺答爲蒙語阿爾坦之譯音，是金的意思。明天順間，韃靼部進入河套駐居，至嘉靖中以俺答最强大，屢出入延綏諸邊地。隆慶初明遣還留在明廷的俺答孫把漢那言(也作巴噶奈濟)，隆慶四年，受明封爲"順義王"，實行互市。喇嘛教在他的提倡下成爲蒙古的統治宗教。見明史三二七韃靼傳。

倒 1. dǎo 都晧切，上，晧韻，端。ㄉㄠˇ

㊀倒下。史記一一七司馬相如傳上林賦："弓不虛發，應聲而倒。"引申爲失敗，敗落。三國志魏曹爽傳注引魏略："(桓)範自謂(曹)羲曰：'……於今日卿等門户倒矣！'"㊁移動，更换。元曲選缺名桃花女三："你只管裏把這兩領席，倒來倒去，是甚麽主意。"㊂商店作價轉讓給別人。儒林外史五二："我東頭街上談家當鋪折了本，要倒與人。"

2. dào 都導切，去，號韻，端。ㄉㄠˋ

㊃顛倒，倒轉。禮曲禮下："倒筴側龜於君前。"㊄違逆，不順。韓非子難言："且至言忤於耳而倒於心。"㊅傾出，斟出。宋邵雍伊川擊壤集四天津感事詩之二五："芳罇倒盡人歸去，月色波光戰未休。"㊆副詞，表示相反的意思。朱子語類三九論語二一："如今人恁地文理細密，倒未必好，寧可是白直粗疏底人。"

【倒$_2$戈】倒轉武器向自方攻擊。書武成："前徒倒戈，攻于後以北。"也叫倒兵。史記周紀："紂師雖衆，皆無戰之心，心欲武王亟入，紂師皆倒兵以戰，以開武王。"

【倒$_2$生】草木的根株，由下而上長枝葉，故稱草木爲倒生。淮南子原道："秋風下霜，倒生挫傷。"

【倒$_2$言】反話，顛倒是非的話。韓非子内儲説上："倒言反事以嘗所疑，則姦情得。"清王先愼集解："倒錯其言，反爲其事，以試其所疑也。"

【倒$_2$卓】顛倒豎立。宋史一九四蘇紳傳："紳與梁適同在兩禁，人以爲險詖，故語曰'草頭木脚，陷人倒卓。'"草頭指蘇紳，木脚指梁適。

【倒$_2$披】倒轉展開。文選晉左太沖(思)魏都賦："綺井列疏以懸蔕，華蓮重葩而倒披。"唐李周翰注："井中皆畫蓮花，自下見上，故曰倒披。"

【倒指】屈指。宋百家詩存黄庶伐檀集送劉孟卿游天台雁蕩二山："縈紆長淮下平席，倒指計目觀怒濤。"

【倒$_2$座】四合院以北房爲正房，稱相對的南房爲倒座。紅樓夢三："南邊是倒座三間小小抱廈廳。"

【倒$_2$班】輪流。古今雜劇元宮大用范張雞黍一："您子父每輪替換當朝貴，叔姪每倒班兒居要津。"

【倒$_2$倉】戲曲演員嗓音變啞，不能圓潤成樂聲。近人王夢生梨園佳話總論："倒倉云者，謂罄所蓄而出之，猶醫家之倒倉法也。佳喉善唱，一經倒倉便啞。"通作"倒嗓"。倒，今亦讀 dǎo。

【倒$_2$掛】鳥名。宋蘇軾東坡集後集四松風亭下梅花盛開詩之二："蓬萊宫中花鳥使，綠衣倒掛扶桑暾。"朱彧萍洲可談二："海南諸國有倒掛雀，尾羽備五色，狀似鸚鵡，形小如雀，夜則倒懸其身。……東坡梅詞云'倒掛綠毛幺鳳'，蓋此鳥也。"

【倒$_2$景】景，同"影"。㊀道家指天上最高的地方。漢書郊祀志："登遐倒景。"注："如淳曰：在日月之上，反從下照，故其景倒。"㊁水中之影。文選晉孫興公(綽)遊天台山賦序："或倒景於重溟，或匿峯於千嶺。"注："山臨水而影倒，故曰倒景也。"

【倒喇】清初百戲有倒喇，似頂碗一類的雜耍。清朱彝尊查慎行集中均有觀倒喇詩。清吳長元宸垣識略以爲金元戲曲名，未知所本。

【倒楣】方言，指事不順利，或運氣壞。清顧公燮消夏閑記摘鈔上俗語倒楣之由："明季科舉甚難得，取者，門首豎旗桿一根，不中則撤去，謂之倒楣。今吳俗譏事不成者爲倒楣，想卽本此。"或謂吳語稱遇意外事或處事不順利爲蹙眉頭，蹙眉卽愁眉苦臉的意思。楣、眉音同，倒楣當作倒眉。今通作倒霉。

【倒暈】㊀唐宋婦女畫眉式樣之一。妝臺記："婦人畫眉有倒暈粧。"宋蘇軾分類東坡詩十六常潤道中有懷錢塘寄述古五首詩之三："剩看新翻眉倒暈，未應泣別臉消紅。"㊁花瓣近萼處色深，到瓣尖漸淺。有的花花瓣自外深色，近萼色淺白的，叫倒暈。唐王建詩四同于汝錫賞白牡丹："統心黄倒暈，側莖紫重稜。"(唐六名家集)

【倒$_2$嗓】見"倒$_2$倉"。

【倒$_2$置】顛倒。莊子繕性："喪己於物，失性於俗者，謂之倒置之民。"釋文："向(秀)曰：以外易内，可謂倒置。"

【倒$_2$屣】古人家居，脱鞋席地而坐。客人來，急於出迎，把鞋子倒穿。三國志魏王粲傳："(蔡邕)聞粲在門，倒屣迎之。"後用倒屣形容熱情迎客。北周庾信庾子山集四園庭詩："倒屣迎懸榻，停琴聽解嘲。"唐王維王右丞集四輞川別業詩："披衣倒屣且相見，相歡語笑衡門前。"

【倒$_2$錯】顛倒錯亂。列子周穆王："聞歌以爲哭，視白以爲黑，……無不倒錯者焉。"晉書劉毅傳上疏："今之中正，……乃使優劣易地，首尾倒錯。"

【倒$_2$斷】解決，了結。朱子語錄四五："二者中須有箇商量倒斷始得。"元王實甫西廂記四楔子："無倒斷曉夜思量。"

【倒$_2$懸】㊀頭向下脚向上地被倒掛，比喻處境極困苦危急。孟子公孫丑上："民之悦之，猶解倒懸也。"也作"倒縣"。漢書四八賈誼傳："天下之勢方倒縣。"㊁寒號蟲的別稱。卽大蝙蝠。也叫鶡鴠、鴇鴠。方言八："鶡鴠……自關而東謂之城旦，或謂之倒懸。"注："好自懸於樹也。"參閱本草綱目四八禽部二。

【倒竈】指做事不順利。清翟灝稱語本出於太玄四竈"竈滅其火，唯家之禍"。見通俗篇二四居處。

【倒$_2$押韻】舊詩中爲了協韻，常將複音詞顛倒使用，稱爲倒押韻。如韓愈有"碧流滴瓏玲"、"光景何鮮新"等句。因押韻而倒用玲瓏爲瓏玲，新鮮爲鮮新。

【倒$_2$垂蓮】㊀鳥名。清陳尚古簪雲樓雜説倒垂蓮："閩中有鳥名倒垂蓮，形似鸚鵡，其羽毛殊類孔雀，恬粹可愛，因睡必倒掛，故名。"參見"倒掛"。㊁花名。卽卷丹。滇南稱爲倒垂蓮。見清吳其濬植物名實圖考三蔬類卷丹。參見"卷，丹"。

【倒馬關】地名。在河北唐縣西北。卽漢之常山關。爲古時河北平原進入山西高原的交通孔道之一。元和郡縣志十八倒馬關："山路險峭，馬爲之倒，因以爲名。"明時與居庸紫荆，合稱爲内三關。見讀史方輿紀要十。

【倒$_2$倉法】中醫治療腸胃積滯的方法。其法出於元朱震亨(丹溪)。明程充編訂丹溪先生心法五論倒倉法九六："法曰：腸胃爲市，以其無物不有，而穀爲最多，故曰倉；倉積穀之室也。倒者，傾去積舊而滌濯使之潔浄也。"

【倒掖氣】玩具。俗稱步步登、不不登，都是象聲爲詞。明劉侗于奕正帝京景物略二春場："東之琉璃廠店，西之白塔寺，賣玻璃瓶，盛朱魚，轉側其影，大小俄忽，別有唧而噓吸者，大聲咊咊，小聲嗶嗶，曰倒掖氣。」

【倒捻子】果名。常綠小喬木，果肉多汁。唐劉恂嶺表錄異中：「倒捻子……食者必捻其蔕，故稱倒捻子，或呼爲都念子，蓋語訛也。」陳藏器本草拾遺作「都念子」。見政和證類本草二三果部。宋朱翌猗覺寮雜記下作「倒撚子」，朱弁曲洧舊聞五作「倒黏子」。

【倒$_2$跂蟲】卽孑孓，蚊的幼蟲。淮南子說林「孑孓爲蟁」漢高誘注：「水中倒跂蟲也。」

【倒$_2$舞伎】雜技名。自西域傳入。演員以手扶地倒行，用足表演各種技藝。見舊唐書音樂志二。

【倒薤書】篆書書體名。南齊書周顒傳：「國子祭酒何胤以倒薤書求就顒換之。」宋時稱薤葉。見宋高承事物紀原四經籍藝文文字。

【倒$_2$戈卸甲】放下武器。伏輸的意思。續傳燈錄十四廣法法光禪師：「僧問：『雪峯三上投子，九到洞山，爲什麼倒戈卸甲？』師曰：『理長卽就。』」

【倒$_2$行逆施】指做事違反常道，不擇手段。史記六六伍子胥傳：「吾日暮途遠，吾故倒行而逆施之。」索隱：「顛倒疾行，逆理施事。」漢書六四主父偃傳：「吾日暮，故倒行逆施之。」注：「倒行逆施，謂不遵常理。」

【倒冠落佩】指去官歸隱。冠佩是官場正服的打扮。唐杜牧樊川文集一晚晴賦：「倒冠落佩兮與世闊疏，敖敖兮真徇其愚而隱居者乎。」宋蘇軾分類東坡詩五定惠院寓居月夜偶出：「但當謝官對妻子，倒冠落佩從嘲罵。」

【倒$_2$持泰阿】比喻把大權授與別人，自己反受其害。漢書六七梅福傳：「倒持泰阿，授楚其柄。」注：「泰阿，劍名，歐冶所鑄也。……譬倒持劍，而以把授與人也。」

【倒$_2$海翻江】形容水勢浩大。宋陸游劍南詩稿一夜宿陽山磯……遂抵雁翅浦：「五更顛風吹急雨，倒海翻江洗殘暑。」

【倒$_2$載干戈】收藏武器，不再打仗。禮樂記：「倒載干戈，包之以虎皮。」也作「倒置干戈」、「倒戢干戈」。史記留侯世家：「倒置干戈，覆以虎皮，以示天下不復用兵。」

【倒$_2$襉孩兒】比喻對素所熟習的事一時失手。宋魏泰東軒筆錄七：「苗振以第四人及第，既而召試館職。一日謁晏丞相(殊)，晏語之曰：『君久从吏事，必疏筆硯，今將就試，宜稍溫習也。』振率然對曰：『豈有三十年爲老娘，而倒襉孩兒者乎？』晏公俛而哂之。既而試澤宮選士，……由是不中選。晏公聞而笑曰：『苗君竟倒襉孩兒矣。』」老娘，舊時接生婆。襉，卽「繃」。朱子語類一三八雜類說是陳易赴試，韓琦對陳所說的話。

【倒廩傾困】比喻盡傾其所有。唐韓愈昌黎集十五答竇秀才書：「雖使古之君子，積道藏德，遁其光而不曜，膠其口而不傳者，遇足下之請懇懇，猶將倒廩傾困，羅列而進也。」

們 1. mén ㄇㄣˊ

㊀詞尾，加於指代詞後，表示多數。唐劉知幾史通外編雜說中：「渠們底箇，江左彼此之辭。」

2. mèn ㄇㄣˋ 集韻 莫困切，去，恨韻。

㊁見下。

【們$_2$渾】肥滿。見方言二注。清錢繹箋疏：「們卽懣之俗字。」

倨 jù ㄐㄩˋ 居御切，去，御韻，見。

㊀傲慢。戰國策秦一「嫂何前倨而後卑也？」㊁微曲。禮樂記：「倨中矩，句中鉤。」疏：「倨中矩者，言其音聲雅曲感動人心，如中當於矩也。」㊂蹲坐。通「踞」。莊子天運：「老聃方將倨堂。」疏：「倨，踞也。」

【倨牙】曲牙。爾雅釋畜：「駮，如馬，倨牙，食虎豹。」

【倨句】㊀器具曲折的形狀。鈍角形的叫倨，銳角形的叫句。周禮考工記冶氏：「是故倨句外博。」㊁直曲。大戴禮勸學：「夫水者，君子比德焉。……其流行庳下倨句，皆循其理，似義。」

【倨倨】㊀無思無慮的樣子。淮南子覽冥：「卧倨倨，興眄眄。」㊁神氣傲慢。孔子家語三恕：「子路盛服見於孔子，子曰：『由，是倨倨者何也？』」荀子子道作「裾裾」。韓詩外傳三作「疏疏」。漢劉向說苑雜言作「襜襜」。意思相同。

【倨傲】傲慢自大。莊子漁父：「夫子猶有倨傲之容。」也作「倨敖」。管子四稱：「倨敖不恭。」又作「倨驁」。漢書九四上匈奴傳：「倨驁其辭。」注：「倨，慢也。驁，與傲同。」

【倨慢】驕傲自大。漢書七六王尊傳：「太后徵史奏尊：『爲相倨慢不臣。』」又：「御史大夫中奏尊暴虐不改，外爲大言，倨嫚姍〔上〕，威信日廢，不宜備位九卿。」倨嫚同「倨慢」。

倔 jué ㄐㄩㄝˊ 衢物切，入，物韻，羣。

㊀直傲不屈。見「倔强」。㊁突出。通「崛」。見「倔起」。

【倔侻】變化多端。猶譎詭。文選漢王文考(延壽)魯靈光殿賦：「倔侻雲起，嶔崟離摟。」也作「倔傀」。漢焦延壽易林夬之升：「倔傀如儀，前後相違。」

【倔起】突然興起。史記秦始皇紀論賈誼過秦論：「躡足行伍之閒，而倔起什伯之中。」文選過秦論作「俛起阡陌之中」。

【倔强】直傲不屈於人。漢桓寬鹽鐵論論功：「倔强倨傲，自稱老夫。」又作「倔彊」。文選晉左太沖(思)魏都賦：「飾華離以矜然，假倔彊而攘臂。」後稱人固執、執拗爲倔强。

倘 1. tǎng ㄊㄤˇ 集韻 他郎切，平，唐韻。
齒兩切，上，養韻。
坦朗切，上，蕩韻。

㊀驚疑的神氣。莊子在宥：「雲將見之，倘然止。」釋文「倘，尺掌反，一音吐郎反。李(軌)：吐黨反。司馬(彪)云：『欲止貌。』李(頤)云：『自失貌。』」倘，漢書多作「黨」，後漢書作「儻」。㊁連詞。倘使，表示假設。北周庾信庾子山集四寄徐陵詩：「故人倘思我，及此平生時。」

2. cháng ㄔㄤˊ

㊂通「徜」。見下。

【倘$_2$佯】徘徊，來回地走。文選戰國楚宋玉風賦：「然後倘佯中庭，北上玉堂。」也作「徜徉」。參見「徜徉」。

俶 1. chù ㄔㄨˋ 昌六切，入，屋韻，穿。

㊀美善。詩大雅既醉：「令終有俶，公尸嘉告。」疏：「言王能善於祭也。」㊁開始。見「俶擾」。㊂作，造。詩大雅崧高：「召伯是營，有俶其城。」箋：「俶，作也。」㊃整理。見「俶裝」。

2. tì ㄊㄧˋ 集韻 他歷切，入，錫韻。

㊄見「俶$_2$儻」。

【俶詭】奇異。呂氏春秋侈樂：「俶詭殊瑰。」清畢沅注：「俶詭亦作諔詭，奇異也。」參見「諔詭」。

【俶裝】整理行裝。後漢書六九張衡傳思玄賦：「占既吉而無悔兮，簡元辰而俶裝。」

【俶擾】開始擾亂。書胤征：「畔官離次，俶擾天紀。」書本謂始亂，後多用來泛指騷動，動亂。唐杜甫杜工部草堂詩箋三五大曆三年春白帝城放船出瞿塘峽……詩:"旄頭初俶擾,鶉首麗泥途。"

【俶獻】古代把四時珍美新物獻給國君,叫俶獻。儀禮聘禮:"燕與羞俶獻無常數。"注:"羞,謂禽羞鴈鶩之屬成熟煎和也。俶,始也。始獻四時新物。"

【俶₂儻】卓異不凡。史記八三魯仲連傳:"好奇偉俶儻之畫策。"漢書六二司馬遷傳報任安書:"古者富貴而名摩滅,不可勝記,唯俶儻非常之人稱也。"

倬 zhuó 竹角切,入,覺韻,知。ㄓㄨㄛˊ

高大,顯著。詩大雅雲漢:"倬彼雲漢,昭回于天。"又大雅韓奕:"有倬其道。"

【倬詭】奇特。文選晉左太沖(思)魏都賦:"至於山川之倬詭,物產之魁殊,或名奇而見稱,或實異而可書。"

俿 1. chí 字彙 直離切,音池。ㄔˊ

㊀車輪。漢揚雄太玄經止:"車纍其俿,馬猵其蹄。"

2. hǔ ㄏㄨˇ

㊁虎。墨子經說上:"民若畫俿也。"清畢沅校注:"俿,虎字異文。"

倶 1. jū 舉朱切,平,虞韻,見。ㄐㄩ

㊀偕,同。莊子天運:"道可載而與之倶也。"㊁姓。南涼有倶延,唐有倶匡辟。見元和姓纂二虞。

2. jù ㄐㄩˋ

㊂皆,都。孟子盡心上:"父母倶存。"古籍中多作"具"。詩小雅楚茨:"樂具入奏。"又小雅頍弁:"兄弟具來。"

【倶致】梵語數名。出生菩提心經:"爾時佛告彼婆羅門言,此三千大千世界,有百倶致諸魔宮殿。"唐玄應一切經音義五:"倶致,或言倶胝。此言千萬,或言億,甚不同,故存耳。"大般若波羅蜜多經一作"倶胝"。佛本行經作"拘致"。

【倶胝】㊀唐時禪宗名僧,常誦倶胝佛母陀羅尼,人稱倶胝和尚。相傳由天龍和尚一指禪而悟道成佛。見景德傳燈錄十一婺州金華山倶胝和尚。參見"一指禪"。㊁同"倶致"。見該條。

【倶那衞】夾竹桃的別名。唐段成式酉陽雜俎續集九支植上:"倶那衞,葉如竹,三莖一層,莖端分條如貞桐,花小類木槲,出桂州。"也作"倶那異"。清周亮工閩小紀上夾竹桃引曾師建閩中記:"南方花有北地所無者:闍提、茉莉、倶那異,皆出西域。"宋范成大桂海虞衡志稱爲枸那花;元李衎竹譜詳錄七說夾竹桃來自南方,名拘那夷。

【倶舍宗】佛教八宗之一,一名有宗。以古印度世親所著倶舍論爲根本法典。據佛教之說,如來滅後四百年之初,五百阿羅漢應迦膩色迦王之請,集成大毘婆沙論二百卷,確立薩婆多部的宗義。後來世親習其宗義,遂依大毘婆沙論作倶舍論。他的支派稱倶舍宗。

【倶舍論】佛經名。阿毘達磨倶舍論的略稱,意譯爲對法藏論。古印度世親作。南朝陳真諦譯,二十二卷,已佚;唐玄奘重譯,三十卷,門人普光作記,法宗作疏。相傳世親既講說一切有部的聖典婆娑論,復作六百七偈,綜括要義,後又應學者要求,以散文解釋,遂作此論。爲倶舍宗的根本法典。

【倶輪泊】古湖泊名。舊唐書一九九室韋傳:"最西與迴紇接界者烏素固部落,當倶輪泊之西南。"新唐書作倶倫泊。即今內蒙古新巴爾虎右旗的呼倫池。

【倶盧舍】梵語里程名。倶舍論記十二"一弓有六尺四寸,五百弓爲一倶盧舍,計五百弓有三千二百尺。"唐玄應一切經音義二四:"諸經中或作句盧舍,或作拘樓賒,亦作拘屢舍,皆梵音輕重也。謂大牛鳴音,聲聞五里。"

【倶盧洲】佛經分世界爲四大部洲,北面的名倶盧洲。義譯爲高勝。見唐玄奘譯倶舍論五。唐玄應一切經音義二四:"此云上勝。亦云勝生。舊經中作鬱單越,或言鬱但羅越,亦言鬱多羅、拘樓,皆梵音輕重也。"

【倶₂收並蓄】不加區別,統統收集保存起來。唐韓愈昌黎集十二進學解:"玉札丹砂,赤箭青芝,牛溲馬勃,敗鼓之皮,倶收並蓄,待用無遺者,醫師之良也。"後來多作"兼收並蓄"。

倮 luǒ 集韻 魯果切,上,果韻。ㄌㄨㄛˇ

赤體。同"裸"、"臝"。禮月令季夏之月:"其蟲倮。"

【倮麥】大麥。北朝魏賈思勰齊民要術二大小麥:"陶隱居(弘景)本草云:大麥爲五穀長。'即今倮麥也。"

【倮國】傳說中的古代西方國名。淮南子說林:"西方之倮國,鳥獸弗辟,與爲一也。"注:"倮國在西南方。"

【倮裎】脫衣露體。同"裸裎"。儀禮士喪禮"主人皆出户外北面"漢鄭玄注:"象平生沐浴倮裎,子孫不在旁,主人出而襢第。"

【倮蟲】身無羽毛鱗甲的動物。漢董仲舒春秋繁露五行逆順以鱗蟲、羽蟲、倮蟲、毛蟲、介蟲並稱。大戴禮易本命:"倮之蟲三百六十,而聖人爲之長。"倮亦作"裸"、"臝""臝"。

【倮獸】短毛的野獸,如虎豹之類。管子幼官:"以倮獸之火爨。"

倡 1. chāng 尺良切,平,陽韻,穿。ㄔㄤ

㊀古稱歌舞藝人爲倡。史記一二六滑稽傳:"優旃者,秦倡,侏儒也。"㊁通"猖"。見"倡狂"。㊂女妓人。通"娼"。見"娼婦"。

2. chàng 尺亮切,去,漾韻,穿。ㄔㄤˋ

㊃唱。荀子禮論:"清廟之歌,一倡而三歎也。"㊄發起,倡導。漢書三一陳勝傳:"今誠以吾衆爲天下倡,宜多應者。"注:"倡讀曰唱,謂首號令也。"史記陳涉世家作"唱"。㊅見"倡₂倡₂"。

【倡子】演奏音樂的藝人。新唐書九八馬周傳:"騶豎倡子,鳴玉曳履。"

【倡伎】古代以歌舞爲業的女藝人。後漢書三四梁統傳附梁冀:"游觀第內,多從倡伎,鳴鍾吹管,酣謳竟路。"

【倡₂言】提倡,建議。三國志魏陳思王植傳求存問親戚疏:"今之否隔,友于同憂,而臣獨倡言者,竊不願於聖世使有不蒙施之物。"

【倡狂】放肆驕狂。即猖狂。莊子山木:"倡狂妄行,乃蹈乎大方。"

【倡₂和】此唱彼和,互相呼應。詩鄭風蘀兮:"叔兮伯兮,倡予和女。"禮樂記:"倡和清濁。"疏:"先發聲者爲倡,後應聲者爲和。"也作"唱和"。參見該條。

【倡佯】閒遊,安然自在地行走。猶言倘佯。三國魏郭遐周贈嵇康詩之一:"歸我北山阿,逍遥以倡佯。"(見嵇中散集一附)唐張鷟游仙窟:"祇可倡佯一生意,何須負恃百年身。"

【倡₂始】首倡。漢書九九王莽傳上:"入錢獻田,殫盡舊業,爲衆倡始。"

【倡₂倡₂】色彩鮮豔貌。全唐詩七四六南唐陳陶蜀葵詠:"綠衣宛地紅倡倡,熏風似舞諸女郎。"

【倡俳】奏樂和演雜戲的藝人。漢書五三廣川惠王越傳:"令倡俳臝(裸)戲坐中以爲樂。"注:"倡,樂人也。俳,雜戲者也。"

【倡婦】女伎。藝文類聚三二梁元帝蕩婦秋思賦:"蕩子之別十年,倡婦之居自僯。”

【倡₂導】 首倡。漢書九九王莽傳中：“初甄豐劉歆王舜爲莽腹心，倡導在位，褒揚功德。”

【倡₂隨】 夫唱婦隨的略語。見“夫倡婦隨”。

【倡優】 歌舞雜技藝人。管子小匡：“倡優侏儒在前，而賢大夫在後。”倡指樂人。優指伎人。古本有別，後常並稱。

【倡辯】 含有玩笑的辯才。漢書六五東方朔傳贊：“劉向言少時數問長老賢人通於事及朔時者，皆曰朔口諧倡辯，不能持論，喜爲庸人誦說。”

【倡園花】 指柳絮。古人常誤以柳絮爲花。樂府詩集二二南朝陳後主折楊柳：“楊柳動春情，倡園妾屢驚。”江總和作：“不悟倡園花，遥同天嶺雪。”後遂以倡園花稱柳絮。

【倡條冶葉】 柔嫩美豔的枝葉。宋歐陽修文忠集一三二玉樓春詞之二五：“倡條冶葉恣留連，飄蕩輕於花上絮。”侯寘嬾窟詞瑞鶴仙詠含笑：“春風無檢束，故倡條冶葉，恣情丹綠。”後來詩文中常以指妓女。參見“冶葉倡條”。

倱

hùn ㄏㄨㄣˋ 胡本切，上，混韻，匣。

見下。

【倱伅】 傳說遠古帝鴻氏之子。玉篇：“帝鴻氏有不才子，天下之民謂之倱伅。”左傳文十八年作“渾敦”，史記五帝紀作“渾沌”。詳“渾敦”。

傷

yì ㄧˋ 以豉切，去，寘韻，喻。

㊀輕易。見唐玄應一切經音義三摩訶般若波羅蜜經二三引蒼頡篇。㊁交易。見說文。

個

gè ㄍㄜˋ 古賀切，去，箇韻，見。

通“个”、“箇”。儀禮士虞禮“俎釋三个”注：“个，猶枚也，今俗或名枚曰個，音相近。”

候

hòu ㄏㄡˋ 胡遘切，去，候韻，匣。

㊀伺望。國語晉八：“候遮扞衛不行。”注：“候，候望。”後漢書四一鍾離意傳：“闚候風雲。”㊁探望，問候。漢書八一張禹傳：“又禹小子未有官，上臨候禹，禹數視其小子，上卽禹牀下拜爲黄門郎，給事中。”㊂古時送迎賓客的官。國語周中：“候不在疆。”注：“候，候人，掌送迎賓客者。疆，境也。”㊃時令。一候爲五天，以鳥獸草木生長發展證驗月令變化。一年分爲七十二候。素問六節藏象論：“五日謂之候。”㊄隨時變化的情況。如火候，證候。㊅土堡，邊境伺望偵察的設置。通“堠”。後漢書光武帝紀下十二年：“築亭候，修烽燧。”

【候人】 道路上迎送賓客的官吏。詩曹風候人：“彼候人兮，何戈與祋。”國語周中：“敵國賓至，……行理以節逆之，候人爲導。”也稱候吏。唐王維王右丞集八送封太守詩：“百城多候吏，露冕一何尊。”

【候伺】 偵察。史記九一黥布傳：“陰令人部聚兵，候伺旁郡警急。”

【候官】 古代迎送賓客的候吏，負責斥候的軍候，占卜吉凶的官，都稱爲候官。據敦煌出土漢木簡，敦煌中部都尉有步廣、平望二候官，玉門都尉下有玉門、大煎都二候官。參閱王國維遺書外編乾隆浙江通志考異殘稿一。

【候星】 占驗星象。淮南子兵略：“望氣候星，龜策禨祥，此善爲天道者也。”

【候鳥】 隨氣候變化而定時轉移棲息地方的鳥類。如燕夏來温帶，冬歸南方；雁冬來温帶，夏歸北方。晉陸雲陸士龍文集三贈鄭曼季往返八首詩之三谷風：“潛介淵躍，候鳥雲翔。”

【候補】 清制，没有補授實缺的官員，在吏部候選後，吏部再彙列呈請分發的官員名單，根據職位、資格、班次，每月抽簽一次，分發到某一部或某一省，聽候委用，稱爲候補。清會典事例吏部漢員銓選候補文結：“候補官員，止將候補之文投部。”參見“候選”。

【候道】 古代邊郡爲偵察敵情所築的道路。宋書王僧達傳：“僧達乃自候道南奔。”資治通鑑一二七宋元嘉三十年四月注：“候道，伺候邊上警急之道也，今沿路列置烽臺者卽候道。”

【候樓】 瞭望所。也作“堠樓”。墨子備城門：“三十步置坐候樓。”參見“堠樓”。

【候鴈】 鴈於冬季南來，夏初北歸，往來有定時，故稱候鴈。吕氏春秋孟春紀：“候鴈北。”淮南子時則：“涼風至，候鴈來。”

【候選】 清制，内自郎中、外自道員以下的官吏，凡初由考試或捐納出身，及原官因故開缺依例起復的，都赴吏部報到，等候吏部依法選用，稱爲候選。選定之後，卽赴各該選指官署候補。參閱清會典吏部文選清吏司銓政。

【候館】 ㊀卽候樓。周禮地官遺人：“市有候館，候館有積。”注：“候館，樓可以觀望者也。”㊁接待行旅、賓客宿食的館舍。唐常建詩集三泊舟盱眙：“平沙依雁宿，候館聽雞鳴。”

【候騎】 巡邏偵察的騎兵。史記一一〇匈奴傳：“候騎至雍甘泉。”

【候蟲】 隨節候出没的蟲類。如蟬、蟋蟀等。禮月令夏小正按月記載當月的蟲類，包括羽蟲、毛蟲、鱗蟲等。後來多指昆蟲。南朝宋鮑照鮑氏集三代白紵舞歌詞之三：“絃悲管清月將入，寒光蕭條候蟲急。”唐李賀歌詩編三七月一日曉入太行山：“新橋倚雲阪，候蟲嘶露樸。”

【候日蟲】 鳥名。宋晁載之續談助一引洞冥記：“漢元封五年，畢勒國獻細鳥。……形如大蠅，狀如鸚鵡。……國人常以此鳥候日時，亦名候日蟲也。”

【候月竿】 唐代民俗，於上元(農曆正月十五)夜，在庭院竪長一丈的竹竿，等候月亮升到天空正中，看竿影的長短，以預測農業收成的好壞。見唐缺名玉堂閒話(說郛四九)。明范泓典籍便覽三制器作“候影竿”。

【候窗監】 五代南漢劉䶮，設宫人望明窗，以候天曉，宫人稱之爲候窗監。見宋陶穀清異録君道。

【候風地動儀】 東漢陽嘉元年(公元132年)太史令張衡發明的世界上最早的測驗地震的儀器。詳見後漢書五九張衡傳。近人以爲候風地動儀實爲兩種儀器：候風用來測風向；地動儀用來測地震。

倏

shū ㄕㄨ 式竹切，入，屋韻，審。

疾走貌。韻會引說文作“犬走疾也”。亦假作“儵”。後引申爲疾速、忽然的意思。魏書崔挺傳：“别卿已來，倏焉二載”。參見“倏忽”。

【倏忽】 疾速，指極短的時間。戰國策楚四：“(黄雀)晝遊乎茂樹，夕調乎酸鹹，倏忽之間，墜於公子之手。”淮南子修務：“倏忽變化，與物推移。”後比喻時間迅速消逝。唐杜甫杜工部詩史補遺一百憂集行：“卽今倏忽已五十，坐卧只多少行立。”

【倏閃】 晃動不定。唐元稹長慶集五秋堂夕詩：“蕭條簾外雨，倏閃案前燈。”

【倏胂】 形容奔逐急速。漢書五七上司馬相如傳子虛賦：“倏胂倩浰。”史記作“儵胂淒浰。”文選晉左太沖(思)蜀都賦：“鷹犬倏胂。”

【倏瞬】 一轉眼，瞬息之間。宋書謝莊傳舞馬賦：“尋瓊宫于倏瞬，望銀臺於須臾。”

【倐爍】光閃動貌。晉書摯虞傳思遊賦："俯遊光逸景倐爍徽霍兮，仰流旌垂旄焱攸襳纙。"也作"儵爍"。參見該條。

倫 lún ㄌㄨㄣˊ 力迍切，平，諄韻，來。

㊀同輩，同類。禮曲禮下："儗人必於其倫。"注："儗，猶比也。倫，猶類也。"㊁道理，次序。詩小雅正月："維號斯言，有倫有脊。"論語微子："言中倫。"㊂選擇。通"掄"。見"倫膚"。㊃姓。見宋邵思姓解一。

【倫比】同類。漢桓寬鹽鐵論刺復："自千乘倪寬以治尚書冠九卿，及所聞覩選舉之士，擢升贊憲甚顯，然未及絶倫比，而爲縣官興滯立功也。"唐韓愈昌黎集三九論佛骨表："神聖英武，數千百年已來，未有倫比。"

【倫匹】㊀同輩，等類。魏書祖瑩傳："高祖(拓跋宏)顧謂(彭城王)勰曰：'蕭賾(齊武帝)以王元長(融)爲(蕭)子良法曹，今爲汝用祖瑩，豈非倫匹也。'"㊁配偶。東晉列國前秦蘇蕙(織錦)旋璣圖詩："倫匹離飄浮江湘。"(說郛七八)

【倫次】條理順序。北齊書馮子琮傳："擢引非類，以爲深交；縱其子弟，官位不以倫次。"大宋宣和遺事貞集："城中居民五七十家，皆荒殘不成倫次。"後稱語言雜亂無條理爲語無倫次。

【倫侯】秦爵名。史記秦始皇紀"倫侯"索隱："爵卑於列侯，無封邑者。倫，類也，亦列侯之類。"琅玡臺刻石有列侯王離王賁，又有倫侯建成侯趙亥、倫侯武信侯馮無擇等。

【倫理】事物的條理。禮樂記："樂者通倫理者也。"注："倫猶類也。理分也。"後亦稱安排部署有秩序爲倫理。宋歐陽修文忠集一五二與薛少卿書："族大費廣，生事未成，倫理頗亦勞心。"

【倫常】封建社會的倫理道德。即所謂父子有親，君臣有義，夫婦有别，長幼有序，朋友有信。參見"五倫"。

【倫膚】精美的肉類。儀禮公食大夫禮："倫膚七。"注："倫，理也。謂精理滑脆者。"又少牢饋食禮："雍人倫膚九，實于一鼎。"注："倫，擇也。膚，脅革肉，擇之取美者。"

【倫緒】條理次序。宋朱熹朱文公文集二五答張敬夫書："兩淮屯田，兩年來措置，不知成倫緒否？"

【倫類】㊀事物的條理。荀子勸學："倫類不通，仁義不一，不足謂善學。"㊁同類。全唐詩六五二方干偶作："若於巖洞求倫類，今古疏愚似我多。"

【倫鑒】對人物的品評。全唐詩六八六吴融閿鄉寓居十首之二蛙聲："穉珪倫鑒未精通，只把蛙聲鼓吹同。"倫，一本作"論"。

肴 yáo ㄧㄠˊ 胡茅切，平，肴韻，匣。

象聲詞。呼痛聲。北齊顏之推顏氏家訓風操："蒼頡篇有肴字，訓詁云，痛而謼(呼)也。音羽罪反。今北人痛則呼之。聲類音于來反。今南人痛或呼之。此二音，隨其鄉俗，並可行也。"今呼痛爲阿唷，作"唷"。

俳 pái ㄆㄞˊ 步皆切，平，皆韻，並。

㊀雜戲，滑稽劇。見唐玄應一切經音義十地持論一倡伎引蒼頡篇。參見"俳優"。㊁詼諧，滑稽。見"俳諧"。㊂俳佪。淮南子本經："坐俳而歌謠。"參見"俳佪"。

【俳兒】俳優，雜劇演員。新唐書一一五郝處俊傳："彼俳兒優子，言辭無度。"舊唐書作"俳優小人"。

【俳佪】往來不進的樣子。同"徘徊"。漢書高后紀："(呂産)入未央宫，欲爲亂，殿門弗内，俳佪往來。"參見"徘徊"。

【俳笑】戲笑。史記九一黥布傳："及壯，坐法黥。布欣然笑曰：'人相我當刑而王，幾是乎！'人有聞者，共俳笑之。"漢書作"共戲笑之"。俳卽戲。急就篇三："倡優俳笑觀倚庭。"

【俳倡】俳，雜戲；倡，樂人。漢書五一枚皋傳："(皋)詼笑類俳倡。"又六八霍光傳："樂人擊鼓歌吹，作俳倡。"

【俳歌】古散樂。南齊書樂志："右侏儒導，舞人自歌之。古辭俳歌八曲，此是前一篇。"

【俳諧】戲謔取笑的言辭。北史李文博傳："好爲俳諧雜說，人多愛狎之。"隋書經籍志四總集著録南朝宋袁淑誹(俳)諧文十卷。新唐書藝文志作十五卷；又小說家著録唐劉訥言俳諧集十五卷。今皆不傳。

【俳諢】戲言，笑話。唐劉訥言諧噱録牛羊下來："侯白好俳諢。"(五朝小說本。又唐人說薈本作朱揆纂。)

【俳優】古代以樂舞作諧戲的藝人。荀子王霸："俳優、侏儒、婦女之請謁以悖之。"史記一一七司馬相如傳上林賦："俳優侏儒，狄鞮之倡。"

【俳體】舊時詩文，凡内容以游戲取笑爲主的，稱爲俳諧體，略稱俳體。如漢王褒僮約、唐杜甫戲作俳諧體解悶詩二首、韓愈毛穎傳等。宋洪邁容齋隨筆續筆十二龍筋鳳髓判："百判純是當是文格，全類俳體，但知堆垛故事。"

倕 chuí ㄔㄨㄟˊ 是爲切，平，支韻，禪。

㊀人名。莊子胠篋："攦工倕之指，而天下始人有其巧矣。"呂氏春秋離謂："周鼎著倕而齕其指。"注"倕，堯之巧工。"玉篇廣韻都說是黄帝時的巧人。書堯典作"垂"。傳說他始造耜耒、鐘、銚、規矩、準繩。參閱世本(清茅泮林輯，十種古逸書)。㊁重。見廣韻。

倭 1. wēi ㄨㄟ 於爲切，平，支韻，影。

㊀說文："順皃。从人、委聲。詩曰：'周道倭遲。'"參見"倭遲"。

2. wō ㄨㄛ 烏禾切，平，戈韻，影。

㊁古代對日本人的稱謂。漢書地理志下："樂浪海中有倭人，分爲百餘國。"注引魏略："倭在帶方東南大海中，依山島爲國，度海千里。"

3. wǒ ㄨㄛˇ 烏果切，上，果韻，影。

㊂見"倭₃墮"。

【倭₂刀】㊀日本舊時所製佩刀，以犀利著稱。有大小二種，大的稱太刀，小的稱脇差。宋歐陽修文忠集五四有日本刀歌，梅堯臣宛陵集五五有日本刀詩。㊁青狐的别名。嘉慶一統志六三盛京奉天府五土産元狐注："又有青狐，亦名倭刀，毛色兼黄黑，貴重次玄狐。"

【倭₂奴】古代日本的别稱。後漢書光武帝紀下："中元二年春正月，……東夷倭奴國王遣使奉獻。"新唐書二二〇東夷傳日本："日本，古倭奴也。……使者自言國近日所出，以爲名。"

【倭₂扇】扇名。宋郭若虛圖畫見聞誌六高麗國："彼使人每至中國，或用摺疊扇爲私覿物。其扇用鴉青紙爲之。……謂之倭扇，本出於倭國也。"參見"摺疊扇"。

【倭₂寇】元末明初在我國和朝鮮沿海地區侵擾搶掠的日本海盜。在日本南北朝戰爭中，失敗的南朝武士，多流爲海盜，進行走私、搶劫。當時稱爲倭寇。明中葉中，江、浙、閩、魯、粤等沿海地區經常受到倭寇的侵擾。經過明將領譚綸、戚繼光、俞大猷等率所部多年奮戰，到嘉靖末年，纔逐漸平服。參閱明史胡宗憲、譚綸、戚繼光、俞大猷、日本等傳。

【倭傀】古代醜女。文選漢王子淵(褒)四子講德論："嫫姆倭傀，善譽者不能掩其醜。」

【倭₂鉛】 鋅。明宋應星天工開物中冶鑄稱鋅爲倭鉛，當時北方也稱爲水錫。

【倭遲】 形容紆迴曲折。詩小雅四牡：「周道倭遲。」注：「倭遲，歷遠之貌。」釋文：「韓詩作倭夷。」

【倭₃墮】 古代婦女髮髻式樣。玉臺新詠一古樂府日出東南隅行：「頭上倭墮髻，耳中明月珠。」晉崔豹古今注雜注：「墮馬髻今無復作者。倭墮髻，一云墮馬之餘形也。」

俷 fèi 集韻 父沸切，去，未韻。ㄈㄟˋ

背棄，敗壞。見下。

【俷德】 猶言背德。史記三王世家燕王策：「悉爾心，毋作怨，毋俷德。」集解：「徐廣曰：『俷，一作菲。』」

倗 1. péng 步崩切，平，登韻，並。ㄆㄥˊ 父鄧切，去，嶝韻，奉。

㊀輔助。又作「𠈵」。說文：「倗，輔也。」

2. pěng 普等切，上，等韻，滂。ㄆㄥˇ

㊁不，不肯。見廣雅釋詁四、廣韻。

倜 tì 他歷切，入，錫韻，透。ㄊㄧˋ

㊀見「倜然」、「倜儻」。㊁見「倜倡」。

【倜倡】 旺盛。漢揚雄太玄經五去：「物咸倜倡。」

【倜然】 ㊀高舉，遠離。荀子彊國：「俄而天下倜然，舉去桀紂而犇湯武。」王先謙集解：「倜然，高舉之貌。」㊁形容疏闊，迂闊。荀子非十二子：「倜然無所歸宿，不可以經國定分。」

【倜儻】 卓越豪邁。文選漢司馬子長（遷）報任安書：「唯倜儻非常之人稱焉。」漢書遷傳作「俶儻」。後稱灑脫而不受世俗禮法拘束爲倜儻。三國志魏王粲傳：「（阮）瑀子籍，才藻豔逸，而倜儻放蕩。」章炳麟新方言釋言：「江南浙江謂人快闊曰倜儻，其囁嚅不能應對者曰不倜儻。倜讀如出。」

倠 suī 許維切，平，脂韻，曉。ㄙㄨㄟ

容貌醜陋。說文：「倠，仳倠，醜面。从人，隹聲。」見「仳倠」。

倪 1. ní 五稽切，平，齊韻，疑。ㄋㄧˊ

㊀弱小。詳「旄倪」。㊁分際。莊子齊物論：「何謂和之以天倪。」注：「天倪者，自然之分也。」㊂端，頭緒。唐韓愈昌黎集三一南海神廟碑：「乾端坤倪，軒豁呈露。」㊃傲慢。管子正世：「力罷，則不能毋墮倪。」清戴望校正：「倪，傲也。謂疲墮而傲從也。」㊄姓。通志二六氏族二：「卽郳氏也，避仇改爲倪。」

2. nì 集韻 研計切，去，霽韻。ㄋㄧˋ

㊅通「睨」。爾雅釋魚：「左倪不類，右倪不若。」參見「俾倪㊁」。

【倪伔】 不安貌。同「臲卼」。易困：「困于葛藟，于臲卼。」古文易作「倪伔」。清惠棟說倪與臲，伔與卼，古今字。見清經解三三六周易述。參見「臲卼」。

【倪瓚】 公元 1301—1374 年。元末畫家。江蘇無錫人。字元鎮，號雲林，善畫山水，多爲水墨之作。早年以董源爲師，晚年自成風格，以幽遠簡淡爲宗。對後人水墨山水畫頗有影響。與黃公望、王蒙、吳鎮，並稱爲元末四大家。家有清閟閣，藏法書名畫甚多。清康熙時曹培廉輯刊清閟閣集十二卷。明史入隱逸傳。

【倪文俊】 公元？—1357 年。湖北沔陽人。元末紅巾軍徐壽輝部的將領。漁民出身，從徐壽輝起義，任丞相。後因謀殺徐壽輝未果，逃黃州，爲部將陳友諒所殺。見清錢謙益國初羣雄事略。

俾 1. bǐ 並弭切，上，紙韻，幫。ㄅㄧˇ

㊀使。書大禹謨：「俾予從欲以治。」㊁從。書君奭：「罔不率俾。」

2. pì ㄆㄧˋ

㊂見「俾₂倪」。

【俾₂倪】 ㊀城上的短牆。墨子備城門：「俾倪廣三尺，高二尺五寸。」㊁斜視。同「睥睨」。史記七七魏公子傳：「侯生下見其客朱亥，俾倪故久立。」㊂車杠。急就篇三：「蓋轑俾倪柅縛棠。」注：「俾倪，持蓋之杠，在軾中央，環爲之，所以止蓋，弓之前卻也。」

【俾晝作夜】 以白晝作夜間，謂晨昏顚倒。詩大雅蕩：「式號式呼，俾晝作夜。」

⿰亻昏 hūn 集韻 呼昆切，平，魂韻。ㄏㄨㄣ

昏暗。亦作「⿰亻昬」。集韻：「⿰亻昬，闇也。太玄：『闇諸幽⿰亻昬。』」今太玄經玄圖作「闇諸其幽昬」。

【⿰亻昏⿰亻昏】 昏暗不明。同「昏昏」。唐歐陽詹歐陽行周文集九送王式東遊序：「⿰亻昏⿰亻昏貿貿乎泥滓。」

九畫

停 tíng 特丁切，平，青韻，定。ㄊㄧㄥˊ

㊀止息，滯留。如言停留，停泊。莊子德充符：「平者，水停之盛也。」北史長孫幼傳：「卿蔭源如此，朕欲相停。」㊁成數，總數分成幾部份，其中一部份叫一停。元耶律楚材湛然居士集六辛巳閏月西域山城值雨詩：「淚凝孤枕三停溼，花結殘燈一片明。」三國演義五十：「三停人馬，一停落後，一停塡了溝壑，一停跟隨曹操。」

【停分】 平分。元曲選缺名氣英布一：「咱則待要獨分兒興隆起楚社稷，怎肯交劈半兒停分做漢山河。」又（蕭德祥）殺狗勸夫一：「若不是死了俺娘親和父親，這家私和你疋半停分。」

【停午】 正午。水經注三四江水：「自三峽七百里中，兩岸連山，略無闕處，重巖疊嶂，隱天蔽日。自非停午夜分，不見曦月。」太平御覽五三引作盛弘之荆州記。

【停勻】 均勻，妥貼。宋姜夔續書譜疎密：「書以疎爲風神，密爲老氣。如佳之四橫，川之三直，魚之四點，畫之九畫，必須上筆勁靜，疎密停勻爲佳。」

【停立】 肅立。三國志吳華覈傳：「（孫）晧以覈年老，敕令草表，覈不敢。又敕作草文，停立待之。」

【停私】 閒居家中。魏書肅宗紀正光四年：「或戴白在朝，未當外任；或停私歷紀，甫受考級。」

【停泊】 停留。唐白居易長慶集八山路偶興詩：「提籠復攜榼，遇勝時停泊。」今專指船舶停靠。

【停刑】 停止執行刑罰。晉書劉聰妻劉氏傳：「娥時在後堂，私勅左右停刑。」明清兩代，每於慶典禮節日及其他一定時期，有停刑的規定。

【停免】 中止，免除。特指免除賦稅。宋史徽宗紀二：「夏四月丁丑，停免兩浙水災州郡夏稅。」

【停停】 ㊀疊詞。形容草木叢雜不長。關尹子八籌：「草木俄茁茁，俄停停。」㊁身長玉立的樣子。藝文類聚三五漢蔡邕青衣賦：「停停溝側，噭噭青衣。」

【停陰】 結集不散的陰雲。指雨。文選晉陸士衡（機）贈尚書郎顧彥先二首之二：「停陰結不解，通衢化爲渠。」

【停雲】 晉陶潛陶淵明集一有停雲詩四首，自序稱「停雲，思親友也」。明文徵明停雲館帖、清李家瑞停雲閣詩話，都是取此意爲名。

【停喪】 ㊀人死後殯而不葬。晉書賀循傳：「（循）後爲武康令，俗多厚葬，及有拘忌迴避歲月，停喪不葬者，循皆禁焉。」參見「停靈」。㊁停止服喪。清顧炎武日知錄十五禮制停喪："停喪之事，自古所無。自建安離析，永嘉播竄，於是有不得已而停者。常煒言：'魏晉之制，祖、父未葬者，不聽服官。'……是以兗州刺史滕恬爲丁零翟所殺，尸喪不返，恬子羨仕宦不廢，論者嫌之。"

【停當】料理妥帖。晉書庾翼傳上表："臣等以九月十九日發武昌，以二十四日達夏口，輒簡卒搜乘，停當上道。"朱子語類十九論語二："如夫子言文質彬彬，自然停當恰好。"

【停僮】形容枝葉茂密。文選晉潘安仁(岳)射雉賦："爾乃擊場拄翳，停僮葱翠。"徐爰注："停僮，翳貌也。"

【停緩】遲滯。隋書牛弘傳："弘在吏部，其選舉，先德行而後文才，務在審慎。雖致停緩，所有進用，並多稱職。"

【停傳】館舍。藝文類聚二一三國魏徐幹中論："俾夜作晝，星言夙駕，送往迎來，停傳常滿。"

【停驂】勒馬不前。唐李白李太白詩五北上行："歎此北上苦，停驂爲之傷。"元王實甫西廂記二楔子："拚着命，提刀仗劍，更怕甚勒馬停驂。"

【停靈】埋葬前將棺暫時停置。紅樓夢十三："停靈七七四十九日。"

【停年格】以年資長短爲任用標準的選官制度。爲北魏崔亮所創。見魏書崔亮傳。參閱清顧炎武日知錄八停年格。

【停辛佇苦】歷盡艱辛。唐李商隱李義山詩集二河內詩二首之一："梔子交加香蓼繁，停辛佇苦留待君。"

【停妻再娶】有妻子並未離異而再與別人結婚。荊釵記十九："謾自相勞讓，停妻再娶誰承望，又何苦恁相當。"按唐律有妻再娶者，處罪徒一年，女家減一等。參閱唐律疏議十三户婚中。

【停雲館帖】法帖集名。明文徵明父子都精書法，並自能鐫刻，於嘉靖年間選集晉唐名帖及宋元明人墨迹摹刻上石，名停雲館帖，真行草章，各體齊備，采集頗精，爲近世諸刻本中的精品。參閱清孫承澤閒者軒帖考、倪濤六藝之一錄法帖論述十五。

偯 yǐ 於豈切，上，尾韻，影。
ㄧˇ

哭的尾聲。禮雜記下："童子哭不偯。"又間傳："三曲而偯。"注："聲餘從容也。"釋文："於起反。說文作悠，云痛聲。"

偏 piān 芳連切，平，仙韻，滂。
ㄆㄧㄢ 匹戰切，去，線韻，滂。

㊀側，邊。左傳隱十一年："鄭伯(莊公)使許大夫百里奉許叔以居許東偏。"㊁不公正。書洪範："無偏無陂。"參見"偏陂"。㊂半。左傳閔二年："衣身之偏。"㊃僻遠，邊遠。見"偏方㊀"、"偏國"。㊄部屬。左傳襄三年："舉其偏，不爲黨。"㊅古時徒兵以五十人爲偏。見周禮夏官疏引服虔說。戰車二十五乘也稱偏。參見"偏伍"。㊆輔佐。左傳襄三十年："司馬令尹之偏。"㊇助詞。出乎尋常或意外。玉臺新詠八南朝陳徐陵走筆戲書應令詩："秋來應瘦盡，偏自着腰身。"㊈見"偏背"。㊉通"諞"。見"偏辭㊀"。

【偏人】㊀見聞狹陋的人。抱朴子仁明："燧潛景以易咀生，結棟宇以免巢穴，……創書契以治百官，制禮律以肅風教，皆大明之所爲，非偏人之所能也。"㊁才行特出，與衆不同的人。文選南朝宋謝靈運擬魏太子鄴中集之五劉楨詩小序："卓犖偏人，而文最有氣。"又注引潘勗玄達賦："匪偏人之自譴，訴諸衷於來哲。"

【偏亡】缺少一方面。荀子禮論："三者偏亡，焉無安人。"

【偏方】㊀一個方面。三國志吳胡綜傳："遂受偏方之任，總河北之軍。"唐顏真卿顏魯公集二乞御書天下放生池碑額表："魏文帝(曹丕)外禪之主，鍾繇偏方之佐。"㊁民間流傳，不見於醫學經典著作的中藥方。

【偏介】偏執孤高。宋書隱逸傳史臣曰："夫獨往之人，皆稟偏介之性，不能摧志屈道，借譽期通。"

【偏生】偏偏，恰巧。元曲選(蕭德祥)殺狗勸夫楔子："雖然是我的親手足，爭奈我眼裏偏生見不得他。"二刻拍案驚奇三五："偏生今日他不在書房中，待走到他家裏去與他說。"

【偏安】舊史於王朝據地一方，不能統治全國的，謂之偏安。如蜀漢東晉南宋等。三國志蜀諸葛亮傳注引漢晉春秋："先帝慮漢賊不兩立，王業不偏安，故託臣以討賊也。"

【偏衣】兩色合成的衣服。左傳閔二年："晉侯使太子申生，伐東山皋落氏，……太子帥師，公衣之偏衣，佩之金玦。"注："偏衣，左右異色，其半似公服。"

【偏死】同"偏枯㊀"。莊子齊物論："吾嘗試問乎女，民溼寢則腰疾偏死，鰌然乎哉？"

【偏曲】不公正。荀子正論："上周密則下疑玄矣，上幽險則下漸詐矣，上偏曲則下比周矣。"

【偏伍】偏、伍都是春秋戰國時列國車戰的編制單位。見左傳桓五年"先偏後伍"注引司馬法。後來泛指軍隊。晉書慕容暐載記："習兵教戰，使偏伍有常。"

【偏向】不公正，袒護一方。元王實甫西廂記一本二折："平生正直無偏向，止留下四海一空囊。"

【偏舟】指單船。同"扁舟"。後漢書十三隗囂傳方望謝書："范蠡收責勾踐，乘偏舟於五湖。"注："偏舟，特舟也。"

【偏言】片面的話。新唐書七七郭太后傳："毋拒直言，勿納偏言。"

【偏見】片面、不公正的見解。莊子齊物論："與物相刃相靡，……不亦悲乎"晉郭象注："各信其偏見，而恣其所行，莫能自反。"

【偏私】出於私情，袒護一方。三國志蜀諸葛亮傳出師表："不宜偏私，使內外異法也。"

【偏宕】偏激放縱，超出常規。後漢書七十孔融傳："既見(曹)操雄詐漸著，數不能堪，故發辭偏宕，多致乖忤。"注："偏邪跌宕，不拘正理。"

【偏盲】㊀昏暗不明。呂氏春秋明理："其月有薄蝕，有暉珥，有偏盲。"㊁一目失明。漢書六十杜周傳附杜欽："家富而目偏盲。"注："偏盲者，患一目也。今俗乃以兩目無見者始爲盲，語移轉也。"

【偏房】側室，妾。漢劉向列女傳二趙衰妻頌："不妬偏房。"

【偏咎】指母死。晉陶潛陶淵明集八祭從弟敬遠文："相及齠齡，並罹偏咎。"注："靖節年三十七，母氏卒，是偏咎爲失怙也。"

【偏阿】偏護一方。後漢書二四馬援傳附馬嚴："不務奉事，盡心爲國，而司察偏阿。"

【偏陂】不公正，偏袒。也作"偏頗"。書洪範："無偏無陂。"傳："偏，不平；陂，不正。"呂氏春秋貴公引書作"無偏無頗。"漢王符潛夫論交際："內偏頗於妻子，外僭惑於知友。"

【偏衫】僧尼的一種服裝。開脊接領，斜披在左肩上，像袈裟之類的法衣。宋釋贊寧僧史略上服章法式："又後魏宮人見僧自恣，偏袒右肩，乃施一肩衣，號曰偏衫，全其兩扇衿袖，失祇支之禮，自魏始也。"

【偏枯】㊀病名。半身不遂。素問風論："風之傷人也，……或爲偏枯。"又生氣通天論："汗出偏沮，使人偏枯。"㊁各方面調配照顧不均，偏於一方面，發展不平衡。漢王符潛夫論實邊："中州內郡，規地拓境不能生，邊而口户百萬，田畝一全，人衆地荒，無所容足，此亦偏枯躄痱之類也。"

【偏信】只相信一方面。漢王符潛夫論明闇:"是故人君通必兼聽，則聖日廣矣；庸説偏信，則過日甚矣。"

【偏背】指已先用膳。清陳忱水滸後傳二:"扈成道:'小弟偏背不多時，你飢渴了自吃。'"也單作"偏"。紅樓夢十四:"鳳姐正喫飯。見他們來了，笑道:'好長腿子，快上來罷。'寶玉道:'我們偏了。'"

【偏風】病名。中風半身不遂。素問風論:"風中五藏六府之俞，亦爲藏府之風，各入其門户，所中則爲偏風。"周書柳昂傳:"文帝以(昂)爲大宗伯，拜日，遂得偏風，不能視事。"也稱偏枯。見"偏枯㊀"。

【偏記】唐劉知幾説史除編年、紀傳兩種體裁之外，還有十流。其中之一爲偏記，是記近事的短篇，如漢陸賈楚漢春秋、樂資山陽公載記等。見史通雜述。

【偏格】五言詩第二字仄聲，謂之正格；第二字平聲，謂之偏格。如唐杜甫月詩"四更山吐月，殘夜水明樓。"見宋沈括夢溪筆談十五藝文二。

【偏桃】木名，卽扁桃。唐段成式酉陽雜俎十八廣動植木篇:"出波斯國，波斯呼爲婆淡。樹長五六丈，圍四五尺。葉似桃而闊大，三月開花，白色，花落結實，狀如桃子而形偏，故謂之偏桃。"

【偏師】指全軍的一部分，以别於主力。左傳宣十二年:"韓獻子(厥)謂桓子(荀林父)曰:'彘子(先縠)以偏師陷，子罪大矣。'"時荀林父爲中軍主帥。

【偏袒】㊀解衣袒露一臂。戰國策燕三:"樊於期偏袒扼腕而進。"漢呂后死，太尉周勃入北軍，傳令軍中説，助呂氏的右袒，助劉氏的左袒，軍中將士都袒露左臂，於是周率兵盡殺呂黨。見漢書高后紀。後遂以雙方相爭、偏護一方爲偏袒。㊁佛教徒穿着袈裟，袒露右肩，稱爲偏袒。宋釋道成釋氏要覽中禮數:"偏袒，天竺之儀也。此禮自曹魏世寖至今也。律云，偏露右肩，卽肉袒也。律云，一切供養，皆偏袒，示有便於執作也。"

【偏國】僻遠之國。史記一〇五扁鵲傳:"偏國寡臣幸甚。"列子楊朱:"雖殊方偏國，非齊土之所產育者，無不必致之。"

【偏將】偏師之將，卽偏裨。史記九七陸賈傳:"(漢)使一偏將將十萬衆臨越，則越殺王降漢，如反覆手耳!"

【偏提】酒壺名。唐李匡乂資暇集下注子偏提:"元和初，酌酒猶用樽杓，……居無何，稍用注子，其形若罃，而蓋觜柄皆具。大和九年後，中貴人惡其名同鄭注，乃去柄安系，若茗瓶而小異，目之曰偏提。"宋林洪山家清事酒具:"舊有偏提，猶今酒鼈。"參見"注子"。

【偏棲】獨居。玉臺新詠八南朝梁蕭子暉春宵詩:"夜夜妾偏棲，百花含露低。"南史衛敬瑜妻王氏傳:"所住户有鷰巢，常雙飛來去，後忽孤飛，女感其偏栖，乃以縷繫脚爲誌。"栖，同"棲"。後來因稱孀居爲偏棲。

【偏傍】組成漢字形體的兩方。左叫偏，右叫傍。今泛稱合體字的一邊曰偏傍。唐皇甫湜皇甫持正集四答李生第二書:"書字未識偏傍，高談稷契。"傍也作"旁"。唐顏真卿顏魯公集補遺干祿字書序:"偏旁同者，不復廣出。"

【偏愛】特别喜愛。藝文類聚九三北周王褒謝賚馬啓:"漢時樂府，偏愛權奇。"全唐詩六九一杜荀鶴登山寺:"就中偏愛石，獨上最高層。"

【偏裨】偏將與裨將。將佐的通稱。漢書七九馮奉世傳:"典屬國任立、護軍都尉韓昌爲偏裨，到隴西，分屯三處。"

【偏頗】見"偏陂"。

【偏裻】卽偏衣；裻，衣背縫。國語晉一:"是故使申生伐東山，衣之偏裻之衣。"注:"裻在中，左右異，故曰偏。"參見"偏衣"。

【偏廢】舉此而遺彼。三國志蜀楊儀傳:"(諸葛)亮深惜儀之才幹，憑魏延之驍勇，常恨二人之不平，不忍有所偏廢也。"

【偏鋒】書法以偏側的筆鋒取勢。别於"正鋒"而言。元李溥光永字八法八法解:"偏鋒者不可使其筆正，正鋒者不可使其筆偏。"(見清馮武編書法正傳)後來書畫、文章及言語出奇取勝，也叫偏鋒。

【偏諸】衣服、鞋子和簾帷的花邊。漢書四八賈誼傳陳政事疏:"今民賣僮者，爲之繡衣絲履，偏諸緣。"注:"服虔曰:'加牙條以作履緣。'師古曰:'偏諸，若今之織成以爲要襻及褾領者也。'"急就篇三"承塵户幭條繢總"唐顏師古注:"條，一名偏諸，織絲縷爲之。所以懸係承塵户幭，因爲飾也。"

【偏諱】名有二字，諱其中一字。一説名有二字的雖偏舉其一，也要忌諱。禮曲禮上:"二名不偏諱。"注:"偏，謂二名不一一諱也。"清阮元校勘記二謂偏應作"徧"，傳寫誤作"偏"，但仍習已久，皆作"偏諱"。梁書太宗王皇后傳:"父騫，字思寂，本名玄成，與齊高帝(蕭道成)偏諱同，故改焉。"

【偏駮】不全面。漢書八五谷永傳上書:"抗湛溺之意，解偏駮之愛。"注:"駮，不周普也。"漢王充論衡非韓:"韓子之術不養德，偃王之操不任力。二者偏駮，各有不足。"

【偏橋】地名。在今貴州黄平縣西北。明洪武二十五年置衛，爲當時雲南經貴陽至湖南的要道。見讀史方輿紀要一二〇貴州一偏橋。

【偏戰】各據一面而戰。公羊傳桓十年:"此偏戰也。"注:"偏，一面也。結日定地，各居一面，鳴鼓而戰，不相詐。"

【偏錢】獨自落得的小費、外快。元曲選缺名百花亭一:"你怕小人落了偏錢，你兩箇自對主兒商量去。"

【偏舉】任用自己所偏愛的人。荀子王霸:"人主則外賢而偏舉，人臣則争職而妬賢，是其所以不合之故也。"注:"偏舉，偏黨而舉所愛也。"

【偏辭】㊀片面之辭。易益:"莫益之，偏辭也。"疏:"此有求而彼不應，是偏辭也。"漢書四七文三王傳:"傳致難明之事，獨以偏辭成辠斷獄，亡益於治道。"㊁諂媚之言。莊子人間世:"故忿設無由，巧言偏辭。"釋文:"偏，崔(譔)本作諞。"

【偏譯】遠地。偏，遠；地遠方言不同，須翻譯纔能互通，因稱遠地異域爲偏譯。後漢書八五東夷傳贊:"眇眇偏譯，或從或畔。"

【偏露】父死叫孤露，也叫偏露。比喻失去蔭庇。唐孟浩然集二送莫氏甥兼諸昆弟從韓司馬入西軍詩:"平生早偏露，萬里更飄零。"參見"孤露"。

【偏聽】聽信一面之詞。史記八三鄒陽傳獄中上書:"故偏聽生姦，獨任成亂。"

【偏箱車】兵車。晉書馬隆傳:"隆依八陣圖，作偏箱車，地廣則鹿角車營，路狹則爲木屋施於車上，且戰且前。"又明景泰元年，定襄伯郭登請仿古制爲偏箱車，其制見明史兵志四。明茅元儀武備志一〇六有扁箱車圖。

偽

1. wěi ㄨㄟˇ 危睡切，去，寘韻，疑。

本作"僞。"㊀假，欺詐。書周官:"作僞心勞日拙。"㊁人爲，同"爲"。荀子儒效:"其衣冠行僞，已同於世俗矣。"㊂稱非法竊據的。見"僞朝"。

2. wéi ㄨㄟˊ

㊃通"帷"。禮喪服大記:"素錦褚，加僞荒。"注:"僞當爲帷。"

【偽言】假話。國語晉三："僞言誤衆，死。"唐柳宗元柳先生集二五送寰圖南秀才遊淮南將入道序："走高門邀大車，矯笑而僞言，卑陬而姁媮，偷一旦之容以售其伎。"

【偽命】僭僞者發佈的命令。宣和遺事貞集："七月，右正言鄧肅請竄張邦昌僞命之臣。"宋史三五八李綱傳上："惟僭逆僞命二事，留中不出。"

【偽書】㊀僞造的文書。史記封禪書："天子識其手書，問其人，果是僞書。"漢書郊祀志上作"爲書"。爲、僞古通用。㊁託名假作的書籍。漢王充論衡對作："俗傳蔽惑，僞書放流。"清姚際恒有古今僞書考。

【偽朝】自認爲正統的王朝對敵對王朝的貶稱。文選晉李令伯(密)陳情表："臣少仕僞朝，歷職郎署。"此指蜀漢，對晉而言。明楊慎謂嘗見佛書引此文，僞朝作荒朝，晉人撰史時改荒爲僞。見丹鉛雜錄一。

【偽學】宋慶元時，韓侂冑執政，與趙汝愚相傾軋，乃斥親近汝愚的朱熹等所倡的道學爲僞學，列宰執汝愚以下五十九人，全部罷斥，並規定士人凡任官塡履歷，必須注明不習僞學，纔許授官。韓死後，禁除。參閱宋李心傳道命錄七下、樵川樵叟慶元黨禁。

【偽薄】輕巧奢侈。漢書七二貢禹傳："去甲乙之帳，退僞薄之物，修節儉之化，驅天下之民皆歸於農。"

【偽辭】虛假不眞實的話。漢王符潛夫論明闇："故上設僞辭以障主心，下設威權以固士民。"

【偽孔傳】古文尚書東漢時已亡佚，至晉梅頤(一作賾)獻孔安國傳古文尚書五十九篇。唐孔穎達爲作正義，頒行全國。自宋以來，學者即疑爲僞造，清代學者考訂，成爲定論，稱爲僞孔傳或僞傳，以明其非眞出於孔安國。詳"古文尚書"。

【偽君子】冒充正派、欺世盜名的人。宋理宗時，史彌遠黨當權，欲排斥魏了翁、眞德秀。史黨梁成大寫信給親友時稱"眞德秀乃眞小人，魏了翁乃僞君子。"見宋季三朝政要一。

傞 suō 素河切，平，歌韻，心。
ㄙㄨㄛ 七何切，平，歌韻，清。

見下。

【傞俄】醉態。宋蘇軾東坡詞一鷓鴣天："年少登高意氣多，黄花壓帽醉傞俄。"

【傞傞】醉舞失態貌。詩小雅賓之初筵："側弁之俄，屢舞傞傞。"傳："傞傞，不止也。"說文"䇺"字引詩作"䇺䇺"。引申爲飄動貌。唐羅隱甲乙集三京江見李侍郎詩："傞傞江柳欲矜春，鐵甕城邊見故人。"

偆 chǔn 尺尹切，上，準韻，穿。
ㄔㄨㄣ 癡準切，上，準韻，徹。

㊀喜樂貌。漢董仲舒春秋繁露陽尊陰卑："春之爲言，猶偆偆也。……偆偆者，喜樂之貌也。"㊁蠢動。通"蠢"。漢班固白虎通五行："春之爲言偆。偆，動也。"

偪 1. bī 彼側切，入，職韻，幫。
ㄅㄧ

㊀侵迫。同"逼"。左傳隱十一年："實偪處此。"㊁紮脚用的布帛帶。宋人稱縛袴。禮内則："偪，屨，着綦。"注："偪，行縢。"釋文："本又作幅。"參見"幅"。

2. fú 方六切，入，屋韻，幫。
ㄈㄨˊ

㊂見"偪₂陽"。

【偪仄】迫近，密集貌。也作"偪側"。文選漢張平子(衡)西京賦："麀鹿麌麌，駢田偪仄。"唐杜甫杜工部草堂詩箋十二偪仄行："偪仄何偪仄，我居巷南子巷北。"

【偪促】加壓力催促。三國志魏阮瑀傳注引晉張騭文士傳："太祖(曹操)雅聞瑀名，辟之不應，連見偪促，乃逃入山中。"

【偪側】迫近。文選漢司馬長卿(相如)上林賦："渾弗宓汩，偪側泌㴘。"注引司馬彪："偪側，相迫也。泌㴘，相楔也。"偪同"逼"。史記一一七司馬相如傳作"湢測"。

【偪₂陽】春秋國名。春秋襄十年："夏五月甲午，遂滅偪陽。"釋文："偪，甫目反，又彼力反。"穀梁傳作傅陽。漢置傅陽縣，地在今山東棗莊市南。

偠 yǎo 烏皎切，上，篠韻，影。
ㄧㄠˇ

見下。

【偠紹】形容姿態美麗。文選漢張平子(衡)南都賦："致飾程蠱，偠紹便娟。"偠，一作"要"。又西京賦："要紹修態，麗服颺菁。"薛綜注："要紹，謂嬋娟作姿容也。"

【偠㒡】形容體態婀娜多姿。玉篇偠："偠㒡，細腰也。"又㒡："偠㒡，舞者㒡身若環也。"

做 zuò
ㄗㄨㄛˋ

㊀同"作"。見正字通。宋邵雍伊川擊壤集八和人留題張相公庵詩："做了三公更引年，人間福德合居先。"㊁使。多用於假設口氣。宋秦觀淮海集長短句上江城子詞："便做春江都是淚，流不盡，許多愁。"元王實甫西廂記二本四折："便做道十二巫峯，他也曾賦高唐來夢中。"

【做下】犯下。含有出了問題的意思。元曲選缺名陳州糶米二："嗨！我那兩個小醜生，敢做下來也！"元王實甫西廂記四本二折："莫不做下來了。"

【做主】主持其事。水滸四："既蒙員外做主，洒家情願做了和尚，專靠員外照管。"做，也作"作"。紅樓夢一一九："巧姐哭了一夜，必要等他父親回來作主，大太太的話不能遵。"

【做弄】故意播弄。宋盧祖皐蒲江詞謁金門春思詞："做弄清明時序，料理春酲情緒。"

【做作】裝模作樣。宋米芾海岳名言："世人多寫大字時，……要須如小字，鋒勢備全，都無刻意做作乃佳。"元王實甫西廂記一本四折："扭捏着身子兒百般做作，來往向人前賣弄俊俏。"

【做節】南宋杭州風俗，在冬至三日之内，店鋪一律歇市，垂簾飲酒賭博，稱爲做節。見元周密乾淳歲時記(重校說郛)。

【做小伏低】委屈求全，甘心認輸。孤本元明雜劇元朱凱黄鶴樓三："你若是做小伏低，我着你活撥撥的遠趁江湖。你若是弄巧呈乖，我着你須臾間除鱗拕尾。"

偕 xié 古諧切，平，皆韻，見。
ㄒㄧㄝˊ

㊀共同，一起。詩魏風陟岵："兄曰嗟，予弟行役，夙夜必偕。"㊁普遍。左傳襄二年引詩："以洽百禮，降福孔偕。"詩周頌豐年注疏本作"皆"。㊂强壯貌。見"偕偕"。

【偕老】共同生活到老。詩邶風擊鼓："執子之手，與子偕老。"又鄭風女曰雞鳴："宜言飲酒，與子偕老。"後專指夫婦而言，如頌人婚姻爲白頭偕老。

【偕行】㊀共存，並立。易益："凡益之道，與時偕行。"莊子則陽："與世偕行而不替。"㊁相伴出發。詩秦風無衣："王于興師，修我甲兵，與子偕行。"

【偕作】同起，共同行動。詩秦風無衣："王于興師，修我矛戟，與子偕作。"注："作，起也。"

【偕偕】强壯貌。詩小雅北山："偕偕士子，朝夕從事。"

【偕隱】共同退居不作官。左傳僖二四年："(介之推將隱)其母曰：'能如是乎？與女偕隱。'"舊時詩文中"鹿車偕隱"一語，是用東漢鮑宣桓少君夫婦同歸鄉里事。參見"鹿車"。

【偕生之疾】先天之疾，與生俱來的病。列子湯問："今有偕生之疾，與體偕長，今爲汝攻之何如？"

偃 yǎn 於幰切，上，阮韻，影。ㄧㄢˇ

㊀卧倒，倒伏。伏倒爲仆，仰倒爲偃。詩小雅北山："或息偃在牀，或不已于行。"論語顏淵："草上之風，必偃。"㊁停，止息。莊子徐無鬼："爲義偃兵，造兵之本也。"㊂築土以堵水。通"堰"。見"偃豬"。㊃偏僻隱蔽的地方。莊子庚桑楚："又適其偃焉。"注："偃，謂屏廁。"㊄安然，晏然。荀子儒效："偃然如固有之。"注"偃然猶安然。"㊅通"鼴"。見"偃鼠"。㊆地名。春秋僖元年："公敗邾師於偃。"在今山東費縣南。㊇姓。春秋時，舒庸、舒鳩等國都姓偃。見世本七氏姓篇中。

【偃王】見"徐偃王"。

【偃月】半弦月。太平御覽四漢京房易飛候："正月有偃月，必有嘉主。"凡物形狀似半月的，多稱爲偃月。參見"偃月刀"、"偃月營"。

【偃朱】古地名。相傳是舜避堯子丹朱所居住的地方。史記五帝紀："舜讓辟丹朱於南河之南。"正義引括地志："又有偃朱故城，在(濮州鄄城)縣西北十五里。"地在今山東鄄城縣。

【偃仰】俯仰。詩小雅北山："或棲遲偃仰，或王事鞅掌。"指生活悠然自得。荀子非相："與時遷徙，與世偃仰。"指隨從時俗而無所主張。

【偃伯】休戰。後漢書六十上馬融傳廣成頌："臣聞昔命師於鞬櫜，偃伯於靈臺，或人嘉而稱焉。"注："偃，休也。伯謂師節也。"

【偃佒】俯仰。莊子列御寇："緣循，偃佒，困畏，不若人。"

【偃卧】仰面卧倒。孫子九地："坐者涕霑襟，偃卧者涕交頤。"

【偃革】指停止戰爭。史記留侯世家："殷事已畢，偃革爲軒，倒置干戈，覆以虎皮，以示天下不復用兵。"集解引如淳："革者，革車也；軒者，赤轂乘軒也。偃武備而治禮樂也。"舊唐書音樂志一："君看偃革後，便是太平秋。"

【偃柝】將打更的梆子收藏起來，表示世道太平。南朝宋鮑照鮑氏集十河清頌序："農商野廬，邊城偃柝。"

【偃卻】高傲。同"偃蹇"。荀子非相："然而口舌之均噡維則節，足以爲奇偉偃卻之屬，夫是之謂姦人之雄。"參見"偃蹇㊂"。

【偃衍】繁雜紛亂。古文苑四揚雄蜀都賦："偃衍楙(一作楙)曳，絺索恍惚。"

【偃草】風吹草倒。晉書索靖傳草書狀："舉而察之，又似乎和風吹林，偃草扇樹。"舊用以比喻教化的普及。晉書潘尼傳釋奠頌："學由蒔苗，化若偃草。"

【偃息】安卧。呂氏春秋順說："若夫偃息之義，則未之識也。"漢書七十敍傳上幽通賦："木偃息以蕃魏兮，申重繭以存荆。"木，段干木。申，申包胥。

【偃師】㊀傳說周穆王時的巧匠，製木人，能歌善舞。見列子湯問。後稱弄木偶的藝人爲偃師。㊁縣名。今屬河南省。殷南亳地。盤庚自河北徙都於此，爲新都。相傳周武王伐紂，在此築城休整，故名。漢置縣，屬河南郡。參閱太平寰宇記五偃師縣。㊂複姓。見元和姓纂六阮。

【偃鼠】鼠名。也作"鼴鼠"、"鼹鼠"。莊子逍遥遊："偃鼠飲河，不過滿腹。"詳"鼴鼠"。

【偃豬】築土以堵水。左傳襄二五年："規偃豬。"停水叫豬，一作"瀦"。周禮地官稻人"以瀦畜水"注："偃豬者，畜流水之陂也。"

【偃憩】閒居安息。唐李白李太白詩十五感時留别從兄徐王延年從弟陵："北宅聊偃憩，歡愉恤惸嫠。"

【偃蹇】㊀高聳。楚辭離騷："望瑤臺之偃蹇兮，見有娀之佚女。"文選漢枚叔(乘)七發："旌旗偃蹇。"㊁夭矯貌。楚辭九歌東皇太一："靈偃蹇兮姣服。"形容舞姿的迴翔靈活。㊂從高聳引申爲驕傲、傲慢。左傳哀六年："彼皆偃蹇，將棄子之命。"後漢書六十下蔡邕傳："董卓爲司空，聞邕名高，辟之，稱疾不就。卓大怒，詈曰：'我力能族人，蔡邕遂偃蹇者，不旋踵矣！'"㊃困頓。聊齋志異三生："後壻中歲偃蹇，苦不得售。"

【偃轉】倒仆而轉動。後漢書七二董卓傳："(卓)誘降北地反者數百人，於坐中殺之。……未及得死，偃轉杯案間。"

【偃囊】見"陰識"。

【偃月刀】刀名。三國演義稱關羽使用八十二斤青龍偃月刀(見第五回)，因也稱關刀。按明茅元儀武備志一〇三軍資乘器械二："偃月刀以之操習示雄，實不可施於陣也。"指非實戰時所用。

【偃月堂】唐李林甫有堂似偃月形，號月堂。常常在此陰謀策劃陷害人。若喜而出，受害者一定要全家遭殃。事見新唐書本傳。後人因以此比喻權臣嫉害忠良的地方。宋汪藻浮溪集三一醉别劉季高侍郎詩："英姿合上凌烟閣，巧譖曾遭偃月堂。"

【偃月營】古代作戰部署爲似半月形的營陣。三國志魏楊阜傳："(阜)使從弟岳於城上作偃月營。"也作"偃月陣"。宋司馬光涑水紀聞十一："官軍亦於水西作偃月陣。"宋許洞解釋爲背山崗，面坡澤，前後險阻，地段狹窄的營陣。見洞撰虎鈐經八偃月營。

【偃波書】書體名。卽版書，狀如連文，故稱。與鶴頭書皆爲皇帝頒發詔令時所採用的一種書體。初學記二一引漢摯虞決疑要注："尚書臺召人用虎爪書，告下用偃波書，皆不可卒學，以防矯詐。"唐高適高常侍集二觀李九少府翥樹宓子賤神祠碑詩："龍盤色絲外，鵲顧偃波中。"

【偃武修文】停息武備，修明文教。書武成："乃偃武修文。"也作"偃武興文"。漢書八九黄霸傳："太尉官罷久矣，丞相兼之，所以偃武興文也。"

【偃旗息鼓】㊀收捲軍旗，停止擊鼓，使軍中肅靜無聲。三國志蜀趙雲傳引雲别傳："更大開門，偃旗息鼓，公(曹操)軍疑雲有伏兵，引去。"也作"卧旗息鼓"。見諸葛亮傳注引郭沖三事。㊁休軍罷戰。舊唐書八四裴行儉傳附裴光庭："突厥受詔，則諸蕃君長必相率而來，雖偃旗息鼓，高枕有餘矣。"

偭 miǎn 彌兖切，上，獮韻，明。ㄇㄧㄢˇ 彌箭切，去，線韻，明。

㊀向，面向。說文引禮少儀："尊壺者偭其鼻。"偭，今本禮少儀作"面"。㊁背，背向。漢書四八賈誼傳弔屈原賦："偭蟂獺以隱處兮，夫豈從蝦與蛭螾。"

【偭規越矩】違背正常的法則。楚辭屈原離騷："固時俗之工巧兮，偭規矩而改錯。"注："偭，背也。圓曰規，方曰矩。改，更也。錯，置也。言今世之工，才知强巧，皆去規矩，更造方圓，必失堅固，敗材木也。"

偄 ruǎn 而兖切，上，獮韻，日。ㄖㄨㄢ 奴亂切，去，換韻，泥。

弱。也作"懦"、"愞"。左傳僖二年："宫之奇之爲人也，懦而不能强諫。"注："字林作偄。"漢王符潛夫論救邊："欲先自割偄寇敵，不亦惑乎？"

【偄弱】懦弱。荀子大略："偄弱易奪，似仁而非。"

健 1. jiàn 渠建切，去，願韻，羣。ㄐㄧㄢˋ

㊀剛强，有力。易乾："天行健，君子以自

强不息。」㊁健康。三國志魏華佗傳:「好自將愛,一年便健。」㊂善於,甚。後漢書十七馮異傳:「諸將非不健鬪,然好虜掠。」元李治敬齋古今黈逸文二:「健羨、健忘、健倒,健者敏速絶甚之謂。」㊃貪。荀子哀公:「無取健,無取詌,……健,貪也。詌,亂也。」注:「健羨之人,多貪欲;詌忌之人,多悖亂。」㊄姓。宋代有健武。

2. gián ㄑㄧㄢ

㊅見「健$_2$馱羅」。

【健吏】幹練的官吏。晉書張載傳榷論:「設使秦莽修三王之法,時致隆平,則漢祖,泗上之健吏;光武,舂陵之俠客耳,況乎附麗者哉!」

【健在】康健。宋黄庭堅山谷詞鷓鴣天坐中有眉山隱客史應之和前韻卽席答之:「身健在,且加餐。」

【健名】盛名,很高的聲譽。後漢書九十烏桓傳:「祠天地日月星辰山川及先大人有健名者。」

【健決】堅强的決心。宋蘇軾東坡集續集五答道源祕校書:「江令竟不肯少留,健決非庸人所及也。」

【健忘】善忘。唐白居易長慶集七一偶作寄朗之詩:「老來多健忘,唯不忘相思。」司空圖司空表聖詩集二漫題之二:「齒落傷情酒,心驚健忘頻。」

【健步】善行的人,猶言急足。三國志魏鄧艾傳:「毌丘儉作亂,遣健步齎書,欲疑惑大衆。」今也稱步履輕快爲健步。

【健武】壯勇有武藝。宋史三六三李光傳:「擇其健武者統以土豪,得保甲萬餘,號精揀軍。」

【健兒】㊀壯士。樂府詩集二五横吹曲辭折楊柳歌辭之五:「健兒須快馬,快馬須健兒。」也特指軍中勇士。三國志吳甘寧傳:「輕財敬士,能厚養健兒,健兒亦樂爲用命。」㊁唐代士兵名目有健兒。唐六典五兵部尚書:「天下諸軍有健兒。」

【健者】㊀雄才大略的人。後漢書七四上袁紹傳:「紹勃然曰:『天下健者,豈惟董公?』」董,董卓。㊁身强力壯的人。唐杜甫杜工部詩史補遺八寄薛三郎中璩:「余病不能起,健者勿逡巡。」

【健俠】剛勇而有義氣。後漢書七二董卓傳:「(卓)性麤猛有謀。少嘗遊羌中,盡與豪帥相結。……由是以健俠知名。」

【健訟】易訟:「彖曰:訟,上剛下險,險而健,訟。」疏:「猶人意懷險惡,性又剛健,所以訟也。」本以健字斷句,後人誤把「健」、「訟」兩字相連,自宋時已然。後稱好打官司爲健訟。說見宋洪邁容齋四筆九健訟之誤。

【健啖】食量過人。宋陸游劍南詩稿六九老景:「疾行逾百步,健啖每三餐。」元周密癸辛雜識別集上:「永嘉平陽陳仲潛,健啖過人。」

【健將】英勇善戰的將領。後漢書七五呂布傳:「與其健將成廉魏越等數十騎,馳突燕陣,一日或至三四,皆斬首而出。」今泛稱體育及其他活動的能手爲健將。

【健魚】鯉魚別名。宋陸佃埤雅一釋魚鯉:「神農書曰:鯉最爲魚之主。今人以盤水養之,雖困鱗不反白,蓋健魚也。」

【健婦】精明强幹的婦女。玉臺新詠一隴西行:「健婦持門戶,勝一大丈夫。」唐杜甫杜工部草堂詩箋二兵車行:「縱有健婦把鋤犂,禾生隴畝無東西。」

【健筆】筆力矯健,指長於寫作。陳徐陵徐孝穆集三讓五兵尚書表:「雖復陳琳健筆,未盡愚懷。」唐杜甫杜工部詩史補遺一戲爲六絶之一:「庾信文章老更成,凌雲健筆意縱橫。」

【健羨】㊀貪欲無厭。史記太史公自序:「至於大道之要,去健羨,絀聰明,釋此而任術。」集解:「如淳曰:『知雄守雌,是去健也,不見可欲,使心不亂,是去羨也。』」㊁非常羨慕。唐元稹元氏長慶集七遣病詩之三:「憶作孩稚初,健羨成人列。」

【健飯】飯量很大。宋袁甫蒙齋集二十壽馮德厚詩之三:「祝子長年仍健飯,好書讀到夜沈沈。」

【健舞】唐時樂舞。別於軟舞而言。唐崔令欽教坊記:「阿遼柘枝黄麞拂林大渭州達摩支之屬,謂之健舞。」參見「軟舞」。

【健糉】南宋江南民俗,夏至日包糉,用細束糉子的草繫於手足祈祝健康,名健糉。見宋范成大吳郡志二風俗。

【健黠】極狡猾的人。新唐書一五八張建封傳:「善容人過,至健黠亦未嘗曲法假之。」

【健$_2$馱羅】古國名。也譯作健馱邏健陀羅乾陀羅乾陀衛乾陀。大唐西域記二健馱羅國:「健馱邏國,東西千餘里,南北八百餘里,東臨信河。國大都城號布路沙、布邏。」遼希麟續一切經音義三新譯十地經一:「乾陁羅,上音虔。舊云健馱羅。此云持地。昔此國多有得道聖賢住持其境,不爲他國侵害故也。又云香氣遍,謂此國多生香氣之花,遍其國內,以爲名也。其國在中印度中,北印度南境也。」

【健銳營】清內廷禁衛軍之一。乾隆十四年,從八旗前鋒護軍內,挑選熟習雲梯的精兵千人組成。見清通典六九兵二。

假

1. jiǎ ㄐㄧㄚˇ　古疋切,上,馬韻,見。

㊀不真。史記淮陰侯傳:「大丈夫定諸侯,即爲真王耳,何以假爲?」舊時官吏代理政事,真除以前稱假。如說假署、假吏、假將軍等。史記項羽紀:「乃相與共立羽爲假上將軍。」正義:「未得懷王命也。假,攝也。」㊁借,租賃。孟子盡心上:「久假不歸。」公羊傳桓元年:「其言以璧假之何?易之也。」參見「假税」。㊂因,憑藉。莊子大宗師:「假於異物,託於同體。」注:「假,因也。」荀子勸學:「假輿馬者,非利足也,而致千里。」㊃給予。漢書八九龔遂傳:「遂乃開倉廩假貧民,選用良吏,尉安牧養焉。」注「假謂給與。」㊄大,寬容。書大禹謨:「克儉于家,不自滿假。」㊅堅固。詩大雅文王:「假哉,天命,有商孫子。」傳「假,固也。」㊆假設連詞。如假若、假使。荀子正名:「假之有人而欲南,無多;而惡北,無寡。」㊇古國名。莊子山木:「子獨不聞假人之亡與?」釋文:「假,古雅反。李(頤)云:國名。」㊈姓。漢有假倉。見通志二九氏族五上聲。

2. jià ㄐㄧㄚˋ　古訝切,去,禡韻,見。

㊉假期。請假,給假。三國志魏梁習傳引魏略:「時有吏父病篤,近在外舍,自白求假。」

3. xiá ㄒㄧㄚˊ

⑪遠。通「遐」。禮曲禮下:「告喪,曰天王登假。」

4. xià ㄒㄧㄚˋ　集韻亥駕切,去,禡韻。

⑫嘉,美。詩周頌雝:「假哉皇考。」參見「假$_4$樂」。

5. gé ㄍㄜˊ　集韻各額切,入,陌韻。

⑬到。通「格」。說文引虞書曰:「假于上下。」今堯典假作「格」。詩大雅雲漢:「昭假無贏。」

【假$_5$人】至人,賢人。史記殷紀:「天既訖我殷命,假人元龜,無敢知吉。」集解引孔安國:「至人以人事觀殷,大龜以神靈考之,皆無吉也。」書西伯戡黎假人作「格人」,無作「罔」。

【假子】取他人的兒子爲己子。卽養子。

漢書七六王尊傳："美陽女子告假子不孝。"三國志魏任城威王彰傳注引魏略："太祖在漢中，而劉備栖於山頭，使劉封下挑戰。太祖罵曰：'賣履舍兒，長使假子拒汝公乎！'"封，劉備養子。

【假山】園林中人工疊石而成、供觀賞的小山。如漢武帝於太液池築三神山，卽假山之類，見史記孝武紀。唐鄭谷鄭守愚文集一七祖院小山詩："峨嵋咫尺無人去，却向僧窗看假山。"唐釋齊己做廬山作假山，見白蓮集六假山詩序。

【假王】暫署之王。史記陳涉世家："乃以吳叔爲假王。"又九二淮陰侯傳："不爲假王以鎭之，其勢不定。"

【假父】漢劉向說苑正諫："茅焦對曰：'陛下（指秦始皇）車裂假父，有嫉妬之心。'"假父指嫪毐，秦太后曾和他私通。後認異姓爲父，稱假父，卽義父。新唐書二二四李錡傳："隨身以胡奚雜類虯須者爲一將，號蕃落健兒，皆錡腹心，稟給十倍，使號錡爲假父。"

【假手】㊀借别人的手來達到自己的目的。書伊訓："于其子孫弗率，皇天降災，假手于我有命。"左傳隱十一年："鬼神實不逞于許君，而假手于我寡人。"㊁古時臣僚爲帝王作詔令也稱假手。唐劉知幾史通五載文："古者詔命，皆人主所爲，……至於近古則不然，凡有詔敕，皆責成羣下，……此所謂假手也。"後又稱科舉考試時代人作文的人爲假手，卽槍手。宋孫光憲北夢瑣言四溫李齊名："（溫庭筠）多爲鄰鋪假手，號曰救數人也。"

【假母】㊀繼母或庶母。史記一一八衡山王賜傳："人有賊傷王后假母者。"漢書四四衡山王賜傳注："繼母也。一曰父之旁妻。"㊁開設妓院的婦女，鴇母。唐孫棨北里志海論三曲中事："妓之母，多假母也，亦妓之衰退者爲之。"本注："俗呼爲爆炭，不知其因，應以難姑息之故也。"

【假令】㊀如果。史記六二管晏傳贊："假令晏子而在，予雖爲之執鞭，所忻慕焉。"㊁暫時代理縣令。唐柳宗元柳先生集二三送薛存義之任序："存義假令零陵二年矣。"

【假守】暫時代理的郡縣長官。史記一一三南越尉佗傳："因稍以法誅秦所置長吏，以其黨爲假守。"漢書項籍傳："會稽假守（殷）通賢（項）梁，乃召與計事。"

【假吏】暫時代理職務的官吏。漢書五四蘇建傳附蘇武："武與副中郎將張勝及假吏常惠等募士斥候百餘人俱。"注："假吏，猶言兼吏也，時權爲使之吏，若今之差人充使典矣。"

【假求】向人借貸、求助。三國志魏曹洪傳："文帝少時假求不稱，常恨之。"

【假如】如果。唐韓愈昌黎集十八與孟尚書書："假如釋氏能與人爲禍祟，非守道君之所懼也，況萬萬無此理。"

【假言】虛設的話。北齊顏之推顏氏家訓勉學："假言而姦露，不問而情得之察也。"

【假$_3$言】遠而有理之言。假，通"遐"。漢揚雄法言寡見："吾寡見人之好假者也，邇文之視，邇言之聽，假則偭矣焉。"注："欺人皆好視聽諸子近言近説，至於聖人遠言遠義，則偭然而不視聽。"漢書八七下揚雄傳："假言周于天地，贊于神明，幽弘横廣，絶于邇言。"詳寡見第七。

【假君】暫代的君主。越絶書外傳記吳地傳："（楚）幽王徵春申爲楚令尹。春申君自使其子爲假君治吳。"

【假佐】漢代諸府的文書官。漢書七六王尊傳："司隸遣假佐放奉詔書白尊發吏捕人，……"注"蘇林曰：'胡公（廣）漢官假佐，取内郡善史書佐給諸府也。'"

【假兩】南齊的一種服飾。南史齊和帝紀中興二年："先是百姓及朝士，皆以方帛塡胸，名曰假兩。"

【假典】高位，重位。史記一一七司馬相如傳封禪文："舜在假典。"文選唐呂延濟注："假，大也；大典，謂重位也。"

【假制】借助某種制度、誥命或名義。後漢書十三隗囂傳論："隗囂援旗糾族，假制明神，迹夫創圖首事，有以識其風矣。"

【假面】面具。初學記一五引隋薛道衡和許給事善心戲場轉韻詩："假面飾金銀，盛服摇珠玉。"唐劉餗隋唐嘉話下："高齊蘭陵王長恭，白類美婦人，乃著假面以對敵。"按周禮夏官方相氏，掌蒙熊皮，黃金四目，以逐疫癘之鬼，卽是後來的面具。參見"代面㊀"、"面具"。

【假冒】以僞亂眞。魏書李安世傳上疏："三長既立，始返舊墟，廬井荒毁，桑榆改植，事已歷遠，易生假冒。"

【假食】寄食。列子説符："齊有貧者，……從馬醫作役，而假食郭中。"

【假容】矯飾容態。文選南齊孔德璋（稚珪）北山移文："雖假容於江皋，乃纓情於好爵。"

【假馬】木刻馬形的籌碼。用以計算的一種用具。周禮夏官大司馬"獻禽以祭社"漢鄭玄注："爭禽而不審者，罰以假馬。"指爭禽不清，卽罰去其籌碼。

【假倩】貸借。史記一二六滑稽傳褚先生補："乳母上書曰：'某所有公田，願得假倩之。'"

【假借】㊀借，借助。莊子至樂："生者假借也。"韓非子定法："人主以一國目視，故視莫明焉，以一國耳聽，故聽莫聰焉。今知而弗言，則人主尚安假借矣。"㊁寬容。戰國策燕三："秦舞陽色變振恐，……荆軻顧笑武陽，前爲謝曰：'北蠻夷之鄙人，未嘗見天子，故振慴，願大王少假借之，使得畢使於前。'"㊂六書之一。假借，言本無其字，依聲託事。見漢許慎説文敍。

【假紒】假髮所作的髻。古稱編，漢時稱假髻。周禮天官追師："掌王后之首服，爲副、編次、追、衡、笄。"注："編，編列髮爲之，其遺象若今假紒矣。"後漢書四二東平憲王蒼傳："今送光烈皇后假紒帛巾各一。"漢魏以來，婦女髮飾流行高髻，所謂"城中好高髻，四方高一尺"（後漢書馬廖傳），用的都是假髻。紒、髻、結，古字通用。

【假寐】不脱衣而睡。詩小雅小弁："假寐永歎。"後漢書質帝紀注引詩作"寤寐永歎"。左傳宣二年："（趙盾）盛服將朝，尚早，坐而假寐。"注："不解衣冠而睡。"

【假税】租賃之税。後漢書和帝紀永元五年："其官有陂池，令得采取，勿收假税二歲。"注："假，猶租賃。"

【假貸】㊀借。國語晉八："假貸居賄。"史記九七酈生陸賈傳附朱建："及平原君母死，……平原君家貧未有以發喪，方假貸服具。"㊁寬宥。後漢書十上和熹鄧皇后紀："自是親屬犯罪，無所假貸。"

【假授】假借名義授予官職。晉書宣帝紀："初，申儀久在魏興，專威疆埸，輒承制刻印，多所假授。"

【假塗】借道。公羊僖四年："桓公假塗於陳而伐楚。"又僖二八年："晉侯將侵曹，假塗於衛。"

【假道】㊀借路。左傳僖二年："晉荀息請以屈産之乘，與垂棘之璧，假道于虞以伐虢。"注："自晉適虢，途出於虞，故借道。"㊁借用其法。莊子天運："古之至人，假道於仁，託宿於義，以遊逍遥之虚。"㊂寬容誘導。荀子王制："凡聽：威嚴猛厲而不好假道人，則下畏恐而不親，周閉而不竭。"

【假葬】暫時安葬。三國志魏曹休傳："休年十餘歲，喪父，獨與一客擔喪假葬。"後漢書東夷傳作"假埋"。南史劉苞傳作"假瘞"。

【假號】起事時自立名號，如陳勝吳廣起

義時，勝自立爲將軍，廣立爲都尉，以鼓動和號召羣衆參加響應。漢書一〇〇上敍傳："十餘年間，外内騷擾，遠近俱發，假號雲合，咸稱劉氏，不謀而同辭。"

【假₂寧】休假回家探親。舊唐書職官志二："内外官吏，則有假寧之節，行李之命。"

【假署】正式任命官職前暫時代理。後漢書百官志三："（尚書）左右丞各一人，……右丞假署印綬及紙筆墨諸財用庫藏。"資治通鑑一〇六晉太元十年："參佐家在趙北者，悉假署遣歸。"注："假署者，權時以假版署置其官。"

【假對】詩文中用字的借對。宋沈括夢溪筆談十五藝文二："如'自朱邪之狼狽，致赤子之流離。'不唯赤對朱，邪對子；兼狼狽、流離乃獸名對鳥名。……如此之類，皆爲假對。"參見"借對"。

【假節】㊀持節。古代使臣出行，持節作爲憑證，故叫假節。漢書平帝紀："置副假節，分行天下，覽觀風俗。"參見"持節"。㊁借用符節。戰國策燕二："故假節於魏王，而以身得察於燕。"宋鮑彪注："時諸侯不通，出關則以節假之。"參見"符節"。

【假榻】暫時借住。宋馮時行縉雲文集二遊雲泉寺詩："從容尋後約，假榻卧雲根。"

【假₄樂】詩大雅篇名。序："假樂，嘉成王也。"釋文："（假）音暇，嘉也。"禮中庸作"嘉樂"。

【假髻】供婦女裝飾或代真髮的髮髻。北堂書鈔一三五引晉中興書："太元中，公主婦人緩鬢假髻，以爲盛飾。用髮多，不可恒戴，乃先于籠上裝之，名曰假髻，或名假頭。"又見晉書五行志上。

【假頭】㊀面具。文選漢張平子（衡）西京賦"總會仙昌，戲豹舞羆，白虎鼓瑟，蒼龍吹篪"三國吳薛綜注："仙倡僞作假形，謂如神也。羆豹熊虎，皆爲假頭也。"㊁同"假髻"。見該條。

【假隱】封建社會中，以隱士爲幌子，作爲日後進仕之資的人。太平廣記二四〇盧藏用引譚賓錄："（藏用）與陳伯玉趙貞固友善，隱居之日，頗以貞白自衒，往來于少室終南二山，時人稱爲假隱。"新唐書一九六隱逸傳敍："然放利之徒，假隱自名，以詭祿仕。肩相摩於道，至號終南嵩少爲仕途捷徑，高尚之節喪焉。"

【假館】借用館舍。孟子告子下："交得見於鄒君，可以假館，願留而受業於門。"注："假館舍，備門徒也。"後指旅客寄宿。宋張耒柯山集拾遺三別梅詩："三年假館主人屋，忽忽屢見新梅花。"

【假謗】誣謗。宋書謝靈運傳："今影迹無端，假謗空設，終古之酷，未知或有。"

【假寵】憑藉威望地位。左傳昭四年："則願假寵以請於諸侯。"注："欲借君之威寵以致諸侯。"南朝梁劉勰文心雕龍辨騷："亦不復乞靈於長卿（司馬相如），假寵於子淵（王褒）矣。"

【假攝】權代執政。荀子儒效："天子也者，不可以少當也，不可以假攝爲也。"晉書張茂傳："（茂）臨終，執駿手泣曰：'吾遭擾攘之運，承先人餘德，假攝此州，以全性命，上欲不負晉室，下欲保完百姓。'"

【假繼】繼母，後母。北齊顏之推顏氏家訓後娶："其後假繼慘虐孤遺。"

【假皇帝】漢平帝元始後，王莽以外戚執政。帝死，莽居攝，祭祀朝會自稱假皇帝，臣民稱他爲攝皇帝。假，暫時代替的意思。見漢書九九上王莽傳。

【假婦人】戲曲中男子扮演的旦角。唐段安節樂府雜錄俳優："咸通以來，即有范傳康上官唐卿吕敬遷等三人弄假婦人。"

【假惺惺】裝假。元曲選喬孟符金錢記一："想當日，楚屈原，假惺惺醉倒步兵廚。"

【假廝兒】扮男裝的女性。金史后妃傳附諸妃："凡諸妃位，皆以侍女服男子衣冠，號假廝兒。"

【假撇清】僞裝清白。元曲選李文蔚燕青博魚三："你這個養漢精，假撇清。"紅樓夢九二："這會子又假撇清，何苦呢？"

【假力於人】求助他人以成事。列子湯問："恥假力於人，誓手劍以屠黑卵。"

【假天假地】宋陶穀清異錄居室："貧者以室不露明，上安油瓦，以竊微光。又或四鄰局塞，則半空架版，疊垛箱筥，分寢兒女，故有假天假地之稱。"按假天類似後來的明瓦或玻璃天窗；假地即室中架閣板。

【假公濟私】假借公事之名，以圖個人私利。元曲選缺名陳州糶米一："他假公濟私，我怎肯和他干罷了也呵！"

倂 1. bìng ㄅㄧㄥˋ 防正切，去，勁韻，並。

㊀隱僻。見廣韻。

2. bǐng ㄅㄧㄥˇ

㊁排除。通"屏"。荀子榮辱："恭儉者，倂五兵也。"注："倂，當爲屏。卻也。"

偉 wěi ㄨㄟˇ 于鬼切，上，尾韻，于。

㊀盛大，壯美，特異。莊子大宗師："偉哉！夫造物者。"史記留侯世家："衣冠甚偉。"文選漢張平子（衡）思玄賦："偉關雎之戒女。"㊁每，們。唐司空圖司空表聖文集十障車文："兒郎偉。"㊂姓。漢代有偉璋。

【偉人】偉大的人物。三國志魏鍾繇傳："此三公者，乃一代之偉人也，後世殆難繼矣。"三公，鍾繇、華歆、王朗。

【偉而】偉大壯美的樣子。文苑英華一一二唐梁洽進賢冠賦："念兹在兹，俟其偉而。"而，讀爲"如"。參閱清劉淇助字辨略。也作"禕而"。文選漢張平子（衡）東京賦："吁漢帝之德，俟其禕而。"

【偉岸】高明，特異。新唐書七八襄邑王神符傳附李從晦："從晦資質偉岸，所至以風力聞。"今又稱身軀魁梧爲偉岸。

【偉服】㊀盛服。戰國策秦一："辯言偉服，戰攻不息；繁稱文辭，天下不治。"㊁超越法制規定的服飾。管子任法："無偉服，無奇行。"

【偉器】大器，指能擔當大事的人才。後漢書六八郭太傳附黃允："林宗見（黃允）而謂曰：'卿有絶人之才，足成偉器。'"

【偉麗】壯美。後漢書三八楊琁傳："（琁）兄喬爲尚書，容儀偉麗。"

【偉辭】奇偉、瑰麗的文辭。南朝梁劉勰文心雕龍辨騷："觀其骨鯁所樹，肌膚所附，雖取鎔經意，亦自鑄偉辭。"

偓 wò ㄨㄛˋ 於角切，入，覺韻，影。

見下。

【偓佺】仙人名。史記一一七司馬相如傳上林賦："偓佺之倫，暴於南榮。"參閱列仙傳、搜神記一。

【偓促】狹小局促。楚辭漢劉向九嘆憂苦："偓促談於廊廟兮，律魁放乎山間。"注："偓促，拘愚之貌。"也作"握齪"、"齷齪"。參見各該條。

僝 chán ㄔㄢˊ

同"僝"。見"僝"。

偝 bèi ㄅㄟˋ 蒲昧切，去，隊韻，並。

同"背"。荀子非相："鄉（向）則不若，偝則謾之。"詳"背"。

偵 zhēn ㄓㄣ 丑貞切，平，清韻，徹。

丑鄭切，去，勁韻，徹。

猪孟切，去，映韻，知。

㊀問。先秦古籍通作"貞"。禮緇衣引

易:"恒其德偵"注:"偵,問也。"參閱清鄭珍説文新附三偵。㊁探伺。史記一一八淮南王安傳"爲中詗長安"索隱:"孟康曰:'詗音偵,西方人以反間爲偵。'"

【偵伺】窺探。後漢書五五清河孝王慶傳:"外令兄弟求其纖過,内使御者偵伺得失。"

【偵候】偵察敵人行動。三國志魏牽招傳:"又表復烏丸五百餘家租調,使備鞍馬,遠遣偵候。"

【偵察】暗中察看。後漢書九十烏桓傳:"爲漢偵察匈奴動静。"

【偵諜】偵探。晉書石勒載記:"晝夜不絶偵諜。"文選宋沈休文(約)齊故安陸昭王碑文:"偵諜不敢東窺,馳馬不敢南牧。"

【偵邏】偵察,巡邏。晉書戴洋傳:"洋言於庾亮曰:'昨朝大霧晏風,當有怨賊報仇,攻圍諸侯,誠宜遠偵邏。'"也作"偵羅"。後漢書八九南匈奴傳:"皆領部衆爲郡縣偵羅耳目。"注:"猶今言探候偵羅也。"

側 1. cè ㄘㄜˋ 阻力切,入,職韻,莊。

㊀旁邊。詩召南殷其靁:"在南山之側。"㊁傾斜。詩小雅賓之初筵:"側弁之俄,屢舞傞傞。"㊂偏,不正。書洪範:"無反無側,王道正直。"㊃獨,特。儀禮聘禮:"公側襲受玉于中堂。"㊄卑陋。見"側陋。"㊅伏。淮南子原道:"處窮僻之鄉,側谿谷之間。"㊆通"仄"。楚辭屈原九歌湘君:"隱思君兮陫側。"陫側,即悱惻。㊇漢字書法"點"的古稱。參見"永字八法"。

2. zè ㄗㄜˋ

㊈通"平仄"之仄。㊉通"昃"。儀禮既夕禮:"有司請祖期,曰日側。"

【側立】傍立。1.表示謙遜、尊敬。北史楊愔傳:"太皇太后臨昭陽殿,太后及帝側立。"2.表示戒懼。清龔自珍定盦續集己亥雜詩八六:"故人横海拜將軍,側立南天未蕆勛。"

【側目】㊀不敢正視之貌。戰國策秦一:"妻側目而視,傾耳而聽。"㊁嫉視,形容怒恨。漢書三六楚元王傳附劉向:"時恭顯許史子弟侍中諸曹,皆側目於(蕭)望之等。"

【側出】妾所生子女。北齊顔之推顔氏家訓後娶:"河北鄙於側出,不預人流。"魏書楊大眼傳:"少有膽氣,跳走如飛,然側出,不爲其宗親顧待,頗有飢寒之切。"

【側生】㊀文選晉左太沖(思)蜀都賦:"旁挺龍目,側生荔枝。"本指荔枝生於旁枝,後來用作荔枝的代稱。清厲荃事物異名録三四果蓏:"黄庭堅題貴妃齒痛圖:豈非多食側生,動摇其左車乎?"㊁同"側出"。魏書楊大眼傳:"(妻)潘在洛陽,頗有失行,及爲中山,大眼側生女夫趙延寶言之於大眼。"

【側犯】詞調名。唐人以宮犯羽者爲側犯。宋周邦彦乃以爲詞調名。雙調,有七十六字、七十七字諸體。見詞譜十八。

【側耳】傾聽貌。史記九六張丞相傳附周昌:"呂后側耳於東廂聽。"

【側臣】左右近臣。管子度地:"亟爲寡君教側臣。"

【側言】邪佞的話。書蔡仲之命:"罔以側言改厥度。"傳:"無以邪巧之言易其常度。"

【側足】㊀多貌。文選漢班孟堅(固)西都賦:"毛羣内闐,飛羽上覆,接翼側足,集禁林而屯聚。"唐呂向注:"接翼側足,言多也。"㊁置足,插足。三國魏曹植曹子建集五送應氏詩之一:"側足無行逕,荒疇不復田。"㊂形容因畏懼而不敢正立。後漢書六三杜喬傳:"羣臣側足而立。"

【側身】㊀戒慎恐懼,不敢安身的意思。詩大雅雲漢序:"遇裁(災)而懼,側身脩行。"疏:"側者,不正之言,謂反側也。憂不自安,故處身反側。"㊁傾側身體。文選漢張平子(衡)四愁詩之二:"側身南望涕霑襟。"㊂置身。同"廁身"。唐杜甫杜工部草堂詩箋二一將赴成都……寄嚴鄭公之五:"側身天地更懷古,迴首風塵甘息機。"

【側注】冠名。史記九七酈生陸賈傳附朱建:"衣儒衣,冠側注。"也作"仄注"。漢書五行志中之上:"昭帝時,昌邑王(劉)賀遣中大夫之長安,多治仄注冠。"注:"李奇曰:'一曰高山冠,本齊冠也,謁者服之。'(顔)師古曰:'仄,古側字也。謂之側注者,言形側立而下注也。'"

【側室】㊀旁側的房間。禮内則:"妻將生子,及月辰,居側室。"疏:"夫正寢之室在前,燕寢在後,側室又次燕寢,在燕寢之旁,故謂之側室。"㊁官名。古代封建諸侯,諸侯置卿大夫,稱家臣。卿又置側室一官,專管宗族的事,以選宗族的旁支者充任,故名。見左傳桓二年傳注疏。㊂庶子。左傳文十二年:"趙有側室曰穿。"疏引鄭玄:"正室,適子也。正室是適子,知側室是支子,言在適子之側也。"漢書九五西南夷傳:"朕高皇帝側室之子。"注:"言非正嫡所生也。"按文帝爲漢高祖中子,母薄姬。清桂馥謂漢初無以側室稱妾者,側室之子指支子,注非。見晚學集五書漢書南粤王傳後。㊃妾,又稱偏房。北魏楊衒之洛陽伽藍記三城南高陽王寺:"美人徐月華善彈箜篌,……永安中與衛將軍原士康爲側室。"

【側陋】㊀有才德而居於卑微地位的人。書舜典:"明明,揚側陋。"漢書元帝紀:"延登賢俊,招顯側陋。"㊁偏僻簡陋之處。後漢書四五袁安傳附袁閎:"居處側陋,以耕學爲業。"

【側席】㊀獨坐。國語吳:"去笄側席而坐不掃。"注:"側猶特也。禮憂者側席而坐。"禮曲禮上:"有憂者側席而坐。"㊁不正坐。漢劉向説苑尊賢:"楚有子玉得臣,(晉)文公爲之側席而坐。"即坐不安穩的意思。後漢書章帝紀:"朕思遲直士,側席異聞。"注:"側席,謂不正坐,所以待賢良也。"

【側息】㊀休閒之時。孔叢子論勢:"今秦有兼吞天下之志,日夜伺間,不忘於側息。"㊁斜靠着休息。意謂不敢安寢。三國志吳薛綜傳上疏:"今乃違必然之圖,尋至危之阻,……斯誠羣僚所以傾身側息,食不甘味,寢不安席者也。"晉書李密傳:"祖母劉氏有疾,則涕泣側息,未嘗解衣。"

【側匿】㊀朔日而月見於東方。尚書大傳洪範:"朔而月見東方,謂之側匿,甚則薄蝕是也。"又作"側慝"。見漢書八一孔光傳。參見"仄慝"、"縮朒"。㊁陰險狡詐。三國魏阮籍阮步兵集元父賦:"故其人側匿頗僻,隱蔽不公。"

【側側】形容多。逸周書大聚:"天民側側,予知其極有宜。"注:"側側,喻多。"

【側寒】薄寒。宋呂渭老聖求詞望海潮詞:"側寒斜雨,微燈薄霧,怱怱過了元宵。"參閱明楊慎升菴詩話五側寒。

【側尊】特設的尊。尊,酒器。儀禮士冠禮:"側尊一甒(瓶)。"古代設尊多成雙,一盛醴,一盛玄酒。玄酒,即明水,因其色黑,謂之玄。太古無酒,以此水當酒,故稱玄酒。僅設醴而無玄酒,故稱側尊。

【側階】正室旁的北階。書顧命:"一人冕,執鋭,立于側階。"宋蔡沈集傳:"側階,北陛之階上也。"參閱清孫希旦集解。

【側帽】歪戴帽子。周書獨孤信傳:"信在秦州,嘗因獵,日暮,馳馬入城,其帽微側。詰旦,而吏民有戴帽者,咸慕信而側帽焉。"信爲北魏貴族。宋陳師道后山詞南鄉子:"側帽獨行斜照裏,颼颼。"清納蘭性德有側帽詞,義取此。

【側筆】指書法用筆時取側勢。宋黄庭堅山谷題跋七論書:"又學書,端正則窘於法度;側筆取妍,往往工左尚病右。"

【側媚】以不正當手段討好別人。書冏命:"慎簡乃僚,無以巧言令色,便辟側媚。"南史孔範傳:"(王)瑳儀並琅邪人,瑳刻薄貪鄙,忌害才能。儀候意承顏,傾巧側媚。"也作"仄媚"。南朝梁劉勰文心雕龍程器:"孔光負衡鼎而仄媚董賢。"

【側楸】棋局。全唐詩七二二李洞對棋:"側楸敲醒睡,片石夾吟詩。"唐留存事始側楸棋局:"自古有碁卽有碁局,唯側楸之製,出齊武陵王曄,始令破楸木爲片,縱横側排,以爲棋局之圖。"(說郛本)

【側微】卑賤。書舜典:"虞舜側微。"疏:"此云側微,卽堯典側陋也。不在朝庭謂之側,其人貧賤謂之微。"參見"側陋"。

【側聞】從旁聞知。史記賈誼傳弔屈原賦:"側聞屈原兮,自沉汨羅。"文選司馬子長(遷)報任少卿書:"僕雖罷駑,亦嘗側聞長者之遺風矣。"注:"側聞,謙詞也。"

【側篇】小詩之類。陳書江總傳"(總)多有側篇,好事者相傳諷翫。"

【側麗】華美輕豔,義同側豔。南史袁象傳:"于時,何澗亦稱才子,爲文惠太子作楊畔歌,辭甚側麗。"

【側聽】傾耳而聽。卽偷聽。禮曲禮上:"毋側聽。"注:"嫌探人之私也。側聽,耳屬於垣。"

【側豔】指文辭豔麗而流於輕佻。舊唐書一九〇温庭筠傳:"能逐絃吹之音,爲側豔之辭。"詩話總龜四引雅言雜録:"温庭筠……少敏悟,薄行無檢幅,多作側詞豔曲。"

【側理紙】紙名。拾遺記九:"南人以海苔爲紙,其理縱横邪側,因以爲名。"宋王洋東牟集五和陳長卿賦芭蕉詩:"書生几上側理紙,巫女廟中巴峽神。"也作陟釐、側梨。參見"陟釐"。

【側輪車】獨輪車。全唐詩二七一竇鞏悼妓東東:"唯有側輪車上鐸,耳邊長似叫東東。"

偶 ǒu 五口切,上,厚韻,疑。 ㄡˇ

㊀偶像。如木偶、土偶。見"偶人"、"偶像"。㊁輔助。書君奭:"偶王在亶。"㊂匹配,配偶。魏書劉昞傳:"(郭)瑀有女始笄,妙選良偶。"㊃同輩。史記九一黥布傳:"(布)迺率其曹偶,亡之江中爲羣盜。"索隱:"曹,輩也;偶,類也;謂徒輩之類。"㊄雙數。禮郊特牲:"鼎俎奇而籩豆偶。"㊅對,相對。國語越上:"乃必有偶。"注:"偶,對也。"參見"偶語"。㊆遇,值。唐詩紀事二十綦毋潛春泛若耶溪:"幽意無斷絶,此去隨所偶。"㊇姓。明有偶桓。陳士元姓觿六有:"千家姓云,錢塘族。"

五遘切,去,候韻,疑。

㊈偶爾,偶然。史記七九范雎傳贊:"然士亦有偶合。"列子楊朱:"鄭國之治,偶耳;非子之功也。"

【偶人】土木等製成的人像。史記殷本紀:"帝武乙無道,爲偶人,謂之天神。"正義:"偶,對也。以土木爲人,對象於人形也。"清汪中謂偶、寓古字通,偶人卽寓人、象人的意思。參見"寓人"。參閱清汪中經義知新記。

【偶視】相對而視。荀子修身:"偶視而先俯,非恐懼也。"

【偶語】相對私語。史記秦始皇紀:"有敢偶語詩書,棄市。"也作"耦語"。漢書高帝紀上:"誹謗者族,耦語者棄市。"注:"應劭曰:'秦法禁民聚語。耦,對也。'"

【偶對】指詩文的對偶。北齊顔之推顔氏家訓文章:"今世音律諧靡,章句偶對。"舊唐書一六〇韓愈傳:"自魏晉以還,爲文者多拘偶對。"

【偶像】以土木或金石所製的人像。古代用俑殉葬,也屬偶像之類。三輔黄圖橋:"乃刻石作力士孟賁等像。"博物志八:"削木象黄帝。"都是偶像。參閱太平御覽三九六偶像。

【偶影】與影爲偶,形容孤獨無伴。文選晉陸士衡(機)演連珠之三一:"是以名勝欲,故偶影之操矜;窮愈達,故凌霄之節厲。"

【偶數】雙數。一、三、五、七、九等爲奇數,二、四、六、八、十等爲偶數。漢班固白虎通嫁娶:"陽數奇,陰數偶。"

偈 1. jié 渠列切,入,薛韻,羣。 ㄐㄧㄝˊ

㊀形容勇武高大。詩衛風伯兮:"伯兮朅兮。"按玉篇偈字下引詩作"偈"。

2. jiē 音韻闕微 乞揭切,入,屑韻,溪。 ㄐㄧㄝ

㊁疾馳的樣子。詩檜風匪風:"匪車偈兮。"漢書七二王吉傳引詩作"揭"。

3. jì 其憩切,去,祭韻,羣。 ㄐㄧˋ

㊂佛經中的頌詞。梵語偈佗的簡稱。多用三言、四言、五言、六言、七言以至多言爲句,四句合爲一偈。梁慧皎高僧傳二鳩摩羅什:"從師受經,日誦千偈,偈有三十二字,凡三萬二千言。"參閱隋吉藏百論疏上釋捨罪福。

4. qì ㄑㄧˋ

㊃休息。漢書八七上揚雄傳甘泉賦:"度三巒兮偈棠黎。"注:"偈讀曰憩。"

【偈偈】用力貌。莊子天道:"又何偈偈乎揭仁義,若擊鼓而求亡子焉!"

偲 1. cāi 倉才切,平,咍韻,清。 ㄘㄞ

㊀有才能。詩齊風盧令:"其人美且偲。"傳:"偲,才也。"集傳:"偲,多鬚之貌。"以偲卽"于思"之"思",音鰓。

2. sī 息兹切,平,之韻,心。 ㄙ

㊁見"偲$_2$偲$_2$"。

【偲$_2$偲$_2$】互相勉勵督促。論語子路:"朋友切切偲偲。"集解:"馬(融)曰:'切切偲偲,相切責之貌。'"

偎 wēi 烏恢切,平,灰韻,影。 ㄨㄟ

㊀親愛。山海經海内經:"偎人愛人。"注:"偎亦愛也。"㊁緊貼,挨傍。唐温庭筠詩集四南湖:"野船著岸偎春草,水鳥帶波飛夕陽。"

【偎紅倚翠】五代南唐後主(李煜)微行倡家,自題爲"淺斟低唱,偎紅倚翠大師,鴛鴦寺主。"見宋陶穀清異錄釋族。後來稱狎妓爲偎紅倚翠。

偘 kǎn ㄎㄢˇ

同"侃"。隋書房彥謙傳:"詞氣偘然,觀者屬目。"

【偘偘】剛直貌。唐韓愈昌黎集三二司徒兼侍中中書令贈太尉許國公神道碑銘:"事親孝謹,偘偘自將,不縱爲子弟華靡遨放事。"新唐書一六二薛存誠傳附薛廷老:"在公卿間,偘偘不干虛譽,推爲正人。"參見"侃侃"。

偁 chēng 處陵切,平,蒸韻,穿。 ㄔㄥ

稱揚。說文:"偁,揚也。"古偁譽、偁舉、偁謂,都作"偁"。

御 jué 其虐切,入,藥韻,羣。 ㄐㄩㄝˊ 綺戟切,入,陌韻,溪。

㊀勞累。見廣雅釋詁一。御亦作"谻"。史記一一七司馬相如傳子虛賦,"徼谻受詘。"文選子虛賦谻作"𠮦",又作"御"。方言十二:"御,傍也。"㊁笑。通"噱"。廣雅釋詁一:"御,笑也。"

偷 tōu 託侯切，平，侯韻，透。ㄊㄡ

㊀苟且，怠惰。老子："建德若偷。"孫臏兵法將失："令數變，衆偷，可敗也。"㊁澆薄，不厚道。論語泰伯："故舊不遺，則民不偷。"㊂盜竊。淮南子道應："楚有善爲偷者，往見(子發)曰："聞君求技道之士，臣偷也。"

【偷生】苟且活下去。逸周書芮良夫："爾執政小子，不圖大囏，偷生苟安，爵以賄成。"荀子榮辱："今夫偷生淺知之屬，曾此而不知也。"

【偷安】不顧將來，但求眼前安全。漢賈誼新書數寧："夫抱火措之積薪之下，而寢其上，火未及爇，因謂之安，偷安者也。"爇，古"然"(燃)字。史記秦始皇紀論："小人乘非位，莫不怳忽失守，偷安日日。"

【偷巧】苟且虛僞。唐元稹長慶集四十戒勵風俗德音："末俗偷巧，内荏外剛。卿大夫無進思盡忠之誠，多退有後言之謗。"

【偷曲】唐元稹長慶集二四連昌宮詞："李謩壓笛傍宮牆，偷得新翻數般曲。"相傳唐玄宗一夜在上陽宮譜新曲，李謩在天津橋上竊聽，隨在柱上插譜記録。次日即以新曲奏於酒樓。見元詩本注。清洪昇長生殿一四偷曲卽寫此事。

【偷幸】苟且，僥幸。韓非子難二："夫賞無功，則民偷幸而望於上；不誅過，則民不懲而易爲非。"管子權修："有無積而徒食者，則民偷幸。"

【偷長】盜賊的頭目。漢張敞出任京兆尹，欲肅清長安市偷盜，召見偷盜頭目，委任爲吏，責成招致諸盜。偷長大擺酒席，小偷都來祝賀，乘酒醉，一起逮捕了幾百人。見漢書七六張敞傳。

【偷兒】小偷。太平御覽七〇八晉裴啓語林："王子敬(獻之)在齋中卧，偷人取物，一室之内略盡。子敬卧而不動，偷遂登榻，欲有所見。子敬因呼曰：'偷兒，石染青氈是我家舊物，可特置否？'"又見晉書王獻之傳。

【偷活】偷生。漢劉向戰國策序："苟以詐僞偷活取容，自上爲之，何以率下？"唐元稹長慶集三十誨姪等書："抱釁終身，偷活今日。"

【偷食】苟且偷安。左傳昭元年："吾儕偷食，朝不謀夕，何其長也？"注："言欲苟免目前，不能念長久。"

【偷香】晉賈充女午鍾情於韓壽。武帝以西域所進奇香賜充，充女盜以贈壽。充發覺後，卽以女嫁壽。見世説新語惑溺、晉書賈充傳附賈謐。後用爲男女暗中通情的典故。參見"竊玉偷香"。

【偷桃】古神話，西王母種桃，三千年一結子，東方朔曾三次偷食，失王母意，被謫降人間。見漢武故事。唐李商隱李義山詩集六月夜重寄宋華陽姊妹："偷桃竊藥事難兼，十二城中鎖彩蟾。"

【偷婆】佛塔。梵語音譯。增壹阿含經十九："世尊告曰：'當集種種香華，於四衢道頭，起四寺偷婆。'"唐玄應一切經音義六妙法蓮華經一寶塔："諸經論中或作藪斗波，或作塔婆，或云兜婆，或言偷婆，……皆訛略也。正言窣覩波。此譯云廟，或云方墳，此義翻也。"

【偷眼】暗中窺視。唐杜甫杜工部詩史補遺五數陪章梓州泛江……豔曲二首贈章："競將明媚色，偷眼豔陽天。"天，九家集注本作"年"。宋林逋林和靖集二山園小梅二首詩："霜禽欲下先偷眼，粉蝶如知合斷魂。"

【偷閑】忙中取閒。唐白居易長慶集二十歲假内命酒贈周判官蕭協律詩："閑健此時相勸醉，偷閑何處共尋春。"宋蘇軾分類東坡詩十九次韻答李端叔："西省鄰居時邂逅，相逢有味是偷閑。"

【偷榮】竊取榮華富貴。後漢書七四上袁紹傳陳琳爲袁紹上漢帝書："偷榮求利，則進可以享竊禄位，退無門户之患。"文選晉庾元規(亮)讓中書令表："止足之分，臣所宜守，而偷榮昧進，日爾一日。"

【偷墮】苟且懈惰。大戴禮盛德："無度量則小者偷墮，大者侈靡，而不知足。"也作"媮惰"。宋史仁宗紀贊："吏治若媮惰，而任事蔑殘刻之人。"

【偷樂】貪圖安逸享受。楚辭屈原離騷："唯夫黨人之偷樂兮，路幽昧以險隘。"韓非子六反："故法之爲道，前苦而長利；仁之爲道，偷樂而後窮。"

【偷儒】苟且怠惰。荀子修身："勞苦之事，則偷儒轉脱。"注："偷，謂苟避於事；儒，亦謂懦弱畏事，皆嬾惰之義。"儒，通"懦"。也作"偷懦"。荀子禮論："苟怠惰偷懦之爲安，若者必危。"

【偷薄】輕薄，不厚道。後漢書三一廉范傳："其俗尚文辯，好相持短長，范每厲以淳厚，不受偷薄之説。"文選晉桓元子(温)薦譙元彦表："遺黎偷薄，義聲不聞。"也作"媮薄"。見該條。

【偷聲】唐宋詞曲中的術語。唐代絶句多配樂歌唱。歌唱時爲調節抑揚緩急的聲調，多運用和聲、散聲、偷聲等方法。偷聲，卽在一句内偷去一字。如唐張志和漁歌子的第三句"青篛笠，绿蓑衣"，劉禹錫瀟湘神的第一句"斑竹枝，斑竹枝"，都是把七字句省去一字，分爲三字二句。又古人依譜填詞，雖有一定格式，但作者在聲腔方面可以自由伸縮。如木蘭花上下闋原是各押三个仄韻，後來作者不但把上下闋的第三句各減去三字，並且將三、四兩句的仄韻改爲平韻，就好像這個平韻是從別處偷取來的，所以叫偷聲。新調木蘭花因另名爲偷聲木蘭花。

【偷春體】律詩的一體。凡起聯相對，而次聯不對者，稱爲偷春體，好似梅花偷春色而先開。參閲宋魏慶之詩人玉屑二詩體下偷春體。

【偷合苟容】苟且迎合，以求容身。荀子臣道："不邺君之榮辱，不邺國之臧否，偷合苟容，以持禄養交而已耳，謂之國賊。"又作"偷合取容"。史記七三白起王翦傳："偷合取容，以至㘻身。"

【偷梁換柱】宋羅泌路史發揮三桀紂事多實論，記古史傳説，桀紂能"倒曳九牛，換梁易柱"。本爲强調桀紂力大無窮。後作"偷梁換柱"，比喻玩弄手法，暗中改換事物的内容。紅樓夢九七："偏偏鳳姐想出一條偷梁換柱之計，自己也不好過瀟湘館來，竟未能盡姊妹之情。"指鳳姐乘寶玉神志不清時，出計以寶釵冒充黛玉與寶玉成婚。

【偷寒送暖】㊀奉承拍馬。暖，也作"煖"。元元淮金囦集乙丑鞭春詩："偷寒送暖朱門去，搶脚爭頭白上來。"㊁指對人關切。元曲中多指暗中撮合男女私情。古今雜劇元關漢卿救風塵三："釘靴雨傘爲活計，偷寒送煖作營生。"雍熙樂府十九滿庭芳西廂十詠："紅娘豔質，能傳芳信，善做良媒，偷寒送暖將婚姻配。"

傀 1. guī 公回切，平，灰韻，見。ㄍㄨㄟ

㊀大。莊子列禦寇："達生之情者傀。"㊁獨居貌。通"塊"。荀子性惡："天下不知之，則傀然獨立天地之間而不畏，是上勇也。"㊂怪異。周禮春官大司樂："大傀異烖。"注："傀，猶怪也。"㊃見"傀俄"。

2. kuǐ 口猥切，上，賄韻，溪。ㄎㄨㄟˇ

㊄木土偶像叫傀儡。見"傀₂儡"。

【傀俄】傾頹貌。世説新語容止："山(濤)公曰：'嵇叔夜(康)之爲人也，巖巖若孤松之獨立。其醉也，傀俄若玉山之將崩。'"

【傀₂儡】傀儡，用土木製成的偶像。傀儡子，指木偶戲。傀儡子始於漢，至魏晉而盛行。北齊顏之推顏氏家訓書證已有傀儡子一詞；又列子湯問記巧工偃師所造假物倡者，即後來的木偶人。舊唐書音樂志二："窟磊子，亦云魁磊子，作偶人以戲，善歌舞。本喪家樂也，漢末始用之於嘉會，齊後主高緯尤所好。"窟磊，即"傀儡"。參閱唐段安節樂府雜錄傀儡子。傀儡須人牽綫纔能動作，後因用以比喻被人利用而不能自主者。

偅 zhòng 之用切，去，用韻，照。ㄓㄨㄥˋ

見"儱₂偅"。

偢 chǒu ㄔㄡˇ

理睬。元王實甫西廂記一本三折："呀！今夜淒涼有四星，他不偢人待怎生！"偢也作"瞅"。

【偢采】眼看着、理會爲偢采；不看，不理會爲不偢采。宋張鎡南湖集十眼兒媚初秋詞："起來没個人偢采，枕上越思量。"采，也作"採"、"倸"。吳騷合編仙呂一王百穀題情："吞聲寧耐，欲說誰偢採。"清洪昇長生殿疑讖："撐著這醒眼兒誰偢倸。"

【偢睬】同"偢采"、"偢倸"。清孔尚任桃花扇閑話："竟没人偢睬。"

偩 fù 房久切，上，有韻，並。ㄈㄨˋ

㊀依附。禮樂記："禮樂偩天地之情。"注："偩，猶依象也。"㊁同"負"。淮南子詮言："好勇則輕敵而簡備，自偩而辭助。"注："自偩，自恃也。"

傯 zǒng 作孔切，上，董韻，精。ㄗㄨㄥˇ 作弄切，去，送韻，精。

見"倥₂傯"。

偟 huáng 胡光切，平，唐韻，匣。ㄏㄨㄤˊ

㊀閒暇。爾雅釋言："偟，暇也。"漢揚雄法言君子："忠臣孝子，偟乎不偟。"㊁徬偟。見該條。

偊 yǔ 集韻 王矩切，上，噳韻。ㄩˇ

見下。

【偊旅】身體彎曲貌。同"傴僂"。漢書六五東方朔傳："行步偊旅。"注："曲躬貌也。"

【偊偊】獨行無伴貌。同"踽踽"。列子力命："汝奚往而反，偊偊而步，有深愧之色邪？"

傁 sǒu 集韻 蘇后切，上，厚韻。ㄙㄡˇ

老人。同"叟"。左傳宣十二年："趙傁在後。"注："傁，老稱也。"

偫 zhì 集韻 丈里切，上，止韻。ㄓˋ

儲備。國語周中："偫而畚挶。"漢書平帝紀元始元年："天下吏民，亡得置什器儲偫。"注："偫，具也。音丈紀反。"

偰 xiè 私列切，入，薛韻，心。ㄒㄧㄝˋ

㊀人名。相傳是殷的始祖。詩商頌玄鳥箋："高宗……崩而始合祭於契之廟。"釋文："本又作偰，同。又作离，古字也。"今經籍都省作"契"。㊁姓。元有偰文質。新元史有傳。

十 畫

傘 sǎn 蘇旱切，上，旱韻，心。ㄙㄢˇ

蓋。本作"繖"。擋雨或遮太陽的用具，可以張合。魏書裴延儁傳附裴良："服素衣，持白傘白幡。"參見"繖"。

【傘子鹽】鹽名。唐段成式酉陽雜俎十："鹽，朐䏰縣鹽井有鹽方寸，中央隆起如張傘，名傘子鹽。"參見"繖子鹽"。

傢 jiā ㄐㄧㄚ

見下。

【傢伙】器具。儒林外史十五："馬二先生……又儘力的喫了一餐，撤下傢伙去。"紅樓夢三五："鳳姐先忙着要乾淨傢伙來替寶玉揀菜。"這些都指食具。

傛 1. róng 餘封切，平，鍾韻，喻。ㄖㄨㄥˊ

㊀儀態美麗。見"傛華"。

2. yǒng 余隴切，上，腫韻，喻。ㄩㄥˇ

㊁見"傛₂傛₂"。

【傛華】漢女官名。武帝置，因選美女爲官，故名。見漢書九七上外戚傳序。史記外戚世家作"容華"。

【傛₂傛₂】猶言奕奕。輕靡之意。見漢書九七上外戚傳序"傛華"注。

傍 1. páng 步光切，平，唐韻，並。ㄆㄤˊ

㊀通"旁"。史記一二六淳于髡傳："執法在傍，御史在後，髡恐懼俯伏而飲，不過一斗徑醉矣。"

2. bàng 蒲浪切，去，宕韻，並。ㄅㄤˋ

㊁依附，接近。晉書王彪之傳："乃謂(桓)溫曰：'公阿衡皇家，便當倚傍先代耳。'"唐李白李太白詩十八送友人入蜀："山從人面起，雲傍馬頭生。"㊂姓。唐代有傍企本。

3. bēng 音韻闡微 逋耕切，平，庚韻，幫。ㄅㄥ

㊃見"傍₃傍₃"。

【傍₂午】接近正午。元張憲玉笥集三端午詞："五色靈錢傍午燒，綵勝金花貼鼓腰。"

【傍生】也作"傍行"。梵語"吉利藥住尼"，又叫"帝利耶瞿揄泥伽"。舊譯爲畜生或禽獸。唐玄應一切經音義二一○俱舍頌疏八："言傍生者，以傍行故。"

【傍妻】妾。漢書九八元后傳："(王禁)好酒色，多取傍妻。"傍，也作"旁"。宋史二六七劉昌言傳："又短其委母妻鄉里，十餘年不迎侍，別娶旁妻。"

【傍訊】多方探求。文選晉陸士衡(機)文賦："其始也，皆收視反聽，耽思傍訊。"注："耽思傍訊，靜思而求之也。"

【傍偟】徘徊。同"彷徨"。史記八六荆軻傳："傍偟不能去。"

【傍排】見"傍牌"。

【傍通】博通衆藝，善於應變。漢揚雄法言問明："傍通厥德。"注："應萬變而不失其正者惟旁通乎？"文選三國魏嵇叔夜(康)與山巨源絶交書："足下傍通，多可而少怪。"注："言足下傍通衆藝。"

【傍₃傍₃】事繁無盡的意思。詩小雅北山："四牡彭彭，王事傍傍。"釋文："傍，布彭反。"

【傍牌】盾。宋丘光庭兼明書血流漂杵："扞一名楯，一名櫓。漢書云：'血流漂櫓'，櫓即扞。俗呼爲傍牌。"宋馬鑑續事始傍排："自蚩尤始也，謂之傍排。步軍以八尺牛筋排，馬軍以朱漆圓排，見二儀實錄。"（說郛十四）明茅元儀武備志一○四軍資乘器械三有步兵旁牌、騎兵旁牌圖。

【傍統】舊宗法稱始祖的嫡長爲大宗，大宗無後，以傍支而承統系的，稱傍統。文選南朝梁任彥昇(昉)爲褚諮議蓁讓代兄襲封表："且先臣以大宗絶緒，命臣出纂傍統。"

【傍薄】同"磅礴"。宋書謝靈運傳山居賦："嶇崩飛於東峭，槃傍薄於西阡。"

【傍囊】即鞶囊。晉書輿服志："漢世著鞶囊者，側在腰間，或謂之傍囊，或謂之綬囊。"詳"鞶囊"。

【傍觀】同"旁觀"。北齊顏之推顏氏家訓風操："有識傍觀，猶欲掩耳，況名之者乎？"舊唐書一〇二元行沖傳："當局稱迷，傍觀見審。"

【傍州例】榜樣，例子。元曲選缺名賺蒯通二："救他出井底，倒將他斬訖，那的也須放着傍州例。"又關漢卿竇娥冤三："勸普天下前婚後嫁婆娘每，都看取我這般傍州例。"

【傍₂人門户】依賴他人，不能自主。東坡志林十二稱桃符與艾人相争，門神勸解説："吾輩不肖，方傍人門户，何暇争閑氣耶？"（稗海本）

【傍₂人籬壁】比喻依賴別人。宋嚴羽滄浪詩話附答出繼叔臨安吳景仙書："僕之詩辨，……是自家實證實悟者，是自家閉門鑿破此片田地，卽非傍人籬壁，拾人涕唾得來者。"

【傍₂花隨柳】形容春遊的快樂。宋金履祥編濂洛風雅五宋程顥春日偶成："雲淡風輕近午天，傍花隨柳過前川。"二程全書明道文集一作偶成詩，無"春日"二字，傍作"望"。

【傍若無人】形容神情自若或態度高傲。世説新語簡傲："王子敬（獻之）自會稽經吳，聞顧辟疆有名園，先不識主人，徑往其家。值顧方集賓友酣燕，而王遊歷既畢，指麾好惡，傍若無人。"參見"旁若無人"。

傠 fá ㄈㄚˊ 集韻 房越切，入，月韻，並。

同"伐"。見集韻。漢揚雄太玄三斷："勇佅之傠，盗蒙決夫。"注："無道爲佅，反義爲傠。"

傚 xiào ㄒㄧㄠˋ 胡教切，去，效韻，匣。

效法，模仿。同"效"。詩小雅鹿鳴："君子是則是傚。"左傳昭七年引詩作"效"。

【傚慕】摹仿。唐柳宗元柳先生集十七種樹郭橐駝傳："他植者雖窺伺傚慕，莫能如也。"

傓 shàn ㄕㄢˋ 式戰切，去，線韻，審。

説文："傓，熾盛也。从人，扇聲。詩曰：'豔妻傓方處。'"今本詩小雅十月之交作"煽"。通"扇"。漢書八五谷永傳"閻妻驕扇"注引魯詩："閻妻扇方處。"

傕 jué ㄐㄩㄝˊ 古岳切，入，覺韻，見。

㊀人名字。東漢董卓部將有李傕。㊁姓。見玉篇。

傔 qiàn ㄑㄧㄢˋ 苦念切，去，㮇韻，溪。

㊀侍從。見下各條。㊁滿足。吕氏春秋知士："剗而類，揆吾家苟可以傔剗貌辨者，吾無辭爲也。"

【傔力】卽傔人。太平廣記二二〇陶俊引稽神錄："江南吉州刺史張曜卿，有傔力者陶俊，性謹直。"

【傔人】唐制，節度使、大使、副史屬官都有傔人，相當於副官的職務。舊唐書職官志二："凡諸軍鎭使，副使已下，皆有傔人，別奏以從之。"太平廣記一八九封常清引譚賓録："常清爲（高）仙芝傔。……仙芝見判官劉眺、獨孤俊等，遂問曰：'前者捷書，何人所作？副大使何得有此人？'仙芝曰：'卽傔人封常清也。'"參閲明方以智通雅二四官制。

【傔卒】衛士。新唐書九七魏謩傳："荆南監軍吕令琛，縱傔卒辱江陵令。"舊唐書作"從人"。

【傔從】隨從的人。舊唐書一〇四封常清傳："每出軍，奏傔從三十餘人。"

傌 mà ㄇㄚˋ 字彙 莫駕切，音罵。

漢代刑罰之一。漢書四八賈誼傳："今自王侯三公之貴，…… 而令與衆庶同黥、劓、髡、刖、笞、傌、棄世之法。"清盧文弨校賈誼新書階級此句下注云："傌，與罵音義同。建本作傷。譚本訛作傃。"

傃 sù ㄙㄨˋ 桑故切，去，暮韻，心。

向。文選晉陸士衡（機）演連珠："是以寸管下傃，天地不能以氣欺。"唐吕延濟注："管，律管也；傃，向也，謂插向地中候氣也。"宋蘇軾經進東坡文集事略五一放鶴亭記："且則望西山之缺而放焉，縱其所如，……暮則傃東山而歸。"

傋 1. jiǎng ㄐㄧㄤˇ 古項切，上，講韻，見。虛慃切，上，講韻，曉。

㊀傋㑔，不順，不和悦。見玉篇。

2. gòu ㄍㄡˋ 集韻 居侯切，去，宥韻。

㊁愚昧。見下。

【傋₂霿】愚昧。漢書五行志中之上："不敬而傋霿之所致也。"五行志下之上作"區霿"。參見"佝愁"、"溝瞀"。

傲 ào ㄠˋ 五到切，去，號韻，疑。

㊀驕傲。書堯典："象傲。"書益稷："無若丹朱傲。"㊁急躁。荀子勸學："故不問而告，謂之傲。"

【傲世】高傲自負，輕視世人。三國志魏崔琰傳："有白琰此書傲世怨謗者，……於是罰琰爲徒隸。"

【傲吏】高傲的官吏。文選晉郭景純（璞）遊仙詩："漆園有傲吏，萊氏有逸妻。"

【傲岸】高傲，不隨和於世俗。晉書郭璞傳客傲："傲岸榮悴之際，頡頏龍魚之間。"南朝宋鮑照鮑氏集七代輓歌："傲岸平生中，不爲物所裁。"

【傲物】自負，輕視他人。舊唐書一九〇上張昌齡傳："昔禰衡、潘岳，皆恃才傲物，以至非命。"

【傲骨】傲世之風骨。比喻不向惡勢力低頭的氣節。唐李白不事權貴，人稱有傲骨。後來附會説白腰間有傲骨。見宋戴埴鼠璞傲骨。

【傲很】倨傲凶狠。左傳文十八年："顓頊有不才子……傲很明德，以亂天常，天下之民，謂之檮杌。"

【傲散】傲慢嬾散。文選三國魏嵇叔夜（康）與山巨源絶交書："又縱逸來久，情意傲散，簡與禮相背，嬾與慢相成。"

【傲睨】倨傲傍視，目空一切。文選晉郭景純（璞）江賦："冰夷倚浪以傲睨。"注："傲睨，自寬縱不正之貌。"也作"傲倪"。三國魏嵇康嵇中散集三卜疑集："將傲倪滑稽，挾智任術爲智囊乎？"

【傲慢】驕傲怠慢。漢王充論衡譴告："子弟傲慢，父兄教以謹敬。"

【傲霜枝】菊。菊開於秋盡冬初，不爲寒霜所屈，故云。宋蘇軾分類東坡詩二五贈劉景文："荷盡已無擎雨蓋，菊殘猶有傲霜枝。"後來借以比喻不畏强暴而有節操的人。

傛 qióng ㄑㄩㄥˊ 渠容切，平，鍾韻，羣。

見下。

【傛偢】可憎的樣子。駡人用語。漢時燕地方言。方言七："傛偢，駡也。燕之北郊曰傛偢。"注："羸小可憎之名也。"

傅 1. fù ㄈㄨˋ 方遇切，去，遇韻，幫。

㊀輔佐。左傳僖二八年："鄭伯傅王。"㊁師傅。禮內則："十年，出就外傅。"㊂附着。通"附"。左傳僖十四年："皮之不存，毛將安傅？"釋文："（傅）音附。"㊃靠近，接觸。孫臏兵法十問："或傅而佯北，而示之懼。"謂接近敵軍。㊄姓。相傳爲傅説的後代。見元和姓纂八。

2. fū ㄈㄨ 集韻 芳無切，平，虞韻。

㊅布陳，分布。通"敷"。荀子成相："禹傅土，平天下。"史記夏紀："命諸侯百姓興人徒以傅土。"書禹貢作"敷"。

【傅子】晉傅玄著。一百一十四卷。論述經國九流及三史故事，評斷得失。南宋後佚，清四庫館自永樂大典輯出共十二篇，刻入武英殿叢書；嚴可均又有重定本四卷，刻入全晉文。葉德輝有輯本三卷，訂誤一卷。參見"傅玄"。

【傅山】公元 1602—1683 年。明末清初陽曲人。字青竹，改字青主，別號甚多，如公之它朱衣道人嗇廬等。明亡，穿朱衣，住土穴，堅決不出來作官。康熙間舉博學鴻詞，强徵至京，以死拒絕就任，放還。文章書畫都有盛名，家居以醫爲生。有霜紅龕集十二卷，清末有丁寶詮編四十卷本。參閱國朝耆獻類徵四七三、國朝先正事略四六。

【傅父】古代保育、輔導貴族子女的老年男子。漢書六一張騫傳："子昆莫新生，傅父布就翎侯抱亡，置草中。"注："服虔曰：'傅父，如傅母也。'"

【傅玄】公元 217—278 年。晉北地泥陽人。字休奕。少孤貧，州舉秀才，官至司隸校尉。屢上書陳述農事得失及水官興廢，以及安邊御外等政事。能文，解鐘律，工篆隸。著有傅子。南宋後佚，清代四庫館從永樂大典中重行輯刊爲十二篇。晉書有傳。

【傅母】傅，傅父；母，保姆；古代保育、輔導貴族子女的老年男女。公羊傳襄三十年"不見傅母不下堂"注："禮，后夫人必有傅母，……選老大夫爲傅，選老大夫妻爲母。"太平御覽六九〇引三禮圖："古者傅母，選無夫與子而老賤、曉習婦道者使之應對也。"以傅母連稱爲一人。

【傅君】對太傅的尊稱。三國志吳程秉傳："(孫登)笑曰：'將順其美，匡救其惡，誠所賴於傅君也。'"登，孫權太子，時秉官太子太傅。

【傅別】古時的劵據，相當於後來憑騎縫核對的票據。周禮天官小宰："四曰聽稱責以傅別。"注："傅別，謂劵書也。……傅，傅著約束於文書；別，別爲兩，兩家各得一也。"又秋官士師："凡以財獄訟者，正之以傅別、約劑。"注："傅別，中別手書也。"孫詒讓謂傅別爲在票據上手寫大字，從字的中間裂成兩份，各執其一，合而成原字。見周禮正義五。

【傅近】附近，靠近。文選南朝宋范蔚宗(曄)宦者傳論注引漢仲長統昌言："宦豎傅近房卧之内，交錯婦人之間。"

【傅奕】公元 555—639 年。唐相州鄴人。精於天文曆數。官太史令。進漏刻新法，行於時。屢上疏請禁佛教，指斥佛教妄言輪迴功德，愚民騙錢，且僧多寺奢，大量耗費國家財富，誘使軍民逃役，害政禍國。主張僧尼還俗。有老子注、老子音義，並把魏晉以來駁佛言論輯成高識傳十卷。已佚。新、舊唐書有傳。

【傅相】㊀古稱輔導國君、諸侯王的官爲傅相。漢諸侯王國有太傅，景帝中五年令諸侯王不得治國，改丞相曰相，通稱傅相。史記梁孝王世家："故諸侯王當爲置良師傅相忠言之士。"㊁輔佐。史記九九劉敬傳："成王卽位，周公之屬傅相焉。"

【傅致】㊀從外面附着。漢陸賈新語道基："伎巧横出，用意各殊，則加雕文刻鏤，傅致膠漆丹青玄黄琦瑋之色，以窮耳目之好，極工匠之巧。"㊁羅織入罪。漢書四七文三王傳："傅致難明之事，獨以偏辭，成辠斷獄。"又九九上王莽傳："諸哀帝外戚，及大臣居位素所不説者，莽皆傅致其罪。"注："傅，讀曰附，附益而引致之，令入罪。"

【傅納】使陳述意見而加以採納。漢書成帝紀鴻嘉二年詔："古之選賢，傅納以言，明試以功。"注："傅，讀曰敷。敷，陳也。令其陳言而省納之。"書舜典作"敷奏以言"。

【傅彩】着色。宣和畫譜三道釋三："(曹仲元)尤工傅彩，遂有一種風格。"也作"賦彩"。南齊謝赫古畫品録論畫有六法，四曰隨類賦彩。

【傅御】佐王或諸侯治事之官。詩大雅崧高："王命傅御，遷其私人。"箋："傅御者，貳王治事，謂冢宰也。"集傳謂爲申伯家臣之長。

【傅婢】親幸的侍女。漢書七二王吉傳："(吉孫崇)爲傅婢所毒，薨。"注："凡言傅婢者，謂傅相其衣服衽席之事。一説傅曰附，謂近幸也。"後漢書七五呂布傳："(董)卓又使布守中閤，而私與傅婢情通，益不自安。"三國志魏呂布傳作"侍婢"。

【傅會】領會貫通，經營。史記一〇一袁盎鼂錯傳贊："袁盎雖不好學，亦善傅會。"後漢書五九張衡傳："衡乃擬班固兩都作二京賦，……精思傅會，十年乃成。"後稱牽强湊合爲傅(附)會。

【傅説】説 (yuè)。㊀殷相。相傳説曾築於傅巖之野，武丁訪得，舉以爲相，出現殷中興的局面。因得説於傅巖，故命爲傅姓，號傅説。參閲書説命、楚辭離騷、呂氏春秋求人、史記殷紀。㊁星名。星經下尾宿："傅説一星，在尾第二星東，二寸小者是其星。"星名出於有關傅説的傳説。參見"箕尾"、"騎箕"。

【傅嘏】公元 209—255 年。三國魏北地泥陽人。字蘭石。正始年間爲黄門侍郎，和當時掌權的大將軍曹爽不合，免官。後依附司馬氏，屢遷河南尹、尚書。常論述才性異同問題，認爲性無本體，才的外部表現就是性，主張"才性同"。三國志魏志有傳。

【傅毅】？— 公元 90 年。東漢扶風茂陵人。字武仲。章帝時爲蘭臺令史，與班固賈逵等同校内府藏書。永元初車騎將軍竇憲請爲記室。及憲爲大將軍，以毅爲司馬。著有詩賦七激等作品。有集，今散佚。後漢書有傳。

【傅餘】複姓。見通志二八氏族四以族爲氏。

【傅巖】古地名。傳爲傅説版築處。書説命上："説築傅巖之野。"注："傅氏之巖在虞虢之界，通道所經，有澗水壞道，常使胥靡刑人築護此道。"史記殷紀作"傅險"。索隱："舊本作險，亦作巖也。"讀史方輿紀要四一山西三解州謂其地在平陸縣東三十五里，俗名聖人窟。

【傅友德】公元？— 1394 年。明碭山人。元末，初依陳友諒，後歸朱元璋，與陳友諒張士誠軍戰，皆勝；又屢敗元師。傅善用兵，常以少勝多，平蜀征滇，戰績尤著，自偏裨升至大將，封潁國公。朱元璋以皇太子標死，孫允炆爲皇太孫，年幼，恐不能制起事諸臣，乃屢興大獄。洪武二十七年殺友德。明史有傳。

【傅介子】漢北地人。昭帝元鳳中，出使大宛，以計斬樓蘭王，歸封義陽侯。漢書有傳。

【傅若金】公元 1304—1343 年。元江西新喻人。初字汝礪，後改與礪。少貧，以織席爲生，又改業針工。尋讀書，受業於同郡范梈。曾出使安南，歸授廣州教授。工詩。有傅與礪詩文集二十卷。新元史有傳。

【傅維鱗】公元？— 1667 年。清靈壽人。初名維楨，字掌雷，一字歉齋。順治三年進士，官至工部尚書。著有明書一百七十一卷；記萬曆以前事較詳備，泰昌以後，多有缺略。

【傅粉何郎】魏何晏故事，後用來稱美男子。全唐詩話二李端贈郭駙馬(曖)："薰香荀令偏憐少，傅粉何郎不解愁。"曖，郭子儀子。詳"何郎"。

【傅粉施朱】搽粉抹紅，謂修飾打扮。朱，胭脂。文選戰國楚宋玉登徒子好色賦："著粉則太白，施朱則太赤。"北齊顔之推顔氏家訓勉學："梁朝全盛之時，貴遊子弟，……無不燻衣剃面，傅粉施朱。"

倆 1. liàn 郎甸切,去,霰韻,來。 ㄌㄧㄢ

㊀雞雛。爾雅釋畜:"未成雞,倆。"注:"江東呼雞少者曰倆。"

2. liǎn 力展切,上,獮韻,來。 ㄌㄧㄢ

㊁見下。

【倆₂子】雙生子。方言三:"陳楚之間凡人獸乳而雙產謂之釐孳,秦晉之間謂之倆子。"注:"音輦。"

備 bèi 平秘切,去,至韻,並。 ㄅㄟ

㊀具備,完全。詩周頌有瞽:"既備乃奏,簫管備舉。"㊁富足。荀子禮論:"故雖備家,必踰日然後能殯。"㊂美好。荀子解蔽:"故目視備色,耳聽備聲,口食備味,形居備宮,名受備號。"㊃預備,準備。書說命中:"有備無患。"㊄警戒。左傳成十六年:"申宮儆備,設守而後行。"㊅長兵器。左傳昭二一年:"用少莫如齊致死,齊致死莫如去備。"注:"備,長兵也。"㊆牆垣。淮南子齊俗:"結駟連騎,則必有穿窬拊楗抽箕踰備之姦。"注:"備,後垣也。"

【備位】謙詞,指聊以充數,徒占其位。漢書七四魏相傳:"臣相幸得備位,不能奉明法,廣教化,理四方,以宣盛德,……臣相罪當萬死。"

【備官】居官。國語魯下:"使僮子備官而未之聞耶?"

【備具】一應齊備。左傳襄十年:"昔平王東遷,吾七姓從王,牲用備具。"

【備使】充使臣之數。左傳哀十五年:"寡君使蓋備使,弔君之下吏。"蓋,陳使人公孫貞子之隨從芋尹蓋。

【備員】湊數。謂虛在其位,聊以充數。史記秦始皇紀:"博士雖七十人,特備員弗用。"任事自謙,因也稱備員。史記七六平原君傳:"願君即以(毛)遂備員而行矣。"

【備數】充數。儀禮士昏禮:"吾子有命,且以備數而擇之,某不敢辭。"漢王充論衡程材:"其置文吏也,備數滿員。"

【備豫】預備,事先有所準備。左傳成九年:"備豫不虞,善之大者也。"

【備禦】防備。左傳昭七年:"君其備禦三鄰。"國語周下:"將民之與處而離之,將災是備禦而召之,則何以經國?"

【備身府】官署名。隋有左右備身府,開皇十八年置。煬帝改爲左右驍衛府,所領軍士名豹騎。見通典二八武官上左右驍衛。

傎 diān 都年切,平,先韻,端。 ㄉㄧㄢ

顛倒。同"顛"、"傾"。穀梁傳僖二八年:"以爲晉文公之行事,爲已傎矣。"指晉文公把周王叫到河陽相見一事。

傉 rù 內沃切,入,沃韻,泥。 ㄖㄨ

用於姓氏。鮮卑族複姓有庫傉官。見廣韻。魏書官氏志作庫褥官。東晉時南涼國君有禿髮傉檀。見晉書一二六。

傑 cī 集韻 又宜切,平,支韻。 ㄘ

見"傑池"。

【傑池】參差不齊。文選漢司馬長卿(相如)上林賦:"傑池茈虒,旋還乎後宮。"注:"張揖曰:傑池,參差也。"史記一一七司馬相如傳作"柴池"。也作"傑傂"、"柴虒"。文選漢揚子雲(雄)甘泉賦:"傑傂參差,魚頡而鳥䀏。"李善本及漢書五七揚雄傳都作"柴虒"。

傝 1. tàn 他紺切,去,勘韻,透。 ㄊㄢ

㊀見"傝偋"。

2. tà 吐盍切,入,盍韻,透。 ㄊㄚ

㊁見"傝₂僠"、"傝₂㑀"。

【傝₂㑀】卑賤,無能。㑀,音 rǒng。廣韻上聲腫韻:"㑀,不肖也。一曰傝㑀,劣也。也作搨茸,又作毾㲪。"通作"闒茸"。

【傝₂僠】惡劣,没出息。一曰不謹慎。僠,先盍切。見玉篇人部傝。清洪昇長生殿驛備:"我做驛丞没傝僠,缺供應付常吃打。"清錢大昕恒言錄二傝僠:"今吳人以不謹爲没傝僠。"陳鱣恒言廣證二說傝僠本作"苔颯"。

【傝偋】糊塗,不懂事。廣韻入聲盍韻:"傝偋,不著事也。"

傒 xī 胡雞切,平,齊韻,匣。 ㄒㄧ

㊀通"奚"。春秋秦百里奚,史記秦紀奚作"傒"。左傳祁奚、史記晉世家作祁傒。㊁繫,細綁。淮南子本經:"傒人之子女。"注:"傒,繫囚之繫,讀若雞。"㊂歸向。魏書任城王傳元丕表:"陛下富於春秋,始覽機務,普天景仰,率土傒心。"

【傒倖】苦惱,折磨。元曲選孫仲章勘頭巾二:"少不的去司房中悶懨懨傒倖死。"又張國賓合汗衫二:"多不到半合兒把我來傒倖殺。"或作"徯倖"、"奚幸"。

【傒語】傒,我國古代東北地區民族名。南北朝時,南朝人譏笑與京師語發音不同的語言爲傒語。如南齊胡諧之,江西南昌人,家人發音不正,被嘲爲傒語。見南史胡諧之傳。

【傒落】譏笑。同"奚落"。元曲選李直夫虎頭牌二:"只落的我兄弟行傒落,嬸子行熬煎,姪兒行埋怨。"

傖 chéng cāng 音韻闡微 岑衡切,平,庚韻。 ㄔㄥ ㄘㄤ

廣韻 助庚切,平,庚韻,牀。

㊀粗野,鄙陋。初學記十九漢王褒青鬚髯奴辭:"傖嚀穰擩,與塵爲侶。"㊁魏晉時爲江東譏嘲楚人的話。南北朝對立,南人罵北人爲傖。晉書周玘傳:"將卒,謂子勰曰:'殺我者諸傖子,能復之乃吾子也。'吳人謂中州人曰傖,故云耳。"傖子,指當時北人過江的王導刁協周顗等。

【傖父】鄙賤之夫。南北朝時,南人譏罵北人的話。世說新語雅量:"吏云:昨有一傖父來寄亭中。"注引晉陽秋曰:"吳人以中州人爲傖。"按此處指褚裒,河南人。晉書左思傳記陸機與弟雲書:"此間有傖父(左思),欲作三都賦,須其成當以覆酒甕耳。"二陸吳人,左爲齊人,故云。

【傖重】粗野。陳書周鐵虎傳:"周鐵虎,不知何許人也。梁世南渡,語音傖重,膂力過人。"

【傖荒】同"荒傖"。指其人粗鄙,其地荒遠。宋歐陽修文忠集九五謝國學解元啟:"入梁茲久,敢期英俊之並遊;論都未成,殆以傖荒而見隔。"參見"荒傖"。

【傖鬼】南北朝時,南人譏北人粗鄙,謂之傖鬼。世說新語排調:"陸太尉(玩)詣王丞相(導),王公食以酪,陸還遂病。明日與王牋云:'昨食酪小過,通夜委頓,民雖吳人,幾爲傖鬼。'"又見晉書陸玩傳。

【傖楚】魏晉南北朝時,吳人以上國自居,鄙視楚人荒陋,故稱楚地人爲傖楚。後來疆域的界限逐漸消失,遂成爲譏嘲粗鄙的一般用詞。梁書鍾嶸傳上言:"若僑雜傖楚,應在綏撫,正宜嚴斷祿力,絕其妨正,直乞虛號而已。"

【傖儜】邊地語言音調與中原不同,用傖儜形容發音粗重,含有輕侮的意思。唐劉禹錫劉夢得集九竹枝詞引:"歲正月,余來建平里中,見聯歌竹枝,吹短笛,擊鼓以赴節。……其卒章激訐如吳聲,雖傖儜不可分,而含思宛轉,有淇濮之豔。"

【傖攘】見"搶攘"。

傜 yáo 餘昭切,平,宵韻,喻。 ㄧㄠ

㊀勞役。文選晉潘安仁(岳)河陽縣作二首詩之一:"昔倦都邑游,今掌河朔傜。"

也作"徭"、"繇"。㊂我國猺族，古也作"傜"。見文獻通考三二八四裔五。

傑 jié 渠列切，入，薛韻，羣。
ㄐㄧㄝˊ

㊀才智超羣的人。荀子非相："古者桀紂長巨姣美，天下之傑也。"㊁凡物之特異出衆者都叫傑。詩周頌載芟："驛驛其達，有厭其傑。"指早長而特出的禾苗。㊂高大。文選晉潘安仁(岳)閑居賦："浮梁黝以徑度，靈臺傑其高峙。"

【傑立】特出卓越。文館詞林四五二唐薛收驃騎將軍王懷文碑銘序："故俶儻不羈之才，英奇傑立之士，遑遑重志業，落落建功名。"

【傑出】才能出衆。後漢書五三徐穉傳："至于穉者，爰自江南卑薄之域，而角立傑出，宜當爲先。"

【傑作】出色的作品。宋陸游劍南詩稿八十寄趙昌甫："紙窮乃復得傑作，字字如刮造化爐。"

【傑閣】高閣。唐韓愈昌黎集七記夢詩："隆樓傑閣磊嵬高，天風飄飄吹我過。"

【傑黠】凶頑而狡詐。北史韓褒傳："乃悉召傑黠少年素爲鄉里患者，置爲主帥。"參見"桀黠"。

傂 zhǐ 池爾切，上，紙韻，澄。
ㄓ 直離切，平，支韻，心。

同"虒"。傑傂，参差不齊貌。詳"傑池"。

十一畫

僉 qiān 七廉切，平，鹽韻，清。
ㄑㄧㄢ

㊀皆，衆。書舜典："僉曰：'伯禹作司空。'"唐白居易長慶集三七除裴垍中書侍郎同平章事制："宜登中樞，以副僉望。"㊁打穀器。方言五："僉，宋魏之間謂之欇殳。"注："僉，今連枷，所以打穀者。"㊂籤。通"簽"。見"僉事"、"僉院"。㊃通"憸"。見"憸壬"。

【僉壬】小人。本作"憸壬"。詳該條。

【僉事】官名。宋各州府的幕僚，全稱爲簽書判官廳公事。其職務爲協理郡政，總管文牘。由京官擔任的稱簽判，非京官選任的稱判官。金因以置按察司僉事。元時諸衛、諸親軍及廉訪、安撫各司，皆置僉事。明因襲未改，都督、都指揮、按察、宣慰、宣撫等，都置僉事。清廢。參閱續文獻通考五九職官十。

【僉院】官名。宋以樞密院主持軍政，設樞密使。太平興國四年後又有簽書樞密院事、同簽書樞密院事，位次於樞密副使。雖品秩有高下，都稱樞密。元仿宋，於宣政、宣徽、太常禮儀、中政、太史、通政、太醫等院置僉院、同簽之官。僉院卽宋代的僉書院事，同僉卽宋代的同僉書院事。明代也稱都察院僉都御史爲僉院。參閱續文獻通考五六職官六。

傽 zhāng 音韻闡微支央切，平，陽韻，
ㄓㄤ 照。

見"傽偟"。

【傽偟】驚慌失措貌。吳越春秋夫差內傳："(吳王)夢入章明宮，……(公孫聖)乃仰天歎曰：'……臣聞章者戰不勝，敗走傽偟也。'"參見"章皇"。

【傽遑】同"傽偟"。楚辭漢王逸九思逢尤："遽傽遑兮驅林澤，步屛營兮行丘阿。"注："傽，一作章，一作慞。"

傹 jìng
ㄐㄧㄥˋ

㊀同"竟"。荀子仲尼："可炊而傹也。"清王先謙集解引郭慶藩："字書無傹字，傹當讀爲竟。炊而竟，猶言終食之間，謂時不久也。"㊁通"競"。周禮春官鍾師漢鄭玄注："繁，遏，執傹也。"釋文："傹者競，詩(周頌執競)作競。"

傭 yōng 餘封切，平，鍾韻，喻。
ㄩㄥ 丑凶切，平，鍾韻，徹。

㊀均等，公平。詩小雅節南山："昊天不傭，降此鞠訩。"㊁平凡。通"庸"。荀子非相："遠舉則病繆，近世則病傭。"㊂受雇爲人勞動。史記一〇〇欒布傳："窮困賃傭於齊，爲酒人保。"

【傭作】受雇爲人工作。同"庸作"。史記九六張丞相傳附褚先生補："衡傭作以給食飲。"漢書八一匡衡傳作"庸"。

【傭保】雇工。後漢書四五張酺傳："盜徒皆飢寒傭保。"也作"庸保"。

【傭俗】卽庸俗。荀子非相："是以終身不免埤汙傭俗。"

【傭食】受人雇用而謀生。新五代史梁太祖紀："(父)誠卒，三子貧，不能爲生，與其母傭食蕭縣人劉崇家。"

【傭書】受雇爲人抄書。後漢書四七班超傳："家貧，常爲官傭書以供養。"三國志吳闞澤傳："(澤)居貧無資，常爲人傭書，以供紙筆。"

【傭耕】受雇爲地主耕種。史記陳涉世家："陳涉少時，嘗與人傭耕。"

【傭徒】被雇用的人。荀子議兵："兼是數國者，皆干賞蹈利之兵也，傭徒鬻賣之道也。"

【傭債】指受雇爲人勞作以取酬。晉陶潛陶淵明集七庶人孝傳贊："竭力傭債，以致甘暖。"債，指受酬。

【傭賃】受雇爲人勞役。史記一二一伏勝傳："兒寬貧無資用，常爲弟子都養，及時時間行傭賃，以給衣食。"也作"庸賃"。史記七九范睢傳："臣爲人庸賃。"

【傭隱】隱身傭工之中。水經注四河水："傅巖東北十餘里，卽巔軨坂也。……傳説傭隱，止息於此。"

【傭中佼佼】在衆人之中才能特出的人。後漢書十一劉盆子傳："帝曰：'卿所謂鐵中錚錚，傭中佼佼者也。'"注："佼，好貌也。……言佼佼者，凡傭之人稍爲勝也。"今通作"庸中佼佼"。

債 zhài 側賣切，去，卦韻，莊。
ㄓㄞˋ 側革切，入，麥韻，莊。

㊀欠人的錢財。古通作"責"。管子問："邑之貧人債而食者幾何家？"史記七五孟嘗君傳："問左右何人可使收債於薛者。"戰國策齊四作"責"。㊁借，貸。見"債車"。

【債主】放債人。世說新語任誕："桓宣武(溫)少家貧，戲大輸，債主敦求甚切，思自振之方，莫知所出。"

【債車】穆天子傳三："債車受載。"注："債，猶借也。"清王念孫廣雅疏證釋詁引穆天子傳債作"貰"。

【債帥】唐大曆以後，政治腐敗，賄賂之風盛行。將帥向中官行賄，動輒巨萬。一時無錢的，向富户借貸，得官後，加倍酬息，故有債帥之稱。及韋處厚裴度爲相，有廉名，風氣稍有好轉，故時人有"韋、裴作相，天下無債帥"之説。見新唐書一七一、舊唐書一六二高瑀傳。

【債家】也作"責家"。㊀債主。三國志吳潘濬傳："債家至門，輒言：'後豪富相還。'"㊁欠債人。後漢書三二樊弘傳："責家聞者，皆慙，争往償之。"

【債臺】漢書諸侯王表序："有逃責之臺。"注："服虔曰：'周赧王負責，無以歸之，主迫責急，乃逃於此臺，後人因以名之。'責，通"債"。後稱負債多者爲"債臺高築"，本此。

傿 yàn 於建切，去，願韻，影。
ㄧㄢˋ

㊀吝惜。後漢書五二崔駰傳附崔寔："(崔)烈時因傅母入錢五百萬，得爲司徒。……帝顧謂親倖者曰：'悔不小靳，可至千萬。'"注："靳，固惜之也。靳或作'傿'。説文：'傿，引爲價也。'音一建反。"意謂賣官時如果吝惜些，可賣更大價錢。㊁地名。同"鄢"。漢書地理志上"陳留郡……縣十七：……傿"注引應劭："鄭伯克段于鄢是也。"參見"鄢"。

傳

1. chuán 直攣切，平，仙韻，澄。ㄔㄨㄢ

㊀轉授。論語學而："傳不習乎？"㊁宣揚，流布。禮祭統："有善而弗知，不明也。知而弗傳，不仁也。"㊂轉達，遞送。孟子公孫丑上："速於置郵而傳命。"㊃表現，流露。見"傳神㊀"。㊄移置。禮內則："父母舅姑之衣、衾、簟、席、枕、几，不傳。"

2. zhuàn 直戀切，去，線韻，澄。ㄓㄨㄢ 知戀切，去，線韻，知。

㊅符信。韓非子說林上："鴟夷子皮負傳而從。"漢書文帝紀十二年："除關無用傳。"晉崔豹古今注下問答釋義："凡傳皆以木爲之，長五寸，書符信於上，又以一板封之，皆封以御史印章，所以爲信也。如今之過所也。"㊆驛站或驛站的車馬。左傳成五年："晉侯以傳召伯宗。"後漢書四六陳寵傳附陳忠："發人修道，繕理亭傳。"參見"傳遽"。㊇解說經義的文字。如春秋之左傳，詩之毛傳。公羊傳定元年："主人習其讀而問其傳。"注："傳謂訓詁。"㊈書傳，記載。孟子梁惠王下："於傳有之。"

【傳人】指聲名流傳到後世的人。荀子非相："五帝之外無傳人，非無賢人也，久故也。"

【傳尸】㊀謂死無葬身之所。傳，轉。逸周書大聚："則生無乏用，死無傳尸。"參見"轉尸"。㊁中醫稱肺結核症。外臺秘要十三骨蒸方引灸骨蒸法圖："骨蒸病者，亦名傳尸，亦謂殗殜，亦稱伏連，亦曰無辜。"舊題華佗華氏中藏經上有傳尸論篇。宋洪邁夷堅志甲七蟣盛光兜："(曹毅)少出家爲行者，其家累世病傳尸，主門户者一旦盡死，無人以奉祭祀。"

【傳心】佛教禪宗主張不立文字，以心相證，除心心感應外，別無他法，故稱傳法爲傳心。新唐書藝文志三釋家有裴休集希運傳心法要一卷。

【傳世】㊀流傳於後世。荀子君道："守職循業，不敢損益，可傳世也。"㊁子孫世代相繼。漢王符潛夫論思賢："由籍此官職，……而但事淫侈，坐作驕奢，破敗而不及傳世者也。"

【傳代】舊時婚俗，新婦臨門，男家以袋鋪地，新婦踏在上面進門，叫做傳代，取傳宗接代的吉兆。也有用褥或席鋪地的。也叫傳席、轉席。唐白居易長慶集五六和春深詩之十八："何處春深好，春深嫁女家。……青衣傳氈褥，錦繡一條斜。"指此。參閱宋龔頤正芥隱筆記轉席、明陶宗儀輟耕錄十七傳席、清王棠知新錄。

【傳衣】繼承師業。唐李商隱李義山詩集六謝書："自蒙半夜傳衣後，不羨王祥得佩刀。"參見"傳衣鉢"。

【傳戒】佛教以殺、盜、淫、妄言、酒爲五戒，凡出家爲僧，須舉行受戒儀式，叫傳戒。

【傳$_2$車】驛車。傳，驛站。史記一二四游俠傳："條侯(周亞夫)爲太尉，乘傳車，將至河南，得劇孟。"

【傳$_2$注】解釋古籍的文字。傳，是相承的師說；注，是本人的意見。唐韓愈昌黎集十四與李祕書論小功不稅書："無乃別有所指，而傳注者失其宗乎？"

【傳法】佛教稱師徒相傳受爲傳法。後凡以學問、方法相傳或相承也稱傳法。唐張籍張司業集二隱者詩："問年長不定，傳法又非真。"

【傳夜】司更者互遞傳呼，如由甲夜傳乙夜之類。新唐書一五四李晟傳附李愬："殺門者，發關，留持柝，傳夜自如。"

【傳芭】古代南方祭祀時的舞名。舞者執香草，相互傳遞。楚辭屈原九歌禮魂："傳芭兮代舞。"注："芭，巫所持香草名也。……巫持芭而舞訖，以後傳與他人更用之。一作巴。"一說"芭"，初開的鮮花。同"葩"。

【傳奇】㊀小說體裁之一。一般指唐宋人用文言寫作的短篇小說。新唐書藝文志小說類有唐裴鉶傳奇三卷，太平廣記選錄甚多。其源出於六朝"志怪"，而內容已擴展到人情世態和社會生活的描繪。唐傳奇多爲後代說唱和戲劇所取材，故宋元戲文、諸宮調、元人雜劇等也有稱爲傳奇的。如錄鬼簿中著錄者，均爲雜劇，而錄中稱爲傳奇。參閱魯迅中國小說史略八唐之傳奇文(上)。㊁明以唱南曲爲主的長編戲曲爲傳奇，以別於北雜劇。是宋元南戲的進一步發展。盛行於明嘉靖到清乾隆年間。昆腔、弋陽腔、青陽腔等劇種，都以演唱傳奇劇本爲主。清乾隆間黄文暘編曲海總目提要分戲曲爲雜劇、傳奇二種。參閱王國維宋元戲曲考。

【傳受】傳述承受。漢書八八儒林傳序："及秦禁學，易爲筮卜之書，獨不禁，故傳受者不絕。"

【傳$_2$舍】古時供來往行人休止住宿的處所。戰國策魏四："令鼻之入秦之傳舍。"史記九七酈生傳："沛公至高陽傳舍，使人召酈生(食其)。"

【傳宣】傳達命令。後漢書七三公孫瓚傳："令婦人習爲大言聲，使聞數百步，以傳宣教令。"

【傳柑】北宋時上元夜於宮中宴近臣，貴戚宮人得以黄柑相遺，謂之傳柑。宋蘇軾分類東坡詩三上元侍飲樓上三首呈同列之三："歸來一點殘燈在，猶有傳柑遺細君。"注："侍飲樓上，則貴戚爭以黄柑遺近臣，謂之傳柑，蓋尚矣。"參閱宋陳元靚歲時廣記上元中。

【傳食】輾轉受人供養。孟子滕文公下："後車數十乘，從者數百人，以傳食於諸侯，不以泰乎？"一說傳讀 zhuàn，爲客舍之意；傳食，指止息於諸侯客館而受其供應飲食。參閱清焦循正義。

【傳重】謂以喪祭之重責傳之於孫。古代宗法對嫡、庶區分得很嚴格，如嫡子殘廢死亡，或因子庶而孫嫡，就由孫繼祖。這種繼承，由祖而言，叫傳重；由孫而言，叫承重。儀禮喪服："傳曰何以三年也？正體於上，又乃將所傳重也。"

【傳香】猶言傳法。藝文類聚七六南朝梁庾肩吾和太子重雲殿受戒詩："傳香引上德，列仗進名臣。"

【傳席】見"傳代"。

【傳神】㊀用圖畫或文字描繪人物，把他的神情態度生動逼真地表達出來。世說新語巧藝："顧長康(愷之)畫人，或數年不點目精，人問其故？顧曰：'四體研蚩，本無關於妙處，傳神寫照，正在阿堵中。'"㊁肖像畫的傳統名稱。也叫傳真、寫照、寫真。宋王安石臨川集二九有寄金陵傳神者李士雲詩。參見"傳真"。

【傳座】春酒，唐代稱傳座。唐唐臨冥報記下："長安市里風俗，每歲元日巳後，遞作飲食相邀，號爲傳座。"法苑珠林九二引座作"坐"。又見宋錢易南部新書己。

【傳$_2$馬】驛站所用的馬。漢書昭帝紀元鳳二年："頗省乘輿馬及苑馬，以補邊郡三輔傳馬。"

【傳真】㊀寫真。全唐詩六九三杜荀鶴八駿圖："丹臒傳真未得真，那知筋骨與精神。"㊁畫家畫人像，也稱傳真。明陶宗儀輟耕錄載王繹寫像祕訣，清蔣驥傳神祕要、丁皋傳真心領，都是專論人像畫法的書。

【傳乘】轉乘他車。左傳莊九年："公喪戎路，傳乘而歸。"

【傳$_2$乘】古代兵車。晉書輿服志："追鋒車，去小平蓋，加通幰，如軺車，駕二。……施於戎陣之間，是爲傳乘。"

【傳訛】傳聞非實。元吳師道吳禮部集

五九月二十日城外紀遊詩:"瑶池漢殿語茫昧,遂使世俗猶傳訛。"

【傳教】㊀傳布政教。舊題晉阮咸注古三墳太古河圖代姓記:"有傳教之臺,有結繩之政。"㊁宗教家傳布教旨。唐皇甫冉詩集三贈普門上人房:"慧力堪傳教,禪功久伏魔。"景德傳燈録十三宗密禪師:"因謁荆南張禪師,張曰:'傳教人也,當宣導於帝都。'"

【傳發】傳令出發。史記九二淮陰侯傳:"夜半傳發。"集解引漢書音義:"傳令軍中使發。"

【傳單】通知單。清陸世儀復社紀略:"癸酉春,(張)溥約社長爲虎丘大會,先期傳單四出。"清孔尚任桃花扇十二辭院:"下官與阮圓海(大鋮)雖罷閒流寓,都有傳單,只得早到。"

【傳道】儒家謂傳文武周孔等聖賢之道。唐韓愈昌黎集十二師説:"師者,所以傳道受業解惑也。"又宗教家宣傳教旨也稱傳道。

【傳$_{2}$道】往古的傳説。周禮夏官訓方氏:"誦四方之傳道。"

【傳$_{2}$置】驛站。漢書文帝紀二年:"太僕見馬遺財足,餘皆以給傳置。"注:"置者,置傳驛之所,因名置也。"史記孝文紀作"置傳"。

【傳$_{2}$瑞】官吏的符信。文選南朝梁范彦龍(雲)贈張徐州謖詩:"軒蓋照墟落,傳瑞生光輝。"

【傳鼓】古時有事擊鼓通傳,叫做傳鼓。後漢書八九南匈奴傳論:"龍駕帝服,鳴鍾傳鼓於清渭之上。"清孔尚任桃花扇十一投轅:"老哥在此等候,待我傳鼓。"

【傳經】㊀傳授經學。元史一八三李好文傳:"聖賢之道存於經,而傳經期於明道。"㊁中醫對傷寒病變化程序的稱謂:一日太陽,二日陽明,三日少陽,四日太陰,五日少陰,六日厥陰,至六日爲傳經盡,七日當愈。七日不愈的,謂之再傳經。見傷寒論辨脈。

【傳漏】古代用壺漏計時,故稱報時爲傳漏。漢書九三董賢傳:"賢傳漏在殿下。"注:"傳漏,奏時刻。"

【傳疑】對疑難的問題,不作定論,傳待他人。穀梁傳桓五年:"春秋之義,信以傳信,疑以傳疑。"史記一二一儒林傳:"申公獨以詩經爲訓以教,無傳疑,疑者則闕不傳。"

【傳聞】自他人轉述而得到,别於親見親聞。公羊傳隱元年:"所見異辭,所聞異辭,所傳聞異辭。"漢書九六上西域傳烏弋山離國:"安息長老傳聞條支有弱水。"

【傳寫】轉抄,臨摹。漢書八六師丹傳:"大臣奏事,不宜漏泄,令吏民傳寫,流傳四方。"南齊謝赫古畫品録劉紹祖:"善於傳寫,不閑其思。"

【傳燈】佛家謂佛的教旨可以破除迷暗,像燈照明一樣,因稱傳法曰傳燈。唐劉禹錫劉夢得集七送僧元暠南遊詩:"傳燈已悟無爲理,濡露猶懷罔極情。"又指佛像前所點的長明燈。唐杜甫杜工部詩史補遺四望牛頭寺:"傳燈無白日,布地有黄金。"參閲釋氏要覽中志學。

【傳餐】行旅暫息時分頭傳送食物而食。史記九二淮陰侯傳:"令其裨將傳飱,曰:'今日破趙會食。'"漢書韓信傳作"餐"。又注:"服虔曰:'立駐傳餐食也。'如淳曰:'小飯曰餐。破趙后乃當共飽食也。'"

【傳薪】傳火於薪,前薪燒完,火到後薪,火種傳續不絶。莊子養生主:"指窮於爲薪,火傳也,不知其盡也。"文苑英華一四一唐李子卿水螢賦:"覽於心乃止水之常淨,燭於物靡傳薪之無絶。"後稱師徒相傳爲傳薪,本此。

【傳檄】傳遞檄文。古代的公文寫在木簡上,用以徵召、曉喻或聲討,叫檄。史記九二淮陰侯傳:"今大王舉而東,三秦可傳檄而定也。"傳檄而定,言不煩用兵。

【傳$_{2}$遽】乘傳驛而奔走的使者。周禮秋官行夫:"行夫掌邦國傳遽之小事媺惡而無禮者。"注:"傳遽若今時乘傳騎驛而使也。"也爲古代士的謙稱。猶言供奔走使役。禮玉藻:"凡自稱,……士曰傳遽之臣。"疏:"士位卑,給車馬役使,故稱傳遽。"

【傳點】點即雲版。皇帝視朝前,按時敲擊,以集合司事之人。唐詩紀事四四王建宫詞之二:"殿前傳點各依班,召對西來八詔蠻。"參閲新唐書儀衛志上。

【傳蹕】古代皇帝出行,先清道,斷絶交通,叫做傳蹕。漢官舊儀上:"皇帝起居儀:……出殿則傳蹕,止人清道。"

【傳$_{2}$贊】紀傳體的史書,在傳記的後面附加撰者的評論,叫傳贊。史記於傳紀之末,有"太史公曰",漢書傳末改稱贊。後漢書傳末除論外,又有四言韻文的贊,後來合稱爲論贊。

【傳譯】從一種語言文字翻成另一種語言文字。漢董仲舒春秋繁露王道:"四夷傳譯而朝。"隋書經籍志四:"(東漢)永平中,法蘭又譯十住經,其餘傳譯,多未能通。"

【傳臚】㊀替皇帝傳言。史記九七叔孫通傳:"大行設九賓,臚句傳。"索隱引蘇林:"上傳語告下爲臚,下傳語告上爲句。"宋張淏雲谷雜記引莊子外物"大儒臚傳",謂"句"字爲衍文。㊁科舉時,殿試後宣讀皇帝詔命唱名叫傳臚。其制始於宋代,進士在集英殿宣唱名次之日,皇帝至殿宣唱,由閤門承接,轉傳於階下,衛士六七人皆齊聲傳名而高呼,稱爲傳臚。參閲宋趙升朝野類要二唱名。至明代稱會試第一爲會元,二三甲第一爲傳臚。見明史選舉志二。至清則專稱二甲第一名爲傳臚。

【傳$_{2}$驛】陸路的驛站。舊唐書職官志二:"駕部郎中一員,員外郎一人,……掌邦國輿、輦、車乘、傳驛、廐牧、官私馬、牛、雜畜簿籍。"新唐書百官志一:"水驛有舟。凡傳驛馬、驢,每歲上其死損肥瘠之數。"

【傳衣鉢】師徒傳受繼承的泛稱。衣,袈裟;鉢,食具。佛教禪宗自初祖至五祖皆以衣鉢相傳,作爲傳法的信證,六祖以後不再傳。又唐宋時應試人與主司名第相同也叫傳衣鉢。宋范質舉進士,翰林學士和凝典試,很欣賞質的文章,凝自以第十三名登第,因此也把范質列爲第十三名,貢闈中謂之傳衣鉢。參閲宋釋文瑩玉壺清話、宋史二四九范質傳。

【傳法院】宋代翻譯佛書的院所。太平興國五年以太平興國寺大殿西廢地作譯經院,中設譯經堂。八年改稱傳法院。見清徐松宋會要輯稿二〇〇道釋二傳法院。又見宋高承事物紀原七引宋朝會要。

【傳是樓】清崑山徐乾學藏書樓名。所藏多爲宋元刻本,其書後歸允祥(怡親王)。有傳是樓宋元本書目。

【傳家集】宋司馬光撰。國史經籍志作一百卷,四庫著録爲八十卷,有詩、賦、文章諸體。又别有宋紹興刻温國文正司馬公文集八十卷,編次有所不同。

【傳書鴿】即信鴿。唐張九齡以鴿傳家書,號曰飛奴。見五代後周王仁裕開元天寶遺事。又當時南海船舶多用鴿子傳書信。見唐李肇國史補下、段成式酉陽雜俎十六。

【傳國璽】皇帝的印章。也稱秦璽。秦以前以金、玉、銀爲方寸璽,秦以來皇帝獨稱璽,專用玉材。相傳秦始皇得藍田玉,彫爲印,四周刻龍,正面刻李斯所寫篆文"受命于天,既壽永昌"八字。見後漢書四八徐璆傳注。宋書禮志五引漢舊儀作"受天之命,皇帝壽昌"。歷代封建王朝以璽有"受命于天"文,爭以得璽爲符瑞。

秦璽已亡，歷代自行鑄造，文亦有別。有關璽的沿革及傳述，見明陶宗儀輟耕録二六、沈德符秦璽始末、清趙翼陔餘叢考二十楊桓傳國璽考之誤。

【傳燈録】景德傳燈録的省稱。詳"景德傳燈録"。

【傳音快字】清蔡錫勇著。錫勇畢業於京師同文館。書根據西洋速記術，加以變通增減而成。清末設速記學校，曾用爲課本。爲我國關於速記的最早著作。

傮 1. zāo ㄗㄠ 作曹切，平，豪韻，精。

㊀終。説文："傮，終也。"清錢坫説文斠詮："今人謂事一終爲一傮，聲同遭。"

2. cáo ㄘㄠ

㊀紛雜貌。通"嘈"。荀子富國："傮然要時務民。"文選晉左太沖(思)魏都賦："傮響起，疑震霆。"注："傮與曹，古字通。"五臣本作"嘈"。

傴 yǔ ㄩˇ 於武切，上，麌韻，影。

曲背。左傳昭七年："一命而僂，再命而傴，三命而俯，循牆而走。"漢王充論衡齊世："語稱上古使民以宜，傴者抱關，侏儒俳優。"

【傴拊】愛惜，撫養。拊通"撫"。莊子人間世："且昔者桀殺關龍逢，紂殺王子比干，是皆修其身，以下傴拊人之民，以下拂其上者也。"釋文："李(頤)云：'傴拊，謂憐愛之也。'崔(譔)云：'猶嘔呴，謂養也。'"

【傴僂】㊀脊梁彎曲之病，即駝背。淮南子精神："子求行年五十有四，而病傴僂。"㊁鞠躬，恭敬貌。漢賈誼新書官人："柔色傴僂。"後漢書四五張酺傳："公其傴僂，勿露所敕。"注："傴僂，言恭敬從命也。"

【傴儛】愛惜，撫養。同"傴拊"、"嘔咐"。晉書庾翼傳報兄庾亮書："大較江東政，以傴儛豪彊，以爲民蠹，時有行法，輒施之寒劣。"這裏，含有縱容袒護的意思。

【傴巫跛覡】古代的巫師。傴巫，駝背的女巫。跛覡，瘸腿的男巫。荀子王制："知其吉凶妖祥，傴巫跛擊之事也。"注："擊讀爲覡，男巫也。古者以廢疾之人主卜筮巫祝之事，故曰傴巫跛覡。"

僄 piào 匹妙切，去，笑韻，滂。
ㄆㄧㄠ 撫招切，平，宵韻，滂。

輕捷。荀子修身："怠慢僄弃，則炤之以禍災。"

【僄狡】輕疾勇猛。後漢書四十上班彪傳附班固西都賦："雖輕迅與僄狡，猶愕眙而不敢階。"又六十上馬融傳廣成頌："僄狡課才。"又作"剽姚"。見該條。

【僄悍】矯捷勇猛。史記高祖紀："項羽爲人，僄悍猾賊。"或作"慓悍"。見該條。

【僄遬】輕捷。荀子議兵："輕利僄遬，卒如飄風。"注："言楚人之趫捷也。僄，亦輕也；……遬，與速同。"僄也作"剽"。史記禮書："輕利剽遬，卒如熛風。"

僊 xiān ㄒㄧㄢ 相然切，平，仙韻，心。

㊀同"仙"。史記封禪書："安期生僊者。"參見"仙"字各條。㊁升舉。莊子天地："千歲厭世，去而上僊。"㊂見"僊僊"。

【僊僊】㊀舞時飛揚貌。詩小雅賓之初筵："屢舞僊僊。"㊁坐起貌。莊子在宥："僊僊乎歸矣。"

僅 1. jǐn ㄐㄧㄣˇ 渠遴切，去，震韻，羣。

㊀纔，只，不過。國語周中："今天降災於周室，余一人僅能守府。"戰國策秦二："故楚之土壤士民非削弱，僅以救亡者，計失於陳軫，過聽於張儀。"注："僅猶裁。"㊁少。詩大雅行葦"序賓以賢"漢毛亨傳："蓋僅有存焉。"

2. jìn ㄐㄧㄣˋ

㊂幾乎，接近。宋書天文志一引漢蔡邕上書："論天體者三家：宣夜之學，絶無師法；周髀術數具存，考驗天狀，多所違失，惟渾天僅得其情。"唐杜甫杜工部草堂詩箋三六泊岳陽城下："江國踰千里，山城僅百層。"

傾 qīng ㄑㄧㄥ 去營切，平，清韻，溪。

㊀偏側。禮曲禮下："傾側姦。"㊁倒塌，覆滅。詩大雅蕩："曾是莫聽，大命以傾。"引申爲死亡。唐韋璞京兆功曹韋希損墓誌："開元七年八月九日傾于新昌里第之中堂。"(八瓊室金石補正五一)㊂竭盡。史記七七魏公子傳："天下士復往歸公子，公子傾平原君客。"㊃倒出。文選晉潘安仁(岳)笙賦："傾縹瓷以酌酃。"㊄超越，排擠。漢書五二田蚡傳："欲以傾諸將相。"㊅向往，欽佩。漢書五七上司馬相如傳："一坐盡傾。"

【傾心】一心向往，愛慕。文選三國魏阮元瑜(瑀)爲曹公作書與孫權一首："若憐子布(張昭)，願言俱存，亦能傾心去恨，順君之情，更與從事，取其後善。"

【傾耳】側耳而聽。注意聽取之意。戰國策秦一："(蘇秦)妻側目而視，傾耳而聽。"晉陶潛陶淵明集三癸卯歲十二月中作與從弟敬遠詩："傾耳無希聲，在目皓已潔。"

【傾巧】狡詐，看風行事。漢書三六劉向傳："(楊)興者傾巧士，謂上疑(周)堪，因順指曰：'堪非獨不可於朝廷，自州里亦不可也。'"唐陳子昂陳伯玉文集八上軍國機要事："禄重者以拱默爲智，任權者以傾巧爲賢。"

【傾吐】盡量抒發意見，暢所欲言。宋詩鈔韓維南陽集次韻和平甫同介甫當世過飲見招："高文大論日傾吐，響快有類鐘應撞。"

【傾危】㊀險詐。史記七十張儀傳贊："此兩人(張儀蘇秦)真傾危之士哉！"㊁倒覆。漢書八六王嘉傳："外奉師旅，內振貧民，終無傾危之憂。"㊂傾側欲倒狀。宋李澄叟畫山水訣："山高峻無使傾危，水深遠勿教窮涸。"

【傾巵】乾杯。晉陶潛陶淵明集二乞食詩："談諧終日夕，觴至輒傾巵。"

【傾杯】㊀乾杯。樂府詩集十八南朝陳後主(叔寶)臨高臺："臨窗已響吹，極眺且傾杯。"㊁唐舞曲名。見新唐書禮樂志十二。詞牌亦有傾杯樂。

【傾盆】形容雨勢急劇。唐韓鄂歲華紀麗二雨"傾盆"注："大雨。"宋蘇軾分類東坡詩二二介亭餞楊傑次公："前朝欲上已臘屐，黑雲白雨如傾盆。"

【傾背】死亡。北魏張盧暨妻劉法珠墓誌："其功未酬，奄爾傾背。"(漢魏南北朝墓誌集釋圖版五八五)宋蘇軾東坡集續集四與蒲誠之書："但近得山南書報，伯母於六月十日傾背。"

【傾風】仰慕，傾倒。文選南朝宋顏延年(延之)皇太子釋奠會詩："庶士傾風，萬流仰鏡。"

【傾家】㊀盡其家產。三國志蜀董和傳："時俗奢侈，……婚姻葬送，傾家竭產。"㊁全家。晉陶潛陶淵明集四雜詩："傾家時作樂，竟此歲月駛。"

【傾宮】高巍的宮殿。傾，形容其高聳如欲傾墜。淮南子地形："傾宮旋室。"文選晉左太沖(思)吳都賦："思比屋於傾宮，畢結瑶而搆瓊。"

【傾城】㊀傾覆邦國。詩大雅瞻卬："哲夫成城，哲婦傾城。"後多用以指美女。參見"傾城傾國"。㊁全城人。文選晉孫子荊(楚)征西官屬送於陟陽候作詩："傾城遠追送，餞我千里道。"

【傾倒】㊀倒仆。魏書韓茂傳："茂於馬上持幢，初不傾倒。"㊁佩服，心折。南朝宋鮑照鮑氏集八答休上人詩："味貌復何奇，能令君傾倒。"㊂暢所欲言。宋朱熹朱文公文集六十答王才臣書："若得會面，彼此傾倒，以判所疑，幸何如之。"

【傾陷】陰謀陷害。宋史三三九蘇轍傳："呂惠卿始諂事王安石，……及勢鈞力敵，則傾陷安石，甚於仇讎。"

【傾國】㊀使國家傾覆。史記項羽紀："漢王乃封侯公爲平國君，匿不肯復見。曰：'此天下辯士，所居傾國，故號爲平國君。'"㊁指美女。唐李白李太白詩五清平調三首之三："名花傾國兩相歡，長得君王帶笑看。"白居易長慶集十二長恨歌："漢皇重色思傾國，御宇多年求不得。"

【傾斜】歪邪不整齊。宋蘇軾分類東坡詩十四次韻錢穆父紫薇花二首之二："折得芳蕤兩眼花，題詩相報字傾斜。"

【傾巢】㊀覆巢。唐李白李太白詩十贈從孫義興宰銘："蠹政除害馬，傾巢有歸禽。"㊁形容全體出動。含貶義。水滸一〇八："宋江聞報，與吳用計議道：'賊兵傾巢而來，必是抵死廝併，我將何策勝之？'"

【傾蓋】蓋，車蓋。謂行道相遇，停車而語，車蓋接近，因稱初交相得，一見如故爲傾蓋。史記八三鄒陽傳獄中上書："諺曰：'有白頭如新，傾蓋如故。'何則？知與不知也。"宋蘇軾蘇文忠詩合注十八臺頭寺送宋希元："相從傾蓋只今年，送別南臺便黯然。"

【傾羲】落日。文選南朝宋謝惠連秋懷詩："頹魄不再圓，傾羲無兩旦。"注："羲，羲和，謂日也。"

【傾覆】顛覆，破壞。左傳成十三年："散離我兄弟，撓亂我同盟，傾覆我國家。"荀子不苟："小人能則倨傲僻違以驕溢人，不能則妬嫉怨誹以傾覆人。"

【傾襟】推誠相待。南朝梁陶弘景周氏冥通記三："我昔微遊於世，數經詣之，乃能傾襟年(？)誠而施仁也。"魏書彭城王傳："獲蕭寶卷……等數人，勰傾衿禮之，常參坐席。"衿，同"襟"。

【傾囊】盡出其所有。宋釋道潛參寥子集三贈鄒醫詩："傾囊倒橐願爲贈，唯有圓蒲并杖藜。"

【傾家釀】世說新語賞譽："劉尹(惔)云：見何次道(充)飲酒，使人欲傾家釀。"注："充飲酒能溫克。"言極賞識其人，願傾盡家中之酒而飲之。

【傾城傾國】漢書九七上外戚傳李延年歌："北方有佳人，絕世而獨立，一顧傾人城，再顧傾人國。寧不知傾城與傾國，佳人難再得。"後因用傾城傾國來形容絕色的女子。也作"傾國傾城"。花間集四五代蜀薛昭蘊浣溪沙之七："傾國傾城恨有餘，幾多紅淚泣姑蘇。"

【傾筐倒庋】謂盡出其所有。世說新語賢媛："王右軍(羲之)郗夫人謂二弟司空(愔)、中郎(曇)曰：'王家見二謝，傾筐倒庋；見汝輩來，平平爾；汝可無煩復往。'"庋，閣，儲物室。後謂"傾筐倒篋"，義同。

僇 1. liáo 集韻 憐蕭切，平，蕭韻。ㄌㄧㄠ

㊀且。"聊"之正字。見清段玉裁說文注。

2. lù 集韻 力竹切，入，屋韻。ㄌㄨˋ

㊁殺戮，通"戮"。書甘誓："弗用命，戮於社。"史記作"僇"。荀子非相："爲天下大僇。"㊂羞辱。史記楚世家："僇越大夫常壽過。"㊃見"僇₂力"。

【僇₂力】盡力。同"戮力"。史記六八商君傳："僇力本業，耕織致粟帛多者復其身。"

【僇₂人】受過刑辱的人。唐柳宗元柳先生集二九始得西山宴游記："自余爲僇人，居是州，恒惴慄。"時宗元因永貞革新失敗，被貶爲永州司馬，故自稱僇人。參見"戮民"。

【僇₂辱】侮辱。史記七九范雎傳："賓客飲者醉，更溺雎，故僇辱以懲後，令無妄言者。"

僂 1. lǚ 力主切，上，麌韻，來。ㄌㄩˇ

㊀曲背，曲身表示恭敬。左傳昭四年："顧而見人，黑而上僂。"史記八六荊軻傳："(田光)僂行見荊卿。"㊁彎曲。見"僂指"。㊂疾速。荀子儒效："彼寶也者，……寶之不可僂售也。"公羊傳莊二四年："夫人不僂，不可使入。"

2. lóu ㄌㄡˊ

㊃見"僂₂儸"。

3. liǔ 集韻 力九切，上，有韻。ㄌㄧㄡˇ

㊄見"僂₃翣"。

【僂句】左傳昭二五年："初臧昭伯如晉，臧會竊其寶龜僂句，以卜爲信與僭，僭吉。"僂句，地名，產龜，因以稱龜。唐劉禹錫劉夢得文集三罷郡歸洛陽寄友人詩："不見蜘蛛集，頻爲僂句欺。"

【僂指】屈指而數。荀子儒效："雖有聖人之知，未能僂指也。"元李治敬齋古今黈五："大抵僂，曲也，未能僂指，言未能曲指以一二數也。或以僂、縷古字通用，謂不能覼縷而指數之也。"按唐楊倞荀子注，訓僂爲疾；僂指，卽疾速指陳之意。

【僂₃翣】棺蓋邊的飾物。呂氏春秋節喪："世俗之行喪，載之以大輴，羽旄旌旗如雲，僂翣以督之，珠玉以備之，黼黻文章以飭之。"注："僂，蓋也；翣，棺飾也。"禮檀弓下作"蔞翣"，周禮春官巾車"小喪，共匶路，與其飾"疏作"柳翣"。

【僂₂儸】幹練，伶俐機靈。新五代史劉銖傳："銖謂李業等曰：'諸君可謂僂儸兒矣！'"宋羅大經鶴林玉露十五引作"僂羅"，云："僂羅，俗言猾也。"明郎瑛七修類稿二三辯證僂儸："俗云僂儸，演義謂幹辦集事之稱。篇海訓儸字曰健而不德，據是二說，皆狡猾能事意也。"古典戲曲小說常稱綠林中的小卒爲僂儸。金董解元西廂二："遂喚幾個小僂儸，傳令來擄掇。"

僈 màn 集韻 莫晏切，去，諫韻。ㄇㄢˋ

㊀怠惰。荀子不苟："君子寬而不僈。"㊁輕慢，隨便。荀子非十二子："上功用，大儉約，而僈差等。"韓非子難三："廣廷嚴居，衆人之所肅也；晏室獨處，曾史之所僈也。"

偊 yǔ 集韻 五矩切，上，噳韻。ㄩˇ

見下。

【偊偊】傷貌。漢揚雄太玄經四遇："偊偊，兌人遇雨，厲。"

傫 lěi ㄌㄟˇ

頹喪貌。同"儽"。史記趙世家："見其長子章傫然也。"參見"儽"。

【傫傫】垂頭喪氣的樣子。漢王充論衡骨相："傫傫若喪家之狗。"參見"儽儽"、"纍纍"。

僡

荀子儒效："僡然若終身之虜，而不敢有他志，是俗儒者也。"注："僡，字書無所見，蓋環繞囚拘之貌。"清王念孫謂僡爲億字之誤。億然，卽安然。見讀書雜志荀子第二。

傰 péng 集韻 蒲登切，平，登韻。ㄆㄥˊ

亦作"倗"。㊀破壞。管子幼官："練之以散羣傰署。"舊注謂傰卽"朋"字，猶言曹。參閱郭沫若等管子集校。㊁姓。漢書七六王尊傳有僻宗。

催 cuī 倉回切,平,灰韻,清。 ㄘㄨㄟ

迫促。說文:"催,相擣也。……詩曰:'室人交徧催我。'"今詩邶風北門作"摧"。三國志蜀楊戲傳注引晉李密陳情表:"郡縣偪迫,催臣上道。"

【催生】舊俗婦女產前一月,女家預製小兒衣物,送至婿家,叫作催生。宋時已有此俗。參閱宋孟元老東京夢華錄五育子、吳自牧夢粱錄二十育子。

【催青】催促草木萌芽發青。又用加暖方法孵化蠶子也叫催青。宋楊萬里誠齋集七臘裏立春蜂蝶輩出詩:"嫩日催青出凍荄,小風吹白落疎梅。"

【催科】催租。租稅有法令科條,故稱。宋鄭文寶江南餘載上:"錢氏科斂苛慘,民欠升斗,必至徒刑。湯悅徐鉉嘗使焉,云夜半聞聲若麞麂號叫,及曉問之,乃縣司催科耳。"也作"追科"。見該條。

【催租】催索租稅。宋范成大石湖詩集五後催租行:"室中更有第三女,明年不怕催租苦。"此詩言剝削的殘酷,竟要賣兒賣女來付租。

【催粧】舊時婚俗,新婦出嫁時,要多次催促,纔梳粧啟行。或說這是古代掠奪婚姻的遺跡。唐段成式酉陽雜俎禮異謂北朝婚禮,夫家領人挾車至女家,高呼"新娘子催出來",至新婦上車始止。唐宋文人有催粧詩詞。參見"催妝詩"。

【催歸】鳥名。即杜鵑,也叫子規。唐韓愈昌黎集九贈同遊詩:"喚起窗全曙,催歸日未西。"喚起,鳥名,見"喚起㊀"。

【催趲】㊀宋朱熹朱文公文集四九答王子合書之十七:"後來自覺如此含胡,恐誤朋友,方着力催儹(趲)功夫。"催趲,精進不已之意。㊁督促,催趕。水滸九十:"宋江傳令催趲軍馬起程。"清代漕運,沿途地方官都有督同催運的責任,叫趲重(滿載)催空(回空船),省稱催趲。參閱清會典事例二〇四戶部漕運、清續文獻通考七五國用漕運。

【催妝詩】舊俗新婚之夕,賦詩催新婦梳妝,叫催妝詩。妝,也作"粧"。唐詩紀事三五有陸暢奉詔作催妝詩。又有催妝詞。宋呂渭老聖求詞好事近詞之四:"彩幅自題新句,作催粧佳閱。"後來文人集中催妝詩詞,只是朋友之間的應酬作品。

【催花雨】春雨。宋陸游劍南詩稿十八社日小飲:"催花初過社公雨,對酒喜烹溪友魚。"元詩選華幼武黄楊集次韻曲林春雪:"夜深錯認催花雨,夢覺驚聞折竹聲。"

【催花鼓】傳說唐玄宗呼高力士取羯鼓臨軒縱擊,奏一曲,名春光好;曲罷,花已發拆。見唐南卓羯鼓錄。宋楊萬里誠齋集二八正月五日以送伴借官侍宴集英殿十口號詩之七:"一聲白雨催花鼓,十二竿頭總下來。"

【催租瘢】指農民被逼租受拷打後身上留下的傷痕。宋蘇軾分類東坡詩十三五禽言詩之二:"不辭脫袴溪水寒,水中照見催租瘢。"

僁 xiè xì 先結切,入,屑韻,心。 ㄒㄧㄝ ㄒㄧ 息七切,入,質韻,心。

象聲字。見爾雅釋言。參閱清翟灝通俗編三五聲音"僁僁"。

傷 shāng 式羊切,平,陽韻,審。 ㄕㄤ

㊀創傷,傷害。書說命上:"若跣弗視地,厥足用傷。"左傳襄十七年:"以杙抉其傷而死。"引申爲詆毀、中傷。呂氏春秋舉難:"人傷堯以不慈之名。"㊁妨害。論語先進:"何傷乎!亦各言其志也。"㊂憂思,悲傷。詩周南卷耳:"維以不永傷。"戰國策秦一:"天下莫不傷。"注:"傷,愍也。"㊃喪祭。管子君臣下:"明君飾食飲弔傷之禮。"

【傷心】㊀損傷內部。戰國策秦三:"木實繁者披其枝,披其枝者傷其心。"㊁形容極其悲痛。禮問喪:"女子哭泣悲哀,擊胸傷心。"漢書六二司馬遷傳報任安書:"悲莫痛於傷心。"

【傷生】傷害生命。莊子讓王:"君固愁身傷生,以憂戚不得也。"禮喪服四制:"毀不滅性,不以死傷生也。"

【傷沴】受傷害而不流通。宋沈括夢溪筆談七象數一:"歲運有主氣,有客氣,……逆主之氣爲害暴,逆客之氣爲害除;調其主客,無使傷沴,此治氣之法也。"

【傷食】中醫學病名。急性胃炎。症見腹脹氣逆,胸膈痞塞,噫酸噯氣,胃脘作痛等。病由飲食不慎而起,故名。見明戴元禮證治要訣二諸傷門傷食。

【傷科】專治跌打損傷的醫科。古爲正骨兼金鏃科。見明陶宗儀輟耕錄十五醫科。元危亦林著世醫得效方,專辟"正骨兼金鏃科",其中記載骨折脫臼、脊椎骨折等整復方法。清錢秀昌有傷科補要四卷,江考卿有傷科方書一卷。

【傷風】㊀感冒病,俗稱傷風。五燈會元七從展禪師:"時有僧咳嗽一聲,師曰:'作甚麼?'曰:'傷風。'"㊁見"傷風敗俗"。

【傷神】耗損精神。猶言傷心。文選南朝梁江文通(淹)別賦:"造分手而銜涕,感寂漠而傷神。"唐杜甫杜工部草堂詩箋二贈王二十四侍御四十韻:"曉鶯工迸淚,秋月解傷神。"

【傷氣】挫傷志氣,猶言氣短。文選戰國楚宋玉高唐賦:"感心動耳,迴腸傷氣。"注:"言上諸聲,能迴轉人腸,傷斷人氣。"漢書六二司馬遷傳報任安書:"夫中材之人,事關於宦豎,莫不傷氣。"

【傷痍】創傷,受傷的人。史記九九劉敬傳:"哭泣之聲未絕,傷痍者未起。"漢書四三婁敬傳作"傷夷"。後漢書二三竇融傳:"迄今傷痍之體未愈,哭泣之聲尚聞。"

【傷逝】哀念已死的人。北周庾信庾子山集十六周趙國公夫人紇豆陵氏墓誌銘:"孫子荆之傷逝,怨起秋風;潘安仁之悼亡,悲深長簟。"

【傷寒】病名。中醫所稱傷寒有廣狹二義。廣義爲風寒溫熱濕諸外感病的總稱;狹義僅指寒邪外襲之症。參閱素問九熱論、難經五泄傷寒五十八難。

【傷廉】損害廉潔。孟子離婁下:"可以取,可以無取,取傷廉。"晉陸機陸士衡文集一文賦:"苟傷廉而愆義,亦雖愛而必捐。"

【傷閡】傷害阻隔。列子黃帝:"和者大同於物,物無得傷閡者。"

【傷暮】自傷年將老而所志不就。南史范縝傳:"(縝)年二十九,髮白皤然,乃作傷暮詩、白髮詠以自嗟。"

【傷懷】傷心。詩小雅白華:"嘯歌傷懷,念彼碩人。"

【傷殷操】琴曲名。也稱麥秀歌。見樂府詩集五七琴曲歌辭。參見"麥秀歌"。

【傷荷藕】藕名。唐蘇州所產最上等的藕。一說因葉甘爲蟲所傷;一說因欲長根,須先除其葉,故名。見唐李肇國史補下、宋朱長文吳郡圖經續記下雜錄。

【傷寒論】晉王叔和取漢張機傷寒雜病論所編次,十卷。書分辨證、治療,是漢以前有關傷寒病診治及醫療理論的總結。古今注家甚多,以金成無已注爲最早。

【傷歌行】樂府雜曲歌辭側調曲。其辭見樂府詩集六二雜曲歌辭。

【傷弓之鳥】受過箭傷的鳥。戰國楚春申君想起用臨武君作大將抗秦。趙使者魏加說,臨武君曾被秦兵打敗,懾於秦兵威力,像離羣受傷的鳥,聽到弓弦聲便驚慌下墜,不宜作抗秦的主將。事見戰國策楚四。參閱鮑彪注。後引以比喻經過禍患、遇事猶有餘悸的人。晉書苻生載記："傷弓之鳥，落於虛發。"今通作"驚弓之鳥"。參見該條。

【傷筋動骨】本指身受重傷。元曲選缺名蝴蝶夢二："打的來傷觔(筋)動骨，更疼似懸頭刺股。"後來也用以譬喻事物受到重大的損害。明周朝俊紅梅記總評："此等結束甚妙，生且相見不十分喫力，相會亦不曾喫力，到底不曾傷筋動骨。"

【傷風敗俗】敗壞良好的風俗。梁書何敬容傳："望白署空，是稱清貴；恪勤匪懈，終滯鄙俗。……嗚呼！傷風敗俗，曾莫之悟。"唐韓愈昌黎集三九論佛骨表："傷風敗俗，傳笑四方，非細故也。"

傺 chì 丑例切，去，祭韻，徹。ㄔˋ

㊀停止。楚辭宋玉九辯："收恢台之孟夏兮，然欿傺而沉藏。"方言七："傺，……逗也。"注："逗，即今住字。"㊁失意的樣子。詳"侘傺"。

傻 shǎ 沙瓦切，上，馬韻，山。ㄕㄚˇ 所化切，去，禡韻，山。

愚蠢，不明事理。廣韻禡："傻俏，不仁。"紅樓夢七三："且心性愚頑，一無知識，出言可以發笑，賈母歡喜，便起名爲傻大姐。"

【傻角】獃子，癡人。元王實甫西廂記一本三折："姐姐，我不知他想甚麼哩，世上有這等傻角。"也作"傻瓜"。古今雜劇元缺名陶淵明東籬賞菊三："真箇是個傻瓜，二萬錢都與了賣酒的也。"

偬 zǒng ㄗㄨㄥˇ

偬的異體字。見"偬"。

傱 sǒng 息拱切，上，腫韻，心。ㄙㄨㄥˇ

見下。

【傱傱】㊀疾行貌。漢書八七上揚雄傳甘泉賦："風傱傱而扶轄兮。"注："傱傱，前進之意也。"文選作"漎漎"。㊁衆多貌。漢書禮樂志郊祀歌："神之行，旌容容，騎沓沓，般傱傱。"注："傱傱，衆也。……傱，音總。一曰：……傱音才公反。"標點本、百衲本作"縱縱"。

像 xiàng 徐兩切，上，養韻，邪。ㄒㄧㄤˋ

㊀相似。易繫辭下："象也者，像此者也。"疏："言象此物之形狀也。"㊁肖像。北堂書鈔九四晉華嶠後漢書趙岐傳："圖季札、子產、晏嬰、叔向四像，居賓位；自畫其像居主位。"又見後漢書六四本傳。㊂法式，式樣。楚辭屈原九章橘頌："行比伯夷，置以爲像兮。"注："像，法也。"

【像生】㊀仿天然產物製造的工藝品，如以紙通草或綾羅製成的花果、人物，因形狀如生，故稱像生。南宋臨安(杭州)官府有四司六局，中有果子局，掌造像生花果。宋吳自牧夢粱錄十九四司六局筵會假賃有像生花果、蜜煎像生窠兒、糟藏像生件段等。明代北京正月十五燈市，有各色像生人物及花果出售。見明田汝成西湖游覽志餘二十熙朝樂事。㊁說唱女藝人。宋西湖老人繁勝錄："選像生有顏色者三四十人，戴冠子花朵，著豔色衫子。"元曲選有風雨像生貨郎旦雜劇。

【像法】佛法。宋書謝靈運傳山居賦："析曠劫之微言，說像法之遺旨。"清龔自珍定盦續集己亥雜詩："有明像法披猖後，荷擔如來兩尊宿。"

【像姑】清代北方稱男妓，也指雛伶。見清張燾津門雜記中。

【像設】依式構造。文選戰國楚宋玉招魂："像設君室，靜閒安些。"注："言爲君造設第室，法像舊廬所在之處。"

【像教】立像以設教。舊稱佛教爲像教。唐會要四七議釋教上："漢魏之後，像教寖興。"續古文苑十三唐法琳上皇帝繡像頌序："乃洎乎青晴南度，白馬東翻，像教鬱興，靈儀遍峙。"以上都指佛教。

【像意】隨意，如意。淮南子覽冥："居君臣父子之間，而競載，驕主而像其意。"注："像，猶隨也。"燕子箋傳奇談畫："剛剛喫得像意。"

【像贊】畫像上的題辭。後漢書四八應奉傳附應劭："初，(劭)父奉爲司隸時，並下諸官府郡國，各上前人像贊。"也作"像讚"。

十二畫

僰 bó 蒲北切，入，德韻，並。ㄅㄛˊ

古代我國西南地區少數民族名。呂氏春秋恃君："離水之西，僰人……多無君。"史記一一六西南夷傳："巴蜀民或竊出商賈，取其筰馬、僰童、髦牛，以此巴蜀殷富。"正義："今益州南戎州北臨大江，古僰國。"

【僰治】見"僰道"。

【僰道】漢縣名。屬犍爲郡。爲僰人所居，故名。王莽改稱僰治。見漢書地理志上。地在今四川宜賓縣境。故城址有三：一爲漢址，在縣西南；一爲唐太宗徙於三江口者，即今縣境；一爲唐(武宗)會昌時徙於蜀江北岸者，即舊州城。見讀史方輿紀要七十敍州府。

僒 jiǒng 渠殞切，上，軫韻，羣。ㄐㄩㄥˇ

困迫。通"窘"。漢書四八賈誼傳服鳥賦："愚士繫俗，僒若囚拘。"文選作"窘"。史記作"攌"。

僮 1. tóng 徒紅切，平，東韻，定。ㄊㄨㄥˊ

㊀未成年的人。左傳哀十一年："公爲與其嬖僮汪錡乘，皆死皆殯。"注"僮，本亦作童。"㊁僕婢。史記一一七司馬相如傳："而卓王孫家僮八百人。"㊂蠢動，無知。漢揚雄太玄經童："陽氣始窺，物僮然，咸未有知。"㊃姓。見元和姓纂一東。

2. zhuàng ㄓㄨㄤˋ

㊄我國少數民族名。今作"壯"。

【僮昏】無知，闇亂。國語晉四："僮昏不可使謀。"

【僮客】奴僕。漢書五七上司馬相如傳："臨邛多富人，卓王孫僮客八百人。"注："僮，謂奴。"三國志蜀糜竺傳："祖世貨殖，僮客萬人，貲產巨億。"

【僮御】僮僕。後漢書馬皇后紀："幹理家事，勑制僮御。"

【僮幹】南朝最低級的胥吏，如門僕之類。宋書張暢傳："若諸佐不可遣，亦可使僮幹來。"參閱通典三五職官十七。

【僮僮】盛貌。詩召南采蘩："被之僮僮，夙夜在公。"被，假髻；僮僮，形容飾物之盛。

【僮僕】幼年僕役。漢書九三董賢傳："詔將作大匠爲賢起大第北闕下，……下至賢家僮僕皆受上賜。"晉陶潛陶淵明集五歸去來辭："僮僕歡迎，稚子候門。"

僦 jiù 即就切，去，宥韻，精。ㄐㄧㄡˋ

租賃。淮南子氾論："今夫僦載者，救一車之任，極一牛之力，爲軸之折也。"漢書九九中王莽傳："寶貨皆重則僦載煩費。"注："僦，送也，一曰賃也。"

【僦舍】租屋居住。宋歐陽修文忠集八有贈予以端溪綠石枕與蘄州竹簟……詩："一從僦舍居城南，官不坐曹門少客。"

【僦屋】租賃房舍。唐韓愈昌黎集三送鄭尚書序："家屬百人，無數畝之宅，僦屋以居。"

【僦費】雇運費。史記平準書："(桑)弘羊以諸官各自市，相與爭，物故騰躍，而天下賦輸或不償其僦費。"索隱引服虔：

“雇載云僦，言所輸物不足償其雇載之費也。”

【僦櫃】唐代有櫃房，以收費代人保管金錢及貴重物品爲業。也稱僦櫃。唐人小說霍小玉傳稱寄付舖，猶後世的保管庫。後又演變爲典當質錢的質庫（當舖）。兩者合稱僦質。舊唐書德宗紀建中三年：“少尹韋禛又取僦櫃質庫法拷索之，纔及二百萬。”資治通鑑二二七唐建中三年：“又括僦櫃質錢。”注：“民間以物質錢，異時贖出，於母錢之外，復還子錢，謂之僦櫃。”

僱 gù ㄍㄨˋ

同“雇”。見“雇”字各條。

僔 zǔn 兹損切，上，混韻，精。ㄗㄨㄣˇ

㊀聚。見“僔僔”。㊁謙下。荀子仲尼：“主尊貴之，則恭敬而僔。”注：“僔與撙同，卑退也。”

【僔僔】聚貌。楚辭屈原離騷“紛總總其離合兮”注：“總總猶僔僔，聚貌。”又作“撙撙”。見該條。

僧 sēng 蘇增切，平，登韻，心。ㄙㄥ

和尚，僧伽的省稱。魏書釋老志：“謂之沙門，或曰桑門，亦聲相近，總謂之僧，皆胡言也。僧譯爲和命衆，桑門爲息心，比丘爲行乞。”參見“僧伽㊀”。

【僧正】管理衆僧之官。東晉列國後秦以道䂮法師爲僧正，秩同侍中，爲僧人立官之始。南朝梁名大僧正，別有尼正。宋明清每州置一員。參閱宋贊寧僧史略中僧寺綱糾。

【僧伽】㊀梵語，省稱爲僧。大智度論三：“僧伽，秦言衆，多比丘一處和合，是名僧伽。”原意本指衆和尚，後單人也通稱爲僧。㊁梵語，獅子。南朝梁婆羅譯孔雀王咒經下“僧伽”自注：“梁言師（獅）子。”大唐西域記十一有僧伽羅國，南史作師子國。

【僧官】管理僧人、寺廟的官吏。如僧正、僧統等。見宋贊寧僧史略中。

【僧祇】梵語大衆，如僧尼共有之物叫僧祇物。宋晁補之琴趣外篇五杜四侍郎郡君十二姑生日詞：“不勞龍女聘威儀，僧祇世界供遊戲。”參見“僧祇户”、“僧祇律”。

【僧夏】㊀本指僧尼夏天到佛寺挂單。也用以稱寺廟。金元好問遺山集二寶巖紀行詩：“兹山緣未了，僧夏容宿留。”㊁見“僧臘”。

【僧殘】佛教語。梵名僧伽婆尸沙。譯稱僧初殘或僧殘。戒律中罪科名，其名目有十三條。見四分律行事鈔資持記中二釋十三僧殘。

【僧單】僧堂的禪床。宋李昴英文溪集十五送鑒師住靈洲寺詩：“孤島一燈開佛屋，長身七尺占僧單。”

【僧統】僧官。東晉列國後秦立僧正，至北魏，以法果爲沙門統，其後又以師賢爲僧統。唐代始廢置，改立僧録。見宋贊寧僧史略中僧統。

【僧綱】統管佛教的僧官。西遊記十二：“朕賜你左僧綱，右僧綱，天下大闡都僧綱之職。”參見“僧録司”。

【僧臘】和尚受戒後的年歲。如宋高僧傳七記志遠“春秋七十七，僧臘四十八”，即受戒爲僧四十八年。也稱“法臘”。同書一記義淨：“春秋七十九，法臘五十九。”又稱“僧夏”。唐白居易長慶集七十奉國寺神照師塔銘序：“報年六十三，僧夏四十四。”

【僧史略】宋釋贊寧撰。三卷。內容記述佛教的誕生、流變，以至三寶住持等的起源，略可見宋代以前佛寺制度事物的概況。

【僧伽梨】僧服大衣名。袈裟的一種。五燈會元十七佛釋迦牟尼：“復告迦葉，吾將金鏤僧伽梨衣，傳付於汝。”又叫“僧迦胝”。大唐西域記一：“如來以僧伽胝方疊布下。”自注：“舊曰僧伽梨，訛。”翻譯名義集七沙門服相：“此云合，又云重，謂割之合成。義淨云：僧伽胝，唐言重複衣。”

【僧祇户】北魏佛教盛行，凡民間每年捐穀六十斛入僧曹的，稱僧祇户；又以犯罪之民及官奴撥送佛寺服役，稱佛圖户。當時僧祇户及寺户遍於各州鎮，對僧祇户的剥削，成爲僧寺收入的主要來源。見魏書釋老志。

【僧祇律】摩訶僧祇律的省稱。是五部律之一，爲大衆部之律藏。晉釋法顯自長安游天竺，遍歷三十餘國，將所得經律加以翻譯，回國後，又與天竺禪師跋陀羅辨析訂正，稱僧祇律。見魏書釋老志。

【僧錄司】僧官名。唐初僧尼隸屬祠部，所度僧尼由祠部給牒。開成中，設左右街僧録，後因置僧録司，專掌佛教事。又於各府置僧綱司，各州置僧正司，各縣置僧會司。京本通俗小説菩薩蠻：“當日就差押番去臨安府僧録司，討一道度牒。”參閱明會典二二六僧録司。

【僧寶傳】禪林僧寶傳的省稱。三十卷。北宋釋惠洪撰。專録臨濟、潙仰、曹洞、雲門、法眼五宗禪門名僧共八十一人生平事迹，爲作傳贊。四庫著録本三十二卷，據明州刻本，附北宋舟峰庵釋慶老補傳三人，作一卷；臨濟宗旨一卷。

【僧自恣日】佛教以農曆七月十五日爲僧自恣日，也稱佛歡喜日。參閱翻譯名義集四衆善行法鉢剌婆剌拏。

【僧伽大師】公元 628—710 年。唐時西域人，何姓。龍朔初到楚州，後居長安薦福寺，唐李白李太白詩七有僧伽歌。參閱太平廣記九六異僧十引本傳及紀聞録。

【僧格林沁】公元？— 1865 年。清蒙族科爾沁旗人。咸豐四年因鎮壓太平天国北伐軍，封親王。咸豐十年，英法侵略軍北犯大沽，僧格林沁率部守大沽西岸，稍一接戰即敗退潰散。僧格林沁所部爲騎兵，清廷倚以爲鎮壓捻軍的主力，所至燒殺焚掠。同治四年被山東農民軍宋景詩部與捻軍擊斃於曹州府菏澤縣。

僁 qiān ㄑㄧㄢ

罪過。同“愆”。史記三王世家册齊王策：“厥有僁不臧，乃凶於而國。”漢書六三武五子傳作“愆”。唐韓偓玉山樵人集感事三十四韻詩：“上相思懲惡，中人詎省僁。”

僣 tiè 他結切，入，屑韻，透。ㄊㄧㄝˋ

見下。

【僣侻】狡猾。見廣韻入聲屑。宋郭忠恕佩觿上謂俗以僣侻之僣爲踰僭之僭，非。

僥

1\. yáo 五聊切，平，蕭韻，疑。ㄧㄠˊ

㊀見“僬僥”。

2\. jiǎo 集韻 吉了切，上，筱韻。ㄐㄧㄠˇ

㊀僥倖。漢王符潛夫論述赦：“凡民所以輕爲盜賊，……以赦贖數而有僥望也。”

【僥₂倖】求利不止，意外獲得成功或免於不幸。同“徼幸”。莊子在宥：“此以人之國僥倖也。”釋文：“僥倖，求利不止之貌。”漢王符潛夫論述赦：“近時以來，赦贖稠數，故每春夏，輒望復赦，或抱罪之家，僥倖蒙恩，故宜此言，以自悦喜。”參見“徼幸”。

【僥₂競】爲求僥倖之利而競相奔走。梁書鍾嶸傳上書：“臣愚謂軍官是素族士人，自有清貫，而因斯受爵，一宜削除，以懲僥競。”宋文瑩湘山野録：“晏元獻公

(殊)奏朝廷置職田，蓋欲稍資俸給，其官吏不務至公，以差遣徇僥競者極衆。"

僖 xī 許其切，平，之韻，曉。ㄒㄧ

㊀喜樂。隸變爲"嬉"。見清段玉裁說文解字注。㊁古謚法。有過爲僖。參閱逸周書謚法。春秋三傳僖公（魯晉齊），史記漢書皆作釐公。㊂姓。春秋時曹有僖負羈。

僨 fèn 方問切，去，問韻，幫。ㄈㄣˋ

㊀倒覆，僵仆。左傳隱三年："鄭伯之車僨於濟。"又昭十三年："牛雖瘠，僨于豚上，其畏不死？"㊁激動。詳"僨興"。

【僨事】敗事。禮大學："此謂一言僨事，一人定國。"

【僨興】緊張，興奮。左傳僖十五年："亂氣狡憤，陰血周作，張脈僨興，外强中乾，進退不可，周旋不能。"注："僨，動也。氣狡憤於外，則血脈必周身而作，隨氣張動。"

【僨驕】驕矜。莊子在宥："僨驕而不可繫者，其唯人心乎。"釋文引郭(象)："僨驕者，不可禁之勢。"

僛 qī 去其切，平，之韻，溪。ㄑㄧ

見下。

【僛僛】偏側貌。詩小雅賓之初筵："亂我籩豆，屢舞僛僛。"集傳：'僛僛，傾側之狀。"後多用以形容搖擺狀。宋王安石臨川集三十春雨詩："城雲如夢柳僛僛，野水橫來强滿池。"

【僛醜】醜貌。同"䫏醜"。北周庾信庾子山集一竹杖賦："宿昔僛醜，俄然耆耋。"參見"䫏醜"。

僭 jiàn 子念切，去，㮇韻，精。ㄐㄧㄢˋ

㊀越分。指超越身分，冒用在上者的職權行事。公羊傳昭二五年："諸侯僭於天子。"㊁差失，過分。詩商頌殷武："不僭不濫，不敢怠遑。"左傳襄二六年："賞僭則懼及淫人，刑濫則懼及善人，若不幸而過，寧僭無濫。"

【僭忒】踰越常規，心懷疑貳。忒，差失。書洪範："人用側頗僻，民用僭忒。"

【僭越】超出規定範圍。魏書清河王懌傳："宜杜漸防萌，無相僭越。"

【僭號】㊀超越本分的封號。漢書八六師丹傳詔："故定陶太后造稱僭號，甚悖義理。"漢哀帝尊祖母定陶王妃傅爲定陶共王太后，平帝立，廢太后號。㊁舊指與統治王朝對立而自己稱王稱帝。三國志蜀呂凱傳答雍闓書："蓋聞楚國不恭，齊桓是責；夫差僭號，晉人不長；況臣於非主，誰肯歸之邪？"晉書王濬傳桓溫表："荷戈長騖，席卷萬里，僭號之吳，面縛象魏。"

【僭僞】封建王朝以正統自居，稱割據對立的王朝爲僭僞。宋書武帝紀永初元年："姦宄具殲，僭僞必滅。"舊五代史以梁唐晉漢周爲正統，立僭僞傳以置吳楊行密、蜀王建等。

【僭嫚】越禮侮辱。左傳昭二十年："其言僭嫚於鬼神。"

【僭賞】獎賞超過功勞。舊唐書一二〇郭子儀傳："況久經兵亂，僭賞者多；一人之身，兼官數四。"

【僭擬】超越本分。自比於居上位者。史記一三〇太史公自序："諸侯大小爲藩，爰得其宜，僭擬之事稍衰貶矣。"又作"僭儗"。漢書四八賈誼傳："天下初定，制度疏闊，諸侯王僭儗，地過古制，淮南、濟北王皆爲逆誅。"

僚 1. liáo 落蕭切，平，蕭韻，來。ㄌㄧㄠˊ 力小切，上，小韻，來。

㊀執役服事的人，即後世的官吏。書皋陶謨："百僚師師。"疏："百官各師其師，轉相教誨。"左傳昭七年："隸臣僚，僚臣僕。"疏："僚，勞也，共勞事也。"㊁同官或朋輩。左傳昭十一年："(女)遂奔(孟)僖子，其僚從之。"

2. liǎo 集韻 朗鳥切，上，筱韻。ㄌㄧㄠˇ

㊀美好。詩陳風月出："佼人僚兮。"

【僚友】同官的人。禮曲禮上："僚友稱其弟也。"弟，同"悌"。

【僚宷】同官，同事。晉書王戎傳："尋拜司徒，雖位總鼎司，而委事僚宷。"

【僚壻】姊妹的丈夫互稱。俗稱連襟。爾雅釋親注："今江東人呼同門爲僚壻。"舊唐書九九蕭嵩傳："初娶會稽賀晦女，與吳郡陸象先爲僚壻。"

【僚黨】朋輩。後漢書七九下魏應傳："(應)閉門誦習，不交僚黨。"

【僚屬】所屬官吏。三國志魏王觀傳："觀治身清素，帥下以儉，僚屬承風，莫不自勵。"僚，也作"寮"。三國志吳孫登傳："登待接寮屬，略用布衣之禮。"

㒞 jué ㄐㄩㄝˊ

㊀仆倒。呂氏春秋辯士："見風則㒞。"㊁通"獗"。漢巴郡太守樊敏碑："不顧倡㒞。"(隸釋十一)倡，通"猖"。

僩 xiàn 下赧切，上，潸韻，匣。ㄒㄧㄢˋ 古限切，上，產韻，見。

㊀壯勇。詩衛風淇奧："瑟兮僩兮，赫兮咺兮。"傳："僩，寬大也。"釋文引韓詩："美貌。"荀子榮辱："陋者俄且僩也。"注："僩與撊同，猛也。"㊁窺伺。通"瞯"。漢王充論衡薄葬："璵璠，寶物也，魯人用斂，奸人僩之，欲心生矣。"斂，殮葬。

僎 1. zhuàn 士免切，上，獮韻，牀。ㄓㄨㄢˋ 士戀切，去，線韻，牀。

㊀具備，完善。論語先進："異乎三子者之撰。"釋文："撰，士免反，具也。鄭作僎，讀曰詮，詮之言善也。"

2. zūn 將倫切，平，諄韻，精。ㄗㄨㄣ

㊀贊禮。通"遵"。禮少儀："介爵，酢爵，僎爵，皆居右。"注："古文禮，僎作'遵'。遵爲鄉人爲卿大夫來觀禮者。"

僝 1. zhuàn 士限切，上，產韻，牀。ㄓㄨㄢˋ 士戀切，去，線韻，牀。

㊀表見。書堯典："共工方鳩僝功。"釋文："僝，仕簡反。徐(邈)音撰。"疏："(共工)於所在之方，能立事業，聚見其功。"史記五帝紀作"共工旁聚布功"。說文僝引作"旁救僝功"。㊁具備。文選晉左太沖(思)魏都賦："僝拱木於林衡，授全模於梓匠。"也作"僎"。

2. chán 士山切，平，山韻，牀。ㄔㄢˊ

㊀見下。

【僝2僽】㊀埋怨，嗔怪。宋秦觀淮海長短句滿園花："行待癡心守，甚捻着脿子，倒把人來僝僽。"五代史平話上漢："李洪信管着家計，和那弟弟李洪義兩個一向僝僽劉知遠，要趕將他出去。"㊁折磨，擺布。宋黃庭堅山谷詞宴桃源："天氣把人僝僽，落絮遊絲時候。"㊂愁苦，煩惱。宋王質雪山集十六清平樂梅影詞："從來清瘦，更被春僝僽。"元曲選范子安竹葉舟二："唱道幾處笙歌，幾家僝僽。"㊃排遣。宋辛棄疾稼軒詞三蝶戀花和楊濟翁韻："可惜春殘風又雨，收拾情懷，間把詩僝僽。"

僪 yù 集韻 其律切，允律切，入，質韻。ㄩˋ

㊀見"僪佹"。㊁日邊雲氣。見"倍僪"。

【僪佹】神奇，怪異。楚辭屈原天問王逸章句："(屈原)見楚有先王之廟及公卿祠堂，圖畫天地山川神靈，琦瑋僪佹，及古賢聖怪物行事。"一作"譎詭"。見該條。

僜 1. dèng 徒亙切，去，嶝韻，定。ㄉㄥˋ

㊀見"倰僜"。

2. chēng 丑升切，平，蒸韻，徹。 ㄔㄥ

㊁見"儚僜"。

僓 1. tuǐ 吐猥切，上，賄韻，透。 ㄊㄨㄟ 胡對切，去，隊韻，匣。

㊀嫻雅，長大。説文："僓，嫻也。从人，貴聲。一曰長皃。"

2. tuí 音韻闡微 徒回切，平，灰韻。 ㄊㄨㄟ

㊁隨順，放任。莊子外物："月固不勝火，於是乎有僓然而道盡。"釋文："音頽，又乎懷反。郭(象)云：順也。"

僤 1. dàn 徒案切，去，翰韻，定。 ㄉㄢ 徒旱切，上，旱韻，定。

㊀盛，厚。詩大雅桑柔："我生不辰，逢天僤怒。"疏引爾雅樊光注引詩作"逢天亶怒。"清王念孫説僤同"憚"。威盛叫憚，所以盛怒也叫僤。見讀書雜志戰國策一憚。

2. chán 市連切，平，仙韻，禪。 ㄔㄢ

㊁見"婉僤"。

僕 pú 蒲木切，入，屋韻，並。 ㄆㄨˊ 蒲沃切，入，沃韻，並。

㊀供役使的人。詩小雅正月："民之無辜，並其臣僕。"左傳昭七年："僚臣僕，僕臣臺。"㊁駕車的人。詩小雅正月："屢顧爾僕，不輸爾載。"駕車也叫僕。論語子路："子適衛，冉有僕。"㊂自身謙稱。漢書六二司馬遷傳報任安書："僕少負不羈之才，長無鄉曲之譽。"㊃附着。詩大雅既醉："君子萬年，景命有僕。"參見"僕緣"。㊄隱藏。見"僕區"。㊅姓。見元和姓纂十沃。

【僕夫】㊀駕車的人。詩小雅出車："召彼僕夫，謂之載矣。"傳："僕夫，御夫也。"㊁管馬的官。周禮夏官校人："廄一僕夫。"注："僕夫，帥之名也，……則僕夫上士也。"帥，主管者。

【僕固】我國古代西北游牧民族鐵勒部族之一，也稱僕骨。唐貞觀時屬金微都督府管轄。以僕固爲姓。見通志二九氏族五代北複姓。肅宗、代宗時，其首領僕固懷恩曾助唐平定安史之亂，舊唐書一二一有傳。

【僕姑】箭名。左傳莊十一年："乘丘之役，公以金僕姑射南宫長萬。"

【僕射】官名。史記秦始皇紀有僕射周青臣。漢書百官公卿表："僕射，秦官；自侍中、尚書、博士、郎皆有。古者重武官，有主射以督課之。"漢建始元年置尚書五人，以一人爲僕射；漢末分置左右僕射。唐、宋左右僕射爲宰相之職。宋以後廢。

【僕區】春秋楚刑書名。左傳昭七年："吾先君文王作僕區之法。"釋文："服(虔)云：僕，隱也；區，匿也；爲隱匿亡人之法也。"

【僕僕】煩擾，勞頓。孟子萬章下："子思以爲鼎肉使己僕僕爾亟拜也。"注："僕僕，煩猥貌。"後用以形容旅途勞頓，如僕僕風塵。

【僕遬】同"樸樕"。本指小木，後用來比喻才能平庸。漢書四五息夫躬傳："諸曹以下，僕遬不足數。"注："僕遬，凡短之貌也。"遬，讀速。參見"樸樕"。

【僕緣】附着。莊子人間世："夫愛馬者……適有蚉䖟僕緣。"謂蚉䖟附緣於馬體。僕與"附"聲近義同。參閱清王念孫讀書雜志十六餘編上。

【僕纍】即蝸牛。山海經中山經："青要之山，……南望墠渚，禹父之所化，是多僕纍、蒲盧。"管子地員作"僕累"。

僢 1. chuǎn 尺尹切，上，準韻，穿。 ㄔㄨㄢˇ

㊀相背。同"舛"。淮南子説山："分流舛馳。"玉篇引舛作"僢"。

2. chuàn 集韻 樞絹切，去，線韻。 ㄔㄨㄢˋ

㊁足相向。禮王制"雕題交趾"漢鄭玄注："交趾，足相鄉然，浴則同川，卧則僢。"

僞 wěi ㄨㄟˇ

同"偽"。見"偽"。

僑 qiáo 巨嬌切，平，宵韻，羣。 ㄑㄧㄠˊ

㊀高。通"喬"。見"僑人㊁"。㊁寄居異地。見"僑士"。

【僑人】㊀東晉、南北朝時稱流亡江南的北方人爲僑人。隋書食貨志："晉自中原喪亂，元帝寓居江左，百姓之自拔南奔者，並謂之僑人。"㊁裝高蹺的人。列子説符"昔有異技干寡人者"張湛注："謂先僑人。"按山海經海外西經長股國郭璞注："今伎家喬人，蓋象此身。"喬僑通。

【僑士】旅居的人。韓非子亡徵："羈旅僑士，重帑在外，上閒謀計，下與民事者，可亡也。"

【僑札】僑，春秋鄭大夫公孫僑(子産)；札，吳季札。季札至鄭，與子産互贈縞帶、紵衣，後因以比喻朋友締交。三國志吳魯肅傳："肅家有兩囷米，各三千斛，肅乃指一囷與周瑜，瑜益知其奇也，遂相親結，定僑札之分。"又陸抗傳注引晉陽秋："抗與羊祜推僑札之好。"

【僑吳】同"僑札"。唐李商隱李義山文集五重祭外舅司徒公文："紵衣縞帶，雅貺或比于僑吳；荆釵布裙，高義每符于梁孟。"梁孟，東漢梁鴻孟光夫婦。

【僑居】寄居他鄉。世説新語德行"武帝謂劉仲雄"注引晉王隱晉書："劉毅字仲雄，東萊掖人，……僑居陽平，太守杜恕致爲功曹。"唐韋應物韋江州集三歲日寄京師諸季端武等詩："獻歲抱深惻，僑居念歸緣。"

【僑肸】春秋時鄭大夫公孫僑(子産)；晉大夫羊舌肸(叔向)；都以才知見稱。後遂用僑肸喻賢哲高明的人。太平御覽一〇〇〇引通語諸葛亮與兄瑾書："殷德嗣秀才，今之僑肸者。"德嗣，殷禮字。

【僑軍】南北朝時以僑居江南的北方人編成的軍隊。宋書武帝紀上："彼僑軍無資，求戰不得。"參見"僑人㊀"。

【僑流】南北朝時，北人因避兵亂，流亡南渡，時稱僑流。宋書謝晦傳："義熙八年，土斷僑流郡縣，使晦分判揚豫民户，以平允見稱。"土斷，以所居地定户籍。參見"土斷"。

【僑寓】僑居。宋司馬光司馬温公集三十貢院乞逐路取人狀："今來柳材所啓請科場事件，若依而行之，委得中外均平，事理允當，可使孤遠者有望進達，僑寓者各思還本土矣。"

【僑置】六朝時南北分裂，諸朝遇有州郡淪入敵手的，往往暫借別地重置，仍用舊名。如晉司州原治洛陽，爲前趙所占，元帝渡江，就在徐州僑置司州。參閱晉書地理志上。

【僑舊】西晉末，中原人民避亂過江，東晉乃在江南設置僑郡，北人稱僑人，與本地人合稱僑舊。晉書桓宣傳："宣久在襄陽，綏撫僑舊，甚有稱績。"

僬 1. jiāo 即消切，平，宵韻，精。 ㄐㄧㄠ 昨焦切，平，宵韻，從。

㊀見"僬僥"。㊁小。文選漢馬季長(融)長笛賦："僬眇睢維。"注："目開合之貌。"

2. jiào 子肖切，去，笑韻，精。 ㄐㄧㄠˋ

㊂見"僬$_2$僬$_2$"。

【僬僥】古代傳説中的矮人國名。列子湯問："從中州以東四十萬里，得僬僥國，人長一尺五寸。"又説長三尺。見國語魯下。極言其矮而已。也指古代西南少數民族，是帶輕蔑性的稱謂。後漢書明帝紀："西南夷哀牢、儋耳、僬僥……諸種，前後慕義貢獻。"

【僬₂僬₂】行走急促貌。禮曲禮下:"庶人僬僬。"

十三畫

僿 sài 式吏切,去,志韻,審。
ㄙㄞˋ 集韻 先代切,去,代韻。

輕薄,不真誠。史記高祖紀贊:"文之敝,小人以僿,故救僿莫若以忠。"集解:"徐廣曰:'一作薄。'……薄,苟習文法,無悃誠也。"

億 yì 於力切,入,職韻,影。
ㄧˋ

㊀數詞。詩周頌豐年:"亦有高廩,萬億及秭。"禮內則:"降德於衆兆民"疏:"算法,億之數有大小二法:其小數以十爲等,十萬爲億,十億爲兆也;其大數以萬爲等,萬至萬,是萬萬爲億。"引伸爲盈滿。詩小雅楚茨:"我倉既盈,我庾維億。"㊁預料,猜想。論語憲問:"不億不信。"㊂安靜。左傳昭二一年:"心億則樂。"㊃嘆詞。通"噫"。易震:"億喪貝。"釋文:"本又作噫,同於其反,辭也。"

【億中】料事能中。論語先進:"賜不受命,而貨殖焉,億則屢中。"漢書九一貨殖傳、漢陳度碑(隸續十九)引並作"意"。又憲問"有德者必有言"三國魏何晏集解:"德不可以億中,故必有言。"

【億兆】極言其多。書泰誓中:"受有億兆夷人,離心離德。"受,商紂名。文選晉陸士衡(機)五等諸侯論:"億兆悼心,愚智同痛。"

【億忌】猶言疑忌。荀子賦:"暴至殺傷而不億忌者與。"唐楊倞註分億與忌爲二義,非。也作"意忌"。史記陳丞相世家:"項王爲人意忌信讒,必內相誅。"參閱清王念孫讀書雜志荀子八億忌。

【億度】預料,猜測。文選漢王子淵(褒)四子講德論:"今子執分寸而罔億度。"注:"億度之,言無限也。韓子曰:'有尺寸而無億度。'"今本韓非子解老、安危等都作"意度"。

【億測】猜想,揣測。後漢書十五李通傳論:"況乃億測微隱,猖狂無妄之福,汙滅親宗,以觖一切之功哉!"

【億萬】大數以萬爲等,億萬,極言其多。書泰誓上:"受有臣億萬,惟億萬心。"受,商紂名。唐杜牧樊川文集二昔事文皇帝三十二韻詩:"億萬持衡價,錙銖挾契論。"

【億寧】安定,安寧。國語晉四:"億寧百神。"

【億變】[illegible]史記八四賈誼傳:"大人不曲兮,億變齊同。"漢書四八賈誼傳、文選漢賈誼鵩鳥賦都作"意變"。

儃 1. chán 市連切,平,仙韻,禪。
ㄔㄢˊ 徒干切,平,寒韻,定。

㊀見"儃回"、"儃佪"。

2. tǎn 集韻 儻旱切,上,緩韻。
ㄊㄢˇ

㊁見"儃₂僈"、"儃₂儃₂"。

3. shàn 集韻 時戰切,去,綫韻。
ㄕㄢˋ

㊂禪讓,讓位。通"禪"。漢揚雄法言問明:"允喆堯儃舜之重,則不輕於(許)由矣。"

【儃回】楚辭漢賈誼惜誓:"壽冉冉而日衰兮,固儃回而不息。"注:"儃,一作邅。"詳"儃佪"。

【儃佪】徘徊貌。楚辭屈原九章惜誦:"欲儃佪以干傺兮,恐重患而離尤。"又涉江:"入溆浦余儃佪兮,迷不知吾所如。"

【儃₂僈】放縱,舒閒。漢賈誼新書勸學:"然則舜僶俛而加志,我儃僈而弗省耳。"也作"誕謾""澶漫"。參見各該條。

【儃₂儃₂】悠閒貌。莊子田子方:"有一史後至者,儃儃然不趨。"釋文:"(儃)吐袒反。徐(邈)音但。"

儀 yí 魚羈切,平,支韻,疑。
ㄧˊ

㊀容止儀表。詩大雅烝民:"令儀令色,小心翼翼。"㊁法度,標準。國語周下:"度之於軌儀。"淮南子修務:"設儀立度,可以爲法則。"㊂取法。見"儀刑"。㊃忖度。詩大雅烝民:"我儀圖之,惟仲山甫舉之。"參閱宋朱熹集傳。㊄向往。漢書九七上外戚傳:"公卿議更立皇后,皆心儀霍將軍女。"㊅匹配。詩鄘風柏舟:"髧彼兩髦,實爲我儀。"儀與"偶"雙聲,儀爲"偶"假借字。參閱清馬瑞辰毛詩傳箋通釋五柏舟。㊆贈送的禮物。如賀儀,奠儀。㊇儀器。後漢書明帝紀:"正儀度。"注:"儀謂渾儀。"㊈姓。見漢王符潛夫論志氏姓。

【儀刀】帝王儀仗隊所持的刀。用木或金銀製成,僅用於儀式,故名。新唐書儀衛志上:"次左右衛將軍二人,分左右,領班劍儀刀。"玉海一五一兵制刀:"儀刀,古班劍之類。晉宋以來謂之御刀;後魏曰長刀,皆施龍鳳環;隋謂之儀刀,裝以金銀,羽儀所執。"參見"象劍"。

【儀仗】儀衛的兵仗。晉書五行志上:"王敦在武昌,鈴下儀仗生華如蓮華。"

【儀式】典禮之秩序形式等,禮節規範。後漢書律曆志中:"然後儀式備立,司侯有準。"三國志魏張既傳注引魏略:"(游)楚爲人短小而大聲,自爲吏,初不朝覲,被詔登階,不知儀式。"

【儀同】官名。即儀同三司,謂儀制同於三公。東漢延平元年以鄧騭爲車騎將軍儀同三司,儀同的名號從此始。晉南北朝儀同之號漸多。北周改儀同三司爲儀同大將軍,仍增置上儀同大將軍。隋改爲散官。唐改上開府儀同三司爲上輕車都尉,開府儀同三司爲輕車都尉,儀同三司爲騎都尉;後又以開府儀同三司爲文散官。明廢。參閱通典三四文散官。

【儀狄】相傳夏禹時發明釀酒的人。戰國策魏二:"昔者帝女令儀狄作酒而美,進之禹。"初學記二六引世本:"儀狄始作酒醪,變五味。"

【儀注】㊀天文儀法。後漢書律曆志中:"尚書郎張衡、周興,皆能曆數,……衡興參案儀注者,考往校今,以爲九道法最密。"㊁禮節制度。宋書徐爰傳:"時世祖將即大位,軍府造次,不曉朝章,爰素諳其事,既至,莫不喜説,以兼大常丞,撰立儀注。"隋書經籍志二史部分類有儀注,著録漢魏以來歷代王朝關於禮儀制度的著作。

【儀表】㊀立木以示人謂之儀,也叫表。轉爲法則、標準、榜樣。管子形勢解:"法度者,萬民之儀表也。"漢書哀帝紀:"河間王良喪太后三年,爲宗室儀表。"注:"儀表者,言爲禮儀之表率。"㊁日晷。後漢書律曆志下:"曆數之生也,乃立儀表以校日景。"㊂容貌姿態。詩衛風碩人"碩人其頎"漢鄭玄箋:"碩,大也。言莊姜儀表長麗俊好頎頎然。"

【儀刑】猶言法式,作爲模範。詩大雅文王:"儀刑文王,萬邦作孚。"唐白居易長慶集二九襄州別駕府君事狀:"故中外凡爲冢婦者,皆景慕而儀刑焉。"也作"儀形"。文選晉左太沖(思)魏都賦:"儀形宇宙,歷像賢聖。"

【儀門】明清官署第二重正門。參見"謻門"。

【儀狀】容貌形狀。史記一二一儒林傳序:"太常擇民年十八已上,儀狀端正者,補博士弟子。"

【儀制】典章制度。北齊書劉禕傳:"好學,善三禮,吉凶儀制,尤所留心。"

【儀軌】禮法規矩。三國志蜀諸葛亮傳評:"撫百姓,示儀軌,約官職,從權制。"世説新語任誕:"裴(楷)曰:'阮(籍)方外之人,故不崇禮制;我輩俗中人,故以儀軌自居。'"

【儀馬】㊀廟、墓中的偶馬。唐李商隱李義山詩集四送千牛李將軍赴闕："靈衣沾媿汗，儀馬困陰兵。"㊁儀仗所用的馬。宋高承事物紀原二："西京雜記：漢朝輿駕祀甘泉、汾陰，單罕左右及節十六，後乃有御馬三。則儀馬之設，自漢始也。"

【儀秦】蘇秦和張儀，都是戰國時游說之士，並稱蘇張，又稱儀秦。漢揚雄法言淵騫："說而不富貴，儀秦恥諸。"

【儀曹】官名。南朝宋祠部尚書領祠部、儀曹二曹。北魏爲儀曹尚書。隋置禮部尚書，兼祠部、儀曹之職。隋煬帝時增設侍郎一人，作爲尚書副職，原有的諸曹侍郎，都改爲郎；又改禮部侍郎爲儀曹郎。唐武德三年又改儀曹郎爲禮部員外郎。參閱通典二三職官五禮部尚書。

【儀象】以儀器觀測天象。晉書天文志上："春秋文曜鉤云：'唐堯即位，羲和立渾儀。'此則儀象之設，其來遠矣。"

【儀賓】明制，親王郡王的女婿，稱儀賓，取易觀爻"觀國之光，利用賓於王"的意思。謂明習國儀，作賓於王家。續通典五八禮十四公主下降儀："明年又更定公主郡主封號婚儀及駙馬儀賓品秩。"

【儀鳳】唐李治（高宗）年號。公元676—678年。

【儀適】禮節。後漢書二三竇融傳："融先遣從事問會見儀適，……帝（光武）聞融先問禮儀，甚善之，以宣告百僚，乃置酒高會，引見融等，待以殊禮。"注："猶言儀注。"

【儀衞】儀仗與衞士的統稱。文的稱儀，武的稱衞。魏書李元護傳："若喪過東陽，不可不好設儀衞。"新唐書有儀衞志。

【儀檢】儀節法式。世說新語賞譽下注引虞預晉書："（祖逖）豁蕩不修儀檢，輕財好施。"

【儀鍠】鍠本是鉞一類的兵器，秦漢已有，唐時用作儀仗。參閱新唐書儀衞志下、玉海八十儀仗。元史輿服志二有儀鍠斧，刻木做成，朱柄，端綴錦旛五色帶。清鹵簿中有儀鍠氅，似旌而以儀鍠爲竿。

【儀禮】春秋、戰國時代一部分禮制的彙編。古只稱禮，對記言則曰禮經，合記言則曰禮記。自西晉初，以戴聖四十九篇稱禮記，因稱禮經爲儀禮。漢世所傳有戴德本、戴聖本和劉向別録本。各本篇第先後都不同。今傳十七篇是鄭玄注別録本。鄭著參用今古文，唐賈公彥作疏，在諸經中譌脱最多。清胡培翬撰儀禮正義四十卷，包羅古今，兼列異同，基本上申明鄭玄注，但也有訂正鄭注之處。1959年在甘肅武威發現漢簡多篇。

【儀隴】縣名。屬四川省。漢閬中縣地。南朝梁天監元年置儀隆縣。唐大曆初，因避玄宗李隆基諱改隆爲"隴"。見太平寰宇記一三九蓬州。唐以前故城在今四川儀隴縣西北，唐始遷於今治。

【儀觀】容貌，儀表。唐韓愈昌黎集二一送區册序："自南海挐舟而來，升自賓階，儀觀甚偉。"

【儀禮圖】書名。1. 宋楊復撰。十七卷。復是朱熹門人，熹撰儀禮經傳通解，復因就儀禮各篇，分析其儀節陳設的方位，作圖二〇五幅。又有儀禮旁通圖一卷，分宫廟、弁冕、牲鼎禮器三門，作圖三五幅。參閱清朱彝尊經義考一三二儀禮三。2. 清張惠言撰。六卷。以宫室衣服爲總圖，又依儀禮各篇目，各爲分圖。

【儀鸞司】宫廷掌儀禮的官署。五代梁開平初，置儀鸞使，掌鹵簿儀仗。宋衛尉寺守宫署歸儀鸞司，管皇帝祠郊廟、出巡、宴會和內庭供帳事務，設句當官四人，以諸司使副及內侍充任。參閱文獻通考五五職官九衛尉卿。

【儀鸞殿】宫殿名。隋大業間有野雀飛集寶城朝堂前，有人爲奉承皇帝，詐稱鸞鳳來臨，因於其地建儀鸞殿。見唐六典七工部尚書。清西苑有儀鸞殿，光緒二十六年（公元1900年）爲八國侵略軍焚毀。

【儀同三司】官名。詳"儀同"。

【儀象考成】清乾隆九年戴進賢等撰。三十二卷。考究歲差，闡明儀器。有武英殿及四庫全書本。道光二十四年敬徵等撰續編三十二卷，有欽天監刊本。

【儀態萬方】謂容姿無美不備，非言語能盡形容。玉臺新詠一漢張衡同聲歌："素女爲我師，儀態盈萬方。"

【儀禮集釋】宋李如圭著。注疏本十三經中儀禮脱誤最多，集釋全載鄭注，兼采當時善本所注，可爲補正注疏本脱誤的參考。原本久佚，今本由清四庫館臣從永樂大典中録出，缺鄉射、大射二篇、綱目一卷，館臣整理成三十卷。

【儀禮經傳通解】宋朱熹著。以儀禮爲經，附以禮記及諸經史雜書，具列注疏及各家之說。本三十七卷，晚年删定爲二十三卷，缺書數一篇。喪祭二門，熹死後由門人黄榦續成。參閱清朱彝尊經義考一三二。

僵

jiāng ㄐㄧㄤ 居良切，平，陽韻，見。

㊀倒下。呂氏春秋貴卒："管仲扞弓射公子小白，中鉤，鮑叔御公子小白僵。"注："御，猶使也。僵，猶偃也。"㊁不活動。通作"殭"。靈樞經癲狂："癲疾始作，先反僵。"

【僵尸】倒斃的屍體。後漢書十九耿弇傳："伏兵起，縱擊追至鉅昧水上，八九十里僵尸相屬。"

【僵立】直立不動。唐韓愈昌黎集五月蝕詩效玉川子作詩："森森萬木夜僵立，寒氣屓奰頑無風。"盧仝玉川子集一月蝕詩作"殭立"。

【僵卧】偃卧不起。漢賈誼新書淮難："天子使者奉詔而弗得見，僵卧以發詔書。"宋陸游劍南詩稿二六十一月四日風雨大作："僵卧孤村不自哀，尚思爲國戍輪臺。"

價

1. jià ㄐㄧㄚˋ 古訝切，去，禡韻，見。

㊀物品的價值。漢焦延壽易林屯之革："長錢善價，商李悦喜。"本又作"賈"。㊁人的資望地位。見"聲價"。

2. jiē ㄐㄧㄝ

㊂助詞。宋柳永樂章集鳳銜杯詞："經年價兩成幽怨。"

【價直】即價值。猶言物價。後漢書四七班勇傳："備其逋租，高其價直，嚴以期會。"北齊書彭城王浟傳："食鷄羹，何不還價直也？"

【價重連城】戰國時，秦王欲以十五城來換取趙國的和氏璧。後因稱物品貴重爲價重連城，或價值連城。三國志魏鍾繇傳注引魏略曹丕謝繇送玉玦書："不煩一介之使，不損連城之價，……嘉貺益腆，敢不欽承。"唐韋莊浣花集補遺乞彩牋歌："也知價重連城璧，一紙萬金猶不惜。"

儆

jǐng ㄐㄧㄥˇ 居影切，上，梗韻，見。渠敬切，去，映韻，羣。

同"警"。㊀戒備。警惕。左傳宣十二年："在軍，無日不討軍實而申儆之。"國語楚上："昔衞武公年數九十有五矣，猶箴儆於國。"㊁緊急事件。多指戰爭言。後漢書三一郭伋傳："帝以并部尚有盧芳之儆，且匈奴未安，欲使久於其事，故不召。"注："儆，急也。"

【儆戒】戒備。書大禹謨："儆戒無虞。"墨子天志上："此有所避逃之者也，相儆戒猶若此其厚，況無所避逃之者相儆戒，豈不愈厚然後可哉。"

【儆備】警戒防備。左傳成十六年："公待於壞隤，申宮儆備，設守而後行。"

僸 1. jìn ㄐㄧㄣˋ 居蔭切，去，沁韻，見。

㊀音樂名。見"僸佅兜離"。

2. yǐn ㄧㄣˇ 牛錦切，上，寑韻，疑。

㊁仰頭貌。漢書五七下司馬相如傳大人賦："僸祲尋而高縱兮，紛鴻溶而上厲。"史記僸作"㑲"。

【僸₂僸₂】仰首貌。晉書摯虞傳思游賦："前湛湛而攝進兮，後僸僸而方馳。"

【僸佅兜離】古代四方少數民族音樂名。文選漢班孟堅(固)東都賦："僸佅兜離，罔不具集。"注引孝經鉤命訣："東夷之樂曰佅，南夷之樂曰任，西夷之樂曰林離，北夷之樂曰僸。"按詩小雅鼓鍾毛傳稱東方樂曰韎，南方樂曰任，西方樂曰朱離，北方樂曰禁。公羊傳昭二五年"以舞大夏"注以東方樂爲株離，南方爲任，西方爲禁，北方爲昧。後漢書四十下班彪傳附班固東都賦僸作"伶"。

僻 pì ㄆㄧˋ 芳辟切，入，昔韻，敷。普擊切，入，錫韻，滂。

㊀地方荒遠。楚辭屈原九章涉江："苟余心其端直兮，雖僻遠之何傷。"呂氏春秋愼行："晉之霸也，近於諸夏，而荊僻也，故不能與爭。"㊁偏，邪。論語先進："師也僻。"皇侃本、注疏本作"辟"。

【僻左】手足以右爲便，以左爲僻，故稱偏僻之地爲僻左。文選三國魏文帝（曹丕）與朝歌令吳質書："足下所治僻左，書問致簡，益用增勞。"

【僻陋】㊀偏遠落後。荀子王霸："雖在僻陋之國，威動天下，五伯是也。"也作"辟陋"。左傳昭十九年："晉之伯也，邇於諸夏。而楚辟陋，故弗能與爭。"㊁偏執鄙陋。莊子知北遊："(神農)曰：'天知予僻陋慢訑，故棄予而死，已矣。'"

【僻倪】城上短牆。左傳宣十二年"守陴者皆哭"注："陴，城上僻倪。"也作"埤院"(墨子號令)、"俾倪"(墨子備城門)、"睥睨"(釋名釋宮室)。按城上短牆，有箭孔，可以瞭望、窺伺城下，故稱睥睨。又稱"女牆"、"女垣"。參見各該條。

【僻脫】敏捷而無留滯。文選三國魏何平叔(晏)景福殿賦："僻脫承便，蓋象戎兵。"唐呂延濟注："言蹴鞠之徒，便僻輕脫，承敵人之便，以求其勝。"也作"擗脫"。

【僻違】乖邪，違反常理。荀子修身："由禮則雅，不由禮則夷固僻違，庸衆而野。"

【僻儒】見聞寡陋的儒生。宋書王微傳："常謂生遭太公，將卽華士之戮；幸遇管叔，必蒙僻儒之養。"

儅 dāng ㄉㄤ

伴當也作"伴儅"。簡稱儅。清朱彝尊曝書亭集七風懷二百韻詩："驟喜佳期定，寧愁下女儅。"參見"伴儅"。

僶 mǐn ㄇㄧㄣˇ 武盡切，上，軫韻，微。

同"黽"。見"僶俛"。

【僶俛】㊀努力，奮勉。同"黽勉"。漢賈誼新書勸學："然則舜僶俛而加志，我儃僈而弗省耳。"㊁謂時間短暫。文選南朝宋顏延年(延之)秋胡詩："孰知寒暑積，僶俛見榮枯。"唐呂向注："僶俛，猶須臾也。"

儂 nóng ㄋㄨㄥˊ 奴冬切，平，冬韻，泥。

㊀我。古代吳人自稱。晉書會稽王道子傳："道子頷曰：'儂知儂知。'"㊁對人之稱。樂府詩集四九尋陽樂："雞亭故儂去，九里新儂還。"今吳方言稱人爲儂。㊂他，猶言渠儂。樂府詩集四六吳聲歌曲有懊儂歌。㊃姓。見通志二九氏族略五平聲。

【儂家】自稱。猶言吾家。唐司空圖司空表聖詩集五白菊雜書之三："侯印幾人封萬户，儂家只辦買孤峰。"宋蘇軾分類東坡詩二二次韻代留別："他年一舸鴟夷去，應記儂家舊姓西。"

儇 xuān ㄒㄩㄢ 許緣切，平，仙韻，曉。

㊀輕捷靈便貌。詩齊風還："並驅從兩肩兮，揖我謂我儇兮。"疏："儇，利。言其便利馳逐。"㊁輕佻。楚辭屈原九章惜誦："忘儇媚以背衆兮，待明君其知之。"參見"儇子"。

【儇子】輕薄浮滑的人。荀子非相："今世俗之亂君，鄉曲之儇子，莫不美麗姚冶。"注："輕薄巧慧之子也。"

僾 ài ㄞˋ 烏代切，去，代韻，影。於豈切，上，尾韻，影。

㊀彷佛，隱約。禮祭義："祭之日，入室，僾然必有見乎其位。"釋文："僾音愛，微見貌。"㊁呼吸不順，抽咽。詩大雅桑柔："如彼遡風，亦孔之僾。"㊂見下。

【僾逮】凸光鏡，眼鏡。本作"靉靆"。見明張寧方洲雜言。參見"靉靆㊁"。

儍 shǎ ㄕㄚˇ

同"傻"。見"傻"。

儈 kuài ㄎㄨㄞˋ 古外切，去，泰韻，見。

買賣的居間人。漢書九一貨殖傳："節駔儈，……亦比千乘之家。"注："儈者，合會二家交易者也。"史記一二九貨殖傳作"節駔會"。後漢書八三逢萌傳："君公遭亂獨不去，儈牛自隱。"注："儈，平會兩家賣買之價。"

【儈駔】指販賣貨物的富商。明吳應箕樓山堂集二二耕田苦詩："牙檣錦纜何喧譁，調笙理瑟半儈駔。"

儉 jiǎn ㄐㄧㄢˇ 巨險切，上，琰韻，羣。

㊀節約，不奢侈。論語八佾："管仲儉乎？"㊁歲歉。逸周書糴匡："年儉歲不足。"世說新語言語"孔融被收"注引世語："魏太祖以歲儉禁酒。"㊂謙遜貌。荀子非十二子："儉然，恀然，……是子弟之容也。"

【儉月】穀未成熟，青黃不接之時。宋書徐耕傳："旱之所弊，實鍾貧民；温富之家，各有財寶。謂此等並宜助官，得過儉月，所損至輕，所濟甚重。"

【儉素】節約樸素。後漢書七三劉虞傳："初，虞以儉素爲操，冠敝不改，乃就補其穿。"

【儉薄】不豐裕。後漢書三九周磐傳："(磐)居貧養母，儉薄不充。"又四六陳寵傳附陳忠上疏："兗豫蝗蝝滋生，荊揚稻收儉薄。"

㒉 zhòu ㄓㄡˋ 鋤祐切，去，宥韻，牀。

見"㑳₂㒉"。

㑳 sà ㄙㄚˋ 私盍切，入，盍韻，心。

見"偈㑳"。

儋 dān ㄉㄢ 都甘切，平，談韻，端。

㊀肩挑。通"擔"。國語齊："負任儋何。"注："背曰負，肩曰儋。任，抱也。何，揭也。"宋鮑彪注本儋何作"擔荷"。㊁見"儋石"。㊂姓。左傳定六年有周大夫儋翩，三國志吳薛綜傳有九真太守儋萌。

【儋石】儋通"甔"。儋容一石，故稱儋石。史記九二淮陰侯傳："守儋石之祿者，闕卿相之位。"集解引晉灼："揚雄方言：海岱之間，名甖爲儋；石，斗石也。"漢書四五蒯通傳注："或曰儋者，一人之所負擔也。"漢荀悅前漢紀漢四年儋作"擔"。參見"擔石"。

【儋耳】㊀古代北方國名。呂氏春秋任數："北懷儋耳。"山海經大荒北經："有儋耳之國，任姓。"㊁漢元鼎六年置儋耳郡。其俗雕刻頰皮，上連耳郭，故以爲郡名。唐改爲儋州。在今廣東海南島儋縣。參閱太平寰宇記一六九儒州。

儁 jùn ㄐㄩㄣˋ

同"俊"。左傳莊十一年:"得儁曰克。"釋文:"本或作俊。"漢書七〇陳湯傳注引左傳作"俊"。參見"俊"。

【儁爽】才識或風度高邁。世說新語賞譽:"(王)濟雖儁爽,自視缺然。"又容止:"驃騎王武子……儁爽有風姿。"武子,濟小字。

【儁逸】俊秀出衆。後漢書七四上袁紹傳:"故九江太守邊讓,英才儁逸。"文選儁作"俊"。世說新語輕詆:"謝安目支道林如九方皋之相馬,略其玄黄,取其儁逸。"

【儁邁】才智高明的人。三國志魏管寧傳:"招賢故典,賓禮儁邁。"

儌 jiǎo ㄐㄧㄠˇ 古堯切,平,蕭韻,見。

見"儌倖"。

【儌倖】同"徼幸"。莊子盜跖:"使天下學士,不反其本,妄作孝弟,而儌倖於封侯富貴者也。"參見"徼幸"。

十四畫

儜 níng ㄋㄧㄥˊ 女耕切,平,耕韻,娘。

弱劣。宋書王微傳:"吾本儜人,加疹意惛。"晉書王沉傳釋時論:"指禿腐骨,不簡蚩儜。"

【儜奴】駡人語。猶言劣奴。北魏楊衒之洛陽伽藍記五城北凝圓寺:"時隴西李元謙樂雙聲語,常經(郭)文遠宅前過,見其門閥華美,乃曰:'是誰第宅過佳?'婢春風出曰:'郭冠軍家。'元謙曰:'凡婢雙聲。'春風曰:'儜奴慢駡。'"

【儜弱】懦怯軟弱。宋書明恭王皇后傳:"從兄王景文曰:'后在家爲儜弱婦人,不知今段遂能剛正如此!'"舊唐書八四劉仁軌傳:"何因今日募兵如此儜弱?"

儐 1. bìn ㄅㄧㄣˋ 必刃切,去,震韻,幫。

㊀引導。管子小問:"桓公令儐者延而上。"注:"儐,謂贊引賓客者也。"參見"儐相"。㊁陳列。詩小雅常棣:"儐爾籩豆,飲酒之飫。"㊂排斥,拋棄。通"擯"。逸周書大武:"三、儐厥親。"戰國策趙二:"大王收率天下以儐秦,秦兵不敢出函谷關,十五年矣。"

2. bīn ㄅㄧㄣ 必鄰切,平,真韻,幫。

㊃敬。通"賓"。禮禮運:"山川,所以儐鬼神也。"

3. pín ㄆㄧㄣˊ

㊄通"顰"。古文苑三漢枚乘梁王菟園賦:"儐笑連便。"

【儐相】㊀贊禮者。同"擯相"。宋蘇轍欒城集二三齊州閔子祠堂記:"籩豆有列,儐相有位。"參見"擯相"。㊁行婚禮時,伴新郎的男子與伴新娘的女子。紅樓夢九七:"儐相請了新人出轎。"

【儐從】侍從的人。文選晉左太沖(思)吳都賦:"絺交翩翩,儐從弈弈。"唐呂向注:"儐者所以道引於前也。從者,侍從於後。"又南朝梁范彥龍(雲)贈張徐州稷詩:"儐從皆珠玳,裘馬悉輕肥。"

儕 chái ㄔㄞˊ 士皆切,平,皆韻,牀。

㊀輩,類。左傳僖二三年:"晉鄭同儕。"注:"儕,等也。"㊁相爲配偶。漢書五七上揚雄傳:"儕男女,使莫違。"注:"儕,耦也。"

【儕倫】同輩。漢王充論衡自紀:"建武三年充生,爲小兒,與儕倫遨戲,不好狎侮。"

【儕輩】同輩。三國志蜀許靖傳注引魏略王朗與文休(靖)書:"儕輩略盡,幸得老與足下並爲遺種之叟。"

儒 rú ㄖㄨˊ 人朱切,平,虞韻,日。

㊀古代從巫、史、祝、卜中分化出來的人,也稱術士,後泛指學者。周禮天官冢宰:"四曰,儒以道得民。"注:"儒,諸侯保氏有六藝以教民者。"疏:"儒,掌養國子以道德,故云以道得民。民亦謂學子也。"論語雍也:"女爲君子儒。"㊁孔子的學派。孟子盡心下:"逃墨必歸於楊,逃楊必歸於儒。"韓非子五蠹:"儒以文亂法,俠以武犯禁,而人主兼禮之,此所以亂也。"㊂懦弱。荀子修身:"勞苦之事則偷儒轉脱。"注:"偷謂苟避於事,儒亦謂懦弱畏事,皆懶惰之義。"㊃柔順。素問十五皮部論:"少陰之陰,名曰樞儒。"王冰注:"儒,順也。"㊄見"侏儒"。㊅姓。漢代有儒光。

【儒人】猶言儒生。史記九七朱建傳:"沛公曰:'爲我謝之,言我方以天下爲事,未暇見儒人也。'"

【儒士】信奉孔子學說的人。墨子非儒下:"今孔丘之行如此,儒士則可以疑矣。"自漢以後儒家學説占統治地位,遂成爲知識分子的通稱。漢書八三薛宣傳:"恐負舉者,恥辱儒士。"也稱儒生。漢王充論衡超奇:"故能説一經者爲儒生,博覽古今者爲通人,……故儒生過俗人,通人勝儒生。"

【儒巾】古時讀書人所戴的一種頭巾。宋林景熙霽山集三元日得家書喜詩:"爆竹聲殘事事新,獨憐臨鏡尚儒巾。"明代通稱方巾,爲生員的服飾。舊京劇如御碑亭、連陞店中秀才所戴的頭巾即此。

儒巾

【儒生】見"儒士"。

【儒州】地名。唐末置。領晉山縣。五代晉石敬瑭割與契丹燕雲十六州中的一州,地在今北京市延慶縣。參閱資治通鑑二八〇後晉天福元年十一月。

【儒吏】儒生出身的官吏。漢書八三朱博傳:"文學儒吏有奏記稱説云云。"

【儒言】宋晁説之撰,一卷。王安石行新法,大爲守舊派不滿,此書即爲攻擊王安石之學而作。因王安石附會運用周禮,故力排周禮;安石尊孟子,故又貶抑孟子;以論學術爲名,借以攻擊新法。

【儒宗】儒者的宗師。史記九九叔孫通傳贊:"(叔孫通)卒爲漢家儒宗。"

【儒官】古代的學官。漢書七五翼奉傳:"子及孫皆以學在儒官。"

【儒林】儒者之羣。史記一二一有儒林列傳。正義引姚承云:"儒謂博士,爲儒雅之林。"漢書三六劉歆傳:"典儒林史卜之官。"

【儒門】儒家。漢王充論衡自紀:"況未嘗履墨,涂出儒門。"

【儒冠】儒生戴的帽子。史記九七酈食其傳:"沛公不好儒,諸客冠儒冠來者,沛公則解其冠,溲溺其中。"按即禮儒行章甫冠之類。後轉作儒生之稱。唐杜甫杜工部草堂詩箋三奉贈韋左丞文二十二韻:"紈袴不餓死,儒冠多誤身。"

【儒風】儒家的傳統。唐孟浩然集一書懷貽京邑故人詩:"惟先自鄒魯,家世重儒風。"

【儒家】九流之一。秦漢以孔子爲宗師的學派。漢書藝文志諸子略稱:"儒家者流,……游文於六經之中,留意於仁義之際,祖述堯舜,憲章文武,宗師仲尼,以重其言,於道最爲高。"自西漢以後,逐漸成爲我國封建社會的統治學派,信奉孔孟學説的人,都叫儒家。後漢書五二崔駰傳論:"崔氏世有美才,兼以沈淪典籍,遂爲儒家文林。"

【儒效】儒者的作用,也指儒學的功效。荀子有儒效篇。宋李覯直講李先生文集二三袁州學記："大懼人材放失，儒效闊疏。"

【儒素】儒者的品德操行。北堂書鈔六六引晉中興書："肅宗初臨東宫，侍臣宜須儒素有行者。"晉書謝鯤傳："父衡，以儒素顯，仕至國子祭酒。"

【儒教】指以儒家學説教人。史記一二四朱家傳："魯人皆以儒教，而朱家用俠聞。"後稱孔孟之道爲儒教，也叫孔教。晉書宣帝紀："博學洽聞，伏膺儒教。"

【儒將】有學者風度的將帥。全唐詩五五九薛能清河泛舟："儒將不須誇郄縠，未聞詩句解風流。"郄縠左傳作郤縠，春秋時晉國元帥，説禮樂而敦詩書。見僖二十七年。

【儒術】儒家的學術。史記禮書："今上即位，招致儒術之士，令其定儀。"

【儒雅】㊀博學的儒士。尚書序："漢室龍興，開設學校，旁求儒雅，以闡大猷。"後漢書七九上儒林傳序："及光武中興，愛好經術，未及下車而先訪儒雅。"㊁指儒家思想。漢書七六張敞傳："然敞本治春秋，以經術自輔，其政頗雜儒雅，往往表賢顯善，不醇用誅罰。"㊂風度温文爾雅。兼寓富有學問的意思。北周庾信庾子山集一枯樹賦："殷仲文風流儒雅，海内知名。"

【儒酸】譏笑寒士的酸腐。宋蘇軾分類東坡詩十約公擇飲是日大風："要當啖公八百里，豪氣一洗儒生酸。"宋陸游劍南詩稿七客自鳳州來……有感："會須一洗儒酸態，獵罷南山夜下營。"

【儒緩】迂緩遲鈍。北齊書馬子結傳："(高)綽每出遊獵，必令子結走馬從禽。子結既儒緩，衣垂帽落，或嗷或啼，令騎驅之，非墜馬不止，綽以爲歡笑。"

【儒儒】局促貌。元楊奐還山遺稿上東游記："吁！二三千里之遠，今一舉而至，與其終身拘拘儒儒于二百里内者，不亦異乎？"

【儒學】㊀儒家之學。史記五宗世家："(河間獻王德)好儒學，被服造次，必於儒者。"新、舊唐書、元史等，都有儒學傳，相當於漢書等的儒林傳。㊁元明清於各府、州、縣設立學校，設儒學教授、學正、教諭及訓導等職，掌教誨所屬生員。參閲元史百官志七、明史職官志四、續通志一三六職官七、清通志六九職官六。

【儒醫】古代把醫卜星相視爲雜流，後來本業儒而習醫的人，往往自我標榜曰儒醫。宋洪邁夷堅志甲二謝與權醫："有蘄人謝與權，世爲儒醫。"俞文豹吹劍録四録："其公試省考試官，則臨時委朝士及監司太守舉儒醫，取朝旨點差。"

【儒林郎】官階名。隋置，散官。唐制爲正九品上封階，明清改爲六品封階。參閲文獻通考六四職官十八文散官。

【儒林丈人】對飽學前輩的尊稱。三國魏曹髦(高貴鄉公)好學，引王沈裴秀等於東堂講讌屬文，號沈爲文籍先生，秀爲儒林丈人。見三國志魏高貴鄉公傳正元二年注引傅暢晉諸公贊、晉書沈傳。

【儒林外史】清吴敬梓著。暴露舊禮教與科舉制度的弊害，嘲諷士大夫階層思想迂腐和道德墮落，刻劃深刻而多風趣。但作者仍未能擺脱儒家思想的影響。原書五十回，或謂五十五回。後人續幽榜一回於末，共五十六回，爲舊時通行本。光緒間又有六十回本，末四回亦爲他人所補作，事既不倫，語復猥陋。

【儒林宗派】清萬斯同著。十六卷。記孔孟以下，迄於明末各家學術授受源流和分派，按時代編排。對上無師承、後無弟子的，分别附著。又附録一門，並列老莊申韓。

【儒門事親】金張從正論述，麻知幾記。十五卷。書名取儒者能明理而事親者當知醫的意思。從正精於醫術，宗奉劉完素，用藥多寒涼。此書大旨在矯正庸醫只憑補藥的缺點，而主於用攻。

【儒學警悟】叢書名。宋俞鼎孫、俞經同編。收石林燕語辨演繁露嬾真子録考古編捫虱新話螢雪叢説等書，共四十卷。輯成於宋寧宗(趙擴)嘉泰二年，較左圭百川學海尚早七十餘年，是我國最早的叢書。

儔 chóu 直由切，平，尤韻，澄。
ㄔㄡˊ

㊀同輩，伴侶。三國志魏高柔傳："蕭曹之儔，並以元勳，代作心膂。"蕭，蕭何；曹，曹參。㊁誰。漢揚雄法言修身："儔克爾。"

【儔匹】伴侶。文選古樂府之二傷歌行："悲聲命儔匹，哀鳴傷我腸。"南朝梁何遜何水部集贈族人秣陵兄弟詩："羈旅無儔匹，形影自相親。"

【儔侶】同輩，伴侶。三國魏嵇康嵇中散集一兄秀才公穆入軍贈詩之一："徘徊戀儔侶，慷慨高山陂。"

【儔類】同輩，等類。晉書呂光載記："(光)年十歲，與諸童兒游戲邑里，爲戰陣之法，儔類咸推爲主。"

儓 1. tái 徒哀切，平，咍韻，定。
ㄊㄞˊ

㊀古時最下一級家務奴隸的名稱。通"臺"。玉篇人部"儓"引左傳"僕臣儓"，今左傳昭七年作"僕臣臺"。參見"臺㊂"。

2. tài 他代切，去，代韻，透。
ㄊㄞˋ

㊀儓儗，癡貌。見廣韻。參見"佁儗"。

儚 méng 集韻彌登切，平，登韻。
ㄇㄥˊ

昏昧。爾雅釋訓："儚儚洄洄，惛也。"宋李呂澹軒集二多病詩："息交休擾擾，藏拙要儚儚。"

【儚儯】半睡半醒。同"瞢騰"。唐元稹長慶集十一紀懷贈李六户曹崔二十功曹五十韻詩："有時鞭款段，盡日醉儚儯。"

儗 1. nǐ 魚紀切，上，止韻，疑。
ㄋㄧˇ

㊀比擬。禮曲禮下："儗人必於其倫。"㊁見"儗佇"。

2. yì 魚紀切，去，志韻，疑。
ㄧˋ 海愛切，去，代韻，曉。

㊀見"佁儗"。

【儗佇】疑惑慚愧。荀子儒效："卒然起一方，則舉統類而應之，無所儗佇。"佇，同"怍"。

【儗儗】㊀草木茂盛貌。漢書食貨志上："故其詩曰：'或芸或芓，黍稷儗儗。'芸，除草也；芓，附根也。言苗稍壯，每耨輒附根，比盛暑，隴盡而根深，能風與旱，故儗儗而盛也。"今詩小雅甫田作"黍稷薿薿"。㊁疑惑。唐柳宗元柳先生集二夢歸賦："若有鉥余以往路兮，馭儗儗以回復。"注："童(宗説)云：儗音擬，惑也。"

儘 jǐn 音韻闡微 即引切，上，軫韻，精。
ㄐㄧㄣˇ

本作"盡"。禮曲禮上："虚坐盡後，食坐盡前。"至宋漸通行作"儘"，詞曲中所用更多，有聽任、放任之意。宋范成大石湖集二十入城詩："林家莊近聞鵝鴨，船到閶門儘未關。"自注："儘字俗用已久，據理只合用盡字。"

【儘教】盡管，聽任。宋樓鑰攻媿集十二藏壓詩："儘教逞技儘多般，畢竟甘心受面謾。"劉克莊後村集六乍歸詩之九："儘教人貶駮，喚作嶺南詩。"

儑 àn 五紺切，去，勘韻，疑。
ㄢˋ 五盍切，入，盍韻，疑。
五合切，入，合韻，疑。

㊀不慧。荀子不苟："通則驕而偏，窮則弃而儑。"㊁糊塗。見"傝儑"。

儛 wǔ 文甫切，上，麌韻，微。
ㄨˇ

同"舞"。莊子在宥:"鼓歌以儛之。"

【儛絙】走索遊戲。文選漢張平子(衡)西京賦"走索上而相逢。"唐李善注:"索上,長繩繫兩頭於梁,舉其中央,兩人各從一頭上,交相度,所謂儛絙者也。"

十五畫

儦 biāo 甫嬌切,平,宵韻,幫。ㄅㄧㄠ

見下。

【儦儦】衆貌。詩齊風載驅:"汶水滔滔,行人儦儦。"傳:"儦儦,衆貌。"

儥 yù 余六切,入,屋韻,喻。ㄩˋ

賣。周禮地官司市:"以量度成賈而徵儥。"疏:"儥買之物賈定,則召買者來,故云徵儥也。"

優 yōu 於求切,平,尤韻,影。ㄧㄡ

㊀豐厚。詩大雅瞻卬:"天之降罔,維其優矣。"㊁優勝,優良。漢書七二王貢兩龔鮑傳贊:"王貢之材,優於龔鮑。"晉書束晳傳:"參名比譽,誰劣誰優?"㊂戲謔,開玩笑。左傳襄六年:"宋華弱與樂轡少相狎,長相優,又相謗也。"㊃扮演雜戲的人。國語晉一:"(獻)公之優曰施。"㊄優柔寡斷。管子小匡:"人君唯優與不敏爲不可。"注:"優,謂倭隨不斷。"㊅調和,協調。淮南子原道:"其德優天地而和陰陽,節四時而調五行。"

【優伶】優謂俳優,伶謂樂人。後統稱演員爲優伶。唐段安節樂府雜録序:"重翻曲調,全袪淫綺之音;復採優伶,尤盡滑稽之妙。"

【優波】即優婆塞、優婆夷。廣弘明集二十南朝梁簡文帝莊嚴旻法師成實論義疏序:"末地之報已終,優波之身且謝。"參見"優婆塞"。

【優孟】春秋楚國的藝人。相傳楚相孫叔敖死後,他的兒子貧困無依,優孟就穿孫叔敖的衣冠,在楚莊王面前裝扮孫叔敖的樣子,抵掌談語。莊王很感動,叔敖子遂得封。見史記一二六滑稽傳。後稱一味模倣爲"優孟衣冠",本此。也稱"優孟"。清吳喬圍爐詩話一:"宋人惟變不復,唐人之詩意盡亡;明人惟復不變,遂爲叔敖之優孟。"

【優洽】廣被,遍及。文選南朝宋顔延年(延之)赭白馬賦:"武義粤其肅陳,文教迄已優洽。"

【優美】美好。後漢書六十下蔡邕傳上封事陳政要七事:"若器用優美,不宜處之冗散。"器用,謂人之才具。

【優柔】㊀寬容。國語周下:"所以優柔容民也。"注:"柔,安也。"晉杜預春秋經傳集解序:"優而柔之,使自求之。"疏:"優柔俱訓爲安,寬舒之意也。"㊁從容自得。南朝梁劉勰文心雕龍養氣:"志於文也,則申寫鬱滯,故宜從容率情,優柔適會。"㊂猶豫不決。如言優柔寡斷。

【優容】寬容,寬假。漢書七二鮑宣傳:"上以宣名儒,優容之。"

【優旃】秦優人,侏儒。善於用笑言諷諫。秦始皇欲擴大苑囿,二世欲用漆塗城,都因優旃的諷諫而止。見史記一二六滑稽傳。

【優貢】清制,各省學政三年任滿,根據府、州、縣教官上報,會同總督巡撫,從在學生員中選取文行俱優的人,由學政考定保送,大省六人,中省四人,小省二人。叫優貢。發榜中式者入京朝考,一等任知縣,二等任教職,三等任訓導,三等以外的罷歸。與歲貢、恩貢、拔貢、副貢合稱五貢。

【優異】待遇特異於衆。後漢書四五周榮傳附周景:"既而選其父兄子弟,事相優異。"後指特别好的爲優異,如成績優異。

【優假】寬待。後漢書三九劉般傳附劉愷:"(愷)以當襲般爵,讓與弟憲……,肅宗美其義,特優假之。"

【優游】㊀悠閒自得。詩小雅白駒:"慎爾優游,勉爾遁思。"文選漢班孟堅(固)東都賦:"莫不優游而自得,玉潤而金聲。"㊁猶豫不決。尚書大傳康誥:"周公將作禮樂,優游之三年,不能作。"漢書元帝紀贊:"而上牽制文義,優游不斷。"㊂遠且長。楚辭屈原九章惜往日:"封介山而爲禁兮,報大德之優游。"

【優渥】雨水充足。詩小雅信南山:"益之以霢霂,既優既渥,既霑既足,生我百穀。"後來泛稱豐厚優裕爲優渥。文選漢班叔皮(彪)北征賦:"彼何生之優渥,我獨罹此百殃。"唐呂向注:"優,樂;渥,厚也。"又晉李令伯(密)陳情表:"過蒙拔擢,寵命優渥。"

【優越】優異。魏書常山王遵傳:"納貨元叉,所以贈禮優越。"

【優閑】閒逸不作事。北齊顔之推顔氏家訓涉務:"故治官則不了,營家則不辦,皆優閑之過也。"也作"優閒"。

【優遊】㊀古代車上安鈴的裝置。南齊書輿服志:"玉輅,漆畫輪,兩廂上望板前優遊。"注:"優遊,上和鸞鳥立花趺銜鈴。"㊁同"優游"。

【優裕】豐饒富足。國語周上:"則享祀時至,而布施優裕也。"

【優填】古印度國王名。卽阿育王。曾大力推廣佛教,建築塔寺,傳布佛經。藝文類聚七六北周王褒京師突厥寺碑:"波斯鑄金,優填雕木。"指優填雕檀香作佛像。唐段成式酉陽雜俎續集五寺塔記上:"靖恭坊大興善寺……優填像,總章初爲火所燒。"

【優獎】優待獎勵。南齊書武帝紀永明元年:"今區寓寧晏,庶績咸熙,念勤簡能,宜加優獎。"

【優劇】優,豐厚;劇,艱難。猶言甘苦。後漢書七六劉寵傳:"值中國喪亂,士友多南奔,繇攜接收養,與同優劇。"繇,寵弟方次子。

【優繇】㊀安閒自得。同"優游"。因也作不仕之稱。漢書一〇〇上敍傳班固答賓戲:"近者陸子優繇,新語以興。"㊁寬容。漢書一〇〇下敍傳:"賓禮故老,優繇亮直。"

【優優】和適,寬裕。詩商頌長發:"敷政優優,百祿是遒。"傳:"優優,和也。"禮中庸:"優優大哉。"

【優婆夷】佛教指在家奉佛的女子。梵語。義譯爲清淨女、清信女、近善女、近事女。參見"優婆塞"。

【優婆塞】佛教指在家奉佛的男子。梵語。義譯爲清信士、近事男、善宿男。魏書釋老志:"俗人之信憑道法者,男曰優婆塞,女曰優婆夷。"參見"伊蒲塞"。

【優鉢羅】植物名。梵語。又譯烏鉢羅、漚鉢羅、優鉢剌。義譯爲青蓮花。唐岑參岑嘉州詩二有優鉢羅花歌。參閱續一切經音義一大乘理趣六波羅蜜多經二嗢鉢羅。

【優曇鉢】無花果樹的一種。梵語。又作優曇、優曇鉢羅、烏曇跋羅。義譯爲瑞應,或作祥瑞花。南史竟陵文宣王子良傳:"子良啓進沙門,於殿户前誦經,武帝爲感,夢見優曇鉢花。"我國雲南等地有之。參閱清吳其濬植物名實圖考三六優曇花。

【優孟衣冠】比喻假裝古人或模仿他人。也指登場演戲。詳"優孟"。

【優雜子女】卽"獶雜子女"。詳該條。

償 cháng 市羊切,平,陽韻,禪。ㄔㄤˊ
時亮切,去,漾韻,禪。

㊀歸還。漢書四六直不疑傳:"其同舍有告歸,誤持其同舍郎金去。已而同舍郎覺亡,意不疑。不疑謝有之,買金償。"㊁

報答，酬報。左傳僖十五年："西鄰責言，不可償也。"史記六九蘇秦傳："及得富貴，以百金償之。"

【儥責】㊀償還欠債。責，通"債"。漢書食貨志上鼂錯論貴粟疏："於是有賣田宅鬻子孫以償責者矣。"㊁抵當，塞責。新唐書一五〇齊映傳："臣雖死不足償責。"

【儥願】實現平日的願望。唐韓愈昌黎集十三新修滕王閣記："及其無事且還，儻得一至其處、竊寄目償所願焉。"

儢 lǚ 力舉切，上，語韻，來。ㄌㄩˇ

見下。

【儢儢】懶散，不勤懇。荀子非十二子："吾語汝學者之嵬容：……勞苦事業之中，則儢儢然，離離然。"注："儢儢，不勉彊之貌。"

儤 bào 正字通 布告切，音報。ㄅㄠˋ

見"儤直"。唐李肇翰林志："凡當直之次，自給舍丞郎入者，三直無儤，……其餘雜入者，十直三儤。"（說郛九三）

【儤直】官吏連日值宿。宋王禹偁小畜集十一贈浚儀朱學士詩："何時儤直來相伴，三入承明興漸闌。"參見"豹直"。

儩 sì 斯義切，去，寘韻，心。ㄙˋ

盡。同"澌"。新唐書八四李密傳："敖庾之藏，有時而儩。"

儥 sù 正字通 蘇谷切，音速。ㄙㄨˋ

見下。

【儥侲】漢代西域城國名。後漢書八十上杜篤傳論都賦："獲昆彌，虜儥侲。"注："方言：'侲，養馬人也。'字書侲音真。字書無儥字，諸家並音儥侲爲粟犢，西域國名也。傳讀如此，不知所出。今有肅特國，恐是也。"今本方言侲作"娠"。

儡 lěi 落猥切，上，賄韻，來。ㄌㄟˇ

㊀喪敗。淮南子俶真："孔墨之弟子，皆以仁義之術教導於世，然而不免於儡身。"文選晉潘安仁（岳）西征賦："寮位儡其隆替，名節漼以隳落。"注："說文曰：儡，壞敗之貌。"㊁見"傀₂儡"。

【儡儡】喪敗貌。同"纍纍"、"傫傫"。漢班固白虎通壽命："儡儡如喪家之狗。"

十六畫

儭 chèn ㄔㄣˋ

㊀布施。見"儭錢"。㊁同"襯"。唐白居易長慶集十六見紫薇花憶微之詩："一叢暗淡將何比，淺碧籠裙儭紫巾。"

【儭錢】布施給僧人的錢。南齊書張融傳："孝武起新安寺，僚佐多儭錢帛，融獨儭百錢。"參見"嚫"。

儱 1. lǒng 力董切，上，董韻，來。ㄌㄨㄥˇ

㊀見"儱侗"。

2. lòng 良用切，去，用韻，來。ㄌㄨㄥˋ

㊀見"儱₂偅"。

【儱侗】㊀未成器者。見廣韻。亦作"籠侗"。論語泰伯"侗而不愿"皇侃疏："侗，謂籠侗未成器之人也。"㊁含糊，不分明，不具體。同"籠統"。宋朱熹朱文公集三二答張敬夫書："大抵日前所見，累書以陳者，只是儱侗地見得箇大本達道底影象。"㊂物之直行而輪廓不分明者。五燈會元二十休禪師："瓠子曲彎彎，冬瓜直儱侗。"宋重顯祖英集下因仰山氣球頌："四大假合非虛妄，儱儱侗侗爲二相。"

【儱₂偅】潦倒失意的樣子。廣韻："偅，儱偅，不遇貌。"

儴 niǎo 奴鳥切，上，篠韻，泥。ㄋㄧㄠˇ

見"偠儴"。

儲 chǔ 直魚切，平，魚韻，澄。ㄔㄨˇ

㊀積蓄。淮南子主術："二十七年而有九年之儲。"㊁副。見"儲君"。㊂等待。文選漢張平子（衡）東京賦："并夾既設，儲乎廣庭。"㊃姓。後漢光武時有諫議大夫儲大伯。見後漢書二九鮑永傳。

【儲元】太子。南齊書東昏侯紀："皇祚之重，允屬儲元。"

【儲后】太子的別名。后，君。文選南齊王元長（融）三月三日曲水詩序："儲后睿哲在躬，妙善居質。"

【儲君】被確認爲君位的繼承者。意思是君主之副。多指太子。公羊傳僖五年"世子，猶世世子也"注："言當世父位，儲君副主。"後漢書七八鄭衆傳："太子儲君，無外交之義。"又作"儲宮"、"儲嗣"，義並同。文選晉潘正叔（尼）贈陸機出爲吳王郎中令詩："乃漸上京，乃儀儲宮。"又南朝宋顏延年（延之）宋文皇帝元皇后哀策文："嗷嗷儲嗣，哀哀列辟。"

【儲宮】太子之位。初學記二三南朝宋謝靈運王子晉贊："儲宮非不貴，豈若登雲天。"

【儲兩】太子的別稱。魏書肅宗紀："自潘充華有孕椒宮，冀誕儲兩，而熊羆無兆，維虺遂彰。"資治通鑑一五二梁大通二年"又以皇女爲儲兩"注："太子謂之儲君。易曰：明兩作離，大人以繼明照四方，故稱儲兩。"

【儲邸】存物的府庫。文選南齊王元長（融）三月三日曲水詩序："盈衍儲邸，充仞郊虞。"注："儲邸，猶府藏也。"

【儲欣】公元 1631—1706 年。清宜興人。字同人。康熙二十九年舉人。嘗選唐宋十家文全集錄五十一卷，著有春秋指掌三十卷，在陸草堂集六卷。事迹參閱國朝耆獻類徵四三〇、國朝先正事略三八。

【儲胥】㊀木柵藩籬之類，作爲守衛距障之用。漢書八七下揚雄傳長楊賦："木雍槍纍，以爲儲胥。"唐李商隱李義山詩集五籌筆驛："魚鳥猶疑畏簡書，風雲長爲護儲胥。"㊁宮觀名。漢書八七上揚雄傳甘泉賦："近則洪崖旁皇儲胥弩阹。"後來也作宮闕的泛稱。宋歐陽修文忠集十二景雲朝謁從駕還宮詩："自憖白首追時彥，行近儲胥忝侍臣。"

【儲寀】太子的屬官。文苑英華六五一唐韋承慶重上直言諫東宮啓："臣昔參朱邸，忝膠東之藩吏；晚侍青宮，叨望苑之儲寀。"

【儲副】同"儲君"。後漢書鄧皇后紀："及元興、延平之際，國無儲副。"晉書孝懷帝紀："宜及吉辰，時登儲副。"時司馬熾已立爲皇太弟，故曰"登儲副"。

【儲偫】存備。漢書平帝紀元始元年："亡得置什器儲偫。"漢王充論衡祀義："（鬼神）自有儲偫邪？將以人食爲飢飽也。"也作"儲跱"。後漢書章帝紀元和元年："丁酉南巡狩，詔所經道上郡縣，無得設儲跱。"又五二崔駰傳附崔寔作"儲峙"。

【儲貳】猶儲副。晉書禮志下："皇太子雖國之儲貳，猶在臣位。"

【儲傅】輔導太子的官員，即太子太傅。資治通鑑一〇三晉咸安二年八月："元相之重，儲傅之尊。"

【儲備】聚集，儲蓄。六韜龍韜農器："秋刈禾薪，其糧食儲備也。"梁書夏侯夔傳："歲收穀百餘萬石，以充儲備。"

【儲跱】見"儲偫"。

【儲與】㊀拘束貌。楚辭漢嚴忌哀時命："衣攝葉以儲與兮，左袪挂於槫桑。"注："攝葉、儲與，不舒展貌。"㊁流蕩不定。淮南子本經："陰陽儲與，呼吸浸潭。"注："儲與猶尚羊，無所主之貌也。一曰褒大貌也。"尚羊，即"倘佯"。

【儲蓄】積貯備用。尉繚子治本:"民無二事,則有儲蓄。"後漢書章帝紀元和元年:"節用儲蓄,以備凶災。"

【儲餘】植物名。卽薯蕷,又叫山藥。太平御覽九八九引范子計然:"儲餘,本出三輔,白色者善。"參見"薯蕷"。

【儲積】蓄聚。漢桓寬鹽鐵論力耕:"豐年歲登,則儲積以備乏絕。"

【儲闈】太子居住的宮闈。卽東宮,又用作太子之稱。文選南朝梁沈休文(約)奏彈王源文:"父璿升采儲闈,亦居清顯。"

儵 shū 式竹切,入,屋韻,審。
ㄕㄨ

㊀黑色。見廣雅釋器。㊁疾速。通"倏"。楚辭屈原九歌少司命:"荷衣兮蕙帶,儵而來兮忽而逝。"參見"倏"字各條。

【儵忽】疾速貌。同"倏忽"。楚辭宋玉招魂:"雄虺九首,往來儵忽,吞人以益其心些。"注:"儵忽,疾急貌也。"呂氏春秋決勝:"怯勇無常,儵忽往來而莫知其方。"

【儵眒】快速貌。史記一一七司馬相如傳子虛賦:"儵眒淒浰。"集解引漢書音義:"皆疾貌。"漢書作"倏眒"。注:"眒音式刃反。"文選作"倏眒"。眒,或作"瞚"。古文苑六王延壽王孫賦:"复儵瞚而奄赴。"注:"儵卽倏字,……瞚卽眒字,書刃反。"

【儵爍】閃爍。楚辭漢王逸九思憫上:"雲蒙蒙兮電儵爍。"注:"儵爍,疾也;闇多明少也。"

【儵爚】閃光貌。文選漢張平子(衡)西京賦:"璿弁玉纓,遺光儵爚。"薛綜注:"儵爚,有餘光也。"又漢班孟堅(固)西都賦"震震爚爚,雷奔電激。"注引字指:"儵爚,電光也。"

十七畫

儴 1. ráng 汝陽切,平,陽韻,日。
ㄖㄤ

㊀因襲。爾雅釋詁下:"儴,仍,因也。"注:"皆謂因緣。"漢陸賈新語至德:"儴道者衆歸之,恃刑者民畏之。"

2. xiāng
ㄒㄧㄤ

㊁儴佯。見該條。

【儴₂佯】同"徜徉",游蕩不定貌。文選漢司馬長卿(相如)上林賦:"招摇乎儴佯,降集乎北紘。"李善注本及史記一一七、漢書五七上相如傳都作"襄羊"。

儳 1. chán 士咸切,平,咸韻,牀。
ㄔㄢ

㊀不整齊。國語周中:"夫戎狄冒没輕儳,貪而不讓。"注:"儳,進退上下無列也。"㊁苟且,不整肅。禮表記:"君子不以一日使其躬儳焉,如不終日。"注:"儳焉,可輕賤之貌也。"㊂疾速。見"儳道"。

2. chàn 楚鑒切,去,鑑韻,初。
ㄔㄢ

㊃摻雜。見"儳₂言"、"儳₂和"。

【儳₂言】別人講話未完,從中插話。禮曲禮上:"長者不及,毋儳言。"

【儳₂和】從旁插話。後漢書七九上孔僖傳:"鄰房生梁郁儳和之曰:'如此,武帝亦是狗耶?'"

【儳道】捷徑。後漢書六九何進傳:"進驚,馳從儳道歸營。"注:"廣雅曰:儳,疾也。音代鑒反。"

【儳巖】參差不齊。左傳僖二二年:"聲盛致志,鼓儳可也。"注:"儳巖,未整陳(陣)。"指趁敵人未成陣列,便擊鼓進攻。

十九畫

儷 lì 郎計切,去,霽韻,來。
ㄌㄧˋ

㊀成對,配偶。左傳成十一年:"鳥獸猶不失儷。"注:"儷,耦也。"參見"伉儷"。㊁偕,並。淮南子繆稱:"今釋正而追曲,倍(背)是而從衆,是與俗儷走,而內行無繩。"

【儷皮】成對的鹿皮,古代用作定婚禮物。儀禮士昏禮:"納徵,玄纁、束帛、儷皮,如納吉禮。"注:"儷,兩也。……皮,鹿皮。"漢班固白虎通嫁娶作"離皮"。

【儷辭】對偶的文辭。亦作"麗辭"。南朝梁劉勰文心雕龍有麗辭篇。唐劉知幾史通雜說下:"對語儷辭,盛行於俗。"

儺 nuó 諾何切,平,歌韻,泥。
ㄋㄨㄛˊ

㊀行有節度。詩衛風竹竿:"巧笑之瑳,佩玉之儺。"㊁古時臘月驅除疫鬼的儀式。論語鄉黨:"鄉人儺,朝服而立於阼階。"呂氏春秋季冬紀:"天子居玄堂右个,…… 命有司大儺旁磔。"注:"大儺,逐盡陰氣爲陽導也,今人臘歲前一日擊鼓驅疫,謂之逐除,是也。"

儼 yǎn 魚埯切,上,儼韻,疑。
ㄧㄢˇ

㊀昂首貌。説文:"儼,昂頭也……一曰好皃。"㊁莊重貌。詩陳風澤陂:"有美一人,碩大且儼。"楚辭屈原離騷:"湯禹儼而祇敬兮,周論道而莫差。"㊂整齊貌。見"儼然㊂"。

【儼恪】莊嚴恭敬貌。禮祭義:"嚴威儼恪,非所以事親也,成人之道也。"疏:"儼,謂儼正;恪,謂恭敬。"亦作"嚴恪"。漢書八一匡衡傳:"正躬嚴恪,臨衆之儀也。"注:"嚴,讀曰儼。"

【儼雅】莊重恭敬。文選漢王文考(延壽)魯靈光殿賦:"胡人遥集於上楹,儼雅跽而相對。"注:"儼雅,跽貌。"唐杜甫杜少陵集二四朝享太廟賦:"曾宮歊欻,陰事儼雅。"

【儼然】㊀形容矜持莊重。論語子張:"望之儼然。"㊁形容整齊。晉陶潛陶淵明集五桃花源記:"土地平曠,屋舍儼然。"㊂宛然,好像真的。唐李羣玉詩後集三黄陵廟:"小姑洲北浦雲邊,二女容華自儼然。"明湯顯祖牡丹亭驚夢:"是那處曾相見,相看儼然。"

儸 luó
ㄌㄨㄛˊ

見"僂儸"。

儹 zǎn 作管切,上,緩韻,精。
ㄗㄢˇ

積聚。文選南朝梁江文通(淹)詣建平王上書"莫不浸仁沐義"注引揚雄甘泉賦:"文王之始起,浸仁漸義,會賢儹智。"清翟灝通俗編三六雜字儹引俗書刊誤:"聚錢穀由少至多曰儹。"

二十畫

儻 tǎng 他朗切,去,蕩韻,透。
ㄊㄤˇ 他浪切,去,宕韻,透。

㊀自失貌。莊子田子方:"文侯儻然終日不言。"㊁倘若,或者。史記六一伯夷列傳:"儻所謂天道,是邪?非邪?"通作"倘"。㊂見"倜儻"。㊃見"儻朗"等。

【儻朗】暗昧不明。文選晉潘安仁(岳)射雉賦:"忌上風之餮切,畏映日之儻朗。"

【儻莽】寬廣貌。文選漢王子淵(褒)洞簫賦:"彌望儻莽,聯延曠盪。"注:"儻莽、曠盪,寬廣之貌。"

【儻蕩】放任隨便,不檢點。漢書八二史丹傳:"丹爲人足知,愷弟愛人,貌若儻蕩不備,然心甚謹密。"注:"儻蕩,疎誕無檢也。"也作"儻募"。又七十陳湯傳贊:"陳湯儻募,不自收斂。"注:"募音蕩。"

【儻儻】舒閒貌。關尹子一宇:"心儻儻而無羈乎。"

【儻來物】無意得來的東西。莊子繕性:"物之儻來,寄也。"成玄英疏:"儻者,意外忽來者耳。"陳書江總傳自敍:"軒冕儻來之一物，豈是預要乎！"新唐書八十太宗諸子列傳紀王慎傳："況榮寵貴盛，儻來物也，可恃以凌人乎！"

【儻駱谷】陝西省終南山之谷，北口叫駱谷，在盩厔縣西南；南口叫儻谷，在洋縣北，總名儻駱谷。谷長四百二十里。見讀史方輿紀要五六陝西五漢中府。

二十一畫

儽 lěi ㄌㄟˇ 力罪切，上，賄韻，來。

ㄌㄟˊ 力追切，平，脂韻，來。

盧對切，去，隊韻，來。

頹喪貌。老子："儽儽兮若無所歸。"河上公本作"乘乘兮"。參見"儡儡"。

𠑹 luǒ ㄌㄨㄛˇ

同"倮"、"躶"、"蠃"。荀子賦："有物於此，𠑹𠑹兮其狀，屢化如神。"注："𠑹，讀如其蟲倮之倮。𠑹𠑹，無毛羽之貌。"按此指蠶。

儿 部

儿 rén ㄖㄣˊ 玉篇 而真切。

古文"人"字。通志六書略："人，象立人，儿，象行人。"

一 畫

兀 wù ㄨˋ 五忽切，入，没韻，疑。

㊀高聳狀。說文："兀，高而上平也。"文選漢馬季長(融)長笛賦："兀嶁狋觺，傾昃倚伏。"㊁光秃。唐杜牧樊川文集一阿房宫賦："蜀山兀，阿房出。"㊂渾沌無知的樣子。文選晉孫興公(綽)遊天台山賦："渾萬象以冥觀，兀同體於自然。"㊃静止貌。文選晉陸士衡(機)文賦："兀若枯木，豁若涸流。"㊄不安貌。文選漢傅武仲(毅)舞賦："兀動赴度，指顧應聲。"全唐詩六一〇皮日休孤園寺："艇子小且兀，緣湖蕩白芷。"㊅動摇。後漢書一〇四上袁紹傳下劉表與袁譚書："未有棄親即異，兀其根本而能全於長世者也。"㊆斬斷。見"兀者"。㊇助詞。見"兀自"、"兀底"、"兀那"。㊈姓。元和姓纂十没："後魏改安樂王元鑒曰兀氏。"

【兀兀】㊀静止貌。唐韓愈昌黎集三雉帶箭詩："原頭火燒静兀兀，野雉畏鷹出復没。"㊁昏沉貌。唐白居易長慶集十對酒詩："所以劉阮輩，終年醉兀兀。"㊂勤勉不止貌。唐韓愈昌黎集十二進學解："焚膏油以繼晷，恒兀兀以窮年，先生之業，可謂勤矣。"或作"矻矻"。參見"矻矻"。

【兀子】㊀凳。同"杌子"。宋王銍默記："(王安石)與(李)茂直坐於路次，荆公以兀子，而茂直坐胡牀也。"參見"杌子"。㊁同"兀自㊁"。金董解元西廂四："誰知今日見伊，尚兀子鰥居獨自。"參見"兀自"。

【兀日】古代占卜法有小六壬(大安、留連、速喜、赤口、小吉、空亡)，以留連爲上兀，赤口爲下兀，兀日爲凶日。按宋人王氏談録有上官忌兀日一節，則宋時已有此説。

【兀朮】公元？—1148年，女真族，姓完顔，名宗弼。金完顔旻(太祖)第四子。金兵攻宋，屢爲前鋒，曾被韓世忠包圍於黄天蕩，後逃脱。繼攻吳玠於和尚原，又大敗。天會十五年金大將撻懶主張以河南陝西歸還宋王朝，兀朮興兵殺撻懶，進佔河南陝西等地。與岳飛戰於朱仙鎮，兵敗將北還，因宋高宗詔令岳飛撤軍，遂再奪取河南陝西地，與宋劃淮河爲界。累官太師都元帥，領行臺尚書事。金史有傳。清官書改爲烏珠。小説多作金兀朮。

【兀自】兀，無義。㊀逕自，公然。敦煌變文燕子賦："見他宅舍鮮淨，便即兀自占着。"㊁還，尚。金董解元西廂三："懷兒裹兀自有簡帖。"元曲選馬致遠漢宫秋二："往常時翠轎香兜兀自倦。"

【兀良】襯詞。無義。元曲選馬致遠漢宫秋三："説什麼大王不當戀王嬙，兀良，怎禁他臨去也回頭望。"又黄粱夢三："遥望見一點青山，兀良，却又早不見了。"

【兀那】指示代詞。那，那個。兀是詞頭，可指人、地或事。元曲選馬致遠漢宫秋一："兀那彈琵琶的是那位娘娘？"古今雜劇元狄君厚火燒介之推三："望見兀那野烟起處有人家。"

【兀坐】獨自端坐。唐宋之問集上自洪府舟行直書其事詩："愚以卑自衛，兀坐去沉滓。"宋蘇軾分類東坡詩二五客位假寐："謁入不得去，兀坐如枯株。"

【兀卒】西夏部落首領稱兀卒，如匈奴稱單于。夏主趙元昊上書宋朝，自稱"男邦泥定國兀卒"。又："兀卒，即吾祖也，如可汗號。議者以爲改吾祖爲兀卒，特以侮玩朝廷，不可許。"見宋史四八五夏國傳上。

【兀底】指示代詞。這個。宋馬永卿嬾真子三："古今之語，大都相同，但其字各别耳。古所謂阿堵者，乃今所謂兀底也。王衍口不言錢，家人欲試之，以錢遶牀，不能行，因曰：'去阿堵物。'謂口不言去却錢，但云去却兀底爾。"宋張鎡南湖集十夜遊宫美人詞："鵲相龐兒誰有，兀底便筆描不就。"

【兀的】㊀猶言這，這個。同"兀底"。古今雜劇元狄君厚火燒介之推三："這的是送的你榮華富貴，兀的還你魂的高車駟馬。"㊁語氣助詞，表示驚異或鄭重。宣和遺事亨："女奴來報：兀的夜來那個平章到來也！"㊂"兀的"下加副詞"不"，猶言怎的不。金董解元西廂一："更打着黄昏也，兀的不愁殺人！"

【兀者】被斬斷一隻脚的人。莊子德充符："魯有兀者王駘。"又："申徒嘉，兀者也。"

【兀剌】同"兀良"。元楊朝英陽春白雪後集四元王伯成鬬鵪鶉套半世飄蓬："醉醺醺無月不登樓，兀剌抵多少風雨替花愁。"雍熙樂府十三載此曲作"兀良"。參見"兀良"。

【兀然】㊀昏沉的樣子。文選晉劉伯倫(伶)酒德頌："兀然而醉，豁爾而醒。"㊁依然，還是。金董解元西廂三："解開遂披讀，兀然心下疑猜。"

【兀傲】意氣鋒鋭凌厲，不隨流俗。晉陶潛陶淵明集三飲酒詩之十三"規規一何愚，兀傲差若穎。"唐白居易長慶集五効陶潛體詩之十二："兀傲甕間卧，憔悴澤畔行。"

【兀誰】猶言誰。金董解元西廂三："牆東裏一跳，在牆西裏撲地，聽一人高叫道兀誰？"太平樂府七李致遠新水令套離别："恁時緑暗紅嫣，兀誰管春山翠眉淺？"

【兀臲】動摇不安。唐韓愈昌黎集五贈劉師服詩："我今呀豁落者多，所存十餘皆兀臲。"指牙齒動摇。也作"兀臬"。文苑英華一唐梁肅受命寶賦："東周兀臬。"指周王朝不安定。

【兀撩】西夏語謂斬。宋蘇軾東坡志林四："(張)舜民言官軍圍靈武不下，糧盡而返。西人從城上問官軍：'漢人兀撩否？'或仰而答曰：'兀撩'。城上皆大笑。西人謂斬爲兀撩也。"

【兀地奴】鵝之別名。宋陶穀清異録禽："世呼鵝爲兀地奴，謂其行步盤（蹩）跚耳。"

【兀良哈】地名。明代蒙古東部地，即烏梁海。讀史方輿紀要十直隸附考："兀良哈，在大寧衛北，其地東接海西，西連開平，北抵北海。古山戎地，秦爲遼西郡北境。"參見"烏梁海"。

【兀者衛】地名。遼有兀惹衛，又稱烏惹衛。明永樂元年改置兀者衛。見竇宇通志一一六女直。地在今黑龍江虎饒寶清密山等縣。其地舊多森林，滿語謂森林爲窩集，兀爲"窩集"的音轉。

【兀剌赤】蒙古語，掌車馬或養馬的人。元施惠幽閨記十奉使臨番："兀剌赤，兀剌赤，門外等多時。"又作"兀赤"。明朱有燉誠齋樂府桃源景："净白：'俺是蒙韜，阿堵兀赤。'……末白：'他説是達達人，放馬的。'"

【兀兀禿禿】半冷不熱。元曲選武漢臣生金閣三："我如今可釃些不冷不熱、兀兀禿禿的酒與他喫。"簡作"禿禿"。元曲選楊顯之酷寒亭三"張保白：'他家裏吃的是大蒜、臭韮、水答餅、禿禿茶食。'"

二 畫

元 yuán 愚袁切，平，元韻，疑。ㄩㄢ

㊀首，頭。左傳僖三三年："(先軫)免胄入狄師，死焉。狄人歸其元，面如生。"古代稱君主爲元首；科舉時代考試第一名稱狀元、會元、解元，都是頭的引申義。㊁開始。説文"元，始也。"公羊傳隱元年："元年者何？君之始年也。"㊂大。書康誥："元惡大憝。"㊃善。易乾："元者，善之長也。"後因稱善良的人爲元。春秋高辛氏有才子八人日八元。見左傳文十八年。㊄舊時一個元寶叫一元。清袁枚小倉山房尺牘十答秋帆制府書："見案上手書及國寶四元。"清末發行銀圓票的最低面額爲一圓，也寫作一元。㊅原來，本來。通"原"。春秋繁露重政："是以春秋變一謂之元，元猶原也。"唐李中碧雲集上寄左偃詩："貧户懶開元愛静，病身纔起便思吟。"原來，原籍，本當作元，明初因嫌與元混淆，改作原。參閲清顧炎武日知録三二元。㊆同玄。宋人因避始祖玄朗諱，遇玄字改作元。清康熙名玄燁，清人也避諱遇玄字作元。如鄭玄寫作鄭元，唐玄宗寫作唐元宗。㊇朝代名。公元1271—1368年。㊈姓。春秋衛大夫元咺，以邑爲氏。參閲元和姓纂四元。

【元一】指萬物唯一的本源。漢書律曆志："三統(天、地、人)合于一元，故因元一而九三之以爲法。"晉書束皙傳："元一既啓，兩儀肇立。"

【元二】元年二年。漢王充論衡恢國："今上嗣位，元二之間，嘉德布流。"後漢書十六鄧禹傳附鄧騭"時遭元二之災。"舊注以元二爲元之重文（元=）。按漢碑重文皆不作小二字，注非。參閲宋洪邁容齋隨筆五元二之災、清王先謙後漢書集解。

【元士】官名。禮王制："天子之元士視附庸。"疏："按周禮注：'天子之士所以稱元者，異於諸侯之士也。'"又明初稱給事中爲元士，後又改爲源士。見明史職官志三。

【元巳】農曆三月第一個巳日。也叫上巳。後來專指三月初三日。文選漢張平子(衡)南都賦："於是暮春之禊，元巳之辰，方軌齊軫，祓於陽瀕。"

【元子】天子和諸侯的嫡長子。書顧命："用敬保元子釗，弘濟于艱難。"釗，周康王名。詩魯頌閟宫："建爾元子，俾侯于魯。"這裏指周公長子伯禽。也泛指長子。漢預州從事孔褒碑："泰山都尉之元子。"(金石萃編十四)

【元夕】農曆正月十五日，舊稱上元，上元之夜稱元夕，即元宵。唐詩紀事二三有王諲元夕觀燈詩。

【元女】長女。左傳襄二五年："庸以元女大姬，配胡公。"元女，武王的長女。文選晉潘安仁(岳)楊仲武誄："其母鄭氏，光禄勳密陵成侯之元女。"

【元元】㊀平民。戰國策秦一："制海内，子元元。"㊁猶"喁喁"。史記孝文帝紀："以全天下元元之民。"索隱引顧野王："元元猶喁喁，可憐愛貌。"漢書注："元元，善意也。"

【元日】㊀吉日。禮王制："元日習射。"㊁農曆正月初一。書舜典："月正元日。"文選漢張平子(衡)東京賦："於是孟春元日，羣后旁戾。"薛綜注："言諸侯正月一日從四方而至。"按元日本義爲吉日，從東京賦以來相沿以正月初一爲元日。參閲清王引之經義述聞三正月上日月正元日。

【元凶】見"元兇"。

【元父】㊀古地名。故城在河南舊淇縣北。三國魏阮籍阮步兵集元父賦："元父者，九州之窮地，先代之幽虚者也。"水經注九淇水作元甫，云："淇水自元甫城東南逕朝歌縣北。竹書紀年：'晉定公十八年，淇絶於衛。'即此也。"㊁天帝。唐李賀歌詩編一緑章封事爲吴道士夜醮作："緑章封事諮元父，六街馬蹄浩無主。"緑章，上奏天帝的表章。

【元化】㊀造化，大自然的發展變化。唐陳子昂陳伯玉集一感遇詩之六："古之得仙道，信與元化并。"㊁舊時稱頌帝王的德化。唐元結元次山集一補樂歌咸池："元化油油兮，孰知其然？"

【元氏】縣名。屬河北省，故城在今縣南。戰國時是趙國公子元的封地，因名元氏。漢改爲縣，屬常山郡。見漢書地理志上、元和郡縣志十七趙州。

【元平】漢劉弗陵(昭帝)年號。公元前74年。

【元功】大功績。漢書景武昭宣元成哀功臣表："輯而序之，續元功次云。"注："元功，謂佐興其帝業者也。"

【元正】元旦。太平御覽七一八漢崔瑗三子釵銘："元正上日，百福孔靈。"藝文類聚四晉傅玄朝會賦："採秦漢之舊儀，肇元正之嘉會。"按書舜典"月正元日，舜格于文祖"，元正即正月初一日。

【元古】上古。唐李白李太白詩一古風一："聖代復元古，垂衣貴清真。"

【元由】事之所起。宋書王景文傳："臣遣李武之問儼元由。"清郝懿行晉宋書故元由："元，始初也；由，萌蘖也。論事所起，或言元起，或言元來，或言元故，或言元舊，皆是也。今人爲書，元俱作原字，……蓋起於前明初造，事涉元朝，文字簿書率皆易元爲原。"

【元本】㊀首要，根本。宋書孝武帝紀："尚書，百官之元本，庶績之樞機。"晉書天文志上："七政之樞機，陰陽之元本也。"㊁元代刊刻的書籍版本。元代先後設經籍所、祕書監、興文署、翰林院等，掌雕印文書，召集良工，刊刻諸經子史版本；各路儒學，亦多刊行書籍。參閲清倪燦明史藝文志序。

【元旦】一年的第一天。樂府詩集十四南朝梁蕭子雲介雅三首之三："四氣新元旦，萬壽初今朝。"宋吴自牧夢粱録一正月："正月朔日，謂之元旦，俗呼爲新年。"

【元史】明宋濂等撰，二百一十卷，據元十三朝實録及虞集經世大典等書編纂而成。前後不足一年卽成書，因而體例粗疏，列傳有重出，譯名不統一，年代史實有很多錯誤，但保存了不少原始資料。清魏源曾就原書輯補成元史新編。後來柯劭忞另撰新元史二百七十五卷，曾廉撰元書一〇二卷，對舊元史都有所訂補。

【元兄】長兄。後漢書和帝紀："(竇)皇太后詔曰：'……侍中憲，朕之元兄。'"竇憲是竇皇太后的長兄。

【元白】唐元稹白居易，同時能詩，當時稱爲元白。見舊唐書元稹傳。

【元江】縣名。屬雲南省。在昆明市西南，元江左岸。元至元二十五年設元江路。明洪武十五年改府。清爲直隸州。參閱續文獻通考二四二四裔六。

【元戎】㊀古代的大型戰車。詩小雅六月："元戎十乘。"傳："元，大也。夏后氏曰鉤車，……殷曰寅車，……周曰元戎。"㊁軍器名，弩的一種。三國志蜀諸葛亮傳"損益連弩"注引魏氏春秋："又損益連弩，謂之元戎，以鐵爲矢，矢長八寸，一弩十矢俱發。"㊂主帥。周書齊煬王(宇文)憲傳與高湝書："吾以不武，任總元戎，受命安邊，路指幽冀。"㊃兵衆。漢書九三董賢傳："統辟元戎。"注："元戎，大衆也。"

【元吉】大福，大吉利。易坤："黃裳元吉。"

【元老】古稱天子的老臣。詩小雅采芑："方叔元老，克壯其猶。"後來稱資望高深的舊臣爲元老。後漢書章帝紀："行太尉事節鄉侯(趙)熹，三世在位，爲國元老。"唐代又稱宰相爲元老或堂老。見唐李肇國史補下。

【元光】年號。1.漢劉徹(武帝)。公元前134—前129年。2.金完顏珣(宣宗)公元1222—1223年。

【元曲】元人所作雜劇和散曲的總稱。也專稱元人所作雜劇，如元曲選之類。

【元兇】主犯，罪魁禍首。三國魏曹植曹子建集五責躬詩："將寘於理，元兇是率。"也作"元凶"。文選晉孫子荆(楚)爲石仲容(苞)與孫晧書："宣王(司馬懿)薄伐，猛銳長驅，師次遼陽而城池不守；桴鼓一震，而元凶折首。"元凶，指公孫淵。

【元年】古稱帝王和諸侯卽位的第一年爲元年。春秋隱元年："元年，春，王正月。"又帝王改元後的第一年也稱元年。

【元后】㊀天子。書大禹謨："汝終陟元后。"又泰誓："元后作民父母。"㊁帝王的嫡妻。明史孝烈皇后傳："后崩，詔曰：'皇后比救朕危，奮不顧身，其以元后禮葬。'"

【元妃】國君或諸侯的嫡妻。左傳隱元年："惠公元妃孟子。"注："言元妃，明始嫡夫人也。"晉書禮志中："前妻爲元妃，後婦爲繼室。"

【元亨】南詔段智興(宣宗)年號，當南宋孝宗時。

【元良】大善。書太甲下："一人元良，萬邦以貞。"此指天子。禮文王世子："一有元良，萬國以貞，世子之謂也。"此指世子。後因以元良爲太子之稱。宋魏泰東軒筆録一："太宗以元良未立，雖意在真宗，尚欲遍知諸子，遂命陳摶歷抵王宫以相諸王。"

【元辰】㊀吉利的時日。呂氏春秋孟春紀："是月也，天子……乃擇元辰，天子親載耒耜措之，參于保介之御間。"注："元，善也；辰，十二辰，從子至亥也。"㊁元旦。太平御覽二九晉庾闡揚都賦："歲惟元辰，陰陽代紀。履端歸餘，三朝告始。"

【元君】㊀古稱善良的君主。國語晉七："二三子爲令之不從，故求元君而訪焉。"㊁道教稱仙人男曰真人，女曰元君。雲笈七籤九七南極王夫人授楊羲詩序："南極王夫人，王母第四女也，……一號南極紫元夫人或號南極元君。"

【元延】漢劉驁(成帝)年號。公元前12年—前9年。

【元佐】僚佐之首。宋書張暢傳："義宣發哀之日，卽便舉兵，暢爲元佐。"

【元初】東漢劉祜(安帝)年號。公元114—120年。

【元祀】㊀元年。書伊訓："惟元祀，十有二月，乙丑。"釋文："祀，年也。夏曰歲，商曰祀，周曰年。"㊁大祭。書酒誥："祀茲酒，惟天降命，肇我民，惟元祀。"文選漢張平子(衡)東京賦："元祀惟稱，羣望咸秩。"

【元夜】上元之夜，卽元夕、元宵。唐韓偓玉山樵人集有元夜卽席詩。宋朱淑貞斷腸集生查子元夕詞："去年元夜時，花市燈如晝。"參見"元宵㊀"。

【元來】本來。詩大序"故詩有六義焉"唐孔穎達疏："鄭(玄)以比賦興者，直是文辭之異，非篇卷之別，……明其先無別體，不可分也。元來合而不分，今日難復摘別也。"

【元昆】長兄。文苑英華二一四唐蘇頲寒食宴於中舍別駕兄弟宅詩："始覩元昆鏘玉至，旋聞季子佩刀迴。"宋孫光憲北夢瑣言四祖系圖進士榜："(宇文)翊嫁女與(竇)璠，璠爲言之元昆，果有所獲。"

【元命】㊀長壽。書呂刑："惟克天德，自作元命。"疏："若能斷獄平均者，必壽長久大命。"㊁天命。漢書九九上王莽傳："膺受元命。"三國志吳孫權傳："朕以不德，肇受元命。"㊂古代用干支排年，凡六十循環一周。所以六十歲爲一甲子，到六十一歲，再逢生年的干支，舊時稱爲元命。宋范成大石湖集二六有丙午新年六十一歲俗謂之元命作詩自貺詩。

【元和】㊀道家稱人的津液。雲笈七籤十三引中黃經："但服元和除五穀。"唐杜甫杜工部詩史補遺十幽人："嗽漱元和津，所思烟霞微。"㊁唐代燕樂名。開元二十九年六月定。見舊唐書音樂志一。㊂舊縣名。清置，和長洲、吳縣並爲蘇州府治。1912年併入吳縣。㊃年號。1.東漢劉炟(章帝)。公元84—87年。2.唐李純(憲宗)。公元806—820年。

【元服】帽子。儀禮士冠禮："令月吉日，始加元服。"漢書昭帝紀："元鳳四年春正月丁亥，帝加元服。"注："元者，首也。冠者，首之所著，故曰元服。"

【元始】㊀猶本原，開始。淮南子天文："鎮星以甲寅元始建斗。"南朝梁蕭統文選序："式觀元始，眇覿玄風。"㊁漢劉衎(平帝)年號。公元1—5年。

【元首】㊀頭。逸周書武順："元首曰末。"㊁君主。書益稷："元首起哉！"㊂一年的開頭。晉書律曆志中："湯作殷曆，弗復以正月朔旦立春爲節也，更以十一月朔旦冬至爲元首。"

【元春】元旦。隋書音樂志中北齊元會大享歌皇夏辭："展禮肆樂，協此元春。"

【元封】漢劉徹(武帝)年號。公元前110—前105年。

【元相】卽丞相，以位居羣官之首，故稱元相。資治通鑑一〇三晉咸安二年："元相之重，儲傅之尊。"

【元貞】元鐵穆耳(成宗)年號。公元1295—1297年。

【元帥】全軍的主將。左傳僖二七年："晉作三軍，謀元帥。"國語晉四："(文)公問元帥於趙衰，對曰：'郤縠可。'"韋昭注："元帥，上卿。"當時主帥還不是專名。唐代設立天下兵馬元帥、副元帥和行軍元帥，元帥纔成爲官名。開始都以親王充任，由文武官統率的，稱總管。參閱唐六典五兵部尚書、唐會要七八元帥。後來，資望高深的武臣也稱元帥。唐杜甫杜工部草堂詩箋二四八哀詩贈司空王公思禮："偏裨無所施，元帥見手格。"元代在各行省置都元帥府、元帥府，前者秩正二品，後者秩正三品，職位比前代降低。

【元侯】諸侯之長。左傳襄四年："三夏，天子所以享元侯也。"國語魯下："諸侯有卿無軍，帥教衛以贊元侯。"

【元狩】漢劉徹（武帝）年號。公元前122—前117年。

【元宰】即丞相。文選南齊王元長（融）三月三日曲水詩序："元宰比肩於尚父，中鉉繼蹤乎周南。"

【元宵】㊀農曆正月十五夜。唐韓偓玉山樵人集元夜即席詩："元宵淸景亞元正，絲雨霏霏向晚傾。"㊁食物名。圓子，即湯圓。因在元宵煮食，故名。宋時以來相沿有元宵吃圓子的風俗。宋詩鈔周必大平園續稿有元宵煮浮圓子詩。

【元祐】宋趙煦（哲宗）年號。公元1086—1093年。

【元祖】始祖。弘明集一漢牟融理惑論："佛乃道德之元祖，神明之宗緒。"三國志蜀先主傳："祫祭高皇帝以下"南朝宋裴松之注："先主雖云出自孝景，而世數悠遠，……不知以何帝爲元祖，以立親廟。"

【元神】㊀大神。樂府詩集一南朝宋顏延之迎送神歌："告成大報，受釐元神。"㊁道書以人的靈魂爲元神。南唐譚峭化書術化珠玉："得灝氣之門，所以收其根；知元神之囊，所以韜其光。"

【元朔】㊀元旦。全唐詩四德宗（李适）元日退朝觀軍仗歸營："獻歲視元朔，萬方咸在庭。"㊁漢劉徹（武帝）年號。公元前128—前123年。

【元配】初娶的嫡妻。明史世宗孝潔皇后傳："禮臣議，孝潔皇后大行皇帝元配。"配，本作"妃"。參見"元妃"。

【元氣】㊀指天地未分前混一之氣。漢書律曆志上："太極元氣，函三爲一。"㊁指人的精神，生命力的本原。太平御覽八三七晉楊泉物理論："穀氣勝元氣，其人肥而不壽。"舊唐書一六五柳公綽傳："（柳）公度善攝生。……曰：'吾初無術，但未嘗以元氣佐喜怒。'"

【元康】年號。1.漢劉詢（宣帝）。公元前65—前61年。2.晉司馬衷（惠帝）。公元291—299年。

【元尉】春秋時晉軍中軍統帥名。晉設立三軍，中軍稱元軍，所以尉也稱爲元尉。國語晉七："（晉悼）公知祁奚之果而不淫也，使爲元尉。"注："元尉，中軍尉。"

【元符】㊀封建統治者自稱受命於天，天上就會出現相應的祥瑞。也叫符應，元符即重大的符應。漢書五七下揚雄傳長楊賦："方將俟元符，以禪梁甫之基，增泰山之高。"注："元符，大瑞也。"參見"瑞應"、"符應"。㊁宋趙煦（哲宗）年號。公元1098—1100年。

【元從】自始就相隨從的人員。魏書李栗傳："（栗）初隨太祖幸賀蘭部，在元從二十一人中。"舊唐書德宗紀興元元年："詔奉天隨從將士，並賜號元從功臣。"

【元惡】首惡，大惡人。書康誥："元惡大憝。"荀子王制："元惡不待教而誅。"

【元弼】輔佐皇帝的大臣。唐杜甫杜少陵集二四進封西岳賦表："維岳授陛下元弼，克生司空。"

【元凱】見"元愷"。

【元象】東魏元善見（孝靜帝）年號。公元538年。

【元統】元妥歡帖睦兒（順帝）年號。公元1333—1335年。

【元結】公元719—772年。唐河南人，字次山。曾著元子十篇，因又稱元子。天寶十二年舉進士。肅宗時，上時議三篇，官至監察御史、道州刺史。他繼承陳子昂反對六朝駢儷文風，致力於古文寫作，是唐代古文運動的先驅之一。著有浪說七篇、漫記七篇等。新唐書一四三有傳。

【元愷】左傳文十八年謂高辛氏有才子八人稱爲八元；高陽氏有才子八人稱爲八愷。後人因稱皇帝的輔佐大臣爲元愷。文苑英華一六六唐張說奉酬龍門北溪作詩："野失巢由性，朝非元愷才。"也作"元凱"。文選南朝梁劉孝標（峻）辨命論："故重華立而元凱升，辛受生而飛廉進。"參見"八元"、"八愷"。

【元聖】大聖人。書湯誥："聿求元聖，與之戮力。"按指伊尹。

【元鼎】漢劉徹（武帝）年號。公元前116—前111年。

【元會】皇帝元旦朝見羣臣叫正會，也叫元會。按漢叔孫通定朝儀，諸侯羣臣皆朝十月，漢承秦制，仍以十月爲歲首，爲後來元會之始。三國魏曹植曹子建集五有元會詩。魏晉以後，其制更爲細密。參閱宋書禮志一。

【元舅】長舅。詩大雅崧高："不顯申伯，王之元舅，文武是憲。"文選漢班孟堅（固）封燕然山銘："有漢元舅曰車騎將軍竇憲。"憲爲東漢和帝舅，竇太后長兄。

【元經】隋王通有元經三十一篇，久佚。今本舊題隋王通撰，唐薛收續，並作傳，宋阮逸注。其書仿孔子春秋而作，共十卷，始於晉太熙元年，終於隋開皇九年，稱王通作；末卷迄唐武德元年，爲薛收所續。宋晁公武郡齋讀書志，陳振孫直齋書錄解題皆斷定爲阮逸所僞作。

【元精】舊稱天地的精氣。漢王充論衡超奇："天稟元氣，人受元精。"蔡邕蔡中郎集二陳太丘碑文序："含元精之和，膺期運之數。"

【元壽】㊀年壽。漢書九九上王莽傳："綏和元壽。"元，古通年。㊁年號。1.漢劉欣（哀帝）。公元前2—前1年。2.南詔段智廉（亨天帝）。在南宋寧宗時代。

【元嘉】年號。1.東漢劉志（桓帝）。公元151—153年。2.南朝宋劉義隆（文帝）。公元424—453年。

【元輔】宰相。以其輔佐皇帝而居大臣首位，故稱元輔。漢蔡邕蔡中郎集四太傅祠前銘："七受八命，作此元輔。"唐杜甫杜工部草堂詩箋十四寄嶽州賈司馬六丈……五十韻："每覺昇元輔，深期列大賢。"

【元熙】年號。1.東晉司馬德文（恭帝）。公元419—420年。2.前趙劉淵（高祖）。公元304—308年。

【元鳳】漢劉弗陵（昭帝）年號。公元前80—前75年。

【元僚】對幕僚的美稱。南史庾杲之傳："盛府元僚，實難其選。"

【元嫡】原配夫人。南史宣貴妃傳："據春秋，仲子非魯惠公元嫡。"按惠公元配孟子，爲隱公之母；繼室仲子，爲桓公之母。見春秋隱元年。

【元稹】公元779—831年。唐河南人。字微之。元和元年，對策舉制科第一，任左拾遺。早期反對權貴宦官，但後轉而依附宦官。長慶中，借宦官監軍崔潭峻之力，升知制誥，拜同中書門下事。被裴度劾罷。大和中，官武昌節度使，卒。元稹是白居易的好友，共同提倡新樂府，兩人齊名，世稱元白；詩稱元和體。著有元氏長慶集一百卷，今存六十卷。所作傳奇會真記，記張生與崔鶯鶯事，爲後來西廂記所本。

【元德】㊀大德。書酒誥："茲亦惟天若元德。"國語楚上："故堯有丹朱，舜有商均，啟有五觀，湯有太甲，文王有管蔡，是五王者，皆有元德也而有姦子。"㊁西夏李乾順（崇宗）年號。公元1120—1126年。

【元緒】㊀大事業。三國志魏楊阜傳："伏惟陛下奉武皇帝開拓之大業，守文皇帝克終之元緒。"㊁龜的別名。見水經注四十漸江水引南朝宋劉敬叔異苑。太平御覽九三一鱗介三引南越志："龜甲名神物，出南海，生池澤中，吳越謂之元佇。"

佇，緒聲同。宋張鎡南湖集八題崔慤畫白鷺伺龜詩："能言元緒已失計，潛來公子尤多機。"

【元憝】首惡。晉書文帝紀景元四年："用能戰不窮武而大敵殲潰，旗不再麾而元憝授首。"參見"元惡"。

【元勳】首功。漢書一〇〇下敍傳："太祖元勳，啟立輔臣。"三國志魏荀彧傳"表封彧爲萬歲亭侯"南朝宋裴松之注引彧別傳曹操薦荀彧表："天下之定，彧之功也。宜享高爵，以彰元勳。"也稱有特殊功勞的人。三國志魏高柔傳："逮至漢初，蕭曹之儔，並以元勳代作心膂。"

【元龜】㊀大龜。古代用於占卜。書大禹謨："禹官占，惟先蔽志，昆命于元龜。"引申爲可作借鑒的前事。三國志吳孫權傳建安二五年："斯則前世之懿事，後王之元龜也。"宋景德時編輯册府元龜，書名卽取此義。㊁漢王莽時貨幣，有龜寶四品，爲元龜、公龜、侯龜、子龜。漢書食貨志下："元龜岠冉，長尺二寸，直二千一百六十，爲大貝十朋。"

【元興】年號。1. 東漢劉肇（和帝）。公元105年。2. 三國吳孫晧（末帝）。公元264—265年。3. 東晉司馬德宗（安帝）。公元402—404年。

【元聲】古代律制，以黃鍾管發出的音爲十二律所依據的基準音，故稱元聲。明莊元臣叔苴子內篇六："又喉音宮，舌音徵，齒音商，牙音角，脣音羽，此又元聲之變也。"

【元徽】南朝宋劉昱（廢帝）年號。公元473—477年。

【元藏】元代所刻的佛經總集大藏經。有普寧藏，釋道安等輯，共六千零十卷，一千四百二十二部，至元六年始刻，至元二十二年完工；弘法藏，七千一百八十二卷，一千六百五十四部，至元十四年始刻，至三十一年完工。參見"一切經"。

【元豐】宋趙頊（神宗）年號。公元1078—1085年。

【元魏】朝代名。北魏後魏的別稱。對三國魏來說，稱後魏；對南朝來說，稱北魏。魏王朝統治者本姓拓跋，到拓跋宏（孝文帝）時，改姓元。因此舊史又稱爲元魏。參見"後魏"。

【元儲】太子。抱朴子崇教："蓋聞帝之元儲，必入太學。"

【元璽】前燕慕容儁（昭帝）年號。公元352—357年。

【元寶】古代貨幣名。五代晉石敬瑭鑄的錢叫天福元寶。北宋有淳化元寶。以後每次改元，多更鑄新幣，用年號標名。這是以元寶爲名的錢幣。見文獻通考九錢幣二。元朝忽必烈時，以庫銀爲元寶，見元史楊湜傳。後來以元寶形似馬蹄，又稱馬蹄銀。

【元文類】元蘇天爵編。七十卷，又目錄三卷，分爲四十三類。收錄元代的著作，由元初到延祐。舊與宋姚鉉唐文粹、呂祖謙皇朝文鑑並稱。

【元太宗】公元1186—1241年。蒙古汗國成吉思汗第三子，名窩闊台。宋紹定二年繼成吉思汗卽大汗位。公元1230年出兵攻金，1234年滅金。1236年命拔都進兵，最遠到達多瑙河地區。在位十三年卒。元朝建立後追尊爲太宗。元史有紀。

【元太祖】公元1162—1227年。姓奇渥溫氏，名鐵木真。生於蒙古部孛爾只斤氏族。十三世紀初，先後統一蒙古諸部。1206年，蒙古貴族在斡難河舉行忽里勒臺（會議大聚會），推他爲大汗，上尊號爲成吉思汗，建立蒙古汗國。他卽位後，制定各種制度，展開軍事活動，曾兩度攻金，並向西大舉進兵。1227年，進攻西夏，死於軍中。元朝建立後，追尊爲太祖。元史有紀。

【元世祖】公元1215—1294年。蒙古汗國成吉思汗之孫，名忽必烈，尊稱薛禪皇帝。1260年繼其兄蒙哥卽大汗位，建號中統，定都燕京（後改稱大都，卽今北京）。至元八年，定國號爲元。至元十六年滅宋。在位三十五年。元史有紀。

【元曲選】一名元人百種曲。元雜劇劇本集。明臧懋循（晉叔）據家藏及御戲監所抄雜劇二百種校訂編成，共十集，一百種。所收除元人雜劇外，還收有明初人所作六種。比較著名的元人雜劇劇本，大都收集在內。元代戲曲現存者，以此書所收爲最多。

【元好問】公元1190—1257年。金太原秀容人，字裕之，號遺山。興定五年進士，官至尚書省左司員外郎。金亡，不仕。他的詩和古文都很有名，著有遺山集四十卷。又采錄金代詩人作品，編有中州集。金史有傳。清施國祁有遺山詩注十六卷。

【元尚篇】古字書。漢成帝時將作大匠李長所作，一篇。見漢書藝文志小學類。今佚。

【元典章】全稱大元聖政國朝典章，元代官修，共六十卷，記載自元世祖至英宗初年的法令，分爲詔令、聖政、朝綱、臺綱、吏部、户部、禮部、兵部、刑部、工部十綱。分列當時法令、制度等，可補元史諸志之缺佚。

【元和格】卽元和體。全唐詩四四六白居易餘思未盡加爲六韻重寄微之注："衆稱元、白爲千字律詩，或號元和格。"參見"元和體"。

【元和體】唐代元和年間盛行的詩體。新唐書一七四元稹傳："稹尤長于詩，與白居易名相埒，天下傳諷，號元和體。往往播樂府。"參閱唐詩紀事引稹上令狐文公書。又稱長慶體。後來摹仿元白風格所寫的作品，也稱元和體。參閱唐李肇國史補下。參見"長慶體"。

【元修菜】卽巢菜，亦稱野蠶豆。宋蘇軾東坡集前集十三元修菜詩敍："菜之美者，有吾鄉之巢，故人巢元修嗜之，余亦嗜之。元修云：'使孔北海見，當復云吾家菜耶？'因謂之元修菜。"參見"巢菜"。

【元祕史】一作元朝祕史，又作蒙古祕史。原書用蒙古文撰寫，沒有作者名，是我國最早用蒙古文寫成的歷史文獻和文學作品。以鼠兒、兔兒等紀年，不用干支。漢譯本收在永樂大典內。此書記載蒙古先世和鐵木真、窩闊台的事迹較詳，可以訂正元史。清阮元四庫未收書目有元祕史十五卷，錢大昕從永樂大典錄出一本，卷數相同。又有顧廣圻校影元槧舊抄本，題作元朝祕史，十卷，又續集二卷，附有蒙文譯音。

【元祐脚】宋黃庭堅的書法在元祐年間很有名，被人稱爲元祐脚。宋陳師道後山詩注十徐仙書詩："肯學黃家元祐脚，信知人厄非天窮。"元方回桐江續集十五跋吳初隣山谷臨風笛真跡詩："細認黃家元祐脚，似人殊喜見他鄉。"

【元規塵】世說新語輕詆："庾公（亮）權重，足傾王公（導）。庾在石頭，王在冶城。坐大風揚塵，王以扇拂塵，曰：'元規塵污人。'"元規，庾亮的字。後用作比喻人聲勢逼人。

【元順帝】公元1320—1370年。元朝末代皇帝，名妥懽帖睦兒。元末，全國反元農民起義軍紛起，至正二十八年（明洪武元年），朱元璋派徐達領兵攻入北京，元亡。順帝逃到開平和林（在今內蒙古多倫市附近）。次年，死於應昌（在今遼寧克什克騰旗）。

【元詩選】清顧嗣立編，共三集，一百十卷。每集又分十集。以甲至壬集收錄元代詩人的專集，癸集收錄零散作品。除帝王另列卷首外，從元好問以下，共錄三百家，每家之下保存原集名目，前列小傳，間有辨正。

【元嘉體】顏延之鮑照謝靈運等，都是南朝宋元嘉年間詩人，他們的詩風格比較相近，後世論詩的人稱之爲元嘉體。見宋嚴羽滄浪詩話。

【元憲宗】公元1208—1259年。蒙古汗國成吉思汗孫，拖雷長子，名蒙哥。1251年即大汗位，命弟忽必烈領兵攻占大理、吐蕃，又親自帶兵攻宋，進入四川後，遭到宋軍民堅決抵抗，死於軍中。在位九年，元王朝建立後追尊爲憲宗。元史有紀。

【元方季方】東漢陳寔的兒子陳紀，字元方，陳諶，字季方，都是當時被認爲有才德的人。陳寔稱贊他倆："元方難爲兄，季方難爲弟。"意爲難分高下。見世説新語德行。後來因稱兄弟才德不相上下爲"難兄難弟"，或"元方季方"。參見"難兄難弟"。

【元元本本】追源尋本。漢書一〇〇下敍傳："元元本本，數始于一。"元元也作"原元"。漢王符潛夫論本訓："臻皇帝之極功者，必先原元而本本。"後稱事物自始至終，來歷分明爲元元本本。

【元元皇帝】見"玄元皇帝"。

【元和姓纂】唐元和年間林寶撰。十卷。內容先列皇族李氏，餘依唐韻二百六部排列各姓，記載姓氏來歷和各家的譜系，是我國中古時期譜牒學的僅存著作。原書在宋代已有散佚，清乾隆間從永樂大典輯出，並以古今姓氏書辨證所引各條補其缺失，分爲十八卷。其後孫星衍洪瑩又取通志氏族略等書再加補校。

【元始天尊】道教供奉的最高天神，謂生於太元之先，所以叫"元始"。南朝梁陶弘景真靈位業圖把道教天神分爲七級，最高是上合(清)虛皇道君，號元始天尊。唐人附會説此神姓樂，名静信。見隋書經籍志四道經。

【元祐更化】北宋元豐八年神宗死，哲宗即位，高太后聽政，司馬光任門下侍郎，次年(元祐元年)爲宰相，對神宗時王安石所推行的新法全盤加以否定，恢復舊制，排斥王安石等人。史稱"元祐更化"。參閲明馮琦宋史紀事本末元祐更化。

【元城語録】宋馬永卿撰。三卷。述其師劉安世語。安世，元城人，故以名書。共十六則，多敍舊聞，參以論事論學之説，與專講心性的語録不同。又明王崇慶有元城語録解四卷，爲馬永卿書的注釋。

【元城學案】北宋劉安世的學派。安世，元城人，爲司馬光門人。其學多本於司馬光。門人有呂本中、孫偉、李光、胡珵等。見清黃宗羲宋元學案二十。

【元輕白俗】唐元和間元稹白居易之詩盛行，後來仿作的人拋棄元白樂府詩的精華，學淺於白居易，"學淫靡於元稹"，稱元和體。見唐李肇國史補。宋蘇軾東坡集前集三五祭柳子玉文："元輕、白俗，郊寒、島瘦。"參見"郊寒島瘦"。

【元龍高卧】漢末陳登字元龍，志向高邁。有次許汜去看他，他不把許汜放在眼裏，自己睡在大床上，讓客人睡在下床。事見三國志魏陳登傳。後稱人待客簡慢，多曰"元龍高卧"，本此。

【元豐類稿】宋曾鞏撰。因編於宋神宗元豐年間，故名。五十卷。所收古文爲多，附載詩和駢體文。另有續稿四十卷，外集十卷，久佚。

【元人雜劇選】明息機子编，共三十種。刊於明萬曆二十六年。今存二十六種，除明羅貫中龍虎風雲會和缺名符金錠兩種外，均已別見元曲選。

【元和郡縣志】唐李吉甫撰。元和八年成書。四十卷，和貞元十道録(残本)同屬記載唐代地理的專書，爲現存最早的較完整的地方總志。原書起於京兆府，終於隴右道，共四十七鎮，每鎮篇首有圖，分鎮記載府、州、縣、户、沿革、山川、道里、貢賦等項。宋代圖已亡佚；本文自元明以來亦全缺六卷，另三卷各佚半卷。清嚴觀有補志九卷，繆荃孫有圖志佚文三卷。

【元豐九域志】十卷。宋熙寧年間，因原有的九域圖修定於大中祥符六年，後來州縣有廢置，名號有改變，等第有升降，於是由曾肇、李德昌等重修，王存負責主編。因不繪地形，改名九域志。內分四京、二十三路及化外羈縻州，詳載地里、户口、土貢、山川等。元豐八年刊行。

【元史紀事本末】明陳邦瞻撰。四卷，二十七篇。此書只根據元史和商輅的續綱目改寫，內容極簡略，但對元代天文推算、漕運、治河的記述較詳。

【元史譯文證補】清洪鈞撰。三十卷。洪鈞出使俄國時，得波斯拉施特撰寫的阿剌伯文蒙古全史，再參考英俄各種譯本，寫成此書，用以補正元史的缺誤。其中最詳細的有太祖本紀譯證西域補傳地理志西北地附録釋地等篇。

【元朝名臣事略】元蘇天爵撰。十五卷。此書紀元代諸臣事迹，始木華黎，終劉因，凡四十六人，大致據諸家文集所載碑記行狀家傳爲多，皆注明所出。

允 1. yǔn ㄩㄣˇ 余準切，上，準韻，喻。

㊀誠信。書堯典："允恭克讓。"㊁公平，得當。後漢書五八虞詡傳："祖父經爲郡縣獄吏，案法平允。"㊂答應，許諾。藝文類聚七五南朝梁簡文帝在州羸疾自解表："民請之書，遽降天允。"㊃用以，以。書堯典："允釐百工。"清王引之經傳釋詞云："言用釐百工也。"㊄諂媚。見爾雅釋詁。逸周書寶典："六，展允干信。"

2. qiān ㄑㄧㄢ

㊅見"允₂吾"、"允₂街"。

【允₂吾】古地名，讀如鉛牙。故城在今甘肅蘭州市西北黄河北岸。漢始建允吾縣，爲金城郡治。晉廢。涼又置允吾郡於此。水經注二河水："又東過金城允吾縣北。"

【允協】和洽。同"允洽"。晉書杜夷傳："漢武欽賢，俊彥響應，故能允協時雍，敷崇盛化。"又石季龍載記："故能允協人和。"

【允姓】古部族名。左傳昭九年："故允姓之姦，居於瓜州。"注："允姓，陰戎之祖。"

【允洽】和美，信實。後漢書四十下班彪傳附班固兩都賦："人神之和允洽，君臣之序既肅。"晉書虞潭母孫氏傳："潭始自幼童，便訓以忠義，故得聲望允洽，爲朝廷所稱。"後稱事情經過協商，雙方都没有異議爲允洽。

【允若】順從。書大禹謨："瞽亦允若。"

【允納】聽從，接受。晉書皐諛傳："(諛)好直諫，陳軍國之宜，多見允納。"

【允許】答應。唐元稹長慶集三九浙東論罷進海味狀："如蒙聖慈，特賜允許。"

【允愜】妥帖，適當。宋史二五七李處耘傳附李繼和："又，朝廷比禁青鹽，甚爲允愜。"

【允₂街】漢縣名，屬金城郡。地在今甘肅永登縣南。水經注二河水："湟水又東逕允街縣故城南，漢宣帝神爵二年置。"北魏廢。

【允當】平允適當。左傳僖二八年："允當則歸。"注："無求過分。"後漢書五九張衡傳："百揆允當，庶績咸熙。"

【允文允武】文事和武功兼備。詩魯頌泮水："允文允武，昭假烈祖。"

三 畫

兄 1. xiōng 許榮切,平,庚韻,曉。 ㄒㄩㄥ

㊀哥哥。書康誥:"兄亦不念鞠子哀,大不友于弟。"也用於同輩相稱。文苑英華九八八唐李翺祭韓吏部文:"異學魁槓,兄常辯之。"

2. kuàng 集韻 許放切,去,漾韻。 ㄎㄨㄤ

通"况"。㊀更加。墨子非攻下:"王兄自縱也。"㊁况且。管子大匡:"雖得天下,吾不生也,兄與我齊國之政也。"明劉績補注:"兄,故况字。"

【兄公】丈夫的哥哥。爾雅釋親:"夫之兄曰兄公。"注:"今俗呼兄鍾,語之轉耳。"釋文公音鍾。

【兄伀】卽兄公,夫兄。釋名釋親屬:"夫之兄曰公,……又曰兄伀,言是己所敬忌,見之怔伀,自肅齊也。"伀或作"妐",都是公的別體。

【兄弟】㊀男子先生爲兄,後生爲弟,見爾雅釋親。書君陳:"友于兄弟。"古代也用以稱姊妹。孟子萬章上:"彌子之妻與子路之妻,兄弟也。"㊁對弟弟的稱呼。元史泰定紀卽位詔:"諸王哥哥兄弟每(們),衆百姓每,也都理會的也者。"㊂統稱親戚。詩王風葛藟:"終遠兄弟,謂他人父。"㊃不相上下。論語子路:"魯、衛之政,兄弟也。"意同"伯仲"。

【兄章】同"兄公","夫兄"。釋名釋親屬:"夫之兄曰公,……俗間曰兄章。"

【兄肥弟瘦】相傳東漢趙孝之弟趙禮被土匪虜去,趙孝趕去,說"兄肥弟瘦",願代替弟弟。見東觀漢記十七及後漢書三九趙孝傳。東觀漢記十六又載倪萌自稱"兄瘦弟肥"、請求自代的事。後常用兄肥弟瘦表示兄弟情誼深厚。梁書武陵王紀傳梁元帝又與武陵王紀書:"兄肥弟瘦,無復相代之期。"元秦簡夫宜秋山趙禮讓肥雜劇,卽演此故事。

【兄終弟及】商代王位繼承有傳弟傳子二種制度。傳弟大抵是按兄弟的長幼次序繼承王位,兄終弟及。商代後期漸以傳子爲主,但春秋時宋魯等國仍有兄終弟及的。

四 畫

充 chōng 昌終切,平,東韻,穿。 ㄔㄨㄥ

㊀滿,充足。孟子梁惠王下:"而君之倉廩實,府庫充。"㊁繁多。左傳哀十一年:"事充政重。"注:"繇役煩,賦税多。"㊂肥。儀禮特牲饋食禮:"宗人視牲告充。"㊃洪亮。淮南子說山:"鍾之與磬也,近之則鍾音充,遠之則磬音章。"㊄塞。見小爾雅廣詁。參見"充耳"。㊅供備。公羊傳桓四年:"三曰充君之庖。"㊆擔任。清朱彝尊曝書亭集七三翰林院侍讀喬君墓表:"充順天鄉試同考官。"㊇姓。漢書百官公卿表下有左馮翊充郎。

【充人】官名。主管祭祀用的牲口。周禮地官序官充人注:"充猶肥也,養繫牲而肥之。"

【充仞】充滿。史記殷紀:"(紂)益收狗馬奇物,充仞宮室。"或作"充牣"。

【充斥】衆多,比比皆是。左傳襄三一年:"敝邑以政刑之不修,寇盜充斥。"注:"充滿斥見,言其多。"充斥連用,都作"大"解,凡有大義的,大都有多義。見淸俞樾古書疑義舉例七兩字一義而誤解。

【充充】㊀悲戚貌。禮檀弓上:"始死,充充如有窮。"㊁精神飽滿的樣子。唐柳宗元柳先生集二五送徐從事北遊序:"讀詩禮春秋莫能言說,其容貌充充然,而聲名不聞傳於世。"

【充耳】古代貴族冠冕兩旁懸掛的玉。下垂至耳,用以塞耳避聽。又叫瑱。詩衛風淇奧:"有匪君子,充耳琇瑩。"引申爲塞耳不聽。詩邶風旄丘:"叔兮伯兮,褎如充耳。"箋:"充耳,塞耳也。言衛之諸臣,顏色褎然,如見塞耳無聞知也。"

【充牣】牣,滿,塞。同"充仞"。三國志魏曹眞傳附曹爽:"尙方珍翫,充牣其家。"參見"充仞"。

【充庖】供給食用。禮王制:"三曰充君之庖。"宋邵博聞見後錄十五:"曹植七啟言食味芳蓮之巢龜,張協七命言食味丹穴之鷄雞,極盛饌,而二物似不宜充庖也。"

【充依】漢女官名。武帝設置。官階相當於千石,爵位相比於左更。見漢書九七上外戚傳序。宋書后妃傳序作"充衣"。又作"充儀",是隋宮中九嬪之一。見隋書后妃傳序。

【充軍】㊀入伍。宋史四八七高麗傳:"民計口授業,十六以上則充軍。"㊁古代刑罰。宋代把罪犯發配往軍內或官辦作坊、鹽亭服勞役,明代則一般發配往邊遠駐軍服勞役,都叫充軍。宋史刑法志:"刺配之法二百餘條,……俟其再犯,然後決刺充軍。……凡應配役者,傅軍籍,用重典者,黥其面。"明史刑法志一:"流(刑名)有安置,有遷徙,有口外爲民,其重者曰充軍。充軍者,明初唯邊方屯種。後定制,分極邊、烟瘴、邊遠、邊衛、沿海、附近軍。有終身,有永遠。"

【充盈】豐盛,富足。荀子子道:"子路盛服見孔子,孔子曰:'……今汝衣服既盛,顏色充盈,天下且孰肯諫汝矣。'"韓詩外傳三作"充滿",漢人避惠帝(劉盈)諱所改。管子八觀:"國雖充盈,金玉雖多,宮室必有度。"

【充信】唐人寄信必附帶信物,以示確實,稱充信。全唐詩六八皮日休魯望以輪鈎相示緬懷高致因作三篇:"明朝有物充君信,椿酒三缾寄夜航。"

【充衍】充盈,豐盛。宋史三二八安燾傳:"熙寧、元豐之間,中外府庫,無不充衍。"

【充庭】滿庭。文選張平子(衡)東京賦:"龍輅充庭,雲旗拂霓。"注:"充,滿也;庭,朝廷。"漢代每大朝會,陳皇帝乘輿法物車輦於庭,故稱充庭。見後漢書安帝紀永初四年注。

【充悦】志得意滿貌。太平廣記二八三何婆引朝野僉載:"其何婆,士女塡門,餉遺滿道,顏色充悅,心氣殊高。"

【充益】繁多,豐富。管子心術上:"嗜欲充益,目不見色,耳不聞聲。"或作"充溢"。史記平準書:"太倉之粟,陳陳相因,充溢露積於外,至腐敗不可食。"

【充發】把罪犯發配到外地。紅樓夢四:"後來到底尋了個不是,遠遠的充發了。"

【充詘】自滿而失去節制。禮儒行:"不充詘于富貴。"三國志蜀郤正傳釋譏:"得不充詘,失不慘悸。"也作"充倔"。楚辭宋玉九辯:"蹇充倔而無端兮,泊莽莽而無垠。"

【充棟】滿屋。唐柳宗元柳先生集九唐故給事中皇太子侍讀陸文通先生墓表:"其爲書,處則充棟宇,出則汗牛馬。"宋陸游劍南詩稿十九冬夜讀書:"茆屋三四間,充棟貯經史。"參見"汗牛充棟"。

【充虛】㊀填補空虛,充飢之意。墨子辭過:"其爲食也,足以增氣充虛,強體適腹而已矣。"㊁實和虛。荀子儒效:"若夫充虛之相施易也。"注:"充,實也。……謂使實者虛,虛者實。"

【充腴】豐滿,肥胖。南齊書袁彖傳:"彖形體充腴,有異於衆。"

【充塞】㊀堵塞,斷絕。孟子滕文公下:"仁義充塞,則率獸食人,人將相食。"㊁滿,充斥。漢書五行志上:"是時太后三弟相續秉政,舉宗居位,充塞朝廷。"

【充羨】滿足有餘。羨,餘。唐韓愈昌黎

集三一柳州羅池廟碑銘:"秔稌充羡兮,蛇蛟結蟠。"

【充腸】充飢。淮南子齊俗:"貧人則夏被褐帶索,唅菽飲水以充腸,以支暑熱。"

【充腹】充飢。戰國策燕一:"人之飢所以不食烏喙者,以爲雖偷充腹,而與死同患也。"烏喙,卽附子,有劇毒。

【充實】㊀增加,擴大。孟子盡心下:"充實之謂美,充實而有光輝之謂大。"㊁充足,飽滿。文選漢班孟堅(固)公孫弘傳贊:"是時漢興六十餘載,海内乂安,府庫充實。"唐杜甫杜工部草堂詩箋三十別李祕書始興寺所居:"安爲動主理信然,我獨覺子神充實。"

【充閭】光大門户的意思。晉書賈充傳:"賈充字公閭,……父逵……晚始生充,言後當有充閭之慶,故以爲名字焉。"後用爲賀人生子之詞。宋蘇軾分類東坡詩二二賀陳述古弟章生子:"鬱葱佳氣夜充閭,始見徐卿第二雛。"

【充數】勉强湊數。晏子春秋諫下:"其子往晏子之家,説曰:'負郭之民賤妾,請有道于相國,不勝其欲,願得充數乎下陳。'"

【充隱】冒充隱逸之士。晉書桓玄傳:"玄以歷代咸有肥遯之士,而已世獨無,乃徵皇甫謐六世孫希之爲著作,並給其資用,皆令讓而不受,號曰高士。時人名爲充隱。"

【充類至盡】把同類的事物,加以比照推論,揭露共同的本質。孟子萬章下:"夫謂非其有而取之者,盜也,充類至義之盡也。"

光 guāng 古黄切,平,唐韻,見。ㄍㄨㄤ

㊀明亮。易大畜:"剛健篤實輝光。"㊁照耀。書洛誥:"惟公德明光于上下。"㊂廣闊,遥遠。左傳昭二八年:"昔武王克商,光有天下。"㊃大。書顧命:"燮和天下,用答揚文武之光訓。"㊄榮耀。詩大雅韓奕:"百兩彭彭,八鸞鏘鏘,不顯其光。"㊅器物表面滑潤。唐韓愈昌黎集十二進學解:"刮垢磨光。"㊆光陰,時光。南朝宋鮑照鮑參軍集二觀漏賦:"姑屏憂以愉思,樂茲情於寸光。"㊇指禮樂文物。易觀:"觀國之光,利用賓于王。"㊈竭盡無餘。如吃光、用光。㊉裸露。如光脊梁、光膀子。清翟灝通俗篇身體引宋鄭清之咏茄詩:"光頭圓腦作僧看。"㊀㊀姓。見廣韻。晉書有光逸。新唐書有光楚客。

【光大】㊀昭明盛大。易坤:"含弘光大,品物咸亨。"漢書五六董仲舒傳:"曾子曰:尊其所聞,則高明矣;行其所知,則光大矣。"事業發展興旺也叫光大。㊁南朝陳陳伯宗(廢帝)年號。公元567—568年。

【光山】㊀縣名。屬今河南省。春秋弦國地,漢置西陽縣,隋開皇十八年改爲光山。見元和郡縣志九光州。㊁山名。一名弋山。在今河南光山縣西北。見同書。

【光天】㊀光輝達於天下。書益稷:"禹曰:俞哉帝!光天之下,至于海隅蒼生。"宋書武帝紀中:"幸賴神武光天,大節宏發,匡復我社稷,重造我國家。"㊁年號。1.五代蜀王建(高祖)。公元918年。2.南漢劉玢(殤帝)。公元942—943年。

【光化】㊀縣名。屬湖北省。春秋穀國地,唐爲穀城縣,宋乾德二年置光化軍,熙寧時改縣。參閱太平寰宇記一四五、寰宇通志五二襄陽府光化縣。㊁唐李曄(昭宗)年號。公元898—901年。

【光宅】㊀充滿,覆被。書堯典序:"昔在帝堯,聰明文思,光宅天下。"引申爲居有、占據之義。文選晉阮嗣宗(籍)爲鄭沖勸晉王箋:"光宅曲阜,奄有龜蒙。"又左太沖(思)吴都賦:"曾覽八紘之洪緒,一六合而光宅。"㊁唐武則天年號。公元684年。

【光州】古地名。春秋弦、黄、蔣三國地,戰國併於楚。漢西陽縣。梁置光州。今河南潢川縣地。參閱元和郡縣志九光州、寰宇通志八·七汝寧府光州。

【光光】光明顯耀。漢書一〇〇下敍傳:"子明(馮奉世字)光光,發迹西疆。"文選晉阮嗣宗(籍)爲鄭沖勸晉王箋:"元功盛勳,光光如彼。"

【光芒】㊀光輝四射。史記天官書:"填星,其色黄,光芒。"北周庾信庾子山集一燈賦:"動鱗甲於鯨魚,焰光芒於鳴鶴。"㊁光輝。後漢書六十蔡邕傳釋誨:"連光芒於白日,屬炎氣於景雲。"

【光私】榮寵。梁江淹江文通集七蕭驃騎讓封第三表:"感激光私,未能自返。"

【光定】西夏李遵頊(神宗)年號。公元1211—1223年。

【光初】前趙劉曜年號。公元318—329年。

【光怪】光象怪異。三國志吴孫堅傳注引吴書:"冢上數有光怪,雲氣五色,上屬於天。"參見"光怪陸離"。

【光采】明亮而華麗。同"光彩"。文選三國魏曹子建(植)美女篇:"顧盼遺光采,長嘯氣若蘭。"後漢書十上和熹鄧皇后傳:"簪珥光采,袿裳鮮明。"

【光和】東漢劉宏(靈帝)年號。公元178—184年。

【光始】後燕慕容熙(昭文帝)年號。公元401—406年。

【光昭】發揚光大。左傳隱三年:"若棄德不讓,是廢先君之舉也,豈曰能賢。光昭先君之令德,可不務乎?"

【光降】惠顧,惠賜。多用爲對親友來訪或來信的敬詞。宋蘇軾東坡集續集四謝吕龍圖書:"光降書辭,曲加勞問。"

【光風】㊀雨止日出、日麗風和的景象。楚辭宋玉招魂:"光風轉蕙,氾崇蘭些。"參見"光風霽月"。㊁苜蓿别名。西京雜記一:"樂遊苑自生玫瑰樹,樹下多苜蓿。苜蓿一名懷風,時人或謂之光風。風在其間,常蕭蕭然,日照其花有光采,故名苜蓿爲懷風。"

【光啓】唐李儇(僖宗)年號。公元885—888年。

【光陰】光,明;陰,暗;指日月的推移。樂府詩集三六南朝齊王融秋胡行:"光陰非或異,山川屢難越。"文選南朝梁江文通(淹)别賦:"明月白露,光陰往來。"後指時間。唐李白李太白詩二七春夜宴從弟桃李園序:"光陰者,百代之過客也。"

【光彩】㊀同"光采"。唐李白李太白詩二古風五十九首之十一:"吾當乘雲螭,吸景駐光彩。"杜甫杜工部草堂詩箋二四八哀故司徒李光弼:"三軍晦光彩,烈士痛稠疊。"㊁榮耀,面子。水滸七四:"倘或贏得,也與哥哥增些光彩。"

【光華】光采明麗。尚書大傳一下虞夏傳引卿雲歌:"日月光華,旦復旦兮。"也作名詞用。文選南朝宋鮑明遠(照)擬古詩之二:"宗黨生光華,賓僕遠傾慕。"

【光棍】㊀流氓,地痞。元曲選(蕭德祥)殺狗勸夫楔子:"却信着這兩個光棍,搬壞了俺一家兒也。"㊁單身漢,未結婚的男子。孤本元明雜劇明馮惟敏僧尼共犯一:"佛公佛母,輩輩相傳,生長佛子,哄俺弟子,都做光棍。"

【光景】㊀日月的光輝。楚辭屈原九章悲回風:"借光景以往來兮,施黄棘之枉策。"又作"光影"。景,同"影"。列子周穆王:"光影所照,王目眩不能得視。"後指時光。同"光陰"。三國魏曹植曹子建集六箜篌引:"驚風飄白日,光景馳西流。"㊁風光,景物。唐李白李太白詩二五越女詞之五:"新粧蕩新波,光景兩奇絶。"㊂景象,情況。史記封禪書:"唯雍四時,上帝爲尊,其光景動人民唯陳寶。"

紅樓夢九一:"寶蟾回來，將薛蝌的光景一一的說了。"㈣上下,左右。約略估計之詞。元曲選缺名鴛鴦被一:"自從李府尹借了我十個銀子,可早一年光景也。"

【光復】恢復原有的領土、統治或事業。晉書桓温傳哀帝詔:"知欲躬率三軍，蕩滌氛穢，廓清中畿,光復舊京。"

【光裕】光，廣;裕，寬。猶言推廣擴大。國語周中:"叔父若能光裕大德，更姓改物,以創制天下,自顯庸也。"

【光禄】官名。1.光禄卿。秦設郎中令，掌管宮殿門户。漢武帝時改名光禄勳，居宮中。凡光禄、大中、中散、諫議等大夫,羽林郎、五官、虎賁、左右等中郎將都歸他管轄。魏晉後，不再居宮中。北齊設光禄寺，置卿和少卿，兼管皇室膳食帳幕。唐以後成爲專管皇室祭品、膳食及招待酒宴之官。參閱通典二五職官七光禄卿。2.光禄大夫。秦郎中令的屬官，有中大夫,漢武帝改名爲光禄大夫,沒有固定的職守,相當於顧問。魏晉以後，時有增設，皆非正職。唐以後成爲無專職的散官，品秩時有升降。參閱通典三四職官十六光禄大夫。

【光聖】南詔楊干真(肅恭帝)年號。時楊干真廢南詔趙善政(悼康帝)自立，改國號爲大義寧國。

【光塵】㊀稱人風采的敬詞。文選漢繁休伯(欽)與魏文帝箋:"冀事速訖，旋侍光塵。"三國志吳陸遜傳與關羽書:"延慕光塵,思稟良規。"㊁"和光同塵"之省。晉書文苑傳史臣曰:"彥伯(王沉)未能混迹光塵,而屈乎卑位,釋時宏論，亦足見其志耳。"參見"和光同塵"。

【光福】山名。在江蘇蘇州市西南。山上有光福寺，梁大同年間建。姑蘇志以爲即鄧尉山。唐陸龜蒙甫里集十六送小雞山樵人序:"出吳胥門，背朝日行四十里,得野步市曰光福。"即此。

【光榮】光采，榮耀。漢王充論衡狀留:"世人早得高官,非不有光榮也，而尸禄素餐之謗，喧嘩甚矣。"唐李白李太白詩五東海有勇婦:"名在列女籍，竹帛已光榮。"

【光壽】前燕慕容儁(景昭帝)年號。公元357—360年。

【光熙】㊀光明遠照。三國志魏高堂隆傳:"德教光熙，九服慕義。"㊁晉司馬衷(惠帝)年號。公元306年。

【光輝】閃爍耀目的光芒。孟子盡心下:"充實而有光輝之謂大。"也作"光暉"。荀子天論:"故日月不高，則光暉不赫。"又作"光煇"。史記封禪書:"權火舉而祠，若光煇然屬天焉。"

【光儀】光采和儀表。文選東漢禰正平(衡)鸚鵡賦:"背蠻夷之下國，侍君子之光儀。"唐元稹長慶集一大觜烏詩:"隴樹巢鸚鵡,言語好光儀。"

【光價】聲名,身價。魏書李神儁傳:"凡所交遊，皆一時名士。汲引後生,爲其光價。"亦用爲動詞。唐孔穎達毛詩正義序:"申公騰芳於鄢郢,毛氏光價於河間。"

【光緒】清愛新覺羅載湉(德宗)年號。公元1875—1908年。

【光範】美好的儀容。敬詞。元王沂伊濱集六送揭理詩:"書未投光範，詩先賦式微。"

【光興】前趙劉聰(昭武帝)年號。公元310—311年。

【光熹】東漢劉辯(少帝)年號。公元189年。

【光臨】稱人來訪的敬詞。文選三國魏曹子建(植)七啟:"不遠遐路，幸見光臨。"

【光嶽】三光(日、月、星)五岳，猶言天地。文獻通考自序户口:"光嶽既分,風氣日漓。"

【光餅】餅名。圓形,中開一孔，可用繩穿貫。相傳明戚繼光抗擊倭寇時，創製此餅作爲軍隊乾糧，故稱光餅。見清施鴻保閩雜記。

【光鮮】明亮鮮豔。文選三國魏曹子建(植)名都篇:"寶劍直千金，被服光且鮮。"北周庾信庾子山集八齊王進白兔表:"光鮮越雉,色麗秦狐。"引申爲光彩、榮耀。宋陳亮龍川集十九復陸伯壽書:"衆望所歸,此選增重,凡在友朋之列者,意氣爲之光鮮。"

【光寵】榮耀。漢書六二司馬遷傳報任安書:"下之不能累日積勞,取尊官厚禄,以爲宗族交遊光寵。"晉書蔡謨傳讓侍中司徒疏:"尸素累積而光寵更崇。"

【光顧】光照。雲笈七籤七三內丹古龍虎歌:"赫然還丹，日月光顧。"後轉用爲光臨之意,敬詞，謂以人之顧視爲光榮。孤本元明雜劇明桑紹良獨樂園司馬入相一:"四位老先生,今日光顧小園,老夫有何德能?"舊時商店家敬稱顧客來採購物品爲光顧。

【光霽】"光風霽月"的省略語。元范梈范德機詩集三貴州:"若無光霽在，何以破朱炎?"明章懋楓山集二與陳提舉書:"每欲致書以道嚮往之懷,而以未獲一瞻光霽……以故弗果。"參見"光風霽月"。

【光火賊】明火執仗的强盜。唐段成式酉陽雜俎前集九盜俠:"李廓在潁州，獲光火賊七人。"

【光目女】佛教傳說，地藏菩薩的遠代前身是個女子，名光目。因知母親墮在惡趣,發誓要救拔一切衆生,待衆生都成佛後，自己方成正果。最後使自己母親解脫了罪孽報應。見地藏本願經上。

【光禄寺】官署名。見"光禄"。

【光禄城】漢邊塞城名。又稱光禄塞。武帝使光禄徐自爲出五原塞所築。見史記一一〇匈奴傳。漢宣帝甘露三年，呼韓邪單于請居光禄城下，即此。地在今內蒙古巴彥淖爾盟烏拉特中後聯合旗境。

【光學錢】唐懿宗咸通年間采用國子祭酒劉允章建議,立國學,規定宰相出錢五萬,節度使四萬,刺史一萬,稱爲光學錢。見新唐書一六〇劉允章傳。

【光天化日】光天,光明的白天;化日，太平的日子。即所謂太平盛世。紅樓夢二:"彼殘忍乖僻之氣,不能洋溢於光天化日之下。"以後多用以比喻大庭廣衆、人所共見的地方。

【光明正大】明白而不偏邪。朱子語類七三易九:"聖人所說底話,光明正大,須是先理會箇光明正大底綱領條目。"後來指胸懷坦白,不搞陰謀。

【光怪陸離】光象怪異，形態離奇。儒林外史五五:"那柴燒的一塊一塊的，結成就和太湖石一般,光怪陸離。"

【光前裕後】書仲虺之誥:"垂裕後昆。"指恩澤流傳及子孫。陳徐陵徐孝穆集九廣州刺史歐陽頠德政碑:"方其盛業，綽有光前。"指功業遠勝前人。舊稱增光前代,造福後人爲"光前裕後",後多用爲稱頌別人功業隆盛之詞。

【光前絕後】稱讚別人的行爲或成就極其善美，是前人所未有、後人所難能的。唐温大雅大唐創業起居注三:"相王格論,絕後光前。"景德傳燈錄十長沙景岑大師:"承聞和尚昨日答南泉遷化一則語,可謂光前絕後,今古罕聞。"後多作空前絕後。

【光風霽月】天朗氣清時的和風，雨過天晴後的明月。用以比喻人物胸襟開朗、心地坦率、或政治清明。宋黄庭堅豫章集一濂溪詩序:"舂陵周茂叔(敦頤),人品甚高，胸中灑落如光風霽月。"宣和遺事元集:"上下三千餘年,興亡百千萬事,大概光風霽月之時少，陰雨晦冥之時多。"

【光陰如箭】比喻時間像飛箭一般迅速流逝。唐韋莊浣花集一關河道中詩:"但見時光流似箭,豈知天道曲如弓。"宋蘇軾東坡詞一行香子秋興詞:"秋來庭下,光陰如箭,似無言有意傷儂。"

【光焰萬丈】形容光彩之盛。唐韓愈昌黎集五調張籍詩:"李杜文章在,光焰萬丈長。"

兆 zhào 治小切,上,小韻,澄。ㄓㄠˋ

兆

㊀古代占卜,在龜板或獸骨上鑽刻,再用火灼,看裂紋來定吉凶。預示吉凶的裂紋,叫"兆"。引申爲事情發生前的徵侯或迹象。左傳襄八年:"兆云詢多。"禮月令孟冬之月:"命大史釁龜筴占兆。"㊁見於形狀,表現。老子:"我獨泊兮其未兆。"國語晉八:"君之明兆於衰矣。"㊂開始。左傳哀元年:"(少康)有田一成,有衆一旅,能布其德,而兆其謀。"㊃界域。也作"垗"。周禮春官小宗伯:"兆五帝於四郊。"注:"兆,爲壇之營域。"指祭壇的界域。唐韓愈昌黎集二三祭十二郎文:"終葬汝於先人之兆。"指墓地的界域。㊄數名。古代下數以十萬爲億,十億爲兆;中數以萬萬爲億,萬億爲兆;上數以億億爲兆。見漢徐岳數術記遺。今以一百萬爲兆。

【兆民】指萬民,極言數之多。書五子之歌:"予臨兆民,懍乎若朽索之馭六馬。"禮內則:"降德於衆兆民。"注:"萬億曰兆,天子曰兆民,諸侯曰萬民。"後漢書多作"兆人",是唐人避李世民諱而改。後漢書光武紀上:"宗廟廢絶,豪傑憤怒,兆人塗炭。"

【兆朕】兆,龜甲拆裂的紋;朕,船的縫隙。借用爲能預見事機的微小迹象。淮南子俶真:"被德含和,繽紛蘢蓯,欲與物接而未成兆朕。"文選晉左太沖(思)魏都賦:"兆朕振古。"參閱清段玉裁說文解字注兆。

【兆庶】猶言兆民。後漢書八十上杜篤傳:"濟蒸人於塗炭,成兆庶之亹亹。"文選晉陸士衡(機)辯亡論下:"是以其安也,則黎元與之同慶;及其危也,則兆庶與之共患。"

【兆域】墓地四旁的界限。周禮春官冢人:"掌公墓之地,辨其兆域而爲之圖。"後用以通稱墳墓。三國志魏武帝紀建安二十三年六月令:"其廣爲兆域,使足相容。"北堂書鈔一六〇南齊臧榮緒晉書:"杜預遺令曰:'……吾去春入朝,自表營洛陽城東爲將來兆域。'"

【兆象】古人龜卜時的徵象。漢王充論衡實知:"不睹兆象,不見類驗,却念百世之後。"

【兆黎】同"兆民"。漢王符潛夫論敍録:"兆黎勸樂。"參見"兆民"。

兇 xiōng 許容切,平,鍾韻,曉。ㄒㄩㄥ 許拱切,上,腫韻,曉。

㊀恐懼騷動。詳"兇懼"。㊁同"凶"。見"凶"。

【兇兇】騷動不安。漢書八四翟方進傳:"羣下兇兇,更相嫉妒。"三國志魏孫禮傳:"今社稷將危,天下兇兇。"也作"訩訩"、"恟恟"。參見"凶凶"。

【兇頑】凶暴的人。唐李白李太白詩六豫章行:"豈惜戰鬭死,爲君掃兇頑。"

【兇懼】恐懼騷動。左傳僖二十八年:"曹人兇懼。"又定十年:"齊人將遷郈民,衆兇懼。"也作"恟懼"。

先 xiān 蘇前切,平,先韻,心。ㄒㄧㄢ 蘇佃切,去,霰韻,心。

㊀前,對後而言,指在前的時間。易蠱:"先甲三日,後甲三日。"㊁首要的事情。漢書一〇〇下敍傳:"厥初生民,食貨惟先。"㊂先世,祖先。漢書六二司馬遷傳報任安書:"僕之先非有剖符丹書之功。"㊃稱已死的人爲先。多用於尊長。見"先君"、"先帝"、"先嚴"等。㊄先生的單稱。史記一〇一鼂錯傳:"學申商刑名於軹張恢先所。"漢書四三叔孫通傳:"夫叔孫先非不忠也。"㊅姓。宋鄧名世古今姓氏書辯證九:"先,出自晉公族先氏。"㊆先於,前於。左傳文二年:"不先父食久矣。"注"先,去聲。"㊇前導。管子形勢:"道民之門,在上之所先。"注:"上所先行,人必行之。"㊈事先致意。莊子秋水:"莊子釣於濮水,楚王使大夫二人往先焉,曰:'願以境內累矣。'"

【先人】㊀祖先。詩小雅小宛:"我心憂傷,念昔先人。"書多士:"惟爾知惟殷先人,有册有典。"㊁亡父。左傳宣十五年:"爾用先人之治命。"先人,指魏顆亡父武子。㊂前人,意卽先民。國語越下:"先人有言曰:'伐柯者,其則不遠。'"㊃行動先於別人。左傳文七年:"先人有奪人之心。"

【先子】㊀祖先,也指已死的祖父或父親。孟子公孫丑上:"曾西蹵然曰:'吾先子之所畏也。'"注:"曾西,曾子之孫。……先子,曾子也。"國語楚上:"二先子其皆相子。"注:"二先子,謂椒舉之父伍參,聲子之父子朝也。"㊁丈夫的亡父。國語魯下:"文伯之母聞之,怒曰:吾聞之先子。"注:"先子,先舅季悼子也。"

【先天】㊀先於天時而行事。易乾:"先天而天弗違,後天而奉天時。"㊁宋大中祥符五年,規定農曆七月一日(宋王朝的祖先趙玄朗生日)爲先天節。參閱宋史真宗紀、禮志七。㊂指生下來的稟賦,與後天相對而言,稟賦弱的叫先天不足。清傅山女科下:"是補後天之脾,正所以補先天之腎也。"㊃唐李隆基(玄宗)年號。公元712—713年。

【先引】前導。史記七七魏公子(信陵君)傳:"平原君負韊矢爲公子先引。"

【先父】已死的父親。左傳成九年:"先父之職官也,敢有二事。"此自稱其亡父。也稱別人已死的父親。晉書鳩摩羅什傳:"(呂)光曰'道士之操,不踰先父。'"先父,謂什父炎。

【先手】指先下手取得主動權。宋蘇軾分類東坡詩二一送周正儒知東川:"告歸謝先手,求去悔不勇。"

【先主】㊀古代家臣稱大夫爲主,稱他的祖先爲先主。國語晉六:"趙文子冠,……張老曰:'……是先主覆露子也。'"覆露,指先世所庇護。先主指趙衰和趙盾,趙文子是趙衰的曾孫,趙盾的孫子。張老卽張孟,晉國大夫。又,大夫稱自己的祖先也叫先主。左傳哀二十年:"趙孟曰:'黃池之役,先主與吳王有質。'"注:"先主,簡子。"簡子是趙孟的父親。㊁開國君主。三國志魏鍾會傳檄蜀文有"益州先主,以命世英才,興命新野"語,卽指蜀漢開國君主劉備。三國志劉備傳也稱先主。

【先正】先代之臣。書說命下:"昔先正保衡。"傳:"正,長也,言先世長官之臣。"後多用以指前代的賢人,如先正事略之類。

【先世】前代,祖先。漢王充論衡感類:"陰陽不和,災變發起,或時先世遺咎,或時氣自然。"晉陶潛陶淵明集五桃花源記:"自云先世避秦時亂,率妻子邑人,來此絶境,不復出焉。"

【先古】㊀祖先。禮祭義:"以事天地、山川、社稷、先古。"史記項羽紀:"陳嬰母謂嬰曰:'自我爲汝家婦,未嘗聞汝先古之有貴者。'"㊁上古。韓非子說疑:"有民如此,先古聖王皆不能臣。"漢桓寬鹽鐵論遵道:"通先古,明當世。"

【先民】古人,古時賢人。詩小雅小旻:"哀哉爲猶,匪先民是程。"又大雅板:"先民有言,詢于芻蕘。"箋:"古之賢者有言,有疑事當與薪采者謀之。"

【先生】㊀始生之子，猶今言頭生。詩大雅生民："誕彌厥月，先生如達。"達，羊羔。㊁父兄。論語爲政："有酒食，先生饌。"㊂年長有學問的人。孟子告子下："先生將何之？"注："學士年長者，故謂之先生。"韓詩外傳六："問者曰：古之謂知道者曰先生，何也？猶言先醒也。"後用作對年長者的尊稱。㊃老師。禮曲禮上："從於先生，不越路而與人言。"注："先生，老人教學者。"今稱教師爲先生，本此。㊄文人學者自稱。史記三代世表序補："張夫子問褚先生曰。"褚先生是褚少孫自稱。晉陶潛陶淵明集有五柳先生傳，五柳先生是陶潛自稱。㊅妻稱丈夫。列女傳二楚於陵妻："妾恐先生之不保命也。"

【先考】禮曲禮下："生曰父，曰母，曰妻；死曰考，曰妣，曰嬪。"故後稱亡父曰先考。唐張九齡曲江集十七追贈祭文："謹以醢脯庶羞之奠，敢昭告于先考先妣之靈。"古也稱別人的亡父爲先考。北魏元誘妻薛伯徽墓誌："先考授以禮經。"見漢魏南北朝墓誌集釋圖版一三八。

【先臣】古代臣子在君主面前自稱已死的祖先爲先臣。左傳文十五年："宋華耦來盟，……公與之宴，辭曰：'君之先臣督，得罪於宋殤公，名在諸侯之策，臣承其祀，其敢辱君？'"耦是華督曾孫。

【先兆】事物出現前的迹象。文選晉陸士衡(機)漢高祖功臣頌："伐謀先兆，擠響于音。"注："言將伐其謀，先其未兆。"

【先戒】開路警戒。楚辭屈原離騷："鸞皇爲余先戒兮，雷師告余以未具。"

【先君】㊀先代的君主。詩邶風燕燕："先君之思，以勗寡人。"㊁子孫稱自己祖先。僞孔安國尚書序："先君孔子，生於周末。"㊂指亡父。三國志吳孫策傳"以堅部曲還策"注引吳歷："先君(孫堅)與袁氏共破董卓。"也稱別人的亡父。魏書穆紹傳："老身二十年侍中，與卿先君亟連職事。"

【先見】見"先見之明"。

【先妣】㊀亡母。荀子大略："隆率以敬先妣之嗣。"參見"先考"。㊁遠祖之母。周禮春官大司樂："乃奏夷則，歌小呂，舞大濩，以享先妣。"注："先妣，姜嫄也。……是周之先母也。"

【先河】禮學記："三王之祭川也，皆先河而後海。"河是海之本源，故先祭河，後祭海。後指事物或學術的創始人和倡導人。清黃宗羲宋元學案卷首："宋世學術之盛，安定(胡瑗)、泰山(孫復)爲之先河。"

【先妾】古代臣子對君主謙稱自己已死的母親。戰國策齊一："臣非不能更葬先妾也。"參閱清顧炎武日知録二四先妾。

【先祀】祖先的祭祀。左傳襄二三年："苟守先祀，無廢二勳。"史記五帝紀："皆有疆土，以奉先祀。"

【先知】認識事物在別人之前的人。孟子萬章上："天之生此民也，使先知覺後知，使先覺覺後覺也。"也指認識事物在別人之前。列子說符："是故聖人見出以知入，觀往以知來，此其所以先知之理也。"又某些宗教徒稱所崇奉的聖人或預言者爲先知。

【先姑】妻稱丈夫的亡母。國語魯下："季康子問於公父文伯之母，……對曰：'吾聞之先姑曰。'"爾雅釋親："姑舅在則曰君舅、君姑，没則曰先舅、先姑。"

【先帝】當朝帝王已死的父親。戰國策趙三："且王之先帝，駕犀首而驂馬服，以與秦角逐。"史記秦始皇紀："趙高說二世曰：'先帝臨制天下久，故羣臣不敢爲非進邪說。'"

【先施】人名。即西施。文選戰國楚宋玉神女賦"西施掩面，比之無色"注："愼子曰：毛嬙、先施，天下之姣也。"詳"西施"。

【先故】祖先。楚辭宋玉招魂："酎飲盡歡，樂先故些。"

【先是】在此以前。用作追述前事之詞。史記平準書："初，先是往十餘歲河決觀，梁楚之地固已數困。"

【先後】㊀前後次序。詩大雅緜："予曰有先後。"禮大學："物有本末，事有終始，知所先後，則近道矣。"㊁進退。後漢書六五皇甫規傳："未聞國家有所先後。"㊂妯娌。史記孝武紀："故見神於先後宛若。"索隱："即今妯娌也。韋昭云：'先姒後娣。'"㊃支配，左右。周禮秋官士師："以五戒先後刑罰。"注："先後，猶左右也。"後漢書二六伏湛傳："實足以先後王室，名足以光示遠人。"

【先酒】始創造酒的人。唐柳宗元柳先生集四三飲酒詩："舉觴酹先酒，遺我驅憂煩。"

【先容】史記八三鄒陽傳："蟠木根柢，輪囷離詭，而爲萬乘器者何？則以左右先爲之容也。"本指先加修飾的意思，後引申爲事先致意或介紹推薦。舊唐書七八張行成傳："觀古今用人，必因媒介；若行成者，朕自舉之，無先容也。"

【先祖】㊀遠代的祖先。書多士："乃命爾先祖成湯革夏。"㊁自稱已死的祖父。北齊顏之推顏氏家訓止足："先祖靖侯戒子姪曰：'汝家書生門户，世無富貴。'"

【先馬】㊀在車馬前引路的人。即先驅。荀子正論："諸侯持輪挾輿先馬。"注："先馬，導馬也。"㊁官名。漢太子太傅屬官有先馬。先，或作"洗"。詳"洗馬"。

【先配】亡妻。宋張舜奉天令文彥若墓志："先配成氏，無子。"(八瓊室金石補正九八)

【先秦】指秦以前的時代。漢書五三河間獻王傳："獻王所得書，皆古文先秦舊書。"注："先秦，猶言秦先，謂未焚書之前。"

【先哲】古代的賢人。三國魏曹植曹子建集九下太后誄："德配姜嫄，不忝先哲。"文選晉潘安仁(岳)西征賦："豈時王之無僻，賴先哲以長懋。"

【先烈】祖先的功業。書冏命："俾克紹先烈。"今尊稱革命烈士爲先烈。

【先師】前輩老師。漢書七五眭弘傳："先師董仲舒有言，雖有繼體守文之君，不害聖人之受命。"後來也用以稱去世的老師。參見"先聖先師"。

【先務】當前最急於要辦的事。孟子盡心上："堯、舜之知而不徧物，急先務也。"

【先登】先於衆人而登。左傳隱十一年："潁考叔取鄭伯之旗蝥弧以先登。"後常指才華出衆或先於衆人達到目的。唐柳宗元柳先生集二五送婁圖南秀才遊淮南將入道序："相與稱其文，……咸推讓爲先登。"

【先軫】公元前？—前627年。春秋時晉人。因采邑在原，又稱原軫。在晉楚城濮之戰中，大破楚軍，佐晉文公稱霸。公元前627年，敗秦軍於崤，俘秦孟明等三帥。後與狄人戰，免胄入敵陣，戰死。見左傳僖三三年。

【先景】漢書八七上揚雄傳河東賦："迺撫翠鳳之駕，六先景之乘。"六，駕六匹馬。在影之前，形容馬跑得很快。景，同"影"。

【先進】論語先進："先進於禮樂，野人也；後進於禮樂，君子也。"先進於禮樂，謂先學習禮樂而後作官；後進於禮樂，謂先作官而後學習禮樂。後也用來指前輩。漢書八四翟方進傳："(胡常)與方進同經，常爲先進，名譽出方進下，心害其能。"

【先塋】祖先的墳墓。文選南齊謝玄暉(朓)齊敬皇后哀策文："敬皇后梓宮，啓自先塋，將祔于某陵。"清袁枚小倉山房文集十四祭妹文:"先塋在杭,江廣河深,勢難歸葬。"

【先零】㊀先自凋落。楚辭屈原遠遊:"微霜降而下淪兮,悼芳草之先零。"補注:"零,落也。"㊁漢代羌族的一支,又稱先零羌。最初居於今甘肅、青海的湟水流域。漢武帝伐匈奴,始置護羌校尉。以後卽離開湟中到西海鹽池一帶。宣帝時,復渡湟水,爲趙充國所破。後漸與西北各族融合。漢書六九趙充國傳注引鄭氏:"零,音憐。"參閱趙充國傳、後漢書八七西羌傳。

【先達】前輩。後漢書四三朱暉傳:"初,暉同縣張堪素有名稱,……欲以妻子托朱生。暉以堪先達,舉手未敢對。"

【先嗇】古代傳說,神農教民始爲稼嗇,故稱神農爲先嗇。稼,耕作;嗇,卽"穡",收穫。禮郊特牲:"蜡之祭也,主先嗇而祭司嗇也。"注:"先嗇若神農者。"

【先路】引導先行。楚辭屈原離騷:"乘騏驥以馳聘兮,來吾道夫先路。"後稱別人經驗之談爲先路之導,語意本此。

【先農】古代傳說中始教民耕種的農神。或謂神農,或指后稷。漢王充論衡謝短:"社稷、先農、靈星何祠?"參見"先農壇"。

【先業】祖先的事業。國語晉九:"及景子長於公宮,未及教訓而嗣立矣,亦能纂修其身,以受先業。"

【先舅】妻稱夫之亡父。參見"先姑"。

【先鄭】指東漢鄭衆。衆和時代稍後的鄭玄都曾注解古代經書。後來注疏家爲分別兩鄭,以鄭衆曾任大司農,因稱鄭司農;又因鄭衆輩行在先,故稱衆爲先鄭,玄爲後鄭。

【先賢】古代的賢人。禮祭義:"祀先賢於西學,所以教諸侯之德也。"明嘉靖間議孔廟祭禮,把顏淵曾參等十人以下和孔子其他門弟子稱爲先賢,自左丘明以下,稱先儒。見明史禮志四吉禮先師孔子。

【先鋒】戰時率領先頭部隊迎敵的將領。三國志蜀馬良傳:"時有宿將魏延吳壹等,論者皆言以爲宜令爲先鋒。"

【先輩】㊀依次排列於前者。詩小雅采薇"薇亦作止"箋:"西伯將遣戍役,先與之期以采薇之時,今薇生矣,先輩可以行也。"㊁輩行在前的人。三國志吳闞澤傳:"澤州里先輩丹陽唐固,亦修身積學。"㊂科舉時代同時考中進士的人互稱先輩。唐李肇國史補下:"得第謂之前進士,互相推敬,謂之先輩。"參閱宋吳曾能改齋漫録一先輩、清顧炎武日知録十七先輩。

【先德】㊀祖先的德行。戰國策趙二:"嗣立不忘先德,君之道也。"後因稱別人的父親爲先德。宋孫光憲北夢瑣言三劉蛻舍人不祭先祖:"唐劉舍人蛻,桐廬人,早以文學應進士舉,其先德戒之曰:'……吾若没後,愼勿祭祀。'"㊁有德行的前輩。唐釋慧立本大慈恩寺三藏法師傳一:"罷講後復北遊,詢求先德。"

【先澤】孟子離婁下:"君子之澤,五世而斬。"後用來稱祖先的功業德澤。宋陸游劍南詩稿四四讀蘇叔黨汝州北山雜詩次其韻之九:"先澤儻未衰,豈無五秉粟?"

【先導】㊀在前引導。楚辭漢嚴忌哀時命:"使梟楊先導兮,白虎爲之前後。"㊁以身作則,爲人之先。國語周中:"勸二三君子,必先導焉,可以樹。"

【先儒】古代的儒者。晉杜預春秋經傳集解序:"先儒所傳,皆不其然。"又封建統治者奉歷代闡發儒家經典的著名學者爲先儒。後引申指前代的學者。參見"先賢"。

【先舉】先行動。孫臏兵法威王問:"莫敢先舉,爲之奈何?"

【先鞭】占先一著。世説新語賞譽引晉陽秋:"劉琨與親舊書曰:'吾枕戈待旦,志梟逆虜,常恐祖生先吾著鞭耳。'"祖生,指祖逖。又見晉書劉琨傳。唐高適高常侍集六別韋兵曹詩:"逢時方自取,有爾欲先鞭。"

【先識】先見之明。漢應劭風俗通怪神:"獨見先識,權發酒令。"晉書索靖傳:"靖有先識遠量,知天下將亂,指洛陽宮門銅駝嘆曰:'會見汝在荆棘中耳。'"

【先疇】祖先的田地。後漢書四十上班彪傳附班固兩都賦:"士食舊德之名氏,農服先疇之畎畝。"

【先覺】預先認識覺察。論語憲問:"不逆詐,不億不信,抑亦先覺者,是賢乎。"又指認識事物比一般人較早的人。孟子萬章:"使先覺覺後覺也。"參見"先知"。

【先驅】㊀前導。楚辭屈原離騷:"前望舒使先驅兮,後飛廉使奔屬。"㊁前鋒。左傳襄二三年:"秋;齊侯伐衛。先驅,穀榮御王孫揮,召揚爲右。"注:"先驅,前鋒軍。"

【先蠶】傳説中始教民育蠶之神。相傳周制王后享先蠶,以後歷代封建王朝由王后主祭先蠶。後漢書禮儀志上:"祠先蠶,禮以少牢。"

【先大夫】稱已死的大夫。左傳文十八年:"先大夫臧文仲,教行父事君之禮。"也稱已死而又作過官的父親或祖父。禮檀弓下:"是全要領以從先大夫於九京也。"疏:"先大夫,謂文子父祖,以其世爲大夫,故稱父祖爲先大夫也。"

【先君子】禮檀弓上:"門人問諸子思曰:'昔者子之先君子喪出母乎?'"疏:"子之先君子,謂孔子也。"此指已死的祖父。後多用以稱亡父。宋邵伯温聞見前録邵博序:"伯温早以先君子之故,親接前輩。"

【先府君】稱自己的亡父,猶云先君。宋蘇詢嘉祐集十四送石昌言使北引:"憶與羣兒戲先府君側。"參見"府君"。

【先農壇】相傳周制有籍田,並祀先農,表示勸農的意思。歷代封建王朝沿襲此制。南朝宋元嘉二十五年始立先農壇,其制度沿革,參閱宋書禮志一、通典四六籍田。

【先蠶壇】相傳周制,王與諸侯皆有公桑蠶室,仲春時,王后帶領命婦祭祀先蠶,表示勸勉蠶桑之事。歷代封建王朝大都沿襲其制,並設祭壇,稱先蠶壇。制度沿革,參閱晉書禮志上、通典四六先蠶。

【先入爲主】以先聽到的意見爲依據,形成成見,不能實事求是聽取後來的不同意見。漢書四五息夫射傳:"唯陛下觀覽古戒,反覆參考,無以先入之語爲主。"

【先甲後甲】易蠱:"先甲三日,後甲三日。"先甲後甲,説法不一:

1. 馬融説:甲在東方而艮在東北,巽在東南,故有先後。甲爲十日首,明事始,使百姓徧習,行而不犯。
2. 虞翻説:蠱上下皆變乾,乾爲甲,變自下而上,故有先後。
3. 子夏傳説:先甲三日,指辛壬癸,後甲三日,指乙丙丁。
4. 鄭玄説:甲者造作新令之名。甲前三日取自新之義,故用辛;甲後三日,取丁寧之義,故用丁。
5. 王弼説:庚、甲都指命令。

唐人編五經正義,用王弼説。參閱清成瓘篛園日札一讀易偶筆。

【先見之明】能預先洞察事物的眼力。後漢書五四楊震傳附楊彪:"後子脩爲曹操所殺,操見彪問曰:'公何瘦之甚?'對曰:'愧無日磾先見之明,猶懷老牛舐犢之愛。'"

【先花後果】舊時比喻先生女後生男。醒世恒言二七李玉英獄中訟冤:"生下三女一男,兒子名曰承祖,長女名玉英,次女名桃英,三女名月英。元來是先花後果的，倒是玉英居長，次卽承祖。”

【先斬後奏】古時官吏先處決罪犯，然後上奏稱先斬後奏。後漢書七七酷吏傳序：“臨民之職，專事威斷，族滅奸軌，先行後聞。”元曲選岳伯川鐵拐李一：“聖人差的個帶牌走馬廉訪相公，有勢劍銅鍘，先斬後奏。”後多用來比喻先果斷處理某事，然後向上級報告，或泛指事前不報告，造成既成事實。

【先庚後庚】易巽：“先庚三日，後庚三日。”王弼注謂申命令謂之庚。先庚後庚，意卽先後申令各三日，使衆人都知道。一說庚疑卽古“更”字，見淸孔廣居說文疑疑。參見“先甲後甲”。

【先發制人】先下手取得主動權，可以制服對手。漢書三一項籍傳：“先發制人，後發制於人。”史記項羽紀作“吾聞先卽制人，後則爲人所制。”索隱：“謂先舉兵能制得人。”

【先意承旨】揣摩上級或長輩的意志，奉承恭順，以博取其歡心。韓非子八姦：“此人主未命而唯唯，未使而諾諾，先意承旨，觀貌察色，以先主心者也。”旨，也作“指”。三國志吳賀邵傳上疏：“是以正士摧方而庸臣苟媚，先意承指，各希時趣。”旨，也作“志”。禮祭義：“君子之所爲孝者，先意承志，諭父母於道。”

【先聖先師】本指古代所謂聖賢和可以師法的人物。禮文王世子：“凡始立學者，必釋奠于先聖先師。”漢以後，儒家思想逐漸成爲統治思想，歷代封建王朝都廟祀孔子。魏正始以後，規定入學行祭禮，以孔子爲先聖，配顏淵爲先師。唐初改以周公爲先聖，孔子配，尋復舊。其沿革參閱唐會要三五褒崇先聖，文獻通考四三、四四學校四、五。

【先憂後樂】㊀事先深謀遠慮，然後纔能得安樂。漢劉向說苑談叢：“先憂事者後樂，先傲事者後憂。”㊁先於天下人而憂，後於天下人而樂。宋范仲淹范文正公集七岳陽樓記：“然則何時而樂耶？其必曰：先天下之憂而憂，後天下之樂而樂乎！”宋史三一四范仲淹傳論：“然先憂後樂之志，海內固已信其有弘毅之器足任斯責。”

【先覩爲快】謂以盡先得見爲快事。唐韓愈昌黎集外集二與少室李拾遺書：“朝廷之士，引頸東望，若景星鳳皇之始見也，爭先覩之爲快。”

【先聲後實】先樹聲威，挫折敵方士氣，然後交戰。史記九二淮陰侯傳：“兵固有先聲而後實者，此之謂也。”三國志魏劉曄傳：“夫畏死趨賞，愚智所同，故廣武君爲韓信畫策，謂其威名足以先聲後實而服鄰國也。”

【先聲奪人】用兵先大張聲威，挫傷敵人的士氣。左傳宣十二年：“軍志曰：‘先人有奪人之心’，薄之也。”又昭二一年：“軍志有之：‘先人有奪人之心，後人有待其衰’，盍及其勞，且未定也，伐諸。”注：“奪敵之戰心也。”

【先難後獲】先勞苦而後收獲。論語雍也：“仁者先難而後獲，可謂仁矣。”義與顏淵篇“先事後得”同，爲不坐享其成之意。

【先驅螻蟻】比喻爲效命於人，不惜先人而死。南史王琨傳：“順帝遜位，百僚陪列。琨攀畫輪獺尾慟泣曰：‘人以壽爲歡，老臣以壽爲戚。既不能先驅螻蟻，頻見此事。’”按戰國策楚一，楚安陵君謂楚宣王曰：王死後“願得以身試黃泉，蓐螻蟻。”琨語本此。

【先下手爲强】作事搶占先著，取得主動地位。隋書元冑傳：高祖猶不悟，“曰：‘彼無兵馬，復何能爲？’冑曰：‘兵馬悉他家物，一先下手，大事便去。冑不辭死，死何益耶？’”古今雜劇元關漢卿單刀會：“我想來先下手爲强，後下手遭殃！”

五畫

兌 1. duì 杜外切，去，泰韻，定。ㄉㄨㄟˋ

㊀喜悅。易兌：“兌，說(悅)也。”㊁直。詩大雅皇矣：“松柏斯兌。”㊂通達。詩大雅緜：“柞棫拔矣，行道兌矣。”㊃孔穴。老子：“塞其兌，閉其門。”㊄掉換。文苑英華三三六唐丁仙芝餘杭醉歌贈吳山人詩：“十千兌得餘杭酒，二月春城長命盃。”㊅易卦名。☱，象澤。

2. ruì 集韻俞芮切，去，祭韻。ㄖㄨㄟˋ

㊆尖銳。通“銳”。荀子議兵：“兌則若莫邪之利鋒，當之者潰。”史記天官書：“三星隨北端兌。”漢書天文志作“銳”。

3. yuè 集韻欲雪切，入，薛韻。ㄩㄝˋ

㊇通“說(悅)”。禮文王世子：“兌命曰：念終始典于學。”按今尚書作“說命”。

【兌山】山名，卽嶓冢山。在今甘肅成縣東北。書堯典“分命和仲宅西”漢鄭玄注：“西者，隴西之西，今人謂之兌山。”參見“嶓冢”。

【兌換】拿一種貨幣和另一種貨幣相交換。文獻通考九錢幣二：“尙書省言：東南諸路盜鑄當十錢者多，乃詔廣南福建路更不行使當十錢，有者兌換於別路行使。”也作“對換”。又：“其日前舊會，聽對換。”

【兌運】以軍隊運送民糧。明宣德六年，因江南農民送糧到北方各倉，往返需時幾一年，有誤生産，改令農民送糧至淮安、瓜州，交付衛所官軍北運，但農民須向官軍交納路費和耗米，稱爲兌運。見明史食貨志三漕運。

克 kè 苦得切，入，德韻，溪。ㄎㄜˋ

㊀能。書堯典：“克明俊德，以親九族。”㊁制勝。書洪範：“沈潛剛克，高明柔克。”左傳莊十年：“彼竭我盈，故克之。”㊂好勝。論語憲問：“克、伐、怨、欲不行焉，可以爲仁矣？”注：“克，好勝；伐，自矜。”㊃通“剋”。見“克朝”、“克日”。㊄通“刻”。見“克絲”。

【克己】㊀約束克制自身的言行和私欲等，使之合乎某種規範。漢書八六王嘉傳：“孝文皇帝欲起露臺，重百金之費，克己不作。”參見“克己復禮”。㊁指貨價便宜。官場現形記八：“陶子堯道：‘這個自然，價錢克己點。’”

【克日】約定日期。同“剋日”。三國志魏武帝紀建安十六年：“公乃與克日會戰。”

【克家】本指能治理家族的事務。易蒙：“子克家。”後轉爲能管理家業。唐杜甫杜工部詩史補遺八奉送蘇州李二十五長史丈之任：“食德見從事，克家何妙年。”後因把能繼承父祖事業之子稱爲克家子。

【克期】約定日期。同“剋期”。漢王符潛夫論交際：“懷不來而外克期。”謂與人相期而又背約不去。三國志魏公孫瓚傳“進軍界橋”注引典略瓚表袁紹罪狀：“克期會合，攻鈔郡縣。”參見“剋期”。

【克復】㊀收復失地。三國志蜀後主傳建興五年注引諸葛亮集伐魏詔：“除患寧亂，克復舊都。”㊁“克己復禮”的省文。後來稱道學家之修養曰克復功深，本此。詳該條。

【克絲】卽刻絲。織有花紋圖案的絲織品。遼史儀衛志二國服：“小祀，皇帝硬帽，紅克絲龜文袍。”參見“刻絲”。

【克聖】南詔楊干眞(肅恭帝)年號。或作光聖。

【克敵弓】弓名。南宋紹興年間韓世忠根據神臂弓改造。弓力强勁，能遠射穿甲。又鄭興裔謂和詵知雄州，造强弓，名鳳凰弓，韓世忠稍加損益，改名克敵弓。參閱宋王明清揮麈録三、宋鄭興裔鄭忠肅奏議遺集下鳳凰弓、王應麟玉海一五〇兵制弓矢紹興克敵弓。

【克敵弩】弩名。明嘉靖二十七年，錦衣衛軍匠馮經獻所製硬弩，一弁發兩箭，兩弁發三箭。試射較神臂弓爲遠，因名克敵弩，命工部依樣製造，分發團營及各邊衛。見續文獻通考一三四兵十四軍器。

【克己復禮】約束自己，使言行符合於禮。論語顏淵："克己復禮爲仁。"克己復禮爲古語，見左傳昭十二年。

【克勤克儉】能勤勞而節儉。書大禹謨："克勤于邦，克儉于家。"樂府詩集十二梁太廟樂舞辭撤豆："克勤克儉，無怠無荒。"

【克愛克威】書胤征："威克厥愛，允濟；愛克厥威，允罔功。"後因稱以威德使人心悦誠服者曰克愛克威。語本此。

免 1. miǎn ㄇㄧㄢˇ 亡辨切，上，獮韻，明。

㊀除去，脱掉。左傳成十六年："免胄而趨風。"㊁逃避。禮曲禮上："臨難勿苟免。"㊂罷職。史記呂后紀："王陵遂病免歸。"㊃赦，釋放。周禮秋官鄉士："獄訟成，……若欲免之，則王會其期。"㊄通"勉"。漢書八三薛宣傳："二人（薛陵尹賞）視事數月而兩縣皆治，宣因移書勞免之。"㊅生孩子。通"娩"、"挽"。國語越上"將免者以告。"

2. wèn ㄨㄣˋ 亡運切，去，問韻，微。

㊆古人服喪時，脱帽絭髮，用布纏頭。禮檀弓上："公儀仲子之喪，檀弓免焉。"釋文："以布廣一寸，從項中而前交於額上，又卻向後繞於髻。"㊇新鮮的食物。禮内則："堇荁枌榆，免薨（nào，曬乾的食物）滫瀡以滑之。"

【免丁】免除徭役。元史一三四月乃合傳："凡業儒者試通一經，即不同編户，著爲令甲。儒人免丁者，實月乃合始之也。"

【免勾】清制：判決死刑的罪犯，未經皇帝親筆勾定的，改爲監候，稱爲免勾。次年再候勾定，如果經過幾次免勾，可以減免死刑。參見"勾決"。

【免坐】古代法律，一人犯罪，親族也受牽連，稱爲連坐。後來把因爲年幼或其他原因而免於連坐的叫免坐。晉書刑法志："律之初制，無免坐之文，……宜總爲免例，以省科文，故更制定其由例，以爲免坐律。"

【免身】婦女生孩子。史記趙世家："居無何而朔婦免身生男。"漢書九七上孝宣許皇后傳："今皇后當免身。"

【免官】罷免官職。漢書七二鮑宣傳："丞相孔光、大司空師丹、何武、大司馬傅喜始執正議，失傅太后指，皆免官。"宋書謝靈運傳："上愛其才，欲免官而已。"唐制免官者，須三年後再得録用，再用時降原有官品兩級。見唐律疏議三名例三除官者。

【免乳】婦女生孩子。漢書九七上孝宣許皇后傳："婦人免乳大故，十死一生。"注："免乳謂産子也。"

【免冠】脱帽，表示謝罪。戰國策齊六："田單免冠徒跣肉袒而進，退而請死罪。"

【免俗】行爲不同於世俗。晉代習俗在七月七日曬衣服。阮咸家貧，用竹竿掛大布衣短褲曬在庭中，對人説："未能免俗，聊復爾耳！"見世説新語任誕。唐杜甫杜工部草堂詩箋三一孟倉曹步趾領新酒醬二物滿器見遺老夫："理生那免俗，方法報山妻。"

【免席】古人席地而坐，免席指離席而起。史記樂書："賓牟賈起，免席而請。"疏："免，猶避也。"

【免粟】僅去皮殼的粗米，即脱粟。晏子春秋雜下："免粟之食飽。"參見"脱粟"。

【免喪】父母之喪期滿除服。禮雜記："免喪之外，行於道路。"

【免夫錢】宋代黄河每年春修，民間騷動，百姓常至傾家蕩産。大觀二年工部員外郎趙霆請由民出免夫錢，用錢代替徭役，成爲定制。見宋史河渠志三黄河下。

【免役法】宋熙寧間王安石推行新法，改差役爲雇役，凡當役人户，按家資高下交納免役錢，雇人代役，稱免役法或募役法。見宋史食貨志上役法、三二七王安石傳。

【免役錢】見"免役法"。

【免解進士】南宋末年規定，舉子如經過三次鄉貢考試不中，可以直接到禮部應試，稱爲免解進士。參閱清顧炎武日知録十六舉人。

【免役寬剩錢】北宋熙寧間行免役法，徵收免役錢，在雇值外加徵二分，以備水旱欠缺時使用，稱爲免役寬剩錢。見文獻通考十二職役一、宋史食貨志上五役法上。

六畫

兕 sì ㄙˋ 徐姊切，上，旨韻，邪。

獸名。詩小雅何草不黄："匪兕匪虎，率彼曠野。"古書中常拿兕和犀對舉。爾雅釋獸認爲兕似牛，犀似豬。山海經南山經也將兕犀分爲兩種動物。或説兕就是雌犀。見本草綱目五一獸。

【兕中】古代舉行射禮時拿來裝算籌的器具。儀禮鄉射禮："大夫兕中。"這種器具刻木作伏兕形，背部開口，射箭中的就放進一根算籌記數。

【兕觥】酒器。腹橢圓或方形，圈足或四足，有蓋，成帶角獸頭形。初用木頭刻造，後用青銅鑄造。盛行於商代、西周前期。詩周南卷耳："我姑酌彼兕觥。"參閱清馬瑞辰毛詩傳箋通釋二。

兔 tù ㄊㄨˋ 湯故切，去，暮韻，透。

㊀獸名。詩小雅巧言："躍躍毚兔，遇犬獲之。"㊁古代車子横軸上的附件，又名當兔、伏兔。周禮考工記輈人："參分其兔圍，去一以爲頸圍。"參見"伏兔㊀"、"當兔"。

【兔目】形容槐樹初生的葉芽。藝文類聚八八引莊子："槐之生也，入季春，五日而兔目，十日而鼠耳。"太平御覽九五四引淮南子，下有"更旬而始規，二旬葉成"二句。唐李賀歌詩編三春歸昌谷詩："春熱張鶴蓋，兔目官槐小。"

【兔丘】草名。廣雅釋草："兔丘，兔絲也。"參見"菟絲"。

【兔竹】中藥黄精的别名。抱朴子仙藥："黄精一名兔竹。"參見"黄精"。

【兔角】兔不生角，比喻必無的事物。楞嚴經一："無則同於龜毛兔角，云何不著？"景德傳燈録二一重機明真大師："問：'如何是歸根得旨？'師曰：'兔角生也。'僧曰：'如何是隨照失宗？'師曰：'龜毛落也。'"

【兔罝】捕兔的網。詩周南兔罝："肅肅兔罝，椓之丁丁。"唐李白李太白詩十六送韓準裴政孔巢父還山："獵客張兔罝，不能掛龍虎。"

【兔奚】植物名。即款冬。急就篇四"款東貝母薑狼牙"唐顔師古注："款東，即款冬也。……一名兔奚。"按爾雅釋草作"菟奚"。參見"款冬"。

【兔缺】兔脣缺口，因稱人之脣缺者曰兔缺。即兔脣。晉書魏詠之傳："生而兔缺。"

【兔毫】兔毛可製筆，因用兔毫作爲毛筆的代稱。初學記二一晉王羲之筆經："漢時諸郡獻兔毫，出鴻都，惟有趙國毫中用。時人咸言兔毫無優劣，管手有巧拙。”唐許渾丁卯集上李定言自殿院銜命歸闕拜外郎俄遷右史因寄詩：“纔歸龍尾含雞舌，更立螭頭運兔毫。”

【兔脫】像兔那樣突圍逃脫。明蘇伯衡蘇平仲文集十五玄潭古劍歌：“神光兔脫飛雪霜，寶氣龍騰貫霄漢。”

【兔絲】即菟絲。淮南子說山：“千年之松，下有茯苓，上有兔絲。”注：“一名女蘿。”唐杜甫杜工部草堂詩箋十三新婚別：“兔絲附蓬麻，引蔓故不長。”參見“菟絲”。

【兔葵】植物名。爾雅釋草作“菟葵”。唐劉禹錫劉夢得文集四再遊玄都觀絕句詩引：“重遊玆觀，蕩然無復一樹，唯兔葵燕麥動搖於春風耳。”參見“菟葵”。

【兔園】漢文帝兒子劉武（梁孝王）的園囿。史記梁孝王世家說劉武好宮室園囿，築東苑，作爲享樂和招納賓客的場所。三輔黃圖三、西京雜記二作兔園，後來也稱梁園。古文苑三有漢枚乘梁王菟園賦，兔作“菟”。故址在今河南商丘縣東。

【兔褐】㊀兔毛布。唐李肇唐國史補下：“宣州以兔毛爲褐，亞于錦綺，復有染絲織者尤妙，故時人以爲兔褐真不如假也。”宋陸游劍南詩稿四二新裁短褐接客以近戎服或以爲慢戲作：“雖云裁兔褐，不擬坐漁扉。”㊁黃黑無光的暗色。以其色似兔褐，故名。宋黃庭堅豫章集一煎茶賦：“亦可以酌兔褐之甌，瀹魚眼之鼎者也。”

【兔輪】古代神話說月中有玉兔搗藥。後來用兔輪作月亮的別稱。唐元稹長慶集二三夢上天：“西瞻若水（一作“木”）兔輪低，東望蟠桃海波黑。”

【兔影】古代神話謂月中有兔，後遂以兔影喻月影。唐盧照鄰幽憂子集二江中望月詩：“沈鈎搖兔影，浮桂動丹芳。”參見“兔輪”。

【兔魄】月亮的別稱。唐詩紀事三九李紳引紳奉酬樂天立秋日有懷見寄詩：“冰兔半升魄，銅壺微滴長。”元范梈范德機詩集六贈郭判官：“慈烏夜夜向人啼，幾度紗窗兔魄低。”參見“兔輪”。

【兔盧】植物名。急就篇四：“雷矢雚菌蓋兔盧。”唐顏師古注：“兔盧即兔絲也，色黃而細者爲兔絲……麤而色淺者爲兔盧。”參見“菟絲”。

【兔鶻】女真人稱皮腰帶爲兔鶻，也作吐鶻。宋洪皓松漠紀聞補遺：“契丹重骨咄犀，……天祚以此作兔鶻。”參閱宋史輿服志六亡金國寶。參見“吐鶻”。

【兔縷】即兔絲。唐陸龜蒙甫里集九和題達上人藥圃詩之二：“教疎兔縷金絃亂，自拂龍芻紫汞肥。”

【兔纖】食品名。將兔肉撕成纖維，略似肉鬆。釋名釋飲食：“鷄纖，細擗其腊令纖，然後漬以酢也，兔纖亦如之。”

【兔園策】唐李惲（蔣王）命僚佐杜嗣先仿效應試科目的策問，製成問答題，引經史解釋，編成此書。惲是太宗兒子，因取漢梁孝王的兔園爲名，稱爲兔園策。唐代作爲啓蒙課本，因此受到士大夫的輕視。五代劉岳就拿“忘持兔園册來”譏諷宰相馮道没有學問。見宋孫光憲北夢瑣言十九、舊五代史馮道傳、新五代史劉岳傳。此書宋王應麟困學紀聞十四考史作兔園册府三十卷，宋史藝文志七作兔園策十卷，敦煌有唐貞觀寫本兔園策府殘卷及杜嗣先序。

【兔死狗烹】打獵用狗，兔死則狗失作用，烹以爲食。比喻事成見棄，多指舊時的君主殺戮功臣。淮南子說林：“狡兔得而獵犬烹。”史記越王勾踐世家：“（范蠡）自齊遺大夫（文）種書曰：‘蜚鳥盡，良弓藏；狡兔死，走狗烹。越王爲人長頸鳥喙，可與共患難，不可與共樂。子何不去？’”

【兔死狐悲】比喻物傷其類。樂府羣珠三元汪元亨折桂令歸隱曲：“鄙高位羊質虎皮，見非辜兔死狐悲。”水滸二八：“豈不聞兔死狐悲，物傷其類？”宋史四七六李全傳有“狐死兔泣”之語，義亦相同。

【兔走烏飛】古代神話說太陽裏有金烏，月亮裏有玉兔，後人因稱日月流逝爲兔走烏飛。五代前蜀韋莊浣花集一秋日早行詩：“行人自是心如火，兔走烏飛不覺長。”

【兔起鳧舉】比喻行動迅疾。呂氏春秋論威：“凡兵欲急疾捷先，……而不可久處，知其不可久處，則知所兔起鳧舉，死殙之地矣。”注：“起，走；舉，飛也。兔走鳧趨，喻急疾也。”

【兔起鶻落】如兔的躍起，如鶻的銜下，極言行動敏捷。也用以比喻書畫家用筆的矯健敏捷。宋蘇軾經進東坡文集事略四九篔簹谷偃竹記：“故畫竹必先得成竹于胸中，執筆熟視，乃見其所欲畫者，急起從之，振筆直遂，以追其所見，如兔起鶻落，少縱則逝矣。”

【兔絲燕麥】比喻有名無實。魏書李崇傳：“今國子雖有學官之名，而無教授之實，何異兔絲燕麥，南箕北斗哉！”資治通鑑一四八梁天監十五年“兔絲燕麥”注：“言兔絲有絲之名而不可以織，燕麥有麥之名而不可以食。古歌曰：‘田中兔絲，如何可絡！道邊燕麥，何嘗可穫！’……皆謂有名無實也。”

兒 1. ér 汝移切，平，支韻，日。ㄦ

㊀孩子。說文：“兒，孺子也。从儿，象小兒頭囟未合。”古時男稱兒，女稱嬰，後來兒童都稱兒。史記一〇五扁鵲傳：“齊王中子諸嬰兒小子病。”㊁青年男女的自稱。樂府詩集二五木蘭詩：“願借明駝千里足，送兒還故鄉。”㊂名詞、形容詞詞尾。玉臺新詠五南朝梁沈約領邊綉詩：“縈絲飛鳳子，結縷坐花兒。”宋邵雍伊川擊壤集二十首尾吟之二四：“天聽雖高只些子，人情想去没多兒。”

2. ní 五稽切，平，齊韻，疑。ㄋㄧ

㊃姓。元和姓纂三齊：“郳，郳犁來之後，亦爲兒氏。兒良，六國時人。……漢有御使大夫兒寬。”

【兒子】男孩子。呂氏春秋異寶：“今以百金摶黍，以示兒子，兒子必取摶黍矣。”此泛稱男孩子。史記一〇二張釋之傳：“教兒子不謹。”此專稱自己的兒子。

【兒女】㊀子女。後漢書二八下馮衍傳：“兒女常自操井臼。”唐杜甫杜工部草堂詩箋十四贈衞八處士：“昔別君未婚，兒女忽成行。”㊁青年男女。唐王勃王子安集三杜少府之任蜀州詩：“無爲在歧路，兒女共霑巾。”

【兒夫】妻子稱自己的丈夫。古今雜劇元王實甫破窰記三：“我道是誰家箇好漢，却原來是應舉的兒夫。”

【兒母】丈夫稱自己的妻，猶言孩子的媽。公羊傳哀六年“陳乞曰：‘常之母有魚菽之祭’”注：“常，陳乞子，重難言其妻，故云爾。”疏：“正以妻者己之私，故難言之。似若今人謂妻爲兒母之類是也。”

【兒男】男孩子。永樂大典張協狀元戲文：“別無兒男，只有一女，小字勝花。”

【兒妾】對兒童和婦女的蔑稱。後漢書五二崔駰傳附崔瑗：“此譬猶兒妾屏語耳，願使君勿復出口。”

【兒拜】孩子對大人的拜禮。（趙）飛燕外傳：“合德（飛燕妹）尤幸，號爲趙婕妤。婕妤事后（飛燕），常爲兒拜。”

【兒科】中醫的幼科，俗稱小兒科，簡稱兒科。史記一〇五扁鵲傳：“來入咸陽，聞秦人愛小兒，即爲小兒醫。”唐代醫博士分科教授諸生，有少小科。見新唐書百官志，爲後世兒科之始。

【兒郎】㊀兒子。唐杜甫杜工部草堂詩

箋六奉先劉少府新畫山川障歌："自有兩兒郎，揮灑亦莫比。"㊁青壯年男子。太平廣記四八七引唐蔣防霍小玉傳："故霍王小女名小玉……昨遣某求一好兒郎，格調相稱者。"㊂舊時上官對士兵的一般稱呼。唐李翺李文公集十一韓吏部(愈)行狀："公告曰：'兒郎等且勿語，聽愈言。'"宋陸游劍南詩稿二九涼州行："勒中墨色如未乾，君王心念兒郎寒。"

【兒馬】牡馬，卽雄馬。明史兵志四馬政："凡牡曰兒，牝曰騍，兒一騍四爲羣。"清顧炎武日知錄三二草馬："今人則以牡爲兒馬，牝爲騍馬。"

【兒孫】子孫。唐杜甫杜工部草堂詩箋六後出塞之五："惡名幸脫免，窮老無兒孫。"

【兒息】兒子。三國志蜀楊戲傳注引李密陳情表："門衰祚薄，晚有兒息。"

【兒曹】孩子們。史記外戚世家："是非兒曹愚人所知也。"後漢書十九耿弇傳："光武笑曰：'小兒曹乃有大意哉！'"

【兒婦】子之妻，媳婦。世說新語傷逝："庾亮兒遭蘇峻難，遇害。諸葛道明(恢)女爲庾兒婦，既寡，將改適。"

【兒童】幼兒，凡未成年的男女皆稱兒童。三國志魏賈逵傳："自爲兒童，戲弄常設部伍。"唐杜甫杜工部草堂詩箋十一羌村三首："兵革既未息，兒童盡東征。"

【兒啼】像小孩子那樣大聲啼哭。史記一一九循吏傳子產："(子產)治鄭二十六年而死，丁壯號哭，老人兒啼。"

【兒₂寬】？—公元前103年。西漢千乘人。從歐陽生學尙書，由郡國推選詣博士，受業於孔安國。爲廷尉屬官，常以古法決疑獄。武帝元鼎年間，任左內史，奏開六輔渠。元封元年爲御史大夫，和司馬遷等共定太初曆。見漢書五八兒寬傳。又藝文志儒家有兒寬九篇；詩賦有兒寬賦二篇，皆不傳。清馬國翰玉函山房輯佚書有兒寬書一卷。

【兒齒】老人齒落後的再生齒。詩魯頌閟宮："既多受祉，黃髮兒齒。"釋文："兒，五兮反，齒落更生細者也。"爾雅釋詁作"齯齒"。參見"齯齒"。

【兒劇】同"兒戲"。宋張榘芸窗詞賀新涼次韻拙逸劉直孺見寄言志："任你祖鞭先著了，占鷗天浩蕩觀浮沒。絜富貴，等兒劇。"

【兒戲】兒童游戲。凡處理事情輕率玩忽，也稱兒戲。史記絳侯周勃世家："曩者霸上、棘門軍，若兒戲耳，其將固可襲而虜也。"

【兒女情】指男女戀愛或家人之間的感情。南朝梁鍾嶸詩品中："晉司空張華詩，……雖名高曩代，而疏亮之士，尤恨其兒女情多，風雲氣少。"

【兒女債】舊時稱兒女的教養和婚嫁等事。元高明琵琶記六丞相教女："看待父母心，婚姻事，須要早諧，勸相公早畢兒女之債。"也作"兒孫債"。元侯克中艮齋詩集八自憐："幾時還却兒孫債，江北江南汗漫遊。"

【兒女態】兒女間表現的情態，多指悱惻纏綿，依戀不捨等。唐韓愈昌黎集二北極一首贈李觀詩："無爲兒女態，憔悴悲賤貧。"宋陸游劍南詩稿一寄別李德遠之二："惜別自嫌兒女態，夢騎羸馬度芳陂。"

【兒皇帝】五代契丹制度，國君死，在其墓旁蓋屋，叫明殿，置學士。遇有大慶弔，學士用死亡君主的名義作詔書，稱新君爲兒皇帝。後晉石敬瑭爲諂媚契丹統治者耶律德光，尊德光爲父，自稱兒皇帝。見新五代史四夷附錄一。後引申指傀儡政權的統治者。

【兒啼帖】舊時迷信風俗習慣，爲了防止孩子夜哭，就寫帖遍貼大街上。詳"書兒啼"。

【兒女英雄傳】清道光年間用北京口語寫成的公案小說。又名金玉緣，題燕北閑人(文康筆名)撰。書中以十三妹救安驥的故事爲線索，描寫士大夫升官致富、夫貴妻榮的結局，宣揚封建倫理道德。共五十三回，今存四十回。後有人續作三十二回，內容和文筆均甚拙劣，遠遜原作。

七 畫

兗 yǎn 以轉切，上，獮韻，喻。ㄧㄢˇ

中國古代九州之一。通作"沇"。書禹貢兗州作"兗"。史記夏紀"濟、河維沇州"作"沇"。參見"兗州"。

【兗州】㊀古代九州之一。書禹貢："濟、河維兗州。"周禮夏官職方氏："河東曰兗州。"爾雅釋地："濟、河間曰兗州。"相傳這是夏商周九州中兗州的地界。釋名釋州國："兗州取兗水以爲名也。"㊁東漢置兗州，轄陳留、東郡、任城、泰山、濟北、山陽、濟陰、東平八郡。治昌邑，在今山東金鄉縣西北。自漢至晉，治地屢有改變。南朝宋再置兗州，治瑕丘，在今山東舊滋陽縣西。此後至清，屢有變更，皆以瑕丘爲兗州治所，惟區域大小時有不同。參閱後漢書郡國志三、嘉慶一統志一六五兗州府一。

八 畫

党 dǎng 集韻 底朗切，上，蕩韻。ㄉㄤˇ

姓。元和姓纂七蕩："本出西羌。"有馮翊、華陰兩族系。

【党項】我國古民族名。漢西羌的一支。初居今青海甘肅四川邊區一帶。南北朝後期漸趨强大。唐貞觀三年，以其地置軌州。公元九世紀後期，党項向東北遷移至今甘肅寧夏陜北一帶。遼神册元年爲遼太祖阿保機所併。後其族人李元昊稱帝，建夏地方政權。宋人稱爲西夏。參見"西夏"。

【党懷英】公元1134—1211年。金馮翊人，字世傑。大定十年進士，官至翰林學士承旨。擅長文章，工書篆籀，稱當時第一。著有竹溪集十卷。見金史文藝傳上。

九 畫

兜 1. dōu 當侯切，平，侯韻，端。ㄉㄡ

㊀兜鍪，卽頭盔。說文："兜，兜鍪，首鎧也。"㊁迷惑，受蒙蔽。國語晉六："在列者獻詩，使勿兜。"清王引之經義述聞、段玉裁說文解字注都說"兜"是說文"兆"的訛字。㊂合。元周密齊東野語六解頤："至今俗諺以人喜過甚者云兜不上下頦。"㊃做成口袋形，把東西承住。西游記二四："他却串枝分葉，敲了三個果，兜在襟中。"㊄包圍，環繞。如兜剿，兜圈子。㊅修補。明湯顯祖牡丹亭四腐嘆："咱頭巾破了修，靴頭綻了兜。"㊆轎的一種。宋史四八九占城國傳："國人皆乘象，或軟布兜。"參見"兜子"。

2. dǒu ㄉㄡˇ

㊇突然，立刻。通"陡"。見"兜₂的"。

【兜子】只有坐位而沒有轎廂的軟轎。太平廣記一七二李德裕引唐馮翊桂苑叢談："乃立促召兜子數乘，命關連僧人對事。"

【兜肚】掛束在胸腹間的貼身小衣，卽抹胸。紅樓夢三六："說着，一面就瞧他手裏的針線，原來是個白綾紅裏的兜肚。"

【兜₂的】立刻，突然。元王實甫西廂記二本一折："從見了那人，兜的便親。"又紀君祥趙氏孤兒一："可怎生到門前兜的又回身？"

【兜零】籠子。史記七七魏公子傳"而北境傳舉烽"集解引文穎:"作高木櫓,櫓上作桔槔,桔槔頭兜零,以薪置其中,謂之烽。"後漢書光武紀建武十二年"修烽燧"注引廣雅:"兜零,籠也。"按,今本廣雅作"篝笭,籠也。"

【兜搭】又作"兜答"。㊀曲折。古今雜劇元馬致遠青衫泪四:"遠鄉去長安,避甚水路兜答?"指路程的曲折崎嶇。後引申爲難對付,多心眼。又秦簡夫東堂老一:"我如今過去,便不敢提這賣房子,這老兒可有些兜搭難說話。"清平山堂話本快嘴李翠蓮記:"打緊他公公難理會,不比等閑的;婆婆又兜答。"㊁勾搭。二刻拍案驚奇九:"即與他兜兜搭搭,他難道到肯認做不愛不成?"

【兜擔】同"兜子"。宋洪邁夷堅志乙五張女對冥事:"有兜擔甚飾,使登焉,兩人肩舁。"

【兜鍪】戰士戴的頭盔。古稱胄,秦漢以後叫兜鍪。後漢書七四上袁紹傳:"紹脱兜鍪抵地。"也作"兜鞪",見廣雅釋器;"兜鉾",見急就篇三;"兜牟",見新五代史李金全傳。

【兜鞬】頭盔和皮革造的弓箭袋,也泛指武器裝備。宋陸游劍南詩稿七一考古:"偷生迫鐘漏,戰死媿兜鞬。"

【兜離】㊀古代我國西部少數民族的音樂名。文選漢班孟堅(固)東都賦:"四夷間奏,德廣所及,㑊、佅、兜離,罔不具集。"也作"朱離"。見詩小雅鼓鐘"以雅以南"傳。㊁言語不分明。同"侏離"。後漢書八四董祀妻傳悲憤詩:"言兜離兮狀窈停。"參見"侏離㊁"。

【兜羅】收拾,籠絡。元曲選楊顯之酷寒亭四:"眼見得這場做作,官司裏怎好兜羅?"又賈仲明玉梳記二:"啞謎兒有甚難猜破,甜句兒將我緊兜羅,口如蜜缽。"

【兜籠】即兜子。舊唐書輿服志:"兜籠,巴蜀婦人所用。今乾元以來,蕃將多著勳於朝,兜籠易於擔負。"參見"兜子"。

【兜攬】㊀包攬。宋朱熹朱文公別集九約束米牙不得兜攬搬米入市等事諭:"契勘諸縣鄉村人户搬米入市出糶,多被米牙人兜攬拘截。"牙人,即經紀人。紅樓夢六一:"但寶玉爲人,不管青紅皂白,愛兜攬事情。"㊁拉攏,接近。水滸二十:"宋江但若來時,全不兜攬他些個。"

【兜末香】香名。太平御覽九八三漢武故事:"兜末香,兜渠國所獻,如大豆。"

【兜率天】佛教用語。是欲界六天中的第四天。兜率,是妙足、知足的意思。也作兜率陀、覩司陀。唐白居易長慶集六〇祭中書韋相公文:"兜率天上,豈無後期。"泛指人死後所登的"天界"。參閱梁寶唱經律異相一、法苑珠林五界量。

【兜羅綿】佛經中稱草木的花絮。翻譯名義集七沙門服相篇:"兜羅,此云細香。……或名妬羅綿。妬羅,樹名。綿從樹生,因而立稱如柳絮也。亦翻楊華。"唐慧琳一切經音義三作"堵羅綿",引道宣四分戒經注:"草木花絮也。蒲臺花、柳花、白楊、白疊花等絮是也。取細耎義。"據此,一切草木的花絮都可稱爲兜羅綿。清詩別裁十八高其倬望雪山:"忽然金風掃羅騣,半空橫轉兜羅綿。"此以花絮形容白雲。

【兜羅錦】古錦名。明曹昭格古論要四古錦論兜羅錦:"兜羅錦出南蕃西蕃雲南,莎羅樹子內綿織者,與剪絨相似,闊五六尺,多作被,亦可作衣服。"

【兜樓婆香】香名。即懷香。楞嚴經七:"壇前別安一小火鑪,以兜樓婆香煎取香水,沐浴其炭然令猛熾。"翻譯名義集三衆香作"兜婁婆"。

十 畫

兟 shēn 所臻切,平,臻韻,山。ㄕㄣ

㊀進。說文:"兟,進也。从二先。"㊁見"兟兟"。㊂哥哥的別稱。唐元結元次山文集拾遺五規處規:"季川問曰:兟終不復二論,兟有意乎?"季川,元結弟。

【兟兟】衆多貌。唐李商隱李義山詩集一戊辰會靜中出貽同志二十韻:"金鈴攝群魔,絳節何兟兟。"

十二畫

兢 jīng 居陵切,蒸韻,見。ㄐㄧㄥ

戒慎。說文:"兢,競也。从二兄。二兄,競意。从丰聲,讀若矜。一曰兢,敬也。"

【兢業】謹慎戒懼。"兢兢業業"的省文。書皋陶謨:"兢兢業業,一日二日萬幾。"傳:"兢兢,戒慎;業業,危懼。"唐張九齡曲江集十四賀雨晴狀:"伏惟陛下明德自廣,兢業載懷。"

【兢兢】㊀小心戒慎貌。詩小雅小旻:"戰戰兢兢,如臨深淵,如履薄冰。"㊁堅强貌。詩小雅無羊:"爾羊來思,矜矜兢兢,不騫不崩。"傳:"矜矜兢兢,以言堅彊也。"

入部

入 rù 人執切,入,緝韻,日。ㄖㄨˋ

㊀由外至內。春秋隱二年:"夏五月,莒人入向。"孟子滕文公上:"三過其門而不入。"㊁納。戰國策秦四:"王資臣萬金西遊,聽之韓魏,入其社稷之臣於秦。"㊂切合。見"入時"、"入格"。㊃四聲之一。詳"入聲"。

【入子】舊時稱隨再嫁母親到後父家中的子女。周禮地官媒氏:"凡娶判妻入子者,皆書之。"判妻,指離婚婦女。舊注以入子爲嫁女。參閱孫詒讓周禮正義二六。

【入山】隱居不仕。與出山對稱。三國志蜀先主傳注引獻帝春秋:"備不聽軍過,謂(孫)瑜曰:'汝欲取蜀,吾當被髮入山,不失信於天下也。'"無量壽經上:"棄國財位,入山學道。"

【入手】㊀到手。唐白居易長慶集十七聞楊十二新拜省郎遥以詩賀詩:"官職聲名俱入手,近來詩客似君稀。"㊁下手,着手。元曲選紀君祥趙氏孤兒楔子:"俺二人文武不和,常有傷害趙盾之心,争奈不能入手。"㊂到臨。元曹伯啓漢泉漫稿三寄高文甫治書略寓自劾之意詩:"新春將入手,歸計定如何。"

【入月】㊀女子月經來臨。見唐張泌妝樓記紅潮。王建詩八宮詞百首之四六:"密奏君王知入月,喚人相伴洗裙裾。"㊁婦女孕期足月。宋吳自牧夢粱錄二十育子:"杭城人家育子,如孕婦入月期將屆,外舅姑家以銀盆或綵盆,盛粟稈一束,上以錦或紙蓋之,……送至婿家,名催生禮。"

【入耳】㊀悦耳。抱朴子辭義:"夫文章之體,尤難詳賞;苟以入耳爲佳,適心爲快,尠知忘味之九成,雅頌之風流也。"㊁蟲名。即蚰蜒、蜈蚣類。爾雅釋蟲:"螾衙,入耳。"注:"蚰蜒。"方言十一:"蚰蜒,自關而東，謂之蟦蝑；或謂之入耳。"

【入告】向上報告。書君陳："爾有嘉謀嘉猷，則入告爾后于内。"

【入泮】科舉時代，學童考進縣學爲生員，叫入泮。因學宫前有泮水，故云。聊齋志異嬰寧："(王子服)十四入泮。"

【入定】佛教用語。僧人静坐斂心，不起雜念，使心定於一處，叫入定。唐白居易長慶集六八在家出家詩："中宵入定跏趺坐，女唤妻呼多不應。"

【入官】㊀出來作官。書周官："學古入官，議事以制，政乃不迷。"傳："言當先學古訓，然後入官治政。"㊁没收充公。因犯罪由官府没收其財産。梁書明山賓傳："有司追責，籍其宅入官。"

【入直】君主時代人臣入朝皇帝，或僚屬見長官，到衙門辦公，都叫入直。梁書昭明太子傳："時太子年幼，依舊居於内，拜東宫，官屬文武，皆入直永福省。"

【入門】論語子張："夫子之牆數仞，不得其門而入，不見宗廟之美，百官之富。"入門本是引進的意思，後指從事學問技藝取得門徑。宋陸游渭南文集二九跋蘭亭序："觀蘭亭當如禪宗勘辨，入門便了。"啓發人尋找門徑的書，有的也叫入門。如明李梴有醫學入門七卷，清江藩有經解入門八卷。

【入室】論語先進："由也升堂矣，未入於室也。"疏："言子路之學識深淺，譬如自外入内，得其門者。入室爲深，顏淵是也；升堂次之，子路是也。"由，子路名。後用以比喻學問技藝的成就達到精深階段。明王世貞弇州山人四部稿一三一題沈民望姜堯章讀書譜："然此卷行筆圓熟，章法尤精，稱米南宫(芾)入室。"又稱能得到老師學問或技藝精奥的爲入室弟子。晉書楊軻傳："雖受業門徒，非入室弟子，莫得親言。"

【入庠】明清時讀書人取得進入府、縣學校讀書資格的稱爲入庠。聊齋志異郭生："是歲，果入邑庠。"

【入流】㊀列入某種品流。南齊書王僧虔傳："謝靈運乃不倫，遇其合時，亦得入流。"指書法品流。㊁舊時官階在九品以内的叫流内，九品以外的叫流外。九品外的官員進入九品内叫入流。新唐書一〇六劉祥道傳："今取士多且濫：入流歲千四百，多也；雜色入流，未始銓汰，濫也。"㊂佛教稱入於至覺爲入流。金剛經一相無相分第九："須陀洹，名爲入流，而無所入。不入色聲香味觸法，是名須陀洹。"隋吉藏義疏三："名爲入流，即是入於道流。"

【入神】㊀易繫辭下："精義入神，以致用也。"疏："言聖人用精粹微妙之義，入於神化，寂然不動，乃能致其所用。"後來多用以指一種技藝達到精妙的境界。文選古詩十九首："彈筝奮逸響，新聲妙入神。"㊁全神貫注。兒女英雄傳三九："正聽得有些入神兒。"

【入格】合格。魏書後廢帝安定王紀："諸有虚增官號，爲人發糺(糾)，罪從軍法。若入格檢覈無名者，退爲平民，終身禁錮。"

【入破】唐宋大曲的專用語。大曲每套都有十餘遍，分别歸入散序、中序、破三大段。入破即爲破這一段的第一遍。宋李上交近事會元四："其曲之遍擊聲處，名入破。"唐白居易長慶集五六卧聽法曲霓裳詩："朦朧閑夢初成後，宛轉柔聲入破時。"

【入時】合於時俗好尚。唐朱慶餘詩集近試上張弘水部："妝罷低聲問夫婿：畫眉深淺入時無？"

【入寂】見"入滅"。

【入梅】進入梅雨期。又作"入霉"。元陳元靚歲時廣記二夏黄梅雨："四時纂要云：'梅熟而雨曰梅雨。'又閩人以立夏後逢庚日爲入梅，芒種後逢壬日爲出梅。"各地氣候時節不同，華南地區以芒種後逢丙入梅，小暑後逢未出梅。華北地區以芒種後壬日入梅。

【入務】收藏，停罷。唐白居易長慶集二十晚興詩："將吏隨衙散，文書入務稀。"宋蘇軾分類東坡詩六七月五日："避謗詩尋醫，畏病酒入務。"注："詩尋醫，謂不作詩也。酒入務，謂止酒不飲也。"

【入眼】看中。宋王安石臨川集四明妃曲之一："歸來却怪丹青手，入眼平生未曾有。"

【入港】談話深入，意氣相投。水滸三："三個酒至數杯，正説些閑話，較量些槍法，説得入港。"又用以指男女發生曖昧關係。見紅樓夢八十。

【入粟】把穀物交給官府，用以買官或贖罪。史記平準書："(桑)弘羊又請令吏得入粟補官及罪人贖罪。"也作"入穀"。又："始令吏得入穀補官。"

【入等】唐代考取官吏，有試判一項，凡文理優長被取録的，叫入等。宋洪邁容齋隨筆十唐書判："唐銓選擇人之法有四：……四曰判，文理優長。凡試判登科，謂之入等。"參閲新唐書選舉志下。

【入滅】佛教稱僧人死亡爲入滅，又叫入寂，也叫滅度。詳"滅度"。

【入塞】㊀漢樂府横吹曲名。樂府詩集二一横吹曲辭出塞："晉書樂志曰：出塞入塞曲，李延年造。……按西京雜記曰：戚夫人善歌出塞入塞望歸之曲，則高帝時已有之，疑不起於延年也。"㊁詞牌名。調名本古樂府横吹曲入塞辭，雙調五十二字。見詞譜九。

【入話】宋元話本在主要故事之前加插的詩詞、小故事，用以引入正篇，叫入話。如碾玉觀音開頭列舉的遊春詩詞十多首；錯斬崔寧篇前的小故事都是。宋代講故事藝人有所謂得勝頭迴，即入話。參閲魯迅中國小説史略宋元話本。

【入道】㊀當道士。五代王定保唐摭言八入道："蔣曙，中和初，……因應天令節，表請入道，從之。"㊁佛教用語。出家爲僧。大寶積經三六："以淨信心於佛法中出家入道。"

【入彀】㊀指進入弓箭射程之内。用以比喻受籠絡，就範。五代王定保唐摭言一述進士上篇："(唐太宗)私幸端門，見新進士綴行而出，喜曰：'天下英雄入吾彀中矣！'"後因稱科舉考試中式爲入彀。參見"彀中"。㊁入神。老殘遊記十："子平本會彈十幾調琴曲，所以聽得入彀。"

【入聖】佛教用語。指進入聖者的境界。佛教以能去惑悟道的人爲聖。俱舍論二三："第三生入聖，乃至得解脱。"後以超凡入聖喻學識精深，技藝高超。宋黄庭堅豫章集二八題楊凝式詩碑："余嘗評近世三家書，楊少師如散僧入聖。"

【入監】科舉時代稱入國子監讀書爲入監。明史選舉志一："例監始於景泰元年，…… 令天下納粟納馬者，入監讀書。"

【入閤】唐代皇帝大朝會在含光殿，朔望大册拜在宣政殿，稱爲正衙；單日視朝在紫宸殿，稱爲上閤，又叫内衙。正衙有仗，升紫宸則呼仗自東西閤門入，在衙候朝的百官，因跟隨入見，叫做入閤。參閲新五代史李琪傳、宋司馬光涑水紀聞八、清惠棟九學齋筆記三入閤。

【入閣】明代不設宰相，仿宋制置殿閣大學士，因閣在宫内，所以叫内閣。大學士入直文淵閣，稱入閣預機務。清代入閣辦事的只限於大學士，另以尚書爲協辦。凡大學士到内閣就職，閣僚參見，稱爲入閣禮。

【入夥】參加某一集團。夥，也作"伙"。孤本元明雜劇缺名梁山七虎鬧銅臺二："學究他百般的不肯入夥，下山去了，俺可怎生做個計較。"水滸四六:"不去投梁山泊入夥,却投那裡去?"

【入静】道家的一種修煉方法。唐王建詩五送宫人入道:"問師初得經中字,入静猶燒内裏香。"資治通鑑二五七唐光啟三年:"乘其入静,縊殺之。"注:"道家所謂入静,即禪家入定而稍異。入静者,静處一室,屏去左右,澄神静慮,無思無營,冀以接天神。"

【入頭】着手處,入門。景德傳燈録十二陳尊宿:"師因晚參謂衆曰:'汝等諸人未得個入頭,須得個入頭;若得個入頭,已後不得孤負老僧。'"宋朱熹朱文公集五三答胡季隨書:"大抵講學須先有一入頭處,方好下工夫。"

【入聲】古漢語四聲之一。發音短促而急,一發即收。明真空篇韻貫珠集七玉鑰匙歌訣:"入聲短促急收藏。"按普通話無入聲,古入聲分别讀成陰平、陽平、上聲和去聲。有些方言仍有入聲。

【入贅】舊時男子在女家就婚,成爲女家的一員。元高明(則誠)琵琶記三八張公遇使:"我相公如今入贅牛丞相府裡。"(李卓吾評本,新刊元本作贅居。)參見"贅壻"。

【入室賓】親近的臣僚。晉書王濛傳:"及簡文帝輔政,益貴幸之,與劉惔號爲入室之賓。"

【入蜀記】宋陸游撰,六卷。陸游在乾道六年由山陰到夔州,沿途逐日記其旅行經歷,詳述山川風土及考訂古蹟,寫成此書。

【入幕賓】晉書郗超傳:"謝安與王坦之嘗詣(桓)温論事,温令超帳中卧聽之,風動帳開,安笑曰:'郗生可謂入幕之賓矣。'"參閲世説新語雅量。後人因稱參與機密的幕僚爲入幕賓。全唐詩二八五李益送宋校書赴宣州幕:"遠避看書吏,行當入幕賓。"

【入木三分】相傳晉王羲之寫祝版(祭祀時寫祝詞的木板),工人事後削去,發現筆痕入木三分。見唐張懷瓘書斷二。意謂王的筆力雄健。後借以比喻思想、議論的深刻。清趙翼甌北詩鈔七言律七楊雪珊自長垣歸來出示近作嘆賞不足詩以誌愛:"入木三分詩思鋭,散霞五色物華新。"

【入主出奴】唐韓愈昌黎集十一原道:"入于彼,必出于此;入者主之,出者奴之。"韓愈以儒家正統派自居,攻擊楊、墨、佛、老爲異端。他認爲進入異端者則必然排斥儒家,以異端爲主而以儒家爲奴。後來多指派别門户成見。清黄宗羲南雷文定三集一錢退山詩文序:"入主出奴,謡諑繁興,莫不以爲折衷羣言。"

【入門杖子】宋代對重犯所施的一種暴刑。宋陳襄州縣提綱三捕到人勿訊:"大辟劫盜捕至之初,例於兩腿及兩足底,輒訊杖數百,名曰入門杖子,然後付獄。"水滸中叫殺威棒。

【入門問諱】古代到别人家裏拜訪,先要了解他先祖的名字,以便談話時避諱。淮南子齊俗:"入其家者避其諱。"禮曲禮上:"入門而問諱。"注:"爲敬主人也。"

【入舍女婿】贅婿。敦煌變文齖齝新婦文:"没處安身,乃爲入舍女婿。"省作"入舍"。金劉知遠諸宫調一:"知遠走慕家莊沙陀村入舍。"

【入室昇堂】比喻學問造詣高深。漢魏南北朝墓誌集釋北魏元延明墓誌:"入室昇堂,實使季長謝其詩書,伯喈歸其文藉(籍)。"季長,漢馬融;伯喈,漢蔡邕。參見"入室"。

【入室操戈】比喻就對方的論點反駁對方。後漢書三五鄭玄傳:"時任城何休好公羊學,遂著公羊墨守、左氏膏肓、穀梁廢疾。玄乃發墨守、鍼膏肓、起廢疾。休見而歎曰:'康成入吾室,操吾矛,以伐我乎!'"康成,鄭玄字。入室操戈本此。

【入國問俗】進入别國時,先要了解該國風俗。淮南子齊俗:"入其國者從其俗。"禮曲禮上:"入竟而問禁,入國而問俗,入門而問諱。"

【入鐵主簿】形容幹練的官員。北齊書許惇傳:"惇清識敏速,達於從政,任司徒主簿,以能判斷,見知時人,號爲入鐵主簿。"

二畫

内

1. nèi ㄋㄟˋ 奴對切,去,隊韻,泥。

㊀裏,中。與外相對。左傳莊十四年:"國内之民。"㊁室,内室。詩唐風山有樞:"子有廷内,弗灑弗掃。"漢書四九鼂錯傳:"先爲築室家,有一堂二内。"後來也稱皇帝所居爲内,尊稱大内。參見"大内"。㊂室,正屋。禮檀弓上:"非疾也,不晝夜居於内。"㊃内心。論語里仁:"見不賢,而内自省也。"㊄女色,宫人。左傳僖十七年:"齊侯好内。"又襄四年:"(寒)浞行媚於内。"注:"内,宫人。"㊅妻。玉臺新詠六南朝梁徐悱有贈内詩。㊆戈戟刃下接柄之處。周禮考工記冶氏:"戈廣二寸,内倍之。"㊇親近。易泰:"内君子而外小人。"外,疏遠。㊈返,回頭。見"内顧㊀"。

2. nà ㄋㄚˋ 集韻諾荅切,入,合韻。

㊉出納的"納",本作"内"。孟子萬章上:"有不被堯舜之澤者,若己推而内之溝中。"史記漢書多以内爲"納"。

【内人】㊀妻妾。禮檀弓下:"内人皆行哭失聲。"注:"内人,妻妾。"後來對人稱己妻爲内人。㊁室女。周禮天官寺人:"掌王之内人及女宫之戒令。"後漢書和熹鄧皇后紀:"(鄧)康以太后久臨朝政,心懷畏懼,託病不朝;太后使内人問之。"㊂宫中的女伎藝人。唐崔令欽教坊記:"伎女入宜春院,謂之内人,亦曰前頭人,常在上前頭也。其家猶在教坊,謂之内人家。"

【内子】卿大夫的嫡妻。左傳僖二四年:"(趙姬)以叔隗爲内子,而己下之。"注:"卿之嫡妻爲内子。"國語楚上:"司馬子期欲以妾爲内子。"後沿爲通稱。自稱或稱人的妻都可用。唐白居易長慶集十七有贈内子詩,這是稱自己的妻。唐李賀歌詩編三送秦光禄北征:"内子攀琪樹,羌兒奏落梅。"宋孫光憲北夢瑣言六有孫内子。是稱别人的妻。後僅用以稱自己的妻。

【内女】古代稱同姓的女子爲内女。詳"内宗"。

【内方】山名。也叫章山。在湖北鍾祥縣西南。書禹貢:"内方至于大别。"傳:"内方、大别,二山名,在荆州,漢所經。"漢書地理志上江夏郡竟陵:"章山在東北,古文以爲内方山。"

【内心】㊀出於真誠。禮禮器:"禮之以多爲貴者,以其外心者也。……禮之以少爲貴者,以其内心者也。"外心,指用心於外;内心,用心於内。㊁古人誤以心是思惟的器官。心,在體内,故稱内心。正法念處經一:"内心思惟,隨順正法。"

【内中】室内。漢書武帝紀元封二年:"甘泉宫内中産芝,九莖連葉。"注:"内中,謂後庭之室也。"

【内水】涪江。四川省主要河流之一。宋書朱齡石傳:"初,高祖(劉裕)與齡石密謀進取,曰:'……今以大衆自外水取成都,疑兵出内水,此制敵之奇也。'"

【内丹】道家謂以自身的精氣鍊成的丹爲内丹。宋蘇軾分類東坡詩二一送蹇道士歸廬山:"綿綿不絶微風裡,内外丹成一彈指。"注:"道家以烹鍊金石爲外丹,龍虎胎息吐故納新爲内丹。”參見“金丹”。

【内允】官名。即中允。唐高宗永徽三年，以太子名忠，避諱改中允爲内允。見通典二十職官十二。詳“中允”。

【内主】㊀諸侯的夫人。左傳昭三年：“若惠顧敝邑，撫有晉國，賜之内主，豈惟寡君，舉羣臣實受其貺。”也指皇后。文館詞林六六六西晉武帝立皇后大赦詔：“以儀刑萬邦者，必須内主。”㊁在内響應的人。國語晉三：“殺其内主，背其外賂。”史記楚世家：“有莒衛以爲外主，有高國以爲内主。”

【内史】㊀官名。1.西周始置，協助天子管理爵、禄、廢、置等政務。春秋時沿置。見周禮春官。2.秦官，掌治理京師。漢景帝分置左右内史。武帝太初元年改右内史爲京兆尹，左内史爲左馮翊。見漢書百官公卿表上。3.漢以來諸王國都置内史，負責政務。漢武帝改左右内史爲京兆馮翊，惟王國不改。到成帝時取消。見後漢書百官志五王國。4.隋初改中書省爲内史省，煬帝又改内史爲内書。見通典二一職官三。㊁複姓。相傳是周内史叔興的後代，以官爲氏。見元和姓纂九隊引風俗通。

【内兄】妻兄。晉書阮瞻傳：“内兄潘岳每令鼓琴，終日達夜無忤色。”梁書韋叡傳：“時叡内兄王澄、姨弟杜惲，並有鄉里盛名。”

【内丘】縣名。屬河北省。漢代名中丘，隋文帝(楊堅)因父名忠，改爲内丘。參閱元和郡縣志十五邢州、太平寰宇記五九邢州。清因避孔丘名，丘字加邑旁作“邱”。

【内仗】皇宫中的儀仗隊。新唐書儀衛志上：“每月以四十六人，立内廊閤外，號曰内仗；以左右金吾將軍當上，中郎將一人押之。”

【内江】㊀水名。在四川省境，對外江而言。外江、内江，説法不一。嘉慶一統志三八四四川成都府一郫江：“蓋自成都(府)而言，則郫爲内江，沱湔爲外江；自成都一城而言，則流江(錦江)爲内江，而郫又爲外江。郫江實兼内外之稱也。”又涪江、岷江，都有内江之稱，詳各該條。參見“内水”。㊁縣名。屬四川省。漢資中縣地。北周天和二年置中江縣。隋楊堅(文帝)避父忠諱改爲内江縣。宋時因江水上漲漂没，廢，至明代復置。參閱元和郡縣志三一資州、寰宇通志六一成都府内江縣。

【内$_2$交】結交。孟子公孫丑上：“非所以内交於孺子之父母也。”内，本也作“納”。

【内衣】佛教三衣的一種。温室經：“何謂七物？……七者内衣。”唐義淨南海寄歸傳二譯三衣爲複衣、上衣、内衣。内衣襯身着在袈裟之内。

【内地】㊀王朝京畿以内地區。史記漢興以來諸侯年表：“而内地北距山以東，盡諸侯地。”㊁對邊地而言。後漢書八九南匈奴傳論：“還南虜於陰山，歸河西於内地。”

【内臣】㊀國内的臣僚。左傳僖七年：“我以鄭爲内臣，君亦無所不利焉。”注：“以鄭事齊，如封内臣。”史記一一七司馬相如傳：“邛、筰、冉駹、斯榆之君皆請爲内臣。”㊁宫廷内的臣僚。春秋穀梁傳莊二三年：“祭叔來聘。其不言使何也？天子之内臣也。不正其外交，故不與使也。”㊂宦官，太監。漢書五行志上：“闕在司馬門中，内臣石顯之象也。”

【内行】㊀平日家居的操行。吕氏春秋下賢：“世多舉桓公之内行，内行雖不修，霸亦可矣。”史記五帝紀：“舜居嬀汭，内行彌謹。”㊁隱秘的事。戰國策韓三：“美人知内行者也。”注：“謂國中隱事。”㊂官名。魏書劉尼傳：“入登永安殿，以尼爲内行長。”㊃熟悉某種業務的人，即裏手，與外行對稱。行，音 háng。

【内向】歸服中央政權。三國志蜀劉封傳孟達與封書：“若足下翻然内向，非但與僕爲倫，受三百户封，繼統羅國而已，當更剖符大邦，爲始封之君。”這是孟達勸劉封棄蜀歸服魏國。隋書薛道衡傳上高祖文皇帝頌：“稽顙歸誠，稱臣内向。”

【内言】婦女在閨房所説的話。禮曲禮上：“外言不入於梱，内言不出於梱。”梱，同“閫”。門限。新唐書一二二魏元忠傳：“而令出入禁掖，使内官必出，外言必入，固將弄君之法。”

【内弟】妻弟。唐顏真卿顏氏家廟碑：“(顏昭甫)工篆籀草隸書，與内弟殷仲容齊名，而勁利過之，特爲伯父師古所賞重。”(金石萃編一〇一)

【内志】心中所想。禮射義：“内志正，外體直，然後持弓矢審固。”史記六六伍子胥傳：“知公子光有内志，欲殺王而自立，未可説以外事。”公子光，即吴王闔廬。

【内助】舊時指妻子，謂能在家裏相助。三國志魏文德郭皇后傳：“在昔帝王之治天下，不唯外輔，亦有内助。”宋史二四三孟皇后傳：“宣仁太后語帝曰：‘得賢内助，非細事也。’”

【内治】㊀宫内的事。禮昏義：“古者，天子后立六宫，……以聽天下之内治，以明章婦順。”也指治理家務。宋孫光憲北夢瑣言六孫内子：“自是專以婦道内治。”㊁國内的政治。管子八觀：“豪桀材人，不務竭能，則内治不别矣。”

【内宗】周禮春官有内宗、外宗。内宗指王同姓女兒；外宗指王諸姑姊妹的女兒。皆掌管宗廟祭祀，侍從王后。

【内官】㊀近侍臣僚。左傳宣十二年：“内官序當其夜，以待不虞，不可謂無備。”注：“内官，近官。”疏：“其内官親近王者，爲次序以當其夜，若今宿直遞持更也。”㊁宫廷的女官、妃嬪之類。左傳昭三年：“不腆先君之適，以備内官。”備内官，即充嬪嬙之選。㊂宦者，太監。才調集八李德裕長安秋夜詩：“内官傳詔問戎機，載筆金鑾夜始歸。”明代有内官監，以太監充當。見明史職官志三。

【内疚】内心悔恨。論語顏淵：“内省不疚，夫何憂何懼。”集解：“包(咸)曰：疚，病也。”文選三國魏嵇叔夜(康)幽憤詩：“懲難思復，心焉内疚。”

【内府】㊀官名，掌管皇室倉庫。周禮天官内府：“内府掌受九貢、九賦、九功之貨賄，良兵，良器，以待邦之大用。”㊁皇室的倉庫。史記九二淮陰侯傳：“夫鋭氣挫於險塞，而糧食竭於内府。”後通稱皇宫裏的物品爲内府之物。唐杜甫杜工部詩史補遺五韋諷録事宅觀曹將軍畫馬圖：“内府殷紅馬腦盤，婕妤傳詔才人索。”

【内事】㊀宗廟祭祀的事。禮曲禮上：“内事以柔日。”疏：“内事，郊内之事也。乙丁己辛癸五偶爲柔也。”集解：“内事謂祭内神；冠昏喪祭，亦爲内事。”㊁國内的事。穀梁傳莊十一年：“夏五月戊寅，公敗宋師于鄑。内事不言戰，舉其大者，其日，成敗之也。”鄑爲魯地，所以説内事。㊂宫内的事。周禮春官世婦：“凡内事有達於外官者，世婦掌之。”疏：“王后六宫之内，有徵索之事，須通達於外官者，世婦宫卿主通之。”

【内附】歸附。漢書七八蕭望之傳：“(烏孫)願以漢外孫元貴靡爲嗣，得復尚少主，結婚内附，畔去匈奴。”

【内典】佛教徒稱佛經爲内典。梁書何胤傳：“師事沛國劉瓛，受易及禮記、毛詩，又入鍾山定林寺聽内典，其業皆通。”北齊顏之推顏氏家訓歸心：“内典初門，設五種禁；外典仁義禮智信，皆與之符。”按佛教稱内教，佛學稱内學，故佛經稱内典。參見“外典”。

【內舍】㊀卽內室、妻子。樂府詩集三八魏陳琳飲馬長城窟行:"邊城多健少,內舍多寡婦。作書與內舍,便嫁莫留住。"㊁宋代太學的三舍之一,中級學生稱內舍生。見"外舍㊁"。

【內命】由皇帝直接發佈的命令。新唐書百官志序:"開元二十六年,又改翰林供奉爲學士,別置學士院,專掌內命。"

【內制】唐宋時稱由翰林學士所掌的皇帝詔令爲內制。唐初,中書省設中書舍人,負責起草詔命,沒有內外制之分。至玄宗開元二十六年,始置翰林學士,掌內制;中書舍人只掌外制。宋代翰林學士帶知制誥的叫內制,其他官員帶知制誥的叫外制。宋初編文苑英華,分中書翰林爲二門,內制有赦書、德音、册文、制書、制詔等。外制爲百官封拜的詔令。後來因也稱翰林學士爲內制。參閱宋趙升朝野類要二兩制。參見"外制"。

【內知】豪門的管家。宋魏泰東軒筆錄二:"馮拯之父,爲中令趙普家內知。內知,蓋勾當本宅事者也。"

【內侍】㊀在皇帝宮廷供使唤。漢書六八金日磾傳贊:"世名忠孝,七世內侍。"㊁官名。隋置內侍省,管領內侍、內常侍等官。唐沿用不改,都以太監充當。宋代增設入內內侍省和內侍省,稱前後省,前者尤爲親幸。在宮內執役的隸屬入內內侍省,在殿中執役的隸屬內侍省。其官有內侍、殿頭內侍、高品內侍、高班內侍諸名。後因沿稱宦官爲內侍。見通典二七職官九、新唐書二〇七宦者傳序、續通典三一職官九諸卿下。

【內妹】妻妹。三國志魏夏侯淵傳:"淵妻,太祖(曹操)內妹。"

【內姓】同姓。左傳宣十二年:"內姓選於親,外姓選於舊。"

【內軍】隨身的親軍。舊唐書六八程知節傳:"時(李)密於軍中簡勇士尤異者八千人,隸四驃騎,分爲左右以自衞,號爲內軍。"

【內美】內在的美德。楚辭屈原離騷:"紛吾既有此內美兮,又重之以修能。"

【內政】㊀國內的政治。國語齊:"管子對曰:作內政而寄軍令焉。"注:"內政,國政也。"㊁宮內的行政事務。周禮天官女史:"女史掌皇后之禮職,掌內治之貳,以詔后治內政。"

【內苑】宮內的園庭。卽禁苑。晉書呂光載記:"呂光僭卽三河王位,讌群臣於內苑新堂。"新唐書九八薛收傳附薛元超:"內苑之地,繚叢薄,冒翳薈,絕磴險塗。"

【內相】翰林學士的別稱。唐開元二十六年,改翰林供奉爲學士,專掌內命,參與有關進退大臣等機密事宜,職權重要,所以有內相的稱呼。例如陸贄入翰林常居中參裁朝廷大議,人稱內相。參閱新唐書百官志一、又一五七陸贄傳。

【內省】㊀內自省察。論語顏淵:"內省(xǐng)不疚,夫何憂何懼?"㊁宮內。後漢書十上和熹鄧皇后傳:"宮禁至重,而使外舍久在內省(shěng)。"

【內則】禮記篇名。內容規定婦女在家庭內的言行,不許超越禮教。禮內則疏引鄭玄目錄:"名曰內則者,以其記男女居室事父母舅姑之法,以閨門之內,軌儀可則,故曰內則。"

【內科】治療人體內部疾病的科目,與外科相對。元吳海聞過齋集一贈醫師郭徵言序:"瘍醫世稱外科,謂與內科不通。"

【內迫】同"內急"。急欲大小便。晉書阮孚傳:"(溫)嶠過孚,要與同行,升車,……垂至臺門,告嶠內迫,求暫下。"也作"內逼"。宋孫光憲北夢瑣言十孔侍郎借油衣:"復有一丞郎,馬上內逼,急詣一空宅,逕登溷軒。"

【內宰】官名。周禮天官之屬。掌管宮中政令,宮內妃嬪教化等事,因治婦人之事,故名內宰。是宮內的長官。見周禮天官冢宰注疏。

【內家】指皇宮。封建時代皇宮稱大內,故也稱內家。唐王建詩八宮詞一百首之五十:"盡送春水(一本作毬)出內家,記巡傳把一枝花。"又指宮女。全唐詩薛能吳姬:"身是三千第一名,內家叢裏獨分明。"

【內宴】皇帝在宮內爲臣下所設的宴會。文苑英華四四唐李庾西都賦:"齒群臣於座次,徵公族於內宴。"也作"內燕"。新唐書二一二張仲武傳附張直方:"每內燕,以衣敝惡,辭不赴。"

【內訌】內部的傾軋鬭爭。詩大雅召旻:"天降罪罟,蟊賊內訌。"傳:"訌,潰也。"

【內訓】㊀封建時代對婦女的教育訓誡。後漢書八四曹世叔妻傳:"作女誡七篇,有助內訓。"㊁書名。唐武則天作女訓一篇。又明太祖徐皇后採女憲女誡作內訓二十篇。見舊唐書高宗紀永徽六年、明史一一三仁孝徐皇后傳。

【內庭】宮禁以內。也作"內廷"。唐柳宗元柳先生集三一與韓愈論史官書:"則又將揚揚入政事堂,美食安坐,行呼唱於內庭外衢而已耶?"唐韓偓玉山樵人集夏五月自長沙抵醴陵……聊寄知心詩:"職在內廷宮闕下,廳前皆種紫薇花。"

【內庫】皇宮的府庫。魏書高祖紀下:"其御府衣服、金銀、珠玉、綾羅錦繡,太官雜器,太僕乘具,內庫弓矢,出其太半,班賚百官及京師士庶。"舊唐書經籍志序:"內庫皆是太宗高宗先代舊書,常令宮人主掌。"

【內荏】內心怯懦。詳"色厲內荏"。

【內骨】龜類的甲殼。周禮考工記梓人:"外骨,內骨。"注:"外骨,龜屬;內骨,鱉屬。"蠜,卽"鼈"。疏:"以鼈外有肉緣,故爲內骨也。"肉緣,卽鼈裙。

【內倉】清王朝收貯漕糧的倉庫,除北京通州各糧倉外,另設內倉,供應內府、祭祀和招待外藩屬國使人所用的糧食,教習官役的廩粟,牧馬的飼料。專隸户部,設內倉監督二人。見清朝通典二四職官二户部。

【內恕】存心寬厚。禮仲尼閒居:"無服之喪,內恕孔悲。"漢書高惠高后文功臣表序:"是以內恕之君,樂繼絕世。"

【內訟】內心自責。論語公冶長:"吾未見能見其過而內自訟者也。"集解:"包(咸)曰:訟,猶責也。言人有過,莫能自責。"

【內羞】宮內女官製作的供祭祀用的穀類食物。周禮天官醢人:"爲王及后、世子,共其內羞。"

【內教】㊀封建時代對婦女的教養。晉書楊駿傳:"后妃所以供粢盛,弘內教也。"㊁在皇城內訓練士兵。宋史兵志九訓練之制:"是時,帝初置內教法,旬一御便殿閱武,校程其能否而勸沮之。"

【內務】㊀國內的政務。公羊傳隱二年:"公會戎於潛"漢何休注:"凡書會者,惡其虛內務,恃外好也。"㊁宮內的機要事務。宋書戴法興傳:"法興等專管內務,權重當時。"清代設內務府,專管宮內事務。參見"內務府"。

【內屏】㊀古代諸侯宅第在大門內築小牆作屏蔽,稱爲內屏。禮郊特牲"臺門而旅樹"漢鄭玄注:"禮,天子外屏,諸侯內屏,大夫以簾,士以帷。"㊁星名,在五帝座前。宋史天文志二:"內屏四星,在端門內,近右執法。屏者,所以屏蔽帝庭也。"晉書天文志上僅稱爲"屏"。

【內患】國內憂患之事。後漢書六六陳蕃傳:"內患漸積,外難方深。"

【內參】太監。北齊書幼主紀:"使人衣黑衣爲羌兵,鼓噪凌之,親率內參臨拒。"

【內視】㊀憑主觀想像觀察事物。莊子

列禦寇："賊莫大乎德有心，而心有睫。及其有睫也而内視，内視而敗矣。"俞樾諸子平議十九莊子平議："内視者，非謂收視反聽也。謂不以目視而以心視也，後世儒者，執一理以斷天下事，近乎心有睫矣。"㊁内心反省。參見"内視反聽"。㊂古代養生術之一。參閱唐孫思邈備急千金要方養性道林養性。

【内黄】縣名。屬河南省。戰國時爲魏黄邑。漢置内黄縣，因陳留有外黄，故稱。故城在今治西北。參閱水經注九蕩水、元和郡縣志十六相州。

【内朝】㊀周時三朝之一，對外朝而言。禮玉藻："朝服以日視朝於内朝。"按周禮秋官朝士注："周天子諸侯皆有三朝，外朝一，内朝二。内朝之在路門内者，或謂之燕朝。"又諸侯家廟也稱内朝。國語魯下："合家事于内朝。"㊁宫廷之内。後漢書十上和熹鄧皇后紀："正位内朝，流化四海。"

【内揵】閉塞，忘其心術。詳"外揵"。

【内間】利用敵人内部心懷不滿的人作我方的間諜。孫子用間："内間者，因其官人而用之。"集注："因其在官失職者，若刑戮之子孫，與受罰之家也。因其有隙，就而用之。"

【内傅】保母。西京雜記一："趙王如意年幼，未能親外傅，戚姬使舊趙王内傅趙媼傅之。"

【内廉】㊀古代宫殿西階的東側角。儀禮聘禮："陪鼎當内廉，東面北上。"清胡培翬正義："李氏(如圭)云：内廉，西階之東廉也。階有東西兩廉，近堂之中者爲内廉。"㊁稱人内有廉隅，猶言方正。史記一〇八韓長孺傳論："壺遂之内廉行修，斯鞠躬君子也。"

【内裏】宫内。文苑英華二二九王建送宫人入道詩："問師初得經中字，入静獨燒内裏香。"舊唐書一八四李輔國傳："大家但内裏坐，外事聽老奴處置。"大家，指代宗。

【内逼】見"内迫"。

【内照】㊀光照室内。文選漢張平子(衡)西京賦："流景内照，引曜日月。"㊁喻人的神情明朗，如鏡之能内照。北周庾信庾子山集十三周太子太保步陸逞碑："公儀表外明，風神内照。"

【内園】内苑。皇宫園圃。唐王建詩八宫前早春："内園分得温湯水，二月中旬已進瓜。"唐有内園小兒，居禁苑中，種蔬菜瓜果，供奉皇家。見舊唐書一七五憲宗二十子莊恪太子傳、新唐書二二三下蔣玄暉傳。

【内亂】㊀國内的變亂，多對外患而言。書多方："乃大降罰，崇亂有夏，因甲於内亂。"㊁亂倫行爲，漢律稱禽獸行。唐代稱内亂，屬十惡之一。見唐律疏議一名例。

【内傳】㊀古代解釋經義的文字叫内傳。漢書藝文志有韓内傳四卷，是漢韓嬰解釋詩經的文字。今不傳。㊁人物傳記也稱内傳。隋書經籍志史部雜傳有漢武内傳三卷，太元真人東鄉司命茅君内傳等。唐李商隱李義山詩集五碧城："武皇内傳分明在，莫道人間總不知。"

【内傷】㊀心中悲痛。楚辭屈原九章悲回風："悲回風之摇蕙兮，心冤結而内傷。"㊁中醫稱體内臟腑等受傷爲内傷。金李杲有内外傷辨惑論。

【内經】素問、靈樞兩種醫書，合稱黄帝内經。按漢書藝文志醫經："黄帝内經十八卷，外經三十七卷；扁鵲内經九卷、外經十二卷；白氏内經三十八卷、外經三十六卷，旁篇二十五卷。"稱内經的共有三家，現只存黄帝内經。今通行唐王冰注本内經素問二十四卷，八十一篇；宋史崧序本靈樞經十二卷，八十一篇。

【内鄉】㊀縣名。屬河南省。春秋時楚國析邑。漢置析縣。西魏改爲中鄉縣。隋開皇因避文帝父楊忠諱改爲内鄉。參閱太平寰宇記一四二鄧州。㊁向慕中央政權。漢書司馬相如傳難蜀父老："父兄不辜，幼孤爲奴虜，係纍號泣，内鄉而怨。"注："鄉讀曰嚮。嚮中國而怨慕也。"史記鄉作"嚮"。

【内賓】古稱諸姑姊妹和同姓婦女。見儀禮有司徹"主人洗獻内賓于房中"注。後來泛稱女客爲内賓。

【内寢】内室，睡眠休息的地方。禮内則："子生三月之末，漱澣夙齊，見於内寢。"也叫燕寢，小寢。也專指婦女的居室。唐澧州司馬魏體元墓誌："夫人趙郡李氏……終于内寢。"(八瓊室金石補正四九)後來泛稱人死爲壽終内寢。參見"路寢"。

【内實】家内的財物及妻妾。左傳襄二八年："齊慶封……則以其内實遷于盧蒲嫳氏。"注："内實，寶物妻妾也。"

【内臺】㊀尚書省。南齊書王思遠傳："建武中，遷吏部郎。思遠以從兄晏爲尚書令，不欲並居内臺權要之職。"㊁御史臺。元史百官志二："江南諸道行御史臺，設官品秩同内臺。至元十四年始置江南行御史臺于揚州，尋徙杭州，又徙江州。二十三年遷于建康，以監臨東南諸省，統制各道憲司，而總諸内臺。"

【内監】㊀宦官。唐置内侍監，由宦官充任，後因稱宦官爲内監。唐王建詩八宫詞百首之五九："聖人生日明朝是，私地先須屬内監。"㊁監獄名。清會典刑部刑制："凡監禁，死囚禁内監；軍流以下禁外監。"

【内閣】㊀貴族婦女的居室，内堂。北史魏邢邵傳："邵與婦甚疏，自云：'晝入内閣，爲狗所吠。'"唐劉長卿劉隨州詩集五觀李湊所畫美人障子："華堂翠幕春風來，内閣金屏曙色開。"㊁秘書閣。三國志魏王朗傳："薛夏報之曰：'蘭臺爲外臺，祕書爲内閣，臺、閣一也。何不相移之有？'"㊂明清兩代政務機構。明太祖(朱元璋)忌大臣權重，自洪武十三年殺胡惟庸後，不設宰相。洪武十五年，仿照宋制，置諸殿閣大學士，收閲奏章，批發文稿，協助皇帝辦理政務。永樂初，選翰林院講讀、編撰等入閣，參與機務，稱内閣，無官屬。中葉以後，職權漸重，兼領六部尚書，成爲皇帝的最高幕僚兼決策機關。清初以國史院、祕書院、弘文院内三院爲内閣，設大學士，參與軍政機密。雍正時設軍機處，掌軍政要務，後來内閣便徒有虚名。參閲明史職官制一、清趙翼簷曝雜記一軍機處。

【内署】官署名。後漢書殤帝紀："其減太官、導官、尚方、内署諸服御珍膳靡麗難成之物。"注："内署，掌内府衣物。"

【内窯】南宋青瓷器名窯之一。宋朝統治者，曾在汴京(開封)建窯製造瓷器，稱爲官窯。南渡後，又命邵成章在修内司建窯，稱官窯，而稱汴京者爲舊官窯。又稱爲修内司窯，簡稱内窯。所製瓷器以澄泥爲範，質薄如紙，釉色以粉青爲主，色澤瑩澈。參閲明陶宗儀輟耕録二九窯器、清梁同書古窯器考。

【内熱】㊀心中煩熱。莊子人間世："今吾朝受命而夕飲冰，我其内熱與？"唐李賀歌詩編二長歌續短歌："秦王不可見，旦夕成内熱。"㊁病名。左傳昭九年："淫則生内熱惑蠱之疾。"

【内豎】宫内小臣。周禮天官内豎："内豎掌内外之通令。"又天官冢宰："内豎倍寺人之數。"注："豎，未冠者之官名。"後世通稱宦官爲内豎。後漢書三四梁統傳附梁商："性慎弱無威斷，頗溺於内豎。然宦者忌商寵任，反欲陷之。"

【内樣】宫内流行的式樣。同"宫樣"。唐封演封氏聞見記五巾幞："巾子制頂皆方平。伩内卽頭小而圜鋭，謂之内樣。"這指頭巾。宋楊萬里誠齋集十七謝木韞之舍人分送講筵賜茶詩："北苑龍芽内樣新，銅圍銀範鑄瓊塵。"這指茶葉。

【内憂】㊀國内的憂患，常對外患而言。左傳成十六年："自非聖人，外寧必有内憂。"㊁心中憂慮。漢書五九張湯傳附張安世："(霍)禹謀反，夷宗族，安世素小心畏忌，己内憂矣。"㊂指母喪。參見"丁艱"。

【内篇】古書中如莊子 晏子春秋 淮南子等都分内外篇，大抵表達宗旨的列爲内篇，有所發揮的列爲外篇。唐成玄英莊子序："所言内篇者，内以待外之立名，内則談於理本。"晉葛洪所著抱朴子也分内外篇。晉書葛洪傳："故予所著子，言黄白之事，名曰内篇。其餘駮難通釋，名曰外篇。"後因以内篇指神仙家言。宋宋祁景文集二詆仙賦："緣内篇之丕誕兮，眩南公之多聞。"

【内範】内家的規範。廣弘明集三十下北齊盧思道從駕經大慈照寺詩："玄風冠東户，内範軼西陵。"唐武后嘗召文學之士撰古今内範百卷、内範要略十卷，藏於祕閣。見舊唐書則天皇后紀。

【内舉】推薦親友。左傳襄二一年"祁大夫(奚)外舉不棄讎，内舉不失親。"

【内諱】㊀國内家内惡事醜事須加以避諱者。公羊傳宣元年"公子遂如齊逆女"注："有母言如者，緣内諱、無貶公文。"㊁古代稱婦女的名字。晉書王湛傳附王述："代殷浩爲揚州刺史，……主簿請諱。報曰：'亡祖先君，名播海内，遠近所知；内諱不出門；餘無所避。'"

【内₂謁】通報姓名。漢書八四翟方進傳附翟義："須臾義至，内謁徑入，(劉)立乃走下。"注："内謁，猶今之通名也。"

【内操】宫内操練士兵。明史三〇五魏忠賢傳："忠賢乃勸帝選武閹，練火器，爲内操。"也指宫中衛士。又："忠賢益無忌，增置内操萬人，衷甲出入，恣爲威虐。"

【内翰】㊀唐宋稱翰林爲内翰。唐徐夤釣磯文集九輦下贈屯田何員外詩："内翰好才兼好古，秋來應數到君家。"注："員外與楊老丞翰林同年，恩義最深。"宋史二八二王旦傳："翰林學士陳彭年呈政府科場條目，旦投之地曰：'内翰得官幾日，乃欲隔截天下進士耶？'"㊁清代稱内閣中書爲内翰。見清會典事例吏部官制内閣。

【内嬖】受君主的寵愛。左傳僖十七年："齊侯好内，多内寵，内嬖如夫人者六人。"後也用以指人。後漢書六五皇甫規傳："陛下八年之中，三斷大獄，一除内嬖，再誅外臣。"

【内録】古代官制有録尚書事，省稱内録。晉書桓温傳："加揚州牧，録尚書事，……温遂城赭圻，固讓内録，遥領揚州牧。"

【内學】㊀讖緯之學。後漢書八二上方術傳："後王莽矯用符命，及光武尤信讖言，……自是習爲内學，尚奇文，貴異數，不乏於時矣。"注："内學，謂圖讖之書也。其事祕密，故稱内。"參見"讖緯"。㊁佛學。陳書傅縡傳："三論之興，爲日久矣。龍樹創其源，除内學之偏見；提婆揚其旨，蕩外道之邪執。"龍樹、提婆，都是古印度佛教傳布人。

【内禪】古代帝王讓位給内定的繼承人。文選晉干令升（寶）晉紀論晉武帝革命："堯舜内禪，體文德也；漢魏外禪，順大名也。"注："謝靈運晉書禪位表曰：'夫唐虞内禪無兵戈之事，故曰文德；漢晉外禪有翦伐之事，故曰順名。'"後多指帝王身在而傳位於子弟。新唐書一二一王琚傳："太子受内禪。"指睿宗傳位於玄宗。參閱清顧炎武日知録十四内禪。

【内應】㊀外兵進攻時從内部起事響應。史記九七酈生傳："足下舉兵攻之，臣爲内應。"㊁在内部受人支持。漢書八五谷永傳："永自知有内應，展意無所依違，每言事輒見答禮。"指谷永有大臣王鳳等的支持。

【内艱】舊時稱遭母喪或承重祖母之喪。舊五代史李珽傳："年二十四登進士第，……俄丁内艱。"

【内職】㊀宫廷中由婦女擔任的職務。禮昏義："天子聽外治，后聽内職。"㊁在朝廷内擔任的官職。後漢書二六伏湛傳："光武卽位，知湛名儒舊臣，欲令幹任内職，徵拜尚書。"宋代稱樞密、宣徽三司使副，學士諸司以下爲内職。見宋史職官志序。

【内藏】㊀内庫。公羊傳僖二年："則寶出之内藏，藏之外府。"㊁卽内臟。靈樞經本藏："視其外應，以知其内藏，則知所病矣。"

【内寵】統治者所寵愛的人。左傳僖十七年："齊侯好内，多内寵。"這指姬妾。又："易牙入，與寺人貂因内寵以殺羣吏。"注："内寵，内官之有權寵者。"這指内官。

【内難】内部的變亂。易明夷："内難而能正其志，箕子以之。"韓非子内儲下六微："鄶君以爲内難也，而盡殺其良臣。"

【内簾】科舉時代鄉試和會試時，閲卷的試官叫内簾。見明史選舉制二。詳"簾官"。

【内顧】㊀回頭看。論語鄉黨："車中不内顧。"集解引包咸："車中不内顧者，前視不過衡軛，傍視不過輢轂。"㊁在外而對家事或國事的顧念。漢書九十楊僕傳："失期内顧。"注："内顧，言思妻妾也。"三國演義九一："今南方已平，可無内顧之憂。"

【内屬】猶言内附。史記一一三南越尉佗傳："太后……數勸王及羣臣求内屬。"

【内饔】官名。周禮天官的屬官，掌管王、后、世子的飲食和宗廟祭祀。見周禮天官冢宰。

【内八府】元代官署名。元置内八府宰相八員，例以勳貴國戚的子弟充任，掌管諸王朝覲賓禮，遇有詔令則與蒙古翰林院共同譯寫潤色。因其貴似侍中，近似門下，故稱，實非宰相之職。參閲明陶宗儀輟耕録一内八府宰相、元史百官志三。

【内三院】清官署名。天聰十年，置内國史院、内祕書院、内弘文院，各設大學士一人。内國史院掌記注詔令，編輯實録、史書，撰擬郊祀祝文、誥命册文等事。内祕書院掌外交文書及敕諭祭文。内弘文院掌注釋歷代行事善惡，進講。合稱内三院。康熙九年改爲内閣。參閲清朝通典二三職官一。又清内務府有上駟院、武備院、奉宸院，因供奉内廷，也稱内三院。

【内大臣】清制，選滿洲鑲黄、正黄、正白三旗子弟作爲皇帝侍衛，統率勳戚侍衛大臣，稱爲領侍衛内大臣，共六人。其次稱内大臣，亦六人，是武職中最高的官員。見清朝通典二七職官九。

【内小臣】官名。周禮天官的屬官，掌奉侍内廷，供王后使令，由奄人充任。也稱小臣。

【内兄弟】舅父的兒子。見儀禮喪服"舅之子"注。後來多稱妻的兄弟。詳"内兄"、"内弟"。

【内直郎】官名。南朝齊梁至隋唐太子官屬有内直局，置直郎二人，掌符璽、衣服、繖扇、几案、筆硯、垣牆等事。參閲通典三十職官十二太子庶子。

【内命婦】古稱皇帝的妃、嬪、世婦、女御等爲内命婦。見周禮天官内宰"佐后使治内外命婦"注。參見"外命婦"。

【内家拳】我國拳術舊有内家和外家之

分。相傳外家起於少林，以主動攻擊搏人爲主；內家相傳起於宋張三峯，主張以靜制動，使犯者應手而仆。清黃百家有內家拳法一書。

【內記室】唐人小說記載潞州節度使薛嵩有女婢紅線，通經史；掌管箋表，號內記室。記室，相當於祕書。見太平廣記一九五引唐袁郊甘澤謡。

【內務府】官署名。清初置。掌宮廷內的政務。長官叫總管大臣，無定額。下設廣儲、會計、掌儀、都虞、慎刑、營造、慶豐七司及上駟院、奉宸院、武備院等衙門。參閱清朝通典二九職官七、清會典事例一一七〇內務府。

【內常侍】官廷內官名。秦稱中常侍官，由宦者擔任，間用士人。漢沿稱中常侍。至隋改稱內常侍。唐置內侍省，設內侍四人，內常侍六人。內常侍掌管掖廷、宮闈、奚官、內僕、內府等五局。參閱通典二七職官九。

【內黃侯】螃蟹的別名。宋曾幾茶山集八謝路憲送蟹詩："從來歎賞內黃侯，風味尊前第一流。"

【內重外輕】舊時指京官勢重，外官勢輕。宋史高宗紀五："乙亥，以內重外輕，命省臺寺監及監司守令居職及二年者，許更迭出入除擢。"

【內視反聽】內自省察、又外聽他人意見。史記商君傳："趙良曰：'反聽之謂聰，內視之謂明，自勝之謂彊。'"自勝，自我克制。後漢書六六王允傳："夫內視反聽，則忠臣竭誠；寬賢務能，則義士厲節。"

【內聖外王】道家的政治理想，指所謂聖人兼有王者之位，以推行自然無爲之道。莊子天下："是故內聖外王之道，闇而不明，鬱而不發，天下之人，各爲其所欲焉，以自爲方。"儒家所標榜的內聖外王是內以聖人的道德爲體，外以王者的仁政爲用，體用兼備，各盡其極致。宋史四二七邵雍傳："河南程顥，初侍其父識雍，論議終日，退而歎曰：'堯夫(邵雍)內聖外王之學也。'"

【內外傷辨惑論】金李杲撰。東垣十書之一。三卷，二十六篇。書中指出內傷之症，類似外感，因而仔細分辨了陰陽寒熱，有餘不足的差別，治療以培補脾胃爲主。

四　畫

全 quán ㄑㄩㄢˊ 疾緣切，平，仙韻，從。

㊀完備。墨子辭過："其爲舟車也，全固輕利。"㊁保全。莊子庚桑楚："全汝行，抱汝生。"㊂統括之詞，整個。戰國策燕一："秦趙相弊，而王以全燕制其後。"㊃病愈。通"痊"。周禮天官醫師："歲終則稽其醫事，以制其食，十全爲上。"㊄姓。三國吳有大司馬全琮。

【全丁】古代稱能擔負賦稅服勞役的成年男子。也稱正丁。晉書范甯傳："今以十六爲全丁，則備成人之役矣；以十三爲半丁，所任非復童幼之事矣。……今宜修禮文，以二十爲全丁，十六至十九爲半丁。"

【全人】㊀莊子庚桑楚："聖人工乎天而拙乎人。夫工乎天而俍乎人者，唯全人能之。"注："工於天即俍於人矣，謂之全人；全人，則聖人也。"舊稱道德完美的人爲全人。㊁肢體完具的正常人。莊子德充符："甕㼜大癭說齊桓公，桓公說之；而視全人，其脰肩肩。"㊂保存人民。後漢書二九郅惲傳："昔伊尹自鬻輔商，立功全人。"

【全才】全面發展的人才。舊多指文武兼備而言。唐劉禹錫劉夢得集外集八寄毘陵楊給事詩："好著櫜鞬莫惆悵，出文入武是全才。"

【全牛】莊子養生主："始臣之解牛之時，所見無非牛者；三年之後，未嘗見全牛也。"注："但見其理間也。"疏："操刀既久，頓見理間，纔睹有牛，已知空郤。"後因稱技藝熟練，綽有餘裕者爲目無全牛。

【全付】整個，全套。唐韓愈昌黎集三十平淮西碑："敬戒不怠，全付所覆，四海九州，罔有內外。"水滸七二："是夜雖無夜禁，各門頭目軍士全付披掛，都是戎裝帽帶，弓弩上弦，刀劍出鞘，擺布得甚是嚴整。"

【全目】文選南朝宋鮑明遠(照)擬古詩："石梁有餘勁，驚雀無全目。"注："帝王世紀曰：帝羿有窮氏與吳賀北遊，賀使羿射雀。羿曰：'生之乎，殺之乎？'賀曰：'射其左目。'羿引弓射之，誤中右目。羿抑首而媿，終身不忘。"後便用無全目形容人的善射。唐王維王右丞集一老將行詩："昔時飛箭無全目，今日垂楊生左肘。"

【全甲】全部軍隊。史記一一一衛將軍驃騎傳："殺折蘭王，斬盧胡王，誅全甲。"也指全軍毫無損失。漢書五五霍去病傳："驃騎將軍全甲獲醜。"注："全甲，謂軍中之甲不喪失也。"

【全生】㊀順應自然，以終天年。莊子養生主："可以保身，可以全生。"㊁保全生命。管子立政："全生之說勝，則廉恥不立。"

【全交】保持友誼。禮曲禮上："君子不盡人之歡，不竭人之忠，以全交也。"

【全州】縣名。今屬廣西。漢洮陽縣地。隋置湘源縣。五代晉天福四年在南楚置全州。參閱太平寰宇記一一六全州。

【全身】保全生命。詩王風君子陽陽序："君子遭亂，相招爲祿仕，全身遠害而已。"

【全性】保存本性。淮南子覽冥："夫全性保真，不虧其身。"

【全活】㊀使瀕於死亡的人得以繼續生存。漢書成帝紀鴻嘉四年："水旱爲災，關東流冗者衆，……務有以全活之。"㊁壽終，盡其天年。漢王充論衡禍虛："若此言之，顏淵不當早夭，盜跖不當全活也。"

【全宥】保全寬赦。後漢書六二陳寔傳："及後復誅黨人，(張)讓感(陳)寔，故多所全宥。"

【全軍】㊀保全軍隊的實力。孫子謀攻："凡用兵之法，全國爲上，破國次之，全軍爲上，破軍次之。"㊁全部軍隊。唐賈島長江集六贈李金州詩："泝流隨大旆，登岸見全軍。"

【全真】㊀保持本性。莊子盜跖："子之道狂狂汲汲，詐巧虛僞事也，非可以全真也，奚足論哉！"文選三國魏嵇叔夜(康)幽憤詩："志在守樸，養素全真。"㊁道教的一派。金王嚞(同"哲"，號重陽子)創立。以"澄心定意，包元守一，存神固氣"爲真功；"濟貧拔苦，先人後己，與物無私"爲真行；功行俱全，叫全真。該派舊時盛行於北方，以北京白雲觀爲中心，與流行南方的天師正一道稱爲南北兩宗。參閱明胡應麟少室山房筆叢四二玉壺遐覽。金石萃編一五八有全真教祖碑文。

【全烝】古時祭祀用整頭牲口作祭品置於俎而上獻，稱爲全烝。國語周中："禘郊之事，則有全烝。"注："全烝，全其牲體而升之。"升，奉獻。

【全豹】比喻事物的全貌、全部。聊齋志異司文郎："適領一藝，未窺全豹，何忽另易一人來也。"參見"窺豹一斑"。

【全椒】縣名。今屬安徽省。漢置，屬九江郡。東晉廢。隋大業初復置。參閱太平寰宇記一二八滁州。

【全盛】極盛。文選南朝宋鮑明遠(照)蕪城賦："當昔全盛之時，車挂轊，人駕肩，廛閈撲地，歌吹沸天。"唐宋之問集上有所思詩:“寄言全盛紅顏子，須憐半死白頭翁。”此指盛年。

【全義】南詔勸利晟(靖王)年號。公元817—823年。

【全寧】路名。元置，領全寧縣。見元史地理志一。在今內蒙古赤峰市。

【全福】㊀保全固有的幸福。後漢書十七馮異岑彭賈復傳論:“昔高祖忌柏人之名，違之以全福。”㊁完全的幸福。宋蘇轍欒城集後集十八明堂賀表:“能事既修,全福自至。”

【全德】高尚完備的道德。莊子天地:“天下之非譽，無益損焉，是謂全德之人哉。”呂氏春秋本生:“上爲天子而不驕，下爲匹夫而不惛,此之謂全德之人。”

【全器】全才。唐李商隱李義山文集二爲尚書渤海公舉人自代狀:“不徇物以沽名，善推誠而立斷，渾若全器，宜乎在庭。”宋史三六五岳飛傳論:“求其文武全器，仁智並施，如宋岳飛者,一代豈多見哉!”

【全軀】保全自身。漢書六二司馬遷傳報任安書:“今舉事一不當，而全軀保妻子之臣，隨而媒孽其短。”

【全體】事物的全部。釋名釋飲食:“貊炙，全體炙之。”此指牲體的全部。宋劉克莊後村集六郊行詩:“山晴全體出，樹老半身枯。”此指山容的全貌。

【全唐文】唐代文章總集。清嘉慶十九年董誥曹振鏞等編，用清內府所藏舊鈔唐文爲底本，並采文苑英華永樂大典唐文粹諸書，收文一萬八千四百八十八篇，編爲一千卷。包括五代在內，作家共三千四百餘人。清陸心源有唐文拾遺七十二卷，續十六卷，專録全唐文未收之文。

【全唐詩】唐詩的總集。清康熙四十四年開始收輯，次年成書。共收詩四萬八千九百多首，編爲九百卷。內附唐五代詞十二卷。作者共二千二百餘人。該書以明胡震亨唐音統籤和清初季振宜唐詩爲底本，再加校輯。對全唐詩人作品收集較全。但因成書匆促，全書多不注出處，誤收、漏收、重出的不少，所附作者傳記也常有錯誤。解放後，中華書局加以整理點校，並附録日本上毛河世寧纂輯的全唐詩逸三卷。

【全祖望】公元1705—1755年。清浙江鄞縣人。字紹衣，一字謝山。乾隆元年進士。曾主講蕺山端溪書院。祖望學問甚博，尤專史學，保存南明史料很多。曾補輯黃宗羲宋元學案，編成百卷。又曾七校水經注，三箋困學紀聞。所著詩人有鮚埼亭集八卷，外編五十卷，詩集十卷。

【全勝車】戰車名。明史兵志四:“弘治十五年,陝西總制秦紘請用隻輪車,名曰全勝。長丈四尺，上下共六人，可衝敵陣。”

【全五代詩】清李調元編。百卷。收輯五代諸國詩作。作者各繫以小傳。末附補遺。

【全芳備祖】宋陳景沂撰。分前後集。前集二十七卷，爲花部;後集三十一卷，爲果、卉、草、木、農桑、蔬、藥部。仿照藝文類聚體例，每物分事實祖、賦詠祖二類。主要是供尋章摘句、選擇詞彙之用。賦詠部分採録宋詩很多，其中多有他書不載及其本集已失傳的,可供參證。

【全受全歸】禮祭義:“父母全而生之，子全而歸之。”封建禮教認爲子女的身體來自父母,應當潔身自愛,以完全無垢的身體,還給父母,稱爲全受全歸。

【全唐詩話】舊題宋尤袤撰。十卷。記述唐代詩人逸事和部分作品，內容與宋計有功唐詩紀事大抵相同。四庫總目提要據周密齊東野語，認爲該書是宋丞相賈似道授意門客廖瑩中剽竊舊文摘取計書而成。初題賈似道撰，後人因憎惡似道名,改作尤袤撰。

【全無心肝】隋滅陳，陳後主(陳叔寶)被俘。後來監守者啓奏，說陳叔寶想得一個官號。隋文帝說:“叔寶全無心肝!”見南史陳後主紀。後稱人毫無羞恥之心爲全無心肝。

【全相平話五種】計有:武王伐紂平話、七國春秋平話(後集)、秦併六國平話、前漢書平話(續集)、三國志平話共五種。元至治年間新安虞氏刊行。每種分上、中、下三卷。全相，即綉像全圖之意。是現存我國最早的“講史”話本。文字簡率，但富有民間文學特點。參閱魯迅中國小說史略。

【全漢三國晉南北朝詩】近人丁福保輯。此書收集由西漢到隋八百多年流傳的詩歌，共十一集，分五十四卷，作者共七百三十多人。丁氏以明馮惟訥古詩紀作底本，刪去前集、外集和詩評，增入唐許敬宗文館詞林所載的詩，並附作者小傳，頗便檢查，但校勘疏誤也較多。

【全上古三代秦漢三國六朝文】清嚴可均輯。起自上古,下至隋朝,分代編爲十五集,計作者三千四百九十七人,附先唐文一卷，韻編姓氏五卷,合計七百四十六卷。選文注明來源，歷時二十七年編成。對南朝宋以前的作品，不辨真僞,一概收入,也有重複和遺漏之處。

六 畫

兩 1. liǎng 良獎切,上,養韻,來。ㄌㄧㄤˇ

㊀匹耦，卽一對。凡爲二數者，皆稱兩。易說:“參天兩地而倚數。”㊁量詞。1.用於布帛,指匹數。左傳閔二年:“重錦三十兩。”注:“重錦,錦之熟細者。以二丈雙行,故曰兩。三十兩,三十匹也。”2.一雙，用於鞋類。詩齊風南山:“葛屨五兩。”疏:“屨必兩隻相配，故以一兩爲一物。”或作“緉”。3.重量單位,十錢爲兩。漢書律曆志上:“二十四銖爲兩，十六兩爲斤。……兩者，兩黃鐘律之重也。”注:“李奇曰:‘黃鐘之管重十二銖、兩十二得二十四也。’”㊂古代軍隊編制。二十五人爲兩。周禮地官小司徒:“乃會萬民之卒伍而用之,五人爲伍,五伍爲兩。”㊃技能。呂氏春秋簡選:“晉文公造五兩之士五乘。”注:“兩，技也；五技之人。”㊄通“魎”。漢劉向說苑辨物:“木之怪夔罔兩。”參見“魍魎”。

2. liàng 力讓切,去,漾韻,來。ㄌㄧㄤˋ

㊅通“輛”。書牧誓序:“武王戎車三百兩。”傳:“車稱兩。”詩召南鵲巢:“之子于歸，百兩御之。”

【兩下】㊀起脊屋的前後兩簷叫兩下。禮檀弓上“見若覆夏屋者矣”唐孔穎達疏:“殷人以來，始屋四阿。夏家之屋，唯兩下而已。”㊁雙方。穀梁傳昭八年:“兩下相殺,不志乎春秋。”

【兩大】二者並大。左傳莊二二年:“物莫能兩大,陳衰,此其昌乎!”漢書三六楚元王傳附劉向:“事勢不兩大，王氏與劉氏亦且不並立。”

【兩川】東川西川的合稱。唐肅宗至德二年,劍南道置東川西川兩節度使，因有兩川之稱。後罷。見新唐書方鎮表四。唐白居易長慶集六六同夢得寄賀東西川二楊尚書詩:“兩川風景同三月,千里江山屬一家。”

【兩心】㊀彼此的心意。漢焦延壽易林七大過之小過:“兩心相悅，共其柔筋。”㊁異心。猶言二心。荀子解蔽:“天下無二道,聖人無兩心。”參見“二心”。

【兩可】㊀春秋鄧析的一種學說，意爲同時認可兩種相反或對立的事物。列子力命:“鄧析操兩可之說，設無窮之辭。”參見“鄧析”。㊁無所可否。晉書魯勝傳:

“是有不是，可有不可，是名兩可。”後稱不肯明確表示是非、可否爲模稜兩可或依阿兩可。參見“模稜”。

【兩江】㊀指今南京附近長江兩岸地區。南朝宋鮑照鮑氏集五還都至三山望石頭城詩：“兩江皎平迥，三山鬱駢羅。”㊁清初設江南總督，治今江蘇安徽兩省。後兼轄江西，改稱兩江總督，因沿稱三省之地爲兩江。參閱清朝通典二九職官十一。

【兩全】對兩方面都有利無損。韓詩外傳十：“行不兩全，名不兩立。”三國志魏荀攸傳：“今兄弟遘惡，此勢不兩全。”

【兩舌】言語反覆，搬弄是非。漢焦延壽易林一坤之夬：“一簧兩舌，妄言謬語。”注：“一簧者，卽詩所謂‘巧言如簧’；兩舌，言不一也。”佛教也以兩舌、惡駡、妄言、綺語爲口業。見四十二章經。

【兩忘】二者俱忘。莊子大宗師：“與其譽堯而非桀也，不如兩忘而化其道。”唐白居易長慶集六七分司洛中多暇……兼呈思黯奇章公詩：“性與時相遠，身將世兩忘。”後謂“物我兩忘”，義同。

【兩戒】唐釋一行提出的我國地理現象特點。兩戒：北戒相當於今青海陝北山西河北遼寧一綫；南戒相當於四川陝南河南湖北湖南江西福建一綫。新唐書天文志：“一行以爲天下山河之象，存乎兩戒。”

【兩利】利用雙方。史記九二淮陰侯傳：“誠能聽臣之計，莫若兩利而俱存之。”後來稱對雙方都有利爲兩利。

【兩河】㊀戰國秦漢時，黃河自今河南武陟縣東北流，經山東省西北角折北到河北滄縣東北入海，成南北流向；同上游今陝西山西的北南流向正好東西相對，古人因稱兩河。爾雅釋地：“兩河間曰冀州。”㊁唐安史之亂後，稱河北河南二道爲兩河。見新唐書藩鎮傳。㊂宋代稱河北河東地區爲兩河。宋史三五八上李綱傳：“莫若於河北置招撫司，河東置經制司，……使宣諭天子恩德，所以不忍棄兩河於敵國之意。”陸游劍南詩稿十六感憤：“四海一家天歷數，兩河百郡宋山河。”

【兩京】㊀漢代西京長安、東京洛陽。文選南朝宋謝靈運會吟行：“兩京愧佳麗，三都豈能似。”唐杜甫杜工部草堂詩箋十三戲贈閿鄉秦少府短歌：“今日時清兩京道，相逢苦覺人情好。”㊁宋代的開封府和河南府。宋史太宗紀二：“（雍熙三年）九月丙寅朔，減兩京諸州繫囚。”㊂西漢都長安，東漢都洛陽，稱東、西京，後因以兩京爲兩漢之代稱。陳書沈不害傳：“故東膠西序，事隆乎三代；環林璧水，業盛於兩京。”

【兩宋】見“南北宋㊀”。

【兩府】㊀漢代稱丞相、御史爲兩府。漢書八四翟方進傳：“故事，司隸校尉位在司直下，初除，謁兩府。”注：“丞相及御史也。”㊁宋代稱中書省、樞密院爲兩府。宋歐陽修歸田録二：“蓋樞密史唐制以內臣爲之，故常與內諸司使副爲伍。自後唐莊宗用郭崇韜，與宰相分秉朝政，文事出中書，武事出樞密。自此之後，其權漸盛，至今朝遂號爲兩府。”也作二府。參見“二府㊁”。

【兩兩】成雙相對。史記天官書：“魁下六星兩兩相比者，名曰三能。”參見“兩兩三三”。

【兩到】南朝梁到溉和弟到洽都有文才，當時人比之三國魏丁儀丁廙，西晉陸機陸雲，稱爲兩到。見梁書到溉傳。

【兩歧】分杈成兩枝。後漢書三一張堪傳：“桑無附枝，麥穗兩歧。”後引申爲事物向不同方向發展或意見不能取得一致。宋史三四四王覿傳：“若悉考同異，深究嫌疑，則兩歧遂分，黨論滋熾。”

【兩制】內制和外制。見該兩條。

【兩周】戰國時東周和西周。也稱二周。史記周本紀：“秦借道兩周之間，將以伐韓。”參見“東周”、“西周”、“二周㊀”。

【兩柱】南朝梁時錢幣名。錢孔上下各有一星，所以稱爲兩柱。隋書食貨志：“始梁末又有兩柱錢及鵝眼錢，于時人雜用，其價同；但兩柱重而鵝眼輕。”參閱清缺名錢幣考上。

【兩面】兩側，兩方。水經注三四江水：“東北兩面，悉臨絶澗。”

【兩省】唐代稱門下、中書兩省。新唐書一六五權德輿傳：“德輿獨直兩省，數旬一還舍。”

【兩便】對雙方都有便利。漢書溝洫志：“空居與行役，同當衣食。衣食縣官而爲之作，乃兩便。”注：“言無産業之人，端居無爲及發行力役，俱須衣食耳。今縣官給其衣食，而使修治河水，是爲公私兩便也。”

【兩浙】㊀唐肅宗時，把江南東道分置浙江東西二路，錢塘江以南叫浙東，以北叫浙西。新五代史安重晦傳：“錢鏐據有兩浙，號兼吳越而王。”㊁宋置兩浙路，有今江蘇長江以南及浙江全境。見宋史地理志四。

【兩宮】指太后和皇帝。漢書九九上王莽傳：“值世俗隆奢麗之時，蒙兩宮厚骨肉之寵。”兩宮指漢成帝和太后。有時太上皇和皇帝、皇帝和皇后、兩帝和兩后並舉時，也叫“兩宮”。漢書五九張湯傳：“放取皇后弟平恩侯許嘉女，上爲放供張，賜甲第，充以乘輿服飾，號爲天子取婦，皇后嫁女。大公私官並供其第，兩宮使者冠蓋不絶。”兩宮指皇帝和皇后。宋陳與義簡齋詩集十七有感再賦：“龍沙此日西風冷，誰折黃花壽兩宮？”指宋徽宗和欽宗父子。

【兩馬】國馬和公馬。先秦時代，國馬由民間供應，供交通之用；公馬由官府自養，供公用運輸和軍隊使用。孟子盡心下：“城門之軌，兩馬之力與？”注：“兩馬者，春秋外傳曰：‘國馬足以行關，公馬足以稱賦。’是兩馬也。”參閱清焦循孟子正義。

【兩夏】猶言兩廂。夏，通“廈”。漢書七六張敞傳“果得之殿屋重轑中”注：“蘇林曰：‘轑，椽也。重轑，重棼中。’師古曰：‘重棼，卽今之廊舍也。一邊虛爲兩夏者也。’”宋史輿服志六：“庶人舍屋，許五架門，一間兩廈而已。”

【兩晉】西晉東晉。陳書沈不害傳：“暨乎兩晉，斯事彌隆。”

【兩淮】宋代置淮南東路淮南西路，稱爲兩淮。宋史地理志一：“高宗蒼黃渡江，駐蹕吳會，中原陝右，盡入于金，東畫長淮，西割商秦之半，以散關爲界。其所存者，兩浙、兩淮……十五路而已。”

【兩許】猶言兩可。三國魏嵇康嵇中散集八答張遼叔釋難宅無吉凶攝生論：“足下前論云時日非盛王所有，故吾問惟戊之事。今不答維戊果是非，而曰所誠勸，此復兩許之言也。”

【兩犀】上下齒。玉臺新詠十南朝梁武帝（蕭衍）子夜歌：“巧笑蒨兩犀，美目揚雙蛾。”參見“瓠犀”。

【兩造】争訟的雙方，卽原告和被告。書呂刑：“兩造具備，師聽五辭。”傳：“兩，謂囚、證；造，至也。兩至具備，則衆獄官共聽其入五刑之辭。”周禮秋官大司寇：“以兩造禁民訟。”注：“訟，謂以財貨相告者；造，至也，使訟者兩至。”

【兩參】封建時代官員的朔（初一）望（十五）朝參。宋龐元英文昌雜録三：“寺監丞大理評事已上爲兩參官。”

【兩湖】湖南湖北兩省，簡稱兩湖，又稱湖廣。清代湖廣總督，也稱兩湖總督。

【兩都】漢高祖都長安，光武都洛陽。後人稱長安爲西都，洛陽爲東都，合稱兩都。漢班固有兩都賦。也稱兩京。參見"兩京㊀"。

【兩極】古代天文學術語，指天球的兩端：南極和北極。晉書天文志上儀象："北極出地三十六度，南極入地三十六度，兩極相去一百八十二度半强。"

【兩間】天地之間。宋史四三五胡安國傳："使信於諸夏，聞於夷狄者，無曲可議，則至剛可以塞兩間，一怒可以安天下矣。"

【兩税】夏秋兩税。唐初實行租庸調法，到德宗建中元年楊炎制兩税法，把租庸調合併爲一，規定用錢納税。夏税不超過六月，秋税不超過十一月，稱爲兩税。有兩税使以總其事。見新唐書食貨志二。

【兩粤】廣東廣西，古屬百粤地，稱爲兩粤，也稱兩廣。漢書食貨志下："(武帝)即位數年，嚴助、朱買臣等，招徠東甌，事兩粤。"

【兩意】㊀二心。漢王充論衡調時："人民無狀，加罪行罰，非有二心兩意前後相反也。"宋書樂志三引古辭白頭吟："聞君有兩意，故來相決絶。"㊁不同的命意。宋書選舉志一："場屋之文，專尚偶麗，題雖無兩意，必欲釐而爲二，以就對偶。"

【兩楹】殿堂的中間。楹，堂前直柱。禮檀弓上："殷人殯於兩楹之間，則與賓主夾之也。……予疇昔之夜，夢坐奠於兩楹之間。……予殆將死也。"注："兩楹之間，南面鄉明，人君聽治正坐之處。"

【兩當】㊀即半臂。形似現在的背心。釋名釋衣服："裲襠，其一當胸，其一當背也。"北堂書鈔一二一陳思王(曹植)表："先帝賜臣兩當鎧一領。"參見"裲襠"。㊁水名。在甘肅徽縣境。水經注二十漾水："濁水又東南，兩當水注之。水出陳倉縣之大散嶺。"㊂舊縣名。漢故道縣地。北魏置縣。地在今甘肅徽縣。因縣界兩當水得名。一説縣的西界有兩座山相當，故稱兩當。參閱元和郡縣志二二鳳州。

【兩雋】兩個機智聰明的人。隋書何妥傳："妥少機警，……時蘭陵蕭眘亦有雋才，住青楊巷；妥住白楊頭。時人爲之語曰：'世有兩雋，白楊何妥，青楊蕭眘。'"

【兩漢】前漢(西漢)、後漢(東漢)。魏書袁翻傳："臣聞兩漢警于西北，魏晉備在東南。"

【兩端】㊀事的兩頭。禮中庸："執其兩端，用其中於民。"荀子正論："是有兩端矣，有義榮者，有勢榮者，有義辱者，有勢辱者。"㊁開始和結尾。論語子罕："我叩其兩端而竭焉。"正義："兩端，終始也。"㊂態度左右不定，脚踏兩隻船。史記七七魏公子傳："名爲救趙，實持兩端以觀望。"㊃布一匹。古代布帛四丈爲一匹，從兩頭捲起，因此一匹布有兩端。參閱清黄以周禮書通故。

【兩髦】古代兒童的髮式，頭髮分垂兩邊至眉，稱爲"兩髦"。詩鄘風柏舟："髧彼兩髦，實維我儀。"宋陸游劍南詩稿四三齋中雜興……十首之六："琅琅誦詩書，尚記兩髦髧。"參見"髦"。

【兩甄】㊀部隊的兩翼。左傳文十年"子朱及文之無畏爲左司馬"晉杜預注："將獵，張兩甄，故置二左司馬。"㊁西漢末王莽執政，重用甄豐甄邯。二人把持權力，威震朝廷，當時稱爲兩甄。見漢書六九辛慶忌傳。

【兩鳳】古以鳳爲異鳥，因用以比喻有才華的人。北齊崔㥄和弟仲文，同有才名，同日授官，時人稱爲兩鳳連飛。見北史崔瞻傳。

【兩榜】唐代進士試分甲乙科，稱兩榜。唐黄滔黄御史公集三酬徐正字夤："名從兩榜考昇第，官自三台追起家。"清代以會試(進士)、鄉試(舉人)爲甲榜乙榜，合稱兩榜。參閱清趙翼陔餘叢考甲榜乙榜。

【兩廣】廣東、廣西合稱兩廣。宋代置廣南東路、廣南西路，也叫兩廣。宋史寧宗紀二："(開禧三年五月)戊寅，用四川宣撫司奏，吴曦黨人張伸之等一十六人，除名編配兩廣及湖南諸州。"

【兩廡】宫殿或祠廟正殿外的東西兩廊。宋史選舉志一："凡策士，即殿兩廡，張帟，列几席，標姓名其上。"

【兩墮】東漢桓帝時，宦官唐衡以誅梁冀功，封汝陽侯，横暴一時，當時的人鄙視他，稱他爲唐兩墮。兩墮指任性胡作非爲，全無檢束。參閱後漢書七八單超傳"唐兩墮"注。

【兩魪】即比目魚。文選晉左太沖(思)吴都賦："罩兩魪，罺鰝鰕。"注："魪，左右魪，一目，所謂比目魚也。云須兩魚並合，乃能遊。若單行，落魄著物，爲人所得，故曰兩魪。丹陽吴會有之。"

【兩儀】天地。易繫辭上："是故易有太極，是生兩儀。"疏："不言天地而言兩儀者，指其物體；下與四象相對，故曰兩儀，謂兩體容儀也。"

【兩學】古時的國學和太學。北史邢巒傳附邢邵："二縣兩學，盛自虞殷。"

【兩曜】日月。初學記一引梁元帝纂要："日月謂之兩曜。"唐李白李太白詩二一山

風之二："浮雲隔兩曜，萬象昏陰霏。"

【兩蘇】宋蘇軾、蘇轍兄弟，都以文章著名，時稱兩蘇。宋史四五九巢谷傳："紹聖初，軾、轍謫嶺海，平生親舊，無復相聞者。谷獨慨然自眉山誦言欲徒步訪兩蘇。"

【兩屬】同時附屬於雙方。晉書祖逖傳："由是黄河以南，盡爲晉土，河上堡固。先有任子在胡者，皆聽兩屬。"

【兩龔】西漢龔勝字君賓，龔舍字君倩，都是楚地人，都以名節見稱，時人稱爲楚兩龔。漢揚雄法言問明："楚兩龔之絜，其清矣乎！"兩龔事跡，見漢書七二兩龔傳。

【兩觀】宫殿門外的兩座高臺。公羊傳昭二五年："設兩觀，乘大路。"注："禮，天子諸侯臺門，天子外闕兩觀，諸侯内闕一觀。"晉崔豹古今注都邑："闕，觀也。古每門樹兩觀於其前，所以標表宫門也。其上可居，登之則可遠觀，故謂之觀。"一説兩觀是宫廷外懸掛法令之處。兩臺並列，故稱兩觀，又稱兩闕。

【兩刃矛】古兵器。晉書石季龍載記附石鑒："石琨及張舉、王朗帥衆七萬伐鄴，石閔帥騎千餘，距之城北；閔執兩刃矛，馳騎擊之。"資治通鑑九八晉永和六年正月注："兩刃矛者，鋏之兩旁皆利其刃。"

【兩司馬】㊀官名。周禮夏官司馬："二十五人爲兩，兩司馬皆中士。"注認爲兩司馬是軍隊的師吏。㊁漢代的司馬相如和司馬遷，都是著名的文學家，後人合稱兩司馬。

【兩同書】唐羅隱撰。二卷。上卷五篇爲道家言，下卷五篇爲儒家言。崇文總目二十六雜家説這書以老子修身的學説爲内，孔子治世的主張爲外，其旨同出一源，所以叫兩同。又新唐書藝文志小説家有唐吴筠兩同書一卷，宋陳振孫直齋書録解題十引中興書目作祝融子兩同書，二卷，都已亡佚。

【兩杖鼓】樂器名，即羯鼓。通典一四四樂四革："羯鼓，正如漆桶，兩頭俱擊。以出羯中，故號羯鼓。亦謂之兩杖鼓。"按唐南卓羯鼓録云"擊用兩杖"，故名。參見"羯鼓"。

【兩事家】冤家，對頭。元曲選喬孟符揚州夢三："則今日一言定，便休作兩事家。"又高文秀雙獻功四："酒果做緣由，安排下這場歹鬬，兩事家不肯干休。"

【兩歧金】耜之一種。周禮考工記匠人"二耜爲耦"東漢鄭玄注："古者耜一金，

兩人併發之。……今之耜歧頭兩金，象古之耦也。”

【兩脚狐】比喻諂媚無恥的人。唐武后時，司刑少卿桓彥範劾免張昌宗。楊再思替昌宗辯解，昌宗得復原官。再思由此受到時人鄙棄，左補闕戴令言寫了一篇兩脚狐譏諷他。見新唐書一〇九楊再思傳。舊唐書作“兩脚野狐”。

【兩税使】官名。唐德宗時置。是總管諸道夏秋兩税等錢物的長官，多以鹽鐵轉運使兼任。參見“兩税”。

【兩截人】比喻言行不一的人。明陳于陛意見韓昌黎：“世人云：‘韓昌黎（愈）諫佛骨，却與大顛厚，是兩截人。’余意不然。”大顛，唐代廣東潮陽縣和尚。

【兩頭蛇】狀似兩頭的蛇。唐劉恂嶺表録異下：“（兩頭蛇）一頭有口眼，一頭似頭而無口眼。”傳説見兩頭蛇者必死，楚孫叔敖爲了除害，殺兩頭蛇，埋之，結果没有死。故事見漢賈誼新書春秋、劉向新序雜事、世説新語德行上。

【兩小無猜】指男孩和女孩童年天真，彼此在一起玩耍，没有嫌疑猜忌。唐李白李太白詩四長干行：“郎騎竹馬來，遶床弄青梅，同居長干里，兩小無嫌猜。”聊齋志異江城：“翁有女，小字江城，與生同甲，時當八九歲，兩小無猜，日共嬉戲。”

【兩火一刀】指“剡”字。唐羅隱甲乙集一往年進士趙能卿嘗話金庭勝事見示叙詩：“兩火一刀罹亂後，會須乘興雪中行。”宋詩鈔趙抃清獻詩鈔次韻郡齋偶成：“兩火一刀名素勝，十分雙澗地長靈。”按浙江嵊縣，舊名剡縣，其地有剡山金庭山諸名勝。

【兩世姻緣】雜劇名，全稱玉簫女兩世姻緣。元喬夢符（吉）撰。內容大意是書生韋皋和歌妓韓玉簫相愛，後韋被迫上京應試，音訊斷絶，玉簫思念成疾而死。十八年後，韋做了鎮西大元帥，認識節度使張樵的義女張玉簫，樣子極似韓玉簫，韋就娶她爲妻。因此稱爲兩世姻緣。故事原出於唐范攄雲溪友議。明缺名傳奇玉環記也是演同一故事。

【兩豆塞耳】有所蔽塞，聽而不聞。詳“一葉蔽目”。

【兩兩三三】形容少數。宋柳永樂章集夜半樂詞：“敗荷零落，衰楊掩映，岸邊兩兩三三浣紗遊女。”

【兩虎相鬪】戰國策秦二記陳軫説秦王，以齊楚之戰喻兩虎争人而鬪。比喻敵對雙方你死我活的搏鬪。史記七八春申君傳：“天下莫强于秦楚，今聞大王欲伐楚，此猶兩虎相與鬪。”大王指秦昭王。也作“兩虎共鬪”。史記八一廉頗藺相如傳：“今兩虎共鬪，其勢不俱生。”

【兩面三刀】比喻陰一套，陽一套，挑撥是非。元曲選李行道灰闌記二：“我是這鄭州城裡第一個賢慧的，倒説我兩面三刀，我搬調你甚的來？”

【兩袖清風】㊀迎風瀟灑的姿態。元陳基夷白齋稿十一次韻吴江道中詩：“兩袖清風身欲飄，杖藜隨月步長橋。”㊁形容居官廉潔，囊空如洗。元魏初青崖集二送楊季海詩：“交親零落鬢如絲，兩袖清風一束詩。”明吴應箕樓山堂集十八忠烈楊璉傳：“入計時，止餘兩袖清風，欲送其老母歸楚，至不能治裝以去。”

【兩部鼓吹】南齊孔稚珪住的房子周圍長滿野草，蛙聲噪鬧。孔對人説：“此以當兩部鼓吹。”見南齊書本傳。鼓吹，儀仗隊所奏的音樂。後來用以比喻蛙聲。

【兩敗俱傷】比喻兩强相争，最後雙方都受損失，給予第三者以可乘之機。戰國策秦二：“有兩虎諍（争）人而鬬者，管莊子將刺之。管與止之曰：‘虎者，戾蟲；人者，甘餌也。今兩虎諍人而鬬，小者必死，大者必傷。子待傷虎而刺之，則是一舉而兼兩虎也。’”史記七〇陳軫傳，管莊子作卞莊子。新五代史宦者傳論：“雖有聖智不能與謀，謀之而不可爲，爲之而不可成，至其甚，則俱傷而兩敗。”

【兩湖書院】在湖北武昌。清光緒十六年張之洞爲湖廣總督時創建，調取湖南湖北兩省生員肄業，課程有經學、史學、理學、文學、算學、經濟學六門。見湖北通志五九學校志五。

【兩葉掩目】比喻受蒙蔽而不明。北齊劉晝新論專學：“夫兩葉掩目，則冥然無覩；雙珠填耳，必寂寞無聞。”參見“一葉蔽目”。

【兩當軒集】清黄景仁撰。二十卷，補遺二卷，考異二卷，附録六卷。景仁字仲則，與洪亮吉齊名。是乾嘉間著名詩人。卒時僅三十五歲。他的詩師承李白，但因一生潦倒，詩文中多帶有濃厚的感傷消極情調。兩當軒，景仁自題齋名。

【兩鼠鬭穴】比喻兩軍相遇於地勢險狹之處，没有迴旋餘地，只有勇往直前的將領纔能獲勝。史記八一廉頗藺相如傳附趙奢：“秦伐韓，軍於閼與，……王召問趙奢，奢對曰：‘其道遠險狹，譬之猶兩鼠鬭於穴中，將勇者勝。’”

【兩漢詔令】西漢詔令十二卷，宋林虙編。東漢詔令十一卷，宋樓昉編。後人將兩書合爲一編，書前有洪咨夔所作兩漢詔令總論。其中西漢詔令四百一篇，東漢詔令二百四十八篇，都是從漢書後漢書中録出，按時代排列先後。

【兩漢博聞】宋楊侃編。十二卷。摘録漢書、後漢書，惟簡擇其字句故事，列爲標目，又節取唐顔師古及李賢注，列於其下，不分門類，又不依篇第，不便於檢查。

【兩頭白麪】指作事表裏不一，兩面討好。雍熙樂府五點絳脣常言俗語套：“巧語花言，兩頭白麪。”元曲選楊文奎兒女團圓三：“王獸醫云：‘你撒了手，不似你這個兩頭白面搬脣遞舌的歹弟子孩兒。’”面，通“麪”。元劇中常以白麪、麪糊比喻人胡塗或受人蒙蔽。

【兩瞽相扶】比喻彼此都無所助益。韓詩外傳五：“兩瞽相扶，不傷牆木，不陷井穽，則其幸也。”

【兩浙輶軒録】四十卷，補遺十卷。清阮元編。輯録清初至嘉慶間浙江詩人遺篇，得三千餘家。同治間，潘衍桐又續輯五十四卷，補遺六卷。

【兩漢金石記】清翁方綱撰。二十二卷。兩漢石刻保存下來的很少，本書是據撰者所親見的録入，計漢刻二百八十六，附魏晉吴刻十，都是全文録入，標明行數款式，後附考證。金石萃編兩漢部分把本書的考證幾乎全部輯入。

【兩頭纖纖詩】古樂府體裁之一。古樂府中有無名氏的兩頭纖纖詩，首句是“兩頭纖纖月初生”。後人仿效這種體裁，成爲雜體詩的一種，稱爲兩頭纖纖詩。見明馮惟訥古詩紀統論。

【兩般秋雨盦隨筆】清梁紹壬撰。八卷。其書多記載掌故和評論詩文，也間有考證。

【兩罍軒彝器圖釋】清吴雲撰。十二卷。收吴氏家藏古代銅器，上起商周，下至五代，共百餘器，無款識者不録。王泰基張輿摹圖，雲作釋文。吴雲曾獲得兩個齊侯罍，因稱所居爲兩罍軒，對兩罍的考證特別詳細。

七畫

俞 1. yú 羊朱切，平，虞韻，喻。ㄩˊ

㊀是，應答之詞。書堯典：“帝曰：‘俞，予聞，如何？’”㊁安。吕氏春秋知分：“古聖人不以感私傷神，俞然而以待耳。”㊂人身的穴道。通“腧”。素問欬論王冰注引靈樞經：“脈之所注爲俞。”㊃姓。古代有

俞跗，善醫。見通志二九氏族五平聲。

2. yù ㄩˋ

㊄越發，益加。通"愈"。國語越下："使者往而復來，辭俞卑，禮俞尊。"㊅病愈。通"瘉"。荀子解蔽："而未有俞疾之福也。"

【俞山】山名。卽岐山，又名羭次。水經注十六漆水："漆水出扶風杜陽縣俞山，東北入于渭。"山海經西山經："羭次之山，漆水出焉。"說文："漆水出右扶風杜陵岐山，東入渭，一曰入洛。"

【俞水】卽渝水。史記一一七司馬相如傳："巴俞宋蔡，淮南于遮。"集解："郭璞曰：'巴西閬中有俞水。'"參見"渝水"。

【俞允】書堯典舜典，多用都俞吁咈字，都俞表示許可，吁咈表示不許可。稱帝王允許臣下的請求爲俞允。宋史二五六趙普傳："又有羣臣當遷官，太祖素惡其人，不與。普堅以爲請，……普立於宮門，久之不去，竟得俞允。"宋朱熹朱文公集二五答龔參政書："萬一未蒙俞允，必至再辭。"後來一般書信中用作對方允許的敬語。

【俞兒】㊀古代善於辨別味道的人。莊子駢拇："屬其性于五味，雖通如俞兒，非吾所謂臧也。"釋文："尸子曰：膳，俞兒和之以薑桂，爲人主上食。淮南云：俞兒、狄牙，嘗淄澠之水而別之。一云：俞兒，黃帝時人。狄牙則易牙，齊桓公時識味人也。一云：俞兒亦齊人。"按今淮南子氾論作臾兒。㊁登山之神，長足善走。管子小問："臣聞登山之神有俞兒者，長尺而人物具焉。"文選晉左太沖(思)吳都賦："俞騎騁路，指南司方。"唐呂向注："俞騎，引路人也。"漢初置俞兒騎並爲前驅。見隋書禮儀志四。

【俞扁】俞跗扁鵲，古代名醫。唐柳宗元柳先生集三四與太學諸生喜詣闕留陽城司業書："俞扁之門，不拒病夫。"

【俞柎】見"俞跗"。

【俞俞】從容自得的樣子。同"愉愉"。莊子天道："無爲則俞俞。"儀禮聘禮："私覿愉愉也。"釋文本作"俞俞"。參見該條。

【俞泉】地名。竹書紀年周夷王七年："虢公帥師伐太原之戎，至于俞泉，獲馬千匹。"清徐文靖統箋說該地在太原府城西北。

【俞跗】傳說黃帝時的良醫，醫病不用湯藥，只給病人割皮解肌，洗滌內臟。見史記扁鵲傳。鶡冠子世賢："王獨不聞俞跗之爲醫乎？已成必治，鬼神避之。"韓詩外傳十作"踰跗"，說苑辨物作"俞柎"，文選孫子荆爲石仲容與孫晧書作"俞附"。

【俞樾】公元1821—1906年。清浙江德清人。字蔭甫，號曲園。道光三十年進士，官編修。後任河南學政，以出題不謹罷。研究經學，旁及諸書，以高郵王念孫引之父子爲宗。曾主講蘇州紫陽、上海求志各書院，主講杭州詁經精舍至三十餘年。著有春在堂全集，其羣經平議、諸子平議、古書疑義舉例三書尤著。

【俞隨】水名。卽孝水。山海經中山經："又西十里曰廆山，……俞隨之水出于其陰，而北流注于穀水。"水經注十六穀水："穀水又東，俞隨之水注之，……世謂之孝水也。"參見"孝水"。

【俞大猷】公元1504—1580年。明福建晉江人。字志輔，別號虛江。嘉靖武進士，官至福建總兵。大猷熟習兵法。嘉靖三十年後，倭寇侵擾我國東南沿海，俞與戚繼光率兵進擊，屢立戰功，同稱抗倭名將。所部被稱爲俞家軍。著有正氣堂集十六卷。明史二一二有傳。

【俞正燮】公元1775—1840年。清安徽黟縣人。字理初。道光舉人。學問淵博，對經史、諸子、天算、醫學、佛、道都有研究。著癸巳類稿十五卷，存稿十五卷，四養齋詩稿三卷。見清史稿列傳六九。

【俞兒舞】古雜舞名。卽巴渝舞。宋書樂志二有魏俞兒舞歌四篇，是三國魏王粲所作。參見"巴渝舞"。

𠓞 qí ㄑㄧˊ

參差不齊。

【𠓞拍】㊀不中拍。明王驥德曲律二論板眼："蓋凡曲，句有長短，字有多寡，調有緊慢，一視板以爲節制；……其板先於曲者，病曰'促板'；板後於曲者，病曰'滯板'，古皆謂之'𠓞拍'，言不中拍也。"㊁弄錯。元王實甫西廂記三本三折："𠓞拍了'迎風戶半開。'"這是紅娘嘲笑張生的話，說他把詩意弄錯了。

八部

八 bā ㄅㄚ 博拔切，入，黠韻，幫。

數詞。書舜典："八音克諧。"

【八士】相傳周代八個有才能的人。逸周書和寤："王乃厲翼于尹氏八士，唯固允讓。"論語微子列八士的姓名爲伯達伯适仲突仲忽叔夜叔夏季隨季騧。八士的時代各說不一。漢書古今人表及賈逵說是文王時人，鄭玄說是成王時人，劉向馬融說是宣王時人。見論語微子釋文。國語晉四作"八虞"。

【八叉】兩手相拱爲叉。唐溫庭筠才思敏捷，考試作賦，叉手構思，叉八次就賦成八韻。時人稱他爲溫八叉。見宋孫光憲北夢瑣言四溫李齊名。又五代王定保唐摭言十三敏捷則說溫入試不用起草，每賦一吟而就，故稱爲溫八吟。後來用作才思敏捷的典故。元方回桐江續集五八月二十四日賓暘華父同登秀亭詩之二："我有平生八叉手，興來舉酒尚洋洋。"

【八子】秦漢宮內女官名號。史記秦紀："尊唐八子爲唐太后。"集解："八子者，妾媵之號。"漢書九七上外戚傳序："又有美人、良人、八子、七子、長使、少使之號焉。……八子視千石，比中更。"諸侯王也有八子，位相當於六百石。見漢書三八齊悼惠王傳。

【八川】古代關中灞滻等八條河流。史記一一七司馬相如傳上林賦："終始灞滻，出入涇渭，酆鄗潦潏，紆餘委蛇，經營乎其內，蕩蕩兮八川分流，相背而異態。"也稱"八水"。初學記六涇水引關中紀："涇與渭洛，爲關中三川，與灞滻澇潏灃滈，爲關中八水。"參閱漢書五七司馬相如傳上林賦注。

【八方】四方和四隅。史記司馬相如傳難蜀父老："是以六合之內，八方之外，浸潯衍溢。"

【八王】見"八王之亂"。

【八元】古代傳說中的八個才子。左傳文十八年："高辛氏有才子八人：伯奮仲堪叔獻季仲伯虎仲熊叔豹季貍，……天下之民，謂之八元。"注："元，善也。"後多用爲稱頌顯貴之詞。唐劉禹錫劉夢得集外集七和浙江李大夫伊川卜居詩："早入八元數，嘗承三接恩。"參見"八愷"。

【八水】㊀卽八川。唐駱賓王集九帝京

篇詩:"五緯連影集星躔,八水分流橫地軸。"詳"八川"。㊂指八功德水。梁蕭統昭明太子集二講解將畢賦三十韻詩:"八水潤焦芽,三明啓羣目。"詳"八功德水"。

【八分】㊀漢字書體名,卽八分書。也稱分書。字體似隸而體勢多波磔。相傳爲秦時上谷人王次仲所造。關於八分,歷來有很多不同的解釋:或以爲其二分似隸八分似篆,故稱八分。或以爲似漢隸的波磔,向左右分開,像八字分背,故稱八分。見唐張懷瓘書斷。近人以爲八分非定名,漢隸爲小篆的八分,小篆爲大篆的八分,今隸爲漢隸的八分。宋劉克莊後村集十五阿買詩:"如何萬金産,只解八分書。"㊁清初,設立八個和碩(滿語,部落)貝勒(爵號),共議朝政,各置官屬,賞賜相等,稱爲八分。後定宗室封爵十四等,自貝子以上六等皆入八分。見清會典事例二宗人府封爵。

【八公】漢淮南王劉安門客,有蘇非李尚左吳田由雷被毛被伍被晉昌八人,稱八公。他們奉淮南王之招,和諸儒大山小山相與論説,著淮南子。見漢高誘淮南子注序、史記一一八淮南衡山傳"陰結賓客"索隱。索隱田由作陳由,毛被作毛周。魏晉以後神仙傳録異記等書又附會以八公爲神仙。

【八及】東漢士大夫互相標榜,稱有賢德、有影響的八人爲八及。及,能引導人、受崇仰之意。八人爲張儉岑晊劉表陳翔孔昱苑康檀敷翟超,其中張儉陳翔等以彈劾權貴宦官,曾受到迫害。又朱楷田槃疎耽薛敦宋布唐龍嬴咨宣褒也稱八及。見後漢書六七黨錮傳序、宋王應麟小學紺珠名臣類八及。舊題晉陶潛聖賢羣輔録、小學紺珠有范滂,無翟超。

【八正】㊀八方的和風。淮南子地形:"凡八紘之氣,是出寒暑,以合八正,必以風雨。"注:"八正,八風之正也。"史記律書:"律曆,天所以通五行八正之氣,天所以成孰萬物也。"索隱:"八謂八節之氣,以應八方之風。"㊁佛教以正見、正思惟、正語、正業、正命、正精進、正念、正定爲八正。文選南朝梁王簡栖(屮)頭陀寺碑文:"憑五衍之軾,拯溺逝川;開八正之門,大庇交喪。"

【八石】道家鍊丹的八種石質原料:丹砂、雄黄、雌黄、空青、硫黄、雲母、戎鹽、硝石。抱朴子論仙:"長齋久潔,躬親爐火,夙興夜寐,以飛八石。"

【八矢】八種箭。周禮夏官司弓矢:"掌六弓四弩八矢之法。"枉矢、絜矢,可以帶火發射,用於守城及車戰;殺矢、鍭矢,用於近射及田獵;矰矢、茀矢用於弋射;恒矢、痺矢,用於散射。

【八代】㊀指三皇五帝的時代。文選晉陸士衡(機)辯亡論上:"於是講八代之禮,蒐三王之樂。"㊁指漢魏晉宋齊梁陳隋。宋蘇軾經進東坡文集事略五五韓文公廟碑:"文起八代之衰,道濟天下之溺。"

【八仙】㊀民間傳説中道家的八個仙人,卽漢鍾離張果老韓湘子鐵拐李曹國舅呂洞賓藍采和何仙姑。八仙的傳述甚早,且各説不同。太平廣記二一四引野人閑話,稱西蜀道士張素卿繪八仙圖,爲李己容成等八人。元人雜劇中記八仙的,名目也有出入,或無何仙姑張果老,而有徐仙翁風僧壽或元壺子等。民間傳説中的八仙之名,爲明後之説。參閲近人浦江清文録八仙考。㊁唐李白、賀知章、李適之、李璡(汝陽王)、崔宗之、蘇晉、張旭、焦遂八人,好飲酒賦詩,稱"酒八仙人"。見新唐書二〇二李白傳、杜甫杜工部草堂詩箋二飲中八仙歌。

【八宇】八方之境。晉陸機陸士衡集八七徵:"撫六轡而高遊,瞰八宇以攄眄。"參見"八寓"。

【八字】㊀星命術士以人出生的年、月、日、時爲四柱,配合干支,合爲八字,加以附會,用來推算命運的好壞。其術始於唐,唐李虛中命書論之甚詳。參閲近人余嘉錫四庫提要辯證十三子部四。㊁演舊京劇時用的假鬚,形如菱角,如連環套裏朱光祖的鬍鬚。

【八米】北齊人稱盧思道爲八米盧郎。詳"八采㊁"。

【八行】舊時信箋每頁八行,因稱書信爲八行。唐孟浩然集四登萬歲樓詩:"今朝偶見同袍友,卻喜家書寄八行。"宋梅堯臣宛陵集三王公慥東歸詩:"莫嫌牛馬隔,走別八行稀。"參見"八行書"。

【八州】指全中國。漢書九七上許皇后傳:"殊俗慕義,八州懷德。"

【八言】每句八個字的古體詩。漢書六五東方朔傳:"八言七言上下。"注引晉灼:"八言七言詩,各有上下篇。"

【八圻】八方的邊界。圻,地界。同"八垠"。文選漢揚子雲(雄)劇秦美新:"誕彌八圻,上陳天庭。"

【八戒】佛教用語。八關齋戒的簡稱。卽:不殺生,不偷盜,不邪淫,不妄語,不飲酒,不坐高廣大床,不著華鬘瓔珞,不習歌舞伎樂。參閲法苑珠林一〇五八戒會名、一〇六八戒部之餘戒相。南海寄歸內法傳四長髮有不非時食,無不習歌舞伎樂。

【八材】珠、玉、石、木、金屬、象牙、皮革、羽毛。周禮天官大宰:"以九職任萬民,……五曰百工,飭化八材。"

【八成】㊀古代官府治理政務的八種成規。周禮天官小宰:"以官府之八成經邦治:一曰聽政役以比居,二曰聽師田以簡稽,三曰聽閭里以版圖,四曰聽稱責以傅別,五曰聽祿位以禮命,六曰聽取予以書契,七曰聽買賣以質劑,八曰聽出入以要會。"㊁古代統治者對危害其政權者判罪的八種成例。周禮秋官士師:"掌士之八成:一曰邦汋,二曰邦賊,三曰邦諜,四曰犯邦令,五曰撟(矯)邦令,六曰爲邦盜,七曰爲邦朋,八曰爲邦誣。"注:"八成者,行事有八篇,若今時決事比。"

【八伯】相傳堯舜時都有八伯。伯,官名。八伯分別掌管四方諸侯。八伯中著名的有驩兜共工放齊鯀四人,餘無可考。尚書大傳虞夏記帝唱卿雲歌,八伯咸進稽首,這是舜的八伯。相傳伯夷爲陽伯,羲仲羲叔之後皆爲羲伯,棄爲夏伯,咎繇爲秋伯,和仲和叔之後皆爲和伯,垂爲冬伯,合爲八伯。

【八坐】同"八座"。詳該條。

【八狄】古代對北方諸民族的泛稱。見爾雅釋地。參見"五狄"。

【八法】㊀漢字書法有側(點)、勒(横)、弩(直)、趯(鉤)、策(斜劃向上)、掠(撇)、啄(右的短撇)、磔(捺),稱八法。南朝宋鮑照鮑氏集十飛白書勢銘:"超工八法,盡奇六文。"詳"永字八法"。㊁周代管理百姓的通法。周禮天官大宰:"以八法治官府:一曰官屬以舉邦治,二曰官職以辨邦治,三曰官聯以會官治,四曰官常以聽官治,五曰官成以經邦治,六曰官法以正邦治,七曰官刑以糾邦治,八曰官計以弊邦治。"㊂明初吏部考察屬吏,不稱職的分老疾、疲輭、貪酷、不謹四條。成化時加才力不及一條。清代分年老、有疾、浮躁、才力不及、疲輭、不謹、貪、酷八項,稱八法。參閲清章學誠丙辰劄記。

【八宗】佛教的八個主要宗派。卽:俱舍宗,成實宗,律宗,法相宗,三論宗,華嚴宗,天台宗,真言宗。

【八表】八方之外,指極遠的地方。宋書樂志三魏明帝苦寒行:"遺化布四海,八表以肅清。"晉陶潛陶淵明集一停雲詩:"八表同昏,平路伊阻。"

【八刑】相傳爲周代統治者對所謂不孝、

不睦、不姻、不弟、不任、不恤、造言、亂民等八種人所加的刑罰。周禮地官大司徒："以鄉八刑糾萬民。"後來總稱刑法爲八刑。文選南齊王仲寶（儉）褚淵碑文："執五禮以正民，簡八刑而罕用。"

【八卦】周易中的八種符號。相傳爲伏羲所作。八卦卽☰乾（天）、☳震（雷）、☱兑（澤）、☲離（火）、☴巽（風）、☵坎（水）、☶艮（山）、☷坤（地）。八卦由陰（--）陽（—）兩種線形組成，陰陽是八卦的根本。八卦各代表一定屬性的若干事物。八卦中，乾與坤、震與巽、坎與離、艮與兑是對立的。八卦又以兩卦相疊演爲六十四卦，以象徵自然現象和社會現象的發展變化，具有樸素的辯證法因素。八卦最初是上古人們記事的符號，後被用爲卜筮符號，逐漸神秘化。春秋以後又被統治階級用作宣揚天命論和迷信思想的工具。

【八到】四面八方所到之處。唐歐陽詹歐陽行周集二和嚴長官秋日登太原龍興寺閣野望詩："九霄迴棧路，八到視并州。"

【八采】㊀八種彩色。古代傳説，"堯眉八采"，見春秋演孔圖。淮南子修務作"八彩"。㊁北齊高洋（文宣帝）死後，朝中文士奉命各作輓歌十首，擇優録用。盧思道所作十首，被採用八首，當時人稱他爲八采盧郎。見北史本傳。唐元稹長慶集二二重酬樂天詩："百篇書判從饒白，八采詩章未伏盧。"（明嘉靖本）另説當作"八米"，采爲米字之訛。闕中語歲以六米七米八米分上中下；"八米"取又好又多的意思。聯珠集令狐楚和竇鞏詩："才推今八米，職副舊三台。"（宋刊本）文苑英華九九〇唐李商隱祭長安楊郎中文："孫金盧米，百賦千詩。"參閱宋朱翌猗覺寮雜記上、姚寬西溪叢語下。

【八命】㊀周代官秩自一命至九命凡九等，八命是官爵的第八等，卽王之三公及州牧。周禮春官大宗伯："以九儀之命，正邦國之位。一命受職，……八命作牧。"後泛指高級官僚。文選南朝梁沈休文（約）奏彈王源文："源雖人品庸陋，胄實參華，曾祖雅位登八命。"參見"九命"。㊁古代以龜殼占卜八事。周禮春官大卜："以邦事作龜之八命：一曰征，二曰象，三曰與，四曰謀，五曰果，六曰至，七曰雨，八曰瘳。"

【八股】明清科舉考試的文體之一，也稱制藝、制義、時藝、時文、八比文；因題目取於四書，故又稱四書文。其體源於宋元的經義，明成化以後漸成定式，清光緒末年廢。八股文以四書的內容作題目，文章的發端爲破題、承題，後爲起講。起講後分起股、中股、後股和末股四個段落發議論。每個段落都有兩段相比偶的文字，合共八股，故稱八股文。八股文是封建統治者扼殺人才、統制思想的工具。參閱清阮元四書文話、梁章鉅制義叢話。

【八佾】古代天子專用的舞樂。佾，舞列。論語有八佾篇。左傳隱五年杜預注説天子用八，八八六十四人；諸侯用六，六六三十六人；大夫四，四四十六人；士二，二二四人。疏引服虔，以用六爲六八四十八人，大夫四爲四八三十二人；士二爲二八十六人。清俞樾據儀禮鄉飲酒説用八就是八人，用六就是六人，用四就是四人，用二就是二人。説見茶香室經説十四天子用八。

【八洞】道家認爲神仙所居住的洞府，有上八洞、下八洞之稱。後因以八洞泛指神仙或修道者的住所。文苑英華九七唐王勮游北山賦："假使遊八洞之金室，坐三清之玉宮。"

【八音】古代稱金、石、絲、竹、匏、土、革、木爲八音。金爲鐘，石爲磬，琴瑟爲絲，簫管爲竹，笙竽爲匏，壎爲土，鼓爲革，柷敔爲木。書堯典："三載，四海遏密八音。"參閱周禮春官大師"皆播之以八音"注。

【八珍】古代八種烹飪法。周禮天官膳夫："珍用八物。"注："珍謂淳熬、淳母、炮豚、炮牂、擣珍、漬、熬、肝膋也。"見禮內則。後來用以泛指珍貴的食品。三國志魏衛覬傳："飲食之肴必有八珍之味。"

【八垓】八方的界限。文苑英華五十唐任公叔通天臺賦："八垓可接於咫步，萬象無逃於寸眸。"

【八垠】同"八垓"。魏書高允傳徵士頌："四海從風，八垠漸化。"唐杜甫杜工部詩史補遺八寄薛三郎中據："賦詩賓客間，揮灑動八垠。"

【八政】古代國家施政的八個方面。各説不一：書洪範以食、貨、祀、司空、司徒、司寇、賓、師爲八政；禮王制以飲食、衣服、事爲（百工技藝）、異別（用器不同）、度（丈尺）、量（斗斛）、數（百十）、制（布帛幅度廣狹）爲八政；逸周書常訓以夫妻、父子、兄弟、君臣爲八政。後用八政多指洪範八政而言。

【八苦】佛教宣揚人有八苦，卽生、老、病、死、恩愛別離、怨憎會、求不得、憂悲。見大般涅槃經十二聖行品十之二。法苑珠林八三八苦。廣弘明集十五南朝梁簡文帝菩提樹頌序："悲哉六識，沈淪八苦。"

【八柱】古代神話中撐天的八根支柱。楚辭屈原天問："八柱何當？東南何虧？"

【八柄】古代統治者駕馭臣下的八種手段，卽爵、禄、予、置、生、奪、廢、誅，用來調節剥削階級內部財產、權力分配的矛盾。見周禮天官大宰。三國志吳張紘傳與子靖牋："操八柄之威，甘易同之歡。"

【八枳】逸周書三小開："德枳維大人，大人枳維公，公枳維卿，卿枳維大夫，大夫枳維士，登登皇皇，君枳維國，國枳維都，都枳維邑，邑枳維家，家枳維欲無疆。"意爲大小相輔，上下相維，互爲藩蔽，以鞏固統治。枳，一種有香味的樹木，多刺，可做籬笆。後漢書二八下馮衍傳顯志賦："揵六枳而爲籬兮。"注引東觀記作"八枳"。王先謙集解説六枳、八枳都是"共枳"之誤。

【八拜】㊀封建時代對父親一輩親朋友所行的禮節。宋邵伯温聞見前録十記李稷拜訪文彥博，稷父絢爲彥博的門客，所以行八拜禮。㊁舊社會朋友結爲兄弟，也稱八拜之交。元王實甫西廂記一本一折："有一人姓杜，名確，字君實，與小生同郡同學，當初爲八拜之交。"

【八科】科舉取士的八種科目。唐代取士，科目很多，有秀才、明經、開元禮、三傳、史、進士、明法、書學、算學及童子等科。舊唐書一九〇中員半千傳："上元初應八科舉。"意卽諸科中的八科。宋初以九經、五經、開寶通禮、三禮、三傳、三史、學究、明法爲講武殿復試的八科。

【八風】㊀八方之風。名目不一：

	吕氏春秋有始	淮南子地形	説文
東北	炎風	炎風	融風
東	滔風	條風	明庶
東南	熏風	景風	清明
南	巨風	巨風	景風
西南	淒風	涼風	涼風
西	飂風	飂風	閶闔
西北	厲風	麗風	不周
北	寒風	寒風	廣莫

左傳隱五年："夫舞所以節八音而行八風。"釋文東方作"谷風"，南方作"凱風"，其餘和説文相同。㊁佛教稱利、衰、毁、譽、稱、譏、苦、樂爲八風，又稱世八法。參閱釋氏要覽下躁静。

【八俊】古稱同一時期有才能名望的八個人物。東漢李膺荀昱杜密王暢劉祐魏朗趙典朱寓等八人，敢於反對宦官專權，又有才能，時人稱爲八俊。見後漢書六七黨錮傳序。又東漢順帝時周舉杜喬周栩馮羨欒巴張綱郭遵劉班等八人"同日拜使，巡行州郡，劾奏貪猾，表薦公清"，也稱八俊。見後漢書六一周舉傳。

【八幽】八方幽遠的地方。宋書樂志四魏曹植聖皇篇："九州咸賓服，威德洞八幽。"

【八海】指四方四隅之海。藝文類聚七八南朝梁陶弘景水仙賦："淼漫八海，汯汩九河。"

【八病】指詩歌聲律上的八種毛病。南齊沈約等講求韻律，探討詩文聲病，至唐纔有八病的名目，宋人更加以發揮。八病爲：平頭、上尾、蜂腰、鶴膝、大韻、小韻、旁紐、正紐。參閱宋梅堯臣續金針詩格、清紀昀沈氏四聲考下。八病說原爲研討聲韻和協變化，對律詩的形成起了一定的作用，其弊病在於刻意追求形式，彫琢繁瑣，反而束縛了詩歌內容的表達。

【八神】㊀秦制祭祀名山大川及八神。八神爲天主、地主、兵主、陰主、陽主、月主、日主、四時主。見史記封禪書、漢書郊祀志上。㊁八方之神。漢書八七上揚雄傳甘泉賦："八神奔而警蹕兮，振殷轔而軍裝。"

【八座】封建王朝的高級官員。座，也作"坐"。東漢以六曹尚書、令、僕射爲八座。見後漢書百官志。魏晉南朝以五曹尚書、二僕射、一令爲八座，見宋書百官志。隋唐以六尚書、左右僕射及令爲八座，見通典二二職官四歷代尚書、晉書職官志。

【八馬】唐制帝王上朝的儀仗馬。唐李商隱李義山詩集六渾河中："九廟無塵八馬迴，奉天城壘長春苔。"按唐制殿中尚乘局每日用八匹馬排列在宮門，叫南衙立仗馬。見新唐書百官志二。參見"立仗馬"。

【八埏】八方的邊際。史記一一七司馬相如傳封禪書："上暢九垓，下泝八埏。"

【八哥】鸜鵒的別名。宋顧文薦負暄雜錄物以諱易："南唐李主諱煜，改鸜鵒爲八哥，亦曰八八兒。"(說郛十八)按廣韻謂鸜鵒爲"哵哵鳥"。參見"鸜鵒"。

【八荒】八方荒遠的地方。史記秦始皇紀贊引賈誼過秦論上："秦孝公……有席卷天下，包舉宇內，囊括四海之意，并吞八荒之心。"漢劉向說苑辨物："八荒之內有四海，四海之內有九州。"

【八校】漢武帝設置中壘、屯騎、步兵、越騎、長水、胡騎、射聲、虎賁八校尉，下有丞、司馬，秩皆二千石。胡騎不常置，故又稱七校。見漢書百官公卿表上。後通稱將佐爲八校。藝文類聚六六三國魏應瑒西狩賦："雙翼伉旌，八校祖分。"

【八桂】㊀山海經海內南經："桂林八樹，在番隅東。"注："番隅今番禺縣。"八樹成林，形容其大。㊁廣西的代稱。藝文類聚四七南朝梁沈約齊司空柳世隆行狀："臨姑蘇而想八桂，登衡山而望九疑。"唐韓愈昌黎集十送桂州嚴大夫詩："蒼蒼森八桂，茲地在湘南。"

【八書】指史記的禮樂律曆天官封禪河渠平準八書，內容記載朝章國典。後來諸史自漢書起，都稱志。

【八陣】古代的八種兵陣。八陣名目不一。文選漢班孟堅(固)封燕然山銘："勒以八陣，莅以威神。"注引雜兵書："八陣者，一曰方陣，二曰圓陣，三曰牝陣，四曰牡陣，五曰衝陣，六曰輪陣，七曰浮沮陣，八曰雁行陣。"三國蜀諸葛亮有洞當、中黃、龍騰、鳥飛、折衝、虎翼、握機、連衡等八陣。參閱宋王應麟小學紺珠制度類八陳。參見"八陣圖"。

【八秩】禮王制："七十不俟朝，八十月告存，九十日有秩。"又見禮內則。本指古代帝王對老臣的優待，後因稱八十歲爲八秩，九十歲爲九秩。唐白居易長慶集七一喜老自嘲詩："行開第八秩，可謂盡天年。"也作"八帙"。宋陸游劍南詩稿三九致仕後即事："八帙開來今過半，一杯引滿若爲辭。"

【八脈】中醫稱人身十二經脈以外的陽維、陰維、陽蹻、陰蹻、衝、督、任、帶爲八脈。見史記倉公傳及注。詳"奇經八脈"。

【八紘】大地的極限，猶言八極。淮南子地形："九州之外，乃有八殯。……八殯之外，而有八紘。"注："紘，維也。維落天地而爲之表，故曰紘也。"史記一一七司馬相如傳大人賦："徧覽八紘而觀四方兮。"

【八訣】見"永字八法"。

【八袠】同"八秩"。宋樓鑰攻媿集三三乞致仕劄子第二劄："況兼年垂八袠，衰疾交侵，……豈復有可留之理？"

【八區】八方。漢書八七下揚雄傳解嘲："天下之士，雷動雲合，魚鱗雜襲，咸營於八區。"文選左太沖(思)詠史詩："悠悠百世後，英名擅八區。"

【八寓】八方之地。寓，同"宇"。文選漢張平子(衡)東京賦："澤浸昆蟲，威振八寓。"

【八極】八方極遠的地方。荀子解蔽："明參日月，大滿八極，夫是之謂大人。"淮南子地形："八紘之外，乃有八極。"

【八景】宋沈括夢溪筆談十七書畫："度支員外郎宋迪工畫，尤善爲平遠山水。其得意者有平沙雁落，遠浦帆歸，山市晴嵐，江天暮雪，洞庭秋月，瀟湘夜雨，煙寺晚鐘，漁村落照，謂之'八景'。"後來名勝之地也多用四言句列稱其景物爲八景。如京師八景：太液晴波、瓊島春雲、金臺夕照、西山霽雪、玉泉垂虹、蘆溝曉月、薊門煙樹、居庸疊翠。參閱明張爵京師五城坊巷胡同集。

【八貂】唐制左右散騎、侍中、中書令各二人，冠制皆金蟬珥貂，左散騎與侍中爲左貂，右散騎與中書令爲右貂，稱八貂。見新唐書百官志二"左散騎常侍二人"注。唐詩紀事三十耿湋元日早朝："參差萬戟合，左右八貂斜。"

【八象】易八卦之象。卽：乾(天)、坤(地)、坎(水)、離(火)、艮(山)、兌(澤)、巽(風)、震(雷)。文選晉潘安仁(岳)爲賈謐作贈陸機詩："結繩闔化，八象成文。"注："八象，八卦也。"

【八溢】同"八佾"。漢書禮樂志郊祀歌天地八："千童羅舞成八溢，合好効歡虞泰一。"詳"八佾"。

【八裔】八方荒遠之地。文選晉木玄虛(華)海賦："長波涾㴾，迆延八裔。"

【八愷】古史相傳高陽氏有才子八人，卽：蒼舒隤敳檮戭大臨龍降庭堅仲容叔達，稱八愷。見左傳文十八年。愷，和的意思。漢書古今人表庭堅作咎繇。

【八達】㊀八窗。文選漢張平子(衡)東京賦："複廟重屋，八達九房。"注："八牖，八達也。"也作"八闥"。晉摯虞摯太常集槐賦："開明過於八闥兮，重陰踰乎九房。"㊁稱同一時期的八個通達之士。如三國魏諸葛誕等(三國志魏諸葛誕傳注引世語)；晉代胡毋輔之等(晉書光逸傳)，都有八達之稱。又三國魏司馬懿字仲達，兄弟七人皆以達爲字，也稱八達。見晉書安平獻王孚傳。

【八遐】八方之外，極遠的地方。晉陶潛陶淵明集五閑情賦："坦萬慮以存誠，憩遙情於八遐。"

【八辟】辟，法。周代統治者，爲了確定等級身份和調整內部關係所定減輕刑罰的八種條件，卽議親、議故、議賢、議能、議功、議貴、議勤、議賓。凡符合上述八項條件的人犯了罪可以考慮減刑或免刑。

見周禮秋官小司寇。後來成爲歷代封建帝王的親族、近臣減刑或免刑的特權規定。漢代改爲八議。三國時正式寫入法典，一直沿用到清。

【八虞】周代八個掌管山澤的官員。國語晉四："詢於八虞。"注："八虞，周八士，皆在虞官。"論語微子作"八士"。後代泛稱有才能的人爲八虞。初學記十二漢胡廣侍中箴："辛尹是訪，八虞是詢。"參見"八士"。

【八會】中醫稱人體内八個氣血會合的穴位。

氣會——膻中穴　脈會——太淵穴
骨會——大杼穴　腑會——太倉穴（四脘穴）
髓會——絶骨穴（懸鐘穴）　血會——膈俞穴
筋會——陽陵泉穴　臟會——章門穴

史記一〇五扁鵲倉公傳"會氣閉而不通"正義引八十一難："府會太倉，藏會季脅，筋會陽陵泉，髓會絶骨，血會鬲俞，骨會大杼，脈會大淵，氣會三焦：此謂八會也。"按今本難經在四十五難。

【八犍】梵語"八犍度"的省語，指佛學的八個部類。廣弘明集二二北周王褒周經藏願文："鹿苑四諦之法，尼園八犍之文。"參閱翻譯名義集四論開八聚。

【八解】佛經中所謂能使人解脱束縛的八種禪定。禪定，潛心内修。廣弘明集十九沈約内典序："駕四禪之眇眇，汎八解之悠悠。"八解名目，參閱觀無量壽經、唐李師正法門名義集功德品八解脱。

【八旗】明萬曆年間，滿族首領努而哈赤在統一女真各部過程中，創建八旗制度，初期，兼有軍事、行政、生産三方面的職能，後來成爲兵籍編制，以旗色爲標志，分正黄、正白、正紅、正藍。至萬曆四十三年增鑲黄、鑲白、鑲紅、鑲藍，稱八旗。其中鑲黄、正白、正黄爲上三旗，也稱内府三旗，清初直屬親軍。其餘爲下五旗。此外，又將所統治的蒙族和漢族編爲蒙古八旗，漢軍八旗，合爲二十四旗。參閱清文獻通考一七九兵一、昭槤嘯亭雜録十八旗之制。

【八閩】福建省在元代分福州興化建寧延平汀州邵武泉州漳州八路，明改爲八府，所以有八閩之稱。見明史地理志六。

【八際】八方的邊際，指疆域的遠界。晉書姚泓載記論："晦重氛於六漠，鼓洪流於八際。"

【八蜡】蜡，周代祭名，秦稱臘，即於每年建亥之月（十二月）農事完畢後舉行的祭祀。禮郊特牲："八蜡以記四方。"八蜡是：一先嗇，祭神農；二司嗇，祭后稷；三農，祭古時田官之神；四郵表畷，祭始創田間廬舍、開道路、劃疆界的人；五祭貓虎，因它們吃野鼠野獸，保護了禾苗；六坊，祭堤防；七水庸，祭水溝；八祭昆蟲，以免蟲害。

【八魁】㊀星名。星經下八魁："八魁九星，在北落東南。"㊁古曆法以春三月己巳、丁丑，夏三月甲申、壬辰，秋三月己亥、丁未，冬三月甲寅、壬戌爲八魁。見後漢書三十蘇竟傳"夫仲夏甲申爲八魁"注。

【八維】四方（東、南、西、北）和四隅（東南、西南、東北、西北）合稱八維。楚辭漢東方朔七諫自悲："引八維以自道兮，含沆瀣以長生。"補注："天有八維，以爲綱紀。"

【八廚】後漢書六七黨錮傳序："度尚張邈王考劉儒胡毋班秦周蕃嚮王章爲八廚。"廚，指能散財救人危急。舊題晉陶潛聖賢羣輔録上八廚中有劉翊無劉儒，王考作王孝，王章作王商。

【八穀】㊀八種穀物：黍、稷、稻、粱、禾、麻、菽、麥。見本草注。或以稻、黍、大麥、小麥、大豆、小豆、粟、麻爲八穀。見續古文苑三隋李播天文大象賦注。㊁星名。晉書天文志上："（五車星）其西八星，曰八穀，主候歲八穀。"古文苑三隋李播天文大象賦："薦秋成於八穀，務春採於扶筐。"

【八殥】同"八埏"。淮南子地形："九州之外，乃有八殥，亦有千里。"注："殥，猶遠也。"初學記五引淮南子作"八埏"。

【八節】八個氣節。即立春、春分、立夏、夏至、立秋、秋分、立冬、冬至。周髀算經下二："凡爲八節二十四氣。"注："二至者，寒暑之極；二分者，陰陽之和；四立者，生長收藏之始；是爲八節。"參見"二十四氣"。

【八徵】㊀從八個方面去檢驗、識別軍事人才。六韜龍韜選將："知之有八徵：一曰問之以言，以觀其辭；二曰窮之以辭，以觀其變；三曰與之間謀，以觀其誠；四曰明白顯問，以觀其德；五曰使之以財，以觀其廉；六曰試之以色，以觀其貞；七曰告之以難，以觀其勇；八曰醉之以酒，以觀其態。八徵皆備，則賢不肖別矣。"㊁生活中的八個方面。名目見列子周穆王。

【八龍】東漢荀淑八子儉緄靖燾汪爽肅敷，都有名聲，時人稱爲八龍。見世説新語品藻"正始中人士比論"注引逸士傳。後稱有才望的人爲八龍。全唐詩九七沈佺期夏日梁王席送張岐州："家傳七豹貴，人擅八龍奇。"

【八闋】吕氏春秋古樂："昔葛天氏之樂，三人操牛尾，投足以歌八闋：一曰載民、二曰玄鳥、三曰遂草木、四曰奮五穀、五曰敬天常、六曰建帝功、七曰依地德、八曰總禽獸之極。"八闋之樂，是反映勞動人民生産鬭爭和原始宗教信仰的舞樂，共八章。

【八儒】相傳孔子死後儒家分爲八派，即子張子思顔氏孟氏漆雕氏仲良氏孫氏樂正氏。見韓非子顯學。唐駱賓王集五久戍邊城有懷京邑詩："棘寺游三禮，蓬山簉八儒。"

【八駿】相傳爲周穆王的八匹良馬。八駿名目記載不一。穆天子傳一作赤驥、盜驪、白義、踰輪、山子、渠黄、華騮、緑耳。列子周穆王華騮作驊騮，白義作白𣿅，均古字。拾遺記作絶地、翻羽、奔宵、超影、踰輝、超光、騰霧、挾翼。後來泛指駿馬。唐杜甫杜工部草堂詩箋七驄馬行："豈有四蹄疾於鳥，不與八駿俱先鳴。"

【八谿】中醫稱人上肢部左、右側的肩關節（兩肱）和肘關節下部的骨寬關節（兩髀）和膝關節。見素問五藏生成："此四支八谿之朝夕也"注。

【八鮮】舊時江浙有八鮮行。八鮮，指菱、藕、芋、柿、蝦、蟹、蟫蠍、蘿蔔。見清李斗揚州畫舫録一。

【八鎮】四方及四隅。漢書八七上揚雄傳羽獵賦："戲八鎮而開關。"

【八識】佛教法相宗專用的名詞。眼、耳、鼻、舌、身、意爲前六識。也叫六根。末那爲第七識，意謂執持我見。阿賴耶爲第八識，意爲藏，謂能藏一切法，即所謂神識、性靈，合稱八識。唐玄奘譯顯揚聖教論一："識有八種，謂阿賴耶識、眼、耳、鼻、舌、身識、意及意識。"

【八瓊】即八石。宋洪朋洪龜父集上雪霽陪諸公登滕王閣詩："伊余千載裔，未鍊八瓊藥。"參閱雲笈七籤十二上清黄庭内景經肝氣。詳"八石"。

【八藪】古代八個著名的大湖澤。漢書六四上嚴助傳："九州爲家，八藪爲囿。"注："八藪，謂魯有大野，晉有大陸，秦有楊汙，宋有孟諸，楚有雲夢，吳越之間有具區，齊有海隅，鄭有圃田。"因八藪分布諸地，故也用以指疆域的廣闊。南朝梁蕭統昭明文集三謝勑賚地圖啓："洞該八藪，混觀六合。”

【八關】㊀東漢末黄巾起義，旬日之間，四方響應，京師震動，漢王朝，乃自函谷廣成伊闕大谷轘轅旋門小平津孟津八關，都設置都尉，加强鎮壓。見後漢書靈帝紀中平元年“置八關都尉官”注及後漢書七一皇甫嵩傳。㊁見“八關齋”。

【八議】卽八辟。後漢書四八應劭傳：“陳忠不詳制刑之本，而信一時之仁，遂廣引八議求生之端。”參見“八辟”。

【八騶】古代貴族高官出行時，前頭有八名騶卒喝道，叫八騶。南齊書王融傳：“車前無八騶卒，何得稱爲丈夫！”宋陸游劍南詩稿三九致仕後卽事之十五：“多事車前要八騶，老人惟與一藤遊。”

【八灋】灋，古“法”字。見“八法㊀”。

【八顧】東漢士大夫互相標榜，稱郭林宗宗慈巴肅夏馥范滂尹勳蔡衍羊涉爲八顧。顧，是能以自己的德行影響别人的意思。見後漢書六七黨錮傳序。舊題晉陶潛聖賢羣輔録有劉儒無范滂。又漢末劉表張隱薛郁王訪宣靖公褚恭劉祇田林，也稱八顧。見三國志魏劉表傳“少知名，號八俊”注引張璠漢紀。

【八覽】吕氏春秋有八覽、六論、十二紀。八覽卽有始孝行愼大先識審分審應離俗恃君。參見“吕氏春秋”。

【八體】秦代統一文字，廢除不符合秦文的六國文字，定書體爲八種：一大篆、二小篆、三刻符、四蟲書、五摹印、六署書、七殳書、八隸書。見漢許愼説文解字敍。漢書藝文志小學有八體六技。按八體中大篆、小篆、蟲書、隸書爲字體，刻符等四種是書的用途。參閱王國維觀堂集林六桐鄉徐氏印譜序。

【八蠶】指一年之内育蠶及成熟八次。文選晉左太沖(思)吴都賦：“國税再熟之稻，鄉貢八蠶之絲。”注：“劉欣期交州記曰‘一歲八蠶繭，出日南。’”又叫“八繭蠶”。唐李賀歌詩編一南園之二：“長腰健婦偷攀折，將餧吴王八繭蠶。”

【八鸞】結在馬銜上的鈴鐺叫鸞。鸞，通“鑾”。一馬二鈴。繫於馬口鑣端。四馬八鈴，稱八鸞。詩小雅采芑：“約軧錯衡，八鸞瑲瑲。”又大雅烝民：“四牡彭彭，八鸞鏘鏘。”

【八大王】宋太宗子趙元儼封榮王，宫中稱二十八太保。性剛毅，頗有威望。因排行第八，時人稱八大王。見宋王闢之澠水燕談録九雜録、宋史二四五周王元儼傳。後來小説戲劇中多稱八賢王。

【八大家】見“唐宋八大家”。

【八弓弩】兵器名。能連續發射的大弓。資治通鑑一八八唐高祖武德四年：“八弓弩，箭如車輻，鏃如巨斧，射五百步。”注：“八弓弩，八弓共一桊也。如古連弩，今之劉車弩，亦其類也。”

【八斗才】南朝宋謝靈運説天下共有才一石，曹植獨占八斗，他自己得一斗，天下共分一斗。見宋缺名釋常談中。唐李商隱李義山詩集五可嘆：“宓妃愁坐芝田館，用盡陳王八斗才。”曹植封陳思王。因此，舊時稱有才學的人爲才高八斗。唐徐夤釣磯文集九獻内翰楊侍郎詩：“欲言温署三緘口，閑賦宫詞八斗才。”

【八尺龍】周禮夏官庾人：“馬八尺以上爲龍。”因稱駿馬爲八尺龍。宋蘇軾東坡集續集十聞洮西捷報詩：“漢家將軍一丈佛，詔賜天閑八尺龍。”

【八公山】山名。在安徽壽縣(壽州)北，淝水之北，淮水之南。相傳漢淮南王劉安曾同八公(八個門客)登此山，因以爲名。也叫北山。前秦苻堅攻晉，謝玄在淝水大敗堅兵。堅望見八公山上的草木，都以爲是晉兵，卽此地。參閱太平寰宇記一二九壽州。

【八月春】秋海棠的别名。草本，花色粉紅，甚嬌豔，葉緑如翠羽。見廣羣芳譜三六花十五。

【八司馬】唐順宗卽位，擢用王叔文王伾等，謀奪中官(太監)兵權，進行政治改革。史稱永貞革新。朝中舊派官僚與中官合謀發動政變，王叔文王伾被殺害，韋執誼被貶爲崖州司馬，韓泰爲虔州司馬，陳諫爲台州司馬，柳宗元爲永州司馬，劉禹錫爲朗州司馬，韓曄爲饒州司馬，凌準爲連州司馬，程异爲郴州司馬，時稱八司馬。宋王安石臨川集七一讀柳宗元傳：“余觀八司馬，皆天下之奇材也。”參閱舊唐書憲宗紀上。

【八字軍】南宋初河北、河東地區人民抗金自衛的武裝組織。宋李心傳建炎以來朝野雜記甲集十八八字軍：“八字軍者，河北土人也。建炎初，王觀察彥爲河北制置使，聚兵太行山，皆涅其面曰：‘誓竭心力(或作誓殺金賊)，不負趙王。’故號八字軍。”參閱宋周必大益公題跋一高宗御批陳思恭奏劄跋、李心傳建炎以來繫年要録十五。

【八字眉】㊀眉形倒豎如八字。抱朴子袪惑：“世云堯眉八采，不然也，直兩眉頭甚豎，似八字耳。”㊁唐代婦女流行的眉式。唐韋應物韋江州集十送宫人入道詩：“金丹擬駐千年貌，寶鏡休匀八字眉。”

【八行書】原指每頁八行的信紙。後漢書二三竇融傳附竇章注引馬融與竇伯向(章)書：“書雖兩紙，紙八行，行七字。”後爲書信之通稱。文苑英華二一四北齊邢子才(邵)齊韋道遜晚春宴詩：“誰能千里外，獨寄八行書。”

【八哀詩】唐杜甫作八哀詩八首，傷悼先後去世的王思禮李光弼嚴武李璡李邕蘇源明鄭虔張九齡八人。見杜工部草堂詩箋二四。

【八面鋒】言面面俱鋭，無往不利，發必有中。宋史藝文志補集部制舉類有永嘉八面鋒一書，不著撰人，爲預擬程式供試士答策揣摩之用。

【八思巴】公元 1235—1280 年。元代西藏喇嘛教薩迦派首領，原名羅卓堅參，薩斯加人。中統元年尊爲國師，至元元年，他根據藏文字母創蒙古新字，至元六年頒行，卽八思巴字。他對加强西藏和中原地區的聯系和促進民族間文化交流起過一定作用。死後賜號大元帝師。見元史二〇二釋老傳。八思巴，藏語意爲聖童。清乾隆時改譯“帕克思巴”，又作八思馬，發思八。

【八風臺】西漢末，王莽稱帝，在宫中築八風臺。見漢書郊祀志下。後來泛指臺觀。北周庾信庾子山集二道士步虚詞詩之一：“中天九龍館，倒景八風臺。”

【八段錦】我國民間傳統的健身術之一，有文八段、武八段之别。宋洪邁夷堅乙志九八段錦：“嘗以夜半時起坐，嘘吸按摩，行所謂八段錦者。”明高濂遵生八箋十載其法。

【八陣圖】古代作戰時的一種戰鬭隊形及兵力部署。三國志蜀諸葛亮傳：“推演兵法，作八陣圖。”關於諸葛亮八陣圖練兵的遺址，傳説不一：1. 在陝西沔縣。見水經注二七沔水。2. 在四川奉節縣。見水經注三三江水、晉書桓温傳、太平寰宇記一四八夔州奉節縣。3. 在四川新繁縣。見太平寰宇記七二益州新都縣引李膺益州記。

【八擱輿】卽八人抬的大轎。因無帷蓋，也稱顯轎。南齊書江夏王寶玄傳：“乘八擱輿。”資治通鑑一四三齊永元二年“寶玄乘八擱輿”注：“擱，舉也。八擱輿，蓋八人舉之，卽今之平肩輿，不帷不蓋。”

【八陽經】全稱八陽神咒經。元曲中常作爲諷刺别人説話嚕囌的隱語。元戴善夫紫雲庭一：“我唱的是三國志，先饒十大曲；俺娘便五代史，續添八陽經。”樂府新聲無名氏小令滿庭芳：“五代史般聒聒炒炒、八陽經般絮絮叨叨。”

【八詠樓】樓名。在浙江金華縣城南，舊名元暢樓。南齊太守沈約建。約有登臺望秋月等詩八首，稱八詠詩。見玉臺新詠九。至宋，郡守馮伉改名爲八詠樓。參閱浙江通志四七元暢樓。

【八義記】傳奇名。明徐元撰。演程嬰公孫杵臼救趙氏孤兒的故事。據元紀君祥趙氏孤兒改编。所稱八義，卽周堅鉏麑提彌明靈輒韓厥公孫杵臼程嬰及代孤兒死的嬰子。

【八達嶺】在北京市延慶縣南，居庸關口。又名軍都山。明蔣一葵長安客話八岔道八達嶺：“四海冶西至岔道一百四十里，出居庸關，北往延慶州西往宣鎭，路從此分，故名八達嶺。是關山最高者。”

【八銖錢】古錢幣名。秦有半兩錢，漢初因其太重，改鑄莢錢，重三銖。至呂后二年又嫌莢錢太輕，改鑄八銖錢，重半兩。見漢書高后紀二年“行八銖錢”注。參閱宋洪遵泉志一八銖錢。

【八關齋】佛教徒所持齋名，始於南朝宋齊之時，謂持齋可以戒除八惡。見法苑珠林一〇五八戒會名。有佛説八關齋經，南朝宋沮渠京聲譯。參見“八戒”。

【八大山人】公元1624—1705年。明代著名畫家。姓朱名耷，字人屋，自號雪箇箇山驢漢書年洛園等。江西人，明宗室，明亡後當和尚，嘗持八大人覺經，故以爲號。擅長山水花鳥竹石，筆墨恣縱，獨具一格。書畫署款八大二字連寫，山人二字連寫，或説是狀哭、笑二字。參閱清張庚國朝畫徵録。

【八千卷樓】清浙江錢塘丁丙藏書樓名。丙原有八千卷樓，得文瀾閣藏書後，再蓋二樓，稱後八千卷與小八千卷，總稱嘉惠堂。後又建善本書室，專藏名貴的珍本。有善本書室藏書志四十卷。這些書於清末歸江南圖書館(今南京圖書館)收藏。

【八王之亂】晉武帝(司馬炎)稱帝後，大封宗室。豪門世族之間的矛盾日益激化。武帝死，惠帝立，汝南王司馬亮爲太宰，專權。其後楚王司馬瑋、趙王司馬倫、齊王司馬冏、河間王司馬顒、成都王司馬穎、長沙王司馬乂、東海王司馬越先後起兵，争權奪利，戰争連續達十六年之久，使黄河流域的各族人民遭到極大災難。史稱八王之亂。見晉書惠帝紀、懷帝紀。

【八功德水】佛經謂須彌山下大海中有八功德水。八功德指一甘、二冷、三軟、四輕、五清淨、六不臭、七不損喉、八不傷腹。見俱舍論十一分别世品三之四、稱讚淨土佛攝受經。簡稱“功德水”。唐錢起錢考功集一夢尋西山準上人詩：“覺來纓上塵，如洗功德水。”

【八百孤寒】孤寒，指生活貧窮的士人。八百形容其多。五代王定保唐摭言七好放孤寒：“李太尉德裕頗爲寒畯開路。及謫官南去，或有詩曰：‘八百孤寒齊下淚，一時南望李崖州。’”

【八百羅漢】羅漢，佛教小乘宗認爲功德最高者。清朱彝尊曝書亭集五二書五百羅漢名記後：“按佛書諾俱那與其徒八百衆居震旦國，五百居天台，三百居鴈宕，故梁克家三山志懷安大中寺有八百羅漢像。”參見“阿羅漢”。

【八面玲瓏】文苑英華二八五唐盧綸賦得彭祖樓送楊宗德歸徐州幕詩：“四戶八窗明，玲瓏逼上清。”玲瓏，敞亮通明貌。續傳燈録三七紹隆禪師：“鋒鋩不露，無孔鐵鎚；八面玲瓏，多虚少實。”後來多用以形容人處世圓滑，敷衍周到而不得罪人。

【八索九丘】相傳爲古代書名。左傳昭十二年：“是能讀三墳五典八索九丘。”疏引孔安國尚書序：八索乃八卦之説，九丘爲九州之志。東漢賈逵以八索是八王之法，九丘是九州亡國之戒。張衡則認爲八索卽周禮的八議，九丘卽周禮的九刑。各説不一，皆無實據。

【八旗官學】清代爲八旗子弟所開辦的學堂，創於順治元年，屬國子監。設滿教習一人，蒙古教習二人，漢教習四人。從在監的恩、拔、副、歲貢生中考選學生。名額：滿旗六十名，蒙古、漢軍各二十名，習滿、蒙文及漢文經書文藝。清末改爲八旗學堂。

【八旗通志】清雍正五年開始編纂，乾隆四年完成。二百五十卷，分志表傳，各有八目。以兵制爲基礎，及於一切典章、爵秩、人物、藝文，皆分條列載。

【八磚學士】唐李程爲翰林學士，性懶，每待日影至階前八磚方入朝，時人稱爲八磚學士。見唐李肇翰林志、宋王讜唐語林容止、大唐傳載等。宋陸游劍南詩稿九晚起：“欠伸看起東窗日，也似金鑾過八甎。”甎，同“磚”。

【八聲甘州】詞牌名。宋王灼碧雞漫志三：“甘州，世不見，今仙宮調有曲破，有八聲慢，有令；而中呂調有象甘州八聲。”此調上下闋共八韻，故以八聲爲名，是慢詞的一種。周密詞名甘州，張炎詞因柳永詞有“對瀟瀟暮雨灑江天”句，更名瀟瀟雨，白樸詞名讌瑶池。見詞譜二五。

【八大人覺經】佛經名。東漢沙門安世高譯。八大人覺，謂八法爲菩薩、聲聞、緣覺之大力量人所覺悟。故名。

二畫

六 lù liù 力竹切，入，屋韻，來。
ㄌㄨˋ ㄌㄧㄡˋ

㊀數詞。㊁易稱奇數爲陽，偶數爲陰，而六爲老陰，所以陰爻叫作六。參見“六卦”、“六爻”。㊂我國音樂工尺譜的記音符號。宋史樂志十七燕樂：“林鐘用尺字，其黄鐘清用六字。”讀如溜，去聲。㊃古國名。春秋文五年：“秋，楚人滅六。”在今安徽六安縣。㊄姓。相傳是皐陶的後代，以國爲氏。見通志二六氏族二以國爲氏。

【六丁】道教神名，火神。後漢書梁節王暢傳：“從官卞忌自言能使六丁，善占夢。”注：“六丁，謂六甲中丁神也。若甲子旬中，則丁卯爲神；甲寅旬中，則丁巳爲神之類也。”唐韓愈昌黎集五調張籍詩：“仙官敕六丁，雷電下取將。”元曲選缺名昊天塔三：“燒的來無處居，……也不索祭風臺，也不索狼煙舉，抵多少六丁神發怒。”參閱雲笈七籤十八神仙。

【六入】佛教稱眼入色，耳入聲，鼻入香，舌入味，身入觸，意入法爲六入。見楞嚴經三。文選南朝梁王簡栖（屮）頭陁寺碑：“氣茂三明，情超六入。”

【六工】古代從事土工、金工、石工、木工、獸工、草工的人，屬司空。見禮曲禮下。

【六大】㊀殷代天官的六種屬官。禮曲禮下：“天子建天官，先六大。曰大宰、大宗、大史、大祝、大士、大卜，典司六典。”大，同“太”。㊁佛教稱地大、水大、火大、風大、空大、識大爲六大，也叫六界。佛教認爲這六法是包括一切法界（指自然現象和社會現象）的根本法則。參閱仁王經。

【六弓】六種弓。周禮夏官司弓矢：“司弓矢掌六弓、四弩、八矢之法，……王弓、弧弓，以授射甲革椹質者；夾弓、庾（庾）弓，以授射豻侯鳥獸者；唐弓、大弓，以授學射者、使者、勞者。”

【六么】唐時琵琶曲名。唐白居易長慶集十二琵琶行：“輕攏慢撚抹復挑，初爲霓裳後六么。”又作綠要綠腰樂世録要。參閱唐段安節琵琶録、宋王灼碧雞漫志三。

【六王】㊀夏商周的六王。左傳昭四年：

“夫六王二公之事，皆所以示諸侯禮也。”六王指夏啓商湯周武王成王康王穆王。㊁戰國時齊楚燕韓魏趙六國諸侯。史記秦始皇紀：“寡人以眇眇之身，興兵誅暴亂，賴宗廟之靈，六王咸伏其辜，天下大定。”

【六天】㊀緯書虛構的六個天帝，因古五帝傳說和史記天官書太微宮內有五星爲五帝座之文，卽蒼帝靈威仰、赤帝赤熛怒、黃帝含樞紐、白帝白招矩、黑帝汁光紀，稱五天帝；與天皇大帝耀魄寶，合稱六天。參閱禮郊特牲疏引漢鄭玄說。後來帝王郊天法儀，如唐初顯慶禮卽用六天之說；至開元禮遂廢而不用。㊁佛經稱欲界有六天：四天王天、忉利天、須燄摩天（又稱夜摩天）、兜率陀天、樂變化天、他化自在天。見楞嚴經八。

【六爻】易把組成卦的一長劃或兩短劃叫爻。“⚊”是陽爻，“⚋”是陰爻。重卦六劃，故稱六爻，如乾卦的☰☰，坤卦的☷☷。也稱六位。參見“八卦”，“六位”。

【六壬】古代迷信用陰陽五行占卜吉凶的方法之一。和遁甲、太乙合稱三式。六十甲子中壬有六個（壬申、壬午、壬辰、壬寅、壬子、壬戌），叫六壬。其占法分六十四課，用刻有干支的天盤、地盤相疊，轉動天盤後得出所值的干支及時辰的部位，以此判別吉凶。唐王建詩三貧居：“近來身不健，時就六壬占。”歷代書志，自隋書經籍志三五行以下收錄這一類書頗多。明郭載騋所撰的六壬大全十二卷，爲明清術士通用之本。明史藝文志子部別有袁祥著六壬大全一種，三十三卷。

【六引】㊀古樂調名。文選南朝宋謝靈運會吟行：“六引緩淸唱，三調佇繁音。”注：“沈約宋書曰：控揔宮引第一，商引第二，徵引第三，羽引第四，古有六引，其宮引本第二，角引本第四也。並無歌，有絃笛，存聲不足，故闕二曲。……然今三調蓋淸、平、側也。”樂府詩集以箜篌引、宮引、商引、角引、徵引、羽引爲六引。㊁牽引喪車的繩子。周禮地官大司徒：“大喪，帥六鄉之衆庶，屬其六引而治其政令。”注：“鄭司農（衆）云：六引，謂引喪車索也。六鄉，主六引。”疏：“大喪，謂王及后之喪。后與王禮略同，葬當亦得用六引也。”

【六正】春秋晉統帥三軍的六卿。左傳襄二五年：“自六正、五吏、三十帥、三軍之大夫、百官之正長、師旅及處守者，皆有賂。”疏：“三軍將佐有六，與六正數同，故以六正爲六卿也。”參見“六卿”。

【六司】㊀隋朝宮廷女官名。指司令、司樂、司飾、司醫、司饎、司制。見隋書后妃傳序。㊁唐代府州設置司功、司倉、司戶、司兵、司法、司士六官，叫六司，又叫六曹。見舊唐書職官三。參見“六曹”。

【六甲】㊀用天干地支相配計算時日，其中有甲子、甲戌、甲申、甲午、甲辰、甲寅，叫六甲。漢書食貨志上：“八歲入小學，學六甲五方書計之事。”參見“六十甲子”。㊁五行方術之一。舊題晉葛洪神仙傳：“左慈……乃學道，尤明六甲。”漢書藝文志五行家有風鼓六甲文解六甲，都已失傳。參見“遁甲”。㊂道教神名。參見“六丁”。㊃屬紫微垣的六顆星。晉書天文志上：“華蓋槓旁六星曰六甲。”㊄舊時稱婦女有孕爲身懷六甲。隋書經籍志三有六甲貫胎書。

【六出】㊀雪花的結晶成六角形，稱爲六出。太平御覽十二引韓詩外傳：“凡草木花多五出，雪花獨六出。”後把六出作爲雪的代稱。唐元稹長慶集十四賦得春雪映早梅詩：“一枝方漸秀，六出已同開。”㊁花開六瓣的叫六出。唐段成式酉陽雜俎廣動植木梔子：“諸花少六出者，唯梔子花六出。”㊂封建禮教壓迫婦女定有七出之條，但帝王、諸侯之妻無子不出，故又有六出之說。參見“七出”。

【六代】㊀黃帝唐虞夏殷周六個朝代。晉書樂志上：“周始二南，風兼六代。昔黃帝作雲門，堯作咸池，舜作大韶，禹作大夏，殷作大濩，周作大武。”㊁夏殷周秦漢魏。魏曹元首（冏）有六代論，文見三國志魏武文世王公傳注引魏氏春秋、文選。㊂三國吳東晉南朝宋齊梁陳六代，又稱六朝。唐李白李太白詩十五留別金陵諸公：“六代更霸王，遺跡見都城。”

【六安】縣名。在今安徽省。古代六國地。春秋時屬楚，秦置六縣。宋開寶四年改爲六安縣。參閱太平寰宇記一二九壽州。

【六衣】王后的六種衣服。詳“六服㊁”。

【六州】逸周書程典：“維三月既生魄，文王合六州之侯，奉勤于商。”此指古九州之荆梁雍豫徐揚六州。文選晉郭景純（璞）江賦：“滈汗六州之域，經營炎景之外。”此指長江流經之益梁荆江揚徐六州。

【六米】六種糧食作物。周禮地官舍人“掌米粟之出入，辨其物，歲終則會計其政”漢鄭玄注：“九穀六米。”疏：“九穀之中，黍、稷、稻、粱、苽、大豆，六者皆有米。麻與小豆、小麥，三者無米。故云九穀六米。”

【六戎】我國古代西部的戎族，曾分爲六部：僥夷戎夷老白耆羌鼻息天剛。見爾雅釋地“七戎”疏引李巡注。後用作對西部民族的通稱。藝文類聚四八南朝梁簡文帝（蕭綱）讓驃騎揚州刺史表：“故以彈壓六戎，冠冕九牧。”

【六同】古代樂律，卽六呂。詳“六呂”。

【六合】㊀天地四方。莊子齊物論：“六合之外，聖人存而不論。”唐李白李太白詩二古風之三：“秦王掃六合，虎視何雄哉！”㊁指一年十二月中，季節相應的變化。淮南子時則：“六合：孟春與孟秋爲合，仲春與仲秋爲合，季春與季秋爲合，孟夏與孟冬爲合，仲夏與仲冬爲合，季夏與季冬爲合。”㊂古代迷信星曆，選擇良辰吉日，需月建與日辰相合，卽子與丑合，寅與亥合，卯與戌合，辰與酉合，巳與申合，午與未合，稱爲六合。玉臺新詠一古詩爲焦仲卿妻作：“六合正相應，良吉三十日。”參閱宋王逵蠡海集曆數類。隋書經籍志有六合婚嫁曆。㊃縣名。今屬江蘇南京市。本楚棠邑。秦漢時置郡，因境內有六合山而得名。隋廢郡爲縣。參閱太平寰宇記一二三揚州。

【六印】六國相印的略稱。戰國時蘇秦曾遊說六國，爲合從長，受六國相印。見史記六九蘇秦傳。唐李白李太白詩十五魏郡別蘇明府因北遊：“洛陽蘇季子，劍戟森詞鋒。六印雖未佩，軒車若飛龍。”

【六行】㊀六種善行。周禮地官大司徒：“六行：孝、友、睦、婣、任、恤。”漢賈誼新書六術：“人有仁、義、禮、智、信之行，行和則樂興，樂興則六，此之謂六行。”㊁佛教稱六度之行。度，意卽度過生死海。金剛三昧經：“大力菩薩言：云何六行，願爲說之。佛言：一者十信行，二者十住行，三者十行行，四者十迴向行，五者十地行，六者等覺行。”

【六如】佛教把人世間一切事物比喻爲夢、幻、泡、影、露、電，故稱六如。金剛經應化非真分三二：“一切有爲法，如夢、幻、泡、影，如露亦如電，應作如是觀。”宋范成大石湖集二十閶門戲調行客詩：“萬事惟堪六如觀，一杯莫信四并難（良辰、美景、賞心、樂事四者難并）。”

【六更】宋制，宮中更漏比民間較短，宮中五更過後，民間纔是四更。宮中五更完畢，梆鼓交作，始開宮門。當時稱爲攢點，俗稱六更。宋楊萬里誠齋集三一謝余處恭送七夕酒果蜜食化生兒詩：“醉眠管得銀河鵲，天上飯（歸）來打六更。”自

注："予庚戌考試，殿廬夜漏殺五更之後復打一更，問之雞人，云：'宮殿有六更。'"參閱清俞樾茶香室四鈔八宋制並無六更。

【六材】㊀指古代六工所掌管的材物。參見"六工"。㊁古代製弓所用的六種材料，卽幹、角、筋、膠、絲、漆。周禮考工記弓人："弓人爲弓，取六材，必以其時；六材旣聚，巧者和之。"

【六局】㊀隋殿內省和唐宋殿中省設置尚食、尚藥、尚醫、尚舍、尚乘、尚輦等六局，專管供奉皇族生活享受的事務。參閱隋書百官志下、舊唐書職官志三、文獻通考五七職官十一殿中監。㊁宋代官府貴家或京師的大酒飯舖設置四司六局，專管排設筵席。四司是帳設司、廚司、茶酒司、臺盤司；六局是果子局、蜜煎局、菜蔬局、油燭局、香藥局、排辦局。雍熙樂府七哨遍知休曲："飢時節，還着那六局全食店裏添些箇氣。"參閱宋灌園耐得翁都城紀勝四司六局。

【六呂】古代有十二樂律，陽六爲律，陰六爲呂。六呂卽大呂、夾鐘、仲(小)呂、林(函)鐘、南呂、應鐘。又叫六同。參見"六律"、"十二律"。

【六位】㊀易稱重卦六爻的位置，自下而上，陽爻自初九、九二、九三、九四、九五至上九；陰爻自初六、六二、六三、六四、六五至上六。六位中一二爲地道，三四爲人道，五六爲天道。易乾："大明終始，六位時成。"參見"六爻"。㊁君臣父子夫婦。又叫六紀。莊子盜跖："五紀六位，將何以爲別乎？"

【六狄】周禮夏官職方氏掌"四夷八蠻七閩九貉五戎六狄之人民"。狄，是我國古代北方的一個民族。六狄，對北方民族的泛稱。

【六法】㊀古代把規、矩、權、衡、準、繩叫六法。見北齊劉晝劉子適才。㊁南齊謝赫古畫品錄稱畫有六法：一、氣韻生動；二、骨法用筆；三、應物象形；四、隨類賦彩；五、經營位置；六、傳移模寫。見唐張彥遠歷代名畫記一。

【六沴】指六氣不和。氣不和而相傷爲沴。漢書五行志中之上："氣相傷，謂之沴。沴猶臨莅，不和意也。"漢書八一孔光傳："六沴之作，歲之朝曰三朝，其應至重。"參見"六氣"。

【六宗】㊀古代尊祀的六位神。書舜典："肆類于上帝，禋于六宗。"六宗的說法不一，一說是水火雷風山澤，一說是天地四方，一說是四時、寒暑、日、月、星、水旱。參閱清俞正燮癸巳類稿一虞六宗義。㊁佛教的六個宗派，卽三論、法相、華嚴、律、成實、俱舍。其中，成實、俱舍二宗爲小乘；其餘四宗另加天台、真言二宗，稱爲大乘六宗。

【六官】六卿之官。周禮秋官大司寇："凡邦之大盟約，涖其盟書而登之于天府；大史、內史、司會及六官，皆受其貳而藏之。"注："六官，六卿之官也。貳，副也。"又天官冢宰、地官司徒、春官宗伯、夏官司馬、秋官司寇、冬官司空，合稱六官。見宋王應麟小學紺珠八。

【六府】㊀府，藏財之處；水、火、金、木、土、穀是貨財所聚，故稱六府。書大禹謨："地平天成，六府三事(正德、利用、厚生)允治，萬世永賴。"㊁古代六種稅官的總稱。禮曲禮下："天子之六府，曰：司土、司木、司水、司草、司器、司貨，典司六職。"注："(六)府，主藏六物之稅者。"㊂同"六腑"。指胃、大腸、小腸、三焦、膀胱、膽。見素問金匱真言論。太平御覽三六三引韓詩外傳："何謂六府？咽喉量入之府；胃者五穀之府；大腸轉輸之府；小腸受成之府；膽積精之府；膀胱精液之府也。"

【六事】六卿。書甘誓："大戰于甘，乃召六卿。王曰：'嗟！六事之人，予誓告汝。'"傳："各有軍事，故曰六事。"

【六押】唐制中書省設舍人六員，掌管尚書六曹，輔助宰相處理案件，稱爲六押。後卽以六押爲中書舍人的別稱。宋蘇軾經進東坡文集事略二八答彭舍人啓："惟此六押之任，要須二者之長。"參閱新唐書百官志二。

【六花】㊀指雪。唐賈島長江集六寄令狐綯相公詩："自著衣偏暖，誰憂雪六花。"宋梅堯臣宛陵集十七十五日雪三首詩之一："寒令奪春令，六花侵百花。"參見"六出"。㊁古代兵陣有六花陣，簡稱六花。宋高似孫子略風后握奇經兵體："諸儒多稱諸葛武侯八陣、唐李衛公六花，皆出乎此。"衛公，李靖。

【六奇】漢陳平六出奇計，協助劉邦統一中國，建立和鞏固劉漢王朝，例如離間項羽君臣，解滎陽之圍，誘擒韓信，解平城之圍等。史記太史公自序稱之爲六奇。參閱史記陳丞相世家、漢書四十陳平傳。後泛指出奇制勝的謀略。藝文類聚五十晉傅玄江夏任君銘："內平五教，外運六奇，邦國乂安，飆塵不作。"

【六弢】弢，同"韜"。詳"六韜"。

【六尚】㊀秦宮廷設有六尚，卽尚冠、尚衣、尚食、尚沐、尚席、尚書。隋唐宮廷中女官有尚宮、尚儀、尚服、尚食、尚寢、尚工。也稱六尚。參閱隋書后妃傳序、通典二六殿中監注引漢儀注。㊁隋中央機構設置吏部、祠部、度支、左户、都官、五兵等六尚書，稱爲六尚。藝文類聚四八隋江總讓吏部尚書表："竊以漢置五曹，方今六尚；魏隆八凱，擬古六卿。"參閱隋書百官志上。

【六味】苦、酸、甘、辛、鹹、淡。廣弘明集二八下南朝梁簡文帝(蕭綱)六根懺文："餐禪悅之六味，服法喜之三德。"涅槃經一："其食甘美有六種味：一苦、二醋、三甘、四辛、五醎(鹹)、六淡。"

【六典】㊀周禮天官大宰："大宰之職，掌建邦之六典，以佐王治邦國。"卽治典、教典、禮典、政典、刑典、事典。禮曲禮下："天子建天官先六大。曰大宰、大宗、大史、大祝、大士、大卜，典司六典。"注："典，法也。此蓋殷時制也。"新唐書藝文志職官類有六典三十卷。㊁隋代宮廷女官，有典琮、典贊、典櫛、典器、典執、典會，稱爲六典。見隋書后妃傳序。

【六帖】唐科舉考試，進士、明經科都有帖經試。凡十帖中六帖的就算通過帖經考試，故稱六帖。參閱通典十五選舉三歷代制下、宋程大昌演繁露二六帖。參見"帖經"。

【六采】古代用以表示天地四方的色采。左傳昭二五年："爲九文、六采、五章，以奉五色。"注："畫繢之事，雜用天地四方之色，青與白，赤與黑，玄與黃，皆相次，謂之六采。"

【六和】六種調味品。禮禮運："五味、六和、十二食，還相爲質也。"注："和之者，春多酸，夏多苦，秋多辛，冬多鹹，皆有滑、甘，是謂六和。"後把六和比喻爲多種美味。樂府詩集十四南朝梁三朝雅樂歌沈約需雅八首之二："五味九變兼六和，令芳甘旨庶且多。"

【六服】㊀周代把王畿周圍的地方，根據遠近分爲侯服、甸服、男服、采服、衛服、蠻服。書周官："六服羣辟，罔不承德。"後以六服泛指各地。文選南朝宋顏延年(延之)赭白馬賦："總六服以收賢，掩七戎而得駿。"參見"九服"。㊁王后的六種服式。周禮天官內司服："內司服掌王后之六服：褘衣、揄狄、闕狄、鞠衣、展衣、緣衣，素沙。"後又稱六衣。文選南齊謝玄暉(朓)齊敬皇后哀策文："俎徹三獻，筵卷六衣。"

【六佾】古代諸侯所用的樂舞，舞者分六

列。每列六人，計三十六人。左傳隱五年："於是初獻六羽，始用六佾也。"參見"八佾"。

【六計】古代考察官吏的六項標準。周禮天官小宰："以聽官府之六計，弊羣吏之治：一曰廉善，二曰廉能，三曰廉敬，四曰廉正，五曰廉法，六曰廉辨。"廉，考察。

【六度】即六波羅蜜。也譯作"六到彼岸"。文選南朝梁王簡栖(屮)頭陁寺碑："彼岸者，引之於有，則高謝四流；推之於無，則俯弘六度。"詳"六波羅蜜"。

【六軍】周制，天子有六軍，諸侯國有三軍、二軍、一軍不等。周禮夏官司馬："凡制軍萬有二千五百人爲軍。王六軍，大國三軍，次國二軍，小國一軍。"後作爲軍隊的統稱。三國志魏辛毗傳："河北平，則六軍盛而天下震。"

【六珈】古代婦女髮簪上所加的金玉裝飾物。詩鄘風君子偕老："副笄六珈。"傳："珈，笄飾之最盛者。"後漢書輿服志下："熊、虎、赤羆、天鹿、辟邪、南山豐大特六獸，詩所謂'副笄六珈'者。"

【六要】古代評論繪畫的六个要領。五代後梁荆浩筆法記："夫畫有六要：一曰氣，二曰韻，三曰思，四曰景，五曰筆，六曰墨。"宋劉道醇聖朝名畫評："所謂六要者：氣韻兼力一也，格制俱老二也，變異合理三也，彩繪有澤四也，去來自然五也，師學捨短六也。"後一說本南齊謝赫之六法，而加以變通。參見"六法㊀"。

【六指】上下四方。荀子儒效："宇中六指謂之極。"注："六指，上下四方也。盡六指之遠則爲六極，言積近以成遠。"

【六柄】掌握統治權的六種手段。國語齊："管子對曰：'昔者聖王之治天下也，……而慎用其六柄焉。'"注："柄，本也；六柄，生、殺、貧、富、貴、賤也。"管子小匡作"六秉"。後漢書五二崔駰傳附崔篆慰志賦："六柄制於家門兮，王綱渫以陵遲。"

【六相】傳說黃帝時的六個大臣：蚩尤大常奢龍祝融大封后土，分掌天地四方。參閱管子五行。

【六飛】古代帝王用六匹馬駕車。飛，形容奔馳迅速。漢書四九爰盎傳："今陛下騁六飛，馳不測山。"史記作"六騑"。後用以稱皇帝的車駕。唐歐陽詢宗聖觀記："隋德將季，政教陵遲。六飛升馭，四維將絶。"(金石萃編四一)

【六省】唐代指尚書、門下、中書、祕書、殿中、内侍六省。見資治通鑑一九〇唐武德七年三月。

【六峚】管子輕重戊："虙戲(伏羲)作造六峚，以迎陰陽，作九九之數，以合天道。"舊注説"峚"即計數的"計"。清洪頤煊莊述祖及近人聞一多説"峚"當作"佱"，"佱"爲古文"法"字。六法即易通卦驗上所説的乾、離、艮、兑、坎、坤。又郭沫若以"六峚"古本作"大陸"，故認爲"峚"是"垚"的錯別字。"大垚"即乾坤六法。參閱郭沫若等管子集校。

【六牲】即六畜：馬、牛、羊、豕、犬、雞。周禮天官膳夫："膳用六牲。"參見"六畜"。

【六科】㊀封建時代科舉取士的六個科目。隋唐有明經、進士、秀才、明法、明書、明算六科。見唐六典四禮部尚書、唐劉肅大唐新語十釐革。宋景德天聖時，六科爲"賢良方正，能直言極諫；博達墳典，明於教化；才識兼茂，明於體用；詳明政理，可使從政；識洞韜略，運籌决勝；軍謀宏遠，材任邊寄"。紹興年間又以"文章典雅、節操方正、法理該通、節用愛民、剛方豈(愷)弟、智勇絶倫"爲六科。見宋王應麟小學紺珠九制度類六科。㊁明清官制有六科給事中，即吏、户、禮、兵、刑、工。詳"給事中"。

【六律】律，定音器。相傳黃帝時伶倫截竹爲管，以管的長短，分别聲音的高低清濁，樂器的音調，都以它爲準則。樂律有十二，陰陽各六，陽爲律，陰爲吕。六律即黄鐘、太蔟、姑洗、蕤賓、夷則、無射。書益稷："予欲聞六律，五聲，八音，在治忽；以出納五言，汝聽。"參閱國語周下。參見"十二律"。

【六紀】㊀漢班固白虎通三綱六紀："六紀者，謂諸父、兄弟、族人、諸舅、師長、朋友也。"是儒家用以確定上下尊卑倫理關係的教條。㊁傳説我國古代歷史從燧人氏至伏羲氏分爲六紀。唐孔穎達禮記正義序引方叔機注六藝論："六紀者：九頭紀、五龍紀、攝提紀、合洛紀、連通紀、序命紀，凡六紀也。"又引廣雅："一紀二十七萬六千年。"

【六幽】天地四方幽遠之處。文選漢班孟堅(固)典引："神靈日照，光被六幽。"

【六姻】猶言六親。北史楊椿傳："故六姻朋友無憾焉。"魏書椿傳作"親姻"。參見"六親"。

【六家】㊀春秋戰國時的學術流派，分陰陽、儒、墨、名、法、道德六家。漢司馬談論六家要指，見史記太史公自序。㊁唐劉知幾把史書的體裁分爲六種：尚書記言，春秋記事，左傳編年，國語以國别，史記通古紀傳，漢書斷代紀傳，稱爲六家。見史通六家。

【六宫】相傳古代天子有六宫。周禮天官内宰："上春，詔王后帥六宫之人。"又："内宰，……以陰禮教六宫。"漢鄭玄注認爲正寢一，燕寢五爲六宫。後泛稱皇后妃嬪居住的地方。唐白居易長慶集十二長恨歌："回眸一笑百媚生，六宫粉黛無顏色。"

【六疾】六種疾病。左傳昭元年："天有六氣……淫生六疾。六氣曰陰、陽、風、雨、晦、明也。分爲四時，序爲五節，過則爲菑。陰淫寒疾，陽淫熱疾，風淫末疾，雨淫腹疾，晦淫惑疾，明淫心疾。"後以六疾泛指各種疾病。文選三國李蕭遠(康)命運論："六疾待其前，五刑隨其後。"

【六祖】佛教的禪宗，在中國衣鉢相傳共六世。初祖達摩，二祖慧可，三祖僧璨，四祖道信，五祖弘忍。弘忍有慧能神秀二弟子。慧能爲六祖，其教行於南方，稱南宗。神秀之教行於北方，稱北宗，分别稱爲六祖。其傳授經過見宋志磐佛祖統紀二九諸宗立教、達摩禪宗。

【六神】㊀上下四方之神。楚辭漢劉向九嘆遠逝："合五嶽與八靈兮，訊九鬿〔一作'魁'〕與六神。"注："上問九鬿六宗之神以照明之也。"㊁古代迷信說法，認爲人的五官及心臟都有神明主宰，稱六神。古文苑五漢張衡髑髏賦："五内皆還，六神皆復。"後來説人驚惶失措爲六神無主。

【六畜】牛、馬、羊、豕、雞、犬。左傳昭二五年："爲六畜、五牲、三犧以奉五味。"管子牧民："藏於不竭之府者，養桑麻育六畜也。"

【六逆】奴隸社會、封建社會指所謂違反倫常的六件事。左傳隱三年："且夫賤妨貴，少陵長，遠間親，新間舊，小加大，淫破義，所謂六逆也。"參見"六順"。

【六郎】㊀唐武則天的寵臣張昌宗，排行第六，貌美，楊再思奉承他説："人言六郎似蓮華，非也，正謂蓮華似六郎耳。"見唐劉肅大唐新語諛佞、新唐書一〇九楊再思傳。後把六郎作爲美男子或蓮花的代稱。詞綜二七元李治邁陂塘詠並蒂荷："六郎夫婦三生夢，幽恨從來難阻。"㊁宋楊業子延昭勇武善戰，在邊防二十多年，契丹貴族不敢直呼其名，僅稱楊六郎。見宋史二七二本傳。

【六馬】㊀古代帝王的車駕用六馬。書五子之歌："予臨兆民，懔乎若朽索之馭六馬。"荀子議兵："六馬不和，則造父不能以致遠；士民不親附，則湯武不能以必勝也。”㊁周禮夏官校人：“校人掌王馬之政，辨六馬之屬。”六馬指種馬、戎馬、齊馬、道馬、田馬、駑馬。注：“玉路駕種馬，戎路駕戎馬，金路駕齊馬，象路駕道馬，田路駕田馬，駑馬給宮中之役。”

【六根】佛教謂眼、耳、鼻、舌、身、意六者爲罪孽根源。眼爲視根，耳爲聽根，鼻爲嗅根，舌爲味根，身爲觸根，意爲念慮根。見唐李師政法門名義集身心品六根。

【六書】㊀漢代學者分析小篆的形、音、義而歸納出來的六種造字條例。六書一詞，初見於周禮地官保氏。漢書藝文志始列六書名目，鄭衆周禮解詁也有六書之名，但都没有說明。許慎說文解字敍對六書首爲定義，並舉實例，對後世影響最大。三家所列六書名目、次第也不同：

漢書藝文志	鄭衆周禮解詁（周禮注引）	許慎說文解字敍
象形	象形	指事：視而可識，察而見義，上、下是也。
象事	會意	象形：畫成其物，隨體詰詘，日、月是也。
象意	轉注	形聲：以事爲名，取譬相成，江、河是也。
象聲	處事	會意：比類合誼，以見指撝，武、信是也。
轉注	假借	轉注：建類一首，同意相受，考、老是也。
假借	諧聲	假借：本無其字，依聲託事，令、長是也。

㊁王莽變秦的八體書爲六體書，略稱六書。參見“六體㊁”。

【六郡】指隴西天水安定北地上郡西河。漢書地理志下：“漢興，六郡良家子，選給羽林、期門；以材力爲官，名將多出焉。”

【六院】宋代官署名。指登聞檢院、登聞鼓院、官告院、都進奏院、諸軍司糧料院、兩審計司。以京官知縣有功績的或郡守充職。見宋趙升朝野類要二六院。參閱宋史職官志一。

【六時】佛教分一晝夜爲六時：晨朝，日中，日没，初夜，中夜，後夜。阿彌陀經：“晝夜六時，天雨曼陀羅華。”

【六氣】㊀天地四時之氣。莊子逍遙遊：“若夫乘天地之正，而御六氣之辯。”㊁古代醫學用語。左傳昭元年記醫和以陰、陽、風、雨、晦、明爲六氣。素問至真要大論以風、熱、濕、火、燥、寒爲六氣。靈樞經決氣以精、氣、津、液、血、脈爲六氣。指生命活動的六種基本物質。參見“六疾”。

【六秩】十年爲秩。六十歲叫六秩。元方回桐江續集九寄康廣之錢塘詩：“暮年生計乏從容，六秩臨頭萬事慵。”

【六脈】㊀中醫指浮、沉、長、短、滑、澀六種脈象的總稱。難經四難：“非有六脈俱動也，謂浮沉長短滑澀也。”㊁切脈的部位。人的左右手各有寸、關、尺三脈，合稱六脈。史記一〇五扁鵲傳“切脈”正義引黄帝素問：“待切脈而知病。寸口六脈，三陰三陽，皆隨春秋冬夏；觀其脈之變也，則知病之逆順也。”參見“寸關尺”。

【六師】即六軍。詩大雅棫樸：“周王于邁，六師及之。”又常武：“整我六師，以修我戎。”參見“六軍”。

【六條】漢制，刺史頒行六條詔書，以考察官吏。漢書百官公卿表上注引漢官典職儀：“一條，强宗豪右田宅踰制，以强淩弱，以衆暴寡。二條，二千石不奉詔書遵承典制，背公向私，旁詔守利，侵漁百姓，聚斂爲姦。三條，二千石不恤疑獄，風厲殺人，怒則加罰，喜則淫賞，煩擾刻暴，剝戮黎元，爲百姓所疾，山崩石裂，祆祥訛言。四條，二千石選署不平，苟阿所愛，蔽賢寵頑。五條，二千石子弟恃怙榮勢，請託所監。六條，二千石違公下比，阿附豪强，通行貨賂，割損政令也。”以後西晉北周都有六條詔書。見晉書武帝紀咸熙二年、周書蘇綽傳。

【六清】水、漿、醴、醇、醫、酏六種飲料。周禮天官膳夫：“膳用六牲，飲用六清。”

【六婆】指牙婆、媒婆、師婆、虔婆、藥婆、穩婆。參見“三姑六婆”。

【六章】五色加玄色爲六章。禮禮運：“五色、六章、十二衣，還相爲質也。”疏：“五色，謂青、赤、黄、白、黑，據五方也。六章者，兼天玄也。”參見“六采”。

【六淫】見“六疾”。

【六部】古代中央官制。隋初立吏、祠、度支、左户、都官、五兵六部。唐改祠部爲禮部，度支爲户部，左户爲工部，都官爲刑部，五兵爲兵部，統歸尚書省管轄。宋代沿用。元統歸中書省管轄。明廢中書省，各部獨立，相沿到清末。參閱隋書百官志中、舊唐書職官志一、通典二二職官四歷代尚書。

【六情】㊀六種感情。一般指喜、怒、哀、樂、愛、惡。見漢班固白虎通情性。也有以廉貞、寬大、公正（三善）和奸邪、陰賊、貪狼（三惡）爲六情的。見漢書七五翼奉傳。㊁同“六義”。初學記二一引春秋孔演圖：“詩含五際六情。宋均注曰：‘六情即六義。曰風、曰賦、曰比、曰興、曰雅、曰頌。’”

【六曹】㊀東漢尚書分三公曹、吏曹、二千石曹、民曹、主客曹；三公曹二人，故稱六曹。後主客曹分爲南主客曹、北主客曹，仍稱六曹。見後漢書百官志三。隋尚書省分吏部、殿中（左户）、祠部、五兵、都官、度支六部。唐時改定爲吏、户、禮、兵、刑、工六部。隋唐以前曹即爲尚書，隋唐以後，曹成爲尚書下屬機構，如隋度支尚書統度支、倉部、左户、右户、金部、庫部六曹。見隋書百官志中、舊唐書職官志一。㊁唐府州設功、倉、户、兵、法、士六曹。又叫六司，即司功、司倉、司户、司兵、司法、司士。見舊唐書職官志三。

【六通】㊀見“六通四辟”。㊁佛教指六種神通力：即神境通、天眼通、天耳通、他心通、宿住通、漏盡通，也稱六神通。見俱舍論二七分別智品七之二。肇論四涅槃無名論覈體：“騁六通之神驥，乘五衍之安車。”

【六陳】糧食中米、大小麥、大小豆、芝麻都可以久藏，所以叫六陳。唐李益李尚書詩集宣上人病中相尋聯句：“草木分千品，方書問六陳。”舊時的糧食行也叫六陳舖。醒世恒言三賣油郎獨占花魁：“夫妻兩口，開箇六陳舖兒，雖則糶米爲生，一應麥荳油鹽雜貨，無所不備。”

【六國】戰國時，楚齊燕韓魏趙六國，與秦並稱則爲七國。史記八七李斯傳諫逐客書：“遂散六國之從，使之西面事秦。”參見“七國㊀”。

【六卿】㊀天子有六軍，六軍的主將稱六卿。書甘誓：“大戰于甘，乃召六卿。”㊁周代的六官：冢宰、司徒、宗伯、司馬、司寇、司空。書周官：“六卿分職，各率其屬，以倡九牧，阜成兆民。”㊂春秋時，晉國的范中行知趙韓魏六大家族，世代都是晉卿，故稱六卿。後來范中行知三家敗亡，趙魏韓三家分晉而爲諸侯，史稱三家分晉。史記太史公自序：“六卿專權，晉國以耗。”

【六參】唐制，武官五品以上，及折衝當番者，五日一朝參，一月計六次，稱六參。見新唐書百官志三。又稱望參。見宋趙升朝野類要一六參。

【六詔】唐時，我國西南部的少數民族稱王爲“詔”。當時有蒙嶲詔越析詔浪穹詔邆賧詔施浪詔蒙舍詔，合稱六詔，其地在今雲南及四川西南部。參閱文獻通考三二九四裔六。唐開元二十六年後，蒙舍詔併吞其餘各詔，史稱南詔。見舊唐書一九七南詔蠻。後來泛指雲南爲六詔。清詩別裁六陸元輔送文介石學博歸滇南:"三江日月孤臣老，六詔風煙萬里歸。"

【六尊】尊，古代酒器。六尊是獻尊、象尊、壺尊、著尊、大尊、山尊。周禮春官小宗伯:"辨六尊之名物，以待祭祀賓客。"

【六博】古代的一種博戲。共十二棋，六黑六白，兩人相博，每人六棋，故名。史記六九蘇秦傳:"六博蹋鞠者。"索隱:"按王逸注楚詞云:'博，著也，行六棊，故云六博。'"又叫六簙，或叫陸博。楚辭戰國宋玉招魂:"菎蔽象棊，有六簙些。"

【六朝】㊀吳東晉宋齊梁陳，相繼建都於建康(今南京市)，爲南朝六朝。宋史張守傳:"建康自六朝爲帝王都。"㊁魏晉後魏北齊北周隋也稱六朝，因建都於北方，稱北朝六朝。後來三國至隋南北兩方，也泛稱爲六朝，如六朝建築、六朝書法、六朝文學，都兼指南北六朝而言。

【六極】㊀六種凶惡的事。書洪範:"六極:一曰凶短折，二曰疾，三曰憂，四曰貧，五曰惡，六曰弱。"㊁指上下四方。莊子應帝王:"以出六極之外，而游無何有之鄉。"㊂中醫學名詞。卽氣極、血極、筋極、骨極、肌極、精極，都是勞傷虛損的病證。見隋巢元方等諸病源候論。

【六雄】㊀戰國時，韓趙魏燕齊楚六國。唐李咸用披沙集六和友人喜相遇十首詩之三:"六雄互欲吞諸國，四海終須作一家。"合秦，則稱七雄。參見"七雄"。㊁唐開元中，鄭陝汴絳懷魏六州因地處要衝，稱爲六雄。參閱通典三三職官十五州郡下。

【六閑】閑，古代宮廷養馬的地方。周禮夏官校人:"天子十有二閑，馬六種;邦國六閑，馬四種。"新唐書百官志二:"殿中省，……武后萬歲通天元年，置仗內六閑:一曰飛龍，二曰祥麟，三曰鳳苑，四曰鵷鸞，五曰吉良，六曰六羣，亦號六廄。"又:"尚乘局，……左右六閑:一曰飛黃，二曰吉良，三曰龍媒，四曰騊駼，五曰駃騠，六曰天苑。"

【六閒】古樂聲調的名稱。國語周下:"爲之六閒，以揚沈伏而黜散越也。"注:"六閒，六呂在陽律之閒。"按:元閒大呂，應十二月;二閒夾鍾，應二月;三閒仲呂，應四月;四閒林鍾，應六月;五閒南呂，應八月;六閒應鍾，應十月。

【六陽】中醫診脈，有手三陽、足三陽(陽明、太陽、少陽)六脈，叫做六陽。見靈樞經二經脈。六陽脈都集中在頭部，故俗語稱頭爲六陽會首。古今名劇元康進之李逵負荊二:"若是我搶將他女孩兒來，輸我這六陽會首。"也作六陽魁首。元曲選馬致遠岳陽樓二:"打了你耳朵，不曾傷着你六陽魁首。"

【六虛】㊀指六爻。易繫辭下:"變動不居，周流六虛，上下無常，剛柔相易。"注:"六虛，六位也。"參見"六位㊀"。㊁上下四方。列子仲尼:"用之彌滿六虛，廢之莫知其所。"

【六腑】見"六府㊂"。

【六順】指君義、臣行、父慈、子孝、兄愛、弟敬。見左傳隱三年。北史尉元傳:"然五孝、六順，天下之所先。"這是剝削階級爲了維護等級、名分所宣揚的道德規範。

【六街】指唐代長安城中左右的六條大街。資治通鑑二〇九唐景雲元年五月:"中書舍人韋元徼巡六街。"注:"長安城中左右六街，金吾街使主之;左右金吾將軍 掌晝夜巡警之法，以執禦非違。"唐司空圖司空表聖詩集四省試:"閒繋長安千匹馬，今朝似減六街塵。"又北宋汴京也有六街。宋史魏丕傳:"初，六街巡警皆用禁卒。"後來以六街作爲都城鬧市的通稱。續傳燈錄十四希祖禪師:"六街三市，遍處莊嚴。"

【六詩】周禮春官大師:"教六詩:曰風，曰賦，曰比，曰興，曰雅，曰頌。"詳"六義"。

【六愼】韓非子外儲右上:"申子曰:'愼而言也，人且知〔和〕女;愼而行也，人且隨女;而有知見也，人且匿女;而無知見也，人且意女;女有知也，人且臧女;女無知也，人且行女。'"原指君主在六個方面須取謹愼態度。後以六愼爲立身處世的箴言。全唐文皇甫湜履薄冰賦:"行之止於三思，戒實先於六愼。"

【六義】詩大序說詩有六義。指風、雅、頌、賦、比、興。風是各國的民歌;雅是周王朝王都的歌;頌是廟堂祭祀的樂章，是詩歌的三種體制。賦是鋪敍其事;比是指物譬喻;興是借物以起興，是詩歌的三種藝術表現手法。

【六道】佛教用語。指天道、人道、阿修羅道、餓鬼道、畜生道、地獄道。法華經一序品:"六道衆生，生死所趣。"也叫六趣。詳"六道輪迴"。

【六遂】周制，京城百里之外二百里之內分爲六遂。由遂人掌管政令。周禮地官遂人:"大喪，帥六遂之役而致之。"注:"遂人，主六遂;若司徒之於六鄉也。"參見"六鄉"。

【六瑞】古代用玉作爲朝聘的信物，分六種，叫六瑞。王執鎮圭，公執桓圭，侯執信圭，伯執躬圭，子執穀璧，男執蒲璧，以示等級差別。見周禮春官大宗伯、秋官小行人。

【六賊】㊀佛教用語。續傳燈錄二三性空妙普庵主:"學道猶如守禁城，晝防六賊夜惺惺。"參見"六塵"。㊁北宋末年，太學生陳東等向皇帝上書，請誅六賊。六賊，指當時對人民殘酷剝削，對金屈膝投降的蔡京梁師成李彥朱勔王黼童貫等六個權臣。見宋史四五五陳東傳。

【六筦】西漢末，王莽設六筦之令，對酤酒、賣鹽、鐵器、鑄錢及從名山大澤開採物資的，統一由政府主管徵稅，加强對人民的剝削，稱六筦。見漢書九九中王莽傳。筦，也作"管"。後漢書十三隗囂傳:"設爲六管。"

【六禽】指雁、鶉、鷃、雉、鳩、鴿。見周禮天官庖人注。

【六經】詩書禮樂易春秋。今文家說樂本無經，附於詩中，古文家說有樂經，秦焚書後亡。莊子天運:"丘治詩書禮樂易春秋六經，自以爲久矣。"也稱六藝。參見"六藝㊀"。

【六鄉】周制，京城外百里以內分爲六鄉，由司徒掌管政令。周禮地官小司徒:"乃頒比法于六鄉之大夫。"參見"六遂"。

【六漠】上下與四方。楚辭屈原遠遊:"經營四荒兮，周流六漠。"

【六察】唐制，設監察御史十五人，掌管考察官吏的六個方面。新唐書百官志三:"其一，察官人善惡;其二，察户口流散，籍帳隱沒，賦役不均;其三，察農桑不勤，倉庫減耗;其四，察妖猾盜賊，不事生業，爲私蠹害;其五，察德行孝悌，茂才異等，藏器晦跡，應時用者;其六，察黠吏豪宗，兼并縱暴，貧弱冤苦不能自申者。"當時監察御史也叫六察官。後來把六察作爲監察御史的代稱。宋朱熹朱文公集二八與李誠父書:"玆聞榮被親擢，進居六察之聯，深以爲慰。"參閱文獻通考五三職官七。

【六齊】㊀西漢劉邦封其子劉肥爲齊王。至惠帝(劉盈)時，分齊爲六，將劉肥的六個兒子分封爲齊王濟北王菑川王膠東王膠西王濟南王，叫做六齊。漢書五一鄒陽傳:"六齊望於惠、(呂)后。"望，怨望。㊁六種合金。周禮考工記:"金有六齊:

六分其金而錫居一，謂之鐘鼎之齊；五分其金而錫居一，謂之斧斤之齊；四分其金而錫居一，謂之戈戟之齊；參(三)分其金而錫居一，謂之大刃之齊；五分其金而錫居二，謂之削殺矢之齊；金錫半，謂之鑒燧之齊。"齊，音 jì。

【六塵】佛經稱色、聲、香、味、觸、法六者爲塵。六塵與六根相接，而產生種種嗜欲，導致種種煩惱，故又叫六賊。圓覺經上："六塵緣影，爲自心相。"南朝宋鮑照鮑氏集十佛影頌："六塵煩苦，五道綿劇。"參見"六根"。

【六境】佛教用語。詳"六根"。

【六輔】漢代京城附近的六個郡，即三輔三河。馮翊扶風京兆爲三輔，河東河南河内爲三河。漢書溝洫志："而兒寬爲左内史，奏請穿鑿六輔渠，以益溉鄭國傍高卬之田。"唐代叫輔渠，也叫六渠。見通典二食貨二水利田。

【六幕】天地四方，猶六合。漢書禮樂志郊祀歌天門："專精厲意逝九閡，紛云六幕浮大海。"

【六夢】古代占夢的吉凶，分夢爲六類。周禮春官占夢："掌其歲時，觀天地之會，辨陰陽之氣，以日月星辰占六夢之吉凶。一曰正夢，二曰噩夢(噩，又作蘁)，三曰思夢，四曰寤夢，五曰喜夢，六曰懼夢。"

【六署】南齊尚書省下屬的六個官署。資治通鑑一三九齊建武三年："上躬親細務，綱目亦密；於是郡縣及六署、九府常行職事，莫不啟聞，取決詔敕。"注："按蕭子顯齊志：六署者，尚書左右僕射，左右丞所通署除署、功論、封爵、貶黜、八議、疑讞六案也。"參閱南齊書百官志。

【六舞】六種舞。1. 指雲門、咸池、大磬(韶)、大夏、大濩、大武，六代之舞。周禮春官大司樂："以六律、六同、五聲、八音、六舞、大合樂。"參見"六樂"。2. 指帗舞、羽舞、皇舞、旄舞、干舞、人舞。見漢書禮樂志注。周禮春官樂師注："帗舞者，全羽；羽舞者，析羽；皇舞者，以羽冒覆頭上，衣飾翡翠之羽；旄舞者，氂牛之尾；干舞者，兵舞；人舞者，手舞。"皇舞即翌舞。

【六穀】周禮天官膳夫："凡王之饋，食用六穀。"注"六穀：稌(稻)、黍、稷、粱、麥、苽。苽，彫胡(菰米)也。"

【六摯】古代諸侯、卿、大夫、士、庶人、工商相見時彼此贈送的禮物。周禮春官大宗伯："以禽作六摯，以等諸臣。孤執皮帛，卿執羔，大夫執雁，士執雉，庶人執鶩，工商執雞。摯，也作"贄"。

【六趣】即六道。法華經一序品："盡見彼土六趣衆生。"詳"六道"。

【六箸】古代博具。箸，也作"著"。三國魏曹植曹子建集六仙人篇："仙人攬六著，對博太山隅。"西京雜記四："許博昌善陸博，……法用六箸，或謂之究，以竹爲之，長六分。"參見"六博"。

【六節】節，符信。古代卿大夫朝聘天子諸侯時用做憑證的六種信物。周禮秋官小行人："山國用虎節，土國用人節，澤國用龍節，皆以金爲之。道路用旌節，門關用符節，都鄙用管節，皆以竹爲之。"

【六蝨】害民之六事。蝨，喻禍害。所指隨文而異。商君書靳令："國貧而務戰，毒生於敵，無六蝨必强。國富而不戰，偷生於内，有六蝨，必弱。"指禮樂，詩書，修善、孝弟，誠信、貞廉，仁義，非兵、羞戰。又弱民："三官生蝨六：曰歲，曰食，曰美，曰好，曰志，曰行。……六蝨成俗，兵必大敗。"指農民、商人和官吏的六種惡劣的行爲作風。

【六儀】㊀關於祭祀、賓客、朝廷、喪紀、軍旅、車馬等六種禮儀。見周禮地官保氏。㊁唐開元時宮内設置的女官有淑儀、德儀、賢儀、順儀、婉儀、芳儀，合稱六儀。見新唐書百官志二后妃傳序。

【六德】㊀古代統治者稱知、仁、聖、義、忠、和爲人的六德。見周禮地官大司徒。㊁周禮把鞉、鼓、柷、楬、壎、篪等六種樂器的聲音叫做六德。見禮樂記。

【六緯】六種緯書。東漢儒家附會經説，宣揚符籙、瑞應、預言的書，爲經之副，所以叫"緯"。漢書七五李尋傳："五經六緯，尊術顯士。"注："六緯者，五經之緯及樂緯也。"宋劉攽認爲漢書李尋傳所説的經緯都指星宿；清王先謙認爲即漢書天文志中的太微廷掖門内六星。見清王先謙漢書補注，都以舊注爲非。六緯加孝經緯，稱七緯。參見"七緯"。

【六樂】周禮地官保氏："乃教之六藝。……二曰六樂。"注："六樂，雲門大咸大韶大夏大濩大武也。"相傳雲門爲黄帝之樂，大咸爲堯樂，大韶爲舜樂，大夏爲禹樂、大濩爲湯樂，大武爲武王之樂。又見周禮春官大司樂"此周所存六代之樂"注。

【六親】歷來説法不一：

1. 父子、兄弟、姑姊、甥舅、婚媾、姻亞。見左傳昭二五年。
2. 父子、兄弟、夫婦。見易家人"王假有家"王弼注。
3. 父母、兄弟、妻子。見漢書四八賈誼傳"以奉六親"注引應劭。
4. 父子、兄弟、從父兄弟、從祖兄弟、從曾祖兄弟、同族兄弟。見漢賈誼新書六術。
5. 外祖父母、父母、姊妹、妻兄弟之子、從母之子女之子。見史記管晏列傳"上服度則六親固"正義。

【六龍】㊀易乾："時乘六龍以御天。"六龍指乾卦的六爻。㊁指太陽。傳説日神乘車，駕以六龍。楚辭漢劉向九嘆遠遊："貫澒濛以東朅兮，維六龍於扶桑。"㊂皇帝車駕的六匹馬，馬八尺稱龍，因稱六龍。藝文類聚二七漢劉歆述志賦："總六龍於駟房兮，春華蓋於帝側。"唐李白李太白詩八上皇西巡南京歌之四："誰道君王行路難，六龍西幸萬人歡。"

【六駮】㊀獸名。爾雅釋畜："駮如馬，倨牙，食虎豹。"文選晉左太沖(思)吳都賦："駦六駮，追飛生。"㊁樹木名。詩秦風晨風："山有苞櫟，隰有六駮。"疏引陸機疏："駮馬，梓榆也。其樹皮青白駮犖，遥視似駮馬，故謂之駮馬。"晉崔豹古今注草木："山中有木，葉似豫章，皮多癬駮，名六駮。"

【六翮】健羽。戰國策楚四："奮其六翮而凌清風，飄搖乎高翔。"韓詩外傳六："夫鴻鵠一舉千里，所恃者六翮爾。"

【六蔽】孔子所指不學儒家經典造成的六種弊病。見論語陽貨。後來把不學無術叫做六蔽。宋書殷琰傳："夫擁數千烏合抗天下之兵，傾覆之狀豈不易曉，假令六蔽之人，猶當不爲其事。"

【六橋】在浙江杭州市西湖，名映波鎖瀾望山壓堤東浦跨虹，宋蘇軾始建。蘇軾分類東坡詩八軾在潁州與趙德麟同治西湖……："六橋橫絶天漢上，北山始與南屏通。"又西湖的裏湖也有六橋，名環璧流金卧龍隱秀景行濬源，明楊孟瑛建。見明田汝成西湖游覽志二孤山三堤勝迹。

【六曆】我國古代的六種曆法：黄帝曆、顓頊曆、夏曆、殷曆、周曆和魯曆。秦始皇及漢初用顓頊曆，即"四分曆"。漢書律曆志上："漢興……襲秦正朔。以北平侯張蒼言，用顓頊曆，比於六曆，疏闊中最爲微近。"參見"四分曆"。

【六骸】指身首四肢。莊子德充符："直寓六骸。"

【六膳】指馬、牛、羊、豕、犬、雞。見周禮天官冢宰下"食醫，掌和王之六食、六飲、六膳"疏。文苑英華一六九唐沈佺期嵩山石淙侍宴應制詩："仙人六膳調神鼎，玉女三漿捧帝壺。"

【六學】㊀詩書禮樂易春秋。同"六經"、"六藝㊀"。漢董仲舒春秋繁露玉杯:"六學皆大,而各有所長。"㊁周代爲帝王宗室入學的學校。分小學、東學、南學、西學、北學、太學等六學。見大戴禮保傅。宋王應麟小學紺珠九:"六學,師氏居内,大學在國,四小在郊。"㊂唐制國子監六館也叫六學。參見"六館"。

【六駿】唐太宗的六匹駿馬:一、拳毛騧(騧,同騧),二、什伐赤,三、白蹄烏,四、特勒驃,五、颯露紫,六、青騅。貞觀十一年,自作六馬圖贊,使歐陽詢用八分書寫定,刻石。文見全唐文十,歐書已亡。今陝西醴泉縣西北九嵕山昭陵遺址有六駿石像,爲我國珍貴文物。

昭陵六駿之一——颯露紫

【六聯】周代官府聯合治理政事的六個方面。周禮天官小宰:"以官府之六聯,合邦治。一曰祭祀之聯事,二曰賓客之聯事,三曰喪荒之聯事,四曰軍旅之聯事,五曰田役之聯事,六曰斂弛之聯事,凡小事皆有聯。"

【六館】唐代學制,國子監下設六館:國子學、太學、四門、律學、書學、算學。唐韓愈昌黎集十四太學生何蕃傳:"於是太學六館之士百餘人……請諭留蕃。"參閱通典二七職官九國子監。

【六禮】㊀古代冠、婚、喪、祭、鄉飲酒、相見稱爲六禮。見禮王制"司徒修六禮以節民性"疏。㊁舊時婚制有六禮,卽納采、問名、納吉、納徵、請期、親迎,見儀禮士昏禮"下達納采,用鴈"疏。初學記十四東漢秦嘉述婚詩:"敬茲新姻,六禮不愆。"

【六簙】見"六博"。

【六擾】卽六畜:馬、牛、羊、犬、豕、雞。擾,馴養。周禮夏官職方氏:"河南曰豫州,……其畜宜六擾,其穀宜五種。"

【六職】㊀指官府的治、教、禮、政、刑、事六種職務。周禮天官小宰:"以官府之六職,辨邦治。"㊁指王公、士大夫、百工、商旅、農夫、婦功六種職別。見周禮考工記。

【六藏】同"六府㊂"。莊子齊物論:"百骸九竅六藏,賅而存焉。"難經三十九難說心、肝、脾、肺、腎爲五藏,腎有二藏(左腎、右命門),稱六藏。

【六彝】彝,酒器。周禮春官司尊彝載有六彝:雞彝、鳥彝、斝彝、黄彝、虎彝、蜼彝。形制相同,刻畫圖飾各異。

【六齍】卽六穀。周禮春官小宗伯:"辨六齍之名物,與其用;使六宮之人共奉之。"注:"齍讀爲粢。六粢謂六穀:黍、稷、稻、粱、麥、苽(菰米)。"

【六識】佛教稱眼識、耳識、鼻識、舌識、身識、意識爲六識。指由色、聲、香、味、觸、法六境而生的見、聞、嗅、味、覺、知六種認識作用。參閱成唯識論五。

【六璽】秦漢皇帝的印璽。後漢書光武紀建武三年注引蔡邕獨斷:"皇帝六璽,皆玉螭虎紐,文曰'皇帝行璽'、'皇帝之璽'、'皇帝信璽'、'天子行璽'、'天子之璽'、'天子信璽',皆以武都紫泥封之。"又有傳國璽,合稱爲七璽。參閱宋書禮志五。

【六藝】㊀禮、樂、射、御、書、數六種科目。周禮地官保氏:"保氏掌諫王惡,而養國子以道。乃教之六藝:一曰五禮,二曰六樂,三曰五射,四曰五馭,五曰六書,六曰九數。"㊁漢以後指儒家的六經。見史記六一伯夷傳、八七李斯傳、一二一儒林傳等。漢劉歆綜合羣書,編纂七略,其一爲六藝略。參見"六經"。

【六韜】漢人採掇舊說,假託爲呂尚編寫的古兵書。分文韜武韜龍韜虎韜豹韜犬韜六個部分,故稱六韜。記周文王武王問太公兵戰之事。此書自東漢以後卽盛行,影響很大,唐人自通典以下談兵的多引其說;宋元豐時頒於武學,爲武學七書之一。

【六寶】六種足以富國强兵的人或物。國語楚下:"(王孫)圉聞國之寶六而已。明王聖人能制議百物,以輔相國家,則寶之;玉足以庇蔭嘉穀,使無水旱之災,則寶之;龜足以憲臧否,則寶之;珠足以禦火災,則寶之;金足以禦兵亂,則寶之;山林藪澤,足以備財用,則寶之。"後用以泛稱國家的寶器。文苑英華八五五唐李嶠宣州大雲寺碑:"六寶神御,三才化成。"

【六籍】㊀同"六經"。文選漢班孟堅(固)東都賦:"蓋六籍所不能談,前聖靡得言焉。"㊁佛教以大般若經金剛經維摩詰經楞伽經圓覺經楞嚴經,稱禪家六籍。

【六屬】㊀周禮稱周制以官府的六屬治理國政。六屬卽天官掌邦治;地官掌邦教;春官掌邦禮;夏官掌邦政;秋官掌邦刑;冬官掌邦事;六屬各有屬官六十人。見周禮天官小宰。㊁古代戰士的甲冑由六葉兕皮組連而成,因稱六屬。周禮考工記函人:"函人爲甲,犀甲七屬,兕甲六屬,合甲五屬。"注:"屬讀如灌注之注。"

【六轡】詩秦風小戎:"四牡孔阜,六轡在手。"古代一車四馬,馬各二轡,共八轡;其中兩驂馬的内兩轡繫在軾前不用,故御者只執其他六轡。

【六體】㊀卽六書。周禮地官保氏"五曰六書"唐賈公彥疏:"書有六體,形聲實多。"詳"六書"。㊁漢王莽變八體書爲六體。卽古文、奇字、篆書、隸書、繆篆、蟲書六種字體。見漢書藝文志。㊂晉裴秀作禹貢地域圖十八篇,提出製圖的六條體例。一、分率,按統一比例縮小畫方;二、準望,辨正地理方位;三、道里,道路相距的里數;四、高下;五、方邪(斜);六、迂直。後三者分别表明道路的平坦險阻和曲折。秀圖今已不傳,晉書裴秀傳錄圖序全文。參閱清胡渭禹貢錐指禹貢圖後識。

【六纛】纛,軍中大旗。六纛,唐代節度使軍中使用。新唐書百官志四下:"節度使掌總軍旅,……辭日,賜雙旌雙節,行則建節,樹六纛。"太平御覽三三九引太白陰經:"古者天子六軍,諸侯三軍;今天子十二,諸侯六軍;故纛有六以主之。"唐白居易長慶集五六送令狐相公赴太原詩:"六纛雙旌萬鐵衣,并汾舊路滿光輝。"

【六鑿】喜、怒、哀、樂、愛、惡。莊子外物:"心無天遊,則六鑿相攘。"

【六一泉】泉名。1. 在今安徽滁縣西南。宋歐陽修自號六一居士,曾爲滁州太守,後人因名泉爲六一。見嘉慶一統志一三〇滁州山川志。2. 在今浙江杭州市西湖孤山下。歐陽修與西湖僧惠勤相好。後宋蘇軾爲杭州太守,因紀念歐陽修,稱惠勤講堂後泉水爲六一泉。見經進東坡文集事略五八六一泉銘序。

【六一詞】宋歐陽修撰。一卷。修詞風格清新,情詞委婉,但内容多局限於個人哀怨。樂府雅詞、西清詞話都說集中雜有他人作品。

【六安茶】茶名。產自安徽霍山縣的大蜀山。因霍山過去屬六安郡,故稱六安茶。相傳能消除垢膩,去積滯。見明許次紓茶疏產茶。

【六州鐵】唐魏博節度使田承嗣擁有魏博貝相澶衛洺七州，後洺州歸昭義節度使，餘六州。有牙軍五千人，驕橫難制。天祐三年，天雄節度使羅紹威陰引朱全忠兵盡殺牙軍。朱留魏州半年，紹威苦於供應，魏兵從此衰弱。紹威很後悔，說：“合六州四十三縣鐵，不能爲此錯也。”見宋孫光憲北夢瑣言十四、資治通鑑二六五唐天祐三年。

【六言詩】每句六個字的古體詩。詩經中已有六字詩句，如周南卷耳：“我姑酌彼金罍。”舊題梁任昉文章緣起稱漢谷永有六言詩。永詩今不傳。

【六君子】同時代的六個傑出的人物。

1. 禮禮運：“禹湯文武成王周公，由此其選也。此六君子者，未有不謹於禮者也。”六人都是儒家的理想人物。
2. 宋寧宗時，太學生周端朝張衜(道)徐範蔣傅林仲麟楊宏中，因上書勸留趙汝愚受到屏斥，時稱六君子。見元周密齊東野語二十慶元開慶六士。
3. 明熹宗時，楊漣左光斗魏大中周朝瑞袁化中顧大章反對宦官魏忠賢被害死於獄中，時稱六君子。參閱明史三〇五魏忠賢傳。
4. 清光緒時，譚嗣同林旭楊銳劉光第楊深秀康廣仁因戊戌變法失敗，被殺，也稱六君子。

【六和塔】在浙江杭州市南高峰下。宋開寶三年建，以其地原來有六和寺，因此得名。宋曹勛有六和塔記，見咸淳臨安志。該塔爲全國重點文物保護單位之一。

【六書故】元戴侗撰。三十三卷。分爲數、天文、地理、人、動物、植物、工事、雜、疑等九部。文字按象形指事等分別排列，旨在用六書闡釋字義。不用部首，字體不依小篆而據金文，改變了說文的體例。字義解釋多杜撰，或誤以俗字爲金文，但也偶有獨特的見解。

【六書通】明閔齊伋撰。十卷。畢宏述增訂。依洪武正韻部次編排。首列說文篆文，下列古文、籀文、金文及印章文字。舊時篆刻家多以此書爲依據。

【六輔渠】古代關中地區六條灌溉渠道。漢元鼎六年兒寬爲左內史，於鄭國渠上游南岸開鑿小渠六道，灌溉農田，稱六輔渠。見漢書溝洫志、又五八兒寬傳“寬表奏開六輔渠”注。唐代民間稱六渠，也稱輔渠。

【六銖衣】佛經中稱忉利天衣重六銖，言其輕而薄。見長阿含經二十世紀經忉利天品。廣弘明集三十上南朝梁簡文帝望同泰寺浮圖詩：“帝馬咸千轡，天衣盡六銖。”後用以泛指一般極輕極薄的衣服。唐韋莊浣花集六送福州王先輩南歸詩：“八韻賦吟梁苑雪，六銖衣惹杏園風。”

【六盤山】山名。在今寧夏固原縣西南，是隴山山脈的主峰。拔海三千五百公尺，山路險狹曲折，經盤道六重纔到頂峰，故名。參閱讀史方輿紀要五八陝西七固原州。

【六藝論】漢鄭玄著。評論易書詩禮樂春秋六經。隋書經籍志作一卷，已佚。有清陳鱣涉聞梓舊、馬國翰玉函山房等輯本。皮錫瑞有六藝論疏證一卷。

【六一居士】宋歐陽修晚年的自號。修作六一居士傳：“吾家藏書一萬卷，集録三代以來金石遺文一千卷，有琴一張，有碁（棋）一局，而常置酒一壺，……以吾一翁，老於此五物之間，是豈不爲‘六一’乎？”見文忠集四四。

【六一詩話】宋歐陽修撰。一卷。原名詩話，後人題爲六一詩話歐公詩話歐陽文忠公詩話。他主張寫詩應以閒、遠、古、淡爲意，並以梅堯臣所說的“狀難寫之景，如在目前；含不盡之意，見於言外”爲論詩準則，詩話中雜論諸家，多本此旨。

【六十甲子】天干爲甲、乙、丙、丁、戊、已、庚、辛、壬、癸。也稱十干。地支爲子、丑、寅、卯、辰、巳、午、未、申、酉、戌、亥。也稱十二支。天干與地支依次相配，如甲子、乙丑、丙寅、丁卯……。六十次循環一周，是爲六十甲子，也稱周甲。參見“花甲”。

【六十四卦】易有八卦，兩兩重複排列爲六十四卦：乾、坤、屯、蒙、需、訟、師、比、小畜、履、泰、否、同人、大有、謙、豫、隨、蠱、臨、觀、噬嗑、賁、剝、復、無妄、大畜、頤、大過、坎、離、咸、恆、遯、大壯、晉、明夷、家人、睽、蹇、解、損、益、夬、姤、萃、升、困、井、革、鼎、震、艮、漸、歸妹、豐、旅、巽、兌、渙、節、中孚、小過、既濟、未濟。

【六十種曲】傳奇集，又稱汲古閣六十種曲。明毛晉編。收明代傳奇五十九種，附元雜劇西廂記一種。刊於明崇禎間，清道光年間有補版重印本。

【六子全書】叢書名。六子爲：老子（河上公注）、莊子（晉郭象注）、列子（晉張湛注）、荀子（唐楊倞注）、揚子法言（唐李軌、宋宋咸等注）、文中子中說（宋阮逸注）。明嘉靖時，顧春世德堂刊，也稱世德堂六子。

【六尺之孤】未成年的孤兒。周代一尺相當於現在六寸。六尺，指尚未長大成年。論語泰伯：“曾子曰：‘可以託六尺之孤，可以寄百里之命。’”託孤，多用以指帝王或諸侯死前委託大臣輔助未成年而繼位的君主。後漢書六三李固傳：“今委君以六尺之孤。”參閱清劉寶楠論語正義泰伯。

【六月飛霜】相傳戰國時，鄒衍事燕惠王，被人陷害下獄。鄒衍在獄中仰天而哭，時正炎夏，天忽然降霜。見初學記二引淮南子、漢王充論衡感應。全唐文二二六張說獄箴：“匹夫結憤，六月飛霜。”也作“五月飛霜”。唐李白李太白詩二古風三七：“燕臣昔慟哭，五月飛秋霜。”後來用作冤獄的典故。元關漢卿竇娥冤中也有類似情節。

【六州歌頭】鼓吹曲名。唐代樂曲往往以邊地爲名。六州指伊州梁州甘州石州渭州氐州。宋人常用此曲填詞，遂演變爲固定的詞牌。參閱宋程大昌演繁露及古今詞話、明楊慎詞品一六州歌頭。

【六出祁山】相傳三國蜀諸葛亮六出祁山。按亮攻魏凡六次：一、後主（劉禪）建興六年，亮攻祁山，戰於街亭。二、同年冬，出散關，圍陳倉，糧盡而還。三、七年，出建威，攻克武都陰平二郡。四、八年秋，魏來攻，亮待之於城固赤坂。五、九年春，圍祁山，始以木牛運。六、十二年，由斜谷出，據武功、五丈原，始以流馬運。據三國志蜀諸葛亮傳記載，六役中出祁山實僅二次；其間出建威，在祁山附近；其餘行軍皆經漢中一帶，不由祁山。參閱清俞樾曲園雜纂三八小浮梅閒話。

【六波羅蜜】佛教語。波羅蜜，度過到彼岸的意思。唐六典四禮部尚書祠部郎中：“以布施、持戒、忍辱、精進、禪定、智惠（慧）爲宗，所謂六波羅蜜者也。”又稱六度。佛經有大乘理趣六波羅蜜多經，略稱六度經。

【六馬仰秣】形容樂聲美妙，連馬也停食傾聽。荀子勸學：“伯牙鼓琴，六馬仰秣。”又見韓詩外傳六。

【六都護府】都護府是唐代管理邊防行政的官署。貞觀中初設安西燕然兩都護府，後來續有增改分合。到開元天寶時，西有安西北庭兩府，北有安北單于兩府，南有安南府，東有安東府，合稱六都護府。見舊唐書地理志一。

【六根清淨】佛教認爲六根與六塵相接，就會産生種種罪垢，因此主張眼、耳、鼻、舌、身、意六根要清淨潔白。是佛教禁慾主義的說法。法華經法師功德品："以是功德，莊嚴六根，皆令清淨。"

【六書本義】明趙撝謙撰。十二卷。大抵根據鄭樵通志六書略關於六書的説法，把説文五百四十部合併爲三百六十部。

【六通四辟】莊子天道："明於天，通於聖，六通四辟於帝王之德者，其自爲也，昧然無不静者矣。"釋文謂六通卽陰、陽、風、雨、晦、明六氣；四辟，指四方開闢。唐成玄英疏認爲六通是四方上下；四辟是順應四時，任物自動。後多用來比喻四面八方無不通達。

【六朝文絜】清許槤選編。四卷。共選自晉至隋駢體文七十二篇，分十八類。近人黎經誥有箋注本。

【六朝金粉】㊀指南朝的吳、東晉、宋、齊、梁、陳國都金陵的靡麗繁華景象。清吳偉業吳詩集覽十下殘畫："六朝金粉地，落木更蕭蕭。"㊁粉黛。指婦女的裝飾、儀容。元王實甫西廂記二本一折："香消了六朝金粉，清減了三楚精神。"

【六陽會首】見"六陽"。

【六道輪迴】六道，佛教指地獄道、餓鬼道、畜生道、修羅道、人道、天道。根據佛教輪迴的說法，人都要在這六道内輪迴。參閱楞嚴經八、九。

【六鎮起義】六鎮，指北魏在北方設置的沃野(今内蒙古五原北)、懷朔(今包頭東北)、武川(今呼和浩特西北)、撫冥(今武川東北)、柔玄(今興和縣境)、懷荒(今河北張北縣境)等六個軍鎮。北魏末年，階級矛盾激化，正光五年(公元524年)，沃野鎮兵破六韓拔陵殺鎮將，領導起義。六鎮兵民紛起響應，史稱六鎮起義。孝昌元年(公元525年)，起義失敗，破六韓拔陵英勇犧牲。起義餘衆轉移到河北後，又先後在杜洛周、葛榮等領導下，爆發了各族人民大起義，給北魏封建政權以沉重打擊。

【六研齋筆記】明李日華撰。四卷，又二筆四卷，三筆四卷。日華擅長書畫，山水畫尤爲著名，書中論書畫的内容占十之七八。

【六藝之一録】清倪濤撰。正編六集，四百零六卷，續編十四卷，合共四百二十卷。凡金器款識，刻石文字，法帖論述，古今書體，歷朝書論，歷朝書譜，都廣泛搜集舊文，資料頗爲豐富，但不加論斷，不列細目，材料或全録，或摘録，或輯録，漫無準則，不便檢閱。

兮

xī 胡雞切，平，齊韻，匣。ㄒㄧ

語氣助詞。用於韻文語句中間或末尾。相當於現代漢語"啊"。詩魏風伐檀："坎坎伐檀兮，寘之河之干兮，河水清且漣漪。"

【兮冴】嘆詞。南朝梁陶宏景真誥甄命授："忽發哀音之兮冴，長悼死没以悲逝。"注："此作奚胡音，猶今小兒啼不止，謂爲咳呱也。"

【兮甲盤】也叫兮伯吉父盤。西周晚期青銅器。宋代出土。銘文一百三十三字，記述兮甲(卽尹吉甫)隨從周宣王征伐玁狁，對南淮夷徵收賦貢的事迹。見郭沫若兩周金文辭大系。清吳式芬攈古録金文三之二作"兮田盤"，吳大澂愙齋集古録十六作"兮伯盤"，方濬益綴遺齋彝器考釋七作"兮伯吉父盤"。

公

gōng 古紅切，平，東韻，見。ㄍㄨㄥ

㊀正直無私。墨子尚賢上："舉公義，辟私怨。"韓非子五蠹："背厶(私)爲公。"㊁共同。荀子解蔽："凡萬物異則莫不相爲蔽，此心術之公患也。"㊂公事。詩召南采蘩："夙夜在公。"㊃公然，無所顧忌。漢書六七胡建傳："今監御史，公穿軍垣，以求賈利。"注："公謂顯然爲之。"㊄爵位名。詩小雅白駒："爾公爾侯，逸豫無期。"㊅對人的尊稱。史記留侯世家："吾(劉邦)求公(指商山四皓)數歲，公辟逃我。"㊆稱謂。1. 祖父。呂氏春秋異用："孔子之弟子從遠方來者，孔子荷杖而問之曰：'子之公不有恙乎？'" 2. 父親。戰國策魏一："張儀欲窮陳軫，令魏王召而相之，來將悟之。將行，其子陳應止其公之行。" 3. 丈夫的父親。淮南子氾論："宋人嫁子，若公知其盜也，逐而去之。"㊇雄性。如公牛，公雞。㊈姓。東漢有主爵都尉公儉。見元和姓纂一東。

【公人】舊稱衙役。宋悟明集聯燈會要二七智賢禪師："縣裏有公人到勾和尚。"

【公士】㊀公正的士人。荀子不苟："不下比以闇上，不上同以疾下，分爭於中，不以私害之，若是則可謂公士矣。"㊁稱卿、大夫、士的兒子，以區別於家臣。禮玉藻："大夫私事使，私人擯，則稱名；公士擯，則曰寡大夫，寡君之老。"私人，謂家臣。㊂秦漢時最低一級的武功爵名。漢書百官公卿表上："爵一級曰公士。"注："言有爵命，異於士卒，故稱公士也。"

【公子】㊀諸侯之子。詩周南麟之趾："振振公子。"諸侯之女也稱公子。左傳桓三年："凡公女嫁于敵國，姊妹則上卿送之，……公子則下卿送之。"㊁諸侯王嫡子叫世子，其餘的兒子叫公子。禮玉藻："公子曰臣孽。"清孫希旦集解："公子，謂諸侯庶子也。木之旁萌者曰孽，故以爲庶子之稱。"㊂豪門貴族子弟的通稱。戰國策楚四："(黃雀)晝遊乎茂樹，夕調乎酸醎，倏忽之間，墜於公子之手。"後來也用作對别人兒子的敬稱。

【公上】㊀官府。漢書六七楊惲傳報孫會宗書："是故身率妻子，勠力耕桑，灌園治産，以給公上。"㊁複姓。漢有公上不害。見漢書高惠高后文功臣表。

【公山】複姓。春秋魯國有公山不狃。見左傳定五年。

【公文】㊀處理公務的文書。三國志魏趙儼傳："公文下郡，緜絹悉以還民。"㊁複姓。春秋有公文氏。見左傳哀十四年。

【公牛】複姓。宋鄧名世古今姓氏書辨證一東引姓源韻譜："其先齊公子牛之後，淮南子有公牛哀。"按見淮南子俶真。

【公正】不偏私，正直。漢班固白虎通爵："公之爲言，公正無私也。"

【公主】諸侯、帝王的女兒。周稱王姬，戰國始稱公主。史記六五吳起傳："公叔爲相，尚魏公主。"又稱君主。史記六國表："(秦)初以君主妻河。"索隱："君主，猶公主也。妻河，謂嫁之河伯。"漢制：皇帝女稱公主，皇帝的姊妹稱長公主，帝姑稱大長公主。歷代因之。

【公平】不偏袒。管子形勢："天公平而無私，故美惡莫不覆；地公平而無私，故小大莫不載。"戰國策秦一："商君治秦，法令至行，公平無私。"

【公田】㊀古代井田制，井田凡九區，中區稱公田。詩小雅甫田："雨我公田，遂及我私。"詳"井田"。㊁公家的田地，與"私田"相對。漢書五四蘇武傳："賜錢二百萬，公田二頃。"

【公安】縣名。屬湖北省。東漢作唐縣，三國蜀時改爲公安縣。相傳漢末劉備爲荆州牧，鎮油口，曾居此；時人稱備爲公，故稱此爲公安。晉代改爲江安，至南朝陳又恢復舊名。參閱太平寰宇記一四六荆州。

【公羊】複姓。舊題春秋公羊傳爲戰國

時齊人公羊高作。

【公旬】古代統治者規定人民每年爲官府所作的無償勞動。周禮地官均人:"凡均力政，以歲上下。豐年則公旬用三日焉，中年則公旬用二日焉，無年則公旬用一日焉。"注:"公，事也。旬，均也。"

【公休】官署休假。宋連庠峴山詩:"政成公休屢登覽，山前車騎常晶熒。"(八瓊室金石補正九七)

【公行】春秋時官名。掌管君主的兵車和從行。詩魏風汾沮洳:"殊異乎公行。"箋:"從公之行者，主君兵車之行列。"左傳宣二年:"及(晉)成公卽位，乃宦卿之適子而爲之田，以爲公族；又宦其餘子亦爲餘子；其庶子爲公行。"注:"庶子，妾子也，掌率公戎行。"參見"公路"。

【公言】㊀在衆人前公開發言。史記文帝紀:"宋昌曰:'所言公，公言之；所言私，王者不受私。'"㊁公論。唐韓愈昌黎集十一原道:"凡吾所謂道德云者，合仁與義言之也，天下之公言也。"

【公社】古代統治者祭祀天地神鬼的地方。禮月令:"孟冬之月，……天子乃祈來年于天宗，大割祠于公社及門閭。"疏:"謂大割牲以祠公社，以上公配祭，故云公社及門閭者。"史記封禪書:"因令縣爲公社。"集解:"李奇曰:'猶官社。'"現代漢語中"公社"一詞爲外來詞(義譯)，與古漢語中"公社"一詞含義不同。

【公車】㊀兵車。詩魯頌閟宮:"公車千乘。"㊁官車。周禮春官巾車:"掌公車之政令。"注:"公猶官也。"㊂漢代官署名。衞尉的下屬機構，設公車令，掌管宮殿中司馬門的警衞工作。臣民上書和徵召，都由公車接待。史記一二六東方朔傳:"朔初入長安，至公車上書，凡用三千奏牘。公車令兩人，共持舉其書，僅然能勝之。"漢代曾用公家車馬接送應舉的人，後來便以"公車"作爲舉人入京應試的代稱。㊃複姓。相傳春秋秦公子鍼字伯車，他的後代爲公車氏。見宋鄧名世古今姓氏書辨證二東。

【公府】三公的官府。封建時代中央一級的機構。漢王符潛夫論愛日:"郡縣既加冤枉，州司不治，今破家活，達詣公府。"

【公法】國家的法令。尹文子大道下:"君寵臣，臣愛君；公法廢，私欲行；亂國也。"

【公事】公家的事務。論語雍也:"有澹臺滅明者，行不由徑，非公事未嘗至於偃之室也。"偃，子游名，時爲武城宰。

【公門】㊀君主之門。論語鄉黨:"入公門，鞠躬如也。"㊁衙門。唐韋應物韋江州集五答崔都水詩:"甿稅況重疊，公門極熬煎。"建中靖國續燈錄七惠南禪師:"一字入公門，九牛拔不出。"

【公忠】秉公而忠誠。韓非子三守:"羣臣持祿養交，行私道而不效公忠，此謂明劫。"

【公服】官吏的禮服。資治通鑑一七四陳太建十二年二月注:"五代志:後周之制，諸命秩之服曰公服，其餘常服曰私衣。隋唐以下有朝服，有公服。朝服曰具服，公服曰從省服。"

【公姓】統治家族的子弟，猶言公子。詩周南麟之趾:"麟之定，振振公姓，于嗟麟兮。"毛傳以與公同姓者爲公姓。參閱清馬瑞辰毛詩傳箋通釋二。

【公室】春秋戰國時諸侯的家族，也用以指諸侯國的政權。左傳襄二四年:"夫諸侯之賄，聚於公室，則諸侯貳。"又襄十一年:"三分公室，而各有其一。"

【公家】左傳僖九年:"公家之利，知無不爲，忠也。"這指諸侯王國而言，猶言公室。後也泛稱政府爲公家。三國志魏毛玠傳:"公家無經歲之儲，百姓無安固之志。"

【公案】㊀官府的案牘。宋蘇軾東坡集奏議集十三辨黃慶基彈劾劄子:"今來公案，見在户部，可以取索案驗。"後也稱待決的事情、案件等爲公案。京本通俗小說錯斬崔寧:"府尹也巴不得了結這段公案。"㊁舊時官吏審案時所用的桌子。元曲選缺名陳州糶米四:"快把公案打掃的乾淨，大人敢待來也。"㊂佛教禪宗認爲用教理來解決疑難問題，如官府判案，故也稱公案。宋釋圜悟碧巖錄十、九八舉:"劈腹剜心，人皆喚作兩重公案。"㊃話本故事分類之一，後又演變爲"公案小說"、"公案戲"。

【公庭】貴族的廳堂，猶言"公堂"。詩邶風簡兮:"碩人俁俁，公庭萬舞。"參見"公堂㊀"。

【公祖】㊀明清時士紳對知府以上地方官的尊稱，對地位較高的人稱大公祖，老公祖。清王士禛池北偶談二六曾祖父母:"今鄉官稱州縣官曰父母，撫按司道府官曰公祖，沿明世之舊也。"㊁複姓。孔子弟子有公祖句兹，見史記六七仲尼弟子傳。

【公桑】官家的桑田。禮祭義:"古者天子諸侯，必有公桑蠶室，近川而爲之。"

【公孫】㊀諸侯之子叫公子，其孫叫公孫。詩豳風狼跋:"公孫碩膚。"傳說指成王，因爲他是豳公的孫子。穀梁傳僖十六年:"大夫不言公子公孫，疏之也。"如鄭子產名僑，是穆公的孫子，故稱公孫僑。後用作對官僚貴族子弟的尊稱。儒林外史十:"兩公子走進内堂，見蘧公孫在那里，三太太陪着。公孫見了表叔來，慌忙見禮。"㊁複姓。相傳黃帝姓公孫，他的子孫因以爲姓。見元和姓纂一東。

【公除】按禮，父母死，守喪三年。初不甚嚴，有父母一下葬就除服的。帝王或大官僚自以身負國家重任，因公除服，故稱公除。宋書徐爰傳:"世祖崩，公除後，晉安王子勛侍讀博士咨爰宜習業與不?"魏書高祖紀下太和十四年:"癸酉葬文明太皇太后於永固陵。……羣臣固請公除。"文明，拓跋宏(高祖)母。

【公乘】㊀王室和諸侯國的兵車。左傳昭三年:"公乘無人，卒列無長。"㊁爵位名，起於先秦。墨子號令:"官吏豪傑與計堅守者十人，及城上吏比五官者，皆賜公乘。"漢書百官公卿表上"(秦爵)八、公乘"注:"言其得乘公家之車也。"㊂複姓。以爵爲氏。見元和姓纂一東。唐詩人有公乘億。見唐詩紀事六八。

【公族】㊀與公姓同義，皆謂公子。詩周南麟之趾:"麟之角，振振公族，于嗟麟兮。"傳:"公族，公同祖也。"清馬瑞辰云:"毛傳謂公族爲公同祖亦誤。公姓、公族，皆謂公子。"見毛詩傳箋通釋二。㊁複姓。漢代有公族進階。見宋鄧名世古今姓氏書辨證二。

【公務】公事。唐錢起錢考功集五酬盧十一過宿詩:"閉門公務散，枉策故情深。"

【公堂】㊀貴族的廳堂。詩豳風七月:"躋彼公堂。"㊁官署，衙門。唐賈島長江集六酬姚合校書詩:"公堂朝共到，私第夜相留。"

【公然】明目張膽，無所顧忌。唐杜甫杜工部詩史補遺二茅屋爲秋風所破歌:"南村羣童欺我老無力，忍能對面爲盜賊。公然抱茅入竹去，脣焦口燥呼不得，歸來倚仗自歎息。"

【公道】㊀至公至正之道。荀子君道:"然後明分職，序事業，材技官能，莫不治理，則公道達而私門塞矣。"漢書七八蕭望之傳:"如是，則庶事理，公道立，姦邪塞，私權廢矣。"㊁公共道路。韓非子七術:"棄灰于公道者，斷其手。"㊂公平。唐杜牧樊川文集四送隱者一絕詩:"公道世間唯白髮，貴人頭上不曾饒。"警世通言宋小官團圓破氈笠:"這價錢也是公道了。"這裏指買賣公平。

【公幹】㊀公事，公務。古今雜劇元高文秀澠池會楔子：“兀那使命，你此一來，有何公幹？”也作“公干”。清平山堂話本老馮唐直諫漢文帝：“持節者何人也，有何公干？”㊁辦理公事。水滸十四：“晁蓋道：‘都頭官身，不敢久留，若再到敝村公幹，千萬來走一遭。’”

【公路】春秋時官名，有公路、公行。公路，掌路車，主居守；公行掌戎車，主從行。詩魏風汾沮洳：“殊異乎公路。”箋：“公路，主君之耗車，庶子爲之，晉趙盾爲耗車之族是也。”疏以公路、公行爲一官。以主管君路車，因稱公路；主兵車的行列者，因稱公行。參閱清馬瑞辰毛詩傳箋通釋十。參見“公行”。

【公園】古代官家的園地。魏書景穆十二王中任城王傳：“（任城王澄）表減公園之地，以給無業貧口。”今專指供公衆遊覽休息的園林。

【公會】因公事相會晤。三國志吴諸葛瑾傳：“建安二十年，（孫）權遣瑾使蜀通好，劉備與其弟亮俱公會相見，退無私面。”

【公衙】衙門。也叫公牙。唐封演封氏聞見記五公牙：“近代通謂府廷爲公衙，公衙卽古之公牙也。字本作牙。……或云公門外刻木爲牙，立于門側，以象獸牙。軍將之行，置牙竿，首懸旗于上，其義一也。”

【公輔】三公和輔相。漢書八一孔光傳：“光凡爲御史大夫丞相各再，壹爲大司徒、太傅、大師，歷三世居公輔位，前後十七年。”

【公墓】諸侯王的墓地。周禮春官冢人：“掌公墓之地。”今用以泛指公共墓地。

【公論】公衆的評論。世説新語品藻：“王大將軍（敦）下，庾公（亮）問：‘聞卿有四友，何者是？’……庾又問：‘何者居其右？’王曰：‘自有人。’又問：‘何者是？’王曰：‘噫！其自有公論。’”宋陸游劍南詩稿二送芮國器司業之二：“萬事不如公論久，諸賢莫與衆公違。”

【公憤】共同的憤怒。宋陳亮龍川集一上孝宗皇帝第三書：“二聖北狩之痛，蓋國家之大恥，而天下之公憤也。”

【公穀】指公羊傳和穀梁傳兩書。新唐書二〇〇啖助傳：“助愛公穀二家，以左氏解義多謬。”

【公儀】複姓。禮檀弓上：“公儀仲子之喪，檀弓免焉。”注：“公儀氏，魯之同姓也。”

【公劉】古代周部族的祖先，相傳爲后稷的曾孫。詩大雅有公劉篇。毛傳：“公劉居於邰而遭夏人亂，迫逐公劉，公劉乃……遷其民邑於豳焉。”

【公廨】㊀隋唐職官，於職分田外，又給公廨田。通典二食貨二田制下：“自諸王下至於都督，皆給永業田，……又給職分田，……又給公廨田，以供用。”又：“令在京諸司及天下府州縣兼折衝府鎮戍關津嶽瀆等公廨田、職分田各有差。”㊁官署。宋張綱華陽集四十附洪葴行狀：“公巡歷所部，……迄冬奔馳道路，居鄱陽公廨，止數十日而已。”

【公器】㊀王侯的器物。周禮天官閽人：“凡內人、公器、賓客、無帥，則幾其出入，以時啓閉。”注：“鄭司農（衆）云：‘公器，將持公家器出入者。幾，謂無將帥引之者，則苛其出入。’”㊁指名位、爵祿等。莊子天運：“名，公器也，不可多取。仁義，先王之蘧廬也。”注：“夫名者，天下之所共用。”舊唐書九九張九齡傳：“官爵者，天下之公器。”

【公餗】原指帝王、諸侯祭祀或宴會所享用的食物。餗，肉羹之類的東西。易鼎：“鼎折足，覆公餗。”藝文類聚四七漢張衡司徒呂公誄：“黃耳金鉉，公餗以盈。”後用以比喻大臣的權位，如大臣不能勝任，叫足折餗覆。

【公餘】公務以外的時間。宋蘇軾東坡集前集一和子由聞子瞻將如終南太平宮谿堂讀書詩：“近日秋雨足，公餘試新篘。”篘，過濾的酒。

【公館】諸侯的宮室或離宮別館。禮雜記上：“大夫次於公館以終喪。”注：“公館，君之舍也。”又：“公館者，公宮與公所爲也。”注：“公所爲，君所作離宮別館也。”也泛指官府所造的館舍。禮曾子問：“禮曰：公館復，私館不復。”注：“公館，若今縣官宮也。”疏：“謂公家所造之館……謂公之所使爲命停舍之處。”後稱官僚或富家的住宅爲公館。北魏元暐墓誌：“以孝昌三年十月廿日薨於長安之公館。”（漢魏南北朝墓誌集釋圖版七四）

【公檮】複姓。漢書藝文志陰陽家著録公檮生終始十四篇，傳鄒奭始終書。注：“檮音疇。”

【公議】衆人的議論，輿論。漢荀悦前漢紀孝武紀二：“聖人以天下爲度者也，不以私怒傷天下公議。”

【公讌】官家的宴會。文選有曹植王粲劉楨公讌詩各一首。北齊顔之推顔氏家訓勉學：“三九公讌，則假手賦詩。”

【公驗】唐代官府開具的證件。唐會要八五逃户長慶元年正月赦文：“如無近親承佃，委本道觀察使於官健中取無莊田有人丁者，據多少給付，便與公驗，任充永業。”宋吳曾能改齋漫録一給公驗：“唐宣宗時，中書門下奏，若官度僧尼有闕，則擇人補之，仍申祠部給牒。其欲遠遊尋師者，須有本州公驗。乃知本縣僧尼出遊給公驗，自唐已然矣。”

【公大夫】秦漢時爵位名，列在第七級。也稱七大夫。見漢書百官公卿表上。

【公古哩】廓爾喀樂器名。清代有廓爾喀樂部，列於宴樂之末。鑄銅爲鈴，鈴面開作十字紋，中置銅片，背有紐，用綵色絲帶聯結，合五十枚爲一串，共四串。歌者股上結兩串，舞蹈時丁當出聲。參閱清續文獻通考一九五樂八。

【公司馬】卽伍長。周禮夏官大司馬：“公司馬執鐲”注：“謂五人爲伍，伍之司馬也。……伍長謂之公司馬者，雖卑，同其號。”參見“伍長”。

【公生明】荀子不苟：“公生明，偏生闇。”後來封建時代以“公生明”三字作爲官場箴規，在府州縣衙門大堂前面正中豎立一石，向南刻上這三個字；北面刻“爾俸爾祿，民膏民脂，下民易虐，上天難欺”十六字。後因出入不便，改爲牌坊。參閱清俞樾茶香室叢鈔六公生明坊舊是立石。

【公安派】明末的文學流派。以袁宗道袁宏道袁中道兄弟爲首。三袁是湖北公安縣人，因稱公安派。他們反對前後七子的擬古風氣，標榜“獨抒性靈，不拘格套”，重視小説戲曲的文學價值，在當時有一定影響。但他們的詩文，內容比較貧乏，甚至脱離現實。

【公羊傳】也叫春秋公羊傳，或公羊春秋。相傳爲戰國齊人公羊高所著。專門闡釋春秋。最初只有口頭流傳，漢初纔成書。漢何休作解詁十一卷，多發明春秋微言大義，大張三世（據亂世、升平世、太平世）之説，又好引讖緯。有唐徐彥疏。公羊傳是今文，盛行於漢武帝宣帝之間，自王莽時古文經大盛，公羊傳漸少人鑽研。清代後期，莊存與劉逢祿龔自珍魏源康有爲等力主復興今文學，借用公羊傳“微言大義”來説經，議論時政，對當時學術界影響很大。參見“今古文學派”。

【公冶長】孔子弟子。齊人，字子長。論語有公冶長篇。

【公車令】全稱公車司馬令。秦漢時官名，衛尉的屬官。負責警衛司馬門和夜間官中巡邏。凡臣民上書和朝廷的徵召,都由公車令掌管。東晉以後,直稱公車令。唐代廢除。參閱漢書百官公卿表上、通典二五職官七衛尉卿。參見"公車㊁"。

【公使錢】宋代州郡用於宴請和餽送過往官員的費用。說郛九六宋王栐燕翼詒謀錄:"祖宗舊制,州郡公使錢,專饋士大夫入京往來與之官罷任旅費,所饋之厚薄,隨其官品之高下,妻孥之多寡。"後來這筆費用由官府規定數額,向老百姓徵收。參閱文獻通考二四國用二。

【公孫丑】戰國時齊人,孟軻弟子。孟子有公孫丑篇。

【公孫弘】公元前 200 —前 121 年。字季,菑川薛人。獄吏出身。學春秋雜說。漢武帝初徵爲博士,出使匈奴,不合帝意,免歸。後再拜博士。元朔中,由御史大夫升任丞相,封平津侯。曾建議設五經博士,置弟子員。弘熟習文法吏事,用儒家的學說來解釋法令,不肯犯顏强諫。又外寬內深,對與已有私怨者表面交好而暗中報復。漢書藝文志儒家有公孫弘十篇,現已失傳。史記、漢書有傳。又史記漢書說公孫弘把自己的俸祿供養故人賓客,家無所餘,故後以"公孫弘"作爲延攬賢士的典故。元曲選喬孟符兩世姻緣三:"怎救搭,怎按納,公孫弘東閣鬧喧嘩。"又揚州夢二:"怎承望曉來悞入桃源洞,又則怕公孫弘打鳳牢龍。"

【公孫述】公元?—36年。東漢扶風茂陵人。字子陽。王莽時,爲導江卒正。後起兵,據有益州(今四川),自立爲蜀王,建武元年四月,稱帝,號成家,建元龍興。建武十二年爲漢軍所破,被殺。後漢書十三有傳。

【公孫鞅】卽商鞅。詳該條。

【公孫僑】卽戰國鄭大夫子產。詳"子產"。

【公孫龍】㊀春秋楚人,一說衛人。字子石。孔子弟子。見史記六七仲尼弟子傳。㊁公元前 320?—前 250?年。戰國時期名家的代表人物。趙國人,字子秉。著有堅白論白馬論等,後人輯爲公孫龍子。其事迹見於呂氏春秋和其他諸子書中。參見"公孫龍子"。

【公孫瓚】公元?—199年。東漢遼西令支人。字伯珪。東漢末舉孝廉,爲遼東屬國長史。曾屠殺青州徐州黃巾農民起義軍數萬人。後割據幽州,與袁紹連年混戰。建安四年爲袁紹所敗,自殺。後漢書七三、三國志魏有傳。

【公莫舞】古舞名。相傳項羽在鴻門留劉邦與飲,項莊拔劍起舞,欲擊殺劉邦。項伯也拔劍起舞,以袖相隔,並對項莊說:"公莫害沛公(卽劉邦)。"後人以舞巾模擬項伯舞袖的姿態,因稱"公莫舞"。晉、南朝宋以後稱"巾舞"。唐時列入清商樂中。按琴操有公莫渡河曲,其聲從來已久,當在項伯以前。參閱宋書樂志一、舊唐書音樂志二。

【公輸班】我國古代著名工匠。姓公輸名般,春秋時魯國人。又稱魯班。曾創造攻城的雲梯和刨、鑽等工具。歷代木工都尊他爲"祖師"。其事迹散見於禮檀弓、戰國策宋、墨子公輸等。

【公才公望】指才識和名望可以和三公輔相的職位相稱。世說新語品藻:"王丞相(導)嘗謂(庾)駿曰:'孔愉有公才而無公望;丁潭有公望而無公才,兼之者其在卿乎?'"梁書王暕傳:"時文憲作宰,賓客盈門,見暕,相謂曰:'公才公望,復在此矣。'"暕父儉仕齊,封文憲公。

【公子王孫】指貴族、官僚的子弟。戰國策楚四:"黃雀……自以爲無患,與人無爭也,不知夫公子王孫左挾彈,右攝丸,將加己乎十仞之上,以其類爲招。"

【公私兩便】指對公家和私人都有好處。漢書溝洫志"乃兩便"唐顏師古注:"言無產業之人,端居無爲,及發行力役,俱須衣食耳。今縣官給其衣食,而使修治河水,是爲公私兩便也。"也作"公私兩濟"。晉書阮种傳:"若人有所患苦者,有宜損益,使公私兩濟者,委曲陳之。"也作"公私兩利"。文獻通考十七征榷四:"惟有於要鬧坊場之地,聽民醞造,納稅之後,便從酤賣,實爲公私兩利。"

【公孫大娘】唐開元間教坊的著名舞伎。善舞劍器渾脫。杜甫有觀公孫大娘弟子舞劍器行一詩,見杜工部草堂詩箋三三。參閱唐段安節樂府雜錄舞工。

【公孫龍子】戰國公孫龍著。漢書藝文志名家著錄十四篇,今存迹府白馬指物通變堅白名實六篇,一千八百多字,其中迹府爲後人雜纂而成。主要論述名實關係,"白馬非馬"是其有名論題,具有樸素的辯證法思想,是研究名辯思想的重要書籍。有宋謝希深注。參見"公孫龍"。

【公無渡河】樂府瑟調曲名。四言四句,以歌辭首句"公無渡河"而名。詳"箜篌引"。

【公聽並觀】多方面聽取意見和觀察事物。三國志魏蔣濟傳上疏:"臣竊亮陛下潛神默思,公聽並觀,若事有未盡於理而物有未周於用,將改曲易調,遠與黃唐角功,近昭文武之迹,豈近習而已哉!"

【公羊何氏釋例】全稱春秋公羊經何氏釋例。清劉逢祿著。十卷。根據東漢何休公羊解詁,發揮"微言大義",是清代今文經學派的重要著作之一。

【公是先生弟子記】宋劉敞著。敞自記在講學中問答的話,託名他的弟子所作。內容有很多地方攻擊王安石,對於歐陽修蘇軾程頤,也有不滿。宋史本傳及敞墓誌都說五卷,郡齋讀書志作一卷,四庫本重定爲四卷。

四 畫

共 1. gòng 渠用切,去,用韻,羣。ㄍㄨㄥˋ

㊀共同。論語公冶長:"願車馬,衣輕裘,與朋友共,敝之而無憾。"商君書修權:"法者君臣之所共操也。信者君臣之所共立也。"㊁總共。水滸二三:"前後共喫了十五碗。"

2. gōng 九容切,平,鍾韻,見。ㄍㄨㄥ

㊂敬。通"恭"。左傳僖二七年:"公卑杞,杞不共也。"釋文:"共音恭。本亦作恭。"㊃供給。通"供"。左傳僖四年:"爾貢包茅不入,王祭不共,無以縮酒,寡人是徵。"釋文:"共音恭。本亦作供。"㊄古國名。在今甘肅涇川縣北。詩大雅皇矣:"侵阮徂共。"㊅古地名。在今河南輝縣。左傳隱元年:"大叔出奔共。"

3. gǒng 集韻古勇切,上,腫韻。ㄍㄨㄥˇ

㊆環抱,拱衛。通"拱"。論語爲政:"譬如北辰,居其所而衆星共之。"孟子盡心注、呂氏春秋有始注引論語皆作"拱"。

【共$_{2}$工】㊀古代傳說中的天神,與顓頊爭爲帝,有頭觸不周山的故事。淮南子天文:"昔者共工與顓頊爭爲帝,怒而觸不周之山,天柱折,地維絕。天傾西北,故日月星辰移焉;地不滿東南,故水潦塵埃歸焉。"又國語周和史記司馬貞補三皇本紀對共工都有不同的傳說。㊁古代官名。1.水官。書堯典:"共工方鳩僝功。"鄭玄注:"共工,水官名。其人名氏未聞,先祖居此官,故以官氏也。"2.工官。書舜典:"咨垂,汝共工。"馬融注:"爲司空,共理百工之事。"㊂人名。相傳爲堯的大臣,和驩兜三苗鯀並稱爲四凶,被堯流放於幽州。見書舜典。

【共牢】古代婚禮,新婚夫婦同食一牲。牢,卽牲。禮昏義:"共牢而食,合卺而酺。"參見"合晉"。

【共和】周厲王時，奴隸和自由民大暴動，厲王逃跑。至宣王執政，中間十四年，號共和。共和名稱由來有兩說：一說由召公周公二相共同執政，故號共和。見史記周本紀。一說厲王出奔後，由共和伯代理政事，故號共和。共和元年，卽公元前 841 年，是中國歷史上有正確紀年的開始。見竹書紀年、漢書古今人表注。後用作政體名，與君主制相對。

【共₂張】供應設置各種器物。也作"供張"、"供帳"。漢書郊祀志下："數乘郡縣，治道共張，吏民困苦，百官煩費。"又成帝紀建始二年："三輔長無共張繇役之勞。"注："謂供具張設。"

【共億】相安，和協。左傳隱十一年："寡人唯是一二父兄不能共億，其敢以許自爲功乎？"清王引之經義述聞十七不能共億："共億猶今人言相安也。"

【共命鳥】梵語"耆婆耆婆迦"的義譯。佛經中稱雪山有神鳥，名共命，一身兩頭。"耆婆"有"命"或"生"之義，故又譯作命命鳥、生生鳥。唐杜甫杜工部草堂詩箋三七岳麓山道林二寺行："蓮花交響共命鳥，金牓雙迴三足烏。"參閱翻譯名義集二畜生。

五 畫

兵 bīng 甫明切，平，庚韻，幫。ㄅㄧㄥ

㊀兵器。左傳隱元年："繕甲兵，具卒乘。"荀子議兵："古之兵，戈、矛、弓、矢而已矣。"㊁士卒，軍隊。戰國策西周："所以進兵者，欲王令楚割東國以與齊也。"㊂戰爭，軍事。左傳隱三年："有寵而好兵，公弗禁。"也指兵法。戰國策秦："公不論兵，必大困。"注："言不以兵法治士。"㊃用兵器殺傷人。左傳定十年："士兵之。"史記六一伯夷傳："左右欲兵之。"㊄傷害。吕氏春秋侈樂："失樂之情，其樂不樂。樂不樂者，其民必怨，其生必傷。其王之與樂也，若冰之於炎日，反以自兵。"

【兵子】封建士大夫對兵士的蔑稱。三國志蜀劉巴傳注引零陵先賢傳："大丈夫處世，當交四海英雄，如何與兵子共語乎！"

【兵厄】指死於兵刃。晉書卜珝傳："郭璞見而歎曰：'吾所弗如也，奈何不免兵厄！'"

【兵甲】㊀武器軍備。韓非子初見秦："然而兵甲頓，士民病，蓄積索，田疇荒，囷倉虛，四鄰諸侯不服，霸王之名不成。"㊁戰爭。戰國策秦一："明言章理，兵甲愈起。"

【兵矢】卽枉矢。周禮考工記矢人："兵矢、田矢五分。二在前，三在後。"詳"枉矢"。

【兵守】用兵力防守陣地。周禮春官典瑞："牙璋，以起軍旅，以治兵守。"注："兵守，用兵所守。"商君書有兵守篇。

【兵車】戰車。兵車，甲士三人，駕車的人居中，左方主射，右方主擊刺。將所乘兵車，駕車的人居左，將居鼓下在中，主擊鼓指揮全軍進退。左傳哀十一年："魯之羣室，衆於齊之兵車。"當時以戰車爲戰鬭的主力，故也作兵力、威力的代稱。論語憲問："桓公九合諸侯，不以兵車，管仲之力也。"

【兵杖】兵器的總稱。漢書四七文三王傳："收兵杖藏私府。"也作兵仗。周書賀拔勝傳："身死之日，惟有隨身兵仗及書千餘卷而已。"

【兵役】戰事。後漢書質帝紀："又兵役連年，死亡流離。"全唐詩六七六鄭谷送舉子下第東歸："秣陵兵役後，舊業半成蕪。"今稱公民應徵當兵的義務爲服兵役。

【兵法】用兵的方法。孫子形篇："兵法：一曰度，二曰量，三曰數，四曰稱，五曰勝。"

【兵府】宋代樞密院總管兵政，故稱樞密院爲兵府。宋史三一九歐陽修傳："修在兵府，與曾公亮考天下兵數，及三路屯戍多少，地理遠近，更爲圖籍。"

【兵首】㊀前鋒。吕氏春秋簡選："齊桓公良車三百乘，教卒萬人，以爲兵首，横行海内，天下莫之能禁。"㊁主將，統帥。戰國策秦五："臣少爲秦刀筆，以官長而守小官，未嘗爲兵首。"

【兵要】㊀兵權。左傳閔二年："偏躬無慝，兵要遠災。"三國志魏王粲傳附陳琳："今將軍總皇威，握兵要，龍驤虎步，高下在心。"㊁用兵的要術。荀子議兵："王曰：'請問兵要？'臨武君對曰：'上得天時，下得地利，觀敵之變動，後之發，先之至，此用兵之要術也。'"

【兵革】㊀兵，戈、矛、刀、箭等武器；革，甲冑。泛指軍備。戰國策秦一："兵革大强。"注："革，猶甲也。"㊁戰爭。詩鄭風野有蔓草序："君之澤不下流，民窮于兵革。"史記秦楚之際月表："秦既稱帝，患兵革不休，以有諸侯也，於是無尺土之封。"

【兵柄】兵權。史記一〇一袁盎傳："是時，絳侯（周勃）爲太尉，主兵柄。"

【兵流】"兵家者流"的省稱。或作"兵家流"。指專研究兵法的人。唐杜甫杜工部草堂詩箋二四八哀鄭虔："槃礴西極名，兵流指諸掌。"又王思禮："曉達兵家流，飽聞春秋癖。"

【兵家】研究軍事的學者。漢書藝文志兵書略著録漢以前兵家著作，其中分權謀、形勢、陰陽、技巧四家。後漢書八八臧洪傳："忿悁之師，兵家所忌。"

【兵書】論述兵法的書。如孫子吳子司馬法六韜三略尉繚子，及在山東銀雀山漢墓出土的孫臏兵法等。漢書藝文志著録古兵書五十三家，七百九十篇，圖四十三卷。

【兵部】舊時六部之一，主管中央及地方武官的選用、考查、以及有關兵籍、軍械、軍令等事宜。相當於周禮夏官大司馬之職。魏置五兵尚書，至隋始改兵部尚書，歷代封建王朝皆沿用其制，直至清末改官制止。參閱通典二三職官五尚書下。

【兵瑣】兵籍。明歸有光震川集九送吳郡別駕段侯之京序："侯有通敏之才，於賦籍兵瑣，一覽悉記。"

【兵械】兵器。史記律書："六律爲萬事根本焉，其於兵械尤所重。"

【兵略】用兵的謀略。淮南子有兵略訓。後漢書九五皇甫規傳："郡將知規有兵略，乃命爲功曹。"

【兵符】㊀調遣軍隊的符節憑證。戰國時魏信陵君使如姬竊兵符，奪晉鄙軍救趙。見史記七七魏公子傳。㊁用兵的符籙、兵書之類。史記五帝紀正義引龍魚河圖："天遣玄女下授黃帝兵符，伏蚩尤。"

【兵解】道家稱學道的人死於兵刃爲兵解，意謂借兵刃解脱軀體而成仙。如舊題晉葛洪神仙傳記，郭璞爲王敦所殺，後有人見之於市，因稱璞得兵解。

【兵經】孫子兵法的別稱。南朝梁劉勰文心雕龍程器："孫武兵經辭如珠玉，豈以習武而不曉文也！"隋書經籍志三兵家著録孫武兵經二卷。

【兵廚】步兵廚。宋吕頤浩忠穆集六與程晉道書："自到此，每月釀四五斗，雖氣味濃香不逮兵廚，自有野醪真趣。"詳"步兵廚"。

【兵舞】古代祭祀時的一種舞蹈，手執兵器而舞。周禮地官鼓人："凡祭祀百物之神，鼓兵舞、帗舞者。"注："兵，謂干戚也。帗，列五采繒爲之，有秉，皆舞者所執。"

【兵衝】軍事要衝。後漢書七十荀彧傳："潁川四戰之地，天下有變，常爲兵衝。"魏書天象志三："明年，宋廢其主，由是南邦日蹙，齊魏之地，盡爲兵衝。"

【兵諫】進諫時以武力要挾，迫使必從。左傳莊十九年："初，鬻拳强諫楚子，楚子弗從；臨之以兵，懼而從之。"晉范甯春秋穀梁傳序："左氏以鬻拳兵諫爲愛君。"

【兵機】用兵的機宜。唐杜甫杜工部詩史補遺五警急："才名舊楚將，妙略擁兵機。"

【兵燹】因戰爭所遭受的焚燒破壞。宋史神宗紀二熙寧九年："詔岷州界經鬼章兵燹者賜錢。"

【兵欄】兵營周圍的障礙物。北周庾信庾子山集十三周大將軍崔説神道碑："長城馬窟，廣武兵欄。"

【兵權】㊀用兵的權謀。管子兵法："故夫兵雖非備道至德也，然而所以輔王成霸。今代之用兵者不然，不知兵權者也。"㊁兵書。史記太史公自序："禮樂損益，律曆改易，兵權，山川，鬼神，天人之際，承敝通變，作八書。"漢書藝文志兵書略有兵權謀一類。

【兵馬司】官署名。封建時代主管京師治安的機構，始建於元。至元九年改千户所爲兵馬司，屬大都路。二十九年置都指揮使等官。南北城各置司。見元史百官志六。明改設五城兵馬司，有正副指揮使。清末廢。

【兵不血刃】不經激戰就取得勝利。荀子議兵："故近者親其善，遠方慕其德，兵不血刃，遠邇來服。"

【兵不厭詐】同"兵不厭權"。三國演義三四："(許)攸笑曰：'世人皆言孟德（曹操字）奸雄，今果然也！'操亦笑曰：'豈不聞兵不厭詐？'"

【兵不厭權】作戰時可以使用權術，使敵人作出錯誤的判斷。韓非子難一："戰陣之間，不厭詐僞。"後漢書五八虞詡傳："今其衆新盛，難與争鋒，兵不厭權，願寬假轡策，勿令有所拘閡而已。"後也作"兵不厭詐"。

【兵連禍結】戰争連續，災禍不斷。漢書九四下匈奴傳："兵連禍結三十餘年。"

【兵曹參軍】即司兵參軍。掌管軍防的烽火、驛馬傳送、門禁、田獵、儀仗等事，爲州郡職官。見通典三三職官十五總論郡佐。參閲新唐書百官四下。

【兵貴神速】指軍事行動貴在迅速，纔能出其不意，攻其無備，取得勝利。三國志魏郭嘉傳："太祖將征袁尚及三郡烏丸。……嘉言曰：'兵貴神速。'"

【兵慌馬亂】形容戰争所造成的混亂狀態。明陸華甫雙鳳齊鳴記上二一："亂紛紛東逃西竄，鬧烘烘兵慌馬亂，一路奔回氣尚喘。"

【兵來將敵，水來土堰】不管對方使用何計，我自有對付辦法。古今雜劇雲臺門聚二十八將一："兵來將敵，水來土堰，兄弟也你領兵就隨着我來，不可延遲也。"又元高文秀澠池會楔子："自古道兵來將迎，水來土堰，他若領兵前來，俺這裏領兵與他交鋒。"

六畫

其 1. qí ㄑㄧˊ 渠之切，平，之韻，羣。

㊀代詞。回指上文的事或人。詩周南桃夭："桃之夭夭，灼灼其華；之子于歸，宜其室家。"又指意之所屬。史記項羽紀："今欲舉大事，將非其人不可。"㊁連詞。1.表示假設，相當於"倘若"。史記七九范雎傳："王其欲霸，必親中國以爲天下樞，以威楚、趙。"2.表示轉接，相當於"抑或"。史記趙世家："秦誠愛趙乎，其實憎齊乎？"㊂副詞。1.相當於"大概"。易繫辭："易之興也，其於中古乎？"2.表示祈求的意思。相當於"尚"、"當"。左傳隱三年："吾子其無廢先君之功。"3.表示反詰，相當於"難道"。左傳僖五年："一之謂甚，其可再乎？"㊃助詞。無義。詩邶風北風："北風其涼，雨雪其雱。"又唐風揚之水："既見君子，云何其憂？"㊄姓。漢代有其石。見廣韻。

2. jì ㄐㄧˋ 集韻 居吏切，去，志韻。

㊅指示代詞後的助詞。詩鄭風羔裘："彼其之子，舍命不渝。"

3. jī ㄐㄧ 居之切，平，之韻，見。

㊆疑問代詞後的助詞。詩小雅庭燎："夜如何其？夜未央。"㊇地名。見"不其"。又人名。漢有酈食其。

【其雨】盼望下雨。詩衛風伯兮："其雨其雨，杲杲出日。"文選晉阮嗣宗（籍）詠懷詩："膏沐爲誰施，其雨怨朝陽。"

【其高】相當於"有餘"。元曲選缺名梧桐葉三："這綵樓百尺其高，勢壓着南山北岳。"

【其實】它的實際。孟子滕文公上："夏后氏五十而貢，殷人七十而助，周人百畝而徹，其實皆什一也。"後漢書六一黄瓊傳李固與瓊書："盛名之下，其實難副。"

【其諸】相當於"或者"、"莫非"。表示揣度的語氣。論語學而："夫子之求之也，其諸異乎人之求之與。"公羊傳僖二四年："其諸此之謂與？"清洪頤煊讀書叢錄謂是當時齊魯間語。

【其應若響】莊子天下："其動若水，其静若鏡，其應若響。"本是莊子比喻他的"道"像回聲一樣同萬物相應。後來引申爲應對迅速、反應敏捷。舊題晉程本子華子上晏子："如以匙勘鑰也，如以璽印塗也，必以其類，其應如響。"

具 jù ㄐㄩˋ 其遇切，去，遇韻，羣。

㊀供置，供設。書盤庚中："具乃貝玉。"㊁備辦。左傳隱元年："繕甲兵，具卒乘。"㊂陳述，開列。宋史三八四梁克家傳："上欣納，因命條具風俗之弊。"㊃具有。見"具眼"。㊄完備。史記商君傳："此一物不具，君固不出。"㊅器具，工具。史記一二二酷吏傳："法令者，治之具，而非制治清濁之源也。"㊆指酒肴和食器。史記一〇七魏其武安侯傳："將軍昨日幸許過魏其，魏其夫婦治具，自旦至今，未敢嘗食。"㊇才能，才具。晉書王羲之傳："吾素無廊廟具。""廊廟具"指作大官的才能。㊈副詞。都，全。通"俱"。詩小雅節南山："民具爾瞻。"史記項羽本紀："(張)良乃入，具告沛公。"㊉量詞。史記貨殖傳："旃席千具。"⑪姓。春秋時晉國有具丙。見左傳襄十八年。

【具文】㊀空文，徒具形式而不符實際。漢書宣帝紀黄龍元年："上計簿，具文而已，務爲欺謾，以避其課。"王先謙補注以"而已"屬下句，巳，作"已"。㊁文詞具備。晉杜預左傳序："直書其事，具文見意。"

【具臣】備位充數、不稱職守之臣。論語先進："今由（子路）與求（冉有）也，可謂具臣矣。"漢書八四翟方進傳："上無惻怛濟世之功，下無推讓避賢之效，欲當大位，爲具臣以全身，難矣！"注："具位之臣，無功德也。"

【具官】㊀配備應有的官員。史記孔子世家："古者諸侯出疆，必具官以從，請具左右司馬。"也指居官、任職。史記一二一儒林傳："及至孝景，不任儒者，而竇太后又好黄老之術，故諸博士具官待問，未有進者。"㊁唐宋以後，在公文函牘或其他應酬文字上，常把應寫明的官爵品級簡寫爲"具官"。唐韓愈昌黎集外集五除崔羣户部侍郎制："具官崔羣體道履仁，外和内敏，清而容物，善不近名。"

【具具】完全具備，畢具。荀子王制：“具具而王，具具而霸，具具而存，具具而亡。”王先謙集解：“具具者，王霸存亡之具畢具也。”

【具服】㊀全部承認。漢書七六趙廣漢傳：“廣漢使吏捕治，具服。”㊁朝服，亦名具服。見隋書禮儀志七。參見“朝服”。

【具囿】古代苑囿名。在今陝西鳳翔縣附近。左傳僖三三年：“鄭之有原圃，猶秦之有具囿也。”也作“具圃”。淮南子地形“秦之陽紆”注：“一名具圃。”參見“陽紆”。

【具食】備食。史記留侯世家：“使人先行，爲五萬人具食。”

【具茨】山名。莊子徐無鬼：“黃帝將見大隗(神名)乎具茨之山。”釋文：“具茨……山名也。司馬(彪)云：‘在滎陽密縣東，今名泰隗山。’”在今河南密縣。唐杜甫杜工部草堂詩箋三一夔府書懷四十韻：“不必陪玄圃，超然待具茨。”

【具草】擬稿，起草。後漢書七五周榮傳：“及(袁)安舉奏竇景及與竇憲爭立北單于事，皆榮所具草。”

【具理】瓶罐之類的器皿。宋張邦基墨莊漫錄四記蘇軾自儋耳北歸，臨行時贈詩給黎子雲秀才，詩後批字：“新釀佳甚，求一具理，臨行寫此，以折菜錢。”

【具區】湖名。卽今太湖。又名震澤、笠澤。爾雅釋地：“吳越之間有具區。”漢書地理志上：“東南曰揚州，其山曰會稽，藪曰具區。”

【具眼】識別事物的眼力，高明的見識。宋陸游劍南詩稿五五冬夜對書卷有感：“萬卷雖多當具眼，一言惟恕可銘膺。”宋史三九〇謝深甫傳：“爲浙曹考官，一時士望，皆在選中。司業鄭伯熊曰：‘文士世不乏，求具眼如深甫者實鮮。’”

【具裝】指全副鎧甲。晉書桓伊傳上表：“謹奉輸馬具裝百具，步鎧五百領，並在尋陽，請勒所屬領受。”宋書宗慤傳：“林邑王范陽邁傾國來拒，以具裝被象，前後無際，士卒不能當。”

【具爾】詩大雅行葦：“戚戚兄弟，莫遠具爾。”具，同“俱”。爾，通“邇”，是親近的意思。因上句有“兄弟”二字，後來就用“具爾”作爲兄弟的代稱。文選晉陸士衡(機)嘆逝賦：“痛靈根之夙隕，怨具爾之多喪。”注：“具爾，兄弟也。”

【具壽】和尚的通稱。意指兼有世間長壽和法身慧命。多用於師呼弟子或長老呼少年和尚。法華玄贊六：“世俗之徒，皆愛身恒之壽；聖者之輩，並寶智慧之命。歎願雙成，故云具壽。”

【具獄】定案或據以定罪的全部案卷。漢書七一于定國傳：“孝婦自誣服，具獄上府。……于公爭之弗能得，乃抱其具獄，哭於府上，因辭疾去。”注：“具獄者，獄案已成，其文備具也。”

【具慶】㊀共同歡慶。詩小雅楚茨：“爾殽既將，莫怨具慶。”箋：“同姓之臣，無有怨者，而皆慶君，是其歡也。”㊁父母俱存。科舉試卷履歷，如果父母俱存的，填寫“具慶”二字。五代王定保唐摭言三：“寶曆年中，楊嗣復相公具慶下，繼放兩榜。”

【具劍】用寶玉裝飾的劍。後漢書四七馮異傳：“大司徒鄧禹不能定，乃遣異代禹討之。車駕送至河南，賜以乘輿，七尺具劍。”東觀漢記九馮異作“玉具劍”。

【具瞻】爲衆人所瞻仰。詩小雅節南山：“赫赫師尹，民具爾瞻。”傳：“具，俱。瞻，視。”箋：“此言尹氏，女居三公之位，天下之民俱視女之所爲。”三國志魏賈詡傳裴松之注引荀勗別傳：“三公，具瞻所歸，不可用非其人。”後來因以“具瞻”指三公宰相的職位。文選北齊王仲寶(儉)褚淵碑文序：“具瞻之範既著，台衡之望斯集。”

【具器食】用食具盛載的便餐。漢書五〇鄭當時傳：“然其餽遺人，不過具器食。”注：“猶今言一盤食也。”史記作“算器食”。算，竹器。

【具體而微】內容大體具備而規模較小。孟子公孫丑上：“冉牛閔子顏淵，則具體而微。”集注：“具體而微，謂有其全體，但未廣大耳。”唐白居易長慶集六一醉吟先生傳：“所居有池五六畝，竹數千竿，喬木數十株，臺榭舟橋，具體而微。”

典

diǎn 多殄切，上，銑韻，端。ㄉㄧㄢˇ

㊀常道，準則。書舜典：“愼徽五典，五典克從。”參見“五典”。㊁制度，法則。周禮天官大宰：“掌建邦之六典。”㊂重大的儀節。宋書蔡廓傳：“朝廷儀典，皆取定於(傅)亮。”㊃記載法則、典章制度的重要典籍。書五子之歌：“有典有則，貽厥子孫。”孔傳：“典，謂經籍。”後漢書六十下蔡邕傳：“伯喈曠世逸才，多識漢事，當續成後史，爲一代大典。”㊄故事，典故。左傳昭十五年：“數典而忘其祖。”㊅掌管。史記一〇〇季布欒布傳論：“季布以勇顯於楚，身屨典軍，搴旗者數矣。”屨，一作屢。㊆文雅。廣弘明集二十梁昭明太子(蕭統)答玄圃園講頌啓令：“辭典文豔，旣溫且雅。”北齊顏之推顏氏家訓文章：“吾家世文章，甚爲典正，不從流俗。”㊇從事。參見“典學”。㊈抵押。唐杜甫杜工部草堂詩箋十二曲江：“朝回日日典春衣，每日江頭盡醉歸。”白居易長慶集四杜陵叟詩：“典桑賣地納官租，明年衣食將何如？”㊉姓。三國魏有典韋。見三國志魏。

【典引】東漢班固作。典指堯典，引是延續。漢王朝自稱爲帝堯之後，文章主題爲歌頌漢王朝的功德，故用典引爲題。見後漢書四十上班固傳及注。文見文選。

【典午】“司馬”的隱語。㊀三國志蜀譙周傳：“周語次，因書版示(文)立曰：‘典午忽兮，月酉没兮。’典午者，謂司馬也；月酉者，謂八月也。至八月而文王(司馬昭)果崩。”按：典，掌管，和司同義；午，在十二屬中是馬；典午卽晉朝的代稱。北齊書王琳傳朱瑒致徐陵書：“故典午將滅，徐廣爲晉家遺老；當塗已謝，馬孚爲晉室遺老。”㊁北周庾信庾子山集一哀江南賦：“居笠轂而掌兵，出蘭池而典午。”典午指司馬官職。

【典史】官名。元代設置，與縣尉同是知縣的屬官，掌管收發公文。明清沿置。明代廢除縣尉，由主簿掌管緝捕；主簿出缺時，由典史兼管。清制由典史掌管緝捕和獄囚，所以典史也稱作縣尉。參閱歷代職官表五四知州知縣等官表。

【典册】㊀記載典章制度等的主要書籍。三國志魏陳留王傳：“壬辰，晉太子炎紹封襲位，總攝百揆，備物典册，一皆如前。”舊唐書一〇九李多祚傳：“以忠報國，典册所稱。”㊁帝王的策命。文選南朝梁任彥升(昉)到大司馬記室牋：“伏承以今月令辰，肅膺典册。”李周翰注：“典册，謂受大司馬。”

【典吏】清代司、道、府、廳、州、縣的吏員都叫典吏。見清會典七吏部書吏注。

【典式】範例，模範。漢王符潛夫論三式：“孝文皇帝始封外祖，因爲典式，行之至今。”北齊顏之推顏氏家訓風操：“今日天下大同，須爲百代典式。”

【典刑】㊀常刑。書舜典：“象以典刑。”㊁舊法，常規。詩大雅蕩：“雖無老成人，尚有典刑。”箋：“猶有常事故法，可案用也。”後引申爲模範、典範。宋文天祥文山集十四正氣歌：“哲人日已遠，典刑在宿昔。”也作“典型”。宋蘇舜欽蘇學士集六代人上申公祝壽詩：“天爲移文象，人思奉典型。”㊂掌管刑法。漢書一〇〇下敍傳張馮汲鄭傳：“(張)釋之典刑，國憲以平。”

【典同】官名。周禮春官的屬官，掌調樂器。同，指六律六同之和。見周禮春官典同。

【典兵】掌管軍事。漢王符潛夫論勸將："軍起以來，暴師五年，典兵之吏，將以千數。"

【典祀】㊀官名。周禮春官宗伯："典祀，掌外祀之兆守，皆有域，掌其政令。"㊁按規定舉行的大祭。書高宗肜日："典祀無豐于昵。"國語魯上："凡禘、郊、祖、宗、報，此五者，國之典祀也。"

【典事】官名。北魏有典事。相當於尚書六部主事的官職。魏書崔光傳有典事史元顒，參閱資治通鑑一四五梁天監三年五月注。

【典命】官名。周禮春官的屬官，掌管諸侯公卿朝聘的禮儀。

【典制】㊀典章制度。荀子禮論："其理誠大矣，擅作典制辟陋之説，入焉而喪。"三國志吳孫權傳："雖有典制，苟無其人，所不可行。"㊁掌管。禮記曲禮下："天子之六工，曰土工、金工、石工、木工、獸工、草工，典制六材。"

【典牧】㊀主治，統治。南朝陳徐陵徐孝穆集四武皇帝作相時與嶺南酋豪書："彼豪門著姓，典牧方州。"㊁官名。晉書職官志："太僕，統……左右中典牧都尉，車府典牧。"隋設置典牧署，有令、丞等官員。唐代沿置，掌管畜牧和製造酥酪、乾肉等事務。參閱通典二五職官七太僕卿。

【典客】官名。秦代始置，掌管接待少數民族和諸侯來朝等事務。漢景帝中六年改名大行令，武帝太初元年改名大鴻臚。見漢書百官公卿表上。南朝宋以後，只掌管郊廟祭祀和朝覲的贊禮事務。

【典要】㊀經常不變的準則。易繫辭下："易之爲書也，……變動不居，周流六虛，上下無常，剛柔相易，不可爲典要。"注："不可立定準也。"㊁典雅而簡要。三國志魏荀彧傳注："(荀悦)被詔删漢書，作漢紀三十篇，因事以明臧否，致有典要。"

【典故】㊀常例、典制和掌故。後漢書四二東平憲王蒼傳："每賜讌見，輒興席改容；中宮親拜，事過典故。"宋史二九一宋敏求傳："熟於朝廷典故。"㊁詩文中引用的古代故事和有來歷出處的詞語。

【典座】㊀僧寺職事名，掌管大衆齋粥之事。景德傳燈録九靈祐禪師："(懷海禪師)又令喚典坐(指靈祐)來。"坐，也作"座"。參閱百丈清規四兩序。㊁掌管寺中雜務的和尚也叫典座。宋贊寧僧史略中雜任職員："次典座者，謂典主床座，凡事舉座，一色以攝之，乃通典雜事也。"

【典郡】主管一郡的政務，指郡守。漢書六七云敞傳："唐林言敞可典郡，擢爲魯郡大尹。"

【典章】制度，法令。隋書牛弘傳贊："採百王之損益，成一代之典章。"

【典常】常法，常規。易繫辭下："初率其辭而揆其方，既有典常，苟非其人，道不虛行。"史記禮書："定宗廟百官之儀，以爲典常，垂之於後云。"

【典雅】㊀文章有根柢，高雅而不淺俗。漢王充論衡自紀："深覆典雅，指意難睹，唯賦頌耳。"文選三國魏文帝(曹丕)與吳質書："(徐幹)著中論二十篇，成一家之言，辭義典雅，足傳於後。"㊁相傳古書有三墳五典，詩有大雅小雅，因以典雅作爲古代典籍的通稱。文選漢馬季長(融)長笛賦："融既博覽典雅，精核數術。"

【典貼】因不能償還富豪的債務，被迫以自身作抵押，充當奴僕。名義上和賣身有別，但過同樣的奴隸的生活。唐韓愈昌黎集四十應所在典貼良人男女等狀："檢青州界内得七百三十一人，並是良人男女，……或因水旱不熟，或因公私債負，遂相典貼。漸以成風，名目雖殊，奴婢不別，鞭笞役使，至死乃休。"

【典試】主持科舉考試之事。明史選舉志二："天啟二年壬戌會試，命大學士何宗彥朱國祚爲主考。故事閣臣典試，翰詹(翰林、詹事)一人副之。"

【典瑞】官名。周禮春官的屬官，掌管瑞節和禮用玉器。漢鄭玄注説相當於漢代的符璽郎。

【典奥】指文義深奥難解。後漢書八三法真傳田羽薦真書："體兼四業，學窮典奥。"四業，指詩書禮樂。

【典論】三國魏曹丕著。五卷。三國志魏文帝紀注引文帝(曹丕)與王朗書："故論撰所著典論詩賦蓋百餘篇。"原書已散失。有清孫馮翼黄奭輯本。其中論文一篇，南朝梁蕭統選入文選，是我國現存最早的文學評論。

【典墳】三墳五典的省稱。泛指古代文籍。文選晉陸士衡(機)文賦："佇中區以玄覽，頤情志於典墳。"參見"三墳五典"。

【典儀】㊀典制儀式。後漢書七九劉昆傳："王莽世，教授弟子恒五百餘人，每春秋饗射，常備列典儀。"㊁官名。南北朝設置，掌管朝會司儀。唐代沿置，屬門下省。見通典二一職官三侍中。

【典樂】官名。掌管朝廷的音樂事務。書舜典："帝曰：夔，命汝典樂，教胄子。"王莽曾改大鴻臚爲典樂。見漢書百官公卿表上典客。

【典謁】掌管賓客往來聯絡事務。禮曲禮下："問士之子，長，曰能典謁矣；幼，曰未能典謁也。"舊五代史敬翔傳："其下別置爪牙，典謁書幣聘使，交結藩鎮。"

【典據】㊀掌管，占據。後漢書五四楊秉傳："或年少庸人，典據守宰。"㊁有典故可以依據。穀梁傳晉范甯序："釋穀梁傳者雖近十家，皆膚淺末學，不經師匠，辭理典據，既無可觀，又引左氏公羊以解此傳，文義違反，斯害也已。"

【典學】書説命下："念終始典于學。"疏："念終念始，常在于學。"相傳這是殷代傅説勉勵高宗學習的話。後因稱帝王子孫入學爲典學。宋楊萬里誠齋集二十賀皇太子九月四日生辰詩："典學光陰璧不如，簡編燈火卷還舒。"

【典禮】㊀典法禮儀。易繫辭上："聖人有以見天下之動，而觀其會通，以行其典禮。"後特指某些隆重的儀式。㊁古代掌管制度禮儀的官。禮王制："命典禮考時月，定日，同律、禮、樂、制度、衣服，正之。"

【典簿】官名。掌管文書圖籍。元代國子祕書諸監和諸司等機構，都設置典簿。明代太常寺、國子監和諸王府也設置典簿。清代沿置，但王府不設。

【典籍】㊀法典圖籍等重要文獻。左傳昭十五年："且昔而高祖孫伯黶，司晉之典籍，以爲大政。"後用作各種典册、書籍的統稱。後漢書五二崔寔傳："少沈靜，好典籍。"㊁官名。掌管官府的圖書。元代設置翰林院典籍。明代沿置，並增設國子監典籍。清代在内閣、國子監也設有典籍，掌管收藏圖籍和收發公文；但廢除翰林院典籍，由典簿兼管。

【典籤】官名。本爲掌管文書的小吏。南朝宋齊諸王官刺史的，朝廷設長史、典籤作爲佐屬官。諸王子往往尚在童年，所以郡内軍政大權實際都由長史、典籤掌握。典籤多由時主的親近充任，權力尤重，稱爲籤帥。梁以後漸廢。唐代諸王府亦設典籤，但只掌管文書。宋代以後廢除。

【典屬國】官名。掌管民族交往的事務，屬官有九譯令。秦始置，西漢沿置。漢成帝河平元年併入大鴻臚。見漢書百官公卿表上、昭帝紀始元六年注。北魏曾復置，職務與西漢時大致相同。

【典匠少府】官名。東晉列國前趙設置。

掌管宮殿建築，卽漢代將作大匠的職務。參閱資治通鑑九五晉成康元年正月。

【典學從事】官名。漢諸州刺史有孝經師，掌監試經；月令師，掌時節祭祀。魏晉合二者爲典學從事。參閱資治通鑑七九晉泰始八年夏注。

【典謨訓誥】指尚書中的堯典大禹謨湯誥伊訓諸篇。尚書漢孔安國序："典謨訓誥誓命之文，凡百篇。"

【典農中郎將】官名。漢末曹操設，分置於實行屯田的地區，掌管農業生産、民政和田租，職權相當於太守。魏末廢除，改爲太守。又有典農校尉，職掌與此相同。參閱三國志魏任峻傳趙儼傳及常林傳注、通典二六職官八司農卿。

八　畫

兼 jiān 古甜切，平，添韻，見。
ㄐㄧㄢ 古念切，去，㮇韻，見。

㊀同時具備若干方面。易繫辭下："兼三才而兩之。"㊁加倍。見"兼程"、"兼味"。㊂并吞，兼并。左傳昭八年："孺子長矣，而相吾室，欲兼我也。"

【兼丁】兩名壯丁。唐大詔令集七四親祭九宮壇大赦天下敕："自今以後，應差行人，家無兼丁，不在取限。"

【兼人】勝過別人。論語先進："由也兼人，故退之。"指仲由好勇過人。

【兼寸】不止一寸。文選晉左太沖（思）魏都賦："雖明珠兼寸，尺璧有盈。"

【兼山】易艮："兼山，艮，君子以思不出其位。"又："艮以止之。"兼山，兩山相重。艮，静止。兩山各得其所，借指應安於自己所處的地位，安分守己的意思。南朝宋謝靈運謝康樂集二富春渚詩："洊至宜便習，兼山貴止託。"

【兼日】連日。漢王充論衡感虛："寒不累時，則霜不降；温不兼日，則冰不釋。"

【兼功】加倍努力。後漢書二七王丹傳："每歲農時，輒載酒肴於田間，候勤者而勞之；其墮孏者恥不致丹，皆兼功自厲。"

【兼年】兩年。三國志魏胡質傳："廣農積穀，有兼年之儲。"

【兼旬】二十日。唐韓愈昌黎集十閒游詩："茲游苦不數，再到遂經旬。"經旬，一本作"兼旬"。舊唐書九十王及善傳："今足下居無尺土之地，守無兼旬之糧。"

【兼行】加倍趕路。孫子軍爭："是故卷甲而趨，日夜不處，倍道兼行，百里而爭利，則擒三將軍。"

【兼圻】清代總督多管轄兩省或三省，如兩江（江蘇安徽江西）、兩廣（廣東廣西）、浙閩（浙江福建）等，稱兼圻。圻，地區。

【兼并】并吞。墨子天志下："今天下之諸侯將，猶皆侵凌攻伐兼并。"這指侵并土地。漢書食貨志上鼂錯論貴粟疏："此商人所以兼并農人，農人所以流亡者也。"這指侵占別人的財産。

【兼兩】不止一輛車。兩，車輛。後漢書六四吳祐傳："此書若成，則載之兼兩。"注："車有兩輪，故稱兩也。"宋書恩倖傳論："南金北毳，來悉方艚，素縑丹魄，至皆兼兩。"

【兼味】兩種以上的菜肴。穀梁傳襄二四年："五穀不升，謂之大侵；大侵之禮，君食不兼味。"唐杜甫杜工部詩史補遺一客至："盤飧市遠無兼味，樽酒家貧只舊醅。"

【兼金】價值倍於尋常的精金。孟子公孫丑下："前日於齊，王餽兼金一百而不受。"古代金銀銅通稱爲金。這裏指銀。

【兼舍】加倍趕路，猶言兼程。司馬法用衆："兼舍環龜。"北堂書鈔一一八武功六攻戰引此，並注："兼舍者，晝夜行也。四面屯守，謂之環龜。"舍，里程名，三十里爲一舍。

【兼秋】兩個或兩個以上的秋天。南朝宋鮑照鮑氏集五潯陽還都道中詩："倏忽坐還合，俄思甚兼秋。"

【兼毫】用狼毫或紫毫（紫色兔毛）與羊毫合製而成的毛筆。參閱明李翊戒庵漫筆五毫管産。

【兼祧】舊時稱一子繼兩房爲兼祧。清俞樾説，一子兩祧，爲乾隆時特定的條例。見俞樓雜纂十一喪服私論論獨子兼祧之服。

【兼副】兩件。兼、副，都是重複的意思。後漢書二十祭遵傳附祭肜："肜在遼東，幾三十年，衣無兼副。"

【兼通】通曉兩門以上的學問、技藝。後漢書三六賈逵傳："逵悉傳父業，……雖爲古學，兼通五家穀梁之説。"

【兼善】㊀不僅求得自身的善，並且使別人也達到善的境界。孟子盡心上："窮則獨善其身，達則兼善天下。"㊁精通兩事。文選晉潘安仁（岳）楊荆州誄："草隸兼善，尺牘必珍。"

【兼程】加倍趕路。唐錢起錢考功集五送原公南游詩："有意兼程去，飄然二翼輕。"

【兼該】包括兩方面或兩方面以上。晉書庾亮傳："加先帝神武，筭略兼該，是以役不踰時，而凶强馘滅。"

【兼道】猶言兼程。也作"兼途"。三國志魏賈逵傳："乃兼道進軍，多設旗鼓爲疑兵。"

【兼資】並有。漢書六七朱雲傳："平陵朱雲，兼資文武。"

【兼愛】戰國時墨翟提倡"兼相愛，交相利"，主張愛無差等，不分厚薄親疏，反對儒家的愛有差等説。墨子有兼愛上、中、下三篇。

【兼複】宗支多的大家族。三國志魏鄭渾傳："渾以百姓新集，爲制移居之法，使兼複者與單輕者相伍，温信者與孤老爲比。"

【兼覆】廣爲覆蓋。荀子王制："五疾，上收而養之，材而事之，官施而衣食之，兼覆無遺。"

【兼韻】唐詩用韻的一種方法，也叫干韻，指兼取通用韻中的字押韻，如韻部東兼冬，庚兼青。參閱清吳喬圍爐詩話一。

【兼聽】聽取多方面意見。荀子君道："兼聽齊明，則天下歸之。"新唐書九七魏徵傳："（唐太宗）因問爲君者何道而明，何失而暗。徵曰：'君所以明，兼聽也；所以暗，偏信也。'"

【兼明書】五代邱光庭著。五卷。内容主要是用儒家觀點考證先秦諸子及六經等古代典籍。常和唐顏師古匡謬正俗並稱。

【兼收並蓄】唐韓愈昌黎集十二進學解："牛溲馬勃，敗鼓之皮，俱收並蓄，待用無遺者，醫師之良也。"後來稱不拘一格、包羅多方面的人或物爲兼收並蓄。宋王洋東牟集九張帥謝除待制表："録善棄瑕，急堯帝親賢之意；兼收並蓄，無商王求備之心。"

【兼容並包】廣泛收集。史記一一七司馬相如傳難蜀父老："必將崇論閎議，創業垂統，爲萬世規。故馳騖乎兼容並包，而勤思乎參天貳地。"

【兼弱攻昧】吞并弱小，攻取政治昏暗的國家。書仲虺之誥："兼弱攻昧，取亂侮亡。"

【兼權熟計】全面衡量，深思熟慮。荀子不苟："見其可欲也，則必前後慮其可害也者；而兼權之，熟計之，然後定其欲惡取舍。"

十四畫

冀 jì 几利切，去，至韻，見。
ㄐㄧ

㊀希望，期望。楚辭屈原離騷："冀枝葉之峻茂兮，願竢時乎吾將刈。"㊁通"記"。見"冀闕"。㊂古代九州之一。見"冀

州”。㊃周代國名。春秋時爲晉所并。地在今山西河津縣一帶。左傳僖二年:“冀爲不道。”㊄河北省的簡稱。㊅姓。春秋時晉國有冀芮。見左傳僖十年。

【冀州】古九州之一。包括今山西全省,河北西北部、河南北部、遼寧西部。漢以後,歷代都設置冀州,但所轄地區逐漸縮小,一般包括今河北、河南北部,州治亦時有變動。

【冀幸】僥幸希望。管子君臣下:“上無淫侵之論,則下無冀幸之心矣。”

【冀馬】產於冀州北部的良馬。後泛指良馬。北周庾信庾子山集一哀江南賦:“俄而梯衝亂舞,冀馬雲屯。”

【冀闕】古時宮廷外公布法令的門闕。史記六八商君傳:“作爲築冀闕宮庭於咸陽。”索隱:“冀闕卽魏闕也。冀,記也。出列教令,當記於此門闕。”參見“象魏”。

冂部

冂

jiōng ㄐㄩㄥ

“同”、“坰”的本字。説文:“邑外謂之郊,郊外謂之野,野外謂之林,林外謂之冂;象遠界也。”參見“坰”。

二畫

冄

rǎn ㄖㄢˇ

細毛下垂的樣子。“冉”的本字。見“冉”。

三畫

冉

rǎn 而琰切,上,琰韻,日。ㄖㄢˇ

也作“冄”。㊀漸進。見“冉冉㊀”。㊁柔弱貌。見“冉冉㊁”、“冉弱”。㊂龜甲的邊。漢書食貨志下:“元龜岠冉,長尺二寸。”㊃姓。

【冉冉】㊀漸進的樣子。楚辭屈原離騷:“老冉冉其將至兮,恐修名之不立。”㊁柔弱下垂的樣子。三國魏曹植曹子建集六美女篇:“柔條紛冉冉,落葉何翩翩。”

【冉求】卽冉有。春秋魯人,字子有。孔子弟子。爲季孫氏的家臣,幫助季氏發展新興地主階級勢力。孔子極爲不滿,聲稱冉求再不是他的學生,要弟子“鳴鼓而攻之”。見論語先進、孟子離婁上。

【冉弱】荏弱。文選晉成公子安(綏)嘯賦:“或冉弱而柔撓,或澎濞而奔壯。”

【冉遺】古代傳説中的魚名。出於涴水,魚身蛇首六足,眼睛象馬耳,吃了使人不眯,可以禦凶。見山海經西山經。

【冉駹】漢代西南地區的民族名。見史記一一六西南夷傳。

【冉魏】東晉時冉閔殺後趙主石鑒自立,國號魏,史稱冉魏;以別於曹魏元魏。在位三年,爲前燕所滅。晉書載記石季龍下有冉閔傳。

册

cè 楚革切,入,麥韻,初。ㄘㄜˋ

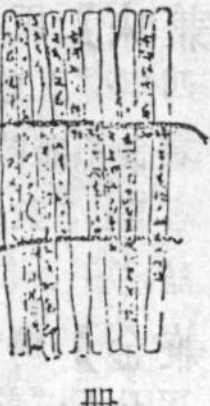

㊀書簡。書金縢:“史乃册祝。”疏:“史乃爲策書執以祝之。”書一本稱一册。㊁封爵的策命。見“册命”、“册書”。㊂同“策”。漢書六九趙充國傳:“此全師保勝安邊之册。”

【册立】清制,立皇后之禮稱册立。立皇貴妃、貴妃、親王、親王世子等都稱册封。見清會典二四禮部册立、册封。

【册府】藏書的地方。晉書葛洪傳論:“紬奇册府,總百代之遺編;紀化仙都,窮九丹之祕術。”

【册命】古代帝王封立太子、皇后、王妃或諸王的命令。書顧命:“太史秉書,由賓階隮,御王册命。”疏引鄭玄注:“太史東面,於殯西南而讀策書,以命王嗣位之事。”

【册封】見“册立”。

【册書】㊀史册。文選漢班叔皮(彪)王命論:“全宗祀於無窮,垂册書於春秋。”注:“張晏曰:册書,史記也。”㊁封建王朝皇帝的詔書。有册書、制書、慰勞制書、發敕、敕旨、日論事敕書、敕牒之別。凡立皇后,立太子,封王,尊賢等,都用册書。見唐六典九中書省、舊唐書職官志二中書省。㊂明清向官府承包若干户錢糧的税吏。儒林外史二:“王舉人道:‘顧二哥是俺户下册書,又是拜盟的兄弟。’”

【册授】唐制,凡三品以上的官員由皇帝當面册封,稱册授。參閱唐會要二六册讓。

【册葉】㊀書卷的册數頁數。宋史四三二何涉傳:“人問書傳中事,必指卷第册葉所在,驗之果然”。㊁書畫分頁裝潢成册的,稱册葉,也作“册頁”。紅樓夢三七:“十個還不成幅,爽性湊成十二個便全了,也如人家的字畫册頁一樣。”

【册寶】册書和寶璽。清代册封皇太后、皇后、貴妃等,都用金册和金璽。見清會典二四禮部册封。

【册府元龜】宋真宗景德二年命王欽若楊億等編纂的類書。全書一千卷,輯集歷代君臣事迹,按人事人物,分門編纂,分三十一部,子目一千一百零四門,部有總序,門有小序。大中祥符六年成書。孫奭注撰音義。取材以“正史”爲主,間及經、子;不錄小説家言。所據諸史皆宋以前古本,又當時唐五代各朝實錄存者尚多,所以材料較豐富,可用以校補舊史。

四畫

再

zài 作代切,去,代韻,精。ㄗㄞˋ

兩次,第二次。書大禹謨:“朕言不再。”左傳僖五年:“一之謂甚,其可再乎!”後也指兩次以上。

【再三】屢次。易蒙:“初筮告,再三瀆,瀆則不告。”文選古詩十九首之五:“一彈再三歎,慷慨有餘哀。”

【再生】再世,重生。宋蘇軾東坡題跋四跋庾征西帖:“庾征西(亮)初不服逸少(王羲之),有家雞野鶩之論,後乃以謂伯英(張芝)再生。”張芝和王羲之是漢晉的著名書法家。

【再思】再度思考,言其愼重。論語公冶長:“季文子三思而後行。子聞之曰:‘再,斯可矣。’”

【再拜】一拜而又拜,表示恭敬的禮節。論語鄉黨:“問人於他邦,再拜而送之。”北宋初書信結尾處用“某某再拜”,本爲對尊長的敬詞。後來泛用於朋友之間。見宋王楙野客叢書二九前輩與叔手帖。

【再造】㊀重新獲得生命,多用於表示對重大恩惠的感激。宋書王僧達傳:“再造之恩,不可妄屬。”㊁重建。新唐書一三七郭子儀傳:“入朝,帝遣具軍容迎灞上,勞之曰:‘國家再造,卿力也。’”

【再醮】㊀再次斟酒。給對方斟酒,對方不必回敬,叫醮。儀禮士冠禮:“再醮攝酒，其他皆如初。”㊁再嫁，再娶。北齊書羊烈傳：“一門女不再醮。”宋樓鑰攻媿集一〇六駱觀國墓誌銘：“鰥居二十餘年，不復再醮。”再醮本爲男女通稱，元明以後專指女子夫死再嫁。

【再世交】與父子兩代結交爲友。宋史四三三邵伯溫傳：“伯溫入聞父（邵雍）教，出則事司馬光等；而光等亦屈名位輩行，與伯溫爲再世交。”

【再生緣】㊀雜劇名。明王衡作，自署蘅蕪室主人。演漢武帝時李夫人轉世爲鉤弋夫人的傳說。有盛明雜劇本。㊁彈詞名。全劇共二十卷，八十回，前十七卷爲清陳端生作，演元代女子孟麗君男裝應試，改名爲酈君玉，及第後當宰相的故事。全書六十萬言，除襯字外皆用七言排律體寫成。書未成而陳端生去世，後三卷爲梁德繩所續。

【再衰三竭】形容士氣越來越低落，不能再振作。左傳莊十年：“夫戰，勇氣也；一鼓作氣，再而衰，三而竭。”

【再從兄弟】從祖之子互稱。唐趙璘因話錄二：“(李)固言，蕃再從弟，皆第九。”

【再接再厲】勇往直前，毫不鬆懈。唐韓愈昌黎集八鬬雞聯句孟郊詩：“一噴一醒然，再接再礪乃。”接，交戰。礪，同“厲”。

五 畫

冏 jiǒng 俱永切，上，梗韻，見。ㄐㄩㄥˇ

㊀明亮。字本作囧，楷書譌作冏。藝文類聚九晉郭璞井賦：“乃回澄以静映，狀冏然而鏡灼。”㊁鳥飛貌。文選晉木玄虛（華）海賦：“望濤遠決，冏然鳥逝。”㊂見“冏卿”。

【冏冏】光明貌。文選南朝梁江文通（淹）雜體詩張廷尉綽述：“冏冏秋月明，憑軒詠堯老。”堯老，堯和老子。冏冏，今通作“炯炯”。

【冏卿】官名，卽太僕寺卿。書冏命序：“穆王命伯冏爲周太僕正。”後來因以冏卿爲太僕的别稱。明張溥七録齋文集六五人墓碑記：“賢士大夫者，冏卿因之吳公、太史文起文公、孟長姚公也。”

七 畫

冒 1. mào 莫報切，去，号韻，明。ㄇㄠˋ

㊀覆蓋。詩邶風日月：“日居月諸，下土是冒。”㊁侵犯，衝擊。史記秦本紀：“於是岐下食善馬者三百人馳冒晉軍，晉軍解圍。”㊂不審慎。猶言冒失，冒昧。書顧命：“爾無以釗冒貢于非幾。”㊃假充。如冒名，冒籍。漢書五五衛青傳：“故青冒姓爲衛氏。”㊄升起，透出。見“冒橛”。㊅嫉妒。同“媢”。見“冒疾”。㊆姓。明史一八六有冒政。

2. mò 莫北切，入，德韻，明。ㄇㄛˋ

㊇見“冒₂頓”。

【冒没】輕率不顧其他。國語周中：“夫戎翟冒没輕儳，貪而不讓。”注：“冒，抵觸也。没，入也。”新唐書一一二韓思彦傳：“帝讓中書令李義府曰：‘八品官能言得失，而卿冒没富貴，主何事邪？’”參閱清汪中經義知新記。

【冒姓】因被人收養，或因母改嫁，或爲贅婿，而改取他人的姓。如漢衛青本姓鄭，冒姓衛。見史記一一一衛青傳。

【冒突】船名。後漢書十七岑彭傳：“於是裝直進樓船、冒突、露橈數千艘。”注：“冒突，取其觸冒而唐突也。”

【冒耏】耏(ér)，多鬚。冒耏，卽連鬢鬍子。後漢書章帝紀元和二年：“沙漠之北，葱領之西，冒耏之類，跋涉懸度。”注：“言須鬢多，蒙冒其面。”

【冒昧】輕率，魯莽。後漢書五五清河孝王慶傳：“及今口目尚能言視，冒昧干請。”

【冒疾】妒忌，同“媢嫉”。書秦誓：“人之有技，冒疾以惡之。”

【冒進】言行立異鳴高。唐韓愈昌黎集十四爭臣論：“在王臣之位，而高不事之心，則冒進之患生，曠官之刺興。”今多指在條件尚未具備前冒昧從事。

【冒絮】覆額的頭巾。史記絳侯世家：“太后以冒絮提文帝。”集解：“巴蜀異物志謂頭上巾爲冒絮。”

【冒₂頓】公元前？—前174年。秦末漢初匈奴單于。公元前209年殺其父頭曼自立，有戰士號稱三十萬，東滅東胡，西破月氏，進占今河套地，威脅新建立的西漢政權。參閱史記漢書匈奴傳。冒頓，mo dú。

【冒橛】古人爲了觀察地氣，在初春時放置橛子在地裏，土長冒橛，説明已到了可以耕種的時候，卽行耕作。禮月令孟春之月“草木萌動”漢鄭玄注引農書：“土長冒橛，陳根可拔，耕者急發。”文苑英華一七九南朝陳張正見從籍田應衡陽王教詩：“冒橛乃三吹（推），齊衡均百辟。”

【冒險】經受危險。三國志蜀王連傳：“時南方諸郡不賓，諸葛亮將自征之。連諫……不宜以一國之望，冒險而行。”

【冒濫】假冒而濫行。宋程頤伊川文集三三學看詳文：“況人於鄉里，行迹易知，冒濫之弊，因而少革。”

【冒襄】公元1611—1693年。明末如皋人，字辟疆，自號巢民，又號樸巢。少有文名，與方以智陳貞慧侯方域並稱四公子。明亡，隱居不仕。詩文清麗，著有水繪園詩文集樸巢詩文集影梅庵憶語等。所輯同人投贈詩文同人集十二卷，清列入禁毁書目。參閱碑傳集一二六。

【冒顏】掩面，表示自慚之意。三國魏曹植曹子建集八上責躬詩表：“辭旨淺末，不足采覽；貴露下情，冒顏以聞。”

冑 zhòu 直祐切，去，宥韻，澄。ㄓㄡˋ

古代戰士戴的頭盔。又稱兜鍪。圓帽形，左、右及後部向下伸展，保護頭頂、面側、頸部。詩魯頌閟宮：“公徒三萬，貝冑朱綅。”本字從冃，與肉部裔冑之“冑”從月者不同。

冑

八 畫

冓 1. gòu 集韻 居候切，去，候韻。ㄍㄡˋ

㊀材木交積。“構”本字。

2. gōu 古侯切，平，侯韻，見。ㄍㄡ 古侯切，去，候韻，見。

㊁數字。見廣韻。十等算數作“溝”。㊂地名用字。漢書王子侯表下有挐冓節侯偃。注：“冓，音溝。”挐冓，漢城邑名。

冔 xū 況于切，平，虞韻，曉。ㄒㄩ 況羽切，上，麌韻，曉。

殷代稱冕爲冔。也寫作“冔”。禮郊特牲：“周弁，殷冔，夏收。”釋文：“字林作冔。”

九 畫

冕 miǎn 亡辨切，上，獮韻，明。ㄇㄧㄢˇ

古代帝王、諸侯、卿大夫所戴的禮帽。後專指皇冠，故登王位叫加冕。相傳黄帝始作冕。見左傳桓二年“衮冕黻珽”疏引世本。

【冕服】古代統治者的禮服。舉行吉禮時都用冕服。冕同而服異，有大裘冕、衮冕、鷩冕、毳冕、希冕、玄冕之别，通稱冕服。書太甲中：“伊尹以冕服奉嗣王歸于亳。”

【冕版】冕頂上的木版，又叫綖。參見“冕旒”。

【冕笏】冕，冠；笏，手版；都是古代貴族官僚的服制，後來因以冕笏泛稱作官的人。文選南朝齊王元長(融)永明十一年策秀才文之一："若閑冗畢棄，則橫議無已；冕笏不澄，則坐談彌積。"

【冕旒】㊀古代禮冠中最尊貴的一種。外面黑色，裏面朱紅色，冠頂有版，稱爲延，後高前低，略向前傾。延的前端垂有組纓，穿掛着玉珠，叫做旒。天子的冕十二旒，諸侯九，上大夫七，下大夫五。歷代之制大略相同，南北朝後只有皇帝用冕。㊁皇帝的代稱。北魏元襲墓誌："冕旒矜悼，寵錫有加。"(漢魏南北朝墓誌集釋圖版一一二)

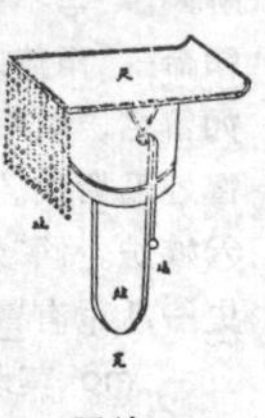
冕旒

十一畫

冞 yì 以豉切，去，寘韻，喻。ㄧ 施智切，去，寘韻，審。

冞冔，面衣，古代包頭的巾帕。見玉篇、廣韻。

冔 yù 羊戍切，去，遇韻，喻。ㄩ

見"冞"。

冖 部

冖 mì 莫狄切，入，錫韻，明。ㄇㄧ

覆蓋。見說文。用巾蓋物。同"冪"。

二 畫

冗 rǒng ㄖㄨㄥ

見"宂"。

冘 1. yín 餘針切，平，侵韻，喻。ㄧㄣ

行進。漢書八七上揚雄傳羽獵賦："三軍芒然，窮冘閼與。"注："孟康曰：'冘，行也。閼，止也。言三軍之盛，窮閼禽獸，使不得逸漏也。'"

2. yóu 以周切，平，尤韻，喻。ㄧㄡ

見"冘豫"。

【冘₂豫】遲疑不定。同"猶豫"。後漢書二四馬援傳："諸將多以王師之重，不宜遠入險阻，計冘豫未決。"

六 畫

罙 mí 武移切，平，支韻，明。ㄇㄧ

深。詩商頌殷武："奮伐荊楚，罙入其阻。"箋："罙，冒也。"說文作"罧"。

七 畫

冠 1. guān 古丸切，平，桓韻，見。ㄍㄨㄢ

㊀帽子的總稱。急就篇："冠幘簪簧結髮紐。"注："冠者，冕之總名備首飾也。"古代官吏的禮服通稱冠服，所以作官叫"彈冠"，辭官叫"掛冠"。㊁突起像帽子的東西，如雞冠，花冠。南朝陳徐陵徐孝穆集一鬭雞詩："花冠已銜力，金爪復驚媒。"

2. guàn 古玩切，去，換韻，見。ㄍㄨㄢ

㊀戴帽。古代男子二十歲行成人禮，結髮戴冠。國語晉七："其冠也和安而好敬。"注："冠，二十也。"參見"冠禮"。㊃超出衆人，位居第一。史記一〇七魏其武安侯傳："身荷戟，馳入不測之吳軍，身被數十創，名冠三軍。"㊄覆蓋。文選漢張平子(衡)東京賦："結雲閣，冠南山。"㊅姓。見元和姓纂九換。

【冠子】古代貴族婦女戴的帽子。後唐馬縞中華古今注中："冠子者，秦始皇之制也。令三妃九嬪當暑戴芙蓉冠子，以碧羅爲之。"

【冠₂子】成年男子。韓詩外傳七："冠子不言，髮子不答。"

【冠巾】冠和巾，古代用以區別士人和庶人的等級。釋名釋首飾："冠，貫也，所以貫韜髮也。……巾，謹也。二十成人，士冠，庶人巾。"後來用以泛指服飾。宋蘇軾東坡集四正月二十一日病後述古邀往城外尋春詩："卧聽使君鳴鼓角，試呼稚子整冠巾。"

【冠玉】裝飾在帽子上的玉。史記陳丞相世家："絳侯灌嬰等咸讒陳平曰：'平雖美丈夫，如冠玉耳。其中未必有也。'"集解引漢書音義："飾冠以玉，光好外見，中非所有。"這裏比喻虛有其表。後來也用以比喻美男子。

【冠石】古山名。今名聰山，在山東費縣西北。漢書地理志上泰山郡南武陽："冠石山，治水所出。"參閱嘉慶一統志一七七沂州府一。

【冠弁】皮帽。天子田獵的服裝。周禮春官司服："凡甸(田獵)，冠弁服。"禮郊特牲稱爲委貌。參見"委貌"。

【冠₂軍】㊀列於諸軍首位。漢書三四黥布傳："項梁涉淮而西，擊景駒秦嘉等，布常冠軍。"注："言其驍勇爲衆軍之最。"後稱比賽得第一名的叫冠軍。㊁將軍名號。漢霍去病封冠軍侯。南北朝均有冠軍將軍。唐置冠軍大將軍，爲武散官。參閱通典三四職官十六。㊂清代官名。清鑾儀衛和旗手衛都由冠軍使統領。見清通志六八職官略五。㊃古縣名。縣治在今河南鄧縣西北。漢元朔六年置。因霍去病爲冠軍侯，封地於此，故名。參閱太平寰宇記一四二鄧州。

【冠₂首】居於衆人的上位。漢書四五伍被傳："是時淮南王安好術學，折節下士，招致英儁以百數，被爲冠首。"

【冠珥】卽日珥。太陽表面上火焰狀的熾熱氣體。周禮春官眡祲"四曰監"漢鄭玄注："監，冠珥也。"疏："謂有赤雲氣在日旁，如冠耳，珥卽耳也。今人猶謂之日珥。"

【冠珮】帽子和佩玉。也用以借指貴官。南朝梁江淹江文通集四雜體魏文帝遊宴詩："日出照園中，冠珮相追隨。"

【冠₂族】顯貴的豪門世族。三國志魏曹爽傳注引魏略："桓範字元則，世爲冠族。"

【冠帶】㊀帽子和腰帶。禮文王世子："文王有疾，武王不說(脫)冠帶而養。"也指戴帽束帶。戰國策楚一："秦王聞而走之，冠帶不相及。"㊁借指士族、官吏。文選漢張平子(衡)西京賦："冠帶交錯。"注："冠帶，猶搢紳，謂吏人也。"後漢書七九上儒林傳："冠帶搢紳之人，圜橋門而觀聽者蓋億萬計。"㊂本指服制，引申爲文明之稱。韓非子有度："兵四布於天下，威行於冠帶之國。"

【冠₂雀】鳥名。卽鸛雀。後漢書五四楊震傳："復有冠雀銜三鱣魚飛集講堂前。"

【冠₂軼】超過。唐呂溫呂和叔集四謝拾遺表："塵忝近侍，冠軼常倫，震驚失圖，兢踢罔據。"

【冠冕】㊀冠、冕都戴在頭上，比喻受人

搢戴或出人頭地。左傳昭九年:"我在伯公,猶衣服之有冠冕。"三國志蜀龐統傳:"(司馬徽)稱統當爲南州士之冠冕。"㊁仕宦的代稱。三國志魏王昶傳:"今汝先人,世有冠冕。"

【冠₂絶】遠遠超過。宋書顔延之傳:"文章之美,冠絶當時。"

【冠₂歲】古代男子二十歲舉行冠禮,因稱二十歲爲冠歲。南朝梁江淹江文通集十齊太祖高皇帝誄:"於鑠冠歲,騰華流藝。"

【冠蓋】冠,禮帽。蓋,車蓋。官吏的服飾和車乘,借指官吏。文選漢班孟堅(固)西都賦:"冠蓋如雲,七相五公。"唐杜甫杜工部草堂詩箋十四夢李白之二:"冠蓋滿京華,斯人獨顦顇。"

【冠履】頭戴帽,脚穿鞋,以喻上下之分。史記一二一轅固生傳:"冠雖敝,必加於首;履雖新,必關於足。何者,上下之分也。"後漢書五四楊震傳附楊賜:"冠履倒易,陵谷代處。"後稱上下顛倒爲冠履倒易。

【冠₂縣】縣名。屬山東省。春秋時晉國冠氏食邑。漢爲館陶縣地。隋開皇六年分館陶東界置冠氏縣。元改冠州,明洪武三年改爲縣。見嘉慶一統志一六八東昌府。

【冠₂禮】古代男子成年時舉行加冠的禮儀。禮曲禮上説男子二十而冠,荀子大略、儀禮士冠禮、説苑建本謂十九而冠。後代冠禮雖廢,但還有"已冠"、"未冠"的説法。參閱禮冠義。

【冠蟬】蟬頭有角如冠狀。又叫蟬花。可入藥。見本草綱目四一蟲部。

【冠蓋里】古地名。水經注二八沔水:"(湖北宜城)縣有太山,山下有廟,漢末名士居其中。刺史、二千石、卿長數十人,朱軒華蓋,同會于廟下。荆州刺史行部見之,雅歎其盛,號爲冠蓋里,而刻石銘之。"藝文類聚六五南朝梁簡文帝游韋黄門園詩:"息車冠蓋里;停轡仲長園。"

【冠蓋場】官場,官僚集聚之處。宋王安石臨川集十三崑山慧聚寺次孟郊韻詩:"久游不忍還,迫迮冠蓋場。"

【冠₂山戴粒】冠山喻大,戴粒喻小。比喻大小雖異,但各適其適。藝文類聚九七引符子:"東海有鼇焉,冠蓬萊而游於滄海,……有紅蟻者聞而悦,與群蟻相要乎海畔,欲觀鼇之行。……數日風止,海中隱淪如岊,其高槩天,或游而西。群蟻曰:'彼之冠山,何異乎我之戴粒也。'"

【冠蓋相望】指官吏或仕宦的人,一路上前後不絶。戰國策魏四:"齊楚約而欲攻魏,魏使人求救於秦,冠蓋相望,秦救不出。"漢書食貨志上鼂錯論貴粟疏:"千里游敖,冠蓋相望。"

【冠₂雞佩猳】古代勇士的冠佩。史記六七仲尼弟子傳:"子路性鄙,好勇力,志伉直;冠雄雞,佩猳豚。"集解:"冠以雄雞,佩以猳豚,二物皆勇,子路好勇,故冠帶之。"參見"佩猳"。

八　畫

冢 zhǒng 知隴切,上,腫韻,知。ㄓㄨㄥˇ

㊀墳墓。説文:"冢,高墳也。"又作"塚"。㊁長(zhǎng)。詳"冢子"、"冢婦"。㊂山頂。詩小雅十月之交:"百川沸騰,山冢崒崩。"㊃大。書泰誓上:"以爾友邦冢君,觀政于商。"

【冢人】官名。周禮春官冢人:"冢人,掌公墓之地,辨其兆域而爲之圖。"

【冢土】大社,天子祭神的地方。書泰誓:"類于上帝,宜于冢土。"詩大雅緜:"迺立冢土,戎醜攸行。"集傳:"冢土,大社也。"

【冢子】長子。左傳閔二年:"大子,奉冢祀社稷之粢盛,以朝夕視君膳者也,故曰冢子。"

【冢君】大君,對列國君主的敬稱。書泰誓上:"王曰:'嗟我友邦冢君。'"

【冢祀】古代皇帝在宗廟舉行的大祭禮。參見"冢子"。

【冢室】嫡妻。聊齋志異妾擊賊:"益州西鄙之貴家某者……蓄一妾,頗婉麗,而冢室凌折之。"

【冢宰】周代官名。爲六卿之首。一稱大宰。書周官:"冢宰掌邦治,統百官,均四海。"參閱清凌揚藻蠡酌編五冢宰。後來也稱吏部尚書爲冢宰。

【冢息】長子。新唐書二〇四桑道茂傳:"李鵬爲盛唐令。道茂曰:'君位止此,而冢息爲宰相,次息亦大鎮。'"

【冢卿】孤卿。六卿中掌國政的人。逸周書大匡:"王乃召冢卿三老三吏大夫百執事之人,朝于大庭。"穆天子傳五:"嗟我公侯,百辟冢卿。"參見"孤卿"。

【冢婦】嫡長子的妻子。詳"介婦"。

【冢嗣】嫡長子。國語晉三:"君之冢嗣,其替乎?"注:"冢嗣,太子也。"文選晉陸士衡(機)弔魏武帝文序:"觀其所以顧命冢嗣,貽謀四子,經國之略既遠,隆家之訓亦弘。"

【冢廬】古代墓旁的房舍,供死者子孫守墓居住。漢書九二原涉傳:"及涉父死,讓還南陽賻送,行喪冢廬三年。"

【冢中枯骨】猶言行屍走肉,譏諷志氣卑下、没有作爲的人。三國志蜀先主傳:"北海相孔融謂先主曰:'袁公路(術)豈憂國忘家者邪!冢中枯骨,何足介意!'"

冥 míng 莫經切,平,青韻,明。ㄇㄧㄥˊ

㊀夜晚。詩小雅斯干:"噲噲其正,噦噦其冥。"㊁暗昧,不明事理。見"冥冥㊀"。㊂深思。見"冥搜"、"冥想"。㊃高遠。如青冥、蒼冥,都指天的高遠。㊄封建迷信所謂的"陰間"。見"冥報"、"冥司"、"冥婚"。㊅海。通"溟"。莊子逍遥遊:"北冥有魚。"

【冥山】山名。今名石城山,在河南信陽縣。戰國策韓一:"韓卒之劍戟,皆出於冥山。"

【冥心】潛心苦思。唐王建詩五武陵春日:"不似冥心叩塵寂,玉編金軸有仙方。"

【冥火】夜晚的火光。文選漢枚叔(乘)七發:"冥火薄天,兵車雷運。"

【冥化】自然的化育。魏書高祖紀論:"玄覽獨得,著自不言;神契所標,固以符於冥化。"

【冥氏】官名。掌管狩獵之事。見周禮秋官冥氏。

【冥合】暗合。唐柳宗元柳先生集二九始得西山宴游記:"蒼然暮色,自遠而至,至無所見,而猶不欲歸,心凝形釋,與萬化冥合。"

【冥行】暗中摸索行走。漢揚雄法言修身:"擿埴索塗,冥行而已矣。"李軌注:"埴,土也。盲人以杖擿地而求道,雖用白日,無異夜行。"後以"冥行擿埴"比喻鑽研學問而不得門徑。

【冥伯】寓言中的山名。莊子至樂:"支離叔與滑介叔觀於冥伯之丘,崑崙之墟。"一説冥伯指已歿的人。

【冥海】傳説中的大海。莊子逍遥遊:"窮髮之北,有冥海者,天池也。"列子湯問作"溟海"。

【冥契】暗相投合,默契。晉書慕容垂載記:"寵踰宗舊,任齊懿藩,自古君臣冥契之重,豈甚此邪?"

【冥冥】㊀晦暗,昏昧。詩小雅無將大車:"無將大車,維塵冥冥。"楚辭九歌山鬼:"雲容容兮而在下,杳冥冥兮羌晝晦。"戰國策趙二:"是故明主外料其敵國之强弱,内度其士卒之衆寡,……豈掩於衆人之言,而以冥冥決事哉!"㊁高遠,深遠。漢揚雄法言問明:"鴻飛冥冥,弋人何篡焉。"篡,捕捉。素問二三徵四失論:"窈窈冥冥,孰知其道。"注:"冥冥,言玄遠也。"

【冥寂】靜默。文選晉郭景純(璞)遊仙詩之三:"中有冥寂士,靜嘯撫清弦。"注:"冥,玄默也。"

【冥眴】目光昏亂。同"瞑眩"。漢書八七上揚雄傳甘泉賦:"仰撟首以高視兮,目冥眴而無見。"注:"冥眴,視不諦也。"參見"瞑眩"。

【冥婚】古代迷信爲已死的男女結成婚姻並合葬。舊唐書九二蕭至忠傳:"韋庶人又爲亡弟贈汝南王洵與至忠亡女爲冥婚,合葬。"按周禮地官媒氏"禁遷葬者與嫁殤者"漢鄭玄注:"遷葬謂生時非夫婦,死既葬遷之,使相從也。"

【冥報】迷信稱死後報答爲冥報。晉陶潛陶淵明集二乞食詩:"銜戢知何謝,冥報以相貽。"銜戢,謂說不出話。

【冥搜】搜訪及於幽遠之處。文選晉孫興公(綽)遊天台山賦:"非夫遠寄冥搜,篤信通神者,何肯遥想而存之。"唐高適高常侍集七陪竇侍御靈雲南亭宴詩:"連唱波瀾動,冥搜物象開。"

【冥頑】愚鈍無知。唐韓愈昌黎集三六鱷魚文:"不然則是鱷魚冥頑不靈,刺史雖有言,不聞不知也。"

【冥想】沉思。廣弘明集三十支遁咏懷詩之二:"道會貴冥想,罔象掇玄珠。"

【冥會】默契,暗中相合。晉郭璞山海經圖讚磁石:"磁石吸鐵,瑇瑁取芥;氣有潛感,數亦冥會;物之相投,出乎意外。"

【冥福】死後之福。魏書崔挺傳:"光州故吏聞凶問,莫不悲戚,共鑄八尺銅像於城東廣固寺,起八關齋,追奉冥福。"

【冥蒙】幽暗不明。文選晉左太沖(思)吳都賦:"曠瞻迢遞,迥眺冥蒙。"也作"冥濛"。唐人搜玉小集王泠然夜光篇詩:"遊人夜到汝陽間,夜色冥濛不解顔。"

【冥器】古代的殉葬器物。也叫明器。後來稱燒給死者使用的紙製器物爲冥器。宋趙彦衛雲麓漫鈔五:"古之明器,神明之也。今之以紙爲之,謂之冥器,錢曰冥財。"宋代有專售冥器的店鋪。見宋孟元老東京夢華録八中元節。

【冥鴻】高飛的鴻雁。漢揚雄法言問明:"鴻飛冥冥,弋人何篡焉。"唐李賀歌詩編四高軒過:"我今垂翅附冥鴻,他日不羞蛇作龍。"後用以比喻避世隱居的人。唐陸龜蒙甫里集九和寄題羅浮軒轅先生所居詩:"暫應青詞爲穴鳳,却思丹徼伴冥鴻。"

【冥翳】高遠,深杳不測。文選張平子(衡)思玄賦:"遊塵外而瞥天兮,據冥翳而哀鳴。"

【冥寶】舊時祭祀神鬼所燒的黄白紙錁,俗稱紙元寶。宋陶穀清異録喪葬:"發引之日,百司設祭於道。翰林院楮泉,大若盞口,予令雕印字文,文之黄曰泉臺上寶,白曰冥遊亞寶。"

【冥靈】傳說中的樹木名。莊子逍遥遊:"楚之南有冥靈者,以五百歲爲春,五百歲爲秋。"

【冥室櫝棺】古文苑一秦詛楚文:"拘圉其叔父,寘冥室櫝棺之中。"意思說把人關在像棺材一樣又黑又狹的小房間裏。櫝,棺。

冤

yuān 於袁切,平,元韻,影。ㄩㄢ

㊀枉曲。史記淮陰侯傳:"冤哉亨(烹)也!"漢王充論衡調時:"無過而受罪,世謂之冤。"㊁怨恨,仇恨。唐韓愈昌黎集一謝自然詩:"往者不可悔,孤魂抱深冤。"

【冤句】古縣名。又作宛朐,故城在今山東菏澤市西南。漢代設置,屬梁國,景帝時劃入濟陰郡。隋開皇三年廢郡,冤句改屬曹州。唐農民起義軍領袖黄巢就是曹州冤句人。參閱太平寰宇記十三曹州。

【冤抑】冤屈。楚辭漢東方朔七諫怨世:"獨冤抑而無極兮,傷精神而壽夭。"

【冤屈】冤枉。楚辭屈原九章懷沙:"撫情效志兮,冤屈而自抑。"史記屈原傳作"俛詘以自抑。"

【冤家】㊀仇敵。唐張鷟朝野僉載六:"梁簡文王(蕭綱)之生,誌公謂武帝(蕭衍)曰:'此子與冤家同年生。'"這裏冤家指侯景。㊁情人的愛稱。宋吳處厚青箱雜記一陳亞閨情詩:"擬續斷來弦,待這冤家看。"

【冤訴】申冤上訴。舊唐書八九狄仁傑傳:"儀鳳中爲大理丞,周歲,斷滯獄一萬七千人,無冤訴者。"

【冤枉】冤屈,沒有罪的人被誣指爲有罪。後漢書仲長統傳昌言損益:"至使弱力少智之子,被穿帷敗,寄死不斂,冤枉窮困,不敢自理。"三國志魏齊王紀正始元年詔:"令獄官亟平冤枉,理出輕微。"

【冤痛】遭冤屈而憤恨沉痛。水經注三河水引楊泉物理論:"秦始皇使蒙恬築長城,死者相屬,民歌曰:'生男慎勿舉,生女哺用餔。不見長城下,尸骸相支柱!'其冤痛如此矣。"

【冤獄】冤枉的判罪。漢書八一孔光傳:"數使録冤獄,行風俗,振贍流民,奉使稱旨。"

【冤禽】神話中精衛鳥的别名。舊題南朝梁任昉述異記上:"昔炎帝女溺死東海中,化爲精衛,其名自呼,每銜西山木石填東海。……一名冤禽。又名志鳥,俗呼帝女雀。"也叫哀禽。

【冤家路窄】仇人或不願相見的人偏偏相遇,無可回避。西遊記四五:"我等……正欲下手擒拿,他却走了。今日還在此間,正所謂冤家路窄。"

【冤有頭、債有主】冤有冤頭,債有債主,喻處理事情必找負主要責任的人。續傳燈録十八安分庵主:"卓拄一下,曰:冤有頭,債有主。"古今雜劇缺名時真人四聖鎖白猿三:"今日箇冤有頭,債有主,來日將天羅地網周圍布。"

冪

mì 莫狄切,入,錫韻,明。ㄇㄧ

廣韻作"冪",集韻亦作"冪"。通"幂"、"幎"。㊀遮蓋食物的巾。用巾覆蓋食物也叫冪。儀禮鄉飲酒禮:"尊綌冪,賓至徹之。"參見"冪人"。㊁塗抹。文選左太沖(思)魏都賦:"葺牆冪室,房廡雜襲。"㊂見"冪冪"。

【冪人】官名。也作幂人。周禮天官冪人:"冪人,掌共巾冪。祭祀,以疏布巾冪八尊;以畫布巾冪六彝。"

【冪冪】深濃貌。唐韓愈昌黎集九叉魚招張功曹詩:"蓋江煙冪冪,拂棹影寥寥。"

【冪歷】分布覆蓋貌。文選晉左太沖(思)吳都賦:"貪緣山嶽之岊,冪歷江海之流。"

冫 部

冫 bīng ㄅㄧㄥ

古冰字。篆作"仌"。見"冰"。

三 畫

冬 dōng 都宗切,平,冬韻,端。ㄉㄨㄥ

㊀四季之末。農曆自立冬至立春爲冬。又以十月、十一月、十二月爲冬,分稱孟冬、仲冬、季冬。㊁象聲詞。見"冬冬"。㊂姓。東晉列國前燕有左司馬冬壽。見廣韻。

【冬心】孤寂淒清的心情。樂府詩集四五唐崔國輔子夜冬歌:"寂寥抱冬心,裁羅文褧褧。"清龔自珍定盦續集己亥雜詩:"誰分江湖搖落後,小屏紅燭話冬心?"

【冬令】㊀指冬季施行的政令。漢儒借四季天時來附會政事,認爲施行政令必須與季節相符,否則便會發生災變。禮月令:"孟春……行冬令,則水潦爲敗,霜雪大摯,首種不入。"㊁冬季,或冬季的氣候。

【冬冬】象聲詞。敲門聲。唐白居易長慶集九初與元九別後忽夢見之……悵然感懷因以此寄詩:"覺來未及說,叩門聲冬冬。"

【冬灰】㊀葭灰。卽蘆葦灰。古代用以預測節氣。初學記二八南朝梁簡文帝梅花賦:"寒圭變節,冬灰徙筩。"參見"葭灰"。㊁桑木、藜蒿、蘆荻等草木燒成的灰。用以洗衣或配藥。一名藜灰。參閱政和證類本草五冬灰。

【冬至】二十四節氣之一。在陽曆十二月二十二或二十三日。史記律書:"日冬至則一陰下藏,一陽上舒。"

【冬官】㊀上古設置官職,以四季命名。據周禮周代設六官,司空稱爲冬官,掌管工程制作。見周禮冬官考工記。後世以冬官爲工部的通稱。㊁唐宋至明清,主管天文曆法的官也以四季分稱,其中有冬官正。

【冬青】長綠喬木名。木材可以供製作器具,葉經煎煮可以作褐色染料。政和證類本草十二女貞引唐陳藏器本草拾遺:"女貞冬月青翠,故名冬青,江東人呼爲凍生。"冬青終年長綠不凋,故在古詩文中多用作長綠不凋意。文選漢張平子(衡)東京賦:"永安離宮,修竹冬青。"注:"冬青,謂不凋落也。"

【冬計】冬天的活計。唐白居易長慶集五五晚寒詩:"可憐冬計畢,煖卧醉陶陶。"

【冬狩】指古代王侯在冬季圍獵。左傳隱五年:"故春蒐、夏苗、秋獮、冬狩,皆於農隙以講事也。"

【冬郎】以香奩體詩著稱的唐詩人韓偓的小名。參閱宋錢易南部新書乙。參見"韓偓"。

【冬烘】糊塗,迂腐。唐鄭薰主持考試,誤認顏標爲魯公(顏真卿)的後代,把他取爲狀元。當時有人作詩嘲笑:"主司頭腦太冬烘,錯認顏標作魯公。"見五代王定保唐摭言八誤放、十三無名子謗議。宋范成大石湖集四時田園雜興詩冬日之十:"長官頭腦冬烘甚,乞汝青錢買酒迴。"

【冬卿】㊀南朝梁天監七年稱光祿勳爲光祿卿,大鴻臚爲鴻臚卿,都水使者爲大舟卿,統稱冬卿。參見"十二卿"。㊁周代冬官爲六卿之一,主管百工事務。後代因稱工部官爲冬卿。唐劉禹錫劉夢得文集六送韋秀才道沖赴制舉詩:"伊昔玄宗朝,冬卿冠鴛鷺。"

【冬葉】晉嵇含南方草木狀上:"冬葉,薑葉也。苞苴物,交廣皆用之。南方地熱,物易腐敗;惟冬葉藏之,乃可持久。"按卽柊葉。參閱清吳其濬植物名實圖考九柊葉。

【冬葵】葵的一種。八九月種植,可食。又叫葵菜、冬寒菜或蘄菜。參閱本草綱目十六葵、清吳其濬植物名實圖考三蔬類。

【冬愛】見"冬日可愛"。

【冬節】㊀冬季。樂府詩集三七三國魏曹操却東西門行:"冬節食南稻,春日復北翔。"㊁冬至日。南齊書武陵昭王曄傳:"冬節問訊,諸王皆出,曄獨後來。"

【冬學】冬季農閒時爲農家子弟開設的學堂。宋陸游劍南詩稿二五秋日郊居:"兒童冬學鬧比鄰,據案愚儒却自珍。"自注:"農家十月乃遣子入學,謂之冬學。所讀雜字百家姓之類,謂之村書。"

【冬儲】冬天儲存食物,以備來歲需用。元王逢梧溪集二龍江治圃詩:"妻孥防歲饉,甕盎備冬儲。"

【冬瓏】象聲詞。宋范成大石湖集十四次韻陳仲思經屬西峰觀雪詩:"賓友來鄒枚,寒礬搖冬瓏。"冬,也作"玲"。宋釋惠洪石門文字禪十晚秋溪行詩:"撲漉水飛雙去鳥,玲瓏山響一聲樵。"

【冬青樹】㊀見"冬青"。㊁傳奇名。清蔣士銓撰,藏園九種曲之一,演南宋文天祥與謝枋得等人的愛國事迹。

【冬山如睡】形容冬天山林沉寂的景象。參見"春山如笑"。

【冬日可愛】比喻和藹可親,仁惠感動人。左傳文七年:"酆舒問於賈季曰:'趙衰趙盾孰賢?'對曰:'趙衰,冬日之日也。趙盾,夏日之日也。'"注:"冬日可愛,夏日可畏。"簡稱冬愛。文選南朝宋謝希逸(莊)宋孝武宣貴妃誄:"躊躇冬愛,怊悵秋暉。"

【冬扇夏鑪】比喻不合時宜。漢王充論衡逢遇:"作無益之能,納無補之說;以夏進鑪,以冬奏扇;爲所不欲得之事,獻所不欲聞之語,其不遇禍幸矣。"或作"冬箑夏裘"。淮南子精神:"知冬日之箑,夏日之裘,無用於己。"

【冬温夏凊】表示兒女侍奉父母無微不至。禮曲禮上:"凡爲人子之禮,冬温而夏凊。"清孫希旦集解引(宋)方慤禮解:"冬則温之,以禦其寒,夏則凊之,以辟其暑。"北魏張猛龍碑:"冬温夏凊,曉夕承奉。"(金石萃編二九)

【冬蟲夏草】一種冬季寄生在昆蟲幼體中的菌類。簡稱蟲草。可以入藥。參閱清吳其濬植物名實圖考十山草類。

四 畫

冱 hù 胡誤切,去,暮韻,匣。ㄏㄨˋ

寒冷凝結。同"沍"。見"沍"。

冲 chōng ㄔㄨㄥ

見"沖"。

冰 1. bīng 筆陵切,平,蒸韻,幫。ㄅㄧㄥ

冰凍的"冰",說文作"仌"。冰爲"凝"的本字。㊀凍結。禮月令孟冬之月:"水始冰,地始凍。"㊁水凝結成的固體。詩豳風七月:"二之日鑿冰冲冲。"荀子勸學:"青,取之於藍而勝於藍;冰,水爲之而寒於水。"㊂清白,晶瑩。見"冰心"、"冰紈"等。㊃通"掤"。指箭筒的蓋子,可以盛水而飲。左傳昭二五年:"公徒釋甲,執冰而踞。"

2. ning 集韻 魚陵切,平,蒸韻。ㄋㄧㄥˊ

㊄凝結。新唐書一一六韋思謙傳:"涕泗冰須,俯伏號絶。"

【冰人】晉書索紞傳:"孝廉令狐策夢立冰上,與冰下人語。紞曰:'冰上爲陽,冰下爲陰;陰陽事也。士如歸妻,追冰未泮,婚姻事也。君在冰上與冰下人語,爲陽語陰,媒介事也。君當爲人作媒,冰泮而婚成。'"後來便把媒人叫做冰人。明謝讜四喜記憶雙親:"這一曲鷓鴣兒就是我孩兒的冰人月老。"

【冰刃】㊀喻鋒刃的光芒。文選晉張景陽(協)七命:"光如散電,質如耀雪,霜鍔水凝,冰刃露潔。"㊁冰棱。唐韋莊浣花集一三堂早春詩:"池邊冰刃暖初落,山上雪稜寒未銷。"

【冰山】冰山遇日即消融。比喻一時顯赫、不可久恃的權勢。五代後周王仁裕開元天寶遺事上:"人有勸(張)彖,令修謁(楊)國忠,可圖顯榮。彖曰'爾輩以謂楊公之勢,倚靠如太山;以吾所見,乃冰山也。或皎日大明之際,則此山當誤人爾。'後果如其言。"

【冰心】比喻心地清明純潔,表裏如一。宋書陸徽傳:"冰心與貧流爭激,霜情與晚節彌茂。"全唐詩一四三王昌齡芙蓉樓送辛漸:"洛陽親友如相問,一片冰心在玉壺。"

【冰天】嚴寒的地方。多指北方。南朝梁江淹江文通集四雜體詩袁太尉從駕:"文軫薄桂海,聲教燭冰天。"

【冰井】㊀藏冰的地窖。水經注五河水:"又置冰室于斯阜,室内有冰井。"㊁臺名。詳"三臺㊂"。

【冰玉】㊀比喻清潤。宋蘇軾分類東坡詩二二別子由三首兼別遲:"又聞緱氏好泉眼,傍市穿井瀉冰玉。"指清冽的泉水。㊁岳父和女婿的代稱。分類東坡詩二四蘇子容母陳夫人挽詞:"蘇陳甥舅真冰玉,正始風流起頹俗。"參見"冰清玉潤"。

【冰夷】傳説中的河神。山海經海内北經:"從極之淵深三百仞,维冰夷恒都焉。"注:"冰夷,馮夷也。"文選晉郭景純(璞)江賦:"冰夷倚浪以傲睨,江妃含嚬而矊眇。"參見"馮夷"。

【冰谷】薄冰和深谷。比喻危險的境地。詩小雅小宛:"惴惴小心,如臨于谷。戰戰兢兢,如履薄冰。"宋書明帝紀:"業業矜矜,若履冰谷。"

【冰泮】冰融,解凍。詩邶風匏有苦葉:"士如歸妻,迨冰未泮。"荀子大略:"霜降逆女,冰泮殺内。"後用來比喻分崩離析的險境。後漢書六一黄瓊傳:"創基冰泮之上,立足枳棘之林。"

【冰斧】媒人。聊齋志異五鴉頭:"君倘垂意,當作冰斧。"參見"伐柯"、"冰人"。

【冰花】㊀冰上的花紋。全五代詩六六吴越錢俶宮中作詩:"西第晚宜供露茗,小池寒欲結冰花。"㊁嚴寒時開的花。宋蘇軾分類東坡詩十四再和潛師:"化工未議蘇羣槁,先向寒梅一傾倒。江南無雪春瘴生,爲散冰花除熱惱。"這裏指梅花。

【冰牀】㊀厚冰。北周庾信庾子山集四寒園即目詩:"雪花深數尺,冰牀厚尺餘。"㊁冰上滑行的工具,俗稱冰排子。明劉侗于奕正帝京景物略一水關:"冬水堅凍,一人挽木小兜,驅如衢,曰冰牀。"參見"凌牀"。

【冰室】藏冰之所。周禮天官凌人:"夏,頒冰掌事。秋,刷。"漢鄭玄注:"刷,清也。鄭司農(衆)云:刷除冰室,當更内新冰。"越絶書二記吴地傳:"閶門外郭中冢者,闔廬冰室也。"

【冰柱】凝冰結成的柱。即冰錐。全唐詩三九五劉叉冰柱:"旋落旋逐朝暾化,簷間冰柱若削出交加。"宋李曾伯可齋續藁後十又和答雲巖詩:"冰柱劉叉素有聲,詩筒毋惜僕頻更。"參閲新唐書一七六韓愈傳附劉叉。

【冰炭】㊀冰冷炭熱,比喻性質相反,互不相容。韓非子用人:"爭訟止,技長立,則彊弱不觳力,冰炭不合形,天下莫得相傷,治之至也。"楚辭漢東方朔七諫自悲:"冰炭不可以相並兮,吾固知乎命之不長。"㊁比喻水火相濟。淮南子説山:"天下莫相憎于膠漆,而莫相愛于冰炭;膠漆相賊,冰炭相息也。"注:"冰得炭則解歸水,復其性;炭得冰則保其炭,故曰相愛。"此義與前義正相反,後罕用。

【冰紈】細潔雪白的絲織品,以色素鮮潔如冰,故稱。漢書地理志下齊地:"其俗彌侈,織作冰紈綺繡純麗之物。"

【冰凌】積聚的冰。唐孟郊孟東野集六戲贈無本詩之一:"瘦僧卧冰凌,嘲詠含金痍。"

【冰衿】世説新語規箴:"郗太尉(鑒)晚好談,……臨還鎮,故命駕詣丞相。丞相翹須厲色上坐,便言方當乖別,必欲言其所見;意滿口重,辭殊不流。王公(導)攝其次曰:'後面未期,亦欲盡所懷,願公勿復談。'郗遂大瞋,冰衿而出,不得一言。"後因稱語言不合,拂袖而去爲冰衿。

【冰翁】妻父。宋張世南游宦紀聞六:"有亭曰輔龍,乃先兄之冰翁董諱熠字季興所創。"也作"冰叟"。宋蘇軾東坡集前集一三次韻王郎見慶生日並寄茶詩:"謁從冰叟來游宦,肯伴臞仙亦號儒。"參見"冰清玉潤"。

【冰淵】比喻危險的境地。南齊書王融傳:"節其揖讓,教以翔趨,必同艱桎梏,等懼冰淵。"語出詩小雅小旻:"如臨深淵,如履薄冰。"

【冰雪】比喻晶瑩潔白。莊子逍遥遊:"藐姑射之山,有神人居焉,肌膚若冰雪,綽約若處子。"文苑英華二三三南朝陳江總再遊栖霞寺言志詩:"静心抱冰雪,暮齒通桑榆。"

【冰堂】酒名。宋蘇軾分類東坡詩二二送歐陽主簿赴官韋城之三:"使君已復冰堂酒,更勸重新畫舫齋。"宋陸游老學庵筆記二:"承平時,滑州冰堂酒爲天下第一。"

【冰壺】盛冰的玉壺。比喻潔白。文選南朝宋鮑明遠(照)白頭吟:"直如朱絲繩,清如玉壺冰。"唐李周翰注:"玉壺冰,取其絜淨也。"唐駱賓王集一上齊州張司馬啓:"加以清規日舉,湛虛照於冰壺;玄覽霧凝,朗機心於水鏡。"

【冰筆】滴水凝成如筆狀的冰柱。唐貫休禪月集三寄杜使君詩:"殘磬隔風林,微陽解冰筆。"

【冰敬】清代外官在夏季賄賂京官的銀兩叫冰敬。又送給媒人的酬勞也叫冰敬。

【冰筯】冰柱。五代後周王仁裕開元天寶遺事下説,冬至日大雪,天寒,屋簷間雪水凝成冰條,宮中人管它叫冰筯。筯,同"箸"。

【冰稜】比喻鋒芒畢露。北齊盧詢祖盧思道有文名,好炫耀才華,有人評論説:"詢祖有規檢禰衡,思道無冰稜文舉。"見北齊書盧文偉傳。稜,也作"楞"。太平御覽四六五引晉袁山松後漢書:"天下冰楞王秀陵。"

【冰臺】㊀艾的別名。爾雅釋草:"艾,冰臺。"注:"今艾蒿。"文苑英華一四九唐陳章艾人賦:"列名號於冰臺,載典常於玉燭。"㊁臺名。即冰井臺。南朝宋鮑照鮑氏集十凌烟樓銘序："是以冰臺築乎魏邑，鳳閣起於漢京。"參見"三臺㊂"。

【冰銜】封建時代清貴的官職。宋陸游劍南詩稿十九張時可……奉祠雲臺作長句賀之："燈前一笑拆書開，喜見冰銜洗俗埃。"參見"一條冰"。

【冰廚】夏季供備飲食的處所。吳越春秋八勾踐歸國外傳："勾踐之出游也，休息食室於冰廚。"

【冰輪】明月。唐朱慶餘集十六夜月詩："昨夜忽已過，冰輪始覺虧。"宋蘇軾分類東坡詩七宿九仙山："半夜老僧呼客起，雲峰缺處湧冰輪。"

【冰稼】凝結在樹梢上的冰凌，表示極寒。詳"木稼"。

【冰錐】冰柱。唐韋莊浣花集一對雪獻薛常侍詩："松裝粉穗臨窗亞，水結冰錐簇溜懸。"

【冰霜】㊀冰霜冷潔瑩淨。比喻操守純潔清白。宋書臨川王義慶傳："業均井渫，志固冰霜。"又比喻態度嚴峻。唐李羣玉詩集上湘中別成威闍黎詩："至哉彼上人，冰霜凜規則。"謂人不易親近曰冷若冰霜。㊁比喻處境艱危。唐柳宗元柳先生集二二送崔羣序："於是有貞心勁質，用固其本。禦攘冰霜，以貫歲寒。"

【冰鮮】㊀比喻高潔。初學記十七晉謝萬八賢頌："皎皎屈原，玉瑩冰鮮。"㊁瑩淨光白。藝文類聚八五南朝梁沈約謝賜軫調絹等啓："霜紈雪委，霧縠冰鮮。"㊂以冰保藏的鮮魚。明黃省曾魚經三江海諸品："有鰳魚。腹下之骨如鋸可勒，故名。出與石首同時，海人以冰養之，而鬻於諸郡；謂之冰鮮。"

【冰鏡】明月。宋詩鈔孔平仲清江集鈔八月十六日翫月："團團冰鏡吐清輝，今夜何如昨夜時。"參見"水鏡"。

【冰釋】渙解，消散。老子："儼兮其若客，渙兮若冰之將釋。"漢書五三中山靖王勝傳："羣居黨議，朋友相爲，使夫宗室擯却，骨肉冰釋。"又常指疑團、隔閡等的消除。文選晉杜預春秋左氏傳序："渙然冰釋，怡然理順。"

【冰蘗】飲冰食蘗，指生活清苦。蘗，芽枝。唐詩紀事四六劉言史初下東周贈孟郊："素堅冰蘗心，潔立保賢貞。"

【冰鑑】㊀器物名。用途類似冰箱。周禮天官凌人："春始治鑑，……祭祀共冰鑑。"注："鑑，如甀。大口，以盛冰；置食物于中，以禦温氣。"㊁以冰爲鑑。比喻洞察事理。南朝梁江淹江文通集八謝開府辟召表："臣謬贊國機，職宜冰鑑。"㊂明月。唐元稹長慶集十三月詩："絳河冰鑑朗，黃道玉輪巍。"㊃鏡。國秀集上席豫奉和勑賜公主鏡詩："妍蚩冰鑑裏，從此媿非才。"

【冰蠶】古代傳説中的一種蠶。舊題晉王嘉拾遺記十員嶠山："有冰蠶長七寸，黑色，有角，有鱗；以霜雪覆之，然後作繭，長一尺，其色五彩；織爲文錦，入水不濡，以之投火，經宿不燎。"唐詩紀事六七王貞白寄鄭谷："火鼠重收布，冰蠶乍吐絲。"

【冰廳】隋唐時，禮部設有祠部曹，掌管祠祀事務，是個清閒冷落的衙門，故稱冰廳。唐趙璘因話録五徵部："祠部呼爲冰廳，言其清且冷也。"又見宋錢易南部新書甲。宋歐陽修文忠集十二和梅聖俞元夕登東樓詩："自憐曾預稱觴列，獨宿冰廳夢帝關。"

【冰雪文】詞意清新的文章。唐孟郊孟東野集七送豆盧策歸別墅詩："一卷冰雪文，避俗常自攜。"李咸用披沙集二覽友生古風詩："一卷冰雪言，清泠泠心骨。"

【冰肌玉骨】㊀形容女性肌膚瑩潔光潤。宋蘇軾東坡詞洞仙歌："冰肌玉骨，自清凉無汗。"用莊子逍遥遊"肌膚若冰雪"語意。㊁形容梅花的傲寒鬬豔。宋毛滂東堂集四蔡天逸以詩寄梅詩至梅不至詩："冰肌玉骨終安在，賴有清詩爲寫真。"

【冰消瓦解】比喻事物完全消釋或渙散、崩潰。初學記一晉成公綏雲賦："冰消瓦解，奕奕翩翩。"北堂書鈔一五〇引作"冰消瓦離"。也作"冰散瓦解"。三國志魏傳嘏傳注引司馬彪戰略："比及三年，左提右挈，虜必冰散瓦解。"

【冰清玉潔】比喻人品高潔。藝文類聚四九三國魏曹植光禄大夫荀侯誄："如冰之清，如玉之潔，法而不威，和而不褻。"初學記十二何法盛晉中興書："中宗踐阼，下令曰：'(賀)循冰清玉潔，行爲俗表。'"又比喻官吏辦事清明公正。魏書廣陵王傳："局(廷尉五局)事須冰清玉潔，明揚褒貶。"

【冰清玉潤】晉衛玠娶樂廣女，人稱"妻父有冰清之姿，壻有璧潤之望"。見世説新語言語注引衛玠別傳。晉書衛玠傳作"婦公冰清，女壻玉潤"。後來稱岳丈、女壻爲冰清玉潤，簡作"冰玉"，本此。東魏李挺墓志："太常劉貞公，一代偉人也。特相賞異，申以婚姻。僉謂冰清玉潤，復在兹日。"(漢魏南北朝墓志集釋圖版五九二)

【冰雪聰明】唐杜甫杜工部草堂詩箋十送樊二十三侍御赴漢中判官："冰雪淨聰明，雷霆走精鋭。"上句稱才幹非凡，下句稱用兵勇武。後用以稱人聰明絶頂。

【冰絃玉柱】箏的美稱。清洪昇長生殿舞盤："冰絃玉柱聲嘹喨，鸞笙衆管音飄蕩。"

【冰壺秋月】比喻潔白明淨，多指人的品格而言。宋蘇軾分類東坡詩十二贈潘谷："布衫漆黑手如龜，未害冰壺貯秋月。"宋史四二八李侗傳："鄧迪嘗謂(朱)松曰：'愿中(侗字)如冰壺秋月，瑩徹無瑕，非吾曹所及。'"

【冰解凍釋】比喻障礙、疑難等消除無凝滯。莊子庚桑楚："是乃所謂冰解凍釋者能乎？"

【冰魂雪魄】比喻高潔的品質。五代王定保唐摭言十："劉得仁……既終，詩人爭爲詩以弔之，唯供奉僧棲白擅名。詩曰：'忍苦爲詩身到此，冰魂雪魄已難招。'"宋陸游劍南詩稿二九北坡梅……忽放一枝戲作："廣寒宮裏長生藥，醫得冰魂雪魄回。"

五　畫

况 kuàng ㄎㄨㄤ

見"況"。

冷 1. lěng 魯打切，上，梗韻，來。ㄌㄥ 力鼎切，上，迥韻，來。

㊀寒。見説文。㊁閒散，冷落。唐杜甫杜工部草堂詩箋三醉時歌贈廣文館學士鄭虔："諸公袞袞登臺省，廣文先生官獨冷。"㊂冷淡，鄙薄不屑。見"冷眼"。㊃生僻。見"冷僻"。㊄姓。宋史有冷應澂。

2. líng 郎丁切，平，青韻，來。ㄌㄧㄥ

㊅見"冷$_2$冷$_2$"。

【冷布】織得很疏的布。夏天用以糊窗，通風透明。清朱彝尊有冷布聯句詩。見曝書亭集十四。紅樓夢六七："你倒是告訴賈辦，叫他多多做些小冷布口袋兒，一嘟嚕套上一個，又透風，又不遭蹋。"

【冷$_2$冷$_2$】象聲詞。1.文選晉陸士衡(機)招隱詩："山溜何冷冷，飛泉漱鳴玉。"象水聲。2.又文賦："文徽徽以溢目，音冷冷而盈耳。"象文章音調讀起來清脆入耳。

【冷官】職位不重要、清閒冷落的官。唐張籍張司業集二早春閑游詩："年長身多病，獨宜作冷官。"宋蘇軾分類東坡詩七九月二十日微雪懷子由弟:"短日送寒砧杵急,冷官無事屋廬深。"

【冷金】㊀砑製在紙上的金片。宋米芾書史:"王羲之玉潤帖,是唐人冷金紙上雙鉤摹。"宋陸游劍南詩稿七一秋晴:"韞玉硯凹宜墨色,冷金牋滑助詩情。"㊁指臘梅。元耶律楚材湛然居士集七謝王巨川惠臘梅因用其韻詩:"雪裏冰枝破冷金,前村籬落暗香侵。"

【冷炙】吃剩的餚饌。唐杜甫杜工部草堂詩箋三奉贈韋左丞丈二十二韻:"殘盃與冷炙,到處潛悲辛。"

【冷宦】卽冷官。元盧琦圭峰集送吳元珍詩:"冷宦莫嗟鄉國遠,故人今在省臺多。"

【冷巷】僻靜的里巷。唐白居易長慶集十九題新居寄元八詩:"冷巷閉門無客到,暖簷移榻向陽眠。"

【冷面】㊀白臉。宋蘇軾東坡集前集十四岐亭詩之四:"何從得此酒,冷面妬君赤。"㊁態度嚴峻,鐵面無私。明史一六一周新傳:"改監察御史,敢言,多所彈劾;貴戚震懼,目爲冷面寒鐵。"又見明黃佐廣州人物傳十四。

【冷食】古人寒食節不生火,只吃冷的食物。唐張籍張司業集四寒食內宴詩之一:"廊下御廚分冷食,殿前香騎逐飛毬。"參見"寒食"。

【冷香】㊀花的清香。全唐詩五六〇薛能牡丹之四:"濃豔冷香初蓋後,好風乾雨正開時。"㊁指清香的花。唐王建詩七野菊:"晚豔出荒籬,冷香著秋衣。"指菊花。宋釋道潛參寥子詩集五與元規話別:"冷香秀色誰爲主,趁取花時更一來。"指梅花。宋姜夔白石道人歌曲三念奴嬌詞之一:"嫣然搖動,冷香飛上詩句。"指荷花。

【冷笑】含輕視、諷刺的笑。北史崔瞻傳:"瞻議若是,須贊其所長;若非,須詰其不允。何容讀國士議文,直此冷笑。"唐李白李太白詩九上李邕:"時人見我恒殊調,聞余大言皆冷笑。"

【冷泉】泉名。在浙江杭州市靈隱寺前飛來峰下。唐白居易長慶集二六有冷泉亭記。

【冷宮】后妃失寵後所住的冷落的宮院。元曲選馬致遠漢宮秋一:"(王嬙)到京師必定發入冷宮,教他苦受一世。"今謂某件事物被擱置起來,無人過問,爲打入冷宮。

【冷峭】寒氣逼人。唐白居易長慶集五八府酒五絕招客詩:"日午微風且暮寒,春風冷峭雪乾殘。"

【冷淡】也作"冷澹"。㊀幽寂。五代南唐李中碧雲集上書小齋壁詩:"其誰肯見尋,冷淡少知音。"㊁不穠豔。唐白居易長慶集十五白牡丹詩:"白花冷澹無人愛,亦占芳名道牡丹。"㊂不熱情,不親熱。

【冷淘】過水麵一類的食品。唐會要六五光祿寺:"冬月量造湯餅及黍臛,夏月冷淘、粉粥。"太平廣記三九劉晏引逸史:"時春初,風景和暖,喫冷淘一盤,香菜茵陳之類,甚爲芳潔。"

【冷眼】對事物持冷靜或冷淡的態度。唐徐夤釣磯文集九上盧三拾遺以言見黜詩:"冷眼靜看真好笑,傾懷與說卻爲冤。"草堂詩餘後集上黃山谷(庭堅)鷓鴣天詞:"舞裙歌板盡清歡,黃花白髮相牽挽,付與旁人冷眼看。"

【冷卿】猶言冷官。宋蘇軾分類東坡詩二一用舊韻送魯元翰知洺州:"道館雖云樂,冷卿當復溫。"注:"世傳京師謂光祿爲飽卿,衛尉爲暖卿,鴻臚爲睡卿,司農爲走卿,宗正爲冷卿。暖卿謂其管儀鸞供帳之類,冷卿謂其管玉牒所。"

【冷焰】將滅的火。全唐詩八二三常達山居八詠之六:"漏轉寒更急,燈殘冷焰微。"

【冷落】蕭條孤寂。唐白居易長慶集十二琵琶引:"門前冷落鞍馬稀,老大嫁作商人婦。"鞍馬,或作車馬。

【冷腸】比喻對人對事冷淡、漠不關心。北齊顏之推顏氏家訓省事:"墨翟之徒,世謂熱腹;楊朱之侶,世謂冷腸。"參見"熱腹冷腸"。

【冷$_2$澤】吳人謂冰爲冷澤。冷,音"靈"。見廣韻。清胡文英吳下方言考十謂吳中謂冰筋爲停澤,義近。

【冷箭】㊀比喻尖厲的寒風。唐孟郊孟東野集三寒地百姓吟詩:"冷箭何處來,棘針風騷勞。"㊁比喻乘人不備,暗中加害。

【冷節】寒食節。唐韓偓玉山樵人集寒食日沙縣雨中看薔薇詩:"何處遇薔薇,殊鄉冷節時。"參見"寒食"。

【冷銼】久不煮食的鍋。銼,大口鍋。比喻家境貧寒。元詩選劉詵桂隱集城角春聲:"牛衣有人久待旦,冷銼三尺冰花長。"

【冷僻】冷靜偏僻。唐白居易長慶集二十初到郡齋寄錢湖州李蘇州詩:"霅溪殊冷僻,茂苑太繁雄。"後也用來形容罕見的文字和典故。

【冷澀】凝滯,不通暢。唐白居易長慶集十二琵琶引:"水泉冷澀絃凝絕,凝絕不通聲暫歇。"暫,一作"漸"。

【冷竈】久不生火的竈。表示家境貧寒。文苑英華二八二唐劉駕送人登第東歸詩:"所居似清明,冷竈起新烟。"

【冷豔】形容耐寒的花。全唐詩一二九丘爲左掖梨花:"冷豔全欺雪,餘香乍入衣。"中興以來絕妙詞選七劉克莊念奴嬌菊花詞:"冷豔幽香,輕紅淡白,占斷西風裏。"

【冷天祿】公元?—1799年。清代農民起義軍領袖,四川東鄉人。嘉慶元年(公元1796年)與王三槐等率衆起義,稱爲白號軍。三年,王三槐被俘後,他繼爲東鄉白號軍領袖,駐軍雲陽安樂坪。次年在岳池戰役中,中箭犧牲。

【冷板櫈】㊀舊時清唱的俗稱。明魏良輔曲律:"清唱,俗語謂之'冷板櫈',不比戲場藉鑼鼓之勢。"㊁舊時形容鄉村塾師清苦孤寂的處境。參閱清范寅越諺中器用。㊂受人冷遇叫坐冷板櫈。元明雜劇闕名若耶溪漁樵閒話二:"大禮以盤盒扛抬,逢時節奉承;小禮多在懷袖相貽。……不如此者,縱有經天緯地之才,且要冷板櫈上坐地。"

【冷煖自知】比喻個人的體會。景德傳燈錄四道明禪師:"今蒙指授入處,如人飲水,冷煖自知,今行者卽是某人師也。"煖,通"暖"。

【冷語冰人】用冷酷的話傷害人。宋曾慥類說二七外史檮杌:"潘柱迎孟蜀時,以財結權要。或戒之。乃曰:'非是求願,不欲其以冷語冰人耳。'"

【冷齋夜話】宋釋惠洪撰。十卷。惠洪以詩名,有筠溪集十卷。此書雜記見聞,以論詩者爲多。有稗海、津逮秘書等叢書刻本。

冶 yě 羊者切,上,馬韻,喻。ㄧㄝˇ

㊀熔鍊金屬。見"冶鑄"。㊁鑄造金屬器物的工匠。禮學記:"良冶之子,必學爲裘。"參見"冶工"。㊂豔麗。荀子非相:"鄉曲之儇子,莫不美麗、姚冶。"文選南朝宋謝惠連雪賦:"紈袖慙冶,玉顏掩姱。"參見"冶容"。㊃通"野"。見"冶遊"、"冶葛"。

【冶工】冶鍊金屬的工匠。周禮考工記:"攻金之工六。"卽築氏、冶氏、桃氏、鳧氏、㮚氏、段氏。淮南子俶真:"今夫冶工之鑄器,金踊躍于鑪中。"

【冶山】山名。1.在江蘇六合縣東北。相

傳漢吳王濞在此鑄錢，故名冶山。見讀史方輿紀要二十馬頭山、二一橫山。2.在福建福州市東北。詳"越王山"。

【冶父】㊀地名。春秋楚地。在湖北江陵縣東南。左傳桓十三年："莫敖縊於荒谷，羣帥囚于冶父，以聽刑。"㊁山名。在安徽廬江縣東北，唐改名冶山。讀史方輿紀要二六廬州府廬江縣："冶父山，縣東北二十里，相傳歐冶子鑄劍處。"

【冶氏】同"冶工"。周禮考工記："冶氏爲殺矢。"

【冶由】妖媚的神態。淮南子修務："冶由笑，目流眺。"也作"冶夷"。文選晉木玄虛(華)海賦："羣妖遘迕，眇䁪冶夷。"夷、由，雙聲字。

【冶步】閒適緩步。後漢書六三李固傳："槃旋偃仰，從容冶步。"

【冶谷】地名。在陝西涇陽縣西北。太平寰宇記三一耀州雲陽縣："其山出鐵，冶鑄之所，因以爲名。"參見"谷口"。

【冶容】妖豔的打扮。易繫辭上："慢藏誨盜，冶容誨淫。"

【冶城】㊀城名。故址在江蘇南京市朝天宮附近。相傳三國吳(一說春秋吳王夫差)冶鐵於此，故名。晉謝安曾居此，唐時還有遺迹，叫謝公墩。宋王安石去官後在此居住。參閱世說新語言語、太平寰宇記九十昇州、宋葛立方韻語陽秋十三。㊁地名。在湖北黃陂縣東南。讀史方輿紀要七六湖廣黃州府武城："縣東南十五里，有冶城。相傳梁武帝舉兵東下，將攻郢城，修戰守之具于此。"

【冶遊】野遊。樂府詩集四四晉子夜四時歌春歌："冶遊步春露，豔覓同心郎。"後世多指嫖妓爲冶遊。

【冶葛】㊀草名。晉嵇含南方草木狀上："冶葛，毒草也。……一名胡蔓草。"漢王充論衡言毒篇中，野葛、冶葛互見。參見"野葛"。㊁比喻狠毒的人。隋書諸葛潁傳："潁因間隙，多所譖毀；是以時人謂之冶葛。"

【冶監】管理冶鑄的官。周書薛善傳："又於夏陽諸山置鐵冶，復令善爲冶監，每月役八千人營造軍器。"

【冶鑄】冶鍊銅鐵，鑄造器物。史記平準書："富商大賈……冶鑄煮鹽，財或累萬金，而不佐國家之急，黎民重困。"

【冶豔】妖豔，盛裝華飾。唐詩紀事四八鄭還古贈柳氏之妓："冶豔出神仙，歌聲勝管絃。"

【冶葉倡條】形容楊柳枝葉婀娜多姿。唐李商隱李義山詩集二燕臺春："蜜房羽客類芳心，冶葉倡條徧相識。"也借指歌妓。宋周邦彥片玉集九尉遲杯詞："冶葉倡條俱相識，仍慣見珠歌翠舞。"

六畫

冽 liè ㄌㄧㄝˋ 良辥切，入，薛韻，來。

㊀寒冷。古書多作"洌"。詩小雅大東："有冽氿泉，無浸穫薪。"氿泉，從旁流出的泉。清阮元說唐石經相臺本冽作"洌"，疏以爲字从冰，故明監本、毛本改作冽。見校勘記。㊁清醇。宋歐陽修文忠集三九醉翁亭記："釀泉爲酒，泉香而酒冽。"

【冽冽】寒冷貌。文選晉左太沖(思)雜詩："秋風何冽冽，白露爲朝霜。"

洛 hé ㄏㄜˊ 下各切，入，鐸韻，匣。

見下。

【洛澤】冰。集韻："冰謂之洛澤。"楚辭漢王逸九思憫上："霜雪兮漼溰，冰凍兮洛澤。"清段玉裁說文解字注"垎"字，說"洛"爲"垎"之誤。垎，水乾。

洗 1. xǐng ㄒㄧㄥˇ 集韻 色拯切，上，拯韻。

㊀冼洗，寒貌。見集韻。

2. xiǎn ㄒㄧㄢˇ

㊀姓。

八畫

凊 qìng ㄑㄧㄥˋ 七政切，去，勁韻，清。

寒，涼。莊子人間世："吾食也執粗而不臧，爨無欲凊之人。"釋文："七性反，字宜從冫。從氵者，假借也。凊，涼也。"

凌 líng ㄌㄧㄥˊ 力膺切，平，蒸韻，來。

㊀積冰。初學記七引風俗通："積冰曰凌。"唐孟郊孟東野集二寒江吟："涉江莫涉凌，得意須得朋。"㊁侵犯，欺侮。楚辭屈原九歌國殤："凌余陣兮躐余行。"㊂迫近。見"凌晨"、"凌曉"。㊃冒着。楚辭屈原九章哀郢："凌陽侯之氾濫兮，忽翺翔之焉薄。"㊄升高，登。文選漢張平子(衡)東京賦："然後凌天池，絕飛梁。"㊅渡過，踰越。呂氏春秋論威："雖有江河之險則凌之。"㊆姓。相傳爲周凌人子孫，以官爲姓。三國吳有凌統。見元和姓纂五蒸。

【凌人】㊀官名。周禮天官凌人："凌人，掌冰。正歲十有二月，令斬冰，三其凌。"三凌，三倍納冰。㊁用氣勢壓人。如"盛氣凌人"。

【凌山】山名，即新疆烏什西北的巴達里山口，唐代稱爲凌山，也稱拔達嶺，是當時通西域的交通要道。唐僧玄奘赴古印度，即經此路西行。見唐慧立大慈恩寺三藏法師傳二。

【凌夷】由盛到衰。聊齋志異一青鳳："太原耿氏，故大家。……後凌夷。"凌，同"陵"。參見"陵夷"。

【凌波】㊀起伏的波浪。文選晉郭景純(璞)江賦："撫凌波而鳧躍，吸翠霞而夭矯。"㊁形容女性走路時步履輕盈。文選三國魏曹子建(植)洛神賦："凌波微步，羅韈生塵。"凌，也作"陵"。

【凌空】聳立在空中。唐詩紀事張錫慈恩寺九月九日登浮圖應制："仙遊光御路，瑞塔迥凌空。"樂府補題宋唐珏水龍吟浮翠山房擬賦白蓮詞："別有凌空一葉，泛清寒素波千里。"

【凌牀】冰牀。宋沈括夢溪筆談二三譏謔："冬月作小坐牀，冰上拽之，謂之凌牀。"

【凌室】藏冰的房子。漢書惠帝紀四年："秋七月乙亥，未央宮凌室災。"

【凌虐】侵犯，欺侮。三國魏徐幹中論下務本："奸大國之明禁，凌虐小國。"

【凌凌】寒冷貌。唐韓愈昌黎集一秋懷詩之四："秋氣日惻惻，秋空日凌凌。"

【凌陰】藏冰之處，冰窖。詩豳風七月："二之日鑿冰沖沖。三之日納于凌陰。"

【凌晨】清早。文苑英華一九〇北周王褒入朝守閒門詩："直城通複道，嚴駕早凌晨。"

【凌雲】高入雲霄。也用來比喻志氣高超或筆力矯健。史記一一七司馬相如傳："相如既奏大人之頌，天子大說，飄飄有凌雲之氣，似游天地之閒意。"唐杜甫杜工部草堂詩箋二十戲爲六絕句："庾信文章老更成，凌雲健筆意縱橫。"

【凌虛】升於空際。也作陵虛。藝文類聚二八三國魏曹植節遊賦："建三臺於前處，飄飛陛以凌虛。"三國魏阮籍阮步兵集詠懷詩之十九："寄顏雲霄間，揮袖凌虛翔。"

【凌逼】迫害，欺凌威逼。北齊書魏收傳："(收)所引史官，恐其凌逼，唯取學流先相依附者。"

【凌亂】雜亂無章。南朝宋鮑照鮑氏集一舞鶴賦："輕迹凌亂，浮影交橫。"南齊謝朓謝宣城集四和劉繪入琵琶峽望積布磯詩："巘崿共槮駮，雲錦相凌亂。"

【凌澌】流冰。唐杜甫杜工部草堂詩箋

三五後苦寒行之二："巴東之峽生凌澌，彼蒼迴斡人得知！"

【凌歊】臺名。南朝宋劉裕南行，嘗登此臺，因於此築離宮。遺址在安徽當塗縣。歊（xiāo），暑熱之氣。凌歊，消除暑氣的意思。唐許渾丁卯集凌歊臺詩："宋祖凌歊樂未回，三千歌舞宿層臺。"自注："當塗縣西，宋高祖築。"宋陸游入蜀記二："凌歊臺，正如鳳凰雨花之類，特因山巔名之。"

【凌兢】寒冷的地方。漢書八七上揚雄傳上甘泉賦："登椽欒而狃天門兮，馳閶闔而入凌兢。"注："入凌兢者，言寒涼戰栗之處也。"又文選注："凌兢，恐懼貌也。"後多用作恐懼義。宋梅堯臣宛陵集四禽言竹雞詩："馬蹄凌兢雨又急，此鳥爲君應斷腸。"

【凌誶】辱罵。莊子徐無鬼："知士無思慮之變則不樂，辯士無談説之序則不樂，察士無凌誶之事則不樂，皆囿於物者也。"察士，吹毛求疵的人。

【凌霄】㊀喻志氣高遠。同"凌雲㊀"。晉陸機陸士衡集二遂志賦："陳頓委於楚魏，亦凌霄以自濯。"㊁花名，也叫紫葳。唐白居易長慶集一凌霄花詩："有木名凌霄，擢秀非孤標。"宋張鎡南湖集四北山早興詩："啄木聲穿竹，凌霄色映松。"參見"紫葳"。

【凌厲】勇往直前，氣勢猛烈。文選三國魏嵇叔夜（康）琴賦："牢落凌厲。"注引漢劉歆遂初賦："過句注而凌厲。"晉陶潛陶淵明集四詠荆軻詩："凌厲越萬里，逶迤過千城。"

【凌駕】高出，超越。唐劉知幾史通斷限："其（北魏）史黨附本朝，思欲凌駕前作。"也作"凌架"。南朝梁鍾嶸詩品下："於是士流景慕，務爲精密，襞積細微，專相凌架。"

【凌遲】㊀逐步而下。同"陵遲"。韓詩外傳三："夫一仞之牆，民不能踰；百仞之山，童子登遊焉；凌遲故也。"參見"陵遲"。㊁衰敗，敗壞。漢書刑法志："今隄防凌遲，禮制未立，死刑過制，生刑未立。"㊂封建時代最殘酷的死刑，又叫剮刑。唐代最重的刑只是斬首，到五代纔開始在刑法外設立凌遲一條，宋代大獄，凡犯所謂口語狂悖罪的，多用凌遲處死。元代正式列入刑法之内，直到清末始廢。參閲清錢大昕潛研堂文集三一跋渭南文集、十駕齋養新録七凌遲。

【凌曉】初曉，清晨。南朝梁劉孝威劉庶子集帆渡吉陽州同孝儀賦詩："江風凌曉急，鉦鼓侯晨催。"

【凌遽】戰慄惶恐。漢書八七上揚雄傳校獵賦："熊羆之挐攫，虎豹之凌遽。"注："凌，戰栗也；遽，惶也。"

【凌籍】侵陵，欺壓。藝文類聚五一南朝宋謝靈運謝封康樂侯表："遂陷没西河，傾覆南漢，凌籍紀郢，跨越淮泗。"新唐書六三封倫傳："（楊）素負才勢，多所凌籍，惟於倫降禮賞接。"舊唐書六三作"凌侮"。

【凌轢】欺壓，干犯。管子宙合："以琅湯凌轢人，人之敗也常自此。"史記一〇七魏其武安侯傳："凌轢宗室，侵犯骨肉。"

【凌波曲】唐天寶年間的樂曲名。見宋王灼碧雞漫志四。

【凌波軍】五代南唐中主李璟曾令各郡民衆在端午節舉行龍舟競賽，得勝者賞給銀碗，稱爲打標。後盡收編爲水軍，號稱凌波軍。又南宋建炎初，宰相李綱在長江淮水黄河設立水軍，號凌波樓船軍。見宋龍袞江南野録、宋史兵志一。

【凌風舸】相傳隋處士元藏幾，航海遇風，船沉没，飄流到一個海島。日久思歸，島上人造凌風舸送他。船行如箭，不到十天就抵達東萊。見唐蘇鶚杜陽雜編下。後人因稱快速的船爲凌風舸。宋朱松韋齋集二送志宏西上詩："何須飛霞佩，自辦凌風舸。"

【凌雲臺】臺名。在河南洛陽。三國志魏文帝紀："十二月，行東巡，是歲築凌雲臺。"世説新語巧藝："凌雲臺樓觀精巧，先稱平衆木輕重，然後造構，乃無錙銖相負，揭臺雖高峻，常隨風摇動，而終無傾倒之理。"

【凌煙閣】封建王朝爲表彰功臣而建築的高閣，繪有功臣圖像。北周庾信庾子山集十四周柱國大將軍紇干弘神道碑："天子畫凌煙之閣，言念舊臣；出平樂之宫，實思賢傅。"唐太宗貞觀十七年、代宗廣德元年都有繪畫功臣像於凌煙閣的事。見舊唐書太宗紀下、代宗紀，大唐新語十一褒錫。

【凌濛初】公元 1580—1644 年。字玄房，號初成，又名凌波，别號卽空觀主人。明浙江烏程（今吴興）人。崇禎年間，官至徐州通判。他對當時李自成領導的農民起義軍極端仇視，曾向明王朝獻剿寇十策。他编著的短篇小説集初刻、二刻拍案驚奇，後人稱爲"二拍"，内容多宣揚封建道德和因果報應迷信思想，但在一定程度上也反映了當時的人情世態。又撰南音三籟，並有國門集及雜劇虬髯翁北紅拂等。

【凌雜米鹽】零亂瑣碎。史記天官書："近世十二諸侯七國相王，言縱衡者繼踵，而皋唐甘石因時務論其書傳，故其占驗凌雜米鹽。"正義："凌雜，交亂也。米鹽，細碎也。"皋，趙尹皋；唐，楚唐昧；甘，齊甘德；石，魏石申；都是戰國時代的天文家或占星家。漢書天文志作"鱗雜米鹽。"

凍

dòng 多貢切，去，送韻，端。ㄉㄨㄥ

㊀水遇冷凝結。禮月令孟冬之月："水始冰，地始凍。"㊁寒冷。荀子富國："使民夏不宛暍，冬不凍寒。"㊂晶瑩潤澤的石頭。見"凍石"。

【凍石】可作印章和工藝品的晶瑩潤澤的石頭。明文彭印章集説石印："石有數種，燈光凍石爲最。"

【凍青】樹木名。卽冬青。本草綱目三六木部冬青："冬月青翠，故名冬青；江東人呼爲凍青。"參見"冬青"。

【凍雨】㊀暴雨。楚辭屈原九歌大司命："令飄風兮先驅，使凍雨兮灑塵。"淮南子覽冥："陰陽交争，降扶風，雜凍雨。"㊁寒雨。宋蘇軾分類東坡詩一遊三遊洞："凍雨霏霏半成雪，遊人屨冷蒼崖滑。"

【凍梨】形容老人面色。儀禮士冠禮"黄耇無疆"注："黄，黄髮也。耇，凍梨也。皆壽徵也。"宋朱熹朱文公集二兼山閣雨中詩："面似凍梨頭似雪，後生誰與屬遺經？"

【凍雲】下雪前積聚的陰雲。全唐詩六四九方干冬日："凍雲愁暮色，寒日淡斜暉。"

【凍飲】冰凍的酒或飲料。飲，一作"歓"。楚辭宋玉招魂："挫糟凍飲，酎清涼些。"又大招："清馨凍飲，不歠役只。"

【凍餒】飢寒交迫。墨子非命上："是以衣食之財不足，而飢寒凍餒之憂至。"

【凍醪】冬天釀造、春天飲用的酒。唐杜牧樊川文集四寄内兄和州崔員外十二韻詩："雨侵寒牖夢，梅引凍醪傾。"參見"春酒"。

凇

sōng 息恭切，平，鍾韻，心。ㄙㄨㄥ 蘇弄切，去，送韻，心。

水氣凝成的冰花。詳"霧凇"、"霜凇"。

凋

diāo 都聊切，平，蕭韻，端。ㄉㄧㄠ

草木枯敗，衰敗。古籍中多通作"彫"、"雕"。論語子罕："歲寒，然後知松柏之後彫也。"釋文："丁條反。依字當作凋。"皇侃本作"凋"。彫，假借字。唐杜牧樊川文集四寄揚州韓绰判官詩:"青山隱隱水遥遥,秋盡江南草木凋。"

【凋年】㊀歲暮,殘年。南朝宋鮑照鮑氏集一舞鶴賦:"於是窮陰殺節,急景凋年。"㊁晚年。宋楊萬里誠齋集七十再辭免劄子:"伏念某才疏用世,景迫凋年。"

【凋兵】破舊的兵器或疲憊的軍隊。史記七十張儀傳:"今秦有敝甲凋兵,軍於澠池。"

【凋殘】衰落。周書晉蕩公護傳天和七年詔:"每思施寬惠下,輒抑而不行,遂使户口凋殘,征賦勞劇,家無日給,民不聊生。"

【凋落】喪亡,衰落。梁書到洽傳昭明太子與蕭綱令:"明北兖(山賓)、到長史遂相係凋落,傷怛悲惋,不能已已。"魏書鄭道昭傳上表:"自爾迄今,重將一紀,學官凋落,四術寢廢。"

【凋敝】衰敗。史記一二二尹齊傳:"遷爲中尉,吏民益凋敝。"漢書作"彫敝"。也作"凋弊"。宋汪應辰文定集六辭免户部侍郎奏狀:"伏以國用匱乏,民力凋弊,至於今日極矣。"

【凋喪】喪亡,衰敗。文選晉陸士衡(機)門有車馬客行:"親友多零落,舊齒皆凋(一作彫)喪。"唐吕延濟注:"舊齒,耆老也。"唐杜甫杜工部草堂詩箋二十丹青引贈曹將軍霸:"幹惟畫肉不畫骨,忍使驊騮氣凋喪。"幹,唐韓幹,善畫馬。

【凋零】凋謝,零落。漢徐幹中論考僞:"物者:春也吐華,夏也布葉,秋也凋零,冬也成實,斯無爲而自成者也。"也指人事衰落。宋陸游劍南詩稿七三秋感:"前朝名勝凋零盡,百歲關心只自知。"

【凋謝】本指草木衰敗,也比喻人的死亡。唐韓愈昌黎集五寄崔二十六立之詩:"朋交日凋謝,存者逐利移。"

准

zhǔn ㄓㄨㄣˇ

即"準"字。在古代公文中都用"准",表示一定、比照、許可、依據等意思。如批准、准此之類。相傳因宋代避寇準諱,去"十"爲"准"。按漢桐柏廟碑已有"准則大聖";唐代文告、五代堂判,也作"准"字,由來甚早。宋代周必大當宰相時,曾下令三省官署改用"準"字,但後世仍用"准"字。參閲宋費衮梁谿漫志一三省勘當避諱、周必大二老堂雜志三勑用準字。

【准此】相當於"照此"、"據此"。舊時對下級和平級的公文用語,常用於引述來文的末尾。對上級則用"奉此"。宋渾王廟牒載中書劄子:"應有合行事件,令太常禮院檢會施行劄付丹州,准此。"(金石萃編一三八)明代亦用於誥命。

【准的】標准。同"準的"。梁書鍾嶸傳詩評:"淄澠並汎,朱紫相奪,諠譁競起,准的無依。"

凄

qī ㄑㄧ 七稽切,平,齊韻,清。

"淒"的異體字。見"淒"。

十 畫

溰

yí ㄧˊ 集韻 魚依切,平,微韻。
吾回切,平,灰韻。

見"漼溰"。

滄

cāng ㄘㄤ 七岡切,平,唐韻,清。

寒冷。逸周書周祝:"天地之間有滄熱。"參見"滄"。

十一畫

漼

cuī ㄘㄨㄟ 集韻 昨回切,平,灰韻。

見"漼溰"。

【漼溰】霜雪積聚狀。也作"漼溰"。楚辭漢王逸九思憫上:"霜雪兮漼溰,冰凍兮洛澤。"補注:"漼,音摧。溰,五來切。"

十二畫

凘

sī ㄙ 息移切,平,支韻,心。

解凍時流動的冰。楚辭屈原九歌河伯:"與女游兮河之渚,流凘紛兮將來下。"事物破滅潰散,也稱作凘滅。通寫作"澌"。

十三畫

凜

lǐn ㄌㄧㄣˇ 力稔切,上,寑韻,來。
巨金切,平,侵韻,羣。

㊀寒冷。見"凜冽"。㊁恐懼貌。見"凜凜㊁"。㊂嚴肅,嚴峻。通"懍"。見"凜然"。

【凜冽】嚴寒。藝文類聚九晉傅咸神泉賦:"六合蕭條,嚴風凜冽。"

【凜秋】寒秋。楚辭宋玉九辯:"皇天平分四時兮,竊獨悲此凜秋。"

【凜然】態度嚴肅、令人敬畏的樣子。孔子家語二致思:"夫子凜然曰:'美哉德也!'"宋史四五〇李芾傳:"且强力過人,自旦治事,至暮無倦色,……望之凜然猶神明。"

【凜慄】嚴寒。唐杜甫杜工部草堂詩箋十一北征:"那無囊中帛,救汝寒凜慄。"

【凜凜】㊀寒冷貌。文選古詩十九首之十六:"凜凜歲云暮,螻蛄夕鳴悲。"㊁恐懼貌。三國志蜀法正傳:"侍婢百餘人,皆親執刀侍立,先主每入,衷心常凜凜。"先主,劉備。

澤

duó ㄉㄨㄛˊ 徒落切,入,鐸韻,定。

見"冷₂澤"、"洛澤"。

十四畫

凝

níng ㄋㄧㄥˊ 魚陵切,平,蒸韻,疑。
牛餕切,去,證韻,疑。

㊀液體漸結爲固體。易坤:"履霜堅冰,陰始凝也。"㊁形成。書臯陶謨:"撫于五辰,庶績其凝。"㊂安定,鞏固。荀子議兵:"兼并易能也,惟堅凝之難焉。"㊃凝聚,集中。見"凝思"、"凝神"。㊄聲調徐緩。南齊謝朓謝宣城集二鼓吹曲入朝曲:"凝笳翼高蓋,疊鼓送華輈。"

【凝冱】結冰。文選晉潘安仁(岳)懷舊賦:"轍含冰以滅軌,水漸軔以凝冱。"

【凝妝】盛妝。樂府詩集九十唐謝偃新曲:"青樓綺閣已含春,凝妝豔粉復如神。"也作"凝粧"。才調集八王昌齡閨怨詩:"閨中少婦不知愁,春日凝粧上翠樓。"

【凝雨】雪。藝文類聚二南朝梁沈約雪贊:"獨有凝雨姿,貞晼而無殉。"

【凝思】聚精會神地思考。晉陸機陸士衡集一文賦:"罄澄心以凝思,眇衆慮而爲言。"

【凝重】莊重,端莊。藝文類聚七七南朝陳徐陵報德寺刹下銘:"幼懷凝重,未曾遊陟。"

【凝神】聚精會神。莊子達生:"用志不分,乃凝於神。"文選南朝宋顔延年(延之)五君詠嵇中散詩:"形解驗默仙,吐論知凝神。"

【凝竚】出神,發愣。也作"凝佇"。宋晁補之琴趣外篇一黄鶯兒:"凝竚既往盡成空,暫遇何曾住。"趙長卿惜香樂府三念奴嬌:"有人粧罷,對花凝竚愁絶。"

【凝脂】㊀凝凍的油脂,柔滑潔白,比喻人皮膚細白潤澤。詩衛風碩人:"手如柔荑,膚如凝脂。"唐白居易長慶集十二長恨歌:"春寒賜浴華清池,温泉水滑洗凝脂。"㊁凝凍的油脂,全無間隙,比喻嚴密。漢桓寬鹽鐵論刑德:"昔秦法繁於秋荼,而網密於凝脂。"

【凝望】注目遠望。南朝梁江淹江文通集三步銅臺詩:"寂聽積空意,凝望信長懷。"

【凝眸】目不轉睛。形容注意力高度集中。唐李商隱李義山詩集五閨歌:"斂笑凝眸意欲歌，高雲不動碧嵯峨。"韓偓玉山樵人集太平谷中玩水上花詩:"凝眸不覺斜陽盡，忘逐樵人躡石回。"

【凝寒】嚴寒。文選三國魏劉公幹（楨）贈從弟詩之二:"豈不罹凝寒，松柏有本性。"

【凝視】注目。唐白居易長慶集五一霓裳羽衣歌:"當時乍見驚心目，凝視諦聽殊未足。"

【凝睇】注視。初學記三唐劉禕之九成宮秋初應制詩:"怡神紫氣外，凝睇白雲端。"白居易長慶集十二長恨歌:"含情凝睇謝君王，一別音容兩渺茫。"

【凝想】同"凝思"。新唐書七六太宗賢妃徐惠傳:"仰幽巖而流盼，撫桂枝以凝想。"

【凝滯】㊀拘泥，粘滯。楚辭屈原漁父:"聖人不凝滯於物，而能與世推移。"㊁聚結。淮南子天文:"清陽者薄靡而爲天，重濁者凝滯而爲地。"㊂停止流動。南朝梁江淹江文通集一別賦:"舟凝滯於水濱，車逶遲於山側。"

【凝噎】哽咽不已。宋柳永樂章集雨霖鈴詞:"執手相看淚眼，竟無語凝噎。"也作"凝咽"。又應天長詞:"休放牛山，空對江天凝咽。"

【凝水石】藥名。又名凌水石、寒水石、鹽精石。色如雲母，辛寒無毒，可祛熱。參閱政和證類本草四、本草綱目十一。

【凝碧池】唐禁苑中池名。唐天寶十五年安祿山兵入西京，宴其部屬於此。唐王維王右丞集六口號誦示裴迪詩:"秋槐葉落空宮裏，凝碧池頭奏管弦。"

几 部

几 1. jī ㄐㄧ 居履切，上，旨韻，見。

㊀小桌子。古代設於座側，以便憑倚。書顧命:"憑玉几。"后稱小桌子爲几，大桌子爲案。

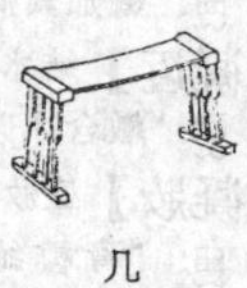
几

2. jǐ ㄐㄧˇ

㊀見"几$_2$几$_2$"。

【几$_2$几$_2$】盛貌。詩豳風狼跋:"公孫碩膚，赤舄几几。"指鞋飾華麗。

【几杖】几案與手杖，以供老年人平時靠身和走路時扶持之用，故古以賜几杖爲敬老之禮。禮曲禮上:"大夫七十而致事，若不得謝，則必賜之几杖。"史記孝文紀十七年:"吳王詐病不朝，就賜几杖。"

【几案】泛指桌子。世說新語雅量:"王丞相（導）主簿，欲檢校帳下。公語主簿，欲與主簿周旋，無爲知人几案間事。"几案間事，指處理公牘文書之事。稱善於處理公文的人有几案才或長几案。魏書李寶傳附李遐:"有几案才，起家司空行參軍。"又邢昕傳:"既有才藻，兼長几案。"

【几筵】筵席。國語周上:"設桑主，布几筵。"周禮春官有司几筵，掌五几五席之名物，辨其用與其位。几席爲祭祀的席位，後泛稱靈座爲几筵。漢劉向新序雜事:"君入廟門，升自阼階，仰見榱棟，俯見几筵，其器存，其人亡。"

【几蘧】傳說中的古帝王名。莊子人間世:"伏羲几蘧之所行終，而況散焉者乎。"

一 畫

凡 fán ㄈㄢ 符芟切，平，凡韻，奉。

㊀所有的，一切的。書微子:"凡有辜罪，乃罔恒獲。"莊子達生:"凡有貌象聲色者皆物也。"㊁大概。漢書八七下揚雄傳長楊賦:"僕嘗倦談，不能一二其詳，請略舉凡，而客自覽其切焉。"㊂平庸。見"凡民"、"凡夫"。㊃世俗。見"凡心"、"凡骨"。㊄春秋國名。相傳爲周公支子別封之國，見左傳僖二四年、襄十二年。在今河南輝縣一帶。

【凡人】㊀平庸的人。漢陸賈新語辨惑:"夫流言之并至，雖真聖不敢自安，況凡人乎？"㊁世俗人，與"仙人"相對。儒林外史一:"將相神仙，也要凡人做。"

【凡心】世俗的心思。唐李逢吉重建石壁寺甘露壇碑:"不嚴重何以肅凡心。"見八瓊室金石補正六九。宋蘇軾分類東坡詩十二次韻子由書清汶老所傳秦湘二女圖:"點檢凡心早除拂，方平袖鞭常使物。"

【凡夫】㊀平凡的人。文選三國魏曹元首（冏）六代論:"委天下之重於凡夫之手，託廢立之命於姦臣之口。"㊁佛教徒稱世俗之人爲凡夫。法苑珠林二四敬佛六之五讚彌勒四禮文:"凡夫肉眼未曾識，爲現千尺一金軀。"

【凡世】人世間。唐李中碧雲集下寄廬山簡寂觀重道者詩:"似醒一夢歸凡世，空向彤霞寄夢頻。"

【凡民】尋常的人。孟子盡心上:"待文王而後興者，凡民也。"

【凡目】㊀周禮天官宰夫:"二曰師，掌官成以治凡。三曰司，掌官法以治目。"治凡爲月計，治目爲日計。後稱事情的大綱細目爲凡目。㊁猶言俗眼，世俗的看法。宋梅堯臣宛陵集十五觀何君寶畫詩:"凡目矜新不重故，千錢酬直皆笑愚。"

【凡百】泛指一切，概括之詞。詩小雅巷伯:"寺人孟子，作爲此詩，凡百君子，敬而聽之。"後轉爲諸君、衆人之意。文選三國魏應德璉（瑒）侍五官中郎將建章臺集詩:"凡百敬爾位，以副飲渴懷。"

【凡材】平常的材料。宋書禮志五:"散木凡材，皆可入用。"後多比喻平凡的人。唐杜甫杜工部草堂詩箋二七楊監又出畫鷹十二扇:"當時無凡材，百中皆用壯。"

【凡例】晉杜預春秋經傳集解序:"其發凡以言例，皆經國之常制，周公之垂法，史書之舊章。"又左傳隱七年"凡諸侯同盟，於是稱名，故薨則赴以名，告終嗣也，以繼好息民，謂之禮經"注:"此言凡例，乃周公所制禮經也。"此指通例、章法，也就是所謂春秋筆法。唐杜甫杜工部草堂詩箋二四八哀詩贈秘書監江夏李公邕:"名滿深望還，森然起凡例。"後來把說明著作內容和編纂體例的文字稱爲凡例。

【凡近】才識淺陋。唐文粹七九姚元崇答張九齡書:"僕本凡近之才，素非經濟之具。"

【凡要】簿書的綱要，總目。周禮天官小宰"六曰聽取予以書契"漢鄭玄注:"書契，謂出予受入之凡要。"漢書六四上嚴助傳"願奉三年計最"注引晉灼:"最，凡要也。"

【凡桐】用尋常木材所製的琴。宋蘇轍欒城集二大人久廢彈琴……拜呈詩:"久厭凡桐不復彈，偶然尋繹尚能存。"參見"焦尾琴"。

【凡骨】凡人的軀體、氣質，與所謂仙風道骨相對稱。宋陸游劍南詩稿三一贈道友:"凡骨已蛻身自輕，勃落葉上行無聲。"

【凡庸】平常，一般。史記周勃世家贊："絳侯周勃始爲布衣時，鄙朴人也，才能不過凡庸。"

【凡瑣】平庸淺薄的人。抱朴子安貧："雖復設之以台鼎，猶確爾而弗革也，曷肯憂貧而與賈豎爭利，戚窮而與凡瑣競達哉！"

【凡鳥】庸才。唐王維王右丞集十春日與裴迪過新昌里訪呂逸人不遇詩："到門不敢題凡鳥，看竹何須問主人。"參見"題鳳"。

【凡童】平常的兒童。宋書蔡廓傳附蔡興宗："興宗年十歲，失父，哀毀有異凡童。"

【凡語】普遍通用的語詞。爾雅釋詁一"如、適、之、嫁、徂、逝，往也"晉郭璞疏："逝，秦晉語也；徂，齊語也；適，宋魯語也；往，凡語也。"

【凡將篇】古代字書名。漢司馬相如撰。說文常引其說。隋書經籍志、新唐書藝文志作一卷，已佚。現有清任大椿小學鉤沈、馬國翰玉函山房輯佚書本。

六畫

凭 píng 扶冰切，平，蒸韻，奉。ㄆㄧㄥ 皮證切，去，證韻，奉。

倚靠。說文："凭，依几也。……周書：'凭玉几。'讀若馮。"今書顧命作"憑"。唐元稹長慶集二四連昌宮詞詩："上皇正在望仙樓，太真同凭欄干立。"

九畫

凰 huáng 胡光切，平，唐韻，匣。ㄏㄨㄤ

見"鳳凰"。

【凰求鳳】傳奇名。清李漁撰。一名鴛鴦賺，爲十種曲之一。記許、曹、喬三氏女爭嫁呂曜事。

十畫

凱 kǎi 苦亥切，上，海韻，溪。ㄎㄞ

㊀和樂，温和，和善。通"愷"。見"凱風"。㊁凱旋。後漢書六十下蔡邕傳釋誨："獫狁攘而吉甫宴，城濮捷而晉凱入。"㊂斬，殺。京本通俗小說下碾玉觀音："叵耐這兩個畜生逃走，今日捉將來，我惱了，爲何不凱？"

【凱弟】和樂善良貌。同"愷悌"。禮表記："詩云：'凱弟君子，民之父母。'"今詩大雅泂酌作"豈弟"。

【凱易】和樂，善良。古文苑十二漢班固車騎將軍竇北征頌："上將崇至仁，行凱易，弘濃恩，降温澤。"

【凱風】和風。詩邶風凱風："凱風自南，吹彼棘心。"後稱南風爲凱風。楚辭屈原遠遊："順凱風以從遊兮，至南巢而壹息。"

【凱旋】得勝歸來。宋書謝靈運傳撰征賦："願關鄴之遄清，遲華鑾之凱旋。"唐宋之問集上軍中人日登高贈房明府詩："聞道凱旋乘騎入，看君走馬見芳菲。"

【凱復】克復，收復失地。南史梁元帝紀："(王)僧辯等又表勸進曰：'……舊邦凱復，函洛已平。'"

【凱歌】戰勝時所唱之歌。初學記十五梁元帝纂要："振旅而歌曰凱歌。"凱，也作"愷"。參見"愷歌"。

【凱樂】同"愷樂"。見該條。

【凱澤】和樂。澤(yì)，通"懌"。史記一一七司馬相如傳封禪文："昆蟲凱澤，回首面內。"漢書五七下司馬相如傳作"闓懌"。引申指和樂的恩澤。舊唐書高宗紀上："宜布凱澤，被乎億兆。"

【凱闈】指尚書省。南朝梁陶弘景華陽陶隱居集下許長史舊館壇碑："徵入凱闈，納言帝側。"參見"尚書省"。

十二畫

凳 dèng 都鄧切，去，嶝韻，端。ㄉㄥ

坐具。也作"橙"、"櫈"。詳"橙㊂"。

凵部

凵 kǎn 丘犯切，上，范韻，溪。ㄎㄢ

張口。說文："凵，張口也。象形。"

二畫

凶 xiōng 許容切，平，鍾韻，曉。ㄒㄩㄥ

㊀惡。如凶頑、凶暴。見"凶人"。㊁殺傷人。見"凶手"、"凶器"。㊂饑荒。墨子七患："三穀不收謂之凶。"㊃不吉利。易乾："與鬼神合其吉凶。"㊄恐懼。國語晉一："敵入而凶，救敗不暇，誰能退敵？"㊅吵嚷，爭辯激烈。通"訩"、"詾"。見"凶凶㊁"。

【凶人】惡人。左傳昭二年："作凶事，爲凶人。"

【凶凶】㊀凶暴的樣子。同"匈匈"。後漢書九三李固傳："明日重會公卿，(梁)冀意氣凶凶，而言辭激切。自胡廣趙戒以下，莫不懾憚之。"㊁爭吵不已，論辯激烈。同"詾詾"。易林履："訟爭凶凶。"後漢書九十蔡邕傳："爭訟怨恨，凶凶道路。"㊂害怕。國語晉一"敵入而凶"三國韋昭注："凶猶凶凶，恐懼也。"

【凶手】新唐書一九五張琇傳："父死凶手，歷二十年，不克報。"原指凶人之手，後稱行凶的人爲凶手。

【凶札】饑荒、瘟疫流行的年景。凶，五穀歉收。札，疾疫流行。周禮地官均人："凶札則無力政，無財賦。"

【凶地】風俗不好的地方。水經注九淇水："紂作朝歌之音。……論語比考讖曰：'邑名朝歌，顏淵不舍，七十弟子掩目，宰予獨顧，由蹷墮車。'宋均曰：'子路患宰予顧視凶地，故以足蹷之使墮車也。'"

【凶年】荒年。孟子梁惠王下："凶年饑歲，君之民老弱轉乎溝壑，壯而散之四方者，幾千人矣。"

【凶折】短命，不得善終。聊齋志異六林氏："卿萬一能活，相負者必遭凶折。"

【凶身】凶手。宋洪邁夷堅志支癸一薛湘潭："有富家女子，夜爲人戕於室，……歷數月不獲凶身。"也作"兇身"。水滸六二："回復梁中書，着落大名府緝捕觀察，限了日期，要捉兇身。"

【凶事】㊀喪事。老子："吉事尚左，凶事尚右。"㊁古代稱用兵打仗爲凶事。吴越春秋闔閭內傳："子胥諫曰：'臣聞兵者凶事，不可空試。'"

【凶門】㊀古代將軍出征時，鑿一扇向北的門，由此出發，以示必死的決心，稱凶門。淮南子兵略："將已受斧鉞，辭而行，乃鬋指爪，設明衣，鑿凶門而出。"㊁舊時辦喪事在門外用白絹或白布結紮成門形，稱凶門。宋書禮志二："凶門非古，古有懸重，形似凶門，後人出之門外以表喪，俗遂行之。"清翟灝通俗編九儀節："今喪家結白絹爲旒，表之門外，俗呼爲了前者，當即是也。"參見"柏歷"。

【凶具】棺材。聊齋志異六宮夢弼："柳(芳華)病卒，至無以治凶具。"

【凶服】㊀喪服。論語鄉黨："凶服者式之。"㊁違反風俗的奇裝異服。漢書九十尹賞傳："雜舉長安中輕薄少年惡子，無市籍商販作務，而鮮衣凶服，被鎧扞、持刀兵者，悉籍記之。"

【凶渠】凶徒的首領，元凶。晉書桓玄傳論："俄而義旗電發，忠勇雷崩，半辰而都邑廓清，踰月而凶渠即戮。"

【凶問】死訊。三國志魏王基傳："是歲，基母卒，詔祕其凶問。"魏書崔挺傳："光州故吏聞凶問，莫不悲感。"

【凶肆】出售喪葬用物的商店。太平廣記四八四唐白行簡李娃傳："邇疾甚篤，……邸主懼其不起，徙之于凶肆之中。"宋洪邁夷堅志乙十餘杭宗女："立呼凶肆之人，與薪厝火，斧棺而爇之。"

【凶歲】荒年。孟子告子上："凶歲子弟多暴。"注："凶歲，饑饉也。"

【凶豎】凶惡小人。後漢書六九竇武傳："當是時，凶豎得志，士大夫皆喪其氣矣。"

【凶器】㊀古稱兵器爲凶器。韓非子存韓："故曰，兵者凶器也，不可不審用也。"㊁棺材和陪葬器物。禮曲禮下："書方、衰、凶器，不以告，不入公門。"疏："凶器者，棺材及棺中服器也。"㊂行凶的武器。警世通言蘇知縣羅衫再合："徐用道：'哥哥撇下手中凶器，兄弟方好放手。'"

【凶禮】喪禮。詳"五禮㊀"。

【凶黨】㊀叛黨。陳書世祖紀天嘉元年："其衣冠士族，預在凶黨，悉皆原宥。"㊁成羣作惡的人。宋曾鞏元豐類稿五秋懷詩："閭里凶黨戢，堦除嚚訟清。"

【凶穰】荒年和豐收之年。管子國蓄："歲有凶穰，故穀有貴賤。"

【凶終隙末】指朋友間的友誼不能始終保持。後漢書五七王丹傳："世稱管鮑，次則王貢。張陳凶其終，蕭朱隙其末。"梁書任昉傳劉峻廣絶交論："由是觀之，張陳所以凶終，蕭朱所以隙末，斷焉可知矣。"後多指原爲朋友後變成仇敵。管，管仲；鮑，鮑叔牙；王，王陽；貢，貢禹；張，張耳；陳，陳餘；蕭，蕭育；朱，朱博。

三畫

由 kuài 苦對切，去，隊韻，溪。
ㄎㄨㄞ 集韻 苦怪切，去，怪韻。

泥土。同"塊"。漢書律曆志下引左傳："壄(野)人舉由而與之。"今左傳僖二三年作"野人與之塊"。

凸 tū 陀骨切，入，没韻，定。
ㄊㄨ 徒結切，入，屑韻，定。

高出。神異經北方荒經："北方荒中有石湖，……其湖無凸凹，平滿無高下。"

凹 āo 烏洽切，入，洽韻，影。
ㄠ 集韻 於交切，平，爻韻。

低下，低於周圍。梁江淹江文通集一青苔賦："悲凹嶮兮唯流水而馳騖。"

【凹心硯】中心窪下去的硯。明陶宗儀輟耕録二九墨："至魏晉時，始有墨丸，乃漆烟松煤夾和爲之，所以晉人多用凹心硯者，欲磨墨貯瀋耳。"

出 chū 赤律切，入，術韻，穿。
ㄔㄨ 尺類切，去，至韻，穿。

㊀由内而外，與"入"相對。左傳僖三二年："吾見師之出，而不見其入也。"㊁支付，給與。禮王制："量入以爲出。"㊂産生，發生。易説卦："萬物出乎震。"㊃表現，顯露。晉書禮志上摯虞典校五禮表："臣猶謂卷多文煩，類皆重出。"宋蘇軾經進東坡文集事略一後赤壁賦："山高月小，水落石出。"㊄超過。論語鄉黨："祭肉不出三日。"㊅脱離。如出險。㊆遣棄，棄逐。見"出妻"、"出婦"。㊇古代男子稱自己的外甥。左傳僖七年："初申侯，申出也，有寵於楚文王。"注："姊妹之子爲出。"左傳莊二年："陳厲公，蔡出也。"參閲清顧炎武日知録三二出。㊈花瓣。舊題南朝梁任昉述異記："東海郡尉于台有杏一株，花雜五色，六出。"㊉古代戲曲稱一段爲一出。景德傳燈録十四雲巖曇晟禪師："藥山又問：'聞汝解弄師(獅)子，是否？'師曰：'是。'曰：'弄得幾出？'師曰：'弄得六出。'"也作"齣"。

【出人】㊀超出衆人。世説新語賞譽："諺曰：揚州獨步王文度，後來出人郗嘉賓。"㊁古代押解犯人到刑場執行死刑。水滸傳四十："士兵喝道：'這裏出人，如何肯放你？'"

【出山】唐杜甫杜工部草堂詩箋十六佳人："在山泉水清，出山泉水濁。"後因用出山比喻出仕。

【出手】㊀動手。太平御覽八三四晉謝玄與兄書："此固下大有鱸魚，一出手釣得四十七枚。"㊁所撰的詩文脱稿。北齊顔之推顔氏家訓文章："學爲文章，先謀親友，得其評論者然後出手。"

【出世】㊀宗教徒以人間世爲俗世；脱離人世的束縛，稱出世。南齊書顧歡傳："孔老治世爲本，釋氏出世爲宗。"㊁出生。詳"一佛出世"。

【出母】指被父休棄的生母。禮喪服小記："爲父後者，爲出母無服。"

【出守】由京官出當太守。文選南朝宋顔延年(延之)五君詠阮始平(咸)："屢薦不入官，一麾乃出守。"

【出色】㊀傑出，超出衆人。元曲選馬致遠青衫淚二："小子獨風流，江州最出色，小子劉一郎是也。"㊁賣力。水滸傳三三："劉高差你來，休要替他出色。"

【出尖】㊀出衆，拔尖。宋陳亮集十八謝趙同知啓："出尖之才，百端並用。"㊁硬要出頭，出風頭。水滸傳三七："不知那裏走一個囚徒來，那廝做好漢出尖，把五兩銀子賞他，滅俺揭陽鎮上威風。"

【出沐】猶言"休沐"。漢書六八霍光傳："於是蓋主、上官桀、安及弘羊皆與燕王旦通謀，詐令人爲燕王上書，……候司光出沐日奏之。"參見"休沐"。

【出没】忽隱忽現。晉書天文志上："至順帝時，張衡又制渾象，……於殿上室内，星中出没，與天相應。"唐韓愈昌黎集三八月十五夜贈張功曹詩："洞庭連天九疑高，蛟龍出没猩鼯號。"

【出局】離開官署返家。宋陸游老學庵筆記三："杜起莘自蜀入朝，不以家行，高廟(高宗)聞其清脩獨處，……諭曰：'聞卿出局，即蒲團紙帳，如一行脚僧，真難及也。'"

【出孝】既葬後除喪。新唐書九八韋挺傳上疏："今衣冠士族，……既葬，鄰伍會集，相與酣醉，名曰出孝。"

【出位】越出本分，不安分守己。論語憲問："曾子曰：'君子思不出其位。'"宋朱熹朱文公文集二四答汪尚書書："使小臣出位犯分，顛沛至此，已非聖朝之美事。"

【出身】㊀獻身。吕氏春秋誠廉："伯夷叔齊此二士者，皆出身棄生以立其意，輕重先定也。"㊁古時認爲當官是委身事君，故以出身指作官。三國志魏杜畿傳附杜恕注引荀綽兗州記："(杜柯)時幼小，不能讓。及長悔恨，遂幅巾而居，後雖出身，未嘗釋也。"㊂科舉時代爲考中録選者所規定的身分、資格。唐代舉子中禮部試的稱及第，中吏部試的稱出身。宋代中殿試的稱及第出身，明清兩代經科舉考試選録的，稱正途出身。有出身的纔得當宰相；無出身的，必須先賜同進士出身，纔得爲宰相。㊃個人最早的身分或經歷。三國演義五二："原來二人都是桂陽嶺山鄉獵户出身。"

【出定】佛教徒把從入定狀態恢復至常態，稱爲出定。觀無量壽經："出定入定，恆閱妙法，行者所聞，出定之時，憶持不捨。」明史瑾獨醉亭集中遊天界寺詩：「學飛乳燕還巢速，趺坐高僧出定遲。」參見「入定」。

【出店】舊時商店送貨的雜工。清鄒弢三借廬筆談十一：「蘇俗幫傭代主擔送貨物兼司炊爨者曰出店。」

【出妻】㊀遣棄妻子。孟子離婁下：「出妻屏子，終身不養焉。」㊁被遣棄的妻子。儀禮喪服：「出妻之子爲母期。」參閱「七出」。

【出首】㊀自首。晉書華軼傳：「尋而軼敗，（高）悝藏匿軼二子及妻，崎嶇經年，既而遇赦，悝攜之出首。」㊁告發犯罪者。水滸傳二：「銀子並書都拿去了，望華陰縣裏來出首。」

【出軌】禮曲禮上：「國中以策彗卹勿驅，塵不出軌。」藝文類聚七一漢崔駰車左銘：「車不內顧，塵不出軌。」原指緩慢行車，不使塵土飛出軌道以外。後多指行爲越出常規，違反法紀。

【出挑】長成。多指青年男女的容貌、體態越長越漂亮。紅樓夢六：「（鳳姑娘）如今出挑的美人一樣的模樣兒。」也作「出跳」、「出脫」、「出落」。參見各該條。

【出降】㊀公主出嫁。帝王位尊，其女出嫁，故稱降。降，jiàng。唐李肇國史補中：「太和公主出降回鶻，上御通化門送之。」㊁向敵人投降。降，xiáng。三國志蜀姜維傳：「蔣舒開城出降，傅僉格鬭而死。」

【出品】猶言作品。宋米芾畫史：「杭僧真慧畫山水佛像。近世出品，惟翎毛墨竹，有江南氣象。」

【出宰】由京官外出任地方長官。後漢書明帝紀永平十八年：「郎官上應列宿，出宰百里，有非其人，則民受其殃。」

【出家】棄家削髮爲僧尼。晉書佛圖澄傳：「百姓因澄故，多奉佛，皆營造寺廟，相競出家，真僞混淆，多生愆尤。」參閱釋氏要覽上出家。

【出神】因全神貫注一事而顯得發呆。明田汝成西湖游覽志餘二五：「杭人……又有諱本語而巧爲俏語者，如……無言默坐曰出神。」儒林外史十七：「那人看書出神，又是個近視眼，不曾見有人進來。」

【出恭】明代科舉考試，設有出恭入敬牌，防止士子擅離座位。士子如要大便，先領此牌。俗因稱大便爲出恭。並謂大便爲大恭，小便爲小恭。警世通言呂大郎還金完骨肉：「一日早晨，行至陳留地方，偶然去坑廁出恭。」紅樓夢九：「二人假出小恭，走至後院說話。」

【出格】㊀特殊，破格。唐張籍張司業集四酬祕書王丞見寄詩：「今體詩中偏出格，常參官裏每同班。」景德傳燈錄九靈祐禪師：「時華林聞之曰：『某甲忝居上首，祐公何得住持？』百丈云：『若能對衆下得一語出格，當與住持。』」㊁舊時文字或表章中的一種格式，遇到應尊稱的名字或詞語，另行擡頭書寫，稱出格。明方以智通雅三一器用書札：「春秋正義引魏晉儀注，寫表章起行頭者，謂之跳出。智以爲即今之出格尊稱題式也。」後把不遵守舊規矩叫出格。

【出師】派兵或帶兵出征。左傳文十六年：「乃出師，旬有五日，百濮乃罷。」唐杜甫杜工部草堂詩箋八蜀相：「出師未捷身先死，長使英雄淚滿襟。」

【出納】㊀書舜典：「帝曰：『龍，……命汝作納言，夙夜出納朕命，惟允。』」出，把帝王詔命向下宣告；納，把下面意見向帝王報告。周代內史，漢代尚書，魏晉以後的中書門下，都掌管此職。㊁財物的付出和收入。論語堯曰：「出納之吝，謂之有司。」

【出梅】梅，指梅雨期；出梅指梅雨期結束。詳「入梅」。

【出處】㊀進退。易繫辭上：「君子之道，或出或處。」漢王符潛夫論實貢：「出處默語，勿彊相兼。」㊁來源，根據。唐段成式酉陽雜俎續二支諾皐中：「已有出處，忘其書名目。」朱子語類一〇四論文：「或言今人作詩多要有出處，曰：『關關雎鳩』，出在何處？」

【出脫】㊀開脫。宋朱熹朱子語類八十詩一：「伯恭（呂祖謙）凡百長厚，不肯非毀前輩，要出脫回護。」水滸傳二二：「知縣却和宋江最好，有心要出脫他，只把唐牛兒來再三推問。」㊁長成。同「出挑」、「出落」。紅樓夢四：「（英蓮）雖模樣出脫得齊整，然大段未改，所以認得他。」㊂賣出，貨物脫手。元曲選秦簡夫東堂老一：「出脫了些奇珍異寶，花費了些精銀響鈔。」

【出貨】出錢。國語魯下：「楚人將以叔孫穆子爲戮，晉樂王鮒求貨於穆子。曰：『吾爲子請於楚。』穆子不予。梁其踁謂穆子曰：『有貨以衛身也。出貨而可以免，子何愛焉。』」此指行賄。史記平準書：「入物者補官，出貨者除罪。」此指出錢贖罪。

【出婦】同「出妻」。戰國策秦一：「出婦嫁於鄉里者，善婦也。」三國魏曹丕曹植等都有出婦賦。見藝文類聚三十。

【出塞】漢橫吹曲名。漢武帝時，李延年因胡曲造新聲二十八解，內有出塞入塞曲。見晉書樂志下。西京雜記一記戚夫人善歌出塞入塞望歸之曲。

【出落】㊀顯現，表現。元王實甫西廂記四本二折：「出落得精神，別樣的風流。」元曲選李好古張生煮海一：「表訴那絃中語，出落着指下功，勝檀槽慢撥輕攏。」㊁同「出挑」。陽春白雪後集三關漢卿一枝花贈朱簾秀曲：「十里揚州風物妍，出落着神仙。」紅樓夢十六：「寶玉心中忖度，黛玉越發出落得超逸了。」

【出跳】同「出挑」。紅樓夢七二：「彩霞那孩子，這幾年我雖沒見，聽見說越發出跳得好了。」

【出塵】㊀超出世俗之外。文選南齊孔德璋（稚圭）北山移文：「耿介拔俗之標，蕭灑出塵之想。」㊁佛教謂脫離煩惱的塵垢。四十二章經二三：「透得此門，出塵羅漢。」

【出閤】㊀皇子離開朝廷到自己的封地作藩王。南齊書江謐傳：「諸皇子出閤，用文武主帥，皆以委謐。」㊁公主出嫁。唐元稹長慶集四九七女封公主制：「雖穠華可尚，出閤未期。」閤，通「閣」。後通稱女子出嫁爲出閣。紅樓夢五七：「大了，該出閣時，自然要送還林家的。」

【出頭】㊀露面。三國志魏張邈傳注引英雄記呂布與袁術書：「足下鼠竄壽春，無出頭者，猛將武士，爲悉何在？」㊁出人頭地。全唐詩二六七顧況贈僧：「出頭皆是新年少，何處能容老病翁？」

【出豁】㊀出息。水滸傳三八：「小張乙道：『李大哥，你閒常最賭的直，今日如何沒出豁？』」㊁開脫，找出路。水滸傳三十：「却把這文案都改得輕了，盡出豁了武松。」京本通俗小說錯斬崔寧：「日間賭輸了錢，沒處出豁，夜間出來掏摸些東西。」

【出醜】丟臉。金董解元西廂三：「若夫人知道，多大小出醜。」又：「這一場出醜，向誰申訴？」參見「出乖露醜」。

【出贅】舊指男子到女家就婚，成爲女家的一員。漢書四八賈誼傳陳政事疏：「秦俗日敗，故秦人家富子壯則出分，家貧子壯則出贅。」注：「謂之贅婿者，言其不當出在妻家，亦猶人身體之有肬贅，非應所有也。一說，贅，質也。家貧無有聘財，以身爲質也。」

【出疆】越出國界，前往他國。禮曲禮下：「大夫私行，出疆必請，反必有獻。士私行，出疆必請，反必告。」

【出繼】在封建宗法制度下，把自己的兒子給没有兒子的親屬作過繼子。晉書元四王傳：「武陵威王晞字道叔，出繼武陵王喆後，太興元年受封。」新唐書九八薛收傳：「隋內史侍郎薛道衡子也，出繼續父孺。」

【出師表】出征前上給皇帝的表文。唐李商隱李義山詩集四寄太原盧司空三十韻：「那勞出師表，盡入大荒經。」按三國蜀諸葛亮於建興五、六年兩次北伐上疏，文選采録前篇，題作出師表。前表見三國志本傳；後表見本傳注引漢晉春秋，或疑是僞作。

【出一頭地】見「一頭地」。

【出人頭地】超出他人之上。明陸采懷香記飛報捷音：「書生俊傑真天縱，出人頭地建奇功。」

【出口入耳】左傳昭二十年：「王曰：言出於余口，入於爾耳，誰告建？」後來指兩人之間私下相傳。後漢書三六張霸傳附張玄：「（張）温執其手曰：『子忠於我，我不能用，是吾罪也，子何謂當然。且出口入耳之言，誰今知之？』」

【出水芙蓉】初放的荷花。梁鍾嶸詩品中：「湯惠休曰：『謝（靈運）詩如芙蓉出水，顏（延之）如錯彩鏤金。』」此指詩句清新。後也用以形容女性的天然豔麗。宋王洋東牟集二明妃曲：「大明宮內宴呼韓，出水芙蓉鑑裏看。」

【出手得盧】一舉而獲勝。南齊書張瓌傳：「瓌以百口一擲，出手得盧矣。」指張瓌受蕭道成密計殺劉遐事。盧，賭博中一種勝子。參見「盧㊀」。

【出生入死】出生地，入死地。老子：「出生入死，生之徒十有三，死之徒十有三。」又見韓非子解老。文選晉潘安仁（岳）秋興賦：「彼知安而忘危兮，故出生而入死。」後指冒生命危險爲出生入死。

【出言成章】淮南子脩務：「（舜）作事成法，出言成章。」本意是出言便成爲規範，後多用以形容文思敏捷。也作「出口成章」。警世通言王安石三難蘇學士：「此人天資高妙，過目成誦，出口成章。」

【出谷遷喬】由低處移到高處。詩小雅伐木：「出自幽谷，遷於喬木。」本指鳥出自深谷，移居高木。後祝賀別人遷居爲喬遷。

【出其不意】行動出乎對方意料之外。孫子計：「攻其無備，出其不意。」三國志魏杜畿傳：「吾單車直往，出其不意。」

【出奇制勝】運用奇兵制敵取勝。孫子勢：「凡戰者，以正合，以奇勝，故善出奇者，無窮如天地，不竭如江河。」唐文粹二五李翰進張巡中丞傳表：「以少擊衆，以弱制强，出奇無窮，制勝如神。」

【出乖露醜】出醜，丢臉。古今雜劇元關漢卿金線池二：「幾時得脱離了舞榭歌樓，不是我出乖露醜，從良棄賤。」也作「出乖弄醜」。金董解元西廂三：「已恁地出乖弄醜，潑水再難收。」

【出將入相】舊時稱人兼備文武之才，出可爲將，入可爲相。唐吳兢貞觀政要二：「（王）珪對曰：『……才兼文武，出將入相，臣不如李靖。』」

【出爾反爾】孟子梁惠王下：「曾子曰：『戒之戒之，出乎爾者，反乎爾者也。』」原指你怎樣對待別人，人家也會同樣對待你，猶言自食其果。後指人反復無信、前後矛盾爲出爾反爾。

【出類拔萃】孟子公孫丑上有「出於其類，拔乎其萃」語，後指卓越出衆的人。三國志蜀蔣琬傳：「時新喪元帥，遠近危悚。琬出類拔萃，處羣僚之右。」也作「出羣拔萃」。唐韓愈昌黎集十七與崔羣書：「誠知足下出羣拔萃，無謂僕何從而得之也。」

六畫

函 hán 胡男切，平，覃韻，匣。
ㄏㄢ 胡讒切，平，咸韻，匣。

㊀包含，容納。詩周頌載芟：「播厥百穀，實函斯活。」漢書律曆志上：「太極元氣，函三爲一。」注：「函讀與含同。」㊁鎧甲。周禮考工記：「燕無函。」㊂封套叫函，信一封叫一函，書一套也叫一函。三國志魏劉曄傳注引晉傅玄傅子：「（曹操）每有疑事，輒以函問曄，至一夜數十至耳。」㊃匣，盒子。如劍函、鏡函。北周庾信庾子山集十四周車騎大將軍賀婁公神道碑：「龜轉印函，蛇盤綬笥。」

【函人】製甲的工匠。見周禮考工記。孟子公孫丑上：「矢人豈不仁於函人哉？矢人惟恐不傷人，函人惟恐傷人。」

【函丈】禮曲禮上：「席間函丈。」注：「函猶容也，講問宜相對容丈，足以指畫也。」又文王世子「凡侍坐於大司成者，遠近間三席，可以問」注：「席之制，廣三尺三寸三分，則是所謂函丈也。」因用以稱呼尊敬的人。宋呂祖謙東萊文集三與朱侍講元晦書：「瞻望函丈，第深惓惓。」後專用爲弟子對老師的敬稱。

【函弘】廣大。文選晉左太沖（思）吳都賦：「伊兹都之函弘，傾神州而韞櫝。」

【函列】行列。文選晉左太沖（思）蜀都賦：「棟桃函列，梅李羅生。」又南朝齊王元長（融）三月三日曲水詩序：「昭灼甄部，駔駿函列。」

【函谷】關名。1. 秦關。在今河南靈寶縣南，是秦的東關。東自崤山，西至潼津，深險如函，通名函谷。東漢隗囂將王元説囂請以一丸泥東封函谷關，卽此。事見後漢書十三隗囂傳。2. 漢關。在今河南新安縣東北。漢武帝元鼎三年移置，去秦函關三百里。參閲元和郡縣志五河南府、六陝州。

【函使】古時書表都用函裝，故稱傳遞函件的人爲函使。北齊書神武紀上：「神武（高歡）自隊主，轉爲函使，嘗乘驛過建興。」

【函胡】模糊不清。同「含胡」。宋蘇軾經進東坡文集事略四九石鐘山記：「扣而聆之，南聲函胡，北音清越。」

【函夏】夏，華夏，中國的別稱。函夏，指全中國。漢書八七上揚雄傳河東賦：「以函夏之大漢兮，彼曾何足與比功。」文選晉張景陽（協）七命：「王猷四塞，函夏謐寧。」

【函陣】方陣。魏書刁雍傳：「賊長官軍突騎，以鎖連車爲函陣。」

【函陵】地名。在今河南新鄭縣北。左傳僖三十年：「晉侯秦伯圍鄭。……晉軍函陵，秦軍氾南。」參閲元和郡縣志八鄭州。

【函鍾】卽林鍾。古樂十二律中的第八律。周禮春官大司樂：「乃奏蕤賓，歌函鍾，舞大夏，以祭山川。」參見「林鍾」。

【函關】卽函谷關。文苑英華二四八隋楊素贈薛播州詩十四之二：「函關絶無路，京洛化爲丘。」

刀 部

刀 dāo 都牢切,平,豪韻,端。
ㄉㄠ

㊀兵器,也泛指斬、切、削、割的工具。穀梁傳僖元年:"孟勞者,魯之寶刀也。"莊子養生主:"良庖歲更刀,割也。"㊁古錢幣名。漢書食貨志下:"錯刀,以黃金錯其文,曰'一刀直五千'。"參見"刀布"。㊂小船。通"舠"。詩衛風河廣:"誰謂河廣?曾不容刀。"㊃量詞。紙一百張爲一刀。㊄姓。漢書貨殖傳有刀間,匈奴傳有戊巳校尉刀護。

【刀匕】刀和匙。借指炊事。禮檀弓下:"非刀匕是共,又敢與知防。"

【刀人】隋代女官名。隋書后妃傳:"又有承衣、刀人,皆趨侍左右,並無員數,視六品以下。"

【刀子】小刀。宋書朱齡石傳:"剪紙方一寸,帖箸舅枕,自以刀子懸擲之。"

【刀山】佛家、道家所謂地獄酷刑之一。唐陳集原龍龕道場銘:"六趣輪迴,劍葉與刀山競起。"見金石續編六。景德傳燈錄二五清涼法燈禪師:"我若向刀山,刀山自摧折;我若向鑊湯,鑊湯自消滅。"今用來比喻鬭爭中嚴峻的考驗。參見"刀山劍樹"。

【刀尺】㊀剪刀和尺。玉臺新詠一古詩爲焦仲卿妻作:"左手持刀尺,右手執綾羅。"又借指裁縫。唐杜甫杜工部草堂詩箋三二秋興八首之一:"寒衣處處催刀尺,白帝城高急暮砧。"㊁比喻衡量升降人材的權力。晉書李含傳傅咸理含表:"中正龐騰便割含品,……乞朝廷以時博議,無令騰得妄弄刀尺。"

【刀布】古錢幣。荀子榮辱:"餘刀布,有囷窌(窖)。"注:"刀布皆錢也。刀取其利,布取其廣。"史記平準書:"農工商交易之路通,而龜貝金錢刀布之幣興焉。"索隱:"謂布,言貨流布。刀卽錢,以其形如刀,故曰刀,以其利於人也。"參閱漢書食貨志下。

【刀州】晉王濬夜夢懸三刀於卧室屋梁上,不久又益一刀,主簿李毅謂三刀爲州字,又益一者爲益州。見晉書王濬傳。後因以刀州爲益州之代稱,卽今四川省地。唐岑參岑嘉州詩四送嚴黃門拜御史大夫再鎮蜀川兼覲省:"刀州重入夢,劍閣再題詞。"參見"三刀""夢刀"。

【刀圭】古時量取藥物的用具。政和證類本草一引南朝梁陶弘景名醫別錄:"凡散藥有云刀圭者,十分方寸匕之一,准如梧桐子大也。"明董穀碧里雜存上刀圭:"前在京師買得古錯刀三枚,京師人謂之長錢……其錢形正似今之剃刀,其上一圈正似圭璧之形,中一孔卽貫索之處。蓋服食家舉刀取藥,僅滿其上之圭,故謂之刀圭,言其少耳。刀卽錢之別名。"章炳麟新方言六釋器,說刀卽"庣"字,刀圭,古音讀如"條耕",後人寫作"調羹"。也借指藥物。唐韓愈昌黎集十寄隨州周員外詩:"金丹別後知傳得,乞取刀圭救病身。"

【刀豆】豆科植物名,結角如皁角狀而長,形狀像刀,因名刀豆。唐段成式酉陽雜俎十九廣動植類四草篇有挾劍豆,本草綱目二四穀部謂卽刀豆。

【刀兵】指武器。史記八六豫讓傳:"襄子如廁心動,執問塗廁之刑人,則豫讓內持刀兵,曰:'欲爲智伯報仇。'"也指戰爭。法苑珠林三劫量一刀兵:"刀兵橫死,其數無量。"古今雜劇元高文秀澠池會三:"成公,可將十五城與我爲壽,免兩國之刀兵。"

【刀門】立誓的儀式。立誓的人在刀門下鑽過,表示如果負盟,便死於刀刃之下。清李玉牛頭山二:"外、小生:'元帥言及于此……卽當鑽刀立誓,永受元帥鞭策便了。'生:'既如此,分付衆將官擺下刀門。'"

【刀俎】見"人爲刀俎,我爲魚肉"。

【刀敕】捉刀、應敕的略語。捉刀,指代人撰稿的人。應敕,指供役使的人。刀敕,指權貴的親信、侍從。南史茹法珍傳:"齊東昏時……左右應敕捉刀之徒並專國命。人間謂之刀敕,權奪人主。都下爲之語曰:'欲求貴職依刀敕,須得富豪事御刀。'"清詩別裁六彭孫遹金陵懷古:"江外羽書空絡繹,禁中刀敕正縱橫。"

【刀筆】㊀刀、筆都是書寫工具。古代記事,最早是用刀刻於龜甲或竹木簡;有筆以後,用筆書寫在簡帛上,故刀筆合稱。史記一二二郅都傳:"臨江王欲得刀筆爲書謝上,而都禁吏不予。"㊁書寫成的文字。淮南子泰族:"然商鞅之法亡秦,察於刀筆之迹,而不知治亂之本也。"㊂指主辦文案的官吏。戰國策秦五:"臣少爲秦刀筆,以官長而守小官。"也稱刀筆吏。史記一二〇汲黯傳:"天下謂刀筆吏不可以爲公卿。"後世稱訟師爲刀筆,是說這種人筆利如刀,能殺傷人。

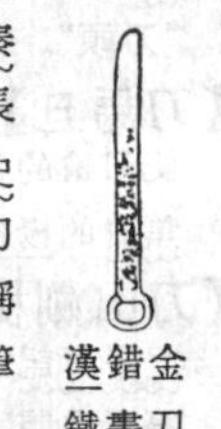
漢錯金鐵書刀

【刀榼】刀鞘。禮少儀"加夫襓與劍焉"唐孔穎達疏引熊安生:"依廣雅,夫襓,木劍衣,謂以木爲劍衣者,若今刀榼云。"

【刀蜜】佛說四十二章經:"佛言財色之於人,譬如小兒貪刀刃之蜜,甜不足一食之美,然有截舌之患也。"本指爲一時小利而甘冒風險。後來比喻因小失大,得不償失。宋范成大石湖集二六雪中聞牆外鬻魚菜者……三絕詩之二:"憂渴焦山業海深,貪渠刀蜜坐成禽。"後有刀頭舔蜜一語,本此。

【刀幣】古錢幣。管子地數:"出銅之山……出鐵之山……戈矛之所發,刀幣之所起也。"

【刀墨】古代的黥刑。國語周上:"有斧鉞、刀墨之民。"注:"刀墨,謂以刀刻其額而墨涅之。"

【刀頭】㊀刀身。對刀柄而說,叫刀頭。唐杜甫杜工部詩十五後出塞五之一:"千金買馬鞍,百金裝刀頭。"㊁刀頭有環,環、還同音,因以刀頭爲"還"的隱語。唐錢起錢考功集三送崔校書從軍詩:"別馬連嘶出御溝,家人幾夜望刀頭。"參見"大刀頭"。

【刀鋸】古代的刑具。刀用於割刑,鋸用於刖刑。國語魯上:"中刑用刀鋸,其次用鑽笮(卽黥刑)。"注:"割劓用刀,斷截用鋸。"受過宫刑的人稱刀鋸之餘或刀鋸餘人。漢書六司馬遷傳報任安書:"奈何令刀鋸之餘薦天下豪儁哉!"史記一〇一袁盎傳:"宦者趙同以數幸,……孝文帝出,趙同參乘,袁盎伏車前曰:'今漢雖乏人,陛下獨奈何與刀鋸餘人載!'"

【刀錐】猶言刀尖,比喻微末的小利。唐陳子昂陳伯玉集一感遇詩之十:"務光讓天下,商賈競刀錐。"也作錐刀。參見"錐刀"。

【刀環】刀頭的環。漢書五四李陵傳:"(任)立政等見陵未得私語,卽目視陵,而數數自循其刀環，握其足，陰諭之，言可還歸漢也。"環、還同音，故以"環"暗示"還"意。文苑英華一九九唐杜頠從軍行："夜聞漢使歸，獨向刀環泣。"也作"刀鐶"。唐高適高常侍集六入昌松東界山行詩："王程應未盡，且莫顧刀鐶。"參見"刀頭"。

【刀馬旦】指京劇中飾演擅長武藝、能使刀槍的旦角。如穆柯寨的穆桂英、打焦贊的楊排風等。參見"武旦"。

【刀山劍樹】佛教所説地獄酷刑之一。太平廣記三八二裴則之引冥報拾遺："至第三重門，入見鑊湯及刀山劍樹。"又作"刀林劍樹"、"刀樹劍山"。見廣弘明集十五南朝梁王僧孺懺悔禮佛文、南齊書高逸傳論。後用來比喻極險惡的境地。

【刀耕火耨】古代山地的農耕方法。舊唐書一一七嚴震傳："梁漢之間，刀耕火耨。"也作"刀耕火種"。宋許觀東齋記事刀耕火種："沅湘間多山，農家惟植粟，且多在岡阜。每欲布種時，則先伐其林木，縱火焚之，俟其成灰，卽布種於其間。如是則所收必倍，蓋史所言刀耕火種也。"也作"火耨刀耕"。唐羅隱甲乙集二別池陽所居詩："黄塵初起此留連，火耨刀耕六七年。"參見"火耕"、"火耕水耨"。

【刀頭燕尾】比喻筆鋒的勁利。宋郭若虛圖畫見聞志三："趙光輔……工畫佛道，兼精蕃馬，筆鋒勁利，名刀頭燕尾。"

刁 diāo ㄉㄧㄠ 都聊切，平，蕭韻，端。

㊀狡詐，故意使人爲難。見"刁難"。㊁見"刁斗"。㊂見"刁騷"。㊃姓。晉有刁協，晉書有傳。

【刁刁】動搖貌。莊子齊物論："厲風濟，則衆竅爲虛，而獨不見之調調之刁刁乎？"

【刁斗】古代行軍用具。史記一〇九李將軍傳："不擊刁斗以自衞。"説法有二：1.集解引孟康："以銅作鐎器，受一斗，晝炊飯食，夜擊持行，名曰刁斗。"2.索隱："刁音貂。案荀悦云：'刁斗，小鈴，如宫中傳夜鈴也。'"唐高適高常侍集五燕歌行："殺氣三時作陣雲，寒聲一夜傳刁斗。"

【刁姦】以欺詐行爲誘引婦女離家。見明律十一禮律一。

【刁黄】貛的别名。格知鏡原八八獸類貛引事物原始："貛，色黄而微黑，尾短毛臭而肉羶，……吴越皆呼刁黄，善爲曲穴而避藏，防人害也。"

【刁厥】勇悍，凶狠。金董解元西廂二："五百來兒郎，一個個刁厥似初下雲端來的驅雷使者。"一作"刁決"。元曲選關漢卿望江亭三："我醜則醜刁決古撇，不由我見官人便心邪。"

【刁頑】姦詐無知。元曲選關漢卿魯齋郎三："誰敢向他行挾細拿粗？逞刁頑全不想他妻我婦。"

【刁騷】稀落。宋歐陽修文忠集十三齋宫尚有殘雪思作學士時攝事于此……有感詩："休把青銅照雙鬢，君謨今已白刁騷。"君謨，蔡襄字。

【刁蹬】爲難，刁難。金董解元西廂三："刁蹬得人來成病體，争如合下休相識。"也作"刁蹬"。元郭畀客杭日記："到省中付文書與選房，以未照元除，又欲刁蹬。"

【刁鑽】狡猾，乖巧。明余翹量江記傳奇遇主："我你平日口嘴溜便，見識刁鑽，不免前去獻策。"

【刁遵誌】也稱刁惠公墓誌。刁遵，刁雍的兒子，北魏刺史。墓誌寫於北魏孝明帝熙平二年，記載刁遵從政的經歷，所記和魏書刁雍傳略同。清雍正間在河北南皮縣出土，其石右下殘缺。包世臣認爲墓誌的字體茂密，疑爲鄭道昭所書。碑文見金石萃篇二八北魏刁遵墓誌。

【刁天決地】大吵大鬧的習語。元曲選王子一誤入桃源三："看不得喬所爲，歹見識，刁天決地。"也作"刁天厥地"。古今雜劇元缺名豫讓吞炭四："這火刁天厥地小敲才，只管把我來哄！哄！哄！"又作"跳天撅地"。元曲選白仁甫牆頭馬上三："小業種把攏門掩上些，道不的跳天撅地十分劣。"

【刁鑽古怪】有機靈、狡猾、奸詐、怪僻等意。紅樓夢二七："他素日眼空心大，是個頭等刁鑽古怪東西。"這裏指居心狡詐。又三七："你看古人中，那裏有那些刁鑽古怪的題目和那極險的韻？"這裏指怪異稀奇。西遊記八九記有兩怪，一名刁鑽古怪，一名古怪刁鑽，是精靈、狡詐的意思。

一畫

刃 rèn ㄖㄣ 而振切，去，震韻，日。

㊀刀鋒，刀口。書費誓："礪乃鋒刃。"㊁刀。如利刃、白刃。莊子秋水："白刃交於前，視死若生者，烈士之勇也。"㊂用刀殺死。史記八三魯仲連傳："與人刃我，寧自刃。"

二畫

切 1. qiē ㄑㄧㄝ 千結切，入，屑韻，清。

㊀用刀分割、斷開。禮內則："切葱若薤，實諸醯以柔之。"㊁見"切磋"。

2. qiè ㄑㄧㄝ

㊂貼近，密合。荀子勸學："詩書故而不切。"注："詩書但論先王故事，而不委曲切近於人。"漢書五三劉輔傳："此其言有卓詭切至當聖心者。"㊃急迫。論語子張："切問而近思。"皇侃疏："切，猶急也。"㊄極力。見"切₂諫"。㊅嚴厲。漢書六八霍光傳："光聞之，切讓王莽。"王莽，光時天水人。㊆責備。後漢書四六陳忠傳："時三府任輕，機事專委尚書，而災眚變咎，輒切免公台。"注："切，責也。"㊇要領。漢書八七上揚雄傳："不能一二其詳，請略舉凡，而客自覽其切焉。"注："切，要也。"㊈切脈。中醫在病者的一定部位進行觸摸按壓的檢查方法。史記一〇五倉公傳："意治病人，必先切其脈乃治之。"㊉以二字切合而成一音。唐以前韻書稱反，宋以後稱切，合稱反切。

3. qì ㄑㄧ

㊀通"砌"。漢書九七下外戚傳孝成趙皇后傳："切皆銅沓黄金塗。"文選漢張平子（衡）西京賦："刊層平堂，設切厓隒。"注："切與砌古字通。"

【切₂切₂】㊀責勉。論語子路："切切偲偲，怡怡如也，可謂士矣。"注："切切偲偲，相切責之貌。怡怡，和順之貌。"漢桓寬鹽鐵論國病："夫辯國家之政事，論執政之得失，何不徐徐道理相喻，何至切切如此乎？"後作爲告誡習語，舊時官府告示的結尾多用之。㊁急迫貌。後漢書二三竇憲傳："而詔書切切，猶以舅氏田宅爲言。"注："切切，猶勤勤也。"㊂形容憂思，深切懷念。南朝梁江淹江文通集一傷愛子賦："心切切而內圮。"唐張九齡曲江集四西江夜行詩："悠悠天宇曠，切切故鄉情。"㊃像聲詞。1.形容風聲的蕭瑟。南齊謝朓謝宣城集三宣城郡內登望詩："切切陰風暮，桑柘起寒烟。"2.形容聲音輕微。唐韓愈順宗實録五永貞元年："（王叔文）日引其黨屏人切切私語。"白居易長慶集十二琵琶引："大絃嘈嘈如急雨，小絃切切如私語。"

【切₂中】確當。文選晉干令升（寶）晉紀論晉武帝革命注引何法盛晉書："（干寶）撰晉紀，起宣帝迄愍，五十三年，評論切中，咸稱善之。"

【切玉】割玉。形容刀劍極其鋒利。列

子湯問："周穆王大征西戎，西戎獻錕鋙之劍，……用之切玉如切泥焉。"藝文類聚四六北魏溫子昇爲安豐王延明讓國子祭酒表："臣聞寶劍未砥，猶乏切玉之功；美箭闕羽，尚無衝石之勢。"

【切$_3$末】即砌末，戲劇的道具。詳"砌末"。

【切$_2$忌】告誡用語，意思是一定要避免。宋戴復古石屏詩集七論詩十絕："須教自我胸中出，切忌隨人脚後行。"

【切$_2$身】㊀關係到本身。晏子春秋雜上："不免凍餓之切吾身，是以爲僕也。"宋朱熹朱文公集五十答程正思書："朝夕點檢，是切身之急務。"㊁翻譯佛經時，有梵音而無相當的漢字，卽用二字聚作一體，叫作切身。卽古人所說的自反。參閱清顧炎武音論下南北朝反語。

【切$_2$促】迫促。後漢書六五張奐傳："而州期切促，郡縣惶懼，屏營延企，側待歸命。"

【切$_2$音】以兩字拼切成一音。詳"反切"。

【切$_2$祝】舊時書信中囑人的敬語。宋蘇軾東坡集續集六與知縣書："兒子遂獲託庇，知幸，魯鈍多不及事，惟痛與督勵也。切祝切祝。"

【切$_2$骨】深入於骨。南朝梁蕭統昭明太子集三錦帶書十二月啟黃鍾十一月："酌醇酒而據切骨之寒，温獸炭而袪透心之冷。"唐白居易長慶集十九酬嚴十八郎中見示詩："夜酌滿容花色煖，秋吟切骨玉聲寒。"

【切$_2$峻】嚴厲。文選晉李令伯(密)陳情表："詔書切峻，責臣逋慢。郡縣逼迫，催臣上道；州司臨門，急於星火。"

【切$_2$脈】中醫診脈。史記一〇五扁鵲倉公傳："越人之爲方也，不待切脈、望色、聽聲、寫形，言病之所在。"素問五脈要精微論："切脈動靜，而視精明。"

【切$_2$倚】耳鬢廝磨，相爲偎依。形容十分親昵。呂氏春秋先識："中山之俗，以晝爲夜，以夜繼日，男女切倚，固無休息。"淮南子齊俗、說苑權謀作"切踦"。

【切$_2$責】嚴詞譴責。漢書溝洫志："御史大夫尹忠對方略疏闊，上切責之。"

【切$_2$脚】也叫切脚語，卽運用切音的原理，用反切上下字代替本字，如以"勃籠"代"篷"、以"勃盧"代"蒲"、以"卽零"代"精"之類。宋徽宗宮詞："曲裏字難相借問，隨時切脚注花牋。"參閱宋洪邁容齋三筆十六切脚語。參見"反切"。

【切偲】論語子路"朋友切切偲偲"，是指切磋勉勵的意思。省略作"切偲"。宋呂南公灌園集十與傅公濟書："聊申惓言，以備切偲，聽之怒之，唯命而已。"

【切$_2$雲】上與雲齊，形容極高。楚辭屈原九章涉江："冠切雲之崔嵬。"注："戴崔嵬之冠，其高切青雲也。"唐李商隱李義山詩集三昭肅皇帝挽歌辭之一："玉律朝驚露，金莖夜切雲。"

【切磋】詩衛風淇奧："如切如磋，如琢如磨。"古時把骨器加工稱切，象牙加工稱磋，玉的加工稱琢，石的加工稱磨。後用以比喻相互間的研討。三國志蜀霍峻傳："(劉)璿好騎射，出入無度。(霍)弋援引古義，盡言規諫，甚得切磋之體。"磋，也作"瑳"。荀子天論："則日切瑳而不舍也。"

【切$_2$膚】猶言切身。元虞集道園學古錄十四淮陽獻武王廟堂之碑："邃深蔽虧，羣讒切膚。"

【切$_2$齒】咬緊牙齒，表示極端痛恨。韓非子守道："人主甘服於玉堂之中，而無瞋目切齒之患。"戰國策燕三："樊於期偏袒扼腕而進曰：'此臣日夜切齒拊心也。'"

【切$_2$諫】直言極諫。史記一一二主父偃傳："臣聞明主不惡切諫以博觀，忠臣不敢避重誅以直諫。"

【切$_2$韻】韻書名。按反切的發聲分音，收聲分韻，故稱切韻。隋陸法言認爲呂静等六家韻書，意見不同，各有錯誤，因與劉臻顏之推等撰切韻五卷，分平聲五十七韻，上聲五十五韻，去聲六十韻，入聲三十四韻，合計二百零六韻。因平聲字多，分兩卷，上、去、入各爲一卷。是研究中古漢語語音的重要資料。唐長孫訥言作注。後來唐孫愐的唐韻，宋陳彭年等重修的廣韻，都以此爲據。原書已佚，敦煌有唐寫殘本三種，互相補足，平上去三聲大致齊全，約爲原書的四分之三。

【切劘】猶言琢磨、切磋。宋王安石臨川集七二與王深父書："自與足下別，日思規箴切劘之補，甚於飢渴。"

【切$_2$響】重濁的字音。古人寫詩講求字音的輕重、清濁，以求音節和諧。宋書謝靈運傳論："欲使宮羽相變，低昂互節，若前有浮聲，則後須切響。"互，文選作"舛"。

【切$_2$韻指掌圖】舊題宋司馬光撰。據宋孫觀內簡尺牘三切韻類例序，爲楊中修所作。共有圖二卷，附檢例一卷，爲元邵光祖所補正。今本從永樂大典輯出，其書以三十六字母，按清濁分爲二十圖，名爲切韻，實卽等韻。是今天能見到的最早的一本等韻書。

刅 chuāng ㄔㄨㄤ

"創"的本字。詳"創"。

分

1. fēn 府文切，平，文韻，非。ㄈㄣ

㊀分開，與"合"相對。左傳文十六年："分爲二隊。"㊁離開。莊子漁父："嗚呼！遠哉，其分於道也。"㊂分配。左傳哀元年："在軍，熟食者分，而後敢食。"㊃辨別。論語微子："四體不勤，五穀不分，孰爲夫子？"㊄一半。公羊傳莊四年："師喪分焉。"注："分，半也。師喪亡其半。"孫臏兵法陳忌問壘："壘上弩戟分。"意爲壘上弩兵、戟兵各占一半。㊅節候名。春分，秋分。左傳昭十七年："日過分(春分)而未至(夏至)。"㊆量詞。長度，尺的百分之一；重量，兩的十分之一；土地面積，畝的十分之一；角度單位，度的六十分之一；時間，一小時的六十分之一；貨幣，圓的百分之一。

2. fèn 扶問切，去，問韻，奉。ㄈㄣ

㊇全數的一部分。警世通言趙太祖千里送京娘："將賊人車輛財帛，打開分作三分。"㊈職分，名分。荀子王制："分均則不偏。"注："分均謂貴賤敵也。"㊉素質。如天分。三國魏劉邵人物志八英雄："夫聰明者英之分也，不得雄之膽，則說不行；膽者雄之分也，不得英之智，則事不立。"⑪料想，甘願。漢書五四李廣蘇建傳："自分已死久矣。"⑫情誼。文選三國魏曹子建(植)贈白馬王彪詩："恩愛苟不虧，在遠分日親。"

【分土】㊀分封土地。書武成："列爵惟五，分土惟三。"㊁各所統治的地區。三國志吳孫權傳："各守分土，無相侵犯。"

【分寸】㊀比喻微小。史記六九蘇秦傳："臣，東周之鄙人也，無有分寸之功。"㊁本爲度量的單位，借以表示標準的意思。唐張彥遠法書要錄六竇息述書賦下："明齊短長，闇結分寸。"後指說話或作事的恰如其分。紅樓夢二一："姊妹們和氣，也有個分寸，也沒有黑夜白日鬧的。"

【分$_2$子】共同送禮時每人所分攤的錢。明湯顯祖牡丹亭袐議："便是杜老爺去後，謊了一府州縣士民等許多分子，起了箇生祠。"

【分日】春分。唐王維王右丞集五寒日城東卽事詩："少年分日作遨遊，不用清明兼上巳。"

【分水】縣名。今屬浙江桐廬縣。唐武德四年置縣，以桐廬水至此中分而名。如意元年因縣內有盛武山改名爲盛武。神龍元年又改爲分水。參閱元和郡縣志二五睦州、太平寰宇記九五睦州。

【分手】別離。文選南朝宋謝宣遠（瞻）王撫軍庾西陽集別時爲豫章太守庾被徵還東詩："分手東城闉，發櫂西江隩。"

【分功】分擔工作。史記七六平原君傳："今君誠能令夫人以下編於士卒之間，分功而作，……士方其危苦之時，易德耳。"

【分甘】㊀分享歡樂。三國志吳陸瑁傳："陳國陳融、陳留濮陽逸、沛郡蔣纂、廣陵袁迪等，皆單貧有志，就瑁遊處，瑁割少分甘，與同豐約。"㊁後漢書五四楊震傳注引孝經援神契："母之於子也，鞠養殷勤，推燥居溼，絶少分甘也。"後用來指父母對兒女的慈愛。宋黄庭堅豫章集三贛上食蓮有感詩："蓮實大如指，分甘念母慈。"

【分司】㊀分別執掌，各司其事。文選南齊王元長（融）永明十一年策秀才文："然後沿才授職，揆務分司。"㊁唐代建都於長安，以洛陽爲東都。分設在東都的中央官員稱分司，如御史臺侍御史六人，其一人分司東都臺，稱分司御史。唐杜牧樊川文集別集兵部尚書席上作詩："華堂今日綺筵開，誰召分司御史來？"宋制略同。見宋徐度却掃編上。

【分另】分家。分，分産。另，另住。元曲選缺名神奴兒一："二嫂，你堅心要分另，我和哥哥是一母所生的親弟兄，怎麽開口？"

【分田】㊀分取田地産物。漢書食貨志上："而豪民侵陵，分田劫假。"注："分田，謂貧者無田，而取富人田耕種，共分其所收也。"㊁農民革命時期，革命政權依法没收地主的土地，分給無地少地的農民。太平天国天朝田畝制度："凡分田照人口，不論男婦。"

【分$_2$外】㊀本分以外。三國志魏程昱傳："上不責非職之功，下不務分外之賞。"㊁格外，特別。宋蘇軾蘇文忠詩合注十二平山堂次王居卿祠部韻："酒如人面天然白，山向吾曹分外青。"

【分付】㊀分別付給。漢書九二原涉傳："削牘爲疏，具記衣被棺木，下至飯含之物，分付諸客。"本指多人，故稱分付。後來雖只給一人，也用"分付"。唐白居易長慶集六三題文集櫃詩："只應分付女，留與外孫傳。"㊁囑託。同"吩咐"。警世通言玉堂春落難尋夫："分付家人到張先生家看了良辰。"

【分白】分明，分辨。韓非子制分："是以賞罰擾亂，邦道差誤，刑賞之不分白也。"

【分宅】春秋魯郈成子與衛穀臣相友好。穀臣死後，成子將其家眷接來，隔宅而居。見孔叢子陳士義。後來以分宅指朋友間不負生死之義。文選南朝梁劉孝標（峻）廣絶交論："曾無羊舌下泣之仁，寧慕郈成分宅之德。"

【分至】指春分、秋分，冬至、夏至。左傳僖五年："凡分、至、啟、閉，必書雲物。"注："分，春、秋分也。至，冬、夏至也。啟，立春、立夏。閉，立秋、立冬。"漢書律曆志上："時所以記啟閉也，月所以紀分至也。"

【分光】㊀分享人家的燭光。史記七一甘茂傳："臣聞貧人女與富人女會績，貧人女曰：'我無以買燭，而子之燭光幸有餘，子可分我餘光，無損子明，而得一斯便焉。'"㊁指極短的時光。南朝宋鮑照鮑氏集二觀漏賦："撫寸心而未改，指分光而永違。"

【分別】㊀分析，辨別。荀子王制："兩者分別，則賢不肖不雜，是非不亂。"㊁差別。世説新語容止："王夷甫（衍）……恆捉白玉柄麈尾，與手都無分別。"㊂離別。宋書南郡王義宣傳："常日非苦，今日分別始是苦。"

【分身】宋陶穀清異録一官志分身將："梁將葛從周忠義驍勇，每臨陣，東西南北忽焉如神，晉人稱爲分身將。"後稱事繁不能兼顧爲不能分身。

【分巡】分道出巡。新唐書玄宗紀開元十一年："遣使分巡天下。"清時巡道也稱分巡道，代表巡撫分巡其地。每省設三至五人，最多有到八人的。見清文獻通考七九職官三。

【分宜】縣名。屬江西省。宋雍熙元年，劃出宜春等十一個鄉置縣，故名分宜。見太平寰宇記一〇九袁州。

【分析】㊀判別，區分。漢書八八孔安國傳："世所傳百兩篇者出東萊張霸，分析合二十九篇，以爲數十。"㊁離別。文選晉劉越石（琨）答盧諶詩一首并書："但分析之日，不能不悵悵耳。"

【分歧】㊀相別。魏書南安王楨傳："然今者之集，雖曰分歧，實爲曲宴。"㊁分枝。藝文類聚二南朝陳陰鏗閑居對雨詩："嘉禾方合穎，秀麥已分歧。"

【分明】㊀明確，明瞭。韓非子守道："法分明，則賢不得奪不肖，强不得侵弱，衆不得暴寡。"㊁明明是，明明白白地。初學記二三南朝梁武帝游仙詩："委曲鳳臺日，分明栢寢事。"唐杜甫杜工部草堂詩箋二九歷歷詩："歷歷開元事，分明在眼前。"

【分肥】分贓。清會典事例二三一户部鹽法禁例雍正六年："如有將私鹽入己，或與各役分肥，不行據實詳報，……即將該管官弁，指名題參，計贓治罪。"

【分派】梁書張率傳舞馬賦："澧伊川而分派，引激水以回池。"宋史食貨志上一農田："宜决浦故道，俾水勢分派流暢。"都是指河流分道流洩。後也稱分配、攤派爲分派。

【分首】別離。玉臺新詠十南朝梁沈約襄陽白銅鞮詩："分首桃林岸，送別峴山頭。"

【分封】分地以封諸侯。史記夏紀："禹爲姒姓，其後分封，用國爲姓。"

【分茅】古代分封諸侯時，用白茅裹着泥土授予被封者，象徵授予土地和權力，稱爲授茅土。見書禹貢"厥貢惟土五色"疏引漢蔡邕獨斷。後來即稱分封王侯爲分茅。晉書八王傳論："分茅錫瑞，道光恆典。"參見"茅土"。

【分飛】玉臺新詠九古詞東飛伯勞歌有"東飛伯勞西飛燕"句，後因稱離別爲分飛。也叫"勞燕分飛"。北周庾信庾子山集十五故周大將軍趙公墓銘："秦川直望，隴水分飛。"唐李白李太白詩十三憶舊遊寄譙郡元參軍："星離雨散不終朝，分飛楚關山水遥。"

【分背】㊀相背而立。莊子馬蹄："喜則交頸相靡，怒則分背相踶。"㊁分別，異道而行。史記一〇一袁盎傳："司馬與分背，袁盎解節毛懷之。"宋書郭世道傳："嘗與人共於山陰市貨物，誤得一千錢，當時不覺，分背方悟。"

【分星】見"分野"。

【分界】㊀界限。荀子禮論："人生而有欲，欲而不得，則不能無求，求而無度量分界，則不能不爭。"㊁劃分疆界。魏書序紀："自杏城以北八十里迄長城原，夾道立碣，與晉分界。"

【分香】唐杜牧樊川文集一杜秋娘詩："咸池昇日慶，銅雀分香悲。"詳"分香賣履"。

【分袂】離別。文選南朝宋謝惠連西陵遇風獻康樂詩："飲餞野亭館，分袂澄湖陰。"

【分配】分給，分攤。後漢書光武帝紀更始二年："悉將降人分配諸將。"舊唐書一四九歸崇敬傳："五人帶列於月令，分配五時。」

【分索】離散。文選晉陸士衡(機)答賈長淵詩:"分索則易,攜手實難。"注:"鄭玄禮記注曰:'索,散也。'"

【分茶】㊀宋人沿用唐人舊習,煎茶用薑鹽,分茶則不用薑鹽。宋楊萬里誠齋集二澹菴坐上觀顯上人分茶詩:"分茶何似煎茶好,煎茶不似分茶巧。"㊁見"分茶店"。

【分校】分任校勘。唐權德輿權載之文集三五崔衞二侍郎詩集序:"初二賢皆以秀造,分校祕府宏文之書。"科舉時校閱試卷的各房官,也稱分校。

【分書】㊀書體名,卽八分。詳"八分㊀"。㊁子孫分析祖先遺產時所立的契據。見清平步青釋諺分支分書。

【分陝】相傳周初周公召公分陝而治,周公治陝以東,召公治陝以西。陝卽今陝西陝縣。見公羊傳隱五年。後來封建王朝的中央官員出任地方長官,也稱分陝。晉陶潛陶淵明集五晉故征西大將軍長史孟府君傳:"太尉潁川庾亮以帝舅民望,受分陝之重,鎭武昌。"宋書武帝紀中司馬休之自陳表:"自以才弱位隆,不宜久荷分陝。"

【分娩】生孩子。字本作"挽"。說文解字:"挽,生子免身也。"後通作"娩"。南朝梁武帝纂要:"齊人謂生子曰娩。"宋孟元老東京夢華錄五育子:"就蓐分娩訖,人争送粟米炭醋之類。"

【分曹】㊀曹,成對。分曹,猶言分隊、分批。楚辭宋玉招魂:"分曹並進。"史記平準書:"乃分遣御史廷尉正監分曹往。"索隱引如淳:"曹,輩也。謂分曹輩而出爲使也。"㊁官署分部治事,猶後之分司分科。後漢書百官志三尚書:"成帝初,置尚書四人,分爲四曹。"四曹爲常侍、二千石、民、客。

【分張】㊀分布。文選晉鍾士季(會)檄蜀文:"而巴蜀一州之衆,分張守備,難以禦天下之師。"㊁别離。宋書武三王傳劉義恭:"今既分張,言集未日。"北齊顏之推顏氏家訓風操:"我年已老,與汝分張,甚心惻愴。"

【分陰】極短的時間。初學記一王隱晉書:"(陶侃)常語人曰:'大禹聖人,乃惜寸陰,至於衆人,當惜分陰。'"又見晉書陶侃傳。

【分野】古天文學說,把十二星辰的位置跟地上州、國的位置相對應,如以鶉火對應周,鶉尾對應楚等。就天文說,稱分星;就地上說,稱分野。見周禮春官保章氏"封域皆有分星"漢鄭玄注。國語周下:"歲之所在,則我有周之分野也。"史記天官書以二十八宿配十二州,漢書地理志下則用以配戰國時地域名。古人迷信,還常以天象的變異來比附州國的吉凶。

【分符】卽剖符。分一半符節給功臣作爲信物。唐杜甫杜工部草堂詩箋三七潭州送韋員外迢牧韶州:"分符先令望,同舍有光輝。"參見"剖符"。

【分₂減】拿出自己分内的一部分東西分給他人。東觀漢記十五孔奮傳:"奮篤於骨肉,弟奇在雒陽爲諸生,……每有所食甘美,輒分減以遺奇。"唐杜甫杜工部草堂詩箋三十秋野之一:"盤飧老夫食,分減及溪魚。"參閱清錢大昕十駕齋養新錄十六分減。

【分訴】分辯訴說。宋晁補之琴趣外篇四惜奴嬌詞:"漁火煙村,但觸目傷離緒,此情向阿誰分訴!"

【分荆】比喻兄弟分家。詳"三荆㊀"。

【分裂】分割。史記項羽紀贊:"分裂天下而封王侯。"漢書一〇〇上敍傳答賓戲:"於是七雄虓闞,分裂諸夏。"

【分疏】辯解。北齊書祖珽傳:"帝令引入。……珽自分疏,並云與元海素相嫌,必是元海譖臣。"

【分番】輪流,輪班。南齊書徐孝嗣傳立屯田表:"州郡縣戍主帥以下悉分番附農。"梁書昌義之傳:"(元)英與(楊)大眼躬自督戰,晝夜苦戰,分番相代,墜而復升,莫有退者。"

【分煙】分别開伙。藝文類聚八十引魯連子:"竈五突,分煙者衆也。"宋蘇軾東坡集奏議集十四乞增修弓箭社條約狀二首:"事如本地分内人户分煙析生,卽各據户眼定差。"

【分歲】舊俗農曆除夕守歲,至半夜,叫分歲。意思是舊歲已盡,新歲開始。晉周處風土記歲時:"除夜祭先竣事,長幼聚飲祝頌而散,謂之分歲。"宋范成大石湖集三十分歲詞:"禮成廢徹夜未艾,飲福之餘卽分歲。"

【分寧】縣名。唐貞元十六年分武寧縣西界,置分寧縣。見元和郡縣志二八洪州分寧縣。元改爲寧州。地在今江西修水縣。

【分說】辯白。水滸十六:"若誤了大事時,楊志那其間如何分說?"

【分₂際】㊀猶言界限。分,事物的本身。際,事物之間的關係。史記一二一儒林傳序:"明天人分際,通古今之義。"㊁猶言不可開交。水滸十二:"兩個又鬬了十數合,正鬬到分際,只見山高處叫道:'兩位好漢,不要鬬了。'"

【分銖】㊀分、銖都是較小的計量單位,比喻極其微小。漢王充論衡變動:"以七尺之細形,感皇天之大氣,其無分銖之驗,必也。"㊁古代弓上測定發箭遠近的標誌。文選晉潘安仁(岳)射雉賦:"於是算分銖,商遠邇。"注:"分銖,弩牙後刻畫定矢所至遠近之處也。"

【分龍】夏季降雨的現象。兩地相隔很近,一晴一雨,迷信說是龍所造成的。宋陸佃埤雅釋天:"今俗五月謂之分龍雨,曰隔轍,言夏雨多暴至,龍各有分域,雨暘往往隔一轍而異也。"參閱宋葉夢得避暑錄話下、陳元靚歲時廣記二引圖經。

【分燈】就他人燈火分其餘光。元詩選郭鈺静思集江路:"炊煙晨滅米,乞火夜分燈。"

【分曉】㊀天快亮時。卽拂曉。文苑英華一三八樊晦燕巢賦:"霽光分曉,出虛竇以雙飛。"㊁清晰,明白。宋趙希鵠洞天清祿集古鐘鼎彝器辨:"故古器款必細如髮,而勻整分曉,無纖毫模糊。"宋陳文蔚陳克齋集一答徐子融書:"文蔚雖以來教次第求之,終見名義不曾分曉。"

【分器】古代天子把宗廟所藏的寶器,分給諸侯世代保存,叫做分器。春秋定九年"得寶玉大弓"晉杜預注:"弓玉,國之分器,得之足以爲榮,失之足以爲辱。"

【分謗】同受别人非難指責,分擔責任。左傳宣十二年:"隨季曰:'楚師方壯,若萃於我,吾師必盡,不如收而去之,分謗生民,不亦可乎?'"注:"同奔爲分謗,不戰爲生民。"

【分豁】開脱,疏通。清孔尚任桃花扇十二辭院:"全虧史公一力分豁。"

【分隸】㊀八分書和隸書。宋洪适隸釋十安平相孫根碑:"今之言漢字者則謂之隸,言唐字者則謂之分,殆不知在秦漢時分隸已兼有之。"參見"八分㊀"、"隸書"。㊁分别隸屬。宋史三六二呂頤浩傳:"招降趙延壽于分寧,得其精鋭五千,分隸諸將。"

【分職】分掌各自的職務。書周官:"六卿分職。"傳:"治其所分之職。"

【分題】舊時詩人聚會分探題目而賦詩,叫分題,也叫探題。宋嚴羽滄浪詩話詩體:"有分題。"自注:"古人分題,或各賦一物,如云送某人分題得某物也。或曰探題。"

【分韻】數人相約賦詩,選定數字爲韻

由各人分拈，並依所拈的韻賦成詩句。唐白居易長慶集二十花樓望雪命宴賦詩："素壁聯題分韻句，紅爐巡飲暖寒盃。"

【分襟】別離。唐駱賓王集四秋日別侯四詩："歧路分襟易，風雲促膝難。"

【分藩】古代帝王把子弟分封各地，作爲王朝的屏藩。後來因稱官吏出守地方爲分藩。樵川二家詩四元黄鎭成秋聲集投贈鄭守光遠三十韻："累洽開皇極，分藩重守臣。"

【分獻】古人祭祀時向附屬的祭祀對象分行獻爵獻帛的禮儀。詳"正獻"。

【分攜】離別。意同"分首"、"分袂"、"分襟"。宋王之道相山集三書懷示周少隱右司詩："分攜十四載，復此見顏色。"吳文英夢窗詞乙稿風入松春晚感懷："樓前綠暗分攜路，一絲柳，一寸柔情。"

【分鑣】猶言分道。南朝梁昭明太子文選序："各體互興，分鑣並驅。"參見"分路揚鑣"。

【分支帳】北魏尚書左丞盧同爲了防止別人竊冒軍功，議定由行臺對有功者發券爲證，券分二支，一支授給立功者，一支送京存檔。見魏書同傳。後來借以表示物件的分散。唐韓愈昌黎集五寄崔二十六立之詩："異月期對舉，當如合分支。"宋人也把分家的契據稱爲分支帳。見韓詩注及資治通鑑一四八梁天監十六年注。

【分夜鐘】半夜鐘。宋彭乘續墨客揮犀："余後過姑蘇，宿一院，夜半偶聞鐘聲，因問寺僧，皆曰：'固有分夜鐘，曷足怪乎！'尋聞他寺皆鳴。"參見"半夜鐘"。

【分門書】卽類書。唐開元末，劉秩採經史百家之言和周禮六官職守，撰分門書三十五卷，名爲政典。大曆時，杜佑又加上開元禮樂書，編成通典二百卷。見舊唐書一四七杜佑傳。

【分茅嶺】卽十萬大山。在廣西東興各族自治縣西。相傳是東漢馬援立銅柱的地方，一說是唐馬總所立。山頂產茅，草頭南北異向，因此得名。見廣東通志一一〇山川引宋王象之輿地紀勝。

【分茶店】宋時出售下酒物的小食店，也叫分茶酒店。見宋孟元老東京夢華錄二宣德樓前省府宮宇、又四食店，吳自牧夢粱錄十六分茶酒店、麪食店。

【分甘共苦】卽"同甘共苦"。晉書應詹傳："初京兆韋泓，……客遊洛陽，素聞詹名，遂依託之；詹與分甘共苦，情若弟兄。"

【分甘餘話】清王士禎撰，四卷，是他七十歲退居鄉里後所作。內容大部分雜記瑣聞故事，其中也有些考辨。晉書王羲之傳與謝萬書有"修植桑果，今盛敷榮，率諸子，抱弱孫，游觀其間，有一味之甘，割而分之，以娛目前"等語，書名卽取此意。

【分別部居】分類排列。急就篇一："羅列諸物名姓字，分別部居不雜廁。"急就篇分姓名、飲食、衣服等部。漢許愼說文解字敍："分別部居，不相雜廁也。"說文解字共分五百四十部，每部各有一個部首，使每個字都有所屬。

【分我桮羹】秦末楚漢相爭，劉邦的父親被項羽俘獲。後來兩軍相持不下，項羽派人威脅劉邦說："今不急下，我烹太公。"劉邦回答說："吾翁卽若翁，必欲烹而翁，則幸分我一桮羹。"見史記項羽紀。後來稱從別人那裏分享一分利益爲分我桮羹。桮，同"杯"。

【分茅胙土】分封諸侯。胙，賜予。詳"分茅"、"茅土"。

【分香賣履】漢曹操遺令："餘香可分與諸夫人。諸舍中無所爲，學作組履賣也。"諸舍中，指衆妾。見文選晉陸士衡（機）弔魏武帝文序引。後來用分香賣履指人臨死時捨不得丟下妻子兒女。宋李清照金石錄後序："（趙明誠）取筆作詩，絕筆而終，殊無分香賣履之態。"

【分庭伉禮】以平等的禮節相見。古代禮節，主人的位置在東，客在西，客人與主人相見時，站在庭院的西邊向東與主人相對施禮，故稱分庭抗禮。莊子漁父："萬乘之主，千乘之君，見夫子未嘗不分庭伉禮。"伉，也作"抗"。史記一二九貨殖傳："（子貢）所至，國君無不分庭與之抗禮。"後來用以比喻地位平等。南朝陳姚最續畫品序："至如長康（顧愷之）之美，擅高往册，……分庭抗禮，未見其人。"

【分崩離析】渙散，瓦解。論語季氏："遠人不服而不能來也，邦分崩離析而不能守也。"注："民有異心曰分，欲去曰崩，不可會聚曰離析。"

【分釵斷帶】比喻夫婦的生離死別。也作"分釵破鏡"。藝文類聚三二南朝梁陸罩閨怨詩："自憐斷帶日，偏恨分釵時。"

【分路揚鑣】㊀分道而行。鑣，馬勒子。揚鑣，驅馬前進。魏書河間公齊傳："子志……與御史中尉李彪爭路，俱入見，面陳得失。……高祖曰：'洛陽我之豐沛，自應分路揚鑣。自今以後，可分路而行。'及出，與彪折尺量道，各取其半。"後來常用來比喻志趣不同，各走各的路。㊁比喻才力匹敵，各有千秋。南史裴松之傳附裴子野："蘭陵蕭琛言其評論，可與過秦王命分路揚鑣。"過秦論，西漢賈誼作；王命論，東漢班彪作。

【分隸偶存】清萬經撰。二卷。取書斷書譜隸釋等書合編而成。上卷六篇：作書法、分隸書法、論分隸、論隸分楷所由起、論漢唐分類同異和漢魏碑考；下卷列古今分隸書人，自秦程邈至明末馬如玉，共三百十二人，各附小傳。書成未刊，其孫緜前爲之校刊。

【分類字錦】清康熙六十年命何焯陳鵬年等撰。六十四卷。分四十門，六百零一類。每類下又分成對、備用，由兩字到四字，採掇成語，並分別注明原書出處，專供作詩文的人修飾辭章之用。

刈 yì ㄧ 魚肺切，去，廢韻，疑。

㊀割取。詩周南葛覃："是刈是濩。"引申爲剷除、斬殺。大戴禮用兵："以刈百姓。"㊁農具，鐮刀之類。國語齊："時雨既至，挾其槍、刈、耨、鎛，以旦暮從事於田野。"注："刈，鐮也。"又見管子小匡。

【刈鉤】鐮刀之類。方言五："刈鉤，江淮陳楚之間謂之鉊，或謂之鐹，自關而西或謂之鉤，或謂之鎌，或謂之鍥。"

三畫

刊 kān ㄎㄢ 苦寒切，平，寒韻，溪。

㊀砍斫，削除。書益稷："隨山刊木。"禮雜記上："畢用桑，長三尺，刊其柄與末。"不能削除磨滅，則曰不刊。參見"不刊"。㊁雕刻。後漢武都太守耿勳碑："刊勒斯石，表示無窮。"（隸續十一）㊂改定。晉杜預春秋左氏傳集解序："其教之所存，文之所害，則刊而正之，以示勸戒。"

【刊正】校正謬誤。後漢書九四盧植傳："庶裁定聖典，刊正碑文。"

【刊石】刻在石上。文選漢班孟堅（固）封燕然山銘："乃遂封山刊石，昭銘盛德。"

【刊行】書稿刻版發行。宋朱熹朱文公文集五三答胡季隨書："南軒文集方編得略就，便可刊行。"南軒，呂祖謙字。

【刊定】訂正以爲定本。文選漢楊德祖（脩）答臨淄侯牋："猥受顧錫，教使刊定。"三國志蜀向朗傳："年踰八十，猶手自校書，刊定謬誤。"

【刊刻】刻石。文選南朝梁任彥昇（昉）

爲范始興作求立太宰碑表："君長一城，亦盡刊刻之美。"雕版印行也稱刊刻。宋史二八一畢士安傳："真宗然之，遂命刊刻。"

【刊板】雕板印行。宋洪邁容齋詩話三："乾道二年，歷陽陸同爲望江令，得其(唐麴信陵)詩於汝陰王廉清，爲刊板而置之郡庫。"板，通"版"。也作刊版。參見"雕板"。

【刊章】後漢書六七黨錮傳序："靈帝詔刊章捕儉等。"注："刊，削。不欲宣露並名，故削除之而直捕儉等。"儉，張儉。並，告發人朱並。

【刊落】刪除繁瑣蕪雜的文字。後漢書七〇班彪傳上："一人之精，文重思煩，故其書刊落不盡，尚有盈辭，多不齊一。"新唐書一七六韓愈傳贊："刊落陳言，橫騖別驅。"

【刊頌】刻石立碑，歌功頌德。東漢王充論衡實知："始皇三十七年十月癸丑出游，……乃西百二十里，從陜中度，上會稽，祭大禹，立石刊頌，望於南海。"史記秦始皇紀"陜中"作"狹中"。

【刊誤】㊀訂正書中的疑誤。宋史藝文志有余靖漢書刊誤三十卷、劉攽漢書刊誤四卷、吳仁傑兩漢刊誤補遺十卷，都是對顏師古注文的訂正。參閱清錢大昕潛研堂文集二四漢書正誤序。後來書籍附在書後的刊誤(也作勘誤)，一般只是校正文字的脫誤。㊁書名。唐李涪撰。二卷。自序說共五十一篇，今佚一篇。內容以考訂典章制度爲主，並論唐志的得失；下卷兼及雜說，也多考證舊文。

【刊薙】割除，斬伐。南朝梁江淹江文通集七蕭驃騎築新亭壘埋枯骸教："深松茂草，或致刊薙。"

【刊謬】改正文字的錯誤。晉書齊王攸傳："就人借書，必手刊其謬，然後反之。"

刌 cǔn 倉本切，上，混韻，清。ㄘㄨㄣˇ

㊀切斷。儀禮特牲饋食禮："刌肺三。"㊁調節。漢書元帝紀贊："自度曲，被歌聲，分刌節度，窮極幼眇。"注："韋昭曰：刌，切也，謂能分切句絕，謂之節制也。"

四畫

刑 xíng 户經切，平，青韻，匣。ㄒㄧㄥˊ

按刑法之刑本作"荆"，與刑殺等義本作"刑"者異，今合爲一，通作"刑"。㊀處罰的總稱。書大禹謨："刑期于無刑。"㊁割，殺。戰國策魏一："刑白馬以盟於洹水之上。"呂氏春秋順說："隳人之城郭，刑人之父子也。"㊂法，典範。詩大雅蕩："雖無老成人，尚有典刑。"左傳隱十一年："許無刑而伐之，服而舍之。"今通作"型"。㊃效法。禮禮運："刑仁講讓，示民有常。"㊄成就。禮學記："教之不刑，其此之由乎？"注："刑，成也。"㊅治理。周禮秋官序官："乃立秋官司寇，使帥其屬而掌邦禁，以佐王刑邦國。"㊆鑄造器物的模範。通"型"。荀子彊國："刑范正，金錫美，工冶巧，火齊得，剖刑而莫邪已。"莫邪，古代的寶劍。㊇盛羹的器皿。通"鉶"。史記太史公自序："啜土刑。"

【刑人】㊀加刑於人。易蒙："利用刑人。"疏："故利用刑戮于人。"禮王制："刑人于市，與衆棄之。"㊁受刑的人。禮曲禮上："刑人不在君側。"疏："彼刑殘者，不得令近君。"後多指宦官。

【刑于】刑，指禮法。用禮法對待別人。詩大雅思齊："刑于寡妻，至于兄弟，以御于家邦。"寡妻，嫡妻。刑於寡妻，意思是對妻子要以禮相待。後稱夫婦關係和睦爲刑于之化，本此。

【刑天】神話傳說中的人物。也作形夭。山海經海外西經："刑天與帝爭神，帝斷其首，葬之常羊之山。乃以乳爲目，以臍爲口，操干戚以舞。"晉陶潛陶淵明集四讀山海經詩："刑天舞干戚，猛志固常在。"卽詠此事。

【刑史】古代刑官屬下掌管刑書的小吏。國語晉七："無乃不堪君訓，而陷於大戮，以煩刑史。"注："刑，刑官，司寇。史，太史，掌書法。"參閱清王引之經義述聞二一刑史。

【刑臣】古代受過宮刑的人叫奄人，故稱奄人爲刑臣。卽後來的太監。左傳僖二四年："行者甚衆，豈唯刑臣？"史記晉世家作"刑餘之人"。

【刑名】㊀戰國時法家的一派，卽刑名之學。以申不害爲代表。強調循名責實，以強化上下關係，鞏固地主階級政權的統治。史記六三老莊申韓傳："申子之學，本於黃老，而主刑名。"漢書元帝紀"以刑名繩下"注引漢劉向別錄："申子學號刑名。"韓非也尚刑名之學，見韓非子二柄、史記秦始皇紀。刑，通"形"，故刑名也作"形名"。㊁刑法的名稱。古代刑制往往以統治者的喜怒而任意增減。三國魏制新律，將舊律散置於正律中；將刑法名稱移於律首，作刑名篇。晉於刑名中又分法例篇，北齊合爲名例，歷代因之。㊂清代各州、縣官署中主理刑事判牘的幕友稱刑名師爺。

【刑法】懲罰罪犯的法律。國語晉八："端刑法，緝訓典，國無奸民。"我國古代刑法已無成文可考，戰國魏李悝集諸國刑典，著法經六篇，今佚。商鞅相秦，改法爲律。漢蕭何作律九章。三國魏刪約漢法，制新律十八篇。自晉到南北朝，有增有減。至唐貞觀，撰成唐律十二篇，條例加密，獨立成一系統。後來，宋朝的刑統，元朝的典章，明、清的大明、大清律，大體都不出此範圍。

【刑官】掌刑法的官吏。北周庾信庾子山集三正旦上司憲府詩："蒼鷹下獄吏，獬豸飾刑官。"

【刑典】刑法，法典。周禮天官大宰："五曰刑典，以詰邦國，以刑百官，以糾萬民。"

【刑政】刑罰與政令。荀子王制："刑政平，百姓和。"

【刑家】曾受刑罰的家族。晉書沈勁傳："年三十餘，以刑家不得仕進。"勁父充，曾與王敦作亂，爲部將吳儒所殺。新唐書選舉志下："刑家之子，工賈異類及假名承僞隱冒升降者有罰。"

【刑馬】古代有事結盟，殺馬歃血，立誓爲信。戰國策齊三："且臣聞齊、衛先君，刑馬壓羊，盟曰：'齊、衛後世無相攻伐，有相攻伐者，令其命如此。'"

【刑書】刑法的條文。書呂刑："哀敬折獄，明啓刑書胥占，咸庶中正。"左傳昭六年："鄭人鑄刑書。"

【刑章】刑法。宋李覯直講李先生文集三五讀史詩："吁嗟夫子没，兩觀無刑章。"兩觀，相傳爲古代宮廷外懸示法令的地方。

【刑部】舊官制六部之一。主管法律刑罰的政令。漢成帝時，有尚書三公曹，主管斷獄；東漢改爲二千石曹，爲中都官，掌握水火、盜賊、詞訟、罪法；也稱賊曹。晉爲三公尚書。南朝宋以後改爲都官尚書，隋開皇三年改爲刑部尚書。歷代相沿不改。清末改爲法部。

【刑鼎】鑄有刑法條文的鼎。左傳昭六年"鄭人鑄刑書"注："鑄刑書於鼎，以爲國之常法。"又昭二九年："遂賦晉國一鼓鐵，以鑄刑鼎，著范宣子所爲刑書焉。"

【刑措】見"刑錯"。

【刑罰】古時刑和罰有區別，刑指肉刑、死刑；罰指以金錢贖罪。書呂刑："刑罰世輕世重。"又："五刑不簡，正於五罰。"

傳:"謂不應五刑,當正五罰,出金贖罪。"後來泛指對罪犯實行懲罰的强制方法。

【刑獄】刑罰。晉書元帝紀太興元年:"其有政績可述,刑獄得中……者,各以名聞。"

【刑網】犯人受刑,好像鳥兒落網,因稱刑法爲刑網或法網。魏書世祖紀下正平元年:"夫刑網太密,犯者更衆,朕甚愍之。"

【刑戮】犯法受刑罰或處死。荀子榮辱:"室家立殘,親戚不免乎刑戮。"亦作"刑僇"。史記八八蒙恬傳:"其母被刑僇,世世卑賤。"

【刑餘】㊀受過肉刑的人。史記六五孫子傳:"齊威王欲將孫臏,臏辭謝曰:'刑餘之人不可。'"文選司馬子長(遷)報任少卿書:"刑餘之人,無所比數,非一世也,所從來遠矣。"㊁奄人。即後來的太監。韓非子亡徵:"女子用國,刑餘用事者,可亡也。"㊂南朝宋顏延之罵和尚慧琳爲刑餘。古代有髡刑,而和尚都須落髮剃光頭,所以稱"刑餘"。事見宋書顏延之傳。

【刑錯】無人犯法,刑法擱置不用。史記周紀:"故成、康之際,天下安寧,刑錯四十餘年不用。"集解:"應劭曰:錯,置也。民不犯法,無所置刑。"也作"刑措"。漢書文帝紀贊:"斷獄數百,幾致刑措。"

【刑隸】古代因犯罪而被官府判作奴隸的人。特指奄人、太監。後漢書五七劉陶傳上疏:"安假利器,委授國柄,使羣醜刑隸,芟刈小民,彫敝諸夏,虐流遠近。"

【刑統賦】宋傅霖撰。二卷。五代後周顯德年間,竇儀等依據唐律作刑統三十卷。傅霖以其不便記誦,改寫爲有韻的賦體,並加注解。元延佑年間,東原郄氏又分爲八章,用四言韻語作解釋,是我國最早的韻文法律書。

刓 wán 五丸切,平,桓韻,疑。ㄨㄢˊ

㊀削成圓形。見"刓方爲圜"。㊁撫摩。通"玩"。史記九七酈生傳:"爲人刻印,刓而不能授。"漢書四三酈食其傳"刓"作"玩"。㊂雕刻。紅樓夢四一:"不如把我們那裏的黃楊根子整刓的十個大套杯拿來。"

【刓缺】因折磨而減損。唐韓偓韓內翰別集春陰獨酌寄同年虞部李郎中詩:"詩道揣量疑可進,宦情刓缺轉無多。"

【刓敝】㊀磨損。史記九二淮陰侯傳:"至使人有功當封爵者,印刓敝,忍不能予。"敝,,也作"弊"。㊁凋敝。新唐書八五竇建德傳:"今水潦爲災,民力刓敝。"

【刓方爲圜】把方的削成圓的,比喻改變人的行爲。楚辭屈原九章懷沙:"刓方以爲圜兮,常度未替。"圜,同"圓"。

划 huá 戶花切,平,麻韻,匣。ㄏㄨㄚˊ

以槳撥水,使船前進。宋張鎡南湖集七崇德道中詩:"破艇争划忽罷喧,野童村女鬧籬邊。"

【划子】小船。正字通划:"方音讀若話,俗呼小舟爲划子。"

列 liè 良薛切,入,薛韻,來。ㄌㄧㄝˋ

㊀分割。管子五輔:"是故博帶梨,大袂列。"今割列的列字都用"裂"。㊁行列,位次。直排叫行,横排叫列。荀子議兵:"聚則成卒,散則成列。"左傳僖十五年:"入而未定列。"㊂陳列。文選漢揚子雲(雄)長楊賦:"羅千乘於林莽,列萬騎於山隅。"㊃並列,對立。管子法禁:"故下與官列法,而上與君分威,國家之危,必自此始矣。"與官列法,意謂與國法相對立。㊄衆多。見"列女㊀"。㊅阻止,遮遏。通"迾"。禮玉藻:"山澤列而不賦。"注:"列之言遮列也,雖不賦,猶爲之禁不得非時取也。"㊆通"烈"。見"列士㊂"。㊇姓。元和姓纂十薛引風俗通:"古帝王列山氏之後。"

【列人】㊀古地名。戰國趙地。竹書紀年下顯王六年伐邯鄲,取列人,即此地。漢時置縣,屬廣平國。北齊廢。地在今河北曲周縣境内。㊁有名望的人。東漢王充論衡別通:"見列人之面,孰與觀其言行?"

【列土】分封土地。漢書八五谷永傳:"列土封疆。"唐白居易長慶集十二長恨歌:"姊妹弟兄皆列土,可憐光彩生門戶。"

【列士】㊀古稱天子之上士爲元士,以別於諸侯之上士。國語周上:"使公卿至於列士獻詩。"參見"元士"。㊁有名望的人。管子君臣:"布法出憲,而賢人列士,盡功能於上矣。"㊂同"烈士"。史記八四賈生傳服鳥賦:"貪夫徇財兮,列士殉名。"文選作"烈士"。

【列子】㊀人名。參見"列禦寇"。㊁書名。舊題戰國列禦寇撰。八卷。漢書藝文志著録列子八篇,列入道家。今本晉張湛序,自稱是西晉末永嘉亂後,根據各種版本集録而成。該書多取先秦諸子及漢代人的言論,並雜有兩晉的佛教思想和佛教神話。從思想内容和語言使用上來看,都與先秦著作有別,可能是魏晉時人託名僞作。唐王朝自稱是老子的後代,宣揚道教,天寶元年號列子爲沖虛真經,宋景德中又加稱爲沖虛至德真經,成爲道教的經典之一。

【列女】㊀指衆婦女。後漢書梁皇后紀:"常以列女圖畫置於左右。"㊁封建社會指所謂重義輕生、有節操的婦女。同"烈女"。戰國策韓二:"非獨(聶)政之能,乃其姊者,亦列女也。"史記八六刺客傳作"烈女"。

【列仙】諸仙。有列仙傳,舊題漢劉向撰。

【列次】次第。淮南子詮言:"俎豆之列次,黍稷之先後,雖知弗教也。"

【列列】㊀高聳貌。文選漢張平子(衡)西京賦:"增桴重棼,鍔鍔列列。"注:"鍔鍔列列,皆高貌。"㊁行列分明。文選晉潘安仁(岳)懷舊賦:"巖巖雙表,列列行楸。"㊂形容風的吹動。文選晉成公子安(公綏)嘯賦:"列列飈揚,啾啾響作。"

【列坐】㊀以次相坐。漢劉向說苑指武:"於是當選士馬日,護軍諸校列坐堂皇上,監御史亦坐。"㊁在座的人。文選晉潘安仁(岳)笙賦:"樂聲發而盡室歡,悲音奏而列坐泣。"

【列采】古代朝服都有色采,故稱朝服爲列采。禮玉藻:"非列采不入公門。"又作"列綵"。藝文類聚八二南朝梁昭明太子芙蓉賦:"色兼列綵,體繁衆號。"此指呈現多種顏色。

【列眉】表示所見極其真切,像人的眉毛那樣明白顯見。戰國策燕二:"吾必不聽衆口與讒言,吾信汝也,猶列眉也。"宋鮑彪注:"言無可疑。"

【列星】羅布天空、定時出現的恒星。公羊傳莊七年:"恒星者何?列星也。"注:"恒,常也,常以時列見。"荀子天論:"列星隨旋。"注:"列星有列位者,二十八宿也。"

【列侯】秦制爵分二十級,徹侯位最高。漢承秦制,爲避漢武帝劉徹諱,改徹侯爲通侯,或稱列侯。參閱漢書百官公卿表上。參見"徹侯"。

【列埒】高低不平貌。淮南子原道:"失其所守之位而離其外内之舍,……終身運枯形于連嶁列埒之門。"

【列真】道家稱得道的人爲真人。列真,猶言衆仙人。文選晉郭景純(璞)江賦:"納隱淪之列真。"注引東漢馮衍爵銘:"富如江海,壽配列真。"

【列趔】脚步歪斜。也作"列趄"、"趔趄"。金董解元西廂一:"小庭那畔,不見佳人門𡊮掩，列翅著脚兒走到千𨕖。”

【列缺】㊀高空。楚辭屈原遠遊：“上至列䍧兮，降望大壑。”補注：“䍧與缺同。陵陽子明經云：‘列缺去地一千四百里。’”㊁閃電。史記一一七司馬相如傳大人賦：“貫列缺之倒景兮。”集解引漢書音義：“列缺，天閃也。”又作“烈缺”。文選漢揚子雲（雄）羽獵賦：“霹靂烈缺，吐火施鞭。”注：“烈缺，閃隙也。”

【列宿】衆星宿。史記天官書：“天有五星，地有五行；天則有列宿，地則有州域。”

【列國】古稱諸侯國爲列國。禮曲禮下：“列國之大夫，入天子之國，曰某士。”晉杜預春秋經傳集解序：“然則春秋何始於魯隱公？答曰：‘……言乎其位則列國，本乎其始，則周公之祚胤也。’”

【列第】指各類等級的住宅。史記田敬仲世家：“自如騶衍淳于髡田駢接予愼到環淵之徒七十六人，皆賜列第爲上大夫。”參見“甲第”。

【列卿】指在九卿之列。漢書八九朱邑傳：“身爲列卿，居處儉節。”

【列戟】見“門戟”。

【列棘】棘，棘樹。相傳古時朝廷内樹棘　標誌卿大夫公侯等的位置。後來就稱當公卿大官的爲位登列棘。南朝陳徐陵徐孝穆集五與顧記室書：“紀文卿公向璡皆爲列棘，豈宂雜曹郎乎？”參見“九棘”。

【列肆】㊀市場上成列的店鋪。史記平準書：“令（桑）弘羊令吏坐市列肆，販物求利。”㊁古星名。星經下：“列肆二星，在斛西北，主貨珍寶金玉等也。”

【列鼎】鼎爲古代奴隸主貴族的食器，列鼎謂陳列盛饌。漢劉向説苑建本：“累茵而坐，列鼎而食。”

【列蛸】鬼神名。古文苑六東漢黄香九宫賦：“𣚴略貜而突列蛸。”

【列傳】古代史書多用編年體，漢司馬遷作史記，纔開始作紀傳體。有本紀、書、表、世家、列傳各類。列傳主要是記載歷史人物的事迹，即唐張守節正義所説其人行迹可以序列，故稱列傳。班固作漢書，省世家併入列傳。本紀以編年爲體，不能詳細記載的事迹，皆分别見於有關人物的列傳。後來封建王朝的官史大都沿襲這種體例。

【列錢】宫殿牆上的裝飾物。金環裏面鑲着玉石，排列在一條橫木上，像一貫錢似的。後漢書四十上班固傳兩都賦：“金釭衔璧，是爲列錢。”注：“謂以黄金爲釭，其中衔璧，納之於壁帶爲行列，歷歷如錢也。”

【列嶽】妻子的伯叔。清梁章鉅稱謂錄七引宋謝維新合璧事類：“今世俗呼人婦翁爲令嶽，妻之伯叔爲列嶽。”

【列爵】分頒爵位。書武成：“列爵惟五，分土惟三。”五等爵，指公、侯、伯、子、男。管子五行：“總别列爵，論賢不肖士吏。”

【列女傳】漢劉向撰。七卷。分母儀、賢明、仁智、貞順、節義、辯通、嬖孼七類，列記古代婦女事迹一百零四則，每則都有贊語。該書旨在宣揚封建禮教。四庫著錄作古列女傳。

【列仙傳】舊題漢劉向撰。二卷。記傳説的仙人七十一人，各附贊語，體例倣照列女傳。漢書藝文志没有記載，爲漢末方士託名僞作。

【列姑射】古山名。山海經海内北經：“列姑射在海河洲中。”晉郭璞注認爲就是莊子逍遥遊所説的藐姑射山。清畢沅新校正謂姑射在山西，非此山。參見“藐姑射”。

【列禦寇】㊀戰國鄭人，一作列圄寇、列圉寇。漢劉向七録認爲與鄭穆公同時，漢書藝文志説先於莊子，唐成玄英莊子疏、柳宗元辯列子都説與鄭繻公同時。莊子中有許多關於他的傳説。參見“列子㊀”。㊁莊子篇名。

刉 jī 居依切，平，微韻，見。

ㄐㄧ 古對切，去，隊韻，見。

切，割。説文：“刉，劃傷也。”或作“刏”。周禮秋官士師：“凡刉珥，則奉犬牲。”山海經中山經：“刉一牝羊，獻血。”

刖 yuè 魚厥切，入，月韻，疑。

ㄩㄝ 五忽切，入，没韻，疑。

五刮切，入，鎋韻，疑。

砍，斷。古代砍掉脚的酷刑稱“跀”，也作“刖”。韓非子和氏：“王以和爲誑，而刖其左足。”

【刖跪】斷足的人。跪，足。韓非子内儲下：“門者刖跪請曰：‘足下無意賜之餘隸（瀝）乎？’”

【刖趾適屨】比喻不顧實際，勉强遷就，生搬硬套。三國志魏明帝紀太和二年注引魏略：“刖趾適屨，刻肌傷骨。”後漢書六二荀爽傳：“傳曰：截趾適屨，孰云其愚？”參見“削足適履”。

刎 wěn 武粉切，上，吻韻，微。

ㄨㄣˇ

割。禮檀弓下：“不至者，廢其祀，刎其人。”用刀自殺叫自刎。漢書五四蘇武傳：“伏劍自刎。”

【刎頸交】指友誼深摯，可以同生死共患難的朋友。史記八一廉頗藺相如傳：“卒相與驩，爲刎頸之交。”又八九張耳陳餘傳：“餘年少，父事張耳，兩人相與爲刎頸交。”

五畫

判 1. pàn 普半切，去，換韻，滂。

ㄆㄢˋ

㊀分離。左傳莊三年：“紀於是乎始判。”注：“判，分也。言分爲附庸始於此。”㊁半。周禮地官媒氏：“掌萬民之判。”意思是男女各爲一半，配合而成夫婦。㊂區别，分辨。國語晉一：“則上下既判矣。”㊃裁决獄訟。宋書許昭先傳：“叔父肇之，坐事繫獄，七年不判。”審定文字也稱判。唐代選拔人材有四方面：身、言、書、判。見通典十五選舉三。㊄古時官制，以高官兼任低職稱判，如唐以宰相判六軍十二衛事，宋以宰相判樞密院，京官如使相及左右僕射出典州郡都叫判。

2. pān

ㄆㄢ

㊅不顧，豁出去。唐杜甫杜工部草堂詩箋十二曲江值雨：“縱飲久判人共棄，嬾朝真與世相違。”箋：“判，協音官切。”

【判正】斷定是非曲直。後漢書六二陳寔傳：“其有争訟，輒求判正。”

【判司】官名。唐代節度使、州郡等僚屬有判官，分曹判事。也用以通稱州郡佐吏。唐韓愈昌黎集三八月十五夜贈張功曹詩：“判司卑官不堪説，未免捶楚塵埃間。”白居易長慶集六自吟拙什因有所懷詩：“趁向江陵府，三年作判司。”

【判₂死】即拚死。吳越春秋勾踐伐吳外傳：“一士判死兮而當百夫。”唐元稹長慶集三三採珠行：“海波無底珠沉海，採珠之人判死採。”

【判合】配合，兩半相合。漢書八四翟方進傳：“天地判合，乾坤序德。”也作“牉合”。見該條。

【判官】官名。唐節度、觀察、防禦諸使，都有判官，是地方長官的僚屬，佐理政事。宋時節度、觀察、防御、團練、宣撫、安撫、制置、轉運、常平等使，亦有判官處理公事。元則於各州府設置，明僅州置判官，無定員。參閲通典三二職官十四都督、文獻通考六二職官十六推判官。

【判妻】死了丈夫或與丈夫離異而再嫁的婦人。周禮地官媒氏：“凡娶判妻入子者，皆書之。”參閲孫詒讓正義二六。

【判事】唐代官吏考績，有四善二十七最的名目，其六爲判事之最。唐六典二吏部尚書："決斷不滯，與奪合理，爲判事之最。"判事，卽審理案件。

【判押】長官在公文上簽字畫押。也叫簽押。宋朱熹朱文公集續集一答黃直卿書："致仕文字爲衆楚所咻，費了無限口頰，今方得州府判押。"

【判花】卽判詞。文書後面由負責的人簽花押，故稱判花。宋劉克莊後村集八送洪使君詩："判花人競誦，詩草士深藏。"

【判狀】判決書。唐柳宗元柳先生集八段太尉逸事狀："太尉判狀辭甚巽。"

【判₂命】卽拚命。宋王偁東都事略九五章惇傳："能自判命者，能殺人也。"宋曾慥高齋漫録記惇事，"判"作"拚"。

【判袂】別離。卽分袂。宋范成大石湖集十九大熱泊樂温有懷商卿德稱詩："故人新判袂，得句與誰論。"

【判書】合同，契據。周禮秋官朝士："凡有責者，有判書以治則聽。"注："判，半分而合者，故書判爲辨。"疏："卽質劑傅別分支合同，兩家各得其一者也。"參見"傅別"。

【判渙】分散。詩周頌訪落："將予就之，繼猶判渙。"釋文："判，普半反，分也。渙，音奐，散也。"清馬瑞辰説判渙疊韻字，當與大雅卷阿"伴奐爾游矣"同。猶卽"畔"，圖謀之意，是當謀其大的意思。判渙、伴奐應訓作廣大。參閲毛詩傳箋通釋三十。

【判縣】縣，同"懸"。古代懸樂器之制，以社會地位高下爲等次，僅於東西兩面懸樂器的，稱判縣。周禮春官小胥："正樂縣之位：王，宮縣；諸侯，軒縣；卿大夫，判縣；士，特縣。"宮懸，四面懸掛；軒懸，去其一面；判懸，又去其一面；特懸，又去其一面。見漢鄭玄注引鄭衆説。

【判斷】㊀辨明是非，予以裁定。北齊書許惇傳："任司徒主簿，以能判斷，見知時人，號爲入鐵主簿。"㊁鑒賞。宋蘇軾東坡詞西江月蘇州交代林子中席上作："此景百年幾變，箇中下語千難。使君才氣卷波瀾，與把新詩判斷。"

刧 jié ㄐㄧㄝˊ
同"劫"。見"劫"。

刼 jié ㄐㄧㄝˊ
同"劫"。見"劫"。

刜 fú 符弗切，入，物韻，奉。
ㄈㄨˊ 敷勿切，入，物韻，敷。
用刀砍。左傳昭二六年："苑子刜林雍，斷其足。"疏："今江南猶謂刀擊爲刜。"

刮 diàn 多忝切，上，忝韻，端。
ㄉㄧㄢˋ 集韻 都念切，去，栝韻。
缺點。"玷"的本字。説文引詩："白圭之刮。"今詩大雅抑作"白圭之玷"。

別 bié 方別切，入，薛韻，幫。
ㄅㄧㄝˊ 皮列切，入，薛韻，並。
㊀分開，區別。荀子君道："知國之安危臧否，若別白黑，是其人者也。"禮樂記："好惡著則賢不肖別矣。"㊁離別。楚辭屈原離騷："余既不難夫離別兮。"㊂分支。書禹貢："岷江導江，東別爲沱。"韓非子定法："韓者，晉之別國也。"㊃另外。史記高祖紀："使沛公項羽別攻城陽。"㊄相背，轉過去。清平山堂話本快嘴李翠蓮記："別轉了臉兒不廝見。"㊅不要。紅樓夢二一："你別走，我有話和你説呢。"

【別子】古代諸侯嫡長子以外的兒子都稱別子，以分別嫡庶的統系，維護宗法制度。參閲禮大傳"別子爲祖"疏。

【別火】漢官名。大鴻臚(典客)下屬官，有別火令丞，爲獄令官，主管改火。東漢廢。見漢書百官公卿表上。

【別本】㊀卽副本，對正本而言。世説新語文學："向秀(注莊子)……，唯秋水至樂二篇未竟而秀卒。秀子幼，義遂零落，然猶有別本。"㊁同一本書的另一種版本。也稱異本。由於版本不同，內容也有出入。如書有別本十六國春秋，帖有黃庭經別本。

【別史】圖書四部分類中史部的一目。宋陳振孫直齋書録解題有別史一門，收録有關一朝政事的著作，如唐高峻高氏小史、宋呂祖謙新唐書略等。編次不入於正史及雜史。後來宋史藝文志、清四庫書目都有別史一類。

【別白】分辨明白。漢書五六董仲舒傳："辭不別白，指不分明，此臣淺陋之罪也。"

【別字】㊀分析字的形體，卽拆字。後漢書五行志一謡："京師童謡曰：'千里草，何青青；十日卜，不得生。'案'千里草'爲'董'，'十日卜'爲'卓'。凡別字之體，皆從上起，左右離合，無有從下發端者也。"㊁別號。梁書武陵王紀傳："大智，紀之別字也。"參見"別號"。㊂用音同或音近的字代替他字，稱別字，也作"白字"。後漢書七九尹敏傳："讖書非聖人所作，其中多近鄙別字。"近鄙指俗用字，別字指誤寫他字。清趙之謙有六朝別字記。參閲清顧炎武日知録十八別字。

【別名】本名以外的異名。唐劉知幾史通六家："然則乘與紀年、檮杌，其皆春秋之別名者乎？"

【別材】別具之才，特殊的才能。宋嚴羽滄浪詩話詩辯："夫詩有別材，非關書也；詩有別趣，非關理也。"

【別兵】魏置五兵尚書，掌中兵、外兵、騎兵、別兵、都兵。如胡騎、越騎一類都屬別兵。後來晉和南北朝除北魏北周外，都沿其制。見宋書百官志上及通典二二職官四。

【別券】契據。管子問："問人之貸粟米，有別券者幾何家？"按周禮稱'傅別'，一券分開兩半，雙方各執一半。參見"傅別"。

【別派】另一支裔。魏書濟陰王小新成傳："元法僧叛，顯和與戰被擒，執手命與連坐。顯和曰：'顯和與阿翁同源別派。'"按顯和是濟陰王的後代。

【別室】㊀另設的房間，別於正室。後漢書明帝紀永平十八年："藏主於光烈皇后更衣別室。"㊁舊時稱妾爲別室，也稱側室、別房。北史后妃傳下："彭城太妃爾朱氏，榮之女，魏孝莊后也，神武(高歡)納爲別室。"

【別致】特別，新奇。紅樓夢一："反倒新鮮別致。"也作"別緻"。又三："廂廡遊廊，悉皆小巧別緻。"

【別風】漢宮闕名。漢武帝太初元年作建章宮，其東爲鳳闕，一名別風。文選漢班孟堅(固)西都賦："內則別風之嶕嶢，眇麗巧而聳擢。"注："三輔故事曰：'建章宮東有折風闕。'關中記曰：'折風一名別風。'"

【別浦】銀河。因銀河爲牛郎、織女二星隔絕之地，故稱銀河爲別浦。唐李賀歌詩編一七夕："別浦今朝暗，羅帷午夜愁。"指銀河相隔。

【別徑】小道，猶言間道。六韜犬韜戰車："車貴知地形，騎貴知別徑奇道。"

【別情】離情別緒。唐白居易長慶集十三賦得古原草送別詩："又送王孫去，萋萋滿別情。"

【別將】㊀與主力軍配合作戰的部隊將領。史記陳涉世家："陽城人鄧説將兵居郯，章邯別將擊破之。"㊁官名。唐諸衛折衝都尉府屬官。見新唐書百官志四上。

【別第】官僚豪門正宅以外的宅邸。晉書簡文三王傳："於是脩之歸於別第。"脩之，臨川王司馬寶子。

【别裁】分别裁定，决定取舍。唐杜甫杜工部詩史補遺一戲爲六絶句："别裁僞體親風雅，轉益多師是汝師。"清沈德潛有唐詩别裁明詩别裁，意思是選取唐詩、明詩若干首輯爲選本。

【别雅】清吴玉搢撰。五卷。從經籍史傳裏選取字形錯互，音義各别，容易以訛傳訛的字，説明字義，和通用假借的理由，按韻編排，並分别注明出處，加以辯證。後經許瀚校勘，補正了原書中不足處和錯誤的地方，可供研究古書文字異同的參考。

【别集】圖書四部分類中集部的分目，同總集相對而言。即收錄個人詩文的集子。别集之名，最初見於南朝梁阮孝緒七録。自隋書經籍志以下，都有此目。

【别殿】便殿，别於正殿。文選南朝宋顏延年(延之)三月三日曲水詩序："於是離宮設衛，别殿周徼。"

【别歲】舊時民間風俗，歲晚設酒食互相邀請，辭送舊歲，稱爲别歲。見晉周處風土記(五朝小説本)。宋蘇軾分類東坡詩六有歲暮思歸寄子由弟三首，其二爲别歲。

【别號】本名以外的名字。舊時士大夫常在名字外另取别號，如王安石號半山。宋以後在士大夫間此風尤盛，有多達十幾個别號的，如元倪鎮、明傅山、清朱耷等。參閱清趙翼陔餘叢考三八。

【别業】即别墅。文選晉石季倫(崇)思歸引序："晚節更樂放逸，篤好林藪，遂肥遁於河陽别業。"參見"别墅"。

【别腸】㊀惜别的心情。唐韓愈昌黎集八遠遊聯句："别腸車輪轉，一日一萬周。"㊁古語説："酒有别腸"，指善飲酒的人。見五代缺名五國故事下。

【别解】異於尋常的見解。宋書謝莊傳："今但直銓選部，有減前資，物情好猜，横立别解。"

【别傳】舊史部分類之一。自南朝梁阮孝緒七録、隋書經籍志以來，史部都有雜傳或傳記一類。唐劉知幾史通雜述又將雜史區分爲十類，其一爲别傳。别傳多記載一人的逸聞，可以補正傳的不足，如後漢書五行志注引梁冀别傳，董卓傳注引董卓别傳，三國志注引王朗家傳、吴質華佗等别傳都是。

【别墅】本宅外另建的園林遊息處所。也稱别業、别館。晉書謝安傳："方與玄圍棊賭别墅。"

【别調】㊀别具風味。水經注四河水："故酒得其名矣。……别調氛氳，不與佗同。"㊁别成一調。唐李白李太白詩五鳳笙篇："欲嘆離聲發絳唇，更嗟别調流纖指。"這裏指音調。

【别趣】㊀不同的趣向。趣，通"趨"。文選漢揚子雲(雄)羽獵賦："若夫壯士忼慨，殊鄉别趣。"㊁特殊的趣味。宋嚴羽滄浪詩話詩辯："詩有别趣，非關理也。"

【别駕】官名。漢制，是州刺史的佐吏。也稱别駕從事史。因隨刺史出巡時另乘傳車，故稱别駕。隋唐曾改别駕爲長史，後又復原名。宋改置諸州通判，以職守相同，故通判也有别駕之稱。參閱文獻通考六二職官十六總論州佐。

【别墨】戰國時墨家分爲幾派，每派都以正宗自居，而貶其他各派爲别墨。莊子天下："相里勤之弟子，五侯之徒，南方之墨者，苦獲已齒鄧陵子之屬，俱誦墨經，而倍譎不同，相謂别墨。"參閱韓非子顯學。

【别緒】離别的感情。唐駱賓王集五餞駱四得鍾字詩："曲中驚别緒，醉裏失愁容。"

【别録】漢劉向撰。漢建始中，詔光禄大夫劉向校經傳、諸子、詩賦，步兵校尉任宏校兵書，太史令尹咸校術數，侍醫李柱國校方技。每校完一書，由劉向加以編次，寫出題要，抄録上報，稱别録，性質同後世的書録解題。隋書經籍志記載共二十卷，已佚。清洪頤煊馬國翰等都有輯本。參見"七略"。

【别館】㊀别墅。史記八七李斯傳："治離宮别館，周徧天下。"㊁客館。北周庾信庾子山集一哀江南賦序："三日哭于都亭，三年囚于别館。"

【别臉】轉臉避人。唐杜牧樊川文集外集牧陪昭應盧郎中……成二十韻用以投寄詩："泥情斜拂印，别臉小低頭。"

【别鵠】琴曲名。即别鶴操。南史褚彦回傳、唐韓愈昌黎集一琴操十首都作"别鵠"，古今注樂府詩集作"别鶴"。參見"别鶴操"。

【别離】分在兩地。楚辭屈原九歌少司命："悲莫悲兮生别離。"

【别體】指書法的變體。南史劉孝綽傳："兼善草隸，自以書似父，乃變爲别體。"

【别下齋】清藏書家蔣光煦齋名。光煦字生沐，浙江海寧人，藏書四、五萬卷，曾校刊别下齋叢書二十八種，涉聞梓舊二十六種。

【别號録】清葛萬里撰。九卷。收録宋至明人的别號，以下一字分韻編輯，頗便檢查。

【别頭試】唐宋科舉考試，因應試者與考官有親故關係及其他原因，爲避嫌起見，别設考試，稱别頭試。新唐書選舉志上："初，禮部侍郎親故移試考功，謂之别頭。"宋史選舉志一科目上："士有親戚仕本州，或爲發解官，及侍親遠宦距本州二千里，令轉運司類試，以十率之，取三人，于是諸路始有别頭試。"也叫别試。參閱文獻通考三一選舉四。

【别鶴操】樂府琴曲名。相傳商陵牧子娶妻五年無子，父兄命其休妻改娶。牧子悲傷作歌："將乖比翼隔天端，山川悠遠路漫漫，攬衣不寢食忘餐！"後人爲之譜曲，名别鶴操，比喻夫妻分離。又叫别鶴怨。參閱晉崔豹古今注音樂、樂府詩集五八。

【别出心裁】獨創一格，與衆不同。清顧觀光武陵山人雜著："敖繼公釋儀禮，屏棄古注，别出心裁，於經文有難通處，不以爲衍文，即以爲脱簡。"

【别出機杼】另闢途徑，有所創新。宋樓鑰攻媿集七十跋李伯和所藏書畫薄薄酒二篇："詞人務以相勝，似不若别出機杼。"

【别失八里】地名。突厥語的音譯。别失，義爲五；八里，義爲城。漢爲車師王庭。唐爲金滿縣，置北庭都護府、庭州及瀚海軍於此。明史三三二西域傳四作别失八里。地在今新疆吉木薩爾縣附近。

【别有天地】另有一種境界。唐李白李太白詩十九山中問答："桃花流水杳然去，别有天地非人間。"省作"别有天"。宋董嗣杲廬山集四廬山中即事詩："蓮社招無地，桃源别有天。"

【别具肺腸】詩大雅桑柔："自有肺腸，俾民卒狂。"箋："自有肺腸，行其心中之所欲。"後來喻人動機不良，故意違衆立異爲别具肺腸，本此。

【别具隻眼】喻有獨到的見解。宋葉寘愛日齋叢鈔三："(楊萬里)又有送彭元忠詩：學者初學陳後山，霜皮脱盡山谷寒。近來别具一隻眼，要踏唐人最上關。"

【别風淮雨】今本尚書大傳周傳："别風淮雨。"後漢書八六南蠻傳作"列風雷雨"。南朝梁劉勰文心雕龍練字認爲字當作"列風淫雨"，列與别、淫與淮，形近而誤。後來因稱書籍文字以訛傳訛爲别風淮雨。清王闓運尚書大傳補注認爲别風就是"颶風"，淮雨就是"匯雨"，字本不誤。這是另一種説法。

【别開生面】唐杜甫杜工部草堂詩箋二

十丹青引贈曹將軍霸："凌煙功臣少顏色，將軍下筆開生面。"趙次公注："凌煙畫像顏色已暗，而曹將軍重爲之畫，故云開生面。"後來引申稱能另創新格局的，爲別開生面。清趙翼甌北詩話五蘇東坡詩："以文爲詩，自昌黎始，至東坡益大放厥詞，別開生面，成一代之大觀。"

【別鶴孤鸞】比喻遠離的夫妻。也作別鶴離鸞。文選三國魏嵇叔夜（康）琴賦："王昭楚妃，千裹〔里〕別鶴。"王昭，王昭君。楚妃，楚之賢妃。晉陶潛陶淵明集四擬古詩之五："上絃驚別鶴，下絃操孤鸞。"參見"別鶴操"。

利 ㄌㄧˋ 力至切，去，至韻，來。

㊀鋒利，鋭利。孟子公孫丑下："兵革非不堅利也。"㊁利益，功用。商君書算地："利出于地，則民盡力。"戰國策秦一："大王之國，西有巴蜀漢中之利。"㊂順利，吉利。易謙："無不利撝謙。"史記項羽紀："力拔山兮氣蓋世，時不利兮騅不逝。"㊃贏利。史記越世家："逐什一之利。"㊄泄瀉。通"痢"。淮南子地形："輕土多利。"㊅姓。漢有中山相利乾。見元和姓纂八至。

【利口】能言善辯。書周官："無以利口亂厥官。"傳："無以利口辯佞亂其官。"漢書五十張釋之傳："夫絳侯（周勃）東陽侯（張相如）稱爲長者，此兩人言事，曾不能出口，豈效此嗇夫喋喋利口捷給哉！"

【利川】縣名。屬湖北省。元明時爲施南司地，名官渡壩，屬施州衛。清雍正十三年置縣。見嘉慶一統志三五一湖北施南府。

【利孔】經濟利益的來源。管子國蓄："利出於一孔者，其國無敵；出二孔者，其兵不詘；出三孔者，不可以舉兵；出四孔者，其國必亡。"漢桓寬鹽鐵論本議："諸侯好利則大夫鄙，大夫鄙則士貪，士貪則庶人盜，是開利孔而爲民罪梯也。"

【利市】㊀貿易所得的利潤。左傳昭十六年："爾有利市寶賄，我勿與知。"參見"利市三倍"。㊁吉利、好運氣的意思。漢焦延壽易林五觀之離："入門笑喜，與吾利市。"宋孫光憲北夢瑣言三："夏侯孜未偶，伶傳風塵，……時人號曰不利市秀才。"㊂舊時指喜慶、節日的喜錢。參閱宋孟元老東京夢華錄五娶婦。

【利用】㊀物盡其用。書大禹謨："正德、利用、厚生、惟和。"㊁借助外物以達到某種目的。莊子在宥"焉知曾史之不爲桀跖嚆矢也"注："言曾史爲桀跖之利用也。"就是説桀跖利用曾史之名。

【利他】佛教語。指把利益施於他人。與"利己"相對。唐迦才淨土論中引聖教爲證："菩薩如是修五門行，自利利他，速成就阿耨多羅三藐三菩提故。"

【利州】州名。漢廣漢郡葭萌縣地，唐武德元年置利州。宋爲陝西路地，不久分出一部置利州路，後又改爲廣元路。地在今四川廣元縣。參閱元和郡縣志二二利州、太平寰宇記一三五利州。

【利見】易乾："飛龍在天，利見大人。"後來詩文中稱得見君主爲利見。藝文類聚四南朝宋顏延之三月三日詔宴西池詩："河岳曜圖，聖時利見。"

【利吻】同"利口"。宋文瑩湘山野録中："王沂公曾在中書，謂諸公曰：此老利吻，若獲對，必妄訐時政。"此老，指當時正自襄陽入見的胡旦。

【利物】競賽的獎品、彩頭。元缺名蕤丸記四："明晃晃擺着利物，齊臻臻列着這士卒。"水滸九："柴進乃言：'……這錠銀子，權爲利物，若是贏的，便將此銀子去。'"

【利津】地名。本漢千乘縣地，屬千乘郡。金明昌二年升永利鎮置縣。清屬山東武定府。在今山東沾化縣境。參閱山東通志十二沿革。

【利便】因利乘便的略語，意思是憑藉形勢的便利。史記秦始皇紀引賈誼過秦論："因利乘便，宰割天下，分裂河山。"明劉基誠意伯文集十三感時述事詩之十："遂令鯨與鯢，掉尾乘利便。"

【利涉】順利渡河。易需："利涉大川，往有功也。"北史魏紀一："冰草相結若浮橋，衆軍利涉。"後或稱舟爲利涉。

【利害】㊀利益與損害。易繫辭下："情僞相感而利害生。"注："情以感物則得利，僞以感物則致害也。"㊁形勢便利與險要。韓非子初見秦："秦之號令賞罰，地形利害，天下莫若也。"㊂有嚴重、劇烈、凶猛、高强等義。同"厲害"。元王實甫西廂記五本一折："往常也曾不快，將息便可，不似這一場，清減得十分利害。"

【利病】㊀優劣。文選三國魏曹子建（植）與楊德祖書："劉季緒才不能逮於作者，而好詆訶文章，掎摭利病。"㊁猶言利弊、利害。新唐書一三〇楊瑒傳："瑒言利病尤詳。"清顧炎武有天下郡國利病書。

【利根】佛教指智者的本性。北魏楊衒之洛陽伽藍記四城西法雲寺："摩羅聰慧利根，學窮釋氏。"

【利息】把錢出貸所收取的子金。漢書八五谷永傳"至爲人起責，分利受謝"唐顏師古注："言富賈有錢，假託其名，代之爲主，放與他人，以取利息而共分之。"

【利眼】太陽。文選晉陸士衡（機）演連珠："臣聞利眼臨雲，不能垂照。"唐呂向注："天有日月，如人有眼，故以日爲利眼也。"

【利跂】見"離跂"。

【利源】利益、財物的來源。宋蘇轍欒城集後集四收蜜蜂詩："明年少割助和藥，慚愧野老知利源。"

【利屣】舞屣。小而尖的鞋子。史記一二九貨殖傳："揳鳴琴，揄長袂，躡利屣。"

【利潤】利益，盈利。漢焦延壽易林十一益之巽："商旅不行，利潤難得。"唐大詔令集一三〇收復河湟德音："如商旅往來，興販貨物，任擇利潤，一切聽從，關鎮不得邀詰。"今作政治經濟學術語，指商品生産的贏利。

【利器】㊀鋭利的兵器。書説命上"若金，用汝作礪"傳："鐵須礪以成利器。"南朝陳徐陵徐孝穆集五梁貞陽侯與王太尉僧辯書："精兵利器，勢勇雷霆。"㊁比喻國家權力。老子："國之利器，不可以示人。"後來凡刑賞兵柄，常以利器爲喻。資治通鑑五九漢靈帝中平六年："而反委釋利器，更徵外助。"注："利器，謂兵柄也。"㊂精良的工具。論語衛靈公："工欲善其事，必先利其器。"集解："孔（安國）曰：'言工以利器爲用。'"㊃比喻傑出的才能。後漢書五八虞詡傳："不遇槃根錯節，何以别利器乎？"

【利濟】同"利涉"。也泛指有益於事。黄帝宅經上："金玉之獻，未足爲珍。利濟之徒，莫大於此。"

【利權】財政大權。左傳襄二三年："既有利權，又執民柄。"宋魏泰東軒筆録二："陳晉公恕自升朝入三司爲判官，既處鹽鐵使，又爲總計使，泊罷參政，復爲三司使，……晚年多病，乞解利權。"

【利州帖】法帖名。即臨江帖。詳該條。

【利通直】椎子的別名。欣賞編元羅先登文房圖贊續："利通直名鋭，字彌堅，號金精山人。"以椎擬人，如唐韓愈作毛穎傳以筆擬人。

【利國監】官署名。宋置，掌管冶鐵。本是徐州的秋邱冶鐵處，宋代升爲利國監。見太平寰宇記十五徐州。在今江蘇銅山縣東北。

【利齒兒】指長於口才的人。世説新語排調："簡文（蕭綱）在殿上行，右軍（王羲之)與孫興公(綽)在後。右軍指簡文語孫曰:'此噉名客。'簡文顧曰:'天下自有利齒兒。'"參見"伶牙俐齒"。

【利市三倍】易說卦:"爲近利,市三倍。"後來習用利市三倍形容商人牟取暴利。

【利令智昏】一心貪圖私利,頭腦失去清醒。史記七六平原君傳太史公曰:"鄙語曰:'利令智昏。'"

【利析秋毫】史記平準書:"故三人言利,事析秋豪矣。"豪,同"毫"。秋毫,極微細的羽毛。形容理財極其精細、明察。三人指桑弘羊東郭咸陽孔僅。

【利欲熏心】貪圖名利的欲望迷惑心竅。宋黃庭堅豫章集二贈別李次翁詩:"利欲熏心,隨人翕張。"

刨 páo 集韻蒲交切,平,爻韻。ㄆㄠ

削。見玉篇。

刪 shān 所姦切,平,刪韻,出。ㄕㄢ

削除。漢書律曆志上:"故刪其僞辭,取正義著于篇。"

【刪丹】㊀縣名。漢置,屬張掖郡,因縣南有焉支山,又名刪丹山,故名。即今甘肅山丹縣。參閱元和郡縣志四十肅州。㊁山名。史記一一〇匈奴傳:"漢使驃騎將軍(霍)去病將萬騎出隴西,過焉支山。"正義引括地志:"焉支山,一名刪丹山,在甘州刪丹縣東南五十里。"參見"焉支㊀"。

【刪拾】猶言取捨。史記十二諸侯年表:"呂不韋者,秦莊襄王相,亦上觀尚古,刪拾春秋。"指把別人的文章,加以汰選。宋王安石臨川集十三得曾子固書因寄詩:"舊學待鐫磨,新文得刪拾。"指汰選自己的文章。

【刪述】相傳孔子序書刪詩,並自稱是"述而不作"。見論語述而。後來把"刪"、"述"連用作爲個人著作的謙稱。唐李白李太白詩二古風之一:"我志在刪述,垂輝映千春。"

【刪省】刪除省略。後漢書三七桓郁傳:"初,榮(郁父)受朱普學章句四十萬言,……及榮入授顯宗,減爲二十三萬言。郁復刪省,定成十二萬言。"

【刪詩】孔子刪詩之說,本史記孔子世家:"古者詩三千餘篇,及至孔子,去其重,取可施於禮義,……三百五篇。"漢鄭玄、唐孔穎達都認爲此說不可信。(見毛詩正義詩譜序)以後歷代學者爭論很多,未有定論。按現存詩三百五篇,其包括時間之長久,所及地域之廣大,而體制大體相同,用韻比較一致,如不經過編選加工,那是很難想像的,但又決非一人一時所能作到。參閱清朱彝尊曝書亭集五九詩論一、清崔述洙泗考信錄三。

【刪潤】刪改並加以潤色。宋史樂志八樂章二:"孝宗親享明堂,樂曲並同,……送神等篇,各有刪潤。"

六畫

初 chū 楚居切,平,魚韻,初。ㄔㄨ

㊀開始,本原。易既濟:"初吉終亂。"㊁從前。左傳隱元年:"遂爲母子如初。"又指從前的事情。禮檀弓下:"夫魯有初。"注:"初,謂故事。"㊂古代以甲子紀日,或以數稱一日、二日。後因語單不成文,因加"初"字。玉臺新詠一古詩爲焦仲卿妻作:"初七與下九,嬉戲莫相忘。"唐白居易長慶集十九暮江吟詩:"可憐九月初三夜,露似珍珠月似弓。"㊃一點也不,表示程度少。世說新語德行:"謝公(安)夫人教兒,問太傅:'那得初不見君教兒?'答曰:'我常自教兒。'"㊄姓。宋史有初暐。

【初心】起初的心願。全唐詩六八六吳融和楊侍郎:"煙霄慚暮齒,麋鹿愧初心。"

【初文】文字學上指同一個字的初期寫法。與"後起字"相對而言。如"其"爲"箕"的初文,"文"爲"紋"的初文,"丁"爲"釘"的初文等。初文多爲筆畫比較簡單的獨體字。參閱章炳麟文始敍例。

【初元】㊀皇帝登位之初,改元紀年,元年稱初元。宋文鑑六四宋祁賀南郊大赦表:"改頒大號,崇冠初元。"㊁漢劉奭(元帝)年號。公元前48—前44年。

【初日】初出的太陽。南朝梁何遜何記室集曉發詩:"早霞麗初日,清風消薄霧。"

【初月】㊀新月。藝文類聚一有南朝梁何遜望初月詩。北周庾信庾子山集三擬詠懷詩:"殘月如初月,新秋似舊秋。"㊁正月。晉王羲之父名正,因避諱,故以"初月"代"正月",或作"一月"。參閱元周密齊東野語四。

【初衣】指作官之前所穿的衣服。唐李白李太白詩十七送賀監歸四明應制:"久辭榮祿遂初衣,曾向長生說息機。"參見"初服"。

【初吉】農曆每月初一至初七、八。古代分一月之日爲四分,自朔至上弦爲初吉,自上弦至望爲既生霸,自望至下弦爲既望,自下弦至晦爲既死霸。詩小雅小明:"二月初吉。"鄭箋以初吉爲朔日,即初一。參閱王國維觀堂集林一生霸死霸考。

【初年】一年之初。文苑英華一七六唐沈佺期奉和初春幸太平公主南莊應制詩:"主第山門起灞川,宸遊風景入初年。"

【初伏】節候名。史記秦本紀:"二年初伏,以狗禦蠱。"集解引孟康:"六月伏日初也。"文選晉潘安仁(岳)在懷縣作二首詩之一:"初伏啟新節,隆暑方赫羲。"參見"三伏"。

【初夜】㊀一夜分五更,初更稱甲夜,也稱初夜。後漢書四七班超傳:"初夜,遂將吏士往奔虜營。"㊁結婚的第一夜。全唐詩八九三詞五和凝江城子五之一:"初夜含嬌入洞房。"

【初弦】農曆每月初八九,月上缺其半,稱上弦,也稱初弦。藝文類聚一南朝梁劉瑗在縣中庭看月詩:"移榻坐庭陰,初弦時復臨。"

【初服】㊀指新帝王即位,開始執政。書召誥:"王乃初服。"王,周成王。㊁楚辭屈原離騷:"退將復脩吾初服。"意指辭去官職,重新穿上入仕前的衣服。古時官吏退職稱復返初服,本此。文選晉潘安仁(岳)西征賦:"甄大義以明責,反初服於私門。"

【初始】漢孺子嬰(劉嬰)年號。公元8年。

【初度】出生的年時。楚辭屈原離騷:"皇覽揆余初度兮,肇錫余以嘉名。"注:"言父伯庸觀我始生年時。"後稱人的生日爲初度。中興以來絕妙詞選五劉叔擬(仙倫)賀新郎壽王侍郎簡卿:"小隊停鉦鼓,向沙邊柳下維舟,慶公初度。"

【初冠】古代男子二十而冠,始行冠禮。漢書昭帝紀"帝加元服"唐顏師古注引如淳:"元服,謂初冠加上服也。"參見"冠$_2$禮"。

【初春】孟春,春季的第一個月。晉傅玄傅鶉觚集又答程曉詩:"嘉慶形三朝,美德揚初春。"

【初政】帝王初登位執政。晉書景帝紀魏正元元年:"履端初政,宜崇玄樸。"

【初秋】孟秋,秋季的第一個月。三國魏曹植曹子建集五贈丁儀詩:"初秋涼氣發,庭樹微銷落。"

【初唐】自宋嚴羽滄浪詩話倡盛唐之說,至元楊士弘唐音、明高棅唐詩品彙選唐詩，始以初、盛、中、晚唐的四個時期標目。唐詩品彙以唐初到玄宗開元爲初唐。又明徐師曾文體明辨則以高祖武德至開元初爲初唐。初唐詩人以王勃楊炯盧照鄰駱賓王爲代表，稱初唐四傑。參見"三唐"。

【初祖】始祖。1.指軒轅黃帝。新嘉量："黃帝初祖，德帀于虞；虞帝始祖，德帀于新。"（陶齋吉金録四）2.指佛教禪宗初來中國的達磨。五燈會元一東土祖師："初祖菩提達磨大師者，南天竺國香至王第三子也。"

【初階】初次當官所得之位。漢王充論衡命禄："明如匡稺圭，深如趙子都，初階甲乙之科，遷轉至郎博士。"

【初陽】㊀指冬至以後立春以前的一段時間，時陽氣初動，故稱初陽。玉臺新詠一古詩爲焦仲卿妻作："往昔初陽歲，謝家來貴門。"參閱史記天官書。㊁晨曦，日出時的陽光。文苑英華一九〇唐太宗正日臨朝詩："條風開獻節，灰律動初陽。"

【初歲】一年的開始。大戴禮夏小正："初歲祭耒。"

【初筵】古代的大射禮，賓客初進門，登堂入席，叫初筵。詩小雅賓之初筵："賓之初筵，左右秩秩。"後泛指宴飲。唐杜甫杜工部草堂詩箋三七湘江宴餞裴二端公赴道州："羣公餞南伯，肅肅秩初筵。"

【初篁】初生幼竹。文選南朝宋謝靈運於南山往北山經湖中瞻眺詩："初篁苞綠籜，新蒲含紫茸。"元李衎竹譜："半筍，謂之初篁。"

【初曆】南詔大長和鄭仁旻年號。公元914—915年。

【初禪】佛家稱含有煩惱的事物爲有漏。漏卽煩惱的別名。有漏法分四類。證得第一類禪定的叫初禪。楞嚴經九："清淨心中，諸漏不動，名爲初禪。"

【初鍾】卽黃鍾。北周庾信庾子山集八賀新樂表："調起初鍾，還參玉管。"參見"黃鍾"。

【初醮】古代冠婚禮飲酒叫醮，初醮卽初婚。玉臺新詠九晉傅玄擬北樂府："長保初醮結髮，何憂坐生胡越。"（考異本）參見"再醮"。

【初願】最初的志願。晉陸雲陸士龍文集三答兄平原詩："羈縶殊俗，初願用違。"

【初獻】古代祭祀，第一次奠爵稱初獻，第二次爲亞獻，第三次爲終獻，合稱三獻。舊唐書禮儀志二："禮成於三，初獻亞終，合於一處。"

【初學記】唐開元中由徐堅韋述余欽施敬本張烜李鋭孫季良等分門編撰而成。三十卷。全書摘録六經諸子百家之言，以類相從，分二十三部，三百十三子目。其體例先爲敍事，次爲事對，末爲詩文。此書旨在爲玄宗諸皇子作文時查檢事類，故名初學記。引書相當廣泛，中多今已失傳之書。

【初學集】清錢謙益撰。一百一十卷。分詩二十卷，文八十卷，太祖實録辨證五卷，讀杜小箋三卷，讀杜二箋二卷。集中詩文，爲錢氏在明末所作。清乾隆（弘曆）深惡謙益爲人，曾下令燬禁其全部著作。現有四部叢刊影印崇禎癸未刊本。

【初出茅廬】漢末諸葛亮隱居南陽，劉備三顧草廬，亮纔同意作劉備的謀主。見三國志蜀諸葛亮傳。三國演義三九敍亮出山後，初掌兵權，設奇計在博望坡大破曹操兵，有"直須驚破曹公膽，初出茅廬第一功"之句。後來稱初次出來辦事爲初出茅廬，本此。

【初唐四傑】指初唐詩人王勃楊炯盧照鄰和駱賓王。舊唐書楊炯傳："炯與王勃盧照鄰駱賓王以文詞齊名，海內稱爲王楊盧駱，亦號爲四傑。"

【初發芙蓉】南朝宋謝靈運顏延之都以詩名，並稱顏謝。（湯）惠休評兩人詩，稱"謝詩如芙蓉出水，顏如錯彩鏤金"。揚謝貶顏。見梁鍾嶸詩品。南史顏延之傳以惠休爲鮑照，語作"謝五言如初發芙蓉，自然可愛；君（顏）詩若鋪錦列繡，亦雕繢滿眼。"芙蓉出水，初發芙蓉，都是比喻詩格的清新。

【初寫黃庭】黃庭經爲晉人書帖，學寫小楷的多以此爲範本。書論有"初寫黃庭，恰到好處"的話，後因以初寫黃庭比喻做事恰到好處。

【初生之犢不怕虎】比喻閱歷不深的年輕人遇事勇往直前，無所畏懼。莊子知北游："汝瞳焉如新生之犢，而無求其故。"三國演義七四："俗云：初生之犢不懼虎。"綴白裘五集三國志負荊："大哥二哥，我若罵了師父牛鼻子懶夫，是哪，正是那初生犢兒不怕恁這虎。"

刻

kè ㄎㄜˋ 苦得切，入，德韻，溪。

㊀雕刻。春秋莊二四年："刻桓宮桷。"注："刻，鏤也。"疏："釋器：金謂之鏤，木謂之刻。"㊁表示深入。如用心深稱深刻，遇事苛求稱苛刻。史記八七李斯傳："嚴法而刻刑。"㊂削減。荀子禮論："刻死而附生謂之墨。"㊃計時的單位。古代以銅漏計時，一晝夜分爲一百刻。按節令，晝夜刻數不同。冬至晝四十五刻，夜五十五刻；夏至晝六十五刻，夜三十五刻；春分秋分，晝五十五刻半，夜四十四刻半。至清代始用時鐘。以十五分爲一刻，四刻爲一小時。

【刻己】嚴格要求自己。漢書六十杜周傳附杜欽："歸咎於身，刻己自責。"

【刻日】限定日期。宋史三六一張浚傳："時金人屯重兵於河南，爲虛聲脅和，有刻日決戰之語。"

【刻板】古代在木、石上刻上字或圖，用作印刷的底板，稱刻板。舊五代史唐書明宗紀九："辛未，中書奏請依石經文字刻九經印板，從之。"資治通鑑二九一後周廣順三年："蜀毋昭裔出私財百萬營學館，且請刻板印九經。"板，也作"版"。宋會要輯稿五五崇儒四："既已刻版，刊改殊少。"今也用以比喻辦事呆板，不知變通。

【刻苦】下苦功鑽研。唐韓愈昌黎集三二柳子厚墓誌銘："居閒益自刻苦，務記覽。"後來把生活自奉儉樸也叫刻苦。

【刻削】㊀雕刻。韓非子說林下："刻削之道，鼻莫如大，目莫如小。"㊁刻薄。史記秦始皇紀："事皆決於法，刻削毋仁恩和義。"㊂剝奪，侵害。史記孝景帝紀贊："至孝景不復憂異姓，而鼂錯刻削諸侯。"㊃生活儉約。唐韓愈昌黎集三十唐故中散大夫少府監胡良公墓神道碑："樂爲儉勤，自刻削不干人，以矯時弊。"

【刻害】苛責，刻薄。漢書六六楊惲傳："又性刻害，好發人陰伏。"

【刻骨】感受深切入骨。多指恩怨、仇恨而言。後漢書十六鄧騭傳："刻骨定分，有死無二。"文選三國魏曹子建（植）上責躬應詔詩表："臣自抱釁歸蕃，刻肌刻骨，追思罪戾，晝分而食，夜分而寢。"

【刻峭】㊀苛刻，嚴酷。文選漢王子淵（褒）四子講德論："先生獨不聞秦之時耶？……宰相刻峭，大理峻法。"㊁指文章寫得深刻而有力。宋張邦基墨莊漫錄十："唐人能造奇語者，無若劉夢得（禹錫），作連州廳壁記云：'環峰密林，激清儲陰，……'蓋前人未道者。不獨此爾，其他刻峭清麗者，不可概舉。"

【刻剝】剝削。三國志魏陳留王傳："刻剝衆羌，勞役無已。"

【刻深】嚴酷，苛刻。戰國策秦一："法及太子，黥劓其傅。期年之後，道不拾遺，民不妄取。然刻深寡恩，特以强服之耳。"

【刻責】深自責備。漢書七六韓延壽傳:"或欺負之者,延壽自刻責。"

【刻符】秦書八體之一。刻於符節上的文字。見漢許慎說文解字敍。

【刻期】限定日期。漢白石神君碑:"指日刻期,應時有驗。"(隸釋三)

【刻畫】㊀雕繪繪畫。韓非子詭使:"而綦組、錦繡,刻畫爲末作者富。"急就篇三:"豫飾刻畫無等雙。"㊁細緻描摹。詳"刻畫無鹽"。

【刻絲】宋代手工藝絲織品。宋莊綽雞肋編上:"定州織刻絲,不用大機,以熟色絲經於木梯上隨所欲作花草禽獸狀。以小梭織緯時,先留其處,方以雜色線綴於經緯之上,合以成文,若不相連,承空視之,如雕鏤之象,故名刻絲。"

【刻意】㊀克制意欲。莊子刻意:"刻意尚行,離世異俗。"後漢書黨錮傳序:"夫刻意則行不肆,牽物則其志流。"㊁專心一意。南朝梁劉勰文心雕龍通變:"今才穎之士,刻意學文,多略漢篇,師範宋集。"

【刻楮】韓非子喻老說,宋國有人用象〔牙〕雕刻楮葉,三年雕成,放在楮葉中,分不出真假。後來以之比喻技藝的工巧,如說'刻楮功'、'刻楮巧'等。

【刻漏】古代計時的器具。用銅鑄成壺,壺底穿孔,壺內豎一支刻有度數的箭形浮標;壺中的水從孔漏出而逐漸減少,箭上的度數即依次顯露,這樣就可以知道時辰。參閱續通志一〇二天文六刻漏。

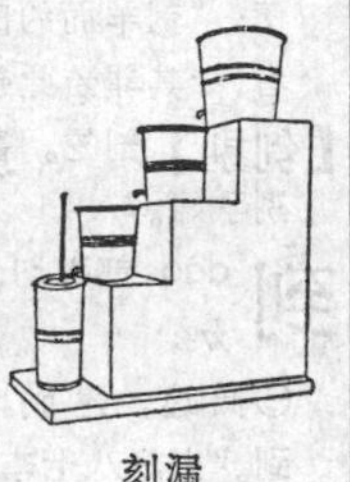
刻漏

【刻燭】南齊竟陵王蕭子良,曾夜集學士作詩,刻燭計時,作四韻詩的,刻燭一寸爲標準。見南史王僧孺傳。後以"刻燭成詩"或"刻燭求篇",比喻詩才敏捷。清吳偉業梅村家藏藁五西泠閨詠詩之二:"寶珠補屋花應滿,刻燭成篇錦不如。"

【刻薄】苛酷。史記六八商君傳贊:"商君,其天資刻薄人也。"後來凡待人冷酷無情或語言尖酸,皆稱刻薄。世說新語儉嗇:"衛江州(展)在尋陽,有知舊人投之,都不料理,唯餉王不留行一斤。此人得餉便命駕。李弘範聞之,曰:'家舅刻薄,乃復驅使草木。'"王不留行,藥草名。

【刻覈】苛刻。宋書江湛傳:"在選職,頗有刻覈之譏。"

【刻鏤】刻木稱刻,刻金稱鏤。後通稱雕刻爲刻鏤。墨子辭過:"臺榭曲直之望,青黃刻鏤之飾。"淮南子齊俗:"夫雕琢刻鏤,傷農事者也。"

【刻蠟】蠟燭點燃漸盡如刀切一樣。比喻時間的漸漸消逝。唐韓偓香奩集妬媒詩:"已嫌刻蠟春宵短,最恨鳴珂曉鼓催。"

【刻木爲吏】漢書五一路溫舒傳:"畫地爲獄,議不入;刻木爲吏,期不對。"注:"畫獄,木吏,尚不入對,況眞實乎。"極言獄吏之嚴酷苛刻。後來卽用爲深嫉獄吏之詞。

【刻舟求劍】比喻拘泥成法而不講實際。呂氏春秋察今:"楚人有涉江者,其劍自舟中墜於水,遽刻其舟,曰:'是吾劍之所從墜。'舟止,從其所刻者入水求之。舟已行矣,而劍不行,求劍若此,不亦惑乎。"刻,一本作"契",通"鍥"。唐劉知幾史通因習:"夫事有貿遷,而言無變革,此所謂膠柱而調瑟,刻船以求劍也。"

【刻畫無鹽】晉周顗自負,有人把他比樂廣。顗說:"何乃刻畫無鹽,唐突西子也!"見世說新語輕詆、晉書周顗傳。無鹽,古代傳說中的醜婦。刻畫,描摹。以醜婦比美人,喻比擬得不倫不類。

【刻鵠類鶩】仿效得雖然不太逼真,但還相似。漢馬援誡兄子嚴敦書:"學龍伯高不就,猶爲謹飭之士,所謂刻鵠不成,尚類鶩者。"鵠,天鵝。鶩,鴨子。見東觀漢記十二、後漢書馬援傳。省作"刻鵠"。宋華鎭雲溪居士集五叢玉山詩:"分知方外學屠龍,不及人間謀刻鵠。"

券

quàn 去願切,去,願韻,溪。
ㄑㄩㄢ

㊀契據。古代的券常分爲兩半,各執其一作爲憑證。戰國策齊四:"載券契而行。"又:"使吏召諸民當償者,悉來合券。"後泛指票據、憑證。㊁情意契合無間。莊子庚桑楚:"券內者行乎無名,券外者志乎期會。"

【券馬】宋代於邊境設馬市。賣馬的驅馬至馬市,集數十匹到一百匹左右,發一張票券。每匹馬預付錢一千,送京師途中由官府供給飼料,至京師後將所購之馬分諸監管理,稱爲券馬。見宋史兵志十二馬政。

【券書】證券,契據。史記七五孟嘗君傳:"今富給者以要期,貧窮者,燔券書以捐之。"

【券臺】墓前的祭臺。宋陶穀清異錄四喪葬土筵席:"葬墓前甃石若輒表之面,方長,高不登三尺,號曰券臺。"

刑

見"刑"。

㓭

chuàng 初亮切,去,漾韻,初。
ㄔㄨㄤ

開始。"創"的本字。戰國策秦三:"大夫種爲越王墾草㓭邑。"

刵

èr 仍吏切,去,志韻,日。
ㄦ

截耳,古代肉刑。書康誥:"無或劓刵人。"

刲

kuī 苦圭切,平,齊韻,溪。
ㄎㄨㄟ

割。易歸妹:"士刲羊。"國語楚下:"必自射牛,刲羊,擊豕。"

㓤

qiā 恪八切,入,黠韻,溪。
ㄑㄧㄚ

剝。唐韓愈昌黎集八征蜀聯句:"剟膚浹瘡痍,敗面碎剠㓤。"

刺

cì 七賜切,去,寘韻,淸。
ㄘ 七迹切,入,昔韻,淸。

㊀殺死,用尖銳的東西扎入。春秋僖二八年:"公子買戍衛,不卒戍,刺之。"指殺死。孟子梁惠王上:"是何異於刺人而殺之。"指扎入。㊁剷除。荀子富國:"刺屮殖穀。"屮,古"艸"字。參見"刺草臣"。㊂刀鋒,物之尖端。淮南子氾論:"古之兵,弓劍而已矣,槽矛無擊,修戟無刺。"漢書六八霍光傳:"若有芒刺在背。"㊃指責,諷刺。戰國策齊一:"能面刺寡人之過者,受上賞。"詩碩鼠序:"碩鼠,刺重斂也。"㊄名片。古代在竹簡上刺上名字,所以叫刺。釋名釋書契:"書稱刺,書以筆刺紙簡之上也。"漢王充論衡骨相:"韓生……通刺倪寬,結膠漆之交。"㊅採取。史記封禪書:"而使博士諸生刺六經中作王制。"㊆探詢。漢書六六陳萬年傳:"(陳)咸素善(朱)雲,雲從刺候。"㊇撐。撐船叫刺船。莊子漁父:"客曰:'……吾去子矣!'乃刺船而去。"史記陳丞相世家:"(陳)平恐,乃解衣裸而佐刺船。"㊈見"刺刺"。

【刺刀】擊刺所用的刀。梁書陳伯之傳:"(陳伯之)好著獺皮冠,帶刺刀。"

【刺口】多言,猶言饒舌。唐韓愈昌黎集五寄盧仝詩:"彼皆刺口論世事,有力未免遭驅使。"

【刺史】官名。秦時設刺史,監督各郡。刺,檢舉不法;史,皇帝所使。漢武帝元封五年設部(州)刺史,督察郡國,官階低於郡守。成帝綏和元年改爲州牧,東漢光武建武十八年復爲刺史。靈帝時,復改爲州牧,居郡守之上,掌一州的軍政大權。魏晉重要的州、郡由都督兼任刺史，權力更大。隋以後，刺史爲一州的行政長官；以後刺史成爲太守的别稱。中間只隋煬帝及唐玄宗時曾兩度改州爲郡，改刺史爲太守，不久都復舊。宋制設知州，以朝臣充任，雖仍有刺史一官，僅屬虛銜。元明以後，刺史官名亦廢。清代用作知州的别稱。清顧炎武認爲漢時的刺史，相當於後世的巡按御史；魏晉以來的刺史，相當於後世的總督；隋以後的刺史，相當於後世的知府及直隸州知州。參閱日知録九隋以後刺史。

【刺字】古稱墨刑，漢稱黥。漢文帝雖廢黥刑，魏晉間仍沿用。唐律十二篇没有提及刺字。五代晉天福年間始有刺配之法。刺字有刺臂與刺面之别，刺臂多在腕上肘下；刺面多在鬢下頰上；刺明所犯事由及發遣地名。

【刺耳】話不中聽。唐賈島長江集一送沈秀才下第東歸詩："直言好者誰，刺耳如長錐。"

【刺舌】隋書賀若弼傳："父敦……臨刑，呼弼謂之曰：'……且吾以舌死，汝不可不思。'因引錐刺弼舌出血，誡以愼口。"後卽以刺舌稱愼口。宋蘇軾分類東坡詩十八劉貢父見余歌詞數首以詩見戲聊次其韻："刺舌君今猶未戒，炙眉我亦更何詞！"

【刺竹】竹名。也稱竻竹。新唐書一六七王式傳："(式)徙安南都護，……浚壕繚栅，外植刺竹。"參見"竻竹"。

【刺兵】古代兵器，屬矛之類。矛適於直戳，故稱刺，也稱直兵。周禮考工記廬人："凡兵，句兵欲無彈，刺兵欲無蜎。"句兵，屬戈戟。彈，搖擺。蜎，屈曲。參見"直兵"。

【刺刺】多言貌。唐韓愈昌黎集二一送殷員外序："持被入直三省，丁寧顧婢子，語刺刺不能休。"

【刺虎】戰國策秦二："有兩虎諍人而鬬者，管莊子(史記張儀傳作卞莊子)將刺之。管與止之曰：'虎者，戾蟲；人者，甘餌也。今兩虎諍人而鬬，小者必死，大者必傷，子待傷虎而刺之，則是一舉而兼兩虎也。'"戰國時陳軫説秦惠王，先待齊楚交戰，然後乘機出兵，引管莊子刺虎爲喻。後因把刺虎比喻一舉兩得。南朝陳徐陵徐孝穆集八爲護軍長史王質移文："刺虎之勢，時期卞生。"

【刺股】戰國時，蘇秦遊説秦王，上書十次，不爲所用，資用困乏，乃歸里發憤讀書，讀書欲睡，則引錐刺股，終爲六國相。見戰國策秦一。後因以刺股喻刻苦攻讀。隋書儒林傳序："勤踰刺股。"

【刺客】㊀懷挾兵器進行暗殺的人。史記一〇一袁盎鼂錯列傳："梁刺客後曹輩果遮刺殺盎安陵郭門外。"㊁宋人品評花種，有十客之稱。以玫瑰多刺，故稱玫瑰爲刺客。見宋姚寬西溪叢語上。

【刺促】忙迫，勞碌不休。世説新語政事"山公以器重朝望"注引王隱晉書："和嶠刺促不得休。"又見晉書潘岳傳。唐李賀歌詩編一浩歌："看見秋眉換深綠，二十男兒那刺促。"也作"促刺"。參見該條。

【刺配】處以黥刑，遣送到邊地服役。宋史刑法志三："(熙寧)三年，中書上刑名未安者五：……其三刺配之法二百餘條。"水滸八："林教頭刺配滄州道。"參見"刺字"。

【刺桐】一名海桐、山芙蓉。落葉喬木。福建晉江縣，唐時環城都種植刺桐，故稱刺桐城。唐朱慶餘詩集南嶺路："經冬來往不踏雪，盡在刺桐花下行。"

【刺骨】極言程度之深，深入於骨。唐劉知幾史通忤時："雖威以刺骨之刑，勗以懸金之賞，終不可得也。"指刑罰的慘酷。宋邵伯温聞見前録十三："是時既退元豐大臣於散地，皆銜怨刺骨。"指怨恨極深。宋戴復古石屏詩集六飲中："布衣不換錦宮袍，刺骨清寒氣自豪。"指寒氣凜冽。

【刺探】探聽，偵察。周禮秋官士師"一曰邦汋"注引鄭衆："國汋者，斟汋盜取國家密事，若今時刺探尚書事。"後漢書章帝紀建初七年："遣吏逢迎，刺探起居。"

【刺眼】觸目。唐杜甫杜工部草堂詩箋十二奉陪鄭駙馬韋曲之一："石角鉤衣破，藤枝刺眼新。"後引申爲惹人注意並使人看不順眼。

【刺楸】植物名。落葉喬木。宋朱弁曲洧舊聞四："藥有五加皮，其樹身、幹皆有刺，葉如楸，俗呼之爲刺楸。"

【刺閨】夜有急報，投刺於宮門以告警。樂府詩集三二南朝梁戴暠從軍行："長安夜刺閨，胡騎白銅鞮。"陳書世祖紀："一夜內刺閨取外事分判者，前後相續。"御覽詩鄭錫出塞曲："會當繫取天驕入，不使軍書夜刺閨。"參閱明楊愼升菴全集七十刺閨。

【刺蜚】比喻易於取勝。戰國策燕二："必令其言如循環，用兵如刺蜚。"宋鮑彪注："集韻：'(蜚)，蟲名，喻易也。'"

【刺舉】偵視揭發。史記一〇四田叔傳："天下郡太守多爲姦利，三河尤甚，臣請先刺舉三河。"後漢書四三樂恢傳："諸所刺舉，無所回避。"

【刺蹙】同"刺促"。唐李白李太白詩二古風之四十："鳳凰不啄粟，所食唯琅玕，焉能與羣雞，刺蹙爭一飡。"參見"刺促"。

【刺繡】以針引綵線，在織物上繡出字畫。書益稷："予欲觀古人之象，日月星辰，山龍華蟲，……黼黻絺繡，以五采彰施于五色，作服。"自漢以後，刺繡工藝達到很高的水平。舊題晉王嘉拾遺記記趙逵之妹能列萬國於方帛之上；唐蘇鶚杜陽雜編説南海盧眉娘能於一尺絹上繡法華經七卷，字大小不逾粟粒，點畫分明細於毛髮。參閱清陳丁佩繡譜、近人朱啓鈐絲繡筆記上。

【刺草臣】古代平民對君主的卑稱。儀禮士相見禮："凡自稱於君，……庶人則曰刺草之臣。"注："刺，猶剗除也。"

刳

kū 若胡切，平，模韻，溪。ㄎㄨ

剖開，挖空。易繫辭下："刳木爲舟。"

【刳心】道家語。澄清內心的雜念。莊子天地："夫道，覆載萬物者也。洋洋乎大哉。君子不可以不刳心焉。"唐成玄英疏："刳，去也，洗也。洗去有心之累。"

【刳羊】結盟時宰羊立誓。漢劉向説苑奉使："刳羊而約曰：'自後子孫敢有相攻者，令其罪若此刳羊矣！'"

【刳剔】剖挖。書泰誓上："焚炙忠良，刳剔孕婦。"

到

dào 都導切，去，号韻，端。ㄉㄠ

㊀抵達，達到。詩大雅韓奕："靡國不到。"史記八七李斯傳諫逐客書："功施到今。"㊁周密，周到。魏書高允傳徵士頌："仲業(張偉)淵長，雅性清到。"唐吳兢貞觀政要二納諫："披露腹心，非常懇到。"㊂欺惑。韓非子內儲左上："到其言以告：……"史記韓世家："不如出兵以到之。"索隱："到，欺也。"清王念孫以爲"到"乃"勁"之誤。見讀書雜志戰國策一到秦。㊃顛倒，反轉。通"倒"。莊子外物："草木之到植者過半，而不知其然。"金董解元西廂："他每孤恩，適來到埋怨人。"㊄姓。楚令尹屈到之後，以王父字爲氏。見元和姓纂九。

【到了】到底，畢竟。全唐詩六八六吳融武關："貪生莫作千年計，到了都成一夢閒。"

【到手】猶言在手。宋晁沖之晁具茨先生詩集十一次韻再答少蘊知府甥和四兄以道長句並見寄二首之二："日日避愁無處脱，直須到手不停杯。"後稱實得其物爲到手。

【到底】畢竟。宋張詠乖崖集三寄郝太沖詩:"新編到底將何用,爭好如今更有誰?"

【到處】處處。唐高適高常侍集五送田少府貶蒼梧詩:"江山到處堪乘興,楊柳青青那足悲!"

【到植】倒植。莊子外物:"草木之到植者過半,而不知其然。"釋文:"植……立也,本亦作置。司馬(彪)云:'鋤拔反之更生者曰到植。'"文選三國魏何平叔(晏)景福殿賦:"茄蔤到植,吐被芙蕖。"指殿屋藻井所畫花木根在上葉在下,望之如倒生。到,通"倒"。

【到頭】到底,畢竟。樂府詩集四九那呵灘曲:"各自是官人,那得到頭還?"全唐詩四六九張碧農父:"到頭禾黍屬他人,不知何處拋妻子!"

【到大來】絕大、十分的意思。到,通"倒"。劉知遠諸宮調一耍孩兒"無端洪信與洪義,兩人到大來愚迷。"元曲選石子章竹塢聽琴一:"到大來無拘倦,每日間不斷香烟,將一片真心煉。"又馬致遠黃粱夢四:"你得了斗來大黃金印一顆,爲元帥,佐山河,倒大來顯豁。"

【到彼岸】梵語波羅蜜的義譯。參見"波羅蜜"。

【到彥之】公元?—433年。南朝宋彭城武原人。字道豫,劉裕部將。東晉末隨劉裕鎮壓孫恩盧循農民起義。劉裕建立宋王朝,隨劉義隆(宋文帝)鎮守荆楚。元嘉七年率師北伐,取滑臺虎牢洛陽,分兵防守黃河南岸各地,不久爲魏軍所敗,喪師而還。南史有傳。

刷 shuā 數刮切,入,鎋韻,山。
ㄕㄨㄚ 所劣切,入,薛韻,山。

㊀清除,用刷除垢。周禮天官凌人:"夏,頒冰掌事;秋,刷。"文選晉左太沖(思)魏都賦:"洗兵海島,刷馬江州。"㊁刷子。文選三國魏嵇叔夜(康)養生論:"勁刷理鬢,醇醴發顏。"注引通俗文:"所以理髮謂之刷也。"唐呂向注:"勁刷,謂梳也。"㊂根究,查究。見"刷卷"。

【刷卷】古代法律用語。指官吏查看文書或復審案件。元代由肅政廉訪使稽查所屬各衙門處理獄訟案件,不使拖延枉曲;明代監察御史及各道按察司每年八月出巡,審理獄訟,稱刷卷。古今雜劇元關漢卿竇娥冤四:"加老夫兩淮提刑廉訪使之職,隨處審囚刷卷。"參閱元史刑法志一職制上、明史職官志二。

【刷恥】雪恥,洗刷恥辱。史記楚世家:"昭睢曰:'王雖東取地於越,不足以刷恥;必且取地於秦,而後足以刷恥於諸侯。'"

【刷經寺】古鎮名。在今四川紅原縣境內。因舊有印刷藏經的寺院而得名。

【刷絲硯】安徽歙縣所產的石硯。以羅紋的粗細劃分等級,石紋細密像刷絲一樣的叫刷絲羅紋。參閱宋洪适辨歙硯說。

剎 chà 初鎋切,入,鎋韻,初。
ㄔㄚˋ

梵語剎多羅的省稱。㊀土或土田,國土。見唐玄應一切經音義一。㊁塔。文選南朝梁王簡栖(屮)頭陁寺碑:"然後遺文間出,列剎相望。"㊂佛寺。宋史四一五危稹傳:"漳俗視不葬親爲常,往往棲寄僧剎。"

【剎那】梵語的音譯。意爲一念之間,指極短的時間。俱舍論十二稱一彈指頃有六十五剎那;仁王般若波羅密多經上觀空品說一念中有九十剎那。唐白居易長慶集十四和夢游春詩:"愁恨僧祇長,歡榮剎那促。"

【剎帝利】梵語。省稱剎利。古印度四姓的第二姓,握有政治和軍事實權,是古印度國家的世俗統治者。大唐西域記二:"若夫族姓,殊者有四流焉:一曰婆羅門,淨行也;……二曰剎帝利,王種也;……三曰吠奢,商賈也;四曰戍陁羅,農人也。"剎帝利,譯言田主。見翻譯名義集一。

制 zhì 征例切,去,祭韻,照。
ㄓˋ

㊀裁斷。荀子成相:"臣謹修,君制變。"韓非子難二:"管仲善制割。"㊁製作。詩豳風東山:"制彼裳衣。"孟子梁惠王上:"可使制梃,以撻秦楚之堅甲利兵矣。"㊂節制,制止,控制。商君書畫策:"衣服有制,飲食有節,則出寡矣。"淮南子脩務:"(馬)翹尾而走,人不能制。"史記項羽紀:"吾聞先卽制人,後則爲人所制。"㊃成法,準則。如法制,制度,法式。左傳隱元年:"今京不度,非制也。"荀子王制:"明王始立而處國有制。"注:"制,亦謂等差也。"㊄帝王的命令。禮曲禮下:"士死制。"注:"制謂君教令,所使爲之。"後稱皇帝詔命爲制。史記始皇紀:"命爲制。"㊅禮喪服有四制,後專以守父母之喪爲制。參見"守制"。㊆古長度名。參見"制幣"。㊇春秋鄭地名。左傳隱元年:"制,巖邑也。"故城在今河南滎陽縣氾水鎮。

【制子】練武舉重的器具。儒林外史二六:"他是個武舉,扯的動十個力氣的弓,端的起三百斤的制子,好不有力氣!"

【制止】遏阻,控制。釋名釋丘:"水出其右曰沚丘。沚,止也,西方義氣有所制止也。"三國魏劉邵人物志材理:"凡人心有所思,則耳且不能聽,是故並思俱說,競相制止。"

【制中】㊀適中,恰當處理。禮仲尼燕居:"夫禮,所以制中也。"清孫希旦禮記集解:"過不及之義。"淮南子詮言:"聽獄制中者,皐陶也。"㊁居喪期中。紅樓夢一一四:"因在制中,不便行禮。"

【制令】制度號令。左傳昭元年:"舉之表旗,而著之制令。"戰國策趙二:"法度制令,各順其宜。"

【制作】㊀制度。史記禮書:"乃采風俗,定制作。"㊁著作,撰述。漢書三六劉歆傳:"修易序書,制作春秋,以紀帝王之道。"㊂製造。晉嵇含南方草木狀中抱香履:"帝深嘆異,然哂其制作之陋。"

【制命】擬訂命令。左傳閔二年:"夫帥師,專行謀,……師在制命而已。"注:"命,將軍所制。"

【制服】喪服。後漢書三九劉般傳附劉愷:"鄧太后詔長吏以下不爲親行服者,不得典城選舉。……詔下公卿,議者以爲不便。愷獨議曰:'詔書所以爲制服之科者,蓋崇化厲俗,以弘孝道也。'"後稱有定制的服裝爲制服。

【制使】皇帝的使者。唐律疏義十:"對捍制使而無人臣之禮者絞。"

【制度】㊀法令禮俗的總稱。易節:"節以制度,不傷財,不害民。"書周官:"考制度于四岳。"漢書元帝紀:"漢家自有制度,本以霸王道雜之。"㊁指規定、用法。元王實甫西廂記三本四折:"紅云:用著幾般兒生藥,各有制度,我說與你。"又:"末云:桂花性溫,當歸活血,怎生制度?"

【制軍】㊀編制軍隊。周禮夏官司馬:"凡制軍,萬有二千五百人爲軍,王六軍,大國三軍,次國二軍,小國一軍。"㊁明清總督的別稱。也叫制臺。參見"制臺"。

【制科】見"制舉"。

【制書】古代皇帝命令的一種。後漢書光武帝紀上建武元年九月注引漢制度:"帝之下書有曰:一曰策書,二曰制書,三曰詔書,四曰戒敕。……制書者,帝者制度之命,其文曰制詔三公,皆璽封,尚書令印重封,露布州郡也。"唐代凡行大賞罰,授大官爵,改革舊政,寬赦降虜,都用制書,規定由中書舍人起草劃行。見唐六典九中書。參閱漢蔡邕獨斷。

【制授】唐制，三品下、五品上授官叫制授。參見"册授"。

【制御】統治，支配。史記秦始皇紀："主重明法，下不敢爲非，以制御海内矣。"

【制詔】詔令。史記秦始皇紀："命爲制，令爲詔。"全唐詩話二楊炎："常衮長於除書，炎善德音，自開元後言制詔者稱常楊。"參見"制書"。

【制策】策，竹簡；造紙發明以前，以簡作書。皇帝有事書策詢問羣臣，叫制策。漢武帝元光元年詔賢良，各"受策察問，咸以書對"，於是公孫弘董仲舒等，都先後對策。見漢書武帝紀。後來科舉考試用對策，因稱策試。宋史三三八蘇軾傳："軾始具草，文義粲然，復對制策，入三等。"

【制勝】制服對方以取勝。孫子虛實："人皆知我所以勝之形，而莫知吾所以制勝之形。"

【制義】明清科舉考試的文字程式，又稱制藝，卽八股文。明吳應箕樓山堂集十九杭州書某孝廉事："士以制義起家，閱三年有春秋二試，别以鄉會之目。"參見"八股"。

【制誥】詔令。唐代詔令，例由中書舍人起草。中書舍人六員，其中一員專掌畫行者，稱知制誥。見唐六典九中書舍人、新唐書百官志二。

【制壽】六十歲時預爲製辦壽具（棺材）稱制壽。禮王制："六十歲制，七十時制，八十月制，九十日脩。"疏："明老而預爲送終之具也。年既衰老，故逆辦之也。歲制，謂棺也。"晉書皇甫謐傳篤終論："故禮六十而制壽，然嬰疢彌紀，仍遭喪難，神氣損劣，困頓數矣。"

【制臺】明清總督的敬稱。明武宗嘗自稱總督軍務，臣下避諱，改總督爲總制，故有制臺、制軍之稱。嘉靖時，復用總督官名，而制臺諸名稱，仍舊沿用。

【制獄】皇帝特命監禁罪人的地方。卽漢代的詔獄。宋史三一八張方平傳："（蘇）軾下制獄，又抗章爲請。"

【制幣】祭祀所供的帛。儀禮既夕禮："贈用制幣玄纁束。"注："丈八尺曰制。"

【制舉】唐代科舉取士的制度。除地方貢舉外，由皇帝親自在殿廷詔試的稱制科舉，簡稱制舉、制科。新唐書選舉志上："其天子詔者曰制舉，所以待非常之才焉。"它的性質與漢代賢良文學、孝廉方正相似。唐代的科名繁多，有八十多種，其中以賢良方正直言極諫科、才識兼茂明於體用科爲最常見。宋沿用，但科名已大減，至南宋紹興年間，有博學鴻詞科。清代如康熙十七年、乾隆元年兩次博學鴻詞科，清末的經濟特科等，都是制舉性質。又平常科舉殿試進士，因例由皇帝策問，故一般也稱制舉。

【制錢】明洪武以後官局所製的錢。因形式、文字、重量、成色都有定制，故名。明史食貨志五："凡納贖收税，歷代錢、制錢各收其半。無制錢，卽收舊錢，二以當一。制錢者，國朝錢也。"參閱清鈌名錢幣考上。

【制藝】經義的别稱。因是制舉應試文章，故稱制藝。也叫制義，卽八股文。清黄景仁兩當軒集自敍："稍長，從塾師授制藝，心塊然不知其可好。"

【制局監】武官名。南朝梁有制局監、侍衛二職。太清二年侯景舉兵，卽以誅中領軍朱异、少府卿徐驎、太子右衛率陸驗、制局監周石珍爲名。參閱資治通鑑一六一梁太清二年注。

【制置使】官名。唐大中五年置。負責經營謀劃邊防軍務。宋初不常置。宋南渡後因對金作戰，設置漸多，多以安撫大使兼任，得以便宜節制軍事，資望特高的稱制置大使。制置使往往兼轄數路軍務，與明清的總督相當。參閱文獻通考六二職官十六制置使。

【制義叢話】清梁章鉅撰。二十四卷。記敍制義的宗旨、源流、體裁、典制及舊聞瑣事。

刮

guā 古頒切，入，鎋韻，見。
ㄍㄨㄚ

㊀磨，削。禮明堂位："山節，……刮楹。"疏："刮，摩也；楹，柱也；以密石摩柱。"史記太史公自序："采椽不刮，茅茨不翦。"㊁抉發，發掘。唐杜甫杜工部草堂詩箋十三畫鶻行："乃知畫師妙，巧刮造化窟。"㊂吹。通"颳"。唐杜甫杜工部草堂詩箋三四前苦寒行："凍埋蛟龍南湍縮，寒刮肌膚北風利。"㊃搜刮。見"刮地皮"。

【刮舌】刮除舌垢的用具。見法苑珠林一一八雜要淨口。

【刮垢】滌除垢膩。唐韓愈昌黎集十二進學解："爬羅剔抉，刮垢磨光。"孫樵集二與高錫望書："貴文則喪質，近質則太禿，刮垢磨痕，卒不到史。"

【刮骨】三國志蜀關羽傳："羽嘗爲流矢所中。……醫曰：'矢鏃有毒，毒入骨，當破臂作創，刮骨去毒，然後此患乃除耳。'"

【刮摩】㊀摩琢器物，使有光澤。周禮考工記："刮摩之工五。"注："刮作捖。……捖摩之工，謂玉工也。"㊁滌除。唐韓愈昌黎集二八曹成王碑："喪除，痛刮摩豪習，委已於學。"㊂切磋。指學問上的商討研究。元史一九〇吳師道傳："乃幡然有志於爲己之學，刮摩淬勵，日長月益。"

【刮鏞】科場内挾帶的小書。明錢希言戲瑕一刮鏞："又宋有博學宏詞科，懷挾之書，名曰刮鏞，中作細行，字皆蠅頭小楷，梓行於世。"

【刮地皮】新唐書二一三程日華傳："（李）固烈請還恒州，既治裝，悉帑以行。軍中怒曰：'馬瘠士饑死，刺史不棄豪髮卹吾急，今刮地以去，吾等何望？'"後稱貪官污吏搜刮民財，爲刮地皮。

【刮骨鹽】曲調名。鹽，卽"引"。唐權德輿權載之集九雜興詩："含羞斂態勸君住，更奏新聲刮骨鹽。"

【刮目相待】猶言另眼相看。三國志吳呂蒙傳注引江表傳："（魯）肅拊蒙背曰：'吾謂大弟但有武略耳。至於今者，學識英博，非復吳下阿蒙。'蒙曰：'士别三日，卽更刮目相待。'"

【刮腸洗胃】比喻痛改前非。南齊竺景秀語人曰："若許某自新，必吞刀刮腸，飲灰洗胃。"事見南史荀伯玉傳。

剟

duò 都唾切，去，過韻，端。
ㄉㄨㄛˋ

斫，砍。唐杜甫杜工部草堂詩箋十三閿鄉姜七少府設鱠戲贈長歌："無聲細下飛碎雪，有骨已剟觜春葱。"

七畫

前

1\. qián 昨先切，平，先韻，從。
ㄑㄧㄢˊ

㊀與"後"相對。指方位或時間。論語子罕："瞻之在前，忽焉在後。"禮檀弓上："我未之前聞也。"㊁引導。儀禮特牲饋食禮："尸謖祝前。"注："謖，起也。前，猶導也。"㊂進。史記項羽紀："項羽召見諸侯將，入轅門，無不膝行而前。"

2\. jiǎn 集韻 子淺切，上，獮韻。
ㄐㄧㄢˇ

㊃淺黑色。通"翦"。周禮春官巾車："木路，前樊鵠纓。"注："前，讀爲緇翦之翦。"

【前夕】卽前夜。唐釋齊己白蓮集七中秋十四日夜對月上南平主人詩："今宵前夕皆堪玩，何必圓時始竭才。"

【前王】死去的帝王，先王。詩周頌烈文："於乎前王不忘。"傳："前王，（周）武王也。"楚辭屈原離騷："忽奔走以先後兮，及前王之踵武。"

【前夫】再嫁者以前的丈夫。玉臺新詠一東漢辛延年羽林郎詩："男兒愛後婦，女子重前夫。"

【前世】㊀過去的時代。楚辭屈原離騷："鷙鳥之不羣兮，自前世而固然。"㊁前生。宋蘇軾分類東坡詩二四題靈峰寺壁："前世德雲今我是，依稀猶記妙高臺。"

【前古】上古。吳越春秋七勾踐入臣外傳："今大王誠赦越王，則功冠於五霸，名越於前古。"

【前母】繼室的子女稱父親的前妻。晉書禮志中："禮爲繼母服，而不爲前母服者，……前母既終，乃有繼母，後子不及前母，故無制服之文。"

【前生】佛教的輪迴說法，稱過去的一生爲前生，對今生而言。唐寒山子詩集詩之四一："今日如許貧，總是前生作。"

【前列】先鋒部隊。左傳哀二年："姚般公孫林，殿而射，前列多死。"穀梁傳定四年："苟諸侯有欲伐楚者，寡人請爲前列焉。"

【前光】祖先的功德。藝文類聚二十晉陸機述先賦："應遠期於已曠，昭前光於未戢。"唐韓愈昌黎集二七清河郡公房公墓碣銘："公胚胎前光，生長食息，不離典訓之內。"

【前此】在此之前。公羊傳隱二年："始滅昉於此乎？前此矣。"注："前此者，在春秋前。"

【前因】原因。南齊書高逸傳論："今樹以前因，報以後果。"

【前件】前述之事件。北史房法壽傳附房豹："明公鑒達幽微，平心遇物，今所考校，必無阿枉，脫有前件數事，未審何以裁之？"舊唐書一九九上日本國傳："元和元年日本國使判官高階眞人上言，前件學生藝業稍成，願歸本國。"前件指貞元二十年來華的留學生橘免勢、學問僧空海。舊時公牘文案中常用此詞。

【前行】㊀先鋒部隊，前導。吳子應變："募吾材士，與敵相當，輕足利兵，以爲前行。"史記項羽紀："項羽乃立章邯爲雍王，置楚軍中，使長史欣爲上將軍，將秦軍爲前行。"舞隊的前排也叫前行。㊁唐宋制，尚書省六部有前行、中行、後行三等。唐會要五七尚書省分行次第："故事，以兵吏及左右司爲前行，刑户爲中行，工禮爲後行。"

【前言】㊀前人的言論。易大畜："君子以多識前言往行，以畜其德。"清龔自珍定盦文集補己亥雜詩："多識前言畜其德，莫拋心力貿才名。"㊁以前說過的話。論語陽貨："偃之言是也，前言戲之耳。"

【前志】㊀前人的記述。左傳成十五年："子臧辭曰：'前志有之曰：聖達節，次守節，下失節。'"漢劉向新序節士引作"前記"。㊁先輩的遺志。三國志魏管寧傳："非所以奉遵明訓，繼成前志也。"㊂平素的志向。唐許渾丁卯集下寄契盈上人詩："婚嫁乖前志，功名異夙心。"

【前却】進退。吳子治兵："進不可當，退不可追；前却有節，左右應麾。"三國志吳孫權傳注引江表傳："近爲鼠子所前却，令人氣湧如山。"

【前身】佛家語。卽前生。太平廣記三八七羊祜引獨異記："乃驗祜前身，東鄰子也。"唐白居易長慶集七一昨日復今辰詩："所經多故處，却想似前身。"

【前定】㊀事前有所準備。禮中庸："言前定則不跲，事前定則不困。"疏："將欲發言能豫前思定然後出口，則言得流行，不有躓蹶也。……欲爲事之時，先須豫前思定，則臨事不困。"㊁宿命論者認爲凡事都有預定之數，一切都由命運安排。宋蘇軾分類東坡詩十七徑山道中次韻答周長官兼贈蘇寺丞："吾宗古遺直，窮達付前定。"

【前武】前人的典範。武，足迹。宋書王弘之傳："前衛將軍參軍武昌郭希林素履純潔，嗣徽前武。"

【前妻】前娶之妻，別於後妻而言。漢劉向列女傳齊義繼母傳："其母對曰：'少者，妾之子也；長者，前妻之子也。'"

【前拒】前陣。拒，方陣。左傳昭元年："爲五陳以相離，兩於前，伍於後，專爲右角，參爲左角，偏爲前拒，以誘之。"史記九五酈商傳："又以右丞相從高帝擊黥布，攻其前拒，陷兩陳，得以破布軍。"漢書作"前垣"，注："謂攻其壁壘之前垣。"

【前知】預見未來。禮中庸："至誠之道，可以前知。"

【前例】以往的事例。南齊書陸慧曉傳："竟陵王(蕭)子良謂王融曰：'我府二上佐，求之前世，誰可爲比？'融曰：'兩賢同時，便是未有前例。'"二上佐，指慧曉與謝朏。

【前彥】前代的賢人。南朝陳徐陵徐孝穆集七報尹義尚書："谷永之筆，無慚古人；蓋延之功，高視前彥。"

【前度】㊀從前的法度。史記八四屈原傳："章畫職墨兮，前度未改。"楚辭屈原九章懷沙"度"作"圖"。㊁前次，上回。唐劉禹錫劉夢得集四再遊玄都觀絕句并引："種桃道士歸何處，前度劉郎今又來。"

【前茅】軍中的前哨斥候。行軍時用茅爲旌，持旌先行，如遇變故或敵人，便舉旌警告後軍。左傳宣十二年："前茅慮無。"後稱考試得前列者爲名列前茅。

【前胡】草名。葉似野菊而瘦細。根細，青紫色。秋月開小花。采根曬乾可入藥。參閱政和證類本草八、清吳其濬植物名實圖考長編六山草。

【前星】漢書五行志下之下："心，大星，天王也；其前星太子，後星庶子也。"後來因以前星指太子。廣弘明集十五南朝梁王僧孺禮佛唱導發願文："前星照曜，東離煥炳。"

【前疾】車轅的頸部。周禮秋官大行人："諸侯之禮，……立當前疾。"注："前疾，謂駟馬車轅前胡，下垂柱地者。"前胡，詩小雅蓼蕭"鞗革忡忡"疏及論語鄉黨"揖所與立"疏引周禮均作"前侯"。說文引作"前軓"。軓，車軾前。凡車駕時，侯(車轅之頸)離地三尺三寸；停車，則侯下支于地。侯、胡古音通假。參閱孫詒讓周禮正義七一。

【前席】移坐而前。史記六八商君傳："衛鞅復見孝公，公與語，不自知鄰(膝)之前於席也。"又八四賈生傳："上因感鬼神事，而問鬼神之本，賈生因具道所以然之狀，至夜半，文帝前席。"

【前旆】帝王官吏出行時，儀仗中前行的旗幟。樂府詩集十六梁簡文帝上之回："前旆拂回中，後車隅桂宮。"也作"前旌"。唐孟浩然集二送韓使君除洪府都督詩："衣冠列祖道，耆舊擁前旌。"

【前馬】前驅。國語越上："其(勾踐)身親爲夫差前馬。"注："前馬，前驅，在馬前也。"韓非子喻老作"洗馬"，漢書百官公卿表上注引作"先馬"。莊子徐無鬼："黃帝將見大隗乎具茨之山，方明爲御，昌寓驂乘，張若謵朋前馬。"釋文引司馬(彪)云："二人先馬導也。"

【前秦】晉時十六國之一。公元351—394年。氐族苻氏據關中，國號秦，史稱前秦。其國盛時，南至邛僰，東抵淮泗，西極西域，北盡大磧。太元八年，秦王苻堅南略東晉，大敗於淝水，政權瓦解，後爲西秦所滅。參閱晉書地理志、苻堅載記、苻健載記。

【前哲】古代的賢人。左傳成八年："夫豈無辟王，賴前哲以免也。"國語周下："單子朝夕不忘成王之德，可謂不忝前哲矣。"

【前烈】㊀前人的功業。書武成："公劉

克篤前烈。"傳:"能厚先人之業。"㊁祖先。文選漢班孟堅(固)幽通賦:"懿前烈之純淑兮，窮與達其必濟。"㊂前賢。文選南朝梁任彥升（昉）齊竟陵文宣王行狀:"易名之典，請遵前烈。"

【前矩】前人遺留下來的規範。漢蔡邕蔡中郎集二司空文烈侯楊公碑:"乃及伊公,克光前矩。"

【前脩】古代有品德的人。楚辭屈原離騷:"謇吾法乎前脩兮，非世俗之所服。"後漢書三九劉愷傳:"今愷景仰前脩,有伯夷之節。"注:"前脩,前賢也。"

【前涼】晉時十六國之一。公元301—376年。張軌據涼州，其子茂稱涼王，史稱前涼，為前秦所滅。有今甘肅省西部與北部，及新疆維吾爾自治區東部地。參閱晉書地理志、十六國春秋。

【前途】前面的道路。也指未來的境況。途，同"塗"。晉陶潛陶淵明集三庚子歲五月中從都還阻風於規林詩:"江山豈不險，歸子念前塗。"宋書雷次宗傳:"崦嵫將迫，前塗幾何。"唐杜甫杜工部草堂詩箋十三石壕吏:"天明登前途，獨與老翁別。"

【前魚】戰國魏王與龍陽君在一起釣魚。龍陽君釣了十多條魚就哭起來。魏王問他為什麼哭，龍陽君說:"臣之始得魚也，臣甚喜，後得又益大。今臣直欲棄臣前之所得矣。今以臣凶惡而為王拂枕席。今臣爵至人君，走人於庭，辟人於途。四海之內，美人亦甚多矣，聞臣之得幸於王也，必褰裳而趨王，臣亦猶曩臣之前所得魚也。臣亦將棄矣，臣安能無涕出乎?"見戰國策魏四。後來因以前魚比喻失寵被遺棄的人。玉臺新詠四南齊陸厥中山王孺子妾歌:"子瑕矯後駕，安陵泣前魚。"才調集八于武陵長信愁詩:"一從悲畫扇，幾度泣前魚。"

【前勞】過去的功績。左傳哀二七年:"服車而朝，毋廢前勞。"

【前惡】㊀前人的罪行。晉臼季得冀芮之子冀缺而進之，曰:"臣得賢人，敢以告。"文公曰:"其父有罪，可乎?"對曰:"國之良也，滅其前惡。"見國語晉五。㊁舊有的嫌隙。史記一一〇匈奴傳:"隳壞前惡，以圖長久，使兩國之民若一家子。"

【前程】㊀前方的路程。唐孟浩然集四問舟子詩:"向夕問舟子，前程復幾多?"㊁未來的境況，多指功業而言。舊五代史馮道傳:"(張)承業重其文章履行，甚見待遇。時有周玄豹者，善人倫鑒，與道不洽，謂承業曰:'馮生無前程，公不可過用。'"㊂特指婚姻。元王實甫西廂記一本三折:"恁時節風流嘉慶，錦片也似前程。"元曲選缺名隔江鬬智四:"則俺這美前程世間無。"

【前溪】㊀溪名。在今浙江德清縣。南朝時江南舞樂多出於此，至唐時尚有數百家。見大唐傳載。㊁前溪曲，屬樂府吳聲歌曲。晉沈充作。樂府詩集四四清商曲辭吳聲歌曲引古今樂錄:"吳聲十曲，……七曰前溪。"北周庾信庾子山集五烏夜啼詩:"促柱繁絃非子夜，歌聲舞態異前溪。"

【前塗】見"前途"。

【前蜀】五代十國之一。公元891—925年。唐末王建據蜀稱帝，史稱前蜀。為後唐所滅。

【前愆】從前的過失。孔叢子論書:"憂思三年，追悔前愆。"宋書氐胡傳:"楊難當表如此悔謝前愆,可特恕宥,並特還章節。"

【前漢】即西漢，對後漢而言。詳"西漢"。

【前塵】佛教稱色、香、聲、味、觸、法為六塵;當前境界為六塵所成，都非真實，故稱前塵。楞嚴經二:"佛告阿難，一切世間大小內外、諸所事業各屬前塵。"唐白居易長慶集五四酒筵上答張居士詩:"但要前塵滅，無妨外相同。"後凡往事也泛稱前塵。如:回首前塵，前塵影事。

【前趙】晉時十六國之一。公元304—329年。匈奴族劉淵稱帝，都平陽(今山西臨汾縣)，國號漢，史稱北漢。有今山西及陝西中部、東北部，甘肅東部，河南北部。至劉曜，改國號為趙，遷都長安，史稱前趙，為後趙所滅。

【前慮】事前的考慮。戰國策魏一:"前慮不定，後有大患，將奈之何?"

【前箸】見"借箸"。

【前鋒】先鋒。史記九一黥布傳:"大王宜悉淮南之衆，身自將之，為楚軍前鋒。"

【前輩】年輩較尊者。文選漢孔文舉(融)論盛孝章書:"今之少年，喜謗前輩，或能譏評孝章。"

【前緒】前人的事業。楚辭屈原天問:"纂就前緒，遂成考功。"漢蔡邕蔡中郎集外傳述行賦:"歷觀羣都，尋前緒兮;考之舊聞，厥事舉兮。"三國志魏蔣濟傳:"陛下方當恢崇前緒，光濟遺業，誠未得高枕而治也。"

【前緣】佛家謂前定的緣分。唐釋齊已白蓮集七寄懷東林寺匡白監寺詩:"南岳別來無後約，東林歸住有前緣。"

【前導】官吏出行時前列的儀仗。新五代史安重誨傳:"重誨嘗出，過御史臺門，殿直馬延誤衝其前導。"

【前頭】㊀前面。唐白居易長慶集六七秒秋獨夜詩:"前頭更有蕭條物，老菊衰蘭三兩叢。"㊁今後。唐白居易長慶集六九哭劉尚書夢得詩:"夜臺暮齒期非遠，但問前頭相見無?"

【前燕】晉時十六國之一。公元337—370年。鮮卑族慕容廆在漢末魏初自徙河還大棘城(今遼寧義縣西北)，稱鮮卑大單于;子皝稱燕王，史稱前燕。有今遼寧河北山東河南山西之地。為前秦所滅。

【前徽】前人的美德。徽，美善。文選南朝梁沈休文（約）奏彈王源文:"欒郤之家，前徽未遠。"欒郤都是春秋晉國的世族。

【前騶】官吏出行時在前邊引路的侍役。宋徐鉉徐公文集五奉和宮傅相公懷舊見寄四十韻詩:"不遣前騶訪野逸，別尋通客互招延。"

【前躅】前人的遺範。意同"前武"。躅，迹。宋書謝靈運傳撰征賦:"欽仲舒之睟容,遵縫掖於前躅。"

【前籌】代人籌劃。唐高適高常侍集七東平旅遊奉贈薛太守詩:"軍書陳上策，廷議借前籌。"

【前驅】前導。詩衛風伯兮:"伯也執殳，為王前驅。"也指導引的人。左傳僖二八年:"前驅射而殺之。"

【前鑒】南齊書張欣泰傳:"前鑒未遠,已忘之乎?"詳"前車之鑒"。

【前歡】往時的歡樂。舊唐書九七張說傳諫避暑三陽宮疏:"規遠圖而替近適，要後利而棄前歡。"

【前七子】明弘治、正德年間李夢陽何景明徐禎卿邊貢康海王九思王廷相等七人，號前七子。對後起的王世貞李攀龍等後七子而言。他們主張"文必秦漢，詩必盛唐"，形成為一個復古的文學流派。見明史一七四文苑傳。

【前進士】唐代進士及第者的稱呼。唐李肇國史補下:"進士為時所尚久矣……通稱謂之秀才,投刺謂之鄉貢,得第謂之前進士。"

【前頭人】唐代承應宮中的女妓，又稱內人。詳"內人㊂"。

【前三後四】隋唐至宋都以冬至、元旦、寒食為大節,放假七日;凡節前三日，節後四日，俗稱前三後四。參閱宋王楙野客叢書十六大節七日假。

【前仆後繼】唐孫樵集九祭梓潼神君

文:"跛馬愠僕，前仆後踣。"本指前後倒仆，難以前進。後反其意而用之，改"踣"爲"繼"，指前面的倒下了，後面的緊跟上來。形容鬭爭的英勇壯烈。清末秋瑾秋瑾集弔吳烈士樾詩:"前仆後繼人應在。"後也作"前赴後繼"。

【前功盡棄】謂事將成而失敗。戰國策西周:"一攻而不得，前功盡滅。"史記周紀:"今又將兵出塞，過兩周，倍(背)韓，攻梁，一舉不得，前功盡棄。"

【前目後凡】春秋的一種筆法。同一事如在文中出現兩次，前出的詳細敍述，後出的可以用一個字或一句話概括，叫作前目後凡。公羊傳僖五年:"秋八月，諸侯盟于首戴。諸侯何以不序？一事而再見者，前目而後凡也。"

【前車之鑒】比喻以往失敗的經驗，可引爲後來的教訓。荀子成相:"前車已覆，後未知更何覺時。"韓詩外傳五:"鄙語……或曰:前車覆而後車不誡，是以後車覆也。"漢劉向説苑善説謂出周書，作"前車覆，後車戒"。戒、鑒義同。

【前度劉郎】南朝宋劉義慶幽明録記東漢永平年間，劉晨阮肇在天台桃源洞遇仙。至太康年間，兩人重到天台。後世稱去而復來的人爲"前度劉郎"。唐劉禹錫劉夢得集四再游玄都觀絶句詩:"種桃道士歸何處？前度劉郎今又來。"

【前挽後推】前牽叫挽，後送叫推，是説有不得不進之勢。左傳襄十四年:"衛君必入，夫二子者，或挽之，或推之，欲無入得乎!"挽，通"輓"。

【前倨後恭】前時傲慢而後來有禮。史記六九蘇秦傳:"蘇秦笑謂其嫂曰:'何前倨而後恭也？'"戰國策秦一作"前倨而後卑"。

【前程萬里】比喻人前途遠大。唐崔鉉兒時詠架上鷹，有"萬里碧霄終一去，不知誰是解絛人"之句，韓滉説:"此兒可謂前程萬里。"見唐詩紀事五一崔鉉。

【前歌後舞】尚書大傳三大誓:"前師乃鼓鼗譟，師乃慆，前歌後舞。"意思是説武王伐紂，軍中士氣旺盛。後來多用以頌美弔民伐罪之師。三國志蜀龐統傳:"武王伐紂，前歌後舞，非仁者邪？"

【前事不忘，後事之師】不忘記以往的經驗教訓，可以作爲以後作事的借鑒。戰國策趙一:"前事之不忘，後事之師。"

【前無古人，後無來者】空前絶後。全唐詩八三陳子昂登幽州台歌:"前不見古人，後不見來者。"宋曾慥類説五六劉貢父詩話:"文惠(陳堯佐)善遺墨書，自目云:'前無古人，後無來者。'"

剃 tì ㄊㄧˋ 他計切，去，霽韻，透。

除髮。也作"鬀"。淮南子説山:"刀便剃毛，至伐大木非斧不剋。"

【剃度】佛教語。指剃髮出家，而得超度。舊唐書高祖紀武德九年:"浮惰之人，苟避徭役，妄爲剃度，託號出家。"

剌 là ㄌㄚˋ 盧達切，入，曷韻，來。

㊀違逆。見"剌戾"、"剌謬"。㊁見"剌剌"。

【剌子】紅寶石名。見本草綱目八金石寶石。

【剌戾】相違逆。漢桓寬鹽鐵論刺復:"當世之工匠，不能調其鑿枘，則改規矩;不能協聲音，則變舊律;是以鑿枘剌戾而不合，聲音泛越而不和。"

【剌剌】象聲詞，狀風聲。唐李商隱李義山詩集四送千牛李將軍赴闕五十韻:"去程風剌剌，別夜漏丁丁。"也作"獵獵"。參見"獵獵"。

【剌謬】違異相背。文選漢司馬子長(遷)報任少卿書:"今少卿乃教以推賢進士，無乃與僕私心剌謬乎!"

剋 kè ㄎㄜˋ 苦得切，入，德韻，溪。

㊀取勝。也作"尅"。通"克"。韓非子初見秦:"夫一人奮死，可以對十，十可以對百，百可以對千，千可以對萬，萬可以剋天下矣。"㊁必，限定。見"剋期"。㊂苛急。通"刻"。宋書朱脩之傳:"然性險剋，少恩情。"㊃銘刻。通"刻"。見"剋心"。

【剋己】克制自己。同克己、刻己。後漢書七九周澤傳:"奉公剋己。"又六二陳寔傳:"宜深剋己反善。"

【剋心】銘刻於心，永志不忘。三國志吳賀齊傳注引江表傳:"謹以剋心，非但書諸紳也。"剋，通"刻"。

【剋核】苛責。莊子人間世:"剋核大至，則必有不肖之心應之。"

【剋期】限定日期。文選三國魏陳孔璋(琳)檄吳將校部曲文:"萬里剋期，五道並入。"後漢書四一鍾離意傳:"意遂於道解徒桎梏，恣所欲過，與剋期俱至，無或違者。"

【剋復】用武力收復失地。晉書王導傳:"當共戮力王室，剋復神州。"世説新語言語作"克復"。

【剋意】專心一意。唐李商隱李義山文集四樊南乙集序:"平居忽忽不樂，始剋意事佛。"

【剋薄】同"刻薄"。晉袁宏後漢記二光武帝紀:"表善懲惡，躬自剋薄。"這指對己嚴格要求。文選曹元首(冏)六代論:"胡亥少習剋薄之教，是遵凶父之業。"後於對人冷酷無情或言語譏刺，也稱剋薄或刻薄。紅樓夢三五:"話説寶釵分明聽見林黛玉剋薄他。"參見"刻薄"。

【剋臂】割臂。列子湯問:"於是二子泣而投弓，相拜於塗，請爲父子，剋臂以誓，不得告術於人。"

刾 cì ㄘˋ

刺繡。同"刺"。漢王充論衡量知:"繡之未刾，錦之未織，恒絲庸帛，何以異哉!"

剄 jǐng ㄐㄧㄥˇ 古挺切，上，迥韻，見。

用刀割頸。左傳定十四年:"臣不敢逃刑，敢歸死，遂自剄也。"釋文:"本又作刎。"

削 1. xuē ㄒㄩㄝ 息約切，入，藥韻，心。

㊀用刀斜刮。墨子魯問:"公輸子削竹木以爲鵲。"㊁删，除。見"筆削"、"削迹㊀"。㊂削弱，減少。孟子告子下:"魯之削也滋甚。"韓非子孤憤:"是以國地削而私家富，主上卑而大臣重。"㊃分割。見"削地"。㊄曲刀。漢稱書刀。周禮考工記築氏:"築氏爲削，長尺，博寸，合六而成規。"指合六削而成一圓形。古代書寫用竹簡木札，有所修改，就用削括除。雕刻亦用削。韓非子外儲説左上:"諸微物必以削削之。"㊅簡札。初學記十九漢王褒僮約:"書削代牘。"㊆陡峭如刀削狀。見"削壁"。

2. qiào ㄑㄧㄠˋ

㊇刀劍的套。通"鞘"。方言九:"劍削，自河而北燕趙之間謂之室；自關而東或謂之廓，或謂之削；自關而西謂之鞞。"唐玄應一切經音義十四引三國魏曹植寶刀賦:"豐光溢削。"

3. shào ㄕㄠˋ 集韻 所教切，去，效韻。

㊈距王畿三百里以内大夫的采地名稱。周禮天官太宰:"四曰家削之賦。"釋文:"削本亦作稍，又作郥，所教反，徐(邈):所召反。"清阮元校勘記説:經用古字作"家削"，注和疏用今字作"家稍"，依説文當作"郥"。參見"家削"。

【削正】請人指正詩文。正，也作"政"。

清魏際瑞伯子集與子弟論文十三："人以文字就質於人，稱曰正之。……又念正者必須删削，乃曰削政。"

【削瓜】削皮的瓜。荀子非相："皋陶之狀，色如削瓜。"注："如削皮之瓜，青綠色。"

【削地】㊀分割土地。戰國策齊一："夫齊，削地而封田嬰，是其所以弱也。"注："削，分。"㊁削減封地。史記一〇一袁盎鼂錯傳："夫鼂錯患諸侯彊大不可制，故請削地以尊京師，萬世之利也。"

【削杖】古代母喪時，兒子穿齊衰(喪服)所用的木杖，卽後世所謂哭喪棒。參閱清孫希旦禮記集解喪服小記、胡培翬儀禮正義喪服經傳。

【削胏】見"削哺"。

【削約】㊀削小。儀禮士喪禮"牢中旁寸"漢鄭玄注："牢，讀爲樓，樓謂削約握之中央以安手也。"㊁細瘦。宋周紫芝竹坡詞二虞美人西池見梅作："短牆梅粉香初透，削約寒枝瘦。"

【削迹】消滅車輛的痕迹。引申爲匿迹、隱居。莊子盜跖："子自謂才士聖人耶？則再逐於魯，削迹於衛，窮於齊，圍於陳蔡，不容身於天下。"藝文類聚三六魏繁欽弔里先生訓："黃綺削迹南山，以集神器之贊。"黃，夏黃公。綺，綺里季。

【削草】古代大臣封事奏上，削減草稿，以示愼密。漢書八一孔光傳："時有所言，輒削草藁。"簡稱"削草"、"削藁"。東觀漢記十九陳寵傳："(寵)周密愼重，時有表薦，輒自手書削草，人莫得知。"文選南朝梁任彥升(昉)宣德皇后令："文擅雕龍，而成則削藁。"後來也寫作削稿。

【削格】相當於陷阱，用以捕獸。莊子胠篋："削格、羅落、罝罘之知多，則獸亂於澤矣。"也作"峭格"。文選晉左太沖(思)吳都賦："峭格周施，罿罻普張。"

【削弱】勢力減退，衰敗。戰國策韓一："韓氏之兵，非削弱也；民，非蒙愚也。"史記魏世家："說者皆曰魏以不用信陵君，故國削弱至於亡。"

【削哺】古時以木爲牘，削牘所棄的木皮叫削柹；柹卽牘。後漢書八二楊由傳："又有風吹削哺。"注："哺，當作柹，音孚廢反。"北齊顏之推顏氏家訓書證引後漢書作"削胏"。

【削葱】比喻女性手指的纖細潔白。玉臺新詠一古詩爲焦仲卿妻作："指如削葱根，口如含朱丹。"唐元稹長慶集十三春六十韻詩："敧齒呈編貝，彈絲動削葱。"也作"削菘"。唐李賀歌詩編二惱公："短珮愁塡粟，長弦怨削菘。"

【削奪】割削。史記一〇六吳王濞傳："吳楚相遺書曰：'高帝王子弟各有分地，今賊臣鼂錯擅適過諸侯，削奪之地。'"

【削髮】剃髮爲僧。唐王維王右丞集五留別山中溫古上人兄并示舍弟縉詩："舍弟官崇高，宗兄此削髮。"

【削壁】陡峭如削的巖壁。道光修寧都州志三一藝文志宋曾原一金精山記："削壁堅色，石紋墨縷，拂布石面者，披髮峰也。"

【削牘】古時用刀削竹木爲簡册，在上面寫字，叫削牘。漢書九二原涉傳："涉迺側席而坐，削牘爲疏。"也作"削簡"。全唐詩五九李嶠書："削簡龍文見，臨池鳥跡舒。"

【削籍】官吏被革職，在官籍中除名。明史三〇五魏忠賢傳："許顯純具爰書，詞連趙南星楊漣等二十餘人，削籍遣戍有差。"

【削木爲吏】比喻獄吏凶暴可畏。也作"刻木爲吏"。漢書六二司馬遷傳報任安書："故士有畫地爲牢勢不入，削木爲吏議不對，定計於鮮也。"參見"畫地爲牢"。

【削足適履】比喻拘泥成例，生搬硬套，不知變通。淮南子說林："夫所以養而害所養，譬猶削足而適履，殺頭而便冠。"也作"剸足適履"。抱朴子刺驕："剸足適履，毀方入圓，不亦劇乎。"又作"刻足適屨"。宋陸游劍南詩稿四四讀何斯舉黃州秋居雜詠次其韻："昔人亦有言，刻足以適屨。"又作"刖趾適屨"。參見該條。

則

zé 子德切，入，德韻，精。
ㄗㄜˊ

㊀法則。詩大雅烝民："天生烝民，有物有則。"㊁效法。易繫辭上："河出圖，洛出書，聖人則之。"㊂等級。漢書七十下敘傳："坤作地勢，高下九則。"注："劉德曰：'九則，九州土地上中下九等也。'"㊃采邑。周禮春官大宗伯："五命賜則。"注："則，地未成國之名。"㊄量詞。如事文一條、一節叫一則。宋洪邁容齋隨筆卷一有事文二十九則。㊅猶言"作"。宋辛棄疾稼軒詞西江月："千年往事已沉沉，閑管興亡則甚！"㊆乃，乃是。左傳哀十五年："雖隕於深淵，則天命也，非君與涉人之過也。"㊇連詞。1.表連接。左傳莊二八年："宗邑無主，則民不威；疆場無主，則啓戎心。"又僖二三年："子女玉帛，則君有之；羽毛齒革，則君地生焉。"2.表轉折。然而。左傳昭元年："寡人願事君朝夕不倦，將奉質幣以無失，則國家多難，是以不獲。"3.表假設。如果，假使。左傳定八年："公子則往，羣臣之子敢不皆負羈絏以從！"㊈副詞。1.就，卽。漢書三一項籍傳："於是至則圍王離，與秦軍遇。"2.僅，只。荀子勸學："口、耳之間則四寸耳，曷足以美七尺之軀哉？"孤本元明雜劇元關漢卿單刀會四："俺哥哥合情受漢家基業，則你這東吳國的孫權，和俺劉家卻是甚枝葉？"㊉助詞。無義。詩齊風雞鳴："匪雞則鳴，蒼蠅之聲。"

【則天】㊀以天爲法。論語泰伯："巍巍乎！唯天爲大，唯堯則之。"後漢書八三逸民傳序："是以堯稱則天，不屈潁陽之高。"㊁唐武后謚則天順聖皇后，世稱武則天。詳"武則天"。

【則百】詩大雅思齊："太姒嗣徽音，則百斯男。"傳："太姒十子，衆妾則宜百子也。"後卽截"則百"二字，作爲多子的稱頌。如晉劉聰所居有螽斯則百堂。見晉書劉聰載記。

【則例】成規。宋孟元老東京夢華錄四筵會假賃："承攬排備，自有則例，亦不敢過越取錢。"清時所稱的則例，指彙集會典的新例疑義補足等所編成的行政法典。如戶部則例工部則例禮部則例八旗則例理藩院則例內務府則例以及兵部所制定的處分則例等。

【則度】法度。宋史三八三虞允文傳："慷慨磊落，有大志，而言動有則度。"

【則則】象聲詞。1.歎息聲。宋李之儀姑溪居士文集十七戲楊元發："楚令尹子西將死，家老請立子玉爲之後；子玉直視則則，於是遂定。"2.贊美聲。同"嘖嘖"。清袁枚小倉山房文集十四祭妹文："溫緇衣一章，適先生奓戶入，聞兩童子音琅琅然，不覺莞爾，連呼則則。"

【則效】效法。左傳昭七年："詩曰：'君子是則是效。'孟僖子可則效已矣。"漢書三六劉向傳："黜遠外戚，毋授以政，皆罷令就第，以則效先帝之所行。"

【則哲】書皋陶謨："知人則哲。"後以"則哲"作爲知人的代稱。後漢書五十樂成靖王黨傳："朕無則哲之明，致簡統失序。"南史謝弘微傳附謝莊："故楚書以善人爲寶，虞典以則哲爲難。"

【則索】只好，只得。元王實甫西廂記三本三折："今日強扶至此，又值這一場怨氣，眼見得休也，則索回書房中納悶去。"孤本元明雜劇元關漢卿單刀會三："既然諸葛相邀，我則索親身便往。"

【則時】即時。漢書九九上王莽傳："應聲滌地，則時成創。"

【則個】句末語氣助詞。同"著"、"者"。京本通俗小説碾玉觀音下："你與我叫住那個排軍，我相問則個。"有時作襯字，無義。詞林摘豔兩頭蠻："倚定門兒手托則箇腮，好傷箇懷。"箇，同"個"。

【則溪】舊時我國少數民族水族地方區域名。康熙三年，以水西十一則溪地，設三府。見清李宗昉黔記四。水西地在今貴州黔西縣。

【則劇】㊀嬉戲作樂。同"作劇"。宋劉克莊後村集一九〇賀新郎詞："生不逢場閑則劇，年似龔生猶夭，喫緊處無人曾道。"㊁轉爲出奇制勝的意思。宋朱熹朱子語類一三九論文上："退之（韓愈）要説道理，又要則劇；有平易處極平易，有險奇處極險奇。"㊂玩物。永樂大典戲文張協狀元："京都有甚土宜則劇，買些歸家里。"

【則聲】作聲。元周密癸辛雜識續集下徐淵子詞："道學從來不則聲，行也東銘，坐也西銘。"也作"只聲"。清平山堂話本楊温攔路虎傳："待開口只聲，説不出來。"

【則劇錢】宋代逢時逢節分送家裏人的節錢，也叫作劇錢。宋岳珂愧郯録十五國初宮禁節料錢記載，宋時歲正冬節士庶家送錢給家人，稱則劇錢。又宮廷中也有此俗。愧郯録引蔡絛鐵圍山叢談，記其弟蔡鞗所得宋太祖賜名詔，末有："今七夕節在近，錢三貫與娘娘充則劇錢。"今叢談一作"作劇錢"。

剉 cuò 粗卧切，去，過韻，清。ㄘㄨㄛˋ

㊀折傷。吕氏春秋必己："廉則剉。"注："剉，缺傷。"莊子山木："廉則挫。"釋文本也作"剉"。㊁芻，飼料。通"莝"。吴越春秋句踐入臣外傳："夫斫剉養馬。"斫剉即斬芻。㊂鍘碎。敦煌變文韓朋賦："乃見韓朋，剉草飼馬。"

【剉折】同"挫折"。元史一八五蓋苗傳："平居恂恂謙謹，及至遇事，張目敢言；雖經剉折，無少回撓。"

【剉碓】古代一種刑具。魏書汝南王悦傳："悦爲大剉碓置於州門，盗者便欲斬其手。"隋書刑法志："帝（北齊文宣帝）遂以功業自矜，恣行酷暴，昏狂酗營，任情喜怒，爲大鑊、長鋸、剉碓之屬，並陳於庭。"

八　畫

剜 wān 一丸切，平，桓韻，影。ㄨㄢ

刻，挖。尚書大傳二西伯戡耆："望釣得玉璜，剜曰：'姬受命，吕佐檢，德合於今昌來提。'"抱朴子三八博喻："猶斷根以續枝，……剜耳以開聰也。"古字作"捾"。參閱清鄭珍説文引經考二剜。

【剜肉醫瘡】比喻不顧一切以救眼前之急。唐文粹十六聶夷中傷田家詩："二月賣新絲，五月糶新穀。醫得眼前瘡，剜卻心頭肉。"訴説農家受租税盤剥的痛苦，不得不忍痛貶價預售絲穀用來濟急。後稱以彼補此，但顧眼前，不顧將來爲剜肉補瘡。宋朱熹朱文公文集十六乞蠲減星子縣税錢第二狀："必從其説，則勢無從出，不過剜肉補瘡，以欺天罔人。"

剖 pōu 普后切，上，厚韻，滂。ㄆㄡ 芳武切，上，麌韻，滂。

㊀破開，中分。書泰誓下："斮朝涉之脛，剖賢人之心。"左傳襄十四年："我先君惠公有不腆之田，與女剖分而食之。"㊁剖析，辨明。文選漢張平子（衡）思玄賦："通人闇於好惡兮，豈昏惑而能剖！"

【剖心】㊀古史傳比干强諫殷紂，紂發怒説："吾聞聖人心有七竅。"便剖開比干的胸膛看他的心。見書泰誓"剖賢人之心"傳和史記殷紀。莊子盗跖："子胥沈江，比干剖心。"㊁竭誠相見。史記八三鄒陽傳獄中上書："兩主二臣，剖心拆肝相信，豈移於浮辭哉！"唐李白李太白詩九駕去温泉後贈楊山人："一朝君王垂拂拭，剖心輸丹雪胸臆。"

【剖竹】古代以竹爲符證。剖而爲二，授官時，一給本人，一留官府。因以剖竹爲授官之稱。文選南朝宋謝靈運過始寧墅詩："剖竹守滄海，枉帆過舊山。"時靈運爲永嘉太守。參見"剖符"。

【剖決】剖斷，分析判決。北史裴政傳："簿案盈几，剖決如流。"

【剖判】㊀開闢。韓非子解老："自天地之剖判以至於今。"㊁辨别，分析。淮南子要略："總要舉凡，而語不剖判純樸。"魏書宋世景傳："世景明刑理，著律令，裁決疑獄，剖判如流。"

【剖析】辨别，分析。文選漢張平子（衡）西京賦："街談巷議，彈射臧否。剖析毫釐，擘肌分理。"南朝梁劉勰文心雕龍體性："精約者覈字省句，剖析毫釐者也。"

【剖符】古時帝王授與諸侯和功臣的憑證。竹制，剖分爲二，帝王與諸侯各執其一，故稱剖符。戰國策秦三："決裂諸侯，剖符於天下。"史記高祖紀六年："乃論功，與諸列侯剖符行封。"也作"割符"。漢書高惠高后文功臣表："迹漢功臣，亦皆割符世爵，受山河之誓。"

【剖斷】辨明是非而加以判處。南史孔休源傳："簿領殷繁，休源剖斷如流。"梁書孔休源傳作"割斷如流"。

【剖腹藏珠】資治通鑑一九二唐貞觀元年："西域賈胡得美珠，剖身以藏之。"後因稱人以身徇物爲剖腹藏珠。紅樓夢四五："跌了燈值錢呢，是跌了人值錢？……怎麼忽然又變出這剖腹藏珠的脾氣來！"

剠 1. qíng 渠京切，平，庚韻，羣。ㄑㄧㄥˊ

㊀同"黥"。見該條。

2. lüè 集韻 力灼切，入，藥韻。ㄌㄩㄝˋ

㊁掠奪。同"掠"。見集韻。

剫 liè 集韻 力蘖切，入，薛韻。ㄌㄧㄝˋ

割裂。文選晉潘安仁（岳）射雉賦："前剫重膺，旁截疊翮。"又笙賦："剫生簳，裁熟簧。"又馬汧督誄："剫以長塹。"

剡 1. yǎn 以冉切，上，琰韻，喻。ㄧㄢˇ

㊀鋭利。楚辭屈原九章橘頌："曾枝剡棘，圓果摶兮。"注："剡，利也。棘，橘枝刺若棘也。"㊁削。易繫辭下："剡木爲楫，……剡木爲矢。"集解本剡作"掞"。㊂鋒芒。國語晉二："喪亂有小大，大喪、大亂之剡也，不可犯也。"注："剡，鋒也。"清朱駿聲説文通訓定聲説剡是"錟"的借字。㊃纖。見"剡麻"。㊄舉起。荀子强國："（楚）視可司間，案欲剡脛而以蹈秦之腹。"

2. shàn 時染切，上，琰韻，禪。ㄕㄢˋ

㊅地名。見"剡$_2$中"、"剡$_2$縣"等條。

【剡$_2$中】指剡縣。文選南朝宋謝靈運登臨海嶠初發彊中作與從弟惠連見羊何共和之詩："暝投剡中宿，明登天姥岑。"唐李白李太白詩二二秋下荆門："此行不爲鱸魚鱠，自愛名山入剡中。"參見"剡$_2$縣"。

【剡手】舉手。漢書八四翟義傳："發忿快志，剡手以衝仇人之匈（胸）。"

【剡注】古代射法之一。周禮地官保氏："乃教之以六藝，……三曰五射。"注："五射，白矢、參連、剡注、襄尺、井儀也。"疏："剡注者，謂羽頭高鏃低而去，剡剡然也。”

【剡剡】㊀起行貌。禮玉藻:“弁行,剡剡起屨。”疏:“弁,急也。……剡剡,身起貌也。急行欲速,而身屨恒起也。”㊁光閃爍貌。楚辭屈原離騷:“皇剡剡其揚靈兮,告余以吉故。”唐杜甫杜工部草堂詩箋二八行官張望補稻畦水歸:“芊芊炯翠羽,剡剡生銀漢。”

【剡2紙】紙名。唐文粹三三下舒元輿悲剡谿古藤文:“泊東雒西雍,歷見書文者,皆以剡紙相夸。”全唐詩六○九皮日休二游詩之一徐詩:“宣毫利若風,剡紙光與月。”參見“剡2藤”。

【剡章】削牘寫成奏章。宋呂頤浩忠穆集六謝陳龍圖舉自代啟:“持橐轉輸,方被光華之渥;剡章論薦,不遺貧賤之交。”

【剡麻】用麻編織。淮南子人間:“男子不得脩農畝,婦人不得剡麻考縷。”

【剡耜】銳利的耒耜。文選漢張平子(衡)東京賦:“乘鑾輅而駕蒼龍,介馭間以剡耜。”

【剡移】門栓。同“扊扅”。北齊顏之推顏氏家訓書證:“案蔡邕月令章句曰:‘鍵,關牡也,所以止扉,或謂之剡移。’”參見“扊扅”。

【剡2溪】水名。曹娥江的上游,北流入上虞,爲上虞江,在浙江嵊縣南。太平寰宇記九六剡縣:“剡溪在縣南一百五十步,一源出台州天台縣,一源出婺州武義縣,即(晉)王子猷(徽之)雪夜訪戴逵之所也。亦名戴溪。”

【剡薦】漢揚雄法言先知:“律不犯,奏不剡。”後因稱削牘舉薦爲剡薦。宋李昴英文溪集十一謝除受納官事例錢判:“若能洗手奉職,革弊察欺,自當剡薦,以示旌異。”

【剡2縣】縣名。漢置,屬會稽郡。唐武德四年改置嵊州及剡城縣,八年復名剡縣。五代改爲贍縣。宋宣和八年改名嵊縣。故城在今浙江嵊縣西南。參閱嘉慶一統志二九四紹興府一。

【剡2藤】剡溪出産的古藤,可以造紙,負盛名,因稱名紙爲剡藤。也叫剡紙。唐李肇國史補下:“紙則有越之剡藤、苔牋。”宋蘇軾分類東坡詩十二六觀堂老人草書:“蒼鼠奮髯飲松腴,剡藤玉版開雪膚。”

【剡2牘】舊時公文書寫多用剡溪紙,故稱公牘爲剡牘。宋樓鑰攻媿集六一通添差教授王太傅啟:“撫躬甚喜,剡牘先之。”

【剡2源集】元戴表元撰。三十卷。表元以宋末文章萎靡不振,有意著述,時稱東南大作者。詩文簡潔流利,紆婉有致。

剄 yā 於加切,平,麻韻,影。 ㄧㄚ

刎頸。國語吳:“自剄於客前以酬客。”

剚 zì 側吏切,去,志韻,莊。 ㄗˋ

刺。同“傳”。見“剚刃”。

【剚刃】用刀劍插入物體。文選漢張平子(衡)思玄賦:“梁叟患夫黎丘兮,丁厥子而剚刃。”五臣本作“傳刃”。後漢書作“事刃”。參見“傳刃”。

剒 1. cuò ㄘㄨㄛˋ 倉各切,入,鐸韻,清。

㊀雕刻。通“錯”。爾雅釋器:“犀謂之剒。”玉篇引爾雅作“錯”。宋文鑑七周邦彦汴都賦:“鵠象犨角,剒犀劘玉,鍥刻雕鏤,其妙無倫。”

2. zhuó ㄓㄨㄛˊ

㊁斬斷。通“斮”。北齊書幼主紀魏澂論:“刳剒被於忠良,祿位加於犬馬。”

剗 chǎn ㄔㄢˇ 初限切,上,產韻,初。

㊀鏟。通“鏟”、“剷”。北魏賈思勰齊民要術一耕田注:“養苗之道,鋤不如耨,耨不如鏟。鏟,……以剗地除草。”㊁鏟除,消滅。戰國策齊一:“剗而(爾)類,破吾家。”㊂僅,只。文苑英華一九四唐李廓少年行之一:“剗戴揚州帽,重薰異國香。”㊃無端,平白地。元曲選馬致遠陳摶高卧三:“本居林下絶名利,自不合剗下山來惹是非。”

【剗地】宋元詩詞戲曲中常見,多用作副詞。也作“剗的”。㊀依然,照樣。宋朱熹朱子文集五八答徐子融書:“若理會得是,於自家分上儘有得力處。若看錯了,即終日閉口不别是非,剗地不是矣。”元曲選鄭德輝王粲登樓三:“自洛下飄零到這裏,剗的無所歸棲。”㊁無端,平白地。金董解元西廂一:“剗地相逢,引調得人來眼狂心熱。”元曲選石君寶秋胡戲妻一:“孩兒娶親,纔得三日光景,剗的便勾他當軍去,著誰人養活老身?”㊂反而,倒。雍熙樂府一缺名醉花陰套復歡:“越間阻剗地越疼熱。”㊃怎的。草堂詩餘前上辛幼安(棄疾)酹江月春恨:“剗地東風欺客夢,一枕銀屏寒怯。”古今雜劇元秦簡夫東堂老楔子:“你父親病及半載,你剗的不知道?”

【剗刷】搜刮。宋張方平樂全集十八對手詔一道:“以此度支大計日窘,外則剗刷諸道之物,中則侵用內帑之財……苟徇目前之急,莫爲經久之慮。”宣和遺事元集崇寧元年:“蔡京差官剗刷諸司庫務故弊的物,及麄細香藥、漆器、牙錦之類,高估價直,立字號出還客。”

【剗的】見“剗地”。

【剗道】棧道。史記一○四田叔傳褚先生補:“谷口,蜀剗道,近山。”參見“棧道”。

【剗襪】剗襪,指穿襪履地行走。剗,只。二主詞南唐李煜(後主)菩薩蠻:“剗襪步香階,手提金縷鞋。”清納蘭容若納蘭詞一浣紗溪:“十二紅簾窣地深,纔移剗襪又沈吟,晚晴天氣惜輕陰。”

【剗子箭】箭頭較闊似鏟形的箭。宋孟元老東京夢華録七駕登寶津樓諸軍呈百戲:“又以柳枝插於地,數騎以剗子箭或弓或弩射之,謂之褙柳枝。”宋程大昌演繁露十三稱爲“躤柳”。

剞 jī ㄐㄧ 居綺切,上,紙韻,見。集韻 居宜切,平,支韻。

㊀雕刻用的曲刀。見“剞劂”。㊁劫奪。見“劫剞”。

【剞劂】刻刀。楚辭漢嚴忌哀時命:“握剞劂而不用兮,操規榘而無所施。”補注:“應劭曰:‘剞,曲刀;劂,曲鑿。’”也作“剞⿰屈刂”。淮南子俶真:“鏤之以剞⿰屈刂。”注:“剞,巧工鈎刀也;⿰屈刂者,規度刺畫墨邊箋也,所以刻鏤之具也。”後因泛稱書籍雕板爲剞劂。唐韓愈昌黎集二送文暢師北游詩:“先生閎窮巷,未得窺剞劂。”

剟 dúo ㄉㄨㄛ 丁括切,入,末韻,端。陟劣切,入,薛韻,知。

㊀刪削。商君書定分:“有敢剟定法令,損益一字以上,罪死不赦。”㊁刺。史記八八陳餘傳:“吏治榜笞數千,刺剟,身無可擊者,終不復言。”漢書作“刺爇”。㊂割取。漢書四八賈誼傳:“盜者剟寢户之簾。”

⿰屈刂 jué ㄐㄩㄝ 九勿切,入,物韻,見。居衛切,去,祭韻,見。

㊀雕刻用的曲鑿。同“劂”。淮南子本經:“公輸王爾,無所錯其剞、⿰屈刂、削、鋸。”參見“剞劂”。㊁斷,割。見廣韻。

⿰𡿺刂 nǎo ㄋㄠˇ 奴晧切,上,晧韻,泥。

同“腦”。周禮考工記弓人:“夫角之本,蹙于⿰𡿺刂而休于氣,是故柔。”疏:“言角之本近於⿰𡿺刂,得和煦之氣於⿰𡿺刂,是故柔。”説文作“𡿺”。

剛 gāng 古郎切，平，唐韻，見。
ㄍㄤ

㊀堅硬，强勁。與"柔"相對。易雜卦："乾剛坤柔。"漢書八十東平王傳："朕惟王之春秋方剛。"注："言其年少血氣盛。"㊁副詞。1.方纔。唐齊己白蓮集二思游峨嵋寄林下諸友詩："剛有峨嵋念，秋來錫欲飛。"2.偏偏。全唐詩四六二白居易惜花："可憐夭豔正當時，剛被狂風一夜吹。"㊂公牛。本作"犅"。詩魯頌閟宫："白牡騂剛。"㊃鋼。北齊書綦母懷文傳："又造宿鐵刀，其法燒生鐵精以重柔鋌，數宿則成剛。"

【剛方】嚴正。後漢書二十祭彤傳論："祭彤武節剛方，動用安重。"

【剛木】硬木。山海經北山經："北嶽之山，多枳棘剛木。"注："檀、柘之屬。"

【剛日】古代迷信的人附會陰陽相生相剋的說法，擇日行事，謂十日有五剛五柔，也卽五陰五陽，以甲、丙、戊、庚、壬五日爲剛(陽)日，乙、丁、己、辛、癸五日爲柔(陰)日。剛日又叫奇日。見禮曲禮上"外事用剛日，內事用柔日"疏。

【剛卯】漢代人佩在身上用作避邪的飾物，於正月卯日作成，以金玉或桃木等爲材料，刻有"……庶疫剛癉，莫我敢當"等字樣。見漢書九九中王莽傳"正月剛卯"注。元方回桐江續集十七五月初三日雨寒痰嗽詩："佩符豈有玉剛卯，挑藥久無金錯刀。"參閱宋馬永卿嬾真子三。

剛卯

【剛克】以剛制勝。書洪範："彊弗友剛克，燮友柔克。沈潛剛克，高明柔克。"魏書常爽傳："文翁柔勝，先生剛克，立教雖殊，成人一也。"

【剛果】剛毅果斷。後漢書七九楊政傳："其剛果任情，皆如此也。"

【剛風】㊀高處的風，勁風。宋蘇軾分類東坡詩二四紫團參寄王定國："剛風披草木，真氣入苕穎。"也作"罡風"。參見該條。㊁西風。靈樞經九宫八風："風從西方來，名曰剛風。"

【剛愎】傲慢而固執。左傳宣十二年："其佐先穀，剛愎不仁，未肯用命。"金史赤盞合喜傳："性剛愎，好自用。"後稱人傲慢固執、自以爲是曰剛愎自用。

【剛稜】剛直而鋒芒畢露。後漢書六六王允傳："允性剛稜疾惡。"注："稜，威稜也。"

【剛腸】剛直的性格。文選三國魏嵇叔夜(康)與山巨源絶交書："剛腸疾惡，輕肆直言，遇事便發。"

【剛毅】意志堅强。論語子路："剛毅木訥近仁。"注："剛，無欲；毅，果敢。"禮樂記："粗厲、猛起、奮末、廣賁之音作，而民剛毅。"

【剛彊】卽剛强。彊，同"强"。荀子不苟："剛彊猛毅，靡所不信，非驕暴也。"

【剛瘴】惡鬼。文選漢張平子(衡)東京賦："飛礫雨散，剛瘴必斃。"唐呂向注："瘴，鬼也，言投石如雨，剛堅之鬼皆死也。"

【剛蟲】凶猛的鳥獸。文選漢張平子(衡)西京賦："百卉具零，剛蟲搏摯。"唐呂延濟注："剛蟲，鷹豺也。"

【剛簡】堅强樸直。文選晉袁彥伯(宏)三國名臣序贊："玄伯(陳泰)剛簡，大存名體。"晉書傅咸傳："咸字長虞，剛簡有大節，風格峻整，識性明悟。"

【剛鬣】豬。禮曲禮下："凡祭宗廟之禮，……豕曰剛鬣。"疏："豕肥則毛鬣剛大也。"

剔 1. tī 他歷切，入，錫韻，透。
ㄊㄧ

㊀分解骨肉。書泰誓上："刳剔孕婦。"㊁剪除。詩大雅皇矣："攘之剔之，其檿其柘。"晉書吳隱之傳："帳下人進魚，每剔去骨存肉。"㊂疏導。淮南子要略："剔河而道九岐。"㊃排除，剔出。唐徐寅釣磯文集八山寺寓居詩："高卧東林最上方，水清山翠剔愁腸。"

2. tì 集韻 他計切，去，霽韻。
ㄊㄧˋ

㊄驚。通"惕"。文選晉潘安仁(岳)射雉賦："亦有目不步體，邪眺旁剔，靡聞而驚，無見自驚。"㊅通"剃"。也作"鬄"。文選漢司馬子長(遷)報任少卿書："其次剔毛髮，嬰金鐵受辱。"

【剔抉】挑選。唐韓愈昌黎集十二進學解："爬羅剔抉，刮垢磨光。"

【剔紅】漆器的一種，卽雕紅漆。明曹昭格古要論八古漆器論剔紅："剔紅器皿，無新舊，但看硃厚色鮮紅潤堅重者爲好，剔劍環香草者尤佳。"參閱明黃大成髹漆錄坤雕縷十。

【剔燈】挑燈。點油燈，常要挑起燈芯，剔除餘燼，使燈光加亮。宋范成大石湖集二九曉枕聞雨詩："剔燈寒作伴，添被厚加埋。"

【剔騰】揮霍，敗壞。古今雜劇元張國賓汗衫記四："若說着俺小業冤，他剔騰了我好些家緣。"元刊雜劇作"折倒"。

【剔齒纖】牙籤。元趙孟頫松雪齋文集五老態詩："扶衰每籍齊眉杖，食肉先尋剔齒纖。"按晉陸雲與平原書，記曹公器物，有"剔齒"。見陸士龍文集八。

剮 guǎ 古瓦切，上，馬韻，見。
ㄍㄨㄚˇ

㊀割肉離骨。說文作"冎"。㊁自宋以後，分割人肉體的酷刑叫剮，卽凌遲。宋缺名朝野遺記忠勇："粘罕怒遣重兵合攻之，遂擒(石)頮釘于車上，將剮之。"元曲選關漢卿竇娥冤四："合擬凌遲，押赴市曹中，釘上木驢，剮一百二十刀處死。"

剕 fèi 集韻 父沸切，去，未韻。
ㄈㄟˋ

刖足，卽斷足，古代五刑之一。書呂刑："剕罰之屬五百。"剕，也作"跳"。

【剕辟】古代斷足的酷刑。書呂刑："剕辟疑赦，其罪倍差。"

剥 1. bō 北角切，入，覺韻，幫。
ㄅㄛ

㊀割裂。左傳昭十二年："君王命剥圭以爲鏚柲。"注："破圭玉以飾斧柄。"㊁削。詩小雅信南山："疆埸有瓜，是剥是菹。"㊂去皮。詩小雅楚茨："或剥或亨(烹)，或肆或將。"指剥牲畜的皮。周禮秋官柞氏："冬日至，令剥陰木而水之。"指剥去樹皮。强脱人的衣服也叫剥。晉書蘇峻傳："裸剥士女。"㊃脱落，侵蝕。莊子人間世："夫柤梨橘柚果蓏之屬，實熟則剥。"水經注十六穀水："基前有碑，文字剥缺，不復可識。"㊄强制除去，掠奪。見"剥奪"、"剥削"。㊅傷害。書泰誓："剥喪元良，賊虐諫輔。"㊆易卦名。☷☶。坤下艮上。易："剥，不利有攸往。"剥卦下五爻皆陰，上剥一陽。後因指運數不利爲剥。參見"剥復"。

2. bó
ㄅㄛˊ

㊇通"駁"。見"剥₂異"。㊈用船分載轉運。也作"駁"。明蕭良榦拙齋十議優邮船户議："故爲今計，若河道疏通，不用起剥，則糧運生民，並受其福矣。"

3. pū
ㄆㄨ

㊉擊，打。通"扑"。詩豳風七月："八月剥棗。"

【剥皮】稱凶殘的剥削者。資治通鑑二八三後晉天福八年二月："(閩)楊思恭以善聚斂得幸，增田畝山澤之稅，至於魚鹽蔬果，無不倍征，國人謂之楊剥皮。"

【剥放】斥退。宋江休復江隣幾雜志："宋相與高銶同發天府解，日月爲常賦，象字韻之押狀者，以落韻先剥放。"

【剝削】 搜刮民財。梁書賀琛傳："故爲吏牧民者，競相剝削。"唐魏徵魏鄭公文集三爲李密檄滎陽守郇王慶文："剝削黔黎，塗毒天下。"今指無償地占有他人的勞動或產品。

【剝啄】 象聲詞。1.叩門聲。唐高適高常侍集八重陽詩："豈有白衣來剝啄，亦從烏帽自欹斜。"重言爲剝剝啄啄。唐韓愈昌黎集四剝啄行："剝剝啄啄，有客至門。"2.著棋聲。宋陸游劍南詩稿六三自咏："高枕靜聽棋剝啄，幽窗閒對石嶙峋。"

【剝₂異】 辯難立異。剝，通"駁"。後漢書四四胡廣傳："若事下之後，議者剝異，異之者則朝失其便，同之則王言已行。"

【剝奠】 祭祀時，食物不用巾掩蓋。禮檀弓上："喪不剝奠也與，祭肉也與。"疏："剝，猶倮露也。言喪奠脯醢，不復設巾，可得倮露。……謂喪不倮露奠者，爲有祭肉也，無祭肉卽得倮露。"

【剝復】 易剝、復兩卦。剝，☶☷，坤下艮上，(陽)剝落之象；復，☷☳，震下坤上，(陽)來復之象。見唐李鼎祚周易集解四。後用剝復比喻盛衰、消長的意思。宋史四一八程元鳳傳："極論世運剝復之機。"

【剝落】 ㊀脱落。漢書五行志中之下："李梅當剝落，今反華實。"唐李白李太白詩七襄陽歌："君不見晉朝羊公一片石，龜頭剝落生莓苔！"㊁落選，落第。元曲選鄭德輝倩女離魂三："他不寄箇報喜的信息緣何意？有兩件事我先知：他得了官就新婚，剝落呵羞歸故里。"

【剝奪】 剝削掠奪。唐元稹長慶集三四錢貨議狀："又以爲黎庶之重困，不在於賦稅之闇加，患在於剝奪之不已。"今稱强制奪去、取消爲剝奪。

【剝膚】 易剝："剝牀以膚，切近災也。"本指傷害到肌膚。後指災害及於人身爲剝膚。唐韓愈昌黎集十四鄆州谿堂詩序："掇拾之餘，剝膚椎髓，公私掃地赤立，新舊不相保持。"易釋文引京房，膚作"簠"，祭器。此爲另一説。

【剝蝕】 物體因受侵蝕而逐漸損壞脱落。宋陸游老學菴筆記四："漢隸歲久，風雨剝蝕，故其字無復鋒鋩。"

【剝廬】 奪人蔭庇之所。易剝："君子得輿，小人剝廬。"文選晉左太沖(思)魏都賦："庶覿蔀家與剝廬，非蘇世而居正。"一説剝廬指窮困的居所。見文選唐呂延濟注。

【剝面皮】 譏人厚顔不知羞恥。晉裴啟裴子語林下："王武子(濟)與(晉)武帝圍棊，孫晧看。王曰：'孫歸命，何以好剝人面皮？'晧曰：'見無禮於其君者則剝其皮。'乃舉棊局，武子伸脚在局下，故譏之。"又："賈充問孫晧曰：'何以好剝人面皮？'晧曰：'憎其顔之厚。'"(玉函山房本)

九畫

剫 duó ㄉㄨㄛˊ 徒落切，入，鐸韻，定。

砍木，治木。爾雅釋器："木謂之剫。"郭璞注引左傳："山有木，工則剫之。"今左傳隱十一年剫作"度"。

剪 jiǎn ㄐㄧㄢˇ

同"翦"。見"翦"。

副 1. fù ㄈㄨˋ 敷救切，去，宥韻，敷。

㊀次，貳，位居第二。見"副王"、"副使"。㊁佐，輔助。素問疏五過論："循經守數，接循醫事，爲萬民副。"㊂相稱，符合。後漢書六一黄瓊傳："常聞語曰：'嶢嶢者易缺，皦皦者易汙。'陽春之曲，和者必寡，盛名之下，其實難副。"㊃書籍、文獻的複本。史記太史公自序："藏之名山，副在京師。"索隱："言正本藏之書府，副本留京師也。"㊄首飾。詳"副笄"。㊅量詞，器物多數配成套叫副。唐會要十七祭器儀："大曆元年七月五日勅，南郊太廟祭器，令所造兩副供用。"清朱駿聲説文通訓定聲以副爲"幅"的假借字。

2. pì ㄆㄧˋ 芳逼切，入，職韻，滂。芳福切，入，屋韻，滂。

㊆破開，剖分。詩大雅生民："不拆不副，無菑無害。"禮曲禮上："爲天子削瓜者副之。"

【副王】 位次於王的王。漢書七十陳湯傳："康居副王抱闐將數千騎，寇赤谷城東。"宋史四八九占城傳："其王或以兄爲副王，或以弟爲次王。"

【副主】 太子。漢書八二史丹傳贊："丹之輔道副主，掩惡揚美，傅會善意。"

【副末】 傳統戲劇中的一種角色。宋歐陽修文忠集一四九與梅聖俞書嘉祐三年："正如雜劇人，上名下韻不來，須勾副末接續耳。"明陶宗儀輟耕録二五院本名目："副末，古(唐參軍戲)謂之蒼鶻，鶻能擊禽鳥，末可打副淨。故云。"清焦循劇説一："考元曲無生之稱，末卽生也。有正末，又有沖末、副末、小末。任風子劇中，沖末扮馬丹陽，正末扮任屠。碧桃花沖末扮張珪，副末扮張道南。貨郎兒沖末扮李彥和，小末扮李春郎，是也。"

【副本】 書籍、文獻的複製本，卽另本，對正本而言。隋書經籍志一："煬帝卽位，祕閣之書，限寫五十副本。"唐六典十秘書監："凡四部之書，必立三本，曰正本、副本、貯本，以供進内及賜人。"

【副車】 ㊀皇帝的侍從車輛。史記留侯世家："(張)良與客狙擊秦皇帝博浪沙中，誤中副車。"索隱："漢官儀：天子屬車三十六乘，屬車卽副車。"㊁科舉時代鄉試的副榜貢生。聊齋志異五郭生："由是兩試俱列前名，入闈中副車。"

【副君】 太子。漢書七一疏廣傳："太子國儲副君，師友必於天下英俊。"文選南朝宋謝靈運擬魏太子鄴中詩集八首平原侯植："副君命飲宴，歡娱寫懷抱。"

【副妾】 次於妾的妾。左傳昭十一年"僖子使助薳氏之簉"晉杜預注："薳氏之女爲僖子副妾，别居在外。"

【副使】 官名。1.唐時，節度、觀察、團練防御使，都有副使，是正使的屬官。2.歷代派遣到外國去的使臣，多設副使爲正使的助手。

【副室】 妾。正室爲妻，副室爲妾。聊齋志異四恒娘："狄獨鍾愛恒娘，副室則虛員而已。"

【副封】 副本。漢書七四魏相傳："諸上書者皆爲二封，署其一曰副。領尚書者先發副封，所言不善，屏去不奏。"

【副貢】 副榜録取的貢生。詳"副榜"。

【副能】 方纔。宋毛滂東堂詞踏莎行："景泮冰簷，情回瑶草，副能守得春來到。"也作"甫能"、"付能"。宋辛棄疾稼軒詞十二杏花天："甫能得見茶甌面，卻早安排腸斷。"太平樂府七沙正卿鬭鵪鶉套："付能打撲起傷春，誰承望捱不過暮秋。"

【副淨】 傳統戲劇裏的一種角色。唐參軍戲裏叫參軍，宋時始稱爲副淨。爲淨角之副者，故名。舊京劇中俗稱二花臉。參閲宋吳自牧夢粱録二十妓樂。也作"副靖"。宋黄庭堅山谷詞鼓笛令戲詠打揭之四："副靖傳語木大，鼓兒裏且打一和。"

【副啟】 正式信件之外附加的信。明王世貞觚不觚録："尺牘之有副啟也，或有所指譏，或有所請託，不可雜他語，不敢具姓名，如宋疏之貼黄類耳。近年以來，必以此爲加厚，……甚至有稱副啟一，副二，至三至四者。"

【副尉】 官名。1.漢置西域都護及西域副校尉。副校尉簡稱副尉。藝文類聚四五南朝梁任昉丞相長沙宣武王碑："都護之威既弛，副尉之策已謝。”2.唐代設武散官，如旅威、致果、翊麾、宣節、御侮、仁勇、陪戎等副尉之類，官階在六品以下。宋元沿用此制，但官階最低。明不設。參閱通典四十職官二二。3.清代武官名。守衛京師的提督九門步軍統領屬下有翼尉、協尉、副尉，負責守衛、巡警、掃除等職。

【副將】清代從二品武官。隸屬於總兵，統理一協(相當於旅)的軍務，又稱協鎮。參見“總兵”。

【副貳】㊀長官的輔佐。後漢書二二景丹傳：“丹以言語爲固德侯相，有幹事稱，遷朔調連率副貳。”注：“副貳，屬令也。”㊁太子。魏書世祖紀上延和元年詔：“公卿因兹，稽諸天人之會，請建儲貳。”㊂圖籍的副本。魏書李彪傳：“正本蘊之麟閣，副貳藏之名山。”

【副笄】古代貴族婦女的首飾。編髮作假髻叫副，插在髮髻上的簪叫笄，笄上的玉飾叫珈。詩鄘風君子偕老：“副笄六珈。”箋：“副，既笄而加飾，如今步搖上飾。”參見“步搖”。

【副榜】科舉時代會試取士分正榜、副榜。正式録取的名列正榜；在正榜之外，另取若干，名列副榜。元至正八年中書省奏會試例取十八人外，再取副榜二十人，副榜之名始此。明永樂中會試有副榜，給一些下第舉人作官的機會。嘉靖中又有鄉試副榜，名在副榜的，准作貢生，稱爲副貢。清代只有鄉試有副榜，可以入國子監肄業。參閱清俞樾茶香室四鈔副榜。

【副墨】㊀指文字。莊子大宗師：“南伯子葵曰：‘子獨惡乎聞之？’曰：‘聞諸副墨之子。’”莊子認爲道術是主，文字是副，而文字又是用翰墨寫的，所以稱文字爲副墨。見清王先謙集解。明陸西星注莊子八卷，名南華經副墨。㊁副本。清龔自珍定盦文集補編二最録神不滅論：“此亦讀易詩禮者之所必欲知也。亟寫副墨一通，人間遂有第三本。”

剸 dié ㄉㄧㄝˊ

切得很薄的肉。通“牒”。宋孟元老東京夢華録二州橋夜市：“旋煎羊白腸，鮓脯、𦠆凍魚頭、薑豉、剸子、……皆用紅梅盒兒盛貯。”

剭 wū 烏谷切，入，屋韻，影。ㄨ

誅，殺。專指古代貴族在户内受刑，和一般人在市上受刑不同。漢書七十下敍傳“彤落洪支，底剭鼎臣。”注引服虔：“底，致也。周禮有屋誅，誅大臣於屋下，不露也。”

【剭誅】刑名。詳“屋誅”。

剬 1. duān 多官切，平，桓韻，端。ㄉㄨㄢ

㊀斷齊。説文：“剬，斷齊也。”

2. tuán ㄊㄨㄢˊ

㊁同“剸㊀”。見“剸㊀”。

3. zhì ㄓˋ

㊂通“制”。史記五帝紀顓頊：“依鬼神以剬義。”正義：“剬，古制字。”這裏指製作。漢揚雄法言淵騫：“魯仲連傷而不剬，藺相如剬而不傷。”宋宋咸注：“傷，古蕩字。剬，古制字。”這裏指制裁整頓。

割 huò 呼麥切，入，麥韻，曉。ㄏㄨㄛˋ

象聲詞。通“砉”。又作“𧬊”、“䂄”。見正字通。

㓶 qiè 集韻詰結切，入，屑韻。ㄑㄧㄝˋ

刻。同“鍥”、“楔”。荀子勸學：“鍥而舍之，朽木不折；鍥而不舍，金石可鏤。”晉書虞溥傳引“鍥”作“㓶”。

十畫

割 gē 古達切，入，曷韻，見。ㄍㄜ

㊀用刀截斷。左傳襄三一年：“猶未能操刀而使割也。”莊子讓王：“割牲而盟以爲信。”㊁分給，劃分。戰國策秦四：“三國之兵深矣，寡人欲割河東而講。”注：“割，分。講，成也。分河東地以畀三國與之成。”唐杜甫杜工部草堂詩箋一望嶽：“造化鍾神秀，陰陽割昏曉。”參見“割地”。㊂災害，損害。書堯典：“湯湯洪水方割。”方，讀旁；方割，到處爲害的意思。㊃奪取。書湯誓：“率割夏邑。”史記殷紀作“率奪夏國”。㊄我國古代算學術語。指截圓的直綫。見宋沈括夢溪筆談十八技藝。

【割地】㊀在奴隸社會中，天子把土地連同奴隸分封給諸侯。禮月令孟秋之月：“是月也，毋以封諸侯，立大官；毋以割地，行大使，出大幣。”疏：“王者割出田邑以與諸侯。”㊁分取鄰國的一部分土地，或把領土一部分割讓給別國。猶言奪地。戰國策齊二：“東方有大變，然後王可以多割地。”注：“割，取。”史記七六平原君傳：“故不如亟割地爲和，以疑天下而慰秦之心。”

【割亨】見“割烹”。

【割股】莊子盜跖：“介之推至忠也，自割其股以食(晉)文公。”封建時代以割股療親爲至孝。新五代史何澤傳：“五代之際，民苦於兵，往往因親疾以割股，或既喪而割乳廬墓，以規免州縣賦役。”

【割炙】割肉。文選漢揚子雲(雄)解嘲：“東方朔割炙於細君。”唐劉良注：“炙亦肉也。”漢書八七下揚雄傳注：“割，損也。言以肉歸遺細君，是損割其肉。”東方朔割肉歸遺細君事，見漢書本傳。

【割哀】抑制哀傷。三國志魏陳矯傳：“王薨于外，天下惶懼，太子宜割哀卽位，以繫遠近之望。”

【割席】世説新語德行：“(漢末)管寧華歆……又嘗同席讀書，有乘軒冕過門者。寧讀如故，歆廢書出看。寧割席分坐曰：‘子非吾友也。’”後來稱同朋友絶交爲割席。

【割衿】元時指腹爲婚，割下衣衿作信物，定未出生子女的婚約。衿卽“襟”。元史刑法志二户婚：“諸男女議婚，有以指腹割衿爲定婚者，禁之。”

【割恩】棄絶私恩。後漢書二九申屠剛傳注引東觀漢記：“離斷至親，以義割恩。”

【割剥】掠奪，殘害。漢書六四下匈奴傳贊：“割剥百姓，以奉寇讎。”三國志魏袁紹傳注引魏氏春秋檄州郡文：“割剥元元，殘賢害良。”

【割烹】割肉而烹之。孟子萬章上：“萬章問曰：‘有人言伊尹以割烹要湯，有諸？’”周禮天官内饔：“内饔掌王及后世子膳羞之割亨煎和之事。”亨，同“烹”。

【割情】舍棄私情。後漢書三一宋均傳附宋意：“宜割情不忍，以義斷恩。”

【割捨】斷絶，拋棄。宋趙令畤侯鯖録三：“君是將種，斷頭穴胸，當無所惜。兩耳堪作底用，割捨不得？”

【割符】見“剖符”。

【割裂】把整體分割成若干部分。文選三國魏曹元首(冏)六代論：“割裂州國，分王子弟。”

【割愛】舍棄所愛。文選漢班叔皮(彪)王命論：“高四皓之名，割肌膚之愛。”三國志魏陳矯傳：“王薨於外，天下惶懼，太子宜割愛卽位，以繫遠近之望。”

【割愁】割愁腸的省文。意爲觸發愁緒。唐柳宗元柳先生集四二與浩初上人同看山寄京華親故詩：“海畔尖山似劍鋩，秋來處處割愁腸。”宋蘇軾分類東坡詩三白鶴峰新居欲成夜過西鄰翟秀才之一:"繫悶豈無羅帶水,割愁還有劍鋩山。"

【割據】占據一方土地,成立地方政權,如漢末三國、晉末十六國等,稱割據。與"一統"相對稱。漢書七十下敍傳:"割據河山,保此懷民。"唐杜甫杜工部草堂詩箋三九入衡州:"重鎭如割據,權輕絶紀綱。"

【割臂盟】左傳莊三二年:"初,公築臺臨黨氏,見孟任,從之,閟,而以夫人言許之。割臂盟公,生子般焉。"後來稱男女祕密訂婚爲割臂盟。

【割雞焉用牛刀】比喻辦小事無須費大氣力。論語陽貨:"(孔)子之武城,聞弦歌之聲。夫子莞爾而笑,曰:'割雞焉用牛刀?'"

剴 kǎi 古哀切,平,咍韻,見。
ㄎㄞ 五來切,平,咍韻,疑。

㊀切,摩。見"剴切㊀"。㊁曉喻。周禮春官大司樂"以樂語教國子興道,諷誦言語"漢鄭玄注:"道讀若導。導者,言古以剴今也。"

【剴切】㊀琢磨,切磋。漢書五一賈山傳贊"賈山自下劘上……然卒免刑戮者,以其言正也"注:"孟康曰:'劘,謂剴切之也。'蘇林曰:'劘,音摩,厲也。'"也作"磑切"。王先謙補注:"錢大昕曰:說文無劘字,古作摩。易繫辭云:剛柔相摩。京房曰:相磑切也。"㊁切實。新唐書九七魏徵傳:"乃展盡底蘊,無所隱,凡二百餘奏,無不剴切當帝心者。"

創 1. chuāng 初良切,平,陽韻,初。
ㄔㄨㄤ

㊀創傷。荀子禮論:"創巨者其日久,痛甚者其瘉遲。"戰國策燕三:"秦王復擊(荆)軻,軻被八創。"㊁傷害。漢書八三薛宣傳:"(宣子況)賕客楊明,欲令創(申)咸面目,使不居位。"注:"創,謂傷之也。"㊂通"瘡"。禮曲禮上:"頭有創則沐。"

2. chuàng 初亮切,去,漾韻,初。
ㄔㄨㄤˋ

㊃始造,首創。同"刱"。論語憲問:"爲命裨諶草創之。"史記一一七司馬相如傳封禪文:"后稷創於唐。"㊄懲創,懲戒。書益稷:"予創若時。"注:"創,懲也。"

【創艾】因受懲戒而畏懼。漢書六四下匈奴傳:"兵連禍結,三十餘年,中國罷耗,匈奴亦創艾。"又:"今平定未久,人民創艾戰鬬。"也作"創刈"。後漢書八九南匈奴傳:"北單于創刈南兵,又畏丁令鮮卑,遯逃遠去。"

【創₂見】往昔所無而初次出現者。史記一一七司馬相如傳封禪文:"休烈浹洽,符瑞衆變,期應紹至,不特創見。"後引申爲獨到的見解。

【創制】創建,建立。管子霸言:"霸言之形,象天則地,化人易代,創制天下。"後漢書四六陳寵傳附陳忠:"高帝受命,蕭何創制。大臣有寧告之科,合於至憂之義。"

【創痍】創傷。同"瘡痍"。漢書四四淮南王傳:"野戰攻城,身被創痍。"也作"創夷"。三國志吳程普傳:"身被創夷。"也用來比喻人民遭受禍害。史記一〇〇季布傳:"于今創痍未瘳。(樊)噲又面諛,欲搖動天下。"漢書作"瘡痍"。

【創痏】創傷留下的痕迹,創瘢。文選晉左太沖(思)吳都賦:"所以挂扢而爲創痏,衝踤而斷筋骨。"

【創₂造】發明或製成前所未有的事物。後漢書四八應奉傳:"凡八十二事,……其二十七,臣所創造。"三國志魏武帝紀注引魏書:"是以刱造大業,文武並施。"刱,同"創"。

【創痛】傷痛。文選漢李少卿(陵)答蘇武書:"疲兵再戰,一以萬千;然猶扶乘創痛,決命爭首。"參見"創巨痛深"。

【創意】猶言立意,指文章中提出的新見解。漢王充論衡超奇:"及其立義創意,褒貶賞誅,不復因史記者,眇思自出於胸中也。"唐李翺李文公集六答朱載言書:"六經之詞也,創意造言,皆不相師。"

【創議】首先提出意見。漢王充論衡宣漢:"賈誼創議,以爲天下洽和,當改正朔、服色、制度,定官名,興禮樂。"

【創巨痛深】荀子禮論:"創巨者其日久,痛甚者其瘉遲。"禮三年問巨作"鉅",瘉作"愈"。後因指創傷大,痛楚深爲創巨痛深。晉賀劭爲孫晧所殺,燒鋸截頭,異常慘酷。後晉元帝以此事問其子循,循曰:"臣父遭遇無道,循創巨痛深,無以上答。"見世說新語紕漏、晉書賀循傳。

【創₂業垂統】創建功業,傳之子孫。孟子梁惠王下:"君子創業垂統,爲可繼也。"

剩 shèng 實證切,去,證韻,神。
ㄕㄥˋ

本作"賸",唐宋以後多作"剩"。㊀多餘,餘下。魏書前廢帝廣陵王紀:"剩員非才,他轉之。"㊁更,更加。唐岑參岑嘉州詩一送張秘書……詩:"鱸鱠剩堪憶,蓴羹殊可餐。"高適高常侍集六贈杜二拾遺詩:"聽法還應難,尋經剩欲翻。"

【剩水殘山】見"殘山剩水"。

劓 yì 牛例切,去,祭韻,疑。
ì 魚器切,去,至韻,疑。

古代的刑法之一。即割鼻。"劓"的本字。見"劓"。

十一畫

剷 chǎn
ㄔㄢˇ

㊀同"刬"。篆作"剗"。㊁同"鏟"、"鑱"。見各該條。

剺 lí 里之切,平,之韻,來。
ㄌㄧˊ

割,劃。文選漢揚子雲(雄)長楊賦:"分剺單于,磔裂屬國。"漢書揚雄傳作"分梨"。

【剺面】用刀劃臉。我國古代匈奴回鶻等民族的風俗,凡遇大憂大喪,就用刀劃臉,表示悲愁。周書王慶傳:"後更至突厥,屬其可汗暴殂。突厥謂慶曰:'前後使來,逢我國喪者皆剺面表哀,況今二國和親,豈得不行此事?'慶抗辭不從。"唐杜甫杜工部草堂詩箋九哀王孫:"花門剺面請雪恥,愼勿出口他人狙。"

剸 1. tuán 度官切,平,桓韻,定。
ㄊㄨㄢˊ 旨兖切,上,獮韻,照。
之轉切,去,線韻,照。

㊀割,截。禮記文王世子:"其刑罪,則纖剸。"注:"纖,讀爲殲。殲,刺也;剸,割也。"淮南子脩務:"雖水斷龍舟,陸剸犀甲,莫之服帶。"

2. zhuān
ㄓㄨㄢ

㊁通"專"。漢書三九蕭何傳:"上以此剸屬任何關中事。"史記蕭相國世家作"專"。

【剸₂行】專斷行事。荀子榮辱:"信而不見敬者,好剸行也。"注:"剸與'專'同。專行,謂不度是非,好復言,如白公者也。"

【剸₂諸】即專諸。漢書五七上司馬相如傳子虛賦:"於是乎乃使剸諸之倫,手格此獸。"詳"專諸"。

剽 1. piào 匹妙切,去,笑韻,滂。
ㄆㄧㄠˋ

㊀搶劫。史記梁孝王世家:"(彭離)昏暮私與其奴、亡命少年數十人,行剽殺人,取財物以爲好。"㊁攻擊。見"剽剟"。㊂輕飄,輕疾。商君書算地:"技藝之民用,則民剽而易徙。"周禮考工記弓人:"凡相筋,……小簡而長,大結而澤,則其爲獸必剽。"㊃削除。後漢書十七賈復傳:"復知帝……不欲功臣擁衆京師,乃與高密

侯鄧禹並剽甲兵，敦儒學。"

2. piáo 符霄切，平，宵韻，並。ㄆㄧㄠ

㊄鐘名。爾雅釋樂："大鐘謂之鏞，其中謂之剽，小者謂之棧。"

3. biāo 集韻 卑遥切，平，宵韻。ㄅㄧㄠ

㊅標志。周禮春官肆師"表齍盛"漢鄭玄注："故書表爲剽，剽、表皆徽識也。"

4. biǎo 集韻 俾小切，上，小韻。ㄅㄧㄠ

㊆末稍。莊子庚桑楚："(道)出無本，入無竅，有實而無乎處，有長而無乎本剽。"荀子賦："長其尾而鋭其剽者邪？"

【剽劫】搶劫。漢王充論衡答佞："攻城襲邑，剽劫虜掠。"也作"勦劫"。漢書九十尹賞傳："城中薄暮塵起，剽劫行者，死傷横道。"

【剽便】驍勇敏捷的兵卒。孫臏兵法官一："簡練剽便，所以逆喙也。"

【剽姚】驍勇勁捷。漢用爲武官名。史記一一一衛青傳："再從大將軍受詔，與壯士，爲剽姚校尉。"漢書作"票姚"。後漢書四十上班固傳作"傈狡"。漢荀悦漢紀作"嫖姚"。

【剽疾】勇猛敏捷。史記留侯世家："楚人剽疾，願上無與楚人争鋒。"也作"剽急"。三國志蜀張嶷傳："加吴楚剽急，乃昔所記。"

【剽悍】輕捷驍勇。漢書七十陳湯傳："且其人剽悍，好戰伐。"參見"僄悍"。

【剽剥】攻擊。史記六三莊子傳："然善屬書離辭，指事類情，用剽剥儒墨。"

【剽掠】擊殺，搶劫。文選晉左太沖(思)吴都賦："刦剞熊羆之室，剽掠虎豹之落。"舊唐書一一〇李光弼傳："諸將引軍而退，所在剽掠。"

【剽虜】劫掠。文選晉張孟陽(載)七哀詩："珠柙離玉體，珍寶見剽虜。"

【剽賊】抄襲。唐韓愈昌黎集三四南陽樊紹述墓誌銘："惟古於詞必己出，降而不能乃剽賊。"

【剽輕】强悍輕捷。同"剽疾"。史記周勃世家："楚兵剽輕，難與争鋒。"參見"剽疾"。

【剽遬】輕捷貌。史記禮書："輕利剽遬，卒(猝)如熛風。"正義："剽遬，疾也。"

【剽襲】抄襲。宋歐陽修文忠集二絳守居園池詩："孰云己出不剽襲，句斷欲學盤庚書。"

【剽竊】竊取別人的文章以爲己作。唐柳宗元柳先生集四辯文子："其渾而類者少，竊取他書以合之者多，凡孟管輩數家，皆見剽竊。"

剿 jiǎo ㄐㄧㄠ

同"勦"，也作"勦"。見"勦"。

十二畫

衝 chōng 尺容切，平，鍾韻，穿。ㄔㄨㄥ

刺。玉篇作"衝"。戰國策楚四："臣請爲君衝其胸殺之。"

劂 jué 居月切，入，月韻，見。ㄐㄩㄝ

或作"剧"。見集韻。刻鏤用的曲刀、曲鑿。詳"剞劂"。

劀 guā 古滑切，入，黠韻，見。ㄍㄨㄚ

刮。說文："劀，刮去惡創肉也。"參見"劀殺"。

【劀殺】治惡瘡。劀，刮去膿血；殺，用藥去腐肉。周禮天官瘍醫："瘍醫，掌腫瘍、潰瘍、金瘍、折瘍之祝藥，劀殺之齊。"

劃 huà 胡麥切，入，麥韻，匣。ㄏㄨㄚ 呼麥切，入，麥韻，曉。

㊀割裂。文選南朝宋鮑明遠(照)蕪城賦："劃崇墉，刳濬洫。"㊁忽然。唐杜甫杜工部草堂詩箋四苦雨奉寄隴西公兼呈王徵士："劃見公子面，超然懽笑同。"韓愈昌黎集五聽穎師彈琴詩："劃然變軒昂，勇士赴敵場。"㊂籌謀。廣韻："劃，劃作事。"

劁 1. qiáo 昨焦切，平，宵韻，從。ㄑㄧㄠ 才笑切，去，笑韻，從。

㊀割。北魏賈思勰齊民要術收種二："選好穗純色者，劁刈高懸之。"

2. qiāo ㄑㄧㄠ

㊁閹割。

十三畫

劈 pī 普擊切，入，錫韻，滂。ㄆㄧ

㊀破開。唐白居易長慶集八自蜀江至洞庭湖有感而作詩："長波逐若瀉，連山鑿如劈。"㊁正對着。水滸三八："便把魚汁劈臉潑將去，淋那酒保一身。"

【劈面】㊀用刀割面。文選南朝梁沈休文(約)齊故安陸昭王碑文："雖鄧訓致劈面之哀，羊公深罷市之慕。"參見"剺面"。又指寒風撲面如刀割。宋李覯直講李先生文集三七送王都曹詩："十月霜風還劈面，六街塵土會欺貧。"㊁撲面，迎面。宋楊萬里誠齋集三二方虚日斜再行宿烏山詩："日已衰容去，風仍劈面來。"

【劈正斧】元時皇帝儀仗中有劈正斧，以蒼水玉碾造單刃，高兩尺餘。皇帝登極、正旦、慶生日、登大明殿會朝，一人執之立於陛下，取"正人不正"的意思。明詩别裁一宋訥壬子秋過故宫："興隆有管鸞笙歇，劈正無官玉斧沉。"參閱明陶宗儀輟耕録五劈正斧、元史輿服志二。

【劈頭劈臉】正對着頭臉。水滸十四："(晁蓋)奪過士兵手裏的棍棒，劈頭劈臉便打。"劈頭、劈臉也可分用。水滸四四："那大漢大怒，焦躁起來，將張保劈頭只一提，一交顛翻在地。"又三一："武松早落一刀，劈臉剁着，和那交椅都砍翻了。"

劇 jù 奇逆切，入，陌韻，羣。ㄐㄩ

㊀極，甚。形容程度深。含義隨文而異。荀子非十二子："猶然而材劇志大，聞見雜博。"指材多。漢書七二鮑宣傳："今奈何反覆劇於前乎？"指甚於過去。㊁迅速。文選漢揚子雲(雄)劇秦美新論："二世而亡，何其劇與！"㊂艱難，困苦。後漢書八四曹世叔妻傳女誡："執務私事，不辭劇易。"文選晉陸士衡(機)苦寒行詩："劇哉行役人，慊慊恆苦寒。"㊃嬉戲。唐李白李太白詩四長干行："妾髮初覆額，折花門前劇。"演戲也叫演劇。㊄姓。戰國趙有劇辛，漢有劇孟。

【劇子】先秦學者。史記七四荀卿傳："趙亦有公孫龍，爲堅白同異之辯，劇子之言。"宋王應麟認爲即漢書藝文志法家之處子；元和姓纂六語引漢志作辯士處子。參閱王先謙漢書補注。

【劇月】農事上的忙月。南史沈慶之傳："履行園田，每農桑劇月，無人從行，遇之者不知三公也。"宋書沈慶之傳作"遽月"。

【劇地】形勢險峻的地方。三國志吴呂範傳附呂劇："數討山賊，諸深惡劇地，所擊皆破。"又指情況複雜治理困難的地方。唐權德輿權載之集三六送建州趙使君序："是邦爲東閩劇地，故相安平穆公嘗理焉。"

【劇辛】(公元前？一 前 242 年)戰國趙國人。燕昭王時在燕國任職，參與謀劃伐齊事宜。燕王喜時，率軍攻趙，爲趙將龐煖所殺。參閱戰國策燕一、史記燕世家。

【劇孟】漢洛陽人。史稱他喜拯人急難，爲人所稱道。文帝時，吴楚反，周亞夫乘傳車至河南,得劇孟,高興地説:"吳楚舉大事而不求孟,吾知其無能爲已矣。"孟母死時,遠地的人都來送喪,所乘車有千輛之多。但孟死後,餘財却不到十金。見史記一二四本傳。

【劇旁】通三面的大路。爾雅釋宮:"三達謂之劇旁。"注:"今南陽冠軍樂鄉,數通交錯,俗呼之五劇鄉。"清郝懿行義疏:"按劇者,甚也。言此道歧多,旁出轉甚也。即列子説符篇云:'歧路之中,又有歧焉。'"

【劇寇】勢力强大的盜賊。新唐書七九隱太子建成傳:"秦王數平劇寇,功冠天下。"舊時統治階級誣衊農民起義軍爲劇寇或劇賊。

【劇曹】漢代尚書的屬吏。後漢書百官志三:"令史十八人,二百石。本注曰:曹有三主書,後增劇曹三人,合二十一人。"國秀集上孫逖送趙大夫護邊詩:"欲傳清廟略,先取劇曹郎。"

【劇務】繁重的事務。北齊書婁昭傳:"昭好酒,晚得偏風,雖愈,猶不能處劇務。"

【劇賊】同"劇寇"。漢書八三朱博傳:"縣有劇賊及它非常,博輒移書以詭責之。"三國志魏劉放傳注引孫資别傳:"是時孫權諸葛亮别稱劇賊,無歲不有征軍。"參見"劇寇"。

【劇飲】豪飲,痛飲。三國志魏華歆傳注引華嶠譜敍:"歆能劇飲,至石餘不亂。"

【劇説】清焦循撰。六卷。摘録唐宋以來一百六十六部書籍中有關戲曲的論述,加以評析,是一部戲曲文獻的集録。

【劇談】流暢的談吐。後來作爲暢談的意思。漢書八七上揚雄傳:"口吃不能劇談,默而好深湛之思。"文選晉左太沖(思)蜀都賦:"劇談戲論,扼腕抵掌。"

【劇論】激切的辯論。宋朱熹朱子文集三四答呂伯恭書:"他日或約與俱詣見,相與劇論。"

【劇縣】㊀縣名。1.春秋紀國地,戰國時爲齊的劇邑,西漢置縣,曾爲西漢菑川國都城。地在今山東壽光縣。2.漢武帝從菑川國劇縣分置、封菑川懿王子錯爲侯國,都於此。屬北海郡。地在今山東昌樂縣西。東漢廢。參閲清吳卓信漢書地理志補注三三北海郡九十菑川國。㊁政務繁重的縣分。漢時有平縣、劇縣之稱。漢書九二陳遵傳:"迺舉遵能治三輔劇縣,補郁夷令。"後漢書安帝紀永初元年:"自非父母喪,無故輒去職者,劇縣十歲,平縣五歲以上,乃得次用。"

【劇難】激烈的質問、詰難。陳書袁憲傳:"及憲試,争起劇難。憲隨問抗答,剖析如流。"

【劇驂】七面相通的大路。爾雅釋宮:"七達謂之劇驂。"注:"三道交,復有一岐出者。今北海劇縣有此道。"宋文鑑七周邦彦汴都賦:"劇驂崇期,蕩夷如砥。"

【劇談録】唐康駢著。二卷。記唐天寶以後的奇聞軼事,間有議論,後代小説常用其中的故事爲素材。

【劇秦美新】王莽建新王朝,揚雄仿司馬相如封禪文,上封事給王莽,評論秦朝,美化王莽的新朝,故名劇秦美新。劇,短促。文中抨擊秦始皇焚書、統一度量衡等措施,爲王莽歌功頌德。其後班固又仿此而作典引。文選將這類文章列入符命類。

劌 guì 居衛切,去,祭韻,見。
ㄍㄨㄟˋ

㊀割,刺傷。老子:"是以聖人方而不割,廉而不劌。"指稜角雖鋭利,但不致於傷物。㊁交會。通"會"。漢揚雄太玄經玄告:"天地相對,日月相劌。"晉范望注:"劌之言會也。日月之行,一歲十二會。"

【劌鉥】雕琢。明李東陽麓堂詩話:"李長吉(賀)詩,字字句句欲傳世,顧過於劌鉥,無天真自然之趣。"

【劌目鉥心】怵目驚心。鉥,刺。唐韓愈昌黎集二九貞曜先生墓誌:"及其爲詩,劌目鉥心。"貞曜,卽唐詩人孟郊。

劋 jiǎo 子了切,上,篠韻,精。
ㄐㄧㄠˇ

滅絶。同"剿"、"勦"。説文:"劋,絶也。从刀,喿聲。周書曰:'天用劋絶其命。'"書甘誓作"勦"。漢書九九下王莽傳:"如黠賊不解散,將使大司空將百萬之師,征伐劋絶之矣。"

劊 guì 古外切,去,泰韻,見。
ㄍㄨㄟˋ 古活切,入,末韻,見。

斷。見説文。

【劊子】舊時稱執行死刑的人。宋司馬光涑水紀聞十一:"因召劊子,令每日執劍待命於庭下。"元曲選關漢卿竇娥冤三:"劊子磨旗提刀,押正旦帶枷上。"也稱"劊子手"。宋嚴羽滄浪詩話答出繼叔臨安吳繼僊書:"其間説江西詩病,真取心肝劊子手。"

劍 jiàn 居欠切,去,梵韻,見。
ㄐㄧㄢˋ

㊀古代兵器,兩面有刃,中間有脊。自脊至刃稱臘,或稱鍔;刃以下與柄分隔者稱首,首以下持劍處稱莖,莖端設環處稱鐔。參閲周禮考工記桃氏。㊁用劍殺人。文選晉潘安仁(岳)馬汧督誄序:"有司馬叔持者,白日於都市,手劍父讎。"㊂挾。禮曲禮上:"負劍辟咡詔之。"注:"負,謂置之於背;劍,謂挾之於旁。"疏:"劍,謂挾於脇下,如帶劍也。"宋歐陽修文忠集二五瀧岡阡表:"回顧乳者劍汝而立于旁,因指而歎曰:'……吾不及見兒之立也。'"

劍

【劍士】善於擊劍的人。莊子説劍:"昔趙文王喜劍,劍士夾門而客三千餘人。"

【劍川】㊀縣名。屬雲南省。元至元十一年置,明洪武十七年改州。㊁湖名。在雲南劍川縣。又名劍湖東湖,漾水發源於此。參閲讀史方輿紀要一一七劍川州。

【劍化】傳説晉雷煥在豐城得到龍泉太阿二劍。一送張華,一自佩,並説:"靈異之物,終當化去。"煥死後,他的兒子帶劍經過延平津,劍忽然從腰中飛出掉進水裏。使人下水打撈,只見兩龍各長數丈。見晉書張華傳。後詩文中用劍化比喻人去世。唐韓愈昌黎集十大行皇太后挽歌詞之二:"鳳飛終不返,劍化會相從。"

【劍外】唐都長安,在劍閣東北,故把劍閣以南蜀中地區稱爲劍外。唐杜甫杜工部詩史補遺四聞官軍收河南河北:"劍外忽傳收薊北,初聞涕淚滿衣裳。"甫當時在梓州,因稱劍外。

【劍池】池名。1.在今江蘇蘇州市虎丘山。相傳秦始皇東巡時在這裏找尋過吳王闔廬的寶劍;一説闔廬葬在這裏,曾用魚腸扁諸等寶劍各三千殉葬,故名。參閲唐陸廣微吳地記虎丘山、宋范成大吳郡志十六虎邱。2.在今江西豐城縣西南。傳説是晉雷煥得寶劍龍泉太阿的地方。參閲嘉慶一統志一一三南昌府一。

【劍州】地名。1.唐先天二年設置,屬劍南道,治所在普安。轄境相當今四川劍閣梓潼等縣地。南宋隆興間改爲隆慶府,元至元中復改劍州,明清兩代隸屬四川保寧府。2.五代南唐開運三年設置,治所在劍浦。因其地有劍溪,故名。轄境相當今福建南平市及順昌沙縣尤溪等地。宋太平興國四年改爲南劍州,明清爲延平府。參閲讀史方輿紀要九七延平府。

【劍函】裝劍的匣子。禮少儀"劍則啓櫝"漢鄭玄注:"櫝,謂劍函

劍函

也。”

【劍門】㊀縣名。本漢梓潼縣地。境有大劍山，相傳諸葛亮在此置劍門。唐武則天聖曆二年分普安臨津陰平三縣置縣，因境内有劍門山，故名。在今四川劍閣縣東北。參閱元和郡縣志三三劍門縣，太平寰宇記八四劍州。㊁山名。在四川省北部，又名梁山，有劍門七十二峯，峭壁中斷，兩崖相嵌，形似劍門，主峯大劍山在劍閣縣北。三國時，蜀將姜維退屯以拒鍾會，即此。

【劍津】見“延平”。

【劍客】㊀精通劍術的人。漢書五四李廣傳附李陵：“臣所將屯邊者，皆荆楚勇士奇材劍客也。”後來武俠小説中泛指一些會劍術的俠士。㊁刺客。後漢書七八呂强傳：“上畏不測之難，下懼劍客之害。”又七十孔融傳：“河南官屬恥之，私遣劍客欲追殺融。”

【劍首】鑲嵌在劍柄頂端的裝飾品，即鐔，用玉或金屬製成，上面鏤刻有花紋。劍首除作裝飾外，也是區分等級的標志。禮少儀：“君子欠伸，運笏，澤劍首。”參見“鐔”。

【劍南】唐十道之一。貞觀元年設置。元和以後分設西川節度使、東川節度使。前者管二十六州：成都府彭蜀漢邛簡資嘉戎雅眉松茂翼維當悉静柘恭真黎嶲姚協曲；後者管十二州：梓劍綿遂渝合普榮陵瀘龍昌。包括今四川劍閣縣以南、長江以北、甘肅嶓冢山以南及雲南省東北境地區。參閱元和郡縣志三一至三三劍南道。

【劍俠】古代稱精於劍術的俠士。如唐人所記聶隱娘紅線崑崙奴虬髯客等都是。參閱太平廣記一九三至一九六豪俠。

【劍氣】寶劍的光芒。太平御覽三四三引雷煥别傳：“晉司空張華夜見異氣起牛斗，華問煥見之乎？煥曰，此謂寶劍氣。”後常用以比喻人的聲望或才華。文選南朝梁任彦昇（昉）宣德皇后令：“劍氣凌雲，而屈迹于萬夫之下。”宋華岳翠微南征録七呈番易趙及甫詩：“筆鋒帶怒摇山岳，劍氣嘲冤射斗牛。”

【劍術】擊劍的技術。史記八六荆軻傳：“魯句踐已聞荆軻之刺秦王，私曰：‘嗟乎，惜哉其不講于刺劍之術也。’”晉陶潛陶淵明集四詠荆軻詩：“惜哉劍術踈，奇功遂不成。”

【劍閣】㊀棧道名。在今四川劍閣縣東北大劍山小劍山之間，相傳爲諸葛亮所修築，是川陝間的主要通道，軍事戍守要地。水經注二十漾水：“又東南逕小劍戍北，西去大劍三十里，連山絶險，飛閣通衢，故謂之劍閣也。”參閱元和郡縣志三三劍閣道。㊁縣名。三國蜀設置，晉沿用，後廢。唐聖曆二年又設劍門縣。故城在今四川劍閣縣東北。參閱讀史方輿紀要六八保寧府。

【劍鳴】傳説楚王命鏌邪鑄雙劍，劍成，鏌留下雄劍，把雌劍獻給楚王，雌劍在匣中常常悲鳴。見太平御覽三四三及唐李白李太白詩四獨漉篇注引列士傳。南朝宋鮑照鮑氏集六贈故人馬子喬詩之六：“雙劍將離别，先在匣中鳴。煙雨交將夕，從此忽分形。雌沉吴江裏，雄飛入楚城。”就是寫劍鳴這一傳説的。後用以比喻别後的殷切思念。唐錢起錢考功集六適楚次徐城詩：“感激念知己，匣中孤劍鳴。”

【劍龍】古代傳説神龍化爲寶劍，時作龍鳴。見太平御覽三四三引世説（逸文）。後用來指寶劍的神異。唐李賀歌詩編四呂將軍歌：“北方逆氣汙清天，劍龍夜叫將軍閑。”

【劍器】古舞曲名。唐杜甫杜工部草堂詩箋三三有觀公孫大娘弟子舞劍器行。宋代宫廷隊舞中也有“劍器隊”。又中吕宫曲、黄鐘宫曲，有叫劍器的。見宋史樂志十七。參閱宋史浩鄮峯真隱漫録四六劍舞，清桂馥札樸六覽古劍器。

【劍俠傳】舊題唐段成式撰。四卷。係明人綴輯酉陽雜俎等書所記而成，内容與太平廣記一九三至一九六豪俠全同。明吴琯採入古今逸史。

【劍頭炊】極言危險的情狀。世説新語排調下：“桓南郡（玄）與殷荆州（仲堪）語次，因共作了語，……次復作危語，桓曰：‘矛頭淅米劍頭炊。’”

【劍及屨及】見“屨及劍及”。

【劍拔弩張】唐張彦遠法書要録二引南朝梁袁昂古今書評：“韋誕書如龍威虎振，劍拔弩張。”原是形容書法崛奇雄健。後用以比喻對立的雙方各自積極準備，形成一觸即發的緊張態勢。

【劍南詩稿】宋陸游撰。其子子虡編。八十五卷。收詩九千餘首，各體皆備。游詩爲南宋一大家，律詩氣勢豪邁，而又刻畫細緻，受到歷代評論家較高的評價。陸游留蜀十年，愛蜀中風土，故名其詩曰劍南詩稿。

【劍戟森森】劍戟林立，寒光逼人，比喻人城府深，内心險刻可畏。北史李義深傳：“義深有當世才用，而心胸險峭，時人語曰：‘劍戟森森李義深。’”

【劍履上殿】封建帝王賜給親信大臣的一種特殊待遇，受賜者可以佩劍穿履朝見皇帝。見史記蕭相國世家。

【劍頭一吷】莊子則陽：“夫吹筦也，猶有嗃也；吹劍首者，吷而已矣。堯舜，人之所譽也，道堯舜于戴晉人之前，譬猶一吷也。”注：“劍首，謂劍環頭小孔也。吷然如風過。”比喻言語無足輕重。宋蘇軾分類東坡詩二三再游徑山：“榻上雙痕凛然在，劍頭一吷何須角。”也簡作“劍吷”。宋劉敞公是集九送劉初平謁會稽范吏部詩：“二子才劍吷，衆豪固螟蛉。”

劉

liú ㄌㄧㄡˊ 力求切，平，尤韻，來。

㊀兵器名。書顧命：“一人冕執劉，立于東堂。”注：“劉，鉞屬。”㊁殺，征服。書盤庚上：“重我民，無盡劉。”逸周書世浮：“則咸劉商王紂。”晉孔晁注：“劉，尅也。”㊂枝葉剥落，稀疏雕殘。詩大雅桑柔：“捋采其劉，瘼此下民。”傳：“劉，爆爍而希也。”㊃樹木名。爾雅釋木：“劉，劉杙。”注：“劉子生山中，實如梨，酢甜核堅，出交阯。”也作“榴”。文選晉左太沖（思）吴都賦：“楩榴禦霜。”榴，一本作劉。㊄地名。春秋鄭邑，後爲周大夫劉采地。左傳昭二三年：“庚寅，單子劉子樊齊，以王如劉。”地在今河南偃師縣西南。㊅姓。見廣韻。

【劉七】即劉宸。詳“劉六”。

【劉子】一名劉子新論。撰者或題劉歆，或劉勰，或題劉孝標，唐袁孝政序定爲北齊劉晝。十卷。四庫提要疑爲袁孝政僞作並自爲之注。近人余嘉錫列舉四證，斷爲劉晝作，見所著四庫提要辨證十四。

【劉六】公元？—1512年。即劉寵。明文安人。正德四年與其弟劉七（宸）聯合齊彦名在京師附近發動武裝起義，爲明代中葉最大的一次農民革命運動。起義軍轉戰於山東河北河南山西等地，人數達十餘萬。曾一度攻至霸州，逼近京師。正德七年，劉六劉七齊彦名相繼戰死，起義失敗。參閱明史一八七何鑑傳、馬中錫傳等。

【劉玄】公元前？—公元25年。字聖公。劉縯劉秀的族兄。王莽末年，各地農民起義，縯等也起兵，玄號稱更始將軍，以恢復漢王朝爲名。不久改元更始，定都洛陽。公元23年，農民起義軍擊敗王莽，玄遷都長安。公元24年，赤眉起義軍攻入長安，劉玄敗降，被殺。參閱後漢書十一劉玄傳。

【劉生】漢橫吹曲名。樂府詩集二四，有梁元帝等作劉生詩九首；二五梁鼓角橫吹曲中又有東平劉生歌。樂府詩集劉生詩題注："樂府解題曰：'劉生，不知何代人，齊梁以來，爲劉生辭者，皆稱其任俠豪放，周遊五陵三秦之地。'或云抱劍專征爲符節官，所未詳也。"

【劉安】公元前179—前122年。漢文帝弟淮南厲王長的長子。文帝十六年，襲父封爲淮南王。好文學，曾奉漢武帝命作離騷傳。又招致賓客方術之士數千人，集體編寫鴻烈一書，即現在所傳的淮南子。元狩元年，有人告安謀反，下獄自殺。參閱史記一一八淮南衡山傳。參見"淮南子"。

【劉向】公元前77？—前6年。原名更生，字子政，高祖弟楚元王(劉交)四世孫。宣帝時任散騎諫大夫。元帝時因反對宦官弘恭石顯，被捕下獄。成帝時，更名向，任光祿大夫，校閱經傳諸子詩賦等書籍，寫成別錄一書，爲我國最早的分類目錄。另外著有新序說苑列女傳洪範五行傳論等書。漢書有傳。

【劉宋】南朝宋的別稱。因宋王朝的建立者爲劉裕，以別於後來趙匡胤所建立的趙宋王朝，因稱劉宋。

【劉阮】相傳東漢永平年間，浙江剡縣人劉晨阮肇到天台山採藥迷路，遇到兩個仙女，被邀至家中。半年後回家，子孫已過七代。後重入天台山訪女，踪迹渺然。見南朝宋劉義慶幽明錄。後來詩文常以劉阮入天台爲題材。才調集四有唐曹唐劉阮洞中遇仙人詩等五首，古今雜劇有明王子一劉晨阮肇悞入天台雜劇。

【劉伶】晉沛國人。字伯倫。與阮籍嵇康等友好，稱竹林七賢。縱酒放達，乘鹿車，攜一壺酒，使人荷鍤相隨，說："死便埋我。"嘗著酒德頌，自稱"惟酒是務，焉知其餘"。仕晉爲建威參軍。晉書有傳。後世常以劉伶爲蔑視禮法、縱情飲酒、逃避現實的典型。唐李賀歌詩編四將進酒："勸君終日酩酊醉，酒不到劉伶墳上土。"

【劉邦】即漢高祖。詳該條。

【劉秀】即漢光武。詳該條。

【劉表】公元142—208年。東漢山陽高平人。字景升，與范滂張儉等相交，號稱"八顧"(顧，指以品德行爲引導別人)。獻帝初平元年任荊州刺史，據有今湖南湖北的大部地區，成爲當時一股較大的割據勢力。表病死後，子琮投降曹操。後漢書、三國志有傳。

【劉攽】公元1023年—1089年。宋臨江新喻人。字貢父，號公非。劉敞之弟。慶曆六年進士，官至中書舍人。政治思想保守，曾致書王安石，反對新法。他是司馬光撰資治通鑑的重要助手，負責該書的漢代部分。另有東漢刊誤彭城集中山詩話等著作。宋史三一九劉敞傳有附傳。

【劉洪】東漢泰山蒙陰人。字元卓。作乾象曆，調整了傳統曆法的歲差。曾測定月球軌道(白道)與黃道所成交角爲六度左右。參閱清阮元疇人傳四劉洪。

【劉炫】公元546？—613？年。隋河間景城人。字光伯。開皇中預修國史並參與修訂五禮。當時牛弘奏請購求遺書，炫僞造連山易魯史記等百餘卷，送官取賞，事發覺後，除名歸家。至隋末，流離餓死。炫通天文律數，深研諸經，所有著述，都已不傳。唐孔穎達撰五經正義採用劉炫和劉焯的說法很多。隋書有傳。

【劉郎】見"前度劉郎"。

【劉晏】公元715—780年。唐曹州南華人。字士安。玄宗天寶中舉賢良方正制科，肅宗、代宗時，歷任京兆尹、戶部侍郎、吏部尚書同中書門下平章事及度支、鹽鐵、轉運、鑄錢等使，管理財政達二十年。實行一系列的改革，改進南北水運方法，整理鹽法，穩定物價，改善了安史亂後唐朝政權經濟上的困境和財政的紊亂。德宗初，被楊炎誣陷，誅死。參閱新唐書一四九、舊唐書一二三劉晏傳。

【劉峻】公元462—521年。南朝梁平原人。字孝標。家貧，好學，人有異書，必往借讀，有書淫之稱。曾任荊州戶曹參軍，後居東陽紫巖山，就地講學。死後，門人謚爲玄靖先生。曾作世說新語注，大大豐富了世說的內容。有集六卷，今不傳。明張溥漢魏百三家集輯有劉戶曹集一卷。南史、梁書有傳。

【劉恕】公元1032—1078年。宋筠州人。字道原。官至祕書丞。曾參與司馬光編修資治通鑑。一些紛雜難治的史料，多由他處理。對魏晉以後的史事，作了詳盡的考證。另著有十國紀年、通鑑外紀。宋史有傳。

【劉淵】公元？—310年。東晉列國漢政權的建立者。匈奴族。字元海。父豹，爲匈奴左賢王。漢末，曹操分匈奴餘部爲五，以豹爲左部帥，豹死淵繼。晉太康末，拜北部都尉。永安元年，乘晉諸王內鬨(八王之亂)，離洛陽歸至左國城(今山西離石縣東北)，自稱大單于，起兵反晉。永興元年，稱漢王，年號元熙。永嘉二年，改稱漢帝，改元永鳳，遷都平陽。曾兩次命其子聰等大舉進攻洛陽。死於永嘉四年。晉書有載記。

【劉基】公元1311—1375年。明青田人。字伯溫。元至順年間進士，曾任浙東行省元帥都事等職，因事罷官。回鄉後曾參與鎮壓浙江地區的農民起義。元至正二十年投奔朱元璋，明王朝各種制度的建立，基多參與其事。官至御史中丞、太史令，封誠意伯。洪武四年辭官。後被胡惟庸構陷，憂憤而死。所作詩文雄渾奔放，當時與宋濂並稱。並善書畫。著有郁離子誠意伯集。明史有傳。

【劉晨】見"劉阮"。

【劉崇】公元896—955年。五代十國時北漢地方政權的建立者。後漢劉知遠(高祖)的從弟。知遠稱帝，南行，以崇爲北京(太原)留守，加同平章事。公元951年後漢爲後周所滅，崇就割據河東一帶，在太原自立爲帝，改名旻，沿稱爲漢，史稱北漢。後爲周世宗所敗，憂憤而死。舊五代史有傳。

【劉焯】公元544—610年。隋信都昌亭人。字士元。年輕時和劉炫向劉軌思學毛詩，向郭懋當學左傳，向熊安生學禮。與劉炫齊名，時稱二劉。隋開皇中舉秀才，參與修國史，兼參議律曆。曾與劉炫考定洛陽石經。以事免職回鄉，專以教授著述爲務。著作有稽極曆書五經述義等。今不傳。唐人撰五經正義，曾經吸收二劉的詁訓。清馬國翰玉函山房輯佚書輯有尚書劉氏義疏一卷。隋書有傳。

【劉琨】公元270—318年。晉中山魏昌人。字越石。愍帝時，任大將軍，都督并冀幽三州諸軍事。晉室南渡，轉任侍中太尉，長期堅守并州，與石勒劉曜對抗，因孤軍無援，兵敗投奔段匹磾。後被段匹磾殺害。琨和祖逖友善，都有志恢復中原。劉琨聽到祖逖被朝廷任用，曾對人說："吾枕戈待旦，志梟逆虜，常恐祖生先吾著鞭。"隋書經籍志有集九卷，別集十二卷，今不傳。明張溥漢魏六朝百三家集輯有劉越石集一卷。晉書有傳。

【劉項】劉邦和項籍。漢書諸侯王表："陳(勝)吳(廣)奮其白挺，劉項隨而斃之。"

【劉敞】公元1019—1068年。宋臨江新喻人。字原父，號公是。劉攽的哥哥。慶曆六年進士，官至集賢殿學士，判南京御史臺。敞博聞强識，特別長於春秋學。著有七經小傳、春秋權衡、公是集等。前兩種今不傳。公是集原七十五卷，也已散佚。今本從永樂大典輯出,五十四卷。歐陽修文忠集三五有墓誌。宋史有傳。

【劉備】公元 162—223 年。三國蜀漢政權的建立者。涿縣人。字玄德。家貧,與母販履織席爲業。東漢末,募兵參加鎮壓黄巾起義,先後任安喜尉、高唐令等。後爲徐州牧。得諸葛亮輔佐,聯合孫權,大敗曹操於赤壁。因取荆州,並得益州和漢中,與魏、吴成鼎足之勢。曹丕既廢漢獻帝,備乃在成都稱帝,國號漢,史稱蜀漢。次年,與吴決戰於猇亭,大敗,病死於永安,謚昭烈。三國志有傳。

【劉歆】公元?—23 年。漢劉向子。字子駿,後改名秀,字穎叔。河平中,與父向總校羣書。向死,歆爲中壘校尉,繼父業,整理六藝羣書,編成七略。對經籍目録學作出了貢獻。他建議爲周禮左傳毛詩古文尚書等古文經設置博士,遭到今文學派的反對。王莽建立新政權,歆任國師,後因參與謀殺王莽事件,事敗自殺。歆通曉天文律曆,著有三統曆譜。明張溥魏漢六朝百三家集 輯有 劉子駿集。漢書附劉向傳。

【劉裕】公元 356—422 年。南朝 宋武帝。彭城人。字德輿,小名寄奴。幼年家貧。後爲東晉北府兵將領,參與鎮壓孫恩盧循等農民起義,又擊敗桓玄,封晉公。清除四川等地的割據勢力,統一江南,並兩次北伐,滅南燕後秦。元熙二年廢晉帝,建立宋王朝。他建立的宋與北方崛起的北魏,形成南北對峙局面。宋書、南史有紀。

【劉楨】公元?—217 年。漢末東平人。字公幹。與王粲陳琳徐幹阮瑀應瑒孔融相友善,號建安七子。曹操任爲丞相掾屬。曾參與操子丕的宴飲,丕命夫人甄氏出拜,楨因平視甄氏,以不敬得罪。丕稱楨文“有逸氣,但未遒耳”。所作五言詩當時很有名。有毛詩義問十卷,集四卷,今失傳。明張溥漢魏六朝百三家集輯有劉公幹集。三國志附王粲傳。

【劉墉】公元 1719—1804 年。清山東諸城人。字崇如,號石庵。乾隆十六年進士,官至體仁閣大學士。謚文清。擅長書法,渾厚雄勁,古拙樸茂。清包世臣安吴論書把他的小真書列爲妙品。

【劉毅】公元?—412 年。東晉 彭城 沛人。字希樂。小字盤龍。好賭,一擲百萬。桓玄篡位,毅與劉裕等起兵討玄,玄平,任荆州刺史,鎮江陵。劉裕既專朝政,以安帝名義出兵攻荆州,毅兵敗自縊。晉書有傳。

【劉瑾】公元?—1510 年。明宦官。陝西興平人。本姓談。初在太子宫。太子(武宗)登位,正德元年任司禮監,爲帝所寵信,專朝政。與宦官馬永成高鳳谷大用等七人結黨營私,殘害異己,屢興大獄,貪污納賄,刻剥百姓,人號“八虎”。正德五年,以謀反罪被處死。明史有傳。

【劉勰】公元?—520 年。南朝 梁 東莞莒縣人。字彦和。梁武帝時歷任東宫通事舍人、步兵校尉等職。著文心雕龍五十篇,主張文章要有益於政教,是我國古代第一部體系較爲完整的文學理論著作。勰早年家貧,不婚娶,依沙門僧祐,研習佛教經論。晚年出家爲僧,法名慧地。梁書、南史有傳。

【劉蕡】唐昌平人。字去華。文宗大和二年,應賢良對策,極言宦官禍國,考官害怕得罪宦官,不敢録取。同考的李郃說:“劉蕡不第,我輩登科,實厚顏矣!”令狐楚、牛僧儒都上書推薦蕡爲幕府,授祕書郎。由于宦官誣陷,後貶柳州司户參軍。新唐書藝文志 著録 劉蕡策一卷。舊唐書一九〇下、新唐書一七八都有傳。

【劉豫】公元 1074—1143 年。宋景州阜城人。字彦游。元符進士,官殿中侍御史、河北提刑等職。高宗建炎二年,金兵南下,時任濟南知府,縋城降金,金任爲京東西路、淮南路安撫使,建炎四年受金人册封爲皇帝,僞號大齊,都大名府。多次配合金兵攻宋,都失利,被金廢黜死。見宋史四七五叛臣傳上。

【劉錡】公元 1098—1162 年。宋德順軍人。字信叔。紹興十年,任東京副留守,率領王彦舊部八字軍,在順昌大破金兀朮主力。與韓世忠岳飛等並稱中興名將。投降派秦檜主和,削奪抗金諸將兵權,改知荆州府。紹興三十一年,金主完顔亮率兵南下,錡被任命爲江淮浙西制置使,屯兵揚州抗擊金兵,次年病死。謚武穆。宋史有傳。

【劉禪】公元 207—271 年。三國蜀漢後主,劉備之子。小字阿斗。初由丞相諸葛亮主政。景耀六年,魏出兵征蜀,逼成都,降魏,被送到洛陽,封爲安樂公。見三國志蜀後主傳。

【劉隱】公元 874—911 年。五代 上蔡人。唐末,繼其父謙爲封州刺史。天祐二年,爲廣州節度使,據有嶺南之地。死於後梁乾化元年。其弟龑稱帝,建立南漢,追尊爲襄皇帝。新五代史有南漢世家。

【劉徽】魏晉時數學家。魏景元四年前後,注九章算術十卷,撰九章重差圖一卷,創造測望推算的方法。他的主要發明是用割圓術求圓周率,計算圓内接正3072邊形的面積,求得圓周率爲3.1416。參閱晉書律曆志上、隋書經籍志三。參見“九章算術”。

【劉寵】東漢牟平人。字祖榮。以明經舉孝廉,出任會稽太守,有廉名。延熹四年,代黄瓊爲司空,遷司徒太尉。後漢書有傳。參見“一錢太守”。

【劉覽】即瀏覽。淮南子原道:“劉覽偏照,復守以全;經營四隅,還反於樞。”

【劉三妹】又名劉三姐。苗族歌手。相傳爲唐中宗時人,出身農家,熟悉多種方言,通曉音律,善唱山歌,出口成章,有歌仙之稱。見清屈大均廣東新語八劉三妹。

【劉大櫆】公元1698—1780年。清安徽桐城人。字耕南,一字才甫, 號海峯。副貢生,晚年任黟縣教諭。論文重神氣音節,與方苞姚鼐合稱爲桐城派的三祖。有海峯詩文集。

【劉文淇】公元 1789—1856 年。清江蘇儀徵人。字孟瞻。 嘉慶優貢生。 通群經,對左傳用功最深,輯有左傳舊注疏證,廣泛搜集賈逵服虔鄭玄三家注和後人的補注,加以疏通證明,成一家之學。未及成書便去世。另著有揚州水道記青谿舊屋集。疏證原稿(至襄公五年)由中國科學院歷史研究所整理印行。

【劉氏冠】冠名。史記高祖紀:“高祖爲亭長,乃以竹皮爲冠,令求盜之薛治之,時時冠之。及貴常冠,所謂‘劉氏冠’乃是也。”集解引應劭:“以竹始生皮作冠,今鵲尾冠是也。”也叫齋冠。至晉去竹,改用漆纚製冠,皇帝祭祀時戴之。參閱後漢書輿服志下、通典五七長冠。參見“竹皮冠”。

【劉石經】北魏劉芳的別號。芳彭城人。字伯文。精經義小學音訓。漢世造三字石經於太學,學者文字不正,多向芳質疑,故時人號爲劉石經。見魏書本傳。

【劉令嫻】南朝梁彭城人。劉孝綽的第三妹。東海徐悱妻。世稱劉三娘。以詩文名,有劉令嫻集三卷,已散佚,僅玉臺新詠存詩十三首。參閱梁書及南史劉孝綽傳、隋書經籍志四。

【劉白墮】人名。北魏楊衒之洛陽伽藍記四法雲寺:“河東人劉白墮善能釀酒,季夏六月時暑赫晞,以罌貯酒,暴於日中。經一旬,其酒不動,飲之香美,醉而經月不醒。京師朝貴多出郡登藩,遠相餉饋，踰於千里。以其遠至，號曰鶴觴，亦曰騎驢酒。"

【劉完素】金河間人。字守真，自號通玄處士。世稱劉河間。著有運氣要旨論精要宣明論素問玄機原病式等書。治病喜用涼藥，以降心火、益腎水爲主，稱寒涼派。與張從正(子和)、李杲(東垣)、朱震亨(丹溪)合稱金元四大家。金史有傳。

【劉牢之】公元？—402年。晉彭城人。字道堅。太元初，謝玄鎮廣陵，以牢之爲參軍，領精鋭爲前鋒，戰多能勝，號"北府兵"。太元八年淝水之戰，玄遣牢之率精兵五千，大敗苻堅於洛澗。元興初，朝廷命討桓玄，以牢之爲前鋒都督、征西將軍，牢之深懷疑貳，遣子敬宣降玄。玄以牢之爲征東將軍、會稽太守。敬宣勸牢之襲玄，牢之猶豫不決，其下屬多散走。後自縊而死。晉書有傳。

【劉孝綽】公元481—539年。南朝梁彭城人。本名冉，小字阿士。官至祕書監。能文，尤工於書啓，每成一篇，時人争相諷誦傳寫。又善草隸，自成一體。明張溥漢魏六朝百三家集輯有劉祕書集。梁書南史都有傳。

【劉克莊】公元1187—1269年。南宋莆田人。字潛夫，號後村居士。嘉定間，官建陽令，因詠落梅詩犯嫌，坐廢十年。淳祐初，特賜同進士出身，除祕書少監，兼中書舍人。克莊曾就學於真德秀，以詩詞見長，爲南宋名作家。有後村居士大全集。見宋元學案四七。

【劉宗敏】公元？—1645年。明末李自成農民起義軍的重要將領。陝西藍田人，鐵匠出身。屢建戰功，任爲權將軍，封汝侯。公元1644年隨李自成從山西出大同，經宣化，入居庸關，攻破北京，推翻明王朝。後起義軍失敗，爲清軍所俘，被殺害。參閱明史三〇九李自成傳。

【劉宗周】公元1587—1645年。明山陰人。字起東，號念臺。萬曆二十九年進士。天啓初，官禮部主事，後任右通政，因曾彈劾魏忠賢，被罷官。崇禎時，官至南京左都御史，屢上諫章，被貶斥爲民。清軍入京，福王在南京建立政權，以原官任用。以疏劾馬士英阮大鋮，不納，告歸。清軍攻占杭州時絶食而死。曾講學於蕺山，學者稱他爲蕺山先生。他的哲學思想基本屬於王守仁的唯心主義的體系，提倡"慎獨"。著有易衍、易圖説、證學解、學言、原旨、人譜、社約、會語集等。明史有傳。參閱清黄宗羲明儒學案六二蕺山學案。

【劉長卿】公元709—786？年。唐河間人。字文房。天寶中進士。官監察御史，至德年間被誣陷貶潘州南巴尉。大曆間又以事貶爲睦州司馬。晚年官隨州刺史，世稱劉隨州。有劉隨州集。他的詩内容廣泛，各體皆備。長於五言律詩，當時人稱他爲"五言長城"。參閱唐詩紀事二六、唐音癸籤二五。

【劉知幾】公元661—721年。唐彭城人。字子玄。自唐高宗至玄宗期間，歷任史官二十多年，撰述甚多。今僅存史通内外四十九篇，論述諸史體制，闡明撰史義例，對於過去史書的利病，有很多精辟見解。是我國古代史學重要著作之一。新、舊唐書有傳。

【劉知遠】公元895—948年。五代後漢高祖。西突厥族沙陀部人。後晉時任河東節度使，後晉爲契丹滅後稱帝，都汴，自以爲漢後裔，國號漢，史稱後漢。新、舊五代史都有紀。劉知遠的故事，爲宋以後民間流傳很廣的講史題材。元人四大傳奇之一的白兔記就是演他的故事的。

【劉禹錫】公元772—842年。唐彭城人。字夢得。貞元九年進士，登博學宏詞科，官至集賢殿學士，出任蘇州刺史。因作過太子賓客，故又稱劉賓客。永貞元年，他和柳宗元等積極參加以王叔文爲首的政治革新運動，不久失敗，被貶爲朗州司馬。他的哲學論著天論，反對天命論，提出了"天與人交相勝"的著名論斷。所撰記敍文章，簡鍊深刻，於韓柳外自成一家。他仿效民歌體寫作的竹枝詞等小詩，剛健清新，語言明快，別具風格。在洛陽時，常與白居易唱和，時稱劉白。有劉夢得文集。新、舊唐書都有傳。

【劉寄奴】㊀南朝宋高祖劉裕小名。宋辛棄疾稼軒詞五永遇樂京口北固亭懷古："尋常巷陌，人道寄奴曾住。"㊁藥草名。救荒本草有野生薑，一名劉寄奴。參閱本草綱目十五、清吴其濬植物名實圖考十四。

【劉逢禄】公元1776—1829年。清武進人。字申受，號申甫。嘉慶十八年進士。曾任禮部主事。精於公羊春秋，以何休解詁爲主，創通條例，貫串羣經，是清代著名今文學家。著有公羊何氏釋例公羊何氏解詁箋左氏春秋考證論語述何劉禮部集等書。

【劉黑闥】公元？—623年。隋末農民起義領袖。貝州漳南人。曾參加李密領導的瓦崗軍。唐武德元年，瓦崗軍失敗，又歸竇建德。武德四年建德敗後，潛使北結突厥，重新占有建德舊地，稱漢東王，號天造，建都洺州。武德六年，與唐軍戰敗被殺。參閱舊唐書劉黑闥傳。

【劉福通】元末紅巾軍領袖。原是潁州白蓮教首領。曾參加韓山童領導的起義。失敗後，另組起義軍，以紅巾爲號。至正十五年迎立韓山童的兒子韓林兒，尊爲小明王，國號宋，改元龍鳳。龍鳳四年，攻克汴梁，定爲國都。九年，在安豐與張士誠部作戰時犧牲。參閱明史一二二韓林兒傳附劉福通、清錢謙益國初羣雄事略。參見"紅巾軍"。

【劉棉花】劉吉，明博野人。字祐之。正統十三年進士。官至户部尚書，爲孝宗所寵信，營私媚上，時爲言路所攻。居内閣十八年，當時稱爲'劉緜(棉)花'，以其耐彈。見明史本傳。

【劉毓崧】公元1818—1867年。清儀徵人。字伯山，一字松崖，劉文淇子。道光優貢。傳父左氏學，旁通經史諸子百家，精於校勘。著有春秋左氏傳大義、周禮、尚書、毛詩、禮記舊疏考正等書。

【劉麗川】公元1820—1855年。廣東香山人，農民出身。道光二十五年在香港參加天地會。其後響應太平天国，在上海領導了著名的小刀會起義，堅持鬬争十八個月，沉重打擊了清王朝和帝國主義的侵略勢力。咸豐五年一月在虹橋與清兵激戰時犧牲。參見"小刀會"。

【劉寶楠】公元1791—1855年。清寶應人。字楚楨，號念樓。道光二十年進士。曾任直隸文安三河知縣。著有論語正義、漢石例、寶應圖經、念樓詩文集等。參閱清戴望謫麐堂遺集二事狀。

【劉獻廷】公元1648—1695年。清大興人。字繼莊，一字君賢，別號廣陽子。其學以經世致用爲主，尤精於地理、音韻。著有廣陽雜記五卷。參閱全祖望鮚埼亭集二八劉繼莊傳、王源居業堂集十八劉處士墓表。

【劉無雙傳】傳奇名。唐薛調撰。内容記述唐代劉無雙和王仙客戀愛故事。劉無雙是劉震女兒，王仙客是劉震外甥。兩人自小相得。後遇藩鎮朱泚叛亂，劉震夫婦被殺，無雙没入宫廷爲官奴。仙客求助於古押衙。古設計救出無雙，讓他們成婚。古自刎死。見太平廣記四八六。魯迅曾加校勘，輯入唐宋傳奇集。

【劉知遠諸宮調】北宋説唱本名。一

作劉知遠傳。宋金間無名氏作。內容演五代史平話劉知遠故事。原有十二段，現存五段。與西廂記諸宮調，天寶遺事諸宮調爲傳世諸宮調僅有的三種。金時平水書坊刻本，殘存四十二葉，現藏北京圖書館。

【劉賓客嘉話録】 原名劉公嘉話録，簡稱嘉話録。唐韋絢撰。一卷。絢字文明，京兆人。書前有大中十年自序，說他任江陵少尹時，追紀長慶元年在白帝城聽劉禹錫的談話而成此書。內容頗多當時的史實和藝文掌故。今本一百條，其中與李綽尚書故實相同的三十餘條，疑原書已殘缺，後人據李氏書補輯。

十四畫

劑 jì ㄐㄧˋ 在詣切，去，霽韻，從。
jì ㄐㄧ 遵爲切，平，支韻，精。

㊀切，割。漢賈誼新書諭誠："豫讓劑面而變容，吞炭而爲啞。"㊁契劵，大的稱質，小的稱劑。相當現在的合同。周禮地官司市："以質劑結信而止訟。"參見"質劑"。㊂調節，調和。後漢書十四劉梁傳："和如羹焉，酸苦以劑其味。"左傳劑作"齊"。"齊"、"劑"爲古今字。參閱左傳二十年"齊之以味"疏。㊃多種物品配合在一起。如藥劑。三國志魏華佗傳："又精方藥，其療疾，合湯不過數種，心解分劑，不復稱量。"

【劑刀】 剪刀。爾雅釋言："劑，翦、齊也。"注："南方人呼剪刀爲劑刀。"

劕 jiān ㄐㄧㄢ 古銜切，平，銜韻，見。
胡黤切，上，檻韻，匣。
格懺切，去，鑑韻，見。
盧瞰切，去，闞韻，來。

㊀細切。見廣韻。㊁鋒利。戰國策楚四："被礛磻，引微繳，折清風而抎矣。"宋鮑彪注本礛作"劕"。

劖 xiào ㄒㄧㄠˋ 集韻 先弔切，去，嘯韻。

食品名。南史茹法珍傳："俗間以細剉肉，糅以薑桂曰劖。"

劓 yì ㄧˋ

本作"劓"。㊀割鼻。古五刑之一。易睽："其人天且劓。"釋文："魚器反，截鼻也。"㊁割除。書盤庚中："我乃劓殄滅之。"

十六畫

劚 yīng ㄧㄥ 烏莖切，平，耕韻，影。

割除。北魏賈思勰齊民要術耕田："其林木大者劚殺之，葉死不扇，便任耕種。"

十七畫

劖 chán ㄔㄢˊ 鋤銜切，平，銜韻，牀。

鑿，斷。唐韓愈昌黎集五酬司門盧四兄雲夫院長望秋作詩："若使乘酣騁雄怪，造化何以當鐫劖！"

十九畫

劘 mó ㄇㄛˊ 莫婆切，平，戈韻，明。

㊀磨礪。漢王充論衡明雩："砥石劘厲，欲求銛也。"㊁切磋。引申爲直言勸諫。漢書五一賈山傳贊："賈山自下劘上。"注："劘謂剴切之也。"謂賈山能以直言諫諍。㊂迫近。文苑英華八〇二唐羅隱鎮海軍使院記："左界飛樓，右劘嚴城。"

【劘滅】 同"磨滅"。宋穆修柳(宗元)先生文集後序："脫有一二廢字，由其陳故劘滅，讀無甚害，更資研證就真耳。"參見"磨滅"。

劗 zuān ㄗㄨㄢ 借官切，平，桓韻，精。
在丸切，平，桓韻，從。

剪，斷。見下。

【劗髮】 剪髮。淮南子齊俗："中國冠笄，越人劗髮，其於服一也。"

二十一畫

劚 zhǔ ㄓㄨˇ

同"斸"。見"斸"。

劙 lí ㄌㄧˊ 吕支切，平，支韻，來。
盧啓切，上，齊韻，來。
郎計切，去，霽韻，來。

分割。也作"蠡"。荀子强國："剝脫之，砥厲之，則劙盤盂，刎牛馬，忽然耳。"注："劙，割也。音戾。劙盤盂，刎牛馬，蓋古用試劍者也。"

力部

力 lì ㄌㄧˋ 林直切，入，職韻，來。

㊀力氣。詩邶風簡兮："有力如虎，執轡如組。"㊁能力，威力。國語晉八："可以利公室，力有所能，無不爲忠也。"商君書開塞："湯武致强，而征諸侯，服其力也。"㊂功勞。國語晉五："靡笄之役，郤獻子見公，曰：'子之力也夫。'"㊃勞役，力役。國語魯下："任力以夫而議其老幼。"注："力謂繇役。"爲人役者也稱力，即僕役。南史陶潛傳："今遣此力，助汝薪水之勞。"㊄兵力，兵士。漢書高帝紀上："沛公兵十萬，號二十萬，力不敵。"宋書謝晦傳："率見(現)力決戰。"㊅盡力，力求。詩大雅烝民："古訓是式，威儀是力。"禮坊記："食時不力珍。"㊆甚。漢書五十汲黯傳："今病力，不能任郡事。"㊇姓。見"力黑"。

【力人】 有力氣的人。左傳宣十五年："魏顆敗秦師於輔氏，獲杜回，秦之力人也。"

【力士】 ㊀力氣大的人。公羊傳宣六年："趙盾之車右祁彌明者，國之力士也。"又哀六年："於是(陳乞)使力士舉巨囊而至于中霤。"㊁官名。主管金鼓旗幟，隨皇帝出入，守門、守衛的官吏。隸旗手衛。見明史職官志五注。

【力子】 勤勉的人。後漢書七七樊曄傳："涼州爲之歌曰：'游子常苦貧，力子天所富。'"

【力父】 古代的一個醜男。荀子賦篇："嫫母、力父，是之喜也。"注："力父，俗本作刁父。"

【力正】 同"力征"。周禮秋官禁暴氏："掌禁庶民之亂暴力正者。"注："力正，以力强得正也。"孫詒讓正義："正當讀爲征，言恃强力以相爭取。"墨子明鬼下："逮至昔三代聖王既没，天下失義，諸侯力正。"清畢沅注："正，同征。"參見"力征"。

【力田】 ㊀努力耕田。戰國策秦五："今力田疾作，不得煖衣餘食。"㊁官名。農官之屬。漢時與孝弟並舉，有孝弟力田科。漢書食貨志上："二千石遣令長、三老、力田及里父老善田者受田器。"

【力臣】 ㊀有勇力之臣。左傳襄二三年："樂氏之力臣曰督戎，國人懼之。"㊁伯的自稱。禮玉藻："凡自稱：天子曰予一人，伯曰天子之力臣。"注："伯，上公九命分陝者。”疏：“言己是天子運力之臣。”

【力行】㊀盡力進行。書泰誓中：“今商王受，力行無度。”傳：“行無法度，竭日不足，故曰力行。”㊁勉力而行。禮中庸：“好學近乎知，力行近乎仁。”漢書八八申公傳：“爲治者不至多言，顧力行何如耳。”

【力作】盡力勞作。韓非子六反：“力作而食，生利之民也。”漢王充論衡命祿：“力作不求富，富自到矣。”

【力役】㊀勞役。孟子盡心下：“有布縷之征，粟米之征，力役之征。”注：“力役，民負荷廝養之役也。”㊁徵用民力。漢書五行志中之下：“是時民患上力役，解(懈)於公田。”

【力爭】㊀以力相爭。左傳襄二六年：“公室懼卑，臣不心競而力爭，……能無卑乎？”漢書異姓諸侯王表序：“秦既稱帝，患周之敗，以爲起於處士橫議，諸侯力爭。”㊁極力諫諍。後漢書桓帝紀論：“自非忠賢力爭，屢折姦鋒，雖願依斟流彘，亦不可得已。”

【力牧】相傳黃帝臣。古代傳説黃帝夢人執千鈞之弩，驅羊數萬羣。依照占卜找尋，得力牧於大澤，進以爲將。參閱史記五帝紀正義、皇甫謐帝王世紀。漢書藝文志諸子略道家有力牧二十二篇，兵書略陰陽有力牧十五篇。都是依託之作。也作力黑。參閱流沙墜簡小學術數方技術考釋、馬王堆漢墓帛書經法十大經觀。

【力征】用武力征伐。國語吳：“將不長弟，以力征一二兄弟之國。”注：“言晉不帥長幼之節而征伐同姓兄弟之國。”征，也寫作“正”、“政”。

【力制】以權力統治、控制。漢書四八賈誼傳：“今陛下力制天下，頤指如意。”

【力疾】㊀動作有力而迅速。國語越下：“今其來也，剛彊而力疾，王姑待之。”㊁勉强支撐病體。三國志魏曹爽傳：“臣輒力疾，將兵屯洛水浮橋，伺察非常。”

【力耕】盡力耕作。楚辭屈原卜居：“寧誅鋤草茅以力耕乎？將游大人以成名乎？”漢桓寬鹽鐵論有力耕篇。

【力黑】見“力牧”。

【力量】能力，分量。宋陸游劍南詩稿五飲酒：“陸生學道欠力量，胸次未能和盎盎。”又五一自述：“筋骸衰後覺，力量夢中知。”

【力勤】勤勉。漢王充論衡命祿：“命貧以力勤致富。”

【力農】致力農事。管子重令：“……務時殖穀，力農墾草。”

【力彊】勉强。文選三國魏文帝(曹丕)典論論文：“文以氣爲主，氣之清濁有體，不可力彊而致。”三國志魏管寧傳：“能自任杖，不須扶持。四時祠祭，輒自力彊。”

【力戰】盡力作戰。史記一〇九李將軍傳：“嘗爲隴西北地鴈門代郡雲中太守，皆以力戰爲名。”

【力穡】盡力耕作。書盤庚上：“若農服田力穡，乃亦有秋。”唐白居易長慶集四六平百貨之價策：“是以射時利者，賤收而日富；勤力穡者，輕用而日貧。”

【力不從心】想作某事而力量達不到，卽心有餘而力不足。後漢書八八莎車國傳：“今使者大兵未能得出，如諸國力不從心，東西南北自在也。”

【力拔山操】琴曲名。一名垓下歌。項羽被漢劉邦圍困在垓下，兵敗糧絶，四面楚歌，因而作歌，有“力拔山兮氣蓋世，時不利兮騅不逝”語。見史記項羽紀。樂府詩集五八：“按琴集有力拔山操，項羽所作也。近世又有虞美人曲，亦出于此。”

【力爭上游】努力爭取先進。上游，江河的上流，比喻先進。清趙翼甌北詩鈔五言古一閑居讀書作之五：“所以才智人，不肯自棄暴，力欲爭上游，性靈乃其要。”

【力透紙背】㊀形容書法遒勁有力。唐顏真卿顏魯公文集十四張長史十二意筆法意記：“當其用鋒，常欲使其透過紙背，此功成之極矣。”㊁稱作詩工力之深。清趙翼甌北詩話六陸放翁詩：“(古體詩)意在筆先，力透紙背。”

【力敵勢均】見“勢均力敵”。

【力盡筋疲】用盡了全力。也作“筋疲力盡”。唐韓愈昌黎集四十論淮西事宜狀：“雖時侵掠，小有所得，力盡筋疲，不償其費。”

三　畫

功 gōng 古紅切，平，東韻，見。ㄍㄨㄥ

㊀勞績。周禮夏官司勳：“王功曰勳，國功曰功。”㊁事工。詩豳風七月：“上入執宮功。”㊂成效。國語齊：“相陳以功。”注：“功，成功也。”㊃指器物的精好，堅利。管子七法：“器械功則伐而不費。”參見“功苦㊁”。㊄喪服。詳“功服”。

【功人】漢劉邦賞功臣，以蕭何爲首功。衆將以何無戰功，不服，劉邦説：比方打獵，追殺獸兔的是狗，指揮狗的是人，蕭何發現獸兔蹤跡，指揮獵狗行動，是功人，所以應該功居第一。見史記蕭相國世家。

【功力】㊀功績。管子立政：“功力未見於國者，則不可以授以重祿。”㊁功效。漢王充論衡効力：“案諸爲人用之物，須人用之，功力乃立。”唐白居易長慶集五一卯時酒詩：“未如卯時酒，神速功力倍。”

【功夫】㊀工指工程，夫指夫役。同“工夫”。漢廣漢長王君治石路碑：“功夫九百餘日。”(隸釋四)三國志魏鄭渾傳：“(渾)遂躬率吏民，興立功夫，一冬間皆成。”㊁造詣，成就的程度。南齊書王僧虔傳：“宋文帝書，自云可比王子敬。時議者云：‘天然勝羊欣，功夫少於欣。’”㊂指時間。唐元稹長慶集二一琵琶詩：“使君自恨常多事，不得功夫夜夜聽。”

【功布】㊀接神所用的布。儀禮既夕禮：“商祝免袒，執功布，入，升自西階。”注：“功布，灰治之布也，執之以接神，爲有所拂抗也。”㊁出喪引柩所用的布。以白布三尺懸於竿，居柩前。如道路有傾欹，抬棺木的人看布的低昂，有所準備。喪服都用粗布，此布色白工細，所以叫功布。禮喪大記：“御棺用功布。”見圖。參閱儀禮既夕禮疏。

功　布

【功令】古時國家考核和選用學官的法令。史記一二一儒林傳序：“余讀功令，至於廣厲學官之路，未嘗不廢書而嘆也。”索隱：“案謂學者課功，著之於令，卽今之學令是也。”漢書八八儒林傳序：“文學掌故，補郡屬備員，請著功令。”注：“新立此條，請以著於功令。功令，篇名，若今選舉令。”

【功用】㊀效能，能力。國語魯上：“以實廟庖，畜功用也。”注：“畜四時功，足國財用也。”荀子大略：“晏子功用之臣也。”㊁佛教語，謂人工造作。唐譯華嚴經三七：“世間所有經書技術，如五地中説，皆自然而行，不假功用。”

【功臣】有功之臣。書大禹謨：“禹曰：‘枚卜功臣，惟吉之從。’”史記有高祖功臣侯者年表。唐宋明多以功臣爲名號，賜給臣僚，如南宋以韓世忠爲揚武翊運功臣，劉光世爲和衆輔國功臣等。參閱文獻通考六四職官十八。

【功名】功績和聲名。莊子山木：“削迹捐勢，不爲功名。”荀子强國：“上下一心，三軍同力，是以百事成而功名大也。"後來科舉時代，稱科第爲功名。儒林外史二："況且功名大事，總以文章爲主，那裏有什麽鬼神！"

【功伐】功勞，功績。荀子臣道："功伐足以成國之大利謂之拂。"韓非子孤憤："不以功伐決智行。"注："積功曰伐也。"

【功行】功績和德行。後漢書五四楊震傳："今(劉)瓌無佗功行……既位侍中，又至封侯。"

【功利】㊀功名利欲。莊子天地："功利機巧，必忘夫人之心。"荀子富國："事業所惡也，功利所好也，職業無分。如是，則人有樹事之患，而有爭功之禍矣。"㊁功效利益。韓非子難三："民知誅罰之皆起於身也，故疾功利於業，而不受賜於君。"

【功位】根據功績高下而定的朝列位次。漢書高后紀："詔曰：'……今欲差次列侯功以定朝位，藏於高廟，世世勿絶，嗣子各襲其功位。'"

【功事】工作成績。周禮天官内宰："歲終則會内人之稍食，稽其功事。"

【功服】古禮喪服大功、小功的通稱。參見"大功"、"小功"。

【功狗】見"功人"。

【功首】取得成功的先着。三國志魏荀彧傳注引彧别傳載太祖(曹操)表："臣聞慮爲功首，謀爲賞本。"

【功苦】㊀勞苦。詩小雅四牡序箋："使臣以王事往來於其職，於其來也，陳其功苦，以歌樂之。"㊁器物、飲食精美的叫功，粗劣的叫苦。國語齊："辨其功苦。"注："功，牢也；苦，脆也。"荀子王制："辨功苦。"注："功，謂器之精好者；苦，謂濫惡者。"也作"功沽"。周禮天官酒正注："作酒既有米麴之數，又有功沽之巧。"

【功致】精巧細緻。同"工緻"。禮月令孟冬之月："命工師效功，……必功致爲上。"疏："言作器不須靡麗華侈，必功力密致爲上。"淮南子時則作"堅致爲上"。

【功效】功勞，成績。漢書七九馮奉世傳："奉世功效尤著，宜加爵土之賞。"效，也作"効"。六韜龍韜選將："有詭激而有功効者。"

【功烈】功勞，業績。左傳襄十九年："銘其功烈，以示子孫。"國語晉六："厲公之所以死者，唯無德而功烈多，服者衆也。"注："烈，業也。"

【功能】㊀效能。管子乘馬："工治容貌功能。"㊁功績，才能。後漢書十三公孫述傳論："昔趙佗自王番禺，公孫亦竊帝蜀漢，推其無他功能，而至於後亡者，將以地邊處遠，非王化之所先乎？"

【功庸】功勞，成就。國語晉七："無功庸者，不敢居高位。"注："國功曰功，民功曰庸。"

【功曹】㊀官名。漢州郡佐吏，有功曹、功曹史。掌管考查記録功勞。北齊後稱功曹參軍。唐時在府叫功曹參軍，在州叫司功參軍。參見"司功"。㊁吐綬鳥的别名。見晉崔豹古今注鳥獸。

【功略】功績謀略。史記九二淮陰侯傳："臣請言大王功略，……此所謂功無二於天下，而略不世出者也。"文選漢李少卿(陵)答蘇武書："陵先將軍，功略蓋天地，義勇冠三軍。"

【功勞】事功勞績。管子地圖："論功勞，行賞罰，不敢蔽賢。"戰國策韓一："子嘗教寡人循功勞，視次第。"

【功牌】舊時頒發給有功將士的獎牌。清代督撫給予有軍功者的功牌，長方形，牌上有賞字。最初用銀制，後以紙代。有功牌就算有了出身。後來賞賜日濫，輾轉頂替，甚至有預印空白，隨時填寫的。參閱清通典七四兵七。

【功裘】天子賞賜給卿大夫一級穿的皮衣。周禮天官司裘："季秋獻功裘以待頒賜。"鄭玄認爲良裘、功裘，是以人工粗細來區分的。鄭衆則認爲以王服、大夫服來區分。

【功業】功勳事業。易繫辭下："功業見乎變，聖人之情見乎辭。"史記八三魯仲連傳："交游攘臂而議於世，功業可明。"

【功課】考核官吏的成績。漢書八三薛宣傳："宣考績功課，簡在兩府。"後漢書百官志一："太尉公一人，……掌四方兵事功課，歲盡卽奏其殿最而行賞罰。"後指學生學習的課程。孫詒讓周禮政要一教胄："今宜於京師設官學堂，使宗室八旗王公大臣子弟一體入學，其功課亦由普通蒙學以升於師範專門。"

【功德】㊀功業與德行。禮王制："有功德於民者，加地進律。"㊁佛教語。指念佛、誦經、布施諸事。大乘義章九二種莊嚴："言功德者，功謂功能，善有資潤福利之功，故名爲功，此功是其善行家德，名爲功德。"南史虞愿傳："陛下起此寺，皆是百姓賣兒貼婦，佛若有知，當悲哭哀愍，罪高佛圖，有何功德！"

【功緒】功，已完成的事；緒，事情的開端。周禮天官宫正："稽其功緒。"參閱孫詒讓正義。

【功勳】功績勳勞。漢書五行志上："敬重功勳，殊別適庶。"

【功績】功業勞績。左傳成八年："作人斯有功績矣。"荀子王霸："名聲若日月，功績如天地。"

【功夫茶】卽工夫茶。清施鴻保閩雜記十："漳泉各屬，俗尚功夫茶。……以武夷小種爲尚，……飲必細啜久咀。"詳"工夫茶"。

【功過狀】紀録文武官吏功過的行狀。新唐書百官志一："考功郎中、員外郎，各一人，掌文武百官功過、善惡之考法及其行狀。……親王及中書、門下、京官三品以上、都督、刺史、都護、節度、觀察使，則奏功過狀，以覈考行之上下。"

【功過格】相傳明雲谷禪師教袁黄(了凡)把每天行事，分善惡記録，有善則計，有惡則消除，叫作功過格。按宋趙槩在几案上放置黄黑豆，每起一善念、作一善事，則以黄豆一粒投於别器，有惡則投黑豆，卽此意。參閱宋葉夢得避暑録話上、徐度卻掃編中。清石成金傳家寶記宋范仲淹蘇軾張浚都有功過格。

【功德水】卽八功德水。唐孟浩然集二臘月八日於剡縣石城寺禮拜詩："願承功德水，從此濯塵機。"詳"八功德水"。

【功德田】佛教以佛法僧爲功德田。見俱舍論十五。三藏法數十一："功德福田，謂若能恭敬供養佛法僧三寶，非但成就無量功德，亦能獲其福報，是名功德福田。"

【功敗垂成】事情將成功時遭到失敗。晉書謝安傳論："降齡何促，功敗垂成，拊其遺文，經綸遠矣。"

【功虧一簣】見"一簣"。

【功順堂叢書】清潘祖蔭輯，收集清人研究經學、小學、史學的著作和筆記、詩文共十八種，七十五卷。

加

jiā ㄐㄧㄚ 古牙切，平，麻韻，見。

㊀增加。左傳隱五年："叔父有憾於寡人，寡人弗敢忘，葬之加一等。"㊁超越。史記八七李斯傳："雖申韓復生，不能加也。"㊂侵陵。論語公冶長："我不欲人之加諸我也，吾亦欲無加諸人。"㊃施於，安放。孫子九地："威加於敵，故其城可拔，其國可隳。"儀禮鄉射禮："乃復求矢加于福。"㊄擔任。孟子公孫丑上："夫子加齊之卿相……則動心否乎？"

【加日】連日。荀子性惡："加日縣久，積善而不息。"注："加日，累日也。"

【加行】佛教語。意爲加力修行，以作入正位的準備。也譯作"方便"。唐窺基成唯識論述記九末:"舊言方便道,今言加行,顯與佛果善巧差別,因中行未圓足,所行必須加功求後勝果。"

【加志】注意,留心。漢賈誼新書修政語上:"帝堯曰:'吾存心於先古,加志於窮民。'"

【加扶】封建王朝對有功的大臣的一種優禮,給予扶掖的人。陳書江總傳:"尋授尚書令,給鼓吹一部,加扶,餘並如故。"也作"給扶"。南齊書武陵昭王傳:"給油絡車,又給扶二人。"

【加官】㈠本職外,兼領他官。漢書百官公卿表上:"侍中、左右曹、諸吏、散騎、中常侍皆加官。"㈡舊時官吏升遷。詳"加官進祿"。㈢見"跳加官"。

【加非】誹謗。非,通"誹"。漢書八一匡衡傳:"今司隸校尉尊妄詆欺,加非於君。"

【加冠】古時男子年滿二十行加冠禮,表示成年。漢劉向說苑修文:"君子始冠,必祝成禮,加冠以厲其心。"

【加席】古人以席爲座,加席,表示尊敬。儀禮鄉飲酒禮:"大夫則如介禮,有諸公則辭加席,委于席端,主人不徹;無諸公則大夫辭加席,主人對,不去加席。"注:"加席,上席也。大夫席再重。"

【加耗】正稅定額以外强行勒索的所謂損耗費。起於五代後唐明宗時期,凡民間納米,每石加二升,名爲雀鼠耗。五代漢王章又增爲二斗,名爲省耗。參閱新五代史王章傳。

【加級】提升官位的等級。呂氏春秋懷寵:"皆益其祿,加其級。"

【加率】額外徵收。新唐書食貨志二:"穆宗即位,一切罷之,兩稅外加率(lǜ)一錢者,以枉法贓論。"

【加笄】古時女子十五歲開始用簪束髮叫加笄,表示成年。見禮曲禮上及內則。

【加意】注意,留意。後漢書十三隗囂傳:"故帝有辭答,尤加意焉。"

【加誣】虛構誣陷。漢書七六王尊傳:"浸潤加誣,以復私怨。"

【加銜】給官吏高於本職的虛銜,表示尊貴。清制以太師、太傅、太保、少師、少傅、少保等爲大臣加銜。見清會典吏部官制一。

【加餐】多進飲食。多用爲勸人保重身體的客氣話。文選古詩十九首之一:"棄捐勿復道,努力加餐飯。"後漢書三七桓榮傳:"願君愼疾加餐,重愛玉體。"

【加點】寫作時增删改動,加以點抹。唐岑參岑嘉州詩三送張直公歸南鄭拜省:"萬言不加點,七步猶嫌遲。"

【加禮】待人厚於常禮。左傳襄三一年:"晉侯見鄭伯,有加禮,厚其宴好而歸之。"

【加護】加意保護。文苑英華二四七南朝梁陸倕以詩代書別後寄贈:"玉躬子加護,昭質余未虧。"

【加人一等】勝於常人,高出一籌。禮檀弓上:"獻子加於人一等矣。"舊唐書八八陸象先傳:"象先清淨寡欲,不以細務介意,言論高遠。……(崔)湜每謂人曰:'陸公加於人一等。'"

【加官進祿】指舊時官吏升遷。也作"加官進爵"。金史章宗元妃李氏傳:"(鳳皇)嚮裏飛則加官進祿。"

【加膝墜淵】比喻用人愛憎無常。禮檀弓下:"進人若將加諸膝,退人若將墜諸淵。"唐人避高祖李淵諱改作"加膝墜泉"。唐杜牧樊川文集十九張直方授左驍衛將軍制:"加膝墜泉,予常自慎。"

四 畫

劣 liè ㄌㄧㄝˋ 力輟切,入,薛韻,來。

㈠弱,鄙,壞。漢揚雄法言學行:"顏其劣乎。"漢王充論衡儒增:"夫德劣故用兵,犯法故施刑。"㈡僅,稍,剛。宋書劉懷順傳:"(子)德願善御車,嘗立両柱,使其中劣通車軸,乃於百餘步上,振轡長驅,未至數尺,打牛奔從柱間直過。"梁書鍾嶸傳詩評:"學謝朓劣得'黃鳥度青枝'。"

【劣丈】世交長輩自謙的稱呼。猶言愚丈。宋司馬光涑水紀聞二:"萊公(寇準)知開封府,一旦,問(王)嘉祐曰:'外人謂劣丈云何?'嘉言曰:'外人皆云丈人旦夕入相。'"又見周煇清波雜志五。

【劣角】胡鬧,頑皮。金董解元西廂一:"秀才家那個不風魔,大抵這個酸丁忒劣角。"

【劣弟】對朋友自稱的謙辭。宋蘇軾東坡集續集五與蔡景繁書之十二:"劣弟久病,終未甚清快。"

【劣馬】㈠瘦弱的馬。北魏賈思勰齊民要術六養牛馬驢騾:"諺曰:'羸牛劣馬寒食下。'務在充飽調適而已。"㈡不馴服的馬。三國演義六三:"軍師何故乘此劣馬?"

【劣弱】衰弱。後漢書順帝紀永建元年夏五月丁丑詔:"年老劣弱,不任軍事者上名。"

【劣缺】壞。元曲選秦簡夫趙禮讓肥二:"這廝那不劣缺的心腸決裂狡。"

【劣倦】疲倦已極。漢王充論衡效力:"顏氏之子,已曾馳過孔子於塗矣,劣倦罷極,髮白齒落。"

五 畫

劫 jié ㄐㄧㄝˊ 居怯切,入,業韻,見。

㈠威脅,强迫。左傳莊八年:"遇賊於門,劫而束之。"㈡强取,搶奪。唐許堯佐柳氏傳:"(沙吒利)竊知柳氏之色,劫以歸第,寵之專房。"參見"剽劫"。㈢見"劫爭"。㈣見"劫制"。㈤佛經言天地的形成到毁滅謂之一劫。法苑珠林劫量述意:"夫劫者,蓋是紀時之名,猶年號耳。"紅樓夢一:"又不知過了幾世幾劫。"㈥災難。見"劫災"。㈦見"劫國"。

【劫火】佛家語,指世界毁滅時的大火。新譯仁王經:"劫火洞然,大千俱壞。"一般也把亂世的災火稱劫火。元方回桐江續集三旅次感事詩:"千村經劫火,萬境歎虛花。"

【劫灰】劫火的餘灰。南朝梁慧皎高僧傳一竺法蘭二:"又昔漢武穿昆明池底,得黑灰,以問東方朔。朔云:'不委,可問西域人。'後法蘭既至,衆人追以問之,蘭云:'世界終盡,劫火洞燒,此灰是也。'"又見三輔黃圖四池沼引關輔古語。唐李賀歌詩編一秦王飲酒詩:"羲和敲日玻璃聲,劫灰飛盡古今平。"

【劫劫】㈠急切追求,猶言汲汲。唐韓愈昌黎集二九貞曜先生墓志:"人皆劫劫,我獨有餘。"㈡世世。唐白居易長慶集二二畫水月菩薩贊:"生生劫劫,長爲我師。"

【劫貝】見"吉貝"。

【劫災】佛教語。指壞劫的三災。成劫之後有壞劫,壞劫末期有火風水三災,世界俱毁。大日經三:"周遍生圓光,如劫災猛焰。"後用來比喻要遭受的災難是無法逃脫的,如"在劫難逃"。

【劫波】梵語,義爲一段時間。法苑珠林三劫量篇:"何名爲劫,……依西梵正音名爲劫簸颰陀。"注:"劫簸者,亦名劫波,秦言分別時節。"

【劫爭】圍棋術語。黑白雙方在同一處各自圍住對方一子。黑方如先提吃白方一子,白方須於他處下子,待黑方應後,纔可於原處提回黑方一子。如此往復提吃,叫做"劫爭",省作"劫"。水經注渠水:"(阮簡)爲開封令,縣側有劫賊,外白甚急數。簡方圍棋長嘯。吏云:'劫急'。簡曰:'局上有劫,亦甚急。'"

【劫制】用威力控制。新唐書一一五狄仁傑傳贊:"武后乘唐中衰,操殺生柄,劫制天下,而攘神器。"

【劫剞】發掘,搗毀。文選晉左太沖(思)吳都賦:"刦剞熊羆之室,剽掠虎豹之落。"刦,通"劫"。

【劫殺】劫持而加以殺害。漢書四九鼂錯傳:"竊觀上世之君,不能奉其宗廟而劫殺於其臣者,皆不知術數者也。"

【劫掠】搶劫虜掠。史記高祖紀漢十年八月:"上曰:'……代地吾所急也,故封(陳)豨爲列侯,以相國守代,今乃與王黄等劫掠代地!'"

【劫略】㊀用暴力迫脅。史記九七陸賈傳:"然漢王起巴蜀,鞭笞天下,劫略諸侯,遂誅項羽滅之。"㊁搶劫虜掠。略,通"掠"。史記九三陳豨傳:"九月,(豨)遂與王黄等反,自立爲代王,劫略趙代。"

【劫國】漢代西域城國。見漢書九六下西域傳。卽今新疆鄯善縣地。

【劫假】地主階級殘酷剥奪農民的一種方式。漢書食貨志上:"而豪民侵陵,分田劫假。"注:"假,亦謂貧人賃富人之田也;劫者,富人劫奪其税,侵欺之也。"

【劫遻】聲浪互相撞擊。文選漢馬季長(融)長笛賦:"掌距劫遻,又足怪也。"也作"劫捂"。文選晉潘安仁(岳)笙賦:"郁捋劫捂。"

【劫質】劫持人質,借以勒索。後漢書五一橋玄傳:"凡有劫質,皆并殺之,不得贖以財寶,開張姦路。"後漢書七二董卓傳:"(郭)多又劫質公卿。"

劭 shào 寔照切,去,笑韻,禪。ㄕㄠˋ

㊀勸勉,自強。漢書成帝紀陽朔四年:"先帝劭農,薄其租税。"三國志魏韓暨傳:"年逾八十,守道彌固,可謂純篤,老而益劭者也。"㊁美好。文選晉潘安仁(岳)河陽縣作詩:"誰謂邑宰輕,令名患不劭。"

助 1. zhù 牀據切,去,御韻,牀。ㄓㄨˋ

㊀幫助,輔佐。詩小雅正月:"載輸爾載,將伯助予。"孫子地形:"夫地形者,兵之助也。"㊁相傳殷時賦法名。孟子滕文公上:"夏后氏五十而貢,殷人七十而助,周人百畝而徹,其實皆什一也。"

2. chú 集韻 牀魚切,平,魚韻。ㄔㄨˊ

㊀除去。通"鋤"。莊子徐無鬼:"顔不疑歸而師董梧,以助其色。"釋文:"士居反。本亦作鋤。"

【助字】卽虚字。古漢語虚字包括表示語法作用的虚詞和一部分代詞。如之、乎、也、者、於。唐柳宗元復杜温夫書中曾談到"助字"。見柳先生集三四。清劉淇有助字辨略。馬建忠馬氏文通一正名:"凡虚字用以煞字與句讀者曰助字。"

【助長】助物成長。詳"揠苗助長"。

【助教】官名。晉武帝咸寧四年設。幫助國子祭酒、博士教授生徒。南北朝及隋都相沿設置。唐時國子學、太學、廣文館、四門學皆有助教。明清僅國子監有助教。參閱通典二七職官九、明史職官志二、清文獻通考七九職官三。

【助道】道家稱寶藥爲生爲助道。宋陸游劍南詩稿五四飯飽晝卧戲作短歌:"安能寶藥謀助道,但有知分堪養福。"

【助役錢】宋神宗熙寧三年(公元1070年)初行免役法,凡當役人户,分五等出錢,募人充役,使原來享受免役特權的豪紳、官吏、寺觀僧道等出錢助役,叫助役錢。這是王安石變法的重要措施之一。參閱宋史食貨志上五役法上、宋史王安石傳,宋史紀事本末三七王安石變法。

【助天爲虐】趁着天災做壞事。國語越下:"無助天爲虐,助天爲虐者不祥。"

【助字辨略】清劉淇著。五卷。分三十類,按韻編次,專講助字,釋訓之例分正訓、反訓、通訓、借訓、互訓、轉訓,間加辨證。

【助我張目】比喻得人之助,以壯聲勢。文選魏曹子建(植)與吳季重書:"墨翟不好伎,何爲過朝歌而迴車乎?足下好伎,值墨翟迴車之縣,想足下助我張目也。"

【助桀爲虐】幫助壞人作惡。史記留侯世家:"今始入秦,卽安其樂,此所謂助桀爲虐。"田單傳作"助桀爲暴"。又作"助紂爲虐"。孟子滕文公下:"周公相武王,誅紂伐奄。"宋朱熹集注:"奄,東方之國,助紂爲虐者也。"桀紂,夏殷末期的暴君,後用來比喻壞人。

劬 qú 其俱切,平,虞韻,羣。ㄑㄩˊ

㊀勤勞。見下列各條。㊁慰勞。禮内則:"食子者三年而出,見於公宫,則劬。"

【劬劬】勞苦的樣子。宋詩鈔程俱北山小集鈔和柳子厚讀書:"誰能三萬卷,懸頭苦劬劬。"

【劬勞】辛勤,勞苦。詩小雅鴻雁:"之子于征,劬勞于野。"又蓼莪:"哀哀父母,生我劬勞。"

【劬録】勤勞。淮南子主術:"加之以勇力辯慧,捷疾劬録。"泰族作"劬禄"。參見"鞫録"、"拘録"。

努 nǔ 奴古切,上,姥韻,泥。ㄋㄨˇ

㊀用力。見"努力"。㊁凸出,翹起。全唐詩六七一唐彦謙採桑女:"春風吹蠶細如蟻,桑芽纔努青鴉嘴。"水滸二一:"(宋江)把嘴往下一努。"㊂書法稱豎畫叫努。參見"永字八法"。

【努力】勉力。漢王充論衡問孔:"貴亦可不受命,而自以努力求之。"文選古辭長歌行:"少壯不努力,老大徒傷悲。"

【努目】怒張其目,猶言怒目。元曲選蕭德祥殺狗勸夫二:"他見我早揎拳攞袖,努目撑眉。"

【努嘴】翹嘴,向人有所暗示。水滸二一:"卻纔見押司努嘴過來。"

六畫

効 xiào ㄒㄧㄠˋ

同"效"。見"效"。

劾 hé 胡得切,入,得韻,匣。ㄏㄜˊ 胡槩切,去,代韻,匣。

㊀揭發,審判罪人。急就篇四:"誅罰詐僞劾罪人。"宋王應麟補注:"劾,推窮罪人也。漢世問罪謂之鞫,斷獄謂之劾。"後漢書六七張儉傳:"時中常侍侯覽家在防東,殘暴百姓,所爲不軌。儉舉劾覽及其母罪惡,請誅之。"㊁揭發罪行的文狀。後漢書六七范滂傳:"滂睹時方艱,知意不行,因投劾去。"

【劾狀】揭發罪狀。新唐書一三〇崔隱甫傳:"浮屠惠範倚太平公主,脅人子女,隱甫劾狀,反爲所擠,貶卭州司馬。"

【劾奏】向皇帝檢舉彈劾別人的罪狀。漢書七三韋玄傳附韋玄成:"有司劾奏,等輩數人皆削爵爲關内侯。"

【劾繫】揭發罪行,予以拘禁。史記一〇六吳王濞傳:"使吏劾繫訊治。"又一〇七魏其武安侯傳附灌夫:"於是上使御史簿責魏其所言灌夫,頗不讎,欺謾。劾繫都司空。"

券 juàn 集韻:逵眷切,去,綫韻。ㄐㄩㄢˋ

疲勞。同"倦"。漢涼州刺史魏元丕碑:"施舍弗券,求善不厭。"(隸釋十)券契字,下從刀;疲券字,下從力。見宋毛居正六經正誤。

劻 kuāng 去王切,平,陽韻,溪。ㄎㄨㄤ

見下。

【劻勷】急迫不安的樣子。唐韓愈昌黎

集二七劉統軍碑："新師不牢，劻勷將遁。"

劼 jié 恪八切，入，黠韻，溪。
ㄐㄧㄝ

見"劼毖"。

【劼毖】謹慎。書酒誥："汝劼毖殷獻臣。"

七 畫

勃 1. bó 蒲没切，入，没韻，並。
ㄅㄛ

㊀突然。莊子知北遊："注然勃然，莫不出焉。"㊁興起。見"勃然㊁"。㊂變色。孟子告子下："愼子勃然不悅。"㊃盛貌。文選漢馬季長(融)長笛賦："氣噴勃以布覆兮，乍時瞭以狼戾。"㊄通"渤"。見"渤海"。

2. bèi
ㄅㄟ

㊅通"悖"。荀子修身："不由禮則勃亂提僈。"集解引郝懿行："勃與悖，僈與嫚並同。"

【勃如】變色而莊重的樣子。論語鄉黨："君召使擯，色勃如也。"

【勃弄】地名。隋開皇十七年史萬歲擊爨翫，曾停駐大勃弄、小勃弄。唐置勃弄縣，地在今雲南祥雲縣東。

【勃姑】鳩鳴聲。也爲鳩的別名。宋黄庭堅豫章集五考試局與孫元忠博士竹間對窗……詩："勃姑夫婦喜相喚，街頭雪泥即漸乾。"陸游劍南詩稿二七春社："桑眼初開麥正青，勃姑聲裏雨冥冥。"

【勃勃】盛貌。漢揚雄法言淵騫："攀龍鱗，附鳳翼，巽以揚之，勃勃乎其不可及也。"一説爲輕迅貌。

【勃₂逆】悖亂。勃，通"悖"。唐竇𥬋劉元尚墓誌："北庭使劉渙躬行勃逆，委公斬之。"(金石萃編九十)

【勃律】西域地方政權名。唐有大、小勃律。唐玄宗時，高仙芝滅小勃律，置歸仁軍。見新唐書二二一下西域傳。

【勃海】即渤海。見"渤海"。

【勃屑】跛行貌。楚辭漢東方朔七諫怨世："西施媞媞而不得見兮，嫫母勃屑而日侍。"注："勃屑，猶媻姍，膝行貌。"一作"勃窣"。參見"勃窣㊀"。

【勃然】㊀突然。莊子天地："蕩蕩乎，忽然出，勃然動，而萬物從之乎。"㊁興起的樣子。尹文子上禮："賢聖勃然而起。"㊂發怒變色。莊子天地："謂己道人，則勃然作聲。"孟子萬章下："王勃然變乎色。"

【勃㴆】盛大的樣子。後漢書六十上馬融傳廣成頌："黄塵勃㴆，闇若霧昏。"也作"浡㴆"、"㴆渤"。參見各該條。

【勃窣】㊀跛行貌。史記一一七司馬相如傳子虛賦："媻珊勃窣上金隄。"文選注引韋昭："媻珊勃窣，匍匐上也。"㊁旺盛、繽紛的樣子。世說新語文學："張憑勃窣爲理窟。"清胡文英吳下方言考十二勃窣："案勃窣，散塵也。吳中謂散塵爲勃窣。"張憑擅長言語，勃窣是形容他的詞釆繽紛。

【勃₂亂】違背事理，舉止錯亂。荀子修身："凡用血氣志意知慮，由禮則治通，不由理則勃亂提僈。"後漢書十八吳漢傳："帝聞大驚，讓漢曰：'比勑公千條萬端，何意臨事勃亂！'"

【勃澥】即渤海，也寫作渤澥。史記一一七司馬相如傳子虛賦："浮勃澥，游孟諸。"一作勃解。漢書八七下揚雄傳解嘲："譬若江湖之雀，勃解之鳥。"參見"渤澥"。

【勃₂厲】起傷害作用的不正之氣。鄧析子無厚："天不能屏勃厲之氣，令夭折之人更生。"

【勃盧】㊀古代造矛工匠。後因以爲矛名。文選晉左太沖(思)吳都賦："干鹵殳鋋，暘夷勃盧之旅。"也作"物盧"、"屈盧"。參見各該條。㊁勃盧二字反切得蒲音，因此成爲蒲的別名。見宋洪邁容齋隨筆三筆十六切脚語。

【勃興】突然興起。後漢書二八馮衍傳下顯志賦："苗裔紛其條暢兮，至湯武而勃興。"

【勃谿】爭鬬。莊子外物："室無空虛，則婦姑勃谿。"釋文："勃，爭也；谿，空也。司馬(彪)云：勃谿，反戾也。無虛空以容其私，則反戾共鬬爭也。"谿，一作"豯"。

【勃壤】鬆疏的土壤。周禮地官草人："勃壤用狐。"

【勃蘇】即申包胥。戰國策楚一作棼冒勃蘇。詳"申包胥"。

【勃鬱】風迴旋的樣子。文選戰國楚宋玉風賦："勃鬱煩冤，衝孔襲門。"

【勃極烈】女真語。金自景祖始建官屬，其官長皆稱勃極烈。如都勃極烈、諳版勃極烈等。見金史百官志一。清稱貝勒。參見"貝勒"。

勅 chì
ㄔ

同"敕"。見"敕"。

勁 jìng 居正切，去，勁韻，見。
ㄐㄧㄥ

㊀堅强有力。墨子節葬下："手足不勁强。"孫子軍爭："百里而爭利，則擒三將軍，勁者先，疲者後，其法十一而至。"㊁剛强正直。見"勁士㊀"、"勁直"。

【勁士】㊀正直的人。荀子儒效："行法至堅，不以私欲亂所聞，如是，則可謂勁士矣。"㊁壯勇的人。晉書苻生載記："勁士風集，驍騎如雲。"

【勁利】㊀堅銳。尹文子大道下："兵甲勁利，封疆修理，彊國也。"㊁形容書法筆力健挺。唐張彥遠法書要錄二引梁陶弘景答武帝書："前樂毅論書，乃極勁利。"

【勁卒】精壯的兵士。三國志魏杜畿傳附杜恕："武士勁卒愈多，愈多愈病耳。"

【勁直】剛正不屈。韓非子孤憤："能法之士，必强毅而勁直；不勁直，不能矯姦。"

【勁松】不畏風寒而挺立的松樹，比喻剛强不屈的人。文選晉潘安仁(岳)西征賦："勁松彰以寒歲，貞臣見於國危。"晉書忠義傳贊："勁松方操，嚴霜比烈。"

【勁勇】精壯的士兵。後漢書六十上馬融傳廣成頌："僄狡課才，勁勇程氣。"三國志魏武帝紀初平元年注引謝承後漢書："(王匡)其年爲董卓軍所敗，走還泰山，收集勁勇得數千人，欲與張邈合。"

【勁弩】强有力的弓弩。孫臏兵法威王問："勁弩趨發者，所以甘(酣)戰持久也。"

【勁秋】秋氣肅殺，故稱秋爲勁秋。晉陸機陸士衡集一文賦："悲落葉於勁秋，喜柔條於芳春。"

【勁酒】烈酒。宋陸游劍南詩稿六醉中懷眉山舊遊："勁酒少和氣，哀歌無歡情。"

【勁旅】精銳的隊伍。明史兵志一："因言國初京營勁旅，不減七八十萬。"

【勁悍】勇猛强悍。三國志魏荀彧傳注引荀氏家傳："文帝與繇書曰：'……荀閎勁悍，往來銳師，真君侯之勍敵，左右之深憂也。'"也作"勁捍"。三國志吳孫策傳"策以書責而絶之"注引吳錄載策使張紘爲書："以中土希戰之兵，當邊地勁捍之虜，所以斯須游魂也。"

【勁草】堅韌不易折斷的草，比喻剛强不屈的人。詳"疾風勁草"。

【勁氣】寒氣。晉陶淵明陶淵明集三癸卯十二月與從弟敬遠詩："勁氣侵襟袖，簞瓢謝屢設。"

【勁節】㊀堅貞不屈的節操。唐駱賓王集二浮查詩："貞心凌晚桂，勁節掩寒松。"㊁强勁的枝節。唐柳宗元柳先生集三四植靈壽木詩："柔條乍反植，勁節常對生。"

【勁敵】强有力的敵人或對手。舊五代史霍彥威傳："此席宴客，皆吾前歲之勁敵也。"一作"勍敵"。見該條。

【勁檝】堅實的船槳。後漢書五九張衡傳："雖有犀舟勁檝，猶人涉卬否，有須者也。"

【勁骨豐肌】形容書法之豐潤而有力。唐張懷瓘書斷中："羊欣云：'張芝皇象鍾繇索靖，時並號書聖，然張勁骨豐肌，德冠諸賢之首。'"見唐張彥遠法書要録八。

勇 yǒng 余隴切，上，腫韻，喻。ㄩㄥˇ

㊀果敢，膽大。書仲虺之誥："天乃錫王勇智。"管子法法："上好勇則民輕死。"㊁兵卒。清制，行營招募的兵卒叫勇。參閱清朝續文獻通考二〇二兵考一。

【勇力】果敢有力。左傳襄二二年："君恃勇力以伐盟主。"孫臏兵法善者："士有勇力而不得以爲强。"

【勇士】勇敢的人。左傳襄二十一年："盍反州綽刑蒯，勇士也。"孟子滕文公下："志士不忘在溝壑，勇士不忘喪其元。"

【勇夫】勇敢的人。書泰誓："仡仡勇夫，射御不違。"

【勇決】勇敢果斷。三國魏徐幹中論虛道："勇決過人，未足貴也。"唐杜甫杜工部草堂詩箋十二留花門："北門天驕子，飽肉氣勇決。"

【勇壯】威武健壯。文選漢枚叔（乘）七發："有似勇壯之卒，突怒而無畏。"

【勇武】㊀同勇士。淮南子覽冥："勇武一人，爲三軍雄。"注："武，士也。江淮間謂士爲武。"㊁勇猛有力。漢書平帝紀："秋，舉勇武有節，明兵法，郡一人，詣公車。"南史蘭欽傳："步行日二百里，勇武過人。"

【勇果】勇敢果斷。荀子大略："勇果而亡禮，君子所憎惡也。"南齊書周盤龍傳："盤龍父子由是名播北國。形甚㾦訥，而臨軍勇果，諸將莫逮。"

【勇悍】勇猛强悍。莊子盜跖："（跖）勇悍果敢，聚衆率兵。"

【勇退】官吏急求隱退。文選南朝宋謝宣遠（瞻）於安城答靈運詩："量己畏友朋，勇退不敢進。"參見"急流勇退"。

【勇烈】勇敢剛直。南齊書王融傳："勇烈之士足貴，應鞶鐸以增思。"

【勇氣】無畏的氣概。左傳莊十年："夫戰，勇氣也。"史記八一廉頗傳："拜爲上卿，以勇氣聞於諸侯。"

【勇略】勇猛而有謀略。史記九二淮陰侯傳："且臣聞勇略震主者身危，而功蓋天下者不賞。"

【勇健】勇壯。後漢書十六鄧禹傳附鄧訓："勝兵者二三千騎，皆勇健富彊。"三國志魏鮮卑傳："軻比能本小種鮮卑，以勇健，斷法平端，不貪財物，衆推以爲大人。"

【勇猛】勇敢而有力。管子樞言："先王不以勇猛爲邊竟，則邊竟安。"漢書成帝紀："北邊二十二郡舉勇猛知兵法者各一人。"

【勇敢】有勇氣，有膽量。莊子徐無鬼："勇敢之士奮患。"戰國策韓二："齊人或言軹深井里聶政，勇敢士也，避仇隱於屠者之間。"

【勇鋭】勇悍。六韜豹韜敵强："出我勇鋭冒將之士。"晋常璩華陽國志一巴志："巴師勇鋭。"

【勇盧】太平御覽八八一引龍魚河圖："鼻神名勇盧。"清趙之謙有勇盧閒詰一卷，專記鼻烟及烟壺事。

【勇蟲】指螳螂。韓詩外傳八、淮南子人間都有螳臂當車的寓言，後來就稱螳螂爲勇蟲。抱朴子廣譬："是以晉文回輪於勇蟲而壯士雲赴，句踐曲躬於怒鼃而戎卒輕死。"

【勇爵】爲招納勇士而設的爵位。左傳襄二一年："莊公爲勇爵。"注："設爵位以命勇士。"後來就稱武將爲勇爵。唐張説張説之集十二大唐祀封禪頌："寵勇爵，貴經門。"

【勇斷】勇敢而果斷。漢劉向説苑立節："非有勇斷，孰能行之？"宋歐陽修文忠集九讀書詩："是非自相攻，去取在勇斷。"

【勇鷙】勇猛强悍。世説新語言語"有白起之風"注引漢嚴尤三將敍："廉頗爲人，勇鷙而愛士，知難而忍恥。"後漢書一八吳漢傳："其人勇鷙有智謀，諸將鮮能及者。"注："凡鳥之勇鋭，獸之猛悍者，皆名鷙也。"

【勇冠三軍】勇敢爲三軍之首。文選漢李少卿（陵）答蘇武書："陵先將軍功略蓋天地，義勇冠三軍。"又南朝梁丘希範（遲）與陳伯之書："將軍勇冠三軍，才爲世出。"

【勇猛精進】原爲佛教語。指奮勉修行。無量壽經上："勇猛精進，志願無惓。"也指力求進步。

勉 miǎn 亡辨切，上，獮韻，明。ㄇㄧㄢˇ

㊀努力，盡力。莊子德充符："弟子勉之。"管子小匡："是故民皆勉爲善。"㊁鼓勵。管子立政："上不加勉，而民自盡。"㊂力量達不到，仍要强行。見"勉强㊁"。㊃姓。漢有勉昂。見宋邵思姓解三引風俗通。

【勉力】㊀努力。荀子天論："勉力不時，則牛馬相生，六畜作祆。"管子形勢："故朝不勉力務進，夕無見功。"㊁勉勵。史記蕭相國世家："相國爲上在軍，乃拊循勉力百姓，悉以所有佐軍如陳豨時。"

【勉政】努力於政務。漢王充論衡須頌："孝宣皇帝稱穎川太守黃霸有治狀，賜金百斤，漢臣勉政。"

【勉勉】勤懇不懈的樣子。詩大雅棫樸："勉勉我王，綱紀四方。"唐韓愈昌黎集四送侯參謀赴雲中幕詩："勸勤酒不進，勉勉恨已仍。"

【勉勗】勉勵。三國志魏齊王芳傳："其與羣卿大夫勉勗乃心，稱朕意焉。"

【勉强】㊀盡力而爲。禮中庸："或勉强而行之。"也寫作"勉彊"。漢書三六楚元王傳附劉向："勉彊以從王事。"㊁力量不足，仍要强行。宋歐陽修文忠集二讀蟠桃詩寄子美："引吭和其音，力盡猶勉强。"宋華鎮雲溪居士集八和陳尉見貽詩："須憐好景分明在，爲把愁顏勉强開。"

【勉勵】勸勉鼓勵。文選漢司馬子長（遷）報任少卿書："傳曰：'刑不上大夫'。此言士節不可不勉勵也。"漢書司馬遷傳勵作"厲"，無"勉"字。漢王充論衡本性："長大之後，禁情割欲，勉厲爲善矣。"勵，通"厲"。

八畫

勍 qíng 渠京切，平，庚韻，羣。ㄑㄧㄥˊ

强，有力。左傳僖二二年："且今之勍者，皆吾敵也。"

【勍敵】强大的敵人。左傳僖二二年："勍敵之人，隘而不列，天贊我也。"晉書苻堅載記下："堅與苻融登城，……又北望八公山上草木皆類人形，顧謂融曰：'此亦勍敵也，何謂少乎？'"

勌 juàn ㄐㄩㄢˋ

疲勞。同"倦"。莊子應帝王："學道不勌。"釋文："其眷反。"詳"倦"。

勑 1. lài 洛代切，去，代韻，來。ㄌㄞˋ

㊀勤勉，勞勑。詳"勞₂來"。

2. chì ㄔˋ

㊁整飭。同"敕"。易噬嗑:"先王以明罰勑法。"釋文:"恥力反,此俗字也。字林作敕。鄭(玄)云:勑,猶理也。一云整也。"後漢書五九張衡傳:"夕惕若厲以省僭兮,懼余身之未勑也。"㊂詔命。北齊書宋遊道傳:"勑至,市司猶不許,游道杖市司,勒使速付。"

【勑使】皇帝的使臣。唐杜甫杜工部草堂詩箋四十巴西聞收京闕送班司馬入京:"劍外春天遠,巴西勑使稀。"

九 畫

勘 kān ㄎㄢ 苦紺切,去,勘韻,溪。

㊀校對核定。玉篇力部:"勘,覆定也。"唐白居易長慶集十七題詩屏風絶句:"相憶采君詩作郭,自書自勘不辭勞。"㊁審問。舊唐書一八六上來俊臣傳:"請付來俊臣推勘,必獲實情。"

【勘合】舊時文書加蓋印信,分爲兩半,當事雙方各執一半,查驗騎縫半印,作爲憑證。明代有調軍勘合,軍籍勘合。清代官吏使用驛站馬匹,須查驗郵符,稱勘合。又官府文簿,編立字號,由上官用關防蓋半印,稱勘合文簿。

【勘災】清制,地方發生災情,由督撫委派官員勘定受災程度,六成以上的爲成災,五成以下的爲勘不成災。夏災限六月報完,秋災限九月報完。地方官府爲了討好上級,往往以重報輕,官府的救濟多成爲官吏中飽的來源。

【勘契】唐制,殿門開閉,要核對魚契。魚契,刻檀木爲魚,另刻檀板爲坎,正好容魚,一放在門使處,一留宮中,魚坎相合纔開殿門。驗對魚契叫勘契。宋沿唐制,到熙寧中始停用。全唐詩六〇七劉鄴待漏院吟:"玉堂簾外獨遲遲,明月初沈勘契時。"

【勘問】審問。元曲選孫仲章勘頭巾二:"且將這一行人都收在牢裏去,明日勘問。"

【勘當】唐宋公文中的用詞,含有議定、審核的意思。宋蘇轍欒城集四一論侯稱少欠酒課以抵當子利充塡札子:"凡有寬貸,皆先經戶部勘當,於法無礙,然後施行。"宋費衮梁溪漫志一三省勘當避諱說,勘當本作勘會,嘉祐末,三省官員以避當時宰相曾公亮父諱改爲勘當。按唐劉肅大唐新語九諛佞已有武則天命桓彥範李承嘉勘當張昌宗兄弟贓汚事,費衮說未確。

【勘會】同"勘當"。唐陸贄陸宣公集二貞元改元大赦制:"京畿及近縣所欠百姓和糴價直,委度支卽勘會支給。"

【勘誤】校正書中文字的錯誤。也作"刊誤"。詳"刊誤㊀"。

【勘箭】宋代皇帝郊祀禮畢,回闕門時,有勘契制度。規定用竹籤爲箭,由金吾掌握;另以金塗銅爲鏃,由駕前掌握。鏃端用以合符,符合,卽開門。遼也行勘箭制度。參閱宋沈括夢溪筆談故事一、王辟之澠水燕談録五官制、遼史國語解。

勒 lè ㄌㄜˋ 盧則切,入,德韻,來。

㊀馬絡頭。有嚼口的叫勒,没有的叫羈。儀禮既夕禮:"纓轡貝勒。"㊁拉繮止馬。元王實甫西廂記二:"捨着命提刀仗劍,更怕甚勒馬停驂。"㊂强制,壓抑。北齊書宋游道傳:"勑至,市司猶不許,游道杖市司,勒使速付。"㊃統率。後漢書光武紀上建武三年:"親勒六軍,大陳戎馬。"㊄雕刻。禮月令孟冬之月:"物勒工名,以考其誠。"㊅横的筆畫。參見"永字八法"。

【勒令】强迫命令。唐劉知幾史通忤時:"以僕曹務多閑,勒令專知下筆。"

【勒石】刻文於石。隋書史萬歲傳:"於是勒石頌美隋德。"

【勒竹】竹名。卽"竻竹"。宋陸游老學庵續筆記:"海南儋崖諸郡出勒竹杖,大於澀竹,膚有芒,可以剉爪,東坡云:'倦看澀勒暗蠻村'者,是也。"參見"竻竹"、"澀勒"。

【勒兵】治軍,統率軍隊。史記六四司馬穰苴傳:"身與士卒平分糧食,最比其羸弱者,三日而後勒兵。"後漢書十三隗囂傳:"囂乃勒兵十萬,擊殺雍州牧陳慶。"

【勒帛】繫帛作腰帶。宋蘇軾分類東坡詩十三觀杭州鈐轄歐育刀劍戰袍:"青綾衲衫暖襯甲,紅線勒帛光繞脅。"鈐轄,官名。宋孟元老東京夢華録七三月一日開金明池瓊林苑:"車駕臨幸,往往取二十日。諸禁衛班直,簪花,披錦繡撚金線衫袍,金帶勒帛之類結束,競逞鮮新。"

【勒姐】㊀我國古代羌族的一個部族。東漢時居金城郡,卽今甘肅蘭州市西南一帶。參閱後漢書十九耿弇傳附耿恭。㊁河名,又嶺名。漢時勒姐羌居此而名。參閱資治通鑑一一七晉義熙十一年注。

【勒索】用威脅强迫手段向人索取財物。紅樓夢九九:"所以外省州縣,折收糧米,勒索鄉愚,這些弊端,雖也聽見別人講究,卻未嘗身親其事。"

【勒掙】掙扎,振作。明湯顯祖牡丹亭四十僕偵:"俺勒掙著軀腰走帝鄉。"

【勒畢】古小說中的國名。洞冥記二:"勒畢國人長三寸,有翼,善言語戲笑,因名善語國。"文苑英華十五唐白行簡五色露賦:"何必徵勒畢之言,以爲國泰;驗吉雲之說,乃辨時康。"

【勒停】㊀强令停止。梁書武帝紀下大同二年五月癸卯詔:"江子四等封事如上,尚書可時加檢括,於民有蠹患者,便卽勒停,宜速詳啓,勿致淹緩。"㊁宋代官吏有罪外貶,輕則稱送某州居住,稍重叫安置,又重叫編管。編管以上,追毁出身以來文字,除名勒停。參閱宋趙升朝野類要五降免。

【勒家皮】彩色烟壺的一種名稱。清趙之謙勇盧閒詰"凡所造作,或稱曰皮,最著者曰辛家皮、勒家皮……"注:"藕粉地,若冰雪,設色亦異,紅紫蒼翠,天然間迭。"參見"套料"。

【勒令致仕】强迫辭官。宋羅大經鶴林玉露七:"晁説之亦著論非孟子。建炎中,宰相進擬除官,高宗曰:'孟子發揮王道,説之何人,乃敢非之!'勒令致仕。"

勔 miǎn ㄇㄧㄢˇ 彌兖切,上,獮韻,明。

勉勵。後漢書五九張衡傳思玄賦:"勔自强而不息兮,蹈玉階之嶢崢。"

務 1. wù ㄨˋ 亡遇切,去,遇韻,明。

㊀致力,從事。管子牧民:"不務地利,則倉廩不盈。"㊁事務。易繫辭上:"夫易開物成務。"史記文帝紀十三年:"農,天下之本,務莫大焉。"㊂必須。荀子哀公:"是故知不務多,務審其所知;言不務多,務審其所謂;行不務多,務審其所由。"㊃管理貿易及收税的機構。文獻通考十四征榷一:"宋朝……凡州縣皆置務,關鎮或有焉,大則專置官監臨,小則令佐兼領。"宋元俗語,酒店叫酒務。

2. wǔ ㄨˇ 集韻 罔甫切,上,麌韻。

㊄通"侮"。詩小雅常棣:"兄弟鬩于牆,外禦其務。"釋文:"務,如字。爾雅云:侮也。讀者又音侮。"

【務本】致力於根本。本之所指,隨文而異。書泰誓下:"樹德務滋,除惡務本。"注:"去惡務除本,言紂爲天下惡本。"論語學而:"君子務本,本立而道生。"荀子成相:"臣下職,莫游食,務本節用財無極。"漢書食貨志上:"及秦孝公用商君,壞井田,開仟伯,急耕戰之賞,雖非古道,猶以務本之故,傾鄰國而雄諸侯。"

【務光】古代隱士。相傳湯要把天下讓給卞隨務光，二人不受，務光自投水死。參閱戰國策秦五、莊子讓王(作瞀光)、荀子成相(作牟光)、史記伯夷列傳、淮南子精神注。

【務成】複姓。相傳舜學於務成昭。見荀子大略。漢劉向新序雜事作務成跗。漢書藝文志小説家有務成子十一篇。

【務農】從事農業生産。國語周上："三時務農，而一時講武。"

【務頭】曲中術語。説法不一，或指曲中最緊要句字，或指一曲中聲文並美最動聽的部分，或指曲中平上去三音聯串之處。參閲元周德清中原音韻、明王驥德曲律二論務頭、清李漁閒情偶寄二詞曲部音律别解務頭。

勖 1. xù ㄒㄩˋ 許玉切，入，燭韻，曉。

㊀勉勵。書牧誓："勖哉夫子。"也作"勗"。詩邶風燕燕："先君之思，以勗寡人。"

2. mào ㄇㄠˋ

㊁盛大。同"懋"。參閲清段玉裁説文解字注。

【勖帥】也作"勖率"。儀禮士昏禮："父醮子，命之曰：往迎爾相，承我宗事，勖帥以敬先妣之嗣，若則有常。"注："勖，勉也；若，猶女也。勉帥婦道，以敬其爲先妣之嗣，女之行，則當有常。"本來是古代婚禮男方家長在親迎時對兒子所説的話。後來把"勖率"兩字作爲夫唱婦隨的意思。唐元稹長慶集四四授趙宗儒尚書左僕射制："無忘勗率，已厚人倫。"

動 dòng ㄉㄨㄥˋ 徒揔切，上，董韻，定。

㊀移動，振動。跟"静"相對。詩豳風七月："五月斯螽動股。"論語雍也："知者動，仁者静。"㊁行動。國語晉三："是以君子省衆而動，監戒而謀，謀度而行。"吕氏春秋察今："故凡舉事，必循法以動，變法者因時而化。"㊂勞作。孟子滕文公上："使民盻盻然將終歲勤動，不得以養其父母。"㊃感觸，影響。吕氏春秋具備："説與治不誠，其動人心不神。"文選戰國楚宋玉高唐賦："使人心動，無故自恐。"㊄改變。戰國策齊一："宣王太息，動於顔色。"㊅常常。三國志蜀諸葛亮傳注引後出師表："劉繇王朗，各據州郡，論安言計，動引聖人。"㊆不覺，不經意。唐高適高常侍集五别楊山人詩："不到嵩陽動十年，舊時心事已徒然。"

【動人】引人注意，打動人心。南朝梁江淹江文通集五報袁叔明書："容貌不能動人，智謀不足自遠。"

【動心】意志動揺。孟子公孫丑上："我四十不動心。"

【動止】㊀作息，動作與静止。莊子天地："其動止也，其死生也，其廢起也，此又非其所以也。"荀子修身："齊給便利，則節之以動止。"㊁行動舉止。宋書王弘傳："凡動止施爲及書翰儀體，後人皆依倣之。"㊂起居。書信中多用於問候。唐韓愈昌黎集十九與華州李尚書書："比來不審尊體動止何似。"㊃監獄。詳"念室"。

【動目】注目。北齊劉晝劉子十言苑："紅黛飾容，欲以爲豔而動目者稀。"唐柳宗元柳先生集三三答貢士沈起書："謹以所示，布露於聞人，羅列乎坐隅，使識者動目，聞者傾耳。"

【動色】㊀面色改變。後漢書四十班彪傳附班固："君臣動色，左右相趨。"㊁景色變化。文苑英華二一唐李邕春賦："千巖爲之動色，萬壑爲之流波。"

【動兵】出兵。孟子梁惠王下："今又倍地而不行仁政，是動天下之兵也。"漢書七四魏相傳："常恐不能自存，難於動兵。"

【動作】舉動。左傳襄三一："動作有文，言語有章。"墨子尚同中："使人之股肱，助己動作。"

【動事】㊀舉辦事業。史記秦始皇紀："應時動事，是維皇帝。"㊁日常應用器具。宋吴自牧夢粱録十八民俗："或有新搬移來居止之人，則鄰人争借動事，遣獻湯茶，指引買賣之類，則見睦鄰之義。"也作"動使"。宋孟元老東京夢華録四筵會假賃："凡民間吉凶筵會，椅桌陳設，器皿合盤，酒檐動使之類，自有茶酒司管賃。"

【動使】見"動事㊁"。

【動物】生物的一大類，區别於植物。周禮地官大司徒："辨五地之物生：一曰山林，其動物宜毛物，其植物宜早〔草〕物。"文選張平子(衡)西京賦："繚垣綿聯，四百餘里，植物斯生，動物斯止。"

【動容】㊀舉止儀容。孟子盡心下："動容周旋中禮者，盛德之至也。"㊁摇蕩。楚辭屈原九章抽思："悲秋風之動容兮，何回極之浮浮！"也作"動溶"。淮南子原道："動溶無形之域，而翱翔忽區之上。"㊂内心有所感動而表現於面容。三國志吴吴主傳："心用慨然，悽愴動容。"

【動息】動止進退。文選南齊謝玄暉(朓)觀朝雨詩："動息無兼遂，歧路多徘徊。"注："動息，猶出處。"指作官和退隱。唐王維王右丞集三戲贈張五弟諲詩之三："我家南山下，動息自遺身。"指起居。

【動溶】見"動容㊁"。

【動摇】㊀有所動作。尚書大傳康誥："動摇而不逆天之道。"戰國策趙二："愁居慴處，不敢動摇。"㊁使不穩固，不穩固。史記文帝紀："人人自安，難動摇，三矣。"漢書食貨志下："民心動摇，棄本逐末。"

【動魄】震動内心。唐杜甫杜工部草堂詩箋十二送(李)校書二十六韻："衆中每一見，使我潛動魄。"參見"驚心動魄"。

【動静】㊀行動與止息。易艮："艮，止也，時止則止，時行則行，動静不失其時，其道光明。"北齊顔之推顔氏家訓文章："(劉孝綽)唯服謝朓，常以謝詩置几案間，動静輒諷味。"㊁情況，消息。漢書六六上西域傳："都護督察烏孫康居諸外國，動静有變，以聞。"三國志蜀許靖傳注引魏略："王朗與文休(許靖字)書曰：'往者隨軍到荆州，見鄧子孝桓元將，粗聞足下動静。'"㊂動物與植物。史記五帝紀顓頊："動静之物。"正義："動物謂鳥獸之類，静物謂草木之類。"

【動蕩】見"動盪"。

【動盪】不平静，不安定。史記樂書："故音樂者，所以動盪血脈，通流精神，而和正心也。"也作"動蕩"。宋王安石臨川集十三憶昨詩示諸外弟詩："歸心動蕩不可抑，霍若猛吹翻旌旗。"

【動蘇】被振動而蘇醒。淮南子時則："蟄蟲咸動蘇。"同篇又作"振蘇"。

【動聽】言辭足以使人留心傾聽。文選三國魏阮元瑜(瑀)爲曹公作書與孫權："夫似是之言，莫不動聽；因形設象，易爲變觀。"

【動心忍性】觸動心思，使性格堅强。孟子告子下："動心忍性，曾益其所未能。"後來多用作不顧外界的壓力，堅持下去的意思。

【動輒得咎】一有舉動，就常常得罪或受到責備。含有處境困難，常遭人無理指責的意思。唐韓愈昌黎集十二進學解："跋前躓後，動輒得咎。"宋曹彦約昌谷集八奉舉柴中行李燔吴柔勝狀："(李燔)爲襄陽教官，值近歲選用武帥，惡其方直，動輒得咎。"

十 畫

勞 1. láo ㄌㄠˊ 魯刀切，平，豪韻，來。

㊀用力辛勤。易兑："説以先民，民忘其

勞。”㊁疲勞。左傳僖三二年：“勞師以襲遠，非所聞也。”文選漢張平子(衡)東京賦：“馬足未極，輿徒不勞。”㊂功績。詩大雅民勞：“無棄爾勞，以爲王休。”周禮夏官司勳：“事功曰勞。”㊃憂愁。詩邶風燕燕：“瞻望弗及，實勞我心。”㊄奪取。管子小匡：“犧牲不勞，則牛馬育。”國語齊語作“犧牲不略，則牛羊遂。”韋昭注：“略，奪也。”㊅姓。後漢書趙彥傳有勞丙，三國志魏王凌傳有勞精。

2. lào ㄌㄠˋ 郎到切，去，号韻，來。

㊆慰勞。左傳桓五年：“鄭伯使祭足勞王，且問左右。”釋文：“勞，力報反。”㊇勸勉。見“勞₂農”。㊈平整土地的農具。通“耮”。北魏賈思勰齊民要術耕田：“春耕尋手勞。”現在也叫糖、蓋或蓋擦。

3. liáo ㄌㄧㄠˊ 集韻 憐蕭切，平，蕭韻。

㊉廣闊。通“遼”。詩小雅漸漸之石：“山川悠遠，惟其勞矣。”箋：“勞，廣闊。”疏：“當從遼遠之遼，而作勞字者，以古之字少，多相假借。”

【勞力】運使體力。左傳襄九年：“君子勞心，小人勞力。”孟子滕文公上：“勞心者治人，勞力者治於人。”這反映了古代統治階級輕視體力勞動的剝削思想。

【勞人】憂傷的人。詩小雅巷伯：“驕人好好，勞人草草。”

【勞山】山名。在山東即墨縣東南海濱。有大勞山、小勞山，二山相連，上有清風嶺、碧落巖諸名勝。一作牢山，又作嶗山。有人説，因其廣闊，所以叫做勞山。參閱山東通志二七勞山、嘉慶一統志一七四山東萊州府一。

【勞心】㊀費心思。唐高適高常侍集五秋胡行：“勞心苦力終無恨，所冀君恩那可依。”參見“勞力”。㊁憂心。詩齊風甫田：“無思遠人，勞心忉忉。”

【勞₂民】㊀撫慰人民。易井：“君子以勞民勸相。”㊁古代傳説中東方國名。山海經海外東經：“勞民國，在其北，其爲人黑。”又見淮南子地形。

【勞生】辛勞的生活。莊子大宗師：“夫大塊載我以形，勞我以生，佚我以老，息我以死。”唐駱賓王集三海曲書情詩：“薄游倦千里，勞生負百年。”

【勞豆】即豋豆。也叫野緑豆。詳“豋豆”。

【勞佚】同“勞逸”。荀子王霸：“鄉方略，審勞佚。”淮南子兵略：“察其勞佚，以知其飽飢。”

【勞役】統治階級强迫人民出勞力以供役使。淮南子泰族：“無勞役。”三國志魏鍾會傳：“愍此百姓，勞役未已。”

【勞事】勞動操作之事。周禮天官宮人：“凡勞事，四方之舍事，亦如之。”宋岳珂桯史二隆興按鞠：“隆興初，孝宗……戒燕安之鴆，躬御鞍馬，以習勞事，倣陶侃運甓之意。”

【勞₂來】勸勉，勸勉。勞來，雙聲字。來亦訓勞。墨子尚賢下：“是以使百姓皆攸心解體，沮以爲善，垂其股肱之力，而不相勞來也。”漢書八九龔遂傳：“勞來循行，郡中皆有畜積。”也作“勞勑”、“勞倈”。淮南子氾論“以勞天下之民”注：“勞，讀勞勑之勞。”漢書七一平當傳：“舉奏刺史二千石，勞倈有意者。”

【勞₂軍】慰勞軍隊。史記絳侯周勃世家：“於是上乃使使持節詔將軍：‘吾欲入勞軍。’”

【勞苦】辛勤。詩邶風凱風：“有子七人，母氏勞苦。”史記項羽紀：“勞苦功高而未有封侯之賞。”

【勞₂苦】慰勞。史記八九張耳傳：“(貫高)仰視曰：‘泄公邪？’泄公勞苦如生平驩。”

【勞₂勉】慰問鼓勵。舊唐書一〇一薛登傳：“武德二年(薛士通)遣使歸國，高祖嘉之，降璽書勞勉，拜東武州刺史。”

【勞商】古曲名。楚辭大招：“伏戲(羲)駕辯，楚勞商只。”注：“駕辯勞商皆曲名也。言伏戲氏作瑟，造駕辯之曲，楚人因之，作勞商之歌。”

【勞動】㊀操作活動。莊子讓王：“春耕種，形足以勞動。”後漢書八二下華佗傳：“佗語(吳)普曰：‘人體欲得勞動，但不當使極耳。’”㊁動搖，騷擾。文選三國魏鍾士季(會)檄蜀文：“勞動我邊境。”㊂猶言有勞，表示感謝的意思。唐白居易長慶集十七病起詩：“經年不上江樓醉，勞動春風颺酒旗。”

【勞勞】惆悵憂傷的樣子。玉臺新詠一古詩爲焦仲卿妻作：“舉手長勞勞，二情同依依。”唐李賀歌詩編一送沈亞之歌：“擔笈歸家重入門，勞勞誰是憐君者。”

【勞₂勞】酬報功勞。荀子大略：“親親故故，庸庸勞勞，仁之殺也。”

【勞復】大病愈後，因勞累過度而復發。傷寒論辨陰陽易差後勞復病證并治：“大病差後，勞復者，枳實梔子湯主之。”注：“傷寒新差，血氣未平，餘熱未盡，早作勞動病者，名曰勞復。”

【勞筋】㊀勞累筋骨。孟子告子下：“勞其筋骨。”漢書六四下王褒傳：“故工人之用鈍器也，勞筋苦骨，終日矻矻。”㊁疲勞的筋骨。唐杜甫杜工部草堂詩箋二二贈王二十四侍御契四十韻：“區區甘累趼，稍稍息勞筋。”

【勞結】憂鬱。文選三國魏文帝(曹丕)與吳質書：“别來行復四年，……雖書疏往返，未足解其勞結。”

【勞瘁】憂勞憔悴。詩小雅蓼莪：“哀哀父母，生我勞瘁。”也作“勞悴”。後漢書十上馬皇后傳：“后於是盡心撫育，勞悴過於所生。”

【勞頓】辛苦疲倦。荀子富國：“勞苦頓萃而愈無功。”唐陸贄陸宣公集十賜吐番宰相尚結贊書：“卿涉遠而來，當甚勞頓。”

【勞逸】勞苦和安逸。也作“勞佚”。左傳哀元年：“勤恤其民以與之勞逸。”

【勞碌】辛勞忙碌。明粲花主人(吳炳)西園記冥拒：“爲甚的奔波勞碌，角逐價紛紜？”

【勞₂農】勸勉農耕。吕氏春秋孟夏：“勞農勸民。”禮月令謂孟夏勞農，勸民耕作；孟冬勞民，以示休息。後來封建王朝多於仲春舉行籍田的儀式，表示勸農的意思。參閱漢書元帝紀建昭五年春三月詔、玉海七六。

【勞歌】㊀勞作之歌。公羊傳宣十五年：“什一行而頌聲作矣。”注：“飢者歌其食，勞者歌其事。”晉書禮志中：“新禮以爲輓歌出於漢武帝役人之勞歌，聲哀切，以爲送終之禮。”㊁送別之歌。唐駱賓王集四送吴七游蜀詩：“勞歌徒欲奏，贈别竟無言。”

【勞嘈】聲音嘈雜。唐元稹長慶集二三董逃行詩：“董逃董逃董卓逃，揩鏗戈甲聲勞嘈。”

【勞劇】繁重。周書晉蕩公護傳天和二年詔：“每思施惠寬下，輒抑而不行，遂使户口凋殘，征賦勞劇，家無日給，民不聊生。”宋王安石臨川集四四乞解機務劄子：“徒以今年以來，疾病浸加，不任勞劇。”

【勞謙】勤謹謙虛。易謙：“勞謙，君子有終，吉。”文選漢班孟堅(固)典引：“乃始虔鞏勞謙，兢兢業業。”

【勞薪】世説新語術解：“荀勗嘗在晉武帝坐上食筍進飯，謂在坐人曰：‘此是勞薪炊也。’坐者未之信，密遣問之，實用故車腳。”按車運載時，車腳最勞，析以爲薪，故曰勞薪。清黃仲則兩當軒詩六雜感之二：“[illegible]

勞薪。”

【勞績】辛勞努力取得的成績。唐白居易長慶集三四翰林待詔李景亮……依前待詔制:“夫執藝事上者，必揆日時，計勞績，而後進爵秩，以旌服勤。”

【勞什子】東西，家伙。有輕視、厭惡的意思。也作“牢什子”、“撈什子”。紅樓夢三:“我也不要這勞什子!”

【勞勞亭】亭名。又名臨滄觀。三國吳築。在勞勞山上，是古時送別的場所。舊址在今南京市西南，古新亭南。唐李白李太白詩七勞勞亭歌:“金陵勞勞送客堂，蔓草離離生道傍。”又名“勞勞樓”。南朝梁顧野王輿地志:“秣陵縣新亭隴有望遠樓，又名勞勞樓，宋改爲臨滄觀，行人分別之所。”(漢唐地理書鈔)

【勞而無功】費力而没有成果。莊子天運:“是猶推車於陸也，勞而無功。”管子形勢:“與不可，彊不能，告不知，謂之勞而無功。”

【勞苦功高】辛辛苦苦立下了很大功勞。史記項羽紀:“勞苦而功高如此，未有封侯之賞，而聽細說，欲誅有功之人。”

【勞燕分飛】樂府詩集六八東飛伯勞歌古辭:“東飛伯勞西飛燕，黄姑織女時相見。”伯勞，鳥名。舊時稱親人或朋友離別爲勞燕分飛。

勛 xūn ㄒㄩㄣ

古文“勳”字。見“勳”。

勝 1. shēng 識蒸切，平，蒸韻，審。ㄕㄥ

㊀力能擔任，經得起。詩商頌玄鳥:“武王靡不勝。”韓非子揚權:“枝大本小，將不勝春風。”㊁盡。孟子梁惠王上:“不違農時，穀不可勝食也。”

2. shèng 詩證切，去，證韻，審。ㄕㄥˋ

㊂勝利。孟子公孫丑下:“戰必勝矣。”孫子謀攻:“上下同欲者勝。”㊃制服。國語晉四:“尊明勝患，智也。”吕氏春秋先已:“故欲勝人者，必先自勝。”㊄勝過，超過。唐杜甫杜工部草堂詩箋十一北征:“平生所嬌兒，顏色白勝雪。”㊅事物優越美好的叫勝。如“形勝”、“名勝”。唐柳宗元柳先生集二七永州崔中丞萬石亭記:“見怪石特出，度其下必有殊勝。”㊆婦女首飾。山海經西山經:“(西王母)蓬髮戴勝。”注:“勝，玉勝也。”

【勝$_2$士】高明的人士。晉書羊祜傳:“由來賢達勝士登此遠望，如我與卿者多矣。”又佛教稱能淨持戒的人爲勝士。見釋氏要覽上引月燈三昧經。

【勝$_2$友】有名望的友人。唐王勃王子安集五滕王閣詩序:“十旬休暇，勝友如雲；千里逢迎，高朋滿座。”

【勝$_2$引】猶言勝友。文選晉殷仲文南州桓公九井作詩:“廣筵散汎愛，逸爵紆勝引。”注:“勝引，勝友也。引猶進也，良友所以進己，故通呼曰勝引。”

【勝$_2$日】指節日或親朋相聚的日子。晉書衛玠傳:“遇有勝日，親友時請一言，無不咨嗟以爲入微。”

【勝$_2$母】古地名。史記八三鄒陽傳:“故縣名勝母，而曾子不入。”索隱引淮南子及鹽鐵論，集解引漢書，皆作里名勝母。索隱又引尸子，作孔丘至勝母縣，暮而不宿。

【勝衣】兒童稍長，體力足以承受得起成人的衣服。史記三王世家:“皇子賴天，能勝衣趨拜，至今無號位師傅官。”宋陳師道後山詩注一別三子詩:“大兒學語言，拜揖未勝衣。”

【勝$_2$州】戰國時趙地。漢爲雲中郡。隋開皇二十年置勝州、大業五年改爲榆林郡。唐貞觀三年又置勝州。至宋廢。地在今内蒙古伊克昭盟東北。參閱元和郡縣志四勝州、太平寰宇記三八勝州。

【勝$_2$地】㊀形勢有利的地方。管子七法爲兵之數:“故賢知之君，必立於勝地。”㊁名勝之地。文選齊王簡栖(屮)頭陁寺碑文:“東望平皋，千里超忽，信楚都之勝地也。”

【勝$_2$光】東晉列國夏赫連定(後主)年號。公元428—431年。

【勝$_2$因】佛教語。善因。與“惡業”對稱。隋智顗修習止觀坐禪法要:“止是禪定之勝因，觀是智慧之由藉。”唐岑參岑嘉州詩一與高適薛據同登慈恩寺詩:“淨理了可悟，勝因夙所宗。”

【勝任】能承擔得起任務。莊子人間世:“汝不知夫螳蜋乎?怒其臂以當車轍，不知其不勝任也。”

【勝$_2$否】好壞，得失。後漢書四四胡廣傳:“然後覽擇勝否，詳採厥衷，敢以瞽言冒干天禁。”文選南朝宋范蔚宗(曄)後漢書二十八將傳論:“不得不校其勝否，卽事相權。”

【勝$_2$事】美好的事情。南史齊竟陵文宣王子良傳:“子良少有清尚，……善立勝事，夏月客至，爲設瓜飲及甘果，著之文教。”唐王維王右丞集三終南別業詩:“興來每獨往，勝事空自知。”

【勝$_2$狀】佳境，景色特别好的地方。宋范仲淹范文正公集七岳陽樓記:“予觀乎巴陵勝狀，在洞庭一湖。”

【勝冠】指男子成年可以加冠。史記一○三萬石君傳:“(萬石君)乃許子孫勝冠者在側，雖燕居必冠，申申如也。”參見“弱冠”。

【勝$_2$侶】良伴。南史何點傳:“招攜勝侶及名德桑門，清言賦詠，優游自得。”

【勝$_2$流】名流。晉顧愷之有魏晉勝流畫贊，文見唐張彥遠歷代名畫記五。梁書曹景宗傳:“雖公卿無所推揖，惟韋叡年長，且州里勝流，特相敬重。”

【勝$_2$迹】有名的古迹。南齊謝朓謝宣城集三遊山詩:“求志昔所欽，勝迹今能選。”唐孟浩然集三與諸子登峴山詩:“江山留勝迹，我輩復登臨。”

【勝$_2$常】唐宋婦女彼此問好的用語。唐王建詩八宮詞:“新睡起來思舊夢，見人忘却道勝常。”又書信中也用勝常作祝人順適的客套語。宋蘇軾東坡集續集四與勝達道書:“兼審比來尊體勝常，以慰下情。”參閱宋陸游老學庵筆記五。

【勝$_2$國】被滅亡的國家。周禮地官媒氏:“凡男女之陰訟，聽之于勝國之社。”注:“勝國，亡國也。”按亡國，謂已亡之國，亡國爲今國所勝，故稱勝國。後也稱前朝爲勝國。元文類二九張養浩濟南龍洞山記:“歷下多名山水，龍洞爲尤勝，……勝國嘗封其神曰靈惠公。”

【勝$_2$朝】新王朝稱已經覆滅的前王朝。清王應奎柳南隨筆三:“明太祖既登極，避勝朝國號，遂以元年爲原年。”參見“勝$_2$國”。

【勝$_2$殘】遏制凶殘的人，使不能作惡。資治通鑑一三九南齊建武元年:“朕幸屬勝殘之運。”參見“勝$_2$殘去殺”。

【勝屠】複姓。史記一二二周陽由傳有河東太守勝屠公。索隱引風俗通:“勝屠，卽申屠也。”

【勝$_2$遊】快意的遊覽。唐劉禹錫劉夢得集外集六奉和裴侍中將赴漢南留別座上諸公詩:“管弦席上留高韻，山水途中入勝遊。”

【勝$_2$會】㊀猶言盛會。唐詩紀事四十張又新三月五日陪裴大夫泛長沙東湖詩:“從今留勝會，誰看畫蘭亭。”㊁高致，過人的興致。晉書謝尚傳:“(王導)辟爲掾，……始到府通謁，導以其有勝會，謂曰:‘聞君能作鴝鵒舞，一坐傾想，寧有此理不?’尚曰:‘佳!’便著衣幘而舞。”

【勝$_2$語】出色的語言，卓越的警句。南朝梁鍾嶸詩品序："觀古今勝語，多非補假，皆由直尋。"

【勝₂算】足以克敵制勝的計謀。孫子計："多算勝，少算不勝，而況於無算乎！"本指作戰中以多算勝少算。後來對一定能够取得成功的計謀，叫作操勝算。明唐順之荆川集八答曾石塘總制書二："而雄略勝算，又得竊聞一二。"

【勝₂談】高明的議論。晉書孫綽傳："今作勝談，自當任道而遺險；校實量分，不得不保小以固存。"

【勝₂槩】美麗的景色，佳境。唐杜甫杜工部草堂詩箋三奉留贈集賢院崔于二學士："故山多藥物，勝槩憶桃源。"宋王禹偁小畜集十七黄岡新建小竹樓記："待其酒力醒，茶煙歇，送夕陽，迎素月，亦謫居之勝概也。"槩，同"概"。

【勝₂踐】同"勝₂遊"。唐楊炯楊盈川集三羣官尋楊隱居詩序："極人生之勝踐，得林野之奇趣。"

【勝任愉快】能力足任其事，可以圓滿成功。史記酷吏傳序："當是之時，吏治若救火揚沸，非武健嚴酷，惡能勝其任而愉快乎！"清徐枋居易堂集外詩文與楊明遠書："承兄命令幼兒代弟書册，……恐未能勝任愉快。"

【勝₂殘去殺】使凶暴的人化而爲善，因而可以廢除死刑。論語子路："善人爲邦百年，亦可以勝殘去殺矣。"集解："王曰：勝殘，殘暴之人，使不爲惡也；去殺，不用刑殺也。"也作"捐殘去殺"。漢書五四李廣傳："夫報忿除害，捐殘去殺，朕之所圖於將軍也。"

十一畫

勣 jì ㄐㄧ 則歷切，入，錫韻，精。

功。通"績"。

勢 shì ㄕ 舒制切，去，祭韻，審。

本作"埶"。㊀權力，威力。書君陳："無依勢作威。"荀子議兵："劫之以勢，隱之以阸。"㊁形勢，趨勢。荀子富國："百姓之力，待之而後功，……百姓之勢，待之而後安。"孟子公孫丑上："雖有智慧，不如乘勢。"㊂態勢，姿態。易坤："地勢坤。"孫子計："計利以聽，乃爲之勢，以佐其外。"詩話總龜十一苦吟門引唐宋遺史："賈島初赴舉……於驢上吟哦，引手作推敲之勢。"㊃男性生殖器。太平御覽六四八引尚書緯刑德放："割者，丈夫淫，割其勢也已。"㊄文體名。漢濟北相崔瑗有草書勢。見南朝梁任昉文章緣起。

【勢力】權力，威力。漢書藝文志："春秋所貶損大人當世君臣，有威權勢力，其事實皆形於傳，是以隱其書而不宣，所以免時難也。"

【勢子】圍棋棋心與四面據中的棋子。明楊慎丹鉛總録八棋鶻："棋心並四面各據中一子，謂之五岳，言不可動摇也，今謂之勢子；而中心一子多不下，蓋古法與今少異。"

【勢交】趨炎附勢之交。文選南朝梁劉孝標(峻)廣絶交論："若其寵鈞董(賢)石(顯)，權壓梁(冀)竇(憲)，……皆願摩頂至踵，隳膽抽腸；約同要離焚妻子，誓殉荆卿湛七族；是曰勢交，其流一也。"

【勢利】㊀形勢有利。荀子議兵："臨武君曰：'不然，兵之所貴者，勢利也。'"㊁權勢與財利。淮南子俶真："勢利不能誘也。"樂府詩集二七曹操蒿里行："勢利使人爭，嗣還自相戕。"

【勢位】權勢地位。韓非子功名："明君之所以立功成名者四：一曰天時，二曰人心，三曰技能，四曰勢位。"戰國策秦一："人生世上，勢位富厚，蓋可以忽乎哉！"

【勢居】地位。逸周書周祝："勢居小者，不能爲大。"史記秦始皇紀論："豈世世賢哉？其勢居然也。"

【勢客】凌霄花的别名。見宋程棨三柳軒雜識花客(五朝小説本)。

【勢要】有權勢，居要職的人。北齊書路去病傳："勢要之徒，雖廝養小人，莫不憚其風格。"

【勢家】有權勢的家族。史記蕭相國世家："何置田宅，必居窮處，爲家不治垣屋。曰：'後世賢，師吾儉；不賢，毋爲勢家所奪。'"

【勢族】有權勢的大族。後漢書八十下趙壹傳刺世疾邪賦："法禁屈撓于勢族，恩澤不逮于單門。"文選南朝梁沈休文(約)恩倖傳論："郡縣掾吏，並出豪家，負戈宿衛，皆由勢族。"

【勢焰】權勢與氣焰。宋陸游老學庵筆記一："時，秦會之(檜)當國，數以言罪人，勢焰可畏。"

【勢不兩立】雙方對立，其勢不能並存。戰國策楚一："楚弱則秦强，此其勢不兩立。"也作"勢不兩存"。三國志吴陸遜傳假作答逯式書："得報懇惻，知與(文)休久結嫌隙，勢不兩存。"

【勢合形離】體形各自獨立，而保持結構完整。文選三國魏何平叔(晏)景福殿賦："桁梧複疊，勢合形離。"桁梧，斗拱。

【勢如破竹】比喻節節勝利，毫無阻擋。晉書杜預傳："今兵威以振，譬如破竹，數節之後，皆迎刃而解。"宋王楙野客叢書十韓信之幸："其後以之取燕，以之拔齊，勢如破竹，皆迎刃而解者。"

【勢均力敵】雙方力量相當。宋書劉穆之傳："力敵勢均，終相吞咀。"均，也作"鈞"。宋史三三九蘇轍傳："呂惠卿始諂事王安石，……及勢鈞力敵，則傾陷安石，甚於仇讎。"

勤 qín ㄑㄧㄣ 巨斤切，平，欣韻，羣。

㊀勤勞，勞苦。書蔡仲之命："克勤無怠。"左傳宣十二年："民生在勤，勤則不匱。"論語微子："四體不勤，五穀不分。"㊁厚待，幫助。左傳僖三年："齊方勤我。"㊂企望。詩召南江有汜序："勤而無怨。"疏："勤者，心企望之。"㊃憂慮，擔心。呂氏春秋不廣："補周室之闕，勤天子之難。"漢揚雄法言先知："民有三勤……政善而吏惡，一勤也，吏善而政惡，二勤也；政吏駢惡，三勤也。"

【勤王】爲王事盡力。左傳僖二五年："狐偃言於晉侯曰：'求諸侯莫如勤王。'"本指勤說支持出奔在外的周襄王，恢復天子的名位。後世對出兵救援王朝叫勤王。後漢書七四上袁紹傳："乃下詔書於紹，責以地廣兵多，而專自樹黨，不聞勤王之師，而但擅相討伐。"

【勤恪】勤勉謹慎。文選晉干令升(寶)晉紀總論："當官者以望空爲高而笑勤恪。"晉書任愷傳："愷素有識鑒，加以在公勤恪，甚得朝野稱譽。"

【勤恤】憂心憐惜。書召誥："上下勤恤。"國語周上："是先王非務武也，勤恤民隱，而除其害也。"

【勤苦】勤勞艱苦。墨子兼愛下："萬民多有勤苦凍餒，轉死溝壑中者。"漢書食貨志上鼂錯論貴粟疏："春不得避風塵，夏不得避暑熱，秋不得避陰雨，冬不得避寒凍，……勤苦如此，尚復被水旱之災，急政暴斂。"

【勤思】苦思，念念不忘。漢書五七下司馬相如傳難蜀父老檄："創業垂統，爲萬世規，故馳騖乎兼容並包，而勤思乎參天貳地。"晉陶潛陶淵明集六閑情賦："徒勤思以自悲，終阻山而帶河。"

【勤拳】懇切真摯。唐李商隱李義山文集三爲舉人獻韓郎中琮啟："雖佩恩私，竟乖陳謝，兆陰拾芥，誠怕勤拳。"

【勤恁】勤思。文選漢班孟堅(固)典引:"若然受之，亦宜勤恁旅力，以充厥道。"注:"蔡邕曰: 恁，思也。"宋王安石臨川集五酬王伯虎詩:"徂年幸未暮，此意可勤恁。"

【勤勞】㊀辛勤勞作。書無逸:"厥父母勤勞稼穡。"㊁功勞。史記一一一衛將軍驃騎列傳:"臣青子在繈緥中，未有勤勞。"

【勤瘁】勞瘁。文選三國魏鍾士季(會)檄蜀文:"比年已來，曾無寧歲，征夫勤瘁，難以當子來之民，此皆諸賢所共親見。"注:"張銑曰: 勤，勞；瘁，病也。"

【勤勤】殷勤。玉臺新詠五梁沈約六憶詩:"勤勤敍別離，慊慊道相思。"這裏有訴説不盡的意思。

【勤緊】勤快。宋書黃回傳:"會中書舍人戴明寶被繫，差回爲户伯，性便辟勤緊，奉事明寶，竭盡心力。"

【勤儉】勤勞儉樸。文選南朝宋顔延年(延之)陶徵士誄:"居備勤儉。"

【勤懇】誠摯。漢書六二司馬遷傳報任安書:"意氣勤勤懇懇。"文選注:"勤勤懇懇，忠款之貌也。"唐柳宗元柳先生集八柳常侍行狀:"詞旨切直，意氣勤懇。"後來也把作事忠實不懈叫勤懇。

【勤屬】勤勞專習。荀子富國:"誅而不賞，則勤屬之民不勸。"注:"屬也者，謂著於事業也。屬，之欲反，屬或爲厲。"羣書治要引作"勤勵"。清王念孫讀書雜志荀子三謂應作"厲"，與屬字形似而誤。

【勤禮碑】即顔勤禮碑。唐顔真卿撰並書，於大曆十四年立。宋趙明誠金石録二八跋尾十八著録，後湮没。1922年在陝西西安舊藩廨庫堂後重出土，移置碑林。

募 1. mù ㄇㄨˋ 莫故切，去，暮韻，明。

㊀徵集，招募。墨子號令:"募民欲財物粟米，以貿易凡器者，卒以賈予。"史記六八商君傳:"募民有徙置北門者，予十金。"

2. mó ㄇㄛˊ

㊁通"膜"。見"募2俞"、"募2原"。

【募化】僧尼等求人施舍財物。詳"化緣"。

【募兵】招募壯丁當兵。如漢武帝募知胡事者，爲胡騎，知越事者爲越騎。三國志魏曹洪傳:"就(陳)温募兵，得廬江上甲二千人。"

【募役】募人充當官役。歷代封建王朝，所有差役，强徵人民充當。宋熙寧初，王安石當政，定免役法，按民户貧富分成五等，凡不願充役的，出助役錢由官府募人充當。參閱文獻通考十二職役一。

【募2俞】人體穴道，在胸腹部的叫募，在背脊部的叫俞；都是臟腑經氣聚集輸注的地方。素問奇病論:"治之以膽募俞。"注:"胸腹曰募，背脊曰俞。膽募在乳下二肋外，期門下，同身寸之五分。俞在脊第十椎下兩傍，相去各同身寸之一寸半。"

【募格】招募人材的賞格。周書韋孝寬傳:"乃射募格於城中，云:'能斬城主降者，拜太尉，封開國郡公，邑萬户，賞帛萬疋。'"也稱募征格。北魏楊衒之洛陽伽藍記三城南大統寺:"孝昌初，妖賊北侵，州郡失據，朝廷設募征格於堂之北，從戎者拜曠掖將軍、偏將軍、裨將軍。"

【募2原】中醫指胸膜與膈肌之間的部位。素問舉痛論:"寒氣客於小腸募原之間。"靈樞經百病始生:"或著於腸胃之募原。"

【募緣疏】僧尼募化財物的文字，一般都用對偶文。宋元以來各家文集裏多有這類文字。明徐師曾文體明辨:"按募緣疏者，廣求衆力之詞也。橋梁、祠廟、寺觀、經像與夫釋老衣食、器用之類，凡非一力所能獨成者，必撰疏以募之。詞用儷語，蓋時俗所尚。"

勠 lù ㄌㄨˋ 力竹切，入，屋韻，來。
力求切，平，尤韻，來。
力救切，去，宥韻，來。

合力，并力。文選晉陸士衡(機)文賦:"非余力之所勠。"

【勠力】并力，勉力。書湯誥:"聿求元聖，與之勠力，以與爾有衆請命。"左傳成十三年:"昔逮我獻公及穆公相好，勠力同心，申之以盟誓，重之以昏姻。"

勦 1. jiǎo ㄐㄧㄠˇ 子小切，上，小韻，精。

㊀勞擾，勞累。左傳宣十二年:"無及於鄭，而勦民。"注:"勦，勞也。"㊁討伐，消滅。見"勦絶"。

2. chāo ㄔㄠ 鉏交切，平，肴韻，牀。

㊂抄襲。見"勦2説"。㊃輕捷。三國志吴孫策傳注引吴録:"聞卿能坐躍，勦捷不常。"

【勦2兒】健兒。樂府詩集二五幽州馬客吟:"檜(快)馬常苦瘦，勦兒常苦貧。"也作"勦絶兒"。唐李白李太白集十一贈宣城宇文太守兼呈崔侍御詩:"多逢勦絶兒，先著祖生鞭。"

【勦2淨】簡明。梁鍾嶸詩品下:"王屮二下詩，並愛奇嶄絶，慕袁彦伯之風，雖不宏綽，而文體勦淨，去平美遠矣。"二下，下彬下録。

【勦絶】截斷，消滅。書甘誓:"有扈氏威侮五行，怠棄三正，天用勦絶其命。"

【勦2説】抄襲别人的言論。禮曲禮上:"毋勦説，毋雷同。"注:"勦，猶擥也，謂取人之説以爲已説。"清朱駿聲説文通訓定聲説勦是"鈔"的假借字。

【勦2襲】剽竊别人的作品，以爲已作。明吴應箕樓山堂集十五與劉興父論古文詩賦書:"雖好子建、淵明、子美之集，亦未嘗勦襲其詞。"

【勦2絶兒】見"勦兒"。

十二畫

勩 yì 羊至切，去，至韻，喻。
ㄧˋ 餘制切，去，祭韻，喻。

勞苦。詩小雅雨無正:"莫知我勩。"

十三畫

勯 dān ㄉㄢ 集韻 多寒切，平，寒韻。

力盡。通"殫"。吕氏春秋重已:"使烏獲疾引牛尾，尾絶力勯，而牛不可行，逆也。"

勱 mài ㄇㄞˋ 莫話切，去，夬韻，明。

勉力。書立政:"其惟吉士，用勱相我國家。"

勰 xié ㄒㄧㄝˊ 胡頰切，入，帖韻，匣。

和諧。説文:"勰，同思之和。"爾雅釋詁:"勰、燮，和也。"

勮 jù ㄐㄩˋ 其據切，去，御韻，羣。

"劇"本字。見"劇"。

十四畫

勳 xūn ㄒㄩㄣ 許云切，平，文韻，曉。

古作"勛"。大功勞。書大禹謨:"其克有勳"史記高祖功臣侯者年表:"古者人臣，功有五品，以德立宗廟定社稷曰勳。"

【勳臣】功臣。宋書臧質傳:"質國戚勳臣，忠誠篤亮。"

【勳伐】史記高祖功臣侯者年表:"古者人臣功有五品:'以德立宗廟立社稷曰勳，以言曰勞，用力曰功，明其等曰伐，積日曰閱。'"勳、伐本有區别，後來通稱功績。太平御覽三四四漢公孫瑞劍銘:"辨物利用，勳伐彌章。”

【勳官】歷代官制，有職事官、散官、勳官、爵號等區別。勳官起於南北朝，授給有功者官號，名位很高，但沒有實職。最初只叫散官，至唐始別稱爲勳官。有上柱國、柱國、上護軍、護軍、上輕車都尉、輕車都尉、上騎都尉、騎都尉、驍騎尉、飛騎尉、雲騎尉、武騎尉十二等，自正二品至從七品。見唐六典二吏部尚書。宋元都沿襲這種制度。明分爲文勳，武勳；武勳大致與唐相同，文勳有柱國、正治上卿、資治尹、贊治尹等名稱。清代廢除。

【勳附】貴戚近臣。梁書賀琛傳梁武帝責賀琛敕：“貴者多畜妓樂，至于勳附若兩掖，亦復不聞家有二八，多畜女妓者。”

【勳要】貴官顯要。宋書柳元景傳：“時在朝勳要，多事產業，唯元景獨無所營。”

【勳品】南北朝時，對於有功的將士，授勳官，按品晉級，稱勳品。魏書源懷傳：“懷重奏曰：‘……伏尋條制，勳品以下，罪發逃亡，遇恩不宥。’”

【勳格】唐太宗令高士廉等按門第修氏族志，公布諸州，作爲定規。到高宗時，李義府因其家無名，上奏朝廷，修改此書，專委孔志約等重修。志約等遂立格式，凡仕官得五品的，都升士流。於是因軍功得五品的，都入書限，更名爲姓氏録。當時原有門第的士大夫，譏稱爲勳格。見舊唐書六五高士廉傳、八二李義府傳。

【勳烈】功業。後漢書十七馮異傳：“夙夜永思，追維勳烈。”三國志魏陳留王奐傳：“文武殊塗，勳烈同歸。”

【勳級】功勳的等級。周書蕭督傳：“其戎章勳級，則又兼用柱國等官。”唐六典吏部有司勳郎中、員外郎，掌官吏勳級，分十二等，自上柱國正二品至武騎尉從七品。參見“勳官”。

【勳望】功業與名望。晉書謝安傳：“是時桓沖既卒，荊、江二州并缺，物論以玄勳望，宜以授之。”

【勳戚】有功勞的皇族親戚。周書竇毅傳：“以毅地兼勳戚，素有威重，乃命爲使。”明史職官一：“其後，以勳戚大臣攝府事，不備官。”

【勳勞】功勳勞績。孟子盡心上：“挾有勳勞而問，挾故而問，皆所不荅也。”禮明堂位：“七年，致政於成王，成王以周公爲有勳勞於天下。”注：“王功曰勳，事功曰勞。”

【勳華】尚書堯典稱堯爲放勳，舜爲重華，後因合稱堯舜爲勳華。漢馬融忠經序：“皇上含庖軒之姿，韞勛華之德。”勛，同“勳”。

【勳貴】功臣權貴。北齊顏之推顏氏家訓雜藝：“今世曲解，雖變於古，猶足以暢神情也。唯不可令有稱譽，見役勳貴。”

【勳業】功績事業。三國志魏傅嘏傳：“子志大其量，而勳業難爲也，可不慎哉！”

【勳閥】功臣的門第。新唐書一二二循吏傳序：“若將相大臣兼以勛閥著者，各見本篇，不列於兹。”宋史三六六吳璘傳附吳挺：“挺少起勳閥，弗居其貴。”勳，本作“勛”。

【勳蔭】子孫借祖先功業而獲得的官爵。文選南朝梁任彥昇(昉)爲諸諮議蓁讓代兄襲封表：“臣門籍勳蔭，光錫土宇。”

【勳舊】有功績的舊臣。晉書陳騫傳：“安車駟馬，以高平公還第，帝以其勳舊耆老，禮之甚重。”

【勳爵】立功所授的封爵。唐韓愈昌黎集八晚秋偃城夜會聯句詩：“徒然感恩義，誰復論勳爵。”

十五畫

勵 lì ㄌㄧˋ 力制切，去，祭韻，來。

㊀勸勉。通“厲”。國語吳：“請王勵士，以奮其朋勢。”一本作“厲”。㊁姓。東漢有魏郡太守勵温。見元和姓纂八霽。

【勵志】勉勵心志。漢班固白虎通諫諍：“勵志忘生。”文選宋謝靈運述祖德詩之二：“惠物辭所賞，勵志故絶人。”

【勵翼】勉力奉命。書皋陶謨：“惇敍九族，庶明勵翼。”傳：“衆庶皆明其教，而自勉勵翼戴上命。”三國志蜀先主傳作“厲翼”。

十七畫

勷 ráng ㄖㄤˊ 汝陽切，平，陽韻，日。

見“劻勷”。

十八畫

勸 quàn ㄑㄩㄢˋ 去願切，去，願韻，溪。

㊀勸告，勸說。書大禹謨：“勸之以九歌。”後漢書十二彭寵傳：“建武二年春，詔徵寵，……而其妻素剛，不堪抑屈，固勸無受召。”㊁勉勵，獎勵。論語爲政：“舉善而教不能則勸。”左傳成十四年：“懲惡而勸善。”㊂努力。管子輕重乙：“若是，則田野大闢，而農夫勸其事矣。”㊃得力，有力。韓非子説林上：“齊攻宋，宋使臧孫子南求救于荊，荊大說，許救之，甚歡。”戰國策宋作“勸”。

【勸分】勸說人們有無相濟。左傳僖二十一年：“夏大旱，公欲焚巫尪。臧文仲曰：非旱備也。修城郭，貶食省用，務穡勸分，此其務也。”注：“勸分，有無相濟。”宋黃庭堅豫章集九次韻崔伯易席上所賦因以贈行二首詩之二：“訟息常休吏，民貧更勸分。”

【勸化】佛教語。㊀感化。宋書夷蠻傳釋慧琳均善論：“務勸化之業，結師黨之勢，苦節以要厲精之譽，護德以展陵競之情。”天台戒疏上：“勸化人受戒功德，勝造八萬四千寶塔。”㊁同“募化”。釋氏要覽中引罪福決疑經：“僧尼白衣，或自財，或勸化得財，擬作佛像。”

【勸戒】勸勉告戒。漢書古今人表序：“歸乎顯善昭惡，勸戒後人。”也作“勸誡”。晉范甯春秋穀梁傳序：“明成敗以著勸誡。”

【勸沮】勉勵和阻止。韓非子類柄：“故民無以私名，設法度以齊民，信賞罰以盡能，明誹譽以勸沮。”宋李心傳建炎以來繫年要録十六建炎二年七月：“軍民有立異功者，仍具奏聞，不次擢用，以爲勸沮。”

【勸相】勸助，勸勉。易井：“君子以勞民勸相。”疏：“君子以勞來之恩，勤恤民隱，勸助百姓，使有成功，則此養而不窮也。”

【勸勉】勸告勉勵。管子立政：“勸勉百姓，使力作毋偷。”文選漢李少卿(陵)答蘇武書：“左右之人，見陵如此，以爲不入耳之歡，來相勸勉。異方之樂，祇令人悲，增忉怛耳。”

【勸進】㊀鼓勵，促進。漢書九九中王莽傳：“幾上下同心，勸進農業。”㊁勸即帝位。魏晉六朝以後，統治階級内部奪權，或皇統中斷，建立新朝的統治者都假託“禪讓”。讓國的“詔書”下達後，故意遜讓不受，由諸臣再三勸進，歌功頌德，歸之於天命。如曹丕代漢，侍中劉廙等率羣臣奉表勸進；司馬炎代魏，司空鄭沖率羣臣勸進；東晉司馬睿(元帝)逃到江南，劉琨等連名勸進，都是。

【勸酬】互相勸酒。宋樓鑰攻媿集二王成之給事囦山堂詩：“樽酒屢勸酬，棋枰更勝敗。”

【勸農】勉勵農耕。史記孝文紀：“上曰：‘農，天下之本，務莫大焉。今勤身從事而有租稅之賦，是爲本末者毋以異，其於勸農之道未備。其除田之租稅。’”

【勸解】排解糾紛，勸說。明陶宗儀輟耕録二三鞠獄：“一日，有部民某甲與某乙鬬毆，某甲之母勸解，被某乙用木棒就腦後一擊，仆地而死。”古今小説二二木棉菴鄭虎臣報冤：“(胡氏)一路只是悲哭，奶奶也勸解他不住。”

【勸誘】規勸誘導。北齊顔之推顔氏家訓歸心：“但懼汝曹，猶未牢固，略動勸誘爾。”

【勸駕】漢書高帝紀下：“賢士大夫有肯從我遊者，吾能尊顯之。布告天下，使明知朕意。……御史中執法下郡守，其有意稱明德者，必身勸，爲之駕。”注：“有賢者，郡守身自往勸，勉令至京師，駕車遣之。”後來稱促請别人起行或担任某項工作爲勸駕。明王世貞弇州山人四部稿一二七答王伯穀書之二：“元老宰公書來相勸駕，不免令舍弟一出，答其意。”

【勸導】規勸開導。三國志蜀呂乂傳：“(諸葛)亮卒之後，士伍亡命，更相重冒，姦巧非一。乂到官，爲之防禁，開喻勸導，數年之中，漏脱自出者萬餘口。”

【勸學】鼓勵勤於學習。左傳閔二年：“衛文公……敬教，勸學，授方，任能。”荀子有勸學篇。

【勸懲】勸善懲惡。左傳成十四年：“懲惡而勸善，非聖人，誰能修之。”宋曾鞏元豐類藁十七宜黄縣縣學記：“勸懲以勉其進。”

【勸蠶】鼓勵養蠶。古禮，每年春末，舉行王后親蠶的儀式。禮月令季春之月：“后妃齋戒，親東鄉躬桑，禁婦女毋觀，省婦使，以勸蠶事。”

【勸酒胡】宴會時用以勸酒的木人。宋張邦基墨莊漫録八：“飲席刻木爲人，而銳其下，置之盤中，左右欹側。傲傲然如舞狀。久之，力盡乃倒。視其傳籌所至，酬之以盃，謂之勸酒胡。”

【勸進表】見“勸進㊀”。

【勸農使】官名。漢承秦制，設置大農丞十三人，各領一州，主管農業，爲勸農官的開始。唐宋都設有勸農使。參閲宋高承事物紀原六勸農。

【勸百諷一】漢書一一七司馬相如傳贊：“揚雄以爲靡麗之賦，勸百而諷一。”指司馬相如作賦，雖意在諷諫，但因講求詞藻，鋪張過多，結果適得其反。

勹 部

勹 bāo 布交切，平，肴韻，幫。ㄅㄠ

裹。見説文。“包”的本字。見説文段注。

一 畫

勺 1. sháo 市若切，入，藥韻，禪。ㄕㄠˊ

㊀舀東西的器具。周禮考工記：“梓人爲飲器，勺一升。”禮明堂位：“灌尊，……夏后氏以龍勺，殷以疏勺，周以蒲勺。”㊁量名。孫子算經上：“十撮爲一抄，十抄爲一勺，十勺爲一合。”一説十撮爲一勺，十勺爲一合。見本草綱目序例上引南朝梁陶弘景名醫别録合藥分劑法則。

漆勺(漢)

2. zhuó 之若切，入，藥韻，照。ㄓㄨㄛˊ

㊂舀取。漢書禮樂志郊祀歌赤蛟：“勺椒漿，靈已醉。”㊃古樂舞名。禮内則：“十有三年，學樂，誦詩，舞勺。”參見“舞勺”。㊄酒。通“酌”。楚辭戰國宋玉招魂：“瑤漿蜜勺，實羽觴些。”一説“勺”爲沾。王逸注：“勺，沾也。……有玉漿以蜜沾之。”㊅見“勺₂藥”。

【勺藥】㊀香草名。即芍藥。根可入藥。詩鄭風溱洧：“維士與女，伊其相謔，贈之以勺藥。”㊁五味調料的總稱。史記一一七司馬相如傳子虛賦：“勺藥之和具，而後御之。”集解引郭璞：“勺藥，五味也。”漢書顔師古注：“勺藥，藥草名。其根主和五藏，又辟毒氣，故合之於蘭桂以助諸食，因呼五味之和爲勺藥耳。”一説認爲是和調的意思。漢王充論衡譴告：“時或鹹苦酸淡不應口者，猶人勺藥失其和也。”清王念孫讀書雜志漢書十勺藥，説勺藥是“適歷”的音轉，讀若酌略，即均調的意思。

【勺₂藥】熱貌，即灼爍、灼鑠。文選漢張平子(衡)思玄賦：“撫軨軹而還睨兮，心勺藥其若湯。”後漢書五九張衡傳作“灼藥”。參見“灼藥”。

二 畫

匀 yún 羊倫切，平，諄韻，喻。ㄩㄣˊ

㊀調稱，均勻。唐杜甫杜工部草堂詩箋四麗人行詩：“態濃意遠淑且真，肌理細膩骨肉匀。”唐羅隱甲乙集六秋霽後詩：“淨碧山光冷，圓明露點匀。”㊁分。全唐詩六九三杜荀鶴題花木障：“不假東風次第吹，筆匀春色一枝枝。”

【匀圓】圓而均匀。唐杜甫杜工部詩史補遺一野人送朱櫻：“數迴細寫愁仍破，萬顆匀圓訝許同。”宋姜夔續書譜真：“或者專喜方正，極意歐顔；或者專務匀圓，專師虞永。”

【匀攤】平均分派。宋呂渭老聖求詞戀繡衾：“笑則人前不妨笑，行笑裏斗覺心煩，怎分得煩惱，兩處匀攤。”

勿 wù 文弗切，入，物韻，微。ㄨˋ

㊀不，不要。詩大雅行葦：“敦彼行葦，牛羊勿踐履。”論語學而：“過則勿憚改。”㊁無，没有。詩豳風東山：“制彼裳衣，勿士行枚。”㊂勤勉。見“勿勿㊀”。㊃見“卹勿”。㊄助詞。詩小雅節南山：“弗問弗仕，勿罔君子。”勿，無義。

【勿勿】㊀勉力，殷切。禮禮器：“洞洞乎其敬也，屬屬乎其忠也，勿勿乎其欲其饗之也。”㊁古時書信中常用勿勿二字，或説是怱怱的省寫。北齊顔之推認爲説文解“勿”爲州里所立的旗，字像旗柄和三斿(垂下的帶)的形狀，用以催促民事，所以後來引伸把事情怱促稱爲勿勿。見顔氏家訓勉學。後人又加點寫作匆匆。

【勿吉】我國南北朝時少數民族名。居住今吉林長白山松花江一帶。兩漢稱沃沮，魏書北史作勿吉。後稱靺鞨、女真。爲滿族的祖先。參閲魏書、北史勿吉傳。

【勿罔】不清晰。文選漢王文考(延壽)魯靈光殿賦：“屹鏗瞑以勿罔，屑黶翳以懿濞。”注：“勿罔，不審貌。……特出而高，故視之不明，望之不審。”

【勿藥】不用服藥而病自愈。易無妄：“無妄之疾，勿藥有喜。”後稱病愈爲勿藥。北周庾信庾子山集七代人乞致仕表：“盈量窮涯，滿而招損，逾時每乖於勿藥，永日猶繫於苞桑。”

【勿忸于】複姓。魏書官氏志：“神元皇帝時，餘部諸姓入内者：……勿忸于氏，後改爲于氏。”元和姓纂十物作“勿紐于”。

【勿菴曆算書目】清梅文鼎撰。一卷。四庫本作勿菴曆算書記，是作者所著曆算書的書目提要。包括曆學書六十二種，算術書二十六種。

勾 1. gōu ㄍㄡ 字彙 居侯切。

本作"句"。㊀彎曲。參見"句㊀"。㊁鈎形符號，表示讀書的止處或字有誤脫。宋韓元吉南澗甲乙稿十六跋司馬公倚几銘："勾注塗改甚多，而無一字行草。"㊂逮捕，捉拿。明史刑法志一："其實犯死罪免死充軍者，以著伍後所生子孫替役，不許勾原籍子孫。"㊃引起，連帶。元張可久小令(正宮)醉太平："數枝黃菊勾詩興，一川紅葉迷仙徑。"㊄通"鈎"。宋王禹偁小畜集六月波樓詠懷詩："山形如八字，會合勢相勾。"

2. gòu ㄍㄡˋ

㊅圈套。"彀"的俗字。元曲選關漢卿望江亭二："則怕反落他勾中，夫人還是不去的是。"㊆見"勾₂當"。㊇通"够"。宋秦觀淮海詞滿院花："從今後，休道共我，夢見也不能得勾。"

【勾引】㊀串通，引誘。北史蠻僚傳："勾引梁兵，圍逼晉壽。"唐杜甫杜工部草堂詩箋三七風雨看舟前落花戲爲新句："影遭碧水潛勾引，風妬紅花却倒吹。"㊁挽留。唐姚合姚少監集一送別友人詩："獨向山中覓紫芝，山人勾引住多時。"

【勾決】舊時執行死刑的一種司法程序。清制規定，各地判死刑的案件須申報刑部，再轉奏皇帝核定。凡經皇帝朱筆勾出的名字，卽發"勾決"咨文，通知有關地方執行死刑。關在刑部監獄聽候處刑的人，經六部九卿合勘的朝審後，也按以上程序處理。見清會典六九。

【勾押】勾，作勾劃符號；押，簽押。舊時官吏在公文上勾畫、批改、簽字蓋章。唐白居易長慶集五四酬別周從事詩之一："腰痛拜迎人客倦，眼昏勾押簿書難。"

【勾使】衙役。元王實甫西廂記二："使箇令史，差箇勾使，則是一張忙不及印赴期的咨示。"

【勾思】創作時立意、布局等方面的思考。也作"構思"。金董解元西廂三："也不打算，不勾思，先序幾句俺傳示；一揮揮就一篇詩。"

【勾牽】留戀，牽掛。唐白居易長慶集五八睡覺詩："吾欲已銷諸念息，世間無境可勾牽。"

【勾問】提審犯人。明史刑法志二："京外五品官有犯奏聞，不得擅勾問。"

【勾陳】星名。同"鈎陳"。共六星，在紫微垣內。勾陳，卽北極星。漢劉向說苑辨物："北辰，勾陳樞星。"星經："勾陳六星在五帝下，爲後宮，大帝正妃。又主天子六軍將軍，又主三公。"參見"鈎陳"。

【勾絞】星命術士所說的凶辰名。舊唐書七九呂才傳敍祿命："(魯)莊公生當乙亥之歲，建申之月，……依祿命書，法合貧賤，又犯勾絞六害，背驛馬三刑。當此生者，並無官爵。……此則祿命不驗一也。"

【勾搭】引誘串通。明徐復祚投梭記下逆節："這兩日我與這船家長勾搭熟了。"水滸二五："他在王婆茶房裏，和武大娘子勾搭上了。"此指私通。

【勾₂當】㊀辦理。北史序傳："事無大小，(梁)士彥一委(李)仲舉，推尋勾當，絲髮無遺。"唐韓愈昌黎集外集五潮州請置鄉校牒："趙德秀才沈雅專靜，……請攝海陽縣尉，爲衙推官，專勾當州學，以督生徒。"也作"句當"。南宋避高宗(趙構)諱，改爲"幹當"。參閱元李治敬齋古今黈四。㊁事情。水滸十六："夫人處分付的勾當，你三人自理會。"今通用爲貶義詞。

【勾頭】舊時捕人的公文。元王實甫西廂記三本二折："那簡帖兒到做了你的招狀，他的勾頭，我的公案。"

【勾檢】稽查，檢察。北史于仲文傳："上士宋謙奉使勾檢，謙緣此別求他罪。"唐白居易長慶集二十自詠詩："勾檢簿書多鹵莽，提防官吏少機關。"

【勾瞿】斗。山海經北山經："又東三百里，曰陽山，……有獸焉，其狀如牛而赤尾，其頸腎，其狀如勾瞿，其名曰領胡。"注："勾瞿，斗也。"謂其頸有肉瘤如斗。

【勾點】抹改。魏書司馬叡傳："(桓)温自歸寢疾，諷求備物九錫，謝安已令吏部郎袁彥伯撰策文，文成，安輒勾點，令更治改。"

【勾欄】㊀欄干。也作"鈎欄"。宋段國沙州記："吐谷渾於河上作橋，勾欄甚嚴飾。"㊁宋元說書、演戲、玩雜技的場所。也作"构肆"。宋孟元老東京夢華錄二東角樓街巷："街南桑家瓦子，近北則中瓦，次裏瓦，其中大小勾欄五十餘座。"又八中元節："构肆樂人，自過七夕，便般目連救母雜劇，直至十五日止。"後稱妓院爲"勾欄"。參見"句闌"。

三　畫

匃 gài ㄍㄞˋ 古太切，去，泰韻，見。
古達切，入，曷韻，見。

同"匄"、"丐"。㊀乞求。左傳昭六年："不强匃。"㊁給予。漢書九六下西域傳渠犁："我匃若馬。"

包 1. bāo ㄅㄠ 布交切，平，肴韻，幫。

㊀裹紮。詩召南野有死麕："野有死麕，白茅包之。"㊁量詞。包裹的東西叫包。後漢書八二上楊由傳："五官椽獻橘數包。"㊂包含，容忍。見"包荒"。㊃統攬，保證。元曲選缺名陳州糶糧："包你没事便了。"㊄叢生，通"苞"。書禹貢："草木漸包。"㊅姓。傳爲春秋楚申包胥後，以字爲氏。見通志二七氏族三。又丹陽包氏，本鮑氏，王莽時避難，去魚爲包。見宋鄧名世古今姓氏書辯證十一。

2. páo ㄆㄠˊ 集韻 蒲交切，平，爻韻。

㊆通"庖"。易姤："包有魚，無咎。"

【包子】㊀有餡的饅頭。宋黃庭堅宜州乙酉家乘："十三日壬子，雨，作素包子。"陸游劍南詩稿六九有食野味包子戲作詩。㊁銀錢封包。宋朱彧萍洲可談一："宮闈每有慶事，賜大臣包子銀絹各數千匹兩。"

【包山】山名。一名苞山，又名夫椒山。文選晉郭景純(璞)江賦："爰有包山洞庭，巴陵地道。"卽今江蘇蘇州市西南太湖中的西洞庭山。參閱水經注二九沔水。

【包衣】滿語。卽奴僕。清入關前，凡所獲各部俘虜，都編爲包衣，分屬八旗。屬鑲黃、正黃、正白上三旗的，隸內務府，充驍騎、護軍、前鋒等營兵卒。屬下五旗者，分隸王府，爲私家的世僕。

【包拯】公元999—1062年。北宋廬州合肥人。字希仁。天聖五年進士。仁宗時任監察御史，主張"練兵選將，務實邊備"，以禦契丹。後任天章閣待制、龍圖閣直學士。官至樞密副使。知開封府時，執法嚴峻，當時稱爲"關節不到，有閻羅包老"。卒諡孝肅。有包孝肅奏議十卷。宋史有傳。他的故事，過去小說、戲曲多用作題材，塑造爲清官的典型。

【包茅】古代祭祀時，用以濾酒去滓的束成綑的菁茅草。也作"苞茅"。書禹貢："包匭菁茅。"左傳僖四年："爾貢包茅不入，王祭不共，無以縮酒。"

【包咸】公元前6—公元65年。後漢會稽曲阿人。字子良。少爲諸生，師事博士右師細君，學習魯詩論語。光武卽位，舉孝廉，封郎中，遷大鴻臚。給論語作過注解。何晏論語集解中引包氏，卽包咸說。後漢書儒林有傳。

【包荒】包含荒穢。易泰："包荒，用馮河。"後指能容忍也叫包荒。唐李白李太白詩九雪讒詩贈友人："包荒匿瑕，蓄此煩醜。"聞一多謂包讀爲匏，包荒爲瓠瓜的聲轉。包荒馮河，就是用匏瓜渡河的意思。見古典新義上周易義證類纂。

【包桑】同"苞桑"。後用來比喻牢靠，鞏固。後漢書十八臧宮傳論："光武審黄石，存包桑。"注："包，本也。繫於桑本，言其固也。"參見"苞桑"。

【包羞】承受羞辱。易否："包羞，位不當也。"指所作所爲違義失正，一切只有恥辱。唐杜牧樊川文集四題烏江亭詩："勝敗兵家事不期，包羞忍恥是男兒。"

【包匭】書禹貢："包匭菁茅。"包裹、纏紮的意思。後用爲貢物的代稱。文選晉左太沖(思)吴都賦："職貢納其包匭，離騷詠其宿莽。"

【包圍】四面圍住。文獻通考六田賦六："延福等五十四圩，周迴一百五十餘里。包圍諸圩在内。"

【包裹】㊀包容，裹紮。淮南子原道："夫道者覆天載地，……包裹天地，禀授無形。"唐韓愈昌黎集四和虞部盧四酬翰林錢七赤藤杖歌："幾重包裹自題署，不以珍怪誇荒夷。"㊁裹紮成件的包兒。水滸八："三個人奔到裹面，解下行李包裹，都搬在樹跟頭。"

【包彈】批評，指責。宋人諺語稱人或事有缺點的叫有包彈，没有缺點的叫没包彈。義山雜纂上不達時宜："筵上包彈品味。"金董解元西廂一："苦愛詩書，素愛琴畫，德行文章没包彈。"參閲宋王楙野客叢書二十杜撰、蔡絛鐵圍山叢談三。

【包舉】統括，全部占有。文選漢賈誼過秦論："秦孝公……有席卷天下，包舉宇内，囊括四海之意，并吞八荒之心。"

【包辦】一手負責辦理。水滸十五："阮小七道：'若是每常要三五十尾也有，莫説十數個，再要多些，我弟兄們也包辦得。'"後來亦謂人把持某事爲包辦。

【包羅】包容，網羅。漢趙岐孟子題辭："著書七篇，包羅天地，揆敍萬類，仁義道德，性命禍福，粲然靡所不載。"

【包犧】即伏羲。易繫辭下："古者包犧氏之王天下也。"釋文："包，本又作庖，孟京作伏；犧，孟京作戲。"詳"伏羲"。

【包攬】兜攬包辦。清會典事例一七二户部田賦催科禁令："聞有不肖生員監生，本身原無多糧，倚恃一衿，輒敢包攬同姓錢糧。"

【包世臣】公元 1775—1855 年。清涇縣人。字慎伯，號倦翁。嘉慶十三年舉人。曾任江西新喻縣知縣。對農政、漕運、鹽政、貨幣、兵法、鴉片問題都有論述。主張積極抗英。善書法，肆力北魏，兼習二王，對咸豐、同治年間的書法很有影響。著有安吴四種：藝舟雙楫管情三義濟泉編齊民四術，共三十六卷。

【包藏禍心】暗藏害人之心。左傳昭元年："子羽曰：'小國無罪，恃實其罪；將恃大國之安靖已，而無乃包藏禍心以圖之。'"

【包羅萬象】内容豐富，無所不包。宅經上："所以包羅萬象，舉一千從。"（學津討原本）宋王洋東牟集四寄丁求安詩"鬱密林巒十丈餘，包羅萬象徧方隅。"

匃 gài 古太切，去，泰韻，見。
ㄍㄞ

同"匄"。見"匄"。

四　畫

匈 xiōng 許容切，平，鍾韻，曉。
ㄒㄩㄥ

㊀同"胸"。管子任法："以法制行之，如天地之無私也。……皆虚其匈，以聽其上。"史記高祖紀："伏弩射中漢王，漢王傷匈。"漢書高帝紀作"胸"。㊁匈匈，象聲詞。通"訩"、"詾"。見"匈匈"。㊂見"匈奴"。

【匈奴】古代我國北方民族之一。也稱胡。先後叫鬼方、混夷、獫狁、山戎。秦時稱匈奴。散居在大漠南北，過游牧生活，善騎射。左傳史記漢書對匈奴族的歷史均有詳細記載。

【匈匈】㊀吵嚷聲。莊子在宥："自三代以下者，匈匈焉終以賞罰爲事，彼何暇安其性命之情哉！"唐成玄英疏："匈匈，讙譁也。"㊁動亂，紛擾。史記高祖紀八年："天下匈匈苦戰數歲，成敗未可知。"又項羽紀："項王謂漢王曰：'天下匈匈數歲者，徒以吾兩人耳。'"

【匈臆】同"胸臆"，即胸懷。漢書八九朱邑傳："匈臆約結，固亡奇也。"後漢書八四董祀妻(蔡琰)傳悲憤詩："念我出腹子，匈臆爲摧敗。"

六　畫

匊 jū 居六切，入，屋韻，見。
ㄐㄩ

滿握。同"掬"。詩唐風椒聊："椒聊之實，蕃衍盈匊。"又小雅采緑："終朝采緑，不盈一匊。"

匌 kē 口荅切，入，合韻，溪。
ㄎㄜ 古沓切，入，合韻，見。

環繞一周。説文："匌，帀也。"

匋 táo 集韻 徒刀切，平，豪韻。
ㄊㄠ

瓦器，通"陶"。見説文。

七　畫

匍 pú 薄胡切，平，模韻，並。
ㄆㄨ

見下。

【匍伏】伏地而行。同"匍匐㊀"。戰國策秦一："嫂蛇行匍伏，四拜，自跪而謝。"

【匍匐】㊀伏地而行。詩大雅生民："誕實匍匐，克岐克嶷，以就口食。"孟子滕文公上："赤子匍匐將入井，非赤子之罪也。"㊁盡力。詩邶風谷風："凡民有喪，匍匐救之。"

九　畫

匏 páo 薄交切，平，肴韻，並。
ㄆㄠ

㊀葫蘆之屬。即瓠。見"瓠"。㊁笙竽一類的樂器。八音之一。用匏做座，上設簧管。國語周下："匏竹利制。"參見"八音"。

【匏瓜】㊀葫蘆。論語陽貨："吾豈匏瓜也哉，焉能繫而不食！"後以匏瓜比喻求官不得或不被重用的人。文選三國魏王仲宣(粲)登樓賦："懼匏瓜之徒懸兮，畏井渫之莫食。"㊁星名。史記天官書："匏瓜，有青黑星守之。"索隱："匏瓜，一名天雞，在河鼓東。"文選三國魏曹植洛神賦："歎匏瓜之無匹兮，詠牽牛之獨處。"

【匏笙】樂器名。漢應劭風俗通聲音："音者，土曰塤，匏曰笙。"新唐書二二二下驃國傳："有大匏笙二，皆十六管，左右各八，形如鳳翼，……又有小匏笙二，製如大笙。"

【匏琴】隋唐時期的一種樂器。隋煬帝時由扶南傳入。唐代我國西南地區樂器，有匏琴，覆以半匏，上加銅甌，以竹爲琴，長三尺多，頭曲如拱，長二寸，以絛繫腹，穿甌及匏本。見文獻通考一三七樂十。參閲新唐書二二二下驃。

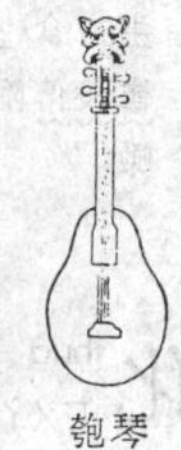
匏琴

【匏樽】葫蘆作的酒樽。泛指飲器。宋蘇軾經進東坡文集事略一前赤壁賦："駕一葉之扁舟，舉匏樽以相屬。"也作"匏尊"。分類東坡詩二三病中遊祖塔院："道人不惜階前水，借與匏尊自在嘗。"

【匏爵】古時祭天，以匏爲爵，稱匏爵。

後代封建王朝行郊祀禮，相承仍用匏爵。見新唐書禮樂志二。

【匏繫】論語陽貨："吾豈匏瓜也哉，焉能繫而不食！"後用匏繫比喻依人爲生。唐李商隱李義山文集二爲安平公華州進賀皇躬痊復物狀："心但葵傾，跡猶匏繫。"也作"繫匏"。唐歐陽詹歐陽行周集二初發太原途中寄所思詩："流萍與繫匏，早晚期相親。"

匐 fú 房六切，入，屋韻，並。ㄈㄨˊ 蒲北切，入，德韻，並。

伏地。見説文。參見"匍匐㊀"。

十畫

匎 è 烏合切，入，合韻，影。ㄜˋ

見下。

【匎葉】婦女髻上戴的花葉飾物。唐杜甫杜工部草堂詩箋四麗人行："頭上何所有？翠微匎葉垂鬢脣。"

【匎綵】婦女頭上戴的花飾。見玉篇。

匒 dā 集韻 德合切，入，合韻。ㄉㄚ

見下。

【匒匌】重疊。文選晉木玄虛(華)海賦："泅泊柏而迆颺，磊匒匌而相豗。"唐李周翰注："言小波疾而邪起，猶大波而重疊相擊。"

十四畫

匔 qióng 居戎切，平，東韻，見。ㄑㄩㄥˊ 去宫切，平，東韻，溪。

也作"匑"。見下。

【匔匔】恭謹的樣子。史記魯周公世家："(周公)還政成王，北面就臣位，匔匔如畏然。"

匕部

匕 bǐ 卑履切，上，旨韻，非。ㄅㄧˇ

㊀食器。曲柄淺斗，狀如今之羹匙。古分飯匕、牲匕、疏匕、挑匕四種。形制皆同，但大小長短，因所用而異。圖爲疏匕，用棘木制成。詩小雅大東："有饛簋飧，有捄棘匕。"㊁箭頭。左傳昭二六年："射之中楯瓦，……匕入者三寸。"

疏匕

【匕首】短劍。頭象匕，故名。戰國策燕三："於是太子預求天下之利匕首。"史記八六刺客傳："曹沬執匕首劫齊桓公。"索隱："劉氏云：'短劍也。'鹽鐵論以爲長尺八寸，其頭類匕，故云匕首也。"

匕首

【匕鬯】匕，指羹匙；鬯，秬黍釀的香酒。匕、鬯皆宗廟祭禮用物，因以指宗廟祭祀。易震："震驚百里，不喪匕鬯。"後用"匕鬯不驚"形容軍紀嚴明，無所驚擾。

【匕箸】匙和筷。三國志蜀先主傳："先主方食，失匕箸。"箸，也作"筯"。北齊書崔㥄傳附崔瞻："裴自攜匕筯，恣情飲噉。"

二畫

化 huà 呼霸切，去，禡韻，曉。ㄏㄨㄚˋ

㊀變化，改變。莊子逍遥遊："北冥有魚，其名爲鯤，……化而爲鳥，其名爲鵬。"老子："我無爲而民自化。"㊁生，造化，自然界生成萬物的功能。禮樂記："和，故百物皆化。"素問五常政大論："化不可代，時不可違。"也指自然界生成之物。禮樂記："鼓之以雷霆，奮之以風雨，動之以四時，煖之以日月，而百化興焉。"㊂死。孟子公孫丑下："且比化者，無使土親膚。"佛家稱死爲坐化，道家稱羽化，亦此義。㊃融解，溶解。舊題宋蘇軾物類相感志雜著："銀銅相雜，亦易鎔化。"㊄焚燒。禮禮運："昔者先王……未有火化，食草木之實，鳥獸之肉，飲其血，茹其毛。"㊅習俗，風氣。漢書敍傳下述貨殖傳："侯服玉食，敗俗傷化。"㊆乞求，募化。紅樓夢二二："一任俺芒鞋破鉢隨緣化。"㊇古"貨"字的省文。參見"齊刀"。

【化人】會幻術的人。列子周穆王："西極之國，有化人來。入水火，貫金石，……千變萬化，不可窮極。"佛教謂神、佛變形爲人，以化度衆生者，叫化人。翻譯名義集七寺塔壇幢："周穆王時，文殊、目連來化，穆王從之。即列子所謂化人者是也。"

【化工】自然的創造力。漢書四八賈誼傳服鳥賦："且夫天地爲鑪，造化爲工。"唐李商隱李義山詩集四今月二日……輒復五言四十韻詩一章獻上……："固是符真宰，徒勞讓化工。"

【化土】佛教語。爲普渡衆生，佛、菩薩變化身所居住的土地。唯識論述記十："化土雖複説法，神通增故，立變化名。"

【化日】㊀太平盛世之日。後漢書四九王符傳愛日："化國之日舒以長，故其民閒暇而有餘力。"潛夫論本作"治國"，唐人避李治(高宗)諱，改"治"爲"化"。後遂有"光天化日"一詞。㊁氣候温和，萬物化生之日。宋史樂志十二祀先蠶之三："化日初長，時當暮春。"

【化生】㊀發育滋長。易咸："天地感而萬物化生。"㊁古時風俗，七夕用蠟作成嬰兒像，叫化生，浮水中爲戲，祝婦女生子。全唐詩五六一薛能四吴姬十首之十："芙蓉殿上中元日，水拍銀臺弄化生。"元文類七袁桷無題次伯庸韻詩："蠟撚化生秋夕賜，翠標疊勝歲華移。"㊂佛教語。四生之一，即無所依託，忽然而生。俱舍論八："有情類，生無所託，是名化生。"

【化外】舊時統治階級的偏見，指中國教化達不到的地方。唐律疏義名例六："諸化外人同類自相犯者，各依本俗法。"

【化成】教化成功。易恒："聖人久於其道而天下化成。"

【化我】對我傲慢無禮。公羊傳桓六年："曷爲慢之？化我也。"

【化身】佛教語。佛三身之一。佛、菩薩的本身爲法身，世人不能看見；爲了普度衆生，在世上現身説法，都是佛、菩薩的化身。隋慧遠大乘義章一九："佛隨衆生現種種形，或人或天，或龍或鬼，如是一切，同世色像，不爲佛形，名爲化身。"後來稱事物之非原本者，也叫化身。元詩選鮮于樞困學齋集題趙模搨本蘭亭後："蘭亭化身千百億，貞觀趙模推第一。"

【化育】自然生成和長育萬物。管子心術上："化育萬物謂之德。"

【化雨】教化人，像時雨沾溉田地一樣。孟子盡心上："君子之所以教者五：有如時雨化之者，有成德者，有達財者，有答問者，有私淑艾者。"後多用春風化雨比喻善教。

【化居】交換各自積存的物品。書益稷謨："懋遷有無化居。"

【化兒】造化小兒的省稱。宋范成大石湖集四病中絶句八首詩之二："化兒幻我知何用，祇與人間試藥方。”參見“造化小兒”。

【化度】佛教語。感化衆生，使之過渡到佛教所説的樂土。傳法正宗記三：“願我爲佛之時，若有聖士化度於世者，遇天澍雨，至於其身，即爲舍利。”

【化益】即伯益。吕氏春秋求人：“得陶化益真窺横革之交，五人佐禹，故功績銘乎金石。”經典釋文周易井引世本：“化益作井。宋衷云：化益，伯益也。”參見“伯益㊀”。

【化城】佛教語。一時幻化的城郭，比喻小乘所能達到的境界。妙法蓮華經三化城喻品：“（導師）……以方便力……化作一城。告衆人言：‘汝等勿怖，莫得退還。今此大城，可於中止。’……是時，疲極之衆，心大歡喜，歎未曾有。……於是衆人，前入化城。”後稱佛寺爲化城。唐王維王右丞集五登辨覺寺：“竹逕從初地，蓮峯出化城。”也指幻境。元張仲深子淵詩集二送全上人：“自知浮世一化城，願結跏趺面牆坐。”

【化書】舊題五代南唐宋齊丘撰。又名齊丘子。六卷。分道化術化德化仁化食化儉化六篇。大旨多出黄老而又附合於儒家。明宋濂諸子辨認爲此書實爲南唐終南山隱者譚峭所著，齊丘竊爲己作。

【化國】教化和平之國。參見“化日㊀”。

【化境】㊀佛經中指可教化的境域。華嚴經疏六：“十方國土，是佛化境。”㊁藝術造詣達到精妙的境界，可與造化媲美。

【化蝶】睡夢。語出莊子齊物論莊周夢中化爲蝴蝶。宋陸游劍南詩稿三鄰水延福寺早行：“化蝶方酣枕，聞雞又著鞭。”

【化緣】佛教語。諸佛、菩薩教化衆生，因緣而來人世，緣盡而去，叫化緣。南海寄歸内法傳一：“化緣斯盡，能事畢功。”唐白居易長慶集二四唐撫州……上弘和尚石塔碑銘：“隨順化緣，故坐甘露壇而誓衆生盟者二十年。”又佛教稱能布施的人爲與佛有緣，所以稱募化爲化緣。宋洪邁夷堅志一普先寺僧：“元暉，近村王大子也，既作僧，爲街坊化緣。”

【化鶴】遼東人丁令威學道成仙，千年後，化鶴歸遼。事見搜神後記一。後人因以化鶴比喻去世。元文類七鄧文原郎中蘇公哀挽詩：“夜静燕臺山月冷，祇疑化鶴一歸來。”參見“丁令威”。

【化州橘紅】藥名。廣東化州（今化州縣）産橘紅，稱化州橘紅。參閲清阮元揅經室三集五化州橘記。

【化色五倉】古時方士的一種修鍊方法。漢書郊祀志下：“黄冶變化，堅冰淖溺，化色五倉之術者，皆姦人或（惑）衆。”注：“李奇曰：‘思身中有五色，腹中有五倉神；五色存則不死，五倉存則不飢。’”

【化度寺碑】即化度寺故僧邕禪師舍利塔銘。唐李百藥作文，歐陽詢楷書。貞觀五年立石。記化度寺邕禪師爲隋魏州信行禪師建塔立碑事。以碑文中有青鸞白鶴字，所以又叫青鸞白鶴帖。原石宋代已殘，今不存。現傳拓本多爲翻刻。敦煌石室曾發現唐代拓本殘葉。

三畫

北

1. běi 博墨切，入，德韻，幫。ㄅㄟˇ

㊀敗，敗逃。左傳桓九年：“以戰而北。”荀子議兵：“遇敵處戰則必北。”注：“北者，乖背之名，故以敗走爲北也。”㊁方位名。詩邶風北風：“北風其涼，雨雪其雱。”㊂向北行。吕氏春秋孟春紀：“候雁北。”

2. bèi 集韻 補妹切，去，隊韻。ㄅㄟˋ

㊃相背。通“背”。書舜典：“庶績咸熙，分北三苗。”疏：“北，背也。善留惡去，使分背也。”

【北人】複姓。莊子讓王有北人無擇。

【北山】㊀山名。1. 即北邙山。左傳昭二二年：“夏四月，王田北山。”清洪亮吉春秋左傳詁引河南圖經：“北邙山在洛陽縣北，亦名北山。”2. 即鍾山。見“鍾山”。㊁詩小雅篇名。北山序：“北山，大夫刺幽王也。役使不均，已勞於從事，而不得終養其父母焉。”

【北斗】㊀在北天排列成斗形的七顆亮星。七星的名稱是：一天樞，二天璇，三天璣，四天權，五玉衡，六開陽，七摇光（或作瑶光）。即今大熊星座的七顆較亮的星。道家書稱爲天罡。楚辭屈原九歌東君：“操余弧兮反淪降，援北斗兮酌桂漿。”參閲史記天官書五“北斗七星”索隱。㊁斗宿之稱。二十八宿之一，玄武七宿的首宿。即今人馬座中的六顆星。作斗形，稱北斗，又叫南斗。詩小雅大東：“維北有斗，不可以挹酒漿。”疏：“箕斗在南方之時，箕在南而斗在北，故言南箕北斗。”

【北户】上古國名。爾雅釋地：“觚竹北户西王母日下，謂之四荒。”淮南子地形作“反户”。

【北平】㊀北京的舊稱。見“北京”。㊁古縣名。1. 西漢置。屬中山國。故治在今河北滿城縣北。見漢書地理志下。2. 北魏置。屬北平郡。故治在今河北完縣東南。見魏書地形志上。3. 北魏置。屬襄城郡。故治在今河南方城縣東南。見魏書地形志下。㊂郡名。1. 西晉置。治所徐無縣，在今河北遵化縣東。見晉書地理志上。2. 北魏置。治所北平城，在今河北完縣東北。見魏書地形志上。3. 北魏置。隋初廢，後又置。唐改爲平州，一度又改北平郡。治所盧龍縣，在今河北盧龍縣。參閲魏書地形志上平州、隋書地理志中、舊唐書地理志二。

【北司】唐内侍省。掌管宫内事務的機構，由宦官組成，在皇宫之北，故稱北司。新唐書二〇七馬存亮傳附嚴遵美：“北司供奉官以胯衫給事，今執笏，過矣。”

【北史】唐李延壽作。一百卷。合北朝的魏、齊、周、隋四朝史實，起北魏登國元年（公元386年），至隋義寧二年（公元618年）。主要是删節魏書北齊書周書隋書而成，以作者世居北方，見聞較近，對四史亦有所補充，而文辭簡潔，編次條理，勝於南史。作爲史料，與四書各有長短，可互爲補充。

【北皿】清代各省的貢監生，可以到順天應鄉試。北方幾省（奉天直隸山東山西河南陝西）的貢監生，稱北皿，有别於南方幾省而言。皿爲監的省寫。參見“北貝”、“南皿”。

【北江】㊀今長江主幹下游。書禹貢：“東爲北江，入於海。”㊁廣東省珠江的上源之一。由湞水和武水在韶關合流而成，南流至三水縣城西與西江岔流匯合；又東經番禺縣東南，與東江匯合，然後向東南注入南海。參閲廣東通志一〇一廣州府。

【北邙】山名。一作北芒，即邙山，也叫芒山、郟山、北山，在今河南洛陽市東北。水經注十六穀水：“北對芒阜，連嶺修亘，苞總衆山，始自洛口，西踰平陰，悉芒壠也。”漢魏以來，王侯公卿貴族的葬地多在於此，後因以此泛稱墓地。晉陶潛陶淵明集四擬古詩之四：“一旦百歲後，相與還北邙。”

【北地】古郡名。春秋時爲義渠戎國之地，秦置北地郡。漢、三國魏、隋均有北地郡。地域和郡治有變遷，在今甘肅東南部和寧夏南部一帶。參閲讀史方輿紀要二北地郡。

【北至】即夏至。文選漢張平子（衡）西京賦：“日北至而含凍，此焉清暑。”文苑英華十八唐楊炯渾天賦:“南至北至,所以節其寒温。”

【北曲】金元時流行於北方的雜劇、套曲、散曲所用曲調的統稱。參見“雜劇”、“南北曲”。

【北宋】朝代名。公元 960—1127 年。自宋太祖趙匡胤建隆元年起,到欽宗趙桓靖康二年止,都汴京(今河南開封市)。在北方,故沿稱北宋。後高宗趙構南渡,建都臨安(今浙江杭州市),沿稱南宋。

【北芒】山名。詳“北邙”。

【北杏】春秋齊國地名。在今山東東阿縣境。春秋莊十三年:“春,齊侯、宋人、陳人、蔡人、邾人會於北杏。”注:“北杏,齊地。”齊桓公以諸侯而主持會盟,自北杏之會開始。

【北辰】北極星。爾雅釋天:“北極謂之北辰。”論語爲政:“爲政以德,譬如北辰,居其所而衆星共(拱)之。”

【北阮】晉阮咸居道南,諸阮居道北,北阮富,南阮貧。七月七日,北阮盛曬衣服,都是些耀眼的錦綺。阮咸只在階庭用竹竿曬晾一條大布的犢鼻幝。見世說新語任誕。後來因稱族中富貴者爲北阮。

【北貝】清時科舉,順天鄉試,闈中分編字號,直隸省的生員,叫北貝。貝是員的省寫。奉天直隸山東山西河南陝西的貢監生,叫北皿,皿卽監字的省寫;江南江西浙江福建湖廣廣東的貢監生,叫南皿;雲南貴州四川廣西的貢監生,叫中皿。參見“南皿”。

【北里】㊀古舞曲名。史記殷紀:“於是使師涓作新淫聲,北里之舞,靡靡之樂。”文選晉阮嗣宗(籍)詠懷詩:“北里多奇舞,濮上有微音。”㊁唐長安平康里,因在城北,也稱北里。其地爲妓院所在,唐孫棨著有北里志,記當時妓女的生活情況。後因稱妓院所在的地方爲北里。

【北狄】古代北方少數民族的總稱。書仲虺之誥:“東征西夷怨,南征北狄怨。”參見“狄”。

【北河】㊀河名。漢書武帝紀元封元年:“北登單于臺,至朔方,臨北河。”按黄河由甘肅省流向河套,至陰山南麓,分爲南北二河,北邊的稱北河。㊁清制,直隸總督兼河道總督,所治理的諸河道合稱北河,包括永定河道、通永河道所管的永定運河通惠薊灤子牙豬龍巨馬滹沱東西淀漳衛等河。㊂星名,屬井宿。晉書天文志:“南河、北河各三星,夾東井。”

【北宗】佛教、道教及畫家的流派。詳“南北宗”。

【北京】我國首都。古稱薊。春秋戰國時爲燕地。秦上谷郡地。漢爲廣陽郡。隋唐爲幽州治所。遼置南京,也稱燕京。宋爲燕山府。金爲中都。元稱大都。明洪武元年改爲北平府,永樂元年建北京,七年改北平府爲順天府,十九年遷都於此,改北京爲京師,但習慣仍稱北京,一直沿用到辛亥革命後。參閱讀史方輿紀要十一直隸二、明史地理志一。1928 年改稱北平。1949 年中華人民共和國成立,復稱北京。

【北府】東晉建都建康(今江蘇南京市),軍府在廣陵(今江蘇揚州市),位於建康北,故稱北府。後把軍府所在地都稱爲北府。世說新語排調“郗司空拜北府”注引南徐州記:“舊徐州都督以東爲稱。晉氏南遷,徐州刺史王舒加北中郎將,北府之號,自此起也。”參見“北府兵”。

【北直】舊北直隸的簡稱。詳“直隸”。

【北門】㊀詩邶風篇名。詩序:“北門,刺仕不得志也。言衛之忠臣,不得其志爾。”後用以比喻懷才不遇。世說新語言語:“李弘度(充)常歎不被遇,殷揚州(浩)知其家貧,問:‘君能屈志百里不?’李答曰:‘北門之歎,久已上聞;窮猿奔林,豈暇擇木?’”㊁唐羽林諸將稱北門。參見“北門南牙”。㊂複姓。左傳有北門駟;尸子有北門子;莊子有北門成。見通志二七氏族三以地爲氏。

【北固】山名。在今江蘇鎮江市北。世說新語言語:“荀中郎在京口,登北固望海云。”注引南徐州記:“城西北有別嶺入江。三面臨水,高數十丈,號曰北固。”梁武帝曾登此山,謂可爲京口壯觀,因改稱爲北顧。見南史臨川靜惠王宏傳。南宋建炎四年韓世忠曾在此伏擊金兀朮。

【北垂】北方邊疆。垂,通“陲”。後漢書二五魯恭傳:“誠欲以安定北垂,爲人除患,定萬世之計也,臣伏獨思之,未見其便。”

【北周】北朝之一。公元 557—581 年,鮮卑族宇文泰之子宇文覺廢西魏主自立,建號周,史稱北周,又稱後周。都長安(今陝西西安市)。至靜帝宇文衍爲隋所代。共歷五帝,二十五年。

【北岳】卽北嶽。書舜典:“十有一月,朔,巡守,至於北岳,如西禮。”傳:“北岳,恒山。”參見“恒山”。

【北洋】舊稱黄海、渤海區域爲北洋。宋姚寬西溪叢語下:“今自二浙至登州與密州,皆由北洋,水極險惡。”宋代已有北洋的名稱。清末又稱今遼寧、河北、山東等沿海各省爲北洋。

【北音】北方的樂音,也稱北國之音。吕氏春秋音初:“二女作歌一終曰:‘燕燕往飛’,實始作爲北音。”

【北郊】㊀古稱都城北門外爲北郊。周禮天官内宰:“中春詔后帥外内命婦始蠶于北郊,以爲祭服。”㊁皇帝每年夏至日,祭地於方澤,地在都城北門外,稱北郊。亦謂之北郊大祭。後漢書祭祀志中:“北郊在雒陽城北四里,爲方壇,四陛。”

【北苑】㊀皇宫以北的園囿。魏書太宗紀永興五年:“癸丑,穿魚池於北苑。”㊁宋產茶地。宋姚寬西溪叢語上:“建州龍焙面北,謂之北苑。”參見“北苑茶”。

【北面】舊時君見臣,尊長見卑幼,南面而坐,故以北面指向人稱臣。韓非子有度:“賢者之爲人臣,北面委質,無有二心。”拜人爲師也稱北面。漢書七一于定國傳:“定國乃迎師學春秋,身執經,北面備弟子禮。”

【北省】卽尚書省。北史宋遊道傳:“文襄(高澄)謂(崔)暹、(宋)遊道曰:‘卿一人處南臺,一人處北省,當使天下肅然。’”御史臺在宫闕西南,故名南臺;尚書省在北,故稱北省。

【北流】縣名。屬廣西僮族自治區。漢爲合浦縣地。南齊置北流郡,梁陳間廢爲北流縣。明清屬鬱林州。參閱嘉慶一統志四七四鬱林州。

【北海】㊀古時泛指北方最遠的地區。左傳僖四年:“君處北海,寡人處南海,惟是風馬牛不相及也。”㊁湖名。漢書五四蘇武傳:“乃徙武北海上無人處。”指今貝加爾湖。㊂郡名。漢景帝中二年置。治所在營陵。今山東益都壽光昌樂濰坊昌邑高密等地。東漢改爲北海國,三國時孔融曾爲北海相。治所在劇。參閱漢書地理志上、後漢書郡國志四。㊃複姓。吳大夫有北海子高。見通志二七氏族三以地爲氏。

【北宫】㊀古時宫必向南,王的寢宫在前,稱南宫;王后寢宫在後,稱北宫。周禮天官内宰:“憲禁令於王之北宫,而糾其守。”注:“北宫,后之六宫。”參閱孫詒讓周禮正義十三。㊁漢宫名。1.漢高祖時建,經武帝增修。漢書郊祀志上:“(武帝)又置壽宫。北宫,張羽旗,設共具,以禮神君。”故址在今陝西長安縣西北。參閱三輔黄圖二漢宫。2.東漢明帝永平三年建,在洛陽城中,正門叫禁門、省門,也叫章臺門,内有德陽諸殿。㊂複姓。春秋衛的公族。左傳有北宮奢。漢書有北宮伯子。見元和姓纂十德。

【北亳】古地名。殷三亳之一。相傳爲湯開始建都的地方。漢爲蒙縣,屬梁國。晉皇甫謐帝王世紀:"蒙爲北亳,卽景亳,湯所盟地。"地在今河南商邱市。參閱清吳卓信漢書地理志補注九六梁國蒙。

【北庭】㊀漢時北匈奴居住的地方。後漢書四十上班固傳:"會南匈奴掩破北庭。"㊁唐朝六都護府之一。長安二年置北庭都護府,管轄鹽治等十六府州,屬隴右道。參閱舊唐書地理志三。

【北唐】㊀我國古代西北地區民族名。竹書紀年下:"周穆王八年春,北唐來賓,獻一驪馬,是生騄耳。"㊁複姓。晉有高人越隱於北唐因以爲氏。漢有北唐子真,傳京房易。見元和姓纂十德引英賢傳。

【北冥】北海。莊子逍遙遊:"北冥有魚,其名爲鯤,鯤之大不知其幾千里也。"冥,也作"溟"。參見"北溟"。

【北殷】複姓。傳說是成湯之後。見史記殷本記、通志二六氏族二以國爲氏。

【北徐】地名。東晉太元九年以京口(今江蘇鎮江市)爲南徐州,義熙七年以彭城(今江蘇銅山縣地)爲北徐州。南朝宋時淮北盡爲北魏佔領,遂以京口爲南徐,改鍾離(今安徽鳳陽縣)爲北徐。參閱讀史方輿紀要三、四,東晉南北朝輿地表年表四晉安帝,又州郡表一徐州。

【北涼】東晉十六國之一。公元397—439年。匈奴族建的地方政權。沮渠蒙遜起兵,推段業爲涼王,據張掖(今甘肅張掖縣)。後蒙遜殺業,自立,史稱北涼。爲後魏拓拔燾(太武帝)所滅。

【北郭】複姓。春秋齊有大夫北郭子車。見左傳襄二八年。

【北陸】星名。卽虛宿,也稱玄枵,又叫顓頊之墟。位在北方,二十八宿之一。爾雅釋天:"玄枵,虛也;顓頊之虛,虛也。北陸,虛也。"左傳昭四年:"古者日在北陸而藏冰。"疏:"日在北陸,爲夏之十二月也。十二月,日在玄枵之次。……於是之時,寒極冰厚,故取而藏之也。"

【北紘】傳說中北方極遠的地方。文選漢司馬長卿(相如)上林賦:"道盡塗殫,迴車而還,招搖乎儴佯,降集乎北紘。"

【北堂】㊀古代居室在房的北邊的叫北堂,爲婦女盥洗的地方。儀禮士昏禮:"婦洗在北堂。"注:"北堂,房中半以北。"㊁詩衛風伯兮"焉得諼草,言樹之背"毛傳:"背,北堂也。"後因以北堂爲母親的代稱。參見"萱堂"。

【北國】古代指北方的國家。詩大雅韓奕:"奄受北國,因以其伯。"後泛指我國的北方地區。南齊書周盤龍傳:"盤龍父子由是名播北國,形甚羸訥,而臨軍勇果,諸將莫逮。"

【北假】地名。在今內蒙古陰山以南,五原縣以西。漢在此置田官。史記一一〇匈奴傳:"後秦滅六國,而始皇帝使蒙恬將十萬之衆,北擊胡,……又度河,據陽山北假中。"集解:"北假,北方田官,立以田假與貧人,故云北假。"漢書九九王莽傳:"(趙並)還言五原北假,膏壤殖穀,異時常置田官,乃以並爲田禾將軍,發戍卒,屯田北假,以助軍糧。"

【北扉】宋沈括夢溪筆談故事一:"唐制,……又學士院北扉者,爲其在浴堂之南,便於應召。"後以北扉爲學士院的代稱。宋真德秀真文忠公文集十六謝宣召入院表:"來從南服,未宣民版之勞;召寘北扉,猥被宸綸之寵。"

【北朝】㊀朝代名。南北朝時,北魏東魏西魏北齊北周的總稱。詳"南北朝"。㊁泛指在北方的王朝。如後晉對契丹,宋人對遼金,多稱北朝。

【北極】㊀地軸的兩端叫極。北叫北極,南叫南極。宋書天文志一:"周天三百六十五度五百八十九分度之百四十五,半露地上,半在地下,其二端謂之南極、北極。"㊁北極星的簡稱。也叫北辰、天樞。晉書天文志上:"北極五星,鉤陳六星,皆在紫宮中。北極,北辰最尊者也;其紐星,天之樞也。"北極星現指小熊座α星,卽鉤陳一星。參見"北辰"。

【北溟】北海。晉陸雲陸士龍集一登臺賦:"北溟浩以揚波兮,青林煥其興蔚。"溟,也作"冥"。參見"北冥"。

【北衙】唐代皇帝禁軍。因在皇宮北面,故稱北衙。舊唐書音樂志一:"北衙四軍甲士,未明陳仗。"四軍,卽羽林、龍武、神武、神策。

【北漢】㊀東晉十六國之一。公元304—329年。晉永興元年,匈奴族劉淵稱帝,建立地方政權,都平陽(今山西臨汾縣)。建號漢,史稱北漢。後改爲趙,史稱前趙。參見"前趙"。㊁五代十國之一。公元951—979年。南漢郭威殺隱帝(劉贇)滅後漢,自建後周。後漢河東節度使劉崇(隱帝父)在晉陽(今山西太原縣)稱帝,史稱北漢。太平興國四年,爲宋趙光義(太宗)所滅。

【北齊】北朝之一。公元550—577年。高洋廢東魏王朝,自稱帝,建號齊,史稱北齊。建都鄴(今河南安陽縣)。據有今山東山西河南及遼寧西部。爲北周所滅。

【北鄙】國家的北部邊境地區。左傳襄二五年:"齊崔杼帥師伐我北鄙。"

【北虢】春秋國名。虢仲之後。晉假道於虞以伐虢,卽此。魯僖公五年爲晉獻公所滅。在今山西平陸縣。

【北燕】㊀古諸侯國名。周武王滅紂,封召公於北燕(今河北薊縣),以別於南燕。見史記燕召公世家。㊁東晉十六國之一。公元409—436年。馮跋乘後燕內亂,據昌黎(今河北昌黎縣),建立地方政權,國號燕,史稱北燕。爲後魏所滅。

【北燭】仙人名。漢武帝內傳:"(王子登)是西王母紫蘭宮玉女,……昔出配北燭仙人,近又召還。"北周庾信庾子山集二道士步虛詞:"東明九芝蓋,北燭五雲車。"

【北闈】清代沿襲明制,鄉舉考試名鄉試。順天(今北京市)鄉試,通稱爲北闈。

【北嶽】卽恒山。爾雅釋山:"恒山,爲北嶽。"也叫北岳。參見"恒山"。

【北闕】古代宮殿北面的門樓。是大臣等候朝見或上書奏事的地方。漢書高帝紀:"至長安,蕭何治未央宮,立東闕、北闕、前殿、武庫、太倉。"注:"未央殿雖南嚮,而尚書奏事,謁見之徒,皆詣北闕。……是則以北闕爲正門。"後通稱帝王宮禁爲北闕。也作朝廷的別稱。唐孟浩然集三歲暮歸南山詩:"北闕休上書,南山歸敝廬。"

【北魏】朝代名。公元386—556年。也叫後魏、拓拔魏、元魏。公元386年,鮮卑族拓拔珪據盛樂(今內蒙和林格爾縣),建立地方政權,自立爲代王,同年改號爲魏,史稱北魏。天興元年遷都平城(今山西大同縣),次年稱帝。太平真君元年統一中國北方,結束十六國長期混戰局面。太和十七年孝文帝元宏遷都洛陽,改姓元。永熙三年分裂爲東、西魏,東魏爲北齊所代,西魏爲北周所代。

【北顧】山名。詳"北固"。

【北酆】見"北羅酆"。

【北山集】宋鄭剛中著。三十卷。初集十二卷,中集八卷,爲剛中自編;後集十卷,爲其子良嗣所編。據宋史,剛中由秦檜薦於朝廷,附和秦檜和議。有人指出書中諫和議四疏,議和不屈一疏,和史實相反,認爲是其子僞作。

【北户錄】唐段公路作。三卷。對嶺南

物産和風土，有詳細記載。所引諸書今多散佚。注題崔龜圖撰。

【北寺獄】東漢監獄名，屬黄門署。主管監禁、審訊將相大臣。因在宫省北面，故名北寺。後漢書五五千乘貞王伉傳："熹平元年，遂收鄭(颯)送北寺獄。"又叫若盧獄。參見"若盧"。

【北里志】唐孫棨著。一卷。唐自宣宗以來，貴族子弟，新進舉子，盛行狎遊之風。妓女聚居的地方叫平康里，在長安北門内，故名北里。書成於中和四年。爲離亂之後追憶舊遊，記北里諸妓而作。是後世狎邪文學青樓集、板橋雜記一類書的開端。

【北府兵】指東晉謝玄鎮廣陵（今江蘇揚州市)時，招募徐、兖二州驍勇所組成的部隊。晉書劉牢之傳："謝玄北鎮廣陵，時苻堅方盛，玄多募勁勇，牢之與東海何謙……等以驍勇應選。玄以牢之爲參軍，領精鋭爲前鋒，百戰百勝，號爲'北府兵'。"歷史上有名的晉秦淝水之戰，晉方即以此軍爲主力。

【北直隸】明制稱直屬京師的地區爲直隸。明成祖遷都北京後，稱直屬北京的地區爲北直隸，轄區相當今河北省長城以南地區。清初改爲直隸省。後轄區擴展到長城以北蒙旗地區。1928年改稱河北省。

【北苑妝】五代南唐時建陽進茶油花子，大小形制各别。宫嬪縷金於面，皆以淡妝，用此花餅施於額上，時稱北苑妝。見宋陶穀清異録三裝飾。

【北苑茶】茶名。簡稱北苑。五代南唐禁苑設有北苑使，善製茶，叫北苑茶。後建州(今福建建甌縣)鳳凰山出産的茶，也叫北苑茶。見宋沈括夢溪筆談補筆談。宋蔡襄茶録味："茶味主於甘滑，惟北苑鳳凰山連屬諸焙所産者，味佳。"宋熊蕃有宣和北苑貢茶録一卷，趙汝礪有北苑别録一卷，丁謂有北苑茶録一卷。

【北面官】遼官制分北院、南院，統治契丹等族的稱北面官，官吏由契丹貴族担任。統治漢族人民的稱南面官。宋葉隆禮遼志建官制度："其官有契丹樞密院及行官都總管司，謂之北面；以其在牙帳之北，以主蕃事。"(説郛八六)參閲遼史百官志一。

【北風行】樂府雜曲歌辭名。詩邶風北風："北風其涼，雨雪其雱。"箋："寒涼之風，病害萬物。興者，喻君政教酷暴，使民散亂。"南朝宋鮑照、唐李白均作有北風行。這兩首歌辭，特别是後者，强烈反映作者對當時戰争導致人民生離死别的悲傷怨恨情緒。

【北清河】又叫大清河，即古濟水。舊自山東省東平縣分汶河之水，北出叫鹽河。流經歷城縣叫大清河。又合小清河，東北流至利津縣，入海。清咸豐四年黄河決口於銅瓦箱東北入山東省，奪大清河道。

【北齊書】唐李百藥撰。五十卷。原名齊書，爲别於蕭子顯的南齊書，宋時改稱北齊書。紀傳體，無表志，記載北齊歷史。唐貞觀十年成書。唐中葉後已殘缺，後人取北史等補綴而成，已非原著全貌。

【北羅酆】簡稱北酆，指羅酆山。道家附會説有鬼神在山上判定人間的生死命運。舊題晉葛洪枕中書："(孔子)門徒三千，不經北酆之門。"唐李白李太白詩十訪道安陵遇蓋寰……："下笑世上士，沉魂北羅酆。"參見"羅酆山"。

【北顧樓】古蹟名。原稱北固樓。在今江蘇丹徒縣北固山。文苑英華一七五梁武帝登北顧樓詩："南城連地險，北顧臨水側。"唐李白李太白詩八永王東巡歌之六："丹陽北固是吴關，畫出樓臺雲水間。"王琦注引建康實録："梁武帝幸京口，登北固樓，遂改名北顧。"

【北山酒經】宋朱肱著。三卷。記載釀酒方法。上卷爲總論，中卷論製麴，後卷論釀酒。

【北山移文】南齊周顒和孔稚珪等初隱居鍾山。周顒後應詔出任海鹽縣令，期滿進京，再過鍾山。孔稚珪撰成此文，假託山神之意，諷刺顒違背前約，熱中利禄。文見文選。北山指鍾山。

【北江詩話】清洪亮吉著。六卷。内容以論詩爲主，間及文、賦。論詩不拘一格，對袁枚的性靈説尤表不滿。有粤雅堂叢書本。

【北門南牙】北門指羽林諸將，南牙指宰相。因唐代禁軍在皇宫内北面，故稱北門；宰相官署在皇宫内南面，故稱南牙。牙，同"衙"。資治通鑑二〇七唐神龍元年："北門南牙，同心协力。"

【北門學士】唐太宗時，常召學士草制，但没有名號。高宗乾封以後，詔令弘文館直學士劉禕之、著作郎元萬頃等參加修撰工作，並於翰林院草制，參與朝政，以分宰相之權。翰林院在銀臺之北，他們常從皇宫北門出入，故當時稱爲北門學士。參閲舊唐書八七劉禕之傳、宋葉夢得石林燕語七。

【北門鎖鑰】比喻北方的重鎮。宋王君玉國老談苑二："寇準鎮大名府，北使路由之，謂公曰：'相公望重，何以不在中書？'準曰：'主上以朝廷無事，北門鎖鑰，非準不可。'"參閲宋孔平仲孔氏談苑五、朱熹五朝名臣言行録四之二。

【北洋大臣】清代官名。即北洋通商大臣的簡稱。咸豐十年，清政府設立總理各國事務衙門，下設三口通商大臣。同治九年改設北洋通商大臣，管理直隸(今河北省)、山東、奉天(今遼寧省)三省洋務、海防及關政事務。由直隸總督兼任。參閲清朝續文獻通考職官四。

【北俱盧洲】佛經所説四大洲之一，在須彌山之北。梵名音譯爲鬱單越，義譯爲高勝。參見"四大洲"。

【北堂書鈔】類書名。唐虞世南輯。原書一百七十三卷。爲世南任隋祕書郎時所撰。北堂是祕書省的後堂，故名。内容摘録羣書詞句，主要供當時文人寫詩文選擇詞藻用。分類編排，共八百五十二類。此書北宋已難得。明陳禹謨刻本曾加以删改增補，纂入唐類函，已非原書面目。清孫星衍、嚴可均、王引之等根據影宋本校注，但仍有數十卷未校完。後來南海孔廣陶傅以禮等續校成書，一百六十卷，於光緒十四年刊行，名影宋北堂書鈔。

【北窗炙輠】宋施德操撰。上下兩卷。又名北牕炙輠録。炙輠之名，本史記一二六孟荀列傳"炙轂過髡"語。髡，淳于髡。索隱引劉向别録"過"字作"輠"。輠是車上盛膏的器皿。炙之雖盡，還有餘流，比喻淳于髡的知慧無窮。書記德操和賓客談論之語，多當時前輩言行及雜事雜説。

【北溪字義】宋陳淳撰。二卷。以四書字義分二十六門，補遺二則。每拈一字，設爲問答，詳論原委，旁通曲證，頗有所發明。淳爲朱熹及林宗臣門人。

【北道主人】即東道主。王莽末年，劉秀(光武帝)率兵攻打邯鄲王郎軍，漢常山太守鄧晨請求隨從，秀不允，説："偉卿以一人從我，不如以一郡爲我北道主人。"偉卿，晨字。又秀對上谷太守耿況子弇、漁陽太守彭寵，都曾稱爲北道主人。見後漢書二彭寵傳、九耿弇傳、十五鄧晨傳。參見"東道主"。

【北夢瑣言】宋孫光憲撰。原三十卷，今本二十卷。光憲曾爲高季興從事，居荆州，在江北，因取左傳"田於江南之夢"語，以北夢作爲書名。所載都是唐末五代諸國軼事遺文，可資考證。

【北轅適楚】楚在南方，却駕車北行，比喻事適得其反。漢荀悅申鑒雜言下："先民有言：適楚而北轅者，曰：'吾馬良，用多，御善。'此三者益侈，其去楚亦遠矣。"唐白居易長慶集三新樂府立部伎："欲望鳳來百獸舞，何異北轅將適楚。"參見"南轅北轍"。

【北狩見聞録】宋曹勛著。一卷。勛以靖康二年二月隨徽宗入金營，四月起程北行，七月歸至南京，記述途中見聞，以成此書，和其時諸書所載多有出入，但勛言出於親身經歷，當較可信。

九畫

匙 1. chí 彳 是支切，平，支韻，禪。

㊀古時舀食物的器具。後來的茶匙、湯匙，即由它演變而來。晉王隱晉書四瑞異記："一杯食，有兩匙；石勒死，人不知。"

2. shī 尸

㊀鑰匙。雲笈七籤十二黄庭内景經玄元："玉筬金籥常完堅。"注："籥筬，或爲匙也。"

【匙面魚】小魚。宋詩鈔陳造江湖長翁詩鈔山居："束送筋頭薤，鮮分匙面魚。"筋頭、匙面，都是形容其小而狹長的形狀。

匚部

匚 fāng ㄈㄤ 府良切，平，陽韻，非。

古代盛東西的器具，象形。見説文。

三畫

匜 yí 一 弋支切，平，支韻，喻。移爾切，上，紙韻，喻。

古代洗手盛水的用具。洗手時，把匜中的水，倒在手上，下邊用盤盛接。左傳僖二三年："奉匜沃盥。"宋缺名續考古圖謂之兕觥。俗稱虎頭彝。

雲紋漆匜

銅匜

匝 zā ㄗㄚ 字彙 作答切，沓入聲。

㊀環繞一周叫一匝。同"帀"。史記高祖紀："圍宛城三匝。"㊁環繞。唐元結元次山集四招陶別駕家陽華作："清渠匝庭堂，出門仍灌田。"

四畫

匟 kàng ㄎㄤˋ 篇海類編 口浪切，音抗。

俗作"炕"。見下。

【匟牀】坐床。見篇海類編十六。後稱兩人並坐的榻爲匟(炕)牀。也稱匟。

匡 1. kuāng ㄎㄨㄤ 去王切，平，陽韻，溪。

㊀用具。同"筐"。禮檀弓下："蠶則績而蟹有匡。"㊁糾正。詩小雅六月："王于出征，以匡王國。"論語憲問："管仲相桓公，霸諸侯，一匡天下。"㊂方正。詩小雅楚茨："既齊既稷，既匡既勑。"㊃輔助。國語晉九："今范中行氏之臣，不能匡相其君，使至於難。"㊄虧損。國語越語下："日困而還，月盈而匡。"㊅彎曲。周禮考工記輪人："察其菑蚤不齵，則輪雖敝不匡。"㊆畏懼。通"恇"。禮禮器："是故年雖大殺，衆不匡懼。"㊇眼眶。通"眶"。史記一一八淮南王安傳："涕滿匡而横流。"㊈地名。1.在今河南長垣縣。論語子罕："子畏於匡。"2.在今河南扶溝縣。左傳定六年："公侵鄭取匡。"㊉姓。漢有匡衡。

2. wāng ㄨㄤ

㊀跛，曲脛。通"尪"。荀子正論："譬之，是猶傴巫、跛匡，大自以爲有知也。"

【匡人】古官名。掌巡行邦國，宣告法令，糾查邦治。周禮夏官匡人："匡人掌達法則，匡邦國而觀其慝，使無敢反側，以聽王命。"

【匡山】山名。1.卽江西省廬山。也叫匡廬。梁書劉慧斐傳："嘗還都，途經尋陽，遊於匡山。"2.在四川江油縣西。也叫大匡山、大康山。唐李白曾讀書於此。唐杜甫杜工部詩史補遺二不見："匡山讀書處，頭白好歸來。"3.在浙江龍泉縣南。山四旁奮起，中間凹下，形狀如箕匡，因名匡山。見浙江通志二一匡山。

【匡正】扶正。左傳哀十六年："王孫若安靖楚國，匡正王室，而後庇焉，啓(子閭)之願也，敢不聽從。"後漢書七〇孔融傳："會董卓廢立，融每因對答，輒有匡正之言。"

【匡合】九合諸侯，一匡天下，省作匡合。論語憲問稱管仲相桓公，九合諸侯，一匡天下。文選漢王子淵(褒)聖主得賢臣頌："齊桓設庭燎之禮，故有匡合之功。"

【匡坐】正坐。莊子讓王："匡坐而弦歌。"釋文："司馬(彪)云：'匡，正也。'"

【匡牀】方正安適的床。商君書畫策："是以人主處匡牀之上，聽絲竹之聲而天下治。"匡，也作"筐"。參見"筐牀"。

【匡時】挽救艱危的時局。後漢書六二荀淑傳論："平運則弘道以求志，陵夷則濡跡以匡時。"

【匡救】扶正補救。書太甲中："既往背師保之訓，弗克於厥初；尚賴匡救之德，圖惟厥終。"

【匡復】挽救將亡之國，使轉危爲安。文選漢孔文舉(融)論盛孝章書："惟公匡復漢室，宗社將絶，又能正之。"

【匡當】邊框。如門的邊框叫門匡當。説文："框，筐當也。"宋徐鍇繫傳："今俗猶有框當之言。"

【匡衡】漢東海人。字稚圭。家貧，爲人傭作。從博士受詩，善説詩。當時流傳説："無説詩，匡鼎來；匡説詩，解人頤。"元帝時累官至丞相。時宦官中書令石顯掌握大權，衡畏顯權勢，逢迎依違，不敢立異。後以事罷官，又以侵佔公家土地，免爲庶人。漢書有傳。

【匡濟】改正保全。三國志魏賈詡傳："乃拜詡尚書，典選舉，多所匡濟。"後漢書七四上袁紹傳："今欲與卿勠力同心，共安社稷，將何以匡濟之乎？"

【匡翼】糾正輔助。三國志魏袁術傳陳珪答書："以爲足下當勠力同心，匡翼漢室，而陰謀不軌，以身試禍，豈不痛哉！"也作"匡翊"。陳徐陵徐孝穆集六代陳司空答書："冢宰匡翊，寧俟長君。"

【匡廬】江西省廬山。南朝宋釋慧遠廬山記略："有匡裕先生者，出自殷周之際，……受道於仙人，共遊此山，遂託室崖岫，卽巖成館，故時人謂其所止爲神仙之廬，因以名山焉。"唐白居易長慶集二六草堂記："匡廬奇秀，甲天下山。"也叫"匡山"。參見"匡山"、"廬山"。

【匡謬正俗】唐顔師古撰。師古因當世語言文字,音義多謬誤,於是根據經史,加以匡正,故書名匡謬正俗,書未成而身死,其子揚庭編成八卷。前四卷論諸經訓詁音義;後四卷論諸書的字義字音及俗語相承之異。所引諸書和前人訓詁,今多不傳。辨證亦精要,爲後人所推重。

⿷匚公 1. cóng ㄘㄨㄥˊ 集韻 徂聰切,平,東韻。

㊀盛米器。見集韻。

2. xuán quán ㄒㄩㄢˊ ㄑㄩㄢˊ 集韻 旬宣切,平,僊韻。從緣切,平,僊韻。

㊁漉米箕。也叫篼。急就篇三:"笆箭篋筥篼箅篝。"顔注:"篼,炊之漉米箕也。或謂之縮,或謂之篗,或謂之⿷匚公。"

匠 jiàng ㄐㄧㄤˋ 疾亮切,去,漾韻,從。

㊀技工的通稱。漢王充論衡量知:"能斲削柱梁,謂之木匠;能穿鑿穴埳,謂之土匠;能彫琢文書,謂之史匠。"㊁巧思創造。宋李格非洛陽名園記富鄭公園:"皆出其目營心匠。"參見"匠心"。㊂指在某一方面造詣很深的人。如宗匠、哲匠。參見各該條。

【匠人】技工。墨子天志上:"譬若輪人之有規,匠人之有矩。"指木工。周禮考工記有匠人,主營宮室城郭溝洫。又匠人主載柩窆。見儀禮既夕禮"遂匠納柩車于階間"注。

【匠心】謂精思巧構,如工匠的運用心意。唐王士源孟浩然集序:"文不按古,匠心獨妙。"也稱"匠意"。宋黃伯思東觀餘論下跋盤線圖後:"所畫物像,……匠意簡古,筆勢若出一手。"

【匠户】世業的工匠。新唐書百官志二奚官局:"陪陵而葬者,將作給匠户,衛士營冢。"元代統治者驅使大批俘虜從事各種官營手工業,稱爲軍匠或御匠。其户籍稱匠户。子孫世世承襲,不得脱籍改業。至明改爲輪班輪作,除分班定期服役外,其餘時間可以自製成品出售,成爲半自由的手工業者。參閱明會典一八九工匠。

【匠石】名石的匠人。莊子徐無鬼:"郢人堊慢其鼻端,若蠅翼,使匠石斲之,匠石運斤成風,聽而斲之。盡堊而鼻不傷。"後稱擅長寫文章的人爲大匠,爲匠石。金元好問元遺山集二繼愚軒和党承旨雪詩之三:"匠石殊未來,破屋燈青熒。"

【匠成】培養造成。淮南子泰族:"入學庠序,以修人倫,此皆人之所有於性,而聖人之所匠成也。"

【匠伯】名伯的匠人。莊子人間世:"匠伯不顧,遂行不輟。"釋文謂卽匠石之字。

【匠宰】主持考核銓敍官員的高級官員。三國志魏夏侯玄傳:"閭閻之議,以意裁處,而使匠宰失位,衆人驅駭,欲風俗清靜,其可得乎?"

【匠師】官名。周代設置。周禮冬官之屬。管理監督百工。國語魯語上有匠師慶。漢以後叫將作大匠。

【匠學】畫家用界尺畫宮室樓臺叫界畫。界畫淵源於工匠,故稱匠學。唐張彥遠歷代名畫記一論畫山水樹石:"國初二閻,擅美匠學;楊展精意宮觀。"二閻卽閻立德、立本兄弟;楊展謂楊子華展子虔。參見"界畫"。

五畫

匣 xiá ㄒㄧㄚˊ 胡甲切,入,狎韻,匣。

貯藏東西用的器具。大的叫箱,小的叫匣。史記八六刺客傳:"而秦舞陽奉地圖匣,以次進。"

【匣劍】寶劍藏於匣中,比喻人才埋没,不被任用。唐韋莊浣花集一冬日長安感志寄獻虢州崔郎中詩:"未知匣劍何時躍,但恐鉛刀不再銛。"參見"劍鳴"。

【匣裏龍吟】舊題晉王嘉拾遺記一:"帝顓頊有曳影之劍,……未用之時,常於匣裏如龍虎之吟。"本指劍的神通,後常用來比喻人雖在野,而聲華遠聞於外。

【匣劍帷燈】劍在匣中,燈在帷裏,燈光劍氣若隱若現。詩文傳記中寫景、敍事、狀物有若隱若現之妙的,常以匣劍帷燈作評語。一説:事情無法掩蓋或故露消息引人注意的意思。按西京雜記一:"高帝斬白蛇劍,劍上有七采珠、九華玉以爲飾,雜廁五色琉璃爲劍匣,劍在室中,光景猶照於外,與挺劍不殊。""匣劍"的取義,卽本此。

八畫

匪 1. fěi ㄈㄟˇ 府尾切,上,尾韻,非。

㊀竹器。同"篚"。周禮春官肆師:"共設匪罋之禮。"㊁非。詩衛風木瓜:"匪報也,永以爲好也。"㊂彼。詩檜風匪風:"匪風發兮,匪車偈兮。"㊃有文采的樣子。詩衛風淇奥:"有匪君子,如切如磋。"禮大學引作"斐"。㊄行爲不正的人。後來把常做壞事危害人民的人叫匪。寇盜也叫匪。見"匪人"。

2. fēi ㄈㄟ 集韻 芳微切,平,微韻。

㊅通"騑"。見"匪$_2$匪$_2$"。

3. fēn ㄈㄣ 集韻 方文切,平,文韻。

㊆通"分"。見"匪$_3$頒"。

【匪人】不是親近的人。易比:"比之匪人,不亦傷乎。"注:"所與比者,皆非己親,故曰比之匪人。"後指行爲不正的人。太平廣記四一九柳毅引異聞集:"不幸見辱於匪人。"

【匪石】比喻意志堅定。詩邶風柏舟:"我心匪石,不可轉也。"疏:"言我心非如石然,石雖堅尚可轉,我心堅不可轉也。"晉書王導傳論:"實賴元宰,固懷匪石之心。"

【匪席】比喻意志不屈。詩邶風柏舟:"我心匪席,不可卷也。"疏:"我心又非如席然,席雖平,尚可卷;我心平,不可卷也。"

【匪$_2$匪$_2$】行動不止的樣子。禮少儀:"車馬之美,匪匪翼翼。"

【匪躬】盡忠而不顧身。易蹇:"王臣蹇蹇,匪躬之故。"疏:"盡忠於君,匪以私身之故而不往濟君,故曰:匪躬之故。"三國志魏夏侯玄傳注引荀綽冀州記:"(崔)贊子洪,字良伯,清恪有匪躬之志。"

【匪$_3$頒】分賜羣臣。周禮天官大宰:"以九式均節財用,……八曰匪頒之式。"注:"鄭司農(衆)云:匪分也;頒讀爲班布之班,謂班賜也。"

【匪彝】違背常規的行爲。書湯誥:"無從匪彝。"傳:"彝,常。……無從非常。"

【匪夷所思】不是根據常理所能想象到的。夷,平常。易渙:"元吉,渙有丘,匪夷所思。"後又稱思想離奇爲匪夷所思。

【匪夷匪惠】唐昭宗時,司空圖棄官居虞鄉王官谷,屢徵不出,宰相柳璨用詔書去召他,圖只好到洛陽,入朝時假裝失儀,把朝笏掉在地下。璨很生氣,又下詔説圖"匪夷匪惠,難居公正之朝,可放還山"。夷,伯夷;惠,柳下惠。孟軻分別稱爲"聖之清者"、"聖之和者"。見孟子萬章下。匪夷匪惠,就是説既無伯夷之清,又無柳下惠之和。參閱舊唐書一九〇司空圖傳、資治通鑑二六五唐天祐二年。

【匪朝伊夕】不止一日。全唐文三四五李林甫嵩陽觀紀聖德感應頌:"匪朝伊夕,不可勝記。"

九畫

匭 guǐ ㄍㄨㄟˇ 居洧切,上,旨韻,見。

㊁匣。書禹貢："包匭菁茅。"一說作纏結解。㊂"簋"的古體字。

【匭院】唐武后垂拱元年，置匭使院，屬中書省，以諫議大夫補闕拾遺一人爲知匭使。設方函，四面分別塗青丹白黑四色，列於朝堂。凡臣民有寃滯和匡正補過、進獻賦頌的，都可以把狀分別投匭。至宋太宗時改匭院爲鼓院，而以四匭爲檢院。參閱唐六典九中書省匭使院、唐封演封氏聞見記四匭使。

十一畫

匯 huì ㄏㄨㄟˋ 胡罪切，上，賄韻，匣。苦淮切，平，皆韻，溪。

河流相會合。書禹貢："東匯澤爲彭蠡。"

十二畫

匴 quán ㄑㄩㄢˊ 此緣切，平，仙韻，清。

見下。

【匴旋】古代的一種棋。方言五："(篿)吳楚之間，……或謂之匴旋，或謂之棋。"注："或曰竹器，所以整頓篿者。"

匱 kuì ㄎㄨㄟˋ 求位切，去，至韻，羣。

㊀大型藏物器。書金縢："乃納册於金縢之匱中。"自唐以來作"櫃"。今讀 guì。㊁盛土的畚。同"蕢"。漢書九九上王莽傳："綱紀咸張，成在一匱。"注："論語云：孔子曰：'譬如爲山，未成一匱。'"今論語子罕作"簣"。㊂空乏，窮盡。詩大雅既醉："孝子不匱，永錫爾類。"

【匱乏】缺乏，窮無所有。韓非子外儲說右下："管仲曰：'臣聞之，上有積財，則民臣必匱乏於下。'"

【匱紙】紙名。宋曹士冕法帖譜系上淳化法帖紹興國子監本："當時御府拓者，多用匱紙，蓋打金銀箔者也。"

【匱盟】不可靠的盟約。左傳成二年："卿不書，匱盟也；於是乎畏晉而竊與楚盟，故曰匱盟。"疏："私竊爲盟，盟終不固，此盟是匱乏之道也。"一說匱讀爲"讀"，詭詐的意思。參閱清劉文淇春秋左氏傳舊注疏證。

匰 dān ㄉㄢ 都寒切，平，寒韻，端。

古代宗廟裏安放神主的器具。周禮春官司巫："祭祀則共匰主。"注引杜子春："匰，器名；主，謂木主也。"

十三畫

匲 lián ㄌㄧㄢˊ 力鹽切，平，鹽韻，來。

古代的鏡匣，盛香器和放梳妝品的器具。後來把嫁妝叫粧匲。又盛放東西的箱盒之類多稱匲。如印匲、詩匲。也作"籨"、"奩"。參見"奩㊀㊁"。

十四畫

匴 suǎn ㄙㄨㄢˇ 蘇管切，上，緩韻，心。

匴

古代行冠禮時盛帽子的竹器。儀禮士冠禮："爵弁、皮弁、緇布冠各一匴。"注："匴，竹器名，今之冠箱也。"

十五畫

匵 dú ㄉㄨˊ 徒谷切，入，屋韻，定。

匣，櫃子。同"櫝"。論語子罕："有美玉於斯，韞匵而藏諸？"

十八畫

匶 jiù ㄐㄧㄡˋ 巨救切，去，宥韻，羣。

棺。同"柩"。周禮春官喪祝："及朝，御匶，乃奠。"

匸 部

匸 xì ㄒㄧˋ 胡禮切，上，薺韻，匣。

部首。

二畫

匹 1. pǐ ㄆㄧˇ 譬吉切，入，質韻，滂。

㊀量詞。1. 計算布帛的單位。史記九九叔孫通傳："迺賜叔孫通帛二十匹。"漢書食貨志下："布帛廣二尺二寸爲幅，長四丈爲匹。"也作"疋"。2. 計算馬的單位。管子小匡："桓公繫馬三百匹，天下諸侯稱仁焉。"㊁對手，匹偶。左傳僖二三年："秦晉匹也；何以卑我？"注："匹，敵也。"楚辭屈原九章懷思："懷質抱情，獨無匹兮。"注："匹，雙也。"㊂對比，比較。莊子逍遥遊："而彭祖乃今以久特聞，衆人匹之，不亦悲乎！"㊃單獨。公羊傳僖三三年："匹馬隻輪無反者。"

2. pì ㄆㄧˋ

㊄比如。通"譬"。見"匹₂如"。

【匹士】士。因爲地位低微，故稱匹士。禮禮器："是故君子太牢而祭謂之禮，匹士太牢而祭謂之攘。"疏："匹士，士也，……言其微賤，……故謂之匹也。"

【匹夫】㊀庶人，平民。韓非子有度："刑過不避大臣，賞善不遺匹夫。"㊁獨夫，帶有輕蔑的意思。孟子梁惠王下："夫撫劍疾視曰：'彼惡敢當我哉！'此匹夫之勇，敵一人者也。"史記九二淮陰侯傳："項王喑噁叱咤，千人皆廢，然不能任屬賢將，此特匹夫之勇耳！"

【匹好】夫婦間的情誼。隋書元壽傳奏劾蕭摩訶："妻安遇患，彌留有日，……摩訶遠念資財，近忘匹好，又命其子舍危惙之田，爲聚斂之行。"

【匹₂如】譬如。唐元稹長慶集二十酬樂天醉別詩："好住樂天休悵望，匹如元不到京來。"也作"匹似"。宋張先張子野詞生查子："匹似没伊時，更不思量也。"

【匹亞】彼此相當，不相上下。宋張戒歲寒堂詩話："劉隨州筆力豪贍，氣格老成，與杜子美並峙。其得意處，子美之匹亞也。"

【匹庶】平民。後漢書三五張純傳上奏："陛下興於匹庶，蕩滌天下，誅鉏暴亂，興繼祖宗。"

【匹鳥】成對的鳥。特指鴛鴦。也稱"匹禽"。詩小雅鴛鴦"鴛鴦于飛"傳："鴛鴦匹鳥。"箋："匹鳥，言其止則相耦，飛則爲雙，性馴耦也。"

【匹裂】小口大腹的木罐。宋沈括夢溪筆談二五雜誌二："刁約使契丹，戲爲詩四句，曰：'……餞行三匹裂，密賜十貔貍。'……匹裂，小木罌，以色綾木爲之。"

【匹溢】洋溢，散布。文選漢王子淵(褒)洞簫賦："故吻吮值夫宮商兮，龢紛離其匹溢。"

【匹敵】㊀彼此相當。左傳成二年："蕭同叔子非他，寡君之母也；若以匹敵，則亦晉君之母也。"㊁配偶，夫妻。漢書四九鼂錯傳言時事書："人情非有匹敵，不能久安其處。”

【匹練】一匹白絹。1.形容白馬飛馳。傳説顏回望吴門，見一匹練。孔子説：“白馬，蘆芻也。”見太平御覽八一八引韓詩外傳。藝文類聚九三引作“疋練”。唐李白李太白詩十一贈武十諤：“馬如一匹練，明日過吴門。”2.形容瀑布或江水如白練。宋蘇軾分類東坡詩五同柳子玉遊鶴林招隱醉歸呈景純：“巖頭匹練兼天淨，泉府真珠濺客忙。”宋詩鈔陳造江湖長翁詩鈔縣西：“坡頭嘉樹千幢立，煙際長江匹練横。”

【匹₂似閒】平常。與“無所謂”、“没要緊”意近。宋朱熹語録輯略三：“不赴科舉，也是匹似閒事。”也作“匹如閒”。宋劉過龍洲詞水調歌頭：“得之渾不費力，失亦匹如閒。”

【匹夫匹婦】平民男女。泛指平民。書咸有一德：“匹夫匹婦，不獲自盡，民主罔與成厥功。”論語憲問：“豈若匹夫匹婦之爲諒也，自經於溝瀆而莫之知也。”

【匹馬丘牛】春秋魯田賦法規定，每丘出戎馬一匹，牛三頭，叫“匹馬丘牛”。

【匹馬單槍】比喻不借助於人，單獨幹。景德傳燈録十二汝州南院和尚：“問：‘匹馬單槍來時如何？’師曰：‘待我斫棒。’”槍，也作“鎗”。續傳燈録二三上封本才禪師：“或有一箇半箇，不求諸聖，不重己靈，匹馬單鎗，投虚置刃，不妨慶快平生，如今有麽？”後通作“單槍匹馬”。

五　畫

医 yì 於計切，去，霽韻，影。ㄧ

盛弓弩矢的器具。説文：“医，盛弓弩矢器也。从匸，从矢。國語曰：兵不解医。”今本國語齊作“兵不解翳”。

六　畫

匼 1. ǎn 字匯烏感切又遏合切，庵入聲。ㄢ

㊀諂媚迎合。見“阿匼”。㊁見“匼匝”。

2. qià ㄑㄧㄚ

㊂頭巾名。通“帢”。見“烏匼”。

【匼匝】周繞，重疊。南朝梁江淹江文通集二江上之山賦：“鰅鱅兮赤尾，黿鼉兮匼匝。”唐詩紀事六九羅虬比紅兒：“匼匝千山與萬山，碧桃花下景常閑。”

七　畫

匽 yǎn 於幰切，上，阮韻，影。ㄧㄢ

通“偃”。㊀停息，隱藏。漢書禮樂志郊祀歌：“海内安寧，興文匽武。”㊁倒伏。漢書七二王吉傳：“冬則爲風寒之所匽薄。”㊂溝渠。見“匽豬”。㊃姓。齊有匽尚。見管子小匡。

【匽廁】排泄汙穢的溝廁。新唐書百官志三：“右校署令二人，正八品下，丞三人，正九品下。掌板築、塗泥、丹堊、匽廁之事。”

【匽戟】古武器名。方言九：“三刃枝，南楚宛郢謂之匽戟。”注：“（三刃枝）今戟中有小孑刺者，所謂雄戟也。”

【匽豬】陰溝。周禮天官宫人“爲其井匽”注：“匽，路廁也。（鄭）玄謂匽豬，謂霤下之池，受畜水而流之者。”參閲明楊慎丹鉛總録二漏井匽豬。

八　畫

匿 1. nì 女力切，入，職韻，娘。ㄋㄧ

㊀隱藏。書盤庚上：“不匿厥指。”史記留侯世家：“良乃更名姓，亡匿下邳。”

2. tè 集韻惕得切，入，德韻。ㄊㄜ

㊁惡，壞。通“慝”。逸周書大戒：“克禁淫謀，衆匿乃雍。”管子七法：“常令不審，則百匿勝。”參閲清王念孫讀書雜志管子一。

【匿户】隱瞞不報的户籍。新唐書一三四宇文融傳：“融由監察御史陳便宜，請校天下籍，收匿户羨田佐用度。”通典七食貨七作“檢察僞濫兼逃户及籍外賸田。”

【匿年】隱瞞年歲。三國志魏司馬朗傳：“十二，試經爲童子郎。監試者以其身體壯大，疑朗匿年。”

【匿空】暗穴。史記五帝紀：“後瞽瞍又使舜穿井，舜穿井，爲匿空旁出。”

【匿迹】隱藏起來，不露形迹。申子大體：“故善爲主者，倚於愚，立於不盈，設於不敢，藏於無事，竄端匿迹，示天下無爲。”楚辭漢嚴忌哀時命：“聊竄端而匿迹兮，嗼寂默而無聲。”也作“匿跡”。三國魏曹植曹子建集二又九愁賦：“感龍鸞而匿跡，如吾身之不留。”

【匿怨】對人懷恨在心，面上不表現出來。論語公冶長：“匿怨而友其人，左丘明恥之，丘亦恥之。”

【匿笑】掩口暗笑。宋釋惠洪冷齋夜話十歐陽修何如人：“一日，有一貢士來謁（謝無逸），……又問（歐陽修）能文章否？無逸曰：‘也得！’無逸之子宗野方七歲，立于旁，聞之，匿笑而去。”

【匿情】隱匿真情。左傳襄十八年：“范宣子告析文子曰：‘吾知子敢匿情乎？’”漢書九九上王莽傳：“其匿情求名如此。”

【匿犀】額上之骨隆起，隱於髮内。後漢書六三李固傳：“固貌狀有奇表，鼎角匿犀，足履龜文。”注：“匿犀，伏犀也。謂骨當額上入髮際隱起也。”

【匿喪】舊時官員祖父母、父母死，對外隱瞞，不舉哀，不服喪，或另揀擇時日，叫匿喪。見唐律疏議一名例十惡。

【匿瑕】比喻掩蓋缺點、錯誤。左傳宣十五年：“川澤納汙，山藪藏疾，瑾瑜匿瑕，國君含垢。”晉書陳騫傳：“騫少有度量，含垢匿瑕，所在有績。”

【匿名書】匿名信。不署真實姓名以攻訐人的信件。唐律疏議二四鬭訟四：“諸投匿名書告人罪者，流二千里。”

九　畫

匾 biǎn 方典切，上，銑韻，幫。ㄅㄧㄢ

本作“扁”。㊀形體的厚度比長度與寬度小。古今雜劇元高文秀好酒趙元遇上皇一：“你若不斷酒，我飯也不與你吃，餓的你匾匾的。”㊁淺而圓的竹器。㊂懸在門頂或牆上的題字横牌。紅樓夢二六：“上面小小五間抱廈，一色雕鏤新鮮花樣槅扇，上面懸着一個匾，四個大字，題道是：‘怡紅快緑’。”

【匾食】即餃子。清平山堂話本快嘴李翠蓮：“燒賣、匾食有何難，三湯兩割我也會。”

【匾額】見“扁額”。

【匾擔】扁擔，挑或擡東西的工具。續傳燈録二十法演禪師：“爾一似箇三家村裏賣柴漢子，把匾擔向十字街頭立地，問人中書堂今日甚麽事。”水滸四七：“我在薊州原曾賣柴，我只是挑一擔柴進去賣便了。身邊藏了暗器，有些緩急，匾擔也用得著。”

區 1. qū 豈俱切，平，虞韻，溪。ㄑㄩ

㊀分别。論語子張：“譬諸草木，區以别矣。”㊁地域，有一定界限的地方。漢書八七揚雄傳：“有田一壥，有宅一區。”㊂小屋。漢書六七胡建傳：“穿北軍壘垣，以爲賈區。”注：“區者，小室之名，若今小菴屋之類耳。故衛士之屋，謂之區廬；宿衛宫外士，稱爲區士也。”㊃見“區區”。

2. ōu 烏侯切，平，侯韻，影。ㄡ

㊄古量名。左傳昭三年：“齊舊器量，豆

區、釜、鍾。”注謂四升爲豆,四豆爲區。㈥隱匿。見“僂區”。㈦姓。相傳爲區冶子之後。見廣韻。

3. gōu 集韻 居侯切,平,侯韻。ㄍㄡ

㈧屈曲而生。通“句(勾)”。管子五行:“然則冰解而凍釋,草木區萌。”

4. gòu 集韻 丘堠切,去,候韻。ㄍㄡˋ

㈨見“區₄霿”。

5. qiū ㄑㄧㄡ

㈩通“丘”。見“區₅蓋”。

【區士】宿衛在宫外的士兵。見漢書六七胡建傳“穿北軍壘垣,以爲賈區”注。

【區中】人世間。文選漢張平子(衡)思玄賦:“逼區中之隘陋兮,將北度而宣遊。”

【區水】古水名。又名清水、濯筋水。源出於申山,即今陝西安塞縣西北的蘆關嶺。東南流經今延安市。折東經今延長縣入黄河。明以後改爲延水。參閲讀史方輿紀要五七延安府延水。

【區田】分區耕種的田地,有利於蓄水保墒。北魏賈思勰齊民要術一種穀:“氾勝之書區種法曰:‘湯有旱災,伊尹作爲區田,教民糞種,負水澆稼。……諸山陵近邑高危傾阪及丘城上,皆可爲區田。’”

【區宇】疆土境域。區,指疆域;宇,指上下四方。後漢書四十上班固傳兩都賦:“區宇若兹,不可殫論。”文選張平子(衡)東京賦:“區宇乂寧,思和求中。”也作“傴宇”。墨子經説下:“傴宇不可偏舉。”

【區有】區,區宇;有,九有、九州。謂大地。樂府詩集九南朝梁沈約梁宗廟登歌之五:“鑄鎔蒼昊,甄陶區有。”

【區₂冶】春秋時越人。善鑄劍。也寫作歐冶。韓非子顯學:“夫視鍛錫而察青黄,區冶不能以必劍。”淮南子覽冥:“故峣山崩而薄落之水涸,區冶生而淳鈞之劍成。”

【區宙】猶言宇宙。南朝梁江淹江文通集七蕭驃騎上頓表:“經綸相襲,所以草昧縣寓,昭晰區宙。”

【區夏】諸夏之地,指中國。書康誥:“用肇造我區夏。”文選漢張平子(衡)東京賦:“且高既受命建家,造我區夏矣。”薛綜注:“區,區域也;夏,華夏也。”

【區理】分别料理。資治通鑑二五七唐光啟三年:“高令公(駢)坐自聾瞽,不能區理。”

【區域】㈠土地的界劃。周禮地官司徒“廛人”注:“廛,民居區域之稱。”文選晉潘安仁(岳)爲賈謐作贈陸機詩:“芒芒九有,區域以分。”㈡界限。文選晉陸士衡(機)弔魏武帝文序:“夫始終者,萬物之大歸;死生者,性命之區域。”

【區區】㈠小,少。左傳襄十七年:“宋國區區。”孔叢子論勢:“以區區之衆,居二敵之間,非良策也。”㈡自得貌。同“姁姁”。商君書修權:“今亂世之君臣,區區然皆擅一國之利,而管一官之重,以便其私,此國之所以危也。”吕氏春秋務大:“區區焉相樂也,自以爲安矣。”參見“姁姁”。㈢愛慕,思念。文選古詩十九首之十七:“一心抱區區,懼君不識察。”玉臺新詠一繁欽定情詩:“何以致區區,耳中雙明珠。”㈣愚。猶言愨愨。玉臺新詠一古詩爲焦仲卿妻作:“阿母謂府吏,何乃太區區。”㈤自稱的謙詞。宋朱熹朱文公文集五九答曹元可書:“區區於此,所以望於當世之友朋者,蓋已切矣。”

【區陬】角落。文選漢張平子(衡)東京賦:“目察區陬,司執遺鬼。”薛綜注:“區陬,隅隙之間也。”

【區處】㈠分别處置,安排。漢書八九黄霸傳:“鰥寡孤獨有死無以葬者,鄉部書言,霸具爲區處。”㈡居住的地方。漢王充論衡辯祟:“鳥有巢棲,獸有窟穴,蟲魚介鱗各有區處,猶人之有室宅樓臺也。”

【區₂脱】匈奴語。指漢時與匈奴連界,邊塞所建立的土堡哨所。因亦稱邊界之地爲區脱。漢書五四蘇武傳:“區脱捕得雲中生口。”注:“服虔曰:‘區脱,土室,胡兒所作,以候漢者也。’”九四匈奴傳作“甌脱”。參閲王先謙漢書補注。

【區₃萌】草木抽芽。禮記樂記:“然後草木茂,區萌達。”史記樂書“區萌達”正義:“曲出曰區,菽豆之屬;直出曰萌,稻稷之屬也。”參見“區㈧”。

【區落】文選漢班孟堅(固)封燕然山銘序:“躡冒頓之區落,焚老上之龍庭。”張銑注:“區落,部落也。”

【區₅蓋】區,藏物處;蓋,覆蓋物品的器具。區蓋,比喻可信的言論像物品藏在器皿中,有分限,不至流溢於外。荀子大略:“言之信者,在乎區蓋之間,疑則不言,未問則不立。”王先謙集解引郝懿行説,謂爲疑似不知之意。參見“丘蓋”。

【區寰】人間世。唐錢起錢考功集七裴僕射東亭詩:“則知真隱逸,未必謝區寰。”宋蘇軾東坡集前集一次韻和劉京兆石林亭之作詩:“人失亦人得,要不出區寰。”

【區縣】疆域。陳書高祖紀下永定元年:“放勳重華之世,咸無意於受終;當塗典午之君,雖有心於揖讓;皆以英才處萬乘,高勳御四海,故能大庇黔首,光宅區縣。”

【區廬】衛士值班住宿的小屋子。漢書百官公卿表上“衛尉,秦官,掌宫門衛屯兵”注引漢舊儀:“衛士於周垣下爲區廬,區廬者,若今之仗宿屋矣。”參見“區㈢”。

【區₄霿】昏昧。漢書五行志下之上:“貌言視聽,以心爲主,四者皆失,則區霿(mòu)無識。”也作“傋霿”、“溝瞀”。參見“溝瞀”。

十 部

十 shí ㄕˊ 是執切,入,緝韻,禪。

㈠數詞。或作“什”。大寫作“拾”。㈡表示齊全、完備。如“十全十美”、“十分人才”等。商君書更法:“利不百不變法,功不十不易器。”

【十一】十分之一。莊子達生:“五六月累丸二而不墜,則失者錙銖;累三而不墜,則失者十一;累五而不墜,猶掇之也。”也作“什一”。管子治國:“關市之租,府庫之徵,粟什一。”

【十力】佛教稱佛和菩薩所具的十種智力。廣弘明集十九南朝梁沈約内典序:“六度之業既深,十力之功自遠。”十力又分佛果十力和菩薩十力。參閲大智度論二五、阿毘達摩俱舍論二九、翻譯名義集四衆善行法四七止觀三義。

【十九】十分之九。也泛指絶大多數。淮南子人間:“居一年,胡人大入塞,丁壯者引弦而戰,近塞之人死者十九。”

【十干】指甲乙丙丁戊己庚辛壬癸。也作“十幹”。詳“干支”。

【十子】㈠韓詩外傳四以范雎魏牟田文莊周慎到田駢墨翟宋鈃鄧析和惠施十人

爲十子。參見"十二子㊀"。㊁ 叢書名。清王子興輯。收有老莊列荀韓非淮南管揚文中和鶡冠 十子。有 嘉慶經綸堂刊本。

【十千】言其多。詩小雅甫田:"倬彼甫田，歲取十千。"三國魏曹植曹子建集六名都篇詩:"我歸宴平樂，美酒斗十千。"這是説酒美價貴。

【十方】指東、南、西、北、東南、西南、東北、西北、上、下十方。宋書訶羅單國傳:"眉間白豪，普照十方。"

【十夫】十人。書大誥:"民獻有十夫。"周禮地官遂人:"十夫有溝，溝上有畛。"

【十友】㊀ 稱同時相友好的十人。如唐陸餘慶與趙貞固盧藏用陳子昂杜審言宋之問畢構郭襲微司馬承禎釋懷一 相善，號 方外十友。見 新唐書一一六陸餘慶傳。又明初高啓居北郭，與王行徐賁高遜志唐肅宋克余堯臣張羽呂敏陳則並鄰爲友，號北郭十友。見明史二八五王行傳。㊁以十物爲十友。宋李昭玘把法書名畫收藏在十個袋中，取名爲燕游十友。見宋史本傳。又曾端伯以十種花，各題名目，稱爲十友:荼蘼韻友，茉莉雅友，瑞香殊友，荷花静友，巖桂仙友，海棠名友，菊花佳友，芍藥豔友，梅花清友，梔子禪友。見明都卬三餘贅筆。

【十反】㊀ 形容事情反復或往返次數之多。列子黄帝:"尹生聞之，從列子居，數月不省舍，因間請蘄其術者，十反而十不告。"三國志蜀董和傳:"事有不至，至於十反，來相啓告。" 反，通 "返"。㊁十種反常現象。宋倪思經鉏堂雜志:"貴人十反: 夜當卧而飲宴；早當起而醉卧；心當逸而勞；身當勞而逸；吝束脩不請師教子弟，而以大錢顧教聲妓；藥餌無病而服，有病不肯服；果蔬尚新不待熟；食物取細失正味；山水不喜真境而喜圖畫；器用不貴金銀而貴銅甆。"

【十不】宋史選舉志一:"諸科初場十不，殿五舉；第二第三場十不，殿三舉；第一至第三場九不，並殿一舉。"按唐宋以前考試明經，帖書墨義，逐條具對，如所對合，考官在試卷上面批一"通"字；所對錯誤或不確實，則批一"不"字，所以有十不、九不的説法。

【十日】古代神話天有十日，堯命后羿射落九日。山海經 海外東經 和 大荒南經、莊子齊物論、楚辭天問、淮南子本經，都載有關於十日的傳説。

【十分】言已達極度。詩召南摽有梅序疏:"頃筐塈之，謂梅十分皆落。"宋詩鈔一宋孔平仲清江集鈔對菊有懷郎祖仁詩:"庭下金齡菊，花開已十分。"

【十半】一半。十分之五。漢書五一枚乘傳:"今大王還兵疾歸，尚得十半。"注:"十分之中，可冀五分無患，故云尚得十半。"

【十布】王莽時鑄造的十種錢幣，稱布貨十品。即大布、次布、弟布、壯布、中布、差布、厚布、幼布、幺布、小布。見漢書食貨志下。

【十母】㊀ 即十干。史記律書:"其於十母爲壬癸。" 參見"十干"。㊁指親母、出母、嫁母、庶母、嫡母、繼母、慈母、養母、乳母、諸母。清會典五四三父八母服圖無親母、諸母，餘同。

【十守】對武將的十項要求。淮南子兵略:"將者必有三隧、四義、五行、十守……所謂十守者，神清而不可濁也，謀遠而不可慕也，操固而不可遷也，知明而不可蔽也，不貪於貨，不淫於物，不嚂於辯，不推於方，不可喜也，不可怒也。"

【十地】佛教稱菩薩修行漸近於佛的十種境界。名目爲: 歡喜地、離垢地、發光地、焰慧地、難勝地、現前地、遠行地、不動地、善慧地、法雲地。見十地大品金光明等經，十住毘婆娑智度等論。文苑英華二三八唐陳陶題豫章西山香城寺詩:"十地巖宫禮竺皇，旃檀樓閣半天香。"

【十死】㊀ 犯死罪十次。如北周道武帝(宇文邕)賜李穆鐵券，恕以十死。唐桓彦範等因誅張易之有功，賜與鐵券，特准寬宥十死。見周書李穆傳、新唐書一二〇桓彦範傳。㊁喻極其危險。六韜犬韜戰車:"武王曰:'十死之地，奈何?'"北周庾信庾子山集三哀江南賦:"屈於七澤，濱於十死。"參見"十死一生"。

【十尖】謂十指。元楊維楨鐵崖古樂府十六續奩集二十詠染甲詩:"夜搗守宫金鳳蕊，十尖盡換紅鴉觜。"

【十全】周禮天官醫師:"歲終，則稽其醫事，以制其食。十全爲上，十失一次之。" 本稱醫術高明，十治十愈。後稱事物完美無缺爲十全。

【十旬】㊀一百天。書五子之歌:"畋于有洛之表，十旬弗反。"注:"十日曰旬。"隋書李德饒傳:"終日不食，十旬不解衣。"㊁文選漢張平子(衡)南都賦:"酒則九醖甘醴，十旬兼清。"注:"十旬，蓋清酒百日而成。"參見"九醖酒"。㊂唐代十日一休沐。十旬，即休沐日。唐王勃王子安集五滕王閣詩序:"十旬休暇，勝友如雲。"

【十戒】見"十誡"。

【十志】㊀ 漢書有律曆、禮樂、刑法、食貨、郊祀、天文、五行、地理、溝洫、藝文十志。㊁唐盧鴻隱居嵩山，寫十志記述嵩山風景。元詩選何中知非堂稿由寶塘舟行至臨汝:"盧鴻十志看不足，愛雪貪行雪相逐。"又有題盧鴻十志圖詩。

【十成】㊀十層。楚辭屈原天問:"璜台十成，誰所極焉?"宋洪興祖補注:"爾雅云: 成，猶重也。" 指商紂王作玉臺十重。㊁頂點，極度。意同"十分"。宋許月卿先天集五多謝詩:"園林富貴何千萬，花柳功勳已十成。"

【十住】佛教語，也叫十地。指參悟佛理而進於十地境界。廣弘明集十五南朝宋謝靈運和范光禄祇洹像讚(菩薩讚):"爰初四等，終然十住。"參見"十地"。

【十雨】見"五風十雨"。

【十拗】老人的十種情態。宋周必大二老堂詩話引朱翌(新中)鄞川志:"郭祥正(功父)老人十拗: 謂不記近事記遠事，不能近視能遠視，哭無淚笑有淚，夜不睡日睡，不肯坐多好行，不肯食軟要食硬，兒子不惜惜孫子，大事不問碎事絮，少飲酒多飲茶，暖不出寒即出。"樓鑰攻媿集十二晝寢正酣適寄以二十韻來亟爲次韻詩:"但仰三尊知共慶，孰云十拗敢輕嗤。"

【十命】皇帝賜給權臣的九種器物叫九錫；十命，是在九錫外又多加一物。三國志蜀李嚴傳注引諸葛亮答嚴書:"若滅魏斬(曹)叡，帝還故居，與諸子並升，雖十命可受，況於九邪?"

【十使】佛教以身見、邊見、見取、戒取、邪見爲五利使，貪、瞋、癡、慢、疑爲五鈍使，統稱十使，也叫十煩惱。廣弘明集十五南朝梁王僧孺禮佛唱導發願文:"身口爲十使所由，意思乃八疵之主。"參閲法苑珠林九十十使。

【十洲】㊀ 指祖洲瀛洲玄洲炎洲長洲元洲流洲生洲鳳麟洲聚窟洲。傳説都在八方大海中，爲神仙居住的地方。見十洲記。㊁唐樂上元舞中的十二曲之一。新唐書禮樂志十一:"上元舞者，高宗所作也……其樂有上元二儀三才四時五行六律七政八風九宫十洲得一慶雲之曲，大祠享皆用之。"

【十客】㊀ 南朝陳叔寶(後主)親信江總孔範等十客，號狎客。見南史陳後主紀。又宋秦檜門下曹冠王會等十人稱秦門十客，見宋陸游老學庵筆記三、趙彦衛雲麓漫鈔十。十客姓名，兩書所舉不同。

㊁宋張景修字敏叔，把牡丹梅花等十種花標題爲貴客清客等十種名目，各賦一詩，作十客圖。參閲宋龔明之中吴紀聞三張敏叔、四花客詩，姚寬西溪叢語上，程棨三柳軒雜識花客。參見"十二客"。

【十指】十個手指。荀子强國："拔戟加乎首，則十指不辭斷。"才調集五唐秦韜玉貧女詩："敢將十指誇偏巧，不把雙眉鬬畫長。"

【十思】深思熟慮。三國志吴諸葛恪傳注引虞喜志林："初(孫)權病篤，召恪輔政。臨去，大司馬吕岱戒之曰：'世方多難，子每事必十思。'"

【十科】宋代科舉取士的十項科目。元祐元年，司馬光奏設。名目爲：一、行義純固可爲師表科；二、節操方正可備獻納科；三、智勇過人可備將帥科；四、公正聰明可備監司科；五、經術精通可備講讀科；六、學問該博可備顧問科；七、文章典麗可備著述科；八、善聽獄訟盡公得實科；九、善治財賦公私俱便科；十、練習法令能斷請讞科。見司馬光温公集五三乞以十科舉士札子。參閲宋史哲宗紀、選舉志六。

【十紀】㊀古代傳説，自天地開闢，人皇以來，至春秋魯哀公十四年，積二百七十六萬歲，分爲十紀，名目爲：九頭、五龍、攝提、合雒、連通、序命、循蜚、因提、禪通、疏訖。見廣雅釋天。唐司馬貞補史記三皇紀引春秋緯，謂十紀爲三百二十七萬六千歲，"循蜚"作"脩飛"、"因提"作"回提"、"疏訖"作"流訖"，其餘名目相同。㊁文選晉潘安仁(岳)西征賦："圖萬載而不傾，奄摧落於十紀。"注："孔安國尚書傳曰：十二年曰紀。"

【十流】唐劉知幾認爲史書除編年、紀傳二體外，還有十流，名爲偏記、小録、逸事、瑣言、郡書、家史、别傳、雜記、地理書、都邑簿。見史通雜述。

【十酒】㊀清酒。十旬釀成，故稱十酒。藝文類聚十南朝梁庾肩吾謝東宫賚檳榔啓："無勞朱實，兼荔支之五滋；能發紅顔，類芙蓉之十酒。"參見"十旬㊀"。㊁樂府詩集八七陳後主獨酌謡序："齊人淳于髡善爲十酒，偶效之，作獨酌謡。"按史記滑稽傳淳于髡飲酒，"一斗亦醉，一石亦醉"。一石爲十斗，故稱十酒。

【十家】㊀指儒、道、陰陽、法、名、墨、縱横、雜、農、小説十家。見漢書藝文志。㊁唐詩紀事六二鄭嵎津陽門詩："上皇寬容易承事，十家三國争光輝。"十家指十宅諸王，三國指楊國忠姊妹韓虢秦三國夫人。參見"十王宅"。

【十哲】㊀孔廟祀典，把孔子的門徒顔淵閔子騫冉伯牛仲弓宰我子貢冉有季路子游子夏十人列侍於側，稱爲"十哲"。後顔淵配享，升補曾參；曾參配享，升補子張。參見舊唐書禮儀志四。後代又增有若和宋代朱熹，合爲"十二哲"。㊁唐上元元年，尊姜太公爲武成王，把歷代名將定爲十哲，白起韓信諸葛亮李靖李勣列於左；張良田穰苴孫武吴起樂毅列於右。見唐會要二三武成王廟、新唐書禮樂志五。

【十時】古代分一日一夜爲十時，秦漢始分爲十二時。左傳昭五年："日之數十，故有十時，亦當十位。"參見"十二時"。

【十族】明燕王(朱棣)兵入南京，建文帝自焚死。棣(成祖)即位，命方孝孺起草登基詔書。方拒不肯草，被滅十族。十族，指於宗親九族之外並及門人。清詩别裁集三一倪瑞璿樊大舅客金陵有詩弔方正學先生墓予次其韻："碧血一區埋十族，青山千古護孤墳。"

【十望】唐開元中，劃定境内州府，除京都及都督都護府外，劃近畿的州爲四輔(同華岐蒲四州)，其餘爲六雄(鄭陝汴絳懷魏六州)、十望(宋亳滑許汝晉洺虢衛相十州)、十緊。其後入緊者甚多。參閲通典三三職官十五州郡下郡太守。

【十率】唐制，太子衛士，分置十率，主管宿衛、徼巡、斥候之事，以比皇帝的十二衛。名目爲左右衛率、左右司禦率、左右清道率、左右監門率、左右内率，合稱爲十率府。下屬有副率、長使及録事參軍、諸曹參軍等。參閲通典三十職官十二左右衛率府至左右内率府、唐會要七一東宫諸衛。宋不全置，至明而廢。

【十教】即十義。荀子大略："立大學，設庠序，修六禮，明十教，所以導之也。"按禮王制"明七教以興民德"，認爲"十教"應作"七教"。即父子、兄弟、夫婦、君臣、長幼、朋友、賓客。十爲"七"的誤字。

【十國】指五代時的吴南唐吴越前蜀後蜀南漢北漢閩楚荆南(即南平)十個地方政權。新五代史有十國世家年譜。清吴任臣撰有十國春秋。參見"十國春秋"。

【十善】佛教稱不犯殺生等十事爲十善，與十惡相對而言。因十善是佛教的戒律，所以也稱十誡。南朝宋謝惠連謝法曹集夜集作離合詩："九言何所戒，十善故宜遵。"參見"十惡"。

【十惡】舊刑律指十種最嚴重的罪行名目。漢九章律有不道、不敬名目，至北齊北周有十條，但無十惡的名稱。至隋開皇定律，始有十惡，唐律沿隋制，以謀反、謀大逆、謀叛、惡逆、不道、大不敬、不孝、不睦、不義、内亂爲十惡，後來各個封建王朝刑律都相承沿用。見隋書刑法志、唐律疏議一名例。㊁佛教把身業殺盜、邪淫，口業妄言、兩舌、惡口、綺語，意業嫉妒、瞋恚、驕慢、邪見作爲十惡。見法苑珠林二三受戒、一〇六懺悔。

【十裂】晉何曾豪奢，蒸餅上不拆裂作十字的不吃。見晉書本傳。後稱炊餅熟透拆裂成十字紋的爲十裂。宋蘇軾分類東坡詩二四真一酒歌："天旋雷動玉塵香，起搜十裂照坐光。"

【十圍】形容極粗大。漢書五一枚乘傳："夫十圍之木，始生如櫱。"也作"十韋"。漢書成帝紀建始元年："是日大風，拔甘泉畤中大木十韋以上。"注："韋與圍同。"按一圍長度，説法不一。有一圍等於三寸、五寸、八尺之説，有徑尺爲圍、一抱爲圍之説。

【十等】㊀奴隸社會統治階級把人分爲王、公、大夫、士、皁、輿、隸、僚、僕、臺十等。左傳昭七年："天有十日，人有十等。"㊁算數的位次。漢徐岳數術記遺："黄帝爲法，數有十等，及其用也，乃有三焉。十等者：億、兆、京、垓、秭、壤、溝、澗、正、載；三等者，謂上中下也。"

【十番】即十番鼓。清孔尚任桃花扇選優："我們君臣同樂，打一回十番何如？"參見"十番鼓"。

【十煇】太陽的十種不同的光氣。煇，同"暈"。古代迷信，看太陽光以附會人事，辨吉凶。周禮春官眡祲："掌十煇之法，以觀妖祥，辨吉凶。一曰祲，二曰象，三曰鑴，四曰監，五曰闇，六曰瞢，七曰彌，八曰敍，九曰隮，十曰想。"

【十義】儒家鼓吹的十種倫理道德。禮禮運："父慈、子孝、兄良、弟悌、夫義、婦聽、長惠、幼順、君仁、臣忠，十者，謂之十義。"

【十道】㊀唐初劃分的十個行政區域。唐貞觀元年，并省州縣，分關内河南河東河北山南淮南江南隴右劍南嶺南十道。開元初，增設京畿都畿黔中三道，分山南爲山南東山南西二道；開元二一年，又分江南爲江南東江南西二道，共十五道。參閲通典一七二州郡二序目下、舊唐書地理志一。㊁佛教把不殺生、不偷盜、不邪行、不妄語、不兩舌、不惡口、不綺語、不貪、不瞋、不邪見爲十道。見唐般若等譯守護國界主陀羅尼經六。

【十勢】唐僧齊己稱詩有十體十勢。十勢爲獅子返擲，猛虎踞林，丹鳳銜珠，毒龍顧尾，孤雁失羣，洪河側掌，龍鳳交吟，猛虎投澗，龍潛巨浸，鯨吞巨海。見所著風騷旨格。參見"十體"。

【十幹】同"十干"。宋張世南游宦紀聞五："自甲至癸爲十幹，自子至亥爲十二枝，後人省文，以幹爲干，以枝爲支，非也。"參見"十干"。

【十葉】十代。文選晉潘安仁（岳）西征賦："踰十葉以逮赧，邦分崩而爲二。"自周景王至赧王共十代十四王。

【十亂】指周武王十個具有治國平亂才能的大臣。書泰誓中："予（武王）有亂臣十人，同心同德。"孔傳："十人：周公旦召公奭太公望畢公榮公太顛閎夭散宜生南宮适及文母。"文選晉潘安仁（岳）西征賦："豈三聖之敢夢，竊十亂之或希。"

【十愆】見"三風十愆"。

【十經】㊀儒家列爲經典的十一部古書。即周易書詩禮記周禮儀禮左傳公羊穀梁各爲一經，論語孝經合爲一經。見宋書百官志上。㊁五經五緯合稱十經。南史周續之傳："續之年十二，詣（范）甯受業。居學數年，通五經五緯，號曰十經。"宋書作"通五經並緯候"。

【十誡】佛教沙門的十種戒律。魏書釋老志："其爲沙門者，初修十誡曰沙彌。"十誡，指不殺生、不偷盜、不淫、不妄語、不飲酒、不塗飾香鬘、不歌舞觀聽、不眠坐高廣嚴麗床座、不食非時食、不蓄金銀寶。參閱釋氏要覽上戒法。

【十緊】唐開元中，以秦延涇邠隴汾隰慈唐鄧十州爲要衝之地，稱爲十緊。舊唐書一五九韋處厚傳："及處厚秉政，復奏置六雄、十望、十緊、三十四州別駕以處之。"參見"十望"。

【十賚】道家所說的十種賜錫的事物。其名目見南朝梁陶弘景授陸敬游十賚文（道藏本陶隱居集）。全唐詩皮日休懷華陽潤卿博士："他年欲事先生去，十賚須加陸逸沖。"自注："逸沖嘗事（陶）隱居，隱居錫名棲靜處士，十賚猶人間九錫也。"逸沖即敬游。

【十駕】馬駕車走十天的路程。馬早晨駕車，晚上卸駕，因稱一天的路程爲一駕。荀子勸學："駑馬十駕，功在不舍。"

【十漿】莊子列禦寇："吾嘗食於十饕，而五饕先饋。"釋文："本亦作漿。司馬（彪）云：饕讀曰漿，十家並賣漿也。"五代南唐徐鉉徐公文集四和門下殷侍郎新茶二十韻詩："十漿何足饋，百榼盡堪捐。"

【十箭】唐時西突厥分其地爲十部，每部令一人統領，號爲十設。每設賜給一箭，故稱十箭。又分十箭爲左右廂，各置五箭，都號爲十姓部落。參閱通典一九九邊防十五突厥下、新唐書突厥傳下。

【十德】古稱玉有十種特質，儒家用來比喻君子的十種美德，指仁、知、義、禮、樂、忠、信、天、地、德。文苑英華一六七唐太宗執契靜三邊詩："戢戈榮十德，昇文輝九功。"

【十劑】中藥方劑所具有的十種功能。即宣、通、補、洩、輕、重、澀、滑、燥、溼。見本草綱目序例上十劑。

【十諦】佛教稱十藏所解釋的真理。北魏菩提流支譯法集經三："何者是菩薩摩訶薩十諦？所謂世諦、第一義諦、相諦、差別諦、觀諦、事諦、生諦、盡無生智諦、入道智諦、集如來智諦，是名十諦。"廣弘明集序："學統九流，義包十諦。"

【十頭】口語。指十一日到十九日，意爲十日出頭。二十一日到二十九日，稱二十出頭或二十頭。北宋即有此語。宋歐陽修文忠集一五三與大寺丞書："二哥十頭出京，三五日到家。"又："汝欲二十頭可歸，然不知何故，更令郭天錫先歸也？"

【十錦】雜取諸物配合成各種式樣，如十錦菜，十錦糖。也喻建築之多式多樣。同"什錦"。元白珽湛淵遺稿上西湖賦："亭連棟爲十錦，碑蝕苔以千言。"紅樓夢三六："轉過十錦槅子，來至寶玉房內。"

【十齋】佛教定每月持齋十天，素食，禁止殺生，稱爲十齋。唐會要四一斷屠釣引武德二年詔："自今以後，每年正月九日及每月十齋日，並不得行刑，所在公私，並斷屠釣。"唐白居易長慶集六九春日閑居詩："今日非十齋，庖童饋魚肉。"參見"十齋日"、"十直日"。

【十霜】十年。唐賈島長江集九渡桑乾詩："客舍并州已十霜，歸心日夜憶咸陽。"

【十翼】舊時把易的上彖下彖上象下象上繫下繫文言說卦序卦雜卦稱爲十翼。傳說是孔子贊易所寫。易乾鑿度："仲尼五十究易，作十翼。"按漢田何易十翼與經各自爲篇，東漢費直纔把乾卦的彖、象、文言附合於經；鄭玄又以坤、文言和各卦的彖、象諸傳，附於經後。宋朱熹作易本義，恢復把經和十翼分開。

【十藪】十大湖泊。爾雅釋地："魯有大野，晉有大陸，秦有楊陓，宋有孟諸，楚有雲夢，吳越之間有具區，齊有海隅，燕有昭余祁，鄭有圃田，周有焦護；十藪。"

【十襲】珍重收藏。同"什襲"。宋歐陽修文忠集九四謝賜漢書表："十襲珍藏，但誓傳家而永寶。"參見"什襲"。

【十體】㊀唐齊己分詩爲高古、清奇、遠近、雙分、背非、虛無、是非、清潔、覆粧、闔門十體。見所著風騷旨格。㊁見"十體書"。

【十二子】㊀荀子有非十二子篇，指它囂魏牟陳仲史鰌墨翟宋鈃愼到田駢惠施鄧析子思孟軻。參見"十子"。㊁自子至亥十二支。史記律書："十母十二子。"

【十二支】㊀子、丑、寅、卯、辰、巳、午、未、申、酉、戌、亥。參見"干支"。㊁見"十二因緣"。

【十二州】㊀相傳禹治水後，分中國爲九州：冀兗青徐荊揚豫梁雍。舜又從冀州分出幽州并州，從青州分出營州，共十二州。按書舜典："肇十有二州。"未列州名。周禮夏官職方、爾雅釋地有幽并營三州名，是禹貢上所沒有的。後人便把這三州補十二州之數。㊁漢武帝分置十三州：并冀幽兗青徐揚荊豫益涼交趾朔方，至後漢無朔方，改交趾爲交州，共十二州。參閱後漢書郡國志、宋書州郡志一。

【十二辰】自子至亥十二時。周禮春官馮相氏："掌十有二歲，十有二月，十有二辰，十日，二十有八星之位，辨其敍事，以會天位。"漢書律曆志上："六律六呂，而十二辰立矣。"

【十二門】舊長安城一面三門，四面共十二門。也常用以代指長安。唐李賀歌詩編一李憑箜篌引："十二門前融冷光，二十三絲動紫皇。"

【十二和】唐代樂名。唐初祖孝孫斟酌南北，考證古音，修定雅樂，製十二和樂，合三十二曲，八十四調，號大唐雅樂。名目是：豫和、順和、永和、肅和、雍和、壽和、太和、舒和、昭和、休和、正和、承和。樂詞見樂府詩集四唐祀圜丘樂章。參閱唐會要三二雅樂上、新唐書禮樂志十一。

【十二客】宋張敏叔稱牡丹爲貴客，梅爲清客，菊爲壽客，瑞香爲佳客，丁香爲素客，蘭爲幽客，蓮爲靜客，荼蘼爲雅客，桂爲仙客，薔薇爲野客，茉莉爲遠客，芍藥爲近客，合稱十二客。見明都卬三餘贅筆十友十二客。

【十二科】雜劇著錄分類爲十二科：一神仙道化，二隱居樂道，三披袍秉笏，四忠臣烈士，五孝義廉節，六叱奸罵讒，七逐臣孤子，八鏺刀趕棒，九風花雪月，十悲歡離合，十一烟花粉黛，十二神頭鬼面。見太和正音譜上。太和正音譜著録雜劇僅六百九十本，其中並有明人及缺名作品，十二科或僅就其所著録各本的分類而言，未必全是元人原有名目。

【十二律】 古樂的十二調。陽律六：黄鐘、太簇、姑洗、蕤賓、夷則、亡射；陰律六：大吕、夾鐘、中吕、林鐘、南吕、應鐘，共爲十二律。見漢書律曆志上。古僅稱六律，吕氏春秋始以律與曆附會，以十二律應十二月。見清崔述補上古考信録上。

【十二紅】 緋連雀的别名。明楊基眉菴集十一十二紅圖詩："何處飛來十二紅，萬年枝上立東風。"

【十二宫】 太陽與月亮沿黄道運行一周，每年會合十二次，每次會合都有一定部位，分黄道周天三百六十度爲十二段，每段三十度，名叫十二宫。名稱爲降婁、大梁、實沈、鶉首、鶉火、鶉尾、壽星、大火、析木、星紀、玄枵、娵訾。西名爲白羊、金牛、陰陽（一作雙子）、巨蟹、獅子、雙女（一作室女）、天秤、天蝎、人馬、磨羯、寶瓶、雙魚。參閲明貝琳七政推步一。

【十二哲】 見"十哲"。

【十二時】 漢太初改朔之後，分一日夜爲十二時，以干支爲紀。左傳昭五年"故有十時"晉杜預注有夜半、雞鳴、平旦、日出、食時、隅中、日中、日昳、晡時、日入、黄昏、人定等名目，雖不立十二支之目，但已分十二時。參閲清趙翼陔餘叢考三四一日十二時始於漢。後世又分十二時爲二十四時，如子時分子初、子正等。

【十二峯】 見"巫山十二峯"。

【十二卿】 古有九卿。南朝梁武帝天監七年增爲十二卿：太常、宗正、司農、太府、少府、太僕、衛尉、廷尉、大匠、光禄、鴻臚、大舟，都置丞及功曹主簿。參閲隋書百官志上、通典二五職官七諸卿。參見"九卿㊀"。

【十二釵】 指紅樓夢中的十二個女子。即林黛玉薛寶釵賈元春賈探春史湘雲妙玉賈迎春 賈惜春 王熙鳳 巧姐 李紈秦可卿。紅樓夢五："只見那邊櫥上封條大書'金陵十二釵正册'。"

【十二道】 唐武德初，分關中爲十二道，置府。即萬年長安富平醴泉同州華州寧州岐州豳州西麟州涇州宜州。武德三年改爲十二軍。見新唐書兵志。

【十二經】 ㊀儒家的十二部經典。説法不一。唐開成刻石國子學，以易詩書禮記周禮儀禮左傳公羊穀梁孝經論語爾雅爲十二經。其他説法見莊子天道"（孔丘）於是繙十二經以説老聃"釋文。㊁中醫學名詞。指手三陰三陽、足三陰三陽十二經脈。見素問診要經終論"此十二經之所敗也"注。參見"十二經脈"。

【十二調】 北曲通行的樂律有十二調，爲黄鐘宫二十四章，正宫二十五章，大石調二十一章，小石調五章，仙吕宫十二章，中吕宫三十二章，南吕宫二十一章，雙調一百章，越調三十五章，商調十六章，商角調六章，般涉調八章。北曲一折必限一調，套數也與南曲不同。參見"十三調"。

【十二藏】 中醫以心、肺、肝、膽、膻中、脾、胃、大腸、小腸、腎、三焦、膀胱爲十二官，稱十二藏。藏，通"臟"。見素問靈蘭祕典論。

【十二屬】 ㊀以十二種動物配十二支：子鼠、丑牛、寅虎、卯兔、辰龍、巳蛇、午馬、未羊、申猴、酉雞、戌犬、亥猪，叫十二屬，也叫十二生肖。漢王充論衡物勢、蔡邕月令問答、抱朴子登涉已有這種説法，南朝陳沈炯作十二屬詩，始有十二屬之稱。南齊書五行志、周書及北史宇文護傳都有按人的生歲稱屬某種動物的記載。㊁指人體的十二部位。即首之屬：頂、面、頤；身之屬：肩、脊、尻；手之屬：肱、臂、手；足之屬：股、脛、足。見説文解字"體，總十二屬也"清段玉裁注。

【十七史】 即史記漢書後漢書三國志晉書宋書南齊書梁書陳書魏書北齊書後周書南史北史隋書唐書五代史。宋以前學者多僅讀前四史，宋仁宗天聖二年，出所藏隋書付崇文院雕板，嘉祐六年又將梁陳等史，次第雕刻，至英宗時方粗就；但魏書已佚三十卷，北齊書宋書也多缺失，都以南史北史補缺。又改劉昫舊唐書而用新唐書，改薛居正五代史而用五代史記，合爲十七史。見清王鳴盛十七史商権九九綴言一十七史。

【十七帖】 法帖名。晉王羲之所書信札，因開頭有"十七日"字，所以叫十七帖。唐貞觀時，命愛好書法的京官隸屬弘文館學習書法，拿出禁中法書作範本，其中有十七帖，所以又有館本之稱。唐張彦遠法書要録十右軍書記："十七帖，長一丈二尺，即貞觀中内本也。一百七行，九百四十二字，是烜赫著名帖也。"

【十八九】 十分之八、九，極言其多。宋陸游劍南詩稿八新津小宴之明日欲遊修覺寺以雨不果呈范舍人："不如意事十八九，正用此時風雨來。"

【十八子】 指李姓。唐温大雅大唐創業起居注三："東海十八子，八井唤三軍。"指唐王李淵。明文秉烈皇小識七："十八孩兒兑上坐，當從陝西起兵以得天下。"指明末農民起義領袖李自成。

【十八公】 松字析成爲十八公，因稱松爲十八公。見藝文類聚八八引三國吴張勃吴録。宋蘇軾分類東坡詩二五夜燒松明火："坐看十八公，俯仰灰燼殘。"

【十八房】 明清會試，以同考官十八員分閲五經，叫十八房。易詩各五房，書四房，春秋、禮記各二房，共十八房。參閲清顧炎武日知録十六十八房、趙翼陔餘叢考二九十八房。

【十八拍】 琴曲名。相傳爲漢蔡邕女琰（文姬）所作。詳"胡笳十八拍"。

【十八界】 佛教把六根（眼、耳、鼻、舌、身、意）六塵（色、聲、香、味、觸、法）六識（眼識、耳識、鼻識、舌識、身識、意識）合稱十八界。各以出生自類之法爲根本，所以稱界。參閲東晉列國前秦僧伽跋澄譯鞞婆沙論五十八界處。

【十八侯】 指漢初十八功臣：酇侯蕭何、平陽侯曹參、宣平侯張敖、絳侯周勃、舞陽侯樊噲、曲周侯酈商、魯侯奚涓、汝陰侯夏侯嬰、潁陰侯灌嬰、陽陵侯傅寬、信武侯靳歙、安國侯王陵、棘蒲侯陳武、清河侯王吸、廣平侯薛歐、汾陰侯周昌、陽都侯丁復、曲成侯蟲達。見漢書功臣表"又作十八侯之位次"注。古文苑十三所收班固十八侯銘有留侯張良、曲逆侯陳平、襄平侯紀通，而没有奚涓、薛歐、丁復。

【十八姨】 傳説中的風神名。也作"封家十八姨"。見唐鄭還古博異志崔玄微、段成式酉陽雜俎續集三支諾皋下。太平廣記四三三姨虎引唐杜光庭録異記記有虎化爲婦人，自稱十八姨。後人據此，把十八姨作爲風或虎的典故。

【十八娘】 荔枝品種名。色深紅而細長。相傳閩王有女，排行十八，愛好這種荔枝，因有此名。一説，物美而少的爲十八娘。宋蘇軾分類東坡詩十次韻曾仲錫承議食蜜漬生荔枝詩自注："俗有十八娘荔枝。"參閲宋蔡襄荔枝譜七。

【十八路】 宋代行政區劃。宋太宗至道三年分境内爲十五路：京東京西河北河東陝西 淮南 江南 荆湖南 荆湖北 兩浙 福建西川 峽西廣南東廣南西。至仁宗時，又分江南爲江南東江南西，分西川爲益州梓州，分峡西爲利州夔州，共十八路。至神宗元豐末，又分爲二十三路。參閲續資治通鑑長編四二、文獻通考三五輿地一。宋史藝文志三地理類有趙珣十八路圖一卷。

【十八調】樂調名。宋初，置教坊四部，大宴所奏共十八調：正宫調、中吕宫、道調宫、南吕宫、仙吕宫、黄鐘宫、越調、大石調、雙調、小石調、歇指調、林鐘商、中吕調、南吕調、仙吕調、黄鐘羽、般涉調、正平調。見宋史樂志十七教坊。

【十八灘】贛江有灘十八。在贛縣的有白澗天柱小湖鱉灘大湖銅盆落瀨青洲梁口九灘；在萬安縣的有昆侖曉灘武朔昂邦小蓼大蓼綿灘漂神惶恐九灘。宋蘇軾分類東坡詩一八月七日初入贛過惶恐灘："七千里外二毛人，十八灘頭一葉身。"參閲嘉慶一統志三二七吉安府山川、三三〇贛州府山川。

【十八變】形容事物變化之多。易繫辭上："十有八變而成卦。"景德傳燈録十二譚空和尚："師曰：'龍女有十八變，汝與老僧試一變看？'"

【十九拍】琴曲名。樂府詩集五九琴曲歌辭三："琴集曰：'大胡笳十八拍，小胡笳十九拍，並蔡琰作。'按蔡翼琴曲有大小胡笳十八拍。沈遼集，世名流家聲。小胡笳又有契聲一拍，共十九拍，謂之祝家聲。祝氏不詳何代人。"參見"胡笳十八拍"。

【十三月】㊀農曆正月。詩豳風七月"一之日觱發"疏："春秋元命苞曰：'周人以十一月爲正，殷人以十二月爲正，夏人以十三月爲正。'"後漢書四六陳寵傳："十三月陽氣已至，天地已交，萬物皆出，蟄蟲始振，人以爲正，夏以爲春。"注："十三月，今正月也。"㊁史記曆書"十二無大餘"索隱："歲有十二月，有閏則云十三月。"按殷商置閏月，都放在歲末，所以殷墟卜辭中常見十三月。

【十三史】唐代把史記漢書後漢書三國志晋書宋書南齊書梁書陳書魏書北齊書周書隋書稱爲十三史。見舊唐書經籍志上乙部史録。

【十三行】晉王獻之書洛神賦真迹，至南宋時，僅留十三行，二百五十字，故名。今傳本有玉版十三行和柳跋十三行兩本。

【十三科】㊀宋元時繪畫有十三科：一、佛菩薩相，二、玉帝君王道相，三、金剛鬼神羅漢聖僧，四、風雲龍虎，五、宿世人物，六、全境山林，七、花竹翎毛，八、野騾走獸，九、人間動用，十、界畫樓臺，十一、一切傍生，十二、耕種機織，十三、雕青嵌緑。見明陶宗儀輟耕録二八畫家十三科。㊁中醫分十三科：大方脈雜醫科、小方脈科、風科、産科兼婦科、眼科、口齒兼咽喉科、正骨兼金鏃科、瘡腫科、針灸科、祝由科。見明陶宗儀輟耕録十五醫科引聖濟總録。明史職官志三太醫院醫術十三科，有傷寒、按摩，無風科、産科。

【十三家】明末十三支農民起義隊伍。崇禎八年正月，十三家大會於滎陽。十三家爲：老回回（馬守應）曹操（羅汝才）、革里眼（賀一龍）左金王改世王射塌天（李萬慶）橫天王混十萬過天星（惠登相）九條龍順天王闖王（高迎祥）八大王（張獻忠）。見明史三〇九李自成張獻忠傳。參閲烈皇小識二、三。

【十三陵】明代十三個皇帝陵墓的總稱。在今北京市昌平縣北天壽山。陵名爲成祖永樂長陵、仁宗洪熙獻陵、宣宗宣德景陵、英宗正統裕陵、憲宗成化茂陵、孝宗弘治泰陵、武宗正德康陵、世宗嘉靖永陵、穆宗隆慶昭陵、神宗萬曆定陵、光宗泰昌慶陵、熹宗天啓德陵及懷宗崇禎思陵。

【十三經】儒家奉爲經典的十三部古書。漢把易詩書禮春秋立於學官，名五經。唐合周禮儀禮公羊穀梁爲九經。開成間刻石國子學，又加孝經論語爾雅，稱十二經。到宋代，復增孟子，至明合稱十三經。十三經總共字數爲十四萬七千五百六十字。參閲清顧炎武日知録十八、錢泰吉曝書雜記上。

【十三調】南曲樂調。曲譜凡例："南曲九宫十三調，蓋以仙吕爲一宫，而羽調附之；正宫爲一宫，而大石調附之；中吕爲一宫，而般涉調附之；南吕爲一宫；黄鐘爲一宫；越調爲一宫；商調爲一宫，而小石調附之；雙調爲一宫；仙吕入雙調爲一宫：共爲九宫十三調也。"

【十三樓】宋時杭州名勝。宋蘇軾東坡詞南柯子游賞："游人都上十三樓，不羨竹西歌吹古揚州。"宋周淙乾道臨安志二："十三間樓去錢塘門二里許，蘇軾治杭日，多治事於此。"

【十三徽】琴弦上指示音節的十三個標志。玉海一一〇引中興館閣書目樂類："琴經一卷，諸葛亮撰。述製琴之始及七弦之音，十三徽所象之意。"

【十三轍】指皮簧、鼓詞等戲劇曲藝用韻的十三大類，也叫十三道轍。即中東（中冬）、江陽、衣期（一七）、姑蘇、懷來、灰堆、人辰（壬辰）、言前（簷前）、梭波（梭撥）、麻沙（發花）、乜邪（迭雪）、遥迢（遥條）、由求（油求）。

【十才子】同時以才名著稱的十人。1.唐盧綸吉中孚韓翃錢起司空曙苗發崔峒耿湋夏侯審李端都以詩齊名，號大曆十才子。見新唐書二〇三盧綸傳。2.明初林鴻鄭定王褒唐泰高棅王恭陳亮王偁周玄黄玄皆爲閩中善詩者，稱十才子。見明史二八六林鴻傳。3.明弘治時，李夢陽何景明徐禎卿邊貢朱應登顧璘陳沂鄭善夫康海王九思號十才子。見明史二八六李夢陽傳。

【十大曲】指宋金人所作並廣泛流傳的十首詞。即：蘇小小蝶戀花、鄧千江望海潮、蘇軾念奴嬌、辛棄疾摸魚兒、晏幾道鷓鴣天、柳永雨霖鈴、吴激春草碧、朱淑真生查子、蔡伯堅石州慢、張先天仙子。見元楊朝英陽春白雪前集一引唱論。元刊雜劇石君寶諸宫調風月紫雲庭一："我唱的是三國志，先饒十大曲。"

【十大家】明茅坤編唐宋八大家文鈔一百六十四卷，八家是唐韓愈柳宗元、宋歐陽修蘇洵蘇軾蘇轍王安石曾鞏。清儲欣選唐宋十家文全集録五十一卷，增唐李翱孫樵，爲十大家。

【十大經】公元1973年於湖南長沙馬王堆漢墓出土的古帛書之一。全書由立命等十四篇組成，共四千餘字。其中九篇記載黄帝君臣言行。漢書藝文志著録有黄帝君臣十篇，當即十大經；篇目上的出入，可能是傳抄的人追題篇名時致誤。十大經的發現，爲全面探討黄老之學提供了重要資料。

【十六字】僞古文尚書假託的舜授禹之辭。書大禹謨："人心惟危，道心惟微，惟精惟一，允執厥中。"宋道學家宣揚十六字的作用，以爲聖功王道，皆在於此，稱爲十六字心傳。

【十六宅】唐代諸王的住宅。李瀍（武宗）、李忱（宣宗）都是從十六宅中迎立登位的。昭宗（李傑）乾寧四年七月，韓建與宦官劉季述發兵圍十六宅，盡殺諸王，十六宅遂廢。參閲資治通鑑二六一唐乾寧四年。

【十六相】十六個有才能的大臣。即十六族。左傳文十八年："是以堯崩而天下如一，同心戴舜，以爲天子，以其舉十六相，去四凶也。"唐杜甫杜工部草堂詩箋二十述古之二："舜舉十六相，身尊道何高。"

【十六族】 卽十六相。八元、八愷合稱十六族。詳"八元"、"八愷"。

【十六國】 見"五胡十六國"。

【十六衞】 唐掌管宫禁宿衞的禁軍。卽衞、驍騎、武衞、威衞、領軍、金吾、監門、千牛，各分左右，共十六衞，左右衞各置大將軍一人。又有羽林、龍武、神武，也分左右，稱爲六軍。合稱六軍十六衞。參閲通典六職官十武官上、新唐書百官志四。

【十王宅】 唐開元後，在安國寺東附苑城爲大宅，命諸王分院居住，號十王宅。有慶忠棣鄂榮光儀穎永延盛濟等王，取整數稱十王。後子孫人多，又在宅外置百孫院。參閲唐會要五諸王、新唐書八二汴王璥傳。參見"十六宅"。

【十五時】 淮南子天文分一日一夜爲十五時。名稱是：晨明、朏明、旦明、蚤食、晏食、隅中、正中、小還、餔時、大還、高舂、下舂、懸車、黄昏、定昏。參見"十二時"。

【十五貫】 傳奇名。清朱素臣根據宋話本錯斬崔寧改編，劇中人物及情節多有更動。内容寫淮安人熊友蕙被冤判死刑，其弟友蘭負錢十五貫前往營救，也受誣被判死刑。蘇州知府況鍾夜夢雙熊訴冤，乃爲二人平冤獄。故名十五貫，又名雙熊夢。又醒世恒言三三十五貫戲言成巧禍，卽錯斬崔寧之轉録。

【十五絡】 中醫學名詞。卽十五脈絡。名稱是：手太陰(列缺)、手少陰(通里)、手心主(内關)、手太陽(支正)、手陽明(偏歷)、手少陽(外關)、足太陽(飛陽)、足少陽(光明)、足陽明(豐隆)、足太陰(公孫)、足少陰(大鍾)、足厥陰(蠡溝)、任脈(尾翳)、督脈(長强)及脾之大絡(大包)。見靈樞經三經脈。

【十五道】 見"十道㊀"。

【十五路】 見"十八路"。

【十不閒】 由一人同時演奏多種樂器的雜伎。清李聲振百戲竹枝詞十不閑序："鳳陽婦人歌也。設一桁，若椸枷然，上鐃鼓鉦鑼各一。歌畢，互擊之以爲節，名打十不閒。"

【十日飲】 史記七九范睢傳秦昭王與平原君書："願與君爲布衣之友，君幸過寡人，寡人願與君爲十日之飲。"後用以指朋友暫住歡聚。文選南齊陸韓卿(厥)奉答内兄希叔詩："平原十日飲，中散千里遊。"

【十月桃】 ㊀桃品種名。廣羣芳譜二五花譜四桃花："十月桃，十月實熟，故名，花紅色。"㊁詞調名。宋曾慥樂府雅詞詞賦十月桃，卽以爲調名；黄大輿梅苑無名氏詠十月梅，所以也稱十月梅。雙調，有九十八、九十九字二體。見詞譜二七。

【十四經】 宋時曾在十三經外加大戴禮稱十四經。見宋史繩祖學齋佔畢四成王冠頌。清蔣湘南七經樓全集有十四經日記。

【十字街】 縱横交叉如十字形的街道。北史李諧傳："劉家在七帝坊十字街東南入窮巷是也。"

【十地經】 佛經名，卽華嚴經十地品的單行本。是華嚴經的綱要。現存譯本有三：1. 漸備一切智德經五卷，西晉竺法護譯。2. 十住經四卷，東晉列國後秦鳩摩羅什譯。3. 十地經九卷，唐尸羅達摩譯。

【十直日】 唐律規定每月有十天不許屠宰牲口、網釣魚蝦和行刑殺人，叫十直日。唐律疏議三十斷獄下："其所犯雖不待時，若於斷屠月，謂正月、五月、九月；及禁殺日，謂每月十直日，月一日、八日、十四日、十五日、十八日、二十三日、二十四日、二十八日、二十九日、三十日，雖不待時，於此月日，亦不得決死刑。"道家以十直日爲明真齋日。見雲笈七籤三七齋戒説雜齋法。

【十阿父】 五代後周郭威(太祖)無子，以后兄柴守禮子榮(世宗)爲養子。守禮住洛陽。當時大官僚王溥汪晏王彦超韓令坤等的父親，都住在洛陽，與守禮相勾結，仗勢横行，人多畏避，厭惡他們，號十阿父。見新五代史周家人傳。

【十剎海】 水名。建於明代，今爲北京風景區之一。清富察敦崇燕京歲時記："十剎海俗呼河沿，在地安門外迤西，荷花最盛。……德勝橋以東，昔成親王府、今醇親王府前者，謂之後海，卽所謂十剎海者是也。三座橋以東，響閘迤左者，謂之前海，卽所謂蓮花泡子者是也。今之遊者但謂之十剎海焉。"十，一作"什"。

【十洲記】 海内十洲記的省稱。舊題漢東方朔撰。一卷。十洲是：祖洲瀛洲玄洲炎洲長洲元洲流洲生洲鳳麟洲聚窟洲。隋書經籍志著録，文選注、經典釋文都引此書，爲六朝人依託所作。該書詞藻華麗，唐人作詩行文，選字用典，很多都取材於此。

【十指倉】 指襪。宋陶穀清異録衣服："(曹翰)性貪侈，常着錦襪、金綫絲鞋，朝士有託無名子嘲之者，詩曰：'不作錦衣裳，裁爲十指倉。千金包汗脚，慚愧絡絲娘。'"

【十眉圖】 唐玄宗令畫工作十眉圖，有横雲、卻月等名稱。見唐張泌妝樓記。宋蘇軾分類東坡詩十二眉子硯歌："君不見成都畫手開十眉，横雲却月争新奇。"十眉爲：鴛鴦(又名八字)、小山(又名遠山)、五岳、三峯、垂珠、月稜(又名卻月)、分梢、涵眼、拂雲(又名横烟)、倒暈。見明楊慎丹鉛續録六十眉圖。

【十部樂】 舞樂名。唐初因襲隋制，宴飲時，奏九部樂，樂終，奏文康樂，也叫禮畢。太宗時削去。後取高昌樂，合爲十部樂。參閲通典一四六樂六四方樂、新唐書禮樂志十一。參見"九部樂"。

【十常侍】 漢靈帝時，宦官張讓趙忠夏惲郭勝孫璋畢嵐栗嵩段珪高望張恭韓悝宋典十二人都是中常侍，封侯貴寵，父兄子弟，布列州郡，侵掠百姓。張鈞上書有"宜斬十常侍，懸頭南郊以謝百姓"之語。稱十常侍是取其整數。見後漢書七八張讓傳。

【十等數】 古代算學分數爲十等，卽億、兆、京、垓、秭、穰、溝、澗、正、載。見漢徐岳數術記遺一。

【十番鼓】 合奏樂名。用笛、管、簫、弦、提琴、雲鑼、湯鑼、木魚、檀板、大鼓十種樂器演奏，故名十番鼓。其樂有花信風、雙鴛鴦、風擺荷葉、雨打梧桐等名目。見清李斗揚州畫舫録虹橋録下。按：純用十種打擊樂器演奏的叫"素十番"；加用絲竹樂器的叫"渾十番"，也叫"粗細十番"。

【十誦律】 佛教五部律中説一切有部之律。自東晉列國後秦弗若多羅、鳩摩羅什翻譯(六十一卷)後，學者頗多。隋唐後，研究四分律的人日盛，專治十誦律的漸少。

【十種曲】 傳奇集。清李漁撰。爲憐香伴風箏誤意中緣蜃中樓凰求鳳(卽鴛鴦賺)奈何天(卽奇福記)比目魚玉搔頭巧團圓(卽夢中樓)愼鸞交。合稱笠翁十種曲，也稱笠翁傳奇十種。

【十樣佛】 嘲笑秃者的稱呼。宋陶穀清異録三肢體："世有十樣佛，皆秃首者也。一僧、二尼、三老翁、四小兒、五優伶、六角觝、七泅魚漢、八打狐人、九秃瘡、十酒秃。"

【十樣錦】 ㊀十種錦緞。元戚輔之佩楚軒客談："孟氏在蜀時製十樣錦，名：長安竹、天下樂、鵰團、宜男、寶界地、方勝、獅團、象眼、八搭韻、鐵梗衰荷。"㊁花名。老少年全體通紅的名雁來紅，紅紫黄緑相間的名十樣錦。見清趙學敏本草綱目拾遺四雁來紅引花鏡。菊花也有叫十樣錦的。見廣羣芳譜四八花譜二七菊花。㊂宋人稱中散大夫爲十樣錦，是説中散受十種特殊優待。宋李曾伯可齋雜稿八代京西漕轉中奉大夫謝制帥："位十樣錦以居左，尤爲近世之美談。"參閲宋朱弁曲洧舊聞十。㊃合奏樂。明沈德符顧曲雜言："又有所謂十樣錦者，鼓笛螺板大小鈸鉦之屬，齊聲振響，亦起近年，吴人尤尚之。"

【十節度】唐玄宗時，於邊防地區設置安西北庭河西朔方河東范陽平盧隴右劍南節度使及嶺南五府經略，合稱十節度。見資治通鑑二一五唐天寶元年。

【十齋日】唐代每月有十天斷屠釣，禁行刑，號十齋日。見唐會要四一斷屠釣。也稱"十直日"。參見"十直日"。

【十離詩】以十首詩爲一組，每首詩題中都帶一離字，稱十離詩。如犬離主、馬離廄、鏡離臺等。五代王定保唐摭言十二酒失載有薛書記上元相公十離詩；何光遠鑒誡録十蜀才婦記有薛濤十離詩。

【十體書】十種書體。有兩種説法：1.唐張懷瓘書斷上，以古文、大篆、籀文、小篆、八分、隸書、章書、行書、飛白、草書爲十體。見唐張彦遠法書要録七。2.宣和書譜二唐元度，以古文、大篆、小篆、八分，飛白，薤葉、垂針、垂露、鳥書、連珠爲十體。宋王應麟小學紺珠四藝文，有散隸，無連珠；薤葉作倒薤，垂針作懸針。

【十體詩】十種詩體。唐元稹長慶集三十敍詩寄樂天書，稱把所作詩撰成卷軸，分爲古諷、樂諷、古體、新題樂府、律詩五言七言兩體、律諷、悼亡、豔詩今古兩體，共成十體。

【十二分野】見"分野"。

【十二因緣】佛教以無明、行、識、名色、六入、觸受、愛、取、有、生、老、死爲十二因緣，也稱十二支、十二緣起。唐王勃王子安集十五武都山淨慧寺碑："十二因緣，自普濟而登彼岸。"參閲翻譯名義集四五釋十二支尼陀那。

【十二辰蟲】動物名。即避役，爲蜥蜴的一種。唐段成式酉陽雜俎十七廣動植二蟲："南中有蟲名避役，一曰十二辰蟲。狀似蛇醫，脚長，色青赤，肉鬣，暑月時見於籬壁間……其首倏忽更變爲十二辰狀。"太平廣記四七八南海毒蟲引投荒雜録作"十二時蟲"。按此蟲表皮下有青緑赤色素塊，能隨意伸縮，變化種種色彩，使與周圍環境同色，以避敵襲。

【十二金牌】宋史三六五岳飛傳："(秦檜)言飛孤軍不可久留，乞令班師。一日奉十二金字牌，飛憤惋泣下，東向再拜曰：'十年之力，廢於一旦！'"金牌傳遞緊急文書，一日十二道，形容非常緊急。參見"金字牌"。

【十二經脈】中醫學名詞。中醫把人體内血液流行的脈管稱爲經脈，各分手足三陰三陽，共十二支。手少陽三焦，手少陰心，足少陽膽，足少陰腎，手太陽小腸，手太陰肺，足太陽膀胱，足太陰脾，手陽明大腸，足陽明肺，手厥陰心包絡，足厥陰肝。見靈樞經三經脈。

【十二諸侯】指春秋時魯齊晉秦楚宋衛陳蔡曹鄭燕十二個諸侯國。史記有十二諸侯年表。敍周吴及十二國每年大事，起共和元年（公元前841年）至周敬王末年(公元前477年)。周爲天子，吴春秋之季纔興起，故不在十二之列。戰國策秦五"驅十二諸侯以朝天子於孟津"注，以秦梁楚齊趙韓魯衛曹宋鄭許爲十二諸侯。

【十十五五】形容分别聚合，多少不等。樂府詩集三九缺名豔歌何嘗行："飛來雙白鵠，乃從西北來，十十五五，羅列成行。"

【十七字詩】詼諧詩體。由五言三句、末二言一句組成。末句二字點明或突出詩的主題。與今三句半類似。相傳始於宋代山東張山人壽，流行於元祐紹聖間。參閲宋王闢之澠水燕談録十、洪邁夷堅志乙十八張山人詩、胡仔苕溪漁隱叢話二八引王直方詩話。

【十八學士】唐太宗開文學館，以杜如晦房玄齡于志寧蘇世長薛收褚亮姚思廉陸德明孔穎達李玄道李守素虞世南蔡允恭顔相時許敬宗薛元敬蓋文達蘇勗十八人，並爲學士。收死，補劉孝孫。命閻立本繪像，褚亮題贊，記録姓名、表字、爵位、籍貫，號十八學士寫真圖。後玄宗開元中，於上陽宫食象亭，以張説徐堅賀知章趙冬曦馮朝隱康子元侯行果韋述敬會真趙玄默毋煚吕向咸廙業李子釗東方顥陸去泰余欽孫季良爲十八學士，命董萼繪像。參閲新、舊唐書褚亮傳及唐會要六四文學館，宋王應麟小學紺珠六名臣類。

【十八羅漢】佛教稱佛的上足弟子爲羅漢。阿彌陀經、法住記都僅有十六人的名稱。宋李石方舟集十四有十六羅漢贊，又眉州圜通閣十六羅漢贊，都作十六人。張僧繇盧楞伽(宣和畫譜)、貫休(宋高僧傳三十)所繪羅漢，也是十六名。另外兩名，説法不一。有的説是法住記的作者慶友和譯者玄奘；西藏所傳是摩耶夫人和彌勒；俗傳爲降龍伏虎。

【十大弟子】佛教稱佛陀的高足弟子。名爲：摩訶迦葉(頭陀第一)阿難陀(多聞第一)舍利弗(智慧第一)目犍連(神通第一)阿那律（天眼第一）須菩提(解空第一)富樓那（説法第一）迦旃延(議論第一)優婆離（持戒第一）羅睺羅(密行第一)。見維摩經二弟子品。

【十大洞天】道教所稱神仙居住的十處名山勝地：王屋山洞、委羽山洞、西城山洞、西玄山洞、青城山洞、赤城山洞、羅浮山洞、句曲山洞、林屋山洞、括蒼山洞。見雲笈七籤二七洞天福地。

【十六天魔】元宫中舞名。詳"天魔舞"。

【十六字令】詞牌名。因全詞爲十六字而名。單調，四句，平韻。也稱蒼梧謡或歸字謡。宋蔡伸有蒼梧謡詞。袁去華、張孝祥都有用"歸"字起韻的詞，故名歸字謡。

【十五家詞】清孫默編。原名十六家詞，四庫著録去掉龔鼎孳，改爲十五家詞。三十七卷。收録清初吴偉業梁清標宋琬曹爾堪王士禄尤侗陳世祥黄永陸求可鄒祗謨彭孫遹王士禛董以寧陳維崧董俞十五人的詞。

【十目十手】禮大學："十目所視，十手所指，其嚴乎！"形容一舉一動，都不能離開人們的耳目。

【十四字音】通行於東漢至六朝間的一種梵漢字音對照方法。隋書經籍志一："自後漢佛法行於中國，又得西域胡書，能以十四字貫一切音。"梁釋慧皎高僧傳七釋慧叡傳："陳郡謝靈運……諮叡以經中諸字並衆音異旨，於是著十四音訓敍，條列梵漢，昭然可了，使文字有據焉。"涅槃經稱此十四音爲字本。廣韻後有辯十四聲例法。

【十四博士】東漢光武設立專門講授五經的官員十四人，號十四博士。易有施孟梁丘京氏，尚書有歐陽大小夏侯，詩有齊魯韓，禮有大小戴，春秋有嚴顔。見後漢書七九上儒林傳序、四四徐防傳、百官志二。

【十生九死】形容極其危險。唐韓愈昌黎集三八月十五贈張功曹(著)詩："十生九死到官所，幽居默默如藏逃。"

【十羊九牧】隋書楊尚希傳："竊見當今郡縣，倍多於古，……所謂民少官多，十羊九牧。"羊喻民，牧指官；十羊九牧，意謂民少官多，賦斂剥削很重。

【十地經論】佛書名。北魏菩提流支勒那摩提佛陀扇多三人合譯。十二卷。是佛教地論宗的要籍，也是研究六朝至唐佛教思想的重要參考書。注釋有隋慧遠十地經論義記十四卷。

【十死一生】形容極其危險。漢書九七上孝宣許皇后傳："婦人免乳大故，十死一生。"

【十全老人】清愛新覺羅弘曆(乾隆)好大喜功，自我吹噓武功爲古今一人，故晚年以十全老人自號。清宮所藏書畫，多蓋此章。

【十年窗下】科舉時代，士人爲考取功名，終年埋頭讀書。十年窗下，形容閉門苦讀時間之長。金劉祁歸潛志七："南渡後疆土狹隘，止河南陝西，故仕進調官，皆不得遽。……故當時有云：'古人謂十年窗下無人問，一舉成名天下知；今日一舉成名天下知，十年窗下無人問也。'"

【十年讀書】長期致力於學問。宋書沈攸之傳："攸之晚好讀書，手不釋卷。史漢事多所諳憶。嘗歎曰：'早知窮達有命，恨不十年讀書！'"

【十行俱下】形容閱讀的迅速。梁書簡文帝紀大寶二年："讀書十行俱下，九流百氏，經目必記；篇章辭賦，操筆立成。"

【十步香草】喻處處都有人才。漢劉向說苑談叢："十步之澤，必有香草；十室之邑，必有忠士。"漢王符潛夫論實貢："夫十步之間，必有茂草；十室之邑，必有俊士。"

【十里長亭】秦漢十里置亭，其後五里有短亭，供行人休息，親友遠行常在此送別。宋蘇軾蘇文忠詩合注十六送孔郎中赴陝郊詩："十里長亭聞鼓角，一川秀色明花柳。"元王實甫西廂記四本三折："今日送張生赴京，就十里長亭安排下筵席。"參見"長亭"。

【十室九空】喻苛徵暴斂、戰亂或天災造成人民貧困、流離失所的蕭條景況。抱朴子用刑："徐福出而重號咷之讎，趙高入而屯豺狼之黨，天下欲反，十室九空。"

【十面埋伏】㊀雜劇名。元明間缺名撰。記劉邦在垓下包圍項羽的事迹。原本久佚，雍熙樂府四有殘存佚文。㊁琵琶大曲。又名淮陰平楚、楚漢。流傳民間已有四百多年，以劉邦項羽垓下之戰爲主題。用琵琶演奏，表達戰時千軍萬馬、搖撼山岳的聲勢。明末琵琶演奏家湯應曾以善彈此曲著稱。參閱清張山來虞初新志一王猷定湯琵琶傳。㊂伏兵十隊，以截擊敗退的敵軍。三國演義三一："曹操與諸將商議破袁紹之策，程昱獻十面埋伏之計。"

【十風五雨】十日一風，五日一雨，形容風調雨順。宋陸游劍南詩稿二二村居初夏之四："斗酒隻雞人笑樂，十風五雨歲豐穰。"參見"五風十雨"。

【十家宮詞】十家爲唐王建、後蜀花蕊夫人(費氏)、宋王珪胡偉、後晉和凝、宋張公庠王仲修周彥質宋白，每家各一卷，又宋徽宗宣和宮詞三卷。大體都是描述帝王后妃宮廷生活的作品。先有明毛晉輯，汲古閣據宋書棚本景鈔本。又清倪燦輯，有康熙二八年胡介祉貞曜堂刊，乾隆八年史開基重修本。

【十家詞彙】清金繩武編。十卷。十家詞是：湯貽汾畫梅樓詞、趙慶熹香銷酒醒詞、金泰怡雲詞、許謹身虛竹軒詞、楊尚觀曲池小圃詞、魏謙升翠浮閣詞、吳承勳影疊館詞、蔣坦百合詞、吳藻香南雪北詞、陸倩倩影樓詞，都是清代嘉慶道光以後詞人的作品。

【十部從事】意謂輔助官吏之多。晉劉弘鎮襄陽，每有興廢，常手書郡下，丁寧款密，時稱："得劉公一紙書，賢於十部從事。"見三國志魏劉馥傳注引晉陽秋、晉書劉弘傳。

【十國春秋】清吳任臣撰。一百十四卷。以宋歐陽修新五代史記事不詳，十國世家部分，脱漏很多；因采取霸史、雜史及筆記、小說，輯成十國春秋，以補其缺。在諸本文下，並爲作注，糾正謬誤，所撰表志，考訂尤爲精密。

【十圍五攻】兵力超過敵人十倍，可以包圍；超過五倍，可以攻城。孫子謀攻："故用兵之法，十則圍之，五則攻之。"後漢書七四下袁紹傳："兵書之法，十圍五攻，敵則能戰。"

【十萬大山】山名。也叫十萬山。1.舊屬廣東，今屬廣西。在欽縣西北二百里。山自上思縣西行，有四百餘峯，防城江上思江均源出於此。參閱嘉慶一統志四五〇廉州府山川。2.在貴州石阡南，中有寬長沃土，相傳宋楊再興曾屯兵於此。參閱嘉慶一統志五〇五石阡府山川。

【十鼠同穴】比喻集中在一處，可一網打盡。三國志魏鮑勛傳："勛無活分，而汝等敢縱之！收三官已下付刺姦，當令十鼠同穴。"

【十樣蠻牋】唐代四川造的彩色箋紙。唐齊己白蓮集七有謝人惠十色花牋並棋子詩。元費著蜀牋譜："謝公有十色牋：深紅、粉紅、杏紅、明黃、深青、淺青、深綠、銅綠、淺雲，卽十色也。楊文公億談苑，載韓浦寄弟詩云：'十樣蠻牋出益州，寄來新自浣花頭'，謝公牋出於此乎？"

【十親九故】形容親友之多。元曲選尚仲賢柳毅傳書一："受千辛萬苦，想十親九故。"

【十盪十決】形容多次衝擊，每次都能突破敵陣。樂府詩集八五雜歌謠辭隴上歌："丈八蛇矛左右盤，十盪十決無當前。"

【十七史商榷】清王鳴盛撰。一百卷。作者搜集、考證了大量史料，對汲古閣所刻各史，上起史記，下至五代史，改補脫誤，逐一加以評述。對各史中有關地理、職官和典章制度部分論述更爲詳細，和錢大昕二十二史考異同爲乾嘉學派的史學名著。

【十八重地獄】宗教迷信，說人生時爲惡，死後當墮十八重地獄，永無翻身之日。南史扶南國傳："有西河離石縣胡人劉薩何遇疾暴亡，……經七日更蘇。說云：'……至十八地獄，隨報重輕，受諸楚毒。'"問地獄經、法苑珠林十二皆列舉十八獄名。

【十八般武藝】泛指多種武術技藝。古今雜劇元楊梓敬德不服老："他十八般武藝都學就，六韜書看的來滑熟。"明謝肇淛五雜俎五人部、朱國楨湧幢小品十二兵器、水滸二、清褚人穫堅瓠集引馬氏日鈔都實有所指，並列舉出十八般武器名目。

【十三布政司】明代於兩京外，全國設十三承宣布政使司，爲山東山西河南陝西四川湖廣浙江江西福建廣東廣西雲南貴州。見明史地理志一、讀史方輿紀要九歷代州域形勢明。

【十三經注疏】四百十六卷。南宋以前，經、疏分別單行。宋紹熙間，三山黃唐始有合刊本，以後又有建本附釋音注疏的十行本。明嘉靖中有據十行本重刻的閩本；萬曆間有據閩本重刻的監本；崇禎中有據監本重刻的汲古閣本。清有殿本、阮元校本。阮本以所藏十行本爲主，在每卷末附校勘記。

書名	卷數	注疏
周易正義	十卷	魏王弼、晉韓康伯注 唐孔穎達等正義
尚書正義	二十卷	漢孔安國傳(僞) 唐孔穎達等正義
毛詩正義	七十卷	漢毛亨傳、鄭玄箋 唐孔穎達等正義

周禮注疏 四二卷 漢鄭玄注 唐賈公彥疏
儀禮注疏 五十卷 漢鄭玄注 唐賈公彥疏
禮記正義 六三卷 漢鄭玄注 唐孔穎達等正義
春秋左傳正義 六十卷 晉杜預注 唐孔穎達等正義
春秋公羊傳注疏 二八卷 漢何休注 唐徐彥疏
春秋穀梁傳注疏 二十卷 晉范甯注 唐楊士勛疏
論語注疏 二十卷 魏何晏等注 宋邢昺疏
孝經注疏 九卷 唐玄宗注 宋邢昺疏
爾雅注疏 十卷 晉郭璞注 宋邢昺疏
孟子注疏 十四卷 漢趙岐注 宋孫奭疏

【十六國春秋】魏書崔光傳稱爲崔鴻所撰。一百卷。又序例、年表各一卷。原書亡於北宋，今傳本無序，無表，無贊，爲明屠喬孫項琳所輯，乃據晉書張軌傳李玄盛傳及載記三十卷中有關十六國的事迹，并藝文類聚太平御覽所引佚文，彙編而成。屠項不居編輯之名，仍題崔鴻所撰，故有僞書之稱。另漢魏叢書有崔著十六卷節抄本，清湯球據以重加輯補，題十六國春秋輯補。

【十種古逸書】十種原已亡逸的古書的彙編。清茆泮林輯。十卷。爲世本楚漢春秋古孝子傳伏侯古今注淮南萬畢術計然萬物録三輔決録司馬彪莊子注晉元中記唐月令注。

【十種唐詩選】清王士禎編。十七卷。據唐人總集八家及宋姚鉉唐文粹所載諸詩摘選而成。卽殷璠河嶽英靈集一卷、高仲武中興間氣集一卷、芮挺章國秀集一卷、元結篋中集一卷、缺名搜玉集一卷、令狐楚御覽集一卷、姚合極玄集一卷、韋莊又玄集一卷、韋縠才調集三卷、唐文粹詩六卷，附以士禎所選唐賢三昧集。士禎論詩主張神韻說，所以多選寄意深遠清新而有含蓄的作品。

【十萬卷樓叢書】清陸心源輯。分初、二、三編，共五十二種。每編都按經、史、子、集四部排列。所輯多爲流傳較少的唐、宋、元人作品，其中以醫書和筆記爲多。所據多爲宋元善本，並有校訂。

【十駕齋養新録】清錢大昕撰。二十卷，又餘録三卷。作者把自己的讀書心得，隨時札記，至晚年纔增删整理成書，由阮元代爲刊刻。考證古義，校訂誤文，體例仿照日知録，偏重於經史的研究。

【十日一水，五日一石】唐杜甫杜工部草堂詩箋八戲題王宰畫山水圖歌："十日畫一水，五日畫一石，能事不受相促迫，王宰始肯留眞跡。"後多用來喻畫家精心構思，不苟且下筆。

【十年樹木，百年樹人】喻培養人材爲長遠之計。管子權修："一年之計，莫如樹穀；十年之計，莫如樹木；終身之計，莫如樹人。"

一畫

廿 niàn ㄋㄧㄢˋ

見"廿"。

千 qiān ㄑㄧㄢ 蒼先切，平，先韻，清。

㊀數詞。十十爲百，十百爲千，大寫作仟。孟子梁惠王上："萬取千焉，千取百焉，不爲不多矣。"㊁表示多。如千祈、大千。韓非子難二："敗軍之誅，以千百數，猶北且不止。"㊂姓。漢有謁者千秋，見漢書七二王吉傳。㊃通"阡"。詳"千伯"。㊄通"芊"。見"千千㊁"、"千眠"。

【千山】㊀極言山多。詳"千山萬水"。㊁山名。在今遼寧省西南部，爲長白山的支脈。上有月芽鉢盂筆架等十餘峰。奇峰疊巒，峭壁嵯峨，故有千山之稱。沙河發源於此。參閱嘉慶一統志五九奉天府一山川。

【千千】㊀形容數目多。漢王充論衡自然："天地安得萬萬千千手，並爲萬萬千千物乎？"㊁青色貌。同"芊芊"。文選戰國楚宋玉高唐賦："仰視山巔，肅何千千。"六臣注本作"芊芊"。

【千文】卽千字文。宋黄伯思東觀餘論上論臏書千文："但前輩寫千文，如智永輩，不正卽草，未有以行書寫者。"參見"千字文"。

【千户】㊀卽千家。戰國秦有千户侯，封食邑千家。戰國策秦五："秦王大悦，(姚)賈封千户，以爲上卿。"全唐詩十獨孤授花發上林詩："影連千户竹，香散萬人家。"㊁宋元明衛所掌兵千人的武官名。宣和遺事利集："掌騎吏千户，姓幽西，名骨碌都。"元置大都督府，管轄三衛三府。衛、府都有千户所，有行軍千户、屯田千户、守城千户、欽察千户等名稱。後千户所改爲兵馬司。明京衛也有千户所。見續文獻通考五七職官七。

【千夫】㊀秦漢武功爵秩名。史記平準書："諸買武功爵官首者試補吏，先除；千夫如五大夫。"索隱："千夫，武功十一等，爵第七。五大夫，舊二十等，爵第九也。言千夫爵秩比於五大夫。"㊁形容人很多。唐白居易長慶集一紫藤詩："豈知纏樹木，千夫力不如。"

【千牛】莊子養生主記載：庖丁宰牛十九年，解牛數千頭，所用刀刃仍像在磨刀石上新磨過一樣鋒利。後世因稱鋒利的刀爲千牛刀，禁衛官叫千牛備身、千牛衛、千牛仗等。北史楊義臣傳："奉詔宿衛，如千牛者數年。"唐李商隱李義山詩集四有送千牛李將軍赴闕五十韻詩。千牛，卽千牛備身、千牛衛的省稱。參見各該條。

【千古】㊀謂年代久遠。水經注二四睢水引南齊蕭子隆(隨郡王)山居序："是用追芳昔娱，神遊千古。"㊁不朽的意思。哀悼死者用詞。新唐書九八薛收傳："(收)卒，年三十三。(秦)王哭之慟，與其從兄子元敬書曰：'吾與伯褒共軍旅間，何嘗不驅馳經略，款曲襟抱，豈期一朝成千古也！'"

【千世】千代。三十年爲一世。形容年代久遠。莊子庚桑楚："大亂之本，必生於堯舜之間，其末存乎千世之後，千世之後，其必有人與人相食者也。"

【千石】㊀秦漢官品的高低，常以俸禄的多少計算，從二千石遞減至百石止。漢時，如丞相長史、大司馬長史、御史中丞等都屬千石官，月俸穀八十斛。後漢改給錢四千，米三十斛。見通典職官十七禄秩、十八秩品一。㊁十二萬斤。史記秦始皇紀："收天下兵，聚之咸陽，銷以爲鍾、鐻，金人十二，重各千石，置廷宫中。"又一二九貨殖傳："素木鐵器若卮茜千石。"集解引徐廣："百二十斤爲石。"

【千仞】古以八尺爲仞，千仞言其高或深。孫子勢："故善戰人之勢，如轉圓石於千仞之山者，勢也。"商君書禁使："探淵者知千仞之深，縣繩之數也。"文選晉左太沖(思)詠史詩："振衣千仞岡，濯足萬里流。"

【千伯】分畫田畝的田間小路。同"阡陌"。管子四時："修封疆，正千伯。"參見"阡陌"。

【千里】一千里。也泛稱路途遥遠或面積廣闊。商君書徠民："今秦之地，方千里者五。"荀子勸學："故不積跬步，無以至千里。"

【千官】衆多的官員。唐王維王右丞集

二勅贈百官櫻桃詩:"芙蓉闕下會千官,紫禁朱櫻出上蘭。"

【千社】二十五家爲社,千社爲二萬五千家。左傳昭二五年:"自莒疆以西,請致千社。"史記齊太公世家:"齊欲以千社封之。"

【千祀】千年。唐柳宗元柳先生集十九弔屈原文:"後先生蓋千祀兮,余再逐而浮湘。"

【千長】匈奴的一種官職,統領千人。史記一一〇匈奴傳:"諸二十四長亦各自置千長、百長、什長。"

【千門】㊀千家。北齊顏之推顏氏家訓歸心:"萬行歸空,千門入善。"參見"千門萬户"。㊁形容宮殿多,建築宏偉。文選漢班孟堅(固)西都賦:"張千門而立萬户,順陰陽以開闔。"唐杜甫杜工部草堂詩箋九哀江頭:"江頭宮殿鎖千門,細柳新蒲爲誰綠。"參見"千門萬户"。

【千金】㊀千斤金。孫子作戰:"則内外之費,賓客之用,膠漆之材,車甲之奉,日費千金。"秦以一鎰(二十兩)金爲一金,漢以一斤金爲一金。秦漢時金多指黄銅而言。㊁表示貴重。韓非子外儲右上:"雖有乎千金之玉巵,至貴,而無當(底),漏,不可盛水,則人孰注漿哉?"㊂比喻富貴。史記一二九貨殖傳:"是故江淮以南,無凍餓之人,亦無千金之家。"㊃舊時對人家未婚女兒的敬稱。元曲選張國賓薛仁貴榮歸故里四:"你乃是官宦人家的千金小姐,請自穩便。"

【千和】用多種原料合成的香。藝文類聚三七梁簡文帝華陽陶先生墓誌銘:"九節麗於空中,千和焚於地下。"

【千重】千層。宋陸游放翁詞長相思:"雲千重,水千重,身在千重雲水中,月明收釣筒。"

【千秋】㊀一年有一秋,千秋卽千年,形容歲月長久。文選漢李少卿(陵)與蘇武詩:"嘉會難再遇,三載爲千秋。"㊁祝壽的敬詞。戰國策齊二:"犀首跪行,爲(張)儀千秋之祝。"紅樓夢七一:"今日老祖宗千秋,奶奶生氣,豈不惹人議論?"㊂婉言人死。戰國策燕二:"太后千秋之後,王棄國家,而太子卽位,公子賤於布衣。"參見"千秋萬歲㊁"。㊃藥草烏頭的别名。太平御覽九九〇吳氏(普)本草:"烏頭一名莨,一名千秋。"㊄縣名。唐開元二十九年置,天寶七年改爲天長縣,卽今安徽天長縣。參閲太平寰宇記一三〇天長軍。㊅秋千。清吳景旭歷代詩話五九千秋:"山谷詩:'穿花蹴蹋千秋索,挑菜嬉遊二月晴。'"

【千畝】㊀周制,天子耕籍田有千畝,諸侯百畝。國語周上:"宣王卽位,不籍千畝。"㊁春秋時地名,在今山西介休縣南。國語周上:"(周宣)王弗聽,三十九年,戰於千畝,王師敗績於姜氏之戎。"參閲太平寰宇記四三晉州。

【千眠】光色鮮明貌。文選晉陸士衡(機)文賦:"或藻思綺合,清麗千眠。"注:"千眠,光色盛貌。"六臣注本作芊眠。參見"芊眠"。

【千乘】㊀兵車千輛。古以一車四馬爲一乘。孫子作戰:"凡用兵之法,馳車千駟,革車千乘,帶甲十萬。"㊁戰國時期諸侯國,小者稱千乘,大者稱萬乘。韓非子孤憤:"凡法術之難行也,不獨萬乘,千乘亦然。"㊂春秋時齊地。相傳齊景公以車千乘,在青丘打獵,後來便把該地叫千乘。漢置千乘縣,並置郡治。地在今山東博興縣西北。參閲漢書地理志下、元和郡縣志十青州。

【千般】多種多樣。唐王維王右丞集六聽百舌鳥詩:"入春解作千般語,拂曙能先百鳥啼。"

【千童】縣名。秦爲千童城。漢置縣,屬渤海郡。故城在今河北滄州市東南。參閲元和郡縣志十八滄州饒安縣。

【千尋】古以八尺爲一尋,千尋,形容極長。唐劉禹錫劉夢得集四西塞山懷古詩:"千尋鐵鎖沉江底,一片降幡出石頭。"

【千鈞】三十斤爲一鈞,千鈞卽三萬斤。常用來形容力量之大或器物之重。商君書錯法:"烏獲舉千鈞之重,而不能以多力易人。"史記一二九貨殖傳:"銅器千鈞。"參見"一髮千鈞"。

【千葉】㊀千世。晉書赫連勃勃載記:"執能本枝於千葉,重光於萬祀!"㊁花瓣重疊。如千葉桃、千葉蓮、千葉牡丹之類。唐元稹長慶集二四連昌宮辭:"又有牆頭千葉桃,風動落花紅蔌蔌。"

【千萬】㊀形容數目極多。商君書定分:"夫不待法令繩墨,而無不正者,千萬之一也。"孟子滕文公上:"或相什伯,或相千萬。"㊁比喻極其紛繁。樂府詩集三七魏文帝折楊柳行:"追念往古事,憒憒千萬端。"㊂叮嚀囑咐,用以加强語氣。太平廣記四八八元稹鶯鶯傳:"千萬珍重,珍重千萬。"京本通俗小説碾玉觀音下:"你到府中,千萬莫説與郡王知道。"

【千載】千年。形容歲月長久。文選古詩十九首之十三:"潛寐黄泉下,千載永不寤。"晉陶潛陶淵明集三飲酒詩之四:"託身已得所,千載不相違。"

【千歲】㊀千年。荀子非相:"欲觀千歲,則數今日;欲知億萬,則審一二。"㊁祝詞。詩魯頌閟宫:"萬有千歲,眉壽無有害。"㊂俗稱天子所封諸王爲千歲,舊小説、戲劇中常用。參見"九千歲"。㊃木蜜的别名。太平御覽九八二漢楊孚異物志:"木蜜名曰香樹,生千歲,根本甚大。"又引晉郭義恭廣志:"木蜜樹號千歲樹,根甚大,伐之四五歲,乃取不腐者爲香,其根可食。"

【千嶂】形容山峰之多。宋范仲淹范文正公集詩餘漁家傲秋思:"千嶂裏,長烟落日孤城閉。"宋陸游放翁詞點絳脣:"采藥歸來,獨尋茆店沽新釀,暮烟千嶂,處處聞漁唱。"

【千緒】頭緒很多。晉書陶侃傳:"侃性聰敏,勤於吏職,閫外多事,千緒萬端,罔有遺漏。"宋陸游放翁詞好事近:"客路苦思歸,愁似繭絲千緒。"

【千億】極言其多。詩大雅假樂:"干祿百福,子孫千億。"

【千總】官名。明初京軍三大營置把總,嘉靖中增置千總,都由功臣擔任。以後職權日輕,至清成爲武職中的下級,位次於守備。參閲清文獻通考八七職官十一。

【千騎】唐武官名。新唐書兵志:"及貞觀初,太宗擇善射者百人,爲二番於北門長上,曰百騎,以從田獵。……武后改百騎曰千騎,中宗又改千騎曰萬騎,分左、右營。"參閲通典二八職官十左右羽林衛。

【千疊】重疊千層。宋蘇軾東坡詞滿江紅懷子由作:"宦游處、青山白浪,萬重千疊。"宋陸游放翁詞滿江紅:"那更是巴東江上,楚山千疊。"

【千釀】釀造千甕酒。史記一二九貨殖傳:"通邑大都,酤一歲千釀。"宋詩鈔余靖武溪詩鈔謝孫抗員外惠酒詩:"此景滿腸方得意,不須千釀敵封侯。"

【千人石】也叫千人坐。在今江蘇蘇州市虎丘山劍池旁。相傳南朝梁生公在此説法。唐陸廣微吳地記:"虎丘山……(劍)池傍有石,可坐千人,號千人石。"參閲宋范成大吳郡志十六虎邱、朱長文吳郡圖經續記中。參見"生公"。

【千人捏】介類。似蟹,大如錢,殼堅,用力捏之不死,故名千人捏。見清褚人穫續蟹譜。

【千户侯】食邑千户的侯。史記一二九

貨殖傳:"若千畝巵茜,千畦薑韭:此其人皆與千户侯等。"

【千夫長】古武官名。書牧誓有千夫長。疏據孔傳以千夫長帥二千五百人,取整數,所以稱千夫長。宋蔡沈書集傳:"千夫長,統千人之帥。"

【千日酒】酒名。古傳説中山人狄希能造千日酒,飲後醉千日。劉玄石好飲酒,求飲一杯,醉眠千日。見晉張華博物志十雜説下、干寶搜神記十九。唐韓偓玉山樵人集江岸閑步詩:"青布旗誇千日酒,白頭浪吼半江風。"

【千牛刀】刀名。南朝梁元帝金樓子一箴戒:"時楊玉夫見昱醉無所知,乃與楊萬年同入氈幄中,以千牛刀斬之。"通典二八職官十左右千牛衛注:"謝綽宋拾遺有千牛刀,卽人君防身刀也。齊尚書楊玉夫取千牛刀殺蒼梧王是也。"參見"千牛"。

【千牛仗】卽千牛衛。新唐書儀衛志上:"又有千牛仗,以千牛備身、備身左右爲之。……皆執御刀弓箭,升殿列御座左右。"唐詩紀事四四唐王建宮詞:"千牛仗下放朝初,玉案傍邊立起居。"

【千牛衛】禁衛官名。北魏北齊北周都有千牛備身,執掌御刀。領左右二府,所以有左右千牛衛的名稱。參閱通典二八職官十、文獻通考五二職官十二左右千牛衛。參見"千牛"。

【千字文】㊀南朝梁蕭衍(武帝)指命給事郎周興嗣用一千個不同的字編寫的小册子。四字一句,對偶押韻,便於記誦。後來用爲學童啓蒙讀本。以後有注釋、續编和改编本,諸如千字文釋義千字文考略續千字文廣易千字文之類,達數十種之多。參閱六藝之一録一六八、清顧炎武日知録二一千字文。㊁法帖名。唐人重王羲之書法,以王字集千字文帖,見三希堂帖第一册。南朝陳釋智永、唐歐陽詢、虞世南、褚遂良、孫過庭、張旭、李陽冰和釋懷素都有臨本。㊂洪秀全親自编寫的識字課本。公元 1854 年公布。全文由一千一百〇四個不同的字組成,四字一句,共二百七十六句。內容宣傳農民革命,是太平天国的兒童啓蒙教科書。

【千年觥】祝壽的酒杯。唐李賀歌詩编一秦王飲酒:"黄鵝跌舞千年觥,仙人燭樹蠟烟輕。"

【千步香】香草名。南朝梁任昉述異記下:"南海山出千步香,佩之,香聞於千步也。今海嵎有千步草,是其種也,葉似杜若而紅碧雜。貢籍曰:南郡貢千步香。"

【千里井】喻念舊不忘。玉臺新詠二劉勳妻王宋雜詩:"千里不唾井,況乃昔所奉。"唐李白李太白詩二五平虜將軍妻:"古人不唾井,莫忘昔纏綿。"意爲往昔飲過此井水,雖去千里,仍應念及,以喻人之念舊。參閱唐李匡乂資暇集下不反剉、蘇鶚蘇氏演義下。

【千里目】形容放眼而望,遠達千里。文苑英華三一二唐王之渙登鸛雀樓詩:"欲窮千里目,更上一層樓。"

【千里舟】速度很快的船。藝文類聚二九南朝宋謝惠連與孔曲阿別詩:"悽悽乘蘭秋,言餞千里舟。"參見"千里船"。

【千里足】良馬能遠行,因以千里足稱良馬。韓詩外傳七:"使驥不得伯樂,安得千里之足,造父亦無千里之手矣。"樂府詩集二五木蘭詩:"願馳千里足,送兒還故鄉。"一説指駱駝。也常用來比喻傑出的人才。後漢書六四延篤傳:"延叔堅(篤)有王佐之才,奈何屈千里之足乎?"

【千里客】遠方的客人。史記八九張耳陳餘傳:"女家厚奉給張耳,張耳以故致千里客,乃宦魏爲外黄令。"

【千里酒】一種性猛而經久的烈酒。梁書劉杳傳:"(任)昉又曰:'酒有千日醉,當是虛言。'杳云:'桂陽程鄉有千里酒,飲之至家而醉,亦其例也。'"參見"千日酒"。

【千里馬】㊀駿馬。日行千里,極言其速。戰國策燕一:"臣聞古之君人,有以千金求千里馬者,三年不能得。"㊁草鞋的別名。見本草綱目三八草鞋。

【千里草】後漢書五行志一:"獻帝踐祚之初,京都童謡曰:'千里草,何青青。十日卜,不得生。'按千里草爲董,十日卜爲卓。"童謡謂董卓殘暴,不得人心,必將失敗。

【千里眼】比喻明察及遠。魏書楊播傳附楊逸:"逸爲政愛人,尤憎豪猾,廣設耳目。其兵吏出使下邑,皆自持糧,人或爲設食者,雖在闇室,終不進,咸言楊使君有千里眼,那可欺之!"指逸廣設耳目,猶人能見於千里以外。

【千里船】速度很快的船。南齊書祖沖之傳:"又造千里船,於新亭江試之,日行百餘里。"唐陸龜蒙甫里集十和醉中卽席贈潤卿博士韻詩:"登山凡著幾緉屐,破浪欲乘千里船。"

【千里駒】指能日行千里的良馬,也用來比喻英俊有爲的青少年。楚辭屈原卜居:"寧昂昂若千里之駒乎?"史記八三魯仲連傳"好奇偉俶儻之畫策"正義引魯仲連子:"有徐劫者,其弟子曰魯仲連,年十二,號'千里駒'。"漢劉德、三國魏曹休等都有千里駒的稱號。見漢書三國志本傳。

【千里燭】指日月。宋陶穀清異録天文:"道士王致一曰:'我平生不曾使一文油錢,在家則爲扇子燈,出路則爲千里燭。'意其日月也。"

【千里鏡】望遠鏡的舊名。見清趙翼簷曝雜記二西洋千里鏡及樂器。

【千里驥】同"千里駒"。藝文類聚二二引青州先賢傳:"陳仲舉(蕃)昂昂如千里驥。"

【千佛山】山名。在今山東省濟南市南。山中石壁鑿有佛像,大小不下千數,故名。又名歷山,相傳爲虞舜耕地。參閱廣輿記五濟南府。

【千佛洞】見"敦煌石室"。

【千金方】唐孫思邈撰。思邈有千金方三十卷,千金髓方二十卷,千金翼方三十卷。思邈認爲人命貴於千金,治人一命,等於施捨千金,因而著書都以千金爲名。千金方經宋林億等校正,名備急千金要方,簡稱千金方。千金翼方也由林億校定。髓方已失傳。參閱清劉毓崧通義堂文集千金方考。

【千金記】傳奇名。明沈采作。采字練川,江蘇嘉定人。故事以韓信爲主要人物,寫楚漢相爭的故事。用信以千金酬漂母,以報昔日一飯之恩爲名。參閱曲海總目提要十三。

【千金草】植物名。卽蘭草。太平寰宇記一五七廣州土産:"草有大千金、小千金。"又孩兒菊也叫千金草。參見"孩兒菊㊁"。

【千金渠】見"千金堨"。

【千金堰】卽千金堨。北魏楊衒之洛陽伽藍記四城西:"長分橋西有千金堰,計其水利,日益千金,因以爲名。"

【千金堨】古代水利工程名。在河南洛陽市境。水經注十六穀水:"河南十二縣境簿曰:河南縣城東十五里有千金堨。(楊佺期)洛陽記曰:'千金堨舊堰穀水,魏時(太和五年)更修此堰,謂之千金堨。'……堨是都水使者陳協(勰)所造,……水歷堨東注,謂之千金渠。"

【千金菜】萵苣的別名。宋陶穀清異録蔬:"咼國使者來漢,隋人求得菜種,酬之甚厚,故因名千金菜。今萵苣也。"參閱清吳其濬植物名實圖考四。

【千金裘】珍貴的皮裘。史記七五孟嘗君傳:"此時孟嘗君有一狐白裘,直千金,天下無雙。”唐李白李太白詩三將進酒：“五花馬，千金裘，呼兒將出換美酒。”

【千金諾】 稱諾言信實，極可貴重。唐許渾丁卯集上寄獻三川守劉公詩：“長聞季布千金諾，更望劉公一紙書。”參見“一諾千金”。

【千金軀】 生命寶貴，故以千金爲喩。晉陶潛陶淵明集三飲酒詩：“客養千金軀，臨化消其寶。”

【千金藤】 植物名。政和證類本草十四千金藤引陳藏器本草拾遺：“（千金藤）有數種，南北名模不同，大略主疾相似，或是皆近於藤。……生北地者根大如指，色似漆；生南土者黃赤，如細辛。”

【千秋池】 池名。在四川華陽縣東。晉常璩華陽國志三蜀志：“（成都）城東有千秋池，城西有柳池，冬夏不竭。”參閱太平寰宇記七二益州。

【千秋亭】 ㊀地名。在河北內丘縣北（舊柏鄉縣）。後漢書郡國志二：“高邑故鄗，光武更名。刺史治。有千秋亭五成陌，光武卽位於此矣。”㊁亭名。在河南澠池縣東。水經注十六穀水：“穀水又東逕千秋亭南，其亭累石爲垣，世謂之千秋城也。”太平寰宇記五西京三澠池縣：“千秋亭在縣東二十里，潘岳喪子之處。”

【千秋歲】 詞牌名。也稱千秋節。雙調，十六句七十一字，仄韻。宋張先黃庭堅秦觀辛棄疾等都有千秋歲詞。

【千秋節】 ㊀唐玄宗生於八月初五。開元十七年，源乾曜張說等請以這天爲千秋節。天寶二年改名天長節，至元和二年停止舉行。見唐會要二九節日、册府元龜二帝王誕聖。㊁見“千秋歲”。

【千秋觀】 古蹟名，唐賀知章舊宅。在浙江紹興縣東北。新唐書一九六賀知章傳：“天寶初，……乃請爲道士，還鄉里，詔許之，以宅爲千秋觀而居。”其後改名天長觀，宋改名鴻禧觀，明改名明真觀，今稱道士莊。參閱嘉慶一統志二九四紹興府一鴻禧觀。

【千家姓】 明洪武時吳沈等據户部黃册等編，四字一句，約爲韻語，共收姓一千九百六十八，已佚。明文衡五有吳沈進千家姓表。又宋史藝文志史部譜牒類著錄採真子千姓編一卷、明焦竑國史經籍志三作吳可幾撰，亦不傳。

【千家詩】 詩集名。宋劉克莊有分門纂類唐宋時賢千家詩選二十二卷（簡稱千家詩選），所收都是近體。後出的千家詩，雖收詩僅數十家，而仍以千家詩爲名。大半根據克莊所選增删而成。上集七言絕句八十餘首，下集七言律詩四十餘首，舊時爲兒童啓蒙讀物，刻本很多，通行的爲王相注本，王並補五言千家詩附刻於後。參閱清翟灝通俗編七文學。

【千頃陂】 千頃陂塘，比喩人氣度之大。後漢書五三黃憲傳載郭林宗（泰）對人說：“叔度（憲字）汪汪若千頃陂，澄之不清，淆之不濁，不可量也。”世說新語德行作“萬頃之陂”。

【千頃堂】 明黃居中藏書堂名，初名千頃齋。居中，福建晉江人，僑居金陵，藏書很多，子虞稷有千頃堂書目。見該條。

【千張紙】 木實名。又名木蝴蝶，廣西雲南等省出產。清吳其濬植物名實圖考三六木類：“千張紙生廣西雲南，景東廣南皆有之。大樹，對葉如枇杷葉，亦有毛，面綠背微紫。……雲南志云：‘形如扁豆，其中片片如蟬翼，焚爲灰，可治心氣痛。’”參閱嘉慶一統志四八二廣南府土產。

【千葉蓮】 花瓣很多的蓮花。楞嚴經一：“光中生出千葉寶蓮。”唐李羣玉詩集後集四題金山寺石堂詩：“千葉紅蓮高會處，幾曾龍女獻珠來？”

【千萬壽】 對帝王的頌辭套語。後漢蔡邕蔡中郎文集八上元加服與羣臣上壽文：“謹奉生頭酒九鍾，稽首再拜，上千萬壽。”

【千歲子】 植物名。1.藤生植物。晉嵇含南方草木狀下：“千歲子，有藤蔓出土，子在根下，鬚綠色，交加如織。其子一苞恒二百餘顆，皮殼青黃色。殼中有肉如栗，味亦如之。乾者殼肉相離，撼之有聲，似肉豆蔻。出交趾。”2.仙人掌的別名。清吳其濬植物名實圖考二十蔓草類仙人掌草引明黃佐仙人掌賦序：“仙人掌者，奇草也。多貼石壁而生，……葉勁而長，若鮿鰌狀，……俗呼爲千歲子。”

【千歲蘽】 植物名。一名蘽蕪，卽葛藟。政和證類本草七引南朝梁陶弘景名醫別錄：“作藤生，樹如葡萄，葉如鬼桃，蔓延木上。汁白。”參見“葛藟”。

【千鍾祿】 傳奇名。本名千忠戮。清李玉撰。記敍明燕王朱棣（成祖）攻入南京，建文帝與大臣程濟楊應能葉希賢等化裝僧道，逃亡到湖廣雲南，飄泊名山古剎的故事。劇中宣揚了封建的忠君守節和宿命論思想，但對成祖的殘暴，也作了揭露和抨擊。參閱曲海總目提要三十。

【千了百當】 猶言一切妥貼。朱子語類三四論語十六：“聖人發憤便忘食，樂便忘憂，直是一刀兩段，千了百當。”也作“千了萬當”。見同書九七程子之書三。

【千人所指】 謂被衆人所指責。漢書八六王嘉傳：“里諺曰：‘千人所指，無病而死。’臣常爲之寒心。”卽衆怒難犯的意思。

【千山萬水】 形容山川之多，喩道路的艱險、遙遠。唐宋之問集上至端州驛見杜五審言……題壁慨然成咏詩：“豈意南中歧路多，千山萬水分鄉縣。”也作“萬水千山”。唐賈島長江集三送耿處士詩：“萬水千山路，孤舟幾月程。”

【千千萬萬】 千萬的重疊語，形容數量之多。唐杜牧樊川文集一晚晴賦：“千千萬萬之狀容兮，不可得而狀也。”

【千方百計】 想盡一切辦法。朱子語類三五論語十七：“譬如捉賊相似，須是著起氣力精神，千方百計去趕捉他。”

【千牛備身】 禁衛官名。詳“千牛衛”。參見“千牛”。

【千叮萬囑】 再三囑咐，表示對事情極其重視。元曲選楊顯之瀟湘雨四：“我將你千叮萬囑，你偏放人長號短哭。”

【千回百轉】 回旋反復，縈繞不斷。雍熙樂府（范居中）金殿喜重重秋思：“我這裏千回百轉自徬徨，撇不下多情數椿。”

【千辛萬苦】 經歷很多辛苦。元張之翰西巖集八元日詩：“千辛萬苦都嘗遍，祇有吳淞水最甘。”元曲選賈仲名對玉梳三：“受了些千辛萬苦，熬了些短嘆長吁。”

【千言萬語】 極言言語之多。唐鄭谷鄭守愚集一燕詩：“千言萬語無人會，又逐流鶯過短牆。”指燕的叫聲。朱子語類九學三：“聖賢千言萬語，只是要知得守得。”

【千村萬落】 村落遍地。唐杜甫杜工部草堂詩箋二兵車行：“君不聞漢家山東二百州，千村萬落生荆杞。”唐韓偓玉山樵人集自沙縣抵尤溪縣……村落皆空因有一絕：“千村萬落如寒食，不見人煙空見花。”

【千里一曲】 古傳黃河源出崑崙山，河水九曲，一曲千里，流入渤海。見樂府詩集九一九曲詞引河圖。公羊傳文十二年：“曷爲以水地？河曲疏矣，河千里而一曲也。”世說新語任誕：“有人譏周僕射（顗）與親友言戲，穢雜無檢節。周曰：‘吾若萬里長江，何能不千里一曲？’”是不拘小節的意思。

【千里移檄】 日行千里，傳送緊急公文。後漢書六三李固傳：“上奏南陽太守高賜等臧穢。賜等懼罪，遂共重賂大將軍梁羹，羹爲千里移檄，而固持之愈急。"注："言移一日行千里，救之急也。"

【千里猶面】意謂傳達真切。舊唐書六六房玄齡傳："高祖嘗謂侍臣曰：'此人深識機宜，足堪委任，每爲我兒陳事，必會人心，千里之外，猶對面語耳。'"

【千里蓴羹】世說新語言語："陸機詣王武子(濟)，武子前置數斛羊酪，指以示陸曰：'卿江東何以敵此？'陸云：'有千里蓴羹，但未下鹽豉耳！'"又見晉書陸機傳及太平御覽八五八、八六一引郭子。千里，湖名，在江蘇溧陽縣。蓴羹，以蓴菜所煮的湯。未下鹽豉，是說淡煮未用鹽豉調和。意謂千里湖蓴菜羹，其味甚美，無需用鹽豉調味。一説"未"爲"末"字之誤，末下，地名。見宋曾三異因話錄蓴羹。唐杜甫杜工部草堂詩箋二三贈別賀蘭銛："我戀岷下芋，君思千里蓴。"陸龜蒙甫里集八潤州送人往長洲詩："君住松江多少日？爲嘗鱸膾與蓴羹。"千里蓴、蓴羹，均爲千里蓴羹的省稱。

【千里鵝毛】比喻禮物輕而情意重。宋黄庭堅山谷外集詩注十長句謝陳適用惠送吴南雄所贈紙："千里鵝毛意不輕，瘴衣腥膩北歸客。"

【千佛名經】本佛經名。後借指登科名榜。唐封演封氏聞見記三貢舉："進士張繟(也作張倬)，漢陽王柬之曾孫也。時初落第，兩手奉登科記頂戴之，曰：'此千佛名經也。'其企羡如此。"宋范成大石湖詩集二十送同年萬元亨知階州詩："當年千佛名經裏，又見西遊第二人。"喻意亦同。

【千門萬户】形容屋宇廣大或人户衆多。史記孝武紀："於是作建章宫，度爲千門萬户。"唐李白李太白詩七侍從……賦龍池柳色初青聽新鶯百囀歌："春風轉入碧雲去，千門萬户皆春聲。"也作"萬户千門"。南朝陳徐陵玉臺新詠序："凌雲概日，由余之所未窺；萬户千門，張衡之所曾賦。"唐王維王右丞集六聽百舌鳥詩："萬户千門應覺曉，建章何必聽鳴雞。"

【千呼萬喚】呼喚多次，催促再三。唐白居易長慶集十二琵琶行詩："千呼萬喚始出來，猶抱琵琶半遮面。"

【千金一笑】見"一笑千金"。

【千金一擲】極言豪奢。唐李白李太白詩十四自漢陽病酒歸寄王明府："莫惜連船沽美酒，千金一擲買春芳。"參見"一擲千金"。

【千金之子】指富貴人家的子弟。史記一〇一袁盎傳："臣聞千金之子，坐不垂堂。"又一二九貨殖傳："諺曰：千金之子，不死於市。"

【千金市骨】比喻招攬人才的迫切。戰國時郭隗用馬作比喻，勸説燕昭王招攬人才。説古代君王懸賞千金買千里馬。三年後，得一死馬，用五百金買下馬骨；於是不到一年，得到三四千里馬。喻真能禮賢下士，則賢士將聞風而至。見戰國策燕一。唐張仲素有千金市駿骨賦。宋黄庭堅豫章集二詠李伯時摹韓幹三馬次蘇子由韻……詩："千金市骨今何有，士或不價五羖皮。"又作"千金買骨"。

【千金弊帚】比喻物雖微賤却萬分珍視。宋蘇軾分類東坡詩十八次韻秦觀秀才……將入京應舉："千金弊帚那堪换，我亦淹留豈長筭(算)。"參見"弊帚千金"。

【千軍萬馬】形容軍隊之多，聲勢浩大。也作"千兵萬馬"。南史陳慶之傳："先是洛中謡曰：名軍大將莫自牢，千兵萬馬避白袍。"元曲選鄭廷玉楚昭公二："早着俺千軍萬馬都驚走，急難收。"

【千秋萬歲】㊀千年萬年，形容歲月長久，也常用來祝人長壽。韓非子顯學："今巫祝之祝人曰：'使若千秋萬歲。'千秋萬歲之聲聒耳，而一日之壽無徵於人。"新唐書禮樂志九："臣某等不勝大慶，謹上千秋萬歲壽，再拜。"也作"千秋萬古"。唐杜牧樊川文集外集悲吴王城詩："千秋萬古無消息，國作荒原人作灰。"㊁婉言帝王之死。史記梁孝王世家："上與梁王燕飲，嘗從容言曰：'千秋萬歲後，傳於王。'"也作"萬歲千秋"。戰國策楚一："於是楚王遊於雲夢，……仰天而笑曰：'樂矣，今日之遊也。寡人萬歲千秋之後，誰與樂此矣？'"

【千紅萬紫】形容百花齊放，顔色繁多，異常絢麗。元趙文青山集八意行詩："千紅萬紫隨春去，獨立溪頭看荔花。"也作"萬紫千紅"。宋朱熹朱文公集二春日詩："等閒識得東風面，萬紫千紅總是春。"現在也用來形容繁榮興旺的景象。

【千倉萬箱】形容豐年儲糧之多。詩小雅甫田："乃求千斯倉，乃求萬斯箱。"抱朴子極言："千倉萬箱，非一耕所得；干天之木，非旬日所長。"

【千載一遇】謂機會極其難得可貴。東觀漢記八耿況傳："太史官曰：耿況彭寵，俱遭際會，順時乘風，列爲藩輔，忠孝之策，千載一遇也。"也作"千載壹合"、"千載一會"，意思都相同。漢書六四王褒傳聖主得賢臣頌："上下俱欲，驩然交欣，千載壹合，論説無疑。"文選作"千載一會"。

【千萬買鄰】指好鄰居的難得可貴。南史吕僧珍傳："初，宋季雅罷南康郡，市宅，居僧珍宅側。僧珍問宅價，曰'一千一百萬'。怪其貴。季雅曰：'一百萬買宅，千萬買鄰。'"

【千歲一時】形容機會難得。晉書慕容雲載記："機運難邀，千歲一時，公焉得辭也！"也作"千載一時"。晉書王羲之傳："比隆往代，況遇千載一時之運。"後謂"千載難逢"，即此意。

【千端萬緒】形容事情紛雜，頭緒繁多。文館詞林六九五三國魏曹植自試令："(王)機等吹毛求疵，千端萬緒，然終無可言者。"也作"千緒萬端"。晉書陶侃傳："侃性聰敏，勤於吏職，……閫外多事，千緒萬端，罔有遺漏。"又作"千頭萬緒"。唐吴兢貞觀政要一政體："以天下之廣，四海之衆，千頭萬緒，須合變通，皆委百司商量，宰相籌畫。"

【千慮一得】意謂愚人的謀慮也不是没有可取之處。晏子春秋雜下："嬰聞之：聖人千慮，必有一失；愚人千慮，必有一得。"史記九二淮陰侯傳："廣武君曰：'臣聞智者千慮，必有一失；愚者千慮，必有一得。'"後向人進言者常用作自謙的話。

【千影萬影】舊題唐馮贄雲仙雜記四上元影燈引影燈記："洛陽人家上元以影燈多者爲上，其相勝之辭，曰千影萬影。"

【千篇一律】形容作品、説話的内容重複老一套，没有變换。明王世貞全唐詩説："(白居易)少年與元稹角靡逞博，意在警戒痛快，晚更作知足語，千篇一律。"也作"千人一律"。宋蘇軾東坡集後集十四答王庠書："今程試文字，千人一律，考官亦厭之。"

【千嬌百媚】形容女性姿態的美。唐張文成游仙窟："千嬌百媚，造次無可比方；弱體輕身，談之不能備盡。"也作"千嬌百態"。陳徐陵徐孝穆集一雜曲："緑黛紅顔兩相發，千嬌百態情無歇。"

【千頭木奴】指千棵柑橘樹。漢末李衡派人在武陵龍陽泛洲上作宅，種柑橘千株。臨死，對他的兒子説："吾州里有千頭木奴，不責汝衣食。"見三國志吴孫休傳注引襄陽記、晉習鑿齒襄陽耆舊傳李衡傳。宋蘇軾分類東坡詩十五贈王子直秀才："水底笙歌蛙兩部，山中奴婢橘千頭。"即以衡事爲典。

【千錘百煉】指寫作精益求精、所用工夫之深。唐皮日休皮子文藪四劉棗强碑：

“自李太白百歲，有是業者，雕金篆玉，牢奇籠怪。百鍛爲字，千煉成句，雖不在蹈太白，亦後來之佳作也。”清趙翼甌北詩話一李青蓮詩：“詩家好作奇句警語，必千錘百煉而後能成。”現在也比喻經歷多次鬭爭和考驗。

【千巖萬壑】形容重山疊嶺。世說新語言語：“顧長康（愷之）從會稽還，人問山川之美。顧云：‘千巖競秀，萬壑爭流，草木蒙籠其上，若雲興霞蔚。’”唐白居易長慶集五八題岐王舊山池石壁詩：“況當霽景涼風後，如在千巖萬壑間。”

【千變萬化】極言變化無窮。史記八四賈誼傳服鳥賦：“千變萬化兮，未始有極。”

【千元十架室】清吳騫書室名。騫字槎客，號兔床，海寧人。藏書五萬卷，建拜經樓爲藏書室。當時黄丕烈給自己的書室題名爲百宋一廛，騫因給自己的書室題名爲千元十架（架，一作駕），意思是有上千卷的元版書籍。見藏書紀事詩五。

【千頃堂書目】清黄虞稷編著。三十二卷。所收的都是明人著作，按經、史、子、集編排，同時照顧作者時代先後。每類書的最後，收録宋遼金元人的著作，以補四史著作的遺缺。按記録明人著作的書，有焦竑國史經籍志、王鴻緒明史稿藝文志、傅維鱗明書經籍志、尤侗明史藝文志稿，但都不及此書詳細豐富。明史藝文志，就是以此書作爲藍本的。

【千手千眼觀音】千手千眼觀世音菩薩的簡稱。大藏經中有唐迦梵達摩譯千手千眼觀世音菩薩廣大圓滿無礙大悲心陀羅尼經一卷，即大悲咒。此經又有金剛智譯本，中有觀音圖像，體具千臂，掌中各有一眼，二十七面。經中說：“菩薩言：昔千光王静住如來，爲我説咒，我於是時，始住初地，超第八地，乃至身生千手千眼。”後世有千手觀音、千眼觀音以及千眼千臂觀世音等名稱，皆本於此經。

【千聞不如一見】耳聞千次，不如親眼一見爲確。陳書蕭摩訶傳：“（侯）安都謂摩訶曰：‘卿驍勇有名，千聞不如一見。’”今作百聞不如一見，意同。

二　畫

廿 niàn ㄋㄧㄢˋ 人執切，入，緝韻，日。

數目二十，兩字省作一字，讀念。廣韻：“今作廿，直以爲二十字。”唐李賀歌詩編四公無出門詩：“鮑焦一世披草眠，顔回廿九鬢毛斑。”

卅 sà ㄙㄚˋ

見“卌”。

午 wǔ ㄨˇ 疑古切，上，姥韻，疑。

㊀地支的第七位。㊁日中爲午。全唐詩十八李紳憫農：“鋤禾日當午，汗滴禾下土。”一説蹲夷中作。參見“午時”。㊂干支逢五曰午。如五月五日曰午日，重午、端午。㊃一縱一横叫午。儀禮大射：“度尺而午。”㊄逆。通“迕”、“忤”。禮記哀公問：“午其衆以伐有道。”㊅姓。漢有午汝臣，宋有午相。

【午日】㊀夏曆五月初五，端午日的簡稱。元瞿祐四時宜忌引晉陸機洛陽記：“午日造水蘘艾酒。”㊁干支值午之日。後漢書三六陳寵傳“（陳咸）猶用漢家祖臘”注引漢應劭風俗通：“漢家火行盛於午，故以午日爲祖也。”㊂中午。唐張籍張司業詩集一江南曲：“長干午日沽春酒，高高酒旗懸江口。”

【午午】重疊，雜沓。宋梅堯臣宛陵集四十泊昭亭山下得亭字詩：“雲中峯午午，潭上樹亭亭。”

【午月】夏曆以寅月爲歲首（正月），所以五月也稱午月。參見“夏正”。

【午河】水名。在河北内丘縣（舊柏鄉縣）西，發源於内丘縣（舊臨城縣）西北諸山，東南流入内丘縣境，於縣北與槐水（野河）流合。見讀史方輿紀要十四真定府趙州柏鄉縣。

【午夜】半夜。唐李賀歌詩編三秦宮：“飛窗複道傳籌飲，午夜銅盤膩燭黄。”

【午枕】午睡。宋王安石臨川集三十午枕詩：“午枕花前簟欲流，日催紅影上簾鈎。”

【午門】帝王宮城的正門。全唐詩十一王建春日五（一作午）門西望：“百官朝下午門西，塵起春風過玉堤。”今北京舊紫禁城正門，也叫午門。三闕，上覆重樓九間，門前左設嘉量，右設日圭。左右各一闕，西向的叫左掖，東向的叫右掖。復翼以兩觀，樓閣四聳，與中相輔。

【午供】供給僧衆的午齋。宋趙蕃章泉稿二章塢庵詩：“午供隨齋缽，留題眇上方。”

【午時】中午前後。唐白居易長慶集十晝寢詩：“不作午時眠，日長安可度？”

【午道】縱横四達的大路。戰國策趙二：“韓守成皋，魏塞午道。”

【午達】古代女子剪髮式樣。禮内則“擇日翦髮爲鬌，男角女羈”漢鄭玄注：“午達曰羈。”疏：“一從一横曰午。今女翦髮，留其頂上縱横各一，相交通達，故云午達。”

【午暑】夏季中午最熱，因稱酷熱爲午暑。宋范成大石湖集十八慈姥巖與送客酌别風雨大至……詩：“山靈知我厭塵土，唤起蟄雷驅午暑。”宋陸游劍南詩稿六二殘暑得小雨頗涼：“午暑不可觸，忽驚如許涼。”

【午衙】同“蜂衙”。宋陸佃埤雅釋蟲：“蜂有兩衙應潮，其主之所在，衆蜂爲之旋繞如衛。”元詩選金涓青村遺稿春日過繡湖：“茅菴兀坐無餘事，静看遊蜂報午衙。”參見“蜂衙”。

【午影】中午的日影。宋王安石臨川集三二獨卧詩：“茅簷午影轉悠悠，門閉青苔水亂流。”

【午橋莊】唐裴度的别墅。白居易長慶集六六有奉和裴令公新成午橋莊緑野堂即事詩。至宋爲張齊賢所有。見宋史二六五張齊賢傳。地在今河南洛陽縣南。

升 shēng ㄕㄥ 識蒸切，平，蒸韻，審。

㊀容量單位。1. 十合爲一升，十升爲一斗。周禮考工記：“栗氏爲量……其耳三寸，其實一升。”漢書律曆志：“十龠爲合，十合爲升。”2. 量酒單位也叫升。宋朱翌猗覺寮雜記上：“淮以南，酒家以升計。”㊁布八十縷爲升。禮雜記：“朝服十五升。”西京雜記五：“五絲爲䋈，倍䋈爲升。”㊂上升，登上。詩小雅天保：“如月之恒，如日之升。”易坎：“天險不可升也。”㊃成熟。穀梁傳襄二四年：“五穀不升爲大饑。”㊄易卦名。☷☴，坤上巽下。卦爲地中生木，木由小而大，所以是升象。㊅姓。南北朝有升元。

【升斗】升爲容量起量基本單位，斗爲計量常用單位，古籍中多升斗連用，比喻微薄，少量。漢書六七梅福傳：“言可采取者，秩以升斗之禄，賜以一束之帛。”金元好問遺山集十一自鄧州幕府暫歸秋林詩：“升斗微官不療饑，中林春雨蕨芽肥。”

【升引】登用，提拔。宋書雷次宗傳：“自絶招命，守志隱約。宜加升引，以旌退素。”

【升中】古帝王祭天上告成功。禮禮器：“因名山，升中於天。”注：“升，上也；中，猶成也；謂巡守至於方岳，燔柴祭天，告以諸侯之成功也。”文選南朝梁陸佐公（倕）石闕銘：‘升中以祀羣望，攝袂而朝諸夏。”

【升平】㊀太平。漢應劭風俗通二正失孝文帝:“治天下,致升平。”漢書六七梅福傳:“使孝武皇帝聽用其計,升平可致。”注:“民有三年之儲曰升平。”㊁晉司馬聃(穆帝)年號。公元357—361年。

【升合】比喻數量很小。三國志蜀楊洪傳注:“(何祇)使人投算,祇聽其讀而心計之,不差升合,其精如此。”抱朴子嘉遯:“水雖勝火,而升合不足以救焚山。”

【升沈】㊀古祭山,置祭品於山叫升;祭川,投祭品於水叫沈。儀禮覲禮:“祭山丘陵升,祭川沈。”言帝王巡守及諸侯盟祭升沈之禮。參閱清胡培翬儀禮正義。㊁升謂登進,沈謂淪落,指仕宦的升降進退。唐李白李太白詩十八送友人入蜀:“升沈應已定,不必問君平。”

【升注】提升官職。金史宣宗紀貞祐三年九月:“命違限者止奪三官,降職三等,仍永不升注。”

【升恆】詩小雅天保:“如月之恆,如日之升。”後來用爲稱頌事業日益發展的套語。參見“日升月恆”。

【升科】清代新開墾的田地,一般水田六年,旱田十年不徵稅,滿年限後,按照賦稅規定,徵收錢糧,與普通田畝同等,叫作升科。清會典事例一六六戶部田賦:“招民墾耕,酌定年分,分別升科。”也叫起科。又:“開墾水田以六年起科,旱田以十年起科。”

【升陟】攀登。水經注六文水:“惟西側一處,得歷級升陟。”

【升麻】植物名。廣雅釋草:“周麻,升麻也。”政和證類本草六草部:“升麻,味甘苦,平,微寒無毒,主解百毒。……一名周麻。”本草綱目十三草部:“升麻,其葉似麻,其性上升,故名。”

【升降】㊀上升下降。管子小匡:“升降揖讓,進退閑習,辨辭之剛柔,臣不如隰朋。”㊁指盛衰。書畢命:“道有升降,政由俗革。”㊂增減。新唐書食貨志一:“然是時天下戶未嘗升降。”

【升帳】古代元帥或主將到營帳聽取軍情,發號施令,叫升帳。元王實甫西廂記二本二折:“今日升帳,看有甚軍情來,報我知道者。”

【升進】升官。漢王充論衡非韓:“奸人外善內惡,色厲內荏,作爲操止,象類賢行,以取升進。”後漢書四九王符傳:“符獨耿介,不同於俗,以此遂不得升進,志意蘊憤,乃隱居,著書三十餘篇。”

【升第】晉級或錄用。文選南朝梁劉孝標(峻)辯命論:“主父偃公孫弘,對策不升第,歷說而不入。”也作“昇第”。唐黃滔唐黃御史集三酬徐正字寅詩:“名從兩榜考昇第,官自三台追起家。”

【升假】見“升遐㊀”。

【升越】布名。漢王符潛夫論浮侈:“從奴僕妾,皆服葛子升越,筩中女布。”文選晉左太沖(思)吳都賦:“蕉葛升越,弱於羅紈。”注:“蕉葛,葛之細者;升越,越之細者。”

【升揚】官吏升級。唐柳宗元柳先生集四十祭呂敬叔文:“周遊人間,餘二十年,擯辱非恥,升揚非賢。”

【升華】指官吏升級。初學記十二南朝梁沈約奏彈祕書郎蕭遙昌文:“盛戚茂年,升華祕館。”也作“升榮”。北周庾信庾子山集十六周安昌公夫人鄭氏墓誌銘:“序戚升榮,從夫有秩。”

【升階】晉級。易升:“貞吉升階,大得志也。”又自堂下拾級而上也叫升階。樂府詩集三九相和歌辭南朝陳張正見置酒高殿上:“容與升階玉,差池曳履珠。”

【升補】官吏升級補缺。宋史哲宗紀元符二年十一月:“詔諸州置教授者,依太學三舍法,考選生徒升補。”三舍升補法,參閱宋史選舉志三、文獻通考四二學校三。也作“陞補”。宋會要輯稿一〇八選舉四:“宣和元年二月內陞補上舍中等,貢至辟雍。”

【升遐】㊀升到高遠的地方,升天。後漢書五九張衡傳思玄賦:“涉清霄而升遐兮,浮蔑蒙而上征。”文選呂尚注:“遐,遠也。”也作“升假”。淮南子齊俗:“其不能乘雲升假亦明矣。”注:“假,上也。”㊁稱帝王的死。三國志蜀先主傳章武三年:“今月二十四日奄忽升遐,臣妾號咷,若喪考妣。”㊂隱居離世。三國魏阮籍阮步兵集詠懷詩:“豈若遺耳目,升遐去殷憂。”

【升概】升,量酒器;概,平斗斛的木棍或木板。引申爲買賣中給貨公平。韓非子外儲右上:“宋人有酤酒者,升概甚平,遇客甚謹,爲酒甚美,縣幟甚高著,然不售,酒酸。”

【升歌】祭禮、宴會登堂時所奏的歌。儀禮燕禮:“升歌鹿鳴,下管新宮,笙入三成。”鹿鳴新宮都是詩小雅篇名,新宮已佚。也作“登歌”。詳該條。

【升甌】瓦盆。方言五:“甇甀謂之盎,自關而西或謂之盆,或謂之盎,其小者謂之升甌。”按唐慧琳一切經音義六一、七五、九十並引方言說:“盆之小者謂之甌。”前無“升”字。

【升學】謂進入太學或國學。禮王制:“司徒論選士之秀者而升之學,曰俊士。”疏:“謂身升於大學。”文選南齊王元長(融)永明九年策秀才文:“子大夫選名升學,利用賓王。”唐劉良注:“言當選名之秀進於太學,……升,進也。”

【升濟】超度。晉書王坦之傳:“貧道已死,罪福皆不虛。惟當勤修道德,以升濟神明耳。”宋蘇軾東坡題跋一書金光明經後:“要當口誦而心通,手書而身履之,乃能感通佛祖,升濟神明。”

【升黜】升進和降免。宋王安石臨川集二二酬仲卿見別詩:“升黜會應從此異,願偷閑暇數經過。”

【升轉】舊稱官職的提升與調動。官階自下而上叫升,同級移調叫轉。宋史兵志十:“往往超躐升轉,後名反居前列,高下不倫,甚失公平之意。”

【升騰】飛騰上升。後漢書六一左雄傳:“踊躍升騰,超等踰匹。”指官爵升遷。

【升天行】古樂府雜曲歌辭名。三國魏曹植、南朝宋鮑照等都有此作,見樂府詩集六三。唐吳兢樂府古題要解下作昇天行,稱曹植有龍欲昇天等七篇,詞都是出自楚歌遠游篇。升天卽“昇天”。

【升平帖】法帖名。晉王羲之書。宋黃伯思東觀餘論下跋逸少升平帖後:“晉史稱王逸少書,暮年方妙,此帖升平二年書,距其終才三載,正暮年迹也。故結字比樂毅告誓諸帖尤古質。”

【升庵集】明楊慎撰。慎號升庵,集八十一卷。其中賦及雜文十一卷,詩二十九卷,外集四十一卷。慎在明代,以記覽廣博著稱,多有新見解;但逞奇好勝,不免穿鑿附會。其詩上法六朝,於明代別立門戶。

【升仙太子】卽王子晉。道家傳說周靈王子晉學道成仙,後人立祠號升仙太子。資治通鑑二〇六唐聖曆二年二月:“太后(武則天)幸嵩山,過緱氏,謁升仙太子廟。”按舊唐書則天皇后紀作王子晉廟。武則天並有周昇仙太子碑,廟稱昇仙太子。見清王昶金石萃編六三。參見“王子喬”。

【升堂入室】論語先進:“由也升堂矣,未入於室也。”由,仲由,卽子路。是說子路學孔子雖有成就,但還須更進一步。後因稱人學問造詣精深爲升堂入室。三國志魏管寧傳:“娛心黃老,游志六藝,升堂入室,究其閫奧。”

【升堂拜母】古代友誼深厚的人,相訪

時，常以進入後堂，拜候對方的母親爲禮節，叫升堂拜母。後漢范式與汝南張劭爲友。二人告歸鄉里，式約劭二年後過劭拜尊親，見孺子。到期劭母醖酒，式果到，升堂拜母，飲盡歡而別。見太平御覽四〇七謝承後漢書。今本范曄後漢書七一范式傳"升堂拜"下脱"母"字。三國志吳周瑜傳："(孫)堅子策與瑜同年，獨相友善，瑜推道南大宅以舍策，升堂拜母，有無通共。"

卆 zú ㄗㄨˊ

同"卒"。由草書所變。元刊古今雜劇中卒字多作"卆"。

三畫

半 1. bàn ㄅㄢˋ 博漫切，去，换韻，幫。

㊀整體中分，各爲半。易繫辭下："知者觀其彖辭，則思過半矣。"孫子軍爭："五十里而爭利，則蹷上將軍，其法半至。"

2. pàn ㄆㄢˋ 集韻 普半切，去，换韻。

㊀大片。漢書五四李陵傳："令軍士人持二升糒，一半冰。"注："半讀曰判。判，大片也。"資治通鑑漢天漢二年作"一片冰"。

【半丁】未成丁年的人。晉書范汪傳附范甯："今以十六爲全丁，則備成人之役矣。以十三爲半丁，所任非復童幼之事矣。"也稱"次丁"。晉書食貨志："男女年十六已上至六十爲正丁，十五已下至十三、六十一以上至六十五爲次丁。"

【半人】嘲弄别人的戲言，謂够不上一個人。如晉苻堅因習鑿齒有脚疾，稱習爲半人。見襄陽耆舊傳。又五代晉陳保極因桑維翰身體短陋，稱桑爲半人。見舊五代史陳保極傳。

【半子】女婿。文苑英華九九一唐符載祭外舅房州李使君文："意敵周親，禮成半子。"新唐書二一七上回鶻傳："詔咸安公主下嫁，……是時可汗上書恭甚，言：'昔爲兄弟，今婿，半子也。'"

【半古】孟子公孫丑上："故事半古之人，功必倍之。"注："當今所施恩惠之事半於古人，而功倍之矣。"文選晉陸士衡(機)豪士賦序："故曰才不半古，而功已倍之。"唐張銑注："言才不及古之半，而立功已倍於古人者，蓋得時遇勢也。"

【半世】半生。唐韓愈昌黎集三贈侯喜詩："半世遑遑就舉選，一名始得紅顏衰。"

【半仗】儀仗隊的半數。新唐書儀衛志上："内外仗隊，七刻乃下。……宴蕃客日，隊下，復立半仗於兩廊。"宋代庭殿的儀仗隊，有黄麾大仗、黄麾半仗等。大仗儀衛五千餘人，半仗半之，二千二百餘人。南渡後，不設大仗，半仗增至二千四百餘人，見宋史儀衛志一殿庭立仗。

【半仙】㊀傳説仙人居住在高空，因而稱登高山的人爲半仙。宋范成大石湖集三山頂詩："翠屏無路强攀緣，我與枯藤各半仙。"㊁舊時相士、巫醫行術騙人，誇耀法術神妙，多以半仙自稱。如元周密武林舊事六諸色伎藝人中有施半仙。

【半衣】指婦女的上裝。古代婦女上下裝相連，相傳秦始皇詔令宫人和近侍宫人皆穿衫子，也叫半衣。見五代後唐馬縞中華古今注中衫子背子。

【半印】舊印章名。漢制，丞相、列侯至令丞，都用正方形的大印。小官如管倉庫、園林的，只能用大官印的一半，印成長方形。後世沿其制，叫半印。見清馮雲鵬金石索五。清桂馥札樸八少内印："馥案少内與倉庫諸官印皆長而小，下吏卑職不得用徑寸方印也。"

【半百】五十，多指人的年歲。唐杜甫杜工部草堂詩箋十四寄高三十五詹事："相看過半百，不寄一行書。"宋王安石臨川集六送李屯田守桂陽詩之二："行年半百勞如此，南畝催耕未宜絶。"

【半身】全身的一半。唐韓偓玉山樵人香奩集復偶見三絶詩："半身映竹輕聞語，一手揭簾微轉頭。"宋劉克莊後村集六郊行詩："山晴全體出，樹老半身枯。"

【半空】㊀空其一半。新唐書二〇七仇士良傳："士良因縱兵捕，無輕重悉斃兩軍，公卿半空。"㊁高空之半。唐張説張説之集一奉和登驪山矚眺詩："寒山上半空，臨眺盡寰中。"

【半兩】古錢名。史記平準書："至孝文時，莢錢益多，輕，乃更鑄四銖錢，其文爲'半兩'。"漢書食貨志下："今半兩錢法重四銖。"注："其文爲半兩，實重四銖也。"參閲通典八食貨八錢幣上。

【半刺】㊀指州郡長官下屬的官吏，如長史、通判等。唐杜甫杜工部草堂詩箋十六寄彭州高使君適虢州岑長史參詩："諸侯非棄擲，半刺已翺翔。"㊁針灸五刺之一；刺入較淺，所以叫半刺。靈樞經官鍼："半刺者，淺内，而疾發鍼，無鍼傷肉，如拔毛狀。"

【半牀】㊀徵收賦税時對單身男子所定的名目。通典食貨五賦税三："北齊……舊制未娶者輸半牀租調。"注："有妻者輸一牀，無者半牀。"參見"一牀㊀"。㊁不滿一床。北周庾信庾子山集一小園賦："落葉半牀，狂花滿屋。"

【半洲】古城名。在江西九江市西。三國志吳孫慮傳："黄武七年，封建昌侯。後二年，……於是假節開府，治半洲。"參閲元和郡縣志二八江州。

【半面】㊀後漢書四八應奉傳注引謝承(後漢)書："奉年二十時，嘗詣彭城相袁賀。賀時出行閉門，造車匠於内開扇出半面視奉，奉即委去。後數十年於路見車匠，識而呼之。"唐李商隱李義山文集四會昌一品集序："車匠胡奴，罔迷于半面。"就是用這個典故。㊁暫見一次。北齊書楊愔傳："其聰記强識，半面不忘。"唐白居易長慶集二八與元九書："初應進士時，中朝無緦麻之親，達官無半面之舊。"後言半面之交、半面之識，爲初相識或相識不深之詞。

【半律】即子聲。古樂黄鐘等十二律的半數。黄鐘而下，聲更低的有律吕的倍體；應鐘而上，聲更高的有律吕的半體。倍體半體都止於六。見清會典圖。宋王偁東都事略一一三胡瑗傳："瑗所議樂，多變古法，……其聲比舊樂下半律。"參見"半聲"。

【半翅】鳥名。即沙雞。明李夢陽空同子："西方有鳥曰半翅者，亦癡，見人飛不過三五尺，可以杖擊之得也。"清王士禎居易録上據盤山新志謂即爾雅上的鷚，當地稱爲半翅。朱彝尊曝書亭集七有食半翅二首詩，即指此鳥。沈濤瑟榭叢談下謂半翅純褐色，而沙雞略具文采，别是一鳥。

【半夏】㊀藥草名。禮月令仲夏之月："半夏生，木堇榮。"急就篇四："半夏皁莢艾橐吾。"注："半夏，五月苗始生，居夏之半，故爲名也。"根可入藥，生用有毒，内服須製用。因製法不同，有法半夏、紅半夏、薑半夏、半夏麴等名稱。參閲政和證類本草十草部下品之上、本草綱目十七草部。㊁稻品種名。詳"半夏稻"。

【半晌】半刻，好大一會兒。也作"半餉"。元曲選蕭德祥殺狗勸夫二："我這裏低着頭沈吟了半晌，他那裏不轉睛瞧了我一會。"

【半豹】晉書殷仲文傳："仲文善屬文，爲世所重，謝靈運嘗云：'若殷仲文讀書半袁豹，則文才不減班固。'言其文多而見書少也。"世説新語文學説是庾亮的話。豹字士蔚，博學善文辭。半豹本意是説仲文讀書不多,後來轉用爲博學的典故。

【半袖】短袖衣。三國志魏楊阜傳:"阜常見明帝著繡帽,被縹綾半褎。"晉書五行志上、宋書五行志一,半褎都作"半袖"。

【半陰】㊀昏暗。南朝梁沈約沈隱侯集二登玄暢樓詩:"雲生嶺乍黑,日下溪半陰。"㊁多雲的天氣。唐劉禹錫劉夢得集外集四洛中早春贈樂天詩:"漠漠復靄靄,半晴將半陰。"

【半掐】半點兒。元曲選白仁甫梧桐雨三:"國家又不曾虧你半掐,因甚軍心有爭差?"

【半規】半圓形。規,圓規。文選南朝宋謝靈運游南亭詩:"密林含餘清,遠峯隱半規。"指日落峯外,隱去一半。宋蔡伸友古詞朝中措:"萬里闢雲散盡,半規涼月當空。"

【半通】卽半印,下級官吏所用。漢揚雄法言孝至:"不由其德,五兩之綸,半通之銅亦泰矣。"注:"皆有秩嗇夫之印綬,印綬之微者也。"後漢書四九仲長統傳昌言損益:"身無半通青綸之命,而竊三辰龍章之服。"注引十三州志:"有秩嗇夫,得假半章印。"參見"半印"。

【半粧】卽半面粧。花間集三薛昭蘊離別難詞:"半粧珠翠落。"也作"半妝"。五代王定保摭言十載:蔣凝應宏辭,人稱之曰:"白頭花鈿滿面,不若徐妃半粧。"參見"半面粧"。

【半菽】半菜半糧,指粗劣的飯食。漢書三一項籍傳:"今歲飢民貧,卒食半菽。"注:"士卒食蔬菜以菽雜半之。……菽謂豆也。"史記項羽紀作"芋菽"。集解引徐廣云:"芋一作半。"文選南朝梁劉孝標(峻)廣絶交論:"莫肯費其半菽,罕有落其一毛。"

【半道】半路。北周庾信庾子山集四和靈法師游昆明池詩:"半道聞荷氣,中流覺水寒。"

【半₂散】散布。漢書五七上揚雄傳甘泉賦:"半散照爛,粲以成章。"注:"半散照爛,言其分布而光明也。"

【半賈】價格的一半。漢書食貨志上:"當具有者,半賈而賣,亡者取倍稱之息。"注:"本直千錢者,止得五百也。賈讀曰價。"南史郭原平傳:"每出賣物,裁求半價。邑人皆共識悉,輒加本價與之。"

【半₂漢】形容駿馬雄勁奔騰的神態。文選漢張平子(衡)東京賦:"龍雀蟠蜿,天馬半漢。"

【半輪】指半圓的月亮或太陽。藝文類聚二八南朝陳江總秋日登廣州城南樓詩:"野火初烟細,新月半輪空。"唐杜甫杜工部詩史補遺三越王樓歌:"樓下長江百丈清,山頭落日半輪明。"

【半餉】好久。同"半晌"。古今雜劇元關漢卿望江亭四:"諕的他半餉家口難言。"元曲選本作"諕的他半晌只茫然。"

【半壁】㊀牆壁的一半。北周庾信庾子山集四寒園卽目詩:"遊仙半壁畫,隱士一牀書。"㊁半邊。唐李白李太白詩十五夢游天姥吟留別:"半壁見海日,空中聞天雞。"宋呂頤浩忠穆集七送張德遠宣撫川陝詩:"每憤中原淪半壁,擬將孤劍斬長鯨。"

【半齋】佛教徒稱早粥與正午齋中間所用的點心爲半齋。宋高僧傳七貞誨傳:"捨衣資爲非時僧得施半齋僧訖。"元敕修百丈清規二:"次早請湯,……住持相陪喫粥,粥罷請茶,侍者再稟上堂,座右設位,半齋點心。"

【半濟】渡河渡過一半。孫子行軍:"客絶水而來,勿迎之於水内,令半濟而擊之,利。"

【半氈】南史江革傳:"(謝)朓嘗行還過候革,時大寒雪,見革弊絮單席,而耽學不倦,嗟嘆久之,乃脱其所著襦,並手割半氈與革充卧具而去。"後因作爲顧惜寒士的典故。宋胡宿文恭集三趙宗道歸輦下詩:"半氈未暖還傷別,一臂初交又解攜。"

【半聲】小學紺珠一四清聲注引朱熹:"半律,通典謂之子聲,後人失之,惟存四律,有四清聲,卽半聲也。"按通典之說見樂典三五聲十二律旋相爲宮注。參見"半律"。

【半臂】短袖衣。唐張泌妝樓記家法:"房太尉家法,不著半臂。"參閱說郛十馬鑑續事始半臂。

半 臂

【半額】形容畫眉之廣,寬達半額。後漢書二四馬廖傳:"長安語曰:'城中好高髻,四方高一尺;城中好廣眉,四方且半額。'"太平御覽四九引謝承後漢書作"畫半額"。後因稱廣眉爲半額。玉臺新詠六梁吳均與柳惲相贈答六首詩之二:"纖腰曳廣袖,半額畫長蛾。"

【半蟾】半月。神話傳說月中有蟾蜍,故借稱月爲蟾,半月爲半蟾。唐李白李太白詩三十雨後望月:"四郊陰靄散,開户半蟾生。"

【半襪】古代婦女所穿的一種無底襪,也叫膝褲。事物異名録十六半襪引明田藝蘅留青日札:"唐世婦人皆著襪,今婦人纏足,其上亦有半襪罩之,謂之膝褲。"清趙翼陔餘叢考三三襪膝褲中說:今襪有底,膝褲無底,形制有別;但古時襪或似今膝褲之制,後人改爲有底,遂分其名。參見"膝褲"。

【半丈紅】花草名。宋蘇軾東坡集前集十五與歐育等六人飲酒詩:"忽驚春色二分空,且看樽前半丈紅。"宋陸游劍南詩稿三四半丈紅盛開:"滿酌吳中清若空,共賞池邊半丈紅。"

【半山亭】亭名。1. 在今江蘇南京市。宋王安石建,因自號半山。後捐爲寺院。宋陸游入蜀記二:"半山者,王文公舊宅,所謂報寧禪院也;自城中上鍾山,此爲中途,故曰半山。"2. 在河南内鄉縣西北湯河半山間。宋張舜民建。金元好問遺山集三有半山亭招仲梁飲詩,卽其地。見嘉慶一統志二一一南陽府二。

【半天嬌】指鴿。宋陶穀清異録二禽:"豪少年尚畜鴿,號半天嬌。"

【半月泉】泉名。1. 在浙江紹興縣境。全唐詩四八一李紳題法華寺:"殿湧全身塔,池開半月泉。"宋姚寬西溪叢語上:"此泉隱於巖下,雖月圓,池中只見其半,最爲佳處。"2. 在浙江吳興縣境。嘉慶一統志二八九湖州府一:"半月泉在德清縣東北石壁山下,泉出石罅,狀如半月,旱潦無盈涸。"

【半仙戲】指秋千戲,因在半空蕩漾,翩翩若仙,故名。五代後周王仁裕開元天寶遺事下半仙之戲:"宮中至寒食節,競豎鞦韆,令宮嬪輩戲笑以爲宴樂,帝呼爲半仙之戲。"

【半合兒】一會兒,片刻。元曲選石君寶曲江池三:"一家兒簇捧做胸前肉,半合兒憎嫌做眼内釘。"

【半那娑】菓名。梵語的譯音。又作"半娜婆"、"般橠娑"。大般若經三五六:"譬如有人欲食菴没羅果,或半那娑果。"阿毗達磨俱舍論五:"諸穀麥豆、金鐵菴羅、半娜婆等,亦有自類互相似故。"娜與那同音,婆爲娑之誤字。唐玄應一切經音義二四作"半橠娑",謂:"舊言波那娑,果形如冬瓜,其味甚甘也。"

【半夜鐘】夜半報時的鐘聲。唐許渾丁卯集上寄題華嚴韋秀才院詩:"今來故國遥相憶,月照千山半夜鐘。"中興閒氣集下張繼夜泊松江詩:"姑蘇城外寒山寺,夜半鐘聲到客船。"按南史丘仲孚傳:"少好學,讀書,常以中宵鐘鳴爲限。"中宵卽夜半。參見"分夜鐘"。

【半面粧】簡稱半粧。粧，同"妝"。南史梁元帝徐妃傳："妃以帝眇一目，每知帝將至，必爲半面粧以俟，帝見則大怒而出。"唐李商隱李義山詩集六南朝："休誇此地分天下，只得徐妃半面妝。"參見"半粧"。

【半段槍】折斷的槍。新唐書一三五哥舒翰傳："吐蕃枝其軍爲三行，從山差池而下，翰持半段槍迎擊，所向輒披靡，名蓋軍中。"宋蘇軾分類東坡詩十八次韻孔毅父集古人句見贈："路旁拾得半段槍，何必開爐鑄矛戟？"

【半草書】書法的一體。唐張彥遠法書要録二引南朝梁庾元威論書，把半草書、全草書列爲百體之一。唐段成式酉陽雜俎十一廣知："百體中有懸針書、……草書、龍草書、……半草書。"參見"百體書"。

【半格詩】詩的一體。指與今律相諧的歌行體，以別於純粹的古風。唐白居易長慶集後集卷六九爲半格詩，卷五一、五二、六三又有格詩。宋陸游劍南詩稿八二古壽人至聞五郎頗有老態作長句自遺："點誦內篇莊叟語，長歌半格白公詩。"清趙執信聲調譜引白氏半格詩一首爲例，分析某爲古句，某爲律句，某爲齊梁，意在說明半格詩，乃半古半律，爲齊梁體的別格。但汪立名白香山詩集注認爲格與律是相對而言，古體詩、樂府歌行，俱屬格詩；半格詩是指該卷中，一半格詩，一半律詩，不是另有一體。

【半夏稻】稻品種名。初學記二七漢蔡邕月令章句："十月穫稻，人君嘗其先熟，故在季秋九月熟者，謂之半夏稻。"唐陸龜蒙甫里集十五幽居賦："復有稻名半夏，藥號恒春。"

【半跏趺】佛教儀式，兩足加於兩髀，叫做結跏趺坐；右足加於左髀，叫半跏趺坐，也叫吉祥坐。唐釋不可思議大毘盧遮那經供養次第法疏下："吉祥坐者，右脚著左髀上，亦言半跏坐是也。"參見"吉祥坐"、"結跏趺坐"。

【半瓶醋】形容僅有一知半解的知識，却自鳴得意好在人前賣弄的人。古今雜劇元缺名司馬相如題橋記："如今那街市上常人，粗讀幾句書，咬文嚼字，人叫他做半瓶醋。"

【半截劍】金李特立，人號半截劍，言其短小鋒利。見金史蒲察合住傳。

【半擇迦】佛教有五種不男之說，總稱半擇迦。也稱黃門。唐釋玄奘大乘阿毘達磨雜集論八："又半擇迦有五種：謂生便半擇迦、嫉妬半擇迦、半月半擇迦、灌灑半擇迦、除去半擇迦。"參閱宋洪邁容齋隨筆一半擇迦。

【半頭幘】漢代的一種頭巾。後漢書十一劉盆子傳："盆子時年十五，……(劉)俠卿爲制絳單衣，半頭赤幘。"注："幘巾，所謂覆髻也。……半頭幘即空頂幘也，其上無屋，故以爲名。"參見"空頂幘"。

【半邊蓮】植物名。多生溝中，就地蔓生。可入藥。本草綱目十六草部："半邊蓮，小草也。生陰溼塍塹邊，就地細梗引蔓，節節而生細葉。秋開小花，淡紅紫色，止有半邊，如蓮花狀。又呼急解索。"

【半斤八兩】舊秤以十六兩爲一斤，半斤八兩表示輕重相等，不相上下。宋惟白建中靖國續燈録二四法恭禪師："踏着秤鎚硬似鐵，八兩元來是半斤。"永樂大典戲文三種張協狀元："兩個半斤八兩，各家歸去不須嗔。"

【半身不遂】中醫學名詞。又稱偏癱或偏風。指半邊肢體偏癱，不能活動。久病則患肢比健肢枯瘦，麻木不仁，故又稱爲偏枯或偏廢不仁。金匱要略方論上中風歷節："夫風之爲病，當半身不遂，或但臂不遂者，此爲痹脈微而數中風使然。"

【半夜三更】深夜。清李玉清忠譜傳奇上就逮："半夜三更，什麽人傳鼓？"參見"三更半夜"。

【半面之交】與半面之識、半面之舊意同。詳"半面㊂"。

【半信半疑】對真假是非不能肯定，即疑信參半。三國魏嵇康嵇中散集九答釋難宅無吉凶攝生論："苟卜筮所以成相，虎可卜而地可擇，何爲半信半不信耶？"半不信即半疑。清詩別裁三二成鷲羅浮采藥歌："相逢一一爲予說，予心半信還半疑。"

【半個前程】清初最低的世襲官職。順治四年，改爲拖沙喇哈番，漢文稱雲騎尉。見東華録六順治四年。

【半部論語】宋趙普爲相時，人言普山東人，所讀僅只論語而已。太宗(趙匡義)曾因此問他。他說："平生所知，誠不出此。昔以其半輔太祖(趙匡胤)定天下，今欲以其半輔陛下致太平。"見宋羅大經鶴林玉露七。舊稱半部論語治天下，典出於此。

【半推半就】形容假意推辭。元王實甫西廂記四本一折："半推半就，又驚又愛。"

【半間不界】不深刻，膚淺不徹底。朱子語類四七論語二九："便是世間有這一般半間不界底人，無見識，不顧理之是非，一味謾人。"又作"半間半界"。宋吳泳鶴林集二七答家本仲書："又思向來講學，只是半間半界，無詣平實處。"

【半塗而廢】比喻做事不能堅持到底。塗，同"途"。禮中庸："君子遵道而行，半塗而廢，吾弗能已矣。"也作"半途而廢"。三國演義二三："維曰：'臣已得祁山之寨，正欲收功，不期半途而廢，此必中鄧艾之計矣。'"

【半路出家】比喻中途改行。京本通俗小説錯斬崔寧："先前讀書，後來看看不濟，却去改業做生意，便是半路上出家的一般，買賣行中一發不是本等伎倆，又把本錢消折去了。"也作"半路修行"。明朱國禎湧幢小品二二俚詩有本："茅鹿門先生，文章擅海內，……晚喜作詩，自稱半路修行。"

【半壁江山】指國家領土淪陷大半的殘局。清蔣士銓冬青樹一提綱："半壁江山，比五季朝廷尤小。"

【半籌不納】即一籌莫展，無計可施的意思。籌，算籌。古今雜劇元李文蔚燕青博魚一："往常時我習武藝學兵法，到如今半籌也不納。"元曲選朱凱孟良盜骨二："萬騎交馳，兩軍相見，喒手裏半籌不納。"

【半齒半舌音】舊等韻學中來母日母所統之音，叫半齒半舌音，因其近於齒音舌音而又有所區別。宋沈括夢溪筆談十五藝文二："今切韻之法，先類其字，各歸其母……半齒半舌音二。"鄭樵通志三六七音略認爲，半齒半舌音爲半徵半商音，張麟之韻鏡又簡稱爲舌齒音。他在調韻指微中說："古人立來日二母，各具半徵半商，乃能全其祕。若來字則先舌後齒，謂之舌齒；日字則先齒後舌，謂之齒舌。"齒舌即半齒半舌音。

【半夜敲門不吃驚】比喻沒有做過虧心的事。古今雜劇元缺名玎玎璫璫盆兒鬼二："平生不作虧心事，半夜敲門不吃驚。"又見缺名魯智深喜賞黃花峪劇，平生作"白日"。

四　畫

卅　sà　蘇合切，入，合韻，心。
　　ㄙㄚ̀　私盍切，入，盍韻，心。

數詞。三十。清惠棟讀説文記："今古文春秋二十三十皆作廿卅，唐石經猶然。孔穎達撰正義，始改舊文。"

卉 huì ㄏㄨㄟˋ 許貴切,去,未韻,曉。
huǐ ㄏㄨㄟˇ 許偉切,上,尾韻,曉。

㊀草的總名。詩小雅四月:"山有嘉卉。"箋:"山有美善之草。"㊁見"芔"。

【卉木】草木。詩小雅出車:"春日遲遲,卉木萋萋。"疏:"草之與木,已萋萋然茂美。"

【卉衣】卽卉服。後漢書八六南蠻西南夷傳贊:"鏤體卉衣,憑深阻峭。"

【卉汩】急速貌。漢書禮樂志郊祀歌五神十六:"卉汩臚,析奚遺。"注:"卉汩,疾意也。"

【卉吸】見"卉翕"。

【卉物】草木物産。隋書高祖紀開皇二年:"龍首山川原秀麗,卉物滋阜;卜食相土,宜建都邑。"

【卉服】用草織的衣服。書禹貢:"島夷卉服。"

【卉翕】卽呼吸。史記一一七司馬相如傳大人賦:"莅颯卉翕,熛至電過兮。"漢書作"卉歙"。也作"卉吸"。史記司馬相如傳上林賦:"瀏莅卉吸。"漢書又作"卉歙"。王先謙補注:"芔歙猶呼吸也,芔呼雙聲,歙吸疊韻。"

【卉裳】草製的衣裳。唐柳宗元柳先生集二六嶺南節度使饗軍堂記:"卉裳罽衣。"

【卉歙】見"卉翕"。

【卉醴】蜜。全唐詩五五七鄭畋禁直和人飲酒:"卉醴陀花物外香,清濃標格勝椒漿。"雲笈七籤七四方藥:"卉醴華英者,蜜也。"

卍 wàn ㄨㄢˋ

梵文。本不是文字,是佛教如來胸前的符號,意思是吉祥幸福。華嚴經六五(八十卷本)入法界品:"胸標卍字,七處平滿。"唐慧苑華嚴音義:"卍本非字,周長壽二年,權制此文,音之爲萬,謂吉祥萬德之所集也。"

【卍果】果名。又稱萬壽果。清李調元南越筆記十三廣東諸果:"卍果,果作卍字形,晝甚方正,蒂在字中不可見,生食香甘,一名蓬鬆子。"

【卍齋璅録】清李調元撰。十卷。李所居名卍齋,因名其書爲卍齋瑣録。書爲考據類,用説文等古籍,糾正字詞音、形、義的訛誤,時有新義。

卌 xì ㄒㄧˋ 先立切,入,緝韻,心。

數詞。四十。漢石經論語殘字:"子曰:年卌見惡焉。"今論語陽貨卌作"四十"。

六畫

卒 1. zú ㄗㄨˊ 臧没切,入,没韻,精。

㊀士兵。左傳僖二八年:"子玉收其卒而止,故不敗。"本指古代穿染赤色衣服的奴隸,後來泛稱士兵。㊁差役。見"走卒"、"獄卒"。㊂春秋時齊國居民的編制。三百家爲一卒。國語齊:"制鄙三十家爲邑,邑有司,十邑爲卒。……十卒爲鄉。"又三十國爲卒。見禮王制。㊃春秋時軍隊組織,一百人爲卒。左傳隱十一年:"鄭伯使卒出豭,行出雞犬,以詛射潁考叔者。"注:"百人爲卒。"齊國二百人叫卒。管子小匡:"四里爲連,故二百人爲卒。"

子聿切,入,術韻,精。

㊄終,盡。詩邶風日月:"父兮母兮,畜我不卒。"國語魯上:"饑饉薦降,民羸幾卒。"注:"卒,盡也。"㊅究竟,最後。孟子盡心:"卒爲善士。"注:"卒,後也。"史記八三鄒陽傳獄中上書:"左右不明,卒從吏訊。"㊆死。禮曲禮下:"大夫死曰卒。"又:"壽考曰卒。"㊇高。通"崒"。詩小雅漸漸之石:"維其卒矣。"箋:"卒者,崔嵬也。謂山巔之末也。"

2. cù ㄘㄨˋ 倉没切,入,没韻,清。

㊈急遽貌。通"猝"、"促"。戰國策燕三:"羣臣驚愕,卒起不意,盡失其度。"

3. cuì ㄘㄨㄟˋ 集韻 取内切,去,隊韻。

㊉副職。通"倅"。禮燕義:"庶子官職諸侯卿大夫士之庶子之卒。"注讀爲"倅"。釋文:"(卒)依注音倅。七對反。又蒼忽反。副也。"

【卒₂中】中風。晉葛洪肘後備急方有治卒中風諸急方。詳"中₂風"。

【卒史】官名。史記九六周昌傳:"周昌者,沛人也。其從兄曰周苛,秦時皆爲泗水卒史。"卒史的俸禄有一百石,也有兩百石的。參閱漢書五八兒寬傳、八九黄霸傳。

【卒年】㊀終年。管子大匡:"管仲進而舉言,上而見之於君,以卒年君舉。"注:"卒年,謂終年如此。"㊁歿年,死亡之年。和生年相對。

【卒伍】周代軍隊的編制名稱。周禮地官小司徒:"乃會萬民之卒伍而用之;五人爲伍,五伍爲兩,四兩爲卒,五卒爲旅。"卒爲百人。後來泛指軍隊。國語齊:"正卒伍,修甲兵。"韓非子顯學:"故明主之吏,宰相必起于州郡,猛將必發于卒伍。"

【卒₂合】倉促聚集,與"烏合"意近。後漢書七五呂布傳:"暹奉與術,卒合之師耳。謀無素定,不能相維。"

【卒更】漢代徭役的名稱。漢代更有三種,有卒更,有踐更,有過更,都由百姓輪流充當。一月一换的,叫卒更。見史記一二四郭解傳"每至踐更數過"集解。又見漢書昭帝紀"三年以前逋更賦未入者,皆勿收"注。參見"更賦"。

【卒₂卒₂】匆促急劇的樣子。漢書六二司馬遷傳報任少卿書:"相見日淺,卒卒無須臾之閒,得竭至意。"注:"卒卒,促遽之意也。"

【卒長】春秋時軍隊編制。百人爲卒,長官叫卒長。周禮夏官司馬:"凡制軍,……百人爲卒,卒長皆上士。"參見"旅師"。

【卒便】古時方言稱女壻。方言三:"東齊之間聟(壻)謂之倩。"注:"言可借倩也。今俗呼女壻爲卒便,是也。"

【卒帥】春秋齊國村民編制。三百家爲卒,長官叫卒帥。國語齊:"制鄙三十家爲邑,邑有司。十邑爲卒,卒有卒帥。"

【卒哭】古代喪禮,百日祭後,止無時之哭爲朝夕一哭,名爲卒哭。儀禮既夕禮:"三虞卒哭。"注:"卒哭,三虞之後祭名。"

【卒乘】泛指軍隊。左傳隱元年:"繕甲兵,具卒乘。"注:"步曰卒,車曰乘。"

【卒章】詩、詞、文章的結尾。唐白居易長慶集三新樂府序:"首句標其目,卒章顯其志。"

【卒₂然】突然。同"猝然"。孟子梁惠王上:"卒然問曰:天下惡乎定?"史記一一七司馬相如傳諫獵書:"卒然遇軼材之獸。"

【卒₂極】倉猝緊急。韓非子存韓:"今若有卒極之事,韓不可信也。"

【卒歲】㊀過年。詩豳風七月:"無衣無褐,何以卒歲?"㊁終年,全年。管子大匡:"行此卒歲,始可以罰矣。"淮南子主術:"中田之獲,卒歲之收,不過畝四石。"

【卒業】㊀完成未竟的事業。荀子仲尼:"文王誅四,武王誅二,周公卒業。"㊁誦讀全篇。文選漢班孟堅(固)東都賦:"主人曰:'復位,今將授子五篇之詩。'賓既卒業。乃稱曰:'美哉乎斯詩!'"㊂修習完全部課業。漢書八八儒林傳:"(施)讎爲童子,從田王孫受易,後讎徙長陵,田王孫爲博士,復從卒業。"

【卒₂暴】緊迫。指限期。漢書成帝紀永

始二年:"多賦斂繇役,興卒暴之作。"注:"卒,讀曰猝,謂急也。"

協 xié 胡頰切,入,帖韻,匣。ㄒㄧㄝˊ

㊀和。有和睦、合作的意思。書湯誓:"有衆率怠弗協。"史記殷本紀弗協作"不和"。㊁服從。爾雅釋詁:"悦……協,服也。"注:"皆謂喜而服從。"清郝懿行爾雅義疏:"協者,……和也,和悦義近,故亦訓服。"㊂相同,相合。國語周上:"實有爽德,協於丹朱。"㊃舊軍制名稱。清朝末年,編制新軍,擬建三十六鎮,鎮下設一協或兩協。相當於後代的一旅。見清朝續文獻通考二二〇兵十九。

【協比】勾結在一起。意同朋比。書盤庚下:"爾無共怒,協比讒言予一人。"三國志蜀姜維傳:"右大將軍閻宇,與(黃)皓協比。"

【協日】干支和合之日,選合吉日。周禮秋官鄉士:"獄訟成,士師受中,協日刑殺,肆之三日。"注:"協,合也,和也。和合支幹善日,若今時望後利日也。"

【協同】和合,一致。漢書律曆志上:"咸得其實,靡不協同。"後漢書桓帝紀延熹二年:"激憤建策,内外協同。"

【協和】調和融洽。書堯典:"協和萬邦。"藝文類聚一〇〇三國魏曹植告咎文:"陰陽協和,庶物以滋。"三國志蜀後主劉禪傳:"然後萬物協和,庶類獲乂。"

【協洽】地支未的别名。爾雅釋天:"太歲……在未曰協洽。"李巡注:"言陰陽化生,萬物和合。協,和也;洽,合也。"

【協風】和風。國語周上:"先時五日,瞽告有協風至。"注:"協,和也。風氣和,時候至也,立春日融風也。"

【協律】校正音樂律呂,使之和諧。文選漢班孟堅(固)兩都賦序:"内設金馬石渠之署,外興樂府協律之事。"古置協律都尉、協律校尉、協律郎,爲掌管音樂的官員。也簡稱協律。唐劉禹錫劉夢得集二八有送王師魯協律赴湖南使幕詩。參見"協律郎"。

【協恭】友好合作。書臯陶謨:"同寅協恭,和衷哉。"傳:"使同敬合恭而和善。"

【協氣】和氣。史記一一七司馬相如傳封禪文:"協氣横流,武節猋逝。"文選注:"協氣,和氣也。"

【協理】清代官名。職責是協助處理事務,如設總理事務大臣則有協理事務;蒙古新疆等地在總理參贊大臣下也設協理大臣。見清通典三七職官十五。

【協晨】道家稱和協的晨景爲協晨。引申爲仙人居住的地方。全唐詩六一五皮日休傷開元觀顧道士:"協晨宫上啓金扉,詔使先生坐蜕歸。"

【協解】解送協助别省的經費。清代各省的地丁銀不够支用,可以奏請鄰省協助撥解,統一在地丁案内報銷,叫協解。協撥的款項叫協解銀。參閱清會典事例一六九户部田賦。

【協領】官名。清代八旗兵制,將軍下有協領,位在副都統下,佐領上。見清通典七十駐防兵制盛京。

【協謀】同謀,合謀。宋書武帝紀中:"諒以協謀乎人鬼,而以百姓爲心者也。"

【協辦】協助辦理。清内閣置大學士,有因大學士在内廷行走,或奉差在外,閣務需人辦理,因另簡人員,協同辦理,稱協辦大學士。乾隆後協辦大學士滿漢或一員或二員不定。又新疆各官有辦事大臣,設協辦大臣,協同正員辦理事務。參閲清通典二三職官一、十五,清會典事例十一内閣設官。

【協贊】協同贊助。三國志蜀來敏傳:"子忠亦博覽經學,有敏風,與尚書向充等,並能協贊大將軍姜維。"也作"協讚"。宋書武帝紀中:"皆社稷輔弼,協讚所寄。"

【協光紀】上古黑帝神名。見文選漢張平子(衡)東京賦"四靈懋而允懷"注引河圖。一作"叶光紀",叶與協同音。叶又作"汁"。二字字形相近。參見"叶光"、"汁光紀"。

【協律郎】掌管音樂的官。漢武帝因李延年擅長新聲,置爲協律都尉。晉改爲協律校尉。後魏又改置協律郎。又有協律中郎。歷代承襲這種制度,掌管舉麾節樂,調和律呂,監試樂人典課,屬太常寺。見通典二五職官七、通志五四職官四、文獻通考五五職官九、歷代職官表十樂部。

【協紀辨方書】清乾隆四年官修。凡三十六卷。是一本宣傳迷信思想,供術數家用來占卜時日吉凶陰陽宜忌的書。

卓 zhuō 竹角切,入,覺韻,知。ㄓㄨㄛ

㊀高超。漢揚雄法言先知:"不膠者卓矣。"㊁遥遠。楚辭漢王逸九思逢尤:"世既卓兮遠眇眇。"注:"卓,遠也。"㊂植立。唐白居易長慶集十五渭村退居寄禮部崔侍郎翰林錢舍人詩一百韻:"火翻紅尾旆,冰卓白竿槍。"㊃白額的馬。儀禮覲禮:"奉束帛匹馬,卓上,九馬隨之。"注:"卓猶的也,以素的一馬爲上。"的,即"馰"。㊄几案。今作桌、棹。宋詩鈔徐積節孝詩鈔謝周裕之:"兩卓合八尺,一爐暖雙趾。"參見"卓衣"、"卓子㊁"。㊅姓。楚有卓滑,見戰國策楚四。史記蜀有卓王孫。

【卓子】㊀人名。春秋晉獻公夫人驪姬之妹生的兒子,後被里克所殺。見國語晉一、二,左傳莊二八年。史記晉世家作"悼子"。㊁几案。同"桌子"。五燈會元二十侍郎無垢居士張九成:"尚舉馬祖升堂,百丈卷席話詰之,敍語未終,公推倒卓子。"

【卓午】正午。唐孟棨本事詩高逸李太白戲杜:"飯顆山頭逢杜甫,頭戴笠子日卓午。"

【卓立】特立。南朝梁劉勰文心雕龍三誄碑:"清詞轉而不窮,巧義出而卓立。"唐元稹長慶集二四望雲騅馬歌:"上前噴吼如有意,耳尖卓立節腕奇。"

【卓衣】桌幃。金史儀衛志下:"太子……殿亭與宴,褥用繡羅間金盤鳳,卓衣則用繡羅獨角間金盤獸。"

【卓行】遠行。漢書五五霍去病傳:"取食於敵,卓行殊遠,而糧不絶。"史記一一一衛青傳作"逴"。索隱:"逴與卓同。卓,遠也。"

【卓卓】㊀高遠貌。楚辭漢嚴忌哀時命:"處卓卓而日遠兮,志浩蕩而傷懷。"㊁特立貌。世説新語容止:"嵇延祖(嵇紹)卓卓如野鶴之在雞羣。"

【卓茂】公元?—28年。後漢南陽宛人。字子康。習詩禮曆算。平帝時爲密縣令。王莽秉政,任京部丞。莽攝位,因病免職歸家。光武劉秀建武元年,徵爲太傅,封褒德侯。後漢書有傳。

【卓異】㊀優異特出。漢書宣帝紀元康二年:"恩惠卓異,厥功茂焉。"也指優異特出的人。後漢書三九劉愷傳陳忠薦愷疏:"誠宜簡練卓異,以厭衆望。"㊁清朝制度,文官三年,武官五年,京察大計的時候,提舉才能優異的官吏,稱爲卓異。見清朝文獻通考五九選舉十三。參見"大計㊁"。

【卓越】超絶出衆。晉書華譚傳:"以八紘之廣,兆庶之衆,豈當無卓越儁逸之才乎?"

【卓絶】超越特出。漢王充論衡講瑞:"鳥獸奇骨異毛,卓絶非常則是矣,何爲不可知?"三國志魏管寧傳:"德行卓絶,海内無偶。"

【卓然】特異貌。晉陶潛陶淵明集三飲酒詩八:"凝霜殄異類,卓然見高枝。"

【卓詭】高明特異。漢書七七劉輔傳:

"此其言必有卓詭切至，當聖心者。"注："卓，高遠也，詭，異於衆也。"後漢書八一向栩傳："少爲書生，性卓詭不倫。"

【卓錐】向上而形狀尖銳。宋黄庭堅豫章集二次韻子瞻和子由觀韓幹馬因論伯時畫天馬圖詩："西河驄作蒲萄錦，雙瞳夾鏡耳卓錐。"

【卓犖】卓絶出衆。文選漢班孟堅（固）典引："卓犖乎方州，洋溢乎要荒。"文選晉左太沖（思）詠史八首之一："弱冠弄柔翰，卓犖觀羣書。"

【卓魯】東漢卓茂魯恭，兩人都以循吏見稱。詩文中以卓魯合稱，作爲能吏的典型。文選南齊孔德璋（稚圭）北山移文："籠張趙於往圖，架卓魯於前籙。"張趙，張敞，字子高；趙廣漢，字子都；都當過京兆尹。

【卓錫】錫，錫杖。僧人用具。僧人出行，多拿錫杖。卓，植立。因謂僧人的居止爲卓錫。元詩選張泊淳養蒙先生集楞伽古木："道林卓錫舊種此，髣髴於今八百年。"

【卓騺】獨行自專。莊子在宥："於是乎天下始喬詰卓騺，而後有盜跖曾史之行。"曾史，曾參，史魚。

【卓躒】高超，絶異。同"卓犖"。文選漢孔文舉（融）薦禰衡表："竊見處士平原禰衡，……淑質貞亮，英才卓躒。"後漢書八十下禰衡傳作"卓礫"。

【卓文君】漢臨邛大富商卓王孫女，寡居在家。司馬相如過飲於卓氏，以琴心挑之，文君夜奔相如，同歸成都。因家貧又返臨邛，與相如賣酒，文君當壚，相如和傭保雜作。卓王孫深以爲恥，分財産與之，使回成都。見史記一一七、漢書五七司馬相如傳。西京雜記説她有司馬相如誄文傳世。又説相如擬聘茂陵人女爲妾，文君作白頭吟以自絶，相如乃止。古今雜劇中有明朱權（丹丘先生）卓文君私奔相如一卷，清舒位瓶笙館修簫譜中有卓女當壚一劇，都演此故事。

【卓索圖】内蒙古舊蒙旗名，東四盟之一。爲土默特等旗會盟的地方，清末劃歸直隸朝陽府，即今内蒙古東部、河北省東北部、遼寧省西南部地區。清會典事例九八三理藩院會盟："内札薩克會盟，喀喇沁三旗，土默特二旗，共五旗，於卓索圖地方爲一會。"

【卓異記】舊題唐李翺撰。一卷。新唐書藝文志作陳翺，原注云：憲穆時人。宋史藝文志有李翺卓異記一卷，又有一本作陳翰，注云：一作翺。證以玉海五七引中興館閣書目亦作李翺撰，則唐宋二志恐皆有誤。書中多記唐代盛事，所以題名卓異。

【卓錫泉】泉名。在廣東曲江縣東南曹溪。相傳是唐禪宗六祖慧能浣衣卓錫的地方。宋蘇轍欒城集後集五有六祖卓錫泉銘。此外廣東南雄縣大庾嶺東、江蘇丹徒縣西五州山都有卓錫泉。參閱嘉慶一統志四四四韶州府、四五四南雄州、九十鎮江府。

【卓爾不羣】超出衆人。漢書五三河間獻王傳贊："夫惟大雅，卓爾不羣。"也作卓然不羣。後漢書七三劉虞傳論："自帝室王公之胄，皆生長脂腴，不知稼穡，其能厲行飭身，卓然不羣者，或未聞焉。"

卑

1. bēi ㄅㄟ 府移切，平，支韻，幫。

㊀低下，與"高"相對。禮中庸："譬如登高必自卑。"韓非子孤憤："是以國地削而私家富，主上卑而大臣重。"㊁低賤，衰微。易繫辭上："天尊地卑。"國語周上："王室其將卑乎？"注："卑，微也。"又晉四："秦晉四也，何以卑我？"注："卑，賤也。"㊂姓。漢蔡邕胡太傅碑有太傅掾雁門卑整。

2. bǐ ㄅㄧ 集韻 補弭切，上，紙韻。

㊃通"俾"。荀子宥坐："卑民不迷。"注："卑讀爲俾。"清朱駿聲説文通訓定聲説：卑假借爲俾。

【卑人】㊀地位低下的人。漢書七七劉輔傳："語曰：腐木不可以爲柱，卑人不可以爲主。"㊁男子自謙之稱。猶言鄙人。明馮夢龍萬事足傳奇女庵分别："小娘子，卑人就此拜别了。"

【卑下】㊀低下。吕氏春秋審分："譬人高賢，而充以卑下。"漢書成帝紀："前將作大匠萬年知昌陵卑下，不可爲萬歲居，奏請營作，建置郭邑。"㊁蔑視，看不起人。漢書七七蓋寬饒傳："坐者皆屬目，卑下之。"

【卑小】㊀不大。漢書郊祀志下："泰山卑小，不稱其聲。"㊁晚輩。唐薛用弱集異記裴珙："但見其親顧謂卑小曰：'珙在何處？那今日不至邪？'"

【卑末】低級的官吏。後漢書五七欒巴傳："雖幹吏卑末，皆課令習讀，程試殿最，隨能升授。"又爲自稱的謙詞。宋王楙野客叢書附録："子由（蘇轍）代兄作中書舍人啓，稱伏念某草茅下士，蓬蓽書生。子瞻（蘇軾）以筆圈伏念某，用但卑末三字。"

【卑耳】山名。管子小問："桓公北伐孤竹，未至卑耳之谿十里，闟然止。"史記封禪書："（桓公）西伐大夏，涉流沙，束馬縣車，上卑耳之山。"索隱："卑耳，山名。在河東大陽。"在今山西平陸縣。

【卑吏】下屬對長官的謙稱。猶言卑職。五代王定保摭言九："（高）鍇俯首良久曰：'然則略要見裴學士。'（裴）思謙曰：'卑吏便是思謙。'"

【卑行】幼輩，行輩低的人。宋羅大經鶴林玉露九記廬陵士友藏朱熹與其親戚卑行小簡真迹，爲大全集所不載。

【卑坐】低頭而坐。漢賈誼新書容經："坐以經立之容，胻不差而足不跌，視平衡，曰經坐；微俯視尊者之膝，曰恭坐；仰首視，不出尋常之内，曰肅坐；廢首低肘，曰卑坐。"

【卑官】職位低微的官吏。唐韓愈昌黎集三八月十五夜贈張功曹詩："判司卑官不堪説，未免捶楚塵埃間。"

【卑居】烏鴉的一種。詩小雅小弁："弁彼鸒斯。"傳："鸒，卑居；卑居，雅烏也。"也作"鵯鶋"。爾雅釋鳥："鸒斯，鵯鶋。"注："鸒，雅烏也。小而多羣，腹下白。江東亦呼爲鵯烏。"

【卑牧】易謙："謙謙君子，卑以自牧也。"牧，養；言君子恒以謙卑自養其德。見疏。

【卑卑】㊀奮勉貌。史記六三老子韓非傳論："申子卑卑，施之於名實。"集解："自勉勵之意也。"㊁卑下，凡庸。如云卑卑不足道。

【卑恭】謙虛恭敬。漢王充論衡語增："時或待士卑恭，不驕白屋人。"

【卑梁】地名。春秋時楚吴接境的城邑。二國邊邑有處女爭桑，卑梁人傷吴之處女，因而引起爭端，導致兩國發生戰爭。見吕氏春秋察微、史記吴太伯世家。後來對因小事引起衝突的叫"卑梁之釁"。

【卑陬】慚愧貌。莊子天地："子貢卑陬失色，項項然不自得，行三十里而後愈。"疏："卑陬，慙怍之貌。"

【卑奢】城名。在今遼寧海城縣境。隋書來護兒傳："十年，又帥師度海，至卑奢城。"資治通鑑一八二隋大業十年作畢奢，注説即卑沙城。也作卑涉。舊唐書六九張亮傳："管率舟師，自東萊渡海，襲卑涉城。"

【卑溼】㊀地土低洼潮濕。史記八四賈誼傳："賈生既辭往行，聞長沙卑溼。"參見"埤溼"。㊁志意浮薄卑下。荀子修身："狹隘褊小，則廓之以廣大；卑溼重遲貪利，則抗之以高志。」注：「卑謂謙下，溼亦謂自卑下如地之下溼然也。」

【卑鄙】低微鄙陋。三國志蜀諸葛亮傳：「先帝不以臣卑鄙，三顧臣於草廬之中。」現稱行爲惡劣爲卑鄙。

【卑薄】地土下濕瘠薄。後漢書五三徐穉傳：「至於穉者，爰自江南卑薄之域，而角立傑出，宜當爲先。」

【卑職】㊀低微的職位。陳書沈炯傳論：「沈炯仕於梁室，年在知命，冀郎署之薄宦，止邑宰之卑職。」㊁舊時下級官員對所屬上司的謙稱。元史河渠志一會通河有「卑職參詳」及「卑職至真州」等語。元袁桷清容居士集四一修遼金宋史搜訪遺書條例事狀：「卑職生長南方，遼金舊事，鮮所知聞。」清代外官自五品以下見上司自稱卑職。見清陸以湉冷廬雜識一卑職。

【卑辭】恭敬謙虛的話。漢桓寬鹽鐵論褒賢：「萬乘之主，莫不屈體卑辭厚幣請交，此所謂天下名士也。」

【卑手刀】刀名。北堂書鈔一二三卑手：「魏武策軍令云：『孤先在襄邑，有起兵意，與工師共作卑手刀。』」

【卑田院】卽養濟院。收容乞丐的地方，爲悲田院的語訛。元曲選石君寶曲江池三：「我家須不是卑田院，怎麼將這叫化的都收拾我家來了。」參見「悲田院」。

【卑陸國】漢代西域城國名。北與匈奴相接。漢書九六下西域傳分卑陸國卑陸後國二國。清徐松說卑陸分爲後國，如同烏孫的大小昆彌。又李光廷說卑陸國在新疆阜康縣境。見王先謙漢書補注。

【卑禮厚幣】謙恭的禮節，豐厚的幣帛。表示聘請人員的鄭重殷切。史記魏世家：「惠王數敗於軍旅，卑禮厚幣以招賢者。」

七畫

南 1. nán ㄋㄢˊ 那含切，平，覃韻，泥。

㊀方位名。和「北」相對。詩周南樛木：「南有樛木，葛藟累之。」㊁向南走。墨子貴義：「南之人不得北，北之人不得南。」㊂樂舞名。詩小雅鼓鐘：「以雅以南，以籥不僭。」毛傳以爲是南方的舞樂。㊃官爵名。通「男」。國語周語中：「鄭伯南也。」左傳昭十三年「南」作「男」。㊄姓。世本氏姓有南，夏禹之後。史記夏本紀作「有男」。

2. ná ㄋㄚˊ

㊅佛經中南無(nā mó)的南，讀 nā。

【南人】㊀南方的人。論語子路：「南人有言。」注：「南人，南國之人。」㊁金元稱漢人爲南人。金史輿服志下：「初，女直人不得改爲漢姓及學南人裝束。」

【南八】卽唐時南霽雲。唐韓愈昌黎集十三張中丞傳後序：「(張)巡呼雲曰：『南八！男兒死耳，不可爲不義屈！』」宋謝枋得疊山集二初到建寧賦詩：「南八男兒終不屈，皇天上帝眼分明。」詳「南霽雲」。

【南子】春秋衛靈公夫人。宋女。與宋公子朝私通。太子蒯聵惡之，欲殺南子，不果，出奔。論語雍也：「子見南子，子路不悅。」孔子見南子事，見左傳定十四年、史記衛世家、漢劉向列女傳七衛二亂女。

【南土】泛指我國南部。詩周南樛木「南有樛木」傳：「南，南土也。」箋：「南土，謂荊揚之域。」楚辭屈原九章懷沙：「傷懷永哀兮，汨徂南土。」

【南士】南方之士。南齊書張緒傳：「欲用緒爲右僕射，以問王儉，儉曰：『南士由來少居此職。』」

【南口】地名。在北京市昌平縣西。地當居庸關南要隘，因此得名。後魏叫下口，北齊叫夏口，元時始稱南口。元史札八兒火者傳所稱鐵木真令札八兒輕騎入南口，破金人，卽此地。

【南山】㊀終南山。屬秦嶺山脈，在今陝西西安市南。詩小雅節南山：「節彼南山，維石巖巖。」漢書六五東方朔傳：「夫南山，天下之阻也。南有江淮，北有河渭；其地從汧隴以東，商雒以西，厥壤肥饒。」參閱清閻若璩四書釋地南山（清經解六）。㊁祁連山。漢書九六西域傳：「其南山，東出金城，與漢南山屬焉。」㊂泛指住地南面的山。晉陶潛陶淵明集三飲酒詩之八：「採菊東籬下，悠然見南山。」

【南川】㊀泛指四川南部。陳書宣帝紀太建六年：「去歲南川頗言失稔，所督田租，于今未卽。」㊁縣名。本漢江州地。唐武德二年置隆陽縣，先天元年改爲南川，宋廢縣爲鎮。故城在今四川綦江縣南。元至元二二年重置，卽現在南川。參閱元和郡縣志三十南州、嘉慶一統志三八七重慶府一。㊂泛指南方。南齊謝朓謝宣城集三始之宣城郡詩：「解劍北宮朝，息駕南川涘。」

【南斗】星名。南斗六星，卽斗宿。見星經下斗宿。

【南元】明清科舉時代，南省人應試北闈(鄉試)考中第二名的，叫南元。因爲第一名例歸直隸本籍人，所以第二名也叫元。

【南天】南方的天空。晉書天文志上：「夏至極起，而天運近北，故斗去人遠，日去人近，南天氣至，故蒸熱也。」唐李白李太白詩二十陪族叔刑部侍郎曄及中書賈舍人至遊洞庭五首之一：「洞庭西望楚江分，水盡南天不見雲。」

【南中】泛指國土南部，卽今川黔滇一帶，也指嶺南。三國志蜀劉璋傳：「璋卒，南中豪率雍闓據郡反，附於吳。」唐王勃王子安集三蜀中九日登玄武山旅眺詩：「人情已厭南中苦，鴻雁那從北地來。」又白居易長慶集四秦吉了：「秦吉了，出南中，彩毛青黑花頸紅。」

【南內】㊀唐時興慶宮。在隆慶坊。原係玄宗爲藩王時故宅，後爲宮。西南隅有花萼相輝勤政務本之樓，在東內之南，故名南內。唐杜甫杜工部草堂詩箋三十秋日夔府詠懷奉寄鄭監李賓客一百韻：「南內開元曲，常時弟子傳。」又白居易長慶集十二長恨歌：「西宮南內多秋草，落葉滿階紅不掃。」內一作「苑」。㊁南宋皇帝住的地方也叫南內。宋史輿服志六：「皇帝之居曰殿，總曰大內，又曰南內。本杭州治也，紹興初創爲之。」

【南公】戰國末隱士。史記項羽紀：「故楚南公曰：楚雖三戶，亡秦必楚也。」集解引文穎曰：「南方老人也。」漢書藝文志陰陽家有南公三十一篇。

【南丹】縣名。今屬廣西僮族自治區。宋有南丹州。元初置安撫司。明清爲南丹土州。公元 1924 年改縣。參閱宋史地理志六、嘉慶一統志四六四慶遠府。

【南平】㊀五代時十國之一。也叫荊南。唐朝末年，高季興爲荊南留守，後唐封爲南平王。占有今湖北荊州一帶地方。至高繼沖，歸降宋朝。公元 907—963 年。新五代史有南平世家。㊁縣名。屬福建省，卽今南平市。漢冶縣地。東漢建安初年，置南平縣。晉太元四年改爲延平，五代時先後改名龍津、劍浦。元大德初復名南平。見寰宇通志四九延平府南平縣、嘉慶一統志四三〇延平府。

【南司】㊀唐時宰相官署。唐以中書、門下、尚書三省共議國政，爲宰相職務，三省都在大內南面，所以叫南衙，也叫南司。舊唐書一六七宋申錫傳：「會內官馬存亮同入，諍於文宗曰：『謀反者適宋申錫耳，何不召南司會議？』」㊁南北朝時，以御史臺在尚書省之南，稱南臺，御史中丞是臺中長官，所以也有南司之稱。梁書江淹傳："君昔在尚書中，非公事不妄行，在官寬猛能折衷。今爲南司，足以震肅百寮。"

【南皮】縣名。屬河北省。秦置，漢屬渤海郡。因章武有北皮亭，所以叫南皮。史記項羽紀記項羽封陳餘南皮三縣，卽其地。參閱太平寰宇記六五滄州。

【南召】縣名。屬河南省。本漢西鄂雉縣地。明成化十二年以南陽縣南召堡置。參閱明史地理志三。

【南史】㊀春秋齊國史官。左傳襄二五年："太史書曰：'崔杼弑其君。'崔子殺之。其弟嗣書而死者二人；其弟又書，乃舍之。南史氏聞太史盡死，執簡以往；聞旣書矣，乃還。"㊁書名。詳"南北史"。

【南皿】清科舉時代北闈鄉試硃卷，以滿蒙編滿字號；漢軍編合字號；直隸編貝字號；貢監生編皿字號；又以南北省人編爲南、北、中三類。貝爲貢字的省寫，皿爲監字的省寫。南貝、南皿指南省貢、監生。參閱清會典事例三三七禮部貢舉錄送鄉試一。

【南瓜】瓜名。俗名倭瓜。明李時珍說南瓜產南方，轉入閩浙，後來移植北方。瓜子入藥，此瓜疑卽元王禎農書之陰瓜。參閱本草綱目二八菜部、清吳其濬植物名實圖考五蔬菜。

【南江】㊀南江 北江 中江爲三江。南江卽今吳淞江。詳"三江㊀"。㊁縣名。屬四川省。明正德十一年置。見明史地理志四保寧府。

【南安】㊀郡名。後漢靈帝時置。統轄甘肅舊鞏昌府之地。故城在今隴西縣東北渭水北。㊁府名。宋置南安軍，元改路，明爲府，屬江西省。清仍爲府，首縣爲大庾縣。1912 年裁府留縣。㊂縣名。屬福建省。漢冶縣，後漢爲侯官縣。晉爲晉安縣。陳置爲南安縣，因南安江得名。參閱元和郡縣志二九泉州、太平寰宇記一〇二泉州。

【南交】指交阯。書堯典："命羲叔，宅南交。"傳："南交，言夏與春交。舉一隅以言之。"宋蔡沈傳說南交卽南方交阯地方。參閱清孫星衍尚書今古文注疏一。

【南充】市名。屬四川省。漢爲安漢充國二縣。隋開皇十八年，改爲南充縣。故城在今南充市北。明洪武中徙今治。參閱太平寰宇記八六果州、寰宇通志六四順慶府南充縣。

【南州】㊀泛指南方地區。楚辭屈原遠遊："嘉南州之炎德兮，麗桂樹之冬榮。"㊁州名。唐武德二年，初置南州，宋改南川縣。卽今四川南川縣。見讀史方輿紀要六九南川縣。

【南地】南方之地。文苑英華九一梁簡文帝悔賦："楚王刻鶴，播徙南地。"文苑英華二七八唐賈島送人南歸詩："雖然南地遠，見說北人多。"

【南至】冬至。左傳僖五年："春，王正月，辛亥，朔，日南至。"注："周正月，今十一月。冬至之日，日南極。"

【南宋】宋王朝建都開封。自趙構（高宗）南渡，建都臨安，僅有江淮以南之地。至帝昺，爲元所滅。一般稱南渡以前爲北宋，以後爲南宋。公元 1127—1279 年。詳"宋"。

【南阮】世說新語任誕："阮仲容（咸）步兵居道南，諸阮居道北，北阮皆富，南阮貧。"亦見晉書阮咸傳。咸，阮籍的姪子，有才名，後來稱姪曰阮或阿咸，本此。

【南貝】見"南皿"。

【南呂】十二律之一。禮月令仲秋之月："律中南呂。"注："仲秋氣至，則南呂之律應。"國語周下："五間南呂。"注："八月，南呂。"古時把音調分爲六律六間，每律每間配一月，五間南呂，配在仲秋八月。參見"十二律"。

【南甸】地名。在雲南騰衝縣南。漢爲南宋甸，屬永昌郡。元至元二六年置南甸路軍民總管府，領三甸。明洪武十五年改爲南甸府，永樂十二年改爲州。正統八年復升宣撫司。參閱讀史方輿紀要一一九雲南七、嘉慶一統志四九八騰越廳。

【南河】㊀黃河。書禹貢："浮于江沱潛漢，逾于洛，至于南河。"史記五帝紀："舜讓辟丹朱於南河之南。"正義說河在堯都城南面，所以叫南河。㊁對北河而言。清代漕運總督所治爲南河。徐州道、淮揚海道所管的黃河，邳宿運河、洪澤湖海口山清高寶運河都屬管轄範圍。參見"北河"。

【南泊】卽大陸澤。見"大陸澤"。

【南宗】見"南北宗"。

【南京】地名。1. 唐天寶間，安祿山起兵反唐，攻入長安，玄宗奔蜀。肅宗至德二載，升成都爲府，因地在長安南，置南京。上元元年罷。唐李白李太白詩八有上皇西巡南京歌十首。2. 宋大中祥符七年，因應天府爲趙匡胤舊藩，建爲南京。見宋史地理志一。地在今河南商丘縣南。3. 宋東京開封府，金名汴京。至金主亮改爲南京。元又叫南京路。見讀史方輿紀要四七開封府。4. 明洪武元年八月建都在江南應天府，永樂間遷都北京，改應天府爲行在，正統間建爲南京。卽今南京市。

【南府】㊀尚書省位於宮廷以南。以後相承稱尚書省爲南府或南省。北史柳虬傳："以虬爲行臺郎中，諏爲北府屬，並掌文翰。時人爲之語曰：'北府裴諏，南府柳虬。'"周書柳虬傳"南府"作"南省"。㊁宋朝稱開封府爲南府。宋史二八二畢士安傳："真宗曰：'畢士安事朕南府、東宮，以至輔相。'"㊂清乾隆時，移內中、和樂、內學等太監，習藝於南花園，隸內務府，因別於在西華門內的內務府，故稱南府。

【南武】廣州城的古名。讀史方輿紀要一〇一廣州城："舊圖經：'廣州州城，始築自越人公師隅，號曰南武。吳越春秋：闔閭子孫避越嶺外，築南武城。後楚滅越，越王子孫避入始興，令師隅修吳故南武城，是也。'"廣東通志二一六古迹略說圖經所說公師隅事，諸書都無記載。顧氏所本，出於戴（明戴璟）黃（明黃佐）二志。

【南枝】南向的樹枝。後多用作思念家鄉的代詞。文選古詩十九首一："胡馬依北風，越鳥巢南枝。"南朝梁何遜何水部集送韋司馬別詩："予起南枝怨，子結北風愁。"

【南旺】湖名。在山東汶上縣西南。有東西二湖，運河流貫其中。東湖又分爲二，南爲蜀山湖，北爲馬踏湖。其地形特高，名爲水脊。汶水西南流注此，分爲南北二流，成爲運河的分水口。參閱嘉慶一統志一六五兗州府一。

【南昌】地名。屬江西省，卽今南昌市。漢高帝六年，置南昌縣，屬豫章郡。隋開皇九年，平陳，以郡名邑，改爲豫章縣，又罷郡爲洪州。唐上元二年，改置南昌軍，寶應元年，又置南昌縣。五代南唐升爲府。明初改洪都府，尋復故，清因之，爲江西省治，以南昌爲首縣。1912 年裁府留縣。參閱元和郡縣志二八洪州、太平寰宇記一〇六洪州、嘉慶一統志三〇八南昌府一。中國共產黨爲反對國民黨反動派背叛革命，1927 年 8 月 1 日，周恩來朱德葉挺賀龍等在此領導武裝起義。

【南明】明末，李自成領導的農民起義軍進入京師（今北京市），崇禎自殺。清兵入關，明福王魯王唐王桂王先後在南部各省稱帝，建立地方政權，最後都爲清朝所滅。對諸王所建的政權，舊史稱爲南明。清錢綺有南明書三十六卷。

【南征】㊀征伐南方。書仲虺之誥："初征自葛，東征西夷怨，南征北狄怨。"左傳僖四年："昭王南征而不復，寡人是問。"㊁南行。楚辭屈原離騷："濟沅湘以南征兮，就重華而陳辭。"

【南金】㊀南方出產的銅。詩魯頌泮水："元龜象齒，大賂南金。"傳："南謂荆揚也。"箋："荆揚之州，貢金三品。"古時所謂金多指銅。㊁比喻南方優秀傑出的人才。晉張華以薛兼紀瞻閔鴻顧榮賀循等五人爲南金。見晉書薛兼傳。又顧榮以陸士光等五人爲南金。見晉書顧榮傳。

【南和】縣名。屬河北省。漢始置縣，屬廣平國。因北有和城縣，所以叫南和。參閱元和郡縣志十五邢州、太平寰宇記五九邢州。

【南服】周制，以土地距國都遠近分爲五服，因此，南方叫南服。文選南齊顏延年(延之)始安郡還都與張湘州登巴陵城樓作詩："江漢分楚望，衡巫典南服。"晉書劉弘傳："弘專督江漢，威行南服。"

【南岳】見"南嶽"。

【南洋】見"南北洋"。

【南音】南方音樂。左傳成九年："使與之琴，操南音。"注："南音，楚聲。"唐劉禹錫劉夢得文集六送李策秀才還湖南……兼簡衡州吕八郎中詩："北渚不堪愁，南音誰復聽？"

【南兗】晉南渡后，僑置兗州，治廣陵。南朝宋改爲南兗州，領九郡。後周改爲吴州。隋改爲揚州。卽今江蘇揚州市。參閱通典一八一州郡十一。

【南郊】都邑之外叫郊；南郊，南面之郊。禮月令孟夏之月："立夏之日，天子親帥三公九卿大夫，以迎夏於南郊。"封建王朝每年冬至日，在圜丘祭天，因地在南郊，所以也叫南郊大祀。

【南冠】春秋時楚人冠名。國語周中："陳靈公與孔寧儀行父南冠以如夏氏。"注："南冠，楚冠也。"左傳成九年："晉侯觀於軍府，見鍾儀，問之曰：'南冠而縶者誰也？'有司對曰：'鄭人所獻楚囚也。'"按淮南子主術："楚文王好服獬冠，楚國效之。"漢代稱爲獬豸冠。後來用左傳典，把南冠作爲遠使或羈囚的代稱。北周庾信庾子山集五率爾成詠詩："南冠今别楚，荆玉遂遊秦。"南朝陳江總江令君集遇長安使寄裴尚書詩："北風尚嘶馬，南冠獨不歸。"唐駱賓王集二在獄詠蟬詩："西陸蟬聲唱，南冠客思侵。"

【南軍】㊀西漢禁衛軍有南軍北軍。南軍居城內。唐杜牧樊川文集四題商山四皓廟詩："南軍不袒左邊袖，四老安劉是滅劉。"參見"南北軍"。㊁南北朝時，南朝軍隊泛稱南軍，南朝也用以自稱。南齊書魏虜傳："至夜各舉兩火，虜衆望見，謂是南軍大至，一時奔退。"

【南苑】地名。在北京永定門外。元爲下馬飛放泊，明永樂中，圈佔民田，擴大面積，建爲園囿。周一百六十餘里。也叫南海子。清置總尉防御等官把守，其中養殖禽獸，專供皇帝遊獵享樂。參閱嘉慶一統志四京師四苑囿。

【南柯】唐李公佐作南柯記。敍述淳于棼夢到槐安國，娶了公主，當了南柯太守，榮華富貴。以後率師出征戰敗，公主亦死，遭到國王疑忌，被遣歸。至此夢醒，在庭前槐樹下尋得蟻穴，卽夢中槐安國都。南柯郡爲槐樹南枝下另一蟻穴。寓言比喻富貴得失無常。後也稱夢境爲南柯。宋范成大石湖詩集二題城山晚對軒壁："一枕清風夢綠蘿，人間隨處是南柯。"

【南面】古代以坐北朝南爲尊位，故天子諸侯見群臣，或卿大夫見僚屬，皆南面而坐。易説卦："聖人南面而聽天下，嚮明而治。"後來引申泛指帝王或大臣的統治爲南面。論語雍也："雍也，可使南面。"言可爲官吏之長。莊子盜跖："凡人有此一德者，足以南面稱孤矣。"

【南陔】古時笙詩篇名。詩小序："南陔，孝子相戒以養也，……有其義而亡其辭。"文選束廣微(晳)補亡詩："循彼南陔，言采其蘭。"後引用爲人子侍養父母的意思。宋蘇軾分類東坡詩二一送程建用："空餘南陔意，太息北堂冷。"

【南陌】南面的道路。樂府詩集八五梁武帝河中之水歌："莫愁十三能織綺，十四採桑南陌頭。"唐盧照鄰幽憂子集二長安古意詩："北堂夜夜人如月，南陌朝朝騎似雲。"

【南省】唐尚書省在大明宫以南，因稱爲南省。新唐書一六三孔戣傳："(韓)愈嗟嘆，卽上書言：'臣與戣同在南省，數與戣相見。'"

【南威】古美女名。南之威的省稱。文選三國魏曹子建(植)七啟："南威爲之解顏，西施爲之巧笑。"注引戰國策説"晉文公得南威，三日不聽朝"。按今戰國策魏二作南之威。

【南風】㊀自南向北颳的風。詩邶風凱風"凱風自南"傳："南風謂之凱風。"㊁古詩名。相傳虞舜作五絃琴，歌南風。史記樂書集解、禮樂記疏引尸子、孔子家語辯樂，均引有此詩。

【南垂】南部邊境地區。後漢書五七欒巴傳："擢拜郎中，四遷桂陽太守。以郡處南垂，不閑典訓，爲吏人定婚姻喪紀之禮，興立學校，以奬進之。"魏書食貨志："又於南垂立互市，以致南貨，羽毛齒革之屬，無遠不至。"

【南紀】詩小雅四月："滔滔江漢，南國之紀。"箋："江也，漢也，南國之大水，經紀衆川，使不壅滯；喻吴楚之君，能長理旁側之國，使得其所。"後來稱南方爲南紀。南朝梁江淹江文通集九王侍中爲南蠻校尉韶："必能贊政南紀，播惠西夏。"

【南浦】㊀泛指面南的水邊。楚辭屈原九歌河伯："子交手兮東行，送美人兮南浦。"後來多泛指爲送别的地方。文選南朝梁江文通(淹)别賦："送君南浦，傷如之何？"㊁地名。在江西南昌市西南，章江到此分流。舊有南浦亭。唐王勃王子安集二滕王閣詩："畫棟朝飛南浦雲，朱簾暮捲西山雨。"宋王安石臨川集二六、二七並有南浦詩，卽此地。參閱嘉慶一統志三〇八南昌府。㊂縣名。漢朐䏰縣地。蜀建興八年立南浦縣。北周改爲萬川縣，隋開皇十八年復改爲南浦，以浦爲名。故城在四川萬縣境。參閱太平寰宇記一四九萬州、嘉慶一統志三九八夔州府二。

【南海】㊀泛指我國南方。左傳僖四年："君處北海，寡人處南海。"㊁郡名。秦始皇三十三年置，兩漢因之。三國吴在此置廣州，晉宋以後同。郡治番禺，卽今廣州市。參閱文獻通考三二三輿地九。㊂縣名。屬廣東省。秦置番禺縣，爲南海郡治。隋開皇十年，分番禺縣置南海縣。唐爲廣州治。五代南漢分置咸寧長康二縣，宋開寶六年，仍置南海縣。參閱元和郡縣志三四廣州、太平寰宇記一五七廣州。㊃我國南部海域，也叫南中國海或南洋。

【南宫】㊀古稱尚書省。南宫本爲南方列宿，漢用它比擬尚書省。東漢鄭弘爲尚書令，取前後有關尚書省的政事，著爲南宫故事。南齊丘仲孚爲尚書右丞，也著南宫故事一百卷。都以南宫稱尚書省。唐杜甫杜工部詩史補遺一别唐十五誡因寄禮部賈侍郎詩："南宫吾故人，白馬金盤陀。"後來又稱禮部爲南宫。宋王禹偁小畜集十贈禮部宋員外閣老詩："未還西掖舊詞臣，且向南宫作舍人。"自

注:"禮部員外,號南宮舍人。"㊁秦漢宮名。史記高祖紀:"高祖置酒雒陽南宮。"正義引括地志:"南宮在雒州雒陽縣東北二十六里洛陽故城中。"㊂縣名。屬河北省。漢置,屬信都國,東漢屬安平國。北齊天保七年省。隋開皇六年復置。見元和郡縣志十七冀州、太平寰宇記六三冀州。㊃複姓。世本輯補卿大夫有南宮氏。

【南容】孔子弟子。史記六七仲尼弟子傳作南宮括。字子容,魯人。娶孔子的兄女。論語公冶長、先進作南容,憲問作南宮适。漢書古今人表注作南宮縚。

【南亳】地名。湯初的國都。後遷西亳,因此又把南亳稱爲東亳。在今河南商丘縣西南。參見"穀熟"。

【南畝】詩經裏多次説到南畝,如豳風七月:"饁彼南畝";小雅大田:"俶載南畝";信南山:"南東其畝"。由於南畝向陽,利於農作物生長,古人田土多向南開闢。後泛稱農田爲南畝。南齊書高帝紀上:"公崇修南畝,所寶惟穀。"唐杜牧樊川文集一阿房宮賦:"使負棟之柱,多於南畝之農夫。"

【南唐】五代十國之一。李昪(徐知誥)初爲吳臣,後廢吳自立,稱帝於金陵,自稱唐李純(憲宗)的後代,因此改國號爲唐。史稱南唐。疆土占有今江蘇安徽中南部,江西全省及福建南部,廣西北部等地方。傳至其孫李煜(後主),爲宋所滅。公元937—975年。

【南冥】南海。莊子逍遥遊:"是鳥也,海運則將徙於南冥。南冥者,天池也。"

【南秦】㊀州名。東晉時,楊氏世據仇池,後降前秦苻堅,前秦置其地爲南秦州。在今甘肅成縣。見清徐文范東晉南北朝輿地表郡縣表七中秦州。㊁東晉南渡後,僑置秦州,治南鄭。南朝宋齊因之,兼置南秦州。即今陝西南鄭縣。

【南城】㊀城之南門。吳越春秋勾踐伐吳外傳:"欲入胥門,來至六七里,望吳南城,見伍子胥頭。"㊁縣名。屬江西省。漢分豫章郡,立南城縣,以在郡城之南而名。隋唐屬撫州。明清皆爲建昌府治。參閱元和郡縣志二八撫州、嘉慶一統志三二〇建昌府一。

【南桁】橋名。即朱雀桁。在江蘇南京市秦淮河上。三國吳名南津橋,因在朱雀門南,也叫朱雀橋。又因在臺城南,也叫南桁。桁,通"航",列航爲橋。晉書王敦傳:"(王)敦(沈)充首同日懸於南桁,觀者莫不稱慶。"即此地。參閱讀史方輿紀要二十江南二。參見"朱雀橋"。

【南郡】地名。秦昭襄王二十九年,白起攻楚取郢,置爲南郡。在今湖北江陵縣北。漢移治江陵,即今治。漢郡有江陵等十八縣。見史記秦本紀、白起傳及漢書地理志上。轄境東到武昌黄崗,西到四川巫山,北到襄陽安陸,南到恩施等地。

【南夏】泛指我國南部。後漢書七四下袁紹劉表傳贊:"稱雄河外,擅彊南夏。"晉書郭璞傳論:"襲文雅於西朝,振辭鋒於南夏,爲中興才士之宗矣。"

【南郢】楚都郢,即今湖北江陵縣北的紀南城,因其地在我國南方,所以又名南郢。公羊傳宣十二年:"南郢之與鄭,相去數千里。"越絶書吳内傳:"蔡昭公南朝楚,被羔裘,囊瓦求之,昭公不與,即拘昭公南郢,三年然後歸之。"

【南徐】州名。東晉南渡,僑置徐州於京口(今江蘇鎮江市)。南朝宋元嘉八年以江南晉陵地爲南徐州,仍治京口。歷齊梁陳,至隋開皇元年廢。見清徐文范東晉南北朝輿地表州郡表一揚州。

【南涼】東晉列國之一。鮮卑族禿髮烏孤起西平,稱西平王,據廣武。其弟傉檀,又稱涼王,史稱南涼。有今青海西寧市一帶地區。爲西秦所滅。公元397—414年。

【南部】㊀泛指南方。後漢書八九南匈奴傳:"將其衆及南部五骨都侯,合三萬餘人。"漢魏在邊地郡縣設置都尉或尉,在南部的,叫南部都尉、南部尉。參見後漢書南匈奴傳。㊁縣名。屬四川省。漢充國縣,屬巴郡。梁改置南部郡。至後周閔帝罷郡立縣,因地在閬中南面,所以叫南部。參閱太平寰宇記八六閬州。

【南訛】書堯典:"平秩南訛。"注:"訛,化也。掌夏之官,平敍南方化育之事。"史記堯本紀作"便程南譌"。集解引孔安國:"譌,化也。"也作"南僞"。漢書九九王莽傳中:"每縣則薅,以勸南僞。"注:"僞音曰訛。訛,化也。"

【南郭】複姓。左傳宣十七年有南郭偃,哀六年有南郭且于,莊子齊物論有南郭子綦,韓非子内儲説上有南郭處士,以吹竽事齊宣王。

【南康】㊀郡名。漢屬豫章郡。三國吳屬廬陵郡。晉太康二年改廬陵南部爲南康郡。宋紹興二二年改爲贛州。見讀史方輿紀要八八贛州府。郡治即今江西贛州市。㊁府名。宋太平興國六年以江西星子縣爲南康軍治。元爲南康路。明清爲南康府,治星子縣。公元1912年廢府留縣。參閱讀史方輿紀要八四南康府。㊂縣名。屬江西省。晉太康元年,改吳南安縣爲南康縣,屬南康郡。隋唐屬虔州。宋淳化元年置南安軍。明清都屬南康府。參閱讀史方輿紀要八八南安府。

【南曹】唐吏部掌判選院的員外郎。唐會要五八吏部員外郎:"南曹起於總章二年,司列少常伯李敬玄奏置。"宋錢易南部新書丙:"唐制,員外郎一人判南曹,在曹選街之南,故曰南曹。"參閱舊唐書職官志二。

【南通】市名。屬江蘇省。見"通州㊂"。

【南陵】縣名。屬安徽省。漢置春穀縣,屬丹陽郡。晉孝武二年改爲陽穀,後併入蕪湖。梁武帝時置南陵縣。參閱元和郡縣志二八宣州、太平寰宇記一〇三宣州。

【南野】地名。野,也作"埜"。淮南子人間記秦使尉屠睢將五軍,一軍守南野之界,即此。故城在江西南康縣。參閱嘉慶一統志三三二南安府。

【南國】㊀古指江漢一帶的諸侯國。詩小雅四月:"滔滔江漢,南國之紀。"國語周上:"宣王既喪南國之師,乃料民於大原。"注:"南國,江漢之間也。"㊁泛指南方。唐宋之問集下經梧州詩:"南國無霜霰,連年見物華。"

【南貨】指閩廣等省所産的物品,與"北貨"相對稱。後來多指食物。北史魏收傳:"兼通散騎常侍,副王昕聘梁。……使還,尚書右僕射高隆之,求南貨於昕。"是南北朝時已有此稱。清李斗揚州畫舫録一草河録上:"行貨半入于南貨業。南貨者多鎮江人,京師稱爲南酒,皆大江以南之産,又署其肆曰南味。"

【南巢】地名。書仲虺之誥:"成湯放桀于南巢。"史記夏本紀:"桀走鳴條,遂放而死。"正義引括地志:"廬州巢縣有巢湖,即尚書成湯伐桀放於南巢者也。"即今安徽巢縣。

【南渡】晉元帝渡江,建都建業,史稱東晉;宋高宗渡江,建都臨安,史稱南宋。都是自北渡過長江,所以叫南渡。唐李白李太白詩二〇金陵:"晉家南渡日,此地舊長安。"元趙孟頫松雪齋集四岳鄂王墓詩:"南渡君臣輕社稷,中原父老望旌旗。"

【南湖】湖以南湖命名的很多,著名的有:1. 在浙江嘉興縣。也叫鴛鴦湖。湖中有烟雨樓,爲當地名勝。見浙江通志十一山川三。公元1921年7月中國共產黨第一次全國代表大會曾在這裏召開。2. 在湖北鄂城縣。也叫五丈湖。南朝宋江州刺史臧質兵敗，逃入南湖，用荷葉覆頭，即此湖。見宋書本傳。3. 湖北武昌市南也有南湖。嘉慶一統志三三五武昌府引輿地紀勝稱舊名赤欄湖。

【南詞】㊀指南戲、南曲。明徐渭有南詞敍録，魏良輔有南詞引正，清呂士雄有南詞定律，都是論南戲或昆曲的專著。㊁彈詞一類説唱故事。清范祖述杭俗遺風："南詞者，説唱古今書籍，編七字句，坐中開口彈絃子，打横者佐以洋琴。……每本四五回，稱爲唱書先生。"

【南詔】唐時有六詔，蒙舍詔在最南，稱爲南詔。唐玄宗時，南詔皮邏閣統一六詔，建立地方政權，開元二六年封蒙歸義爲雲南王。天寶九年，佔有雲南地，號大蒙。治羊苴咩城，即今雲南大理市。貞元十年，改號爲南詔，後稱大理。五代後晉時爲段氏所據，稱大理國，後爲蒙古所滅。參閲唐樊綽蠻書三、新唐書二二二上南詔傳、文獻通考三二九四裔六。

【南翔】鎮名。在上海市嘉定縣南。傳説崑山臨江鄉某寺掘地得石，有兩隻白鶴經常停集石上，後來飛去不返，石上留有詩句"白鶴南翔去不歸"。因名寺爲南翔。鎮以寺得名。見宋范成大吳郡志四六異聞。

【南雲】晉陸機陸士衡集一思親賦："指南雲以寄欽，望歸風而效誠。"又陸雲陸士龍集七九愍："眷南雲以興悲，蒙東雨而涕零。"南雲、歸風、東雨，本是即興之作，後人據文章內容，引申爲思親和懷念家鄉之詞。南朝陳江總江令君集二於長安歸還揚州九月九日行薇山亭賦韻詩："心逐南雲逝，形隨北雁來。"

【南琛】南方所進的寶物。宋書夷蠻傳論："太祖以南琛不至，遠命師旅。泉浦之捷，威震滄溟；未名之寶，入充府實。"南朝梁江淹江文通集二翡翠賦："充南琛於秘府，備寶帳之光儀。"

【南越】也作南粵。今廣東廣西一帶地。秦始皇三十三年置桂林、南海、象郡。秦朝末年，趙佗自立爲南越武王。漢元鼎六年置南海、蒼梧、鬱林、合浦、交趾、九真、日南、珠厓、儋耳郡。史記有南越列傳，漢書兩粵傳作南粵，粵同越。今以廣東爲粵，浙江爲越。南越始末及地理沿革，參閲通典一八四州郡十四古南越。

【南都】㊀地名。即南陽郡。因南陽郡是光武帝生地，特稱爲南都。漢張衡有南都賦，文見文選。地即今河南南陽市。㊁明朝人也稱南京爲南都。如吳應箕記南京召試事，書名就叫南都應試記。

【南華】即莊子。唐賈島長江集六病起詩："燈下南華卷，袪愁當酒杯。"唐詩紀事五四温庭筠："令狐綯曾以舊事訪庭筠，對曰：'事出南華，非僻書也。'"參見"南華經"。

【南朝】見"南北朝"。

【南極】㊀星名。史記天官書："狼比地有大星，曰南極老人。"唐杜甫杜工部草堂詩箋三十贈韓諫議詩："周南留滯古所惜，南極老人應壽昌。"㊁地球的南端。宋書天文志一："周天三百六十五度五百八十九分度之百四十五，半露地上，半在地下，其二端謂之南極北極。"㊂南方。漢王充論衡寒温："火位在南，水位在北，北邊則寒，南極則熱。"晉書周嵩傳："割據江東，奄有南極。"

【南雄】縣名。屬廣東省。三國吳始興郡地。五代南漢乾和四年以韶州保昌縣置雄州。宋開寶四年因河北路有雄州，加南字，名爲南雄州。公元1912年改縣。參閲太平寰宇記一六〇南雄州、嘉慶一統志四五四南雄州、文獻通考三二三輿地九。

【南陽】㊀地名。1. 春秋晉地。左傳僖二五年："晉於是始啟南陽。"注："在晉山南，河北，故曰南陽。"史記秦本紀昭襄王三三年："魏入南陽以和。"正義引括地志："懷獲嘉縣即古之南陽。"今河南獲嘉縣地。2. 戰國齊地。本春秋魯平陽邑。孟子告子下："一戰勝齊，遂有南陽。"注："山南曰陽，岱山之南，謂之南陽也。"即今山東鄒縣。㊁郡名。秦置。包有河南省舊南陽府，湖北省舊襄陽府之地。治宛，即今河南南陽市。三國志蜀諸葛亮傳"亮躬耕隴畝"注引漢晉春秋："亮家於南陽之鄧縣，在襄陽城西二十里，號曰隆中。"宋王應麟引殷芸小説，説諸葛亮躬耕南陽，是襄陽墟名，非南陽郡。見困學紀聞十。㊂縣名。屬河南省。周時申國、春秋楚宛邑。漢置宛縣，隋開皇初，改爲南陽縣。明清皆爲南陽府治。公元1912年廢。參閲元和郡縣志二一鄧州、太平寰宇記一四二鄧州。

【南₂無】梵語。音若那摩 námó。佛教稱合掌作稽首，以表示恭敬曰南無。後魏楊衒之洛陽伽藍記一城內永寧寺："口唱南無，合掌連日。"參閲宋釋道誠釋氏要覽中三寶。

【南粵】見"南越"。

【南皖】地名。即皖口鎮。也叫山口鎮。在安徽安慶市西，爲皖水入江之口。陳書高帝紀下永定三年閏四月，遣鎮北將軍徐度在南皖口築城，即此地。參見"皖口"。

【南溟】南海。宋書天文志序："北溟之魚化而爲鳥，將徙於南溟。"唐王勃王子安集五滕王閣詩序："北勢極而南溟深，天柱高而北辰遠。"

【南溪】縣名。屬四川省。漢南廣縣地。隋仁壽二年，因避楊廣（煬帝）諱，改爲南溪縣。參閲元和郡縣志三一戎州、太平寰宇記七九戎州。

【南靖】縣名。屬福建省。漢冶縣地。元至正間置南勝縣，後改爲南靖縣。參閲寰宇通志四七漳州府南靖縣。

【南雍】見"南廱"。

【南零】相傳唐陸羽品評煎茶用水，以揚子江南零水爲第七。見唐張又新煎茶水記。零，也作"泠"、"濡"。

【南董】春秋時齊史官南史和晉董狐的合稱。二人都以直筆不諱著稱。南朝梁劉勰文心雕龍史傳："贊曰：'……辭宗丘明，直歸南董。'"後來把記載詳細可靠的文字，也叫南董。如唐王績著酒經，又著酒譜，李淳風稱他是酒家南董。見新唐書一九六王績傳。參見"南史㊀"、"董狐"。

【南楚】地名。包括湖南省衡陽長沙以東，江西省南昌九江及安徽省南部一帶。史記一二九貨殖傳："衡山九江江南豫章長沙，是南楚也。"

【南匯】縣名。今屬上海市。本是上海縣地，清雍正三年分置，屬松江府。見嘉慶一統志八二松江府一。

【南頓】㊀縣名。春秋時頓子國。漢置縣，明廢。漢書地理志上汝南郡"南頓"注引應劭："頓迫於陳，其後南徙，故號南頓。"故城在今河南項城縣西。㊁見"南頓北漸"。

【南園】㊀園名。1. 舊址在江蘇蘇州市舊府學旁。五代時吳越廣陵王錢元璙治蘇州時建，參閲宋朱長文吳郡圖經續記上南園、下園第。2. 舊址在浙江杭州市靈隱寺東麓。宋光宗時賜韓侂胄。韓死没官，又賜榮王趙與芮，更名勝景。3. 在廣東廣州市南。明洪武初，趙介孫蕡等五人在此結社，號南園五子。嘉靖時，又有歐大任梁有譽等五人，於此結社，號南園後五子。參見"南園十先生"。㊁泛指園圃。文選晉張景陽（協）雜詩之八："借問此何時，蝴蝶飛南園。"唐柳宗元柳先生集四三冉溪："却學壽張樊敬侯，種漆南圖待成器。"

【南衙】見"南北衙"。

【南漳】縣名。屬湖北。本漢臨沮縣地。隋開皇初，改爲南漳縣。明清屬湖北襄陽府。參閱元和郡縣志二一襄州、嘉慶一統志三四六襄陽府。

【南漕】明成化八年，定額運糧到京師，每年四百萬石。其中南糧三百二十四萬四千四百石，北糧七十五萬五千六百石。見明史食貨志三漕運。清時因明原額，分爲東漕南漕。

【南漢】五代時十國之一。劉隱弟劉龑在廣州稱帝，建號越，後改稱漢，史稱南漢。據有今廣東省及廣西僮族自治區南部地方。至劉鋹，爲宋所滅。公元 917—971 年。新五代史有南漢世家。

【南寧】市名。屬廣西僮族自治區。秦爲桂林郡地，漢爲鬱林郡。元泰定元年改南寧路。明清爲府。見嘉慶一統志四七一南寧府。

【南齊】南北朝朝代名。蕭道成滅宋、國號齊，史稱南齊。都建康（今江蘇南京市）。據有今長江珠江兩流域地區。至和帝蕭保融，爲梁蕭衍(武帝）所取代。公元 479—502 年。

【南榮】㊀南方之地。楚辭漢王褒九懷思忠："玄武步兮水母，與吾期兮南榮。"注："南方冬温，草木常茂，故曰南榮。"㊁房屋的南簷。史記一一七司馬相如傳上林賦："偓佺之倫，暴於南榮。"索隱引應劭："南榮，屋檐兩頭如翼也。"唐白居易長慶集五贈吳丹詩："冬負南榮日，支體甚温柔。夏卧北窗風，枕席如涼秋。"㊂複姓。南榮趎，庚桑楚弟子。見莊子庚桑楚。文子精誠、淮南子修務、漢書古今人表，並作南榮疇。

【南臺】㊀御史臺，以在宮闕臺西南，故稱南臺。通典二四職官六御史臺："後漢以來謂之御史臺，……梁及後魏北齊，或謂之南臺。"參見"北省"。㊁面南的樓臺。全唐詩五七八温庭筠法雲寺雙檜："一下南臺到人世，曉泉清籟更難聞。"㊂山名。福建福州市南的釣臺山。明初，湯和自明州渡海攻福州，到五虎門，駐兵南臺，攻陳友定，卽此山。見明史一二六湯和傳。㊃水名。閩江經釣龍臺山下，叫南臺江，也叫白龍江。見嘉慶一統志四二五福州一。

【南監】見"南廱"。

【南箕】星名。卽箕宿。共四星，二星爲踵，二星爲舌。踵窄舌寬。古人看星象，附會人事，認爲箕星主口舌，所以多用來比喻讒佞。詩小雅巷伯："哆兮侈兮，成是南箕。彼譖人者，誰適與謀？"參見"南箕北斗"。

【南潯】鎭名。在浙江吳興縣東，以南面潯溪而名。元至正十三年，張士誠在此築城，明洪武三年城毀。舊爲浙江大鎭。參閱嘉慶一統志二八九湖州府一。

【南鄭】㊀縣名。今陝西漢中市。本戰國秦南鄭邑，劉邦爲漢王都此。後置縣，爲漢中郡治。明清屬陝西漢中府。參閱嘉慶一統志二三七漢中府一。㊁周畿内邑。周穆王都此。因在鎬京南，所以叫南鄭。又因在新鄭西，也叫西鄭。竹書紀年下穆王元年："冬十月，築祗宮於南鄭。"故城在陝西華縣北。

【南樓】古樓名。在湖北鄂城縣南。也叫玩月樓。世說新語容止："庾太尉(亮)在武昌，秋夜氣佳景清，使吏殷浩王胡之之徒登南樓。"唐李白李太白詩二二陪宋中丞武昌夜飲懷古："清景南樓夜，風流在武昌。"按晉武昌縣，爲武昌郡治，卽今鄂城縣。唐武昌縣屬鄂州江夏郡，卽今武漢市武昌。李白所詠南樓，實際不是庾亮等所登的南樓。

【南虢】周時諸侯國名。原在陝西，平王東遷，虢仲後代搬到上陽，爲南虢。在今河南陝縣東南。

【南$_2$膜】卽"南$_2$無"。宋詩鈔薛季宣浪語集鈔記遊詩："遐觀夢中夢，南膜佛因緣。"

【南樂】縣名。屬河南省。春秋衞地，漢置樂昌縣，屬東郡。五代唐改爲南樂縣。明清都屬直隸大名府。參閱太平寰宇記五四魏州、寰宇通志六大名府南樂縣。

【南澳】縣名。屬廣東省。本廣東饒平縣東南海中之島。島有三澳，明萬曆四年，築三城。明末鄭成功在此抗清兵。清初設總兵駐防。清末改爲縣。見嘉慶一統志四四六潮州府。

【南燕】㊀春秋諸侯國名。左傳隱五年："衞人以燕師伐鄭。"注："南燕國，今東郡燕縣。"地在河南延津縣境。㊁晉時十六國之一。鮮卑族慕容德據滑臺（今河南舊滑縣），稱燕王。史稱南燕。據有山東東部地。爲東晉所滅。公元 398—410 年。

【南豫】州名。原治項（今河南舊項城縣)，晉南渡以後，咸和四年，在江淮間僑置豫州。宋齊梁或廢或置，治所常有遷移，大致在今安徽和縣當塗縣一帶。參閱清徐文范東晉南北朝輿地表州郡表一揚州、讀史方輿紀要三歷代州域形勢三、四。

【南選】唐上元三年，因桂廣交黔等地，任命當地人爲官，或非其才，於是派遣郎官御史爲選補使，往選適當人才，名爲南選。見唐會要七五南選、新唐書選舉志下。又金代取士，天會五年也設置南北二選。天德三年，又合併南北選爲一。參閱金史選舉志一。

【南學】宋書何尚之傳："尚之雅好文義，……乃以尚之爲尹，立宅南郭外，置玄學，聚生徒。東海徐秀，廬江何曇，……並慕道來遊，謂之南學。"

【南濟】古濟水的南支。就是滎瀆。水經注七濟水："濟水又東北流，南濟也；逕陽武縣故城南。"清戴震附校語說："考南濟在陽武南，其在陽武北者，乃北濟。"

【南齋】㊀在住室南面的書齋。唐賈島長江集八宿姚合宅寄張司業籍詩："誰伴南齋宿，月高霜滿城。"又卷四有南齋詩。㊁清代南書房也叫南齋。詞臣得進入南書房的，稱爲南齋侍從。

【南燭】植物名。開寶本草始著録，政和證類本草十四木部引本草圖經稱它爲南天燭，又引陶隱居登真隱訣說它是木類，但又像草類，因稱南燭草木。道家以南燭葉染米，叫青飿飯。參閱清吳其濬植物名實圖考三五南燭。

【南邁】南行，南征。晉書赫連勃勃載記："金精南邁，天輝北映。"北史齊高祖紀："昔趙鞅興晉陽之甲，誅君側惡人，今者南邁，誅椿而已。"

【南闈】明清科舉時，稱順天鄉試爲北闈，江南鄉試爲南闈。

【南戲】宋元時南方所流行的戲曲。也叫戲文。和北方的雜劇、院本相對稱。明徐渭說南戲產生在宋光宗時，爲永嘉人所創，有趙貞女王魁二種。或說宣和間已有萌芽，盛行則在南渡以後，名叫永嘉雜劇。見南詞敍録。又祝允明猥談也說南戲產生在宣和以後，南渡時，叫温州雜劇。永樂大典戲字韻所收的戲曲，都是南戲，現在僅存小孫屠、張協狀元、宦門子弟錯立身三種。

【南嶽】山名。五嶽之一。古時霍山、衡山都有南嶽之稱。爾雅釋山："霍山爲南嶽。"注："卽天柱山，潛水所出。"又"江南衡"注："衡山，南嶽。"漢書郊祀志也把衡山作爲南嶽。參閱清郝懿行爾雅義疏釋山。參見"霍山"、"衡山"。

【南鍼】卽指南針。引申爲指導的意思。舊時尺牘中多用南鍼二字稱人的指教。

【南豐】縣名。屬江西省。漢南城縣地。三國吳太平二年置縣於廣昌縣東，以其地產嘉禾而名。明清屬江西建昌府。參閱寰宇通志四二建昌府南豐縣。

【南薰】舊傳虞舜彈五絃琴，造南風詩，詩中有"南風之薰兮，可以解吾民之慍兮"等句。見史記樂書集解、禮樂記疏引尸子。後以南薰爲煦育的意思。全唐詩二〇九郎載送薦穎士赴東府得君字："和風媚東郊，時物滋南薰。"後來宮觀樓殿等命名南薰，都取此義。

【南譙】地名。南朝梁在漢全椒縣地僑置南譙州，北齊移治新昌郡，隋改爲滁州。故治在今安徽滁縣西南。見舊唐書地理志三。唐韋應物韋江州集三寄大梁諸友詩："分竹守南譙，弭節過梁池。"

【南䜌】地名。漢書地理志上鉅鹿郡有南䜌縣。後漢書光武紀上更始二年："(王)郎遣將倪宏劉奉率數萬人救鉅鹿，光武逆戰於南䜌。"故城在今河北鉅鹿縣北。參閱嘉慶一統志三十順德府一。

【南離】易卦離位在南，所以稱南方爲南離。古文苑五張衡髑髏賦："取耳北坎，求目南離。"注："離，南方火；火外景，故目屬之。"

【南廱】明朝初年，在南京設立國子監，也叫南廱，意爲南京的辟廱。也叫南監。景泰中，吳節撰南廱志十八卷，後黃佐加以增删成爲二十四卷。廱，也作"雍"。

【南籠】舊縣名。明洪武二十三年置安籠守御所，屬普安衛。清雍正五年，升爲南籠府，嘉慶二年，改爲興義府。見嘉慶一統志五一〇興義府。1913 年改爲南籠縣。今爲貴州安龍縣。

【南山宗】佛教宗派。唐道宣撰四分行事鈔三卷，宗依大乘唯識，提倡四分律，成立律宗，爲四分律宗之祖。道宣住終南山的紵麻蘭若，弟子號爲南山大師。後來稱他的流派爲南山宗。參見"律宗"、"道宣"。

【南山集】清戴名世撰。其門人尤雲鶚據其手鈔文章百餘篇付印，僅得全集的五分之一，因戴氏居住在桐城南山岡，所以叫南山集。集中有與人書，主張修明史應保留南明弘光諸帝年號，被趙申喬所構陷，引成文字獄，牽連幾十人。戴坐大逆處死，書也被毀。戴氏其他著作，也都被列入禁書目錄。光緒年間有木活字本十六卷，署名桐城戴潛虛田有撰，又一本署桐城宋潛虛撰，而書內皆題南山全集。現通行本十四卷，署名桐城戴褐夫撰，爲戴鈞衡輯集。附補遺三卷、年譜一卷。

【南山壽】詩小雅天保："如南山之壽，不騫不崩。"後來沿用爲祝壽的頌詞。文選王元長(融)三月三日曲水詩序："上陳景福之賜，下獻南山之壽。"唐詩紀事十三魏元忠侍宴銀漢宮應制詩："願奉南山壽，千秋長若斯。"

【南山霧】比喻隱居的地方。南齊謝朓謝宣城詩集三之宣城郡出新林浦向板橋："雖無玄豹姿，終隱南山霧。"詳"豹隱"。

【南天竺】植物名。也作南天竹。宋陸游劍南詩稿四十新寒："安石榴房初小拆，南天竺子亦微丹。"自注："南燭草木，俗謂之南天竺。"元李衎竹譜詳錄七："藍田竹，在處有之，人家喜栽花圃中。木身，上生小枝，葉葉相對，而頗類竹。春花穗生，色白微紅，結子如豌豆，正碧色。至冬色漸變如紅豆顆，圓正可愛，臘後如凋。世傳以爲子碧如玉，取藍田種玉之義，故名。或云：此本自南天竺國來，自爲南天竺，人訛爲藍天竹。"按南天竺與南燭不同，後人誤合爲一。參見"南燭"。

【南天痕】清淩雪撰。二十六卷。記明弘光隆武永曆三朝事。取南朝血淚痕之意。博采明末諸家記載已刻未刻書九百七十餘種，正誤補遺，以成此書。分爲紀略二卷，宗藩一卷，列傳二十三卷。另本作二十九卷。紀略三卷，列傳二十六卷。

【南公鼎】西周青銅器。清道光初年，在陝西郿縣禮村溝岸上出土。高四尺多，口徑三尺多，重七百餘斤，可容四石。因造主是南公之孫盂，所以也叫盂鼎。銘文是成王册命之辭。王國維有盂鼎考釋一卷。

【南北司】唐代稱宰相爲南司，宦官爲北司。因所居在宮禁的南邊與北邊，故有此名。詳"南司㊀"、"北司"。

【南北史】南史北史的合稱。唐李延壽撰南史八十卷，北史一百卷。北史起魏至隋，南史起宋至陳。據宋齊梁陳魏北齊周隋八書，删繁補闕而成，較舊史爲簡明。又因李延壽家居北方，對北朝見聞較近，所以北史又比南史更爲詳密。清李清有南北史合注一百九十一卷、周嘉猷有南北史捃華八卷。

【南北曲】古代南曲、北曲的合稱。南曲也叫南詞，北曲也叫北詞，合稱爲南北詞。南曲以唐宋大曲、宋詞爲基礎，曲調用五音階，用韻以南方(主要爲江浙一帶)的語音爲標準，有平上去入四聲。宋元南戲及明清傳奇都以南曲爲主。有關南曲研究的專著，有明徐迎鈕少雅合撰的南曲九宮正始、沈璟的南曲譜、李開先王九思的南曲次韻、沈自晉的南九宮詞譜(一名南詞新譜)、三逕草堂的新編南九宮詞、徐渭的南詞敍録、清毛先舒的南曲入聲答問。呂士雄等新編南詞定律，所收南曲曲牌有一千三百四十二首。北曲用七音階，無入聲。用韻以元周德清中原音韻爲準。元雜劇(包括金院本)主要用北曲，盛行於北方，與南方的南曲相對。關於北曲的研究專著，有明朱權的北曲譜。清李玉的一笠庵北詞廣正譜，收北曲曲牌四百四十七首。周詳鈺等所撰寫的新定九宮大成南北詞宮譜，記録曲牌二〇九四首，另附同名變體曲牌共四四六六首，材料最爲豐富。

【南北宗】㊀佛教禪宗自五祖弘忍以後，分爲南北二宗：南宗爲六祖慧能所立，其後又分爲潙仰臨濟曹洞雲門法眼等五家。北宗爲神秀所立，其教行於北方。參見"南能北秀"、"南頓北漸"。㊁道家自金起分爲南北二宗：北宗以王嚞爲祖，南宗以劉海蟾爲祖。南宗先性，北宗先命。明都印說南宗自東華少陽君傳白玉蟾。北宗自唐呂巖傳金王嚞。見明都印三餘贅筆。㊂我國山水畫的兩大流派：南宗源於王維，重渲染而少鈎勒，即所謂淡赭山水。其傳爲荆浩關仝董源巨然及米芾父子，以至元之四家，明之四家，清初四王。北宗源於李思訓，山石峭拔，多用重彩，即所謂青綠山水。其傳爲趙幹趙伯駒夏珪馬遠等。參閱明莫是龍畫說、汪珂玉珊瑚網下二四董玄宰論畫。

【南北卷】明初會試取士，原不分地域，宣德以後定名額比例，計南方佔十之六，北方佔十之四。明陸深科場條貫："(成化)廿二年尹閣老直主考序稱：宣德丁未，大學士楊士奇議，會試取士分南北卷，北四南六。既而以百乘除，各退五爲中數。"南卷爲應天(南京)蘇松諸府，及浙江江西福建湖廣廣東；北卷爲順天山東山西河南陝西；中數卽中卷，包括四川廣西雲南貴州，及鳳陽廬州二府、滁徐和三州。參閱明史選舉志二、清顧炎武日知録十七北卷。

【南北洋】我國沿海地域，自山東以北地方，謂之北洋。自江蘇以南浙閩兩廣沿海及長江各地，謂之南洋。清咸豐十年，設總理各國事務衙門，以直隸總督兼北洋大臣，兩江總督兼南洋大臣，分掌防務及中外交涉事宜。

【南北軍】 漢代京師駐軍有南北之分。南軍守衛未央宮，由衛尉主管；北軍守衛長樂宮，由中壘校尉主管。非有事不由太尉等將軍統轄。至文帝時乃合南北軍爲一。後漢於洛陽置北軍中侯，掌監五營，無南軍名。參閲宋錢文子補漢兵志、清俞正燮癸巳類稿十一漢南北軍義。

【南北朝】 東晉以後，中國分裂爲兩部分，據有南方的，爲宋齊梁陳四朝，爲南朝。據有北方的，爲後魏；後又分爲東西二魏，東魏爲北齊所代，西魏爲北周所代，北周又滅北齊，爲北朝。到隋文帝代周滅陳，全國纔又重歸統一。

南北朝表

南朝	王朝創立者	國都	滅其國者	起訖(公元)
宋	劉裕(武帝)	建康	南齊	420—479
齊	蕭道成(高帝)	建康	梁	479—502
梁	蕭衍(武帝)	建康	陳	502—557
陳	陳霸先(武帝)	建康	隋	557—589
北朝	**王朝創立者**	**國都**	**滅其國者**	**起訖(公元)**
北魏	拓跋珪(道武帝)	盛樂平城洛陽	後分爲東西魏	386—534
東魏	元善見(孝静帝)	鄴	北齊	534—550
西魏	元寶炬(文帝)	長安	北周	535—556
北齊	高洋(文宣帝)	鄴	北周	550—577
北周	宇文覺(閔帝)	長安	隋	557—581

【南北衙】 唐禁兵分爲南北衙。新唐書兵志："夫所謂天子禁軍者，南北衙兵也。南衙，諸衛兵是也；北衙者，禁軍也。" 金吾、領軍、千牛之類爲衛兵，羽林、龍武、神策之類爲禁軍。

【南西廂】 傳奇名。明李日華撰。二卷。西廂記本爲北曲，日華重演爲南詞。有毛晉汲古閣刊六十種曲本。又有陸采西廂記二卷，也是南曲。二書都已印入古本戲曲叢刊初集。

【南武城】 地名。春秋魯邑。漢置南城縣，爲侯國，屬東海郡，至北齊廢。地在今山東費縣境。史記六七仲尼弟子傳："曾參，南武城人。"正義："括地志云：南武城在兖州，子游爲宰者。地理志云定襄有武城，清河有武城，故此云南武城也。" 參閲嘉慶一統志一七七沂州府一。

【南居李】 植物名。李的一種。政和證類本草二三李核仁引陶隱居（弘景）説李類很多，姑熟所産南居李，解核如杏仁者爲佳。參閲本草綱目二九果部。

【南柯夢】 唐李公佐作南柯記，比喻富貴得失之無常。宋呂南公灌園集四西風詩："今雖未借邯鄲枕，昔曾屢歎南柯夢。" 明湯顯祖撰南柯夢傳奇，即演此故事。詳"南柯"。

【南面官】 遼耶律德光（太宗）統治中國北部後，官分南北，南面官專治漢族州縣賦税軍馬之事。遼史百官志一："遼國官制分北南院，北面治宫帳部族屬國之政，南面治漢人州縣租賦軍馬之事。"百官志三、四，所記都是南面官。

【南海子】 即南苑。明劉侗于奕正帝京景物略三南海子："城南二十里，有囿曰南海子，方一百六十里。"參見"南苑"。

【南海神】 神名。隋書儀禮志二："開皇十四年閏十月詔，……東海於會稽縣界，南海於南海鎮南，並近海立祠。" 唐天寶十載，册封南海神爲廣利王。舊廟在廣州治的東南，後更名爲波羅廟，羊城十景有波羅浴日，即其地，今廢。參閲唐韓愈昌黎集三一南海神廟碑、通典四六吉禮五。

【南唐書】 書名。1. 宋馬令撰。三十卷。分二十餘目，門類頗繁、取材又多用詩話小説，内容失於蕪雜。2. 宋陸游撰。十八卷。宋時除馬令以外，胡恢也撰有南唐書。陸游以爲他們的著述未臻完善，故重加排纂。敘事較馬著簡潔。胡書今不傳。清周在浚湯運泰仿裴松之注三國志體例，博采羣書有關南唐事跡者，先後爲陸書作箋注。周注没有刊本，湯注有緑鍼山房刊本。

【南軒集】 宋張栻撰，朱熹編定。四十四卷。對於栻早年之作，多所删削。但其中駁詰熹及胡安國胡寅之語，涉及辯難論學論道部分，仍予保留。栻爲張浚的兒子，和朱熹都是南宋理學家。

【南書房】 清翰林在内廷侍候皇帝的地方，康熙時創立，地在故宫乾清宫西南隅。

【南清河】 即古泗水。詳"泗水"。

【南屏山】 在浙江杭州市，是西湖勝景之一。怪石壁立，峰上有五代時吴越王（錢俶）妃黄氏所建立的雷峰塔，已倒塌。見嘉慶一統志二八三杭州府一山川。

【南渡録】 舊本不題撰人姓名，或題宋辛棄疾撰。凡二卷。又有竊憤録二卷，也題辛棄疾撰。二書記宋代徽欽二帝被金人俘虜北去的事迹，内容相似。四庫提要史部雜史類以爲内容錯謬，是託名僞作，列入存目。

【南華經】 也叫南華真經，是莊子的别名。魏晉時只叫莊子。隋書經籍志三著録有梁曠南華論、南華論音二書。唐陸德明經典釋文雖然尊老子莊子爲經典，但還没有南華這一名稱。至唐天寶元年二月號莊子爲南華真人，始稱他所著書爲南華真經。見唐會要五十雜説、舊唐書玄宗紀。

【南陽集】 1. 宋趙湘撰。六卷。其詩風格接近晚唐，但没有雕琢瑣屑之病，文章也掃除排偶，和唐皇甫湜孫樵相近。宋史藝文志著録趙湘集十二卷，没有南陽集的名稱。書久已散失，清館臣自永樂大典中輯出，重新刊定成六卷。2. 宋韓維撰。三十卷，附録一卷。維曾封過南陽郡公，所以集名南陽集。

【南運河】 即永濟渠。詳"永濟渠"。

【南齊書】 南朝梁蕭子顯撰。全書六十卷，現存五十九卷。分八紀、十一志、四十列傳。以檀超江淹等所編國史爲本，記敍比宋書爲簡明。本名齊書。後人爲了和唐李百藥編撰的北齊書相區别，故加南字。蕭子顯以當代人記當代事，書裏保存了不少原始的材料。

【南蘭陵】 郡名。晉太興初置南蘭陵郡及蘭陵縣。南齊書高帝紀："中朝亂，……寓居江左者，皆僑置本土，加以南字，遂爲南蘭陵。"參閲讀史方輿紀要二五江南七、嘉慶一統志八七常州府二。故城在江蘇常州市西北。

【南霽雲】 公元？—757年。唐頓丘人。善騎射，從張巡守睢陽，爲安禄山兵所圍，巡使霽雲向賀蘭進明求救，賀蘭不肯發兵，霽雲拔刀斷指，不食而去。睢陽陷，敵帥脅迫他投降，張巡呼曰："南八，男兒死耳，不可爲不義屈！" 和張巡同日被殺。韓愈昌黎集十三張中丞傳後敍，詳記霽雲事跡。

【南山可移】 舊唐書九八李元紘傳："累遷雍州司户，時太平公主與僧寺爭碾磑，……元紘遂斷還僧寺。竇懷貞爲雍州長史，大懼太平勢，促令元紘改斷。元紘大署判後曰：'南山或可改移，此判終無搖動。'"新唐書作："南山可移，判不可摇也。"後來凡稱案件已定、不可改變的爲"南山可移，此案不可動。"

【南北盤江】 見"盤江"。

【南州冠冕】 比喻南方的傑出人才。三國志蜀龐統傳："潁川司馬徽，清雅有知人鑒。統弱冠往見徽，……共語，自晝至夜。徽甚異之，稱統當爲南州士之冠冕。”

【南村詩集】明陶宗儀撰。四卷。宗儀字南村，在元末稱博學，其詩以格力遒健見稱。毛晉曾刻入元人十種詩中。

【南巡盛典】書名。清乾隆(弘曆)好大喜功，奢侈多欲。自乾隆十六年至五四年間，四至江浙。兩江總督高晉爲迎合其意，特撰此書進呈。一百二十卷，弘曆作序刊行，目的在於粉飾太平。但記事門分部繁，可作史料參考。

【南枝北枝】全唐詩三李嶠鷓鴣：“可憐鷓鴣飛，飛向樹南枝。南枝日照暖，北枝霜露滋。”白孔六帖九九梅南枝：“大庾嶺上梅，南枝落，北枝開。”都是説南枝向暖北枝受寒，後用來比喻處境苦樂不同。

【南金東箭】爾雅釋地：“東南之美者，有會稽之竹箭焉；……西南之美者，有華山之金石焉。”古以南方之金石，東方之竹箭爲美物，後來比喻人才的可貴。晉書顧榮紀瞻賀循薛兼傳論：“顧紀賀薛等，並南金東箭，世胄高門。”參見“南金”、“東箭”。

【南岳夫人】道家所稱女仙名。姓魏，名華存，任城人，嫁南陽劉文。生二子，一意修道，至晉成帝咸和九年病死，年八十三歲。道家説是飛升成仙，位爲紫虛元君，稱南岳夫人。見太平廣記五八魏夫人。

【南洋大臣】官名。清咸豐十年置。先名爲五口通商大臣，後南洋北洋各置通商大臣，掌管中外交涉及海防關政。參見“南北洋”。

【南面王樂】莊子至樂：“髑髏曰：‘死無君於上，無臣於下，亦無四時之事，從然以天地爲春秋，雖南面王樂不能過也。……吾安能棄南面王樂，而復爲人間之勞乎？’”古以南面爲尊位。南面王樂，猶言南面稱孤，享王侯之樂。

【南面百城】南面指地位的崇高，百城指土地的廣大。舊時用來比喻統治者的尊榮富有。魏書李謐傳：“每曰：‘丈夫擁書萬卷，何假南面百城？’”

【南風不競】比喻衰弱不振。左傳襄十八年：“晉人聞有楚師，師曠曰：‘不害，吾驟歌北風，又歌南風，南風不競，多死聲，楚必無功。’”楚在晉的南面，師曠歌南北風以聽占晉楚的强弱。南風聲音微弱，和律聲不相應，所以説不競。指士氣不振，没有戰鬭力。後也用以比喻競賽失利。世説新語方正：“王子敬(獻之)數歲時，嘗看諸門生樗蒲，見有勝負，因曰：‘南風不競。’”

【南宮故事】書名。詳“南宮㊀”。

【南宮詞紀】散曲選集。明陳所聞編，六卷。所聞字藎卿，南京人。此書和北宮詞紀是姊妹編，合稱南北宮詞紀。集中保存了一部分不常見的明人散曲。

【南唐近事】宋鄭文寶撰。一卷。宋史藝文志作南唐近事集，四庫提要説“集”是衍字。所記大都是瑣語碎事，體近小説。文寶曾仕南唐，所述多可參考，故馬令陸游南唐書十之五六都取材此書。

【南能北秀】南宗慧能，北宗神秀，是唐代佛教禪宗的兩大禪師，同事東山寺僧弘忍(禪宗五祖)。慧能接受弘忍衣鉢，傳教於嶺南，故稱南能。弘忍死後，武則天徵神秀入京，傳教於北方，故稱北秀。合稱南能北秀。能秀事迹見景德傳燈録四、五。

【南部新書】宋錢易撰。十卷。筆記體。所記唐事占十分之九，間有一些五代事。内容以軼聞瑣事爲主，也涉及朝章國典的因革損益，可以補充新、舊唐書的闕漏。易爲吳越廢王錢倧之子，仕宋爲翰林學士。

【南船北馬】南方多水，人善於行船，北方多陸，人善於騎馬。所以古時多以南船北馬對稱。淮南子齊俗：“胡人便於馬，越人便於舟。”唐孟郊孟東野集八送從叔校書簡南歸詩：“北騎達山岳，南帆指江湖。”

【南菁書院】在江蘇江陰縣城内。清光緒九年江蘇學政黄體芳創立，仿浙江詁經精舍例，分經史詞章教授學生，並刊刻續皇清經解二百種一千數百卷，及南菁書院叢書八集。參閱清朝續文獻通考一〇〇學校七書院。

【南腔北調】清趙翼簷曝雜記一慶典：“每數十步間一戲臺，南腔北調，備四方之樂。”儒林外史十一：“兩邊一幅箋紙的聯，上寫着：三間東倒西歪屋，一個南腔北調人。”後來多用於指人的語音不純，夾雜南北方言。

【南雷文定】清黄宗羲撰。宗羲故鄉名南雷里，故名。十卷，外集一卷。有南雷文案吾悔撰杖吾山等集，晚年親自删削，名爲文定。清王朝因文定中有錢肅樂傳及詩，並多錢謙益名，屬於違礙，列入禁書總目，爲全毁書。解放後，有重加編訂的黄梨洲文集，校勘搜輯，較爲完備。

【南頓北漸】頓、頓悟，漸、漸進，是佛家禪宗傳道的兩種方法。景德傳燈録九弘辯禪師：“(弘忍)時有二弟子，一名慧能，受衣法居嶺南，爲六祖。一名神秀，在北揚化。……其所得法雖一，而開導發悟，有頓漸之異，故曰南頓北漸，非禪宗本有南北之號也。”參見“南北宗㊀”。

【南閤祭酒】漢官名。在太尉府官屬中挑選聲望輩行較高的人充任。東漢許慎嘗過太尉南閤祭酒。見慎子冲上説文解字書。

【南箕北斗】星中二十八宿，和南北東西四方相連爲名的，只有箕、斗、井、壁四星。當箕斗都在南方的時候，箕南而斗北。所以叫南箕北斗。詩小雅大東：“維南有箕，不可以簸揚；維北有斗，不可以挹酒漿。”後就用來比喻徒有虛名、而無實用的比喻詞。魏書李崇傳：“今國子雖有學官之名，而無教授之實，何異兔絲燕麥，南箕北斗哉！”

【南樓老人】清女畫家陳書的别號。書，秀水人，嫁錢綸光，子陳羣。自號上元弟子，晚號南樓老人。工山水，兼擅人物花鳥。參閱清錢儀吉碑傳集一四九、馮金伯國朝畫識十七。

【南轅北轍】欲南行而車向北。比喻行動與目的相反。戰國時魏王欲攻邯鄲，季梁以有人欲南至楚國，却駕車北走爲喻，説魏王的行動“猶至楚而北行也”。見戰國策魏四。後人以南轅北轍，比喻背道而馳。參見“北轅適楚”。

【南瞻部洲】佛經中所説的四大洲之一。亦作閻浮提洲。在須彌山南。唐釋玄奘大唐西域記一：“海中可居者，大略有四洲焉，……南瞻部洲。”原注：“舊曰閻浮提洲。”

【南疆繹史】清温睿臨撰。紀明末弘光隆武永曆三朝和魯王遺事。搜集舊聞，間有考證。原本四十卷，僅存二十卷。李瑤爲他補綴勘正，分紀略六卷，列傳二十四卷。瑤别爲摭遺十八卷，郵謚考八卷。原名南疆佚史。李氏改佚作繹。

【南鷂北鷹】鷂、鷹都是猛禽，用來比喻嚴峻的人。晉武帝時，博陵人崔洪，以清厲剛直見稱，爲御史，朝中臣僚都怕他，給他編歌謡説：“叢生棘刺，來自博陵，在南爲鷂，在北爲鷹。”見晉書崔洪傳。

【南蠻鴃舌】舊時譏侮操南方方言之詞。鴃，是伯勞鳥。孟子滕文公上：“今也南蠻鴃舌之人，非先王之道。”孟軻以許行爲楚人，譏其語言難懂。

【南方草木狀】舊題晉嵇含撰。三卷。隋唐經籍藝文等志俱不載。宋陳振孫直齋書録解題地理類始見著録，一卷。其書述嶺南及域外草木果竹四類，共八十種。宋以後花譜地志，多加援引。後魏賈思勰齊民要術、藝文類聚、文選注引此書都作南方草物狀，而引文都不見於今本。疑已多闕佚。

【南海寄歸傳】唐釋義淨撰。全名南海寄歸内法傳。四卷。爲義淨在南海室利佛逝國，記印度的僧規，假託歸客寄贈唐朝的書，所以以寄歸爲名。

【南部煙花録】書名。詳“大業拾遺記”。

【南園十先生】明洪武初年，孫蕡王佐李德黄哲趙介五人，在廣州的南園（即抗風軒）結社唱和，名爲南園五子。他們寫詩去掉宋元風習，以上追三唐。嘉靖年間，歐大任梁有譽黎民表吴旦李時行五人，繼前五人故事，又聚會抗風軒，重創南園之風，稱爲南園後五子。四庫提要存目有南園五先生集二卷、南園後五子集二十八卷。清光緒間張之洞督粤時，合前後五子稱爲十先生，建南園十先生祠。

【南澗甲乙稿】宋韓元吉撰。二十二卷。元吉退職後居上饒，所居之前有澗水名南澗，因自號南澗翁，並以名集。元吉和朱熹相善，女嫁吕祖謙，常以詞與張孝祥范成大陸游辛棄疾等相唱和。集本七十卷，已散佚。今集由清四庫館臣於永樂大典中輯出。

【南北史識小録】清沈名蓀朱昆田編。南史北史各八卷。仿兩漢博聞例，取南史北史摘其字句、事跡之新異者成編。後張應昌又撰南北史識小録補正，凡二十八卷，更爲詳備。

十　畫

博 bó ㄅㄛˊ 補各切，入，鐸韻，幫。

㊀大。韓非子愛臣：“是故諸侯之博大，天子之害也。”吕氏春秋上德：“故義之爲利博矣。”㊁廣。禮中庸：“博厚所以載物也。”漢書元帝紀：“珠厓郡，山南縣反，博謀羣臣。”㊂通達，多聞。荀子修身：“多聞曰博，少聞曰淺。”㊃衆多，豐富。論語子罕：“博我以文，約我以禮。”荀子儒效：“故聞之而不見，雖博必謬。”㊄局戲。通“簙”。韓非子外儲説左下：“齊宣王問匡倩曰：‘儒者博乎？’曰：‘不也。’王曰：‘何也？’匡倩對曰：‘博貴梟，勝者必殺梟，殺梟者，是殺所貴也，儒者以爲害義，故不博也。’”㊅换取，取得。宋書索虜傳拓跋燾與劉裕書：“若厭其區宇者，可來平城居；我往揚州住，且可博與土地。”注：“傖人謂换易爲博。”

【博刀】刀的一種。宋史兵志十一器甲之制：“（景祐）三年詔：廣南民家，毋得置博刀，犯者并鍛人並以私有禁兵律論。”也作“朴刀”。水滸十四：“文才不下武才高，銅錬猶能勸朴刀。”

【博士】㊀六國時有博士，秦漢相承，諸子、詩賦、術數、方技，都立博士。西漢屬太常。漢武帝建元五年置五經博士，晉置國子博士。唐有太學國子諸博士，和律學博士、算學博士、醫學博士等，都爲教授官。明清有國子博士，太常博士，而以五經博士爲孔孟及儒家諸族的世襲官。參閲王國維觀堂集林四漢魏博士考。㊁唐代江南俗稱賣茶人爲博士。唐李季卿宣慰江南，陸鴻漸來見，親執茶器，口道茶名。李命取錢三十文酬勞煎茶博士。見唐封演封氏聞見記六飲茶。賣酒人也叫博士。見宋孟元老東京夢華録二飲食果子。磨工也叫博士。見明陸容菽園雜記二。都是尊稱人多才多藝之詞，猶後世稱人爲師傅。

【博山】㊀縣名。1. 漢哀帝時置，屬南陽郡。漢封孔光爲博山侯，卽此地。故城在今河南淅川縣。參閲漢書地理志上。2. 清雍正十二年分山東的益都淄川萊蕪三縣地置博山縣。見山東通志十二疆域三沿革。今併入淄博市。㊁古器物表面雕刻作重疊山形的裝飾。如博山爐。南朝宋鮑照鮑氏集八擬行路難詩之二：“洛陽名工鑄爲金博山，千斲復萬鏤。”

【博文】㊀通曉古代遺文。論語雍也：“君子博學於文，約之以禮。”㊁追求浮華之詞。史記六三韓非傳：“汎濫博文，則多而久之。”索隱：“謂人主志在簡要，而説者務於浮辭汎濫，博涉文華。”

【博平】㊀春秋時齊的博陵邑，漢置博平縣，屬東郡。唐貞觀時併入聊城縣，天授年間復置。明清均屬東昌府。參閲元和郡縣志一六、嘉慶一統志一六八東昌府一。今併入山東茌平縣。㊁郡名。隋置博州，治聊城。唐曾改爲博平郡，隨卽復舊。宋仍名博州。金沿用。元改爲東昌路，明清爲東昌府。地在今山東聊城市西北。參閲讀史方輿紀要三四東昌府。

【博古】㊀博通古事。文選漢張平子（衡）西京賦：“雅好博古，學乎舊史氏。”㊁指古器物而言。玉海五六著録博古圖二十卷。至宋徽宗又下令撰宣和博古圖三十卷。後來對印拓或仿摹鐘鼎等古器物的字畫叫博古畫，仿制鼎爵等形狀的瓷器叫博古碗、博古瓶。

【博石】石名。可做棋具。山海經東山經：“漆吴之山，無草木，多博石。”注：“可以爲博碁石。”清郝懿行義疏：“中次七經云：‘休與之山有石，名曰帝臺之棋，’是知博棋古有用石者也。”俞樾謂卽盤石。參閲俞樓雜纂二三讀山海經。

【博白】縣名。屬廣西僮族自治區。唐武德四年分合浦縣地置。因博白江取名。參閲太平寰宇記一六七白州。

【博州】見“博平㊁”。

【博地】廣闊的土地。管子牧民：“城郭溝渠不足以固守，兵甲彊力不足以應敵，博地多財不足以有衆，惟有道者，能備患於未形也。”

【博邪】見“博雅㊁”。

【博局】圍棋盤，博戲所用之枰。史記一〇六吴王濞傳：“皇太子引博局提吴太子，殺之。”後來把賭博的場所叫博局。

【博見】見的多。荀子勸學：“吾嘗跂而望矣，不如登高之博見也。”

【博昌】戰國齊邑。漢縣，屬千乘郡，因地有昌水，地勢平博，故名博昌。南朝宋徙置壽光縣界。北齊廢。隋開皇十六年復置。後唐改博興。故城在山東博興縣南。參閲元和郡縣志十。

【博物】博識多知。左傳昭元年：“晉侯聞子產之言，曰：‘博物君子也。’”漢書三六劉向傳贊：“皆博物洽聞，通達古今。”

【博依】禮學記：“不學博依，不能安詩。”注：“博依，廣譬喻也。”是指詩的比興而言。清孫希旦説：依，聲之依永者，博依，指可以歌詠的雜曲。見禮記集解三六。

【博洽】知識廣博。後漢書二七杜林傳：“京師士大夫，咸推其博洽。”

【博施】普遍施與。荀子天論：“陰陽大化，風雨博施。”

【博弈】六博和圍棋。論語陽貨：“不有博弈者乎？爲之猶賢乎已。”漢書九二陳遵傳：“宣帝微時與有故，相隨博弈。”注：“博，六博；弈，圍棊也。”清劉寶楠説：“簙，局戲也；弈，圍棋也。弈但行棋，博以擲采而後行棋。後人不行棋而專擲采，遂稱擲采爲博。”參閲論語正義。

【博南】㊀山名。在今雲南永平縣西南。一名金浪巔山，又訛爲丁當丁山。華陽國志四南中志：“孝武時，通博南山，度蘭滄水㵪谿。”㊁縣名。漢置，晉廢，南齊復置，梁廢。後漢書八六西南夷傳：“永平十二年，哀牢王柳貌，遣子率種人内屬。……顯宗以其地置哀牢博南二縣，割益州郡西部都尉所領六縣，合爲永昌郡。”故城在今雲南永平縣東。

【博衍】廣博延長。楚辭屈原遠遊：“音

樂博衍無終極兮，焉乃逝以徘徊。”後漢書安帝紀永初二年：“二千石長吏，明以詔書，博衍幽隱，朕將親覽。”注：“衍，猶引也。”

【博徒】賭徒。史記七七魏公子傳：“公子聞趙有處士毛公藏於博徒，薛公藏於賣漿家。”

【博望】㊀山名。在今安徽當塗縣西南。一名天門山，也叫東梁山。與和縣梁山相對，稱東西梁山。文選南朝梁陸佐公(倕)石闕銘：“乃假天闕於牛頭，託遠圖於博望。”注：“(宋)孝武大明七年，博望梁山立雙闕。”㊁縣名。漢置，北齊廢。漢武帝封張騫爲博望侯，見史記漢書本傳。三國時曹操令夏侯惇領兵先攻博望，後攻新野，即此地。故城在今河南南陽市東北。

【博陸】地名。漢武帝時封霍光爲博陸侯，見漢書六八霍光傳。三國志吳諸葛恪傳：“才非博陸，而受姬公負圖之託。”就是指霍光。晉合併漢博陵陸成二縣而置博陸縣，後魏改爲博野。明洪武八年改爲蠡縣。故城在今河北蠡縣南。參閱嘉慶一統志十二保定府一蠡縣。

【博陵】地名。漢蠡吾縣。漢桓帝在此爲其父立博陵，縣也因此改名。故城在今河北蠡縣南。參閱嘉慶一統志十四保定府三。

【博野】縣名。屬河北省。漢蠡吾縣，屬涿郡。後魏改爲博野，因地在博水的曠野而取名。參閱太平寰宇記六八。

【博勞】鳥名，即伯勞。禮月令仲夏之月“鵙始鳴”注：“鵙，博勞也。”漢王充論衡物勢：“鵲食蝟皮，博勞食蛇，蝟蛇不便也。”參見“伯勞”。

【博雅】㊀淵博典雅。楚辭淮南小山招隱士序：“昔淮南王安博雅好古，招懷天下俊偉之士。”㊁苔類。屋遊的别名。唐段成式酉陽雜俎十九草：“博雅，在屋曰昔耶，在牆曰垣衣，廣志謂之蘭香，生於久屋之瓦。”也作“博邪”。參閱本草綱目二一屋遊。㊂書名。即廣雅。因避隋煬廣(煬帝)名，改爲博雅。詳“廣雅”。

【博喻】廣爲譬喻。禮學記：“能博喻，然後能爲師。”疏：“博喻，廣曉也。”抱朴子有博喻篇。

【博進】賭博所輸的財物。漢書九二陳遵傳：“祖父遂，字長子，宣帝微時與有故，相隨博弈，數負進。及宣帝即位，用遂，稍遷至太原太守，乃賜遂璽書曰：‘制詔太原太守，官尊祿厚，可以償博進矣。’”注：“進者，會禮之財也，謂博所賭也。”按高帝紀“蕭何爲主吏、主進”注：“進者，會禮之財也，字本作賮，又作贐，音皆同耳。故字假借，故轉而爲進。”

【博塞】古六博和格五等博戲。莊子駢拇：“問穀奚事，則博塞以遊。”管子四稱：“流於博塞。”參見“六博”、“格五”。塞，也作“簺”。

【博愛】兼愛，廣泛的愛。孝經三才：“是故先之以博愛，而民莫遺其親。”唐韓愈昌黎集十一原道：“博愛之謂仁。”

【博聞】多聞。禮曲禮上：“博聞强識而讓。”管子宙合：“故聖人博聞多見。”參見“博聞强識”。

【博齒】舊博戲具。宋陸游劍南詩稿十四風雨旬日春後始晴：“詩囊羼稿慚新思，博齒爭豪悔昔狂。”有人說就是骰子。唐劉禹錫劉夢得文集二五觀博有博齒的記載。

【博興】縣名。屬山東省。漢博昌縣，五代唐以避李國昌(獻祖)諱，改爲博興。見太平寰宇記十八青州。

【博學】學問廣博。論語雍也：“君子博學於文，約之以禮。”墨子非儒下：“博學不可使議世。”

【博羅】縣名。屬廣東省。漢書地理志下南海郡有博羅縣。太平寰宇記一六〇惠州引南越志：“博羅縣去浮山，接境於羅山，故曰博羅。”清惠棟以爲兩漢時博羅都作傅羅，晉太康地志始作博羅。參閱惠棟後漢書補注二三。

【博議】廣泛的議論。漢書溝洫志：“且水勢各異，不博議利害，而任一人，如使不及今冬成，來春桃華水盛，必羨溢，有填淤反壤之害。”宋呂祖謙著的東萊左氏博議，博議二字，即取此義。

【博識】知識廣博。漢王充論衡別通：“故多聞博識，無頑鄙之訾，深知道術，無淺闇之毀也。”

【博覽】廣泛閱覽。漢書成帝紀贊：“博覽古今，容直受辭。”漢王充論衡超奇：“博覽古今者爲通人。”

【博山銅】即博山鑪。中州集七金毛麾魏城馬南瑞以異香見貽且索詩爲賦：“借潤更煩纖手玉，出雲初試博山銅。”

【博山鑪】古香爐名。西京雜記一：“長安巧工丁緩者，……又作九層博山香鑪，鏤爲奇禽怪獸，窮諸靈異，皆自然運動。”樂府詩集四九缺名楊叛兒：“歡作沈水香，儂作博山鑪。”鑪同“爐”，亦通“罏”，參見“博山㊀”。

博山鑪

【博物志】舊題晉張華撰。十卷。是仿山海經體而演變的志怪小說。分類記載異物、奇境、以及殊俗、瑣聞等等。多是神仙方術等故事。今本內容很複雜，由後人掇取各書所引博物志而成，所以諸書所引也有今本所無的。清周心如有輯補二卷。又王仁俊有輯佚文一卷。宋李石有續博物志十卷。

【博狼沙】地名。河南原陽縣東南有秦陽武故城，博狼沙在其南。漢張良使力士操鐵錐狙擊秦始皇於此。見史記秦始皇本紀、漢書張良傳及地理志上。狼，史記留侯世家作“浪”。

【博望苑】漢宮苑名。漢武帝爲衛太子立博望苑，供他交接賓客。博望，取可以廣觀博望的意思。故址在今陝西西安市。見漢書六三戾太子劉據傳及注、三輔黃圖四苑囿。參閱元和郡縣志一。

【博異記】舊題唐谷神子還古撰。不著姓名。有人說是唐國子博士鄭還古所作，一卷，所記都是神異故事。

【博濟方】宋王衮撰。五卷。自序說作者專心醫術，博采禁方二十餘年，從七千多條治病的藥方中選收了最好的五百多條，輯成此書。原本久佚，今本係清四庫館臣從永樂大典中錄出，存三百餘方。分三十五類，依次排列。書中藥方多爲他書所無。

【博士弟子】漢武帝設博士官，置弟子五十人，令郡國選送。見漢書武帝紀元朔五年及儒林傳序。唐以後也稱生員爲博士弟子。參閱文獻通考四十學校一太學。

【博士買驢】比喻廢話連篇，不得要領。北齊顏之推顏氏家訓勉學引鄴下諺云：“博士買驢，書券三紙，未有驢字。”

【博而不精】指學識廣博而不精專。後漢書六十上馬融傳：“(融)嘗欲訓左氏春秋，及見賈逵鄭衆注，乃曰：‘賈君精而不博，鄭君博而不精；既精既博，吾何加焉？’”

【博施濟衆】廣施恩惠，使衆人得免於患難。論語雍也：“如有博施於民，而能濟衆，何如？可謂仁乎？”

【博碩肥腯】古時祭神獻牲的祝辭，言六畜肥大。左傳桓六年：“故奉牲以告曰：博碩肥腯，謂民力之普存也，謂其畜之碩大蕃滋也。”疏：“博碩言其形狀大，蕃滋言其生乳多。”參閱清劉文淇春秋左氏傳舊注疏證。

【博聞彊識】見聞廣博，强於記憶。禮

曲禮上：“博聞彊識而讓。”也作“博聞彊志”。史記八四屈原傳：“博聞彊志，明於治亂。”又作“博聞彊記”。漢賈誼新書保傅：“博聞彊記，捷給而善對者，謂之承。”

【博學弘辭】科舉的一種名目。唐開元中，鄭昉、陶翰以博學弘辭及第。宋紹聖元年置弘辭科，紹興三年改立博學弘辭科，直到宋末。清康熙十八年、乾隆二年兩次舉辦博學鴻辭科，三年又補試一次。“鴻辭”卽“弘辭”。參閱文獻通考三三選舉六賢良方正、清朝文獻通考四八選舉二、四舉士。

卜　部

卜 bǔ ㄅㄨˇ 博木切，入，屋韻，幫。

㊀古人用火灼龜甲取兆，以預測吉凶，叫卜。書洛誥：“我乃卜澗水東，瀍水西，惟洛食。”傳：“卜，必先墨畫龜，然後灼之，兆順食墨。”後來用其他方法預測未來，也叫卜。㊁估量。文選三國魏嵇叔夜(康)與山巨源絶交書：“自卜已審，若道盡塗窮，則已耳。”㊂選擇。見“卜宅”、“卜居”。㊃賜予。詩小雅楚茨：“卜爾百福。”㊄姓。春秋時有卜商，孔子弟子。

【卜人】周代掌管占卜的官。周禮春官太卜之屬有卜人。禮玉藻：“卜人定龜，史定墨，君定體。”

【卜工】從事占卜的人。後漢書七七董宣傳：“(公孫)丹新造居宅，而卜工以爲當有死者。”

【卜尹】掌占卜的官。戰國時楚有卜尹觀從。見左傳昭十三年。

【卜正】官名。掌管卜筮。左傳隱十一年：“滕侯曰：‘我，周之卜正也。’”參見“太卜”。

【卜世】用占卜預測傳國的世數。左傳宣三年：“成王定鼎于郟鄏，卜世三十，卜年七百。”晉書裴楷傳：“武帝初登祚，探策以卜世數多少。”

【卜宅】㊀書召誥：“太保朝至于洛，卜宅，厥既得卜，則經營。”本指卜占建都之地，後爲擇地定居的泛稱。唐杜甫杜工部草堂詩箋十八爲農：“卜宅從兹老，爲農去國賒。”也作“卜宇”。藝文類聚四七南朝梁任昉齊司空曲江公行狀：“爰乃卜宇金陵，縈帶林壑。”㊁以占卜擇定墓地。禮雜記上：“大夫卜宅與葬日。”疏：“宅謂葬地。”

【卜式】漢河南人。以牧羊致富。武帝時和匈奴作戰，軍費浩繁。式屢次把私財捐獻國家。武帝任爲中郎，派他在上林牧羊。年餘，羊既壯大，又繁殖很多。後官至御史大夫，賜爵關內侯。漢書有傳。

【卜老】選地定居以養老。宋米芾寶晉英光集六淨名齋記：“襄陽米芾，字元章，將卜老丹徒。”

【卜年】以占卜預測享國的年數。詳“卜世”。

【卜名】古時王族生子由卜官命名，並占卜吉凶，所以叫卜名。大戴禮保傅：“太子生而泣。太師吹銅曰：‘聲中某律’。太宰曰：‘滋味上某’。然後卜名。”漢賈誼新書胎教：“太卜曰：‘命云某，……然後卜王太子名。’”

【卜林】北周庾信庾子山集一小園賦：“問葛洪之藥性，訪京房之卜林。”按漢京房治易，善言占驗災變，著周易占事十二卷、周易守林三卷、周易集林十二卷，見隋書經籍志子部五行。卜林指以上各書，書已佚。

【卜居】㊀用占卜選擇定居之地。史記周紀論：“成王使召公卜居，居九鼎焉。”後泛指擇地定居。藝文類聚六四南齊蕭子良行宅詩：“訪宇北山阿，卜居西野外。”㊁楚辭篇名。相傳爲戰國楚屈原所作。

【卜兒】元代戲曲中扮演老婦的角色。宋元人把“娘”字省寫作“外”，進一步又省爲“卜”。明闕名墨娥小録十四市語歌嗽：“卜兒，婆婆。”清焦循劇說一：“末、旦、淨、丑之外，又有孤、倈兒、孛老、邦老、卜兒等目。……金線池，搽旦扮卜兒；秋胡戲妻、王粲登樓，並老旦扮卜兒；合汗衫，淨扮卜兒；是扮卜兒者，無一定也。……蓋孤者，官也；卜兒者，婦人之老者也。”

【卜征】征，巡狩。古時皇帝五年一巡，先卜問吉凶，五年五卜，皆吉乃行。左傳襄十三年：“先王卜征五年，而歲習其祥，祥習則行，不習則增。”文選漢張平子(衡)東京賦：“卜征考祥，終然允淑。”

【卜洛】書洛誥篇，相傳爲周公追述卜洛陽吉而建爲東都的事。後來因稱經營京都爲卜洛。文選南朝宋謝宣遠(瞻)張子房詩：“卜洛易隆替，興亂罔不亡。”

【卜郊】以占卜選定郊祭的日期。禮郊特牲：“卜郊，受命於祖廟，作龜於禰宮，尊祖親考之義也。”清孫希旦謂：卜郊，卜日；周禮大宰，祀五帝，帥執事而卜日，皆有定日，而猶卜之者，審慎之意。參閱禮記集解。

【卜食】古時卜地建都。占卜時用墨畫龜，然後用火烤甲殼，如果殼上裂紋恰好食去墨畫，就算吉利。見書洛誥“我乃卜澗水東、瀍水西，惟洛食”傳、疏。後以卜食作爲建都選地的代稱。北史隋文帝紀：“龍首山川原秀麗，卉物滋阜，卜食相土，宜建都邑。”

【卜珓】投擲杯珓來占卜吉凶。珓，杯珓，卜具。參見“杯珓”。

【卜師】掌開龜之四兆，爲周禮春官之屬。

【卜商】見“子夏”。

【卜鳳】春秋齊懿仲想把女兒嫁給陳敬仲(完)。占卜時，得到“鳳皇于飛，和鳴鏘鏘”等吉語。見左傳莊二二年、史記田敬仲完世家。後以卜鳳爲擇婿的典故。唐白居易長慶集四九得乙女將嫁于丁既納幣而乙悔……判：“況卜鳳以求士，且靡咎言；何奠雁而從人，有乖宿諾。”

【卜魁】黑龍江齊齊哈爾市的別名。也作卜奎。齊齊哈爾，屯名，在今城西南十餘里。城所在號卜奎。清方觀承撰有卜魁風土記一卷，英和撰有卜魁記略一卷、卜魁城賦一卷。參閱清西清黑龍江外記一。

【卜筮】古時占卜，用龜甲稱卜，用蓍草稱筮，合稱卜筮。詩衛風氓：“爾卜爾筮，體無咎言。”王充論衡卜筮：“武王伐紂，卜筮之逆，占曰大凶。太公推蓍蹈龜而曰：‘枯骨死草，何知吉凶！’”

【卜鄰】擇鄰。左傳昭三年：“且諺曰：‘非宅是卜，惟鄰是卜，’二三子先卜鄰矣。”注：“卜良鄰”。唐杜甫杜工部草堂詩箋十五寄贊上人：“一昨陪錫杖，卜鄰南山幽。”

【卜盧】古民族名。逸周書王會：“卜盧以紈牛，紈牛者，牛之小者也。”注：“卜盧，盧人，西北戎也，今盧水是。”

【卜練】古代喪禮，服喪十一個月後，在家廟舉行的祭祀叫練，也叫“小祥”。祭祀之後，主人練冠(穿小祥服)。禮雜記下:"期之喪十一月而練,十三月而祥,十五月而禫。"選擇練祭的日子,叫卜練。魏書禮志三:"況今山陵告終,百禮咸畢,日已淹月,仍不卜練,比之前世,理爲過矣。"

【卜築】擇地建屋。梁書劉訏傳:"曾與族兄劉歊聽講於鍾山諸寺,因共卜築宋熙寺東澗,有終焉之志。"

【卜紫姑】見"紫姑"。

【卜算子】㊀詞牌名。唐駱賓王作詩喜用數字,人稱"卜算子",詞家遂用爲調名。雙調四十四字,仄韻。又名"缺月掛疎桐"、"百尺樓"、"眉峯碧"、"楚天遙"、"王白石"等。參閱詞律。㊁曲牌名,屬南曲仙呂宫。字數與詞牌半闋同。用作引子。

【卜晝卜夜】陳敬仲爲齊工正。一次,請桓公飲酒,桓公喝得很高興,命舉火繼飲。敬仲辭謝說:"臣卜其晝,未卜其夜,不敢。"見左傳莊二二年。晏子春秋雜上、漢劉向說苑反質以爲齊景公與晏子事。後來稱聚飲無度、晝夜不休爲卜晝卜夜。

二 畫

卞 biàn 皮變切,去,線韻,並。ㄅㄧㄢˋ

㊀法度。書顧命:"臨君周邦,率循大卞。"㊁急躁。見"卞急"。㊂徒手搏鬭。見"卞射"。㊃姓。周曹叔振鐸後,支子封卞,建族爲卞氏。一說:魯莊子爲卞邑大夫,因以爲氏。見元和姓纂九綫。

【卞和】春秋楚人。相傳他發現了一塊玉璞,先後獻給楚厲王武王,都被認爲欺詐,被截去雙脚。等到楚文王卽位,和又抱璞哭於荆山下,楚王使人剖璞加工,果得寶玉,稱爲和氏璧。參閱韓非子和氏、漢劉向新序雜事五。

【卞急】急躁。左傳定三年:"莊公卞急而好潔。"注:"卞,躁疾也。"

【卞射】漢書哀帝紀贊:"雅性不好聲色,時覽卞射武戲。"注:"應劭曰:'卞射,皮卞而射也。'蘇林曰:'手搏爲卞,角力爲武戲也。'"

【卞壼】公元281—328年。晉濟陰冤句人,字望之。官至尚書令。成帝初立,與庾亮同心輔政,勤於政事。及蘇峻稱兵攻京師,壼扶病戰死。晉書有傳。

【卞隨】古隱士。相傳湯將伐桀,曾和卞隨商量,隨没有說話。湯戰勝桀後,又想把天下讓隨,隨不肯接受,投稠水而死。事見莊子讓王。

【卞嚴】卽卞莊子。漢書古今人表作卞嚴子,東方朔傳作弁嚴子。"嚴"字是避漢明帝(劉莊)諱所改。也簡稱卞嚴。後漢書四十上班固傳:"躬卞嚴之節。"參見"卞莊子"。

【卞玉京】明末秦淮妓。名賽,字賽賽,號雲裝。能詩,工小楷,善畫蘭。年十八,居虎丘山塘,後來出家爲道士,號玉京道人。見清余懷板橋雜記中、吳偉業梅村詩話。又梅村家藏稿三有聽女道士卞玉京彈琴歌。

【卞田居】南齊卞彬,自稱卞田居,婦爲傳蠶室。見南齊書及南史本傳。全唐詩二四五韓翃送田明府歸終南別業:"近館應逢沈道士,比鄰自識卞田君。"

【卞莊子】魯大夫。食邑於卞。謚莊。以勇著名。論語憲問以卞莊子之勇和冉求之藝並稱。史記七十陳軫傳記其刺雙虎事,作辨莊子。戰國策秦二作管莊子。清孔廣森經學卮言論語疑卽是孟莊子速;卞爲孟氏私邑。

卝 gǒng kuàng 乎管切,上,梗,匣。ㄍㄨㄥˇ ㄎㄨㄤˋ 集韻 古猛切,上,梗。

古"磺"字。見說文。磺爲"礦"之本字。未成器的金玉。周禮地官有卝人。

【卝人】官名。周禮地官卝人:"卝人,掌金玉錫石之地。"

三 畫

卡 qiǎ ㄑㄧㄚˇ

舊時設兵守衛和設站收稅的地點,都叫做卡。

【卡倫】清於東北、蒙古、新疆等邊地要隘,設官兵守望,並督稅收的地方叫卡倫。參閱清續文獻通考三〇七吉林省、三二八喀爾喀蒙古。

占 1. zhān 職廉切,平,鹽韻,照。ㄓㄢ

㊀候,視。視兆以知吉凶。楚辭屈原離騷:"命靈氛爲予占之。"

2. zhàn 章豔切,去,豔韻,照。ㄓㄢˋ

㊁據有。通"佔"。見"占₂田"。㊂估計上報。史記平準書:"各以其物自占。"漢書宣帝紀地節三年:"流民自占八萬餘口。"注:"占者謂自隱度其户口而著名籍也。"㊃口授。後漢書四五袁安傳附袁敞:"(張)俊自獄中占獄吏上書自訟。"

【占人】官名。掌占卜卦兆吉凶。見周禮春官。

【占₂田】晉初限制土地占有的制度。晉書食貨志:"男子一人,占田七十畝,女子三十畝。"

【占兆】占卜時以火灼龜甲,龜甲上的裂紋叫占兆。禮月令孟冬之月:"命大史釁龜筴占兆,審卦吉凶。"注:"占兆,龜之繇文也。"

【占步】觀測天象。舊唐書天文志上:"貞觀初,將仕郎直太史(李)淳風始上言:靈臺候儀,是後魏遺範,法制疎略,難爲占步。"

【占₂奏】口占其詞以奏對。新唐書一〇〇陳叔達傳:"叔達明辯,善爲容,每占奏,縉紳屬目。"又一六五柳公權傳:"大中十三年,天子元會,公權稍耄忘,先羣臣稱賀,占奏忽謬,御史劾之。"

【占拜】行禮對答。後漢書三三虞延傳:"時延爲部督郵,詔呼引見,問園陵之事,延進止從容,占拜可觀。"

【占城】古南海國名。我國古稱林邑。唐元和後稱環王,後又稱占城。宋趙汝适諸蕃志、元汪大淵島夷志略、明馬歡瀛涯勝覽都有關於占城的記載。五代史元史都有占城傳。

【占₂租】自報應納的租稅。漢書昭帝紀始元五年:"令民得以律占租。"注:"律:諸當占租者,家長身各以其物占,占不以實,……罰金二斤,没入所不自占物。"

【占候】視天象變化以測吉凶。後漢書三十下郎顗傳:"能望氣,占候吉凶,常賣卜自奉。"

【占雲】望雲氣以測吉凶。周禮春官保章氏:"以五雲之物,辨吉凶、水旱降豐荒之祲象。"藝文類聚五五梁元帝職貢圖序:"梯山航海,交臂屈膝,占雲望日,重譯至焉。"

【占夢】圓夢,根據夢中所見附會預測人事的吉凶。也指圓夢的官。周禮春官有占夢。詩小雅正月:"召彼故老,訊之占夢。"左傳哀十六年:"衛侯占夢嬖人。"

【占₂對】應口對答。後漢書四四徐防傳:"防體貌矜嚴,占對可觀。"

【占₂謝】吐詞道謝。後漢書八十下邊讓傳:"讓善占謝,能辭對。"殿本作"占射"。晉書何劭傳:"劭雅有姿望,……每諸方貢獻,帝輒賜之,而觀其占謝焉。"

【占₂護】守護。後漢書四二楚王英傳:"遣中黄門占護其妻子。"

【占籍】自外地遷至新地,成爲有户籍的當地居民。明鄭真滎陽外史集二一送……定海趙行遠復任序:"趙之先家襄陽,在宋建炎時有扈從來南者,遂占籍焉。"

【占驗】占,占卜;驗,應驗。史記天官書:

"太史公推古天變……而皋、唐、甘、石因時務論其書傳，故其占驗淩雜米鹽。"

【占₂花魁】 傳奇名。清李玉撰。記秦種與妓女王美娘結合爲夫妻事。今古奇觀二有賣油郎獨占花魁，爲李劇故事所本。參閱曲海總目提要十九。

【占風鐸】 測候風向的大鈴。五代後周王仁裕開元天寶遺事下："岐王宮中於竹林内懸碎玉片子，每夜聞玉片子相觸之聲，卽知有風，號爲占風鐸。"

【占景盤】 貯花之盤。宋陶穀清異録器具："郭江州有巧思，多創物，見遺占景盤，銅爲之，花唇平底，深四寸許，底上出細筒殆數十。每用時，滿添清水，擇繁花插筒中，可留十餘日不衰。"

五　畫

卣 yǒu 與久切，上，有韻，喻。
ㄧㄡˇ 以周切，平，尤韻，喻。

禮器，中型酒尊。形狀很多，一般橢圓形，大腹，斂口，圈足，有蓋與提梁。盛行於商代、西周。説文作卣。詩大雅江漢："秬鬯一卣。"傳："卣，器也。"宋博古圖録及以後的金石書著録這種禮器甚多。

商提梁銅卣

西周銅卣

六　畫

卦 guà 古賣切，去，卦韻，見。
ㄍㄨㄚˋ

古代紀形的一種符號叫卦。相傳是伏犧氏所作。周易中有八卦，八乘八得六十四卦。畫卦的綫條叫爻。一横道"一"，叫陽爻；横道中斷"--"，叫陰爻。每卦由三爻組成。舊時常用卦來占卜。參見"八卦"、"六十四卦"。

【卦氣】 ㊀ 以六十四卦分配氣候。相傳文王序易，以坎、離、震、兑爲四時卦，自復至乾，自姤至坤爲十二月消息卦。漢京房等因以所餘四十八卦分布十二月，每月并消息卦共五卦，凡三十爻，以當一月日數。又以每月五卦，分配君臣等位，謂之卦氣。清莊存與撰有卦氣解一卷，蔣湘南有卦氣表附卦氣證一卷。㊁術數家用八卦配洛書數，以奇偶分陰陽，也叫卦氣。

【卦候】 以六十四卦與節候相配。後漢書五九張衡傳："且律曆，卦候、九宫、風角，數有徵效。"

【卦影】 五代宋江湖術士以詩畫筆畫圖案等附會人事，預卜吉凶禍福的一種迷信術，卽後來的圓光術。常見於宋元人筆記。參閱宋洪邁夷堅志十三狄偁卦影、陸游老學庵筆記八。

【卦辭】 易卦下概括一卦要義的話。如乾卦的"元、亨、利、貞"。

【卦變】 由這一卦變爲另一卦。三國魏王弼周易略例明彖："互體不足，遂及卦變。"參閱清顧炎武日知録一、俞正燮癸巳存稿一卦變。

八　畫

卨 xiè
ㄒㄧㄝˋ

同"离"。見"离"。

卩　部

卩 jié 玉篇 子結切。
ㄐㄧㄝˊ

瑞信。本作卪，今作節。見玉篇。

一　畫

卪 jié
ㄐㄧㄝˊ

卩本字，瑞信。見説文。

二　畫

卬 1. áng 五剛切，平，唐韻，疑。
ㄤˊ

㊀我。詩邶風匏有苦葉："人涉卬否，卬須我友。"爾雅釋詁下："卬……我也。"疏："郭璞云：'卬猶姎也，語之轉耳。'"㊁迎。國語晉四："若川然，有原以卬浦，而後大。"㊂通"昂"。1. 激勵。文選漢司馬長卿(相如)長門賦："意慷慨而自卬。"2. 高。見"卬貴"。

2. yǎng 魚兩切，上，養韻，疑。
ㄧㄤˇ

㊃舉首向上。同"仰"。莊子天地："爲圃者卬而視之，曰：奈何？"釋文："卬而，音仰。本又作仰。"㊄望。國語晉四："重耳之卬君也，若黍苗之卬陰雨也。"參閱清段玉裁説文解字注。㊅敬慕，信任。荀子議兵："上足卬則下可用也，上不足卬則下不可用也。"

【卬卬】 氣概軒昂。詩大雅卷阿："顒顒卬卬，如圭如璋。"傳："卬卬，盛貌。"箋："志氣則卬卬然高朗如玉之圭璋也。"荀子賦："卬卬兮天下之咸蹇也。"

【卬州】 古地名。文選漢張平子(衡)思玄賦："愁蔚蔚以慕遠兮，越卬州而遊遨。"注："卬州，正南州名也。四海圖曰：'交廣南有卬州，其處極熱。'"依注地當在今南洋一帶。

【卬貴】 卽昂貴。物價高。漢書食貨志下："萬物卬貴"注："卬，物價起。"

【卬首信眉】 卽昂首伸眉。漢書六二司馬遷傳報任安書："今已虧形爲埽除之隸，在闒茸之中，迺欲卬首信眉，論列是非，不亦輕朝廷，羞當世之士邪！"宋朱熹朱文公集二四七月二日答汪尚書書："隨行逐隊，則有持禄之譏；卬首信眉，則有出位之戒。"

三　畫

卯 mǎo 莫飽切，上，巧韻，明。
ㄇㄠˇ

㊀十二地支的第四位。月份二月，方位東方，時辰五至七時都稱卯。見爾雅釋天。秦漢後，以十二生肖配十二支，卯代表兔。見王充論衡物勢。㊁舊時官署辦公從清晨卯時始，點名稱點卯，應名爲畫卯、應卯，點名册稱卯册、卯簿。水滸二四："武松逕去縣裏畫了卯。"㊂殷商時殺牲祭祀之法。卯，支解的意思。殷虚卜辭："武丁，伐十人，卯三牢。"參閱郭沫若卜辭通纂改釋世系。㊃清鑄錢單位。清會典事例八九〇工部鼓鑄："康熙二十三年議准，寶源局每月分二卯鼓鑄，每卯鑄銅五萬斤。"㊄見"卯眼"。

【卯君】 卯年生的人。宋蘇軾分類東坡詩二二子由生日以檀香觀音像……爲壽："縹緲無窮合復分，東坡持是壽卯君。"注："卯君，子由也。子由己卯生，故云。"

【卯酉】 卯爲東，酉爲西。卯酉也不和，

鬧對立。元曲選缺名陳州糶米二:"我從來不劣方頭,恰便似火上澆油,我偏和那有勢力的官人每卯酉,謝大人向朝中保奏。"

【卯金】即劉字。劉字析之爲卯金刀,或省刀稱卯金。後漢書光武紀建武元年:"劉秀發兵捕不道,卯金修德爲天子。"按劉字本從刀從金丣。漢書九九上王莽傳及漢時讖記已有卯金刀之説。後來便作爲劉的代稱。參見"卯金刀"。

【卯酒】清晨飲的酒。唐白居易長慶集五一卯時酒詩:"未如卯時酒,神速功力倍。"又五八醉吟詩:"耳底齋鐘初過後,心頭卯酒未消時。"

【卯眼】木工術語,木器插榫(也叫筍,簨)的孔。宋李誡營造法式書首營造法式看詳及卷五大木作制度舉折,已用卯眼一詞。

【卯睡】晨眠。宋蘇轍欒城集十二復次煙字韻答黄大臨庭堅見寄二首之一:"定應笑我勞生在,卯睡聞呼衣爲顛。"

【卯飯】早飯。宋詩鈔王炎雙溪詩鈔再用元韻因簡縣庠諸先輩:"書生卯飯動及午,薑蔘菜絲煩自煮。"

【卯飲】晨起飲酒。唐白居易長慶集六九卯飲詩:"卯飲一盃眠一覺,世間何事不悠悠。"

【卯羹】十二生肖以卯爲兔,故稱兔肉湯爲卯羹。宋陶穀清異録下饌羞:"卯羹,純兔。"

【卯金刀】指劉姓。漢書九九中王莽傳:"夫劉之爲字,卯、金、刀也。"後漢書七十孔融傳:"我大聖之後,而見滅於宋,有天下者,何必卯金刀!"

四畫

印 yìn 於刃切,去,震韻,影。ㄧㄣˋ

㊀圖章,印信。如璽、寶、印、章、記等,統稱爲印。史記封禪書:"使各佩其信印。"㊁痕跡着於他物。南朝梁劉勰文心雕龍物色:"故巧言切狀,如印之印泥,不加雕削而曲寫毫芥。"第二"印"字爲動詞。痕迹也叫印。如:指印、脚印。㊂見"印刷"。㊃符合。如言心心相印。見"印可"、"印證"。㊄姓。見宋鄧名世古今姓氏書辨證三二。

【印可】佛教稱印證、許可爲印可,猶言同意。東晉十六國後秦鳩摩羅什譯維摩經弟子品:"若能如是坐者,佛所印可。"廣弘明集二七南朝梁簡文帝答湘東王書:"皇情印可,今便奉行。"

【印本】書的印刷本,對手抄本而言。宋范祖禹范太史集三六答劉仙尉書:"近資治通鑑印本奏御,因思同時修書之人,墓木已拱,存者唯僕,尤可感歎!"

【印史】輯録篆刻摹印的史實,或前人存印的專書。元趙孟頫有印史二卷,見明王圻續文獻通考經籍考,已無傳本。今存有明徐官古今印史一卷、何通印史五卷。

【印池】貯存印色的文具。明文彭印章集説印池:"印色惟欲玉器瓷器貯之不壞,以金銀及銅器貯之,十數日即壞,青田石印池亦不可用。如用,必欲以白蠟蠟其池内,庶不吃油。"

【印材】玉石等可以製印的材料。宋黄庭堅豫章集三有謝王仲至惠洮州礪石黄玉印材詩。

【印泥】古代封緘用泥,泥上蓋印,叫印泥。後稱印色爲印泥。印泥普通都用朱色。製法:擣艾葉如綿,和陳蓖麻油,加硃砂拌之。有和以珍珠、金箔、珊瑚粉的,名八寶印色。佳者,色經久不變。參閲明甘暘印章集説。

【印券】舊時蓋有官印的憑證。元史一四〇鐵木兒塔識傳:"細民糴於官倉,出印券。"

【印板】木板印刷的底板。五代會要八經籍:"後唐長興三年二月,中書門下奏,請依石經文字,刻九經印板。"朱子語類二七論語九:"我只是一箇印板印將去,千部萬部雖多,只是一箇印板。"

【印刷】刊行圖書,按文字、圖畫的原稿製成印板,用棕刷塗墨於板上,鋪紙,後用淨刷擦過再揭下,如此反復,叫印刷。印刷術爲我國古代四大發明之一。刻板印刷始於隋朝(公元600年左右),至唐盛行,敦煌發現的唐咸通九年(公元868年)刻印的金剛經,是世界上最早著明年月的刻板印刷實物。宋慶曆中期,畢昇發明膠泥刻字活板。元王楨用木刻活字、明末華燧用銅、鉛活字印刷,皆遠較歐洲活字印刷爲早。

【印典】清朱象賢編。八卷,十二類。象賢以行世印譜,不過備列篆文鈕式,因博採廣搜,收録自秦漢至清朝有關印章的淵源故實,用印制度、作家題詠、印章的刻製等材料,雖體例較雜,但徵引豐富,頗便檢閲。

【印牀】藏印章的文具。唐朱慶餘詩集夏日題武功姚主簿:"僧來茶竈動,吏去印牀閑。"又鐫刻圖章時,固定印材的工具也叫印牀。

【印度】國名。古名身毒、身篤、天竺、賢豆等。唐稱印度,元稱忻都,都是譯名。唐玄奘大唐西域記二:"詳夫天竺之稱,異議糺紛。舊云身毒,或云賢豆,今從正音,宜云印度。"

【印信】舊時公文書所用印記的通稱。唐元稹長慶集十二酬樂天東南行詩:"斂緡偷印信,傳箭作符繻。"水滸二三:"武松讀了印信榜文,方知端的有虎。"

【印記】圖章鈐記。唐陸贄陸宣公集四優恤畿内百姓並除十縣令詔:"其田宅家具樹木麥苗等,縣司並明立簿書印記,令所由及近鄰同檢校,勿容輒有毁損。"

【印章】漢制,官秩二千石以上,其印文曰章,稱某官之章;六百石、四百石至二百石以上,其印文曰印,稱某官之印。後通稱圖章爲印章。見漢書百官公卿表上注引漢舊儀。後來印章也用於書畫題識,是我國一種特有的藝術品。

【印堂】人體穴位名,在額部兩眉之間。相面術士也以印堂形狀顔色,附會人事,作爲判斷吉凶的預兆。唐趙蕤長短經察相:"天中豐隆,印堂端正者,六品之候也。"

【印結】清制,凡外省人在京考試及捐官,皆須在京同鄉京官爲具保結,上蓋六部印。保證文書叫結,蓋印的結叫印結。清會典事例四三吏部投供驗到:"初選官,投互結並同鄉京官印結。"

【印窠】印盒,印囊。舊唐書南詔傳:"仍賜(異)牟尋印,鑄用黄金,以銀爲窠。"宋梅堯臣宛陵集十六送襄邑知縣杜君懿太傅詩:"赤幘驅亭長,丹砂挈印窠。"又刻印時,爲使其匀整,先作界格曰擘窠,亦稱印窠。

【印鈕】即印鼻。印章上端的雕飾。鈕,亦作紐。説文:"鈕,印鼻也。"古代印鈕各有不同的形式,用以分別官印的等級。有龜鈕,虎鈕,獅鈕等。遼史儀衛志三:"杓窊印,杓窊,鷙鳥之總名,以爲印紐,取疾速之義。"

【印綬】印,官印。綬,繫印的絲帶。史記八九張耳陳餘傳:"(餘)乃脱解印綬,推予張耳。"

【印鋪】即當鋪。見"當鋪"。

【印璽】璽亦印。秦以後唯皇帝印叫璽。漢書食貨志上:"宣帝始賜單于印璽,與天子同。"

【印鏁】印盒上的鎖鑰。鏁同鎖。唐白居易長慶集五三贈皇甫庶子詩:"騎少馬蹄生易蹶,用稀印鏁澀難開。"印鏁也叫"印鑰"。新唐書一三八李抱真傳:"衆不對,乃遽以印綸上監軍。"

【印譜】搜集印章圖式和考訂印文等的著作,也叫"印存"、"印集"、"印式"、"印舉"、"印擥"。元吾邱衍學古編世存古今圖印譜式有宣和印譜四卷、王厚之復齋印譜一卷,姜夔集古印譜二卷,均失傳。今存以明顧從德集古印譜爲最早。清有汪啟淑飛鴻堂印譜、陳介祺十鍾山房印舉等。

【印纍】形容物多如印之累積成串。唐柳宗元柳先生集十五晉問:"猗氏之鹽,……大者印纍,小者珠剖。"參見"印纍綬若"。

【印子金】戰國時楚的金幣。也叫"爰金"、"金爰"、"餅金"。豫魯蘇皖等地都有出土。宋沈括夢溪筆談:"壽州八公山側土中及溪澗之間,往往得小金餅,……天下謂之印子金是也。"

【印子錢】舊社會高利貸的一種。清張燾津門雜記:"印子錢者,晉人放債之名目也。每日登門索逋,還訖蓋以印記,以是得名。"清佚名燕臺口號一百首詩:"等閒生活無多利,逐日抽還印子錢。"

【印纍綬若】漢書九三石顯傳:"顯與中書僕射牢梁,少府五鹿充宗結爲黨友,諸附倚者皆得寵位。民歌之曰:'牢邪石邪,五鹿客邪,印何纍纍,綬若若邪!'言其兼官據勢也。"後因以"印纍綬若"比喻官吏身兼多職,聲勢煊赫。

卭 bì ㄅㄧˋ

說文:"卭,輔信也。从卩,比聲。虞書曰:'卭成五服。'"今書益稷作"弼"。

危 wēi ㄨㄟ 魚爲切,平,支韻,疑。

㊀凶險,不安。莊子則陽:"安危相易,禍福相生。"㊁畏懼,憂懼。戰國策西周:"竊爲君危之。"㊂高峻。莊子田子方:"嘗與汝登高山,履危石。"㊃危害。韓非子外儲說右上:"此危吾位者也。"戰國策齊一:"能危山東者,强秦也。"㊄端正。見廣雅釋詁。參見"危行㊀"、"危坐"。㊅險詐。見"傾危㊀"。㊆屋脊。史記魏世家:"(范)痤因上屋騎危。"㊇星名。見"危宿"。㊈姓。宋有危稹。見宋史四一五。明有危素。見明史二八五。

【危心】心存戒懼。後漢書明帝紀贊:"危心恭德,政察姦勝。"注:"危心,言常危懼。"唐李益李尚書詩集宿馮翊夜雨贈主人:"危心驚夜雨,起望漫悠悠。"

【危厄】危險困難。呂氏春秋報更:"見人之急也,若自在危厄之中。"

【危行】㊀正直的行爲。論語憲問:"邦有道,危言危行。"㊁行動時存戒懼之心。莊子山木:"及其得柘棘枳枸之間也,危行側視,振動悼慄。"

【危死】鄰近於死。楚辭屈原離騷:"阽余身其危死兮,覽余初其猶未悔。"

【危危】重重危險。管子兵法:"九章著明,則危危而無害,窮窮而無難。"

【危言】㊀直言。後漢書六七黨錮傳序:"又渤海公族進階、扶風魏齊卿,並危言深論,不隱豪强。"注:"危言,謂不畏危難而直言也。"㊁故作驚人之語。如"危言聳聽"。

【危足】側足,形容畏懼不敢正立。荀子榮辱:"危足無所履者,凡在言也。"注:"危足,側足也。"

【危坐】端坐。管子弟子職:"如見賓客,危坐鄉師。"史記一二七日者傳:"獵纓正襟危坐。"古人兩膝着地而坐,危坐,即正身而跪。後來則以兩股着椅正坐爲危坐。

【危邦】不安寧的國家。論語泰伯:"危邦不入,亂邦不居。"

【危身】危害其身。左傳閔二年:"孝而安民,子其圖之,與其危身以速罪也。"

【危冠】高冠。莊子盜跖:"使子路去其危冠,解其長劍,而受教於子。"文選晉左太沖(思)吳都賦:"危冠而出,竦劍而趨。"

【危殆】危險。荀子賦:"忠臣危殆,讒人服矣。"韓非子解老:"士卒盡,則軍危殆。"

【危竿】雜技的一種。矗立長竿,使人站在竿頂上作各種表演。文苑英華一七四唐韋元旦奉和春日幸望春宮詩:"危竿競捧中街日,戲馬爭銜上苑花。"參見"險竿"。

【危削】危急,削弱。荀子王霸:"敵國輕之,與國疑之,權謀日行,而國不免危削。"韓非子孤憤:"使國家危削,主上勞辱,此大罪也。"

【危涕】哀傷涕泣。文選南朝梁江文通(淹)恨賦:"或有孤臣危涕,孽子墜心。"注:"孟子曰:'孤臣孽子,其操心也危,其慮患也深。'登樓賦:'涕橫墜而弗禁',……然心當云危,涕當云墜,江氏愛奇,故互文以見義。"

【危脆】指東西脆弱,隨時有斷絕的危險。宋書張劭傳:"人生危脆,必當遠慮。"

【危臬】不安穩的樣子。古文苑六漢王延壽王孫賦:"扶嶔崟以棟榱,躡危臬而騰舞。"也作"杌隉"、"兀臲"。參見各該條。

【危宿】二十八宿之一。北方(玄武)七宿的第五宿。

【危惙】病危。隋書元壽傳:"(蕭摩訶)又命其子捨危惙之母,爲聚斂之行。"

【危國】㊀危害國家。詩鄭風清人序:"文公退之不以道,危國亡師之本。"㊁不安寧、行將敗亡的國家。晏子春秋諫上:"亡國恃以存,危國仰以安。"後漢書八一李業傳:"會王莽居攝,業以病去官,乃歎曰:'危國不入,亂國不居。'"

【危須】漢西域城國名。漢書九六下西域傳:"危須國,王治危須城,去長安七千二百九十里。"地在今新疆焉耆回族自治縣境。

【危棘】危險緊急。宋書徐爰傳:"詔旨:虜犯邊塞,水陸遼遠,孤城危棘,復不可置。"

【危語】舉極危險的事情作談話的資料。世說新語排調記桓玄和殷浩顧愷之等,在一起作危語,玄說:"矛頭淅米劍頭炊。"浩說:"百歲老翁攀枯枝。"愷之說:"盲人騎瞎馬,夜半臨深池。"又見晉書顧愷之傳。

【危樓】高樓。文選南朝梁徐敬業(悱)古意酬到長史溉登琅邪城詩:"修篁壯下屬,危樓峻上幹。"宋辛棄疾稼軒詞摸魚兒淳熙己亥自湖北漕移湖南同官王正之置小山亭爲賦:"休去倚危樓,斜陽正在,烟柳斷腸處。"

【危機】潛伏的禍端。文選晉陸士衡(機)豪士賦序:"衆心日陊,危機將發。"唐劉禹錫劉夢得文集二題欹器圖詩:"贏相功成思稅駕,晉臣名遂歎危機。"

【危篤】病重瀕於死亡。李卓吾評本琵琶記二三:"我公公的病症十分危篤。"

【危檣】高桅竿。唐杜甫杜工部草堂詩箋三九旅夜書懷:"細草微風岸,危檣獨夜舟。"

【危難】危險困難。漢書九六上西域傳罽賓國:"勞吏士之衆,涉危難之路。"三國志蜀諸葛亮傳出師表:"受任於敗軍之際,奉命於危難之間。"

【危欄】高樓上的欄檻。宋陳亮龍川文集十七賀新郎同劉元實唐與正陪葉丞相飲詞:"水激泠泠知何許,跳碎危欄玉樹。"

【危如累卵】累卵,以卵相疊。比喻極端危險。韓非子十過:"故曹小國也,而迫於晉楚之間,其君之危,猶累卵也。"史記七九范睢傳:"秦王之國,危於累卵,得臣則安。"

卮 zhī 章移切,平,支韻,照。
ㄓ

今字作"巵"、"卮"。㊀酒器,容量四升。史記項羽紀:"項伯卽入見沛公,沛公奉卮酒爲壽。"㊁植物名。花可提製胭脂。史記一二九貨殖傳:"巴蜀亦沃野,地饒卮、薑、丹沙、石、銅、鐵、竹、木之器。"集解引徐廣:"煙支也,紫赤色也。"

【卮言】隨人意而變,缺乏主見之言。一說爲支離破碎之言。莊子天下:"以卮言爲曼衍。"又寓言:"卮言日出,和以天倪。"唐成玄英疏:"夫卮滿則傾,卮空則仰,空滿任物,傾仰隨人,無心之言,卽卮言也。是以不言,言而無係,傾仰乃合於自然之分也。又解:卮,支也;支離其言,言無的當,故謂之卮言耳。"後人用卮言,作爲對自己著作的謙詞。

【卮林】明周嬰撰。十卷,又補遺一卷。此書廣徵博引,糾正羣書及其注疏的訛誤,共四十家。每條以兩字標目,繫以作書人的姓氏。如格鮑是糾正鮑彪的國策注,駁魚是駁論魚豢的魏略。書名卮林,取莊子"卮言日出"之意。

五 畫

却 què
ㄑㄩㄝ

倒退。同"卻"。史記項羽紀:"秦軍敗却。"漢書三一項籍傳作"卻"。

即 jí
ㄐㄧ

同"卽"。見"卽"。

卲 shào 寔照切,去,笑韻,禪。
ㄕㄠ

高,美。漢揚雄法言重黎:"或問子胥種蠡孰賢?曰:'……皆不足卲也。'"卲從卩,與從邑的"邵"有别。又漢應劭之劭,也爲年高德劭之劭,應作"卲"。

卵 1. luǎn 盧管切,上,緩韻,來。
ㄌㄨㄢ 郎果切,上,果韻,來。

㊀蛋,子。國語魯上:"獸長麑麌,鳥翼鷇卵。"注:"未孚曰卵。"㊁睾丸。靈樞經三經脈:"故脈弗榮則筋急,筋急則引舌與卵。"

2. kūn 集韻 公渾切,平,魂韻。
ㄎㄨㄣ

㊂見"卵₂醬"。

【卵民】古代神話中的國名。山海經大荒南經:"南海之外,……有卵民之國,其民皆生卵。"

【卵生】產卵後經孵化而出生。莊子知北遊:"故九竅者胎生,八竅者卵生。"成玄英疏:"禽魚八竅而卵生。"

【卵色】蛋青色,詩人多用來形容天色。花間集九孫光憲河瀆神詞之二:"一方卵色楚南天,數行征雁聯翩。"宋陸游劍南詩稿七九初冬雜詠:"微風蹙水靴文浪,薄日烘雲卵色天。"

【卵育】繁殖,生長。唐韓愈昌黎集三六鱷魚文:"鱷魚之涵淹卵育於此,亦固其所。"

【卵鳥】古指其卵可供祭祀的家禽,如雞、鴨、鵝等。周禮夏官掌畜:"祭祀共卵鳥。"

【卵椀】蛋青色的瓷碗。宋蘇軾東坡分類詩十三攜白酒鱸魚過詹史君:"青浮卵盌槐芽餅,紅點冰盤藿葉魚。"盌,同"椀"、"碗"。

【卵硯】橢圓形的硯臺。宋蘇軾蘇東坡集後集八卵硯銘:"東坡硯,龍尾石;開鵠卵,見蒼璧。"

【卵塔】舊時僧死入葬,地上立石作塔,無縫無棱,無層級,叫無縫塔。因形狀像鳥卵,又名卵塔。宋司馬光涑水紀聞七:"(王旦)性好釋氏,臨終遺命,……用茶毗火葬法,作卵塔而不爲墳。"

【卵蒜】小蒜。大戴禮夏小正:"十有二月,……納卵蒜。卵蒜也者,本如卵者也。"晉崔豹古今注:"蒜,卵蒜也。俗人謂之小蒜。"

【卵翼】養育。左傳哀十六年:"子西曰:勝如卵,余翼而長之。"言如鳥用翅膀把卵孵養成長。後常用"卵翼"泛指庇護。宋文鑑五七蘇轍論呂惠卿:"安石之於惠卿,有卵翼之恩,有父師之義。"

【卵₂醬】魚子醬。禮內則:"濡魚,卵醬實蓼。"注:"卵讀爲鯤,鯤,魚子。"疏:"卵謂魚子,以魚子爲醬。"

【卵鹽】大如鳥卵的鹽塊。禮內則:"麋腥,醢醬,桃諸,梅諸,卵鹽。"注:"卵鹽,大鹽也。"

【卵與石鬭】猶言以卵擊石,比喻弱不敵强。漢焦延壽易林四艮之損:"卵與石鬭,麋碎無疑;動而有悔,出不得時。"

六 畫

卷 1. juàn 居倦切,去,線韻,見。
ㄐㄩㄢ

㊀古書多用卷子,故稱書爲卷。書篇幅長的分爲若干卷。漢揚雄法言學行:"一卷之書,不勝異說焉。"㊁考卷。宋史選舉志一:"試卷,內臣收之。"㊂官廳存檔的文書。金史高衎傳:"每季選人至吏部,託以檢閱舊籍,謂之檢卷。"

2. juǎn 居轉切,上,獮韻,見。
ㄐㄩㄢ 求晚切,上,阮韻,羣。

㊃收藏。見"卷₂懷"。㊄斷絕。史記六九蘇秦傳:"秦正告魏曰:我舉安邑,塞女戟,韓氏太原卷。"㊅姓。廣韻引風俗傳:"陳留太守琅琊徐焉改圈姓卷氏,字異音同。"

3. quán 巨員切,平,仙韻,羣。
ㄑㄩㄢ

㊆曲。本指膝曲,引申泛指彎曲。詩大雅卷阿:"有卷者阿,飄風自南。"㊇美好。通"婘"。詩陳風澤陂:"有美一人,碩大且卷。"㊈微小。通"拳"。禮中庸:"今夫山,一卷石之多。"卷石,謂石小如拳。㊉見"卷₃卷₃"。

4. gǔn
ㄍㄨㄣ

⑪衮服。古代貴族畫卷龍圖案的禮服。通"衮"。亦作"裷"。禮王制:"制三公一命卷。"

【卷子】考卷。宋劉昌詩蘆浦筆記五趙清獻公充御試官日記:"編排特奏名進士卷子。"又:"編排進士諸科等卷子。"

【卷₂丹】百合科,多年生宿根草本植物。山野自生。也有園圃培植供觀賞的。參閱清吳其濬植物名實圖考三蔬卷丹。

【卷₄衣】古代貴族所穿繪有卷龍圖像的禮服。禮雜記上:"公襲,卷衣一。"注:"卷音衮。"按漢班固白虎通五攷黜:"卷龍之衣服,表顯其德。"卽卷衣。參見"衮服"。

【卷₂耳】菊科植物。蒼耳子。本草名葈耳。詩周南卷耳:"采采卷耳,不盈頃筐。"爾雅作"菤耳",一名"苓耳";廣雅作"枲耳"。

【卷₂舌】㊀舌卷曲。指閉口不言。文選漢揚子雲(雄)解嘲:"是以欲談者卷舌而同聲。"㊁星名。漢書天文志:"(元帝)二年五月,客星見昴分,居卷舌東可五尺。"

【卷₂曲】拳曲。莊子逍遙遊:"其小枝卷曲而不中規矩。"

【卷₂波】曲調名。唐白居易長慶集十三代書詩一百韻寄微之詩:"打嫌調笑易,飲訝卷波遲。"自注:"拋打曲有調笑令,飲酒曲有卷白波。"參見"卷白波"。

【卷宗】分類集存的案卷。明律吏律:"代官已到,舊官各照已定限期,交割……應有卷宗籍册完備。"

【卷₃卷₃】㊀忠誠懇切。卽"拳拳"。漢書六四下賈捐之傳:"蒙危言之策,無忌諱之患,敢昧死竭卷卷。"㊁零落的樣子。唐韓愈昌黎集一秋懷詩:"卷卷落地葉,隨風走前軒。"

【卷帙】書可舒卷的叫卷;數卷成束，用布或布囊裝起來叫帙，即書套。梁陶弘景陶隱居集時復百一方序:"方術之書，卷帙徒繁，拯濟蓋寡。"後來通稱書籍的册數爲卷帙。

【卷$_2$施】草名。爾雅釋草:"卷施草，拔心不死。"注:"宿莽也。"清郝懿行義疏:"宿莽是卷施草之名也，……按施，玉篇作葹。"

【卷$_2$柏】多年生孢子植物。也叫"還魂草"。耐乾旱，細葉如柏，旱時内卷如拳，濕潤時復平展，故名。生於裸露山頂的巖石上。入藥，主治血症。神農本草經列草部上品。參閱政和證類本草六。

【卷$_2$班】宋代垂拱殿常朝有定制。朝官朝拜皇帝，禮節繁雜，分班朝謁，朝罷，必直身立，待本班的班首先行，按次序前後相接而出，叫卷班。宋史禮志二二賓禮四:"舍人合班奏報，閤門無事，唱喏訖，卷班西出。"

【卷$_3$婁】㊀背項俯曲。同"傴僂"、"拘攣"。莊子徐無鬼:"卷婁者舜也。"唐成玄英疏:"卷婁者，謂背項俛曲，向前攣卷而傴僂也。"指操勞過度，顯得衰老駝背的意思。㊁羊的别名。見明陳懋仁庶物異名疏。

【卷軸】古代帛書或紙書，用軸卷束，故稱卷軸。後泛指書籍或帶軸的書畫。南齊書陸澄傳:"令君少便鞅掌王務，雖復一覽便諳，然見卷軸，未必多僕。"

【卷$_2$幘】古童子所著的頭巾名。儀禮士冠禮"緇布冠"注:"今未冠笄者，著卷幘。"

【卷$_2$領】領翻於外叫卷領。古人認爲這是原始的服式。文選晉左太沖(思)魏都賦:"追亘卷領與結繩，睠留重華而比蹤。"也作"綣領"(淮南子氾論)、"攣領"(晏子春秋諫下)。

【卷$_3$髮】曲髮以爲飾。詩小雅都人士:"彼君子女，卷髮如蠆。"

【卷$_2$懷】收藏。論語衛靈公:"邦有道則仕，邦無道則可卷而懷之。"清劉寶楠正義:"卷，收也，懷與裹同，藏也。……卷而藏之，蓋以物喻。"文選南朝梁沈休文(約)齊故安陸昭王碑文:"考景皇帝(蕭道生)，含道居貞，卷懷前代。"含藏身退隱的意思。

【卷$_2$臠】拳縮。唐韓愈昌黎集八城南聯句詩:"澁旋皮卷臠，苦開腹彭亨。"引申爲安分自守。又柳宗元柳先生集十八乞巧文:"突梯卷臠，爲世所賢。"

【卷子本】古書初爲簡册，後來有卷軸。現在留存下來的唐人寫本書，都像手卷一樣，收藏家稱爲卷子本。唐以後因卷軸難於卷舒，改用葉子來寫，發展成爲册頁。古逸叢書中有琱玉集二卷，即依舊鈔卷子本影印。參閱宋歐陽修歸田録二。

卷子本

【卷$_2$白波】酒令名。宋黄朝英緗素雜記三白波:"蓋白者，罰爵之名，飲有不盡者，則以此爵罰之。……所謂卷白波者，蓋卷白上之酒波耳，言其飲酒之快也。"一説其意取自漢末白波義軍的被鎮壓。見唐劉存事始(類説三五)。酒曲有卷白波。參見"卷波"。

【卷$_2$雲冠】即通天冠。宋孟元老東京夢華録十駕宿太廟奉神主出室:"頭冠皆北珠裝結，頂通天冠，又謂之卷雲冠。"參見"通天冠"。

【卷$_2$葹閣】清洪亮吉齋名。亮吉於嘉慶時上書言時政，遣戍新疆。放歸後，自號更生居士。其所著詩文集名卷葹閣集，取卷葹拔心不死之意。

【卷$_2$土重來】指失敗之後，整頓以求再起。唐杜牧樊川文集四題烏江亭詩:"江東子弟多才俊，卷土重來未可知。"

卺 jǐn ㄐㄧㄣˇ 居隱切，上，隱韻，見。

古時行婚禮用的酒器，以瓢爲之。參見"合卺"。

郄 què ㄑㄩㄝˋ

"卻"的異體字。史記天官書:"前方而後高者，兑;後兑而卑者，卻。""卻"，百衲本作"郄"。

卸 xiè ㄒㄧㄝˋ 司夜切，去，禡韻，心。

除下，脱去。唐岑參岑嘉州集七虢州西山亭子送范端公詩:"驄馬勸君皆卸卻，使君家醖舊來濃。"又黄滔黄御史集四鄜時李相公詩:"功高馬卸黄金甲，臺迥賓懽白玉樽。"

【卸肩】解除肩上的負擔。比喻卸掉責任。清虞德升諧聲品字箋:"釋負于地，謂之卸肩。"

【卸粧】解去裝飾。唐顔師古隋遺録引楊廣(煬帝)效劉孝綽雜憶詩:"卸粧仍索伴，解珮更相催。"

【卸頭】婦女解去頭上的裝飾。唐司空圖司空表聖詩集五鐙花:"姊姊教人且抱兒，逐他女伴卸頭遲。"韓偓玉山樵人香奩集閨情詩:"輕風滴礫動簾鉤，宿酒猶酣懶卸頭。"

卹 xù ㄒㄩˋ 辛聿切，入，術韻，心。

㊀憂念，憫惜。同"恤"。莊子德充符:"寡人卹焉若有亡也。"漢書三一項籍傳:"今不卹士卒而徇私，非社稷之臣也。"史記項羽紀作"恤"。㊁救濟。後漢書六五張奮傳:"贍卹宗親，雖至傾匱而施與不怠。"

【卹勿】搔摩。禮曲禮上:"國中以策彗卹勿，驅塵不出軌。"釋文:"卹，蘇没反;勿，音没。"一説"勿"當連下句，彗卹，掃拂;勿驅，謂勿以策策馬疾行。參閱元陳澔集説、清孫希旦集解。

【卹典】皇帝對臣下規定的喪葬善後禮式。宋史三一七邵亢傳論:"邵亢知太常，裁損張貴妃卹典。"

【卹刑】愼用刑法。同"恤刑"。文選南齊王元長(融)永明九年策秀才文:"敬法卹刑，虞書茂典。"今書舜典:"欽哉欽哉，惟刑之恤哉!"字作"恤"。

【卹削】衣服裁製寬窄稱身。史記五七司馬相如傳:"衯衯裶裶，揚衪卹削。"漢書作"戌削"。

【卹荒】救荒。宋歐陽修文忠集八九賜荆湖北路救濟飢民知州獎諭敕書:"再惟敏事之材，深得卹荒之禮。"

七畫

卼 wù ㄨˋ 五忽切，入，没韻，疑。

臲卼，不安貌。詳"臲卼"。

卻 1. què ㄑㄩㄝˋ 去約切，入，藥韻，溪。

同"却"、"郄"。㊀退。戰國策秦一:"棄甲兵，怒戰慄而卻。"又:"義救亡趙，威卻强秦。"㊁推辭不受。見"卻之不恭"。㊂去掉，了結。唐杜甫杜工部草堂詩箋十二曲江詩:"一片花飛減卻春。"㊃副詞。1.表示相反。唐李白李太白詩二十把酒問月:"人攀明月不可得，月行卻與人相隨。"2.表示完成。唐杜甫杜工部草堂詩箋九一百五日夜對月:"斫卻月中桂，清光應更多。"

2. xì ㄒㄧˋ

㊄閒隙。通"隙"。史記絳侯周勃世家:"由此梁孝王與太尉有卻。"

【卻月】半月形。凡物之形狀似半月者，多以卻月形容。如金樓子三説蕃有"東西兩岸爲卻月城"句，指城形如半月。唐杜牧樊川文集四閨情詩:"娟娟卻月眉，新鬢學鵶飛。"指眉形如半月。

【卻老】㊀防止衰老，延長壽命。史記孝武帝紀："是時而李少君亦以祠竈、穀道、卻老方見上，上尊之。"㊁枸杞的別名。見抱朴子內篇仙藥。㊂鑷子的別名。舊題唐馮贄雲仙雜記四南康記："王僧虔晚年惡白髮，一日對客，左右進銅鑷，僧虔曰：'卻老先生至矣，庶幾乎。'"

【卻曲】曲行。莊子人間世："迷陽迷陽，無傷吾行；吾行卻曲，無傷吾足。"迷陽，棘刺。

【卻行】㊀倒退而行。戰國策燕三："太子跪而逢迎，却行爲道。"表示極其恭敬之貌。㊁周禮考工記梓人："卻行、仄行、連行、紆行。"注："卻行，螾衍之屬。"蚯蚓之類，能倒行。

【卻冠】魚皮帽。史記趙世家："黑齒雕題，卻冠秫絀，大吳之國也。"索隱："又一本作'鮭冠黎緤'。"戰國策趙二作"鯷冠秫縫"。

【卻扇】古婚禮，行禮時新婦以扇遮面，交拜後去扇，叫卻扇。北周庾信庾子山集八爲梁上黃侯世子與新婦書："分杯帳裏，卻扇牀前。"

【卻粒】不食穀粒。卽道家所說的"辟穀"。文選晉陸士衡(機)漢高祖功臣頌："託跡黃老，辭世卻粒。"

【卻埽】不再掃路迎客。另說作退而灑掃，都是閉門謝客的意思。藝文類聚三四三國魏王粲寡婦賦："闔門兮卻埽，幽處兮高堂。"文選梁江文通(淹)恨賦："閉關卻埽，塞門不仕。"後來士大夫失意退隱，常言"杜門卻埽"。

【卻蘇】死而復甦。晉干寶搜神記十五："(賈)文合卒已再宿，停喪將殯，視其面，有色，捫心下，稍温，少頃卻蘇。"也稱"卻活"、"卻生"。太平廣記三七六五原將校引唐丁用晦芝田録："此人不合死，因何殺卻？……不卻活，君須還命。"又三八三古元之引唐牛僧孺玄怪録："因命斲棺，開，已卻生矣。"

【卻老霜】古代養生藥品名。宋陶穀清異録藥："卻老霜，九鍊松脂爲之。"

【卻死香】古神話傳說聚窟洲有返魂樹，取根心製爲丸，名卻死香，香氣能使死者重生。見舊題漢東方朔海內十洲記。唐李商隱李義山詩集四寓懷："草爲迴生種，香緣卻死薰。"卽用此爲典。

【卻非冠】古代宮殿門吏僕射戴的帽子，形制似長冠，高五寸，上寬下促。參閱後漢書輿服志下、隋書禮儀志六。

【卻非殿】漢殿名。見後漢書光武紀建武元年。

【卻埽編】宋徐度撰。三卷。所記皆北宋典章和前人逸事。作者自序說，閒居吳興卞山之陽，時方杜門却埽，因題曰卻埽編。埽，同"掃"。

【卻寒簾】簾名。唐蘇鶚杜陽雜編下："咸通九年同昌公主出降，宅于廣化里。……堂中設連珠之帳，却寒之簾，犀簟牙席，龍罽鳳褥。連珠帳，續真珠爲之也；却寒簾，類玳瑁斑，有紫色，云却寒之鳥骨所爲也。"却，同"卻"。

【卻睡草】草名。又叫五味草。舊題漢郭憲洞冥記三："有五味草，初生味甘，花時味酸，食之使人不眠。名曰卻睡草。"

【卻鼠刀】刀名。傳說可以除鼠。宋蘇軾東坡集前集二十有卻鼠刀銘。參閱宋彭乘續墨客揮犀五。

【卻塵褥】不着灰塵的褥子。唐元載寵姬薛瑤英有卻塵褥，殷鮮光軟。出句驪國。見唐蘇鶚杜陽雜編上。

【卻敵冠】漢衛士所戴的帽子。後漢書輿服志下："卻敵冠，前高四寸，通長四寸，後高三寸，制似進賢冠，衛士服之。"

【卻敵樓】更樓。南齊書百官志："宮城諸卻敵樓，上本施鼓，持夜者以應更唱。"

【卻老先生】見"卻老㊂"。

【卻之不恭】孟子萬章下："卻之卻之爲不恭，何哉？"本指和人交際，別人送東西，自已心裏盤算受還是不受，如不受，就是對人不恭敬。後來成爲接受別人禮品的客套話。鼎峙春秋六本六齣得假書招智士："踵成厚貺，使老身卻之不恭，受之有愧。"

卽 jí　ㄐㄧˊ　子力切，入，職韻，精。

今通寫作"即"。㊀就，靠近。詩衛風氓："來卽我謀。"戰國策秦三："是以杜口裹足，莫肯卽秦耳。"㊁當，當前。見"卽日㊀"。㊂連詞。1.就是。常與"非"連上下文，表示選擇。左傳襄八年："民死亡者，非其父兄，卽其子弟。"史記項羽紀："(項)梁父卽楚將項燕。"2.卽使。表示假設。戰國策秦一："張儀謂秦王曰：陳軫……常以國情輸楚，儀不能與從事，願王逐之。卽復之楚，願王殺之。"3.則。戰國策秦四："秦王欲見頓弱，弱曰：臣之義不參拜，王能使臣無拜，卽可矣；不，卽不見也。"㊃副詞。便，立時。戰國策楚一："(蘇秦)卽陰與燕王謀，破齊共分其地。"管子輕重戊："楚民卽釋其耕農而田鹿。"㊄姓。元和姓纂十職引風俗通："漢單父令卽費，其先食采卽墨，因以命氏。"

【卽日】㊀當天。史記項羽紀："項王卽日因留沛公與飲。"㊁不日，近幾天內。宋陸游劍南詩稿五九遣舟迎子遹因寄古風十四韻："知汝卽日歸，明當遣舟迎。"

【卽世】㊀死，去世。左傳成十三年："穆襄卽世，康靈卽位。"㊁今世，現在。元曲選喬夢符玉簫女兩世姻緣四："這個卽世婆婆，莫不是前世的妳妳？"參見"卽卽世世"。

【卽目】㊀眼前所見。南朝梁鍾嶸詩品中："思君如流水，既是卽目；高臺多悲風，亦惟所見。"㊁目前。金劉知遠諸宮調："今有九州安撫，卽目招兵。"元王實甫西廂記五本一折："卽目於招賢館寄跡，以伺聖旨御筆除授。"

【卽且】蜈蚣的別名。史記一二八龜策傳："騰蛇之神，而殆於卽且。"正義："卽，津日反；且，則餘反。卽吳公也。狀如蚰蜒而大，黑色。"莊子齊物論、淮南子說林皆作"蝍蛆"。

【卽用】清代任用官吏，有卽用一班。凡奉旨卽用的官員，不論雙單月，遇缺就選用。又進士朝考後，任爲知縣的，叫卽用知縣；簡稱"卽用"。參見清會典七"凡授官之班有六"以下各句注。

【卽安】休息。國語魯下："士朝而受業，晝而講貫，夕而習復，夜而計過無憾，而後卽安。"

【卽戎】用兵。易夬："告自邑，不利卽戎。"論語子路："善人教民七年，亦可以卽戎矣。"注引包咸："卽，就也；戎，兵也；言以攻戰。"

【卽吉】除去喪服。晉書李含傳傅玄表："世祖之崩，數旬卽吉。"宋書謝弘微傳："卽吉之後，猶未復膳，若以無意傷生，豈所望於得理。"

【卽位】㊀君主登位。書無逸："作其卽位，乃或亮陰，三年不言。"左傳隱元年："元年春王周正月，不書卽位，攝也。"㊁就坐。儀禮士冠禮："主人玄冠朝服，緇帶素韠，卽位于門東西面。"

【卽事】㊀作事。史記封禪書："而日有不暇給，是以卽事用希。"列子周穆王："有老役夫，……晝則呻呼而卽事，夜則昏憊而熟寐。"㊁眼前的事物。晉陶潛陶淵明集三癸卯歲始懷古田舍詩："雖未量歲功，卽事多所欣。"後多用爲詩題，如言卽景、卽事等。

【卽來】㊀椋樹的別名。爾雅釋木："椋，卽來。"㊁地名。漢書地理志上三琊琊郡："卽來，侯國。"後漢省。今地不詳，

【卽阼】皇帝卽位後，登上東階正式視事

的儀式。阼，東階。史記孝文紀：“辛亥，皇帝卽阼，謁高廟。”按文帝以九月晦日己亥入長安，在代王邸卽皇帝位；十月二日在高帝廟舉行卽阼儀式。

【卽使】連詞，含有假設退一步的意思。三國志魏陳思王植傳注引魏略：“丁掾（晏），好士也，卽使其兩目盲，尚當與女，何況但眇！”

【卽炤】螢火蟲的別名。爾雅釋蟲：“熒火，卽炤。”禮月令季夏之月疏引李巡：“熒火夜飛，腹下如火光，故曰卽炤。”熒通“螢”。

【卽政】執掌政權。詩周頌烈文序：“烈文，成王卽政，諸侯助祭也。”

【卽卽】㊀充實。漢書禮樂志安世房中歌：“磑磑卽卽，師象山則。”注引孟康：“卽卽，充實也。”一說“磑磑卽卽”，乃是居高思謙的意思。參見王先謙補注。㊁鳳鳥叫聲。漢王充論衡講瑞：“雄曰鳳，雌曰皇，雄鳴曰卽卽，雌鳴曰足足。”

【卽席】㊀就席。儀禮士冠禮：“筮人許諾，右還卽席坐。”注：“卽，就也。”㊁在席座上。南朝宋劉裕（高祖）請後進二十餘人置酒賦詩，蕭介提筆便成，臧盾以詩不成，罰酒一斗。裕說：“臧盾之飲，蕭介之文，卽席之美也。”見梁書蕭介傳。

【卽眞】正式卽皇帝位。對攝位而言。漢書九九上王莽傳：“莽既滅翟義，自謂威德日盛，獲天人助，遂謀卽眞之事矣。”凡官由暫時代理而改爲實授也叫卽眞。三國志蜀楊洪傳：“時蜀郡太守法正從先主北行，亮於是表洪領蜀郡太守，衆事皆辦，遂使卽眞。”

【卽時】當時，立時。漢書五四蘇武傳：“卽時誅滅。”

【卽敍】就序。書禹貢：“織皮：崑崙、析支、渠、搜，西戎卽敍。”漢書九六下西域傳贊引書作“卽序”。

【卽禽】打獵。後漢書八三野王二老傳：“（光武）既反，因於野王獵，路見二老者卽禽。”

【卽墨】㊀縣名。戰國時齊地。漢置縣，屬膠東國。以城在墨水邊，故稱卽墨。見漢書地理志下。故地在今山東平度縣東南。㊁姓。漢書儒林傳有卽墨成。

【卽墨侯】唐人文嵩，曾以硯擬人，作卽墨侯石虛中傳，文見宋蘇易簡文房四譜三硯譜。後遂稱硯爲卽墨侯。宋王邁臞軒集十四除夜洗硯詩：“多謝吾家卽墨侯，朝濡暮染富春秋。”

【卽心是佛】佛教禪宗謂只要內求諸心，便可悟道成佛。景德傳燈錄七明州大梅山法常禪師：“初參大寂，問如何是佛。大寂云：‘卽心是佛。’師卽大悟。”也作“卽心卽佛”。見同書六江西道一禪師。

【卽卽世世】“卽世”的重疊詞，古典戲曲中咒人的話，意爲“該死的”。元王實甫西廂記七夫人停婚：“誰承望這卽卽世世老婆婆，着鶯鶯做妹妹拜哥哥。”

【卽事窮理】就事實探究道理。清王夫之續春秋左氏傳博議下士文伯論日食：“有卽事以窮理，無立理以限事。”

九畫

卿 qīng 去京切，平，庚韻，溪。ㄑㄧㄥ

㊀官名。周制，宗周及諸侯皆有卿，分上中下三級。秦漢有九卿，爲太常、光祿勳、衛尉、廷尉、太僕、大鴻臚、宗正、大司農、少府。北魏在正卿之下還置有少卿。歷代相沿，至清末始廢。㊁古代對人的敬稱。如荀子稱荀卿。衛人稱荆軻爲慶卿。史記八六荆軻傳索隱：“卿者，時人尊重之號，猶如相尊美亦稱子然也。”魏晉以來，對於爵位較低者或平輩表示親暱也稱卿。自唐以來，唯君主稱臣民爲卿。㊂夫妻互稱。玉臺新詠一古詩爲焦仲卿妻作：“府吏謂新婦，賀卿得高遷。”這是夫稱妻。妻稱夫，見“卿卿”。㊃姓。見廣韻引風俗通。

【卿士】春秋時官稱，有二義。1.泛指卿、大夫、士。書洪範：“謀及卿士。”疏引鄭玄：“卿士，六卿掌事者。”2.專指執政者。左傳隱三年：“鄭武公莊公爲平王卿士。”注：“卿士，王卿之執政者。”

【卿子】卽公子。封建家族顯宦的子弟。南朝陳徐陵徐孝穆集七與王吳郡僧智書：“況復王家沈默，謝氏混玄，名貴公門，譽華卿子。”參見“卿子冠軍”。

【卿月】書洪範：“王省惟歲，卿士惟月，師尹惟日。”傳：“卿士各有所掌，如月之有別。”唐岑參岑嘉州集三西河太守杜公挽歌：“惟餘卿月在，留向杜陵懸。”又劉長卿劉隨州集三送許拾遺還京：“文星出西掖，卿月在南徐。”

【卿寺】九卿的官署。左傳隱七年“初，戎朝于周，發幣于公卿”注：“朝而發幣於公卿。如今計獻，詣公府卿寺。”疏：“自漢以來，三公所居謂之府，九卿所居謂之寺。”

【卿老】上卿。禮曲禮下：“國君不名卿老、世婦。”

【卿家】卽你家。三國志吳魯肅傳：“肅因責數（關）羽曰：‘國家區區本以土地借卿家者，卿家軍敗遠來，無以爲資故也。’”又舊小說和古典戲劇中帝、后往往稱臣下爲卿家。

【卿卿】男女間的暱稱。世說新語惑溺：“王安豐（戎）婦常卿安豐，安豐曰：‘婦人卿婿，於禮爲不敬，後勿復爾。’婦曰：‘親卿愛卿，是以卿卿，我不卿卿，誰當卿卿？’”上卿字爲動詞，下卿字，猶言你。唐人聯用二字，爲一種親暱的稱呼。唐溫庭筠溫飛卿詩集四偶題：“自恨青樓無近信，不將心事許卿卿。”又韓偓玉山樵人香奩集偶見詩：“小疊紅箋書恨字，與奴方便寄卿卿。”

【卿雲】㊀亦作“慶雲”、“景雲”。古人以爲祥瑞。竹書紀年上帝舜有虞氏：“十四年，卿雲見，命禹代虞事。”史記天官書：“若煙非煙，若雲非雲，郁郁紛紛，蕭索輪囷，是謂卿雲。”參見“卿雲歌”。㊁司馬相如字長卿，揚雄字子雲，是漢朝著名的賦家，合稱卿雲。南齊書文學傳史臣曰：“卿雲巨麗，升堂冠冕；張左恢廓，登高不絕。”

【卿雲歌】古歌名。相傳爲虞舜所作。其詞曰：“卿雲爛兮，糺縵縵兮，日月光華，旦復旦兮。”見尚書大傳虞夏。

【卿子冠軍】史記項羽紀：“王召宋義與計事而大說之，因置以爲上將軍，……諸別將皆屬宋義，號爲卿子冠軍。”卿子，猶言公子，敬稱。上將，故曰冠軍。見集解引文穎說。

十一畫

𠨗 xī 息七切，入，質韻，心。ㄒㄧ

同“膝”。史記六八商君傳：“衛鞅復見孝公，公與語，不自知𠨗之前於席也，語數日不厭。”參見“膝”。

十六畫

𨚏 qiān 七然切，平，仙韻，清。ㄑㄧㄢ

古“遷”字。省作“䙴”。漢書律曆志下：“周人𨚏其行序，故易不載。”參見“遷”。

厂 部

厂 hǎn 呼旱切，上，旱韻，曉。
ㄏㄢˇ 呼旰切，去，翰韻，曉。

山崖石穴。說文："厂，山石之崖巖，人可居。象形。"

二 畫

厄 è 於革切，入，麥韻，影。
ㄜˋ

㊀困苦。危難。同"戹"、"阨"。穀梁傳僖二二年："(宋)襄公曰：'君子不推人危，不攻人厄。'" ㊁爲難，迫害。史記一〇〇季布傳："高祖急，顧丁公曰：'兩賢豈相厄哉？'" ㊂指兩邊高峻的狹窄的地形。孫臏兵法八陣："易則多其車，險則多其騎，厄則多其弩。" ㊃車轅前端駕在馬頸上的橫木。同"軛"。詩大雅韓奕："鞗革金厄。"

【厄井】古地名。在今河南鄭州市滎陽縣境內。相傳漢劉邦(高祖)與項羽戰，失利於京索，隱於蒲井得脫，因名厄井。見太平寰宇記五二孟州汜水縣引風俗通、初學記七戴延之西征記。

【厄閏】時運不濟。宋衞博定菴類稿一偶成雜意詩："黃楊獨咫尺，更說厄閏年。"參見"黃楊厄閏"。

【厄運】艱難困苦的遭遇。古文苑二十漢揚雄元后誄："與國艱，以度厄運。"三國志蜀譙周傳："今漢遭厄運，天下三分。"

【厄臺】古跡名。相傳爲孔子行經陳蔡絕糧的地方，本名陳侯弩臺，唐開元九年移孔子廟於臺上。俗稱爲厄臺。參閱宋莊綽雞肋編上、讀史方輿紀要四七陳州。地在今河南淮陽縣南。

【厄魯特】額魯特之別譯。見"額魯特蒙古"。

四 畫

厊 yǎ 五下切，上，馬韻，疑。
ㄧㄚˇ

見"厏厊"。

五 畫

厏 zhǎ 側下切，上，馬韻，莊。
ㄓㄚˇ 士下切，上，馬韻，牀。

見"厏厊"。

【厏厊】不相合，牴觸。明楊循吉松籌堂集二都下將歸述懷詩："況今一病已到骨，兼與世事多厏厊。"本又作"厏厊"。

厎 zhǐ 職雉切，上，旨韻，照。
ㄓˇ 諸市切，上，止韻，照。

㊀磨刀石，也指磨礪。漢書六七梅福傳："故爵祿束帛者，天下之厎石，高祖所以厲世摩鈍也。"又七八蕭望之傳："願竭區區，厎厲鋒鍔。"㊁致。書皋陶謨："朕言惠，可厎行。"又旅獒："西旅厎貢厥獒。"㊂至。詩小雅小旻："我視謀猶，伊于胡厎。"後來常用"伊于胡厎"指事情壞到不可收拾的地步。㊃青蒲。見"厎席"。

【厎柱】古山名。書禹貢："厎柱析城，至于王屋。"注："此三山在冀州南，河之北，東行。"在今山西陽城縣南。又："南至于華陰，東至于厎柱。"注："厎柱，山名，河水分流，包山而過，山見水中若柱然。"卽今河南三門峽市黃河急流中的三門山。也作"砥柱"。參見該條。

【厎席】用青蒲編製的席。書顧命："西序東嚮，敷重厎席。"傳："厎，蒻苹。"釋文引馬(融)："青蒲也。"

【厎陽】山名。山海經西山經："又西四百里曰厎陽之山，其木多櫻、柟、豫章。"注："音旨"。今譌作"厎"。

【厎厲】見"厎厲"。

【厎豫】見"厎豫"。

六 畫

厓 yá 五佳切，平，佳韻，疑。
ㄧㄚˊ

水邊、山邊都叫厓。說文："厓，山邊也。"詩魏伐檀"寘諸河之干兮"傳："干，厓也。"此指水邊。水邊之厓，後來加氵旁作"涯"。

【厓山】山名。也稱厓門山。在廣東新會縣南大海中。與湯瓶嘴對峙如門，形勢險要。宋紹興中置厓山寨，是扼守南海的門户。宋末爲抗元的最後據點。宋祥興二年宋軍戰敗，陸秀夫負帝昺於此沉海。參閱太平寰宇記一五七新會縣、廣東通志一〇〇山川一。

【厓眥】同"睚眥"。漢書八一孔光傳："厓眥莫不誅傷。"詳"睚眥"。

厔 zhì
ㄓˋ

同"庢"。見"庢"。

七 畫

厗 tí 杜奚切，平，齊韻，定。
ㄊㄧˊ

㊀古"銻"字。見玉篇。詳"銻"。㊁見下。

【厗奚】地名。漢縣，屬漁陽郡。見漢書地理志下。後漢書郡國志五作傂奚。清王念孫謂厗奚當爲虒奚，厗虒形近而誤。參閱讀書雜志漢書七。地在今北京市密雲縣境。

厙 shè 始夜切，去，禡韻，審。
ㄕㄜˋ

姓。後漢書二三竇融傳有金城太守厙鈞。原注云："今羌中有姓厙，音舍。"或謂卽"庫"之俗字。見王先謙集解。

【厙傉官】鮮卑族姓。見通志氏族五代北三字姓。前燕有厙傉官斌。隋初改厙爲"庫"。見宋鄧名世古今姓氏書辨證三十暮。

厖 máng 莫江切，平，江韻，明。
ㄇㄤˊ

㊀大。爾雅釋詁："厖，大也。"㊁厚。詩商頌長發："爲下國駿厖。"㊂雜亂。書周官："推賢讓能，庶官乃和，不和政厖。"㊃姓。見漢書古今人表。

【厖洪】廣大。漢書二七下司馬相如傳封禪文："湛恩厖洪，易豐也。"史記作"蒙涌"，文選作"厖鴻"。

【厖眉】眉毛花白，狀人之老態。亦作"龐眉"。文選漢王子淵(褒)四子講德論："厖眉耆耇之老，咸愛惜朝夕，願濟須臾。"注："厖，雜也，謂眉有白黑雜色。"參見"龐眉皓髮"。

【厖蒙】愚昧無知。唐柳宗元柳先生集十一天對："惟鮌譊譊，鄰聖而孽，恆師厖蒙，乃尚其圮。"

【厖澒】廣大。同"厖洪"。後漢書五九張衡傳思玄賦："踰厖澒於宕冥兮，貫倒景而高厲。"注："厖音亡孔反，澒音胡孔反。"文選作"厖鴻"。

【厖錯】雜亂。新唐書一三一李勉傳："始調開封尉，汴州水陸一都會，俗厖錯，號難治。"舊唐書作"厖雜"，義同。

【厖鴻】廣大。同"厖洪"。文選漢王文考(延壽)魯靈光殿賦："彤彤靈宮，巋嶵穹崇，紛厖鴻兮。"

【厖雜】混雜不純。新唐書一四六李吉甫傳："方今置吏不精，流品厖雜，存無事之官，食至重之稅。"宋歐陽修文忠集四酬學詩僧惟晤詩："其言苟可取，厖雜不全純。"

厚 hòu 胡口切，上，厚韻，匣。ㄏㄡˋ 胡遘切，去，候韻，匣。

㊀與"薄"相反。莊子養生主："彼節者有間，而刀刃者無厚。"禮檀弓上："水兕革棺被之，其厚三寸。"㊁重，大，多，深。左傳宣二年："晉靈公不君，厚斂以彫牆。"戰國策秦一："大王又并軍而致與戰，非能厚勝之也。"注："厚，大也。"呂氏春秋審應："魏王雖無以應，韓之爲不義愈益厚也。"㊂忠厚。後漢書四一第五倫傳："悖悖歸寬厚。"㊃濃。韓非子揚權："厚酒肥肉。"㊄富。韓非子有度："毀國之厚，以利其家，臣不謂智。"

【厚生】使人民生活充裕。書大禹謨："正德，利用，厚生，惟和。"疏："厚生謂薄徵徭，輕賦稅，不奪農時，令民生計溫厚，衣食豐足。"

【厚朴】落葉喬木，皮、花均可入藥。史記一一七司馬相如傳上林賦："梬棗厚朴。"急就篇四："芎藭厚朴桂栝樓。"注："厚朴，一名厚皮，一名赤朴。凡木皮皆謂之朴，此樹皮厚，故以厚朴爲名。"參閱政和證類本草十三。

【厚載】地厚而載萬物。易坤："坤厚載物，德合無疆。"後漢書皇后紀贊："坤維厚載，陰正乎內。"

【厚誣】深加欺騙。左傳成三年："賈人曰：'吾無其功，敢有其實乎？吾小人，不可以厚誣君子。'"

【厚積】豐富的儲備。孫臏兵法篡卒："德行者，兵之厚積也。"

【厚顏】不知羞恥。書五子之歌："鬱陶乎予心，顏厚有忸怩。"文選南齊孔德璋（稚珪）北山移文："豈可使芳杜厚顏，薜荔無恥。"

【厚貌深情】隱藏真實感情，不表露於外表、語言。莊子列禦寇："凡人險於山川，難於知天。天猶有春夏秋冬旦暮之期，人者厚貌深情，故有貌愿而益，有長若不肖，有順懁而達，有堅而縵，有緩而釬。"

【厚德載福】易坤："地勢坤，君子以厚德載物。"後來謂有德者能多受福，曰厚德載福，本此。國語晉六："吾聞之，唯厚德者能受多福，無德而服者衆，必自傷也。"

厘 1. chán ㄔㄢˊ

㊀"廛"的異體字，古稱一家所居之地。類篇九中："厘，一畝半，一家之居。"

2. lí ㄌㄧˊ

㊀"釐"的簡寫。篇海類編三地理里部："音離。算法曰厘毫爲一厘。"

八畫

厝 cuò 倉故切，去，暮韻，清。ㄘㄨㄛˋ 倉各切，入，鐸韻，清。

㊀磨刀石。說文："詩曰：'他山之石，可以爲厝。'"今詩小雅鶴鳴作"錯"。㊁安置。通"措"。後漢書十三隗囂傳："一旦敗壞，大王幾無所厝。"晉書王羲之傳："對之喪氣，罔知所厝。"㊂停柩待葬。三國志蜀二主妃子傳："園陵將成，安厝有期。"按孝經喪親"卜其宅兆而安措之"清阮元校勘記："鄭注本作厝。……厝措義別，而古多通用。"㊃雜亂。通"錯"。漢書地理志："是故五方雜厝，風俗不純。"

【厝手】同"措手"。晉書劉弘傳："今公私并兼，百姓無復厝手地。"無所容身的意思。

【厝火積薪】置火於積薪之下，喻隱患。漢書四八賈誼傳："夫抱火厝之積薪之下，而寢其上；火未及燃，因謂之安。方今之勢，何以異此？"注："厝，置也。"亦見賈誼新書數寧。

厞 fěi 集韻 符非切，平，微韻。ㄈㄟˇ

宮室屋角隱蔽之處。儀禮士虞禮："几在南，厞用席。"注："厞，隱也；于厞隱之處，從其幽闇。"

厜 zuī 姊規切，平，支韻，精。ㄗㄨㄟ

見"厜㕒"。

【厜㕒】山峯高峻。爾雅釋山："崒者厜㕒。"宋晁補之雞肋集二披榛亭賦："厜㕒之顛，翠微之顏。"

原 1. yuán 愚袁切，平，元韻，疑。ㄩㄢˊ

㊀水源，根本。左傳昭九年："猶衣服之有冠冕，木水之有本原。"禮孔子閒居："必達於禮樂之原。"㊁推其根原。見"原始要終"。㊂寬闊平坦之地。詩小雅常棣："脊令在原，兄弟急難。"爾雅釋地："廣平曰原。"㊃原諒，恕免。莊子天道："因任已明，而原省次之。"參見"原宥"。㊄再。禮文王世子："命膳宰曰：未有原。"疏："未，猶勿也；原，再也，勿有所再進。"參見"原廟"。㊅文體名。論文的一種，用原字爲題，對某事物推究其本原，而加以論述。明徐師曾文體明辯原："自唐韓愈作五原，而後人因之，雖非古體，然其遡原於本始，致用於當今，則誠有不可少者。"宋王安石有原過，清戴震有原善。㊆古國名，姬姓。在今山西沁水，後東遷，在今河南濟原西北。㊇姓。見元和姓纂四元。

2. yuàn ㄩㄢˋ

㊈誠實。通"愿"。論語陽貨："鄉原，德之賊也。"

【原$_2$人】誠實的人。原，通"愿"。孟子盡心下："一鄉皆稱原人焉，無所往而不爲原人。"

【原心】追究初意。漢書八三薛宣傳："春秋之義，原心定罪。"注："原謂尋其本也。"

【原本】㊀追溯事物的由來。管子小匡："式美以相應，比綴以書，原本窮末。"㊁根基，事物之所由起。漢書八一匡衡傳："今長安天子之都，……此教化之原本，風俗之樞機，宜先正者也。"㊂書的初刻本。四庫全書提要有原本韓文考異、原本革象新書等。

【原田】平原上的田地。左傳僖二八年："原田每每，舍其舊而新是謀。"

【原州】地名。漢爲安定郡高平縣。北魏正光五年改爲原州，取高平曰原爲名。宋置鎮戎軍於此。元改爲鎮原州。明初改爲縣。參閱太平寰宇記三三原州。今爲甘肅鎮原縣地。

【原羊】即羱羊。後漢書九十鮮卑傳："又禽獸異於中國者：野馬、原羊、角端牛。"注："原羊，似吳羊而大角，出西方。"參見"羱"。

【原年】即元年。相傳明洪武元年爲避元朝而改。但史傳不載此事。見清王應奎柳南隨筆三。

【原任】已去任的官。本稱元任官，明洪武中，爲別於元朝之官，故改爲原字。見清顧炎武日知錄三二元。

【原告】提起訴訟的人。古今雜劇元高文秀雙獻功三："孫孔目云：'大人，我是原告。'"

【原武】縣名。漢置，屬河南郡。北齊廢，隋開皇十六年重置，名原陵。唐初改爲原武。參閱元和郡縣志八鄭州、太平寰宇記九鄭州。1950年與陽武合併，改名原陽，屬河南省。

【原委】事物的本末。禮學記："三王之

祭川也，皆先河而後海。或源也，或委也，此之謂務本。"注："源，泉所出也；委，流所聚也。"釋文："原，本又作源。"紅樓夢九四："園裏各處的丫頭，雖都知道拉進女尼們來，預備宮裏使喚，卻也不能深知原委。"

【原宥】諒情而寬赦其罪。後漢書六六陳蕃傳："大司農劉祐、廷尉馮緄、河南尹李膺皆以忤旨，爲之抵罪。蕃因朝會，固理膺等，請加原宥，升之爵任。"

【原泉】有本源的泉水。孟子離婁下："原泉混混，不舍晝夜。"原又作"源"。

【原圃】春秋鄭地。左傳僖三三年："鄭之有原圃，猶秦之有具囿也。"注："原圃，具囿，皆囿名。"漢時名圃田澤，屬河南郡中牟縣。地在今河南中牟縣。參見元和郡縣志八鄭州中牟。

【原鹿】古地名。春秋宋地。春秋僖二一年："宋人、齊人、楚人，盟於鹿上。"鹿，卽原鹿。東漢屬汝南郡。地在今安徽阜陽縣。

【原陵】㊀平原與丘陵。漢書食貨志上："若山林藪澤，原陵淳鹵之地，各以肥磽多少爲差，有賦有稅。"㊁東漢劉秀（光武帝）墓。地在今河南孟津縣境。參見後漢書明帝紀二。

【原野】平原曠野。國語魯上："故大者陳之原野，小者致之市朝。"也作"原壄"。楚辭屈原九歌國殤："嚴殺盡兮棄原壄。"壄，古"野"字。

【原禽】雉（野雞）的別名。文選晉潘安仁（岳）射雉賦："恐吾游之晏起，慮原禽之罕至。"注："原禽，雉也。雉不處下濕，故曰原禽也。"

【原夢】解釋夢兆。同"圓夢"。宋陸游劍南詩稿八三晝睡："童子解原夢，篝火具茶盃。"

【原₂愨】誠實，恭謹。荀子榮辱："孝弟原愨。"

【原廟】正廟以外別立之廟。史記高祖本紀："及孝惠五年，思高祖之悲樂沛，以沛宮爲高祖原廟。"又九九叔孫通傳："願陛下爲原廟渭北，衣冠月出游之。"

【原憲】春秋魯人，一說宋人。字子思，又叫原思，孔子弟子。傳說蓬户褐衣蔬食，不減其樂。事迹見莊子讓王、史記仲尼弟子傳、漢劉向新序節士。後來詩文裏多用以泛指貧士。唐杜甫杜工部草堂詩箋十九寄李十二白二十韻："處士禰衡俊，諸生原憲貧。"

【原隰】廣平低濕之地。詩小雅信南山："畇畇原隰，曾孫田之。"國語周上："猶其原隰之有衍沃也。"注："廣平曰原，下濕曰隰。"

【原疇】田野。文選三國魏王仲宣（粲）從軍詩之五："雞鳴達四境，黍稷盈原疇。"

【原壤】春秋魯人，孔子舊友。傳說他母死不哭而歌，不合儒家禮法，孔子以杖叩其脛，駡他"老而不死是爲賊"。參閱論語憲問、禮檀弓下。

【原籍】本來的籍貫。清會典事例九十吏部："八品以下在籍候補候選，及在外推升，……應以得缺省分，與原籍、原任地方，比較遠近定限。"

【原蠶】原，再；卽夏秋第二次孵化的蠶，也叫二蠶。周禮夏官馬質："若有馬訟則聽之，禁原蠶者。"淮南子泰族："原蠶一歲再收，非不利也；然而王法禁之者，爲其殘桑也。"

【原始要終】探究事物發展的起源和歸宿。易繫辭下："易之爲書也，原始要終，以爲質也。"也作"原始反終"、"原始見終"。易繫辭上："原始反終，故知死生之說。"漢王充論衡實知："亦揆端推類，原始見終。"

九畫

厠 cè ㄘㄜˋ

同"廁"。見"廁"。

十畫

厥 jué ㄐㄩㄝˊ 居月切，入，月韻，見。

㊀石。荀子大略："和之璧，井里之厥也。"㊁病名。指突然昏倒，不省人事，手足僵冷等症。素問五藏生成篇："凝於足者爲厥。"㊂其。書禹貢："厥土黑墳。"左傳成十三年："亦悔于厥心，用集我文公。"㊃之。書無逸："自時厥後，亦罔或克壽。"㊄乃。史記自序："左丘失明，厥有國語。"㊅助詞。無義。書無逸："誕淫厥泆。"㊆斷木。通"橛"。莊子達生："吾處身也，若厥株枸。"㊇短。見"厥尾"。㊈掘。通"撅"。山海經海外北經："相柳之所抵，厥爲澤谿。"㊉摔倒，挫敗。通"蹶"。孫臏兵法擒龐涓："吾攻平陵不得而亡齊城、高唐，當術而厥。"

九勿切，入，物韻，見。

⑪見"突厥"。

【厥尾】禿尾狗。宋劉攽貢父詩話："今人呼禿尾狗爲厥尾；衣之短後者，亦曰厥。"

【厥角】獸之頭角。書泰誓中："百姓懔懔，若崩厥角。"疏："以畜獸爲喻，民之怖懼，若似畜獸崩摧其頭角然。"後來稱以頭叩地爲"厥角"。漢書諸侯王表："漢諸侯王，厥角𩠐（稽）首。"注引應劭："厥者，頓也；角者，額角也；稽首，首至地也。"

【厥貉】春秋地名。在今河南項城縣西南。楚穆王伐宋，會諸侯於厥貉。見左傳文十年。公羊傳作"屈貉"。參見春秋傳說彙纂。

㕇 kè ㄎㄜˋ 集韻 克盍切，入，盍韻。

山傍洞穴。文選漢張平子（衡）南都賦："潛㕇洞出，没滑瀎潏。"注："㕇，山傍穴也，言水洞出此穴。没滑瀎潏，急流之貌也。"

厦 shà ㄕㄚˋ

同"廈"。見"廈"。

十二畫

厮 sī ㄙ

同"廝"。見"廝"。

厭 1. yā ㄧㄚ 於葉切，入，葉韻，影。集韻 乙甲切，入，狎韻。

㊀鎮壓，抑制。左傳昭二六年："齊師圍成，成人伐齊師之飲馬於淄者，曰將以厭衆。"漢書七五翼奉傳："東厭諸侯之權，西遠羌胡之難。"㊁傾倒。通"壓"。漢書五行志下之上："惠帝二年正月，地震隴西，厭四百餘家。"㊂堵塞。荀子修身："厭其源，開其瀆，江河可竭。"㊃閉藏。莊子齊物論："其厭也如緘。"㊄見"厭勝"。㊅按捺。通"擪"。荀子解蔽："厭目而視者，視一而爲兩。"文選晉潘安仁（岳）笙賦："泄之反謐，厭焉乃揚。"

2. yàn ㄧㄢˋ 於豔切，去，豔韻，影。

㊆憎惡，拋棄，厭倦。左傳隱十一年："天而既厭周德矣，吾其能與許爭乎？"論語雍也："予所否者，天厭之，天厭之。"又鄉黨："食不厭精，膾不厭細。"㊇飽，滿足，心服。通"饜"。左傳隱元年："姜氏何厭之有？"漢書景帝紀中元五年："諸獄疑，若雖文致於法，而於人心不厭者，輒讞之。"㊈見"厭₂祭"。㊉見"厭₂厭₂"。

3. yǎn ㄧㄢˇ 於琰切，上，琰韻，影。

⑪惡夢。通"魘"。山海經西山經："有鳥焉，……名曰鵸鵌，服之使人不厭。"

4. yì 集韻 乙及切,入,緝韻。ㄧˋ

⑪長揖。通"揖"。儀禮鄉飲酒禮:"賓厭介入門左,介厭衆賓入。"⑫見"厭₄浥"。

5. yān 集韻 於鹽切,平,鹽韻。ㄧㄢ

⑬安,静。通"懕"。荀子王霸:"然而厭焉有千歲之固,何也?"⑭通"奄"。見"厭₅厭₅㊀"、"厭₅的"。

【厭₂世】悲觀消極,厭惡人間生活。莊子天地:"千歲厭世,去而上僊。"後因婉言人死爲厭世。參見"厭₂代"。

【厭旦】黎明。荀子儒效:"遂選馬而進,朝食於戚,暮宿於百泉,厭旦於牧之野。"注:"厭,掩也;夜掩於旦,謂未明已前也。"

【厭₂代】帝王去世。舊唐書一八四高力士傳:"寶應元年三月,會赦歸,至朗州,遇流人言京國事,始知上皇厭代。"厭代即"厭世"。唐人因避李世民(太宗)諱,改世爲"代"。

【厭₃次】地名。秦置。相傳秦始皇東遊厭氣,至碣石,次宿於此,故改名厭次。西漢改爲富平縣,屬平原郡。東漢復名厭次,北齊廢,隋開皇十六年重置。至明廢。故城在今山東陽信縣東南一帶。參閱元和郡縣志十七棣州。

【厭快】滿足,大快。後漢書七七酷吏傳序:"雖厭快衆憤,亦云酷矣。"

【厭₅的】忽然,突然的。厭,通"奄"。元王實甫西廂記二本一折那吒令曲:"但見箇客人,厭的倒退。"也作"厭地"。太平樂府七元喬吉新水令套:"忽地迎頭見咱,嬌小心兒裏怕,厭地回身攏鬢鴉。"

【厭冠】古喪禮小功以下所服的冠名。禮曲禮下:"苞屨、扱衽、厭冠,不入公門。"注:"此皆凶服也。……厭,猶伏也。喪冠厭伏。"參閱清朱彬禮記訓纂二。

【厭₂建】厭倦。墨子號令:"慎無厭建。"清孫詒讓墨子閒詁十五:"建讀爲券,聲近字通。"

【厭降】古喪禮,子爲母服三年喪服,父在母亡,則減服一年,叫做"厭降"。文選南朝梁任彥昇(昉)齊竟陵文宣王行狀:"禮屈於厭降,事迫於權奪。"

【厭₄浥】潮濕。詩召南行露:"厭浥行露,豈不夙夜,謂〔畏〕行多露。"傳:"厭浥,濕意也。"

【厭₂祭】古祭名。古祭用人爲"尸",作爲被祭對象的代表,鬼神通過尸來接受祭祀;不用尸的祭稱厭祭。又有陰厭、陽厭之别,陰厭祭於奧,陽厭祭於西北隅。禮曾子問:"曾子問:'祭必有尸乎?若厭祭亦可乎?'"

【厭勝】古代迷信謂能以詛咒制勝。漢書九九下王莽傳:"莽親之南郊,鑄作威斗。威斗者,以五石銅爲之,若北斗,長二尺五寸,欲以厭勝衆兵。"也作"猒勝"。北齊顏之推顏氏家訓風操:"偏傍之書,死有歸殺,……畫瓦書符,作諸猒勝。"

【厭₂亂】厭惡禍亂。新唐書八六高開道傳:"然將士多山東人,思歸,衆益厭亂。"

【厭₂飫】飲食飽足。同"饜沃"。楚辭漢嚴忌哀時命:"時厭飫而不用兮,且隱伏而遠身。"也以飲食飽足引申爲自足不外求之意。參見"饜飫"。

【厭塞】壓倒,解除。後漢書六七范滂傳:"其所舉奏,莫不厭塞衆議。"也作"壓塞"。後漢書七六王渙傳:"其冤嫌久訟,歷政所不斷,法理所難平者,莫不曲盡情詐,壓塞羣疑。"

【厭當】用迷信的方法,抵制壓服將來可能出現的災殃。史記九一黥布傳:"黥布者,六人也,姓英氏"索隱:"布以少時有人相云'當刑而王',故漢雜事云'布改姓黥,以厭當之'也。"漢書高帝紀:"秦始皇帝嘗曰'東南有天子氣',於是東游以猒當之。"猒爲厭的古字。

【厭₅瘱】恬静,深邃。文選漢王子淵(褒)洞簫賦:"其妙聲,則清靜厭瘱。"注:"厭,安靜貌。……瘱,深邃也。"

【厭₅厭₅】㊀安静,和悦。詩小雅湛露:"厭厭夜飲,不醉無歸。"傳:"厭厭,安也。"釋文引韓詩作"愔愔"。㊁氣息不屬,微弱。同"懕懕"、"奄奄"。漢書七五李尋傳:"列星皆失色,厭厭如滅。"世說新語品藻:"庾道季(龢)云:'廉頗、藺相如,雖千載上死人,懍懍恒如有生氣;曹蜍、李志雖見在,厭厭如九泉下人。'"

【厭₂厭₂】禾苗美盛貌。詩周頌載芟:"厭厭其苗,緜緜其麃。"

【厭翟】車名。以翟羽爲蔽的車。翟,雉。周禮春官巾車:"王后之五路,……厭翟,勒面繢總。"注:"厭翟,次其羽使相迫也;……厭翟,后從王賓饗諸侯所乘。"隋皇后車有十二等,二曰厭翟。見隋書禮儀志五。

【厭₃魅】用迷信的方法,祈禱鬼神或詛咒。陳書後主沈皇后傳附張貴妃:"又好厭魅之術,假鬼道以惑後主。"唐律疏議十八賊盜二:"諸有所憎惡而造厭魅,及造符書呪詛欲以殺人者,各以謀殺論減二等。"

【厭竅】用手指按壓洞孔。淮南子說林:"使但吹竽,使工厭竅,雖中節而不可聽。"集解:"王念孫云:厭與壓同。"

【厭躡】重重密布。文選晉潘安仁(岳)射雉賦:"衷料戾以徹鑒,表厭躡以密緻。"注:"厭躡,重而密也。"

【厭₂家雞】喻貴遠賤近。晉何法盛晉中興書七:"庾翼書,少時與王右軍(羲之)齊名。右軍後進,庾猶不分(忿)。在荊州與都下書云:'小兒輩厭家雞,愛野雉,皆學逸少書,須吾下當比之。'"(九家舊晉書輯本)唐柳宗元柳先生集四二殷賢戲批書後寄劉連州並示孟崙二童詩二:"聞道近來諸子弟,臨池尋已厭家雞。"

【厭勝錢】舊時小兒佩帶的品物,形狀似錢幣,迷信的人認爲可以壓伏邪魅,所以又叫厭勝錢。參閱宋洪遵泉志十五、王黼宣和博古圖録。

【厭難折衝】能壓服困難,禦敵決勝。漢劉向說苑尊賢:"故虞有宮之奇,晉獻公爲之終夜不寐;楚有子玉得臣,文公爲之側席而坐。遠乎!賢者之厭難折衝也。"漢書六九辛慶忌傳:"故賢人立朝,折衝厭難,勝於亡形。"注:"厭,抑也。……一葉反。"

厬 guǐ 居洧切,上,旨韻,見。ㄍㄨㄟˇ

水乾涸。爾雅釋水:"水醮曰厬。"醮,當作"潐"。見清郝懿行義疏。

十三畫

㕒 wēi 魚爲切,平,支韻,疑。ㄨㄟ

見"厜㕒"。

厲 1. lì 力制切,去,祭韻,來。ㄌㄧˋ

㊀磨刀石。"礪"的本字。詩大雅公劉:"取厲取鍛。"引申爲磨礪。荀子性惡:"鈍金必將待礱厲然後利。"㊁振奮。管子七法:"兵弱而士不厲。"史記一二一儒林傳序:"余讀功令,至於廣厲學官之路,未嘗不廢書而歎也。"㊂策,鞭打。三國魏曹植曹子建集六白馬篇:"羽檄從北來,厲馬登高隄。"㊃飛揚。疾飛。管子地員:"五沙之狀,粟焉如屑塵厲。"注:"厲,踊起也。"漢書四五息夫躬傳:"鷹隼橫厲。"㊄虐害。見"厲民"。㊅涉水。見"厲揭"。㊆嚴肅,嚴厲。論語子張:"望之儼然,即之也溫,聽其言也厲。"㊇猛烈。見"厲風"、"厲嚮"。㊈危險。易乾:"君子終日乾乾,夕惕若厲,無咎。"㊉惡鬼。左傳成十年:"晉侯夢大厲,被髮及地,搏膺而踊。"⑪腰帶下垂貌。詩小雅

都人士:"彼都人士,垂帶而厲。"傳:"厲,帶之垂者。"疏:"毛以言垂帶而厲爲絶句之辭,則厲是垂帶之貌,故以厲爲帶之垂者。"㊃災疫。通"癘"。左傳襄三一年:"盜賊公行,而夭厲不戒。"注:"厲,猶災也。"㊄月在戊曰厲。見"厲皋"。㊅姓。1.相傳爲齊厲公之後。見通志二八氏族四以謚爲氏引風俗通。2.一説厲國,在義陽隨縣北之厲鄉,後以國爲氏。漢有義陽侯厲温敦。參見宋鄧名世古今姓氏書辨證三一厲。

2. lài ㄌㄞˋ

㊀通"癩"。莊子齊物論:"厲與西施。"釋文:"如字,惡也。李(軌)音賴。司馬彪云病癩。"史記八六豫讓傳:"豫讓又漆身爲厲,吞炭爲啞。"

【厲山】地名。史記補三皇紀:"亦曰厲山氏。"索隱:"鄭玄云:'厲山,神農所起。……'皇甫謐曰:'厲山,今之隨之厲鄉也。'"參見太平寰宇記一四四隨縣。

【厲心】專心。漢王充論衡實知:"不可知之事,厲心學問,雖小無易。"

【厲民】虐害人民。孟子滕文公上:"今也滕有倉廩府庫,則是厲民而以自養也。"

【厲色】嚴厲的面色。漢書九九王莽傳上:"盱衡厲色,振揚武怒。"

【厲兌】人體經穴名,位在足大指次指之端。素問陰陽離合論:"陽明根起於厲兌,名曰陰中之陽。"又見靈樞經本輸。

【厲風】猛烈的風。莊子齊物論:"厲風濟,則衆竅爲虛。"釋文:"司馬(彪)云:大風;向(秀)郭(象)云:烈風"。呂氏春秋有始:"西北曰厲風。"淮南子地形作"麗風"。

【厲氣】㊀鼓勵鬭志。孫臏兵法延氣:"臨境近敵,務在厲氣。"㊁邪惡之氣。漢王充論衡偶會:"厲氣所中,必加命短之人。"

【厲皋】戊午月的别名。爾雅釋天:"月在戊曰厲。……五日爲皋。"疏:"五月得戊,則曰厲皋。"

【厲鬼】惡鬼。左傳昭七年:"今夢黃熊入于寢門,其何厲鬼也?"

【厲爽】傷害。莊子天地:"五味濁口,使口厲爽。"

【厲揭】連衣涉水叫厲,提起衣裳涉水叫揭。詩邶風匏有苦葉:"深則厲,淺則揭。"文選漢揚子雲(雄)劇秦美新:"厥被風濡化者,京師沈潛,甸内匝洽,侯衛厲揭,要荒濯沐。"此以厲揭喻影響深淺不同。

【厲階】禍端。詩大雅桑柔:"誰生厲階,至今爲梗。"傳:"厲,惡。"又大雅瞻卬:"婦有長舌,維厲之階。"箋:"階,所由上下也。"

【厲禁】遮止;警戒,限制别人進出。周禮秋官司隸:"守王宫與野舍之厲禁。"注:"野舍,王者所止舍也。厲,遮例也。"清阮元周禮校勘記:"遮例即遮迾也。説文曰:迾,遮也。"後也用作嚴禁的意思。

【厲節】激勉節操。後漢書八一禰衡傳孔融薦衡表:"任座抗行,史魚厲節,殆無以過也。"也作"勵節"。淮南子修務:"故君子積志委正,以趨明師;勵節亢高,以絶世俗。"

【厲鶚】公元1692—1752年。清浙江錢塘人。字太鴻,號樊榭,康熙舉人。熟悉宋元以來的史實掌故,撰有宋詩紀事、遼史拾遺等。詩詞標榜宋人,詞更有名,琢句錬字,善寫山水難狀之景。惟愛用冷字僻典,往往纖屑拗曲,缺乏生氣。有樊榭山房集。

【厲響】高猛的聲音。文選三國魏曹子建(植)七啓:"飛聲激塵,依違厲響。"

【厲山氏】古帝名,即炎帝神農。禮祭法:"是故厲山氏之有天下也,其子曰農,能植百穀。"注:"厲山氏,炎帝也,起於厲山,或曰有烈山氏。"左傳昭二九年作烈山氏,漢書古今人表作列山氏,史記五帝紀正義作連山氏。

【厲兵秣馬】磨利兵器,餵飽馬匹,指作好戰鬭準備。左傳僖三三年:"鄭穆公使視客館,則束載厲兵秣馬矣。"

【厲精更始】振奮精神,從事革新。漢書宣帝紀:"其赦天下,與士大夫厲精更始。"

【厲精圖治】盡力治理好國家。宋史神宗紀贊:"厲精圖治,將有大爲。"

厱 1. lán ㄌㄢˊ 集韻 盧甘切,平,談韻。

㊀見"厱諸"。

2. qiān ㄑㄧㄢ 苦咸切,平,咸韻,溪。丘嚴切,平,嚴韻,溪。

㊀山崖和岸側的空地。文選晉郭景純(璞)江賦:"鯪鯥跻跼於垠隒,獱獺睒瞲乎厱空。"

【厱諸】磨玉的青石。説文:"厱諸,治玉石也。"淮南子説林作"礛諸"。

十七畫

𠫊 yǎn ㄧㄢˇ 於琰切,上,琰韻,影。

蟹類腹部下面的薄蓋。廣韻:"𠫊,蟹腹下𠫊。"

二十二畫

𠫐 tīng ㄊㄧㄥ

同"廳"。見"廳"。

厶部

厶 1. sī ㄙ 息夷切,平,脂韻,心。

㊀古"私"字。説文:"厶,姦衺也。韓非曰:'蒼頡作字,自營爲厶。'"

2. mǒu ㄇㄡˇ

㊀通"某"。穀梁傳桓二年"蔡侯鄭伯會于鄧"注:"鄧,厶地。"釋文:"本又作某。不知其國,故云厶地。"

二畫

厷 gōng ㄍㄨㄥ 集韻 姑弘切,平,登韻。

上臂,也泛指胳膊。古肱字。漢書九九王莽傳中:"月刑元股左,司馬典致武應,……日德元厷右,司徒典致文瑞。"

厹 1. qiú ㄑㄧㄡˊ 巨鳩切,平,尤韻,羣。

㊀本作"厹"。見"厹矛"。

2. róu ㄖㄡˊ

㊀本作"内"。見"内"。

【厹矛】三棱矛。詩秦風小戎:"厹矛鋈錞,蒙伐有苑。"參見"仇矛"。

【厹由】春秋時國名。在今山西陽泉市。也作"仇由"、"内繇"、"仇猶"。參閲戰國策西周、韓非子説林下、淮南子精神、呂氏春秋權勛。

【厹猶】古地名。即今江蘇宿遷縣。春秋時宋地，漢置縣，屬臨淮郡，晉改宿豫縣，唐寶應元年以避李豫(代宗)諱，改宿遷縣。參閱漢書地理志上、太平寰宇記十七淮陽軍。

厹 1. róu 人九切，上，有韻，日。
ㄖㄡˇ 女九切，上，有韻，娘。

㊀獸類的脚印。爾雅釋獸："貍、狐、貒、貈、醜，其足蹯，其跡厹。"疏："蹯，掌也；……其指頭著地處名厹。"清嚴可均說文校議："唐石經詩作厹，爾雅作厹。厹，正體也；厹，隸變也；皆通。"

2. qiú
ㄑㄧㄡˊ

㊁通"仇"。厹繇，即仇猶。見"厹由"、"仇猶"。

从 lín
ㄌㄧㄣˊ

古"鄰"字。漢書一〇〇敘傳上班固幽通賦："東从虐而殲仁兮，王合位虖三五。"文選作"鄰"。

三 畫

去 1. qù 丘倨切，去，御韻，溪。
ㄑㄩˋ 羌舉切，上，語韻，溪。

㊀離開。詩大雅生民："鳥乃去矣，后稷呱矣。"㊁除去，拋棄。書大禹謨："去邪勿疑。"㊂損失。後漢書八三梁鴻傳："鴻乃尋訪燒者，問所去失，悉以豕償之。"㊃距離。孟子離婁下："地之相去也，千有餘里。"㊄已過去的。見"去日"、"去事"等。㊅表示動作的趨向。宋蘇軾分類東坡詩十四海棠："只恐夜深花睡去，高燒銀燭照紅粧。"㊆去聲。見"去聲"。

2. jǔ 集韻 苟許切，上，語韻。
ㄐㄩˇ

㊇收藏。通"弆"。左傳昭十九年："紡焉以度而去之。"

3. qū
ㄑㄩ

㊈驅逐。通"驅"。左傳僖十五年："千乘三去。三去之餘，獲其雄狐。"清劉文淇左傳舊注疏證說去爲遮扞義，如同說千乘三驅。

【去日】已過去的歲月。文選魏武帝(曹操)短歌行："譬如朝露，去日苦多。"

【去去】㊀越離越遠，表示決絶的意思。文選漢蘇子卿(武)古詩之三："參辰皆已没，去去從此辭。"又三國魏曹子建(植)雜詩："去去莫復道，沈憂令人老。"㊁快走開。世說新語任誕："去！去！無可復用相報。"

【去世】婉言人死。明缺名運甓記剪逆聞喪："小人到家，老夫人已去世了。"

【去官】免除官職。唐杜牧樊川文集二自貽詩："杜陵蕭次君，遷少去官頻。"

【去取】捨棄或收録。南齊書孔稚珪傳上新定律注表："抄撰同異，定其去取。"

【去事】已往之事。漢陸賈新語至德："斯乃去事之戒，來事之師也。"

【去思】舊時地方對去職官吏的懷念。漢書八六何武傳："去後常見思。"文選南朝梁沈休文(約)齊故安陸昭王碑文："攀車卧轍之戀，追塗忘遠；去思一借之情，愈久彌結。"

【去疾】複姓。相傳爲春秋鄭穆公子去疾之後。見通志二八氏族四以名爲氏。

【去蚥】癩蛤蟆。也作"蚨蚥"、"去父"、"去甫"。見爾雅釋魚"鼁鱦，蟾諸"注。

【去處】㊀可去的地方。唐岑參岑嘉州詩三題虢州西樓："愁來無去處，祇在郡西樓。"㊁場所，地方。宋蘇軾東坡集奏議集十四乞增修弓箭社條約狀二首之一："仍畫到地圖一面，帖出接連邊面，及逐社住坐去處。"

【去國】離開本國。禮曲禮下："去國三世，爵禄有列于朝，出入有詔于國。"

【去婦】被遺棄之妻。漢書七二王吉傳："東家有樹，王楊婦去；東家棗完，去婦復還。"玉臺新詠二劉勳妻王宋雜詩："誰言去婦薄，去婦情更重。"

【去就】去留，進退。荀子樂論："唱和有應，善惡相象，故君子慎其所去就也。"

【去歲】上一年。文選南朝梁任彥昇(昉)爲范尚書讓吏部封侯第一表："且去歲冬初國學之老博士耳。"

【去聲】古漢語四聲的第三聲，現代漢語第四聲。降調。參見"四聲"。

【去來今】佛教語。指過去、未來、現在。唐窺基大乘法苑義林章記一："去來今三，是時一切。"宋蘇軾分類東坡詩四過永樂文長老已卒："三過門間老病死，一彈指頃去來今。"

【去思碑】舊時地方長官離任時地方所立的紀念碑。也叫德政碑。唐李白李太白集三十有虞城縣令李公去思頌碑文。參閱宋歐陽修集古録跋尾八、趙明誠金石録二九。

【去梯言】東漢劉表子琦，不容於後母蔡，問計於諸葛亮，亮不對。後來兩人共登樓，劉琦因命令去梯，說："今日上不至天，下不至地，言出子口而入吾耳，可以言未？"諸葛亮勸他出居外地。見後漢書七四下劉表傳。後因稱極機密的話爲去梯言。宋書蔡廓傳附蔡興宗："(沈慶之曰)：此萬世一時，機不可失。僕荷眷深重，故吐去梯之言，宜詳其禍福。"唐韓偓玉山樵人集感事三十四韻詩："去梯言必盡，仄席意彌堅。"

【去魯歌】相傳孔子離開魯國時作的一首歌。見史記孔子世家。也作師乙歌，見樂府詩集八三雜歌謠辭。

【去天尺五】極言其與宮廷相近。辛氏三秦記："城南韋杜，去天尺五。"(清王謨漢唐地理書鈔輯本)宋曾慥類說二九麗情集："韋曲杜鄠近長安。諺曰：'韋曲杜鄠，去天尺五。'"韋曲杜鄠都是漢王朝三輔地，爲貴族豪門聚居的地域。

【去末歸本】指捨棄工商業，回到農業生産上去。漢書地理志下："(召)信臣勸民農桑，去末歸本，郡以殷富。"

【去泰去甚】去其過甚。老子："是以聖人去甚、去奢、去泰。"文選晉左太沖(思)魏都賦："匪樸匪斲，去泰去甚。"

【去僞存真】排除假的，保留真的。續傳燈録十二褒禪傳禪師："權衡在手，明鏡當臺，可以摧邪輔正，可以去僞存真。"

四 畫

厾 dū
ㄉㄨ

㊀畫花卉，隨筆點染，以成花葉，叫點厾法。見"點厾"。㊁語氣詞。綴白裘荆釵記說親："你厾兩個老人家受用弗盡厾哩。"

厼 lìn 良刃切，去，震韻，來。
ㄌㄧㄣˋ

同"吝"。管子牧民："厼於財者失所親。"

六 畫

叁 sān
ㄙㄢ

㊀"參"的俗字。㊁"三"的大寫字。

九 畫

參 1. shēn 所今切，平，侵韻，山。
ㄕㄣ

㊀本作"曑"。星名。見"參宿"。㊁本作"蓡"。藥名，即人參。急就篇四："遠志續斷參土瓜。"注："參謂人參、丹參、紫參、玄參、沙參、苦參也。"㊂見"參參"。

2. cēn 楚簪切，平，侵韻，初。
ㄘㄣ

㊃見"參₂差"。

3. cān 倉含切，平，覃韻，清。
ㄘㄢ

㊄参與,参加。後漢書四十上班彪傳:"所上章奏,誰與参之?" ㊅舊時稱下見上爲参。見"参$_3$拜"。㊆檢驗。見"参$_3$稽"。㊇彈劾。紅樓夢二:"(賈雨村)雖才幹優長,未免貪酷,……不到一年,便被上司参了一本。" ㊈高。見"参$_3$寥"。㊉通"驂"。見"参$_3$乘"。

4. sān 蘇甘切,平,談韻,心。
ㄙㄢ

⑪通"三"。左傳隱元年:"先王之制,大都不過参國之一,中五之一,小九之一。"釋文:"参,七南反。又音三。"

5. càn 七紺切,去,勘韻,清。
ㄘㄢ

⑫鼓曲;擊鼓三下。通"摻"。見"漁陽参撾"。

6. sǎn 集韻 桑感切,上,感韻。
ㄙㄢ

⑬雜。通"糝"。儀禮大射:"参七十。"注:"参讀爲糝。糝,雜也。"

【参$_3$三】舊戲中所用黑白相摻的灰白三綹假鬚。如京劇空城計中諸葛亮所掛的假鬚。

【参$_4$户】漢縣名,屬勃海郡,後廢。故城在今河北青縣西南。

【参$_3$天】㊀向高空而望。淮南子説山:"越人學遠射,参天而發,適在五步之內。"注:"参猶望也。" ㊁高入天空。漢書八五谷永傳:"太白出西方六十日,法當参天,今已過期。"注:"太白出當居天三分之一。" 唐杜甫杜工部詩史補遺六古栢行:"霜皮溜雨四十圍,黛色参天二千尺。"

【参$_4$五】同"参$_4$伍"。見"参$_4$伍"。

【参$_3$互】相互参雜。周禮天官司會:"以参互攷日成。"疏:"相参交互考一日之成。"

【参$_3$半】數的一半。三國志魏武帝紀建安十八年策魏公文注:"今魏國雖有十郡之名,猶減于曲阜,計其户數,不能参半。"

【参$_3$戎】参謀軍務。梁書侯景傳:"以柳敬禮爲使持節大都督,隸大丞相,参戎事。"明清武官参將,俗稱参戎。参閲清方以智通雅二五官制武職。

【参$_3$列】排列。戰國策魏一:"卒戍四方,守亭障者参列。"

【参$_4$夷】封建王朝誅滅三族的酷刑。漢書刑法志:"韓任申子,秦用商鞅,連相坐之法,造参夷之誅。"

【参$_3$考】参合他事他説,加以考定。漢書四五息夫躬傳:"唯陛下觀覽古戒,反覆参考,無以先入之語爲主。"又黄霸傳:"吏民見者,語次尋繹,問它陰伏,以相参考。"

【参$_3$同】㊀相合爲一。韓非子主道:"有言者自爲名,有事者自爲形,形名参同,君乃無事焉。" ㊁共同参預。三國志魏鍾會傳:"會典綜軍事,参同計策,料敵制勝,有謀謨之勳。"

【参$_3$合】調和,相稱。漢陸賈新語道基:"功德参合,而道術生焉。"

【参$_4$合】㊀古縣名。漢置,屬代郡,後廢。在今山西陽高縣東南。漢書高帝紀下:"將軍柴武斬韓王信於参合。"参閲太平寰宇記四九代州。㊁陘名。即今山西左雲縣西北的殺虎口。水經注三河水:"沃水又東逕参合縣南,魏因参合陘即以名也。北俗謂之倉鶴陘,道出其中,亦謂之参合口,陘在縣之西北。"

【参伐】参星和伐星。伐星在参星之間,古天官家謂主斬伐之事。伐,史記天官書作"罰",正義云亦作"伐"。

【参$_3$伍】錯雜。荀子成相:"参伍明謹施賞刑。"注:"参伍,猶錯雜也。謂或往参之,或往伍之,皆使明謹施其賞刑,言精研不使僭濫也。"

【参$_4$伍】参,三。伍,五。也作"参五"。㊀錯綜比較,以爲驗證。易繫辭上:"参伍以變,錯綜其數。"疏:"参,三也;伍,五也。或三或五,以相参合,以相改變。" ㊁分劃。文選漢班孟堅(固)典引:"至於参五華夏,京遷鎬亳。"注:"参伍,言参伍分之也。"

【参$_3$決】参預決策。魏書高顥傳:"(李)平以顥彼州領袖,乃引爲録事参軍,仍領統軍,軍機取舍,多與参決。"

【参辰】参辰二星,分在東方、西方,出没各不相見。辰星也叫商星。比喻雙方隔絶。漢揚雄法言學行:"吾不覩参辰之相比也,是以君子貴遷善。"文選漢蘇子卿(武)詩之一:"昔爲鴛與鴦,今爲参與辰。"也作"辰参"。漢桓寬鹽鐵論相刺:"堅據古文以應當世,猶辰参之錯,膠柱而調瑟,固而難合矣。"参見"参商"。

【参$_4$坐】三人同坐。戰國策齊二:"因與之参坐於衛君之前,犀首跪行,爲儀千秋之祝。"鮑彪校注:"三人合坐。"儀,張儀,與衛君、犀首同坐。

【参$_3$佐】僚屬,部下。三國志魏王基傳:"以淮南初定,轉基爲征東將軍,都督揚州諸軍事,進封東武侯。基上疏固讓,歸功参佐,由是長史、司馬等七人皆侯。"

【参$_3$見】舊指下級進見上級。舊唐書輿服志:"國子、太學、四門學生参見則服之。"

【参$_3$究】参驗考究。宋史食貨志上五:"今方議法,坊郭等第,固不可偏廢,然須参究虛實,别行排定,以寬民力。"

【参$_3$事】㊀参與政事。藝文類聚五一魏武帝(曹操)郭嘉有功早死宜追贈封表:"立身著行,稱成鄉邦;與臣参事,盡節爲國。" ㊁官名。隋時掌管橋梁渡口的都水臺有参事。清末也有参事官之職。参閲隋書百官志中、清朝續文獻通考一二一職官七。

【参$_3$承】参見侍候。南史王綸之傳:"武帝幸琅邪城,綸之與光禄大夫全景文等二十一人,坐不参承,爲有司奏免官。"三家宫詞蜀花蕊夫人宫詞:"深宫内院参承慣,常從金輿到日斜。"

【参虎】即参星。参爲白虎宿,故名。南朝陳徐陵徐孝穆集五梁貞陽侯與王太尉僧辯書:"昔自天狼炳曜,非無戰陣之風;参虎揚芒,便有干戈之務。"

【参$_3$居】参雜居住。商君書徠民:"彼土狹而民衆,其宅参居而並處。"

【参$_3$軍】㊀官名。東漢末有参軍事之名。即参謀軍務。簡稱参軍,位任頗重。晉以後軍府和王國始置爲官員。有單稱的,有冠以職名的,如諮議、記室、録事及諸曹参軍等。沿至隋唐,兼爲郡官。明清稱經歷爲参軍。㊁古参軍戲脚色名。参見"参軍戲"。

【参$_3$政】官名。宋参知政事也稱参政,爲宰相之副。元於中書省、行中書省都置参政,爲副貳之官。明於布政使下置左右参政。清初各部也置参政,後改侍郎。参閲續通志一三〇職官一、續通典二五職官三中書省、明史職官志四。

【参$_3$拜】下屬謁見長官。戰國策秦四:"頓弱曰:'臣之義不参拜,王能使臣無拜,即可矣。'"唐韓愈昌黎集八雨中寄孟刑部幾道聯句:"秋潦淹轍迹,高居限参拜。"

【参$_2$差】㊀不齊貌。詩周南關雎:"参差荇菜,左右流之。" ㊁近似,差不多。唐白居易長慶集十二長恨歌:"中有一人字太真,雪膚花貌参差是。" ㊂古代樂器名。洞簫,即無底的排簫。相傳爲舜造,象鳳翼参差不齊,故名。一説爲笙。楚辭屈原九歌湘君:"望夫君兮未來,吹参差兮誰思。"参閲漢應劭風俗通義六聲音簫、唐段安節樂府雜録笙。

【参$_3$酌】参考斟酌。後漢書三五曹褒傳論:"漢初天下創定,朝制無文,叔孫通頗採經禮，參酌秦法。"

【參$_{3}$乘】陪乘或陪乘的人。古代乘車，尊者在左，御者在中，又一人在右，稱參乘或車右。史記項羽紀："項王按劍而跽曰：'客何爲者？'張良曰：'沛公之參乘樊噲者也。'"又張釋之傳："上就車，召釋之參乘，徐行，問釋之秦之敝。"

【參$_{3}$候】觀察驗證。後漢書三十下郎顗傳："(父宗)占知京師當有大火，記識時日，遣人參候，果如其言。"

【參$_{3}$校】檢驗校核。宋史選舉志四："削去重複，補其闕漏，參校詳議。"

【參宿】星座名。二十八宿之一，西方白虎七宿的末一宿。即獵户座的七顆亮星。見史記天官書。參見"三星"。

【參商】二星名。參在西，商在東，此出彼没，永不相見。商星即辰星。1.古代神話傳説，高辛氏二子不睦，因遷於兩地，分主參商二星。後因用以比喻兄弟不睦。見左傳昭元年。2.比喻雙方隔絶。文選三國魏曹子建（植）與吳季重書："面有逸景之速，別有參商之闊。"唐杜甫杜工部草堂詩箋十四贈衛八處士："人生不相見，動如參與商。"

【參$_{4}$連】古射法五射之一。周禮地官保氏"三曰五射"疏："參連者，前放一矢，後三矢連續而去也。"漢劉向新序雜事二："不知公子王孫，左把彈，右攝丸，定操持，審參連。"參見"五射"。

【參$_{3}$堂】㊀舊時後輩見長輩、下屬官員見上官都叫參堂。宋吳自牧夢粱録二十嫁娶："其禮官請兩新人出房，詣中堂參堂。"指新夫婦見父母。儒林外史七："即刻在下處擺起公座來陞座，長班參堂磕頭。"指下屬見上官。㊁佛教禪宗語。指新受戒沙彌，初入僧堂參見長老、住持。敕修百丈清規五新戒參堂："得度受沙彌戒已，覆住持，於何日參堂？"

【參$_{3}$處】㊀參酌處理。新唐書七十戴胄傳："胄犯顏據正數矣，參處法意，至析秋毫。"㊁君主時代官吏被參劾而受處分。清黃六鴻福惠全書筮仕部："如參處離任，則錢糧諸案，多有不清，便爲接管之累。"

【參$_{3}$將】舊武官名。明置，位次於副總兵。清因之，位次於副將。凡參將爲提督及巡撫統理營務的，稱提標中軍參將、撫標中軍參將。參閱明史職官志五、清朝文獻通考八七職官十一。

【參$_{3}$卿】對參軍、參謀的敬稱。全唐詩十耿湋送絳州郭參軍："人傳府公政，記室有參卿。"

【參參】㊀長貌。後漢書五九張衡傳思玄賦："修初服之娑娑兮，長余珮之參參。"㊁叢立的樣子。文選晉束廣微(晳)補亡詩之四："芒芒其稼，參參其穡。"

【參$_{3}$貳】㊀漢王充論衡佚文："國業傳在千載，主德參貳日月。"謂與日月相並。㊁輔助。宋范仲淹范文正公集七邠州建學記："予參貳國政，親奉聖謨。"

【參$_{3}$朝】入朝參見。舊唐書太宗紀上："内外文武羣官，年高致仕抗表去職者，參朝之日，宜在本品見任之上。"

【參$_{3}$詳】㊀參酌詳審。梁書徐勉傳修五禮表："天監元年，(何)佟之啓審省置之宜，敕使外詳。時尚書參詳，以天地初革，庶務權輿，宜俟隆平，徐議删撰。"㊁官名。宋修政局有參詳官。見宋史一六二職官二。

【參$_{3}$預】預聞而參議其事。晉書唐彬傳："朝有疑議，每參預焉。"

【參$_{3}$與】同"參$_{3}$預"。三國志吳朱桓傳："是時全琮爲督，(孫)權又令偏將軍胡綜宣傳詔命，參與軍事。"

【參$_{4}$漏】三孔。淮南子修務："禹耳參漏，是謂大通。"注："參，三；漏，穴也。"指三個耳孔。

【參$_{3}$寥】莊子虛擬的人名，高遠虛空的意思。莊子大宗師："玄冥聞之參寥。"釋文引李(頤)："參，高也。高邈寥曠，不可名也。"唐李白李太白詩九有贈參寥子詩，宋釋道潛，號參寥子，皆取義於此。

【參$_{4}$語】三人聚話。漢書六六楊敞傳："敞、夫人與延年參語許諾。"宋陸游劍南詩稿六西樓夕望："溪鳥孤飛寒靄外，野人參語夕陽中。"

【參$_{3}$管】參與掌管。新五代史郭崇韜傳："崇韜爲副使；中門之職，參管機要。"

【參$_{3}$領】清武官名。滿語爲甲喇章京。滿蒙漢八旗及護軍營、前鋒營等皆置有參領，位在都統之下，佐領之上。參閱清朝文獻通考八六職官十武職。

【參$_{3}$綜】參與總攬。晉書殷浩傳："復爲建武將軍、揚州刺史，遂參綜朝權。"又溫嶠傳："拜侍中，機密大謀皆所參綜。"

【參$_{3}$請】佛教禪宗語。參學請益的意思。宋蘇轍欒城集十二余居高安三年……訪聰長老……作一詩記之詩："禪老未嫌參請數，漁舟空怪往來頻。"

【參$_{3}$稽】驗證考核。荀子解蔽："疏觀萬物而知其情，參稽治亂而通其度。"注："疏通參驗稽考度制也。"

【參$_{3}$謀】㊀參與策劃。三國志魏劉放傳："遼東平定，以參謀之功，各進爵，封本縣。"㊁官名。唐天下兵馬元帥下有行軍參謀，參與軍中機密。見新唐書百官志四下。

【參$_{3}$謁】舊稱下級見上級或進見受尊敬的人。北史韋孝寬傳附韋藝："藝容貌瓌偉，每夷狄參謁，必整儀衛，盛服以見之。"

【參$_{3}$彈】彈琴的一種手法。淮南子修務："今夫盲者不能別晝夜，分黑白。然而搏琴撫弦，參彈復徽，攫援摽拂，手若蔑蒙，不失一弦。"注："參彈，并弦；復徽，上下手也。"

【參$_{5}$撾】見"漁陽摻撾"。

【參橫】參星已落，形容夜深。三國魏曹植曹子建集六善哉行："月没參橫，北斗闌干。"

【參$_{2}$錯】參差交錯。文選南朝宋謝靈運富春渚詩："遡流觸驚急，臨圻阻參錯。"注："參錯，謂碕岸之險，參差交錯也。"唐杜甫杜工部草堂詩箋三七次晚洲："參錯雲石稠，坡陀風濤壯。"

【參$_{3}$録】參與總領。録，總領。後漢書安帝紀："司徒劉熹爲太尉，參録尚書事。"東漢尚書之權重於三公。自安帝順帝後，大將及三公秉政的都加録尚書事。後來諸帝的后家專政，三公僅得參預，故稱參録尚書事。

【參$_{3}$禪】佛教語。玄思冥想，探究真理。唐玄覺永嘉證道歌："遊江海，涉山川，尋師訪道爲參禪。"又白居易長慶集二四唐江州興果寺律大德湊公塔碣銘序："既出家，具戒於南京希操大師，參禪於鍾陵大寂禪師。"

【參$_{4}$輿】駕三匹馬的車。古時大夫所乘。漢劉向説苑修文："諸侯四匹乘輿，大夫曰參輿。"北周庾信庾子山集十六周安昌公夫人鄭氏墓誌銘："識履傳風，參輿留慶。"

【參$_{3}$雜】猶言混合。後漢書七四胡廣傳："漢承周秦，兼覽殷夏；祖德師經，參雜霸軌。"

【參$_{3}$譚】連續不斷貌。文選三國魏嵇叔夜(康)琴賦："或參譚繁促，複疊攢仄。"注："參譚，相隨貌。"又晉左太冲(思)吳都賦："參譚[犭立]擺，若離若合者，相與騰躍乎莽罠之野。"注："參譚[犭立]擺，相隨來貌。"六臣本作"趁趣"。

【參$_{3}$懷】參與考慮。宋書戴法興傳："凡選授、遷轉、誅賞大處分，上皆與法興、尚之參懷。"

【參$_{3}$贊】㊀參謀協助。南史王儉傳："先是齊高帝爲相，欲引時賢參贊大業。"㊁官名。清代於新疆、蒙古等地置參贊大臣，輔佐將軍辦理軍務。清末於東三省總督、西藏辦事大臣及駐外使節下也置參贊。參閱清朝通典三七職官十五新疆各官、清朝續文獻通考一三九職官二五東三省、一四〇職官二六西藏。

【參$_3$議】㊀參與謀議。後漢書四十班固傳:"大將軍竇憲出征匈奴,以固爲中護軍,與參議。"㊁官名。元明中書省屬官有參議。明布政司、通政司,清各部,也有參議。參閱續通典二五職官三中書省、明史職官志四。

【參$_3$纂】參與編撰。新唐書一九八敬播傳:"時顏師古、孔穎達撰次隋史,詔播詣祕書內省參纂。"又作"參撰"。舊唐書一八九上敬播傳:"參撰晉書。"

【參$_3$驗】參考驗證。韓非子顯學:"無參驗而必之者,愚也。"戰國策魏一:"求其好掩人之美,而揚人之醜者,而參驗之。"

【參$_3$聽】共同判斷。禮王制:"大司寇以獄之成告於王,王命三公參聽之。"

【參$_3$觀】參考觀察。韓非子備內:"按法以治衆,衆端以參觀。"注:"衆事之端,皆相參而觀之。"今稱實地觀摩考察爲參觀。

【參$_3$同契】又名周易參同契。舊題漢魏伯陽作。二卷。以周易、黃老、爐火三家相參同,借周易爻象附合道家鍊丹修養之説,爲丹經之祖。注解有四十餘家,五代後蜀彭曉有周易參同契通真義,宋朱熹有參同契考異一卷,末署空同道士鄒訢,即朱熹的化名。

【參$_3$軍戲】流行於唐宋時的一種表演形式。主要由參軍、蒼鶻兩個角色作滑稽詼諧的表演,用以諷刺時政。也稱加(假)官戲或跳加官。唐段安節樂府雜録俳優説弄參軍始自後漢館陶令石耽。唐趙璘因話録一:"肅宗宴於宮中,女優有弄假官戲,其緑衣秉簡者謂之參軍樁。"宋時逐漸發展爲雜劇,角色也有所增加。

【參$_3$寥子】㊀唐隱士,姓名無可考。李白有贈參寥子詩。㊁宋釋道潛的別號。於潛人,善詩,與蘇軾秦觀爲詩友。因與蘇軾反對王安石變法有牽連,被勒令還俗。宋徽宗時,翰林學士曾肇辨其無罪,重新落髮爲僧。著有參寥子集十二卷。

【參$_4$天兩地】爲易卦立數之義。易説卦:"參天兩地而倚數。"引申爲人之德可與天地相比。也作"參天貳地"。史記一一七司馬相如傳難蜀父老:"故馳騖乎兼容並包,而勤思乎參天貳地。"

【參辰卯酉】參星酉時(午後五時、六時)出於西方,辰星卯時(午前五時、六時)出於東方,因用以比喻敵對,勢不兩立。古今雜劇元關漢卿陳母教子二:"我覷着那珠翠金銀,我可便渾如似參辰卯酉。"也言"參辰日月"。元曲選白仁甫牆頭馬上三:"總是我業徹,也强如參辰日月不交接。"

【參$_3$知政事】官名。唐以中書令、侍中、尚書令共議國政爲宰相。以他官而居宰相職位的,有參議得失,參知政事等名目。宋於宰相外,別設參知政事,爲宰相的副職。遼、金、元相承,明廢。參閱文獻通考四九職官三宰相、續通志一三三職官略四。

十三畫

㕙 qūn 七倫切,平,諄韻,清。
ㄑㄩㄣ 子峻切,去,稕韻,精。

狡兔名。漢劉向新序雜事五:"昔者齊有良兔曰東郭㕙,蓋一旦而走五百里。"也作"逡"。

又部

又 1. yòu 于救切,去,宥韻,于。
ㄧㄡˋ

㊀手,古右字。説文:"又,手也。象形。"清段玉裁注:"此即今之右字。"朱駿聲説文通訓定聲:"凡又、手字,經傳皆以右爲之。"㊁更,再次。詩小雅賓之初筵:"室人入又。"箋:"又,復也。"孟子公孫丑上:"非徒無益,而又害之。"㊂寬恕。通"宥"。禮王制:"王三又,然後制刑。"注:"又當作宥。"

2. yǒu
ㄧㄡˇ

㊃通"有"。易繫辭上:"又以尚賢也。"釋文:"鄭本作有以。"

【又玄集】總集名。五代十國前蜀韋莊編選。序稱收唐杜甫李白等一百五十人詩三百首,今集中實爲一百四十二人,三百首,編爲三卷;因先有姚合極玄集,故以又玄爲名。宋史藝文志集部總集類著録。清四庫未收,也未列入存目。康熙中王士禎輯刊十種唐詩選僅得一卷。1958年中華書局據日本享和三年官版本排印刊入唐人選唐詩(十種)中。

【又弱一个】左傳昭三年:"(齊公孫竈卒)晏子曰:'惜也!……二惠競爽猶可,又弱一个焉,姜其危哉!'"二惠指公孫竈(字子雅)、公孫蠆(字子尾),皆爲齊惠公孫。後多用爲悼念老一輩人去世之詞。

一畫

叉 chā 楚佳切,平,佳韻,初。
ㄔㄚ 初牙切,平,麻韻,初。

㊀交錯。唐柳宗元柳先生集四二同劉二十八院長寄澧州張使君詩:"入郡腰恒折,逢人手盡叉。"參見"叉手㊀"。㊁頭有分杈,用來刺物取物的器具,都稱叉。文選晉潘安仁(岳)西征賦:"垂餌出入,挺叉來往。"注:"叉,取魚叉也。"㊂刺。後漢書七九上楊政傳:"旄頭又以戟叉政,傷胸。"

【叉牙】㊀缺齒。唐韓愈昌黎集四落齒詩:"叉牙妨食物,顛倒怯漱水。"㊁多頭岐出不齊。唐柳宗元柳先生集四辨文子:"其意緒文辭,叉牙相抵而不合。"又李賀李長吉歌詩編二南山田中行:"荒畦九月稻叉牙,蟄螢低飛隴徑斜。"

【叉手】㊀兩手交叉,拱手。後漢書二四馬援傳:"豈有知其無成,而但萎腰咋舌,叉手從族乎?"三國志魏鄧艾傳段灼疏:"使劉禪君臣面縛,叉手屈膝。"㊁佛教語。即合十。又叫合掌叉手,密宗稱爲金剛合掌(又叫歸命合掌),天竺稱爲叉手。合掌交叉手指,表示己心專一的禮節。觀無量壽經:"合掌叉手,讚嘆諸佛。"宋陳師道後山詩注十一寄滕縣李奉議:"曲躬叉手前致言,畜眼未見耳不聞。"

【叉灰】周禮地官掌蜃"共白盛之蜃"注:"謂飾牆使白之蜃也。今東萊用蛤,謂之叉灰云。"疏:"蜃蛤在泥水之中,東萊人叉取以爲灰,故以蛤灰爲叉灰云也。"按今山東方言,猶稱石灰和土爲叉灰。

【叉手笛】古樂器。又名叉手管,因爲演奏時執笛形狀像拱揖,故名。宋初名爲拱辰管,屬鼓吹部。參閱宋史四三九和峴傳、宋沈括夢溪筆談五樂律一。

【叉手鐵龍】鎖。宋陶穀清異録器具:"石守信掌庫奴蕭雲,夜開庫私取錢帑,倉皇失鎖所在,雲不敢言,但言不見叉手鐵籠。”

二 畫

友 yǒu 云久切,上,有韻,于。ㄧㄡˇ

㊀古稱同志爲友。周禮地官大司徒:“聯朋友。”注:“同師曰朋,同志曰友。同,猶齊也。”㊁結交。論語學而:“無友不如己者。”㊂親愛,友好。多用於兄弟之間。書康誥:“大不友于弟。”注釋友爲篤,疏解爲善、愛。㊃幫助。孟子滕文公上:“出入相友。”㊄順。書洪範:“强弗友剛克。”注:“友,順也。世强御不順,以剛能治之。”

【友于】書君陳:“惟孝友于兄弟。”“于”本介詞,後常“友于”連用以稱兄弟間的友愛。後漢書六四史弼傳上封事曰:“陛下隆於友于,不忍遏絶。”也用以指兄弟。文選三國魏曹子建(植)求通親親表:“今之否隔,友于同憂。”

【友生】㊀朋友。生,助詞,無義。詩小雅常棣:“雖有兄弟,不如友生。”㊁書信中自稱的謙詞。詳“友弟㊁”。

【友好】㊀朋友。後漢書五八臧洪傳:“(袁)紹見洪,甚奇之,與結友好。”文選南朝宋顔延年(延之)陶徵士誄序:“故詢諸友好,宜謚曰靖節徵士。”㊁交好。後漢書五二崔駰傳附崔瑗:“與扶風馬融、南陽張衡特相友好。”

【友弟】㊀同“友悌”。詳“友于”、“友悌”。㊁書信中自稱的謙詞,後專用於對門下士。清錢大昕恆言録三親屬稱謂類:“(明)朱存理鐵網珊瑚,録貞溪諸名勝詞翰,皆元時筆札也。其紙署尾名,……有云‘友生王逢頓首再拜’,……有云‘友弟亨貞書’。……今友生、友弟之稱,惟以施之門下士。”

【友邦】友好的與國。書泰誓上:“王曰:嗟我友邦冢君,越我御事庶士,明聽誓。”

【友悌】兄弟相親愛。文選晉潘安仁(岳)夏侯常侍誄:“子之友悌,和如瑟琴。”

【友善】交好。漢書四五息夫躬傳:“孔鄉侯傅晏與躬同郡,相友善。”

【友壻】同門女婿相稱。今稱連襟。漢書六四嚴助傳:“家貧,爲友壻富人所辱。”北齊顔之推顔氏家訓勉學:“愍楚友壻竇知同從河州來,得一青鳥。”

【友軍】本方協同作戰的部隊。三國志魏袁紹傳:“會紹遣淳于瓊等將兵萬餘人,北迎運車,沮授説紹可遣將蔣奇别爲友軍於表,以斷曹公之鈔。”

【友執】知心好友。晉書王導傳:“帝亦雅相器重,契同友執。”

【友古詞】宋蔡伸詞集。伸,福建莆田人,自號友古居士,因以名其集。內容大都爲表現惜别、懷舊、傷老之作。明毛晉印入宋六十名家詞。

【友風子雨】雲。荀子賦篇:“託地而游宇,友風而子雨。”注:“風與雲並行,故曰友;雨因雲而生,故曰子。”

反 1. fǎn 府遠切,上,阮韻,幫。ㄈㄢˇ

㊀覆,翻轉。詩周南關雎:“輾轉反側。”㊁和正相對。如“適得其反”。參見“反正㊂”。㊂回,歸還,通“返”。左傳僖二三年:“楚子饗之曰:‘公子若反晉國,何以報不穀?’”㊃反省。孟子公孫丑上:“自反而縮。”淮南子氾論:“紂居於宣室而不反其過。”㊄類推。論語述而:“舉一隅,不以三隅反,則不復也。”㊅違背。國語周下:“言爽日反其信。”㊆背叛,造反。戰國策齊一:“若是者信反。”史記秦始皇紀:“戍卒陳勝等反故荆地。”㊇副詞。反而。史記封禪書:“及到三神山,反居水下。”㊈見“反切”。

2. fān 孚袁切,平,元韻,滂。ㄈㄢ

㊉翻案,平反。史記平準書:“杜周治之,獄少反者。”⑪傾倒。漢書五九張湯傳附張安世:“何以知其不反水漿邪?”

3. fàn ㄈㄢˋ

⑫買貨出賣。通“販”。荀子儒效:“積反貨而爲商賈。”

4. bǎn 集韻部版切,上,潸韻。ㄅㄢˇ

⑬通“昄”。見“反₄反₄”。

5. pàn ㄆㄢˋ

⑭見“反₅衍”。

【反户】古代南方地名。淮南子地形:“南方曰都廣,曰反户。”注:“言其鄉日之南,皆爲北鄉户,故反其户也。”

【反支】古術數星命之説,以陰陽五行配合歲月日時,決定日之吉凶。以月朔爲正,如戌亥朔一日爲支,申酉朔二日爲反支,餘類推。反支日爲凶日。後漢書四九王符傳潛夫論愛日:“明帝時公車以反支日不受章奏。”北齊顔之推顔氏家訓雜藝:“至如反支不行,竟以遇害。”

【反切】漢語的一種傳統注音方法。以二字相切合,取上一字的聲母,與下一字的韻母和聲調,拼合成一个字的音。稱爲××切或××反。如:冬,都宗切,即取都(dū)字的聲母 d—和宗(zōng)字的韻母和聲調(-ōng)相併,讀爲冬(dōng)。漢末已有反切,三國魏孫炎著爾雅音義,改變古人讀若某、讀與某同的直音方法,採行反切。自梵文輸入我國,因取漢字爲三十六字母,用於反切,遂益爲精密。但由于古今字音變化,用現代讀音,有時切不出正確的字音。

【反仄】同“反側”。㊀輾轉不安。三國志魏陳思王植傳:“踴躍之懷,瞻望反仄。”文選三國魏曹子建(植)上責躬應詔詩表作“反側”。㊁動蕩不定。新唐書一三七郭子儀傳附郭晞:“河中軍亂,(郭)子儀召首惡誅之,其支黨猶反仄。”

【反₄反₄】慎重、和善的樣子。詩小雅賓之初筵:“其未醉止,威儀反反。”箋:“反反,言重慎也。”釋文:“韓詩作昄昄,音蒲板反,善貌。”反,即“昄”字省略。

【反手】比喻事情輕而易舉。孟子公孫丑上:“以齊王,由反手也。”由,通“猶”。荀子非相:“葉公子高入據楚,誅白公,定楚國,如反手爾。”

【反正】㊀由亂而治,由邪歸正。公羊傳哀十四年:“撥亂世,反諸正,莫近諸春秋。”後來凡還復本位,都稱反正。如文選南朝宋謝靈運述祖德詩:“河外無反正”,指失地復歸;晉書王敦傳:“惠帝反正”,指廢而復立;唐會要三三諸樂:“時鹽州雄毅軍使孫德昭等殺劉季述反正”,指叛而投順。㊁左傳宣十五年:“故文反正爲乏。”按古文“乏”爲“正”字的反寫,後來因稱字的反寫爲反正書。㊂正面和反面。宋夢英説文偏旁字源目録序:“於夏之日,冬之夜,未嘗不揮毫染素,乃至千百幅,反正無下筆之所,方可捨諸。”(八瓊室金石補正八七)㊃副詞,表示語氣。意即無論如何。

【反北】背叛,涣散。北,古“背”字。戰國策齊六:“食人炊骨,士無反北之心,是孫臏、吳起之兵也。”史記八三魯仲連傳“反北”作“反外”。

【反本】復歸本源或根本。“本”字所指,隨文而異。禮禮器:“禮也者,反本脩古,不忘其初者也。”指人的稟性。史記八四屈原傳:“父母者,人之本也,人窮則反本。”指父母。晉書食貨志:“棄末反本,競農務功。”指農事。

【反目】易小畜:“夫妻反目。”疏:“夫妻乖戾,故反目相視。”後因稱不和爲反目,多指夫妻而言。聊齋志異邵女:“(妻)怒曰:‘我代汝教娘子,有何罪過?’柴始悟其奸，因復反目，永絕琴瑟之好。」

【反汗】漢書三六楚元王傳附劉向：「易曰：『渙汗其大號。』言號令如汗，汗出而不反者也。今出善令，未能踰時而反，是反汗也。」本指汗出不能反，後稱人行事翻悔或不守諾言爲反汗。宋史二五六李昉傳：「陛下初以明詔旣頒，難於反汗，則當續遣使臣，嚴加戒飭。」

【反宇】㊀屋沿上仰起的瓦頭。後漢書四〇上班彪傳附班固西都賦：「上反宇以蓋戴，激日景而納光。」文選漢張平子（衡）西京賦：「反宇業業，飛檐巘巘。」㊁人頭頂中間低，四周高。漢王充論衡講瑞：「孔子反宇。」又骨相作「反羽」。參閱史記孔子世家「生而首上圩頂」索隱。

【反舌】㊀鳥名。即百舌鳥。禮月令仲夏之月：「反舌無聲。」疏：「反舌鳥，春始鳴，至五月稍止，其聲數轉，故名反舌。」㊁古代因南方多卷舌喉音，故泛稱南方民族爲反舌。大戴禮小辨：「傳言以象，反舌皆至，可謂簡矣。」又見呂氏春秋功名。

【反坐】誣告別人，被訊明治罪，稱反坐。唐律疏義二三鬭訟三：「諸誣告人者，各反坐。」唐大詔令集九九釐革請留中不出狀詔：「推勘後如得事實，必獎奉公；苟涉加誣，當令反坐。」

【反坫】㊀反爵之坫。坫即放置酒杯的土臺，在兩楹之間。互相敬酒後，把空爵反置在坫上，爲周代諸侯宴會之禮。論語八佾：「邦君爲兩君之好，有反坫；管氏（管仲）亦有反坫。」㊁外向室。逸周書作雒：「乃位五宮，……咸有四阿反坫。」清金鶚求古錄禮說三、朱右曾逸周書集訓校釋五都認爲屋四隅有坫，其檐宇高翻起於坫上。孫詒讓認爲坫是「坅」字的形訛，反坅就是屋翼。參閱孫詒讓周禮正義八三。

【反命】猶復命。左傳成十六年：「箕之役，先軫不反命。」儀禮士昏禮：「凡使者歸，反命曰：『某既得將事矣，敢以禮告。』」又作「返命」。世說新語文學：「後至都，見簡文，返命。」

【反服】已脫離隸屬關係的臣下爲舊君服喪。禮檀弓下：「穆公問於子思曰：『爲舊君反服，古與？』子思曰：『古之君子，進人以禮，退人以禮，故有舊君反服之禮也。今之君子，進人若將加諸膝，退人若將隊（墜）諸淵，毋爲戎首，不亦善乎！又何反服之禮之有？』」注：「言放逐之臣不服舊君也。」疏：「此一節論不爲舊君著服之事。」也指已脫離關係的下屬爲其原來的上司服喪。禮雜記上：「違諸侯，之大夫，不反服。」一說尊長爲卑幼輩服喪也稱反服。喪禮本以卑幼爲尊長服喪，故從尊長而言爲反服。

【反首】亂頭散髮。左傳僖十五年：「秦獲晉侯以歸，晉大夫反首拔舍從之。」

【反袂】袂，衣袖。反袂，指以袖掩面，形容哭泣。公羊傳哀十四年：「反袂拭面，涕沾袍。」唐鄭澥杜行方墓誌銘：「皆柴立致毀，弔賓爲之反袂。」（金石續編十）

【反₂故】翻過來再用的舊字紙。南齊書沈驎士傳：「遭火，燒書數千卷，驎士……手以反故抄寫，火下細書，復成二三千卷。」

【反相】迷信者稱人有反叛之相。史記一〇六吳王（劉）濞傳：「（濞）已拜（吳王）受印，高帝召濞相之，謂曰：『若狀有反相。』」

【反胃】胃不能納食，食下復吐。太平御覽三七六魏略：「陳思王精意著作，食飲損減，得反胃病也。」

【反₅衍】散漫沒有邊際。即漫衍。莊子秋水：「何貴何賤，是謂反衍。」三國魏阮籍阮步兵集大人先生傳：「揚清風以爲旗兮，颺旋軫而反衍。」也作「畔衍」、「叛衍」。參見各該條。

【反訓】用反義詞解釋詞義。有些詞古代含有相反兩義，如亂字有擾亂和治理兩義。以「治」解釋「亂」，就是反訓。爾雅中即有這種訓詁方法。

【反旆】出師歸來。旆，軍前大旗。左傳宣十二年：「令尹南轅反旆。」因而稱凱旋歸來爲反旆。文選漢班孟堅（固）封燕然山銘：「於是域滅區殫，反旆而旋。」

【反逆】㊀違背。韓非子詭使：「有二心無私學，反逆世者也。」㊁北齊刑律有重罪十條，首爲反逆，不在八議論贖之列。隋唐刑律採用齊制，改反逆爲謀反。見隋書刑法志。

【反馬】春秋戰國時，大夫以上嫁女，用車送到夫家，三個月後，壻家表示夫妻可以偕老，把車留下，把馬送回，叫作反馬。春秋宣五年「冬，齊高固及子叔姬來」注：「叔姬寧，固反馬。」左傳：「冬來，反馬也。」參閱左傳疏、詩召南鵲巢疏引鄭玄箴膏肓。

【反眞】道家語。反本歸眞、歸眞反璞的意思。莊子秋水：「謹守而勿失，是謂反其眞。」淮南子齊俗：「今夫王喬赤松子吹嘔呼吸，吐故納新，遺形去智，抱素反眞，以遊玄眇，上通雲天。」也指人死歸於自然。莊子大宗師：「嗟來桑戶乎！嗟來桑戶乎！而（爾）已反其眞。」

【反哺】烏雛長成，銜食哺母烏。初學記三十晉成公綏烏賦：「雛既壯而能飛兮，乃銜食而反哺。」後常用來比喻子女報答親恩。反亦作返。參見「返哺」。

【反哭】古時喪禮，葬畢，喪主奉神主歸而哭。禮檀弓下：「反哭升堂，反諸其所作也。」清孫希旦集解稱「反哭」爲「反於廟而哭。」

【反骨】㊀換骨。舊題漢郭憲洞冥記：「三千年一反骨洗髓，二千年一剝骨伐毛。」㊁迷信說法稱人有反叛的骨相。三國演義一〇五：「吳太后曰：嘗聞先帝有言：『孔明識魏延腦後有反骨，每欲斬之。』」

【反躬】反過來要求於自己。禮樂記：「不能反躬，天理滅矣。」也作「反身」。易蹇：「君子以反身修德。」

【反₂紐】㊀即反切。唐唐玄度九經字樣因諱反字，改稱翻或紐。紐與反、切義同。參見「反切」。㊁即反切與聲紐。唐釋神珙有四聲五音九弄反紐圖，以反紐爲反切的提綱。後來稱同聲母（字母）爲反紐。參見「聲紐」。

【反接】反綁雙手。史記陳丞相世家：「武士反接之。」唐柳宗元柳先生集十七僮區寄傳：「二豪賊劫持，反接，布囊其口。」

【反掖】反於腋下，指內部叛變。掖，同「腋」。韓非子存韓：「夫棄城而敗軍，則反掖之寇必襲城矣。」

【反脣】翻脣，表示不服氣或鄙視。史記平準書：「客談：『初令下，有不便者。』（顏）異不應，微反脣。」漢書四八賈誼傳：「婦姑不相說，則反脣而相稽。」稽，計較。

【反常】不正常，不合常軌、常情。易屯：「十年乃字，反常也。」後漢書三三周章傳論：「權也者，反常者也。」

【反閉】在背後合襟的短衣。漢劉熙釋名釋衣服：「反閉，襦之小者也，卻向著之，領反於背後閉其襟也。」

【反側】㊀翻來覆去，形容睡臥不安。詩周南關雎：「悠哉悠哉，輾轉反側。」㊁反復無常。詩小雅何人斯：「作此好歌，以極反側。」楚辭屈原天問：「天命反側，何罰何佑？」

【反間】利用間諜離間敵方內部，使其落入我方圈套而取勝。孫子用間：「反間者，因其敵間而用之。」戰國策燕二：「惠王即位，用齊人反間，疑樂毅而使騎劫代之將。」

【反掌】同「反手」。喻事之極易。漢書五一枚乘傳：「易於反掌，安於泰山。」

【反動】行動翻覆，相反的行動。北齊書楊愔傳：「高歸彥初雖同德，後尋反動，以疏忌之跡，盡告兩王(長廣王、常山王)。」

【反景】㊀夕陽反照。山海經西山經:"是神也，主司反景。"初學記一纂要:"日西落，光反照於東，謂之反景。"也作"返景"。唐王維王右丞集四鹿柴詩:"返景入深林，復照青苔上。"㊁古指位於西方的國家。晉書摯虞傳:"窮髮反景，承正受朔。"

【反道】㊀違反正道。書大禹謨:"侮慢自賢，反道敗德。"㊁復歸正道。漢書八五谷永傳:"厲精致政，專心反道。"㊂古代帝王舉行祭天禮，事前修整道路，把新土翻到面上稱爲反道。禮郊特牲:"氾埽反道。"

【反傷】樹木的勾刺。山海經中山經:"(講山)有木焉，名曰帝屋，葉狀如椒，反傷赤實，可以禦凶。"注:"反傷，刺下勾也。"

【反經】㊀違反常道。公羊傳桓十一年:"權者何?權者反於經，然後有善者也。"唐溫大雅大唐創業起居注二:"反經合義。"參見"反經行權"。㊁復歸正道。孟子盡心下:"君子反經而已矣，經正則庶民興。"

【反語】修辭方式之一，用辭與真意正相反，多含有嘲弄諷刺的意味。如詩魏風伐檀:"彼君子兮，不素餐兮!"宋袁褧楓窗小牘上:"宣和中有反語云:寇萊公(準)之知人則哲，王子明(元徽)之將順其美，包孝肅(拯)之飲人以和，王介甫(安石)之不言所利。"都是取成語而反用。

【反₂語】㊀即反切。唐陸德明經典釋文序錄條例:"孫炎始爲反語。"參見"反切"。㊁一種隱語。即以二字先正切，再顛倒相切，成另外二字。水經注四河水:"民有姓劉名墮者，宿擅工釀，……排於桑落之辰，故酒得其名矣。……自王公庶友，牽拂相招者，每云索郎有顧，思同旅語。索郎，反語爲桑落也。"按索郎合音爲桑，郎索合音爲落。

【反照】光線反射。才調集一耿緯秋日詩:"反照入閭巷，憂來與誰語。"

【反對】韻文中辭相反而義相同的對偶句，稱爲反對。南朝梁劉勰文心雕龍麗辭:"反對者，理殊趣合者也。……仲宣登樓云:'鍾儀幽而楚奏，莊舄顯而越吟。'此反對之類也。"仲宣，王粲字，有登樓賦。

【反鼻】蝮蛇。漢焦延壽易林十六小過之豐:"反鼻歧頭。"漢書三三田儋傳"蝮蠚手則斬手"注引郭璞:"其幅蛇，細頸，大頭，焦尾，色如綬文，文間有毛如豬鬣，鼻上有針，大者長七八尺，一名反鼻。"

【反璞】璞，還沒有雕琢加工的玉；反璞，指回返原始簡樸的狀態。戰國策齊四:"斶知足矣，歸真反璞，則終身不辱。"也作"反朴"。梁書明山賓傳:"此言足使還淳反朴，激薄停澆矣。"

【反踵】脚跟反向。山海經海內南經:"梟陽國在北朐之西，其爲人……反踵。"文選南朝齊王元長(融)三月三日曲水詩序:"離身反踵之君，鑿胸貫胸之長。"

【反噬】反咬一口。比喻受人恩惠反加陷害，或犯罪者誣指檢舉者爲同謀。藝文類聚七七後魏溫子升印山寺碑:"蜂蠆有毒，豺狼反噬。"晉書張軌傳附張祚:"祚既震懼，又慮(王)擢反噬。"也作返噬。魏書侯剛傳:"曾無犬馬識主之誠，方懷梟獍返噬之志。"

【反顏】翻臉。聊齋志異續黃粱:"即昔之拜門牆、稱假父者，亦反顏相向。"

【反膺】挺胸。漢書九九中王莽傳:"反膺高視，瞰臨左右。"

【反擊】反攻，以兵回擊。史記秦紀:"晉立襄公子而反擊秦師，秦師敗。"

【反覆】㊀變動無常。詩小雅小明:"豈不懷歸，畏此反覆。"史記九二淮陰侯傳:"齊僞詐多變，反覆之國也。"㊁重複，再三。孟子萬章下:"君有大過，則諫；反覆之而不聽，則易位。"史記屈原傳:"其存君興國而欲反覆之，一篇之中三致意焉。"也作"反復"。易乾:"終日乾乾，反復道也。"㊂翻覆，傾動。文選漢班孟堅(固)西都賦:"雷奔電激，草木塗地，山淵反覆。"

【反璧】左傳僖二三年:"晉重耳(文公)至曹，(僖負羈)乃饋盤飧，寘璧焉。公子(重耳)受飧反璧。"史記晉世家作"還其璧"。反璧、還璧，表示不貪取其寶。後謝絕或退還別人的饋贈曰返璧、璧謝、璧還、敬璧，本此。

【反顧】回頭看。楚辭屈原離騷:"忽反顧以遊目兮，將往觀乎四荒。"史記一一七司馬相如傳喻巴蜀檄:"義不反顧，計不旋踵。"後引申爲翻悔。

【反左書】用左手反寫字，爲書法的一種。唐張彥遠法書要錄二梁庾元威論書，謂書法有一百二十體，中有反左書，梁大同中東宮學士孔敬通所創。唐段成式酉陽雜俎廣知也稱百體中有反左書。

【反生香】香名。舊題漢東方朔海內十洲記記聚窟洲有反魂樹，樹汁煎丸可爲反生香。雲笈七籤二六十洲三島引作"返生香"。參見"驚精香"。

【反側子】翻覆有二心的人。後漢書光武帝紀上:"拔其城，誅王郎。收文書，得吏人與郎交關謗毀者數千章。光武不省，會諸將軍燒之，曰:'令反側子自安。'"參見"反側㊁"。

【反覆手】手一反一覆，極言其容易。史記九七陸賈傳:"(漢)使一偏將將十萬衆臨越，則越殺王降漢，如反覆手耳。"也作"翻覆手"。宋蘇軾分類東坡詩三和三舍人省上:"紛紛榮瘁何能久，雲雨從來翻覆手。"

【反覆詩】一種詩體，正讀反讀均成文，與迴文體詩近似。全唐詩二三皮日休雜體詩序:"晉傅咸有迴文反覆詩二首云:'反覆其文者，以示憂心展轉也。悠悠遠邁獨煢煢是也。'由是反覆興焉。"

【反離騷】楚屈原作離騷，其後投汨羅江而死。漢揚雄悲其文，作反離騷以弔屈原。漢書八七上揚雄傳:"(雄)乃作書，往往摭離騷文而反之，自岷山投諸江流以弔屈原，名曰反離騷。"文選晉陸機弔魏武帝文注引此題作釋愁。

【反水不收】水已潑出，不能收回，比喻不可挽回。後漢書光武帝紀上建武元年:"反水不收，後悔無及。"又六九何進傳作"覆水不可收"。

【反老還童】道家傳說却老術的一種。漢史游急就篇:"長樂無極老復丁。"文苑英華三五二缺名七召:"既變醜以成妍，亦反老而爲少。"均爲祝頌讚美之詞。參見"返老還童"。

【反吟伏吟】術數的迷信說法，根據人的出生年月日，附會人事，推算禍福及婚姻成敗。木星與日相對謂之反吟，木星壓日謂之伏吟。見明萬民英(育吾山人)三命通會六總論歲運。反吟伏吟，象徵婚姻難成。元王實甫西廂記三本四折:"功名上早則不遂心，婚姻上更返吟復吟。"返同"反"，復同"伏"。也作"反陰復陰"。古今雜劇元闕漢卿調風月四:"今年見弔客臨，喪門聚，反陰復陰，半載其餘。"

【反脣相稽】見"反脣"。

【反眼不識】翻臉不認人，不顧交情。唐韓愈昌黎集三二柳子厚墓誌銘:"一旦臨小利害，僅如毛髮比，反眼若不相識。"

【反裘負芻】㊀春秋時，晏嬰往晉，行至中牟，見越石父，反裘負芻。嬰因解一頭駕車之馬替他贖身，使免於凍餒。見晏子春秋內篇上、呂氏春秋觀世。史記六二晏嬰傳正義引作"反裘負薪"。反裘，反穿皮衣(古人穿皮衣以毛朝外爲正,此指毛朝裏)。芻,即薪。即反穿皮衣而揹柴。㊀魏文侯出遊,見路人反裘而負芻。"文侯曰:胡爲反裘而負芻?對曰:臣愛其毛。文侯曰:若不知其裏盡而毛無所恃耶?"漢桓寬鹽鐵論非鞅:"無異於愚人反裘而負薪,愛其毛,不知其皮盡也。"又見漢書八一匡衡傳。比喻愚昧或不知輕重本末。

【反經行權】不合於常法,權宜行事。史記太史公自序:"諸呂爲從,謀弱京師,而(周)勃反經合於權。"

【反經合義】雖違背常道,但仍合於義理。唐温大雅大唐創業起居注二:"不爲欺紿,自然反經合義,妙盡機權。"又劉知幾史通雜説上諸晉史:"然慯能反經合義,足矯奢葬之衍。"

双 shuāng ㄕㄨㄤ

"雙"的簡體字。宋刊本古列女傳、大唐三藏取經詩話雙多作"双"。

及 jí 其立切,入,緝韻,羣。ㄐㄧˊ

㊀追上。説文:"及,逮也。"左傳成二年:"故不能推車而及。"㊁達到。儀禮燕禮:"賓入及庭。"㊂趁,當。左傳僖二二年:"彼衆我寡,及其未既濟也,請擊之。"㊃繼。荀子儒效:"周公屏成王而及武王以屬天下。"㊄推及。孟子梁惠王上:"老吾老,以及人之老。"㊅比得上。戰國策齊一:"君美甚,徐公何能及君也。"㊆與,和。詩豳風七月:"七月亨葵及菽。"

【及已】多年生草本植物,亦稱"四葉細辛"。生長在山谷陰地,獨莖,白花,莖頂四葉,根可製藥。葉似獐耳,根如細辛,故又名獐耳細辛。參閲重修政和證類本草十、本草綱目十三。

【及瓜】左傳莊八年:"齊侯使連稱管至父戍葵丘,瓜時而往。曰:'及瓜而代。'"言今年瓜熟時往,至來年瓜熟時,使人代之。後因以及瓜指任滿。唐駱賓王文集三晚渡天山有懷京邑詩:"旅思徒漂梗,歸期未及瓜。"參見"瓜代"。

【及早】及時,趁早。南朝陳江總江令君集閨怨篇:"願君關山及早度,念妾桃李片時妍。"唐駱賓王文集二代女道士王靈妃贈道士李榮詩:"南陌西鄰成自保,還轡歸期須及早。"

【及肩】高與肩齊,比喻相差甚遠。論語子張:"賜之牆也及肩。"藝文類聚五十晉孫綽潁川府君碑:"矯矯秀姿,卓卓英韻;他人之高,及肩而已。"

【及門】論語先進:"子曰:從我於陳蔡者,皆不及門也。"本指不及列於自己的門牆。後因稱受業弟子爲及門。元史一八九許謙傳:"及門之士著録者千餘人,隨其材分,咸有所得。"清黄宗羲南雷集三與徐乾初論學書:"唯先師之及門,凋謝將盡。"

【及格】達到規定的標準。宋史三二四張亢傳:"馬高不及格,宜悉還坊監,止留十之三,餘以步兵代之。"也指考試成績言。宋史選舉志一:"合格始聽取解至禮部,不及格停其官,而考試及舉送者皆重寘罪。"

【及時】得時,合時。易乾:"君子進德修業,欲及時也。"晉陶潛陶淵明集四雜詩一:"及時當勉勵,歲月不待人。"

【及第】科舉應試中選。舊唐書憲宗紀下元和七年:"乃詔考官韋顗等三人,袛考及第科目人,其餘吏部侍郎自定。"宋高承事物紀原學校貢舉十六:"漢之取士,其射策中者謂之'高第',隋唐以來,進士諸科遂有'及第'之目。"明清進士,殿試中一甲三名者,並賜進士及第。

【及笄】笄,簪。以簪結髮如成人,相當於男子之冠禮。古代女子已許婚者十五而笄,二十而嫁;未許婚者,二十則笄。古代女子一般十五歲許婚,結髮上簪。參閲禮内則"女子……十有五年而笄"注。

【及鋒】趁鋭氣正盛有所作爲。史記高祖紀:"軍吏士卒,皆山東之人也。日夜跂而望歸,及其鋒而用之,可以有大功。"又見韓王信傳。後來因稱乘有利之機,一鼓作氣爲及鋒而試。

【及時雨】正趕上時候或需要的好雨。宋李彌孫筠溪集十二赤松詩:"那知無心雲,解作及時雨。"

【及第花】杏花。全唐詩二五鄭谷曲江紅杏:"女郎折得殷勤看,道是春風及第花。"

六 畫

取 1. qǔ 七庾切,上,麌韻,清。ㄑㄩˇ

㊀捕取。説文:"取,捕取也……周禮:'獲者取左耳。'"見周禮大司馬。㊁收,受。書仲虺之誥:"兼弱攻昧,取亂侮亡。"孟子萬章上:"一介不以與人,一介不以取諸人。"㊂索取。荀子富國:"田瘠以穢,則出實不半,上雖好取侵奪,猶將寡獲也。"㊃選擇,採用。見"取士"。㊄輕易征服城邑和戰敗敵軍。春秋宣元年:"齊人取濟西田。"注:"齊人不用師徒,故曰取。"㊅通"娶"。詩齊風南山:"取妻如之何,必告父母。"白虎通引詩皆作"娶"。㊆助詞,相當"着"。唐白居易長慶集十二短歌行:"歌聲苦,詞亦苦,四座少年君聽取。"㊇姓。宋有淳熙進士取希作、取應宗。見正字通。

2. cù ㄘㄨˋ

㊈催促。見"取$_2$辦"。

3. qū ㄑㄩ

㊉見"取$_3$慮"。

【取士】選拔人材。孟子告子下:"士無世官,官事無攝,取士必得。"

【取友】交朋友。孟子離婁下:"夫尹公之他,端人也;其取友必端矣。"宋陳與義簡齋詩集五即席重賦且約再遊之二:"得一老兵雖可飲,從今取友要須端。"

【取予】收受及給與。周禮天官小宰:"六曰聽取予以書契。"淮南子本經:"四時者,春生夏長,秋收冬藏,取予有節,出入有時。"

【取巧】用巧妙的方法。元吾丘衍學古編上三十五舉:"縱有斜筆,亦當取巧寫過。"後來稱用手段謀取名利或便宜爲投機取巧,有貶義。

【取次】任意,隨便。引申爲充裕、寬舒。唐宋人詩文中常用。唐杜甫杜工部詩史補遺五送元二適江左:"經過自愛惜,取次莫論兵。"又白居易長慶集五六病假中龐少尹攜魚酒相過詩:"閑停茶椀從容語,醉把花枝取次吟。"宋蘇軾經進東坡文集事略二四上神宗書:"若陛下多方包容,則人才取次可用。"

【取決】依之以決斷。梁書陶弘景傳:"朝儀故事,多取決焉。"

【取材】選取材料。左傳隱五年:"君將納民於軌物者也,故講事以度軌量,謂之軌;取材以彰物采,謂之物。"

【取告】請假。告,休假。漢書九十嚴延年傳:"取告至長安。"

【取法】取以爲法則。莊子天道:"水靜則明燭鬚眉,平中準,大匠取法焉。"唐太宗帝範四:"取法于上,僅得其中;取法于中,故爲其下。"

【取舍】㊀採取或捨棄。韓非子奸劫弑臣:"凡人之大體,取舍同者則相是也。"㊁進止。漢書七二王吉傳:"世稱'王陽在位,貢公彈冠',言其取舍同也。"注:"取,進趨也;舍,止息也。"指同進退。

【取則】猶言取法。文選晉陸士衡(機)

文賦序："至於操斧伐柯，雖取則不遠，若夫隨手之變，良難以辭逮。"按詩豳風伐柯："伐柯伐柯，其則不遠。"爲此語所本。參見"取法"。

【取盈】所取滿其所定之額。孟子滕文公上："凶年糞其田而不足，則必取盈焉。"後多用爲滿足慾望的意思。

【取信】使人信從，取得信任。漢書三六楚元王傳附劉向極諫用外戚封事："覽往事之戒，以折中取信。"文選晉陸士衡(機)豪士賦序："夫以篤聖穆親，如彼之懿；大德至忠，如此之盛；尚不能取信于人主之懷，止謗于衆多之口。"

【取保】使被告覓人爲保，外釋待訊。周禮秋官大司寇："使州里任之，則宥而舍之。"疏："仍恐習前爲非而不改，故使州長里宰保任乃舍之。"此即後來取保之制。北史宋繇傳附宋遊道："局內降人左澤等爲京畿送省，令取保放出。"

【取容】曲從討好，取悅於人。呂氏春秋任數："人臣以不爭持位，以聽從取容。"又似順："夫順令以取容者衆能之。"

【取笑】㊀招人譏笑。後漢書五八蓋勳傳："今不急靜難之術，遽爲非常之事，既足結怨一州，又當取笑朝廷。"㊁開玩笑，調笑。紅樓夢二二："別人拿他取笑，都使得；只我說了，就有不是。"

【取庸】雇傭工。庸即"傭"。商君書懇令："無得取庸，則大夫家長不見繕。"

【取捨】擇取與捨棄。同"取舍"。漢王充論衡答佞："君子與小人，本殊操異行，取捨不同。"參見"取舍㊀"。

【取給】取其物以供需用。史記一二九貨殖傳："不窺市井，不行異邑，坐而待收，身有處士之義，而取給焉。"文選晉潘安仁(岳)馬汧督誄："用能薪芻不匱，人畜取給。"

【取義】㊀就義而死。孟子告子上："生亦我所欲也，義亦我所欲也；二者不可得兼，舍生而取義者也。"㊁節取其中意義之一部分。見"斷章取義"。

【取經】求取佛經。多指我國佛教徒到印度求取佛經原本。北魏楊衒之洛陽伽藍記五城北："聞義里有敦煌人宋雲宅，與惠生向西域取經，凡得一百七十部，皆是大乘妙典。"

【取說】求悦於人。說通"悦"。史記一一七司馬相如傳難蜀父老："豈特委瑣握齪，拘文牽俗，循誦習傳，當世取說云爾哉。"

【取遺】猶言取捨。後漢書八二方術傳："意者多迷其統，取遺頗偏。"注："取遺，謂信與不信也。"

【取₃慮】㊀地名，在今江蘇睢寧縣西南。秦置，漢以後廢。參閱漢書地理志上臨淮郡。㊁複姓。見通志二七氏族三以邑爲氏。

【取₂辦】責令供應或辦理。漢書九九下王莽傳："乘傳使者經歷郡國，日且十輩，取辦於民。"南史周盤龍傳："若不能見與千户侯，不復應減五百户；不爾，周郎當就刀頭取辦耳。"周郎，盤龍子奉叔。

【取燧】用凹鏡向日取火。淮南子覽冥："是故乞火不若取燧，寄汲不若鑿井。"參見"陽燧"。

【取譬】取作譬喻。詩大雅抑："取譬不遠，昊天不忒。"

【取燈兒】在竹片或松木片上塗硫黄，用來點火，叫取燈兒。也叫"發燭"。華北地區舊時也稱火柴爲取燈兒。古今雜劇明人李雲卿得悟昇真二："用黄線香一根，去東華門外邊一個銅錢買一把取燈兒點着線香，以取燈兒澆之，其火自明。"

【取青妃白】以青配白，比喻對偶工整。唐柳宗元柳先生集二一讀韓愈所著毛穎傳後題："世之模擬竄竊，取青妃白，肥皮厚肉，柔筋脆骨，而以爲辭者之讀之也，其大笑固宜。"妃，音配，義同。妃本又作"媲"。也作"抽青妃白"。金元好問遺山集五送詩人秦略簡夫歸蘇墳別業詩："昨朝見君臨水句，乃知抽青妃白非詩人。"

【取精用弘】左傳昭七年："抑諺曰：蕞爾國，而三世執其政柄，其用物也弘矣，其取精也多矣。"謂居官任權既久，享用多而精。本指根深基厚，後來轉謂材料豐富，用之不盡。

叕

zhuó 陟劣切，入，薛韻，知。
ㄓㄨㄛˊ

㊀聯綴。見說文叕部。㊁短。淮南子人間："聖人之思脩，愚人之思叕。"

叔

shū 式竹切，入，屋韻，審。
ㄕㄨ

㊀拾取。詩豳風七月："九月叔苴。"說文叔："汝南名收芋爲叔。"㊁稱呼。1.父之弟，也指與父平輩，而年齡比父小的人。見"叔父㊀"。2.稱夫之弟。爾雅釋親："夫之弟爲叔。"戰國策秦一："嫂不以我爲叔。"㊂在伯、仲、叔、季兄弟的排行中表示行三。儀禮士冠禮："伯某甫仲叔季，唯其所當。"注："伯仲叔季，長幼之稱。"㊃衰亂。見"叔末"、"叔世"。㊄豆。通"菽"。莊子列禦寇："子不見夫犧牛乎？衣以文繡，食以芻叔。"㊅好。通"俶"。唐杜甫杜少陵集十二漢川(州)王大録事宅作："憶爾才名叔，含悽意有餘。"㊆姓。傳爲八凱中叔達之後。或云晉大夫叔向之後。見元和姓纂十屋。

【叔子】晉羊祜字。宋陸游渭南文集四九水調歌頭多景樓詞："叔子獨千載，名與漢江流。"詳"羊祜"。

【叔父】㊀父親的弟弟。爾雅釋親："父之晜弟，先生爲世父，後生爲叔父。"孟子告子上："敬叔父乎？敬弟乎？"㊁周天子稱同姓諸侯爲叔父。儀禮覲禮："同姓小邦，則曰叔父。其異姓小邦，則曰叔舅。"

【叔末】叔世、末世的合稱，指國家擾攘近於衰亡的時代。後漢書六七黨錮傳序："叔末澆訛，王道陵缺。"注："叔末，猶季末也。"

【叔世】衰亂的時代。左傳昭六年："三辟之興，皆叔世也。"

【叔母】叔父之妻，即嬸母。爾雅釋親："父之弟妻曰叔母。"宋書謝瞻傳："瞻幼孤，叔母劉撫養有恩紀。"

【叔季】㊀幼年時。淮南子繆稱："始乎叔季，歸乎伯孟，必此積也。"注："言自少至長。"㊁"叔世"、"季世"之合稱，猶言"叔末"。宋朱熹朱文公文集一白鹿洞賦："在叔季而且然，矧休明之景運。"

【叔妹】夫之妹，即小姑。後漢書八四曹世叔妻傳："舅姑之愛已，由叔妹之譽已也。"

【叔郎】夫弟。文選南朝梁任彦昇(昉)奏彈劉整："叔郎整，恒欲傷害，侵奪分前奴教子當伯。"

【叔孫】複姓。春秋魯桓公子叔牙的兒子茲稱叔孫，其後代因以叔孫爲姓。漢有叔孫通。見元和姓纂十屋。

【叔翁】父親的叔父，即叔祖。參見"叔婆"。

【叔婆】父親的叔母，即叔祖母。唐韓愈昌黎集二五祭李氏二十九娘子文："維年月日，十八叔翁及十八叔婆盧氏，遣昶以庶羞之奠，祭于李氏二十九娘之靈。"李氏，愈姪孫女。

【叔敖】複姓。元和姓纂十屋說公羊傳有叔敖段，爲周景王大夫。通志二七氏族三說楚蔿艾獵爲令尹，字叔敖。後代以其字爲姓。

【叔舅】周天子稱異姓小邦諸侯爲叔舅。見"叔父㊁"。

【叔齊】人名。商末孤竹君子，伯夷弟。詳"伯夷叔齊"。

【叔鮪】魚名。小鮪魚。文選晉郭景純

(璞)江賦:"魚則江豚、海狶,叔鮪、王鱣、鮹、鰊、鰷、鮋、鮫、鰝、鯩、鰱。"注:"爾雅曰:鮥,鮛鮪。郭璞曰:鮪屬,大者王鮪,小者叔鮪。"

【叔寶】㊀晉衛玠字叔寶,風神俊美,相傳兒時乘羊車入市,觀者傾都。全唐詩二八孫元晏衛玠:"叔寶羊車海內稀,山家女婿好風姿。"玠是山簡的女婿。參閱晉書本傳。㊁南朝陳後主名叔寶。國破降隋後,獲免,因自求一官號。隋文帝(楊堅)說:"叔寶全無心肝。"見南史陳後主紀。

【叔丈人】妻子的伯父、叔父稱爲伯丈人、叔丈人。宋任淵黃山谷內集詩注九次韻子瞻以紅帶寄王宣義題注:"王淮奇字慶源,……東坡叔丈人也。"

【叔孫通】漢薛人。曾爲秦博士。後從項羽,又歸劉邦,任博士,號稷嗣君。劉邦稱帝,通採擇古禮,結合秦制,定立朝儀。後爲太子太傅。漢王朝朝制典禮,都由他所定。史記、漢書有傳。

【叔梁紇】公元前?—前554年。春秋魯人,名紇,字叔梁。爲魯鄹邑大夫,也叫鄹叔紇。有勇力。娶顏氏女徵在,禱於尼丘而生孔丘,丘三歲而紇死。參閱左傳襄十年、史記孔子世家、孔子家語本姓。

受 shòu 殖酉切,上,有韻,禪。ㄕㄡˋ

㊀接受,付與。詩大雅下武:"於斯萬年,受天之祜。"此謂接受。宋書垣護之傳:"若空棄滑臺,坐喪成業,豈是朝廷受任之旨?"此謂付與。㊁買入,收入。管子海王:"釜十五吾受,而官出之以百。"㊂收回。周禮春官司干:"舞者既陳,則授舞器;既舞則受之。"㊃容納。易咸:"君子以虛受人。"㊄應和。呂氏春秋圜道:"宮徵商羽角,各處其處,音皆調均,不可以相違,此所以無不受也。"㊅煨乾。北魏賈思勰齊民要術九作菹藏生菜法蒲菹:"又煮,以苦酒受之,如食筍法,大美。"

【受田】古代的一種土地制度。見周禮地官大司徒遂人。漢書食貨志上載,民年二十受田,六十歸田。後來新建王朝由於在戰爭中人口大量流亡,也有採取受田的臨時措施的。但都僅行一時,土地終不免兼併,貧者至無立錐之地。參閱通典一、二食貨志田制上、下。太平天国天朝田畝制度,曾提出按人口分配土地的理想,但由於激烈的戰爭環境和當時的生產條件,也沒有實施。

【受生】稟性。文選晉陸士衡(機)豪士賦序:"受生之分,唯此而已。"參見"受性"。

【受用】㊀接受財貨以供官府開支。周禮天官大府:"頒其貨于受藏之府,頒其賄于受用之府。"注:"凡貨賄皆藏以給用耳。……或言受藏,或言受用,又雜言貨賄,皆互文。"引申爲享受。法苑珠林十二六道業因:"四方僧物,飲食卧具,皆悉不得共同受用。"㊁好處,利益。朱子語類九學三:"今只是要理會道理,若理會得一分,便有一分受用;理會得二分,便有二分受用。"

【受代】舊時官吏去職叫受代。意思是受人替代。五代後周王仁裕開元天寶遺事上截鐙留鞭:"姚元崇初牧荆州三年,受代日,闔境民吏泣擁馬首,遮道不使去。"

【受戒】㊀受訓戒。漢書八三薛宣傳:"長吏莫不喜懼,免冠謝宣歸恩受戒者。"㊁佛教信徒出家爲僧尼,叫受戒。唐姚合姚少監詩集四贈盧沙彌小師:"年小未受戒,會解如老師。"舊五代史周世宗紀二顯德二年:"男年十五以上,念得經文一百紙,或讀得經文五百紙;女年十三以上,念得經文七十紙,或讀得經文三百紙者,經本府陳狀乞剃頭,……俟勑下,委祠部給付憑由,方得剃頭受戒。"

【受成】接受已定的謀略。禮王制:"天子將出征,……受命於祖,受成於學。"疏:"受成學者,謂在學謀論兵事好惡可否,其謀成定。受此成定之謀,在於學裏,故云受成於學。"後辦事全憑主管人的意見而行,不自立主張,也叫受成。

【受性】賦性。詩大雅桑柔:"維彼不順,征以中垢"箋:"受性於天,不可變也。"三國志吳步騭傳:"受性闇蔽,不達道數。"

【受事】㊀接受職事。國語魯上:"諸侯祀先王先公,卿大夫佐之,受事焉。"㊁受所教之事。漢劉向說苑正諫:"先生就衣,今願受事。"

【受命】㊀古帝王統治者託神權以鞏固統治,自稱受命於天。詩大雅皇矣:"天立厥配,受命既固。"㊁接受任務和命令。左傳襄二七年:"石惡將會宋之盟,受命而出。"㊂猶言受教。晏子春秋內篇諫上:"(齊景)公曰:'不幸有社稷之業,不擇言而出之,請受命矣。'"㊃年壽。禮祭法"王爲群姓立七祀曰司命"唐孔穎達疏:"案援神契云:命有三科:有受命以保慶,有遭命以謫暴,有隨命以督行。受命,謂年壽也。"

【受知】受人知遇。宋歐陽修文忠集四送滎陽魏主簿詩:"受知固不易,知士誠尤難。"舊時科舉得中,稱考官爲受知師。

【受姓】古代男稱氏,女稱姓;三代以後,姓氏合一。自漢以來,指皇帝對有功臣民的賜姓。如婁敬因向漢高祖建議都長安有功,被賜姓劉。新唐書九五高儉傳贊:"古者受姓受氏,以旌有功。"

【受室】娶妻。左傳桓六年:"今以君命奔齊之急,而受室以歸,是以師昏也。"

【受持】佛教語。以道授受,久持不忘。隋吉藏勝鬘寶窟上:"始則領受在心曰受,終則憶而不忘曰持。"唐姚合姚少監詩集三寄靈一律師:"梵書鈔律千餘紙,淨院焚香獨受持。"

【受俘】舊時戰爭勝利後,把俘獲的敵人,先獻於宗廟社稷,然後再行受俘禮,由皇帝接受戰俘。舊唐書一四〇劉闢傳:"劉闢男超郎等九人並處斬。闢入京城,上御興安樓受俘馘。"清通典五九禮軍二記有受俘儀制。

【受託】受人委託。漢書九九上王莽傳:"受孺子之託,任天下之寄。"唐柳宗元柳先生集十唐故嶺南經略副使御史馬君墓誌:"(司徒佑)曰:'願以老母爲累。'受託,奉視優崇,至忘其子之去。"

【受訊】受審問。後漢書七八孔僖傳:"(崔)駰詣吏受訊。"

【受教】接受教誨。戰國策魏四:"信陵君曰:'無忌謹受教。'"文選任彥昇(昉)到大司馬記室牋:"況昉受教君子,將二十年。"

【受終】承受帝位。書舜典:"正月上日,受終于文祖。"疏:"受終者,堯爲天子,於此事終而授與舜。故知終謂堯終帝位之事,終言堯終舜始也。"

【受紿】受欺騙。宋王安石臨川集十同昌叔賦雁奴詩:"偷安與受紿,自古有亡國。"

【受歲】㊀佛教僧徒受戒後,每年夏季静坐安居,安居畢則增一法臘,叫做受歲,又名法臘、夏臘、戒臘。東晉瞿曇僧伽提婆譯增壹阿含經二四善聚品:"佛告阿難曰:'汝今於露地速擊揵椎,所以然者,今七月十五日,是受歲之日。'"參見"夏臘"。㊁長一歲。全唐詩七李嘉祐元日無衣冠入朝寄皇甫拾遺冉從弟補闕紓:"白髭空受歲,丹陛不朝天。"

【受業】從師學習。業,大板。古代無紙,用竹簡木板作爲書寫的材料,因之稱知識的傳授爲受業。孟子告子下:"(曹)交得見於鄒君,可以假館,願留而受業於門。"後弟子對老師,也自稱受業。

【受經】漢儒重師法,研究經學師弟相傳,多由口授。從師學經,叫受經。如鼂錯受尚書於伏生;京房受易於焦延壽;申公受詩於浮丘伯。參閱漢書八八儒林傳。

【受福】接受天地神明的降福。易困:"利用祭祀,受福也。"詩大雅假樂:"受福無疆,四方之綱。"

【受廛】受地爲民。廛,一夫所居的屋舍。孟子滕文公上:"願受一廛而爲氓。"元詩選成廷珪贈六合縣宣差伯士寧……:"編臣闢地增輸賦,遠客宜家願受廛。"參見"廛"。

【受禪】王朝更迭,新皇帝接受舊帝讓給的帝位。孔叢子雜訓:"夫受禪於人者,則襲其統。"禪亦作"禮"、"嬗"。漢書異姓諸侯王表序:"昔詩書述夏虞之際,舜禹受禮。"又九九中王莽傳:"莽曰:予之皇始祖考虞帝,受嬗於唐。"

【受釐】漢制祭天地五時,皇帝派人行祀或郡國祭祀後,皆以祭餘之肉歸致皇帝,以示受福,叫受釐。"釐"即"胙",祭餘之肉。史記八四賈生傳:"孝文帝方受釐,坐宣室。"漢書四八賈誼傳注以釐爲"禧"之借字,言受神之福,別爲一說。參閱王先謙漢書補注。

【受籙】㊀古代皇帝,自稱受命於天,假造圖書符命,叫受籙。籙,圖書符命。詩大雅文王序疏:"二十九年,伐崇,作靈臺,改正朔,布王號於天下,受籙應河圖。"㊁北朝魏周尊奉道教,新皇帝登位,親到道壇,接受符籙,叫受籙。隋書經籍志四:"後周承魏,崇奉道法,每帝受籙,如魏之舊。"參見魏書釋老志。

【受命寶】皇帝印璽,稱傳國璽,因皇帝自稱受命於天,所以也叫受命寶。舊五代史晉書高祖紀三天福三年七月:"辛酉製皇帝受命寶,以'受天明命,惟德允昌'爲文。"

【受降城】城名。1.漢武帝派公孫敖所築。見史記一一〇匈奴傳。故城在今內蒙古烏拉特旗北。2.唐神龍三年張仁愿所築。有三城,中城在朔州,西城在靈州,東城在勝州。詳"三受降城"。

【受禪碑】碑名。三國魏曹丕黃初元年立,記曹丕受漢"禪讓"事。也叫受禪表。傳說魏鍾繇所寫。碑書隸法方整渾厚,但因時代遠久,筆劃漫漶,多已不可辨認。另說王朗撰文,梁鵠書寫,鍾繇刻字,故又稱三絕碑。見唐韋絢劉賓客嘉話錄。

【受寵若驚】受人寵愛而感到意外的驚喜和不安。宋蘇軾經進東坡文集事略二七謝中書舍人啟:"省躬無有,被寵若驚。"官場現形記十八:"過道臺承中丞這一番優待,不禁受寵若驚,坐立不穩,正不知如何是好。"

七畫

叛 pàn 薄半切,去,换韻,並。ㄆㄢˋ

㊀背叛。春秋襄二六年:"衛孫林父入于戚以叛。"左傳隱四年:"衆叛親離,難以濟矣。"㊁叛赫,光耀明亮的樣子。文選漢張平子(衡)西京賦:"譬衆星之環極,叛赫戲以煇煌。"

【叛人】背叛者,猶言叛徒。左傳襄元年:"於是爲宋討魚石,故稱宋,且不登叛人也。"

【叛亡】背叛逃亡。漢書三三韓王信傳:"陛下寬仁,諸侯雖有叛亡,而後歸,輒復故位號,不誅也。"史記九三韓王信傳作"畔亡"。畔,同"叛"。

【叛戾】背叛。後漢書八六南蠻傳:"愁苦賦役,困罹酷刑,故邑落相聚,以致叛戾。"

【叛衍】漫衍,連綿無極貌。文選晉左太沖(思)蜀都賦:"累轂疊跡,叛衍相傾。"參見"反₅衍"。

【叛渙】跋扈。同"叛换"。舊五代史周書太祖紀一:"討叛渙于河潼,張聲援于岐雍,竟平大憝,粗立微勞。"

【叛换】跋扈,蠻横。文選晉左太沖(思)魏都賦:"雲撤叛换,席捲虔劉。"注:"叛换,猶恣睢也。"

【叛亂】背叛作亂。三國志蜀諸葛亮傳:"南中諸郡,並皆叛亂。"

叚 jiǎ 古疋切,上,馬韻,見。ㄐㄧㄚˇ

㊀借。說文:"叚,借也。"㊁同"假"。見"假"。

叟 1. sǒu 蘇后切,上,厚韻,心。ㄙㄡˇ

㊀老年人。孟子梁惠王上:"王曰:'叟,不遠千里而來,亦將有以利吾國乎?'"㊁漢代蜀的別名。見"叟兵"。

2. sōu 集韻踈鳩切,平,尤韻。ㄙㄡ

㊀通"溲"。見"叟₂叟₂"。

【叟兵】漢代蜀地的兵。後漢書七五劉焉傳:"興平元年,征西將軍馬騰與(劉)範謀誅李傕,焉遣叟兵五千助之。"注:"漢代謂蜀爲叟。"三國志蜀劉璋傳:"璋復遣別駕從事蜀郡張肅,送叟兵三百人并雜御物於曹公。"

【叟₂叟₂】淘米聲。詩大雅生民:"釋之叟叟,烝之浮浮。"傳:"釋,淅米也。叟叟,聲也。"釋文:"叟,所留反。字又作溲,濤米聲也。爾雅作溞,音同。"

十四畫

叡 ruì 以芮切,去,祭韻,喻。ㄖㄨㄟˋ

明智,通達。同"睿"。逸周書謚法:"叡,聖也。"文選漢張平子(衡)南都賦:"且其君子宏懿明叡。"

【叡后】聖明的君王。文選晉陸士衡(機)漢高祖功臣頌:"綢繆叡后,無競惟人。"唐呂銑注:"綢繆,親密貌;叡,聖;后,君也。"

【叡知】智慧高明。易繫辭上:"古之聰明叡知,神武而不殺者夫。"莊子天地:"齧缺之爲人也,聰明叡知,給數以敏,其性過人。"

【叡聖】聰明通達,明曉事理。封建時代用作對帝王統治者的諛詞。漢書一〇〇下敍傳:"遭文(帝)叡聖,屢抗其疏。"文,謂漢文帝。

十六畫

叢 cóng 徂紅切,平,東韻,從。ㄘㄨㄥˊ

㊀聚集。書無逸:"亂罰無罪,殺無辜,怨有同,是叢于厥身。"㊁灌木叫叢。也作"藂"、"菆"。孟子離婁上:"爲叢敺雀者,鸇也。"楚辭宋玉招魂:"五穀不生,藂菅是食些。"注:"柴棘爲藂,……藂一作叢。"㊂衆多,繁雜。漢書九十酷吏傳贊:"張湯死後,罔(網)密事叢。"㊃姓。見通志二九氏族五平聲。南唐有叢鐇,明有叢蘭。

【叢玉】以玉石爲之,懸於簷下,風吹動則相觸成聲。也叫風馬。後來改用銅鐵金屬,叫鐵馬。唐李賀歌詩編集外詩有所思:"鴉鴉向曉鳴森木,風過池塘響叢玉。"

【叢辰】星相術士的迷信說法。以陰陽五行配合歲月日時,附會人事,造出許多吉、凶辰名,叫叢辰。史記一二七日者傳:"叢辰家曰大凶。"

【叢林】㊀叢聚的林木。文選漢班孟堅(固)西都賦:"松柏仆,叢林摧。"㊁衆僧聚居念佛修道的地方。梵語云貧陀婆那,後秦鳩摩羅什譯大智度論三:"僧伽,秦言衆,多比丘一處和合,是名僧伽;

譬如大樹叢聚，是名爲林。”後泛稱寺院爲叢林。宋王安石臨川集十九次韻張子野竹林寺詩二首：“澗水橫斜石路深，水源窮處有叢林。”

【叢帖】古今名帖彙编，叫叢帖。傳説開始於五代南唐澄清堂帖。

【叢物】叢生的植物，如蘆荻之類。周禮地官大司徒：“五曰原隰，其動物宜臝物，其植物宜叢物。”

【叢委】繁雜，堆積。宋范仲淹范文正公集十八舉歐陽修充經略掌書記狀：“其於翰墨，無暇可爲，而或奏議上聞，軍書叢委，情須可達，辭貴得宜，當藉俊僚，以濟機事。”

【叢祠】鄉野林間的神祠。史記陳涉世家：“又間令吳廣之次所旁叢祠中，夜篝火，狐鳴，呼曰：‘大楚興，陳勝王。’”索隱：“高誘注戰國策云：‘叢祠，神祠叢樹也。’”按急就篇四：“祠祀社稷叢臘奉。”注：“叢謂草木岑蔚之所，因立神祠也。……一曰：叢者，合聚諸神而祭之也。”

【叢書】唐陸龜蒙有笠澤叢書，是詩文集的别稱，相當於别集中的雜録，不是後來通行的叢書。宋寧宗時，俞鼎孫、俞經彙集石林燕語辨等書六種，刊印爲儒學警悟，爲叢書之始。以後凡彙刻各類書籍於一编，或集一人各類著作爲一集的，都叫叢書。也叫叢刊、叢刻。明清刊刻叢書之風最盛，自元明至近代所刻不下兩三千種。解放後上海圖書館刊行中國叢書综録，共登録叢書二千七百九十七種。

【叢脞】煩瑣，細碎。書益稷：“元首叢脞哉！”唐陸龜蒙甫里集十六叢書序：“叢書者，叢脞之書也。叢脞，猶細碎也。”

【叢棘】㊀古時拘禁犯人的地方。四周用棘堵塞，犯人不得脱走。易坎：“係用徽纆，寘于叢棘。”疏：“謂囚執之處，以棘叢而禁之也。”㊁荆棘之叢。漢書四五息夫躬傳絶命辭：“叢棘棧棧，曷可棲兮！”

【叢莽】叢生雜亂的草木。唐柳宗元柳先生集二八永州法華寺新作西亭記：“叢莽下頹，萬類皆出。”

【叢臺】臺名。1.戰國趙築，在邯鄲城内。數臺連聚，故名。漢書五一鄒陽傳上吳王書：“夫全趙之時，武力鼎士袨服叢臺之下者，一旦成市。”2.戰國時楚襄王築，在今河南商水縣。太平寰宇記十引陳州舊圖：“楚王遊觀弋釣地，或税駕於此，往往有嘉禾叢生，因以爲名也。”

【叢談】雜説，雜談。筆記之類，多取此名。如唐馮翊有桂苑叢談、宋蔡絛有鐵圍山叢談，清徐釚有詞苑叢談等。

【叢篁】叢生的竹子。唐宋之問集下泛鏡湖南溪詩：“沓嶂開天小，叢篁夾路迷。”

【叢顇】衆多雜亂的樣子。文選漢張平子(衡)思玄賦：“雜沓叢顇，颯以方驤。”也作“叢悴”。唐張彦遠法書要録二梁袁昂古今書評：“阮研書如貴胄失品次，叢悴不復排突英賢。”

【叢薄】草木叢生的地方。楚辭漢淮南小山招隱士：“叢薄深林兮人上慄。”淮南子俶真：“夫鳥飛千仞之上，獸走叢薄之中，禍猶及之。”注：“聚木曰叢，深草曰薄。”

【叢灌】叢生的灌木。初學記三十晉成公綏鳥賦：“起彼高林，集此叢灌。”宋書謝靈運傳山居賦：“隱叢灌故悉晨暮，託星宿以知左右。”

【叢蘭】叢生的蘭花。比喻美好的人、物。通玄真經(即文子)上德：“叢蘭欲脩，秋風敗之。人性欲平，嗜欲害之。”文選南朝梁劉孝標(峻)辨命論：“顔回敗其叢蘭，冉耕歌其芣苢。”指顔回早死。

【叢豔】猶言羣芳，謂衆花。宋郭若虛圖畫見聞志六鋪殿花：“江南徐熙輩有於雙縑幅素上畫叢豔疊石，傍出藥苗，雜以禽鳥蜂蟬之妙。”

口 部

口 kǒu 苦后切，上，厚韻，溪。ㄎㄡˇ

㊀人及動物飲食、發聲的器官。左傳定四年：“勺飲不入口七日，秦哀公爲之賦無衣。”國語周下：“口内味而耳内聲。”㊁人用口説話，故又以口爲言語的代詞。書説命中：“惟口起羞，惟甲胄起戎。”㊂人口。一人也稱一口。孟子梁惠王上：“八口之家，可以無飢矣。”㊃出入的通道。如山口、海口、洞口。又指關隘。如古北口張家口。又，凡形狀像口的可以口爲喻。如瓶口、瘡口、決口。漢王充論衡道虚：“致生息之物密器之中，覆蓋其口。”三國演義五六：“(周瑜)瘡口迸裂，昏絶于地。”㊄刀刃。水滸十二：“楊志道：‘第一件，砍銅剁鐵，刀口不捲。’”㊅寸脈。中醫學名詞。史記一〇五扁鵲倉公傳：“切其脈時，右口氣急。”正義：“右手寸口，乃氣口也。”㊆量詞。晉書劉曜載記：“獻劍一口。”景德傳燈録五慧能大師：“並賜……寶鉢一口。”

【口才】善於説話的才能。孔子家語七十二弟子：“宰予字子我，魯人，有口才著名。”也作“口材”。宋王明清揮塵後録十：“周望，字仲弼，蔡州人，有口材，好談兵。”

【口分】㊀即口糧。計口分定，故稱口分。宋楊萬里誠齋集三三花詩：“蜂蝶行糧猿鶴飯，一生口分兩無爭。”又范成大石湖詩集三十臘月村田樂府序：“二十五日煮赤豆作糜，暮夜闔家同餐，……雖遠出未歸者亦留貯口分。”㊁即口分田。見該條。

【口占】不用起草而隨口成文。漢書八三朱博傳：“閤下書佐入，博口占檄文。”金董解元西廂一：“佳人對月，依君瑞韻，亦口占一絶。”後多指當場作詩。

【口令】㊀軍隊中爲防止敵人混入、作盤查用的口頭暗號。明戚繼光練兵實記七練營陣稱“夜號”。㊁見“吃口令”。

【口外】長城以外的我國地區。長城關隘多以口爲名，如張家口、喜峯口等。元曲選孫仲章勘頭巾四：“趙令史枉法成獄，杖一百，流口外爲民。”清會典事例三宗人府儀制：“口外居住之公主格格，差遣太監進口，由札薩克給予印文。”

【口吃】説話字音重複，結結巴巴。史記六三韓非傳：“非爲人口吃，不能道説，而善著書。”

【口舌】㊀説話的器官。易説卦：“兑爲澤，爲少女，爲巫，爲口舌。”疏：“取口舌爲言語之具也。”㊁言語。史記六九蘇秦傳：“今子釋本而事口舌，困，不亦宜乎！”史記留侯世家：“上欲廢太子，……呂后乃使建成侯呂澤劫留侯，……留侯曰：‘此難以口舌爭也。’”又特指辯才。漢桓寬鹽鐵論褒賢：“主父偃以口舌取大官，竊權重欺紿宗室，受諸侯之賂。”㊂爭吵。猶言口角。水滸二四：“歸到家裏，便下了簾子，早閉上門，省了多少是非口舌。”

【口伐】用言語譴責人。新唐書一〇〇鄭元璹傳：“太宗賜書曰：‘知公口伐可汗如約,遂使邊火息燧。'"

【口快】指說話不加思索。宋朱彧萍洲可談三:"最不可妄談事及呼人姓名,恐對人子弟道其父兄名,及所短者,或其親知,必貽怒招禍,俗謂口快,乃是大病。"

【口技】傳統雜技節目之一。表演者能逼真地模仿各種聲響。古時常隔壁表演,所以也稱隔壁戲。清張潮虞初新志一引林嗣環秋聲詩自序稱爲口技。也叫像聲。清李聲振百戲竹枝詞春官序:"俗名像聲,以青綾圍隱身其中,以口作多人嘈雜,或像百物聲,無不逼真,亦一絕也。"

【口困】嘴唇皮說破。元曲選馬致遠任風子三:"絮的你口困,休想我心回。"

【口吟】低聲吟嘆。後漢書六四梁冀傳:"洞精矘眄,口吟舌言。"唐白居易長慶集六酬吳七見寄詩:"口吟耳自聽,當暑忽翛然。"

【口吻】㊀嘴。文選晉成公子安(綏)嘯賦:"隨口吻而發揚,假芳氣而遠逝。"㊁口說。漢桓寬鹽鐵論禁耕:"(鹽鐵)今罷去之,則豪民擅其用而專其利。決市閭巷,高下在口吻,貴賤無常端。"

【口角】㊀嘴邊。唐李商隱李義山詩集二韓碑:"願書萬本讀萬過,口角流沫右手胝。"㊁言語,口氣。紅樓夢七七:"就只是他的性情爽利,口角鋒芒。"㊂爭吵。紅樓夢三十:"話說林黛玉自與寶玉口角後,也自後悔,但又無去就他之理。"

【口具】當面陳述。南朝陳徐陵徐孝穆集五代梁貞陽侯與荀昂兄弟書:"一二復令張佛奴口具。"

【口供】受審者所作的口頭交代。儒林外史五一:"鳳四爹只是笑,並無一句口供。"

【口宣】帝王派專臣宣布的文告。宋黃鑑集楊文公談苑:"學士之職,所草文辭,名目浸廣,……宣錫勞賜曰口宣。"(說郛二一)明徐師曾文體名辨:"按口宣者,君諭臣之詞也。古者天子有命于其臣,則使使者傳言,若春秋內外傳所載諸告之詞是已。未有撰爲儷語,使人宣于其第者也。宋人始爲之。"宋歐陽修王安石等集中內制都有口宣文。

【口面】爭吵。水滸五一:"你二位便可請回,休在此間惹口面不好。"警世通言三三喬彥杰一妾破家:"大工看見了小工的屍首道:'袪除了這害最好,留他在家,大官人回來,也有老大的口面。'"

【口柔】說話奉承、諂媚。爾雅釋訓:"籧篨,口柔也。"注:"籧篨之疾,不能俯,口柔之視人顏色,常亦不伏,因以名云。"

【口信】㊀口頭傳達的信息。宋書王景文傳:"十七日晚,得征南參軍事謝儼口信。"㊁口頭上的信用。元曲選缺名殺狗勸夫三:"那廝無行止,失口信。"

【口案】唐張九齡勘斷公事,當犯人面分清曲直,口撰案卷,當時的人稱之爲張公口案。見五代王仁裕開元天寶遺事下口案。

【口脂】用以滋潤皮膚防止寒凍燥裂的唇膏。唐制,帝王於臘日賜大臣口脂面藥。唐杜甫杜工部草堂詩箋十一臘日:"口脂面藥承恩澤,翠管銀罌下九霄。"唐王燾外臺秘要三一有製作面脂之方。

【口徑】器物圓口直徑。禮投壺:"壺頸脩七寸,腹脩五寸,口徑二寸半。"

【口訣】原指道家以口語傳授道法或祕術的要語。抱朴子明本:"豈況金簡玉札,神仙之經,至要之言,又多不書,登壇歃血,乃傳口訣。"後來指爲掌握某種事物的要領而編成的簡明而便於記誦的語句。

【口率】按人口收稅的定則。周禮天官太宰"九曰弊餘之賦"漢鄭玄注:"賦,口率出錢也。"率,lǜ。

【口敕】帝王的口諭。北史王劭傳:"劭在著作將二十年,專典國史,撰隋書八十卷,多錄口敕。"唐白居易長慶集四繚綾詩:"去年中使宣口敕,天上取樣人間織。"

【口强】㊀好強辯,嘴不饒人。元曲選缺名神奴兒一:"俺兄弟媳婦口强,你讓他些兒。"㊁能言善辯。元曲選缺名神奴兒三:"饒你這舌辯如蘇秦,口强似陸賈,我看你怎生般分訴。"

【口授】口頭傳授。漢書藝文志春秋:"仲尼思存前聖之業,……有所褒諱貶損,不可書見,口授弟子。"

【口爽】口舌失去辨味能力。老子:"五味令人口爽。"注:"爽,差失也。失口之用,故謂之爽。"

【口啍】心口不一。荀子哀公:"無取口啍。"注:"謂口教誨心無誠實者。"

【口詔】皇帝口頭宣授的命令。晉書閻纘傳:"須錄詣殿前,面受口詔,然後爲信。"

【口琴】古代樂器,鐵製,一柄兩股,中間裝一簧片,簧端點蠟珠,銜股鼓簧而發聲。見清朝通典六六樂四。

口 琴

【口惠】空口許人好處而並無實事。禮表記:"口惠而實不至,怨菑及其身。"

【口棧】說話刻薄。水滸十六:"不是我口棧,量你是個遭死的軍人,……直得恁地逞能。"

【口給】口辭敏捷。給,足。言辭不窮的意思。論語公冶長:"禦人以口給,屢憎於人。"

【口試】當面問答的一種考試方式。唐明經科試士,先筆試,也叫墨義;後口試,也叫口義。新唐書選舉志上:"凡明經,先帖文,然後口試,經問大義十條。"參閱通典十五選舉三歷代制下。

【口義】即口試。新唐書選舉志上:"元和二年,……明經停口義,復試墨義十條。"

【口碑】㊀比喻衆人口頭稱頌,像樹立的碑誌一樣。續傳燈錄二二太平安禪師:"勸君不用鐫頑石,路上行人口似碑。"形容羣衆到處稱頌爲"口碑載道"。明張煌言張蒼水集四甲辰九月感懷在獄中作詩:"口碑載道是還非,誰識蹉跎心事違。"㊁社會上流傳的口頭熟語。紅樓夢四:"上面皆是本地大族名宦之家的俗諺口碑,云:'賈不假,白玉爲堂金作馬。'"

【口號】㊀古體詩的題名。表示隨口吟成,和口占相似。梁蕭綱(簡文帝)有仰和衛尉新渝侯巡城口號一詩,庾肩吾王筠都有此作。以後詩人沿用作爲詩題,唐張說李白杜甫王維元稹等都有口號詩。㊁頌詩的一種。宋時皇帝每年春秋節日和皇帝生日舉行宴會,樂工致辭,然後獻頌詩一章,歌功頌德。這種頌詩叫口號。見宋史樂志十七教坊。㊂同"口令㊀"。三國演義七二:"夏侯惇入帳,禀請夜間口號。"明戚繼光練兵實記七練營陣稱爲"夜號"。

【口過】㊀言語的過失。孝經卿大夫:"言滿天下無口過。"漢桓寬鹽鐵論毀學:"是以終日言,無口過;終身行,無冤尤。"㊁口臭。唐孟棨本事詩怨憤四:"則天見其詩,謂崔融曰:'吾非不知(宋)之問有才調,但以其有口過。'蓋以之問患齒疾,口常臭故也。"

【口業】佛教以身、口、意爲三業。口業,指妄言、惡口、兩舌和綺語。業,同"孽"。見四十二章經。唐宋人常用來指創作。唐白居易長慶集六八寄題廬山草堂兼呈二林寺道侶詩:"漸伏酒魔休放醉,猶殘口業未抛詩。"宋蘇軾分類東坡詩十八次韻秦太虛見戲耳聾:"眼花亂墜酒生風,口業不停詩有債。"

【口筭】古代人口稅。筭,同"算"。漢有算賦、口賦,皆按人口徵收。後漢書明帝紀永平九年:"詔郡國死罪囚減罪，與妻子詣五原朔方占著，所在死者皆賜妻父若男同産一人復終身；其妻無父兄獨有母者，賜其母錢六萬，又復(免除)其口筭。"漢樊毅復華下民租田口筭碑:"乞差諸賦復華下十里以内民租田口筭，以寵神靈。"(隸釋二)唐劉禹錫劉夢得文集二六和州刺史廳壁:"初開元詔書，以口筭第郡縣爲三品。"參見"口賦"。

【口腹】飲食。孟子告子上:"飲食之人，無有失也，則口腹豈適爲尺寸之膚哉!"東觀漢記十六閔貢:"閔仲叔豈以口腹累安邑耶!"仲叔，貢字。

【口傳】以口傳授。猶言口授。淮南子氾論:"不著於法令而聖人之所不口傳也。"三國志吴胡綜傳:"時以倉卒,未敢便有章奏,使(周)光口傳而已。"

【口實】㊀口中的食物。易頤:"自求口實。"凡口中所含的東西也稱口實。公羊傳文五年:"琀者何？口實也。"㊁話柄，借口。書仲虺之誥:"予恐來世以台(yí)爲口實。"國語楚下:"楚之所寶者曰觀射父，能作訓辭，以行事於諸侯，使無以寡君爲口實。"㊂談話資料。三國志蜀諸葛亮傳:"其秋病卒，黎庶追思，以爲口實。"

【口語】㊀言語。漢書六二司馬遷傳報任安書:"僕以口語，遇遭此禍。"㊁毁謗。漢書六六楊惲傳報孫會宗書:"遭遇變故，横被口語。"

【口齒】㊀説話，談吐。紅樓夢六:"再要賭口齒，十個會説的男人也説不過他呢!"㊁指歌唱時發聲吐字。紅樓夢五四:"不過聽我們一個發脱口齒，再聽個喉嚨罷了。"

【口算】同"口筭"。見該條。

【口賦】古代的人口税。漢有口賦、算賦。七歲至十四歲出口賦，每人每年二十三錢，叫口賦錢；十五歲至五十六歲出算賦。見漢書食貨志上及昭帝紀元鳳四年"毋收四年五年口賦"注。參閲後漢書光武紀下、文獻通考十户口一歷代户口丁中賦役。參見"口筭"。

【口澤】口中津液。禮玉藻:"母没而柸圈不能飲焉，口澤之氣存焉爾。"

【口頰】説話。猶言口舌、唇舌。宋朱熹朱文公續集一答黄直卿書:"致仕文士爲衆楚所咻，費了無限口頰，今方得州府判押。"參見"口舌㊀"。

【口磣】卽牙磣。本指食物中有沙礫雜質，不堪咀嚼。後指人説話不堪入耳。元曲選楊文奎兒女團圓一:"虧你不害口磣，説出這等話來。"

【口錢】古代人口税的一種。卽口賦錢。漢書七二貢禹傳:"口錢起武帝征伐四夷，重賦於民，民産子三歲則出口錢，故民重困，至於生子輒殺。"後漢書武帝紀"口賦"注引漢儀注:"七歲至十四出口錢，人二十，以供天子；至武帝時又口加三錢，以補車騎馬。"

【口糜】口腔糜爛。潰瘍性口内炎。素問至真要大論:"太陽之復，大熱將至，……火氣内發，上爲口糜。"

【口糧】按人口發給的食糧。文獻通考二一市糴二:"軍人請得惡弱口糧，或形嗟怨，乞嚴禁絶。"

【口穩】説話穩重、謹慎。元王實甫西廂記三本二折:"早是你口穩哩，若别人知呵，甚麽模樣。"

【口籍】㊀户籍。唐元稹長慶集五三贈太尉沂國公墓誌銘:"公乃獻地圖，編口籍，修職貢，上吏員。"㊁名册。後漢書百官志二:"凡居宫中者，皆有口籍，於門之所屬宫名兩字爲鐵印文符，案省符乃内之。"

【口辯】能言善辯。史記一一八淮南王安傳:"有女陵，慧有口辯。"魏劉邵人物志三流業:"辯不入道，而應對資給，是謂口辯，樂毅曹丘生是也。"也作"口辨"。晉書華譚傳:"好學不倦，爽慧有口辨。"

【口蠟】口脂的一種。唐白居易長慶集四二臘日謝恩賜口蠟狀:"今日蒙恩賜臣等前件口蠟及紅雪澡豆等。"

【口讒】浮誇荒誕的話。韓詩外傳四:"哀公問取人。孔子曰:'無取健，無取佞，無取口讒。健，驕也；佞，諂也；讒，誕也。'"

【口中虱】比喻極易消滅的敵方，猶如口中之虱。韓非子内儲説上七術:"(王)以臨東陽，則邯鄲口中虱也。"也作"口中蚤蝨"。漢書九九王莽傳中:"校尉韓威進曰:'以新室之威而吞胡虜，無異口中蚤蝨。'"

【口分田】按人口分給的田地。唐制，開元二十五年令，丁男給田百畝，其中二十畝爲永業田，八十畝爲口分田。老年及重病殘廢的人，給口分田四十畝，寡妻妾給口分田三十畝。口分田不得買賣，在耕者死亡後，卽退還交官。見唐六典三户部尚書、唐律疏議十二户婚上賣口分田、通典二食貨二田制下。

【口舌争】以言語争辯。史記留侯世家:"上欲廢太子。……(呂后)乃使建成侯呂澤劫留侯。呂澤彊要曰:'爲我畫計。'留侯曰:'此難以口舌争也。'"此指以言語規勸。

【口數粥】舊俗十二月二十五日煮赤豆粥，全家都吃，稱口數粥。宋范成大石湖詩集三十臘月村田樂府序:"二十五日煑赤豆作糜，暮夜闔家同饗，……雖遠出未歸者亦留貯口分，至襁褓小兒及僮僕皆預，故名曰口數粥。"

【口頭交】表面親密實無深交。唐孟郊孟東野詩集三擇友:"面結口頭交，肚裏生荆棘。"

【口頭禪】本佛教語，指不能領會禪理，只是襲用禪宗和尚的常用語作爲談話的點綴。宋王楙野客叢書附録王先生壙銘臨終詩:"平生不學口頭禪，脚踏實地性虚天。"後來指説話時經常掛在嘴上但並無多大實際意義的詞句。

【口中蚤蝨】見"口中虱"。

【口中雌黄】隨口更正説得不恰當的話。如用雌黄蘸筆，塗改錯字。文選南朝梁劉孝標(峻)廣絶交論"雌黄出其唇吻"注引晉陽秋:"王衍字夷甫，能言，於意有不安者，輒更易之，時號口中雌黄。"事又見晉書王衍傳。後來把不顧事實，隨便議論叫信口雌黄。

【口血未乾】古代結盟有歃血儀式，結盟的人用血塗口旁，以示信守。口血未乾指結盟不久。含有不久就背棄盟約的意思。左傳襄九年:"與大國盟，口血未乾，而背之，可乎？"國語吴:"以盟爲有益乎？前盟口血未乾，足以結信矣。"

【口如懸河】比喻人健談，言辭如河水傾瀉，滔滔不絶。世説新語賞譽:"王太尉(衍)云：郭子玄(象)語議如懸河寫水，注而不竭。"唐韓愈昌黎集五石鼓歌詩:"安能以此上論列，願借辯口如懸河。"今多作"口若懸河"。

【口吻生花】舊題唐馮贄雲仙雜記五引白氏金鎖:"張祜苦吟，妻孥唤之不應，以責祜。祜曰:'吾方口吻生花，豈恤汝輩!'"指吟詩得意，興趣强烈。

【口角春風】比喻言語評論，如春風能使萬物生長。意本後漢書七十鄭太傳:"孔公緒(伷)能清談高論，嘘枯吹生。"後來書札中常用此語比喻爲人吹嘘或替人説好話。

【口沸目赤】形容人情緒激動，聲色俱厲的神態。韓詩外傳九:"言人之非，瞋目搤腕，疾言噴噴，口沸目赤。"

【口是心非】心口不一。抱朴子微旨:"若乃憎善好殺，口是心非，背向異辭，反戾直正，……凡有一事，輒是一罪。"

【口誅筆伐】用言語或文字譴責他人的罪狀或錯誤言行。明汪廷訥三祝記同謫:"他捐廉棄恥,向權門富貴貪求,全不知口誅筆伐是詩人句,隴上播間識者羞。"

【口蜜腹劍】嘴甜心毒。資治通鑑二一五唐天寶元年:"李林甫爲相,……尤忌文學之士,或陽與之善,啗以甘言而陰陷之。世謂李林甫口有蜜,腹有劍。"明王世貞鳴鳳記南北分別:"這廝口蜜腹劍,正所謂匿怨而友者也。"

【口說無憑】單憑口說,不足爲據。元曲選喬孟符揚州夢四:"俗兩個口說無憑。"

【口講指畫】以手勢助講授。唐韓愈昌黎集三二柳子厚墓誌:"衡湘以南爲進士者,皆以子厚爲師。其經承子厚口講指畫,爲文詞者,悉有法度可觀。"

【口燥脣乾】卽舌乾脣焦。三國魏曹植曹子建集六善哉行:"來日大難,口燥脣乾。今日相樂,皆當喜歡。"也作"脣焦口燥。"唐杜甫杜工部詩史補遺二茅屋爲秋風所破歌:"脣焦口燥呼不得,歸來倚杖自歎息!"

二　畫

古 gǔ 公户切,上,姥韻,見。
ㄍㄨˇ

㊀時代久遠。一般分爲太古、上古、中古、近古。與"今"相對。易繫辭下:"古者包犧氏之王天下也,仰則觀象於天,俯則觀法於地,……於是始作八卦。"㊁不隨時俗,根底深厚。見"古老㊁"。㊂姓。元和姓纂六姥:"風俗通:古公亶父後,因氏焉。"又北魏吐奚氏改華姓爲古氏。見魏書官氏志。

【古丸】卽烏桓,我國古代民族名。詳"烏桓"。

【古方】古代傳下來的藥方。與"時方"相對。如傷寒論、金匱要略所列的藥方,都叫古方。也稱經方。

【古文】㊀春秋戰國時代的文字。漢許愼說文解字敍:"宣王太史籀箸大篆十五篇,與古文或異。"有廣義狹義兩種:廣義指小篆以前各諸侯國所用的文字,狹義指古文經籍中的文字。說文重文中標明爲古文的共五百一十字。㊁文體名。六朝時盛行綺麗、頹靡的駢儷文,唐初陳子昂主張發揚漢魏風骨,到中唐韓愈柳宗元等更大力反對當時流行的浮豔文風,稱秦漢之文爲古文。後來成爲散文的專稱。

【古月】稱胡爲古月,由來甚遠。晉時有"古月之末亂中州"之語(晉書苻堅載記下);唐李白李太白詩四司馬將軍歌:"狂風吹古月,竊弄章華臺。"皆以古月爲胡的隱語。按胡字右旁本從肉,非月,自從小篆改成隸書後通作月。

【古史】宋蘇轍撰。六十卷。蘇轍認爲司馬遷的史記不得"聖人"之意,於是根據史記寫古史,上起伏羲神農,下至秦始皇,共六十卷,分七本紀,十六世家,三十七列傳。删去了漢以後的歷史。書中宣揚了儒老佛三家思想。

【古老】㊀稱老年人。同"故老"。水經注八濟水:"河東岸有石橋,……古老言:'此橋東海吕母起兵所造也。'"㊁指書畫文章等工力深厚,不同時俗。唐柳宗元柳先生集八故祕書少監陳公行狀:"公有文章若干卷,深茂古老。"

【古貝】卽木棉。也叫吉貝。宋書呵羅單國傳記元嘉七年呵羅單國遣使攜天竺國白疊古貝、葉波國古貝等物來華的事。參見"吉貝"。

【古妝】別於時妝而言。宋歐陽修文忠集三豐樂亭小飲詩:"看花游女不知醜,古妝野態爭花紅。"

【古希】七十歲的代稱。詳"古稀"。

【古成】複姓。元和姓纂六姥:"風俗通:卽古成之後,隨音改焉。"

【古初】太古。列子湯問:"殷湯問於夏革曰:'古初有物乎?'"

【古怪】希見怪異。宋樓鑰攻媿集九贈丁相士詩:"古怪淸奇任君說,靈臺一片若爲尋。"永樂大典張協狀元戲文燭影搖紅:"精奇古怪事堪觀,編撰於中美,眞個梨園體。"

【古昔】古代。禮曲禮上:"毋勦說,毋雷同,必則古昔,稱先王。"韓詩外傳五:"秦之時,非禮義,棄詩書,略古昔。"

【古門】舊戲舞臺上上場和下場的左右門。"古門道"的簡稱。元曲選關漢卿竇娥冤二:"張驢兒向古門云。"又金錢池一:"正旦領梅香上,向古門道云。"

【古玩】古董器玩。元曲選武漢臣生金閣楔子:"若到人家裏,見了那好古玩好器皿,琴棋書畫,……教那伴當們借將來。"

【古典】古代的典章、制度。後漢書六一左雄傳:"孝明皇帝始有撲罰,皆非古典。"北堂書鈔九九三國魏應璩與王子雍書:"足下著書不起草,占授數萬言,言不改定,事合古典。"現在稱具有代表性的古代名著爲古典。

【古刹】古寺。刹,梵語譯音刹多羅之省。刹多羅卽佛教寺廟。南朝陳徐陵徐孝穆集一出自薊北門行詩:"燕然對古刹,代郡隱城樓。"

【古物】古代遺物。南齊書孔稚圭傳:"(太祖)餉靈産白羽扇、素隱几。曰:'君性好古,故遺君古物。'"靈産,稚圭父。

【古音】㊀宋以來稱隋陸法言切韻以前漢語音韻爲古音,對切韻以後各韻書稱今音而言。漢劉熙釋名、南北朝沈重毛詩音、唐陸德明經典釋文均已涉及,但系統研究始於宋,盛於淸。宋代古音學家有吳棫程迥鄭庠。吳棫著韻補,創古音通轉之說;程迥著音式,有雙聲互轉說;鄭庠分古韻爲六部,說見夏炘詩古韻表廿二部集說。明代古音學家有楊愼陳第。楊愼有轉注古音略,陳第有毛詩古音考。淸代著名的古音學家有顧炎武江永戴震錢大昕段玉裁孔廣森江有誥王念孫。分部繁簡,各家不同。近人章炳麟分古韻二十三部,黄侃分二十六部,並由分部而研究音值,使古音研究更趨精密。㊁古樂。唐韓愈昌黎集八城南聯句(與孟郊)詩:"歲律及郊至,古音命韶韺。"

【古度】樹名,卽榕木。文選晉左太沖(思)吳都賦:"松梓古度。"太平御覽九六〇木九引裴淵廣州記:"古度葉如栗,無華,枝柯皮中生子。子似櫨而酢,煮以爲粽。"參閱淸吳其濬植物名實圖考三七榕木。

【古春】自古以來,春天一年一度,今之春猶古之春,因稱春天爲古春。唐李賀歌詩編四蘭香神女廟三月中作:"古春年年在,閒綠搖暖雲。"

【古香】古書畫所散發的氣味。宋陸游劍南詩稿七七小室:"窗几窮幽致,圖書發古香。"

【古風】㊀古人的風度。唐杜甫杜工部草堂詩箋三投贈哥舒開府翰二十韻:"開府當朝傑,論兵邁古風。"㊁詩體的一種。如唐李白集中有古風五十七首。後凡五七言之非絶非律者,皆稱古風。見"古詩"。

【古訓】指先王的遺典。詩大雅蒸民:"古訓是式,威儀是力。"正義:"古訓者,故舊之道,故爲先王之遺典也。"

【古孫】複姓。通志二九氏族五以族系爲氏:"古孫氏。"注:"姬姓,王孫賈之後,亦隨音改爲古孫氏。"

【古處】往日相處的情意。詩邶風日月:"乃如之人兮,逝不古處。"

【古終】 卽草棉。本草綱目三六木部木棉:"木棉有二種,似木者名古貝,似草者名古終。"

【古稀】 七十歲的代稱。唐杜甫杜工部草堂詩箋十二曲江二首:"酒債尋常行處有,人生七十古來稀。"也作"古希"。宋趙令畤侯鯖録三引蘇軾詩:"令閣方當而立歲,賢夫已近古希年。"

【古詩】 ㊀ 古代的詩。如文選中收錄的古詩十九首,因爲不能確定作者和寫作年代,所以叫古詩。參見"古詩十九首"。㊁詩體名。和絶句、律詩等近體詩相對稱。句式一般有三言、五言、七言、四言、六言等。不講求對仗、平仄等格律,用韻比較自由。參見"古體詩"。

【古義】 ㊀古人的風義。詩鄭風女曰雞鳴序:"陳古義以刺今,不説德而好色也。"㊁ 古代所解釋的意義。漢書八八丁寬傳:"寬至雒陽,復從周王孫受古義,號周氏傳。"

【古道】 ㊀ 古代學術、政治、道理、方法等的通稱。禮檀弓上:"仲子亦猶行古之道也。"漢桓寬鹽鐵論殊路:"夫重懷古道,枕籍詩書,危不能安,亂不能治,郵里逐雞難,亦無黨也。"㊁古舊的道路。唐杜甫杜工部草堂詩箋十八田舍:"田舍清江曲,柴門古道傍。"

【古渡】 年代久遠的渡口。水滸四四:"古渡凄涼,那得奚人飲馬。"

【古董】 爲人所珍藏的古物。水滸六六:"四邊都掛名人書畫並奇異古董玩器之物。"後也引申指頑固守舊的人。參見"骨董"。

【古跡】 古代遺跡。唐李白李太白詩二一登金陵冶城西北謝安墩:"冶城訪古跡,猶有謝安墩。"

【古㦧】 性情倔强,脾氣古怪。元曲選缺名陳州糶米一:"你平日間是個性兒古㦧的人,倘若到那買米處,你休言語則便了也。"古今雜劇元戴善夫風光好四:"你那些假古㦧,原來是粧謊子,你無誠無信無終始。"

【古論】 論語的別本。也稱古文論語。今失傳。見漢書藝文志六藝論語、魏何晏論語集解序。清馬國翰有古論語輯佚本六卷。

【古調】 古樂調。唐劉長卿劉隨州集一聽彈琴詩:"古調雖自愛,今人多不彈。"後來比喻人的行爲或著作不合時宜爲古調獨彈。

【古德】 佛教徒對教門先輩的稱呼。如儒家稱先賢。五燈會元十道欽禪師:"旣上來,我卽事不獲已,便舉古德少許方便,抖擻些子龜毛兔角。"

【古樂】 古代帝王祭祀、朝會時奏的音樂,亦稱雅樂,別於民間的音樂。禮樂記:"魏文侯問於子夏曰:'我端冕而聽古樂,則唯恐卧。'"

【古甎】 古代的磚。古磚往往刻有年代、圖案、吉祥語等,是研究歷史的重要參考資料。參閲宋洪适隸續、清嚴福基嚴氏古磚存、陸心源千甓亭古磚圖釋、吕佺孫秦漢百磚考。

【古錢】 古代的錢幣。是歷史研究的重要參考資料。研究古錢的書有宋洪遵泉志,清劉喜海古泉苑、李佐賢鮑康正續古泉匯及乾隆官修錢譜等。

【古學】 ㊀ 研究古文字的學科。漢許沖上説文解字書:"臣父太尉南閣祭酒(許)慎,本從(賈)逵受古學。"㊁封建科舉試士,凡經解史論詩賦等,區別於八股文和試帖詩的,稱爲古學。

【古龍】 老龍。唐李賀詩歌編一湘妃:"幽愁秋氣上青楓,涼夜波間吟古龍。"

【古隸】 秦漢隸書稱古隸。三國魏鍾繇以後,楷書盛行,叫今隸。

【古韻】 見"古音"。

【古邈】 時代久遠。唐杜甫杜工部詩史補遺十風疾舟中伏枕書懷三十六韻奉承湘南親友:"聖賢名古邈,羇(羈)旅病年侵。"

【古籀】 古文、籀文的合稱。漢許慎説文解字敍:"今敍篆文,合以古籀。"參見"古文㊀"、"籀文"。

【古懽】 舊時的歡愛。文選古詩十九首:"良人惟古懽,枉駕惠前綏。"清王士禎有古懽錄八卷,記上古至明代隱居山林之士,書名借用古詩,取與古人爲伍的意思。

【古文苑】 二十一卷,不知編者姓名。相傳唐孫洙(巨源)發現於佛龕。書中收録東周至南齊的詩賦雜文共二百六十餘篇,皆唐代以前散佚之文。有宋章樵注。清孫星衍有續古文苑二十卷,每篇題目下都注明出處,體例較善。

【古今考】 宋魏了翁撰。一卷。了翁以三禮鄭玄注某物卽今某物,唐孔穎達賈公彦疏多不能考,因根據史記漢書記載,隨文加以辨證,僅寫成二十條。元方回根據魏稿,加以推行,成續編三十七卷。

【古今注】 晉崔豹著,三卷。對古代各項名物制度進行解釋和考證。四庫提要認爲此書是後人假託崔豹之名,摘取後唐馬縞中華古今注而成。按唐以前人已經有引用這本書的,直齋書録解題玉海引中興書目都以此書與中華古今注並列,今本當仍是崔豹原書。

【古月軒】 清代琺瑯彩器物通用的專名。有瓷胎、料胎(卽玻璃胎)銅胎、金胎之别,尤以瓷器最爲名貴。始於康熙時仿西歐琺瑯器,故名琺瑯彩。雍正乾隆時,製益精美。古月軒本爲當時豪富家仿製的私款,後來内廷的琺瑯彩器散出,見者以與古月軒仿製品相類,轉以古月軒作琺瑯彩器物的代稱。清趙之謙勇盧閒話烟壺考云:"烟壺最著者,别有古月軒,地則車渠,亦具五色,上爲畫采,間書小詩,壺足題古月軒,其題乾隆年製者尤美。"

【古北口】 地名。在北京市密雲縣東北,又叫虎北口,長城隘口之一,古代軍事要地。宋歐陽修文忠集六重贈劉元父詩:"古北嶺口踏新雪,馬盂山西看落霞。"參閲新唐書地理志三河北道檀州燕樂、清顧炎武昌平山水記。

【古田箋】 古田製的玉版紙,以光潔堅實著名。宋黄庭堅豫章集二次韻王炳之惠玉版紙詩:"古田小箋惠我百,信知溪翁能解玉。"

【古史考】 三國蜀譙周著。譙周以史記所記周秦以前的事,不合舊典,因收羅資料,寫成古史篇二十五篇。此書唐以後散失。清章宗源有輯本,後由孫星衍刊入平津館叢書。

【古老錢】 漢晉人多用錢陪葬,宋代稱掘地所得漢五銖錢爲古老錢。見宋朱翌猗覺寮雜記下。

【古先生】 道家稱佛爲古先生。唐白居易長慶集六七酬夢得以予五月長齋延僧徒絶賓友見戲詩:"交遊諸長老,師事古先生。"姚合姚少監詩集五閒居:"何當學禪觀,依止古先生。"

【古冶子】 春秋時力士。曾事齊景公。見晏子春秋諫下。參見"二桃"。

【古別離】 樂府雜曲歌辭篇名。樂府詩集七一雜曲歌辭古別離:"楚辭曰:'悲莫悲兮生別離'。古詩曰:'行行重行行,與君生別離'。…… 後人擬之爲古別離。"文選南朝梁江文通(淹)雜體詩三十首,首篇就是古別離。這類詩多寫男女離別,具有消沉感傷的情調。

【古押衙】 唐人小説中的一個人物。曾捨生救人,成人之好。見太平廣記四八六薛調無雙傳。後來多用爲"俠士"的代稱。宋許顗許彦周詩話引王晉卿

(詵)詩:“佳人已屬沙吒利，義士今無古押衙。”

【古音表】清顧炎武著。二卷。改變唐韻次第，分古音爲十部，以平聲爲部首，上去入三聲附後。爲炎武音學五書之一。

【古刺水】精製的香水。明永樂間傳自西洋，明清時皆視爲珍品。參閱清袁枚隨園詩話七、趙學敏本草綱目拾遺一水部古刺水。

【古香齋】清宮内葆中殿，弘曆(乾隆)爲皇子時讀書的地方，有額叫古香齋。弘曆有古香齋袖珍十種，卽淵鑒類涵、古文淵鑒、四書、五經、史記、朱子全書、初學記、施注蘇詩、春明夢餘録等，共三百六十册，校印甚精。

【古律尺】古代以黄鐘爲度量衡的標準。相傳黄帝命伶倫造律尺，名古律尺。又名縱黍尺。以一粒秬黍的縱長度爲一分，九分爲一寸，九寸爲一尺。見明朱載堉律吕精義内篇十。

【古都都】象聲詞，形容水翻騰的聲音。元王實甫西廂記二本二折:“颭一颭古都都翻了海波。”

【古詩紀】明馮惟訥編。一百五十六卷。收録先秦至隋代的詩歌謡諺，内容豐富，但真僞混雜，頗有疏漏。清馮舒有詩紀匡謬一卷，糾正此書錯誤。

【古詩源】清沈德潛輯。十四卷。收録上古至隋代的古詩和歌謡，共七百餘首，除詩經離騷外，古代著名的詩篇，大體已具。每篇疏釋大義，並附評語圈點。

【古詩選】清王士禛選。三十二卷。選魏晉至宋元各家五言七言古詩。有聞人倓箋本。姚鼐又續選五言七言今體詩九卷，後人以古詩選合刻。

【古微書】明孫瑴編，三十六卷。摘録十三經注疏、二十一史書志、太平御覽、玉海等書中所引的緯書佚文，加以編排。共輯緯書十種(尚書緯、春秋緯、易緯、禮緯、樂緯、詩緯、論語緯、孝經緯、河圖、洛書)七十二部，採摭尚爲豐富，但各條都不注出處，後來墨海金壺、守山閣叢書刊入，另加補注。

【古樂府】元左克明編。十卷。收録上古至陳隋樂府歌辭。着重在追溯樂府詩的源，對變體和文人擬作，選擇比較謹嚴。與宋郭茂倩樂府詩集要窮究樂府詩的流變，多收變體擬作的，稍有不同。

【古樂苑】明梅鼎祚編。五十二卷。據郭茂倩樂府詩集加以增輯，自上古至南北朝。收録雖然豐富，[illegible]

【古謡諺】清杜文瀾編。一百卷。收録古籍中上古至明代的謡諺，注明出處與有關本事。以經史子集編排，便於査閲。

【古體詩】見“古詩㊀”。

【古文尚書】漢伏生傳尚書二十九篇，用當時隸書書寫，故稱今尚書或今文尚書。漢武帝時在孔子故宅壁中發現尚書，比今文尚書多十六篇。因用蝌蚪古文書寫，所以稱古文尚書。魏晉時惟祕府有之，至永嘉之亂亡佚。晉元帝時，豫章内史梅賾獻奏上孔安國傳古文尚書，比今文多出二十五篇。唐孔穎達作疏，卽今存十三經注疏中的書經。對梅賾獻的古文尚書二十五篇，宋吴棫開始懷疑係僞作。至清閻若璩作古文尚書疏證，列舉一百多條證據，證明僞作;清丁晏著尚書餘論，考定爲出于魏王肅之手。

【古文淵鑑】清徐乾學等奉命編選。六十四卷。上起左傳，下至宋代作品，附有注釋評論。

【古文關鍵】宋吕祖謙編。二卷。選取韓愈柳宗元歐陽修曾鞏蘇洵蘇軾張耒等人的文章六十餘篇，指出每篇文章命意布局，因旨在給學習古文的人指示門徑，故書以關鍵爲名。

【古井無波】比喻人心寂然不動，如井已枯竭，不再起波瀾。唐孟郊孟東野詩集一列女操:“妾心古井水，波瀾誓不起。”白居易長慶集一贈元稹詩:“無波古井水，有節秋竹竿。”封建社會多用來稱夫死妻不再嫁者。

【古今人表】漢書八表之一。舉古今人物，分上上至下下爲九等。其得失，古今評論不一。唐劉知幾史通表曆、宋鄭樵通志總序皆譏其混合古今，强立差等，而清章學誠文史通義、永清縣志職官表序極稱其善。清梁玉繩有古今人表考九卷。

【古今通韻】清毛奇齡撰。十二卷。分古韻爲五部，對顧炎武的古音學多所駁難。由於時代觀念不强，取證又未能分辨個别與一般，價值實遠不及顧氏的音學五書。但書中引證頗博，可供參考。

【古今逸史】叢書名。明吴琯校刊。收集歷代有關語言如方言、地志如山海經、逸紀如穆天子傳、國史如晉史乘、傳記如高士傳等流傳不多之書編成，分逸志逸記兩大類，凡五十五種，初印本共四十二種，一百八十二卷。

【古今説海】明陸楫編。一百三十五種，一百四十二卷。分説選説淵説略説纂四部。集録前代至明小説，以唐宋小説爲多，各篇略有删節，但故事大致完整，較宋曾慥類説、明陶宗儀説郛爲詳瞻。

【古公亶父】人名。古代周族領袖。傳爲后稷第十二代孫，周文王的祖父。原居豳，因戎、狄族侵逼，遷於岐山(今陜西)下，建築城郭，設置官吏，開墾荒地，發展生産，使周逐漸强盛，周人追尊爲太公王。見史記周本紀。

【古玉圖譜】舊題宋龍大淵撰。所收古玉自三代至南宋七百餘種。四庫提要疑爲僞書，但記載繁富，繪畫精工，可與宣和博古圖比美。

【古色古香】形容古雅的色彩，多指古物言。清黄丕烈士禮居藏書題跋記上廛史:“是書雖非毛氏所云何元朗本及伊舅氏仲木本，然古色古香溢於楮墨，想不在二本下也。”

【古刻叢鈔】明陶宗儀集。一卷。集録古代碑刻六十九種。其中見於他書的不過三幾種，絶大部分是他書從未收録過的。所録全載原文，首尾完具，以原額爲題，不分時代先後。

【古肥今瘠】形容書法的不同風格。唐張彦遠法書要録二梁武帝觀鍾繇書法十二意:“元常(鍾繇字)謂之古肥，子敬(王獻之字)謂之今瘠，今古既殊，肥瘦頗反。”

【古往今來】從古到今。文選晉潘安仁(岳)西征賦:“古往今來，邈兮悠哉!”唐白居易長慶集十五放言詩之一:“朝真暮僞何人辨，古往今來底事無!”

【古音略例】明楊慎撰。一卷。摘取易詩書禮記左傳楚辭老莊列荀管晏諸子和周秦漢人著作中的韻文，加以編排羅列，標爲舉略、辨誤、變例、正誤、叶音諸目，雖於古韻有所發明，但隨意輯集，既不完備，也缺乏系統性。

【古音駢字】明楊慎著。一卷。清莊履豐莊鼎鉉續編五卷。均摘取古籍中假借通用的複音詞，按韻編排，並注明出處，有的加上考證。

【古音叢目】明楊慎撰。五卷。與慎所著古音獵要五卷、古音餘五卷、古音附録一卷，雖分爲四種，實際是一部書，以先後寫成，各標書名。各書都仿宋吴棫詩補音楚辭釋音韻補的體例，用今韻分部，用古音相協的分屬各部。但條例不精密，自相矛盾，頗有疏漏。只是取材豐富，有可采處。

【古畫品録】南齊謝赫著。一卷。謝赫提出“六法”作爲評畫準則，並對三國吴至南齊畫家陸探微等二十七人加以評論，分屬六品。是我國最早的國畫評論專著，對後世影響較大。

【古逸叢書】叢書名。清光緒時，黎庶昌出使日本時輯，有宋本爾雅、宋本穀梁傳、至正本易程氏傳、唐集字老子、宋本荀子、宋本莊子、元本楚辭集注、舊鈔本玉燭寶典等二十六種。搜訪校輯，以楊守敬之力爲多。大部分有題解，説明版本源流，末附守敬跋文。因多爲國内亡佚的書，故名古逸叢書(按其中如蔡刻杜詩，有廣東刊本；莊子注疏載道藏輯要中，實非佚書)。

【古貌古心】形容容貌思想，皆有古人風度。唐韓愈昌黎集五孟生詩："孟生(孟郊)江海士，古貌又古心。"宋袁説友東塘集二題王順伯祕書所藏蘭亭修禊帖詩："臨川先生天下士，古貌古心成古癖。"

【古調不彈】見"古調"。

【古樂經傳】清李光地著。五卷。摘取周禮大司樂以下二十官作爲經文，以樂記作爲傳文，加以注釋。

【古韻標準】清江永著。四卷。以詩經爲主，附以周秦以下的韻語。分古音平上去聲各十三部，入聲八部。條例謹嚴，創見很多，是古音學的重要著作。

【古文四聲韻】宋夏竦撰。五卷。依郭忠恕汗簡分韻，重加編排，以隸領篆，便於查閱。

【古文辭類纂】清姚鼐編。七十五卷。選取從戰國到清歷代文章，不收經子史傳和詩賦，分論辨、序跋、奏議、書説、贈序、詔令、傳狀、碑誌、雜記、箴銘、頌贊、辭賦、哀祭十三類。每類前各有序言，略述文體特點源流。後黎庶昌王先謙各有續纂，黎書不限於原書體例，補選經子史傳，下及清代古文。王書仍按原書體例，補選清代古文家三十九人的作品。

【古今律曆考】明邢雲路著。七十二卷。仿照正史律曆合志寫成。其中言律僅六卷。主要講古代曆法的源流得失。

【古今僞書考】清姚際恆著。一卷。其中經類十九種，史類十三種，子類三十種。對於託名僞作的古書，詳加考證。凡前人研究已有定論者，皆記於前，頗便查閱。

【古詩十九首】東漢抒情五言古詩。不知作者姓名。南朝梁昭明太子(蕭統)收入文選。南朝陳徐陵玉臺新詠以其中一、二、五、六、九、十、十二、十九共八首爲枚乘所作，題作枚乘雜詩。這些詩反映東漢末年社會動亂情況，語言平易自然，對後世詩歌有較大影響。

【古經解鈎沈】清余蕭客撰。三十三卷。從唐以前古書中摘録諸經的注疏，按十三經的次序編排，並加敍録。書内但録舊文，仍注所出書名卷數，不加論斷。

【古經解彙函】叢書名。清鍾謙鈞等輯。收録漢唐人解釋儒家經典的書籍和文字、訓詁等書，共收鄭氏周易注等十六種(内易緯八種作一種)及小學彙函十四種。所據版本大都經過清人校訂。

【古文尚書疏證】清閻若璩著。八卷。列舉例證一百二十八條，專辨古文尚書十六篇及孔安國尚書傳，證明皆係僞作。引據確鑿，古文僞作遂成定論。參見"古文尚書"。

【古夫于亭雜録】清王士禎撰。八卷。續成於香祖筆記以後，都是讀書札記。無凡例次序，故稱雜録。因作者所居魚子山有古夫于亭，因以爲名。

【古今圖書集成】類書名。原名古今圖書彙編。清康熙時陳夢雷等原輯未刊行。雍正時，命蔣廷錫等重爲編校，改名古今圖書集成。全書一萬卷。分曆象、方輿、明倫、博物、理學、經濟六編，乾象、歲功、曆法等三十二典，六千一百零九部。每部先彙考，後總論，有圖表、列傳、藝文選句、紀事、雜録、外編等項目。爲集經史子集大成之大類書。雍正四年以銅活字本排印，共印六十四部。

【古今韻會舉要】元熊忠著。三十卷。熊忠認爲黄公紹的古今韻會太繁，而著此書。依劉淵歸併禮部韻略例分一百零七韻，並增添注釋，共一萬二千六百五十二字，注文皆根據羣書，注明出處。

【古書疑義舉例】清俞樾著。七卷。舉九經諸子中由於文法或用詞與後世不同而産生疑義的，或因錯簡誤字而讀不通的，共八十八條爲例，一一加以解説，讀者可以觸類旁通，幫助解決閱讀古籍的同樣性質的疑難問題。

【古今姓氏書辨證】宋鄧名世著，子椿補成，四十卷。原書久佚，清乾隆時自永樂大典輯出，以韻隸姓，仍定爲四十卷。是考證古今姓氏的專書。

【古今合璧事類備要】宋謝維新著。分前後續別外五集，三百六十六卷。收録均爲宋以前舊籍，其中多已佚者。宋代遺事佚詩，也往往見於此書。後集記宋代官制，條理分明。

可 1. kě ㄎㄜˇ 枯我切，上，哿韻，溪。

㊀許可，贊成。書堯典："吁，嚚訟可乎！"㊁合適，應該。韓非子外儲説左下："'寡人欲得其良令也，誰使而可？'武曰：'邢伯子可。'"㊂能，可以。管子權修："下怨上，令不行，而求敵之勿謀己，不可得也。"㊃大約。韓非子外儲説左上："行數百步，以騶爲不疾，奪轡代而御；可數百步，以馬爲不進，盡釋車而走。"㊄正當，正在。唐劉禹錫劉夢得集四金陵五題生公講堂詩："高坐寂寥塵漠漠，一方明月可中庭。"㊅痊癒。金董解元西廂三："瘦得渾如削，百般醫療終難可。"㊆轉折連詞。相當於"却"、"可是"。元王實甫西廂記二本三折："幽僻處可有行人，點蒼苔白露冷冷。"

2. kè ㄎㄜˋ

㊇詳"可$_2$汗"。

【可人】㊀使人滿意的人，能幹的人。禮雜記下："管仲遇盗，取二人焉，上以爲公臣。曰：'其所與遊辟也，可人也。'"三國志蜀費禕傳："君信可人，必能辦賊者也。"㊁使人滿意。宋黄庭堅山谷外集詩注四次韻師厚食蟹："趨蹌雖入笑，風味極可人。"

【可口】㊀滋味適口。莊子天運："三皇五帝之禮儀法度，其猶柤梨橘柚耶？其味相反，而皆可於口。"宋楊萬里誠齋集七夜飲以白糖嚼梅花詩："剪雪作梅只堪嗅，點蜜如霜新可口。"㊁快口，隨口。唐陸龜蒙甫里集一奉酬襲美先輩吳中苦雨一百韻詩："可口是妖訛，恣情專賞罰。"

【可叉】象聲詞，形容事物的斷裂聲。也作"可擦"、"磕叉"、"磕槎"。元曲選康進之李逵負荊二："舉起我那板斧來，覷着脖子上，可叉！"

【可中】㊀假若。唐陸龜蒙甫里集十一和寄韋校書詩："可中寄與芸香客，便是江南地理書。"㊁正好。唐皎然詩集三遊溪待月："可中纔望見，撩亂搖寒衣。"羅隱甲乙集二綿詩："可中用作鴛鴦被，紅葉枝枝不礙刀。"

【可手】合手。藝文類聚六九晉張翰杖賦："方圓適意，洪細可手。"

【可可】㊀不在意。花間集三薛昭藴浣溪沙詞："瞥地見時猶可可，却來閑處暗思量。"㊁猶言是是。宋辛棄疾稼軒詞三千年調 蔗庵小閣名曰巵言作此以調之："巵酒向人時，和氣先傾倒。最要然然可可，萬事稱好。"㊂恰巧。元曲選李行道灰闌記一："可可的我妹子正在門前，待我去相見咱。"水滸一〇二："原來童貫密使人分付了府尹，正要尋罪過擺撥他，可可的撞出這節怪事來。"

【可巧】恰巧。紅樓夢六："自他去後，一二年間，可巧都有了。"

【可$_2$汗】我國古代鮮卑、蠕蠕、突厥、回紇、蒙古等族的最高統治者叫可汗。其妻叫可敦。參閱魏書蠕蠕傳、新唐書突厥傳上。

【可事】小事，尋常事。花草粹編七宋歐陽修青玉案詞："綠暗紅嫣渾可事，綠楊庭院，暖風簾幙，有箇人憔悴。"

【可念】㊀可憐。世說新語德行："謝奕作剡令，有一老翁犯法，謝以醇酒罰之，乃至過醉而猶未已。太傅（謝安）……諫曰：'阿兄，老翁可念，何可作此！'"㊁可愛。唐韓愈昌黎集三三殿中少監馬君墓誌："姆抱幼子立側，眉目如畫，髮漆黑，肌肉玉雪可念，殿中君也。"

【可兒】如意之人，能人。世說新語賞譽："桓溫行經王敦墓邊過，望之云：'可兒，可兒！'"參見"可人㊀"。

【可能】表示推論之詞，意思隨文而異。1.能。禮祭義："養可能也，敬爲難。"2.怎麽能。唐許渾丁卯集上晚自朝臺至韋隱居郊園詩："西去磻溪猶萬里，可能垂白待文王。"3.未必能。唐李商隱李義山詩集五井絡："堪歎故君成杜宇，可能先主是真龍。"4.也許，難道。唐羅隱甲乙集八偶題："我未成名君未嫁，可能俱是不如人。"

【可要】表示期望。唐李商隱李義山詩集五辛未七夕詩："由來碧落銀河畔，可要金風玉露時。"又六賦得雞詩："可要五更驚曉夢，不辭風雪爲陽烏。"

【可$_2$敦】見"可$_2$汗"。

【可堪】猶言那堪。唐李商隱李義山詩集五春日寄懷："縱使有花兼有月，可堪無酒又無人。"羅隱甲乙集五所思詩："長恐病侵多事日，可堪忙過少年時。"

【可意】合意，如意。漢書七十陳湯傳："武帝時，工楊光以所作數可意，自致將作大匠。"三國志魏鍾會傳注引世語："司馬景王（師）令中書令虞松作表，再呈輒不可意，命松更定。"

【可煞】表示疑問之詞，卽可是。全芳備祖前集十三桂花門引宋李清照鷓鴣天桂花詞："騷人可煞無情思，何事當年不見收。"又作"可殺"。宋楊萬里誠齋集三二歸雲詩："可殺飯雲也愛山，夜來都宿好山間。"

【可憐】㊀值得憐憫，哀憐。漢書六六楊惲傳："爲言大臣廢退，當闔門惶懼，爲可憐之意。"㊁可愛。樂府詩集七三焦仲卿妻："自名秦羅敷，可憐體無比。"唐李白李太白詩五清平調："借問漢宮誰得似？可憐飛燕倚新粧。"㊂可惜。唐李商隱李義山詩集六賈生："可憐夜半虛前席，不問蒼生問鬼神。"

【可憎】㊀可憎惡。唐張文成遊仙窟："誰知可憎病鵲，夜半驚人。"㊁表示男女極度相愛之反語。金元戲曲中常用。金董解元西廂一："你道是可憎麽，被你直羞落庭前無數花。"也作"可憎才"、"可人憎"。元王實甫西廂記四本一折："則爲這可憎才熬得心腸耐，辦一片志誠心，留得形骸在。"元曲選喬孟符金錢記一："那姐姐怕不待寵兒俊俏可人憎，知他那眉兒淡了教誰畫。"

【可頻】複姓。西魏時代人王雄，賜姓爲可頻氏。宋建中中有藍田尉可頻瑜。見通志二九氏族五。

【可薩】突厥部落名。新唐書二四一下波斯傳："波斯居達遏水西，……北臨突厥可薩部。"

【可離】芍藥的別名。晉崔豹古今注下問答釋義："芍藥一名可離，故將別以贈之。"

【可體】合體，合身。金董解元西廂四："青衫離俗，裁得暢可體。"

【可足渾】三字姓。前燕有慕容儁皇后可足渾氏，又有散騎常侍可足渾常。後燕有新汲侯可足渾健。見通志二九氏族五。代北姓又有可朱渾、渴燭渾，皆爲同音異譯。

【可惜許】可惜。五代及宋人詩詞及禪宗語錄中常用。"許"爲詞尾，無義。五代蜀王衍甘州曲："可惜許，淪落在風塵。"宋晏殊珠玉詞雨中花："可惜許，月明風露好，恰在人歸後。"

【可喜娘】可愛的姑娘。元王實甫西廂記一本一折："顛不剌的見了萬千，似這般可喜娘的龐兒罕曾見。"

【可意人】稱心如意之人。明缺名新編四季五更駐雲飛詠五更離情："嗏，不由我笑欣欣，去相迎，準備有千語萬言，見了都無論。今日相逢可意人。"

【可憐生】可愛。"生"爲詞尾，無義。宋陸游劍南詩稿六三讀書示子遹："阿遹可憐生，相守忘夜旦。"

【可憐見】㊀可憐。"見"爲詞尾，無義。金董解元西廂三："到此際兀誰可憐見我這裏。"㊁憐愛。元史泰定帝紀一："薛禪皇帝可憐見嫡孫。"

【可憐蟲】比喻可憐的人。樂府詩集二五梁企喻歌："男兒可憐蟲，出門懷死憂。"

【可心如意】符合心意。紅樓夢六五："這如今要辦正事，不是我女孩兒沒羞恥，必得我揀個素日可心如意的人，才跟他。"

叵 pǒ ㄆㄛˇ 普火切，上，果韻，滂。

㊀不可，急讀爲叵。漢許愼說文解字敘："雖叵復見遠流，其詳可得略說也。"㊁遂，便。後漢書十三隗囂傳："帝知其終不爲用，叵欲討之。"

【叵奈】無奈，可恨。元曲選白樸梧桐雨楔子："叵奈楊國忠這廝，好生無禮！"

【叵耐】不可忍耐，受不了。唐張文成遊仙窟："一眉猶叵耐，雙眼定傷人。"引申爲可惡，可恨。敦煌曲子詞唐缺名鵲踏枝："叵耐靈鵲多謾語，送喜何曾有憑據。"宋李元綱厚德錄二："眞宗嘗怒一朝士，再三語及，（丁謂）輒稍退不答。上作色曰：'如此叵耐，問輒不應！'"

【叵信】不可信。三國志魏呂布傳："布因指（劉）備曰：'是兒最叵信者。'"

【叵測】不可測。新唐書一二五尹愔傳："（父思貞）嘗受學於國子博士王道珪，稱之曰：'吾門人多矣，尹子，叵測也。'"今作貶義用。如言人奸詐爲"居心叵測。"

【叵羅】古代酒器。北齊書祖珽傳："神武宴寮屬，於坐失金叵羅，竇泰令飲酒者皆脫帽，於珽髻上得之。"

右 yòu ㄧㄡˋ 云久切，上，有韻，于。

㊀凡在右手一方者皆稱右。與"左"相對。易豐："折其右肱。"㊁表示方位。古時西方稱右。如山西稱山右，江西稱江右。㊂幫助，偏袒。詩大雅大明："保右命爾，燮伐大商。"左傳襄十年："王叔陳生與伯輿爭政，王右伯輿。"㊃古以右爲尊，故稱所重者爲右。史記一〇四田叔傳："上盡召見，與語，漢廷臣毋能出其右者。"參見"右武"。㊄强。後漢書四六陳寵傳："西州豪右，并兼。"㊅勸食，勸酒。通"侑"。詩小雅彤弓："鍾鼓既設，一朝右之。"㊆姓。漢有右公弼，宋有右嘉祥。

【右口】右手寸口。中醫學名詞。史記一〇五扁鵲倉公傳："切其脈時，右口氣急。"

【右文】㊀崇尚文治。宋史選舉志三學校試："國家恢儒右文，京師郡縣皆有學。"㊁漢字形聲字中類在左，義在右者稱左文。如木類其左傍皆作木。右傍兼聲義者稱爲右文。如戔，意思是小，水小爲"淺"，貝小爲"賤"，金小爲"錢"等，都以戔爲義。見宋沈括夢溪筆談十四藝文一、張世南游宦紀聞九。

【右司】官名。詳"左司"。

【右史】㊀古代史官名。禮玉藻："言則右史書之。"詳"左史"。㊁複姓。以官爲姓。周有右史戍。見元和姓纂七有引世本。

【右江】即黔江。詳"左右江"。

【右地】對"左地"而言。即西部地區。漢書九四匈奴傳上："（匈奴）遣左右大將各萬餘騎，屯田右地。"重要之地也稱右地。樂府詩集六四梁沈約齊謳行："東秦稱右地，川隰固夷昶。"

【右丞】古官名。秦置尚書丞，漢沿用。東漢時，分置左右丞，主持尚書臺，監察百官，權勢極大。六朝因之。元併尚書省於中書，設中書省左右丞。明初襲用，後廢。參閱文獻通考五一職官五左右丞。

【右行】㊀春秋時晉國軍制名。見"三行"。㊁書法名。見"左行"。㊂複姓。行，háng。春秋晉有右行賈華、右行辛，漢有右行緈。見廣韻。

【右序】右，助；謂支持之使有次序。詩周頌時邁："實右序有周。"

【右更】秦漢爵位名，第十四級。史記七一樗里子傳："爵樗里子右更。"漢書百官公卿表上"右更"注："更，言主領更卒，部其役使也。"

【右券】券，木契。古代刻木爲契，分爲左右兩半，雙方各執其一，作爲憑信。左半叫左券，右半叫右券。史記七六平原君傳："公孫龍曰：'……且虞卿操其兩權，事成，操右券以責；事不成，以虛名德君。君必勿聽也。'"也作"右契"。戰國策韓三："操右契，而爲公責德於秦魏之主。"宋鮑彪注："左契，待合而已；右契可以責取。"

【右武】崇尚武功。史記一一二平津侯傳："守成尚文，遭遇右武。"

【右姓】豪族大姓。後漢書三一郭伋傳："强宗右姓，各擁衆保營，莫肯先附。"六朝時重門第，豪門大族稱右姓。也稱右族。周書王子直傳："王子直……京兆杜陵人也，世爲郡右族。"

【右軍】㊀周制，天子有三軍，稱中軍、左軍、右軍。左傳桓五年："虢公林父將右軍。"㊁古官名。晉王羲之曾作右軍將軍，後來稱羲之爲右軍。唐張彥遠法書要錄一齊王僧虔論書："庾征西翼書，少時與右軍齊名。"㊂相傳王羲之愛鵝，後來就把右軍作爲鵝的別名。宋沈括夢溪筆談二三譏謔："吴人多謂梅子爲曹公，以其嘗望梅止渴也。又謂鵝爲右軍。"

【右契】見"右券"。

【右宰】複姓。春秋衛官名，以官爲姓。左傳襄十四年有大夫右宰穀。見元和姓纂七有。

【右師】㊀春秋宋官名。左傳成十五年："於是華元爲右師。"戰國齊也有右師。參見"左師㊀"。㊁複姓。漢有中郎將右師譚。見元和姓纂七有引世本。

【右族】即豪門大族。見"右姓"。

【右戚】皇帝的貴戚。南史蔡撙傳："撙曰：'臣預爲右戚，且職在納言。'"

【右輔】㊀西漢主管京都右內史地區的官。漢景帝把京都地區分爲兩部，分設右內史和左內史，右輔卽右內史。史記一一二王溫舒傳："（王溫舒）爲右內史。坐法失官，復爲右輔。"㊁漢京兆尹左馮翊右扶風爲畿內三輔，右扶風別稱右輔。今爲陝西鳳翔。唐韓愈昌黎集五石鼓歌詩："故人從軍在右輔，爲我量度掘臼科。"參見"右扶風"。

【右廣】春秋楚軍制，分左廣右廣，十五乘爲一廣。右廣相當於右軍。左傳宣十二年："右廣，雞鳴而駕。"

【右學】卽太學。禮王制："殷人養國老於右學。"注："右學，太學也，在西郊。"參見"太學"。

【右轄】星名。見"左轄㊀"。

【右臂】人習慣於用右手做事，故以右臂喻事物之要害部分。戰國策趙二："今楚與秦爲昆弟之國，而韓魏稱爲東蕃之臣，齊獻魚鹽之地，此斷趙之右臂也。"

【右翼】正面右側的部隊。晉書慕容廆載記："（裴嶷）率李頭爲右翼。"也作"右臆"。漢賈誼新書連語："紂將與武王戰，紂陳其卒，左臆右臆，鼓之不進，皆還其刃，顧以鄉紂也。"

【右職】重要的職位。漢書八九黃霸傳："馮翊以霸入財爲官，不署右職。"注："右職，高職也。"後漢書六十上蔡邕傳上封事："臣愚，以爲宜擢（張）文右職，以勸忠謇。"注："右，用事之便，謂樞要之官。"

【右藏】帝王的內庫之一。詳"左藏"。

【右北平】郡名。秦置。漢初屬燕，景帝以後屬幽州。見漢書地理志下。地在今河北省東北部，郡治平剛，卽今河北平泉縣。

【右內史】漢代三輔之一。漢景帝時把京師地區分爲左右二部，稱左、右內史。武帝太初元年改右內史爲右扶風。主管的長官也叫右內史。漢書九十酷吏傳："（義）縱以鷹擊毛摯爲治，後會更五銖錢白金起，民爲姦，京師尤甚，乃以縱爲右內史。"參見"右扶風"。

【右扶風】㊀漢郡名。原屬秦內史，漢屬右內史，武帝太初元年分右內史地置右扶風。與京兆、左馮翊爲三輔。其地在今陝西長安縣以西。參閱漢書地理志上。㊁官名。漢太初元年改主爵都尉爲右扶風，治右內史地。見漢書地理志上。

【右執法】星名。在太微古垣。卽今室女座之β星。見晉書天文志。

【右賢王】漢時匈奴族對其貴族的封號。詳"左賢王"。

【右軍習氣】漢字書法，稱一味摹倣而無創造的爲右軍習氣。右軍，謂晉王羲之，曾任右軍將軍。見清宋曹書法約言。

司

1. sī ㄙ 息兹切，平，之韻，心。

㊀主持，掌管。書高宗肜日："王司敬民。"㊁官職。管子小匡："制五家有軌，軌有長；十軌爲里，里有司。"㊂行政組織名。宋王安石變法，於神宗熙寧二年設置制置三司條例司，掌管新法的制訂和頒布。參閱宋史三二七王安石傳。㊃姓。左傳鄭有司臣，宋有司超。見廣韻。

2. sì ㄙˋ

㊄偵察。通"伺"。漢書五二灌夫傳："太后亦已使人候司，具以語太后。"

【司土】官名。1.卽"司徒"。西周金文寫作"司土"。見郭沫若兩周金文辭大系免簠銘文。2.殷代官名。爲天子六府之一。卽周禮的土均。詳"六府㊁"。參見"土均㊁"

【司士】㊀官名。朝廷的官，殷代五官之一。見禮曲禮下。周禮夏官之屬有司士，掌羣臣的爵祿。㊁地方官的屬員，北齊郡有司士參軍，掌工役。唐制，在府名士曹參軍，在州名司士參軍，在縣名司士，主管河津、營造、橋梁建築等事。宋後廢。參閱通典三三職官十五總論郡佐。

【司方】㊀指示方向者。漢徐整數術記遺："數不識三，妄談知十，猶川人事迷其指歸，乃恨司方之手爽。"注謂司方爲指南車。㊁主管一方。三國魏曹植曹子建集三大暑賦："炎帝掌節，祝融司方。"

【司户】唐代官名。漢魏以下有户曹掾，主管民户，爲郡之佐吏。北齊稱户曹參軍。唐制,在府曰戶曹參軍,在州曰司戶參軍。在縣曰司戶。唐李白李太白詩十有贈崔司戶文昆季詩。元廢。參閱通典三三職官十五總論郡佐。

【司天】主管觀察天象之官。唐敦煌變文捉季布:"昨見司天占奏狀,三台八坐甚紛紜。"

【司木】殷代官名。爲天子六府之一。即周禮之山虞。詳"六府㊀"。參見"山虞"。

【司中】星名。文昌宮的第五星。周禮春官大宗伯:"以槱燎祀司中司命。"史記天官書:"斗魁戴匡六星曰文昌宮:一曰上將,二曰次將,三曰貴相,四曰司命,五曰司中,六曰司祿。"

【司水】殷代官名。爲天子六府之一。即周禮之川衡。詳"六府㊀"。參見"川衡"。

【司分】古曆法官。分,謂春分秋分。又指由曆法官來頒布節氣。文苑英華十一唐王諲南至雲物賦:"北風戒節,南至司分。"參見"玄鳥氏"。

【司市】官名。周禮地官之屬有司市,主管市場的治教政刑,量度禁令。

【司功】官名。唐州府佐吏自錄事參軍外,有司功、司倉、司戶、司兵、司法、司士六參軍。在府稱功曹參軍,在州稱司功參軍,在縣稱司功,主管官園祭祀、禮樂、學校、選舉、表疏、醫筮、考課、喪葬等事。參閱通典三三職官十五總論郡佐。

【司右】官名。周禮夏官之屬有司右,主管各種車右的官,王出,充王的車右。

【司民】㊀官名。掌管戶口登記。周禮秋官之屬有司民。國語周上:"司民協孤終。"注:"司民,掌登萬民之數,自生齒以上,皆書於版。"㊁星名。周禮秋官小司寇:"孟冬祀司民,獻民數于王。"注:"司民,星名,軒轅角也。"

【司州】州名。漢以司隸校尉督察畿輔,後世於畿內置司州。1. 三國魏都洛陽,在畿輔置司州,治洛陽,在今河南省。晉代相承。永嘉以後,洛陽爲劉聰所占,東晉曾先後於各地僑置司州。2. 南朝宋劉裕收復河南,置司州,治虎牢,在今河南汜水縣西北,後爲後魏所占領。元嘉中在義陽僑置司州。東魏遷鄴,改相州爲司州,在今河南臨漳縣西。

【司成】古官名。即大司成。掌管教育國子。相當於漢以後的國子監祭酒。禮文王世子:"大司成論說在東序。"又:"樂正司業,父師司成。"唐高宗時一度改國子監爲司成館,祭酒爲大司成。後用作祭酒的別稱。參閱通典二七職官九諸卿下。

【司里】春秋官名,主管宅里事務。國語周中:"司里授館。"

【司兵】官名。1. 周禮夏官之屬有司兵,主管武器。2. 漢司隸屬官有兵曹從事史,有軍事則置之,主管兵事。北齊置兵曹參軍,爲州郡佐吏。唐制,主管軍防、門禁、田獵,驛傳、儀仗等事。在府稱兵曹參軍,在州稱司兵參軍,在縣稱司兵。宋廢。參閱通典三三職官十五總論郡佐。

【司法】官名。兩漢郡之佐吏有決曹、賊曹掾,主管刑法。北齊稱法曹參軍。唐制,在府叫法曹參軍,在州叫司法參軍,在縣叫司法。宋在司法參軍外,又有司理參軍。元廢。參閱文獻通考六三職官十七錄事參軍。

【司空】㊀官名。1. 西周主管建築工程、製造車服器械、監督手工業奴隸的官,爲六卿之一。國語周中:"司空不視塗。"注:"司空,卿官,掌道路者。"金文寫作"司工"。見郭沫若兩周金文辭大系免觶銘文。東漢司空,爲三公之一,主管水土及營建工程。清時俗稱工部尚書爲大司空。2. 漢成帝綏和元年改御史大夫爲大司空。後去"大"字,稱司空。魏爲三公官,參議國事,隋唐沿用。參閱通典二十職官二司空。3. 主管囚徒之官。漢書百官公卿表上:"宗正屬官有都司空令丞。"又少府屬官有左右司空,水衡屬官有水司空。都是主管囚徒的官。㊁獄名。秦叫囹圄,漢叫若盧,魏叫司空。參閱禮月令仲春之月孔穎達疏。㊂複姓。春秋晉士蔿爲司空,子孫爲司空氏。見通志二八氏族四以官爲氏。

【司房】元代州縣衙門負責記錄口供管理案卷的部門,即六房的刑房。元曲選關漢卿望江亭四:"司房裏責口詞去。"

【司武】司馬的別稱。左傳襄六年:"司武而梏於朝,難以勝矣。"參見"司馬㊀"。

【司刑】官名。掌五刑之法。見周禮秋官。

【司直】官名。1. 漢武帝元狩五年置,幫助丞相檢舉不法,位在司隸校尉上。東漢改屬司徒,幫助司徒督錄各州郡所舉上奏。後魏屬廷尉,審理御史的檢劾。北齊改屬大理寺,隋繼承。唐掌承旨出使推覆,並參議疑獄。宋分斷刑、治獄二司直。明廢。2. 唐置,屬詹事府,爲太子官屬,主管檢舉東宮官僚和東宮衛隊。宋以後廢。參閱通典三十職官十二太子詹事。

【司刺】官名。主管刑獄。掌三刺三宥三赦之法,佐助司寇審理案件。刺,殺;宥,寬減;赦,免刑。見周禮秋官。

【司門】官名。周禮地官之屬,守衛京城十二門,稽查走私。漢爲城門校尉,北周復置司門。隋稱司門侍郎,後稱司門郎,唐稱司門郎中,屬刑部,守衛京城城門關橋和巡查道路等。元廢。參閱通典二三職官五刑部尚書。

【司命】㊀星名。1. 文昌的第四星,即楚辭屈原九歌中的少司命。史記天官書:"斗魁戴匡六星,曰文昌宮。……四曰司命。"索隱:"司命,主災咎。"2. 三台中的上台二星,即楚辭九歌中的大司命。晉書天文志:"三台,……上台爲司命,主壽。"㊁神名,禮祭法稱宮中所祀小神有司命,風俗通義八祀典稱民間所祀小神有司命。轉爲和生命有關的事物。管子國蓄:"五穀食米,民之司命也。"

【司牧】左傳襄十四年:"天生民而立之君,使司牧之。"以羊喻民,後來因稱官吏爲司牧。南朝梁江淹江文通集九柳僕射爲南兗州詔:"司牧之任,宜詳其授。"

【司服】官名。周禮春官之屬。主管王之吉凶衣服。又天官之屬有內司服,主管王后之六服。

【司封】官名。唐武則天光宅元年改主爵郎中爲司封郎中,主管封爵、襲蔭、褒贈等事。明清稱驗封司。參閱通典二三職官五吏部尚書。

【司南】指南針,羅盤一類測定方向的器具。鬼谷子謀十:"故鄭人之取玉也,載司南之車,爲其不惑也。"韓非子有度:"故先王立司南以端朝夕。"轉指準則、標準。唐李商隱會昌一品集序:"爲九流之華蓋,作百度之司南。"

【司約】官名。周禮秋官之屬。約,約束;掌管盟約券書的官。

【司宮】官名。主管宮內之事。以閹人充任。儀禮公食大夫禮:"司宮具几與蒲筵常。"注:"司宮,太宰之屬,掌宗廟者也。"左傳昭五年:"楚子朝其大夫曰:'……若吾以韓起爲閽,以羊舌肸爲司宮,足以辱晉。"

【司馬】㊀官名。周禮夏官大司馬之屬,有軍司馬、輿司馬、行司馬。春秋晉作三軍,每軍別置司馬。漢宮門及大將軍、將軍、校尉之屬官,都有司馬。邊郡亦設置千人司馬,專管兵事。隋唐州府佐吏有司馬一人,位在別駕、長史之下。參閱通典三三職官十五總論郡佐。㊁複姓,以官爲氏。周宣王時有程伯休父爲司馬，其後爲司馬氏。見史記太史公自序。

【司城】㊀官名。即司空。春秋宋國設置，本名司空，因武公名司空，遂改司空爲司城。見左傳文七年。㊁複姓。元和姓纂二之引世本："宋戴公生東鄉克，孫樂喜爲司城氏。陳哀公子郲勝之後，亦爲司城氏。"

【司草】殷代官名。爲天子六府之一。即周禮之稻人。詳"六府㊁"。參見"稻人"。

【司書】官名。周禮天官之屬，主管計會簿書。

【司倉】官名。漢有倉曹史，主管倉庫，爲郡的屬官。北齊稱倉曹參軍。唐制，在府的稱倉曹參軍，在州的稱司倉參軍，在縣的稱司倉。宋廢。參見"司功"。

【司徒】㊀官名。周禮地官大司徒，主管教化的官，爲六卿之一。國語周上："司徒協旅。"注稱掌合師旅之衆。漢哀帝元壽二年改丞相爲大司徒。東漢時改稱司徒，主管教化，爲三公之一。魏沿用，但三公爲虛銜，不與朝政。隋唐時三公參議國事。歷代沿用，至明廢。清時俗稱戶部尚書爲大司徒。㊁複姓。相傳舜爲堯司徒，子孫以官爲氏。見元和姓纂二之。

【司寇】㊀官名。周禮秋官大司寇，主管刑獄。爲六卿之一。春秋諸國有司寇之官。國語周上："司寇協姦。"清時俗稱刑部尚書爲大司寇。㊁同伺寇，刑罰名，漢書刑法志："隸臣妾滿二歲爲司寇，司寇一歲，及作如司寇二歲，皆免爲庶人。"伺寇，罰往邊地戍守防敵。㊂複姓。元和姓纂二之引世本："衛靈公子郢子孫，爲司寇亥之後。"

【司商】官名。主管賜族授姓。國語周上："司商協民姓。"注："司商，掌賜族受姓之官。商金聲清，謂人始生，吹律合，定其姓名也。"參閱漢王符潛夫論九志氏姓。

【司理】官名。宋太祖開寶六年設置諸州司寇參軍，後改爲司理參軍，主管獄訟。簡稱司理，又寫作司李。元廢。明時俗稱推官爲司理。參閱宋王林燕翼貽謀録一置司理參軍、文獻通考六三職官十七録事參軍。

【司務】官名。明清於六部皆置司務，主省署抄目、出納文書，其官署名司務廳。參閱清文獻通考七九職官三、八十職官四。

【司敗】春秋時陳楚主管刑獄的官。左傳文十年："（子西）懼而辭曰：'臣免於死，又有讒言，謂臣將逃，臣歸死於司敗也。'"注："陳楚名司寇爲司敗。"

【司晨】公雞報曉，故稱司晨。晉陶潛陶淵明集三述酒詩："流淚抱中歎，傾耳聽司晨。"

【司貨】殷代官名。爲天子六府之一。即周禮地官之丱人。詳"六府㊁"。參見"丱人"。

【司寒】古代傳説的寒神。左傳昭四年："黑牡秬黍以享司寒。"注："司寒，玄冥，北方之神。"

【司禄】㊀官名。周禮地官之屬，主管班禄之事。㊁星名。1.文昌宫第六星。史記天官書："文昌宫……六曰司禄。"索隱："司禄，賞功。"2.晉書天文志上："三台……東二星曰下台，爲司禄，主兵，所以昭德塞違也。"

【司慎】古代傳説主盟約之神。左傳襄十一年："司慎司盟，名山名川。"注："二司，天神。"

【司裘】官名。周禮天官之屬，主管王之裘服。

【司嗇】謂最初發明耕作的人。相傳堯時后稷始作稼穡，故以后稷爲司嗇。嗇即"穡"。是古代祭禮八蜡之一。禮郊特牲："蜡之祭也，主先嗇而祭司嗇也。"注："司嗇，后稷是也。"

【司業】古代主管音樂的官。禮文王世子："樂正司業。"業，覆樂器的板。相傳樂官兼教國子。隋煬帝大業三年設置國子監司業，幫助祭酒教授生徒。歷代沿置，爲學官，清末廢。參閱通典二七職官九國子監。

【司盟】㊀官名。周禮秋官之屬，主管盟約之辭及其禮儀。㊁見"司慎"。

【司農】漢代官名。主管錢糧，爲九卿之一，又稱大司農。東漢末改爲大農。魏以後，或稱司農，或稱大司農。參閱文獻通考五六職官十司農卿。清代因戶部主管錢糧田賦，故俗稱戶部尚書爲大司農。

【司會】官名。周禮天官之屬。主管財政經濟。禮王制："司會以歲之成質於天子。"注："司會，冢宰之屬，掌計要者。"會，kuài。

【司厲】古代官名。周禮秋官之屬，主管没收盜賊的兵器、財物和把他們充作奴隸。

【司察】監督。後漢書三六陳元傳上疏："勞心下士，屈節待賢，誠不宜使有司察公輔之名。"注："司察猶督察也。"

【司稽】官名。周禮地官之屬，主管巡市而察其犯禁者及執盜賊等事。

【司儀】官名。周禮秋官之屬，主管接待賓客的禮儀。後魏設有司儀官，北齊改爲署，隋唐沿用，屬鴻臚寺，負責喪葬儀式等事。參閱通典二六職官八鴻臚卿。明代主管陳設引奏禮儀，清廢。見歷代職官表三三鴻臚寺。

【司憲】官署名，即御史臺。秦漢都有御史官。官衙叫御史府，漢以後稱御史臺，北周叫司憲，屬秋官府。隋唐仍稱御史臺。唐龍朔二年改爲憲臺，改御史大夫爲大司憲，御史中丞爲司憲大夫，後復稱御史臺。參閱通典二四職官六御史臺。

【司諫】官名。周禮地官之屬，主管督察吏民過失，選拔人才。唐門下省的諫官，有補闕、拾遺。宋太宗端拱初改補闕爲左右司諫，掌諷諭規諫。元以後廢。參閱文獻通考五十職官四門下省拾遺補闕。

【司虣】古官名。周禮地官之屬，負責維持治安和社會秩序，禁止暴亂。虣，古"暴"字。

【司險】官名。周禮夏官之屬。平時掌管開路架橋；國有事，負責設立路障，派所屬守衛。

【司器】殷代官名。爲天子六府之一。即周禮地官之角人。詳"六府㊁"。

【司圜】官名。周禮秋官之屬。管理監獄和行刑，收罷民而任之以事，能改的則赦免。圜，土獄。

【司勳】官名。周禮夏官之屬，主管功賞事務。北周有司勳上士，隋有司勳侍郎，唐改爲郎中，從五品，屬吏部。參閱唐六典二。明清稱稽勳司，清末廢。參閱清通典二四職官二吏部。

【司隸】官名。周禮秋官之屬。負責管理奴隸、俘虜以給勞役，捕盜賊。漢武帝征和四年，初置司隸校尉。領兵千餘人，捕巫蠱，督察大奸猾。後罷所領兵，使察三輔、三河、弘農七郡。哀帝時改稱司隸。東漢復稱司隸校尉，仍領七郡，治河南洛陽。魏晉以來，沿用漢制，稱司隸。所領之州，稱司州。隋設司隸臺，有司隸大夫，掌管諸巡察。唐廢。參閱漢書百官公卿表上、後漢書百官志四、通典三二職官十四司隸校尉。

【司禮】官名。1.南北朝尚書省有祠部尚書，隋改爲禮部，唐高宗龍朔二年改禮部尚書爲司禮太常伯，咸亨元年復舊稱。見唐六典四禮部尚書。2.明代內官有司禮監，簡稱司禮，由宦官担任官職，負責宮廷禮節，内外奏章。明代中葉後，皇帝多不見臣下，因事降旨，都由中官先寫事目，送內閣票擬，由司禮秉筆代書，權勢極重。如劉瑾魏忠賢都由司禮監而權傾內外。參閱明沈德符萬曆野獲編補遺一內監內官定制、明史職官志三及宦官傳。

【司關】官名。周禮地官之屬。春秋時有關尹，禮記有關人，負責檢查出入關門的貨物和收税，通報接待過關的四方賓客。

【司鐸】相傳古代頒布新令，必奮木鐸以警衆。故後來稱主持教化者爲司鐸。文選漢張平子(衡)東京賦：“次和樹表，司鐸授鉦。”後世稱教官爲司鐸。

【司爟】官名。周禮夏官之屬，掌行火之政令。

【司天臺】官署名。掌管觀察天象，考定曆數，歷代都設置專官，稱太史令。隋改太史監，唐初改爲太史局，以後名稱屢改，有祕書閣局、渾天監、渾儀監、太史監等名。至唐肅宗乾元元年改爲司天臺。除占候天象外，並預造來年曆頒於境內。參閱舊唐書職官志二。

【司空圖】公元837—908年。唐虞鄉人，字表聖。懿宗咸通十一年進士，官至知制誥、中書舍人。因避亂隱居中條山王官谷，自號知非子、耐辱居士。唐亡，朱全忠稱帝，絕食而死。著有詩品二十四則，以四言韻語，詠述詩的二十四種境界，對後世詩論很有影響。有司空表聖文集十卷。新、舊唐書文苑傳有傳。

【司花女】隋煬帝時，洛陽進合帶迎輦花，帝命御車女袁寶兒持之，號曰司花女。見説郛七八唐顏師古隋遺録。宋李曾伯可齋雜藁二八道間懷益昌總所海棠詩：“憑誰警戒司花女，密遣輕陰謹護持。”

【司南車】即指南車。三國志魏明帝紀青龍二年注引魏略：“使博士馬均作司南車。”按馬均應作馬鈞。詳“指南車”。

【司烜氏】官名。周禮秋官之屬，掌管用陽燧取明火於日，用鏡取明水於月，供祭祀用。有大事，供大燭庭燎，並掌火禁。

【司馬中】皇宮內門，在司馬門內。漢書元帝紀：“詔令從官給事宮司馬中者，得爲大父母、父母、兄弟通籍。”

【司馬牛】春秋宋人，名耕，字子牛。孔子弟子。是宋國司馬桓魋的弟弟。見論語顏淵、史記六七仲尼弟子傳。

【司馬光】公元1019—1086年。字君實，北宋陝州夏縣涑水鄉人。寶元元年進士，歷任仁宗英宗神宗三朝。熙寧間王安石推行新法，他竭力反對，出外。哲宗即位，入朝爲相，盡改新法，恢復舊制。死謚文正，追封温國公。著有切韻指掌圖、潛虛、稽古録、涑水紀聞、文集等。與劉恕劉攽范祖禹等所編的資治通鑑二百九十四卷，爲我國重要的編年史著作。參見“資治通鑑”。

【司馬竹】竹的一種，產於嶺南。可製弓。宋朱翌猗覺寮雜記：“南越志曰沙麻竹，可爲弓，似弩，謂之溪子弩。或曰蘇麻竹、或曰鸁麻竹，今訛爲司馬竹。”

【司馬法】古兵書名。一卷。漢書藝文志列於經之禮類，稱軍禮司馬法百五十五篇。隋書經籍志作三卷，不分篇。按史記司馬穰苴傳稱：齊威王使大夫追論古者司馬兵法而附穰苴於其中。今存一卷。書中所言規制，多與周禮相出入，所以班固把它列入禮類。

【司馬門】皇宮的外門。凡出入宮禁的到此都下車步行。史記項羽紀：“使長史欣請事至咸陽，留司馬門三日。”集解：“凡言司馬門者，宮垣之內，兵衛所在，四面皆有司馬，主武事。總言之，外門爲司馬門也。”又見三輔黄圖二漢宮。

【司馬貞】唐河內人，字子正。開元中爲潤州別駕，仕至朝散大夫，弘文館學士。以史記諸家音義年遠散失，或多疏漏，按南朝宋裴駰集解，撰史記索隱和補三皇紀三十卷。注文繁徵博引，常斷以己意，頗有發明。

【司馬昭】公元211—265年。司馬懿次子。字子上。自兄司馬師死後，繼任魏大將軍，專國政。魏帝曹髦憤不平，率衆自攻昭，不勝被殺。曹奐立，封昭爲晉公，咸熙元年進爵爲晉王。死後，他的兒子司馬炎廢魏稱帝，建立晉王朝，追謚爲文帝。晉書有紀。

【司馬師】公元207—255年，司馬懿長子，字子元。司馬懿死後，司馬師繼任魏大將軍，專國政。魏帝曹芳嘉平六年，司馬師廢曹芳、立高貴鄉公曹髦。次年病死，由弟昭執政。昭子炎廢魏，建晉王朝，追謚爲景帝。晉書有紀。

【司馬彪】晉宗室，字紹統。曾注莊子，作九州春秋、續漢書八十篇。惠帝末年死。續漢書紀、傳部分已亡失，清汪文臺有輯本。所存八志三十卷，南朝梁劉昭補入范曄後漢書，至宋時與范書合刊。晉書有傳。

【司馬談】公元前？—前110年。漢夏陽人，司馬遷之父。武帝時任太史令，論著陰陽、儒、墨、名、法、道六家要旨，而崇尚道家，認爲道家“立俗施事，無所不宜。”見史記太史公自序。

【司馬遷】公元前145—前86？年。漢夏陽人，字子長，司馬談之子。曾南遊江淮，浮沅湘，北涉汶泗，又奉使西至巴蜀以南邛、笮、昆明等地。元封三年繼父職，任太史令。開始寫史記。後來因替李陵辯護，被漢武帝下獄，處宮刑。出獄後，任中書令，發憤著書，完成史記一百三十篇，爲我國第一部紀傳體史書。見史記太史公自序及漢書本傳。參見“史記”。

【司馬徽】東漢末潁川陽翟人。字德操。善於知人，人稱水鏡。劉備曾向徽探詢人才，徽因推薦諸葛亮、龐統。參閱三國志蜀龐統傳。

【司馬懿】公元178—251年。三國魏温人。字仲達。爲曹操父子重用。曹丕時，任大將軍。曹芳即位，他以太傅與丞相曹爽同輔政。嘉平元年，殺曹爽，自爲丞相，獨攬國政。到他的孫子司馬炎，代魏稱帝，建立晉朝，追謚爲宣帝。晉書有紀。

【司徒帽】北齊高昂轉司徒公，好著小帽，世稱司徒帽。見北史高昂傳。

【司經局】官署名。南朝梁陳有典經局。北齊有典經坊。隋改爲司經局。唐沿置。屬詹事府，爲太子屬官，有洗馬、文學等官，主管四庫圖書刊輯。見唐六典二六司經局。

【司農寺】官署名。北齊建立，隋唐沿襲，置卿、少卿等官，主管糧食積儲、京官祿米及園池果實等。宋神宗時，爲推行新法的重要機構，青苗、農田水利、免役、保甲等法都由其制訂和推行。元廢。參閱通典二六職官八司農卿、續通典三十職官八司農卿。

【司寤氏】官名。周禮秋官之屬，爲掌警夜之官。

【司天在泉】古代中醫學説，以歲之干支分配人體之六經，如子午年少陰司天，陽明在泉；卯酉年陽明司天，少陰在泉之類。司天，猶言主任用事；在泉，猶言隱退潛伏；診脈時視其應與不應，以斷病之輕重。參閱素問五常正大論、六元正紀大論。

【司空見慣】比喻事情屢見不鮮。唐孟棨本事詩情感記載：唐司空李紳宴請劉禹錫，讓歌女勸酒，劉即席賦詩，有“司空見慣渾閑事，斷盡江南刺史腸”之句。唐詩紀事三九作揚州大司馬杜鴻漸與劉禹錫事。草堂詩餘三蘇軾滿庭芳佳人詞：“人間何處，有司空見慣，應謂尋常。”

【司馬承禎】公元655—735年。唐溫州溫人。字子微，號白雲。從潘師正學辟穀導引。先後爲武后、睿宗、玄宗召見。晚居黄屋山，置壇室以居。死謚貞一先生。見新、舊唐書隱逸傳。

【司馬季主】漢初楚國人。曾游學長安，通經術，賣卜於東市。宋忠、賈誼往訪，爲其所難。見史記一二七日者傳。

【司馬相如】公元前179—前118年。漢成都人。字長卿。武帝時，因獻賦被任命爲郎。曾通使邛、筰有功。著作有子虛、上林、大人等賦，以諷喻爲名，鋪張皇帝打獵和觀賞歌舞的享樂生活，以及游仙故事，文字華麗雕琢，成爲漢魏以後文人賦體的模倣對象。史記漢書皆有傳。

【司馬穰苴】春秋時名將。齊田氏的同族。齊景公時，爲將軍，善於用兵，約束嚴明，曾擊敗燕晉軍隊，收復齊國失地。死後，齊威王使大夫追論古者司馬兵法，而把穰苴之作附於其中，稱爲司馬穰苴兵法。史記有傳。漢書藝文志有軍禮司馬法百五十五篇，隋書經籍志三兵有司馬兵法三卷。現存司馬法僅一卷，五篇。參見“司馬法”。

【司隸校尉】見“司隸”。

【司馬昭之心】比喻人所共知的野心。三國志魏高貴鄉公紀注引漢晉春秋：“帝見威權日去，不勝其忿。乃召侍中王沈……，謂曰：‘司馬昭之心，路人所知也。吾不能坐受廢辱，今日當與卿自出討之。’”

召 1. zhào 直照切，去，笑韻，澄。
ㄓㄠ

㊀呼喚。詩小雅出車：“召彼僕夫，謂之載矣。”㊁招致，引導。荀子勸學：“故言有召禍也，行有招辱也。”吕氏春秋君守：“此之謂以陽召陽，以陰召陰。”召、招通用。

2. shào 實照切，去，笑韻，禪。
ㄕㄠ

㊂古地名。周初召伯的封地，在今陝西岐山縣西南。㊃姓。春秋時召邵爲一氏，元和姓纂七笑以邵召皆爲召公奭之後。

【召₂公】姓姬，名奭，周的支族，周武王之臣（白虎通王者不臣謂爲文王之子）。因封地在召，故稱召公或召伯。武王滅紂後，封召公於北燕。成王時，與周公旦分陝而治。“自陝而西，召公主之，自陝而東，周公主之。”見史記燕召公世家。參閱清李超孫詩氏族考、梁玉繩漢書人表考二。

【召₂平】秦時廣陵人，封東陵侯。秦亡後，家貧，種瓜於長安城東。瓜美，俗稱東陵瓜。漢高祖十一年，拜蕭何爲相國，益封置衛，平勸何讓封勿受。見史記蕭相國世家。

【召見】命人來，予以接見。史記一〇四田叔傳：“有詔召見衛將軍舍人。”清代官吏見皇帝，職低的由吏部帶領進見，稱引見；職高的由特旨令進見，稱召見。

【召₂伯】即周召公奭。見“召₂公”。

【召呼】通知，交代。後漢書八十烏桓傳：“大人有所召呼，則刻木爲信，雖無文字，而部衆不敢違犯。”

【召₂虎】即召穆公，召公奭的後代。周宣王時，淮夷不服，宣王命召虎領兵沿江漢出征。詩大雅韓奕：“江漢之滸，王命召虎。”傳謂即召穆公。

【召₂忽】春秋時齊國人，與管仲同事襄公子公子糾。襄公死，國亂，從公子糾出奔至魯。齊桓公（小白）即位後，命魯人殺公子糾，召忽死之。見左傳莊九年。

【召₂南】詩篇名，爲十五國風之一。召在岐山之南，爲周初召公奭之采邑。其所采民間樂調歌謡，叫召南。按召南江有汜“江有沱”箋：“岷山道江，東別爲沱。”是召南包括長江上游的歌謡。參閲清方玉潤詩經原始二國風召南。

【召₂陵】春秋時楚地名。左傳僖四年：“夏，楚子使屈完如師，師退，次於召陵。”漢設縣，屬汝南郡，晉改爲邵陵，隋廢。舊城在今河南郾城縣東。

【召₂渠】又名召堰，在河南泌陽縣西，爲西漢召信臣任南陽太守時所修築。宋嘉祐二年，唐州守趙尚寬修召信臣故迹，溉渠溉田，故又叫趙渠。參閲“召信臣”。

【召₂棠】周召伯巡行鄉邑，曾在甘棠樹下決獄治事，詩召南有甘棠篇。後因以召棠爲頌揚官吏政績的典故。藝文類聚七七梁劉孝綽棲隱寺碑銘：“惟新召棠，且思羊碑。”參見“甘棠”。

【召集】通知衆人集合。魏書張彝傳：“遂召集百寮督責之，令其修悔。”

【召募】招集。三國志吴吕岱傳：“召募精健，得千餘人。”後來多指募兵。宋史兵志一：“其軍政則有召募、揀選、廩給、訓練、屯戍、遷補、器甲、馬政八者之目。”

【召₂信臣】西漢壽春人，字翁卿，元帝時曾任南陽太守。在南陽修渠築壩數十處，灌田三萬頃，幾年内，户口增加一倍，人尊稱他爲“召父”。後遷河南太守，在郡守中，治行常爲第一。竟寧中，徵爲少府。見漢書八九循吏傳。

【召₂父杜母】西漢召信臣和東漢杜詩，相繼爲南陽太守。二人皆能爲民興利，開鑿溝渠，修治坡地，廣拓土田，注重農業。故當時有“前有召父，後有杜母”之語。見東觀漢記十五、後漢書二一杜詩傳。舊時用爲頌揚地方長官政績的套語。

叶 xié 胡頰切，入，怙韻，匣。
ㄒㄧㄝ

和，合。“協”的古文。後漢書律曆志中：“遂覲東后，叶時月正日。”

【叶光】古代神話中黑帝名。隋書音樂志中黑帝降神奏高明樂辭：“叶光是紀歲窮，微陽潛兆方融。”參見“協光紀”。

【叶洽】歲在未叫叶洽。史記天官書：“叶洽歲，歲陰在未，星居申。”亦作“協洽”。見“協洽”。

【叶韻】也叫協句。今韻與古韻因古今音變而不同，故以今韻讀古韻文，多不和諧。南北朝時有“叶韻”之説，如梁沈重毛詩音，於詩邶風燕燕三章“之子於歸，遠送於南”下注“協句，宜乃林反”（見唐陸德明經典釋文五）；以求“南”字與“音”“心”字叶韻。末流甚至擅改原文，强古韻以就今韻。至宋人提出古韻通轉、不煩改字之説。朱熹作楚辭集注推用稍廣，其弊至於一字數讀，隨處可叶。清代對古音研究逐漸精確，叶韻之説遂隨之廢除。

叮 dīng 當經切，平，青韻，端。
ㄉㄧㄥ

見下列各條。

【叮寧】再三囑咐。同“丁寧㊀”、“叮嚀”。宋王林燕翼貽謀録：“祖宗留意民事，叮寧戒飭。”（説郛九六）陸游劍南詩稿二四和張功父見寄：“叮寧一語宜深聽，信筆題詩勿太工。”

【叮噹】象聲詞，宋許月卿先天集二夢中作詩：“金翹何婀娜，玉佩遽叮噹。”

【叮嚀】再三囑咐。唐鮑溶詩三范真傳侍御有寄因奉酬之五：“黄鶯似傳語，勸酒太叮嚀。”（唐六名家集）宋朱熹朱文公集二五答沈侍郎書：“而今得竊窺訓誨，叮嚀之意，尤使人皇恐震慄而不敢當。”

【叮囑】再三囑咐。宋悟明集聯燈會要二四神晏禪師：“藥山再三叮囑。”

号 háo hào
ㄏㄠ ㄏㄠ

同“號”。見“號”。

叩 kòu 苦后切，上，厚韻，溪。
ㄎㄡ

㊀擊，打。禮學記：“叩之以小者則小鳴，叩之以大者則大鳴。”㊁詢問。論語子

孚："我叩其兩端而竭焉。" ㊂古時行禮俯首到地叫叩頭，簡稱叩。見"叩頭"。㊃貼緊。清平山堂話本刎頸鴛鴦會："着件叩身衫子。" ㊄通"扣"。見"叩馬"。

【叩心】捶胸。悔恨的樣子。後漢書五五張奂傳："今呼天不聞，叩心無益，誠自傷痛。"

【叩叩】鄭重懇切。玉臺新詠一三國魏繁欽定情詩："何以致叩叩，香囊懸肘後。"

【叩冰】見"卧冰"。

【叩角】敲牛角。藝文類聚九四引琴操："甯戚飯牛車下，叩角而商歌，……齊桓公聞之，舉以爲相。"後來稱以言語投合人主之意而登身爲顯官，常用此典。晉書皇甫謐傳釋勸論："或叩角以干齊，或解褐以相秦。"也作"叩轅"。參見"叩轅"。

【叩門】登門求見。史記一〇一袁盎傳："且緩急人所有。夫一旦有急叩門，不以親爲解，不以存亡爲辭，天下所望者，獨季心、劇孟耳。"

【叩馬】勒住馬。史記六一伯夷傳："伯夷叔齊叩馬而諫。"也作"扣馬"。左傳襄十八年："太子與郭榮扣馬。"

【叩誠】真誠，款誠。楚辭漢劉向九嘆逢紛："行叩誠而不阿兮，遂見排而逢讒。"漢王逸舊注訓扣爲擊，非。參閱清王念孫讀書雜志餘編下。

【叩頭】㊀以頭叩地，舊時最敬重的禮節。史記一〇四田叔傳："叔叩頭對曰：'是乃孟舒所以爲長者也。'" ㊁蟲名，形色如大豆。見太平御覽九五一引異苑。

【叩閽】有冤向朝廷申訴。同"叫閽"。清閔齊伋六書通閽："又凡吏民冤抑得詣闕自愬者曰叩閽。"詳"叫閽"。

【叩轅】轅，駕車之木。漢劉向説苑尊賢："甯戚，故將車人也。叩轅行歌於康之衢，桓公任以國。"參見"叩角"。

【叩關】㊀入關求見。春秋戰國時列國皆於邊界設關，檢查行客，客至必先進見關人。周禮地官司關："凡四方之賓客敂關，則爲之告。"敂，古"叩"字。㊁攻打關門。史記始皇紀論："常（嘗）以十倍之地，百萬之衆，叩關而攻秦。"後來也稱叩門爲"叩關"。

另 lìng 字彙 力正切，音令。 ㄌㄧㄥ

分開。凡別爲一事者曰另。

【另日】別日。明楊慎升庵外集："俗謂異日爲另日。"字彙：另，又音補賣切，音擺。清翟灝以列子周穆王有"別日升崑崙丘"語，以另爲別字之省。見通俗編二時序。

【另眼相待】特別照顧、看待。紅樓夢七："不過仗着這些功勞情分，有祖宗時，都另眼相待，如今誰肯難爲他？"

叻 lè ㄌㄜ

呖叻，馬來文的譯音，即新嘉坡。亦稱叻埠。清李鍾珏新嘉坡風土記："舊名息力，又稱呖叻，華人或稱新州府。"

叨 1. tāo ㄊㄠ 土刀切，平，豪韻，透。

㊀貪。同"饕"。㊁忝。謙詞，如言叨蒙、叨承，表示承受的意思。唐陳子昂陳伯玉集三爲副大總管蘇將軍謝罪表："臣妄以庸才，謬叨重任。"參見"叨竊"。

2. dāo ㄉㄠ

㊂話多。如言"嘮叨"。見"叨₂叨₂"。

【叨₂叨₂】話多而嚕囌。元曲選吴昌齡東坡夢一："心地自然明，何必叨叨説。"古今雜劇缺名黑旋風雙獻功二："我這裏七留七林行，他那裏叨叨絮絮説。"也作"絮絮叨叨"。簡作"絮叨"。

【叨沓】貪而怠緩。新唐書一七一李光顔傳："初，田縉鎮夏州，以叨沓開邊隙。"

【叨冒】貪得。宋書劉勔傳："將軍王廣之求勔所自乘馬，諸將帥皆忿廣之叨冒，勸勔以法裁之。"

【叨越】非分占有。梁書吕僧珍傳："吾荷國重恩，無以報效，汝等自有常分，豈可妄求叨越。"

【叨懫】貪而暴戾。書多方："亦惟有夏之民叨懫，日欽劓割夏邑。"懫，zhì。

【叨竊】自謙才不勝任而據有其位。三國志蜀諸葛亮傳上疏曰："臣以弱才，叨竊非據。"

叫 jiào ㄐㄧㄠ 古弔切，去，嘯韻，見。

㊀呼，喊。左傳襄三十年："或叫於宋大廟。" ㊁鳴。文選漢馬季長（融）長笛賦："鼯鼠夜叫。"

【叫子】口吹發聲之器。即哨子。宋沈括夢溪筆談十三權智："世人以竹木牙骨之類爲叫子，置人喉中吹之，能作人言，謂之顙叫子。"

【叫化】乞丐。古今雜劇元關漢卿緋衣夢一："俺父親比前是李十萬，如今無了錢，人叫做李叫化。"又缺名孤兒尋母："妾身王秀雲，孩兒霍安禮，俺裝扮做叫化的，與同孩兒尋母親去。"

【叫呶】諠譁叫鬧之聲。唐柳宗元柳先生集一平淮夷雅一："狂奔叫呶，以干大刑。"

【叫聒】喧叫。唐李白李太白詩十四江上寄元六林宗："停棹依林巒，驚猿相叫聒。"

【叫㝏】喧呼。史記一一七司馬相如傳大人賦："糾蓼叫㝏蹋以艐路兮，蔑蒙踊躍而狂趡。"艐，古"界"字。王先謙漢書補注謂叫㝏即叫囂，同音通假。

【叫號】㊀呼召，徵召。詩小雅北山："或不知叫號，或慘慘劬勞。" ㊁大聲呼喊。後漢書六七董宣傳："（公孫）丹宗族親黨三十餘人操兵詣府，稱冤叫號。"

【叫閽】封建社會，吏民有冤向朝廷申訴稱叫閽。唐杜甫杜工部草堂詩箋三奉留贈集賢院崔于二學士："昭代將垂老，途窮乃叫閽。"

【叫囂】呼喊，喧鬧。唐柳宗元柳先生集十六捕蛇者説："悍吏之來吾鄉，叫囂乎東西，隳突乎南北。"又十八憎王孫文："跳踉叫囂兮，衝目宣齗。"

叱 chì ㄔ 昌栗切，入，質韻，穿。

㊀大聲呵斥。禮曲禮上："尊客之前不叱狗。"公羊傳莊十二年："仇牧聞君弒，趨而至，遇之於門，手劍而叱之。" ㊁呼喝。見"叱石成羊"。又指驅牲口。唐白居易長慶集四賣炭翁："手把文書口稱敕，迴車叱牛牽向北。"

【叱叱】呼聲。漢劉向説苑反質："親在，叱叱之聲未嘗至於犬馬。"宋陸游劍南詩稿三九致仕後述懷："叱叱驅黄犢，行行跨白驢。"

【叱奴】複姓。西魏有開府叱奴興，北周有光禄大夫叱奴祐，後改爲狼氏。見通志二九氏族五代北複姓。

【叱咄】吆喝，大聲斥責。戰國策燕一："若恣睢奮擊，呴籍叱咄，則徒隸之人至矣。"

【叱咤】怒斥聲。韓非子外儲説右下："使王良操左革而叱咤之，使造父操右革而鞭笞之，馬不能行十里，其故也。"史記九六淮陰侯傳："項王喑噁叱咤，千人皆廢。"

【叱馭】漢琅邪王陽爲益州刺史，行至邛郲九折阪，因道險而返。及王尊爲刺史，行至其阪，叱其馭曰："驅之，王陽爲孝子，王尊爲忠臣。"見漢書七六王尊傳。後來遂以叱馭爲因公忘險、奮不顧身之義。唐王勃王子安集十五梓州郪縣兜率寺浮圖碑："長史河東裴某……下岷闆而叱馭，寄切全都。"

【叱嗟】怒斥聲。戰國策趙三："威王勃然怒曰：叱嗟，而母婢也！"卒爲天下笑，故生則朝周，死則叱之，誠不忍其求也。”

【叱撥】馬名。唐岑參岑嘉州詩二玉門關蓋將軍歌：“櫪上昂昂皆駿駒，桃花叱撥價最殊。”唐天寶中，大宛進汗血馬六匹，分別以紅、紫、青、黄、丁香、桃花叱撥爲名。見五代晉李石續博物志四。

【叱羅】複姓。西魏有柱國叱羅協，後改爲羅氏。見通志二九氏族五代北複姓。

【叱灘】地名。在湖北秭歸縣西二里，爲川江中險灘之一。宋范成大吳船録下：“未至(歸)州數里，曰叱灘，其嶮又過東奔。……連接城下大灘，曰人鮓甕。”參見“人鮓甕”。

【叱列伏】三字姓。北周有叱列伏龜。周書有傳。通志二九氏族五代北三字姓誤寫作叱伏列。

【叱石成羊】魏晉時傳説故事，有皇初平牧羊，跟着道士走入金華山石室。他的哥哥尋來，只見白石，不見有羊。初平對石叫了一聲：“羊起！”周圍的石頭都起而變爲羊。見藝文類聚九四引(葛洪)神仙傳、太平廣記七引神仙傳皇初平。

只 1. zhǐ ㄓˇ 諸氏切，上，紙韻，照。章移切，平，支韻，照。

㊀語氣詞。詩鄘風柏舟：“母也天只，不諒人只！”又周南樛木：“樂只君子，福履綏之。”㊁衹，僅僅。世説新語任誕“襄陽羅友有大韻”注引晉陽秋：“我只見汝送人作郡，何以不見人送汝作郡？”

2. zhī ㄓ

㊂量詞。同“隻”。㊃姓。明有只好仁。見正字通。

【只尺】指短距離。同“咫尺”。金王庭筠蜀先主廟碑：“只尺萬里，朝夕千載。”也作“只赤”。宋吴下同年會詩趙彦瑷次韻詩：“奔馳蓮幙衹甘分，只赤星臺喜有依。”見八瓊室金石補正一二七，又一一六。

【只今】如今，現在。唐李白李太白詩二二越中覽古：“宫女如花滿春殿，只今唯有鷓鴣啼。”

【只且】助詞。詩邶風北風：“北風其涼，雨雪其雱，惠而好我，攜手同行，其虚其邪，既亟只且。”清劉淇助字辨略：“只且重聲，猶云乎而也。”

【只合】只好，只該。花間集二韋莊菩薩蠻詞：“人人盡説江南好，遊人只合江南老。”

【只索】衹好。古今雜劇元馬致遠漢宫秋二：“久不臨朝，今日方才升殿，等不的散了。只索到西宫看一看去。”

【只孫】元代諸臣侍宴服制名。明陶宗儀輟耕録三十：“只孫宴服者，貴臣見饗於天子則服之，今所賜絳衣是也。貫大珠以飾其肩背間膺，首服亦如之。”元史禮樂志一元正受朝儀作“質孫”。明太祖滅元後，改爲衛士擎執儀仗者之服。參見“一色衣”。

【只麽】只如此。景德傳燈録二九南朝梁寶誌十二時頌：“不用安排只麽從，何曾心地生煩惱。”宋黄庭堅豫章集九寄杜家父詩：“間情欲被春將去，鳥喚花驚只麽回。”

【只道】只以爲的意思。金董解元西廂四：“料那人争知我，如今病未愈，只道把他孤負。”

【只緣】只因爲。宋蘇軾分類東坡詩七題西林壁：“不識廬山真面目，只緣身在此山中。”又作“秖(衹)緣”。唐杜甫杜工部草堂詩箋三十又呈吳郎：“不爲困窮寧有此，秖緣恐懼轉須親。”

叭 bā ㄅㄚ 集韻 普八切，入，黠韻。

㊀象聲詞。㊁喇叭，樂器名。舊時軍中用，亦稱號筒。參見“喇叭”。

【叭噠杏】水果名。本草綱目二九果部寫作“巴旦杏”。詳“巴旦杏”。

史 shǐ ㄕˇ 踈士切，上，止韻，山。

㊀官名。殷商有史，爲駐守邊疆的武官。後爲副貳之官。周禮春官之屬有内史，執國法及國令之貳，爲太宰的副貳。又女史掌内治之貳，爲内宰的副貳。又爲掌管法典和記事的官。周禮春官之屬有太史，掌建邦之六典。春秋時有外史、左史、南史等。禮玉藻：“動則左史書之，言則右史書之。”㊁記載歷史的書籍叫史。孟子離婁下：“其文則史。”㊂姓。見急就篇。

【史臣】即史官。文選晉潘安仁(岳)馬汧督誄序：“亦命史臣班固而爲之誄。”唐杜甫杜工部草堂詩箋二四八哀司徒李公光弼：“直筆在史臣，將來洗箱篋。”

【史匠】指注意修飾文字的文人。漢王充論衡量知：“能雕琢文書，謂之史匠。”

【史局】即史館。見“史館”。

【史佐】三國魏太和中置著作郎，又置佐著作郎。晉稱著作郎爲大著作，掌撰國史。南朝宋齊以來，又以佐名施於作下，稱著作佐郎，以參與修史，故稱史佐。陳書姚察傳：“吏部尚書徐陵時領著作，復引爲史佐。”

【史佚】周初史官。佚，一作“逸”。左傳僖十五年：“且史佚有言曰：‘無始禍，無怙亂。’”

【史官】主管文書、典籍之官。周禮春官之屬有大史、小史、内史、外史、御史等名。而六官所屬諸職司，皆有史。諸侯列國，也有史。漢太史稱令。後漢以太史令隸於太常，職掌天時星曆。魏置著作郎，當撰著之任。晉稱大著作。北齊以後乃專置史館。唐代常以他官兼典史職，後來官著作者衹掌碑志、祝文、祭文，修史乃屬於兼典史職的修撰及直館。元明以後，翰林院學士兼任史事，故翰林亦有太史之稱。

【史林】古西南少數民族名。見逸周書王會。

【史糾】明朱明鎬撰，六卷。考訂諸史“書法”及所記事迹的前後牴牾，上起三國志，下至元史(缺晉書和五代史)，皆就本書前後勘驗，並加考證。

【史皇】人名，即蒼頡，古代傳説最早發明文字的人。淮南子修務：“史皇産而能書。”

【史案】清初文字獄名。湖州莊廷鑨購得明故相朱國楨所作史稿，因聘人修輯刊補，增崇禎遺事，稱明史輯略。書中曾論及李成梁與建州衛關係及明末抗清事跡。後歸安縣令吳之榮索賄不遂，因訴於朝，遂興大獄。時廷鑨已死，發墓焚骨。凡作序、校補、刻印及售書者皆被處死，共七十餘人。參閲痛史第四種莊氏史案。

【史記】漢司馬遷著，一百三十篇。原名太史公書。自隋書經籍志標立史部，以史記居首，遂成定名。記事起自黄帝，止於漢武，首尾共約三千年。採用本紀、表、書、世家、列傳體裁，是我國第一部紀傳體通史。取材豐富，保存了古代至漢武時止的較爲系統的珍貴資料。文字語言生動、形象鮮明，在文學史上也有重要地位。據漢書司馬遷傳説原書有十篇“有録無書”，三國魏張晏説亡失的十篇爲景紀、武紀、禮書、樂書、兵書(律書)、漢興以來將相年表、日者傳、三王世家、龜策列傳、傅靳列傳。元帝成帝間，博士褚少孫補寫各篇。後人爲本書注釋的主要有南朝宋裴駰的史記集解、唐司馬貞的史記索隱、張守節的史記正義，至北宋時，開始把三家注散列在正文下，合爲一編。通行的有殿本、百衲本，解放後中華書局出版了校點本。

【史書】㊀記載歷史的書籍。晉杜預春秋左氏傳集解序：“周公之垂法，史書之垂章。”㊁漢代稱令史所習之書，即當時通用的隸書。漢書元帝紀贊："元帝多材藝，善史書。"注引應劭謂指大篆，非。參閱清錢大昕三史拾遺二元帝紀。

【史乘】記載歷史的書。孟子離婁下："晉之乘，楚之檮杌，魯之春秋，一也。"乘，檮杌、春秋是這三個國家史籍的名稱，後遂稱一般史書爲"史乘"。

【史部】我國舊時圖書目録，分經、史、子、集四部。凡記事的書，如正史、編年史、紀事本末、別史、雜史、傳記以及地理、時令、職官、政書等都屬史部，也叫乙部。四部分類自隋朝開始，一直沿用到現代。參閱隋書經籍志。

【史通】唐劉知幾著。成於景龍四年(公元 710 年)，共二十卷，原有五十二篇，其中體統、紕繆、弛張三篇亡失，現存四十九篇。內篇三十六篇，論史籍體例，辨别是非；外篇十三篇，敍述史籍源流，評論古人得失。劉知幾領國史三十年，具有豐富的歷史知識和治史經驗。主張著史應實事求是，據事直書。是我國第一部有系統的史學論著。清黄叔琳有史通訓故補，浦起龍有史通通釋。

【史魚】春秋時衛國的大夫，以正直敢諫著名。相傳死前遺命諫衛靈公退彌子瑕，用蘧伯玉。見論語衛靈公，韓詩外傳七。也作史鰌。見左傳襄二十九年、宣十五年。

【史游】漢元帝時任黄門令。用韻文著急就篇。今本四卷。參見"急就篇"。

【史評】舊時圖書史部分目的名稱。宋晁公武郡齋讀書志史目共分十三類，其中列有史評一類，收自史通到唐史評各書。清四庫全書及書目答問也按此分目。史評內容：或對史籍的評論研究，如唐劉知幾的史通、清章學誠的文史通義；或對歷史事件的評論，如明王夫之的讀通鑑論、宋論等。

【史筆】㊀歷史記載。三國志魏陳思王傳求自試表："必效須臾之捷，以滅終身之愧，使名挂史筆，事列朝策。"㊁史官直言記敍歷史的筆法。晉書曹毗傳："既登東觀，染史筆；又據太學理儒功。"

【史鈔】舊時圖書史部分目的名稱。宋史藝文志史部分十三類。第四類叫史鈔。收馬史精略至記紹興以來所見共七十四部。史鈔的體例不一。有選取一種史書或幾種史書中有關材料，加以分類，自成體系的，如漢荀悦編寫的漢紀。亦有因古時得書不易，過有卷帙浩繁而閱讀困難，於是傳抄節録，成爲原書的節本的，如宋呂祖謙的十七史詳節。

【史牒】歷史書籍。晉書辛謐傳："伯夷去國，子推逃賞，皆顯史牒，傳至無窮。"

【史漢】史記和漢書的合稱。世説新語言語："張茂先(華)論史漢，靡靡可聽。"

【史談】即司馬談。談在漢武帝時官太史令，後人稱爲史談。宋書謝靈運傳："雖乏相如之筆，庶免史談之憤。"

【史論】評論歷史的著作。文選的分目有史論，選收漢書、後漢書、宋書的論贊等九篇。漢書後漢書述贊雖爲韻文，亦屬史論性質。

【史篇】即史籀篇。漢書平帝紀："徵天下通知逸經、古記、天文、曆算、鍾律、小學、史篇、方術、本草，以及五經、論語、孝經、爾雅教授者，……遣詣京師。"參見"史籀"。

【史遷】即司馬遷。遷著史記，故後人稱爲史遷。晉常璩華陽國志十一後賢："(陳壽)……著魏吳蜀三書六十五篇，號三國志，……中書監荀勗、令張華深愛之，以班固、史遷不足方也。"

【史學】㊀研究歷史的科學。晉書石勒載記："任播、崔濬，爲史學祭酒。"㊁唐代考試科目。穆宗長慶年間，設立三史科，應舉人要學習三史（史記、漢書、後漢書）。參閱唐會要七六貢舉中、清顧炎武日知録十六史學。

【史緯】清陳允錫著，三百三十卷。此書大體仿效呂祖謙十七史詳節。但呂書只是摘取精華，本書是重編。如把三國志中的呂布二袁劉表的傳歸入東漢，把先主傳前面的劉二牧傳删去。其中不免有繁簡失當、分合無義的缺點。

【史館】官修史書的機構。春秋時代的歷史書，像晉乘、楚檮杌、魯春秋，都是史官編的編年史。史官奉命編的紀傳體史，從東漢班固等撰世祖本紀、列傳載記開始，但尚無專設機構。到北齊纔開設史館，負責修史，由宰相主管，稱監修國史。以後遂成爲歷代沿用的制度。

【史職】史官的職務。後漢書五九張衡傳："衡不慕當世，……自去史職，五載復還。"

【史籀】見"史籀篇"。

【史籍】歷史典籍，史書。三國志魏陳思王傳："每覽史籍，觀古忠臣義士，……未嘗不拊心自歎也。"

【史鰌】見"史魚"。

【史體】史書編寫的體制。我國過去的史書分編年、紀傳、紀事本末三種體制。編年體分年月日紀事，如春秋三傳；紀傳體如漢司馬遷的史記，用本紀記帝王和大事記，年表記各國的年月和大事，書記典章政制，世家記侯國，列傳記人物；紀事本末以專題記敍史事，如宋袁樞的通鑑紀事本末。

【史可法】公元 1601—1645 年。明河南祥符人，字憲之，號道鄰。崇禎元年進士。官至南京兵部尚書。十七年李自成義軍入北京，崇禎自殺，明福王在南京稱帝，加大學士。馬士英等專朝政，出可法督師揚州。其時朝政腐敗，諸將又驕横不受調度，國事日壞。清兵南下，他堅守揚州，嚴拒誘降，城破爲清軍所執，不屈被殺。明史有傳。清乾隆四十九年其玄孫史開純刻其遺稿爲史文正公集，四卷。

【史思明】公元?—761 年。突厥族，唐寧州人。原名窣干，唐玄宗賜名爲思明。與安禄山同里，相善，天寶十四年安禄山反唐，史思明率部前驅，攻入長安。後安禄山被子慶緒所殺，思明又殺慶緒，自稱燕帝。肅宗乾元二年被其子朝義所殺。新、舊唐書有傳。

【史晨碑】漢碑名。碑在今山東曲阜縣孔廟內，分前後兩面，故又稱史晨前後碑。前碑爲漢魯相史晨奏祀孔子廟碑，漢靈帝建寧二年立；後碑爲漢魯相史晨饗孔子廟碑，文字刻於前碑之陰，無年月。碑文完整，書法工整嚴謹，爲漢隸名碑。碑文見宋洪适隸釋十一。參閱宋歐陽修集古録跋尾二、趙明誠金石録十六。

【史達祖】字邦卿，號梅溪。宋汴州人。宋葉紹翁四朝聞見録稱韓侂冑爲平章，以達祖奉行文字，擬帖擬旨，多出其手。韓敗，貶死。著有梅溪詞，以詠物著名。

【史頌鼎】西周銅器名，亦稱頌鼎。鼎文載周恭王在洛陽命頌監造康宫，賜給他宫中的執事人等，因鑄此器。見郭沫若兩周金文辭大系圖録考釋頌鼎。

【史彌遠】公元?—1232 年。宋鄞縣人。字同叔。淳熙十四年進士。寧宗時歷任太師右丞相、樞密使等職。韓侂冑主國政，對金國戰爭失敗，開禧三年，史彌遠使人殺韓侂冑，代爲相；專權用事，排斥異己。宋史有傳。

【史籀篇】相傳爲周代教學童識字的課本。原有十五篇，漢建武時亡失六篇，僅存九篇，魏晉後三蒼盛行，九篇亦廢。漢書藝文志著録，稱周宣王太史作，不言何人，到許慎説文敍纔説爲周宣王太史籀所撰。據近人王國維考證，認爲"籀""讀"二字，古音義相同。史籀篇乃用首句爲篇名，實非人名。參閱漢許愼説文解字敍，王國維史籀篇敍録、史籀篇疏證。

【史不絶書】同類的事經常發生，不斷見於記載。左傳襄二九年："魯之於晉也，職貢不乏，玩好時至，公卿大夫，相繼於朝，史不絶書。"

【史姓韻編】清汪輝祖編，六十四卷。收録二十四史所載人名，按韻編排，註明卷次，遼、金、元三史人名有漢字譯音，另爲一卷。是我國較早的具有索引性質的工具書。

【史學叢書】清張之洞任兩廣總督時，命廣雅書局編印，收書九十三種，一千七百七十一卷，南海廖澤羣任總校。凡對一種史書或多種史書的考證、注疏、校刊、補志、補表，以及別史、載記、編年等書，盡行收入，其中以清人的著作爲多。

句 1. gōu ㄍㄡ 古侯切，平，侯韻，見。

㊀彎曲。禮月令季春之月："句者畢出，萌者盡達。"㊁古稱直角三角形的短邊爲句。見"句股"。㊂姓。元和姓纂五侯："句芒氏之後，史記有句彊。"

2. gòu ㄍㄡˋ 古候切，去，候韻，見。

㊃張滿弓。通"彀"。詩大雅行葦："敦弓既句，既挾四鍭。"釋文："句，古豆反。説文作彀。"㊄見"句$_2$當"。

3. jù ㄐㄩˋ 九遇切，去，遇韻，見。

㊅一句話。或一句中停頓的地方。南朝梁劉勰文心雕龍章句："因字而生句，積句而成章，積章而成篇。"㊆上傳語告下爲臚，下答上爲句。漢書四三叔孫通傳："大行設九賓，臚句傳。"

4. qú ㄑㄩˊ

㊇鞋頭的裝飾品。通"絇"。周禮天官屨人："爲赤舄、黑舄……青句，素屨、葛屨。"釋文："句音劬"。

5. jiǔ ㄐㄧㄡˇ

㊈見"句$_5$嬰"。

【句弓】彎曲而不能射遠的弓。周禮考工記弓人："覆之而角至，謂之句弓。"

【句爪】指鷹鶚等猛禽。也作"鉤爪"。淮南子本經："句爪居牙戴角出距之獸，於是驚矣。"

【句曲】山名。又名已山、地肺山。在江蘇句容縣。相傳漢茅盈與其弟固、衷在此處修道，故又稱茅山。道家稱爲金壇華陽之洞天。見雲笈七籤二七洞天福地。

【句決】漢時烏桓婦女之首飾。後漢書八十烏桓傳："婦人至嫁時乃養髮，分爲髻，著句決，飾以金碧，猶中國有簂步搖。"

【句芒】㊀相傳爲古代主管樹木的官。左傳昭二九年："木正曰句芒。"㊁木盛在春，故又稱木神爲句芒。禮月令："其帝大皞，其神句芒。"

【句$_3$投】即句讀。文選漢馬季長(融)長笛賦："觀法於節奏，察變於句投。"注："投與逗古字通，音豆，句之所止也。"

【句$_4$町】漢縣名。屬牂柯郡。見漢書地理志上。昭帝紀及西南夷傳寫作鉤町。地在雲南蒙自縣。

【句吳】即吳國。句爲發聲詞頭，無義，如同越之稱于越。史記吳世家："太伯之犇(奔)荆蠻，自號句吳。"也作"勾吳"。

【句兵】戈戟之類的兵器。周禮考工記廬人："凡兵，句兵欲無彈，刺兵欲無蜎。是故句兵椑，刺兵摶。"

【句注】山名。也作勾注。即雁門山，爲古代九塞之一。地在今山西代縣西北。淮南子地形"句注"注："句注在雁門。"唐薛思漁河東記："句注以山形句轉，水勢注流而名，亦曰陘嶺。"

【句卒】軍陣名。左傳哀十七年："三月越子伐吳，吳子禦之笠澤，夾水而陳；越子爲左右句卒，使夜或左或右，鼓譟而進。"注："句卒，鉤伍相著，別爲左右屯。"言兩隊相鉤聯而別爲左右。

【句枉】彎曲。淮南子修務："木熙者舉梧檟，據句枉。"

【句股】古代數學名詞，爲九章算法之一。以三角形有直角的豎邊爲股，橫邊爲句，斜邊爲弦，句方加股方爲弦方。見周髀算經上。

【句$_3$度】即句讀。度，dòu。晉書樂志上："其辭既古，莫能曉其句度。"參見"句$_3$讀"。

【句星】星名。1.淮南子道應："句星在房星之間，地其動乎？"注："句星，客星也。"句也作"鉤"。參見"鉤星"。2.紫微垣之鉤陳星。漢書天文志："極後有四星，名曰句星。"參閱王先謙補注。

【句$_3$容】縣名。地在今江蘇句容縣。漢時屬丹陽郡。見漢書地理志上。通典一八二州郡十一潤州："句容，漢舊縣，有茅山，一名句容山，言山形如句字之曲，縣名取其義。"

【句$_3$脈】一句中的主要意思。宋張耒明道雜志："古今人作七言詩，其句脈多上四字，而下以三字成之，如'老人清晨梳白頭'、'先帝天馬玉花驄'之類。"

【句留】停留。唐白居易長慶集五三春題湖上詩："未能拋得杭州去，一半句留是此湖。"

【句望】㊀人名。相傳爲舜的曾祖。窮蟬之孫，敬康之子。見史記三代世表。㊁地名。淮南子俶真："太行石澗飛狐句望之險，不能難也。"注："太行在野王北，……句望在雁門，皆隘險也。"

【句陳】星名。見"鉤陳"。

【句$_3$眼】古詩句中主要的某一个字，稱之爲句中眼，亦稱詩眼。宋楊萬里誠齋集三次乞米韻詩："詩腸幸自無煙火，句眼何愁着點塵。"宋何谿汶竹莊詩集一漫齋語録："五字詩以第三字爲句眼，七字詩以第五字爲句眼，古人鍊字，只於句眼上鍊。"

【句就】漢時羌族名。見後漢書五八蓋勳傳。

【句萌】草木出土時，彎的叫句，直的叫萌。禮月令季春之月："句者畢出，萌者盡達。"淮南子本經："草木之句萌銜華戴實而死者，不可勝數。"

【句戟】古兵器名。史記秦始皇本紀論："鉏耰棘矜，非錟於句戟長鎩也。"集解："鉤戟似矛，刃下有鐵，橫方上鉤，曲也。"漢書三一陳勝項籍傳贊、文選漢賈誼過秦論作"鉤戟"。

【句無】地名。國語越上："句踐之地，南至於句無。"注："今諸暨有句吳亭。"在今浙江諸暨縣。

【句廉】河岸曲折，凹凸不平之地。漢書六九趙充國傳："以七月二十二日擊罕羌，入鮮水北句廉上。"注："句廉謂水岸曲折而有廉稜也。"

【句$_2$當】㊀辦理。也作"勾當"。北史序傳："事無大小，(梁)士彥一委(李)仲舉推尋勾當，絲髮無遺。"㊁官名。唐德宗時神策軍特置監勾當以寵宦官，貞元十二年改爲護軍中尉。南宋以避高宗(趙構)諱，改勾當爲幹當。見元李治敬齋古今黈四。參見"幹當"。

【句漏】山名。也作"勾漏"、"岣嵝"。在今廣西北流縣。以巖穴勾曲穿漏，故名。晉書葛洪傳有洪爲句漏令事，故道書附會，謂洪在此修煉，爲道家所傳三十六小洞天的第二十二洞天。見雲笈七籤二七洞天福地。

【句$_4$屨】鞋名。莊子田子方："儒者冠圜冠者，知天時；履句屨者，知地形。"釋文:"句,音矩。徐(邈)其俱反。李(頤)云:方也。"句屨也作"句履"。漢書九九上王莽傳:"受……瑒奉瑒珌,句屨,鸞路乘馬。"注:"孟康曰:今齊祀屨舃頭飾也,出屨三寸。師古曰:其形岐頭,句音巨俱反。"

【句踐】公元前?一前465年。句,也作"勾"。春秋時越王。爲吳王夫差所戰敗,困於會稽,屈膝求和。其後卧薪嘗膽,發憤圖强,十年生聚,十年教訓,終於滅掉吳國。又渡淮水,會諸侯,受方伯之命,霸稱中國。見國語越語、史記越王句踐世家。

【句稽】考核文書簿籍。通典二四職官六主簿:"漢有御史主簿,……大唐置一員,掌府事,句稽省署,鈔目監印,給紙筆。"

【句龍】㊀人名。相傳爲共工之子,能平水土,後代祀爲后土之神。左傳昭二九年:"共工氏有子曰句龍,爲后土。"㊁複姓。宋神宗時畫院祗候有蜀人句龍爽。見宣和畫譜四道釋。

【句檢】即檢查。唐時對官吏的考核,有四善二十七最之名目。其十七爲"明於勘覆,稽失無隱,爲句檢之最"。見唐六典二吏部尚書。

【句₅嬰】古代傳説國名。淮南子地形:"自東北至西北方,有跂踵民、句嬰民。"注:"句嬰,讀爲九嬰,北方之國也。"山海經海外北經作"拘纓"。

【句瀆】地名。春秋魯地。左傳桓十二年:"公及宋公盟於句瀆之丘。"史記齊世家作句竇。地在今山東菏澤市句陽店。

【句襟】曲領衣。淮南子氾論:"古者有鍪而綣領以王天下者矣,……豈必褒衣博帶句襟委章甫哉。"

【句贅】指因駝背而脊背突起如贅。莊子大宗師:"頤隱於齊,肩高於頂,句贅指天。"人間世作"會撮"。參見該條。

【句₃斷】即句逗。文選漢馬季長(融)長笛賦:"節解句斷,管商之制也。"言分清節奏和句逗,像管仲、商鞅法制的嚴格。又作斷句。宋歐陽修文忠集二絳守居園池詩:"孰云已出不剽襲,句斷欲學盤庚書。"

【句繹】地名。左傳哀二年:"癸巳,叔孫州仇、仲孫何忌及邾子盟于句繹。"地在今山東鄒縣境。

【句欄】欄干。同"勾欄"。又作"枸欄"。宋元伎樂演劇的場所叫瓦子,以四周有欄干圍場,也稱爲句欄。宋周密武林舊事六:"如北瓦羊棚樓等,謂之遊棚。外又有勾欄甚多。"後沿稱倡家爲勾欄。

【句₃讀】句和逗,指文章中休止和停頓之處。讀,dòu。漢何休公羊傳解詁序:"援引他經,失其句讀。"元黄公紹韻會舉要二六宥:"凡經書成文語絶處,謂之句;語未絶而點分之,以便誦詠,謂之讀。今祕書省校書式,凡句絶則點於字之旁,讀分則點於字之中間。"

【句驪】古國名。見"高句驪"。

【句孑戟】古代武器名。見周禮夏官序官司戈盾及考工記冶氏鄭玄注。又稱雞鳴句孑戟。見方言九郭璞注。

【句文錦】絲織品。句爲句曲之義,即今之斗紋。三國志魏東夷傳:"又特賜汝紺地句文錦三匹。"

【句₃容器】唐天寶至五代南唐昇州句容縣官營手工場鑄造的金屬瓶狀器物。參閲宋趙希鵠洞天清禄集古鐘鼎彝器辨。

屳 qiú ㄑㄧㄡˊ 巨鳩切,平,尤韻,羣。

今字作"厹"。見"厹"。

【屳由】見"仇猶"。

台 1. yí ㄧˊ 與之切,平,之韻,喻。

㊀我。書禹貢:"祗台德先。"㊁悦。通"怡"。史記太史公自序:"唐堯遜位,虞舜不台。"索隱:"台音怡,悦也。"㊂何。書湯誓:"今汝其曰夏罪其如台。"史記殷紀作:"女其曰有罪其奈何。"如台,猶言奈何。

2. tái ㄊㄞˊ 土來切,平,咍韻,透。

㊃三台,星名。古代用來比三公。舊時書信中通用爲對人尊稱之詞。如言台端、台甫等。㊄通"鮐"。見"台₂背"。

3. tāi ㄊㄞ

㊅見"台₃州"。

【台₃州】地名。唐武德四年置海州,五年改爲台州,因天台山得名。見元和郡縣志二六台州。明清爲台州府。地在今浙江臨海縣。

【台₂吉】清代對蒙古部落的封爵名稱。位次輔國公,分四等。惟土默特左翼旗及喀喇沁三旗稱塔布囊。見清續文獻通考二九三封建七外藩封爵。

【台₂岳】指高位,如宰相、三公等。藝文類聚三三晉劉琨與段匹磾盟文:"臣琨蒙國寵靈,叨竊台岳。"時琨爲司空,都督并、冀、幽三州諸軍事。岳,一作"嶽"。

【台₂背】駝背。詩大雅行葦:"黄耇台背,以引以翼。"參見"鮐背"。

【台₂桑】地名。啟所生處。楚辭屈原天問:"焉得彼嵞(塗)山女而通之於台桑。""嵞","塗"古今字。

【台₂席】古以三公取象三台,故稱宰相的職位爲台席。舊唐書一六五柳公綽傳:"牛僧孺罷相鎮江夏,公綽具戎容於郵舍候之……公綽曰:'奇章(牛僧孺)纔離台席,方鎮重宰相,是尊朝廷也。'"

【台₂袞】即台輔。袞爲古代三公的官服。魏書陽固傳演賾賦:"求封賞於寸心矣,夢台袞於遠慮。"北史尉遲迥傳論:"地則舅甥,職惟台袞。"

【台₂階】即三台星。後漢書三十下郎顗傳:"三公上應台階,下同元首。"後因以台階指三公之位。後漢書四二崔駰傳達旨:"不以此時攀台階,闚紫闥,據高軒,望朱闕,夫欲千里而咫尺未發,蒙竊惑焉。"

【台₂鼎】舊稱三公爲台鼎,如星有三台,鼎有三足。漢蔡邕蔡中郎集五太尉汝南李公碑:"天垂三台,地建五岳,降生我哲,應鼎之足。"後漢書五六陳球傳:"公出自宗室,位登台鼎。"

【台₂鉉】鉉,鼎耳。台鉉,即台鼎,喻宰相重臣。梁書江革傳詔:"(江革)才思通贍,出内有聞,在朝正色,臨危不撓,首佐台鉉,實允僉諧。"

【台₂輔】指三公宰相之位。三國志魏袁術傳注引三輔決録:"(馬)日磾……歷位九卿,遂登台輔。"又崔林傳孟康薦林表:"誠台輔之妙器,袞職之良才也。"

【台₂槐】即三公。古以三台星象徵三公。周朝在外朝種槐樹,爲三公之位,後來因以台槐稱宰輔大臣。晉書鄭袤等傳論:"此數公者,或以雅望處台槐。"

【台₂銜】姓名與官銜。宋何薳春渚紀聞六贋换真書:"(吴)味道遂僞假先生(蘇軾)台銜,緘封而來。"

【台₂衡】台,三台星;衡,玉衡,北斗杓三星。皆爲位於紫微宫帝座前之星名,用以喻宰輔大臣。晉陸雲陸士龍集三附陸機贈弟詩之一:"奕世台衡,扶帝紫極。"資治通鑑二〇七唐長安三年:"且臣(張説)豈不知今日附(張)昌宗立取台衡,附(魏)元忠立致族滅。"

三畫

吉 jí ㄐㄧˊ 居質切,入,質韻,見。

㊀善,利。和"凶"相對。逸周書武順:"禮義順祥曰吉。"㊁陰曆每月初一。詩

小雅小明:"二月初吉,載離寒暑。"㊂姓。見元和姓纂十質。

【吉了】鳥名。即秦吉了。見"秦吉了"。

【吉人】善人,賢人。易繫辭下:"吉人之辭寡。"詩大雅卷阿:"藹藹王多吉人。"

【吉士】古時對男子的美稱。吉,善。詩召南野有死麕:"有女懷春,吉士誘之。"

【吉土】古代帝王卜居的好地方。禮禮器:"因吉土而饗帝于郊。"注:"吉土,王者所占而居之土也。"初學記三十晉成公綏烏賦:"能休祥於有周兮,矧貞明于吉土。"

【吉日】㊀陰曆每月初一。周禮地官黨正:"及四時之孟月吉日,則屬民而讀邦法以糾戒之。"㊁好日子。詩小雅吉日:"吉日庚午,既差我馬。"儀禮士冠儀:"令月吉日,始加元服。"

【吉水】縣名。屬江西省。漢廬陵縣地。隋大業末年分廬陵水東十一鄉,置吉水縣。參閱太平寰宇記一〇九吉州。

【吉月】㊀農曆每月初一。論語鄉黨:"吉月必朝服而朝。"㊁吉利的月份。儀禮士冠禮:"吉月令辰,乃申爾服。"

【吉羊】羊,古"祥"字。古鼎彝款識,吉祥字常寫作吉羊。南朝宋元嘉刀銘:"宜侯王,大吉羊。"(隸續十四)

【吉光】古代傳說中的一種神獸。西京雜記一:"武帝時西域獻吉光裘,入水不濡。上時服此裘以聽朝。"十洲記:"吉光毛裘,黃色,蓋神馬之類也。"參見"吉量"。

【吉良】㊀吉利。漢王充論衡譏日:"葬曆日,……吉日無害,剛柔相得,奇耦相應,乃爲吉良。"㊁馬名,見"吉量"。

【吉貝】木棉科植物,正名迦波羅。原產於東南亞,後傳入我國,有草本木本兩種。梁書林邑國傳:"吉貝者,樹名也。其華成時如鵝毳,抽其緒,紡之以作布,潔白與紵布不殊。"宋書南齊書南史舊唐書諸傳作"古貝",字形近似而訛。翻譯名義集七沙門服相作"劫波育",或作"劫貝"。

【吉利】吉祥如意。漢焦延壽易林一蒙之姤:"舉家蒙歡,吉利無殃。"漢曹操一名吉利,即取吉祥之意。

【吉事】古代稱祭祀、冠、婚娶爲吉事。禮曲禮上:"喪事先遠日,吉事先近日。"

【吉林】古肅慎地。漢、晉爲挹婁,後魏稱勿吉,唐爲渤海郡,宋爲契丹、女真之地。明設都司,領衛一百八十四,所二十。清初置吉林將軍,光緒三十三年改省。

【吉金】鼎彝等古器物。古以祭祀爲吉禮,故稱銅鑄之祭器爲吉金。韓城鼎銘:"堅久吉金,用作寶尊鼎。"見宋歐陽修集古錄跋尾一。

【吉物】迷信的人稱象徵吉祥的東西。漢王充論衡初稟:"文王當興,赤雀適來,魚躍鳥飛,武王偶見。非天使雀至白魚來也。吉物動飛而聖遇也。"

【吉財】古代南方草名,相傳能解諸毒。見太平廣記四〇八投荒錄。

【吉祥】㊀美好的預兆。易繫辭下:"吉事有祥。"戰國策秦三:"蔡澤復曰:'天下繼其統,守其業,……豈非道之符,而聖人所謂吉祥善事與?'"後來通用爲祝詞。古器物上多用爲銘,通作"吉羊"。㊁元代授給僧人的名號。元史仁宗紀延祐六年:"特授僧從吉祥榮祿大夫。"按梵語文殊師利譯語爲妙吉祥。參閱清錢大昕十駕齋養新錄九僧稱吉祥。

【吉莫】皮革名。唐代關內道同州貢物有皺文吉莫皮。見唐六典三戶部尚書。

【吉問】好消息。後漢書八二李南傳:"明日中時,應有吉問。"

【吉祭】古代喪禮,在安葬以前叫做奠;在這個時期內,哭泣無時。既葬而祭叫虞,行卒哭禮,叫吉祭。禮檀弓下:"是月也,以虞易奠,卒哭曰成事。是日也,以吉祭易喪祭。"參閱儀禮士虞禮。

【吉雲】五色雲。初學記二引洞冥記:"漢武帝問(東方朔)曰:'何名吉雲?'曰:'其國俗,常以雲氣占吉凶,若吉樂之事,則滿室雲起五色,照著於草樹,皆成五色露。'"文苑英華十五唐白行簡五色露賦:"何必徵勒畢之言,以爲國泰;驗吉雲之說,乃辨時康。"

【吉黃】古駿馬名。詳"吉量"。

【吉量】古代傳說中的駿馬。又作"吉良"。山海經海內北經:"犬戎國……有文馬,縞身朱鬣,目若黃金,名曰吉量。"注:"一作良。"文選漢張平子(衡)東京賦"擾澤馬與騰黃"薛綜注:"騰黃神馬,一名吉光。"逸周書王會作"吉黃"。抱朴子博喻作"吉光"。

【吉語】好消息。漢書七十陳湯傳:"湯知烏孫瓦合,不能久攻,故事不過數日。因對曰:'……不出五日,當有吉語聞。'居四日,軍書到,言已解。"

【吉慶】喜慶事,好事。魏書神元平文諸帝子孫傳:"萇性剛毅,雖有吉慶事,未嘗開口而笑。"

【吉蔑】古代南海國名。漢時屬扶南。唐時稱真臘,又稱吉蔑。即今東埔寨。參閱新唐書真臘國傳。

【吉徵】吉利的徵兆。漢書七七何並傳:"王莽遣使徵(嚴)詡,……詡據地哭。掾吏曰:'明府吉徵,不宜若此。'"

【吉禮】祭祀之禮。吉、凶、賓、軍、嘉,古稱五禮。周禮春官大宗伯:"以吉禮事邦國之鬼神示。"

【吉藏】公元548—623年。俗姓安,本安息人,因祖世避仇,移居南海,家於交廣之間。父出家,名道諒。藏生於金陵,七歲從興皇寺道朗法師出家。朗卒,居嘉祥寺。注中論百論十二門論維摩經等,人號嘉祥大師,佛教的三論宗至藏而大成。參閱續高僧傳十一。

【吉州窯】古瓷器名。本爲瓷器窯名,後來即以窯名作爲瓷器名。明曹昭新增格古要論七古窯器論:"吉州窯,出今吉安府廬陵縣永和鎮,其色與紫定器相類。……宋時有五窯,書公燒者最佳。"

【吉祥坐】佛教徒稱佛陀於菩提樹下成正覺時的坐法,佛經中亦稱結跏趺坐。唐慧琳一切經音義八大般若經五七七跏趺:"其吉祥坐,先以左趾押右股,後以右趾押左股,令二足掌仰於二股之上,手亦右押左,仰安跏趺之上,名爲吉祥坐。"

【吉祥草】佛經中傳說佛成道時吉祥童所奉的草。又作吉祥茅、犧牲草。水經注一河水:"菩薩前到貝多樹下,敷吉祥草,東向而坐。"

【吉莫靴】皮靴。北齊書韓寶業等傳:"臣向見郭林宗從冢出,着大帽,吉莫靴,插馬鞭。"唐張鷟朝野僉載三:"宗楚客造一宅新成,……磨文石爲階砌及地,著吉莫靴者,行則仰仆。"

【吉慶花】舊時在夏曆七月七日,婦女乞巧用的絹花。唐張泌妝樓記吉慶花:"薛瑤英于七月七日,令諸婢共剪輕綵,作連理花千餘朵,以陽起石染之。當午,散於庭中,隨風而上,徧空中如五色雲霞,久之方没,謂之渡河吉慶花,藉以乞巧。"

【吉慶圖】傳奇名。清朱佐朝撰。又名南瓜傳。演明嘉靖時海瑞嚴嵩事,中以趙文華幕客柳芳春繪的吉慶圖爲妝點故以爲名。

【吉人天相】宿命論者認爲善人自有上天保佑。元方回桐江續集二一老而健貧而詩自志其喜詩:"釋怒恩須報,天終相吉人。"明楊珽龍膏記開閣:"令愛偶爾違和,自是吉人天相,何勞鄭重,良切主臣。"

【吉光片羽】吉光,神獸。神獸之一毛,比喻殘存的珍貴文物。爲音節的協調,又變毛爲羽。明王世貞弇州山人四部稿一三一 題三吳楷法:"此本乃故人子售余,爲直十千,因留置此,比於吉光之片羽耳。"清王夫之薑齋詩話三:"二忠(瞿式耜、張同敞)遺筆皆傳人間,自有傳之者,此亦吉光片羽。"

【吉祥止止】指喜慶好事不斷出現。莊子人間世:"瞻彼闋者,虛室生白,吉祥止止。"

吏 lì ㄌㄧˋ 力置切,去,志韻,來。

古代百官的通稱。書胤征:"天吏逸德,烈於猛火。"左傳成二年:"王使委於三吏。"注:"三吏,三公也。"漢朝以後,始稱位職低微的官員爲吏。秩四百石至二百石爲長吏;百石以下有斗食佐史爲少吏。見漢書百官公卿表上。至明清則稱各衙署之房吏書辦無俸祿而供事於官的人爲吏。

【吏目】古官名。唐宋有都孔目、孔目之官,金元沿用,明京、州各置吏目掌出納文書或分領州事。清代於太醫院、五城兵馬司及各州置吏目,其職除太醫院吏目與醫士相同外,其餘皆掌管緝捕、守獄及文書等。參閱清朝通典職官六、十二。

【吏治】指古代地方官吏統治人民的方法和治績。史記秦始皇本紀:"繁刑嚴誅,吏治刻深。"

【吏胥】地方官府的小吏。宋董嗣杲廬山集四蕪湖縣詩:"國庫轉虧商旅瘠,縣官頻易吏胥肥。"

【吏員】古代地方政府中的小官。後漢書光武紀下:"令司隸州牧,各實所部,省減吏員。"清時凡書吏六年任滿,得以吏員就職入仕。

【吏部】舊官制六部之一。主管官吏的選任銓敍勳階等事。漢尚書有常侍曹,主管丞相御史公卿之事。東漢改爲吏部曹,漢末又改爲選部曹。魏晉以後都稱吏部,置尚書等官。班列次序,在其他各部之上。

【吏勢】官吏的勢力。漢書食貨志上鼂錯論貴粟疏:"而商賈大者積貯倍息,小者坐列販賣,……因其富厚,交通王侯,力過吏勢,以利相傾。"

【吏隱】舊時士大夫常以官職低微,自稱吏隱,意思是隱於下位。唐宋之問詩下藺田山莊:"宦遊非吏隱,心事好幽偏。"又杜甫杜工部草堂詩箋二二院中晚晴懷西郭茅舍:"浣花溪裏花含笑,肯信吾兼吏隱名。"

【吏議】㊀官吏議論政事。史記八七李斯傳:"臣聞吏議逐客,竊以爲過矣。"㊁處分官吏,議定其罪。漢書六二司馬遷傳報任安書:"拳拳之忠,終不能自列,因爲誣上,卒從吏議。"

【吏部郎】古官名。秦有郎中。東漢置吏部郎中,主管選舉。或稱爲吏部郎。魏晉時特別重視吏部郎的人選,魏晉宋齊諸朝,吏部郎的職位高於諸曹郎。參閱唐六典二吏部。

吁 xū 況于切,平,虞韻,曉。
ㄒㄩ 王遇切,去,遇韻,于。

㊀歎詞。書堯典:"帝曰:'吁,嚚訟,可乎?'"㊁憂愁。詩周南卷耳:"云何吁矣。"傳:"吁,憂也。"

【吁吁】安閒自得的樣子。白虎通號:"卧之詓詓,起之吁吁。"也作"于于"。莊子盜跖:"起則于于。"疏:"于于自得之貌,于于通作吁吁。"

【吁咈】象聲詞。表示不滿或不同意。書堯典:"帝曰:'吁,咈哉!'"唐李商隱李義山詩集一井泥四十韻:"禹竟代舜立,其父吁咈哉!"

【吁荼】溫暖之氣,散發於外。也作"呴嫗"。尚書大傳堯典:"夏者假也,吁荼萬物而養之外也。"注:"吁荼,氣出而溫。讀曰噓舒。"參見"呴嫗"。

吐 1. tǔ ㄊㄨˇ 他魯切,上,姥韻,透。

㊀從口中吐出。詩大雅烝民:"柔則茹之,剛則吐之。"㊁口頭發表。漢書三六劉向傳:"發明詔,吐德音。"㊂開放,出現。文選漢王文考(延壽)魯靈光殿賦:"發秀吐榮,菡萏披敷。"宋梅堯臣宛陵集三四夜行憶山中詩:"低迷白雲開,心喜淡月吐"。㊃說話。見"吐款"。

2. tù ㄊㄨˋ 湯故切,去,暮韻,透。

㊄嘔吐。見廣韻。

3. tū ㄊㄨ

㊅見"吐$_3$谷渾"。

【吐文】寫作。漢王充論衡效力:"則賢者有雲雨之知,故其吐文萬牒以上,可謂多矣。"

【吐決】發議論,作出決策。後漢書七四上袁紹傳:"(高幹等)說(韓)馥曰:……'臨危吐決,智勇邁於人,又孰與袁氏?'"

【吐突】我國古代少數民族鮮卑族姓。唐有吐突承璀。參閱通志二九氏族五代北複姓。

【吐捉】吐哺握髮。文館詞林一五六晉鄭豐答陸士龍四首之一序:"其勞謙下士,吐捉待賢,雖姬公之白屋,洙泗之養三千,無以過也。"參見"吐喔"。

【吐退】立字據退還契約。儒林外史十六:"你哥聽人說,受了原價,寫過吐退,與他銀子零星收來都花費了。"

【吐哺】吐出口中的食物。相傳周公熱心接待來客,甚至一沐三握髮,一飯三吐哺,停下來招呼客人。見史記魯世家。後指殷勤待士心情。後漢書二四馬援傳:"天下雄雌未定,公孫(述)不吐哺走迎國士,與圖成敗,反修飾邊幅,如偶人形,此子何足久稽天下士乎?"

【吐奚】我國古代少數民族鮮卑族姓。見通志二九氏族五代北複姓。

【吐氣】發泄怨氣而感到痛快。唐李白李太白詩三梁甫吟:"寧羞白髮照清水,逢時吐氣思經綸。"參見"揚眉吐氣"。

【吐納】㊀呼吸。三國魏嵇康嵇中散集三養生論:"又呼吸吐納,服食養身,使形神相親,表裏俱濟也。"參見"吐故納新"。㊁談吐,議論。梁書蕭子顯傳:"高祖(蕭衍)雅愛子顯才,又嘉其容止吐納,每御筵侍坐,偏顧訪焉。"

【吐棄】因厭惡而拋棄。漢書九七上孝武李夫人傳:"今見我毀壞,顏色非故,必畏惡吐棄我。"

【吐款】吐露真情。南史范曄傳:"(孔)熙先望風吐款,辭氣不撓。"

【吐握】吐哺握髮的省稱。文選漢王子淵(褒)聖主得賢臣頌:"昔周公躬吐握之勞,故有圄空之隆。"參見"吐哺"。

【吐賀】複姓。北魏有吐賀真。見通志二九氏族五代北複姓。

【吐鳳】西京雜記二記載漢揚雄著太玄經夢吐鳳凰集玄之上。後來稱贊擅長寫作爲吐鳳。唐李商隱李義山詩集三喜舍弟羲叟及第上禮部魏公:"朝滿遷鶯侶,門多吐鳳才。"也作"吞鳳"。參見"吞鳳"。

【吐論】談論。唐黃滔黃御史集贈懷光上人詩:"過午休齋慣,離經吐論高。"

【吐蕃】我國古代藏族所建立的地方政權。音轉爲土伯特。在今西藏地,系出西羌。唐初兼併諸羌,以拉薩爲建牙之所。元中統年間,稱烏斯藏。參閱新唐書一四一吐蕃傳。

【吐螻】狒狒的別名。見逸周書王會。山海經西山經、說文、廣雅均作"土螻"。參閱清王念孫讀書雜志一逸周書三。

【吐嚕】蒙語。可惜的意思。元梁王女阿襤公主詩:"吐嚕吐嚕段阿奴。"阿奴即阿襤的丈夫段功,因受讒被梁王所殺,阿襤因悲憤作詩。見新元史列女傳下。

【吐鶻】金代貴族的腰帶名。用金玉或犀象骨角等貴重物品製成，表面雕刻山水等圖象。左邊掛牌，右邊掛刀。明袁華可傳集完顏巾金粟道人所製寄鐵崖……詩："瑞玉龍環四帶巾，柘袍吐鶻裝麒麟。"參閱金史輿服志。

【吐屬】言論，文章。三國志魏王粲傳附阮瑀"太祖並以(陳)琳、瑀爲司空軍謀祭酒，管記室"注："又其辭云：'他人焉能亂'，了不成語，瑀之吐屬，必不如此。"

【吐露】説出來。古今小説三九汪信之一死救全家："希顏是我故人，敢不吐露心腹。"

【吐火羅】古國名。大唐西域記一作覩貨羅。隋煬帝大業間通中國。魏書作吐呼羅。唐高宗時曾以吐火羅爲月氏都督府，領二十五州。國力最盛時跨有嬀水(阿母河)上游兩岸之地。參閱太平寰宇記一八六吐火羅國。

【吐3谷渾】我國古代鮮卑族所建立的王朝名。谷，音浴。鮮卑族，本居遼東，魏晉時西遷，附陰山而居。晉末又西度隴，居住在今青海省北部和新疆東南部地區。葉延時，始稱爲吐谷渾，居伏俟城。唐太宗貞觀中，被李靖侯君集攻破，國勢漸衰。高宗龍朔三年，被吐蕃吞并。參閱北史吐谷渾傳、通典一九〇吐谷渾、太平寰宇記一八八吐谷渾。

【吐綬鳥】鳥名，又名珍珠雞，通稱火雞。產於巴峽及閩廣山中，因上嘴根有肉綬，能伸縮，時時變色，所以叫吐綬鳥。太平御覽九二八盛弘之荆州記："魚復縣有鳥，時吐物長數寸，丹朱彪炳，形色類綬，因名吐綬鳥。"唐劉禹錫劉夢得文集外集七有吐綬鳥詞詩。

【吐魯番】漢時車師前王地。明代稱吐魯番。清爲直隸廳。在天山南麓。即今新疆吐魯番縣。參閱嘉慶一統志五二二吐魯番。

【吐故納新】道家養生之術，口吐濁氣，鼻引清氣，云可以去病。莊子刻意："吹呴呼吸，吐故納新，熊經鳥申，爲壽而已矣。"後引申爲新陳代謝的意思。參閱太平御覽七二〇引修養雜訣。

【吐剛茹柔】比喻怕硬欺軟。詩大雅烝民："維仲山甫，柔亦不茹，剛亦不吐，不侮矜寡，不畏强禦。"漢書八三薛宣傳："執憲轂下，不吐剛茹柔，舉錯時當。"

【吐哺握髮】見"吐哺"。

【吐絲自縛】景德傳燈録二九南朝梁寶誌十四頌善惡不二："聲聞執法坐禪，如蠶吐絲自縛。"後比喻人所作所爲，阻礙了自己的行動自由爲吐絲自縛。參見"作繭自縛"。

【吐膽傾心】痛快説出心裏話。京本通俗小説十六馮玉梅團圓："(賀)承信方敢吐膽傾心。"

同 tóng 徒紅切，平，東韻，定。ㄊㄨㄥˊ

㊀共同，相同。左傳成元年："是齊楚同我也。"㊁齊一。書舜典："同律度量衡。"㊂聚集。詩小雅吉日："獸之所同，麀鹿麌麌。"㊃俱，與。詩豳風七月："同我婦子，饁彼南畝。"㊄和。禮禮運："是謂大同。"㊅参與，過問。孫子謀攻篇："不知三軍之事而同三軍之政者，則軍士惑矣。"㊆銅制樂器，律管名。周禮春官大司樂："典同，掌六律六同之和。"㊇古代爵一類的酒器。書顧命："太保承介圭，上宗奉同瑁。"清馮雲鵬等金石索金索一有周五同圖。㊈古代土地面積單位。方百里爲同。左傳昭二三年："土不過同。"㊉姓。千姓編曰前涼録有同善。見宋鄧名世古今姓氏書辨證一東。

【同力】齊心協力。管子重令："衆寡同力，則戰可以必勝，而守可以必固。"

【同人】易卦名。☰☲。離下乾上。與人同和的意思。後因稱志同道合的友人爲同人。唐韋應物韋江州集附録陪王郎中尋孔徵君詩："俗吏閑居少，同人會面難。"舊時稱同事爲同人，又寫作"同仁"。

【同方】㊀意氣相同。禮儒行："儒有合志同方，營道同術。"文選晉陸士衡(機)辯亡論上："故同方者以類附，等契者以氣集。"㊁同在一地。唐張九齡曲江張先生文集三與生公尋幽居處詩："同方久厭俗，相與事遐討。"

【同文】文字相同。禮中庸："車同軌，書同文。"

【同仇】齊心合力，打擊敵人。詩秦風無衣："脩我戈矛，與子同仇。"

【同穴】夫婦死後同葬一个墓穴。詩王風大車："穀則異室，死則同穴。"參見"同室"。

【同功】一樣的成效。韓非子解老："故以詹子之察，苦心傷神，而後與五尺之愚童子同功。"

【同甲】同年。宋歐陽修文忠集一四七與知縣寺丞："杜漳州有事，令人感涕不已，與之同甲，内顧身世，可爲凛凛。"參見"同庚"。

【同安】縣名。屬福建省。唐德宗貞元十九年分南安縣四鄉，置大同場。五代閩景宗永隆元年，改爲同安縣。參閱太平寰宇記一〇二泉州。

【同州】漢代左馮翊地。北魏宣武帝永平三年改爲同州。元和郡縣志二同州："禹貢云：'漆沮既從，灃水攸同。'言二水至此同流入渭，城居其地，故曰同州。"地在今陝西大荔縣。

【同列】同在朝班。即同事。史記八四屈原傳："上官大夫與之同列，争寵而心害其能。"

【同光】五代後唐李存勗(莊宗)年號。公元923—925年。

【同年】㊀相等。史記秦始皇本紀論："試使山東之國，與陳涉度長挈大，比權量力，則不可同年而語矣。"㊁同歲。韓非子外儲説左上："鄭人有相與爭年者，其一人曰：'我與黄帝之兄同年。'"㊂科舉制度同榜的人稱同年。唐劉禹錫劉夢得文集六送張盥赴舉詩引："古人以偕受學爲同門友，今人以偕升名爲同年友。"清顧炎武亭林文集一生員論中："生員之在天下，近或數千百里，遠或萬里，語言不同，姓名不通，而一登科第，……同榜之士，謂之同年。"

【同舟】喻利害相共。詳"同舟共濟"。

【同好】共同和好。左傳僖四年："先君之好是繼，與不穀同好，如何?"愛好相同的人也稱同好。三國魏曹植曹子建集九與楊德祖書："雖未能藏之於名山，將以傳之於同好。"

【同牢】古代婚禮中新夫婦同食的儀式。漢書九九下王莽傳："進所徵天下淑女杜陵史氏女爲皇后……莽親迎於前殿兩階間，成同牢之禮于上西堂。"也寫作"共牢"。見"共牢"。

【同志】㊀志向相同。國語晉四："同德則同心，同心則同志。"㊁同一志向的人也稱同志。周禮大司徒"五曰聯朋友"注："同志曰友。"漢王充論衡自紀："好友同志，仕不擇地，濁操傷行。"

【同里】同鄉。史記九三盧綰傳："盧綰者，豐人也，與高祖同里。"

【同谷】漢代屬下辯道地。北魏宣武帝正始中設置廣業郡，管轄白石栗亭二縣，後元元年改爲同谷縣。元代廢。唐杜甫曾寄居於此，寫乾元中寓居同谷縣作歌七首，見杜工部草堂詩箋十七。參閱太平寰宇記一五〇成州。地在今甘肅成縣境内。

【同伴】伴侶，同行者。唐温庭筠詩集三西洲詞："回頭語同伴，定復負情儂。"

【同治】清愛新覺羅載淳(穆宗)年號。公

元 1862—1874 年。

【同宗】宗法社會稱同出於一祖先者爲同宗。史記一〇六吳王(劉)濞傳:"皇太子引博局提吳太子殺之。於是遣其喪歸葬。至吳,吳王慍曰:'天下同宗,死長安即葬長安,何必來葬爲!'"

【同官】舊縣名。漢祋祤縣。苻秦於祋祤城東北銅官川置銅官護軍,後魏改置銅官縣。北周去銅字金旁,作同官。參閱元和郡縣志二京兆下。地在今陝西銅川市。

【同庚】同年。宋許月卿先天集三次韻程愿二首詩:"丙子與君無貴者,甲辰惟我亦同庚。"

【同事】作事相同。書太甲下:"與治同道,罔不興;與亂同事,罔不亡。"亦稱同在一處工作者爲同事。韓非子說林上:"同事之人,不可不審察也。"

【同門】㊀受業於一師的同學。漢桓寬鹽鐵論殊路:"同門共業,自以爲知古今之義,明君臣之禮。"漢書八八孟喜傳:"同門梁丘賀疏通證明之。"注:"同門,同師學者也。"㊁同一里門,即同里。韓非子亡徵:"公婿公孫與民同門,暴傲其鄰者,可亡也。"㊂姊妹之夫。爾雅釋親:"兩壻相謂爲亞"注:"今江東人呼同門爲僚壻。"

【同居】漢代稱大家族中沒有分住的兄弟及兄弟之子爲同居。漢書惠帝紀:"今吏六百石以上,父母妻子與同居,……家唯給軍賦,他無有所與。"

【同命】㊀同命運,共存亡。韓非子內儲說下:"殺之,越與吳(吾)同命。"㊁同死。史記項羽紀:"(樊)噲曰:'此迫矣!臣請入,與之同命。'"三國志蜀馬超傳:"闔門百口,一旦同命。"

【同知】宋時樞密院有知院事官,以同知院事爲副;有知閤門事官,以同知閤門事爲副。又府州軍的副貳有同知府事、同知州軍事。元明沿用。清代府、州以及鹽運使設同知,府同知即以同知爲官稱,州同知稱州同,鹽同知稱運同。

【同室】同居一室之人。孟子離婁下:"今有同室之人鬬者,救之。"指一家的人。唐白居易長慶集一贈內詩:"生爲同室親,死爲同穴塵。"單指妻。參見"同室操戈"。

【同軌】車轍寬窄相同。引申爲同一、一統的意思。管子君法上:"書同名,車同軌,此至正也。"左傳隱元年:"天子七月而葬,同軌畢至。"指華夏同文之國。

【同科】㊀同等,同類。論語八佾:"射不主皮,爲力不同科。"㊁封建科舉時代,同榜考中的叫同科。宋王安石臨川集二二酬沖卿見別詩:"同官同齒復同科,朋友婚姻分最多。"

【同胞】㊀同父母所生的兄弟。漢書六五東方朔傳:"同胞之徒,無所容居。"注引蘇林:"胞音胞胎之胞也,言親兄弟。"㊁同一國家的人也稱同胞。宋張載張橫渠集一西銘:"民吾同胞,物吾與也。"

【同風】風格相同。文選漢班孟堅(固)西都賦序:"而後大漢之文章,炳焉與三代同風。"又三國魏曹子建(植)與楊德祖書:"以孔璋(陳琳)之才,不閑於辭賦,而多自謂能與司馬長卿(相如)同風,譬畫虎不成反爲狗也。"

【同流】本指二水合流,後比喻同類爲同流。書畢命:"世祿之家,鮮克由禮,……敝化奢麗,萬世同流。"參見"同流合污"。

【同根】三國魏曹丕忌恨胞弟曹植,命他七步中作詩,不成即行大法。曹植因作七步詩諷勸曹丕。詩中有"本是同根生,相煎何太急"之句。見世說新語文學。以後詩文中就常以同根比喻兄弟。

【同氣】㊀性質相近或相同。易乾:"同聲相應,同氣相求,水流濕,火就燥。"㊁有血統關係的親屬。後漢書四二東平憲王蒼傳:"況臣居宰相之位,同氣之親哉。"後來多指同胞兄弟而言。唐劉知幾史通浮辭:"俾同氣女兄,摩笄引決。"

【同紐】同一個聲母的字。如"苦""口"同屬溪母,即稱同紐,爲同紐雙聲。

【同寅】書皋陶謨:"同寅協恭和衷哉。"寅,敬。同寅協恭,即同具敬畏之心。後來稱同僚爲同寅。宋張鎡南湖集六送李季言知撫州詩:"同寅心契每難忘,林野投閒話最長。"

【同產】同母兄弟。墨子號令:"以城爲外謀者,父母妻子同產皆斷。"後漢書明帝紀:"爵過公乘,得移與子,若同產、同產子。"注:"同產,同母兄弟也。"同產子,同母兄弟之子。

【同袍】詩秦風無衣:"豈曰無衣,與子同袍。王于興師,修我戈矛,與子同仇。"袍,長衣,像後來的斗篷。軍人行軍時,日以當衣,夜以當被,言同袍以比喻友愛。文選古詩十九首:"錦衾遺洛浦,同袍與我違。"舊時軍人相稱爲同袍或袍澤。參見"同澤"。

【同情】一心,含有好惡觀念相同的意思。史記一〇六吳王(劉)濞傳:"同惡相助,同好相留,同情相成,同欲相趨,同利相死。"後漢書二四馬援傳與楊廣書:"竊見四海已定,兆民同情,而季孟閉距背畔,爲天下表的,常懼海內切齒,思相屠裂。"季孟,隗字。

【同堂】同居一家。唐韓愈昌黎集二七袁氏先廟碑:"由曾及考,同堂異置。"同祖兄弟稱同堂兄弟。參見"同堂兄弟"。

【同異】指戰國時名家惠施對於同異的辯論。莊子天下:"大同而與小同異,此之謂小同異;萬物畢同畢異,此之謂大同異。"唐成玄英疏:"物情分別,見有同異,此小同異也。死生交謝,寒暑遞遷,形性不同,體理無異,此大同異也。"惠施認爲有兩種同異:一種是小同異,一種是大同異,對不同事物,人們的認識有一致的有不一致的,對這種認識上的同或異,稱小同異。萬物都離不開存亡變化,這是畢同;但各自的存亡變化又不一樣,這是畢異,爲大同異。

【同符】古代用符契作爲憑證。因稱事情相同爲同符。文選漢班孟堅(固)東都賦:"不階尺土一人之柄,同符乎高祖。"又作"同符合契"。三國志吳孫策傳注引吳歷:"與君同符合契,同有永固之分。"

【同參】㊀佛教徒稱同事一師爲同參。參,謁。景德傳燈錄十五金遵禪師:"汝可往謁翠微,彼即吾同參也。"㊁互相啟發,加深了悟。宋葉夢得石林詩話:"禪宗論雲間有三種語,……若有解此,當與渠同參。"三種語謂隨波逐浪,截斷衆流,函蓋乾坤。

【同窗】舊時稱同學爲同窗。宋呂祖謙呂東萊文集三與朱侍講書:"令嗣氣質甚淳,已令就潘叔度舍傍書室,……同窗者,乃叔度之弟景愈。"

【同雲】雲成一色,天將下雪的迹象。詩小雅信南山:"上天同雲,雨雪雰雰。"

【同惡】見"同惡相濟"。

【同硯】舊時稱同學爲同硯。漢書五九張湯傳附張安世:"彭祖又小與上同席研書。"彭祖,安世養子;研,同"硯"。初學記二一引梁武帝忠臣傳:"(劉)弘寓居洛陽,與晉武帝同年,少同硯書。"

【同意】同一意志。孫子計篇:"道者,令民與上同意也。"今稱人意見相同爲同意。

【同歲】即同年。漢制每歲郡舉孝廉一人,同時被推舉的人互稱同歲。後漢書六三李固傳附李燮:"有同歲生得罪于(梁)冀。"三國志魏武帝紀建安十五年注引魏武故事:"去官之後,年紀尚少,顧視同歲中年有五十,未名爲老。"

【同盟】古代結盟,要在神前殺牲歃血發

暂，参加者稱同盟。左傳僖九年："齊侯盟諸侯於葵丘，曰：'凡我同盟之人，既盟之後，言歸于好。'"

【同鄉】同一籍貫的人在外地的互稱同鄉。漢書九七上史皇孫王夫人傳："(王)媼言：……年十四，嫁爲同鄉王更得妻。"

【同塵】同乎流俗。老子："和其光，同其塵，湛兮似或存。"文選晉陸士衡(機)贈馮文羆遷斥丘令詩："方驥齊鑣，比跡同塵。"參見"和光同塵"。

【同夢】卧而夢同，極言親密無間。詩齊風雞鳴："蟲飛薨薨，甘與子同夢。"後也用來比喻親密的友誼。宋曾幾茶山集四次鎮江守曾宏甫見寄韻詩："夜雨思同夢，秋風辱寄書。"

【同僚】在一起作官的人。詩大雅板："我雖異事，及爾同僚。""僚"又寫作"寮"。

【同寮】卽"同僚"。左傳文七年："同官爲寮。吾嘗同寮，敢不盡心乎？"

【同調】聲調相同，比喻志趣相合。文選南朝宋謝靈運七里瀨詩："誰謂古今殊，異代可同調。"注："調猶運也，謂音聲之和也。"

【同趣】旨趣相同。文選三國魏嵇叔夜(康)贈秀才入軍詩："仰慕同趣，其馨若蘭。"

【同澤】詩秦風無衣："豈曰無衣，與子同澤。"本爲甘苦相共之意，後來軍人相稱爲同澤。參見"同袍"。

【同蹄】複姓。唐元稹長慶集十一病閑幕中徵樂詩："白紵顰歌黛，同蹄墜舞釵。"自注："白紵同蹄，皆樂人姓名。"新唐書一九五張琇傳有同蹄智壽。

【同儕】同輩。左傳僖二三年："晉鄭同儕。"

【同學】同師受業者。漢書七八蕭望之傳："復事同學博士白奇。"唐杜甫杜工部草堂詩箋三二秋興詩："同學少年多不賤，五陵裘馬自輕肥。"清代嚴禁文人結社，禁用社弟、盟弟等稱呼，於是文人之間改稱同學。以後，只有老師稱弟子爲同學，與現在"同學"的意義不同。

【同懷】志趣相同。文選南朝宋謝靈運登石門最高頂詩："惜無同懷客，共登青雲梯。"

【同爨】同居同炊。禮檀弓上："或曰同爨緦。"南齊書劉悛傳："漢壽人邵榮興六世同爨。"

【同文館】㈠宋代設置，爲四方館之一，掌接待外國來使。其中同文館爲接待青唐高麗來使之所。見宋王應麟小學紺珠九制度。㈡清學館名。清咸豐十年設總理各國事務衙門，爲培養通譯人材，同治元年於總理事務衙門附設四方館。除學習經史外，延外人當教師，學員專學英法德俄四國文字。明年又於廣東添設同文館一所。光緒三十一年改爲譯學館。參見清朝續文獻通考一〇七學校十四。

【同心結】用錦帶製成的菱形連環回文結，表示恩愛之意。玉臺新詠七梁武帝有所思詩："腰中雙綺帶，夢爲同心結。"也叫同心方勝。西廂記三本一折："不移時，把花牋錦字，疊做箇同心方勝兒。"

【同功繇】兩蠶共作一繭，其絲叫同功繇。玉臺新詠三楊方合歡詩："寢共織成被，絮用同功繇。"

【同考官】清代科舉制度，鄉會試時，在正副主考官下有同考官。同考官分房閱卷，所以又稱房官。會試同考官，康熙後額定十八人，爲十八房，乾嘉後，例用翰林院編修、檢討及進士出身的京官。鄉試同考官自乾隆後，專用在本省服官科甲出身的州縣官。

【同聲歌】樂府雜曲歌辭。漢張衡作。辭見樂府詩集七六。

【同工異曲】曲調不同，演得同樣精彩。比喻不同人的辭章具有同樣高的造詣。唐韓愈昌黎集十二進學解："子雲相如，同工異曲。"子雲，揚雄字。相如，司馬相如。今多指方法不同，得到同樣效果。

【同文算指】明李之藻根據意大利天主教士利瑪竇所譯之書編著。前編二卷，論筆算定位加減乘除的公式及約分通分之法，通編以西法論中國之九章。西方筆算傳入我國，以此書爲最早。

【同文韻統】清乾隆十五年允祿等奉詔編。六卷。以藏文字母參考天竺字母(梵文)，以滿文十二字頭之法，補所未備，貫合異同，各以漢字譯音，說明字母反切的原理。

【同心同德】一心一德，思想認識一致。書泰誓中："受有億兆夷人，離心離德。予有亂臣十人，同心同德。"

【同心戮力】齊心合力。後漢書五九張衡傳："故能同心戮力，勤恤人隱。"左傳成十三年有"戮力同心"，國語吳有"戮力同德"，史記秦始皇紀論有"同心并力"，後漢書十八吳漢傳有"同心一力"，都是同樣的意思。

【同日而語】猶言相提並論。漢書四五息夫躬傳："臣爲國家計幾先，謀將然，豫圖未形，爲萬世慮；而左將軍公孫祿欲以其犬馬齒保目所見。臣與祿異議，未可同日而語也。"又作"同年而語"。北齊顏之推顏氏家訓勉學："苦辛無益者如日蝕，逸樂名利者如秋荼，豈得同年而語矣。"

【同仇敵愾】見"同仇"、"敵愾"。

【同平章事】官名。唐侍中、中書令爲宰相之職，其餘以他官參掌者，但加同中書門下三品。及肅宗至德以後，凡爲宰相者必曰同中書門下平章事，終唐之世不復改。同平章事者，謂合中書、門下爲一，共議國事。宋初因之。至元豐改官制，以尚書、門下、中書三省長官左右僕射兼門下中書侍郎爲宰相，門下中書侍郎及左右丞爲執政，同平章事之名遂廢。參閱通典二一職官三宰相、文獻通考四九職官三宰相。

【同功一體】功績與地位相同。史記九一黥布傳："令尹曰：'往年殺彭越，前年殺韓信，言此三人者，同功一體之人也。'"

【同舟共濟】在困難時利害一致，共圖解救。孫子九地："夫吳人與越人，相惡也。當其同舟而濟，遇風，其相救也，如左右手。"也作"同舟共濟"。三國志魏毋丘儉傳注引文欽與郭淮書："夫當仁不讓，況救君之難，度道遠艱，故不果期要耳。然同舟共濟，安危勢同；禍德已連，非言飾所解，自公侯所明也。"

【同門異户】名義相同，而實質各異。漢揚雄法言君子："至于子思孟軻詭哉，曰吾于孫卿與，見同門而異户也。"

【同牀各夢】比喻同作一樁事，各有各的打算。宋陳亮龍川文集二十與朱元晦祕書書："同牀各做夢，周公且不能學得，何必一一說到孔明哉！"現在通寫作"同牀異夢"。

【同姓名録】專門記載歷史上同姓名的書。隋書經籍志二有梁元帝撰同姓名録一卷。唐陸善經、元葉森續有增補，改爲古今同姓名録。明余寅又撰同姓名録十二卷，周應賓補一卷，清王廷燦再補八卷。清汪輝祖有九史同姓名略七十二卷，補遺四卷，增補一卷。

【同室操戈】比喻内部相鬬爭。後漢何休專治公羊傳，鄭玄著論以難之，休歎息說："康成入我家操吾矛以伐我乎？"康成，鄭玄字。見後漢書三五鄭玄傳。清江藩宋學淵源記序："爲宋學者，不第攻漢儒而已也，抑且同室操戈矣。"

【同流合污】原指隨時浮沉。孟子盡心下："同乎流俗，合乎汙世。"宋朱熹朱文公全集五三答胡季隨書："細看來書，似已無可得說，……如此則更說甚講學，不如同流合污，着衣喫飯，無所用心之省事也。"後來多指與壞人爲伍。

【同病相憐】比喻彼此遭遇相同而互相同情憐憫。吳越春秋闔閭內傳："子不聞河上之歌乎？同病相憐，同憂相救。"

【同條共貫】事理相通，脈絡連貫。漢書五六董仲舒傳："帝王之道，豈不同條共貫歟？"

【同堂兄弟】同祖兄弟。六朝稱同堂，唐後省去同字。現在仍稱堂兄弟。北史公孫表傳："二公孫同堂兄弟耳。"

【同惡相濟】壞人狼狽爲奸。三國志魏武帝紀建安十八年："馬超成宜，同惡相濟。"左傳昭十三年有"同惡相求"，史記四六吳王(劉)濞傳有"同惡相助"，義同。

【同聲相應】指樂聲相和。易乾："同聲相應，同氣相求。"疏："同聲相應者，若彈宮而宮應，彈角而角動是也。"後用來形容志趣相同的人互相呼應。

【同歸殊塗】比喻採取不同的方法得到相同的效果。易繫辭下："天下同歸而殊塗，一致而百慮。"文選三國魏嵇叔夜(康)琴賦："同歸殊途，或文或質。"也作"殊途同歸"、"異途同歸"。

【同進士出身】隋唐以來，科舉取士，宋代進士試始分五甲。爲：一甲賜及第，二甲賜同及第，三、四甲賜出身，五甲賜同出身。明太祖洪武四年始明定一甲限三人，賜進士及第；二甲進士出身；三甲同進士出身。清代沿用。

吊 diào ㄉㄧㄠ

㊀同"弔"。見"弔"。㊁舊時稱錢一千爲一吊。

【吊子】煎熬飲料用的器皿。紅樓夢四五："每日早起，拿上等燕窩一兩，冰糖五錢，用銀吊子熬出粥來，要吃慣了，比藥還强，最是滋陰補氣的。"

【吊朵】宋代婦女首飾。宋孟元老東京夢華錄四公主出降："又有宮嬪數十，皆真珠釵插，吊朵，玲瓏簇羅頭面。"

吃 1. jí ㄐㄧˊ 居乙切，入，迄韻，見。

㊀口吃，說話結巴重複不清。史記九八張丞相傳："(周)昌爲人吃，又盛怒，曰：'臣口不能言，然臣期期知其不可。'"㊁行動遲緩艱難。唐孟郊孟東野詩集三冬日："凍馬四蹄吃，陟卓難自收。"

2. chī ㄔ

㊂通"喫"。漢賈誼新書七耳痺："越王之窮，至乎吃山草。"㊃感受。如言吃驚。京本通俗小說錯斬崔寧："半夜敲門不吃驚。"㊄被。元曲選石君寶秋胡戲妻二："我倒吃他搶白了這一場。"

3. qī ㄑㄧ 集韻 欺訖切，入，迄韻。

㊅見"吃$_3$吃$_3$"。

【吃$_3$吃$_3$】笑聲。舊題漢伶玄飛燕外傳："笑吃吃不絕。"

【吃$_2$茶】見"喫茶"。

【吃口令】也叫急口令、繞口令、拗口令。將雙聲疊韻或音近的字詞編連成句，取其拗礙口舌，急速念出，容易出錯誤，作爲談笑的資料。元李治敬齋古今黈四："至炎宋過江後，以避諱改勾當爲幹當，則幾于吃口令矣。"

吒 1. zhà ㄓㄚˋ 陟駕切，去，禡韻，知。

㊀憤怒聲。楚辭漢王逸九思疾世："吒增歎兮如雷。"參見"叱咤"。

2. chì ㄔˋ

㊁通叱。漢賈誼新書四匈奴："吒犬馬行，理勢然也。"

【吒叉】叉手。唐杜牧樊川文集外集別家詩："初歲嬌兒未識爺，別爺不拜手吒叉。"宋陸游劍南詩稿七一晚步湖塘少休民家詩："村童亦可念，喚客手吒叉。"

吆 yāo ㄧㄠ 集韻 伊堯切，平，蕭韻。

又寫作"吆"。見下。

【吆喝】高聲呼叫。儒林外史十六："忽然聽得門外一聲響亮，有幾十人聲一齊吆喝起來。"也寫作"喓喝"。見"喓喝"。

合 1. hé 侯閤切，入，合韻，匣。

ㄏㄜˊ 古沓切，入，合韻，見。

㊀閉，收攏。戰國策燕二："蚌方出曝，而鷸啄其肉，蚌合而拑其喙。"㊁和同，融洽。詩小雅常棣："妻子好合，如鼓瑟琴。"㊂聚會。論語憲問："桓公九合諸侯。"㊃全，滿。舊唐書一九八陸德明傳："合朝賞歎。"㊄配。詩大雅大明："天作之合"。㊅比擬。漢桓寬鹽鐵論論災："夫道古者稽之今，言遠者合之近。"㊆符合。孫子九地篇："合于利而動，不合于利而止。"㊇回答。左傳宣二年："既合而來奔。"㊈古代稱交戰曰合。孫子行軍："兵怒而相迎，久而不合，又不相去，必謹察之。"史記蕭相國世家："臣等身披堅執銳，多者百餘戰，少者數十合。"㊉應當，應該。唐張彥遠法書要錄四唐朝敍書錄："上謂鳳閣侍郎王方慶曰："卿家多書，合有右軍遺跡。"⑪與，和。兒女英雄傳八："有話合你說。"⑫樂譜記音符號之一。詳"管色譜"。⑬合子，盛物的器皿。今寫作"盒"。唐王建詩八宮詞之六七："黃金合裏盛紅雪，重結香羅四出花。"

2. gě ㄍㄜˇ 集韻 葛合切，入，合韻。

⑭量詞。十合爲一升。漢書律曆志："合龠爲合。"

【合十】佛教徒合十指表示敬意。詳"合掌"。

【合力】同心協力。商君書畫策："天下勝，是故合力。"

【合下】㊀即時，當下。宋黃庭堅山谷詞少年心："合下休傳音問，你有我，我無你分。"又寫作"合手下"。辛棄疾稼軒詞四戀繡衾無題："合手下安排了，那筵席須有散時。"㊁當初。金董解元西廂三："不[illegible]得人來成病體，争如合下休相識。"

【合子】盛物之器，有蓋，能開能合。今通作"盒子"。太平廣記三一〇張无頗引傳奇："大娘曰：某有玉龍膏一合子。"

【合刃】刀和刀相交。猶言交兵。漢書四九鼂錯傳："臣又聞用兵，臨戰合刃之急者三。"

【合口】㊀可口。漢書八七下揚雄傳解難："美味期乎合口，工聲調於比耳。"㊁口角，争吵。永樂大典小孫屠戲文："你如今與我收拾行李，和我一同去還心願，也免在家閑争合口。"水滸三七："你又和誰合口？叫起哥哥來時，他卻不肯干休。"

【合方】官名。周禮夏官之屬有合方氏，掌修通境內各方之道路，統一各方的度量衡。

【合火】即合伙。元曲選缺名盆兒鬼楔子："本意尋個相識，合火做買賣，營運生理。"

【合爪】兩手十指向上伸直，指尖合攏。即合掌。佛教徒敬禮的一種儀式。新唐書一〇七傅奕傳："但合爪曰：地獄正爲是人設矣！"舊唐書七九傅奕傳作"合掌"。參見"合掌"。

【合匝】周繞重疊。同"匼匝"。南朝宋鮑照鮑氏集三代白紵舞歌詞："象牀瑤席鎮犀渠，雕屏合匝組帷舒。"

【合甲】堅固的鎧甲。周禮考工記函人："合甲五屬。"注："合甲，削革裹肉，但取其表，合以爲甲。"又："合甲壽三百年。"清江永周禮疑義舉要七："犀甲兕甲皆單而不合，合甲則一甲有兩甲之力，費工多而價重。"

【合生】㊀唐代的一種雜伎，表演時以歌詠爲主，穿插舞蹈。新唐書一一九武平一傳："妖伎胡人，街童市子，或言妃主情貌，或列王公名質，詠歌蹈舞，號曰合生。"㊁宋代説話的一個流派。藝人當場指物賦詩，也叫唱題目。內容滑稽並含有諷勸意味的，叫喬合生。見宋洪邁夷堅志支乙六合生詩詞。灌園耐得翁都城紀勝瓦舍衆伎説合生爲宋人説話四科之一。元周密武林舊事六諸色伎藝人寫作"合笙"。

【合冬】入冬。漢桓寬鹽鐵論論災："合冬行誅，萬物畢藏。"

【合江】縣名。現屬四川省。漢爲符縣。北周保定四年設合江縣，以長江與赤水河在縣境合流而名。參閱太平寰宇記八八瀘州合江縣。故城在今合江縣西。

【合衣】和衣，不脱衣。唐元稹長慶集九合衣寢詩："良夕背燈坐，方成合衣寢。"

【合尖】造塔須合尖，大功始告成，故以合尖比喻最後的一步。舊五代史一〇八李崧傳："壘浮圖須與合卻尖。"宋趙升朝野類要五破白合尖："選人得初舉狀，謂之破白；末後一紙湊足，謂之合尖。"

【合同】㊀會合齊同，和睦。禮樂記："流而不息，合同而化，而樂興焉。"史記秦始皇紀："以明人事，合同父子。"㊁契約文書。周禮秋官朝士"判書"疏："云判，半分而合者，即質劑傳別分支合同，兩家各得其一者也。"金石萃編四一有貞佑二年京兆府合同、平涼府合同。

【合好】和好。國語周中："酬幣宴貨，以示容合好。"

【合作】㊀兩人或兩人以上共同創作。詩關雎疏："(南朝梁)沈重云：按鄭(玄)詩譜意，大序是子夏作，小序是子夏毛公合作。"㊁合於法度。多指書畫寫作。唐張彥遠法書要錄四引張懷瓘二王等書錄："(王)獻之嘗與簡文帝十紙，題最後云：'下官此書甚合作，願聊存之。'"

【合抱】兩手合抱，形容樹身的粗大。老子："合抱之木，生於毫末。"

【合巹】舊時婚禮飲交杯酒。把瓠分成兩個瓢，叫巹，新夫婦各拿一瓢來飲酒。禮昏儀："共牢而食，合巹而酳。"又稱合瓢。魏書臨淮王傳附元孝友："又夫婦之始，王化所先，共食合瓢，足以成禮。"

【合沓】重疊。文選晉謝玄暉(朓)敬亭山詩："茲山亘百里，合沓與雲齊。"注引賈誼旱雲賦："遂積聚而合沓，相紛薄而慷慨。"(古文苑作旱雲賦)

【合肥】地名。漢屬九江郡。水經注三二施水："施水受肥於廣陽鄉，東南流經合肥縣。……蓋夏水暴漲，施合於肥，故曰合肥。"故城在今安徽合肥市北。

【合和】㊀婚配。管子入國："取鰥寡而合和之。"㊁和睦。禮樂記："故樂者……所以合和父子君臣，附親萬民也。"

【合昏】植物名。即"合歡"。文選南朝梁陸佐公(倕)新刻漏銘："合昏暮捲，蓂莢晨生。"參見"合歡㊀"。

【合要】雙方各舉辭辯答。左傳襄十年："使王叔氏與伯輿合要。"疏："使其各爲要約言語，兩相辯答。"要，yāo。

【合拱】兩手合圍。猶言"合抱"。韓詩外傳五："驕溢之君寡忠，口惠之人鮮信，故盈把之木，無合拱之枝。"

【合食】即合祭。見"合祭"。

【合約】共同訂約。漢書六九趙充國傳："往三十餘歲，西羌反時，亦先解仇合約攻令居。"

【合浦】地名。1. 漢代郡名。武帝元鼎六年設置的九郡之一。郡治在徐聞，即今廣東海康縣。元廢。參閱太平寰宇記一六九太平軍石康縣。2. 縣名。屬廣西僮族自治區。漢置，屬合浦郡。宋以前故城在今縣東北。

【合宮】相傳爲黃帝的明堂。文選漢張平子(衡)東京賦："必以肆奢爲賢，則是黃帝合宮，有虞總期，固不如夏癸之瑤臺，殷辛之瓊室也。"注引尸子："欲觀黃帝之行於合宮，觀堯舜之行於總章。"參閱清阮元揅經室集三明堂論。

【合朔】日月相會。一般指夏曆每月初一。後漢書律曆志三："日月相推，日舒月速，當其同，謂之合朔。"

【合契】猶合符。後漢書五九張衡傳："尋其方面，乃知震之所生，驗之以事，合契若神。"參見"合符"。

【合格】符合一定的標準。舊五代史職官志封廕："應合收補人，須是本官親子孫，年貌合格，別無渝濫，方許施行。"

【合氣】嘔氣，生氣。元曲選關漢卿金綫池二："只爲杜蕊娘他把俺赤心相待，時常與這虔婆合氣，尋死覓活，無非是爲俺家的緣故。"

【合族】㊀聚集一族之人。禮大傳："旁治昆弟，合族以食，序以昭穆。"㊁同姓而非一族的聯爲一族。晉書孫旂傳："(孫)旂子弼及弟子髦、輔、琰四人，……遂與孫秀合族。"

【合理】符合事理。舊唐書職官志二："決斷不滯，與奪合理。"

【合莫】古代祭祀，稱祭者與所祭鬼神精神上互相感通，合而爲一爲合莫。莫，指死者精神虛無寂寞；合，指生者精神和合於寂寞。禮禮運："君與夫人交獻，以嘉魂魄，是謂合莫。"文苑英華七四唐潘炎君臣相遇樂賦："在宇宙而皆滿，鼓陰陽而合莫。"

【合符】古代以竹木或金石爲符，上面寫文字，剖而爲二，各執其一，合之爲證。荀子君道："合符節別契券者，所以爲信也。"史記七七信陵君傳："侯生曰：'……公子即合符，而晉鄙不授公子兵而復請之，事必危矣。'"後稱事之彼此相合曰符合或合符。

【合祭】古以始祖之廟爲祧。凡祖先世次超過定制，則毀廟遷主於祧，以後即合於祧廟而祭，稱合祭。公羊傳文二年："大祫者何？合祭也。其合祭奈何？毀廟之主，陳於太祖；未毀廟之主，皆升，合食於太祖。"參見"祫"。

【合從】即"合縱"。連合南北，南北爲從。戰國時，蘇秦游説六國諸侯，要他們聯合起來西向抗秦。秦在西方，六國土地南北相連，故稱合從。戰國策秦三："天下之士合從相聚于趙，而欲攻秦。"

【合掌】佛教儀式，合兩掌以表示敬意。亦稱合十。四十二章經序："世尊教勑，一一開悟，合掌敬諾，而順尊勑。"舊唐書七九傅奕傳："(蕭)瑀不能答，但合掌曰：'地獄所設，正爲是人！'"新唐書一〇七傅奕傳作"合爪"。

【合虛】古代神話中稱日月所出之山。見山海經大荒東經。

【合程】合格，合於規定的程式。唐柳宗元柳先生集十二故殿中侍御史柳公墓表："射策合程，遂冠首科。"

【合圍】㊀四面包圍。禮王制："天子不合圍。"指田獵。文選漢李少卿(陵)答蘇武書："單于臨陣，親自合圍。"指戰爭。㊁合抱。唐張九齡曲江集一荔枝賦："下合圍以擢本，傍蔭畝而抱規。"

【合姓】男女兩姓結成婚姻。國語晉四："故異德合姓，同德合義。"注："合姓，合二姓爲婚姻。"唐權德輿權載之文集二二唐故……贈尚書左僕射李公墓誌銘："凡三合姓，初曰范陽盧夫人，……次京兆韋氏二夫人。"

【合眼】閉目，喻死。金元好問元遺山集十四工部趙侍郎下世日作詩："鶴骨翛然臥石林，情知合眼即仙鄉。"

【合意】合於心意。國語魯下："詩所以合意，歌所以詠詩也。"

【合葬】舊時夫婦同葬一個墓穴稱合葬。禮檀弓上:"孔子既得合葬於防。"指合葬其父母。又指附葬。禮檀弓上:"季武子成寢,杜氏之葬在西階之下,請合葬焉,許之。"

【合羣】和合羣衆。荀子非十二子:"古之所謂士仕者,厚敦者也,合羣者也。"

【合傳】紀傳體史書合數人列於一傳,叫合傳。如史記的管晏列傳,把管仲晏嬰合爲一傳,因爲兩人都是春秋時齊國的賢相。

【合鄉】地名。元和郡縣志九滕縣有合鄉故城,以爲就是論語述而的互鄉。故城在今山東滕縣東南。

【合節】音節和諧。楚辭九歌東君:"展詩兮會舞,應律兮合節。"

【合與】結合私黨。管子山至數:"內則大夫自還而不盡忠,外則諸侯連朋合與。"合與也作"聚與"。又:"熟穀之人亡,諸侯受而官之,連朋而聚與。"

【合窳】神話中異獸名。見山海經東山經、晉郭璞山海經圖讚。

【合撲】俯面仆地。古今雜劇元關漢卿救風塵一:"忽地便吃了一箇合撲地。"又缺名大婦小妻還牢末二:"把僧住天殺的拖將去,連賽娘合撲的帶了一交。"

【合黎】山名。書禹貢:"導弱水,至于合黎。"在今甘肅張掖、高臺及酒泉諸縣之北,與龍首山合稱北山,與稱爲南山之祁連山相對。

【合樂】衆樂同時合奏。儀禮鄉飲酒禮:"乃合樂。"禮記鄉飲酒義:"合樂三終。"疏:"謂堂上下歌瑟及笙並作也。"

【合諧】整齊調和。文選戰國楚宋玉高唐賦:"王乃乘玉輿,駟倉螭,垂旒旌,旆合諧,紬大弦而雅聲流,冽風過而增悲哀。"

【合龍】治河時修築隄壩,完成合口工程,叫合龍。宋沈括夢溪筆談十一官政一:"凡塞河決,垂合,中間一埽,謂之合龍門。"省稱"合龍"。

【合髻】唐宋婚俗之一。宋孟元老東京夢華錄五娶婦:"凡娶婦,男女對拜畢,就牀,男左女右,留少頭髮,二家出疋緞、釵子、木梳、頭鬚之類,謂之合髻。"

【合獨】使鰥寡結合成夫婦。管子入國:"凡國都皆有掌媒,丈夫無妻曰鰥,婦人無夫曰寡,取鰥寡而和合之,……此之謂合獨。"

【合縱】見"合從"。

【合璧】指日、月、五星合聚。漢書律曆志上:"日月如合璧,五星如連珠。"後來用以表示會集精華之意,也寫作"珠聯璧合"。

【合轍】車軌相合,比喻彼此言行投合一致。宋劉克莊後村集十三贈施道州詩二:"拮据自笑營巢拙,枘鑿明知合轍難。"後來稱詞曲的押韻也叫"合轍"。

【合鏡】即"破鏡重圓"。見"破鏡重圓"。

【合醵】多人聚飲。詩周頌良耜"以開百室"箋:"百室者,出必共洫間而耕,入必共族中而居,又有祭酺合醵之歡。"

【合歡】㊀聯歡。禮樂記:"故酒食者,所以合歡也。"㊁植物名。葉似槐葉,至晚則合。故也叫合昏,又寫作合棔,俗稱夜合花、馬纓花、榕花。夏季開花,花淡紅色。古代常以合歡贈人,說可以消怨合好。文選三國魏嵇叔夜(康)養生論:"合歡蠲忿,萱草忘憂。"參閱晉崔豹古今注下草木。

【合口椒】唐賈言忠撰監察本草,把御史裏行及試員外者叫合口椒,最有毒;監察叫開口椒,毒稍減;殿中爲蘿蔔,也叫生薑,雖辛辣而不爲患;侍御史叫脆梨,漸入佳味;遷員外爲柑子,可久服。見太平廣記二五五賈言忠引御史臺記。意思說剛當上御史,氣盛敢言,官愈高則顧慮愈多,不肯多得罪人。

【合江樓】古蹟名。在今廣東惠陽縣城外。原爲東江西江合流之處。宋蘇軾曾在此住過。分類東坡詩九有寓居合江樓詩。

【合婚鈴】古代婚禮中所用的鈴。取其音聲和諧,象徵婚姻美滿。見通典五八禮十八嘉三公侯大夫士婚禮注引漢鄭衆婚禮謁文讚。

【合離草】赤箭的别名。見"赤箭"。

【合歡竹】雙梢的竹。宋釋贊寧筍譜上雙梢竹筍:"出九疑山第二重麓臺側,筍長獨莖,及生枝葉,即分爲兩梢,葉密而細,亦謂之合歡竹。"

【合歡杖】古代對犯人用刑時以兩杖同時擊打,稱合歡杖。見新五代史劉銖傳。

【合歡杯】舊時結婚,新夫婦合飲的酒杯,象徵合歡偕老。唐宋之問集下壽陽王花燭圖詩:"莫令銀箭曉,爲盡合歡杯。"

【合歡席】五色的蒲席。周禮大宗伯司几筵"加繅席畫純"注:"繅席,削蒲蒻展之,編以五采,若今合歡矣。"

【合歡扇】團扇。文選漢班婕妤怨歌行:"裁爲合歡扇,團團似明月。"

【合歡梁】舊時婚俗的一種儀式。說郛缺名戊辰雜鈔:"女初至門,壻去丈許逆之,相者授以紅綠連之錦,各持一頭,然後入,俗謂之通心錦,又謂之合歡梁。言夫婦自此相通如橋梁也。"

【合歡被】聯幅的大被。文選古詩十九首之十八:"文綵雙鴛鴦,裁爲合懽被。"懽,同"歡"。

【合歡帽】魏晉時代的一種帽式。藝文類聚六四晉束皙近遊賦:"老公戴合歡之帽,少年著蕞角之巾。"晉陸翽鄴中記:"(石)季龍獵,着金鏤織成合歡帽。"

【合歡結】以繡帶結成雙結,稱合歡結。玉臺新詠十梁武帝秋歌:"繡帶合歡結,錦衣連理文。"遼史禮志六嘉儀下:"五月重五日,……以五綵絲爲索纏臂,謂之合歡結。"

【合歡詩】樂府雜曲歌辭名。以夫婦聲氣應和爲主題,晉楊方作五首,見玉臺新詠三、樂府詩集七六雜曲歌辭。

【合歡殿】漢殿名。在長安。文選漢班孟堅(固)西都賦:"合歡增城,安處常寧。"注:"長安有合歡殿披香殿鴛鴦殿。"

【合浦珠還】傳說漢合浦郡不產穀實,而海出珠寶,先時郡守並多貪穢,極力搜刮,致使珍珠移往别處。後孟嘗爲合浦太守,制止搜刮,革易前弊,珍珠復還。見後漢書七六孟嘗傳。後用來比喻東西失而復得。

【合從連衡】戰國時蘇秦說六國諸侯聯合抗秦,稱合從;張儀說諸侯事秦,稱連衡。史記七四孟子傳:"天下方務於合從連衡,以攻伐爲賢。"

【合璧事類】書名。古今合璧事類備要的簡稱。詳該條。

【合同憑由司】宋代主管宮中財用的官署。宋太宗太平興國初設置。設司監官二人,凡宮中需求及殿前賞賜,都由司監官按文撥付。參閱宋史職官志六及二七一郭延濬傳。

名 míng 武幷切,平,清韻,明。ㄇㄧㄥ

㊀事物的稱號。管子心術上:"物固有形,形固有名。"㊁姓名。禮檀弓上:"幼名冠字。"人都有名字,若干人也叫若干名。㊂文字。儀禮聘禮:"百名以上書于策,不及百名書于方。"㊃名譽。孫子地形:"故進不求名,退不避罪,唯民是保。"㊄稱說。論語泰伯:"蕩蕩乎民無能名焉。"㊅大。禮禮器:"因名山升中於天。"㊆目上眉睫之間。詩齊風猗嗟:"猗嗟名兮,美目清兮。"名又作"眳"(文選張衡

西京賦),"頻"(玉篇)。

【名人】有聲譽的人。呂氏春秋勸學:"不疾學而能爲魁士名人者,未之嘗有也。"

【名士】知名之士。呂氏春秋尊師:"由此爲天下名士顯人,以終其壽。"魏晉時代以唾棄禮法任性而行好講玄談的稱名士。參見"名士風流"。

【名工】著名的工匠。周禮考工記輪人"謂之國工"注"國之名工。"

【名山】㊀大山。書武成:"告于皇天后土,所過名山大川。"史記太史公自序:"藏之名山,副在京師。"㊁縣名。屬四川省。秦爲嚴道縣,漢青衣縣,後漢改漢嘉,隋開皇十三年因縣西北有名山,改爲名山縣。參閱元和郡縣志三二雅州。

【名王】諸王中之著名者。漢書宣帝紀神爵二年:"單于遣名王奉獻。"注:"名王者,謂有大名以别諸小王也。"

【名公】㊀有名望的公卿。宋書謝景仁傳:"武帝目景仁爲名公之孫。"㊁著名的人士。太平廣記四九〇缺名東陽夜怪録:"眷彼名公悉至,何惜兔園。"

【名分】人的地位和身分。莊子天下:"易以道陰陽,春秋以道名分。"管子幼官圖:"定府官,明名分。"也泛指財物的所屬關係。商君書定分:"夫賣者滿市,而盜不敢取,由名分已定也。"

【名父】父有盛名者。漢書七八蕭望之傳:"大將軍王鳳以育爲名父子,著材能,除功曹。"育,望之子。參見"名家子"。

【名手】精通某種技藝的人。北齊書崔季舒傳:"季舒大好醫術,天保中,於徙所無事,更鋭意研精,遂爲名手,多所全濟。"

【名世】聞名於當世。孟子公孫丑下:"五百年必有王者興,其間必有名世者。"

【名目】㊀稱贊,評價。三國志魏王粲傳評:"昔文帝陳王以公子之尊,博好文采,相聲相應,才士並出,惟粲等六人,最見名目。"六人:王粲徐幹衛覬劉劭劉廙傅嘏。㊁名稱。魏書任城王澄傳:"次之凝閑堂,高祖曰:'名目要有其義,此蓋取夫子閑居之義。'"唐白居易長慶集五四紫薇花詩:"紫薇花對紫薇翁,名目雖同貌不同。"

【名田】以私人名義佔有土地。史記平準書:"賈人有市籍者,及其家屬,皆無得籍名田,以便農。敢犯令,没入田僮。"索隱:"謂賈人有市籍,不許以名占田地。"

【名字】㊀古代貴族始生有名,二十歲成人,行冠禮又加字,合稱名字。後來在字之外,又有號,合稱名號。自稱用名,别人爲表示禮敬,用字或號相稱。參閱禮檀弓"幼名、冠字"疏、唐顏師古匡謬正俗六名字。㊁名譽。漢書九二陳遵傳:"(張)竦博學通達,以廉儉自守,而遵放縱不拘,……哀帝之末,俱著名字,爲後進冠。"㊂事物的名稱。唐韓愈昌黎集三六送窮文:"各有主張,私立名字。"

【名臣】以賢能著稱的官吏。史記一〇二張釋之傳:"張廷尉(釋之),方今天下名臣。"

【名色】㊀名目,稱號。宋汪應辰文定集十四與周參政書:"近户部行下,以今歲下半年賦,限七月内以其他名色,先次兑那,起發一半。"㊁名號,旗號。元曲選缺名謝金吾一折:"功勞大,更打着郡馬的名色。"

【名行】姓名,行止。魏書胡叟傳:"以姚政將衰,遂入長安觀風化,隱匿名行,懼人見知。"

【名言】㊀有所指而言。書大禹謨:"名言兹在兹。"疏:"名目,言談此事,必在此事之義而名言之。"㊁著名的話。世説新語言語:"庾公(亮)嘗入佛圖,見卧佛,曰:'此子疲于津梁。'時人以爲名言。"

【名利】功名利禄。商君書算地:"主操名利之柄而能致功名者,數也。"

【名位】名號地位,即官職。左傳莊十八年:"名位不同,禮亦異數。"管子宙合:"天不一時,地不一利,人不一事,是以著業不得不多,人之名位不得不殊。"

【名作】著名作品。南朝陳徐陵徐孝穆集七與李那書:"常在公筵,敬析名作。"

【名法】㊀名家與法家。史記一三〇太史公自序:"其爲術也,因陰陽之大順,采儒墨之善,撮名法之要。"㊁名分和法治。尹文子大道下:"政者,名法是也,以名法治國,萬物所不能亂。"

【名刺】即名片。古未有紙時,削竹木寫上自己的名字,拜訪通名時用。西漢時叫做謁,東漢叫刺。後來雖改用紙,仍相沿叫刺或名刺。唐元稹長慶集二二重酬樂天詩:"最笑近來黄叔度,自投名刺占陂湖。"參閱宋孔平仲孔氏談苑五、清趙翼陔餘叢考三十名帖。

【名花】爲人所珍貴的花。唐李白李太白詩五清平樂調之三:"名花傾國兩相歡,長得君王帶笑看。"

【名門】著名的豪門。唐李商隱李義山文集三爲李貽孫上李相公啓:"語姬朝之舊族,莊武慙顔;敍漢代之名門,韋平掩耀。"

【名帖】即名片。參見"名刺"。

【名物】名號物色。周禮天官庖人:"掌共六畜六獸六禽,辨其名物。"

【名例】㊀著述的體例。晉范甯穀梁傳集解序:"於是乃商略名例,敷陳疑滯,博示諸儒同異之説。"㊁舊時律書前面的總則,包括刑名與例案。唐律疏議一名例:"名者,五刑之罪名;例者,五刑之體例。……故以名例爲首篇。"

【名姝】著名的美女。舊唐書一一八元載傳:"載在相位多年,權傾四海,……名姝異樂資貨,不可勝計。"

【名約】即約名,約定俗成的名稱。荀子正名:"迹長功成,治之極也,是謹于守名約之功也。"

【名流】著名人士。世説新語品藻:"孫興公(孫綽)、許玄度(許詢)皆一時名流。"梁書何遜傳:"沈約亦愛其文,嘗謂遜曰:'吾每讀卿詩,一日三復,猶不能已。'其爲名流所稱如此。"

【名家】㊀戰國時諸子百家學派之一。或稱辯者,或稱刑(形)名之家。漢書藝文志稱爲名家。名家以辯論名實爲主題,主要代表爲惠施、公孫龍。莊子天下篇記載有名家的學説。㊁名門。史記七一甘茂傳:"昔甘茂之孫甘羅,年少爾!然名家之子孫,諸侯皆聞之。"㊂有專長而自成一家的人。漢書藝文志論語:"傳齊論者,……惟王陽名家;傳魯論語者,常山都尉龔奮、長信少府夏侯勝、丞相韋賢、魯扶卿、前將軍蕭望之、安昌侯張禹,皆名家。"

【名素】素來有名望的人。南齊書張欣泰傳:"欣泰通涉雅俗,結交多是名素。"

【名問】名譽,名聲。韓非子亡徵:"不以功伐課試,而好以名問舉錯,羈旅起貴,以陵故常者,可亡也。"

【名捕】指名逮捕。漢書平帝紀元始四年:"家非坐不道,詔所名捕,它皆無得繫。"又七二鮑宣傳:"時名捕隴西辛興。"

【名紙】名片。古代發明紙以前,削竹木以書姓名,故謂之刺,或稱名刺。後用紙書,稱名紙。五代後周王仁裕開元天寶遺事上風流藪澤:"長安有平康坊,……京都俠少,萃集於此。兼每年新進士以紅牋名紙,遊謁其中。"

【名師】㊀精鋭的軍隊。韓非子初見秦:"今秦地折長補短,方數千里,名師數十百萬。"㊁著名的老師。元曲選缺名百花亭三折:“從小裏拜箇名師。”

【名宿】素來有名望的人。後漢書六三朱浮傳:“(浮)辟召州中名宿涿郡王岑之屬,以爲從事。”

【名族】㊀姓名。戰國策秦二:“昔者曾子處費,費人有與曾子同名族者。”㊁豪門勢族。史記項羽紀:“(陳嬰)謂其軍吏曰:‘項氏世世將家,有名於楚。今欲舉大事,將非其人,不可。我倚名族,亡秦必矣。’”

【名望】㊀名譽聲望。三國志蜀黃忠傳:“諸葛亮説先主曰:‘忠之名望,素非關(羽)、馬(超)之倫也。’”也指有大名聲的人。北齊書崔瞻傳:“以才地自矜,所與周旋,皆一時名望。”㊁姓字。元曲選紀君祥趙氏孤兒五折:“賜孤兒改名望,襲父祖拜卿相。”

【名理】魏晉時把辨別分析事物是非、道理,叫作名理。三國志魏鍾會傳:“及壯,有才數技藝,而博學精練名理。”世説新語言語:“裴僕射(頠)善談名理,混混有雅致。”

【名教】㊀名聲與教化。管子山至數:“昔者周人有天下,諸侯賓服,名教通於天下。”㊁以正名定分爲中心的封建禮教。世説新語德行:“王平子(澄)胡毋彥國(輔之)諸人,皆以任放爲達,或有裸體者。樂廣笑曰:‘名教中自有樂地,何爲乃爾也。’”

【名貫】姓名和籍貫。魏書盧同傳:“其實官正職者,亦列名貫。”

【名將】著名的將領。史記一〇九李將軍列傳:“左右以爲廣名將也。”

【名魚】大魚。國語魯:“取名魚,登川禽,而嘗之寢廟。”

【名都】著名的城市。戰國策秦二:“伐秦非計也,王不如因而賂之一名都,與之伐齊。”

【名場】科舉時代的考場。文苑英華二八二唐劉駕送友人登第東歸詩:“攜手踐名場,正遇公道開。”也泛指爭奪名利的場所。唐李咸用披沙集二臨川逢陳百年詩:“教我無爲禮樂拘,利路名場多忌諱。”

【名畫】著名的圖畫。唐司空圖司空表聖詩集一贈信美寺岑上人:“紗碧籠名畫,燈寒照淨禪。”

【名貴】有名望而居顯位的人。史記秦始皇紀:“先帝之大臣,皆天下累世名貴人也。”以後稱器物著名而珍貴的,也叫名貴。

【名象】稱謂,法制,器物。名,指稱。象,法象。荀子正論:“天下之大隆,是非之封界,分職名象之所起,王制是也。”注:“名謂指名,象爲法象。”

【名筆】好文章。魏晉六朝稱韻文爲文,散文爲筆。世説新語文學:“樂令(廣)善於清言而不長於手筆,將讓河南尹,請潘岳爲表,……潘直取(廣語)錯綜,便成名筆。”

【名勝】㊀名流。世説新語文學:“宣武(桓温)集諸名勝講易,日説一卦。”㊁風景幽美的地方。北齊書韓軌傳附韓晉明:“朝庭處之貴要之地,必以疾辭。告人曰:‘廢人飲美酒、對名勝,安能作刀筆吏返披故紙乎?’”

【名義】㊀名譽和道義。韓非子詭使:“官爵所以勸民也,而好名義不進仕者,世謂之烈士。”㊁事物取名的含義。玉海三天文書下:“中興書目:大象賦一卷,……備述衆星名義。”

【名號】㊀名稱。周禮天官獸人“掌罟田獸,辨其名物”疏:“野獸皆有名號物色。”㊁名聲。史記二三鄒陽傳獄中上書:“臣聞盛飾入朝者,不以利汙義;砥礪名號者,不以欲傷行。”㊂稱號,指尊號。後漢書一三公孫述傳:“功曹李熊説述曰:‘……宜改名號,以鎮百姓。’”

【名實】名稱與實際。管子九守:“名實當則治,不當則亂。”戰國策秦一:“故拔一國而天下不以爲暴;利盡西海,諸侯不以爲貪;是我一舉而名實兩附。”

【名閥】豪門勢族之家。新唐書一六三柳玭傳:“東都仁和里裴尚書寬,子孫衆多,實爲名閥。”

【名路】舊時把謀取功名利祿的封建科舉制叫作名路。唐黃滔黃御史公集八潁川陳先生集序:“歿身名路,抱恨泉臺者多矣。”

【名稱】聲望。後漢書六八符融傳:“太守馮岱有名稱,到官,請融相見。”

【名網】追求名利,爲所束縛,叫名網。唐劉禹錫劉夢得文集一謁枉山會禪師詩:“哀我墮名網,有如翾飛輩。”

【名論】㊀名譽。後漢書六八符融傳:“時漢中晉文經、梁國黃子艾並恃其才智,炫曜上京,融察其非真,……二人自是名論漸衰。”㊁著名的論斷或議論。太平廣記四百九十缺名東陽夜怪録:“余遂徵古人尚有呼竹爲君,後賢以爲名論,用以證之。”

【名數】户籍。史記一〇三石慶傳:“元封四年中,關東流名二百萬口,無名數者四十萬。”漢書高帝紀五年詔:“民前或相聚,保山澤,不書名數,今天下已定,令各歸其縣,復故爵田宅。”注:“名數,謂户籍也。”

【名節】名譽與節操。漢書七二兩龔傳:“二人相友,並著名節。”

【名輩】名望輩分。三國志魏傅嘏傳評注:“嘏識量名輩,實當時高流。”也指名望輩分俱高的人。南史蔡撙傳:“司空袁昂嘗謂諸賓曰:‘自蔡侯卒,不復更見此人。’其爲名輩所知如此。”

【名價】聲望。宋書張敷傳:“初,父邵使與南陽宗少文談繫象,往復數番,少文每欲屈,……於是名價日重。”

【名德】德高望重。晉書庾冰傳:“冰字季堅,兄亮以名德流訓,冰以雅素垂風。”佛教對有重望的僧人也稱名德。北魏楊衒之洛陽伽藍記四城西:“名德大僧,寂以遣煩。”參閱釋氏要覽上稱謂。

【名諱】活時曰名,死後曰諱。分用義別,合用同名字。藝文類聚六五束晳勸農賦:“條牒所領,注列名諱。”

【名器】㊀奴隸社會和封建社會稱表示等級的稱號和車服儀制等爲名器。左傳成二年:“唯器與名,不可以假人。”文選晉干令升(寶)晉紀總論:“名器崇于周公,權制嚴于伊尹。”㊁鐘鼎寶器。國語魯上:“鑄名器,藏寶財。”

【名儒】著名的儒者。漢書八一匡衡傳:“(蕭)望之名儒,有師傅舊恩,天子任之,多所貢獻。”

【名檢】名聲規矩。文選晉干令升(寶)晉紀總論:“談者以虛薄爲辯,而賤名檢;行身者以放濁爲通,而狹節信。”

【名聲】㊀名譽,聲望。荀子不苟:“盜跖吟口,名聲若日月。”㊁聲音。管子白心:“耳,發于名聲,凝于體色,此其可諭者也。”

【名醫】著名的醫生。漢書六〇杜延年傳:“昭帝末,寢疾,徵天下名醫。”

【名爵】名稱爵位。魏書李孝伯傳:“不書姓字,亦無名爵。”

【名籍】名册。後漢書百官志三:“郡國歲因計,上宗室名籍。”

【名譽】聲名。墨子修身:“名不徒生,而譽不自長,功成名遂,名譽不可虛設,反之身者也。”

【名韁】名利像韁繩一樣束縛人。義同“名網”。漢東方朔集與友人書:“不可使塵網名韁拘鎖,怡然長笑。”宋柳永樂章集夏雲峯詞:“向此免名韁利鎖,虛費光陰。”

【名利奴】譏諷熱中仕宦追求利祿的

人。舊題唐馮贄雲仙雜記二天峯煤與綾文刺執勝："(盧)杞發(馮)盛囊，有墨一枚，杞大笑。盛正色曰：'……比公日提綾文刺三百，爲名利奴，顧當執勝？'"

【名家子】有名望人士的子弟。史記七一甘羅傳："文信侯乃入言之於始皇曰：'甘茂之孫甘羅，年少耳，然名家之子孫，諸侯皆聞之。'"梁書何敬容傳："敬容以名家子，弱冠選尚齊武帝女長城公主，拜駙馬都尉。"敬容祖何攸之，南朝宋太常卿；父昌寓，齊吏部尚書。

【名義考】明周祈撰。十二卷，分天地人物四部，條列子目，訓釋名義，辨正舛誤，然不免時有自相矛盾之處。且引文不著出處，不便考核。

【名號侯】只有封號而無食邑的侯爵。漢末曹操始置以賞軍功。參閱三國志魏武帝紀建安二十年。秦代有倫侯，實即名號侯。

【名士風流】名士的風度和習氣。後漢書方術傳論："漢世之所謂名士者，其風流可知矣。"至魏晉時，多以鄙棄禮法、好談玄理爲名士風流。世説新語品藻："韓康伯門庭蕭寂，居然有名士風流。"

【名山事業】漢司馬遷撰史記，自序謂自成一家之言，"藏之名山，副在京師，俟後世聖人君子。"後來因稱著作爲名山事業。

【名不虛傳】名望和實際相符。宋華岳翠微南征録十白面渡詩："繫船白面問谿翁，名不虛傳説未通。"按史記游俠傳、三國志徐邈傳有"名不虛立"、太平御覽八九九臧彥駛牛賦有"名不虛假"、晉書唐彬傳有"名不虛行"、宋何薳春渚紀聞七米元章遭遇有"名不虛得"，意思都相同。

【名正言順】名正：名義正當；言順：道理講得通。語出論語子路"名不正則言不順"。後來多稱言行具有充分理由爲"名正言順"。三國演義七三："名正言順，以討國賊。"

【名存實亡】名義上存在，實際上已經滅亡。唐韓愈昌黎集三一處州孔子廟碑："郡邑皆有孔子廟，或不能修事，雖設博士弟子，或役於有司，名存實亡。"

【名高難副】名聲超過才能，實際才能與名聲不符。後漢書六一黃瓊傳："嶢嶢者易缺，皦皦者易汙，陽春之曲，和者必寡，盛名之下，其實難副。"北史邢邵傳："當時文人，皆(邢)邵之下，但以不持威儀，名高難副，朝廷不令出境。"

【名從主人】事物應以原主的名稱爲名。穀梁桓二年："夏四月，取郜大鼎于宋。……孔子曰：名從主人，物從中國，故曰郜大鼎也。"

【名落孫山】相傳吳人孫山和同鄉的兒子去赴考，孫山考取最後一名。回到家鄉，同鄉向他打聽兒子考取了没有。孫山説："解名盡處是孫山，賢郎更在孫山外。"見宋范公偁過庭録。後來便稱考試不中爲名落孫山。

【名過其實】徒有虛名而無實際。韓詩外傳一："故禄過其功者削，名過其實者損。"

【名滿天下】天下聞名，極言聲名之盛。管子白心："名滿於天下，不若其已也。"也作名高天下。史記八三魯仲連傳與燕將書："故管子不恥身在縲紲之中而恥天下之不治，不恥不死公子糾而恥威之不信於諸侯，故兼三行之過而爲五霸首，名高天下而光燭鄰國。"

【名實相副】名稱和實際一致。魏書于栗磾傳："既表貞固之誠，亦所以名實相副也。"

【名醫類案】明江瓘撰。其子應宿增補。十二卷，二百零五門。輯録史記三國志諸書記載的名醫秦越人、淳于意、華佗等人以及元明醫家的事迹和醫術，詳述病情方藥，間加評語。清魏之琇又有續名醫類案六十卷，除補前書缺漏，又增録了明代以後的醫家方案。

【名韁利鎖】見"名韁"。

【名下無虛士】名實相符，名不虛傳。陳書姚察傳"沛國劉臻竊於公館訪漢書疑事十餘條，竝爲剖析，皆有經據。臻謂所親曰：'名下定無虛士。'"

【名臣言行録】宋朱熹撰五朝名臣言行録十卷，收宋初至英宗朝六十五人；三朝名臣言行録十四卷，收英宗至徽宗朝四十二人。其後李幼武又作續集八卷，別集二十六卷，記南宋諸臣言行；外集十七卷，記講學諸子言行。後來通行本多合刻爲一書。

各 gè ㄍㄜ 古落切，入，鐸韻，見。

指示代詞。書湯誥："各守爾典。"

【各各】各自。易緯乾鑿度下："青變爲赤，赤變爲墨，墨變爲黃，各各三日。"

【各落】高而不安。文選三國魏何平叔(晏)景福殿賦："欂櫨各落以相承，欒拱夭矯而交結。"唐李周翰注"各落，危岨貌。"欂，飛簷；櫨，柱頭斗拱。

【各得其所】各自得到所需求的東西。易繫辭下："交易而退，各得其所。"後指都得到適當的安置。漢書六五東方朔傳："陛下行之，是以四海之內元元之民各得其所，天下幸甚！"

【各從其志】各按自己的意旨行事。史記六一伯夷傳："道不同，不相爲謀，亦各從其志也。"

向 xiàng ㄒㄧㄤ 許亮切，去，漾韻，曉。

㊀北窗。詩豳風七月："塞向墐户。"㊁朝向，對着。戰國策燕三："北向迎燕。"㊂方向，趨向。國語周上："明利害之向。"㊃歸向，敬仰。後漢書四七班超傳："莫不向化。"㊄接近。後漢書六五段熲傳："今適朞年，所耗未半，而餘寇殘燼，將向殄滅。"㊅舊時，往昔。莊子寓言："若向也俯，而今也仰。"㊁至㊅也作"鄉"、"嚮"。

式亮切，去，漾韻，審。

㊆春秋時國名。左傳隱二年："莒人入向。"地在今山東莒縣南。㊇姓。見元和姓纂九漾。

【向令】假使。宋陸游劍南詩稿三三讀杜詩："向令天開太宗業，馬周遇合非公誰？"

【向秀】晉河內懷人。字子期。與嵇康呂安等友善，爲竹林七賢之一。好老莊之學，注莊子，唯秋水至樂二篇未完而卒。秀注至宋代已失傳，今惟散見於經典釋文中。參閱世説新語文學、晉書向秀傳。

【向使】假使。史記秦始皇紀論引賈誼："向使子嬰有庸主之才，僅得中佐，山東雖亂，秦之地可全而有。"

【向背】㊀趨向和背棄，支持和反對。文選三國魏李蕭遠(康)運命論："以闚看爲精神，以向背爲變通。"魏書楊播傳："兼覩民情向背，然後可行。"㊁正面與背面。唐皇甫冉詩集三雨雪："山川迷向背，氛霧失旌旗。"

【向風】聞風仰慕。文選南朝梁陸佐公(倕)石闕銘："天下學士，靡然向風。"

【向晨】天色將明。也作"鄉晨"、"嚮晨"。三國志魏管輅傳注引輅別傳："天時大熱，移牀在庭前樹下，乃至雞向晨，然後出。"

【向隅】漢劉向説苑貴德："今有滿堂飲酒者，有一人獨索然向隅而泣，則一堂之人皆不樂矣。"又見漢書刑法志。後因稱惠不及衆或孤獨失意爲向隅。唐律疏議長孫無忌進書表："一夫向隅而責躬，萬方有犯而罪已。"宋寇準忠愍詩集中酒醒："勝遊歡宴是良圖，何必淒淒獨向隅。"向也作"鄉"。

【向榮】滋長茂盛。晉陶潛陶淵明集五

歸去來兮辭:"木欣欣以向榮,泉涓涓而始流。"

【向暮】傍晚。三國志魏管輅傳注引輅別傳:"論難鋒起,而輅人人答對,言皆有餘。至日向暮,酒食不行。"

【向子平】人名。見"向平願了"。

【向山閣】清嘉慶時海寧陳鱣藏書閣名。所藏宋元刻本及近代珍本甚多。鱣治訓詁之學,於九經三傳諸本異同,疏通考證,著經籍跋文一卷。

【向火乞兒】唐天寶中楊國忠用事,朝士爭相趨附,張九齡稱之爲向火乞兒,意思說有一天火盡灰冷,必將有凍死裂體之禍。見五代後周王仁裕開元天寶遺事下。

【向平願了】唐白居易長慶集六七閒吟贈皇甫郎中親家翁詩:"最喜兩家婚嫁畢,一時抽得向平身。"向平,卽向子平,東漢朝歌人。光武帝建武中,子女婚嫁已畢,遂不問家事,出遊名山大川,不知所終。見後漢書八三逸民傳。故舊時稱子女婚嫁自立爲向平願了。向子平,文選嵇叔夜(康)與山巨源絕交書注引英雄記、南齊書宗測傳都作尙子平;文選謝靈運初去郡詩注引嵇康高士傳作尙長,字子平。

【向壁虛造】見"鄉壁虛造"。

后

hòu ㄏㄡˋ 胡口切,上,厚韻,匣。胡遘切,去,候韻,匣。

㊀古代天子和列國諸侯皆稱后。書仲虺之誥:"徯予后,后來其蘇。"㊁帝王的妻子。漢班固白虎通嫁娶:"天子之妃謂之后,何?后,君也,天下尊之,故謂之后。"㊂通"後"。禮大學:"知止而后有定。"㊃姓。孔丘弟子有后處,漢有后蒼。

【后土】㊀古時稱地神或土神爲后土。國語越下:"皇天后土。"禮月令季夏之月:"中央土……其神后土。"㊁上古田官名。左傳昭二九年:"社稷五祀,……土正曰后土。"又"共工氏有子曰句龍,爲后土,此其二祀也。后土爲社稷,田正也。"

【后王】天子。書說命:"樹后王君公,承以大夫師長。"

【后夷】卽后羿。唐柳宗元柳先生集十四天對:"寒讒婦謀,后夷卒戕。"寒,寒浞。參見"后羿"。

【后辛】殷紂王。楚辭屈原離騷:"后辛之菹醢兮,殷宗用之不長。"

【后帝】天,卽昊天上帝。詩魯頌閟宮:"皇皇后帝。"

【后羿】上古夷族的首領,善射。相傳夏太康沉湎於游樂,羿推翻其統治,自立爲君,號有窮氏。後來爲其臣寒浞所殺。參閱書五子之歌、左傳襄四年、離騷、史記吳世家。古代神話中又有羿射十日及其妻嫦娥奔月等傳說。見淮南子本經、覽冥。

【后皇】漢郊祀樂歌。后,后土;皇,皇天。歌辭首句爲"后皇嘉壇",因以"后皇"二字名篇。辭見樂府詩集一。

【后蒼】漢東海郯人。字近君。傳授高堂生士禮,說禮數萬言,號后氏曲臺記。戴德、戴聖、慶普都是他的門徒,傳后氏之學,立於學官。又事夏侯始昌,兼通齊詩,授翼奉、蕭望之、匡衡。見漢書藝文志、儒林傳。

【后稷】㊀周的先祖。相傳他的母親曾欲棄之不養,故名棄。爲舜農官,封於邰,號后稷,別姓姬氏。見詩大雅生民、史記周本紀。㊁古代農官名。國語周上:"農師一之,農正再之,后稷三之。"

【后山集】見"後山集"。

【后土夫人】唐人有后土夫人傳,記夫人訪嫁韋郎的故事。元和中,高駢爲淮南節度使,部將呂用之誣造后土夫人靈異,勸說高駢割據一方。唐羅隱甲乙集二后土廟詩"九天玄女猶無聖,后土夫人豈有靈",就是譏諷高駢的昏庸無知。見太平廣記二九〇引(廣陵)妖亂志。

四畫

吝

lìn ㄌㄧㄣˋ 良刃切,去,震韻,來。

也作"吝"、"悋"。㊀顧惜,捨不得。書仲虺之誥:"改過不吝。"以後多指對財物而言。北齊顏之推顏氏家訓治家:"吝者,窮急不恤之謂也。"㊁恥辱。後漢書五九張衡傳應閒:"得之不休,不獲不吝。"

【吝色】爲難不願意的神色。猶言面有難色。漢王符潛夫論賢難:"鄧通幸于文帝,盡心而不違,吮癰而無悋色。"悋,同"吝"。

【吝情】顧惜,捨不得之情。宋書陶潛傳五五柳先生傳:"或置酒招之,造飮輒盡,期在必醉。旣醉而退,曾不吝情去留。"不吝情,眞率自然的意思。

【吝嗇】小氣。易說卦:"坤爲地,爲母,爲布,爲釜,爲吝嗇。"三國志魏曹洪傳:"初,洪家富而吝嗇。"又作"遴嗇"。漢書九九下王莽傳:"莽好空言,慕古法,多封爵人,性實遴嗇。"

【吝顧】愛惜,有所顧慮。三國志魏毌丘儉傳注引文欽與郭淮書:"事君有節,忠憤內發,忘寢與食,無所吝顧也。"

呑

tūn ㄊㄨㄣ 吐根切,平,痕韻,透。

㊀嚥下。韓非子說林上:"上索我者,以我有美珠也,今我已亡之矣,我且曰:'子取吞之。'"㊁消滅,併吞。管子霸形:"楚欲吞宋鄭。"㊂包含。史記一一七司馬相如列傳子虛賦:"吞若雲夢者八九。"

【吞牛】比喻氣概之盛。宋王十朋梅溪集前集一潘岐哥詩:"胸中之氣已吞牛,開眼睛光如虎視。"

【吞吐】吐納,呼吸。南朝宋鮑照鮑氏集九登大雷岸與妹書:"騰波觸天,高浪灌日,吞吐百川,寫泄萬壑。"

【吞舌】閉口不言。南朝梁江淹江文通集五詣建平王上書:"若使下官事非其虛,罪得其實,亦當鉗口吞舌,伏匕首以殞身。"

【吞恨】含冤受苦而無處伸訴。唐盧照鄰幽憂子集五釋疾中悲夫:"駿馬停驅兮幾千里,麟兮鳳兮,自古吞恨無已!"

【吞炭】戰國時韓魏趙合力攻殺智伯。智伯的門客豫讓要爲智伯報仇,恐爲人識,便漆身爲厲(癩),吞炭爲啞,改變面貌聲音,想乘間刺殺趙襄子。未成。事見戰國策趙一、史記八六刺客傳。

【吞食】囫圇嚥下。漢王充論衡効力:"淵中之魚,遞相吞食。"

【吞氣】道家修養之法,卽所謂服氣。舊題漢郭憲洞冥記:"吾却食吞氣,已九千餘歲。"參見"嚥氣"。

【吞剝】吞食剝削。南齊書孔稚圭傳:"獷猜潛氣,忍并生靈,昏心狠態,吞剝氓物。"指封建官吏的殘暴搜括。

【吞併】兼併。唐羅隱甲乙集六自貽詩:"漢武巡遊虛軋軋,秦皇吞併漫驅驅。"

【吞蛭】相傳春秋楚惠王食寒菹而得蛭,爲怕司廚得罪,就不聲不響吞下,不讓人知道。見漢賈誼新書春秋。後來卽用爲稱頌統治者寬以待下之詞。舊唐書九六姚崇傳:"楚王吞蛭,厥疾用瘳,……皆志在安人,恩不失禮。"

【吞鳳】亦曰吐鳳,稱人才華之美。唐李商隱李義山文集二爲濮陽公陳許舉人自代狀:"人驚吞鳳之才,士切登龍之譽。"詳"吐鳳"。

【吞敵】壓倒敵人之勢。魏書薛野賭傳:"暫時之耕,足充數載之食,於後兵資唯須內庫,匪直戍士有豐飽之資,於國有吞敵之勢。"

【吞噬】吞食,兼併。三國志魏崔琰傳:"哲人君子,俄有色斯之志;熊羆壯士,墮於吞噬之用。"

【吞聲】心有怨恨而不敢作聲。後漢書七八曹節傳:"羣公卿士,杜口吞聲,莫敢有言。"

【吞刀吐火】古代雜技的一種。文選漢張平子(衡)西京賦:"吞刀吐火,雲霧杳冥。"唐王棨有吞刀吐火賦,見文苑英華八二。

【吞舟之魚】魚可吞舟,極言其大。莊子庚桑楚:"吞舟之魚,碭而失水,則蟻能苦之。"史記酷吏列傳:"漢興,破觚而爲圜,斲雕而爲朴,網漏於吞舟之魚。"指法疎而使重大罪犯得以漏網。

【吞雲吐霧】梁書沈約傳郊居賦:"始飡霞而吐霧,終凌虛而倒景。"本狀修道者的絕穀養氣。後人變其詞爲吞雲吐霧,以譏人吸鴉片的情狀。

吾 1. wú ㄨˊ 五乎切,平,模韻,疑。

㊀我。孫子計篇:"吾以此知勝負矣。"荀子修身:"諂諛我者,吾賊也。"㊁抵禦。墨子公孟:"厚攻則厚吾,薄攻則薄吾。"漢書百官公卿表上:"中尉,秦官。……武帝太初元年,更名執金吾。"注:"應劭曰:吾者,禦也。掌執金革以禦非常。"㊂姓。相傳爲夏昆吾氏之後。漢有廣陵令吾㥪、晉有交州刺史吾彥。見元和姓纂三模。

2. yú ㄩˊ 集韻 牛居切,平,魚韻。

㊃見"吾$_2$吾$_2$"。

【吾子】㊀我的兒子。戰國策秦二:"曾子之母曰:'吾子不殺人。'"㊁相親愛之稱。管子中匡:"吾子猶如是乎?"孟子告子下:"吾子過矣。"㊂幼兒。管子海王:"吾子食鹽二升少半。"注:"吾子,謂小男小女也。"

【吾兄】㊀對朋友的稱呼。文選晉傅長虞(咸)贈何劭王濟詩:"吾兄既鳳翔,王子亦龍飛。"㊁稱己之兄。唐李白李太白詩十五別中都明府兄詩:"吾兄詩酒繼陶君,試宰中都天下聞。"

【吾丘】複姓。戰國中山有吾丘鴆,漢有吾丘壽王。"吾丘"也寫作"虞丘"。文選漢班孟堅(固)兩都賦序:"故言語侍從之臣,若司馬相如、虞丘壽王之屬,朝夕論思,日月獻納。"虞,古亦讀"吾"。如"騶虞"也寫作"騶吾"。

【吾伊】讀書聲。宋黃庭堅豫章集五考試局與孫元忠博士……戲作竹枝詞詩:"南窗讀書聲吾伊,北窗見月歌竹枝。"

【吾$_2$吾$_2$】疎遠貌。國語晉二:"(優施)乃歌曰:'暇豫之吾吾,不如鳥烏。人皆集於苑,己獨集於枯!'"注:"吾,讀如魚。吾吾,不敢自親之貌也。"

【吾祖】㊀我的祖先。左傳昭十七年:"郯子曰:'吾祖也,我知之。'"㊁宋西夏趙元昊的稱號。詳"兀卒"。

【吾師】我所學習和效法的人。左傳襄三十一年:"其所善者,吾則行之;其所惡者,吾則改之。是吾師也。"

【吾徒】㊀我的門徒。論語先進:"子曰:'非吾徒也,小子鳴鼓而攻之,可也。'"㊁我等,我輩。文選漢班孟堅(固)答賓戲:"真吾徒之師表也。"

【吾曹】我們。指同輩中人。韓非子外儲說右上:"爲公者必利,不爲公者必害,吾曹何愛不爲公。"

【吾當】我。當,助詞,無義。古今雜劇元馬致遠漢宮秋四:"休道是吾當動情,則你這宰相每難聽。"元曲選作"咱家"。古今雜劇元缺名鬧銅臺:"則聽的捉拏吾當一片聲,不由咱心也波驚。"

【吾愛】自己所愛的人。文選晉謝宣遠(瞻)於安城答靈運詩:"絲路有恒悲,矧迺在吾愛。"靈運爲瞻之族弟。

【吾與】己之儕輩。宋張載張橫渠集一西銘:"民吾同胞,物吾與也。"即物我一體的意思。

【吾廬】我的住宅。晉陶潛陶淵明集四讀山海經詩之一:"衆鳥欣有託,吾亦愛吾廬。"唐白居易長慶集六九履道西門詩之一:"履道西門有弊居,池塘竹樹遶吾廬。"

【吾黨】我的同鄉。黨,鄉黨。左傳昭十二年:"飲鄉人酒,鄉人或歌之曰:'……從我者子乎!去我者鄙乎!倍其鄰者恥乎!已乎,已乎,非吾黨之士乎!'"

【吾屬】我輩,我等。史記項羽紀:"(范增)曰:'唉,豎子不足與謀,奪項王天下者,必沛公也。吾屬今爲之虜矣!'"

【吾丘衍】公元?—1311年。一作吾衍。字子行。元錢塘人。通經史百家之言,兼曉音律,精篆隸。隱居不仕,教授生徒。後因事被逮,赴水死。人稱貞白先生。著有學古編、竹素山房詩集等。新元史有傳。

【吾丘鴆】戰國時中山武士。呂氏春秋貴卒:"趙氏攻中山,中山之人多力者曰吾丘鴆,衣鐵甲,操鐵杖以戰;而所擊無不碎,所衝無不陷。"鴆爲歁的異體字。太平御覽三一三、又三五六並作"鳩"。

【吾道東】後漢書三五鄭玄傳:"(鄭玄)乃西入關,因涿郡盧植事扶風馬融。……辭歸,融喟然謂門人曰:'鄭生今去,吾道東矣!'"謂其學術將流布於關東。世說新語文學"鄭玄在馬融門下"注引玄別傳作"大道東矣。"唐錢起錢考功集六寇中送張司馬歸洛詩:"吾道將東矣,秋風更颯然。"

【吾道非】自咎之詞。史記孔子世家:"孔子知弟子有慍心,乃召子路而問曰:詩云'匪兕匪虎,率彼曠野。'吾道非耶?吾何爲於此?"唐王維王右丞集五送別詩:"既至君門遠,孰云吾道非。"

【吾學編】明鄭曉撰。十四篇,六十九卷。計大政記十卷,遜國記一卷,同姓諸王表二卷,傳三卷,(附異姓三王及孔氏世家)異姓諸侯表一卷,傳二卷,直文淵閣諸臣表、兩京典銓表各一卷,名臣記三十卷,遜國臣記八卷,天文述一卷,地理述二卷,三禮述二卷,百官述二卷,四夷考二卷,北虜考一卷。其書始於明洪武,終於嘉靖、隆慶之際,體裁簡明。清列入抽燬書目。

【吾學錄】清吳榮光撰。初編共二十四卷。分典制、政術、風教、學校、貢舉、戎政、仕進、制度、祀典、賓禮、昏禮、祭禮、喪禮、律例十四門。以官書爲綱,泛及官府常行事例,特詳於官民祭禮喪儀和刑名禁例等事項。

【吾丘壽王】漢趙人。字子贛,從董仲舒受春秋。武帝時拜東郡都尉,後徵入爲光祿大夫。丞相公孫弘奏禁民挾弓弩,壽王以爲無益,徒奪民防禦之具。弘詘服。及汾陰得寶鼎,衆以爲周鼎,獨壽王以爲漢鼎。後坐事誅。漢書有傳。藝文志儒家有吾丘壽王六篇、詩賦類有吾丘壽王賦十五篇,今皆不傳。

否 1. fǒu ㄈㄡˇ 方久切,上,有韻,幫。

㊀不,不然。詩小雅甫田:"嘗其旨否。"公羊隱四年:"隱公曰:'否。'"

2. pǐ ㄆㄧˇ 符鄙切,上,旨韻,奉。

㊁閉塞,不通。漢書三六楚元王傳附劉向:"否者,閉而亂也。"㊂易卦名。☷☰。坤下乾上。表示天地不交,上下隔閡,閉塞不通之象。

集韻 補美切,上,旨韻。

㊃惡。詩大雅抑:"於乎小子,未知臧否。"臧否,猶善惡。㊄穢濁。易鼎:"鼎顛趾,利出否。"㊅鄙劣,無知。見"否$_2$婦"、"否$_2$德"。

【否$_2$泰】本爲易兩卦名。舊時於命運的好壞、事情的順逆,皆曰否泰。玉臺新詠一古詩爲焦仲卿妻作:"否泰如天地。"

文選晉潘安仁(岳)西征賦:"豈地勢之安危,信人事之否泰。"

【否₂婦】鄙陋無知的婦女。漢桓寬鹽鐵論復古:"窮夫否婦,不知國家之慮。"

【否₂隔】閉塞不通。素問六元正紀大論:"地氣騰,天氣否隔。"漢書八三薛宣傳:"夫人道不通,則陰陽否鬲。"鬲同"隔"。

【否₂臧】成敗,善惡。否,惡;臧,善。易師:"師出以律,否臧凶。"疏:"若其失律行師,無問否之與臧,皆爲凶也。"管子幼官:"器成,角試否臧。"

【否₂德】鄙劣之品德。書堯典:"否德,忝帝位。"史記五帝紀作"鄙德"。

【否₂終則泰】閉塞到極點,則轉向通泰。易雜卦:"否泰,反其類也。"即物極必反,否極泰來。吴越春秋句踐入臣外傳:"時過於期,否終則泰。"

君 jūn ㄐㄩㄣ 舉云切,平,文韻,見。

㊀古代各級統治者。書大禹謨:"奄有四海,爲天下君。"指天子。詩大雅假樂:"宜君宜王。"指諸侯。史記六八商君傳:"商君者,衛之諸庶孽公子也。"指大夫。㊁統治,主宰。荀子王霸:"合天下而君之。"又解蔽:"心者,形之君也,而神明之主也。"㊂封號。如戰國有孟嘗君、信陵君等。㊃敬稱。1. 對上。戰國策齊四:"今君有一窟,未得高枕而卧也。"2. 子孫稱父祖。易家人:"家人有嚴君也,父母之謂也。"指父。孔安國尚書序:"先君孔子生於周末。"指祖先。3. 對下。史記九六申屠嘉傳:"上曰:'君勿言,吾私之。'"4. 妻稱夫。玉臺新詠一古詩爲焦仲卿妻作:"君當作磐石,妾當作蒲葦。"5. 彼此相稱。史記七十張儀傳:"臣非知君,知君乃蘇君。"

【君人】指皇帝或國君。商君書慎法:"君人者不察也,非侵于諸侯,必劫于百姓。"宋王圮元氏邑衆尊勝幢贊:"自荷吾皇覆育之恩,君人安撫之惠。"(八瓊室金石補正八二)

【君子】㊀對統治者和貴族男子的通稱,常與被統治的所謂小人或野人對舉。書酒誥:"越庶伯君子。"傳:"衆伯君子長官大夫統庶士有正者。"詩魏風伐檀:"彼君子兮,不素餐兮。"㊁泛稱有才德的人。論語子路:"故君子名之必可言也,言之必可行也。"荀子勸學:"故君子結於一也。"㊂妻稱夫。詩王風君子于役:"君子于役,不知其期。"

【君山】山名。1. 在江蘇江陰縣北。突起平野,俯臨長江,形勢險要。又名瞰江山。宋南渡後,在此設置營寨,爲防守要地。見嘉慶一統志八六常州一。2. 在湖南洞庭湖中。又名湘山。水經注三八湘水:"(洞庭)湖中有君山編山,……是山湘君之所游處,故曰君山矣。"詳"湘山"。3. 在安徽盱眙縣東北。又名軍山。見"軍山"。

【君火】中醫學名詞,指心臟。中醫以心臟爲五官之主,五行屬火,故稱君火。參閲素問五運行大論。

【君王】㊀諸侯與天子。詩小雅斯干:"朱芾斯皇,室家君王。"注:"宣王將生之子,或且爲諸侯,或且爲天子。"㊁王的尊稱。如公稱君公,侯稱君侯。左傳文元年:"宜君王之欲殺女而立職也。"

【君牙】周穆王時的大司徒。古文尚書有君牙篇。

【君公】即諸侯。書説命中:"樹后王君公,承以大夫師長。"

【君主】公主。史記六國年表秦靈公八年:"初以君主妻河(伯)。"參見"公主"。

【君母】封建宗法等級制度中庶子稱父之正妻曰君母。儀禮喪服傳:"何以小功也?君母在,則不敢不從服。"

【君姑】舊時妻稱夫之母曰君姑。參閲爾雅釋親。詳"君舅"。

【君弦】大弦。紅樓夢八七:"君弦太高了,與無射律只怕不配呢?"

【君侯】古時稱列侯爲君侯。戰國策秦五:"少庶子甘羅曰:'君侯(指呂不韋)何不快甚也?'"秦漢以後,多以列侯爲丞相,故漢魏其侯竇嬰爲丞相,籍福稱他爲君侯。後轉爲對尊貴者的敬稱。唐李白李太白詩二六與韓荆州書:"君侯制作侔神明。"

【君陳】㊀周公旦之子。旦死,繼之執政,稱周平公。㊁尚書篇名。即周成王策命君陳往成周監視殷遺民的篇章。

【君側】原指君主左右的親信。左傳成十六年:"子在君側。"公羊傳定十三年:"晉趙鞅取晉陽之甲,以逐荀寅與士吉射。荀寅與士吉射者曷爲者也?君側之惡人也。"晉書謝鯤傳:"及(王)敦將爲逆,謂鯤曰:'劉隗奸邪,將危社稷,吾欲除君側之惡,匡主濟時,何如?'"

【君婦】王之正妻。詩小雅楚茨:"君婦莫莫,……爲賓爲客。"箋:"凡嫡妻稱君婦,事舅姑之稱也。"

【君舅】舊時妻稱丈夫的父親爲君舅。爾雅釋親:"婦稱夫之父曰舅,稱夫之母曰姑。姑舅在,則曰君舅君姑,没,則曰先舅先姑。"

【君遷】果木名。即"梬棗"。本草拾遺作"君遷子"。文選晉左太沖(思)吴都賦:"木則楓柙……平仲桾櫏,松梓古度。"注:"君遷之樹,子如瓠形。"明李時珍説即梬棗。見本草綱目三十果。

【君子交】道義之交。莊子山木:"且君子之交淡若水,小人之交甘若醴。"

【君子行】古樂府平調曲名。樂府詩集三二有君子行篇。樂府解題曰:"古辭云'君子防未然',蓋言遠嫌疑也。"

【君子花】蓮花的别稱。宋周敦頤濂溪先生集八愛蓮説:"蓮,花之君子者也。……出淤泥而不染,濯清漣而不妖。"原以比喻人的品德,後人用作蓮花的别稱。

【君子軍】春秋越王句踐中軍名。國語吴:"越王乃中分其師,以爲左右軍,以其私卒君子六千人爲中軍。"注:"私卒君子,王所親近有志行者,猶吴所謂賢良,齊所謂士。"後漢書三五鄭玄傳:"(孔融)告高密縣爲玄特立一鄉,曰:'昔齊置士鄉,越有君子軍,皆異賢之意也。'"

【君子國】古代傳説中的國名。山海經海外東經:"君子國衣冠帶劍,其人好讓不争。"又見淮南子地形。清李汝珍著鏡花緣小説,假君子國,以寓諷刺。

【君子鄉】漢末太原王烈以義行稱於鄉里,其所居鄉稱爲君子鄉。唐韓愈昌黎集三一太原王公神道碑銘:"至東漢隱士烈,博士徵不就,居祁縣。因號所居鄉爲君子。"按後漢書及三國志列傳皆不著此事。

【君子樹】松柏類植物。太平御覽九五九廣志:"君子樹似檉松,曹爽樹之於庭。"

【君子儒】春秋時,儒爲學者的通稱。君子儒指見識高明的儒生。論語雍也:"女(汝)爲君子儒,無爲小人儒。"

【君王后】戰國時燕伐齊,齊閔王戰敗被殺,王子法章奔莒,隱姓埋名,在太史敫家當傭人,與敫女私通。後來齊將田單打敗燕,莒人立法章爲王,以太史敫女爲后,稱君王后。見戰國策齊六、史記田敬仲世家。

【君王臘】宋時,冬至後戌日,數至第三戌,爲臘日,稱爲君王臘。見宋吴自牧夢粱錄六十二月。

【君平卜】漢嚴君平在成都賣卜,得百錢後,即閉門講老子。見漢書七二王貢兩龔鮑傳序。宋秦觀淮海集六和子瞻雙石詩:"支機亦何據,但出君平卜。"

【君家果】晉梁國楊氏子九歲,甚聰惠。孔坦(君平)去拜訪他的父親,其父不在,坦出來設果招待客人,果中有楊梅,孔指楊梅對他說:"此是君家果。"蓋取其姓爲戲。見世説新語言語。後遂以君家果作爲楊梅的別名。元朱晞顔瓢泉吟稿二楊梅和蔣遠泉來韻詩:"才疎羞對君家菓,還有當年捷對無?"

【君馬黄】漢鐃歌名。樂府詩集十六引古今樂録,謂漢鼓吹鐃歌十八曲,第十曲叫君馬黄,因詞首有"君馬黄、臣馬蒼"而得名。

【君臣佐使】中醫用藥,藥物起主治作用的爲君,起輔佐作用的爲臣,治療兼症和起制約作用的爲佐,引藥直達病所者爲使。神農本草經:"上藥一百二十種爲君,主養命;中藥一百二十種爲臣,主養性;下藥一百二十種爲佐使,主治病。用藥須合和君臣佐使。"參閲素問至真要六論注、重修政和證類本草一。

吭 háng 胡郎切,平,唐韻,匣。
ㄏㄤˊ 下浪切,去,宕韻,匣。

咽喉。又寫作"亢"。通作"頏"、"肮"。文選晉左太沖(思)蜀都賦:"其中則有鴻儔鵠侶,……雲飛水宿,弄吭清渠。"

咂 zā 子答切,入,合韻,精。
ㄗㄚ

吸吮。舊題漢郭憲别國洞冥記三:"有升藻鴨,赤色,每止於芙蕖上,不食五穀,唯咂葉上垂露。"

【咂膚】叮咬皮膚。唐白居易長慶集十一蚊蟇(蟆)詩:"咂膚拂不去,遶耳薨薨聲。"

呆 1. bǎo 博抱切,上,晧韻,幫。
ㄅㄠˇ

㊀古"保"字。見"保"。

2. dāi
ㄉㄞ

㊁癡。通"獃"。古今雜劇元宫大用死生交范張雞黍二:"想當日踰垣而走得其實,慨申生飲鴆而亡則是呆。"呆,又讀ái。㊂發愣。明李日華續畫賸題雪竹:"東坡束手仲圭呆,却讓千巖掃一掀。"

【呆雁】比喻人癡呆。紅樓夢二八:"原來是個呆雁。"

【呆答孩】呆呆地、發癡。古今雜劇缺名徐伯株貧富興衰記二:"不由我呆答孩心中自忖,叔叔把咱來全不取信。"又作"呆打頦"。元曲選缺名硃砂擔二:"諕的我呆打頦空張着口,驚急力,怕擡頭。"

咊 yíng
ㄧㄥˊ

見下。

【咊漱】鳥相語聲。清潘永因宋稗類鈔八鳥獸:"發䳲鶹者,其類相語,謂之咊漱。……三館有咊漱三卷,皆養䳲鶹法度,及其治療之術。"

吡 pǐ 匹婢切,上,紙韻,滂。
ㄆㄧˇ

詆毁。莊子列禦寇:"中德也者,有以自好也,而吡其所不爲者也。"郭象注:"吡,訾也。"釋文:"匹爾反,又芳爾反。"清王念孫謂"吡"與"諀"同。

呀 1. xiā 許加切,平,麻韻,曉。
ㄒㄧㄚ

㊀大、空的樣子。後漢書四十上班固傳兩都賦:"建金城其萬雉,呀周池而成淵。"參見"谺呀"。㊁張口。唐柳宗元柳先生集二七永州崔中丞萬石亭記:"綠谷跨谿,皆大石林立,……抉其穴,則鼻口相呀;搜其根,則股蹄交峙。"

2. yā 五加切,平,麻韻,疑。
ㄧㄚ

㊂高大。見"呀₂呀₂"。㊃歎詞。元曲選關漢卿竇娥寃三:"呀!真箇下雪了。"

【呀口】張口。宋晁補之雞肋集五遊信州南巖詩:"乍似海大魚,呀口喻而喁。"

【呀呀】㊀張口的樣子。唐韓愈昌黎集五月蝕詩效玉川子作詩:"月蝕於汝頭,汝口開呀呀。"㊁笑聲。唐韓愈昌黎集七讀東方朔雜事詩:"王母聞以笑,衛官助呀呀。"

【呀₂呀₂】㊀高大的樣子。唐韓愈昌黎集五月蝕詩效玉川子作詩:"東方青色龍,牙角何呀呀。"㊁象聲詞。唐盧仝玉川子詩集一示添丁:"不知四體正困憊,泥人啼哭聲呀呀。"

【呀呷】吞吐的樣子。文選晉木玄虛(華)海賦:"輕塵不飛,纖蘿不動,猶尚呀呷,餘波獨湧。"

【呀₂咊】喧叫。宋蘇軾東坡集一奉詔減決囚禁記所經歷:"煙煤已狼籍,吏卒尚呀咊。"

【呀庨】寬廣深遠的樣子。唐柳宗元柳先生集四三遊朝陽巖遂登西亭二十韻詩:"西亭構其巔,反宇臨呀庨。"呀爲大空貌,庨爲深空貌,形容山巖空洞之狀。

【呀豁】空曠的樣子。唐高適高常侍集一東征賦:"眺淮源之呀豁,偉楚關之雄壯。"

吠 fèi 符廢切,去,廢韻,奉。
ㄈㄟˋ

狗叫。詩召南野有死麕:"無使尨也吠。"

【吠日】見"蜀犬吠日"。

【吠陀】古印度婆羅門經典的總稱,也作"韋陀"。分黎俱、傞馬、耶柔(也作夜珠)、阿闥婆四部。黎俱完成於公元前1000年,傞馬等三篇完成於公元前800年。主要内容爲讚頌和祈禱神明的詩歌,巫術咒語,記述宗教儀式的散文,參閲大唐西域記二。

【吠舍】也作"吠奢"。古代印度四種姓之一。詳"婆羅門㊀"。

【吠雪】五嶺以南不常下雪,故犬見之而吠,是少見多怪的意思。唐柳宗元柳先生集三四答韋中立論師道書:"冬辛大雪踰嶺,被南越數州,數州之犬,皆蒼黄吠噬狂走者累日,至無雪乃已。"宋楊萬里誠齋集十八荔枝歌:"粤犬吠雪非差事。"

【吠堯】見"桀犬吠堯"。

【吠聲】一條狗叫,羣犬聞聲跟着叫。漢王符潛夫論賢難:"諺曰:'一犬吠形,百犬吠聲',世之疾此,固久矣哉。"後比喻没有主見,隨聲附和。

【吠舍釐】古印度國名,亦城名。又作"毘舍離"。義譯爲廣大莊嚴。在今恒河北岸干達克河東岸。相傳爲維摩詰説法和佛去世(涅槃)的地方。參閲大唐西域記七吠舍釐國。

【吠瑠璃】寶石名,也叫璧流離。唐慧琳一切經音義一大般若波羅蜜多經四九:"梵語寶名也,或云毘瑠璃,或但云瑠璃,皆訛略聲轉也。……其寶青色,瑩徹有光,……非是人間鍊石造作焰火所成瑠璃也。"

【吠非其主】見"桀犬吠堯"。

【吠形吠聲】也作"吠影吠聲"。見"吠聲"。

呃 è 於革切,入,麥韻,影。
ㄜˋ

喉間氣逆作聲。篆文寫作"呝"。元朱震亨丹溪心法附證治要訣六:"咳逆爲病,古謂之噦,近謂之呃。"

【呃逆】喉間氣逆作聲。明王肯堂證治準繩:"呃逆,即内經所謂噦也。"又作"呃忒"。古今醫統二七咳逆引此事難知:"欬逆者,則水漬於肺而心否,或連續不已而氣逆,或喜笑過多而氣噎,或嚥飲錯喉而氣搶,或急食乾物而氣塞,皆能作欬逆之聲,連續不絶,俗謂之呃忒是也。"

【呃喔】禽鳥鳴聲。文選晉潘安仁(岳)射雉賦:"良遊呃喔,引之規裏。"指雉鳴。唐韓愈昌黎集九詠雪贈張籍詩:"誤雞宵呃喔,驚雀暗徘徊。"指雞啼。

呟 hóng 户萌切,平,耕韻,匣。
ㄏㄨㄥˊ

㊀象聲詞,鐘聲。見"噌呟"。㊁大。通"宏"、"閎"。文選漢司馬長卿(相如)難蜀父老:"必將崇論呟議,創業垂統,爲萬世

規。"史記一一七司馬相如傳作"閎議"。

吧 1. bā 伯加切,平,麻韻,幫。
ㄅㄚ 普巴切,平,麻韻,滂。

㊀吧吧。見該條。

2. ba ㄅㄚ

㊀語助詞。也寫作巴、罷。

【吧吧】多言的樣子。五燈會元黄龍道震偈:"石人問枯椿:'何時汝發華?'枯椿怒石人,何得口吧吧。"也作"巴巴"。宋陸游渭南文集二二大慧禪師真贊:"平生嫌遮老子,説法口巴巴地。"

吷 xuè 集韻 翾劣切,入,薛韻。ㄒㄩㄝ

小聲。莊子則陽:"吹劍首者,吷而已矣。"

吼 hǒu 呼后切,上,厚韻,曉。
ㄏㄡ 呼漏切,去,候韻,曉。

咆哮。南齊書顧歡傳夷夏論:"在鳥而鳥鳴,在獸而獸吼。"唐杜甫杜工部草堂詩箋三五復陰:"江濤簸岸黄沙走,雲雪埋山蒼兕吼。"

【吼怒】怒極而叫嗥。唐李白李太白詩三遠別離:"皇穹竊恐不照余之忠誠,雷憑憑兮欲吼怒。"

吵 chǎo 初爪切,上,巧韻,初。ㄔㄠ

叫嚷。敦煌變文董永變文:"暫時吵鬧有何妨。"

【吵嚷】叫喊吵鬧。紅樓夢十九:"剛説到這裏,只聽房中一片聲吵嚷起來。"

呥 rán 汝鹽切,平,鹽韻,日。ㄖㄢ

也寫作"呥"。見"呥呥"。

【呥呥】咀嚼的樣子。荀子榮辱:"亦呥呥而嚥,鄉鄉而飽已矣。"

吶 1. nè 女劣切,入,薛韻,娘。ㄋㄜ

㊀言語遲鈍,不流暢。荀子非相:"其辯不若其吶也。"也作"訥"。漢書五四李廣傳:"廣吶口少言。"史記作"訥"。

2. nà ㄋㄚ

㊀呼叫。見"吶₂喊"。

【吶吶】形容言語遲鈍。禮檀弓下:"其言吶吶然如不出其口。"

【吶₂喊】大聲呼喊。三國演義四五:"鳴鼓吶喊而進。"

吴 wú 五乎切,平,模韻,疑。ㄨ

㊀古國名。1.周初泰伯居吴,在江蘇無錫縣梅里。至十九世孫壽夢始興盛稱王。據有淮泗以南至浙江太湖以東地區。傳至夫差,爲越所滅。公元前475年。2.三國時孫權據江南,有今除蜀外之長江南部及部分北部與閩粤等地,國號吴。爲晉所滅。公元222—280年。3.五代時楊行密據淮南,兼有江西,國號吴,爲十國之一,爲徐知誥所代。公元892—937年。㊁地名。東漢時江蘇省爲吴郡地,後因别稱吴。參見"吴郡"、"吴縣"。㊂大聲説話。詩周頌絲衣:"不吴不敖。"傳:"吴,譁也。"史記褚少孫補孝武紀引詩作"不虞不驁"。㊃姓。相傳泰伯始封於吴,其後因以爲氏。見元和姓纂三模。

【吴刀】吴地出産的剪刀。唐李白李太白詩四白紵辭:"吴刀剪綵縫舞衣,明妝麗服奪春暉。"

【吴干】戰國時寶劍名。戰國策趙三:"夫吴干之劍,肉試則斷牛馬,金試則截盤匜。"吕氏春秋疑似:"相劍者之所患,患劍之似吴干者。"注:"吴干,吴之干將者也。"參見"干將"。

【吴子】㊀舊題戰國吴起著。漢書藝文志兵家吴子四十八篇,隋書經籍志作一卷。今本六篇,分題圖國、料敵、治兵、論將、應變、勵士。書中有以笳笛爲軍樂,非吴起時代所有,顯見有後人附會部分。㊁吴地的人。南史檀道濟傳:"魏人聞之,皆曰:'道濟已死,吴子輩不足復憚。'"這裏指南朝劉宋人,帶有輕蔑意。

【吴山】山名。1.在山西運城縣舊安邑縣東南。又名虞山、吴坂、虞坂、鹽坂。春秋時晉假道於虞以伐虢,即由此路。2.在浙江杭州市西湖東南,春秋時爲吴南界,故名。又名胥山,以伍子胥而名。南宋初金主亮南侵,揚言欲立馬吴山,即指此山。3.在陝西隴縣西南,又名岳山。即禹貢"導岍及岐"之岍山。參見"岍山"。參閱嘉慶一統志二三五岍山。

【吴川】縣名。屬廣東省。漢高涼縣地,隋開寶間改縣。參閱太平寰宇記一六七化州。

【吴戈】盾名。一説爲戟。楚辭屈原九歌國殤:"操吴戈兮被犀甲。"廣雅釋器作"吴魁"。

【吴中】今江蘇吴縣,春秋時爲吴國都,古亦稱吴中。史記項羽紀:"項梁殺人,與籍避仇於吴中。"籍,項羽名。

【吴分】吴之分野,即吴地之意。宋張先張子野詞補遺上定風波令詞:"盡道賢人聚吴分,試問,也應傍有老人星。"時蘇軾等六人宴於松江,先年八十五,故詞云。

【吴公】㊀漢上蔡人。曾師事李斯。文帝時爲河南守,後徵爲廷尉。向文帝薦賈誼,誼被詔爲博士。見史記八四賈誼傳。㊁蟲名。即蜈蚣。太平御覽九四六沈懷遠南越志:"綏定縣多吴公,其大者能以氣吸蜥蜴。"

【吴江】㊀縣名。屬江蘇省。五代吴越王錢鏐置。見太平寰宇記九一蘇州、寰宇通志十三蘇州府吴江縣。㊁吴淞江的别稱。詳"吴淞"。

【吴羊】綿羊。爾雅釋畜"牡羒"注:"謂吴羊白羝。"參閱清郝懿行義疏十九釋畜。

【吴回】吴回氏,又名祝融。相傳帝嚳時繼其兄重黎居火正,後世因稱爲火神。參閱史記楚世家。

【吴玠】公元1093—1139年。宋德順軍隴干人。字晉卿。知兵法,善騎射,隸涇原軍。與弟璘屢敗金兵。紹興五年大敗金兀朮兵於仙人關,保全了四川的完整。官至四川宣撫使。宋史有傳。

【吴芮】公元前?—前201年。秦鄱陽人。曾任鄱陽令,號鄱君。秦末陳勝吴廣起義,芮亦舉兵,從諸侯入關。項羽封芮爲衡山王,漢高祖徙封之爲長沙王。漢書有傳。

【吴門】古吴縣城(今蘇州市)的别稱。吴縣爲春秋吴都,因稱吴縣城爲吴門。韓詩外傳:"顏回從孔子登日觀,望吴門焉。"唐詩紀事二五張繼閶門即事:"試上吴門看郡郭,清明幾處有新煙。"

【吴兒】吴地少年。晉書夏統傳:"(賈充)曰:'此吴兒是木人石心也。'"唐杜甫杜工部草堂詩箋三陪鄭廣文遊何將軍山林之九:"刺船思郢客,解水乞吴兒。"參見"吴子"。

【吴音】指吴語。宋書顧琛傳:"先是宋世江東貴達者,會稽孔季恭子靈符、吴興丘淵之及琛,吴音不變。"

【吴苑】蘇州爲春秋吴地,有宫闕苑囿之勝。後因以吴苑爲蘇州的代稱。唐韋應物韋江州集四奉送從兄宰晉陵詩:"依微吴苑樹,迢遞晉陵城。"

【吴娃】吴地美女。文選漢枚叔(乘)七發:"使先施、徵舒、陽文、段干、吴娃、閭娵、傅予之徒……嬿服而御。"唐李白李太白詩十一憶舊遊書懷贈韋太守:"吴娃與越豔,窈窕誇鉛紅。"

【吴起】公元前?—前378年。戰國時衛國人。曾從學於曾參。初仕魯,後仕魏,魏文侯用爲將,攻秦,拔五城,爲西河守以拒秦。爲魏相公叔所忌,奔楚,楚悼王用爲令尹。起爲將同士卒共甘苦;爲相明法令,捐不急之官,務在富國强兵。

楚之貴戚大臣多怨起。悼王死，被宗室大臣殺害。漢書藝文志兵家有吳子四十八篇。今本六篇，爲後人依託的作品。

【吳城】即今江蘇吳縣。相傳爲春秋時吳王闔閭所建。城周四十七里，有陸門八，水門八。見吳越春秋闔閭内傳。也稱闔閭城。

【吳郡】地名。東漢順帝時分會稽郡置，約有今江蘇長江以南全部，及長江以北迤東之南通、海門諸縣地。治吳。南朝時與吳興丹陽合稱三吳。隋改郡爲蘇州、又改吳州，後又爲郡。唐復爲蘇州。宋改平江路。明清仍曰蘇州。今爲蘇州市。參閲太平寰宇記九一蘇州。

【吳剛】神話中仙人名。傳說漢西河人，學仙有過，罰斫月中的桂樹。桂樹高五百尺，斧子斫下去，斧痕隨斫隨合，吳剛只好無休止地斫下去。見唐段成式酉陽雜俎一天咫。

【吳娘】吳地女子。猶言吳娃、吳姬。唐白居易長慶集二十對酒自勉詩："夜舞吳娘袖，春歌蠻子詞。"

【吳姬】吳地美女。唐李白李太白詩六少年行："落花踏盡遊何處，笑入吳姬酒肆中。"又十五金陵酒肆留別："風吹柳花滿店香，吳姬壓酒喚客嘗。"

【吳淞】㊀江名。太湖最大的支流。又名笠澤松陵江松江吳江蘇州河。自湖東北流，經吳江吳縣崑山青浦松江上海嘉定，會合黄浦江入海。江口叫吳淞口。㊁鎮名。在上海市寶山縣，爲揚子江吳淞江會流之處。

【吳猛】晉豫章人。夏日手不驅蚊，怕蚊去叮他的父母，是封建社會宣揚的孝子之一。晉書有傳。

【吳越】㊀古代的吳國越國，在今江浙一帶。漢王充論衡四諱："吳越之俗，斷髮文身。"因吳越互相敵對，轉指敵對的兩國。古今雜劇元關漢卿單刀會："有意說孫劉，你休目下翻成吳越！"㊂五代十國之一。公元 895—982 年。唐末，錢鏐爲鎮海軍節度使，後梁封爲吳越王，自稱吳越國王。有今浙江及江蘇西南部、福建東北部地區。傳五主八十四年，納土歸宋。

【吳都】㊀春秋時吳都。吳，即今江蘇蘇州市。文選南朝宋鮑明遠（照）舞鶴賦："入衛國而乘軒，出吳都而傾市。"㊁三國吳的都城在建業，今江蘇南京市。晉左思有三都賦，分論魏蜀吳三國形勝。論吳國者題名吳都賦。

【吳萊】公元 1297—1340 年。元浦陽人。字立夫。受學於方鳳。工詩古文。死後，門人私謚淵穎先生，著有淵穎集十二卷，宋濂是他最著名的學生。元史有傳。

【吳棫】宋建安人，字才老。宣和六年進士。紹興中官太常丞，以得罪秦檜，出爲泉州通判。最早提出古文尚書爲僞書。著有韻補五卷，分古韻爲九部，認爲古人用韻較寬，立古韻通轉之說，爲後來研究古韻的先驅。朱熹詩集傳的釋音部分，多採用他的說法。

【吳堡】即今陝西吳堡縣。本石州定胡縣寨地，宋始築爲城，金改爲縣。見寰宇通志九八延安府吳堡縣。

【吳葵】即蜀葵。見"蜀葵"。

【吳裝】中國畫的一種着色風格，始於唐吳道子。道子所畫人物，落筆雄勁，於墨痕中略加彩色，後來畫家稱爲吳裝。見宋郭若虛圖畫見聞志一論吳生設色。

【吳鉤】鉤，兵器，形似劍而曲。相傳吳王闔閭命國中作金鉤，有人殺掉自己的兩個兒子，以血塗鉤，鑄成二鉤，獻給吳王。見吳越春秋闔閭内傳四。後來泛稱利劍爲吳鉤。文選晉左太沖（思）吳都賦："吳鉤越棘，純鈞湛盧。"南朝宋鮑照鮑氏集三代結客少年行詩："驄馬金絡頭，錦帶佩吳鉤。"唐人詩習用"吳鉤"字。參閲宋吳曾能改齋漫録二吳鉤。

【吳歈】吳地的歌曲。楚辭屈原招魂："吳歈蔡謳，奏大呂些。"北周庾信庾子山集一哀江南賦："吳歈越吟，荊豔楚舞。"

【吳會】地名。1.秦會稽郡（今江蘇東部、浙江西部），東漢分爲吳郡、會稽郡二郡，合稱吳會。文選三國魏文帝（曹丕）雜詩："吹我東南行，行行至吳會。"2.秦漢會稽郡郡治在吳縣，郡縣連稱爲吳會（即今蘇州市）。唐王勃王子安集五滕王閣詩序："望長安於日下，指吳會於雲間。"按史記漢書等吳會字都指吳郡會稽而言，猶言吳越。自唐以後，遂多稱平江（蘇州）爲吳會。參閲清納蘭性德渌水亭雜識一、趙翼陔餘叢考二一吳會。

【吳漢】公元？—44 年。東漢宛人。字子顏。以販馬爲業，後歸光武，爲偏將軍，伐蜀，八戰八克。位至大司馬，封廣平侯。後漢書有傳。

【吳語】吳地方言。世說新語排調："劉真長（惔）見王丞相（導），……出，人問云何？答曰：'未見他異，惟作吳語耳。'"

【吳酸】調味品。以吳地所造，故稱吳酸。楚辭屈原大招："吳酸蒿蔞，不沾薄只。"注："言吳人工調鹹酸，爚蒿蔞以爲齏，其味不濃不薄，適甘美也。"

【吳榜】船槳，劃船工具。楚辭屈原九章涉江："乘舲船余上沅兮，齊吳榜以擊汰。"補注："字書：'艅，船也。'吳疑借用。"晉書張載傳榷論："是以吳榜越船，不能無水而浮。"則以吳爲地名。

【吳魁】大而平的盾。本出於吳，爲魁帥所持。見釋名釋兵。參見"吳戈"。

【吳綾】絲織品名。新唐書地理志五："明州餘姚郡……土貢吳綾。"

【吳綺】公元1619—1694年。清江都人。字園次，號豐南，因有"把酒祝東風，種出雙紅豆"句傳誦一時，又號紅豆詞人。以拔貢生爲中書舍人。奉詔譜明楊繼盛樂府，遷兵部主事。任湖州知府。人稱其多風力，尚風節，饒風趣，有三風太守之稱。工詩詞駢體，詞尤著名。有林蕙堂集二十六卷、藝香詞一卷等。

【吳澄】公元 1249—1337 年。元崇仁人，字幼清，人稱草廬先生。至大初爲國子司業，遷翰林學士。通經傳，對易書詩禮春秋皆有著作。有文集一百卷。元史有傳。參閲宋元學案九二。

【吳廣】公元前？—前 209 年。字叔。秦末陽夏人。我國第一次農民大起義的領袖之一。秦二世元年，被徵發戍守漁陽，與陳勝皆爲屯長，行至大澤鄉，與陳勝率戍卒九百人起義，陳勝稱王，並以廣爲假王。後廣攻滎陽，爲部將田臧殺害。見史記陳涉世家。

【吳儂】猶言吳人。吳地稱己或稱人皆曰儂。唐劉禹錫劉夢得文集外集二福先寺雪中酬别樂天詩："才子從今一分散，便將詩詠向吳儂。"宋蘇軾分類東坡詩二五書林逋詩後："吳儂生長湖山曲，呼吸湖光飲山緑。"

【吳質】㊀公元 177—230 年。漢末濟陰人，字季重。爲五官將，出爲朝歌長，與曹丕曹植友好。文選有質與丕兄弟往還書。㊁即吳剛。唐李賀歌詩編一李憑箜篌引詩："吳質不眠倚桂樹，露脚斜飛濕寒兔。"參見"吳剛"。

【吳璘】公元 1102—1167 年。宋德順軍隴干人，字唐卿。少好騎射，與其兄玠屢敗金兵，官至四川宣撫使。玠卒，璘繼守蜀二十餘年。宋史有傳。

【吳鼒】公元 1755—1821 年。清全椒人。字山尊，號抑庵。嘉慶四年進士。官翰林院侍講學士。後主講揚州書院。善駢體文，能詩，有夕葵書屋集。

【吳歷】公元 1632—1716 年。清常熟人。字漁山，自號墨井道人。善畫山水，風格厚重沉鬱，與王時敏王鑑王翬王原祁及惲壽平並稱曰四王吳惲。奉天主教後，其畫並参西法，嘗住澳門三巴寺，著有三巴集澳中雜詠。

【吴縣】縣名。屬江蘇省。春秋時吴王闔閭所都。秦設縣，歷代因之。參閲元和郡縣志二五。

【吴興】今縣名，屬浙江省。本古郡名，即今浙江湖州市地。三國吴寶鼎元年分丹陽設吴興郡，郡治烏程。隋仁壽二年改爲湖州。唐天寶元年又改爲吴興。元爲湖州路，明爲湖州府，清因之。參閲三國志吴孫晧傳、太平寰宇記九四湖州。

【吴鎮】公元 1285 — 1354 年。元嘉興人。字仲圭，號梅花道人。工文詞，善畫山水花竹，與黄公望王蒙倪瓚稱元末四大家。元史有傳。

【吴鹽】唐肅宗時，鹽鐵鑄錢使第五琦於兩淮所煮鹽，以潔白著名，後來稱兩淮生産的鹽爲吴鹽。樂府雅詞中宋周美成(邦彦)少年游："并刀如水，吴鹽勝雪，纖指割新橙。"

【吴蠶】吴地盛養蠶，因稱良蠶爲吴蠶。唐李白詩十三寄東魯二稚子："吴地桑葉緑，吴蠶已三眠。"

【吴觀】泰山峰名。後漢書祭祀志上"上至奉高"注引應劭漢官馬第伯封禪儀記："秦觀者望見長安，吴觀者望見會稽。"

【吴三桂】公元 1612—1678 年。明遼東人，字長白。崇禎時爲總兵，鎮守山海關。李自成領導的農民起義軍進入北京，崇禎自殺。三桂勾引清兵入關，以鎮壓農民起義和執殺明桂王，封平西王，守雲南。康熙十二年議撤藩，吴又起兵反清，十七年自稱周帝，後病死長沙。其孫世璠爲清所滅。

【吴大帝】三國吴孫權，死後謚大皇帝，故稱吴大帝。參見"孫權"。

【吴文英】公元 1200—1260 年。宋四明人。字君特，號夢窗，晚號覺翁。工於詞，與周密齊名，密號草窗，稱二窗。其詞摹倣姜夔周邦彦，以詠物爲多，極重修辭協律，但堆砌雕琢，思想境界往往不高。著有夢窗稿，分甲乙丙丁集。

【吴公臺】古臺名。在今江蘇揚州市北。本南朝宋沈慶之攻竟陵王誕時所築弩臺，後陳將吴明徹圍攻北齊敬子猷，增築以射城内，因名。見太平寰宇記一二三揚州。

【吴汝綸】公元 1840 — 1903 年。清桐城人。字摯甫。同治四年進士，爲曾國藩李鴻章幕僚，奏議多出其手。曾任保定蓮池書院山長，京師大學堂總教習。嘗遊日本考察教育制度，有東遊叢録。古文屬桐城派，有文集四卷，詩集一卷，深州風土記二十七卷。

【吴地記】舊題唐陸廣微撰。一卷。宋史藝文志五地理著録。原書已散佚，今本爲後人采綴成編，又竄入他人之作，以足卷帙。又後集一卷，不録著者姓名，皆記吴地古跡。

【吴兆騫】公元 1631 — 1684 年。清吴江人。字漢槎。順治十四年舉人，以科場事謫戍寧古塔，二十年後始釋歸。工駢體文，詩氣壯才麗，詞亦工。著有秋笳集。

【吴任臣】公元 1631 — 1684 年。清仁和人。字志伊。精天文曆法樂律。康熙十八年舉博學弘辭科，授檢討，參與纂修明史，史稿曆志一篇爲其所作。著有十國春秋、山海經廣注、字彙補等，其十國春秋輯五代十國時事，可以補新舊五代史所不備，最著名。

【吴其濬】公元 1789 — 1847 年。清河南固始縣人。字瀹齋；别號雩婁農。嘉慶二十二年一甲一名進士，官至山西巡撫。專精本草之學，著有植物名實圖考三十八卷及長編，身後由陸應穀刊行，參考文獻八百餘種，其中部分據實物觀察，多有訂正前人錯誤的地方，爲我國植物學重要著作之一。

【吴承恩】約公元 1500 — 1582 年。明淮安府山陽縣人。字汝忠，號射陽山人。博學，工於詩文。嘉靖二十三年被録爲歲貢生，後流寓南京，以賣文爲生。曾寫志怪書禹鼎志已不傳；今存西遊記及射陽先生存稿四卷。

【吴季札】春秋時吴公子。吴王壽夢之季子，壽夢欲傳以位，辭不受。封於延陵，故稱延陵季子。魯襄公二十九年，歷聘魯齊鄭衛晉等國，當時以多聞著稱。見左傳襄十四、二九年、史記吴太伯世家。

【吴泰伯】周古公亶父(太王)長子。虞仲季歷之兄。太王欲傳位於季歷及其子昌(即周文王)。泰伯乃與虞仲出逃至荆，號句吴。見史記吴太伯世家。"泰"，通"太"。

【吴郡志】又名吴門志。宋范成大撰。五十卷。分三十九門，爲補吴郡圖經續記而作。敍述頗簡潔。止於紹興三年。紹定間，吴郡太守李壽朋使僚屬補紹興三年後事，並加刊布。

【吴彩鸞】唐河南濮陽縣吴猛女。大和末適文簫，家貧，日寫孫愐唐韻一編，售之以度日。不知所終，道家附會稱其成仙而去。見宣和書譜五。

【吴敏樹】公元 1805 — 1873 年。清湖南巴陵人。字本深，號南屏。官瀏陽訓導。工古文，屬桐城派。著有春秋三傳義求二十六卷、柈湖文集十二卷。

【吴偉業】公元 1609 — 1671 年。明太倉人，字駿公，號梅村，崇禎四年進士，官至翰林院編修。明亡家居。康熙時出仕清朝，任國子監祭酒。生平著作甚多，尤長於詩，歌行承長慶體傳統，爲清初一大家。所著梅村集，凡詩十八卷，詩餘二卷，文二十卷，有吴翌鳳箋注本。

【吴船録】宋范成大撰，二卷。記録從成都乘船至臨安(今杭州市)沿途所見的名勝古迹。書名取自唐杜甫詩"門泊東吴萬里船"之句。

【吴富體】唐吴少微富嘉謨，皆爲進士，同官相友。時人文章，多尚徐(陵)庾(信)，以雕琢爲工，而兩人所作以古文爲本，厚重雄邁，時人争相摹效，號吴富體。見新唐書二〇二尹元凱傳。

【吴道子】唐陽翟人。名道玄。開元中召入供奉，爲内教博士。其畫筆法超妙，尤擅長道釋人物及山水，有畫聖之稱。其著色於焦墨痕中略加微染，自然突出，人稱吴裝。參閲唐張彦遠歷代名畫記、太平廣記二一二引唐畫斷吴道玄、元夏文彦圖繪寶鑑二。

【吴敬梓】公元 1701 — 1754 年。清安徽全椒人。字敏軒。號粒民。晚稱文木老人。雍正十三年，安徽巡撫舉以應博學鴻詞科，不赴。後移家金陵，晚居揚州。著述以小説儒林外史爲最著名；又有詩説七卷，已佚；文木山房集十二卷，今存四卷。參見"儒林外史"。

【吴與弼】公元 1391 — 1469 年。明撫州崇仁人，字子傅，號康齋。少年篤學，天順時，徵至京，授左春坊左諭德，旋放還。學程、朱理學。有康齋集，明史入儒林傳。參閲明儒學案一崇仁學案。

【吴德旋】公元 1767—1840 年。清江蘇宜興人。字仲倫，諸生，以詩文名。著有初月樓集。

【吴餘鱠】傳説魚名，長數寸，粗如筷子。晉干寶搜神記："昔吴王闔閭江行，食鱠有餘，因棄中流，悉化爲魚。"太平廣記四六四引博物志："吴王孫權曾江行，食鱠有餘，因棄之中流，化爲魚。"故稱吴餘鱠。

【吴錫麒】公元 1746 — 1818 年。清浙江錢塘人。字穀人。官至國子監祭酒。工詩詞，以駢體文最著名。著有有正味齋集七十二卷。

【吳趨行】吳地歌曲名。晉崔豹古今注謂吳趨曲，吳人以歌其地。晉陸機、梁蕭繹(元帝)都有吳趨行篇。詞見樂府詩集六四。

【吳下阿蒙】三國吳呂蒙受孫權勸，篤志力學。後魯肅過蒙，言議常爲蒙屈，因拊蒙背曰："吾謂大弟但有武略耳，至於今者，學識英博，非復吳下阿蒙。"蒙曰："士别三日，即更刮目相待。"見三國志吳呂蒙傳注引江表傳。

【吳中舊事】元陸友仁撰。一卷。書中記有吳郡舊事一百餘則，可補史書之闕。今本僅存九十三則。

【吳牛喘月】太平御覽四引風俗通："吳牛望見月則喘，彼之苦於日，見月怖喘矣。"後來把遇見類似事物而膽怯的喻爲"吳牛喘月"。世説新語言語："晉滿奮畏風，在武帝座；北窗作琉璃屏，奮諛認爲空隙，有難色。帝笑之，奮答曰：'臣猶吳牛，見月而喘。'"

【吳市吹簫】史記七九范雎傳："伍子胥……鼓腹吹篪，乞食於吳市。"集解引徐廣："篪，一作簫。"後稱乞食街頭爲"吳市吹簫"，本此。

【吳帶曹衣】北齊曹仲達、唐吳道子都善畫佛像。曹筆法稠疊，而衣帶緊窄；吳用筆勢圓轉，而衣帶飄舉；故後人稱"吳帶當風，曹衣出水。"見宋郭若虛圖畫見聞誌一論曹吳體法。

【吳都文粹】宋鄭虎臣編。九卷。收録有關吳郡建置沿革和民生利病的遺文。明錢穀作續集五十六卷，自小説類書詩編文稿，以至碑版文字，都在甄録之列，搜集頗廣，但稍嫌蕪雜。

【吳越同舟】見"同舟共濟"。

【吳越春秋】東漢趙曄撰。十卷。記吳自太伯至夫差，越自無余至勾踐期間的史事，收集了不少民間傳説，頗近小説。所言越國世系，也和史記不合。有元徐天祐音注，對事跡異同作了考證。

【吳越備史】舊題范坰林禹撰，直齋書録解題謂爲錢儼託名而作。今本四卷，已非完書。補遺一卷，缺作者名，皆記五代錢氏舊事。本書所記到宋太祖乾德六年止，補遺到宋太宗雍熙四年止。

【吳楚七國】西漢時劉邦(高祖)分封的吳、楚、膠西、膠東、淄川、濟南、趙七國。景帝三年，爲了鞏固中央集權，采納鼂錯的削藩政策，削諸王封地。吳王濞遂約諸國以誅錯爲名，起兵叛亂，爲漢將周亞夫所擊平。

【吳園易解】宋張根撰。九卷。詮釋周易，只講義理，不談象數。注文簡要，自成一家言。

【吳頭楚尾】江西的代稱。江西位於吳地上游，楚地下游，如首尾相銜接，故稱吳頭楚尾。宋黄庭堅山谷琴趣外編三謁金門戲贈知命詞："山又水，行盡吳頭楚尾。"又作"楚尾吳頭"。水滸一一〇："地分吳楚，江心有兩座山，……正佔着楚尾吳頭。"

【吳下方言考】清胡文英撰。十二卷。依揚雄方言，取吳下街談里諺，就音韻以證宋元以前古語，按韻排列。雖頗多新解，亦時有穿鑿附會。

【吳中金石新編】明陳暐撰，八卷。暐於弘治中，官蘇州通判，因與祝允明等搜集吳中石刻，分爲七類，編次成書。皆載原文。以漢唐舊蹟，紀録已多，故以明初爲斷，録入有關政事利病之文，不收頌德諛墓之作。

吟

1. yín 魚金切，平，侵韻，疑。
ㄧㄣˊ 宜禁切，去，沁韻，疑。

㊀歎息。戰國策楚："晝吟宵哭。"㊁歌詠。莊子德充符："倚樹而吟。"㊂鳴，啼。後漢書三十下襄楷傳上疏："臣聞布穀鳴於春夏，蟋蟀吟於始秋。"㊃詩體名。如白頭吟、梁父吟等。也泛稱歌詩爲吟。見"吟社"、"吟壇"等。㊄口吃。通"唫"。後漢書六四梁冀傳："口吟舌言。"指語吃聲音不清楚。

2. jìn
ㄐㄧㄣˋ

㊅閉口。通"噤"。史記九二淮陰侯傳："雖有舜禹之智，吟而不言，不如瘖聾之指麾也。"索隱："鄒氏吟音巨蔭反，又音琴。"

【吟口】口吃。同"口吟"。荀子不苟："盜跖吟口，名聲若日月，與舜禹俱傳而不息。"集解："吟口當與口吟同義。"

【吟叫】宋時模倣各種叫賣聲調的口技。宋高承事物紀原九博弈嬉戲："京師凡賣一物，必有聲韻，其吟哦俱不同，故市人采其聲調，間以詞章，以爲戲樂也。今盛行於世，又謂之吟叫也。"參閱宋吳自牧夢粱録二十妓樂。

【吟缶】樂器名。墨子三辯："農夫春耕、夏耘、秋斂、冬藏，息於聆缶之樂。"北堂書鈔七、太平御覽五六五引皆作"吟缶"。清孫詒讓墨子閒詁謂聆、吟皆"瓴"的誤字；瓴與缶爲土盆，都是樂器名。

【吟社】詩社。全唐詩二二高駢途次内黄病寄僧舍呈諸友人："好與高陽結吟社，況無名迹達珠旒。"

【吟味】㊀品味。唐李羣玉詩集上龍山人惠石廪方及團茶："持甌默吟味，摇膝空咨嗟。"㊁體會玩味。唐貫休禪月集十一寄棲上一人詩："雨聲雖到夜，吟味不如秋。"

【吟哦】㊀朗誦。宋黄庭堅山谷外集二奉和王世弼寄上七兄先生用其韻詩："吟哦口垂涎，嚼味有餘雋。"㊁推敲詩句。宋張綱華陽集三五傷春詩："苦索吟哦成底急，且休拘束任吾真。"

【吟詠】歌唱，抒寫。毛詩序："國史明乎得失之迹，傷人倫之廢，哀刑政之苛。吟詠情性以風其上，達於事變，而懷其舊俗者也。"梁書昭明太子傳王筠哀册文："吟詠性靈，豈惟薄伎；屬辭婉約，緣情綺靡。"

【吟蛩】蟋蟀的别名。晉崔豹古今注中魚蟲："蟋蟀，一名吟蛩。秋初生，得寒則鳴。一云濟南呼爲懶婦。"

【吟猱】彈琴的指法。左手按弦，往復移動，使聲微顫。小曰吟，大曰猱。元詩選方回桐江集聽孫鍊師琴："從容整暇未肯忙，小俟吟猱覩抑按。"參閱吳澄琴言十則附指法譜。

【吟魂】㊀指詩人的鬼魂。唐齊己白蓮集一經賈島舊居詩："若有吟魂在，應隨夜魄回。"㊁詩興。水滸三九："消磨醉眼，倚青天，萬疊雲山，勾惹吟魂，翻瑞雪，一江煙水。"

【吟榻】吟詩坐卧之榻。宋陳師道後山詩注十雪中寄魏衍詩："遥知吟榻上，不道絮因風。"相傳師道每登臨得句，趕忙回家睡在榻上，用被蒙首，謂之吟榻。見元李治敬齋古今黈八。宋陸游劍南詩稿六七池上："旋移吟榻並池横，欲出柴門復懶行。"

【吟牋】詩稿。宋陸游劍南詩稿十七病起："收拾吟牋停酒椀，年來觸事動憂端。"

【吟壇】詩人的結會。元歐陽玄圭齋文集二祭祖墓詩之一："白髮甘泉忝從官，歸來曳履上吟壇。"

【吟嘯】㊀唉聲長歎。後漢書一三隗囂傳王遵與牛邯書："前計抑絶，後策不從，所以吟嘯扼腕，垂涕登車。"㊁吟詠。晉書謝安傳："嘗與孫綽等汎海，風起浪湧，諸人並懼，安吟嘯自若。"㊂指馬的長鳴。文選舊題漢李少卿(陵)答蘇武書："胡笳互動，牧馬悲鳴，吟嘯成羣，邊聲四起。"

【吟風閣】雜劇名。清楊潮觀撰。四卷，三十二折，每折一事。潮觀字宏度，號笠湖。江蘇無錫人。官邛州時，得卓文君妝樓舊址，因建樓名吟風閣。所著雜劇即以此爲名。

【吟歎曲】古樂府相和歌辭的一種。樂府詩集二九吟歎曲引古今樂録曰:“張永元嘉技録有吟歎四曲:一曰大雅吟,二曰王明君,三曰楚妃歎,四曰王子喬。大雅吟王明君楚妃歎並石崇辭，王子喬，古辭。”

【吟風詠月】文苑英華九四五唐范傳正李翰林白墓誌銘:“吟風詠月，席地幕天，但貴其適所以適，不知夫所以然而然。”本指詩人以風月等自然景物爲題材，形容心情的悠閒自在。今多含貶意，指作品只談風月而逃避現實。

吩 fēn ㄈㄣ

見下。

【吩咐】囑告，安排。三國演義九五“孔明將安營之法,一一吩咐與楊儀。”儒林外史一:“一日，母親吩咐王冕道:‘我眼見得不濟事了。…… 我兒可聽我的遺言,將來娶妻生子,守着我的墳墓,不要出去作官。’”

㕮 fǔ 扶雨切,上,麌韻,奉。
ㄈㄨˇ 方矩切,上,麌韻,非。

見下。

【㕮咀】咀嚼。古代煎藥,先把藥料切碎爲末,好像經過咀嚼似的,叫㕮咀。靈樞經壽夭剛柔:“凡四種,皆㕮咀,漬酒中。”政和證類本草一:“藥有易碎難碎,多末少末,秤量則不復均平,今皆細切之較略如㕮咀者,乃得無末而又片粒調和也。”

吽 1. hǒu ㄏㄡˇ 呼后切,上,厚韻,曉。

㊀象聲詞。牛鳴。通“吼”。元曲選康進之李逵負荊二:“那老兒，一會家便怒吽吽在那柴門外。”

2. óu ㄡˊ 集韻 魚侯切,平,侯韻。

㊁見“吽$_2$牙”。

3. hōng ㄏㄨㄥ

㊂梵文經咒中多用吽字。佛教密宗密言十七字之一。見般若理趣釋上。

【吽$_2$牙】犬相爭鬬時的叫聲。漢書六五東方朔傳:“狋吽牙者，兩犬爭也。”也作“吽呀”。宋梅堯臣宛陵集十一冬集會飲聯句詩:“吽呀閩爭犬,哱吼厭啼驟。”

呈 chéng 直貞切,平,清韻,澄。
ㄔㄥˊ 直正切,去,勁韻,澄。

㊀顯露，顯現。見“呈露”。㊁衡量的標準。通“程”。史記秦始皇紀:“上至以衡石量書,日夜有呈,不中呈不得休息。”㊂舊時下級送報上級叫呈。周書宗懍傳:“使制龍川廟碑,一夜便就,詰朝呈上。”舊時上行的公文叫呈文,簡稱呈。

【呈形】顯露形象。梁書王筠傳:“(沈)約於郊居宅造閣齋,筠爲草木十詠。書之于壁,皆直寫文詞,不加篇題。約謂人云:‘此詩指物呈形,無假題署。’”指描寫形象。文苑英華六五〇北齊魏收爲侯景叛移梁朝文:“方足圓首,含氣呈形。”指具備形象。

【呈政】拿作品請人指教。也作“呈正”。

【呈面】露面。元周密癸辛雜識別集上彭晉叟:“黥隸貴州,……(吏)乃爲謀曰:‘經幹潘公提,汝鄉人也,盍往歸之’。彭以呈面爲難。”

【呈貢】漢滇池縣地,元至元十三年設呈貢縣。今爲雲南晉寧縣。參閱嘉慶一統志四七八雲南府一。

【呈試】舊時科舉考試爲防詐冒,應試人先投奏狀,由試官檢驗,稱呈試。宋史孝宗紀淳熙五年二月:“申嚴武臣呈試法。”

【呈藝】獻技。宋晏殊宴賓客,必以歌樂相佐,興稍盡,即遣去曰:“汝曹呈藝已遍,吾當呈藝。”乃具筆札,相與賦詩。見宋葉夢得避暑録話上。

【呈露】顯露。文選三國魏曹子建(植)洛神賦:“延頸秀項,皓質呈露。”

【呈身御史】舊唐書一五八韋澳傳:“(澳)登第後十年不仕。伯兄温,與御史中丞高元裕友善。温請用澳爲御史,謂澳曰:‘高二十九(元裕)持憲綱,欲與汝相面,汝必得御史。’……澳曰:‘然恐無呈身御史。’竟不詣元裕之門。”呈身,猶言毛遂自薦。

吸 xī ㄒㄧ 許及切,入,緝韻,曉。

㊀吸氣入内。“呼”之反。淮南子兵略:“眯不給撫,呼不給吸。”㊁飲。楚辭屈原九章悲回風:“吸湛露之浮涼兮,漱凝霜之雰雰。”

【吸吸】㊀浮動貌。楚辭漢劉向九歎思古:“風騷屑以摇木兮,雲吸吸以湫戾。”㊁上氣不接下氣。靈樞經癲狂:“少氣,身漯漯也,言吸吸也。”宋書謝莊傳與江夏王義恭書:“吸吸惙惙,常如行尸。”

【吸呼】出入。水滸九五:“門户開闔之有法,吸呼聯络之有度。”

【吸毒石】相傳能治毒的藥。廣東通志九四輿地略十二:“吸毒石,西洋島中毒蛇腦中石也。大如扁豆,能吸一切腫毒即發背亦可治。”元周密雲烟過眼録上、明陶宗儀輟耕録二九謂之國咄犀、骨咄犀或蠱毒犀。

【吸風飲露】莊子逍遥遊:“藐姑射之山,有神人居焉。……不食五穀,吸風飲露。”道家及詩文中常以此語指神仙的絶食五穀。

【吸盡西江水】詳“一口吸盡西江水”。

吹 1. chuī ㄔㄨㄟ 昌垂切,平,支韻,穿。

㊀合口出氣。詩小雅何人斯:“伯氏吹壎,仲氏吹篪。”㊁以氣拂物。詩鄭風蘀兮:“風其吹女。”㊂誇大其辭。如言吹牛。參見“吹大法螺”。㊃傳,通。紅樓夢三四:“倘或吹到老爺耳朵里,……終是要吃虧的。”

2. chuì ㄔㄨㄟˋ 尺僞切,去,寘韻,穿。

㊄吹奏竽、笙等樂器。禮月令仲秋之月:“上丁,命樂正,入學習吹。”

【吹火】以口吹氣,使火加旺。太平廣記二五一引笑言:“夫自外歸,見婦吹火,乃贈詩曰:‘吹火朱脣斂,添薪玉腕斜。遥看煙裏面,恰似霧中花。’”

【吹毛】㊀比喻事情處理極易,一點不費力氣。韓非子内儲説下:“黎且謂景公曰:‘去仲尼猶吹毛耳。’”㊁言刀劍鋒利。文苑英華三四七盧綸難綰刀歌:“吹毛可試不可觸。”唐韓愈昌黎集五題炭谷湫祠堂:“吁無吹毛刃,血此片蹄殷。”㊂故意挑剔。全唐文二二六張説獄箴:“吏苟吹毛,人安措足。”詳“吹毛求疵”。

【吹打】音樂演奏。紅樓夢四十:“這是咱們那十來個女孩子演習吹打呢。”

【吹灰】淮南子齊俗:“夫吹灰而欲無眯,涉水而欲無濡,不可得也。”灰質最輕,故稱最容易辦的事爲不費吹灰之力。

【吹沙】魚名。即鯊。太平御覽九四〇引臨海異物志:“吹沙長三寸,背上有刺,犯之螫人。”參見“鯊㊀”。

【吹拂】春風吹拂使草木滋長,比喻爲人推薦或汲引。宋書王微傳與弟僧綽書:“江(湛)不過彊吹拂吾,云是巖穴人。”

【吹金】唐時高昌樂器名。形如牛角,長二尺,用銅製造。見文獻通考一三四樂七。

【吹竽】自謙之詞。唐韓愈昌黎集十和席八十一韻詩:“倚玉難藏拙,吹竽久混真。”參見“濫竽”。

【吹脣】吹口哨。南史侯景傳:“還將登太極殿,醜徒數萬,同共吹脣唱吼而上。”資治通鑑一四一建武四年“吹脣沸地”

注："吹脣者，以齒嗌脣作氣吹之，其聲如鷹隼。其下者，指夾脣吹之，然後有聲，謂之嘯指。"

【吹笙】宋張元幹蘆川詞浣溪沙詞題："諺以竊嘗爲吹笙。"遂李齊賢益齋集十鷓鴣天飲麥酒詞："飲中妙訣人如問，會得吹笙便可工。"相傳吹笙用吸氣，微吸作響，故以吹笙喻竊嘗。

【吹雲】鼓的别名。見舊題唐馮贄南部烟花記（五朝小說本）。

【吹葭】古代候氣之法，用葭莩灰填律管內端，氣至則灰飛而管通。後漢書律曆志記候氣之法甚詳。唐杜甫杜工部草堂詩箋三三小至："刺繡五文添弱線，吹葭六琯動飛灰。"言冬至日陽氣始動。

【吹萬】風吹所至，及於萬物。莊子齊物論："夫吹萬不同而使其自已也，咸其自取。"文選南朝宋謝靈運九日從宋公戲馬臺送孔令詩："在宥天下理，吹萬羣方悦。"注引司馬彪莊子注："言天氣吹煦，生養萬物，形氣不同。"

【吹₂臺】古迹名。在今河南開封市東南禹王臺公園內。三國魏阮籍阮步兵集詠懷詩之三十一："駕言發魏都，南向望吹臺。"相傳爲春秋時師曠吹樂之臺。漢梁孝王增築曰明臺，孝王常案歌吹於此，亦曰吹臺。後有繁姓居於臺側，因此也叫繁臺。五代梁開平中曾在此閱武，所以又叫講武臺。今稱古吹臺。參閱水經注二二渠水、宋晁載之續談助二引王瓘北道刊誤志。

【吹網】吹氣於網中，欲使之滿，比喻不可能。元念常佛祖歷代通載十九佛印了元禪師："後世學者，漁獵文字語言，正如吹網欲滿，非愚即狂。"

【吹彈】管弦合奏。唐韓愈昌黎集一六代張籍與李浙東書："未必不如吹竹彈絲，敲金擊石也。"宋陸游劍南詩稿六八秋夜獨坐閭里中鼓吹聲："時平里巷吹彈鬧，歲熟人家嫁娶多。"

【吹噓】㊀替人宣揚、說好話。文選南朝梁劉孝標（峻）廣絶交論注引峻與諸弟書："任(昉)既假以吹噓，各登清貫。"北齊顔之推顔氏家訓名實："有一士族，讀書不過二三百卷，天才鈍拙而家世殷厚，雅自矜持，久以酒犢珍玩交諸名士，甘其餌者，遞共吹噓。"㊁噓氣。水滸十六："那十個廂禁軍雨汗通流，都嘆氣吹噓。"

【吹𩙪】傷風感冒。元周密癸辛雜志後集吹𩙪："吹𩙪，傷風頭痛發熱，此必有所據也。"

【吹鞭】樂器。以竹爲鞭，中空可吹。本名篍。篍之大者叫篙，又作筎；小者叫吹鞭。見宋書樂志一。參閱宋程大昌演繁露八吹鞭。

【吹簫】㊀見"吳市吹簫"。㊁列仙傳記秦穆公時，有簫史，善吹簫，穆公女弄玉好之，結成夫婦。後來就用吹簫作爲結婚的典故。全唐詩二八六李端贈郭駙馬詩："日暮吹簫楊柳陌，路人遥指鳳凰樓。"

【吹綸絮】極薄的絲織品。東觀漢記二章帝建初二年："詔齊相止勿送冰紈、方空縠、吹綸絮。"後漢書章帝紀"吹綸絮"注："綸，似絮而細，吹者，言吹噓可成，亦紗也。"

【吹劍首】莊子則陽："吹劍首者，吷而已矣。"劍首，劍環頭上小孔，吹時發微響，不動聽，喻不足道。宋楊萬里誠齋集十秋懷詩："蓋世功名吹劍首，平生憂患淅矛頭。"

【吹劍録】宋俞文豹撰。共四編。初録一百十九則，四庫列爲存目；四録一百零九則，四庫標爲吹劍録外集。續録、三録久佚。近人張宗祥校吹劍録全编，據鈔本刊入三録，續録僅存說郛所引三十一則。書中所記，或本舊說，或出己見，中記南宋道學黨禁始末甚詳，可以補正史所未備。書名本莊子"吹劍首者吷而已矣"，自謙不足動人聽聞。

【吹大法螺】金光明經一讚歎品四："吹大法螺，擊大法鼓，燃大法炬，雨勝法雨。"法螺聲大中空，後人因諷刺空口說大話爲吹大法螺。

【吹毛求疵】喻故意挑剔。韓非子大體："不吹毛而求小疵，不洗垢而察難知。"漢書五三中山靖王劉勝傳："有司吹毛求疵。"也作"吹毛索疵"。後漢書二七杜林傳："吹毛索疵，詆欺無限。"也作"吹毛求瑕"。三國志吳步騭傳上疏："伏聞諸典校擿抉細微，吹毛求瑕，重案深誣，輒欲陷人以成威福。"

【吹氣勝蘭】舊指美女之呼吸，其香氣勝於蘭。三國魏曹植曹子建集六美女篇："顧盼遺光彩，長嘯氣若蘭。"舊題漢郭憲洞冥記四："(漢武)帝所幸宮人名麗娟，年十四，玉膚柔軟，吹氣勝蘭。"

【吹雲潑墨】指國畫家繪畫的筆法。畫家畫雲，先沾濕絹素，點綴輕粉，縱口吹之，稱吹雲；畫山水雨景，以水墨作巨點，叫潑墨。參閱唐張彥遠歷代名畫記二論畫體工用搨寫。

【吹影鏤塵】言不見形迹。關尹子一宇："言之如吹影，思之如鏤塵，聖智造迷，鬼神不識。"

【吹皺一池春水】南唐馮延巳謁金門詞："風乍起，吹皺一池春水。"有一天，李璟(中主)戲謂延巳曰："吹皺一池春水，干卿何事？"見宋馬令南唐書二一、陸游南唐書十一馮延巳傳。後因用爲事不關己而好管閒事之喻。

吻

wěn ㄨㄣˇ 武粉切，上，吻韻，微。

脣之兩邊。周禮考工記梓人："銳喙決吻。"

【吻合】兩脣相合，比喻事情兩相符合。吻，也寫作"脗"。莊子齊物論："旁日月，挾宇宙，爲其吻合。"唐白居易長慶集三三祭李侍郎文："度長挈能，信非倫擬。一言吻合，不知所以。"

呂

lǚ ㄌㄩˇ 力舉切，上，語韻，來。

㊀脊骨。急就篇："尻髖脊膂腰背呂。"㊁古樂，陰律叫呂。十二律中之陰律，爲大呂、夾鐘、中呂、林鐘、南呂、應鐘。㊂姓。本古國名，至周失國，子孫以呂爲氏。見元和姓纂六語。又北魏叱呂氏改漢姓爲呂氏。

【呂才】公元 600？—665 年。唐博州人。好學，通音樂、天文、歷史、地理、軍事、醫學等。反對天命論、宿命論以及陰陽迷信的觀點。曾爲唐太宗撰修陰陽書五十三卷，並舊書四十七卷，共一百卷。原書多已散失。新、舊唐書選錄了其中卜宅、祿命、葬三篇。新、舊唐書有傳。

【呂牙】即太公望。孫子用間："周之興也，呂牙在殷。"參見"太公望"。

【呂布】公元？—198 年。東漢九原人，字奉先。善騎射，驍勇有力。初隨丁原，後殺原，投靠董卓，誓爲父子。以後又與司徒王允合謀殺董卓，封温侯。爲卓餘黨所敗，往依袁術，後投袁紹。張邈迎爲兗州牧，據濮陽稱徐州牧。建安三年曹操征呂布，布據守下邳，城破被殺。後漢書三國志有傳。

【呂光】公元 336—399 年。東晉時後涼之主。字世明，略陽人，氐族。原爲苻堅將領，堅爲姚萇所殺，自稱天王。在位十年。死謚懿武皇帝。參閱晉書後涼載記。

【呂后】公元前？—前 180 年。漢劉邦(高祖)妻。惠帝母。名雉。秦末單父人。惠帝死後，臨朝稱制，主政柄八年，排斥劉邦舊臣，立諸呂爲王，以姪呂產呂祿，分掌南北軍。呂雉死，周勃陳平等盡滅諸呂，擁立文帝，恢復了劉漢政權。史記漢書有紀。

【呂刑】書篇名。書序："穆王訓夏贖刑，作呂刑。"文選漢揚子雲(雄)解嘲："呂刑靡敝，秦法酷烈。"漢書八七下揚雄傳解嘲作"甫刑"。參見"呂侯"。

【呂臣】秦末陳勝吳廣起義軍將領。陳勝失敗後，在新陽組織蒼頭軍，收復陳地，誅殺害陳勝的叛徒莊賈。繼與英布聯合，再破秦軍。後歸項梁，爲楚懷王司徒。見史記陳涉世家。

【呂尚】即太公望。見"太公望"。

【呂相】㊀呂不韋曾爲秦相，故稱呂相。唐韋莊浣花集一和薛先輩見寄初秋寓懷即事之作詩："貌愧潘郎璧，文慚呂相金。"㊁複姓。呂不韋爲秦相，子孫以呂相爲氏。見通志二九氏族五以官名爲氏。

【呂柟】公元 1479—1543 年。明陝西高陵人。字仲木，號涇野。正德三年進士，官至南京禮部右侍郎。以薛瑄爲宗，主格物窮理，先知而後行，是宋程頤朱熹理學派的支流。在南京曾任國子監祭酒，與湛若水、鄒守益共主講席三十餘年。謚文簡。著有涇野子内篇涇野詩文集等。參閲明儒學案八河東學案二。

【呂侯】周穆王臣。一作甫侯。爲司寇。周穆王採納他的言論作刑布告四方，即今尚書的呂刑篇。參見"呂刑"。

【呂涓】即太公望。宋羅泌路史後紀四炎帝紀下作呂涓。詳"太公望"。

【呂祖】即呂洞賓。見"呂洞賓"。

【呂城】地名。在江蘇丹陽縣東五十里。相傳城爲三國吳呂蒙所築，宋開寶七年吳越助宋攻江南，拔呂城，即此。參閲讀史方輿紀要二五鎮江府丹陽縣。

【呂梁】山名。㊀在今山西省西部，黄河與汾河間。東北、西南走向。北接恒山，南至禹門口。水經注三河水："河水左合一水，出善無縣故城西南八十里，其水西流，歷於呂梁之山而爲呂梁洪。……蓋大禹所闢，以通河也。"又四河水："昔者大禹導河積石，疏決梁山，謂斯處也。即經所謂龍門矣。"㊁在今江蘇銅山縣東南。水經注二五泗水經："又東南過呂縣南。"注："泗水之上有石梁焉，故曰呂梁也。"

【呂望】即太公望。見"太公望"。

【呂硯】陶製硯名。宋米芾硯史呂硯："澤州有呂道人陶硯，以別色泥於其首，純作呂字，内外透。後人效之有縫不透也。"

【呂葛】指太公望(呂尚)與諸葛亮。唐杜甫杜工部詩史補遺八晚登瀼上堂："凄其望呂葛，不復夢周孔。"

【呂鉅】妄自尊大，驕矜。莊子列禦寇："如而夫者，一命而呂鉅。"

【呂端】公元933—998年。宋幽州安次人，字易直。太宗時爲户部侍郎平章事。初太宗欲以端爲相，有人説端糊塗。太宗曰："端小事糊塗，大事不糊塗。"太宗死，内侍王繼恩等謀立楚王元佐，端等奉立太子，即真宗。謚正惠。宋史有傳。

【呂蒙】公元 178—219 年。三國吳富陂人，字子明。從周瑜破曹操於烏林，拜偏將軍。定計襲取南郡，定荆州，擒關羽，封孱陵侯。孫權勸他從事學問，成爲吳名將。三國志吳有傳。參見"吳下阿蒙"。

【呂管】複姓。通志二九氏族五複姓引英賢傳："漢有鉅鹿都尉呂管次祖，中山人。"

【呂錡】公元前?—前 575 年。春秋時晉大夫。食邑於魏，故亦稱魏錡。周簡王十一年晉楚鄢陵之役，射楚共王中目，爲楚將養由基射死。見左傳成十六年。

【呂覽】呂氏春秋的别稱。以書中有有始、孝行、慎大、先識、審分、審應、離俗及恃君八覽，故别稱呂覽。見"呂氏春秋"。

【呂大防】公元1027—1097年。宋藍田人，字微仲。仁宗寶元元年進士。元祐初官至尚書左僕射，與范純仁劉摯共同執政，廢王安石熙寧時新法。哲宗親政後，爲章惇等所排斥，貶官，先謫郢州，後轉徙循州，死於途中。宋史有傳。

【呂不韋】公元前?—前235年。秦陽翟的大商人。在趙都邯鄲遇見秦公子子楚爲人質於趙，認爲"奇貨可居"。入秦，爲子楚活動，使得歸嗣位，爲莊襄王。因以不韋爲相，封文信侯。秦始皇年幼即位，尊不韋爲仲父，主政。因嫪毐(lào ǎi)獲罪牽連，罷官，流放四川，途中自殺。曾命門客編撰呂氏春秋。傳説，書成，懸於國門，謂有能損一字者予千金。史記有傳。

【呂公枕】元薩天錫詩集後集鸚鵡曲題楊妃綉枕詩："繁華一夢人不知，萬事邯鄲呂公枕。"詳"黄粱夢"。

【呂公茭】蔬菜名。明王世懋學圃雜疏："茭白以秋生，吳中一種春生者曰呂公茭，以非時爲美。"

【呂公著】公元 1018—1089 年。宋壽州人，字晦叔，夷簡子。舉進士，官御史中丞，爲歐陽修講學之友。元祐元年拜尚書右僕射，兼中書侍郎，與司馬光同掌國柄，盡廢王安石新法。死後，贈申國公，謚正獻。宋史有傳。

【呂夷簡】公元 978—1043 年。宋壽州人，呂蒙正之姪，字坦夫。真宗咸平三年進士，仁宗時官至同平章事，授昭文殿大學士。深得帝寵，當國十餘年。契丹求割關南十縣地，他允增加歲幣以求苟安。范仲淹孔道輔提出改革政治的意見，呂因斥逐兩人於外，爲時論所詆。封許國公，謚文靖。宋史有傳。

【呂好問】宋壽州人，字舜徒，希哲子。崇寧初，以元祐子弟坐廢。黨禁解，爲御史中丞，遷吏部侍郎。金人南侵，俘徽欽二帝北去，立張邦昌爲帝，好問勸邦昌迎立高宗，除尚書右丞。以人言嘗受僞命，不可以立新朝，自慚求去，死於桂州。宋史有傳。

【呂洞賓】傳説中人物。相傳爲唐京兆人，名巖(一作嵒)。咸通中及第，兩調縣令。後修道於終南山，不知所終。見宋吳曾能改齋漫録十八引雅言系述。元明以來稱爲八仙之一，道家正陽派號爲純陽祖師，故俗稱呂祖。

【呂祖謙】公元 1137—1181 年。宋金華人，字伯恭，呂好問孫，人稱東萊先生。官至直祕閣著作郎，國史院編修。其學以關洛爲宗。初與朱熹同編近思録，後以爭論毛詩不合，遂互相排斥。一生著述頗多，主要的有書説三十五卷，家塾讀詩記三十二卷，春秋集解三十卷，左氏博議二十卷，皇朝文鑑一百五十卷，呂祖謙集、别集、外集、附録二十九卷。宋史有傳。參閲宋元學案五一東萊學案。

【呂馬童】秦末人，少與項羽有舊。歸漢爲郎中騎將。劉邦困項羽於垓下，羽突圍時看見馬童説："聞漢購我頭千金，邑萬户，吾爲汝德。"遂自剄。馬童以得羽頭有功，封中水侯。見史記項羽紀、高祖功臣侯年表。

【呂虔刀】三國魏呂虔爲刺史，有佩刀，相者謂三公可佩。虔以授王祥，祥臨終前授王覽，事見晉書王覽傳。後因用爲稱頌輔相之語。唐杜甫杜工部草堂詩箋十一喜聞官軍已臨賊寇二十韻："前軍蘇武節，左將呂虔刀。"

【呂留良】公元 1629—1683 年。清浙江石門人。生於明末。字莊生，又名光綸，字用晦，號晚村。與張履祥等講程朱之學。明亡後，不仕清室，以行醫爲生，著述多鼓吹民族思想。郡守以隱逸薦，不就，乃削髮爲僧，取名耐可，字不昧，號何求老人。死後以曾靜文字獄牽涉，全家遭禍，著述均被毁。

【呂惠卿】公元 1032—1111 年。宋泉州晉江人，字吉甫。天禧二年進士。初曾助王安石推行新法。有關重要興革，無不參與。官至參知政事。王安石去位後,竭力攻擊安石,無所不至。罷相後出判江寧府。宋史載奸臣傳。

【呂蒙正】公元 946—1011 年。宋河南人,字聖功,太平興國二年進士第一。太宗、真宗時,三任宰相。主張對遼妥協。封萊國公。謚文穆。宋史有傳。

【呂氏春秋】書名。也叫呂覽。據史記呂不韋傳載,呂不韋使其門客各著所聞,集論成書。此書既有儒家之説,又有道家及名、法、墨、農、陰陽各家之言,保存了許多先秦舊説及古代史料。全書二十六卷,分十二紀,八覽,六論。漢高誘有注。

【呂母起義】呂母,琅邪郡海曲縣人。其子被縣官冤殺,呂母散家財,聚衆數千,於新莽天鳳四年起義,破城殺官,是我國歷史上第一次由婦女領導的農民武裝起義。呂母死後,其餘部歸赤眉、銅馬等起義軍。參閱漢書九九下王莽傳。

吪
é 五禾切,平,戈韻,疑。
ㄜ

㊀行動。詩王風兔爰:"逢此百罹,尚寐無吪。"釋文:"吪,本又作訛。"㊁感化。詩豳風破斧:"周公東征,四國是吪。"

听
yǐn 牛謹切,上,隱韻,疑。
ㄧㄣ

笑的樣子。史記一一七司馬相如傳子虛賦:"亡是公听然而笑曰:'楚則失矣,而齊亦未爲得也。'"

【听听】㊀笑聲。唐柳宗元柳先生集十七梓人傳:"其不知體要者反此,……竊取六職百役之事听听於府庭,而遺其大者遠者,所謂不通其道者也。"㊁狗叫聲。同"犾"、"㹞"。唐杜甫杜工部草堂詩箋九大雲寺贊公房之二:"泱泱泥污人,听听國多狗。"

吮
shǔn 食尹切,上,準韻,神。
ㄕㄨㄣ 徂兗切,上,獮韻,從。

用口含吸。韓非子備内:"醫善吮人之傷,含人之血。"

【吮疽】以口吸病者之瘡毒。史記六五吳起傳:"卒有病疽者,起爲吮之。卒母聞而哭之。……母曰:'……往年吳公吮其父,其父戰不旋踵,遂死於敵。吳公今又吮其子,妾不知其死所矣。'"唐白居易長慶集三七德舞:"含血吮瘡撫戰士,思摩奮呼乞効死。"本此。

【吮墨】以口吮筆。梁書劉孝綽傳答湘東王書:"由此而談,又何容易,故韜翰吮墨,多歷寒暑。"吮墨,指吮去墨汁,不再寫作。曾昌一品集李商隱序:"吮墨摛詞,詠日月之光華。"吮墨,指吮筆寫作。

【吮癰舐痔】莊子列禦寇:"秦王有病召醫,破癰潰痤者,得車一乘;舐痔者,得車五乘。"史記一二五佞幸傳記漢文帝倖臣鄧通爲帝吮癰。論語陽貨"苟患失之,無所不至矣"朱熹集注:"小則吮癰舐痔。"後來因稱人之諂媚無恥爲吮癰舐痔。

含
1. hán 胡男切,平,覃韻,匣。
ㄏㄢ

㊀口中銜物。莊子馬蹄:"含哺而熙。"㊁包而未露。如含怒、含情。見"含垢"等條。

2. hàn 胡紺切,去,勘韻,匣。
ㄏㄢ

㊂古喪禮,放在死人嘴裏的玉物。字也作"唅"、"琀"。春秋文五年:"王使榮叔歸含,且賵。"注:"珠玉曰含。含,口實。"釋文:"含,户暗反。"

【含山】本漢歷陽縣。晉於此僑置龍亢縣。唐武德六年改爲含山縣。以縣境爲衆山所包,故名。今屬安徽省。參閱太平寰宇記一二四和州。

【含₂玉】古代貴族喪禮,人死後,把玉物放在死者口中叫含玉。周禮天官玉府:"大喪共含玉。"公羊傳文五年:"含者何?口實也。"注:"緣生以事死,不忍虚其口。天子以珠,諸侯以玉,大夫以碧,士以貝,春秋之制也。"

【含生】指有生命的。文選南朝梁任彦昇(昉)到大司馬記室牋:"含生之倫,庇身有地。"注:"曹植對酒行:'含生蒙澤,草木茂延。'"

【含光】劍名。列子湯問:"孔周曰:'吾有三劍,……一曰含光,視之不可見,運之不知有。其所觸也,泯然無際,經物而物不覺。'"

【含貝】貝,比喻牙齒潔白。貝,白色的海貝。文選戰國楚宋玉登徒子好色賦:"腰如束素,齒如含貝。"

【含利】傳説中的神獸。文選漢張平子(衡)西京賦:"含利颬颬,化爲仙車。"薛綜注:"性吐金,故曰含利。"

【含咀】品味。多指對書史學藝的欣賞體會。梁書昭明太子傳王筠哀册文:"沈吟典禮,優遊方册,饜飫膏腴,含咀肴核。"又王筠傳沈約報書:"昔年幼壯,頗愛斯文,含咀之間,倏焉疲暮。"

【含垢】見"含垢納汙"。

【含胡】亦作"含糊"。㊀發音不清楚。新唐書一九二顔杲卿傳:"(安禄山)斷其舌,曰:'復能罵否?'杲卿含胡而絶。"唐劉禹錫劉夢得文集十四與柳子厚書:"弦張柱差,枵然貌存,中有至音,含糊弗聞。"㊁是非不分明。唐陸贄陸宣公集十九論緣邊守備事宜狀:"既相執證,理合辨明,朝廷每爲含糊,未嘗窮究曲直。"宋歐陽修文忠集九三再乞根究蔣之奇彈疏札子:"臣若有之,萬死不足以塞責;臣若無之,豈得含胡隱忍,不乞辨明?"

【含荑】花木的葉芽初吐。荑,初生之葉。唐王維王右丞集二座上走筆贈薛據慕容損:"草色有佳意,花枝稍含荑。"

【含桃】櫻桃的别名。呂氏春秋仲夏:"仲春羞以含桃,先薦寢廟。"注:"羞,進。含桃,鶯桃,鶯鳥所含食,故言含桃。"

【含氣】有生命的東西。漢書六四下賈捐之傳:"含氣之物,各得其宜。"

【含章】含美於内。易坤:"含章可貞。"三國志魏管寧傳:"含章素質,冰潔淵清。"

【含毫】以口潤筆。文選晉陸士衡(機)文賦:"或操觚以率爾,或含毫而邈然。"謂吮筆不寫。晉書束皙傳玄居釋:"含毫散藻,考撰同異。"謂吮筆寫作。

【含葩】含苞未放。亦作"含蘤"。後漢書五九張衡傳思玄賦:"天池烟熅,百卉含蘤。"三國魏曹植曹子建集九七啓:"綺井含葩,金墀玉廂。"

【含蓄】包容,隱藏。唐韓愈昌黎集五題炭谷湫祠堂詩:"森沈固含蓄,本以儲陰奸。"藏深意而不顯露也叫含蓄。

【含酸】飽含辛酸之情。唐孟郊孟東野詩集二感懷八首之二:"含酸望松柏,仰面訴穹蒼。"

【含糊】見"含胡"。

【含齒】指人類。列子黄帝:"有七尺之骸,手足之異,戴髮含齒,倚而趣者,謂之人。"唐柳宗元柳先生集三七禮部賀立皇太子表:"食毛含齒,所同歡慶。"

【含漿】蚌類的别名。爾雅釋魚:"蚌,含漿。"按蚌殻内含肉而饒漿,故名。宋歐陽修文忠集四鸚鵡螺詩:"一螺千金價誰量,豈若泥下追含漿。"

【含類】佛教謂一切衆生含識之類。廣弘明集二二唐太宗三藏聖教序:"於是微言廣被,拯含類於三途;遺訓遐宣,導羣生於十地。"

【含識】佛教語。有思想意識者,指人。北齊臨淮王像碑:"俾斯含識,俱圓妙果。"(金石萃編三五)

【含靈】舊時謂人爲萬物之靈,故稱人爲含靈。晉書桓玄傳論:"夫帝王者功高宇內，道濟含靈。"

【含胎花】山薑的花。因花小而飽綻如婦女懷姙，故名含胎花。本草綱目十四山薑引唐劉恂嶺表録異："花生葉間作穗，如麥粒，嫩紅色。南人取其未大開者，謂之含胎花。"

【含風鮓】食品名。魚漿之類。舊題唐馮贄雲仙雜記一涼物："捲蓮花製碧芳酒，調羊酪造含風鮓，皆涼物也。"

【含消梨】梨名。初學記二八引辛氏三秦記："漢武帝園一名樊川，一名御宿。有大梨如五升缾，落地則破。其主取布囊承之，名曰含消梨。"又見三輔黃圖四御宿苑引三秦記。

【含笑花】花名。清吳其濬植物名實圖考三十引藝花譜："含笑花生廣東，花如蘭，開時常不滿，若含笑然，隨卽凋落。"宋丁謂貶崖州時，有詩曰："草解忘憂憂底事，花名含笑笑何人"。卽指此花。見宋歐陽修文忠集一二六歸田録一。

【含氣倫】指有生命之物。後漢書三九趙咨傳："（咨）乃遺書敕子胤曰：'夫含氣之倫，有生必終。葢天地之常期，自然之至數。'"

【含牙戴角】指獸類。淮南子兵略："凡有血氣之蟲，含牙戴角，前爪後距。"又見修務篇。

【含血吮瘡】見"吮疽"。

【含血噴人】捏造事實，誣陷好人。宋惟白建中靖國續燈録二承吉禪師："若也談禪説要，大似含血噀人。"後來寫作"含血噴人"。清李玉清忠譜叱勘："你不怕刀臨頭頸，還思含血噴人！"

【含沙射影】詩小雅何人斯："爲鬼爲蜮，則不可得。"蜮又名射工、射影。相傳居水中，聽到人聲，以氣爲矢，因激水，或含沙以射人，被射中的人皮膚發瘡，中影者亦病。後因稱陰謀中傷他人爲含沙射影。唐白居易長慶集二讀史詩："含沙射人影，雖病人不知。巧言搆人罪，至死人不疑。"

【含垢納汙】左傳宣十五年晉伯宗引古諺："高下在心，川澤納汙，山藪藏疾，瑾瑜匿瑕，國君含垢。"釋文："垢，古口反。本或作詬，同。"本謂國君應當有容忍的器量。後來轉用以指包容壞人壞事。也作"含垢藏疾"。三國志魏公孫淵傳注引魏略赦遼東文："自擅江表，含垢藏疾。"

【含英咀華】指欣賞、玩味詩文的精華。唐韓愈昌黎集十二進學解："沈浸醲郁，含英咀華。"

【含哺鼓腹】飽食嬉遊。莊子馬蹄："夫赫胥氏之時，民居不知所爲，行不知所之，含哺而熙，鼓腹而遊。"含哺如嬰兒，鼓腹如童子，指天真純樸，没有詐僞。

【含笑入地】猶言死而無憾。舊唐書六一温大雅傳："筮者曰：'葬於此地，害兄而福弟。'大雅曰：'若得家弟永康，我將含笑入地。'"

【含飴弄孫】東觀漢紀六明德馬皇后："穰歲之後，惟子之志，吾但當含飴弄孫，不能復知政事。"又見後漢書明德馬皇后傳。飴，糖漿。含着飴糖逗小孫子，形容老年人恬適的樂趣。

【含蓼問疾】相傳越王勾踐謀報吳仇，苦身勞心，夜以繼日，目倦則含辛辣之蓼；問傷養死，撫慰百姓。三國志蜀先主傳注引習鑿齒文："觀其所以結物情者，豈徒投醪撫寒，含蓼問疾而已哉！"習文卽用此事。越王事見國語越語、吳越春秋八。

告 1. gào 古到切，去，号韻，見。ㄍㄠ

㊀上報。論語憲問："以吾從大夫之後，不敢不告也。"㊁語，告訴。管子形勢："與不可，彊不能，告不知，謂之勞而無功。"戰國策秦二："犀首告臣。"㊂古時休假曰告。漢書九十嚴延年傳："取告至長安。"㊃揭發，控訴。史記一二五佞幸傳："有人告鄧通盗出徼外鑄錢。"參見"告狀"。㊄請，求。國語魯上："國有飢饉，卿出告糴，古之制也。"

2. gù 古沃切，入，沃韻，見。ㄍㄨ

㊅見"告₂朔"。

3. jú ㄐㄩ

㊆訊問。通"鞫"、"鞠"。禮文王世子："其刑罪則纖剸亦告于甸人。"注："告，讀爲鞠。"

【告子】告不害。戰國時人。與孟軻同時，主張生之謂性，性無善惡，與孟軻的性善説相論難。其説見於孟子告子。

【告天】㊀帝王向天祭祀禱告。後漢書光武紀上："六月己未卽皇帝位，燔燎告天。"㊁呼天訴冤。文選梁江文通（淹）詣建平王上書："庶女告天，振風襲於齊臺。"齊女負冤呼天，傳説打雷震壞齊臺。

【告₂月】卽"告₂朔"。左傳文六年："閏月不告月，猶朝于廟。"詳"告₂朔"。

【告示】㊀曉示，通知。荀子榮辱："陋也者，天下之公患也，人之大殃大害也；故曰仁者好告示人。"㊁舊時官府的布告。古雜劇元楊顯之臨江驛瀟湘夜雨一："如今沿途出起告示，如有收留小女翠鸞的，賞他花銀十兩。"明戚繼光練兵實紀雜集二儲練通論："故今之官府，告示張掛通衢，可謂信令矣，而舉目一看者誰？"

【告乏】稱盡無所有。藝文類聚三五三國魏應璩與尚書諸郎書："中饋告乏，役者莫興。"

【告老】官吏年老辭官。左傳襄七年："冬十月，晉韓獻子（厥）告老。"

【告₃存】禮王制："八十［歲］月告存。"謂官吏到八十歲後，國君每月派人致送食物，告問其人是否健在，叫告存。

【告成】以成事上報。詩大雅江漢："經營四方，告成于王。"疏："告其成功於宣王。"後凡事竣皆稱告成。

【告身】委任官職的文憑。北齊書傳伏傳："周克并州，遣韋孝寬與其子世寬來招伏，……授上大將軍武鄉郡開國公，卽給告身。"南朝稱除身。唐中葉以後，官爵冗濫，有空白告身，隨時可填人名。參閱資治通鑑二一七唐至德元載。

【告狀】㊀訴説事件的情狀。魏書秦王翰傳："（穆崇子）聞召恐發，踰牆告狀。"㊁控告，起訴。古今雜劇缺名梁山七虎鬧銅臺三："今日開放早衙，弓兵門首看者，倘有告狀的人，報復我知道。"

【告近】清代官吏任外職，如離本籍過遠不能迎養父母者，得請改近省，以行省之毗連者爲限，謂之告近。

【告劾】揭發，彈劾。漢書六十杜周傳："會獄，吏因責如章告劾，不服，以掠笞定之。"注："皆令服罪，如所告劾之本章。"

【告急】遇急難向人求救。左傳定四年："（楚）申包胥如秦乞師，曰：'……寡君失守社稷，越在草莽，使下臣告急。'"

【告窆】窆，下葬。舊時稱葬期訃告親友爲告窆。

【告訐】揭人陰私。漢書刑法志："及孝文卽位，……議論務在寬厚，恥言人之過失，化行天下，告訐之俗易。"

【告病】稱有病。穆天子傳六："天子舍于澤中，盛姬告病。"官吏因病乞休亦稱告病。因病請假歸家稱告歸。參閱漢書高帝紀上"高祖嘗告歸之田"注。

【告₂朔】周禮春官太史："頒告朔於邦國。"天子每年季冬以明年朔政分賜諸侯，諸侯受而藏於祖廟。諸侯於月初祭廟受朔政稱告朔。公羊傳文六年："不告月者何？不告朔也。"注："禮諸侯受十二月朔政於天子，藏於大祖廟，每月朔朝廟，使大夫南面奉天子命，君北面受之，比時使有司先告朔，謹之至也。”參見“告₂朔餼羊”。

【告密】告發人的祕密。唐陳子昂陳伯玉集九諫用刑書：“頃年以來，伏見諸方告密，囚累百千輩，大抵所告皆以揚州爲名。”新唐書刑法志：“(武后)欲制以威，乃修後周告密之法，詔官吏受訊，有言密事者，馳驛奏之。”

【告敕】委任官員的命令。同告身。宋史二六一袁彥傳：“大中祥符八年，(子)昭慶上彥周朝所受告敕有二聖名諱者，特遷殿值。”

【告捷】宣告戰爭勝利。舊唐書六七李勣傳：“與太宗俱服金甲，乘戎輅，告捷于太廟。”

【告匿】秦法律名。史記六八商君傳：“不告姦者腰斬，告姦者與斬敵同賞；匿姦者與降敵同罰。”告爲告發，匿爲匿藏。宋秦觀淮海集十四法律上：“其徒商鞅，用以相秦，始作牧司連坐告匿之法，而輔以詆欺文致細微之事。”

【告詞】寫在告身上的文詞。宋趙升朝野類要五告詞：“有四六句者，有直文者，並書於告軸。然侍從以上，須是四六句行詞。”參見“告身”。

【告訴】㊀受害者向上申訴。漢書成帝紀鴻嘉元年：“刑罰不中，衆冤失職，趨闕告訴者不絕。”後來稱向他人傳言爲告訴。㊁訴說經過。世說新語言語“謝仁祖(尚)年八歲”注引晉陽秋：“及遭父喪，溫嶠唁之，尚號叫極哀。既而收涕告訴，有異常童。”

【告發】向上控告檢舉。宋歐陽修文忠集九七再論按察官吏狀：“國家之法，除贓吏因民告發者乃行之，其他不材之人，大者壞州，小者壞縣，皆明知而不問。”

【告喻】向衆宣布說明。史記高祖紀：“乃使人與秦吏行縣鄉邑告喻之。”

【告罪】㊀布告罪狀。新唐書百官志三：“(大理寺卿)正刑之輕重，徒以上囚，則呼與家屬告罪，問其服否。”㊁告發罪狀。漢書七六趙廣漢傳：“丞相傅婢有過自絞死，廣漢即上書告丞相罪。”後又用爲交際上的謙詞，猶言請罪、致歉。

【告寧】㊀宣布亂事已平定。左傳昭二十年：“衛侯告寧於齊。”㊁官吏告假奔喪。官吏親喪，歸家持喪服稱寧。後漢書四六陳忠傳：“光武皇帝絕告寧之典。”參見“予寧”。

【告愬】申訴。管子任法：“賤人以服約卑敬悲色告愬其主。”漢書六二司馬遷傳報任少卿書：“深幽囹圄之中，誰可告愬者。”

【告廟】有事，告於祖先之廟。漢班固白虎通巡狩：“王者出，必告廟何？孝子出辭反面，事死如事生。”新五代史伶官傳序：“莊宗受[三矢]而藏之於廟，其後用兵，則遣從事以一少牢告廟，請其矢，盛以錦囊，負而前驅。”

【告緡】獎勵告發隱匿緡錢逃避稅款。史記一二二張湯傳：“出告緡令。”正義：“武帝伐四夷，國用不足，故稅民田宅、船乘、畜產、奴婢等，皆平作錢數。每千錢一算，出一等，賈人倍之。若隱不稅，有告之，半與告人，餘半入官。謂緡出此令，用鋤築豪强兼并、富商大賈之家也。一算，百二十文也。”

【告罄】隋書音樂志中北齊祀五帝樂歌：“邕齊云終，折旋告罄。”告罄，本指行禮完畢，後來稱財物用盡爲告罄。

【告歸】官吏請假回家稱告歸。史記高祖紀：“高祖爲亭長時，常告歸之田。”索隱引韋昭：“告請歸乞假也。”

【告類】類祭，遇到特殊事件如皇帝登位或立太子等而舉行的祭天，非常之祭。文選晉陸士衡(機)辯亡論上：“於是講八代之禮，蒐三王之樂，告類上帝，拱揖羣后。”晉書愍帝紀永嘉六年：“(雍州刺史賈疋)奉秦王爲皇太子，登壇告類，建宗廟社稷。”

【告變】預告非常事變。晉書孝武帝紀寧康三年：“頃日蝕告變，水旱不適，雖克己思救，未盡其方。”

【告天子】鳥名。見“天鷚”。

【告止旛】唐代官吏儀仗，在前面引路者所執之旗，上有“告止”二字，以禁止行人。類似後來的肅靜、迴避牌。新唐書儀衛志下：“親王鹵簿有清道六人，……次告止旛四，傳教旛四，信旛八；凡旛，皆絳爲之。”

【告善旌】管子桓公問：“舜有告善之旌，而主不蔽也。”謂設旌以獎勵人臣進諫。史記文帝紀二年：“古之治天下，朝有進善之旌，誹謗之木，所以通治道而諫來者。”意同。

【告₂朔餼羊】論語八佾：“子貢欲去告朔之餼羊。子曰：‘賜也，爾愛其羊，我愛其禮。’”宋朱熹集注：“告朔之禮，古者天子常以季冬頒來歲十二月之朔於諸侯，諸侯受而藏之祖廟。月朔，則以特羊告廟，請而行之。魯自文公，始不視朔，而有司猶供此羊，故子貢欲去之。”後以“告朔餼羊”譬喻虛應故事。

五畫

呃 è 於革切，入，麥韻，影。ㄜ
呃喔，象聲詞。同“呝”。見“呝喔”。

咇 1. bié 蒲結切，入，屑韻，並。ㄅㄧㄝ
㊀芳香。見“咇茀”。
2. bí 鄙密切，入，質韻，幫。ㄅㄧ
㊁象聲詞。見“咇₂咇₂”、“咇₂嗬”。

【咇₂咇₂】㊀哀鳴。見集韻。吳方言稱不出聲的哭爲咇咇。㊁見“咇₂咇₂剥剥”。

【咇茀】香味濃。漢書五七司馬相如傳上林賦：“肸蠁布寫，晻薆咇茀。”注：“晻薆咇茀，皆香芳意也。”也寫作“馝馞”、“苾勃”。見各該條。

【咇₂嗬】象聲詞。文選漢王子淵(褒)洞簫賦：“啾咇嗬而將吟兮，行鍖銋以龢囉。”注：“咇嗬，聲出貌。”

【咇₂咇₂剥剥】象聲詞。水滸四：“魯智深吐了一回，扒上禪牀，解下絛，把直裰帶子都咇咇剥剥扯斷了。”亦作“畢畢剥剥”、“刿刿剥剥”。又：“智深撇了狗肉，提起拳頭，去那光腦袋上刿刿剥剥只顧鑿。”

咏 yǒng 爲命切，去，映韻，于。ㄩㄥˇ
同“詠”。禮檀弓下：“人喜則斯陶，陶斯咏。”

味 wèi 無沸切，去，未韻，明。ㄨㄟˋ
㊀滋味。孫子勢篇：“味不過五。”酸、苦、甘、辛、鹹稱五味。㊁一種食物叫一味。韓非子外儲說左下：“食不二味，坐不重席。”㊂辨味。列子天瑞：“有味味者。”後來把體察事理叫體味。㊃意義，旨趣。晉書成公簡傳：“潛心道味。”紅樓夢一：“滿紙荒唐言，一把辛酸淚，都云作者癡，誰解其中味。”

【味言】辨別用意，指經過審查。漢賈誼新書修政語上：“藥言獻於貴，然後聞於卑，道也。……多使人味言，然後聞者，其得言也少。”

【味道】體察道理。後漢書五三申屠蟠傳蔡邕辭讓州辟：“安貧樂潛，味道守真。”

【味諫】橄欖的別名。又稱餘甘。宋黃庭堅山谷內集十五謝王子予送橄欖詩：“方懷味諫軒中果，忽見金盤橄欖來。”自注：“戎州蔡次律家，軒外有餘甘，余名之曰味諫。"任淵注:"味諫，言餘甘初苦而終有味。"

【味外味】含蓄而没有說出來的情味。唐司空圖司空表聖文集二與李生論詩書:"而愚以爲辨於味而後可以言詩也。"又云:"倘復以全美爲工，卽知味外之旨矣。"宋蘇軾東坡志林十:"司空表聖自論其詩，以爲得味外味。"

【味如嚼蠟】比喻無味。見"嚼蠟"。

呿 qū ㄑㄩ 丘伽切，平，戈韻，溪。集韻 丘於切，平，魚韻。

㊀張口。莊子秋水:"公孫龍口呿而不合，舌舉而不下。"㊁見"呿陀"。

【呿吟】呿，張口；吟，呻；指呼吸。素問寶命全形論:"呿吟至微，秋毫在目。"注:"呿謂欠呿，吟謂吟嘆。"

【呿陀】梵文字母。華嚴四十二字母中有呿陀二字，呿爲虛空之義，陀爲善之義。元吳萊淵穎集二夜聽李仲宏說廣州西門貪泉詩:"鳥文瞇呿陀，器物窮雕鎪。"

【呿唫】同"呿吟"。淮南子泰族:"高宗諒闇，三年不言，四海之内，寂然無聲，一言聲然，大動天下，是以天心呿唫者也。"言天心如呼吸之微動而天下響應。

呵 1. hē ㄏㄜ 虎何切，平，歌韻，曉。

㊀大聲喝斥。同"訶"。韓非子外儲說左上:"惠(衛)嗣公使人僞[過]關市，關市呵難之。"

呼箇切，去，箇韻，箇。

㊁噓氣。關尹子二柱:"衣搖空得風，氣呵物得水。"㊂笑聲。見"呵呵"。

2. ā ㄚ

㊃助詞。宋辛棄疾稼軒詞一玉蝴蝶追別杜叔高:"試聽呵，寒食近也，且住爲佳。"

3. kē ㄎㄜ

㊄見"呵₃羅單"。

【呵欠】卽哈欠。明田汝成西湖游覽志餘十三才情雅致引莫仲興詩:"覺來一呵欠，色澤神亦充。"

【呵叱】大聲斥責。後漢書七八孫程傳:"懷表上殿，呵叱左右。"

【呵呵】笑聲。晉書石季龍載記下:"從人臨(石)韜喪，不哭，直言呵呵，使舉衾看尸，大笑而去。"

【呵凍】以口氣噓物，使之融暖。五代後周王仁裕開元天寶遺事下美人呵筆:"李白……撰詔誥，時十月大寒，筆凍，帝勅宮嬪十人，……令各執牙筆呵之。"後人冬日作書，常題曰呵凍書。宋周必大益公題跋三題東坡上薛向樞密書:"身爲二千石，……(生朝)乃齋心呵凍，極陳國計，其賢於人遠矣。"

【呵欱】如言吹噓。推薦之意。宋王安石臨川集七韓持國從富并州辟詩:"炯今名主人，氣力足呵欱。推賢爲時輔，勢若朽易拉。"

【呵喝】大聲喝止。初學記十八應瑗雜詩:"簞瓢恆自在，無用相呵喝。"

【呵筆】冬天寫字，噓氣使筆解凍。唐羅隱甲乙集一雪詩:"寒窗呵筆尋詩句，一片飛來紙上銷。"宋梅聖俞宛陵集十八次韻和王景彝十四日置雪晚歸詩:"閉門吾作袁安睡，呵筆君爲謝客謡。"

【呵禁】喝止。晉書石季龍載記上:"(石)斌行意自若，儀持法呵禁，斌怒殺之。"

【呵殿】官僚出行前呼後擁的隨從人員。宋姜夔白石道人歌曲二鷓鴣天正月十一日觀燈:"白頭居士無呵殿，只有乘肩小女隨。"元方回桐江續集十六次韻徐贊府螢英詩:"屏除呵殿少人知，隨馬囊詩更有誰？"

【呵會】見面時的客氣話。水滸七四:"部署請下轎來，開了幾句溫暖的呵會。"

【呵導】舊時用儀仗隊呼喝開路。宋史二六二劉溫叟傳:"所以呵導而過者，欲示衆以陛下非時不登樓也。"

【呵壁】相傳屈原放逐後，彷徨山澤，見楚先王廟及公卿祠堂，壁間畫有天地山川神靈及古聖賢等，因作天問，書於其壁，呵而問之，以洩憤懣。見楚辭集注王逸天問序。唐李賀歌詩編四公無出門詩:"分明猶懼公不信，公看呵壁書問天。"

【呵護】呵禁守護。唐李商隱李義山詩集六驪山有感:"驪岫飛泉泛暖香，九龍呵護玉蓮房。"

【呵₃羅單】古南海國名。故地在今蘇門答臘島。南史西南夷傳:"呵羅單國，都闍婆州。"宋書寫作"呵羅陁"。明史寫作"急蘭丹"。

【呵羅羅】佛經中所稱寒地獄名。大智度論十六:"呵羅羅，……寒風噤顫，口不能開，因其呼聲，而以名獄。"

【呵佛罵祖】景德傳燈錄十五宣鑒禪師:"是子將來有把茅蓋頭，呵佛罵祖去在。"原爲潙山對德山的評語，是說德山如果解縛去執，不受前人拘束，就可以突破前人。宋朱弁曲洧舊聞八:"若得一把茅蓋頭，必能爲公呵佛罵祖。"此爲無所顧慮敢作敢爲的意思。

咕 gū ㄍㄨ

象聲詞。

【咕咚】象聲詞。物落地聲。紅樓夢四十:"他(劉老老)只顧上頭和人說話，不防底下的脚滑了，咕咚一交跌倒。"

【咕唧】小聲說話。紅樓夢七:"他師父一來了，余信家的就趕上來，和他師父咕唧了半日。"

【咕嘟】撅着，鼓起。紅樓夢八五:"說的兩個人都咕嘟着嘴兒，坐着去了。"

【咕噥】含混地自言自語，也指低聲說私話。紅樓夢八:"(黛玉)一面悄推寶玉，使他賭賭氣，一面悄悄的咕噥說:'别理那老貨，咱們只管樂咱們的。'"

【咕嚕】㊀形容語聲。兒女英雄傳三五:"他們在那裏繙清話，咕嚕咕嚕，我們不懂。"㊁形容東西翻轉滾動。也寫作"骨碌碌"。兒女英雄傳三四:"(金鐲子)掉在地下，噹啷啷的一響，又咕嚕嚕的一滾，一直滾到屋門檻兒跟前纔站住。"

咂 zā ㄗㄚ

同"⿰口帀"。㊀咬，吮。唐杜甫杜工部詩史補遺五樓拂子詩:"咂膚倦撲滅，賴爾甘服膺。"㊁微嘗。水滸二九:"武松提起來咂一咂，叫道:'這酒不好。'"

【咂嘴弄舌】形容貪吃的饞相。儒林外史十:"又被兩個狗争着，咂嘴弄舌的來搶那地下的粉湯喫。"

呸 pēi ㄆㄟ

表示斥責、鄙棄的嘆詞。水滸三:"魯達聽了道:'呸！俺只道那個鄭大官人，却原來是殺猪的鄭屠！'"

㕹 fá ㄈㄚˊ 集韻 房越切，入，月韻。

古兵器，卽盾。戰國策韓一:"革抉㕹芮，無不備具。"也寫作"瞂"、"⿰盾伐"。

咈 fú ㄈㄨˊ 符弗切，入，物韻，並。

違背，抵觸。書堯典:"吁，咈哉！"唐柳宗元柳先生集三四答韋中立論師道書:"豈可使呶呶者早暮咈吾耳，騷吾心？"

呢 1. ní ㄋㄧˊ 女夷切，平，脂韻，娘。

㊀見"呢喃"。㊁毛織物的一種。也寫作"尼"。宋黃庭堅山谷内集十八陳榮緒惠示之字韻詩……輒次高韻三首詩:"飢蒙青杞飯，寒贈紫陀尼。"

2. nē ㄋㄜ

㊂語氣詞。元曲選張國賓合汗衫三:"婆婆,俺那孩兒的呢?"

【呢喃】㊀玉篇:"呢喃,小聲多言也。"廣韻:"言不了,呢喃也。"㊁燕子鳴聲。全唐詩七六六劉兼春燕詩:"多時窗外語呢喃,只要佳人捲繡簾。"中興以來絕妙詞選一宋曾覿阮郎歸:"柳陰亭館占風光,呢喃清晝長。"

呫 1. tiè ㄊㄧㄝˋ 他協切,入,怗韻,透。

㊀嘗,輕舔。玉篇引穀梁傳莊二十七年:"未嘗有呫血之盟也。"今本呫寫作"歃"。

2. chè ㄔㄜˋ 集韻 尺涉切,入,葉韻。

㊀見下各條。

【呫$_2$呫$_2$】㊀絮絮叨叨。同"詀詀"。唐柳宗元柳先生集二一讀韓愈所著毛穎傳後題:"是其言也,固與異世者語,而貪常嗜瑣者,猶呫呫然動其喙,彼亦甚勞矣乎!"宋王安石臨川集一一二和王平甫舟中望九華山詩之二:"變態不可窮,詩者徒呫呫。"㊁低聲小語。宋黄庭堅山谷外集二次韻正仲三丈……詩:"昏昏市井氣,呫呫兒女語。"

【呫$_2$嚅】低聲說話。新唐書二〇八姚紹之傳:"(李)嶠等數附(李)承嘉耳呫嚅。"

【呫$_2$囁】附耳輕語。史記四七魏其武安侯傳:"生平毀程不識不值一錢,今日長者爲壽,乃效女兒呫囁耳語。"

咀 1. jǔ ㄐㄩˇ 慈呂切,上,語韻,從。

㊀品味。管子水地:"三月如咀,咀者何?曰五味。"

2. zǔ ㄗㄨˇ

㊀通"詛"。見"咀$_2$嚼"。

【咀噍】咀嚼。漢書一一七司馬相如傳大人賦:"呼吸沆瀣兮餐朝霞,咀噍芝英兮嘰瓊華。"

【咀嚼】㊀咬嚼。史記一一七司馬相如傳上林賦:"咀嚼菱藕。"㊁體會,玩味。南朝梁劉勰文心雕龍序志贊:"傲岸泉石,咀嚼文義。"

【咀$_2$嚼】詛咒。後漢書五一左雄傳:"生爲天下所咀嚼,死爲海內所歎快。"

呾 dá ㄉㄚˊ 當割切,入,曷韻,端。
乙鎋切,入,鎋韻,影。

呵責。唐韓愈昌黎集三四故幽州節度判官……張君墓誌銘:"我銘以貞之,不肖者之呾也。"

【呾蜜】唐西域地名。大唐西域記一:"順縛芻河北下流,至呾蜜國;呾蜜國東西六百餘里,南北四百餘里。"

【呾叉始羅】古代北印度國名,在印度河與吉拉木河之間。大唐西域記三:"呾叉始羅國,周二千餘里……地稱沃壤,稼穡殷盛,泉流多,花果茂,氣序和暢,風俗輕勇。"後屬於印度之孔雀王朝。阿育王爲北印度留守時,即駐於呾叉始羅。

呷 xiā ㄒㄧㄚ 呼甲切,入,狎韻,曉。

㊀吸而飲。全唐詩七二八周曇詠史淳于髡詩:"䄡襱何禱手何賫,一呷村漿與隻雞。"㊁象聲詞。即噏呷。見"呷呷"。

【呷呷】象聲詞。1.鴨叫聲。爾雅釋鳥:"鴨鳴呷呷。" 2.衆聲。唐李白李太白詩一大獵賦:"喤喤呷呷,盡奔突於場中。" 3.笑聲。古今雜劇元關漢卿魯齋郎四:"采樵人鼓掌呷呷笑。"

【呷啜】嘗飲。後魏楊衒之洛陽伽藍記二城東景寧寺:"呷啜蓴羹,唼嗍蟹黄。"

【呷蛇龜】一名攝龜,江東呼爲陵龜。好食蛇,也叫呷蛇龜。見宋羅願爾雅翼三一攝龜。

【呷醋節帥】唐任迪簡作天德軍判官。一天,軍中排筵,軍吏進酒,誤以醋進。迪簡因軍使李景略嚴暴,怕罪及軍吏,便勉强喝下,吐血而歸。軍中聽說此事,都很感動。景略死後,軍中便推迪簡爲主帥,官至易定節度使。時人呼爲呷醋節帥。見唐李肇國史補中。

呻 shēn ㄕㄣ 失人切,平,真韻,審。

㊀吟誦。見"呻畢"。㊁勞苦疾痛時發出的聲音。見"呻呼"。

【呻吟】㊀誦讀。莊子列御寇:"鄭人緩也,呻吟裘氏之地,祗三年而緩爲儒。"釋文:"呻音申,吟也。謂吟詠學問之聲也。"㊁因痛苦而發出的聲音。呂氏春秋大樂:"民人呻吟。"三國志魏華佗傳:"一人病咽塞,嗜食而不得下,佗聞其呻吟,駐車往視。"

【呻呼】疲勞病痛時所發出的聲音。列子周穆王:"有老役夫,筋力竭矣,而使之彌勤,晝則呻呼而即事,夜則昏憊而熟寐。"

【呻恫】因病痛所發出的聲音。唐顏師古匡謬正俗六恫:"今痛而呻者,江南俗謂之呻喚,關中俗謂之呻恫。"

【呻畢】誦書。呻,誦讀;畢,書簡。禮學記:"呻其佔畢。"宋范成大石湖集二四藥姪比課五言詩已有意趣……詩之十二:"學業荒呻畢,歡悰隔笑寶。"

【呻喚】即"呻恫"。唐韓愈昌黎集五雙鳥詩:"得病不呻喚,泯默至死休。"參見"呻恫"。

【呻吟語】明呂坤撰,六卷,分內外兩篇。立旨在宣揚程頤朱熹唯心主義理學。但在論述省心察物等修身之道的同時,認爲氣無終盡之時,形無不毀之理,肯定世界本體是物質的。自言省察其身,好象常在病中,不能自已,故其書取名曰呻吟語。晚年又加刊刻,删存爲呻吟語摘二卷。

咉 yāng ㄧㄤ 烏郎切,平,唐韻,影。
集韻 於良切,平,陽韻。

㊀應聲。㊁見下。

【咉咽】水流堵塞不通。文選晉左太沖(思)魏都賦:"山阜猥積而崎嶇,泉流迸集而咉咽。"

咒 見"呪"。

呪 zhòu ㄓㄡˋ 職救切,去,宥韻,照。

同"咒"。㊀禱告。後漢書七一諒輔傳:"時夏大旱,……輔乃自暴庭中,慷慨呪曰。"術士迷信驅鬼治病的口訣,也叫呪。㊁梵語陀羅尼,義譯爲呪,又曰真言。後秦鳩摩羅什譯大智度論五:"陀羅尼,秦言能持,或言能遮。能持者,集種種善法,能除令不散不失;……能遮者,惡不善根心生,能遮令不生。"㊂呪罵。見"呪詛"。

【呪咀】見"呪詛"。

【呪師】呪禁師的省稱。南史荀伯玉傳:"伯玉夢中自謂是呪師,凡六唾呪之。"參見"呪禁師"。

【呪詛】呪罵。漢焦延壽易林六噬嗑之未濟:"夫婦呪詛,太上覆顛。"也寫作"呪咀"。宋史二三盧多遜傳:"通達語言,呪咀君父。"

【呪願】㊀向天祈禱,表白心願。唐李商隱李義山詩集二安平公:"瀝膽呪願天有眼,君子之澤方滂沱。"㊁佛教稱唱誦願文,爲施主作種種讚嘆叫呪願。見釋氏要覽上。

【呪禁師】隋唐太醫署下屬有醫師、針師、按摩師、呪禁師等。呪禁師掌教呪禁。古人由於科學落後,迷信鬼神,認爲畫符念呪就可治病防邪。參閱隋書及新唐書百官志三。

呬 xì ㄒㄧˋ 虛器切,去,至韻,曉。

休息。後漢書五九張衡傳思玄賦:"呬河林之蓁蓁兮,偉關雎之戒女。"

咄 duō 丁括切，入，末韻，端。
ㄉㄨㄛ 當没切，入，没韻，端。
表示指責、呵叱。管子形勢解："烏集之交，初雖相驩，後必相咄。"漢書六五東方朔傳："朔笑之曰：'咄！'"

【咄叱】呵叱，指責。漢王充論衡論死："病困之時，仇在其旁，不能咄叱。"

【咄咄】感嘆聲。後漢書一一三嚴光傳："咄咄子陵，不可相助爲理邪？"藝文類聚十八晉陸機詩："冉冉逝將老，咄咄奈老何！"

【咄唶】㊀嘆息。三國志吳呂蒙傳："(孫權)見(蒙)小能下食則喜，顧左右言笑，不然則咄唶，夜不能寐。"㊁猶呼吸之間。文選三國魏曹子建(植)贈白馬王彪詩："自顧非金石，咄唶令心悲。"注："言人命叱呼之間，或至夭喪也。"

【咄嗟】猶呼吸之間。文選晉左太沖(思)詠史詩："俛仰生榮華，咄嗟復彫枯。"太平御覽八五九裴氏語林："石崇恒冬月得韮虀，爲客作豆粥，咄嗟便辦。"猶言出口卽至。事又見世説新語汰侈、晉書石崇傳。

【咄咄怪事】晉殷浩被桓溫廢免，一天到晚用手在空中寫"咄咄怪事"四字。見世説新語黜免、晉書本傳。後來常用來形容出乎意外、令人驚異的事情。

【咄咄逼人】形容氣勢使人驚懼。世説新語排調："桓南郡(溫)與殷荆州(仲堪)語次，……後作危語，……殷有一參軍在坐，云：'盲人騎瞎馬，夜半臨深池。'殷曰：'咄咄逼人！'仲堪眇目故也。"唐張彦遠法書要録一南朝宋羊欣采古來能書人名："(王修)善隸行，與(王)羲之善，故殆窮其妙。……子敬每省修書，云'咄咄逼人'。"子敬，羲之子獻之。

咼 1. wāi 苦緺切，平，佳韻，溪。
ㄨㄞ
㊀嘴歪斜。通"喎"。説文："咼，口戾不正也。"
2. hé
ㄏㄜ
㊁古通"和"。見"咼₂氏"。
3. wō
ㄨㄛ
㊂見"咼₃墮"。
4. gē 字彙 古禾切，音戈。
ㄍㄜ
㊃姓。南唐有咼拯，宋有咼輔，明有咼文光。

【咼₂氏】卽和氏。淮南子説山："咼氏之璧，夏后之璜，揖讓而進以合歡，夜以投人則爲怨。"注："咼，古和字。"

【咼斜】歪斜不正。法華經六隨喜功德品第十八："亦不缺壞，亦不咼斜。"指口唇端正，不歪不斜。參見"喎斜"。

【咼₃墮】古代髮式。卽倭墮髻。唐白居易長慶集十七寄微之詩："何處琵琶絃似語，誰家咼墮髻如雲？"參見"倭墮"。

呼 1. hū 荒烏切，平，模韻，曉。
ㄏㄨ
㊀出氣。吸的反面。素問離合真邪論："候呼引鍼，呼盡乃去。"㊁召，喚。左傳哀十一年："武叔呼而問戰焉。"㊂喊，叫。詩大雅蕩："式號式呼，俾晝作夜。"㊃稱道。荀子儒效："呼先王以欺愚者而求衣食焉。"
2. xū
ㄒㄩ
㊄歎詞。禮檀弓上："曾子聞之，瞿然曰：'呼！'"注："呼，虚憊之聲。"釋文："呼音虚，吹氣聲也。一音況于反。"
3. huò
ㄏㄨㄛ
㊅歎詞，表示憤怒。左傳文元年："江羋怒曰：'呼！役夫。'"釋文："呼，好貨反。"此爲怒而發聲。

【呼叱】呵斥。後漢書二〇祭遵傳："衆見遵傷，稍引退，遵呼叱止之。"

【呼吸】㊀出息爲呼，入息爲吸。太平御覽八八三韓詩外傳："呼吸之氣，復歸於人。"㊁形容時間的短促。文選晉郭景純(璞)江賦："呼吸萬里，吐納靈潮。"

【呼延】複姓。見"呼衍"。

【呼衍】複姓。也寫作"呼延"。漢時匈奴貴族有呼衍氏。漢書九四上匈奴傳："其大臣皆世官，呼衍氏、蘭氏，其後有須卜氏，此三姓，其貴種也。"注："呼衍卽今鮮卑姓呼延者是也。"

【呼喚】叫喚。差遣。唐王建詩八宫詞之六十："内中數日無呼喚，搨得滕王蛺蝶圖。"

【呼嵩】漢書武帝紀元封元年："親登崇嵩，御史乘屬，在廟旁吏卒咸聞呼萬歲者三。"嵩，嵩山。後來相沿爲祝頌之詞。

【呼噏】卽"呼吸"。文選晉劉孝標(峻)廣絶交論："吐漱興雲雨，呼噏下霜露。"參見"呼吸㊀"。

【呼盧】見"呼盧喝雉"。

【呼韓】呼韓邪的省稱。文選漢張平子(衡)東京賦："呼韓來享。"參見"呼韓邪"。

【呼譽】大聲呼痛。譽，bào。漢書六五東方朔傳："上令倡監榜舍人，舍人不勝痛，呼譽。"

【呼籲】南朝陳徐陵徐孝穆集八檄周文："籲地呼天，望佇哀救。"以後稱無可求援爲呼籲無門。

【呼沱河】卽滹沱河。後漢書光武紀更始二年："至呼沱河，無船，適遇冰合，得過。"也寫作"呼池"。宋范成大石湖集十二呼池河詩自注："卽光武渡冰處，在真定南五里。"卽今河北滹沱河。參見"滹沱"。

【呼韓邪】匈奴單于名號。邪，yé。漢宣帝神爵末，匈奴呼韓邪單于（公元前？—前31年）爲兄郅支單于所敗，謀歸漢。甘露二年，至五原塞，正月謁見宣帝於甘泉宫。元帝竟寧元年，再次入朝，元帝遣後宫王嬙(字昭君)嫁單于，號寧胡閼氏。見漢書匈奴傳下。

【呼鷹臺】古迹名。在湖北襄陽縣。相傳爲漢末荆州刺史劉表所築。參閱太平寰宇記一四五襄州。水經注二八沔水寫作景升臺。景升，表字。

【呼蠶水】卽洮賚河。在甘肅省酒泉市。漢書地理志下酒泉郡禄福："呼蠶水出南羌中，東北至會水，入羌谷。"也叫潛水、羌谷水、福禄河。見太平寰宇記一五二肅州。參見"洮賚河"。

【呼幺喝六】賭博擲骰時，希望得彩而高聲大叫。元張憲玉笥集七咏雙陸詩："牙骰宛轉兩叫喧，喝六呼幺破顔面。"水滸一百四："臺下四十隻桌子，都有人圍擠着在那裏擲骰賭錢，……那些擲骰的，在那裏呼幺喝六，攧錢的在那裏喚字叫背。"以後形容舉動暴躁，盛氣凌人爲呼幺喝六。元曲選缺名氣英布三："村棒棒呼幺喝六。"

【呼牛呼馬】莊子天道："昔者子呼我牛也，而謂之牛；呼我馬也，而謂之馬。"意思是毁譽隨人，不加計較。也作呼牛作馬。明徐復祚肯光記傳奇慰弟："時不偶，且躬操敝帚，任他人呼牛作馬，只低頭。"

【呼庚呼癸】乞食的隱語。詳"庚癸"。

【呼畢勒罕】蒙語"轉世"或"化身"的意思。喇嘛教黄教禁婚娶。寺廟首領去世後，按喇嘛教規定程序，另覓初生兒童作爲死者的"轉世"，繼承前任職位和稱號。參見清會典事例九七五理藩院呼畢勒罕定制。

【呼圖克圖】清代授給藏族及蒙古族、喇嘛教大活佛的稱號。參見清會典事例九七五理藩院喇嘛封號。

【呼盧喝雉】古時一種賭博。又叫樗

蒲、五木。削木爲子，共五個，一子兩面，一面塗黑，畫牛犢，一面塗白，畫雉。五子都黑，叫盧。得頭彩，擲子時，高聲大喊，希望得到全黑，所以叫呼盧。唐李白李太白詩六少年行："呼盧百萬終不惜，報讎千里如咫尺。"宋陸游劍南詩稿十風順舟行甚疾戲書："呼盧喝雉連暮夜，擊兔伐狐窮歲年。"參閱宋程大昌演繁露六。

呹 yì 集韻 弋質切，入，質韻。ㄧ

迅疾的樣子。見下。

【呹肸】文選漢揚子雲(雄)甘泉賦："薌呹肸以棍批兮，聲駍隱而歷鐘。"唐張銑注："呹肸，疾散貌，言香氣與風同歷於鐘，乃駍隱而發聲。"

咋 1. zé 側革切，入，麥韻，莊。ㄗㄜˊ 鋤陌切，入，陌韻，牀。側駕切，去，禡韻，莊。

㊀大聲。周禮考工記鳧氏"侈則柞"注："柞讀爲咋咋然之咋，聲大外也。"㊁咬，嚙。漢書六五東方朔傳答客難："譬由鼱鼩之襲狗，孤豚之咋虎，至則靡耳。"

2. zhà 集韻 側駕切，去，禡韻。ㄓㄚˋ

㊂忽然，猛然。通"乍"。左傳定八年："桓公咋謂林楚曰：'而先皆季氏之良也，爾以是繼之。'"注："咋，暫也。"

【咋舌】咬舌。形容不敢說話或說不出話來。後漢書五四馬援傳與楊廣書："豈有知其無成，而但萎腇咋舌，叉手從族乎？"參見"齚舌"。

【咋唶】象聲詞。形容噪音。漢桓寬鹽鐵論論菑："鄙夫樂咋唶而怪韶濩。"

咆 páo 薄交切，平，肴韻，並。ㄆㄠˊ

野獸吼叫。淮南子覽冥："虎豹襲穴而不敢咆。"

【咆勃】發怒貌。文選晉潘安仁（岳）西征賦："出申威於河外，何猛氣之咆勃。"亦作"咆㕸"。唐王維王右丞集一燕支行："趙魏燕韓多勁卒，關西俠少何咆㕸。"

【咆哮】大聲叫。1. 抱朴子清鑒："咆哮者不必勇，淳淡者不必怯。"指人的叫鬧。2. 唐李白李太白詩三公無渡河："黃河西來決崑崙，咆哮萬里觸龍門。"指波浪衝激聲。3. 唐劉禹錫劉夢得文集九壯士行詩："陰風振寒郊，猛虎正咆哮。"指野獸叫聲。

【咆烋】同"咆哮"。文選晉左太沖（思）魏都賦："剋翦方命，吞滅咆烋。"咆烋，指叫囂的叛亂者。

呴 1. xǔ 香句切，去，遇韻，曉。ㄒㄩˇ 集韻 火羽切，上，噳韻。

㊀吐出。莊子刻意："吹呴呼吸。"釋文："況于反。字亦作煦。"見"呴濡"。㊁和悅。見"呴呴"、"呴俞"。

2. hǒu 呼后切，上，厚韻，曉。ㄏㄡˇ

㊂同"吼"。楚辭漢王褒九懷尊嘉："望谿兮滃鬱，熊羆兮呴嗥。"

3. gòu 集韻 居候切，去，宥韻。ㄍㄡˋ

㊃鳥鳴聲。淮南子要略："（齊景公）族鑄大鍾，撞之庭下，郊雉皆呴。"注："呴，鳴也。"

【呴呴】和順恭敬。漢書六五東方朔傳非有先生論："故卑身賤體，說色微辭，愉愉呴呴，終無益於主上之治，則志士仁人不忍爲也。"也寫作"嘔嘔"、"姁姁"。見各該條。

【呴$_3$呴$_3$】鳥鳴聲。楚辭漢王逸九思憫上："雲蒙蒙兮電儵爍，孤雌驚兮鳴呴呴。"

【呴呼】吐氣。漢王充論衡論死："忿怒之人，呴呼於人之旁，口氣喘射人之面，雖勇如賁、育，氣不害人。"

【呴俞】關懷培養，使之成長。莊子駢拇："屈折禮樂，呴俞仁義。"又寫作"呴諭"。淮南子原道："呴諭覆育，萬物羣生。"參見"煦嫗"。

【呴噓】開口出氣。漢書六四下王褒傳聖主得賢臣頌："何必偃卬詘信若彭祖，呴噓呼吸如喬（王子喬）松（赤松子），眇然絕俗離世哉！"

【呴濡】莊子天運："泉涸，魚相與處於陸，相呴以濕，相濡以沫，不如相忘於江湖。"意爲吐沫以相濟，後來用以比喻人同處困境而互相幫助。

【呴籍】脚踏地跳躍貌。戰國策燕一："若恣睢奮，呴籍叱咄，則徒隸之人至矣。"補注："當是跔籍，見韓策，釋爲跳躍，此謂跳躍蹈籍也。"

咐 1. fú ㄈㄨˊ

㊀見"嘔咐"。

2. fù ㄈㄨˋ

㊁見"吩咐"。

呱 gū 古胡切，平，模韻，見。ㄍㄨ

嬰兒哭聲。詩大雅生民："鳥乃去矣，后稷呱矣。"

【呱呱】小兒啼聲。書益稷："啟呱呱而泣。"

咍 hāi 呼來切，平，咍韻，曉。ㄏㄞ

㊀嗤笑。楚辭屈原九章惜誦："行不羣以巔越兮，又衆兆之所咍。"清桂馥札樸三覽古咍謂咍即"嗤"的異文。㊁歎詞。表示招呼。元王實甫西廂記四本一折："咍，怎不肯回過臉兒來？"

【咍咍】歡喜的樣子。唐皇甫湜皇甫持正文集五吉州刺史廳壁記："昔民嗷嗷，今民咍咍。"

【咍臺】睡覺時呼息的聲音。世說新語雅量："許（璪）上牀便咍臺大鼾。"宋陸游劍南詩稿八五遊山："酒市擁途觀嵬峨，僧廬借榻寄咍臺。"

呶 náo 女交切，平，肴韻，娘。ㄋㄠˊ

喧鬧聲。詩小雅賓之初筵："賓既醉止，載號載呶。"

【呶呶】㊀多言，即嘮叨。唐韓愈昌黎集十二五箴言箴："汝不懲邪？而呶呶以害其生邪？"㊁喧鬧聲。唐盧仝玉川子詩集外集苦雪寄退之："病妻煙眼淚滴滴，飢嬰哭乳聲呶呶。"

呦 yōu 於虯切，平，幽韻，影。ㄧㄡ

見下。

【呦呦】㊀鹿鳴聲。詩小雅鹿鳴："呦呦鹿鳴，食野之苹。"㊁悲哭聲。唐白居易長慶集三新豐折臂翁詩："應作雲南望鄉鬼，萬人塚上哭呦呦。"

【呦咽】流水幽咽聲。全唐詩五一八雍陶洛源驛戲題："如恨往來人不見，水聲呦咽出花溪。"

【呦鷕】鳥鳴聲。鷕，yǎo。唐元稹長慶集一大觜烏詩："呦鷕呼羣鵩，翩翻集怪鴟。"

命 mìng 眉病切，去，映韻，明。ㄇㄧㄥˋ

㊀差使。書堯典："乃命羲和，欽若昊天。"左傳桓二年："宋殤公立，十年十一戰，民不堪命。"㊁命令，教令。易姤："后以施命誥四方。"㊂命運，天命。易乾："乾道變化，各正性命。"注："命者，人所稟受，若貴賤夭壽之屬是也。"㊃生命。論語先進："有顏回者好學，不幸短命死矣！"㊄道。詩周頌維天之命："維天之命，於穆不已。"疏："言天道轉運，無極止時也。"㊅名，命名。管子法法："政者，正也，正也者，所以正定萬物之命也。"史記六六伍子胥傳："因命曰胥山。"㊆帝王統

治者按官職等級賜給臣下的儀物如玉圭和服裝等。國語周上："襄王使邵公過及內史過，賜晉惠公命。"注："命，瑞命也，諸侯即位，天子賜之命圭，以爲瑞節也。"又："襄王使太宰文公及內史興賜晉文公命。"注："命，命服也。"

【命夫】古時稱卿大夫和士爲命夫，對命婦而言。周禮天官閽人："凡外內命夫命婦出入，則爲之闢。"疏："內命夫，卿大夫士之在宮中者，謂若宮正所掌者也。對在朝卿大夫士爲外命夫。"

【命日】限定日期。左傳宣十一年："令尹蔿艾獵城沂，使封人慮事，以授司徒，量功命日。"注："命作日數。"

【命中】射箭中的。漢書五四李廣傳附李陵："力扼虎，射命中。"注："命中者，所指名處即中之也。"

【命世】著名於當世。漢書三六楚元王傳贊："聖人不出，其間必有命世者焉。"後稱治世之才曰命世。漢蔡邕蔡中郎文集二陳太丘碑："赫矣陳生，命世是生。"

【命圭】帝王授給大臣的玉圭。左傳僖十一年"賜晉侯命"注："諸侯即位，天子賜之命圭爲瑞。"周禮考工記玉人："命圭九寸，謂之桓圭，公守之；命圭七寸，謂之信圭，侯守之；命圭七寸，謂之躬圭，伯守之。"

【命門】㊀中醫術語，指右腎，認爲是生命攸關之處。難經三十六難："左者爲腎，右者爲命門。命門者，諸神精之所舍，原氣之所繫也。"㊁眼睛。靈樞經根結："太陽根於至陰，結於命門。命門者，目也。"

【命服】古代帝王按等級賜給公侯到卿大夫士的制服。詩小雅采芑："服其命服。"箋："命服者，今爲將，受王命之服也。"國語晉四："君以天子之命服命重耳，敢有安志。"

【命相】命令三公輔政。禮月令孟春之月："命相布德和令，行慶施惠，下及兆民。"注："相謂三公相王之事也。"以後稱任命宰相爲命相。宋史三五八李綱傳："李綱爲金人所惡，雖已命相，宜及其未至罷之。"

【命脉】生命與血脉，猶言命根子，比喻極重要的事物。宋真德秀真文忠公文集三五史太師與通奉帖跋："方其柄國時，護公道如命脉，惜人材如體膚。"

【命家】秦漢時軍功分十二級，第一級公士以上有爵位的人稱命家。漢書食貨志上："令命家田三輔公田。"注："韋昭曰：命謂爵命者。命家，謂受爵命一爵爲公士以上，令得田公田，優之也。'"

【命宮】㊀星命術士以本人生時加太陽宮，順數遇卯爲命宮。例如太陽在子宮，生於酉時，即以酉時加於子宮，順數到午遇卯，即爲其人之命宮。㊁迷信相術以兩眉間爲命宮。

【命根】佛教指生命的本源。成唯識論一："復如何知異色心等有實命根。"以後用來比喻極重要的人或物。紅樓夢二："獨那太君還是命根一般。"指賈寶玉。又三："你生氣要打罵人容易，何苦摔那命根子！"指寶玉所佩的玉。

【命帶】胎兒的臍帶，也叫命蒂。見本草綱目五二人部。

【命途】平生的經歷。唐王勃王子安集五滕王閣序："時運不齊，命途多舛。"

【命婦】受有封號的婦女。國語魯下："命婦，成祭服。"注："命婦，大夫之妻也。"文苑英華七九四唐陳鴻長恨歌傳："每歲十月，駕幸華清宮，內外命婦，熠燿景從。"參閱清趙翼陔餘叢考三命婦世婦。

【命筆】使筆，用筆。陳書魯廣達傳："尚書令江總撫柩慟哭，乃命筆題其棺頭。"

【命意】寓意。宣和畫譜三："(李昇)得唐張璪山水一軸，凝玩久之，輒舍去。後乃心師造化，脫略舊習，命意布景，視前輩風斯在下。"

【命駕】命令御者駕駛車馬。左傳哀十一年："退，命駕而行。"

【命世才】著名於一世的傑出人才。三國志魏武帝紀："天下將亂，非命世之才，不能濟也。"

【命命鳥】梵語爲耆婆耆婆鳥，以鳴聲立名。義譯作命命鳥。也作共命鳥。見大唐西域記七尼波羅國。參見"共命鳥"。

【命婦封號】歷代封建王朝婦人封號從夫爵高低而定。唐代命婦定制一品爲國夫人，三品以上爲郡夫人，四品爲郡君，五品爲縣君，其下又有鄉君。宋徽宗改定封號，有淑人，恭人等稱號。清制，凡命婦封號，一品二品稱夫人，三品稱淑人，四品稱恭人，五品稱宜人，六品稱安人，七品以下稱孺人。不分正從，文武皆同。

【命儔嘯侶】呼引同類。三國魏曹植曹子建集三洛神賦："衆靈雜遝，命儔嘯侶。"省作"命嘯"。唐陸龜蒙甫里集九白鷗序："儔侶不得，命嘯塵埃。"

和 1. hé ㄏㄜˊ 户戈切，平，戈韻，匣。

㊀和順，諧和。易乾："保合大和。"禮中庸："發而皆中節謂之和。"㊁和平。孫子行軍："無約而請和者，謀也。"㊂溫和。見"和風"。㊃調和。國語鄭："和六律以聰耳。"含有相反相成之意。左傳昭二十年："和如羹焉，水火醯醢鹽梅以烹魚肉。……君臣亦然，君所謂可，而有否焉；臣獻其否，以成其可。"此以水火相反而成和羹，比喻可否相反相成以爲和。㊄交易。管子問："而市者……而萬人之所和而利也。"唐宋以來有和買、和糴、和傭等，皆本此義。㊅車鈴。詩小雅蓼蕭："和鸞雝雝。"㊆樂器。1. 周禮春官小師："掌六樂聲音之節與其和。"注："和，錞于。"2. 爾雅釋樂："大笙謂之巢，小者謂之和。"㊇軍門。孫子軍爭："凡用兵之法，將受命於君，合軍聚衆，交和而舍，莫難於軍爭。"曹操注謂軍門爲和門，兩軍相對爲交和。杜牧注曰今謂之壘門，立兩旌旗表之，以敍和出入明次第也。㊈棺材兩頭的木板。文選南朝宋謝惠連祭古冢文序："中有二棺，正方，兩頭無和。"參見"前和"。㊉古代的巧匠。書顧命："兌之戈，和之弓。"⑪連。宋晏幾道小山詞阮郎歸："夢魂縱有也成虛，那堪和夢無。"⑫姓。見廣韻。又北魏素和氏改漢姓爲和氏。見魏書官氏志。

2. hè ㄏㄜˋ 胡卧切，去，過韻，匣。

⑬應和。易中孚："鳴鶴在陰，其子和之。"管子白心："人不倡不和。"

【和一】同心合力。書咸有一德："其難其慎，惟和惟一。"三國志蜀譙周傳上諫書："敬賢任才，使之盡力，有踰成康，故國內和一，大小勠力。"也作"和壹"。禮三年問："人之所以羣居和壹之理盡矣。"

【和上】僧徒。梵語鄔波地耶，義爲近誦。于闐疏勒等地音訛爲鶻社，又轉爲和上、和尚。唐冥詳大唐故三藏玄奘法師行狀："和上去今三年以前，有患四支拘急，如火燒刀刺之痛。"

【和市】官府向百姓議價購買貨物。宋書武帝紀下永初元年："臺府所須，皆別遣主帥與民和市，即時裨直，不復責租民求辦。"通典七歷代盛衰户口："頃年國家和市，所由以刻剝爲公，雖以和市爲名，而實抑奪其價。"

【和平】㊀心平氣和。荀子君道："血氣和平，志意廣大。"㊁戰亂平息，秩序安定。管子正："致德其民，和平以靜。"史記秦始皇紀："今皇帝并一海內，以爲郡縣，天下和平。"㊂樂聲和順。國語周下：

"聲不和平，非宗官之所司也。"㊃年號。1.東漢劉志（桓帝）。公元150年。2.前涼張祚（前主）。公元354—355年。3.北魏拓跋濬（文成帝）。公元460—465年。

【和衣】睡不解衣。宋惠洪石門文字禪十三歲窮僧衆米竭……有懷資欽提舉詩："隅坐小僧寒附火，聯拳羸僕睡和衣。"

【和戎】古代稱漢族與少數民族結盟友好爲和戎。春秋晉悼公時，魏絳言和戎。事見左傳襄四年至十三年。南朝宋鮑照鮑氏集四擬古詩之二："晚節從世務，乘障遠和戎。"

【和成】飲食適量。管子內業："凡食之道，大充，傷而形不臧；大攝，骨枯而血沍。充攝之間，謂之和成。"

【和同】和睦同心。左傳成十六年："民生敦厖，和同以聽。"管子五輔："上下交引而不和同，故處不安而動不威。"

【和夷】地名。書禹貢："和夷底績。"水經注三六桓水引鄭玄，謂爲和上夷所居之地，和讀桓。近人認爲和爲水經注洱水的和城，即後漢書郡國志武當縣的和城聚，在今湖北光化縣北武當山一帶。

【和旨】醇和甘美。詩小雅賓之初筵："酒既和旨，飲酒孔偕。"漢書食貨志下："酒酤在官，和旨便人。"

【和光】才華內蘊，不露鋒芒。後漢書六六王允傳："士孫瑞說允曰：'……公與董太師（卓）並位俱封，而獨崇高節，豈和光之道邪？'"參見"和光同塵"。

【和合】㊀和睦同心。墨子尚同中："內之父子兄弟作怨讎，皆有離散之心，不能相和合。"㊁調和。韓詩外傳三："天施地化，陰陽和合。"㊂順利。元曲選缺名盆兒鬼一："明日個蚤還家，單注着買賣和合，出入通達。"㊃古代迷信傳說中的神名。宋時稱爲"萬回哥哥"。詳"萬回哥哥"。

【和表】即華表。漢書九十尹賞傳"便輿出，瘞寺門桓東"注："如淳曰：'……陳宋之俗言，桓聲如和，今猶謂之和表。'顏師古曰：'即華表也。'"清錢大昕廿二史考異八認爲桓、和、華，聲皆相近。參見"華表"。

【和林】地名。元時屬和寧路，因西有喀喇和林河，故名和林。本爲蒙古汗國的政治中心，元代舊都。忽必烈至元元年遷都燕京，遂改和林爲行中書省及和寧路總管府。參閱元史地理志一。地在今蒙古人民共和國境內。

【和$_2$附】隨聲附和。唐韓愈昌黎集三十平淮西碑："大官臆決唱聲，萬口和附，并爲一談。"

【和尚】對僧人的通稱。古代于闐疏勒等地稱作鶻社、和社、和闍，音轉爲和上、和尚。參閱唐慧琳一切經音義二二、宋贊寧釋氏要覽上師資。

【和易】謙和平易。禮學記："和易以思，可謂善喻矣。"舊唐書一五三薛存誠傳："存誠性和易，於人無所不容。"

【和洽】同"和合㊀"。史記八四賈誼傳："天下和洽。"

【和扁】指和與扁鵲。都是古代名醫。文苑英華五九四唐劉禹錫謝賜廣利方表："遂長驅和扁，高視農軒。"宋陸游劍南詩稿十三對酒："醫從和扁來，未著却老方。"

【和政】縣名。本後周洮城郡。武帝宣政元年改爲和政縣。隋開皇三年改屬岷州。在今甘肅臨夏回族自治州和政縣。參閱元和郡縣志三九岷州。

【和南】僧人合掌問禮叫和南。也寫作婆南、槃淡，盤荼味。唐白居易長慶集七十六贊偈贊僧偈："故我稽首，和南僧寶。"參閱唐慧琳一切經音義七三、宋贊寧僧史略下禮儀沿革。

【和哄】㊀哄騙。元曲選缺名來生債一："你省的古墓裏搖鈴，則是和哄我那死屍哩。"㊁鬧嚷。古今小說新橋市韓五賣春情："比及吳山出來，坐在舖中，只見幾個隣人都來和哄道：'吳小官人，恭喜！恭喜！'"

【和風】春天溫和的微風。唐杜甫杜工部草堂詩箋三七上巳日徐司錄林園宴集詩："薄衣臨積水，吹面受和風。"又借指情意溫厚。晉陸雲陸士龍文集二贈汲郡太守詩："穆矣和風，育爾清休。"

【和柔】溫順。史記一一一衛青傳："大將軍爲人仁善退讓，以和柔自媚於上。"

【和姦】未婚、已婚男女與人發生不正當的性關係。唐律雜律有"和姦無婦女罪名"條，疏議："和姦，謂彼此和同者。"見唐律疏議二六。

【和約】媾和締結的盟約。宋陸游劍南詩稿二一醉歌："戰馬死槽櫪，公卿守和約。"

【和衷】書皋陶謨："同寅協恭，和衷哉。"本意是同敬合恭而和善的意思。以後稱同心爲和衷。如"和衷共濟"。

【和勉】互相關心勉勵。管子宙合："分敬而無妒，則夫婦和勉矣。"

【和娶】勾結他人之妻，唆使其離開原夫，嫁給自己，叫和娶。唐律疏議十四戶婚下："諸和娶人妻及嫁之者，各徒二年。"

【和售】公平買賣。新唐書一五九吳湊傳："宜料中官高年謹信者爲宮市，令平賈和售，以息衆讙。"參見"和買"。

【和雇】官府出錢傭用勞力。貞觀政要十慎終魏徵十漸不克終疏："雜匠之徒，下日悉留和雇；正兵之輩，上番多別驅使。"唐陸贄陸宣公集二一論裴延齡姦蠹書："以勅索爲名而不酬其直，以和雇爲稱而不償其傭。"

【和景】春天的景色。南朝宋鮑照鮑氏集九謝假啓："歎息和景，掩淚春風。"

【和買】宋制，在春季青黃不接之時，官府向百姓發放貸款，夏秋時令其輸絹於官，償還貸款，叫作和買。宋太宗時三司判官馬元放首創此議，後來又變和買爲折帛，官府不貸錢，而責令百姓按每匹帛的價錢納錢若干，成爲百姓常賦以外的一種額外負担。參閱宋吳曾能改齋漫錄一和買字、文獻通考二十市糴一。

【和勝】病愈。南史晉安王子懋傳："子懋流涕禮佛曰：'若使阿姨因此和勝，願諸佛令華竟齋不萎。'"

【和集】和協安撫。同"和輯"。史記鄭世家："和集周民，周民皆說。"又五三南越傳："遣陸賈因立（趙）佗爲南越王，與剖符通使，和集百越。"

【和順】㊀和協順從。易說卦："和順於道德而理於義。"㊁縣名。今屬山西省。漢沾縣地。隋開皇十年置，因縣東北和順故城而名。見元和郡縣志十三儀州。

【和肆】陳列出售寶玉的地方。藝文類聚五三三國魏阮籍與晉文王薦盧景宣書："懸黎和肆，垂棘所集。"晉葛洪抱朴子序："豈敢力蒼蠅而慕沖天之舉，……堆沙礫之賤質，索千金於和肆哉。"參見"和璧"。

【和煦】溫暖。宋書謝靈運傳山居賦："當嚴勁而葱倩，承和煦而芬腴。"

【和鼎】古代以和羹比喻執政，以鼎鼐比喻丞相之位。唐張九齡曲江集五勅賜寧王池宴詩："徒參和鼎地，終謝巨川舟。"參見"和羹"。

【和會】㊀協和會同。書康誥："周公初基，作新大邑於東國洛，四方民大和會。"㊁和好團圓。元曲選關漢卿玉鏡臺三："教他款慢里勸諫的俺夫妻和會。"

【和解】㊀寬和。荀子王制："和解調通，……則姦言並至，嘗試之說鋒起。"㊁平息紛爭，重歸於好。史記九三韓王信傳："秋，匈奴冒頓大圍信，信數使使胡求和解。"

【和碩】滿語，是方隅，即方面的意思。清代親王最貴者冠以和碩二字，皇女由妃嬪生的稱和碩公主，親王女稱和碩格格。參閱清會典事例二宗人府封爵。

【和₂鳴】鳴聲相應。詩周頌有瞽："喤喤厥聲，肅雝和鳴。"左傳莊二二年："是謂鳳皇于飛，和鳴鏘鏘。"

【和價】平價。南齊書武帝紀："永明五年詔京師及四方，出錢億萬糴米穀絲棉之屬，其和價以優黔首。"

【和樂】㊀和睦安樂。詩小雅常棣："兄弟既翕，和樂且湛。"㊁和協的音樂。禮樂記："正聲感人而順氣應之，順氣成象而和樂興焉。"

【和嶠】公元？—292年。晉西平人，字長輿，官至中書令。少有盛名，庾顗稱其"森森如千丈松，雖磥砢多節，施之大廈，可作棟梁"。家資豪富而貪婪吝嗇，杜預稱他有錢癖。晉書有傳。

【和緩】㊀平淡舒緩。宋鞏豐後耳目志："老子之文簡古，列子之文和緩，莊子之文豪放。"（說郛四）㊁醫和、醫緩的合稱，都是春秋時的名醫。藝文類聚七五晉摯虞疾愈賦："講和緩之餘論，尋越人之遺方。"參見"醫和"、"醫緩"。

【和親】㊀和睦相親。左傳襄二三年："中行氏以伐秦之役怨欒氏，而固與范氏和親。"禮樂記："是故，……在閨門之內，父子兄弟同聽之，則莫不和親。"㊁與敵議和，結爲姻親。史記一一〇匈奴傳："漢亦引兵而罷，使劉敬結和親之約。"

【和諧】協調。左傳襄十一年："八年之中，九合諸侯，如樂之和，無所不諧。"晉書摯虞傳："施之金石，則音韻和諧。"後漢書四九仲長統傳昌言法誡："夫任一人則政專，任數人則相倚，政專則和諧，相倚則違戾。"此指行動連貫一致。

【和凝】公元898—955年。五代汶陽須昌人。字成績。梁貞明二年舉進士，後唐時爲翰林學士，知貢舉。歷漢周爲相。凝才思敏贍，延納後進，頗有時譽。有文集百餘卷。新、舊五代史皆有傳。四庫著錄有疑獄集四卷。

【和頭】見"前和"。

【和輯】和協輯睦。經法六分："萬民和輯而樂爲其主上用，地廣人衆兵强，天下無適（敵）。"（馬王堆漢墓帛書）淮南子本經："世無災害，雖神無所施其德；上下和輯，雖賢無所立其功。"

【和聲】㊀和協的樂音。書舜典："聲依永，律和聲。"疏："聲依永者，謂五聲依附長言而爲之，其聲未和，乃用此律呂調和其五聲，使應於節奏也。"左傳昭二一年："故和聲入於耳，而藏於心。"㊁詞曲中的襯詞。宋沈括夢溪筆談五樂律一："詩之外，又有和聲，則所謂曲也。古樂府皆有聲有詞，連屬書之，如曰賀賀賀、何何何之類，皆和聲也。今管弦之中纏聲，亦其遺法也。唐人乃以詞填入曲中，不復用和聲。"

【和謹】和順而謹慎。南史王諶傳："諶貞正和謹，朝廷稱爲善人，多與之厚。"

【和闐】縣名。清乾隆時置和闐直隸州。1913年改縣。即今新疆和田縣。參見"于闐"。

【和璧】春秋時楚人和氏（卞和）所得的寶玉，叫和氏之璧。省稱和璧。見韓非子和氏、淮南子修務。漢書五一鄒陽傳獄中上書："故無因而至前，雖出隨珠和璧，秖怨結而不見德。"參見"卞和"。

【和₂韻】和他人詩詞，仍用原韻，叫和韻。韻同但前後次第不同的，叫同韻；同韻而前後次第也相同的，叫步韻。唐元稹與白居易，皮日休與陸龜蒙集中，多有和韻之作，至宋以後尤爲盛行，有一和再和多至八和九和的，逞奇鬬巧，成爲舊詩中一種詩體。參閱宋嚴羽滄浪詩話詩評、清趙翼陔餘叢考二三和韻。

【和羹】用不同調味品配製的羹湯。書說命下："若作和羹，爾惟鹽梅。"傳："鹽鹹梅醋，羹須鹹醋以和之。"本謂鹽多則鹹，梅多則酸，鹽梅適當，就成和羹。以後用來比喻大臣輔助君上，和心合力，治理國政。

【和鵲】醫和與扁鵲的合稱，兩人都是古代的名醫。文選漢班孟堅（固）答賓戲："和鵲發精於鍼石。"參見"醫和"、"扁鵲"。

【和羅】㊀香名。宋書范曄傳和香方序："甘松、蘇合、安息、鬱金、捺多、和羅之屬，並被珍於外國，無取於中土。"㊁樂聲。同"龢囉"。唐李觀李元賓文集六鈞天樂賦："獲覩天樂之和羅，神工之擊考。"參見"龢囉"。

【和議】與敵方達成協議，停戰罷兵。宋李心傳建炎以來繫年要錄一二〇紹興八年："縱使和議已成，亦不可弛兵備。"

【和顧】同"和雇"。元史食貨志五："所至以索截河道，舟楫往來，無不被擾，名爲和顧，實乃强奪。"參見"和雇"。

【和糴】古時官府出錢購買民糧，以供軍用，名義上雙方議價交易，稱和糴。實際往往按戶攤派，限期逼迫，其害甚於賦稅。魏書食貨志："收內郡兵資，與民和糴，積爲邊備。"新唐書食貨志三："憲宗即位之初，有司以歲豐熟，請畿內和糴。當時府縣配戶督限，甚於賦稅，號爲和糴，其實害民。"歷代和糴制度，參閱文獻通考二一市糴二。

【和霽】雨止天晴。新唐書一一一王晙傳："晙間行，卷甲捨幕趨山谷，夜遇雪，……俄而和霽。"

【和鸞】車鈴。詩小雅蓼蕭："和鸞雝雝，萬福攸同。"注："在軾曰和，在鑣曰鸞。"

【和必斯】見"渾不似"。

【和事草】葱的別名。葱爲烹飪常用作料，能調和衆味。也叫菜伯。見宋陶穀清異錄蔬、本草綱目二六。

【和尚原】地名。在陝西寶雞縣西南，大散關之東，爲由陝入蜀要道。宋高宗紹興元年，吳玠、吳璘，在此抗擊金兵，大捷，金兵主帥兀朮僅以身免，因而保全了整個四川地區。參閱宋李心傳建炎以來繫年要錄四四、讀史方輿紀要五五寶雞縣。

【和尚稻】粳稻的別名。宋朱弁曲洧舊聞三："洛下稻田亦多，土人以稻之無芒者爲和尚稻，亦猶浙中人呼師婆粳，其實一也。"師婆，俗稱女尼。

【和靖集】書名。1.宋尹焞撰。奏札三卷；詩文三卷；壁帖一卷，錄焞手寫黏在壁上的格言；師說一卷，爲門人王時敏所編記焞平時語錄。2.宋林逋詩集。宋史藝文志著錄林逋詩七卷，又二卷。今有林和靖先生詩集四卷，補一卷。和靖，林逋的謚號。林逋獨身不娶，隱居山林，詩亦意境恬適，自然幽閒。

【和碩特】額魯特蒙古四部族之一。清初分爲和碩特二十一旗，分布大漠南北青海一帶，因遊牧遷居，其旗之分合，時有變遷。參閱清會典事例九六六理藩院疆理青海蒙古部族。

【和光同塵】把光榮和塵濁同樣看待。老子："和其光，同其塵。"王弼注："無所特顯，則物無所偏争也。無所特賤，則物無所偏恥也。"太平御覽八二八司馬彪續漢書："平原王君公以明道深曉陰陽，懷德滅行，和光同塵，不爲皎皎之操。"後多指與世浮沉，隨波逐流而不立異。後漢書六五張奐傳遺命："我前後仕進，十要銀艾，不能和光同塵，爲讒邪所忌。"

【和事天子】唐中宗時，監察御史崔琬於帝前彈奏宗楚客紀處訥接受貨賂，致生邊患。楚客憤怒作色，自陳忠鯁。中宗竟不加追問，反而進行調解，命琬和楚客結爲兄弟。當時人謂之和事天子。見資治通鑑二〇九唐景龍三年。

和$_2$清真詞】宋代詞人周邦彦別號清真,著有清真集。南宋詞人如方千里、楊澤民、陳允平等,皆尊奉邦彦,都有和清真詞,嚴格遵守周詞聲調,奉爲典範,不敢移易一字,由於拘泥詞律,往往成爲辭藻的堆砌。

和盤托出】全部端出來。警世通言二莊子休鼓盆成大道:"飯罷,田氏將莊子所著南華真經及老子道德五千言,和盤托出,獻與王孫。"後來引申把意思或事情經過毫無保留的説出來。清黄羲之南雷文案四答張爾公論茅鹿門批評八家書:"觀荆川(唐順之)與鹿門(茅坤)論文書,底蘊已自和盤托出,而鹿門一生,僅得其波瀾轉折而已。"

和顔悦色】臉色和藹可親。三國志吴顧雍傳"和顔色"注引徐衆評:"雍不以呂壹見毀之故,而和顔悦色,誠長者矣。"

咎 1. jiù ㄐㄧㄡˋ 其九切,上,有韻,羣。

㊀災禍。書大禹謨:"天降之咎。"㊁罪過。詩小雅北山:"或湛樂飲酒,或慘慘畏咎。"㊂仇視。書西伯戡黎序:"殷始咎周。"㊃追究罪過。論語八佾:"既往不咎。"

2. gāo ㄍㄠ 古勞切,平,豪韻,見。

㊄通"皋"。見"咎$_2$繇"。㊅通"鼛"。見"咎$_2$鼓"。

咎$_2$鼓】大鼓。即鼛鼓。後漢書九十上馬融傳廣成頌:"伐咎鼓。"注引周禮:"咎鼓長尋有四尺。"周禮考工記韗人作"皋鼓。"參見"鼛鼓"。

咎徵】古時稱災禍的徵兆。書洪範:"曰咎徵。"傳:"敍惡行之驗。"

咎$_2$繇】即皋陶。楚辭屈原離騷:"湯禹嚴而求合兮,摯咎繇而能調。"又九章惜誦:"俾山川以備御兮,命咎繇使聽直。"參見"皋陶"。

周 zhōu ㄓㄡ 職流切,平,尤韻,照。

㊀遍及,普及。易繫辭上:"知周乎萬物,而道濟天下。"左傳隱十一年:"瑕叔盈又以蝥弧登,周麾而呼曰:'君登矣!'"㊁細密。管子勢:"善周者,明不能見也。善明者,周不能蔽也。"㊂至,最。見"周親"。㊃鞏固。左傳哀十二年:"盟,所以周信也。"㊄終,到底。左傳昭二十年:"子行事乎,吾將死之,以周事子。"㊅環繞。國語晉五:"齊師大敗,逐之,三周華不注之山。"㊆循環,反復。見"周而復始"。㊇圈圍。管子八觀:"大城不可以不完,郭周不可以外通。"㊈彎曲處。詩唐風有杕之杜:"有杕之杜,生于道周。"㊉忠信。詩小雅都人士:"行歸于周,萬民所望。"⑪合。楚辭屈原離騷:"雖不周於今之人兮,願依彭咸之遺則。"⑫救濟。通"賙"。詩大雅雲漢:"靡人不周,無不能止。"⑬朝代名。1.武王滅商,建周。公元前1066?—前256年。詳"西周㊀"。2.南北朝時,宇文覺廢西魏建立王朝,改號曰周。公元557—581年。詳"北周"。3.唐武后稱帝,國號周。公元690—705年。4.五代時,郭威繼後漢稱帝,國號周,又稱後周。公元951—960年。⑭姓。見元和姓纂五尤。

【周方】周全,幫助。元王實甫西廂記一本二折:"不做周方,埋怨殺你箇法聰和尚。"元曲選缺名誶范叔一:"須買奉使,多謝大夫周方。"

【周孔】周公(姬旦)、孔丘。文選漢張平子(衡)歸田賦:"彈五絃之妙指,詠周孔之圖書。"

【周史】相傳老子曾爲周柱下史,後來因稱爲周史。唐李商隱李義山詩集五贈華陽宋真人……詩:"不因杖履逢周史,徐甲何曾有此身。"

【周内】使之周密而無遺漏。内同"納"。後來引申爲羅織罪狀,故入人罪。漢書五一路温舒傳:"上奏畏卻,則鍛鍊而周内之。"注:"晉灼曰:精熟周悉,致之法中也。"參閲清王念孫讀書雜志漢書九。

【周公】㊀姬旦。周文王子,輔助武王滅紂,建周王朝,封於魯。武王死,成王年幼,周公攝政。管叔蔡叔挾殷的後代武庚作亂,周公東征,平武庚管叔蔡叔。七年,建成周雒邑。周代的禮樂制度相傳都是周公所制訂。參閲史記魯周公世家。㊁論語述而篇記孔丘夢見周公。後因以夢見周公喻夜夢。或省作周公。唐盧仝玉川子詩集二走筆謝孟諫議寄新茶:"日高丈五睡正濃,軍將叩門驚周公。"

【周月】㊀周正建子,以夏曆十一月爲正月,稱周月。逸周書周書序:"周公正三統之義作周月。"又周月:"敬授民時,巡狩祭享,猶自夏焉,是謂周月。"㊁滿一月。唐張九齡曲江集二奉和聖制送李尚書入蜀詩:"周月成功後,明年或勞還。"

【周帀】也作"周匝"。㊀周圍。後漢書四十班彪傳附班固兩都賦:"列卒周帀,星棋羅布。"漢焦延壽易林一乾之剥:"周匝萬里,不危不殆。"北堂書鈔一四八吴録:"湘東酃縣有酃水,……其湖周匝四十三里。"㊁周密,周到。唐白居易長慶集十六謝李六郎中寄新蜀茶詩:"故情周匝向交親,新茗分張及病身。"宋朱熹朱子語類七五易十一:"要之,須是都看得周匝始得。"

【周匝】見"周帀"。

【周正】端莊大方。紅樓夢八四:"只要深知那姑娘的脾性兒好、模樣兒周正的,就好。"

【周召】周成王時,周公、召公共同輔政,史稱周召。史記孔子世家:"述三王之法,明周召之業。"詳"周公"、"召$_2$公"。

【周生】複姓。見後漢書二八下馮衍傳注引風俗通。三國魏有侍中周生烈。

【周全】㊀全面。後漢書八一獨行傳序:"此蓋失於周全之道,而取諸偏至之端者也。"㊁幫助,成全。古今小説三九汪信之一死救全家:"郭擇真心要周全汪革。"

【周臣】明代畫家。吴縣人。字舜卿,號東村。善畫山水人物,峽深嵐厚,古面奇妝,各極意態。唐寅(伯虎)曾從周臣學畫法。參閲明王穉登丹青志能品志。

【周至】詳盡,周到。三國志蜀諸葛亮傳評:"論者或怪亮文彩不豔,而過於丁寧周至。"晉書紀瞻傳:"少與陸機兄弟親善,及機被誅,贍恤其家周至。"

【周回】周圍。漢書三六楚元王傳附劉向:"周回五里有餘。"

【周年】㊀滿一年。淮南子道應:"留于秦,周年不得見。"㊁周代。隋書隱逸傳序:"七人作乎周年,四皓光乎漢日。"

【周印】神獸名。宋書符瑞志下:"周印者,神獸之名也。星宿之變化,王者德盛則至。"孫氏瑞應圖作"周匝"。

【周行】㊀大路。詩周南卷耳:"嗟我懷人,寘彼周行。"又小雅大東:"佻佻公子,行彼周行。"行,háng。㊁大道,至美之道。詩小雅鹿鳴:"人之好我,示我周行。"㊂無所不到。老子:"周行而不殆,可以爲天下母。"㊃繞行。文選漢王文考(延壽)魯靈光殿賦:"周行數里,仰不見日。"

【周折】曲折,不順利。清李玉清忠譜上哭追:"況到京大費周折。"

【周定】全面安定。統一的意思。史記秦始皇紀:"烹滅彊暴,振救黔首,周定四極。"

【周官】㊀周禮一書,漢世初出,稱周官。因與尚書周官篇相混,改稱周官經。自劉歆以後稱周禮。詳"周禮"。㊁尚書篇名。書周官:"成王既黜殷命,滅淮夷,還歸在豐，作周官。”篇中敍述周設官分職和用人之法。

【周到】顧及各方面。明吴炳西園記傳奇詭釋：“儘著風流搶子挑，都與情周到。”

【周昉】唐代畫家。長安人。字景玄，一字仲朗。官至宣州長史。初效張萱畫。以畫道佛像和寫真知名。至宋僅傳他的仕女畫，所繪多爲穠麗豐肥的貴族婦女，衣裳勾畫勁簡，彩色柔麗。參閱歷代名畫記十、宣和畫譜六、圖繪寶鑑二。

【周昌】公元前？—前191？年。漢沛人。從劉邦起兵破秦，爲中尉。劉邦即帝位，爲御史大夫，封汾陰侯。口吃，剛直敢言。劉邦欲廢太子，周昌强諫説：“臣期期以爲不可。”後爲趙相，吕后酖殺趙王，昌謝病，三年而卒。史記漢書有傳。

【周易】也叫易經，我國古代有哲學思想的占卜書，是儒家的重要經典。易有變易、簡易、不易三種含義，一説周易別於殷易，又周有周徧的意思。內容包括經、傳兩部分：六十四卦，三百八十四爻，附卦辭、爻辭爲經；上彖、下彖、上象、下象、上繫、下繫、文言、説卦、序卦、雜卦稱十翼爲傳。主要通過象徵天地風雷水火山澤八種自然現象的八卦形式推測自然和人事的變化；以陰陽二氣的交感作用爲產生萬物的本源。西漢經傳別行，後來總合而爲一。漢儒言易，多取象占，至三國魏王弼始以義理説易。現在通行的有唐孔穎達周易正義（注疏本）、李鼎祚周易集解。

【周周】鳥名。文選晉阮嗣宗（籍）詠懷詩之十四：“周周尚銜羽，蛩蛩亦念飢。”韓非子説林下作“翢翢”。

【周狗】經過訓練聽從指揮的惡狗。公羊傳宣六年：“靈公有周狗，謂之獒。”注：“周狗，可以比周之狗，所指如意。”晉張華博物志四作“害狗”。

【周勃】公元前？—前169年。漢沛人。少以編織蠶箔爲生。從劉邦起義，以軍功爲將軍，封絳侯。劉邦曾説周勃厚重少文，然安劉氏者必勃。惠帝六年爲太尉。吕后時，諸吕掌權，吕后姪子吕產吕祿分掌南北軍。吕后死，勃與陳平等共誅諸吕，迎文帝即位。見史記絳侯世家、漢書本傳。

【周南】㊀詩國風有周南。舊説是周時南國的民歌。一説指用南國的樂調寫的歌，不全是民歌。南國泛指洛陽以南直至江漢一帶的地區。㊁地名。指成周以南，即今河南洛陽以南。韓非子説林下：“周南之戰，公孫喜死焉。”周南，指周南界，即伊闕（在洛陽市）。

【周星】歲星。藝文類聚七六梁庾肩吾詠同泰寺浮圖詩：“周星疑更落，漢夢似今通。”歲星十二年在天空循環一周，因此把十二年叫周星。唐白居易長慶集五九與劉蘇州書：“歲月易得，行復周星。”

【周姥】晉謝安想娶妾，劉夫人不許。謝的子侄輩勸説劉夫人，借詩經關雎螽斯篇宣揚婦女不要妬忌的説教，要劉夫人改變主意。劉夫人問誰撰此詩？答云：“周公。”夫人曰：“周公是男子，相爲爾。若使周姥撰詩，當無此也。”見藝文類聚三五妒記。

【周流】㊀周轉流行。易繫辭下：“變動不居，周流六虛。”㊁周行各地。楚辭屈原離騷：“覽相觀於四極兮，周流乎天余乃下。”又九章悲回風：“寤從容以周流兮，聊逍遥以自恃。”

【周浹】普遍深入。荀子君道：“古者先王審禮以方皇周浹於天下。”史記禮書：“房皇周浹，曲直得其次序，聖人也。”索隱：“周浹猶周匝。”荀子禮論又寫作“方皇周挾”。挾與“浹”通。

【周容】諂媚逢迎，取好於人。楚辭屈原離騷：“背繩墨以追曲兮，競周容以爲度。”注：“周，合也。苟合於世，以求容媚也。”

【周郎】見“周瑜”。

【周原】周地的原野，在岐山南。詩大雅緜：“周原膴膴。”後來就以周原作爲地名。史記周本紀“止於岐下”集解引徐廣：“山在扶風美陽西北，其南有周原。”地在今陝西鳳翔縣境。舊屬岐山縣。

【周書】㊀尚書相傳爲虞夏商周四代之書。其中泰誓至秦誓三十二篇，記載周秦之事，稱周書。㊁見“逸周書”。㊂唐令狐德棻岑文本崔仁師等撰。五十卷。紀述自西魏分裂到楊堅廢周建立隋王朝止前後四十八年的西魏、北周史事，保存了有關這個時期的許多比較原始的資料。自宋以後，即殘缺不全，後人取北史補缺。

【周倉】傳説爲三國蜀關羽的部將。三國志及注都無周倉名。元魯貞桐山老農集一武安王廟記：“乘赤兔兮從周倉，擄金鞍兮騰驤。”古今雜劇關漢卿關大王獨赴單刀會劇中也有周倉。三國演義小説對周倉有比較詳細的勾畫。舊時關廟中塑像，持大刀立於羽後的即周倉。參閱清紀昀閱微草堂筆記五灤陽消夏録。

【周留】即水牛。初學記二九異物志：“周留，水牛也，毛青大腹，鋭頭青尾。”本綱目五十下牛作“州留”。

【周密】㊀周到細密。荀子儒效：“其慮多當矣，而未周密也。”漢書八九黄傳：“屬令周密。”注：“周密，不泄漏也。㊁人名。公元1232—1308年，濟南人。南渡後，居吴興。字公謹，號草窗，又號齋。宋亡，隱居不仕。工詩詞，與王沂張炎齊名。著述甚多。現存十三種，名的有草窗詞二卷，武林舊事十卷，齊野語二十卷、癸辛雜識六卷、雲烟過眼四卷、絶妙好詞七卷。

【周衺】周圍。漢書八七上揚雄傳：“繞黄山，瀕渭而東，周衺數百里。”

【周旋】㊀運轉。左傳僖十四年：“亂狡憤，陰血周作，張脈僨興，外彊中乾，退不可，周旋不能。”也作“周還”。禮義：“進退周還必中禮。”㊁應酬，打道。韓非子解老：“夫道以與世周旋者，建生也長，持祿也久。”三國志蜀先主傳“中山大商張世平蘇雙等貲累千金，販周旋於涿郡。”㊂追逐，交戰。國語晉四“若不獲命，其左執鞭弭，右屬櫜鞬，以君周旋。”㊃地勢盤曲。列子湯問：“其高下周旋三萬里。”

【周郭】古錢的輪廓。史記平準書：“司言三銖錢輕，易姦詐，乃更請諸郡國五銖錢，周郭其下，令不可磨取鋊焉。”書食貨志下：“周景王患錢輕，鑄大錢，曰寶貨。肉好皆有周郭。”

【周處】公元？—299年。晉陽羨人。子隱。少孤，横行鄉里，鄉人把他和南虎、長橋蛟合稱三害。周處聽到後，決改過，上山殺虎，入水斬蛟，入吴投陸陸雲兄弟爲師。官至御史中丞。與氐齊萬年戰，梁王司馬肜與處有舊仇，迫進兵，又絶其後援，戰死。著默語三篇、風土記，並撰集吴書。風土記今有本。事迹見世説新語自新、晉書周處傳

【周游】四出游説。管子小匡：“又游八千人，……使出周游於四方，以號召求天下之賢士。”

【周普】周匝普遍。文苑英華十五唐王五色露賦：“始曖空而雜糅，俄泫草而周普。”

【周堪】漢文安人，字少卿。與孔霸同夏侯勝，受尚書。元帝時官光祿大夫，與蕭望之同領尚書事。爲弘恭石顯所譖，免官。後又復職，病瘖卒。漢書有傳。

【周陽】複姓。漢趙兼封周陽侯，其子因改姓周陽。見漢書酷吏傳。

【周晬】小兒周歲生日。唐李商隱李義

詩集一騷兒："文葆未周晬，固已知六七。"參見"百晬"。

【周圍】四周。北堂書鈔一五〇唐徐整長歷："月徑千里，周圍三千里。"

【周道】㊀大道，官路。詩小雅何草不黃："有棧之車，行彼周道。"㊁周王朝的治國之道。荀子解蔽："一家得周道，舉而用之，不蔽于成積也。"王先謙集解："言孔子爲春秋一家之言，而得周之治道。"

【周瑜】公元175—210年。三國廬江舒人。字公瑾。少時吳中呼爲周郎。與孫策同歲，相友善。策東渡，瑜率兵迎之。策死，弟孫權繼位，瑜以中護軍與張昭共掌衆事。建安十三年，曹操率軍南下，瑜與劉備合兵，大敗操兵於赤壁。拜南郡太守。後進軍取蜀，至巴丘病死。精音律，當時有"曲有誤，周郎顧"之語。三國志吳有傳。

【周歲】㊀小兒生滿一年。宋史二五八曹彬傳："彬始生周歲，父母以百玩之具羅於席。"㊁一年。唐白居易長慶集五八府酒五絕變法詩："自慚到府未周歲，惠愛威稜一事無。"

【周鼎】周朝傳國的九鼎。史記秦始皇紀："始皇還，過彭城，齋戒禱祠，欲出周鼎泗水。"後用來比喻寶貴的事物。史記八四賈誼傳弔屈原賦："于嗟嚜嚜兮，生之無故，斡棄周鼎兮寶康瓠。"

【周頌】詩經的一部分。共三十一篇，爲周平王東遷以前宗廟祭祀的樂舞歌。

【周盡】周到詳盡。宋史三九一周必大傳："必大在翰苑幾六年，制命溫雅，周盡事情，爲一時詞臣之冠。"

【周遮】㊀掩蓋。唐元稹長慶集十三感石榴詩："暗虹徒繳繞，濯錦莫周遮。"㊁嚕嗦。唐白居易長慶集五六老戒詩："矍鑠誇身健，周遮説話長。"㊂多方回護。朱子全書學："讀書則虛心玩理，以求聖賢之本意；不須如此周遮勞攘，枉費心力。"

【周遭】四周，周圍。唐劉禹錫劉夢得文集四金陵五題石頭城詩："山圍故國周遭在，潮打空城寂寞回。"

【周親】最親近的人。論語堯曰："雖有周親，不如仁人。百姓有過，在予一人。"也見於墨子兼愛中。古文尚書採入泰誓作爲誓師之辭。

【周澤】恩寵。韓非子説難："周澤未渥也而語極知，説行而有功則德忘，説不行而有敗則見疑，如此者身危。"

【周燕】杜鵑的别名。見宋羅願爾雅翼十四子嶲。

【周興】㊀東漢舒人。少有名譽，以博物多聞，善作文著稱。拜尚書郎。後漢書有傳。㊁公元？—691年。唐雍州萬年人。武后時，任秋官侍郎，掌管刑獄，與來俊臣等同爲當時酷吏。後以被控謀反下獄，流嶺南，途中爲仇人所殺。新、舊唐書有傳。參見"請君入甕"。

【周濟】㊀處事全面周到。三國志吳朱治傳注引江表傳："攬結英雄，周濟世務。"㊁接濟，救濟。晉書食貨志："太興元年，詔曰：'徐、揚二州土宜三麥，可督令熯地，投秋下種，至夏而熟，繼新故之交，於以周濟，所益甚大。'"

【周禮】書名。原名周官，也稱周官經。西漢末列爲經而屬於禮，故有周禮之名。分天官、地官、春官、夏官、秋官、冬官六篇。西漢時，河間獻王得周官，缺冬官，補以考工記。但周官與周時制度多不合，今文家以爲王莽時劉歆所僞作。今本四十二卷，漢鄭玄注，唐賈公彥疏。孫詒讓撰正義八十六卷，博採衆説，資料繁富，對文字音義，多有訂正。

【周還】同"周旋"。見該條。

【周廬】秦漢時皇宮四周所設的警衛廬舍。史記秦始皇紀："周廬設卒甚謹。"文選漢班孟堅(固)西都賦："周廬千列，徼道綺錯。"

【周覽】縱觀，四面瞭望。史記秦始皇紀："登茲泰山，周覽東極。"

【周顗】公元269—322年。晉安成人。字伯仁。元帝時任尚書左僕射。王敦起兵，敦堂兄王導赴闕待罪，顗在元帝前多方申救，帝納其言而導不知。及敦兵至，敦問導："周顗何如？"導不答，敦遂殺顗。後來王導看到顗申救之表，泣曰："吾雖不殺伯仁，伯仁由我而死。幽冥之中，負此良友！"晉書有傳。

【周饒】傳説中的小人國。山海經海外南經："周饒國，在其東，其爲人短小，冠帶。一曰焦僥國。"注："其人長三尺，穴居，能爲機巧，有五穀也。"也作"僬僥"。

【周聽】普遍地聽取意見。漢賈誼新書八道術："周聽則不蔽，稽驗則不惶。"

【周文王】姓姬名昌。周武王的父親。殷時諸侯，居於岐山之下，受到諸侯的擁護，曾被紂囚於羑里。後獲釋，爲西方諸侯之長，稱西伯。遷都於豐。子武王起兵伐紂，滅殷，建立周王朝。見史記周紀。

【周必大】公元1126—1206年。南宋廬陵人。字子充，又字弘道，號平園老叟。紹興二十一年進士。官至左丞相，封益國公。工文詞，著有省齋集、近體樂府等八十一種。宋樓鑰攻媿集九四有益國公神道碑。宋史有傳。

【周平王】公元前781?—前720年。幽王子，名宜臼。幽王被犬戎所殺，平王即位，以避犬戎，東遷洛邑，是爲東周。見史記周紀。

【周邦彥】公元1056—1121年。宋錢塘人，字美成。精通音律，能創作新腔。徽宗時曾任大晟樂府提舉官。著有清真集、片玉詞等。他的詞格律精嚴，多爲戀情、詠物之作。宋史載文苑傳。

【周延儒】公元？—1643年。明宜興人，字玉繩。萬曆四十一年進士。崇禎初，拜大學士，參與機務，起爲首輔。以善伺意旨，爲崇禎所信任。庸駑而貪黷，只求苟安。清兵入關，他自請督師，避敵不戰，虛報戰績，加太師。被揭發後，削職，勒令自殺。明史載姦臣傳。

【周武王】文王子，名發。起兵伐紂，聯合庸蜀羌髳微盧彭濮等族，與紂戰於牧野，滅殷。建立周王朝，分封諸侯，都鎬。見史記周紀。

【周亞夫】公元前？—前143年。漢沛人，周勃之子，封條侯，爲將軍，屯兵細柳，軍令嚴整，文帝稱他爲真將軍。景帝時，任太尉，平定吳楚七國叛亂。遷丞相。以諫廢栗太子，觸犯了景帝，謝病免歸。後因其子私買御物下獄，被誣謀反，不食，嘔血而死。見史記絳侯世家、漢書四十周勃傳。

【周宣王】公元前?—前782年。厲王子，名靜。厲王死於彘，周召共立之，用仲山甫、尹吉甫、方叔、召虎等，北伐玁狁，南征荆蠻、淮夷、徐戎。舊史稱爲中興。見史記周紀。

【周昭王】康王子，名瑕。南巡至漢水，荆人獻膠舟，船至中流，膠溶舟解被淹死。見史記周紀。

【周幽王】公元前？—前771年。宣王子，名宮涅。寵愛褒姒，生伯服，廢申后及太子宜臼，立褒姒，以伯服爲太子。申侯怒，聯合犬戎攻幽王，殺之於驪山下。西周亡。見史記周紀。

【周旋人】指隨從人或門下清客。宋書袁粲傳："有周旋人，解望氣。"晉書陶潛傳："既絶州郡覲謁，其鄉親張野及周旋人羊松陵龐遵等或有酒要之，或要之共至酒坐。"

【周康王】成王子，名釗。他曾命令畢公，重新檢查住在洛陽的殷民。舊史稱成康之際，刑措不用者四十餘年，美化爲周朝盛世。見書畢命、史記周紀。

【周敦頤】公元 1017—1073 年。宋道州人。字茂叔。居廬山，築室名濂溪書堂。濂溪，爲其生地。著太極圖説及通書四十篇。採用道家學説，以太極爲理，陰陽五行爲氣，對宋明理學影響甚大。程顥程頤都是他的弟子。謚元公，世稱濂溪先生。宋史載道學傳。參閱宋元學案十一、十二濂溪學案。

【周赧王】公元前？—前 256 年。慎靚王之子，名延。在位五十九年。他與諸侯約從攻秦，爲秦所滅。周亡。見史記周紀。

【周厲王】公元前？—前 828 年。穆王四世孫，名胡。用榮夷公搜刮財富，行暴政，民不堪命。國人怨恨非議，又派衛巫監殺謗者，國人敢怒而不敢言，道路以目。三年，國人放逐之於彘。參閱國語周上、史記周紀。

【周憲王】見"朱有燉"。

【周穆王】周昭王子，名滿。他西擊犬戎，東征徐戎。尚書中君牙冏命吕刑三篇，相傳爲穆王的誥諭。穆王西征犬戎事，見國語周上。穆天子傳因以演述穆王乘八駿西行見西王母的故事。參閱史記周紀。

【周興嗣】南朝梁項人。博通傳記，好著作，擅文章。官至給事中。蕭衍（高祖）稱賞其文，命他集王羲之字次韻作千字文。參見"千字文"。

【周禮庫】唐李涪的綽號。涪博學，好著述。當時關於禮樂儀制的建置，多與其議，有"周禮庫"之稱。見宋孫光憲北夢瑣言九李涪尚書改切韻。

【周三徑一】圓邊與圓徑的比率。唐楊炯楊盈川集一渾天賦："周三徑一，遠近乖於辰極；東井南箕，曲直殊於河漢。"

【周而復始】循環往返。見京氏易傳上乾。漢書禮樂志郊祀歌惟泰元："精建日月，星辰度理，陰陽五行，周而復始。"也作"終而復始"。管子形勢解："天覆萬物，制寒暑，行日月，次星辰，天之常也，治之以理，終而復始。"

【周易集解】唐李鼎祚撰，十七卷。其書用王弼本，集子夏孟喜以來三十二家易説，又引張倫朱仰之蔡景君三家注，合乾鑿度爲三十六家。中取荀爽虞翻之説最多。自王弼注盛行後，衆説皆廢，後人考見漢人易説，多賴此書。清李富孫把三十餘家之説尚未採入的，又搜羅彙集，撰補李鼎祚周易集解。

【周情孔思】周公孔子的思想感情。唐李漢韓昌黎集序："日光玉潔，周情孔思。"

【周髀算經】我國最古的天文算學著作。髀即股，在周地立八尺之表爲股，表影爲勾，故稱周髀。書中在計算天文題目時應用分數乘除、勾股定理和開平方等方法，表現了我國古代勞動人民的豐富經驗和智慧。唐初選舉科目有明算，國子監有算學，學習周髀、九章等書，都稱爲算經。後來便稱爲周髀算經。隋書經籍志著録周髀一卷，趙嬰注。宋本題漢趙君卿撰。宋鮑澣之跋稱君卿名爽。

六畫

哀 āi ㄞ 烏開切，平，咍韻，影。

㊀悲傷，傷悼。詩豳風破斧："哀我人斯，亦孔之將。"㊁憐愛。吕氏春秋慎大報更："人主胡可以不務哀士。"㊂父母之喪。宋書張敷傳："居哀毁滅，孝道淳至。"參見"哀子"。㊃姓。相傳爲魯哀公之後。見後漢書一一劉玄傳"哀章守洛陽"注引風俗通。

【哀子】㊀古稱居父母喪的人。禮雜記上："祭稱孝子孝孫，喪稱哀子哀孫。"㊁母喪而父存稱哀子。通典九九開元禮纂類虞祭："維年月朔日，子、孤子、哀子某，敢昭告於考某官封謚。"注："孫稱哀孫，此爲母及祖母所稱也。父祖則稱孤子孤孫。"

【哀玉】淒清的玉聲，也用以比喻文章的清潤高妙。唐杜甫杜工部草堂詩箋二五又於韋處乞大邑瓷盌："大邑燒瓷輕且堅，扣如哀玉錦城傳。"又三四奉酬薛十二丈判官見贈："清文動哀玉，見道發新硎。"

【哀册】見"哀策"。

【哀牢】古代我國西南地區少數民族。東漢永平十二年設置哀牢博南二縣，與益州郡西部都尉所轄六縣，合爲永昌郡。見後漢書八六西南夷傳。地在今雲南保山縣北。

【哀弦】哀傷的弦聲。樂府詩集三六魏曹丕（文帝）善哉行："哀弦微妙，清氣含芳。"唐杜甫杜工部草堂詩箋三二題柏大兄弟山居屋壁："哀弦繞白雪，未與俗人操。"

【哀哀】悲傷不已。詩小雅蓼莪："哀哀父母，生我劬勞。"

【哀矜】哀憐。書吕刑："皇帝哀矜庶戮之不辜，報虐以威。"論語子張："如得其情，則哀矜而勿喜。"

【哀郢】楚辭九章篇名。郢，楚的國都，在今湖北江陵西北。屈原被放逐後，寫此篇以寄託其懷念故國的感情。見楚辭屈原九章哀郢注。

【哀啓】舊時遭父母之喪者訃告於親友的書函，附於訃文之内，敍述死者生平事略及臨歿病情。

【哀詞】文體名。也作"哀辭"。詳"哀誄"、"哀辭"。

【哀詔】皇帝初死，嗣君布告國中的文書叫哀詔。

【哀策】用於遷移皇帝棺木、對太子及后妃諸王大臣死者的策書叫哀策。也作哀册。太平御覽五九六引文章流别傳論："今所哀策者，古誄之義。"文選有南朝宋顏延年宋文皇帝元皇后哀策文等。唐文粹三二有褚遂良太宗文皇帝哀册文。參閱明徐師曾文體明辨册。

【哀誄】哀悼死者的文章。晉書潘岳傳："岳美姿儀，辭藻絶麗，尤善爲哀誄之文。"

【哀榮】指死後殯葬追悼等之隆重。唐白居易長慶集三九祭盧虔文："方延寵光，遂閟幽穸，褒獎之命，雖已表於哀榮，遣奠之恩，宜再申於軫悼。"舊時官僚死後，家屬把追悼死者的詩文題銘輓聯文字刊行成書，叫做哀榮録。

【哀駘】莊子德充符謂衛國有醜陋人叫哀駘它。哀駘，形容醜陋。它，其名。後用來表示自謙。南朝陳徐陵徐孝穆集一與王吳郡僧智書："旌賁丘園，采拾衡巷，遂以哀駘不棄，甕盎無遺。"

【哀厲】悲切。三國魏曹植曹子建集三洛神賦："超長吟以永慕兮，聲哀厲而彌長。"

【哀彈】同"哀弦"。文選晉潘安仁（岳）笙賦："輟張女之哀彈，流廣陵之名散。"唐韓愈昌黎集二齪齪詩："妖姬坐左右，柔指發哀彈。"

【哀鴻】哀叫着的大雁。詩小雅鴻鴈："鴻鴈于飛，哀鳴嗸嗸。"文選南朝宋謝惠連泛湖歸出樓中翫月詩："哀鴻鳴沙渚，悲猨響山椒。"後來常用以比喻哀傷痛苦、流離失所的人。

【哀辭】古文文體。追悼死者的文辭。多用韻語，與誄相似。太平御覽五六晉摯虞文章流别傳論："哀辭者誄之流也。崔瑗蘇順馬援等爲之，率以施於童殤夭折不以壽終者。……哀辭之體，以哀痛爲主，緣以嘆息之辭。"南朝梁劉勰文心雕龍三哀弔："原夫哀辭大體，情主於痛傷而辭窮乎愛惜。……必使情往會悲，文來引泣，乃其貴耳。”後來也通用於哀悼友朋。如唐韓愈昌黎集二二有歐陽生哀辭、獨孤申叔哀辭等。

【哀豔】內容悽惻而文采華麗。唐文粹八三柳冕與徐給事論文書：“自屈宋以降，爲文者本於哀豔，務於恢誕，亡於比興，失古義矣。”

【哀王孫】史記九二淮陰侯傳：“（韓）信釣於城下，諸母漂。有一母見信飢，飯信。……信喜，謂漂母曰：‘吾必有以重報母。’母怒曰：‘大丈夫不能自食，吾哀王孫而進食，豈望報乎？’”王孫，王公貴人的子弟。唐杜甫有哀王孫詩，寫唐天寶之亂，玄宗西逃，宗室王孫及妃子郡主二十餘人爲安祿山所殺，餘者流離乞食爲生。詩見杜工部草堂詩箋九。

【哀江南】賦篇名。北周庾信哀梁亡而作。信本仕梁，出使西魏，被留不得還，仕於北周。南史本傳說他“雖位通顯，常有鄉關之思，乃作哀江南賦，以致其意。”文見庾子山集一。按楚辭宋玉招魂：“目極千里兮傷春心，魂兮歸來哀江南。”本說江南土地僻遠，山林險阻，作爲居處，實可哀傷。信以宋玉楚人，南朝梁武帝建都鄴，元帝都江陵，都屬戰國楚地，所以反其義而作爲篇名。

【哀江頭】唐杜甫詩篇名。見杜工部草堂詩箋九。內容寫李隆基（唐玄宗）和楊貴妃遊幸曲江池事，爲哀楊貴妃而作。

【哀家梨】世說新語輕詆：“桓南郡（玄）每見人不快，輒嗔曰：‘君得哀家梨，當復不烝食不？’”注言秣陵哀仲家產好梨，大如升，入口消釋。後來比喻說話或文章流暢爽利爲如食哀梨。

【哀烏郎】漢書天文志：“其內五星五帝坐，後聚十五星，曰哀烏郎位。”晉書天文志上作“依烏郎府”。郎位，星名；哀烏，衆星相聚的樣子。唐人因稱諸部郎爲哀烏、依烏。全唐詩五儲光羲述韋昭應畫犀牛：“有我哀烏郎，新邑長鳴琴。”參閱宋洪邁容齋四筆十五官稱別名、清王念孫讀書雜志四漢書五曰哀烏。

【哀兵必勝】老子：“故抗兵相加，哀者勝矣。”指受壓悲憤的一方，有必死的決心，所以一定能克敵制勝。又說，哀說文訓爲閔，是慈愛、憐惜的意思。慈者愛人，兩軍相戰，愛人而得人心者必勝。所以老子又說：“慈故能勇。”又說：“夫慈，以戰則勝，以守則固。”

【哀絲豪竹】絃管樂聲，悲壯動人。唐杜甫杜工部詩史補遺八醉爲馬墜諸公攜酒相看：“酒肉如山又一時，初筵哀絲動豪竹。”宋陸游劍南詩稿五長歌行：“哀絲豪竹助劇飲，如鉅野受黃河傾。”

【哀感頑豔】文選三國魏繁休伯（欽）與魏文帝牋：“詠北狄之遐征，奏胡馬之長思，悽入肝脾，哀感頑豔。”本指辭旨悽惻，使頑鈍和美好的人同樣受感動。後來評論豔情作品，多用此語，與原意不相同。

【哀毀骨立】因親喪悲哀而瘦損異常，如僅以骨支拄身體。晉王戎和嶠同遭親喪，司馬炎（武帝）對劉毅說：“和嶠雖備禮，神氣不損；王戎雖不備禮，而哀毀骨立。”見世說新語德行。

咨 zī 即夷切，平，脂韻，精。ㄗ

㊀徵詢，商量。書舜典：“咨十有二牧。”注：“咨亦謀也。”㊁歎息。書堯典：“帝曰：‘咨！汝羲暨和。’”注：“咨，嗟。”㊂此，這。通“玆”。見爾雅釋詁。㊃公文的一種。宋代百官有事申中書，皆用狀，惟學士院用咨報，由當直學士一人押字。見宋歐陽修文忠集一二七歸田錄二。

【咨文】舊時公文。用於平行的官署或平行的官階間。清會典事例三三吏部滿州銓選：“承襲官爵者，由該旗咨文到日開缺。”

【咨咨】歎息聲。唐白居易長慶集三王絃彈詩：“座中有一遠方士，唧唧咨咨聲不已。”

【咨訪】徵詢，訪求。三國志魏高柔傳：“自今之後，朝有疑議及刑獄大事，宜數以咨訪三公。”也作“諮訪”。三國志吳闞澤傳：“每朝廷大議，經典所疑，輒諮訪之。”

【咨嗟】㊀歎息。漢蔡邕蔡中郎文集二陳太丘碑一：“羣公百僚，莫不咨嗟。”㊁贊歎。後漢書六四延篤傳：“又徙京兆尹，……郡中歡愛，三輔咨嗟焉。”世說新語文學“衛玠始度江”注引玠別傳：“武昌見將軍王敦，敦與談論，咨嗟不能自已。”

哉 zāi 祖才切，平，咍韻，精。ㄗㄞ

㊀語氣助詞。1.表示感歎。書堯典：“帝曰：‘吁，咈哉！方命圮族。’”2.表示疑問。論語衛靈公：“夫何爲哉？”3.表示反詰。孟子滕文公下：“陳仲子豈不誠廉士哉？”㊁始。通“才”。見爾雅釋詁。參見“哉生明”、“哉生魄”。

【哉生明】農曆每月初三，月亮開始有光。見書武成。

【哉生魄】農曆每月十六，開始月缺，即始生月魄。月魄，月黑無光的部分。見書康誥。

咫 zhǐ 諸氏切，上，紙韻，照。ㄓ

㊀周尺八寸叫咫。國語魯下：“有隼集于陳侯之庭而死，楛矢貫之，石砮，其長尺有咫。”常用來比喻短或近。逸周書太子晉：“視道如咫。”注：“咫，喻近。”國語晉四：“吾不能行也咫。”注：“咫，咫尺間。”㊁連詞。相當於“則”。漢賈誼新書連語：“器薄咫亟毀，酒薄咫亟酸。”

【咫尺】㊀八寸曰咫。咫尺比喻距離很近。左傳僖九年：“天威不違顏咫尺。”㊁古代書牘長大，所以叫咫尺之書。史記九二淮陰侯傳：“北首燕路，而後遣辯士奉咫尺之書，暴其所長於燕。”參見“尺一”。

【咫尺顏】形容離皇帝很近。唐元稹長慶集十三酬樂天待漏入閤見贈詩：“密視樞機草，偷瞻咫尺顏。”語出左傳僖九年：“天威不違顏咫尺。”但稹詩以顏指帝容，與原義不同。參閱宋洪邁容齋五筆八承襲用經語誤。

【咫尺千里】㊀猶言咫尺萬里。唐釋彥悰後畫錄宋展子虔：“尤善樓閣人馬，亦長遠近山川，咫尺千里。”參見“咫尺萬里”。㊁近在咫尺而相隔如有千里，多指人爲的隔閡。唐唐女郎魚玄機詩隔漢江寄子安詩：“煙裏歌聲隱隱，渡頭月色沉沉，含情咫尺千里，況聽家家遠砧。”

【咫尺萬里】形容在短小的畫幅內，能畫出寥廓深遠的景物。南史竟陵文宣王子良傳附蕭昭胄：“（昭胄子賁）幼好學，有文才，能書善畫，於扇上圖山水，咫尺之內，便覺萬里爲遙。”唐詩紀事四三郭士元題劉相公三湘圖詩：“微明三巴峽，咫尺萬里流。”也作“咫尺千里”。參見“咫尺千里㊀”。

【咫角驂駒】尚未長成的幼馬，比喻人年幼。齊宣王時閭丘邛年十八，有一次攔道對宣王說：“家貧親老，願得小仕。”宣王看他年幼，說：“未有咫角驂駒而能服重致遠者也。”見漢劉向新序雜事五。

【咫進齋叢書】書名。凡三集，三十八種。以四部爲序，收書多爲音韻、訓詁方面的著作。清光緒浙江歸安人姚覲元刻，以其書室咫進齋爲書名。

呰 zǐ 將此切，上，紙韻，精。ㄗ

也作“訾”。㊀詆毀。通“訾”。㊁弱，劣。見“呰窳”。㊂疵病。漢書敍傳下：“闔尹之呰，穢我明德。”

【呰窳】苟且，懶惰。史記一二九貨殖傳："地勢饒食，無飢饉之患，以故呰窳偷生，無積聚而多貧。"漢書地理志下作"呰窳"。注："呰，短也；窳，弱也。言短力弱材，不能勤作，故朝夕取給而無儲偫也。"

咤 1. zhà 陟駕切，去，禡韻，知。
ㄓㄚˋ 陟加切，平，麻韻，知。

㊀發怒聲。通"吒"。詳"叱咤"。㊁進食時口中作聲。見"咤食"。㊂悲痛。後漢書八四董祀妻傳悲憤詩："煢煢對孤景，怛咤糜肝肺。"㊃奠爵。書顧命："王三宿，三祭，三咤。"

2. chà
ㄔㄚˋ

㊄誇耀。通"詫"。後漢書四九王符傳浮侈："窮極麗靡，轉相誇咤。"

【咤食】進食時口中作聲。禮曲禮上："毋咤食。"疏："咤，謂以舌，口中作聲也，似若嫌主人之食也。"

咬 1. yǎo 集韻 五巧切，上，巧韻。
ㄧㄠˇ

㊀以口嚼物。同"齩"、"䶧"。唐貫休禪月集十六送僧歸剡山詩："荒林猴咬栗，戰地鬼多年。"

2. jiāo 古肴切，上，肴韻，見。
ㄐㄧㄠ

㊁象聲詞。見"咬$_2$咬$_2$"。

【咬$_2$咬$_2$】鳥聲。文選漢禰正平(衡)鸚鵡賦："采采麗容，咬咬好音。"樂府詩集三十古辭長歌行："黃鳥飛相追，咬咬弄音聲。"

【咬春】明清時京津習慣於立春日吃鮮蘿蔔叫咬春。清張燾津門雜記上歲時風俗："立春日，食紫色蘿蔔，啖餅，謂之咬春。"參閱清姚之駰元明事類鈔三春、潘榮陛帝京歲時紀勝春盤。

【咬秋】明清時京津習慣於立秋日吃瓜，叫咬秋。清張燾津門雜記上歲時風俗："立秋之時食瓜，曰咬秋，可免腹瀉。"

【咬盞】煮茶，茶沫凝於茶器周圍叫咬盞。宋梅堯臣宛陵集五六次韻和永叔嘗新茶再和詩："烹新鬭硬要咬盞，不同飲酒爭畫蛇。"

【咬嚼】推敲琢磨。宋周紫芝竹坡詩話二："有明上人者，作詩甚艱，求捷法於(蘇)東坡，東坡作兩頌以與之。其一云：'字字覓奇險，節節累枝葉，咬嚼三十年，轉更無交涉。'"

【咬菜根】比喻安心過艱苦的生活。宋呂本中東萊呂紫薇師友雜志："汪信民(革)嘗言：人常咬得菜根則百事可做。"

【咬文嚼字】指詞句上的推敲。太平樂府三元喬吉小桃紅贈劉牙兒曲："含宮泛徵，咬文嚼字，誰敢嗑牙兒。"後來也轉指掉文，形容冬烘迂腐。古今雜劇缺名司馬相如題橋記："如今那街市上常人，粗讀幾句書，咬文嚼字，人叫他做半瓶醋。"

【咬牙切齒】比喻痛恨已極。水滸七十："只是水軍頭領早把張清解來，衆多兄弟都被他打傷，咬牙切齒，盡要來殺張清。"

【咬釘嚼鐵】比喻意志堅强。水滸九："來往的，盡是咬釘嚼鐵漢，出入的，無非瀝血剖肝人。"

咳 1. hái 户來切，平，咍韻，匣。
ㄏㄞˊ

㊀小孩笑。禮内則："父執子之右手，咳而名之。"

2. ké
ㄎㄜˊ

㊁通"欬"。禮内則："不敢噦噫，嚏咳。"

3. hāi
ㄏㄞ

㊂歎詞。紅樓夢十七："咳！無知的蠢物。"

【咳首】古南方民族。見禮王制"南方曰蠻"疏。

【咳𠷁】小兒笑啼。北齊顏之推顏氏家訓教子："子生咳𠷁，師保固明，仁孝禮義導習之矣。"一作"孩提"。

【咳笑】小兒笑。漢王符潛夫論德化："和德氣於未生之前，正表儀於咳笑之後。"

【咳$_2$唾】比喻人的言論。莊子漁父："孔子曰：'曩者先生有緒言而去，丘不肖，未知所謂，竊待於下風，幸聞咳唾之音，以卒相丘也。'"北堂書鈔一〇〇三國魏劉楨贈徐幹詩："猥蒙惠咳唾，貺以雅頌聲。"參見"咳$_2$唾成珠"。

【咳嬰】初知笑的嬰兒。史記一〇五扁鵲傳："曾不可以告咳嬰之兒。"

【咳$_2$唾成珠】比喻言語珍貴。後漢書八十下趙壹傳刺世疾邪賦："勢家多所宜，咳唾自成珠。"唐李白李太白詩四妾薄命："咳唾落九天，隨風生珠玉。"按莊子秋水有"子不見夫唾者乎？噴則大者如珠，小者如霧。"爲詩語所本。

咲 xiào 集韻 仙妙切，去，笑韻。
ㄒㄧㄠˋ

古"笑"字。見集韻。

咦 yí 喜夷切，平，脂韻，曉。
ㄧˊ

㊀呼聲。説文："咦，南陽謂大呼曰咦。"今用作歎詞，表示驚異。㊁笑貌。見廣韻。

哇 wā 於佳切，平，佳韻，影。
ㄨㄚ 烏瓜切，平，麻韻，影。

㊀吐。孟子滕文公下："出而哇之。"㊁咽喉進出氣不暢。莊子大宗師："屈服者，其嗌言若哇。"㊂靡曼的樂聲。漢揚雄法言吾子："中正則雅，多哇則鄭。"㊃小兒啼聲。宋王安石臨川集七董伯懿示裴晉公平淮右題名碑……詩："空城豎子已可縛，中使尚作嗁兒哇。"

【哇咬】㊀指民歌民樂。文選漢傅武仲(毅)舞賦："眄般鼓則騰清眸，吐哇咬則發皓齒。"唐劉禹錫劉夢得文集八採菱行詩："笑語哇咬顧晚暉，蓼花緣岸扣舷歸。"參見"𪭢咬"。㊁聲音繁雜細小。文選晉潘安仁(岳)笙賦："哇咬嘲哳，壹何察惠。"

【哇哇】㊀形容花言巧語。漢揚雄太玄飾："利舌哇哇，商人之貞。"㊁象聲詞。1.小兒語聲。宋蘇洵嘉祐集十四張益州畫像記："有童哇哇，亦既能言。"2.鳥鳴聲。水滸七："只聽得門外老鴉哇哇的叫。"

【哇俚】粗俗。宋黃伯思東觀餘論下跋石晉熊皦詩後："五季道衰文喪，當時操筆牘士，率皆哇俚淺下，雜亂無章。"

咡 èr 仍吏切，去，志韻，日。
ㄦ 如之切，平，之韻，日。

口旁。禮曲禮上："負劍辟咡詔之。"辟咡，即傾頭相語。管子弟子職："既食乃飽，循咡覆手。"

【咡絲】蠶老作絲。淮南子覽冥："蠶咡絲而商弦絶。"注："老蠶上下絲於口，故曰咡絲。"天文篇作"珥絲"。

咺 xuǎn 況晚切，上，阮韻，曉。
ㄒㄩㄢˇ

㊀小兒哭泣不止。見方言一。㊁顯著的樣子。詩衛風淇奧："赫兮咺兮。"傳："咺，威儀容止宣著也。"㊂舒緩的樣子。詳"嘽$_2$咺"。

哂 shěn 式忍切，上，軫韻，審。
ㄕㄣˇ

微笑，譏笑。論語先進："夫子何哂由也？"晉書蔡謨傳："我若爲司徒，將謂後代所哂，義不敢拜也。"

【哂笑】譏笑。元戴表元剡源集二八少年行贈袁養直詩："僮奴哂笑妻子罵，一字不給飢寒軀。"

哄 1. hōng 胡貢切，去，送韻，匣。
ㄏㄨㄥ 集韻 呼公切，平，東韻。

㊀衆聲。元丁鶴年集一長嘯篇："韓信出胯下，市井皆哄笑。"㊁象聲詞。元曲選缺名硃砂擔一："諕的我騰的撇了擡盞，

哄的丟了魂靈。」

hǒng
2. ㄏㄨㄥˇ

㊁騙，勸誘。京本通俗小說錯斬崔寧：「我的父親昨日明明把十五貫錢與他馱來，作本養贍妻小，他豈有哄你說是典來身價之理？」紅樓夢六：「劉姥姥已在炕沿上坐下了。板兒便躲在他背後，百般的哄他出來作揖，他死也不肯。」

【哄師】隋樂士名。隋書百官志下：「鼓吹署，有哄師二人。」

【哄堂】唐御史臺以年資最高的一人主雜事，稱雜端。平時公堂會食，雜端坐南榻，主簿坐北榻，不苟言笑。遇到雜端有失笑時，在坐其他人跟着笑，叫做哄堂。見唐趙璘因話錄御史三院（曾慥類說十四）。後來指衆人同時大笑。紅樓夢四一：「衆人聽了，哄堂大笑起來」。

哎

āi
ㄞ

歎詞。元曲選缺名陳州糶米一：「哎！量米又量的不平。」

【哎呀】歎詞，表示驚訝。古今雜劇明朱有燉黑旋風仗義疏財二：「哎呀，怎生是好也！」

咥

1. xì 丑栗切，入，質韻，徹。
ㄒㄧˋ 集韻虛器切，去，至韻。
許四切，去，至韻。

㊀大笑。詩衛風氓：「兄弟不知，咥其笑矣。」

2. dié 徒結切，入，屑韻，定。
ㄉㄧㄝˊ

㊁齧，咬。易履：「是以履虎尾，不咥人，亨。」

【咥噬】咬食。聊齋志異五趙城虎：「無何，一虎自外來，隸錯愕，恐被咥噬。」

咢

è 五各切，入，鐸韻，疑。
ㄜˋ

㊀徒手擊鼓。詩大雅行葦：「或歌或咢。」㊁見「咢咢」。㊂刀鋒。通「鍔」。漢書六四下王褒傳聖主得賢臣頌：「越砥斂其咢。」㊃屋稜。晉書赫連勃勃載記胡義周統萬城功德銘：「飛簷舒咢，似翔鵬之矯翼。」

【咢咢】㊀直言。漢書七三韋賢傳諫詩：「睮睮諂夫，咢咢黃髮。」文選漢韋孟諷諫詩作「諤諤」。注：「咢與諤同。」參見「諤諤」。㊁高高的樣子。後漢書五九張衡傳思玄賦：「冠咢咢其映蓋兮，佩綝纚以煇煌。」注：「一作岌。」文選作「岀岀」。參見「岌岌㊀」。

品

pǐn 丕飲切，上，寑韻，滂。
ㄆㄧㄣˇ

㊀衆多。易乾：「品物流形。」㊁事物的種類。書禹貢：「厥貢惟金三品。」㊂等級。漢書九四匈奴傳上：「故約漢常遣翁主給繒絮食物有品以和親。」注：「品，謂等差也。」㊃官吏的等階。舊官制一至九品，各分正從。國語周中：「外官不過九品。」㊄標準規格稱品。如言人品，流品等。㊅評論，衡量。見「品題」。㊆吹弄樂器。水滸十二：「品了三通畫角，發了三通擂鼓。」

【品人】衆人。晏子春秋不合經術者：「今品人飾禮煩事，羨樂淫民，崇死以害生。」

【品子】品官的子弟。唐孟郊孟東野集五立德新居詩：「品子懶讀書，轅駒難服犂。」新唐書食貨志五：「光宅元年……以六品七品子爲親事，以八品九品子爲帳內，歲納錢千五百，謂之品子課集。」

【品目】㊀物品的名目、種類。宋書恩倖傳論：「品目少多，隨事俯仰。」梁書殷鈞傳：「又受詔料檢西省法書古籍，別爲品目。」㊁評定名目。宋歐陽修文忠集一三八隋丁道護啟法寺碑：「蔡君謨博學君子也，於書尤稱精鑒。余所藏書，未有不更其品目者。」

【品令】挑選官吏的格令，分爲九品。魏書高祖紀下：「太和十九年十有二月乙未朔，引見羣臣於光極堂，宣示品令，爲大選之始。」

【品官】古官分九品，品官指有品級的官吏。宋蘇軾經進東坡文集事略二四上皇帝書：「又欲使坊郭等第之民，與鄉戶均役；品官形勢之家，與齊民並事。」岳珂愧郯錄七官品名意之訛：「淳熙官品令：自太師而下至翰林醫學，列爲九品，皆有正從。……凡敍蔭、儀制、罪贖，不以高下，概謂之品官。」

【品味】食物的種類與滋味。禮少儀：「問品味。曰：『子亟食於某乎？』」

【品服】官服。新唐書一六五鄭餘慶傳：「每朝會，朱紫滿廷而少衣綠者；品服大濫，人不以爲貴。」

【品胎】一胎三子。南齊褚澄褚氏遺書受形：「陰陽均至，非男、非女之身；精血散分，駢胎、品胎之兆。」（說郛七四）

【品流】等級輩分。唐裴廷裕東觀奏記上：「李宗閔爲相，以品流程式爲己任。」鄭谷鄭守愚文集一鷓鴣詩：「暖戲烟蕪錦翼齊，品流應得近山雞。」

【品茗】評嘗茶味。後通稱飲茶爲品茗。明謝肇淛西吳枝乘：「余嘗品茗，以武夷虎丘第一，淡而遠也。松羅龍井次之，香之豔也。天池又次之，常而不厭也。」

【品格】㊀高下的等級。如評論藝術品，分爲神品、妙品、能品等類。唐韓愈昌黎集一三畫記：「至河陽，與二三客論畫品格。」㊁性質，風度。唐李中碧雲集上庭葦詩：「品格清於竹，詩家景最幽。」

【品級】官吏的等級。周之命數，漢之祿秩，皆所以表官級之高下。魏立九品官人之法，又分官等爲九品，是爲品級之始。歷代因之。清制，文官自正一品，從一品以至正九品，從九品，凡十八級。不列於九品者曰未入流，其級附從九品。武官亦自正一品至從九品，凡十八級。世爵伯以上，不以品計。土官百長以下，不列品。

【品庶】指衆人。史記八四賈誼傳服鳥賦：「夸者死權兮，品庶馮生。」漢書、文選「馮生」作「貪生」。

【品第】評論並分列等次。梁鍾嶸詩品中序：「至于謝客集詩，逢詩輒取；張騭文士，逢文即書；諸英志錄，並義在文，曾無品第。」

【品評】評論。世說新語文學：「（習鑿齒）於病中猶作漢晉春秋，品評卓逸。」

【品彙】事物之品種類別。晉書孝友傳序：「資品彙以順名，功苞萬象。」唐韓愈昌黎集一八應科目時與人書：「天池之濱，大江之濆，曰有怪物焉，蓋非常鱗凡介之品彙匹儔也。」

【品嘗】帝王進膳前命人遍嘗食物。周禮天官膳人：「膳夫授祭，品嘗食，王乃食。」後引申爲玩味評論。元詩選馬臻霞外詩鈔西湖：「進餘薇露與流香，散落人間任品嘗。」

【品節】按品級而加以節制。禮檀弓下：「品節斯，斯之謂禮。」疏：「品，階格也；節，制斷也。」

【品題】評論人物，定其高下。後漢書六八許劭傳：「劭與（從兄）靖俱有高名，好共覈論鄉黨人物，每月輒更其品題，故汝南俗有『月旦評』焉。」唐李白李太白集二六與韓荊州書：「今天下以君侯爲文章之司命，人物之權衡，一經品題，便作佳士。」

【品藻】鑒定等級。漢書八七揚雄傳下法言目：「尊卑之條，稱述品藻。」注：「品藻者，定其差品及文質。」周書鄭孝穆傳：「仍令孝穆引接關東歸附人士，并品藻才行而任用之。」

【品字封】宋宣和間，向上呈文時，以駢儷體作正文，另附手書小簡，叫雙書。

至南宋紹興初，除雙書外，又附便條直述所請之事，叫品字封。見宋陸游老學庵筆記三。

【品色衣】北周時侍衛官所穿的五色衣。周書宣帝紀大象二年："詔天臺侍衛之官皆著五色及紅紫綠衣，以雜色爲緣，名爲品色衣。有大事與公服間服之。"

【品竹彈絲】吹彈樂器。明丹丘生（朱權）原本王狀元荆釵記上四："歡宴樂人，祗應品竹彈絲敲象板。"也作"品竹調絲"。水滸二："品竹調絲，吹彈歌舞，自不必說。"又作"品竹調弦"。水滸六九："三教九流，無所不通，品竹調弦，無有不會。"

【品茶要錄】宋黄儒撰。一卷。儒以陸羽茶經，不載建安茶，特撰此書，專論採製烹試建茶的技巧、製茶的疵病和售茶的虛假欺騙。

【品頭論足】聊齋志異阿寶："遥見有女憩樹下，惡少年環如牆堵，……女起遽去，衆情顛倒，品頭論足，紛紛如狂。"本指無聊的人閒論婦女的姿貌，後亦指對人或事有意挑剔。也寫作"評頭論足"。

咽 1. yān 烏前切，平，先韻，影。
一ㄢ
㊀喉嚨。漢書四五息夫躬傳："咽已絶，血從鼻耳出。"

2. yàn 於甸切，去，霰韻，影。
一ㄢˋ
㊁吞。通"嚥"。孟子滕文公下："三咽，然後耳有聞，目有見。"

3. yè 烏結切，入，屑韻，影。
一ㄝˋ
㊂充塞。漢劉向新序雜事："雲霞充咽，則奪日月之明。"㊃聲塞。後漢書八四董祀妻傳悲憤詩："欲舒氣兮恐彼驚，含哀咽兮涕沾頸。"

4. yuān 集韻 縈玄切，平，先韻。
ㄩㄢ
㊄見"咽₄咽₄"。

【咽₃咽₃】鳥悲鳴聲。唐元稹長慶集二六通州丁溪館夜別李景信詩："雨瀟瀟兮鵑咽咽，傾冠倒枕燈臨滅。"

【咽₄咽₄】有節奏的鼓聲。詩魯頌有駜："鼓咽咽。"釋文："咽，本又作鼝，同。烏玄反，又於巾反。鼓節也。"

【咽₃哽】聲斷氣塞。紅樓夢一二〇："襲人悲傷不已，……便哭得咽哽難鳴。"

【咽喉】口腔深處通食道與喉頭的部分。比喻扼要之地。戰國策秦四："韓，天下之咽喉。"

【咽塞】病名。咽喉阻塞，呼吸不暢。後漢書八二華佗傳："佗嘗行道，見有病咽塞者。"

哈 1. shà 集韻 色洽切，入，洽韻。
ㄕㄚˋ
㊀以脣啜飲。同"歃"。淮南子氾論："臾兒易牙，淄澠之水合者，嘗一哈水而甘苦知矣。"

2. hā
ㄏㄚ
㊁象聲詞。見"哈₂哈₂""哈₂喇""哈₂號"。㊂見"哈₂密瓜"。

3. hǎ
ㄏㄚˇ
㊃見"哈₃達"、"哈₃叭狗"。

【哈₂哈₂】笑聲。景德傳燈錄十二臨濟禪師："黄蘗哈哈大笑。"

【哈₂喇】殺頭。古今雜劇元關漢卿尉遲公單鞭奪槊二："量這敬德，打甚麼緊，趁早將他哈喇兒了，還是便宜。"也作"哈剌"。古今雜劇缺名徐茂公智降秦叔寶一："老大兒，早則我走的快哩，若遲了一走，連我也哈剌了。"

【哈₃達】藏族、蒙族用於敬佛或相互餽贈表示尊敬的薄絹。有白、淡黄、淺藍諸色。有的印圖案或文字。西藏記下："凡進見，必遞哈達一個。"又："親友各將哈達與男女，長者掛于頂，平交放于懷内，或堆積坐前。"

【哈₂號】清京師黎明前巡夜人呼叫，告人天將曉。一人先唱，衆人相和，其聲抑揚宛轉，有音無字，叫哈號。清郝懿行晉宋書故雞鳴歌説周禮春官雞人"大祭祀，夜嘑旦以嘂百官"，即此。

【哈₃叭狗】北方所蓄茸毛小狗，俗名獅子狗。古今雜劇缺名講陰陽八卦桃花女一："你這陰陽！是哈叭兒咬蛇蛋，也有咬着時，也有咬不着時。"亦作"獬狐狗"。明劉若愚酌中志十六："萬曆年間，（神宫監）掌印（太監）杜用，養一獬狐小狗，最爲珍愛。"狐字不見字書。也作"哈巴狗"。紅樓夢三七："衆人聽了，都笑道：'駡的好，可不是給了那西洋花點兒哈巴狗？'"

【哈₂密瓜】古稱敦煌瓜。漢書地理志下"敦煌"注："杜林以爲古瓜州地，生美瓜。"瓜大如枕，味甜無滓。參閱清洪亮吉曉讀書齋三錄下塞外錄。

咷 1. táo 徒刀切，平，豪韻，定。
ㄊㄠˊ 他弔切，去，嘯韻，透。
㊀哭聲。易同人："同人先號咷而後笑。"

2. tiào
ㄊㄧㄠˋ
㊁歌聲。漢書七六韓延壽傳："望見延壽車，噭咷楚歌。"注："咷音它釣反。"

咮 zhòu 陟救切，去，宥韻，知。
ㄓㄡˋ 張流切，平，尤韻，知。
㊀鳥口。通"噣"。詩曹風候人："維鵜在梁，不濡其咮。"玉篇口部咮引詩作"噣"，云亦作"咮"。㊁星名。即柳星。左傳襄九年："是故咮爲鶉火。"爾雅釋天："咮謂之柳。"柳八星位於朱鳥之口，故名。

咶 1. huá 火夬切，去，夬韻，曉。
ㄏㄨㄚˊ 火怪切，去，怪韻，曉。
下刮切，入，鎋韻，匣。
㊀喘息。楚辭漢王逸九思逢尤："仰長歎兮氣䬪結，悒殪絶兮咶復蘇。"廣雅釋詁二："咶，息也。"清王念孫疏證："咶爲喘息之息。"

2. shì
ㄕˋ
㊁舐，食。通"舓"、"舐"。莊子人間世："咶其葉，則口爛而爲傷。"管子地數："十口之家，十人咶鹽。"

【咶₂天】荀子仲尼："志不免乎姦心，行不免乎姦道，而求有君子聖人之名，辟之是猶伏而咶天，救經而引其足也。"咶天，本來是做不到的事；伏而咶天，距天更遠。

哆 1. chǐ chě 尺氏切，上，紙韻，穿。
ㄔ ㄔㄜˇ 昌者切，上，馬韻，穿。
敕加切，平，麻韻，徹。
陟駕切，去，禡韻，知。
㊀張口的樣子。詩小雅巷伯："哆兮侈兮，成是南箕。"㊁放蕩。漢揚雄法言吾子："述正道而稍邪哆者有矣，未有述邪哆而稍正也。"㊂見"哆然"。

2. duō
ㄉㄨㄛ
㊃見"哆₂囉呢"。

【哆然】人心渙散。穀梁傳僖四年："齊人者，齊侯也。其人之何也？於是哆然外齊侯也。"注："哆然，衆有不服之心。"參閱清鍾文烝穀梁補注。

【哆嗚】張口不正，醜貌。淮南子修務："啳睽哆嗚，籧篨戚施。"

【哆囉呢】一種毛織呢料。也作哆囉嗹、哆囉絨。明史外國傳六和蘭："以哆囉嗹、玻璃器及番刀、番酒，餽（高）寀，乞通市。"清王士禛池北偶談四荷蘭貢物作哆囉絨。紅樓夢四九："獨李紈穿一件哆囉呢對襟褂子。"

咯 1. luò 集韻 歷各切，入，鐸韻。
ㄌㄨㄛˋ
㊀訟言。同"詻"。見"詻"。

2. gè 字彙 葛鶴切，音各。
ㄍㄜˋ

㊁雉鳴聲。見字彙。

3. kǎ. ㄎㄚˇ

㊂咯咯，嘔吐聲。同"喀"。見正字通喀。

咮 rǎn ㄖㄢˇ 字彙 而剡切，音冉。

口動的樣子。藝文類聚九五漢王延壽王孫賦："齒崖崖以齴齴，嚼呫咮而囁唲。"

呴 xiōng ㄒㄩㄥ 集韻 呼公切，平，東韻。

通"詾"。見"呴呴"。

【呴呴】喧聲。荀子解蔽："掩耳而聽者，聽漠漠而以爲呴呴；埶亂其官也。"

咻 1. xiū ㄒㄧㄡ 音韻闡微 希優切，平，尤韻，曉。

㊀喧嚷。孟子滕文公下："一齊人傅之，衆楚人咻之。"注："咻之者，讙也。"

2. xǔ ㄒㄩˇ 況羽切，上，麌韻，曉。
ㄒㄩ 許尤切，平，尤韻，曉。

㊁見"噢咻"。

【咻咻】㊀呼吸聲。宋蘇軾分類東坡詩七江上值雪效歐陽體……次子由韻："草中咻咻有寒兔，孤隼下擊千夫馳。"㊁悲戚。紅樓夢八七："北堂有萱兮，何以忘憂？無以解憂兮，我心咻咻！"

咱 zán ㄗㄢˊ

㊀我。宋柳永樂章集玉樓春詞："你若無意向咱行，爲甚夢中頻相見。"宣和遺事前集宣和五年："咱八輩兒稱孤道寡。"㊁句末助詞。元曲選關漢卿玉鏡臺二："將琴過來，教小姐操一曲咱。"又竇娥冤楔子："婆婆，女孩兒早晚呆癡，看小生薄面，看覷女孩兒咱。"

咿 yī ㄧ 於脂切，平，脂韻，影。

象聲詞。見下各條。

【咿軋】象聲詞。也作"伊軋"、"咿嘎"。宋陸游劍南詩稿五三天竺曉行："筍輿咿軋水雲間，慚愧此身得暫閑。"又陳與義簡齋詩集二三初識茶花："伊軋籃輿不受催，湖南秋色更佳哉。"車、船搖動聲。陸游劍南詩稿十二觀蔬圃："菘芥可沮芹可羹，晚風咿嘎桔槔聲。"水車轉動聲。又三七東窗小酌："何人盡得農家樂，咿軋繅車隔短牆。"紡織機聲。

【咿啞】象聲詞。唐李賀歌詩編四美人梳頭歌："轆轤咿啞轉鳴玉，驚起芙蓉睡新足。"轆轤聲。韓偓玉山樵人集南浦詩："應是石城艇子來，兩槳咿啞過花塢。"搖槳聲。宋蘇軾分類東坡詩六和中秋見月寄子瞻兄："卷簾推户寂無人，窗下咿啞惟楚老。"楚老，蘇軾孫。指小兒語聲。

【咿呦】象聲詞。唐韓愈昌黎集八征蜀聯句詩："迫脅聞雜驅，咿呦叫冤跽。"指人語聲。宋歐陽修文忠集六和梅龍圖公儀謝鷴詩："咿呦山鹿鳴，格磔野鳥啼。"鹿鳴聲。

【咿咿】蟲鳴聲。唐劉禹錫劉夢得文集十一秋聲賦："草蒼蒼兮人寂寂，樹槭槭兮蟲咿咿。"

【咿喔】象聲詞。唐韓愈昌黎集八納涼聯句詩："危行無低徊，正言免咿喔。"强笑聲。河嶽英靈集中儲光羲射雉詞詩："遠聞咿喔聲，時見雙飛起。"雉鳴聲。

【咿嚘】象聲詞。唐韓愈昌黎集一赴江陵途中寄翰林三學士詩："親逢道邊死，佇立久咿嚘。"嘆息聲。又八遠遊聯句詩："貉謡衆猥款，巴語相咿嚘。"語聲。

【咿嚶】象聲詞。宋歐陽修文忠集五十祭石曼卿文："但見牧童樵叟歌唫而上下，與夫驚禽駭獸悲鳴躑躅而咿嚶。"鳥獸啼叫聲。陸游劍南詩稿二七枕上述夢："白首不侯非所恨，咿嚶牀簀死堪羞。"病痛呻吟聲。

哂 1. hǒu ㄏㄡˇ 呼后切，上，厚韻，曉。

㊀忿怒聲。通"吼"。說文："哂，厚怒聲。"

2. hòu ㄏㄡˋ 呼漏切，去，候韻，曉。

㊁恥辱。通"詬"。大戴禮武王踐阼："皇皇惟敬，口生哂。"注："哂，恥也。"

咸 1. xián ㄒㄧㄢˊ 胡讒切，平，咸韻，匣。

㊀皆，都。書堯典："庶績咸熙。"㊁和。左傳僖二四年："昔周公弔二叔之不咸。"㊂周遍。國語魯："小賜不咸。"莊子知北遊："周、徧、咸，三者異名同實，其指一也。"㊃易卦名。☱☶。艮下兑上。㊄姓。也讀 jiǎn。漢有咸宣。史記作減宣。

2. jiān ㄐㄧㄢ

㊅束棺木的繩。見"咸₂綳"。㊆牽引。莊子天運："意者其有機緘而不得已邪？"釋文："司馬本作咸。"

【咸平】宋趙恒(真宗)年號。公元 998—1003 年。

【咸丘】㊀丘之左高而右卑者。爾雅釋丘："左高咸丘，右高臨丘。"㊁複姓。孟子弟子有咸丘蒙，見孟子萬章上。

【咸池】㊀東方的大澤。神話中謂日浴處。楚辭屈原離騷："飲余馬於咸池兮，總余轡乎扶桑。"淮南子天文："日出於暘谷，浴於咸池。"㊁星名。史記天官書："西宫咸池。"正義："咸池三星，在五車中、天潢南，魚鳥之所託也。"㊂古樂名。周禮春官大司樂："舞咸池以祭地示。"相傳爲堯樂，禮樂記"咸池，備矣"疏説是黄帝之樂，堯增修沿用。㊃天神名。楚辭漢東方朔七諫自悲："哀人事之不幸兮，屬天命而委之咸池。"

【咸安】東晉司馬昱(簡文帝)年號。公元 371—372 年。

【咸亨】唐李治(高宗)年號。公元 670—674 年。

【咸和】年號。1. 東晉司馬衍（成帝)。公元 326—334 年。2. 唐時渤海大彝震。公元 830 年。

【咸₃宣】公元前?—前 101 年。漢楊人。官至御史中丞。治主父偃及淮南獄，擿大案情，死者甚衆。以擅入上林格殺屬吏成信，爲大逆，當族，自殺。見漢書九十酷吏傳。史記一二二作減宣。

【咸唐】即"咸池"。楚辭漢劉向九嘆遠遊："枉玉衡於炎火兮，委兩館於咸唐。"參見"咸池㊀"。

【咸淳】南宋趙禥（度宗）年號。公元 1265—1274 年。

【咸清】南宋時西遼感天后蕭氏年號。公元 1144—1150 年。

【咸康】年號。1. 東晉司馬衍（成帝)。公元 335—342 年。2. 前蜀王衍（順正公)。公元 925 年。

【咸通】唐李漼(懿宗)年號。公元 860—873 年。

【咸陽】地名。1. 戰國時秦孝公建都咸陽，故址在今陜西長安縣東之渭城故城。2. 縣名。屬陜西省。唐武德二年置。縣在北山之南，渭水之北，故曰咸陽。見三輔黄圖一三輔沿革、元和郡縣志一京兆府。

【咸黑】人名。吕氏春秋古樂："帝嚳命咸黑作爲聲歌。"也作"咸墨"。南朝梁劉勰文心雕龍頌讃："昔帝嚳之世，咸墨爲頌，以歌九韶。"

【咸雍】遼耶律洪基（道宗）年號。公元 1065—1074 年。

【咸熙】三國魏曹奂(陳留王)年號。公元 264—265 年。

【咸寧】㊀年號。1. 晉司馬炎(武帝)。公元 275—279 年。2. 後涼吕纂（靈帝)。公元 399—400 年。㊁縣名。屬湖北省。唐天寶二年置永安鎮。南唐升爲縣。宋景德四年避陵名改爲咸寧縣。見寰宇通志五十武昌府咸寧縣。

【咸豐】㊀清奕詝（文宗）年號。公元1851—1861年。㊁縣名。屬湖北省。明屬施州衛，清雍正十三年改設咸豐縣。見嘉慶一統志三五一施南府。

【咸₂繩】束棺木之繩。禮喪大記："凡封：用綍去碑負引。君封以衡，大夫士以咸。"注："今齊人謂棺束爲緘繩。咸或爲椷。"釋文："咸，依注讀爲緘，古緘反。"

【咸濩】傳說堯樂有大咸，湯樂有大濩。咸濩連舉，泛稱古樂。宋蘇軾蘇文忠詩合注十六密州宋國博以詩見紀在郡雜詠次韻答之："何當附家集，擊壤追咸濩。"

【咸平集】宋田錫撰。三十卷。錫，太宗時人，太平興國三年進士，官至諫議大夫、史館修撰。其奏議爲當時所重，詩文亦能自立標格。

【咸陽橋】本名便門橋，省稱便橋，唐時稱咸陽橋。橋址在今陝西西安市。唐杜甫杜工部草堂詩箋二兵車行："耶娘妻子走相送，塵埃不見咸陽橋。"參見"便橋"、"便門橋"。

【咸淳遺事】作者姓名不詳。二卷。記南宋度宗咸淳年代典禮制勅。今本從永樂大典輯出。

【咸安宮官學】清代教育八旗子弟的學校。創於雍正七年，以內務府大臣管理學務，由翰林院從翰林中挑選教習，學生則選自景山官學。見清文獻通考六四學校二。

七　畫

唐 tánɡ 徒郎切，平，唐韻，定。ㄊㄤˊ

㊀廣大，浩蕩。漢枚乘七發："淹沈之樂，浩唐之心，遁佚之志，其奚由至哉！"㊁空虛，空自。管子地員："黃唐無宜也。"注："唐，虛脆也。"百喻經二爲婦貿鼻喻："唐使其婦，受大痛苦。"㊂道路。詩陳風防有鵲巢："中唐有甓。"傳："中，中庭也；唐，堂塗也。"爾雅釋宮："廟中路謂之唐。"㊃菟絲草。詩鄘風桑中："爰采唐矣，沬之鄉矣。"㊄通"塘"。1. 隄。見"唐圃"。2. 池。楚辭漢劉向九歎遠遊："枉玉衡於炎火兮，委兩館於咸唐。"注："咸唐，咸池也。"㊅螗蜩。通"螗"。大戴禮夏小正："唐蜩鳴。"參見"螗蜩"。㊆烘焙。通"煻"。見"唐花"。㊇朝代名。1. 唐堯，即陶唐氏。見"陶唐氏"。2. 李淵建。公元618—907年。3. 李存勗建。史稱後唐，公元923—936年。4. 李昪建。史稱南唐，公元937—975年。㊈諸侯國名。周成王封弟叔虞於唐。今山西翼城縣西有古唐城。參見"唐叔"。㊉稱中國爲唐。見"唐人㊁"。㊀㊀姓。

【唐人】㊀指唐代人。宋史四四四米芾傳："冠服效唐人，風神蕭散，立吐清暢。"㊁指中國人。島夷志略元吳鑒序："自時厥後，唐人之商販者，外蕃率待以命使臣之禮。"清王士禛池北偶談二一："昔予在禮部，見四譯進貢之使，或謂中國爲漢人，或曰唐人。謂唐人者，如荷蘭暹羅諸國。蓋自唐始通中國，故相沿云爾。"

【唐弓】弓力强弱得中的弓。周禮夏官司弓矢："唐弓，大弓。以授學射者、使者、勞者。"注："學射者弓用中，後習强弱則易也。使者勞者弓亦用中，遠近可也。"參見"六弓"。

【唐子】丟失之子。莊子徐無鬼："其求唐子也，而未始出域，有遺類矣夫！"注："唐，失也。失亡其子而不能遠索，遺其氣類而亦未始自非。"

【唐巾】唐代帝王的一種便帽。後來士人多戴此帽。明時進士巾也叫唐巾。參閱宋趙彥衛雲麓漫鈔三。

唐　巾

【唐山】㊀市名。屬河北省。本漢柏人縣。唐天寶元年改堯山。因相傳堯封於此，故名。金避睿宗諱，改唐山。明清屬順德府。見寰宇通志五順德府唐山縣。㊁複姓。漢書禮樂志："又有房中祠樂，高祖唐山夫人所作也。"注："韋昭曰：唐山，姓也。"

【唐中】宫苑名。位於漢建章宮西。舊址在今陝西西安市西北。史記孝武記："於是作建章宮，……其西則唐中，數十里虎圈。"又池名。文選漢班孟堅（固）西都賦："前唐中而後太液，覽滄海之湯湯，揚波濤於碣石。"

【唐河】河名。1. 即滱水，以行經唐縣而名。在河北省西部，發源於山西省恒山，流入白洋淀。參閱畿輔通志七九水道五。2. 在河南省西南部，發源於方城縣境。流入湖北省，與白河匯合，入漢水。

【唐花】在暖房裏培育的花。清王士禛居易錄下："今京師臘月即賞牡丹梅花緋桃探春，諸花皆貯煖室，以火烘之，所謂堂花，又名唐花是也。"參見"堂花"。

【唐叔】周代諸侯國晉的始祖。周武王子，成王弟，名虞。封於唐，稱唐叔虞。後子燮遷曲沃，因南有晉水，因改曰晉。參閱史記晉世家。

【唐帕】古代南方民族航船上的翻譯人員。元周密癸辛雜識後集譯者："今北方謂之通事，南蕃海舶謂之唐帕，……皆譯之名也。"

【唐突】橫衝直撞。詩小雅魚藻漸漸之石"有豕白蹢，烝涉波矣"漢鄭玄箋："豕之性能水，又唐突難禁制。"引申爲冒犯、褻瀆。後漢書七十孔融傳路粹奏融狀："又融爲九列，不遵朝儀，禿巾微行，唐突宮掖。"世說新語輕詆："何乃刻畫無鹽，以唐突西子也。"又作"搪突"、"傏突"。

【唐音】元楊士宏編。所收皆唐人之詩，分始音一卷，正音六卷，遺響七卷。以李白、杜甫、韓愈皆有全集，故不錄三家詩。士宏積十年之力而成此書。有張震注。

【唐風】詩國風篇名。周成王封弟叔虞爲唐侯，後遷曲沃，改國號爲晉。仍其始封之地，因稱唐風。參閱詩唐譜注。

【唐皇】後漢書四十上班固傳典引："汪汪乎丕天之大律，其疇能亘之哉。唐哉皇哉！皇哉唐哉！"注："唐哉，謂堯也；皇哉，謂漢也。言唯唐與漢，唯漢與唐。"後來稱氣勢弘偉爲唐皇。也作"堂皇"。

【唐唐】堂堂。漢嚴遵道德指歸論江海："上配道德，下及神明，滃唐唐，含冥冥，馳天地，騁陰陽。"唐李咸用披沙集一春雨詩："濕塵輕舞唐唐春，神娥無跡莓苔新。"

【唐貢】山名。在今江蘇宜興縣東南。產茶。唐時入貢，所以叫唐貢。參閱讀史方輿紀要二五常州府。

【唐捐】虛擲，落空。法華經八觀世音菩薩普門品二五："若有衆生，恭敬禮拜觀世音菩薩，福不唐捐。"宋王安石臨川集二再用前韻寄蔡天啓詩："昔功恐唐捐，異味今得鐻。"

【唐書】見"舊唐書"、"新唐書"。

【唐圃】同"唐圃"。唐，通"塘"。呂氏春秋尊師："治唐圃，疾灌寖，務種樹。"注："唐，隄，以壅水；圃，農圃也。"

【唐寅】公元1470—1523年。明吳縣人，字伯虎，一字子畏，號六如居士、桃花菴主等。弘治中舉於鄉，工書畫詩文。畫長於山水，兼精人物，曾師事周臣，以李唐爲法，其畫筆力挺拔，人物衣褶句勒，勁直如鐵絲。與沈周、文徵明、仇英合稱"明四家"。明史有傳，附徐禎卿後。參閱明王穉登丹青志唐解元。

【唐堯】㊀古帝名。帝嚳之子，姓伊祁，也作伊耆，名放勳。初封於陶，又封於唐，號陶唐氏。以子丹朱不肖，傳位於舜。參閱史記五帝紀。㊁鼓吹曲名。晉傅玄改漢樂務成作，辭見晉書樂志下。

【唐棣】木名。卽"郁李"。論語子罕引逸詩："唐棣之華，偏其反而。"也作"常棣"。詩小雅常棣："常棣之華，鄂不韡韡。"參閱淸馬瑞辰毛詩傳箋通釋十七。

【唐隆】唐李重茂(溫王)年號。公元 710 年。

【唐肆】市集。莊子田子方："彼已盡矣，而女求之以爲有，是求馬於唐肆也。"釋文："郭(象)云：唐肆，非停馬處也。……司馬(彪)本作'廣肆'，云：廣，庭也。求馬於市肆廣庭，非其所也。"

【唐碑】唐代的刻石或碑帖。宋陸游劍南詩稿十平都山："唐碑多斷蝕，梁殿半欹傾。"

【唐虞】古史言陶唐氏(堯)與有虞氏(舜)，皆以揖讓有天下，以唐虞時爲太平盛世。論語泰伯："唐虞之際，於斯爲盛。"史記一二〇汲黯傳："天子方招文學儒者，上曰吾欲云云，黯對曰：'陛下內多欲而外施仁義，奈何欲效唐虞之治乎！'"

【唐園】園地。唐，通"塘"。管子輕重甲："桓公憂北郭民之貧，召管子而問曰：'北郭者，盡屨縷之甿也。以唐園爲本利，爲此有道乎？'"漢桓寬鹽鐵論未通："丁者治其田里，老者修其唐園，儉力趣時，無飢寒之患。"

【唐裝】唐人的裝束。宋陸游老學庵筆記八："翟耆年，字伯壽。……巾服一如唐人，自名唐裝。"

【唐鼠】鼠名。藝文類聚九五引梁州記："智水北智鄉山，……山有易腸鼠，一月三吐易其腸。束廣微(晳)所謂唐鼠者也。"

【唐碧】類似玉的石。淮南子修務："唐碧堅忍之類，猶可刻鏤，揉以成器用，又況心意乎。"

【唐蒙】㊀人名。漢武帝時爲番陽令，任中郎將，奉命赴夜郎，漢於其地置犍爲郡。參閱史記一一六、漢書九五西南夷傳。㊁菟絲草的別名。見爾雅釋草。參見"菟絲"。

【唐舉】戰國梁人。善相術。也作唐莒。荀子非相："今之世，梁有唐舉，相人之形狀顏色，而知其吉凶妖祥。世俗稱之，古之人無有也，學者不道也。"又見史記七九蔡澤傳。

【唐縣】縣名，屬河北省。春秋時鮮虞邑，漢設縣，相傳帝堯曾封於此地。參閱元和郡縣志十八定州。

【唐檀】後漢豫章南昌人。字子產。少游太學，習京氏易、韓詩、顏氏春秋，尤好災異星占。後還鄉里，教授常百餘人。著書二十八篇，名唐子。已佚。後漢書有傳。

【唐韻】隋陸法言撰切韻五卷，唐儀鳳二年長孫訥言加注並訂正訛誤。天寶十載，孫愐重加訂正，改名唐韻，切韻就不再流行。宋景德四年，眞宗命陳彭年等校訂增刪，至大中祥符元年書成，更名大宋重修廣韻，唐韻又廢。原書已早失傳，今所存者僅唐寫本殘卷四十四頁，去聲一卷，殘；入聲一卷，全。

【唐鑑】㊀宋范祖禹撰。原書十二卷，二百六篇，呂祖謙加注，重分爲二十四卷。祖禹與修資治通鑑，分掌唐史，在局十五年，以所得撰成此書，記述唐高祖至昭宗三百年間的事跡。㊁公元 1778—1861 年。淸湖南善化人，字鏡海。嘉慶十四年進士。官太常卿。嘗彈劾琦善、耆英喪權辱國，著直聲。後主講金陵書院。諡確愼。著有國朝學案小識、四砭齋省身日課、唐確愼公集、畿輔水利等書。

【唐衢】唐中葉詩人。應進士試，久而不第。所作詩意多感發。見人文章有所傷歎者，讀後必哭。曾遊太原，參預人宴，酒酣言事，高聲痛哭，一席不歡，故世稱唐衢善哭。白居易長慶集一有寄唐生詩一首、傷唐衢詩二首。舊唐書有傳。

【唐三藏】㊀唐釋玄奘的別名。詳"玄奘"。㊁元雜劇名。吳昌齡撰，全名爲唐三藏西天取經。演玄奘取經路過回回國事。今僅存散齣佚文。

【唐六典】舊題御撰。唐李林甫等注，三十卷。根據貞觀六年所定官令，分三公、三省、九寺、五監、十二衛等，列有關職司、官佐、品秩，以比擬周禮六官。自開元十年始編，至二十六年奏上。爲研究唐代職官的重要材料，新唐書百官志卽取材此書。

【唐文粹】宋姚鉉編。一百卷。成於大中祥符四年。初名文粹，南宋重刻始加唐字，以文苑英華爲本，上承文選，選錄唐代詩、文、歌、賦均取古體，不錄駢體文和五七言律詩，意在糾正五代詩文的流弊。蒐羅甚廣，別擇也頗謹嚴。但分目瑣碎。淸郭麐有文粹補遺二十六卷。

【唐太宗】公元 599—649 年。李世民，唐李淵(高祖)次子。隋末勸李淵起兵，推翻隋王朝，曾鎮壓竇建德等農民起義軍和消滅各地割據勢力。淵卽帝位，封世民爲秦王，武德九年，發動"玄武門之變"，得立爲太子。卽位後，行均田制和租庸調法，興修水利，恢復農業生產，舊史稱爲貞觀之治。參閱新、舊唐書本紀。

【唐玄宗】公元 685—762 年。李隆基，李旦(睿宗)子。韋后殺李顯(中宗)，立溫王，隆基密謀起兵，殺韋氏，奉父睿宗爲帝，旦不久讓位於隆基。卽位後，用姚崇、宋璟爲相，國內比較穩定。舊史稱開元之治。晚年倚任李林甫、楊國忠，吏治腐敗，中央政權逐漸削弱，鎮守各地的邊將，形成割據勢力。天寶十四載，安祿山起兵，次年攻破長安，隆基逃到四川。諸將擁立太子李亨(肅宗)爲帝，奉隆基爲太上皇。參閱新、舊唐書本紀。

【唐古忒】我國少數民族名，卽今藏族。參閱衛藏通志十五部落。

【唐昌觀】唐寺觀名。在長安安業坊南。以玄宗女唐昌公主而名。觀中有玉蘂花，相傳爲公主手植，常爲唐宋詩人吟詠的題材。見唐康駢劇談錄十、宋宋敏求長安志九。

【唐風集】唐杜荀鶴撰，三卷。詳"杜荀鶴"。

【唐高祖】公元 566—635 年。李淵，唐王朝的建立者。仕隋，爲太原留守。隋末各地農民起義，淵與子建成世民等合謀起兵，攻入長安，次年自稱帝，建唐王朝，年號武德。九年傳位世民，以太上皇不問政。

【唐順之】公元 1507—1560 年。明武進人，字應德。嘉靖八年會試第一，官編修。後任兵部郎中，視師浙江，親率舟師，破海寇於海上。升任右僉都御史，巡撫淮揚。順之學識甚博，通曉天文、數學、曆法、地理、兵法、樂律。工古文，爲明中葉一大家，人稱荊川先生。著有荊川先生文集。明史有傳。

【唐會要】宋王溥輯，一百卷，分五百十四目。先是唐蘇冕把高祖至德宗各朝的典章制度等輯錄爲會要四十卷，至大中七年詔楊紹復等續敍德宗至宣宗之事，爲續會要四十卷。溥據二家原本，又補輯宣宗至唐末事，以成此書。書中所收史料可以訂正新、舊唐書的訛誤。史書斷代而爲會要，以此書爲最早。

【唐語林】宋王讜撰，八卷。讜字正甫，約爲崇寧大觀間人。此書倣世說新語體例分門記述，共五十二門。前有采用書目一篇，列國史補等五十家。所記多典章故實，可與史書相印證；且所引用之書，後多散佚，也有保存史料之功。

【唐摭言】五代王定保撰，十五卷，分一百三門。記述唐代貢舉制度甚詳。唐人登科記等書都已散失，今存此書，可資考證。

【唐賽兒】山東蒲臺人，明初山東農民起義女領袖。夫林三。永樂十八年，發動起義，衆達數萬人。以山東益都石棚寨爲根據地，攻破莒州、卽墨等城，圍攻安丘。因官兵鎭壓，衆寡不敵，不知所終。當時官府搜捕於民間，逮山東北京女尼及各地出家婦女以萬計。參閱清傅維麟明書一六一、明紀十成祖紀三。

【唐韻考】清紀容舒撰，五卷。根據徐鉉校定說文，排比分析，推尋考校，以成此書。反切一從唐韻，唐韻的分合以及宋韻的改併情況，均可由此書得其大略。

【唐類函】明俞安期輯。二百卷。就藝文類聚北堂書鈔初學記六帖等類書，删其重複部分，合併而成此書。又以韓鄂歲華紀麗、杜佑通典等有關內容，補其所缺。爲唐代類書的彙編。

【唐人說薈】類書名。舊有桃源居士輯本，集書一百四十四種。清乾隆時，山陰陳世熙（蓮塘居士）又擇采太平廣記、說郛等加以增補，共爲一百六十四種。此書專取唐人傳奇、筆記小說，間及掌故，詞藻則供詞章家取材。嘉慶十一年有坊刻本，題爲王文誥輯唐代叢書。

【唐才子傳】元辛文房撰。十卷。文房，字良史，西域人。共收三百九十七人，以有詩名者爲限，多從新、舊唐書、說部、傳記各書採集。所記以逸事和著作及有關詩文的論斷爲主，重在論文，略于記事。

【唐代叢書】見"唐人說薈"。

【唐宋文醇】清乾隆選定。五十八卷。明茅坤有唐宋八大家文鈔，清儲欣增唐李翺、孫樵兩家，爲唐宋十大家全集錄。乾隆以欣所去取及評論不盡妥善，乃命館臣重加採選、修訂，而成此集。所選都以符合六籍正統思想和出入周秦兩漢的各家作品爲準，文後附有評論疏證。

【唐宋詩醇】清乾隆選定。四十七卷。選輯唐李白杜甫白居易韓愈和宋蘇軾陸游的詩。大旨以李杜爲正宗，白韓蘇陸爲羽翼。詩後附錄各家評語及考訂、疏解。

【唐宋叢書】明鍾人傑輯。人傑，字瑞先，錢塘人。收書共九十一種，一百四十九卷。除唐宋人著作外，尚有先秦六朝人著作二十種，補漢魏叢書所未備。又元人著作兩種。

【唐音癸籤】明胡震亨撰，三十三卷。震亨編唐音統籤十集，以十干爲紀，共一千零二十七卷，此其第十集。前九集，皆錄唐詩，此集則專收詩話，分體凡法徵評詁箋談叢集錄等七目。唐詩的源委、變革、體制、風格、與作家的短長，詞語的考釋，約略具備。

【唐律疏議】唐長孫無忌等奉敕撰，三十卷。貞觀中房玄齡奉詔，對隋開皇所訂新律進行删訂，分名例、衛禁、職制、戶婚、廐庫、擅興、盜賊、鬬訟、詐僞、雜律、捕亡、斷獄十二篇，共五百條，是爲唐律。高宗時，又詔長孫無忌等爲之考證、疏義而成是書。元王元亮撰釋文，附於各卷之後。古代律書傳於今者，以此最爲詳備。

【唐國史補】唐李肇撰，三卷。唐劉餗撰國朝傳記，記南北朝至唐開元事。肇書則記開元至長慶間事，共三百零八節。自序謂：言報應，敍鬼神，徵夢卜，近帷箔則去之；紀事實，探物理，辨疑惑，示勸戒，採風俗，助談笑，則書之。宋歐陽修的歸田錄，自稱倣此書而作。

【唐詩品彙】明高棅編，九十卷。收錄唐代詩作共六百二十家，五千七百餘首，分體編次，稱初唐爲正始，盛唐爲正宗、大家、名家、羽翼，中唐爲接武，晚唐爲正變、餘響，方外異人等爲旁流，共九格。又補收作者六十一人，詩九百餘首，爲拾遺十卷。明代館閣皆以此書爲宗。

【唐詩紀事】宋計有功撰，八十一卷。有功字敏夫。此書採集豐富，收一千一百五十家。對詩人名篇、本事、世系、爵里等記載頗詳。唐人詩集不傳於世者，零篇散句，多賴此書以保存。

【唐詩鼓吹】十卷。編者不詳。元趙孟頫作序，稱此書爲金元好問所編，門人郝天挺作注。所收皆唐人七言律詩，共九十六家。

【唐僧取經】俗指唐時僧人玄奘赴天竺求經的故事。玄奘在印度前後十七年，回國後譯出經、論七十五部，一千三百三十五卷。元吳昌齡唐三藏西天取經雜劇，明吳承恩西遊記小說，皆演其事。

【唐臨晉帖】唐人書法多以晉人爲本，脫胎變化而成家。因用此比喻善摹倣而少獨創。元虞集評范梈（字德機）詩曰："德機詩如唐臨晉帖"。見明陶宗儀輟耕錄四詬詩。

【唐百家詩選】宋王安石編，二十卷。安石與宋敏求同爲三司判官，就敏求所藏唐詩百餘編，選定一千二百四十六首，編成此書。李白杜甫王維韋應物元稹白居易等名家詩作皆不選入。四庫提要據晁公武郡齋讀書志二十認爲原係宋敏求編，由安石更爲去取。參閱余嘉錫四庫提要辨證二四。

【唐宋八大家】唐宋兩代八個散文代表作家的合稱。卽唐韓愈柳宗元，宋歐陽修蘇洵蘇軾蘇轍曾鞏王安石。他們提倡散文，反對駢體，是古文運動中的重要作家。明初朱右把他們的作品編成八先生文集，書不傳。後來唐順之著文編，於唐宋人除八家外，一律不取。茅坤最崇仰順之，因據以選編八家文，成唐宋八大家文鈔一百四十四卷，後來相沿稱唐宋八大家。至清儲欣於八家外又增唐李翺孫樵兩家，編成唐宋十大家全集錄，因又有唐宋十大家之稱。

【唐賢三昧集】清王士禛撰，三卷。士禛論詩主神韻，所選皆盛唐作家，共四十三家，而以王維孟浩然韋應物柳宗元爲主。書名三昧，取佛經自在之意。

【唐人萬首絕句選】清王士禛編。七卷。據宋洪邁唐人萬首絕句一書，删存二百六十四家，詩八百九十五首。唐人名作，大略具備。

哥

gē ㄍㄜ 古俄切，平，歌韻，見。

㊀兄。唐白居易長慶集二三祭浮梁大兄文："再拜跪奠大哥于座前，伏惟哥孝友慈惠，和易謙恭。"㊁通"歌"。史記燕召公世家："召公卒，而民人思召公之政，懷棠樹不敢伐，哥詠之，作甘棠之詩。"

【哥哥】兄之稱。舊唐書一〇六王琚傳："玄宗泣曰：'四哥仁孝，同氣唯有太平。'"四哥，指其父睿宗。淳化閣帖有唐太宗與高宗書，自稱"哥哥勅"。哥，平時是同輩稱謂，此係臨時移用，非哥哥可以爲父子互稱之詞。

【哥舒】複姓。唐突騎施有哥舒部，世居安西，後以部落名爲姓氏。見通志二九氏族五。

【哥窯】宋瓷窰名。窰址在浙江龍泉縣

南七十里華琉山下。北宋處州龍泉縣舊有龍泉窯，南宋章生一、生二兄弟亦在此製瓷，各主一窯。生一所製之瓷號哥窯，生二所製者號弟窯，又稱章龍泉窯，簡稱章窯。哥窯瓷胎細質白，微帶灰色，有冰裂紋。釉色以青爲主，濃淡不一，有翠青、粉青、灰青、米色，有淺青近白者。別有黃與黑泥二種，亦有鐵足紫口者。製作較龍泉窯更爲細巧精緻。元末新燒者，胎質粗糙，色亦較次。參閱明王世貞宛委餘編十五、清朱琰陶說二。

【哥舒翰】公元？—756年。唐突騎施酋長哥舒部之裔，世居安西。初爲王忠嗣衙將。因戰功封西平郡王。後以疾廢歸京師。安祿山起兵，起用爲元帥，守潼關，出戰不利，遂降祿山，不久被殺。新、舊唐書有傳。

哲 zhé 陟列切，入，薛韻，知。ㄓㄜˊ

㊀明智。書皋陶謨："知人則哲。"㊁哲人。左傳成八年："夫豈無辟王，賴前哲以免也。"㊂通"折"。見"哲獄"。

【哲人】明達而有才智的人。詩大雅抑："其維哲人，告之話言。"禮檀弓上："泰山其頹乎，梁木其壞乎，哲人其萎乎！"

【哲王】賢明的君主。書酒誥："在昔殷先哲王，迪畏天顯小民，經德秉哲。"詩大雅下武："下武維周，世有哲王。"

【哲夫】足智多謀的人。詩大雅瞻卬："哲夫成城，哲婦傾城。"箋："哲，謂多謀慮也。城，猶國也。"

【哲艾】明智的老人。艾，老。宋孫覿鴻慶居士集二六李回依舊延康殿學士知洪州："眷予哲艾，惟國老成。"

【哲匠】明智而富有才藝的人。文選晉殷仲文南州桓公九井作詩："哲匠感蕭晨，肅此塵外軫。"指桓玄。唐杜甫杜工部詩史補遺四陳拾遺故宅："有才繼騷雅，哲匠不比肩。"指陳子昂。

【哲后】賢明的君主。后，君。文選晉袁彥伯(宏)三國名臣序贊："綢繆哲后，無妄惟時。"

【哲思】精深的思慮。晉陸雲陸士龍文集五晉故豫章內史夏府君誄："澄鑒博映，哲思惟文。"

【哲婦】多謀慮的婦女。詳"哲夫"。

【哲嗣】舊稱人之子爲哲嗣，即令嗣之意。明張居正張文忠集書牘十三答司成姜鳳阿："兒曹寡學，幸與哲嗣同登，奕世之交，殆亦非偶。"

【哲獄】決獄。審理案件。同"折獄"。漢書七一于定國傳贊："于定國父子，哀鰥哲獄，爲任職臣。"書呂刑"哀敬折獄"，尚書大傳引作"哀矜哲獄"。

【哲那環】僧人偏衫肩下的大扣環。元鄭元祐遂昌雜錄一："師一日訪無著，延師於飯。飯竟，出一銀香合，重二十兩，塵土蒙岔如漆黑。無著誨師令其打一二十哲那環。"

唇 1. zhēn 職鄰切，平，真韻，照。ㄓㄣ

㊀驚。見說文。後人寫作"震"。見清段玉裁說文解字注。

2. chún ㄔㄨㄣˊ

㊀通"脣"。見"脣"。

【唇吻】口，嘴。漢王充論衡率性："揚唇吻之音，聒賢聖之耳。"

哿 1. gě 古我切，上，哿韻，見。ㄍㄜˇ

㊀歡樂。詩小雅正月："哿矣富人，哀此惸獨。"傳："哿，可也。"

2. jiā ㄐㄧㄚ

㊀婦女首飾。通"珈"。漢揚雄太玄萫："男子折笄，婦人易哿。"注："哿，笄飾也。"

哰 láo 魯刀切，平，豪韻，來。ㄌㄠˊ

㊀見"嘮哰"。㊁見"哰哰"。

【哰哰】象聲詞。宋穆修河南穆公集一殘春病醒詩："風簾窣窣燕哰哰，卧對殘芳起鬱陶。"

唁 yàn 魚變切，去，線韻，疑。ㄧㄢˋ

對遭遇非常變故者的慰問。後來多指對遭遇喪事的人而言。詩鄘風載馳："載馳載驅，歸唁衛侯。"疏引穀梁傳："此據失國言之，若對弔死曰弔，則弔生曰唁。"舊唐書一二五蕭復傳："復輒以賑貸爲有司所劾，削階，朋友唁之。"

【唁勞】對遭遇喪事者的慰問。宋史三四〇蘇頌傳："遭母喪，帝遣中貴人唁勞，賜白金千兩。"

哼 hēng 集韻 虛庚切，平，庚韻。ㄏㄥ

㊀喑哼，愚怯貌。見集韻。㊁嘆詞。表示痛苦、鄙視、怒恨、不滿等。

【哼哈二將】佛經所稱的金剛力士。也叫金剛神、金剛夜叉、密迹金剛等。是執金剛杵護衛佛法的天神，在佛寺院中立於寺門的兩側，作爲護門神。大寶積經八密迹金剛力士會記其宿世事迹。小說封神演義以神相面現忿怒，鼻與口吐出光氣，因而附會稱爲哼哈二將。

【哼哼唧唧】低聲念念有辭的樣子，紅樓夢七："我就怕和別人說話，他們必定把一句話，拉長了作兩三截兒，咬文嚼字，拿着腔兒，哼哼唧唧的！"

哢 lòng 盧貢切，去，送韻，來。ㄌㄨㄥˋ

㊀鳥鳴聲。晉陶潛陶淵明集三癸卯歲始春懷古田舍二首詩："鳥哢歡新節，冷風送餘善。"㊁鳥鳴。唐王維王右丞集六聽宮鶯詩："忽驚啼還斷，移處哢還長。"

【哢吭】鳥鳴。文選晉左太沖(思)蜀都賦："其中則有鴻儔鵠侶，……雲飛水宿，哢吭清渠。"

哱 bó 普沒切，入，沒韻，滂。ㄅㄛˊ 集韻 薄沒切，入，沒韻。

㊀吹氣聲。見廣韻。㊁見"哱囉"。

【哱囉】古時軍中的一種號角。明戚繼光練兵實紀三練耳目："明哱囉。凡吹哱囉，是要各兵起身。再吹一次，是要馬兵上馬，車兵附車，步兵執器械立齊。"

哣 dōu ㄉㄡ

斥責聲。明湯顯祖牡丹亭寇間："哣！腐儒啼哭甚麼？"王世貞鳴鳳記驛裹相逢："哣！你小人勢利，但知錦上添花。"

唔 tǔn 字彙 通懇切。ㄊㄨㄣˇ

癡呆的樣子。元王實甫西廂記三本四折："足下其實啉，休妝唔。"

哮 xiāo 許交切，平，肴韻，曉。ㄒㄧㄠ 呼教切，去，效韻，曉。

獸怒。詩大雅常武："進厥虎臣，闞如虓虎。"風俗通義二宋均令虎渡江引詩作"哮虎"。唐慧琳一切經音義十四大寶積經九十哮怒："孝交反，俗字也。正體作虓。集訓云：虎怒聲也，從九從虎。"

【哮呷】大聲。文選漢王子淵(褒)洞簫賦："哮呷呟喚，躋躓連絕。"

【哮闞】猛獸發怒。文選三國魏曹子建(植)七啓："哮闞之獸，張牙奮鬣。"又晉陸士衡(機)辯亡論上："哮闞之羣風驅，熊羆之衆霧集。"以猛獸比喻將士。參見"虓闞"。

哺 bǔ 薄故切，去，暮韻，並。ㄅㄨˋ

㊀喂食。漢書八四賈誼傳："抱哺其子。"㊁鳥飼幼鳥。漢書六五東方朔傳："朔曰：'夫口無毛者，狗竇也。聲謷謷者，鳥哺鷇也。'"㊂口中所含食物。莊子馬蹄："含哺而熙，鼓腹而遊。"

【哺乳】以乳喂兒。漢王符潛夫論忠貴：

"哺乳太多,則必掣縱而生癎。"

【哺養】哺育幼兒。後漢書八一李善傳:"親自哺養,乳爲生湩。"

【哺歠】飲食。歠,飲。南史王彧傳:"景文(彧字)非但風流可悦,乃哺歠亦復可觀。"

哽 gěng 古杏切,上,梗韻,見。ㄍㄥˇ

㊀食物塞在喉部下不去。也作"鯁"。韓非子內儲下:"女欲寡人之哽邪?奚爲以髮繞炙。"抱朴子任能:"故口不容而强吞之者必哽。"㊁哽咽。南史宋晉熙王昶傳:"因把姬手南望慟哭,左右莫不哀哽。"

【哽咽】㊀食物塞於喉部不下。㊁悲歎而氣結喉塞,嗚咽不能成聲。後漢書袁紹傳下劉表與袁譚書:"聞之哽咽,若存若亡。"文選晉劉越石(琨)扶風歌:"揮手長相謝,哽咽不能言。"

【哽恧】悲慚。梁書元帝紀大寶元年答南平王恪等牋:"瞻言前典,再懷哽恧。"

【哽結】悲戚鬱積於心。三國志吳孫登傳:"生無益於國,死貽陛下重感,以此爲哽結耳。"文選晉陸士衡(機)謝平原內史表:"喜懼參并,悲慙哽結。"

【哽噎】㊀進食不暢。骨梗爲哽,飯塞爲噎。漢劉向説苑敬慎:"一食之上,豈不美哉,尚有哽噎。"㊁同"哽咽㊁"。宋陳亮龍川文集二五祭妻叔母喻氏文:"望新靈而哽噎,話往事以酸辛。"

【哽饐】同"哽咽㊁"。楚辭漢王逸九思遭厄:"見哽饐兮詰詘。"注:"饐,一作咽。"

哶 miē 集韻 母婢切,上,紙韻。ㄇㄧㄝ 母野切,上,馬韻。

也寫作"咩""哔"。㊀羊叫聲。見集韻。

集韻 彌嗟切,平,麻韻。

㊁苴哶,古城名,在今雲南大理縣。

哳 zhā 陟鎋切,入,鎋韻,知。ㄓㄚ

象聲詞。見"啁哳"、"嘲哳"。

哤 máng 莫江切,平,江韻,明。ㄇㄤˊ

言語雜亂。國語齊一:"四民者,勿使雜處,雜處則其言哤,其事易。"

【哤聒】聲音雜亂。文選漢馬季長(融)長笛賦:"由衍識道,噍噍讙譟,經涉其左右,哤聒其前後者,無晝夜而息焉。"注:"哤聒,雜聲也。"

哪 1. nuó 集韻 囊何切,平,戈韻。ㄋㄨㄛˊ

㊀迎神賽會時驅鬼之聲。通"儺"。見集韻。

2. ná ㄋㄚˊ

㊀語氣助詞。清李玉清忠譜上締姻:"阿呀,蓼洲兄哪!"

【哪吒太子】佛家護法神,傳説毘沙門天王之子。也作"那吒"。宋高僧傳十四道宣傳:"於西明寺夜行足趺,前階有物扶持,履空無害;熟顧視之,乃少年也。宣遽問:'何人中夜在此?'少年曰:'某非常人,卽毘沙門天王之子那吒也。'"西遊記、封神演義小説中有哪吒太子之名稱,本此。

唧 jī 資悉切,入,質韻,精。ㄐㄧ 子力切,入,職韻,精。

㊀象聲詞。見"唧唧"。㊁吸水上噴。種樹書:"凡木蚕晚以水沃其上,以唧筒唧水其上。"

【唧唧】象聲詞。所指隨文而異。1.嘆息聲。樂府詩集二五古辭木蘭詩:"唧唧復唧唧,木蘭當戶織。"2.讚嘆聲。北魏楊衒之洛陽伽藍記四:"飛梁跨閣,高樹出雲,咸皆唧唧,雖梁王兔苑,想之不如也。"3.雀鳴聲。唐王維王右丞集一青雀歌:"猶勝黃雀爭上下,唧唧空倉復若何。"4.蟲鳴聲。宋歐陽修文忠集十五秋聲賦:"但聞四壁蟲聲唧唧,如助余之嘆息。"

【唧溜】也作"卽溜"、"唧嚁"。㊀機靈。元曲選缺名氣英布一:"你去軍中精選二十個卽溜軍士。"㊁秀麗。金董解元西厢二:"恠得新來可唧嚁,折倒得個臉兒清瘦。"參見"不唧溜"。

【唧嗾】蟲類飛鳴細聲。宋詩鈔王令廣陵詩鈔夢蝗:"初時吻角猶唧嗾,終遂大論如人然。"

【唧嘖】秋蟲鳴聲。唐陸龜蒙甫里集四江南秋懷寄華陽山人詩:"唧嘖蛩吟壁,連軒鶴舞楹。"

【唧噥】小聲説話。古今雜劇缺名善知識苦海回頭三:"你道是九重邊有誰唧噥,苦口難諧,甘言易哄。"明西湖居士鬱屖錦傳奇通訊:"夫人喚你請小姐出繡房,却在此唧唧噥噥怎的?"

哨 shào 相邀切,平,宵韻,心。ㄕㄠˋ 七肖切,去,笑韻,清。

㊀細狹。後漢書六十馬融傳廣成頌:"若夫鷙獸毅蟲,倨牙黔口。大匈哨後,緼巡歐紆。負隅依阻,莫敢嬰禦。"㊁不正。見"哨壺"。㊂軍隊巡邏叫放哨。防守之處也叫哨。元史一二四李楨傳:"憲宗命楨率師,巡哨襄樊。"㊃古代軍隊的編制單位。宋史二六四宋琪傳:"左右哨各十指揮。"元刊本哨作"梢"。清代勇營編制,百人爲哨,三哨爲一旗,五哨爲一營。㊄蹙口發出尖聲。水滸三八:"到得江邊,張順略哨一聲,只見江上漁船都撑攏來到岸邊。"㊅見"哨哨"。

【哨子】地痞,流氓。古今雜劇元高文秀黑旋風雙獻功一:"泰安神州謊子極多,哨子極廣,怎生得一個護臂隨將我去方可。"

【哨軍】偵察隊。水滸九一:"又有兩路哨軍報道:'輝縣、武涉兩處圍城兵馬,聞陵川失守,都解圍去了。'"

【哨哨】多言的樣子。漢揚雄法言問道:"匪伏匪堯,禮義哨哨,聖人不取也。"

【哨鹿】打獵時吹哨引鹿。因圍場爲哨鹿的地方,後來也稱圍場爲哨鹿。清朝續文獻通考一八一王禮考十二:"每歲白露後,鹿始出聲而鳴。效其聲呼之可至,謂之'哨鹿'。國語曰'木蘭'。今以爲圍場之通稱。"國語,指滿族語。

【哨探】㊀偵察。三國演義七十:"黃忠連日哨探路徑。"㊁探聽消息。紅樓夢二四:"焙茗道:'今日還没下來,二爺説什麼,我替你哨探哨探去。'"

【哨船】舊時在內河或沿海巡邏的快艇。元張之翰西巖集八再到上海詩:"下海人迴蕃貨賤,巡監軍集哨船多。"

【哨壺】口不正的壺。禮投壺:"主人請曰:'某有枉矢哨壺,請以樂賓。'"注:"王肅云:枉,不直。哨,不正也。"

【哨遍】詞調名。也作"稍徧"。雙調,有一百六十字、二百字、二百二字、二百三字、二百四字數體。見詞譜三九。

【哨腿】露腿。金元好問中州集九王先生予可:"爲人軀幹雄偉,貌亦奇古。……衣長不能掩脛,故時人有哨腿王之目。"

【哨廝】流氓。元曲選缺名百花亭一:"只怕那殺風景的哨廝每排捏呵。"

【哨箭】箭鏃上加骨角哨子,箭發則受風作聲,因稱鳴鏑,也稱哨箭。又有索倫哨箭、鴨嘴哨箭等,多因箭鏃之形狀而名。參閱清會典兵部軍器弓箭之制。

員 1. yuán 王權切,平,仙韻,于。ㄩㄢˊ

廣韻作"貟"。㊀定數的人或物,人員。周禮夏官庾人:"正校人員選。"史記七六平原君傳:"(毛遂)前自贊於平原君曰:'……願君即以遂備員而行矣。'"㊁周圍。見"幅員"。㊂通"圓"。孟子離婁上:"不以規矩,不能成方員。"

2. yún 王分切,平,文韻,于。ㄩㄣˊ 王問切,去,問韻,于。

㈣增加，擴大。詩小雅正月："無棄爾輔，員于爾幅。"㈤助詞。通"云"。詩鄭風出其東門："縞衣綦巾，聊樂我員。"㈥人名，春秋有伍員。㈦姓。唐有員半千。亦讀 yùn。見宋鄧名世古今姓氏書辨證六文。

【員石】墓碑。後漢書六九趙岐傳："可立一員石於吾墓前，刻之曰：'漢有逸人，姓趙名嘉，有志無時，命也奈何！'"

【員外】六朝以來，始有員外郎，以別於郎中。員外指正員以外的官員，可用錢捐買，故舊時小説戲曲中常用以通稱有錢有勢的豪紳。元曲選李行道灰闌記二："不是什麼員外，俺們這裏有幾貫錢的人，都稱他做員外，無過是個土財主，没品職的。"參見"員外郎"。

【員丘】神話中神仙所居地名。晉張華博物志八："員丘山上有不死樹，食之乃壽。"唐柳宗元柳先生集十四天對："員丘之國，身民後死。"

【員次】按官員職掌排定次序。新唐書七六后妃傳論："自餘六尚，分典乘輿服御，皆有員次。"

【員呈】指興建工程的人數和時間的指標。淮南子説山："春至旦，不中員呈，猶謫之。"也作"員程"。漢書七六尹翁歸傳："豪彊有論罪，輸掌畜官，使斫莝，責以員程，不得取代。"注："員，數也。計其人及日數爲功程。"

【員首】指百姓。隋陳常墓誌："上贊方岳，下安員首。"(魏晉南北朝墓誌集釋圖版四七一之二)參見"圓顱方趾"。

【員峭】山頂高而聳出。水經注二六巨洋水："巨洋水又東北合康浪水，水發縣西南峨山，無事樹木，而員峭孤峙，巉屼分立。"

【員嶠】海中仙山名。列子湯問謂渤海之東有大壑，其中有五山：一名岱輿、二名員嶠、三名方壺、四名瀛州、五名蓬萊。釋文："嶠，渠廟切，山鋭而高也。"參閱初學記三十鵲引王子年拾遺記。

【員録】名册。晉書慕容皝載記："學生不任訓教者，亦除員録。"

【員闕】皇宫門樓。三國魏曹植曹子建集五贈丁儀王粲詩："員闕出浮雲，承露槩泰清。"

【員體】古天文儀器。晉書天文志一："立八尺員體而具天地之形，以正黃道。"參閲"渾天儀"。

【員₂半千】公元 621—714 年。唐晉州臨汾人。字榮期。本名餘慶，其師王義方認爲他年青有爲，對他説："五百歲一賢者生，子宜當之。"因此改名半千。武后時爲弘文館學士，參預編修三教珠英。著有三國春秋二十卷及文集，今失傳。新、舊唐書有傳。

【員外郎】官名。員外，本指正員以外之官。晉武帝始設員外散騎常侍，員外散騎侍郎，簡稱員外郎。隋開皇時，尚書省二十四司各設員外郎一人，侍郎不在時，代行曹事。唐以後，直至明清，各部均有員外郎，位郎中之次。參閲説郛十馬鑑續事始員外官、文獻通考五二職官六。

【員淵方井】員，通"圓"。見"圓淵方井"。

唄 bài 薄邁切，去，夬韻，並。ㄅㄞˋ

梵音的歌詠。南朝梁釋慧皎高僧傳十三經師論："然天竺方俗，凡是歌詠法言，皆稱爲唄。至于此土詠經則稱爲轉讀，歌讚則號爲梵唄。"唐劉長卿劉隨州集一秋夜北山精舍觀體如師梵詩："梵香奏仙唄，向夕遍空山。"參見"梵唄"。

【唄讚】佛教僧徒讚頌佛的功德叫唄讚。唐段成式寺塔記："唄讚未畢，滿地現舍利。"參見"梵唄"。

哩 lī ㄌㄧ

語氣助詞。元王實甫西廂記三本二折："不聽得聲音，敢不睡哩。我入去看一遭。"

【哩也波，哩也囉】元代俗語，無實義，猶言如此這般。元王實甫西廂記三本二折："書中之意，著我今夜花園裏來，和他'哩也波，哩也囉'哩！"

哭 kū 空谷切，入，屋韻，溪。ㄎㄨ

㈠悲痛出聲。墨子節葬："死則既以葬矣，生者必無久哭。"㈡歌。淮南子覽冥："昔雍門子以哭見於孟嘗君。"注："哭，猶歌也；見，猶感也。"

【哭竹】詳"孟宗"。

【哭泣】出聲爲哭，無聲爲泣。墨子公孟："又厚葬久喪，……三年哭泣，扶後起，杖後行，耳無聞，目無見，此足以喪天下。"

【哭陵】哭於皇帝的陵墓。參見"哭昭陵"。

【哭國】悲國事而哭。吕氏春秋貴直記狐援説齊湣王，湣王不受，"狐援出而哭國三日"。

【哭踊】喪禮的儀節。禮檀弓上："夫禮，爲可傳也，爲可繼也；故哭踊有節。"漢書禮樂志："哀有哭踊之節，樂有歌舞之容。"注："踊，跳也。哀甚則踊。"

【哭廟】古代帝后之喪，地方官吏士紳，到萬壽宫或廟宇哭奠，叫哭廟。

【哭臨】帝后之喪，集衆舉哀叫哭臨。臨，到。史記孝文紀遺詔："毋發民男女哭臨宫殿。宫殿中當臨者，皆以旦夕各十五舉聲；禮畢罷，非旦夕臨時，禁勿得擅哭。"

【哭昭陵】唐制，臣民有冤者，得到昭陵(太宗墓)哭訴。唐詩紀事五八引唐李洞詩："公道此時如不得，昭陵慟哭一生休。"宋陸游劍南詩稿二三遣懷："積憤有時歌易水，孤忠無路哭昭陵。"

【哭廟記略】書名。無作者姓名。内容記清初吳縣縣令任維新徵糧虐民，貪污肥己，適值順治死，諸生倪用賓等，於哭廟時，向巡撫朱國治遞送揭帖。朱以與任維新有勾連，恐事發波及，遂以諸生乘皇帝死，聚衆倡亂之罪，逮捕倪用賓株連顧予咸金人瑞等十一人，皆處斬刑，是清初的江南大獄之一。

唈 yì 於汲切，入，緝韻，影。
ì 烏荅切，入，合韻，影。

氣不順暢。見"唈僾"、"嗚唈"。

【唈僾】氣不順暢。荀子禮論："祭者，志意思慕之情也。愅詭唈僾，而不能無時至焉。"

哫 zú 即玉切，入，燭韻，精。ㄗㄨˊ

見下。

【哫訾】阿諛逢迎。楚辭屈原卜居："將哫訾栗斯，喔咿儒兒，以事婦人乎？"補注："哫訾，以言求媚也。"清俞樾謂哫訾卽趑趄，欲行而不前的意思，見俞樓雜纂二四讀楚辭。

唅 1. hàn 胡紺切，去，勘韻，匣。ㄏㄢˋ

㈠古代以玉貝放在死人口中叫唅。也作"含"、"琀"。荀子禮論："飯以生稻，唅以槁骨。"槁骨，白色的貝。

2. hán ㄏㄢˊ

㈡通"含"。漢書九一貨殖傳："唅菽飲水。"

3. hān 火含切，平，覃韻，曉。ㄏㄢ

㈢見"唅₃唅₃"。

【唅₃唅₃】象聲詞。南史宋巴陵哀王休若傳："又聽事上有二大白蛇，長丈餘，唅唅有聲，休若甚惡之。"

唏 xī 虛豈切，上，尾韻，曉。
ㄒㄧ 許既切，去，未韻，曉。

哀歎。通"欷"。淮南子說山:"紂爲象箸而箕子唏。"又見史記十二諸侯年表序。

哦 1. é ㄜˊ 五何切,平,歌韻,疑。

㊀吟唱。說文:"哦,吟也。"宋梅堯臣宛陵集三八招隱堂寄題樂郎中詩:"日哦招隱詩,日誦歸田賦。"

2. ó ㄛˊ

㊁歎詞。表示驚訝。儒林外史三十:"哦!你就是來霞士。"

【哦松】唐博陵崔斯立爲藍田縣丞,官署內庭中有松、竹、老槐,斯立常在二松間吟哦詩文。見唐韓愈昌黎集十三藍田縣丞廳壁記。後常以"哦松"指縣丞。元詩選黄公望大癡道人集王叔明爲陳惟允天香書屋圖:"寧知採菊時,已解哦松意。"

啀 1. xián ㄒㄧㄢˊ 徒干切,平,寒韻,定。集韻 徐連切,平,仙韻。

㊀歎息。說文:"啀,語啀嘆也。"㊁通"涎"。文選晉郭景純(璞)江賦:"噴浪飛啀。"注:"啀,沫也。"

2. yán ㄧㄢˊ 集韻 夷然切,平,仙韻。

㊂見"啀₂啀₂"。

【啀₂啀₂】語言流利。後漢書八三梁鴻傳:"競舉枉兮措直,咸先佞兮啀啀。"

啅 zào ㄗㄠˋ

見"囉啅"。

唆 suō ㄙㄨㄛ 蘇禾切,平,戈韻,心。

慫恿,嗾使。廣韻:"唆,嗰唆,小兒相應。"古無唆字,通用"嗾"。見正字通。

【唆使】慫恿。三國演義二三:"(曹)操笑曰:'量汝是個醫人,安敢下毒害我?必有人唆使你來。'"

唉 āi ㄞ 烏開切,平,咍韻,影。

㊀應聲。莊子知北遊:"狂屈曰:唉,予知之。"㊁歎詞。史記項羽紀:"亞父受玉斗置之地,拔劍撞而破之曰:'唉!豎子不足與謀。'"

【唉唉】象聲詞。文選漢韋孟諷諫詩"在予小子,勤唉厥生"注:"應劭曰:'小兒啼聲唉唉。'"

【唉聲歎氣】因心情苦悶悲傷而發出哀歎的聲音。紅樓夢三三:"我看你臉上一團私慾愁悶氣色,這會子又唉聲歎氣,你那些還不足?還不自在?"

八畫

啇 dí ㄉㄧˊ 都歷切,入,錫韻,端。

本。見廣韻。木根、果蒂、獸蹄皆曰啇。見字彙。

商 shāng ㄕㄤ 式羊切,平,陽韻,審。

㊀計量。書費誓:"我商賚爾。"㊁販賣貨物的人。商君書墾令:"商欲農,則草必墾矣。"參見"商賈"。㊂五音(宫、商、角、徵、羽)之一。文選戰國楚宋玉對楚王問:"引商刻羽,雜以流徵。"陰陽五行之說,商、秋均屬金。故稱秋爲商。唐杜甫杜工部草堂詩箋二九七月三日……戲呈元二十一曹長:"今茲商用事,餘熱亦已末。"㊃古漏壺中箭上刻的度數。儀禮士昏禮"士昏禮第二"疏:"……日入三商者,商謂商量,是漏刻之名。"㊄商略,研究。後漢書七八張讓傳論:"成敗之來,先史商之久矣。"㊅星名。詳"心宿"。㊆朝代名。公元前1562?—前1066?。成湯滅夏,建號爲商,都亳。中經幾次遷都,盤庚時遷殷(即今河南安陽縣小屯)。因而也稱爲殷。傳至紂,爲周武王所滅。㊇古地名。史記殷紀:"(契)封于商。"正義引括地志:"商州東八十里商洛縣,本商邑,古之商國,帝嚳之子卨(契)所封也。"即今陝西商洛一帶。㊈姓。見元和姓纂五陽。

【商人】買賣貨物求利的人。左傳僖三三年:"鄭商人弦高將市于周。"墨子貴義:"今士之用身,不若商人之用一布之慎也。"

【商子】舊題秦商鞅撰。二十九篇。漢書藝文志稱商君。隋書經籍志稱商子,四庫書目從之。今刻本或稱商君書,五卷。參見"商君書"。

【商上】藏語。西藏舊官署名。專管庫藏及各項財賦收支。其辦事官員稱商卓特巴。參閱清會典事例九八〇理藩院賦稅。

【商山】山名。在今陝西商縣東。亦名商嶺、商坂。相傳秦末漢初四皓曾在此山隱居。參見"商山四皓"。

【商女】歌女。唐杜牧樊川集四泊秦淮詩:"商女不知亡國恨,隔江猶唱後庭花。"

【商中】宫苑名。漢書郊祀志下:"於是作建章宫,……其西則商中,數十里虎圈。"注:"如淳曰:'商中,商庭也。'師古曰:'商,金也。於序在秋,故謂西方之庭爲商庭,言廣數十里。於菀亦西方之獸,故於此置其圈也。'"史記孝武紀、封禪書都作"唐中"。清王念孫讀書雜誌三漢書五商中指出"商"爲"唐"之訛。參見"唐中"。

【商水】縣名,在今河南周口地區。漢爲汝陽縣。隋改爲溵水,以縣界溵水而名。以避宋趙匡胤(太祖)父弘殷諱改爲商水。縣城西南有扶蘇城。爲秦末農民起義領袖陳涉所建。隋越王侗皇泰元年置扶蘇縣,唐武德五年廢。見太平寰宇記十陳州。今存有扶蘇寺遺跡。

【商屯】明鹽商在邊境的屯墾。明初爲籌措西北邊軍糧餉,令鹽商向邊地納糧,由政府發給鹽引。鹽商憑引到產鹽地取鹽運銷,稱開中。後來鹽商爲避免運糧困難,招募農民在邊境開荒,就地取糧,稱商屯。參閱明史食貨志四鹽法。

【商功】古代算法九章之一,即測量體積,計算用工的方法。如以廣闊高深,求城隄河渠之積;以用力難易,求人工的多少等。漢書食貨志四上:"(耿)壽昌習於商功分銖之事。"參見"九章算術"。

【商丘】㊀縣名。在今河南商丘縣附近。商時都城,名亳。春秋時宋都。秦、漢爲睢陽縣。隋開皇十八年改爲宋城縣。北宋時爲應天府(南京)治。金改爲歸德府治。明嘉靖二十四年改爲商丘縣。㊁複姓。春秋衛大夫,食邑於此,因以爲氏。漢有御史大夫秺侯商丘成,商丘子胥。見通志二七氏族三以邑爲氏。

【商羊】傳說中的鳥名。大雨前,此鳥常屈一足起舞。漢劉向說苑辨物:"其後齊有飛鳥,一足,來下止于殿前,舒翅而跳。齊侯大怪之,又使聘問孔子。孔子曰:'此名商羊,急告民趨治溝渠,天將大雨。'於是如之,天果大雨。"王充論衡變動:"商羊者,知雨之物也;天且雨,屈其一足起舞矣。"

【商兌】商酌,度量。易兌:"商兌未寧。"釋文:"商,商量也。鄭云隱度也。"

【商均】舜子。相傳舜以商均不肖,乃使伯禹繼位。禹立,封商均於虞。見史記五帝紀、夏紀。

【商君】即商鞅。以封於商,號曰商君。詳"商鞅"。

【商阪】地名。即商山。史記六九蘇秦傳:"於是說韓宣惠王曰:'韓,北有鞏洛成皋之固,西有宜陽商阪之塞。'"正義:"亦曰楚山,武關在也。"

【商河】縣名。屬山東省。漢朸縣。隋開皇十六年置滴河縣,以縣南有滴河爲名。宋改爲商河。見嘉慶一統志一七六武定府。

【商於】地名。於，wū。在今陝西商南縣河南淅川縣内鄉縣一帶。秦孝公封衛鞅以商於十五邑。戰國時，張儀説楚懷王，勸楚絶齊親秦，秦願以商於之地六百里獻楚，都指這一帶地方。見史記六八商君傳、七十張儀傳。

【商庚】鳥名，即倉庚。大戴禮夏小正："有鳴倉庚。倉庚者，商庚也，商庚者，長股也。"參閲三國吴陸璣毛詩草木鳥獸蟲魚疏下黄鳥于飛。

【商弦】宫商角徵羽五音，商弦用七十二絲。淮南子覽冥："故東風至而酒湛溢，蠶咡絲而商弦絶，或感之也。"參閲史記樂書。

【商金】在銅器上鑲雜金銀，叫商金、商銀。商字本作"鶬"。詩周頌載見："鋚革有鶬。"箋："鶬，金飾貌。"明代稱商嵌。參閲明曹昭格古要論六古銅論、清袁枚隨園隨筆十八商金銀之訛。

【商周】左傳桓十一年："師克在和，不在衆，商周之不敵，君之所聞也。"後用"商周"比喻兩者不敵。南朝梁鍾嶸詩品下齊惠休上人："惠休淫靡，情過其才，世遂匹之鮑昭，恐商周矣。"

【商度】測量，計劃。爾雅釋言："揆，度也。"注："商度。"後漢書七六王景傳："遣景與王吴修渠築隄，自滎陽東至千乘海口千餘里。景乃商度地勢，鑿山阜，破砥績(磧)，直截溝澗，防遏衝要，疏決壅積。"

【商和】和解。元曲選缺名百花亭二："我請你吃杯茶，商和了罷。"

【商南】縣名。在今陝西商南縣一帶。秦漢商縣地。隋以後爲商洛縣地。元爲商州地。明初爲商縣地。明成化十三年析置商南縣。見嘉慶一統志二四六商州。

【商秋】秋天。五音的商，按陰陽五行家説屬金，配合四時爲秋。商音淒厲，與秋天肅殺之氣相應，所以稱秋爲商秋。文選三國魏何平叔(晏)景福殿賦："結實商秋，敷華青春。"

【商風】秋風，西風。楚辭漢東方朔七諫沈江："商風肅而害生兮，百草育而不長。"

【商容】殷紂時人，爲紂所貶。周武王克殷，表其閭。書武成："(周武王)一戎衣天下大定，乃反商政，政由舊。釋箕子囚，封比干墓，式商容閭。"又見禮樂記、史記殷紀、周紀。漢劉向説苑敬慎作常樅。

【商旅】行商。易復："先王以至日閉關，商旅不行，后不省方。"釋文："鄭(玄)云：資貨而行曰商；旅，客也。"漢書九一貨殖傳："商旅之民多，穀不足而貨有餘。"

【商城】縣名。屬河南省。春秋吴雩婁邑，漢置雩婁縣，隋初改爲殷城，宋建隆初改爲商城。見嘉慶一統志二二二光州一。

【商校】商度，商較。魏書皮豹子傳附皮喜："其所陳計略，商校利害，料其應否，寧邊益國，專之可也。"

【商素】秋季。宋陳亮龍川集十七賀新郎詞："大家緑野陪容與，算等閒，過了薰風，又還商素。"

【商販】㊀經商，販賣。抱朴子論仙："稼穡猶有不收者焉，商販或有不利者焉。"㊁小商人。漢書食貨志下："工匠醫巫卜祝及它方技商販賈人坐肆列里區謁舍，……除其本，計其利，十一分之，而以其一爲貢。"

【商蚷】蟲名，即馬蚿，又叫馬陸。像蜈蚣，較小，無毒。莊子秋水："且夫知不知是非之竟，是猶使蚊負山，商蚷馳河也，必不勝任矣。"

【商略】㊀商討。晉范甯穀梁傳集解序："於是乃商略名例，敷陳疑滯，博示諸儒異同之説。"晉書阮籍傳："籍嘗於蘇門山遇孫登，與商略終古及栖神導氣之術，登皆不應。"㊁放任不羈。三國志蜀楊戲傳評："楊戲商略，意在不羣。"

【商祭】用乾魚祭祀。禮曲禮下："凡祭宗廟之禮，牛曰一元大武。……槀魚曰商祭，鮮魚曰脡祭。"疏："槀，乾也；商，量也。祭用乾魚，量度燥濕得中而用之也。"

【商舶】商船。指唐宋時期往來我國沿海和外洋各國進行貿易的船。宋趙汝适諸蕃志占城國："商舶到其國，即差官摺黑皮爲策，書白字抄物數，監盤上岸，十取其二，外聽交易。"

【商陽】人體經穴名。晉皇甫謐鍼灸甲乙經三手陽明及臂凡二十八穴："商陽者，金也，一名絶陽；在手大指次指内側，去爪甲如韭葉，手陽明脈之所出也。"

【商量】商略裁決。易兑"商兑未寧"注："商，商量裁制之謂也。"唐吴兢貞觀政要一政體："以天下之廣，四海之衆，千端萬緒，須合變通，皆委百司商量，宰相籌畫。"後稱與人交换意見、討論問題爲商量。

【商賈】商人。商君書墾令："商賈少，則上不費粟。"戰國策趙三："所貴於天下之士者，爲人排患釋難，解紛亂而無所取也。即有所取者，是商賈之人也。"散文中商和賈，同義；對文時，商指行商，賈指坐商。書酒誥"肇牽車牛，遠服賈"，文選張平子(衡)西京賦"爾乃商賈百姓"薛綜注，都認爲行者爲賈；漢班固白虎通商賈及周禮天官"六曰商賈"鄭玄注，則認爲行者爲商，坐者爲賈。後來多取前説。

【商搉】商量，討論。晉陸機陸士衡文集六吴趨行："淑美難窮紀，商搉爲此歌。"文選作"商榷"。文選晉左太沖(思)吴都賦："剖判庶士，商搉萬俗。"劉淵林注："廣雅曰：商，度也；搉，粗略也。言商度其粗略。"

【商頌】詩三頌之一。相傳微子後七世戴公時，大夫正考甫得商頌十二篇於周大師，歸以祀其先王。孔子録詩之時，已亡其七，故祇得五篇。見詩商頌譜。近人多認爲是公元前八、七世紀宋國宗廟祭祀的樂歌。

【商較】研討比較。宋書袁湛傳附袁豹："豹善言雅俗，商較古今，兼以誦詠，聽者忘疲。"

【商鞅】約公元前390—前338年，戰國衛人。姓公孫名鞅。以封於商，也稱商鞅、商君。仕魏，爲魏相公叔痤家臣。痤死，入秦，歷任左庶長、大良造。相秦十九年，輔助秦孝公變法，提出"治世不一道，便國不法古"的主張，廢井田，開阡陌，獎勵耕戰，使秦國富强。孝公死，公子虔等誣陷鞅謀反，車裂死。史記有傳。漢書藝文志著録商君二十九篇。

【商歌】悲涼低音的歌。淮南子氾論："夫百里奚之飯牛，伊尹之負鼎，太公之鼓刀，甯戚之商歌，其美有存焉者矣。"後以"商歌"比喻自薦求官。晉陶潛陶淵明集三辛丑歲七月中……夜行塗口詩："商歌非吾事，依依在耦耕。"一説商歌爲商旅人之歌。見史記八三鄒陽傳"甯戚飯牛車下，而桓公任之以國"索隱。

【商蕀】草名。爾雅釋草"髦，顛蕀"注："細葉有刺，蔓生，一名商蕀。"本草稱即天門冬。

【商燈】燈謎。明劉侗于奕正帝京景物略二春場："八日至十八日，集東華門外，曰燈市。……有以詩隱物，幌於寺觀壁者，曰商燈。"參見"商謎"。

【商霖】書説命上記商王武丁稱贊宰相傅説説："若歲大旱，用汝作霖雨。"後因用"商霖"爲頌揚大吏之詞。宋虞儔尊白堂集三主簿昨示喜雨之作……詩："佳名德雨聞前代，尺出商霖證昔年。"

【商橫】天干之庚。史記曆書:"商橫涒灘三年。"索隱:"商橫,庚也……涒灘,申也。"即庚申三年。爾雅釋天作"上章"。

【商謎】宋時説話伎藝名。宋灌圃耐得翁都城紀勝瓦舍衆伎:"商謎,舊用鼓板吹賀聖朝,聚人猜詩謎、字謎、戾謎、社謎,本是隱語。"又見宋吳自牧夢粱錄二十小説講經史。

【商聲】淒愴的聲音。文選晉阮嗣宗(籍)詠懷詩之十:"素質遊商聲,淒愴傷我心。"此指秋季寒風肅殺淒厲之聲。參見"商秋"。

【商顏】地名。即商原,也叫許原。在陝西大荔縣北。史記河渠書:"自徵引洛水至商顏山下。"集解:"服虔曰:顏音崖。應劭曰:徵在馮翊。或曰:商顏,山名。"

【商瞿】春秋魯人,字子木,隨孔子學易。見史記六七仲尼弟子傳。

【商飇】秋風。也作"商猋",文選晉陸士衡(機)園葵詩:"時逝柔風戢,歲暮商猋飛。"梁書沈約傳郊居賦:"望商飇而永歎,每樂愷於斯觀。"

【商巖】書説命上:"高宗(武丁)夢得説,使百工營求諸野,得之傅巖。説築傅巖之野,惟肖。爰立作相。"後以"商巖"比喻賢士在野。文苑英華六六六唐顧雲謝徐學士啟:"周渭、商巖,皆辭釣築。"宋王安石臨川集十六送鄆州知府宋諫議詩:"舟檝商巖命,熊羆渭水占。"

【商君書】也稱商子。原有二十九篇,現存二十四篇。舊題商鞅撰。書中多附會後事,當爲後世法家依託之作。其基本思想是主張法治,實行農戰,加强集權,使秦國富强。在戰國末期已廣泛流傳。

【商飇館】宮觀名。南齊書武帝紀永明五年:"辛卯,車駕幸商飇館。館,上所立,在孫陵崗,世呼爲九日臺者也。"太平御覽一七九建康宮闕簿作"商飇觀"。

【商山四皓】漢初商山四個隱士,名東園公綺里季夏黄公甪里先生。四人鬚眉皆白,故稱四皓。高祖召,不應。後高祖欲廢太子,呂后用留侯計,迎四皓,使輔太子。一日四皓侍太子見高祖。高祖曰:"羽翼成矣。"遂輟廢太子之議。事見史記留侯世家、漢書四十張良傳。

【商卓特巴】清西藏官名。管理庫藏出納事務。詳"商上"。參閱衛藏通志十二。

啟 qǐ ㄑㄧˇ 康禮切,上,齊韻,溪。

㊀開。左傳襄二五年:"門啟而入。"㊁開導。左傳襄二五年:"啟敝邑之心。"參見"啟發"。㊂開拓。韓非子有度:"齊桓公并國三十,啟地三千里。"㊃陳述,告訴。商君書開塞:"非明主莫有能聽也,今日願啟之以效。"玉臺新詠一古詩爲焦仲卿妻作:"府吏得聞之,堂上啟阿母。"㊄古指軍隊的左翼。左傳襄二三年:"啟,牢成御襄罷師。"注:"左翼曰啓。"㊅書函。南朝梁劉勰文心雕龍奏啟:"至魏國箋記,始云啟聞;奏事之末,或謹密啟。"㊆跪。參見"啟居"、"啟處"。㊇古時指立春、立夏。參見"啟閉"。

【啟土】開拓疆域。書武成:"惟先王建邦啟土。"左傳莊二八年:"晉之啟土,不亦宜乎!"

【啟乞】開口索要。南史齊東昏侯紀永元三年:"(潘妃)父寶慶與諸小共逞姦毒,富人悉誣爲罪,田宅貲財,莫不啟乞。"

【啟白】陳説。釋名釋書契:"笏,忽也。君有教命及所啟白,則書其上,備忽忘也。"

【啟行】起程,出發。詩小雅六月:"元戎十乘,以先啟行。"

【啟沃】竭誠忠告。舊指以治國的道理開導帝王。書説命上:"啟乃心,沃朕心。"疏:"當開汝心所有以灌沃我心。"唐吳兢貞觀政要一君道:"非公體國情深,啟沃義重,豈能示以良圖,匡其不及。"

【啟告】通知,報告。三國志蜀董和傳:"事有不至,至於十反,來相啟告。"文館詞林六九五梁武帝設牓遠枉令:"可設牓通衢,普加啟告。"

【啟居】安居休息。詩小雅出車:"王事多難,不遑啟居。"參見"啓處"。

【啟事】㊀陳述事情。三國志魏董卓傳:"召呼三臺尚書以下,自詣卓府啟事。"㊁陳述事情的書函。晉書山濤傳:"濤所奏甄拔人物,各爲題目,時稱山公啟事。"初學記二七南朝梁庾肩吾謝武陵王賚絹啟:"有謝筆端,無辭陳報,不任下情,謹奉啟事謝聞。"

【啟明】㊀金星的别名。以先日而出,故稱啟明。也稱明星、太白星。爾雅釋天:"明星謂之啟明。"注:"太白星也。晨見東方爲啟明,昏見西方爲太白。"㊁開明。書堯典:"胤子朱,啟明。"㊂南詔大理段素廉年號。也作明啟。公元1010年。

【啟服】馬名。左傳昭二九年:"衛侯來獻其乘馬,曰啟服。"爾雅釋畜説馬右前足白的稱啟,此馬用來夾轅駕車,故以啟服爲名。

【啟迪】開導啟發。書太甲上:"旁求俊彥,啟迪後人。"

【啟閉】㊀節氣名。啟,指立春、立夏;閉,指立秋、立冬。左傳僖五年:"凡分、至、啟、閉,必書雲物。"晉書律曆志中:"至乎寒暑晦明之徵,陰陽生殺之數,啟閉升降之紀,消息盈虛之節,皆應躔次而無淫流。"㊁開關。周禮天官閽人:"閽人掌守王宮之中門之禁……以時啟閉。"梁書何胤傳:"别爲小閣室,寢處其中,躬自啟閉,僮僕無得至者。"

【啟處】安處。詩小雅四牡:"王事靡盬,不遑啟處。"傳:"啟,跪;處,居也。"左傳襄八年:"敝邑之衆,夫婦男女,不遑啟處,以相救也。"啟處,猶言起居;言行役在外,没有安息閒暇之時。

【啟報】報告。三國志吳全琮傳:"愚以所市非急,而士大夫方有倒縣之危,故便振贍,不及啟報。"

【啟發】㊀開發人心,使之得以領悟。論語述而:"不憤不啟,不悱不發。"集解引鄭玄:"孔子與人言,必待其人心憤憤,口悱悱;乃後啟發爲説之。"漢應劭風俗通正失彭城相袁元服:"啟發和帝,誅討竇氏。"㊁闡明,發揮。文選漢班孟堅(固)西都賦:"啟發篇章,校理秘文。"晉書索襲傳:"著天文地理十餘篇,多所啟發。"

【啟蒙】開導蒙昧,使之明白貫通。漢應劭風俗通皇霸六國:"每輒挫衂,亦足以祛蔽啟蒙矣。"後來內容淺近示人門徑的書,多取啟蒙爲名。如隋書經籍志小學有晉顧愷之啟蒙記三卷,今不存。宋朱熹有易學啟蒙四卷。教導初學亦稱啟蒙。清龔自珍定盦集補哭鄭八丈詩:"問字兩兒趨"注:"余兩幼兒曰橙曰陶,丈爲啟蒙,設皋比焉。"

【啟齒】笑必露口見齒,故稱笑曰啟齒。莊子徐無鬼:"奉事而大有功者不可爲數,而吾君未嘗啟齒。"唐柳宗元柳先生集十八乞巧文:"抃嘲似傲,貴者啟齒。"

【啟歷】宋時儂智高年號。公元1052—1053年。

【啟蟄】節氣名。蟲類冬日蟄伏,至春復出,叫作啟蟄。左傳桓五年:"凡祀啟蟄而郊。"疏:"夏小正曰:正月啟蟄。其傳曰:言始發蟄也。故漢氏之始,以啟蟄爲正月中,雨水爲二月節。及太初以後,更改氣名,以雨水爲正月中,驚蟄爲二月節,以迄于今,踵而不改。"今稱驚蟄,爲二十四節候之一,在雨水後,清明前。

【啟顙】叩頭;以頭觸地。即"稽顙"。孔

子家語曲禮子貢問:"子張有父之喪，公明儀相焉;問啟顙於孔子。"參見"稽顙"。

【啟體】啟視遺體。即善終之意。宋書謝瞻傳與弟晦書:"吾得啟體幸全，歸骨山足,亦何所多恨。"參見"啟手足"。

【啟心郎】官名。清初各部都設置啟心郎,掌校理漢文册籍,因諸王貝勒管理部院事務而設，以備詢問。參閱清通典二三職官一。

【啟手足】論語泰伯:"曾子有疾，召門弟子曰:啟予足，啟予手。"儒家宣揚孝道，臨終以得保全名譽身體爲幸。後來即以啟手足作爲善終的代稱。唐獨孤及毗陵集十獨孤公故夫人京兆韋氏墓誌:"啟手足之日,長幼號咷。"權德輿權載之集二二杜公墓誌銘:"歲十一月辛亥，啟手足於京師安仁里。"

【啟母石】古代神話謂禹娶塗山氏女，生啟而母化爲石。漢書武帝紀元封元年:"朕用事華山,至於中嶽,獲駮麃,見夏后啟母石。"山海經中山經泰室山注:"啟母化爲石而生啟，在此山。見淮南子。"今本淮南子人間僅言"禹生于石"，注謂"禹母修己，感而生禹，拆胸而出。"

【啟法寺碑】隋仁壽二年立石，周彪撰。丁道護正書。記韋世康出晉道安法師所造丈六金銅無量壽像,修建啟法寺事。原碑宋時已佚,傳世墨拓,舊藏臨川李宗瀚家。參閱宋歐陽棐集古録目二、宋陳思寶刻叢編三。

問 wèn ㄨㄣˋ 亡運切,去,問韻,微。

㊀不知而詢問於人。書仲虺之誥:"好問則裕,自用則小。"㊁審訊。詩魯頌泮水:"淑問如皋陶,在泮獻囚。"㊂聘問。儀禮聘禮:"小聘曰問。"周禮春官大宗伯:"時聘曰問。"㊃問候。論語雍也:"伯牛有疾,子問之。"㊄饋贈。詩鄭風女曰雞鳴:"知子之順之,雜佩以問之。"㊅命令。左傳莊八年:"期戍,公問不至。"㊆音訊。晉書陸機傳:"既而羈寓京師，久無家問。"㊇告。戰國策齊三:"或以問孟嘗君。"㊈聲譽。通"聞"。詩大雅文王:"宣昭義問。"文選李少卿(陵)答蘇武書:"榮問休暢。"

【問牛】漢宣帝時,丙吉爲相，出，逢人逐牛，牛喘吐舌。吉問牛行幾里。或謂牛喘爲細事，吉曰:"方春，少陽用事，未可太熱，恐牛近行，用暑故喘;此時氣失節，恐有所傷害也。三公典調和陰陽，職當憂，是以問之。"事見漢書七四丙吉傳。後因用爲官吏關懷民間疾苦的典故。文苑英華二八二唐鄭谷送吏部曹郎中鄭免官南歸詩:"道暢應爲蝶，時來必問牛。"

【問目】試題,對罪犯的起訴文書。唐劉肅大唐新語十釐革:"國初因隋制，以吏部典選，主者將視其人，覈之吏事,……後日月淹久，選人滋多，案牘淺近，不足爲准,乃採經籍古義以爲問目。"宋朋九萬東坡烏臺詩案中使皇甫遵到湖州勾至御史臺:"今年七月二十八日，中使皇甫遵到湖州勾攝前來，至六月十八日赴御史臺出頭。當日准問目，方知奉聖旨根勘。"

【問字】漢書八七揚雄傳載揚雄多識古文奇字,劉棻曾向雄學奇字。後來稱從人受學或請教爲問字。宋黄庭堅山谷内集二謝送碾壑源揀芽詩:"已戒應門老馬走,客來問字莫載酒。"

【問安】問候尊長的起居。唐詩紀事十三賈曾奉和春日出苑矚目應令:"彤闈曉闢問安迴,金輅遊春博望開。"參見"問安視膳"。

【問名】舊日婚禮中六禮之一。男方具書，派人到女方，問女之名。女方復書，具告女的出生年月和其生母姓氏。納采問名,本爲一個使者執行的事,所以也合稱爲納采。儀禮士昏禮:"賓執鴈，請問名。"藝文類聚四十漢鄭衆婚禮謁文:"問名,謂問女名將歸卜之也。"

【問卦】以卦象占吉凶。文苑英華三一八唐盧綸早春遊樊川墅詩:"卜鄰空遂約,問卦獨無徵。"

【問事】執杖行刑的人。資治通鑑一七七隋開皇十年:"(文帝)嘗怒問事揮楚不甚，即命斬之。"注:"問事者，行杖之人也。"參見"問事杖"。

【問知】向有知識的人請教。韓非子解老:"今衆人之所以欲成功而反爲敗者,生於不知道理而不肯問知而聽能。"

【問津】問路。津,渡口。論語微子:"長沮桀溺耦而耕，孔子過之，使子路問津焉。"晉陶潛陶淵明集五桃花源記:"尋病終，後遂無問津者。"後來稱請求指示學問的門徑,也叫問津。未嘗學問的,自謙爲未嘗問津。

【問俗】訪問風俗。禮曲禮上:"入竟而問禁,入國而問俗,入門而問諱。"

【問訊】㊀互相通問請教。漢劉向説苑建本:"士苟欲深明博察,以垂榮名,而不好問訊之道,則是伐智本而塞智源也。"㊁打聽。玉臺新詠一古詩爲焦仲卿妻作:"幸可廣問訊，不可便相許。"㊂省視慰問。後漢書五五清河孝王慶傳:"慶多被病,或時不安,帝朝夕問訊。"唐杜甫杜工部草堂詩箋二送孔巢父謝病歸江東兼呈李白:"南尋禹穴見李白，道甫問訊今何如。"㊃僧尼行禮,先打一恭,將手舉至眉心,再放下。晉釋法顯佛國記:"阿那律以天眼遥見世尊,即語尊者大目連,汝可往問訊世尊。目連即往,頭面禮足,共相問訊。"水滸五:"魯智深到莊前，倚了禪仗,與莊客打個問訊。"

【問禁】初到異地,先訪問當地的風俗禁忌，以免觸犯。禮曲禮上:"入竟而問禁。"竟,通"境"。

【問歲】詢問收成的豐歉。戰國策齊四:"齊王使使者問趙威后,書未發。威后問使者曰:'歲亦無恙耶?民亦無恙耶?王亦無恙耶?'"

【問鼎】左傳宣三年:"楚子伐陸渾之戎,遂至于雒，觀兵于周疆。定王使王孫滿勞楚子,楚子問鼎之大小輕重焉。"三代以九鼎爲傳國寶,楚子問鼎,有取而代之之意。後來遂稱圖謀王位爲問鼎。晉書赫連勃勃載記:"自皇晉失統,神器南移,群雄岳峙,人懷問鼎。"

【問罪】宣布對方罪狀,加以譴責。北史隋煬帝紀大業八年詔:"商郊問罪，周發成文王之志。"出師征伐,多以問罪爲名。唐杜牧樊川集四和野人殷潛之題籌筆驛十四韻詩:"慷慨匡時略,從容問罪師。"

【問業】請問學業。唐韓愈昌黎集二一送溫處士赴河陽軍序:"小子後生，於何考德而問業焉。"

【問寢】問安。唐李善上文選注表:"昭明太子業膺守器,譽貞問寢。"參見"問安視膳"。

【問對】㊀一問一答。左傳襄十二年:"齊侯問對於晏桓子。"唐有李衛公問對一書。㊁文體名。明徐師曾文體明辯問對:"問對者，文人假設之辭也。"如楚辭屈原的天問,唐韓愈的對禹問,柳宗元的愚溪對等,都屬於這種文體。

【問諱】古禮,初至人家，先問其祖先名諱，以免觸犯。禮曲禮上:"入門而問諱。"

【問頭】㊀試題。唐張鷟龍筋鳳髓判二題:"太學生劉仁範等省試落第，撾鼓申訴,准式卯時付問頭,酉時收策。試日晚付問頭,不盡經業,更請重試。"唐敦煌變文唐太宗入冥記:"(崔)子玉乃奏曰:臣有一個問頭,陛下若答得,即却歸長安;若答不得,應不及再歸生路。"㊁對罪犯的起訴文書。唐韋絢劉賓客嘉話録:"王縉之下獄也,問頭云:'身爲宰相,夜醮何爲？’”

【問遺】親友相饋贈。史記一二二郅都傳：“問遺無所受，請寄無所聽。”樂府詩集十六漢鐃歌之十二有所思：“何用問遺君，雙珠玳瑁簪。”

【問膳】古禮，父母食，子侍側，問膳食如何。禮文王世子：“食上，必在視寒煖之節；食下，問所膳。”唐王維王右丞集六恭懿太子挽歌：“雞鳴嘗問膳，今恨玉京留。”

【問難】詰問駁辯。漢王充論衡問孔：“皐陶陳道帝舜之前，淺略未極，禹問難之。”後漢書三七丁鴻傳：“（章帝）詔鴻與廣平王羨及諸儒樓望成封桓郁賈逵等論定五經同異於北宮白虎觀，使五官中郎將魏應主承制問難，侍中淳于恭奏上，帝親稱制臨決；鴻以才高，論難最明，諸儒稱之。”

【問字堂】清孫星衍書齋名。孫星衍著有問字堂集。清王鳴盛問字堂集序：“問字之名，雖未詳所謂；要孫君之意，則主于識字而已。”

【問事杖】刑杖。三國志魏賈逵傳“充，咸熙中爲中護軍”注引魏略李孚傳：“及到梁淇，使從者斫問事杖三十枚，繫着馬邊。”參見“問事”。

【問經堂】清孫馮翼廳堂名。孫馮翼有問經堂叢書，共十八種三十一卷，多由孫星衍校刊。

【問慰帖】唐貞觀中，購求前代墨跡很嚴，除了弔喪問疾書跡，其他都收入內府。這類未入內府的書簡流傳民間，俗稱問慰帖。見宋沈括夢溪筆談十七書畫。宋米芾寶晉英光集二寄題薛紹彭新收錢氏子敬帖詩：“蕭李駿子弟，不收問慰帖。”

【問牛知馬】喻從旁推究，以明事實真像。漢書七六趙廣漢傳：“鉤距者，設欲知馬賈（價），則先問狗，已問羊，又問牛，然後及馬，參伍其價，以類相準，則知馬之貴賤，不失實矣。”也作“問羊知馬”。南朝陳徐陵徐孝穆集九晉陵太守王厲德政碑：“問羊知馬，鉤距兼設。”

【問安視膳】古代禮法子侍父母，每日必問安，每食必在側。資治通鑑二四五唐開成元年：“給事中韋溫爲太子侍讀，晨詣東宮，日中乃得見。溫諫曰：‘太子當雞鳴而起，問安視膳，不宜專事宴安。’”按禮文王世子言文王爲世子時，雞鳴問親寢之安否，上食問寒暖之節，溫語出此。

【問柳尋花】唐杜甫杜工部詩史補遺三嚴中丞枉駕見過：“元戎小隊出郊坰，問柳尋花到野亭。”宋陸游劍南詩稿九初春出遊戲作：“綠窗百舌喚春眠，問柳尋花意已便。”本皆指玩賞春景而言，後轉以花柳比妓女。

【問道於盲】比喻求問於無知者。唐韓愈昌黎集十六答陳生書：“足下求速化之術，不於其人，乃以訪愈；是所謂借聽於聾，求道於盲。雖其請之勤，勤教之云云，未有見其得者也。”清顧炎武亭林文集三與友人論學書：“比往來南北，頗承友朋推一日之長，問道於盲。”

【問諸水濱】春秋時齊桓公伐楚，以楚不貢和周昭王南征溺死於漢水爲問罪之辭。楚人對曰：“貢之不入，寡君之罪也，敢不共給。昭王之不復，君其問諸水濱。”見左傳僖四年。本意是不任其咎，後來用爲兩不相干之意。元方回桐江續集十六次韻伯田見酬詩：“世故吾其問水濱，向來不合典班春。”

唼 1. shà ㄕㄚˋ 集韻 色甲切，入，狎韻。作答切，入，合韻。

說文作“啑”。㊀水鳥或魚吃食。楚辭宋玉九辯：“鳧鴈皆唼夫梁藻兮，鳳愈飄翔而高舉。”

2. qiè ㄑㄧㄝˋ

㊀見“唼$_2$佞”。

【唼血】古人會盟以牲血塗於口旁，表示誠信。同“歃血”。漢書四十王陵傳：“始與高帝唼血而盟，諸君不在耶？”史記呂后紀作“喋血”。

【唼$_2$佞】讒言。漢書八七上揚雄傳反離騷：“靈修既信椒蘭之唼佞兮，吾纍忽焉而不蚤睹？”

【唼唼】象聲詞。魚和水鳥吃食的聲音。宋陸游劍南詩稿十二長歌行：“鴨鴨觜唼唼，朝浮杜若洲，暮宿蘆花夾。”

【唼啑】同“唼喋”。唐韓偓韓內翰別集深院詩：“鵝兒唼啑梔黃觜，鳳子輕盈膩粉腰。”

【唼喋】魚和水鳥吃食。史記一一七司馬相如傳上林賦：“唼喋菁藻，咀嚼菱藕。”舊題漢劉歆西京雜記一：“唼喋荷荇，出入蒹葭。”

啍 1. tūn ㄊㄨㄣ 徒渾切，平，魂韻，定。

㊀見“啍啍”。

2. zhūn ㄓㄨㄣ

㊀多言貌。通“諄”。荀子哀公：“無取口啍。”

【啍啍】遲重緩慢的樣子。詩王風大車：“大車啍啍。”釋文：“啍啍，他敦反。徐（邈）又他孫反。重遲貌。”今南方謂舉動遲緩爲慢啍啍。也作“慢吞吞”。

【啍$_2$啍$_2$】鄭重叮嚀。莊子胠篋：“釋夫恬淡無爲，而悅夫啍啍之意，啍啍已亂天下矣。”司馬彪謂少智貌，郭象云以己誨人。本或作“哼”，音亨。俱見釋文。

啐 cuì ㄘㄨㄟˋ 倉夬切，去，夬韻，清。七內切，去，隊韻，清。士內切，去，隊韻，清。蘇內切，去，隊韻，心。子聿切，入，術韻，精。

㊀嘗，飲。禮雜記下：“衆賓兄弟，則皆啐之。”㊁唾，表示鄙斥。紅樓夢三九：“平兒啐了一口，急忙走來。”

【啐酒】祭畢飲福酒。禮鄉飲酒義：“啐酒，成禮也。”疏：“啐，謂飲主人酒而入口，成主人之禮。”元史祭祀志三宗廟上：“禮儀使奏請執爵，三祭酒；又奏請啐酒，啐酒訖，以爵授侍中。”

【啐醴】同“啐酒”。儀禮士冠禮：“以柶祭醴三，興，筵末坐啐醴。”

唷 yō ㄧㄛ

出聲。見玉篇。今爲表示驚訝或疑問的歎詞。

唳 lì ㄌㄧˋ 郎計切，去，霽韻，來。練結切，入，屑韻，來。

鶴鳴。晉書陸機傳：“華亭鶴唳，豈可復聞乎？”南朝宋鮑照鮑氏集一舞鶴賦：“唳清響於丹墀，舞容飛於金閣。”

啖 dàn ㄉㄢˋ 徒敢切，上，敢韻，定。徒濫切，去，闞韻，定。

㊀吃。漢王充論衡調時：“倉卒之世，穀食乏匱，人民飢餓，自相啖食。”宋蘇軾分類東坡詩十食荔枝：“日啖荔枝三百顆，不妨長作嶺南人。”㊁給吃。漢王充論衡自紀：“夫不得心意所欲，雖盡堯舜之言，猶飲牛以酒，啖馬以脯也。”㊂利誘。史記七二穰侯傳：“秦割齊以啖晉楚。”㊃通“淡”。史記九九叔孫通傳：“呂后與陛下攻苦食啖。”集解：“啖，一作淡。”㊄姓。晉書符登載記有啖青。唐有啖助。

【啖助】公元724—770年。唐趙州人，字叔佐。天寶末，歷任臨海尉、丹陽主簿。長於春秋，考核三傳短長。以爲左傳敍事雖多，而解釋多謬。著有春秋集傳和春秋統例。今皆亡失。他的遺說保存在其弟子陸淳編纂的春秋集傳纂例中。新唐書有傳。參閱清朱彝尊經義考一七六。

【啖蔗】世說新語排調記顧愷之食甘蔗，

先從尾起。別人問他爲什麽,他回答說:"漸入佳境。"後來便以"啖蔗"比喻境況逐漸好轉。啖,也作"噉"、"啗"。宋李彌遜筠溪集十三將至徽川道中作詩:"端如啖蔗及佳境,快意不復嘲天慳。"參見"噉蔗"。

唪 1. běng 蒲蠓切,上,董韻,並。 ㄅㄥ

㊀大笑。見說文。㊁見"唪唪"。

2. fěng ㄈㄥ

㊂諷誦。念經叫唪經。紅樓夢二五:"(王夫人)命他(賈環)去抄金剛經咒唪誦。"

【唪唪】茂盛的樣子。詩大雅生民:"麻麥幪幪,瓜瓞唪唪。"傳:"唪唪然,多實也。"說文"唪"及"玤"字引詩作"菶菶"。

啑 1. shà 所甲切,入,狎韻,山。 ㄕㄚ

㊀同"唼"。見"唼喋"。㊁通"歃"。見"啑血"。

2. dié ㄉㄧㄝ

㊂踐踏。通"喋"。見"啑₂血"。

【啑血】會盟時以血塗於口旁。同"唼血"、"歃血"。史記呂后紀:"始與高帝啑血盟。"

【啑₂血】踐血而行。指殺人多。史記孝文紀"今已誅諸呂,新啑血京師。"漢書文帝紀作"喋血"。

【啑喋】魚鳥吃東西叫啑喋。同"唼喋"。宋沈遼雲巢集編四德相送荆公三詩用元韻戲爲之詩:"所居養鶩雁,菰蒲覩啑喋。"參見"唼喋"。

【啑鹽指】食指的别名。左傳宣四年"子公之食指動"疏:"食指者,食所偏用。服虔云:俗所謂啑鹽指也。"

唭 qì 去吏切,去,志韻,溪。 ㄑㄧ

見"唭嶷"。

【唭嶷】口吃。漢揚雄太玄經唫:"唭嶷,唫無辭。"注:"唭嶷,有聲而無辭也。"

啞 1. è 烏格切,入,陌韻,影。 ㄜ 於革切,入,麥韻,影。

㊀笑聲。吳越春秋越王無余外傳:"禹乃啞然而笑。"

2. yǎ 烏下切,上,馬韻,影。 ㄧㄚ

㊁瘖啞,口不能言。戰國策趙一:"豫讓……又吞炭爲啞,變其音。"

3. yà 衣嫁切,去,禡韻,影。 ㄧㄚ

㊂歎詞。韓非子難一:"師曠曰:啞!是非君人者之言也。"㊃語氣詞。同"呀"。西遊記二一:"行者道……你放心莫哭,我去啞。"㊄象聲詞。也讀平聲。見"啞₃啞₃"。

【啞₃咤】象聲詞。宋歐陽修文忠集三啼鳥詩:"黄鸝顏色已可愛,舌端啞咤如嬌嬰。"指鳥聲。范成大石湖集二八送同年朱師古龍圖赴潼川詩:"遥知夢境尚京塵,啞咤滿船聞魯語。"指人語嘈雜聲。

【啞₂咽】啼聲嘶啞。唐元稹長慶集五秋堂夕詩:"啼兒屢啞咽,倦僮時寢興。"

【啞咬】形容方言難懂。唐常建詩二空靈山應田叟:"泊舟問溪口,語言皆啞咬。"(唐六名家集)

【啞啞】笑聲。易震:"笑言啞啞。"釋文:"烏客反。馬(融)云笑聲,鄭(玄)云:樂也。"

【啞₃啞₃】象聲詞。淮南子原道:"故夫鳥之啞啞,鵲之唶唶,豈嘗爲寒暑燥濕變其聲哉。"指鳥鴉叫聲。宋陸游劍南詩稿二滄灘:"嘔嘔啞啞車轉急。"指車聲。

【啞₂揖】相揖而不作聲。宋葉夢得石林燕語六:"中丞侍御史上事,臺屬皆東西立于廳下。上事官拜廳已,即與其屬揖,而不聲諾,謂之啞揖。"

【啞爾】笑貌。漢揚雄法言學行:"或人啞爾笑曰:須以發策決科。"

【啞₃嘔】艣聲。宋曾幾茶山集五張子公招飲靈感院詩:"竹輿響肩艣啞嘔,芙蕖城曉六月秋。"

【啞₂謎】不露真相,使人揣測猜想。元王實甫西廂記二本四折:"老夫人轉關兒没定奪,啞謎兒怎猜破。"

【啞₂鍾】古有樂鍾十二,唐止用其七,餘五鍾因不能調,棄置不用,故稱啞鍾。參閲唐會要三二雅樂上。

【啞₂蟬】蟬的一種。一謂雌蟬。見政和證類本草二一蚱蟬引陶弘景別錄。一謂寒蜩,初不發音,及得寒露冷風乃鳴。參閲宋陸佃埤雅釋蟲。

【啞₂羊僧】佛教用語。啞羊,比喻不知悟解的人。大智度論三:"云何名啞羊僧?雖不破戒,鈍根無慧,不別好醜,不知輕重,不知有罪無罪,若有僧事,二人苦諍,不能斷決,默然無言;譬若白羊,乃至人殺,不能作聲,是名啞羊僧。"

【啞₂雜劇】宋雜戲名。宋孟元老東京夢華録七:"繼有二三瘦瘠,以粉塗身,金睛白面,如髑髏狀。繫錦繡圍肚看帶,手執軟杖,名作魁(詼)諧,趨蹌舉止若排(俳)戲,謂之啞雜劇。"

【啞₂子吞黄連】歇後語。比喻有苦難言。明朱國楨湧幢小品二十少保:"柔事景皇,如擾龍馴虎,中間備極苦心,啞子吞黄連,自知不可告人者。"明缺名韓朋十義記傳奇付託嬰孩:"冤苦有誰知?一似啞子吃黄連,苦在心兒裹。"

唶 1. jiè 子夜切,去,禡韻,精。 ㄐㄧㄝ

㊀贊歎詞。後漢書光武紀論:"(蘇伯阿)唶曰:'氣佳哉!鬱鬱葱葱然。'"

2. zé ㄗㄜ

㊁吮吸。史記一二五鄧通傳:"文帝嘗病癰,鄧通常爲帝唶吮之。"漢書作"嗽吮",注:"嗽,山角反。"

3. jí ㄐㄧ

㊂見"唶₃唶₃"。

4. zè ㄗㄜ

㊃見"嘖唶"。

【唶惋】歎惜。宋詩鈔陳造江湖長翁詩鈔七月附米舟之浙中作:"笑口忽唶惋,曼膚或瘡痏。"

【唶唶】贊歎聲。慎子外篇:"赤城之山,有石梁五仞焉,徑尺而龜背,下臨不測之谷,……野人負薪而越之,不留趾而逵,觀者唶唶。"

【唶₃唶₃】鳥鳴聲。爾雅釋鳥:"行鳸,唶唶。"淮南子原道:"故夫鳥之啞啞,鵲之唶唶,豈嘗爲寒暑燥溼變其聲哉。"

【唶₄唶₄】喧鬧聲。唐柳宗元柳先生集十八憎王孫文:"王孫之德躁以囂,勃諍號呶,唶唶彊彊,雖羣不相善也。"

啚 1. bǐ 方美切,上,旨韻,帮。 ㄅㄧ

㊀鄙吝的鄙本作"啚",自鄙字行,啚字遂廢。見清段玉裁說文解字注。

2. tú 同都切,平,模韻,定。 ㄊㄨ

㊁"圖"的異體字。見廣韻。

啉 1. lán 盧含切,平,覃韻,來。 ㄌㄢ

㊀古稱行酒一巡爲啉。見廣韻。㊁貪。見字彙。正字通謂與"婪"通。

2. làn ㄌㄢ

㊂愚蠢。元王實甫西廂記三本四折:"足下其實啉,休妝唔。"

唵 ǎn 烏感切,上,感韻,影。 ㄢ

㊀用手進食。見廣韻。㊁佛經梵呪中多用爲發語詞。爲婀、烏、莽三字合成。婀

字是菩提心義；烏字是報身義；莽字是化身義；合三字爲唵字，攝義無邊，故爲一切陀羅尼首。見守護國經九。

啀 yá 五佳切，平，佳韻，疑。ㄧㄚˊ

㊀狗欲咬的樣子。本作"啀"。見"啀啀"。㊁吸飲。通"呷"。唐元稹長慶集十一店卧聞幕中諸公徵樂會飲因有戲呈三十韻詩："籌箭隨宜放，投盤止罰啀。"

啄 1. zhuó 丁木切，入，屋韻，端。ㄓㄨㄛˊ 竹角切，入，覺韻，知。

㊀鳥用嘴取食。詩小雅黃鳥："無啄我粟。"㊁咬。楚辭宋玉招魂："虎豹九關，啄害下人些。"注："啄，齧也。"㊂象聲詞。見"啄啄"。㊃書法稱左上短撇叫啄。元陳繹曾翰林要訣："啄，點首撇尾，左出微仰，女(如)鳥喙之啄物。"

2. zhòu ㄓㄡˋ

㊄鳥嘴。韓詩外傳七："鳥之美羽句啄者，鳥畏之。"

【啄啄】啄食聲。唐韓愈昌黎集二嗟哉董生行："雞來哺其兒，啄啄庭中拾蟲蟻。"㊁叩門聲。唐韓愈昌黎集四剝啄行："剝剝啄啄，有客至門。"參見"剝啄"。

【啄木鳥】鳥名。爾雅作"斲木"。藝文類聚九二晉傅玄啄木詩："啄木高翔鳴喈喈，飄搖林薄著桑槐。"參閱政和證類本草十九啄木鳥、本草綱目四九。

啜 chuò 嘗芮切，去，祭韻，禪。ㄔㄨㄛˋ 陟衛切，去，祭韻，知。殊雪切，入，薛韻，穿。昌悅切，入，薛韻，穿。

㊀嘗，飲。墨子節用中："飯於土塯，啜於土形。"㊁哭泣抽噎的樣子。詩王風中谷："有女仳離，啜其泣矣。"傳："啜，泣貌。"㊂見"啜賺"。

【啜汁】吃殘湯剩飯。比喻乘機邀功得利。史記魏世家："彼勸太子戰攻，欲啜汁者衆。"唐陸龜蒙甫里集三雜諷詩之二："得非佐饗者，齒齒待啜汁。"

【啜泣】抽噎，飲泣。陳書江總傳修心賦序："啜泣濡翰，豈攄鬱結。"

【啜哄】勸誘。元曲選馬致遠青衫淚二："自從白侍郎別後，儘着老虔婆百般啜哄，我再不肯接客求食。"

【啜茗】飲茶。唐杜甫杜工部草堂詩箋三重過何氏五首詩："落日平臺上，春風啜茗時。"

【啜賺】哄騙。宋宋慈宋提刑洗冤集錄降頒新例："州縣司吏，通行捏合虛套元告詞，因啜賺元告絕詞文狀。"元王實甫西廂記五本一折："臨行時啜賺人的巧舌頭，指歸期約定九月九。"

【啜菽飲水】吃豆類，喝清水。形容生活清苦。荀子天論："君子啜菽飲水，非愚也，是節然也。"

啗 hán 集韻，胡南切，平，覃韻。ㄏㄢˊ

㊀啗，同"頷"。下巴。一說面頰。參閱清朱駿聲說文通訓定聲。㊁見下。

【啗啣】鼓腮作氣，含怒的樣子。文選漢王子淵(褒)洞簫賦："形旖旎以順吹兮，瞋啗啣以紆鬱。"注："說文曰：'頷，頤也。'釋名曰：'啣，咽下垂也。'言氣之盛，而啗啣類瞋也。"

唬 1. xià 呼訝切，去，禡韻，曉。ㄒㄧㄚˋ 古伯切，入，陌韻，見。

㊀虎吼。見廣韻。㊁哭號。漢郎中鄭固碑："俯哭誰訴，卬唬焉告。"(隸釋六)

2. hǔ ㄏㄨˇ

㊂嚇。古今雜劇元關漢卿竇娥冤二："自藥死親爺，今日唬嚇誰？"

【唬唬】象聲詞。唐柳宗元柳先生集二解崇賦："風雷唬唬以爲橐籥兮，回祿煽怒而喊呀。"

啃 kěn ㄎㄣˇ

一塊一塊地往下咬。西遊記四六："(行者)坐在櫃裏，將桃子一頓口啃得乾乾淨淨。"

啅 1. zhúo 竹角切，入，覺韻，知。ㄓㄨㄛˊ

㊀鳥啄食。通"啄"。唐杜甫杜工部草堂詩箋十二曲江陪鄭八丈南史飲："雀啅江頭黃柳花，鵁鶄鸂鶒滿晴沙。"

2. zhào 集韻 陟教切，去，效韻。ㄓㄠˋ

㊁鳥鳴。唐杜甫杜工部詩史補遺七枯椶："啾啾黃雀啅，側見寒蓬走。"㊂衆口紛雜的樣子。見"啅$_2$吠"。

【啅$_2$吠】衆口紛雜的樣子。宋王禹偁小畜集十八答鄭褒書："而僧之不樂吾者，復以前事啅吠。"

唱 chàng 尺亮切，去，漾韻，穿。ㄔㄤˋ

㊀倡導。通"倡"。詩鄭風蘀兮："叔兮伯兮，倡予和女。"釋文："本又作唱。"荀子正論："主者，民之唱也。"㊁歌，吟。唐杜甫杜工部草堂詩箋九悲陳陶："仍唱胡歌飲東市。"㊂奏。文選晉左太沖(思)吳都賦："琴筑並奏，笙竽俱唱。"㊃樂歌。晉書夏統傳："國人痛其忠烈，爲作小海唱。"㊄長聲高呼。見"唱名"、"唱好"等。

【唱于】前後呼應之聲。莊子齊物論："前者唱于，而隨者唱喁。"參見"于喁"。

【唱叫】㊀歌唱。宋灌圃耐得翁都城紀勝瓦舍衆伎："唱叫小唱，謂執板唱慢曲。"㊁吵鬧。元曲選李行道灰闌記："我張林，自從和妹子唱叫了一場，出門去尋俺舅子。"

【唱衣】佛教語。又稱"估衣"、"估唱"。僧尼死後，其遺物分別輕重。重物如金銀田宅歸入常住處；輕物如衣物等分配給僧衆。分不均則集衆僧競賣，平分其價。稱競賣爲唱衣。見釋氏要覽下。

【唱名】㊀高聲呼名。北史元文遙傳："令趙郡王叡宣旨唱名，厚加慰喻。"㊁科舉時代在殿試後，皇帝呼名召見登第進士，叫唱名。宋趙昇朝野類要二："唱名，謂之傳臚。聖上御殿宣唱，第一人第二人第三人爲一班，其餘諸甲各爲一班。"參見"臚唱"。

【唱好】喝采。宋史禮樂志二四："羣臣得籌則唱好，得籌者，下馬稱謝。"

【唱言】㊀即倡言，首先陳述意見。文選三國魏曹子建(植)求通親親表："今之否隔，友于同憂，而臣獨唱言者何也？"㊁揚言。宋沈括夢溪筆談十三權智："世衡乃唱言野利已爲白姥譖死。"

【唱和】㊀此唱彼和，互相呼應。荀子樂論："唱和有應，善惡相象。"鄧析子無厚："張羅而畋，唱和不差者，其利等也。"㊁以詩詞相酬答。唐張籍張司業集四哭元九少府詩："聞來各數經過地，醉後齊吟唱和詩。"

【唱喏】㊀出聲答應。太平廣記三四崔煒引(唐裴鉶)傳奇："交酌醴飲使者曰：'崔子欲歸番禺，願爲挈往。'使者唱喏。"㊁古代下屬見上官，叉手行禮，同時揚聲致敬，叫作唱喏。也叫"聲喏"。宋蘇轍欒城集四五乞定差管臣僚劄子帖黃："張利一任定州總管日曾入教場巡教，以不得軍情，諸軍並不唱喏。"㊂舊時顯貴出行，喝令行人讓路叫"唱喏"。明周祈名義考六唱喏："貴者將出，唱使避已，故曰唱喏。"

【唱喁】應和聲。見"唱于"。

【唱義】倡導起事。後漢書十五李通傳："通布衣唱義，助成大業。"

【唱酬】同"唱和㊁"。宋蘇軾蘇文忠詩合注十五次韻答邦直子由五之二："車馬追陪迹未掃，唱酬往復字應漫。"

【唱經】僧道誦經，抑揚其聲，叫唱經。

唐蘇鶚杜陽雜編下:"上敬天竺教,十二年冬,製二高座,賜新安國寺。一曰講座,一曰唱經座,各高二丈,斫沉檀爲骨,以漆塗之;鏤金銀爲龍鳳花木之形,徧覆其上。"唐王建詩八霓裳詞之七:"一聲聲向天頭落,效得仙人夜唱經。"(唐六名家集)

【唱道】真正是,端的是。元曲雙調鴛鴦煞的定格,第五句首二字規定須用"唱道"字。元曲選白仁甫梧桐雨三:"黃埃散漫悲風颯,碧雲黯淡斜陽下,一程程水綠山青,一步步劍嶺巴峽,唱道感歎情多,恓惶淚灑,早得升遐,休休却是今生罷。"

【唱諢】宋代說唱文學之一。宋時說話人有小說、說經、講史書、合生四家。合生中有以說諢話爲名的,叫唱諢。明陶宗儀輟耕錄二五:"唐有傳奇;宋有戲曲、唱諢、詞說;金有院本、雜劇、諸宮調。"參閱宋孟元老東京夢華錄五京瓦伎藝、元周密武林舊事六諸色伎藝人。

【唱導】㊀帶頭,領先。後漢書六二荀爽傳:"獸則牡爲唱導,牝乃相從。"㊁佛教語。宣唱開導。南朝梁慧皎高僧傳十三唱導論:"唱導者,蓋以宣唱法理,開導衆心也。"

【唱謀】帶頭策劃。國語吳:"越大夫種乃唱謀,曰:'吾謂吳王將遂涉吾地,……王若今起師以會,奪之利,無使夫悛。'"注:"發始曰唱。"文選三國魏曹元首(冏)六代論:"吳楚唱謀,五國風從。"

【唱曉】報曉。唐王勃王子安集一七夕賦:"鳥氏鳴秋,雞人唱曉。"

【唱賺】宋代一種說唱藝術。演唱兼具諸家腔譜的"賺"曲。宋灌圃耐得翁都城紀勝:"唱賺在京師口,有纏令、纏達。"又:"凡賺最難,以其兼慢曲、曲破、大曲、嘌唱、耍令、番曲,叫聲諸家腔譜也。"

【唱籍】按册點名。新唐書儀衛志上:"朝日,……平明傳點畢,内門開;監察御史領百官入,夾階。監門校尉二人執門籍,曰唱籍。既視籍曰'在',入畢而止。"

【唱籌】高聲報時。籌,更籌。南朝梁何遜何水部集與沈助教同宿湓口夜別詩:"華燭已消半,更人數唱籌。"

【唱道情】明田汝成西湖遊覽志餘三:"(冷泉)堂前假山,修竹古松,不見日色,並無暑氣。後苑小廝兒三十人,打息氣,唱道情;太上云:'此是張倫所撰鼓子詞。'"參見"道情"。

【唱籌量沙】把沙當作粟,量時高呼數字。籌,筭籌。南史五檀道濟傳:"(道濟)軍至歷城,以資運竭乃還。時人降魏者俱說糧食已罄,於是士卒憂懼,莫有固志。道濟夜唱籌量沙,以所餘散其上。及旦,魏軍謂資糧有餘,故不復追。"後常用爲安定軍心,製造假象,迷惑敵方的典故。

喎

wāi ㄨㄞ 苦緺切,平,佳韻,溪。

說文作"咼"。㊀嘴歪。三國志魏武帝紀"故世人未之奇也"注引曹瞞傳:"後逢叔父於路,乃陽敗面喎口。"靈樞經經脈:"汗出鼽衄,口喎脣胗。"㊁偏斜。宋梅堯臣宛陵集十二依韻和許發運游泗州草堂寺之作詩:"醒論時事正,醉戴野巾喎。"

【喎斜】偏斜不正。宋宋慈宋提刑洗冤集錄四病死:"或暗風如發驚搐死者,口眼多喎斜。"朱子語類一一七訓門人五:"說得一角不落正,腔窠喎斜了。"

唸

1\. diàn ㄉㄧㄢ 都甸切,去,霰韻,端。都念切,去,㮇韻,端。

㊀見"唸咿"。

2\. niàn ㄋㄧㄢ

㊀出聲誦讀。

【唸咿】呻吟。詩大雅板:"民之方殿屎。"說文引作"唸咿"。

唫

1\. jìn ㄐㄧㄣ 渠飲切,上,寑韻,羣。

㊀閉口不言。墨子親士:"臣下重其爵,位而不言,近臣則喑,遠臣則唫。"㊁吸。漢揚雄太玄經玄攡:"嘘則流體,唫則凝形。"注:"嘘謂呼也,唫猶翕也。"

2\. yín ㄧㄣ 魚金切,平,侵韻,疑。

㊀詠歎。同"吟"。楚辭屈原九章悲回風:"孤子唫而抆淚兮,放子出而不還。"漢書四五息夫躬傳:"秋風爲我吟,浮雲爲我陰。"㊃高險的山巖。通"崟"。穀梁傳僖三三年:"必于殽之巖唫之下。"釋文:"唫,本作崟。"

啣

xián ㄒㄧㄢ

同"銜"。㊀口含。舊唐書音樂志二:"啣葉而嘯。"㊁懷在心裏。聊齋志異金陵女子:"趙啣恨遽出。"

唾

tuò ㄊㄨㄛ 湯卧切,去,過韻,透。

㊀唾沫。說文:"唾,口液也。"㊁吐唾沫。表示鄙棄。左傳僖三三年:"不顧而唾。"㊂吐。韓非子外儲左上:"魯人有自喜者,見長年飲,不能釂則唾之,亦效而唾之。"

【唾手】把口液吐在手上。極言其易。後漢書七三公孫瓚傳"天下指麾可定"注引九州春秋:"瓚曰:始天下兵起,我謂唾手而決。"百衲本作"唾掌"。

【唾玉】吐出珠玉。稱贊他人的詩文。元方回桐江續集三湖口寄方去言詩:"和篇勤唾玉,枉教妙鉤銀。"

【唾面】唾人之面,表示鄙視、侮辱。戰國策趙四:"太后明謂左右,有復言令長安君爲質者,老婦必唾其面。"參見"唾面自乾"。

【唾腝】把口液吐在生肉醬上。設謀獨占的意思。太平御覽四九二漢桓譚新論:"鄙人有得腝醬而美之。及飲,惡與人共食,即小唾其中;而共者因涕其醬,遂棄而俱不得食焉。彼王公利欲取天下時,乃樂與人分之,及已得而重愛不肯予,是昔唾腝之類。"

【唾棄】鄙棄。唐李商隱李義山詩集一行次西郊作一百韻:"公卿辱嘲叱,唾棄如糞丸。"

【唾壺】痰盂。北堂書鈔一二五晉裴啓語林:"王大將軍(敦)每酒後,輒詠魏武帝樂府歌曰:'老驥伏櫪,志在千里;烈士暮年,壯心未已。'以鐵如意擊唾壺爲節,壺盡缺。"也見世說新語豪爽、晉書王敦傳。全唐詩二四六獨孤及代書寄上裴六冀劉二穎詩:"長嘯林木動,高歌唾壺缺。"西京雜記六載漢廣川王發掘戰國魏襄王冢,有玉唾壺一枚。

【唾掌】同"唾手"。極言事情易辦。魏書路思令傳上疏:"得其人也,六合唾掌可清;失其人也,三河方爲戰地。"參見"唾手"。

【唾餘】唾液之餘。比喻別人言論的餘緒點滴。清江藩漢學師承記江永:"帖括之士,竊其唾餘,取高第掇巍科者數百人。"

【唾罵】鄙棄辱罵。宋陸游渭南文集三一跋李衛公集:"韋執誼之爲人也,順宗實錄及唐書載之甚詳,正人所唾罵也。"

【唾面自乾】尚書大傳三大戰有"罵女(汝)毋歎,唾女毋乾"之文,爲逆來順受,忍辱不與人較之意。新唐書一〇八婁師德傳:"(婁師德)其弟守代州,辭之官,教之耐事。弟曰:'人有唾面,絜之而已。'師德曰:'未也,絜之,是違其怒,正使自乾耳。'"事又見唐劉肅大唐新語七容恕、劉餗隋唐嘉話下、太平廣記一七六引國史異纂等書。

啁

1\. zhōu ㄓㄡ 張流切,平,尤韻,知。陟交切,平,肴韻,知。

㊀象聲詞。見下各條。

2. cháo ㄔㄠˊ

㊀調笑，詼諧。通"嘲"。漢書六五東方朔傳："與枚皋、郭舍人俱在左右，詼啁而已。"

【啁哳】雜亂而細碎的聲音。楚辭宋玉九辯："鴈廱廱而南遊兮，鶤雞啁哳而悲鳴。"指鳥聲。唐白居易長慶集十二琵琶引："豈無山歌與村笛，嘔啞啁哳難爲聽。"指樂歌聲。

【啁啾】細碎的聲音。唐杜甫杜工部草堂詩箋七渼陂行："鳧鷖散亂棹謳發，絲管啁啾空翠來。"指樂器聲。唐王維王右丞集一黃雀癡詩："到大啁啾解游颺，各自東西南北飛。"指雀叫聲。

【啁噍】㊀鳥聲。荀子禮論："小者是燕雀，猶有啁噍之頃焉，然後能去之。"㊁鳥名。即鷦鷯。呂氏春秋求人："啁噍巢於林，不過一枝。"注："啁噍，小鳥也。"參見"鷦鷯"。

啕 táo ㄊㄠˊ

㊀見"嚎啕"。㊁見"啕氣"。

【啕氣】淘氣，頑皮。明史槃宋璟鶼釵記傳奇五："這鶼釵真啕氣。"

啗 dàn 徒敢切，上，敢韻，定。 ㄉㄢˋ 徒濫切，去，闞韻，定。

㊀食，飲。國語晉二："主孟啗我。"㊁含。漢揚雄太玄經玄瑩："啗函啓化。"㊂以利誘人。管子君臣下："有能以民之財力上啗其主，而可以爲勞於下，……則爲人上者危矣。"史記一〇六吳王濞傳："漢使人以利啗東越。"

【啗嚼】吞食，比喻互相傾軋。唐韓愈昌黎集八晚秋郾城夜會聯句詩："兇徒更蹈藉，逆族相啗嚼。"

【啗齰】人中風時口顫動的樣子。文選戰國楚宋玉風賦："啗齰嗽獲，死生不卒。"

唿 hū ㄏㄨ

見下。

【唿哨】撮口出聲，吹口哨。水滸十九："只聽得蘆花蕩裏打唿哨，衆人把船擺開。"

【唿喇】象聲詞。崩蹋聲。西遊記七："唿喇的一聲，蹬倒八卦爐，往外就走。"

唯 1. wéi 以追切，平，脂韻，喻。 ㄨㄟˊ

左傳"惟"字皆作"唯"，毛詩皆作"維"，尚書皆作"惟"。㊀獨，但，只有。易乾："其唯聖人乎？"楚辭屈原離騷："何桀紂之昌披兮，夫唯捷徑以窘步。"㊁雖。墨子尚同："唯毋欲與我同，將不可得也。"㊂以，因爲。左傳昭二十年："唯不信，故質其子。"㊃表示希望。左傳僖三十年："闕秦以利晉，唯君圖之。"㊄語首助詞。論語述而："子曰：'與其進也，不與其退也。唯何甚！'"

2. wěi 以水切，上，旨韻，喻。 ㄨㄟˇ

㊅答應聲。論語里仁："曾子曰：'唯。'"

【唯心】佛教語。佛教認爲，一切諸法(即萬事萬物)都出自內心，都是心造的；心以外不存在任何東西，故稱唯心。成唯識論二："如入楞伽伽他中說：由自心執著，心似外境轉，彼所見非有，是故說唯心。"佛教唯識宗稱"唯識"。

【唯₂阿】唯、阿皆應諾聲，比喻差別不大。老子："唯之與阿，相去幾何？"宋書蔡興宗傳："宰衞相去，唯阿之間。"意思是說太子左率與左衞將軍，兩者的官階，相去不遠。

【唯₂唯₂】㊀恭敬而順從的應答詞。文選戰國楚宋玉高唐賦序："王曰：'試爲寡人賦之。'玉曰：'唯唯。'"㊁應答詞，順應而不表示可否。戰國策秦三："秦王跪而請曰：'先生何以幸教寡人？'范雎曰：'唯唯。'"史記太史公自序："太史公曰：唯唯否否。"㊂相隨而行的樣子。詩齊風敝笱："敝笱在梁，其魚唯唯。"韓詩作"遺遺"。玉篇："瀢瀢，魚行相隨。"遺，爲"瀢"字之省，唯，爲"瀢"之假借。參閱清陳喬樅韓詩遺說考五其魚遺遺。

【唯諾】㊀應對。禮曲禮上："摳衣趨隅，必慎唯諾。"㊁卑恭順從之意。唯唯諾諾的簡稱。韓非子八奸："此人主未命而唯唯，未使而諾諾。先意承旨，觀貌察色，以先主心者也。"唐韓琬御史臺記來俊臣："(周綝)懼俊臣莫敢西顧，但視東唯諾而已。"

【唯識】佛教語。梵語摩怛剌多，義譯爲唯；梵語毘若底，義譯爲識。唯訓簡別，簡別識外無法；識訓了別，了別之心，略爲三種，廣有八種，謂之識。華嚴經就集起之義而云唯心；唯識論就了別之義而云唯識。參見"唯心"。

【唯識宗】見"慈恩宗"。

【唯識論】佛經名。1. 見"成唯識論"。2. 全名唯識二十論。一卷，世親菩薩造。全書共二十一頌，後一頌爲結嘆，非明宗義，故以二十論爲名。譯本有三：一，北魏般若流支譯，一名唯識論，或名楞伽經唯識論。二，陳真諦譯，名大乘唯識論。三，唐玄奘譯，名唯識二十論，慈恩作釋，名唯識二十論述記。

【唯吾獨尊】五燈會元十七佛釋迦牟尼："天上天下，唯吾獨尊。"本佛教推崇釋迦的話，後來稱人之自高自大。

【唯利是視】以利爲行動的出發點。左傳成十三年："余雖與晉出入，余唯利是視。"三國志魏呂布傳評："呂布有虓虎之勇，而無英奇之略，輕狡反覆，唯利是視。"

【唯命是聽】絕對服從的意思。左傳宣十二年："鄭伯肉袒牽羊以迎，曰：'孤不天，不能事君，使君懷怒，以及敝邑，孤之罪也，敢不唯命是聽。'"又作"唯命是從"。左傳昭十二年："今周與四國，服事君王，將唯命是從，豈其愛鼎。"

唲 1. ér 汝移切，平，支韻，日。 ㄦˊ

㊀見"嚅唲"。

2. wā 集韻 於佳切，平，佳韻。 ㄨㄚ

㊀見下各條。

【唲₂嘔】小兒語聲。荀子富國："垂事養民，拊循之，唲嘔之，……以偷取少頃之譽焉，是偷道也。"注："唲嘔，嬰兒語聲也。唲，於佳反；嘔，與謳同。"

【唲₂齵】參差交錯。淮南子要略："氾論者，所以箴縷縩綴之間，攕揳唲齵之郄也。"注："唲齵，錯梧也。"

唔 wǔ 五故切，去，暮韻，疑。 ㄨˇ

㊀違逆，抵觸。文選戰國楚宋玉高唐賦："陬互橫唔，背穴偃蹠。"㊁符合。同"啎"。通"伍"。管子七臣七主："事無常而法令申，不啎，則國失勢。"

售 shòu 承咒切，去，宥韻，禪。 ㄕㄡˋ

本亦作讎，隸省作"售"。㊀賣。詩邶風谷風："賈用不售。"引申爲考試得中。唐韓愈昌黎集二二祭虞部張員外文："司我明試，時維邦彥，各以文售，幸皆少年。"㊁流行。文選漢張平子(衡)西京賦："挾邪作蠱，於是不售。"注："售，猶行也。"

【售謗】散布毀謗的話。宋史二四三昭懷劉皇后傳："時孟后位中宮，后不循列妾禮，且陰造奇語以售謗。"

九 畫

啻 chì 施智切，去，寘韻，審。 ㄔˋ

但，只。書秦誓："不啻若自出其口。"又多士："爾不啻不有爾土，予亦致天之罰于爾躬。"

善 shàn 常演切，上，獮韻，禪。
ㄕㄢˋ
㊀美好。惡之反。書畢命："彰善癉惡。"論語子路："不如鄉人之有善者好之，其不善者惡之。"㊁親善，友好。戰國策秦二："齊楚之交善。"㊂喜好。孟子梁惠王下："王如善之，則何爲不行？"韓非子八奸："羣臣百姓之所善，則君善之。"㊃愛惜。荀子彊國："故善日者王，善時者霸。"注："善謂愛惜不怠棄也。"㊄大，多。詩大雅桑柔："覆背善詈。"箋："善猶大也。"素問金匱真言論："秋，善病風瘧。"㊅擅長，善於。商君書農戰："善爲國者，倉廩雖滿，不偷於農。"史記淮陰侯傳："故善用兵者不以短擊長，而以長擊短。"㊆改善。見"善俗"。㊇揩拭。見"善刀"。㊈熟悉。三國演義十九："武士擁張遼至。操指遼曰：'這人好生面善。'"

【善刀】揩拭其刀。莊子養生主："善刀而藏之。"

【善人】㊀有道德的人。論語述而："善人，吾不得而見之矣；得見有恒者，斯可矣。"孔子家語六本："故曰：'與善人居，如入芝蘭之室，久而不聞其香，即與之化矣。'"㊁尋常百姓。文選漢司馬子長（遷）報任少卿書"且夫臧獲婢妾"注引韋昭："羌人以婢爲妻，生子曰獲。奴以善人爲妻，生子曰臧。"

【善于】王莽代漢，自建新王朝，於天鳳二年，改號匈奴爲恭奴，單于爲善于。見漢書九四下匈奴傳。

【善士】㊀品行高尚的人。孟子萬章下："一鄉之善士，斯友一鄉之善士；一國之善士，斯友一國之善士。"㊁佛教稱皈依佛門，遵守五戒而不出家的教徒。

【善才】唐代樂師之稱。與能手義同。唐白居易長慶集十二琵琶引序："問其人，本長安倡女，嘗學琵琶於穆曹二善才。"又琵琶引："曲罷能教善才伏，粧成每被秋娘妬。"

【善文】善於寫文章。唐柳宗元柳先生集二一濮陽吳君文集序："濮陽吳君，……好學而善文。"

【善月】佛教稱正、五、九三個長齋月爲善月。又名"齋月"。見元德輝敕修百丈清規一。參見"三長月"。

【善化】㊀長於教化。史記建元以來侯者年表："黃霸，家在陽夏，……以賢良舉爲揚州刺史、潁川太守，善化，男女異路，耕者讓畔。"㊁縣名。漢爲臨湘縣。唐爲長沙縣湘潭縣地。宋元符元年，劃長沙縣五鄉，湘潭縣兩鄉設善化縣。1912 年併入湖南長沙縣。參閱太平寰宇記一一四潭州。

【善本】珍貴難得的古書刻本、寫本。宋歐陽修文忠集一四一唐田弘正家廟碑："自天聖以來，古學漸盛，學者多讀韓文，而患集本訛舛，惟余家本屢更校正，時人共傳，號爲善本。"

【善衣】朝祭時穿的禮服。禮深衣："古者深衣蓋有制度，……善衣之次也。"注："善衣，朝祭之服也。自士以上，深衣爲之次；庶人吉服深衣而已。"呂氏春秋達鬱："列精子高聽行乎齊湣王，善衣，東布衣，白縞冠，顙推之履。"

【善言】㊀高妙之論。商君書靳令："法已定矣，不以善言害法。"㊁善於言談。史記五帝紀："共工善言，其用僻，似恭漫天。"正義："共工善爲言語，用意邪僻也。"

【善見】佛教語。第四禪中九天之一。法苑珠林五三界篇諸天部辨位："第四禪中，獨有九天，……七名善現天，八名善見天，九名色究竟天。"

【善卷】傳説上古隱者。莊子讓王："舜以天下讓善卷。善卷曰：'余立於宇宙之中，冬日衣皮毛，夏日衣葛絺，……日出而作，日入而息，逍遙於天地之間，而心意自得。'"又見荀子成相。呂氏春秋下賢作"善綣"。

【善事】㊀好事。戰國策秦三："豈非道之符而聖人所謂吉祥善事與？"㊁善於侍奉。左傳襄二六年："善事大國。"漢書四十王陵傳："願爲老妾語陵，善事漢王。"

【善芳】鳥名。逸周書王會："善芳者，頭若雄雞，佩之令人不昧。"注："善芳，鳥名。"

【善狀】唐時吏部考課官吏有四善名目：一、德義有聞，二、清慎明著，三、公平可稱，四、恪勤匪懈。善狀之外，又有二十七最。見唐六典二吏部考功郎中、舊唐書職官志二。

【善宦】巧於作官。史記一二〇汲黯傳："黯姑姊子司馬安，亦少與黯爲太子洗馬。安文深巧，善宦，官四至九卿。"南朝宋鮑照鮑氏集五數詩："十載學無就，善宦一朝通。"

【善政】妥善的法則政令。左傳宣十二年："見可而進，知難而退，軍之善政也。"

【善哉】讚美感嘆之詞。左傳昭十六年："宣子曰：'善哉！子之言是。'"孫臏兵法威王問："威王曰：'善哉！言兵勢不窮。'"

【善柔】阿諛奉承。論語季氏："損者三友，……友便辟，友善柔，友便佞，損矣。"

【善星】星名。即木星，又名歲星。孫子計篇"天者，陰陽寒暑時制也"唐杜牧注："歲爲善星，不福無道。"

【善思】慎重考慮。荀子成相："臣謹修，君制變，公察善思論不亂。"宋書袁淑傳："元凶（劉劭）將爲弒逆，……淑及（蕭）斌曰：'自古無此，願加善思！'"

【善風】順風。後漢書八八西域傳安息國："和帝永元九年，都護班超遣甘英使大秦，抵條支，臨大海，欲度，而安息西界船人謂英曰：'海水廣大，往來者逢善風，三月乃得度；若遇遲風，亦有二歲者。'"

【善俗】移風易俗，使歸於美善。易漸："山上有木，漸，君子以居賢德善俗。"疏："君子求賢，得使居位，化風俗使清善。"宋史四二七張載傳："（載）舉進士，爲祁州司法參軍雲巖令，政事以敦本善俗爲先。"

【善後】孫子作戰："夫鈍兵挫鋭，屈力殫貨，則諸侯乘其弊，雖有智者，不能善其後矣。"本指事前考慮周密，後乃可以無患。宋蘇軾分類東坡詩二二送范中濟……且贈以魚枕杯四馬箠一："謀初要百慮，善後乃萬全。"今稱事故發生後，妥善加以安排處理爲善後。

【善草】盛美的花草。三國志魏明帝紀景初元年注："起土山於芳林園西北陬，使公卿羣僚皆負土成山，樹松、竹、雜木、善草於其上，捕山禽、雜獸置其中。"

【善根】佛教指人所以能爲善的根性。南朝陳徐陵徐孝穆集七上智者禪師書："既善根微弱，冀願力莊嚴。"

【善財】釋迦牟尼弟子名。華嚴經四五入法界品二："以何因緣名曰善財？此童子者，初受胎時，於其宅內有七大寶藏；其藏普出七寶樓閣，自然周備。……以此事故，婆羅門中善明相師，字曰善財。"

【善書】㊀擅長書法。南齊書王僧虔傳："太祖善書，及即位，篤好不已。"㊁善本書。漢書五三河間獻王傳："（獻王）從民間得善書，必爲好寫與之，留其真。"參見"善本"。

【善敗】㊀成敗。左傳僖二十年："量力而動，其過鮮矣；善敗由己，而由人乎哉？"㊁雖失敗，但有恰當的善後措施。宋張儗棋經合戰："善勝者不爭，善陳者不戰；善戰者不敗，善敗者不亂。"

【善終】㊀不遭禍患，終其天年。漢書五四蘇建傳附蘇武："自丞相黃霸、廷尉于定國、大司農朱邑，……皆以善終。"㊁見"善始善終"。

【善富】㊀善於處富。漢書九一貨殖傳宣曲任氏："富人奢侈，而任氏折節爲力田畜。人争取賤賈，任氏獨取貴，善富者數世。"注："折節力田，務於本業，先公後私，率道閭里，故云善富。"㊁器物名。清翟灝通俗編十祝誦："按杭俗號炷燈竹器曰善富，不識何義。或曰，初以避燈盞盞字音，易名燃釜。繼又取其音近字爲吉號也。"

【善報】作好事得好報。魏書韋儁傳："吾一生爲善，未蒙善報。"法苑珠林八六道諸天報謝："故經曰：行善得善報，行惡得惡報。"事林廣記前集九人事下存心警悟："善有善報，惡有惡報，善惡無報，時節未到。"

【善最】唐代吏部考核官吏，共分四善、二十七最，合善、最以分優劣等級。善指道德操行，最指才能稱職。見唐六典二吏部考功郎中。

【善無】縣名。西漢屬雁門郡，東漢屬定襄郡，靈帝末廢。北魏復置，並於縣置善無郡，至隋廢。故城在今山西右玉縣境内。參閱太平寰宇記四九雲州。

【善勝】刀名。梁書陶弘景傳："大通初，令獻二刀於高祖，其一名善勝，一名威勝，並爲佳寶。"藝文類聚六十有南朝梁簡文帝謝敕賚善勝威勝刀啟。

【善意】㊀好意。漢書九四上匈奴傳："衛律於是止，乃更謀歸漢使不降者蘇武、馬宏等，……欲以通善意。"又五四蘇建傳："因厚賂單于，答其善意。"㊁喜好猜測。漢王充論衡知實："君子善謀，小人善意。"㊂佛教指同佛門結下緣分。弘明集一東漢牟融理惑論："況傾家財，發善意，其功德巍巍如嵩泰，悠悠如江海矣。"

【善詳】謀事詳加審慎。孔子家語弟子行："孔子曰：'欲能則學，欲知則問，欲善則詳，欲給則豫。'"宋書武帝紀上："常日事無大小，必賜與謀之，此宜善詳之，云何卒爾便答！"

【善道】春秋吴地。左傳襄五年："故孟獻子孫文子會吴於善道。"穀梁傳作善稻。今江蘇盱眙縣地。參閲清沈欽韓春秋左氏傳地名補注六。

【善賈】㊀高價。賈，通"價"。論語子罕："有美玉於斯，韞匵而藏諸？求善賈而沽諸？"㊁善於作買賣。韓非子五蠹："諺曰：'長袖善舞，多錢善賈。'"賈，gǔ。

【善羣】善於統率衆人。荀子王制："君者，善羣也。羣道當，則萬物皆得其宜。"注："善能使人爲羣也。"

【善歲】豐年。管子小問："牧民者厚收善歲，以充倉廩。"

【善飯】能吃，食量大。指身體健壯。史記八一廉頗傳："趙使者既見廉頗，廉頗爲之一飯斗米，肉十斤。……趙使還報王曰：'廉將軍雖老，尚善飯。'"

【善綣】傳説上古隱者名。見"善卷"。

【善誘】善於誘導、教誨。論語子罕："夫子循循然善誘人。"漢蔡邕蔡中郎集二陳太丘碑："善誘善導，仁而愛人。"

【善鄰】與鄰人或鄰國和睦友好。左傳隱六年："親仁善鄰，國之寶也。"國語晉二："夫固國者，在親衆而善鄰。"

【善緣】佛教徒稱與佛門有緣分。藝文類聚七六南朝梁簡文帝相宫寺碑："皇太子蕭綱，自昔蕃邸，便結善緣。"

【善導】㊀見"善誘"。㊁公元 613—681 年。唐光明寺僧，佛教淨土宗大師。初師明勝，學三論，後入道綽之門，信徒甚衆，淨土宗至善導而大盛。著有觀無量壽經疏法事讚往生禮讚觀念法門般舟讚等。參閲元普度蓮宗寶鑑四念佛正派京師善導和尚。

【善錢】輪廓厚好而重量足的錢。新唐書食貨志四："顯慶五年，以惡錢多，官爲市之，以一善錢售五惡錢。"

【善聲】高雅的音樂聲。漢王充論衡逢遇："吹籟工爲善聲，因越王不喜，更爲野聲，越王大悦。"

【善懷】多有憂思。詩鄘風載馳："女子善懷，亦各有行。"

【善類】善人之類。子華子孔子贈："明旌善類，而誅鋤醜厲者，法之正也。"

【善權】佛教語。指多方巧説，引導人們領悟教旨。法苑珠林一四四病苦引彌勒所問本願經："彌勒菩薩求本道時，……但以善權方便安樂之行，得致無上正直之道。"

【善見城】在須彌山頂，爲帝釋的都城。優婆塞戒經一："三十三天有一大城，名善見；其城縱廣滿十萬里。"又名喜見城。參見該條。

【善知識】佛教語。指了悟一切知識，高明出衆的人。釋氏要覽上稱謂善知識引摩訶般若經："能説空、無相、無作、無生、無滅法及一切種智，令人心入歡喜信樂，是名善知識。"景德傳燈録五慧能大師："一日，師謂衆曰：'諸善知識，汝等各各淨心，聽吾説法。'"

【善宿男】佛教稱在家或出家信佛、受持八戒的男子。翻譯名義集一七衆弟子優婆塞引淨名疏："此云清淨士，清淨女；亦云善宿男，善宿女。"又引涅槃疏云："一日一夜受八戒者，名爲善宿優婆塞。"

【善哉行】樂府瑟調名。漢末曹操有善哉行三首，曹植擬善哉行，以當來日大難名篇。李白的來日大難，則以首句命題。各篇都見樂府詩集三六瑟調曲一。參閲唐吴兢樂府古題要解上善哉行。

【善無畏】公元 637—735 年。唐高僧。中天竺國王之子，梵名戍婆揭羅僧訶，華言淨獅子，義譯爲善無畏。十三歲嗣位，後讓位於其兄，出家至那爛陀寺，奉龍樹弟子達摩掬多爲本師，受持瑜伽三密之教。開元四年，帶着經書到長安。玄宗爲開内道場，尊爲教主，住西明寺，是把密教傳入中國的第一人。奉詔譯蘇悉地經大日經等多部。開元二十三年卒，年九十九。見宋贊寧宋高僧傳二。

【善撲營】清制京軍有善撲營，選壯勇三百人，習相撲等技藝，設都統或副都統率領。分三部：一名善撲，兩人相撲爲戲，以摔倒對方者爲優；額設二百人。二名勇射，以弓力多者爲優，額設五十人。三名騙馬，以矯捷者爲優，額設五十人。皇帝御試武進士，車駕出巡，扈從宿衛，宴會蒙古藩部時，獻技爲戲。見清光緒續修清會典八八。

【善夫克鼎】西周後期青銅器。又名克鼎。因造主善夫克而名。有大小二器。大者名大克鼎，銘文二百九十字；小者名小克鼎，銘文七十二字。光緒十六年二器同時出土於陝西扶風縣法門寺任村，爲研究西周歷史的重要資料。清吴大澂憲齋集古録五有著録。今藏上海博物館。

【善本書室】清光緒錢塘丁丙藏書室名。又名小八千卷樓。有善本書室藏書志四十卷。丙卒，其子仁有八千卷樓書目二十卷。所藏多宋元明刊本，名家點勘本，精抄孤本。其書後售與江南圖書館。今藏南京圖書館。

【善自爲謀】善爲自己謀劃。左傳桓六年："君子曰：'善自爲謀。'"南齊書王僧虔傳："太祖善書，……與僧虔賭書畢，謂僧虔曰：'誰爲第一？'僧虔曰：'臣書第一，陛下亦第一。'上笑曰：'卿可謂善自爲謀矣。'"

【善忍世界】道家所説的天上世界名。雲笈七籤一〇二引洞玄本行經："中天玉寶元靈元老君者，本姓瑰，字信然，蓋洞元之胤，中和之胄，生於善忍世界。"

【善男信女】佛家稱信仰佛教的男女。後秦鳩摩羅什譯金剛經善現啟請分："合掌恭敬，而白佛言：'希有世尊，……善男子，善女人，發阿耨多羅三藐三菩提心。'"

【善始善終】自始至終都完美，含有結局圓滿的意思。莊子大宗師："故聖人將遊於物之所不得遯而皆存，善妖善老，善始善終。"戰國策燕二樂毅報燕惠王書："臣聞善作者不必善成，善始者不必善終。"

【善善從長】公羊傳昭二十年："君子之善善也長，惡惡也短；惡惡止其身，善善及子孫。"本爲贊揚美德、源遠流長之意，後來稱人取長棄短爲善善從長。

【善善惡惡】獎善嫉惡，好惡分明。史記太史公自序："善善惡惡，賢賢賤不肖。"

【善頌善禱】禮檀弓下："晉獻文子成室，晉大夫發焉。張老曰：'美哉輪焉！美哉奐焉！歌於斯，哭於斯，聚國族於斯。'文子曰：'武也，得歌於斯，哭於斯，聚國族於斯，是全要領以從先大夫於九京(原)也。'北面再拜稽首。君子謂之善頌善禱。"疏："張老因美而譏之，故爲善頌；文子聞過即服而拜，故爲善禱也。"後指在頌揚之中，含規勸之意。

嗚 huī ㄏㄨㄟ 集韻 吁爲切，平，支韻。
驅爲切，平，支韻。

見"哆嗚"。

喜 1. xǐ ㄒㄧˇ 虛里切，上，止韻，曉。

㊀歡悅。易否："先否後喜。"詩鄭風風雨："既見君子，云胡不喜？"㊁喜好。詩小雅彤弓："我有嘉賓，中心喜之。"㊂吉慶的事。周禮秋官大行人："賀慶以贊諸侯之喜。"㊃婦女懷孕。紅樓夢十："叫大夫瞧了，又說並不是喜。"㊄姓。元有喜同，明有喜寧。

2. xī ㄒㄧ

㊅酒食。通"饎"。詩豳風七月："田畯至喜。"箋："喜讀爲饎；饎，酒食也。"

【喜子】蜘蛛的一種。也稱"蟢子"。體細長，暗褐色，長脚。爾雅釋蟲："蠨蛸，長踦。"注："小鼅鼄長脚者，俗呼爲喜子。"初學記四南朝梁宗懍荆楚歲時記："七夕，婦人……陳瓜果於庭中以乞巧，有喜子網於瓜上，則以爲得。"又作"喜母"。三國吳陸璣毛詩草木鳥獸魚蟲疏下："蠨蛸長踦，一名長脚，荆州河內人謂之喜母，此蟲來著人衣，當有親客至，有喜也。"

【喜功】自負其功。漢劉向說苑復恩："魏文侯攻中山，樂羊將，已得中山，還，反報文侯，有喜功之色。"參見"好₂大喜功"。

【喜母】見"喜子"。

【喜事】㊀好攬事。三國魏曹植曹子建集九與吳季重書："可令憙事小吏，諷而頌之。"憙，通"喜"。㊁喜慶的事。唐韓愈昌黎集十詠燈花同侯十一詩："更煩將喜事，來報主人公。"後多指婚姻言。也指婦女懷孕。元曲選張國賓合汗衫二："如今媳婦兒身邊的喜事。"

【喜雨】及時雨。穀梁傳僖三年："六月，雨。雨云者，喜雨也；喜雨者，有志乎民者也。"宋蘇軾經進東坡文集事略四八有喜雨亭記。

【喜信】唐時進士及第的家報。五代後周王仁裕開元天寶遺事下喜信："新進士每及第，以泥金書帖子附於家書中，至鄉曲親戚，例以聲樂相慶，謂之喜信也。"後凡吉慶消息，都稱喜信。

【喜悅】歡樂。吳子圖國："故成湯討桀而夏民喜悅，周武伐紂而殷人不非。"也作"喜說"。說，同"悅"。詩魏風碩鼠"樂郊樂郊，誰之永號"箋："言皆喜說無憂苦。"

【喜容】㊀喜悅的神色。唐劉肅大唐新語七容恕："既無喜容，亦無愧詞。"㊁生時的畫像。宋張端義貴耳集下："壽皇(宋高宗)使御前畫工寫曾海野喜容，帶牡丹一枝。"

【喜神】宋時俗稱人的畫像爲喜神。宋宋伯仁的梅花喜神譜爲寫梅花的意態而作，所以也用喜神爲名。原序："其實寫梅花之喜神，可如牡丹竹菊。有譜則可謂之譜，今非其譜也。"

【喜脈】㊀愛好診脈。史記一〇五倉公傳："高永侯家丞杜信，喜脈，來學。"㊁婦女懷孕的脈象。紅樓夢十："或以這個脈爲喜脈，則小弟不敢從其教也。"

【喜娘】舊婚禮中照料新娘的婦女。紅樓夢九七："儐相請了新人出轎，寶玉見喜娘披着紅，扶着新人，幪着蓋頭。"

【喜雪】好雪。宋蘇軾分類東坡詩七和柳子玉喜雪次韻仍呈述古："燈青火冷不成眠，一夜撚鬚吟喜雪。"

【喜蛛】蜘蛛。古人以蜘蛛出現爲喜事的徵兆，故稱喜蛛。元王實甫西廂記五本二折："疑怪這噪花枝靈鵲兒，垂簾幙喜蛛兒，正應着短檠上夜來燈爆時。"

【喜彈】孵卵不成的鴨蛋，也叫"鴨餛飩"。清朱彝尊曝書亭集二二五言賦鴨餛飩詩："他邦盡棄擲，吾黨獨見喜。"自注："鄉人目曰喜彈。"參見"鴨餛飩"。

【喜樂】㊀歡喜快樂。詩小雅菁菁者莪序："菁菁者莪，樂育材也。君子能長育人材，則天下喜樂之矣。"列子湯問："不夭不病，其民孳阜亡數；有喜樂，亡衰老哀苦。"㊁尋歡作樂。詩唐風山有樞："且以喜樂，且以永日。"

【喜鵲】㊀古人附會鵲能報喜，故稱鵲爲喜鵲。舊題漢劉歆西京雜記三："乾鵲噪而行人至。"唐韓愈昌黎集八晚秋郾城夜會聯句詩："室婦嘆鳴鸛，家人祝喜鵲。"參見"乾₂鵲"。㊁比喻預聞喜訊、通風報信的人。唐缺名大唐傳載："竇參之作相也，用從弟申爲耳目。每除吏，先言於申，申告人，故謂竇給事爲喜鵲。"又見新唐書一四五竇參傳。

【喜歡】高興，歡喜。宋書樂志三曹植善哉行："來日大難，口燥脣乾；今日相樂，皆當喜歡。"

【喜峯口】地名。在河北遷安縣西北。明清時爲薊邊重地，駐兵設防。相傳舊有兵士久戍不歸，他的父親遠來尋子，正好在這裏山下父子相逢，因稱喜逢口。明永樂後，稱喜峯。見畿輔通志六八關隘二。

【喜出望外】喜悅出於意料之外。儒林外史四十："木耐見了蕭雲仙，喜出望外，叩請了安。"

【喜逐顏開】遇到喜事、滿臉高興的樣子。儒林外史七："忙把已取的十幾卷取了，對一對號簿，頭一卷就是荀玫。學道看罷，不覺喜逐顏開，一天愁都沒有了。"

【喜從天降】指意想不到的喜悅。京本通俗小說西山一窟鬼："教授聽得說罷，喜從天降，笑逐顏開。"

【喜躍抃舞】歡樂之極，手舞足蹈。列子湯問："(韓)娥還，復爲曼聲長歌，一里老幼，喜躍抃舞，弗能自禁，忘向之悲也。"省作"喜抃"。梁書徐勉傳修五禮表："愚心喜抃，彌思陳述。"

喆 zhé ㄓㄜˊ 陟列切，入，薛韻，知。

同"哲"。漢書一〇〇上敍傳班固答賓戲："是以聖喆之治，棲棲皇皇。"

喪 1. sàng ㄙㄤˋ 蘇浪切，去，宕韻，心。

㊀失去。書舜典："帝乃殂落，百姓如喪考妣。"㊁死亡。禮檀弓上："公儀仲子之喪，檀弓免焉。"

2. sāng ㄙㄤ 息郎切，平，唐韻，心。

㊂哀葬死者的禮儀。莊子漁父："處喪以哀，無問其禮矣。"㊃死者的遺體。春秋

僖元年:"夫人之喪至自齊。"

【喪人】逃亡的人。公羊傳昭二五年:"喪人不佞,失守魯之社稷,執事以羞。"

【喪₂人】居喪的人。三國志魏倭人傳:"渡海詣中國,恆使一人不梳頭,不去蟣虱,衣服垢污,不食肉,不近婦人,如喪人,名之爲持衰。"

【喪心】心理反常。左傳昭二五年:"哀樂而樂哀,皆喪心也。"

【喪元】人被斬首。元,頭。孟子滕文公下:"勇士不忘喪其元。"三國魏曹植曹子建集五雜詩之六:"國讎亮不塞,甘心思喪元。"

【喪₂主】主持喪事的人。舊喪禮以嫡長子爲喪主;如無嫡長子,以嫡長孫充任。穆天子傳六:"喪主即位,周室父兄子孫倍之。"宋書孟懷玉傳:"丁父艱,……又自陳弟仙客出繼,喪主唯己。"

【喪志】喪失志氣。書旅獒:"玩人喪德,玩物喪志。"

【喪₂具】衣棺之屬。禮檀弓上:"喪具,君子恥具。"

【喪明】目失明。禮檀弓上:"子夏喪其子而喪其明。"世説新語雅量:"豫章太守顧劭,是雍之子。劭在郡卒,雍……歎曰:'已無延陵之高,豈可有喪明之責!'"後因稱子死爲喪明之痛。

【喪₂服】居喪所穿的衣服。如斬衰、齊衰、大功、小功、緦麻。儀禮有喪服篇。參見"五服"。

【喪門】星命家所謂"叢辰"之一。也稱"喪門神"。協紀辨方書三喪門:"紀歲歷:喪門者,歲之凶神也,主死喪哭泣之事。"

【喪₂紀】喪事。周禮天官大府:"山澤之賦,以待喪紀。"禮文王世子:"喪紀以服之輕重爲序。"注:"紀猶事也。"

【喪₂宰】同"喪主"。資治通鑑漢延熹七年:"黄瓊薨,將葬,……(徐)穉往吊之,進酹哀哭而去,人莫知者。諸名士推問喪宰。"

【喪氣】意氣頹喪。後漢書六三杜喬傳:"先是李固見廢,内外喪氣,羣臣側足而立。"

【喪₂祭】古喪禮,未葬之祭皆曰奠;既葬後祭叫喪祭。禮檀弓下:"以吉祭易喪祭。"參見"吉祭"。

【喪₂亂】死喪禍亂。詩小雅常棣:"喪亂既平,既安且寧。"又大雅雲漢:"天降喪亂,饑饉薦臻。"

【喪₂煞】舊時迷信,以居喪人家應避忌的日子爲喪煞。宋俞文豹吹劍録四録:"避煞之説,不知出於何時。按唐太常博士吕才百忌歷,載喪煞損害法,如已日死者,雄煞;四十七日回煞;十三四歲女,雌煞。……故世俗相承,至期必避之。"

【喪膽】極言恐懼。唐李商隱李義山文集三爲李貽孫上李相公德裕啟:"亙絶漠以消魂,委窮沙而喪膽。"

【喪₂禮】舊時居喪和舉辦喪事的儀節。周禮春官大宗伯:"以凶禮哀邦國之憂,以喪禮哀死亡。"禮曲禮下:"居喪未葬,讀喪禮。"疏:"喪禮,謂朝夕奠下室,朔望奠殯宫,及葬等禮也。"

【喪家狗】比喻無所歸依。史記孔子世家:"孔子適鄭,與弟子相失,孔子獨立郭東門。鄭人或謂子貢曰:'東門有人,……纍纍若喪家之狗。'"唐杜甫杜工部草堂詩箋二十將適吳楚留别章使君:"昔如縱壑魚,今如喪家狗。"

【喪心病狂】喪失常心,如病瘋狂。宋史三八一范如圭傳遺秦檜書:"公不喪心病狂,奈何爲此?必遺臭萬世矣!"

呰 zǐ ㄗˇ 將此切,上,紙韻,精。
徂禮切,上,薺韻,從。
祖稽切,平,齊韻,精。

劣弱,疵病。漢書一〇〇下敍傳:"闒尹之呰,穢我明德。"注:"呰與疵同。"參見"呰"。

【呰敗】虚弱敗壞。元吳萊淵穎集二問五臟詩:"元氣日呰敗,客邪作艱屯。"

【呰窳】苟且懶惰。漢書地理志下楚地:"果蓏蠃蛤,食物常足,故呰窳婾生,而亡積聚。"參見"呰窳"。

喧 1. xuān ㄒㄩㄢ 況袁切,平,元韻,曉。

㊀聲大而繁鬧。晉陶潛陶淵明集三飲酒詩之五:"結廬在人境,而無車馬喧。"㊁顯赫的樣子。禮大學引詩:"赫兮喧兮者,威儀也。"

2. xuǎn ㄒㄩㄢˇ

㊂哀哭不止。漢書九七上孝武李夫人傳悼李夫人賦:"悲愁於邑,喧不可止兮。"

【喧呼】喧鬧呼喊。唐李白李太白詩一九翫月金陵城西……往石頭訪崔四侍御:"謔浪棹海客,喧呼傲陽侯。"

【喧啾】聲音嘈雜刺耳。唐柳宗元柳先生集四三遊朝陽巖遂登西亭詩:"逍遥屏幽昧,澹薄辭喧啾。"

【喧豗】哄鬧聲。唐李白李太白詩三蜀道難:"飛湍瀑流爭喧豗,砯崖轉石萬壑雷。"

【喧聒】鬧聲刺耳。文選晉郭景純(璞)江賦:"其羽族也,千類萬聲,自相喧聒。"

【喧喧】形容混雜的聲音。唐李白李太白詩十七送程劉二侍御兼獨孤判官赴安西幕府:"安西幕府多才雄,喧喧唯道三數公。"指衆口聲。白居易長慶集二買花詩:"帝城春欲暮,喧喧車馬度。"指車馬聲。

【喧闐】鬨鬧聲。唐王維王右丞集二同比部楊員外十五夜遊有懷靜者季雜言詩:"香車寶馬共喧闐,箇裏多情俠少年。"

【喧譊】叫嚷。魏書高允傳:"今之大會,内外相混,酒醉喧譊,罔有儀式。"

【喧譁】聲大而嘈雜。同"諠譁"。南朝梁何遜何水部集七召聲色:"臨池正領,拂鏡看花,覩堵牆以颯沓,傾城國以喧譁。"參見"諠譁"。

【喧騰】喧鬧沸騰。唐劉禹錫劉夢得集二聚蚊謠:"喧騰鼓舞喜昏黑,昧者不分聰者惑。"

喀 kē ㄎㄜ 苦格切,入,陌韻,溪。

見下。

【喀喀】嘔吐聲。列子説符:"兩手據地而歐之,不出,喀喀然遂伏而死。"歐,通"嘔"。

啼 tí ㄊㄧˊ 杜奚切,平,齊韻,定。

字本作"嗁"。㊀出聲哭。莊子駢拇:"枝於手者,齕之則啼。"禮喪大記:"始卒,主人啼,兄弟哭。"㊁鳴叫。左傳莊八年:"豕人立而啼。"唐王維王右丞集六聽百舌鳥詩:"入春解作千般語,拂曙能先百鳥啼。"

【啼眉】因悲啼而皺眉。唐元稹長慶集二一瘴塞詩:"瘴塞巴山哭鳥悲,紅裝少婦斂啼眉。"參見"啼粧"。

【啼珠】指水點。唐元稹長慶集六月臨花詩:"夜久清露多,啼珠墜還結。"

【啼粧】東漢時,婦女以粉拭目下,有似啼痕,稱爲啼粧。後漢書五行志一:"桓帝元嘉中,京都婦女作愁眉、啼粧,……啼粧者,薄拭目下若啼處。"太平御覽三八〇晉華嶠後漢書:"梁冀妻孫壽,色美而善爲妖態,作愁眉啼粧,……以爲媚惑。"

【啼鶯】鳴叫着的鶯。唐韋應物韋江州集十聽鶯曲詩:"東方欲曙花冥冥,啼鶯相喚亦可聽。"

【啼哭郎君】宋羅大經鶴林玉露一曲端:"曲端在陝西,甚有威望,張魏公(浚)宣撫,首擢用之。金人萬户婁室與撒離曷等寇邠州，端擊敗之；至白店原，又大敗之。撒離曷乘高望師，懼而號哭；金人因目之爲啼哭郎君。」譏其無能，只知啼哭了事。又見宋李心傳建炎以來繫年要錄三二建炎四年三月。

【啼飢號寒】形容貧困之極。唐韓愈昌黎集一二進學解：「冬暖而兒號寒，年豐而妻啼飢。」

喑 1. yīn 於金切，平，侵韻，影。
ㄧㄣ 烏含切，平，覃韻，影。

㊀啞。通「瘖」。後漢書四五袁閎傳：「遂稱風疾，喑不能言。」㊁緘默不言。晏子親士：「臣下重其爵位而不言，近臣則喑。」漢劉向説苑正諫：「無言則謂之喑。」㊂忍受，忍耐。元曲選賈仲名蕭淑蘭三：「咬定牙兒喑。」

2. yìn 於禁切，去，沁韻，影。
ㄧㄣˋ

㊃見「喑噁叱咤」。㊄聲相應。唐韓愈昌黎集八同宿聯句詩：「清琴試一揮，白鶴叫相喑。」

【喑付】思量，忖度。元曲選李好古張生煮海四：「你自喑付，則俺這水晶宮，是一搭兒奢華處。」

【喑啞】㊀口不能言。管子入國：「聾盲、喑啞、跛躄、偏枯、握遞，不耐自生者，上收而養之疾。」㊁喻沉默不言。宋蘇軾分類東坡詩十司馬君實獨樂園：「撫掌笑先生，年來效喑啞。」

【喑喑】不成語的發聲。漢應劭風俗通五十反：「窮夜獨處，迫切至矣。然無聲響，徒喑喑而已。」

【喑嗚】吞聲悲咽。資治通鑑五一漢永建元年：「（虞）詡曰：『寧伏歐刀以示遠近！喑嗚自殺，是非孰辨邪！』」

【喑噁】發怒聲。唐李白李太白詩一擬恨賦：「雖兮不逝，喑噁何歸。」參見「喑噁叱咤」。

【喑醷】氣結聚貌。莊子知北遊：「自本觀之，生者，喑醷物也。」

【喑藥】服用後使人失音爲啞的毒藥。前漢紀五惠帝元年：「呂后乃斷戚夫人手足，去眼熏耳，飲以喑藥，使居鞠室中，名曰人豕。」史記呂太后紀、漢書九七上外戚傳都作「瘖藥」。

【喑噁叱咤】發怒喝叫聲。史記九二淮陰侯傳：「項王喑噁叱咤，千人皆廢。」漢書三四韓信傳作「意烏」。

喨 liàng
ㄌㄧㄤˋ

聲音高亮。西遊記十五：「三藏又行了許遠，下了山，只聞得一聲響喨，真個是地裂山崩。」參見「嘹亮」。

喭 yàn 魚變切，去，線韻，疑。
ㄧㄢˋ 五旰切，去，翰韻，疑。

㊀粗魯。論語先進：「由也喭。」㊁弔。同「唁」。三國志魏荀彧傳注引晉陽秋：「（荀粲）婦病亡，未殯，傅嘏往喭粲，粲不哭而神傷。」㊂諺語。通「諺」。後漢書五三虞詡傳：「喭曰：關西出將，關東出相。」

【喭喭】强悍。漢焦延壽易林三家人之坤：「喭喭諤諤，虎豹相齚，懼畏悚息，終無難惡。」

【喭餅】食品名。唐李匡乂資暇集下：「石鏊餅本曰喭餅。同州人好相喭，將投公狀，必懷此而去，用備狴牢之糧。後增以甘辛，變其名質，以爲貢遺矣。」

喥 duó 徒落切，入，鐸韻，定。
ㄉㄨㄛˊ

語言迂闊無度。廣韻：「口喥喥無度。」清翟灝通俗編十七笑言：「世俗有所云喥頭者，正謂出言無度人也。」

嗟 juē 子邪切，平，麻韻，精。
ㄐㄩㄝ

歎詞。1. 表示憂歎、感歎。詩周南卷耳：「嗟我懷人，寘彼周行。」2. 表示贊歎。文選三國魏曹子建（植）洛神賦：「嗟佳人之信脩，羌習禮而明詩。」3. 表示呼喚。書秦誓：「公曰：『嗟！我士，聽無譁，予誓告汝。』」

【嗟乎】歎詞。韓非子內儲下六微：「炮人呼天曰：『嗟乎！臣有三罪，死而不自知乎？』」史記陳涉世家：「嗟乎！燕雀安知鴻鵠之志哉！」

【嗟丘】丘名。山海經海外東經：「䟀丘……在東海，兩山夾丘，上有樹木，一曰嗟丘。」

【嗟來】㊀歎詞。來爲語助。莊子大宗師：「嗟來桑戶乎！嗟來桑戶乎！而已反其真，而我猶爲人猗！」㊁「嗟來之食」的略語。漢桓寬鹽鐵論孝養：「夫嗟來而招之，投而與之，乞者猶不取也。」晉陶潛陶淵明集三有會而作詩：「嗟來何足吝，徒沒空自遺。」詳「嗟來食」。

【嗟味】歎賞。唐張東之將仕郎張敬之墓誌：「王公嗟味，乃推爲舉首。」（八瓊室金石補正四十）

【嗟金】指嗟來的財物，非所當得者。宋書袁淑傳與始興王濬書：「以不邪之故，而貧聞天下。寧有昧夫嗟金者哉！」參見「嗟來食」。

【嗟重】讚歎器重。新唐書一二四宋璟傳：「（璟）始自廣州入朝，帝遣內侍楊思勗驛迓之，未嘗交一言。思勗自以將軍貴幸，訴之帝，帝益嗟重。」

【嗟噆】悲歎。韓非子守道：「人臣垂拱於金城之內，而無扼腕聚脣嗟噆之禍。」

【嗟嗞】歎息聲。戰國策秦五：「嗟嗞乎！司空馬！」

【嗟愍】哀憐。魏書高祖紀太和六年：「百姓嗷然，朕用嗟愍，故遣使者，循方賑恤。」

【嗟嗟】㊀歎詞。1. 表示叮囑。詩周頌臣工：「嗟嗟臣工，敬爾在公。」疏：「重歎以呼之也。」2. 表示贊美。詩商頌烈祖：「嗟嗟烈祖，有秩斯祜。」箋：「重言嗟嗟，美歎之深。」㊁象聲詞。水經注四河水：「（陝城）西北帶河水湧起，方數十丈，有物居水中。父老云：銅翁仲所沒處……嗟嗟有聲，聲聞數里。」

【嗟憤】慨歎憤恨。梁書武帝紀上移檄京邑：「人神怨結，行路嗟憤。」

【嗟來食】憫人窮餓，呼使來食。禮檀弓下：「齊大饑，黔敖爲食於路，以待餓者而食之。有餓者，蒙袂輯屨，貿貿然來。黔敖左奉食，右執飲，曰：『嗟來食！』揚其目而視之，曰：『予唯不食嗟來之食，以至於斯也！』從而謝焉，終不食而死。」後因以嗟來之食比喻帶有輕蔑性的施捨。省作「嗟來」。

喏 1. rě
ㄖㄜˇ

㊀向人作揖並出聲致敬叫唱喏，簡稱喏。宋周必大玉堂雜記上：「常日學士入院，坐堂上，朱衣吏初贊喝，東院録事某人以下躬喏訖。」參見「唱喏㊀」。

2. nuò
ㄋㄨㄛˋ

㊁應諾聲。三國演義六一：「孫權喏喏連聲，答曰：『老母之訓，豈敢有違！』」

嗒 dǎn 集韻 徒感切，上，感韻。
ㄉㄢˇ

見下。

【嗒嗒】豐厚貌。漢書禮樂志郊祀歌青陽章：「羣生嗒嗒，惟春之祺。」

喃 nán 女咸切，平，咸韻，娘。
ㄋㄢˊ

見「喃喃」。

【喃喃】象聲詞。1. 低語聲。北史隋房陵王勇傳：「乃向西北奮頭，喃喃細語。」2. 讀書聲。唐寒山子詩集寒山詩之十六：「仙書一兩卷，樹下讀喃喃。」3. 鳥啼聲。五代前蜀釋貫休禪月集二十讀吳越春秋詩：「今日雄圖又何在，野花香徑鳥喃喃。」

【喃喃篤篤】絮叨不已。也作"喃喃咄咄"、"喃喃吶吶"。元曲選楊顯之瀟湘雨四:"雖然是被風雨淋淋涤涤,也不合故意的喃喃篤篤。"

喖 hú 集韻 洪孤切,平,模韻。ㄏㄨˊ

見"㗂喖"。

喇 lǎ ㄌㄚˇ

見"喇叭"、"喇嘛"。

【喇子】地痞,靠敲詐勒索爲生的遊民。儒林外史四一:"地方上幾個喇子想來拿囮頭,皆無實跡,倒被他罵了一陣。"

【喇叭】吹器,俗稱號筒,軍中用來傳號令。明戚繼光紀效新書號令:"凡喇叭吹擺隊伍,是要各兵即於行次,每哨一聚。"

【喇嘛】我國藏族、蒙族對喇嘛教僧侶的尊稱。上人、師傅的意思。

【喇叭花】牽牛花的別名。清韓泰華無事爲福齋隨筆下:"迺賢(塞上曲)詩:'忽見一枝長十八,折來簪在帽簷邊。'注草花名。聞即牽牛,北人呼爲喇叭花者。"

【喇嘛教】佛教的一派。唐時印度僧人蓮花生、静命等,把密教傳入西藏,與西藏原始佛教及民俗相適應,形成喇嘛教,傳布於藏族、蒙族、滿族地區。喇嘛教派別衆多,主要分新舊二派。舊教衣紅,也稱紅教,爲蓮花生上師所創;新教衣黄,也稱黄教,爲明永樂間宗喀巴所創。

喱 yē ㄧㄝ

噎。山海經中山經:"堵山,……其上有木焉,名曰天楄;方莖而葵狀,服者不喱。"

喓 yāo 於霄切,平,宵韻,影。ㄧㄠ

喓喓,蟲聲。詩召南草蟲:"喓喓草蟲,趯趯阜螽。"

【喓喝】同"吆喝"。宋邵博聞見後錄三十:"歐陽公云:'予作憎蠅賦,蠅可憎矣,尤不堪蚊子,自遠喓喝來咬人也。'"參見"吆喝"。

喋 1. dié 徒協切,入,怗韻,定。ㄉㄧㄝˊ

㊀見"喋喋"。

2. zhá 丈甲切,入,狎韻,澄。ㄓㄚˊ

㊀見"喋₂呷"、"啑喋"。

【喋血】猶言踏血。形容殺人流血之多。史記九二淮陰侯傳:"虜魏王,禽夏説,新喋血閼與。"漢書文帝紀:"今已誅諸吕,新喋血京師。"注謂"喋"當作"蹀"。蹀,履踐;蹀血,猶言踏血。史記孝文紀作"啑血"。廣韻丁愜切。參閱清周壽昌漢書注校補三。

【喋₂呷】鳧雁聚食貌。明劉基誠意伯集十四爲丘彦良題牧谿和尚千雁圖詩:"眠沙卧草鳴且翔,喋呷藻荇亂蓬蒿。"

【喋喋】多言。史記一一〇匈奴傳:"嗟土室之人,顧無多辭,令喋喋而佔佔,冠固何當!"也作"諜諜"。史記一〇二張釋之傳:"豈斅此嗇夫諜諜利口捷給哉。"漢書作"喋喋"。

【喋聒】話多,嚕囌。聊齋志異種梨:"肆中有傭保者,見喋聒不堪,遂出錢市一枚,付道士。"

【喋囁】私語,耳語。漢焦延壽易林九明夷之豫:"喋囁處囉,昧冥相傳。"

喳 1. chā ㄔㄚ

㊀見"喳喳"。

2. zhā ㄓㄚ

㊀見"喳₂喳₂"。

【喳喳】象聲詞。清洪昇長生殿絮閣:"休得把虚脾來掉,嘴喳喳弄鬼妝妖。"指低聲嘮叨。

【喳₂喳₂】象聲詞。金董解元西廂記六:"隔窗野鵲兒喳喳地叫。"指鳥叫聲。

喈 jiē 古諧切,平,皆韻,見。ㄐㄧㄝ

㊀風疾貌。詩邶風北風:"北風其喈。"㊁見"喈喈"。

【喈喈】㊀象聲詞。1. 禽鳥鳴聲。詩周南葛覃:"黄鳥于飛……其鳴喈喈。"又鄭風風雨:"風雨淒淒,雞鳴喈喈。"2. 鈴鐘等聲。詩小雅鼓鐘:"鼓鐘喈喈,淮水湝湝。"又大雅烝民:"四牡騤騤,八鸞喈喈。"㊁和洽。爾雅釋訓:"噰噰喈喈,民協服也。"漢揚雄太玄經衆:"虓戰喈喈。"

喒 1. wěn 集韻 武粉切,上,吻韻。ㄨㄣˇ

㊀口邊。同"吻"。吕氏春秋精諭:"口喒不言,以精相告;紂雖多心,弗能知矣。"

2. hūn 集韻 呼昆切,平,魂韻。ㄏㄨㄣ

㊀同"昏"。見"喒₂喒₂"。

【喒₂喒₂】猶言昏昏。漢揚雄法言問神:"彌綸天下之事,記久明遠,著古昔之喒喒,傳千里之忞忞者,莫如書。"注:"喒喒,目所不見。忞忞,心所不了也。"

喔 wō 於角切,入,覺韻,影。ㄨㄛ

㊀象聲詞。詳"喔喔"、"喔咿"。㊁見"喔躖"。

【喔咿】㊀强笑。楚辭屈原卜居:"將呢訾栗斯,喔咿嚅唲,以事婦人乎?"宋王禹偁小畜集八謫居感事詩:"遇事難緘默,平居疾喔咿。"㊁聲音含糊難辨。初學記二九漢王延壽王孫賦:"跆兔蹲而狗踞,聲歷鹿而喔咿。"㊂雞鳴聲。唐韓愈昌黎集二天星送楊凝郎中賀正詩:"天星牢落雞喔咿,僕夫起餐車載脂。"

【喔喔】雞鳴聲。唐張籍張司業集一羈旅行:"晨雞喔喔茆屋傍,行人起掃車上霜。"

【喔躖】拘束、局促的樣子。文選漢司馬長卿(相如)難蜀父老文:"且夫賢君之踐位也,豈特委瑣喔躖,拘文牵俗,修誦習傳,當世取説云爾哉!"史記、漢書司馬相如傳作"握躖"。參見"齷齪"。

嘅 kǎi 苦愛切,去,代韻,溪。ㄎㄞˇ

歎聲。詩王風中谷有蓷:"有女仳離,嘅其歎矣!"

喂 wèi ㄨㄟˋ

㊀招呼人的聲音。㊁喂養。同"餵"。元方回桐江續集九估客樂詩:"養犬喂肉睡氈毯,馬廐驢槽亦丹雘。"

喁 yóng 魚容切,平,鍾韻,疑。ㄩㄥˊ

㊀魚口露出水面。韓詩外傳一:"水濁則魚喁,令刻則民亂。"㊁相和聲。莊子齊物論:"前者唱于,而隨者唱喁。"釋文:"五恭反,徐(邈)又音愚,又五斗反。"

【喁喁】㊀衆人向慕,如羣魚之口上向。史記一一七司馬相如傳喻巴蜀檄:"延頸舉踵,喁喁然,皆争歸義。"㊁隨聲附和。史記一六七日者傳:"公之等喁喁者也,何知長者之道乎!"㊂象聲詞。漢揚雄太玄經飾:"蛁鳴喁喁,血出其口。"聊齋志異聶小倩:"聞舍北喁喁,如有家口,……偶語月下。"指低語聲。

唱 wà 烏八切,入,黠韻,影。ㄨㄚˋ 烏没切,入,没韻,影。

㊀吞咽。見"唱咽"。㊁笑。見"唱呼"、"唱噱"。

【唱呼】笑呼。宋梅堯臣宛陵集一六飲劉原甫家詩:"唱呼纔十一,便可傾舭船。"

【唱咽】吞咽。唐陸龜蒙甫里集一奉酬襲美先輩吴中苦雨一百韻詩:"低頭增歎詫,到口復唱咽。"

【唱噱】大笑。三國志魏鍾繇傳注引魏曹丕(文帝)報鍾繇書:"執書唱噱,不能離手。"文選三國魏嵇叔夜(康)琴賦:"留連瀾漫，嘔噱終日。"注引服虔通俗文："樂不勝，謂之嘔噱。嘔，烏没切；噱，巨略切。"

【嘔噦】㊀調理一下嗓子。文選晉潘安仁(岳)笙賦："援鳴笙而將吹，先嘔噦以理氣。"注："言將欲吹笙，咽中先噦而理氣也。說文曰：'嘔，咽也。'又曰：'噦氣，氣啎也。'"㊁嘔吐。景德傳燈録十八道怤禪師："不食葷茹，親黨彊啖以枯魚，隨即嘔噦。"

【嘔石蘭】複姓。魏書官氏志："嘔石蘭氏，後改爲石氏。"

喟 kuì 丘愧切，去，至韻，溪。
ㄎㄨㄟˋ 苦怪切，去，怪韻，溪。

㊀歎聲。論語先進："夫子喟然歎曰：'吾，與點也！'"點，曾参父曾皙，史記六七仲尼弟子傳作"蒧"。㊁歎息。唐柳宗元柳先生集十九弔屈原文："託遺編而歎喟兮，渙余涕之盈眶。"宋蘇軾分類東坡詩十二闔立本職貢圖："我喟而作心未降，魏徵封倫恨不雙。"

【喟喟】歎息聲。楚辭漢劉向九歎愍命："行唫累欷，聲喟喟兮。"

喝 1. yè ㄧㄝˋ 於犗切，去，夬韻，影。

㊀聲悲咽、噎塞。史記一一七司馬相如傳子虛賦："榜人歌，聲流喝。"

2. hè ㄏㄜˋ 許葛切，入，曷韻，曉。

㊁恐嚇。戰國策趙二："是故横人日夜務以秦權恐喝諸侯，以求割地。"喝，也作"猲"。㊂訶責。晉書劉毅傳："(劉)裕厲聲喝之。"㊃呼。宋歐陽修文忠集六七回丁判官書："吏人連呼姓名，喝出使拜。"

3. hē ㄏㄜ

㊄飲。如言喝茶、喝酒。

【喝₂采】原指賭博時呼喝以叫采。采，骰上標記。也作"彩"。景德傳燈録十一洪諲禪師："雙陸盤中不喝彩。"也多用來指叫好、贊美。京本通俗小説菩薩蠻："(新荷姐)手拿象板，立於筵前，唱起遶梁之聲，衆皆喝采。"

【喝₂探】宋宮殿前禁衛的兵士。宋吳自牧夢粱録五駕出宿齋殿："更有裹緑小帽，服錦絡縫寬衫兵士，十餘人作一隊，各執銀裹頭黑漆杖子，謂之喝探兵士。"

【喝₂彩】見"喝₂采"。

【喝₂道】官員出行，儀仗士卒前引傳呼，使行人避道。周禮秋官條狼氏："掌執鞭以趨辟。"即後來的喝道。晉崔豹古今注輿服："兩漢京兆河南尹及執金吾、司隸校尉，皆使人導引傳呼，使行者止，坐者起。"唐韓愈昌黎集遺詩飲城南道邊古墓上……："爲逢桃樹相料理，不覺中丞喝道來。"

【喝₂盞】金元朝宴的儀式。明陶宗儀輟耕録二一喝盞："天子凡宴饗，一人執酒觴，立於右階；一人執柏(拍)板，立於左階。執板者抑揚其聲，贊曰斡脱；執觴者如其聲和之，曰打弼。……於是衆樂皆作，然後進酒詣上前。上飲畢，授觴，衆樂皆止；别奏曲以飲陪位之官，謂之喝盞。蓋沿襲亡金舊禮，至今不廢。"

【喝₂馱子】詞曲名。唐末單州營妓教頭葛大姊作，獻給朱温。温命李振填詞，名爲葛大姊。軍中競相傳唱，流行河北。俗以押馬隊，故訛爲喝馱子。見宋王灼碧雞漫志五。

單 1. dān ㄉㄢ 都寒切，平，寒韻，端。

㊀單獨。荀子正名："單足以喻則單，單不足以喻則兼。"㊁僅，只。詩小雅采菽"邪幅在下"疏："内則亦單云偪。"參見"單單㊁"。㊂薄弱。見"單兵"、"單弱"等。㊃用一層布帛所製的衣物。如單衣、被單、褥單。單幅的僧衣也稱單。宋董嗣杲廬山集四送矩上人詩："單懸淮楚寺，衲染歲時塵。"㊄僧堂的坐床。見"僧單"。㊅記載事物的紙片、票據。宋胡太初晝簾緒論聽訟："令每遇決一事，……不若令自逐一披覽案卷，切不要案吏具單。"元楊瑀山居新話："李朶兒左丞……一日遣人來杭果木鋪買砂糖十斤，取其鋪單。"㊆盡。通"殫"。莊子列禦寇："朱泙漫學屠龍於支離益，單千金之家，三年技成而無所用其巧。"㊇奇數。如一、三、五、七、九等。

2. dǎn ㄉㄢˇ 集韻黨旱切，上，緩韻。

㊈厚道，誠實。詩周頌昊天有成命："成王不敢康，……單厥心。"國語周下引詩作"亶"。

3. chán ㄔㄢˊ 市連切，平，仙韻，禪。

㊉通"禪"。更番輪换。詩大雅公劉："其軍三單，度其隰原，徹田爲糧。"⑪見"單₃于"。⑫見"單₃閼"。

4. shàn ㄕㄢˋ 常演切，上，獮韻，禪。
ㄕㄢˋ 時戰切，去，線韻，禪。

⑬姓。見元和姓纂九線。

【單丁】獨子，無兄弟的成年男子。南齊書武帝紀永明三年："凡單丁之身，及煢獨而秩養養孤者，竝蠲今年田租。"

【單₃于】㊀漢時匈奴稱其君長爲單于。史記一一〇匈奴傳："匈奴單于曰頭曼。"集解引漢書音義："單于者，廣大之貌，言其象天單于然。"㊁曲調名。又名小單于。唐韋莊浣花集八綏州作詩："一曲單于暮烽起，扶蘇城上月如鉤。"文苑英華二九九唐李益聽曉角詩："無數塞鴻飛不度，秋風卷入小單于。"

【單己】個人。法華經踊出品："況復單己，樂遠離行。"

【單孑】隻身。文選漢孔文舉(融)論盛孝章書："惟會稽盛孝章尚存，其人困於孫氏，妻孥湮没，單孑獨立，孤危愁苦。"

【單方】專治某種疾病用藥一、二味的簡單藥方。唐大詔令集一一四頒廣利方敕："遂閲方書，求其簡要，並以曾經試用，累驗其功；及取單方，務於速效。"宋李之儀姑溪居士文集四一跋荆公所書藥方後："古之人多用單方，蓋識病知藥乃如是。後人浸昧兹理，遂雜用諸品。"

【單心】盡心。晉書慕容垂載記："陛下單馬奔臣，臣奉衛匪貳，豈陛下聖明，鑒臣單心，皇天后土，實亦知之。"

【單₄父】㊀地名。春秋魯邑。秦置縣，西漢因之，屬山陽郡；東漢爲侯國，屬濟陰郡；南朝宋改爲離孤縣。隋唐復置單父縣，五代後梁置鄆州。後唐同光二年改爲單州，宋因之。金屬歸德府，元屬濟寧路。明洪武元年，復置單州，二年改爲縣，屬濟寧府。十八年改屬兖州府。故城在今山東單縣南。參閲元和郡縣志七宋州、太平寰宇記十四單州、讀史方輿紀要三二兖州府。㊁複姓。史記高祖功臣侯者年表中牟有共侯單父聖。

【單民】隻身。文選南朝宋謝靈運擬魏太子鄴中集八首陳琳："單民易周章，窘身就羈勒。""五臣本"民作"人"。

【單外】無蔽障而暴露於外。漢書七七何並傳："(王林卿)歸長陵上冢，因留飲連日。並恐其犯法，自造門上謁謂林卿曰：'冢間單外，君宜以時歸。'"後漢書八七西羌傳虞詡疏："今三郡未復，園陵單外，而公卿選儒，容頭過身。"

【單衣】㊀單層的薄衣。管子山國軌："春縑衣，夏單衣。"㊁僅次於朝服的盛服。也作"禪衣"。後漢書二四馬援傳："(公孫述)更爲援制都布單衣，交讓冠。"資治通鑑一〇三晉咸安元年"著平巾幘、單衣"注："單衣，江左諸人所以見尊者之服，所謂巾褠也。"按褠爲單衣，巾指巾幘。

【單行】㊀專行。漢班固白虎通三教："三教(忠、敬、文)一體而分，不可單行。"㊁

獨行。後漢書八二上李郃傳："和帝卽位，分遣使者，皆微服單行，各至州縣，觀採風謠。"

【單車】單獨一輛車。含有單槍匹馬、勇往直前的意思。史記七七魏公子傳："(晉鄙)舉手視公子曰：'今吾擁十萬之衆，屯於境上，國之重任，今單車來代之，何如哉？'"三國志魏杜畿傳："(衛)固等勢專，必以死戰……吾單車直往，出其不意。固爲人多計而無斷，必僞受吾。"

【單步】徒步。三國志魏崔林傳："召除鄔長，貧無車馬，單步之官。"又邴原傳注引原別傳："單步負笈，苦身持力。"

【單兵】寡弱無援的軍隊。後漢書十九耿恭傳："耿恭以單兵固守孤城，當匈奴之衝，對數萬之衆。"

【單身】㊀沒有兄弟妻子的人。左傳昭十四年"養老疾，收介特"注："介特，單身民也。"㊁隻身。後漢書七六孟嘗傳："而嘗單身謝病，躬耕壟次，匿景藏采，不揚華藻。"

【單注】孤單地到處飄泊。元曲選鄭庭立後庭花二："他兩個無明無夜，海角天涯去單注。"

【單門】孤寒門第。後漢書七〇下趙壹傳刺世疾邪賦："故法禁屈撓於勢族，恩澤不逮於單門。"

【單帖】只用片紙而不摺疊的名柬。明王世貞觚不觚録："相傳六部尚書侍郎大小九卿，于內閣用雙帖，報之單紅；五部及九卿，于冢宰用雙帖，亦報之單帖。"朱國禎湧幢小品十坊局嚴重："詞林官至坊局，體嚴重，稍暇，卽發單帖邀館中新進者……設榼深談。"

【單軌】僅容一車通行的狹路。唐韋應物韋江州集六經函谷關詩："洪河絶山根，單軌出其側。"

【單$_2$厚】信任，倚重。詩小雅天保："俾爾單厚，何福不除。"傳釋單爲信、厚；箋釋單爲盡。漢王符潛夫論及爾雅疏引詩都作"亶厚"，均本三家詩。亶本義爲多，引申則爲信、厚。參閱清馬瑞辰毛詩傳箋通釋十七天保。

【單家】孤寒人家，以別於豪門大姓。三國志魏王肅傳注引魏略："薛夏字宣聲，天水人也。博學有才，天水舊有姜閻任趙四姓，常推於郡中，而夏爲單家，不爲降屈。"又蜀諸葛亮傳"庶辭先主而指其心"注引魏略："(徐)庶先名福，本單家子，少好任俠。"

【單$_3$桓】漢西域部族名，又城國名。後爲車師所滅。漢書五五霍去病傳："得單于單桓、酋涂王，及相國，都尉以衆降下者二千五百人。"又九六下西域傳："單桓國，王治單桓城，去長安八千八百七十里。"地在今新疆烏魯木齊市。

【單弱】孤單，薄弱。漢書九六上西域傳："(鄯善)王自請天子曰：'身在漢久，今歸，單弱，而前王有子在，恐爲所殺。'"

【單$_4$豹】人名。莊子達生："魯有單豹者，巖居而水飲，不與民共利，行年七十，而猶有嬰兒之色；不幸遇餓虎，餓虎殺而食之。……豹養其內，而虎食其外。"三國魏嵇康嵇中散集四答難養生論："單豹以營內致斃。"

【單覂】匱乏。新唐書一五四李晟傳："時敖庮單覂，乃使張彧假京兆少尹，多署吏，調畿內賦，不淹旬，芻米告具。"覂，fěng。

【單特】獨特超羣。後漢書三一蘇章傳附蘇不韋："豈如蘇子單特孑立，靡因靡資。"

【單處】孤立獨居。漢王充論衡率性："四國之民，更相出入，久居單處，性必變易。"

【單寒】㊀家世寒微。後漢書八〇下高彪傳："高彪字義方，吳郡無錫人也。家本單寒。"㊁身體瘦弱。聊齋志異蓮香："(蓮香)幼質單寒，夜蒙霜露，那得不爾？"

【單椒】孤立的山峯。水經注八濟水："華不注山，單椒秀澤，不連丘陵以自高。"

【單單】㊀南海古國名。也作丹丹。新唐書二二二下單單傳："單單，在振州東南，多羅磨之西。"㊁僅，只。副詞。水滸十九："單單只剩得一個何觀察。"

【單絞】蒼黃色的單衣。後漢書八十下禰衡傳："諸史過者，皆令脱其故衣，更著岑牟單絞之服。"注："文士傳曰：'魏太祖欲辱衡，乃令人録用爲鼓史。後至八月朝普天閱試鼓節，作三重閣，列坐賓客，以帛絹制作衣，一岑牟，一單絞及小褌。'……鄭玄注禮記曰：'絞，蒼黃之色也。'"

【單跪】屈一足下跪。金史禮志九受尊號儀："捧寶官四員，皆搢笏雙跪捧。舉寶官二員，亦搢笏，兩邊單跪對舉。"

【單鉤】寫字執筆的一種方法。清朱履貞書學捷要下："單鉤者，食指中指參差不齊，食指鉤向大指，中指鉤向名指，此是單鉤。黃山谷與人書云：公書字已佳，但疑是單鉤，臂肘着紙，故尚有拘局，不敢浪意態耳。"

【單傳】㊀一師傳授，不雜別派。宋楊萬里誠齋集三八書黃廬陵伯庸詩卷："句法何曾問外人，單傳山谷當家春。"㊁佛教禪宗，不依經論、語言、文字傳教，以心傳心，觸機而發，自稱單傳心印。

【單竭】缺乏，窮盡。漢書三四韓信傳："曠日持久，糧食單竭。"注："單亦盡。"

【單微】疏遠卑賤的人。韓非子有度："朝廷羣下，直湊單微，不敢相踰越。"王先慎集解："此言親近重臣，合之疏遠卑賤之人，皆用法數以審賞罰，毋有相違。"

【單複】㊀單衣和複衣，指衣著的厚薄。三國志魏管寧傳："寧常著皁帽、布襦袴布裙，隨時單複，出入閨庭。"玉臺新詠六南朝梁吳均春怨詩："象牀易氈簟，羅衣變單複。"㊁佛教語。單，指教外別傳，不立文字，師弟單傳心印的禪宗；複，指禪宗以外各宗三藏(經、律、論)所闡發的一切法門。唐宗密大方廣圓覺羅經略疏序："諸輪綺互，單複圓修。"

【單緒】舊指世代只有一個兒子承繼。文苑英華九二一唐張説贈丹州刺史先府君神道碑："府君縈生遺育，四代單緒。"

【單$_3$閼】卯年的別稱。爾雅釋天："太歲……在卯曰單閼。"史記天官書索隱引李巡："陽氣推萬物而起，故曰單閼。單，盡也；閼，止也。"又曆書集解引徐廣："單閼，一作亶安。"又八四屈原賈生傳索隱引孫炎，本作"蟬焉"。

【單$_4$縣】見"單$_4$父㊀"。

【單薄】少，弱。唐白居易長慶集六三西行詩："衣裘不單薄，車馬不羸弱。"不單薄，猶言豐厚。

【單辭】無相對質之辭，片面之辭。書呂刑："今天相民，作配在下，明清於單辭。"疏："單辭，謂一人獨言，未有與對之人。訟者多直己以曲彼，搆辭以誣人，單辭特難聽，故言之也。"後漢書三三朱浮傳："有人單辭告浮事者。"

【單露】形勢孤單，暴露於外。新唐書二一六下吐蕃傳："塞防無以障遏，而靈武單露，鄜坊侵迫。"

【單刀會】東漢末，劉備與孫權爭荊州三郡。權派遣魯肅到益陽和關羽相拒。肅邀羽相見，各駐兵馬百步上，但請將軍單刀相會。見三國志吳魯肅傳。元關漢卿雜劇關大王獨赴單刀會、三國演義六六關雲長單刀赴會，都以此爲題材。

【單$_3$于臺】古地名。漢書武帝紀元封元年："出長城，北登單于臺。"資治通鑑注引杜佑云單于臺在雲州雲中縣西北百餘里。按，唐雲中縣在今山西大同市地。

【單相思】男女單方面的愛戀。明高濂玉簪記傳奇十一郵郎鬧會："珮環聲，歸仙宅。單相思,今空害。”

【單絲羅】極精細的絲織品。隋唐宫人取以作裙衫。樂府詩集九四唐王建織錦曲:“錦江水涸貢轉多,宫中盡著單絲羅。”參閱五代後唐馬縞中華古今注中。

【單刀直入】比喻直接了當。禪宗語録中,指擺脱依傍,勇猛精進。景德傳燈録十二旻德和尚:“若是作家戰將,便請單刀直入。”也作“單刀趣入”。又九靈祐禪師:“若也單刀趣入,則凡聖情盡,體露真常,理事不二,卽如如佛。”

【單夫隻婦】指僅有夫妻二人。北魏賈思勰齊民要術五種紅藍花梔子:“一頃花日須百人摘,以一家手力,十不充一,但駕車地頭,每旦,當有小兒僮女十百餘羣,自來分摘,正須平量中半分取,是以單夫隻婦,亦得多種。”

【單拆重交】用錢占卜的方法。也作“重交單拆”。卜法是:用三錢擲之,兩面一背爲單,兩背一面爲拆,三錢皆背爲重,皆面爲交。見儀禮士冠禮“所卦者”疏、禮經釋例。

【單槍匹馬】全五代詩六三五代楚江遙烏江:“兵散弓殘挫虎威,單槍匹馬突重圍。”後用爲不賴輔助,獨自勇往直前之意。參見“匹馬單槍”。

【單複之術】三國志吴周魴傳上表:“臣知無古人單複之術,加卒奉大略,伀矇狼狽,懼以輕愚,忝負特施,豫懷憂灼。”單複之術,指兵家正規作戰及出奇制勝的方略。

【單鵠寡鳧】琴曲名。舊題漢劉歆西京雜記五:“齊人劉道强善彈琴,能作單鵠寡鳧之弄,聽者皆悲,不能自攝。”後多用來比喻喪偶的人。

【單₃于都護府】唐高宗永徽元年置。管轄狼山雲中桑乾三都護府、蘇農等十四州,屬關内道。武則天聖曆元年,改爲安北都護府。玄宗開元二年,又改爲單于都護府。天寶初,改屬朔方節度使,治金河縣。代宗大曆八年,徙治鎮武軍,地在今内蒙古和林格爾縣境内。參閱唐會要七三單于都護府、讀史方輿紀要五。

嵒 niè ㄋㄧㄝ 而涉切,入,葉韻,日。

㊀古地名。説文引春秋傳:“次于嵒北。”今本左傳僖元年作“聶”。㊁多言。見説文。嵒與山部訓山巖的“嵒”爲别一字。

喌 1. zhōu ㄓㄡ 職流切,平,尤韻,照。
ㄓㄡ 之六切,入,屋韻,照。

㊀呼雞聲。雞聲喌喌,人效其聲呼之。見説文解字注。

2. zhòu ㄓㄡ

㊁同“咒”。

【喌₂法】舊時巫、方士、道、僧自稱可以驅鬼降妖,他們所持的法術(如口訣、書符等)叫作喌法。章太炎訄書原教上四七:“即云無絲髮宗教觀念,獨信喌法及不死術。”

喎 kuāi ㄎㄨㄞ

同“咼”。見“咼”。

喍 chái ㄔㄞ 集韻 鉏佳切,平,佳韻。

啀喍,狗鬭貌。

喘 chuǎn ㄔㄨㄢ 昌兖切,上,獮韻,穿。

㊀呼吸急促。莊子大宗師:“俄而子來有病,喘喘然將死。”史記一〇五倉公傳:“令人喘,逆氣,不能食。”㊁氣息。宋蘇軾分類東坡詩五乞數珠贈南禪湜老:“我老安能爲,萬劫付一喘。”

【喘息】㊀呼吸急促。詩小雅四牡“嘽嘽駱馬”傳:“嘽嘽,喘息之貌。”淮南子精神:“今夫繇者,揭钁臿,負籠土,鹽汗交流,喘息薄喉。”㊁呼吸。後漢書五六張綱傳:“若魚遊釜中,喘息須臾間耳!”

【喘喝】氣不順暢,口鼻作聲。素問生氣通天論:“因於暑汗,煩則喘喝,静則多言。”

【喘鳴】喘急喉中有聲。素問陰陽别論:“陰爭於内,陽擾於外,魄汗未藏,四逆而起,起則熏肺,使人喘鳴。”呼吸時發雜聲,也叫喘鳴。

喟 1. wā ㄨㄚ 烏八切,入,黠韻,影。

㊀吞飲聲。唐韓愈昌黎集八孟郊(與韓愈)征蜀聯句:“渴鬭信豗呶,噉姦何噢喟。”

2. gū ㄍㄨ

㊁見“喟₂碌碌”。

【喟₂碌碌】象聲詞。也作“骨碌碌”。紅樓夢八七:“坐到三更以後,聽得房上喟碌碌一片響聲……”

喢 shà ㄕㄚ

用嘴吸取。同“歃”。見“喢血”。

【喢血】㊀同“歃血”。後漢書五八臧洪傳答袁紹書:“昔張景明登壇喢血,奉辭奔走,卒使韓牧讓印,主人得地。”㊁喋血。後漢書二八上馮衍傳:“喢血昆陽,長驅武關。”即踏血前進之意。

喩 1. yù ㄩˋ 羊戍切,去,遇韻,喩。

㊀曉喩,開導。禮學記:“可謂善喩矣!”文選漢司馬長卿(相如)有喩巴蜀檄。㊁明白,知道。論語里仁:“君子喩於義,小人喩於利。”㊂説明。荀子正名:“單足以喩則單,單不足以喩則兼。”㊃比喩。孟子梁惠王上:“王好戰,請以戰喩。”漢王充論衡無形:“更以苞瓜喩之:苞瓜之汁,猶人之血也,其肌猶肉也。”喩,也寫作“諭”。㊄姓。見元和姓纂八。

2. yú ㄩˊ 集韻 容朱切,平,虞韻。

㊅愉快。通“愉”。莊子齊物論:“自喩適志與。”釋文:“李(頤)云:喩,快也。”

【喩林】明徐元太撰。一百二十卷。採經史子集及道佛諸書四百餘種中的譬喩之詞,彙爲一編,分十門,五百八十四子目,並具引書書名,注明篇目卷次。但專務浩博,時有時代舛誤及書名混淆的現象。

【喩昌】公元 1585—1664 年。清南昌人,字嘉言。明崇禎中以選貢入都,後客遊四方,又寓常熟。精於醫學,著有尚論篇尚論後篇醫門法律。三書合刻名喩氏醫書三種。

【喩₂喩₂】和悦的樣子。文選漢東方曼倩(朔)非有先生論“故卑身賤體,説(悦)色微辭,愉愉呴呴”注引孝經鉤命決:“驩忻慎懼,嘔嘔喩喩。”

【喩世明言】原名古今小説,是明末馮夢龍所編的一部宋元明話本和擬話本的總集,與他纂輯的警世通言醒世恒言合稱“三言”。

喑 1. ān ㄢ 正韻 烏含切,平,覃韻。

㊀見“喑默”。

2. án ㄢˊ 集韻 吾含切,平,覃韻。

㊁見“喑₂呀”、“喑₂囈”。

【喑₂呀】鳥聲。唐柳宗元柳先生集十八乞巧文:“眩耀爲文,瑣碎排偶。抽黄對白,喑呀飛走。”

【喑默】緘默不言。新唐書一三〇楊瑒傳:“公卿喑默唯唯,獨瑒抗議。”

【喑₂囈】夢中語聲。列子周穆王:“眠中喑囈呻呼,徹旦息焉。”

喊 hǎn ㄏㄢ 呼覽切,上,敢韻,曉。
呼豏切,上,豏韻,曉。
下斬切,上,豏韻,匣。

㊀嘗味。漢揚雄法言問神:“狄牙能喊,狄牙不能齊不齊之口。”宋蘇軾分類東坡詩八洞酌亭:“以瀹以烹,衆喊莫齊。”㊁

大聲呼叫。宋陳亮龍川集二十又甲辰答朱元晦書:"只是口嘮噪，見人説得不切事情，便喊一響。"㊁見"喊呀"。

【喊呀】象聲詞。唐柳宗元柳先生集二解祟賦:"回祿煽怒而喊呀。"宋蘇軾分類東坡詩十八次韻子由病酒肺疾發:"喊呀或終日,勢若風雨過。"

啾 jiū ㄐㄧㄡ 即由切,平,尤韻,精。

象聲詞。1.文選漢班孟堅(固)答賓戲:"夫啾發投曲,感耳之聲。"指口吟聲。2.文選漢馬季長(融)長笛賦:"啾咋嘈啐似華羽兮,絞灼激以轉切。"指衆聲嘈雜。3.小兒聲。見説文。

【啾啾】象聲詞。所指隨文而異。1.楚辭屈原離騷:"鳴玉鸞之啾啾。"指車馬聲。2.文選漢揚子雲(雄)羽獵賦:"啾啾蹌蹌。"指衆聲。3.楚辭屈原九歌山鬼:"猨啾啾兮狖夜鳴。"玉臺新詠一古樂府隴西行:"鳳凰鳴啾啾。"指獸啼鳥鳴聲。4.文選晉潘安仁(岳)閑居賦:"管啾啾而並吹。"指樂聲。

【啾唧】細碎聲。舊題漢劉歆西京雜記四枚乘柳賦:"鎗鍠啾唧,蕭條寂寥。"宋王安石臨川集十二和中甫兄春日有感詩:"嬌梅過雨吹燗熳,幽鳥迎陽語啾唧。"

【啾嘈】瑣細的聲音,多形容鳥聲。文選晉潘安仁(岳)籍田賦:"簫管嘲哳以啾嘈兮,鼓鞞硡隱以砰磕。"唐柳宗元龍城録趙師雄醉憩梅花下:"乃在大梅花樹下,上有翠羽啾嘈相顧。"

【啾譁】喧鬧。唐韓愈昌黎集五月蝕詩效玉川子作:"慎勿許語令啾譁,併光全耀歸我月。"

喙 huì ㄏㄨㄟ 許穢切,去,廢韻,曉。

㊀口,嘴。易説卦:"艮……爲黔喙之屬。"指獸嘴。戰國策燕三:"蚌方曝而鷸啄其肉,蚌合而拑其喙。"指鳥嘴。莊子秋水:"今吾無所開吾喙。"指人嘴。㊁疲困。詩大雅緜:"維其喙矣。"國語晉五:"靡笄之役,郤獻子傷,曰:'余病喙。'"

【喙息】見"跂行喙息"。

【喙長三尺】莊子徐無鬼:"丘願有喙三尺。"後稱人能言善辯爲喙長三尺。唐馮贄雲仙雜記九引(張鷟)朝野僉載:"陸餘慶爲洛州長史,善論事而繆於決判。時嘲之曰:'説事即喙長三尺,判字則手重五斤。'"寶顔堂秘笈本朝野僉載作:"陸餘慶筆頭無力嘴頭硬,一朝受詞詔,十日判不竟。"

喒 zán ㄗㄢ 字彙 祖含切,昝平聲。

我。同"咱"。元曲選白仁甫牆頭馬上一:"喒兩個去後花園内看一看來。"又缺名氣英布一:"喒則待要獨分兒興隆起楚社稷。"

喚 huàn ㄏㄨㄢ 火貫切,去,换韻,曉。

㊀呼叫。文選漢王子淵(褒)洞簫賦:"哮呷呟喚。"世説新語任誕:"桓子野(伊)每聞清歌,輒喚奈何。"㊁召,招之使來。世説新語方正:"於是先喚周侯(周顗)丞相(王導)入。"㊂啼叫。宋陸游劍南詩稿五七細雨:"美睡常嫌鶯喚起,清愁卻要酒闌回。"

【喚起】㊀睡中被人叫起。唐杜甫杜工部草堂詩箋三十秋日夔州詠懷奉寄鄭監李賓客一百韻:"喚起搔頭急,扶行幾屐穿。"㊁鳥名。唐韓愈昌黎集九贈同遊詩:"喚起牕全曙,催歸日未西。"宋洪興祖注:"喚起,催歸,二禽名也……催歸,子規也;喚起,聲如人絡絲,圓轉清亮,偏於春曉鳴,江南謂之春喚。"參見"報春鳥"。

【喚鐵】一種響鐵器,敲擊可以招喚鳥獸。五代後周王仁裕開元天寶遺事上:"太白山有隱士郭休,是退夫……每於白雲亭與賓客看山禽野獸,即以槌擊一鐵片子,其聲清響,山中鳥獸聞之,集於亭下,呼爲喚鐵。"元艾性剩語下題友人歸隱圖詩:"早晚相從弄明月,細聽喚鐵響蒼筠。"

喤 huáng ㄏㄨㄤˊ 户盲切,平,庚韻,匣。ㄏㄨㄤ 虎横切,平,庚韻,曉。

見下。

【喤呷】衆聲。文選晉左太沖(思)吴都賦:"諠譁喤呷,芬葩蔭映。"

【喤喤】象聲詞。1.兒啼聲。詩小雅斯干:"其泣喤喤。"2.和聲響亮。詩周頌執競:"鐘鼓喤喤,磬筦將將。"3.衆聲。唐李白李太白詩一大獵賦:"喤喤呷呷,盡奔突於場中。"

喉 hóu ㄏㄡˊ 户鉤切,平,侯韻,匣。

咽喉。左傳文十一年:"富父終甥摏其喉,以戈殺之。"

【喉舌】㊀比喻掌握機要、出納王命的重要官員。詩大雅烝民:"出納王命,王之喉舌。"傳:"喉舌,冢宰也。"後多以喉舌指尚書。古文苑十五揚雄尚書箴:"是機是密,出入朕命,王之喉舌。"後漢書六一左雄傳虞詡薦表:"宜擢在喉舌之官,必有匡弼之益。由是拜雄尚書,再遷尚書令。"㊁指險要之地。南齊書劉繪傳:"南康是三州喉舌,應須治幹,豈可以年少講學處之耶?"

【喉吻】㊀同"喉舌"。初學記十一漢繁欽尚書箴:"山甫翼周,實司喉吻。"古文苑十六作漢崔瑗作。宋蘇軾分類東坡詩十八答吕梁仲屯田:"吕梁自古喉吻地,萬頃一抹何由吞。"㊁喉頭與口邊。唐盧仝集二走筆謝孟諫議寄新茶詩:"一椀喉吻潤,兩椀破孤悶。"

【喉咽】喉嚨,比喻地勢扼要。漢書九十嚴延年傳:"河南,天下喉咽,二周餘斃,莠(盛)苗穢,何可不鉏也?"

【喉衿】㊀喉,咽喉;衿,衣領,同"襟"。比喻事物的綱要。漢趙歧孟子題辭:"論語者,五經之錧鎋,六藝之喉衿也。"㊁比喻扼要之地。晉書石勒載記上:"鄴有三臺之固,西接平陽,四塞山河,有喉衿之勢,宜北徙據之。"

【喉急】着急。水滸三八:"李逵見了,惶恐滿面,便道:'……今日不想輸了哥哥的銀子,又没得些錢來相請哥哥,喉急了,時下做出這些不直來。'"

【喉脣】同"喉舌"。文選南朝梁沈休文(約)齊故安陸昭王碑文:"獻替帷扆,實掌喉脣。"注引漢孔融張儉碑:"聖王克亮,命作喉脣。"

【喉嚨】喉頭。漢書四五息夫躬傳"云咽已絶,血從鼻耳出"唐顔師古注:"咽,喉嚨。"清顧炎武日知録三二:"古人讀侯爲胡……即今人言胡嚨耳。"

喫 chī ㄔ 苦擊切,入,錫韻,溪。

㊀飲和食都可叫喫。同"吃"。只有形容笑聲的"吃吃"和"口吃"的"吃"不可寫作"喫"。世説新語任誕:"(羅友)答曰:友聞白羊肉美,一生未曾得喫,故冒求前耳,無事可咨。"唐杜甫杜工部草堂詩箋十二送(李)校書二十六韻:"臨岐意頗切,對酒不能喫。"又絶句四首:"梅熟許同朱老喫,松高擬對阮生論。"㊁受。唐敦煌變文伍子胥:"昭王被考(拷),喫苦不前。"㊂表示被動,如同被。京本通俗小説碾玉觀音:"秀秀道:'我因爲你,喫郡王打死了。'"

【喫力】費勁。宋邵雍伊川擊壤集十天意吟詩:"未喫力時猶有説,到收功處更何言。"

【喫交】跌倒。建中靖國續燈録二七圓通禪師:"爭奈平地喫交,有甚扶策處。"

【喫茶】㊀喝茶。京本通俗小説馮玉梅團

圓：“婦人口渴，徐信引到一個茶肆喫茶。”㈡舊時女子受聘叫喫茶。明郎瑛七修類稿四六未見得喫茶：“種茶下子，不可移植，移植則不復生也。故女子受聘，謂之喫茶。”

【喫虛】喫虧。空無所獲。唐孫棨孫內翰北里志劉泰娘：“漢高新破咸陽後，英俊奔波遂喫虛。”才調集四杜牧定子詩：“却笑喫虛隋煬帝，破家亡國爲何人？”本作“喫虧”。參閱清俞樾俞樓雜纂四十壹東漫録唐詩用喫虛字。

【喫詬】相傳古代力氣最大的人。莊子天地：“黃帝遊乎赤水之北，……遺其玄珠，使知索之而不得，使離朱索之而不得，使喫詬索之而不得也。”文苑英華一〇〇唐賈餗百步穿楊葉賦：“克中之時，謑（喫）詬不能以施力。”

【喫緊】㈠急切，著力。宋朱熹輯二程語録四遺書二先生語：“鳶飛戾天，魚躍于淵，言其上下察也，此一段子思喫緊爲人處。”㈡真個是，實在是。元曲選王子一誤入桃源三：“則見他一時半刻，使盡了千方百計，喫緊的理不服人，言不諳典，話不投機。”

【喫醋】嫉妬，多指在男女關係上。燕子箋四二詰圓：“他二位只管撚酸喫醋，不成個模樣。”

【喫虧】有損於己。宋陸游劍南詩稿七二夏日：“分得鏡湖纔一曲，喫虧堪笑賀知章。”清孔尚任桃花扇守樓：“依我說三百財禮，也不算喫虧。”

【喫蹶】跌倒。宋范成大石湖集十六荒口：“十步九喫蹶，百夫半蹣跚。”參見“喫交”。

【喫敲才】無賴。古今雜劇元李文蔚燕青博魚三：“那廝赤的喚了一聲，那妮子赤的應了一聲，早是這喫敲才膽硬。”才也作“材”。元曲選康進之李逵負荆四：“我打你這喫敲材，直着你皮殘骨斷肉都開。”

【喫虎膽】比喻人大膽。唐張鷟朝野僉載六：“君卿指賊面而罵曰：‘老賊喫虎膽來，敢偷我物！’”

【喫辣麪】唐陸暢初娶董溪女，每旦，婢進澡豆，暢輒沃水服之。或曰：“君爲貴門女婿，幾多樂事？”暢曰：“貴門苦禮法，婢子進辣麪，殆不可過。”見唐詩紀事三五陸暢。後人戲小兒女，以手捉其鼻，曰“喫辣麪”。見清梁同書直語補證。

【喫鐵石】即吸鐵石。宋史四九〇外國傳高昌：“又有礪石，剖之得賓鐵，謂之喫鐵石。”

【喫菜事魔】宋代民間宗教有明教，官書稱“喫菜事魔”。參見“明教”。

【喫著不盡】衣食享用不完。宋魏泰東軒筆録十四：“王沂公曾青州發解，及南省程試，皆爲首冠。中山劉子儀爲翰林學士，戲語之曰：‘狀元試三場，一生喫著不盡。’沂公正色答曰：‘曾平生之志，不在溫飽。’”

喬 1. qiáo ㄑㄧㄠˊ 巨嬌切，平，宵韻，羣。

㈠高。書禹貢：“厥草惟夭，厥木惟喬。”㈡矛之受柄懸羽毛處。詩鄭風清人：“二矛重喬。”㈢木名。見“喬梓”。㈣裝假。宋西湖老人繁勝録雜戲著録有喬謝神、喬做親、喬迎酒、喬教學等。㈤無賴，狡詐。元曲選楊景賢劉行首二：“這先生好喬也！我二十一歲，可怎生是你二十年前的故交？”㈥姓。見“喬吉”。

2. jiāo ㄐㄧㄠ

㈦驕傲。通“驕”。禮表記：“喬而野。”釋文：“喬音驕。”

【喬才】罵人的話，即無賴、惡棍之意。元曲選關漢卿竇娥冤四：“便萬剮了喬才，還道報冤讎不暢懷。”

【喬木】木之高而上曲者曰喬。今通稱枝幹長大在二三丈以上者爲喬木。詩周南漢廣：“南有喬木，不可休息。”

【喬吉】公元？—1345年。一作喬吉甫。元太原人。字夢符，號笙鶴翁、惺惺道人，與張可久並稱元散曲兩大家。有惺惺道人樂府及雜劇兩世姻緣、金錢記、揚州夢等。

【喬2志】意志驕逸。禮樂記：“齊音敖辟喬志。”釋文：“本或作驕。”疏：“言齊音既敖很辟越，使人意志驕逸也。”

【喬粧】打扮，多指假扮。明海來道人（路惠期）鴛鴦縧虜蠱：“一身居閫外，坐虎帳，喬粧翁仲。”

【喬松】㈠高松。詩鄭風山有扶蘇：“山有喬松。”㈡古代傳說中的仙人王子喬與赤松子。戰國策秦三：“世世稱孤而有喬松之壽。”也作“僑松”。漢書六四下王褒傳：“呴噓呼吸如僑松。”

【喬林】成林的高樹。文選謝玄暉（朓）郡內高齋閑坐答呂法曹詩：“牕中列遠岫，庭際俯喬林。”

【喬陟】重疊的山嶺。列子湯問：“四方悉平，周以喬陟。”

【喬桀】俊逸。文選晉潘安仁（岳）射雉賦：“何調翰之喬桀，邈疇類而殊才。”

【喬梓】喬、梓，二木名。尚書大傳梓材載：伯禽康叔見周公，三見而三笞。乃見商子而問。商子曰：南山之陽有木名喬，二子往觀。見喬實高高然而上。反以告商子。商子曰：喬者，父道也。南山之陰有木名梓。二子復往觀，見梓實晉晉然而俯。反以告商子。商子曰：梓者，子道也。後因以喬梓喻父子。明黃佐廣州人物志九：“趙必瑑者，咸淳元年進士，父崇謚同科，時稱喬梓聯輝。”

【喬2詰】指意不平。莊子在宥：“於是乎天下始喬詰卓鷙，而後有盜跖曾史之行。”

【喬遷】自低處升高處。詩小雅伐木：“伐木丁丁，鳥鳴嚶嚶。出自幽谷，遷於喬木。”後比喻人搬到好地方居住或升官。多用作賀辭。唐張籍張司業集三贈殷山人詩：“滿堂虛左待，衆目望喬遷。”

【喬嶽】高山。詩周頌時邁：“懷柔百神，及河喬嶽。”傳：“喬，高也。高嶽，岱宗也。”嶽，也作“岳”。文選三國魏曹子建（植）七啟：“河濱無洗耳之士，喬岳無巢居之民。”

【喬坐衙】假裝坐堂問事。有裝模作樣、擅作威福之意。元王實甫西廂記三本三折：“不是俺一家兒喬坐衙，說幾句衷腸話。”明海來道人（路惠期）鴛鴦縧解組：“只爲那喫劍敲才喬坐衙。”

䂮 lüè ㄌㄩㄝˋ 離灼切，入，藥韻，來。

銳利。爾雅釋詁：“剡，䂮，利也。”釋文：“䂮，力約反。詩本作畧。”

十畫

嗀 hù ㄏㄨˋ 呼木切，入，屋韻，曉。許角切，入，覺韻，曉。

嘔吐。左傳哀二五年：“臣有疾異於人，若見之，君將㱿之。”說文嗀引左傳作“嗀”。參閱清阮元校勘記。

嗸 áo ㄠˊ

同“嗷”。見“嗷”。

嗇 sè ㄙㄜˋ 所力切，入，職韻，山。

㈠收穀。通“穡”。禮郊特牲：“蜡之祭也，主先嗇而祭司嗇也。”疏：“種曰稼，斂曰嗇。”㈡節省。老子：“治人事天莫若嗇。”韓非子解老：“少費之謂嗇。”㈢慳吝。戰國策韓一：“公仲嗇於財。”㈣愛惜。呂氏春秋先己：“凡事之本，必先治身，嗇其大寶。”㈤閉塞不通暢。史記一〇五倉公傳：“診其脈時，切之腎脈也，嗇而不屬。”

【嗇夫】㊀田夫。見說文嗇部。㊁古代官名。1.書胤征:"嗇夫馳。"傳:"嗇夫,主幣之官。"2.儀禮覲禮:"嗇夫承命告于天子。"注:"嗇夫,蓋司空之屬也。"3.管子君臣上:"吏嗇夫任事,人嗇夫任教。"注:"吏嗇夫,謂檢束羣吏之官也。……人嗇夫,亦謂檢束百姓之官。"4.鄉官。秦制,鄉置嗇夫,職掌聽訟、收取賦稅,見漢書百官公卿表上。漢晉及南朝宋因之。5.漢有暴室嗇夫、虎圈嗇夫等。見史記一〇二張釋之傳、漢書宣帝紀。6.諸侯王公園陵置嗇夫,主祭祀、徵求等事,見後漢書十四四王三侯傳"比園陵,置嗇夫"注。

【嗇神】愛惜精神。後漢書三九周磐傳:"昔方回支父嗇神養和不以榮利滑其生術。"唐劉禹錫劉夢得集十四答容州竇中丞:"其在嗇神以佐藥,兼味以禦祲。"

嗙 bēng 甫盲切,平,庚韻,幫。
ㄅㄥ
㊀喝聲。見廣韻。㊁見下。

【嗙喩】舞名。也叫巴渝、巴俞。說文引司馬相如:"淮南宋蔡舞嗙喩也。"詳"巴渝舞"。

嗃 1. hè 呵各切,入,鐸韻,曉。
ㄏㄜ
㊀見"嗃嗃"。
2. xiāo 許交切,平,肴韻,曉。
ㄒㄧㄠ
㊁吹管聲。莊子則陽:"夫吹筦也,猶有嗃也,吹劍首者,吷而已矣。"釋文:"筦本亦作管,嗃,管聲也。"
3. xiào 呼教切,去,效韻,曉。
ㄒㄧㄠ
㊂大聲號呼。文選漢馬季長(融)長笛賦:"纖末奮籟,錚鐄嚮嗃。"

【嗃嗃】嚴酷的樣子。易家人:"九三,家人嗃嗃,悔厲,吉。"疏:"嗃嗃,嚴酷之意也。"釋文:"呼落反,又呼學反。馬(融)云:悅樂自得貌。鄭(玄)云:苦熱之意。"

嗟 見"嗟"。

嗛 1. xián 集韻 乎監切,平,銜韻。
ㄒㄧㄢ
㊀嘴含物。通"銜"。史記一二三大宛傳:"烏嗛肉,蜚其上。"㊁懷恨。史記外戚世家:"景帝恚,心嗛之而未發。"
2. qiǎn 苦簟切,上,忝韻,溪。
ㄑㄧㄢ
㊂猴鼠之類頰中藏食處。見爾雅釋獸。
3. qiàn
ㄑㄧㄢ
㊃歉收,不足。通"歉"。穀梁傳襄二四年:"一穀不升謂之嗛。"
4. qiān 集韻 苦兼切,平,沾韻。
ㄑㄧㄢ
㊄謙虛。通"謙"。荀子仲尼:"故知者之舉事也,主信愛之,則謹慎而嗛。"
5. qiè
ㄑㄧㄝ
㊅滿足,快意。通"慊"。莊子盜跖:"口嗛於芻豢醪醴之味。"戰國策魏二:"齊桓公夜半不嗛。"注:"快也。"

【嗛₂羊】獸名。逸周書王會:"高夷嗛羊,嗛羊者,羊而四角。"

【嗛₃閃】退縮閃避。晉書九二王沈傳釋時論:"拉答者有沉重之譽,嗛閃者得清勦之聲。"

【嗛嗛】銜恨隱忍。唐柳宗元柳先生集四三詠史詩:"嗛嗛事强怨,三歲有奇勳。"

【嗛₃嗛₃】㊀微小,少。國語晉一:"商之衰也,其銘有之,曰:'嗛嗛之德,不足就也……嗛嗛之食,不足狃也。'"注:"嗛嗛,猶小小也。"㊁不足。漢王符潛夫論交際:"鸞鳳……呼吸陽露,曠旬不食,其意尚猶嗛嗛如也。"

【嗛₂鼠】卽鼸鼠。大戴禮夏小正正月:"田鼠者,嗛鼠也,記時也。"詳"鼸"。

嗌 1. yì 伊昔切,入,昔韻,影。
ㄧ
㊀咽喉。穀梁傳昭十九年:"哭泣歠飦粥,嗌不容粒。"史記一〇五倉公傳:"飲食下嗌。"㊁見"嗌喔"。㊂見"嗌嗌"。
2. ài 集韻 烏懈切,去,卦韻。
ㄞ
㊃咽喉窒塞。莊子庚桑楚:"兒子終日嗥而嗌不嗄。"釋文:"李(軌)音厄,謂噎也。一本作'而不嗌',案如李音,有不字。"

【嗌喔】指恭維奉承的腔調。楚辭漢王逸九思憫上:"哀世兮睩睩,諓諓兮嗌喔。"

【嗌嗌】笑聲。韓詩外傳九:"一幸得勝,疾笑嗌嗌。"

嗎 ma
ㄇㄚ
助詞,表疑問或反詰。紅樓夢四八:"寶釵聽了,笑道:'你能夠像他這苦心就好了,學什麼有個不成的嗎?'"

嗉 sù 桑故切,去,暮韻,心。
ㄙㄨ
㊀禽鳥喉下盛食物的囊。爾雅釋鳥:"亢,鳥嚨,其粻,嗉。"注:"嗉者,受食之處,別名嗉,今江東呼粻。"唐白居易長慶集四秦吉了詩:"豈無鵰與鶚,嗉中食飽不肯搏。"㊁星名。卽張宿,詳"張宿"。

嗷 áo 五勞切,平,豪韻,疑。
ㄠ
衆聲。同"嗸"。見下。

【嗷咷】樂器聲。南齊謝朓謝宣城集一三日侍宴曲水代人應詔詩:"寥亮琴瑟,嗷咷塤篪。"塤、篪,樂器名。

【嗷嗷】衆聲嘈雜。詩小雅鴻雁:"鴻雁于飛,哀鳴嗷嗷。"漢書三六劉向傳:"無罪無辜,讒口嗷嗷。"注:"嗷嗷,衆聲也。"

【嗷嘈】喧聲。唐杜甫杜工部草堂詩箋三五荊南兵馬使太常卿趙公大食刀歌:"太常樓船聲嗷嘈,問兵刮寇趨下牢。"

【嗷騷】喧擾,不平靜。宋蘇舜欽蘇學士集十一火疏:"農田受菑者,幾於十九;民情嗷騷,如昏墊焉。"

嗊 hǒng 呼孔切,上,董韻,曉。
ㄏㄨㄥ
見下。

【嗊嗃】欺詐不實。太上靈寶元陽妙經一聖行上:"爾時賢智真人,復有五錄戒:一者不殺生,二者不盜人物,三者不邪淫人婦女,四者不嗊嗃妄語,五者不飲酒食肉。"

嗹 lián 落賢切,平,先韻,來。
ㄌㄧㄢ
同"謰",見下。

【嗹嘍】言語繁絮。見玉篇口部。也作"謰謱"。參見該條。

嗜 shì 常利切,去,至韻,禪。
ㄕ
㊀愛好。書五子之歌:"甘酒嗜音。"管子入國:"問所欲,求所嗜。"㊁貪。國語楚下:"吾聞國家將敗,必用姦人而嗜其疾味。"注:"嗜,貪也。"宋書顏延之傳庭誥:"廉嗜之性不同。"

【嗜爪】唐長慶時權長孺嗜食人爪,事見宋顧文薦負暄雜錄性嗜(說郛)。後來與"嗜痂"同指怪僻的嗜好。

【嗜好】喜好,本指對食物而言。後凡喜好而成習慣者都稱嗜好。尹文子大道下:"夫佞辯者…… 順人之嗜好而不敢逆。"唐韓愈昌黎集五酬司門盧四兄雲夫院長望秋作詩:"雲秋吾兄有狂氣,嗜好與俗殊酸鹹。"

【嗜芰】國語楚上:"屈到嗜芰。"注:"芰,蔆(菱)也。"韓非子難四:"或曰屈到嗜芰,文王嗜菖蒲,葅非正味也。而二賢尚之。"後多用以比喻愛好不值得的東西。

【嗜痂】南朝宋劉穆之孫邕嗜食瘡痂，以爲味似鰒魚。事見宋書劉穆之傳。後因稱怪僻的嗜好爲嗜痂。

【嗜欲】嗜好與欲望。荀子性惡："嗜欲得而信衰於友。"也作"嗜慾"。大戴禮保傅："胡越之人，生而同聲，嗜慾不異。"

【嗜膾】北齊劉晝劉子言苑："文王嗜膾，曾晳嗜棗。膾苦棗酸，聖賢甘之，與衆異也。"比喻特殊的嗜好。

嗑 1. kè ㄎㄜˋ 古盍切，入，盍韻，見。

㊀見"嗑牙"、"嗑嗑"。

2. hé ㄏㄜˊ 胡臘切，入，盍韻，匣。

㊁噬嗑，易卦名。☲☳震下離上。易序卦傳："嗑者，合也。"參見"噬嗑"。

3. xiā ㄒㄧㄚ

㊂笑聲。莊子天地："則嗑然而笑。"釋文："許甲反。……本又作'嗌'，烏邈反。"

【嗑牙】多嘴，閒談，鬬嘴。京本通俗小說碾玉觀音："郭排軍禁不住閑嗑牙。"雍熙樂府七粉蝶兒悟真如曲："一任他閑人嗑牙，都是那打鼓弄琵琶。"

【嗑咀】嘮叨多言，俗稱嚼蛆。宋孫光憲北夢瑣言十張翱輕傲："蜀綿州刺史李，忘其名，時號嗑咀。"

【嗑嗑】多言。孔叢子儒服："平原君與子高飲，强子高酒，曰：'昔有遺諺，堯舜千鍾，孔子百觚，子路嗑嗑，尚飲十榼。'"

嗒 tà ㄊㄚˋ 吐盍切，入，盍韻，透。

沮喪。唐白居易長慶集六三隱几贈客詩："有時猶隱几，嗒然無所偶。"

【嗒喪】莊子齊物論："仰天而噓，荅焉似喪其耦。"釋文："荅焉，本又作嗒，……解體貌。"後多用爲喪氣或失魂落魄之意。聊齋志異葉生："榜既放，依然鎩羽，生嗒喪而歸，……形銷骨立，癡若木偶。"

嗏 chā ㄔㄚ 字彙 初加切，音差。

語氣詞，詞曲中用表頓折。清平山堂話本楊溫攔路虎傳："這漢要共李貴使棒！嗏，你却如何贏得他？"

嗞 zī ㄗ 子之切，平，之韻，精。

歎息聲。說文："嗞，嗟也。"後通用作"咨"。參見"嗟嗞"。

嗔 1. tián ㄊㄧㄢˊ 徒年切，平，先韻，定。

㊀盛大，衆多。同"闐"。詩小雅采芑："振旅闐闐。"說文引詩作"嗔嗔"。

2. chēn ㄔㄣ 昌真切，平，真韻，穿。

㊁怒，生氣。通"瞋"。世說新語德行："丞相(王導)見長豫(悅)輒喜，見敬豫(恬)輒嗔。"悅，導長子；恬，次子。玉臺新詠五沈約六憶詩："笑時應無比，嗔時更可憐。"

【嗔咽】人多擁塞。同"闐溢"。唐鄭處晦開天傳信記："唐玄宗於勤政樓大酺，競作百戲，縱士民觀看，人物嗔咽，金吾衛士不能止。"

【嗔₂拳】㊀因怒而揮拳。宋王洋東牟集六遣興詩："貧病欺人須服弱，嗔拳笑面却應休。"宋惟白續傳燈録二泉州雲臺因禪師："僧問：'如何是和尚家風？'師曰：'嗔拳不打笑面。'"㊁古時南方雜技名。宋高承事物紀原九："江淮之俗，每作諸戲，必先設嗔拳笑面。……按荆楚歲時記有諺云：'臘鼓鳴，春草生。村人並擊細腰鼓，戴胡公頭，及作金剛力士以逐除。'今南方爲此戲者，必戴面如胡人狀，作勇士之勢，謂之嗔拳，則知其爲荆楚故舊矣。"

【嗔₂魚】河豚無頰無鱗，傳說觸之則怒，因有嗔魚之稱。見明胡世安異魚圖贊補中。清馮時可雨航雜録下："黄駒卽鯢魚，俗所謂河豚也；一名鮭，一名嗔，……頭無腮，其肝最毒。"

【嗔₂喝】怒而呵止之。唐杜甫杜工部草堂詩箋十一北征："問事競挽鬚，誰能卽嗔喝。"

【嗔₂詬】生氣辱罵。元詩選馬祖常石田集寄六弟元德宰東鹿："汝素謹禮法，口未見嗔詬。"

【嗔₂睨】怒目斜視。宋陸佃埤雅釋鳥鶻引禽經："雞以嗔睨，鴨以怒瞋。"

嗝 gé ㄍㄜˊ 古核切，入，麥韻，見。

㊀禽鳥鳴聲。見"嗝報"。㊁氣逆作聲，俗說"打嗝"。

【嗝報】雞鳴報曉。漢陸賈新語資質："夫窮澤之民，據犂嗝報之士，或懷不羈之才。"

嗕 rù ㄖㄨˋ 而蜀切，入，燭韻，日。

古代部族名。漢書九四匈奴傳上："匈奴前所得西嗕居左地者，……遂南降漢。"注："孟康曰：'嗕音辱，匈奴種也。'"一說嗕爲羌族別種。漢書七九馮奉世傳："今發三輔河東弘農越騎……羽林孤兒及呼速絫嗕種，方急遣。"注："劉德曰：'嗕音辱，羌別種也。'"

嗄 1. shà ㄕㄚˋ 所嫁切，去，禡韻，山。ㄞˋ 於犗切，去，夬韻，影。

㊀聲音嘶啞。老子下："終日號而不嗄，和之至也。"又見莊子庚桑楚。㊁語尾助詞。紅樓夢一〇四回："寶玉道：'就是他死，也該叫我見見，說個明白，他死了也不抱怨我嗄！'"

2. á ㄚˊ

㊂歎詞，表示疑問、反詰或驚訝。五燈會元十一臨濟義玄禪師："(勝)光瞪目曰：嗄！"

3. xià ㄒㄧㄚˋ

㊃見"嗄₃飯"。

【嗄₃飯】下飯的菜肴。本作下飯。宋吳自牧夢粱録十三天曉諸人出市："和寧門紅杈子前，買賣細色異品菜蔬，諸般嗄飯。"明粲花主人(吳炳)畫中人傳奇上示幻："這一大尾鮮魚嗄飯儘殼了。"

嗓 sǎng ㄙㄤˇ 集韻 寫朗切，上，蕩韻。

㊀嗓子，喉嚨。紅樓夢五四："(鳳姐)笑道：'罷罷，酒冷了，老祖宗喫一口潤潤嗓子再辨謊。'"㊁六畜勞傷，鼻中常流膿水，叫作嗓病。因稱愛攻擊、揭發別人的短處或陰私的爲嗓。見明陶宗儀輟耕録二三嗓。

【嗓磕】譏笑。一作𠿊磕。元曲選石君寶曲江池三："你嗓磕他怎的！"又鄭德輝王粲登樓一："放魚的子産，𠿊磕老夫不識賢哩。"

嗋 xié ㄒㄧㄝˊ 虛業切，入，業韻，曉。

㊀閉合。莊子天運："予口張而不能嗋。"㊁見下。

【嗋呷】呼吸。宋梅堯臣宛陵集一傷白雞詩："湧血被其頸，嗋呷氣甚危。"

嗩 suǒ ㄙㄨㄛˇ

見下。

【嗩吶】吹奏樂器名。分哨頭、管身、喇叭口；管身正面七孔，背面一孔，左側一孔。金元時由波斯、阿拉伯一帶傳入我國。原譯名蘇爾奈，又名鎖哪、瑣

嗩吶

睬。發音渾厚響亮。經改造有喇叭、大吹、海笛、小青等類別。參閱清文獻通考一六一樂七蘇爾奈。

嗣 sì 祥吏切,去,志韻,邪。ㄙ

㊀繼承,接續。書洪範:“鯀乃殛死,禹乃嗣興。”左傳襄二五年:“其弟嗣書而死者二人。”㊁後嗣,子孫。書大禹謨:“罰弗及嗣,賞延于世。”㊂次。見“嗣歲”。

【嗣子】㊀諸侯在喪自稱嗣子。左傳哀二十年:“趙孟曰:‘今越圍吴,嗣子不廢舊業而敵之,非晉之所能及也。’”趙孟,即趙襄子,名無恤,時有父趙簡子之喪。後稱嫡長子當繼承的爲嗣子。漢書九三淳于長傳:“及長當就國也,(王)立嗣子融從長請車騎。”㊁舊時無子而以他人之子爲嗣亦稱嗣子,多以近支兄弟之子爲之。參閱清會典事例一五六户口旗人撫養嗣子。

【嗣君】繼位的國君。左傳成十八年:“公如晉,朝嗣君也。”時晉厲公死,悼公初即位,故稱嗣君。後來稱太子爲嗣君。

【嗣服】繼承先人的事業。服,事。詩大雅下武:“永言孝思,昭哉嗣服。”指武王繼承先人事業,伐紂滅殷商。

【嗣音】㊀連續傳寄音信。詩鄭風子衿:“縱我不往,子寧不嗣音。”毛傳訓嗣爲習,以嗣音爲學習詩樂之意。鄭玄箋訓嗣爲續,爲傳音問之意。詩集傳從箋。㊁同“嗣徽”。見該條。

【嗣息】子孫。明王世貞弇州山人四部稿一二七與俞仲蔚書之九:“此君婆娑,政坐宦薄,著書未成,嗣息中絶。”

【嗣産】左傳襄三十年:“子産而死,誰其嗣之?”後來遂以嗣産作爲頌揚官吏繼承前人事業之詞。元袁桷清容居士集十四播州宣撫楊資德詩:“客有依劉感,人傳嗣産歌。”依劉,用漢末王粲託身劉表事。

【嗣聖】㊀唐李顯(中宗)年號。公元684年。㊁新登位的皇帝。宋蘇軾東坡集續集六與范蜀公(鎮)書:“始者竊意文丈絶意軒冕,然猶當强到闕,一見嗣聖,今乃確然如此,殊乖素望。”

【嗣歲】來年。詩大雅生民:“載燔載烈,以興嗣歲。”傳:“興來歲,繼往歲也。”

【嗣適】繼承王位的嫡子。左傳閔二年:“師在制命而已,禀命則不威,專命則不孝,故君之嗣適,不可帥師。”釋文:“適,丁歷反,本又作嫡。”

【嗣徽】繼承前人的美德。詩大雅思齊:“大姒嗣徽音。”指文王妃大姒能繼承其母大任的美德。宋書王敬弘傳:“先帝拔臣於蠻荆之域,……陛下嗣徽,特蒙眷齒。”

【嗣續】子孫世代繼承。國語晉四:“嗣續其祖,如穀之滋。”又指後嗣。唐柳宗元柳先生集三十與楊京兆憑書:“嘗有壹男子,然無一日之命,至今無以託嗣續,恨痛常在心目。”

【嗣響】繼承前人事業,如響應聲。文選南朝梁沈休文(約)宋書謝靈運傳論:“若夫平子(張衡)豔發,文以情變,絶唱高蹤,久無嗣響。”

嗢 見“嗢”。

嗤 chī 赤之切,平,之韻,穿。ㄔ

㊀譏笑。尹文子大道上:“……則智不能得夸愚,好不能得嗤醜,此爲得之道也。”㊁愚笨。通“蚩”。見“嗤騃”。

【嗤詆】非笑嘲罵。北齊顔之推顔氏家訓勉學:“世人讀書者,但能言之,不能行之,……軍國經綸,略無施用,故爲武人俗吏所嗤詆。”

【嗤嗤】譏笑。唐李白李太白詩二一登廣武古戰場懷古:“沉湎呼豎子,狂言非至公。撫掌黄河曲,嗤嗤阮嗣宗。”

【嗤鄙】譏笑鄙視。梁書何敬容傳:“自晉宋以來,宰相皆文義自逸,敬容獨勤庶務,爲世所嗤鄙。……敬容處之如初,亦不屑也。”

【嗤騃】呆笨。三國志吴孫休傳“戊子,立子𩅦爲太子,大赦”注引吴録:“違明詒於前修,垂嗤騃於後代。”

嗆 qiāng 集韻千羊切,平,陽韻。ㄑㄧㄤ

㊀愚怯。見“嗆哼”。㊁鳥食。見玉篇。㊂因飲食而氣逆咳嗽。

【嗆哼】愚怯的樣子。晉書王沈傳釋時論:“嗆哼怯畏於謙讓,闒茸勇敢於饕諍。”哼,亦作“哼”。

嗅 xiù ㄒㄧㄡˋ

用鼻子辨别氣味,本作“齅”。論語鄉黨:“三嗅而作。”韓非子外儲左下:“樹橘柚者,食之則甘,嗅之則香。”

【嗅石】神話中獸名。舊題晉王嘉拾遺記十瀛洲:“有獸名嗅石,其狀如麒麟,不食生卉,不飲濁水;嗅石則知有金玉,吹石則開。”

嗥 háo 胡刀切,平,豪韻,匣。ㄏㄠˊ

也作“嘷”。㊀野獸叫。左傳襄十四年:“狐狸所居,豺狼所嗥。”㊁號哭。莊子庚桑楚:“兒子終日嗥而嗌不嗄。”

嗚 wū 哀都切,平,模韻,影。ㄨ

㊀哀歎。後漢書四五袁安傳:“及與公卿言國家事,未嘗不噫嗚流涕。”㊁撫弄。世説新語惑溺:“兒見(賈)充喜踊,充就乳母手中嗚之。”㊂象聲詞。見“嗚軋”、“嗚啞”等。

【嗚阨】悲歎。唐李賀歌詩編二致酒行:“少年心事當拏雲,誰念幽寒坐嗚呃。”

【嗚軋】吹角聲。唐杜牧樊川文集三題齊安城樓詩:“嗚軋江樓角一聲,微陽瀲瀲落寒汀。”

【嗚呼】㊀歎詞。書五子之歌:“嗚呼曷歸,予懷之悲!”此表悲傷。又旅獒:“王曰:‘嗚呼!明王慎德,四夷咸賓。’”此表贊美。參閱唐顔師古匡謬正俗烏呼。㊁古祭文末多有嗚呼一詞,後來就以嗚呼爲死的代稱。宋張鎡南湖集十臨江仙詞:“縱使古稀真箇得,後來争免嗚呼!”

【嗚咽】㊀悲泣聲。後漢書八四董祀妻蔡琰傳悲憤詩一:“觀者皆歔欷,行路亦嗚咽。”㊁水流聲。唐温庭筠詩集六過華清宫:“至今湯殿水,嗚咽縣前流。”

【嗚唈】悲哀氣塞。東觀漢記十二梁竦傳悼騷賦:“雖離讒以嗚唈兮,卒暴誅於兩觀。”南朝梁江淹江文通集一泣賦:“欷潺湲兮沫袖,泣嗚唈兮染裳。”

【嗚虖】同“嗚呼”。呼,漢書多作“虖”。漢書武帝紀元光元年:“嗚虖,何施而臻此與?”

【嗚啞】悲歎聲。唐李賀歌詩編二勉愛行二首送小季之廬山:“豈解有鄉情,弄月聊嗚啞。”

【嗚嗚】象聲詞。1. 歌呼聲。史記八七李斯傳諫逐客書:“夫擊甕叩缶彈箏搏髀,而歌呼嗚嗚快耳目者,真秦之聲也。”2. 撫兒聲。唐杜牧樊川文集四遣興詩:“浮生長勿勿,兒小且嗚嗚。”3. 啼哭聲。水滸七三:“果然見那個女兒在牀上嗚嗚的啼哭。”

【嗚呼哀哉】左傳哀十六年:“嗚呼哀哉,尼父!無自律。”祭文中常用以表哀歎,後來借指爲死。水滸五二:“李逵拿殷天錫提起來,拳頭脚尖一發上,柴進哪裏勸得住,看那殷天錫時,嗚呼哀哉,伏惟尚饗。”紅樓夢十六:“(秦邦業)自己氣的老病發了,三五日光景,嗚呼哀哉了!”

嗁 tí 杜奚切,平,齊韻,定。ㄊㄧˊ

"啼"本字。後漢書四一第五倫傳:"坐法徵,老小攀車叩馬,嗁呼相隨。"

【嗁粧】同"啼粧"。後漢書三四梁統傳附梁冀:"(冀妻孫)壽色美而善爲妖態,作愁眉嗁粧。"參見"啼粧"。

嗨 hāi ㄏㄞ

歎詞。常用以表示惋惜、懊喪。元曲選馬致遠漢宮秋三:"嗨!可惜,可惜!昭君不肯入番,投江而死。"

嗐 hài ㄏㄞˋ

歎詞。紅樓夢六:"周瑞家的聽了道:'嗐!我的老老,告訴不得你了!'"表贊歎。又紅樓夢三三:"你垂頭喪氣的嗐什麽!"表傷歎。

十一畫

嘉 jiā 古牙切,平,麻韻,見。ㄐㄧㄚ

㊀美,善。詩豳風東山:"其新孔嘉。"㊁贊美,表彰。書大禹謨:"嘉乃丕績。"㊂娛樂。禮禮運:"以嘉魂魄。"㊃吉慶,幸福。漢書禮樂志天門十一:"休嘉砰隱溢四方。"㊄姓。見通志二七氏族三。

【嘉月】美好的月份。楚辭漢王褒九懷危俊:"陶嘉月兮總駕,搴玉英兮自脩。"文選晉謝惠連西陵遇風獻康樂詩:"成裝候良辰,漾舟陶嘉月。"嘉,美、善之意,嘉月本爲泛稱,後來多用指春季之月。

【嘉平】㊀臘月的別稱。史記秦始皇紀:"三十一年十二月,更名臘曰嘉平。"索隱:"殷曰嘉平,周曰大蜡,亦曰臘。"秦改從殷之舊稱。元方回桐江續集十四留丹陽三日苦寒戲爲短歌詩:"自從書雲入嘉平,一月間無三日晴。"㊁年號。1. 三國魏曹芳(齊王)。公元249—254年。2. 東晉列國漢(前趙)劉聰(昭武帝)。公元311—314年。3. 東晉列國南涼禿髮傉檀(景王)。公元408—414年。

【嘉玉】祭祀所用的玉。禮曲禮下:"凡祭宗廟之禮,……玉曰嘉玉。"後漢書明帝紀永平十三年:"故薦嘉玉絜牲,以禮河神。"

【嘉石】有紋理的石頭。古代於外朝門左立嘉石,命罪人坐在石上示衆。案罪行輕重,有坐三日、五日、七日、九日之別,另外並服勞役。周禮地官司救:"凡民之有衺惡者,三讓而罰,三罰而士加明刑,恥諸嘉石,役諸司空。"又見秋官大司寇、朝士。

【嘉生】生長茂盛的穀物,古時認爲是吉瑞的象徵。國語周下:"陰陽序次,風雨時至,嘉生繁祉,人民龢利。"史記曆書:"民神異業,敬而不瀆,故神降之嘉生。"

【嘉禾】㊀生長得特別茁壯的禾稻,古時認爲是吉瑞的象徵。漢書五八公孫弘傳:"甘露降,風雨時,嘉禾興。"漢王充論衡講瑞:"嘉禾生於禾中,與禾中異穗,謂之嘉禾。"後稱一莖多穗的禾爲嘉禾。㊁三國吳孫權(大帝)年號。公元232—238年。

【嘉州】漢犍爲郡南安縣地。北周大成元年置嘉州,因州境近漢之漢嘉舊縣而得名。至宋慶元二年升爲嘉定府。即今四川樂山縣。唐詩人岑參曾爲嘉州刺史,世稱岑嘉州。參見"嘉定㊁"。

【嘉名】美名。楚辭戰國楚屈原離騷:"皇覽揆余初度兮,肇錫余以嘉名。"

【嘉言】善言。書大禹謨:"俞!允若茲,嘉言罔攸伏。"又伊訓:"聖謨洋洋,嘉言孔彰。"

【嘉況】厚賜。嘉,美;況,通"貺"。漢書四六石奮傳:"乃者封泰山,皇天嘉況,神物並見。"文選三國魏文帝(曹丕)與鍾大理書:"嘉貺益腆,敢不欽承。"

【嘉定】㊀宋趙擴(寧宗)年號。公元1208—1224年。㊁府名。宋慶元二年升嘉州爲嘉定府,治所在龍游(清改名樂山,今屬四川)。元至元中改爲路,明洪武中復改爲府,後降爲州,清雍正時復升爲府。1913年改樂山縣。㊂縣名。屬上海市。本江蘇崑山縣地,宋嘉定十年析置,以年號爲名。清屬太倉州。參閱嘉慶一統志一〇三太倉州。

【嘉夜】良夜。漢書禮樂志郊祀歌:"俠嘉夜,茝蘭芳。"注以嘉夜爲芳草。

【嘉玩】欣賞和玩味。三國志魏王粲傳附應瑒"瑒弟璩,璩子貞,咸以文章顯"注引文章敘録:"正始中,夏侯玄盛有名勢。(應)貞嘗在玄坐作五言詩,玄嘉玩之。"宋宋祁益部方物略記百舌鳥:"緑衣紺尾,一啼百轉,可樂而畜,爲世嘉玩。"

【嘉林】古代傳說中的林名。史記一二八龜策傳:"有神龜在江南嘉林中。嘉林者,獸無虎狼,鳥無鴟梟,草無毒螫,野火不及,斧斤不至,是爲嘉林。"

【嘉事】古時朝禮。左傳定十五年:"嘉事不體,何以能久。"也指"嘉禮"。禮冠義:"冠者,禮之始也,嘉事之重者也。"

【嘉尚】㊀贊美。三國志魏滿寵傳爲王淩報孫布書:"知識邪正,欲避禍就順,去暴歸道,甚相嘉尚。"㊁唐僧名。玄奘門下四哲之一,從玄奘學瑜伽唯識之旨。玄奘譯大般若波羅蜜多經,嘉尚爲證義綴文;又與薄塵靈辯等參與譯場證義。見宋高僧傳四。

【嘉客】貴客。詩小雅白駒:"所謂伊人,於焉嘉客。"

【嘉重】贊美重視。宋史三二二劉庠傳:"英宗求直言,庠上書論時事。帝以示韓琦,琦對之未識,帝益嘉重,除監察御史。"

【嘉祐】宋趙禎(仁宗)年號。公元1056—1063年。

【嘉泰】宋趙擴(寧宗)年號。公元1201—1204年。

【嘉草】蘘荷的別名。周禮秋官庶氏:"庶氏掌除毒蠱,……以嘉草攻之。"注:"嘉草,藥物。"唐柳宗元柳先生集四三種白蘘荷詩:"庶民有嘉草,攻襘事久泯。"參見"蘘荷"。

【嘉時】良時。漢書九七下班倢伃傳自悼賦:"既過幸於非位兮,竊庶幾乎嘉時。"

【嘉師】善良的衆人。書呂刑:"受王嘉師,監于茲祥刑。"傳:"有邦有土,受王之善衆而治之者,視於此善刑,欲其勤而法之。"

【嘉納】贊許並採納,多指上級對下級而言。漢書八三薛宣傳:"宣……上疏曰:'臣愚不知治道,唯明主察焉。'上嘉納之。"後漢書四二朱暉傳:"(暉)因上便宜,陳密事,深見嘉納。"

【嘉許】稱贊。漢焦延壽易林六賁之艮:"公子奉請,王孫嘉許。"

【嘉祥】㊀祥瑞。漢書宣帝紀元康四年:"屢獲嘉祥。"文選漢張平子(衡)東京賦:"總集瑞命,備致嘉祥。"㊁縣名。屬山東省。本宋鉅野縣的山口鎮,金皇統中置縣。故城在縣西,舊傳魯哀公時獲麟於此,故名。參閱嘉慶一統志一八三濟寧州。㊂人名。1. 梁高僧傳的作者慧皎,以曾住梁會稽嘉祥寺,有嘉祥大師之稱。見唐道宣續高僧傳六。2. 唐延興寺僧吉藏,本安息國人。祖遷金陵。他宣揚龍樹提婆之旨,爲佛教三論宗之祖。因曾居會稽嘉祥寺稱嘉祥大師。參閱唐道宣續高僧傳十一、宋志磐佛祖統紀十。

【嘉魚】㊀美好的魚。詩小雅南有嘉魚:"南有嘉魚,烝然罩罩。"㊁魚名。文選晉左太沖(思)蜀都賦:"嘉魚出於丙穴。"北堂書鈔一五八引任豫益州記:"嘉魚生丙穴,蜀人謂之拙魚,從石孔隨泉出,大者五六尺。"本草綱目四四引作"五六斤"。

㊂縣名。屬湖北省。本爲蒲圻縣鮎漬鎮。五代時南唐保大中始置縣。以其地有魚嶽山，故取詩"南有嘉魚"之義爲名。參閱太平寰宇記一一二鄂州、讀史方輿紀要七六武昌府。

【嘉善】㊀贊揚別人的長處、優點。論語子張："嘉善而矜不能。"㊁縣名。屬浙江省。漢時爲由拳縣地，三國吴以後爲嘉興縣魏塘鎮。明宣德五年析置爲縣。見浙江通志六建置三。

【嘉惠】對他人所給予恩惠的敬稱。左傳昭七年："嘉惠未至。"史記八四賈誼傳弔屈原文："共承嘉惠兮，俟罪長沙。"

【嘉量】古代標準量器。周禮考工記㮚氏："㮚氏爲量，……其銘曰：'時文思索，允臻其極，嘉量既成，以觀四國。'"有鬴、豆、升三量。漢王莽改制，始建國元年頒新嘉量，合斛、斗、升、合、龠爲一器。器上部爲斛，下部爲斗，左耳爲升，右耳爲合、龠。見漢書律曆志上。西清古鑑有漢嘉量圖。原器於解放前被劫往臺灣。

【嘉殽】魚、肉等美味的葷菜。詩大雅行葦："嘉殽脾臄。"也作嘉肴。禮學記："雖有嘉肴，弗食，不知其旨也。"

【嘉靖】㊀安和，安定。書無逸："嘉靖殷邦，至於小大，無時或怨。"注："善謀殷國，至於小大之政無是有怨者，言無非。"㊁明朱厚熜（世宗）年號。公元1522—1566年。

【嘉話】善言。文選晉張景陽（協）七命："雖在不敏，敬聽嘉話。"唐韋絢追述劉禹錫語，著劉賓客嘉話録一卷。

【嘉瑞】同"嘉祥"。漢書宣帝紀元康元年："獲蒙嘉瑞，賜兹祉福。"宋陳亮龍川詞瑞雲濃慢之十："向暑天，正風雲會遇，有恁嘉瑞！"

【嘉禽】良禽。宋書樂志三魏文帝（曹丕）善哉行朝游詩："大酋奉甘醪，狩人獻嘉禽。"

【嘉會】㊀賓主宴集。漢書四八賈誼傳陳政事疏："美者黼繡，是古天子之服，今富人大賈嘉會召客者以被牆。"南朝梁鍾嶸詩品上："嘉會寄詩以親，離羣託詩以怨。"㊁指國運昌盛的際會。三國志吴韋曜傳博奕論："誠千載之嘉會，百世之良遇也。"㊂大理段智興年號。公元1181—1184年。

【嘉與】獎勵優待。漢書武帝紀元朔元年："朕夙興夜寐，嘉與宇内之士，臻於斯路。"

【嘉寧】東晉列國成漢李勢（後主）年號。公元346—347年。

【嘉賓】㊀貴客。詩小雅鹿鳴："我有嘉賓，鼓瑟吹笙。"㊁雀的別名。言常棲集人家如賓客。見晉崔豹古今注中鳥獸。

【嘉榮】草名。山海經中山經："又東七十里，曰半石之山。其上有草焉，生而秀，其高丈餘，赤葉赤華，華而不實，其名曰嘉榮。"又："又東三百里，曰杳山，其上多嘉榮草，多金玉。"

【嘉熙】宋趙昀（理宗）年號。公元1237—1240年。

【嘉澍】及時雨。後漢書明帝紀永平十八年："長吏各絜齋禱請，冀蒙嘉澍。"

【嘉慶】㊀喜慶吉祥的事。三國志魏文帝紀"以肅承天命"注引獻帝傳："兆民欣戴，咸樂嘉慶。"㊁清愛新覺羅顒琰（仁宗）年號。公元1796—1820年。

【嘉穀】古以粟（小米）爲嘉穀，後成爲五穀的總稱。書呂刑："稷降播種，農殖嘉穀。"史記一一七司馬相如傳封禪文："嘉穀六穗，我穡曷蓄。"

【嘉遯】舊時謂合乎正道的退隱。易遯："嘉遯貞吉。"文選晉張景陽（協）七命："冲漠公子，含華隱曜，嘉遯龍盤，翫世高蹈。"遯，也作"遁"。三國志魏管寧傳王基薦寧表："匿景藏光，嘉遁養浩。"

【嘉耦】和睦的夫婦。左傳桓二年："嘉耦曰妃，怨耦曰仇。"

【嘉樂】㊀古代鐘鼓之樂。左傳定十年："嘉樂不野合。"嘉樂是古時享燕正禮，應當設在宗廟或宫廷，不得違禮而行於野。㊁嘉美喜樂。禮中庸："嘉樂君子，憲憲令德。"樂 lè。

【嘉蔬】㊀祭祀用的稻。禮曲禮下："凡祭宗廟之禮……稻曰嘉蔬。"㊁肥美的蔬菜。唐杜甫杜工部草堂詩箋三七寄李十四員外布十二韻："悶能過小徑，自爲摘嘉蔬。"

【嘉興】㊀縣名。屬浙江省。本名長水，秦改爲由拳縣。三國吴孫權黄龍四年以地出嘉禾，改稱禾興。孫晧因父名和，又改名爲嘉興。見宋書州郡志一。㊁東晉列國西涼李歆（後主）年號。公元417—420年。

【嘉應】㊀吉祥的徵兆。漢書禮樂志："天地順而嘉應降。"又六四王褒傳："天下殷富，數有嘉應。"㊁地名。今廣東省梅縣。本潮州府程鄉縣，清雍正十一年改爲嘉應直隸州，嘉慶十一年改府，後又恢復州名。清末改爲梅縣。參閱廣東通志一二八建置四。

【嘉績】豐功偉績。書畢命："嘉績多于先王，予小子垂拱仰成。"

【嘉禮】古代五禮（吉、凶、軍、賓、嘉）之一。嘉禮指飲食、昏冠、賓射、饗燕、脤膰、賀慶等禮。周禮春官大宗伯："以嘉禮親萬民。"後世專指婚禮。聊齋志異狐嫁女："不知今夕嘉禮，慚無以賀。"

【嘉穟】飽滿茁壯的禾穗。晉陶潛陶淵明集二酬劉柴桑："新葵鬱北牖，嘉穟養南疇。"

【嘉醴】像美酒一樣的甘泉。文選漢揚子雲（雄）劇秦美新："甘露嘉醴，景曜浸潭之瑞潛。"注："嘉醴，醴泉也。"

【嘉禾嶼】一名鷺嶼。卽今福建廈門市。曾因産嘉禾得名。南宋末元兵南下，宋幼帝趙昰曾逃避至此。

【嘉至樂】漢郊廟樂章名。漢書禮樂志："高祖時，叔孫通因秦樂人制宗廟樂，大祝迎神於廟門，奏嘉至，猶古降神之樂也。"

【嘉利澤】水名。在雲南尋甸縣境。卽古楊林澤，又稱楊林海子、羅婆澤。見嘉慶一統志四七六雲南府一。

【嘉祐集】宋蘇洵撰。洵善古文，以古勁簡質著稱。四庫全書所收宋紹興本爲十六卷，附録二卷。另有三蘇全集本二十卷。

【嘉峪關】在甘肅酒泉縣西嘉峪山西麓。自古爲東西交通要衝。明洪武初馮勝下河西，以嘉峪關地勢險要，築城置戍，爲明長城西端關口。嘉靖十八年重行加固。今仍有堡壘烽臺遺址。現爲全國重點保護古建築之一。參閱讀史方輿紀要六三甘肅鎮肅州衛。

【嘉祥寺】寺名。在浙江紹興縣。建立年月不詳，高僧傳的作者梁慧皎，曾居於此。佛教三論宗之祖唐吉藏亦在此設法座講經，嘉祥寺因而著名。

【嘉陵江】水名。古稱西漢水。水經注二十漾水："漢水又南入嘉陵道而爲嘉陵水。"江名由此而來。源出陝西鳳縣嘉陵谷，至四川重慶入長江，全長1,119公里，爲四川省大川之一。

【嘉話録】見"劉賓客嘉話録"。

【嘉慶子】李子的別名。宋程大昌演繁露十五："韋述兩京記：東都嘉慶坊有李樹，其實甘鮮，故稱嘉慶李，爲嘉慶子。今人但言嘉慶子，豈稱謂既熟，不加李亦可記也。"

【嘉鯕魚】魚名。産山東登萊海中，體豐碩，鱗鬐赬紫，尾赤，頭骨及目多腴肪。京人謂之大頭魚，亦曰海鯽魚，本地稱爲嘉鯕魚。見清郝懿行記海錯（郝氏遺書）。

【嘉祐雜志】宋江休復著。四庫全書著錄二卷。郡齋讀書志、文獻通考著録俱作江鄰幾雜志三卷。鄰幾，休復字。此書多記當代軼事，雜説，雖間有舛誤，大體可信。

【嘉靖七子】見"七子"。

啗 dàn 徒敢切，上，敢韻，定。
ㄉㄢˋ
食。同"啖"、"啗"。北堂書鈔一四三晉束皙發蒙記："廉頗啗肉百斤。"

【啗名】指好名如飲食之不可缺。世説新語排調："右軍（王羲之）指簡文（司馬昱）語孫（綽）曰：'此啗名客。'簡文顧曰：'天下自有利齒兒。'"

【啗飯】吃飯。譏諷人無用。北史賀若弼傳："上曰：'我以高熲楊素爲宰相，汝每昌言此二人唯堪啗飯耳，是何意也？'"隋書賀若弼傳作"啗飯"。

【啗蔗】世説新語排調："顧長康（愷之）啗甘蔗，先食尾。人問所以，云漸至佳境。"後人用啗蔗比喻人的處境越來越好。唐韓愈昌黎集二答張徹詩："初味猶啗蔗，遂通斯建瓴。"宋王安石臨川集二十次韻酬宋玘詩之四："美似狂酲初啗蔗，快如衰病得觀濤。"

【啗豬腸兒】譏諷他人無能的話。北史慕容紹宗傳："時（侯）景軍甚盛，初聞韓軌往討之，曰：'啗豬腸小兒！'"

嘏 jiǎ gǔ 古疋切，上，馬韻，見。
ㄐㄧㄚˇ ㄍㄨˇ
㊀大。方言一："戎秦晉之間凡物壯大謂之嘏。"㊁福。詩魯頌閟宮："天錫公純嘏，眉壽保魯。"箋："純，大也；受福曰嘏。"後稱祝壽爲祝嘏。㊂古代祭祀，祝（執事人）爲尸（受祭者）向主人致福叫嘏。禮禮運："祝以孝告，嘏以慈告。"

【嘏命】大命。逸周書皇門："王用有監明憲，朕命用克和有成，用能承天嘏命。"

嘗 cháng 市羊切，平，陽韻，禪。
ㄔㄤˊ
㊀辨味。詩小雅瓠葉："君子有酒，酌言嘗之。"㊁試探。左傳襄十八年："諸侯方睦於晉，臣請嘗之。若可，君而繼之；不可，收師而退。"㊂經歷。左傳僖二八年："險阻艱難，備嘗之矣。"㊃曾經。論語衛靈公："俎豆之事，則嘗聞之矣。"㊄助詞。加强語氣。左傳昭六年："作大事不以信，未嘗可也。"未嘗可，即未可。㊅祭祀名。詩小雅天保："禴祠烝嘗。"傳："宗廟之祭，……秋曰嘗。"

【嘗巧】試其技藝。禮檀弓下："般，爾以人之母嘗巧，則豈不得以（已）其母以嘗巧者乎？"第二"母"字，釋文本作"毋"。文苑英華六七唐王起振木鐸賦："以金爲鈴，且嘗巧於懿匠；刻木爲舌，將託音於下人。"

【嘗灶】試灸。隋書趙王杲傳："蕭后當灸，……杲泣請，曰：'……願聽嘗灶。'"

【嘗食】試辨食味。周禮天官膳夫："以樂侑食，膳夫授祭品；嘗食，王乃食。"注："備火齊不得也。"怕食品没煮好，故由膳夫先嘗。

【嘗酒】宋時社日前一天的宴集。宋詩鈔韓琦安陽集鈔觀稼回北園席上："嘗酒管弦先社集，捺拳禾黍極雲齊。"自注："北人社前一日，親賓相會，謂之嘗酒。"又舊時宴會，張筵前先備小食，也稱嘗酒。見清高士奇天祿識餘下。

【嘗酎】祭祀時，嘗飲新酒。左傳襄二二年："公孫夏從寡君以朝于君，見於嘗酎，與執膰焉。"注："酒之新熟，重者爲酎；嘗新飲酒爲嘗酎。"酎，zhòu。參閱清顧炎武左傳杜解補正襄二十二年（清經解一）。

【嘗草】辨别草木之性味，以爲藥用。弘明集一漢牟融理惑論："神農嘗草，殆死者數十；黄帝稽首，受針於岐伯。"

【嘗寇】試探敵人的强弱。左傳隱九年："使勇而無剛者，嘗寇，而速去之。"

【嘗唾】試辨唾液，推知病情。新唐書一九五孝友傳序："焦懷肅母病，每嘗其唾，若味異，輒悲號幾絶。"

【嘗新】嘗食新收穫的五穀。禮月令孟秋之月："是月也，農乃登穀。天子嘗新，先薦寢廟。"在古代，嘗新，都先祭祖先，以後再大家享用。後稱吃新收穫的果品之類也叫嘗新。唐王建詩八宮詞之四："白玉窗前起早臣，櫻桃初赤賜嘗新。"

【嘗試】試一試。孟子梁惠王上："我雖不敏，請嘗試之。"戰國策秦三："今臣之胸不足以當椹質，要不足以待斧鉞，豈敢以疑事嘗試於王乎？"

【嘗敵】試探敵人的强弱。宋蘇洵嘉祐集二權書上心術："故古之賢將，能以兵嘗敵，而又以敵自嘗，故去就可以決。"

【嘗膳】父母吃飯前，兒子先嘗飯菜是否甘美。隋書許智藏傳："爲人子者，嘗膳視藥，不知方術，豈謂孝乎？"

【嘗糞】吴滅越，越王勾踐入臣於吴。吴王病，勾踐用范蠡計，入宮問疾嘗糞。吴王大喜，赦勾踐歸越。見吴越春秋四勾踐入臣外傳。後以嘗糞比喻忍辱負重。

【嘗膽】春秋時代，越王勾踐自吴釋歸，立志報仇，在坐卧的地方都掛上苦膽，吃飯時也要嘗嘗膽，示不忘其苦。經過長期準備，越國終於戰勝了吴國。見史記越王世家。後用嘗膽來比喻刻苦自勵，發憤圖强。宋史三五八李綱傳上："今日之事，正當枕戈嘗膽，内修外攘。"參見"卧薪嘗膽"。

【嘗藥】古禮侍奉尊長吃藥，先嘗後進。禮曲禮下："君有疾、飲藥，臣先嘗之；親有疾，飲藥，子先嘗之。"穀梁傳昭十九年："許世子（止）不知嘗藥，累及許君也。"

【嘗藥監】東漢掌管宮中醫藥的官。秩六百石，以宦者充任。見後漢書百官志三。

【嘗鼎一臠】嘗其一二，可知其餘。吕氏春秋察今："嘗一脟肉，而知一鑊之味，一鼎之調。"脟，luán，同"臠"。宋王安石臨川集七三回蘇子瞻簡："得秦君詩，手不能捨，……餘卷正冒眩，尚妨細讀，嘗鼎一臠，旨可知也。"參見"一臠"。

嗾 sǒu 蘇后切，上，厚韻，心。
ㄙㄡˇ 蘇奏切，去，候韻，心。
倉奏切，去，候韻，清。
用口作聲指揮狗。左傳宣二年："公嗾夫獒焉，（提彌）明搏而殺之。"釋文："服（虔）本作㖩。"引申指教唆人作壞事。魏書宋弁傳："沖謂彪曰：'爾如狗耳，爲人所嗾。'"

嘛 má
ㄇㄚˊ
見"喇嘛"。

嘒 huì 呼惠切，去，霽韻，曉。
ㄏㄨㄟˋ
㊀明亮。詩召南小星："嘒彼小星，三五在東。"又大雅雲漢："瞻卬昊天，有嘒其星。"㊁見"嘒嘒"。

【嘒嘒】象聲詞。1. 樂管聲。詩商頌那："鞉鼓淵淵，嘒嘒管聲。"2. 車上鸞鈴聲。詩小雅采菽："其旂淠淠，鸞聲嘒嘒。"疏："鸞鈴之聲又嘒嘒然鳴中節。"3. 蟲鳥鳴聲。詩小雅小弁："菀彼柳斯，鳴蜩嘒嘒。"

嘖 zé 側伯切，入，陌韻，莊。
ㄗㄜˊ 側革切，入，麥韻，莊。
士革切，入，麥韻，牀。
㊀呼聲。説文："嘖，大呼也。"㊁争吵。荀子正名："故愚者之言，……嘖然而不類。"㊂幽深。同"賾"。易繫辭上："聖人有以見天下之賾。"釋文："賾，……京（房）作嘖，云：情也。"情，指幽深之情。三國魏范式碑："探嘖研機，罔深不入。"（隸釋十九）

【嘖室】多人集議之處。管子桓公問：“(管子)對曰：‘……黄帝立明臺之議者，上觀於賢也；堯有衢室之問者，下聽於人也，……’桓公曰：‘吾欲效而爲之，其名云何？’對曰：‘名曰嘖室之議。’”參閱郭沫若、聞一多等撰管子集校下。

【嘖嘖】象聲詞。1.蟲鳥鳴聲。爾雅釋鳥：“宵扈，嘖嘖。”唐李賀歌詩編二南山田中行：“塘水漻漻蟲嘖嘖。”2.咂嘴聲。表示贊歎。舊題漢伶玄飛燕外傳：“音詞舒閒清切，左右歎賞之嘖嘖。”

【嘖有煩言】意見分歧，言語發生爭執。左傳定四年：“會同難，嘖有煩言，莫之治也。”注：“嘖，至也，煩言，忿争。”

嘮 láo ㄌㄠˊ 魯刀切，平，豪韻，來。

見下。

【嘮嘈】大聲。文選晉成公子安(綏)嘯賦：“衆聲繁奏，若笳若簫，磞硠震隱，訇礚嘮嘈。”注：“嘮，音勞；嘈，音曹。”

嘕 xiān ㄒㄧㄢ 許延切，平，仙韻，曉。

笑的樣子。楚辭屈原(或説景差)大招：“靨輔奇牙，宜笑嘕只。”

嘈 cáo ㄘㄠˊ 昨勞切，平，豪韻，從。

喧鬧。北堂書鈔一三〇三國魏楊脩許昌宮賦：“鐘鼓隱而雷鳴，警蹕嘈而響起。”

【嘈啐】象聲詞。義同“嘈雜”、“嘈嘁”。文選漢馬季長(融)長笛賦：“啾咋嘈啐似華羽兮，絞灼激以轉切。”注：“埤蒼曰：嘈啐，聲貌。”

【嘈喝】絃管聲。宋書樂志四陳思王(曹植)孟冬篇：“鐘鼓鏗鏘，簫管嘈喝。”

【嘈嗷】象聲詞。1.蟲鳥鳴聲。西京雜記六中山王文木賦：“紛紜翔集，嘈嗷鳴啼。”2.音樂聲。玉臺新詠三晉王鑒七夕觀織女詩：“雲韶何嘈嗷，靈鼓鳴相和。”

【嘈嘈】喧聲。文選漢王文考(延壽)魯靈光殿賦：“耳嘈嘈以失聰。”注引埤蒼：“嘈嘈，聲衆也。”唐白居易長慶集十二琵琶行詩：“大絃嘈嘈如急雨，小絃切切如私語。嘈嘈切切錯雜彈，大珠小珠落玉盤。”

【嘈雜】喧鬧聲。抱朴子刺驕：“或曲宴密集，管絃嘈雜。”宋洪邁夷堅三志壬二懶愚道人：“望廊下有燈燭火，且人口嘈雜。”

【嘈囋】嘈雜。晉陸機陸士衡文集一文賦：“或奔放以諧合，務嘈囋而妖冶。”南朝宋鮑照鮑氏集八登廬山詩：“嘈囋晨鵾思，叫嘯夜猨清。”

【嘈嘁】喧鬧聲。文選漢張平子(衡)東京賦：“總輕武於後陳，奏嚴鼓之嘈嘁。”

嘔 1. ōu ㄡ 烏侯切，平，侯韻，影。

㊀歌唱。通“謳”。漢書六四朱買臣傳：“其妻亦負戴相隨，數止買臣毋歌嘔道中。”㊁見“嘔軋”、“嘔啞”等。

2. ǒu ㄡˇ 烏后切，上，厚韻，影。

㊂吐。左傳哀二年：“簡子曰：‘吾伏弢嘔血，鼓音不衰。’”

3. òu ㄡˋ

㊃嘔氣。水滸十六：“楊志罵道：‘這畜生不嘔死俺！只是打便了！’”

4. xū ㄒㄩ 集韻匈于切，平，虞韻。威遇切，去，遇韻。

㊄撫育。通“煦”。文選揚子雲(雄)劇秦美新：“玄黄剖判，上下相嘔。”

【嘔₂心】勞心苦思，像要把心血嘔出似的。南朝梁劉勰文心雕龍隱秀：“嘔心吐膽，不足語窮。煅歲煉年，奚能喻苦。”

【嘔夷】㊀水名。也叫漚夷水或滱水。源出山西渾源縣東南𨯗鋒嶺，東南流入河北省爲唐河。周禮夏官職方氏：“正北曰并州，……其川虖池嘔夷。”水經注十一滱水：“即漚夷之水也。”參見“滱水”。㊁湖澤名。詳“昭余祁”。

【嘔吟】歌吟。也作“謳吟”。文選漢王子淵(褒)四子講德論：“婆娑嘔吟，鼓掖而笑。”

【嘔軋】象聲詞。唐司空圖司空表聖詩集一馮燕歌：“故故推門掩不開，似教嘔軋傳言語。”指推門聲。唐李群玉詩集上送處士自番禺東遊便歸蘇臺别業：“嘔軋暮江上，櫓聲摇落心。”指櫓撥水聲。

【嘔₄呴】培育，撫養。淮南子本經：“斟酌萬殊，旁薄衆宜，以相嘔呴醖釀而成育群生。”

【嘔₃氣】惹人生氣。水滸二：“母親説他不得，嘔氣死了。”

【嘔啞】象聲詞。1.小兒説話聲。唐白居易長慶集十念金鑾子詩之一：“況念夭化時，嘔啞初學語。”2.管絃聲。唐杜牧樊川文集一阿房宫賦：“管絃嘔啞，多於市人之言語。”3.舟車聲。唐李咸用披沙集三江行詩：“瀟湘無事後，征棹復嘔啞。”全唐詩二二曹鄴四怨詩：“手推嘔啞車，朝朝暮暮耕。”4.鳥鳴聲。唐歐陽修歐陽文忠集四贈無爲軍李道士詩之二：“李師一彈鳳凰聲，空山百鳥停嘔啞。”5.水車踏車聲。宋王安石臨川集八山田久欲拆詩：“龍骨已嘔啞，田家真作苦。”

【嘔唲】雁鳧鳴聲。宋文同丹淵集十五詠鳧詩：“雨歸别島嘔唲語，風度前灘[illegible]呷飛。”

【嘔₄煦】生養撫育之意。同“嫗煦”。漢焦延壽易林四旅之巽：“嘔煦成熟，使我福德。”煦，一本作“呴”。參見“嫗₂煦”。

【嘔₄喻】和悦的樣子。漢書六四下王褒傳聖主得賢臣頌：“賢人君子，亦聖〔王〕之所以易海内也，是以嘔喻受之。”

【嘔₂絲】見“歐絲”。

【嘔₄嘔₄】和悦的樣子。史記九二淮陰侯傳：“項王見人，恭敬慈愛，言語嘔嘔。”漢書三三韓信傳作“姁姁”。

【嘔嘎】燕鳴聲。全唐詩二六王轂燕：“海燕雙飛意若何，曲梁嘔嘎語聲多。”

【嘔鴉】㊀象聲詞。也作“嘔鵶”。同“嘔啞”。㊁嬰兒哭聲。也稱嬰兒爲嘔鴉。宋詩鈔陳造江湖長翁詩鈔送學生歸赴秋試因省别業：“寧堪再攪滅，又抱兩嘔鴉。”自注：“淮人謂歲飢爲攪滅，越人以嬰兒爲嘔鴉。”

嘌 piāo ㄆㄧㄠ 撫招切，平，宵韻，滂。

㊀疾速。詩檜風匪風：“匪風飄兮，匪車嘌兮。”傳：“嘌嘌，無節度也。”疏：“由疾，故無節。”㊁見“嘌唱”。

【嘌唱】歌曲中曲折引長其聲。宋程大昌演繁露九嘌：“凡今世歌曲，比古鄭、衛，又爲淫靡，近又即舊聲而加泛灩者名曰嘌唱。”參閱宋耐得翁古杭夢遊録、吳自牧夢粱録二十妓樂。

嗽 1. sòu ㄙㄡˋ 蘇奏切，去，候韻，心。

㊀咳嗽。周禮天官疾醫：“冬時有嗽，上氣疾。”㊁漱口。通“漱”。史記一〇五倉公傳：“即爲苦參湯，日嗽三升，出入五六日，病已。”

2. shuò ㄕㄨㄛˋ 所角切，入，覺韻，山。桑谷切，入，屋韻，心。

㊂吮吸。見廣韻。

【嗽月】神話中獸名。舊題晉王嘉拾遺記十岱輿山：“有獸名嗽月，形似豹，飲金泉之液，食銀石之髓。此獸夜噴白氣，其光如月，可照數十畝，軒轅之世獲焉。”

【嗽₂吮】吸飲。漢王充論衡驗符：“(建初)四年，甘露下泉陵，……民嗽吮之，甘如飴蜜。”

【嗽獲】中風病人嘴角抽搐的樣子。同“嗽嚄”。文選戰國宋玉風賦：“啗齰嗽獲，死生不卒。”

嗼 mò 莫白切,入,陌韻,明。
ㄇㄛˋ
靜默。通"寞"。呂氏春秋首時:"飢馬盈廄嗼然,未見芻也。"注:"嗼然,無聲。"

【嗼寂】寂寞。楚辭漢嚴忌哀時命:"聊竄端而匿迹兮,嗼寂默而無聲。"

嘆 tàn 他但切,去,翰韻,透。
ㄊㄢˋ 他干切,平,寒韻,透。
㊀感嘆。同"歎"。詩王風中谷有蓷:"有女仳離,嘅其嘆矣!"㊁贊美。文選三國孔文舉(融)論盛孝章書:"孝章要爲有天下大名,九牧之人,所共稱嘆。"

【嘆息】㊀歎氣。漢書九九上王莽傳:"長老嘆息。"㊁贊歎。晉書桓石虔傳:"(石虔)拔(桓)冲於數萬衆之中而還,莫敢抗者。三軍嘆息,威震敵人。"

嘎 gā 古黠切,入,黠韻,見。
ㄍㄚ
見下。

【嘎嘎】鳥鳴聲。全唐詩二四李山甫方干隱居:"咬咬嘎嘎水禽聲,露洗松陰滿院清。"

嘐 1. xiāo 許交切,平,肴韻,曉。
ㄒㄧㄠ
㊀見"嘐嘐"。
2. jiāo 古肴切,平,肴韻,見。
ㄐㄧㄠ
㊁見"嘐₂嘐₂"、"嘐₂戛"。

【嘐₂戛】鳥鳴聲。宋蘇軾分類東坡詩九鍵爲王氏書樓:"山猨悲嘯谷泉響,野鳥嘐戛巖花春。"

【嘐嘐】志大言大,言行不一。孟子盡心下:"何以是嘐嘐也?言不顧行,行不顧言。"

【嘐₂嘐₂】象聲詞。1.雞叫聲。唐元稹長慶集十三江邊詩:"犬驚狂浩浩,雞亂響嘐嘐。"2.鼠咬物聲。宋蘇軾經進東坡文集事略二黠鼠賦:"嘐嘐聱聱,聲在橐中。"

嘑 1. hū 荒烏切,平,模韻,曉。
ㄏㄨ
㊀通"呼"。漢書四五息夫躬傳:"仰天大嘑。"
2. hù 集韻荒故切,去,莫韻。
ㄏㄨˋ
㊁見"嘑爾"。

【嘑旦】天將亮,呼告衆人早起。周禮春官雞人:"大祭祀,夜嘑旦以嘂百官。"釋文:"嘑,火吳反,本又作呼。"

【嘑沱】水名,即滹沱。史記六九蘇秦傳:"南有嘑沱易水。"索隱:"嘑沱,水名,并州之川也。"詳"滹沱"。

【嘑₂爾】呵斥,怒聲。孟子告子上:"嘑爾而與之,行道之人弗受。"注:"嘑爾,猶呼爾,咄啐之貌也。"

嗶 bì
ㄅㄧˋ
見下。

【嗶嘰】毛織品名。也作"嗶吱"。質堅細而厚的叫嗶嘰緞。清康熙六年荷蘭進表物中有新機嗶嘰緞,中嗶嘰緞等名目。見清王士禎池北偶談四荷蘭貢物、印光任澳門紀略上官守。

嘍 lóu
ㄌㄡˊ
見下。

【嘍囉】㊀伶俐,機警。唐盧仝玉川子集一寄男抱孫詩:"嘍囉兒讀書,何異摧枯朽。"參見"婁羅"。㊁舊稱占有固定地盤的強人部衆。水滸二:"如今近日上面添了一夥強人,扎下一个山寨,在上面聚集着五七百個小嘍囉,有百十匹好馬。"㊂擾亂,喧噪。詩話總龜二十引談苑李正白詠狗蚤詩:"與蝨都來不較多,䟴跳筋斗太嘍囉。"明劉基誠意伯文集十一送人分題得鶴山詩:"前飛烏鳶後駕鵝,啄腥爭腐聲嘍囉。"

嘓 guō 古獲切,入,麥韻,見。
ㄍㄨㄛ
象聲字,見下。

【嘓啅】吞嚥食物的聲音。西遊記十三:"只聽得嘓啅之聲,真似虎啖羊羔。"

嘂 jiào 古弔切,去,嘯韻,見。
ㄐㄧㄠˋ
㊀說文:"嘂,高聲也,一曰大呼也。从㗊、丩聲。春秋公羊傳:'魯昭公嘂然而哭。'"今本公羊傳昭二五年作"噭"。㊁樂器名。爾雅釋樂:"大塤謂之嘂。"參見"壎"。

嘊 yá 集韻宜佳切,平,佳韻。
ㄧㄚˊ
同"啀"。見下。

【嘊嘊】狗欲咬時發出的聲音。一說狗欲咬時露齒的樣子。管子戒篇:"東郭有狗嘊嘊,旦暮欲齧我猳。"清王念孫說嘊應作"啀"。見讀書雜志七管子五。

嘊 suī 素回切,平,灰韻,心。
ㄙㄨㄟ
㊀促口作聲。淮南子主術:"聾者可令嗺筋而不可使聞也。"詩大雅雲漢"先祖于摧"漢鄭玄箋:"摧當作嗺。嗺,嗟也。"㊁見下。

【嗺酒】送酒之辭。宋葉夢得石林燕語:"公宴合樂,每酒行一終,伶人必唱嗺酒,然後樂作。此唐人送酒之辭。本作碎音,今多爲平聲。"按廣韻嗺字云送歌,集韻云促飲,促飲與送酒爲近。

嗿 tǎn 他感切,上,感韻,透。
ㄊㄢˇ
衆人飲食聲。詩周頌載芟:"有嗿其饁。"

噭 jiāo 集韻堅堯切,平,蕭韻。
ㄐㄧㄠ
同"嘄"。㊀叫喊。漢書四五息夫躬傳上疏:"如使狂夫嘄嘑於東崖。"注:"嘄,古叫字。"㊁歡笑聲。漢揚雄太玄樂:"不宴不雅,嘄呱啞咋,號咷倚戶。"注:"王曰:'嘄呱啞咋,皆歡笑之聲也。'"㊂見"嘄陽"。

【嘄噭】高亢的聲音。史記樂書:"嘄噭之聲興而士奮。"

【嘄陽】獸名,即狒狒。淮南子氾論:"山出嘄陽。"注:"嘄陽,山精也。人形長大,面黑色,身有毛,若反踵,見人而笑。"漢書八七上揚雄傳校獵賦:"蹈飛豹,羂嘄陽。"注:"嘄陽,費費也。"參見"梟陽"。

㗤 cù 子六切,入,屋韻,精。
ㄘㄨˋ
見下。

【㗤咨】慚愧。方言十:"忸怩,慚歰也。楚郢江湘之間,謂之忸怩,或謂之㗤咨。"

十二畫

嘷 háo
ㄏㄠˊ
同"嗥"。見"嗥"。

噇 chuáng 集韻傳江切,平,江韻。
ㄔㄨㄤˊ
吃,喝。唐張鷟朝野僉載五:"將一楪槌餅與之曰:'噇却!作箇飽死鬼去。'"太平廣記一七六引槌作"䭔"。元曲選康進之李逵負荊二:"你看這厮,到山下去噇了多少酒!"

噈 cù 子六切,入,屋韻,精。
ㄘㄨˋ 集韻七六切,入,屋韻。
㊀歙噈,口相就。見廣韻。㊁通"蹙"。見"嚬噈"。

嘮 láo 敕交切,平,肴韻,徹。
ㄌㄠˊ 集韻郎刀切,平,豪韻。
見下。

【嘮叨】言語囉嗦。宋鄭思肖鄭所南文集答吳山人問遠遊觀地理書:"古人胸中高明,……未若後世嘮嘮叨叨,支支離離,棄本逐末,侈爲乖謬。"省作"嘮叨"。紅樓夢二四:"賈芸聽了,嘮叨的不堪,便起身告辭。"

【嘮嘮】言語囉嗦。同"嘮叨"。五代前

蜀釋貫休禪月集七四皓圖詩:"何人圖四皓?如語話嘮嘮。"

【嘮噪】言語絮煩。宋陳亮龍川集二十又甲辰答朱元晦書:"(亮)只是口嘮噪,見人說得不切事情,便喊一響,一似曾干與耳。"

噌 pǔ ㄆㄨˇ

見下。

【噌嚕】西藏所出毛織物,與呢絨相似。也作"氆氌"。參見"氆氌"。

噂 zǔn 茲損切,上,混韻,精。ㄗㄨㄣˇ

見下各條。

【噂沓】議論紛雜。詩小雅十月之交:"噂沓背憎,職競由人。"也作"噂𠯿"。晉袁宏後漢紀章帝紀下元和二年:"流言噂𠯿,深可歎息。"又作"譐𧬈"。魏書安定王休傳附王燮:"譐𧬈明昏,有虧禮教。"

【噂噂】紛紛談論。漢焦延壽易林一乾之困:"噂噂所言,莫知我垣。"

【噂㖢】聲音繁亂。藝文類聚九二南朝梁沈約反舌賦:"其聲也,驚詭噂㖢,紛紆離亂。"

【噂議】相聚譏議。南齊書竟陵文宣王子良傳:"士女呼嗟,易生噂議。"

噌 chēng 楚耕切,平,耕韻,初。ㄔㄥ

見下。

【噌吰】象聲詞。多指鐘鼓聲。文選漢司馬長卿(相如)長門賦:"擠玉户以撼金鋪兮,聲噌吰而似鍾音。"宋蘇軾經進東坡文集事略四九石鍾山記:"余方心動欲還,而大聲發於水上,噌吰如鍾鼓不絕。"

噎 yē 烏結切,入,屑韻,影。ㄧㄝ

食塞咽喉。詩王風黍離:"行邁靡靡,中心如噎。"

【噎嘔】喉塞作嘔。唐韓愈昌黎集一元和聖德詩:"踴躍歡呀,失喜噎嘔。"宋蘇軾東坡集續集一鰒魚行:"食每對之先太息,不因噎嘔緣瘡痂。"

【噎鳴】人名。山海經海内經:"共工生后土,后土生噎鳴。"宋羅泌路史後紀四謂噎鳴即伯夷。

【噎噫】氣悶。方言一:"宋衛之間,凡怒而噎噫謂之脅閱。"

嘵 xiāo 許幺切,平,蕭韻,曉。ㄒㄧㄠ

㊀見"嘵嘵㊀"。㊁見"嘵咋"。

【嘵咋】議論紛紛。宋歐陽修文忠集五三南傸詩:"嘵咋計不出,還出招安辭。"

【嘵呶】吵鬧不休。清龔自珍全集九輯行路易詩:"江大水深多江魚,江邊何嘵呶?"

【嘵嘵】㊀恐懼聲。詩豳風鴟鴞:"予室翹翹,風雨所漂摇,予維音嘵嘵。"㊁爭辯聲。唐韓愈昌黎集十四重答張籍書:"擇其可語者誨之,猶時與我悖,其聲嘵嘵。"

噠 dá 集韻 當割切,入,曷韻。ㄉㄚˊ

嚈噠,古民族名。見"嚈噠"。

嘻 xī 許其切,平,之韻,曉。ㄒㄧ

㊀歎詞。詩周頌噫嘻:"噫嘻成王!"表示贊歎。禮檀弓:"夫子曰:'嘻!其甚也!'"表示悲歎。左傳定八年:"從者曰:'嘻!速駕。'"表示驚懼。㊁歡笑的樣子。漢揚雄太玄樂:"次七,人嘻鬼嘻。"

【嘻笑】㊀强笑。漢書五二灌夫傳:"夫怒,因嘻笑曰:'將軍貴人也,畢之。'"㊁張口而笑。漢王充論衡異虛:"禹乃嘻笑而稱曰:'我受命於天。'"

【嘻嘻】歡笑的樣子。易家人:"婦子嘻嘻,終吝。"漢書八七上揚雄傳河東賦:"嘻嘻旭旭,天地稠㠋。"注:"嘻嘻旭旭,自得之貌。"

【嘻皮笑臉】不莊重的樣子。紅樓夢三十:"你要仔細!你見我和誰玩過!有和你素日嘻皮笑臉的那些姑娘們,你該問他們去!"

噴 1. pēn 普魂切,平,魂韻,滂。ㄆㄣ 普悶切,去,慁韻,滂。

㊀激射。莊子秋水:"子不見夫唾者乎?噴則大者如珠,小者如霧,雜而下者不可勝數也。"

2. pèn ㄆㄣˋ

㊀見"噴₂鼻"。

【噴吼】吐氣長鳴。唐元稹長慶集二四望雲騅馬歌:"上前噴吼如有意,耳尖卓立節踠奇。"

【噴勃】氣盛的樣子。文選漢馬季長(融)長笛賦:"氣噴勃以布覆兮,乍跱蹠以狼戾。"唐吕向注:"氣噴勃,謂氣結於笛中而聲不散也。"

【噴蛆】隨意胡說。古今雜劇賈仲名對玉梳二:"如何有個分豁噴蛆口,知他怎生發落没來由。"

【噴飯】吃飯時,笑不可忍,將飯噴出。宋蘇軾經進東坡文集事略四九篔簹谷偃竹記:"(文)與可嘗令予作洋州三十詠,篔簹谷其一也。予詩云:'……料得清貧饞太守,渭濱千畝在胸中。'與可是日與其妻游谷中,燒筍晚食,發函得詩,失笑噴飯滿案。"

【噴₂鼻】㊀撲鼻。唐劉禹錫劉夢得文集五西山蘭若試茶歌:"悠揚噴鼻宿酲散,清峭徹骨煩襟開。"謂香氣入鼻。㊁人患黄熱病,把瓜蒂放在鼻上,吸之以便通氣。清吳偉業梅村家藏稿二二賀新郎病中有感詞:"艾灸眉頭瓜噴鼻,今日須難訣絕!"

【噴噴】說話很快的樣子。韓詩外傳九:"專意自是,言人之非,瞋目搤腕,疾言噴噴,口沸目赤,一幸得勝。"清趙懷玉校刻本謂"噴噴"疑是"嘖嘖"之譌。

【噴薄】㊀震蕩。三國魏曹植曹子建集九下太后誄:"率土噴薄,三光改度。"㊁激蕩,湧出。唐李白李太白詩二四瑩禪師房觀山海圖:"煙濤爭噴薄,島嶼相凌亂。"又岑參岑嘉州詩一秋夜宿仙遊寺……:"亂流爭迅湍,噴薄如雷風。"

【噴嚏】鼻受刺激,急劇發氣作聲。宋洪邁夷堅志乙十九光禄寺:"蔣安禮……齋宿寺舍,因噴嚏,鼻涕墮卓上。"

噁 wù 烏路切,去,暮韻,影。ㄨˋ

見"喑噁"。

嘶 sī 先稽切,平,齊韻,心。ㄙ

㊀聲音沙啞。漢書九九中王莽傳:"莽爲人,……露眼赤睛,大聲而嘶。"㊁馬鳴。北周庾信庾子山集三伏聞遊獵詩:"馬嘶山谷響,弓寒桑柘鳴。"㊂凡發聲淒楚哽噎的多稱嘶。見"嘶鳴"、"嘶酸"、"嘶譟"。

【嘶啞】聲音沙啞。三國魏曹植曹子建集四蟬賦:"吟嘶啞以沮敗,狀枯槁以喪形。"

【嘶喝】聲音沙啞無力。漢王充論衡氣壽:"兒生號啼之聲,鴻朗高暢者壽,嘶喝濕下者夭。"

【嘶酸】發聲淒楚。河嶽英靈集上李頎聽董大彈胡笳聲兼語弄寄房給事詩:"嘶酸雛雁失羣夜,斷絕胡兒戀母聲。"

【嘶鳴】悲鳴。唐李白李太白詩二古風之二二:"胡馬顧朔雪,躞蹀長嘶鳴。"

【嘶醜】發聲粗濁。大戴禮文王官人:"心氣鄙戾者,其聲嘶醜。"

【嘶譟】噪音,指蟬鳴。陳書江總傳修心賦:"風引蜩而嘶譟,雨鳴林而修颮。"也作"嘶噪"。唐元稹長慶集九哭子詩之一:"獨在中庭倚閑樹,亂蟬嘶噪欲黄昏。"

嘲 cháo 陟交切,平,肴韻,知。ㄔㄠˊ

亦作"謿"、"啁"。㊀調笑。文選南朝梁任彥昇(昉)出郡傳舍哭范僕射詩:"兼復相嘲謔,常與虛舟值。"㊁鳥鳴。禽經:"林鳥朝嘲。"

【嘲弄】譏笑戲弄。三國志吳韋曜傳:"又於酒後使侍臣難折公卿,以嘲弄侵克,發摘私短以爲歡。"

【嘲哈】嘲笑。宋王安石臨川集六和王微之登高齋之三:"使君新篇韻險絕,登眺感悼隨嘲哈。"

【嘲風】相傳爲龍的一種。常用其形狀在殿角上作爲裝飾。淵鑑類函鱗介龍四引(明陳仁錫)潛確(居)類書:"龍生九子,……嘲風好險,形殿角上。"

【嘲訕】譏笑。宋陸游劍南詩稿七遊圜覺乾明祥符三院至暮:"日斜僕夫已整駕,顧景欲駐愁嘲訕。"

【嘲啁】鳥鳴聲。唐韓愈昌黎集一赴江陵途中寄贈王二十補闕……詩:"生獰多忿很,辭舌紛嘲啁。"

【嘲詠】調笑譏詠。詩話總龜二十詠物門上:"李正白,江南人,……善嘲詠,曲盡其妙。"

【嘲啾】象聲詞。1.讀書錯雜聲。宋劉克莊後村集十田舍即事詩:"隣壁嘲啾誦學而,老人睡少聽移時。"2.鳥聲。宋詩鈔晁沖之具茨集鈔田中行:"晚過柳下門,鳥聲上嘲啾。"

【嘲晰】繁細之聲。同"啁哳"。文選晉潘安仁(岳)藉田賦:"簫管嘲晰以啾嘈兮,鼓鞞硡隱以砰礚。"指簫管等樂器聲。唐柳宗元柳先生集四二苦竹橋詩:"差池下煙日,嘲晰鳴山禽。"指鳥聲。也作"嘲哳"。

【嘲嗤】譏笑。唐劉禹錫劉夢得集九插田歌:"時時一大笑,此必相嘲嗤。"

【嘲詼】戲謔。宋蘇軾東坡集前集十祈雪霧豬泉出城馬上作贈舒堯文詩:"願君發豪句,嘲詼破天慳。"一本詼作"談"。

【嘲競】譏笑紛争。宋陸游劍南詩稿三護國天王院故神霄玉清萬壽宮……過之有感:"從來桑門喜嘲競,舉國冠巾噤無語。"

【嘲風詠月】唐白居易長慶集二八與元九書:"至于梁陳間,率不過嘲風雪弄花草而已。"後來因用嘲風詠月指寫風雲月露等景色而思想内容貧乏的作品。宋曾慥類說十九胡訥見聞錄:"太宗幸翰苑,閱羣書。……太宗見江南臣在上而故主(後主李煜)在下位,侍臣曰:'不能修霸業,但嘲風詠月,今日宜矣。'"參見"吟風弄月"。

嘾 dàn ㄉㄢˋ 徒感切,上,感韻,定。

含深。玉篇五引莊子:"大甘而嘾。"今本莊子無此文。

噆 zǎn ㄗㄢˇ 七感切,上,感韻,清。zā ㄗㄚ 子答切,入,合韻,精。

咬,叮。莊子天運:"蚊虻噆膚,則通昔不寐矣。"

【噆食】齧食。東晉列國後秦鳩摩羅什譯禪祕要法經下:"噆食其體,即便飽滿。"唐元稹長慶集四蟻子詩:"攻穿漏江海,噆食困蛟鯨。"

嘹 liáo ㄌㄧㄠˊ 落蕭切,平,蕭韻,來。力弔切,去,嘯韻,來。

見下各條。

【嘹亮】聲音高而響亮。初學記四南朝梁劉孝綽三日侍華光殿曲水宴詩:"妍歌已嘹亮,妙舞復紆餘。"也作"嘹喨"。宋柳永樂章集瑞鷓鴣詞:"嘹喨處回壓管低沈。"

【嘹唳】響亮淒清的聲音。南齊謝朓謝宣城集二從戎曲詩:"嘹唳清笳轉,蕭條邊馬煩。"樂府詩集七六陶弘景寒夜怨詩:"夜雲生,夜鴻驚,悽切嘹唳傷夜情。"唐陳子昂陳伯玉集二西還至散關答喬補闕詩:"葳蕤蒼梧鳳,嘹唳白露蟬。"

【嘹嘈】笛聲。南朝梁江淹江文通集一横吹賦:"視眄眩而或近,聽嘹嘈而遠震。"

噊 yù ㄩˋ 食聿切,入,術韻,神。集韻 允律切,入,術韻。

危險。見爾雅釋詁。龍龕手鑑二引爾雅舊注:"噊,事之危也。"

嚄 huò ㄏㄨㄛˋ 胡麥切,入,麥韻,匣。

見下各條。

【嚄嘖】叫呼。漢蔡邕蔡中郎集外傳短人賦:"嚄嘖怒語,與人相距。"古文苑七引嚄嘖作"嚄嘖",距作"拒"。

【嚄嚄】鳥鳴聲。宋蘇軾分類東坡詩十三涪州得山胡:"誰知聲嚄嚄,亦自意重重。"

噀 xùn ㄒㄩㄣˋ 音韻闡微 素困切,去,願韻,心。

噴。後漢書五七欒巴傳"徵拜尚書"注引神仙傳:"又飲酒,西南噀之。"

噣 zhǔ ㄓㄨˇ

同"囑"。見字彙。

嘘 xū ㄒㄩ 朽居切,平,魚韻,曉。許御切,去,御韻,曉。

㊀呼氣。出氣急叫吹,緩叫嘘。莊子齊物論:"南郭子綦隱几而坐,仰天而嘘。"㊁吹嘘。見"吹嘘"。㊂見"嘘唏"。

【嘘吸】㊀吐納呼吸。莊子天運:"風起北方,一西一東,有上彷徨,孰嘘吸是?"謂大氣鼓動。㊁啼泣貌。楚辭漢劉向九歎憂苦:"長嘘吸以於悒兮,涕横集而成行。"

【嘘唏】嘆息,哽咽。也作"歔欷"。文選漢枚叔(乘)七發:"紛屯澹淡,嘘唏煩酲。"史記一〇五扁鵲傳:"言未卒,因嘘唏服臆。"

【嘘噏】吐納。同"嘘吸㊀"。文選晉木玄虛(華)海賦:"嘘噏百川,洗滌淮漢。"

【嘘嚱】嘆息。宋詩鈔石介徂徠詩鈔又送從道:"對我嘘嚱涕泗下,孝子之心真可悲。"

【嘘枯吹生】後漢書七十鄭太傳:"孔公緒(伷),清談高論,嘘枯吹生,並無軍旅之才,執鋭之幹。"注:"枯者嘘之使生,生者吹之使枯,言談論有所抑揚也。"極言辯才。

嘿 mò ㄇㄛˋ 莫北切,入,德韻,明。

閉口不說話。同"默"。荀子不苟:"君子至德,嘿然而喻。"晏子春秋内篇諫上:"臣聞之,近臣嘿,遠臣瘖,衆口鑠金。"

【嘿嘿】沉默。漢書八一匡衡傳:"衡嘿嘿不自安。"

嘬 chuài ㄔㄨㄞˋ 楚夬切,去,夬韻,初。

㊀咬,叮。孟子滕文公上:"狐狸食之,蠅蚋姑嘬之。"㊁見"嘬炙"。

【嘬兵】嘬,貪吃。嘬兵,興兵以滿足其貪欲。宋羅泌路史前紀四蜀山氏:"漢之武帝好大而喜功,使者張騫乃反誇以西域之富,於是嘬兵以争之。"

【嘬炙】吞食炮肉。禮曲禮上:"乾肉不齒決,毋嘬炙。"注:"嘬,謂一舉盡臠。"

【嘬嘬】吃得很快的樣子。漢揚雄太玄翕:"次三,翕食嘬嘬。"

【嘬嚃】大口迅速飲食。宋陸游劍南詩稿二黄牛峽廟:"紛然餕神餘,燊胬争嘬嚃。"嚃,tà。

嘳 kuì ㄎㄨㄟˋ 丘愧切,去,至韻,溪。

太息。同"喟"。晏子春秋内篇雜上二:"退朝而乘,嘳然而歎。"參見"喟"。

嘽 1. tān ㄊㄢ 他干切,平,寒韻,透。

㊀見"嘽嘽"。

2. chǎn ㄔㄢˇ 昌善切,上,獮韻,穿。

㊁舒緩的樣子。禮樂記:"其樂心感者,

其聲嘽以緩。」

【嘽₂咺】列子力命：「墨㞃、單至、嘽咺、憋懯四人相與遊於世，胥如志也。」嘽咺，迂緩的樣子，寓言假借爲人名。

【嘽₂唌】舒緩放縱的樣子。文選漢王子淵(褒)洞簫賦：「剛毅彊䰫反仁恩兮，嘽唌逸豫戒其失。」

【嘽嘽】㊀喘氣的樣子。詩小雅四牡：「四牡騑騑，嘽嘽駱馬。」㊁多而威武。詩小雅采芑：「戎車嘽嘽。」又大雅常武：「王旅嘽嘽，如飛如翰。」

【嘽₂緩】寬綽舒緩。文選漢王子淵(褒)四子講德論：「有二人焉，乘軺而歌……嘽緩舒繹，曲折不失節。」

嗝

huī ㄏㄨㄟ

同「喙」。見「喙」。

噏

xī 許及切，入，緝韻，曉。ㄒㄧ

㊀同「吸」。漢書八七上揚雄傳甘泉賦：「噏清雲之流瑕兮，飲若木之露英。」文選李善注作「吸」。㊁收斂。老子道德經上：「將欲噏之，必固張之。」㊂見「噏呷」。

【噏呷】衣裳擺動拂物的聲音。史記一一七司馬相如傳子虛賦：「扶與猗靡，噏呷萃蔡。」集解：「噏呷，衣裳張起也。」

【噏噏】作威作福的樣子。荀子修身：「詩曰：『噏噏呰呰，亦孔之哀。』」詩小雅小旻作「潝潝訿訿」，疏：「潝潝爲小人之勢，是作威福也。」

嘸

fǔ 集韻 斐父切，上，噳韻。ㄈㄨˇ

驚訝。通「憮」。漢書三四韓信傳：「諸將皆嘸然，陽應曰：『諾。』」

噍

1. jiào 才笑切，去，笑韻，從。ㄐㄧㄠˋ

㊀嚼。荀子榮辱：「亦呥呥而噍，鄉鄉而飽矣。」

2. jiāo 即消切，平，宵韻，精。ㄐㄧㄠ

㊁急促。見「噍₂殺」。㊂鳥聲。見「噍₂噍₂」。

【噍咀】咀嚼。史記一一七司馬相如傳大人賦：「噍咀芝英兮嘰瓊華。」

【噍₂殺】聲音急促。殺，shài。禮樂記：「是故志微、噍殺之音作，而民思憂。」史記樂書作「焦衰」。正義：「其樂音焦戚、殺急，不舒緩也。」漢書禮樂志作「憔悴」。

【噍₂噍₂】鳥鳴聲。漢書八七上揚雄傳校獵賦：「羣娭乎其中，噍噍昆鳴。」

【噍類】活人。漢書高帝紀上：「(項羽)嘗攻襄城，襄城無噍類，所過無不殘滅。」注：「如淳曰：『噍音祚笑反。無復有活而噍食者也。青州俗呼無孑遺者爲無噍類。』」史記作「遺類」。

嘰

jī 居依切，平，微韻，見。ㄐㄧ

㊀略食。史記一一七司馬相如傳大人賦：「噍咀芝英兮嘰瓊華。」㊁悲歎。淮南子繆稱：「紂爲象箸而箕子嘰。」㊂見「嘽嘰」。

十 三 畫

噩

è 五各切，入，鐸韻，疑。ㄜˋ

㊀驚愕。通「愕」。見「噩耗」、「噩夢」。㊁見「噩噩」。㊂見「作噩」。

【噩耗】凶訊，使人驚愕的消息。多指人死而言。清趙翼甌北詩鈔七言律五揚州哭澂埜編修：「纔是春筵累治庖，忽傳噩耗到江郊。」

【噩夢】周禮春官占夢：「占六夢之吉凶，一曰正夢，二曰噩夢。」注：「杜子春云：『噩當爲驚愕之愕，謂驚愕而夢。』」後稱凶惡可怖的不祥之夢爲噩夢。元方回桐江續集二五歲除次韻全君玉有懷二首詩：「一場噩夢三千字，百載頹齡七八分。」

【噩噩】嚴正。漢揚雄法言問神：「虞夏之書渾渾爾，商書灝灝爾，周書噩噩爾。」注：「不阿借也。」

噫

1. yī 於其切，平，之韻，影。ㄧ

㊀歎詞。論語子張：「顏淵死，子曰：『噫，天喪予！天喪予！』」

2. ài 烏界切，去，怪韻，影。ㄞˋ

㊁見「噫₂欠」、「噫₂氣」等。

3. yì 音韻闡微 衣亟切，入，職韻。ㄧˋ

㊂通「抑」。表示轉折。易繫辭下：「噫亦要存亡吉凶，則居可知矣。」清王引之經傳釋詞三：「噫亦，即『抑亦』也。」

【噫₂欠】呼氣欠伸。唐韓愈昌黎集七讀東方朔雜事詩：「噫欠爲飄風，濯手大雨沱。」

【噫₂氣】氣壅塞而忽通。莊子齊物論：「夫大塊噫氣，其名爲風。」

【噫啞】鴉鳴聲。初學記三十晉成公綏烏賦：「噫啞相和，音聲可玩。」

【噫歆】噫，發聲之詞。祭祀時，神的享用叫作歆。噫歆，作聲喚神來享用。禮曾子問「祝聲三」注：「聲，噫歆警神也。」

【噫嗚】感慨歎息的樣子。後漢書五四袁安傳：「每朝會進見，及與公卿言國家事，未嘗不噫嗚流涕。」

【噫₂噎】鬱悶，氣不舒暢。宋晁補之雞肋集六次韻蘇翰林五日揚州石塔寺烹茶詩：「今公食方丈，玉茗摅噫噎。」

【噫嘻】歎詞。詩周頌噫嘻：「噫嘻成王！」史記八三魯仲連傳：「新垣衍怏然不悅，曰：『噫嘻！亦太甚矣先生之言也！』」

【噫噓嚱】驚嘆詞。唐李白李太白詩三蜀道難：「噫噓嚱，危乎高哉，蜀道之難難於上青天！」

噰

yōng 於容切，平，鍾韻，影。ㄩㄥ

見下。

【噰噰】鳥聲和鳴。文選戰國宋玉九辯：「雁噰噰而南遊兮，鶤雞啁哳而悲鳴。」王逸注：「雌雄和樂，羣戲行也。」

噢

yǔ 於武切，上，麌韻，影。ㄩˇ 於六切，入，屋韻，影。

見下。

【噢咻】撫慰病者的聲音。唐陸贄陸宣公集十四奉天請罷瓊林大盈二庫狀：「瘡痛呻吟之聲，噢咻未息，忠勤戰守之効，賞賚未行。」

【噢咿】內心悲傷。見玉篇。也作「懊咿」。

噶

gé ㄍㄜˊ

譯音字。見下各條。

【噶隆】藏語。舊西藏官名。也作噶倫或噶布倫。嘉慶一統志五四七西藏風俗作「噶隆」。詳「噶布倫」。

【噶布倫】藏語。舊西藏地方政府主管行政事務的官員。額設四人，其議事之所叫噶廈。清乾隆時，定爲秩三品，由駐藏大臣會同達賴挑選，具奏任命。參閱衛藏通志七。

【噶爾丹】公元 1651—1697 年。清初我國厄魯特蒙古準噶爾部族首領。康熙十六年自稱爲準噶爾汗，並勾結藏王第巴桑結和沙皇俄國，起兵叛亂，攻占青海地區、新疆南部的維吾爾族地區和喀爾喀蒙古。康熙三次親征，噶爾丹兵敗西逃，其從子策妄阿拉布坦據伊犁自立，配合清軍作戰，噶爾丹腹背受敵，窮蹙自殺。

嚆

hāo 集韻 虛交切，平，爻韻。ㄏㄠ

呼叫。見下。

【嚆矢】響箭。發射時聲先於箭而到，因以比喻事物的開端、先聲。莊子在宥：「焉知曾史之不爲桀跖嚆矢也。」

嚄 huò ㄏㄨㄛˋ 胡伯切，入，陌韻，匣。

象聲詞。史記外戚世家："武帝下車泣曰：'嚄！大姊，何藏之深也！'"

【嚄咋】猿猴啼叫聲。藝文類聚九五晉傅玄猨猴賦："或長眠而抱勒，或嚄咋而齟齗。"

【嚄唶】㊀高聲呼笑，形容氣勢盛。一說爲多言。史記七七魏公子傳："晉鄙嚄唶宿將。"索隱："嚄唶，謂多詞句也。"正義引聲類："嚄，大笑；唶，大呼。"㊁鳥叫聲。宋陸游劍南詩稿五十春曉："煙迷芳草蒼茫色，鵲占高枝嚄唶聲。"

【嚄嚄】猪叫聲。太平御覽九〇三引三輔決録："馬氏兄弟五人，共居此地作客舍，養猪賣豚，故民謂之曰：'苑中三公，鉅下二卿。五門嚄嚄，但聞豚聲。'"

噤 jìn ㄐㄧㄣˋ 渠飲切，上，寑韻，羣。巨禁切，去，沁韻，羣。

㊀閉。楚辭漢劉向九嘆思古："口噤閉而不言。"㊁見"噤戰"。㊂見"噤吟"。

【噤口】閉口不言。史記一〇一鼂錯傳："且臣恐天下之士噤口，不敢復言也。"

【噤吟】曲頤，面頰歪而前突。漢書八七下揚雄傳解嘲："范雎以折摺而危穰侯，蔡澤雖噤吟而笑唐舉。"注："噤吟，頷頤之貌。"史記七九蔡澤傳作"魋顔"。參閱清王念孫讀書雜志漢書十三頷頤。

【噤門】閉門。文選晉潘安仁（岳）西征賦："有噤門而莫啟，不窺兵於山外。"注："噤亦閉也。"

【噤害】口雖不説而存心害人。文選晉潘安仁（岳）馬汧督誄："若乃下吏之肆其噤害，則皆妬之徒也。"

【噤婁】無患木的别名。詳"無患木"。

【噤瘁】閉口寒戰。唐韓愈昌黎集八鬭雞聯句："磔毛各噤瘁，怒瘦争碨磊。"韓偓玉山樵人集補遺日高詩："朦朧猶認管弦聲，噤瘁餘寒酒半醒。"

【噤滲】瑟縮寒戰。宋范成大石湖集二四雪復大作詩之四："伶俜凍雀蹲晚，噤滲踈梅鎖春。"參見"噤瘁"。

【噤戰】咬緊牙關打戰。晉法顯佛國記："雪山冬夏積雪，山北陰中過，寒暴起，人皆噤戰。"

【噤聲】閉口不作聲。古今雜劇元缺名豫讓吞炭二："你也忒跋扈，忒狰獰，你便噤聲！"

【噤齘】咬牙切齒、强忍不言之狀。北史彭樂傳："舉刀將下者三，噤齘良久，乃止。"

噱 jué ㄐㄩㄝˊ 其虐切，入，藥韻，羣。

㊀大笑。漢書一〇〇上敘傳："談笑大噱。"㊁漢書八七上揚雄傳校獵賦："沈沈容容，遥噱虖紘中。"注："口内之上下名爲噱，言禽獸奔走倦極，皆遥張噱吐舌於紘罔之中也。"一説"噱"爲"谻"的假借字，疲極之意。參閱清王念孫讀書雜志漢書十三噱虖紘中。

嚔 yǔ ㄩˇ 虞矩切，上，麌韻，疑。

㊀見"嚔嚔"。㊁笑貌。見廣韻。

【嚔嚔】成羣，衆多。詩大雅韓奕："魴鱮甫甫，麀鹿嚔嚔。"傳："嚔嚔然，衆也。"又作"麌麌"。詩小雅吉日："麀鹿麌麌。"

噦 1. yuě ㄩㄝˇ 於月切，入，月韻，影。乙劣切，入，薛韻，影。

㊀呃逆。素問寶命全形論："病深者，其聲噦。"注："噦謂聲濁惡也。"㊁乾嘔。金李杲此事難知上論嘔吐噦胃所主各有經乎以吐爲有物無聲，嘔爲有物有聲，噦爲無物有聲。

2. huì ㄏㄨㄟˋ 呼會切，去，泰韻，曉。

㊂象聲詞。見"噦₂噦₂㊀"。㊃見"噦₂噦₂㊁"。

【噦₂噦₂】㊀有節奏的車鈴聲。詩魯頌泮水："其旂茷茷，鸞聲噦噦。"㊁深而暗。詩小雅斯干："噲噲其正，噦噦其冥。"清馬瑞辰毛詩傳箋通釋十九謂"噦噦猶昧昧，是狀其室之深闇"。

嘴 zuǐ ㄗㄨㄟˇ 集韻 祖委切，上，紙韻。

口。本作"觜"。器物的形狀象口的也叫嘴。宋范成大桂海虞衡志志器："有陶器如杯椀，旁植一小管若瓶嘴。"

【嘴尖】形容説話尖刻。宋王明清揮麈録餘話二："子觜尖如此，誠姦人也。"古今雜劇元李壽卿月明和尚度柳翠四："饒你嘴尖舌頭快，依然跟我墨路來。"

【嘴臉】面目，面貌。元明雜劇元關漢卿裴度還帶一："看了你這般嘴臉，也不能彀發跡。"又王實甫西廂記五本三折："夫人云：'孩兒既來到這裏，怎麼不來見我？'淨云：'孩兒有甚嘴臉來見姑娘。'"

噥 nóng ㄋㄨㄥˊ 奴冬切，平，冬韻，泥。女江切，平，江韻，娘。

噥噥，言多而聲細。參見"唧噥"。

器 qì ㄑㄧˋ 去冀切，去，至韻，溪。

㊀用具，工具。易繫辭上："備物致用，立成器以爲天下利。"又下："弓矢者，器也。"㊁古代標志名位、爵號的器物。左傳成二年："唯器與名，不可以假人。"㊂有形的具體事物，與"道"相對。易繫辭上："形而上者謂之道，形而下者謂之器。"㊃才能，本領。禮王制："瘖聾、跛躃、斷者、侏儒、百工，各以其器食之。"㊄度量。論語八佾："管仲之器小哉。"㊅重視。後漢書四六陳寵傳："朝廷器之。"

【器人】選擇人才。漢書八二史丹傳："若乃器人於絲竹鼓鼙之間，則是陳惠、李微高於匡衡，可相國也。"注："如淳曰：'器人，取人器能也。'"

【器皿】㊀飲食的用具。墨子節葬下："使百工行此，則必不能修舟車爲器皿矣。"㊁孟子滕文公下："牲殺器皿，衣服不備，不敢以祭。"注："皿，所以覆器者也。"清焦循正義謂皿爲"幎"之假借，器爲飲食之器，皿即覆器之巾。

【器宇】度量，胸懷。三國志吳薛瑩傳注引王隱晉書："瑩子兼，字令長，清素有器宇。"

【器任】㊀器重，信任。後漢書七四袁紹傳："紹乃以（田）豐爲别駕，（審）配爲治中，甚見器任。"㊁勝任的才能。晉陸機陸士衡文集十辯亡論上："政事則顧雍潘濬呂範呂岱以器任幹職。"

【器局】才識及度量。晉書何充傳："何充器局方概，有萬夫之望。"北周庾信庾子山集十三周柱國大將軍長孫儉神道碑："肅肅風政，沉沉器局。"

【器服】器物與祭服。詩衛風木瓜序："齊桓公救而封之，遺之車馬器服焉。"

【器使】量材使用。漢董仲舒春秋繁露離合根："人臣常竭情悉力，而見其短長，使主上得而器使之。"古文苑十二漢班固車騎將軍竇北征頌："料資器使，采用先務。"

【器度】材能風度。五代前蜀韋莊浣花集三題安定張使君詩："器度風標合出塵，桂宫何負一枝新。"

【器重】重視其才能。漢書七一疏廣傳："廣繇是見器重，數受賞賜。"又七九馮奉世傳附馮野王："野王雖不爲三公，甚見器重，有名當世。"

【器能】才能。三國志蜀諸葛亮傳："亮之器能政理，抑亦管（仲）蕭（何）之亞匹也。"

【器械】用具的總稱。莊子徐无鬼："百工有器械之巧則壯。"周禮天官司書："以知民之財，器械之數。"疏："器謂禮樂之器；械謂兵器，弓矢、戈殳、戟矛。"

【器量】器物的容量。周禮天官酒正：

"唯齊酒不貳，皆有器量。"引申指人的器局，度量。漢蔡邕蔡中郎文集二郭有道碑："夫其器量弘深，姿度廣大。"論語八佾"管仲之器小哉"注："言其器量小也。"

【器質】器度和資質。宋書柳元景傳："元景少便弓馬，……寡言，有器質。"宋王安石臨川集八六祭歐陽文忠公文："如公器質之深厚，智識之高遠，……故充於文章，見於議論。"

【器識】度量見識。晉書賀循傳陸機薦循疏："前蒸陽令郭訥風度簡曠，器識朗拔，通濟敏悟，才足幹事。"

【器類】猶言品類。文苑英華一二二唐蕭穎士滯舟賦："苟或喻於窮通，又奚分於器類。"

【器觀】才能和儀表。三國志魏董二袁劉傳評："袁紹劉表咸有威容器觀，知名當世。"

【器小易盈】量小不能大受。詳"小器易盈"。

噪 zào 蘇到切，去，号韻，心。
ㄗㄠ

㊀蟲鳥喧叫。南朝梁江淹江文通集三無錫縣歷山集詩："落葉下楚水，別鶴噪吳田。"㊁嘈雜。初學記十五隋薛道衡奉和月夜聽軍樂應詔詩："笳聲諠隴水，鼓曲噪漁陽。"㊂叫罵。漢王充論衡累害："以毀謗言之，貞良見妒，高奇見噪。"

【噪聒】嘈雜刺耳。明劉基誠意伯文集十三大熱遣懷詩："沸渭汩靜寂，噪聒亂語談。"

【噪嗾】叫嚷，起哄。唐白居易長慶集六一唐……贈尚書右僕射河南元公墓誌銘序："先是不快者乘其便相噪嗾。"

嚃 tà 他合切，入，合韻，透。
ㄊㄚ

不細嚼而吞咽。見下。

【嚃羹】飲羹，不細嚼而吞咽。禮曲禮上："毋嚃羹。"

噣 1. zhòu 陟救切，去，宥韻，知。
ㄓㄡ 都豆切，去，候韻，端。

㊀鳥嘴。通"味"。玉篇引詩："不濡其噣。"今詩曹風候人作"咮"。㊁柳星的別稱。詩國風召南小星"嘒彼小星，三五在東"毛傳："三心五噣。"

2. zhuó 竹角切，入，覺韻，知。
ㄓㄨㄛ

㊂鳥啄。通"啄"。戰國策楚四："黃雀因是以俯噣白粒，仰棲茂樹。"淮南子齊俗："鳥窮則噣，獸窮則觸。"

【噣鳥】嘴如鉤狀的大鳥。史記楚世家："若王之於弋，誠好而不厭，則出寶弓，碆新繳，射噣鳥於東海。"

噬 shì 時制切，去，祭韻，禪。
ㄕ

㊀咬。易噬嗑："噬乾肉。"戰國策楚一："狗惡之，當門而噬之。"㊁吞。文選晉潘安仁(岳)西征賦："竟橫噬於虎口。"㊂逮，涉及。詩唐風有杕之杜："彼君子兮，噬肯來遊。"釋文："韓詩作逝，逝，及也。"一說爲語首助詞，無義。參閱清王引之經傳釋詞九逝噬。

【噬狗】善咬人的惡狗。淮南子說山："將軍不敢騎白馬，亡者不敢夜揭炬，保者不敢畜噬狗。"

【噬指】後漢書三九周磐傳附蔡順："(順)少孤，養母。嘗出求薪，有客卒至，母望順不還，乃噬其指，順即心動，棄薪馳歸。"後來因以"噬指"指母子眷念之情。唐駱賓王集七上吏部裴侍郎書："故寢食夢想，噬指之戀徒深；歲時蒸嘗，崩心之痛罔極。"

【噬嗑】易卦名。☲☳，震下離上。易噬嗑："噬嗑，亨，利用獄。"又雜卦："噬，嗑，食也。"此卦以初九、上九、二陽爲上下脣，以六二、六三、六五三陰爲齒，有噬嗑九四一陽之象，即頤中有物之意，故名噬嗑。

【噬齊】自噬腹臍，比喻不可及。齊，通"臍"。左傳莊六年："亡鄧者必此人也，若不早圖，後君噬齊，其及圖之乎。"參見"噬臍"。

【噬賢】嫉害賢能。漢王符潛夫論潛嘆："夫誑訾之法者，伐賢之斧也；而驕妬者，噬賢之狗也。"

【噬膚】㊀喻服罪受刑的人。易噬嗑："噬膚滅鼻，無咎。"注："噬，齧也。齧者，刑克之謂也。所刑者當，故曰噬膚也。"又睽："厥宗噬膚。"㊁比喻關係親近。漢書九三董賢傳："遂冊免(大司馬)(丁)明曰：'……有司致法將軍，請獄治。朕惟噬膚之恩，未忍。'"注："噬膚者，言自齧其肌膚。詔云爲明是恭后之親，有肌膚之愛，是以不忍加法，故引噬膚之言也。"

【噬臍】比喻後悔已晚。北齊顏之推顏氏家訓省事："雖得免死，莫不破家，然後噬臍，亦復何及！"

喞 jié 阻瑟切，入，櫛韻，莊。
ㄐㄧㄝ

見"咇₂喞"。

噙 qín
ㄑㄧㄣ

含。西遊記十一："口噙藥物。"又十三："衆僧不忍分別，直送有十里之遥，噙淚而返。"

噞 yǎn 魚檢切，上，琰韻，疑。
ㄧㄢ 魚窆切，上，豏韻，疑。

㊀魚在水面張口呼吸。淮南子主術："夫水濁則魚噞，政苛則民亂。"㊁猛烈。文選晉左太沖(思)魏都賦："抗旍則威噞秋霜，摛翰則華縱春葩。"

【噞喁】魚在水面張口呼吸的樣子。文選晉左太沖(思)吳都賦："泝洄順流，噞喁沈浮。"因亦作魚的代稱。宋陸游劍南詩稿十道中病瘍久不飲酒至魚梁小酌因賦長句："未嘗膾噞喁，況敢烹郭索。"

噲 kuài 苦夬切，去，夬韻，溪。
ㄎㄨㄞ

㊀下咽。說文："噲，咽也。"㊁通"喙"。見"噲息"。㊂暢快。通"快"。淮南子精神："當此之時，噲然得卧，則親戚兄弟，噲然而喜。"㊃見"噲噲"。

【噲伍】史記九二淮陰侯傳："(韓)信嘗過樊將軍噲，噲跪拜送迎，言稱臣。……信出門，笑曰：'生乃與噲等爲伍！'"意思是鄙視樊噲，不屑和他爲伍。後因以"噲伍"爲平庸之輩的代稱。宋史三八七王十朋傳："清資加於噲伍，高爵濫於醫門。"又四一六余玠傳："今世冑之彦，場屋之士，田里之豪，一或即戎，即指之爲粗人，斥之爲噲伍。"

【噲息】喘息。通"喙息"。淮南子俶真："蠉飛蝡動，蚑行噲息。"

【噲噲】寬敞明亮的樣子。詩小雅斯干："噲噲其正，噦噦其冥。"箋："噲噲，猶快快也，……皆寬明之貌。"參閱清馬瑞辰毛詩傳箋通釋十九。

噡 zhān 職廉切，平，鹽韻，照。
ㄓㄢ

話多。荀子非相："然而口舌之均，噡唯則節。"王先謙集解："噡唯則節者，或辯或唯，皆中其節也。"

噭 1. jiào 古弔切，去，嘯韻，見。
ㄐㄧㄠ

㊀哭聲。公羊傳昭二五年："昭公於是噭然而哭。"㊁高呼聲。見"噭應"。

2. qiào 集韻詰弔切，去，嘯韻。
ㄑㄧㄠ

㊂口。漢書九一貨殖傳："馬蹏噭千。"注："噭，口也。蹏與口共千，則爲馬二百也。"史記作"躈"。

【噭咷】高聲歌唱。漢書七六韓延壽傳："歌者先居射室，望見延壽車，噭咷楚歌。"也作"噭誂"。楚辭漢王逸九思傷時："聲噭誂兮清和，音晏衍兮要媱。"注："噭誂,清暢貌。”

【噭哮】鳥怒叫聲。唐杜甫杜工部草堂詩箋十三義鶻行:“斗上捩孤影,噭哮來九天。”

【噭嘑】呼叫。唐韓愈昌黎集十三汴州東西水門記:“遭逢疾威,囂童噭嘑。”

【噭噭】象聲詞。1. 悲哭聲。莊子至樂:“人且偃然寢於巨室,而我噭噭然隨而哭之。”2. 鳥鳴聲。三國魏曹植曹子建集五雜詩六首之三:“飛鳥繞樹翔,噭噭鳴索羣。”3. 猿啼聲。文選南朝宋謝靈運登石門最高頂詩:“活活夕流駛,噭噭夜猨啼。”

【噭應】應答聲音高急如號呼。禮曲禮上:“毋側聽,毋噭應。”

【噭譟】衆聲雜作,高亢刺耳。唐韓愈昌黎集三一南海神廟碑:“鐃鼓嘲轟,高管噭譟。”

十四畫

嚀 níng 奴丁切,平,青韻,泥。ㄋㄧㄥˊ

見“叮嚀”。

嚌 1. jì 在詣切,去,霽韻,從。ㄐㄧˋ

㊀嘗。書顧命:“太保受同,祭嚌。”謂既祭受福酒,入口至齒,示飲而實不飲。禮雜記下:“小祥之祭,主人之酢也,嚌之;衆賓兄弟,則皆啐之。”注:“嚌、啐,皆嘗也。嚌至齒,啐入口。”

2. jiē 集韻 居諧切,平,皆韻。ㄐㄧㄝ

㊁象聲詞。見“嚌$_2$咨”、“嚌$_2$嚌$_2$”。

【嚌$_2$咨】哀怨聲。宋詩鈔趙抃清獻詩鈔送周穎之京師:“肩書手劍出門去,嚌咨肯復兒女如。”

【嚌$_2$嚌$_2$】象聲詞。1. 衆鳥鳴聲。文選漢班叔皮(彪)北征賦:“鴈邕邕以羣翔兮,鶤雞鳴以嚌嚌。”2. 管絃聲。漢揚雄太玄經二樂:“鐘鼓喈喈,管絃嚌嚌。”

嚎 háo ㄏㄠˊ

大聲呼叫。莊子齊物論作“譹”。宋梅堯臣宛陵集四十寧陵阻風雨寄都下親舊詩:“晝夜風不止,寒樹嚎未休。”

【嚎咷】大聲哭叫。元曲選楊顯之瀟湘雨四:“從今後忍氣吞聲,不再敢嚎咷痛哭。”也作“嚎啕”。西游記九:“小姐忙向前認看,認得是丈夫的屍首,一發嚎啕大哭不已。”

嚅 rú 人朱切,平,虞韻,日。ㄖㄨˊ

見下各條。

【嚅唲】强笑順從的樣子。文選戰國屈平卜居:“將呢訾慄斯,喔咿嚅唲以事婦人乎?”

【嚅囁】欲言又止。宋沈遼雲巢編四德相送荆公三詩用元韻戲爲之詩:“世人所欽慕,有口空嚅囁。”參見“囁嚅㊀”。

嚏 tì 都計切,去,霽韻,端。ㄊㄧˋ

打噴嚏。詩邶風終風:“願言則嚏。”

【嚏噴】同“噴嚏”。宋馬永卿嬾真子三:“俗説以人嚏噴爲人説,此蓋古語也。”參見“人道我”。

嚇 hè xià 呼格切,入,陌韻,曉。ㄏㄜˋ 呼訝切,去,禡韻,曉。ㄒㄧㄚˋ

㊀怒斥聲。莊子秋水:“鴟得腐鼠,鵷鶵過之,仰而視之曰:‘嚇!’”㊁恐懼,嚇人。素問風論:“心風之狀,多汗惡風,焦絶,善怒嚇。”文選南朝宋鮑明遠(照)蕪城賦:“飢鷹厲吻,寒鴟嚇雛。”㊂張開。文選晉郭景純(璞)江賦:“或爆采以晃淵,或嚇鰓乎巖間。”注:“嚇,呼厄切。”

【嚇飯虎】苦笋的别名。宋周紫芝太倉稊米集二四劉主簿許餉苦笋未至詩:“此君自是盤中虎,空想斑斑箸下文。”注:“杭人重苦笋,呼爲嚇飯虎。”

【嚇殺人香】茶名。即碧蘿春。詳“碧蘿春”。

嚂 1. làn 盧瞰切,去,闞韻,來。ㄌㄢˋ

㊀貪食。淮南子齊俗:“芻豢黍粱,荆吴芬馨,以嚂其口。”

2. hǎn 呼覽切,上,敢韻,曉。ㄏㄢˇ 苦濫切,去,闞韻,溪。

㊁通“喊㊁”。戰國策楚四:“今夫橫人嚂口利機,上干主心,下牟百姓。”

嚘 yì 魚力切,入,職韻,疑。ㄧˋ

㊀小兒有知識的樣子。説文:“嚘,小兒有知也……詩曰:‘克岐克嚘。’”今詩大雅生民作“克岐克嶷”。

魚記切,去,志韻,疑。

㊁見“嗤嚘”。

嚈 1. yè 集韻 益涉切,入,葉韻。ㄧㄝˋ

㊀見“嚈噠”。

2. yàn ㄧㄢˋ

㊁見“嚈$_2$氣”。

【嚈$_2$氣】人死斷氣。嚈,通“咽”。紅樓夢十三:“才嚈氣的人,那裏不乾淨。”

【嚈噠】古民族名、國名。爲大月氏的後裔,一説爲高車的别種。五世紀中分佈於今阿姆河之南。西史稱爲白匈奴。建都拔底延城(在今阿富汗北部)。勢力曾達到康居安息疏勒于闐等地區。北魏太安以後,每遣使節至北魏。後爲突厥木杆可汗所破,部落分散。魏書有嚈噠傳。參閱文獻通考三三八嚈噠。

嘯 1. xiào 蘇吊切,去,嘯韻,心。ㄒㄧㄠˋ

㊀嘬口出聲。詩國風召南江有汜:“其嘯也歌。”㊁鳴。凡發聲悠長者多曰嘯。楚辭漢淮南小山招隱士:“猨狖羣嘯兮虎豹嗥。”史記一一七司馬相如傳上林賦:“長嘯哀鳴。”

2. chì ㄔˋ

㊂大聲呼喝。通“叱”。禮内則:“不嘯不指。”注:“嘯讀爲叱。”釋文:“嘯依注音叱,尺失反。”參閱唐顔師古匡謬正俗三嘯。

【嘯父】古代傳説中仙人名。初學記二六列仙傳:“嘯父,冀州人。在曲周市中補履數十年,奇其不老。”

【嘯吒】大聲呼吼。晉書孝武帝紀論:“荆吴戰旅,嘯吒成雲。”也作“嘯咤”。晉書苻堅載記下:“嘯咤則五嶽摧覆,呼吸則江海絶流。”

【嘯指】用指夾唇吹之作聲。南齊書魏虜傳:“並有聾角,吹脣沸地。”資治通鑑一四一齊建武四年“吹脣沸地”注:“吹脣者,以齒齧脣作氣吹之,其聲如鷹隼。其下者,以指夾脣吹之,然後有聲,謂之嘯指。”

【嘯詠】歌咏。世説新語文學“江左殷太常”注引晉中興書:“(殷融)飲酒善舞,終日嘯詠,未嘗以世務自嬰。”也作“嘯咏”。唐柳宗元柳先生集四三游南亭夜還敍志七十韻詩:“緬慕鼓枻翁,嘯咏哺其糟。”

【嘯葉】樂器名。舊唐書音樂志二:“嘯葉,銜葉而嘯,其聲清震,橘柚尤善。”一説爲形狀像笳首的樂器,用蘆葉卷成。見通典一四四樂四八音之外又有三注。

【嘯傲】歌詠自得,形容放曠不受拘束。初學記三晉郭璞遊仙詩:“嘯傲遺世羅,縱情在獨往。”晉陶潛陶淵明集三飲酒詩:“嘯傲東軒下,聊復得此生。”

【嘯聚】號召衆人集合,有所舉事。後漢書八七西羌傳論:“招引山豪,轉相嘯聚,揭木爲兵,負柴爲械。”

【嘯歌】長嘯歌吟。詩小雅白華:“嘯歌傷懷,念彼碩人。”唐柳宗元柳先生集四三夏初雨後尋愚溪詩:“幸此息營營,嘯歌静炎燠。”

【嘯諾】後漢汝南太守宗資(南陽人),信用功曹范滂(字孟博),南陽太守成瑨(弘農人),信用功曹岑晊(字公孝)。當時有歌謡説:“汝南太守范孟博,南陽宗資主畫諾;南陽太守岑公孝,弘農成瑨但坐嘯。”見後漢書六七黨錮傳序。後因以作官清閒、没事可幹爲嘯諾。謂僅坐嘯、畫諾而已。宋蘇軾分類東坡詩十七圖空和都廳舊題呈二通守今和:“坐令老鈍守,嘯諾獲少休。”

【嘯亭雜録】清昭槤(禮親王)著,題汲修主人作。十卷,續録三卷。光緒六年刊行。該書記有滿族風俗、清初史事、嘉慶天理教起義之事等。

【嘯堂集古録】宋王俅(一作球)撰。二卷。著録商周彝器、秦權、漢器、漢印,漢至唐鏡鑑、墓銘等共三百四十五件。以器爲類,按時代相次,上摹款識,下列釋文。銘文間有删節。

嚃 zá ㄗㄚˊ

見下。

【嚃喋】水鳥或魚類成羣奪食之狀。同“唼喋”。比喻貪得。淮南子覽冥:“何則?至虛無純一,而不嚃喋苛事也。”注:“嚃喋,猶深算也,言不採取煩苛之事。”

嚁 dí ㄉㄧˊ 集韻 亭歷切,入,錫韻。

見“激嚁”。

嚐 cháng ㄔㄤˊ

以口辨味。同“嘗㊀”。全唐詩六七一唐彦謙蟹:“充盤煮熟堆琳琅,橙膏醬渫調堪嚐。”

嚊 pì ㄆㄧˋ 匹備切,去,至韻,滂。

喘息聲。文選漢揚子雲(雄)羽獵賦:“飛廉雲師,吸嚊潚率。”注引埤蒼:“嚊,喘息聲也。”

十五畫

嚱 xī ㄒㄧ 集韻 迄及切,入,緝韻。

見下。

【嚱嚱】衆聲急速貌。文選漢王子淵(褒)洞簫賦:“啾嘌密率,掩以絶滅;嚱嚱(xījí)曄踕,跳然復出。”注:“嚱,胡急切。”

嚘 yōu ㄧㄡ 於求切,平,尤韻,影。

語未定貌。見説文。

【嚘咿】象聲詞。1.猪叫聲。漢王符潛夫論賢難:“豕俛仰嚘咿。”2.小兒語聲。宋蘇軾分類東坡詩十六寄蘄簟與蒲傳正:“火冷燈清誰復知,孤舟兒女自嚘咿。”

【嚘嚶】雜聲。唐韓愈昌黎集三六送窮文:“屏息潛聽,如聞音聲,若嘯若啼,砉歘嚘嚶。”

嚙 yǎo ㄧㄠˇ 集韻 五巧切,上,巧韻。

同“齩”、“咬㊀”。

嚜 1. mèi ㄇㄟˋ 明祕切,去,至韻,明。

㊀見“嚜杘”。

2. mò ㄇㄛˋ

㊁通“默”。戰國策齊四:“左右嚜然莫對。”

【嚜杘】狡猾。方言十:“央亡、嚜杘、姡,獪也。江湘之間,或謂之無賴,或謂之𠎁。凡小兒多詐而獪,謂央亡,或謂之嚜杘,或謂之姡。”清胡文英吴下方言考三:“今吴中小兒共戲,其勝者以帕蒙負者之眼,而令之滿室無聲闇尋,俟獲得一人,方許相貸,謂之嚜杘蟹。”

【嚜$_2$嚜$_2$】不得志,没没無聞。史記八四賈誼傳弔屈原賦:“于嗟嚜嚜兮,生之無故。”漢書四八賈誼傳、文選作“默默”。

嚗 bō ㄅㄛ 北角切,入,覺韻,幫。

象聲詞。1.物着落聲。莊子知北游:“神農隱几擁杖而起,嚗然放杖而笑。”2.迸裂聲。唐段成式酉陽雜俎前集十四諾臯記上:“初如拳如椀,驚顧之際,已如盤矣,嚗然分爲兩扇。”

嚚 yín ㄧㄣˊ 語巾切,平,真韻,疑。

㊀愚蠢。書堯典:“父頑母嚚。”㊁言不忠信,奸詐。左傳僖二十四年:“口不道忠信之言爲嚚。”

【嚚訟】奸詐而好訟。書堯典:“吁,嚚訟,可乎?”

【嚚頑】愚悍而頑固。漢王充論衡書解:“嚚頑之人,有幽室之思,雖無憂,不能著一字。”

【嚚猾】愚悍而狡猾的人。新唐書五六馮伉傳:“縣多嚚猾,數犯法。”

【嚚瘖】啞巴。國語晉四:“嚚瘖不可使言,聾聵不可使聽。”注:“口不道忠信之言爲嚚;瘖,不能言者。”

【嚚闇】愚昧。漢王符潛夫論考績:“羣僚舉士者,或以頑魯應茂才……以嚚闇應明經,以殘酷應寬博。”

嚕 lū ㄌㄨ 集韻 籠五切,上,姥韻。

㊀見“吐嚕”。㊁見“嚕囌”。

【嚕囌】言語絮叨。景德傳燈録二三大梵圓和尚:“問:‘水陸不涉者,師還接否?’師曰:‘蘇嚕蘇嚕。’”蘇嚕,即嚕囌。

嘄 jiāo ㄐㄧㄠ 集韻 堅堯切,平,蕭韻。

同“嘄”。見“嘄”。

十六畫

嚭 pǐ ㄆㄧˇ 匹鄙切,上,旨韻,滂。

大。用爲人名,春秋時吴有太宰嚭。見左傳哀元年、史記吴世家。

嚫 chèn ㄔㄣˋ 初覲切,去,震韻,初。

布施,施捨財物給僧尼。法苑珠林四一引梁高僧傳:“昔廬山慧遠嘗以一袈裟遣(法)進,進即以爲嚫。”釋氏要覽上中食:“梵語達嚫,此云財施。今略達嚫,但云嚫。”參見“儭錢”。

【嚫施】布施,施舍財物給僧尼。法苑珠林一二〇傳記興福:“(太宗)又爲穆太后造弘福寺,寺成之後,帝親幸焉,自點佛睛,極隆嚫施。”

【嚫珠】布施之珠。景德傳燈録二師子比丘:“吾嘗赴西海齋,受嚫珠付之。今還吾珠,理固然矣。”

嚨 lóng ㄌㄨㄥˊ 盧紅切,平,東韻,來。

喉嚨。爾雅釋鳥:“亢,鳥嚨。”注:“嚨,謂喉嚨。”

【嚨胡】喉嚨。後漢書五行志一:“桓帝之初,天下童謡曰:‘……吏買馬,君具車,請爲諸君鼓嚨胡。’”也作“嚨喉”。太平御覽八五三劉謙之晉紀:“豊豆不可食,使我枯嚨喉。”

嚥 yàn ㄧㄢˋ 於甸切,去,霰韻,影。

吞。通“咽”。漢王充論衡效力:“淵中之魚,遞相吞食,度口所能容,然後嚥之。”

【嚥日】道家服日華之法。宋蘇軾分類東坡詩十七柳子玉亦見和因以送之……:“晴窗嚥日肝腸暖,古殿朝真履袖香。”參見“日華㊀”。

【嚥氣】服氣。道家的一種修養方法。漢王充論衡道虛:“陰陽之氣,不能飽人;人或嚥氣,氣滿腹脹,不能饜飽。”

【嚥唾】咽下唾液。道家修養之法。神仙傳彭祖:“舐脣嚥唾,服氣數十,乃起行言笑。”

嚪 dàn 集韻 杜覽切,上,敢韻。
ㄉㄢˋ
同"啗"。史記八十樂毅傳:"令趙嚪秦以伐齊之利。"參見"啗"。

嚬 pín
ㄆㄧㄣˊ
皺眉。通"顰"。韓非子內儲上:"吾聞明主之愛,一嚬一笑,嚬有爲嚬,而笑有爲笑。"

【嚬呻】淒苦之聲。也作"顰呻"。唐李白李太白詩七鳴皋歌送岑徵君:"寡鶴清唳,飢鼯嚬呻。"韓愈昌黎集三二司徒……許國公神道碑銘:"公居其間,爲帝督姦,察其嚬呻,與其睍眴。"此指生民疾苦之聲。

【嚬蛾】蛾,蠶蛾。蠶蛾觸鬚,細而長曲,以比女性的曲眉。嚬蛾,即皺眉頭。唐李白李太白詩六擣衣篇:"閨裏佳人年十餘,嚬蛾對影恨離居。"

【嚬蹙】攢眉爲嚬,皺額爲蹙,同"嚬蹙"。三國魏曹植曹子建集四酒賦:"或嚬蹙辭觴,或奮爵橫飛。"

【嚬蹙】皺眉蹙額,也表示憂戚。漢王充論衡自然:"薄酒酸苦,賓主嚬蹙。"晉陸機陸士衡集七百年歌:"呼吸嚬蹙反側難,茵褥滋味不復安。"

嚮 1. xiàng 許亮切,去,漾韻,曉。
ㄒㄧㄤˋ
通"向"。㊀趨向,向着。書多士:"嚮于時夏。"史記一二六滑稽列傳:"西門豹簪筆磬折,嚮河立待良久。"㊁方向。唐柳宗元柳先生集二四送從兄偁罷選歸江淮詩序:"進不知嚮,退不知守。"㊂將近,接近。見"嚮明"。㊃從前,原來。呂氏春秋察今:"病變而藥不變,嚮之壽民,今爲殤子矣。"(㊀至㊃皆通"向"。)㊄勸導。書洪範:"次九日嚮用五福。"傳:"言天所以嚮勸人用五福。"一說"嚮"當爲"饗"。見清孫星衍尚書今古文注疏。

2. xiǎng 許兩切,上,養韻,曉。
ㄒㄧㄤˇ
㊅受。通"享"。荀子解蔽:"故嚮萬物之美而不能嗛也。"㊆祭祀。通"饗"。漢書宣帝紀神雀四年:"上帝嘉嚮,海內承福。"㊇回聲。通"響"。易繫辭上:"其受命也如嚮。"莊子在宥:"若形之於影,聲之於嚮。"㊈窗。荀子君道:"使墜左右者,人主之所以窺遠收衆之門戶牖嚮也。"

【嚮用】有意引用。宋史選舉志一:"時取才唯進士諸科爲最廣,名卿鉅公皆繇此選,而仁宗亦嚮用之,登上第者不數年輒赫然顯貴矣。"

【嚮明】天將明時。易說卦:"聖人南面而聽天下,嚮明而治。"

【嚮服】對質事理正確與否。楚辭屈原九章惜誦:"令五帝以折中兮,戒六神與嚮服。"注:"嚮,對也;服,事也。言已願復令六宗之神對聽己言事可行與否也。"

【嚮風】依順,敬慕之意。史記一一七司馬相如傳上林賦:"於斯之時,天下大說,嚮風而聽,隨流而化。"漢書作"鄉風",文選作"向風"。

【嚮晦】天將入黑。易隨:"君子以嚮晦入宴息。"釋文:"本又作向。"王肅本作"鄉"。

【嚮道】指引道路或行軍時前行帶路之人。後來凡對人有所指引,皆稱嚮道。唐韓愈昌黎集十九送齊皞下第序:"爲人嚮道者,不亦勤乎?"也作"嚮導"。宋司馬光涑水紀聞十四:"(王)中正不習軍事,入虜境,望空而行,無嚮導斥堠,性畏怯,所至逗留。"

【嚮搨】古人書畫墨迹,由於年代久遠,往往紙色沉暗。複製時將古字畫貼在窗戶上,用白紙覆在上面,就明處勾勒出原字筆畫,再以濃墨填充,叫嚮搨。也作"響搨"。傳世的晉唐法書多數是嚮搨本。參閱宋趙希鵠洞天清祿集古今石刻辯、明李日華紫桃軒雜綴三。

【嚮慕】向往,愛慕。三國志魏陳留王奐傳咸熙二年詔:"文告所加,承風嚮慕,遣使納獻,以明委順。"

【嚮應】同"響應"。管子七法:"制儀法,出號令,莫不嚮應,然後可以治民一衆矣。"漢書三一項籍傳贊引賈誼過秦論:"天下雲合嚮應,贏糧而景從。"注:"嚮讀曰響,言如響之應聲。"

【嚮邇】靠近。書盤庚上:"若火之燎于原,不可嚮邇。"

十七畫

嚲 duǒ 丁可切,上,哿韻,端。
ㄉㄨㄛˇ
㊀下垂的樣子。唐岑參岑嘉州詩二送郭乂雜言:"朝歌城邊柳嚲地,邯鄲道上花撲人。"㊁躲。五代史平話梁上:"正行間,撞着虎與牛鬬,霍存白守信諕得走上樹嚲了。"

【嚲避】躲避。事林廣記戊二圓社市語:"把金銀錠打旋起,花星臨照我,怎嚲避?"

【嚲鞚】松弛馬勒。唐杜甫杜工部詩史補遺八醉爲馬墜諸公攜酒相看:"江村野堂爭入眼,垂鞭嚲鞚凌紫陌。"

嚷 rǎng
ㄖㄤˇ
喊叫。西遊記三:"是我顯神通,直嚷到森羅殿。"

嚽 chuò
ㄔㄨㄛˋ
同"啜"。荀子富國:"嚽菽飲水。"參見"啜菽飲水"。

嚾 lán 落干切,平,寒韻,來。
ㄌㄢˊ
見下。

【嚾哰】言語糾纏不可解。方言十:"嚾哰……拏也。東齊周晉之鄙曰嚾哰,嚾哰亦通語也。"注:"平原人好嚾哰也。"嚾,也作"讕"。廣韻:"嚾哰,偉拏,語不可解。"

巇 xī 香義切,去,寘韻,曉。
ㄒㄧ 集韻 虛宜切,平,支韻。
歎詞。明徐時琪綠綺新聲一琴學須知:"巇然有嘆息之音。"

嚶 yīng 烏莖切,平,耕韻,影。
ㄧㄥ
鳥鳴聲。見說文。

【嚶呦】鳥鳴聲。宋蘇軾分類東坡詩三將如終南太平宮讀書洞霄宮:"我欲走南澗,春禽始嚶呦。"

【嚶喔】鳥鳴聲。藝文類聚九二晉傅玄啄木詩:"獑猢樹間啄如錐,嚶喔嚶喔聲正悲。"

【嚶鳴】鳥鳴。詩小雅伐木:"嚶其鳴矣,求其友聲。"後因喻朋友間同氣相求爲嚶鳴。文選南朝梁劉孝標(峻)廣絕交論:"故絪緼相感,霧涌雲蒸,嚶鳴相召,星流電激。"

【嚶嚀】鳥鳴聲。宋梅堯臣宛陵集四九寄題絳守園池詩:"風蟲日鳥聲嚶嚀。"

【嚶嚶】鳥鳴聲。詩小雅伐木:"伐木丁丁,鳥鳴嚶嚶。"

【嚶遊山】海島名。又名鷹遊山、鶯遊山。在江蘇灌雲縣北海中。週迴浮海,羣鳥翔集,鳴聲嚶嚶,故名。元時海運經此。參閱嘉慶一統志一〇五海州山川。

嚴 yán 語驗切,平,嚴韻,疑。
ㄧㄢˊ
㊀緊急。孟子公孫丑下:"使虞敦匠,事嚴,虞不敢請。"注:"事嚴,喪事急。"虞,充虞,孟子弟子。㊁嚴厲,嚴格。孫子計篇:"將者,智、信、仁、勇、嚴也。"史記太史公自序:"法家嚴而少恩。"㊂猛烈。文選南朝宋劉孝標(峻)廣絕交論:"論嚴苦則春叢零葉。"㊃整肅。詩小雅六月:"有

嚴有翼，共武之服。”㊄尊敬。見“嚴君”、“嚴師㊀”、“嚴父㊀”等。㊅對父親的尊稱。如言“家嚴”、“嚴命”。㊆古代平時戒夜曰嚴。新唐書禮樂志五：“其日未明，四刻搥一鼓爲一嚴，二刻搥二鼓爲再嚴。”㊇穿戴裝束。漢明帝名劉莊。裝避諱作嚴。後漢書六二陳紀傳：“紀見禍亂方作，不復辦嚴，即時之郡。”注：“嚴讀曰裝也。”裝具也叫嚴具。㊈姓。相傳本莊姓，爲避漢明帝諱改。見元和姓纂五嚴。

【嚴父】㊀尊敬其父。孝經聖治：“孝莫大於嚴父，嚴父莫大於配天。”㊁父親。舊時謂父嚴母慈，故稱父曰嚴父。晉書夏侯湛傳：“受學于先載，納誨于嚴父慈母。”

【嚴月】農曆十二月的別稱。清厲荃事物異名録歲時引山堂肆考：“嚴月，季冬之月也。”

【嚴冬】極冷的冬天。南朝梁簡文帝集二大同十一月庚戌詩：“是節嚴冬景，寒雲掩落暉。”

【嚴召】皇帝的詔令。宋陳師道後山詩注十二除官：“扶老趨嚴召，徐行及聖時。”

【嚴州】地名。明洪武八年置嚴州府，治建德，領建德淳安桐廬遂安壽昌分水六縣。清代相承。公元1912年廢。參閱嘉慶一統志三〇二嚴州府。

【嚴羽】宋邵武人。字儀卿、丹丘，號滄浪逋客。著有滄浪集滄浪詩話等。他論詩推崇盛唐，反對宋詩議論化、散文化的弊病，强調妙悟和興趣，以不涉理路，不落言詮爲第一流作品。明代七子和竟陵派的詩論、清初王士禎的神韻説都曾受他的啓發。

【嚴光】字子陵，會稽餘姚人。少曾與光武帝（劉秀）同游學，有高名。秀稱帝，光變姓名隱遁。秀派人覓訪，徵召到京，授諫議大夫，不受，退隱于富春山。後人稱他所居游之地爲嚴陵山嚴陵瀨嚴陵釣壇。後漢書載隱逸傳。

【嚴冷】嚴峻，冰冷。指性不隨俗，不可親近。宋蘇軾東坡題跋五題趙屼屏風與可竹：“與可所至，詩在口，竹在手……一日不見，使人思之，其面目嚴冷，可使静險躁，厚鄙薄。”與可，文同字。

【嚴更】督行夜之鼓。文選漢班孟堅（固）西都賦：“周以鉤陳之位，衛以嚴更之署。”唐李白李太白詩二十侍從游宿温泉宫作：“嚴更千户肅，清樂九天聞。”

【嚴君】父母爲全家所尊，如同國有嚴君，故舊稱父母爲嚴君。易家人：“家人有嚴君焉，父母之謂也。”後多專指父親。晉書潘尼傳乘輿箴：“國事明王，家奉嚴君，各有攸尊。”唐李白李太白詩十三憶舊遊寄譙郡元參軍：“君家嚴君勇貔虎，作尹并州遏戎虜。”

【嚴忌】漢會稽吴人。本姓莊，史家避漢明帝（劉莊）諱改姓嚴。善詞賦，與鄒陽枚乘同爲梁孝王的上客，忌名尤高，稱嚴夫子。漢書藝文志載有莊夫子賦二十四篇。今僅存哀時命一篇，見楚辭。

【嚴助】公元前？—前122年，漢會稽吴人，嚴忌子（一説嚴忌從子）。郡舉賢良，武帝以爲中大夫，常與大臣等辯論政事，與東方朔司馬相如吾丘壽王等同爲帝所親幸。曾使南越，後拜會稽太守。淮南王劉安謀反，嚴助因與劉安交好被殺。漢書藝文志記載有助賦三十五篇。漢書有傳。

【嚴妝】整齊妝束。玉臺新詠一古詩爲焦仲卿妻作：“雞鳴外欲曙，新婦起嚴妝。”也作“嚴裝”。後漢書五五清河孝王慶傳：“常夜分嚴裝，衣冠待明。”

【嚴武】公元726—765年。唐華州人，字季鷹，中書侍郎嚴挺之子。少以蔭調太原府參軍事，累任諫議大夫、東川劍南節度使。鎮劍南。廣德二年，破吐蕃，封鄭國公，加檢校吏部尚書。武在蜀累年，肆志逞欲，恣行猛政，窮極奢靡。卒年四十，贈尚書僕射。新、舊唐書有傳。

【嚴具】即妝具。古作“莊具”，因避漢明帝（劉莊）諱而改稱。後漢書祭祀志下：“其親陵所宫人，隨鼓漏，理被枕，具盥水，陳嚴具。”

【嚴命】㊀尊嚴的命令。史記趙世家：“進受嚴命，退而不全，負孰甚焉。”㊁古代尊稱父親爲嚴君，因稱父命爲嚴命。參見“嚴君”。

【嚴春】古善琴者。以善彈琴著稱。本名莊春，漢人避漢明帝（劉莊）諱稱嚴春。文選漢王子淵（褒）洞簫賦：“師襄嚴春不敢竄其巧兮，漫淫叔子遠其類。”注：“七略有莊春言琴。”

【嚴重】㊀尊重。史記一二四郭解傳：“諸公以故嚴重之，争爲用。”㊁處事認真，嚴肅、莊重。後漢書四五袁安傳：“安少傳良學，爲人嚴重有威，見敬於州里。”良，袁良，安祖父。

【嚴風】凜冽的寒風。初學記三冬梁元帝纂要：“冬曰玄英，……風曰寒風、勁風、嚴風。”文選南朝宋袁陽源（淑）效古詩：“四面各千里，從横起嚴風。”

【嚴家】規矩嚴厲的家庭。韓非子顯學：“夫嚴家無悍虜，而慈母有敗子。”史記八七李斯傳引“悍虜”作“格虜”。

【嚴訓】㊀嚴厲的訓導。世説新語德行“謝公夫人教兒”南朝梁劉孝標注：“太尉劉子真（寔）清潔有志操，行己以禮，而二子不才，並瀆貨致罪。子真坐免官。客曰：‘子奚不訓導之。’子真曰：‘吾之行事，是其耳目所聞見，而不放效，豈嚴訓所變邪？’”㊁舊稱父命爲嚴訓。文苑英華九〇二唐孫逖贈太子詹事王公神道碑：“公夙遭閔凶，不稟嚴訓，聖善所育，孩提有成。”

【嚴威】㊀嚴肅威重。禮祭義：“致禮以治躬則莊敬，莊敬則嚴威。”㊁敬畏。國語楚下：“民瀆齊盟，無有嚴威。”注：“嚴，敬也；威，畏也。”

【嚴峻】嚴厲峻切，苛刻。史記一二二張湯傳：“及（趙）禹爲少府，比九卿，禹酷急。至晚節，事益多，吏務爲嚴峻。”漢桓寬鹽鐵論非鞅：“刑既嚴峻矣，又作爲相坐之法。”

【嚴師】㊀尊敬老師。禮學記：“凡學之道，嚴師爲難。”注：“嚴，尊敬也。”㊁嚴於督責的師長。吕氏春秋上德：“自今以來，求嚴師必不於墨者矣。”

【嚴徐】漢武帝時，趙人嚴安、齊人徐樂因上書被封爲郎中。見史記一一二主父偃傳。後因以嚴徐作爲有才學的文士的通稱。文選南朝梁任彦昇（昉）奉答勅示七夕詩啟：“晚屬天飛，比嚴徐而待詔。”也作“嚴樂”。文選南朝梁江文通（淹）別賦：“雖淵雲（漢王褒字子淵，揚雄字子雲）之墨妙，嚴樂之筆精，……誰能摹暫離之狀，寫永訣之情者乎？”

【嚴陰】陰沉。藝文類聚二南朝梁簡文帝（蕭綱）雪朝詩：“同雲凝暮序，嚴陰屯廣隰。”

【嚴棘】牢獄。古時爲了防止犯人逃跑，於牢獄四周布滿荆棘，故稱嚴棘。後漢書十六寇榮傳：“尚書背繩墨，案空劾，不復質確其過，寘於嚴棘之下。”注：“嚴棘，謂獄也。”

【嚴程】期限緊迫的路程。唐杜甫杜工部草堂詩箋十送長孫九侍御赴武威判官：“天子憂涼州，嚴程到須早。”

【嚴絜】精潔。南齊書禮志上：“若聖心過恭，寧在嚴絜，合朔之日，散官備防，非預齋之限者，於止車門外，別立幔省。”絜，同“潔”。金史白氏傳：“壁間香火嚴潔，躬自灑掃。”

【嚴道】舊縣名。今四川滎經縣地。秦始皇滅楚，徙嚴（莊）王子弟居住此地，故稱嚴道。漢置縣。晉以後廢。西魏爲始陽縣，隋先後改爲蒙山縣嚴道縣，明洪武四年廢。參閱太平寰宇記七七雅州、清鄭芳績歷代地理沿革表四一嚴道。

【嚴雲】濃雲。南朝宋鮑照鮑氏集六冬日詩:"嚴雲亂山起，白日欲還次。"

【嚴鼓】急促的鼓聲。漢書八二史丹傳:"天子自臨軒檻上，隤銅丸以擿鼓，聲中嚴鼓之節，後宮及左右習知音者莫能爲。"注:"李奇曰:'莊嚴之鼓節也。'晉灼曰:'疾聲之鼓也。'"三國志吳朱然傳:"雖世無事，每朝夕嚴鼓，兵在營者，咸行裝就隊。"

【嚴嵩】公元1480—1569年。明分宜人，字惟中。弘治十八年進士。因善於諂媚皇帝，累拜英武殿大學士，入直文淵閣。世宗時，官至少傅兼太子太師。攬權貪賄，凡直言時政，劾其竊權網利的，皆遭殺害。嵩子世蕃，官至太常寺卿，尤橫行不法。御史鄒應龍等極論嵩父子不法，遂籍没嵩家，斬世蕃，罷嵩官。嵩後寄食墓舍而死。明史載奸臣傳。

【嚴飾】盛加裝飾。晉釋法顯佛國記:"其城門上大張幃幕，事事嚴飾，王及婦人采女皆住其中。"

【嚴厲】認真厲害。梁書蕭景傳:"(父)崇之以幹能顯，爲政尚嚴厲。"

【嚴潔】參見"嚴絜"。

【嚴駕】整備車馬。三國魏曹植曹子建集五雜詩之五:"僕夫早嚴駕，吾將遠行遊。"

【嚴靚】整潔優美。宋詩鈔陳造江湖長翁詩鈔檢旱宿香雲:"明窗深室皆嚴靚，白菊紅渠相媚嫵。"

【嚴節】㊀急促的音節。文選漢張景陽(協)七命:"若乃追清哇，赴嚴節，奏綠水，吐白雪。"注:"嚴節，急節也。"參見"嚴鼓"。㊁冬至節。初學記三梁元帝纂要:"冬曰玄英，……節曰嚴節。"

【嚴親】尊親。總稱父母。荀子禮論:"一朝而喪其嚴親。"吕氏春秋孝行:"身者非其所私有也，嚴親之遺躬也。"後多指父。宋王安石臨川集十三得曾子固書因寄詩:"嚴親抱憂衰，生理賴以給。"

【嚴辦】㊀認真進行。世説新語捷悟注引晉陽秋:"大司馬(桓温)將討慕容暐，表求申勸平北將軍(郗)愔及袁真等嚴辦。"南齊書劉悛傳:"悛治事嚴辦，以是會旨。"㊁皇帝出行前具備戒嚴諸事。資治通鑑二七五後唐天成元年:"夏，四月，丁亥朔，嚴辦將發。"注:"凡天子將出，侍中奏中嚴外辦。此時未必能爾，沿襲舊來嚴辦之言而言之耳。"

【嚴凝】寒冷。元曲選秦簡夫東堂老二:"怕不道是外面兒温和，則你那徹底兒嚴凝。"

【嚴器】粧具。同"嚴具"。晉陸雲陸士龍集八與兄平原書:"一日案行，並視曹公器物……嚴器方七八寸，高四寸餘，中無鬲，如吳小人嚴具狀。刷膩處尚可識。梳枇剔齒，纖綖皆在。"參見"嚴具"。

【嚴霜】霜殺百草，故稱嚴霜。楚辭宋玉九辯:"秋既先戒以白露兮，冬又申之以嚴霜。"後以嚴霜比喻嚴厲。漢書七七孫寶傳:"今日鷹隼始擊，當順天氣，取姦惡，以成嚴霜之誅。"

【嚴牆】高峻的牆。同"巖牆"。漢桓寬鹽鐵論詔聖:"嚴牆三仞，樓季難之。"參見"巖牆"。

【嚴斷】㊀不寬宥。左傳昭六年:"嚴斷刑罰，以威其淫。"㊁嚴禁。南史齊武帝紀上永明十一年:"自今公私皆不得出家爲道，及起立塔寺，以宅爲精舍，並嚴斷之。"

【嚴麗】莊嚴華麗。後漢書八二下費長房傳:"翁乃與俱入壺中，唯見玉堂嚴麗，旨酒甘肴，盈衍其中。"

【嚴關】㊀地名，在今廣西興安縣西，兩山對峙，中爲通道，地勢極爲險隘。相傳漢歸義越侯馬嚴出零陵，下漓水，出此關，因以嚴爲名。宋范成大石湖集十五嚴關詩題注:"或謂之炎關，桂人守險處，朔雪久不入關，關内外風氣迥殊，人以爲南北之限也。"㊁險要的關門。文苑英華二一四唐陳叔達後渚置酒詩:"嚴關猶未遂，此夕待晨雞。"

【嚴嚴】㊀威嚴莊重。荀子儒效:"嚴嚴兮其能敬已也。"注:"嚴嚴，有威重之貌。"㊁濃重貌。文選南朝宋鮑明遠(照)舞鶴賦:"嚴嚴苦霧，皎皎悲泉。冰塞長河，雪滿重山。"

【嚴瀨】後漢嚴光(子陵)隱於浙江富春山，後人名其處曰嚴陵瀨，也叫嚴瀨。唐徐夤釣磯文集十釣車詩:"把向嚴灘尋轍跡，漁臺基在輾難傾。"參見"嚴陵瀨"。

【嚴籞】帝王射鳥的園林。漢書元帝紀初元二年:"詔罷黄門乘輿狗馬，……嚴籞池田。"注:"晉灼曰:'嚴籞，射苑也。'許慎(説文)曰:'嚴〔籞〕，弋射者所蔽也。'"

【嚴可均】公元1762—1843年。清浙江烏程人。字景文，號鐵橋。嘉慶舉人。精通文字音韻之學。著有説文聲類説文校議及鐵橋漫稿等書，並輯全上古三代秦漢三國六朝文。

【嚴君平】漢蜀郡人。名遵。卜筮于成都市，日得百錢，足以自養，即閉肆下簾讀老子。揚雄少時曾從其游學，稱爲逸民。一生不爲官，卒年九十餘。見漢書七六王吉傳序。

【嚴延年】公元前?—前58年。字次卿，漢東海下邳人。早年學法律於丞相府，舉侍御史。劾大將軍霍光擅廢立不道，爲朝廷所敬憚。後又劾大司農田延年，不實，坐法至死，逃亡。遇赦出。任涿郡太守、河南太守。其治嚴酷，嘗傳所屬縣囚會訊，流血數里，河南號曰"屠伯"。後以坐怨望誹謗，被殺。見漢書九十酷吏傳。

【嚴陵集】宋董弅撰。紹興中，董弅知嚴州，輯集當地歷代詩文，編成此書。共九卷，多爲他書所未録。其集有淳熙以後之作，爲後人所續收。

【嚴陵瀨】地名。在浙江桐廬縣南。相傳後漢嚴光(子陵)耕于富春山，後人因名其釣處爲嚴陵瀨。水經注四十漸江水:"(孫權)割富春之地立桐廬縣，自縣至於潛，凡十有六瀨，第二是嚴陵瀨，瀨帶山，山下有一石室，漢光武帝時，嚴子陵之所居也。故山及瀨，皆即人姓名之。"參見"嚴光"。

【嚴彭祖】漢東海下邳人。字公子。嚴延年次弟，宣帝時爲博士，官至河南東郡太守，入爲左馮翊，遷太子太傅。早年與顏安樂同學於眭孟，各成名家，故公羊春秋有顏嚴之學。漢書載儒林傳。

【嚴繩孫】公元1623—1702年。清無錫人。字蓀友。康熙十八年舉博學鴻詞，授檢討，遷右中允。曾參與撰修明史，分纂隱逸傳。二十三年歸里，自號藕蕩漁人。著有秋水集。工書法，兼善繪事。朱彝尊曝書亭集七六有嚴君墓誌銘。

【嚴刑峻法】嚴酷的刑法。後漢書五二崔駰傳附崔寔政論:"故嚴刑峻法，破姦軌之膽。"

【嚴氣正性】猶言剛直不屈。後漢書七十孔融傳論:"夫嚴氣正性，覆折而已，豈有員園委曲，可以每其生哉!"言剛直易爲人所忌而遇害。

嚵 chán 鋤銜切，平，銜韻，牀。
chǎn 慈染切，上，琰韻，從。
　　楚鑒切，去，鑑韻，初。

㊀嚐，小食。古文苑六漢黄香九宮賦:"粉白沙而嚵定容。"㊁漢侯國有襄嚵。見史記建元以來王子侯者年表。索隱:"韋昭云:廣平縣。嚵音仕咸反，又仕儉

反。"

嚳 kù 苦沃切,入,沃韻,溪。ㄎㄨˋ

㊀古帝名。相傳爲黃帝子玄囂的後代,居亳,號高辛氏。卜辭中商人以帝嚳爲高祖。禮禮法:"殷人禘嚳而郊冥。"參閱史記五帝紀。㊁急。見說文。

十八畫

㘖 yán 集韻 牛姦切,平,刪韻。ㄧㄢˊ

見下。

【㘖㘖】争鬥的樣子。韓非子揚權:"一棲兩雄,其鬥㘖㘖。"

囁 niè 而涉切,入,葉韻,日。ㄋㄧㄝˋ 之涉切,入,葉韻,照。

見下。

【囁嚅】㊀竊竊私語。楚辭漢東方朔七諫怨世:"改前聖之法度兮,喜囁嚅而妄作。"㊁欲言而又止。唐韓愈昌黎集十九送李愿歸盤谷序:"足將進而趑趄,口將言而囁嚅。"

【囁嚅翁】唐竇鞏平居與人言若不出口,世號囁嚅翁。見新唐書本傳。又李林宗稱白居易爲囁嚅翁。見唐范攄雲溪友議四。後因稱人懦弱畏事者爲囁嚅翁。元楊弘道小亨集三贈刁益之詩:"應接尚無衰憊氣,不應便作囁嚅翁。"

囀 zhuàn 知戀切,去,線韻,知。ㄓㄨㄢˋ

㊀轉折發聲。文選漢繁休伯(欽)與魏文帝牋:"時都尉薛訪車子年始十四,能喉囀引聲,與笳同音。"南朝梁何遜何水部集七召聲色:"聽促柱之方道,聞度聲之始囀。"㊁鳥鳴。北周庾信庾子山集一春賦:"新年鳥聲千種囀,二月楊花滿路飛。"

【囀喉】婉轉的嗓音。唐李肇唐國史補下:"及囀喉一發,樂人皆大驚。"

嚾 huān ㄏㄨㄢ

叫。抱朴子彈禰:"猶梟鳴狐嚾,人皆不喜。"

【嚾呼】大聲叫囂。後漢書禮儀志中:"因作方相與十二獸儛,嚾呼周徧,前後省三過,持炬火,送疫出端門。"

【嚾嚾】喧囂的樣子。荀子非十二子:"世俗之溝猶瞀儒,嚾嚾然不知其非也。"

嚻 同"囂"。

囂 1. xiāo 許嬌切,平,宵韻,曉。ㄒㄧㄠ

字也作"嚻"。㊀喧嘩,吵鬧。左傳成十六年:"在陳而囂。"㊁見"囂囂"。㊂見"囂獸"。

2. áo 集韻 牛刀切,平,豪韻。ㄠˊ

㊃見"囂₂然"、"囂₂囂₂"。

【囂尹】複姓。周有囂尹喜。見續通志八八氏族八。

【囂風】喧競干進的風氣。通典十四選舉二引南朝梁裴子野(宋略):"況今萬品千羣,俄折乎一面;庶僚百位,專斷於一司;於是囂風遂行,不可止也已。"

【囂浮】㊀喧鬧。水經注十三漯水:"臺榭高廣,超出雲間,欲令上延霄客,下絶囂浮。"㊁輕浮,不沉著。新唐書一八三朱朴傳:"江南土薄水淺,人心囂浮輕巧,不可以都。"

【囂然】輕狂,浮躁。三國志蜀彭羕傳:"羕起徒步,一朝處州人之上,形色囂然,自矜得遇滋甚。"

【囂₂然】憂愁的樣子。漢書九九下王莽傳贊:"是以四海之內,囂然喪其樂生之心。"

【囂塵】喧鬧多塵埃。左傳昭三年:"景公欲更晏子之宅曰:'子之宅近市,湫隘囂塵,不可以居,請更諸爽塏者。'"

【囂謗】爲衆人所謗議。南齊書王融傳:"自循自省,竝愧流言,良由緣淺寡虞,致貽囂謗。"

【囂譊】喧譁吵鬧。唐杜牧樊川文集一長安送友人游湖南詩:"相捨囂譊中,吾過何由鮮。"

【囂獸】獸名,猴屬。山海經西山經:"又西七十里曰羭次之山……有獸焉,其狀如禺而長臂,善投,其名曰囂。"注:"亦在長獸畫中,似獮猴投擲也。"囂,也作"嚻"。清畢沅校注謂囂當爲"夒",形近而誤。

【囂競】喧鬧奔走,以求功名利祿。魏書常景傳:"託身與金石俱堅,立名與天壤相弊,囂競無侵,優游獨逝。"

【囂囂】喧嘩聲。詩小雅車攻:"之子于苗,選徒囂囂。"釋文引韓詩作"嗸嗸",漢王符潛夫論賢難引詩作"敖敖"。清王引之經義述聞六謂囂囂,衆多貌。

【囂₂囂₂】㊀衆多之狀。詩小雅十月之交:"無罪無辜,讒口囂囂。"釋文:"韓詩作'嗸嗸'。"㊁自得、不在乎的樣子。詩大雅板:"我卽而謀,聽我囂囂。"孟子盡心上:"人知之,亦囂囂;人不知,亦囂囂。"

嚼 jué 在爵切,入,藥韻,從。ㄐㄩㄝˊ

㊀用牙齒磨碎食物。文選漢司馬長卿(相如)上林賦:"咀嚼菱藕。"㊁吐。文選漢張平子(衡)西京賦:"嚼清商而却轉。"㊂辨味。宋蘇軾東坡集前集十八復次溽字韻記龍井之游詩:"空腸出秀句,吟嚼五味足。"㊃剥蝕。宋詩鈔真山民山民詩鈔朱溪澗:"雲融山背嵐生翠,水嚼沙洲樹出根。"

【嚼舌】胡扯,亂說。明粲花主人(吳炳)畫中人傳奇友聵:"胡大,不要嚼舌!"

【嚼蛆】譏人胡言亂語。元王實甫西廂記五本四折:"那喫敲才,怕不口裏嚼蛆。"按魏書甄琛傳:"琛曾拜官,諸賓悉集,(邢)巒乃晚至。琛謂巒曰:'卿何處放蛆來?今晚始顧。'雖以戲言,巒變色銜忿。"放蛆、嚼蛆,義同。

【嚼齒】咬牙切齒。形容憤怒之狀。舊唐書一八七下張巡傳:"及城陷,尹子奇謂巡曰:'聞君每戰眥裂,嚼齒皆碎,何至此也?'"宋蘇軾東坡志林一:"張睢陽(巡)生猶駡賊,嚼齒穿齦。"

【嚼蠟】比喻無味。楞嚴經八:"我無欲心,應汝行事,於橫陳時,味如嚼蠟。"宋王安石臨川集十九示董伯懿詩:"嚼蠟已能忘世味,畫脂那更惜時名。"

【嚼復嚼】漢時勸酒之詞。後漢書五行志一:"桓帝之末,京都童謠曰:'茅田一頃中有井,四方纖纖不可整。嚼復嚼,今年尚可後年鐃……'嚼復嚼者,京都飲酒相強之辭也。"

【嚼墨噴紙】元林坤誠齋雜記上:"班孟嚼墨一噴,皆成字,竟紙,各有意義。"本爲傳說,後來以此稱人之能文。

十九畫

囊 náng 奴當切,平,唐韻,泥。ㄋㄤˊ

㊀盛物的袋子。詩大雅公劉:"迺裹餱糧,于橐于囊。"傳:"小曰橐,大曰囊。"又集傳:"無底曰橐,有底曰囊。"㊁以囊盛物。見"囊撲"。㊂斂藏。管子任法:"皆囊於法以事其主。"㊃姓。春秋楚有囊瓦,卽令尹子常。

【囊沙】漢韓信與項羽將龍且夾濰水而陣。韓信夜令人以萬餘囊盛沙,壅水上流,引軍半渡,進擊龍且。既交,佯敗退走,且追信渡水,信使人決壅囊,水大至,龍且軍大半不得渡,卽擊殺且。見史記九二淮陰侯傳。

【囊括】包羅。史記秦始皇紀引賈誼:"秦孝公……有席卷天下,包舉宇内,囊括四海之意,并吞八荒之心。"文選漢賈誼過秦論注:"括結囊也,言能苞含天下也。周易曰:括囊無咎無譽。"

【囊家】唐人稱設局聚賭取利者爲囊家。囊,袋;窩藏的意思。唐李肇國史補下:"假借分畫,謂之囊家。什一而取,謂之乞頭。"宋王得臣麈史下博弈:"世之糾帥蒲博者謂之公子家,又謂之囊家。樗蒱經一有賭若兩人以上,須置囊合依樣檢文書,乃投錢入囊家,亦謂之録事。"

【囊揣】懦弱,疲軟。元王實甫西廂記五本四折:"俺姐姐更做道軟弱囊揣,怎嫁那不值錢人樣猳駒。"古今雜劇明楊文奎翠紅鄉兒女團圓二:"我待勸着他呵,他將我劈面的搶白,欺負咱軟弱囊揣。"

【囊撲】把人裝入囊中撲打至死。漢劉向説苑正諫:"始皇乃取毐四肢車裂之,取其兩弟囊撲殺之。"秦始皇母與嫪毐通,始皇九年,夷嫪毐三族,殺太后所生兩子。見史記始皇紀、呂不韋傳。

【囊螢】藝文類聚九七南朝宋檀道鸞續晉陽秋:"車胤字武子,學而不倦。家貧不常得油,夏日用練囊盛數十螢火,以夜繼日焉。"又見晉書本傳。後因以囊螢形容讀書刻苦。五代南唐李中碧雲集下壬申歲承之任……寄劉鈞明府詩:"三十年前共苦心,囊螢曾寄此煙岑。"

【囊頭】以物蒙覆頭部。後漢書六七范滂傳:"桓帝使中常侍王甫以次辨詰,滂等皆三木囊頭,暴於階下。"注:"三木,頭及手足皆有械,更以物蒙覆其頭也。"

【囊橐】㊀囊、橐都是用來盛東西的,因稱富於才學的人爲囊橐。漢王充論衡案書:"案東番鄒伯奇袁太伯袁文術……之輩,位雖不至公卿,誠能知之囊橐,文雅之英雄也。"㊁窩藏。漢書刑法志:"饑寒並至,窮斯濫溢,豪桀擅私,爲之囊橐。"注:"言容隱姦邪,若囊橐之盛物。"

【囊中物】袋子裏邊的東西。新五代史南唐世家:"(李)穀曰:'中原用吾爲相,取江南如探囊中物爾。'"喻不費力氣,輕而易舉。

【囊中穎】比喻人之懷才未展。全唐詩二七周曇詠史詩毛遂:"不識囊中穎脱錐,功成方信有英奇。"參見"穎脱"。

【囊底智】魏書慕容垂傳:"垂弟司徒、范陽王德固勸垂征(長子),垂曰:'司徒議與吾同,二人同心,其利斷金,吾計決矣!且吾投老,扣囊底智,足以克之,不復留逆賊以累子孫。'"古稱多謀的人爲智囊。囊底智是指年雖老,還有足够的智謀。

囈 yì 魚祭切,去,祭韻,疑。 ㄧˋ

㊀睡中説話。列子周穆王:"眠中啽囈呻呼,徹旦息焉。"㊁見"囈掙"。

【囈掙】打寒噤,發怔。古今雜劇元白仁甫梧桐雨一:"我恰待行打個囈掙,恠玉籠中鸚鵡知人性,不住的語偏明。"

【囈語】夢中的話。舊題晉王嘉拾遺記八:"(呂蒙)常在孫策座上酣醉,忽卧,於夢中誦周易一部,俄而驚起。……衆座皆云呂蒙囈語通周易。"

囅 chǎn 集韻 丑展切,上,獮韻。 ㄔㄢˇ

笑的樣子。莊子達生:"桓公囅然而笑。"

囉 luó 魯何切,平,歌韻,來。 ㄌㄨㄛˊ

㊀見"嘍囉"。㊁見"囉唣"。

【囉瓦】地名。在今陝西米脂縣西北。宋淳化中西夏李繼隆遷撫寧縣城於舊城之北十餘里的滴水崖,崖石峭拔,高十餘丈,下臨無定河,叫做囉瓦城。見宋沈括夢溪筆談十三權智。囉,一作"羅"。

【囉唣】吵鬧。元曲選楊顯之瀟湘雨四:"且不要囉唣,……待我唱與你聽。"也作"囉嘈"。紅樓夢一〇五:"王爺喝令,不許囉嘈,待本爵自行查看。"

囋 zá 才割切,入,曷韻,從。 ㄗㄚˊ

多言。語聲繁碎貌。荀子勸學:"故不問而告謂之傲,問一而告二謂之囋。"

二十畫

囏 jiān 古閑切,平,山韻,見。 ㄐㄧㄢ

"艱"的古文。

【囏阨】艱難困苦。周禮地官遺人:"鄉里之委積以恤民之囏阨。"

【囏窶】貧困。新唐書二〇一杜甫傳:"時所在寇奪,甫家寓鄜,彌年囏窶,孺弱至餓死。"

囌 sū ㄙㄨ

見"嚕囌"。

囐 zá 才割切,入,曷韻,從。 ㄗㄚˊ

㊀同"囋"。見"嘈囐"。㊁見"囐噠"。

【囐噠】古國名,即嚈噠。周書異域傳下:"囐噠國大月氏之種類,在于闐之西。"參見"嚈噠"。

二十一畫

囓 niè ㄋㄧㄝˋ

咬。同"齧"。後漢書七十孔融傳報曹操書:"至於輕弱薄劣,猶昆蟲之相囓,適足還害其身。"參見"齧"。

囑 zhǔ 之欲切,入,燭韻,照。 ㄓㄨˇ

託付。後漢書二五卓茂傳:"亭長爲從汝求乎?爲汝有事囑之而受乎?"

【囑付】囑照分付。宋晁補之琴趣外篇四惜奴嬌詞:"説衷腸,丁寧囑付。"

【囑託】㊀囑説,請託。北堂書鈔七六三國吴謝承後漢書:"羊陟遷河南尹,禁絶豪强囑託書疏,不與交通。"參見"屬託"。㊁同"囑付"。

囗 部

囗 wéi 雨非切,平,微韻,于。 ㄨㄟˊ

部首。圍的古體字。説文:"囗,回也。象回帀之形。"

二 畫

四 sì 息利切,去,至韻,心。 ㄙˋ

㊀數名。㊁古樂譜記音符號之一。宋史樂志樂十七:"蔡元定嘗爲燕樂一書,證俗失以存古義。……大呂、太簇用四字。"參見"管色譜"。

【四七】㊀後漢書光武紀建武元年:"光武先在長安時,同舍生彊華自關中奉赤伏符,曰:'劉秀發兵捕不道,四夷雲集龍鬭野,四七之際火爲主。'"注:"四七,二十八也。自高祖至光武初起,合二百二十八年,即四七之際也;漢火德,故火爲主也。"㊁二十八宿。後漢書六六陳蕃傳:"夫諸侯上象四七,垂耀在天;下應分土,藩屏上國。"

【四人】即四民,指士、農、工、商。唐人避李世民(太宗)諱,民作"人"字。唐劉禹錫劉夢得集五平蔡州詩之一:"四人歸業閭里間，小兒跳踉健兒舞。”

【四大】道家以道、天、地、王爲四大。老子：“道大、天大、地大、王亦大。域中有四大，而王居其一焉。”佛教以地、水、火、風爲四大。認爲此四者廣大，能够産生出一切事物和道理。四十二章經二十：“佛言：當念身中四大，各自有名，都無我者。”參閱法苑珠林四三界地量。

【四上】雅樂四種。楚辭屈原（或説景差）大招：“四上競氣，極聲變只。”注：“四上，謂上四國，代、秦、鄭、衛也。”宋洪興祖補注：“四上，謂聲之上者有四，謂代、秦、鄭、衛之鳴竽也；伏戲之駕辯也；楚之勞商也；趙之簫也。”初學記十五梁王暕觀樂應詔詩：“參差陳九夏，依遲分四上。”

【四川】省名。位於長江上游。因境内有岷、瀘、雒、巴四大川，所以叫四川。另説，唐劍南道分東西二川。宋分益州路、梓州路、利州路、夔州路叫作川峽四路，省稱四川。

【四方】㊀東西南北。也泛指天下各地。易離：“大人以繼明照於四方。”孟子梁惠王下：“凶年饑歲，君之民老弱轉乎溝壑，壯而散之四方者，幾千人矣。”㊁四方之國。詩大雅民勞：“惠此中國，以綏四方。”

【四六】即駢文。因以四字六字爲對偶，故名。起於齊梁，至隋唐表章詔誥，多以四字六字爲句，成爲四六文體。唐令狐楚李商隱皆以四六著名，至宋歐陽修蘇軾等多用長句爲對。唐李商隱李義山文集四樊南甲集序，有“樊南四六”語，四六之名起此。參見“駢文”。

【四王】清初畫家。太倉王時敏（煙客）、王鑑（圓照）、王原祁（麓臺，時敏孫）及常熟王翬（石谷）都擅長山水畫，時稱四王。

【四元】數學名詞。元朱世杰四元玉鑑以天、地、人、物代替四個未知數。相當於代數的多元式。參見“四元玉鑑”。

【四天】即四禪天。藝文類聚七六北周王褒突厥寺碑：“六合之内，存乎方册，四天之下，聞諸象教。”參見“四禪天”。

【四支】人體的上下肢，即四肢。易坤：“美在其中，而暢於四支。”國語齊：“露體塗足，暴其膚髮，盡其四支之敏。”

【四凶】古代四個凶人，指不服從舜的控制的四個部族的首領。即渾敦窮奇檮杌饕餮。皆被舜流放。見左傳文十八年。書舜典：“流共工於幽州，放驩兜於崇山，竄三苗於三危，殛鯀於羽山，四罪而天下咸服。”與左傳不同。有人以窮奇爲共工，渾敦爲驩兜，饕餮爲三苗，檮杌爲鯀。

【四勿】宋朱熹朱文公集四齋居感興詩之十三：“顔生躬四勿，曾子日三省。”四勿是指非禮勿視，非禮勿聽，非禮勿言，非禮勿動。語見論語顔淵。

【四立】立春、立夏、立秋、立冬。周髀算經：“四立者，生長收藏之始。”

【四民】士、農、工、商。書周官：“司空掌邦土，居四民，時地利。”穀梁傳成元年：“古者有四民：有士民、有商民、有農民、有工民。”漢書食貨志上：“士農工商，四民有業：學以居位曰士，闢土殖穀曰農，作巧成器曰工，通財鬻貨曰商。”

【四史】史記漢書後漢書，唐以前稱三史。後來合三國志，通稱四史。

【四生】佛教分世界衆生爲四大類：胎生、卵生、濕生、化生。胎生如人與畜；卵生如飛鳥與魚鱉；濕生如蟲、蝎與飛蛾等；化生，謂無所依託，唯借業力而忽然出現者，如諸天與地獄等。法苑珠林八九四生會名：“故有四生。依殼而生曰卵，含藏而出曰胎，假潤而興曰濕，欻然而現曰化。”參閱俱舍論八、瑜珈論二。

【四代】虞、夏、殷、周。禮學記：“三王四代惟其師。”

【四犯】古代樂理中稱犯是指宫犯商、商犯宫之類。唐人以犯有正、旁、偏、側之別：宫犯宫爲正，宫犯商爲旁，宫犯角爲偏，宫犯羽爲側，叫做四犯。實際上十二宫所住字各不同，不能相犯。十二宫特可犯商、角、羽。見宋姜夔白石道人歌曲六淒涼犯詞序。

【四安】鎮名。在今安徽廣德縣，與浙江長興縣接界。隋大業九年置鎮，築城於此，城有四門。元伯顔攻臨安以右軍步騎自建康出四安，即此。見讀史方輿紀要九一浙江三長興縣。

【四夷】東夷、西戎、南蠻、北狄舊時統稱四夷。是古代統治者對華夏族以外各族的蔑稱。書大禹謨：“無怠無荒，四夷來王。”

【四存】清初顔元著四存編，分存性、存人、存學、存治四編。顔元强調力學致知、習事見理，反對程朱理在事先、知先行後的唯心論的先驗論，提倡經世致用的“實學”。他的學説，在當時發生了廣泛的影響。

【四至】㊀自四方來到。呂氏春秋不屈：“天下之兵四至。”㊁舊時田地、住宅或墓地四周的界限。清王芑孫碑版文廣例八書地界四至例：“書地界四至，雖自晉太康瓦莂有之，唐人則見於開元二十八年王守泰記石浮屠。後書東西南北四至之下，又總之曰，四至分明，永泰無窮。末加吉語，雖出漢例，在唐爲剏見。”

【四合】四面圍攏。文選漢班孟堅（固）西都賦：“紅塵四合，煙雲相連。”

【四印】封建士大夫宣揚的養生處世之法。即忍、默、平、直。宋黄庭堅山谷内集四贈送張叔和詩：“我提養生之四印，君家所有更贈君。”

【四休】宋太醫孫昉，字景初，自號四休居士。黄庭堅問他什麽叫四休，孫説：“粗茶淡飯飽即休，補破遮寒煖即休，三平二滿過即休，不貪不妒老即休。”見宋黄庭堅豫章集八四休居士詩序。

【四仲】四季中每季的第二个月的合稱：仲春二月，仲夏五月，仲秋八月，仲冬十一月。史記封禪書：“五月嘗駒，及四仲之月祠。”

【四件】指食用家畜如猪等的頭、蹄、肝、肺。見宋吴自牧夢粱録十六肉鋪。

【四行】㊀即“四科”。後漢書六四吴祐傳：“祐以光禄四行遷膠東相。”詳“四科㊀”。㊁四種德行。内容隨文而異。1.指仁、義、禮、智。馬王堆漢墓帛書老子甲本卷後古佚書：“仁、義、禮、智之所由生也。四行之所和，和則同，同則善。”2.指忠、孝、信、順。孔叢子公孫龍：“尹文曰：‘今有人於此，事君則忠，事親則孝，交友則信，處鄉則順，有此四行，可謂士乎？’王曰：‘善’。”3.指品德、言語、容儀、女功。是封建社會壓迫婦女的反動禮教。後漢書八四曹世叔妻傳女誡婦行：“女有四行：一曰婦德，二曰婦言，三曰婦容，四曰婦功。”

【四序】即四季。南朝梁何遜何水部集寄江州褚諮議詩：“自與君別離，四序紛迴薄。”

【四君】戰國時，齊孟嘗君田文、趙平原君趙勝、楚春申君黄歇、魏信陵君魏無忌，稱四君。見文選漢賈誼過秦論。

【四坐】滿坐。指四周在座的衆人。樂府詩集三六東漢曹操善哉行：“弦歌感人腸，四坐皆歡悦。”晉陸機陸士衡文集六吴趨行：“四坐並清聽，聽我歌吴趨。”也作“四座”。唐杜甫杜工部草堂詩箋一一羌村三首：“歌罷仰天歎，四座淚縱横。”

【四伯】㊀同“四岳㊀”。唐賈公彦周禮正義序：“又鄭（玄）云：四岳，四時之官，主四岳之事，始羲和之時。主四岳者謂之四伯。”㊁晉時大鴻臚陳留江泉以能食爲穀伯，豫章太守史疇以大肥爲笨伯，散騎郎高平張嶷以狡妄爲猾伯，羊聃以狼戾爲瑣伯，人稱四伯，以比古時的四凶。見晉書羊曼傳附羊聃。

【四京】唐以京兆(長安)爲中京，河南(洛陽)爲東京，太原爲北京，鳳翔爲西京；宋以開封府爲東京，河南府(洛陽)爲西京，應天府(商丘)爲南京，大名府爲北京。都分別稱四京。

【四府】㊀漢書六九趙充國傳："詔舉可護羌校尉者，時充國病，四府舉辛武賢小弟湯。"漢以丞相、御史、車騎將軍、前將軍府合稱四府。并後將軍府，合爲五府。見資治通鑑二六漢神爵二年注。㊁後漢書質帝紀本初元年："四府掾屬。"後漢以大將軍府、太尉府、司徒府、司空府爲四府。

【四表】四方極遠的地方。書堯典："光被四表，格于上下。"

【四門】㊀四方之門。書堯典："賓於四門，四門穆穆。"㊁後魏於四門建學，置四門博士。詳"四門博士"。

【四孟】四季中每一季第一个月的合稱。孟春正月，孟夏四月，孟秋七月，孟冬十月。漢書三六劉向傳："日月薄蝕，山陵淪亡，辰星出於四孟。"

【四阿】周禮考工記匠人："四阿重屋。"注："四阿，若今四柱屋。"左傳成二年"椁有四阿"疏引周禮鄭玄注："阿，棟也；四角設棟也，是爲四注椁。"

【四明】山名。在浙江寧波市西南。自天台山發脈而綿亘於奉化、慈谿、餘姚、上虞、嵊縣諸縣境。相傳羣峰之間，上有方石，四面如窗，中通日月星辰之光，因名四明山。參閱浙江通志十三山川五。

【四乳】古代傳説周文王四乳。見尸子、淮南子修務、漢王充論衡骨相。

【四知】東漢楊震爲東萊太守，道經昌邑，縣令王密求見。至晚，以十金送給楊震説："暮夜無知者。"楊震説："天知、神知、我知、子知，何謂無知?"事見東觀漢記二十、後漢書五四楊震傳。唐杜甫杜工部詩史補遺十風疾舟中……奉呈湘南親友："應過數粒食，得近四知全。"

【四垂】㊀四境。漢書七三韋賢傳附韋玄成："四垂無事。"㊁自四方下垂。藝文類聚七四三國魏文帝彈棊賦："滑石霧散，雲布四垂。"

【四季】一年分春、夏、秋、冬四時，每時三月，其第三個月爲季月，季月終則進入另一時。因爲四時中各有一個季月，所以四時也叫四季。漢蔡邕月令問答已著四季之名。

【四肢】兩手兩足。孟子盡心下："四肢之於安佚也，性也。"也叫"四枝"。莊子達生："輒然忘吾有四枝形骸也。"

【四岳】㊀相傳爲唐堯臣，羲和的四子。分管四方的諸侯，所以叫四岳，見書堯典"帝曰：咨四岳"漢孔安國傳。宋孔平仲、明楊慎都以四岳爲一人。見升菴經説三四岳爲一人。㊁見"四嶽"。

【四近】㊀即"四輔"。孔叢子論書："王者前有疑，後有丞，左有輔，右有弼，謂之四近。言前後左右近臣，當畏敬之，不可以非其人也。"參見"四輔㊀"。㊁四周，周圍。宋朱熹朱文公集二七與江東尤提舉劄子："然四近米價皆高，恐不及原料之數。"

【四姓】㊀東漢外戚樊、郭、陰、馬四姓。詳"四姓小侯"。㊁南北朝氏族按郡望權勢分甲、乙、丙、丁四等爲貴族，謂之四姓。南史張弘策傳附張緬："出爲豫章内史，在郡述制旨禮記正言義，四姓衣冠子弟聽者常數百人。"後魏孝文帝遷洛，按士人等級高下，立爲郡姓。三世三公的，叫膏粱；有令僕的叫華腴；尚書、領、護以上的爲甲姓；九卿如方伯的爲乙姓；散騎常侍、大中大夫爲丙姓，吏部正員郎爲丁姓。凡列入以上等級的稱四姓。見新唐書一九九柳沖傳。㊂唐人把所謂名門望族崔、盧、李、鄭稱爲四姓，加太原王氏爲五姓。見新唐書一九九柳沖傳。

【四始】㊀詩序謂詩有四始。1. 詩疏據鄭玄説，以風、小雅、大雅、頌四者爲王道興衰之所由始，故稱四始。2. 史記孔子世家："關雎之亂，以爲風始；鹿鳴爲小雅始；文王爲大雅始；清廟爲頌始。"3. 詩關雎序疏引詩緯汎歷樞："大明在亥，水始也；四牡在寅，木始也；嘉魚在巳，火始也；鴻雁在申，金始也。"這是緯書的别説。㊁正月旦日是歲、時、月、日的開始，所以叫四始。見史記天官書正義。

【四郊】都城四周之地。周禮秋官遂士："掌四郊。"注："鄭司農(衆)云：'謂百里外至三百里也。'玄謂其地則距王城百里以外至二百里。"禮曲禮上"四郊多壘"疏："四郊者，五城四面並有郊，近郊五十里，遠郊百里。諸侯亦各有四面之郊，里數隨地廣狹，故云四郊也。"

【四美】㊀指美好的音、味、文、言。文選晉劉越石(琨)答盧諶詩："音以賞奏，味以殊珍，文以明言，言以暢神，之子之往，四美不臻。"㊁唐王勃王子安集五滕王閣詩序："四美具，二難并。"按文選南朝宋謝靈運擬魏太子鄴中集詩序，有云："天下良辰，美景，賞心，樂事，四者難并。"四美指此。

【四封】四境。左傳襄二一年："季孫曰：'我有四封，而詰其盗，何故不可?'"管子戒："如此，而近有德而遠有色，則四封之内，視君其猶父母邪。"

【四苦】㊀佛教把生、老、病、死叫四苦。見大乘義章三。㊁宋書謝靈運傳山居賦："其竹則二箭殊葉，四苦齊味。"自注："四苦：青苦、白苦、紫苦、黄苦。"這是説苦筍的外殼雖顔色不同，苦味是一樣的。

【四相】佛教以離、合、違、順爲四相。楞嚴經三："若從根出，必無離、合、違、順四相。"廣弘明集二十南朝梁簡文帝莊嚴旻法師成實論義疏序："四相乃無常之刀，三聚爲苦家之質。"

【四殆】危害國家的四種情況。齊無鹽邑女鍾離春見宣王説：齊國西有衡秦，南有强楚，爲一殆；漸臺五重，萬人疲極，爲二殆；賢者伏匿，諂諛立朝，爲三殆；飲酒沈湎，以夜繼晝，爲四殆。見漢劉向列女傳六辯通。後漢書五四楊賜傳："無令醜女有四殆之歎，遐邇有憤怨之聲。"

【四面】四方。史記高祖紀："漢軍絶食，……楚因四面擊之。"漢桓寬鹽鐵論擊之："邊城四面受敵，北邊尤受其苦。"

【四拜】明洪武七年定大祀拜禮，始迎神四拜，飲福受胙四拜，送神四拜，共十二拜而畢。參閱明史禮志一。至清代又改爲九拜，共二十七拜。

【四科】㊀德行、言語、政事、文學爲孔門四科。見論語先進。後漢書三五鄭玄傳："仲尼之門，考以四科。"㊁漢武帝元狩六年，以四科舉士，一德行高妙，志節清白；二學通行修，經中博士；三明達法令，足以決疑；四剛毅多略，遭事不惑。元帝永光元年詔丞相舉質樸、敦厚、遜讓、節儉者，以此確定郎官之先後。見漢官儀、漢書元帝紀。

【四海】古代以爲中國四周皆有海，所以把中國叫作海内，外國叫海外。四海，意同天下。書大禹謨："文命敷於四海。"楚辭屈原九歌雲中君："覽冀州兮有餘，横四海兮焉窮。"

【四家】㊀五代、宋、元、明畫家都有四家之稱。五代荆浩、關仝，北宋董源、巨然，稱異代四家；李唐、劉松年、馬遠、夏珪，爲宋四家；黄公望、王蒙、倪瓚、吴鎮，爲元四家；沈周、文徵明、唐寅、仇英，爲明四家。㊁元戲曲家關漢卿、馬致遠、鄭光祖、白樸也稱四家。參見元周德清中原音韻序。

【四庫】官廷收藏圖書的地方。新唐書

藝文志一:"兩都各聚書四部，以甲、乙、丙、丁爲次，列經、史、子、集四庫。其本有正有副，軸帶帙籤，各異色以別之。"後世相沿，作爲群書的總稱。參見"四部書"。

【四唐】初唐、盛唐、中唐、晚唐。詳"三唐"。

【四配】唐太宗貞觀二年以顏淵配祀孔子，玄宗開元二十八年，並祀曾參，宋神宗元豐七年增孟軻，度宗咸淳三年又增子思，皆配祀廟堂。顏淵、子思居東，曾參、孟軻居西。通稱四配。參閱文獻通考四四、四五學校。

【四荒】四方荒遠的地方。楚辭屈原離騷:"忽反顧以遊目兮，將往觀乎四荒。"爾雅釋地:"觚竹北户西王母日下，謂之四荒。"疏:"言聲不及，無禮義文章，是四方昏荒之國也。"指四方邊遠的國度。

【四格】清朝考核官吏的一種制度。規定三年考核一次，在京城内叫京察，以守(操守)、政(政務)、才(才能)、年(年限)爲四格。見清朝文獻通考八十職官四。

【四書】㊀論語、大學、中庸、孟子。南宋理學家朱熹注論語，又從禮記中摘出中庸、大學分章斷句，加以注釋，配以孟子，題稱四書章句集注，作爲學習的入門書。元皇慶二年定考試課目，必須在四書内出題，發揮題意規定以朱熹的集注爲根據。一直到明清相沿不改。㊁四庫書。南朝梁蕭統昭明太子文集三謝勑賚制旨大涅槃經疏啟:"四書所總，施命止於域中。"

【四院】唐時太常寺有四院:1. 天府院，藏符瑞和征伐所獲的寶物; 2.御衣院，藏皇帝祭服; 3.樂縣院，藏六樂之器; 4.神廚院，掌御廪及諸器官奴婢。見新唐書百官志三。

【四時】㊀春、夏、秋、冬。書堯典:"以閏月定四時成歲。"參見"四季"。㊁一日分四時:朝、晝、夕、夜。左傳昭元年:"君子有四時:朝以聽政，晝以訪問，夕以修令，夜以安身。"國語魯下:"士朝而受業，晝而講貫，夕而習復，夜而計過。"

【四氣】㊀四時陰陽變化、温熱冷寒之氣。禮樂記:"動四氣之和，以著萬物之理。"疏:"謂感動四時氣序之和平，使陰陽順序也。"漢儒附會天人相應之説，以喜怒樂哀應四時爲四氣。漢董仲舒春秋繁露陽尊陰卑:"喜氣爲煖而當春，怒氣爲清而當秋，樂氣爲太陽而當夏，哀氣爲太陰而當冬。四氣者天與人所同有也。"㊁香名。相傳三國時吳孫亮製四氣香，香氣沾衣，歷年彌盛，經洗不滅。見舊題晉王嘉拾遺記。

【四清】㊀樂律名。宫清、商清、角清、徵清四高聲。清者即本聲之高字而稍清，羽以至高而聲不能上，所以獨無清聲，如笛色四上尺工六之外，又有高佪高仩高伬高仜，而獨無高伏字。見清毛奇齡聖諭樂本解説二；竟山樂録一有九聲四清圖。㊁元揭奚斯有題四清圖詩。以晉王右軍(羲之)、唐軒轅彌明、玉川子(盧仝)，宋林和靖(逋)，爲四清。見揭文安公全集三。

【四部】舊時圖書以甲乙丙丁四部分類，稱四部。詳"四部書"。

【四望】㊀祭山川叫望。向四方遥祭山川叫四望。周禮春官大宗伯:"國有大故，則旅上帝及四望。"疏:"言四望者，不可一往就祭，當四向望而爲壇遥祭之，故云四望也。"漢鄭衆以日月星海爲四望，鄭玄以五嶽、四鎮、四瀆爲四望。參閱孫詒讓正義三五。㊁向四方眺望。楚辭屈原九歌河伯:"登崑崙兮四望，心飛揚兮浩蕩。"文選三國魏王仲宣(粲)登樓賦:"登茲樓以四望兮，聊暇日以消憂。"㊂山名。1.漢書趙充國傳謂充國出擊羌人至金城渡河，遣騎候先入四望陿中，乃引兵進，即此。地在今青海樂都縣。2. 東晉蘇峻據石頭，温嶠築壘四望磯以逼峻，即此。地在今江蘇南京市西北。參閱嘉慶一統志七三江寧府一。

【四教】㊀孔子以文、行、忠、信施教，稱爲四教。論語述而:"子以四教:文、行、忠、信。"唐文粹五一李邕兗州曲阜縣宣聖廟碑銘:"六順勃興，四教皆作。"㊁後世儒家以詩、書、禮、樂(四術)教士，稱四教。禮王制:"樂正崇四術，立四教，順先王詩、書、禮、樂以造士。"㊂封建社會宣揚婦德、婦言、婦容、婦功，也稱四教。詩召南采蘋漢鄭玄箋:"法度莫大于四教。"文選晉干令升(寶)晉紀總論:"而其妃后躬行四教。"

【四推】古代皇帝躬耕有三推之禮，表示重農而舉行的一種儀式。歷代相沿，至清胤禎(雍正)又加一推，以後相沿四推。見清通典四四禮吉四。參見"三推"。

【四國】㊀四方。易明夷:"初登于天，照四國也。"傳:"居高而明，則當照及四方也。"詩大雅崧高:"揉此萬邦，聞于四國。"㊁四個諸侯國。詩豳風破斧:"周公東征，四國是皇。"傳:"四國，管、蔡、商、奄也。"

【四衆】見"四部衆"。

【四術】㊀詩、書、禮、樂四種經術。禮王制:"樂正崇四術，立四教。"參見"四教㊁"。㊁通向四方的道路。文選晉左太沖(思)詠史詩之四:"冠蓋蔭四術，朱輪竟長衢。"

【四診】中醫診病，對病人望其形色，聞其聲音，問其得病的原因，切其脈象，省稱望、聞、問、切。詳"望聞問切"。

【四廂】㊀古代軍隊編制的名稱。魏書太宗紀永興四年:"秋七月己巳朔東巡置四廂大將。"宋有捧日四廂、天武四廂、龍衛四廂、神衛四廂，稱作上四軍。見宋史職官志六。㊁朝會奏樂的地方。詳"四廂樂歌"。㊂城廂四周。通考六三職官十七:"宋熙寧三年，詔以京曹官曾歷通判知縣者四人，分治京城四廂。"

【四喜】舊時村塾課本有四喜詩:"久旱逢甘雨，他鄉見故知，洞房花燭夜，金榜掛名時。"按宋洪邁容齋隨筆四筆八得意失意詩，已載此詩，云出于舊傳，當爲北宋或更早時期無名作家之作。

【四朝】㊀書堯典:"五載一巡守，羣后四朝。"諸家注釋四朝，微有異同。釋文引馬融:"四面朝于方岳之下。"孔傳同此説。史記五帝紀集解引鄭玄:"巡守之年，諸侯見于方岳之下；其間四年，四方諸侯分來朝于京師。"蔡傳從此説。㊁周制:天子有五門、四朝。一外朝，在皋門内；二中朝，在路門外；三内朝，亦謂路寢之朝；四詢事之朝，在雉門外。見通典七五禮三五。

【四極】四方極遠之地。楚辭屈原離騷:"覽相觀於四極兮，周流乎天余乃下。"泛指四方。爾雅釋地:"東至於泰遠，西至於邠國，南至於濮鉛，北至於祝栗，謂之四極。"

【四隅】㊀四角。禮檀弓上:"蟻結於四隅。"爾雅釋宫"西南隅謂之奥，西北隅謂之屋漏，東北隅謂之宧，東南隅謂之窔"宋邢昺疏:"此別室中四隅之異名也。"㊁四方。淮南子原道:"經營四隅，還返于樞。"

【四虚】指四方的太空。莊子天運:"儻然立於四虚之道。"

【四象】易繫辭上:"太極生兩儀，兩儀生四象，四象生八卦。"注:"卦以象之。"疏:"四象謂金、木、水、火。震木、離火、兑金、坎水，各主一時。"這是以兩儀爲天地而生四時之象。宋儒以兩儀爲陰陽，而以太陽、太陰、少陽、少陰爲四象。按四象之説很多，參閱清成瓘篛園日札一兩儀四象異義。

【四皓】㊀即商山四皓。詳"商山四皓"

㊁南齊書徐伯珍傳:"(徐伯珍)兄弟四人,皆白首相對,時人呼爲四皓。"

【四傑】唐高宗時王勃、楊炯、盧照鄰、駱賓王同時以詩文著名,時人稱爲四傑(舊唐書一九〇上楊炯傳);明初高啟、楊基、張羽、徐賁(明史二八五高啟傳);明弘正間,何景明、李夢陽、邊貢、徐禎卿(明史二八六何景明傳);也都有四傑之稱。

【四絶】傳稱四種難得的事物或高超的技藝。如:1.南朝陳釋洪偃貌、義、詩、書號爲四絶。見續高僧傳七。2.唐李華爲元德秀碑,顏真卿書,李陽冰篆額,號四絶。參見"四絶碑"。3.唐祕書省内有落星石,薛稷畫鶴,賀知章草書,郎餘令畫鳳,相傳爲四絶。見唐詩紀事七。4.宋滕子京守巴陵,重修岳陽樓,請范仲淹寫岳陽樓記,蘇舜欽書石,邵𩠌篆額,都是一時精筆,世稱四絶。見宋王闢之澠水燕談録六文儒。

【四溟】四海。文選漢張景陽(協)雜詩之十:"雲根臨八極,雨足灑四溟。"

【四塞】㊀國境四面險要。戰國策齊一:"齊南有太山,東有琅邪,西有清河,北有渤海,此所謂四塞之國也。"又齊三:"今秦四塞之國。"注:"四面有山關之固,故曰四塞之國也。"㊁四方藩衛之國。禮明堂位:"四塞世告至。"注:"四塞,謂夷服,鎮服,蕃服,在四方爲蔽塞者。"㊂布滿,充塞。史記一一七司馬相如傳:"旁魄四塞,雲專霧散。"

【四詩】㊀漢時治詩的有四家:齊詩轅固,魯詩申公,韓詩韓嬰,毛詩毛公。三家詩先後亡,今僅存毛詩。參見"三家詩"。㊁詩經的四體:即風、大雅、小雅、頌。文苑英華六一唐許堯佐五經閣賦:"虞、夏、商、周之五典,國、風、雅、頌之四詩。"

【四遊】四面遊動。禮月令題下疏引考靈曜漢鄭玄注:"地有升降,星辰有四遊。"太平御覽三六引尚書考靈異(曜):"地有四遊,冬至地上,北而西三萬里,夏至地下,南而東復三萬里,春秋分則其中矣。地恒動不止,人不知,譬如人在大舟中,閉牖而坐,舟行不覺也。"

【四裔】四方極遠的地方。左傳文十八年:"流四凶族,渾敦、窮奇、檮杌、饕餮,投諸四裔,以禦螭魅。"

【四聖】㊀四個功業、品德或某項成就達到最高峰的人。史記太史公自序:"維昔黄帝,法天則地,四聖遵序,各成法度。"集解引徐廣:"顓頊、帝嚳、堯、舜。"清黄元御醫學書有四聖心源及四聖懸樞。四聖,指黄帝、岐伯、秦越人、張機。㊁佛教謂佛界、菩薩界、緣覺界、聲聞界爲四聖。參見"四輩"。

【四載】古時的四種交通工具。書益稷:"予乘四載。"謂禹治水時,水行乘舟,陸行乘車,泥行乘輴,山行乘樏。見宋蔡沈傳。

【四業】指詩、書、禮、樂。後漢書八三法真傳田羽薦真書:"體兼四業,學窮典奧。"

【四脚】幞頭的别名。又頭巾,唐人也叫四脚。幞頭以兩脚結在腦後,兩脚結在頷下,使之牢固不脱。參閲宋沈括夢溪筆談一故事。參見"幞頭"。

【四會】㊀與四方樂聲會合。文選戰國楚宋玉高唐賦:"清濁相和,五變四會。"注:"四會,四懸俱會也。又云:與四夷之樂聲相會也。"㊁四方會集。南朝宋鮑照鮑氏集一蕪城賦:"重關複江之奥,四會五達之莊。"㊂縣名。屬廣東省,位北江支流龍江水與綏江會流處。漢屬南海郡。以東古津水、南濵江、西建水、北龍江四水所會而名。參閲太平寰宇記一五七廣州、寰宇通志一〇二肇慶府四會縣。

【四鄉】四方。國語越下:"皇天后土四鄉地主正之。"莊子説劍:"中和民意,以安四鄉。"後來稱城區四周稍遠的地方爲四鄉。

【四端】儒家稱人的四種固有的德性。孟子公孫丑上:"惻隱之心,仁之端也;羞惡之心,義之端也;辭讓之心,禮之端也;是非之心,智之端也。人之有是四端也,猶其有四體也。"

【四豪】指戰國時孟嘗君平原君信陵君春申君。漢書九二游俠傳序:"夫四豪者,又六國之辠人也。"

【四塵】佛教稱色、香、味、觸爲四塵。楞嚴經一:"我今觀此,浮根四塵,秖在我面;如是識心,實居身内。"北齊顏之推顏氏家訓歸心:"原夫四塵五廕,剖析形有;六舟三駕,運載羣生。"

【四達】㊀指道路通達四方。禮樂記:"周道四達,禮樂交通。"戰國策燕三:"趙四達之國也,其民皆習於兵,不可與戰。"㊁通達無阻。老子:"明白四達,能無以爲乎?"莊子刻意:"精神四達並流,無所不極。"㊂指治民的四項大事。周禮地官遂大夫:"凡爲邑者,以四達戒其功事而誅賞與廢之。"注:"四達者治民之事,大通者有四,夫家衆寡也,六畜車輦也,稽稼耕耨也,旗鼓兵革也。"

【四遠】四方邊遠之地。漢王充論衡超奇:"珍物産於四遠。"

【四輔】㊀官名。相傳古代天子身邊的四個輔佐。尚書洛誥有四輔之稱。益稷有四鄰,史記夏紀作四輔。至尚書大傳賈誼新書始有疑、承、輔、弼(新書作道、弼、輔、承)爲四輔之説,都是出於秦漢間人的依託。至王莽託古改制,置四輔以配三公,又爲其子置師疑、傅承、阿輔、保拂(弼)之官。明太祖曾置春、夏、秋、冬官,也叫四輔。參閲清全祖望經史問答五三禮問目答余藻。㊁國都附近的州郡。唐開元中以近畿之州爲四輔,即同華岐蒲四州。見宋王應麟小學紺珠地理類。宋崇寧間也置四輔郡:以潁昌府爲南輔,襄宜縣爲東輔,鄭州爲西輔,澶州爲北輔。見宋史徽宗紀崇寧四年。㊂星名。晉書天文志一:"抱北極四星曰四輔,所以輔佐北極而出度授政也。"

【四維】㊀維,結物的大繩。也象徵能使事物固定下來的意識或力量。舊時統治者把禮、義、廉、恥叫四維。管子牧民:"四維張則國令行。"又:"四維不張,國乃滅亡。"㊁四角,四隅。東西南北叫四方,四方之隅叫四維。素問氣交變大論:"四維有埃雲潤澤之化。"㊂戲具。藝文類聚七四晉李秀四維賦:"四維戲者,衛尉贄侯所造也。"

【四潰】山名。在安徽和縣北。相傳項羽兵敗垓下,逃至東城,只剩二十八騎,依此山爲陣,後人因名山爲四潰。見太平寰宇記一二四和州。

【四論】四部佛經。即中觀論,龍樹造;百論,提婆造;十二門論,龍樹造;大智度論,龍樹造;合稱四論。唐道宣續高僧傳六曇鸞傳:"内外經籍,具陶文理,而於四論佛性,彌所窮研。"

【四鄰】㊀四輔臣。書益稷謨:"欽四鄰。"四鄰,本不是官名。至尚書大傳始有疑、丞、輔、弼爲天子四鄰之説。漢賈誼新書保傅稱輔佐天子者有道、輔、拂、丞,以周公太公召公史佚當之,謂之四聖。參見"四輔㊀"。㊁四方鄰國。書蔡仲之命:"睦乃四鄰,以蕃王室。"左傳襄四年:"戎狄事晉,四鄰振動,諸侯威懷。"㊂猶左鄰右舍。漢劉向列女傳五周主忠妾:"四鄰爭娶之。"唐王維王右丞集五涼州郊外遊望詩:"野老才三户,邊村少四鄰。"

【四輪】四方通達。戰國策趙二:"趙僅存者,然而四輪之國也。"一本作"四輸"。

【四履】四境所至。唐杜牧樊川集五原十六衛:"四履所治,指爲别館。"按左傳僖四年,齊伐楚,管仲對楚使曰:"昔召康公……賜我先君履，東至於海，西至於河，南至於穆陵，北至於無棣。"履，謂所踐履之界。

【四節】春、夏、秋、冬四時的節候。後漢書五四楊賜傳:"今城外之苑，已有五六，可以逞情意，順四節也。"注:"謂春蒐、夏苗、秋獮、冬狩也。"文選三國魏劉公幹(楨)贈五官中郎將詩:"四節相推斥，歲月忽欲殫。"

【四輩】佛教有戒外四聖:即佛、菩薩、緣覺、聲聞。又叫四輩。資治通鑑一二九宋大明六年:"夫佛以謙卑自牧，忠虔爲道，寧有屈膝四輩而簡禮二親，稽顙耆臘而直體萬乘者哉!"

【四德】㊀易稱元、亨、利、貞爲四德。易乾文言:"君子行此四德者，故曰乾，元、亨、利、貞。"㊁儒家稱孝、弟、忠、信爲四德。大戴禮衛將軍文子:"孝，德之始也;弟，德之序也;信，德之厚也;忠，德之正也。參也，中夫四德者矣哉!"參，曾參。㊂指婦德、婦言、婦容、婦功。詳"四行㊂"。

【四諦】佛教以苦、集、滅、道爲四諦，又名四聖諦、四真諦。苦爲生老病死;集爲集聚骨肉財帛;滅爲滅惑業而離生死之苦;道爲八正道，以能通於涅槃。見大般涅槃經十二。北魏楊衒之洛陽伽藍記四城西永明寺:"(孟仲)暉志性聰明，學兼釋氏，四諦之義，窮其指歸。"

【四諫】宋慶曆中，余靖、歐陽修、蔡襄、王素爲諫官，皆敢直言，當時號稱四諫。見宋魏泰東軒筆録。

【四隩】四方可居的邊遠地區。書禹貢:"九州攸同，四隩既定。"後漢書六十下蔡邕傳:"曩者洪源辟而四隩集，武功定而干戈戢。"

【四學】㊀周有四學。禮祭禮:"天子設四學。"漢鄭玄注謂爲周代四郊之學;唐孔穎達疏謂爲周、殷、夏、虞四代之學。後世有四門學，即本鄭注。㊁指儒、玄、史、文四學館。宋書九三雷次宗傳:"元嘉十五年，徵次宗至京師，開館於雞籠山，聚徒教授，置生百餘人。會稽朱膺之、潁川庾蔚之，并以儒學監總諸生。時國子學未立，上留心藝術，使丹陽尹何尚之立玄學，太子率更令何承天立史學，司徒參軍謝元立文學。凡四學并建。"

【四聰】即廣開四方視聽之意。書堯典:"明四目，達四聰。"

【四聲】漢語字音的四種聲調。原以平、上、去、入爲四聲，今普通話以陰平、陽平、上、去爲四聲。南朝齊周顒作四聲切韻，梁沈約撰四聲譜，今皆亡佚。唐以後用詩賦取士，官定韻書通行，四聲遂得到廣泛運用。

【四嶽】㊀指東嶽泰山，西嶽華山，南嶽衡山，北嶽恒山。左傳昭四年:"四嶽三塗。"參見"五嶽"。㊁古時分掌四時、方嶽的官。史記五帝紀:"堯又曰:'嗟!四嶽。'"集解:"鄭玄曰:四嶽，四時官，主方嶽之事。"詩大雅崧高"崧高維嶽"箋:"四嶽，卿士之官，掌四時者也，因主方嶽巡守之事。"

【四瀆】爾雅釋水:"江淮河濟爲四瀆。四瀆者，發源注海者也。"史記封禪書:"四瀆者，江河淮濟也。"江淮河濟皆獨流入海，故名曰瀆。

【四鎮】㊀古稱揚州的會稽山，青州的沂山，幽州的醫無閭，冀州的霍山爲四鎮。見周禮春官大司樂注。㊁北魏以金墉虎牢滑臺碻磝爲河南四鎮。唐朔方涇原隴右河東四節度，稱爲四鎮。見新唐書一五七陸贄傳。又以龜茲于闐疏勒碎葉爲西邊四鎮。見新唐書王孝傑傳。

【四類】古代祭祀的天神。周禮春官小宗伯:"兆五帝於四郊，四望四類亦如之。"鄭衆以三皇、五帝、九皇、六十四民爲四類。鄭玄以日、月、星、辰爲四類。見小宗伯注。

【四難】文選南朝宋謝靈運擬鄴中集詩序有"天下良辰、美景、賞心、樂事，四者難并"之語，後稱此四者爲四難。宋秦觀淮海集九寄題趙侯澄碧軒詩:"風流公子四難并，更引清漪作小亭。"

【四關】㊀指耳、目、心、口。淮南子本經:"故閉四關，止五遁，則與道淪。"㊁指關中的東函谷關，南武關，西散關，北蕭關。後漢書光武紀下:"三河未澄，四關重擾。"

【四夔】書舜典記舜樂官夔，能敲擊石磬使百獸起舞。以後因把同時以才俊著名的四個人稱爲四夔。如唐崔造、韓會、盧東美、張正則，有四夔之稱。見唐韓愈昌黎集二四考功員外盧君墓銘及舊唐書一三〇崔造傳。五代王定保唐摭言四師友以何長師李華盧東美韓衢爲四夔。

【四攝】佛教以布施、愛語、利行、同事爲四攝，菩薩以此四事，教化衆生，歸依佛道。見仁王經上。布施是捐贈錢財;愛語是善言慰喻;利行是起身口意善行;同事是隨其所樂而分形示現。

【四體】㊀四肢。論語微子:"四體不勤，五穀不分，孰爲夫子?"㊁字的四體。見"四體書"。

【四靈】㊀指麟、鳳、龜、龍。見禮禮運。又指蒼龍、白虎、朱雀、玄武。見三輔黄圖未央宮。晉書摯虞傳思游賦:"四靈儼而爲衛兮，六氣紛以成羣。"㊁傳説中的四帝。文選漢張平子(衡)東京賦:"尊赤氏之朱光，四靈懋而允懷。"薛綜注:"河圖曰:'四靈，蒼帝神名靈威仰，赤帝神名赤熛怒，黄帝神名含樞紐，白帝神名白招拒，黑帝神名協光紀。'今五云四靈，謂除赤，餘有四。"㊂南宋詩人徐照號靈暉，有芳蘭軒集;徐璣號靈淵，有二薇亭集;翁卷號靈舒，有西巖集;趙師秀號靈秀，有清苑齋集。都是永嘉人，人稱爲永嘉四靈。

【四人天】見"四梵天"。

【四入頭】宋時任用執政，多從三司使、翰林學士、知開封府、御史中丞中挑選，俗呼爲四入頭。見宋洪邁容齋隨筆續筆三執政四入頭。

【四大洲】佛經稱有四大洲，即東勝身洲(東毗提訶洲)，南贍部洲(閻浮提洲)，西牛貨洲(瞿陀尼洲)，北俱盧洲(鬱單越洲)。見大唐西域記一、俱舍論記八。

【四大鎮】河南朱仙鎮，江西景德鎮，廣東佛山鎮，湖北漢口鎮，舊皆爲貨物集散、商業繁盛的市鎮，稱四大鎮。

【四方館】官衙名。隋煬帝時置。對東西南北四方少數民族，各設使者一人，主管往來及相互貿易等事。唐用通事舍人主管，屬中書省。宋置四方館使，主管文武官朝見辭謝，國忌賜香及諸道元日、冬至、朔旦、慶賀章表，郊祀，朝蕃官、貢舉人、進奉使、京官、致仕官、道釋、父老陪位等事。職掌與隋唐不同。明有四夷館，清有會同四譯館，職務同隋唐四方館。參閲文獻通考五一職官五通事舍人。

【四六話】宋王銍撰。二卷。是最早論四六文的專著。書中所舉多是宋人表啓，崇尚聯語的工巧，而不談氣格法式。

【四之日】指周四月之日。夏、周兩代曆法不同，周建子，夏建寅，周的四月，即夏的二月。見詩豳風七月疏。

【四天王】佛經稱帝釋的外將，住須彌山四邊，各護一方，因此也叫護世四天王。即東方天王多羅吒(治國主)、南方天王毗瑠璃(增長主)、西方天王毗留博叉(雜語主)、北方天王毗沙門(多聞主)。參閲法苑珠林五三界諸天會名、經律異相一四天王。

【四不像】獸名，屬鹿類。我國特産。角似鹿，尾似驢，頸似駱駝，蹄似牛，故名。

清西清黑龍江外紀八:"四不像,亦鹿類,俄倫春役之如牛馬,有事哨之則來,舐以鹽則去。"清末三海南苑畜有多頭,八國聯軍侵入北京,搶奪一空。參見"麈"。

【四分律】佛教書名。五部律藏之一。天竺僧曇無德編撰,後秦佛佗耶舍、竺佛念譯,六十卷。釋迦牟尼身後百年,曇無德採集上座部律藏編成,因內容分爲四分,所以叫四分律。又有四分律宗,簡稱律宗,是佛教教派之一。以四分律爲依據,以曇無德爲開山祖,唐終南道宣集大成。參見"律宗"。

【四分曆】曆法名。漢章帝元和二年編訢、李梵等所造。四分沿襲三統,也以十九年爲一章,惟一年之長,則復用古法爲三百六十五又四分之一日,故稱四分。其閏及月之大小,以四章七十六年爲一循環,謂之一蔀;日之干支以八十章一千五百二十年爲一循環,謂之一紀。四分以庚申爲元,始用斗分,而冬至在牽牛之成法遂廢。參閱後漢書律曆志中。

【四公子】㊀指戰國時,齊孟嘗君、魏信陵君、趙平原君、楚春申君,皆以貴族公子執政。唐李白李太白詩十六送薛九被讒去魯:"賢哉四公子,撫掌黄泉裏。"㊁明末桐城方以智、如皋冒襄、宜興陳貞慧、商丘侯方域,父祖都是大官,又以文章才學著名於時,人稱四公子。

【四月梵】即油菜。開黄花,子可榨油。見清厲荃事物異名録二三蔬穀上。

【四氏學】封建帝王崇儒尊孔,專爲孔、顏、孟、曾四姓別立學館。忽必烈中統二年於山東曲阜縣立孔、顏、孟三氏學,至明萬曆十五年,又增曾氏,爲四氏學。清代因之,並特設四氏學教授一人,學録一人,專管教授四姓子弟。參閱清朝通典三二職官十。

【四本論】書名。三國魏鍾會撰。世說新語文學:"鍾會撰四本論始畢,甚欲使嵇公(康)一見,置懷中,既定畏其難,懷不敢出,於户外遥擲,便回急走。"注:"四本者,言才性同,才性異,才性合,才性離也。尚書傅嘏論同,中書令李豐論異,侍郎鍾會論合,屯騎校尉王廣論離。"本爲四人分撰,而獨系之鍾會,書今不傳。參閱清侯康補三國藝文志四道家類。

【四布衣】清康熙十七年,舉博學鴻詞科,以籠絡士人。李因篤朱彝尊美宸英嚴繩孫都被徵授編修,時稱四布衣。見朱彝尊曝書亭集七六嚴君墓誌銘。又乾隆三十八年,開四庫全書館,授邵晉涵余集周永年三人編修,授戴震庶吉士,監修四庫全書,時有四布衣之稱。參閱清王士禎池北偶談二。

【四先生】宋謝良佐、游酢、吕大臨、楊時爲宋代理學家程頤的門徒,時稱四先生。見宋史四二八謝良佐傳、三四〇吕大臨傳。又反對熙寧變法的崔鶠、陳恬,皆戊戌生;田晝、李豸,皆已亥生;並居潁昌陽翟,合稱戊己四先生。見宋張邦基墨莊漫録四。

【四言詩】四字一句的古體詩。始於詩經的風雅頌。魏晉以後,五七言盛行,作者漸少。參閱清趙翼陔餘叢考二三四言詩。

【四并堂】南朝宋謝靈運擬魏太子鄴中集詩序:"天下良辰、美景、賞心、樂事四者難并。"宋韓琦作堂名四并,即取此義。見宋葉夢得避暑録話上。

【四味木】樹名。唐段成式酉陽雜俎十八木篇:"祁連山上有仙樹實,行旅得之止饑渴,一名四味木,其實如棗。以竹刀剖則甘,鐵刀剖則苦,木刀剖則酸,蘆刀剖則辛。"

【四柱册】舊時錢糧交代的賬册。清錢大昕十駕齋養新録十九四柱:"今官司錢糧交代,必造四柱册。四柱者:舊管、新收、開除、實在也。至正直記云:'人家出納財貨者,謂之掌事。計算私籍,其式有四:一曰舊管、二曰新收、三曰開除、四曰見在。'則元時已有此名目。"

【四面碑】見"顏家廟碑"。

【四食時】佛教語。法苑珠林五五食時部:"食有四種:旦,天食時;午,法食時;暮,畜生食時;夜,鬼神食時。"

【四香閣】唐玄宗時,楊國忠爲相,窮奢極侈,嘗用沉香爲閣,檀香爲欄,以麝香、乳香篩土和爲泥飾閣壁,謂之四香閣。見五代後周王仁裕開元天寶遺事下。

【四書文】即明清科舉的制藝,也叫八股文、時文。詳"八股"。

【四書院】宋時各地私設書院甚多,最著名的有白鹿洞、石鼓、應天、嶽麓,合稱四書院。參閱文獻通考四六學校七。

【四時舞】漢時祭宗廟所用樂舞名。漢書禮樂志:"四時舞者,孝文所作,以明示天下之安和也。"

【四部書】㊀三國魏荀勗分書籍爲四部:甲部、六藝小學,乙部、諸子兵書術數,丙部、史記及其他記載,丁部、詩賦圖贊。至晉李充重分四部,以五經爲甲部,史記爲乙部,諸子爲丙部,詩賦爲丁部,定爲經史子集。隋唐以後經籍藝文分類,多用四部爲序。參閱隋書經籍志。㊁羣書的通稱。宋劉敞公是集四六月二十六日雨閣晝寢詩:"食有萬錢膳,架多四部書。"

【四部衆】佛教指比丘、比丘尼、優婆塞、優婆夷。梁書梁武帝紀下中大通三年:"行幸同泰寺,高祖升法座,爲四部衆說大般涅槃經義。"也省作"四衆"。景德傳燈録三二十九祖慧可:"一音演暢,四衆歸依。"

【四望車】晉時貴族所乘的車。晉書輿服志:"皁輪車,……位至公,或四望、三望、夾望車。"四望車,謂四面有檐窗可望;三望,除後面外三面可望;夾望,惟左右兩面可望。

【四梵天】道家有四梵、三界、三十天之說,都是吸收模倣佛教的傳說而虛構的上天世界。又稱四民之天。即常融天、玉隆天、梵度天、賈奕天。唐人諱"民",又稱四人天。見唐段成式酉陽雜俎二玉格、雲笈七籤二一天地。

【四絃秋】戲曲名。清蔣士銓撰,四折,演唐白居易琵琶行事。爲蔣氏九種曲之一。

【四絶碑】唐李華爲魯山令元德秀墓碑,顏真卿書,李陽冰篆額,後人號爲四絶碑。見舊唐書一九〇李華傳。又華爲法慎律師碑,張從申書,李陽冰篆,也稱四絶碑。見宋歐陽修文忠集一四〇集古録跋尾七唐龍興寺四絶碑首。

【四愁詩】詩歌篇名,東漢張衡作。衡出爲河間相,鬱鬱不得志,作四愁詩以寄託憂思。詩爲七言騷體,共四首,見文選。唐李益李尚書詩集宿馮翊夜雨贈主人:"賴君時一笑,方能解四愁。"

【四腮鱸】魚名。似鱖而色白,有黑點,巨口細鱗,有四腮。也叫松江鱸魚。宋陸游劍南詩稿九記夢詩:"團臍霜蟹四腮鱸,樽俎芳鮮十載無。"

【四銖錢】漢錢幣名。史記平準書:"至孝文時,莢錢益多,輕,乃更鑄四銖錢,其文爲'半兩',令民縱得自鑄錢。"又南朝宋元嘉七年及孝建七年也鑄過四銖錢。

【四論宗】隋吉藏建立三論宗以前,諸僧多研學四論(中論、百論、十二門論、大智度論),故稱爲四論宗。參見"四論"、"三論宗"。

【四學士】宋秦觀(少游)、晁補之(無咎)、張耒(文潛)、黄庭堅(山谷)四人,皆以文學遊於蘇軾之門,又同時入館,時稱四學士。見宋晁公武郡齋讀書志四下豫章集。參見"蘇門六君子"。

【四禪天】佛教有三界諸天之說,三界

指欲界、色界、無色界。色界諸天又分爲四禪：初禪爲大梵天之類；二禪爲光音天之類；三禪爲遍淨天之類；四禪爲色究竟天之類。色究竟天爲色界的極處。見法苑珠林五諸天部辨位。

【四聲猿】傳奇名。明徐渭（天池生）撰。一本四折，每折一事，不相連屬。一、狂鼓史漁陽三弄（即擊鼓駡曹），演禰衡事；二、玉禪師翠鄉一夢，演玉禪師事；三、雌木蘭替父從軍，演木蘭事；四、女狀元辭凰得鳳，演趙崇嘏事。取唐杜甫詩"聽猿實下三生淚"，因著録總題爲四聲猿。

【四邊淨】宋時巾制。宋趙彥衛雲麓漫鈔四："巾之制，有圓頂、方頂、塼頂、琴頂。秦伯陽又以塼頂服去頂内之重紗，謂之四邊淨。"

【四體書】書法中古文、篆、隸、草四種字體。見晉書衛恒傳。今通稱真、草、隸、篆爲四體書。

【四才三實】唐王朝選拔和考核官吏的標準。舊唐書職官志二："凡擇人以四才，校功以三實。"注："四才謂身、言、書、判，……三實謂德行、才用、勞效。"參見"身言書判"。

【四六法海】明王志堅編。十二卷。爲輯録駢文的總集。所録自魏晉起，到元代止。每篇之末，箋注本事，考證異同，或羅列始末。所收多有不常見之篇，雖其書爲當時應考揣摩而輯，但也可從而大體了解四六對偶文的源流變遷。

【四六談麈】宋謝伋撰。一卷。主張四六文之工拙，應着眼於命意遣詞。其論頗能切中時弊。

【四方八面】各方面。景德傳燈録二十達空禪師："忽遇四方八面來怎樣生？"宋楊萬里誠齋集一過百家渡四絶句詩之二："莫問早行奇絶處，四方八面野香來。"今通言"四面八方"。

【四元玉鑑】元朱世杰撰。三卷。爲講算術之書。總二十四門，二百八十八問。其式皆用天元一術演算，惟算題繁重，借一算所不能盡者，兼用天、地、人、物四元入算，相當於現代代數式中的多元式。二百八十八問，不附細草，清羅士琳補爲四元玉鑑細草二十四卷。參見"四元"。

【四不拗六】少數不能違反大衆的意見。二刻拍案驚奇一："辨悟四不拗六，抵擋衆人不住，只得解包袱，攤在艙板上。"

【四分五裂】戰國策魏一："魏之地勢，故戰場也。此所謂四分五裂之道也。"後用爲破碎不全的意思。宋楊萬里誠齋集八七君道上："隋文帝取周取陳，以混二百年四分五裂之天下。"

【四正四奇】古作戰陣法。風后握奇經："經曰八陣，四爲正，四爲奇。"注："天、地、風、雲爲四正，龍、虎、鳥、蛇爲四奇。"

【四世三公】東漢袁安四代皆作大官，安爲司徒，子敞爲司空，孫湯爲太尉，曾孫逢爲司空，隗爲太傅，四世居三公位，人稱四世三公。見三國志魏袁紹傳。

【四司六局】宋時官府貴家所設，掌管安排筵會，街市也有這類設施，爲市民代辦宴席。四司六局各有所掌。四司：帳設司、廚司、茶酒司、臺盤司。六局：果子局、蜜煎局、菜蔬局、油燭局、香藥局、排辦局。見宋灌圃耐得翁都城紀勝四司六局、吴自牧夢粱録十九四司六局筵會假賃。

【四弘誓願】佛教語。謂習大乘求菩薩果者所立的四種大願：一、衆生無邊誓願度；二、煩惱無盡誓願斷；三、法門無盡誓願學；四、佛道無上誓願成。見心地觀經七。

【四其御史】唐武后時，徐敬業起兵謀復唐王朝，郭弘霸自陳願往討徐敬業，言"臣誓抽其筋，食其肉，飲其血，絶其髓"。武后大悦，授左臺監察御史。時號"四其御史"。見新唐書二〇九本傳。

【四門博士】學官名。北魏太和二十年因劉芳表請立四門博士。隋代隸於國子監，唐始合於太學，置博士六人，助教六人，直講四人。博士管教七品以上侯伯子男的子弟以及有才幹的庶人子弟。元以後不設。參閱唐六典二一國子監、文獻通考五七職官十一。

【四明狂客】唐賀知章晚年自號。參見"賀知章"。

【四姓小侯】後漢外戚樊郭陰馬四姓的子弟。後漢書明帝紀永平九年："爲四姓小侯開立學校，號四姓小侯，置五經師。以非列侯，故曰小侯。"

【四亭八當】十分妥貼之意。宋朱熹朱文公集三四答吕伯恭（祖謙）書："不知如何整頓得此身心四亭八當，無許多凹凸也。"也作"四停八當"。朱子語類十一學五："又有一種，則一向汎濫，不知歸著處，此皆非知學者。須要熟看熟思，久久之間，自然見箇道理，四停八當。而所謂統要者，自在其中矣。"

【四郊多壘】四郊營壘甚多。形容敵軍迫近，形勢危急。禮曲禮上："四郊多壘，此卿大夫之辱也。"注："壘，軍壁也，數見侵伐則多壘。"國語楚語下闘且稱楚國"四境盈壘"，語意相同。

【四面楚歌】史記項羽紀："項王軍壁垓下，兵少食盡，漢軍及諸侯兵圍之數重，夜聞漢軍四面皆楚歌，項王乃大驚曰：'漢皆已得楚乎？是何楚人之多也！'"後用來比喻四面受敵、孤立無援的處境。

【四律五論】佛教重要經典。四律：一、十誦律，後秦弗若多羅譯，爲五部中的薩婆多部；二、四分律，後秦佛陀耶舍譯，爲五部中的曇無德部；三、僧祇律，東晉佛陀跋陀羅等譯，本名摩訶僧祇律，爲根本窟内的上座部；四、五部律，南朝宋佛陀什等譯，爲五部中的彌沙塞部。其它五部中的迦葉遺部，唯傳戒本，廣律未傳；五部中的婆蘇富多羅部，戒律、廣本都未傳。五論：一、毘尼母論，失譯，本名毘尼母經；二、摩得勒伽論，南朝宋僧伽跋摩譯。以上二論是依照薩婆多部寫的；三、善見論，南齊伽跋陀羅譯，是對四分律的解釋；四、薩婆多論，失譯，是對十誦論的解釋；五、明了論，南朝陳真諦譯，是依十八部的正量部而作。

【四海承風】指政令教化通行於天下。孔子家語好生："舜之爲君也，其政好生而惡殺，……是以四海承風。"

【四海爲家】四海之廣，猶如一家。指帝王事業，規模宏大，天下一統。荀子議兵："四海之内若一家，通達之屬莫不從服。"又見儒效、王制。漢書高祖紀："天子以四海爲家。"唐劉禹錫劉夢得集四西塞山懷古詩："今逢四海爲家日，故壘蕭蕭蘆荻秋。"後來指人漂泊無定所曰四海爲家。

【四庫全書】叢書名。清乾隆三十七年開館纂修，經十年始成。共收書三千五百零三種，七萬九千三百三十卷，分經史子集四部，所以稱四庫，保存整理了大量歷史文獻。另僅存書名而未收録的，凡六千八百一十九部，九萬四千零三十四卷。全書共分抄七部，分别貯放在宫内的文淵閣、奉天行宫的文溯閣、圓明園的文源閣、熱河的文津閣、揚州的文匯閣、鎮江的文宗閣、杭州的文瀾閣。文匯文宗均毁於戰火；文源被英法侵略軍焚毁；文瀾所藏也多散失，經後人補抄配全。纂修時乾隆從維護清王朝統治出發，以宣揚封建教化爲宗旨，寓禁於徵，對不利於其統治的著作，或銷毁，或命館臣恣意纂改。抄校時也多訛奪。

【四馬攢蹄】兩手兩脚被捆在一起。元羅貫中平妖傳四十："李遂上前，叫軍士一把麻繩索兒，縛個四馬攢蹄。"

【四時八節】四時：春、夏、秋、冬；八節：立春、春分、立夏、夏至、立秋、秋分、立冬、冬至。唐馬總意林一引隋巢子："鬼神爲四時八節以紀育人。"杜甫杜工部草堂詩箋四十短歌行贈四兄詩："四時八節還拘禮，女拜弟妻男拜弟。"

【四時氣備】世說新語德行："謝太傅(安)絶重褚公，常稱褚季野(裒)雖不言而四時之氣亦備。"又見晉書九三褚裒傳。後來用以稱人的氣度弘遠。

【四清六活】機靈幹練。水滸傳十八："這幾個都是貫做公的，四清六活的人，却怎的也不曉事。"

【四通五達】形容交通暢達無阻。史記九七酈食其傳："夫陳留，天下之衝，四通五達之郊也。"集解："如淳曰：四面中央，凡五達也。"後也作"四通八達"。晉書慕容德載記："滑臺四通八達，非帝王之居。"

【四廂樂歌】晉朝會用的樂歌。魏雅樂有鹿鳴、騶虞、伐檀、文王四曲，晉太和中左延年改騶虞伐檀文王的樂譜，用於正旦大會。後荀勗又加改造，作正旦大會行禮歌四篇，王公上壽酒歌一篇，食舉樂東西廂歌十二篇，統稱晉四廂樂歌十七篇。見宋書樂志一、二。

【四戰之地】四面平坦，無險可守，容易受攻擊之地。史記八十樂毅傳："趙四戰之國也，其民習兵。"後漢書七十荀彧傳："或謂父老曰：'潁川四戰之地也。天下有變，常爲兵衝。'"

【四聲等子】書名。作者不詳。一卷，附於龍龕手鑑之後。分字音爲十六攝，是現存論等韻的早期著述之一。

【四離四絶】冬至、夏至、春分、秋分之前一日謂之四離，立春、立夏、立秋、立冬之前一日謂之四絶，舊時星相術士以爲大忌之日。見協紀辨方書六。

【四十二章經】佛經名。相傳漢永平中遣郎中蔡愔、博士弟子秦景等十餘人，往天竺尋求佛法，後與天竺沙門迦葉摩騰竺法蘭馱經東來，於永平十年抵達洛陽。中有四十二章經等五部，爲我國有佛經之始。但經内偈文皆用韻，宋朱熹疑其爲文士潤色而成。見朱子語類一二六釋氏。近人又考證漢明帝無派人取經之事，摩騰竺法蘭並無其人，疑爲三國東晉人託名所撰。這五部經不含大乘教義，屬小乘經典，撰譯者宣揚佛教時，往往雜有漢代道術和黄老思想的色彩。

【四明文獻集】明鄭真、陳朝輔輯。本爲總集，現保存的只有宋王應麟文章五卷，一百七十多篇。所收録的文章多爲制誥，可以與史傳相參證。又明黄潤玉别有四明文獻録，李堂四明文獻志，見浙江通志二五四經籍十四。

【四朝聞見録】宋葉紹翁撰，五卷。分甲乙丙丁戊五集，共二百零九條。記述南宋高宗、孝宗、光宗、寧宗四朝的事迹。宋史於南渡以後事蹟，記載比較簡略，此書可以彌補史書的缺遺。

【四庫未收書目提要】清阮元撰，五卷，共一百七十五種。阮元任浙江巡撫時，購得四庫未收書，進呈内府，並附提要，後其子福集合成書。書目無次序，提要多非元自作，收入揅經室外集中。其後傅以禮又按四部排比目録，間訂正其訛誤，改名揅經室經進書録。

【四庫全書總目提要】書目名。清乾隆四十七年，四庫全書纂成，命館臣撰總目提要二百卷。以經、史、子、集爲綱，更分類屬；又分著録、存目二項。著録的書，抄爲七分，設閣存放。存目的書，四庫不收。提要於每書皆摘舉要點，考其源流得失，廣泛的評價了我國的古籍，可爲閲讀古籍入門之書。隨後又另編簡明目録二十卷，無存目，删繁就簡，便於檢閲。但官書出於衆手，又限於功令和時限，時有錯誤，近人余嘉錫有四庫提要辨證，較詳細地訂正了提要的一部分訛失。

囚 qiú ㄑㄧㄡˊ 似由切，平，尤韻，邪。

㊀拘禁。書蔡仲之命："囚蔡叔于郭鄰。"㊁俘虜。詩魯頌泮水："在泮獻囚。"㊂罪犯。禮月令仲夏之月："挺重囚，益其食。"唐白居易長慶集二歌舞詩："豈知閿鄉獄，中有凍死囚。"

【囚牛】胡琴頭上所刻的獸。淵鑑類函四三八鱗介部龍四引明陳仁錫潛確類書："龍生九子，不成龍，各有所好。……囚牛好音，形胡琴上。"

【囚卷】古地名。即由拳。吳谷水經由拳故城下，傳説秦始皇惡其形勢，令囚徒十餘萬人動工改變原來地貌，改稱囚卷，也叫由卷。見水經注二九沔水。故城在今浙江嘉興縣南。

【囚拘】像犯人一樣受拘束。漢書四八賈誼傳服鳥賦："愚士繫俗，僒若囚拘。"

【囚飲】露髮跣足著械而飲。宋沈括夢溪筆談九人事一："石曼卿（延年）素豪飲，……與客痛飲，露髮跣足，著械而坐，謂之囚飲。"

【囚髻】束髮如囚犯的髮髻。新唐書五行志一："僖宗時，内人束髮極急，及在成都，蜀婦人效之，時謂爲'囚髻'。"

【囚首喪面】髮不梳如囚犯，面不洗如居喪。宋文鑑九七蘇洵辯姦："囚首喪面而談詩書，此豈情也哉。"按蘇洵嘉祐集不載辯姦文，後人疑爲邵博僞作，借洵名以攻擊王安石。

三畫

因 yīn ㄧㄣ 於真切，平，真韻，影。

㊀因襲。論語爲政："殷因於夏禮，所損益可知也。"㊁依靠，根據。左傳僖三十年："因人之力而敝之，不仁。"孟子離婁上："爲高必因丘陵，爲下必因川澤。"㊂原由。史記八三鄒陽傳："故無因至前，雖出隨侯之珠，夜光之璧，猶結怨而不見德。"㊃因緣。宋蘇軾分類東坡詩二五予以事繫御史臺獄……故作二詩……以遺子由："與君世世爲兄弟，更結來生未了因。"㊄猶，如同。戰國策楚四："蜻蛉其小者也，黄雀因是以(已)。"㊅於是。戰國策齊四："以責賜諸民，因燒其券。"㊆因爲。史記一一一衛青傳："因前使絶國功，封(張)騫博望侯。"

【因仍】沿襲。三國志魏程昱傳孫程曉論校事疏："轉相因仍，莫正其本。"

【因母】親母。儀禮喪服："繼母之配父，與因母同。"注："因，猶親也。"

【因地】㊀依據有利的地理條件。後漢書十三公孫述傳："東下漢水以窺秦地，南順江流以震荆、揚。所謂用天因地，成功之資。"㊁前因後果。水滸二六："小人並然不知前後因地。"

【因而】㊀連詞。表示結果。戰國策齊四："今君有區區之薛，不拊愛子其民，因而賈利之。"㊁匆促，草率，怠慢。多用於宋元人詞曲中。元曲選鄭德輝倩女離魂："今日來祖送長安年少，兀的不取次棄舍，等閑抛掉，因而零落。"

【因果】根據佛教輪迴的説法，善因得善果，惡因得惡果。涅槃經憍陳品："三世因果，循環不失。"梁書范縝傳："貴賤雖復殊途，因果竟在何處？"

【因明】梵名醯都費陀的義譯。古代印度有因明學，爲五明之一，其學在辨明一切事物的本因，相當於近世邏輯學的推理方法。參閲唐窺基因明入正理論疏上。

【因依】㊀依靠，依倚。文選三國魏阮嗣宗(籍)詠懷詩："迴風吹四壁，寒鳥相因依。"㊁原由。宋蘇軾東坡集奏議集九辨題詩札子："臣今省憶此詩，自有因依，合具陳述。”

【因革】因襲和破舊創新。南朝梁劉勰文心雕龍物色:“古來辭人,異代接武,莫不參伍以相變,因革以爲功。”宋書武帝紀下永初元年詔:“夫世代迭興,承天統極,雖遭遇異塗,因革殊事,若乃功濟區宇,道振生民,興廢所階,異世一揆。”

【因陳】見“茵蔯”。

【因國】㊀前代之國,其居地爲今國所因襲。禮王制:“天子諸侯祭因國之在其地而無主後者。”㊁周圍的國家。穀梁傳莊三十年:“桓内無因國,外無從諸侯,而越千里之險,北伐山戎,危之也。”注:“内無因緣山戎左右之國爲内間者。”

【因間】利用敵方的人作内間。孫子用間:“因間者,因其鄉人而用之。”唐杜牧注:“因敵鄉國之人而厚撫之,使爲間也。”

【因循】守舊法而不加變更。史記太史公自序:“其(道家)術以虛無爲本,以因循爲用。”漢書百官公卿表上:“秦兼天下,建皇帝之號,立百官之職,漢因循而不革。”

【因塵】草名。即“茵蔯”。廣雅釋草:“因塵,馬先也。”太平御覽九九三引吳氏本草云:“因塵……生田中,葉如藍,十一月採。”參見“茵蔯”。

【因霄】古代傳説的國名。舊題晉王嘉拾遺記前漢上:“西方有因霄之國,人皆善嘯,丈夫嘯聞百里,婦人嘯聞五十里。”

【因緣】㊀機會。史記一〇四田叔傳褚先生補:“(任安)少孤,貧困,爲人將車至長安,留求事,爲小吏,未有因緣也。”㊁依據。漢書七七鄭崇傳:“上欲封祖母傅太后從弟商,崇諫曰:‘孔鄉侯,皇后父;高武侯,以三公封,尚有因緣。今無故復欲封商,壞亂制度,逆天人心。’”㊂佛教語。梵語尼陀那。指產生結果的直接原因及促成這種結果的條件。四十二章經十三:“沙門問佛,以何因緣,得知宿命,會其至道。”翻譯名義集四釋十二支:“尼陀那,此云因緣。(鳩摩羅)什曰:‘力强爲因,力弱爲緣。’(僧)肇曰:‘前緣相生,因也;現相助成,緣也。’”後來詩文中泛指原因、緣故。唐白居易長慶集三新豐折臂翁詩:“問翁臂折來幾年,兼問致折何因緣。”

【因諸】獄名。公羊傳昭二一年:“宋南里者何?若曰因諸者然。”注:“因諸者,齊故刑人之地。”疏:“舊説云:即博物志云‘周曰囹圄、齊曰因諸’是也。”今本博物志無此文。

【因應】隨機應變。史記六三老子韓非列傳贊:“老子所貴道,虛無,因應變化於無爲,故著書辭稱微妙難識。”

【因襲】前後相承。史記一二八龜策傳:“孝文、孝景,因襲掌故,未遑講試。”文選晉陸士衡(機)擬東城一何高詩:“寒暑相因襲,時逝忽如頹。”

【因陀羅】梵語。或作釋提桓因陀羅。義譯天主,或天帝釋。本爲雷雨之神。或稱爲保護世界的神。參閱唐玄應一切經音義三道行般若經二因坻。

【因話録】唐趙璘撰。六卷,分宫、商、角、徵、羽五部,記唐人遺聞軼事,時事掌故,可與史傳相參證。宋曾三異也有因話録,爲筆記、瑣談之書。

【因人成事】依賴他人之力而成事。史記七六平原君虞卿傳:“公等録録,所謂因人成事者也。”

【因公假私】假借公務以謀取私利。後漢書六三李固傳:“太尉李固,因公假私,依正行邪。”這是梁冀誣陷李固的話。也作因公行私。後漢書四六陳寵傳上疏:“斷獄者急於篣格酷烈之痛,執憲者煩於詆欺放濫之文,或因公行私,逞縱威福。”

【因地制宜】根據各地情況而制定適宜的辦法。吳越春秋闔閭内傳:“夫築城郭,立倉庫,因地制宜,豈有天氣之數以威鄰國者乎?”

【因利乘便】憑藉有利的形勢。文選漢賈誼過秦論:“因利乘便,宰割天下,分裂河山。”北周庾信庾子山集一哀江南賦序:“頭會箕斂者,合從締交;鋤耰棘矜者,因利乘便。”

【因陋就簡】㊀簡陋苟且,不求改進。文選漢劉子駿(歆)移書讓太常博士:“苟因陋就簡,分文析字,煩言碎辭,學者罷老且不能究其一藝。”㊁利用原有條件,將就使用。宋李心傳建炎以來繫年要録九元年九月:“詔荆湘關陝江淮皆備巡幸,並令因陋就簡,毋得騷擾。”

【因勢利導】順應着事物發展的趨勢加以引導。史記六五孫子傳:“善戰者,因其勢而利導之。”

【因禍爲福】變壞事爲好事。史記六二管晏傳:“其爲政也,善因禍而爲福,轉敗而爲功。”又六九蘇秦傳:“智者舉事,因禍爲福,轉敗爲功。”

【因敵取資】就敵人處取得資用。魏書燕鳳傳:“北人壯悍,……軍無輜重樵爨之苦,輕行速捷,因敵取資,此南方所以疲敝,北方所以常勝也。”

【因噎廢食】比喻因偶然挫折就停止應作的事。吕氏春秋蕩兵:“夫有以饐死者,欲禁天下之食,悖。”唐陸贄陸宣公集十三奉天請數對羣臣兼許令論事狀:“昔人有因噎而廢食者,又有懼溺而自沉者,其爲矯枉防患之慮,豈不過哉!”

【因樹爲屋】依樹架屋。指隱居荒野。後漢書五三申屠蟠傳:“乃絶跡於梁碭之間,因樹爲屋,自同傭人。”注引謝承書:“居蓬萊之室,依桑樹以爲棟也。”宋朱熹朱文公續集七答黄子厚書:“告許之門既啟,世間羣小,無非戲國,便能因樹爲屋,自同傭人,亦已晚矣。”

囝

jiǎn 集韻 九件切,上,獮韻。
ㄐㄧㄢˇ

兒子,兒女。全唐詩十顧況囝:“囝生閩方,閩吏得之。”注:“閩俗呼子爲囝。”宋陸游劍南詩稿六五戲遣老懷詩:“阿囝略如郎罷老,穉孫能伴太翁嬉。”今西南地區方言讀 zǎi,吳方言讀 nān,都泛指小孩。

回

huí 户恢切,平,灰韻,匣。
ㄏㄨㄟˊ

㊀環繞,旋轉。詩大雅雲漢:“倬彼雲漢,昭回于天。”㊁掉轉。楚辭屈原離騷:“回朕車以復路兮,及行迷之未遠。”㊂返回。唐劉禹錫劉賓客集二四戲贈看花諸君子詩:“紫陌紅塵拂面來,無人不道看花回。”㊃違背。詩大雅常武:“徐方不回,王曰還歸。”㊄邪僻。詩小雅鼓鐘:“淑人君子,其德不回。”㊅量詞。一次叫一回。唐杜甫杜工部草堂詩箋二六上白帝城詩:“江城含變態,一上一回新。”㊆章回小説一章叫作一回。㊇伊斯蘭教舊稱回教。㊈姓。見廣韻。明史有回滿住。

【回川】旋流。回流的水。爾雅釋水:“過辨回川。”注:“旋流。”唐李白李太白詩三蜀道難:“上有六龍回日之高標,下有衝波逆折之回川。”

【回文】詩詞字句回旋往返,都能成義可誦的叫回文。也作“迴文”。南朝梁劉勰文心雕龍明詩説回文爲道原所創,已失傳。今所傳者以南朝宋蘇伯玉妻盤中詩爲最古。宋嚴羽滄浪詩話列盤中詩爲一體,注稱:“玉臺集有此詩,蘇伯玉妻作。寫之盤中,屈曲成文也。”宋刻誤失其名。今本玉臺新詠九改作傅玄詩。

【回心】轉移,改變心意。漢書四八賈誼傳:“夫移風易俗,使天下回心而鄉道,類非俗吏之所能爲也。”水滸五:“太公道:‘他是個殺人不眨眼魔君,你如何能勾得他回心轉意?’”

【回天】㊀喻權勢大。後漢書三四梁冀傳論:“(梁)商協回天之埶,屬彫弱之期。”

㊁封建統治階級以皇帝爲天，凡能諫止皇帝某種行動者稱回天。如唐貞觀四年給事中張玄素諫止太宗修洛陽乾元殿，魏徵歎曰："張公遂有回天之力。"見唐吳兢貞觀政要二、新唐書一〇三張玄素傳。

【回互】回環交錯。唐柳宗元柳先生集二夢歸賦："紛若喜而佁儗兮，心回互以壅塞。"也作"迴互"。北史王邵傳："邵復迴互其字，作詩二百八十篇奏之。"

【回中】古地名。在今陝西隴縣西北。史記秦始皇紀二十七年"登雞頭山過回中"正義引括地志："回中宮在岐州雍縣西四十里。"後漢書十五來歙傳："從番須回中徑至略陽。"注："回中在汧。汧，今隴州汧源縣也。"

【回穴】轉旋，紆曲。漢書敍傳上幽通賦："畔回穴其若茲兮，北叟頗識其倚伏。"注："回穴，轉旋之意也。"文選作"迴穴"。後漢書六四盧植傳："頗知今之禮記，特多回穴。"注："回穴，猶紆曲也。"

【回氏】壘神。見致虛雜俎(說郛)。

【回回】㊀紆曲。引伸爲心亂貌。楚辭漢王褒九懷昭世："魂悽愴兮感哀，腸回回兮盤紆。"文選三國魏劉公幹(楨)雜詩："沈迷簿領書，回回自昏亂。"㊁雜沓奔馳的樣子。尚書大傳虞夏傳："八風回回。"後漢書六十上馬融傳廣成頌："紛紛回回，南北東西。"㊂明亮。後漢書五九張衡傳思玄賦："焱回回其揚靈。"㊃廣大。文選晉東廣微(晳)補亡詩："漫漫方輿，回回洪覆。"㊄每回，每次。也作"迴迴"。唐杜牧樊川集外集寄遠人詩："終日求人卜，回回道好音。"㊅象聲詞。關尹子三極："人之善琴者……有怨心，則聲回回然。"

【回向】見"迴向"。

【回合】舊小說稱兩將對打，交鋒一次爲一個回合。西遊記四一："那妖王與行者戰經二十回合，見得不能取勝，……又將鼻子捶了兩下，却就噴出火來。"也簡作"合"。三國演義二七："二馬相交，只一合，關公刀起，秦琪頭落。"

【回邪】不正，枉曲。禮樂記："回邪曲直，各歸其分。"疏："回，謂乖違；邪，謂邪僻。"

【回忌】諱避。後漢書六一左雄傳："(雄)奏案貪猾二千石，無所回忌。"

【回泬】㊀交錯不齊。後漢書四九王充王符仲長統傳論："用明居晦，回泬於曩時。"㊁邪僻。同"回遹"。也作"洄穴"。文選晉潘安仁(岳)西征賦："事回泬而好還，卒宗滅而身屠。"注引韓詩："謀猷回泬"。參見"回遹"。

【回波】㊀樂府商調曲。又爲舞曲名。唐中宗時造。六言四句，開頭例有"回波爾時"四字，故名。參閱樂府詩集八十回波樂解題。也作"迴波"。㊁水波蕩漾。喻文章描繪生動精巧。淮南子本經："贏鏤雕琢，詭文回波。"注："詭文，奇異之文也。回波，若水波也。"

【回空】清制：漕運糧船，抵北通州後，放空回南，例得運帶土產一百二十六石，但不准夾帶私鹽、硝磺等物。見清通志九四食貨一四、清會典事例二〇五戶部漕運。參見"催趲㊁"。

【回青】顏料名。石青中最貴重的一種。產於雲南，可作燒製瓷器原料。明正德以後的瓷器多用此作釉。參閱本草綱目十扁青。

【回味】食後感覺到的餘味。宋王禹偁小畜集六橄欖詩："良久有回味，始覺甘如飴。"後也指對往事的回憶或體會。

【回易】㊀改換。唐劉知幾史通點繁："或回易數字，或加足片語，俾分布得所，彌縫無闕。"㊁用本地產品換取外地的貨物。宋曹彥約昌谷集十內引朝辭劄子三："當開禧未用兵以前，諸軍皆有回易；以至邸店酒息，皆有寬剩。"元於諸路立回易庫，主管交易幣帛等物。見元史世祖紀六。

【回洛】古地名。在今河南孟津縣東。東魏孝靜帝時，與西魏戰於河陰，東魏諸軍都北渡黃河，獨萬俟洛勒兵不動，西魏軍畏而回師。高歡遂把此地叫回洛。隋在此建回洛倉，隋末李密領導的瓦崗農民起義軍曾佔領回洛，以爲進攻隋東都洛陽的據點。李世民攻王世充，也分遣將兵自河陰攻克回洛城。見太平寰宇記三、讀史方輿紀要四八。

【回首】㊀回頭。史記一一七司馬相如傳："昆蟲闓澤，回首面內。"也作"迴首"。北周庾信庾子山集四和侃法師三絕詩之三："迴首河隄望，眷眷嗟離絕。"㊁回憶。唐杜甫杜工部草堂詩箋二十將赴荊南寄別李劍州弟："戎馬相逢更何日，春風回首仲宣樓。"㊂死亡的婉稱。儒林外史二十："牛先生是個異鄉人，今日回首在這裏，一些甚麼也沒有。"

【回春】冬去春來，草木重生。宋蘇軾東坡詞浪淘沙探春："檻內羣芳芽未吐，早已回春。"後喻醫術高明、起死回生爲妙手回春。清周鎮輯王氏(王士雄)醫案，其正編原名回春錄，即取此意。

【回面】㊀回轉頭。南史武陵昭王曄傳："又上舉酒勸曄，曰：'陛下常不以此處許臣。'上回面不答。"㊁邪惡的面目。史記八三鄒陽傳："故回面汙行，以事諂諛之人，而求親近於左右。"索隱："杜預云：回，邪也。"㊂歸順。文選漢揚子雲(雄)劇秦美新："海外遐方，信延頸企踵，回面內嚮，喁喁如也。"注："回面內嚮，謂順服於君。"也作"迴面"。晉書應貞傳："區內宅心，方隅迴面。"

【回風】旋風。楚辭屈原九章悲回風："悲回風之搖蕙兮，心冤結而內傷。"也作"迴風"。文選古詩十九首之十二："迴風動地起，秋草萋已綠。"

【回紇】㊀古代民族名。其先匈奴，北魏時稱高車部，或敕勒，訛爲鐵勒。有十五個部落，散居漠北，以游牧爲生。其袁紇部隋時稱韋紇。大業中，因反抗突厥貴族的壓迫，同仆骨、同羅、拔野古等部組成回紇部落聯盟，與唐一直保持着友好和從屬關係。唐德宗貞元四年改爲回鶻，開成五年爲黠戛斯所戰敗，部落分散西遷。魏書、隋書、新唐書都有傳。㊁樂府商調曲。見樂府詩集八十近代曲辭回紇解題。

【回容】曲法寬容。後漢書二二馬武傳："帝雖制御功臣，而每能回容，宥其小失。"注："回，曲也，曲法以容也。"又五八虞詡傳："詡好刺舉，無所回容，數以此忤權戚。"

【回紋】同"回文"。宋蘇軾東坡詞減字木蘭花得書："香牋一紙，寫盡回紋機上意。欲卷重開，讀徧千回與萬回。"詳"回文"。

【回納】奉還別人贈送之物。宋蘇軾東坡集續集六與開元明師書："謹留筆一束，以領雅意，餘回納，不訝不訝。"

【回畔】反背，中路轉折。楚辭屈原九章抽思："羌中道而回畔兮，反既有此他志。"

【回旋】盤旋，轉動。漢劉向說苑尊賢："提鼓擁旗，被堅執銳，回旋十萬之師。"唐李白李太白詩十二贈宣城宇文太守兼呈崔侍御："回旋若流光，轉背落雙鳶。"也作"迴旋"。列子湯問："迴旋進退，莫不中節。"

【回雪】如雪因風而飛翔。用以形容舞蹈的姿態。三國魏曹植曹子建集三洛神賦："髣髴兮若輕雲之蔽月，飄颻兮若流風之迴雪。"文選作"迴雪"。

【回教】伊斯蘭教在中國舊稱回教，也稱

回回教。

【回翔】遨遊，盤旋飛翔。楚辭漢王褒九懷昭世："乘龍兮偃蹇，高回翔兮上臻。"參見"迴翔"。

【回極】極，指天之中。回極，天極回旋的樞軸。楚辭漢劉向九嘆遠游："徵九神於回極兮，建虹采以招指。"注："回，旋也。極，中也。謂會北辰之星於天之中也。"

【回惑】內心迷亂不明。後漢書六二荀悅傳申鑒："故肅恭其心，慎修其行，內不回惑，外無異望，則民志平矣。"

【回殘】物資使用後，賤價賣出。新唐書食貨志二："文宗太和九年，以天下回殘錢置常平義倉本錢。"也作"迴殘"。舊唐書一〇六王毛仲傳："每歲迴殘，常致數萬斛。"

【回徨】徘徊，懷疑不定。漢書八七上揚雄傳甘泉賦："徒回回以徨徨兮，魂固眇眇而昏亂。"也作"回皇"。梁書元帝紀王僧辯表："紫宸曠位，赤縣無主，百靈聳動，萬國回皇。"又作"回遑"。後漢書八七西羌傳論："謀夫回遑，猛士疑慮。"

【回辟】邪僻。秦李斯之罘刻石文："六國回辟，貪戾無猒，虐殺不已。"（宋歐陽修集古録跋尾一）

【回禄】傳說的火神名。左傳昭十八年："鄭子產禳火於玄冥、回禄。"注："玄冥，水神；回禄，火神。"疏："吳回爲祝融，或云，回禄即吳回也。"國語周上："回禄信於聆隧。"宋吳曾謂祝融之後有吳回、陸終，舉二人言作"回陸"，陸、禄音相近。見能改齋漫録一回禄爲火神。後因稱火災爲回禄。宋朱熹朱文公文集五四答包定之書："近聞永嘉有回禄之災，高居不至驚恐否？"

【回腸】中心輾轉，比喻離愁不解。唐杜甫杜工部草堂詩箋三十秋日夔府詠懷……一百韻："弔影夔州僻，回腸杜曲煎。"參見"迴腸盪氣"。

【回煞】古代陰陽家迷信之說，按人死時年月干支，推算所謂魂氣返舍的時間，並說返舍之日，有凶煞出現，謂之回煞。北齊顏之推顏氏家訓風操："偏旁之書，死有歸煞，子孫逃竄，莫肯在家。"歸煞，即回煞。參見"喪煞"。

【回頭】㊀回顧，回首。禮曲禮上"顧命車右"疏："顧，回頭也。"唐白居易長慶集十二長恨歌："回頭下望人寰處，不見長安見塵霧。"㊁不久，隔一會兒。唐白居易長慶集六九春盡日詩："無人開口共誰語，有酒回頭還自傾。"㊂拒絕，辭謝。明史槃鶼釵記雜劇家麻："這個老師就該回頭他了。"

【回遹】邪僻。詩小雅小旻："謀猶回遹，何日斯沮。"傳："回，邪；遹，辟。"後也指奸邪之人。宋曾鞏元豐類稿三八祭歐陽少師文："諫垣抗議，氣震回遹。"

【回闌】曲折的欄干。闌，同"欄"。元王士熙江亭集題玩芳亭詩："亂鶯穿舞幃，輕蝶立回闌。"

【回避】避忌，躲避。漢書七六趙廣漢傳："所居好用世吏子孫新進年少者，……見事風生，無所回避。"宋蘇軾東坡詞行香子秋興："昨夜霜風，先入梧桐，渾無處回避衰容。"

【回谿】古溝名，又名回谿阪。俗名回阬。長四里，寬二丈，深二丈五尺，在河南洛寧縣東北，即東崤山阪。東漢初，赤眉農民起義軍曾與馮異所部官軍激戰於此。見後漢書十七馮異傳。

【回護】委曲袒護。宋史三八八王希呂傳："（希呂）天性剛勁，遇利害無回護意，惟是之從。"

【回鶻】即"回紇"。唐德宗時，回紇可汗請改回紇爲回鶻。見新唐書二一七回鶻傳。參見"回紇"。

【回顧】回頭看。三國志魏高堂隆傳："上天不蠲，眷然回顧。"又吳孫策傳注引吳歷孫策語張紘："今便行矣，以老母弱弟，委付與君，策無復回顧之憂。"

【回灘】急流回轉之處。唐杜甫杜工部草堂詩箋四十放船："收帆下急水，卷幔逐回灘。"

【回鑾】舊時帝王車駕叫鑾駕，故稱帝王回京叫回鑾。南齊書樂志南郊歌辭："回鑾轉翠，拂景翔宸。"宋邵伯温聞見前録八："真宗祀汾陰過洛，文穆（呂蒙正）尚能迎謁，至回鑾已病。"鑾，也作"鸞"。參見"迴鸞"。

【回鸞】俗禮，結婚後新婦和新郎歸省女家父母叫回鸞。同"回門"。明謝肇淛五雜俎十四事部二："今人三日後，女偕壻省父母，謂之回鸞。閩人謂之轉馬。蓋春秋時有回馬之義也。"

【回文體】見"回文"。

【回心院】唐高宗后王氏及蕭良娣既廢，囚宮中。一日帝至囚所，二人曰："陛下幸念疇日，使妾死更生，復見日月，乞署此爲回心院。"見新唐書七六高宗廢后王氏傳。相傳遼道宗蕭皇后作回心院詞十首，亦以寓望幸之意。見宋王鼎焚椒録、清葉申薌本事詞下。

【回回曆】簡稱回曆。爲穆罕默德所創，分太陰年、太陽年兩種。太陰年以公元622年7月16日穆氏入麥地那的次日爲元年元旦；依太陰繞行地球一周爲一月，各月以初見新月之日爲第一日；十二月爲一年，不置閏月，每三、四年置一閏日於十二月之末；與時節氣候毫無關係，爲純太陰曆。太陽年以春分爲歲首，依太陽行十二宮的一周爲十二月，也有平、閏年之分。歷史紀年及宗教祭祀均用太陰年；農家耕獲則用太陽年。該曆對我國從元到清初的曆法有過一定的影響。參閱明史曆志七至九。

【回帆鼓】宋陸游劍南詩稿十將至京口："船頭坎坎回帆鼓，旗尾舒舒下水風。"按世說新語豪爽注："或曰(王)敦嘗坐武昌釣臺，聞行船打鼓，嗟稱其能。俄而，一槌小異，敦以扇柄撞几曰：'可恨！'(王)應侍側，曰：'不然，此是回颿揭。'使視之，云船人入夾口。應知鼓，又善於敦也。"颿，同"帆"；揭，擊鼓。

【回向文】佛教語。回向即把自己所修功德轉而使衆生歸向佛道的意思。唐善導造發願觀三寶文："願以此功德，平等施一切，同發菩提心，往生安樂國。"净土宗多用這四句偈文，稱爲回向文。見觀無量壽佛經疏一。

【回峯菊】藥草名。即甘菊，又叫白菊。生南陽山谷及田野中，潁川人稱爲回峯菊。見政和證類本草六菊引圖經。

【回雁峯】在湖南衡陽市南，衡山七十二峯之一。其峯勢如雁回轉，相傳雁至衡陽而止，遇春而回。唐宋人詩中多用以爲故實。見湖南通志十一山川四、讀史方輿紀要八十衡陽縣。

【回圖使】五代及北宋時契丹設置的掌管與中原地區進行貿易的官。資治通鑑二八三後晉天福八年："初，河陽牙將喬榮從趙延壽入契丹，契丹以爲回圖使，往來販易於晉，置邸大梁。"舊五代史景延廣傳作"迴圖使"。

【回鶻豆】即豌豆。南宋葉隆禮遼志回鶻豆："回鶻豆，高二尺許，直榦有葉，無旁枝。角長二寸，每角只兩豆，一根纔六七角。色黃，味如粟。"（說郛八六）元忽思慧飲膳正要三作"回回豆子"。

【回鸞舞】古舞曲名。元許有孚圭塘欸乃集和楨韻詩："風吹楊柳回鸞舞，雨浥芙蕖墮馬妝。"

【回山倒海】極言力量强，聲勢大，壓倒一切。魏書高閭傳上表："昔世祖以回山倒海之威，步騎數十萬南臨瓜步，諸郡盡降，而盱眙小城，攻而弗克。"

【回光返照】同"迴光返照"。宋悟明聯燈會要十六繼成禪師:"顛倒一生,永無休歇,直須回光返照,親近明師。"詳"迴光返照"。

【回黄轉緑】同"迴黄轉緑"。清孫星衍芳茂山人詩録一館試春華秋實賦:"回黄轉緑,九秋則不讓三春。"詳"迴黄轉緑"。

【回腸蕩氣】言腸爲之轉,氣爲之舒,常用來比喻音樂或文章感人之深。詳"迴腸盪氣"。

囡 nān ㄋㄢ

小孩。清王應奎柳南隨筆三:"明萬曆戊子,順天舉人李鴻卷中,有一囡字,爲吏部郎中高桂所參。……囡者吴人呼女之辭。然李所用囡字,實囝字之誤耳。"按吴語男孩也稱"囡"。參見"囝"。

囟 xìn ㄒㄧㄣ 息晉切,去,震韻,心。

囟門。也作"顖"。禮内則"男角女羈"漢鄭玄注:"夾囟日角。"疏:"囟是首腦之上縫。"

【囟門】位於頭頂部的前方正中,相當於額骨和左右頂骨聯結的部位。嬰兒因顱骨尚未長成合縫,用手捫摸,可以感覺腦血管的跳動。

四畫

园 wán ㄨㄢ 五丸切,平,桓韻,疑。

削除稜角使圓。同"刓"。莊子齊物論:"五者园而幾向方矣。"後漢書七十孔融傳論:"豈有員园委屈可以每其生哉。"注:"园,即刓字。"

困 kùn ㄎㄨㄣ 苦悶切,去,慁韻,溪。

㊀艱難,窘迫。書盤庚中:"汝不憂朕心之攸困。"禮中庸:"事前定則不困。"㊁使處於困境險地,被困。史記九六申屠嘉傳:"文帝度丞相已困通,使使者持節召通。"丞相,指申屠嘉。通,鄧通,文帝幸臣。㊂貧乏,短缺。左傳僖三十年:"行李之往來,共(供)其乏困。"史記宋微子世家:"歲饑民困,吾誰爲君?"㊃精力不濟,疲憊。後漢書二一耿純傳:"世祖勞純曰:'昨夜困乎?'"㊄易卦名。☱☵,坎下兑上。爲六十四卦之一。

【困乏】㊀貧困。漢書宣帝紀本始四年詔:"蓋聞農者興德之本也,今歲不登,已遣使者振貸困乏。"參見"困㊂"。㊁疲倦。晉書王敦傳:"因作勢而起,困乏,復卧。"

【困戹】窘迫,貧苦。史記七九范雎蔡澤傳贊:"然二子不困戹,惡能激乎?"

【困吝】易蒙:"困蒙,吝。"本爲困於蒙昧而得咎之意。後來稱因事受譴、處於憂患爲困吝。明瞿佑歸田詩話下和獄中詩:"(胡)子昂每誦東坡繫御史臺獄二詩,索予和焉,予在困吝中,辭之不獲。"

【困畏】怯弱。莊子列禦寇:"緣循、偃佒、困畏,不若人。"參見"緣循"。

【困坷】艱苦,窘困。宋蘇軾分類東坡詩七病中大雪答虢令趙薦:"嗟余獨愁寂,空室自困坷。"

【困敦】我國古代曆法紀年的名稱。太歲在子叫困敦。見爾雅釋天。史記天官書:"困敦歲:歲陰在子,星居卯。"

【困頓】疲憊,困倦。後漢書三九劉平傳:"平時復爲郡吏,冒白刃伏(孫)萌身上,被七創,困頓不知所爲。"

【困蒙】困於蒙昧。易蒙:"困蒙,吝。"漢蔡邕蔡中郎集三文烈侯楊公碑:"小子困蒙,匪師不教。"

【困窮】窘蹙,艱難。易需:"剛健而不陷,其義不困窮矣。"宋王安石臨川集三九上仁宗皇帝言事書:"天下之財力日益困窮。"

【困篤】病重垂危。漢王充論衡解除:"病人困篤。"

【困學】遇困難而始學。論語季氏:"困而學之,又其次也。"後泛指刻苦求學。宋朱熹朱文公集二困學詩之二:"困學工夫豈易成?斯名獨恐是虚稱。"

【困躓】窘迫,受挫。文選三國魏鍾士季(會)檄蜀文:"益州先主,以命世英材,興兵朔野,困躓冀徐之郊,制命紹布之手。"先主,劉備。紹、布,袁紹吕布。

【困鬬】困獸猶鬬。比喻最後的挣扎。宋史太祖紀三開寶七年:"將行,召曹彬潘美戒之曰:'城陷之日,慎無殺戮,設若困鬬,則李煜一門不可加害。'"

【困心衡慮】心意困苦,思慮阻塞。意謂盡心竭慮,經過痛苦的思考。孟子告子下:"困於心,衡於慮,而後作。"注:"困,悴於心。衡,横也,横塞其慮於胸中,而後作奇計異策。"

【困學紀聞】宋王應麟撰。二十卷。多爲劄記考證文字,内容有:説經、天道、曆數、地理、諸子、考史、詩文評、雜識等。應麟於宋末以博學見稱,著作甚多,此書尤著名。清閻若璩全祖望程瑶田何焯錢大昕屠繼緒萬希槐等七人爲作箋注,稱七箋本。後翁元圻有更詳細的注釋。

【困獸猶鬬】被圍困的野獸,仍要搏鬬。比喻在絶境中還極力挣扎。左傳宣十二年:"困獸猶鬬,況國相乎?"又定四年:"困獸猶鬬,况人乎?"

囤 1. dùn ㄉㄨㄣ 徒損切,上,混韻,定。

㊀儲存糧食的器物。説文作"笹"。元包經太陰:"豕森囤匿。"魏書孝文紀延興二年詔:"諸倉囤穀麥充積者出賜平民。"

2. tún ㄊㄨㄣ

㊀儲存。如囤貨,囤積居奇。

囦 yuān ㄩㄢ

古"淵"字。見玉篇。元包經太陰一:"物萌於囦。"

【囦泫】水深廣。文選晉郭景純(璞)江賦:"瀇滉囦泫。"

囧 jiǒng ㄐㄩㄥ 俱永切,上,梗韻,見。

窗牖。窗透明,引申爲大明。見唐玄應一切經音義五心明經引倉頡篇。

【囧囧】光明。囧,同"冏"。南朝梁江淹江文通集四雜體孫廷評雜述詩:"冏冏秋月明,憑軒詠堯老。"

囫 hú ㄏㄨˊ 字彙户骨切,音忽。

見"囫圇"。

【囫圇】完整,渾然一體。與"渾淪"同義。朱子語類三四論語十六:"道理也是一箇有條理底物事,不是囫圇一物,如老莊所謂恍惚者。"

【囫圇吞棗】一口吞下,不加辨味。也比喻不求甚解,食而不化。古今雜劇元吳昌齡二郎收猪八戒一:"我見你須臾下禮有蹺蹊,我這裏囫圇吞箇棗不知酸淡。"也作"鶻崙吞棗"。見該條。

囮 1. yóu é ㄧㄡˊ ㄜˊ 以周切,平,尤韻,喻。五禾切,平,戈韻,疑。

㊀鳥媒。用經過訓練的活鳥引誘他鳥前來,伺機捕捉。

2. é ㄜˊ

㊀詐人財物。通"訛"。儒林外史五四:"虔婆聽見他囮着獃子,要了花錢。"

【囮₂頭】訛詐的對象。儒林外史四一:"地方上幾個喇子想來拿囮頭,却無實跡,倒被他駡了一場。"

囱 1. chuāng ㄔㄨㄤ 楚江切,平,江韻,初。

㊀"窗"本字。説文:"囱,在牆曰牖,在屋曰囱"。詳"窗"。

2. cōng ㄘㄨㄥ 倉紅切,平,東韻,清。

㊁竈突。見玉篇。即煙囱。

五 畫

固 gù 古暮切,去,暮韻,見。 ㄍㄨˋ

㊀堅固。論語季氏:"今夫顓臾固而近於費。"戰國策秦一:"大王之國,……東有肴函之固。"注:"固,牢堅,難攻易守也。"也泛稱物體堅固。㊁穩固,安定。國語晉二:"國可以固。"使鞏固。又:"夫固國者在親衆而善鄰。"㊂固執。論語憲問:"非敢爲佞也,疾固也。"㊃鄙陋。禮曲禮下:"君子謂之固。"注:"固,陋也。"㊄副詞。1.堅持,一定。書舜典:"禹拜稽首固辭。"公羊傳襄二七年:"女能固納公乎?"2.已經。通"故"。孟子滕文公上:"滕固行之矣。"3.本來,原來。左傳僖十五年:"愎諫違卜,固敗是求,又何逃焉。"史記留侯世家:"(張)良曰:'沛公自度能卻項羽乎?'沛公默然,良久,曰:'固不能也。'"4.先,姑且。老子:"將欲廢之,必固興之;將欲奪之,必固與之。"㊅通"錮"。見"固疾"。

【固山】滿語美稱。有加於爵上的,如固山貝子;有加於官上的,如固山額真、固山章京。又稱貝子的女兒爲固山格格。參閱清會典事例二宗人府。

【固安】縣名。漢方城縣,屬廣陽國。隋開皇九年置。見太平寰宇記七十涿州、讀史方輿紀要十一順天府。地在今河北省。

【固姑】貴婦人戴的一種帽子。俗稱箍箍帽。元蔣平仲山房隨筆引聶碧窗詠北婦詩:"江南有眼何曾見,争捲珠簾看固姑。"永樂大典服字韻引析津志作"罟罟",真珠船作"顧姑",草木子作"姑姑",續通志作"古庫勒"。見清吳敬南熏殿圖象考元代后像。參見"姑姑㊁"。

【固始】縣名。春秋蓼國地。漢寢縣,東漢改名固始。故城在今河南沈丘縣。參閱寰宇通志八七汝寧府光州固始縣。

【固陋】見識鄙陋。史記一一七司馬相如傳上林賦:"鄙人固陋,不知忌諱。"

【固疾】久難痊愈的疾病。禮月令季冬之月:"行春令,則胎夭多傷,國多固疾。"漢書八二王商傳:"太后前聞商有女,欲以備後宫,商言有固疾。"參見"錮疾"。

【固城】地名。春秋吳瀨渚縣地。以其四面有山可堅守,故稱固城。有水四派,匯流成湖,曰固城湖。參閱太平寰宇記九十升州、讀史方輿紀要二十江寧府。在江蘇高淳縣南。

【固原】縣名。屬寧夏回族自治區。漢置高平縣。北魏置原州。明清爲固原州。見嘉慶一統志甘肅平涼府。1913年改縣。

【固倫】滿語。義爲國,又爲尊貴之義。清代只有皇后的女兒封固倫;公主、妃嬪的女兒封和碩公主。見清會典事例二宗人府封爵。

【固執】堅持不懈。禮中庸:"誠之者,擇善而固執之者也。"後稱堅持己見,不肯變通爲固執。

【固陵】古地名。漢五年,劉邦追項羽至此,韓信彭越兵不至,反爲羽所敗。見史記項羽紀、高祖紀。故城在今河南淮陽縣西北。

【固項】護領。宋朱輔溪蠻叢笑:"朱漆牛皮以護頭頸,名固項。"

【固植】堅定的意志。管子法法:"上無固植,下有疑心。"楚辭宋玉招魂:"弱顏固植。"注:"植,志也。"

【固塞】堅固的要塞。荀子議兵:"然而秦師至而鄢郢舉,若振槁然,是豈無固塞隘阻也哉?"

【固窮】甘處貧困,不失氣節。論語衛靈公:"君子固窮。"晉陶潛陶淵明集三飲酒詩十六:"竟抱固窮節,飢寒飽所更。"

【固寵】保持寵幸。韓非子孤憤:"故當世之重臣,主變勢而得固寵者,十無二三。"

【固關】地名。在河北井陘縣和山西平定縣之間,舊曰故關,即井陘故關。參閱嘉慶一統志二八正定府二。

【固護】㊀精心專一。文選漢馬季長(融)長笛賦:"或乃聊慮固護,專美擅工。"注:"聊慮固護,精心專一之貌。"㊁牢固。南朝宋鮑照鮑氏集一蕪城賦:"觀基扃之固護,將萬祀而一君。"

囹 líng 郎丁切,平,青韻,來。 ㄌㄧㄥˊ

見"囹圄"。

【囹圄】牢獄。韓非子三守:"至於守司囹圄,禁制刑罰,人臣擅之,此謂刑劫。"禮月令仲春之月:"命有司省囹圄。"注:"囹圄,所以禁守繫者,若今别獄矣。"

【囹圉】同"囹圄"。史記秦始皇紀:"虛囹圉而免刑戮。"

囷 qūn 去倫切,平,真韻,溪。 ㄑㄩㄣ

㊀圓倉。詩魏風伐檀:"胡取禾三百囷兮。"㊁見"囷囷"。

【囷囷】曲折回旋的樣子。唐杜牧樊川集一阿房宫賦:"盤盤焉,囷囷焉,蜂房水渦,矗不知乎幾千萬落。"

【囷窌】儲藏糧食的地方。圓的叫做囷,地窖叫做窌。荀子榮辱:"餘刀布,有囷窌,然而不敢有絲帛。"周禮考工記匠人:"囷窌倉城。"

【囷倉】糧倉。韓非子初見秦:"囷倉空虛。"

【囷鹿】儲藏穀物之所。同"囷倉"。國語吳:"市無赤米而囷鹿空虛。"注:"員(圓)曰囷,方曰鹿。"

六 畫

囿 yòu 于救切,去,宥韻,于。 ㄧㄡˋ 于六切,入,屋韻,于。

㊀有圍牆的園地。詩大雅靈臺:"王在靈囿,麀鹿攸伏。"指養禽獸的地方。大戴禮夏小正:"囿,有韭囿也。"又:"囿有見杏。"指菜園、果園。㊁事物萃聚之處。猶言淵藪。文選漢司馬長卿(相如)上林賦:"游乎六藝之囿,馳騖乎仁義之塗。"㊂拘泥,局限,見識不廣。莊子徐无鬼:"辨士無談説之序,則不樂,察士無凌誶之事,則不樂,皆囿於物者也。"

【囿人】古時主管苑囿禽獸的官。見周禮地官囿人。

【囿游】囿中遊憩的地方,指帝王的離宫别苑。周禮地官囿人:"掌囿游之獸禁。"注:"囿游,囿之離宫,小苑觀處也。"

七 畫

圅 hán ㄏㄢˊ

"函"本字。見"函"。

圁 yín 語巾切,平,真韻,疑。 ㄧㄣˊ

水名。史記一一〇匈奴傳:"晉文公攘戎翟,居于河西圁洛之間,號曰赤翟白翟。"

【圁水】水名。也作"闇水"。漢書地理志下説闇水出上郡白土縣,東入河。水經注三河水説闇水又東經鴻門縣及闇陰縣北。嘉慶一統志二三九榆林府一據通志説闇水即禿尾河。其源出今內蒙古伊克昭盟境內之鄂爾多斯高原。參閱王先謙漢書補注。

圃 pǔ 博古切,上,姥韻,幫。 ㄆㄨˇ 博故切,去,暮韻,幫。

㊀種植果木瓜菜的園地。詩豳風七月:"九月築場圃。"㊁種菜的人。論語子路:"吾不如老圃。"㊂盛,大。國語周中:"藪有圃草。"注:"茂,大也,必有茂大之草之財用之也。"

【圃田】古澤藪名。周禮夏官職方氏:"河南曰豫州……其澤藪曰圃田。"也作甫田。詩小雅車攻"東有甫草"漢鄭玄箋:"甫田之草。"地在今河南中牟縣西。

圄 yǔ ㄩˇ 魚巨切,上,語韻,疑。

㊀監獄。晏子春秋諫下:"(齊)景公藉重而獄多,拘者滿圄,怨者滿朝。"㊁囚禁。左傳宣四年:"圄伯嬴於轑陽而殺之。"

【圄空】無人犯罪,獄中爲空。文選漢王子淵(褒)聖主得賢臣頌:"昔周公躬吐握之勞,故有圄空之隆。"漢書圄作"圉"。

圂 1. hùn ㄏㄨㄣˋ 胡困切,去,慁韻,匣。

㊀猪圈。漢書五行志中之下:"豕出圂。"引申爲廁所。見説文。

2. huàn ㄏㄨㄢˋ

㊀通"豢"。詳"圂₂腴"。

【圂₂腴】猪犬的腸胃。禮少儀:"君子不食圂腴。"疏:"圂,猪犬也,腴,猪犬腸也。"

八 畫

圈 1. juàn ㄐㄩㄢˋ 求晚切,上,阮韻,羣。渠篆切,上,獮韻,羣。

㊀畜欄。史記一〇二張釋之傳:"從行登虎圈。"㊁姓。廣韻:"後漢末圈稱字幼舉,撰陳留風俗傳。"

2. quān ㄑㄩㄢ 集韻驅圓切,平,僊韻。

㊂屈木所製的器皿。通"卷"。禮玉藻:"母没而杯圈不能飲焉。"㊃凡屈曲線成圓形的叫圈。㊄圍住。見"圈₂閉"。㊅轉。見"圈₂豚"。

【圈牢】飼養家畜的地方。三國志魏陳思王植傳求自試表:"虛荷上位而忝重禄,禽息鳥視,終於白首,此徒圈牢之養物,非臣之所志也。"

【圈₂套】㊀範圍。朱子語類一二〇訓門人:"某不是要教人步步相循,都來入這圈套。"㊁引誘人上當或受害的計策。古今雜劇元戴善夫陶學士醉寫風光好一:"陶學士由你千般計較,枉自惹人談笑,休誇伶俐精詳,必定中我圈套。"

【圈₂閉】禁閉。晉書劉頌傳上疏:"魏氏承之,圈閉親戚,幽囚子弟。"

【圈₂豚】徐步趨行貌。禮玉藻:"圈豚行,不舉足,齊如流。"注:"圈,轉也,豚之言若有所循,不舉足曳踵,則衣之齊如水之流矣。……此徐趨也。"

【圈₂禁】清制宗室覺羅犯罪,應枷及徒以至軍流者,皆折以板責,圈禁於空房。枷罪徒罪均拘禁,軍流罪加鎖禁。參閲清會典事例十宗人府職制議罪。

【圈檻】圈禁野獸的柵欄。淮南子主術:"故夫養虎豹犀象者,爲之圈檻,供其嗜欲,適其饑飽,違其怒恚。"

圊 qīng ㄑㄧㄥ 七情切,平,清韻,清。

糞槽,廁所。廣雅釋宫:"圊,廁也。"

【圊溷】廁所。三國志蜀諸葛亮傳評注引袁子:"所至營壘、井竈、圊溷、藩籬、障塞,皆應繩墨。"

圉 1. yǔ ㄩˇ 魚巨切,上,語韻,疑。

㊀養馬。左傳僖二八年:"不有行者,誰扞牧圉?"注:"牛曰牧,馬曰圉。"養馬的人也叫圉。左傳昭七年:"馬有圉,牛有牧。"㊁邊境。左傳隱十一年:"亦聊以固吾圉也。"㊂牢獄。漢書六四下王褒傳聖主得賢臣頌:"昔周公躬吐捉之勞,故有圉空之隆。"文選圉作"圄"。參見"囹圉"。㊃樂器名。通"敔"。詩周頌有瞽:"鞉磬柷圉。"詳"敔"。㊄月在丁叫圉。見爾雅釋天。

2. yù ㄩˋ

㊅扞禦。通"禦"。墨子節用上:"冬以圉寒,夏以圉暑。"

【圉人】官名。掌管養馬放牧等事。見周禮夏官圉人。也泛稱養馬的人爲圉人。左傳襄二七年:"使圉人駕。"又莊三二年有圉人犖。

【圉余】月在丁叫圉。又四月爲余,因以圉余爲夏曆四月的別名。見爾雅釋天。

【圉師】官名。掌教圉人養馬。見周禮夏官圉師。

【圉圉】困而未舒的樣子。孟子萬章上:"昔者有饋生魚於鄭子產,子產使校人畜之池,校人烹之。反命曰:'始舍之,圉圉焉;少則洋洋焉,攸然而逝。'"

國 guó ㄍㄨㄛˊ 古或切,入,德韻,見。

㊀國家。周禮天官太宰:"以佐王治邦國。"注:"大曰邦,小曰國。"㊁國都,城邑。左傳隱元年:"先王之制,大都不過參國之一。"國語周中:"國有班事,縣有序民。"注:"國,城邑也。"㊂封地,食邑。戰國策齊四:"孟嘗君就國於薛。"㊃姓。齊國氏,太公之後。參閲左傳僖十二年。

【國人】㊀居住在城邑内的人。周禮地官泉府:"國人郊人從其有司。"疏:"國人者,謂住在國城之内,即六鄉之民也。"㊁全國的人。孟子梁惠王下:"國人皆曰可殺,然後察之。"

【國士】㊀勇力冠於全國的人。左傳成十六年:"皆曰國士在,且厚,不可當也。"荀子子道:"雖有國士之力,不能自舉其身。"注:"國士,一國勇力之士。"㊁國中才能出衆的人。戰國策趙一:"知伯以國士遇臣,臣故國士報之。"參見"國士無雙"。

【國工】國中技藝高超的人。周禮考工記輪人:"良蓋弗冒弗紘,殷畝而馳,不隊,謂之國工。"指長於造車的技工。史記一〇五倉公傳:"師光喜曰:'公必爲國工。'"指名醫。

【國子】公卿大夫的子弟。國語周上:"宣王欲得國子之能導訓諸侯者。"漢書禮樂志上:"國子者,卿大夫之子弟也。"

【國山】山名。在江蘇宜興縣西南,本名離里山。山有九峯相連,也名九斗山,又名升山。吳孫晧封禪於此,更名曰國山。見太平寰宇記九二常州。

【國王】封建王朝最高的封爵。自漢至明皆沿用。宋元又以國王爲封號。如宋平定江南後封原吳越王錢俶爲淮海國王。清代則稱親王。

【國公】官爵名。隋始置。位在郡王下、郡公上。自唐至明皆因之。清代惟宗室及藩部得封鎮國公,輔國公。

【國手】國中藝能出衆的人。唐白居易長慶集五五醉贈劉二八使君詩:"詩稱國手徒爲爾,命壓人頭不奈何。"此指詩家。唐詩紀事六五裴説棋:"人心無算處,國手有輸時。"此稱善棋者。

【國主】㊀一國的君主。文選李少卿(陵)答蘇武書:"故欲如前書之言,報恩於國主耳。"三國志魏董卓傳"諸阿附卓者皆下獄死"注引三國吳謝承後漢書:"(王)允責(蔡)邕曰:'……君爲王臣,世受漢恩,國主危難,曾不倒戈,卓受天誅,而更嗟痛乎?'"㊁次於皇帝的稱號。如五代南唐李景奉北周年號,自稱唐國主,周稱之爲江南國主。宋仁宗時册命趙元昊爲夏國主。見宋陸游老學庵筆記六。

【國本】立國的根本。管子八觀:"故曰計斂與,量上意,察國本,觀民産之所有餘不足,而存亡之國可知也。"南史郭祖深傳:"人爲國本,食爲人命。"封建王朝特指確定皇位繼承關係、建立太子爲國本。唐大詔令集二八册遂王爲皇太子文:"建立儲嗣,崇嚴國本。"

【國民】一國之民。左傳昭十三年:"國民信之。"又,漢諸侯王藩國内之民也稱國民。漢書諸侯王表下藉陽侯顯:"坐恐猲國民取財物，免。”

【國史】㊀一國或一朝的歷史。晉杜預春秋經傳集解序：“諸侯亦各有國史。”後漢書四十班固傳：“既而有人上書顯宗，告固私改國史者，有詔下郡，收固下京兆獄。”㊁國家的史官。詩周南關雎序：“國史明乎得失之迹。”疏：“國史者，周官大史、小史、外史、御史之等皆是也。”晉杜預春秋經傳集解序：“身爲國史，躬覽載籍，必廣記而備言之。”

【國母】帝王之母。魏書張普惠傳：“命之爲國母。”宋詩鈔汪元量水雲詩鈔醉歌：“國母已無心聽政，書生空有淚成行。”

【國用】國家的開支。禮王制：“冢宰制國用，必於歲之杪，五穀皆入，然後制國用，……量入以爲出。”晉書王羲之傳遺謝安書：“重斂以資姦吏，令國用空乏，良可歎也！”

【國字】封建王朝統治者將本族文字定爲國字。也叫國書。如元以蒙文、清以滿文爲國字。元史輿服志二儀仗：“外辦牌制，以象牙書國字，背書漢字，填以金。”此指蒙古文字。參見“國書”。

【國老】㊀古代告老退職的卿大夫。禮王制：“有虞氏養國老於上庠，養庶老於下庠。”㊁甘草的別名。甘草爲中藥配劑的常用藥，起調和衆藥的作用，所以有國老之稱。參閱政和證類本草六甘草引名醫別録。

【國色】㊀舊指姿容極其美麗的女子。公羊傳僖十年：“驪姬者，國色也。”㊁牡丹，色極豔麗，有國色之稱。唐劉禹錫劉夢得集五賞牡丹詩：“惟有牡丹真國色，花開時節動京城。”參見“國色天香”。

【國豆】即胡豆。太平御覽八四一晉陸翽鄴中記：“石虎諱胡，胡物皆改名，胡豆曰國豆。”

【國忌】封建時代稱皇帝及皇后的死日爲國忌。唐律疏議二六雜律國忌作樂：“諸國忌廢務日作樂者，杖一百。”唐元稹長慶集二六辛夷花詩：“縛遣推囚名御史，狼藉囚徒滿田地。明日不推緣國忌，依前不得花前醉。”參見“國忌行香”。

【國防】古代統治者認爲禮義與國體有關，爲維護國體，禮義必須嚴明，爲此而採取的防禁措施，稱國防。後漢書七十孔融傳：“臣愚以爲宜隱郊祀之事，以崇國防。”今指國家爲捍衛領土主權、防備外來侵略而採取的防務措施。

【國步】㊀國家的命運。步，時運。詩大雅桑柔：“於乎有哀，國步斯頻。”藝文類聚十三南朝宋謝莊孝武帝哀策文：“王室多故，國步方蹇。”㊁國土。唐高適高常侍集五古大梁行：“軍容帶甲三十萬，國步連營五千里。”

【國兵】國家的軍隊。史記項羽紀：“且國兵新破，王坐不安席，掃境内而專屬於將軍，國家安危，在此一舉。”漢書七八蕭望之傳：“京兆尹張敞上書言：‘國兵在外，軍以夏發。’”

【國均】詩小雅節南山：“尹氏大師，維周之氐，秉國之均，四方是維。”均，平。言主持國政，本於公平，以維持安定四方。後因以國均指國家的重臣。文選南朝梁任彦昇（昉）出郡傳舍哭范僕射詩：“已矣余何歎，輟舂哀國均。”

【國法】國家的法令制度。多指國家的法紀。周禮秋官朝士：“凡民同貨財者，令以國法行之。”韓非子内儲下六微：“大臣貴重，敵主爭事，外市樹黨，下亂國法。”

【國社】諸侯爲百姓所立祭地神的地方。禮祭法：“諸侯爲百姓立社曰國社，諸侯自爲立社曰侯社。”史記漢褚少孫補三王世家：“所謂‘受此土’者，諸侯王始封者必受土於天子之社，歸立之以爲國社，以歲時祠之。”

【國事】國家的政事。戰國策燕三：“（鞫武）出見田光，道太子曰願圖國事於先生。”史記八四屈原傳：“入則與王圖議國事，以出號令。”參見“國是”。

【國門】㊀都城之門。管子乘馬：“距國門於外，窮四竟（境）以内。”後漢書十六寇榮傳上書：“臣思入國門，坐於肺石之上，使三槐九棘平臣之罪。”㊁古代稱守護城門的小神。禮祭法稱王自立和爲羣姓立七祀，其三爲國門。

【國典】國家的典章制度。國語魯上：“夫祀，國之大節也，而節，政之所成也，故慎制祀以爲國典。”注：“典，法也。”北史王肅傳：“肅明練舊事，虚心受委，朝儀國典，咸自肅出。”

【國命】國家的命脈。封建王朝多指祭祀、征伐等禮樂儀典。論語季氏：“陪臣執國命，三世希不失矣。”引申爲國事之大權。後漢書七八宦者傳論：“鄧后以女主臨政，……帷幄稱制，下令不出房闈之間，不得不委用刑人，寄之國命。”

【國秉】國家政權。同“國柄”。史記絳侯周勃世家：“許負相之，曰：‘君後三歲而侯。侯八歲爲將相，持國秉，貴重矣，於人臣無兩。’”

【國使】國家派出的使節。周禮秋官象胥：“象胥掌蠻夷閩貉戎狄之國使。”漢書宣帝紀本始二年：“烏孫昆彌及公主，因國使者上書。”注：“國使者，漢朝之使也。”

【國狗】國中的狗。左傳哀十二年：“長木之斃，無不摽也；國狗之瘈，無不噬也。”也以喻妒賢害能之人。

【國姓】帝王的姓氏。君主時代帝王自以爲即國家，把王朝的姓稱爲國姓。晉書恭帝紀元熙二年：“帝幼時，性頗忍急。及在藩國，曾令善射者，射馬爲戲。既而有人云，馬者國姓，而自殺之，不祥之甚。”按晉王朝姓司馬，故云。

【國計】㊀國家的方針大計。戰國策西周：“秦欲攻周，周最謂秦王曰：‘爲王之國計者，不攻周。攻周，實不足以利國，而聲畏天下。’”三國志魏華歆傳：“君深慮國計，朕甚嘉之。”㊁國家的經濟。荀子富國：“如是則上下俱富，交無所藏之，是知國計之極也。”

【國庠】國家開設的學校。唐會要三五：“豈有國庠，遂無圖繪，請令有司，圖形於壁。”

【國度】㊀國家的命運。初學記十一東漢崔駰司徒箴：“尹氏不堪，國度斯愢。”愢，慫的異體字。㊁國家的經費。廣弘明集十九梁武帝重答御講敕勑：“緣邊未入，國度多乏。”

【國冠】極高的官位。史記楚世家：“陳軫曰：‘今君已爲令尹矣，此國冠之上。’”索隱：“令尹，尹中最尊，故以國爲言，猶如卿子冠軍然。”

【國恤】㊀可憂慮的國事。左傳襄四年：“忘其國恤而思其麀牡。”㊁指帝后之喪。唐長孫無忌修訂新禮，太常博士蕭楚材等以爲帝王準備凶事，非臣之所宜言，所以焚去國恤一篇。見唐柳宗元柳先生集九唐故萬年令裴府君墓碣、資治通鑑二〇〇唐顯慶三年。

【國軌】春秋時管仲治理齊國管理經濟的法規。軌，法。管子山國軌：“國軌布於未形，據其已成，乘令而進退，無求於民，謂之國軌。”指掌握産銷情況，調劑物資，增加積累。又：“上立軌於國民之貧富，如加之以繩，謂之國軌。”指稅收。

【國故】㊀國家遭受的凶、喪、戰爭等重大變故。禮文王世子：“凡釋奠者，必有合也。有國故則否。”宋蘇軾東坡集續集四與滕達道書之二：“別後不意遽聞國故，哀號追慕，迨今未已。”參閱清孫希旦禮記集解二十。㊁我國固有的文化、學術。故，通訓詁之“詁”。近人章炳麟有國故論衡。

【國柄】國家大權。六韜守士："無借人國柄，借人國柄，則失其權。"韓非子人主："大臣太貴，所謂貴者，無法而擅行，操國柄而便私者也。"

【國是】國家大計。猶言國事。漢劉向新序雜事二："願相國與諸侯士大夫共定國是，寡人豈敢以褊國驕民哉！"後漢書二八桓譚傳："君臣不合，則國是無從定矣。"

【國冑】王侯之子。義同國子。晉書一〇八慕容廆載記："其世子皝率國冑束脩受業焉。"

【國香】㊀指極香的花。左傳宣三年："以蘭有國香，人服媚之如是。"後因稱蘭爲國香。唐宋之問集下過史正議宅詩："國香蘭已歇，里樹橘猶新。"也以稱其他花。宋蘇軾分類東坡詩十四再和楊公濟梅花十絕："憑仗幽人收艾蒳，國香和雨入青苔。"指梅花。宋楊萬里誠齋集八蠟梅詩："天向梅梢別出奇，國香未許世人知。"指蠟梅。㊁贊人的品德。唐溫庭筠詩集三中書令裴公挽歌詞之二："國香荀令(荀彧)去，樓月庾公(庾亮)來。"

【國威】國家的威望。管子法禁："同人心，一國威，齊士義。"後漢書二三竇憲傳："宣明國威，而兵隨其後。"

【國風】㊀詩經的一部分。採自各地民間歌謠。有十五國風，自周南至豳風共一百六十篇。㊁國家風俗。河嶽英靈集上宋中送韋參軍詩："國風沖融邁三五，朝廷歡樂彌寰宇。"

【國胤】舊稱皇位繼承人。後漢書三〇下襄楷傳："國胤不興，孝冲、孝質頻世短祚。"

【國信】㊀國家的威信。後漢書十六寇恂傳："今天下初定，國信未宣。"㊁兩國通使作爲憑證的符節文書。唐張籍張司業集四送金少卿副使歸新羅詩："過海便應將國信，到鄉猶自着朝衣。"

【國皇】星名。史記天官書："國皇星，大而赤，狀類南極。"正義："國皇星者，大而赤，狀類南極老人，去地三丈，如炬火。"

【國姻】帝王的姻親。宋書王僧達傳："門爵國姻，一不貶絕。"晉書王蘊傳："可暫臨此任，以舒國姻之重。"

【國紀】㊀國家的禮制法令。左傳襄二三年："干國之紀，犯門斬關。"國語晉四："夫禮，國之紀也。"㊁國中善於經紀的人。管子侈靡："擇其好名，因使長民，好而不已，是以爲國紀。"

【國家】㊀階級壓迫的工具，指實施統治的組織。古代諸侯稱國，大夫稱家。也以國家爲國之通稱。書立政："其惟吉士，用勱相我國家。"指西周。韓非子愛臣："社稷將危，國家偏威。"指諸侯國。㊁公家。梁書賀琛傳："我自除公宴，不食國家之食，多歷年稔，乃至宮人亦不食國家之食，積累歲月。"㊂帝王。後漢書祭祀志上"二月，上至奉高"注引應劭漢官馬第伯封禪儀記："國家居太守府舍，諸王居府中。"指光武帝。晉書陶侃傳："侃厲色曰：'國家年小，不出胸懷。'"指成帝。

【國容】㊀國家的禮制儀節。司馬法天子之義："古者國容不入軍，軍容不入國。"唐李白李太白詩二古風之四六："一百四十年，國容何赫然。"㊁同"國色㊀"。文苑英華九六唐富嘉謩麗色賦："俄而世姝即，國容進，疑自持兮動盼，目爛爛兮昭振。"

【國祚】帝王之位。後漢書順沖質帝紀論："古之人君，離幽放而反國祚者有矣。"也指國家的命運。宋陳亮龍川集箴銘贊："國祚若旒，誰任其責。"

【國記】同"國史㊀"。魏書高允傳："後詔允與司徒崔浩述成國記，以本官領著作郎。"

【國馬】㊀國中良馬。莊子徐无鬼："吾相馬，直者中繩，曲者中鉤，方者中矩，圓者中規，是國馬也。"㊁平時養於民間、戰時由國家徵用的馬。國語楚下："國馬足以行軍，公馬足以稱賦。"注："國馬，民馬也。"參見"兩馬"。

【國恥】國家所蒙受的恥辱。禮哀公問："物恥足以振之，國恥足以興之。"後漢書七三劉虞傳："今天下崩亂，主上蒙塵，吾被重恩，未能清雪國恥。諸君各據州郡，宜共勠力，盡心王室，而反造逆謀以相垢誤邪？"

【國書】㊀同"國史㊀"。魏書高祐傳："請取有才用者，參造國書。"㊁國家間往來或共同議定的文書。隋書倭國傳："大業三年，其王多利思比孤遣使朝貢。……其國書曰：'日出處天子致書日没處天子，無恙。'"宋胡宿文恭集七論北界點集事宜："差遣能專對近臣，往使北戎，與議定國書，固其鄰好。"㊂遼金元清王朝各以本族文字爲國書，如元爲蒙文、清爲滿文等。

【國財】國家的財富。莊子天運："至貴，國爵并焉；至富，國財并焉；至願，名譽并焉。"管子地數："內守國財，而外固天下矣。"

【國師】㊀國家的軍隊。左傳襄十八年："子殿國師，齊之辱也。"㊁王莽所置輔佐皇帝的官職。與太師、太傅、國將並稱四輔。漢書三六劉歆傳："及王莽篡位，歆爲國師。"㊂太師的別稱。後漢書二七趙典傳："公卿復表典篤學博聞，宜備國師。"㊃國子祭酒。梁書王承傳："俄轉國子祭酒，承祖儉及父暕，嘗爲此職，三世爲國師，前代未之有也。"㊄帝王賜給高僧的尊號。北齊以法常爲國師，國師之名始於此。見宋釋贊寧僧史略中國師。

【國能】著名於一國的技能。莊子秋水："且子獨不聞壽陵餘子之學行於邯鄲與？未得國能，又失其故行矣，直匍匐而歸耳。"文苑英華八九二唐韋貫之南平郡王高崇文神道碑："術窮祕要，藝擅國能。"

【國情】國家情況。戰國策秦一："陳軫爲王臣，常以國情輸楚。"

【國教】國家的教化。戰國策漢劉向序："故其謀扶急持傾，爲一切之權，雖不可以臨國教，化兵革，亦救急之勢也。"唐孟郊孟東野集九讀經詩："海萍國教異，天聲各泠泠。"

【國基】國家的根本。左傳昭十三年："仲尼謂子產於是行也，足以爲國基矣。"管子輕重丁："動之以言，潰之以辭，可以爲國基。"

【國務】國家的政務。商君書壹言："國務不可不謹也。"

【國尉】官名。同"太尉"。史記七三白起傳："起遷爲國尉。"正義："言太尉。"

【國陰】㊀舊時謂男爲陽，謂女爲陰。國陰指帝王的后妃。漢書八五杜鄴傳："臣聞陽尊陰卑，……是以男雖賤，各爲其家陽；女雖貴，猶爲其國陰。"㊁都城北郊。南齊書樂志："北郊樂歌辭……皇帝初獻，奏地德凱容之樂：'繕方丘，端國陰；掩珪瘞，仰靈心。'"

【國常】國家的典章制度。左傳襄二三年："毋或如叔孫僑如，欲廢國常，蕩覆公室。"

【國將】㊀官名。王莽所置輔佐皇帝的官職。與太師、太傅、國師稱爲四輔。漢書九九中王莽傳："哀章爲國將。"㊁國家的將帥。後漢書七十鄭泰傳："明公出自西州，少爲國將，閑習軍事，數踐戰場。"

【國戚】后妃的家族。宋書臧質傳："質國戚勳臣，忠誠篤亮。"晉書王愷傳："愷既世族國戚，性復豪侈。"

【國貨】國內所出產的貨物。周禮地官司關："司關掌國貨之節，以聯門市。"後來稱本國所產、所製造的商貨爲國貨，與從國外進口的商貨相對稱。

【國卿】官名。諸侯的正卿,位僅次於諸侯。左傳成二三年:"國卿,君之貳也。"

【國壻】皇帝的女壻。晉干寶搜神記十六:"今之國壻,亦爲駙馬矣。"

【國朝】本朝。文選三國魏曹子建(植)求自試表:"今臣無德可述,無功可紀,若此終年,無益國朝。"唐韓愈昌黎集二薦士詩:"國朝盛文章,子昂始高蹈。"子昂,陳子昂。

【國華】㊀國家的光榮。國語魯上:"且吾聞以德榮爲國華,不聞以妾與馬。"㊁國家的精華,多指傑出的人材。後漢書八二上方術傳論:"而或者忽不踐之地,賒無用之功,至乃誚諛遠術,賤斥國華。"

【國喪】書堯典記堯死時,"百姓如喪考妣,三載四海遏密八音"。後世帝、后之喪,稱國喪。

【國鈞】國家的重任。唐白居易長慶集一贈樊著作詩:"卒使不仁者,不得秉國鈞。"參見"國均"。

【國策】戰國策的簡稱。詳"戰國策"。

【國道】㊀治國之道。穀梁傳桓六年:"壬午,大閱。大閱者何?閱兵車也。修明教論,國道也。"韓非子飭邪:"鄒衍之事燕,無功而國道絕。"㊁大路。墨子非攻下:"棘生乎國道。"孫詒讓墨子閒詁:"國道,謂道中九經九緯之涂也。"

【國瑞】國家的吉兆。古時把某種自然現象的變異附會爲國家的喜慶徵兆。也用來指國家傑出的人材。文苑英華八三一唐舒元輿鄂政記:"公德如慶雲景星,所出必爲國瑞。"

【國勢】國家權力。後漢書天文志中:"是時,安帝未臨朝,鄧太后攝政,鄧騭爲車騎將軍,弟弘、悝、閶皆以校尉封侯,秉國勢。"

【國賊】危害國家的人。荀子臣道:"不卹君之榮辱,不卹國之臧否,偷合苟容,以持祿養交而已耳,謂之國賊。"

【國號】國家或朝代的名號。史記五帝紀:"自黃帝至舜禹,皆同姓而異其國號。"我國歷史上王朝更替,例必更改國號。歷代農民起義建立政權後也自建國號。如秦末陳勝建國號張楚;明末李自成建國號大順等。

【國貉】即知聲蟲。詳"知聲蟲"、"蟲蠁"。

【國奢】帝、后乳母的丈夫。唐竇懷貞娶韋后乳母王氏,因自稱"皇后阿奢",也有人叫他爲國奢。見舊唐書一八三竇德明傳附竇懷貞。奢,zhē。

【國舅】指皇帝的母舅和妻舅。唐裴庭裕東觀奏記中:"韋澳爲京兆尹,豪右斂手。國舅鄭光莊不納租,澳縶其主者。"鄭光,宣宗母鄭太后弟。遼代以國舅二字冠於官爵之上,如國舅太師、國舅詳穩、國舅別部等。見遼史百官志一。

【國賓】㊀來朝聘的諸侯與孤卿大夫。一說爲老臣。周禮春官司几筵:"筵國賓于牖前。"注:"鄭司農(衆)云:禮記國賓,老臣也。……玄謂國賓,諸侯來朝,孤卿大夫來聘。"㊁新王朝對舊王朝後人的尊稱。唐律疏議一名例:"昔武王克商,封夏后氏之後於杞,封殷氏之後於宋,若今周後介公,隋後酅公,並爲國賓者。"

【國語】㊀書名。又稱春秋外傳。全書二十一篇,相傳爲春秋時左丘明作。爲分國敘述的記言史書,載周魯齊晉鄭楚吳越八國事,其中以晉語爲最詳。起自周穆王十二年(公元前 990 年),終於周貞定王十六年(公元前 453 年)。三國吳韋昭採鄭衆賈逵虞翻唐固諸家作注,宋宋庠廣唐人舊音作補音。相傳至今的以宋明道二年刊本爲最早。㊁封建王朝統治者定本族語言爲國語。如後魏拓跋氏定鮮卑語爲國語。參閱隋書經籍志一經部小學類後敍。

【國榷】明談遷撰。明朝編年史,傳鈔本未分卷,古籍出版社版分全書爲一〇四卷,另卷首四卷。起自元天曆元年,至明弘光元年。該書以明實錄爲基礎,廣求遺文,保留了不少有價值的史料。

【國網】國家的刑律。網,喻其嚴密。三國志魏曹洪傳"乃得免官削爵土"注引魏略:"老悖倍貪,觸突國網,罪迫三千,不在赦宥。"文選南朝梁任彥昇(昉)齊竟陵文宣王行狀:"國網天憲,寔諧掌握,未嘗鞠人於輕刑,錮人於重議。"

【國論】㊀有關國事的計議。漢書八三薛宣傳:"經術文雅,足以謀王體,斷國論。"㊁金代官長稱勃極烈,其次稱國論忽魯勃極烈。國論,言貴;忽魯,猶總帥。又有國論勃極烈,即國相。見金史百官志一。清代稱"固倫"。參見"固倫"。

【國慶】國家吉慶之事。晉陸機陸士衡集十五等諸侯論:"國慶獨饗其利,主憂莫與其害。"南朝宋鮑照鮑氏集五數詩:"三朝國慶畢,休沐還舊邦。"今稱國家建立的紀念日爲國慶。

【國殤】爲國犧牲的人。楚辭九歌有國殤篇。南朝宋鮑照鮑氏集三代出自薊北門行詩:"投軀報明主,身死爲國殤。"

【國舉】爲國中所推重的人。世說新語賞譽:"庾公(庾亮)云,逸少(王羲之)國舉。故庾倪(庾倩)爲碑文,云拔萃國舉。"

【國畿】即王畿。周禮夏官大司馬:"乃以九畿之籍,施邦國之政,職方千里曰國畿。"參見"王畿"。

【國樂】國家規定之樂,以備祭祀、賓客、兵戎之用。如遼有國樂、雅樂、大樂、散樂之分。見遼史樂志。

【國憲】國家的法制刑律。漢書一〇〇下敘傳:"釋之典刑,國憲以平。"張釋之,漢文帝時曾任廷尉,掌刑獄。

【國諱】㊀國喪。宋書蕭思話傳:"下官近在歷下,始奉國諱。"㊁封建時代凡書寫皇帝之名須避忌,叫國諱。唐六典四禮部尚書:"若寫經史羣書及撰錄舊事,其文有犯國諱者,皆爲字不成。"即故意寫成缺筆,或避去本字,以它字代替。如清朝康熙帝名玄燁,所以清刻書刊凡玄字均改爲元字,或作玄,缺末筆,通行的十三經注疏,鄭玄都作鄭元。參見"避諱"。

【國器】㊀指具有治國才能的人。荀子大略:"口不能言,心能行之,國器也。"史記晉世家:"晉公子賢而困於外久,從者皆國器。"㊁國家的寶器。指鐘鼎之屬。抱朴子任命:"或運思於立言,或銘勳乎國器,殊途同歸,其致一也。"

【國學】國家設立的學校。周禮春官樂師:"掌國學之政,以教國子小舞。"參見"國子監"。

【國醫】㊀御醫。宋趙昇朝野類要二國醫:"此名醫中選差,充診御脈,內宿祗應,此是翰林金紫醫官。"㊁國內著名的醫生。宋史二八八高若訥傳:"因母病遂兼通醫書,雖國醫皆屈伏。"

【國儲】㊀太子。漢書七一疏廣傳:"太子國儲副君,師友必於天下英俊,不宜獨親外家許氏。"㊁國家的儲備。隋書食貨志:"常調之外,逐豐稔之處,折絹糴粟,以充國儲。"

【國璽】見"傳國璽"。

【國難】國家的危難。漢書八四翟方進傳:"莫能亢扞國難。"三國魏曹植曹子建集六白馬篇詩:"捐軀赴國難,視死忽如歸。"

【國寶】國家的寶器。左傳成二年:"子得其國寶。"注:"謂甗磬。"後亦稱傑出的人才或名貴的東西爲國寶。荀子大略:"口能言之,身能行之,國寶也。"

【國籍】國家的典籍。魏書李彪傳:"今

求都下乞一静處，綜理國籍，以終前志。”今指個人所具有的屬於某個國家的身分。

【國體】 ㊀國家典章制度。漢書成帝紀陽朔二年：“儒林之官，四海淵原，宜皆明於古今，温故知新，通達國體，故謂之博士。”㊁國家的體面。後漢書六十孔融傳上疏：“(劉表)雖昏潛惡極，罪不容誅，至於國體，宜且諱之。”

【國變】 國家的變故。管子小匡：“今夫商羣萃而州處，觀凶飢，審國變，察其四時，而監其鄉之貨，以知其市之賈。”

【國讎】 國家的仇敵。讎，同“仇”。三國魏曹植曹子建集五雜詩之六：“國讎亮不塞，甘心思喪元。”

【國蠹】 比喻敗壞國家的壞人。左傳襄二二年：“國之蠹也，令倍其賦。”文苑英華六二五唐裴度請不用奸臣表：“上答殊私，下塞羣望，誓除國蠹，無以爲家。”

【國子監】 封建王朝的教育管理機構和最高學府。漢有太學，晉立國子學，北齊稱爲國子寺，隋煬帝始改爲國子監。唐宋以國子監總轄國子、太學、四門等學。元代設國子學、蒙古國子學、回回國子學，亦稱國子監。明清僅設國子監。明自景泰以後，以國用不足，許生員納粟入監。清光緒三十一年設學部，國子監遂廢。

【國山碑】 碑名。見“天發神讖碑”。

【國史補】 書名。即唐國史補。詳該條。

【國史館】 纂修國史的官署。漢時稱著作東觀。魏明帝置專官，稱著作郎。晉爲著作省；唐爲著作局；宋爲史館；金爲國史院；元置翰林兼國史院。明廢不設。清時翰林院内有國史館，設總纂、提調、纂修等官。

【國秀集】 唐芮挺章编，三卷。天寶三年成書。共選唐李嶠及編者等九十人詩，共二百二十首。舊序一篇，陳振孫書録解題認爲樓穎所作。

【國姓爺】 指明末民族英雄鄭成功。鄭成功原名森，芝龍子。國學生。南明隆武(朱聿鍵)愛其材器，賜姓朱，改名成功。因朱是明朝皇帝之姓，故人稱國姓爺。見清錢澄之所知録上。

【國清寺】 寺名。在今浙江天台縣天台山中，本名天台寺。隋開皇十八年僧智顗募建。相傳顗曾夢定光曰，寺若成，國卽清；大業中因此改名國清。該寺屢經興廢，今廟爲清雍正十一年重建。參閲浙江通志二三四寺觀七。

【國一禪師】 公元714—792年。唐僧，卽杭州徑山道欽禪師。蘇州崑山人，姓朱。玄素禪師弟子。始住徑山，爲開山祖。大曆三年，詔至京，賜號國一。辭歸本山。貞元八年十二月死，謚大覺禪師。參閲景德傳燈録四杭州徑山道欽禪師、宋高僧傳九。

【國士無雙】 國中獨一無二的人才。史記九二淮陰侯傳：“諸將易得耳。至如(韓)信者，國士無雙。”參見“國士㊀”。

【國子祭酒】 學官。漢置博士祭酒，西晉改爲國子祭酒，歷代因之；掌領太學、國子學或國子監所屬各學。清末改學制廢。參閲文獻通考五七職官十一。

【國老談苑】 舊題夷門隱叟王君玉撰。直齋書録解題、文獻通考、宋史藝文志都作國老閒談，夷門君玉撰，不著其姓。一卷，凡八十八條。專記宋太祖太宗真宗仁宗四朝遺事。

【國色天香】 唐李正封有詠牡丹花詩：“天香夜染衣，國色朝酣酒。”見唐李濬松窗雜録。唐白居易長慶集五五山石榴花十二韻詩：“此時逢國色，何處覓天香。”宋范成大石湖集二十與至先兄遊諸園看牡丹……詩：“欲知國色天香句，須是倚欄燒燭看。”本來都是指花而言。後來也用以形容女性的美麗。明史槃宋璟鸂鶒記傳奇家麻：“但國色天香，未易描寫；幽懷雅趣，難以形容。”

【國忌行香】 唐自中葉以後，遇皇帝、皇后死日，令各州府於寺觀設齋焚香。唐會要二三忌日：“其京城及天下州府寺觀，國忌行香。”文宗開成初有廢國忌行香敕，見唐大詔令集八七，不久又復舊。宋代沿用唐制。宋王禹偁小畜集七吳江縣寺留題詩：“晨齋施筍唯溪叟，國忌行香祗縣官。”

【國泰民安】 國家太平、人民安樂。宋吳自牧夢粱録十四山川神：“每歲海潮太溢，衝激州城，春秋醮祭，詔命學士院，撰青詞以祈國泰民安。”金圓覺禪院鐘款題有“風調雨順，國泰民安”等字。後來寺觀的梁柱、鐘鼎等多題此八字。見金石萃編一五七金四。

【國朝先正事略】 清李元度撰。六十卷。分名臣、名儒、經學、文苑、遺逸、循良、孝義七門。爲清初至咸豐同治間人物傳略。李以自己非史官，故不稱傳而稱事略。所記多採自私人傳誌、郡邑志乘，保存了較多的原始材料。

圇 lún ㄌㄨㄣˊ 字彙 龍春切，音倫。

見“囫圇”。

九畫

圍 wéi ㄨㄟˊ 雨非切，平，微韻，于。于貴切，去，未韻，于。

㊀包圍。左傳襄十二年：“莒人伐我東鄙，圍台。”㊁防守。公羊傳莊十年：“圍不言戰。”注：“以兵守城曰圍。”㊂周圍。易繫辭上：“範圍天地之化而不過。”疏：“範，謂模範；圍，謂周圍。”㊃區域。詩商頌長發：“帝命式於九圍。”傳：“九圍，九州也。”㊄打獵的圍場。隋書禮儀志三：“百官戎服騎從，鼓行入圍。”㊅計度圓周的量詞。莊子人間世：“見櫟社樹，其大蔽數千牛，絜之百圍。”釋文引李(頤)云：“徑尺爲圍。”一説五寸爲圍，一抱也叫圍，説法不一。㊆圈。唐劉蛻集三梓州兜率寺文冢銘：“實得二千一百八十紙，有塗者，有乙者，……有朱墨圍者。”

【圍子】 ㊀圈子。太平廣記一五八陰君文字引唐缺名玉堂閒話：“陰官命取紙一幅，以筆墨畫紙，作九箇圍子，別取青筆，於第一箇圍子中，點一點而與之。”㊁以土木築成的攔阻設備。

【圍木】 兩手合抱的樹木。文選晉左太沖(思)魏都賦：“碩果灌叢，圍木竦尋。”

【圍尺】 見“篾尺”。

【圍地】 山川環繞，四周險峻之地。孫子九變：“圍地則謀，死地則戰。”

【圍城】 被敵軍包圍的城邑。戰國策趙三：“辛垣衍曰：‘吾視居此圍城之中者皆有求於平原君者也。’”

【圍屏】 可以環繞障蔽的屏風。宋吳文英夢窗丙稿柳梢青題錢得閒四時圖畫詞：“翠嶂圍屏，留連迅景，花外油亭。”

【圍場】 舊時供皇帝、貴族設圍打獵的場地。宋史禮志二四：“太祖建隆二年始校獵于近郊，先出禁軍爲圍場。”

【圍棋】 棋類的一種。傳爲堯作。春秋戰國時卽有關於圍棋的記載。從漢墓殉葬物中曾發現石製棋盤。隋唐時傳入日本。古時棋局縱横各十七道，共二百八十九個交叉點，黑白子各一百五十枚。唐以後縱横各十九道，共三百六十一個交叉點。雙方用黑白子對著，以圍困對方，吃子多少定勝負，故稱圍棋。宋張儗的棋經、晏天章的元元經是我國最古的圍棋專著。參閲古今圖書集成博物彙編藝術典奕棋部。

【圍獵】 合圍而獵。金史宣宗紀上至寧三年九月:"丁卯,以秋稼未穫,禁軍官圍獵。"

【圍宿軍】元朝的禁衛軍。蒙古諸王各總兵權,雖朝會亦必有隨行軍士。當時皇城外無牆,故用蒙古軍環繞以備圍宿,稱爲圍宿軍。後來也兼用漢軍及色目人。參閱續文獻通考一二五兵五圍宿衛。

【圍魏救趙】趙國都城被魏國圍攻,向齊乞援。齊將田忌孫臏出兵救趙,趁魏國重兵在外,直攻魏國。魏軍得訊撤回,在桂陵被齊兵截擊,大敗,趙圍得解。後把類似的戰法叫圍魏救趙。見史記六五孫子吳起列傳。

⿴囗咼 yà 乙鎋切,入,鎋韻,影。
ㄧㄚˋ

駱駝鳴叫聲。唐韓愈昌黎集八征蜀聯句詩:"椎肥牛呼牟,載實駝鳴⿴囗咼。"

圌 1. chuán 市緣切,平,仙韻,禪。
ㄔㄨㄢˊ

㊀竹製或草製的圓形盛穀器。同"篅"。見廣韻。

2. tuán
ㄊㄨㄢˊ

㊁圓形。通"團"。漢王充論衡變動:"夫以果蓏之細,員圌易轉。"㊂草製的圓形坐具。高僧傳十杯度傳:"見度負蘆圌行向彭城。"蘆圌,即蒲團。

3. chuí 是爲切,平,支韻,禪。
ㄔㄨㄟˊ

㊃山名。見"圌₃山"。

【圌₃山】山名。在江蘇鎮江市。宋於此置圌山寨。建炎三年,金兵欲由海道攻浙江,宋遣韓世忠率舟師控守圌山福山一帶,即此。參閱讀史方輿紀要二五丹徒縣。

十畫

園 yuán 雨元切,平,元韻,于。
ㄩㄢˊ

㊀用籬笆環圍種植蔬菜、花木的地方。詩鄭風將仲子:"無踰我園。"㊁別墅和遊息的地方。世說新語簡傲:"王子敬(獻之)自會稽經吳,聞顧辟疆有名園。"㊂帝王的墓地,如漢文帝的墓稱文園。參見"園寢"。

【園丁】種植果菜花木的工人。宋陸游劍南詩稿三十自詠:"今朝客至無尋處,正伴園丁劚芋區。"

【園人】即園丁。韓詩外傳二:"昔者,宋之桓司馬得罪於宋君,出於魯;其馬佚而驏吾園,而食吾園之葵,是歲吾聞園人亡利之半。"

【園户】唐宋時種茶設場,茶户稱園户。見新唐書食貨志四、宋史食貨志下。

【園令】㊀陵園令,省作園令。掌守護陵園。史記一一七司馬相如傳:"相如拜爲孝文園令。"後漢書百官志二:"先帝陵,每陵園令各一人,六百石。本注曰:掌守陵園,案行掃除。"㊁主管園林的官。宋書符瑞志中:"泰始二年四月庚申,甘露降華林園,園令臧延之以獻。"

【園宅】有園林的住宅。宋書楊運長傳:"運長質木廉正,治身甚清,不事園宅,不受餉遺。"

【園地】種植蔬菜果木的地方。周禮地官載師:"以場圃任園地。"

【園吏】㊀主管園囿的小官。史記六三莊周傳:"周嘗爲蒙漆園吏。"唐杜甫杜工部詩史補遺六園官送菜:"園吏未足怪,世事因堪論。"㊁莊子爲漆園吏,後人因以園吏作莊子的別稱。唐岑文本伊闕佛龕碑:"柱史、園吏之所述,其旨猶糠粃矣。"(金石萃編四五)柱史,指老子,老子曾官周柱下史。

【園邑】守護陵園的居民區。史記外戚世家薄太后:"於是乃追尊薄父爲靈文侯,會稽郡置園邑三百家。"後漢書四二東平憲王蒼傳:"臣愚以園邑之興,始自彊秦,古者丘隴,且不欲其著明,豈況築郭邑、建都郛哉!"參見"園寢㊀"。

【園官】即園吏。唐杜甫杜工部詩史補遺六園官送菜序:"園官送菜把,本數日闕。"

【園妾】守護陵園的宮女。唐白居易長慶集四新樂府有園妾詩。宋馬永卿嬾真子四:"漢時送葬之禮極厚,……又以後宮守園陵,於是園妾自此始矣。後世因之,遂不復變。"

【園客】㊀傳說仙人名。文選三國魏嵇叔夜(康)琴賦:"絃以園客之絲,徽以鍾山之玉。"注引(劉向)列仙傳:"園客者,濟陰人也。常種五色香草。……時有好女夜至,……客與俱蠶,得百頭繭,皆如甕,繅繭六十日乃盡。訖則俱去,莫知所如。"又見搜神記一。㊁遊園人。唐劉禹錫劉夢得集外集二題于家公主舊宅詩:"鄰家猶學宮人髻,園客爭偷御果枝。"

【園囿】養育花木、鳥獸之地。孟子滕文公下:"棄田以爲園囿,使民不得衣食。"

【園圃】種植瓜果蔬菜的場地。墨子非攻上:"今有一人,入人園圃,竊其桃李。"周禮天官大宰:"以九職任萬民,……二曰園圃毓草木。"注:"樹果蓏曰圃,園其樊也。"

【園陵】帝王的墓地。史記九九叔孫通傳:"先帝園陵寢廟,羣臣莫能習。"後漢書光武紀上建武二年:"發掘園陵。"注:"園謂塋域,陵謂山墳。"

【園寢】㊀建在帝王墓地的廟。後漢書祭祀志下宗廟:"古不墓祭,漢諸陵皆有園寢,承秦所爲也。說者以爲古宗廟,前制廟,後制寢;以象人之居,前有朝,後有寢也。"㊁清代皇妃及皇子等的墓地。清會典四十禮部陵寢:"醇賢親王園寢,主事一人。"

【園綺】漢初商山四皓中的東園公和綺里季。三國志魏管寧傳:"德非園綺,而蒙安車之榮。"唐徐夤釣磯文集六聞司空侍郎下世詩:"園綺生雖逢漢室,巢由死不謁堯階。"參見"商山四皓"。

【園廟】皇帝墓地所在的宗廟。園,陵寢帝后的葬地;廟,祭祀祖先的地方。漢書五四蘇武傳:"詔武奉一太牢,謁武帝園廟,拜爲典屬國。"

【園廛】園地與店鋪。周禮地官載師:"凡任地,國宅無征,園廛二十而一。"注:"周稅輕近而重遠;近者多役也。園廛亦輕之者,廛無穀,園少利也。"

【園廬】田園與廬舍。文選漢張平子(衡)南都賦:"於其宮室,則有園廬舊宅,隆崇崔嵬。"

圔 yà 烏洽切,入,洽韻,影。
ㄧㄚˋ

見"窳圔"。

圓 yuán 玉權切,平,仙韻,于。
ㄩㄢˊ

㊀方圓的圓。墨子法儀:"百工爲方以矩,爲圓以規。"㊁豐滿,完整。呂氏春秋審時:"其粟圓而薄糠。"參見"圓滿"。㊂婉轉,滑潤。唐元稹長慶集二七善歌如貫珠賦:"引妙囀而一一皆圓。"㊃指天。見"圓方㊂"。㊄丸。舊題唐馮贄雲仙雜記三:"幽燕思先驛後有五樹檜,忽生藥圓。"㊅貨幣單位。㊆推究端詳。通"原"。見"圓夢"。

【圓方】㊀古代盛食品的器具,即籩豆之類。文選漢張平子(衡)南都賦:"珍羞琅玕,充溢圓方。"又三國魏王仲宣(粲)公讌詩:"嘉肴充圓方,旨酒盈金罍。"㊁古人認爲天圓地方,因以圓方作天地的代稱。淮南子本經:"戴圓履方,抱表懷繩。"文選漢班孟堅(固)西都賦:"據坤靈之正位,放太紫之圓方。"唐呂向注:"言建宮室,方圓取象天地。"

【圓心】圓的中心。明徐光啓幾何原本

三:"圓內從一點至界,作三線以上皆等,即此點,必圓心。"

【圓日】農曆每月的十五日。清程祖慶吳郡金石目隆興塔磚題記:"隆興二年,九月圓日。……圓日,月圓之日,猶言望日耳。"

【圓米】精粳米。元史十二鐵哥傳:"內府食用圓米。鐵哥奏曰:'計粳米一石,僅得圓米四斗,請自今非御用,止給常米。'"

【圓光】㊀月光。唐李白李太白詩五君子有所思行:"圓光過滿缺,太陽移中昃。"㊁佛教稱佛菩薩頭部放出的輪光。廣弘明集十三唐法琳辨正論十喻篇上:"如來身長丈六,方正不傾,圓光七尺,照諸幽冥。"㊂舊時術士迷信騙錢,持鏡或白紙念咒,讓孩子觀看,說上面能出現種種形象,並從而預卜吉凶禍福。晉書佛圖澄傳記澄讓孩子視其掌中,見有軍馬等。此即後來所謂圓光之術。明湯顯祖牡丹亭冥判:"誰曾掛圓光照牌?誰和你拆白道字?"

【圓坐】團坐,圍坐。晉書阮咸傳:"咸至宗人間共集,不復用杯觴斟酌,以大盆盛酒,圓坐相向,大酌更飲。"世說新語任誕作"圍坐"。

【圓妙】佛教語。圓滿至妙之意。隋智顗四教儀集注下:"三諦圓融,不可思議,名曰圓妙。"

【圓社】宋時球戲組織。元陳元靚事林廣記續集七圓社摸場:"四海齊雲社,當場蹴氣球。作家偏著所,圓社最風流。"參見"齊雲社"。

【圓門】獄門。南朝梁江淹江文通集五詣建平王上書:"而下官抱痛圓門,含憤獄戶。"

【圓周】以圓心爲定點,取一定半徑,運動一周所形成的軌迹;其與直徑長度的比例稱圓周率。隋書律曆志上:"古之九數,圓周率三,圓徑率一,其術疏舛;自劉歆張衡劉徽王蕃皮延宗之徒,各設新率,……祖沖之更開密法,以圓徑一億爲一丈,圓周盈數三丈一尺四寸一分五釐九毫二秒七忽。"南齊祖沖之是世界第一個把圓周率數值推算到七位小數的人。

【圓相】佛教徒參禪,在地上或空中劃一圓圈,叫圓相。景德傳燈錄五慧忠國師:"師見僧來,以手作圓相,相中書日字,僧無對。"古今小說二九月明和尚度柳翠:"法空長老手撚火把,打個圓相。"

【圓柏】檜樹。宋羅願爾雅翼九釋木:"檜,今人亦謂之圓柏,以別於側柏。"詳"檜"。

【圓城】都城。文苑英華七五三唐朱敬則隋高祖論:"聖人圓城之中,天子生成之物,豈足表太平之日,顯休明之辰。"

【圓淵】㊀漩渦。文選晉郭景純(璞)江賦:"圓淵九迴以懸騰,湓流雷呴而電激。"唐張銑注:"峽間江水深急,激岸石而成圓流,故云圓淵也。"㊁圓池。文選漢王文考(延壽)魯靈光殿賦:"圓淵方井,反植荷蕖。"

【圓寂】佛教語。佛教修行,以涅槃爲最終目的。涅槃舊譯滅度,新譯圓寂。爲諸德圓滿俱足,諸惡寂滅淨盡之義。故稱僧尼之死爲圓寂。唐釋義淨大寶積經五六:"我求圓寂,而除欲染。"景德傳燈錄五懷讓禪師:"天寶三年八月十一日圓寂於衡嶽。"

【圓教】佛教教派名。天台宗華嚴宗認爲本宗所奉之經,貫通諸經歧義,調和各宗異說,是圓滿無缺、不偏不倚的教派,故自稱圓教,而稱其它各宗爲偏教。隋釋智顗四教義一:"四釋圓教名者,圓以不偏爲義,……金剛寶藏,無所減缺,故名圓教也。"

【圓通】㊀融會貫通而不偏執。梁書陶弘景傳:"弘景爲人,圓通謙謹,出處冥會,心如明鏡,遇物便了。"南朝梁劉勰文心雕龍論說:"故其義貴圓通,辭忌破碎。"㊁佛教語。圓,不偏倚。通,無阻礙。楞嚴經六:"十三者,六根圓通,明照無二,含十方界。"

【圓扉】獄門。同"圓門"。文選南齊王元長(融)三月三日曲水詩序:"稀鳴桴於砥路,鞠茂草於圓扉。"唐呂向注:"圓扉,獄也。"唐劉長卿劉隨州集九罪所上御史惟則詩:"誤因微祿滯南昌,幽縶圓扉晝夜長。"參見"圓門"。

【圓景】月亮。三國魏曹植曹子建集五贈徐幹詩:"圓景光未滿,衆星粲以繁。"

【圓蛤】蛙的一種。宋唐庚眉山唐先生文集一圓蛤詩:"黃犢鳴水中,相顧皆愕然。探之亡所得,有蛙僅如錢。持向旁舍翁,云此號圓蛤。"

【圓象】天。文選晉盧子諒(諶)時興詩:"亹亹圓象運,悠悠方儀廊。"注:"在天成象,故曰圓象。"唐孔穎達禮記正義序:"故乃上法圓象,下參方載,道之以德,齊之以禮。"

【圓滿】佛教稱懺悔事畢爲圓滿。天台四教儀上:"現圓滿報身,爲鈍根菩薩衆。"全隋文煬帝與釋智顗書:"功德圓滿,便致荊巫。"後多用以稱事情完滿無缺。

【圓精】天。文選南朝宋顏延年(延之)宋文皇帝元皇后哀策文:"圓精初鑠,方祇始凝。"

【圓夢】解說夢中事,從而附會人事,推測吉凶。周禮春官太卜有占夢之官。東漢下忌以占夢著稱,見後漢書五十梁節王暢傳。後世也稱爲圓夢。唐李德裕次柳氏舊聞:"有毀於上前曰:'黃幡綽在賊中,與逆圓夢,皆順其情而忘陛下積年之恩寵。'"參閱清趙翼陔餘叢考三四圓夢。

【圓蒼】天。唐李賀歌詩編四呂將軍歌:"圓蒼低迷蓋張地,九州人事皆如此。"

【圓輕】指團扇。唐黃滔黃御史公集四去扇詩:"已知秦女昇仙態,休把圓輕隔牡丹。"

【圓綾】絲織品名。周書武帝紀下建德六年:"戊寅初,令民庶已上,唯聽衣綢、綿綢、絲布、圓綾、紗、絹、綃、葛、布等九種,餘悉停斷。"資治通鑑一七三陳太建九年注:"圓綾,土綾也,亦謂之花綢。"

【圓謊】掩蓋謊話的漏洞。明環中迂叟(陳士元)俚言解一圓夢:"解測夢中事以占吉凶曰圓夢,圓者通融不滯之謂,猶言圓謊之圓。"紅樓夢二八:"寶姐姐不替他圓謊,他只問着我。"

【圓融】佛教語。除破偏執,完滿融通。楞嚴經四:"地、水、火、風,本性圓融,周遍法界,湛然常住。"文苑英華七九〇唐符載廬山故女道士梁洞微石碣銘:"靈以靜生,境因圓融。"

【圓覺】佛教語。指所覺悟之道平等周滿,毫無缺漏。藝文類聚七六梁元帝揚州梁安寺碑序:"旃檀散馥,無復圓覺之風。"參見"圓覺經"。

【圓靈】天。文選南朝宋謝希逸(莊)月賦:"柔祇雪凝,圓靈水鏡。"

【圓丘草】藥草名。傳服此草可以延年益壽,返老還童。文選晉郭景純(璞)遊仙詩之七:"圓丘有奇草,鍾山出靈液。"唐李白李太白詩二十秋獵孟諸夜歸置酒單父東樓觀妓:"冀餐圓丘草,欲以還頹年。"

【圓光蔚】道家稱太陽爲圓光蔚,又叫圓羅曜。見晉陶弘景真誥九協昌期、雲笈七籤八釋三十九章經三。

【圓明園】園名。在北京海淀區。清朝統治者遊覽避暑的地方。始建於康熙四十八年,初爲胤禛(雍正)藩邸。胤禛登位,每年初春在此聽政。經乾隆道光繼續營建，歷時一百五十多年，耗費白銀約二億兩。園地周圍廣達二十餘里，半水半陸，園内建築倣國内及西洋的名園，各具特色。一八六〇年被英法聯軍焚毁，珍藏文物被劫掠一空。

【圓通偈】偈名。宋蘇軾分類東坡詩五贈虔州慈雲寺鑒老："却須重説圓通偈，千眼薰籠是法王。"按楞嚴經五記世尊説偈，偈中有"根選擇圓通，入流成正覺"的句子，因稱圓通偈。

【圓常無】道家稱日中神青帝，名圓常無；月中神赤帝夫人，名逸寥無。見雲笈七籤二三日月星辰。

【圓圓曲】明末李自成領導農民起義軍攻入北京，當時明將吳三桂鎮守山海關，傳説因其妾陳圓圓被俘而投降清朝，並乞求清兵入關。清吳偉業作圓圓曲，中有"慟哭六軍皆縞素，衝冠一怒爲紅顏"之句，即以此事諷刺吳三桂。詩見梅村家藏稿三。

【圓羅曜】見"圓光蔚"。

【圓覺經】佛經名。全名大方廣圓覺修多羅了義經。一卷。唐罽賓僧佛陀多羅譯，有宗密略疏。記釋迦應文殊普賢等十二大士問因地修證之法門，一一對答。以世間種種幻化，生於覺心，幻盡覺圓，心通法徧，故名圓覺。

【圓明上座】鏡子的别名。見元羅先登文房圖贊續。

【圓首方足】指人類。淮南子精神："頭之圓也象天，足之方也象地。"北史越王侗傳："圓首方足，稟氣食毛，莫不盡入提封。"也作"方趾圓顱"。南史陳武帝紀："方趾圓顱，萬不遺一。"

【圓通大士】觀音的别號。觀音自稱："由我所得，圓通本根，發妙耳門，然後身心微妙含容，周徧法界，能令衆生，持我名號。"見楞嚴經六。後來因稱觀音爲圓通大士。

【圓淵方井】殿堂内天井上畫圓形水池，天井爲方形，故叫方井。文選漢王文考(延壽)魯靈光殿賦："爾乃懸棟結阿，天窗綺疏，圓淵方井，反植荷蕖。"唐張銑注："又爲方井，圖以圓淵及芙蓉花葉。花葉向下，故云反植。"宋書禮志五："殿屋之爲員淵方井，兼植荷花者，以厭火祥也。"參見"藻井"。

十一畫

圝 wān 集韻 烏關切，平，删韻。ㄨㄢ

見下。

【圝潾】文選晉郭景純(璞)江賦："泓汯泂澋，涒鄰圝潾。"注："皆水勢回旋之貌。"

團 tuán 度官切，平，桓韻，定。ㄊㄨㄢ

㊀圓。見"團團㊀"。㊁揉合，聚集。漢崔寔四民月令："齊人呼寒食爲冷節，以麵爲蒸餅樣，團棗附之，名曰棗糕。"唐張説張説之集五東都酺宴詩四："争馳羣鳥散，鬬伎百花團。"㊂軍隊編制單位名。隋書禮儀志："又步卒八十隊，分爲四團，團有偏將一人。"㊃宋人稱市肆曰團。宋灌圃耐得翁都城紀勝諸行："又有名爲團者，如城南之花團，泥路之青果團，江干之鮝團，後市街之柑子團是也。"㊄量詞。宋陸游劍南詩稿七四歲暮："啜飯著衣常苦懶，爲誰欲理一團絲。"

【團弄】擺布，成全。水滸十四："如今只有保正、劉兄、小生三人，這件事如何團弄？便是保正與劉兄十分了得，也擔負不下。"

【團衫】女真族女上衣。直領左襟，掖縫兩傍，復爲雙摺疊，前拂地，後曳地尺餘，顔色用黑色或深紫色。見金史輿服志下衣服通制。明詩别裁一張昱白翎雀歌："女真處子舞進觴，團衫鞶帶分兩傍。"

【團拜】有慶賀的事，相聚而拜。宋詩鈔周必大益公省齋稿鈔詩題："記去年館中團拜人，今作八處，感歎成詩。"

【團案】科舉縣試初試合格的名單，不分次第團團書寫，所以叫團案。覆試時纔分名次先後，叫長案。儒林外史十六："匡超人買卷子去應考。考過了，發出團案來，取了。"

【團扇】圓扇，也叫宫扇。宋以前稱扇子；都指團扇而言。才調集八王昌齡長信愁詩："奉帚平明秋殿開，且將團扇共徘徊。"

【團茶】宋代用圓模製成的茶塊。宋熊蕃宣和北苑貢茶録："太平興國初，特製龍鳳模，遣使臣就北苑造團茶，以别庶飲。龍鳳茶蓋始於此。"(説郛六十)慶曆中蔡襄在福建又製小團茶，以充歲貢。參閲宋葛立方韻語陽秋五。

【團魚】鼈的别名。宋魯應龍閑窗括異志："近有食鼈之人，心既好食，又招賓友聚會而食，號團魚會。"

【團黄】茶名。唐李肇國史補下："茶之名品，……蘄州有蘄門團黄。"

【團酥】指蠟燭。宋陳亮龍川詞補滴滴金："團酥剪蠟知多少，向風前，壓春倒。"

【團焦】圓形草屋。北齊書神武帝紀上："後從(尒朱)榮徙據并州，抵揚州邑人龐蒼鷹，止團焦中。"蔡儁傳作蝸牛廬。也叫"團茅"。金元好問遺山集二别李周卿詩之三："懷我同心人，團茅住深竹。"

【團結】㊀唐代團練地方丁壯的武裝組織。資治通鑑唐大曆十二年："又定諸州兵，皆有常數，其召募給家糧春冬衣者謂之官健。差點土人，春夏歸農，秋冬追集，給身糧醬菜者，謂之團結。"㊁同"團練"。宋司馬光涑水紀聞十三："劉(起彝)作戰船，團結洞丁，以爲保甲。"

【團圓】㊀圓貌。唐元稹長慶集八高荷詩："颭閃碧雲扇，團圓青玉疊。"㊁親屬團聚。唐李羣玉詩集後集三湖寺清明夜遣懷："久向饑寒拋弟妹，每因時節憶團圓。"

【團團】㊀圓形。文選漢班婕妤怨歌行："裁爲合歡扇，團團似明月。"㊁凝聚貌。南朝梁江淹江文通集四雜體劉文學感懷詩："蒼蒼山中桂，團團霜露色。"㊂行走貌。南朝梁簡文帝詠朝日詩："團團出天外，煜煜上層峰。"㊃迴環旋轉。宋蘇軾分類東坡詩二一送安節之十："應笑謀生拙，團團如磨驢。"參見"團團轉"。

【團鳳】㊀茶名。也叫鳳團。宋蘇軾分類東坡詩十三和錢安道寄惠建茶："粃糠團鳳友小龍，奴隸日注臣雙井。"龍鳳、日注、雙井皆茶名。參見"鳳團"。㊁繪鳳盤曲作圓形，稱團鳳。多用作器物服飾上的花紋圖案。

【團標】圓形茅舍。同"團瓢"。古今雜劇元馬致遠黄粱夢四："老身終南山人氏，在此在家出家，蓋了一間團標，前後無人家。"參見"團瓢"。

【團墮】佛教謂行乞而食。翻譯名義集七齋法四食篇"分衛"注："正言儐茶波多，此云團墮，言食墮在鉢中也。或云儐茶夜，此云團；團者，食團，謂行乞食也。"

【團貌】唐代每三年編造户籍一次，作爲掌握勞動力，進行賦斂剥削的根據。地方平時每年把人口實況，編成手册，注明人丁的形貌特點，叫做團貌。參閲唐會要八五團貌。

【團頭】行幫頭目。水滸二五："地方上團頭何九叔，他是個精細的人，只怕他看出破綻，不肯殮。"

【團瓢】圓形草屋。同"團標"。元曲選康進之李逵負荆一："一把火將你那草團瓢燒成爲腐炭，盛酒甕摔做碎瓷甌。"清龔賢畫訣："空者爲亭，實者爲團瓢。"參見"團焦"。

【團練】編組而加以教練。唐陸贄陸宣

公翰苑集三誅李希烈後原淮西將士并授陳仙奇節度詔:“應被希烈差點兵馬及團練子弟,並即放散。”明張居正張文忠集一陳六事疏:“至於目前自守之策,莫要於選擇邊吏,團練鄉兵,並收墩堡,令民守保。”後來於正規軍以外,就地選取丁壯加以軍事訓練的地主武裝,也稱團練。

【團龍】㊀團茶的一種。宋太平興國二年,始製龍鳳模,遣使至北苑,團龍鳳茶。參閲說郛十八宋顧文薦負暄雜録建茶品第。參見“龍團”。㊁繪龍盤曲作圓形的圖案,多用作器物服飾上的花紋。清會典七七工部制造庫皇册:“袱用黃綺銷金團龍。”

【團營】明景泰以來,京都禁軍有五軍、神機、三千三大營,三營中精鋭合營操練,故稱團營。詳“三大營”。

【團臍】母蟹腹甲形圓,稱團臍。雄蟹的臍形尖,稱尖臍。唐唐彥謙鹿門集下蟹:“漫誇豐味過蝤蛑,尖臍猶勝團臍好。”宋蘇軾東坡集續集一揚州以土物寄少游詩:“鮮鯽經年祕醽醁,團臍紫蟹脂填腹。”

【團圝】圓。見廣韻。詳“團欒”。

【團欒】也作“團圞”、“團圝”。㊀圓貌。南朝宋謝靈運謝康樂集登永嘉緑嶂山詩:“澹瀲結寒姿,團欒潤霜質。”㊁團聚。景德傳燈録八襄州居士龐蘊:“有偈曰:有男不婚,有女不嫁,大家團欒頭,共説無生話。”宋范成大石湖集二三喜周妹自四明到詩:“團欒話裏老龐衰,一妹仍從海浦來。”

【團圞】同“團欒”。全唐詩二六杜荀鶴亂後山中作:“兄弟團圞樂,羈孤遠近歸。”

【團扇歌】㊀樂府吴聲歌曲。宋書樂志一:“團扇歌者,中書令王珉與嫂婢有情,愛好甚篤。嫂捶撻婢過苦,婢素善歌,而珉好捉白團扇,故製此歌。”樂府詩集四五引古今樂録作團扇郎歌。㊁文選漢班婕好怨歌行有“裁爲合歡扇,團團似明月”句,後人因稱爲團扇歌。

【團窠錦】錦緞的一種。宋史輿服志五:“景祐元年詔禁錦背、繡背、遍地密花透背采段,其稀花、團窠、斜窠、雜花不相連者非。”宋陸游劍南詩稿三二齋中雜題:“閑將西蜀團窠錦,自背南唐落墨花。”

【團圓節】舊稱農曆八月十五爲團圓節。如婦在母家,這天必須返夫家。見明劉侗于奕正帝京景物略二春場。

【團團轉】回環旋轉。宋釋惠洪石門文字禪四次韻彭子長僉判詩:“心如旋磨驢,日夜團團轉。”唐李賀歌詩編三古鄴城童子謡:“團團走,鄴城下。”義同。

【團練使】官名。唐肅宗時置,大者領十州,並設團練副使。代宗後令刺史兼團練使。宋以團練使爲虛銜。明廢。

【團雪散雲辭】唐德宗第十一女魏國憲穆公主嫁王士平,恣横不法,被幽閉宫裏,另於别第安置士平,後貶之爲賀州司户參軍。公主門客蔡南史獨孤申叔作團雪散雲辭,狀夫婦分離隔絶之意。見唐李肇國史補下、新唐書八三諸公主傳。

圖 tú ㄊㄨˊ 同都切,平,模韻,定。

㊀計議,謀畫。書太甲上:“慎乃儉德,惟懷永圖。”㊁設法對付,謀取。左傳隱元年:“姜氏何厭之有?不如早爲之所,無使滋蔓,蔓難圖也。”戰國策秦四:“韓魏從而天下可圖也。”㊂繪,畫。文選漢司馬長卿(相如)子虛賦:“衆物居之,不可勝圖。”㊃所繪的畫。莊子田子方:“宋元君將畫圖,衆史皆至,受,揖而立。”㊄地圖。周禮夏官職方氏:“職方氏掌天下之圖。”注:“如今司空輿地圖也。”㊅河圖的簡稱。見“圖緯”、“圖讖”。㊆法度。楚辭屈原九章懷沙:“章畫志墨兮,前圖未改。”史記屈原傳作“度”。㊇地方區劃名。

【圖工】畫工。淮南子氾論:“今夫圖工好畫鬼魅,而憎圖狗馬者,何也?鬼魅不世出,而狗馬可日見也。”

【圖片】清時由八旗佐領所出、蓋有圖記的保證文書,猶漢族官員的印結。

【圖志】兼有地圖的地志書。如唐李吉甫元和郡縣圖志,圖今不存。清有乾隆時官撰皇輿西域圖志五十二卷;魏源撰海國圖志一百卷等。

【圖形】畫像。宋書禮志四:“自漢興以來,小善小德,而圖形立廟者多矣。”

【圖南】莊子逍遥遊:“背負青天,而莫之夭閼者,而後乃今將圖南。”南,指南海,言置身於九萬里之上,始謀徙於南海。用以比喻遠大的志向。明鄧雅玉笥集四送姚公奬往吉安府學從丁先生讀書詩:“老我無庸還拭目,圖南指日化鯤鵬。”

【圖記】㊀地理志。宋歐陽修文忠集三九豐樂亭記:“修嘗考其山川,按其圖記,升高以望清流之關。”㊁銅質直紐的方印。清代凡領隊大臣、八旗佐領都用圖記。見清會典九七八旗都統襲爵。私人印章也叫圖記。但不拘形式,不限於銅質。

【圖書】㊀地圖與書籍。史記蕭相國世家:“沛公至咸陽,……(蕭)何獨先入,收秦丞相御史律令圖書藏之。”㊁指河圖洛書。易繫辭上:“河出圖,洛出書,聖人則之。”全唐詩六七賈曾孝和皇帝輓歌:“天行應潛躍,帝出受圖書。”㊂俗稱印章爲圖書。宋張耒柯山集四十湯克一圖書序:“圖書之名,予不知其所起;蓋古所謂璽,用以爲信者。”明陸容菽園雜記一:“古人於圖畫書籍,皆有印記,……今人遂以其印呼爲圖書。”

【圖章】原指圖書與印章,後泛指印章。清桂馥續三十五舉題辭:“近代圖章,力駁何雪漁而返文三橋。”

【圖報】圖謀報答。藝文類聚五一南朝宋顏延之謝子竣封建城侯表:“非臣耄蔽,所任圖報;豈竣庸薄,所能奉服。”

【圖畫】㊀繪畫。漢書五四蘇建傳附蘇武:“上思股肱之美,迺圖畫其人於麒麟閣。”㊁所繪之圖。漢王充論衡别通:“人好觀圖畫者,圖上所畫,古之列人也。”㊂謀畫。文選漢東方曼倩(朔)非有先生論:“圖畫安危,揆度得失。”

【圖象】畫像。三國志魏臧洪傳:“故身著圖象,名垂後世。”

【圖經】文字外附有圖畫的書籍。如隋書經籍志二有冀州圖經幽州圖經等,唐蘇頌有本草圖經。屬地理志一類的書籍,文字外多附有地圖,故以圖經爲名的尤多。通志藝文略地理類圖經一門,列諸州圖經有三十三部,一千七百餘卷。

【圖說】除文字外兼用圖畫説明的書籍。如宋周敦頤有太極圖説,明王徵譯泰西鄧玉函所撰奇器圖説,徵自著諸器圖説等。

【圖緯】圖,河圖;緯,六經諸緯和孝經緯。起於西漢末期,至東漢尤爲盛行,都是附會經義以占驗術數爲主要内容的書。文選漢蔡伯喈(邕)郭有道碑:“遂考覽六經,探綜圖緯。”參見“緯書”。

【圖籍】㊀地圖與户籍。荀子榮辱:“循法則、度量、刑辟、圖籍,不知其義,謹守其所,慎不敢損益也。”注:“圖,謂模寫土地之形;籍,謂書其户口之數也。”戰國策秦一:“據九鼎,按圖籍,挾天子以令天下。”㊁圖畫與書籍。漢書天文志:“凡天文在圖籍昭昭可知者,經星常宿中外官,凡百一十八名。”

【圖籙】即圖讖。後漢書八二上方術傳序:“故王梁孫咸,名應圖籙,越登槐鼎之任。”注:“光武以赤伏符文拜梁爲大司空。又以讖文拜孫咸爲大司馬。”也作“圖録”。後漢書八二謝夷吾傳:“推考星度，綜校圖録。”

【圖讖】漢代宣揚符命占驗的書。後漢書光武帝紀上：“宛人李通等以圖讖説光武云，劉氏復起，李氏爲輔。”注：“圖，河圖也；讖，符命之書。讖，驗也。言爲王者受命之徵驗也。”

【圖書府】國家藏書的地方。晉書天文志上：“東壁二星，主文章。天下圖書之祕府也。”唐張説張説之集五恩制賜食於麗正書院宴詩：“東壁啚書府，西園翰墨林。”啚，同“圖”。

【圖們江】一作土門江。源出吉林東南長白山，與鴨綠江源相對，入日本海，全長四七九公里。金史留可傳作統門。明一統志作徒門河。參閱嘉慶一統志六七吉林一。

【圖窮匕見】戰國時，燕太子丹派荆軻刺秦王，軻奉燕督亢地圖求見，藏匕首於地圖中。秦王展圖，圖盡而匕首現。軻左手把秦王袖，右手持匕首刺之，不中被殺。見戰策國燕三、史記八六刺客傳。後多用以比喻形迹敗露。

【圖繪寶鑑】元夏文彥著，五卷。首卷爲畫論，餘爲畫史。書中録歷代畫家，自遠古到元至元中，共一千五百餘人，搜集資料頗爲廣博。續編一卷，明韓昂撰。録自明洪武迄正德年間的畫家共一百零七人。

【圖畫見聞志】宋郭若虛撰。六卷。分敍論、紀藝、故事拾遺、近事四門，爲續唐張彥遠歷代名畫記而作。書中除介紹從唐會昌二年到宋熙寧七年的畫家二百八十四人外，對繪畫藝術的作用、風格及畫家流派，敍述甚詳。

十三畫

圜 1. yuán 玉權切，平，仙韻，于。ㄩㄢ

㊀天體。易説卦：“乾爲天，爲圜。”㊁通“圓”。吕氏春秋圜道：“何以説天道之圜也。”

2. huán 户關切，平，删韻，匣。ㄏㄨㄢ

㊂圍繞。漢書八八高五王傳：“迺割臨菑東圜悼惠王冢園邑，盡以予菑川。”

【圜土】㊀監獄。竹書紀年上：“帝芬作圜土。”釋名釋宫室：“獄，确也。……又謂之圜土，土築表牆，其形圜也。”㊁見“圜丘”。

【圜丘】古時祭天的圓形高壇。周禮春官大司樂：“凡樂……冬日至，於地上之圜丘奏之。”疏：“土之高者曰丘……圜者，象天圜。”

【圜法】流通財幣的辦法。漢書食貨志下：“太公爲周立九府圜法。”注：“圜，謂均而通也。”參見“九府㊀”。

【圜室】㊀獄室。明瞿佑歸田詩話下和獄中詩：“永樂間，予閉錦衣衛獄，……時孫碧雲蘭古春二高士同在圜室。”㊁傳説中圈養虬龍之室。舊題晉王嘉拾遺記一虞舜：“冀州之西二萬里，有孝養之國，……善養禽獸，入海取虬龍育于圜室。”

【圜冠】古代儒生戴的一種圓形帽子。莊子田子方：“儒者冠圜冠者，知天時；履句履者，知地形。”

【圜則】天體的準則。楚辭屈原天問：“圜則九重，孰營度之？”注：“言天圜而九重，誰營度而知之乎？”

【圜$_2$流】水環流。孔子家語致思：“有懸水三十仞，圜流九十里，魚鼈不能導，黿鼉不能居。”

【圜宰】天。樂府詩集四唐祀圜丘樂章肅和：“有赫圜宰，深仁曲成。”

【圜扉】獄户以圜木爲扉，故稱圜扉。唐劉長卿劉隨州集九罪所上御史惟則詩：“誤因微禄滯南昌，幽繫圜扉晝夜長。”

【圜牆】牢獄。同“圜土”。漢書六二司馬遷傳報任安書：“今交手足，受木索，……暴肌膚，受榜箠，幽於圜牆之中。”

【圜鍾】即夾鍾。十二律之一。周禮春官大司樂：“凡樂，圜鍾爲宫。”參見“夾鍾”、“十二律”。

【圜燾】天。燾，覆蓋的意思。唐柳宗元柳先生集十四天對：“圜燾廓大，厥立不植。”

【圜容較義】意大利傳教士利馬竇授，明李之藻演。一卷。論證周長相等的多邊形面積，方形大於長形，多邊形大於少邊形，圜形更大於多邊形。

【圜鑿方枘】也作“方枘圜鑿”。圜鑿即圓孔，方枘即方榫，圜鑿納方枘，必不可入。比喻事物互不相容。楚辭宋玉九辯：“圜鑿而方枘兮，吾固知其鉏鋙而難入。”

十九畫

圝 luán 落官切，平，桓韻，來。ㄌㄨㄢ

圓。續一切經音義五菩提場所説一字頂王輪經一：“團圝，……下落官反，切韻：團圝也。字書：圝亦團也。”參見“團欒”。

二十三畫

圞 luán ㄌㄨㄢ

同“圝”。

土部

土 1. tǔ 他魯切，上，姥韻，透。ㄊㄨˇ

㊀地面上的泥沙混合物。書禹貢：“厥貢惟土五色。”㊁土地，田地。書禹貢：“桑土既蠶，是降丘宅土。”荀子富國：“今是土之生五穀也，人善治之，則畝數盆，一歲而再獲之。”㊂國土，領土。禮大學：“有人此有土。”國語晉一：“今晉國之方偏侯也，其土又小，大國在側。”㊃居處，鄉里。詩大雅緜：“民之初生，自土沮漆。”傳：“土，居也。”後漢書四七班超傳：“超自以久在絶域，年老思土。”㊄社神。公羊傳僖三一年：“諸侯祭土。”注：“土謂社也。”㊅度，測量。周禮地官大司徒：“以土圭土其地而制其域。”㊆五行之一。書洪範：“五行：一曰水，二曰火，三曰木，四曰金，五曰土。”參見“五行㊀”。㊇八音之一。周禮春官大師：“皆播之以八音：金、石、土、革、絲、木、匏、竹。”參見“八音”。

2. dù 集韻動五切，上，姥韻。ㄉㄨˋ

㊈根。詩豳風鴟鴞：“徹彼桑土。”釋文：“土，音杜。……韓詩作杜，義同。方言云：東齊謂根曰杜。”

【土人】㊀土著，當地人。後漢書五八虞詡傳：“其土人所以推鋒執鋭無反顧之心者，爲臣屬於漢故也。”㊁泥塑的人像。漢桓寬鹽鐵論殊路：“今仲由冉求無檀柘之材、隋和之璞而强之文，譬若雕朽木而礪鈆刀，飾嫫母，畫土人也。”

【土工】㊀製作陶器的工人。禮曲禮下：“天子之六工，曰：土工……”注：“土工，陶旊也。”釋文：“陶人爲瓦器也。”周禮考工記稱摶埴之工。㈡挖土填土的工程。管子度地："當秋三月，山川百泉涌，降雨下，山水出，……不利作土功之事，濡濕日生，土弱難成，利耗什分之六，土工之事，亦不立。"

【土山】㈠没有巖石的小山。史記一一七司馬相如傳哀二世賦："東馳土山兮，北揭石瀨。"漢書四九鼂錯傳："土山丘陵，曼衍相屬，平原曠野，此車騎之地，步兵十不當一。"㈡山名。在今江蘇南京市東南。晉謝安曾在此築別墅。唐韓滉築石頭城，自京口至土山，皆修塢壁，卽此。參閱讀史方輿紀要二十江寧府土山。

【土方】㈠地勢。左傳昭三二年："物土方，議遠邇。"注："物，相也；相取土之方面遠近之宜。"㈡官名。周禮夏官有土方氏，主管四方邦國之土地。孫詒讓周禮正義引俞樾："土當讀爲度，此官主相度四方，故曰度方氏。"

【土木】㈠建築工程。國語晉九："今土木勝，臣懼其不安人也。"後漢書三四梁冀傳："冀迺大起第舍，而(妻)壽亦對街爲宅，殫極土木，互相競誇。"㈡地名。卽土木堡，在河北懷來縣西。明英宗正統十四年率師擊瓦剌，兵敗，被虜於此。舊史稱土木之役。其地本名統漠鎮，唐初高開道置，後音訛爲土木。清屬懷來路。見嘉慶一統志四十宣化府三土木驛堡。

【土中】㈠四方的中心。書召誥："王來紹上帝，自服于土中。"漢書地理志下："昔周公營雒邑，以爲在於土中，諸侯蕃屏四方。"㈡地下。南齊書蕭穎胄傳："鑄黃金爲龍數千兩埋土中。"

【土父】卽"土附魚"。晉崔豹古今注中魚蟲："(江東)呼童子魚爲土父。"

【土牛】土製的牛。古代於農曆十二月出土牛以送寒氣。見禮月令。後於立春造土牛，以勸農耕，象徵春耕開始。見後漢書禮儀志上立春。宋陸游劍南詩稿二春日："老夫一卧三山下，兩見城門送土牛。"參閱清黃六鴻福惠全書二四迎春。參見"春牛"、"鞭春"。

【土毛】土地上生長的五穀桑麻菜蔬等。左傳昭七年："食土之毛，誰非君臣？"後漢書六十上馬融傳："其土毛則搉牧薦草，芳茹甘荼。"

【土化】㈠使土壤熟化，指施肥改良土壤。周禮地官草人："草人掌土化之法以物地，相其宜而爲之種。"注："土化之法，化之使美。"疏："用牛糞種，化騂剛之地使美也。"㈡物質埋在土裏腐爛。宋梅堯臣宛陵集五九題嘉興永樂院檇李亭詩："土化吳王甲，骨朽越王兵。"

【土功】治水築城等工程。書益稷："啓呱呱而泣，予弗子，惟荒度土功。"傳："禹治水，過門不入，聞啓泣聲，不暇子名之，以大治度水土之功故。"管子度地："夜日益短，晝日益長，利以作土功之事。"

【土古】出土的古銅器。宋趙希鵠洞天清祿集古鐘鼎彝器辨："銅器入土千年，純青如鋪翠，……土古新出土，尚帶土氣，久則否。"參閱清梁同書古銅瓷器考土古水古傳世古之辨。

【土田】田地。詩大雅瞻卬："人有土田，女反有之。"又魯頌閟宮："乃命魯公，俾侯于東，錫之山川，土田附庸。"

【土瓜】㈠菲芴，又名葍菜，宿菜。見爾雅釋草"菲芴"郭注、清郝懿行疏。㈡王瓜的別名。唐段公路北户錄三："山橘子，冬熟，有大如土瓜者，次如彈丸者。"參閱本草綱目十八草部王瓜。

【土司】元明清時，分封境內各少數民族首領的世襲官職。參閱清朝通典三九職官十七藩屬各官。

【土宇】㈠土地和屋宅。詩大雅卷阿："爾土宇昄章，亦孔之厚矣！"箋："土宇，謂居民以土地屋宅也。"㈡封疆，領土。三國志魏武帝紀建安十八年"對揚我高祖之休命"注引魏書曹操(辭九錫)令："夫受九錫，廣開土宇，周公其人也。"唐白居易長慶集三四獻北都留守裴令公詩："兩河收土宇，四海定波濤。"

【土刑】見"土形"。

【土圭】古代用以測日影、正四時和測度土地的器具。周禮地官大司徒："以土圭之法，測土深，正日景，以求地中。"又春官典瑞："土圭致四時日月，封國則以土地。"又考工記玉人："土圭尺有五寸，以致日，以土地。"按周禮注疏都指出：在夏至日晝漏半置土圭，審其南北；另立八尺之表，視其日影；表北得影若尺五寸，與土圭等，則爲地中，可以建都。也用來測日至，如夏至日中，表影尺五寸；冬至日中，表影一丈三尺。

【土地】㈠田地，土壤。周禮地官司徒："乃經土地而井牧其田野。"史記平準書："禹貢九州，各因其土地所宜，人民所多少而納職焉。"㈡封疆，領土。孟子盡心下："諸侯之寶三：土地，人民，政事。"荀子王霸："彼其人苟壹，則其土地且奚去我而適它？"㈢以土圭測量地形。周禮夏官土方氏："以土地相宅，而建邦國都鄙。"㈣神名。古稱土地之神爲社神，後世稱爲土地。宋朱熹朱文公集八六有祭土地文五篇。參見"土神"。

【土灰】㈠指死後骸體入土化灰。漢王充論衡自紀："惟人性命，長短有期。人亦蟲物，生死一時。……猶入黃泉，消爲土灰。"樂府詩集三七魏武帝(曹操)步出夏門行龜雖壽："神龜雖壽，猶有竟時。騰蛇乘霧，終爲土灰。"㈡見"土炭"。

【土肉】文選晉郭景純(璞)江賦："玉珧海月，土肉石華。"注引臨海水土物志："土肉正黑，如小兒臂大，長五寸，中有腹，無口目，有三十足，炙食。"一說土肉卽鹿角菜。

【土坑】北方築土作牀，叫做土坑。舊唐書一四九上高麗傳："冬日皆作長坑，下燃煴火以取煖。"也作"土炕"。古今雜劇元王實甫破窰記一："土炕蘆席草房，那裏有繡幃羅帳。"

【土芋】黃獨的別名。又名土卵。宋黃庭堅山谷題跋七雜書："本草赭魁注：黃獨肉白皮黃，巴漢人蒸食之，江東謂之土芋。余求之江西，江西謂之土卵，蒸煮食之，類芋魁。"參閱本草綱目二七土芋及十八赭魁集解。

【土均】㈠官名。周禮地官司徒："土均掌平土地之政，以均地守，以均地事，以均地貢。"㈡按土地質量確定賦稅等差。周禮地官大司徒："以土均之法，辨五物九等，制天下之地征。"

【土步】卽土附魚。宋司膳內人玉食批："每日賜太子……土步辣羹，……青蝦辣羹。"參見"土附魚"。

【土利】土地的出產物。左傳襄九年："大國不加德音，而亂以要之，使其鬼神不獲歆其禋祀，其民人不獲享其土利。"

【土作】土木建築工程。後漢書十三隗囂傳："造起九廟，窮極土作。"

【土伯】鬼神名。楚辭宋玉招魂："土伯九約，其角觺觺些。"注："土伯，后土之侯伯也。……言地有土伯，執衛門户，其身九屈，有角觺觺，主觸害人也。"全唐詩六一二皮日休虎丘寺殿前有古杉……見志："勢能擒土伯，醜可駭山祇。"

【土河】山東省徒駭河亦名土河。詳"徒駭河"。

【土官】㈠古官名。禮月令季夏之月"其神后土"注："后土，亦顓頊氏之子，曰黎，兼爲土官。"㈡元王朝對湖廣川滇貴州甘肅等地區各少數民族委派該族人爲文武官員。分文武兩職：宣慰、宣撫、安撫長官等司及指揮使司等爲武職，隸屬兵部；知府、知州、知縣等爲文職，隸屬吏部。統稱土官，也叫土司，子孫世襲。明清兩代,沿用此制。參閱明史職官志五、清朝通典三九職官十七藩屬各官。

【土宜】㊀不同性質的土壤,適宜不同種類生物的生長。逸周書度訓:"土宜天時,百物行治。"周禮地官司徒:"以土宜之法,辨十有二土之名物。"正義:"即辨各土人民鳥獸草木之法也。"㊁土產。宋岳珂寶真齋法書贊十宋梁莊肅(適)苦熱帖:"遽枉手教,兼惠土宜,祇紉勤眷,媿感深矣!"

【土空】土窟。宋張師雄常用甜言蜜語討好人,別人稱他爲"蜜翁翁"。後在邊郡作官,一個晚上,傳言敵騎到界上,他趕緊穿着重裘躲進土窟。人們就改一首舊詩嘲笑他道:"昨夜陰山吼賊風,帳中驚起蜜翁翁,平明不待全師出,連著皮裘入土空。"見宋魏泰東軒筆録十五。

【土性】㊀本地所產。書旅獒:"犬馬非其土性不畜。"㊁土壤的性能。元趙孟頫松雪齋集二題耕織圖詩三月:"良農知土性,肥瘠有不同。"

【土事】㊀辨別土地的特質。周禮地官大司徒:"以任土事。"疏:"云以任土事者,辨十有二土,任人性居之。"㊁建築工程。禮月令仲冬之月:"土事毋作。"漢書五七揚雄傳上校獵賦:"土事不飾,木功不雕。"

【土芝】㊀瓜的別名。藝文類聚八七晉嵇含瓜賦:"甘瓜普植,用薦神祇。其名龍膽,其味亦奇,是謂土芝。"㊁芋的別名。見政和證類本草二三芋。宋人火煨熟食,取其溫補,名土芝丹。見宋林洪山家清供上土芝丹。

【土花】㊀苔蘚。唐李賀歌詩編二金銅仙人辭漢歌:"畫欄桂樹懸秋香,三十六宮土花碧。"參見"苔衣"。㊁金屬器皿爲泥土剝蝕暈變的痕跡。宋梅堯臣宛陵集三一古鑒詩:"古鑒得荒塚,土花全未磨。"

【土芥】泥土草芥,比喻微賤之物,不足輕重。左傳哀元年:"以民爲土芥,是其禍也。"孟子離婁下:"君之視臣如土芥,則臣視君如寇讎。"

【土門】㊀公元?—552年。突厥部落酋長名。義爲萬人長,讀如"徒瞞"。初屬蠕蠕(柔然),西魏文帝大統十二年擊破鐵勒,部落始盛。十七年求婚於魏,魏以長樂公主妻之。廢帝元年又大破蠕蠕,自號伊利可汗,爲突厥有可汗之始。見北史突厥傳。㊁舊縣名。北魏置,以縣界頻山有土阜二如門,故名。唐咸亨二年改爲美原縣。見元和郡縣志二京兆下。故城在今陝西富平縣境。

【土物】㊀土地所生產的物品。書酒誥:"惟曰化我民迪小子,惟土物愛,厥心臧。"傳:"惟土地所生之物,皆愛惜之。"㊁本地產物。唐六典三戶部尚書:"舊額貢獻,多非土物,或本處不產而外處市供。"

【土狗】㊀傳說的土怪名。抱朴子勗學:"訊土狗而識墳羊。"㊁堵水的土袋,前銳後廣,前高後低,狀如蹲坐的狗,故名土狗。北史高熲傳:"賊於上流縱火栰,熲預爲土狗以禦之。"隋書火栰作"大栰",土狗作"木狗"。㊂螻蛄的別名。見明方以智通雅四七動物蟲。

【土姓】以出生地、居處或封地爲姓。書禹貢:"錫土姓。"左傳隱八年:"天子建德,因生以賜姓,胙之土而命之氏。"

【土室】㊀古時天子明堂的中央室。禮月令"季夏之月,……天子居大廟大室"疏:"周人明堂……五室……今中央室稱大室者,以中央是土室,土爲五行之主,尊之故稱大。"㊁土房子。史記一一〇匈奴傳:"嗟土室之人,顧無多辭。"後漢書四五袁閎傳:"(閎)欲投迹深林,以母老不宜遠遁,乃築土室,四周於庭,不爲戶,自牖納飲食而已。"

【土祇】低濕的平原和平地的神。見周禮春官宗伯下大司樂"五變而致介物及土示"注。

【土軍】㊀由本地人組成的軍隊。宋史河渠志七秀州水:"招收土軍五十人,巡邏堤堰。"㊁地名。漢侯國,後置縣。晉時謂爲吐京,夏主赫連勃勃置吐京護軍,北魏置吐京郡及縣。見嘉慶一統志一四四汾州府土軍故城。故城在今山西石樓縣。

【土形】盛羹的瓦器。墨子節用中:"啜於土形。"也作"土鉶"。韓非子喻老:"以爲象箸必不加於土鉶。"又作"土刑"。史記太史公自序:"啜土刑糲粱之食。"正義:"刑,所以盛羹也。土,謂燒土爲之,即瓦器也。"

【土苴】泥土和枯草。比喻微賤的東西。義同"土芥"。莊子讓王:"道之真以治身,其緒餘以爲國家,其土苴以治天下。"注:"土苴,如糞草也。"參見"土芥"。

【土英】花草蔬菜中的上品。呂氏春秋本味:"陽華之芸,雲夢之芹,具區之菁,浸淵之草,名曰土英。"注:"英言其美善,土英華也。"

【土思】懷念故鄉的思想感情。漢書九六下西域傳烏孫公主歌:"居常土思兮心內傷,願爲黃鵠兮歸故鄉。"注:"土思,謂憂思而懷本土。"宋陸游劍南詩稿十九閉閤:"世味老來無奈薄,土思病後不勝濃。"

【土炭】土和炭。古代於冬、夏至用以測陰陽之氣。史記天官書:"冬至短極,縣土炭,炭動,鹿解角,蘭根出,泉水躍,略以知日至,要決晷景。"集解:"孟康曰:'先冬至三日,縣土炭於衡兩端,輕重適均,冬至日陽氣至則炭重,夏至日陰氣至則土重。'晉灼曰:'蔡邕律曆記:候鍾律權土炭,冬至陽氣應黃鍾通,土炭輕而衡仰,夏至陰氣應蕤賓通,土炭重而衡低。'"後漢書律曆志上作"土灰"。王先謙集解謂係"土炭"之譌。

【土俗】風土習俗。後漢書二三竇融傳:"累世在河西,知其土俗。"

【土脉】國語周上:"農祥晨正,日月底于天廟,土乃脉發。"指土壤開凍鬆化,生氣勃發,如人身脉動。後來泛指土壤。唐韓愈昌黎集四苦寒詩:"雪霜頓銷釋,土脉膏且黏。"

【土風】㊀鄉土的歌謠樂曲。左傳成九年:"樂操土風,不忘舊也。"隋書音樂志中:"魏氏來自雲朔,肇有諸華,樂操土風,未移其俗。"㊁地方固有的風俗習慣。宋書文帝紀元嘉二六年:"城邑高明,土風淳壹。"唐李白李太白詩二古風之六:"情性有所習,土風固其然。"

【土約】土壩,土堤。宋史二九一宋綬傳附宋昌言:"昌言建議,欲于二股河口西岸新灘立土約,障水使之東流。"

【土酒】本地釀造的酒。宋人集甲宋伯仁西塍稿丁家村詩:"土酒融春興,行歌旅客懷。"

【土訓】官名。負責向帝王陳報山川地勢、土質好壞及土地所宜生產。周禮地官土訓:"土訓掌道地圖,以詔地事,道地慝以辨地物,而原其生以詔地求。"

【土神】㊀金、木、水、火、土五德神之一。見禮王制"天子將出,類乎上帝"疏。參見"五德"。㊁土地神。漢王充論衡解除:"世間繕治宅舍,鑿地掘土,功成事畢,解謝土神,名曰解土。"

【土貢】獻給皇帝的土產等物。漢書九四下匈奴傳:"物土貢,制外內。"注:"各因其土所生之物而貢之也。"

【土豹】猞猁孫的別名。詳"猞猁孫"。

【土釜】瓦鍋。漢王充論衡別通:"肴膳甘醢,土釜之盛,入者鄉之。"宋陸游劍南詩稿二二宿野人家:"土釜煖湯先濯足,豆稭吹火旋烘衣。"

【土氣】㊀地氣。國語周上:"陽癉憤盈,土氣震發。"後漢書八五東夷傳挹婁:"處於山林之間,土氣極寒,常爲穴居。"㊁金、木、水、火、土五氣之一。漢書五行志下之上:"凡思心傷者,病土氣。"

【土產】本地所產的物品。唐白居易長慶集十六東南行一百韻……詩:"漸覺鄉原異,深知土產殊。"

【土域】地域。史記秦始皇紀三二年:"惠論功勞,賞及牛馬,恩肥土域。"晉書左思傳:'其山川土域,草木鳥獸,奇怪珍異,僉皆研精所由,紛散其義矣。"

【土梗】泥塑偶像。戰國策趙一:"夜半土梗與木梗鬭。"也用以比喻輕賤無用。莊子田子方:"吾所學者,直土梗耳。"釋文:"司馬(彪)云:土梗,土人也;遭雨則壞。"文選南朝梁劉孝標(峻)廣絶交論:"視若游塵,遇同土梗。"

【土國】㊀平原國家。周禮地官掌節:"山國用虎節,土國用人節,澤國用龍節。"㊁爲國服土功勞役。詩邶風擊鼓:"土國城漕,我獨南行。"箋:"或役土功於國,或脩理漕城。"

【土豚】盛土沙的袋子,形狀如小猪,故稱土豚。以草裹土,用以築城或防水。三國志魏蔣濟傳:"豫作土豚,遏斷湖水。"豚,也作"豘"。南史蔡道恭傳:"道恭載土豘塞之。"廣韻作土坉。參見"土狗㊁"。

【土偶】泥塑偶像。戰國策齊三:"今者臣來過於淄上,有土偶人與桃梗相與語。"文苑英華六五〇北齊魏收爲侯景叛移梁朝文:"乃崇飾土偶,被以玄黃。"或作土梗。參見"土梗"。

【土候】記里程的土堆。周書韋孝寬傳:"爲雍州刺史。先是,路側一里置一土候,經雨頹毁,每須修之。自孝寬臨州,乃勒部內當候處植槐樹代之。"候,也作"堠"。置堠或分單雙,五里隻堠,十里雙堠。宋陸游劍南詩稿五二有懷梁益舊遊:"土堠累累隻復雙,悠悠殘夢對寒缸。"

【土貨】當地產的貨物。元史食貨志二市舶:"時客船自泉福販土產之物者,其所徵亦與番貨等,上海市舶司提控王楠以爲言,於是定雙抽、單抽之制。雙抽者番貨也;單抽者土貨也。"

【土揖】周時天子會見庶姓諸侯的一種禮節。周禮秋官司儀:"土揖庶姓。"注:"土揖,推手稍下之也。"

【土酥】㊀本地出產的酥酪。唐杜甫杜工部草堂詩箋十六病後過王倚飲贈歌:"長安冬葅酸且綠,金城土酥淨如練。"宋蘇軾分類東坡詩二十泗州除夜雪中黃寔送酥酒之二:"關右土酥黃似酒,揚州雲液却如酥。"按杜工部詩蘇養直注:稱土酥,即今之蘆菔。別爲一說。㊁蘆菔。即蘿蔔。宋陳達叟本心齋疏食譜:"土酥,蘆菔也。一名地酥,作玉糝羹。"

【土筍】㊀挖土工程中特留小部分不挖,以便計算挖土方的數量。其狀如筍矗立,故稱土筍。參見"瘊子甲"。㊁即塗筍。見"塗筍"。

【土著】世代定居於一地。史記一一六西南夷傳:"其俗或土著,或移徙。"漢書六一張騫傳:"身毒國在大夏東南,可數千里,其俗土著。"注:"土著者,謂有城郭常居,不隨畜牧移徙也。"後也稱世代居住在本地的人爲土著。宋趙汝礪北苑別錄采茶:"大抵采茶,亦須習熟,募夫之際,必擇土著及諳曉之人。"(說郛六十)

【土鼓】㊀古樂器,用瓦作框,以皮革蒙兩面,敲打合樂。見周禮春官籥章"掌土鼓豳籥"注。㊁縣名。漢置,屬濟南郡。晉廢,南朝宋復置,北齊併入平山。見嘉慶一統志一六三濟南府二。故城在今山東淄博市。

【土塯】盛食物的瓦器。墨子節用中:"飯于土塯。"史記秦始皇紀:"堯舜采椽不刮,茅茨不翦,飯土塯,啜土形。"

【土業】土地產業。三國志魏司馬朗傳:"民人分散,土業無主,皆爲公田。"

【土稚】泥娃娃。宋陸游渭南文集二九跋嵩山景迂集:"景迂鄜時排悶詩云:'莫言無妙麗,土稚動金門。'蓋鄜州善作土偶兒,精巧雖都下莫及。宮禁及貴戚家,爭以高價取之。"景迂,晁說之字,詩見說之嵩山文集七。

【土遁】方士所謂借土遁形的法術。詳"五遁"。

【土會】統計山林、川澤、丘陵、墳衍、原隰五類土地的產物,以制定貢稅。周禮地官大司徒:"以土會之法,辨五地之物生。"

【土滿】土地遼闊而不能充分利用。管子霸言:"地大而不爲,命曰土滿。"注:"謂土廣而功狹也。"

【土豪】地方上的豪强、惡霸。宋書沈演之傳:"自恃吴興土豪,比門義故,脅說士庶,告索無已。"南史韋鼎傳:"州中有土豪,外修邊幅,而內行不軌,常爲劫盜。"清郝懿行晉宋書故土豪:"然則古之土豪,鄉貴之隆號;今之土豪,里庶之醜稱。京師人或謂此輩爲土包。"

【土膏】㊀土地的膏澤,肥力。國語周上:"陽氣俱蒸,土膏其動。"注:"膏,潤也。其動潤澤欲行。"㊁肥沃的土地。漢書六五東方朔傳:"故酆鎬之間,號爲土膏,其賈畝一金。"

【土境】封疆,領土。三國志魏文聘傳:"常願據守漢川,保全土境。"唐杜甫杜工部草堂詩箋五前出塞之一:"君已富土境,開邊一何多!"

【土團】招集當地人組成的武裝集團。猶後來地主武裝的鄉團。新唐書一六七王播傳附王式:"集土團諸兒爲向導。"

【土閬】城郭外的壕塹。管子度地:"歸地之利,內爲之城,城外爲之郭,郭外爲之土閬。"注:"閬謂隍。"

【土銼】瓦鍋。古時蜀人呼釜爲銼。唐杜甫杜工部詩史補遺一聞斛斯六官未歸:"荆扉深蔓草,土銼冷疎煙。"宋史四五九蘇雲卿傳:"土銼竹几,地無纖塵。"

【土儀】作爲餽贈禮物的土產品。宋蘇軾東坡集奏議集六乞令高麗僧從泉州歸國狀:"本州已依准指揮許令壽介等致祭淨源,了畢,其徒弟量將土儀回贈壽介等收受。"宋孟元老東京夢華錄七清明節:"凡新墳皆用此日拜掃,城都人出郊,……抵暮而歸,各攜棗錮、炊餅、黃胖、掉刀、名花、異果、山亭戲具、鴨卵、雞雛,謂之門外土儀。"

【土德】金、木、水、火、土五德之一。詳"五德㊀"。

【土龍】㊀土製的龍。古代用來求雨。淮南子說林:"旱則脩土龍。"漢王充論衡亂龍:"夫土虎不能而致風,土龍安能而致雨?"㊁動物名。1.鼉的別名。見宋陸佃埤雅釋魚引續博物志。2.蚯蚓的別名。見政和證類本草二二白頸蚯蚓引名醫別錄。

【土墼】㊀磚坯。墼,jī。急就篇三"墼壘廥廄庫東箱"注:"墼者,抑泥土爲之,令其堅激也。"㊁石灰窑中燒結的土渣。見本草綱目七土墼。

【土鴨】蛙的一種。似青蛙,大腹。見爾雅釋魚"鼁鱦蟾諸,在水者黽"注。元詩選陳旅安雅堂集送項鍊師還天台:"谷煖金鵝大,溪深土鴨肥。"一說即金線蛙。

【土彊】板結堅硬的土壤。禮月令季夏之月:"是月也,土潤溽暑,大雨時行,燒薙行水,利以殺草,如以熱湯,可以糞田疇,可以美土彊。"注:"土彊,强檕之地。"

【土檜】柏科常綠喬木。宋陸游老學庵筆記一:"海檜亦有二種:海檜天矯堅瘦,皆天成;又有刻削蟠屈而成者,名土檜。海檜絕難致。凡人家所有,大抵土檜也。"

【土螻】獸名。山海經西山經:"(崑崙之丘)有獸焉,其狀如羊而四角,名曰土螻。"

【土簋】盛飯瓦器。韓非子十過:"昔者堯有天下,飯於土簋,飲於土鉶。"史記太史公自序"食土簋,啜土刑"正義:"簋,所以盛飯也。刑,所以盛羹也。土謂燒土爲之,卽瓦器也。"

【土螽】蟲名,卽灰蚱蜢。爾雅釋蟲:"土螽,蠰谿。"清郝懿行義疏:"土螽者,今土蚸蚝也。亦有二種,一種體如土色,似蝗而小,有翅能飛不遠;又一種黑斑色而大,翅絶短,不能飛,善跳,俗呼之度蚸蚝,卽土蚸蚝也。"

【土斷】不論本地人或外地遷來的人,統一在所居郡縣編著户口,納税服役,稱爲土斷。西晉時由於戰亂,中原地區豪族多遷居江南,仍稱原來郡籍,形成諸僑郡縣。至桓溫乃行土斷法。宋書武帝紀中:"及至大司馬桓溫,以民無定本,傷治爲深,庚戌土斷,以一其業。于時財阜國豐,實由於此。"後南朝各代又多次推行土斷,裁并僑置郡縣,整頓户籍,作爲加强王朝統治,與豪門爭奪勞動力、擴大賦役和兵源的一種手段。

【土壤】土地,泥土。史記孔子世家:"今孔丘得據土壤,賢弟子爲佐,非楚之福也。"此指封地。又八七李斯傳:"是以太山不讓土壤,故能成其大;河海不擇細流,故能就其深。"

【土疆】封疆,疆界。詩大雅崧高:"王命召伯,徹申伯土疆。"宋陸游劍南詩稿三四觀運糧圖:"王師北伐如宣王,風馳電掣復土疆。"

【土囊】㊀洞穴。文選宋玉風賦:"夫風生于地,起于青蘋之末,侵淫谿谷,盛怒于土囊之口。"唐徐夤釣磯文集十風詩:"城上寒來思不窮,土囊蘋末兩難同。"㊁盛土的袋子。舊唐書一三四馬燧傳:"實以土囊以遏水,水稍淺,諸軍畢渡。"

【土籠】盛土竹器。論語子罕"譬如爲山,未成一簣"集解引漢包咸:"簣,土籠也。"

【土蠱】度古蟲的別名。見"度古"。

【土山頭】唐時對不經歷員外郎而直接升爲郎中的人的謔稱。唐劉肅大唐新語十三諧謔:"舊例,郎中不歷員外郎拜者,謂之土山頭果毅。言其不歷清資,便拜高品,有似長征兵士,便得邊遠果毅也。"果毅,軍官。又見太平廣記二四九趙謙光引譚賓録。

【土附魚】魚名,即塘鱧。太平御覽九四〇引臨海水土記作土拌魚。又作土部魚。見宋程大昌演繁露八。明馮時可雨航雜録下:"吐哺魚名土附,以其附土而行也。或曰:食物嚼而吐之,故名吐哺。"

【土虺蛇】毒蛇名。即蝮蛇。漢書三三田儋傳"蝮蠚(螫)手則斬手,蠚足則斬足"注:"螫人手足則割去其肉,不然則死。虺若土色,所在有之,俗呼土虺。"或訛爲土灰蛇。虺,huī。

【土俗書】僅通行於一個地區的俗字。宋范成大桂海虞衡志雜志:"邊遠俗陋,牒訴券約,專用土俗書,桂林諸邑皆然。"

【土默特】蒙古部族名。居住在今內蒙古自治區。明嘉靖後,小王子的後裔。其住地稱爲圖們,即土默特。清代分左右兩旗。土默特左旗,屬今呼和浩特市,右旗屬今包頭市。參閱嘉慶一統志五三五土默特。

【土饅頭】墳的俗稱。宋胡仔苕溪漁隱叢話前集五六王梵志詩:"城外土饅頭,餡草在城裏,一人喫一箇,莫嫌没滋味。"宋范成大石湖集二八重九日行營壽藏之地詩:"縱有千年鐵門限,終須一箇土饅頭。"

【土木形骸】形體像土木一樣自然,比喻人的本來面目,不加修飾。世説新語容止:"劉伶身長六尺,貌甚醜顇,而悠悠忽忽,土木形骸。"又"嵇康身長七尺八寸,風姿特秀"注:"康别傳曰:康長七尺八寸,偉容色,土木形骸,不加飾厲,而龍章鳳姿,天質自然。"新唐書一一五郝處俊傳:"處俊資約素,土木形骸,然臨事敢言。"

【土牛木馬】泥塑的牛,木作的馬。比喻有其名而無實用。關尹子八籌:"知物之僞者,不必去物,譬如見土牛木馬,雖情存牛馬之名,而心忘牛馬之實。"

【土青木香】即馬兜鈴。根有香氣,故又名木香。見本草綱目十八草部馬兜鈴。

【土崩瓦解】像土倒塌、瓦碎裂,比喻潰敗不可收拾。史記秦始皇紀論:"秦之積衰,天下土崩瓦解。"

【土階茅屋】以土爲階,用茅作屋。指居住簡陋。周書武帝紀下:"上棟下宇,土階茅屋。"

【土爾扈特】部族名。1.額魯特蒙古四衛拉特之一。本游牧塔爾巴哈台附近雅爾地方,明代徙牧窩瓦河畔。清乾隆三十六年,率屬內徙。清廷以汗渥巴錫所領烏訥思素珠克圖盟爲舊土爾扈特,以伊犂珠克都斯爲牧地;郡王舍稜所領青色特啟勒圖盟爲新土爾扈特,以科布多西南爲牧地。2.青海額魯特之一。四周皆界和碩特部,本與和碩特錯居。清雍正三年析置,所部四旗。牧地散在青海東南,黄河上源一帶。參閱清文獻通考一九藩部各旗。

【土龍芻狗】土塑的龍,草紮的狗,比喻名實不相副。三國志蜀杜微傳答諸葛亮書:"曹丕篡弒,自立爲帝,是猶土龍芻狗之有名也。"

【土壤細流】比喻細微的事物。詳"土壤"。

一 畫

圠 yà ㄧㄚˋ 烏黠切,入,黠韻,影。

㊀山曲。見玉篇二土部。㊁見"坱圠"。

三 畫

圩 yú ㄩˊ 字彙 雲俱切,音于。

㊀江淮的堤岸。低窪地周圍防水的堤叫圩。以圩所圍的地,也叫圩。或讀如維(wéi),見正字通。宋沈括長興集二一萬春圩圖記:"江南大都皆山也,可耕之土,皆下濕厭水瀕江,規其地以堤而藝其中,謂之圩。"參閱文獻通考六田賦六水利田。㊁窊,凹。見"圩頂"。

【圩户】指佃種圩田的農户。宋黄庭堅豫章集九送舅氏野夫之宣城詩:"秬秠豐圩户,桁楊卧訟庭。"

【圩田】江淮多窪地,田邊築堤防水,稱圩田。宋楊萬里誠齋集三二圩田詩:"週遭圩岸繚金城,一眼圩田翠不分。"

【圩邪】低窪地。尚書大傳略説:"譬之圩邪,水潦集焉,菅蒲生焉。"大戴禮勸學作"洿邪"。參見"汙邪"。

【圩長】一圩之長,主管一個圩子的堤防水利事務。宋楊萬里誠齋集三四圩丁詞詩:"年年圩長集圩丁,不要招呼自要行。"

【圩垸】築堤圍壑的垸子。清魏源集上湖北隄防議:"而下游之洞庭,又多占爲圩垸,容水之地,盡化爲阻水之區。"

【圩頂】頭頂凹陷。史記孔子世家:"生而首上圩頂,故因名曰丘云。"索隱:"言頂上窊也,故孔子頂如反宇。反宇者,若屋宇之反,中低而四傍高也。"

圬 wū ㄨ 哀都切,平,模韻,影。

㊀泥鏝，塗牆壁的工具。或作“杇”。詳“杇”。㊁用泥鏝塗牆。史記六七仲尼弟子傳：“糞土之牆，不可圬也。”論語公冶長圬作“杇”。

【圬人】泥瓦工人。左傳襄三一年：“圬人以時塓館宮室。”也叫“圬者”。唐韓愈昌黎集十二有圬者王承福傳。

【圬鏝】泥瓦工，塗飾牆壁。宋史二七一陸萬友傳：“萬友始業圬鏝，既貴達，不忘本，以銀爲圬鏝器數十事示子孫。”

圭 guī ㄍㄨㄟ 古攜切，平，齊韻，見。

㊀“卦”的古字。象形字。古人卜筮，必畫地識爻，其下之一，象地，其上之十，一縱一橫，象畫之形。土上又作土，象畫內卦又畫外卦。因經傳多借圭爲“珪”，本義遂爲所奪。見清俞樾兒笘錄四。㊁古代帝王、諸侯舉行隆重儀式時所用的玉製禮器，上尖下方。也作“珪”。形制大小，因爵位及用途不同而異。周禮春官瑞典有大圭、鎮圭、桓圭、信圭、躬圭、穀璧、蒲璧、四圭、祼圭之別，詳各該條。參閱清武億授堂文鈔一古玉圭圖說。㊂見“圭田”。㊃量名。古以六十四黍爲圭，四圭爲撮。詳“圭撮”。㊄衡名。後漢書律曆志上“量有輕重，平以權衡”注引說苑：“十粟重一圭，十圭重一銖，二十四銖重一兩。”

【圭勺】圭、勺都是古代容量的最小單位，比喻極細微的事物。宋王禹偁小畜集三酬种放徵君詩：“行年過半世，功業欠圭勺。”

【圭田】古代卿大夫士供祭祀用的田地。禮王制：“夫圭田無征。”孟子滕文公上：“卿以下必有圭田，圭田五十畝。”注：“古者卿以下至於士，皆受圭田五十畝，所以供祭祀也。圭，潔也。”

【圭角】圭的棱角，猶言鋒鋩。禮儒行“毀方而瓦合”注：“去己之大圭角，下與衆人小合也。”唐韓愈昌黎集二一石鼎聯句詩：“磨礱去圭角，浸潤著光精。”又稱人沉着有涵養爲不見圭角或不露圭角。宋歐陽修文忠集二七張子野墓誌銘：“遇人渾渾，不見圭角。”

【圭表】測日影的儀器。北齊劉晝劉子心隱：“三剛之動，可以圭表度也。”又比喻爲典型、標準。文苑英華三九五唐崔嘏授蕭鄴李玄監察御史制：“蓋以圭表百吏，糾繩四方。”

【圭臬】圭即土圭，測日影的儀器；臬即表臬，測廣狹的儀器。唐杜甫杜工部草堂詩箋二四八哀詩故著作郎貶台州司戶滎陽鄭公虔：“圭臬星經奧，蟲篆丹青廣。”謂鄭虔精通天文地理。又以比喻準則、典範。

【圭窬】形狀如圭的牆洞，比喻貧寒人家的門戶。禮儒行：“篳門圭窬。”梁江淹江文通集二四時賦：“空牀連流，圭窬淹滯。”參見“閨竇”。

【圭璋】㊀貴重的玉器。禮禮器：“有以少爲貴者，……圭璋特。”㊁比喻人品高尚。詩大雅卷阿：“顒顒卬卬，如圭如璋，令聞令望。”也作“珪璋”。三國志蜀郤正傳：“吾子以高朗之才，珪璋之質，兼覽博闚，留心道術。”

【圭撮】古量名。比喻極微之數。漢書律曆志上：“量多少者，不失圭撮。”注：“應劭曰：……四圭曰撮，三指撮之也。孟康曰：六十四黍爲圭。”梁書范縝傳：“是以圭撮涉於貧友，吝情動於顏色；千鍾委於富僧，歡意暢於容髮。”

【圭頭】覆額的髮。漢書九七下孝成趙皇后傳“額上有壯髮”注：“壯髮當額前侵下而生，今俗呼爲圭頭者是也。”

【圭璧】古代諸侯朝會、祭祀時用作符信的玉器。詩大雅雲漢：“圭璧既卒，寧莫我聽。”周禮考工記玉人：“圭璧五寸，以祀日月星辰。”孫詒讓正義引聶崇義：“於六寸璧上，琢出一圭，長五寸。”也用以比喻人品美好。詩衛風淇奧：“有匪君子，如金如錫，如圭如璧。”

【圭竇】牆上鑿門，上銳下方，形狀像圭。指窮人住房的門戶。文苑英華三五一南朝梁昭明太子（蕭統）七契：“蓽門鳥宿，圭竇狐潛。”

【圭瓚】古代用玉石做的酒器，形狀如勺，以圭爲柄。詩大雅江漢：“釐爾圭瓚。”禮王制：“賜圭瓚，然後爲鬯。”注：“圭瓚，鬯爵也。”

【圭峯碑】即定慧禪師碑。唐宣宗大中九年立，裴休撰並書，楷體，柳公權篆額。定慧俗姓何，號宗密。唐武宗會昌元年死，葬於圭峯，今陝西鄠縣東南。唐宣宗時追謚定慧。門人立碑，稱圭峯定慧禪師傳法碑。碑文見金石萃編一一四。

【圭齋集】元歐陽玄撰。詩賦四卷，文十一卷，附錄一卷。玄與虞集揭傒斯黃溍等，在元末都負重名，當時朝廷詔策、碑、傳，多出其手。其詩賦清簡，但嫌纖弱，文章亦多平庸。

圳 zhèn ㄓㄣˋ

田畔水溝。多用作地名。廣東有深圳、圳口。宋戴侗謂圳爲“甽（quǎn）”之或體。見六書故五地理二“甽”注。字彙補音“酬”。清鈕琇觚賸粵觚語字之異：“粵中語少正音，書多俗字，……通水之道爲圳，音浸。”觚賸的音讀，與今音相近。

圯 yí ㄧˊ 與之切，平，之韻，喻。

橋。說文：“圯，東楚謂橋爲圯。从土、巳聲。”

【圯上】即橋上。漢張良曾游下邳圯上，遇一老父，授太公兵法一册曰：“讀此則爲王者師矣。”見史記留侯世家。宋蘇軾分類東坡詩三張竟辰永康所居萬卷堂：“濠梁空復五車多，圯上從來一編足。”

【圯橋】即沂水橋。在今江蘇邳縣南。相傳秦末黃石公授張良太公兵法於此橋上。見嘉慶一統志一〇一江蘇徐州府二。

【圯上老人】即黃石公。詳“黃石公”。

圮 pǐ ㄆㄧˇ 符鄙切，上，旨韻，並。

㊀毀滅，斷絕。書堯典：“方命圮族。”文選漢張平子（衡）東京賦：“漢初弗之宅，故宗緒中圮。”㊁毀壞，坍塌。宋蘇轍欒城集二四東軒記：“歲十二月，乃克支其欹斜，補其圮缺。”

【圮絕】斷絕。文選漢班孟堅（固）幽通賦：“咨孤蒙之眇眇兮，將圮絕而罔階。”後漢書七四上袁紹傳：“分野殊異，遂用圮絕，不圖今日乃相得也。”

【圮毀】毀壞。宋王禹偁小畜集十七黃州新建小竹樓記：“子城西北隅，雉堞圮毀，蓁莽荒穢。”

【圮滯】窒塞。晉書刑法志：“大人革命，不得不蕩其穢匿，通其圮滯。”

【圮裂】破裂，分裂。三國志吳諸葛恪傳：“是以悲痛，肝心圮裂。”魏書李苗傳上書：“昔晉室數否，華戎鼎沸，二燕兩秦，咆勃中原，九服分崩，五方圮裂。”

【圮廢】毀棄，荒廢。唐劉禹錫劉夢得集二五奏記丞相府論學事：“今之膠庠，不聞弦歌，而室廬圮廢，生徒衰少，非學官不欲振舉也。”

地 dì ㄉㄧˋ 徒四切，去，至韻，定。

㊀大地，地面。易乾：“本乎天者親上，本乎地者親下，則各從其類也。”㊁區域，領土。周禮地官大司徒：“諸公之地，封疆方五百里。”㊂田土。周禮地官載師：“以場圃任園地。”㊃環境，境界。管子八觀：“使民毋由接於淫非之地。”宋史四三八何基傳：“幹告以必須有真實心地，

刻苦工夫而後可。"㊄地位。孟子離婁下:"禹、稷、顏子,易地則皆然。"注:"不在其位,故勞佚異。"㊅質地,底子。三國志魏東夷傳報倭女王書:"今以絳地交龍錦五匹,絳地縐粟罽十張,……答汝所獻貢直。"㊆居住。書盤庚下:"朕及篤敬,恭承民命,用永地於新邑。"㊇通"第"。1.門地,同"門第"。2.但。副詞。漢書七四丙吉傳:"西曹地忍之,此不過汙丞相車茵耳。"注:"李奇曰:'地,猶第也。'師古曰:'地,亦但也;語聲之急也。'"㊈助詞。唐杜甫杜工部詩史補遺七陪栢中丞觀宴將士:"幾時來翠節,特地引紅粧。"

【地一】神名。史記封禪書:"古者天子三年壹用太牢祠神三一:天一、地一、太一。"

【地丁】㊀田畝叫糧,勞役所出叫丁,合稱地丁。舊制:地賦分夏稅、秋糧;丁賦分市民、鄉民、富民、佃民、客民;又各分等。清雍正時,除山西貴州廣西奉天等省外,丁賦攤入地賦,合稱地丁。見清史稿食貨志二賦役。㊁藥名。紫花地丁,簡稱地丁。蒲公英一名黃花地丁,也稱地丁。見本草綱目十六草部紫花地丁、二七菜部蒲公英。

【地力】土地的生產能力。韓非子五蠹:"盡其地力,以多其積。"漢王充論衡效力:"地力盛者,草木暢茂,一畝之收,當中田五畝之分。"

【地文】㊀地面山岳河海丘陵平原的形狀。莊子應帝王:"鄉吾示之以地文,萌乎不震不正。"㊁半夏的別名。急就篇四"半夏皁莢艾橐吾"注:"半夏,五月苗始生,居夏之半,故為名也。一名地文,亦名守田。"

【地方】㊀領域,區域面積。管子地勢:"桀紂貴為天子,富有四海,地方甚大。"㊁舊時稱里、甲、地保為地方。京本通俗小說錯斬崔寧:"(朱老三)叫起地方:有殺人賊在此,煩為一捉。"

【地户】地的門户。古代傳說天有門,地有户。吳越春秋四闔閭內傳:"立蛇門者,以象地户也。"

【地支】子、丑、寅、卯、辰、巳、午、未、申、酉、戌、亥,叫地支或十二支,也叫歲陰、十二辰。古代以天干地支紀年。參見"天干"、"歲陰"、"十二辰"。

【地比】地區相互接近,依次第自近及遠。周禮地官小司徒:"凡民訟以地比正之。"注:"鄭司農(衆)云:以田畔所與比正斷其訟。"史記平準書:"南陽、漢中以往郡,各以地比給初郡吏卒奉食幣物,傳車馬被具。"索隱:"比音鼻。謂南陽、漢中已往之郡,各以其地比近給初郡。初郡,即西南夷初所置之郡。"

【地中】㊀地面以下,土中。易師:"地中有水。"孟子滕文公下:"水由地中行,江淮河漢是也。"㊁地面中心。周禮地官大司徒:"正日景以求地中。……日至之景,尺有五寸,謂之地中。"

【地分】㊀軍隊駐地。尉繚子三分塞令:"中軍左右前後軍皆有地分,方之以行垣,而無通其交往。"㊁分封的地方。漢書高祖紀下:"又嘉惠於諸侯王有功者,使得立社稷;地分已定,而位號比儗亡上下之分。"㊂地區,地段。元史河渠志一御河:"滄州地分,水面高於平地,全藉隄堰防護。"

【地主】㊀當地的主人,對往來過客而言。左傳哀十二年:"夫諸侯之會,事既畢矣,侯伯致禮,地主歸餼。"全唐詩二四五韓翃送王少府歸杭州:"吳郡陸機稱地主,錢塘蘇小是鄉親。"㊁神名。國語越下:"皇天后土四鄉地主正之。"史記封禪書:"二曰地主,祠太山梁父。"㊂今專指佔有土地以剝削農民為主要生活來源的人和階級。

【地市】地下市鎮。相傳秦始皇的墳墓裏有銀蠶金雀,珍寶很多,故稱為秦皇地市。北周庾信庾子山集哀江南賦:"渭水貫於天門,驪山迴於地市。"

【地示】地神。示,qí。周禮春官大宗伯:"大宗伯之職,掌建邦之天神、人鬼、地示之禮,以佐王建保邦國。"又作"地祇"。史記一一七司馬相如傳:"故聖王弗替,而修禮地祇,謁款天神。"

【地仙】方士稱住在人間的仙人。抱朴子論仙:"按仙經云:上士舉形昇虛,謂之天仙;中士遊於名山,謂之地仙;下士先死後蛻,謂之尸解。"後用以比喻閒散享樂無所事事的人。唐白居易長慶集五七池上即事詩:"身閒當貴真天爵,官散無憂即地仙。"

【地瓜】番薯的別名。見清施鴻保閩雜記:"閩俗以番藷為地瓜,此由食物本草一名土瓜之義,其稱正亦不俚。"

【地皮】㊀地面。唐韓愈昌黎集九題于賓客莊詩:"榆莢車前蓋地皮,薔薇蘸水筍穿籬。"㊁指人民的財物。舊時貪官污吏榨取人民財物,稱為"卷地皮"、"刮地皮"。唐盧仝玉川子集一蕭宅二三子贈答詩之十四客謝井:"揚州惡百姓,疑我卷地皮。"

【地母】地神,即地媼,也稱后土夫人。詳"地媼"。

【地衣】㊀地毯之類。唐白居易長慶集四紅線毯詩:"地不知寒人要暖,少奪人衣作地衣。"唐王建詩八宮詞之四十:"連夜宮中修別院,地衣簾額一時新。"㊁植物名。1.苔蘚。見本草綱目二一地衣草。2.車前草的別名。見本草綱目十六下車前。

【地羊】狗的別名。見本草綱目五十上狗。

【地牢】構築於地下的牢獄。魏書楊播傳附楊津:"洛周脫津衣服,置地牢下數日,欲將烹之。"北齊書崔暹傳:"乃流暹於馬城,晝則負土供役,夜則置地牢。"

【地志】記輿地的書。也作地誌。宋書州郡志一:"今唯以續漢郡國校太康地志,參伍異同,用相徵驗。"唐韓愈昌黎集一南山詩:"山經及地志,茫昧非受授。"

【地步】㊀地段。宋史河渠志五御河:"於是都水使者孟揆,移撥十八埽官兵分地步修築。"㊁地位,程度。宋董嗣杲廬山集四和翟建大見寄詩:"今日校讎爭地步,居於監當負聲稱。"元周密齊東野語十五耿聽聲:"時郭棣為殿帥,耿(聽聲)謁之曰:'君部中有三節度使,他日皆為三衙。'扣為何人?則曰:'周虎彭輅夏震也。'虎輅時皆為將官,獨震方為帳前佩印官。郭曰:'周、彭地步,或未可知;震安得遽爾乎?'"

【地利】㊀土地的生產能力。書周官:"司空掌邦土,居四民,時地利。"管子乘馬:"地利不可竭,民力不可殫。"㊁地理上的有利形勢。孫子軍爭:"不用鄉導者,不能得地利。"孟子公孫丑下:"天時不如地利,地利不如人和。"注:"地利,險阻城池之固也。"

【地位】位置。管子五行:"治祀之下,以觀地位。"注:"理於祭祀之時,於其所祭之下,觀知地位之尊卑也。"泛指人在社會生活中的等級位置。南齊書豫章王嶷傳:"自以地位隆重,深懷退素。"

【地角】地的盡頭。比喻極僻遠的地方。南朝梁蕭統昭明太子集三謝敕賚地圖啟:"域中天外,指掌可求;地角河源,户庭不出。"南朝陳徐陵徐孝穆集三為武皇帝作相時與嶺南酋豪書:"天涯藐藐,地角悠悠,言面無由,但以情企。"

【地宜】不同的土質適宜於不同生物的成長。管子八觀:"其耕之不深,芸之不謹,地宜不任,草田多穢,……饑國之野也。"史記夏本紀:"禹乃行相地宜所有以貢，及山川之便利。”

【地官】㊀古代六官之一。周禮地官司徒：“乃立地官司徒，使帥其屬而掌邦教，以佐王安擾邦國。”唐武后曾一度改户部爲地官。見通典二三職官五户部尚書。㊁神名。道家以天官、地官、水官爲三官。見三國志魏張魯傳“雄據巴漢垂三十年”注。參見“三官㊁”。

【地府】迷信説法，人世之外，另有世界，也有官司設治，專管死人的鬼魂，叫作地府。太平廣記四八六唐陳鴻長恨傳：“又能遊神馭氣，出天界，没地府以求之。”唐賈島長江集一哭盧仝詩：“天子未辟召，地府誰來追？”

【地券】即地契。詳“地契”。

【地底】㊀地的低下處，多指山脚、谷底。文選漢揚子雲(雄)甘泉賦：“漂龍淵而還九垠兮，窺地底而上回。”唐杜甫杜工部草堂詩箋十八飛仙閣詩：“歇鞍在地底，始覺所歷高。”㊁地的底下。唐李白李太白詩三日出入行：“日出東方隈，似從地底來。”

【地芥】地上的雜草。比喻容易得到的事物。漢書八八夏侯勝傳：“經術苟明，其取青紫，如俛拾地芥耳。”宋陸游劍南詩稿五三新年七十有九：“天門邈難窺，地芥亦嬾拾。”

【地制】㊀封建王朝的土地分封制度。漢書四八賈誼傳：“地制壹定，宗室子孫，莫慮不王。下無倍畔之心，上無誅伐之志。”㊁田地制度。魏書崔挺傳附崔孝芬：“熙平中，(任城王)澄奏地制八條，孝芬所參定也。”

【地室】地下室。左傳成十二年：“子反相，爲地室而縣焉。”藝文類聚六二漢劉歆甘泉宫賦：“軼陵陰之地室，過陽谷之秋城。”

【地突】地道。三國志魏明帝紀太和二年“諸葛亮圍陳倉”注引魏略：“亮又爲地突，欲踊出於城裏，(郝)昭又於城内穿地横截之。”

【地客】佃農。宋朱熹朱文公别集九取會管下都分富家及闕食之家：“富家無餘米可糶者計幾家，而僅能自給其地客、佃客不闕，仍各開户姓並佃客、地客姓名。”

【地祇】地神。周禮作“地示”。詳“地示”。

【地形】㊀地理形狀，山川形勢。商君書農戰：“人君不能服强敵破大國也，則修守備，便地形，摶民力，以待外事。”㊁書篇名。孫子、淮南子中皆有地形篇。魏書有地形志，即歷代史書的地理志。

【地垠】地的邊際，界限。文選漢揚子雲(雄)甘泉賦：“天閫决兮地垠開，八荒協兮萬國諧。”元陳樵鹿皮子集一月庭賦：“抉天閫以西流，礫地垠而東適。”

【地胄】南北朝時，稱皇族帝室爲天潢，世家豪門爲地胄。北齊顔之推顔氏家訓雜藝：“王褒地胄清華，才學優敏，後雖入關，亦被禮遇。”

【地契】舊時買賣田地所立的文契。也稱“地券”。宋時造墓，必立買地券，在梓木上用朱砂書寫：“用錢九萬九千九百九十九文買到某地。”見元周密癸辛雜識别集下買地券。清葉奕苞金石録補二七雜記：“萬曆初元，會稽倪簡冢地内，掘得晉太康間冢中杯及瓦券。”瓦券，也爲地契之類。

【地重】地利富厚。管子侈靡：“地重人載，毁敝而養不足，事末作而民興之，是以下名而上實也。”史記一二九貨殖傳：“關中自汧雍以東至河華，膏壤沃野千里。……故其民……好稼穡，殖五穀，地重，重爲邪。”正義：“言關中地重厚，民亦重難，不爲邪惡。”

【地皇】㊀古代傳説的三皇之一。史記秦始皇紀：“古有天皇、有地皇、有太皇。”㊁漢王莽年號。公元 20—23 年。

【地保】㊀仗地勢以攻守，猶言地利。漢揚雄法言重黎：“或問：六國並其已久矣，一病一瘳，迄始皇三載而咸，時激、地保、人事乎？”㊁即古里正、亭長之職。也稱地甲、保正。

【地肺】㊀地名。金樓子五志怪：“地肺，荆州濟門西岸安船處也。洪潦常浮不没，故云地肺也。”㊁山名。1. 在河南靈寶縣西南，即古桔樅山。隋書地理志中弘農郡朱陽作肺山。太平寰宇記六陝州朱陽縣作地肺山。參閲嘉慶一統志二二〇河南陝州一地肺山。2. 即終南山。在陝西西安市南，商洛地區北界。參閲嘉慶一統志二二七西安府一終南山。3. 即商山，在陝西商縣東。宋王應麟通鑑地理通釋五十道山川考北據商華之山：“商山在商州上洛縣南十四里、商洛縣南一里，亦名地肺山，亦名楚山，四皓所隱。”4. 即句曲山，在江蘇句容縣東南。南朝梁陶弘景隱居於此。見梁書本傳。道家稱爲七十二福地之第一福地。見雲笈七籤二七。宋陸游劍南詩稿五七道室述懷：“地肺終嫌近朝市，明年泝峡上青城。”

【地紀】維繫大地的繩子。也稱地維。古代認爲天圓地方，神話傳説天有九柱支撑，使天不下塌；地有大繩維繫四角，使地有定位。莊子説劍：“上决浮雲，下絶地紀。”古文苑四漢揚雄蜀都賦：“上稽乾度，則井絡儲精；下按地紀，則巛(坤)宫奠位。”參見“地維”。

【地脊】山，山脈。唐孟郊孟東野集四登華嚴寺樓……贈林校書兄弟詩：“地脊亞爲崖，聳出冥冥中。”

【地栗】荸薺的别名。宋華岳翠微南征録六呈陳平仲詩：“薦公地栗三盃酒，分我天香一味羹。”參見“荸薺”。

【地骨】㊀方石。宋王逵蠡海集地理類：“惟石之生也或方；方者，爲地之骨也。”㊁枸杞的别名。見本草綱目三六枸杞地骨皮。

【地氣】㊀地中之氣。禮月令孟春之月：“天氣下降，地氣上騰。”㊁不同地區的氣候。周禮考工記：“橘踰淮而北爲枳，鸜鵒不踰濟，貉踰汶則死，此地氣然也。”

【地脈】㊀指地的脈絡。史記八八蒙恬傳：“起臨洮，屬之遼東，城塹萬餘里，此其中不能無絶地脈哉，此乃恬之罪也。”唐孟浩然集四送吴宣從事詩：“旌旆邊亭去，山川地脈分。”㊁指地下水。水流象人身血脈，故稱地脈。見周禮天官瘍醫“以鹹養脈”注。㊂地中穴道。北堂書鈔一五八晉周處風土記：“太湖中有包山，山下有洞穴，潛行地中，無所不通，謂之洞庭地脈者也。”

【地侯】填星的别名。見史記天官書。又名鎮星。見廣雅釋天。

【地紐】即地紀，地維。藝文類聚七七北魏温子昇寒陵山寺碑序：“尒朱氏既絶彼天綱，斷兹地紐。”參見“地紀”、“地維”。

【地産】土地所生産的物品。周禮春官大宗伯：“以地産作陽德。”注：“地産者，植物，謂九穀之屬。”宋陸游劍南詩稿四四戲詠鄉里食物示鄰曲：“不惟人物富名勝，所至地産皆奇瓌。”近代指私人或集團所占有的土地。

【地望】地位與名望。唐段成式酉陽雜俎續集支諾皋下：“韋斌雖生於貴門，而性頗厚質，然其地望素高，冠冕特盛。”唐李商隱李義山詩集四五言述德抒情詩一首四十韻獻上杜七兄僕射相公：“耿(弇)賈(復)官勳大，荀(淑)陳(寔)地望清。”

【地理】㊀山川土地的環境形勢。易繫辭上：“仰以觀於天文，俯以察於地理。”疏：“地有山川原隰，各有條理，故稱理也。”㊁研究地球表面現象，行政區劃等情況的科學。舊唐書一九二孔述睿傳

"述睿精於地理,在館乃重修地理誌,時稱詳究。"㊁猶言地址。京本通俗小說碾玉觀音:"便教人來行在取他丈人丈母,寫了他地理角色與來人。"

【地動】即地震。我國歷史上記載甚多。史記秦始皇紀十五年,即記有地動事。舊史五行志中載此事甚多,漢儒宣揚天人相應的說法,往往用來附會人事,進行說教。

【地黄】藥用植物。新鮮的稱鮮地黄或鮮生地,乾燥後稱乾地黄或生地;加工蒸製後稱熟地黄或熟地。宋書謝靈運傳山居賦:"採石上之地黄,摘竹下之天門。"參閱本草綱目十六草部地黄。

【地軸】古代傳說大地有軸。晉張華博物志:"地有三千六百軸,互相牽制。"北堂書鈔一五七引河海括地象:"崑崙之山,橫爲地軸。"後用來泛指大地。北周庾信庾子山集一哀江南賦:"競動天關,争迴地軸。"唐杜甫杜工部草堂詩箋九晦日尋崔戢李封:"地軸爲之翻,百川皆亂流。"現代科學以貫穿地球南北兩極的假設直綫爲地軸。

【地毯】用以覆地的織物。元史一一四世祖昭睿順聖皇后傳:"宣徽院羊臑皮置不用,后取之,合縫爲地毯。"

【地絡】土地的脈絡,猶言地脈。後漢書十三隗囂傳:"分裂郡國,斷截地絡。"注:"絡,猶經絡也,謂(王)莽分拆郡縣,斷割疆界也。"文選漢張平子(衡)西京賦:"爾乃振天維,衍地絡。"

【地道】㊀關於地的道理、法則。易說卦:"立天之道曰陰與陽,立地之道曰柔與剛。"管子霸言:"立政出令用人道,施爵祿用地道,舉大事用天道。"注:"地道平而無私。"㊁地下通道。三國志魏武帝紀:"公乃夜鑿險爲地道,悉過輜重,設奇兵。"

【地著】定居於一地。南朝時稱土著,土斷。漢書食貨志上:"理民之道,地著爲本。"注:"地著,謂安土也。"參閱清周壽昌漢書注校補十七食貨志地著爲本。

【地雷】埋藏炸藥於地下以轟擊敵軍的武器。明宋應星天工開物下佳兵火器:"地雷埋伏地中,竹管通引,衝土起擊。"

【地勢】㊀土地的形勢。易坤:"地勢坤,君子以厚德載物。"史記高祖本紀:"秦,形勝之國,……地勢便利,其以下兵於諸侯,譬猶居高屋之上建瓴水也。"㊁地位,權勢。文選晉左太沖(思)詠史詩之二:"世胄躡高位,英俊沈下僚,地勢使之然,由來非一朝。"

【地榆】草名。開花如椹子,紫黑色又類豉,故又名玉豉。供藥用。參閱太平御覽一〇〇〇神農本草經、救荒本草地榆(農政全書七六)。

【地鼠】即鼩鼱。詳"鼩鼱"。

【地媪】地神,也叫地母。漢書禮樂志二郊祀歌:"惟泰元尊,媪神蕃釐。"注:"媪神,地也"。唐盧照鄰幽憂子集七益州至真觀主黎君碑:"蒼蒼中野,同銷地媪之魂;眇眇太初,獨昧天師之化。"

【地誌】同"地志"。宋歐陽修文忠集三菱溪大石詩:"山經地誌不可究,遂令異說爭紛紜。"

【地圖】反映自然地理和社會經濟狀況,行政區劃等所繪製的圖。周禮地官大司徒:"大司徒之職,掌建邦之土地之圖,……以天下土地之圖,周知九州之地域廣輪之數,辨其山林、川澤、丘陵、墳衍、原隰之名物。"又土訓:"掌道地圖,以詔地事。"管子有地圖篇。史記漢書明言輿地圖者甚多,晉裴秀自製禹貢地域圖十八篇,唐李吉甫元和郡縣圖志圖凡四十七鎮篇首皆有圖,但已佚不存。現存最古的地圖有1974年長沙馬王堆三號漢墓出土的帛繪地圖二幅,其次爲現存西安碑林之劉豫阜昌七年刻石的華夷圖與禹跡圖。

【地獄】㊀佛教所說惡人死後靈魂受折磨的地方。梵語捺落迦。法苑珠林十一六道篇地獄部輯集了諸經中對地獄的描述,參閱唐道世諸經要集十八地獄會名。㊁比喻苦難危險的境地。三國志魏蔣濟傳:"賊據西岸,列船上流,而兵入洲中,是爲自由地獄,危亡之道也。"

【地維】古代以爲地是方的,有四角,以大繩維繫。故叫地維。列子湯問:"折天柱,絕地維。"北周庾信庾子山集三和張侍中述懷詩:"奔河絕地維,折柱傾天角。"參見"地紀"。

【地震】因地殼急劇變化而引起的地面震動。我國歷史上有關地震的記載,最早見於竹書紀年上帝乙三年。春秋文公九年、襄公十六年、昭公十九年、哀公三年和其他古代文獻都有許多關於地震的記載。詩小雅十月之交:"爗爗震電,不寧不令。百川沸騰,山冢崒崩。高岸爲谷,深谷爲陵。"對一次大地震作了描繪。國語周上:"陽伏而不能出,陰迫而不能烝,於是有地震。"是古人根據當時水平對地震自然現象所作的解釋。

【地慝】土地所生能傷害人畜莊稼的害蟲瘴氣。周禮地官土訓:"道地慝以辨地物。"注:"地慝,若瘴蠱然也。"疏:"先鄭云:地慝,所生惡物害人者,若虺蝮之類。"

【地䴰】瞿麥的別名。見北魏賈思勰齊民要術二大小麥"種瞿麥法"注。參見"瞿麥"。

【地節】㊀漢劉詢(宣帝)年號。公元前69—前66年。漢書宣帝紀:"地節元年。"注:"應劭曰:'以先者地震,山崩水出,於是改元曰地節,欲令地得其節。'"㊁藥名,即萎蕤。因根多節,故名。也叫玉竹。見本草綱目十二上萎蕤。

【地盤】㊀舊時堪輿家所用的羅盤。相地時用以測定方向。參見"羅盤"。㊁術數家稱地上十二辰方位爲地盤。參見"六壬"。㊂屋舍的基地。因也稱所佔據的地域爲地盤。

【地德】古時認爲土地生產百物,人賴以生存,有德於人,稱爲地德。國語魯下:"是故天子大采朝日,與三公九卿,祖識地德。"注:"祖,習也。識,知也。地德所以廣生。"淮南子俶真:"含哺而游,鼓腹而熙,交彼天和,食於地德。"注:"地德,五穀。"

【地壇】皇帝祭地的壇,方形,周圍約五十丈,廣八九丈,中有方壇,也叫方澤、方丘。明清地壇,明嘉靖九年所建,在北京市安定門外。參閱嘉慶一統志一京師一。

【地頭】㊀稅名。唐有青苗地頭錢。見新唐書食貨志一。㊁當地,現場。宋歐陽修文忠集一一二論監牧札子:"欲乞權暫差臣仍於吳中復等三人內更差一人,與臣同詣左右廂監牧地頭,躬親按視。"㊂方面。朱子語類八學二:"這箇道理,各自有地頭,不可只就一面說。"㊃猶言地方。宋楊萬里誠齋集十八正月十二日……思無邪齋真跡猶存詩:"不知天公愛佳句,曲與詩人爲地頭。"爲地頭,安排地方。

【地謎】宋代雜戲名。宋孟元老東京夢華錄六元宵:"正月十五日元宵,奇術異能,歌舞百戲,鱗鱗相切,……其餘賣藥、賣卦、沙書地謎,奇巧百端,日新耳目。"

【地膽】甲蟲名。即芫青。別名葛上亭長。俗稱紅頭娘。成蟲可入藥,性劇毒。見政和證類本草二二芫青、地膽。

【地輿】大地。地載萬物,故比作車輿。淮南子原道:"以天爲蓋,以地爲輿。"文苑英華四唐熊曜瑯琊臺觀日賦:"傾地輿而通水府,吸天蓋而駭長鯨。"

【地癖】兼併土地成性。舊唐書一八七下

李憕傳："憕豐於產業，……與吏部侍郎李彭年皆有地癖。"

【地藏】㊀埋藏於地下。孔子家語問禮："形體則降，魂氣則上，是謂天望而地藏也。"㊁地窖，地下室。北史皮景和傳："密從地藏，漸出餅飯。"㊂佛教菩薩名。佛教傳說，佛死後，地藏自誓，必須盡渡六道衆生，方始成佛，因現身人天地獄之中，救衆生苦難。見地藏菩薩本願經。

【地膚】草名。嫩苗可吃。子入藥，稱地膚子。莖枝老後可做掃帚。爾雅釋草："葥，王蔧"，卽此。又有地葵、地麥、落帚、獨帚等名。見本草綱目十六地膚。

【地鏡】㊀地面的積水。初學記八南朝陳顧野王輿述志："宋文帝時，青州城南地，遠望倒影如水，謂之地鏡。"唐韓愈昌黎集八秋雨聯句詩："地鏡時昏曉，池星競漂沛。"㊁傳說中的寶鏡。北周庾信庾子山集五道士步虛詞之九："地鏡堦基遠，天牕影迹深。"注："地鏡圖云：欲知寶所在地，以大鏡夜照，見影若光在鏡中者，物在下也。"

【地臘】道家稱農曆五月五日爲地臘。見雲笈七籤三七齋戒說雜齋法。

【地爐】火坑。唐岑參岑嘉州集二玉門關蓋將軍歌："軍中無事但歡娛，暖屋繡簾紅地爐。"又司空圖司空表聖詩集四修史亭："漸覺一家看冷落，地爐生火自溫存。"

【地變】地形變動，地震。多指山崩等而言。漢書七五翼奉傳："天變見於星氣日蝕，地變見於奇物震動。"

【地聽】也叫"甖聽"。古代軍事上偵察敵方動態的一種方法，多用於守城，以防敵方的突然襲擊。通典一五二守拒法附："地聽，於城內八方穿井各深二丈，以新甖用薄皮裹口如鼓，使聽耳者於井中託甖而聽，則去城五百步內悉知之。"

【地籟】風吹孔穴發出的聲響。莊子齊物論："地籟則衆竅是已。"宋陸游劍南詩稿三五雪歌："初聞萬竅號地籟，已見六出飛天花。"

【地體】地的形體。漢王充論衡四諱："夫宅之四面皆地也，三面不謂之凶，……西益宅何傷於地體？"南朝陳徐陵徐孝穆集八太極殿銘序："虎踞龍蟠，金陵地體貞固。"

【地靈】㊀舊稱地之神靈。文選南朝宋顏延年（延之）車駕幸京口侍遊蒜山作詩："園縣極方望，邑社總地靈。"注："大戴禮天地祝曰：'皇皇上天，照臨下土，集地之靈，降甘風雨。'"㊁山川靈秀之氣。唐王勃王子安集五滕王閣詩序："人傑地靈，徐孺下陳蕃之榻。"

【地鱉】㊀蟲名。卽蟅蟲。形狀似鱉而大，身短節促，足長有毛。中醫用以治瘀血。見本草綱目四一蟅蟲。㊁菜名。卽草石蠶。以地下莖形似蠶得名。根作藥用。見本草綱目二七草石蠶。

【地生羊】古時傅會的傳說。說西域有種羊的法術，把羊臍、羊骨或羊角種在土中，就能長出羊來，叫地生羊。見本草綱目五十上羊附錄。

【地老鼠】煙火花砲的一種。元周密齊東野語十一御宴煙火："穆陵初年，嘗於上元日清燕殿排當，恭請恭聖太后。既而燒煙火於庭，有所謂地老鼠者，徑至大母聖座下。大母爲之驚惶，拂衣徑起。"清潘榮陛帝京歲時紀勝正月煙火："煙花火砲之製，京師極盡工巧，……其不響不起、盤旋地上者曰地老鼠。"

【地行仙】仙人的一種。楞嚴經八："有十種仙，阿難，彼諸衆生，堅固服餌，而不休息，食道圓成，名地行仙。"也用以比喻閒散享樂無所事事的人。宋蘇軾分類東坡詩二二樂全先生生日以鐵柱杖爲壽之一："先生真是地行仙，住世因循五百年。"參見"地仙"。

【地骨皮】藥名。枸杞一名地骨。地骨皮卽枸杞根的皮，中醫用作强壯劑。見本草綱目三六枸杞。

【地頭鬼】本地的壞人。元曲選馬致遠青衫淚三："是小子新娶的個小娘子，不知逃到那裏去了。一定有個地頭鬼拐着他去，你們與我拿一拿！"

【地錢草】植物名。唐段成式酉陽雜俎十九草篇："地錢，葉圓莖細，有蔓，生溪澗邊。一曰積雪草，亦曰連錢草。"參見"連錢㊂"。

【地久天長】極言時間的悠久。文選南朝梁陸佐公（倕）石闕銘："暑來寒往，地久天長。"參見"天長地久"。

【地下修文】傳說晉蘇韶死後現形，對他的兄弟說，顏淵、卜商現在地下任修文郎。見太平御覽八八三晉王隱晉書。後因稱文士有才華而早死爲地下修文。唐司空圖司空表聖詩集三狂題之九："地下修文著作郎，生前饑處倒空牆。"徐夤釣磯文集九傷前翰林楊左丞詩："人間搦管窮倉頡，地下修文待卜商。"

【地上天宮】比喻生活環境奢華逸樂。宋袁褧楓窗小牘上："汴中呼餘杭百事繁庶，地上天宮。"

【地平天成】比喻萬事安排妥帖。書大禹謨："地平天成。"傳："水土治曰平，五行敍曰成，因禹陳九功而歎美之。"左傳文十八年："舜臣堯，舉八愷，使主后土，以揆百事，莫不時序，地平天成。"

【地老天荒】比喻時間久遠。也作"天荒地老"。宋楊萬里誠齋集六謁永祐陵歸途遊龍瑞宮觀禹穴詩："禹穴下窺正深黑，地老天荒知是非。"參見"天荒"、"天荒地老"。

【地角天涯】比喻相隔遙遠。南朝陳徐陵徐孝穆集七答族人梁東海太守長孺書："燕南趙北，地角天涯，言接未由，但以潸欷！"

【地獄變相】㊀畫名。唐張彥遠歷代名畫記九張孝師："（張孝師）尤善畫地獄，氣候幽默。……吳道玄見其畫，因號爲地獄變。"宋黃休復益州名畫錄："吳道子畫地獄變相，都人咸觀，懼罪修善。"㊁舊時比喻社會的醜惡、殘酷。

【地醜德齊】地相同，德相等。醜，同。意謂彼此條件相等。孟子公孫丑下："今天下地醜德齊，莫能相尚。"

【地覆天翻】比喻變化劇烈。五代前蜀釋貫休禪月集二三山居詩之十二："從他人笑從他笑，地覆天翻也只寧。"參見"天翻地覆"。

【地藏本願經】佛經名。二卷。唐于闐國僧實叉難陀譯。經中載釋迦昇忉利天替母說法，後召地藏菩薩永爲幽明教主，使世人有親者都得報本薦親，共登極樂世界。

在 1. zài ㄗㄞˋ 昨宰切，上，海韻，從。昨代切，去，代韻，從。

㊀存在，生存。國語晉四："與從者謀於桑下，蠶妾在焉，莫知其在也。"㊁居于，處于。易乾："是故居上位而不驕，在下位而不憂。"㊂存問。左傳襄二六年："吾子獨不在寡人。"注："在，存問也。"㊃審察，觀察。書舜典："在璿璣玉衡，以齊七政。"㊄由于，在于。荀子勸學："駑馬十駕，功在不舍。"管子牧民："政之所興，在順民心；政之所廢，在逆民心。"㊅于。詩小雅魚藻："魚在在藻，有頒其首。"第二個"在"作"于"解。

2. cái ㄘㄞˊ

㊆通"才"、"纔"。漢書四八賈誼傳："長沙乃在二萬五千户耳。"賈誼新書藩强作"乃纔"。

【在亡】猶存亡。漢書四九爰盎傳："夫一旦叩門，不以親爲解，不以在亡爲辭。"史記一〇一袁盎傳在作"存"。唐柳宗元柳先生集四二酬韶州裴曹長使君寄道州呂八大使因以見示詩:"在亡均寂寞，零落間惸鰥。"

【在三】三,指父、師、君。國語晉一:"民生於三,事之如一:父生之,師教之,君食之。"後因稱執敬如事父、師、君爲"在三。"世説新語言語"亦復誰能遣此"注引衛玠别傳:"永嘉四年,南至江夏,與兄别於梁里澗,語曰:'在三之義，人之所重,今日忠臣致身之運,可不勉乎?'"宋書自序:"初,錢唐人杜子恭通靈有道術,東土豪家及京邑貴望,並事之爲弟子,執在三之敬。"

【在下】謙詞。古時坐席,尊長在上座,故自稱在下。元曲選王子一誤入桃源三:"我們都散罷,待明年容在下還席。"

【在公】辦理公事,在職。詩召南小星:"夙夜在公,寔命不同。"

【在田】易乾:"九二,見龍在田，利見大人。"注:"處於地上，故曰在田。"後來文人用以指帝王即位前之處境。梁書范岫傳論:"(蕭)琛朗悟辯捷,加諳究朝典,高祖(蕭衍)在田,與琛遊舊,及踐天曆,任遇甚隆。"

【在在】處處,到處。宋楊萬里誠齋集二四明發南屏詩:"新晴在在野花香，過雨迢迢沙路長。"

【在先】先前,預先。唐王建詩贈人:"每度報朝愁入閣，在先教示小千牛。"

【在行】内行。行,háng。明粲花主人(吴炳)西園記傳奇聞計:"從來不識一字,文章真弗在行。"紅樓夢十六:"偏你又怕他不在行了。誰都是在行的?"

【在告】官吏休假叫"告",在休假期中稱爲"在告"。宋歐陽修文忠集一五二與薛少卿書:"某今歲病暑,飲冰水多,目生黑花,多在告。"

【在位】居官任職。書大禹謨:"君子在野,小人在位。"史記五帝紀:"自玄囂與蟜極皆不得在位,至高辛即帝位。"指帝位。

【在泮】在學宫。泮,學宫。詩魯頌泮水:"魯侯戾止,在泮飲酒。"後稱學童入學爲"在泮"。

【在官】㊀在官署。禮玉藻:"在官不俟屨"。注:"官,謂朝廷治事處也。"㊁居官。書皋陶謨:"九德咸事,俊乂在官。"管子明法:"行貨財而得爵禄，則汙辱之人在官。"

【在疚】因喪事而悲痛,憂病。詩周頌閔予小子:"遭家不造，嬛嬛在疚。"後因稱居喪爲在疚。文選晉潘安仁(岳)寡婦賦:"自仲秋而在疚兮，踰履霜而踐冰。"注:"丁儀妻寡婦賦曰:'自銜恤而在疚,履春冬之四節。'"

【在事】居官任事。後漢書二二馬成傳:"在事五六年。"

【在昔】從前。書酒誥:"在昔殷先哲王。"詩商頌那:"自古在昔,先民有作。"

【在宥】㊀莊子論述無爲而治,任事物自然發展,因以"在宥"名篇,謂"聞在宥天下,不聞治天下也。"㊁在寬恕之列。唐劉禹錫劉賓客集十七上宰相賀德音狀:"或有詿誤之徒,爰降殊私,特宏在宥。"

【在室】㊀在内室。禮禮運:"故玄酒在室,醴醆在户。"㊁女子已訂婚而未嫁,或已嫁而遭遣棄回娘家居住,都稱"在室"。儀禮喪服:"女子子在室爲父。布總箭笄髽,衰三年。"

【在苫】古代喪禮,遇父母之喪,初喪百日以内,喪主和諸子睡草墊,枕土塊,故稱守喪爲"在苫"。見儀禮喪服。也稱"苫次"。苫,草墊。參見"寢苫枕塊"。

【在家】㊀卿大夫之臣。見論語顔淵"在家必達"及"在家必聞"疏。㊁見"在家出家"。

【在草】婦女分娩。世説新語政事:"陳仲弓(寔)爲太丘長,……道聞民有在草不起子者,回車往治之。"

【在原】詩小雅常棣有"脊令在原，兄弟急難"之句,後因以"在原"指兄弟患難相共。北齊書元坦傳:"(兄樹)泣謂坦曰:'……今者之來,非由義至,求活而已,豈望榮華。汝何肆其猜忌,忘在原之義。'"時坦勸朝廷誅樹,故樹以此責之。

【在理】被拘捕、審訊。唐韓愈昌黎集二八曹成王碑:"王之遭誣在理,念太妃老,將驚而戚;出則囚服就辯,入則擁笏垂魚,坦坦施施。"

【在陳】孔子周游列國,在陳絶糧。見論語衛靈公。後因用"在陳"比喻處於飢餓、困難的境遇。宋李彌遜筠溪集十八春日書齋偶成復用前韻詩:"來轅去櫂目驚頻,七十無多半在陳。"

【在莒】漢劉向新序四雜事:"(齊)桓公謂鮑叔:'姑爲寡人祝乎?'鮑叔奉酒而起曰:'祝吾君無忘其出而在莒也,使管仲無忘其束縛而從魯也,使寧子無忘其飯牛於車下也。'"後因用在莒指離開故土,流亡在外。宋虞儔尊白堂集三卧病枕上再用韻詩:"飄然儻遂歸田賦,食蘖毋忘在莒時。"

【在堂】㊀在屋裏。詩唐風蟋蟀:"蟋蟀在堂,歲聿其莫。"㊁指母親健在。左傳哀二年:"君夫人在堂,三揖在下,君命祇辱。"文選晉潘安仁(岳)閑居賦:"太夫人在堂,有羸老之疾。尚何能違膝下色養而屑屑從斗筲之役乎?"參見"北堂"。

【在處】處處,到處。唐張籍張司業集四喜王起侍郎放牓詩:"誰家不借花園看,在處多將酒器行。"

【在野】書大禹謨:"君子在野,小人在位。"孟子萬章下:"在國曰市井之臣,在野曰草莽之臣,皆謂庶人。"本謂庶民處於山野,後來遂稱不居官爲在野,對在朝而言。明史可法史忠正公集一論人才疏:"乞敕廷臣將在朝在野人才,合併打算。"

【在假】在假期中。文選南朝梁任彦昇(昉)爲范尚書讓吏部封侯表:"臣今在假,不容詣省。"

【在得】猶言剩下。宋百家詩存一賀鑄慶湖集清燕堂:"雀聲嘖嘖燕飛飛,在得殘紅一兩枝。"

【在意】放在心上,注意。逸周書小開:"奸□言彼,翼翼在意。"資治通鑑二八九五代後漢隱帝乾祐三年:"時扈從軍甚盛,太后遣使戒聶文進曰:'大須在意!'"

【在職】居官任職。三國志吴張溫傳駱統理溫表:"又(賈)原在職不勤,當事不堪,溫數對以醜色,彈以急聲。"

【在谷滿谷】莊子天運:"吾又奏之以陰陽之和,燭之以日月之明,其聲能短能長,能柔能剛,變化齊一,不主故常,在谷滿谷,在阬滿阬。"意謂奏樂時聲音遍及各處,比喻"道"的無所不在。後因以"滿坑滿谷"形容人物衆多。

【在官言官】禮曲禮下:"君命,大夫與士肄,在官言官,在府言府,在庫言庫,在朝言朝。"注:"官,謂版圖文書之處。"意謂君命有所使,大夫與士就應當學習和議論這方面的事。後多用作處在什麽地位就説什麽話之意。

【在家出家】佛教謂不出家爲僧,而清静寡欲,在家修行,無異出家。唐白居易長慶集六八有在家出家詩。法苑珠林一〇七受戒述意:"夫十善五戒,必須形受;菩薩淨戒,可以心成。故戒法理曠事深,在家出家,平等而受。"古今雜劇元馬致遠黄粱夢四:"老身終南山人氏,在此在家出家,蓋了一座團標。"

四畫

坊 1. fāng 府良切,平,陽韻,非。ㄈㄤ

㊀城市中街市里巷的通稱。唐六典三户部尚書:"兩京及州縣之郭内分爲坊,郊外爲村。"舊唐書食貨志上:"在邑居者爲坊,在田野者爲村。"㊁別屋。文選三國魏何平叔(晏)景福殿賦:"屯坊列署,三十有二。"㊂店鋪。宋孟元老東京夢華録二潘樓東街巷:"又東十字大街曰從行裹角,茶坊每五更點燈,博易買賣衣服、圖畫、花環、領抹之類。"㊃官署名稱。隋代太子官署有左右坊、内坊、典書坊、典經坊等。唐代有太子左右春坊等。參閱隋書百官志上、舊唐書職官志三。㊄工場。唐初置有車坊監事,弩坊署,甲坊署。見新唐書百官志三。後世有染坊、酒坊等。參閱元周密武林舊事六作坊。㊅牌坊。封建時代表彰忠孝節義、功德、科第等所立的建築物。㊆鑄造器物的土模。淮南子齊俗"鑪、橐、埵、坊設、非巧冶不能以冶金"注:"鑪、橐、埵,皆冶具。坊,土刑(型)也。"

2. fáng 符方切,平,陽韻,奉。
ㄈㄤ

㊇防水的堤坊,防衛的工事。通"防"。禮郊特牲:"祭坊與水庸,事也。"疏:"坊者,所以畜水,亦以彰水。庸者,所以受水,亦以泄水。"戰國策秦一:"濟清河濁,足以爲限;長城鉅坊,足以爲基。"㊈防範。禮坊記:"故君子禮以坊德,刑以坊淫,命以坊欲。"

【坊夫】街坊的公役。唐張鷟朝野僉載一:"上寢堂兩間,有三殯坑,皆埋舊縣令,(路敬)潛命坊夫填之。"

【坊市】街市。舊唐書食貨志上元和十二年敕:"近日布帛轉輕,見錢漸少,……宜令京城内自文武官僚,……下至士庶、商旅、寺觀、坊市,所有私貯見錢,並不得過五千貫。"唐蘇鶚杜陽雜編下:"又坊市豪家相爲無遮齋大會。"

【坊正】管理街坊的小吏。舊唐書職官志二:"百户爲里,五里爲鄉。兩京及州縣之郭内,分爲坊,郊外爲村。里及坊村皆有正,以司督察。"

【坊本】舊時書坊刻印的書籍。也稱坊刻本、書棚本。以區別於官本、書塾本。書坊包括五代時的書肆,北宋時書林、書堂,南宋時書鋪,及元明清的書局、書店。坊本最著名的有北宋建陽麻沙書林本,南宋臨安睦親坊、行都坊本。參閱葉德輝書林清話。

【坊州】地名。漢屬中部郡,北魏改鄜州。北周曾於此置馬坊,唐武德二年取馬坊爲名,改置坊州。至元廢。即今陝西黄陵縣地。參閱太平寰宇記三五坊州。

【坊曲】小街曲巷。唐白居易長慶集五七馬上晚吟詩:"如今不是閒行日,日短天陰坊曲遥。"

【坊門】街巷栅門。唐白居易長慶集五六失婢詩:"宅院小牆庳,坊門帖牓遲。"舊唐書五行志:"今暫逢霖雨,即閉坊門。"

【坊₂記】禮記篇名。釋文:"鄭(玄)云:'名坊記者,以其記六藝之義,所以坊人之失也。'"坊,通"防"。明黄道周有坊記集傳二卷。

坑

1. kēng 客庚切,平,庚韻,溪。
ㄎㄥ

同"阬"。㊀地上深陷處,地洞。楚辭漢東方朔七諫:"死日將至兮,與麋鹿同坑。"㊁礦場。舊唐書食貨志上鹽鐵使李巽上言:"得湖南院申,郴州平陽、高亭兩縣界,有平陽冶及馬跡、曲木等古銅坑,約二百八十餘井,差官檢覆,實有銅錫。"㊂活埋。見"坑儒"。㊃陷害。元曲選關漢卿竇娥冤:"則被你坑殺人燕侶鶯儔。"㊄廁所。俗稱坑、茅坑。

2. gāng 字彙 居郎切,音岡。
ㄍㄤ

㊅高地。通"岡"。楚辭屈原九歌大司命:"吾與君兮齋速,導帝之兮九坑。"

3. kàng
ㄎㄤ

㊆用磚土等砌成的床。通"炕"。舊唐書一九九上高麗傳:"冬月皆作長坑,下燃熅火以取暖。"㊇坐床。篇海:"匟音抗。匟牀,坐牀也。俗借坑,炕。"

【坑户】唐代各地五金礦場,由州府管理徵税,把礦冶工人另編户籍,稱爲"坑户"或"坑冶户"。舊唐書食貨志上:"其天下自五嶺以北,見採銀坑,並宜禁斷。恐所在坑户,不免失業,各委本州府長吏勸課,令其採銅,助官中鑄作。"

【坑冶】採礦和冶煉。唐、宋以來,開採五金的礦場都稱坑,如金、銀、銅、鐵、鉛,汞坑;礦冶業都稱坑冶,並設置有坑冶官。參閱舊唐書、宋史、明史食貨志。

【坑穽】㊀地穴。文選晉潘安仁(岳)西征賦:"儒林填於坑穽,詩書煬而爲煙。"㊁捕獸用的陷坑。抱朴子知止:"坑穽充蹊,則麟虞斂跡。"

【坑埋】深藏在地下。宋范成大石湖集十三游仰山……贈長老混融詩:"當年公案忌錯舉,神通佛法同坑埋。"

【坑殺】活埋。隋書食貨志:"(隋煬帝)乃令裴蘊窮其黨與,詔郡縣坑殺之,死者不可勝數。"

【坑陷】陰謀陷害。水滸三十:"(武松)尋思道:'叵耐張都監那廝,安排這般圈套坑陷我。'"

【坑填】埋葬。唐韓愈昌黎集二送靈師詩:"同行二十人,魂骨俱坑填。"

【坑壍】土坑水溝。三國志吴諸葛恪傳:"士卒傷病,流曳道路,或頓仆坑壍,或見略獲。"

【坑儒】秦始皇統一全國,三十五年以咸陽諸生是古非今,不利於王朝統治,乃燔燒詩書,坑殺儒生四百餘人。漢王充論衡語增:"坑儒士,起自諸生爲妖言,見坑者四百六十七人。"又死僞:"秦始皇用李斯之議,燔燒詩書,後又坑儒。"參閱史記秦始皇紀、八七李斯傳。

【坑衡】即"阬衡"。形容樹木的枝條重疊傾斜。文選漢司馬長卿(相如)上林賦:"坑衡閜砢,垂條扶疏。"唐劉良注:"謂木之重疊累積、盤結傾斜貌。"史記司馬相如傳作"阬衡"。

坉

tún 徒渾切,平,魂韻,定。
ㄊㄨㄣ

㊀用草包盛土築城或堵水。見廣韻。通土豘之"豘",豘,同"豚"。參見"土豚"。㊁水不通,不可別流。見玉篇。㊂田壠。見集韻。

坒

bì 字彙 毗意切,音避。
ㄅㄧ

配合。同"坒"。漢揚雄太玄經一"陰陽坒叅"晉范望注:"坒,比也。"參見"坒"。

坂

bǎn 府遠切,上,阮韻,幫。
ㄅㄢ

山坡,斜坡。同"阪"。見廣韻。後漢書三四梁統傳附梁冀:"又廣開園囿,採土築山,十里九坂,以像二崤。"漢荀悅前漢紀一:"此猶以下坂而走丸也。"漢書四五蒯通傳坂作"阪"。

【坂坻】坡岸。文選漢張平子(衡)南都賦:"坂坻巀嶭而成甗,谿壑錯繆而盤紆。"

坏

1. pī 集韻 鋪枚切,平,灰韻。
ㄆㄧ

㊀土丘。山一重曰坏。見爾雅釋山。宋范成大石湖集一長安閘詩:"千車擁孤隧,萬馬盤一坏。"㊁未燒的陶器、磚瓦坯子。通"坯"。說文:"坏,丘再成者也。一曰瓦未燒。"

2. péi 字彙 蒲枚切,音裴。
ㄆㄟ

㊂用泥封塞空隙,填補坼缺。禮月令孟秋之月:"脩宫室,坏牆垣,補城郭。"釋文:"坏,步回反。"㊃屋的後牆。漢書八

七下揚雄傳解嘲"故士或自盛以橐，或鑿坏以遁"注："蘇林曰：坏，音陪。"

【坏冶】製坏冶鍊。引申指培養、鍛鍊人材。後漢書五二崔駰傳達旨："參差同量，坏冶一陶。羣生得理，庶績其凝。"宋王安石臨川集二一次韻酬宋玘詩之四："久知坏冶成天巧，豈與人間共一陶。"

址 zhǐ ㄓˇ 諸市切，上，止韻，照。

根基。本作"阯"。見說文。文選晉左太沖(思)吳都賦："霸王之所根抵，開國之所基址。"

坤 chōng ㄔㄨㄥ

夾在兩山之間的地帶。也作"沖"。

坅 qǐn ㄑㄧㄣˇ 丘甚切，上，寢韻，溪。

地洞。儀禮既夕禮："甸人築坅坎。"注："穿坎之名，一曰坅。"

坋 fèn ㄈㄣˋ 房吻切，上，吻韻，奉。扶問切，去，問韻，奉。

㊀塵土。見說文。㊁將粉末敷灑在他物上。漢書九一貨殖傳"濁氏以胃脯而連騎"注："晉灼曰：'今太官常以十月作沸湯燖羊胃，以末椒薑坋之，暴使燥是也。'"後漢書八五東夷傳倭："並以丹朱坋身，如中國之用粉也。"

圿 jiá ㄐㄧㄚˊ 古黠切，入，黠韻，見。

積垢。山海經西山經"其上多松，其下多洗石"晉郭璞注："澡洗可以磢體，去垢圿。"唐韓愈昌黎集八征蜀聯句詩："蹋翻聚林嶺，斗起成埃圿。"

圫 hào ㄏㄠˋ

同"耗"。見"圫土"。

【圫土】瘠薄的土地。孔子家語執轡："圫土之人醜。"注："圫，耗字也。……耗土，麤踈者也。"大戴禮易本命作"耗土"。

均 1. jūn ㄐㄩㄣ 居匀切，平，諄韻，見。

㊀陶工使用的轉輪。管子七法"不明於則而欲出號令，猶立朝夕於運均之上"㊁公平，均匀。詩小雅北山："大夫不均，我從事獨賢。"㊂調和，調節。詩小雅皇皇者華："我馬維駰，六轡既均。"禮月令仲夏之月："均琴瑟管簫。"㊃古樂器的調律器。國語周下："王將鑄無射，問律於伶州鳩。對曰：'律所以立均出度也。'"注："均者，均鍾，木長七尺，有弦繫之，以均鍾者，度鍾大小清濁也。"㊄古代計量單位。漢書食貨志下："請法古，令官作酒，以二千五百石爲一均。"㊅同，皆。見"均服"。

2. yún ㄩㄣˊ

㊆通"耘"。見"均₂田"。

3. yùn ㄩㄣˋ

㊇通"韻"。文選晉成公子安(綏)嘯賦"音均不恒，曲無定制"注："均，古韻字也。鶡冠子曰：'五聲不同均，然其可喜一也。'"

【均一】同"均壹"。見"均壹"。

【均口】地名。在今湖北均縣東南，當均水入漢水處。水經注二九均水："均水又南流注於沔水，謂之均口者也。"晉永和十年桓溫出兵伐秦，命水軍自襄陽入均口，即此。見晉書桓溫傳。

【均₂田】即耘田。大戴禮夏小正："(正月)農率均田。率者，循也。均田者，始除田也。"清孔廣森補注："均讀爲耘，故傳言除田也。"

【均官】官名。漢太常的屬官，主山陵上稟輸入。見漢書百官公卿表上及注。

【均服】猶言同服。左傳僖五年："均服振振，取虢之旂。"注："戎事上下同服。"釋文："均，如字，同也。字書作袀，音同。"謂同着戎裝。國語晉作"袀服"。

【均浹】平衡。後漢書和帝紀十三年："荆州比歲不節，今茲淫水爲害，餘雖頗登，而多不均浹。"注："浹，洽。"

【均陵】地名。戰國楚地。在今湖北均縣北。史記六九蘇秦傳"殘均陵"，即此地。西魏置豐州，隋因豐水改爲均州。辛亥革命後改爲縣。參閱寰宇通志五二襄陽府均州、讀史方輿紀要七九湖廣五均州。

【均壹】均平如一。詩曹風鳲鳩序"鳲鳩，刺不壹也"唐孔穎達疏："在位之人，既用心不壹，故經四章皆美用心均壹之人，舉善以駮時惡。"也作"均一"。新唐書一一一薛平傳："兵鎧完礪，徭賦均一。"

【均徧】公平一律。荀子君道："以禮分施，均徧而不偏。"

【均勢】勢力相等。文選晉張士然(悛)爲吳令謝詢求爲諸孫置守冢人表："將以位嘗侔尊，力嘗均勢。"

【均徭】明代徭役制度之一。按人口多少、財產厚薄分攤，出人力或出銀僱役從便。但由於官紳勾結，巧立名目，實際負擔大部分落到一般民户和農民身上。參閱明史食貨志二賦役。

【均臺】㊀夏代監獄名。漢蔡邕蔡中郎集外集四獨斷："四代獄之別名：唐虞曰士官；史記曰：臯陶爲理；尚書曰：臯陶作士；夏曰均臺；周曰囹圄；漢曰獄。"㊁地名。詳"鈞臺"。

【均窯】北宋陽翟(今河南禹縣)所造瓷器。其地有鈞臺，故名鈞窯，俗作均窯。金改陽翟爲鈞州，歷代造瓷，統曰鈞瓷。器胎細性堅，質白者爲上。釉備衆色，深厚濃潤，有兔絲紋，紋大如蚯蚓走泥狀。初爲天青，以其色重而藍，故稱天藍。青料含銅，經火煅鍊變綠或紅紫，曰窯變。紅如胭脂及玫瑰者最好，梅子青、豬肝、驢肺等色次之。造器有碗、洗、尊、爐、盆。花盆及托底刻一至十數目爲記。參閱清朱琰陶說二均州窯、近人郭葆昌瓷器概說。

【均辨】均平，公平一律。辨，平。荀子富國："而百姓皆愛其上，人歸之如流水，親之歡如父母，爲之出死斷亡而愉者，無它故焉，忠信調和均辨之至也。"

【均輸】㊀漢武帝實行的一項經濟措施。在大司農屬下置均輸令、丞，統一徵收、買賣和運輸貨物，以調劑各地供應。漢桓寬鹽鐵論本議："往者郡國諸侯，各以其物貢輸，往來煩雜，物多苦惡，或不償其費；故郡置輸官，以相給運，而便遠方之貢，故曰均輸。"參閱史記平準書"稍稍置均輸，以通貨物矣"集解。㊁北宋王安石新法之一。宋史三二七王安石傳："均輸法者，以發運之職改爲均輸，假以錢貨，凡上供之物，皆徙貴就賤，用近易遠，預知在京倉庫所當辦者，得以便宜蓄買。"參閱宋史食貨志下八。㊂古算法。九章算術第六爲均輸，以田地的多少、人户的上下求賦税，以道路的遠近負載的輕重求脚費，以物價的高低不一求平均數，等等。參見"九章算術㊀"。

【均攤】平均攤派。唐元稹長慶集三八同州奏均田："又均攤左神策郃陽軍田粟，及特放百姓税麻及除去斛斗錢草零數等利宜，分析如後。"

【均糴】宋代向民間購糧的一種名目。政和元年，童貫宣撫陝西，以人户家業、田地頃畝分等攤派徵購數量，稱爲均糴。見文獻通考二一市糴二均糴。參閱宋史一七五食貨上三和糴。

【均工夫】明初對應天十八府和江西饒州九江南康三府施行的一種徭役制度。規定田一頃出丁夫一名，每年農閑到京服役三十天。田不足一頃的由幾户湊足。田多丁少的，由地主出米一石，派佃户充夫。見明史食貨二賦役。

坍 tān 集韻 他甘切，平，談韻。
ㄊㄢ
崩壞，倒塌。詳"坍塌"。

【坍江】田地被江水沖壞淹没。明史食貨志二賦役："有江水泛溢溝塍淹没者，謂之坍江。"

【坍塌】倒塌。明孚中道人綰春園再遇："呀！怎生房屋這般坍塌了？"

圾 1. jí 集韻 逆及切，入，緝韻。
ㄐㄧˊ 鄂合切，入，合韻。
㊀危險。通"岌"。莊子天地："殆哉圾乎天下。"釋文："圾，本又作岌。"
2. jī
ㄐㄧ
㊀吴語方言讀若 sè。見"垃圾"。

坎 kǎn 苦感切，上，感韻，溪。
ㄎㄢˇ
㊀地面低陷的地方。易説卦："坎，陷也。"㊁墓穴。禮檀弓下："往而觀其葬焉，其坎深不至於泉。"㊂古時祭祀用的坑穴。禮祭法："四坎壇，祭四方也。"注："祭山林丘陵於壇，川谷於坎，每方各爲坎爲壇。"因而稱江河山谷的祭典爲"坎祭"。㊃易卦名。1. 八卦之一。☵象水。2. 六十四卦之一。䷜坎下坎上。㊄一種壺形小酒器。爾雅釋器："小罍謂之坎。"㊅擊物聲。詩陳風宛丘："坎其擊鼓。"又："坎其擊缶。"㊆不平。見"坎坷"。㊇恨。見"坎毒"。

【坎井】壞井，廢井。荀子正論："語曰：淺不可與測深，愚不足與謀知。坎井之鼃，不可與語東海之樂，此之謂也。"注："司馬彪曰：坎井，壞井也。……事出莊子。坎井或作埳井。"莊子秋水作"埳井"。

【坎止】遇到艱險而停止不前。漢書四八賈誼傳服鳥賦："乘流則逝，得坎則止。"注引孟康曰："易，'坎爲險'，遇險難而止也。"宋張榘芸窗詞金縷曲次韻拙逸劉直孺見寄言志詞："坎止流行原無定，敢一朝挨卻塵泥迹。"參見"流行坎止"。

【坎坎】㊀象聲詞。詩魏風伐檀："坎坎伐檀兮。"指伐木聲。詩小雅伐木："坎坎鼓我，蹲蹲舞我。"指擊鼓聲。㊁歡喜。爾雅釋訓："坎坎壿壿，喜也。"文苑英華七七八南朝梁簡文帝馬寶頌序："懷情坎坎，譬草木之值春風。"㊂空虛。漢揚雄太玄經窮："羹無糝，其腹坎坎，不失其範。"㊃不平。唐柳宗元柳先生集十九弔屈原文："哀余衷之坎坎兮，獨蘊憤而增傷。"

【坎肩】背心。古稱半臂。清稗類鈔服飾："半臂，漢時名繡裾，即今之坎肩也，又名背心。"

【坎坷】不平貌，坑坑窪窪。漢書八七上揚雄傳河東賦："濊南巢之坎坷兮，易豳岐之夷平。"後也用來比喻遭遇不順利，不得志。也作"坎軻"、"轗軻"、"壈坷"、"埳軻"。參見"坎軻"。

【坎穽】坑洞，陷穽。漢桓寬鹽鐵論毀學："無仁義之德而有富貴之祿，若蹈坎穽，食於懸門之下。"

【坎毒】憤恨。楚辭漢劉向九歎離世："哀僕夫之坎毒兮，屢離憂而逢患。"

【坎侯】樂器名。漢應劭謂武帝時令樂人侯調依琴作"坎坎之樂"。坎坎，形容有節奏；侯是以姓冠樂章。所以叫坎侯。見風俗通六空侯。也作"空侯"、"箜篌"。參見"箜篌"。

【坎深】深水，深坑。唐劉禹錫劉夢得集二一上淮南李相公啓："施一陽於剥極之際，援衆溺於坎深之下。"又謝裴相公啓："居極剥之際，一陽復生；出坎深之中，平路資始。"

【坎軻】同"坎坷"。三國志魏劉劭傳附杜摯"頗傳於世"注引文章敍録摯與毌丘儉詩："壯士志未伸，坎軻多辛酸。"南朝梁江淹江文通集一待罪江南思北歸賦："願歸靈於上國，雖坎軻而不惜身。"

【坎欿】地名。春秋周地。左傳僖二四年："王遂出，及坎欿，國人納之。"後漢書郡國志一河南尹鞏，有坎欿聚。地在今河南鞏縣東。

【坎窞】地穴。易坎："習坎，入于坎窞。"也作"峪窞"。文選漢馬季長（融）長笛賦："嶰壑澮峪，峪窞巖䆧。"注："峪，即坎也。"

【坎傺】住在土窟裏。文選戰國楚宋玉九辯："收恢台之孟夏兮，然坎傺而沈藏。"注："民無住足，竄巖藪也。楚人謂住曰傺。"坎，楚辭作"欿"。宋洪興祖補注："欿與坎同。"

【坎廩】不平，喻遭遇不順利。楚辭戰國楚宋玉九辯："坎廩兮，貧士失職而志不平。"也作"坎壈"。楚辭漢劉向九歎怨思："惟鬱鬱之憂毒兮，志坎壈而不違。"

坲 mò 集韻 莫勃切，入，没韻。
ㄇㄛˋ
死。同"歿"、"殁"。史記七三王翦傳論："偷合取容，以至坲身。"

坻 zhǐ 諸氏切，上，紙韻，照。
ㄓˇ
著，止。説文："坻，箸也。"詳"坻$_2$伏"。

圻 1. qí 渠希切，平，微韻，羣。
ㄑㄧˊ
㊀皇帝都城周圍千里之地叫圻。通"畿"。左傳襄二五年："且昔天子之地一圻。"㊁地廣千里也叫圻。左傳昭二三年："今土數圻，而郢是城，不亦難乎？"㊂曲岸。通"碕"。文選南朝宋謝靈運富春渚詩："遡流觸驚急，臨圻阻參錯。"注："埤蒼曰：圻，曲岸頭也。碕與圻同。"
2. yín 語斤切，平，欣韻，疑。
ㄧㄣˊ 五根切，平，痕韻，疑。
㊃邊際。通"垠"。淮南子俶真："四達無境，通于無圻。"參見"垠"。

【圻父】㊀官名。掌管京畿的軍事。書酒誥："矧惟若疇圻父。"疏："司馬主圻封，故云圻父。父者，尊之辭。"㊁詩小雅篇名。左傳襄十六年："（穆叔）見中行獻子，賦圻父。"今詩小雅作祈父。

【圻$_2$鄂】雕刻在圭璋一類玉器上的隆起線紋。周禮春官典瑞"瑑圭璋璧琮"漢鄭玄注："瑑，有圻鄂瑑起。"後因以指事物的痕跡。也作"圻堮"。漢嚴遵道德指歸論六知不知："動無形瞥，静無圻堮。"參見"垠鄂"。

坒 bì 毗至切，去，至韻，並。
ㄅㄧˋ 毗必切，入，質韻，並。
相連接。也作"坒"。文選晉左太沖（思）吴都賦："士女佇眙，商賈駢坒。"

坐 zuò 徂果切，上，果韻，從。
ㄗㄨㄛˋ 徂卧切，去，過韻，從。
㊀古人席地而坐，雙膝跪地，把臀部靠在脚後跟上。墨子非儒下："孔丘與其門弟子閒坐。"聳身爲跪。跪可言坐，坐不可言跪。禮曲禮上："先生書策琴瑟在前，坐而遷之，戒勿越。"疏："坐，跪也。"㊁"座"的本字。韓非子外儲左上："鄭人有且置履者，先自度其足而置之其坐。"㊂堅守。左傳桓十二年："楚人坐其北門，而覆諸山下。"注："坐，猶守也。"引申爲常駐，不動。㊃獲罪。史記六八商君傳："商君之法，舍人無驗者坐之。"㊄争訟相質證。左傳僖二八年："衛侯與元咺訟，寗武子爲輔，鍼莊子爲坐。"㊅副詞。1. 無故，自然而然。管子輕重甲："北海之衆，無得聚庸而煮鹽，若此，則鹽必坐長而十倍。"文選晉張茂先（華）雜詩："朱火青無光，蘭膏坐自凝。"注："無故自凝曰坐。"2. 空，徒然。南朝梁江淹江文通集三望荆山詩："玉柱空掩露，金樽坐含霜。"3. 遂，即將。唐柳宗元柳先生集四三早梅詩："寒英坐銷落，何用慰遠客。"4. 正，恰好。唐杜甫杜工部草堂詩箋二一答楊梓州：

"閟到楊公池水頭，坐逢楊子鎮東州。"㈩介詞。因，由於。樂府詩集二八陌上桑一："來歸相怒怨，但坐觀羅敷。"

【坐大】自然强大。三國志蜀諸葛亮傳"所總統如前"注引出師表："劉繇王朗各據州郡，……今歲不戰，明年不征，使孫策坐大，遂并江東。"

【坐支】清朝的一種財經制度。如官俸、役食、鋪兵工食、驛站料價等，都攤徵於民，编入地丁徵收，到支用時，就在編徵項下支付，叫作坐支。

【坐化】佛教稱和尚安坐而死爲坐化。資治通鑑二八五後晉開運三年："深意卒，方簡嗣行其術，稱深意坐化。"注："崇信釋氏而學其學，専一而静者，其死也，能結趺端坐如生，謂之坐化。"

【坐甲】戰士披甲不卧，坐以待敵。左傳文十二年："裹糧坐甲，固敵是求。"

【坐令】致使。唐柳宗元柳先生集四三楊白花歌："楊白花，風吹渡江水，坐令宫樹無顔色。"宋陸游劍南詩稿三四寒夜歌："坐令此地没胡虜，兩京宫闕悲荆榛。"

【坐守】固守，死守老一套。漢王充論衡謝短："夫總問儒生以古今之義，儒生不能知。别名以經事問之，又不能曉。斯則坐守，何言師法，不頗博覽之咎也。"

【坐地】席地而坐。漢劉向説苑雜言："齊景公問晏子曰：'寡人自以坐地，二三子皆坐地，吾子獨搴草而坐之，何也？'"明郎瑛七修類稿二一坐地席上："古無凳椅，席地而坐，故坐字從土。……今方言曰'坐地'，亦原於古之意歟？"後也泛指坐着休息。宋辛棄疾稼軒詞行香子三山作詞："小窗坐地，側聽簷聲。"水滸傳四："你去邀請客人坐地，我們與長老計較。"

【坐年】逢年節合家飲宴。宋詩鈔陳造江湖長翁詩鈔房陵之七："丁寧向去坐年日，要似如今斂脯時。"自注："年日飲食曰坐年，社日曰斂脯。"

【坐行】以膝着地走路，膝行。左傳昭二七年："執羞者坐行而入。"

【坐忘】道家所追求的物我兩忘，澹泊無思慮的精神境界。莊子大宗師："墮肢體，黜聰明，離形去知，同於大通，此謂坐忘。"唐白居易長慶集七睡起晏坐詩："行禪與坐忘，同歸無異路。"

【坐作】坐與起，行與止。周禮夏官大司馬："以教坐作進退疾徐疏數之節。"本指教練士卒的科目，後也泛指生活起居。漢王符潛夫論三式："何得坐作奢僭，驕育負責，欺枉小民，但淫恣酒色，職爲亂階，以傷風化而已乎？"

【坐法】犯法被判罪。史記七九范睢傳："王稽爲河東守，與諸侯通，坐法誅。"漢書五二灌夫傳："數歲，坐法免，家居長安。"

【坐事】因事獲罪。唐柳宗元柳先生集十四對賀者："余聞子坐事斥逐。"宋沈括夢溪筆談九人事一："(張諤)權任漸重。無何，坐事奪數官。"

【坐來】㈠一時，少頃。唐李白李太白詩十六單父東樓秋夜送族弟沈之秦："坐來黄葉落四五，北斗已掛西城樓。"㈡本來。宋王安石臨川集二一和宋大博服除還朝簡諸朋舊詩："談論坐來能慰我，篇章傳出亦驚人。"

【坐具】梵語尼師壇、尼師旦那的意譯。僧人在袈裟下，置片布，作護身、護衣以及護床席卧具之用。續傳燈録二九明辯禪師："以坐具搭肩上作女人拜曰：'莫怪下房媳婦觸忤大人好。'"參閲翻譯名義集七沙門服相、釋氏要覽上坐具。

【坐拜】跪拜。吕氏春秋報更："顛蹶之請，坐拜之謁，雖得則薄矣。"

【坐食】不勞而食。漢王符潛夫論浮侈："無有益於世而坐食嘉穀，消費白日，毁敗成功，……皆宜禁者也。"三國志吴賀邵傳："今國無一年之儲，家無經月之畜，而後宫之中，坐食者萬有餘人。"

【坐草】婦女臨産。古稱"就草"、"在草"。見明郎瑛七修類稿二四諺語始。參見"就草"、"在草"。

【坐夏】古天竺僧徒照佛教創始人釋迦的遺法，每年於雨季三個月間入禪静坐，稱安居、夏坐、坐臘。我國佛教僧徒於農曆四月十六日至七月十五日安居，因時爲夏季，稱坐夏。文苑英華二三五唐皇甫曾題普門上人房詩："雲山隨坐夏，江草伴頭陁。"唐黄滔黄御史集四和王舍人崔補闕題福州天王寺詩："嶽僧來坐夏，秦客會題詩。"

【坐致】安坐而得，極言其易，全不費力。孟子離婁下："天之高也，星辰之遠也，苟求其故，千歲之日至，可坐而致也。"周書黎景熙傳："六轡既調，坐致千里。"

【坐婆】接生的婦女。宋歐陽修文忠集一一九又三事："晚傳内出宫女三人，送内侍省勘，並召醫官産科十餘人，坐婆三人入矣。"清錢大昕恒言録三親屬稱謂類坐婆："今婦人免身時，必有養娘扶持，俗云坐婆。"

【坐率】父兄犯法，子弟因而被治罪。漢書四六石奮傳："孤兒幼年未滿十歲，無罪而坐率。"參閲王先謙漢書補注。

【坐曹】漢時職官分曹辦事，官吏在官署治事叫坐曹。漢書八三薛宣傳："賊曹椽張扶獨不肯休，坐曹治事。"後泛指官吏辦公。宋司馬光文正集三同聖民過楊之美……詩："坐曹據案心目疲，出門上馬行何之。"

【坐陳】堅守陣地。陳，通"陣"。商君書賞刑："士卒坐陳者，里有書社。"通典一四九法制附引太公兵法："軍夜驚，吏士堅坐陳，將持兵，無讙譁動摇，有起離陳者斬。"

【坐馳】身不動而心馳騖於外。莊子人間世："瞻彼闋者，虚室生白，吉祥止止；夫且不止，是之謂坐馳。"後用以表示内心向往。唐劉禹錫劉夢得集二二汝州上後謝宰相狀："瞻望德宇，精誠坐馳。"

【坐賈】有固定店面的商人。别於轉運販賣的行商。宋范成大石湖集五題南塘客舍詩："君看坐賈行商輩，誰復從容唱渭城。"

【坐罪】犯罪受判處。遼史耶律隆運傳附耶律滌魯："不肖子坐罪籍没。"

【坐衙】官吏在衙堂判事。唐白居易長慶集五四喜罷郡詩："樽前免被催迎使，枕上休聞報坐衙。"

【坐蓐】孕婦臨産。蓐，草席。宋張端義貴耳集下："鶴山(魏了翁)先生母夫人方坐蓐時，其先公晝寢，夢有人朝服入其卧内。"

【坐墩】宋代瓷製的坐具，有鼓形、覆盂形等式樣。宋學士王珪召對蕊珠殿，坐紫花坐墩。見宋張邦基墨莊漫録四。明宣德窯所製坐墩，樣式豐富多采，最爲著名。見清朱琰陶説六説器下明器。

【坐禪】僧尼佛教徒修行的功課，每天在一定時間静坐，排除一切雜念，使心神恬静自在。魏書釋老志："(惠始)坐禪於白渠北，晝則入城聽講，夕則還處静坐。"北齊書高德政傳："帝不悦，又謂左右曰：'高德政恒以精神凌逼我。'"德政大懼，乃稱疾屏居僧寺，兼學坐禪爲退身之計。"

【坐黜】獲罪被撤職。漢書七六王尊傳："二卿坐黜，……羣盗寖强，吏氣傷沮，流聞四方。"

【坐隱】下圍棋的别名。世説新語巧藝："王中郎(坦之)以圍棊是坐隱，支公(遁)以圍棊爲手談。"

【坐嘯】閒坐吟嘯。後漢成瑨任南陽太守，用岑晊(公孝)爲功曹，公事都交給岑辦理，民間傳言，"南陽太守岑公孝，弘農成瑨但坐嘯。"後因用以指作官而不親自辦事。文選南齊謝玄暉(朓)在郡卧病呈沈尚書詩:"坐嘯徒可積,爲邦歲已期。"

【坐髀】即坐骨,也叫坐髀骨。宋詩鈔孔平仲清江集鈔送朱君貺德安宰罷任還:"江邊鍾官老鑄錢,坐髀已消窮且瞑。"

【坐鎮】安坐而起鎮定的作用。文選南朝梁任彦升(昉)爲蕭揚州薦士表:"(王)暕坐鎮雅俗,弘益已多。"後也指親自在某地鎮守。

【坐贓】犯貪贓罪。漢書七二貢禹傳:"賈人贅壻及吏坐贓者皆禁錮不得爲吏。"

【坐躍】從座中猛然跳起。三國志吴孫策傳"乃攻破虎等"注引吴録:"聞卿能坐躍,勁捷不常,聊戲卿耳!"

【坐纛】中軍的主將旗,泛指大旗。儒林外史四二:"湯六老爺道:'怎麽没有?前日還打發人來,在南京做了二十首大紅緞子繡龍的旗,一首大黄緞子的坐纛。'"

【坐上客】在坐的賓客。後漢書七十孔融傳:"(融)及退閑職,賓客日盈其門。常歎曰:'坐上客恒滿,尊中酒不空,吾無憂矣。'"後謂受人禮遇者爲坐上客。也簡稱"坐客"。三國志魏吕布傳"是兒最叵信者"注引獻帝春秋:"布縛急,謂劉備曰:'玄德,卿爲坐客,我爲執虜,不能一言相寬乎?'"

【坐部伎】唐玄宗將宫廷樂隊分爲二部:堂下立奏,稱立部伎;堂上坐奏,稱坐部伎。坐部大都是奏演絲竹細樂。有不適宜在坐部的,就改隸立部,再不適宜的就改習雅樂。見舊唐書音樂志二、文獻通考一二九樂二。

【坐談客】指只能坐而清談,没有辦事真才的人。三國志魏郭嘉傳:"(劉)表坐談客耳。"

【坐餓關】僧人静坐龕或屋中,與外隔絶,不食不語,叫坐餓關。明姚福言青溪暇筆記明初有西域僧坐龕事,清翟灝説就是後來的坐餓關。見通俗編二十坐餓關。也叫"坐關"。西遊記二:"參禪打坐,戒語持齋,或睡功,或立功,並入定坐關之類。"

【坐糧廳】清代户部倉場衙門特設的官署。駐通州,掌管漕糧驗收、水陸運輸,及通濟庫銀出納和北運河的疏濬工程。參見清會典事例一八四户部倉庾坐糧廳職掌。

【坐井觀天】比喻所見狹小。唐韓愈昌黎集十原道:"老子之小仁義,非毁之也,其見者小也。坐井而觀天,曰天小者,非天小也。"宋劉克莊後村集四十用居後弟强甫韻詩之九:"退之未離乎儒者,坐井觀天错議聃。"參見"井鼃"、"井底蛙"。

【坐不垂堂】不坐在屋檐下,怕瓦片墮落打傷。比喻不在危險的地方停留。史記一一七司馬相如傳:"故鄙諺曰:'家累千金,坐不垂堂。'"又一〇一袁盎傳:"臣聞千金之子,坐不垂堂。"

【坐不窺堂】端坐不斜視,專心一意。三國志魏鄭渾傳"渾兄泰……卒"注引張璠漢紀:"張孟卓(邈)東平長者,坐不窺堂。"

【坐以待旦】坐着等待天亮。比喻辦事勤謹。書太甲上:"先王昧爽,丕顯,坐以待旦。"也作坐而待旦。三國志吴孫權傳:"思齊先代,坐而待旦。"

【坐以待斃】坐着等死。比喻遇到困難、危險,不積極設法克服,坐待災難臨頭。清朱佐朝後漁家樂傳奇二:"賢契既同我去,夫人在此伶仃無倚,何不同奔他途,母子終須有顧,何必坐以待斃。"

【坐地分贓】指不親自搶劫的匪首、窩主,安居不出,而分享贓物。明缺名八義雙桂記十六:"昨日新發下一個坐地分贓的强盗下來,至今家信未通,不免取他出來騰那他一番,豈不是好。"

【坐而論道】本指無固定職守,專門陪侍帝王議論政事的大臣。周禮冬官考工記:"坐而論道,謂之王公;作而行之,謂之士大夫。"抱朴子用刑:"通人揚子雲(雄)亦以爲肉刑宜復也,但廢之來久矣,坐而論道者,未以爲急耳。"後常泛指脱離實際,空談大道理。

【坐吃山空】不事生産,即使財物堆積如山,也會吃光。元曲選秦簡夫東堂老一:"自從俺父親亡過,十年光景,只在家裏死丕丕的閑坐,那錢物則有出去的,無有進來的,便好道坐吃山空,立吃地陷。"也作坐吃山崩。京本通俗小説志誠張主管:"日月如梭,撚指之間,在家中早過了一月有餘,道不得坐吃山崩。"

【坐言起行】坐能言,起能行。荀子性惡:"凡論者,貴其有辨合,有符驗。故坐而言之,起而可設,張而可施行。"後以稱人言行相符。

【坐牀富貴】宋時婚禮,迎新娘遝入新房,坐在床上,叫作坐牀富貴。見宋吴自牧夢粱録二十嫁娶。

【坐無車公】比喻宴會時没有嘉賓。晉書車胤傳:"(胤)又善於賞會,當時每有盛坐而胤不在,皆云:'無車公不樂。'"

【坐薪懸膽】同"卧薪嘗膽"。比喻刻苦自勵,奮發圖强。金史朮虎筠壽傳:"陛下當坐薪懸膽之日,奈何以毬鞠細物,動摇民間。"參見"卧薪嘗膽"。

【坐懷不亂】傳説,春秋時魯國柳下惠夜宿郭門,遇到一個没有住處的女子,怕她受凍,抱住她,用衣裹住,坐了一夜,没有發生非禮行爲。見荀子大略。後借以形容男女相處而不發生不正當的關係。清李汝珍鏡花緣三八:"唐敖道:'據這光景,舅兄竟是柳下惠坐懷不亂了。'"

【坐籌帷幄】坐在軍帳裏出謀劃策。宋史四一七趙范傳:"如用劉琸,須令親履行陣,指縱四人,不可止坐籌帷幄也。"

【坐觀成敗】旁觀别人成敗,不插手其間。史記一〇四田叔傳:"見兵事起,欲坐觀成敗,見勝者欲合從之,有兩心。"後漢書六六陳蕃傳:"臣位列台司,憂責深重,不敢尸禄惜生,坐觀成敗。"

【坐山觀虎鬭】比喻坐在一旁觀看雙方鬭爭,以便乘機取利。紅樓夢十六:"咱們家所有的這些管家奶奶,那一個是好纏的?……'坐山看虎鬭','借刀殺人','引風吹火','站乾岸兒','推倒了油瓶兒不扶',都是全掛子的本事。"

坌 bèn ㄅㄣˋ 蒲悶切,去,慁韻,並。

㊀塵埃。同"坋"。見廣韻。金元好問遺山集二戊戌十月山陽夜雨詩之二:"霏霏散浮烟,靄靄積微坌。"㊁塵汙飛揚,着落到物體上。左傳昭二五年"季郈之雞鬭,季氏介其雞"唐孔穎達疏:"賈逵云:'擣芥子爲末,播其雞翼,可以坌郈氏雞目。'"四十二章經八:"逆風揚塵,塵不至彼,還坌己身。"㊂聚積。唐元稹長慶集二説劍詩:"古今困泥滓,我亦坌塵垢。"宋郭若虚圖畫見聞志五石橋圖:"忽於破甕内得物如被,幅裂汚坌,觸而塵起。"㊃並。史記一一七司馬相如傳哀二世賦:"登陂陁之長阪兮,坌入曾宫之嵯峨。"㊄粗劣。元曲選缺名桃花女一:"您穿的是輕紗異錦,俺穿的是坌絹的這麤紬。"㊅通"笨"。元曲選楊文奎兒女團圓二:"則他生的短矮也,那蠢坌身材。"

【坌涌】一齊涌出。後漢書八十下禰衡傳孔融薦禰衡表:"飛辯騁辭,溢氣坌涌。"

【坌集】聚集。唐劉禹錫劉夢得集二六山南西道新修驛路記:"悦使之令既下,奮行之徒坌集。"

【坌塵】塵土飛揚。北魏賈思勰齊民要術六養羊"緩驅行,勿停息"自注:"急行,則坌塵而蚛顙也。"

五畫

坨 1. yí 集韻 余支切,平,支韻。 ㄧˊ

㊀地名用字。

2. tuó ㄊㄨㄛˊ

㊁露天堆積的鹽堆。

垃 lā ㄌㄚ

見下。

【垃圾】髒土和扔棄的破爛雜物。本作"擸㩉"。"拉"、"擸"雙聲,用畚箕斂拾東西叫"圾"。因屬髒土之類,字又改從土旁,寫作"垃圾"。宋吳自牧夢粱錄十二河舟:"更有載垃圾糞土之船,成羣搬運而去。"又十三諸色雜貨:"亦有每日掃街盤垃圾者,每支錢犒之。"是宋時已沿用此二字。

坪 píng 符兵切,平,庚韻,奉。 ㄆㄧㄥˊ

平坦之地。多用爲地名。說文:"坪,地平也。"全唐詩五八三溫庭筠觀棋:"閒對楸枰傾一壺,黃華坪上幾成盧。"也泛指平坦的場地,如操坪、曬穀坪。

坷 kě 枯我切,上,哿韻,溪。 ㄎㄜˇ 口箇切,去,箇韻,溪。

坎坷,不平。說文:"坷,坎坷也。"詳"坎坷"。

坩 gān 苦甘切,平,談韻,溪。 ㄍㄢ

盛物的陶器,如缸甏之類。世說新語賢媛:"陶公(侃)少時作魚梁吏,嘗以坩鮓餉母。"

坯 pēi pī 芳杯切,平,灰韻,滂。 ㄆㄟ ㄆㄧ

通"坏"。㊀山丘一重叫坯。爾雅釋山:"山:三襲,陟;再成,英;一成,坯。"清郝懿行爾雅義疏:"坯者,當作坏。說文云:丘再成也。再,蓋一字之誤。"㊁未燒的磚、瓦、陶瓷器。淮南子精神:"夫造化既以我爲坯矣,將無所違之矣。"參見"坏"。

坺 bá 蒲撥切,入,末韻,並。 ㄅㄚˊ

耕地時初步臿翻起的土塊。字亦作"墢"。說文:"坺,治也。一曰:臿土謂之坺。詩曰:'武王載坺。'一曰塵皃。"今本詩商頌長發作"旆"。參閱清段玉裁說文解字注。

坲 fú 符弗切,入,物韻,奉。 ㄈㄨˊ

塵埃揚起。唐韓愈昌黎集七山南鄭相公樊員外酬答……依賦十四韻以獻詩:"帝咨女予往,牙纛前岔坲。"

【坲坲】塵埃飛揚的樣子。楚辭漢劉向九歎遠逝:"飄風蓬龍,埃坲坲兮。"注:"坲坲,塵埃貌。……坲,一作浡。"

坡 pō 滂禾切,平,戈韻,滂。 ㄆㄛ

地形傾斜的地方。說文:"坡,阪也。"三國魏阮籍阮步兵集詠懷詩之二六:"朝登洪坡顛,日夕望西山。"字也作"岥"、"岠"。見集韻平聲戈韻。

【坡山】㊀山名。在今湖北陽新縣東南,本名碧雲山。宋蘇軾謫黃州時曾遊此山,軾字東坡,後人因改名爲坡山。見嘉慶一統志三三五湖北武昌府一。㊁即陂山。見"陂山"。

【坡仙】宋蘇軾字東坡,才華很高,後來敬仰他的人稱爲坡仙。金元好問遺山集四奚官牧馬圖息軒畫詩:"奚官有知應解笑,世無坡仙誰賞音?"

【坡陀】不平坦。同"陂陀"。唐韓愈昌黎集七記夢詩:"石壇坡陀可坐卧,我手承頦肘拄座。"也作"坡阤"。唐杜甫杜工部草堂詩箋二四八哀贈祕書監江夏李公邕:"坡阤青州血,蕪没汶陽瘞。"

【坡岸】山坡水岸。也泛指山水。宣和畫譜十二羅存:"性喜畫,……落筆則有烟濤雪浪,扁舟翻舞,咫尺天際,坡岸高下,人騎出没。"元夏文彥圖繪寶鑑二五代:"道士厲歸真……善畫牛虎,……坡岸山林亦佳。"

坫 1. diàn 都念切,去,㮇韻,端。 ㄉㄧㄢˋ

㊀秦以前築在室内的土臺:1.反坫。諸侯相會,宴飲禮畢,將空酒杯放回坫上。論語八佾:"邦君爲兩君之好,有反坫。"2.崇坫。諸侯相會時設高坫,主人將客人贈送的玉圭等放在坫上。見禮明堂位"崇坫康圭"疏。反坫和崇坫都築在廟内兩柱中間。3.靠近廚房,放食物的坫。禮内則"大夫於閣三,士於坫一"疏:"士卑不得作閣,但於室中爲土坫庋食也。"4.屋角的坫,爲士舉行冠禮、喪禮儀式的地方。儀禮士冠禮:"爵弁、皮弁、緇布冠各一匴,執以待於西坫南。"又士喪禮:"牀笫夷衾,饌於西坫南。"㊁同"阽"。屏障。說文:"坫,屏也。"

2. zhēn 知林切,平,侵韻,知。 ㄓㄣ

㊂人死入棺後淺埋以待改葬。廣韻:"坫,權安厝也。"

坦 tǎn 他但切,上,旱韻,透。 ㄊㄢˇ

㊀平直,寬廣。文選漢張平子(衡)西京賦:"雖斯宇之既坦,心猶憑而未攄。"世說新語語言:"其地坦而平。"㊁安閒。見"坦步"。㊂直率,開朗。見"坦率"、"坦蕩"。㊃裸露。見"坦腹"。㊄對女壻的代稱。清李調元童山文集十答開歸道唐芝田書:"令坦本故友之子,翩翩不羣。"

【坦夷】寬廣平坦。唐韓愈昌黎集五將歸贈孟冬野房蜀客詩:"潁水清且寂,箕山坦而夷。"

【坦步】安閒從容地行走。後漢書四七班超傳贊:"坦步蔥、雪,咫尺龍沙。"注:"蔥嶺,雪山,白龍堆沙漠也。八寸曰咫。坦步,言不以爲艱;咫尺,言不以爲遠也。"

【坦坦】寬平。易履:"履道坦坦,幽人貞吉。"文子上德:"大道坦坦,去身不遠。"也作"亶亶"。漢賈誼新書君道:"大道亶亶,其去身不遠。"

【坦率】㊀坦白直爽。北史八三李廣傳:"廣雅有鑒識,度量宏遠,坦率無私,爲士流所愛。"唐杜甫杜工部草堂詩箋二十將適吳楚留別章使君:"常恐性坦率,失身爲杯酒。"㊁粗魯。五代王定保唐摭言十海敍不遇:"宋濟老於辭場,舉止可笑。嘗試賦誤落官韻,撫膺曰:'宋五坦率矣!'由此大著。後禮部上甲乙名,明皇先問曰:'宋五坦率否?'"

【坦途】見"坦塗"。

【坦然】平坦直前。文選三國魏阮元瑜(瑀)爲曹公與孫權書:"若能内取子布(張昭),外擊劉備,……則江表之任,長以相付,高位重爵,坦然可觀。"後用以形容心裏平靜,没有顧慮。

【坦塗】寬廣平坦的大路。莊子秋水:"明乎坦塗,故生而不說,死而不禍。"唐韓愈昌黎集五寄盧仝詩:"近來自說尋坦塗,猶上虛空跨綠駬。"也作"坦途"。宋蘇軾分類東坡詩三劉壯輿長官是是堂:"作堂名是是,自說行坦途。"

【坦腹】㊀世說新語雅量:"郗太傅(鑒)在京口,遣門生與王丞相(導)書,求女壻,……門生歸白郗曰:'王家諸郎亦皆可嘉,聞來覓壻,咸自矜持,唯有一郎坦腹卧如不聞。'郗公曰:'正此好!'訪之,乃是逸少(羲之),因嫁女與焉。"後稱人壻爲令坦或東床,本此。㊁露腹躺着。唐杜甫杜工部詩史補遺一江亭:"坦腹江亭暖,長吟野望時。"

【坦蕩】坦率,不做作。論語述而:"君子

坦蕩蕩。」晉書阮籍傳：「兵家女有才色，未嫁而死。籍不識其父兄，徑往哭之，盡哀而還。其外坦蕩而內淳至，皆此類也。」

【坦謾】荒誕虛妄。三國魏嵇康嵇中散集六明膽論：「今子之論乃引渾元以爲喻，何遼遼而坦謾也。」

【坦懷】坦露胸懷，喻真誠待人。宋書張永傳：「時蕭思話在彭城，(劉)義宣慮二人不相諧緝，與思話書，勸與永坦懷。」

【坦菴詞】宋趙師使撰。一卷。宋陳振孫直齋書録解題著録坦菴長短句一卷，作趙師俠撰。今本毛晉刻，收詞一百五十四首。

坤 kūn 苦昆切，平，魂韻，溪。ㄎㄨㄣ

㊀易卦名。1. 八卦之一。☷，象地。易繫辭上：「天尊地卑，乾坤定矣。」參見「八卦」。2. 六十四卦之一，☷☷，坤下坤上。㊁舊時指女性。易繫辭上：「乾道成男，坤道成女。」參見「坤造」、「坤宅」。㊂西南叫坤。宋蘇軾分類東坡詩十寄題梅宣義園亭：「我本放浪人，家寄西南坤。」參見「坤維㊂」。

【坤元】與「乾元」對稱，指地之德。易坤：「至哉坤元，萬物資生。」疏：「元是坤德之首，故連言之；……萬物資生者，言萬物資地而生。」

【坤宅】舊時婚姻，稱女家爲坤宅。參見「乾宅」。

【坤后】土地。抱朴子博喻：「方圓舛狀，逝止異歸，故渾象尊於行健，坤后貴於安貞。」

【坤乾】古書名。禮禮運：「我欲觀殷道，是故之宋，而不足徵也，吾得坤乾焉。」注：「得殷陰陽之書，其書存者有歸藏。」

【坤造】舊時稱女子出生的年月日時爲坤造。男子的爲乾造。

【坤軸】古人所想象的地軸。晉張華博物志一地：「崑崙山北地轉下三千六百里，有八元幽都，方二十萬里。地下有四柱，四柱廣十萬里，地有三千六百軸，犬牙相牽。」唐杜甫杜工部草堂詩箋二十南池：「安知有蒼池，萬頃浸坤軸。」

【坤極】指皇后。後漢書梁皇后紀：「宜配天祚，正位坤極。」注：「正其內位，居陰德之極也。」

【坤維】㊀地。文選晉張景陽(協)雜詩：「大火流坤維，白日馳西陸。」晉書后妃傳序：「德均載物，比大坤維。」㊁西南方。易坤卦爲西南之卦，故指西南方。

【坤儀】大地。文選晉劉越石(琨)答盧諶詩：「乾象棟傾，坤儀舟覆。」舊唐書音樂志三祭神州於北郊樂：「大矣坤儀，至哉神縣。」

【坤輿】大地。地載萬物，像車子運載東西。易說卦：「坤……爲大輿。」宋史樂志八熙寧祀皇地祇樂：「昭靈積厚，混混坤輿。」後泛稱地爲坤輿。宋李呂澹軒集一題焦山寺詩：「水輪依風負坤輿，百川東流同灌輸。」明末利瑪竇所繪世界地圖名坤輿萬國全圖，清初南懷仁蔣友仁有坤輿全圖。

【坤靈】地神。藝文類聚四七漢揚雄司空箴：「昔彼坤靈，倂天作合。」金元好問遺山集七太室同希顏賦詩：「鼇掀一柱在，萬古壓坤靈。」

【坤元録】即括地志。通典及太平御覽引稱坤元録。按水經注四河水引開山圖：「有巨靈胡者，徧得坤元之道，能造山川出江河。」書名本此。詳「括地志」。

【坤寧宮】清代爲皇帝新婚的洞房。位於故宮交泰殿後。寬九楹，殿正間照滿族風俗改建，中間有爐竈，西半設長坑，爲賽神、祭祖及唱曲之處。

坍 tān 他酣切，平，談韻，透。ㄊㄢ

崩塌。廣韻：「坍，水衝岸壞。」字彙說是「坍」的本字。

块 yǎng 烏朗切，上，蕩韻，影。ㄧㄤ

㊀塵埃。見說文。唐柳宗元柳先生集四三法華寺石門精室詩：「潛軀委韁鎖，高步謝塵块。」㊁見「块圠」。

【块圠】㊀彌漫。漢書四八賈誼傳服鳥賦：「大鈞播物，块圠無垠。」史記賈誼傳作「块軋」，集解：「應劭曰：其氣块軋，非有限齊也。」㊁高低不平。文選晉左太沖(思)吳都賦：「爾乃地勢块圠，卉木镺蔓。」劉淵林注：「块圠，莽沕也，高下不平貌也。」

【块軋】同「块圠」。㊀彌漫。楚辭淮南小山招隱士：「块兮軋，山曲岪。」注：「霧氣昧也。」唐李白李太白詩一大鵬賦：「爾其雄姿壯觀，块軋河漢，上摩蒼穹，下覆漫漫。」㊁高低不平。唐盧照鄰幽憂子集二懷仙引詩：「山块軋，磴連蹇。」

【块莽】瀰漫。唐杜甫杜工部草堂詩箋二四八哀故著作郎貶台州司户滎陽鄭公虔：「晚就芸閣香，胡塵昏块莽。」

【块鬱】茫無邊際貌。廣弘明集二四南朝梁劉峻東陽金華山栖志：「山川秀麗，皋澤块鬱。」

坰 jiōng 古螢切，平，青韻，見。ㄐㄩㄥ

郊野。也作「冂」、「问」。詩魯頌駉：「駉駉牡馬，在坰之野。」傳：「坰，遠野也。邑外曰郊，郊外曰野，野外曰林，林外曰坰。」

坶 mù 集韻莫六切，入，屋韻。ㄇㄨˋ

地名。見下。

【坶野】地名。相傳爲周武王與殷紂王交戰的地方。水經注九清水：「東南歷坶野，自朝歌以南，南暨清水，土地平衍，據皋跨澤，悉坶野矣。」書牧誓作牧野。參見「牧野」。

坪 hū ㄏㄨ

繁細。淮南子要略：「窮逐終始之化，嬴坪有無之精。」注：「坪，靡煩。」

坹 zhǐ 集韻直几切，上，旨韻。ㄓˇ

古代城高與長各一丈爲一堵，三堵爲一坹。通「雉」。漢揚雄太玄經一閑：「次六閑黄坹。」

坿 1. fù 符遇切，去，遇韻，奉。ㄈㄨˋ

㊀增加，附加。通「附」。吕氏春秋十月：「坿城郭。」注：「坿，益也；令高固也。」漢蔡邕蔡中郎集外集四獨斷：「表者，……左方下坿曰，某官臣某甲上。」

2. fú 防無切，平，虞韻，奉。ㄈㄨˊ

㊁白石英。史記一一七司馬相如傳子虛賦：「其土則丹青赭堊，雌黄白坿。」

坻 1. chí 直尼切，平，脂韻，澄。ㄔˊ

㊀水中小洲或高地。詩秦風蒹葭：「遡游從之，宛在水中坻。」爾雅釋水：「小沚曰坻。」釋文：「本又作泜。」唐柳宗元柳先生集二九至小丘西小石潭記：「近岸卷石底以出，爲坻，爲嶼，爲嵁，爲巖。」㊁臺階，階上空地。通「墀」。參見「坻崿」。

2. zhǐ 諸氏切，上，紙韻，照。ㄓˇ

㊂止。見「坻₂伏」。㊃浮土。方言六：「坻，坥，場也。」文選晉潘安仁(岳)藉田賦：「坻場染屨，洪縻在手。」

3. dǐ 都禮切，上，薺韻，端。ㄉㄧˇ

㊄山坡。文選漢張平子(衡)西京賦：「右有隴坻之隘，隔閡華戎。」

【坻₂伏】潛伏。坻，止；伏，匿。左傳昭二九年：「官宿其業，其物乃至；若泯弃之，物乃坻伏，鬱湮不育。"坻，本作"坻"。參閱清阮元校勘記。

【坻京】詩小雅甫田："曾孫之庾，如坻如京。"傳："京，高丘也。"箋："坻，水中之高地也。"指穀米堆積如山，形容豐收。宋史樂志十二紹興祀太社太稷樂："叶氣嘉生，年穀順成；萬億及秭，如坻如京。"

【坻渚】水中的小洲或高地。晉陸機陸士衡集三感丘賦："遵伊洛之坻渚，沿黃河之曲湄。"

【坻崿】宮殿的地基或臺階。文選漢張平子(衡)西京賦："坻崿鱗眴，棧齴巉險。"也作"坻鄂"。文選三國魏何平叔(晏)景福殿賦："羅疏柱之汩越，肅坻鄂之鏘鏘。"也作"坻堮"。唐王勃王子安集十一乾元殿頌："司宮尼職，肅坻堮而神行；掌含巡方，煥巖廊而洞啟。"

【坻隤】山崩，山崩的響聲。文選漢揚子雲(雄)解嘲："功若泰山，響若坻隤。"漢書揚雄傳作"阺隤"。也作"坻頹"。文選晉左太沖(思)吳都賦："坻頹於前，曲度難勝，皆與謠俗叶協，律呂相應。"注："坻頹，崩聲也。"

坼 chè ㄔㄜˋ 集韻恥格切，入，陌韻。

字本作"[illegible]"。見說文。㊀裂開，分開。易解："雷雨作而百果草木皆甲坼。"淮南子本經："天旱地坼。"㊁灼龜甲時甲殼上出現的裂紋。周禮春官占人："史占墨，卜人占坼。"注："坼，兆釁也。"

【坼副】割裂。詩大雅生民："誕彌厥月，先生如達，不坼不副，無菑無害。"傳："凡人在母，母則病；生則坼副，菑害其母，橫逆人道。"這裏指難產，經剖割而分娩。

坳 āo ㄠ 於交切，平，肴韻，影。

低凹的地方。唐杜甫杜工部詩史補遺二茅屋爲秋風所破歌："高者挂罥長林梢，下者飄轉沉塘坳。"

【坳泓】水深而清。唐韓愈昌黎集八城南聯句："掘雲破嶙崰，採月漉坳泓。"

【坳窊】低洼。窊，同"洼"。宋蘇軾分類東坡詩六丙子重九："惟有黃茆浪，堆壠生坳窊。"

【坳堂】堂屋的低洼處。莊子逍遙遊："覆杯水於坳堂之上，則芥爲之舟。"宋蘇軾東坡集續集二和參寥詩："芥舟只合在坳堂，紙帳心期老孟光。"

【坳塘】同"坳堂"。文苑英華三五唐浩虛舟盆地賦："方行潦而不濁，比坳塘而則深。"

垂 chuí ㄔㄨㄟˊ 是爲切，平，支韻。禪。

㊀下掛，落下。詩小雅都人士："彼都人士，垂帶而厲。"㊁留傳。書微子之命："功加於時，德垂後裔。"㊂將近，將及。後漢書六九何進傳："今董卓垂至，諸君何不早各就國？"㊃向下，俯。越絕書六越絕外傳紀策考："寡人垂意聽子之言。"唐駱賓王集六上吏部侍郎帝京篇啟："昨引注目，垂索鄙文。"㊄邊境。荀子臣道："邊境之臣處，則疆垂不喪。"說文垂訓遠邊，陲訓危險。後來垂作懸掛義，邊垂通行作"邊陲"。參閱清段玉裁說文解字注垂、陲。㊅旁邊。文選漢王仲宣(粲)詠史詩："妻子當門泣，兄弟哭路垂。"㊆小口罌。通"錘"。墨子備城門："城門上所鑿以救門火者，各一垂水，容三石以上。"㊇地名。1. 春秋隱八年："宋公衛侯遇於垂。"注："垂，衛地，濟陰句陽縣東北有垂亭。"在今山東定陶縣附近。2. 春秋宣八年："仲遂卒於垂。"注："垂，齊地。"在今山東平陰縣境。

【垂文】煥發文彩。文選三國魏曹子建(植)七啟："九旒之冕，散燿垂文。"注："劉梁七舉曰：'九旒之冕，散耀文采。'"

【垂天】見"垂天翼"。

【垂水】㊀薇的別名。爾雅釋草："薇，垂水。"疏："草生於水濱，而枝葉垂於水者曰薇。"㊁瀑布。唐柳宗元柳先生集二七零陵三亭記："爰有嘉木美卉，垂水藂峯。"

【垂手】㊀舞樂名。樂府詩集七六雜曲歌辭大垂手："樂府解題曰：'大垂手、小垂手，皆言舞而垂其手也。'"宋蘇軾分類東坡詩十五戲贈："小樓依舊斜陽裏，不見樓中垂手人。"集注："垂手人言解舞之人。"㊁手下垂。唐韓愈昌黎集六瀧吏詩："瀧吏垂手笑，官何問之愚。"後又表示恭敬。明沈德符萬曆野獲編十七兵部叉手橫仗："今胥吏之承官長……每見必軃袖撒手，以示敬長。此中外南北通例，而古人不然。如宋岳鄂王(飛)初入獄，垂手於庭，立亦欹斜，爲隸人呵之曰：'岳某叉手正立'……則今之垂手者倨也。"

【垂示】㊀留給後人示範。後漢書皇后紀下順烈梁皇后附虞美人："無以述遵先世，垂示後世也。"㊁謙詞。表示對方居高以示下。唐王勃王子安集八上從舅侍郎啟："一昨，弟勛至，奉命以憲臺詩十首垂示。"

【垂世】留傳後世。文選漢孔安國尚書序："芟夷煩亂，剪截浮辭，舉其宏綱，撮其機要，足以垂世立教。"

【垂四】涕淚交流。兩眼垂淚，兩鼻孔垂涕，故稱垂四。唐韓愈昌黎集五寄皇甫湜詩："拆書放牀頭，涕與淚垂四。"

【垂白】白髮下垂，形容年老。漢書六十杜周傳附杜欽："誠哀老姊垂白，隨無狀子出關。"注："垂白者，言白髮下垂也。"南朝宋鮑照鮑氏集四擬古詩："結髮起躍馬，垂白對講書。"

【垂衣】見"垂衣裳"。

【垂耳】㊀兩耳下垂。文選漢枚叔(乘)七發："飛鳥聞之，翕翼而不能去。野獸聞之，垂耳而不能行。"㊁下垂像耳。指枯木上的木耳、菌子。唐韓愈昌黎集八城南聯句："木腐或垂耳，草珠競騈睛。"㊂下垂到耳邊。宋蘇軾分類東坡詩十一章質夫寄惠崔徽真："玉釵半脫雲垂耳，亭亭芙蓉在秋水。"

【垂老】將老。唐杜甫杜工部草堂詩箋十三垂老別："四郊未寧靜，垂老不得安。"

【垂死】接近死亡。唐杜甫杜工部草堂詩箋十二送鄭十八虔貶台州司户："萬里傷心嚴譴日，百年垂死中興時。"

【垂年】老年。資治通鑑二四八唐會昌六年："萬一致一方不寧，……使垂年之母銜羞入地，何以見汝之先人乎！"注："垂，末垂也；垂年，猶言末垂之年。"

【垂名】留傳聲名。史記八三鄒陽傳獄中上書："公聽並觀，垂名當世。"

【垂成】將成。三國志吳薛綜傳附薛瑩："實欲使卒垂成之功，編於前史之末。"唐王勃王子安集十三國論："惜其功垂成而智不濟，豈伊時喪，抑亦人亡。"

【垂泣】無聲而出涕。淮南子說山："介子歌龍蛇而文君垂泣。"

【垂青】古人把黑眼球叫青眼。青眼相看，比喻受到重視、優待。元耶律楚材湛然居士文集六蒲華城夢萬松老人詩："曾參活句垂青眼，未得生侯已白頭。"官場現形記二一："署院於他決不苛求，而且較之尋常候補道，格外垂青，一差之外，又添一差。"參見"青白眼"。

【垂芳】留下芳香。比喻流傳美名。晉陸機陸士衡集九謝平原內史表："使春枯之條，更與秋蘭垂芳。"唐王勃王子安集十平台祕略論之五："使黃河如帶，垂芳不朽，盛矣乎。"

【垂垂】㊀漸漸。唐杜甫杜工部草堂詩箋二五和裴迪登蜀州東亭送客逢早梅相憶見寄："江邊一樹垂垂發，朝夕催人自白頭。"㊁形容下垂、下降。宋范成大石湖集二七秋日田園雜興詩："秋來只怕雨垂垂，甲子無雲萬事宜。”

【垂洟】同“垂涎”。漢賈誼新書匈奴：“今來者時時得此而饗之耳，一國聞之者、見之者，垂洟而相告。”詳“垂涎”。

【垂胡】㊀垂鬚。宋蘇軾分類東坡詩四送喬仝寄賀君：“爾來八十胸垂胡，上山如飛嗔人扶。”㊁頷肉下垂。胡，牛的下頷肉。宋陸游劍南詩稿二九七十：“身世蠶眠將作繭，形容牛老已垂胡。”

【垂拱】㊀垂衣拱手。形容無所事事，不費力氣。書武成：“惇信明義，崇德報功，垂拱而天下治。”戰國策齊五：“當是時，秦王垂拱受西河之外，而不以德魏王。”後多用以頌揚帝王無爲而治。文選漢王子淵(襃)聖主得賢臣頌：“雍容垂拱，永永萬年。”㊁唐武曌(武后)年號。公元685—688年。

【垂柳】柳枝下垂，故稱垂柳。樂府詩集二三横吹曲辭南朝梁簡文帝長安道：“落花依度幰，垂柳拂行人。”

【垂竿】持竿釣魚。文選南齊謝玄暉(朓)始出尚書省詩：“乘此終蕭散，垂竿深澗底。”

【垂涕】哭泣。荀子禮論：“垂涕恐懼，然而幸生之心未已，持生之事未輟也。”史記一〇九李將軍傳：“廣曰：‘……且廣年六十餘矣，終不能復對刀筆之吏！’遂引刀自剄。廣軍士大夫一軍皆哭，百姓聞之，知與不知，無老壯皆爲垂涕。”漢書李廣傳作“垂泣”。

【垂涎】流口水，形容想吃的樣子。唐柳宗元柳先生集十九三戒臨江之麋：“臨江之人，畋得麋麑畜之，入門，羣犬垂涎，揚尾皆來。”宋黄庭堅山谷外集二奉和王世弼寄上七兄先生用其韻詩：吟哦口垂涎，嚼味有餘雋。”後來用以比喻十分羨慕。宋趙鼎臣竹隱畸士集七猶子棄畫盤古圖戲書其後詩：“欲買青山未有錢，每逢佳處但垂涎。”

【垂珠】珠串下垂。文選晉孫興公(綽)游天台山賦：“建木滅景於千尋，琪樹璀璨而垂珠。”唐李白李太白詩七金陵城西樓月下吟：“白雲映水搖空城，白露垂珠滴秋月。”

【垂翅】鳥翅下垂不能高飛，比喻人受挫折。後漢書十七馮異傳：“始雖垂翅回谿，終能奮翼黽池，可謂失之東隅，收之桑榆。”北周庾信庾子山集六詠羽扇詩：“定似回谿路，將軍垂翅歸。”

【垂梢】㊀馬尾長垂。文選南朝宋顔延年(延之)赭白馬賦：“徒觀其附筋樹骨，垂梢植髮。”注：“相馬經：梢，尾之垂者……尾欲梢而長。”㊁懸掛枝頭。元耶律楚材湛然居士文集一和陳秀玉綿梨詩韻詩：“石門九月西風高，緜黎萬樹金垂梢。”

【垂陰】樹木枝葉覆蓋的陰影。文選漢張平子(衡)西京賦：“吐葩颺榮，布葉垂陰。”也作“垂蔭”。南齊書劉祥傳連珠之九：“故墜葉垂蔭，明月爲之隔輝；堂宇留光，蘭燈有時不照。”

【垂堂】堂屋簷下。因簷瓦落下可能傷人，比喻危險的境地。文選晉孫興公(綽)遊天台山賦：“雖一冒於垂堂，乃永存乎長生。”三國志吴陸遜傳：“今不忍小忿，而發雷霆之怒，違垂堂之戒，輕萬乘之重。”參見“坐不垂堂”。

【垂釣】垂竿釣魚。楚辭漢嚴忌哀時命：“下垂釣於谿谷兮，上要求於僊者。”水經注十七渭水：“(磻溪)水出南山兹谷，乘高激流，注於溪中，溪中有泉，謂之兹泉……水次平石釣處，卽太公(周呂望)垂釣之所也。”

【垂魚】指唐朝五品以上官吏佩帶的金銀魚袋。資治通鑑二二六唐代宗大曆十四年：“入則擁笏垂魚。”注：“唐高宗給五品以上隨身魚銀袋，以防召命之詐，三品以上金飾袋。天授二年，改佩魚爲龜。中宗罷龜，復給以魚。郡王、嗣王亦佩金魚袋。”

【垂紳】禮玉藻：“凡侍於君，紳垂。”疏：“紳，大帶也。身直則帶倚，磬折則帶垂。”後用來形容臣下對皇帝恭敬肅立的樣子。宋歐陽修文忠集四十相州晝錦堂記：“垂紳正笏，不動聲氣，而措天下於泰山之安。”

【垂棘】春秋晉産美玉之地。見左傳僖二年“垂棘之璧”注。後借以稱美玉。文選漢班孟堅(固)西都賦：“翡翠火齊，流耀含英；懸黎垂棘，夜光在焉。”

【垂腴】腹部肥大下垂。韓詩外傳七：“魚之侈口垂腴者，魚畏之。”漢王充論衡語增：“傳語曰：‘……桀紂之君，垂腴尺餘。’”

【垂象】顯示徵兆。歷代統治階級把某些自然現象，附會人事，認爲是預示人間禍福吉凶的跡兆。易繫辭上：“天垂象，見吉凶，聖人象之。”宋書武帝紀中：“至於上天垂象，四靈效徵。”

【垂統】把基業傳給後世子孫。多指皇位的承襲。孟子梁惠王下：“君子創業垂統，爲可繼也。”史記一一七司馬相如傳封禪書：“憲度著明，易則也；垂統理順，易繼也。”

【垂意】注意，關懷。多用於上對下。越絶書六越絶外傳紀策考：“寡人垂意聽子之言。”後漢書和帝紀：“垂意黎民，留念稼穡。”

【垂旒】帝王貴族冠冕上的裝飾，用絲繩繫玉下垂。白虎通紼冕：“垂旒者，示不視邪。”後用爲帝王的代稱。元袁桷清容居士集十二白雲平章致仕詩：“盛代東封催告禮，更須元老侍垂旒。”參見“冕旒”。

【垂裕】爲後人留下功業或財産。書仲虺之誥：“垂裕後昆。”

【垂聖】西夏李諒祚(毅宗)年號，也叫天祐垂聖。公元1050—1052年。

【垂楊】㊀楊柳枝葉下垂。南齊謝朓謝宣城集二鼓吹曲入朝曲：“飛甍夾馳道，垂楊蔭御溝。”㊁詞牌名。宋陳允平日湖漁唱有此調。本詠垂楊，後爲詞牌名。雙調，一百字或九十八字。見詞譜二八。

【垂跡】佛教稱佛菩薩的本體爲本地，由本地示現各種化身去濟度衆生稱垂跡。維摩經序：“然幽關難啟，聖應不同，非本無以垂跡，非跡無以顯本，本跡雖殊，而不思議一也。”

【垂綏】㊀美玉。史記一一七司馬相如傳上林賦：“垂綏琬琰，和氏出焉。”漢書作“晁采”。參見“晁采”。㊁枝葉下垂。唐柳宗元柳先生集十七乞巧文：“插竹垂綏，剖瓜犬牙。”注：“(綏)與緌同。”

【垂誡】留給後人的訓誡。唐韓愈昌黎集二答張徹詩：“悔狂已咋指，垂誡猶鐫銘。”宋王禹偁小畜集五官醖詩：“彝酒書垂誡，羣飲聖所戮。”

【垂榮】散發光彩。漢書八七揚雄傳上校獵賦：“玄鸞孔雀，翡翠垂榮。”唐王勃王子安集七秋日楚州郝司户宅餞崔使君序：“朱草垂榮，雜芝蘭而涵晚液。”

【垂裳】見“垂衣裳”。

【垂箔】卽垂簾。箔，簾。宋邵博聞見後録五：“伊川(程頤)在元祐時以罪逐，故爲此説，以詆垂箔之政，予不敢以爲然。”參見“垂簾”。

【垂綸】垂絲釣魚。三國魏嵇康嵇中散集一兄秀才公穆入軍贈詩之十五：“流磻平皋，垂綸長川。”也指釣魚的人。唐杜甫杜工部草堂詩箋二十一奉寄章十侍御……：“朝觀從容問幽側，勿云江漢有垂綸。”

【垂髮】卽垂髫。後漢書七八呂强傳：“垂髮服戎，功成皓首。”注：“垂髮，謂童子也。”參見“垂髫”。

【垂髫】古時兒童不束髮，頭髮下垂。髫，兒童垂下的頭髮。因稱兒童或童年爲垂髫。文選晉潘安仁(岳)藉田賦:"被褐振裾,垂髫總髮。"晉陶潛陶淵明集五桃花源記:"黄髮垂髫,並怡然自樂。"

【垂暮】傍晚。比喻晚年。宋張元幹蘆川詞醉落魄:"天涯萬里情懷惡,年華垂暮猶離索。"

【垂餌】把食餌放在釣鉤上釣魚。文選晉潘安仁(岳)西征賦:"垂餌出入,挺叉來往。"也用來比喻置身險地。漢書六二司馬遷傳報任安書:"足歷王庭,垂餌虎口。"

【垂頭】低頭。指無可奈何的神氣。文選漢陳孔璋(琳)爲袁紹檄豫州:"方畿之内,簡練之臣,皆垂頭搨翼,莫所憑恃。"參見"垂頭喪氣"。

【垂槖】見"垂櫜"。

【垂翼】飛鳥斂翼下落,比喻人失勢受挫。北周庾信庾子山集三擬詠懷詩之八:"長坡初垂翼,鴻溝遂倒戈。"唐楊炯盈川集二和劉長史答十九兄詩:"怪鳥俄垂翼,修蛇竟暴鱗。"參見"垂翅"。

【垂曜】光輝下照。文選晉郭景純(璞)江賦:"若乃岷精垂曜於東井,陽侯遯形於大波。"唐王勃王子安集十二九成宮頌:"在天垂曜,瑤宮列乾象之墟。"

【垂櫜】垂着空袋子。左傳昭元年:"伍舉知其有備也,請垂櫜而入,許之。"表示袋裏是空的,没有兵器。國語齊:"諸侯之使,垂櫜而入,稛載而歸。"是説來時袋裏空空的,歸時裝得滿滿的。也作"垂槖"。唐韓愈昌黎集十五答竇秀才書:"文章不足以發足下之事業,稛載而往,垂槖而歸,足下亮之而已。"

【垂隴】春秋鄭地。春秋文二年:"夏六月,公孫敖會宋公陳侯鄭伯晉士縠,盟於垂隴。"也稱都尉城。見水經注七濟水。故地在今河南滎陽縣東北。

【垂簾】㊀放下簾子。南史顧覬之傳:"覬之御繁以約,縣用無事。晝日垂簾,門階閒寂。"唐韋應物韋江州集二趨府候曉呈兩縣僚友詩:"立馬頻驚曙,垂簾卻避寒。"㊁女后臨朝聽政。舊唐書高宗紀:"自誅上官儀後,上每視朝,天后垂簾於御座後,政事大小,皆預聞之,内外稱爲二聖。"後來皇帝年幼,太后當權也叫"垂簾",歸政叫"撤簾"。宋真宗劉后(章獻太后)、英宗高后(宣仁太后)、清咸豐后(慈禧太后)都曾垂簾聽政。

【垂齠】同"垂髫"。三國志魏毛玠傳:"臣垂齠執簡,累勤取官。"詳"垂髫"。

【垂露】㊀露珠下滴。後漢書四九仲長統傳:"垂露成幃,張霄成幄。"㊁字體名。見"垂露書"。

【垂聽】注意聽取。用於上對下。漢書五六董仲舒傳:"子大夫其精心致思,朕垂聽而問焉。"

【垂天翼】莊子逍遥遊:"鵬之背,不知其幾千里也,怒而飛,其翼若垂天之雲。"言鵬鳥翅膀之大,如掛在天空的雲。後常用來比喻志向或前程遠大。宋蘇軾分類東坡詩十八次韻周開祖長官見寄:"海南未起垂天翼,澗底仍依徑寸麻。"也省作"垂天"。唐駱賓王集六上齊州張司馬啟:"搏羊角以垂天,展驥足以騰景。"

【垂衣裳】易繫辭下:"黄帝堯舜垂衣裳而天下治,蓋取諸乾坤。"商君書君臣:"瞋目扼腕而語勇者得寵,垂衣裳而談説者得進,遲日曠久積勞私門者得尊向(尚)。"穿着長大的衣服,形容無所事事或文縐縐的樣子。後來成爲稱頌帝王無爲而治的套語。也省作"垂衣"、"垂裳"。唐李白李太白詩二古風之一:"聖代復元古,垂衣貴清真。"

【垂虹亭】亭名。在江蘇吳江縣長橋上。宋仁宗慶曆年間縣令李問建。蘇軾自杭移高密時,曾和張先等在此亭飲酒。宋王安石臨川集七送裴如晦宰吳江詩:"他時散髮處,最愛垂虹亭。"陸游劍南詩稿十二擬峴臺觀雪詩:"垂虹亭上三更月,擬峴臺前清曉雪。"

【垂虹橋】在江蘇吳江縣東。本名利往橋,因上有垂虹亭,故名。橋有七十二洞,宋慶曆八年建。俗名長橋。見嘉慶一統志七八蘇州府二。

【垂針書】字體名。唐唐元度作九經字樣,辨證謬誤,又分字爲十體:古文,大篆,小篆,八分,飛白,薤葉,垂針,垂露,鳥書,連珠。見宋缺名宣和書譜二鶡鵝賦。

【垂絲調】詞牌名。又叫"垂絲釣"。雙調,有六十六字、六十七字諸體。宋周邦彦清真詞吳文英夢窗詞均有此調。見詞譜十五。

【垂露書】字體名。相傳漢曹喜工篆隸,善懸針垂露之法。初學記二一王愔文字志:"垂露書,如懸針而勢不遒勁,阿那若濃露之垂,故謂之垂露。"唐杜甫杜工部草堂詩箋十六觀薛稷少保書畫壁:"仰看垂露姿,不崩亦不騫。"參閲唐張彦遠法書要録八張懷瓘書斷中。

【垂絲海棠】海棠的一種。樹生柔枝長蒂,花色淺紅,其瓣叢密。以由山櫻桃嫁接而成,故花梗細長似櫻桃。見廣羣芳譜三五花譜海棠一。宋范成大石湖集十七有垂絲海棠詩。

【垂頭喪氣】形容失意懊喪的樣子。唐韓愈昌黎集三六送窮文:"主人於是垂頭喪氣,上手稱謝。"新唐書二〇八韓全誨傳:"自見勢去,計無所用,垂頭喪氣。"

六畫

垐 cí ㄘˊ 疾資切,平,脂韻,從。

以土增大道上。也作"堲"。説文:"堲古文垐,从土即。"

垞 chá ㄔㄚˊ 集韻 直加切,平,麻韻。

㊀土丘。唐王維王右丞集四南垞詩:"輕舟南垞去,北垞淼難即。"㊁城名。水經注二五泗水:"泗水又逕留縣而南,逕垞城東。"在江蘇徐州北。

垓 gāi ㄍㄞ 古哀切,平,咍韻,見。

㊀八極,極遠的地方。説文:"垓,兼垓八極地也。國語曰:'天子居九垓之田。'从土,亥聲。"史記一一七司馬相如傳封禪文:"上暢九垓,下泝八埏。"初學記十二漢揚雄衛尉箴:"重垠累垓,以難不律。"㊁層,級。史記孝武紀"壇三垓"集解:"徐廣曰:'垓,次也。'(裴)駰案:李奇曰:'垓,重也,三重壇也。'"㊂數目名。指萬萬。太平御覽七五〇漢應劭風俗通:"十萬謂之億,十億謂之兆,十兆謂之經,十經謂之垓。"

【垓下】地名。漢劉邦圍困項羽於此。見史記七項羽紀。在今安徽靈璧縣東南。

【垓心】中心。三國演義九五:"忽然一聲礮響,火光沖天,鼓聲震地,魏兵齊出,把魏延高翔圍在垓心。"

【垓坫】邊際。淮南子俶真:"道出一原,通九門,散六衢,設於無垓坫之宇。"注:"垓坫,垠堮也。"

【垓埏】天地的邊際,形容極遠之地。元史禮樂志三親祀禘祫樂章:"神功耆定,澤被垓埏。"

【垓極】荒遠的地方。藝文類聚四九漢揚雄大鴻臚箴:"蕩蕩唐虞,經通垓極。"

【垓下歌】漢高帝五年,楚項羽被漢軍圍於垓下,兵少糧盡。夜聞楚歌四起,以爲漢軍已全佔楚地,於是起飲帳中,歌曰:"力拔山兮氣蓋世,時不利兮騅不逝,騅不逝兮可奈何?虞兮虞兮奈若何!"虞,虞姬。騅,平時所騎的戰馬。見史記七項羽紀。樂府詩集作力拔山操。

城 chéng ㄔㄥˊ 是征切,平,清韻,禪。

㊀城郭。內稱城,外稱郭。墨子七患:"城者,所以自守也。"孟子公孫丑下:"三里之城,七里之郭,環而攻之而不勝。"㊁古代王朝領地,諸侯封地,卿大夫采邑,都以有城垣的都邑爲中心,皆稱城。詩大雅瞻卬:"哲夫成城,哲婦傾城。"箋:"城,猶國也。"㊂築城。詩小雅出車:"天子命我,城彼朔方。"㊃姓。通志二七氏族三以地爲氏:"城氏,風俗通:凡氏於事者,城、郭、園、池,皆姓也。"

【城大】一城之長。資治通鑑九五晉成和九年:"柳城都尉石琮、城大慕輿埿并力拒守,蘭等不克而退。"注:"城大,猶城主也。一城之長,故曰城大。"

【城父】地名。1.春秋時陳邑,又名夷。左傳昭九年:"楚公子弃疾遷許于夷,實城父。"漢置城父縣,南朝宋改浚儀,隋復名城父。明初廢。見嘉慶一統志一二八潁州府一。地在今安徽亳縣。2.春秋時楚邑。左傳昭十九年楚太子建居於城父,即此。漢置城父縣,屬潁川郡。見嘉慶一統志二二四汝州一寶豐縣。地在今河南寶豐縣。

【城主】一城之主。六韜龍韜兵徵:"城之氣出而復入,城主逃北。"

【城市】人口密集、工商業發達的地方。韓非子愛臣:"是故大臣之祿雖大,不得藉威城市;黨與雖衆,不得臣士卒。"唐杜甫杜工部詩史補遺五征夫詩:"路衢唯見哭,城市不聞歌。"

【城旦】㊀秦、漢時刑名。史記秦始皇紀三十四年:"令下三十日不燒,黥爲城旦。"集解:"如淳曰:律說'論決爲髡鉗,輸邊築長城,晝日伺寇虜,夜暮築長城'。城旦,四歲刑。"㊁鳥名。即鶡鴠,又名寒號蟲。方言八:"(鶡鴠)自關而東,謂之城旦。"注:"言其辛苦有似於罪謫者。"參見"鶡鴠"。

【城池】城牆和護城河。墨子備城門:"我城池修,守器具,推粟足。"也泛指城市、都邑。唐岑參岑嘉州詩一過梁州奉贈張尚書大夫公:"人煙絕墟落,鬼火依城池。"

【城守】城市守備。國語楚上:"城守之木,於是乎用之。"也用爲動詞。戰國策楚一:"扞關驚,則從竟陵以東盡城守矣。"意爲據城守禦。

【城社】城池,田社。比喻邦國或權勢。後漢書七八曹節傳:"華容侯朱瑀知事覺露,禍及其身,遂興造逆謀,……因共割裂城社,自相封賞。"南史戴法興傳論:"因城社之固,執開壅之機。"

【城府】㊀城市與官署。後漢書一一三龐公傳:"居峴山之南,未嘗入城府。"㊁比喻心機深隱難測。文選晉干令升(寶)晉紀總論:"昔高祖宣皇帝(司馬懿)……性深阻有如城府,而能寬綽以容納。"宋史三四一傅堯俞傳:"堯俞厚重寡言,遇人不設城府,人自不忍欺。"後稱人胸懷坦白者爲胸無城府,相反則稱深於城府。

【城武】縣名。本春秋時郜國地。秦設成武縣,明洪武四年改城武,屬濟寧府,十八年改屬兗州府。清屬曹州府。今爲山東成武縣。參閱寰宇通志七三兗州府城武縣、嘉慶一統志一八一曹州府一。

【城固】縣名。屬陝西省。秦始置成固縣,屬漢中郡。漢因之。三國蜀改樂城,晉復改爲城固。故城在今城固縣西北,宋遷今地。明、清屬漢中府。參閱太平寰宇記一三三梁州、寰宇通志九九漢中府城固縣。

【城郭】內城與外城,泛指城邑。管子度地:"內爲之城,外爲之郭。"後漢書八四董祀妻(蔡琰)傳悲憤詩:"城郭爲山林,庭宇生荆艾。"玉臺新詠一古詩爲焦仲卿妻作:"東家有賢女,窈窕豔城郭。"

【城尉】守城官。文選漢張平子(衡)西京賦:"城尉不弛柝,而內外潛通。"城尉注謂城門校尉。

【城堞】城上女牆。漢賈誼新書春秋:"及翟伐衛,寇挾城堞矣。"唐元稹長慶集十四欲曙詩:"片月低城堞,稀星轉角樓。"

【城棣】春秋時鄭國地名。左傳襄五年:"甲午,會于城棣以救之。"注:"城棣,鄭地,陳留酸棗縣西南有棣城。"河南原武縣(舊名陽武)北有南棣、北棣二城,即其故地。

【城陽】漢郡名。戰國齊地。秦屬琅邪郡。漢初置城陽郡。文帝二年改爲城陽國,東漢復爲城陽郡。晉改名東莞郡。見嘉慶一統志一七七沂州府一莒州。即今山東沂水縣莒縣地。

【城隅】城樓。因位於城角、城曲處,故稱爲城隅。詩邶風靜女:"靜女其姝,俟我於城隅。"參閱清姜宸英湛園札記城隅之制九雉疏、陳奐詩毛氏傳疏。也泛指城內偏曠處。唐柳宗元柳先生集四二柳州城西北隅種柑樹詩:"手種黃甘二百株,春來新葉徧城隅。"

【城隍】㊀城壕。有水爲池,無水爲隍。易泰:"城復于隍。"文選漢班孟堅(固)兩都賦序:"京師修宮室,浚城隍,起苑囿,以備制度。"㊁神名。禮郊特牲"天子大蜡八"中所說的蜡祭八神,其七爲水庸,相傳就是後來的城隍。北齊書慕容儼傳有祭城隍事。唐張說張九齡韓愈李商隱集中都有祭城隍文。歷代封建王朝皆將祀城隍列入祀典,多爲求雨、祈晴、禳災之事。參閱清趙翼陔餘叢考三五城隍神。

【城幹】築城時埋置土中的堅木支柱。元周密癸辛雜識續集上黃蘆城幹:"長城之旁,居人以積雨後或有得堅木於城土中,識者謂名黃蘆木,乃當時用以爲城幹用者,性極堅勁,不畏水濕而耐久,至今一二千年猶有如椏大者。以之爲鎗幹最佳,蓋築城無以爲幹不可。"

【城舞】舞名。北朝周武帝所作。本名安樂。因舞者八十人,行列方正如城郭,故稱爲城舞。見舊唐書音樂志二。

【城輦】京城。舊稱帝王所居爲輦下。藝文類聚四八南朝宋謝莊黃門侍郎劉琨之誄:"過建春兮背閶庭,歷承明兮去城輦。"

【城樓】城門上供瞭望用的樓。後漢書四六鄧禹傳:"光武舍城樓上。"唐杜甫杜工部草堂詩箋四十放船:"已泊城樓底,何曾夜色闌。"

【城頭】城上。唐劉禹錫劉夢得集五平蔡州詩之二:"汝南晨雞喔喔鳴,城頭鼓角音和平。"

【城潁】春秋時鄭地名。左傳隱元年記鄭莊公遷其母武姜于城潁,即此。史記鄭世家正義:"疑許州臨潁縣是也。"即今河南臨潁縣。

【城濠】護城的濠溝。文選南朝梁江文通(淹)劉太尉琨詩:"飲馬出城濠,北望沙漠路。"也作"城壕"。唐李白李太白詩二十尋魯城北范居士……摘蒼耳作:"城壕失往路,馬首迷荒陂。"

【城塹】護城的濠溝。藝文類聚五九三國魏曹植與司馬仲達書:"故其俗蓋以洲渚爲營壁,江淮爲城塹而已。"

【城濮】春秋衛地。魯僖公二十八年晉文公敗楚師於此。見讀史方輿紀要三四東昌府臨濮城。故地在今河南范縣南。

【城闉】城曲重門。文選南朝宋鮑明遠(照)行藥至城東橋詩:"嚴車臨迴陌,延瞰歷城闉。"注:"毛萇詩傳曰:'闉(yīn),城曲也。'"

【城闕】㊀城樓。詩鄭風子衿:"挑兮達兮,在城闕兮。"疏:"謂城之上別有高闕,非宮闕也。"㊁宮闕,帝王居處。文選晉陸士衡(機)謝平原內史表:"不得束身奔走,稽顙城闕。"㊂城市。唐王勃王子安集三杜少府之任蜀州詩:"城闕輔三秦。"

風煙望五津。”

【城中謠】東漢時的童謠。樂府詩集八七雜歌謠辭城中謠：“城中好高髻，四方高一尺。城中好廣眉，四方且半額。城中好大袖，四方全疋帛。”後因以此比喻上行下效。

【城市邑】指大都邑。史記趙世家：“韓氏上黨守馮亭使者至，曰：‘韓不能守上黨，入之於秦。其吏民皆安爲趙，不欲爲秦，有城市邑十七，願再拜入之趙。’”

【城旦書】法篇，刑書。宋李石方舟集一蓋公堂詩：“吾家柱下吏，不讀城旦書。”參見“城旦”。

【城門郎】掌城門屯兵的武官。漢稱城門校尉，爲八校尉之一，秩二千石。隋稱城門郎。唐屬門下省。宋廢。明復置，洪武十八年撤銷。參閱通典二一及續通典二五職官三。

【城陵磯】地名。在湖南岳陽縣東北，位於洞庭湖出口與長江合流處。水經注三五江水：“江水右會湘水……又東逕忌置山南，山東即隱口浦矣。江之右岸有城陵山，山有故城，東接微落山，亦曰暉落磯。”見嘉慶一統志三五八岳州府一。

【城下之盟】敵人兵臨城下，被迫訂立的屈辱和約。左傳桓十二年：“楚伐絞……大敗之，爲城下之盟而還。”注：“城下盟，諸侯所深恥。”又宣十五年：“（華元）曰：‘敝邑易子而食，析骸以爨，雖然，城下之盟，有以國斃，不能從也！’”

【城北徐公】相傳戰國時齊國的美男子。齊相鄒忌自認不如徐公美，而他的妻、妾、朋友爲奉承他，都說他比徐公還要美。鄒忌以此諷諫齊威王不要輕信親近之言。見戰國策齊一。漢高誘注引續十二國史謂名徐君平。

【城門失火】相傳春秋戰國時，宋國池仲魚所居近城門，有一次城門起火，延及其家，仲魚燒死。一說，宋城門失火，爲了取池水灌救，池中汲乾，魚皆枯死。見藝文類聚九六魚、太平廣記四六六引風俗通。後以“城門失火”比喻無端受牽連而遭禍害。文苑英華六四五北齊杜弼爲東魏檄梁文：“但恐楚國亡猨，禍延林木；城門失火，殃及池魚；横使漢江士子、荆揚人物，死亡矢石之下，支折霧露之中。”參見“池魚”。

【城門校尉】漢官名。主管京師城門屯兵，秩二千石，有司馬一人，城門候十二人。見漢書百官公卿表上、後漢書百官志四。參見“城門郎”。

【城狐社鼠】城牆上的狐狸，土地廟裏的老鼠。比喻仗勢作惡的人。晉書四九謝鯤傳：“及（王）敦將爲逆，謂鯤曰：‘劉隗奸邪，將危社稷。吾欲除君側之惡，匡主濟時，何如？’對曰：‘隗誠始禍，然城狐社鼠也。’”意謂掘狐恐壞城垣，薰鼠恐毁社廟。也作“社鼠城狐”。清洪昇長生殿疑讖：“不隄防柙虎樊熊，任縱横社鼠城狐。”韓詩外傳八有“稷蜂社鼠”，劉向說苑善說有“稷狐社鼠”，義同。

【城頭子路】公元？—23年。東漢末年的農民起義軍領袖。姓爰，名曾，字子路，東平人。與肥城劉詡在盧縣（今山東長清縣南）城頭起義，故名城頭子路。曾稱都從事，詡稱校三老。轉戰於黃河濟水之間，從者達二十餘萬。劉玄建立更始政權時，任曾爲東萊郡太守，詡爲濟南太守。後曾爲部將所殺。參閱後漢書二一任光傳。

【城濮之戰】我國歷史上一次以弱勝强的著名戰役。春秋時晉楚戰於城濮。楚强晉弱，晉軍先退九十里，選擇楚軍薄弱的左右兩翼，給予沉重打擊，大敗楚軍。見左傳僖二八年。

垚 yáo ㄧㄠ 五聊切，平，蕭韻，疑。

高遠。說文：“垚，土高也。”通“堯”。

垣 yuán ㄩㄢ 雨元切，平，元韻，于。

㊀矮牆。書梓材：“若作室家，既勤垣墉。”注：“卑曰垣，高曰墉。”左傳僖五年：“（晉獻）公使寺人披伐蒲，重耳……踰垣而走。”也泛指牆、城牆，故舊稱省城爲省垣。㊁官署的代稱。唐杜甫杜工部草堂詩箋十二春宿左省：“花隱掖垣暮，啾啾棲鳥過。”㊂星位。古分星爲上、中、下三垣。史記天官書“衡，太微，三光之庭”正義：“太微宮垣十星，在翼、軫地。”㊃姓。垣本秦邑，因以爲姓。秦始皇有將垣齮。見後漢書十三公孫述傳“（宗）成將垣副殺成，以其衆降”注。

【垣衣】生在牆上陰地的苔，又名烏韭、天韭。山海經西山經“（小華之山）其草有萆荔，狀如烏韭，而生於石上，亦緣木而生”注：“烏韭，在屋者曰昔邪，在牆者曰垣衣。”宋王安石臨川集十六次韻景仁雪齋詩：“新聲生屋霤，殘點著垣衣。”

【垣屋】有短牆的房舍。史記蕭相國世家：“何置田宅必居窮處，爲家不治垣屋。曰：‘後世賢，師吾儉；不賢，毋爲勢家所奪。’”

【垣窌】築牆藏穀叫垣，掘地藏穀叫窌。泛指藏糧處。荀子富國：“故田野縣鄙者財之本也，垣窌倉廩者財之末也。”注：“窌，窖也。”

【垣牆】院牆。書費誓：“踰垣牆，竊馬牛，誘臣妾，汝則有常刑。”

垤 dié ㄉㄧㄝ 徒結切，入，屑韻，定。

㊀蟻塚。蟻洞口的小土堆。詩豳風東山：“鸛鳴于垤。”注：“垤，螘塚也。將陰雨則穴處先知之。……螘本亦作蛾，又作蟻，魚綺反。”宋黄庭堅豫章集二次韻子瞻贈王定國詩：“百年炊未熟，一垤蟻追奔。”㊁小山丘。韓非子六反：“故先聖有諺曰：‘不躓于山而躓于垤。’山者大，故人順之，垤微小，故人易之也。”

型 xíng ㄒㄧㄥˊ 户經切，平，青韻，匣。

㊀鑄造器物的模子。用木做的叫模，用竹做的叫笵，用土做的叫型。淮南子脩務：“明鏡之始下型，矇然未見形容，及其粉以玄錫，摩以白旃，鬢眉微豪，可得而察。”㊁引申爲典型、式樣。古籍中多作“刑”。參見“刑㊉”。

垠 yín ㄧㄣˊ 語巾切，平，真韻，疑。

㊀邊際，界限。楚辭屈原遠游：“其小無内兮，其大無垠。”㊁形迹。淮南子覽冥：“進退屈伸，不見朕垠。”注：“朕，兆朕也。垠，形狀也。”

【垠堮】邊際。淮南子俶真：“萌兆芽蘖，未有形埒垠堮。”也作“垠鍔”。文選漢張平子（衡）西京賦：“在彼靈囿之中，前後無有垠鍔。”

【垠際】邊際。晉書皇甫謐傳：“欲芒芒而無垠際，不欲區區而分别也。”

垗 zhào ㄓㄠˋ 治小切，上，小韻，澄。

㊀祭壇四周土牆以内的區域。也作“兆”。周禮春官小宗伯：“兆五帝於四郊”注：“兆爲壇之營域。”說文引周禮作“垗”。㊁葬地。見廣雅釋邱。詳“宅兆”。

垎 hé ㄏㄜˊ 胡格切，入，陌韻，匣。

土質乾而板結。北魏賈思勰齊民要術二耕田：“凡下田停水處，燥則堅垎，濕則污泥。”

垝 1. guǐ ㄍㄨㄟˇ 過委切，上，紙韻，見。

㊀壞牆。管子霸形：“東山之西，水深滅垝。”注：“垝，敗牆也。”也作“陒”。㊁見“垝遇”。

2. guì ㄍㄨㄟˋ 詭僞切，去，寘韻，見。

㊁坫，放東西的土臺子。爾雅釋宮："垝謂之坫。"

【垝垣】 壞牆。詩衛風氓："乘彼垝垣，以望復關。"

【垝遇】 橫射。廣雅釋天："王者以四時畋，……刈草爲防，敺而射之，不題禽，不垝遇。"注："垝遇，謂旁射也。"也作"詭遇"。孟子滕文公下："吾爲之範我馳驅，終日不獲一；爲之詭遇，一朝而獲十。"注："橫而射之曰詭遇。"

垜 1. duǒ 徒果切，上，果韻，定。ㄉㄨㄛˇ

㊀建築物突出的部分。說文："垜，堂塾也。"清段玉裁注："謂之垜者何也？朵者，木下垂門堂，伸出於門之前後，略取其意。後代有朵殿。今俗謂門兩邊伸出小牆曰垜頭，其遺語也。"㊁土築的箭靶。唐元稹長慶集十三江邊四十韻詩："羅灰脩藥竈，築垜閱弓弰。"

2. duò ㄉㄨㄛˋ

㊂堆積，成堆的東西，如柴垜。唐玄應一切經音義七阿闍世王經引南朝宋何承天纂文："吴人以積土爲垜也。"聊齋志異夜中怪："麥既登倉，禾藍雜遝，翁命收積爲垜。"

【垜積術】 古代對高階等差級數的求和法。宋沈括夢溪筆談十八算術求積尺之法稱爲隙積。元朱世傑撰四元玉鑑，又有發展，稱爲垜積術。

垘 fú 蒲北切，入，德韻，並。ㄈㄨˊ 集韻 房六切，入，屋韻。

填塞。史記天官書："川塞谿垘。"集解："徐廣曰：'土雍曰垘。音服。'"

垢 gòu 古厚切，上，厚韻，見。ㄍㄡˋ

㊀污穢，骯髒的東西。莊子大宗師："芒然彷徨乎塵垢之外。"管子水地："鮮而不垢，潔也。"㊁恥辱。左傳宣十五年："國君含垢。"莊子天下："人皆取先，己獨取後，曰受天下之垢。"㊂惡劣。後漢書五二崔駰傳附崔寔政論："政令垢翫，上下怠懈。"注："垢，惡也。"

【垢汙】 不乾淨，污穢之物。漢書四六周仁傳贊："至石建之澣衣，周仁爲垢汙，君子譏之。"後漢書八六西南夷傳哀牢夷："有梧桐木華，績以爲布，幅廣五尺，潔白不受垢汙。"

【垢濁】 污濁。詩唐風揚之水"白石鑿鑿"箋："激揚之水，波流湍疾，洗去垢濁，使白石鑿鑿然。"

【垢膩】 猶垢汙。廣弘明集二七下南齊蕭子良淨住子普友勸奬門："又有尺布不全，垢膩臭雜。"唐杜甫杜工部草堂詩箋十一北征："見爺背面啼，垢膩脚不韈。"

垔 yīn 於真切，平，真韻，影。ㄧㄣ

堵塞。古書多作"堙"，或從阜，作"陻"。詳"堙"。

垡 fá 房越切，入，月韻，奉。ㄈㄚˊ

耕地起土。也作"坺"、"墢"。唐韓愈昌黎集二送文暢師北游詩："余期報恩後，謝病老耕垡。"

七畫

垽 yìn 魚覲切，去，震韻，疑。ㄧㄣˋ 吾靳切，去，焮韻，疑。

泥渣。爾雅釋器："澱謂之垽。"

垸 1. huán 胡官切，平，桓韻，匣。ㄏㄨㄢˊ

㊀用漆摻合骨灰塗抹器物。唐玄應一切經音義十八解脱道論引通俗文："燒骨以漆曰垸。"㊁轉動。淮南子時則："規之爲度也，轉而不復，員而不垸。"㊂量名。通"鍰"。周禮考工記冶氏："冶氏爲殺矢，刃長寸，圍寸，鋌十之，重三垸。"

2. yuàn ㄩㄢˋ

㊃堤堰。也泛指堤內的地區。湖北松滋縣有太平垸。見嘉慶一統志三四五荆州府二。

埣 xīng 集韻 思營切，平，清韻。ㄒㄧㄥ

紅色硬土。本作"垶"。見集韻。

埁 xù 集韻 象呂切，上，語韻。ㄒㄩˋ

反坫。廣雅釋宮："反坫謂之埁。"詳"反坫"。

埌 làng 來宕切，去，宕韻，來。ㄌㄤˋ

㊀空曠無邊的原野。見"壙埌"。㊁墳墓。方言十三："冢，秦晉之間謂之墳……或謂之埌。"

埔 1. pǔ ㄆㄨˇ

㊀黃埔，在廣東省珠江口。

2. bù ㄅㄨˋ

㊁大埔縣，在廣東省東北部。

埂 1. gēng 古行切，平，庚韻，見。ㄍㄥ

㊀小坑。見玉篇引蒼頡篇。

2. gěng 古杏切，上，梗韻，見。ㄍㄥˇ

㊁田塍，小土堤。元方回桐江續集十四歲除夜過白土市……四十韻詩："埂塍或斷缺，下有不測淤。"

堲 jí 資悉切，入，質韻，精。ㄐㄧˊ 秦力切，入，職韻，從。

㊀疾，憎惡。書舜典："朕堲讒說殄行。"㊁燭頭的餘燼。禮檀弓上"夏后氏堲周"注引弟子職："右手折堲。"釋文："管子云：左手執燭，右手折即。即，燭頭燼也。"即，通"堲"。按今本管子作"右手執燭，左手正櫛"。㊂燒土爲磚。見下。

【堲周】 古時燒土爲磚，放在棺材的四周。禮檀弓上："夏后氏堲周。"注："火熟曰堲。燒土冶以周於棺也，或謂之土周。"一說用燒土爲棺，即土棺。淮南子氾論"夏后氏堲周"注："夏后氏禹世無棺椁，以瓦廣二尺，長四尺，側身累之以蔽土，曰堲周。"

垻 1. bà 必駕切，去，禡韻，非。ㄅㄚˋ

㊀我國西南地區稱平川爲垻或垻子。宋黃庭堅豫章集六謝楊履道送銀茄詩："君家水茄白銀色，殊勝垻裏紫彭亨。"㊁堤堰。俗作"壩"，見正字通。

2. bèi 集韻 博蓋切，去，泰韻。ㄅㄟˋ

㊂坡。見集韻。

埋 mái 莫皆切，平，皆韻，明。ㄇㄞˊ

㊀藏於土中。左傳昭十三年："既乃與巴姬密埋璧於太史之庭。"㊁葬。釋名釋喪制："葬不如禮曰埋。埋，痗也；趨使痗腐而已也。"㊂隱没。見"埋没"。㊃塞。通"薶"。見爾雅釋言"窒，薶，塞也"清郝懿行義疏。

【埋玉】 世說新語傷逝："庾文康(亮)亡，何揚州(充)臨葬，云：'埋玉樹箸土中，使人情何能已已！'"宋范成大石湖集八奠唐少梁晉仲兄弟墓下詩："黃壤一時埋玉樹，青雲何處用丹梯。"省作"埋玉"。多用於悼念少年有才華而去世的人。梁書陸雲公傳張纘與陸襄等書："不謂華齡，方春掩質，埋玉之恨，撫事多情。"

【埋名】 姓名隱没，不爲人知。漢書八四翟方進傳："設令時命不成，死國埋名，猶可以不慙於先帝。"後稱故意不使人知爲隱姓埋名。

【埋伏】 潛伏，隱藏。多用於軍事行動。水滸七七："原來今次用此十面埋伏之計，都是吴用機謀布置。"

【埋没】㊀被壓抑，顯現不出來。北周庾信庾子山集一哀江南賦："功業夭枉，身名埋没。"南朝陳徐陵徐孝穆集七諫仁山深法師罷道書："可惜明珠，乃受淤泥埋没。"㊁埋藏地下。唐杜甫杜工部草堂詩箋二兵車行："生女猶得嫁比鄰，生男埋没隨百草。"指人。韓愈昌黎集五石鼓歌："日銷月鑠就埋没，六年西顧空吟哦。"

【埋香】同"埋玉"。多指婦女。唐李賀歌詩編四官街鼓："漢城黄柳映新簾，栢陵飛燕埋香骨。"清龔自珍定盦文集補己亥雜詩瘦詞之十："兒家心緒無人見，他日埋香要虎邱。"

【埋怨】抱怨，責備。清平山堂話本刎頸鴛鴦會："媽媽老兒互相埋怨了一會。"

【埋根】作戰時堅守不退。後漢書六十馬融傳："盡力率厲，埋根行首，以先吏士。"王先謙集解："孫子九地篇'方馬埋輪'注：方馬，縛馬；埋輪，持不動也。即此埋根之意。"

【埋冤】同"埋怨"。宋辛棄疾稼軒詞南鄉子舟中紀夢："只記埋冤前夜月，相看，不管人愁獨自圓。"水滸三八："戴宗埋冤李逵道：'我教你休來討魚，又在這裏和人厮打！'"

【埋骨】埋葬屍骨。後漢書三八度尚傳："砦埋骨牢檻，終不虚出。"唐白居易長慶集五一題故元少尹集後詩："龍門原上土，埋骨不埋名。"

【埋祟】宋時宫廷的一種迷信活動。到了除夕，皇宫舉行盛大驅祟儀式（大儺儀），由皇城親事官諸班值戴假面，穿各色繡畫衣，裝扮門神、判官、鍾馗、小妹、土地、竈神之類，共千餘人，從宫中驅祟到南薰門外轉龍灣，叫作埋祟。見宋孟元老東京夢華録十除夕。

【埋獄】晉張華命識劍者雷煥爲豐城令。煥到縣，發掘監獄屋基，於四丈地下得石函，中藏龍泉、太阿二寶劍。見晉書張華傳。後來就以"埋獄"比喻埋没人材。唐杜甫杜工部草堂詩箋十六秦州見勑目薛三璩授司議郎畢四曜除監察……凡三十韻："掘劍知埋獄，提刀見發硎。"

【埋輪】㊀固守不退。孫子九地："是故方馬埋輪，未足恃也。"曹操注："方，縛馬也；埋輪，示不動也。"㊁把車輪埋起來表示停留下來，堅決不離開。東漢漢安元年，選派使節八人，巡視各地，所選多知名之士，其中只有張綱一人年最輕，官職最低。七人受命出發，張綱纔到洛陽都亭，就停下車來，把車輪拆下埋在地裏，說："豺狼當路，安問狐狸！"即上書彈劾當時掌朝廷大權的大將軍梁冀和其弟梁不疑，京師爲之震動。見後漢書五六張晧傳附張綱。後以"埋輪"比喻無所畏懼，敢於抨擊權貴。文選南朝梁沈休文（約）奏彈王源："雖埋輪之志，無屈權右；而狐鼠微物，亦蠹大猷。"㊂指月没。輪喻月。文苑英華一五八唐唐彦謙七夕詩："露白風清夜向晨，小星垂珮月埋輪。"

【埋憂】壓抑憂愁。後漢書四九仲長統傳述志詩："寄愁天上，埋憂地下。"

【埋頭】比喻專心不旁務。宋邵雍伊川擊壤集六思山吟之二："果然得手情性上，更肯埋頭利害間。"

【埋甓】見"壓紐"。

【埋蠱】比喻栽誣陷害。唐武后時，酷吏多派人在夜裏把讖文偷偷地埋在人家地下，然後去搜查，進行誣害，邀功取賞。見唐段成式酉陽雜俎三貝編。

埕 chéng ㄔㄥˊ

㊀我國東南沿海一帶培育介屬生物的田叫埕，如蟶埕、蛤埕。福建福鼎縣有沙埕堡。見嘉慶一統志四三六福寧府。㊁酒一罎，俗稱爲一埕。

埒 liè ㄌㄧㄝˋ 力輟切，入，薛韻，來。

㊀矮牆。急就篇二："頃町界畝畦埒封。"注："埒者，田間埓道也。一說謂庳垣也。今之圍，或爲短牆，蓋埒之謂也。"三國志魏鮑勛傳："時營壘未成，但立標埒。"㊁界限。爾雅釋丘："水潦所還，埒丘。"注："謂丘邊有界埒，水環繞之。"淮南子精神："休息于無委曲之隅，而游敖于無形埒之野。"凡有界限的如堤防、耕壠，也都稱"埒"。宋書謝靈運傳山居賦："阡陌縱橫，塍埒交經。"㊂山上的水流。釋名釋山："山上水流曰埒。"列子湯問："一源分爲四埒，注於山下。"㊃等同。史記平準書："故吳諸侯也，以即山鑄錢，富埒天子。"

垺 1. póu ㄆㄡˊ 集韻 蒲侯切，平，侯韻。

㊀大，盛。莊子秋水："夫精，小之微也；垺，大之殷也。"

2. pēi ㄆㄟ 集韻 鋪枚切，平，灰韻。

㊀製陶器的模型。清翁方綱復初齋詩集七藥州稿六甘泉宫瓦歌："丸鉛淨擣咸陽泥，拊垺四轉無角圭。"

3. fú ㄈㄨˊ 集韻 芳無切，平，虞韻。

㊀郛，外城。通"郛"。見集韻。

埄 1. pěng ㄆㄥˇ 字彙 蒲蠓切，蓬上聲。

㊀同"埲"。見"埲"。

2. gěng ㄍㄥˇ

㊀作爲田界的土堆。文獻通考四田賦歷代田賦之制（宋）熙寧五年："凡田方之角，立土爲埄，植其野之所宜木以封表之。"又五田賦五（宋）崇寧四年："豪民驟壞埄界。"

埆 què ㄑㄩㄝˋ 苦角切，入，覺韻，溪。

㊀土地貧瘠。詳"墝埆"。㊁校正。通"確"。詩召南行露"誰謂女無家，何以速我獄？"傳："獄，埆也。"釋文："崔云：'埆者，埆正之義。'"漢應劭風俗通五岳："埆者，埆功考德，黜陟幽明也。"

【埆塉】土地瘠薄。漢蔡邕蔡中郎集六京兆樊惠渠頌："而地有埆塉，川有墊下。"也作"埆瘠"。宋史一七三食貨志上一："其田制爲三品……埆瘠而無水旱之患者爲中品，既埆瘠復患於水旱者爲下品。"

埏 1. yán ㄧㄢˊ 以然切，平，仙韻，喻。

㊀大地的邊際。史記一一七司馬相如傳封禪書："上暢九垓，下泝八埏。"集解："埏，若八埏，地之際也。"㊁墓道。文選晉潘安仁（岳）哀永逝文："棺冥冥兮埏窈窕。"

2. shān ㄕㄢ 式連切，平，仙韻，審。

㊀以水和土。管子任法："昔者堯之治天下也，猶埴之在埏也，唯陶之所以爲。"參見"埏$_2$埴"。

【埏$_2$埴】和泥製作陶器。老子十一："埏埴以爲器。"荀子性惡："故陶人埏埴以爲器。"注："埏，擊也；埴，黏土也；擊黏土而成器。"

【埏蹂】反復捶擊、踩踏製作陶器的黏土。引申指反復修改、錘鍊詩文。宋沈括夢溪筆談十四藝文一："詩人以詩主人物，故雖小詩，莫不埏蹂極工而後已。"

【埏隧】墓道。後漢書六六陳蕃傳："民有趙宣，葬親而不閉埏隧。"

埃 āi ㄞ 烏開切，平，咍韻，影。

灰塵。莊子逍遥遊："野馬也，塵埃也，生物之以息相吹也。"

【埃滅】象塵埃一樣地散落消滅，比喻消亡。後漢書三五鄭玄傳論："自秦焚六經,聖文埃滅。”

【埃塵】塵土,比喻輕微,渺小。文選晉左太沖(思)詠史詩之七:“貴者雖自貴,視之若埃塵。”

【埃墨】烟薰的黑塵。孔子家語在厄:“(子貢)得米一石焉,顏回仲由炊之於壞屋之下,有埃墨墮飯中。”又:“向有埃墨墮飯中,欲置之則不潔,欲棄之則可惜。”

【埃壒】塵土。後漢書四十班固傳下西都賦:“軼埃壒之混濁,鮮顥氣之清英。”也作“埃壒”。晉書阮籍傳論:“是以帝堯縱許由于埃壒之表,光武舍子陵于潺湲之瀨。”

【埃藹】灰塵多貌。文選晉成公子安(綏)嘯賦:“散滯積而播揚,蕩埃藹之溷濁。”

坔 dì ㄉㄧˋ

古“地”字。管子山權數:“而農夫敬事力作,故天毀坔凶旱水泆,民無入於溝壑乞請者也。”

垼 yì 營隻切,入,昔韻,喻。ㄧˋ

土竈。禮喪大記:“甸人爲垼于西牆下。”

八畫

埿 1. ní 奴低切,平,齊韻,泥。ㄋㄧˊ

㊀塗飾,粉刷。見字彙。

2. pàn 蒲鑑切,去,鑑韻,並。ㄆㄢˋ

㊀爛泥,深泥。同“淤”。宋沈括夢溪筆談三淤河:“淤字亦作埿。按古文埿,深泥也。”周紫芝竹坡詞一攤破浣溪沙茶:“蒼壁新敲小鳳團,赤埿開印煮清泉。”

堃 kūn ㄎㄨㄣ

同“坤”。

培 1. péi 薄回切,平,灰韻,並。ㄆㄟˊ

㊀壅土。禮中庸:“故栽者培之,傾者覆之。”注:“培,益也。”又喪服四制:“苴衰不補,墳墓不培。”注:“培,猶治也。”㊁重,加。見“培風”。

2. pǒu 蒲口切,上,厚韻,並。ㄆㄡˇ

㊂壘壁。國語晉九:“趙簡子使尹鐸爲晉陽,曰:‘必墮其壘培,吾將往焉。’”㊃田側。呂氏春秋辯土:“奪陂則埒,見風則僨,高培則拔。”㊄見“培$_2$摟”。

3. pēi ㄆㄟ

㊅屋後牆。通“坏”。淮南子齊俗:“顏闔,魯君欲相之而不肯,使人以幣先焉,鑿培而遁之。”

【培風】加於風上,乘風。莊子逍遙遊:“風之積也不厚,則其負大翼也無力,故九萬里則風斯在下矣,而後乃今培風。”清王念孫讀書雜志莊子:“培之言馮(憑)也;馮,乘也。風在鵬下,故言負。鵬在風上,故言馮。……馮與培聲相近,故義亦相通。”

【培堆】聚積得多而厚。宋王安石臨川集二八與薛肇明奕棋賭梅詩輸一首:“華髮尋春喜見梅,一株臨路雪培堆。”

【培植】栽種培育。宋史三三一盧革傳附盧秉:“林木非培植,根株弗成。”引申爲培養、教育人才。金史韓企先傳:“企先爲相,每欲爲官擇人,專以培植獎勵後進爲己責任。”

【培$_2$塿】小土丘。本作“部婁”。左傳襄二四年:“部婁無松柏。”漢應劭風俗通十山澤培、文選晉左太沖(思)魏都賦“培塿之與方壺也”注引左傳都作“培塿”。因借以比喻卑小。晉書劉元海載記:“當爲崇岡峻阜,何能爲培塿乎?”

【培養】使之成長、繁育。宋朱熹朱文公集四鵝湖寺和陸子壽詩:“舊學商量加邃密,新知培養轉深沈。”

【培壅】培植養護。宋梅堯臣宛陵集二九種藥詩:“植雖乖地勢,培壅得專輒。”指對花木及農作物而言。宋史仁宗紀贊:“君臣上下,惻怛之心,忠厚之政,有以培壅宋三百餘年之基。”指對國力而言。

埻 1. zhǔn 之尹切,上,準韻,照。ㄓㄨㄣˇ

古文作“𡌞”。隸書作“埻”。通作“準”。㊀射的,箭靶。周禮天官司裘“皆設其鵠”注:“以虎熊豹麋之皮飾其側,又方制之以爲𡌞,謂之鵠。”𡌞,“埻”的假借字。東觀漢記七齊武王縯:“(王)莽素震其名,大懼,使畫伯升像于埻,旦起射之。”㊁標準。見“埻的”。

2. guó 古博切,入,鐸韻,見。ㄍㄨㄛˊ 古獲切,入,麥韻,見。

㊂見“埻$_2$端”。

【埻的】標準。漢王符潛夫論交際:“平議無埻的。”

【埻$_2$端】傳說中的古國名。山海經海內東經:“國在流沙中者,埻端、璽㬇。”

執 zhí 之入切,入,緝韻,照。ㄓˊ

㊀拘捕。左傳襄十九年:“執邾悼公,以其伐我故。”㊁持,拿。書顧命:“一人冕,執鋭,立於側階。”詩北風簡兮:“左手執籥,右手秉翟。”㊂操作,治理。詩豳風七月:“上入執宮功。”㊃掌管,主持。周禮天官小宰:“執邦之九貢、九賦、九式之貳,以均財節邦用。”㊄遵守,掌握。禮中庸:“誠之者,擇善而固執之者也。”㊅判斷,選取。禮中庸:“發强剛毅,足以有執也。”又樂記:“請誦其所聞,而吾子自執焉。”㊆堅持。漢書九七外戚傳:“書奏,上以問光。光執不許。”㊇控制,統御。淮南子主術:“故法律度量者,人主之所以執下,釋而不用,是猶無轡銜而馳也。”㊈杜塞。左傳僖二八年:“子玉使伯棼請戰,曰:‘非敢必有功也,願以間執讒慝之口。’”㊉施行。見“執法㊀”。㊀結成。見“執雠”。㊁朋友,至交。禮曲禮上:“見父之執,不謂之進,不敢進。”

【執一】㊀專一。荀子堯問:“執一無失。”㊁固執不變。孟子盡心上:“執中無權,猶執一也。”

【執方】㊀遵照常規辦事。隋王通中說周公:“敢問道器?通變之謂道,執方之謂器。”㊁器名,用以爲行禮時指揮者。隋書百官志上廷尉卿:“元會……皆法冠玄衣朝服,以監東西中華門,手執方木,長三尺,方一寸,謂之執方。”

【執火】蠦蜞的別名。晉崔豹古今注中魚蟲:“蠦蜞,……亦名執火。以其螯赤,故謂執火也。”參見“蟛蜞”。

【執友】志同道合的朋友。禮曲禮上:“執友稱其仁也。”注:“執友,志同者。”因執志相同,故稱執友。文苑英華九三七唐白居易相國……河南元公墓誌銘:“執友居易獨知其心,以泣濡翰,書銘於墓。”

【執引】牽引靈車的繩索以送葬,稱執引。禮檀弓下:“弔於葬者必執引。”

【執中】㊀中庸之道,稱作事無過無不及爲執中。書大禹謨:“惟精惟一,允執厥中。”孟子離婁下:“湯執中,立賢無方。”㊁公平,不偏不倚。韓詩外傳二:“聽獄執中者,皋陶也。”

【執手】㊀拉手,握手。捨不得分離。詩邶風擊鼓:“執子之手,與子偕老。”文選漢李少卿(陵)與蘇武詩之一:“屏營衢路側,執手野踟躕。”㊁遼時帝王用執手禮以優待功臣。遼史國語解執手禮:“將帥有克敵功,上親執手慰勞;若將在軍,則遣人代行執手禮。優遇之意。”

【執平】主持公道。後漢書二六蔡茂傳:“宜勑有司案理姦罪,使執平之吏永申其用。”

【執夷】㊀獸名。爾雅釋獸“貔,白狐”

注:"一名執夷，虎豹之屬。"釋文:"毛詩草木疏云:似虎,或曰似羆,一名執夷,一名白狐，其子爲豰，遼東人謂之白熊。"㊁主持公道。夷,平。晉書七一孫惠傳:"執夷立正,則取嫉姦佞。"

【執圭】春秋時諸侯國爵位名。以圭賜給功臣,使持圭朝見,因稱執圭。吕氏春秋知分:"荆王聞之,仕之執圭。"圭,也作"珪"。戰國策楚一:"楚嘗與秦搆難，戰於漢中,楚人不勝，通侯執珪死者七十餘人。"

【執言】發表意見，提出建議。易師:"田有禽，利執言，無咎。"疏:"故可以執此言往問之而無咎也。"唐白居易長慶集三八除孔戣等官制:"諫議大夫孔戣……執言守事,無所依違。"

【執別】分別，即握手告別。藝文類聚三十南朝梁簡文帝與劉孝綽書:"執別灞滻,嗣音阻闊。"

【執役】在上司左右服役的人。古文苑一六東漢崔瑗司隸校尉箴:"使臣司隸,敢告執役。"因對上司不敢指名道姓，故稱執役。

【執法】㊀執行法令。周禮春官大史:"大喪,執法以涖勸防。"管子君臣下:"大夫執法以牧其群臣。"㊁執法的官吏。史記一二六淳于髡傳:"執法在傍，御史在後。"漢王莽時改御史爲執法。又後趙石勒稱王，定官制,以張賓爲大執法，總朝政。别置宫門小執法，掌諫議。見漢書九九中王莽傳、晉書石勒載記下。㊂星名。見史記天官書。廣雅釋天:"營惑謂之罰星或謂之執法。"營,一作"熒"。

【執事】㊀擔任工作,從事勞役。論語子路:"居處恭，執事敬。"周禮天官大宰:"九曰閒民,無常職，轉移執事。"注:"鄭司農(衆)云:'閒民,謂無事業者,轉移爲人執事,若今傭賃也。'"㊁各部門的專職人員，百官。書盤庚下:"邦伯,師長,百執事之人，尚皆隱哉。"國語吴:"王總其百執事，以奉其社稷之祭。"㊂供役使的人。左傳僖二六年:"寡君聞君親舉玉趾,將辱於敝邑,使下臣犒執事。"注:"言執事，不敢斥尊。"又成十三年:"敢盡布之執事，俾執事實圖利之。"後在書信中常用作對方的敬稱,表示不敢直指其人。文選三國魏楊德祖(修)答臨淄侯箋:"又嘗親見執事握牘持筆，有所造作。"參閱唐趙璘因話録五。㊃儀仗。多指舊時婚喪喜慶等事所用的牌傘等物。明袁于令劍嘯閣鷫鷞裘記琴挑:"還待下官馳車往迎，叫左右打執事到都亭去。"紅樓夢十四:"連前面各色執事陳設，接連一帶擺了有三、四里遠。"

【執拗】㊀固執而拗戾。宋朱熹三朝名臣言行録七丞相温國司馬文正公:"光曰:'人言(王)安石姦邪,則毁之太過,但不曉事,又執拗耳,此其實也。'"㊁攔阻。水滸七二:"李逵守死要去，那裏執拗得他住。"

【執咎】承擔咎責。詩小雅小旻:"發言盈庭,誰敢執其咎。"

【執帛】楚官名。史記曹相國世家:"楚懷王以沛公爲碭郡長,將碭郡兵,於是乃封參爲執帛，號曰建成君。"集解:"張晏曰:'孤卿也。或曰楚官名。'"

【執政】㊀掌握政權,主持政務。左傳襄十年:"有災，其執政之三士乎?"因此也稱主持政務的人爲執政。左傳襄三一年:"鄭人遊于鄉校以論執政。"史記文帝紀:"唯二三執政猶吾股肱也。"㊁主管某一事務的人。左傳昭十六年:"晉韓起聘於鄭，鄭伯享之,……孔張後至,立於客間，執政禦之。"執政，掌管席次位列的人。㊂主持正義。後漢書三七桓典傳:"是時宦官秉權，典執政無所回避。"政,通"正"。

【執要】掌握大權。韓非子揚權:"聖人執要，四方來效。"漢桓寬鹽鐵論國疾:"文學曰:'今公卿處尊位，執天下之要，十有餘年。'"此均指執掌國家權力而言。

【執柯】持斧。柯，斧柄。詩豳風伐柯:"伐柯如何?匪斧不克。取妻如何?匪媒不得。"後因稱爲人作媒爲"執柯"。明史槃鶼釵記三一:"懊恨殺韋公執柯，却將探花妻子被狀元奪。"參見"伐柯人"。

【執柄】㊀拿着酒杯的柄。禮祭統:"尸酢夫人,執柄;夫人授尸，執足。"疏:"尸酢夫人執柄者，爵爲雀形,以尾爲柄。"㊁掌權，或掌權的人。韓非子外儲右上:"故人主執柄而擅禁,明爲己者必利。"商君書算地:"身有堯舜之行，而功不及湯武之略,此執柄之罪也。"

【執訊】㊀捉到俘虜加以審訊。詩小雅出車:"執訊獲醜，薄言還歸。"傳:"訊，辭也。"清陳奐詩毛氏傳疏:"此釋訊爲辭者,謂所生得敵人,而聽斷其辭也。"又大雅皇矣:"執訊連連，攸馘安安。"㊁古時掌通訊的官吏。左傳文十七年:"鄭子家使執訊而與之書。"注:"執訊，通訊問之官。"

【執料】照料,料理。元曲選關漢卿竇娥冤楔子:"你不要啼哭，跟着老身前後執料去來。"

【執迷】堅持錯誤。梁書高帝紀上移檄京邑:"若執迷不悟，距逆王師，大軍一臨，刑兹罔赦。"

【執珪】見"執圭"。

【執秩】春秋時晉國主管爵禄的官員。左傳僖二七年:"作執秩以正其官，民聽不惑而後用之。"

【執笏】古時臣下朝見君王或臣僚相見時，手持玉石、象牙或竹、木作的手板爲禮，稱執笏。儀禮士相見禮"上大夫相見以羔"疏:"常朝及餘會聚皆執笏。"引申爲稱臣、作官。三國魏鍾會鍾司徒集與吴主書:"執笏之心，載在名策。"晉陸機陸士衡集五祖道畢雍孫……潘正叔詩:"執笏崇賢内，振纓城樓阿。"

【執徐】古時以天干、地支紀年，天干在辰稱執徐。爾雅釋天:"(太歲，即木星)在辰曰執徐。"漢書禮樂志郊祀歌天馬:"天馬徠，執徐時。"言得馬在辰年。

【執務】承擔，擔任。後漢書一一四曹世叔妻傳女誡:"晚寢早作，勿憚夙夜，執務私事，不辭劇易。"

【執術】掌握權術或技巧。漢王符潛夫論三式:"列侯大達，非執術督責，總覽(攬)、獨斷、御下方也。"南朝梁劉勰文心雕龍總術:"凡精慮造文,各競新麗，多欲練辭，莫肯研術;……是以執術馭篇，似善奕之窮數;無術任心,如博塞之邀遇。"

【執紼】紼，牽引靈車的繩索。古時，送葬的人牽着靈車的繩索以助行進，因稱送葬爲執紼。禮曲禮上:"助葬必執紼。"左傳昭三十年:"晉之喪事，敝邑之間，先君有所助執紼矣。"

【執戟】秦漢時的宫廷侍衛官。因值勤時手持戟而名。史記九二淮陰侯傳:"臣事項王，官不過郎中，位不過執戟。"樂府詩集二八陳張正見豔歌行:"執戟超丹地，豐貂入建章。"

【執意】堅持己意。後漢書七八曹節傳:"節弟破石爲越騎校尉。越騎營五百(官名)妻有美色,破石從求之,五百不敢違,妻執意不肯行,遂自殺。"

【執業】㊀持書誦習。業，書版。禮玉藻:"手執業,則投之;食在口，則吐之。"㊁捧書求教，猶言受業。後漢書三七桓榮傳:"令榮坐東面,……天子親自執業。"

【執義】堅持正義。詩曹風鳲鳩"淑人君子,其儀一兮"箋:"儀，義也。善人君子其執義當如一也。"漢書六四賈捐之傳:"(楊)興兼此六人而有之，守道堅固，執義不回邪。”

【執著】佛家語。固着於世情而不能超脫。沾滯,不了悟。泛指固執或拘泥。大般若波羅蜜多經七一:“如實知受想行識相而不執著。”景德傳燈錄二九梁寶誌十四頌善惡不二:“六塵本來空寂，凡夫妄生執著。”

【執勤】從事勞作。後漢書八三梁鴻傳:“主人許之,因爲執勤，不懈朝夕。”後泛指執行某種任務。

【執照】㊀憑據,證見。古今雜劇元缺名王矮虎大鬧東平府四:“吳學究云:‘你可有甚執照?’……關勝云:‘……後面楊衙內領着人馬趕將來,俺與他當時打退,就擒了他每來以爲執照。’”㊁官府發的憑證。六部成語注解户部執照:“收到銀項公文等件回給之憑票也，又授官之證書,亦曰執照。”

【執經】舊指手執經書從師受業。漢書七一于定國傳:“定國乃延師學春秋，身執經,北面備弟子禮。”後漢書六九儒林傳序:“饗射禮畢,(明)帝正坐自講,諸儒執經問難於前。冠帶縉紳之人，圜橋門而觀聽者蓋以億萬計。”

【執斲】從事木工勞動的奴隸。泛指木工。左傳成二年:“楚師侵衛,遂侵我,師於蜀,……孟孫請往賂之,以執斲、執鍼、織紝,皆百人,公衡爲質,以請盟。”

【執獄】掌管刑獄的官吏。古文苑十六漢崔駰大理箴:“理臣司律，敢告執獄。”也指治獄,審案。北史宋世軌傳:“執獄寬平,多所全濟。”

【執熱】酷熱,熱得難以解脫。詩大雅桑柔:“誰能執熱，逝不以濯。”鄭玄箋作持熱物解,非。南朝梁周興嗣千字文:“執熱願涼。”參閲清黄生義府上執熱、段玉裁經韻樓集詩執熱解。

【執摯】古代禮制,賓主相見時要贈送禮物。執,持;摯，所贈物品。儀禮士相見禮:“士相見之禮,摯。冬用雉,夏用腒。”注:“摯,所摯以至者。君子見於所尊敬,必執摯以將其厚意焉。”也作“執贄”。文選漢張平子(衡)東京賦:“具惟帝臣，獻琛執贄。”

【執憲】執行法令。漢書八三薛宣傳:“竊見少府宣,材茂行絜,達於從政,前爲御史中丞,執憲轂下,不吐剛茹柔，舉錯時當。”也以稱執行法令的人。文選三國魏曹子建(植)責躬詩:“違彼執憲，哀予小臣。”

【執禮】㊀執守禮制。論語述而:“子所雅言,詩、書、執禮,皆雅言也。”宋朱熹集注:“禮獨言執者,以人所執守而言,非徒誦說而已也。”漢桓寬鹽鐵論崇禮:“賢良曰:‘昔周公處謙卑士,執禮以治天下。’”㊁依據禮制。唐白居易長慶集三二太常博士王申伯可侍御史……三人同制:“執禮定議,多得其中。”㊂指對人的禮節。列子湯問:“造父之師曰泰豆氏。造父之始習御也,執禮甚卑,泰豆三年不告，造父執禮愈謹。”

【執贄】見“執摯”。

【執職】服役。穆天子傳六:“執職之人倍之。”注:“執職猶職事也。”

【執鞭】持鞭駕車。論語述而:“子曰:‘富而可求也,雖執鞭之士,吾亦爲之。’”史記六二管晏傳贊:“假令晏子而在，余雖爲之執鞭,所忻慕焉。”執鞭,表示對某人敬仰之意。

【執讎】結成仇怨。國語越上:“勾踐説於國人曰:‘寡人不知其力之不足也，而又與大國執讎，以暴露百姓之骨於中原。’”

【執爨】掌管炊事的人。爨,竈。詩小雅楚茨:“執爨踖踖,爲俎孔碩。”

【執牛耳】指主持盟會的人。左傳哀十七年:“諸侯盟,誰執牛耳?”注:“執牛耳,尸盟者。”古時結盟,割牛耳取血,盛在盤裏,主盟的人拿盤讓參與盟會的人分嘗,表示誠意信守。後因泛指主持其事而居於領導地位的人。明黄宗羲南雷文定後集一姜山啟彭山詩稿序:“太倉(張溥)之執牛耳,海内無不受其牢籠。”

【執金吾】官名。掌管京師治安的長官。漢書百官公卿表上:“中尉,秦官,掌徼循京師,有兩丞、候、司馬、千人。武帝太初元年,更名執金吾。”注:“應劭曰:吾者禦也,掌執金革，以禦非常。師古曰:金吾,鳥名也,主辟不祥。天子出行，職主先導,以禦非常,故執此鳥之象,因以名官。”按晉崔豹古今注輿服:“漢朝執金吾,金吾亦棒也,以銅爲之,黄金塗兩末,謂爲金吾。御史大夫、司隸校尉亦得執焉。”所説略有不同。後漢書陰皇后紀:“(光武)後至長安,見執金吾車騎甚盛,因歎曰:‘仕宦當作執金吾。’”

【執箕帚】即備灑掃的意思。國語吳:“一介嫡女,執箕帚以晐姓於王宫。”禮曲禮下:“納女於天子,曰備百姓;於國君,曰備酒漿;於大夫,曰備埽灑。”注:“酒漿埽灑，賤婦人之職。”此指妻妾。吳越春秋七勾踐入臣外傳:“大王赦其深辜，裁加役臣,使執箕帚。”此指奴僕。

【執而不化】莊子人間世:“將執而不化,外合而内不訾,其庸詎可乎?”注:“故守其本意也。”後指固執己見，不知變通。

【執兩用中】儒家鼓吹中庸之道，謂因時制宜,不偏不倚爲執兩用中。禮中庸:“執其兩端，用其中於民，其斯以爲舜乎。”注:“兩端,過與不及也。”

埶 1. yì 魚祭切,去,祭韻,疑。 ㄧˋ

㊀種植。通“蓺”、“藝”。説文:“埶，種也。从坴丮,持而種之。詩曰:‘我埶黍稷。’”

2. shì 字彙始制切,音世。 ㄕˋ

㊁權勢。通“勢”。荀子正名:“不治觀者之耳目,不賂貴者之權埶。”參見“勢”。

【埶$_2$利】形勢便利。荀子議兵:“臨武君曰:‘不然。兵之所貴者埶利也。’”

埢 quán 集韻 逵員切,平,僊韻。 ㄑㄩㄢˊ

彎曲。見“埢垣”。

【埢垣】彎曲的圍牆。漢書八七上揚雄傳甘泉賦:“登降峛施,單埢垣兮。”

埲 běng 蒲蠓切,上,董韻,並。 ㄅㄥˇ

塵起貌。參見“塕埲”。

堵 1. dǔ 當古切,上,姥韻,端。 ㄉㄨˇ

㊀土牆。詩小雅鴻雁:“百堵皆作。”古垣牆之制,五版直累爲堵。版寬二尺,積高五版爲一丈。版之長各説不同,故堵長亦説法不一。後人多主古周禮及左傳之説，謂一堵之牆長高各一丈。參閲清段玉裁説文解字注堵。㊁懸鐘磬之名。周禮春官小胥:“凡縣鐘磬，半爲堵，全爲肆。”注:“鐘磬者,編縣之,二八十六枚而在一虡,謂之堵。鐘一堵，磬一堵，謂之肆。”㊂阻塞。紅樓夢四八:“老爺聽了傾家就生了氣,説二爺拿話堵老爺。”㊃姓。春秋時鄭有堵叔。見左傳僖七年。

2. zhě 章也切,上,馬韻,照。 ㄓㄜˇ

㊄水名,地名。見“堵$_2$水”、“堵$_2$陽”。

【堵$_2$水】水名。1.又名庸水、武陵水、陡河,在湖北省境。上有三源,至竹山合而北流入漢水處，名堵口。參閲水經注二八沔水、嘉慶一統志三四九鄖陽府山川。2.河南方城縣新野縣間之赭水，又名堵水,柘水。漢置堵陽縣,即以水爲名。參見“堵$_2$陽㊀”。

【堵波】塔。梵語“窣堵波”的省稱。唐李紳修龍宫寺碑:“堵波已傾,法輪莫轉。”(金石萃編一〇八) 參見“窣堵波”。

【堵₂陽】縣名。1.秦陽城縣，漢改名堵陽，屬南陽郡。以在堵水之陽，故名。南朝宋廢，後爲北魏襄城郡治，改名赭陽。故城在今河南方城縣東。參閱嘉慶一統志二一一南陽府二古蹟。2.南朝梁置縣，後廢。唐復置，尋亦廢。故城在今湖北鄖縣西南。見嘉慶一統志三四九鄖陽府古蹟。

【堵₂鄉】卽堵陽。亦作赭陽。後漢書光武帝紀上建武二年：“以廷尉岑彭爲征南大將軍，率八將軍討鄧奉於堵鄉。”在今河南方城縣。參見“堵₂陽㊀”。

【堵牆】牆壁。常用以比喻人多密集。禮射義：“孔子射於矍相之圃，蓋觀者如堵牆。”唐杜甫杜工部草堂詩箋二一莫相疑行：“集賢學士如堵牆，觀我落筆中書堂。”集賢，集賢院。

【堵胤錫】公元1601—1649年。明無錫人。字仲緘，號牧遊。崇禎十年進士，官長沙知府。南明唐王(隆武帝)任爲湖北巡撫，隆武二年與退入湘境之農民軍李錦、高一功部協議共同抗清，以功加封兵部右侍郎兼右僉都御史。桂王立，任胤錫爲兵部尚書，又加爲東閣大學士，封光化伯。後因抗清失利，退至廣西，在潯州病死。事見明史二七九本傳。

埴 zhí ㄓ 昌志切，去，志韻，穿。常職切，入，職韻，禪。

㊀細密的黃黏土。書禹貢：“厥土赤埴墳。”管子君臣上：“如冶之於金，陶之於埴也，制在工也。”也用作泥土的通稱。淮南子齊俗：“若璽之抑埴，正與之正。”注：“埴，泥也。”㊁堅固。見“埴固”。

【埴土】黏土。莊子馬蹄：“陶者曰：‘我善治埴。’”釋文引司馬彪注：“埴土可以爲陶器。”

【埴固】堅牢。墨子尚賢中：“則此言聖人之德章明博大，埴固以修久也。”淮南子泰族：“故勇者可令進鬬而不可令持牢，重者可令埴固而不可令淩敵。”

【埴壚】疏鬆的黃黏土。周禮地官草人：“埴壚用豕。”

域 yù ㄩ 雨逼切，入，職韻，于。

㊀疆界，境地。詩商頌玄鳥：“肇域彼四海。”集傳：“域，封境也。”泛指境界、範圍。荀子議兵：“齊桓、楚莊、吳闔閭、越句踐是皆和齊之兵也，可謂入其域矣。”㊁邦國，封邑。漢書七三韋玄成傳：“無媠爾儀，以保爾域。”㊂居住。孟子公孫丑下：“域民不以封疆之界。”引申爲存在。公孫龍子堅白論：“堅白域於石，惡乎離。”㊃墓地。詩唐風葛生：“葛生蒙棘，蘞蔓于域。”

【域中】宇內，國內。老子：“域中有四大，而王居其一焉。”文選晉孫興公(綽)遊天台山賦：“釋域中之常戀，暢超然之高情。”唐駱賓王文集九代李敬業以武后臨朝移諸郡縣檄：“請看今日之域中，竟是誰家之天下。”

【域外】境外，宇外。史記八三鄒陽傳：“以其能越攣拘之語，馳域外之議，獨觀於昭曠之道也。”文苑英華七八五南朝梁簡文帝(蕭綱)大愛敬寺剎下銘：“思所以功超域外，道邁寰中。”

【域兆】墓地。周禮春官典祀：“掌外祀之兆守，皆有域。”孫詒讓正義謂：言於兆外封土爲界域。舊唐書七九呂才傳：“古之葬者並在國都之北，域兆既有常所，何取姓墓之義？”

【域域】形容淺狹。鶡冠子世兵：“衆人域域，迫於嗜欲。”宋陸佃解：“域域，淺狹之貌。”

埼 qí ㄑㄧ 集韻 渠羈切，平，支韻。

曲岸。史記一一七司馬相如傳上林賦：“觸穹石，激堆埼。”埼，或作“碕”、“崎”、“隑”。

埽 1. sǎo ㄙㄠˇ 蘇老切，上，晧韻，心。蘇到切，去，号韻，心。

㊀掃除。通“掃”。詩豳風東山：“洒埽穹窒。”史記項羽紀：“埽境內而專於將軍。”謂盡境內所有以相從，如掃地一樣。

2. sào ㄙㄠˋ

㊀古代治河工程中用以護岸和堵口的器材。舊時多以柳七草三捆紮而成，後多代以秫稭，預儲以爲搶險之用。故河工有丁埽、順埽等名目，猶言橫置、直置。宋沈括夢溪筆談十一：“凡塞河決，垂合，中間一埽，謂之合龍門。”凡用埽料修成的堤壩也叫埽。宋史河渠志一：仁宗天聖五年：“十月丙申，塞河成，以其近天臺山麓，名曰天臺埽。”參閱元沙克什河防通議上捲埽、宋史紀事本末九治河。

【埽地】漢書三三魏豹田儋韓信傳贊：“秦滅六國，而上古遺烈，埽地盡矣。”掃地，是乾淨徹底、一點沒有餘剩的意思。

埭 dài ㄉㄞˋ 徒耐切，去，代韻，定。

用土堵水稱埭，卽土壩。古時在河流水淺不利行船處，築一土壩堵水，中留航道，兩岸樹立轉軸。船過時，船頭繫一粗繩連結轉軸，再用人或牛推動轉軸，將船牽引過去。俗名土壩。晉書謝玄傳：“玄患水道險澀，糧運艱難，用督護聞人奭謀，堰呂梁水，樹柵，立七埭爲派，擁二岸之流，以利運漕。”北周庾信庾子山集一二明月山銘：“船橫埭下，樹俠津門。”

【埭堰】壅水的土壩。宋曾鞏元豐類稿十六謝杜相公書：“南嚮而望，迅河大淮埭堰湖江。”

【埭程】過堰錢。古時在江河水流湍急船路艱阻處設埭，用牛或人力助船過埭所收稅，南北朝叫牛埭稅，唐代稱埭程。通典十一食貨十一雜稅“(唐肅宗)上元中敕江淮堰塘商旅牽船過處，準斛納錢謂之埭程。”

堀 kū ㄎㄨ 衢物切，入，物韻，群。

㊀穴。通“窟”。說文：“堀，突也。詩曰‘蜉蝣堀閱。’”今詩曹風蜉蝣作“掘”。參見“堀穴”、“堀室”。㊁穿穴。荀子法行：“夫魚鼈黿鼉，猶以淵爲淺而堀其中。”㊂衝起。文選戰國楚宋玉風賦：“堀堁揚塵。”

【堀穴】洞穴。墨子節用中：“古者人之始生，未有宮室之時，因陵丘堀穴而處焉。”

【堀室】地下室。左傳昭二七年：“(吳公子)光伏甲于堀室而享王。”太平御覽三四二引左傳作“掘室”。注：“掘地爲室。堀又通“窋”。吳越春秋王僚使公子光傳：“公子光伏甲士於窋室中，具酒而請王僚。”參見“窟室”。

【堀礨】土崗起伏不平。漢書五七司馬相如傳上林賦：“巖硊㠑廆，丘虛堀礨。”史記一一七相如傳作“崫礨”。

埧 jù ㄐㄩˋ 其遇切，去，遇韻，群。

堤塘。見廣韻。

堁 kè ㄎㄜˋ 苦卧切，去，過韻，溪。苦果切，上，果韻，溪。苦對切，去，隊韻，溪。

塵土。文選戰國楚宋玉風賦：“夫庶人之風，塕然起於窮巷之間，堀堁揚塵。”淮南子主術：“不直之於本，而事之於末，譬猶揚堁而弭塵，抱薪以救火也。”

埸 yì ㄧˋ 羊益切，入，昔韻，喻。

田界，邊界。詩小雅信南山：“疆埸翼翼，黍稷彧彧。”晉書載記序：“邊埸既伏，境內以安。”參見“疆埸”。

堌 gù ㄍㄨˋ 正字通公悟切，音固。

土堡，土堆。多用作地名。唐李白李太白詩十六有送族弟凝至晏堌單父三十里詩。新唐書宰相世系一上："曹州南華劉氏，出自漢楚元王交之後，自彭城避地徙南華，築堌以居，世號'劉堌'。"清顧炎武山東考古録考武城："夫曹縣之冉堌，爲秦相穰侯魏冉之冢，而今人以爲仲弓。"

堝 guō ㄍㄨㄛ 古禾切，平，戈韻，見。

㊀甘堝，鎔鍊金銀之器。見玉篇。今作"坩堝"。㊁低窪地。遼史營衛志中："鴨子河濼東西二十里，南北三十里，在長春州東北三十五里，四面皆沙堝，多榆柳杏林。"

堊 è ㄜˋ 烏各切，入，鐸韻，影。

㊀白土。韓非子十過："四壁堊墀。"史記一一七司馬相如傳子虛賦："其土則丹、青、赭、堊。"㊁用白土塗刷。韓非子説林下："宫有堊，器有滌，則潔矣。"爾雅釋宫："牆謂之堊。"注："白飾牆也。"後也稱以物塗飾粉刷爲堊。㊂泥土。山海經北山經："其中多黄堊。"注："堊，土也。"

【堊帚】塗刷牆壁的工具，刷帚。唐張彦遠法書要録七張懷瓘書斷上飛白："伯喈（蔡邕）待詔門下，見役人以堊帚成字，心有悦焉，歸而爲飛白之書。"

【堊室】古時有喪事者所居之處。塗堊於牆壁，故稱堊室。一説，壘墼作成，不塗頂壁。禮喪大記："既練，居堊室。"參閲周禮天官宫正。

【堊慢】用白泥塗飾。莊子徐無鬼："郢人堊慢其鼻端，若蠅翼，使匠石斲之。匠石運斤成風，聽而斲之，盡堊而鼻不傷。"釋文："慢，本亦作漫。……李（頤）云：猶塗也。"

埰 cài ㄘㄞˋ 倉代切，去，代韻，清。

卿大夫的封地，稱采地；葬地稱埰。方言十三："冢，秦晋之間謂之墳，……或謂之埰。"

埝 niàn ㄋㄧㄢˋ 奴協切，入，怗韻，泥。都念切，去，㮇韻，端。

㊀地面凹陷。方言十三："埝，下也。"注："謂陷下也。"㊁圩埝，土築的防水小堤。

埵 duǒ ㄉㄨㄛˇ 丁果切，上，果韻，端。

㊀土堆。唐玄應一切經音義六妙法蓮花經二土埵引字林："丁果反，聚土也。"或作"垛"。參見"垛㊂"。㊁堤防。見"埵防"。㊂冶爐的吹風鐵管。淮南子本經："鼓橐吹埵，以銷銅鐵。"注："埵，銅橐口鐵筒，埵入火中吹火也。"

【埵防】堤防。淮南子齊俗："狟狢得埵防，弗去而緣。"注："埵，水防隄埒也。"又説林："窟穴者託埵防，便也。"注："埵防，高處隄防也。"

【埵堁】土塊。淮南子説山："泰山之容，巍巍然高，去之千里，不見埵堁，遠之故也。"注："埵堁，猶席騶也。埵讀似望，作江淮間人言，能得之也。"也作"蜾螺"。漢王充論衡書虚作"蜾螺"。

【埵塊】土塊。漢王充論衡説日："太山之高，參天入雲，去之百里，不見埵塊。"

堋 1. bèng ㄅㄥˋ 方隥切，去，嶝韻，幫。

㊀葬時下棺於土。説文："春秋傳曰：'朝而堋。'禮謂之封。周官謂之窆。虞書曰：'堋淫于家。'"今書益稷作"朋"。同"塴"。見"塴"。

2. péng ㄆㄥˊ 步崩切，平，登韻，並。

㊀掛箭靶的矮牆。也指靶場。北周庾信庾子山集三北園射堂新成詩："轉箭初調筈，横弓先望堋。"參見"堋₂的"。㊁分水的堤壩。水經注三三江水："江水又歷都安縣，……李冰作大堰於此，壅江作堋，堋有左右口，謂之湔堋。"

【堋₂的】箭靶。南朝梁陶弘景真誥九協昌期一："爲道當如射箭，箭直往不顧，乃能得造堋的。"南史齊高帝諸子下宜都王鏗傳："彌善射，嘗以堋的太闊，曰：'終日射侯，何難之有。'乃取甘蔗插地，百步射之，十發十中。"

堍 tù ㄊㄨˋ

橋畔，兩端向平地傾斜部分。宋吴文英夢窗甲稿西子妝詞："笑拈芳草不知名，乍凌波，斷橋西堍。"

埳 kǎn ㄎㄢˇ 苦感切，上，感韻，溪。

㊀地面凹陷處，坑穴。同"坎"。墨子節葬："滿埳無封。"後漢書七四上袁紹傳："舉手掛網羅，動足蹈機埳。"㊁見"埳坷"、"坎軻"。

【埳井】壞井，廢井。同"坎井"。莊子秋水："子獨不聞乎埳井之鼃（蛙）乎。"參見"坎井"。

【埳坷】同"坎坷"。本指道路不平，車行不便，引申爲遭遇多有挫折。漢王充論衡宣漢："夷埳坷爲均平，化不賓爲齊民，非太平而何？"

【埳軻】同"埳坷"。楚辭漢東方朔七諫怨世："年既已過太半兮，然埳軻而留滯。"

【埳壈】不平，窮困。比喻遭遇不順利，不得志。同"坎壈"、"坎廩"。文選南朝宋鮑明遠（照）樂府八首之三結客少年場行："今我獨何爲，埳壈懷百憂。"

堆 duī ㄉㄨㄟ 都回切，平，灰韻，端。

㊀聚土叫堆。如土堆、墳堆。史記一一七司馬相如傳上林賦："觸穹石，激堆埼。"楚辭漢劉向遠逝："陵魁堆以蔽視兮，雲冥冥而闇前。"㊁物積多而高叫堆。唐韓愈昌黎集十廣宣上人頻見過詩："天寒古寺遊人少，紅葉窗前有幾堆。"㊂小丘。多用於地名。史記河渠書："於蜀，蜀守（李）冰鑿離碓。"碓，集解："晉灼曰：'古'堆'字也。"唐劉禹錫劉賓客集二七竹枝詞："城西門前灩澦堆，年年波浪不能摧。"㊃積，累。見"堆垛"、"堆堵"。

【堆花】㊀裝飾物上凸起的花朵或花紋，都稱堆花。㊁形容積雪。唐白居易長慶集五四西樓喜雪命宴詩："散麵遮槐市，堆花壓柳橋。"

【堆垛】㊀堆積，堆砌。宋何薳春渚紀聞二富室疎財："明旦視之，則屋間之錢，已復堆垛盈滿。"洪邁容齋隨筆續筆十二龍筋鳳髓判："百判純是當時文格，全類俳體，但知堆垛故事。"㊁宋時都市中的貨棧叫堆垛場，也叫垛場。參閲宋史食貨志下八商税。㊂宋時皇帝的禁軍，通常按服役歲月與功次遞進，於大禮（三年一次的明堂大祀）後的次年在殿廷比較武藝，皇帝親臨觀看，稱爲堆垛子。凡服役期滿的，根據在禁軍資歷的高低補外官。凡於堆垛日未去參加比武的，即被淘汰。參閲宋洪邁容齋隨筆三筆十五禁旅遷補。

【堆砌】將磚石等物疊積在一起，比喻在詩文中使用不必要的詞藻典故。紅樓夢三八："巧的都好，不露堆砌生硬。"

【堆紅】在漆器表面，用灰泥堆成種種花紋，再塗上朱漆。明曹昭王佐新增格古要論八古漆器論："假剔紅，用灰團起，外用硃漆漆之，故曰堆紅。但作劍環及香草者多，不甚值錢。又曰罩紅。今雲南大理府多有之。"參見"剔紅"。

【堆案】堆積案頭，指文書積壓很多。文選三國魏嵇叔夜（康）與山巨源絶交書："素不便書，又不喜作書，而人間多事，堆案盈机。"唐白居易長慶集五七自題詩：

"熱月無堆案，寒天不趁朝。"

【堆豗】没精打采、病困不堪的樣子。宋歐陽修文忠集八清明前一日……因書所見寄呈聖俞詩："三日不出門，堆豗類寒鴉。"

【堆堆】㊀把人比作土堆，形容久坐不移動。唐王建詩七新嫁娘詞："鄰家人不識，牀上坐堆堆。"清翟灝通俗編三四狀貌堆堆："只作堆論，其本字則當作敦。詩'敦彼獨宿'，敦，音堆，注云：'不移貌。'……素問：'土形人則敦敦然，兀兀然。'皆唐、宋時所云堆堆。"㊁衆多貌。唐韓愈昌黎集六路傍堠詩："堆堆路傍堠，一雙復一隻。"

【堆堵】積聚。唐杜牧樊川集一李甘詩："賢者須喪亡，讒人尚堆堵。"

【堆勝】宋周必大益公題跋十二跋東坡帖："今廬陵闤闠中有樓甚偉，江山滿眼，徐師川（俯）以堆勝名之。"此指美景名勝，集於眼前。

【堆絹】用彩絹製成人物花鳥綴附在屏風上的工藝美術品。以北京所製最爲著名。

【堆墨書】濃墨凝重的大字。宋王闢之澠水燕談録七書畫："陳文惠公（堯佐）善八分書，變古之法，自成一家，雖點畫肥重，而筆力勁健，能爲方丈字，謂之堆墨，目爲八分。"

【堆金疊玉】唐韓愈昌黎集六華山女詩："抽釵脱釧解環佩，堆金疊玉光青熒。"指金玉飾物。又作"堆金積玉"，形容財富多。宋李之彦東谷所見貪欲："堆金積玉，來處要明。"

【堆垛死屍】比喻寫作時搜羅典故，堆砌成文。宋江少虞皇朝類苑三九詩歌賦詠堆垛死屍："魯直（黄庭堅）善用事，若正爾填塞故實，舊謂之點鬼簿，今謂之堆垛死屍。"

埤 1. pí ㄆㄧˊ 符支切，平，支韻，並。

㊀增加。梁書武帝紀中天監十二年詔："明堂地勢卑濕，未稱乃心，外可量就埤起，以盡誠敬。"㊁矮牆。唐杜甫杜工部草堂詩箋十二題省中院壁："掖垣竹埤梧十尋，洞門對雪常陰陰。"

2. pì ㄆㄧˋ 集韻 匹計切，去，霽韻。

㊂見"埤₂堄"。

3. bēi ㄅㄟ 字彙 布眉切，音悲。

㊃低濕的地方。國語晉八："拱木不生危，松栢不生埤。"㊄低下。通"卑"、"庳"。荀子宥坐："其流也埤下，裾拘必循其理，似義。"參見"埤₃汙"。

【埤₃汙】卑汙，指操行鄙惡。荀子非相："鄙夫反是，好其實，不恤其文，是以終身不免埤汙傭俗。"注："埤、汙，皆下也。謂鄙陋也。埤與庳同。"

【埤益】有所增補。詩邶風北門："王事適我，政事一埤益我。"傳："埤，厚也。"也作"毗益"。後漢書十一劉玄傳："今以所重加非其人，望其毗益萬分，興化致理，譬猶緣木求魚，升山採珠。"

【埤₂堄】城上有孔的矮牆。孫臏兵法陳忌問壘："發者，所以當埤堄也。"也作"埤院"。墨子號令："其兩旁高丈爲埤院。"又作"睥睨"。見該條。

【埤雅】宋陸佃撰。成書於元豐年間。二十卷。分釋魚、釋獸、釋鳥、釋蟲、釋馬、釋木、釋草、釋天八篇。所釋諸物，大抵略於形狀而詳於名義，能結合舊説，參以作者經驗，引證廣泛，保存了一些宋以前的文字古義。但引書不注出處，多用王安石字説，解釋也有穿鑿附會之處。初名物性門類，後更名埤雅，意爲對爾雅的增補。

【埤₃溼】低濕的地方。漢書五七上司馬相如傳子虛賦："其埤溼則生藏莨蒹葭。"史記一一七司馬相如傳作"卑溼"。

【埤蒼】三國魏張揖撰。研討語言文字的專書。隋書、舊唐書經籍志並稱三卷。已亡佚。清馬國翰、黄奭、任大椿都有輯本，從各種古籍中搜采成帙，尚存梗概。

埠 bù ㄅㄨˋ 字彙 薄故切，音步。

停船的碼頭。今稱本地爲本埠。本作"步"。參見"步"。

【埠頭】㊀停泊船隻的碼頭。明何良俊四友齋叢説十八："後升庵（楊慎）謫戍，住劄瀘州，是雲南四川交界之處，乃水次埠頭也。"㊁舊時指自備船隻、往來各埠頭，介紹買賣的人。儒林外史二三："米店人説道：'是做埠頭的王漢家；他在法雲街東的一個新門樓子裏面住。'"

堄 nì ㄋㄧˋ 五計切，去，霽韻，疑。研啟切，上，薺韻，疑。

埤堄，女牆。見廣韻釋宮。參見"埤₂堄"。

堅 jiān ㄐㄧㄢ 古賢切，平，先韻，見。

㊀硬，牢固。易坤："履霜堅冰至。"詩小雅大田："既堅既好，不稂不莠。"㊁堅固的東西，如堅甲、堅車、堅陣等，往往省稱堅。史記項羽紀："夫被堅執鋭，義不如公；坐而運策，公不如義。"此指盔甲。史記一〇七灌夫傳："灌孟……鬱鬱不得意，故戰常陷堅，遂死吳軍中。"此指堅固的陣地。漢書食貨志上鼂錯論貴粟疏："千里敖游，冠蓋相望，乘堅策肥，履絲曳縞。"此指牢固結實的車子。㊂堅決，剛强。呂氏春秋審分："堅窮廉直忠敦之士，畢競勸騁騖矣。"後漢書五四馬援傳："窮當益堅，老當益壯。"㊃堅持，固執。韓非子説林上："我堅而齊敝，荆之所利也。"宋歐陽修文忠集一〇七論杜衍范仲淹等罷政事狀："及陛下堅不許辭，方敢受命。"㊄牢靠，安心。史記留侯世家："羣臣見雍齒封，則人人自堅矣。"㊅姓。史記一二二酷吏傳有堅盧，後漢書二二有堅鐔。

【堅刃】堅固有韌性。後漢書郡國志四東萊郡"不其侯國，故屬琅邪"注："三齊記曰：鄭玄教授不其山，山下生草大如薤，葉長一尺餘，堅刃異常，土人名曰康成書帶。"

【堅巧】質地堅固而製作工巧。唐袁郊甘澤謡陶峴："（陶峴）自製三舟，備極堅巧。"

【堅白】㊀論語陽貨："不曰堅乎，磨而不磷；不曰白乎，涅而不緇。"集解："言至堅者磨之而不薄，至白者染之於涅而不黑。"後用以比喻志節堅貞，不可動搖。三國志魏王基傳評："王基學行堅白。"㊁戰國時名家學説的一個命題。莊子齊物論："彼非所明而明之，故以堅白之昧終。"詳"堅白同異"。㊂比喻不可分離。韓非子外儲右上："重人者，必人主所甚親愛也。人主所甚親愛也者，是同堅白也。"言人主與其所甚親愛的人，如堅白結合爲一，不可分離。

【堅牢】堅固耐久。漢王符潛夫論務本："物以任用爲要，以堅牢爲資。"唐白居易長慶集十二簡簡吟："大都好物不堅牢，彩雲易散琉璃脆。"

【堅忍】堅毅能忍耐。國語晉一："故告之以離心，而示之以堅忍之權，則必惡其心而害其身矣。"史記九六周昌傳："（趙）堯曰：御史大夫周昌其人有堅忍質直。"

【堅牡】男子壯盛之時。漢董仲舒春秋繁露循天之道："養身以令，使男子不堅牡，不家室。"謂男子未達到壯盛之年不可以娶妻。

【堅定】不動搖。全晉文劉琨書："膽識堅定，臨難無苟免之意。"

【堅昆】古部落名。又稱鬲昆、結骨、紇骨、居勿，唐時稱黠戛斯，在今葉尼塞河上游。漢初屬匈奴。宣帝時，匈奴郅支單于發兵西破堅昆，因留都其地。見漢書九四下匈奴傳。

【堅苦】堅毅，不畏艱苦。宋史四二七邵雍傳：“始爲學，即堅苦刻厲，寒不爐，暑不扇，夜不就席者數年。”

【堅貞】㈠保持節操不動搖。後漢書五六王龔傳：“但以堅貞之操，違俗失衆，橫爲讒佞所構毁。”唐韋應物韋江州集六睢陽感懷詩：“甘從鋒刃斃，莫奪堅貞志。”㈡土質硬而純。晉書王祥傳：“西芒上土自堅貞，勿用甓石，勿起墳壠。”

【堅勁】㈠堅强有力。管子地員：“其泉白青，其人堅勁。”㈡意志堅定，不屈不撓。三國魏劉劭人物志體别：“彊楷堅勁，用在楨幹，失在專固。”

【堅致】同“堅緻”。淮南子時則：“孟冬之月，……是月也，工師效功，陳祭器，案度程，堅致爲上。”詩小雅斯干“鳥鼠攸去”漢鄭玄箋：“其堅致則鳥鼠之所去也。”參見“堅緻”。

【堅剛】堅强不撓。荀子法行：“堅剛而不屈，義也。”

【堅瓠】堅硬的實心葫蘆，不能剖以盛物；比喻無用之物。韓非子外儲左上：“齊有居士田仲者，宋人屈穀見之曰：‘穀聞先生之義，不恃仰人而食。今穀有樹瓠之道，堅如石，厚而無竅，獻之。’仲曰：‘夫瓠所貴者，謂其可以盛也。今厚而無竅，則不可剖以盛物；而任重如堅石，則不可以剖而以斟，吾無以瓠爲也。’曰：‘然，穀將棄之。’今田仲不恃仰人而食，亦無益人之國，亦堅瓠之類也。”清褚人穫撰堅瓠集，書名取此，自謙謂無裨實用。

【堅确】㈠堅定不移。韓非子外儲左上：“言而拂難堅确非功也，故務(光)、卞(隨)、鮑(焦)、介(之推)、墨翟皆堅瓠也。”㈡土質堅硬多礫石。遼史聖宗記三：“地雖平，至爲堅确。”

【堅緻】堅固精密。釋名釋樂器：“磬，磬也。其聲磬磬然堅緻也。”宋樓鑰攻媿集五四奉化縣學記：“一木一瓦，皆不苟設，必欲堅緻宏敞，爲久遠計。”

【堅壁】堅守壁壘，不與敵方決戰。史記高祖紀漢三年：“項羽聞漢王在宛，果引兵南，漢堅壁不與戰。”又八一廉頗藺相如傳附趙奢：“堅壁，留二十八日不行，復益增壘。”參見“堅壁清野”。

【堅固林】娑羅樹的别名。此樹冬夏不凋，故義譯爲堅固。相傳釋迦牟尼在堅固林下説泥洹(涅槃)經。大般泥洹經一：“一時佛在拘夷城力士生地，熙連河側堅固林雙樹間。”宋書謝靈運傳山居賦：“在堅固之貞林，希菴羅之芳園。”又省作“堅林”。唐釋彦悰大唐大慈恩寺三藏法師傳序：“逮提河輟潤，堅林晦影。”

【堅瓠集】清褚人穫撰。六十六卷。筆記體，主要記載歷代、特别是明代的軼聞瑣事。取名“堅瓠集”，比喻所記象堅瓠一樣，無裨於實用，爲作者自謙之稱。

【堅甲利兵】堅固的盔甲，鋒利的兵器，比喻軍力精鋭。墨子非攻下：“於此爲堅甲利兵，以往攻伐無罪之國。”荀子議兵：“故堅甲利兵不足以爲勝，高城深池不足以爲固。”

【堅白同異】戰國名家公孫龍的“離堅白”和惠施的“合同異”之説。荀子禮論：“禮之理誠深矣，堅白同異之察入焉而溺。”史記七四荀卿傳：“而趙亦有公孫龍爲堅白同異之辯。”對“堅白石”這一命題，公孫龍認爲“堅”、“白”是脱離“石”而獨立存在的實體，從而誇大了事物的差别性而抹殺了其統一性；另一方面，惠施看到事物間的差異和區别(小異)，但以“合同異”的同一(大同)，否定差别的客觀存在。兩者都只强調事物的一個方面，而否定其他方面，因而都流爲一種詭辯。

【堅壁清野】加固壁壘使敵人不易攻擊，轉移人口、物資使敵人無所獲取。戰爭中常用爲對付優勢敵人入侵的一種作戰方法。三國志魏荀彧傳：“今東方皆已收麥，必堅壁清野以待將軍。將軍攻之不拔，略之無獲，不出十日，則十萬之衆未戰而自困耳。”

基 jī ㄐㄧ 居之切，平，之韻，見。

㈠房屋牆壁等的脚址。詩周頌絲衣：“自堂徂基。”傳：“基，門塾之基。”晉書石季龍載記上：“太武殿基高二丈八尺。”㈡根本。詩小雅南山有臺：“樂只君子，邦家之基。”㈢開始。詩周頌昊天有成命：“夙夜基命宥密。”國語晉九：“基於其身，以克服其所。”注：“基，始也。”

【基本】根本。漢書八五谷永傳：“是以明王愛養基本，不敢窮極，使民如承大祭。”魏書元暉傳：“又河北數州，國之基本。”

【基址】建築物的最下層。水經注二八沔水：“水北有白水陂，其陽有漢光武故宅，基址存焉。”引申爲基業之意。也作“基阯”。漢書七一疏廣傳：“子孫幾及君時頗立産業基阯。”

【基阯】牆足，城足。左傳宣十一年：“令尹蔿艾獵城沂，使封人慮事，……議遠邇，略基阯。”注：“阯，城足。”引申爲基礎、基業之意。後漢書四九仲長統傳：“今欲張太平之紀綱，立至化之基阯。”參見“基址”。

【基業】㈠事業的根基。漢書五一賈山傳：“雖堯舜禹湯文武累世廣德，以爲子孫基業，無過二三十世者也。”㈡産業。三國志魏武帝紀建安十四年辛未令：“其令死者家無基業不能自存者，縣官勿絶廩，長吏存恤撫循，以稱吾意。”

【基雉】牆堞。水經注十三㶟水：“阜上有故宫廟樓榭，基雉尚崇。”

堇 1. qīn ㄑㄧㄣ 巨巾切，平，真韻，羣。

㈠黏土。説文：“堇，黏土也。”字从土，與“堇”字从艸者有别。參見“堇泥”、“堇塊”。㈡誠。管子五行：“修槩水上，以待乎天堇。”唐尹知章注：“堇，誠也。言……上待天誠也。”

2. jìn ㄐㄧㄣˋ 集韻 渠吝切，去，稕韻。

㈢塗。通“墐”。

3. jǐn ㄐㄧㄣˇ

㈣少。通“僅”。見“堇$_3$堇$_3$”。

【堇泥】同“墐泥”。資治通鑑二五七唐光啟三年：“城中無食，米斗直錢五十緡，草根木實皆盡，以堇泥爲餅食之，餓死者大半。”注：“堇泥，黏土也。”參見“墐泥”。

【堇$_3$堇$_3$】僅僅。史記一二九貨殖傳：“豫章出黄金，長沙出連錫，然堇堇物之所有，取之不足以更費。”集解：“應劭曰：堇，少也。”宋陸游劍南詩稿七二書室雜興：“衰疾雖向平，不死亦堇堇。”

【堇塊】猶堇泥，黏土。五代後梁劉守光圍滄州，城中食盡，食堇塊。見明陳懋仁庶物異名疏二地部。按新五代史劉守光傳作“墐土”。

埜 yě ㄧㄝˇ

同“野”。晏子春秋外篇重而異者：“及莊公陳武夫，尚勇力，欲辟勝于邪，而嬰不能禁，故退而埜處。”參見“野”。

堂 táng ㄊㄤˊ 徒郎切，平，唐韻，定。

㈠殿。古時稱殿或堂，多指正房而言。禮禮器：“天子之堂九尺，諸侯七尺，大夫五尺，士三尺。”古曰堂，漢以後曰殿。古代堂、殿上下通稱，唐以後始專以帝王所居爲殿。㈡階上室外稱堂。書顧命“立於西堂”疏引鄭玄注：“序内半以前曰堂。”

論語先進:“由也升堂矣,未入於室也。”皇侃疏:“窗户之外曰堂,窗户之内曰室。”㊂舊稱官府治事的處所,因此也稱某些官吏爲某某堂。如稱尚書爲部堂,都御史爲都堂,府州縣的正印官爲正堂。㊃山上寬平之處。詩秦風終南:“終南何有?有紀有堂。”㊄高大。文選漢張平子(衡)西京賦:“刊層平堂,設切厓隒。”㊅尊稱别人的母親曰堂。如令堂、尊堂。詳“萱堂”。㊆同祖的親屬稱堂。如堂伯叔、堂兄弟、堂姐妹。詳“同堂”。㊇姓。韓詩外傳九:“堂衣若扣孔子之門。”

【堂下】㊀殿階之下。管子法法:“堂下有事,一月而君不聞,此所謂遠於千里也。”漢桓寬鹽鐵論刺權:“中山素女,撫流徵於堂上,鳴鼓巴俞作於堂下。”㊁殿堂下的人員。借指侍從。韓非子内儲下:“(晉文公)乃召其堂下而譙之,果然,乃誅之。”

【堂子】㊀清帝祭神之所。在舊北京長安左門外玉河橋東。名堂子,相傳卽取古明堂會祀羣神之義。每年元旦及每月初一有大事時,清帝率王公及滿族一品大臣於此處拜天。春秋二季每月初一,於此行立竿大祭。其制詳清朝通志三七禮略二、清朝續文獻通考一五三郊社七。㊁舊社會蘇滬一帶方言稱妓院。

【堂上】尊長居處的地方。管子法法:“堂上有事,十日而君不聞,此所謂遠於百里也。”此指宮殿之上。史記封禪書:“其梁巫,祠天、地、天社、天水、房中、堂上之屬。”索隱:“皆謂祭時室中堂上歌先祖功德也。”此指廟堂。玉臺新詠一古詩爲焦仲卿妻作:“堂上啟阿母。”此指父母所居的正房。後因以堂上爲父母的代稱。

【堂老】㊀唐宰相治事處名政事堂,也稱中書堂,宰相彼此尊稱爲堂老。唐李肇國史補下:“宰相相呼爲元老,或曰堂老。”㊁母親。參閱清翟灝通俗編稱謂堂老。參見“北堂”、“萱堂”。

【堂吏】唐至五代中書省辦事的官吏,初從中央政權各機構中抽補。宋太祖以其擅中書事權,改令吏部選授。宋太宗太平興國以後,並用京朝官。

【堂名】樂班。又稱鼓樂、清音班。舊時蘇杭等處樂班多稱福壽、榮華等堂,因稱堂名。每班用十歲到十五六歲的少年兒童八人,服色一律,有教師管班。人家有喜慶事,臨時雇去奏樂。

【堂印】㊀宰相居政事堂所用的官印。唐韓愈昌黎集十次潼關上都統相公詩:“暫辭堂印執兵權,盡管諸軍破賊年。”㊁骰子擲雙重四爲堂印。見唐韋絢劉賓客嘉話錄。

【堂邑】㊀地名。1.春秋楚地,本名棠。左傳襄十四年楚子囊師於棠以伐吳,卽此。後屬吳,稱堂邑。漢初爲侯國,高祖(劉邦)六年封陳嬰爲堂邑侯。見史記高祖功臣侯者年表。後改縣。晉升爲郡。隋又改爲縣。故城在今江蘇六合縣北。參閱讀史方輿紀要二十江南六合縣。2.縣名。漢清縣發干二縣地。隋開皇六年置,因縣西有堂邑得名。見元和郡縣志十六博州。治所在今山東聊城縣西北。1956年撤銷,分別劃歸聊城縣和冠縣。㊁複姓。漢有堂邑父。

【堂官】㊀明清時稱中央各衙門長官爲堂官,如各部的尚書、侍郎、各寺的卿官等,言其爲殿堂上之官。又知府、知縣等爲府縣署的堂官,故自稱府正堂、縣正堂。明臣奏議二九高拱辨名分疏:“近年以來,屬官不奉堂官約束。”㊁舊時稱茶樓、酒館、飯店等招待顧客的人。儒林外史二八:“堂官上來問菜。”

【堂坳】庭中低窪處。北周庾信庾子山集一小園賦:“山爲簣覆,地有堂坳。”參見“坳堂”。

【堂花】溫室中人工催育早開的花。元周密齊東野語十六馬塍藝花:“凡花之早放者,名曰堂花。其法以紙飾密室,鑿地作坎,緶竹,置花其上,糞土以牛溲硫黃,盡培溉之法,然後置沸湯於坎中,少俟,湯氣薰蒸,則扇之以微風,盎然盛春融淑之氣,經宿則花放矣。”清王士禛居易錄談下:“今京師臘月卽賣牡丹、梅花、緋桃、探春,諸花皆貯暖室,以火烘之。所謂堂花,又名唐花是也。”參見“唐花”。

【堂帖】唐宰相所下判事文書稱堂帖。唐李肇唐國史補下:“宰相判四方之事有堂案,處分百司有堂帖。”資治通鑑二四五唐大和八年:“(王)璠密以堂帖示王守澄。”注:“帖由政事堂出,故謂之堂帖。”宋改稱劄子、堂劄子。但仍沿用堂帖之稱。宋史二八一寇準傳:“準怒,堂帖戒(馮)拯,毋亂朝政。”參見“劄子”。

【堂阜】春秋齊地。左傳莊九年:“管仲請囚,鮑叔受之,及堂阜而稅之。”注:“堂阜,齊地。東莞蒙陰縣西北有夷吾亭,或曰鮑叔解夷吾縛於此,因以爲名。”地在今山東蒙陰縣西北。

【堂客】㊀堂上客人。隋元鍾墓志:“堂客不空,桂罇恒滿。”(漢魏南北朝墓志集釋圖版六六之二)㊁舊時稱婦女爲堂客。清李斗揚州畫舫錄十一虹橋錄下:“畫舫有堂客、官客之分,堂客爲婦女之稱。”紅樓夢十五:“裏面的堂客皆是鳳姐陪伴接待。”也專指妻子。儒林外史二七:“仍舊叫我堂客家送與他。”

【堂前】㊀正房前面。宋書符瑞志下:“泰始七年四月戊申夜,京邑崇虛館堂前有黃氣,狀如寶蓋。”唐劉禹錫劉賓客集二四烏衣巷詩:“舊時王謝堂前燕,飛入尋常百姓家。”此指官僚宅第。㊁古時尊稱婦女之詞。宋史四六〇陳堂前傳:“陳堂前,漢州雒縣王氏女,節操行義爲鄉人所敬,但呼曰堂前,猶私家尊其母也。”

【堂封】宰相的封邑。新唐書一二七源乾曜傳:“帝乃詔中書、門下共食實户三百,堂封自此始。”

【堂屋】正屋。晉干寶搜神記三:“家人既集,堂屋五間拉然而崩。”

【堂皇】㊀官吏辦事的大廳。漢書六七胡建傳:“監御史與護軍諸校列坐堂皇上。”注:“室無四壁曰皇。”㊁廣大的殿堂。三輔皇圖:“孝武帝爲太子,立思賢苑以招賓客,苑中有堂皇六所。”後引申爲氣勢宏大之意。宋張耒柯山集一大禮慶成賦:“堂皇二儀,拓落八極,以定萬世之業。”

【堂姨】母親的叔伯姊妹。新唐書一二二韋縚傳:“而堂姨舅母,恩所不及焉。”

【堂涂】階前磚路。又作“堂途”、“堂塗”。周禮考工記匠人:“堂涂十有二分。”注:“謂階前,若今令甓裓也。”疏:“漢時名堂塗爲令甓裓,令辟,則今之塼也,裓則塼道者也。”爾雅釋宮:“廟中路謂之唐,堂途謂之陳。”注:“堂下至門徑也。”詩陳風防有鵲巢“中唐有甓”傳:“中,中庭也;唐,堂塗也。”

【堂案】唐時政事堂的文書檔案。新唐書一二四宋璟傳:“張嘉貞後爲相,閱堂桉,見其危言切議,未嘗不失聲歎息。”桉,同“案”。

【堂陛】宮殿和臺階。漢書四八賈誼傳:“人主之尊譬如堂,羣臣如陛。”唐韓愈昌黎集二三祭湘君夫人文:“堂陛頹落,牛羊入室。”

【堂除】㊀堂下的臺階。文選晉潘安仁(岳)懷舊賦:“陳荄被於堂除,舊圃化而爲薪。”㊁宰相任命官吏。堂,唐宋中書、門下省長官治事的政事堂;除,授官。隋以前,内外官吏均由吏部選授。自隋以後,五品以上官,由中書、門下選擇奏報皇帝,然後任命。唐肅宗又令中書以功除官。宋代因之,稱爲堂除。參閱宋高承事物紀原四官爵封建堂除,宋命文吹劍錄四。參見“堂選”。

【堂陽】地名。古侯國。漢書高惠高后文功臣表載：漢初封孫赤爲堂陽哀侯。後爲堂陽縣，以在堂水之陽而名，屬鉅鹿郡。宋皇祐四年省縣爲鎮，併入南宮縣。在今河北新河縣西。參閱讀史方輿紀要十四直隸五新河縣。

【堂堂】㊀巨大，高顯貌。史記一二六優孟傳：“以楚國堂堂之大，何求不得？”文選三國魏何平叔(晏)景福殿賦：“爾乃豐層覆之耽耽，建高基之堂堂。”㊁形容容儀莊嚴大方。論語子張：“堂堂乎張也，難與並爲仁矣。”後漢書二六伏湛傳：“湛容貌堂堂，國之光暉。”參見“堂堂正正”。㊂公然地。全唐詩五五九薛能春日使府寓懷：“青春背我堂堂去，白髮欺人故故生。”宋王安石臨川集十八次韻東廳韓侍郎齋居晚興詩：“壯節易催行踽踽，華年相背去堂堂。”㊃象聲詞。南唐譚峭化書食化庚辛：“辛氏穴池構木爲憑檻，登之者其聲堂堂焉。”㊄樂府曲名。傳本南朝陳後主(叔寶)所作。唐爲法曲。參閱樂府詩集七九近代曲辭堂堂解題、明胡震亨唐音癸籤十三樂通二唐曲。

【堂塗】見“堂涂”。

【堂廉】堂基的四周稱堂廉。猶言堂隅。儀禮鄉飲酒禮：“設席於堂廉東上。”注：“側邊曰廉。”禮喪大記：“卿大夫卽位於堂廉楹西。”疏：“堂廉謂堂基南畔廉陵之上。”宋王安石臨川集十二和平甫舟中望九華山詩：“毅然如九官，羅立在堂廉。”

【堂萱】母親。宋范成大石湖集十一致政承奉盧君挽詞詩：“眼看庭玉成名後，身及堂萱未老時。”參見“萱堂”。

【堂飱】唐、五代時政事堂的公膳。也稱“堂饌”、“堂食”。新唐書一五二張鎰傳：“明年，以兩河用兵，詔省薄御膳及皇太子食物，鎰因奏減堂飱錢及百官稟奉三分一，以助用度。”新五代史蘇逢吉傳：“逢吉已貴，益爲豪侈，謂中書堂食爲不可食。”參見“堂饌”。

【堂牒】猶言“堂帖”、“劄子”。資治通鑑二八一後晉天福二年：“閩主又以空名堂牒使醫工陳究賣官於外。”注：“堂牒，卽今人所謂省劄。”

【堂舅】從舅，母親的叔伯兄弟。唐趙璘因話錄三商部下：“廣平程子齊昔範……與堂舅李信州虞相知最深，交契至厚。”

【堂奧】堂的深處。入門先升堂，升堂而後入室，室的西南角爲奧。引申爲深奧的道理。古時文人治學略有門徑，常自謙稱未窺堂奧，意謂剛入門，尚未深入。文館詞林一五七晉棗腆答石崇詩：“竊覩堂奧，欽蹈明規。”景德傳燈錄十一仰山慧寂禪師：“初謁耽源，已悟玄旨，後參潙山，遂登堂奧。”

【堂榜】廳堂上的題額。宋陸游渭南文集四四入蜀記乾道六年七月七日：“(廣慧寺)舊有德慶堂，在法堂前，堂榜乃南唐後主撮襟書。”

【堂構】立堂基，造屋宇。書大誥：“若考作室，既底法，厥子乃弗肯堂，矧肯構。”傳：“以作室喻治政也。父已致法，子乃不肯爲堂基，況肯構立屋乎？”後因以“肯堂肯構”比喻祖先的遺業。漢蔡邕蔡中郎集三司空文烈侯楊公碑：“公袛服弘業，克丕堂構。”文選晉陸士衡(機)五等論：“故前人欲以垂後，後嗣思其堂構。”

【堂廡】堂下四周之屋。列子楊朱：“堂廡之上，不絕聲樂。”南朝宋鮑照鮑氏集二傷逝賦：“循堂廡而下降，歷幃户而升基。”

【堂選】宋時中書選拔任命官吏叫堂選。也叫堂除。宋史選舉志四：“中書有堂選，百司郡縣有奏舉，雖小大殊科，然皆不隸於有司。”有司，指吏部。

【堂谿】也作“棠谿”。㊀地名。又劍名。見“棠谿”。㊁複姓。左傳定五年載：吴夫概奔楚，楚昭王封之於堂谿，爲堂谿氏。漢有堂谿惠，見漢書八八顏安樂傳。

【堂贈】古代年終驅送疾疫和不祥的一種禮俗。周禮春官男巫：“冬堂贈，無方無筭。”注：“堂贈，謂逐疫也。……冬歲終，以禮送不祥及惡夢皆是也。其行必由堂始。”

【堂饌】卽堂飱、堂食。新唐書一一三張文瓘傳：“初，同列以堂饌豐餘，欲少損。”參見“堂飱”。

【堂兄弟】卽同堂兄弟。今稱叔伯兄弟。晉人稱同祖兄弟爲同堂，至唐省去“同”字稱“堂兄弟”。如舊唐書中宗紀中宗封堂兄千里爲成紀郡王。參閱清錢大昕恒言錄三親屬稱謂類堂兄弟、趙翼陔餘叢考三七堂兄弟。

【堂候官】舊時高級官員手下備使喚的小吏。古今小說九裴晉公義還原配：“密地分付堂候官，備下資裝千貫。”警世通言三王安石三難蘇學士：“荆公命堂候官兩員，將水甕擡進書房。”

【堂高廉遠】比喻尊卑有定規。漢書四八賈誼傳：“人主之尊譬如堂，羣臣如陛，衆庶如地。故陛九級上，廉遠地，則堂高；陛亡級，廉近地，則堂卑。高者難攀，卑者易陵，理勢然也。”參見“堂廉”。

【堂堂正正】軍陣嚴整壯盛。孫子軍爭：“無邀正正之旗，勿擊堂堂之陳(陣)。”注：“曹操云：正正，齊也；堂堂，大也。”後多以堂堂正正形容光明正大。

【堂頭和尚】僧寺住持的别稱。因堂頭爲住持居住的地方，故名。水滸四：“趙員外起身道：一事啟堂頭大和尚：趙某舊有一條心願。”

九　畫

堷 ǎn ㄢˇ 正字通 烏感切，諳上聲。

埋藏地中。管子侈靡：“巨瘞堷，所以使貧民也。”唐尹知章注：“瘞堷，謂壙中埋藏處深暗也。貧人雖無財而有力，故教之巨瘞堷以役其力也。”

堩 gèng ㄍㄥˋ 古鄧切，去，嶝韻，見。

道，路。儀禮既夕禮：“唯君命止柩于堩，其餘則否。”

報 1. bào ㄅㄠˋ 博耗切，去，号韻，幫。

㊀判罪，審判。韓非子五蠹：“聞死刑之報，君爲流涕。”史記一二二張湯傳：“劾鼠掠治，傳爰書，訊鞫論報。”漢書六七胡建傳“辟報故不窮審”注引蘇林：“報，論也。斷獄爲報。”㊁告知。戰國策齊：“廟成，還報孟嘗君。”呂氏春秋東成：“魏攻中山樂羊將，已得中山還，反報文侯，有貴功之色。”㊂回答，報復。詩衛風木瓜：“投我以木瓜，報之以瓊琚，匪報也，永以爲好也。”史記七九范睢傳：“一飯之德必償，睚眦之怨必報。”㊃返回，往復。穆天子傳六：“報哭於大次。”注：“報，猶反也。”參見“報章㊀”。㊄種因而得果曰報，如言善報、惡報。漢劉向說苑貴德：“夫有陰德者必有陽報，有隱行者必有昭名。”㊅祭名。詩周頌良耜序：“良耜，秋報社稷也。”國語魯上：“幕能帥顓頊者也，有虞氏報焉。”注：“報，報德，謂祭也。”史記殷本紀湯之先有報丁、報乙、報丙；報亦猶祭，言爲祭祀之主；與主壬、主癸之主義同。㊆私通輩分較高的女性。左傳宣三年：“(鄭)文公報鄭子之妃曰陳媯。”注：“漢律：淫季父之妻，曰報。”參見“報蒸”、“報嫂”。㊇颶風。見“報風”。

2. fù ㄈㄨˋ

㊈急速。通“赴”。禮少儀：“毋拔來，毋報往。”注：“報讀爲赴疾之赴。拔，赴，皆疾也。”

【報子】舊時給科舉考試得中人家報喜

信的人。儒林外史三："這裏衆人家裏拿些雞、蛋、酒、米，且管待了報子上的老爹們，再爲商酌。"

【報切】反復細切。禮少儀"牛與羊魚之腥，聶而切之爲膾"注："聶之言牒也。先藿葉切之，復報切之，則成膾。"

【報功】酬報有功的人。書武成："崇德報功。"傳："有德尊以爵，有功報以祿。"漢王充論衡祭意："報功以勉力，修先以崇恩。"

【報囚】判決罪人。漢書九十嚴延年傳："初，延年母從東海來，欲從延年臘，到雒陽，適見報囚。"注："奏報行決也。"後漢書章帝紀元和二年："律十二月立春，不以報囚。"注："報猶論也。立春陽氣至，可以施生，故不論囚。"

【報李】詩大雅抑："投我以桃，報之以李。"後稱互相饋遺曰投桃報李，本此。北周庾信庾子山集三將命至鄴酬祖王員詩："報瓊寶有慰，報李更無蹊。"

【報更】報償。呂氏春秋先識："周鼎著饕餮，有首無身，食人未咽，害及其身，以言報更也。"注："報，償也。"

【報告】宣告。漢書九九上王莽傳："雖文王卻虞芮何以加？宜報告天下。"後對上級陳述，也稱報告。

【報況】迷信的人指上天的報應賜予。漢書七五夏侯勝傳："上天報況，符瑞並應。"注："況，賜也。"又九九中王莽傳："予前在攝時，建郊宮，定祧廟，立社稷，神祇報況。"

【報社】古時收穫後祭土地神。漢班固白虎通二社稷："援神契曰：仲春獲禾，報社祭稷，以三牲何，重功故也。"

【報板】舊時女家受聘後，以禮帖返報男家。板，用以書狀。抱朴子弭訟："斷以報板之制者，殆有意乎。"又："可使女氏受娉，禮無豐約，皆以即日報板。"

【報狀】即邸報。文苑英華二五四唐王建贈華州鄭大夫詩："報狀拆開知足雨，赦書宣過喜無囚。"宋吳曾能改齋漫錄一事始有宋敏求家報狀皆全一節。參見"邸報"。

【報命】㊀奉命出使，去曰奉命，回來曰報命，也叫復命。史記太史公自序："奉使西征巴蜀以南，南略邛笮昆明，還報命。"㊁猶言報聘。後漢書光武紀下建武六年："匈奴遣使來獻，使郎將報命。"參見"報聘"。

【報施】酬勞。報指賞功，施指效力。左傳僖二四年："報者倦矣，施者未厭。"注："施，功勞也。有勞則望報過甚。"史記六一伯夷傳："天之報施善人，其何如哉！"

【報春】唐杜甫杜工部草堂詩箋二一百舌："百舌來何處，重重祇報春。"人以百鳥鳴爲春天來臨的前景，故曰報春。參見"報春鳥"。

【報政】陳報政績。史記魯周公世家："魯公伯禽之初受封之魯，三年而後報政周公。……太公亦封於齊，五月而報政周公。"

【報怨】報復讎怨。論語憲問："以直報怨，以德報德。"戰國策燕二樂毅報燕惠王書："若先王之報怨雪恥，夷萬乘之强國，收八百歲之蓄積。"

【報風】颶風。宋袁文甕牖閒評三："遯齋閒覽載：閩中泉、福、興化三州瀕海，每歲七八月多東北風，俗號癡風，亦名爲報風。此說妄也。余鄉常有颶風，但初來聲勢頗惡，與三州不異，人家卽曰：報起矣。有頃，則亦蜚瓦拔木，無所不至。所謂報起者，卽颶風也，第其名不同耳，初不見有東北風。遯齋泥報字，遂有報風之說。"

【報效】感恩出力。後漢書四三樂恢傳："拜騎都尉，上書辭謝曰：'仍受厚恩，無以報效。'"也作"報効"。梁書呂僧珍傳："吾荷國恩，無以報効；汝等自有常分，豈可妄求叨越。"後以財物奉獻上司也叫報效。官場現形記二六："上緊把銀子該報效的，該孝敬的，早些送進去。"

【報恩】㊀報答恩惠。漢書七七蓋寬饒傳："雖日有益，月有功，猶未足以稱職而報恩也。"㊁寺名。在今江蘇蘇州市北隅。本三國吳通玄寺，孫權母造。唐玄宗時改開元寺。別稱報恩寺。原在支硎山，唐末以兵亂焚毀。五代吳越同光三年，易地更造新寺，移唐報恩寺名於此爲額，窮極華麗，爲東南諸寺冠。有塔十一級，兵燼後，重建九級塔。寺有卧佛，故也稱卧佛寺。見宋朱長文吳郡圖經續記中寺院、范成大吳郡志三一府郭寺。

【報章】㊀織而成章。詩小雅大東："雖則七襄，不成報章。"箋："織女有織名爾，駕則有西無東，不如人織相反報成文章。"反報，指織布緯紗的往復。如織女星之往西而不復東，猶織之不能往復成章。㊁酬答別人詩文或書信。南齊謝朓謝宣城集一酬德賦序："沈侯之麗藻天逸，固難以報章。"此指酬答詩文。唐杜甫杜工部集一八早發湘潭寄杜員外院長詩："相憶無來雁，何時有報章？"此指回信。

【報雪】報仇雪恥。魏書李苗傳："（叔父）略爲蕭衍寧州刺史，……衍使人害之。苗年十五，有報雪之心。"南朝陳徐陵徐孝穆集二爲貞陽侯答王太尉書："家荷報雪之恩，身蒙鞠養之愛者，先皇之慈也。"

【報捷】報告勝利。唐賈島長江集五送李傅侍郎劍南行營詩："移軍刁斗逐，報捷劍門開。"

【報國】爲國家效力盡忠。漢馬融忠經有報國篇。樂府詩集五三三國魏曹植鼙鼓歌聖皇篇："思一效筋力，糜軀以報國。"

【報最】舊時長官考察下屬，把政績最好的列名報告朝廷叫報最。又稱"舉最"。參見"殿最"。

【報答】㊀酬謝。南史齊武帝諸子南康王子琳傳："羣臣奉寶物名好盡直數百金，武帝爲之報答亦如此。"㊁答復。周書盧柔傳："書翰往反，日百餘牒，柔隨機報答，皆合事宜。"

【報復】㊀古報恩、報怨，都稱報復。漢書六四朱買臣傳："悉召見故人，與飲食，諸嘗有恩者，皆報復焉。"三國志蜀法正傳："外統都畿，内爲謀主，一飡之德，睚眦之怨，無不報復。"後專指報怨爲報復。㊁答復，通報。魏書蕭寶夤傳："門庭賓客若市，而書記相尋，寶夤接對報復，不失其理。"元曲選缺名鴛鴦被楔子："不必報復，我自過去。"㊂回轉，循環。南朝陳徐陵徐孝穆集四武皇帝作相時與嶺南酋豪書："若日月之迴環，猶陰陽之報復。"

【報嫂】古代曾有夫弟娶寡嫂的風俗，反映了原始社會羣婚的遺俗，古籍中叫報嫂。後漢書明帝紀、烏桓傳、晉書石勒載記下都記有"報嫂"事。

【報聘】鄰國來聘，報答回訪。左傳宣十年："秋，劉康公來報聘。"

【報歲】每年收穫後祭神。隋沙門灌頂纂國清百錄三皇太子敬靈龕文："是我良田之報歲也。"

【報衙】指舊時官吏打升堂鼓，開始治事。唐柳宗元柳先生集四二同劉二十八院長述舊言懷感時書事詩："踈蹤騶先駕，龍銅鼓報衙。"金史宣宗紀上貞祐四年："今旦視朝，百官既拜之後，始聞開封府報衙聲。"

【報蒸】長幼不分，男女淫亂。後漢書四九仲長統傳損益篇："於是驕逸自恣，志意無厭，魚肉百姓，以盈其欲；報蒸骨血，以快其情。"

【報聞】㊀答告所報的事已經知道。漢書六五東方朔傳："四方士多上書言得失，自衙署者以千數，其不足采者輒報聞罷。"注："報云天子已聞其所上之書，而罷之令歸。"參見"報罷"。㊁報告上司。文選三國魏陳孔璋（琳）爲袁紹檄豫州文："擅收立殺，不俟報聞。"

【報稱】報答人的恩德，與實惠相稱。漢書八一孔光傳："誠恐一旦顛仆，無以報稱。"

【報罷】舊時吏民上書，朝廷不採納，通知作罷。漢書六七梅福傳："數因縣道上言變事，求假軺傳，詣行在所，條對急政，輒報罷。"科舉時代考試落第，也稱報罷。

【報德】報答别人的恩惠。詩小雅蓼莪："欲報之德，昊天罔極。"論語憲問："以直報怨，以德報德。"

【報劉】文選晉李密陳情表："臣密今年四十有四，祖母劉今年九十有六，是臣盡節於陛下之日長，報劉之日短也。"晉書孝友傳"報"下多"養"字。後以報劉指侍養長輩親人。

【報曉】㊀指天將亮鳥鳴。全唐詩七二七嚴郾賦百舌鳥："星未没河先報曉，柳猶黏雪便迎春。"特指天曉雞啼。宋張耒柯山集十七縣齋詩："暗樹五更雞報曉，晚庭三疊鼓催衙。"古有雞人報曉之制。詳"雞人"。㊁舊時於天曉時寺院或雇人沿街敲打鐵板木魚，促人早起，也叫報曉。宋吳自牧夢粱録十三天曉諸人出市："每日交四更，諸山寺觀已鳴鐘，菴舍行者頭陀打鐵板兒或木魚兒沿街報曉，各分地方，……蓋報令諸百官聽公、上番虞候、上名衙兵等人及諸司上番人知之，趕趁往諸處服役耳。"

【報賽】古農事完畢後舉行的祭祀。周禮春官小祝"將事侯禳禱祠之祝號"疏："求福謂之禱，報賽謂之祠。"詩周頌豐年集傳："此秋冬報賽田事之樂歌，蓋祀田祖、先農、方社之屬也。"

【報謝】答謝。史記七七魏公子列傳："朱亥笑曰：'臣乃市井鼓刀屠者，而公子親數存之，所以不報謝者，以爲小禮無所用。'"

【報應】古時天人感應之説，把自然現象附會人事，宣揚人主有德，天降瑞祥；人主失德，天降災異。又宗教迷信説今世的禍福窮富，種因於前世所作所爲，也稱報應。漢書成帝紀建始二年："朕親飭躬郊祀上帝，皇天報應，神光並見。"後漢書四二楚王英傳"學爲浮屠齋戒祭祀"注引袁宏漢紀："其教（佛教）……又以爲人死精神不滅，隨復受形，生時善惡皆有報應。"後來專指惡報。北齊書高隆之傳："初隆之見信高祖（高歡），性多陰毒，睚眦之忿，無不報焉。……終至滅門殄滅，論者謂有報應焉。"

【報點】報時。唐張籍張司業集四拜豐亭詩："寒更報點來山殿，曉炬分行照栢城。"

【報償】猶言報復。漢書九四上匈奴傳："每漢兵入匈奴，匈奴輒報償。漢留匈奴使，匈奴亦留漢使，必得當迺止。"後專指以財物答謝别人。

【報讎】報復讎恨。左傳僖十五年："曰必報讎，寧事戎狄。"也作"報仇"。韓非子外儲左下："是子報仇之時也。"

【報春鳥】即百舌鳥。舊題南朝梁任昉述異記上："顧渚山有報春鳥，春至則鳴，秋分亦鳴，似鷃鳩之類也。"太平廣記四六三報春鳥引顧渚山記："顧渚山中有鳥如鴝鵒而小，蒼黄色。每至正月二月，作聲云：'春起也。'至三月四月，作聲云：'春去也。'採茶人呼爲報春鳥。"

【報恩珠】傳説漢時有人釣魚於昆明池，綸絶而去。魚通夢於武帝，求去其鈎。明日，帝遊戲於池，見大魚銜索，曰："豈夢所見耶？"取魚去鈎而放之，後於池邊得明珠，帝曰："豈非魚之報耶？"見藝文類聚八四（辛氏）三秦記。全唐詩四沈佺期移禁司刑："漢皇虚詔上，容有報恩珠。"

【報本反始】受恩思報，不忘所自。禮郊特牲："唯社，丘乘共粢盛，所以報本反始也。"

【報曉鐵牌】農村於適中處懸掛鐵板，天剛亮即敲板報曉，名報曉鐵牌。宋陸游劍南詩稿二十夜坐忽聞村路報曉鐵牌："何人叩鐵警晨耕？炊飯家家起五更。"

堯 yáo 五聊切，平，蕭韻，疑。ㄧㄠ

㊀高。漢班固白虎通一號："堯，猶嶢嶢也，至高之貌。"㊁傳説中之古帝陶唐氏之號。書堯典："曰若稽古帝堯。"參閲史記五帝紀堯。㊂姓。北朝魏有堯暄，北齊有堯雄。

【堯山】縣名。在河北邢臺縣東北。相傳唐堯始封於此。漢置柏人縣。唐改爲堯山縣，金世宗以父名宗堯，避諱改爲唐山縣，明清仍之。1928年復改爲堯山縣。解放後和隆平縣合併爲隆堯縣。參閲讀史方輿紀要十五直隸六順德府唐山縣。

【堯天】論語泰伯："唯天爲大，唯堯則之。"謂堯能法天以推行教化。後因以"堯天"、"堯天舜日"稱頌帝王盛德和太平盛世。文苑英華一六九唐杜審言蓬萊三殿侍宴奉敕詠終南山應制詩："小臣持獻壽，長此戴堯天。"宋釋文珦潛山集九梅雨詩："堯天舜日遠，懷抱若爲舒。"

【堯年】古史傳説堯時天下太平，因以堯年比喻太平盛世。樂府詩集五六梁沈約四時白紵歌春白紵："佩服瑶草駐容色，舜日堯年歡無極。"又傳説堯享高年，因亦以堯年稱頌帝王統治日期之長。南朝陳徐陵徐孝穆集九徐州刺史侯安都德政碑："天生宰輔，堯年致白虎之祥。"陳書沈不害傳："盛德大業，遂蘊堯年。"參見"堯壽"。

【堯典】尚書第一篇。記載堯舜禪讓的事迹。大概由周代史官根據傳聞編寫，又經春秋戰國時儒家補訂。禮大學引作帝典。東晉梅頤上古文尚書，把堯典原文"慎徽"已下别加"曰若稽古帝舜"至"乃命以位"二十八字作爲篇首，分出爲舜典。

【堯封】書舜典："封十有二山。"古史説舜受堯禪，每州表封一山，其地則仍堯之舊，因以"堯封"稱中國的疆域。唐張説張説之集三過晉陽宫詩："星軒三晉土，樂士一堯封。"杜甫杜工部草堂詩箋二七諸將詩之三："滄海未全歸禹貢，薊門何處盡堯封。"

【堯冢】即堯陵，帝堯之墓。史記五帝紀"堯辟位凡二十八年而崩"集解引皇覽："堯冢在濟陰城陽。"漢成陽在山東舊濮縣東南。

【堯堯】崇高貌。通作"嶢嶢"。墨子親士："是故天地不昭昭，大水不潦潦，大火不燎燎，王德不堯堯者，乃千人之長也。"

【堯舜】唐堯和虞舜，遠古部落聯盟的首長。古史相傳爲聖明之君，禮中庸説孔丘"祖述堯舜，憲章文武"，孟子滕文公上稱"言必稱堯舜"，都以堯舜並舉。後來成爲稱頌帝王的套語。

【堯壽】據史記五帝紀載，堯壽逾百歲。後因以爲祝頌帝王長壽的套語。唐張説張説之集三奉和爰因巡省途次舊居詩："叢觴祝堯壽，合鼎獻湯廚。"

【堯峯文鈔】清汪琬撰。詩、文凡五十卷。琬晚居堯峯，因以爲號，與魏禧、侯方域，皆以古文擅名。其文疏通暢達，與南宋作家相近。文鈔爲琬手自删定，由其門人林佶手寫刊印。

【堯舜千鍾】言酒量大。孔叢子儒服："平原君與子高飲，强子高酒曰：昔有遺諺：'堯舜千鍾，孔子百觚；子路嗑嗑，尚飲十榼。'"

【堯趨舜步】封建文人頌揚帝王舉止的套語。宋史樂志十三降坐乾安:"皇帝降席,流雲四開,堯趨舜步,下蹋天堦。"

堛 bì 芳逼切,入,職韻,滂。ㄅㄧˋ

土塊。爾雅釋言:"塊,堛也。"參閱清郝懿行爾雅義疏。

堙 yīn 於真切,平,真韻,影。ㄧㄣ

㊀堆土爲山,用以攻城。公羊傳宣十五年:"(楚)於是使司馬子反乘堙而闚宋城,宋華元亦乘堙而出見之。"左傳襄六年:"甲寅,堙之,環城傅於堞。"注:"周城爲土山及女牆。"參見"距堙"。㊁堵塞。通"垔"、"陻"。國語晉六:"夷竈堙井。"㊂沉没。廢棄。通"湮"。國語周下:"絶後無主,堙替隸圉。"後漢書四八應奉傳附應劭:"舊章堙没,書記罕存。"

【堙窒】堵塞。宋史四四七陳遘傳:"杭經巨寇後,河渠堙窒,邦人以水潦爲病。"

【堙滅】埋没。史記封禪書:"故其儀闕然堙滅,其詳不可得而紀聞云。"又六一伯夷列傳:"巖穴之士,趣舍有時若此,類名堙滅而不稱,悲夫!"

【堙曖】埋没隱晦。後漢書五三申屠蟠傳贊:"悽悽碩人,陵阿窮退,韜伏明姿,甘是堙曖。"注:"堙,沈也。曖,猶翳也。"

【堙鬱】悶塞,氣不舒暢。史記八四賈誼傳弔屈原賦:"已矣,國其莫我知,獨堙鬱兮其誰語。"漢書作"壹鬱"。唐柳宗元柳先生集三十與顧十郎書:"堙鬱洶湧,不知所發。"

堰 yàn 於建切,去,願韻,影。ㄧㄢˋ 於扇切,去,線韻,影。於幰切,上,阮韻,影。

擋水的低壩。文選南朝梁沈休文(約)三月三日率爾成篇詩:"東出千金堰,西臨雁鶩陂。"

堪 1. kān 口含切,平,覃韻,溪。ㄎㄢ

㊀地面突起處。說文:"堪,地突也。"清段玉裁注:"突者,犬從穴中暫出也。因以爲坳突之偁。俗乃製凹凸字。地之突出者曰堪。"㊁能承當或忍受。左傳隱元年:"今京不度,非制也,君將不堪。"㊂可,能。韓非子難三:"君令不二,除君之惡,惟恐不堪。"北周庾信庾子山集四鏡詩:"試挫淮南竹,堪能見四鄰。"㊃見"堪輿"。㊄姓。漢應劭風俗通:"八元仲堪之後。"㊅盛受。通"龕"。見廣雅釋詁三。

2. dān ㄉㄢ

㊀樂。通"媅"。呂氏春秋報更:"堪士不可以驕恣屈也。"

【堪布】藏語音譯。喇嘛教的職官名稱。凡大寺院的扎倉(僧學院)和中小寺院的主持人、管理布達拉宫廷事務和長官的生活的人,以及教中主持受戒的人都稱堪布。參閱清會典事例九七四理藩院。

【堪坏】神名。莊子大宗師:"堪坏得之以襲崑崙。"釋文:"司馬(彪)云:堪坏,神名,人面獸形。淮南作欽負。"按今淮南子齊俗作"鉗且"。

【堪孖】魚名。孖,xù。山海經東山經:"又南三百里曰犲山,其上無草木,其下多水,其中多堪孖之魚。"清畢沅校注疑"孖"卽"鱮"(xù)之異文。

【堪餘】迷信職業者相地看風水的書,同"堪輿"。隋書經籍志三子部五行類載有地節堪餘堪餘歷注等多種。參見"堪輿"。

【堪輿】漢書八七上揚雄傳甘泉賦:"屬堪輿以壁壘兮,梢夔魖而抶獝狂。"注引張晏,以堪輿爲天地的總名;孟康以堪輿爲造圖宅書的神名。文選甘泉賦注:"淮南子曰:堪輿行雄以知雌。許慎曰:堪,天道也;輿,地道也。"史記一二七日者傳有堪輿家。漢書藝文志有堪輿金匱十四卷,列於五行家。後稱相地看風水的迷信職業者爲堪輿家。

【堪忍世界】卽娑婆世界。梵語"娑婆",意譯就是"堪忍"。故稱"堪忍世界"。參見"忍土"、"娑婆世界"。

堞 dié 徒協切,入,帖韻,定。ㄉㄧㄝˊ

城上如齒狀的矮牆。左傳襄六年:"環城傅於堞。"淮南子兵略:"莫不設渠壍傅堞而守。"古時以土築城,上加磚牆,爲射孔以伺非常,曰俾倪,亦曰堞。見清段玉裁說文解字注。

堶 tuó 徒和切,平,戈韻,定。ㄊㄨㄛˊ

磚。宋梅堯臣宛陵集四六依韻和禁烟近事之什詩:"窈窕踏歌相把袂,輕浮賭勝各飛堶。"參見"飛堶"。

堧 ruán 而緣切,平,仙韻,日。ㄖㄨㄢˊ

餘地,隙地。同"壖"。漢書四二申屠嘉傳:"鼂錯穿太上皇廟堧垣。"注:"堧者外垣之內,內垣之外。"指廟垣外的隙地。又八四翟方進傳:"奏請一切增賦,稅城郭堧及園田……。"指城下的隙地及園田。又溝洫志:"故盡河堧棄地,民茭牧其中耳。"指河邊的隙地。

【堧垣】宫外的牆。史記九六申屠嘉傳:"南出者,太上皇廟堧垣。"集解:"服虔曰:宫外垣也。"

堳 méi 集韻旻悲切,平,脂韻。ㄇㄟˊ

見"堳埒"。

【堳埒】壇四周的矮牆。周禮地官大司徒"設其社稷之壝而樹之田主"注:"壝,壇與堳埒也。"孫詒讓正義:"堳埒者,其壇外周帀之卑垣。"

塈 jì 具冀切,去,至韻,羣。ㄐㄧˋ 許既切,去,未韻,曉。

同"墍"。㊀以泥塗屋。書梓材:"若作室家,既勤垣墉,惟其塗塈茨。"注:"馬融曰:塈,堊色。"㊁取。詩召南摽有梅:"摽有梅,頃筐塈之。"㊂休息。詩邶風谷風:"不念昔者,伊余來塈。"

堤 dī 都奚切,平,齊韻,端。ㄉㄧ

㊀擋水的建築物。也作"隄"。左傳襄二十六年:"棄諸堤下。"參見"堤防"。㊁瓶類的底座。淮南子詮言:"瓶甌有堤。"注:"堤,瓶甌下安也。"

【堤防】土石築成的防水工事。也作"隄防"。管子度地:"令甲士作堤大水之旁,……大者爲之堤,小者爲之防。"南齊書明帝紀建武二年:"揆景肆力,必窮地利,固修堤防,考校殿最。"

【堤唐】路面凸出的中庭道。逸周書作雒:"堤唐山廧。"晉孔晁注:"唐,中庭道;堤,謂爲高之也。"

【堤塘】堤岸。舊唐書一六二高瑀傳:"瑀召集州民,繞郭立堤塘一百八十里。"

【堤上行】樂曲名。南朝宋隨王誕有襄陽樂云:"朝發襄陽城,莫至大堤宿。大堤諸女兒,花豔驚郎目。"其後梁簡文帝作雍州十曲,有大堤南湖北渚等曲。唐人作品,題或作襄陽曲、大堤曲、大堤行,劉禹錫有堤上行。參閱樂府詩集四八襄陽樂、九四新樂府五。

場 cháng 直良切,平,陽韻,澄。ㄔㄤˊ

㊀平整的場地。詩豳風七月:"九月築場圃。"又"十月滌場。"㊁祭神的場地。漢書郊祀志上:"能知四時犧牲,壇場上下,氏姓所出者,以爲宗。"注:"積土爲壇,平地爲場。"玉篇引國語:"屏攝之位曰場,壇之所除地曰場。"㊂指多數人聚集的處所。如科場、校場、戰場等。也泛指某種領域。文選漢揚子雲(雄)劇秦美新:"遥集乎文雅之囿,翱翔乎禮樂

之場。"初學記五南朝宋謝靈運遊名山志序:"豈以名利之場，賢於清曠之域耶?"(現代通讀 chǎng。)㈣一事起迄的時間。唐高適高常侍集五邯鄲少年行詩:"千場縱博家仍富，幾處報讎身不死。"才調集四張泌寄人詩之二:"倚柱尋思倍惆悵，一場春夢不分明。"故事起始叫開場，結束叫收場。

【場人】官名。周禮地官之屬，掌國之場圃，而樹之果蓏珍異之物，以時斂而藏之。

【場功】收穫農作物的勞動。國語周中:"野有庾積，場功未畢。"宋梅堯臣宛陵集三四和民樂詩:"歲晚場功畢，野老相經過。"

【場面】戲曲伴奏用的各種樂器的總稱。清李斗揚州畫舫錄五新城北錄下:"後場一曰場面，以鼓爲首。"習慣上也把這些用樂器伴奏的人稱爲"場面"。又生活裏的排場、規模、局勢，也稱爲場面。

【場屋】㈠舊時科舉考試的地方。也稱科場。宋王禹偁小畜集八謫居感事詩:"空拳入場屋，拭目看京師。"資治通鑑二四八唐會昌六年"(李)景莊老於場屋"注:"唐人謂貢院爲場屋，至今猶然。"㈡戲場。唐元稹長慶集二四連昌宮詞:"夜半月高弦索鳴，賀老琵琶定場屋。"參閱清顧炎武日知錄三二場屋。

【場埒】跑馬射箭的場地。魏書高祖紀下太和十六年:"將於馬射之前，先行講武之式，可勑有司豫修場埒。"

【場圃】收穀物、種菜蔬之地。詩豳風七月:"九月築場圃。"傳:"春夏爲圃，秋冬爲場。"箋:"場、圃同地。自物生之時耕治之以種菜茹；至物盡成熟，築堅以爲場。"管子八觀:"場圃接，樹木茂。"後漢書四九仲長統傳:"場圃築前，果園樹後。"皆以場、圃共爲一地。

【場師】管理場圃的人。孟子告子上:"今有場師，舍其梧檟，養其樲棘，則爲賤場師焉。"

堨 1. è 烏葛切，入，曷韻，影。ㄜ

㈠壁間的縫隙。說文:"堨，壁間隙也。"清段玉裁說文解字注:"隙者，壁際也。……亦曰堨，此古義也。今義堰也，讀同壅遏，後人所用俗字也。"㈡遏水的土堰。三國志魏劉馥傳:"興治芍陂及茹陂七門吳塘諸堨，以溉稻田。"水經注七濟水:"以竹籠石，葺土而爲堨。"

2. ài ㄞ

㈢塵埃。淮南子兵略:"曳梢肆柴，揚塵起堨。"注:"堨，埃。"

堝 guō ㄍㄨㄛ

見"坩堝"。

堿 kǎn 篇海類編苦慽切，音坎。ㄎㄢ

㈠堤岸。淮南子主術:"若發堿決唐，故循流而下，易以至。"注:"堿，水堿也；唐，隄也；皆所以畜水。"唐，古"塘"字。㈡堿坷。同"坎坷"。

堥 móu 莫浮切，平，尤韻，明。ㄇㄡ 莫袍切，平，豪韻，明。

㈠前高後平的小丘。見"堥敦"。㈡土釜。禮內則"敦牟卮匜"疏:"堥，土釜也。"㈢瓦器，古時用黃堥合藥。見周禮天官瘍醫"以五毒攻之"注。

【堥敦】小丘。文選漢班孟堅(固)答賓戲:"欲從堥敦而度高乎泰山。"

堮 è 五各切，入，鐸韻，疑。ㄜ

厓岸，邊際。見"垠堮"。

堬 qì 初戢切，入，緝韻，初。ㄑㄧˋ

見下。

【堬堁】連接，重疊。文選晉左太沖(思)魏都賦:"瓌材巨世，堬堁參差。"又吳都賦:"輪囷虯蟠，堬堁鱗接。"

堠 hòu 胡遘切，去，候韻，匣。ㄏㄡˋ

㈠古代瞭望敵情的土堡。如斥堠、烽堠。三國志吳孫韶傳:"常以警疆埸遠斥堠爲務。"㈡記里程的土堆。五里隻堠，十里雙堠。唐韓愈昌黎集六路傍堠詩:"堆堆路傍堠，一雙復一隻。"

【堠子】㈠標記里程的土堆。引申爲路程。宋范成大石湖集十三醴陵驛詩:"乍脫泥中滑，還嗟堠子長。"古今雜劇元賈仲名荊楚臣重對玉梳三:"盼郵亭，巴堠子，一步捱一步。"㈡掌管地方守望迎送的小吏。唐羅隱甲乙集五有堠子詩。宋楊萬里誠齋集三二野店多賣花木瓜詩:"何須堠子强呈界，自有瓊琚先報衙。"

【堠吏】掌管地方守望迎送的小吏。同"堠子"。宋梅堯臣宛陵集十一送李殿丞通判處州詩:"沙頭有堠吏，惴立板方斂。"

【堠程】里程，路程。元王逢梧溪集六乙丑秋書詩:"靜知天運密，老與堠程疎。"

【堠鼓】古時守望邊境時用以報警的鼓。元洪希文續軒渠集一聞清漳近信詩:"堠鼓日夜鳴，擊鮮交勞吏。"

【堠樓】瞭望敵情的哨樓。通典一五二兵五守拒法附:"卻敵上建堠樓，以版跳出爲櫓，與四外烽戍晝夜瞻視。"

堡 bǎo 博抱切，上，晧韻，幫。ㄅㄠˇ

土築的小城。晉書符登載記:"各聚衆五千，據險築堡以自固。"字本作"保"。禮檀弓"遇負杖入保者息"注:"保，縣邑小城。"

【堡砦】築土城設木柵的防禦建築。宋史八三趙滋傳:"建言代州寧化軍有地萬頃，皆肥美，可募人田作，教戰射，爲堡砦。人以爲利。"

【堡障】小土城。新唐書一七三裴度傳附裴識:"以識帥涇原，……識至，治堡障，整戎器，開屯田。"

塊 kuài 苦對切，去，隊韻，溪。ㄎㄨㄞˋ 集韻苦怪切，去，怪。

古文作"凷"。㈠土塊。左傳僖二三年:"(重耳)出於五鹿，乞食於野人，野人與之塊。"儀禮喪服:"居倚廬，寢苫枕塊。"㈡孤獨，孤高。楚辭宋玉九辯:"塊獨守此無澤兮，仰浮雲而永歎。"㈢安。見"塊然㈢"。㈣量詞。宋史瀛國公紀:"楊太后聞昺死，撫膺大慟曰:我忍死艱關至此者，正爲趙氏一塊肉爾，今無望矣。"

【塊阜】土丘，小山。淮南子俶真:"夫牛蹏之涔，無尺之鯉；塊阜之山，無丈之材。"注:"小山也。"藝文類聚七引作"頽府"，列子湯問作"魁父"。

【塊然】㈠孤獨的樣子。莊子應帝王:"塊然獨以其形立。"史記一二六滑稽列傳:"今世之處士，時雖不用，崛然獨立，塊然獨處。"後謂索居無聊曰塊然獨處。㈡安然自得。穀梁傳僖五年:"王世子，子也。塊然受諸侯之尊己，而立乎其位，是不子也。"

【塊磊】心中鬱結不平。宋劉弇龍雲集七莆田雜詩之十六:"賴足尊中物，時將塊磊澆。"世說新語任誕記王忱謂阮籍胸中壘塊故須以酒澆之。塊磊爲"壘塊"之倒稱，磊爲"壘"的同音字。參見"壘塊"。

【塊鞠】孤獨困苦之狀。楚辭漢東方朔七諫初放:"塊兮鞠，當道宿。"注:"言己孤獨無耦，塊然獨處，鞠然匍匐，當道而蹎卧，無所棲宿也。"

【塊蘇】土塊，草堆。列子周穆王:"王俯而視之，其宮榭若累塊積蘇焉。"後比喻卑賤、微不足道。宋蘇軾分類東坡詩八石芝:"跪陳八簋加六瑚，化人視之眞塊蘇。"

十 畫

塗 1. tú ㄊㄨˊ 同都切，平，模韻，定。宅加切，平，麻韻，澄。

㊀泥。莊子秋水："寧其死爲留骨而貴乎？寧其生而曳尾於塗中乎？"㊁道路，途徑。論語陽貨："孔子時其亡也而往拜之，遇諸塗。"商君書畫策："則削國之所以取爵祿者多塗。"古塗、途字並作涂。今唯周禮考工記道涂字作涂。㊂粉飾，以顏色、油漆塗在房屋器物表面。書梓材："若作梓材，既勤樸斲，惟其塗丹雘。"注："當塗以漆丹以朱而後成。"穀梁傳襄二四年："臺榭不塗。"注："塗，塗飾。"㊃污。莊子讓王："今天下闇，周德衰，其竝乎周以塗吾身也，不如避之以絜吾行。"㊄堵塞。漢揚雄法言問道："或問太古塗民耳目，惟其見也聞也，見則難蔽，聞則難塞。"㊅畫。禮檀弓上："天子之殯也，菆塗龍輴以椁。"注："天子殯以輴車畫轅爲龍。"㊆删改文字時，抹去的地方叫塗。唐李商隱李義山詩集二韓碑："點竄堯典舜典字，塗改清廟生民詩。"㊇姓。漢書孔安國傳八八有塗惲。

2. dù ㄉㄨˋ 集韻徒故切，去，莫韻。

㊈通"鍍"。漢書九七趙皇后傳："切皆銅沓，黃金塗。"注："塗，以金塗銅上也。"

【塗乙】删改文字時，抹去不要的字叫塗，勾添遺脫的字叫乙。乙，畫作"乙"形，不是甲乙的"乙"。唐劉蛻集三梓州兜率寺文冢銘序："實得二千一百八十紙，有塗者乙者。"宋陸游劍南詩稿十四讀書："校讐心苦謹塗乙，吟諷聲悲雜歌哭。"

【塗山】亦作嵞山。古史稱禹會諸侯於塗山，其所在說有三：1.在今安徽懷遠縣東南、淮河東岸，又名當塗山。左傳哀七年："禹合諸侯於塗山。"參閱太平寰宇記一二八濠州、讀史方輿紀要十九鳳陽府懷遠縣。2.在今四川重慶市巴縣。晉常璩華陽國志一："禹娶於塗山……今江州塗山是也。"參閱讀史方輿紀要六九重慶府巴縣。3.在今浙江紹興縣西北。越絕書八記地傳："塗山者，禹所娶妻之山也，去縣三十五里。"

【塗地】㊀塗於地上。漢書五四蘇武傳："兄弟親近，常願肝腦塗地。"是不惜以死報德的意思。㊁猶言塗炭。後漢書二九申屠剛傳："如未蒙祐助，令小人受塗地之禍。"參見"塗炭 1."。㊂比喻敗壞到不可收拾。晉書虞潭傳："是時軍荒之後，百姓饑饉，死亡塗地。"參見"一敗塗地"。

【塗車】泥車，古時送葬用的明器。禮檀弓下："塗車、芻靈，自古有之。"清孫希旦集解："塗車、芻靈，皆送葬之物也。塗車即遣車，以采色塗飾之，以象金玉。"

【塗泥】㊀濕潤的泥土。書禹貢："厥土惟塗泥。"㊁泥濘地。後漢書三二陰識傳附陰興："興每從出入，常操持小蓋，障翳風雨，躬履塗泥。"

【塗抹】唐盧仝玉川子集一示添丁詩："忽來案上翻墨汁，塗抹詩書如老鴉。"後來用以稱隨意寫作或繪畫。宋劉克莊後村集九再獲一硯自和一首詩："拊摩無粟向肌起，塗抹有花從筆生。"元方回桐江續集八力學詩："塗抹餘千紙，浮沉等一漚。"

【塗林】石榴的別名。太平御覽九七〇晉陸機與弟雲書："張騫爲漢使外國十八年，得塗林安石榴也。"一說：從北方陸路輸入的稱安石榴，從南方海運輸入的稱塗林。文苑英華三二六南朝梁元帝石榴詩："塗林未應發，春暮轉相催。"

【塗附】詩小雅角弓："毋教猱升木，如塗塗附。"傳："塗，泥；附，著也。"意思說對不善的人，不要再教他不善，正如不要教猴子上樹一樣；否則就是在污泥之上再塗附一層污泥，惡上加惡。

【塗柑】濕土鹽地所產的柑。宋韓彥直橘録下種治："柑橘，宜斥鹵之地……凡圃之近塗泥者，實大而繁，味尤珍，耐久不損，名曰塗柑。"

【塗炭】爛泥和炭火。1.比喻災難困苦。書仲虺之誥："有夏昏德，民墜塗炭。"文選晉潘安仁(岳)馬汧督誄："俾百姓流亡，頻於塗炭。"2.比喻骯髒齷齪的地方。孟子公孫丑上："立於惡人之朝，與惡人言，如以朝衣朝冠，坐於塗炭。"韓詩外傳一："廉潔直方，疾亂不治，惡邪不匡，雖居鄉里，若坐塗炭。"

【塗椒】用椒粉和泥粉飾牆壁。晉書石崇傳："(崇)與貴戚王愷、羊琇之徒，以奢靡相尚，……崇塗屋以椒，愷用赤石脂。"全唐詩一三〇崔顥邯鄲宮人怨："百堵塗椒接青瑣，九華閣道連洞房。"參見"椒房"。

【塗筍】海參。一名土筍，沙噀。生於海濱，狀如牛馬腸，無頭、目、皮骨，能蠕動，味脆美。見清周亮工閩小記土筍、施鴻保閩雜記。

【塗塗】濃厚貌。楚辭漢劉向九歎逢紛："白露紛以塗塗兮，秋風瀏以蕭蕭。"南齊謝朓謝宣城集三酬王晉安："梢梢枝早勁，塗塗露晚晞。"

【塗說】見"道聽塗說"。

【塗₂飾】以金銀鍍飾。宋書孝武帝紀："可省細作并尚方雕文靡巧金銀塗飾。"

【塗潦】行潦，路上的流水。禮曲禮上："送葬不辟塗潦。"

【塗鴉】唐盧仝玉川子集一示添丁詩："忽來案上翻墨汁，塗抹詩書如老鴉。"後因以塗鴉比喻書法幼稚。多用作謙辭。清徐枋居易堂集外詩文與楊明遠書："外一扇乃幼兒塗鴉，亦以申敬。"

【塗澤】修飾容貌。新唐書七六則天武皇后傳："太后雖春秋高，善自塗澤，雖左右不悟其衰。"

【塗竄】塗改文字。隋書百官志："詔敕有不便者，塗竄奏還。"增修詩話總龜十四引古今詩話："牛僧孺將赴舉時，投贄於劉夢得(禹錫)，對客展讀，飛筆塗竄其文。"

【塗歸】唐制，詔敕有不便於事者，給事中得加以改動奏進，叫塗歸。新唐書百官志二門下省："凡百司奏抄，侍中既審則駮正違失，詔勅不便者，塗竄而奏還，謂之塗歸。"

【塗山歌】古傳說，夏禹年三十未娶，在塗山遇到九尾白狐。塗山之人作歌："綏綏白狐，九尾痝痝；我家嘉夷，來賓爲王。成家成室，我造彼昌，天人之際，於茲則行。明矣哉！"禹因娶塗山女，名爲女嬌。見吴越春秋越王無余外傳。

【塗改添注】舊科舉鄉、會試有塗改添注字數的規定。宋洪邁容齋隨筆續筆十三引唐末人所撰貽子録稱："燭下寫試無誤筆，即題其後，云：'並無揩改塗乙注'；如有，即言字數。"參閱清錢大昕十駕齋養新録十塗改添注。

【塗抹青紅】施彩色於面，如傳統戲劇中的花臉。宋史二三一蔡京傳附蔡攸："(攸)或侍曲宴，則短衫窄袴，塗抹青紅，雜倡優侏儒，多道市井淫媟謔浪語，以蠱帝心。"

塞 1. sè ㄙㄜˋ 蘇則切，入，德韻，心。

㊀堵；阻隔。詩豳風七月："穹窒熏鼠，塞向墐戶。"墨子親士："諂諛在側，善議障塞，則國危矣。"㊁充實，充滿。書舜典："濬哲文明，溫恭允塞。"孟子公孫丑上："以直養而無害，則塞於天地之間。"㊂補救。漢書七一于定國傳："將欲何施？以塞此咎。"㊃困厄。三國志魏公孫度傳"淵遣使南通孫權"注引吴書："季末凶荒，乾坤否塞。"㊄月陽名。爾雅釋天：

"月在甲曰畢……在辛曰塞。"參見"月陽"。

2\. sài 先代切,去,代韻,心。ㄙㄞˋ

㊅邊界,險要之處。荀子彊國:"若是,則兵不復出於塞外,而令行於天下矣。"吳子論將:"各山大塞,十夫所守,千夫不過。"㊆酬神。韓非子外儲右:"殺牛塞禱。"漢書郊祀志上:"冬塞禱祠。"注:"塞,謂報其所祈也。"一作"賽"。史記封禪書作"冬賽祠"。㊇古代一種賭博游戲。通"簺"。管子四稱:"流於博塞。"

【塞₂北】泛指我國北邊地區。詩文裏常和江南對稱。南朝梁江淹江文通集三侍始安王石頭詩:"何如塞北陰,雲鴻盡來翔。"唐張彥遠歷代名畫記二論傳授南北時代:"或生長南朝,不見北朝人物;習熟塞北,不識江南山川。"宋辛棄疾稼軒詞清平樂獨宿博山王氏庵:"平生塞北江南,歸來華髮蒼顏。"

【塞門】㊀屏,影壁。論語八佾:"邦君樹塞門,管氏亦樹塞門。"疏:"管氏樹塞門,塞猶蔽也。"㊁閉門。文選南朝梁江文通(淹)恨賦:"閉關却掃,塞門不仕。"新唐書食貨志:"每中官出,沽漿賣餅之家,皆徹市塞門。"

【塞₂門】邊關。文選南朝宋顏延年(延之)赭白馬賦:"簡偉塞門,獻狀絳闕。"注:"塞,紫塞也。"

【塞₂具】祭祀用具。後漢書七八曹節傳:"詔令太官給塞具。"注:"塞,報祠也。……字當爲賽,通也。"

【塞₂垣】邊境地帶。唐高適高常侍集四薊中作詩:"策馬自沙漠,長驅登塞垣。"宋張方平樂全集一送趙先生詩:"家住崆峒塞垣上,翩然遊蜀遂亡歸。"

【塞淵】誠實而深遠。塞,實;淵,深。詩邶風燕燕:"仲氏任只,其心塞淵。"疏:"其心誠實而深遠。"漢王符潛夫論交際:"聰明懸絕,秉心塞淵。"

【塞責】盡責。史記項羽紀:"趙高素諛日久,今事急,亦恐二世誅之,故欲以法誅將軍(章邯)以塞責。"漢書五八公孫弘傳:"恐先狗馬填溝壑,終無以報德塞責。"

【塞₂雁】邊塞之雁。雁是候鳥,秋季南來,春季北去。所以古代詩人常用塞雁或塞鴻作比,懷念遠離家鄉的親人。唐杜甫杜工部草堂詩箋三八登舟將適漢陽詩:"塞雁與時集,檣烏終歲飛。"也作"塞鴻"。南朝宋鮑照鮑氏集三代陳思王京洛篇:"春吹回白日,霜歌落塞鴻。"

【塞₂種】塞爲我國漢時西域城國名,其部族曰塞種,分散爲數國。見漢書九六上西域傳。或作"釋種"。漢書六一張騫傳"西擊塞王"注:"塞音先得反,西域國名,卽佛經所謂釋種者。塞、釋聲相近,本一姓耳。"

【塞職】稱職。唐韓愈昌黎集一三藍田縣丞廳壁記:"官無卑,顧才不足塞職。"

【塞₂蘆】草名。見"席箕"。

【塞₂垣春】詞調名。見宋周邦彥片玉集五。雙調,有九十五、九十六、九十八字等體。見詞譜二五。元周密改塞垣春名爲采綠吟。見蘋洲漁笛譜一采綠吟序。

【塞₂翁失馬】比喻暫時受損失,却因此而得到好處,壞事可以變成好事。淮南子人間:"近塞上之人,有善術者,馬無故亡而入胡,人皆弔之。其父曰:'此何遽不爲福乎?'居數月,其馬將胡駿馬而歸,人皆賀之。其父曰:'此何遽不能爲禍乎?'家富良馬,其子好騎,墮而折其髀,人皆弔之。其父曰:'此何遽不爲福乎?'居一年,胡人大入塞,丁壯者引弦而戰,近塞之人,死者十九,此獨以跛之故,父子相保。故福之爲禍,禍之爲福,化不可極,深不可測也。"成語"塞翁失馬,焉知非福",本此。宋魏泰東軒雜錄:"曾布爲三司使,論市易被黜,魯公(曾公亮)有柬別之,曰:'塞翁失馬,今未足悲;楚相斷蛇,後必有福。'"

塋

yíng 余傾切,平,清韻,喻。ㄧㄥˊ

㊀墓,葬地。漢書哀帝紀建平元年:"太皇太后詔外家王氏田非冢塋,皆以賦貧民。"注:"塋,冢域也。"㊁度量。通"營"。禮月令孟冬之月:"審棺槨之薄厚,塋丘壟之大小,高卑厚薄之度,貴賤之等級。"

【塋域】墓地。後漢書五七欒巴傳:"塋域所極,裁二十頃。"北齊書王琳傳朱瑒致徐陵書:"昔廉公告逝,卽肥川而建塋域;孫叔云亡,仍芍坡而植楸檟。"

塑

sù 桑故切,去,暮韻,心。ㄙㄨˋ

用泥土等造成人、物形像。宋蘇軾蘇文忠詩合注四鳳翔八觀維摩像唐楊惠之塑在天柱寺:"今觀古塑維摩像,病骨磊嵬如枯龜。"二程全書外書十二傳聞雜記:"明道先生(程顥)坐如泥塑人。"參閱清俞樾俞樓雜纂四枕上三字訣塑字考。

【塑像】用泥土、木料、金屬塑造的人物形像。國語越語下記范蠡離開越國,"(越)王命金工以良金寫范蠡之狀而朝禮之。"戰國策齊三:"(蘇秦)謂孟嘗君曰:今者臣來,過於淄上,有土偶人與桃梗相與語……"可見泥塑、木刻、鑄像,戰國時已有之。參閱清趙翼陔餘叢考三二塑像。

塘

táng 徒郎切,平,唐韻,定。ㄊㄤˊ

㊀堤。築土防水叫塘。莊子達生:"被髮行歌,而游於塘下。"㊁水池。古時圓的叫池,方的稱塘。國語周下:"陂塘汙庳,以鍾其美。"文選三國魏劉公幹(楨)贈徐幹詩:"細柳夾道生,方塘含淸源。"

【塘坳】池塘或低窪地。唐杜甫杜工部詩史補遺二茅屋爲秋風所破歌:"高者掛罥長林梢,下者飄轉沈塘坳。"宋陸游劍南詩稿十七題齋壁:"隔葉晚鶯啼谷口,唼花雛鴨聚塘坳。"

【塘報】㊀緊急軍情報告。明朱國楨湧幢小品十二塘報:"今軍情緊急走報者,國初有刻期百戶所,後改曰塘報。"㊁清代的邸報也稱塘報。由京中報房按日將上諭、奏摺、宮門抄等彙刊,分送有關方面;各省衙署都有駐京提塘官,按日專門遞送。自京至省,驛站設有塘兵,沿途接替。後來發行報紙,改爲直寄各地報館刊登,塘報遂廢。

【塘上行】樂府淸調曲名。又名塘上辛苦行。樂府詩集三五有魏武帝(曹操)塘上行五解,又本辭一曲。因首句爲"蒲生我池中",故又稱蒲生行。參閱樂府詩集三五淸調曲。

埲

xīng 集韻 思營切,平,清韻。ㄒㄧㄥ

紅色硬土。見說文。集韻:"或作垶"。

塚

zhǒng 字彙 知隴切,音腫。ㄓㄨㄥˇ

本作"冢"。高墳,墳墓。詳"冢㊀"。

塓

mì 莫狄切,入,錫韻,明。ㄇㄧˋ

塗刷。左傳襄三一年:"圬人以時塓館宮室。"疏:"塓亦泥也。使此泥屋之人,以時泥塗客館之宮室也。"

塉

jí 秦昔切,入,昔韻,從。ㄐㄧˊ

貧瘠的土地。管子地員:"五殖之狀,甚澤以疏,離坼以臞塉。"後漢書七六秦彭傳:"每於農月,親度頃畝,分別肥塉,差爲三品。"

【塉埆】土地瘠薄多石。後漢書五一陳龜傳:"今西州邊鄙,土地塉埆。"也作"塉确"。漢李翕析里橋郙閣頌:"高山崔巍兮水流蕩蕩,地既塉确兮與寇爲鄰。"(隸釋四)

塥 gé ㄍㄜˊ 正字通 各額切，音革。

土地堅硬，瘠惡。管子地員："五位之狀，不塥不灰。"唐尹知章注："塥，謂堅不相著。"清段玉裁云："塥，疑同碣。"見說文解字注"碣"。參閱郭沫若等管子集校地員。

墓 mù ㄇㄨˋ 莫故切，去，暮韻，明。

墳墓。古時封土隆起的叫墳，平的叫墓。禮檀弓上："吾聞之，古也墓而不墳。"方言十三："凡葬而無墳謂之墓，所以墓謂之墲。"

【墓工】看風水擇墓地的迷信職業者。南史柳世隆傳："世隆曉數術，於倪塘創墓，與賓客踐履，十往五往，常坐一處。及卒，墓工圖墓，正取其坐處焉。"

【墓木】墓地植的樹木。左傳僖三二年："爾何知？中壽，爾墓之木拱矣！"後因用墓木已拱作爲慨歎人逝世已久之詞。宋范祖禹范太史集三六答劉仙尉書："近資治通鑑印本奏御，因思同時修書之人墓木已拱，存者唯僕，尤可感歎！"

【墓表】墓碑。碑豎在墓前或墓道內，表彰死者，故稱墓表。如唐柳宗元柳先生集九有文通先生陸給事墓表。豎在墓道上的，又稱神道表或神道碑，如北周庾信庾子山集中有周大將軍崔說神道碑等。參閱清趙翼陔餘叢考三二碑表、碑表志銘之別。

【墓門】㊀墓道上的門。詩陳風墓門："墓門有棘，斧以斯之。"文選晉潘安仁(岳)寡婦賦："墓門兮肅肅，修壟兮峨峨。"㊁春秋時鄭城門名。左傳襄三十年："癸丑晨，(伯有)自墓門之瀆入。"

【墓祭】掃墓，在墓前祭祀。周禮春官冢人："凡祭墓爲尸。"後漢書明帝紀永平元年注："漢官儀曰：古不墓祭，秦始皇起寢於墓側，漢因而不改。諸陵寢皆以晦、望、二十四氣、三伏、社、臘及四時上飯。"也叫"墓祀"。漢王充論衡四諱："古禮廟祭，今俗墓祀。"參閱清閻若璩四書釋地墦間之祭。(清經解六)

【墓道】墓前甬道，也指墓室前甬道。左傳定元年："葬昭公於墓道南。"

【墓碑】立在墳墓前或後的碑，上刻死者姓名、事迹等文字。禮檀弓下所謂"公室視豐碑"之碑卽此。秦以前爲木製，本作懸棺入土之用。漢以後改用石製，在碑上多刻文字，以垂久遠。東漢立碑之風盛行，文體也自成一格，有文有銘，又或有序。銘又稱辭、或稱系、稱頌。參閱明徐師曾文體明辨墓碑文、清錢泳履園叢話三墓碑。

【墓碣】墓碑的別體。碣，本作"楬"，因古代本是木製。形狀與墓碑有區別。後漢書二三竇憲傳班固登燕然山銘"封神丘兮建隆嵑"注："方者謂之碑，員者謂之碣。嵑亦石碣也。"隸釋一三著錄漢延熹時江原長進德碣，稱其碣上窄下寬，頂方平。參見"墓碑"。

【墓厲】墓地周圍界域的標志。周禮春官墓大夫："凡爭墓地者，聽其獄訟，帥其屬而巡墓厲，居其中之室以守之。"注："厲，塋限遮列處。"

【墓廬】墓旁的屋。古人爲守父母、師長的喪，築室墓旁，居其中以守墓。參見"廬墓"。

【墓大夫】官名。古時掌管邦墓的官。周禮春官墓大夫："掌凡邦墓之地域，爲之圖。"邦墓爲庶民葬地，與冢人掌管的公墓(王、侯、卿、大夫、士的葬地)不同。

【墓誌銘】埋在墓中的誌墓文。用正方兩石相合，一刻誌銘，一題死者姓氏、籍貫、官爵，平放在棺前。參閱明徐師曾文體明辨墓志銘、清趙翼陔餘叢考三二墓誌銘。

【墓銘舉例】明王行撰。四卷。選取唐韓愈、李翶至宋呂祖謙十五家所撰誌墓文，標爲十二例，以補元潘昂霄金石例之遺。

【墓田丙舍帖】相傳爲三國魏鍾繇所書，晉王羲之有臨本，刻入宋越州石氏帖。宋樓鑰攻媿集七一有施武子所藏鍾繇墓田丙舍帖跋。

塔 tǎ ㄊㄚˇ 吐盍切，入，盍韻，透。

佛教建築形式。梵語"窣堵坡"，又稱浮屠、浮圖。晉宋譯經時造爲"塔"字，初見於晉葛洪字苑、南朝梁顧野王玉篇等書。最初爲供奉佛骨之用，後來也用於供奉佛像，收藏佛經或保存僧人遺體。我國現存最早的古塔，有隋大業七年所建四門塔，在山東濟南市東南青龍山麓，解放後列爲全國重點文物保護單位。參閱翻譯名義集七寺塔壇幢、清阮元揅經室集續集三塔性說。

【塔山】山名。1. 在山東濰縣東南，以形如塔，故名。也叫覆甑山，爲溉水源頭。唐天寶六年改名溉源山。見水經注二六巨洋水、太平寰宇記一八濰州。2. 在江蘇南通縣南。又名黄泥山。和狼山軍山馬鞍山刀刃山相連。山有兩石門相對，爲元代張瑄朱清海運故道。見讀史方輿紀要二三通州。

【塔屋】安葬和尚的建築物。明李贄焚書四雜述又告："今卓吾和尚爲塔屋於兹院(龍湖芝佛院)之山，以爲他年歸成之所。"

【塔城】縣名。屬新疆維吾爾自治區。清初爲準噶爾部地，初稱衛拉特，乾隆時改名塔爾巴哈台，築綏靖城。光緒年間新疆建省，置塔爾巴哈台直隸廳。爲伊犁副都統駐地。1913年改縣。見清朝續文獻通考三二一輿地一七塔城直隸廳。

【塔婆】梵語"塔"的音譯。釋氏要覽下送終立塔："梵語塔婆，此云高顯，今略稱塔也。又梵云蘇偷婆，此云寶塔；又梵云窣堵波，此云墳，又云抖擻婆，此云讚護；或云浮圖，此云聚相。"

【塔廟】佛寺。北齊顏之推顏氏家訓歸心："豈令罄井田而起塔廟，窮編户以爲僧尼也？"魏書釋老志："建宫宇，謂爲塔，塔亦胡言，猶宗廟也，故世稱塔廟。"

【塔布囊】也作"他卜浪"、"倘不浪"。㊀明代對同成吉思汗後裔成婚的人的稱號。分四等，布囊至四等塔布囊，秩視一品至四品。㊁清代蒙古王公爵名。位次輔國公，與台吉同。土默特左翼旗及喀喇沁三旗王公因其祖先曾娶清公主，故有塔布囊的爵號，其餘各部王公爵號稱台吉。參閱清朝續文獻通考二九三封建七外藩封爵。

塨 gōng ㄍㄨㄥ

人名字。清初有李塨。

填 1. tián ㄊㄧㄢˊ 徒年切，平，先韻，定。堂練切，去，霰韻，定。

㊀充塞。見"填阬滿谷"。㊁加入。給器物加色叫填。如填金、填漆。藝文類聚七七南朝梁王僧孺中寺碑："天監十五年，上座僧慈等更撥日禘架，赫說霞立，信以填金可埒，引繩斯擬。"按一定格式加入文字也叫填。如填詞、填表。㊂順，沿。文選漢班孟堅(固)東都賦："外則因原野以作苑，填流泉而爲沼。"㊃象聲詞。孟子梁惠王上："填然鼓之。"

2. zhèn ㄓㄣˋ 陟刃切，去，震韻，知。

㊄安定。通"鎮"。史記吳王濞傳："上患吳會稽輕悍，無壯士以填之。"索隱："填音鎮。"漢書高帝紀五年"填國家"，史記高祖紀作"鎮國家"。㊅星名。見"填$_2$星"。㊆見"填$_2$填$_2$"。

3. chén ㄔㄣˊ 集韻 池鄰切，平，真韻。

㈧長久。詩大雅瞻卬:"孔塡不寧,降此大厲。"釋文:"塡,音塵,久也。"

4. tiǎn 集韻 徒典切,上,銑韻。
ㄊㄧㄢ

㈨窮苦。通"殄"。詩小雅小宛:"哀我塡寡,宜岸宜獄。"傳:"塡,盡。"釋文:"塡,徒典反,盡也。韓詩作疹。疹,苦也。"

5. diàn
ㄉㄧㄢ

㈩通"奠"。詳"塡₅池"。

【塡₅池】禮檀弓上:"曾子弔於負夏,主人既祖,塡池,推柩而反之。"注:"祖,謂移柩車去載處爲行始也。塡池,當爲奠徹,聲之誤也;奠徹,謂徹遣奠,設祖奠。"古喪禮,柩車出發前一天的祭叫祖奠;出發當天的祭叫遣奠。

【塡房】舊時女子嫁人作後妻曰塡房。儒林外史五:"王氏道:'何不向你爺說,明日我若死了,就把你扶正,做个塡房?'"

【塡門】滿門。漢書五十鄭當時傳:"先是下邽翟公爲廷尉,賓客亦塡門,及廢,門外可設雀羅。"

【塡帖】隋唐科舉制度的科目,有進士科、明經科。進士科考試策論,明經科考試經義。考經義時應試者塡寫被帖去的經文,故稱塡帖。參閱新唐書選舉志上。參見"帖經"。

【塡委】紛集,堆積。文選三國魏劉公幹(楨)雜詩:"職事相塡委,文墨紛消散。"南朝宋鮑照鮑氏集十河淸頌序:"冀馬南金,塡委內府。"

【塡咽】見"塡噎"。

【塡₂星】卽土星。一名"地侯"。"塡"也作"鎭"。史記天官書:"曆斗之會以定塡星之位。"索隱:"晉灼曰:'常以甲辰之元始建斗,歲鎭一宿,二十八歲而周天。'"土星要29.45年纔能繞太陽移行一周,約略與二十八宿的數目相符,大體上每年進入一宿,像輪流坐鎭或塡充二十八宿,故稱塡星。

【塡書】字體的一種。又稱塡篆,用於圖書印記。相傳爲周人媒氏所作。魏韋誕用此體題宮闕。晉王廙、王隱皆好作塡書。見唐韋續墨藪五十六種書。

【塡倉】舊俗每年正月二十五日,全家加菜盛餐;有客來,必苦留使醉飽而去。俗稱塡倉,取預祝塡滿穀倉的吉兆。見淸潘榮陛帝京歲時紀勝塡倉。

【塡湊】紛紜聚集。晉書會稽文孝王道子傳:"西府車騎塡湊,東第門下可設雀羅矣。"魏書徐紇傳:"紇既處腹心,參斷機密,勢傾一時,遠近塡湊。"

【塡詞】唐宋人寫詞,多自己譜曲,或增減改動舊調別成新調,用字和音律相合。後人依前人所製詞牌的句式、字數、平仄、用韻,按式塡寫,故稱塡詞。詩話總龜後集三二引藝苑:"當時有薦其(柳永)才者,上曰:'非得塡詞柳三變乎?'曰:'然'。上曰:'且去塡詞!'"

【塡塡】㊀穩重,着實。莊子馬蹄:"故至德之世,其行塡塡,其視顚顚。"荀子非十二子:"吾語汝學者之嵬容,其冠絻,其纓禁緩,其容簡連,塡塡然,……盱盱然"。㊁象聲詞。楚辭屈原九歌山鬼:"靁塡塡兮雨冥冥,猨啾啾兮又夜鳴。"指雷聲。文選晉潘安仁(岳)藉田賦:"震震塡塡,塵騖連天,以幸乎藉田。"指群行聲。

【塡₂塡₂】牢固整齊。淮南子兵略:"是不襲堂堂之寇,不擊塡塡之旗。"注:"塡塡,旗立牢端貌。"孫子軍爭作"無邀正正之旗,勿擊堂堂之陳"。

【塡₂撫】卽鎭撫。荀子君道:"其德音足以塡撫百姓,其知慮足以應待萬變。"史記蕭何世家:"漢王引兵東定三秦,何以丞相留守巴蜀,塡撫諭告,使給軍食。"

【塡㺜】鬱結,擾亂。唐李賀歌詩編三開愁歌筆下作:"主人勸我養心骨,莫愛俗物相塡㺜。"

【塡噎】堵塞,擁擠。抱朴子疾謬:"欲令人士立門以成林,車騎塡噎於閭巷。"也作"塡溢"、"塡咽"、"闐噎"。抱朴子道意:"常車馬塡溢,酒肉滂沱。"梁書陶弘景傳:"及發,公卿祖之於征虜亭,供帳甚盛,車馬塡咽"。文選晉左太沖(思)吳都賦:"冠蓋雲蔭,閭閻闐噎。"

【塡諱】舊時子孫爲祖先撰寫行狀碑志等文,必請人代寫祖先名號,叫做塡諱。唐人稱題諱。如貞元十五年徐浩碑,張式撰,浩次子峴書,碑尾有"表姪前河南府參軍張平叔題諱"一行。宋周必大跋初寮王左丞贈曾祖詩,末題通直郎田豫塡諱。參閱淸王芑孫碑版廣例九碑用他人塡諱書名例。

【塡閼】淤泥。史記河渠書:"渠就,用注塡閼之水,溉澤鹵之地四萬餘頃,收皆畝一鍾。"漢書溝洫志"收皆畝一鍾"注:"注,引也。閼,讀與淤同,音於據反。塡淤,謂壅泥也;言引淤濁之水灌鹹鹵之田,更令肥美。"也作"塡淤"。唐杜甫杜工部詩史補遺一溪漲:"馬嘶未敢動,前有深塡淤。"

【塡膺】充塞於胸膛。文選南朝梁江文通(淹)恨賦:"置酒欲飲,悲來塡膺。"

【塡騈】充溢,擁擠。宋袁褧楓窗小牘上:"淳化三年冬十月,太平興國寺牡丹紅紫盛開,不踰春月,冠蓋雲擁,僧舍塡騈。"

【塡溝壑】死。人死埋於地下,故稱塡溝壑。自謙詞。戰國策趙四:"老臣賤息舒祺最少,不肖,而臣衰,竊愛憐之,願令得補黑衣之數,……願及未塡溝壑而託之。"也作"塡壑"。漢應劭風俗通五趙相汝南李統:"自分奄忽塡壑,猥得承望闕廷,親見御座,不勝其喜。"

【塡阬滿谷】史記一一七司馬相如傳上林賦:"佗佗籍籍,塡阬滿谷,掩平彌澤。"謂塞滿阬谷。後常用來比喻物資充足、豐盛。

塒

shí 市之切,平,之韻,禪。
ㄕ

鑿垣爲雞窩曰塒。詩王風君子于役:"雞棲于塒。"爾雅釋宮:"雞棲于弋爲榤,鑿垣而棲爲塒。"

塌

tā 集韻 託盍切,入,盍韻。
ㄊㄚ

㊀坍倒,下陷。唐杜甫杜工部草堂詩箋九蘇端薛復筵簡薛華醉歌:"忽憶雨時秋井塌,古人白骨生青苔,如何不飲令心哀。"㊁下垂。見"塌翼"。

【塌房】貨棧。也叫塌坊。南宋杭州官吏豪門,在水路附近開設塌房,每所有房數百間,多至千間,租給商人寄存貨物,收取租金。塌房四面是水,可防火災與偷盜。明代又開設官辦塌房,貯納商貨,抽收塌房稅。參閱宋吳自牧夢粱錄十九塌房、明實錄二八太祖洪武實錄二二、明史食貨志五商稅。

【塌香】見"乳香"。

【塌翅】失意的樣子。同"塌翼"。淸黃景仁兩當軒集十二得稚存淵如書卽寄詩:"鶴籠鳳笯兩不聊,憐我塌翅爲解嘲。"

【塌颯】失意消沉。宋范成大石湖集二七閶門初泛詩:"生涯都塌颯,心曲漫峥嶸。"參見"踏趿"。

【塌橘】橘名。宋韓彥直橘錄中塌橘:"塌橘狀大而褊,其南枝之向陽者,外綠而心甚紅,經春味極甘美,瓣大而多液。其種不常有,特橘之次也。"

【塌翼】垂翅。比喻失意不振。唐杜甫杜工部草堂詩箋三四別蘇徯赴湖南幕:"十年猶塌翼,絕倒爲驚呼。"也作"搨翼"。見該條。

堽

gāng
ㄍㄤ

山脊。同"岡"。晉陸雲陸士龍文集十答車茂安書:"因民所欲,順時遊獵,結罝繞堽，密罔彌山。」

【堽城堰】堰名。在今山東寧陽縣東北，汶、洸二水合流處。元至元中置堰，中爲斗門，以導汶水入洸。明永樂九年改爲壩。見嘉慶一統志一六六兖州府二堤堰。

塤 xūn ㄒㄩㄣ 況袁切，平，元韻，曉。

古樂器。同「壎」。爾雅釋樂、周禮春官小師作塤。詳「壎」。

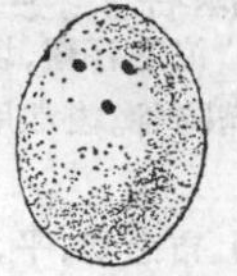

塤（商）

【塤篪】即壎篪。管子輕重己：「吹塤篪之風，鑿動金石之音。」壎與篪皆爲樂器，聲音相應，詩小雅何人斯有「伯氏吹壎，仲氏吹篪」之語，後來遂運用以喩兄弟親睦。文選南朝梁劉孝標（峻）廣絶交論：「道叶膠漆，志婉變於塤篪。」參見「壎篪」。

塏 kǎi ㄎㄞˇ 苦亥切，上，海韻，溪。

㊀高燥。左傳昭三年：「初，景公欲更晏子之宅，曰：『子之宅近市，湫隘囂塵，不可以居，請更諸爽塏者。』」注：「爽，明；塏，燥。」㊁見「塏塏」。

【塏塏】光禿禿的樣子。明何景明何大復集一憂旱賦：「山塏塏以頳顔兮，野蕭條而無色。」

塕 wěng ㄨㄥˇ 烏孔切，上，董韻，影。

㊀風起貌。文選戰國楚宋玉風賦：「夫庶人之風，塕然起於窮巷之間。」㊁飛塵。宋陳傅良止齋文集一送國子監丞顔幾聖提舉江東詩：「方將屬耆英，高舉出埃塕。」㊂見「塕薆」。

【塕埲】塵起貌。宋王禹偁小畜集三寄題陝府南溪兼簡孫何兄弟詩：「常風有鹽南，日夕塵塕埲。」

【塕薆】草木茂盛貌。薆，ài。史記一一七司馬相如傳哀二世賦：「觀衆樹之塕薆兮，覽竹林之榛榛。」漢書作「蓊薆」。

塢 wù ㄨˋ 安古切，上，姥韻，影。

本作「隖」。㊀土堡，小城。後漢書二四馬援傳：「繕城郭，起塢候。」注引字林：「塢，小障也。一曰小城。」又七二董卓傳：「又築塢於郿，高厚七丈，號曰萬歲塢。」㊁四面高中間低的谷地。如山坳叫山塢。全唐詩三三二羊士諤山閣聞笛：「臨風玉管吹參差，山塢春深日又遲。」㊂四面如屏的花木深處，或四面擋風的建築物。如花塢、竹塢、船塢。

【塢壁】戰時防御用的土障。後漢書二二樊宏傳附樊準：「時羌復屢入郡界，準輒將兵討逐，修理塢壁，威名大行。」又六七李章傳：「清河大姓趙綱遂於縣界起塢壁，繕甲兵，爲在所害。」也作「壁塢」。晉書庾衮傳：「衮乃率其同族及庶姓保於禹山，……杜蹊徑，修壁塢，樹藩障。」

塯 liù ㄌㄧㄡˋ 力救切，去，宥韻，來。

盛飯的瓦器。史記秦始皇紀：「二世曰：『吾聞之韓子曰：堯舜采椽不刮，茅茨不翦，飯土塯，啜土形。』」

塍 chéng ㄔㄥˊ 食陵切，平，蒸韻，神。

田中畦埒，田埂。文選漢班孟堅（固）西都賦：「溝塍刻鏤，原隰龍鱗。」唐劉禹錫劉賓客集二七插田歌：「田塍望如綫，白水光參差。」

【塍畎】田間的土埂和水溝。畎，田間水溝。陳書後主紀：「其有新闢塍畎，進墾蒿萊，廣袤勿得度量，征租悉皆停免。」

十一畫

塾 shú ㄕㄨˊ 殊六切，入，屋韻，禪。

㊀宮門外兩側房屋。爲臣僚等候朝見皇帝的地方。書顧命：「先輅在左塾之前，次輅在右塾之前。」三輔黃圖六雜錄：「塾，門外舍也。臣來朝君至門外，當就舍，更熟詳所應對之事。塾之言熟。」㊁家學。舊時私人設立的教學的地方。禮學記：「古之教者，家有塾，黨有庠，術有序，國有學。」

【塾師】家塾的教師。紅樓夢九：「原來這義學也離家不遠，原係當日始祖所立。……舉年高有德之人爲塾師。」

塺 méi ㄇㄟˊ 莫杯切，平，灰韻，明。
ㄇㄛˋ 摸卧切，去，過韻，明。

微塵。楚辭漢劉向九嘆惜賢：「埃時風之清激兮，愈氛霧其如塺。」參見「塺塺」。

【塺塺】塵土飛揚的樣子。楚辭漢王褒九懷陶壅：「浮雲鬱兮晝昏，霾土忽兮塺塺。」

塵 chén ㄔㄣˊ 直珍切，平，眞韻，澄。

古文作「𪋻」。㊀飛散的灰土。左傳成十六年：「甚囂且塵上矣。」唐白居易長慶集四賣炭翁：「賣炭翁，伐薪燒炭南山中，滿面塵灰烟火色，兩鬢蒼蒼十指黑。」㊁污染。詩小雅無將大車：「無將大車，祇自塵兮。」㊂蹤跡。流風餘韻，都稱塵。文選晉左太沖（思）魏都賦：「且魏地者，畢昴之所應，虞夏之餘人，先王之桑梓，列聖之遺塵。」㊃世俗。老子四：「和其光，同其塵。」魏書一一四釋老志：「梵境幽玄，義歸清曠；伽藍净土，理絶囂塵。」㊄極小的計量單位。周髀算經小數：「纖，十沙；沙，十塵。」㊅久。見「塵邈」。㊆宗教用詞。1. 佛教稱人間爲塵，如「塵世」、「凡塵」。2. 道家稱一世爲「一塵」。五代南唐沈汾續仙傳：「丁約謂韋子威曰：『郎君得道，尚隔兩塵。』子威問其故。答曰：『儒謂之世，釋謂之劫，道謂之塵。』」宋范成大石湖集四題記事册詩：「北山山下小菴居，佛劫仙塵只故吾。」

【塵凡】㊀人間。宋蘇軾分類東坡詩一風水洞二首和李節推之二：「山前乳水隔塵凡，山上仙風舞檜杉。」㊁凡人。宣和遺事前集：「恩許塵凡時縱步，不知身在五雲深。」

【塵心】佛教宣揚超脱現實，把關心社會現實的心情稱爲塵心。唐錢起錢考功集四哭空寂寺玄上人詩：「寂滅應爲樂，塵心徒自傷。」

【塵世】猶言人間。唐王維王右丞集六愚公谷詩：「寄言塵世客，何處欲歸臨？」

【塵外】世外。後漢書四九張衡傳思玄賦：「遊塵外而瞥天兮，據冥翳而哀鳴。」晉書謝安傳論：「文靖始居塵外，高謝人間，嘯詠山林，游泛江海。」

【塵言】世俗之言。晉皇甫謐高士傳上巢父贊：「巢父鳥棲，弗嘗棟宇；（許）由進塵言，嚴揮不與。」

【塵坌】灰塵污染，引申爲塵俗的氣氛玷污。儀禮聘禮「宰夫内拂几三」注：「内拂几，不欲塵坌尊者。」也作「塵坌」。宋蘇舜欽蘇學士集三和鄰幾登繁臺塔詩：「迥然塵坌隔，頓覺襟抱舒。」

【塵劫】佛教稱一世爲一劫，無量無邊劫爲塵劫。楞嚴經一：「猶如煮沙，欲成嘉饌，縱經塵劫，終不能得。」文選南朝梁王簡棲（屮）頭陀寺碑：「演勿照之明，而鑒窮沙界；導亡機之權，而功濟塵劫。」

【塵表】㊀指人品超絶世俗。晉書王戎傳：「王衍神姿高徹，如瑤林瓊樹，自然是風塵表物。」世説新語賞譽上作「風塵外物」。唐獨孤及毗陵集一三月三日自京到華陰……詩：「裴子塵表物，薛侯席上珍。」㊁世外。南史阮孝緒傳：「乃著高隱傳，上自炎皇，終于天監末，斟酌分爲三品，……掛冠人世，棲心塵表爲下篇。"唐韋應物韋江州集四天長寺上方別子西有道詩："高曠出塵表，逍遥滌心神。"

【塵事】世俗之事。晉陶潛陶淵明集三辛丑歲七月赴假還江陵夜行途中詩："閒居三十載，遂與塵事冥。"

【塵抱】世俗的胸懷。宋陸游劍南詩稿六九自述："勃落爲衣隱薜蘿，掃空塵抱養天和。"

【塵氛】塵俗的氣氛。唐杜甫杜工部草堂詩箋二三觀李固請司馬弟山水圖詩之二："此生隨萬物，何路出塵氛。"

【塵忝】謙稱自己的才能不配所任的職位。文選南朝梁任彥昇（昉）到大司馬記室箋："顧己循涯，實知塵忝。"唐白居易長慶集六二再授賓客分司詩："伊予再塵忝，内愧非才哲。"

【塵垢】塵土和垢污，比喻微末卑污的事物。也指塵世。莊子齊物論："無謂有謂，有謂無謂，而遊乎塵垢之外。"淮南子俶真："以利害爲塵垢，以死生爲晝夜。"

【塵思】凡俗的念頭。宋蘇舜欽蘇學士集八游招隱道中詩："揚鞭望招隱，塵思渙然收。"

【塵界】佛教以色、聲、香、味、觸、法爲六塵。六塵所構成的現實世界叫塵界。文苑英華一七八唐趙彥昭和九月九日登慈恩寺浮圖應制詩："皇心滿塵界，佛迹見虚空。"

【塵俗】㊀世俗，指日常生活中的禮法習慣等。文選南朝梁任彥昇（昉）王文憲集序："時司徒袁粲有高世之度，脱落塵俗。"㊁人間。晉書索襲傳："宅不彌畝而志忽九州，形居塵俗而棲心天外。"

【塵容】塵俗的面容。文選南齊孔德璋（稚珪）北山移文："焚芰製而裂荷衣，抗塵容而走俗狀。"唐岑參岑嘉州集一春半與羣公同遊元處士別業詩："愛兹清俗慮，何事老塵容？"

【塵埃】㊀隨風飄揚的灰土。莊子逍遥遊："野馬也，塵埃也，生物之以息相吹也。"唐成玄英疏："揚土曰塵，塵之細者曰埃。"唐杜甫杜工部草堂詩箋二兵車行："耶娘妻子走相送，塵埃不見咸陽橋。"㊁比喻污染。楚辭屈原漁父："安能以皓皓之白而蒙世俗之塵埃乎？"

【塵涴】猶言打擾，對人有所請求的客氣話。宋華鎮雲溪居士集二一上温倅朱朝奉書："敢録所爲文若干篇，隨此專人，塵獻於門下，斐然狂簡，固不足塵涴清視，姑以致區區之意。"

【塵務】世間俗事。世説新語賢媛："王江州夫人語謝遏曰：'汝何以都不復進，爲是塵務經心，天分有限？'"王江州，王凝之；夫人爲謝道韞。南齊書何昌寓傳與諸淵書："散情風雲，不以塵務嬰衿；明發懷古，惟以琴書娱志。"

【塵累】㊀佛教語。指煩惱、惡業的種種束縛。楞嚴經一："拔濟未來，越諸塵累。"㊁世俗事務的牽累。梁書阮孝緒傳："願迹松子於瀛海，追許由於穹谷，庶保促生，以免塵累。"㊂污染。宋書庾炳之傳："如臣所聞，天下論議炳之常塵累日月，未見一豪增輝。"

【塵勞】佛教徒謂世俗事務的煩惱。也泛指事務勞累。無量壽經上："散諸塵勞，壞諸欲塹。"宋范成大石湖集二六丙午新正書懷十首之八："東風馬耳塵勞後，半夜雞聲睡熟時。"

【塵喧】人世的煩擾。藝文類聚七六南朝梁劉孝儀和昭明太子鍾山解講詩："雖窮理遊盛，終爲塵俗喧。"唐韋應物韋江州集七南園詩："頓灑塵喧意，長嘯滿襟風。"

【塵滓】㊀比喻世間繁瑣的事務。北齊顔之推顔氏家訓勉學："其餘桎梏塵滓之中，顛仆名利之下者，豈可備言乎？"㊁比喻卑賤。南史劉敬宣傳論："或階緣恩舊，一其心力；或攀附風雲，奮其鱗羽；咸能振拔塵滓，自致封侯。"

【塵想】世俗的想念。晉陶潛陶淵明集二歸田園居詩之二："白日掩荆扉，虚室絶塵想。"

【塵塵】㊀平和的樣子。逸周書太子晉："馬亦不剛，轡亦不柔。志氣塵塵，取予不疑，以是御之。"㊁世界。宋蘇軾分類東坡詩三遷居："念念自成劫，塵塵各有際。"注："佛家以世界爲塵，塵塵有際，言物各有世界。"

【塵境】佛教以色、聲、香、味、觸、法爲六塵。因稱現實世界爲"塵境"。禪源諸詮集都序卷上之二："諸法如夢，諸聖同説，故妄念本寂，塵境本空。"唐李白李太白詩一四春日歸山寄孟浩然："朱紱遺塵境，青山謁梵筵。"

【塵鞅】世俗事務的束縛。鞅，套在馬頸上的皮帶。唐白居易長慶集七登香鑪峰頂詩："紛吾何屑屑，未能脱塵鞅。"又劉長卿劉隨州集十補遺游四窗詩："對此脱塵鞅，頓忘榮與辱。"

【塵夢】人世的夢幻。才調集四曹唐仙子洞中有懷劉阮詩："不將清瑟理霓裳，塵夢那知鶴夢長。"

【塵障】飛揚障目的塵土。宋秦觀淮海集十一晚出左掖詩："出門塵障如黄霧，始覺身從天上歸。"也作"塵漲"。金元好問遺山集八永寧南原秋望詩："洗開塵漲雨纔定，老盡物華秋不知。"

【塵網】人在世間有種種拘束，如魚在網中，故稱塵網。漢東方朔東方大中集與友人書："不可使塵網名韁拘鎖。"晉陶潛陶淵明集二歸田園居詩之一："誤落塵網中，一去三十年。"

【塵緣】佛教認爲色、聲、香、味、觸、法爲六塵，是污染人心、使生嗜欲的根緣。圓覺經："妄認四大爲自身相，六塵緣影爲自心相。"唐韋應物韋江州集六春月觀省屬城始憩東西林精舍詩："佳士亦棲息，善身絶塵緣。"

【塵濁】猶言塵世。舊題漢班固漢武帝内傳："王母曰：'此子勤心已久，而不遇良師，……是故我發閬宫，暫舍塵濁，既欲堅其仙志，又欲令向化不惑也。'"

【塵寰】人世間。唐李羣玉詩集後集一送隱者歸羅浮："自此塵寰音信斷，山川風月永相思。"

【塵甑】甑，炊飯的瓦器。布滿灰塵的飯甑，形容家境貧困，無米下鍋。後漢書八一范冉傳："閭里歌之曰：'甑中生塵范史雲，釜中生魚范萊蕪。'"宋范成大石湖集二六春晚即事留游子明王仲顒詩："笑我生塵甑，慚君有意袍。"

【塵翳】被灰塵遮掩。比喻受蒙蔽。楚辭漢東方朔七諫沉江："高陽無故而委塵兮，唐虞點灼而毁議。"注："委塵，坋塵也。言帝顓頊聰明克讓，然無故被塵翳。"

【塵點】污染，玷辱。後漢書四四楊震傳上疏："阿母王聖……外交屬託，擾亂天下，損辱清朝，塵點日月。"也作"塵玷"。文選晉袁彥伯（宏）三國名臣序贊："元歎（顧雍）穆遠，神和行檢，如彼白珪，質無塵玷。"

【塵顔】同"塵容"。唐李白李太白詩二一望廬山瀑布："無論漱瓊液，且得洗塵顔。"

【塵雜】人世間的煩雜瑣事。晉陶潛陶淵明集二歸田園居詩："户庭無塵雜，虚室有餘閑。"文選南朝梁任彥昇（昉）王文憲集序："性託夷遠，少屏塵雜。"

【塵邈】久遠。文選漢張平子（衡）思玄賦："美襞積以酷烈兮，允塵邈而難虧。"

【塵襟】世俗的胸襟。唐張九齡曲江集四出爲豫章郡途次廬山東巖下詩："追兹刺江郡，來此滌塵襟。"

【塵霧】㊀灰塵和烟霧。比喻受到污染。

蒙蔽。文選晉袁彦伯(宏)三國名臣贊:"雖遇塵霧,猶振霜雪。"㊁塵土飛揚如霧。唐白居易長慶集十二長恨歌:"回頭下望人寰處,不見長安見塵霧。"

【塵露】㊀風塵雨露,比喻物微小不足道。文選三國魏曹子建(植)求自試表:"冀以塵露之微,補益山海;螢燭末光,增輝日月。"㊁塵飛露乾,比喻短促。三國魏阮籍阮步兵集詠懷詩之二三:"人生若塵露,天道邈悠悠。"㊂猶言經受風霜,比喻辛勞。宋書謝莊傳:"陛下今蒙犯塵露,晨往宵歸,容恐不逞之徒,妄生矯詐。"

【塵囂】世間的紛擾、喧囂。晉陶潛陶淵明集五桃花源記詩:"借問游方士,焉測塵囂外。"唐韓愈昌黎集七和李相公攝事南郊覽物興懷呈一二知舊詩:"顧瞻想巖谷,興歎倦塵囂。"

【塵聽】俗音。唐孟郊孟東野集八同第郎中使君送河南裴文學詩:"送君無塵聽,舞鶴清瑟音。"又謙稱言辭或歌唱不佳曰"塵聽"。如云"有塵清聽",意謂污耳。

【塵垢粃糠】比喻瑣屑無用的東西。塵垢,灰塵和污垢;粃糠,穀殼和米皮。莊子逍遙遊:"是其塵垢粃糠,將猶陶鑄堯舜者也。"

【塵飯塗羹】以塵土作飯,以泥水作菜湯。比喻以假當真或無足輕重的事物。韓非子外儲左上:"夫嬰兒相與戲也,以塵爲飯,以塗爲羹,以木爲胾。然至日晚必歸饟者,塵飯塗羹,可以戲而不可食也。"

境 jìng 居影切,上,梗韻,見。ㄐㄧㄥˋ

㊀疆界。商君書墾令:"五民者不生於境內,則草必墾矣。"㊁所處地方。晉陶潛陶淵明集三飲酒詩:"結廬在人境,而無車馬喧。"㊂境界。世説新語排調:"顧長康(愷之)噉甘蔗,先食尾。人問所以。云:漸至佳境。"宋史四一〇舒焕傳附舒璘:"敝床疏席,總是佳趣;櫛風沐雨,反爲美境。"

【境物】四周的景物。唐權德輿權載之集六陪包諫議湖墅路中舉帆詩:"蕭蕭涼雨歇,境物望中閑。"

【境界】㊀疆界。詩大雅江漢"于疆于理"漢鄭玄箋:"召公于有叛戾之國,則往正其境界,脩其分理。"後漢書四九仲長統傳損益:"當更制其境界,使遠者不過二百里。"㊁境地。無量壽經上:"比丘白佛,斯義宏深,非我境界。"元耶律楚材湛然居士集二外道李浩和景賢霏字韻予再和呈景賢詩:"我愛北天真境界,乾坤一色雪花霏。"

【境域】境内的地區。後漢書五八虞詡傳:"若棄其境域,徙其人庶,安土重遷,必生異志。"宋書文帝紀:"益、梁、交、廣,境域幽遐,治宜物情,或多偏擁。"

墒 shāng 字彙 尸羊切,音商。ㄕㄤ

字彙:"墒,新耕土也。"今北方方言指土壤含有適合種子發芽和作物生長的濕度。

墌 zhí 之石切,入,昔韻,照。ㄓ

㊀基址。見玉篇。㊁地名字。舊唐書太宗紀:"太宗又爲元帥以擊仁杲,相持於折墌城,深溝高壘者六十餘日。"新唐書太宗紀作高墌城。

墉 yōng 餘封切,平,鍾韻,喻。ㄩㄥ

㊀城牆。詩大雅皇矣:"以伐崇墉。"傳:"墉,城也。"㊁牆壁。詩召南行露:"誰謂鼠無牙,何以穿我墉?"

【墉垣】城牆。文選三國魏何平叔(晏)景福殿賦:"墉垣碭基,其光昭昭。"

【墉宮】即墉城。神仙所居之地。舊題漢班固漢武帝內傳:"帝閒居承華殿,東方朔、董仲舒在側,忽見一女子,著青衣,美麗非常,帝愕然問之。女對曰:'我墉宮玉女王子登也。'"

【墉城】神仙所居之地。水經注一河水:"承淵山又有墉城,金臺玉樓,相似如一,……西王母之所治,真官仙靈之所宗。"

墊 diàn 都念切,去,㮇韻,端。ㄉㄧㄢ 徒協切,入,怗韻,定。

㊀淹没,下陷。書益稷:"洪水滔天,浩浩懷山襄陵,下民昏墊。"漢書九九下王莽傳:"武功中水鄉民三舍墊爲池。"注:"墊,陷也。"㊁挖掘。莊子外物:"然則廁足而墊之,致黃泉,人尚有用乎?"㊂下濕之疾。山海經中山經首山:"其陰有谷曰机谷,多馱鳥,其狀如梟而三目,有耳,其音如錄,食之已墊。"清郝懿行疏:"方言云:墊,下也;是塵蓋下濕之疾。"㊃鋪在床、椅或别的器物上的東西。如椅墊、草墊、鞋墊。㊄凡用一物支撑、鋪開或襯托叫墊。

【墊巾】後漢郭泰負盛名,嘗出行遇雨,巾一角墊。時人乃故折巾一角,名爲林宗巾。林宗,泰字。見後漢書六八郭太傳。宋毛滂東堂集二和郭倅見寄詩:"當年竹馬定不乏,舊雨墊巾無恙否?"

【墊江】㊀縣名。漢屬巴郡。今四川巴縣地。漢書地理志上注引孟康,墊音重疊之疊。説文作褺江。西魏以墊江移置於漢臨江縣地。參閱太平寰宇記二四九忠州、嘉慶一統志三八七重慶府一巴縣。㊁水名。1. 在四川開縣南。源自縣高梁山東北,流經縣南入常渠水。參閱太平寰宇記一三七開州新浦縣、嘉慶一統志三九七夔州府一墊江水。2. 即羌水。詳"羌水"。

【墊没】沉没。唐柳宗元柳先生集十四愚溪對:"西海有水,散涣而無力,不能負芥,投之則委靡墊没,及底而後止,故其名曰弱水。"

【墊背】舊時迷信,人死後在屍體下放置錢物。紅樓夢七二:"鳳姐道:'我又不等着銜口墊背,忙什麼呢!'"

【墊陌】唐代以百錢爲一陌。實際使用往往不足百錢,叫墊陌。不足之數稱除陌。舊唐書穆宗紀:"癸卯,詔:以國用不足,應天下兩税、鹽利、榷酒、税茶及户部闕官、除陌等錢,……並每貫除舊墊陌外,量抽五十文。"墊陌的實際數,各個時期不同。如長慶元年九月敕,每貫除墊八十文,以九百二十文爲一貫,每陌只有九十二文。天祐二年四月敕,以八百五十文爲一貫,每陌只有八十五文。見唐會要八九泉貨。

【墊隘】委頓,困苦。左傳成六年:"民愁則墊隘。"注:"墊隘,羸困也。"又襄九年:"夫婦辛苦墊隘,無所底告。"

塼 1. tuán 集韻 徒官切,平,桓韻。ㄊㄨㄢ

㊀揉捏,堆聚。通"摶"。荀子正論:"譬之,是猶以塼涂塞江海也。"注:"塼涂,以涂壘塼也。"

2. zhuān 集韻 朱遄切,平,僊韻。ㄓㄨㄢ

㊁同"甎"、"磚"。本作"專"。土塊已燒者爲塼,未燒者爲墼。爾雅作"瓴甋"。宋書王彭傳:"元嘉初,父又喪亡,家貧力弱,無以營葬,……鄉里並哀之,乃各出夫力助作塼。"參閱清段玉裁説文解字注壘。

【塼₂甓】磚瓦。文選南朝宋謝惠連祭古冢文:"東府掘城北壍,入丈餘,得古冢,上無封域,不用塼甓。"晉書吴逵傳:"晝則傭賃,夜燒塼甓。"

【塼₂塔銘】唐王居士墓中誌銘,上官靈芝撰,敬客正書。居士名公,字孝寬,生前信佛,死後火化,收集骨骸,造塔保藏。塔銘字體瘦勁,似褚遂良的書法。銘刻於塼,明末出土時,已裂爲三,後散失。

今傳搨本翻刻者，以長洲鄭廷暘及蘇州錢湘二家所摹爲精。銘文見金石萃編五一。

墈 kàn 集韻 苦紺切，去，勘韻。ㄎㄢˋ

高險的堤岸。見集韻。俗稱地界土埂突起的爲墈。見正字通。

墐 1. jìn 渠遴切，去，震韻，羣。ㄐㄧㄣˋ

㊀用泥土塗塞。見"墐户"。㊁溝上的道路。國語齊："陸、阜、陵、墐、井、田、疇均，則民不憾。"㊂掩埋。通"殣"。詩小雅小弁："行有死人，尚或墐之。"傳："墐，路冢也。"

2. qín 巨巾切，平，真韻，羣。ㄑㄧㄣˊ

㊃通"堇"。見"墐泥"。

【墐户】用泥土塗塞門窗孔隙。詩豳風七月："穹窒熏鼠，塞向墐户。"禮月令季秋之月："蟄蟲咸俯在内，皆墐其户。"

【墐₂泥】黏土。舊五代史劉守光傳："又以墐泥作錢，令部内行使。"也作堇泥。參見"堇泥"。

【墐塗】泥塗牆壁。唐劉禹錫劉夢得集一武陵觀火詩："山木行翦伐，江泥宜墐塗。"

墆 1. dié 徒結切，入，屑韻，定。ㄉㄧㄝˊ

㊀積壓，滯止。管子法法："財無砥墆。"唐尹之章注："墆，久積也。"

2. dì 特計切，去，霽韻，定。ㄉㄧˋ

㊁底。漢王充論衡超奇："如與俗人相料，泰山之巔墆，長狄之項跖，不足以喻。"㊂堤。唐玄應一切經音義一三遺教經隄塘引埤蒼："長沙謂隄爲墆。"㊃隱蔽貌。見"墆₂翳"。

【墆₂霓】高貌。文選漢張平子(衡)西京賦："託喬基於山岡，直墆霓以高居。"

【墆積】貯積。管子五輔："發伏利，輸墆積。"

【墆₂翳】隱蔽貌。楚辭漢劉向九歎遠逝："舉霓旌之墆翳兮，建黄纁之總旄。"

【墆鬻】囤積貨物，等待高價賣出。文選晉左太沖(思)蜀都賦："賈貿墆鬻，舛錯縱橫。"

墀 chí 直尼切，平，脂韻，澄。ㄔˊ

㊀經過塗飾的地。漢書六七梅福傳："故願壹登文石之陛，涉赤墀之塗。"注："以丹淹泥塗殿上也。"後泛稱地爲墀。㊁殿上的空地，也指臺階。文選漢班孟堅(固)西都賦："於是玄墀釦砌，玉階彤庭。"注："玄墀，以漆飾墀。墀，階也。"

塲

字書不載。清阮元揅經室續集六惠潮海邊四詠鹽塲詩，自注説："粤鹽由曬而成，其灰池俗名爲塲。"

塿 lǒu 郎斗切，上，厚韻，來。ㄌㄡˇ

㊀塵土。説文："塿，塺土也。"參閱廣雅釋詁。㊁小墳。方言十三："冢，……自關而東謂之丘，小者謂之塿。"㊂小土丘。見"培塿"。

墁 màn 莫半切，去，换韻，明。ㄇㄢˋ

母官切，平，桓韻，明。

㊀粉刷過的牆壁。孟子滕文公下："有人於此，毁瓦畫墁。"集注："墁，牆壁之飾也。"㊁塗抹。莊子徐無鬼："郢人堊慢其鼻端。"慢，也作"漫"，通"墁"。宋蘇軾分類東坡詩十九新渡寺席上次趙景貺陳履常韻送歐陽叔弼……詩："平生魏公籌，忽斲郢人墁。"㊂塗牆工具，即抹子。

塴 bèng 集韻 逋鄧切，去，嶝韻。ㄅㄥˋ

葬時下棺入土。左傳昭十二年："鄭簡公卒，將爲葬除。……司墓之室，有當道者，毁之，則朝而塴；弗毁，則日中而塴。"注："塴，下棺。"釋文："塴，北鄧反，徐(邈)甫贈反。下棺也。禮家作窆，彼驗反，義同。"説文土部引作"堋"。

墖 tǎ ㄊㄚˇ

同"塔"。唐皎然集三題報德寺清幽上人西峰詩："雙墖寒林外，三陵暮雨間。"

墄 cè 七則切，入，德韻，清。ㄘㄜˋ

臺階。文選漢班孟堅(固)西都賦："於是左墄右平，重軒三階。"墄，也作"城"。三輔黄圖二漢宫："青瑣丹墀，左墄右平。"注："墄者，爲階級也。"又："右乘車上，故使之平；左以人上，故爲之階。"

墷 zōng 玉篇 咨容切。ㄗㄨㄥ

土菌。見玉篇。高脚繖頭，俗謂之雞墷。見正字通。參見"雞墷菌"。

墋 chěn 初朕切，上，寝韻，初。ㄔㄣˇ

㊀沙土。梁書沈約傳郊居賦："寧方割於下墊，廓重氛於上墋。"㊁混濁。文選晉陸士衡(機)漢高祖功臣頌："芒芒宇宙，上墋下黷。"注："墋，不清澄之貌也。"

【墋黷】混濁不清貌。北周庾信庾子山集一哀江南賦："潰潰沸騰，茫茫墋黷，天地離阻，人神慘酷。"

塹 qiàn 七豔切，去，豔韻，清。ㄑㄧㄢˋ

亦作"壍"。㊀壕溝，護城河。史記高祖紀："郎中鄭忠乃説止漢王，使高壘深塹，勿與戰。"又一一〇匈奴傳："因邊山險壍谿谷可繕者治之，起臨洮至遼東萬餘里。"㊁挖掘。史記秦始皇紀："三十五年，除道，道九原抵雲陽，塹山堙谷直通之。"㊂挫折。如吃一塹，長一智。

【塹埳】深坑。漢王充論衡順鼓："蝗蟲時至，……吏卒部民，塹道作坎，榜驅内於塹埳，杷蝗積聚以千斛數。"

【塹堵】古代算術名詞。宋沈括夢溪筆談十八技藝："古法，凡算方積之物，有立方……有塹堵，謂如土牆者，兩邊殺，兩頭齊。"將正方體從平面相對的兩稜切開，即成塹堵。其體爲兩個正方形(甲乙己丁、乙丙戊己)，兩個等腰直角三角形(甲乙丙、丁己戊)，一個長方形(甲丙戊丁)，共五面所圍而成。

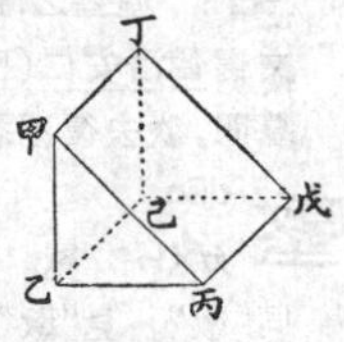

塹堵

【塹壕】戰壕。新唐書一〇八裴行儉傳："大軍次單于北，暮，已立營，塹壕既周，行儉更命徙營高岡。"

【塹壘】深坑高壘的防御工事。三國志吴孫堅傳注引英雄記："於是吏士飢渴，人馬甚疲，且夜至，又無塹壘釋甲休息。"

墅 shù 承與切，上，語韻，禪。ㄕㄨˋ

㊀農村的簡陋房子。三國魏曹植曹子建集六梁甫行："劇哉邊海民，寄身於草墅。"㊁别館，供遊樂休養的園林房屋。晉書謝安傳："又於土山營墅，樓館林竹甚盛。"

十二畫

墟 xū 去魚切，平，魚韻，溪。ㄒㄩ

本作"虚"。㊀大丘。吕氏春秋貴直："使人之朝爲草而國爲墟。"注："墟，丘墟也。"參見"虚㊀"。㊁故城，廢址。左傳僖二八年："晉侯登有莘之虚，以觀師。"文選晉潘安仁(岳)西征賦："窺秦墟於渭城，冀闕緬其堙盡。"注："聲類曰：墟，故所居也。"㊂使成廢墟。荀子解蔽："此其所以喪九牧之地，而墟宗廟之國也。"㊃鄉村市集。見"墟市"。

【墟市】農村市集。宋陸游劍南詩稿一溪行:"逢人問墟市,計日買薪蔬。"文獻通考十四征榷一宋孝宗詔:"鄉落墟市貿易,皆從民便,不許人買撲收稅。"

【墟里】村落。晉陶潛陶淵明集二歸園田居詩:"曖曖遠人村,依依墟里煙。"

【墟莽】廢墟叢莽。吴越春秋夫差内傳:"軍敗身辱,逋逃出走,棲于會稽,國爲墟莽,身爲魚鼈。"史記仲尼弟子傳端木賜作"虛莽"。

【墟落】㊀墳墓。晉夏侯湛張平子(衡)碑:"於是乃翦其墟落,寵其宗人,使奉其四時,獻其粢盛。"(隸釋十九)㊁村落。文選南朝梁范彥龍(雲)贈張徐州稷詩:"軒蓋照墟落,傳瑞生光輝。"唐王維王右丞集三渭川田家詩:"斜光照墟落,窮巷牛羊歸。"

【墟墓】叢葬的墓地。猶言丘墓。禮檀弓下:"墟墓之間,未施哀于民而民哀。"文選晉潘安仁(岳)悼亡詩之三:"徘徊墟墓間,欲去復不忍。"

墪 dūn ㄉㄨㄣ

同"墩"。見"墩"。

墮 duò ㄉㄨㄛˋ

㊀跌落,墜落。同"墮"。史記七十張儀傳:"張儀至秦,詳失綏墮車,不朝三月。"㊁懈怠。通"惰"。韓非子顯學:"與人相若也,無饑饉疾疢禍罪之殃,獨以貧窮者,非侈則墮也。"

【墮容】精神不振,面有怠惰的神色。後漢書六七魏朗傳:"朗性矜嚴,閉門整法度,家人不見墮容。"參見"惰容"。

【墮嬾】懶惰。後漢書二七王丹傳:"每歲農時,輒載酒肴於田閒,候勤者而勞之,其墮嬾者恥不致丹,皆兼功自厲。"

【墮和羅】見"墮和羅"。

【墮甑不顧】見"墮甑"。

墩 dūn 都昆切,平,魂韻,端。ㄉㄨㄣ

土堆。北堂書鈔一七五堆:"郭璞注爾雅云:江東呼堆爲墩。"今本爾雅釋丘"丘一成爲敦丘",郭注作"敦"。唐李白李太白詩二一登金陵冶城西北謝安墩:"冶城訪古跡,猶有謝安墩。"

【墩官】遼御宴時,賜升殿坐殿中墩上的官員。遼史國語解帝紀高墩:"遼排班圖,有高墩、矮墩、方墩之列。自大丞至阿札割只,皆墩官也。"

墡 shàn 常演切,上,獮韻,禪。ㄕㄢˋ

白土。一名堊,或作"墠"。見唐玄應一切經音義十七墡引字林。又作"磰"。見廣韻。

增 1. zēng 作滕切,平,登韻,精。ㄗㄥ

㊀加多,添。詩小雅天保:"如川之方至,以莫不增。"

2. céng ㄘㄥˊ

㊀通"層"。楚辭宋玉招魂:"增冰峨峨,飛雪千里些。"注:"言北方常寒,其冰重累,峨峨如山。"

【增生】科舉制度中生員名目之一。明代生員都有月廩,每人米六斗,有一定名額,爲廩膳生員。後又於正額之外,增加名額,稱爲增廣生員。見明史選舉志一。清沿襲明制,簡稱廩生、增生。

【增光】增添光彩。後漢書五三徐穉傳:"侯射胡廣等上疏薦穉等曰:'……若使擢登三事,協亮天工,必能翼宣盛美,增光日月矣。'"

【增₂宮】高聳多層的宮殿。又稱層宮。文選漢揚子雲(雄)甘泉賦:"增宮參差,駢嵯峨兮。"

【增益】增加。史記禮書:"叔孫通頗有所增益減損,大抵皆襲秦故。"

【增城】㊀縣名。屬廣東省。秦爲南海郡番禺縣地。東漢分置增城縣。隋開皇十年,屬廣州。見元和郡縣志三四廣州。㊁漢宮名。文選漢班孟堅(固)西都賦:"後宮則有掖庭椒房后妃之室,合歡、增城、安處、常寧……鴛鸞、飛翔之列。"漢書九七下孝成班倢伃傳作"增成舍"。

【增₂城】古代神話中的地名。楚辭屈原天問:"增城九重,其高幾里?"淮南子地形:"掘崑崙虛以下地,中有增城九重,其高萬一千里百一十四步二尺六寸。"注:"中,崑崙虛中也;增,重也。"

【增息】繁殖。漢王符潛夫論三式:"明察其治,重其刑賞,姦宄減少,戶口增息者,賞賜金帛,爵至封侯。"

【增逝】高飛。漢書六七梅福傳:"夫鼠鵲遭害,則仁鳥增逝。"文選晉張茂先(華)鷦鷯賦:"彼晨鳧與歸鴈,又矯翼而增逝。"參見"曾逝"。

【增增】衆多貌。詩魯頌閟宮:"公徒三萬,貝冑朱綅,烝徒增增。"傳:"增增,衆也。"唐劉禹錫劉賓客集五訊甿:"其通旁午,有甿增增。"

【增₂樓】高樓大廈。漢桓寬鹽鐵論散不足:"今富者積土成山,列樹成林,臺榭連閣,集觀增樓。"

【增韻】增修互注禮部韻略的省稱。宋毛晃認爲丁度等編的禮部韻略收字太少,於是搜集典籍中的字按韻部增入,並對原書中存在的音義字畫錯誤,加以辨證。後來,其子毛居正又加增補。共增四千零五十七字,訂正錯誤四百八十五字。

【增竈】軍事上以假象迷惑敵人的計謀。後漢書五八虞詡傳:"遷武都太守,……羌乃率衆數千,遮詡於陳倉、崤谷。詡即停軍不進,而宣言上書請兵,須到當發。羌聞之,乃分鈔傍縣。詡因其兵散,日夜進道,兼行百餘里。令吏士各作兩竈,日倍增之,羌不敢逼。"後稱爲增竈之計。

【增藪】野草叢生的地方。管子揆度:"燒山林,破增藪,焚沛澤,逐禽獸。"

【增長主】即增長天王,爲佛教四大天王之一。法苑珠林五三界篇諸天部會名:"南方天王名毗瑠璃,此云增長主。"

墝 qiāo 口交切,平,肴韻,溪。ㄑㄧㄠ

瘠薄的土地。同"磽"、"墽"。荀子儒效:"相高下,視墝肥,序五種,君子不如農人。"

【墝埆】㊀土地貧瘠。墨子親士:"墝埆者,其地不育。"漢桓寬鹽鐵論通有:"山居澤處,蓬蒿墝埆,財物流通,有以均之。"㊁險要。後漢書八九南匈奴傳:"墝埆之人,屢嬰塗炭。"注:"墝埆,謂險要也。"

【墝瘠】土地瘦薄。三國志魏盧毓傳:"帝以譙舊鄉,故大徙民充之以爲屯田,而譙土地墝瘠,百姓窮困。"

墳 1. fén 符分切,平,文韻,奉。ㄈㄣˊ

㊀堤岸,高地。詩周南汝墳:"遵彼汝墳,伐其條枚。"楚辭屈原九章哀郢:"登大墳以望遠兮,聊以舒吾憂心。"㊁墳墓。禮檀弓上:"古也墓而不墳。"注:"土之高者曰墳。"㊂大。見"墳首"。㊃順從。管子君臣下:"墳然若一父之子,若一家之實。"注:"墳,順貌。或刑賞之莫敢違逆,若子之從父,家之從長。"㊄劃分。楚辭屈原天問:"地方九則,何以墳之?"注:"墳,分也。"

2. fèn 房吻切,上,吻韻,奉。ㄈㄣˇ

㊅土質肥沃。書禹貢:"厥土黑墳。"釋文:"墳,扶粉反。……馬(融)云:有膏肥也。"㊆高起。左傳僖四年:"太子祭於曲

沃，歸胙于公。……公祭之地，地墳。”

【墳羊】土怪。國語魯下：“丘聞之，木石之怪曰夔、蝄蜽；水之怪曰龍、罔象；土之怪曰墳羊。”也見史記孔子世家、淮南子氾論。漢劉向說苑辨物作“羵羊”。晉干寶搜神記作“賁羊”。

【墳花】古代祭祀帝王陵園寢廟專用的紙花。用紙錢紮成，加以裝飾彩繪。也稱寶花。清會典三八禮部祠祭清吏司四：“清明祭埽，不得插用墳花。”

【墳典】三墳、五典的簡稱，後轉爲古書的通稱。後漢書八十下趙壹傳報皇甫規書：“高可敷翫墳典，起發聖恩。”三國志吳孫瑜傳：“是時諸將皆以軍務爲事，而瑜好樂墳典，雖在戎旅，誦聲不絕。”參見“三墳五典”。

【墳首】大頭。詩小雅苕之華：“牂羊墳首，三星在罶。”注：“牂羊，牝羊。”傳訓墳爲大。一說墳卽“羒”，雌羊。參閱清馬瑞辰毛詩傳箋通釋二三。

【墳衍】肥沃平曠的土地。周禮夏官邍師：“辨其丘陵、墳衍、邍隰之名。”疏：“水涯曰墳，下平曰衍。”文選三國魏王仲宣（粲）登樓賦：“背墳衍之廣陸兮，臨皋隰之沃流。”

【墳倉】大糧倉。韓非子八姦：“其於德施也，縱禁財，發墳倉。”王先慎集解：“積粟於倉若墳然。”

【墳墓】埋葬死人的處所。古時封土成丘的叫墳，平的叫墓。後多以墳墓連用，不再區別。墨子七患：“生時治臺榭，死又修墳墓。”周禮地官大司徒：“一曰媺宮室，二曰族墳墓。”

【墳燭】大燭。也叫麻燭。周禮秋官司烜氏：“凡邦之大事，共墳燭庭燎。”注：“（鄭）玄謂墳，大也。樹於門外曰大燭，於門內曰庭燎，皆所以照衆爲明。”

【墳壚】高起的黑色硬土。書禹貢：“厥土惟壤，下土墳壚。”傳：“高者壤，下者壚，壚疏。”

【墳$_2$壤】肥沃的鬆土。周禮地官草人：“凡糞種，騂剛用牛，赤緹用羊，墳壤用麋，渴澤用鹿。”

【墳籍】古代典籍。後漢書六八郭太傳：“就成皋屈伯彥學，三年業畢，博通墳籍。”文選三國魏應休璉（璩）與從弟君苗君胄書：“潛精墳典，立身揚名，斯爲可矣。”

墱 dèng ㄉㄥˋ 集韻 丁鄧切，去，隥韻。

石級，自低處向高處的坡道。同“隥”。參閱清段玉裁說文解字注隥。

【墱流】有臺階的排水溝渠。文選晉左太冲（思）魏都賦：“墱流十二，同源異口。”唐李周翰注：“墱，級次；泄水之處言有十二也。”

【墱道】有臺階的登高道路。文選漢張平子（衡）西京賦：“旣乃珍臺蹇產以極壯，墱道邐倚以正東。”後漢書四十上班彪傳附班固西都賦：“陵墱道而超西墉，混建章而外屬。”文選班固西都賦作“隥道”。

墢 fá ㄈㄚˊ 集韻 北末切，入，末韻。房越切，入，月韻。

耕地起土。同“坺”、“垡”。國語周上：“王耕一墢，班三之，庶民終於千畝。”注：“王耕一墢，一耜之發也。”

【墢田士】古代屯田開墾的士卒。水經注二河水：“（河水）又東逕樓蘭城南而東注，蓋墢田士所屯。”

墠 shàn ㄕㄢˋ 常演切，上，獮韻，禪。

㊀郊外的土地。詩鄭風東門之墠：“東門之墠，茹藘在阪。”箋：“城東門之外有墠，墠邊有阪，茅蒐生焉。”㊁祭祀的場地。禮祭法：“是故王立七廟，一壇一墠。”疏：“一壇一墠者，七廟之外又立壇墠各一也。”㊂清除場地。書金縢：“公乃自以爲功，爲三壇同墠。”釋文：“墠，音善。”公羊傳宣十八年“墠帷”漢何休注：“埽地曰墠。”

【墠場】古代祭祀的場所。史記孝文紀十四年：“其廣增諸祀墠場珪幣。”漢書文帝紀作“壇場”。

墺 ào 烏到切，去，号韻，影。ㄠˋ 於六切，入，屋韻，影。

本作“墺”。㊀可以定居的地方。古書多作“隩”。或作“奧”。玉篇引夏書：“四墺旣宅。”今書禹貢作“隩”。漢書地理志上引禹貢作“奧”。㊁靠近水邊的地方。見字彙。

墣 pǔ 普木切，入，屋韻，滂。ㄆㄨˇ 匹角切，入，覺韻，滂。

土塊。國語吳：“王寐，疇枕王以墣而去之。”注：“墣，塊也。”淮南子說林：“土勝水者，非以一墣塞江也。”

墦 fán ㄈㄢˊ 附袁切，平，元韻，奉。

墳墓。孟子離婁下：“卒之東郭墦間之祭者，乞其餘。”注：“墦間，郭外冢間也。”

【墦冢】山名。卽嶓冢。山海經中山經傅山：“其西有林焉，名曰墦冢，穀水出焉，而東流注于洛。”參見“嶓冢”。

埜 yě ㄧㄝˇ

古“野”字。也作“壄”。楚辭宋玉九辯：“泊莽莽與埜草同死。”又屈原九歌國殤：“天時墜兮威靈怒，嚴殺盡兮棄原埜。”

埜 yín ㄧㄣˊ

界限。古“垠”字。淮南子俶真：“蘆苻之厚，通於無埜，而復反於敦龐。”

墜 zhuì ㄓㄨㄟˋ 直類切，去，至韻，澄。

㊀落下，陷入。書仲虺之誥：“有夏昏德，民墜塗炭。”楚辭屈原九歌國殤：“矢交墜兮士爭先。”㊁喪失。國語晉二：“知禮可使，敬不墜命。”㊂形狀從上下掛的物品。玩飾品如扇墜、耳墜、香墜，都取下垂之義。元張昱張光弼集宮中詞十二：“尋出塗金香墜子，安排衣線撚春綿。”

【墜心】形容擔憂、恐懼。文選南朝梁江文通（淹）恨賦：“或有孤臣危涕，孽子墜心。”注謂“心當云危，涕當云墜，江氏愛奇，故互文以見義”。

【墜地】㊀物體下落到地。唐張籍張司業集七惜花：“濛濛庭樹花，墜地無顏色。”㊁衰落。唐杜甫分門杜工部詩九送重表侄王砅評事使南海：“家聲肯墜地，利器當秋毫。”

【墜言】失言。漢書五一鄒陽傳：“雖墜言於吳，非其正計也。”注：“蘇林曰：墜，猶失也。”

【墜典】已廢亡的典章制度。藝文類聚三八南朝梁沈約侍皇太子釋奠宴詩：“隊典必從，闕祀咸薦。”隊，同“墜”。唐柳宗元柳先生集三三與楊誨之再釋車敦勉用和書：“今日有北人來，示將藉田劝，……喜聖朝舉數十年墜典，太平之路果辟，則吾之昧昧之罪，亦將有時而明也。”

【墜睫】垂涕。唐韓偓玉山樵人集八月六日作詩：“袁安墜睫尋憂漢，賈誼濡毫但過秦。”後漢書四五袁安傳稱安看到外戚專權，與人言及國事，未嘗不嗚咽流涕。詩中卽取爲典故。也作“墮睫”。宋歐陽修文忠集五五舟中望京邑詩：“揮手嵇琴空墮睫，開樽魯酒不忘憂。”

【墜緒】衰亡或將絕而未絕的事業。書五子之歌：“荒墜厥緒，覆宗絕祀。”唐韓愈昌黎集十二進學解：“尋墜緒之茫茫，獨旁搜而遠紹。”

【墜歡】失去寵愛。後漢書光武郭皇后紀論：“愛升，則天下不足容其高；歡隊，故九服無所逃其命。”隊，同“墜”。後因稱夫妻離而復合曰墜歡重拾。也稱已經過去的歡樂。南朝宋鮑照鮑氏集六和傅大農與僚故別詩："墜歡豈更接，明愛邈難尋。"

【墜茵落溷】比喻境遇高下不同。茵，墊褥；溷，糞坑。梁書范縝傳："子良精信釋教，而縝盛稱無佛。子良問曰：'君不信因果，世間何得有富貴，何得有賤貧？'縝答曰：'人之生譬如一樹花，同發一枝，俱開一蒂，隨風而墮，自有拂簾幌，墜於茵席之上；自有關籬牆，落於糞溷之側。墜茵席者，殿下是也；落糞溷者，下官是也。貴賤雖復殊途，因果竟在何處？'"

墮 1. duò 徒果切，上，果韻，定。ㄉㄨㄛˋ 他果切，上，果韻，透。

𡐦字隸變作墮。㊀落。史記高祖紀："會天寒，士卒墮指者什二三。"或作"墯"，後漢書墮字多作"墯"。㊁懈怠。通"惰"。荀子宥坐："今之世則不然，亂其教，繁其刑，其民迷而墮焉。"淮南子兵略："動無墮容，口無虛言。"㊂脫落，禿。通"鬌"。參見"墮顛"。

2. huī 許規切，平，支韻，曉。ㄏㄨㄟ

㊃毀壞。通"隳"。書益稷："萬事墮哉。"釋文："墮，許規反。"漢書刑法志："周道衰，法度𡐦，至齊桓公任用管仲，而國富民安。"注："𡐦即墮字。墮，毀也，音火規反。"文選漢賈誼過秦論："一夫作難而七廟隳。"㊄輸，送。左傳昭四年："王使往曰：'屬有宗祧之事於武城，寡君將墮幣焉。'"釋文："墮，許規反。布也；服(虔)云：輸也。"

【墮民】見"惰民"。

【墮地】落地，出生。宋陳師道後山詩注五贈寇國寶之三："虎子墮地氣食牛，雀兒浴處魚何求。"也作"墯地"。後漢書三一陸康傳："少子績，……幼年曾謁袁術，懷橘墯地者也，有名稱。"

【墮胎】胎兒墮落。三國志魏曹爽傳"皆伏誅，夷三族"注引魏略："(桓)範忿其言觸實，乃以刀環撞其腹。妻時懷孕，遂墮胎死。"

【墮怠】懶惰。漢桓寬鹽鐵論散不足："今熟食徧列，殽施成市；作業墮怠，食必趣時。"

【墮倪】怠惰傲慢。管子正世："財竭則不能毋侵奪，力罷則不能毋墮倪。民已侵奪墮倪，因以法隨而誅之，則是誅罰重而亂愈起。"

【墮落】㊀脫落。漢書八十宣元六王傳："今聞陛下春秋未滿四十，齒髮墮落。"㊁衰敗。荀子富國："徙壞墮落，必反無功。"㊂佛教徒指陷於惡道惡事。法華經譬喻品："或當墮落，爲火所燒。"

【墮窳】懈怠無力。墮，通"惰"；窳，敗壞。文選漢枚叔(乘)七發："血脈淫濯，手足墮窳。"

【墮甑】後漢書六八郭太傳附孟敏："(敏)客居太原，荷甑墮地，不顧而去。郭林宗(太)見而問其意。對曰：'甑已破矣，視之何益？'"林宗，太字。墯，同墮。後因以墮甑比喻事已過去，不必置意。宋蘇軾分類東坡詩二五聞子由爲郡僚所捃恐當去官詩："我已無可言，墮甑難追悔。"

【墮樓】跳樓自殺。唐杜牧樊川集四題桃花夫人廟："至竟息亡緣底事，可憐金谷墮樓人。"墮樓人，指晉石崇侍女綠珠。參見"綠珠"。

【墮₂斁】毀壞。漢書八三薛宣傳："不得其人則大職墮斁，王功不興。"注："墮，毀也；斁，壞也。"

【墮₂壞】㊀拆毀。史記秦始皇紀石門刻碣："初一泰平，墮壞城郭。"指秦始皇拆毀關東諸侯的舊城郭。㊁敗壞。漢桓寬鹽鐵論相刺："且夫帝王之道多墮壞而不修。"

【墮顛】脫髮禿頂。漢劉向新序雜事五："夫士亦華髮墮顛而後可用耳。"墨子修身作"華髮隳顛"。孫詒讓閒詁："畢(沅)云：'隳字當爲墮。'詒讓按説文髟部云：'鬌，髮墮也。'頁部云：'顛，頂也。'墮與鬌通，墮顛即禿頂。"

【墮和羅】古南海國名，也譯作獨和羅。南與盤盤，北與迦羅舍佛，東與真臘相接，西鄰大海。見舊唐書一九七南蠻傳、新唐書二二二南蠻傳。通典一八八譯爲投和。故地或以爲在今湄南河下游。唐初同我國友好往來。國產犀牛，稱墮羅犀。參閱唐劉恂嶺表録異中。

【墮馬髻】古代婦女髮髻名。後漢書三四梁冀傳："(冀妻孫壽)色美而善爲妖態，作愁眉，啼妝，墯馬髻。"注引風俗通："墯馬髻者，側在一邊。"墯，同"墮"。一說：髮髻鬆垂，像要墜落的樣子。也叫墜馬髻。樂府詩集二四南朝陳江總梅花落："夭姬墜馬髻，未插江南璫。"

【墮淚碑】晉羊祜都督荆州諸軍事，駐襄陽。祜死後，他的部屬在峴山他生前遊息的地方，建碑立廟，每年祭祀。見碑者莫不流淚。杜預因稱此碑爲墮淚碑。見北堂書鈔一〇二荆州圖記、晉書羊祜傳。

【墮羅犀】古南海墮和羅產犀牛，其角特大，一枝有重七八斤的，可製爲胯具或盤碟器皿之類。稱墮羅犀。參閱唐劉恂嶺表録異中。

【墮雲霧中】比喻迷惑不清。世説新語賞譽："王仲祖(濛)劉真長(惔)造殷(浩)中軍談，談竟俱載去。劉謂王曰：'淵源(浩字)真可。'王曰：'卿故墮其雲霧中。'"

墬 dì ㄉㄧˋ

古"地"字。楚辭淮南子史記漢書等地多作"墬"。

墨 1. mò 莫北切，入，德韻，明。ㄇㄛˋ

㊀寫字、作畫用的黑色顏料。太平御覽二四四晉傅玄太子少傅箴："習以性成，故近朱者赤，近墨者黑。"古代寫字，以竹梃點漆，後來磨石炭爲汁而書叫石墨。漢以後多用松煙，桐煤製墨，見明陶宗儀輟耕録二九墨。㊁黑色。孟子滕文公上："歠粥，面深墨。"㊂文字的代名，如言文墨、翰墨。㊃繩墨，木工用來校正曲直的墨斗綫。引申爲法度、準則。漢揚雄太玄經三法："物仰其墨，莫不被則。"晉書四五劉毅傳："正色立朝，舉綱引墨。"參見"纆"。㊄占卜時灼龜甲裂開的紋路。禮玉藻："史定墨。"清孫希旦集解："凡卜以火灼龜，視其裂紋，以占吉凶。其巨紋謂之墨，其細紋傍出者謂之拆。謂墨者，卜以墨畫龜腹而灼之，其從墨而裂者吉，不從墨而裂者凶。"㊅古代五刑之一。見"墨刑"。㊆黑暗。荀子解蔽："詩云：'墨以爲明，狐狸而蒼。'此言上幽而下險也。"㊇貪污，不廉潔。見"墨吏"。㊈古量物的單位，五尺爲墨。見"墨丈"。㊉墨家的簡稱。孟子滕文公下："天下之言，不歸楊則歸墨。"又滕文公上："墨者夷之因徐辟而求見孟子。"又姓。複姓有墨台。⑪通"默"。漢書五四李陵傳："陵墨不應。"

2. méi 集韻旻悲切，平，脂韻。ㄇㄟˊ

⑫見"墨₂杘"。

【墨工】製墨工人。宋何薳墨記都下墨工："崇寧以來，都下墨工如張孜、陳昱、關珪、弟瑱、郭遇，皆有聲稱，而精于樣製。"明陶宗儀輟耕録二九墨條末附歷代墨工姓名。

【墨丈】五尺和一丈，比喻有限的範圍。國語周下："其察色也，不過墨丈尋常之間。"注："五尺爲墨，倍墨爲丈。"

【墨子】㊀即墨翟。詳"墨翟"。㊁書名。

舊題戰國魯墨翟撰。大部分篇章是墨翟弟子或再傳弟子記述墨翟言行的集録，其説以兼愛非攻、力行勤儉爲主旨。其中墨經記述了形學、力學、光學的理論概括。是研究墨家學説和墨翟思想的基本材料。全書原有七十一篇，現存五十三篇。舊有孟勝及樂臺注，已佚。孫詒讓撰墨子閒詁十五卷，加以訓釋，校正疑牾，是近代最通用的本子。參見"墨家"。

【墨山】㊀山名。在今河南淅川縣。水經注二十丹水："黄水北有墨山，山石悉黑，繢彩奮發，黝焉若墨，故謂之墨山。"㊁漢西域城國名，三十六國之一。水經注二河水："河水又東經墨山國，治墨山城，西至尉犂二百四十里。"漢書九六下西域傳作"山國"，地在今新疆維吾爾自治區吐魯番縣西南。

【墨丸】魏晉時以漆煙松煤混和製墨，形圓如丸，故稱墨丸。以後又有螺子墨，是墨丸的遺製。宋陸游劍南詩稿五二掩户："香縷映窗凝不散，墨丸入硯細無聲。"

【墨井】古指煤礦。文選晉左太沖（思）魏都賦："墨井鹽池，玄滋素液。"唐李周翰注："墨井，井中有石如墨。"

【墨水】墨汁。隋書禮儀志四後齊："正會日，侍中黄門宣詔勞諸郡上計；勞訖，付紙，遣陳土宜。字有脱誤者，呼起席後立。書迹濫劣者，飲墨水一升。"宋蘇軾分類東坡詩十一監試呈諸試官："麻衣如再著，墨水真可飲。"

【墨汁】用墨加水磨成的汁。宋吴氏林下偶談一飲墨："唐王勃屬文，初不精思，先磨墨汁數升，酣飲，引被覆面卧。"金元好問遺山集五下黄榆嶺詩："畫工胸次墨汁滿，那得冰壺貯秋月。"

【墨玉】黑玉石。宋林綰雲林石譜下墨玉石："西蜀諸山多産墨玉，在深土中。其質如石，色深黑，體甚輕軟。土人鐫治爲帶胯及器物，極光潤。"

【墨本】碑帖的拓本。宋歐陽修文忠集五三石篆詩序："因爲詩一首，并封題墨本以寄二君。"宋梅堯臣宛陵集四七觀邵不疑學士所藏名書古畫詩："各贈墨本歸，懷寶誰肯忌。"

【墨史】元陸友著。三卷。介紹歷代精於製墨技術的人的事迹，自三國魏韋誕起，至宋周伯起止，共一百九十多人。還記載了西域、契丹、金等地墨的品種、質量、製法和製作者。附雜記一篇，記述有關墨的知識和故事。

【墨仙】宋潘谷精於製墨，因酒醉跌入枯井死，傳説稱他爲仙。見宋何薳墨記潘谷墨仙揣囊知墨。宋蘇軾分類東坡詩十二贈潘谷："一朝入海尋李白，空看人間畫墨仙。"

【墨台】複姓。相傳爲孤竹君之後。後改爲墨氏。見元和姓纂十德。漢有墨台綰。宋鄧名世古今姓氏書辨證四十説也作默夷。

【墨池】爲古代著名書法家洗筆硯的池。如：浙江紹興縣有墨池，相傳爲晉王羲之洗硯池。見太平寰宇記九六越州會稽縣。江西臨川有王羲之學書洗硯的墨池。見宋曾鞏元豐類藁十七墨池記。河南陝州有漢代書法家張芝洗硯的墨池。見明一統志。也泛指學書寫字的地方。唐駱賓王集五冬日過故人任處士書齋詩："雪明書帳冷，冰静墨池寒。"

【墨守】戰國時墨翟善守城術。後因稱牢固防守爲墨翟之守。戰國策齊六魯仲連遺燕將書："今公又以弊聊之民，距全齊之兵，期年不解，是墨翟之守也。"引申爲堅持不可改變。後漢書三五鄭玄傳："時任城何休好公羊學，遂著公羊墨守。"注："言公羊義理深遠，不可駮難，如墨翟之守城也。"後多借以比喻固執成見，不肯改進。如"墨守陳規"。

【墨吏】左傳昭十四年："貪以敗官爲墨。"注："墨，不潔之稱。"後來因稱貪官污吏爲墨吏。

【墨旨】上官對下屬手寫的指令。南史傅琰傳："（丘寂之）年十七，爲州西曹兼直主簿。刺史王或行縣夜還。前驅已至，而寂之不肯開門，曰：'不奉墨旨。'或方於車中爲教，然後開。"

【墨竹】單用墨畫的竹子。相傳始於唐吴道子，一説始於五代郭崇韜妻李氏。至宋，作者漸多，文同字與可，尤負盛名。宋蘇軾分類東坡詩十一有書文與可墨竹詩。參閲元李衎竹譜詳録一、夏文彦圖繪寶鑑二五代。

【墨車】不加彩繪的黑色車子。周禮春官巾車："大夫乘墨車。"注："墨車，不畫也。"

【墨$_2$杘】狡詐，無賴。列子力命："墨杘、單至、嘽咺、憋懯，四人相與游於世。"方言十："央亡、嚜杘，姡獪也。江湘之間或謂之無賴，或謂之㺒。凡小兒多詐而獪謂之央亡，或謂之嚜杘，或謂之姡。姡，娗也。或謂之猾，皆通語也。"唐皮日休皮子文藪二反招魂："朝刀鋸而暮鼎鑊兮，上暧昧而下墨杘些。"

【墨妙】指精妙的文章、書法、繪畫。文選南朝梁江文通（淹）別賦："雖淵（王褒）、雲（揚雄）之墨妙，嚴（安）、（徐）樂之筆精，……誰能摹暫離之狀，寫永訣之情者乎？"指文章。唐張説張説之集二五故吏部侍郎元公碑銘："麟閣書仙，鳳池墨妙。"指書法。唐岑參岑嘉州集一劉相公中書江山畫帳詩："相府徵墨妙，揮毫天地窮。"指繪畫。

【墨官】造墨的官。宋晁沖之晁具茨集二復以承晏墨贈法一詩："我聞江南墨官有諸奚，老超尚不如庭珪。後來承晏復秀出，喧然父子名相齊。"按南唐於饒置墨務，歙置硯務，蜀置紙務，各有官。奚庭珪，即李庭珪，世爲南唐墨官。也稱墨務官。參閲宋陳師道後山談叢一。

【墨卷】㊀明清科舉制試卷名目之一。鄉試、會試時，應試者用墨筆書寫試卷，稱墨卷。墨卷由謄録生用朱筆謄録，再送試官評閲，稱硃卷。參閲明史選舉志二。㊁自宋代以來，稱取中士人的文章爲程文。清代刻録程文，試官往往按題自作一篇，作爲應試人的取法，稱程文，因而把刻録的取中試卷改稱墨卷。參閲清顧炎武日知録十六程文。

【墨刑】古代五刑之一，以治輕罪者。即在被刑者額上刺字，染上黑色以作標志。書伊訓："臣下不匡，其刑墨。"傳："臣不正君，服墨刑，鑿其額，涅以墨。"

【墨花】硯石久受墨漬而成的花紋。唐李賀歌詩編三楊生青花紫石硯歌："紗帷晝暖墨花春，輕漚漂沫松麝薰。"

【墨坼】古代占卜時用火烤灼龜板，根據所現裂紋定吉凶，龜板裂紋叫墨坼。周禮春官大卜"其經兆之體皆百有二十"注："每體十繇，體有五色，又重之以墨坼也。"

【墨制】皇帝直接發出不經外廷的親筆手令。同"墨詔"。唐李肇翰林志："（陸）贄上疏曰：'伏詳舊式及國朝典故，凡有詔令，合由於中書。如或墨制施行，所司不須承受。'"

【墨版】印書的木版。因印製時須在木版上刷墨，故名。也作"墨板"。宋朱翌猗覺寮雜記下："雕印文字，唐以前無之。唐末，益州始有墨版。"宋程俱麟臺故事二："前代經史，皆以紙素傳寫，……至五代，官始用墨版摹寫六經。"

【墨客】舊時對文人的別稱。因文人要用筆墨寫詩文，故稱。文選漢揚子雲（雄）長楊賦序："聊因筆墨之成文章，故藉翰林以爲主人，子墨爲客卿以風。"賦中稱客爲"墨客"，後遂通稱文人爲"墨客"。唐杜甫杜工部詩史補遺二贈蜀僧閭丘師兒:"多士盡儒冠,墨客靄雲屯。"

【墨者】㊀墨家的學者和門徒。孟子滕文公上:"墨者夷之,因徐辟而求見孟子。"㊁受墨刑的人。周禮秋官掌戮:"墨者使守門。"注:"黥者無妨於禁御。"

【墨面】垢面,髒臉。淮南子覽冥:"美人挐首墨面而不容,曼聲吞炭内閉而不歌。"也指憔悴的面容。

【墨海】大硯,大墨盆。宋蘇易簡文房四譜三硯譜一:"昔黄帝得玉一紐,治爲墨海焉,其上篆文曰帝鴻氏之硯。"清翟灝通俗編二六器用墨海:"今書大字用墨多,則以瓦盆磨之,謂其盆曰墨海。"

【墨家】戰國初年墨翟創立的學派。古九流之一。漢書藝文志:"墨家者流,蓋出於清廟之守。茅屋采椽,是以貴儉;養三老五更,是以兼愛;選士大射,是以上賢;宗祀嚴父,是以右鬼;順四時而行,是以非命;以孝視天下,是以上同。"墨家提倡"取實予名",帶有樸素的唯物論觀點。墨翟之後,屬於墨家的有相里氏、相夫氏、鄧陵氏等。見韓非子顯學。

【墨迹】㊀用墨鉤勒的綫條。宋沈括夢溪筆談一七書畫:"諸黄(黄筌等人)畫花妙在賦色,用筆極新細,殆不見墨迹,但以輕色染成,謂之寫生。"㊁手書的原本。宋書六九范曄傳:"上示以墨迹,曄乃具陳本末。"也作"墨跡"。唐張籍張司業詩集二和左司元郎中秋居:"學書求墨跡,釀酒愛朝和。"

【墨娥】相傳有姑臧太守張憲使家伎代書札,號墨娥。見舊題唐馮贄雲仙雜記一鳳窠羣女。

【墨敕】上呈皇帝的手書奏啟。南史王彧傳:"乃墨啟答敕。"

【墨斗】即墨斗。木工畫直綫用的工具。宋沈括夢溪筆談十八技藝:"審方面勢覆,量高深遠近,筭(算)家謂之晝術。晝文象形,如繩木所用墨斗也。"

【墨曹】官名。州郡主管刑法的官吏。通典三三職官一五:"司法參軍,兩漢有決曹、賊曹掾,主刑法。歷代皆有,或謂之賊曹,或爲法曹,或爲墨曹。"

【墨敕】皇帝親筆書寫、不經外廷直接下達的命令。宋書王曇首傳:"既無墨敕,又闕幡棨,雖稱上旨,不異單刺。"唐中宗時,安樂、長寧公主及皇后妹郕國夫人、上官婕妤皆倚勢用事,受賄賣官,進錢三十萬者,即別降墨敕除官。見資治通鑑唐景龍二年。唐劉肅大唐新語諧謔:"神龍之際,政令多門,京尉由墨敕入臺者,不可勝數。"參見"墨制"、"墨詔"。

【墨莊】藏書之室。也比喻藏書。宋劉式聚書千餘卷,稱爲墨莊。又元申屠致聚書萬卷,也名爲墨莊。見宋葉廷珪海録碎事十八文學上收書、清姚之駰元明事類鈔二一書籍引元史類編。

【墨魚】即烏賊。元周密癸辛雜識續集下烏賊得名:"世號墨魚爲烏賊,何爲獨得賊名?蓋其腹中之墨,可寫僞契券,宛然如新,過半年則淡然如無字,故狡者專以此爲騙詐之謀,故謚曰賊云。"

【墨詔】皇帝親筆寫的詔書。宋書謝莊傳:"于時世祖出行,夜還,敕開門。莊居守,以棨信或虛,執不奉旨,須墨詔乃開。"

【墨粧】婦女不塗脂抹粉,猶言素面。隋書五行志上後周大象元年:"朝士不得佩綬,婦人墨粧黄眉。"

【墨菊】菊花的一種。花瓣呈黑紫色。元袁桷澄懷録:"終南山五老銅碑記:"墨菊,其色如墨,古用其汁以書字。"(重校説郛)

【墨陽】古劍名。戰國策韓一:"韓卒之劍戟,皆出於冥山、棠谿、墨陽、合膊、鄧師、宛馮、龍淵、太阿,皆陸斷馬牛,水截鵠鴈,當敵即斬。"淮南子脩務:"服劍者期於銛利,而不期於墨陽、莫邪。"注:"墨陽、莫邪,美劍名。"

【墨黑】㊀指畫眉毛。戰國策楚三:"彼周、鄭之女,粉白墨黑。"注:"別本作黛黑。"㊁陰晦如墨,形容極黑。宋蔡絛鐵圍山叢談:"俄日暮,風益急,燈燭不得張,坐上墨黑,不辨眉目矣。"

【墨絰】黑色喪服。也作"墨縗"。絰,麻布帶子。縗,麻衣。古代禮制:在家守制,喪服用白色。如果有戰争或其他重大事件不能守制,服黑以代喪服。左傳僖三三年:"子墨衰(縗)絰,……夏,四月辛巳,敗秦師於殽。"注:"晉文公未葬,故襄公稱子;以凶服從戎,故墨之。"南史王誕傳:"後爲吴國内史,母憂去職。(宋)武帝伐劉毅,起爲輔國將軍,誕固辭,以墨絰從行。"

【墨試】筆試。新唐書選舉志上:"凡書學,先口試,通,乃墨試説文、字林二十條,通十八爲第。"

【墨義】唐以來用儒家經文試士,分口義、墨義二種方式。墨義,即用筆對答經義。新唐書選舉志上元和二年:"明經停口義,復試墨義十條。"參閲宋史選舉志一科目、清潘永因宋稗類鈔二科名。

【墨楮】墨和紙,泛指筆墨紙硯。清龔自珍定盦全集上海門先嗇陳君祠堂碑文:"君之屋於海也,幾六十年不蓄墨楮,結繩而治。"

【墨翟】公元前478?—前392?年。春秋、戰國之際思想家,墨家學派的創始者。魯國人,作過宋國大夫,死於楚國。一説是宋國人。他主張兼愛、非攻,尚賢、尚同,反對儒家的繁禮厚葬,提倡薄葬、非樂。他的學派叫墨家,墨家具有嚴密的組織,墨子自己以鉅子的身份帶着學生到各國進行政治活動。參閲莊子天下、史記荀卿傳。

【墨經】㊀墨家後學繼承並發展墨子思想的著作,即墨子中經上下、經説上下、大取、小取六篇(一説只是前四篇)。作者不是一人,編定也非一時。舊有晉魯勝注,已佚。到清代,經畢沅、張惠言、孫詒讓等人校釋,原訛脱錯簡字句初步得到訂正。參見"墨家"。㊁書名。宋晁季一著。一卷。是關於墨錠發明、製造的史料。

【墨對】書面對答皇帝提出的問題。唐大詔令集一二〇舉薦上貞觀十八年薦舉賢能詔:"朕乃以其未覩闕庭,能無戰悚,令於内省,更以墨對。雖構思彌日,終不達問旨。"

【墨綬】結在印環上的黑色絲帶。後漢書六十下蔡邕傳上封事:"墨綬長吏,職典理人,皆當以惠利爲績,日月爲勞。"注:"漢官儀曰:秩六百石,銅章墨綬也。"後來因以墨綬作爲縣官的典故。宋王安石臨川集十九送直講吴殿丞宰鞏縣詩:"青嵩碧洛曾遊地,墨綬銅章忽在身。"

【墨貌】面容憔悴、呈黑色。唐柳宗元柳先生集二五送元暠師序:"令元暠衣粗而食菲,病心而墨貌。"

【墨鴉】比喻書法拙劣。元詩選雅琥正卿集崔徽寫真:"夢隨圖去憑青鳥,愁逐書來點墨鴉。"明高啟高太史集八憶昨行寄吴中諸故人詩:"醉題高壁墨如鴉,一半欹斜不成字。"

【墨墨】㊀形容極昏暗。管子四稱:"政令不善,墨墨若夜。"注:"言其昏闇之甚也。"㊁同"默默"。戰國策楚四:"夫報報之反,墨墨之化,唯大君能之。"漢書五二田蚡傳:"而(竇)嬰失竇太后,益疏不用,無勢,諸公稍自引而怠驁,唯灌夫獨否。故嬰墨墨不得意,而厚遇夫也。"史記一〇七田蚡傳作"默默"。㊂混沌無知。淮南子道應:"形若槁骸,心如死灰;直實不知,以故自持。墨墨恢恢,無心可與謀。"

【墨豬】比喻筆劃豐肥而無力的書法。唐

張彥遠法書要錄一晉衛夫人筆陣圖："多骨微肉者，謂之筋書；多肉微骨者，謂之墨豬。"宋李洪芸菴類藁三次韻子都兄寄伯封論書詩："鵝作墨豬無健骨，誰知筆髓貴豐筋。"

【墨選】八股文選本。明清科舉考試用八股文，有人就從流傳的八股文章中，選編成書，以供學習、摹仿。有的還加以評點。按選文的來源區分，有程墨，選集鄉、會試主考、房考官的擬作和中式士子的文章；有房稿，選集出於十八房進士的文章；有行卷，選集舉人本房的文章；有社稿，選集諸生會課所作的文章。明黎淳編選的國朝試錄、明史藝文志所載的四書程文，都是著名的墨選。

【墨戲】寫意畫。隨興成畫，故名。宋宣和畫譜二十墨竹詩意圖："閻士安，陳國宛丘人，家世業醫，性喜作墨戲，荆檟枳棘，荒崖斷岸，皆極精妙。"宋趙希鵠洞天清祿集古畫辯："（米芾）其作墨戲，不專用筆，或以紙筋，或以蔗滓，或以蓮房，皆可爲畫；紙不用膠礬，不肯於絹上作一筆。"

【墨瀋】墨汁。宋陸游老學庵筆記八："晁以道藏硯，必取玉斗樣，喜其受墨瀋多也。"又劍南詩稿五六初春書懷："半池墨瀋臨章草，一盌松肪讀隱書。"

【墨癖】愛墨的嗜好。宋釋德洪石門題跋二跋達道所蓄伶子于文："司馬君實無所嗜好，獨畜墨數百兩。或以爲言，君實曰：'吾欲子孫知吾所用此物何爲也。'達道之畜書，其亦司馬之墨癖也。"

【墨蹟】同"墨迹"。宋歐陽修文忠集一四〇集古錄跋尾七唐顏魯公法帖："此本墨蹟，在予亡友王子野家。"參見"墨迹"。

【墨譜】宋李孝美撰。又名墨苑、墨譜法式。三卷。上卷有採松、造窑、發火、取烟、和製、入灰、出灰、磨試八圖，每圖有解說。今本只有採松、造窑二圖及解說，其餘有說無圖。中卷記敍著名製墨者十六家的程式，並有所製墨之圖。下卷介紹製墨方法，凡二十條。

【墨藪】舊題唐韋續撰。二十一篇，輯錄前人關於書法的短篇論述，但不標明著述人姓名，文字也有刪節。清四庫全書總目著錄爲二卷，末附宋陳與義法帖釋文刊誤一卷。又，宋晁公武郡齋讀書志中有墨藪十卷，高陽許歸與編，是另一書。

【墨寶】珍貴的書法原本。宋羅點聞見錄："墓田帖，王羲之臨鍾繇書，南唐墨寶堂石也。今在邵村家，但已損，不堪旃拓從事。"（說郛九）堂名"墨寶"，意謂所藏皆爲名人真迹中最可寶貴的珍品。

【墨蘭】單用墨畫的蘭花。宋末鄭思肖（所南）善繪墨色蘭花，有墨蘭譜一卷。元詩選仇遠山邨遺稿書與士瞻上人詩之九："筆上墨蘭香可掬，令人長憶所南翁。"

【墨池編】宋朱長文編，二十卷。四庫著錄爲六卷。倣法書要錄例，輯集古人成書，並附自撰之文，取王羲之故事爲書名，是第一部比較有系統分類論述書法的專著。內容分字學、筆法、雜議、品藻、贊述、寶藏、碑刻、器用八門。

【墨竹亭】在江西瑞昌縣西。宋元豐間蘇軾自黃州至筠州探視弟轍，經過此地，題詩石上，以餘墨灑竹。後人築亭於山，名亭子山。見嘉慶一統志三一八九江府一。

【墨妙亭】㊀在浙江吳興縣舊湖州府署內。宋熙寧五年孫莘老任吳興太守時所建，收藏境內自漢以來的古文遺刻，因名墨妙亭。蘇軾爲作墨妙亭記，文見經進東坡文集事略四八。㊁在江蘇太倉縣城址淮雲寺中，元浙江軍器提舉官顧信建。信與趙孟頫友好，以所得趙手書刻石，並築亭保護，故以墨妙爲名。

【墨頭魚】川江魚名，以頭黑如墨而名。又名北斗魚。宋胡仔苕溪漁隱叢話後集十二劉夢得引何文縝送王正臣序："煙波暈，墨頭魚；風庭綠，書帶草。"參閱本草綱目四四墨頭魚。

【墨池瑣錄】明楊慎撰。四卷。專論書法，間加考證。此書貶抑顏真卿、米芾書法；極力推崇趙孟頫書，稱之爲王羲之以後一人。

【墨法集要】明沈繼孫著。一卷。古法以松煤製墨，南唐李廷珪始兼用桐油，元、明以後多用油烟。此書專論油烟製墨法。自浸油至試墨各道工序，敍述詳明，都有圖示意。原書已佚，現存本爲清乾隆時從永樂大典中輯出。

【墨林今話】清蔣寶齡著。十八卷。其子蔣茝生又續編一卷。搜集乾隆、嘉慶、道光、咸豐年間畫家一千多人的軼事和他們的詩，作爲張庚國朝畫徵錄的續編。所收畫家多爲江浙人，於他省畫家多有遺漏。

【墨突不黔】文選漢班孟堅（固）答賓戲："孔席不暖，墨突不黔。"墨，指墨翟；突，竈的烟囪；黔，黑色。是說墨翟存心救世，到處奔走，每住一地，烟囪尚未燻黑就又離開他往。

【墨客揮犀】宋彭乘編撰。十卷。對宋代遺聞軼事及詩話、文評，引錄詳細。又有續編十卷，收入涵芬樓秘笈。

【墨海金壺】叢書名。清嘉慶時張海鵬集刻。搜集經史子集共一百十五種。多採用文瀾閣本，也有約十分之二、三從宋刻舊抄本錄出。舊題晉王嘉拾遺記周靈王篇中說，周靈王時有兩个精通書法的神，肘間出金壺，內有墨汁如漆，灑在地面或石頭上，都能成爲文字。叢書命名取此。清道光時錢熙祚根據墨海金壺殘本修補，別刊爲守山閣叢書。

【墨莊漫錄】宋張邦基撰。十卷。內容龐雜，多記述當代文人、官僚逸事，前代詩評，並雜以神怪故事。自序稱性喜藏書，將自己的寓所取名墨莊，因以爲書名。

【墨曹都統】筆之諧稱。明彭大翼山堂肆考徵集三三器用："又薛稷封筆爲墨曹都統、黑水郡王兼毫州刺史。"

【墨緣彙觀錄】序署清乾隆壬戌年松泉老人撰。四卷。搜集並評介從魏晉至明著名書畫。自序中說："暇日遂將平昔所記，擇其尤者，……彙成卷帙，偶一展閱，得歷朝墨妙，紛然在目，……因名其錄爲'墨緣彙觀'。"

十三畫

壅 yōng 於容切，平，鍾韻，影。
ㄩㄥ 於隴切，上，腫韻，影。

古作"雍"，說文作"雝"。㊀堵塞。左傳宣十二年："川壅爲澤。"又成十二年："交贄往來，道路無壅。"㊁防止。國語晉一："（史蘇）對曰：'苟可以攜，其入也必甘，受逞而不知，胡可壅也？'"㊂障蔽，遮蓋。韓非子難四："夫日兼照天下，一物不能當也；人君兼照一國，一人不能壅也。"㊃用土壤或肥料培在植物根部。文選三國魏曹元首（冏）六代論："雖壅之以黑墳，暖之以春日，猶不救于枯槁，何暇繁育哉？"㊄堆積。文苑英華二三七唐釋無可寄題廬山二林寺詩："樱遲新苞拆，梅籬故葉壅。"

【壅門】遮擁城門的短牆。新唐書一一一張仁愿傳："初建三城也，不置壅門、曲敵、戰格。或曰：'邊城無守備可乎？'仁愿曰：'近貴攻取，賤退守。寇至當併力出拒，敢望城者斬，何事守備，退恧其心哉！'"

【壅閉】閉塞不通。左傳昭元年："勿使有所壅閉湫底以露其體。"疏："壅謂障而不使行，若土壅水也；閉謂塞而不得出，若閉門户也。"

【壅絶】隔斷。楚辭宋玉九辯："願自往而徑遊兮，路壅絶而不通。"

【壅塞】堵塞而不使通。禮月令孟秋之月："完隄防，謹壅塞，以備水潦。"指堵塞水潦，使不氾濫。吴越春秋句踐歸國外傳："築城而缺西北，示服事吴也，不敢壅塞，内以取吴，故缺西北，而吴不知也。"指築城防禦。左傳昭元年："距違君命，而有所壅塞不行是懼。"指阻撓君命。

【壅隔】阻絶不通。文選三國魏王仲宣（粲）登樓賦："悲舊鄉之壅隔兮，涕橫墜而弗禁。"藝文類聚三十三國魏曹植愍志賦："思同游而無路，情壅隔而靡通。"

【壅腫】腫脹。春秋繁露五行順逆："則民病血壅腫，目不明。"

【壅滯】㊀阻滯，不流暢。晉書陶侃傳："遠近書疏，莫不手答，筆翰如流，未嘗壅滯。"㊁屈抑不得志。後漢書四九仲長統傳損益："故下土無壅滯之士，國朝無專貴之人。"

【壅遏】阻塞。穀梁傳成五年："梁山崩，壅遏河三日不流。"管子立政九敗："且姦人在上，則壅遏賢者而不進也。"

【壅蔽】遮蓋。楚辭宋玉九辯："卒壅蔽此浮雲兮，下暗漠而無光。"韓非子孤憤："今有國者，雖地廣人衆，然而人主壅蔽，大臣專權，是國爲越也。"指人主受蒙蔽而視聽不明。

【壅囊】沙包，盛沙堵水的袋子。史記九二淮陰侯傳："龍且遂追渡水，（韓）信使人決壅囊，水大至，龍且軍大半不得渡，即急擊殺龍且。"

墺 ào ㄠ

墺，本作"隩"。見"隩"。

壇 1. tán ㄊㄢ 徒干切，平，寒韻，定。

㊀祭場。在平坦的地上，用土築的高臺。古代以壇爲祭天神及遠祖之所。遇大事如朝會、盟誓、封拜等都立壇以示鄭重。禮祭法："燔柴於泰壇，祭天也。"左傳襄八年："子産相鄭伯以如楚，舍不爲壇。"㊁庭院。淮南子説林："腐鼠在壇。"注："楚人謂中庭爲壇。"㊂指職業、工作相同的一些社會成員的總體，如"文壇"、"吟壇"。金元好問遺山集二寄英禪師詩："家無儋石儲，氣壓風騷壇。"

2. dàn ㄉㄢ 集韻 徒案切，去，换韻。

㊃見"壇₂曼"。

3. shàn ㄕㄢ 集韻 時戰切，去，綫韻。

㊄除地。同"墠"。周禮夏官大司馬："暴内陵外，則壇之。"

【壇宇】㊀祭祀的壇場。漢書禮樂志郊祀歌華爗爗："神之揄，臨壇宇。"㊁範圍，界限。荀子儒效："君子言有壇宇，行有防表，道有一隆。"清王念孫讀書雜志十荀子："壇，堂基也；宇，屋邊也。言有壇宇，猶曰言有界域。"

【壇兆】即壇場。兆，壇的界域。後漢書祭祀志中："上（章帝）至泰山，修光武山南壇兆。"

【壇卷】不舒展貌。淮南子要略："萬物至衆，故博爲之説，以通其意。辭雖壇卷連漫，絞紛遠緩，所以洮汰滌蕩至意，使之無凝竭底滯，捲握而不散也。"

【壇坫】盟會的場所。史記八三魯仲連傳遺燕將書："桓公朝天下，會諸侯，曹子以一劍之任，枝桓公之心於壇坫之上。"曹子，曹沫。

【壇席】除地爲壇，壇上設席爲座，表示待遇隆重。後漢書六一黄瓊傳李固與瓊書："近魯陽樊君被徵初至，朝廷設壇席，猶待神明。"

【壇域】界限，範圍。淮南子詮言："天下皆流，獨不離其壇域。"

【壇₂曼】平坦而寬廣。史記一一七司馬相如傳子虚賦："登降阤靡，案衍壇曼。"索隱："司馬彪云：案衍，窳下；壇曼，平博也。"又作"壇漫"。文選漢揚子雲（雄）甘泉賦："平原唐其壇漫兮，列新莢於林薄。"

【壇琖】瓷器。也作"壇盞"。明宣德窰出産。琖心有"壇"字，白甌，質細料厚，形式美觀。又明嘉靖窰出産的壇琖，在小白甌内燒茶、酒、棗湯、薑湯等字，爲明世宗經籙醮壇的用器。製作質料，都不如宣德窰。見明谷應泰博物要覽二新舊饒窰。

【壇場】㊀舉行祭祀、繼位、盟會、拜將等大典的場所。韓非子内儲上："齊人有謂齊王曰：'河伯，大神也，王何不試與之遇乎？臣請使王遇之。'乃爲壇場大水之上。"史記九二淮陰侯傳："王必欲拜之，擇良日，齋戒設壇場，具禮乃可耳。"㊁梵語曼荼羅的義譯。見"曼荼羅"。

【壇經】本名六祖大師法寶壇經，簡稱壇經，或六祖壇經、法寶壇經。一卷。唐高宗時禪宗六祖慧能，應韶州刺史韋璩之請，在大梵寺壇上説法，由門人法海記録成書。

【壇廟】壇指天壇、地壇等，廟指祖廟及諸神廟。按周禮春官有典祀，負責四郊壇廟的祭祀。以後，漢奉常之屬有諸廟令，魏晉六朝有太廟令，唐宋有郊社令，都是掌郊廟的長官。明代始專設天壇、地壇、帝王廟、祈穀殿等各祠祭署奉祀之官。清代於祭署奉祀外，更設尉官，掌管籥守衛直宿之事，如社稷壇尉、堂子尉等，都稱壇廟官。

【壇墠】祭祀場所。禮記祭法："設廟祧壇墠而祭之。"漢王充論衡知實："武王不豫，周公請命，壇墠既設，筴祝已畢，不知天之許已與不，乃卜三龜。"

【壇壝】土築的高臺叫壇，壇周圍的短牆叫壝。周禮天官掌官舍："爲壇壝宫，棘門。"注："謂王行止宿，平地築壇，又委壝土起堳埒以爲宫。"

【壇山刻石】壇山，在河北贊皇縣，山上石壁原有"吉日癸巳"四篆字，相傳爲周穆王書。原石刻在宋皇祐間爲州將劉莊鑿取攜走，久佚。皇祐五年李中佑摹刻本也已散失，現存有南宋重刻本。參閲金石萃編三。

壈 lǎn ㄌㄢ 盧感切，上，感韻，來。

坎壈，失意，不得志。見"坎壈"。

墻 qiáng ㄑㄧㄤ

同"牆"。見"牆"。

壋 dàng ㄉㄤ

小土堤。常用作地名。如江西南昌縣嵩安鄉有舒家壋，豐城縣劍江西有繩灣壋，又縣西七十里濱瑞河有滕坊壋。都是堤堰之屬。見嘉慶一統志三〇九南昌府二。

墿 yì ㄧ 羊益切，入，昔韻，喻。

道路。宋楊萬里誠齋集三十槐陰墿詩題下自注："音亦。墿，街陌道也。"

壏 kǎn ㄎㄢ 集韻 苦感切，上，感韻。

見下。

【壏坷】道路不平。比喻遭遇不順利，不得志。同"坎坷"。宋穆修河南穆公集一秋浦會遇詩："隄防雖少懸，壏坷亦多逕。"

墽 qiāo ㄑㄧㄠ 苦幺切，平，蕭韻，溪。

瘠土。同"磽"、"墝"。淮南子泰族："察陵陸水澤肥墽高下誼。"又要略："韓晉别國也，地墽民險，而介於大國之間。"

墼 jī 古歷切,入,錫韻,見。
ㄐㄧ
㊀墫坯。急就篇三:"墼壘廥廄庫東箱。"注:"墼者,抑泥土爲之,令其堅激也。墼壘,累墼而爲鄣蔽也。"㊁未燒的磚坯,和炭爲圓,叫炭墼。後漢書七七周紆傳:"紆廉潔無資,常築墼以自給。"

壁 bì 北激切,入,錫韻,幫。
ㄅㄧˋ
㊀牆壁。儀禮特牲饋食禮:"饎爨在西壁。"注:"西壁,堂之西牆下。"㊁軍壘。史記高祖紀:"(漢王)晨馳入張耳、韓信壁,而奪之軍。"㊂陡峭如牆的山崖。隋書豆盧勣傳:"其山絶壁千尋,由來乏水。"㊃面,邊。元王實甫西廂記三本四折:"一壁道與紅娘:看哥哥行問湯藥去者。"一壁,猶言一面,一邊。㊄星名。見"壁宿"。

【壁人】藏人於夾牆中。史記八九張耳陳餘傳:"漢八年,上從東垣還,過趙,貫高等乃壁人柏人,要之置廁。"索隱:"謂於柏人縣館舍壁中著人,欲爲變也。"又:"置廁者,置人於複壁中。"

【壁山】縣名。屬四川省。漢江州縣地。唐至德二年置縣。境内有重壁山,縣因山而名。明清屬重慶府。參閱元和郡縣志三三、嘉慶一統志三八七重慶府一。

【壁立】㊀像牆壁一樣聳立。三國志吳賀齊傳:"林歷山四面壁立,高數十丈。"水經注一河水:"其山惟石,壁立千仞。"㊁室中惟餘四壁,空無所有,比喻貧困。史記一一七司馬相如傳:"相如乃與馳歸成都。家居徒四壁立。"文選晉左太沖(思)詠史詩:"長卿還成都,壁立何寥廓!"

【壁衣】裝飾牆壁的帷幕,用織錦或布帛做成。唐岑參嘉州詩二玉門關蓋將軍歌:"暖屋繡簾紅地爐,織成壁衣花氍毹。"

【壁拆】比喻書法布置的自然。宋姜夔續書譜草用筆:"用筆如折釵股,如屋漏痕,如錐畫沙,如壁拆,……壁拆者,欲其無布置之巧。"

【壁門】營門。史記一〇七灌夫傳:"於是灌夫被甲持戟,募軍中壯士所善願從者數十人。及出壁門,莫敢前,獨二人及從奴十數騎馳入吳軍。"

【壁飛】形容有攀越絶技的人,能在壁上行走如飛。傳説唐柴紹的弟弟,勇武有力,善攀登,遇高牆,緣壁而上,輕快如飛。時人稱爲壁飛。見唐張鷟耳目記(唐人説薈)。又張鷟朝野僉載六所記,略同耳目記,但稱"壁龍"。壁飛,猶後世所謂飛簷走壁。

【壁虎】爬蟲名。也叫蝎虎。舊稱守宮。詳"守宮"。

【壁記】嵌在牆上的碑記。唐封演封氏聞見記五壁記:"朝廷百司諸廳皆有壁記,敍官秩創置及遷授始末。原其作意,蓋欲著前政履歷,而發將來健羨焉。"唐元稹長慶集二十和樂天過秘閣書省舊廳詩:"壁記欲題三漏合,吏人驚問十年來。"後州縣官署也有壁記。如柳宗元作武功縣丞壁記、館驛使壁記等。

【壁宿】星名。也稱"東壁"。二十八宿之一,北宮玄武七宿的末一宿。有星二:一在飛馬座,一在仙女座。

【壁帶】壁中露出像帶一樣的横木。漢書九七下外戚傳孝成趙皇后:"壁帶往往爲黄金釭,函藍田壁,明珠、翠羽飾之。"

【壁魚】衣服、書籍中的蠹蟲。卽蠹魚。又名白魚、衣魚、蛃魚、蟫魚。唐杜甫杜工部草堂詩箋二二歸來:"開門野鼠走,散帙壁魚乾。"參見"白魚"等條。

【壁廂】邊,旁。元曲選馬致遠漢宮秋二:"那壁廂鎖樹的怕彎着手,這壁廂攀欄的怕攧破了頭。"古今雜劇元白仁甫梧桐雨四:"一點兒心焦燥,四壁廂秋蟲鬧。"

【壁畫】繪在壁上的畫。原始社會人類在洞壁上刻畫各種圖形,以記事表情,是最早的壁畫。據歷史記載,漢武帝畫諸神像於甘泉宮,宣帝圖功臣像於麒麟閣,也都是壁畫。自魏晉到唐宋,佛道兩教盛行,寺院多有壁畫。敦煌壁畫保存了當時大量傑出的藝術作品。明清卷軸盛行,壁畫漸衰。唐駱賓王駱丞集四四月八日題七級詩:"銘書非晉代,壁畫是梁年。"

【壁經】見"壁中書"。

【壁駝】壁虱的别名。詳"壁蝨"。

【壁蝨】蟲名。1. 屬蜘蛛類,體如蓖麻子,吮吸人畜血以生活。太平廣記四七九引録異記:"壁蝨者,土蟲之類,化生壁間。暑月嚙人。……其狀與牛蝨無異。北都廄中之馬,忽相次瘦劣致斃,……乃壁蝨所嚙也。"參閱本草綱目四十牛虱。2. 卽臭蟲。扁小,色褐,臭而齧人。又名壁駝、床虱。參閱事物紺珠一昆蟲部蛟蟯類、本草綱目四十狗蠅附壁蝨。

【壁龍】見"壁飛"。

【壁燈】懸置在牆壁間的燈火。全唐詩五四三喻鳧酬王檀見寄:"酬難塵鬢皓,坐久壁燈青。"

【壁錢】蟲名。俗稱壁蟢。政和證類本草二二壁錢:"蟲似蜘蛛,作白幕如錢,在闇壁間,此土人呼爲壁繭。"

【壁蟢】蟲名,詳"壁錢"。

【壁壘】軍營的圍牆。作爲進攻或退守的工事。六韜王翼:"修溝塹,治壁壘。"史記九一黥布傳:"深溝壁壘,分卒守徼乘塞。"也用以比喻布置嚴整,如説壁壘一新、壁壘森嚴。或比喻對立的事物和界限,如説壁壘分明。

【壁上觀】史記項羽紀:"諸侯軍救鉅鹿下者十餘壁,莫敢縱兵。及楚擊秦,諸將皆從壁上觀。"後稱置身事外、坐觀成敗爲作壁上觀,本此。

【壁中書】漢武帝時,魯恭王拆毀孔丘舊宅,擴建宮殿,在夾牆中得古文尚書及禮記、春秋、論語、孝經,凡數十篇。見漢書藝文志及東漢許愼説文解字敍。因爲是從壁中取出的,故稱爲壁中書。書中字體都是周時古文,晉人稱爲科斗文。參見"古文尚書"。

墾 kěn 康很切,上,很韻,溪。
ㄎㄣˇ
㊀翻耕,開發土地。國語周上:"土不備墾,辟在司寇。"管子治國:"民事農,則田墾,田墾則粟多,粟多則國富。"㊁損傷。周禮考工記旊人:"凡陶旊之事,髻墾、薜、暴不入市。"注:"墾,頓傷也。"意指有破損的陶器不得上市出售。

【墾草】開發荒地。商君書更法:"於是遂出墾草令。"管子小匡:"墾草入邑,辟土聚粟。"

【墾殖】開墾種植。三國志吳華覈傳:"勉墾殖之業,爲饑乏之救。"也作"墾植"。晉書公孫永傳:"非身所墾植,則不衣食之。"

【墾藝】耕作種植。新唐書一五六李元諒傳:"闢美田數十里,勸士墾藝。"

【墾闢】開荒闢地。漢書食貨志上:"民或苦少牛,……故平都令光教(趙)過以人輓犁。……以故田多墾闢。"也作"墾辟"。文選漢司馬長卿(相如)上林賦:"是草木不得墾辟,而人無所食也。"

十四畫

壍 qiàn 七豔切,去,豔韻,清。
ㄑㄧㄢˋ
同"塹"。㊀壕溝,護城河。史記一一〇匈奴傳:"因邊山險壍谿谷可繕者治之。"㊁挖掘。唐韓愈昌黎集二六烏氏廟碑銘:"壍原累石,綿四百里,深高皆三丈。"

壐 xǐ 斯氏切,上,紙韻,心
ㄒㄧˇ

同"璽"。古時印章的通稱,秦漢以後,專作皇帝用印之名。用印以泥,故從土。今通作璽。說文:"璽,王者印也。"參閱清段玉裁說文解字注、朱駿聲說文通訓定聲。

壕 háo 胡刀切,平,豪韻,匣。ㄏㄠˊ

通"濠"。㊀護城河。唐杜甫杜工部草堂詩箋十三新安吏詩:"掘壕不到水,牧馬役亦輕。"㊁壕溝。清孔尚任桃花扇餘韻:"殘軍留廢壘,瘦馬卧空壕。"指戰壕。

壖 ruán 正字通 而宣切,輭平聲。ㄖㄨㄢˊ

空地,餘地。同"堧"。史記一〇一鼂錯傳:"內史府居太上廟壖中。"正義:"壖者,廟內垣外游地也。"又河渠書:"五千頃故盡河壖棄地。"集解:"韋昭曰:壖,音而緣反,謂緣河邊地也。"漢書食貨志上"田其宮壖地"注:"壖,餘也。宮壖地,謂外垣之內,內垣之外也。諸緣河壖地,廟垣壖地,其義皆同。"

【壖垣】宮外的短牆。史記一〇一鼂錯傳:"錯乃穿兩門南出,鑿廟壖垣。"索隱:"謂牆外之短垣也。"

壔 dǎo 都晧切,上,晧韻,端。ㄉㄠˇ

土堡。說文:"堨(壔),保也,高土也。"九章算術商功"今有方垛壔"注:"垛者,垛城也。壔,……謂以土擁木也。"

壒 ài 於蓋切,去,泰韻,影。ㄞˋ

灰塵。同"堨"。也作"塧"。後漢書四十班彪傳附班固西都賦:"軼埃壒之混濁,鮮顥氣之清英。"文選西都賦作"堨"。唐韓愈昌黎集八秋雨聯句:"白日懸大野,幽泥化輕壒。"

壏 jiǎn 胡黤切,上,檻韻,匣。ㄐㄧㄢˇ

堅土。管子地員:"五忢之狀,廪焉如壏。"唐尹知章注:"壏,猶彊也。"一說壏假用爲鹽字,謂土狀似鹽。見郭沫若等管子集校。

𡒄 zhí 直立切,入,緝韻,澄。ㄓˊ jiè 直葉切,入,葉韻,澄。ㄐㄧㄝˋ

㊀低窪地。說文:"𡒄,下入也。"㊁埽𡒄,重疊貌。詳"埽𡒄"。

壎 xūn 況袁切,平,元韻,曉。ㄒㄩㄣ

同"塤"。古代一種用陶土燒制的吹奏樂器。大如鵝蛋,形如秤錘,上尖下平中空。頂上一孔爲吹口,前面四孔,後面二孔。爾雅釋樂、周禮春官小師都作"塤"。參閱漢應劭風俗通義聲音塤、通典一九四樂器。

【壎篪】兩種古樂器。壎,土製;篪,竹製。詩小雅何人斯:"伯氏吹壎,仲氏吹篪。"壎、篪聲能相和,後來用壎篪比喻兄弟和睦。文選漢禰正平(衡)鸚鵡賦:"感平生之游處,若壎篪之相須。"

壓 yā 烏甲切,入,狎韻,影。ㄧㄚ

㊀從上向下加以重力。國語魯下:"夫棟折而榱崩,吾懼壓焉。"㊁以權威或暴力使屈服。公羊傳文十四年:"子以大國壓之,則未知齊晉孰有之也。"注:"壓,服也。"㊂迫近。左傳襄二六年:"鄢陵之役,楚晨壓晉軍而陳。"㊃超越。唐柳宗元柳先生集三十與蕭翰林俛書:"凡人皆欲自達,僕先得顯處,才不能喻同列,聲不能壓當世,世之怨僕宜也。"㊄按而不發。如積壓、壓擱。㊅殺。見"壓羊"。㊆蓋印。通"押"。清松泉老人墨緣彙觀錄法書上東晉王羲之袁生帖:"本帖左下角有一朱文大古印,文不能辨;後紙壓內府圖書之印。"

【壓一】壓倒或超過一切,第一。宋秦觀淮海詞品令:"天然箇品格,於中壓一。"又吳文英夢窗詞暗香疏影賦墨梅:"占春壓一,捲峭寒萬里,平沙飛雪。"

【壓次】抑制。楚辭漢劉向九歎怨思:"傷壓次而不發兮,思沉抑而不揚。"注:"壓,鎮壓也;次,失次也。"

【壓羊】殺羊。戰國策齊三:"且臣聞齊、衛先君刑馬壓羊,盟曰:'齊、衛後世,無相攻伐;有相攻伐者,令其命如此。'"注:"殺馬羊,喢出其血以相盟誓也。壓,亦殺也。"

【壓抑】壓倒,抑制。唐李商隱李義山文集四唐容州經略使元結文集後序:"其詳緩柔潤,壓抑趨儒,如以一國買人一笑,如以萬世換人一朝。"

【壓角】宋宋敏求春明退朝錄上:"舍人院每知制誥,上事,必設紫褥於庭,面北拜廳,閣長立褥之東北隅,謂之壓角。宗衮作掖垣叢誌而不解其事。按舊唐書亦無聞焉。唯裴廷裕正陵遺事云,舍人上事知印,宰相當壓角,則其禮相傳自唐也。"又錢易南部新書丙:"兩省官上事日,宰相臨送。上事者設床,坐而判三道,宰相別施一床,南坐四隅,謂之壓角。"

【壓卵】比喻以强壓弱。晉書孫惠傳:"況履順討逆,執正伐邪,是烏獲摧冰,賁育拉朽,猛獸吞狐,泰山壓卵,因風燎原,未足方也。"

【壓迮】逼迫。後漢書四六陳寵傳附陳忠:"是以盜發之家,不敢申告,鄰舍比里,共相壓迮。"

【壓卷】指詩文書畫中最出色的作品。宋陳振孫直齋書錄解題十九渭南集:"唐渭南尉趙嘏承祐撰,壓卷有'長笛一聲人倚樓'之句。"明王世貞弇州山人四部稿一三二題扇之一:"(朱)子价(白藩)結體踈疎,而天趣溢出,良堪壓卷。"

【壓酒】米酒釀製將熟時,壓榨取酒。唐李白李太白詩十五金陵酒肆留別:"風吹柳花滿店香,吳姬壓酒勸客嘗。"文苑英華二〇一羅隱江南行詩:"水國多愁又有情,夜槽壓酒銀船滿。"

【壓陣】迫近敵陣。樂府詩集二一隋虞世基出塞詩:"銜枚壓曉陣,卷甲解朝圍。"

【壓紐】春秋時,楚共王有五個兒子,未知孰立。於是在大室庭前埋好一塊大璧,命五人入拜,以當璧而拜者爲王。小兒子平王幾次拜皆厭紐。見左傳昭十三年。厭,同"壓"。後因以壓紐作爲君臨臣民的預兆。文選南朝梁劉孝標(峻)辨命論:"撫鏡知其將刑,壓紐顯其膺祿。"也作"壓鈕"。册府元龜三〇九宰輔佐命二房玄齡對太宗問:"大王功蓋天地,事鍾壓鈕。"

【壓竟】敵軍迫近國境。竟,同"境"。公羊傳莊十三年:"曹子曰:'城壞壓竟,君不圖與?'"

【壓軸】演出戲曲節目,最後一齣稱大軸,大軸前一齣稱壓軸。清王夢生梨園佳話作"壓冑子"。"冑子"是武戲,容易吸引觀衆。要使唱工的吸引力超過武戲,所以稱爲"壓冑子"。

【壓腰】腰帶。也叫搭膊、搭包。水滸六一:"繫一條蜘蛛斑紅綫壓腰。"

【壓境】敵軍迫近國境。北齊書顏之推傳觀我生賦:"自太清之內釁,彼天齊而外侵,始蹙國於淮滸,遂壓境於江潯。"

【壓塼】茶名,即磚茶。宋梅堯臣宛陵集四四志來上人寄示酴醾花並壓磚茶有感詩:"又置新茶采雨前,鳥觜壓塼雲色弄。"

【壓線】按捺針線,指縫紉之事。才調集五秦韜玉貧女詩:"最恨年年壓金線,爲他人作嫁衣裳。"後來用"壓線年年"爲慨歎不能自主,徒爲他人忙碌之辭。

【壓韻】詩、詞、賦或戲曲唱詞,把同韻的字放在某些句子的末尾,使音調和諧優美。壓，也作"押"。梁書王筠傳："筠爲文能壓强韻，每公宴並作，辭必妍美。"宋許顗許彥周詩話："又黃魯直（庭堅）作詩，用事壓韻，皆超妙出人意表。"

【壓驚】用酒食、財物安慰受驚的人。壓，鎮定的意思。宋神宗時，王韶的幼子南陔元宵觀燈，被人偷走，得救入宫，神宗命太監送他回家，並賜與壓驚金犀錢果。見宋岳珂桯史一南陔脱帽。古今雜劇元賈仲名荊楚臣重對玉梳四："就安排筵席，一者與夫人壓驚，二者慶賀這玉梳。"

【壓手杯】瓷器名。明永樂窰有壓手杯，坦口折腰，沙足滑底，中心畫雙獅滚毬，毬内篆書"大明永樂年製"六字，細若粒米，爲上品。鴛鴦心者次之，花心者又其次。見明谷應泰博物要覽二志窰器新舊饒窰。一説此杯卽盞，坦口折腰，手拿着時，杯口正壓手，故名。見清朱琰陶說六説器下明器。

【壓酒囊】宋時一些官吏額外支領作釀酒用的糧食。囊，指糧袋。宋蘇軾分類東坡詩二五初到黃州詩："只慚無補絲毫事，尚費官家壓酒囊。"注："檢校官例折支多得退酒袋。"參見"壓酒"。

【壓勝錢】見"厭勝錢"。

【壓歲盤】舊俗除夕，用盤盛各色果品食物消夜叫壓歲盤。宋吳自牧夢粱錄六除夜："是日内司意思局進呈精巧消夜果子合，合内簇諸般細果、時果、蜜煎、糖煎及市食。"卽此。

【壓歲錢】舊時除夕夜或歲首，長輩給兒女的錢物。清敦崇燕京歲時記壓歲錢："以綵繩穿錢，編作龍形，置於床脚，謂之壓歲錢。尊長之賜小兒者，亦謂之壓歲錢。"

【壓良爲賤】指掠買平民子女爲奴婢。唐律疏議十二戶婚上："諸放部曲爲良，已給放書而壓爲賤者徒二年。"資治通鑑二八三後晉天福八年："自烈祖相吳，禁壓良爲賤。"注："買良人子女爲奴婢，謂之壓良爲賤，律之所禁也。"

【壓倒元白】唐寶曆間，楊嗣復在新昌里第宅大宴賓客，元稹、白居易都在座，賦詩，刑部侍郎楊汝士的詩最後寫成，也最好。元白看後爲之失色。當日汝士大醉，回家對子弟說："我今日壓倒元白！"見五代王定保唐摭言三慈恩寺題名游賞賦詠雜紀。後稱作品超越同時著名作家爲壓倒元白。

【壓寨夫人】舊小説、戲曲中稱據山立寨的頭領的妻子。京本通俗小説錯斬崔寧："你肯跟我作個壓寨夫人麽？"元王實甫西廂記二本一折："夫人云：孩兒，你知道麽？如今孫飛虎領半萬賊兵，圍住寺門，……要擄你做壓寨夫人，孩兒，怎生是了也？"也作"押寨夫人"。水滸三二："賢弟若要押寨夫人時，日後宋江揀一個停當好的。"

壑 hè ㄏㄜˋ 呵各切，入，鐸韻，曉。

㊀山谷，坑地。孟子滕文公上："蓋上世嘗有不葬其親者，其親死，則舉而委之於壑。"㊁溝池。詩大雅韓奕："實墉實壑，實畝實藉。"禮郊特牲："土反其宅，水歸其壑。"

【壑舟】莊子大宗師："夫藏舟於壑，藏山於澤，謂之固矣，然而夜半有力者負之而走，昧者不知也。"後以壑舟比喻事物變化，無可避免。晉陶潛陶淵明集四雜詩之五："壑舟無須臾，引我不得住。"

【壑谷】比喻低洼之地。左傳襄三十年："鄭伯有耆酒，爲窟室而夜飲酒，擊鍾焉，朝至未已。朝者曰：'公焉在？'其人曰：'吾公在壑谷。'"韓非子說疑："以其主爲高天泰山之尊，而以其身爲壑谷鬴洧之卑。"

十五畫

壙 kuàng ㄎㄨㄤˋ 苦謗切，去，宕韻，溪。

㊀墓穴。禮檀弓下："弔於喪者必執引，若從柩，及壙，皆執紼。"㊁野外。孟子離婁上："民之歸仁也，猶水之就下，獸之走壙也。"㊂荒忽，荒廢。通"曠"。荀子議兵："敬謀無壙，敬事無壙，敬吏無壙，敬衆無壙，敬敵無壙。"管子七法："不失天時，毋壙地利。"㊃久遠。漢書九七上孝武李夫人傳："託沈陰以壙久兮，惜蕃華之未央。"注："壙與曠同。"

【壙埌】㊀原野平曠，一望無際的樣子。莊子應帝王："而遊無何有之鄉，以處壙埌之野。"㊁丘墓。唐玄應一切經音義七正法華經冢埌："通俗文：'邱塚謂之壙埌。'"

【壙僚】不作官。漢書七三韋賢傳附韋玄成："五世壙僚，至我節侯。"注："應劭曰：'自孟至賢，五世無官。壙，空也。'"

【壙壙】廣大貌。漢賈誼新書修政語下："天下壙壙，一人有之。"也作"曠曠"。史記一二七日者傳："天地曠曠。"

【壙壠】墳墓。荀子禮論："故壙壠，其額（貌）象室屋也。"注："壙，墓中；壠，冢也。"

壘 1. léi ㄌㄟˊ 力軌切，上，旨韻，來。

㊀軍營牆壁或防守工事。禮曲禮上："四郊多壘，此卿大夫之辱也。"管子制分："故善用兵者，無溝壘而有耳目。"㊁堆砌。古文苑十七漢王褒僮約："焚薪作炭，壘石薄岸。"礨，同"壘"。唐樊綽蠻書五六瞼五："大和城北去陽苴咩城一十五里，巷陌皆壘石爲之，高丈餘，連延數里不斷。"㊂星名。史記天官書："其南有衆星，曰羽林天軍，軍西爲壘，或曰鉞。"正義："壘壁陳十二星，橫列在營室南，天軍之垣壘。"㊃姓。後趙有壘澄。見廣韻。

2. léi ㄌㄟˊ

㊄碩大，魁偉。山海經三北山經："又北三百里，曰維龍之山，……其中多壘石。"注："音雷，或作壘。"㊅重疊。見"壘₂壘₂"。㊆捆綁。通"累"。荀子大略："氐羌之虜也，不憂其係壘也，而憂其不焚也。"

3. lèi ㄌㄟˋ 集韻盧對切，去，隊韻。

㊇見"壘₃石"。

4. lǜ ㄌㄩˋ 字彙劣戌切，音律。

㊈見"鬱壘"。

【壘₃石】投擊敵人的石塊。漢書五四李廣蘇建傳附李陵："單于遮其後，乘隅下壘石。"注："言放石以投人，因山隅曲而下也。"或謂壘石卽供守城禦敵之礌石。

【壘城】大城附近的堡寨。梁書武帝紀上："高祖（蕭衍）發襄陽，留弟偉守襄陽城，總州府事。弟憺守壘城。"資治通鑑一四四齊中興元年注："壘城者，築壘附近大城，猶今堡寨也。"

【壘培】卽壘壁。軍營的圍牆。國語晉九："趙簡子使尹鐸爲晉陽，曰：'必墮其壘培。'"

【壘尉】掌管警衛壘壁的武官。後漢書光武紀上："時有長人巨毋霸，長一丈，大十圍，（王莽）以爲壘尉。"

【壘塊】胸中鬱結不平。世説新語任誕："阮籍胸中壘塊，故須酒澆之。"

【壘塹】營牆和護濠。宋書柳元景傳："劭以元景壘塹未立，可得平地決戰。"

【壘壁】軍營的圍牆。史記七三白起傳："趙軍築壘壁而守之。"

【壘₂壘₂】重積貌。文選三國魏文帝（曹丕）善哉行："還望故鄉，鬱何壘壘。"又晉張孟陽（載）七哀詩："北芒何壘壘，高陵有四五。借問誰家墳？皆云漢世主。"

壝 wéi wěi ㄨㄟˊ ㄨㄟˇ 以追切，平，脂韻，喻。以水切，上，旨韻，喻。

圍繞祭壇四周的矮土牆。周禮地官封人："掌詔王之社壝。"參見"壝宮"。

【壝宮】周禮天官掌舍："爲壇、壝宮、棘門。"注："謂王行止宿平地，築壇，又委壝土起堳埒以爲宮。"相傳周制，天子行時，白天吃飯休息，設帷宮；在平地住宿設壝宮；宿險地設車宮；隨時地而不同。

十六畫

壟 lǒng 力踵切，上，腫韻，來。ㄌㄨㄥˇ

同"壠"。㊀墳墓。戰國策齊四："昔者秦攻齊，令曰：'有敢去柳下季壟五十步而樵采者，死不赦。'"㊁田地分界的土堆，田埂。史記陳涉世家："輟耕之壟上。"唐高適高常侍集一登壠詩："壠頭遠行客，壠上分流水。"

【壟畝】耕地，田野。戰國策齊三："使曹沫釋其三尺之劍，而操銚鎒，與農夫居壟畝之中，則不若農夫。"也作"隴畝"。史記項羽紀："然羽非有尺寸，乘埶起隴畝之中，三年，遂將五諸侯滅秦。"

【壟斷】見"龍斷"。

壠 lǒng ㄌㄨㄥˇ

"壟"本字。後漢書和帝紀："朕望長陵，東門，見二臣之壠，循其遠節，每有感焉。"

壞 1. huài 胡怪切，去，怪韻，匣。ㄏㄨㄞˋ 古壞切，去，怪韻，見。

㊀毀敗，衰敗。商君書修權："蠹衆而木折，隙大而牆壞。"漢書六三司馬遷傳報任安書："考之行事，稽其成敗興壞之理。"㊁拆毀。左傳成十年："壞大門及寢門而入。公懼，入於室。又壞户。"孟子滕文公下："壞宮室以爲汙池。"㊂戰敗。三國志吳周瑜傳"還保南郡"注引江表傳："瑜等率輕鋭尋繼其後，雷鼓大進，北軍大壞，曹公退走。"㊃惡。

2. huì ㄏㄨㄟˋ

㊄傷病。通"瘣"。詳"壞₂木"。

【壞₂木】枯槁結瘤無枝葉的病樹。詩小雅小弁："譬彼壞木，疾用無枝。"傳："壞，瘣也，謂傷病也。"

【壞衣】梵語"袈裟"的意譯，即僧衣。全唐詩二八五李端送惟良上人歸潤州："寄世同高鶴，尋仙稱壞衣。"僧尼避青黃紅白黑五種正色，而以其他不正色將衣染壞，故名壞衣，又叫壞色衣。參閲翻譯名義集七沙門服相篇袈裟。

【壞色】非正色。元張昱可閒老人集三慧具庵自灤京回詩："慧師新自上京回，壞色袈裟染劫灰。"參見"壞衣"。

【壞坐】歪斜就坐。韓非子外儲左上："叔向御坐平公請事，平公腓痛足痺轉筋而不敢壞坐。"

【壞病】因醫治失當而引起的敗症。漢張仲景傷寒論二："太陽病三日，已發汗，若吐，若下，若温鍼仍不解者，此爲壞病。"宋成無已注："謂之壞病，言爲醫所壞病也。"

【壞證】極沉重的病。證，通"症"。也用來比喻政治腐敗或機構不健全。宋崔與之崔清獻公集五送聶侍郎子述詩："要得處方醫壞證，便須投矢負全籌。"

壛 yán 余廉切，平，鹽韻，喻。ㄧㄢˊ

㊀小巷子。通"閻"。玉篇土部："壛，與瞻切，巷也。"㊁長廊。通"櫩"。見"步櫩"。

壚 lú 落胡切，平，模韻，來。ㄌㄨˊ

㊀黑剛土。書禹貢："下土墳壚。"漢書地理志下"下土墳壚"注："壚，謂土之剛黑者也。"㊁酒店安放酒瓮、酒罎的土臺子。借指酒店。世説新語傷逝："王濬沖(戎)爲尚書令，著公服，乘軺車，經黃公酒壚下過。"注："韋昭漢書注曰：'壚，酒肆也。以土爲墮，四邊高似壚也。'"又作"鑪"。史記一一七司馬相如傳："相如……盡賣其車騎，買一酒舍，而令文君當鑪。"玉臺新詠一漢辛延年羽林郎詩："胡姬年十五，春日獨當罏。"㊂通"爐"。宋陸游劍南詩稿八二山行過僧庵不入："茶壚烟起知高興，碁子聲疏識苦心。"

【壚邸】酒店。梁書武帝紀上移檄京邑："淫酗醟肆，酣歌壚邸。"

壜 tán 徒含切，平，覃韻，定。ㄊㄢˊ

一種小口大肚的圓形陶器，如酒壜之類。又作"罈"、"甔"、"罎"、"墰"。唐許渾丁卯集上夜歸驛樓詩："窗下覆棊殘局在，橘邊沽酒半壜空。"

十七畫

壤 1. rǎng 如兩切，上，養韻，日。ㄖㄤˇ

㊀泥土的通稱。書禹貢："厥土惟白壤……厥土惟黃壤。"周禮地官大司徒："辨十有二壤之物，而知其種，以教稼穡樹藝。"注："壤亦土也，變言耳。以萬物自生焉，則言土，土猶吐也。以人所耕而樹藝焉，則言壤。壤，和緩之貌。"㊁地。詳"天壤"。㊂耕地。管子巨乘馬："一農之量，壤百畝也。"㊃疆域，地域。戰國策齊三："三國之與秦壤界而患急，齊不與秦壤界而患緩。"文選晉束廣微(晳)補亡詩崇丘："恢恢大圓，芒芒九壤。"九壤，謂九州。㊄紛亂。通"攘"。見"壤壤"。

2. ráng ㄖㄤˊ

㊅五穀豐收。通"穰"。莊子庚桑楚："居三年，畏壘大壤。"列子天瑞："一年而給，二年而足，三年大壤。"

【壤力】土地的生産能力。管子國蓄："豈壤力不足而食固不足贍也哉夫？"

【壤土】㊀土地，國土。同"壤地"。戰國策秦四："夫以王壤土之博，人徒之衆，兵革之强，一舉事而注地於楚，……是王失計也。"吳越春秋夫差内傳："今吳乃濟江淮，踰千里，而來我壤土，戮我衆庶。"

【壤子】㊀愛子。漢書五一鄒陽傳："壤子王梁、代，益以淮陽。"注："晉灼曰：揚雄方言：梁、益之間，所愛謂其肥盛曰壤。"今本方言二"壤"作"臁"。又説，壤子，出土分給諸子。見王先謙漢書補注。㊁傳説竈神名。見唐段成式酉陽雜俎十四諾皋記上。

【壤父】傳説中的古人名。晉皇甫謐高士傳："帝堯之世，天下太和，百姓無事。壤父年八十餘，而擊壤於道中。觀者曰：'大哉！帝之德也。'壤父曰：'吾日出而作，日入而息，鑿井而飲，耕田而食，帝何德於我哉？'"參見"擊壤"。

【壤地】土地，國土。孟子滕文公上："夫滕，壤地褊小。"管子八觀："壤地肥饒，則桑麻易植也。"

【壤室】土室，類似窰洞。孔叢子論書："作壤室，編蓬户，常於此彈琴，以歌先王之道。"

【壤陛】土階。漢賈誼新書退讓："翟王之自爲室也，堂高三尺，壤陛三絫，茆茨弗翦，采椽弗刮。"

【壤奠】以土産爲貢物。書康王之誥："一二臣衛，敢執壤奠。"傳："來朝而遇國喪，遂因見新王，敢執壤地所出而奠贄也。"

【壤駟】複姓。周有壤駟赤，字子徒。秦人，孔子弟子。見史記六七仲尼弟子傳。

【壤樹】培土爲墳堆，植樹爲標記。禮檀弓上："葬也者，藏也；藏也者，欲人之弗得見也。是故衣足以飾身，棺周於衣，椁周於棺，土周於椁，反壤樹之哉？"後以指祖先的墓地。唐劉禹錫劉賓客集十上杜司徒書："小人祖先壤樹在京索間。"

【壤蟲】幼蟲。淮南子道應："吾比夫子

猶黄鵠與壤蟲也。”

【壤壤】往來紛錯貌。同“攘攘”。吕氏春秋知接：“孰之壤壤也，可以爲之莽莽也。”史記一二九貨殖列傳：“天下壤壤，皆爲利往。”

壣 lián 力珍切，平，真韻，來。
ㄌㄧㄢˊ 集韻陵延切，平，僊韻。

菜畦。宋穆修河南穆公集一秋浦會遇詩：“荷芰卷生沽，蕪菁秀出壣。”

十九畫

壧 yán 集韻丘嚴切，平，嚴韻。
ㄧㄢˊ

巖洞。見下。

【壧處】住在巖洞裏。漢書禮樂志二郊祀歌帝臨二：“霆聲發榮，壧處頃聽。”注：“晉灼曰：壧，穴也。謂蟄蟲驚聽也。”師古曰：壧與巖同。”

二十一畫

壅 yōng
ㄩㄥ

塞。同“壅”。楚辭漢劉向九歎逢紛：“願承閒而自恃兮，徑淫曀而道壅。”

壩 bà 集韻必駕切，去，禡韻。
ㄅㄚˋ

㊀截河攔水的河堰。也作“䂍”、“垻”。宋單鍔吴中水利書：“其河自西壩至東壩十六里有餘。”㊁壩子，平地。清阮元揅經室集續集八西臺詩：“登臺萬丈列蒼巖，遠見層坡近平壩。”注：“滇人呼嶺路皆曰坡，凡平土皆呼曰壩子。”

【壩田】在湖濱築壩圍墾的田地。宋衛涇後樂集十三論圍田劄子：“自紹興末年，始因軍中侵奪瀕湖水蕩，工力易辦，創置堤埂，號爲壩田，民田已被其害。”參閲宋史食貨志上一農田。

士部

士 shì 鉏里切，上，止韻，牀。
ㄕˋ

㊀從事耕種等勞動的男子。易歸妹：“女承筐，无實；士刲羊，无血。”後用爲對男子的美稱。詩鄭風女曰雞鳴：“女曰雞鳴，士曰昧旦。”疏：“士者，男子之大號。”㊁古時四民之一。位於庶民之上。見“士民”、“士農工商”。㊂官名。1. 古時諸侯置上士、中士、下士之官，其位次於大夫。禮王制：“諸侯之上大夫卿、下大夫、上士、中士、下士凡五等。”2. 刑官，即士師。書舜典：“帝曰：“皋陶，蠻夷猾夏，寇賊姦宄，汝作士，五刑有服。”傳：“士，理官也。”參見“士師”。3. 官吏的通稱。管子八觀：“卿毋長游，里毋士舍。”注：“士，謂里尉。”禮雜記：“士次於公館。”注：“士，謂邑宰也。”㊃兵士。楚辭屈原九歌國殤：“旌蔽日兮敵若雲，矢交墜兮士爭先。”吕氏春秋簡選“鋭卒千人”注：“在車曰士，步曰卒。”後不分乘車徒步，統稱爲士。㊄通“事”。詩豳風東山：“制彼裳衣，勿士行枚。”書康誥：“見士於周。”㊅作官。通“仕”。孟子公孫丑下：“有仕於此，而子悦之。”漢王充論衡刺孟引作“有士於此”。㊆姓。東漢末有交阯太守士燮。參閲元和姓纂六止。

【士子】㊀男子，多指青壯年。詩小雅北山：“偕偕士子，朝夕從事。”㊁士大夫。宋書恩倖傳論：“士子居朝，咸有職業。”㊂舊時應考的讀書人的通稱。即學子。唐杜甫杜工部詩史補遺十別董頲：“士子甘旨闕，不知道里寒。”續文獻通考三四選舉一：“宋淳祐三年，……士子不得以時赴鄉舉。”

【士女】㊀成年男女。書武成：“肆予東征，綏厥士女。”詩鄭風溱洧：“士與女，方秉蕑兮。”楚辭宋玉招魂：“士女雜坐，亂而不分些。”或説古以士女爲男女未嫁娶者的稱呼。見荀子非相“處女莫不願得以爲士”清郝懿行荀子補注。㊁美人畫。也作“仕女”。一名“綺羅人物”。唐朱景玄唐朝名畫録：“（周昉）又畫士女，爲古今冠絶。”宋蘇軾東坡題跋三題張子野詩集後：“昔周昉畫人物皆入神品，而世俗但知有周昉士女，皆所謂未見好德如好色者歟。”

【士夫】㊀少年男子。易大過：“枯楊生華，老婦得其士夫。”㊁士大夫。漢王符潛夫論交際：“内見謫於妻子，外蒙譏於士夫。”㊂男子的通稱。金元好問遺山集二五聶孝女墓銘：“不於士夫，一女之界。”

【士田】古代士級官吏領有的供祭祀的田地。也叫圭田、潔田。周禮地官載師：“以宅田、士田、賈田，任近郊之地。”參見“圭田”。

【士民】㊀士子和庶民。詩大雅瞻卬：“邦靡有定，士民其瘵。”荀子致仕：“山林者，鳥獸之居也；國家者，士民之居也。”㊁古時四民中學道藝或習武勇的人。管子五輔：“其士民貴武勇而賤得利，其庶人好耕農而惡飲食。”穀梁傳成元年：“古者有四民：有士民，有商民，有農民，有工民。”注：“士民，學習道藝者。”清鍾文烝補注“漢書注引樂元語曰：四民常均，凡四民皆有官焉。士民者處士，若公士以上，則官也。”

【士伍】士兵的隊伍。史記秦紀昭襄王五十年：“武安君白起有罪，爲士伍，遷陰密。”按秦漢制度，奪其官爵，令和士卒爲伍稱士伍，相當於後來的除名。也作“士五”。史記一一八淮南衡山（王）傳有士五開章。

【士行】士大夫的操行。詩大雅既醉“釐爾女士”漢鄭玄箋：“予女（汝）以女而有士行者，謂生淑媛使爲之妃。”梁書到洽傳：“洽少知名，清警有才學士行。”

【士官】㊀獄官。書立政“準人”傳：“準人，平法，謂士官。”疏：“平法之人，謂獄官也。”㊁監獄的别名。漢蔡邕獨斷：“四代獄之别名，唐虞曰士官。史記曰：皋陶爲理，尚書曰皋陶作士。夏曰均臺，周曰囹圄，漢曰獄。”

【士卒】戰士的總稱。管子立政：“兼愛之説勝，則士卒不戰。”史記九一黥布傳：“項王伐齊，身負板築，以爲士卒先。”古時革車一乘，甲士三人，步卒七十二人爲一列，故稱士卒。見春秋成元年注疏。

【士林】㊀泛稱有文士身份的人。三國志吴魯肅傳：“乘犢車，從吏卒，交游士林。”文選三國魏陳孔璋（琳）爲袁紹檄豫州：“自是士林憤痛，民怨彌重。”㊁館名。南朝梁武帝大同七年，於宫城西立士林館，延集學者。以虞荔爲士林學士。見南史梁武帝紀、虞荔傳。

【士流】泛指文士。北齊書元遥傳：“齊因魏朝，宰縣多用廝濫，至於士流，恥居百里。”

【士氓】士人與庶民。氓，民。藝文類聚五二南朝梁簡文帝（蕭綱）圖雍州賢能刺史教：“或有留愛士氓，或有傳芳史籍。”

【士素】同“士庶㊀”。晉書郗鑒傳：“歸

鄉里。于時所在饑荒，州中之士素……遂共推鑒爲主。”

【士孫】複姓。齊有士孫氏。左傳襄二五年崔杼殺齊莊公“葬諸士孫之里”注：“士孫，人姓，因名里。”漢有士孫張。見漢書八八梁丘賀傳。

【士氣】㊀士兵的鬭志。漢書五四李廣傳附李陵：“吾士氣少衰，而鼓不起者，何也？”㊁士大夫的風氣。宋陸游劍南詩稿二送芮國器司業之二：“人才衰靡方當慮，士氣峥嵘未可非。”

【士師】獄官。論語微子：“柳下惠爲士師。”管子立政：“州長以計於鄉師，鄉師以著于士師。”周禮秋官屬官有士師，主察獄訟之事。

【士庶】㊀士人與庶民。管子大匡：“君有過，大夫不諫；士庶人有善而大夫不進；可罰也。”後漢書七三劉虞傳：“青徐士庶歸虞者百餘萬口。”㊁士族與庶族。從東漢開始，在地主階級内部逐漸形成的世家大族叫士族，不屬於士族的地主階級叫庶族。到魏晋南北朝時，士庶等級的區别更加顯著。宋書恩倖傳序：“魏晋以來，以貴役賤，士庶之科，較然有辨。”

【士族】東漢以後在地主階級内部逐漸形成的世家大族。在政治、經濟等方面享有特權。晋書許邁傳：“家世士族，而邁少怡静，不慕仕進。”也稱“世族”、“勢族”。宋書恩倖傳序：“郡縣掾史，並出豪家，負戈宿衛，皆由勢族。”參見“士庶㊁”。

【士曹】官名。爲地方參佐的官吏。北齊有士曹參軍。宋時僅開封府設置。見宋高承事物紀原六撫字長民部。

【士會】春秋時晋大夫，字季，食采邑於隨及范，也稱隨會、隨季或范季。輔佐晋文公、襄公、成公、景公。景公七年，率師滅赤翟的甲氏留吁鐸辰。升任爲中軍元帥，執掌國政，修訂法制。死後稱范武子、隨武子。士會子士燮，也是晋大夫，稱士文子。事見左傳僖二八年、文六、七、十二、十三年，宣三、十二、十六年。

【士鄉】士人聚居的地區。春秋齊管仲輔佐桓公，編制地方行政區劃，使士、農、工、商不雜處。管子小匡：“制國以爲二十一鄉：商工之鄉六，士農之鄉十五。”後漢書三五鄭玄傳：“昔齊置士鄉，越有君子軍，皆異賢之意也。”

【士節】士大夫的節操。漢書六二司馬遷傳報任安書：“傳曰：‘刑不上大夫’，此言士節不可不厲也。”

【士檢】士大夫的操守。宋張綱華陽集十七駮汪若海差遣指揮狀：“臣伏見數内汪若海浮躁輕脱，素無士檢。”

【士禮】儀禮的别名。史記一二一儒林傳：“於今獨有士禮，高堂生能言之。”漢書藝文志：“漢興，魯高堂生傳士禮十七篇。”

【士類】讀書人。後漢書九八郭太傳：“性明知人，好獎訓士類。”三國志蜀鄧芝傳：“性剛簡，不飾意氣，不得士類之和。”

【士籍】㊀有士人身份、可以參加科舉考試的名籍簿。參閱續文獻通考三四選舉一。㊁明洪武二一年命進士立石題名於太學，以記載進士名籍，也叫士籍。唐代稱進士登科記，宋代稱進士小録。參閱續文獻通考三五選舉二。

【士大夫】㊀古指居官有職位的人。周禮考工記：“坐而論道謂之王公，作而行之謂之士大夫。”注：“親受其職，居其官也。”韓非子詭使：“今士大夫不羞汙泥醜辱而宦。”㊁將帥的佐屬。吴子勵士：“於是(魏)武侯設座廟廷，爲三行，饗士大夫。”三國志魏武帝紀建安十二年二月注引魏書：“與諸將士大夫共從戎事。”明柯維騏史記考要八：“周禮師帥皆中大夫，旅帥皆下大夫，卒長皆上士，兩司馬皆中士，而皆統於軍將，故曰士大夫。”㊂封建地主階級的文人、士族。荀子彊國：“不比周，不朋黨，倜然莫不明通而公也，古之士大夫也。”晋書夏侯湛傳抵疑：“僕也承門户之業，受過庭之訓，是以得接冠帶之末，充乎士大夫之列。”

【士夫畫】文人畫。以别於畫院待詔、祇候等所作的院體畫。明唐寅六如畫譜三士夫畫：“趙子昂(孟頫)問錢舜舉曰：‘如何是士夫畫？’舜舉答曰：‘畫家畫也。’”

【士君子】㊀古時鄉的黨正、卿大夫的稱呼。禮鄉飲酒義：“鄉人士君子，尊於房中之間。”注：“士，州長黨正也；君子，謂卿大夫士也。”㊁舊指有志操和學問的人。荀子修身：“士君子不爲貧窮怠乎道。”唐韓愈昌黎集十二諱辯：“士君子言語行事，宜何所法守也？”

【士農工商】古代所謂四民。穀梁傳成元年：“古者有四民：有士民，有商民，有農民，有工民。”管子小匡：“士農工商四民者，國之石民也。”注：“四者國之本，猶柱之石也；故曰石也。”唐六典三户部尚書：“凡習學文武者爲士，肆力耕桑者爲農，工作貿易者爲工，屠沽興販者爲商。”

【士飽馬騰】軍中糧餉充足，士氣旺盛。唐韓愈昌黎集三十平淮西碑：“士飽而歌，馬騰於槽。”

【士禮居叢書】清吴縣黄丕烈，字蕘圃，號復翁，喜藏書，得宋刻本百餘種，因題其書室爲“百宋一廛”。刊士禮居叢書共十九種，以書齋士禮居爲名，大多爲宋元舊刻本，如宋本周禮鄭氏注、剡川姚氏本戰國策、都用原書影刻，延顧廣圻爲校勘。繆荃孫輯丕烈所作題跋爲士禮居藏書題跋記二卷，述古書源流較詳，江標刊入靈鶼閣叢書。

一　畫

壬 rén 如林切，平，侵韻，日。ㄖㄣˊ

㊀天干的第九位。古以天干配地支紀日，漢以後漸進而用以紀年、月、時。參閲郭沫若甲骨文字研究釋支干。㊁五行中的水。淮南子天文：“壬、癸、亥、子，水也。”㊂北方。説文：“壬，位北方也。”㊃大。爾雅釋詁：“壬，大也。”㊄奸佞。書皋陶謨：“何畏乎巧言令色孔壬。”疏：“孔壬，甚佞也。”

【壬人】佞人，巧言諂媚的人。漢書元帝紀永光元年詔：“咎在朕之不明亡以知賢也，是故壬人在位，而吉士雍蔽。”注：“服虔曰：壬人，佞人也。”

【壬夫】水神名。唐韓愈昌黎集四陸渾山火和皇甫湜用其韻詩：“女丁婦壬傳世婚，一朝結讎奈後昆。”宋方崧卿校注：“董彦遠曰：當作‘女丁夫壬’。引東山少連曰：‘玄冥之子曰壬夫，娶祝融氏之女曰丁芉，倶學水仙，是爲温泉之神。’”也作“壬公”。宋蘇軾分類東坡詩二四真一酒歌：“壬公飛空丁女藏，三伏遇井了不嘗。”

【壬林】形容盛大。詩小雅賓之初筵：“百禮既至，有壬有林。”傳：“壬，大；林，君也。”箋：“壬，任也，謂卿大夫也；諸侯所獻之禮，既陳於庭，有卿大夫，又有國君。”宋朱熹集傳：“壬，大；林，盛也；言禮之盛大也。”後世多用朱説。

四　畫

壯 zhuàng 側亮切，去，漾韻，莊。ㄓㄨㄤˋ

㊀大，長大。詩小雅采芑：“方叔元老，克壯其猶。”管子小問：“苗，始其少也，眴眴乎何其孺子也；至其壯也，莊莊乎何其士也。”㊁强健，雄壯。易大壯：“大壯，利貞。”疏：“壯者，强盛之名。”漢書六五東方朔傳：“拔劍割肉，壹何壯也！”㊂壯年。

孟子梁惠王下:"凶年饑歲,君之民老弱轉乎溝壑,壯而散之四方者幾千人矣。"也指年輕。後漢書一〇六任延傳:"拜會稽都尉,時年十九,迎官驚其壯。"㊃疾,迅速。莊子徐無鬼:"百工有器械之巧則壯。"釋文引晉李熙注:"壯,猶疾也。"㊄醫用艾灸,一灼稱爲一壯。三國志魏華佗傳:"若當灸,不過一兩處,每處不過七八壯,病亦應除。"宋沈括夢溪筆談十八技藝:"醫用艾一灼謂之一壯者,以壯人爲法。其言若干壯,壯人當依此數,老幼羸弱量力減之。"

【壯丁】舊時指可以擔任勞役的青壯年男子。宋史食貨志上六役法下:"其五曰壯丁,皆按户版簿名次,實輪充役,半年而更。"

【壯士】意氣壯盛之士,猶言勇士。古文苑二戰國楚宋玉大言賦:"壯士憤兮絶天維,北斗戾兮太山夷。"戰國策燕三:"風蕭蕭兮易水寒,壯士一去兮不復還!"

【壯火】中醫指體内偏盛的火氣(陽氣)。壯火盛,可以破壞人身正常生理職能的平衡。素問陰陽應象大論:"壯火食氣。"

【壯心】宏大的志向。宋書樂志三魏武帝(曹操)步出夏門行碣石:"老驥伏櫪,志在千里;烈士暮年,壯心不已。"

【壯夫】壯年的人,壯士。漢揚雄法言吾子:"或問:'吾子少而好賦?'曰:'然,童子彫蟲篆刻。'俄而曰:'壯夫不爲也。'"唐李賀歌詩編一送沈亞之歌:"吾聞壯夫重心骨,古人三走無摧捽。"

【壯月】農曆八月的别稱。爾雅釋天:"八月爲壯。"清郝懿行義疏:"壯者,大也,八月陰大盛;易之大壯,言陽大盛也。"唐阿思那忠碑:"乘壯月以控弦,候朔風以鳴鏑。"(金石萃編八)

【壯冰】禮月令仲春之月:"冰始壯。"仲春,夏曆二月。北周庾信庾子山集三擬詠懷詩之十五:"壯冰初開地,盲風正折膠。"

【壯年】古以三十歲爲壯,稱三四十歲壯盛時期爲壯年。文選南朝宋袁陽源(淑)効古詩:"勤役未云已,壯年徒爲空。"

【壯志】宏大的志願。同"壯心"。文選三國魏曹子建(植)與吳季重書:"左顧右眄,謂若無人,豈非吾子壯志哉?"唐孟浩然集二送莫氏甥兼諸昆弟從韓司馬入西軍詩:"壯志吞鴻鵠,遥心伴鶺鴒。"

【壯武】㊀强健勇武。三國志魏典韋傳:"韋既壯武,其所將皆選卒,每戰鬬,常先登陷陣。"㊁縣名。漢置,屬膠東國。見漢書地理志下。漢文帝封宋昌爲壯武侯,卽此地。晉屬青州城陽郡,南朝宋廢。故城在今山東卽墨縣西。參閱嘉慶一統志一七四萊州府一。

【壯佼】肥碩强健,青壯年。禮月令仲夏之月:"養壯佼。"疏:"壯謂容體盛大,佼謂形容佼好。"也作"壯狡"。大戴禮千乘:"老疾用財,壯狡用力。"

【壯兒】健兒,青壯年男子。唐范攄雲溪友議一:"壯兒過大梁,如上龍門也。"

【壯勇】㊀强健而勇敢。史記七三王翦傳:"秦將李信者,年少壯勇。"㊁可服兵役的壯丁。唐陸贄陸宣公集十一論關中事宜狀:"徙郡縣豪傑,處之陵邑;選四方壯勇,實之邊城。"

【壯容】壯年的容貌。後漢書一一二華佗傳:"曉養性之術,年且百歲,而猶有壯容。"

【壯烈】㊀勇敢有氣節。後漢書一〇四袁紹傳:"(審)配意氣壯烈,終無撓辭。"㊁壯年。宋王安石臨川集七三答吕吉甫書:"然公以壯烈,方進爲於聖世;而某茶然衰疢,特待盡於山林。"

【壯健】年壯體健。史記一一〇匈奴傳:"壯者食肥美,老者食其餘;貴壯健,賤老弱。"

【壯盛】强健旺盛。戰國策燕三:"今太子聞光壯盛之時,不知吾精已消亡矣。"太子,燕太子丹;光,田光。樂府詩集三六三國魏武帝(曹操)秋胡行:"壯盛智惠,殊不再來。"

【壯猶】大事業,大計劃。詩小雅采芑:"方叔元老,克壯其猶。"傳:"壯,大;猶,道也。"也作"壯猷"。清魏源古微堂集默觚下治篇七:"何謂壯猷?非常之策,陳湯不奏於公卿;破格之功,班超不謀於從事。出奇冒險,不拘文法,不顧利害者是也。"

【壯遊】懷抱壯志而遠遊。唐杜甫有壯遊詩,見杜工部草堂詩箋三四。元袁桷清容居士集九送文子方著作受交趾使于武昌詩:"壯遊詩句豁,古戍角聲悲。"

【壯語】㊀大言,豪語。晉書譙剛王遜傳附閔王承:"彼不知懼,而學壯語,此之不武,何能爲也?"㊁侈談,張大其詞。南朝梁劉勰文心雕龍三雜文:"觀其大抵所歸,莫不高談宫館,壯語畋獵。"

【壯圖】宏偉的謀劃。唐杜甫杜工部草堂詩箋三六過南嶽入洞庭湖:"帝子留遺恨,曹公屈壯圖。"

【壯髮】額前下生的頭髮。漢書九七下趙皇后傳:"額上有壯髮,類孝元皇帝。"注:"壯髮當額前侵下而生,今俗呼爲圭頭者是也。"唐李白李太白詩十秋日鍊藥院鑷白髮贈元六兄林宗:"秋顏入曉鏡,壯髮凋危冠。"

【壯齒】壯年。齒卽年齡。文選晉左太冲(思)雜詩:"壯齒不恒居,歲暮常慨慷。"南朝陳姚最續畫品序:"但事有否泰,人經盛衰,或弱齡而價重,或壯齒而聲遒。"

【壯節】壯烈的節操。三國志魏臧洪傳評:"陳登臧洪並有雄氣壯節。"

【壯闊】豪壯廣闊。形容聲勢浩大。南朝宋鮑照鮑氏集九登大雷岸與妹書:"旅客貧辛,波路壯闊。"

【壯膽】㊀添加勇氣。唐杜甫杜工部草堂詩箋二飲中八仙歌"汝陽三斗始朝天"注引唐史拾遺:"汝陽王璡嘗於上前醉,不能下殿,上遣人掖出之。璡謝罪曰:'臣以三斗壯膽,不覺至此。'"㊁無畏的氣概。指英勇的人。文苑英華一九八唐員半千隴頭水詩:"喋血多壯膽,裹革無怯魂。"

【壯騎】壯勇的騎兵。史記一一一衛青傳:"右賢王驚,夜逃;獨與其愛妾一人,壯騎數百馳,潰圍北去。"

【壯懷】猶言壯志。唐韓愈昌黎集四送石處士赴河陽幕詩:"風雲入壯懷,泉石别幽耳。"宋岳飛岳忠武集滿江紅詞:"擡望眼,仰天長嘯,壯懷激烈。"

【壯麗】㊀雄偉華麗。韓非子解老:"所謂光者,官爵尊貴,衣裘壯麗也。"史記高祖紀:"且夫天子以四海爲家,非壯麗無以重威。"㊁形容文辭氣勢壯美。晉書左思傳:"貌寢口訥,而辭藻壯麗。"唐李白李太白詩一大獵賦序:"白以爲賦者古詩之流,辭欲壯麗,義歸博達。"

【壯觀】大觀。形容奇偉可觀的事物或風景。史記一一七司馬相如傳封禪書:"皇皇哉,斯事天下之壯觀,王者之丕業,不可貶也。"文選漢班孟堅(固)西都賦:"爾乃盛娛游之壯觀,奮泰武乎上囿。"

【壯士解腕】勇士砍斷自己的手腕。三國志魏陳泰傳:"古人有言,蝮蛇螫手,壯士解其腕。"蝮蛇有劇毒,如腕被咬傷,應立卽截斷,以免毒延及全身。比喻作事到要害關頭,須下定決心,當機立斷。

【壯悔堂集】清侯方域撰。共十卷。堂名壯悔,表示追悔壯歲言行之意。死後,其子又刊遺稿一卷,附於集後。方域古文流暢而勁健,當時與魏禧齊名。

九 畫

壹 1. yī ㄧ 於悉切,入,質韻,影。

㊀通"一"。1.專一。左傳昭二十年:"若琴瑟之專壹,誰能聽之?"2.均一。均衡,穩定的意思。國語晉七:"鎮靜者修之,則壹。"注:"壹,均一也。"3.一致,統一。商君書賞刑:"聖人之爲國也,壹賞,壹刑,壹教。"4.一概,全。左傳昭十年:"佻之謂甚矣,而壹用之,將誰福哉?"疏:"偷之已謂甚矣,而一同畜牲用之,將誰肯福祐之哉?"5.一旦,一經。漢書燕剌王傳:"大王壹起,國中雖女子皆奮臂隨大王。"6.數詞。管子輕重戊:"六月而壹見。"詩召南騶虞:"彼茁者葭,壹發五豝。"箋:"令五豝止一發中,則殺一而已。"數字壹貳叁肆捌玖等字,皆唐武后時所改。參閱宋洪邁容齋隨筆九一二三與壹貳叁同、清顧炎武金石文字記三岱岳觀造像記。㊁閉塞。孟子公孫丑上:"志壹則動氣,氣壹則動志也。"注:"志氣閉塞而爲壹。"㊂副詞。誠,的確。禮檀弓下:"子之哭也,壹似重有憂者。"㊃助詞。無義。左傳襄二一年:"今壹不免其身以棄社稷,不亦惑乎!"

2. yīn ㄧㄣ

㊄見"壹$_2$鬱"。

【壹切】一切。漢書七六趙廣漢傳:"壹切治理,威名流聞。"注:"言諸事皆治理也。"

【壹是】一律,一概。禮大學:"自天子以至於庶人,壹是皆以修身爲本。"參見"一切㊂"。

【壹統】統一。漢書六二司馬遷傳:"漢興,海内壹統。"

【壹飯】一頓飯。常用以比喻時間很短。國語越上:"夫差對曰:寡人禮先壹飯矣。"注:"言已年長於越王,覺差一飯之間。"

【壹鬱】憂悶。壹,閉塞;鬱,積滯。漢書四八賈誼傳弔屈原賦:"國其莫吾知兮,子獨壹鬱其誰語?"史記作"堙鬱"。南朝梁蕭統文選序:"耿介之意既傷,壹鬱之懷靡愬。"

【壹$_2$鬱】古稱天地之氣交合。漢王符潛夫論本訓:"天地壹鬱,萬物化淳。"壹鬱,讀 yīn yūn。也作"絪縕"、"烟熅"、"氤氳"。參見各該條。

壺 hú ㄏㄨˊ 戶吳切,平,模韻,匣。

㊀盛飲食的器具。公羊傳昭二五年:"國子執壺漿。"後泛指大腹可盛流質的器物。如漏壺、唾壺等。參見"壺飧"。㊁古代宴客時,賓主相互娛樂的器具,以矢投壺中,叫投壺。參見"投壺"。㊂即壺盧。通"瓠"。詩豳風七月:"七月食瓜,八月斷壺。"參見"壺盧"。㊃大,通"胡"。見"壺蠭"。㊄姓。周時衛有壺黯,漢有壺遂。見元和姓纂三模。

【壺口】山名。1.在今山西鄉寧縣内舊吉縣境西南。黄河北來,至此傾瀉於西崖,懸注如壺,故名壺口。書禹貢:"冀州既載,壺口治梁及岐。"即此山。見嘉慶一統志一三八平陽府一。2.在今山西長治市東南。因山形狹如壺口而名。左傳哀四年,齊國夏伐晉,取壺口,即此處。因其地勢險要而置關,稱壺口關。見嘉慶一統志一四二潞安府一。參見"壺關"。

【壺山】山名。1.也稱大狐山或大湖山,在今河南魯山縣南。即文選漢張平子(衡)南都賦所説"天封大狐"。東漢樊英曾在此隱居。見後漢書八三上樊英傳。參閱嘉慶一統志二二四汝州一。2.在今山東莒縣北,浯水所出。見漢書地理志上。

【壺天】道家所稱仙境。文苑英華二二七唐張喬古觀詩:"洞水流花草,壺天閉雪春。"唐白居易長慶集六酬吳七見寄詩:"誰知市南地,轉作壺中天。"雲笈七籤二八二十八治:"(施存)學大丹之道,……後遇張申爲雲臺治官,常懸一壺如五升器大,變化爲天地,中有日月,如世間。夜宿其内,自號'壺天',人謂曰'壺公'。"

【壺公】㊀傳説仙人名。東漢費長房曾爲市掾。市中有老翁賣藥,懸一壺於座,市罷,跳入壺内。長房於樓上見之,知爲非常人,因向學道。見後漢書八二費長房傳、初學記二六晉葛洪神仙傳。水經注二一汝水謂壺公姓王。又有壺公謝元,賣仙藥。見三洞珠囊。北周庾信庾子山集一小園賦:"若夫一枝之上,巢父得安巢之所;一壺之中,壺公有容身之地。"後爲神仙的泛稱。唐杜甫杜工部草堂詩箋二二寄司馬山人:"家家迎薊子,處處識壺公。"㊁見"壺天"。

【壺丘】㊀地名。春秋時陳邑,在今河南新蔡縣東南。左傳文九年:"楚侵陳,克壺丘。"㊁複姓。春秋時,鄭有壺丘子林。見呂氏春秋下賢、列子仲尼。

【壺棗】棗名。爾雅釋木注:"今江東呼棗大而鋭上者爲壺。壺,猶瓠也。"清郝懿行疏:"壺棗者,棗形似壺也。"

【壺飧】飧,水泡飯;以壺盛之,故稱壺飧。左傳僖二五年:"昔趙衰以壺飧從徑,餒而弗食。"又作"壺餐"。韓非子外儲左下,"晉文公出亡,箕鄭挈壺餐而從,迷而失道,與公相失,饑而道泣,寢餓而不敢食。"飧,通作"飱"。

【壺漿】酒漿。以壺盛之,故名。文選南朝梁陸佐公(倕)石闕銘:"壺漿塞野,簞食盈塗。"參見"簞食壺漿"。

【壺頭】山名。在今湖南沅陵縣東。相傳山頭同東海方壺山相似,因名壺頭山。東漢馬援南征,曾駐軍於此。參閱後漢書二四馬援傳、元和郡縣志三十辰州沅陵縣。

【壺橘】橘的一種。北魏賈思勰齊民要術十橘:"廣州記曰:盧橘皮厚,□色,大小如甘,酢多;九月正月赤色,至二月漸變爲青;至夏熟,味亦不異冬時;土人呼爲壺橘。"

【壺盧】瓜名,即葫蘆。也作"壺蘆"。神農本草經作"苦瓠"。世説新語簡傲:"(劉道真)初無他言,唯問東吳有長柄壺盧,卿得種來不?"

【壺濫】器具名。墨子節葬下:"又必多爲屋幕、鼎鼓、几梃、壺濫。"也作"壺鑑"。呂氏春秋慎勢:"功名著乎盤盂,銘篆著乎壺鑑。"按周禮天官凌人"春始治鑑"注:"鑑如甀,大口,以盛冰置食物于中以禦温氣。"壺濫,似即此器。

【壺觴】盛酒的器具。借指酒類。觴,酒杯。晉陶潛陶淵明集五歸去來辭:"引壺觴以自酌,眄庭柯以怡顏。"唐白居易長慶集五七將至東都先寄令狐留守:"東都添箇狂賓客,先報壺觴風月知。"

【壺關】縣名。屬山西省。漢置,屬上黨郡。因有山形似壺,設關於此,故名。故城在今山西長治市東南。至北朝魏移於潁陽岡,唐移治進流川。明清屬潞安府。參閱元和郡縣志十五、太平寰宇記四五潞州壺關縣、嘉慶一統志一四二潞安府壺關縣。

【壺蠭】即胡蜂。方言十一:"蠭,燕趙之間謂之蠓螉,……其小者謂蠮螉,或謂之蚴蜕,其大而蜜,謂之壺蠭。"清錢繹箋疏:"壺,古字與'胡'通。胡,大也。"

【壺中物】酒。全唐詩五一〇張祜題上饒亭:"唯是壺中物,憂來且自斟。"

【壺公龍】道家傳説,東漢費長房從壺公學仙,辭歸,壺公給他一枝竹杖,説:騎着它即可到家。長房到家後把它投入葛陂,杖化爲龍。參閱後漢書八二費長房傳傳、太平廣記十二壺公引神仙傳。詩文中因稱竹杖爲壺公龍。宋蘇軾分類東坡詩一次前韻寄子由："還鄉亦何有，暫假壺公龍。"

【壺涿氏】官名。周禮秋官之屬，掌管除水蟲。注："壺，謂瓦鼓；涿，擊之也。"

【壺中九華】石名，石有九峯，似九華山，故名。宋蘇軾分類東坡詩八壺中九華自注："湖口人李正臣蓄異石九峯，玲瓏宛轉，若牕櫺然，予欲以百金買之，與仇池石爲偶，方南遷未暇也，名之曰壺中九華，且以詩記之。"

【壺中天慢】詞調名。卽念奴嬌。見詞譜二八。詳"念奴嬌"。

【壺中日月】指道家的生活。唐李白李太白詩二二下途歸石門舊居："何當脱屣謝時去，壺中別有日月天。"李中碧雲集上贈重安寂道者詩："壺中日月存心近，島外煙霞入夢清。"參見"壺天"。

壻 xù ㄒㄩˋ 蘇計切，去，霽韻，心。

同"婿"。㊀女之夫。左傳文十二年："趙有側室曰穿，晉君之壻也。"㊁妻稱夫，如夫壻。樂府詩集二八陌上桑："東方千餘騎，夫壻居上頭。"

【壻水】卽左谷水。也叫智水。現稱湑水。源出陝西佛坪縣。經城固縣東入漢水。傳説古仙人唐公房升仙時，壻遠行未回，約好以此水畔爲居留處。因稱其地爲壻鄉，水卽名壻水。見水經注二七沔水、太平寰宇記一三三興元府城固縣。

【壻鄉】地名。詳"壻水"。

十畫

壼 kǔn ㄎㄨㄣˇ 苦本切，上，混韻，溪。去倫切，平，真韻，溪。

宮中道路。引申指宮內。詩大雅既醉："其類爲何，室家之壼。"集傳："壼，宮中之巷也，言深遠而嚴肅也。"

【壼政】宮中的政事。文選南朝宋顏延年(延之)宋文皇帝元皇后哀策："壼政穆宣，房樂韶理。"

【壼奧】壼，宮巷；奧，室隅。本指屋內深處，後用以比喻事理的精微深奧。漢書一〇〇上敍傳答賓戲："究先聖之壼奧。"唐白居易長慶集三十禮部試策第三道："雖言微旨遠，而學者苟能研精鉤深，優柔而求之，則壼奧指趣，將焉廋哉？"

【壼闈】內宮，帝王后、妃居住的地方。漢書一〇〇下敍傳述成紀："壼闈恣趙，朝政在王。"言宮中之事，趙飛燕姊妹專權；朝廷政事，歸於外戚王氏。

十一畫

壽 shòu ㄕㄡˋ 殖酉切，上，有韻，禪。承呪切，去，宥韻，禪。

㊀長久。詩小雅天保："如南山之壽，不騫不崩。"莊子人間世："是不材之木也，無所可用，故能若是之壽。"㊁年紀長，壽命。書洪範："九，五福，一曰壽。"楚辭屈原天問："延年不死，壽何所止？"㊂老年人。文選漢張平子(衡)東京賦："送迎拜乎三壽。"注："三壽，三老也。"㊃祝人長壽。史記高帝紀："高祖奉玉巵，起爲太上皇壽。"㊄生日。如壽辰，壽誕。㊅舊時土葬，爲死後準備裝殮物的婉辭。如壽材、壽衣。㊆姓。後漢書方術傳下"初，章帝時，有壽光侯者"注引風俗通："壽於姚，吳大夫。"

【壽山】山名。1. 在福建閩侯縣北六十里。距山五里有五色石坑，產美石。瑩潔柔潤，可作印章材料。見嘉慶一統志四二五福州府一。參見"壽山石"。2. 在吉林伊通縣境。原爲清初帝陵所在，清康熙二十年改名壽山。

【壽王】唐玄宗第十八子瑁，封壽王。楊太真初爲瑁妃。玄宗自納太真，封爲貴妃。唐李商隱李義山詩集六龍池："夜半宴歸宮漏永，薛王沉醉壽王醒。"

【壽元】壽命。元吳昌齡花間四友東坡夢劇四："爇龍涎一炷透穹蒼，祝吾王壽元無量。"

【壽木】㊀傳説中的仙木。呂氏春秋本味："菜之美者，崑崙之蘋，壽木之華。"注："壽木，崑崙山上木也。華，實也，食其實者不死，故曰壽木。"宋范成大石湖集十題徑山寺樓詩："神光來燭夜，壽木不知秋。"㊁後人稱棺材爲壽木。

【壽穴】生前所造的墓穴。宋朱熹有壽穴詩。見朱文公集一題劉平甫定庵五詠。也叫壽堂。參見"壽堂㊁"。

【壽丘】古地名。故地在今山東曲阜縣東。相傳舜作什器於壽丘。見史記五帝紀。或説是黃帝生處。見史記五帝紀"壽丘"索隱、宋書符瑞志上。參閱嘉慶一統志一六五兗州府一壽邱。

【壽母】詩魯頌閟宮："魯侯燕喜，令妻壽母。"箋："喜〔僖〕公燕飲於內寢，則善其妻壽其母，謂爲之祝慶也。"集傳謂令妻，指魯僖公妻聲姜；壽母，指僖公母成風。

【壽安】㊀長壽而安康。韓非子安危："忍痛，故扁鵲盡巧；拂耳，則子胥不失。壽安之術也。"㊁宮殿名。後漢書順烈梁皇后紀："(陽嘉元年)乃於壽安殿立貴人爲皇后。"文選漢張平子(衡)東京賦："其內則含德、章臺……壽安、永寧。"㊂縣名。漢宜陽縣地。北魏分新安置甘棠縣，隋仁壽四年改名壽安縣。金復改爲宜陽。故城在今河南宜陽縣東南。參閱隋書地理志中河南郡壽安、元和郡縣志五河南府壽安縣、嘉慶一統志二〇六河南府二。㊃牡丹名。因出自壽安縣錦屏山中得名。見宋歐陽修文忠集七二洛陽牡丹記花釋名。

【壽州】春秋時六國地。後漢爲揚州刺史治所。隋置壽州。以壽春爲治所。南宋爲安豐軍。元爲安豐路。明初爲壽春府，不久改爲壽州。清屬安徽鳳陽府。今安徽壽縣地。參閱寰宇通志九鳳陽府壽州、嘉慶一統志一二五鳳陽府一。

【壽考】年高，長壽。詩大雅棫樸："周王壽考。"箋："文王是時九十餘矣，故云壽考。"文選古詩十九首之九："人生非金石，豈能長壽考？"

【壽民】長壽的人。宋葉廷珪海錄碎事九上壽民："譬之若良醫，病萬變藥亦萬變，病變而藥不變，向之壽民，今殤子矣。"清時稱百歲老人爲壽民。見清會典事例四〇五旌表百歲。

【壽光】㊀縣名。屬山東省。古斟灌氏地。漢置，屬北海郡。東漢改屬樂安國。後廢，至隋復置。明清皆屬青州府。見元和郡縣志十青州壽光縣、嘉慶一統志一七〇青州府一。隋以前治所在今縣東。㊁東晉列國前秦苻生(越厲王)年號。公元355—357年。

【壽序】祝壽的文章。盛行於明中葉以後。明歸有光震川集正集、補集有壽序多至一百十六篇。

【壽材】生前預製的棺材。宋王鞏隨手雜錄："先是十年前，有富人治壽材。"

【壽昌】㊀縣名。本漢富昌縣地，三國吳析置新昌縣，晉改壽昌。隋開皇中併入新安，唐永昌中復置。明清屬浙江嚴州府。1958年併入建德縣。參閱寰宇通志二六嚴州府壽昌縣、嘉慶一統志三〇二嚴州府一。㊁遼耶律洪基(道宗)年號。公元1095—1101年。

【壽岳】指南岳衡山。唐釋齊已白蓮集六迴雁峰詩："壯堪扶壽岳，靈合置僊壇。"

【壽命】生命。莊子盜跖："皆離名輕死，不念本養壽命者也。"管子形勢解："起居時，飲食節，寒暑適，則身利而壽命益。"

【壽客】指菊花。宋姚寬西溪叢語上："菊

爲壽客。”

【壽春】戰國時楚邑。楚考烈王遷都於此。命名爲郢。秦置縣。晉孝武時避諱改名壽陽。北魏仍名壽春。隋置壽州。後仍爲縣，卽今安徽壽縣地。參閱太平寰宇記一二九壽州壽春縣、嘉慶一統志一二六鳳陽府二。

【壽星】㊀星次名。古時以日月所會之處爲次，日月一年十二會。壽星爲十二星次之一。見爾雅釋天。國語晉四:“歲在壽星及鶉尾,其有此土乎?”注:“歲,歲星也，自軫十二度至氐四度，爲壽星之次。”㊁星名。卽老人星。古人迷信作爲長壽老人的象徵。史記封禪書“壽星祠”索隱:“壽星,蓋南極老人星也,見則天下理安，故祠之以祈福壽也。”宋樓鑰攻媿集四葉處士寫照詩:“更添松竹作壽星，我已甘心就枯槁。”後借以喻長壽的人。元方回桐江續集二十戊戌生日詩:“客舍逢生日，鄰家送壽星。”

【壽皇】宋孝宗尊號爲至尊壽皇聖帝。見宋會要輯稿帝系一。宋人文章中常以壽皇稱孝宗。宋陸游老學庵筆記十:“史丞相言高廟嘗臨蘭亭賜壽皇於建邸。”

【壽紀】人壽十二年爲一紀。壽紀，猶言壽數。宋程俱北山小集八自寬吟戲效白樂天體詩:“人言病壓身,往往延壽紀。”

【壽酒】祝壽的酒。宋書樂志二:“上壽酒，樂未央。”唐杜甫杜工部草堂詩箋三八千秋節有感:“舞階銜壽酒，走索背秋毫。”

【壽宮】㊀春秋齊離宮名。晏子春秋雜上:“(齊)景公游於壽宮。”㊁宫中寢室。呂氏春秋知接:“(桓公)蒙衣袂而絕乎壽宮。”注:“壽宮，寢堂也。”㊂神祠。楚辭屈原九歌雲中君:“蹇將憺兮壽宮，與日月兮齊光。”注:“壽宮，供神之處也。祠祀皆欲得壽,故名爲壽宮也。”㊃墓祠。宋洪朋洪龜父集上寄題胡公祠堂詩:“堂後壽宮閟日月，堂前荒草橫古今。”

【壽冢】生前所造的墓穴。後漢書七八侯覽傳:“又豫作壽冢,石椁雙闕,高廡百尺。”注:“生而自爲冢爲壽冢。”

【壽索】古時風俗端午日繞於臂上以祈長壽的絲帶,也叫百索、長命縷。唐代宗興元元年端午節,賜翰林學士衣一副,金花銀器一事,百索一軸,青團鏤竹大扇一柄。百索卽壽索。見唐李肇翰林志。參見“長命縷”。

【壽桃】太平御覽九六七舊題漢東方朔神異經:“東北有樹焉,高五十丈,其葉長八尺,廣四、五尺,名曰桃。其子徑三尺二寸,小狹核,食之令人知壽。”古今雜劇明朱有燉蟠桃會三:“九天閶闔開黃道，千歲金盤獻壽桃。”舊時祝人壽多以米麪粉作桃形食物以爲賀禮。

【壽骨】北魏賈思勰齊民要術六養牛馬驢騾:“相馬,……壽骨欲得大,如綿絮苞圭石。”注:“壽骨者,髮所生處也。”人的頭骨也稱壽骨。宋蘇軾分類東坡詩二二表弟程德孺生日:“長身自昔傳甥舅，壽骨遙知是弟兄。”自注:“予與君皆壽骨貫耳。”

【壽豈】高壽而安樂。豈，通“愷”。詩小雅蓼蕭:“宜兄宜弟，令德壽豈。”

【壽麻】傳說國名。見山海經大荒西經。也作“壽靡”。呂氏春秋任數:“西服壽靡。”注:“西極之國。靡，亦作麻。”

【壽康】長壽健康。唐韓愈昌黎集十九送李愿歸盤谷序:“飲且食兮壽而康，無不足兮奚所望。”宋王安石臨川集五九賀冬表:“茂對時之福報，䨩承旅以壽康。”

【壽域】㊀漢書禮樂志:“驅一世之民，躋之仁壽之域。”比喻爲太平盛世。唐杜甫杜工部草堂詩箋五上韋左相二十韻:“八荒開壽域，一氣轉洪鈞。”㊁生前營造的墓穴。與“壽穴”義同。

【壽張】縣名。屬山東省。漢壽良縣。東漢光武帝因避叔父良諱，改爲壽張。見元和郡縣志十鄆州壽張縣。

【壽陵】古地名。1.戰國燕邑。莊子秋水:“且子獨不聞夫壽陵餘子之學行於邯鄲與?未得國能,又失其故行矣。”2.戰國秦地名。史記秦始皇本紀:“六年，韓、魏、趙、衛、楚，共擊秦，取壽陵。”正義:“徐廣云:在常山,按本趙邑也。”

【壽堂】㊀祭祀的地方。文選晉陸士衡(機)挽歌詩:“壽堂延螭魅，虛無自相賓。”㊁出殯前停放死者棺木的廳堂。唐白居易長慶集十三夜哭李夷道詩:“家人臨哀畢,夜鏁壽堂門。”㊂卽“壽穴”。北魏元愔墓誌:“行遵長薄，將歸壽堂。”(漢魏南北朝墓誌集釋圖版五九)宋蘇軾東坡志林七:“獨蜀人爲同墳而異葬,其間爲通道,高不及眉,廣不能容人。生者之室，謂之壽堂。”宋林逋林和靖集四有自作壽堂詩。㊃對他人母親的尊稱。宋孫奕履齋示兒編十一壽堂:“今士人尺牘中稱人之母曰壽堂。”

【壽國】延長國命。管子霸言:“夫一言而壽國，不聽而國亡;若此者，大聖之言也。”呂氏春秋求人:“今壽國有道，而君人者而不求，過矣。”

【壽終】自然死亡。史記九七陸賈傳:“陸生竟以壽終。”晉書刁協傳蔡謨與庾書:“況刁令位亞三司,若先自壽終,不員外散騎之例也。”

【壽尊】上壽的酒樽。唐制，皇帝元正冬至受羣臣朝賀，掌膳官吏設壽尊於上東序之端。見新唐書禮樂志九。

【壽陽】縣名。1. 春秋時晉馬首邑。榆次縣地。晉於此置受陽縣。唐貞觀更名壽陽。見元和郡縣志十三太原府卽今山西壽陽縣地。2.卽壽春。詳“春”。

【壽詩】祝壽的詩。宋孫奕履齋示兒十賀生日:“黃耕叟夫人三月十四日生吳叔經代人作壽詩曰:‘天邊將滿一月,世上還鍾百歲人。’”

【壽髮】老年人髮落後重生的頭髮。方回桐江續集二五老矣詩:“浪許滿頭壽髮,幾堪落葉見秋風。”

【壽徵】長壽的徵兆。詩魯頌閟宮“黃台背”漢鄭玄箋:“黃髮、台背，皆壽也。”

【壽樂】長壽安樂。漢劉向說苑貴德:“王復問:‘君子之富奈何?’對曰:‘……戚愛之,衆人喜之,不肖者事之,皆欲壽樂而不傷於患。’”

【壽器】棺材。後漢書孝崇匽皇后紀:“以東園畫梓壽器。”注:“稱壽器者,欲久長也。猶如壽堂、壽宮、壽陵之類也。唐杜牧樊川集三池州李使君没後……而成詩:“縉雲新命詔初行,纔是孤魂器成。”後也稱生前預治的棺木爲壽器。

【壽藏】生時預營的墓穴。也叫生壙後漢書六四趙岐傳:“(岐)年九十餘,安六年卒,先自爲壽藏。”注:“壽藏,謂壙也,稱壽者,取其久遠之意,猶如壽宮壽器之類。”

【壽觴】壽酒。觴,酒杯。史記九九叔通傳:“諸侍坐殿上皆伏抑首,以尊卑起上壽觴九行。”文選晉潘安仁(岳)閑賦:“稱萬壽以獻觴，咸一懼而一喜。觴舉,慈顏和。”

【壽靡】見“壽麻”。

【壽山石】產於福建閩侯縣北壽山五坑的一種凍石。石有各種顏色，瑩淨潤,可製文具、印章及其他玩賞器物。

【壽春紅】牡丹名。見廣羣芳譜三二丹一。宋陸游渭南文集四二天彭牡丹作“壽陽紅”。

【壽者相】也叫“壽相”。㊀佛家語。教中有所謂“人我四相”，卽我相、人相衆生相、壽者相。金剛經離相寂滅分乘正宗分:“若菩薩有我相，人相、衆生相、壽者相，卽非菩薩。"㊁指老人壽高的容貌。宋范成大石湖集十少卿直閣鄭公挽歌詞："壽相空壬甲，行年竟巳辰。"

【壽山福海】舊時比喻年高福大。明劉基有壽山福海圖歌。見誠意伯集五。

【壽比南山】祝人長壽的習用語。詩小雅天保："如南山之壽，不騫不崩。"南史齊豫章王嶷傳："嶷謂上曰：'古來言願陛下壽比南山，或稱萬歲，此殆近貌言。如臣所懷，實願陛下極壽百年亦足矣。'"

【壽光先生】指鏡。唐司空圖作容城侯傳俳諧文，以鏡擬人稱爲容城侯金炯，亦曰壽光先生。見司空表聖文集一。參閱白孔六帖十三鏡。

【壽終正寢】指年老在家安然死去，也比喻事物的自然消亡。封神演義十一："紂王立身大呼曰：'你道朕不能善終，你自誇壽終正寢，非侮君而何！'"

【壽陽公主】南朝宋武帝女。太平御覽九七〇引宋書，說壽陽公主曾睡在含章殿簷下，梅花落額上，成五出之花，拂之不去。自後就有所謂梅花粧，簡稱梅粧。全唐詩六六七牛嶠紅薔薇："若綴壽陽公主額，六宮争肯學梅妝"。也稱壽陽粧。宋范仲淹范文正公集四和提刑趙學士探梅三絶詩之二："靜映寒林晚未芳，人人欲看壽陽粧。"

十二畫

墫 cūn 七倫切，平，諄韻，清。
ㄘㄨㄣ

舞貌。說文："墫，舞也。从士、尊聲。詩曰：'墫墫舞我。'"今本詩小雅伐木作"蹲蹲"。

夂部

夂 zhǐ 豬几切，上，旨韻，知。
ㄓˇ

从後至。見說文。與"夊"字有區别，"夂"字左上角出頭，此字左上角不出頭。

四畫

夆 1. fēng 符容切，平，鍾韻，并。
ㄈㄥ

㊀牽挽。爾雅釋訓："甹夆，掣曳也。"

2. páng 字彙 薄江切，音龐。
ㄆㄤˊ

㊁姓。

夊部

夊 suī 息遺切，平，脂韻，心。
ㄙㄨㄟ 楚危切，平，支韻，初。

綏行。玉篇："夊，思隹切，行遲貌。詩：'雄狐夊夊。'"今詩齊風南山作"綏綏"。

六畫

夎 zōng 子紅切，平，東韻，精。
ㄗㄨㄥ 作弄切，去，送韻，精。

㊀鳥飛時把足收斂起來。見說文。也作"翪"。㊁馬頭的飾具。後漢書六十上馬融傳廣成頌："羽毛紛其影融，揚金夎而拖玉瓖。"注："金夎者，馬冠也。"㊂三夎，古國名。見"三夎"。

复 fù 房六切，入，屋韻，奉。
ㄈㄨˋ

走老路。說文："复，行故道也。"今通作"復"。

七畫

夏 1. xià 胡雅切，上，馬韻，匣。
ㄒㄧㄚˋ 胡駕切，去，禡韻，匣。

㊀古代漢族自稱爲夏。也稱"華夏"、"諸夏"。書舜典："蠻夷猾夏。"傳："夏，華夏。"㊁大。方言一："自關而西，秦晉之間，凡物之壯大者而愛偉之，謂之夏。"㊂高屋，大殿。詩秦風權輿："於我乎夏屋渠渠，今也每食無餘。"楚辭屈原九章哀郢："曾不知夏之爲丘兮，孰兩東門之可蕪。"注"夏，大殿也。"㊃朝代名。相傳爲禹所建立。建都安邑。在今山西夏縣北。㊄封建割據政權或農民起義政權名。1. 東晉末，匈奴貴族赫連勃勃所建，據有今内蒙古自治區部分地區和陝西省北部。又稱大夏。公元407—431年。2. 隋末農民起義領袖竇建德所建，初都樂壽，旋遷洺州。擁有河北大部郡縣。公元618—621年。3. 北宋仁宗時，党項羌貴族趙元昊所建。據有今甘肅省、寧夏回族自治區和内蒙古自治區部分地區，史稱西夏。公元1032—1227年。4. 元末明玉珍所建。玉珍初參加徐壽輝紅巾軍，任元帥。壽輝爲陳友諒所殺，玉珍據川蜀地區稱帝，都重慶。公元1362—1371年。㊅四季的第二季。農曆以四、五、六月爲夏。書洪範："日月之行，則有冬有夏。"詩小雅四月："四月維夏，六月徂暑。"㊆五色。見"夏翟"。㊇姓。周封夏後於杞，其非爲後不得封者，以夏爲氏。見通志二六氏族二以國爲氏古帝王氏。

2. jiǎ
ㄐㄧㄚˇ

㊈木名。通"榎"、"檟"。見"夏2楚"。

【夏口】㊀鎮名。地當漢水入江之口，因漢水自沔陽以下兼稱夏水，故稱夏口。本在江北，三國吳孫權置夏口督，屯於江南。唐爲鄂州治。卽今湖北舊漢口市地。又因對魯山，也叫魯口。參閱資治通鑑六五後漢獻帝建安十三年注。㊁卽南口。今屬北京市。參見"下口"。

【夏五】見"夏五郭公"。

【夏日】㊀夏晝。文選南朝宋謝靈運道路憶山中詩："不怨秋夕長，常苦夏日短。"㊁夏季。孟子告子上："冬日則飲湯，夏日則飲水。"㊂盛夏的烈日。北周庾信庾子山集十四周柱國大將軍大都督同州刺史尒綿永神道碑："公繁不秋荼，嚴無夏日。"參見"夏日可畏"。

【夏水】水名。在湖北江陵縣東南。一名長夏港，又名魯洑江、大馬長川。傳說此水冬塞夏通，故名。據水經注，夏水故道從湖北沙市東南分長江水東出，流經今監利縣北，折東北至沔陽縣治附近入漢水。自此以下的漢水也兼稱夏水，故漢口也稱夏口。參閱太平寰宇記一四四復州沔陽縣、嘉慶一統志三四四荆州府一。

【夏半】夏季過半，當農曆五月半後。唐

韓愈昌黎集五送劉師服詩：“夏半陰氣始，淅然雲景秋。”

【夏正】 農曆正月的省稱。夏以正月爲歲首，商以十二月、周以十一月爲歲首。見史記曆書。秦代及漢初以十月爲歲首。自漢武帝采用夏正後，歷代沿用。文選漢張平子(衡)東京賦：“夏正三朝，庭燎晢晢。”參見“三正”。

【夏布】 用苧麻纖維織成的布，以宜於製夏季服裝，故名。爲我國特產，盛產於江西湖南廣東四川等地。元史英宗紀一延祐七年：“給通漷二州蒙古户夏布。”

【夏令】 夏季的節令。禮月令孟春之月：“孟春行夏令，則雨水不時，草木蚤落，國時有恐。”

【夏州】 ㊀春秋時地名。楚莊王平陳國夏徵舒之亂，從陳每鄉取一人聚居於此，稱爲夏州。見左傳宣十一年。地在今湖北漢陽縣北。㊁州名。漢爲奢延縣地。晉時爲夏王赫連勃勃建都的統萬城。後魏滅夏，改名夏州。隋時梁師都據此稱帝，後降唐。唐末拓跋思恭鎮夏州，宋時爲西夏地。元時州廢。故城在今陝西橫山縣西。參閱元和郡縣志四關內道四夏州、嘉慶一統志二三九榆林府一。

【夏羊】 黑色羊。爾雅釋畜：“夏羊。”注：“黑羖䍽。”生長在江南的一種羊，毛短，叫吳羊。生長在秦晉地方的一種羊，毛長，叫夏羊，又叫綿羊。見本草綱目五十獸部羊。

【夏至】 二十四節氣之一，公曆爲六月二十一日或二十二日。這天太陽經過夏至點，北半球晝最長，夜最短。南半球則相反。至，極。周禮春官馮相氏“冬夏致日”注：“冬至，日在牽牛，景丈三尺；夏至，日在東井，景尺五寸；此長短之極。”

【夏汭】 古地名。即今武漢市漢口地區。左傳昭四年：“楚沈尹射奔命於夏汭。”注：“夏汭，漢水曲入江，今夏口也。”一說當時楚對吳的軍事防線，在廬鳳潁境內，爲今安徽省北部，夏汭當爲水經注夏肥水之汭，在今鳳臺縣西北。參閱清俞正燮癸巳類稿二夏汭考。

【夏言】 公元1482—1548年。明江西貴溪人，字公瑾。正德十二年進士。嘉靖初爲諫官，後爲首輔執政。嘉靖二十一年被嚴嵩排擠去官。二十四年復被起用。次年支持陝西總督曾銑收復河套的主張，嵩迎合嘉靖苟安之意，爲仇鸞草奏，誣言受曾銑賄，罷職放歸，旋被殺害。著有桂州集南宮奏稿等書。明史有傳。

【夏邑】 ㊀夏之都邑。書湯誓：“夏王率遏衆力，率割夏邑。”故地在今山西夏縣北。㊁縣名。屬河南省。戰國楚下邑地。秦置栗縣。後魏改名下邑縣。金改夏邑。見寰宇通志三歸德府夏邑縣。

【夏官】 官名。1.傳說黃帝設置春、夏、秋、冬、中官，用雲作名字，夏官稱縉雲。見史記五帝紀。周時設置六官，以司馬爲夏官，掌軍政和軍賦。唐武則天時，曾改兵部尚書爲夏官，不久仍復舊名。見文獻通考五二職官六。2.唐宋以來，司天官屬中管四時的官，有夏官正。見新唐書百官志二。

【夏育】 周時衛國勇士。傳說力能拔牛尾。史記七九蔡澤傳：“夏育、太史噭叱呼駭三軍，然而身死於庸夫。”索隱：“二人勇者，夏育、賁育也。”

【夏采】 ㊀官名，主管大喪事。周禮天官夏采：“掌大喪，以冕服復于大祖，以乘車建綏復于四郊。”復，猶招魂，以死者生前所用的車服，招使歸來。㊁野雞的毛色。周禮天官序官夏采注：“夏采，夏翟羽色。禹貢徐州貢夏翟之羽，有虞氏以爲緌。後世或無，故染鳥羽，象而用之，謂之夏采。”參見“夏翟”。

【夏服】 箭。史記一一七司馬相如傳子虛賦：“左烏嗥之雕弓，右夏服之勁箭。”索隱：“案夏羿，善射者；又服，箭之室，故云夏服。又夏后氏有良弓，名繁弱；其矢亦良，即繁弱箭服也。”文選漢枚叔(乘)七發：“右夏服之勁箭，左烏號之勁弓。”

【夏津】 縣名。屬山東省。本漢鄃縣，屬清河郡。隋大業時改屬貝州。唐天寶元年，改爲夏津縣。見元和郡縣志十六貝州夏津。

【夏首】 ㊀地名。夏水分長江水的口子，首受大江，故名夏首。故道在今湖北沙市東南。楚辭屈原九章哀郢：“過夏首而西浮兮，顧龍門而不見。”注：“夏首，夏水口也。”㊁夏初，夏季的開始。文苑英華一六九南朝梁王僧孺侍宴詩：“麗景燭春餘，清陰澄夏首。”參見“首夏”。

【夏苗】 夏季捕殺危害農作物的禽獸。左傳隱五年：“故春蒐、夏苗、秋獮、冬狩，皆於農隙以講事也。”廣弘明集五南朝梁沈約均聖論：“春蒐免其懷孕，夏苗取其害穀。”

【夏屋】 ㊀大俎，盛餚饌的器具。詩秦風權輿：“於我乎夏屋渠渠，今也每食無餘，于嗟乎！不承權輿。”㊁大屋。楚辭屈原(一說景差)大招：“夏屋廣大，沙堂秀只。”禮檀弓上：“見若覆夏屋者矣。”注：“夏屋，今之門廡也，其形旁廣而卑。”疏謂夏家之屋，以別於殷人。㊂山名。在山西代縣。又名賈母山、賈屋山。春秋時，趙襄子北登夏屋，宴請代君，使廚人操銅枓進食，擊殺代君，即此山。見呂氏春秋長攻、史記趙世家。

【夏癸】 即夏桀。文選漢張平子(衡)東京賦：“則是黃帝合宮，有虞總期，不如夏癸之瑤臺，殷辛(紂)之瓊室也。”參見“夏桀”。

【夏禹】 夏后氏部落領袖，史稱禹、大禹、戎禹。姒姓。鯀的兒子。古史相傳禹繼承鯀的治水事業，採用疏導的辦法，歷十三年，三過家門而不入，水患悉平。舜死，禹繼任部落聯盟領袖，都安邑，後東巡狩至會稽而卒。參閱史記夏紀。

【夏侯】 ㊀複姓。周封夏禹後於杞。春秋時楚滅杞，杞簡公弟佗奔魯，魯悼公以佗爲夏後，爵爲侯，因以夏侯爲姓。見元和姓纂七馬。㊁燕的別名。政和證類本草十九鷰屎引陶弘景名醫別録：“燕有兩種，有胡有越，……胸班黑聲大者是胡燕，俗稱胡燕爲夏侯。”

【夏珪】 南宋畫家。字禹玉，錢塘人。寧宗時爲畫院待詔。善畫人物，尤擅山水。雪景師法范寬。與馬遠李唐劉松年合稱“南宋四家”。清厲鶚輯南宋院畫録著録珪畫有九十餘件，其中長江萬里圖尤爲著名。參閱元夏文彥圖繪寶鑑四。

【夏書】 尚書有禹貢甘誓五子之歌胤征共四篇，舊稱夏書。近人多以禹貢爲後人所作，五子之歌和胤征爲古文尚書，甘誓可能本是商書的一部分。參閱郭沫若中國古代社會研究二序說。

【夏時】 農曆。禮禮運：“孔子曰：‘我欲觀夏道，是故之杞，而不足徵也，吾得夏時焉。’”注：“得夏四時之書也，其書存者有小正。”夏以建寅月爲歲首。自漢武帝時至清，皆用夏時。參見“三正”。

【夏桀】 相傳夏代最後的一個君王。名履癸。暴虐荒淫。湯起兵伐桀，桀敗，被俘，流死南巢。參閱史記夏紀、荀子非相。

【夏姬】 春秋鄭穆公女，陳大夫御叔妻，夏徵舒之母。與陳靈公孔寧儀行父私通。徵舒殺靈公。楚伐陳，以姬與連尹襄老；襄老死，姬回鄭。楚申公巫臣聘於鄭，娶姬奔晉。見左傳宣九年、十年、成二年，列女傳七陳女夏姬。

【夏啟】 姒姓，禹的兒子。相傳禹提名伯益做繼承人。禹死後，伯益推讓，退隱箕山，啓遂繼王位，在位九年。一說啓殺伯益自立。參閱孟子萬章上、史記夏紀。

【夏畦】夏天在田地裏勞動的人。後也用以比喻一般艱苦工作的人。孟子滕文公下:"脅肩諂笑,病於夏畦。"

【夏卿】官名。1.周代夏官主管軍事,爲六卿之一;後遂別稱兵部尚書爲夏卿。文苑英華一七七唐張說奉和餞王晙巡邊應制詩:"六月歌周雅,三邊念夏卿。"2.南朝梁武帝時,以太府、少府、太僕三卿爲夏卿。參見"十二卿"。

【夏竦】公元984—1050年。宋江州德安人。字子喬。仁宗時官至樞密副使、參知政事,封英國公。卒謚文莊。竦能文,爲人多權詐,積家財累萬。國子直講石介作慶曆聖德詩斥竦與高若訥爲"一妖一孽"。著有文莊集、古文四聲韻等。參閱宋史二八三本傳。

【夏陽】㊀舊縣名。春秋時梁國。戰國爲魏少梁地。秦改名夏陽。漢置縣,屬左馮翊。西魏廢。見漢書地理志上。故城在今陝西韓城縣南。漢史學家司馬遷即夏陽人。㊁複姓。以邑爲氏,春秋時晉有大夫夏陽說。見宋鄧名世古今姓氏書辨證二六。

【夏稅】田賦名稱。自唐代到明代,田賦分在每年夏、秋兩季徵收,稱爲夏稅和秋稅。參見"兩稅"。

【夏裘】夏季穿皮衣,比喻不相宜。淮南子精神:"知冬日之箑,夏日之裘,無用於己。"南朝宋鮑照鮑氏集二園葵賦:"伊冬箑而夏裘,無雙功而並盛。"

【夏$_2$楚】夏,榎木;楚,荊木。古時常用作教學的體罰工具。禮學記:"夏、楚二物,收其威也。"後也用作刑具的泛稱。也作"榎楚"、"賈楚"、"檟楚"。參見各該條。

【夏肄】春秋杞國。杞爲夏的後嗣,故稱。左傳襄二九年:"晉國不恤周宗之闕,而夏肄是屏。"疏:"鄭玄云:'斬而復生曰肄。'杞是夏後,滅而復存,猶木之枿生小栽也。"

【夏鼎】傳說夏禹收集九州的金屬鑄成。鼎上鏤刻山精水怪,使人民知其形狀,以後在山林川澤中遇上可以辨認而不被迷惑。見左傳宣三年。文選晉左太沖(思)吳都賦:"名載於山經,形鏤於夏鼎。"後泛稱古董爲夏鼎商彝。

【夏盟】古代各華夏諸侯國間的結盟。左傳襄二四年:"晉主夏盟爲范氏,其是之謂乎?"注:"晉爲諸夏盟主。"宋文天祥文山集十四平原詩:"公家兄弟奮戈起,一十七郡連夏盟。"

【夏誠】公元?—1135年。南宋洞庭湖農民起義將領。龍陽人。從鍾相、楊么起義,曾殲滅宋程昌寓所部水軍,屢立戰功。楊么被岳飛鎮壓後,誠率領義軍守寨不屈,寨破被俘就義。參閱宋岳珂金佗續編楊么事迹。

【夏臺】㊀夏代監獄名。史記夏紀:"迺召湯而囚之夏臺。"索隱:"獄名,夏曰均臺。皇甫謐云:地在陽翟是也。"㊁大臺。淮南子本經:"湯乃以革車三百乘,伐桀於南巢,放之夏臺。"注:"夏臺,大臺,故作宮也。"

【夏翟】羽毛五色的野雞。五色叫夏,長尾野雞叫翟。書禹貢:"羽畎夏翟。"羽,羽山;畎,山谷。漢書地理志上引禹貢作"夏狄"。北周庾信庾子山集十謝趙王賚雉啓:"夏翟秋飛,江翬春潤。"

【夏課】唐時進士籍而入選,叫作春關。退而肄業,叫作過夏。執業而出,叫作夏課。見唐李肇國史補下。唐韓偓玉山樵人集夏課成感懷詩:"淒涼身事夏課畢,濩落生涯秋風高。"

【夏節】夏至日。漢班固白虎通日月:"故夏節晝長,冬節夜長。"宋書自序:"五月夏節日至,(沈)預正大集會,子弟盈堂。"

【夏諺】夏代民間的俗語。孟子梁惠王下:"夏諺曰:'吾王不遊,吾何以休;吾王不豫,吾何以助;一遊一豫,爲諸侯度。'"文選南朝宋顏延年(延之)車駕幸京口三月三日侍遊曲阿後湖詩:"虞風載帝狩,夏諺頌王遊。"

【夏曆】即農曆,也稱陰曆。其制始於夏代。夏正建寅,以正月爲歲首,故名。參見"正朔"。

【夏縣】縣名。屬山西省。漢安邑縣地。北魏分爲南安邑與北安邑二縣,後又改北安邑爲夏縣。因相傳夏禹在此建都而名。見元和郡縣志六陝州。

【夏篆】車上的五采雕刻。周禮春官巾車:"孤乘夏篆,卿乘夏縵。"宋史輿服志二:"夏篆者,篆其車而五采畫之也。夏縵,則五采畫之而不篆。"

【夏聲】古代中原地區的民間音樂。左傳襄二九年:"吳公子札來,……請觀於周樂,……爲之歌秦,曰:此之謂夏聲。"

【夏縵】車上的五采畫飾。參見"夏篆"。

【夏禮】夏代所制的禮。論語八佾:"子曰:'夏禮,吾能言之,杞不足徵也。'"

【夏蟲】夏天生的昆蟲。莊子秋水:"夏蟲不可以語於冰者,篤於時也。"比喻見聞淺薄,不通時務的人。

【夏雞】鳥名,即鵯鵊,也叫催明鳥。宋歐陽修文忠集九鵯鵊詞詩:"田家惟聽夏雞聲,夜夜壠頭耕曉月。"自注:"鵯鵊,京西村人謂之夏雞。"

【夏馥】漢陳留人。字子治。靈帝時,以敢言爲把持朝政的宦官所惡。馥和范滂張儉被目爲士族集團的黨魁。靈帝下令逮捕馥等。馥逃亡隱匿在林慮山中,隱姓埋名在一個鐵匠家裏做傭工,最後死在那裏。後漢書有傳。

【夏臘】僧人出家的年數。和尚以七月十六日爲歲首,七月十五日爲除夕;出家後,以夏臘計算年歲,猶常人稱年齡爲春秋。唐賈島長江集九寄無得頭陀詩:"夏臘今應三十餘,不離樹下冢間居。"參閱釋氏要覽下夏臘、僧史略下賜夏臘。

【夏蠶】夏季養的蠶,又叫二蠶。宋戴復古石屏詩集一織婦歎:"春蠶成絲復成絹,養得夏蠶重剝繭。"

【夏二子】蚊子與蒼蠅。明黃瑜雙槐歲鈔六夏二子:"宋宣和中進士永福吳元美,作夏二子傳,略云……夏告終於鳴條,二子之族,無大小長少,皆望風殞滅,殆無遺類……夏二子,謂蚊、蠅也。"

【夏小正】大戴禮篇名。隋書經籍志別爲一卷。主要記載某些動植物的習性和活動。宋傅崧卿撰夏小正戴氏傳四卷,加以整理和注釋,以正文居前,每月各爲一篇。

【夏允彝】公元?—1646年。明松江華亭人。字彝仲。崇禎十年進士。博學善文,與同邑陳子龍徐孚遠等結幾社,與復社東林相應。清兵入南京後,允彝投水自殺。死後二年,其子完淳也因抗清起兵事敗就義。明史有傳。

【夏后氏】古史稱禹受舜禪,建夏王朝,也稱夏后氏、夏后或夏氏。論語八佾:"夏后氏以松。"史記夏本紀:"禹於是遂即天子位,南面朝天下,國號曰夏后,姓姒氏。"

【夏完淳】公元1631—1647年。明松江華亭人。字存古。夏允彝子,十四歲隨其師陳子龍在松江起兵抗清。失敗後,又參太湖吳易軍事。易敗,被俘,英勇就義。遺作甚多,有代乳集玉樊堂集夏內史集南冠草。允彝著幸存錄,完淳作續幸存錄,紀明末政事及黨禍始末。

【夏承碑】全稱淳于長夏承碑。東漢碑刻。隸書,篆額。相傳爲蔡邕書。建寧三年立。記述夏承政績。原碑舊在河北省永年縣,宋元祐中因治河隄出土。明嘉靖時石毀,唐曜重刻於漳州書院。碑文見隸釋八。

【夏枯草】植物名。又名夕句、乃東、

燕面、鐵色草。多年生草本，夏初開花，花、葉、莖都可作藥。此草夏至後即枯，故名。參閱本草綱目十五草部。

【夏侯玄】公元209—254年。三國譙人。字太初，繼承昌陵鄉侯爵位。曹爽輔政，玄爲爽姑子，任魏征西將軍，掌管雍涼州軍事。司馬懿殺爽，玄亦被廢黜。後與中書令李豐、光祿大夫張緝謀殺司馬師，事泄被殺，夷三族。有夏侯玄集，今佚。三國志魏志有傳。

【夏侯淵】公元？—219年。三國譙人。字妙才。夏侯惇族弟。曹操起兵，以別部司馬騎都尉從。後任征西將軍，守漢中。建安二十四年爲蜀將黄忠所襲，戰死。三國志魏志有傳。

【夏侯惇】公元？—220年。三國沛國譙縣人。字元讓。漢末隨曹操起兵，爲操所親重。文帝立，任大將軍。三國志魏志有傳。

【夏侯勝】西漢東平人。字長公。少從夏侯始昌學今文尚書，又從簡卿及歐陽生問學。徵爲博士。宣帝立，大將軍霍光令勝用尚書授太后。後因事與黄霸同時下獄，在獄中授霸尚書。遇赦出獄，任太子太傅。受詔撰尚書説、論語説。勝曾以尚書之學傳侄建，故尚書有大、小夏侯之學。漢書藝文志著録大小夏侯章句各二十九卷，大小夏侯解故二十九篇，都已散佚。清陳喬樅輯有尚書歐陽夏侯遺説考，收入清續經解。漢書有傳。

【夏侯嬰】公元？—前172年。西漢沛人。秦末隨劉邦起兵於沛，屢立戰功，任太僕，封汝陰侯。惠帝死，與陳平周勃等共謀擁立文帝。曾任滕令，故又稱滕公。史記、漢書皆有傳。

【夏原吉】公元1366—1430年。明湖廣湘陰人，字維喆。洪武時入太學，成祖時任户部尚書。永樂元年赴浙西治水，徵發民工，疏浚吴淞江等河流，使蘇松地區水利有所改善。前後主持財政二十七年。有夏忠靖集六卷，爲其孫廷章所輯。明史有傳。

【夏清侯】竹席。南朝宗室宜春王李從謙作夏清侯傳俳諧文，以竹席擬人，因其能祛暑熱，封爲夏清侯。見宋陶穀清異録陳設。

【夏黄公】漢初隱士。姓崔名廣，字少通。隱居夏里，故號夏黄公。爲"商山四皓"之一。見史記留侯世家"顧上有不能致者天下有四人"索隱。參見"商山四皓"。

【夏無且】秦始皇的侍醫。戰國燕太子丹遣荆軻入秦，廷見時荆軻突起刺始皇，無且以藥囊投擲荆軻，始皇乘間得脱，並擊殺軻。見史記八六荆軻傳。司馬遷記荆軻刺秦皇事，材料是公孫季功董生提供的；公孫等的材料得自夏無且的口述。

【夏五郭公】春秋桓十四年書"夏五"，無月字；又莊二十四年書"郭公"，下無事；顯然有缺漏。後因以"夏五郭公"比喻文字有殘缺。

【夏日可畏】左傳文七年："趙衰，冬日之日也；趙盾，夏日之日也。"注："冬日可愛，夏日可畏。"北周庾信庾子山集一小園賦："非夏日而可畏，異秋天而可悲。"後常以比喻人的作風嚴厲不容親近。

【夏雨雨人】比喻及時給人民帶來好處。漢劉向説苑貴德："管仲上車曰：'……吾不能以春風風人，吾不能以夏雨雨人，吾窮必矣。'"參見"春風風人"。

【夏葛冬裘】見"冬裘夏葛"。

【夏爐冬扇】比喻行事不合時宜，徒勞無益。漢王充論衡逢遇："作無益之能，納無補之説，以夏進爐，以冬奏扇，爲所不欲得之事，獻所不欲聞之語，其不遇禍，幸矣。"

【夏侯陽算經】夏侯陽撰。三卷。作者時代不詳。上卷明乘除法，辨度量衡；中卷求地税；下卷説諸分。共有算題八十三；引用乘除捷法，解答日常生活的應用問題。唐代科舉，有明算科，列爲算經十書之一。見新唐書選舉志上。

十七畫

夔 kuí ㄎㄨㄟˊ 渠追切，平，脂韻，羣。

㊀神話獸名。莊子秋水："夔憐蚿，蚿憐風。"釋文："夔，求龜反。一足獸也。李(頤)云：黄帝在位，諸侯於東海流山得奇獸，其狀如牛，蒼色無角，一足能走，出入水卽風雨，目光如日月，其音如雷，名曰夔。黄帝殺之，取皮以冒鼓，聲聞五百里。"㊁山林中的精怪。國語魯下"木石之怪曰夔，蝄蜽"注："木石，謂山也。"㊂人名。傳説舜時樂官，參見"夔龍㊀"。㊃春秋時國名。左傳僖二六年："楚人滅夔，以夔子歸。"注："夔，楚同姓國。"今湖北秭歸縣東有夔子城，卽夔國故地。參見"夔州"。㊄姓。楚君熊摯之後。一説楚滅夔後，夔的子孫就以國爲姓。見通志二六氏族二以國爲氏。

【夔牙】夔，精通音樂的人，傳説爲舜的樂官。牙，卽善鼓琴的伯牙。文選揚子雲(雄)甘泉賦："陰陽清濁，穆羽相和兮，若夔牙之調琴。"晉書庾懌傳："管弦繁奏，夔牙先聆其音。"

【夔牛】牛名。岷山多夔牛。山海經中山經："其獸多犀象，多夔牛。"注："今蜀山中有大牛，重數千斤，名爲夔牛，……卽爾雅所謂'魏'。"魏，高大的意思。又作犩牛、犪牛。見爾雅釋畜"犩牛"注。

【夔立】恭敬肅立。漢賈誼新書勸學："既過老聃，噩若慈父，厲行避景，夔立蛇進，而後敢問。"

【夔州】春秋時爲夔子國，後被楚所滅。秦置巴郡。蜀漢改巴東郡。唐置夔州，並割原屬之秭歸、巴東兩縣，另置歸州。宋元爲夔州路，明清改府。舊府治在今四川奉節縣。參閱太平寰宇記一四八夔州、歸州，嘉慶一統志三九七夔州府一。

【夔府】唐置夔州，州治在奉節，爲府署所在，故稱夔府。唐杜甫杜工部草堂詩箋三二秋興八首之二："夔府孤城落日斜，每依北斗望京華。"

【夔門】瞿塘峽。因地當川東門户，故又稱夔門。宋陸游劍南詩稿七四新春感事八首終篇因以自解之四："憶到夔門正月初，竹枝歌舞擁肩輿。"

【夔峽】地名。卽瞿塘峽。唐至德二年曾設夔峽節度使。見新唐書方鎮表四。宋蘇軾分類東坡詩二八陣圖："唯餘八陣圖，千古壯夔峽。"

【夔紋】古鐘鼎彝器的雕鏤夔形紋飾。見圖。

夔紋

【夔鼓】皮革製的鼓。隋書虞世基傳講武賦："曳虹旗之正正，振夔鼓之鏜鏜。"

【夔龍】㊀相傳爲虞舜的二臣名。夔爲樂官，龍爲諫官。書舜典："伯拜稽首，讓于夔龍。"唐王維王右丞集四韋侍郎山居詩："良遊盛簪紱，繼跡多夔龍。"㊁殷代及西周青銅器上的夔龍形花紋裝飾。見宋王黼等編宣和博古圖録四。

【夔頭】唐韓會崔造盧東美張正則四人，都自以爲有王佐之才，稱爲四夔；韓會在四人中居首，稱爲夔頭。夔，傳説爲舜樂官。參閱唐李肇國史補下、新唐書一五〇崔造傳。

【夔夔】㊀恐懼貌。書大禹謨："夔夔齊慄，瞽亦允若。"㊁恭順貌。史記五帝紀："(舜)往朝父瞽叟，夔夔唯謹，如子道。"集解："徐廣曰：'夔夔，和敬貌。'"

【夔魖】神話傳説中的山怪。文選漢張平子(衡)東京賦："殘夔魖與罔象，殪野仲而殲游光。"罔象、野仲、游光，都是神話中的鬼怪。

【夔一足】㊀神話傳説中的怪獸。山海經大荒東經："有獸，狀如牛，蒼身而無角，一足，名曰夔。"㊁見"一夔已足"。

夔鳳紋

【夔鳳紋】古代青銅器上的夔鳳形花紋裝飾。見圖。

夕部

夕

xī 祥易切，入，昔韻，邪。
ㄒㄧ

㊀日暮，傍晚。詩王風君子于役："日之夕矣，羊牛下來。"㊁夜。詩唐風綢繆："今夕何夕？見此良人。"㊂一年的末季、一月的下旬叫歲之夕、月之夕。見尚書大傳洪範五行傳鄭玄注。㊃傍晚時臣子朝見君王。左傳昭十二年："右尹子革夕，王見之。"唐柳宗元柳先生集十六朝日説："古者旦見曰朝，暮見曰夕。"㊄西向。周禮秋官司儀："凡行人之儀，不朝不夕。"注："不正東鄉，不正西鄉。"㊅側，斜。見"夕室"。㊆姓。通志氏族略五："巴郡七姓，三曰夕，蜀志尚書令夕斌。"

【夕月】古代帝王祭月稱夕月。國語周上："古者先王既有天下，又崇立於上帝明神而敬事之，於是乎有朝日、夕月，以教民事君。"周禮春官典瑞"以朝日"漢鄭玄注："天子常春分朝日，秋分夕月。"歷代封建王朝都相沿行祭月禮。清夕月壇，在今北京阜成門外月壇公園。

【夕市】在傍晚時進行的集市貿易。周禮地官司市："夕市，夕時而市，販夫販婦爲主。"

【夕改】改過迅速之意。文選三國魏曹子建(植)上責躬應詔詩表："以罪棄生，則違古賢夕改之勸。"注引曾子："君子朝有過，夕改，則與之。"

【夕兔】古代神話謂月中有兔，後因以夕兔爲月的代稱。唐駱賓王文集二豔情代郭氏答盧照鄰詩："抱膝當窗看夕兔，側耳空房聽曉雞。"

【夕室】旁側之室。吕氏春秋明理："是正坐於夕室也，其所謂正，乃不正矣。"注："言其室斜夕不正，徒正其坐也。"側室陽光斜照，故稱夕室。

【夕牲】古代在祭祀前夕，查看放置祭品的用具。漢書七四丙吉傳："(丙顯)嘗從祠高廟，至夕牲日，乃使出取齋衣。"注："未祭一日，其夕展視牲具，謂之夕牲。"後漢書禮儀志："正月天郊夕牲。"

【夕郎】黄門侍郎的别稱。漢應劭漢官儀："黄門郎日暮入，對青瑣門拜，名曰夕郎。"陳書許亨傳："授給事黄門侍郎，亨奉牋辭府，(王)僧辯答曰：'……夕郎之選，雖爲清顯；位以才升，差自無愧。'"

【夕桀】古算術名。在九數之外者，係漢代人所增。見周禮地官保氏注疏。宋秦九韶的測望九問造術的第五問爲遥度圓城："問有圓城周徑，四門中開，北外三里有喬木，出南門便折東行九里，乃見木。欲知城周徑各幾何。圜用左法。以句股夕桀求之。"按夕是斜的意思；桀是標，即題中的喬木。出南門折東行九里，斜望之，看見喬木，得到了直角形兩邊的長度(句和弦)，就可以用句股定理計算出城的直徑和周圍。參閲清張文虎舒藝室隨筆一。

【夕惕】形容戒慎恐懼，不敢怠慢。易乾："君子終日乾乾，夕惕若厲，無咎。"文選漢張平子(衡)思玄賦："夕惕若厲以省諐兮，懼余身之未敇。"

【夕陽】㊀山的西面。詩大雅公劉："度其夕陽，豳居允荒。"箋："夕陽者，豳之所處也。"㊁傍晚的太陽。藝文類聚六四引晉庾闡狹室賦："南羲熾暑，夕陽傍照。"唐李商隱李義山詩集六樂游原："夕陽無限好，只是近黄昏。"㊂比喻晚年。文選晉劉越石(琨)重贈盧諶詩："功業未及建，夕陽忽西流。"唐白居易長慶集二不致仕詩："朝露貪名利，夕陽憂子孫。"㊃縣名。漢置，屬右北平郡。故城在今河北灤縣西南。見嘉慶一統志十九永平府二。

【夕照】傍晚的陽光。南朝梁江淹江文通集蓮花賦："見彩霞之夕照，覿雕雲之晝臨。"唐劉長卿劉隨州集二贈西鄰盧少府詩："犬吠寒煙裏，鵶鳴夕照中。"

【夕幣】聘問前夕，展視禮物。儀禮聘禮："及期夕幣。"注："先行之日夕，陳幣而視之，重聘也。"

【夕陽亭】古代送行餞别的地方。故址在今河南洛陽市西。東漢延平三年，楊震被遣返里，行至夕陽亭飲毒酒自殺。見後漢書五四楊震傳。又晉泰始七年，賈充出鎮關中，百官餞之于夕陽亭。見晉書賈充傳。唐代也以此爲餞送之所，改名河亭。

【夕陽樓】古迹名。在河南滎陽。唐李商隱李義山詩集六有夕陽樓詩。清王士禎漁洋山人精華録十夕陽樓詩："僕射陂頭踈雨歇，夕陽山映夕陽樓。"

二畫

外

wài 五會切，去，泰韻，疑。
ㄨㄞ

㊀外邊，與"内"相對。易否："内陰而外陽，内柔而外剛。"㊁外表。漢揚雄法言修身："其爲中也弘深，其爲外也肅括，則可以禔身矣。"注："外者，威儀也。"㊂置之於外。管子明法："所以禁過而外私也。"韓非子五蠹："以其不收也外之，而高其輕世也。"㊃除去。淮南子精神："身至親矣，而棄之淵；外此，其餘無足利矣。"㊄異。見"外心㊁"。㊅稱母之父母、妻之父母及女之子爲外。因異姓，故稱外。如"外甥"、"外孫"。見爾雅釋親。㊆舊時妻稱夫爲外。梁徐悱妻劉令嫻有答外詩。見玉臺新詠六。㊇傳統戲劇角色的名稱。元劇於外旦、外末外，又有外；或扮男或扮女。王國維以爲外旦、外末之省。後專指扮演老年男子爲"外"。

【外人】㊀他人，别人。孟子滕文公下："外人皆稱夫子好辯，敢問何也？"㊁外面的人。晉陶潛陶淵明集五桃花源記："此中人語云，不足爲外人道也。"

【外子】㊀舊時妻稱夫爲外子，夫稱妻爲内子。參閲清錢大昕恒言録三親屬稱謂類夫婦相稱曰外内。㊁舊時稱外婦養的兒子。宋史三三九蘇轍傳附蘇元老："梁師成方用事，(元老)自言爲軾外子。"參見"外婦"。

【外女】古時帝王諸姑姊妹之女。周禮春官序官外宗："凡外女之有爵者。"參見"外宗"。

【外方】㊀山名。卽嵩高。五岳之一。禹貢謂之外方。參見"嵩高"。㊁外面。雲笈七籤十一黃庭内景經至道章:"列位次坐向外方。"㊂外地,遠方。南齊書王琨傳:"外方小郡,當乞寒賤。"

【外心】㊀用心於外。禮禮器:"禮之以多爲貴者,以其外心者也。"疏:"謂其用心於外也。用心於外,謂起至朝廷,廣其九州四海也。"㊁異心,二心。左傳昭三年:"鄭罕虎如晉,賀夫人,且告曰:'楚人日徵敝邑,以不朝立王之故。敝邑之往,則畏執事,其謂寡君而固有外心。'"史記趙世家:"城中懸釜而炊,易子而食,羣臣皆有外心。"

【外户】從外面關閉的門。古時單扇稱户,雙扇稱門。禮禮運:"是故謀閉而不興,盜竊亂賊而不作,故外户而不閉,是謂大同。"疏:"扉從外闔也。"泛稱大門。太平廣記四八四李娃傳引異聞記:"時雪方甚,人家外户多不發。"

【外日】前日。警世通言十三三現身包龍圖斷冤:"外日不知,不曾送得香紙來,莫怪則個!"

【外内】外内因所指而異。左傳僖二三年:"晉侯無親,外内惡之。"指國之内外。韓非子孤憤:"當塗之人擅事要,則外内爲之用矣。"指朝廷内外,外爲百官,内爲君主的親信左右。禮内則:"爲宫室,辨外内。"又:"外内不共井。"指男女。

【外水】水名。1.長江流經四川舊彭山縣的一段稱爲外水。水經注三三江水:"江水自武陽東至彭亡聚,……謂之平模水,亦曰外水。"舊彭山縣漢稱武陽。彭亡聚亦稱彭亡。參見"彭亡"。2.四川以涪江爲内水,岷江爲外水。宋書朱齡石傳:"今以大衆自外水取成都,疑兵出内水,此制敵之奇也。"

【外父】岳父。宋缺名濇居録:"溫布少時,絶有才幹,贅於孫氏,其外父有煩瑣事,輒曰'畀布代之',至今吴中謂'倩'爲'布代'。"

【外丹】卽道家燒鍊的金丹。詳"金丹"。

【外氏】外祖父母家。東觀漢紀十八朱暉傳:"(王)莽敗,天下亂,與外氏家屬從田間奔入宛城。"後漢書二七杜林傳:"林少好學沉深,家既多書,又外氏張竦父子喜文采,林從竦受學。"

【外市】勾通外人。韓非子内儲上七術:"趙令人因申子於韓,請兵將以攻魏。申子欲言之君,而恐君之欲疑己外市也。"史記一一二主父偃傳:"將吏相疑而外市。"集解引張晏:"與外國交,求己利,若章邯之比。"

【外史】㊀官名。周禮春官之屬,掌管宣布京畿以外地區的王令,四方地志等。左傳襄二四年:"季孫召外史掌惡臣而問盟首焉。"㊁稗史的别稱。如舊題漢黄憲的天禄閣外史。舊小説也有稱外史的,如清吴敬梓的儒林外史。㊂舊文人常用外史作别號。如元張雨稱句曲外史;清惲格稱白雲外史。

【外兄】表兄。後漢書十五來歙傳:"君叔雖單車遠使,而陛下之外兄也。"注:"光武之姑子,故曰外兄也。"君叔,歙字。唐李商隱李義山詩集四五言述德抒情……上杜七兄僕射相公:"弱植叨華族,衰門倚外兄。"

【外生】㊀忘我。莊子大宗師:"已外物矣,吾又守之九日,而後能外生。"唐成玄英疏:"隳體離形,坐忘我喪,運心既久,遺遣漸深也。"㊁外甥。三國志吴陸遜傳:"遜外生顧譚顧承姚信並以親附太子,枉見流徙。"世説新語排調:"桓豹奴(嗣)是王丹陽(混)外生,形似其舅,桓甚傑之。"

【外江】㊀古縣名。北周有外江縣,故址在今四川宜賓縣東。㊁江名。1.長江至湖北枝江縣東分爲二支,流經百里洲以南的爲外江,至江陵西南與内江合。見嘉慶一統志三四四荆州府。2.四川境内,稱沱湔爲外江,稱郫江爲内江。唐李商隱李義山詩集四武侯廟古柏:"陰成外江畔,老向惠陵東。"參見"内江"。㊂舊稱長江以南爲外江,也稱江外。清方濬師蕉軒隨録四外江:"寇萊公(準)謂晏元獻(殊)爲外江人。真宗顧元獻曰:'張九齡非江外人耶?'"晏撫州臨川人,張韶州曲江人,都在長江以南。

【外宅】㊀城外住宅,别宅。墨子迎敵祠:"從〔徙〕外宅諸名大祠。"史記一一八衡山王傳:"王奇孝才能,乃佩之王印,號曰將軍,令居外宅。"㊁舊時非正式夫妻關係而同居的婦女叫外宅。也稱外婦、外妻。水滸二二:"有箇女兒,喚做婆惜,典與宋押司做外宅。"

【外交】㊀古指人臣私見諸侯。穀梁傳隱元年:"寰内諸侯,非有天子之命,不得出會諸侯;不正其外交,故弗與朝也。"注:"天子畿内大夫有采地,謂之寰内諸侯。"禮郊特牲:"爲人臣者無外交,不敢貳君也。"注:"私覿是外交也。"今稱國與國之間的交往、交涉爲外交。㊁與朋友、外人的交際。墨子脩身:"近者親,無務求遠;親戚不附,無務外交。"史記一二九鄧通傳:"通亦愿謹,不好外交,雖賜休沐,不欲出。"

【外吏】地方官吏。清袁枚小倉山房詩集三改官白下留别諸同年:"生本粗才甘外吏,去猶忍淚爲諸公。"清會典十二吏部:"外吏之别四:一曰書吏,二曰承差,三曰典吏,四曰攢典。"此指衙内小吏。

【外臣】㊀古諸侯國的士大夫對别國君主的自稱。左傳成三年:"若從君之惠而免之,以賜君之外臣首。"這是晉國知罃對楚王的自稱。首,知罃之父荀首。儀禮士相見禮:"凡自稱於君,……他國之人,則曰外臣。"㊁國外之臣。史記一一〇匈奴傳:"匈奴新破困,宜可使爲外臣,朝請於邊。"㊂方外之臣,指隱居不仕的人。南齊書明僧紹傳:"卿兄高尚其事,亦堯之外臣。"唐白居易長慶集六九遊豐樂招提佛光三寺詩:"漢容黄綺爲逋客,堯放巢由作外臣。"

【外弟】㊀同母異父弟。左傳成十一年:"聲伯以其外弟爲大夫。"㊁表弟。外弟中表,都指姑舅兄弟。宋書臧燾傳:"傳僧佑祖父弘仁,高祖外弟也,以中表歷顯官。"

【外邪】可以傷害人身心的外界事物。淮南子主術:"故中欲不出謂之扃,外邪不入謂之塞。"中醫指風、寒、暑、濕、燥、火和疫癘之氣等從外侵入人體的致病因素。

【外私】㊀古代列國士對大夫的自稱。意思是非大夫之私臣;士、大夫對他國大夫、士也自稱外私,意思是與别國私有恩好。見禮玉藻雜記及注疏。㊁私通外國。史記一一七司馬相如傳上林賦:"今齊列爲東藩,而外私肅慎。"

【外兵】官名。魏設有五兵尚書,内有外兵曹,掌管京畿外的軍隊。晉分外兵爲左右。南朝宋只設外兵,齊梁陳及北魏北齊都分左右外兵。至北周遂以兵部的名稱兼五兵的職掌。見通典二三職官五尚書下兵部尚書。又自晉以後,節鎮屬官置外兵參軍。參閱清永瑢等歷代職官表十二。

【外治】宫廷以外的政事,國内政事。禮昏義:"天子立六官、三公、九卿、二十七大夫、八十一元士,以聽天下之外治。……天子聽外治,後聽内職。"内職,宫内政事。

【外宗】㊀古官名。掌宗廟祭祀,侍從王后。見周禮春官外宗。㊁外姓的長輩女親。禮雜記下:"外宗爲君夫人。"注:"外宗謂姑姊妹之女,舅之女,及從母,皆是也。”參見“內宗”。

【外官】㊀古以九卿爲外官。國語周中：“外官不過九品。”注：“九品，九卿。”㊁宮外百官。與近侍之臣相對。周禮春官世婦：“凡內事有達於外官者，世婦掌之。”㊂地方官。與京官相對。唐張籍張司業集四答白杭州郡樓登望畫圖見寄詩：“見君向此閑吟意，肯恨當時作外官。”

【外府】㊀官名。掌國內財貨的出納。周禮天官外府：“外府掌邦布之出入，以共百物，而待邦之用。”㊁外庫。穀梁傳僖二年：“如受我幣，而借吾道，則是我取之中府而藏之外府，取之中廏而置之外廏也。”㊂衛尉府。後漢書一〇八孫程傳：“（閻）顯弟衛尉景，遽從省中還外府。”㊃京都以外的州郡官署。文選南齊王元長（融）三月三日曲水詩序：“興廉擧孝，歲時於外府；署行議年，日夕於中甸。”

【外表】㊀邊境。南齊書武帝紀論：“外表無塵，內朝多豫。”㊁人的儀表。梁書劉孺傳附劉遵：“其孝友淳深，立身貞固，內含玉潤，外表瀾清。”

【外妻】卽“外婦”。列女傳二宋鮑女宗：“鮑蘇仕衛三年而娶外妻，女宗養姑愈敬。”

【外事】㊀國外之事。書康誥：“王曰：‘外事，汝陳時臬，司師茲殷罰有倫。’”傳：“言外土諸侯奉王事，汝當布陳是法，司牧其衆及此殷家刑罰有倫理者兼用之。”左傳文十三年：“中行桓子曰：‘請復賈季，能外事，且由舊勳。’”㊁禮曲禮上：“外事以剛（單）日，內事以柔（雙）日。”外事卽郊祭之事；一說指田獵用兵之事。參閱清孫希旦禮記集解四。㊂世事。西京雜記二：“司馬相如爲上林子虛賦，意思蕭散，不復與外事相關。”

【外典】㊀佛教徒稱佛書以外的典籍爲外典。參見“內典”。㊁在外掌管軍政事務。宋書自序：“（沈林子）復參相國事，……高祖器其才智，不使出也，故出仕以來，便管軍要，自非戎軍所指，未嘗外典焉。”

【外舍】㊀外宿。管子戒：“桓公外舍，而不鼎饋。”㊁外戚。後漢書六八單超傳：“（桓）帝因如廁，獨呼（唐）衡問：‘左右與外舍不相得者皆誰乎？’”注：“外舍，謂皇后家也。”㊂古代以小學爲外舍。大戴禮記保傅：“古者年八歲而出就外舍，學小藝焉，履小節焉。”又宋代太學分三舍，初學者入外舍，由外舍升內舍，由內舍升上舍。神宗元豐時，每月一私試，每年一公試，補內舍生；隔年一舍試，補上舍生。清代稱監生爲上舍，本此。參閱文獻通考四二學校三、宋史選擧志三學校試。

【外制】唐宋時由中書舍人、知制誥所掌的皇帝誥命稱外制，由翰林學士所掌之誥命稱內制。唐時兩制尚無嚴格分別，如唐代宗時，翰林學士並領詔誥，除授將相，不由外制。見唐李翱卓異記。參見“內制”。

【外委】清制，指額外委派的武官。外委千總，正八品；外委把總，正九品；額外外委，從九品。儒林外史四十：“木耐見了少保，少保問他些情節，賞他一個外委把總做去了。”參閱清會典四六兵部。

【外邸】㊀諸王在京的住宅。新唐書七六玄宗貞順武皇后傳：“妃生子必秀嶷，凡二王一主皆不育，及生壽王，帝命寧王養外邸。”㊁后妃之家。藝文類聚五一南朝梁王僧孺爲南平王妃拜改封表：“恩深外邸，榮照下庭。”

【外妹】同母異父之妹。左傳成十一年：“聲伯以其外弟爲大夫，而嫁其外妹於施孝叔。”

【外姑】妻母。見爾雅釋親。釋名釋親屬：“妻之父曰外舅，母曰外姑。言妻從外來，謂至己家爲婦，故反以此義稱之。”

【外姓】異姓。左傳宣十二年：“其君之擧也，內姓選於親，外姓選於舊。”

【外洋】舊時泛指東西洋各國。清續文獻通考三三七外交一：“查泰西各國派駐中國人員，向係分別使臣及參贊、繙譯、領事官支給薪水，見在出使外洋，自應分別等差核給。”

【外室】同“外婦”。二刻拍案驚奇七：“倘有人說話，只說你遭喪在途，我已禮聘爲外室了。”

【外客】舊指非親屬的賓客，與內親對稱。漢焦延壽易林師之煥：“惡來呼伯，愼驚外客。”

【外侮】來自外國、外族的欺凌和侵犯。左傳僖二四年：“其懷柔天下也，猶懼有外侮。”

【外姻】由婚姻關係而結成的親戚。同外親。左傳隱元年：“士踰月，外姻至。”南朝宋鮑照鮑氏集八松柏篇：“外姻遠近至，名列通夜臺。”

【外海】海外，指本國海面以外的地方。外海之稱，始見於宋書倭國傳。

【外班】清制會試中進士後，除留在京城任七品京官外，其分發外地任官者稱外班。紅樓夢二：“他（賈雨村）於十六日便起身赴京，大比之年，十分得意，中了進士，選入外班，今已升了本縣太爺。”

【外家】㊀外祖父母家，舅家。史記一〇七田蚡傳：“時諸外家爲列侯。”外家指竇嬰田蚡。嬰爲景帝從舅子，蚡爲太后同母弟，故稱外家。㊁女子出嫁後稱娘家爲外家。見資治通鑑一六三梁大寶元年“犯者刑及外族”注。㊂指傳記雜說等，以與儒家六經對稱，故曰外。史記一二六滑稽列傳：“褚先生曰：‘臣幸得以經術爲郞，而好讀外家傳語。’”

【外祖】母之父。儀禮喪服謂外祖父母之喪，服小功。漢書六六楊敞傳附楊惲：“惲母，司馬遷女也。惲始讀外祖太史公記，頗爲春秋。”

【外郞】㊀官名。漢中郞將分掌三署。郞有議郞、中郞、侍郞、郞中，掌宮殿門戶，出充車騎。没有固定職務的散郞稱外郞。見通典二九職官十一武官下三署郞官敍。參閱漢書惠帝紀“外郞滿六歲，二級”王先謙補注。後也稱吏員爲外郞。唐權德輿權載之集四送韋行軍員外赴河陽詩：“五年武弁侍明光，輟佐中權拜外郞。”㊁宋元時對衙門書吏的稱呼。元曲選孟漢卿魔合羅二：“官人清如水，外郞白如麵。水麵打一合，糊塗成一片。”

【外孫】女之子。因女嫁於外而生，故稱外孫。爾雅釋親：“女子子之子爲外孫。”漢書六二司馬遷傳：“遷卽死後，其書稍出，宣帝時，遷外孫平通侯楊惲祖述其書，遂宣布焉。”

【外骨】動物的甲殼。周禮考工記梓人：“外骨、內骨。”注：“外骨，龜屬。”文苑英華一四〇唐郗昂蚌鷸相持賦：“鷸以利嘴爲銛鍔，蚌以外骨爲高城。”參見“內骨”。

【外翁】外祖父。今稱外公。唐白居易長慶集六九談氏小外孫王童詩：“外翁七十孫三歲，笑指琴書欲遣傳。”

【外婆】外祖母。法苑珠林七一債負唐潞州人李校尉：“我是汝外婆，本爲汝家貧，汝母數從我索糧食。”宋岳珂寶眞齋法書贊二一邵鯱省見帖：“到鄕事少閒，卽常到省見外婆洎諸妗也。”

【外郭】外城。魏書蕭衍傳：“衍將姜慶眞襲陷壽春外郭，州軍擊走之。”

【外族】㊀外家之族。史記七一甘茂傳：“向壽者，宣太后外族也。”資治通鑑一六三梁大寶元年：“又禁人偶語，犯者刑及外族。”注：“男子謂舅家爲外家，婦人謂父母之家爲外家。外族，外家之族。”㊁卽“異族”。見該條。

【外寇】敵兵。管子君臣上：“兵亂內作，以召外寇。”

【外教】佛教稱儒、道九流爲外教。廣弘

明集八釋道安二教論:"故救形之教,教稱爲外;濟神之典,典號爲內。"梁書武帝紀下大同十一年十月詔:"(禁斷贖刑),既乖內典慈悲之義,又傷外教好生之德。"

【外屏】㊀皇帝的門屏。屏是對着門的小牆,後稱照壁。荀子大略:"天子外屏,諸侯內屏,禮也。"淮南子主術:"天子外屏,所以自障。"注:"屏,樹垣也,門內之垣謂之樹。論語曰:'國君樹塞門',諸侯在內,天子在外,故曰所以自障也。"參見"內屏㊀"。㊁星名。屬二十八宿的奎宿。卽雙魚座七星。隋書天文志:"奎南七星曰外屏。"

【外務】㊀身外的事物。文苑英華四〇四唐常袞授李庾太子左庶子制:"久以病免,澹然自居,混冥元和,放絕外務。"雲笈七籤九十七部語要:"然而心在笙鴻,而奕敗筭撓者,是心不專一,遊情外務也。"㊁與外國交涉的事務。清末有外務部,職權同後來的外交部。

【外患】指來自外國的干涉侵略。孟子告子下:"入則無法家拂士,出則無敵國外患者,國恒亡。"禮雜記下:"內亂不與焉,外患弗辟也。"疏:"謂在外鄰國爲其寇患。"

【外戚】帝王的母族、妻族。史記有外戚世家。文選晉羊叔子(祜)讓開府表:"今臣身託外戚,事遭運會。"

【外婦】舊時稱私通之婦。也稱外妻。史記齊悼惠王世家:"齊悼惠王劉肥者,高祖長庶男也;其母,外婦也。"漢書三八高五王傳"外婦"注:"謂與旁通者。"

【外場】㊀屋外的場地。漢焦延壽易林十一遯之離:"吾有黍粱,委積外場。"㊁清制,武舉會試分內場、外場;外場試勇技,內場試武經。見清會典事例七一七兵部武科。

【外黃】縣名。春秋時宋邑。秦置縣,屬陳留郡。因魏郡有內黃,故前加"外"字。秦末農民起義,劉邦項羽攻外黃,卽此地。北魏廢縣,隋復置。唐貞觀六年廢。故城在今河南杞縣東。參閱太平寰宇記一開封府雍邱縣。

【外援】外來的援助、支持。左傳文元年:"踐修舊好,要結外援。"三國志魏董昭傳爲曹操致楊奉書:"將軍當爲內主,吾爲外援。"

【外朝】相傳周制天子諸侯皆有三朝。外朝一,內朝二:燕朝、治朝。外朝在皋門之內,庫門之外,有朝士掌之,爲議政事之朝。見周禮秋官朝士"掌建邦外朝之法"及禮玉藻"朝服以日視朝於內朝"注疏。

【外景】指火和太陽。火和日都光照於外,故稱外景。見大戴禮曾子天圓、淮南子天文。

【外甥】姊妹之子。初學記十九引衛玠別傳:"王武子(濟),玠之舅也。語人曰:'昨與吾外甥並坐,炯然若明珠之在我側,朗然來映人。'"古凡姑之子,舅之子,妻兄弟姊妹之子,都可以稱外甥,後來專以稱姊妹的兒子。參閱爾雅釋親、釋名釋親屬。

【外集】正集以外的作品彙編。唐韓愈、柳宗元、劉禹錫等有正集,又有外集。正集大多爲相傳之定本,外集多爲後人編集遺缺而成。又佛教徒以佛經爲內典,因之常以自已寫的詩文稱爲"外"。如宋釋道燦有柳塘外集,明釋宗泐有全室外集等。清陸隴其三魚堂集以奏議爲外集,表示尊道學而薄事功。

【外傅】教師。禮內則:"十年出就外傅,居宿於外。"注:"外傅,教學之師也。"古以保母爲內傅,稱教師爲外傅。

【外補】舊時京官外調稱外補。後漢書安帝紀永初二年:"公府通調,令得外補。"

【外祿】外官的俸祿。借指外官。魏書抱嶷傳:"嶷老疾,請乞外祿,乃以爲鎮西將軍、涇州刺史。"

【外道】㊀佛教徒稱其他宗教及思想爲外道。隋書經籍志四道佛:"初天竺中多諸外道,並事水火毒龍,善諸變幻。"方廣大莊嚴經一兜率宮品頌:"如來大法音,外道悉摧伏,譬如師子吼,百獸咸驚怖。"㊁見外,客氣。紅樓夢三:"或有委屈之處,只管說得,不要外道纔是。"

【外虞】外患。文選晉羊叔子(祜)讓開府表:"乞留前恩,使臣得速還屯;不爾留連,必於外虞有闕。"南朝宋傅季友(亮)爲宋公求加贈劉前軍表:"外虞既殷,內難亦薦。"

【外感】㊀因外界事務所引起的感觸。南史孝義傳:"義發因心,情非外感。"㊁因風寒暑濕自外侵入而致病。紅樓夢五一:"小姐的症是外感內滯。"

【外傳】㊀猶言外編。如春秋左傳爲內傳,國語爲外傳;詩有韓詩外傳;春秋又有穀梁外傳公羊外傳等。漢王充論衡案書:"國語,左氏之外傳也。左氏傳經,辭語尚略,故復選錄國語之辭以實。"㊁爲史書所不載的人物立傳;或於正史外另爲作傳,記錄遺聞逸事,都叫外傳。如漢武帝外傳、飛燕外傳等。

【外舅】妻父,俗稱岳父。見爾雅釋親。宋張方平樂全集三五祭女夫……蔡天申文:"維熙寧七年,歲次甲寅,外舅某官遣息某,具淸酌庶羞之奠,致祭於女夫故河北路轉運判官殿中丞蔡郎之靈。"

【外賓】來自外國的賓客。唐元稹長慶集二六何滿子歌:"古者諸侯饗外賓,鹿鳴三奏陳圭瓚。"

【外寢】㊀古代宮室之制,有正寢、內寢、路寢之分。正寢又叫外寢,是君主辦事的場所。禮內則:"適子庶子見於外寢。"㊁中門外的房屋,治喪者所居。儀禮喪服:"既練舍外寢。"文選晉潘安仁(岳)楊仲武誄:"德宮之艱,同次外寢。"

【外廄】外馬房。公羊傳僖二年:"馬出之內廄,繫之外廄爾,君何喪焉。"文選秦李斯上秦始皇書:"駿良駃騠,不實外廄。"

【外臺】㊀官名。1.後漢刺史,爲州郡的長官,置別駕、治中、諸曹掾屬,號爲外臺。後漢書八二謝夷吾傳:"尋功簡能,爲外臺之表。"夷吾曾爲荊州刺史,時任鉅鹿太守,故稱外臺。2.蘭臺。三國志魏王朗傳附王肅"頗傳於世"注:"蘭臺爲外臺,祕書爲內閣。"3.謁者。漢承秦制,置謁者爲外臺。詳"三臺㊂"。4.唐至德後,三司監院官帶御史銜的,號外臺,得察風俗,檢舉不法。見新唐書一七七高元裕傳。監院屬三司,故後來監司也號外臺。㊁醫書外臺祕要的略稱。詳"外臺祕要"。

【外監】㊀官名。宋有都水監,掌管河流堤堰疏鑿浚治事務。原隸屬三司,嘉祐三年始專設監統領,並設局於澶州,輪流派丞一人主管,號稱外監。見宋史職官志五。㊁清代監獄分內監、外監。外監拘囚軍流以下輕罪的犯人。參見"內監㊁"。

【外貌】人或物的表面形狀。禮樂記:"外貌斯須不莊不敬,而易慢之心入之矣。"韓非子喻老:"耳目竭於聲色,精神竭於外貌,故中無主。"

【外廚】星名。屬鬼宿。晉書天文志上二十八宿外星:"柳南六星曰外廚。"

【外篇】別於內篇而言。詳"內篇"。

【外編】正書以外帶補遺、補缺性質的別編。宋史藝文志一易類:"程迥易章句十卷,又外編一卷。"清雷浚取見於羣經和玉篇廣韻而說文不載的字,共一千六百十八字,著說文外編。因所收字在說文之外,故以外編爲名。

【外緣】佛教語。謂眼、耳、舌等感覺，緣起於色、聲、味等外物。後泛稱外來的物欲。宋書謝靈運傳："幽棲窮巖，外緣兩絕。"唐白居易長慶集六朝歸書寄元八詩："自此聊以適，外緣不能干。"

【外親】㊀女系的親屬。如母、祖母的親族，女，孫女、姐妹、姪女、姑的子孫。漢班固白虎通宗族："母昆弟者，男女皆在外親，故合言之。"㊁同"外戚"，即帝王的母黨和妻黨。漢書九三淳于長傳："長以外親居九卿位。"長爲太后姊子。㊂表面親善。晉書宣帝紀："孫權劉備，外親內疏，(關)羽之得意，權所不願也。"

【外頭】外邊，外面。唐詩紀事四四王建宮詞："乞與金錢爭借問，外頭還似此間無。"指民間。

【外儒】道家稱儒家爲外儒。雲笈七籤九釋七經序："外儒失道，不知道爲儒本，儒爲道末。"

【外嬖】帝王寵幸的臣子。猶言外寵。左傳莊二八年："驪姬嬖，欲立其子，賂外嬖梁五與東關（嬖）五。"注："皆大夫，爲(晉)獻公所嬖倖，視聽外事。"參見"外寵"。

【外禪】把帝位傳給外姓。文選晉干令升(寶)晉紀論晉武帝革命："堯舜內禪，體文德也；漢魏外禪，順大名也；湯、武革命，應天人也。"參見"內禪"。

【外艱】舊稱父喪或承重祖父之喪爲外艱，母喪或承重祖母之喪爲內艱。清江藩漢學師承記三錢大昕："明年夏，以丁外艱歸。"參見"內艱"。

【外繇】駐守邊地的士兵。史記平準書："乃賜(卜)式外繇四百人。"漢書昭帝紀元平元年詔："日者省用，罷不急官，減外繇，耕桑者益衆。"

【外館】㊀公主出嫁，在宮外築館居住，叫作外館。春秋莊元年："築王姬之館於外。"唐宋之問集下宴安樂公主宅得空字詩："英藩築外館，愛主出王宮。"㊁客舍。孔子家語六本："孔子在齊，舍於外館。"

【外寵】寵臣，對內寵而言。左傳閔二年："內寵並后，外寵二政，嬖子配嫡，大都耦國，亂之本也。"又昭二十年："外寵之臣，僭令於鄙。"

【外證】中醫指顯露於體表以外的病證，如疔、瘡、癬、瘤、丹毒、灼傷等。廣義泛指外科病症。也作"外症"。金匱要略方論中水氣病脈證並治："外證胕腫，按之没指。"宋陳師道後山詩注一贈二蘇公："如大醫王治膏肓，外證已解中尚强。"

【外藩】㊀有封地的諸侯王。晉書禮志上魏明帝太和三年詔："(漢)哀帝以外藩援立。"㊁外部的屏藩。三國志魏陳矯傳："(廣陵)郡爲孫權所圍於匡奇，(太守陳)登令矯求救於太祖。矯說太祖曰：'鄙郡雖小，形便之國也，若蒙救援，使爲外藩，則吳人挫謀，徐方永安。'"

【外簾】舊時科舉鄉試、會試，在貢院內閱卷的官員叫內簾；在考場提調監試的官員叫外簾。見明史選舉志二。參見"簾官"。

【外屬】外家親屬。漢書八二史丹傳："上以丹舊臣，皇考外屬，親信之。"

【外饔】官名。周禮天官之屬，掌管外祭祀、大宴、出師征伐及巡狩田獵等酒宴的事情。見周禮天官外饔。

【外觀】㊀觀看外界事物。晉書范汪傳附范甯："凡此諸賢，並有目疾，得此方云：用損讀書一，減思慮二，專內視三，簡外觀四，旦晚起五，夜早眠六。"簡外觀，意指收斂身心，不管外事。㊁人的外貌、風姿。三國志魏杜畿傳"子恕嗣"注引傅子："(郭)智子沖，有內實而無外觀，州里弗稱也。"㊂京外的宮觀。宋代宰相大臣退休或罷官，多加提舉宮觀的名號，支給俸祿。宋王安石臨川集五七辭免使相判江寧府表："儻憐積歲，參大議於廣朝；或賜誤恩，食舊勞於外觀。"參閱宋史職官志十。參見"奉祠"。

【外三關】山西雁門關，明代爲戍守重地，與寧武關偏頭關稱山西三關，爲外三關。見讀史方輿紀要三九山西一勾注。

【外大父】外祖父。宋張耒張右史集九寄楊道孚詩："君家外大父，聽獄代其憂。"

【外王父】外祖父。爾雅釋親："母之考爲外王父。"

【外王母】外祖母。爾雅釋親："母之妣爲外王母。"

【外兄弟】㊀表兄弟。姑、舅及姨的兒子。儀禮士喪禮："外兄弟在其南南上。"注："外兄弟，異姓有服者也。"疏："謂若舅之子、姑姊妹、從母之子等，皆是有服者也。"㊁旁親，遠兄弟。禮大傳"有從無服而有服"漢鄭玄注："公子之妻，爲公子之外兄弟。"㊂同母異父的兄弟。參見"外妹"。

【外兵省】北朝掌握軍權的官署。高歡爲丞相，丞相府有外兵曹、騎兵曹，分掌步兵騎兵。歡死，子高洋稱帝，建北齊王朝，府內原有司監諸曹，改屬尚書，唯保留外兵、騎兵二曹，改名外兵省、騎兵省，令唐邕白建主管，直接稟命於皇帝。見北齊書唐邕傳。

【外命婦】古代卿、大夫之妻稱外命婦。周禮天官閽人："凡外內命夫、命婦出入，則爲之闢。"資治通鑑一七三陳太建十一年："集百官及宮人、外命婦。"注："外命婦，五命以上官之妻也。"後來因夫或子而得封號的婦女，都稱外命婦。參閱通典一〇七禮六七。

【外後日】大後天，即後第三日。宋陸游老學庵筆記十："今人謂後三日爲外後日，意其俗語耳。偶讀唐逸史裴老傳乃有此語。裴，大曆中人也，則此語亦久矣。"

【外科正宗】明陳實功撰。四卷。首論病因、治法、分别陰陽、五善七惡、調理、禁忌等，次將諸病分門别類，共舉疾病百餘種，每病列病理、證狀、診斷、治法、成敗、病案，最後選列方劑。對截肢、下頷正復、死骨剔除、鼻瘜肉摘除、痔漏手術等有所發展。清徐大椿曾加評注，復經後人增删，整理爲十二卷。

【外科理例】明汪機撰。七卷，附方一卷。書成於嘉靖十年，對外科病證作理論的說明，並附實例。汪機認爲外證多起於內因，"有諸中然後形諸外"，主張治療應該調補元氣，先固根柢，不輕用寒冷攻利之劑。

【外孫齏臼】"好辭"二字的隱語。詳"黃絹幼婦"。

【外臺祕要】唐王燾撰。四十卷。燾在朝二十餘年，此書爲出守鄴郡時所作，故稱外臺。書中搜集唐以前許多醫藥著作和民間專門授受的祕方，先述醫理，後列方藥，共分一千一百零四門，載方六千餘條。醫理以隋巢元方諸病源侯論爲主，所引書詳注原書卷次。唐以前醫學理論和藥方，多賴此得以保存。新唐書及宋史藝文志名外臺祕要方。

【外彊中乾】外似强大，內實虛弱。左傳僖十五年："亂氣狡憤，陰血周作，張脈僨興，外彊中乾。"彊，同"强"。

三　畫

多 duō ㄉㄨㄛ 得何切，平，歌韻，端。

㊀數量大。與少、寡相對。易謙："君子以裒多益寡。"詩邶風柏舟："覯閔既多，受侮不少。"㊁勝過，超出。禮檀弓上："多矣乎，予出祖者。"公羊傳宣十五年："什一者，天下之中正也。多乎什一，大桀小桀。"㊂戰功。周禮夏官司勳："戰功曰多。"國語晉九："下邑之役，董安于多。"

注:"多,多功也。……時安于力戰有功。"㊃贊許,自負。韓非子五蠹:"以其犯禁也罪之,而多其有勇也。"後漢書四九仲長統傳:"統謂(高)幹曰:'君有雄志,而無雄才,好士而不能擇人,所以爲君深戒也。'幹雅自多,不納其言。"㊄適足,只是。論語子張:"人雖欲自絶,其何傷於日月乎?多見其不知量也。"左傳定十五年:"事楚何爲?多取費焉。"㊅姓。漢有多軍。

【多士】士子衆多。書多方:"猷告爾有方多士,暨殷多士。"詩大雅文王:"濟濟多士,文王以寧。"

【多子】衆卿大夫。書洛誥:"予旦以多子越御事,篤前人成烈。"疏:"大夫皆稱子,故以多子爲衆卿大夫。"旦,周公姬旦。

【多方】㊀猶言四方。書泰誓下:"維我有周,誕受多方。"傳:"多方,衆方之國。"㊁多方面。左傳昭三十年:"亟肄以罷之,多方以誤之。"墨子公孟:"人之所得於病者多方,有得之寒暑,有得之勞苦。"㊂學識淵博。方,學術。莊子天下:"惠施多方,其書五車。"

【多心】㊀呂氏春秋精諭:"口嗜不言,以精相告,紂雖多心,弗能知矣。"此指紂多惡周之心。後稱猜疑過多爲多心。紅樓夢八:"薛姨媽道:你是個多心的,有這些想頭,我就没有這些心。"㊁貳心。史記陳丞相世家:"漢王召讓(陳)平曰:'先生事魏不中,遂事楚而去,今又從吾游,信者固多心乎?'"㊂多疙瘩。易説卦:"其爲木也,爲堅多心。"清王夫之周易稗疏四:"木癭,其紋盤曲而中結爲心。多心者,多癭也。"

【多少】㊀多寡,數量的大小。管子七法:"剛柔也,輕重也,大小也,實虛也,遠近也,多少也,謂之計數。"㊁高下,優劣。三國志魏胡質傳"遼感言,復與周平"注引虞預晉書:"(武)陔及二弟韶、茂皆總角見稱,並有器望;雖鄉人諸父,未能覺其多少。"晉書武陔傳作"雖諸父兄弟及鄉閭宿望,莫能覺其優劣"。㊂幾何,若干。南史蔡廓傳附蔡撙:"武帝嘗謂曰:'卿門舊尚有堪事者多少?'"唐孟浩然集四春曉詩:"夜來風雨聲,花落知多少?"

【多分】推測之詞,多半,大概。分,fèn。元曲選鄭德輝王粲登樓一:"小生在這店肆中安下,少了他許多房宿飯錢,小二哥呼喚,多分爲此。"

【多半】過半,大多數。文苑英華二八〇唐方干送孫百篇游天台詩:"更有仙花與靈草,恐君多半不知名。"宋林逋林和靖集一小隱自題詩:"嘗憐古圖畫,多半寫樵漁。"

【多可】多所許可,寬容。文選三國魏嵇叔夜(康)與山巨源絶交書:"足下傍通,多可而少怪。"宋詩鈔方岳秋崖小藁鈔春思:"春風多可太忙生,長共花邊柳外行。"

【多言】好講閒話,議論多。詩鄭風將仲子:"豈敢愛之?畏人之多言。仲可懷也;人之多言,亦可畏也。"老子:"多言數窮,不如守中。"

【多男】多子嗣。莊子天地:"堯觀乎華,華封人曰:'嘻!……使聖人多男子!'堯曰:'辭!'"宋王安石臨川集五八賀生皇子表:"華封之祝多男,亦曰聖人之事。"參見"華封三祝"。

【多幸】徼幸。左傳宣十六年:"善人在上,則國無幸民。諺曰:'民之多幸,國之不幸也。'"文選南朝宋顔延年(延之)和謝靈運詩:"伊昔遘多幸,秉筆侍兩閨。"

【多事】㊀好事,多管閒事。莊子漁父:"今子既上無君侯有司之勢,而下無大臣職事之官,而擅飾禮樂,選人倫,以化齊民,不泰多事乎?"㊁多變故。如言多事之秋。史記秦始皇紀論:"天下多事,吏弗能紀。"

【多故】㊀多變亂。國語鄭:"王室多故,余懼及焉,其何所可以逃死?"㊁多巧僞,詭詐。淮南子主術:"是以上多故則下多詐。"注:"故,詐。"

【多昏】指饑荒之年,簡化婚禮,使民便於嫁娶。爲周時十二荒政之一。周禮地官大司徒:"以荒政十有二,聚萬民,……十曰多昏。"注:"多昏,不備禮而娶昏者多也。"昏,通"婚"。

【多許】猶言幾多、多少。宋范成大石湖集三餘杭道中詩:"五柳能消多許地,客程何苦鎮匆匆。"

【多情】富於情感。南史元帝徐妃傳:"徐娘雖老,猶尚多情。"唐杜牧樊川集四贈别詩:"多情卻似總無情,惟覺罇前笑不成。"

【多敢】多半,大概。元曲選孟漢卿魔合羅一:"我猜着這病也,多敢是一半兒因風,一半兒雨。"

【多咱】大概,總之。元曲選缺名隔江鬬智四:"那周瑜一口氣氣的撅然倒地,扶的回營去了,這早晚多咱死也。"也作"多則"。元曲選缺名抱粧盒四:"多則是天生分福,又遇着姻缘對付,成就了麟趾關雎。"

【多辟】㊀多邪僻。詩大雅蕩:"疾威上帝,其命多辟。"辟,也作"僻"。後漢書五九張衡傳思玄賦:"覽蒸民之多僻兮,立辟以危身。"㊁衆諸侯。詩商頌殷武:"天命多辟,設都于禹之績。"疏:"乃令天下衆君諸侯,建設都邑於禹所治功處,布在九州也。"

【多歲】收穫多的年份,卽豐年。商君書墾令:"商不得糴,則多歲不加樂;多歲加樂,則饑歲無裕利。"

【多聞】多所見聞,指博學。書説命下"人求多聞。"論語爲政:"多聞闕疑,慎其餘,則寡尤。"

【多管】多半,大概。元曲選鄭德輝倩離魂一:"他多管是意不平自發揚,心遂閒綴作。"水滸三十:"自從到這裏了,寸步不離,又没工夫去快活林與施説話。雖是他頻頻使人來相看我,多是不能彀入宅裏來。"

【多謝】㊀問候。漢書七六趙廣漢傳"界上亭長戲曰:'至府,爲我多謝君。'"注:"多,厚也,言殷勤,若今人言萬問訊矣。"㊁感謝。晉陶潛陶淵明集贈羊長史詩:"多謝綺與用,精爽今如?"綺,綺里季。用,用里先生。商山皓中的二人。㊂囑咐。玉臺新詠一古爲焦仲卿妻作:"多謝後世人,戒之慎忘。"

【多應】大概。五代史平話梁上:"拈筆來書個字,多應門裏又安心。"元曲李文蔚燕青博魚一:"那廝多應是兩隻把寶鐙來牢踏。"

【多麗】詞調名。一名鴨頭綠,又作隴泉。此調有平韻、仄韻兩體。雙調,字不一,至少一百三十七字,至多一百四字。見詞譜三七。或謂多麗爲唐張均名;綠頭鴨唐教坊曲也;向分二調,後之。參閱清徐本立詞律拾遺八多麗注。

【多羅】㊀梵語,樹名。卽貝多樹。其葉供書寫,稱貝葉。唐玄奘大唐西域記一恭建那補羅國:"城北不遠有多羅林,周三十餘里。其葉長廣,其色光潤諸國書寫,莫不採用。"參閱翻譯名義三林木。㊁食器。南史扶南國傳:"(鶱王)常遺扶南王純金五十人食器,形圓盤,又如瓦塸,名爲多羅。"㊂脂粉盒見太平御覽七一七南朝宋何承天纂文也用作脂粉的代稱。全唐詩七七八顧遠惆悵詩:"若爲多羅年少死,始甘人有風情。"多羅年少,猶言傅粉少年。

魯莽。元曲選缺名爭報恩三:"我可也千不合,萬不合,一時間做事忒多羅。"㊄滿語美稱。加在爵位的前面,如"多羅郡王"、"多羅貝勒";又稱郡王,貝勒的女兒爲"多羅格格"。

【多露】詩召南行露:"厭浥行露,豈不夙夜,謂行多露。"意爲想早夜出行而怕露多沾衣。後來稱男女私會爲"多露之嫌",本此。也用來比喻行爲不檢點,受人指責。唐呂温呂和叔集一同舍弟恭歲暮寄晉州季六協律三十韻詩:"早行多露悔,强進觸藩羸。"

【多鐸】公元 1614—1649 年。清太祖努爾哈赤第十五子,多爾衮的同母弟。封和碩德豫親王。順治元年隨多爾衮入關,參與鎮壓李自成農民起義軍。又南下攻取揚州南京,滅南明弘光王朝。

【多多許】極言其多。世説新語賞譽:"簡文(司馬昱)道王懷祖(述)才既不長,於榮利又不淡;直以直率少許,便足對人多多許。"

【多景樓】古蹟名。在今江蘇鎮江市北固山甘露寺內。宋郡守陳天麟在唐人臨江亭故址修建。宋張邦基墨莊漫録四説樓名取唐李德裕題臨江亭詩"多景懸窗牖"的句意。今本李文饒集無此詩。宋蘇軾分類東坡詩十二潤州甘露寺彈筝:"多景樓中彈神曲,欲斷哀弦再三促。"

【多爾衮】公元 1612—1650 年。清努爾哈赤第十四子。皇太極(清太宗)時,封和碩睿親王。順治元年,明山海關守將吴三桂引之入關,殘酷鎮壓李自成農民起義軍,迎福臨(順治)至北京。因福臨年幼,以皇叔名義代爲攝政,獨攬大權,稱叔父攝政王。順治七年死,八年追削王爵,黜宗室籍。至乾隆四十三年恢復封號。

【多濫葛】唐時少數民族敕勒諸部中的一個部族。也稱多覽葛。以部族名稱爲姓。新唐書二一七下回鶻傳:"多覽葛亦曰多濫,在薛延陀東,……其酋俟斤(大臣)多濫葛末與回紇皆朝,以其地爲燕然都督府。"參閲通典一九九邊防十五、續通志氏族五代北三字姓。

【多羅果】佛經中的果名。唐釋玄應一切經音義二三廣百論三:"多羅果,其樹形似椶櫚,直而高聳,大者數圍,花白而大,若捧兩手。果孰卽赤,狀如石榴,生經百年,方有花果。舊言貝多,誤也。"

【多羅葉】貝多羅葉的省稱。詳"貝多"。

【多多益善】越多越好。史記九二淮陰侯傳:"上(漢高祖)問曰:'如我將幾何?'(韓)信曰:'陛下不過能將十萬。'上曰:'於君何如?'曰:'臣多多而益善耳。'上笑曰:'多多益善,何爲爲我禽?'"漢書作"多多益辦"。本就將兵而言,後來泛稱不厭其多爲多多益善。儒林外史十五:"尚書公遺下宦囊不少,這位公子却有錢癖,思量多多益善,要學我這燒銀之法。"

【多愁多病】舊時形容才子佳人的嬌弱狀態。宋柳永樂章集大石調傾杯詞:"早是多愁多病,那堪細把舊約前歡重看。"元王實甫西廂記一本四折:"小子這多愁多病身,怎當那傾城傾國貌。"

【多端寡要】頭緒太多,不得要領。三國志魏郭嘉傳:"袁公(紹)徒欲效周公之下士,而未知用人之機,多端寡要,好謀無決。"

【多錢善賈】錢多好作買賣。比喻具備充分的條件,事情就容易辦成。也作"多財善賈"。韓非子五蠹:"鄙諺曰:'長袖善舞,多錢善賈。'此言多資之易爲工也。"

【多藏厚亡】老子:"是故甚愛必大費,多藏必厚亡。"注:"甚愛不與物通,多藏不與物散。求之者多,攻之者衆,爲物所病,故大費厚亡也。"後漢書八二折像傳:"及(折)國卒,感多藏厚亡之義,乃散金帛資産,周施親疎。"意思是聚財過多而不能施以濟衆,必引起衆怨,最終會損失更大。

【多寶塔碑】唐代碑名。全名爲大唐西京千福寺多寶佛塔感應碑文。天寶十一年立。岑勛撰文,顔真卿正書,徐浩分書題額。記載唐千福寺僧楚金創建多寶塔事。碑爲顔真卿中年所書,筆法匀整圓健,爲歷來書法家所推重。清嘉慶道光年間,流行更盛,當時有"處處顔多寶"的説法。碑陰楚金禪師碑,沙門飛錫撰文,吴通微行書,貞元十一年刻;碑側有金人題名、詩刻。清康熙中碑石斷裂。現藏陝西西安市碑林。參閲清王昶金石萃編八九。

夙

sù ㄙㄨˋ 息逐切,入,屋韻,心。

㊀早。詩召南行露:"豈不夙夜,謂行多露。"箋:"夙,早也。"㊁舊,平素。通"宿"。後漢書七三劉虞傳:"虞雖爲上公,天性節約,……遠近豪俊,夙僭奢者,莫不改操而歸心焉。"㊂肅敬。詩大雅生民:"載震載夙,載生載育。"箋:"夙之言肅也。"

【夙世】同"宿世"。佛教所謂前生。宣和畫譜四:"(李)得柔幼喜讀書,工詩文,至于丹青之技,不學而能,蓋驗其夙世之餘習焉。"

【夙因】前世的因緣。同"宿因"。清黄景仁兩當軒集十三夜宿西山下偕馮九健一詩:"杖策相從似夙因,草堂促膝意相親。"

【夙好】㊀素所喜好。好,hào。唐韓愈昌黎集十三畫記:"居閒處獨,時往來余懷也,以其始爲之勞,而夙好之篤也。"㊁舊交,老朋友。好,hǎo。

【夙沙】㊀古部落名。在今山東膠東地區。呂氏春秋用民:"夙沙之民,自攻其君而歸神農。"㊁複姓。春秋時,齊有寺人夙沙衛。見左傳襄十八年。

【夙成】早成,早熟。後漢書七五袁術傳孫策與術書:"又聞幼主(漢獻帝)明智聰敏,有夙成之德。"

【夙志】平素的志願。同"宿志"。南史陳武帝紀:"永言夙志,能無慚德。"

【夙夜】㊀早晚,朝夕。書舜典:"夙夜惟寅,直哉惟清。"三國志蜀諸葛亮傳出師表:"受命以來,夙夜憂歎,恐託付不效,以傷先帝之明。"㊁地名。卽漢東萊不夜。詳"不夜"。

【夙昔】㊀前夜。文選古樂府飲馬長城窟行:"遠道不可思,夙昔夢見之。"玉臺新詠一謂蔡邕作,夙昔作"宿昔"。㊁泛稱昔時,往日。後漢書五九張衡傳思玄賦:"共夙昔而不貳兮,固終始之所服也。"文選引作"夙夜"。

【夙怨】舊有的怨恨。宋史三三九蘇轍傳:"呂大防劉摯患之,欲稍引用(元豐諸臣),以平夙怨。"

【夙素】平素的志願。同"宿素"。宋詩鈔陳造江湖長翁詩鈔長蘆寺:"安衆得亢爽,定遷譸夙素。"

【夙御】早起駕車。文選南朝宋顔延年(延之)拜陵廟作詩:"夙御嚴清制,朝駕守禁城。"

【夙殞】早凋零,早死。晉陸機陸士衡集三歎逝賦:"痛靈根之夙殞,怨具爾之多喪。"也作"夙隕"。文選晉殷仲文南州桓公九井作詩:"歲寒無早秀,浮榮甘夙隕。"

【夙駕】早起駕車出行。詩鄘風定之方中:"星言夙駕,説于桑田。"左傳文十年:"命夙駕載燧。"

【夙儒】飽學之儒。後漢書三六張霸傳附張楷:"自父黨夙儒,偕造門焉。"也作"宿儒"。參見該條。

【夙願】平素的志願。唐杜甫杜工部詩

史補遺八昔游："良觀違夙願，含淒向寥廓。"白居易長慶集四一論和糴狀："臣若緘默，隱而不言，不唯上辜聖恩，實亦内負夙願。"也作"宿願"。參見該條。

【夙齡】少年。後漢書五十濟陰悼王長傳贊："三藩夙齡，黨惟荒忒。"文選南朝梁沈休文（約）早發定山詩："夙齡愛遠壑，晚莅見奇山。"

【夙世冤家】㊀形容積怨很深。宋夏竦罷相，因石介進德頌序中有"追竦白麻，無不喜躍"等語，懷恨在心。是歲夏設水陸齋，旁設一位，立牌書曰："夙世冤家石介。"見宋高晦叟珍席放談下。㊁表示極其親愛。暱稱。宋彭汝礪晚年娶宋氏婦，唯婦命是從。後出守九江，病中寫道："宿世冤家，五年夫婦，從今以往，不打這鼓。"見宋缺名道山清話。宿，通"夙"。

【夙興夜寐】起早睡晚。言生活勤勞。詩小雅小宛："夙興夜寐，毋忝爾所生。"墨子非樂上："婦人夙興夜寐，紡績織紝，多治麻絲葛緒綑布縿。"

五畫

夜 yè ㄧㄝˋ 羊謝切，去，禡韻，喻。

㊀從天黑到天亮的一段時間，與"晝"相對。詩鄭風女曰雞鳴："子興視夜，明星有爛。"左傳莊七年"辛卯夜，恆星不見"唐孔穎達疏："夜者，自昏至旦之總名。"㊁夜間行走。初學記四唐蘇味道正月十五夜詩："金吾不禁夜，玉漏莫相催。"唐人搜玉小集作觀燈詩。㊂昏暗，不明。詳"夜室"、"夜臺"。

【夜士】巡夜的小吏。周禮秋官司寤氏："掌夜時，以星分夜，以詔夜士夜禁。"注："夜士，主行夜徼候者，如今都候之屬。"參見"夜禁"。

【夜叉】梵語。義爲勇健，又爲凶暴醜惡。佛經中一種形象凶惡的鬼，列爲天龍八部神衆之一。維摩詰所説經一佛國品注："夜叉有三種：一在地，二在虛空，三天夜叉也。"也譯作"閱叉"、"藥叉"。見翻譯名義集二。後常用以比喻醜惡凶暴的人。唐張鷟朝野僉載二澤州百姓爲尹正義王熊歌："嘗逢餓夜叉，百姓不可活。"

【夜火】㊀夜間燈火。越絶書越絶外傳計倪："子胥知時變，爲詐兵爲兩翼，夜火相應。"唐孟浩然集二送韓使君除洪府都督詩："峴首晨風送，江陵夜火迎。"㊁夜間的火災。陳江總江令君集爲陳六宮謝章："魯宮夜火，伯姬匪驚；楚榭奔濤，貞姜何懼。"

【夜分】夜半。韓非子十過："昔者衛靈公將之晉，至濮水之上，税車而放馬，設舍以宿。夜分而聞鼓新聲者而説之。"水經注江水二："自非亭午夜分，不見曦月。"

【夜市】夜間集市貿易的地方。唐張籍張司業集二送南客詩："夜市連銅柱，巢居屬象州。"宋歐陽修文忠集十一寄梅聖俞詩："擊鼓踏歌成夜市，邀龜卜雨趁燒畬。"參閱宋孟元老東京夢華録八中秋、吴自牧夢粱録十三夜市。

【夜半】半夜。左傳哀十六年："醉而送之，夜半而遣之。"唐白居易長慶集十二長恨歌："七月七日長生殿，夜半無人私語時。"

【夜光】㊀月。楚辭天問："夜光何德，死則又育？"㊁螢火蟲的別名。本草經又名夜光，一名熠燿。晉潘岳潘黄門集螢火賦："翔太陰之玄昧，抱夜光以清遊。"㊂珠名。後漢桓譚新論："夫連城之璧，瘞影荆山；夜光之珠，潛輝鬱浦。"舊題梁任昉述異記上："南海有明珠，卽鯨魚目瞳，鯨死而目皆無精可以鑒，謂之夜光。"㊃玉名。詳"夜光璧"。㊄藥用植物名。卽地錦草。見本草綱目二十草部地錦草。

【夜合】㊀合歡的別稱。太平御覽九五八風土記："夜合，葉晨舒而暮合。一名合昏。"唐元稹長慶集十四有夜合詩。參見"合歡㊀"。㊁花名。卽夜合辛夷花。木本，葉長，花青白色，曉開夜合，故名。唐白居易長慶集十九閨婦詩："遼陽春盡無消息，夜合花前日又回。"參閱清吴其濬植物名實圖考三十。㊂藥用植物。何首烏的別名。見本草綱目一八草部何首烏。

【夜色】㊀朦朧的夜光。文選南朝梁劉孝標（峻）辨命論："才非不傑也，主非不明也，而碎結緑之鴻輝，殘懸黎之夜色，抑尺之量有短哉？"㊁夜間的景色。唐杜甫杜工部草堂詩箋四十放船："已泊城樓底，何曾夜色闌。"

【夜邑】地名。戰國策齊六："益封安平君以夜邑萬户。"安平君，田單。漢劉向説苑指武作"掖邑"。在今山東掖縣。

【夜作】夜間工作。漢班固白虎通封禪："月或不見，景星常見，可以夜作，有益於人民也。"漢書七十陳湯傳："卒徒工庸以鉅萬數，至爇脂火夜作。"爇，古"燃"字。

【夜妖】舊史五行志多以自然災異爲妖。如大風、地震等所造成的白晝昏晦現象，都稱夜妖。漢書五行志下之上："夜妖者，雲風並起而杳冥，故與常風同象也。"晉書五行志下："元帝景元三年十月，京都大震，晝晦，此夜妖也。"

【夜直】官吏夜間值班。唐韓愈昌黎集十和席八十二韻詩："綺陌朝遊間，綾衾夜直頻。"宋蘇易簡續翰林志上："至皇朝，今揆相李公獨直禁林，奉旨令每雙日夜直，隻日下直，可以永爲通式也。"

【夜明】月壇名。禮祭法："夜明，祭月也。"注："夜明，亦謂月壇也。"疏："月明於夜，故謂其壇爲夜明也。"

【夜室】㊀暗室。漢王符潛夫論讚學："是故索物於夜室者，莫良於火。"㊁墓穴。舊題梁任昉述異記："闔閭墓中石銘云：吴王之夜室也。"

【夜客】唐李涉有詩名，曾過九江，至皖口，遇盜。其豪首請涉題詩。涉作詩："春雨蕭蕭江上村，緑林豪客夜知聞。他時不用相迴避，世上如今半是君。"故事見唐詩紀事四六、元辛文房唐才子傳五李涉。全唐詩選此詩題作井欄砂宿遇夜客。後來因以夜客爲盜賊的代稱。

【夜春】農家稱晝晴而夜雨爲夜春。見明王志堅表異録一天文象緯。

【夜者】㊀昨夜。晏子春秋内篇雜下："使人以車迎占瞢（夢）者，至曰：'曷爲見召？'晏子曰：'夜者公瞢與二日鬭，不勝，恐必死也，故請君占瞢。'"㊁漢女官名。漢書九七上外戚傳："良使、夜者，皆視百石。"注："夜者，主職夜事。"

【夜郎】㊀漢時我國西南地區的古國名。約在今貴州西北、雲南東北及四川南部地區。漢武帝元鼎六年在此置牂牁郡。見史記、漢書、後漢書西南夷傳。㊁郡名。1.晉永嘉五年分牂牁、朱提、建寧三郡置。轄境約在雲貴兩省境内的北盤江上游地區。南朝梁大寶以後廢。2.唐天寶元年改珍州置。轄境約當今貴州桐梓及正安西部地區。乾元元年改爲珍州。參閱嘉慶一統志五一一遵義府、五〇五石阡府夜郎廢縣。㊂古縣名。1.漢置，在今雲南宣威縣境。南朝梁大寶以後廢。2.唐武德四年置，在今貴州石阡縣西南。貞觀元年廢。3.唐貞觀五年置，在今湖南新晃侗族自治縣境。五代時廢。北宋大觀二年復置，宣和二年又廢。

【夜珠】卽夜明珠。唐宋之問集下奉和晦日幸昆明池應制詩："不愁明月盡，自有夜珠來。"又李商隱李義山詩集五行至金牛驛寄興元渤海尚書："六曲屏風江雨急，九枝燈檠夜珠圓。"

【夜氣】㊀比喻清明純淨的心境。孟子

告子上:"平旦之氣，……梏之反覆，則其夜氣不足以存，夜氣不足以存，則其違禽獸不遠矣。"元楊載楊仲弘集三中秋詩:"神清存夜氣，天闊數秋毫。"㊂夜間的清涼空氣。全梁詩十劉孝儀和昭明太子鍾山解講:"夜氣清簫管，曉陣爍郊原。"

【夜眼】馬四肢皮膚角質塊，可供藥用。晉葛洪肘後備急方一稱用白馬尾、白馬前脚目治卒死尸蹷，以苦酒合燒吞服。按脚目卽夜眼。本草綱目五十馬夜眼下注:"在足膝上，馬有此能夜行，故名。"

【夜景】夜晚的景色。晉陶潛陶淵明集三辛丑歲七月赴假還江陵夜行途中詩:"涼風起將夕，夜景湛虛明。"

【夜禁】夜間禁止通行。周禮秋官司寤氏:"掌夜時，以星分夜，以詔夜士夜禁。"元史刑法志四禁令:"請夜禁，一更三點鐘聲絶，禁人行；五更三點鐘聲動，聽人行。違者笞二十七；有官者聽贖。其公務急速及疾病、死喪、産育之類不禁。"

【夜裝】夜間整頓行裝。文苑英華二七三唐戴叔倫清明日送友還鄉詩:"鐘鼓喧離日，車徒促夜裝。"

【夜漏】夜間的時刻。古代用銅壺滴漏記時，故稱夜漏。漢書六五東方朔傳:"自此始微行，以夜漏下十刻迺出，常稱平陽侯。"唐韋應物韋江州集十驪山行:"禁仗圍山曉霜切，離宮積翠夜漏長。"

【夜臺】墳墓。文選晉陸士衡(機)挽歌詩之一:"按轡遵長薄，送子長夜臺。"注引阮瑀七哀詩:"冥冥九泉室，漫漫長夜臺。"唐李白李太白詩二五哭宣城善釀紀叟詩:"夜臺無曉日，沽酒與何人?"

【夜燕】蝙蝠的别名。見本草綱目四八伏翼。

【夜學】夜間學習。唐孟郊孟東野集三夜感自遣詩:"夜學曉未休，苦吟神鬼愁。"

【夜闌】夜殘，夜將盡時。樂府詩集五九漢蔡琰胡笳十八拍:"更深夜闌兮，夢汝來斯。"唐杜甫杜工部草堂詩箋十一羌村:"夜闌更秉燭，相對如夢寐。"

【夜瀦】夜壺，尿壺。宋陶穀清異録器具:"溺器曰夜瀦，見于唐人文集。"

【夜嚴】夜間戒嚴。晉書佛圖澄傳:"平居無寇，何故夜嚴?"又指夜間戒嚴的鼓聲。新唐書一〇二岑文本傳:"是夕，帝聞夜嚴，曰:'文本死，所不忍聞。'命罷之。"參見"嚴鼓㊁"。

【夜籌】夜間的時刻。籌是滴漏銅壺中記時刻的，故用以代稱時刻。唐劉禹錫劉夢得集三早秋集賢院卽事詩:"灰琯應新律，銅壺添夜籌。"

【夜覺】夜遊症。周禮秋官序官司寤氏漢鄭玄注:"寤，覺也；主夜覺者。"疏:"凡人之寐卧恒在寢，得禁之者，人有夜寐忽覺而漫出門者，故謂之爲夜覺也。"

【夜糴】夜間去市場買糧食。比喻糊塗癡呆的人。太平御覽八二漢應劭風俗通:"夜糴，俗說市買者當清旦而行，日中交易所有，夕時便罷無人也。今乃夜糴穀，明癡騃不足也。凡靳不敏惠者曰夜糴。"

【夜不收】古代軍隊中的哨探。因徹夜在外活動，故稱夜不收。明實録英宗正統實録九:"沿邊夜不收及守墩軍士，無分寒暑，晝夜瞭望，比之守備，勤勞特甚。"

【夜半客】關係親密的人。後漢書十二彭寵傳:"王莽爲宰衡時，甄豐旦夕入謀議，時人語曰:'夜半客，甄長伯。'"長伯，豐字。

【夜半鐘】見"半夜鐘"。

【夜未央】夜未盡。詩小雅庭燎:"夜如何其?夜未央。"疏:"言夜未央，謂夜未至旦。"文選三國魏文帝(曹丕)燕歌行:"明月皎皎照我牀，星漢西流夜未央。"

【夜光芝】道家傳說的神芝。據說産於句曲山(在今江蘇省西南，也名茅山)，爲仙人茅君所種，夜裏發光如明月，故名。見後漢書二八下馮衍傳顯志賦"食五芝之茂英"注、唐段成式酉陽雜俎十九草篇。

【夜光杯】夜間發光的酒杯。舊題漢東方朔海內十洲記:"周穆王時，西胡獻昆吾割玉刀及夜光常滿杯。……杯是白玉之精，光明夜照。"國秀集上王翰涼州詞詩:"蒲萄美酒夜光杯，欲飲琵琶馬上催。"

【夜光珠】夜明珠。文選晉劉越石(琨)答盧諶詩附書:"和氏之璧，焉得獨曜於郢握；夜光之珠，何得專玩於隨掌?"隨，隨侯。

【夜光璧】寶玉名。戰國策楚一:"(楚王)乃遣使獻雞駭之犀、夜光之璧於秦王。"後漢書八八西域傳大秦國:"土多金銀奇寶，有夜光璧、明月珠。"

【夜坐吟】樂府雜曲歌辭。南朝宋鮑照作。第一句爲"冬夜沉沉夜坐吟"，故名。唐李白、李賀都有以夜坐吟爲篇名的作品。見樂府詩集七六。

【夜夜曲】樂府雜曲歌辭。南朝梁沈約作。樂府解題:"夜夜曲，傷獨處也。"南朝梁蕭綱(簡文帝)、唐王偃、釋貫休都有以夜夜曲爲篇名的作品。見樂府詩集七六。

【夜來香】花名。産閩廣。蔓生，秋季開碧緑色五瓣花。夜間香氣更濃，故名。見清吴其濬植物名實圖考三十。

【夜明枕】傳說唐虢國夫人有夜明枕，不假燈燭，光照一室。見五代王仁裕開元天寶遺事下夜明枕。唐詩紀事六二鄭嵎津陽門詩:"堂中特設夜明枕，銀燭不張光鑒帷。"

【夜明珠】傳說中夜間能發光的寶珠。舊題晉王嘉拾遺記二夏禹:"禹鑿龍關之山，亦謂之龍門，至一空巖，深數十里，幽暗不可復行。禹乃負火而進，有獸狀如豕，銜夜明之珠，其光如燭。"

【夜明犀】傳說唐敬宗寶曆元年，南昌國進獻夜明犀。形狀似通天犀，夜則光明可照百步。見唐蘇鶚杜陽雜編中。

【夜度娘】古樂府詩篇。樂府詩集四九清商曲辭西曲歌下有夜度娘一首。題後引古今樂録稱:"夜度娘，倚歌也。"辭爲:"夜來冒霜雪，晨去履風波。雖得叙微情，奈儂身苦何。"宋寇準有夜度娘詞一首，七言四句。後借稱倡伎爲夜度娘。

【夜飛蟬】婦女用的裝飾品。舊題唐馮贄雲仙雜記四夜飛蟬:"杜甫每朋友至，引見妻子。韋侍御見而退，使其婦送夜飛蟬，以助粧飾。"

【夜航船】舊時江南地區城鎮裝載客貨並代傳遞信物、夜間航行之船。古樂府有夜航船曲。全唐詩六一四皮日休魯望以輪鈎相示緬懷高致因作三篇之二:"明朝有物充君信，櫧酒三缾寄夜航。"清趙翼甌北詩鈔七言律五顧晴沙輓詩注:"詩塚篇纔付夜航船寄去，是日卽赴君訃。"參閱宋龔明之中吴紀聞四、明陶宗儀輟耕録十一夜航船。

【夜以繼日】日夜不停。孟子離婁下:"周公思兼三王，以施四事，其有不合者，仰而思之，夜以繼日。"意林一管子:"商人通賈，倍道兼行，夜以繼日，干利不遠，利在前也。"也作"夜以繼晝"。後漢書二九郅惲傳上書:"昔文王不敢槃于游田，以萬人惟憂，而陛下遠獵山林，夜以繼晝。"

【夜行遊女】鳥名。卽女鳥。一名姑獲。詳"女鳥"、"姑獲"。

【夜長夢多】比喻時間既長，事情可能發生不利的變化。清呂留良呂晚村先生家訓真蹟二諭大火帖:"昨橙齋得燕中信云:'薦舉事近復紛紜，夜長夢多，恐將來有意外，奈何？'"

【夜雨對牀】唐韋應物韋江州集三示全真元常詩："寧知風雪夜，復此對牀眠。"白居易長慶集五六雨中招張司業宿詩："能來同宿否，聽雨對牀眠？"雨雪對牀，本都指朋友相聚，傾心交談。後因宋蘇軾、蘇轍兄弟唱和的詩中屢有"夜雨對牀"的話，就沿用作爲兄弟團聚的典故。參閲分類東坡詩十六辛丑十一月十九日既與子由別於鄭州西門之外馬上賦詩一篇寄之"寒燈相對記疇昔，夜雨何時聽蕭瑟"注、宋王楙野客叢書十夜雨對牀。

【夜郎自大】史記一一六西南夷傳："滇王與漢使者言曰：'漢孰與我大？'及夜郎侯亦然。以道不通，故各自以爲一州主，不知漢廣大。"夜郎爲漢時西南小國，後因喻人妄自尊大爲"夜郎自大"。

【夜落金錢】花名。又稱子午花。花大如錢，六瓣，五蕊聳出，中一蕊特長，如孔雀翳。蕊黄，花大絳。日午始開，至子時落。見清屈大均廣東新語二七草語夜落金錢。

【夜雨秋燈録】書名。清宣鼎撰。共三集，十二卷。爲雜記見聞的筆記小說。

夝 qíng 疾盈切，平，清韻，從。ㄑㄧㄥˊ

古"晴"字。也作"暒"。說文："夝，雨而夜除，星見也。"徐灝箋："晝晴曰暋，夜晴曰夝，今通謂之晴。"史記天官書："天精而見景星。"漢書天文志精作"暒"。參見"晴"。

八畫

夠 gòu ㄍㄡˋ

見"够"。

够 gòu 古侯切，平，侯韻，見。ㄍㄡˋ 恪侯切，平，侯韻，溪。

也作"夠"。聚，多。文選晉左太沖（思）魏都賦："繁富夥够，非可單究。"後稱滿足爲够。

十一畫

夢 1. mèng 莫鳳切，去，送韻，明。ㄇㄥˋ

說文作"㝱"。㊀睡眠中的幻象。墨子經上："夢，臥而以爲然也。"㊁想象。荀子解蔽："不以夢劇亂知，謂之靜。"注："夢，想象也。"㊂湖澤。楚辭宋玉招魂："與王趨夢兮課後先。"注："夢，澤中也。楚人名澤中爲夢中。"又特指雲夢澤。左傳昭三年："十月，鄭伯如楚，……王以田江南之夢。"注："楚之雲夢，跨江南北。"㊃姓。傳爲戰國吳王壽夢之後。見明陳士元姓觿七去聲。

2. méng 莫中切，平，東韻，明。ㄇㄥˊ

㊄不明。說文："夢，不明也。从夕，瞢省聲。"清王夫之說文廣義三："夢，从瞢省，从夕。目既瞢矣，而又當夕，夢然益無所見矣。故訓云'不明也'。"㊅昏亂。詳"夢$_2$夢$_2$"。㊆最細的雨。詳"夢$_2$雨"。

【夢刀】傳說晉時王濬夢中看見臥室屋梁上掛着三把刀，一會又加了一把。醒後，部下奉承他說：三把刀是"州"字；本爲兩把，又加一把，是"益"的意思，大概你要被派到益州去作官了。見晉書本傳。後成爲地方官吏升遷的典故。唐釋參寥參寥子詩集三贈子固舍人："玉堂鵷鷺遲公久，何事崎嶇尚夢刀。"宋王安石臨川集二四送趙燮之蜀永康簿詩："行追西路聊班草，坐憶南州欲夢刀。"

【夢卜】傳說殷高宗因夢見傅說，周文王占卜得呂尚；後因以夢占喻帝王求得賢相。書說命上："夢帝賚予良弼。"史記齊太公世家："西伯將出獵，卜之，曰：所獲非龍非彨，非虎非羆，所獲霸王之輔。"唐杜牧樊川集十六上周相公啓："是以傅呂得于夢卜，申甫降于山嶽。"文苑英華六五二唐呂頌賀陸相公拜相啓："叶一人夢卜之求，副四海具瞻之望。"

【夢日】古時迷信，以夢日爲生貴子、得高位的吉兆。如漢景帝王皇后生武帝（漢書景帝王皇后傳），漢末孫堅妻吳氏生孫權（搜神記十），都有夢日的傳說。

【夢中】㊀睡夢之中。文選南朝梁沈休文（約）別范安成詩："夢中不識路，何以慰相思。"㊁夢澤之中。夢澤卽雲夢澤。左傳宣四年："楚鬬伯比……生子文焉，使棄諸夢中。"

【夢月】古時迷信謂夢月而生的子女必貴。如漢元帝王皇后母（漢書元后傳）、三國吳孫策母（搜神記十）、梁元帝母（南史梁元帝紀），都有夢月的傳說。

【夢幻】夢中幻境。喻空妄。梁書謝幾卿傳答湘東王書："夢幻俄頃，憂傷在念。"

【夢兆】人以所夢，附會人事，指夢中所預示的迹兆。晉書摯虞傳賢良對策："河濱山巖，豈或有懷道釣築，而未感於夢兆者乎？"

【夢官】占夢的官。古代統治者以神道設教，特置夢官，依夢像推斷吉凶。詩小雅無羊"牧人乃夢"漢鄭玄箋："占夢之官得而獻之於宣王，將以占國事也。"疏："夢事，夢官所掌。"

【夢花】㊀唐李亢獨異志中："武陵記曰：後漢馬融勤學。夢見一林，花如繡錦。夢中摘此花食之。及寤，見天下文詞，無所不知。時人號爲繡囊。"後遂以夢花喻文思大進。㊁元詩選郭畀快雪齋集贈筆工范君用："夢花不羨雕蟲巧，試草曾供倚馬忙。"用夢筆生花事。參見"夢筆"、"夢筆生花"。

【夢$_2$雨】迷濛細雨。唐李商隱李義山詩集五重過聖女祠："一春夢雨常飄瓦，盡日靈風不滿旗。"參閲金王若虛滹南遺老集四十詩話。

【夢松】三國志吳孫晧傳"以左右御史大夫丁固孟仁爲司徒、司空"注引（張勃）吳録："初，固爲尚書，夢松樹生其腹上，謂人曰：'松字十八公也，後十八歲吾其爲公乎？'卒如夢焉。"後因以夢松爲祝人登三公位的典故。

【夢周】論語述而："甚矣吾衰也，久矣吾不復夢見周公。"孔子對周公仰慕不已，至形於夢寐。後來詩文中常以夢周作爲緬懷先賢的典故。文選晉劉越石（琨）重贈盧諶詩："吾衰久矣夫，何其不夢周。"

【夢草】神話草名。據說懷藏之卽可入夢，也叫懷夢草。見舊題漢郭憲洞冥記三。

【夢婆】春夢婆的省語。清王夫之薑齋詩集一續哀雨之三："羊腸虎穴屢經過，老向孤峯對夢婆。"趙翼甌北詩鈔七言律五七十自述："世無拘束容聲叟，境有繁華付夢婆。"詳"春夢婆"。

【夢寐】睡夢。也比喻時刻在念。後漢書三十下郎顗傳："此誠臣顗區區之願，夙夜夢寐，盡心所計。"文選南朝宋謝靈運酬從弟惠連詩："夢寐佇歸舟，釋我吝與勞。"

【夢華】列子黄帝："（黄帝）晝寢，而夢遊于華胥氏之國。"宋孟元老追憶汴梁舊事，撰東京夢華録，序曰："古人有夢遊華胥之國，其樂無涯者，僕今追念，回首悵然，豈非華胥之夢覺哉？目之曰夢華録。"後來因以追思往事，恍如夢境爲夢華。元張翥蛻庵詩一清明游包家山："輦路迷游躅，宮詞入夢華。"

【夢筆】南朝梁紀少瑜少時，曾夢見陸倕把一束青鏤管筆送給他，說："我以此筆猶可用，卿自擇其善者。"從此，紀的文章大有進步。江淹少時，也夢人授五色筆；晚年又夢一個自稱郭璞的人，索還其筆，自後作詩，再無佳句，人稱"江郎才盡"。

都見南史本傳。後來稱文人才思日進爲夢筆。唐李商隱李義山詩集六江上憶嚴五廣休：“征南幕下帶長刀，夢筆深藏五色毫。”

【夢溪】地名。在江蘇丹陽縣。其地有宋沈括故宅，括所撰之夢溪筆談卽以其故里爲名。見宋王象之輿地紀勝七鎭江府。近人據宋盧憲嘉定鎭江志十一、元俞希魯至順鎭江志十二，謂夢溪在丹徒縣朱方門東。

【夢想】㊀夢寐懷想，形容思念深切。文選漢司馬長卿（相如）長門賦：“忽寢寐而夢想兮，魄若君之在傍。”文選古詩十九首之十六：“獨宿累長夜，夢想見容輝。”㊁空想，妄想。宋蘇軾分類東坡詩四贈清涼寺和長老：“老去山林徒夢想，雨餘鐘鼓更清新。”

【夢楹】禮檀弓上：“予疇昔之夜，夢坐奠於兩楹之間，……予殆將死也。”指臨終之徵兆。宋張邦基墨莊漫録三引王鞏挽蘇轍詩之三：“靜者宜膺壽，胡爲忽夢楹？”

【夢腸】文選漢揚子雲（雄）甘泉賦題注引桓譚新論：“雄作甘泉賦一首，始成，夢腸出，收而内之，明日遂卒。”本爲傳説，後因用夢腸形容寫作構思之苦。梁元帝金樓子立言：“揚雄作賦，有夢腸之談；曹植爲文，有反胃之論。”

【夢鄉】夢見鄉土。唐白居易長慶集十二山鷓鴣詩：“夢鄉遷客展轉卧，抱兒寡婦彷徨立。”全唐詩五五四羅鄴春夜赤水驛旅懷：“九衢春色休回首，半夜溪聲正夢鄉。”後稱入睡爲入夢鄉。

【夢魂】古人迷信，認爲人有靈魂，在睡夢中可以離開肉體，故稱“夢魂”。唐李白李太白詩三長相思：“天長路遠魂飛苦，夢魂不到關山難。”又白居易長慶集十夢裴相公：“五年生死隔，一夕夢魂通。”

【夢境】夢中經歷的情境。宋詩鈔韓維南陽集鈔庵中睡起五頌寄海印：“夢境覺來元一際，不勞脣齒話無生。”

【夢$_2$夢$_2$】昏亂。詩小雅正月：“民今方殆，視天夢夢。”釋文：“夢，莫紅反，亂也。”天，指周幽王。又大雅抑：“視爾夢夢，我心慘慘。”釋文：“夢，莫空反。”爾，指周厲王。

【夢熊】古代迷信以夢中見熊爲生男的徵兆。後來沿作生男的頌語。詩小雅斯干：“吉夢維何？維熊維羆。”又：“大人占之，維熊維羆，男子之祥。”唐劉禹錫劉夢得集外集一蘇州白舍人寄新詩有嘆早白無兒之句因以贈之詩：“幸免如新分非淺，祝君長詠夢熊詩。”

【夢蝶】莊子齊物論：“昔者莊周夢爲蝴蝶，栩栩然蝴蝶也。自喻適志與，不知周也，俄然覺，則蘧蘧然周也。”本爲寓言，後多用夢蝶比喻生命變幻無常。宋蘇軾蘇文忠詩合注二七奉敕祭西太一和韓川韻四之三：“夢蝶猶飛旅枕，粥魚已響枯桐。”雍熙樂府十二元馬東籬（致遠）夜行船套曲秋思：“百歲光陰如夢蝶，重回首往事堪嗟。”

【夢澤】卽雲夢澤。唐白居易長慶集十七題岳陽樓詩：“春岸緑時連夢澤，夕波紅處近長安。”詳“雲夢澤”。

【夢齡】禮文王世子：“文王謂武王曰：‘女何夢矣？’武王對曰：‘夢帝與我九齡。’”後以夢齡爲祝人長壽的賀詞。文苑英華五六九唐李嶠爲秋官員外郎李敬仁賀聖躬新牙更生表：“同鎬邑之夢齡，邁鑣宫之錫壽。”

【夢蘭】傳説春秋時鄭文公妾燕姞，夢天使與己蘭而生穆公。事見左傳宣三年。後稱婦人懷孕爲夢蘭，本此。北周庾信庾子山集五奉和賜曹美人詩：“何年迎弄玉，今朝得夢蘭。”唐杜甫杜工部草堂詩箋三八同豆盧峯貽主客李員外賢子棐知字韻：“夢蘭他日應，折桂早年知。”

【夢囈】睡夢中説話。後多用以比喻胡言亂語。宋李石方舟集五扇子詩：“今古一場夢囈，乾坤六博呼盧。”

【夢魘】夢驚。唐韓愈昌黎集二陪杜侍御游湘西兩寺獨宿有題一首因獻楊常侍詩：“猶疑在波濤，怵惕夢成魘。”清黄六鴻福惠全書十六驗各種死傷：“煤炭燻並魘死，……與夜卧夢魘，不能復覺者相似。”

【夢中夢】喻幻境。莊子齊物論：“方其夢也，不知其夢也，夢之中又占其夢焉，覺而後知其夢也。”唐李羣玉詩集中自遣：“浮生暫寄夢中夢，世事如聞風裏風。”

【夢江南】㊀詞牌名。詳“憶江南”。㊁曲牌名。詳“謝秋娘”。

【夢兒亭】亭名。卽夢謝亭。唐白居易長慶集二十餘杭形勝詩：“夢兒亭古傳名謝，教妓樓新道姓蘇。”相傳南朝宋謝靈運父居會稽，攜靈運到錢塘杜明師家寄養。師夜夢東南有賢人來訪；至天明，靈運至，因以名亭。靈運小字客兒，故一名客兒亭。見嘉慶一統志二八四杭州府二夢謝亭。

【夢窗稿】全稱夢窗甲乙丙丁稿。宋吴文英撰。文英號夢窗，故名夢窗稿。分甲乙丙丁四卷，補遺一卷。彙編所作詞近四百首。文英詞雖不乏佳篇，但大多重雕琢堆砌，瑣屑至於晦澀，思想境界不高。宋張炎詞源譏其詞“如七寶樓臺，眩人眼目，碎拆下來，不成片段”。

【夢粱録】宋吴自牧撰。二十卷。體例仿孟元老東京夢華録，記南宋都城臨安的風俗、藝文、建置、物産等，範圍廣泛。材料來源，部分根據耳聞目睹，部分出自淳祐、咸淳臨安志。書中記述兩宋時代城市社會面貌、經濟情況和新興的市民階層的生活；其中藝文部分，保存了許多民間曲藝資料。其序自稱“緬懷往事，殆猶夢也”，故名夢粱録。

【夢中説夢】佛教語。喻虚無。夢本虚幻，夢中之夢，更不足憑。大般若波羅蜜多經五九六：“復次善勇猛，如人夢中説夢所見種種自性。如是所説夢境自性都無所有。何以故？善勇猛，夢尚非有，況有夢境自性可説。”唐白居易長慶集六五讀禪經詩：“言下忘言一時了，夢中説夢兩重虚。”

【夢幻泡影】佛教以世上事物無常，一切皆空。比喻爲夢境、幻術、水泡和影子。金剛般若波羅蜜經應化非真分：“一切有爲法，如夢、幻、泡、影，如露，亦如電，應作如是觀。”宋王銍四六話上引丁謂答胡則書：“夢幻泡影，知既往之本無；地水風火，悟本來之不有。”

【夢屍得官】古代迷信以夢屍爲得官之預兆。世説新語文學：“人有問殷中軍（浩）：何以將得位而夢棺器，將得財而夢矢穢。殷曰：官本是臭腐，所以將得而夢棺屍；財本是糞土，所以將得而夢穢汙。”又見晉書殷浩傳。宋蘇軾分類東坡詩六秦少游夢發殯而葬之者……因次其韻詩：“居官死職戰死綏，夢屍得官真古語。”

【夢溪筆談】宋沈括著。二十六卷，另有補筆談三卷、續筆談一卷。内容分故事、辯證、樂律、象數、人事、官政、權智、藝文、書畫、技藝、器用、神奇、異事、謬誤、譏謔、雜志、藥議等十七類，總結了他多年來對科學技術、歷史、考古和文學藝術等方面的研究成果；還記録了我國古代勞動人民的發明創造（如畢昇喻皓）以及宋代的農民起義（李順王小波），保存了許多珍貴的歷史材料。

【夢筆生花】相傳唐代大詩人李白夢所用的筆，頭上生花，從此才情横溢，文思豐富。見五代王仁裕開元天寶遺事下。

後用來比喻文人的才思大進。參見"夢筆"。

【夢園書畫錄】清方濬頤撰。二十四卷。濬頤字子箴,安徽定遠人。夢園爲其別墅名。書仿清高士奇江村銷夏錄體例,將所藏歷代法書名畫共四百餘件,加以敍錄品評。

夥 huǒ 胡果切,上,果韻,匣。
ㄏㄨㄛˇ 懷ㄚ切,上,蟹韻,匣。

盛多。史記一一七司馬相如傳上林賦:"魚鼈讙聲,萬物衆夥。"後漢書八九張衡傳應間:"不恥祿之不夥,而恥智之不博。"

【夥長】船舶上掌握航行方向的舵手。清劉獻廷廣陽雜記五:"海舶上司羅盤者曰夥長。"

【夥計】㊀舊時店鋪的雇工或店員。儒林外史二一:"我也老了,累不起了,只好坐在店裏幫你照顧,你只當尋個老夥計罷了。"㊁泛稱同伴。燕子箋試窘:"我們是接場中相公的,夥計,今年規矩森嚴,莫挨近柵欄邊去。"

【夥够】衆多。文選晉左太沖(思)魏都賦:"繁富夥够,非可單究。"

【夥頤】驚歎詞。表示驚訝或驚羨。史記陳涉世家:"見殿屋帷帳,客曰:'夥頤!涉之爲王沈沈者。'"索隱引服虔:"楚人謂多爲夥;又言頤者,助聲之辭也。"見物盛多,驚呼"啊噫",即此音。見王先謙漢書補注。清胡文英吳下方言考三:"案:夥頤,驚羨之聲。今吳、楚驚美人勢曰夥頤;謙退不敢當美名厚福,亦曰夥頤。"

夤 yín 翼真切,平,真韻,喻。
ㄧㄣˊ

㊀莊敬。漢書七十下敍傳:"中宗明明,夤用刑名。"注:"鄧展曰:'夤,敬也。'"古書多借"寅"爲"夤"。㊁遠,深。淮南子地形:"九州之外,乃有八夤。"參見"夤夜"。㊂攀附。宋穆修河南穆公集一秋浦會遇詩:"介立傍無援,陰排密有夤。"參見"夤緣"。㊃脊肉。通"膑"。易艮:"列其夤。"釋文:"夤,引真反。馬(融)云:'夾脊肉也。'鄭(玄)本作膑。"

【夤夜】深夜。元王實甫西廂記三本三折:"誰着你夤夜入人家,非姦做賊拿。"水滸四四:"宋江陣前大罵呼延灼道:'山寨不曾虧負你半分,因何夤夜私去?'"

【夤亮】忠敬。文選南齊王仲寶(儉)褚淵碑文:"自非坦懷至公,永監崇替,孰能光輔五君,夤亮二代者哉?"

【夤畏】敬畏,小心謹愼。北史房法壽傳附房彥謙:"刑賞曲直,升聞於天,夤畏照臨,亦宜謹肅。"

【夤緣】㊀攀附。文選晉左太沖(思)吳都賦:"夤緣山嶽之岊,冪歷江海之流。"注:"夤緣,布藤上貌。"唐韓愈昌黎集三古意詩:"我欲求之不憚遠,青壁無路難夤緣。"㊁憑藉關係,進行鑽營。舊題東漢黃憲天祿閣外史五汙吏:"寵嬖而行私,夤緣而釣譽。"元曲選缺名陳州糶米:"那怕你天章學士有夤緣,就待乞天恩走上金鑾殿。"

大部

大 1. dà 唐佐切,去,箇韻,定。
ㄉㄚˋ 徒蓋切,去,泰韻,定。

㊀與小相對。易乾:"大哉乾元,萬物資始。"孟子梁惠王上:"以小易大,彼惡知之。"㊁規模廣,程度深,性質重要。詩魯頌泮水"大賂南金"漢鄭玄箋:"大,猶廣也。"左傳成十三年:"國之大事,在祀與戎。"㊂長。見"大兄"。㊃事物超過一半稱大。如"大半"、"大概"、"大凡"。見各該條。㊄誇張。禮表記:"是故君子不自大其事。"㊅敬詞。如稱人著作爲"大作",來信爲"大札"。

2. dài
ㄉㄞˋ

㊆見"大₂王"、"大₂王風"。

3. tài 集韻 他蓋切,去,泰韻。
ㄊㄞˋ

㊇通"太"。駢雅訓纂五釋名稱:"古人太字多不加點,如大極、大初、大素、大室、大廟、大學之類。後人加點,以別小大之大,遂分而爲二矣。"也通"泰"。見"太㊀"。

【大一】莊子天下:"至大無外,謂之大一;至小無內,謂之小一。"疏:"囊括無外,謂之大也;入於無間,謂之小也。雖復大小異名,理歸無二,故曰一也。"大至無所不包,故稱無外;小到無法分割,故稱無內;這是惠施從事物的形狀大小差異而對極限的一種概括。

【大₃一】天地未形成前存在的混沌物質元氣。禮禮運:"是故夫禮,必本於大一,分而爲天地,轉而爲陰陽。"因也借指原始樸素狀態和太古時代。荀子禮論:"其下,復情以歸大一也。"注:"雖無文飾,但復情以歸質素,是亦禮也。"又:"貴本之謂文,親用之謂理,兩者合而成文,以歸大一,夫是之謂大隆。"注:"大,讀爲太。太一,謂太古時也。"參見"太一㊀"、"泰一"。

【大₃卜】掌管占卦的官吏。爲殷代天官六大之一。見禮曲禮下。參見"太卜"。

【大人】㊀德行高尚的人。易乾:"夫大人者,與天地合其德。"荀子解蔽:"明参日月,大滿八極,夫是之謂大人。"㊁大官,貴族。易乾:"見龍在田,利見大人。"左傳昭十八年:"而後及其大人。"指在官位者。舊時官場中,成爲下屬對上司的習用稱呼。㊂對長輩的尊稱。史記高祖紀:"始大人常以臣無賴,不能治産業,不如仲力。"指父親。又如漢書七一疏廣傳,疏受稱其叔爲大人;後漢書六七范滂傳,滂稱其母爲大人。對伯叔以上長輩都可稱大人。後來對朋友之年齡輩分稍高的,在書信中也常用爲尊稱。也指成年人,與兒童相區别。紅樓夢五六:"雖然我們(甄)寶玉淘氣古怪,有時見了客,規矩禮數,比大人還有趣。"㊃世家大族。後漢書十七岑彭傳:"彭因言韓歆南陽大人,可以爲用。"注:"大人,謂大家豪右。"㊄部落首領。後漢書八九南匈奴傳:"八部大人共議,立比爲呼韓邪單于。"又九十烏桓傳:"有勇健,能理決鬬訟者,推爲大人。"㊅身材長大的人。詳"大人國"。

【大₃人】周代占夢之官。詩小雅斯干:"大人占之。"

【大士】㊀德行高尚的人。孔子與子貢顏淵等遊戎山,弟子各言其志。顏淵謂願得明王聖主爲之相,以致治。孔子曰:"大士哉!"見韓詩外傳九。㊁菩薩的通稱。法華文句記二:"大士者,大論稱菩薩爲大士,亦曰開士。"宋書夷蠻傳釋慧琳均善論:"息心遺榮華之願,大士布兼濟之念,仁義玄一者,何以尚之?"

【大₃士】官名。1.殷代掌管神事的官吏,爲天官六大之一。見禮曲禮下。2.周代治獄的官吏。左傳僖二八年:"士榮爲大士。"注:"大士,治獄官也。"晏子春秋諫上作"泰士"。

【大才】很高的才能，謂堪大用之才。後漢書二四馬援傳："汝大才當晚成。"晉書劉輿傳："時稱越府有三才：潘滔大才，劉輿長才，裴邈清才。"越，東海王司馬越。

【大$_3$上】㊀德行最高者。左傳襄二四年："大上有立德，其次有立功，其次有立言，雖久不廢，此之謂不朽。"㊁上古。禮曲禮上："大上貴德，其次務施報。"

【大千】大千世界的省稱。北齊李清造報德像碑："放光明於大千，燎華燈於深夜。"（八瓊室金石補正二十） 唐柳宗元柳先生集四三法華寺石門精室三十韻："小劫不逾瞬，大千若在掌。"參見"大千世界"。

【大凡】大概，大抵。荀子大略："禮之大凡：事生，飾驩也；送死，飾哀也；軍旅，飾威也。"唐韓愈昌黎集一九送孟東野序："大凡物不得其平則鳴。"

【大弓】㊀古時弓有六種，强弱不同，用途各異。大弓爲其中之一，以授學射者、使者和服王事者。見周禮夏官司弓矢。參見"六弓"。㊁弓名。穀梁傳定八年："大弓者，武王之戎弓也。"或謂指夏封父之繁弱。見春秋定八年"盜竊寶玉大弓"注、疏。

【大斗】㊀大型長柄酒器。詩大雅行葦："酌以大斗，以祈黃耇。"疏："大斗長三尺，謂其柄也。"㊁超過標準的特別量器。史記田敬仲完世家："其收賦稅於民，以小斗受之，其粟予民，以大斗。"此謂田氏以此收買人心。漢書九一貨殖傳"桼(漆)千大斗"唐顔師古注："大斗者，異於量米粟之斗也。今俗猶有大量。"此指漆之量器大者。舊唐書食貨志上："三升爲大升，三斗爲大斗。"㊂地名。唐赤水守捉城。開元十六年改爲大斗軍，以大斗拔谷爲名。大斗拔谷亦作達斗拔谷，山勢高險。地在今甘肅永昌縣西南。見讀史方輿紀要六三涼州衛大斗拔谷山。

【大方】㊀大地。管子內業："人能正靜……乃能戴大圜而履大方。"㊁大道理。引申爲見識廣博。莊子秋水："吾長見笑於大方之家。"後稱博學或精於一技一藝的人爲大方、方家，如說貽笑大方。㊂不拘束，不吝嗇，不俗氣。紅樓夢三七："如此，又是詠菊，又是賦事，……賦景詠物兩關着，也倒新鮮大方。"㊃漢末黃巾起義軍的編制名。後漢書七一皇甫嵩傳："(張角)遂置三十六方，方猶將軍號也。大方萬餘人，小方六七千，各立渠帥。"㊄茶葉名。原產於浙皖交界的老竹嶺，清代列爲貢品。爲安徽名茶之一。

【大卞】指大法。書顧命："臨君周邦，率循大卞。"亦作"大弁"。唐柳宗元柳先生集九唐故萬年令裴府君墓碣："相儀考禮，大弁斯畢。"

【大户】㊀查閱户口。左傳成二年："乃大户，已責逮鰥，救乏，赦罪，悉師，王卒盡行。"㊁酒量大的人。唐白居易長慶集十九久不見韓侍郎戲題四韻以寄之詩："户大嫌甜酒，才高笑小詩。"宋范成大石湖集二六雲露詩："飲少長遭大户嗤，病中全是獨醒時。"參見"小户"。㊂地主富豪之家。水滸二四："那清河縣裏有一個大户人家。"後也指人口多，分支繁的家族。

【大心】粗心大意。韓非子亡徵："大心而無悔，國亂而自多，不料境內之資而易其鄰敵者，可亡也。"

【大火】星名。心宿中央的紅色大星，即營惑星。詩豳風"七月流火"的火，即指此星。左傳襄九年："心爲大火，陶唐氏之火正閼伯，居商丘，祀大火，而火紀時焉。"

【大$_2$王】㊀對王的尊稱。戰國策魏四："唐且曰：'大王嘗聞布衣之怒乎？'"戲曲小說中山寨頭領和魔王妖怪也稱大王。水滸五："近來山上有兩個大王，扎了寨栅，聚集着五七百人，打家劫舍。"西游記十六："我這裏正東南有座黑風山。黑風洞內有一個黑大王。"㊁遼代官有夷離堇，爲統兵馬大官，如太祖紀上記耶律阿保機爲本部夷離堇，專征討。會同初改爲大王，遼史中常見。參閱遼史國語解。

【大$_3$王】指周文王姬昌的祖父古公亶父。詩魯頌閟宫："后稷之孫，實維大王；居岐之陽，實始翦商。"

【大$_2$夫】㊀官名。殷周有大夫、鄉大夫、遂大夫、朝大夫、冢大夫等。春秋晉有公族大夫。秦漢有御史大夫、諫大夫、光祿大夫、大中大夫等。秩自六百石至比二千石不等。多係中央要職和顧問。唐宋存御史大夫、諫議大夫等。明清不設。㊁職官等級名。三代時，官分卿、大夫、士三等；大夫又分上、中、下三級。㊂爵位名。如秦漢分爵位爲公士、上造等二十級，其中大夫居第五級，又有官大夫、公大夫、五大夫等名目。見漢書百官公卿表上。隋唐明清的光祿大夫、榮祿大夫原爲文職散官的稱謂，專爲封贈時用。㊃宋醫官別設官階，有大夫、郎、醫效、祗候等。見宋洪邁容齋三筆十六醫職冗濫。後稱醫生爲大夫，本此。㊄對於裱糊修補等的手工藝人的敬稱。京本通俗小說碾玉觀音上："啓請婆婆，過對門裱褙鋪裏請璩大夫來說話。"

【大予】樂名。原名大樂，東漢永平三年改爲大予樂。掌樂官，稱大予樂令，秩六百石，掌伎樂。凡國祭祀，掌請奏樂，及大饗用樂的次序。見後漢書明帝紀永平三年、又百官志二。文選南朝宋顔延年(延之)三月三日曲水詩序："大予協樂，上庠肆教。"

【大比】㊀周制每三年查閱一次人口及其財物，稱大比。相當於後世的調查户口，但兼及財物。參閱周禮秋官小司寇、通典三食貨三鄉黨。㊁周制，鄉大夫從司徒處接受教法，向鄉吏頒布，使各施教於所治區域，每三年對鄉吏進行考核，選擇賢能，稱大比。參閱周禮地官鄉大夫。科舉時代因稱鄉試爲大比。宋楊囦道雲莊四六餘話："國初，二浙州郡士子應舉者絕少，括蒼大比，今幾萬人，當時終場僅六人。"紅樓夢一："且喜明歲正當大比，兄宜作速入都。"

【大中】㊀尊大而居中。易大有："柔得尊位大中，而上下應之曰大有。"後泛指無過不及、恰如其分的道理、原則。也稱"大中之道"或"中道"。唐柳宗元柳先生集三一與呂道州温論非國語書："近世之言理道者衆矣，率由大中而出者咸無焉。"又三斷刑論下："當也者，大中之道也。"㊁唐李忱(宣宗)年號。公元847—859年。

【大内】㊀漢代京城的府藏。史記孝景紀中六年："以大內爲二千石，置左右內官屬大內。"集解："韋昭曰：大內，京師府藏。"漢書六四上嚴助傳"不輸大內"唐顔師古注："大內，都內也，國家寶藏也。"㊁皇宫的總稱。唐白居易長慶集五六和劉郎中學士題集賢閣詩："傍聞大內笙歌近，下視諸司屋舍低。"

【大父】㊀祖父。韓非子五蠹："大父未死而有二十五孫，是以人民衆而貨財寡。"禮深衣："具父母、大父母，衣純以繢。"㊁外祖父。史記九九劉敬傳："冒頓在，固爲子壻；死，則外孫爲單于；豈嘗聞外孫敢與大父抗禮者哉？

【大化】㊀氣象的變化。荀子天論："四時代御，陰陽大化。"㊁廣遠深入的教化。書大誥："肆予大化，誘我友邦君。"文選漢王子淵(褒)四子講德論："咸愛惜朝夕，願濟須臾，且觀大化之淳流。"㊂人生的重要變化。列子天瑞："人自生至終，大化有四：嬰孩也，少壯也，老耄也，死亡也。"因亦以大化爲生命的代稱。晉陶潛陶淵明集三還舊居詩："常恐大化盡，氣力不及衰。”㊃佛教稱佛的教化或佛陀一代的變化。法華玄義十：“説教之綱格，大化之筌罤。”

【大公】極其公正，如言大公無私。漢劉向説苑至公：“古有行大公者，帝堯是也。……得舜而傳之，不私於其子孫也。”

【大分】㊀大體，要領。荀子勸學：“禮者，法之大分，類之綱紀也。”漢書百官公卿表上：“故略表舉大分，以通古今，備温故知新之義云。”注：“分，音扶問切。”㊁交情，友情。文選晉盧子諒（諶）答魏子悌詩：“傾蓋雖終朝，大分邁疇昔。”注引李固與竇卿書：“開廓大分，綢繆恩信。”㊂大限，壽命。晉陶潛陶淵明集八與子儼等疏：“疾患以來，漸就衰損。親舊不遺，每以藥石見救，自恐大分將有限也。”

【大月】農曆每月三十天的稱大月。書洪範“一曰歲，二曰月”唐孔穎達疏：“二曰月，從朔至晦，大月三十日，小月二十九日，所以紀一月也。”又稱“大盡”、“大建”。今也稱公曆每月三十一天的爲大月。

【大市】周代有朝市、大市、夕市。即以後的集市。大市午後舉行，交易者以百族爲主。見周禮地官司市。

【大半】過半。史記九二淮陰侯傳：“（韓）信使人決壅囊，水大至。龍且軍大半不得渡。”漢書高帝紀上：“今漢有天下大半。”注：“凡數三分有二爲（大）半，有一分爲少半。”

【大功】㊀大功勞，大功業。書大誥：“敷前人受命，兹不忘大功。”管子輕重己：“祖者，國之重者也。大功者太祖，小功者小祖，無功者無祖。”㊁喪服五服之一，服期九月。其服用熟麻布做成，較齊衰稍細，較小功爲粗，故稱大功。舊時堂兄弟、未婚的堂姊妹、已婚的姑、姊妹、侄女及衆孫、衆子婦、侄婦等之喪，都服大功；已嫁女爲伯父、叔父、兄弟、侄、未婚姑、姊妹、侄女等服喪，也服大功。見清通典六二禮服制。

【大正】㊀用兵討伐。正，通“征”。書武成：“將有大正於商。”㊁太白星的別名。史記天官書“察日行以處位太白”正義引天官占：“太白者……一名大正。”

【大去】一去不返。春秋莊四年：“紀侯大去其國。”注：“大去者不及之辭。”後也用爲死去的諱詞。

【大丙】傳説仙人名。淮南子原道：“昔者馮夷大丙之御也，乘雲車，入雲蜺，游微霧，鶩怳忽，……雖有輕車良馬，勁策利鍛，不能與之爭先。”注：“夷或作遲，丙或作白，皆古之得道能御陰陽者也。”文選漢張平子（衡）東京賦：“大丙弭節，風后陪乘。”一説爲水神。文選漢枚叔（乘）七發“六駕蛟龍，附從太白”注：“淮南子曰：‘昔馮遲太白之御……’許慎曰：‘馮遲、太白，河伯也。’”

【大本】根本。荀子王制：“與天地同理，與萬世同久，夫是之謂大本。”漢書八一孔光傳：“恩澤加於百姓，誠爲政之大本。”

【大札】㊀大疫。周禮天官大司徒：“大荒、大札，則令邦國移民通財。”㊁對他人來信的敬稱。

【大布】㊀粗布。左傳閔二年：“衛文公大布之衣，大帛之冠。”晉陶潛陶淵明集四雜詩之八：“御冬足大布，麤絺以應陽。”㊁貨幣名。見漢書食貨志下。

【大北】大敗。國語吳：“吳師大北。”注：“軍敗奔走曰北。北，古文‘背’字。”

【大田】㊀詩小雅甫田之什篇名。詩傳稱爲刺幽王政煩賦重，不務農事而作。又指肥沃的土地。詩小雅大田“大田多稼”箋：“大田，謂地肥美可墾耕，多爲稼，可以授民者也。”㊁古代盛大的畋獵練兵活動。周禮春官大宗伯：“大田之禮，簡衆也。”注：“古者因田習兵，閱其車徒之數。”疏：“此謂天子諸侯親自四時田獵簡閱也。……田獵之時，有車徒旗鼓甲兵之事，故云閱其車徒也。”㊂春秋齊農官名。晏子春秋問下景公問二：“（齊桓公）聞甯戚歌，止車而聽之，則賢人之風也，舉以爲大田。”也作“大司田”。管子小匡：“墾草入邑，辟土聚粟多衆，盡地之利，臣不如甯戚，請立爲大司田。”㊃縣名。屬福建省。明嘉靖十四年置。見嘉慶一統志四三八永春州大田縣。

【大₃史】官名。殷代天官六大之一。主管祭祀、曆數、法典等。周代大體相同。見禮曲禮下、周禮春官大史。

【大兄】㊀長兄。漢淮南王稱文帝爲大兄。見漢書四四淮南王傳。時文帝前三兄已死，故居長。樂府詩集三八孤兒行：“大兄言辦飯，大嫂言視馬。”㊁對朋友的敬稱。三國吳呂蒙稱魯肅、蜀關羽稱徐晃爲大兄。見三國志吳呂蒙傳注引江表傳、蜀關羽傳注引蜀紀。

【大仗】唐宋宮廷的儀仗隊。宋史一四三儀衛志一：“宋初因唐五代之舊，講究修葺，尤爲詳備，其殿廷之儀，則有黃麾大仗……凡正旦、冬至及五月一日大朝會、大慶册、受賀、受朝，則設大仗。”參見“儀仗”。

【大母】㊀祖母。漢書四七文三王傳：“李太后，親平王之大母也。”㊁宋人稱太后爲大母。見元周密齊東野語十一御宴烟火。㊂舊時庶子或稱父親的嫡配爲大母。

【大令】㊀國家重要法令。國語晉八：“國有大令，何故犯之？”㊁晉王獻之與王珉齊名，珉代獻之爲中書令，時稱珉爲小令，獻之爲大令。見晉書王珉傳。㊂古時縣官多稱令。後以大令爲對縣官的敬稱。清龔自珍定盦集續集三識某大令集尾：“大令爲儒，非能躬行實踐，平易質直也。”

【大白】㊀古時行軍用的白色旗。禮明堂位：“殷之大白，周之大赤。”相傳周武王斬殷紂頭，懸於大白，懸其嬖妾頭於小白。見史記周紀。逸周書克殷作“太白”。參見“太白㊂”。㊁冠名。即大帛冠。禮雜記上：“大白冠。”疏：“大白者，古之白布冠也。”㊂大酒樽，大酒杯。漢劉向説苑善説：“魏文侯與大夫飲酒，使公乘不仁爲觴政，曰：‘飲不釂者，浮以大白。’”㊃完全暴露，徹底明白。如説“真相大白”。

【大氐】大概。氐，同“抵”。漢書六二司馬遷傳報任安書：“詩三百篇，大氐聖賢發憤之所爲作也。”史記太史公自序作“大抵”。文選報任少卿書作“大底”。

【大奴】家奴頭目。漢書五九張湯傳附張延壽：“又以縣官事怨樂府游徼莽，而使大奴駿等四十餘人羣黨盛兵弩，白晝入樂府攻射官寺，縛束長吏子弟，斫破器物，宮中皆犇走伏匿。”

【大江】古代專指長江。水經注三四江水：“（巫縣）東西北三面，皆帶傍深谷，南臨大江。”唐李白李太白詩十四廬山謠寄盧侍御虛舟：“登高壯觀天地間，大江茫茫去不還。”後也泛指較大的江河。

【大宅】㊀天地，宇宙。後漢書二八馮衍傳顯志賦：“游精神於大宅兮，抗玄妙之常操。”㊁高大的邸宅。史記荊燕世家：“田生如長安，……而假大宅。”㊂人的臉面。古説眉、目、口所在爲靈宅，一名大宅。文選漢枚叔（乘）七發：“然陽氣見於眉宇之間，侵淫而上，幾滿大宅。”參閱宋程大昌演繁露六大宅。

【大安】㊀長治久安。荀子王霸：“國者天下之制利用也，……得道以持之，則大安也，大榮也，積美之源也。”晉書劉頌傳：“聖王推終始之弊，權輕重之利，包徂小違，以據大安。”㊁山名。1. 在今北京市房山縣西北。上有龍湫山甚高險。唐末劉仁恭築館於此。見嘉慶一統志七天府二。2.在今湖北麻城縣西，宋時爲去汴京(開封)的通道。見嘉慶一統志三四〇黃州府一。㊂年號。1.夏李秉常(惠宗)。公元1075—1085年。2.遼耶律洪基(道宗)。公元1085—1094年。3.金完顏永濟(衛王)。公元1209—1211年。

【大戎】用以衝鋒陷陣的兵車。即元戎。詩小雅六月:"元戎十乘,以先啟行。"史記三王世家"以賞元戎"集解引韓嬰章句:"車有大戎十乘,謂車縵輪,馬被甲,衡扼之上,盡有劍戟，名曰陷軍之車,所以冒突,先啟敵家之行伍也。"

【大圭】佩玉,作丁字形,用途如笏,插在衣帶間以記事備忘。周禮春官典瑞:"王晉大圭,執鎮圭。"又冬官玉人:"大圭長三尺,杼上終葵首，天子服之。"也稱"珽"。見禮玉藻。

【大吉】大善,大福。荀子議兵:"愼終如始,終始如一,夫是之謂大吉。"後漢書七一皇甫嵩傳記黃巾軍口號:"蒼天已死,黃天當立,歲在甲子,天下大吉。"

【大老】孟子離婁上:"二老者,天下之大老也。"二老,指伯夷、姜太公。後用爲對年高望重者的敬稱。

【大考】清制翰林、詹事的升職考試。參加者有翰林院講讀學士至編修、檢討,詹事府少詹事至中允、贊善。乾隆後規定:考試結果分四等，一等予以超擢，二等酌量升階或遇缺提奏，三等降級錄用或分別罰俸，四等降調休致，不入等者革職。參閱清續文獻通考九一選舉八考課。

【大地】廣闊的地面。藝文類聚七七北魏溫子昇寒陵山寺碑序:"雖復高天銷於猛炭,大地淪於積水，固以傳之不朽,終亦記此無忘。"紅樓夢五:"好一似食盡鳥投林,落了片白茫茫大地眞乾淨。"

【大吏】㊀大臣，大官。史記七九范睢傳:"今自有秩以上至諸大吏，下及王左右，無非相國之人者。"資治通鑑五周四九年引前文注:"大吏,謂左、右中吏以上爲吏者也。"後稱外省長官爲大吏，如封疆大吏。㊁古代軍隊中的下級將領。孫子地形:"大吏怒而不服,遇敵懟而自戰,將不知其能,曰崩。"三國魏曹操注:"大吏,小將也。"

【大西】明末張獻忠領導的農民起義軍建立的政權名。參見"張獻忠"。

【大臣】古稱官職尊貴者。禮中庸:"敬大臣則不眩。"清代用爲官號。如內官有內大臣，軍機大臣、總理各國事務大臣等;外官有通商大臣、參贊大臣、領隊大臣等；特派的稱欽差大臣。至清末盡改各部尚書爲大臣,侍郎爲副大臣。

【大匠】㊀手藝高超的木工。老子:"夫代大匠斲者，希有不傷手矣。"孟子盡心上:"大匠不爲拙工改廢繩墨。"後因泛稱專家、學者和技藝高超的人爲大匠。唐賈島長江集三郎事詩:"心被通人見,文叨大匠稱。"㊁官名。漢時掌修建宮室之官稱將作大匠。見漢書百官公卿表上。

【大有】㊀易卦名。☲☰。乾下離上。爲盛大豐有的徵象。易大有:"象曰:'火在天上,大有。'"㊁豐收。全唐詩一三九儲光羲觀競渡:"能令秋大有，鼓吹遠相催。"參見"大有年"。㊂五代南漢劉龔(高祖)年號。公元928—942年。

【大同】㊀基本相同。莊子在宥:"頌論形軀,合乎大同。"注:"論其形貌,合乎人羣,不自立異。"三國志魏東沃沮傳:"其言語與句麗大同,時時小異。"㊁禮禮運:"大道之行也,天下爲公,選賢與能,講信修睦，故人不獨親其親，不獨子其子,……貨惡其棄於地也,不必藏於己;力惡其不出於身也，不必爲己;……是謂大同。"這是秦漢間人根據有關原始社會傳說而虛構的太平盛世。㊂地名。今山西大同市。漢屬雁門郡,爲東部都尉治。北魏稱恒州,唐稱雲州，遼爲西京大同府,重熙十七年分雲中縣置大同縣。雲崗石窟在此。參閱遼史地理志五西京道、寰宇通志八一大同縣。㊃年號。1.南朝梁蕭衍(武帝)。公元535—546年。2.遼耶律德光(太宗)。公元947年。

【大曲】㊀弓名。即大屈。左傳昭七年"好以大屈"唐孔穎達疏引魯連書:"楚子享魯侯於章華之臺,與大曲之弓,既而悔之。"參見"大屈"。㊁古代一種大型的歌舞曲。漢魏有大曲,宋書樂志三著錄大曲及歌詞,多用流傳的詩篇配樂,增減字句，以合音節。唐宋大曲是由同一宮調的若干"遍"組成的成套樂舞。唐大曲仍以流傳的詩篇配樂疊唱，樂府詩集收有殘篇。宋大曲係詞體,爲長篇敍事歌曲,歌舞結合，如董穎詠西施故事的道古薄媚,有十遍;曾布詠馮野故事的水調歌頭有七遍,都是長篇敍事歌曲。

【大全】十分完備。莊子田子方:"微夫子之發吾覆也，吾不知天地之大全也。"宋蘇軾東坡集後集八九成臺銘:"覽觀江山之吐吞，草木之俯仰,……往來唱和,非有度數，而均節自成者，非韶之大全乎!"也指著作的全集。宋劉克莊後村集十二題唐察院詩卷之一:"小儒可是通行瞻，擬爲坡仙注大全。"

【大年】㊀高年。莊子逍遙遊:"小知不及大知,小年不及大年。"㊁豐年。參見"大有年"。

【大竹】縣名。屬四川省。漢爲宕渠縣地。唐久視元年,分宕渠縣東界置縣,以境內多產大竹，故名大竹。元移置潾山縣。清屬綏定府。參閱太平寰宇記一三八渠州大竹、嘉慶一統志四〇八綏定府一。

【大名】㊀崇高美好的名聲。逸周書謚法:"是以大行受大名,細行受小名。"注:"名謂號謚。"唐杜甫杜工部草堂詩箋三一詠懷古跡之五:"諸葛大名垂宇宙,宗臣遺像肅清高。"舊時也用爲稱別人名字的敬詞。㊁舊府名。又縣名。今河北大名縣地。漢元城縣地。三國爲陽平郡。北周大象二年分置魏州。五代後漢改爲大名府。宋建爲北京。明清均爲府。附郭大名縣,五代漢置,宋省入元城縣,元復置。參閱嘉慶一統志三五大名府一。

【大$_3$舟】南朝梁官名。也作太舟。掌舟航、河堤，爲十二卿之一，別稱大舟卿。參閱梁書武帝紀二、通典二七職官九都水使者。

【大行】㊀崇高的德行。荀子子道:"從道不從君,從義不從父,人之大行也。"㊁重大的行動。史記項羽紀:"大行不顧細謹，大禮不辭小讓。"㊂流行,普遍推行。孟子公孫丑上:"以文王之德,百年而後崩,猶未洽於天下。武王周公繼之,然後大行。"三國志魏徐邈傳:"進善黜惡,風化大行。"㊃一去不返。臣下因諱言皇帝死亡，故用大行作比喻。史記八七李斯傳:"今大行未發，喪禮未終。"指秦始皇死後，棺木放在涼車中，祕不發喪。漢以後稱皇帝死爲大行，帝死停棺未葬者爲大行皇帝，均本此。㊄接待賓客的官吏。管子小匡:"升降揖讓,進退閑習,辨辭之剛柔，臣不如隰朋,請立爲大行。"按此即周禮秋官的大行人。漢稱典客，景帝中六年改名大行。漢書百官公卿表下作大行令，武帝太初元年改名大鴻臚。參閱後漢書百官志二太行令。

【大決】㊀河堤大決口。左傳襄三一年:"然猶防川,大決所犯,傷人必多,吾不克救也。不如小決使道，不如吾聞而藥之也。"㊁重大決定。荀子仲尼:"(齊桓公)遂立以爲仲父，是天下之大決也。"注:"大決,謂斷決之大也。"

【大宋】見"大小宋"。

【大言】㊀高聲或張揚的說。書盤庚上:"汝克黜乃心,施實德于民,至于婚友,丕乃敢大言，汝有積德。”後漢書七二董卓傳：“(伍)孚大言曰：‘恨不得磔裂姦賊於都市，以謝天地！’” ㊁重要的言論或謀議。莊子齊物論：“大言炎炎，小言詹詹。”唐成玄英疏：“夫詮理大言，由猛火炎燎原野，清蕩無遺。” ㊂誇大的話。史記高祖紀：“劉季固多大言，少成事。”清周召雙橋隨筆六：“從來山人方士，故挾其技以驕人，大言不慚，真如糞土耳。”

【大亨】㊀通達無阻。易臨：“大亨以正，天之道也。” ㊁烹，古作“亨”。大亨，指豐盛的食物。易鼎：“而大亨以養聖賢。”

【大冶】㊀技術精湛的冶鍊工人。莊子大宗師：“今之大冶鑄金，金踊躍曰：‘我必且爲鏌鋣。’” 也指大冶鍊主。史記平準書：“(東郭)咸陽，齊之大煮鹽，孔僅，南陽大冶，皆致生累千金。” ㊁縣名。屬湖北省。五代南唐置。境内有白雉山，山南出銅鑛，晉、宋、梁、陳均在此設爐冶鍊。見太平寰宇記補闕一一三興國軍。

【大弟】對年輕同輩的親近稱呼。三國志吳呂蒙傳注引江表傳：“(魯)肅拊蒙背曰：‘吾謂大弟但有武略耳，至於今者，學識英博，非復吳下阿蒙。’”

【大赤】朝禮用的赤色旗。禮明堂位：“周之大赤。” 疏：“周之大赤者，赤色旗，此……大赤各隨代之色，無所畫也。”

【大劫】劫，紀時單位，梵語“劫簸”的省稱。佛教以天地一成一毀爲一劫，經八十小劫爲一大劫。翻譯名義集二時分：“此一劫內，有四中劫：成、住、壞、空義，……此約大劫也。”後也泛稱大災難爲大劫。全唐詩六一三皮日休開元寺佛鉢詩：“乳糜味斷中天覺，麥麨香消大劫知。”參閱法苑珠林三、四劫量。

【大車】古時指大夫乘坐的牛車。易大有：“大車以載。” 疏：“大車，謂牛車也。”詩王風大車：“大車檻檻，毳衣如菼。”箋：“大車，大夫之車。”

【大酉】山名。在湖南沅陵縣。道家書所稱三十六洞天福地之一。雲笈七籤二七洞天福地：“第二十六大酉山洞，周迴一百里，名曰大酉華妙天，去辰州七十里，尹真人治之。”參見“二酉”。

【大辰】㊀星次名。即蒼龍七宿中的三宿。春秋昭十七年：“冬，有星孛于大辰。” 疏：“大火謂之大辰。李巡云：‘大辰，蒼龍宿之體，最爲明，故曰房心尾也。’” ㊁星名。公羊傳昭十七年：“大辰者何？大火也。大火爲大辰，伐爲大辰，北辰亦爲大辰。”注：“大火，謂心。”即心宿；伐即參伐。古人觀察大火、參伐以定時，觀察北辰以辨向。故均稱爲大辰。

【大君】天子。易師：“大君有命，開國承家。”

【大₃君】對別人父親的尊稱。三國志魏董昭傳與袁春卿書：“足下大君，昔避内難，南游百越。”晉書謝鯤傳：“温嶠常謂鯤子尚曰：‘尊大君豈惟識量淹遠，至于神鑒沈深，雖諸葛瑾之喻孫權不過也。’”

【大局】猶大勢，指事情的整個形勢。明史可法史忠正公集二致給諫倪某書：“朙明恢復大局，可惟我所爲，而掣肘不舒，心憂徒切。”

【大防】㊀大堤。周禮考工記匠人：“凡爲防，廣與崇方，其閷參分去一，大防外閷。”爾雅釋丘：“墳，大防。”注：“謂隄。” ㊁山名。即大房山。詳“大房㊃”。

【大阮】㊀三國魏末阮籍與姪咸都有才名，世稱阮籍爲大阮，阮咸爲小阮。後因以大阮、小阮爲對人叔姪的美稱。唐張禕有愛姬早死，悼念不已，其姪張曙“因增大阮之悲，乃製浣溪紗”。大阮指張禕。見宋孫光憲北夢瑣言八張曙起小悼。㊁撥弦樂器名。形似今之月琴。相傳爲晉阮咸所製，故又稱阮咸。有大阮、中阮、小阮的區別。宋史樂志一：“(李)照因自造葦籥、清管、簫、管、清笛、大笙、大竽、宮琴、宮瑟、大阮、大稽，凡十一種，永備雅器。”

【大貝】貝類。古代以爲寶器。書顧命：“大貝，鼖鼓，在西房。”相傳西伯(周文王)被商紂王囚於羑里，因四友獻寶得免。大貝即寶中之一。見尚書大傳二。

【大邑】㊀古稱王畿、侯國、大夫采地曰邑；尊稱爲大邑。書武成：“用附我大邑周。”左傳襄三一年：“大官大邑，身之所庇也。”後並爲城市的泛稱。如通都大邑。㊁縣名。屬四川省。漢爲蜀郡江原縣地，晉以後爲晉原縣，唐咸亨二年分置大邑縣。因邑廣大，故名大邑，其地出瓷器。唐杜甫杜工部草堂詩箋二五又於韋處乞大邑瓷盌：“大邑燒瓷輕且堅，扣如哀玉錦城傳。”參閱太平寰宇記七五邛州大邑。

【大别】㊀長別，多指難期再會的別離。三國魏曹植陳思王集二贈白馬王彪詩序：“蓋以大别在數日，是用自剖，與王辭焉，憤而成篇。” ㊁山名。詳“大别山”。

【大男】㊀成年的男子。管子國蓄：“大男食四石，月有四十之籍。” ㊁長子。唐杜甫杜工部詩史補遺三遭田父泥飲美嚴中丞：“迴頭指大男，渠是弓弩手。”

【大足】㊀充足。管子小匡：“桓公曰：‘甲兵大足矣，吾欲南伐何主？’” ㊁縣名。屬四川省。唐乾元元年置，以界内大足川爲名。元廢入合州。明復置，屬重慶府。境内有唐五代宋明清時鑿造的石窟和石刻造像。參閱太平寰宇記八八昌州大足、嘉慶一統志三八七重慶府一大足縣。㊂唐武曌(則天皇后)年號。公元 701 年。

【大吕】㊀古代樂律名。古樂分十二律，陰陽各六。六陰皆稱吕，第四爲大吕。周禮春官大司樂：“乃奏黄鐘，歌大吕，舞雲門，以祀天神。”參閱漢書律曆志上。㊁農曆十二月的別稱。國語周下“元閒大吕，助宣物也”注：“十二月曰大吕。”㊂鐘名，音協大吕之律。戰國策燕二樂毅報燕王書：“大吕陳于元英。”史記七六平原君傳：“毛先生一至楚，而使趙重於九鼎大吕。”

【大壯】㊀易卦名。☳☰。乾下震上。陽剛盛長之象。易“大壯”疏：“壯者，强盛之名，以陽稱大，陽長既多，是大者盛壯，故曰大壯。”北周庾信庾子山集十二終南山義谷銘：“模象大壯，規繩百堵。”㊁樂舞名。通典一四二樂二：“(齊武帝)以武舞爲大壯舞，取易云‘大者壯也’、‘正大，而天地之情可見也。’”

【大谷】㊀泛指大山谷。藝文類聚七晉夏侯湛山路吟：“冒晨朝兮入大谷，道逶迤兮嵐氣清。” ㊁地名。又稱大谷口、水泉口。在今河南洛陽市南。東漢董卓遣將李傕詣孫堅求和，堅拒絶不受，進軍大谷，距洛九十里。見後漢書七二董卓傳。又文選漢張平子(衡)東京賦：“盟津達其後，大谷通其前。”均指此。其地以産梨著稱。文選晉潘安仁(岳)閑居賦：“張公大谷之梨。”唐劉良注：“洛陽有張公居大谷，有夏梨，海内唯此一樹。”全唐詩一二九崔興宗和王維敕賜百官櫻桃：“全勝晏子江南橘，莫比潘家大谷梨。”參閱太平寰宇記三西京一。

【大成】㊀大功告成。易井：“元吉在上，大成也。”也用來比喻爲太平無事。詩小雅車攻：“允矣君子，展也大成。”箋：“大成，謂致太平也。”㊁古樂一變爲一成，九變而樂終；至九成完畢，稱爲大成。引申稱集中前人的主張、學説等形成完整的體系爲集大成。孟子萬章下：“孔子之謂集大成。集大成也者，金聲而玉振之也。”歷代封建王朝累封孔子爲至聖文宣王，至元朝更加“大成”二字。後來相沿稱孔子大成至聖先師，本此。㊂學問、事業等大有成就。禮學記：“七年視論學取友，謂之小成。九年知類通達，强立而不反，謂之大成。」㈣北周宇文贇(宣帝)年號。公元579年。

【大角】㈠星名。北天的亮星，屬亢宿，在攝提間。卽牧夫座第一星。史記天官書：「大角者，天王帝廷。」㈡樂器名。新唐書百官志四上：「衛士六百爲大角手，六番閱習，吹大角爲昏明之節，諸營壘候以進退。」又名簸邏迴。見清厲荃事物異名録十一引事物紺珠。

【大兵】㈠大軍。管子大匡：「吾欲發小兵，以服大兵。」注：「欲以齊國服諸侯而致霸王，故曰以小兵而服大兵也。」六韜武韜發啓：「大明發而萬物皆照，大義發而萬物皆利，大兵發而萬物皆服。」此指仁義之師。㈡大戰爭。禮月令仲冬之月：「(仲冬)行秋令，……國有大兵。」

【大伾】山名。在今河南浚縣西南。書禹貢：「東過洛汭，至于大伾。」注：「伾本或作岯，音丕。」史記夏紀作「大邳」。正義引括地志：「大邳山今名黎陽東山，又曰青壇山，在衛州黎陽南七里。」

【大作】㈠大事，辦大事。易益：「初九，利用爲大作，元吉，無咎。」禮緇衣：「葉公之顧命曰：毋以小謀敗大作。」㈡大興土木。後漢書四一鍾離意傳：「竊見北宮大作，人失農時，此所謂宮室榮也。」㈢大起，大發作。晉嵇含南方草木狀上芒草：「芒草枯時，瘴疫大作。」㈣顯著表現。唐韓愈昌黎集十九與鄂州柳中丞書：「此由天資忠孝鬱於中而大作於外。」㈤稱人著作的敬詞。同「大著」。

【大佃】大規模耕種，大軍屯墾。三國志魏傳嘏傳：「而議者或欲汎舟徑濟，橫行江表；……或欲大佃疆埸，觀釁而動。……惟進軍大佃，最差完牢。」晉書王渾傳：「吳人大佃皖城，圖爲邊害。……(渾)焚其積穀百八十餘萬斛，稻苗四千餘頃。」

【大伯】㈠南宋稱飲食行業的年輕侍役。宋孟元老東京夢華録二飲食果子：「凡店內賣下酒廚子，謂之茶飯量酒博士。至店中小兒子，皆通謂之大伯。」㈡也作大伯子。子，助詞。1.對年長男子的敬稱。清平山堂話本三楊温攔路虎傳：「那大伯在草廳上坐道：'交(叫)他來見我。'」警世通言十六小夫人金錢贈年少：「大伯子許多年紀，如今說親，說甚麽人是得？教我怎地應他？」2.稱丈夫的哥哥。紅樓夢四六：「老太太想一想：也有大伯子事，小嬸子如何知道？」

【大法】基本規範。荀子儒效：「法後王，一制度，隆禮義而殺詩書，其言行已有大法矣。」也指重要法令。後漢書二五卓茂傳：「律設大法，禮順人情。」

【大河】古指黃河。水經注一河水引西征記：「(函谷關)沿路逶迤入函道六里，有舊城，城周百餘步，北臨大河，南對高山。」後也泛指較大的河流。

【大治】㈠重要的案件。周禮地官司市：「市師涖焉，而聽大治大訟；胥師賈師，涖于介次，而聽小治小訟。」㈡治理得宜，局勢十分安定。管子任法：「君臣上下貴賤皆從法，此謂爲大治。」史記六八商君傳：「行之十年，秦民大悦，……鄉邑大治。」

【大宗】㈠周代宗法以始祖的嫡長子爲大宗，其他爲小宗。詩大雅板：「大邦維屏，大宗維翰。」儀禮喪服：「大宗者，尊之統也。」㈡物品的多數或主要方面。

【大3宗】㈠殷代主管祭祀天神地祇人鬼的官，爲天官六大之一。周代改稱「宗伯」。禮曲禮下：「天子建天官，先六大，曰大宰、大宗、大史、大祝、大士、大卜，典司六典。」注：「此蓋殷時制也。周則大宰爲天官，大宗曰宗伯。宗伯爲春官，大史以下屬焉。」㈡事物的本源。淮南子原道：「夫無形者，物之大祖也；無音者，聲之大宗也。其子爲光，其孫爲水，皆生於無形乎！」參見「太一㈠」。

【大定】㈠全部安定。書武成：「一戎衣，天下大定。」管子內業：「內靜外敬，能反其性，性將大定。」㈡地名。1.城名。宋時西夏置。地在今甘肅皋蘭縣北。2.府名。遼置，爲中京；金改爲北京；元爲大寧路。地在今內蒙古昭烏達盟喀喇沁旗。㈢年號。1.南朝梁蕭詧(宣帝)。公元555—561年。2.北周宇文衍(靜帝)。公元581年。3.金完顏雍(世宗)。公元1161—1189年。4.元末陳友諒。公元1362—1363年。

【大官】職位高的官。左傳襄三一年：「大官大邑，身之所庇也。」國語晉七：「夫(魏)絳之知，能治大官。」注：「大官，卿也。」

【大3官】漢少府屬官有大官令、大官丞，掌管飲食。大官令歷代皆置之，遂以後廢。三國志魏裴潛傳附裴秀「咸熙中爲尚書僕射」注：「司隸鍾繇不好公羊而好左氏，謂左氏爲太官，而謂公羊爲賣餅家。」大官則珍羞羅列，賣餅家所賣僅餅而已。太，通「大」。

【大宛】古西域三十六城國之一。北通康居，西南鄰大月氏。盛産名馬。參閱史記一二三大宛傳、漢書九六上西域傳等。

【大3社】卽社稷。古代祭祀土神穀神的地方。禮祭法：「王爲羣姓立社爲大社。」疏：「羣姓，謂百官以下及兆民。……大社在庫之內右。」後漢書祭祀志作「太社」。漢蔡邕獨斷作「泰社」。

【大祀】最隆重的祭祀。周禮春官肆師：「立大祀，用玉帛牲牷。」注：「大祀，天地。」隋唐以來封建王朝祠祭，分大祀、中祀、羣祀三等。大祀，爲祭天地、上帝、太廟、社稷之禮。中祀，爲祭日、月、先農、先蠶、前代帝王、太歲之禮。羣祀，爲祭羣廟、羣祠之禮。

【大夜】㈠人死似長眠不醒，故稱爲大夜。文苑英華八四二南朝梁王僧孺從子永寧令謙誄：「昭途長已，大夜斯安。」唐黃滔黃御史集上傷翁外甥詩：「青春成大夜，新雨壞孤墳。」㈡佛教稱僧人死後火葬的前夜爲大夜。也稱逮夜、宿夜。參閱百丈清規六。

【大府】高級官府。史記一二二郅都傳：「於是景帝乃拜都爲濟南太守，……旁十餘郡守畏都如大府。」漢書五九張湯傳：「以湯爲無害，言大府，調茂陵尉。」注：「大府，丞相府也。」唐韓愈昌黎集二一送鄭尚書序：「嶺之南，其州七十，其二十二隸嶺南節度府，其四十餘，分四府，府各置帥。然獨嶺南節度爲大府。」明清時也稱總督、巡撫爲大府。

【大3府】官名。見「太府」。

【大房】㈠古代祭祀時盛牲畜的用具，通稱俎。詩魯頌閟宮：「毛炰胾羹，籩豆大房。」傳：「大房，半體之俎也。」箋：「大房，玉飾俎也。其制足間有橫，下有柎，似乎堂後有房然。」㈡唐皇族及大官世系以房劃分，用始祖的官名、爵名或封地稱其房，長次之間並有大房、小房，第二房、第三房等分別。參閱新唐書宗室世系、宰相世系各表。後來家族以大房爲長房。㈢衆人聚居之所。宋史三四二王巖叟傳：「都城羣偷所聚，謂之大房，每區容數十百人。」也指地大屋多之住所。京本通俗小說錯斬崔寧：「漸漸大房改換小房，賃得兩三間房子。」㈣山名。在今北京市房山縣西北。防水出其南。也稱大防山。參閱嘉慶一統志七順天府二山川。

【大戾】大錯，大罪。詩小雅節南山：「昊天不惠，降此大戾。」箋：「戾，乖也。」唐柳宗元柳先生集三十寄許京兆孟容書：「懼便毀傷松柏，芻牧不禁，以成大戾。」

【大卷】㈠古樂名。周禮春官大司樂：「以樂舞教國子，舞雲門、大卷、大咸、大磬、大夏、大濩、大武。」注：「此周所存六代之樂，黃帝曰雲門、大卷。」卷，quán。

㊂清代進士殿試的考卷叫大卷。卷,quàn。

【大武】㊀强大的武力。商君書來民:"天下有不服之國,……以大武搖其本,以廣文安其嗣。"㊁周代所存六代樂之一。禮祭統:"朱干玉戚,以舞大武。"周禮春官大司樂"大武"漢鄭玄注:"大武,武王樂也。"

【大青】草本植物。因莖葉深青而得名。葉可製染料。南朝梁陶弘景名醫別録列爲中品。見本草綱目十五大青。

【大刑】㊀重刑。周禮天官小宰:"其有不共,則國有大刑。"國語魯上:"大刑用甲兵,其次用斧鉞。"㊁體罰。周禮地官司市:"市刑:小刑憲罰,中刑徇罰,大刑扑罰。"注:"扑,撻也。"㊂大劍。越絶書外傳記寶劍:"歐冶乃因天之精神,悉其伎巧,造爲大刑三,小刑二:一曰湛盧;二曰純鈞;三曰勝邪;四曰魚腸;五曰巨闕。"

【大坡】宋蘇軾字東坡。其子過亦著才名,有斜川集二十卷。時稱之爲小坡,而稱軾爲大坡。見宋史三三八蘇軾傳附蘇過。

【大東】㊀極東。詩魯頌閟宮:"遂荒大東,至于海邦。"㊁詩小雅谷風之什篇名。其中有"小東大東,杼柚其空"之句,是周時東方小諸侯國的臣民,怨恨周王室横徵暴斂的諷刺詩。

【大事】㊀重大的事情。1.左傳成十三年:"國之大事,在祀與戎。"指祭祀與軍事。2.左傳文元年:"能行大事乎?曰:'能。'"指發動政變,奪取權位。3.周禮天官小宰:"一曰天官,其屬六十掌邦治,大事則從其長,小事則專達。"史記絳侯周勃世家:"勃爲人木彊敦厚,高帝以爲可屬大事。"指主要政務。㊁佛教指開悟衆生之事。法華經方便品:"諸佛世尊,唯以一大事因緣出現於世。"

【大抵】大都,大致。史記六三老子傳附莊子:"故其著書十餘萬言,大抵率寓言也。"史記太史公自序:"詩三百篇,大抵聖賢發憤之所爲作也。"漢書作"大氐"。

【大招】楚辭篇名。漢王逸謂屈原所作。或云景差作。今多以爲出於秦漢間人。

【大弦】古琴、瑟、琵琶等弦樂器的宫聲弦。史記田敬仲完世家:"夫大弦濁以春温者,君也;小弦廉折以清者,相也。"唐白居易長慶集十二琵琶行:"大弦嘈嘈如急雨,小弦切切如私語。"

【大屈】㊀弓名。又名大曲。左傳昭七年:"楚子享公於新臺,使長鬣者相,好以大屈,既而悔之。"疏:"大屈,弓名。……即大曲也。"一説爲寶器。史記魯世家昭公八年集解引服虔:"大屈,寶金,可以爲劍。一曰弓名。"㊁異常匱乏,貧困。漢書食貨志上賈誼説:"兵旱相乘,天下大屈。"

【大具】㊀神聖的事物,意指國家。荀子正論:"天下者,大具也,不可以小人有也,不可以小道得也,不可以小力持也。"㊁重要統治手段。三國志魏武帝紀初平十九年"秋七月公征孫權"注引九州春秋:"治天下之大具有二:文與武也。"

【大明】㊀日或月。也兼指日月。禮禮器:"大明生於東,月生於西。"文選晋木玄虚(華)海賦:"若乃大明摭轡於金樞之穴,翔陽逸駭於扶桑之津。"注:"大明,月也。"管子内業:"鑒於大清,視於大明。"注:"(大明),日月也。"㊁南朝宋劉駿(孝武帝)年號。公元457—464年。

【大昕】昧爽,黎明時刻。禮文王世子:"天子視學,大昕鼓徵,所以警衆也。"注:"早昧爽擊鼓以召衆也。"

【大典】㊀國家的重要法令典章。文選南朝梁任彦昇(昉)王文憲集序:"至於軍國遠圖,刑政大典,既道在廊廟,則理擅民宗。"後也稱盛大的典禮爲大典。㊁稱爲典範的重要著作。後漢書三五鄭玄傳論:"鄭玄括囊大典,網羅衆家,删裁繁誣,刊改漏失,自是學者略知所歸。"又六十下蔡邕傳:"伯喈(邕字)曠世逸才,多識漢事,當續成後史,爲一代大典。"

【大狀】名刺,名片。元周密癸辛雜識前集送刺:"昔日投門狀,有大狀、小狀。大狀則全紙,小狀則半紙。今時之刺,大不盈掌,足見禮之薄矣。"

【大受】承擔重任,委以重任。論語衛靈公:"君子不可小知,而可大受也。"宋王安石臨川集四十舉呂公著自代狀:"具某官呂公著,沖深而能謀,寬博而有制,其器可以大受,而退然似不能言。"

【大命】㊀天命。上天賦予的權力和使命。書太甲上:"天監厥德,用集大命,撫綏萬方。"又康誥:"天乃大命文王,殪戎殷,誕受厥命。"㊁重大的命令和決定。多指帝王的命令。荀子臣道:"詩曰:'國有大命,不可以告人,妨其躬身,此之謂也。"後漢書十五王常傳:"臣蒙大命,得以鞭策,託身陛下。"㊂規律。韓非子揚權:"天有大命。"注:"晝夜四時之候,天之大命。"㊃命脈,要害。漢賈誼新書無蓄:"禹有十年之蓄,故免九年之水;湯有十年之積,故勝七歲之旱。夫蓄積者,天下之大命也。"㊄天年,壽命。史記七八春申君傳:"王若卒大命,太子不在,陽文君必立爲後,太子不得奉宗廟矣。"

【大和】年號。1.唐李昂(文宗)。公元827—836年。2.五代吴楊溥(睿帝)公元929—934年。

【大₃和】見"太和㊀㊁"。

【大咎】大禍,非常嚴重的錯誤。左傳宣十二年:"果遇必敗,彘子尸之,雖免而歸,必有大咎。"國語晉八:"非死逮之必有大咎。"

【大使】官名。1.帝王特派的臨時使節。禮月令孟秋之月:"毋以割地,行大使,出大幣。"三國魏曹子建集五責躬詩:"光光大使(一本作"天使"),我榮我華。"此處代表帝王封邑受爵的大使。北齊大寧年間、唐貞觀初,特派巡視各地的使節也稱大使。見北史齊武成帝紀、新唐書百官志四下。2.唐制:節度使有節度大使、副大使、知節度事的分別。大使如由諸王遥領,則以副大使、知節度事爲正節度。見新唐書百官志四下。3.事務官稱大使。如元京都二十二倉有倉大使、内藏各庫有庫大使,明清亦多沿用。參閲續通典三十職官八司農卿。

【大帛】㊀白布帽。禮玉藻:"大帛不緌。"注:"帛,當爲白,聲之誤也。大帛,謂白布冠也。"㊁粗絲織成的繒帛。左傳閔二年:"衛文公大布之衣,大帛之冠。"注:"大帛,厚繒。"

【大昏】㊀指帝王婚娶。昏,同"婚"。禮哀公問:"大昏既至,冕而親迎。"㊁愚昧,昏暗。唐柳宗元柳先生集二八永州龍興寺西軒記:"孰能爲余鑿大昏之墉,闢靈照之户,廣應物之軒者,吾將與爲徒。"

【大姓】世家大族。漢書六六陳萬年傳附陳咸:"所居以殺伐立威,豪猾吏及大姓犯法,輒論輸府。"宋沈括夢溪筆談二五雜志二:"(李)順初起,悉召鄉里富人大姓,令具其家所有財粟,據其生齒足用之外,一切調發,大賑貧乏。"

【大₃始】原始。易繫辭上:"乾知大始,坤作成物。"疏:"以乾是天陽之氣,萬物皆始在於氣,故云知其大始也。"釋文:"音泰。王肅作泰。"

【大客】周代指大諸侯國内卿一級的使臣。常對小客而言。周禮秋官大行人:"大行人掌大賓之禮,及大客之儀,以親諸侯。"注:"大客,謂其孤卿。"又小行人:"凡四方之使者,大客則擯,小客則受其幣,而聽其辭。"疏:"彼鄭(玄)云……大客，謂其孤卿；則此大客爲要服以内諸侯之使臣也。”大賓、大客，也合稱大賓客。周禮地官大司徒：“大賓客，令野脩道委積。”疏：“案大行人：諸侯朝稱賓，卿大夫來聘稱客。”後也用爲對賓客的敬稱。戰國策齊一：“今大客(指張儀)幸而教之，請奉社稷以事秦。”

【大帝】天帝。公羊傳宣三年“帝牲不吉”注：“帝，皇天大帝也，主總領天地五帝群臣也。”文選漢張平子(衡)西京賦：“昔者大帝悦秦繆公而覲之，饗以鈞天廣樂。”

【大計】㊀官吏每三年一次的考績。周禮天官大宰：“三歲，則大計羣吏之治而誅賞之。”明清制，每三年考察外官事狀叫大計。參閲清文獻通考八十職官四。㊁重大的謀畫。國語吴：“不勇，則不能斷疑以發大計。”史記陳涉世家：“陳勝吴廣乃謀曰：‘今亡亦死，舉大計亦死，等死，死國可乎？’”此指起義。

【大度】㊀度量闊達，不拘小節。史記高祖紀：“高祖爲人，……常有大度，不事家人生産作業。”漢書九二陳遵傳：“大司徒馬宫，大儒優士，又重遵，謂西曹：‘此人大度士，奈何以小文責之？’”㊁大概之數，大約的律度。史記天官書：“余觀史記，考行事，百年之中，五星無出而不反逆行，反逆行，嘗盛大而變色；日月薄蝕，行南北有時，此其大度也。”

【大酋】古酒官之長。禮月令仲冬之月：“乃命大酋，秫稻必齊。”注：“大酋者，酒官之長也。於周則爲酒人。”樂府詩集三六三國魏文帝(曹丕)善哉行：“大酋奉甘醪，狩人獻嘉禽。”

【大冠】㊀武冠。戰國策齊六：“(田單)遂攻狄，三月而不克之也。齊嬰兒謡曰：‘大冠若箕，修劍拄頤。攻狄不能，下壘枯丘。’”東觀漢紀五車服志：“武冠，俗謂之大冠。”㊁高冠。北齊顔之推顔氏家訓涉務：“梁世士大夫皆尚褒衣博帶，大冠高履。”

【大食】國名。卽伊斯蘭教的創立者穆罕默德所建立的阿拉伯帝國。我國史書中據波斯語稱爲大食。後又分爲以報達爲都城的黑衣大食和以西班牙哥都華爲首都的白衣大食。唐高宗永徽二年大食王遣使來聘問，後又多次遣使來華。民間也長期進行經濟文化交流。我國的造紙術和鍊丹術曾由大食傳至西方，大食的工藝品如玻璃等也流傳到中國。參閲通典一九三大食、新唐書二二一下大食傳、文獻通考三三九大食。

【大風】㊀强勁的風。史記高祖紀：“大風起兮雲飛揚。”㊁宏偉的風度或氣派。左傳襄二九年：“爲之歌齊，曰：‘美哉，泱泱乎大風也哉！’”㊂卽痲瘋。素問長刺節論：“骨節重，鬚眉墮，名曰大風。”㊃神話中的鷙鳥名。或謂卽大鳳。淮南子本經：“繳大風於青丘之澤。”高誘注認爲大風指風伯。

【大₃風】西風。詩大雅桑柔：“大風有隧，有空大谷。”箋：“西風謂之大風。”爾雅釋天作“泰風”。

【大段】唐宋人指重要、主要、完全、仔細等。唐張正甫想退休，和崔咸商量，咸竭力贊成。表上卽得准，正甫後悔，對子弟説：“後有大段事，勿與少年郎議之。”見唐張固幽閒鼓吹。宋蘇軾東坡集續集六答王定國書：“如國手棋，不須大段用意，終局便須贏也。”朱子語類四九論語三一：“如子貢在當時，想是大段明辨果斷，通曉事務，歆動得人。”

【大皇】三國吴主孫權謚號大皇帝。見三國志吴本傳。省稱大皇。文選晉陸士衡(機)辨亡論上：“大皇既没，幼主涖朝。”後也稱爲吴大帝。

【大₃皇】㊀天。莊子秋水：“且彼方跐黄泉而登大皇。”㊁極美。楚辭惜誓：“已矣哉！獨不見夫鸞鳳之高翔兮，乃集大皇之壄(野)。”注：“大皇之壄，大荒之藪。……皇，美也，大美之藪。”

【大禹】對夏禹的尊稱。詳“禹”。

【大侵】嚴重饑荒。穀梁傳襄二四年：“五穀不升，謂之大侵。”

【大侯】大諸侯國。與小侯對稱。管子大匡：“桓公告諸侯曰：‘請救伐。’諸侯許諾。大侯車二百乘，卒二千人；小侯車百乘，卒千人。”

【大徇】帝王從事農耕的一種儀式。國語周上：“王則大徇，耨穫亦如之。”注：“大徇，帥公卿大夫親行農也。”參見“耕藉”。

【大衍】㊀大，大數；衍，演。大衍，指用大數以演卦。易繫辭上：“大衍之數五十。”後因以大衍爲五十的代稱。㊁大澤。管子七臣七主：“春無殺伐，無割大陵，倮大衍。”㊂曆法名。詳“大衍曆”。

【大紅】喪服名。紅，通“功”，卽大功。史記孝文紀後七年：“(靈柩)已下，服大紅十五日，小紅十四日。”集解：“服虔曰：‘當言大功小功布也。’”參見“大功”。

【大姚】縣名。屬雲南楚雄彝族自治州。漢青蛉縣地，屬越嶲郡。元初置大姚堡千户，至元中改置大姚縣，屬姚州。見寰宇通志一一三姚安軍民府大姚縣。

【大要】㊀概要，要旨。漢書六六陳萬年傳附陳咸：“咸叩頭謝曰：‘具曉所言，大要教咸諂也。’”咸，陳萬年子。晉書宣帝紀：“軍事大要有五，能戰當戰，不能戰當守，不能守當走，餘二事惟有降與死耳。”㊁縣名。本作大𡜆，漢置，屬北地郡。東漢建武年間，鄧禹自栒邑徼兵至大要。地在今甘肅寧縣東南。見後漢書十六鄧禹傳。

【大苦】㊀藥名。爾雅釋草：“蘦，大苦。”晉郭璞注和急就篇四“牡蒙甘草菀藜蘆”唐顔師古注都説卽甘草。宋沈括夢溪筆談二六藥議説是黄藥，因味苦而得名，非甘草。清吴其濬植物名實圖考二十説卽是開寶本草中的黄藥子。㊁楚辭宋玉招魂：“大苦鹹酸，辛甘行些。”注：“大苦，豉也。”宋洪興祖補注謂大苦，苦味之甚者。

【大故】㊀重大事故。周禮天官膳夫：“邦有大故，則不舉。”指戰爭、刑殺。又春官大宗伯：“國有大故，則旅上帝及四望。”指水、旱、荒年等嚴重災害。論語微子：“故舊無大故，則不棄也。”指惡逆等大罪過。孟子滕文公上：“滕定公薨。世子謂然友曰：‘……今也不幸，至於大故。’”唐柳宗元柳先生集三十與楊京兆憑書：“自遭責逐，繼以大故。”指父母尊親的死亡。㊁泛指時代的變化。明張居正張文忠集十一雜著：“雖歷年二百有餘，累經大故，而四海人心宴然不摇，斯用威之效也。”

【大指】大要，大意。史記一二〇汲黯傳：“黯學黄老之言，治官理民，好清静，擇丞史而任之，其治，責大指而已，不苛小。”也作“大旨”。文選晉袁彦伯(宏)三國名臣序贊：“夫詩頌之作，有自來矣。或以吟詠情性，或以述德顯功；雖大旨同歸，所託或乖。”

【大挑】清乾隆十七年定制，在會試後揀選應考三次而不中的舉人，由禮部分省造册，咨送吏部，派王大臣共同揀選。選取者分二等：一等以知縣試用，二等以教職銓補，稱爲舉人大挑。參閲清續文獻通考八五選舉二。

【大₂面】面具。也指戴面具的樂舞。太平御覽五六九唐段安節樂府雜録：“大面出於北齊。”也作“代面”。參見“代面㊀”、“假面”。

【大致】大概。後漢書四五袁安傳論：“終陳掌不侯，而鄙邑紹國，雖有不類，未可致詰，其大致歸然矣。”

【大建】清代時憲曆載"某月大，建某某"。本是按天干建子、建寅等的意思，後來誤將"大建"連讀，遂有大建、小建之稱，相沿以有三十日的月份稱大建。

【大胥】樂官名。周禮春官大胥："大胥掌學士之版，以待致諸子。"注："鄭司農(衆)云：'學士，謂卿大夫諸子學舞者；版，籍也，今時鄉户籍世謂之户版；大胥主此籍以待當召聚學舞者。'"禮文王世子："小樂正學干，大胥贊之。"

【大限】生命的極限，指死期。唐韓愈昌黎集二二祭薛中丞文："長途方騁，大限俄窮。"

【大拜】指任命爲宰相。唐李肇國史補中："許孟容爲給事中，宦者有以台座誘之者，拒而絶之，雖不大拜，亦不爲患。"宋孫光憲北夢瑣言十一薛侍郎紙裹鴿子："唐薛昭緯侍郎，……常以宰輔自許，切於大拜。"

【大咸】㊀樂名。周所存六代樂之一。相傳爲堯樂。見周禮春官大司樂。㊁傳説中的山名。山海經北山經："北二百八十里曰大咸之山，無草木，其下多玉。是山也四方，不可以上。"

【大科】㊀唐代科舉取士，於定制地方貢舉之外，由皇帝決定舉行的特別考試，稱制舉，其科目如賢良方正，直言極諫等，亦隨皇帝臨時所定。宋時稱大科。宋陳師道後山詩注一贈二蘇公："誰其識者有歐陽，大科異等固其常。"邵博溫聞見前録九："富韓公(弼)初遊場屋，穆修伯長謂之曰：'進士不足以盡子之才，當以大科名世。'"㊁錦袍上繡的大朵團花。舊唐書輿服志："(武德)四年八月敕：三品以上，大科紬綾及羅，其色紫，飾用玉；五品以上，小科紬綾及羅，其色朱，飾用金。"也作"大窠"。唐崔令欽教坊記："聖壽樂舞，衣襟皆各繡一大窠。"

【大酒】厚酒，醇酒。唐杜甫杜工部詩史補遺四嚴氏溪放歌："費心姑息是一役，肥肉大酒徒相要。"宋人稱酒之冬臘釀蒸，至夏而出的爲大酒。見宋史食貨志下七。

【大浸】大水。莊子逍遥遊："之人也，物莫之傷，大浸稽天而不溺。"

【大3宰】官名。即太宰。殷代天官六大之一。見禮曲禮下。周禮天子六卿，天官爲大宰；諸侯則并六爲三。左傳隱十一年："羽父請殺桓公，將以求大宰。"釋文："大音泰。"

【大家】㊀王的子弟及公卿、大夫的封地。書梓材："以厥庶民，暨厥臣，達大家。"又稱有封地的家族爲大家。左傳昭五年："箕襄、邢帶、叔禽、叔椒、子羽，皆大家也。"後凡豪富之家，皆稱大家。漢桓寬鹽鐵論復古："往者豪彊大家，得管山海之利，采鐵石鼓鑄，煮鹽。一家聚衆或至千餘人。"㊁宫中近臣或后妃對皇帝的稱呼。漢蔡邕獨斷上："親近侍從官稱(天子)曰大家，百官小吏稱曰天家。"新唐書二〇八李輔國傳輔國謂帝曰："大家弟坐宫中，外事聽老奴處決。"唐劉肅大唐新語十二酷忍："初令宫人宣勅示王后，后曰：'願大家萬歲，昭儀長承恩澤，死是吾分也。'"㊂著名作家、專家。如唐宋八大家，元雜劇四大家。清王夫之夕堂永日緒論外编："藝苑品題有大家之目，自論詩者推崇李杜始。"㊃衆人，大伙。全唐詩六九二杜荀鶴重陽日有作："大家拍手高聲唱，日未沈山且莫迴。"㊄同"大姑"。家，讀作姑。1. 對婦女的敬稱。後漢書八四曹世叔妻傳："(班昭)博學高才。……帝數召入宫，令皇后諸貴人師事焉，號曰大家。"2. 婦稱夫之母爲大家。宋書孫棘傳："棘妻許又寄語屬棘：'君當門户，豈可委罪小郎？且大家臨亡，以小郎屬君，竟未娶妻，家道不立。'"

【大討】嚴厲的懲罰。指興兵討伐。左傳襄二七年："以誣道蔽諸侯，罪莫大焉。從無大討，而又求賞，無厭之甚也。"藝文類聚五一南朝陳徐陵進武帝爲長城公詔："代馬燕犀，氣雄天下，裹糧坐甲，固敵是求，方欲大討於秦崤，敦脩於與睦。"

【大旅】大祭名。禮禮器："大饗之禮，不足以大旅。大旅具矣，不足以饗帝。"注："大旅，祭五帝也。"

【大畜】㊀易卦名。☶☰。乾下艮上。大畜疏："乾健上進，艮止在上，止而畜之。能畜止剛健，故曰大畜。"㊁大牲畜。三國志吴諸葛恪傳"馬必至也"注引恪别傳："馬雖大畜，稟氣於天，今殘其耳，豈不傷仁？"

【大高】祖宗。一説爲上帝。淮南子氾論："饗大高者，而彘爲上牲。"注："大高，祖也。一曰上帝。"

【大庭】㊀朝廷。逸周書大匡："維周王宅程三年，……王乃召冢卿、三老、三吏、大夫百執事之人，朝於大庭。"注："大庭，公堂之庭。"㊁傳説上古帝王名。莊子胠篋："昔者容成氏、大庭氏、……神農氏，當是時也，民結繩而用之。"一説大庭氏是神農氏的别號。見詩譜序"大庭、軒轅，逮於高辛"疏、初學記九三國蜀譙周古史考。㊂古國名。左傳昭十八年："宋、衛、陳、鄭皆大火，梓慎登大庭氏之庫以望之。"注："大庭氏，古國名，在魯城内，魯於其處作庫。"

【大3祖】見"太祖"。

【大神】㊀尊神。左傳僖二八年："用昭乞盟于爾大神。"㊁大治。荀子王制："天之所覆，地之所載，莫不盡其美，致其用，上以飾賢良，下以養百姓而安樂之。夫是之謂大神。"爾雅釋詁："神，……治也。"

【大3祝】官名。即太祝。1. 主神祀之官。殷代天官六大之一。見禮曲禮下。2. 掌祈禱之官。周禮春官之屬。見周禮春官大祝。

【大秦】我國古時稱羅馬帝國爲大秦。又稱黎鞬。以在海西，亦曰海西國。史記一二三大宛傳作黎軒。索隱："漢書作'黎靬'。續漢書一名'大秦'。"三國志魏烏丸鮮卑東夷傳評注引魏略作犂軒。東漢和帝永元九年西域都護班超派屬官甘英出使大秦，中途臨海而止。桓帝延熹九年，大秦王安敦遣使自日南來中國。晉武帝太康年間也有大秦使者前來。參閱後漢書八八西域傳、文獻通考三三九大秦。

【大索】㊀城名。春秋鄭地。今河南滎陽縣地。左傳昭五年記晉韓宣子往楚送女，鄭子皮、子大叔勞諸索氏，即此地。南朝宋魯爽與北魏豫州刺史拓跋僕蘭戰于大索。見宋書魯爽傳。㊁大肆搜捕。史記秦始皇紀："二十九年，始皇東游。至陽武博浪沙中，爲盗所驚。求弗得，乃令天下大索十日。"

【大埔】縣名。屬廣東省。明嘉靖五年析饒平海陽二縣地置。見嘉慶一統志四四六潮州府大埔縣。

【大城】㊀縣名。在今河北文安縣南。漢勃海郡東平舒縣，五代周改大城縣。見寰宇通志一順天府大城縣。㊁關名。南宋開慶初，蒙古忽必烈入大城關，敗宋兵軍，即此。見讀史方輿紀要七六湖廣麻城縣。故地在今湖北麻城縣北。

【大哥】長兄。也作爲同輩男子的敬稱。水滸四四："大哥，何處不尋你，卻在這裏飲酒。"指楊雄初見石秀時的稱呼。參見"大兄㊁"。

【大荒】㊀荒廢不治，特指大災之年。荀子强國："故善日者王，善時者霸，補漏者危，大荒者亡。"注："大荒，謂都荒廢不治也。"國語吴："今吴民既罷，而大荒薦饑，市無赤米。"㊁山海經大荒西經："大荒之中，有山名曰大荒之山，日月所入。

……是謂大荒之野。"後來泛指遼闊的原野或邊遠的地方。抱朴子博喻:"逸麟逍遥大荒之表,故無機穽之禍;靈鶴振翅玄圃,以違罩羅之患。"唐柳宗元柳先生集四二登柳州城樓寄漳汀封連四州詩:"城上高樓接大荒,海天愁思正茫茫。"也借指虚幻的境界。紅樓夢八:"女媧煉石已荒唐,又向荒唐演大荒。"

【大荔】古代西戎族的一支。史記秦紀:"(秦)厲共公二年……以兵二萬伐大荔,取其王城。"漢書九四上匈奴傳:"而秦穆公得由余,西戎八國服於秦……在岐、梁、涇、漆之北有義渠、大荔、烏氏、朐衍之戎。"秦於此置臨晉縣,晉改名大荔縣。隋初更名馮翊。元入同州,清升爲同州府,復置大荔縣爲府治。卽今陝西大荔縣地。參閱嘉慶一統志二四三同州府一。

【大夏】㊀相傳爲夏禹樂名。周禮春官大司樂:"舞大夏以祭山川。"㊁湖澤名。淮南子地形:"西北方曰大夏,曰海澤。"㊂朝代政權名。1. 東晉列國之一。公元407—431年。匈奴族赫連勃勃所建,也稱夏,爲吐谷渾所滅。轄今陝西省北部、甘肅東北部及内蒙古伊金霍洛旗之地。2. 宋時党項族李元昊所建。國號大夏,史書稱西夏。公元1038—1227年。爲蒙古成吉思汗所滅。㊃古國名。史記大宛傳:"大夏在大宛西南二千餘里嬀水南。"魏書作吐呼羅,隋書北史大唐西域記新、舊唐書皆作吐火羅。爲大月氏所滅。在今阿富汗北部一帶。

【大書】㊀鄭重記載。詳"大書特書"。㊁曲藝名。屬評彈,但只説不唱。清范祖述杭俗遺風:"大書一人獨説,不用傢伙,惟有醒目(木)一塊,紙扇一把。"

【大員】㊀天。淮南子俶真:"是故能戴大員者履大方。"注:"言能載天覆地之道。"又作"大圜"。參見"大圜"。㊁大官。晉書慕容皝載記:"學者三年無成,亦宜還之於農,不可徒充大員,以塞聰儁之路。"

【大峴】山名。1.在今安徽含山縣東北,也名赤焰山。滁水過其下。南北朝時與小峴並爲軍事必争之地。南朝宋孝建元年,魯爽叛,使弟瑜率三千人出小峴,爽尋以大衆阻大峴,卽此。見宋書薛安都傳。太平寰宇記一二四和州含山縣引水經注:"滁水東經大峴山,西北流大峴亭,卽此山也。"2.在今山東臨朐縣東南。卽穆陵關,舊稱齊地天險。東晉劉裕攻南燕,南燕大將公孫五樓主張扼守大峴山,堅壁清野,切斷晉軍糧草來源,卽此山。見宋書武帝紀上。

【大矩】地。吕氏春秋序意:"爰有大圜在上,大矩在下。"古人誤認爲地是方的,故稱爲大矩或大方。

【大乘】佛教名詞。對小乘而言。梵語摩訶衍,摩訶義爲大,衍義爲乘,乘車運載的意思。佛教認爲,開一切智、盡未來際衆生化益之教爲大乘。比喻修行法門爲乘大車,故名。法華經譬喻品:"若有衆生,從佛世尊聞法信受,勤修精進;求一切智,佛智、自然智、無師智、如來知見,力無所畏;愍念安樂無量衆生,利益天人,度脱一切,是名大乘。"按釋迦牟尼佛在世時,曾説過大、小乘法門。佛教初傳播小乘,後來馬鳴著大乘起信論,始發展大乘教義。

【大臯】城名。在今江西吉安縣南。南朝梁大寶元年,高州刺史李遷仕據大臯,陳霸先命周文育率兵擊走之,卽此城。見陳書高祖紀。

【大師】㊀大部隊。易同人:"大師相遇,言相克也。"左傳定四年:"先伐之,其卒必奔,而後大師繼之,必克。"㊁對學者的尊稱。史記一二一伏生傳:"學者由是頗能言尚書,諸山東大師無不涉尚書以教矣。"㊂佛十尊號之一。見瑜伽論八二。後因尊稱僧徒爲大師。晉書鳩摩羅什傳:"(姚)興嘗謂羅什曰:'大師聰明超悟,天下莫二。'"

【大₃師】古代樂官之長。孟子梁惠王下:"召大師曰:'爲我作君臣相説之樂。'"周禮春官大師:"大師掌六律六同,以合陰陽之聲。"參見"太師㊀"。

【大特】古代傳説中的神牛。史記秦紀:"(文公)二十七年,伐南山大梓,豐大特。"正義引括地志:"録異傳云:'……雍南山有大梓樹,文公伐之,……中有一青牛出,走入豐水中。……武都郡立怒特祠,是大梓牛神也。'按:今俗畫青牛障是。"

【大射】爲祭祀而舉行的射禮。周禮天官司裘:"王大射,則供虎侯、熊侯、豹侯,設其鵠;諸侯,則供熊侯、豹侯;卿大夫,則供麋侯,皆設其鵠。"參閱後漢書五十孝明八王陳王鈞傳"遂行天子大射禮"注。

【大倫】㊀倫常大道。古多指統治階級規定的人與人關係的根本準則。論語微子:"欲絜其身,而亂大倫。"孟子公孫丑下:"内則父子,外則君臣,人之大倫也。"㊁大端,大原則。禮學記:"大學始教,皮弁祭菜,示敬道也;宵雅肄三,官其始也;入學鼓篋,孫其業也;夏楚二物,收其威也;未卜禘,不視學,游其志也;時觀而弗語,存其心也;幼者聽而弗問,學不躐等也;此七者,教之大倫也。"

【大舫】將兩船或數船並爲大船,稱大舫。南史孫瑒傳:"(瑒)出鎮郢州,乃合十餘船爲大舫,……泛長江而置酒,亦一時之勝賞焉。"後也用以泛指大船。

【大娘】對年長婦女的敬稱。唐杜甫杜工部草堂詩箋三三觀公孫大娘弟子舞劍器行序:"問其所師,曰:'余公孫大娘弟子也。'"

【大梁】㊀地名。戰國魏都。秦滅魏,置三川郡。史記秦始皇紀"二十二年,王賁攻魏,引河溝灌大梁",卽此處。今河南開封縣地。㊁星次名。左傳昭十二年:"歲及大梁,蔡復楚凶。"國語晉四"歲在大梁"注:"自胃七度至畢十一度爲大梁。"

【大烹】見"大亨㊁"。

【大麻】桑科植物。又名火麻。古九穀之一。禮月令仲秋之月:"以犬嘗麻。"卽指大麻。本草經列爲上品。莖皮纖維可織布、製繩等,種子可榨油。中醫以果仁入藥。參閱本草綱目二二大麻。

【大康】遼耶律洪基(道宗)年號。公元1075—1084年。

【大祥】古時父母死去兩周年的祭禮。禮間傳:"父母之喪,……期而小祥,……又期而大祥。"舊時親喪以兩周年除靈,本此。

【大祫】古祭禮。祖宗神主各存廟中,年久,親過高祖,則毀廟,把神主一併存於太祖廟。大祫,卽合祭毀廟和未毀廟的神主。見公羊傳文二年"大祫者何?合祭也"注疏。

【大庾】㊀見"大庾嶺"。㊁縣名。屬江西省。漢南埜縣地,唐置縣。見寰宇通志四四南安府大庾縣。

【大率】㊀大約,大概。漢書百官公卿表上:"大率十里一亭,亭有長。"㊁古曆法名詞。新五代史司天考一:"以通法進統法,得七十二萬。氣朔之下,收分必盡,謂之全率。以通法進全率,得七千二百萬,謂之大率,而元紀生焉。"率,lǜ。

【大雩】求雨祭名。禮月令仲夏之月:"大雩帝,用盛樂。"注:"雩,吁嗟求雨之祭也。"公羊傳桓五年:"大雩者何?旱祭也。"注:"祭言大雩,大旱可知也。君親之南郊,以六事謝過,……使童男女各八人,舞而呼雩,故謂之雩。"

【大雪】二十四節氣之一。在公曆十一月七日或八日。參見"二十四氣"。

【大理】㊀星名。星經上大理:"大理二星,在宮門內,主刑獄事也。"㊁掌刑法的官。史記五帝紀:"皐陶爲大理,平民各伏得其實。"秦漢改爲廷尉,隋復置大理寺卿、少卿;北齊爲大理卿,九寺之一。歷代沿用。詳"大理寺"。㊂五代至宋時雲南的地方政權。五代後晉天福二年,段思平滅楊干真的大義寧政權,據南詔地,號大理國,有八府四郡三十七部。轄境相當於今雲南全境及四川西南部。宋紹聖元年高昇泰代立,號大中國。紹聖三年,段氏復起,號後理國。前後共傳二十三王。其間,宋曾封其王爲大理王、雲南節度使等。宋寶祐元年爲蒙古忽必烈所滅,置雲南行中書省。㊃縣名。本漢益州郡葉榆縣地。元置太和縣。屬大理路;明清爲大理府治。公元1913年廢府爲縣。位於今大理白族自治州中部。縣西有點蒼山(蒼山),以產大理石著名。

【大赦】對已判罪犯免刑或減刑。星經上貫索:"貫索九星……牢口一星爲門,門欲開;開則有赦,若赦主人憂。……有大星出牢,大赦。"漢書宣帝紀地節二年:"鳳皇集魯郡,群鳥從之,大赦天下。"

【大帶】古祭服用帶,有革帶大帶之分。革帶以繫佩韍,大帶加於革帶之上,用絲織品的素或練製成。禮玉藻:"大夫大帶四寸。"注:"大夫以上以素,皆廣四寸;士以練,廣二寸。"

【大莫】莊子山木:"吾願去君之累,除君之憂,而獨與道遊於大莫之國。"注:"欲令蕩然無有國之懷。"釋文:"莫,無也。"此以大莫爲大無。王先謙集解謂大莫卽廣莫。

【大麥】禾本科植物。又名牟麥、元麥。麥粒可食用,或作飼料。漬水發芽,可製酒及餳糖。莖可作造紙、製工藝品的原料。參閱本草綱目二二大麥。

【大區】廣闊的天空。淮南子原道:"縱志舒節,以馳大區。"注:"區,宅也;大宅,謂天也。"

【大通】㊀河名。1.在河北省。卽通惠河,自玉泉導流,以流經北京東便門外的大通橋得名。2.卽古浩亹水。在青海省東北部。發源於木雷山與大通山之間,東南流入甘肅省之湟水。3.在安徽省,亦名管埠河。源出南陵縣西,流經青陽、銅陵二縣,北入長江。㊁南朝梁蕭衍(武帝)年號。公元527—528年。

【大陸】㊀大片陸地。書禹貢:"恒衛既從,大陸既作。"傳:"二水已治,從其故道。大陸之地已可耕作。"後指面積非常廣大的陸地,以區別於島嶼和半島。㊁古湖泊名。詳"大陸澤"。

【大陵】㊀大丘陵地區。爾雅釋地:"大陸曰阜,大阜曰陵,大陵曰阿。"管子七臣七主:"春無殺伐,無割大陵。"㊁古地名。1.春秋晉平陵邑,趙改爲大陵。漢置大陵縣,北魏廢。史記趙世家:"肅侯游大陵,出於鹿門。"注引括地志:"大陵城在并州文水縣北三十里,漢大陵縣城。"地在今山西文水縣。2.春秋鄭地。左傳莊十四年:"鄭厲公自櫟侵鄭,及大陵,獲傅瑕。"注:"大陵,鄭地;傅瑕,鄭大夫。"

【大雀】鴕鳥。漢書九六下西域傳贊:"鉅象、師子、猛犬、大雀之羣,食於外囿。"也作"大爵"。後漢書和帝紀永元十三年:"安息國遣使獻師子及條枝大爵。"注:"條枝國臨西海,出師子、大雀。郭義恭廣志曰:'大爵頸及身膺蹄,都似橐駝,舉頭高八九尺,張翅丈餘,食大麥,其卵如甕,卽今之駝鳥也。'"

【大堂】高大的廳堂。北史真臘國傳:"城中有一大堂,是其王聽政所。"舊時亦指官署辦事的正房。紅樓夢五七:"要躭誤了,我打發人去拆了太醫院的大堂。"

【大3常】旗名。卽太常。周禮春官巾車:"建大常,十有二斿以祀。"注:"大常,九旗之畫日月者,正幅爲縿,斿則屬焉。"按常爲九旗的通稱,故此別之爲大常。儀禮覲禮"天子乘龍,載大旆"注:"大旆,大常也;王建大常,縿首畫日月,其下及旒,交畫升龍降龍。"諸侯則交龍爲旂,無日月。參見"太常㊀"。

大常

【大鹵】地名。春秋昭元年:"晉荀吳帥師敗狄於大鹵。"注:"大鹵大原晉陽縣。"卽今山西太原市地。

【大晨】天大亮時。素問標本病傳論:"冬大晨,夏晏晡。"注:"大晨謂寅後九刻大明之時也。"

【大野】㊀廣大的原野。爾雅釋地:"大野曰平。"全唐詩六〇四許棠成紀書事之二:"天垂大野鵰盤草,月落孤城角嘯風。"㊁古澤名。又名巨野、鉅野。書禹貢:"大野既豬,東原底平。"史記夏紀"大野既都"集解:"鄭玄曰:大野在山陽鉅野北,名鉅野澤。"在今山東巨野縣嘉祥縣一帶。古濟水中流從此經過,自隋以後濟流枯竭,大野漸微。元末爲河所決,後涸爲平陸。參閱讀史方輿紀要三三鉅野澤。參見"鉅野㊀"。

【大略】㊀大概,大要。莊子大宗師:"我爲汝言其大略。"孟子滕文公上:"此其大略也。"注:"略,要也。"㊁遠大的謀略。史記九七酈生傳:"吾聞沛公慢而易人,多大略。"漢書武帝紀贊:"如武帝之雄材大略,不改文景之恭儉以濟斯民,雖詩書所稱,何有加焉。"

【大造】大功,大成就。左傳成十三年:"秦師克還無害,則是我有大造于西也。"注:"造,成也。言晉有成功於秦。"後世稱極大關懷和成全爲大造。南史袁湛傳附馬仙琕:"蒙大造之恩,未獲上報。"指梁武帝俘獲馬仙琕不殺而加任用。

【大祭】古代四時之祭、合祭及大喪等祭禮。周禮春官天府:"凡國之玉鎮大寶器藏焉,若有大祭大喪,則出而陳之,既事,藏之。"注:"禘祫及大喪陳之,以華國也。"周禮天官酒正:"凡祭祀,以法共五齊三酒,以實八尊。大祭三貳,中祭再貳,小祭壹貳,皆有酌數。"注:"大祭,天地;中祭,宗廟;小祭,五祀。"

【大婦】㊀長子之妻。玉臺新詠一相逢狹路間詩之二:"大婦織羅綺,中婦織流黃,小婦無所作,挾瑟上高堂。"㊁舊時正妻稱大婦,妾稱小婦。南朝宋劉敬叔異苑五紫姑神:"世有紫姑神,古來相傳,云是人家妾,爲大婦所嫉。"

【大婚】見"大昏"。

【大衆】多數之人。呂氏春秋音律:"仲呂之月,無聚大衆,巡勸農事。"注:"大衆,謂軍旅工役也。"戰國策燕二:"燕趙久相支,以弊大衆。"

【大湊】湊,聚集;通"輳",輻輳也稱輻湊。大湊,各方所會合,指中心或中心地帶。逸周書作雒:"及將致政,乃作大邑成周于土中。城方千七百二十丈,郛方七十里,南繫於洛水,北因於郟山,以爲天下之大湊。"

【大寒】二十四節氣之一。在農曆十二月中,公曆一月二十或二十一日。參見"二十四氣"。

【大寓】卽"大宇",指太空,天地之間。荀子賦:"精微乎毫毛,而大盈乎大寓。"注:"寓,與宇同。……宇,覆也,謂天所覆。"

【大3尊】遠古酒器。周禮春官司尊彝:"凡四時之間祀、追享、朝享,祼用虎彝、蜼彝,皆有舟;其朝踐用兩大尊,皆有罍。"注:"大尊,大古之瓦尊。"疏謂卽有虞氏時的大尊。也稱"泰"。禮明堂位:

"泰,有虞氏之尊也。"

【大期】婦女分娩超産期。史記八五吕不韋傳:"姬自匿有身,至大期時,生子政。"索隱:"譙周云:人十月生,此過二月,故云大期,蓋當然也。"

【大馭】周代爲王駕車的官。最尊的馭者。周禮夏官大馭:"大馭掌馭玉路以祀。"玉路,周王最貴重的車。孫詒讓正義:"此大馭,卽玉路駕種馬之僕夫也。"

【大彭】古國名。傳説堯時彭祖封於大彭。國語鄭:"大彭豕韋爲商伯矣。"注:"大彭,陸終第三子,曰籛,爲彭姓,封於大彭,謂之彭祖,彭城是也。"後爲商王武丁所滅。見竹書紀年上武丁四三年。今江蘇銅山縣地,古之彭城。傳卽大彭封地,縣西有大彭山。

【大耋】年高的人。耋,八十歲。一説指七十或六十歲。易離:"九三,日昃之離,不鼓缶而歌,則大耋之嗟,凶。"晉陸機陸士衡集六擬東城一何高詩:"三閭結飛轡,大耋嗟落暉。"參見"耋"。

【大都】㊀大的都邑。左傳隱元年:"先王之制,大都不過參(三)國之一。"注:"三分國城之一。"㊁公之封地。周禮地官載師:"以小都之田任縣地,以大都之田任畺地。"注:"大都,公之采地,王子弟所食邑也。畺,五百里,王畿界也。"㊂大概。唐張彦遠法書要錄十右軍(王羲之)書記:"吾服食久,猶爲劣劣,大都比之年時,爲復可耳。"唐白居易長慶集十二簡簡吟:"大都好物不堅牢,彩雲易散琉璃脆。"㊃元朝首都。蒙古忽必烈以開平爲上都,遼之燕京爲中都。至元四年於中都東北興建新都,九年改稱大都。故址東西兩面相當今北京内城東西城牆,南至東、西長安街,北至德勝門、安定門外土城舊址。參閲元史地理志一、清孫承澤天府廣記一建置。

【大戟】草名,多年生,草本,入藥。淮南子繆稱:"大戟去水,亭歷愈脹,用之不節,乃反爲病。"以其戟人咽喉故名。又稱下馬仙。參閲爾雅釋草"蕎、邛鉅"疏、政和證類本草十、本草綱目十七。

【大朝】㊀臣見君叫朝,天子大會諸侯羣臣叫大朝,以别於平日常朝。穆天子傳一:"癸丑,天子大朝於燕(然)之山,河水之阿。"史記趙世家:"(武靈王)十九年春正月,大朝信宫。"漢制,元旦、冬至用大朝禮;宋以後,皇帝生日亦大朝。清元旦、冬至、皇帝生日,均大朝。㊁對本朝的敬稱。唐鄭谷鄭守愚集三寄邊上從事詩:"高壘觀諸寨,全師獲大朝。"

【大軱】槃結的骨骼。莊子養生主:"技經肯綮之未嘗,而況大軱乎?"

【大棘】㊀極端窮困。詩大雅抑:"回遹其德,俾民大棘。"箋:"王反爲無常,維邪其行,爲貪暴,使民之財匱盡而大困急。"㊁城名。1.春秋宣二年:"宋華元帥師,及鄭公子歸生帥師戰於大棘,宋師敗績。"漢名棘壁。史記梁孝王世家:"吴楚先擊梁棘壁。"索隱:"按左傳宣公二年宋華元戰于大棘。杜預云:在襄邑東南,蓋卽棘壁是也。"故址在今河南柘城縣西北。2.晉時慕容廆以此城卽帝顓頊之墟,曾移居於此,其子皝建前燕政權,以此爲都。後遷龍城。見晉書慕容廆載記。故址在遼寧義縣西北。

【大黄】㊀弓名。史記一〇九李將軍傳:"廣乃令士持滿毋發,而廣身自以大黄射其裨將。"集解:"韋昭曰:'角弩,色黄而體大也。'"㊁草藥名。多年生,草本。根莖入藥,其性能攻積導滯,瀉火解毒,故别録又有將軍的别稱。見本草綱目十七。

【大喪】帝王、皇后及其嫡長子的喪禮。周禮天官宰夫:"凡邦之弔事,掌其戒令。……大喪小喪,掌小官之戒令,帥執事而治之。"注:"大喪,王、后、世子也。小喪,夫人以下。"後來父母之喪也稱大喪。世説新語德行:"王戎和嶠同時遭大喪,俱以孝稱。"

【大雅】㊀詩經的組成部分,有大雅、小雅。雅爲周王畿内樂調。大雅多西周初年作品,舊訓雅爲正,或指與"夷俗邪音"不同的正聲,見荀子王制。詩周南關雎序説指王政的所由廢興,而王政有大小,故有大雅和小雅的區别。後世多兼採二説,以反映封建王朝的重大措施或事件的詩歌爲大雅,並以此爲正聲。唐李白李太白詩二古風之一:"大雅久不作,吾衰竟誰陳?"唐柳宗元柳先生集一獻平淮夷雅表:"今又發自天衷,克翦淮右,而大雅不作,臣誠不佞,然不勝憤踊。"㊁對才德高尚者的贊詞。漢書景十三王傳贊:"夫唯大雅,卓爾不羣,河間獻王近之矣。"文選漢班孟堅(固)西都賦:"大雅宏達,於兹爲羣。"也有大方及雅正的意思,如言"無傷大雅"。

【大雄】釋迦牟尼的尊號。指佛有大智力,能伏四魔,故稱爲大雄。法華經從地涌出品:"善哉!善哉!大雄世尊。"佛寺正殿稱大雄寶殿,卽取此義。

【大隊】㊀大批軍隊。唐司空圖司空表聖詩集四華岳廟裴晉公題名:"嶽前大隊赴淮西,從此中原息鼓鼙。"㊁軍隊編制名。宋史兵志九訓練之制:"置陣之法,以結隊爲先。(唐)李靖以五十人爲一隊。每三人自相得者,結爲一小隊,合三小隊爲一中隊,合五中隊爲一大隊。"

【大陽】縣名。漢置,屬河東郡,以在大河之陽,故名。東漢鄧禹圍安邑,更始大將軍樊參將數萬人,度大陽攻禹,卽其地。故城在今山西平陸縣。參閲漢書地理志上、後漢書十六鄧禹傳。

【大賀】㊀古地名。漢蒼梧郡臨賀縣,王莽時改爲大賀。見漢書地理志下蒼梧郡。㊁契丹部族名。自北魏以來,爲契丹的統治家族。至唐僖宗昭宗時,耶律阿保機(遼太祖)稱王,併其部,大賀氏遂亡。參閲新、舊唐書契丹傳。

【大量】㊀大型量器。古亦用以盛漆。漢書九一貨殖傳"木器桼(漆)者千枚,……桼千大斗"唐顔師古注:"大斗者,異於量米粟之斗也。今俗猶有大量。"㊁寬宏的度量。晉書車濟傳:"(濟)果毅有大量。"㊂大酒量。紅樓夢四一:"這個杯,没有這大量的,所以没人敢使他。"

【大喏】行禮時表敬意的喊聲。水滸十二:"楊志轉過廳前,唱個大喏。"詳"唱喏㊁"。

【大筆】對别人書法或文章的贊詞。唐李商隱李義山詩集二韓碑:"公退齋戒坐小閣,濡染大筆何淋漓。"宋蘇軾分類東坡詩十九次韻錢穆父:"大筆推君西漢手,一言置我二劉間。"參見"大手筆"。

【大鈞】㊀指天,大自然。鈞,古代作陶器用的轉輪。自然界形成萬物好像鈞能造各種陶器,故稱大鈞。文選漢賈誼鵩鳥賦:"大鈞播物兮,坱圠無垠。"史記八四賈生傳作"大專槃物"。索隱:"漢書云:'大鈞播物。'此專讀曰鈞。"㊁國語周下:"大鈞有鎛無鍾。"注:"大調,宫商也。"宋書樂志:"又臣等思惟,三舞宜有總名,可名大鈞之樂。鈞,平也。"

【大悲】佛教語。悲,慈悲。佛欲使衆生都得解脱,悲心廣大,故稱大悲。涅槃經十一偈言:"三世諸世尊,大悲爲根本,……若無大悲者,是則不名佛。"

【大喬】三國吴孫策妻。詳"二喬"。

【大飧】大肆吃喝。飧,同"飱",淮南子詮言:"渴而飲水,非不快也;飢而大飧,非不贍也。然而弗爲者,害於性也。"

【大象】㊀易傳的組成部分。依據一卦的基本觀念,擴大説明事物變化和人事現象叫大象。以别於説明各爻的小象。易乾:"象曰:天行健,君子以自强不息。"疏:"此大象也,十翼之中,第三翼總象一卦，故謂之大象。"㊁老子："大象無形。"又："執大象，天下往。"晉王弼注："大象，天象之母也。"本指世界一切事物的本原。後也借指封建帝王的一統天下。文選晉干令升（寶）晉紀總論："昔高祖宣皇帝，以雄才碩量，應運而仕，……於是百姓與能，大象始構矣。" ㊂北周宇文衍（静帝）年號。公元 579—580 年。

【大順】㊀禮禮運："天子以德爲車，以樂爲御；諸侯以禮相與；大夫以法相序；士以信相考；百姓以睦相守；天下之肥也，是謂大順。"指根據德、禮、法、信封建禮教法制的準則，而達到的安定境界。三國志魏武帝紀："夫以公之神武明哲，而輔以大順，何向而不濟！"㊁明末李自成農民起義軍所建政權的國號。㊂年號。1. 唐李曄（昭宗）。公元 890—891 年。2. 明末張獻忠起義後建立農民政權，國號大西，年號大順。公元 1644—1646 年。

【大傀】大災害。如星隕、地震之類。周禮春官大司樂："大傀異烖。"注："傀，猶怪也。大傀異烖，謂天地奇變，若星辰奔霣及震裂爲害者。"

【大統】㊀統一天下的事業。書武成："惟九年，大統未集，予小子其承厥志。"疏："文王……改稱元年，至九年而卒，故云大業未就也。"㊁帝位。後漢書光武紀："東海王（劉）陽，皇后之子，宜承大統。"㊂僧官名。統轄國内佛教的大比丘。佛祖統紀五二："隋文帝勅僧猛爲隋國大統。"㊃軍隊統領。宋書沈攸之傳："時王玄謨爲大統，未發。前鋒有五軍在虎檻……"㊄西魏元寶炬（文帝）年號。公元 535—551 年。

【大意】㊀主旨，大概的意思。韓非子說難："大意無所拂悟，辭言無所繫縻。"㊁遠大的志向。後漢書十九耿弇傳："弇因說護軍朱祐，求歸發兵，以定邯鄲。光武笑曰：'小兒曹乃有大意哉。'"㊂疏忽。紅樓夢五三："好生派妥當人夜裏坐着看香火，不是大意得的。"

【大運】㊀天運。後漢書明帝紀："朕承大運，繼體守文。"㊁舊時星相術士等謂運（卽氣數）十年一改，名爲大運。見宋釋曇瑩珞琭子賦注上"運行則一辰十歲"注。也常作"好運"用。紅樓夢四三："你這麼個阿物兒，也忒行了大運了。"

【大猷】大道。重要的規畫。書周官："若昔大猷，制治於未亂，保邦於未危。"

【大遍】唐宋大曲的解數叫遍。一遍，卽一解。每套大曲由十多遍組成，各立名稱，演唱大曲各遍完全無缺的，叫大遍。唐元稹長慶集二四連昌宮詞詩："逡巡大遍涼州徹，色色龜兹轟錄續。"宋沈括夢溪筆談五樂律一："所謂'大遍'者，有序、引、歌、䎘、嗺、哨、催、攧、衮、破、行、中腔、踏歌之類，凡數十解，每解有數疊者。裁截用之，則謂之'摘遍'。今人大曲，皆是裁用，悉非'大遍'也。"又見宋王灼碧雞漫志三。

【大義】㊀正道，大原則。易歸妹："象曰：'歸妹，天地之大義也。'"左傳僖二五年："狐偃言於晉侯曰：'求諸侯莫如勤王，諸侯信之，且大義也。'"㊁要旨，重要意義。古多指儒家的主要論旨。漢書三六劉歆傳移書讓太常博士："及夫子没而微言絶，七十子終而大義乖。"後漢書光武紀上："受尚書，略通大義。"㊂元末陳友諒年號。公元 1360 年。

【大道】㊀大道理。禮禮運："大道之行也，天下爲公。"也指常理正道。史記一二六優旃傳："善爲笑言，然合於大道。"㊁大路。列子說符："大道以多岐亡羊。"

【大雷】地名。晉置大雷戍，劉裕攻盧循，自雷池進軍大雷，卽此。南朝陳置大雷郡。南朝宋鮑照有登大雷岸與妹書，見鮑氏集九。參閱宋王應麟困學紀聞十。在今安徽望江縣地。

【大裘】天子大祭祀時的禮服。周禮天官司裘："司裘掌爲大裘，以共王祀天之服。"注："大裘，黑羔裘，服以祀天，示質。"又春官司服："祀昊天上帝，則服大裘而冕，祀五帝亦如之。"後稱大皮衣爲大裘。唐白居易長慶集五八新製綾襖成感而有詠："爭得大裘長萬丈，與君都蓋洛陽城。"

【大塘】㊀大堤岸。水經注四十漸江水："浙江又東逕餘杭故縣南、新縣北。……漢末陳渾移築南城，縣後溪南大塘，卽渾立以防水也。"也指大蓄水池。㊁古地名。越絶書記地傳："富中大塘者，句踐治以爲義田，爲肥饒，謂之富中。去縣二十里二十二步。"

【大落】大方，大模大樣。醒世恒言三十："做得幾時官，交多少東西與我？却來這等大落。"疊用作"大大落落"。

【大勢】㊀總的局勢，大局的趨勢。三國志魏劉放傳："乘勝席卷，將清河朔，威刑既合，大勢已見。"後也指事情的大略爲大勢。㊁位高權大。晉書平原王榦傳："齊王（司馬）冏之平趙王倫也，……榦獨懷百錢見冏出之，曰：'趙王逆亂，汝能義舉，是汝之功，今以百錢賀汝。雖然，大勢難居，不可不愼。'"

【大鼓】㊀樂器。用木或金屬做鼓框，蒙皮，面徑二尺六寸四分五釐，腹内置銅膽。框四周有銅環，平懸於鼓架。以槌打擊發聲。詩周頌有瞽"應田縣鼓"漢毛亨傳："田，大鼓也；縣鼓，周鼓也。"疏謂縣鼓爲大鼓，宋陳暘謂後世大鼓卽古鼖鼓，但古時大鼓長過於面，横懸於簨上，今鼓面過於長，平懸於架，與古制不同。參閱清文獻通考一六二樂考八樂器二。㊁大鼓書的簡稱，詳"大鼓書"。

【大塊】大自然。莊子大宗師："夫大塊載我以形，勞我以生。"又齊物論："夫大塊噫氣，其名爲風。"唐成玄英疏："大塊者，造物之名，亦自然之稱也。"唐李白李太白詩二八春夜宴從弟桃李園序："況陽春召我以煙景，大塊假我以文章。"清俞樾諸子平議一訓"大塊"爲地，卽禮中庸所謂"一撮土之多"者，積而至於廣大，則成爲地，故稱地爲大塊。

【大較】㊀大略，大概。史記一二九貨殖傳："夫山西饒材、竹、穀、纑、旄、玉石，……銅、鐵則千里往往山出棊置，此其大較也。"北齊顏之推顏氏家訓文章："凡此諸人，皆其翹秀者，不能悉記，大較如此。"㊁大法。史記律書："豈與世儒闇於大較，不權輕重，……遂執不移等哉！"索隱："大較，大法也。"淮南子泰族："故大較易爲智，曲辯難爲慧。"

【大輅】大車。書顧命："大輅在賓階面。"傳："大輅，玉。"也作"大路"。禮明堂位："大路，殷路也。"注："大路，木路也。"按周禮春官巾車稱王有五路，卽玉路、金路、象路、革路、木路。

【大聖】㊀至聖，指道德高尚完備的人。管子大匡："夫管仲，天下之大聖也。"㊁佛家稱佛或菩薩爲大聖。法華經方便品偈言："慧日大聖尊。"無量壽經上："一切大聖，神通已達。"㊂神靈。晉干寶搜神記一："我女大聖，死經二十三年，猶能與生人交往。"

【大著】東漢凡入東觀撰述國史，稱著作，都以他官兼領。三國魏明帝太和中始設著作郎。晉史書編修官員稱大著作郎。宋人但稱大著。見宋趙與時賓退録三、高承事物紀原五。後也尊稱别人的著作爲大著。

【大萬】古稱億爲大萬。卽巨萬。漢書三六劉向傳："功費大萬百餘。"注："應劭曰：'大萬，億也。'"

【大賈】大商人。史記一二九貨殖傳："關中富商大賈，大抵盡諸田，田嗇、田蘭。"又八五呂不韋傳："呂不韋者，陽翟大賈人也，往來販賤賣貴，家累千金。"集解："賈音古。"

【大椿】木名。莊子逍遙遊："上古有大椿者，以八千歲爲春，八千歲爲秋。"釋文："司馬(彪)云：'木一名櫄。櫄，木槿也。'"後稱父爲椿，卽取大椿高壽之義。也用爲祝男子長壽之詞。

【大辟】死刑。禮文王世子："獄成，有司讞于公，其死罪，則曰某之罪在大辟。"

【大殿】㊀卽殿軍，走在最後的部隊。左傳襄二三年："大殿，商子游御夏之御寇，崔如爲右。"注："大殿，後軍也。"㊁宫廷及寺廟的正殿。

【大當】㊀完全合適，極得其所。禮樂記："子夏對曰：夫古者，天地順而四時當，民有德而五穀昌，疾疢不作，而無妖祥，此之爲大當。"注："當，謂樂不失其所。"釋文："當，丁浪反。"疏："此謂之大當者，當謂不失其所，如上所謂是大得其所當也。"㊁星名。太平御覽六引樂汁圖："鈎陳，後宫也；大當，正妃也。"注："大當，鈎陳末大星也。"卽史記天官書所説的後句四星，末大星正妃。唐碧落碑："大當叶曜，中闈以睦。"見宋趙明誠金石錄二四。

【大暑】二十四節氣之一。在農曆六月中，公曆爲七月二十三或二十四日。管子度地："大暑至，萬物榮華，利以疾薅殺草薉。"參見"二十四氣"。

【大路】㊀大道。詩鄭風遵大路："遵大路兮，摻執子之袪兮。"列子説符："虞氏者，梁之富人也。家充殷盛，錢帛無量，財貨無訾，登高樓，臨大路。"㊁大車。路，通"輅"。左傳桓二年："大路越席。"參見"大輅"。

【大農】古官名。史記三代世表："文王之先爲后稷，……堯知其賢才，立以爲大農，姓之曰姬氏。"漢大司農、大農丞、治粟内史都稱大農。史記平準書："於是大農陳藏錢經耗，賦稅既竭，猶不足以奉戰士。"漢書食貨志上："大農置工巧奴與從事，爲作田器。"

【大過】易卦名。䷛ 巽上兑下。疏："過謂過越之過。此衰難之世，……乃大能過越常理，以拯患難也，故曰大過。以人事之言，猶若聖人越常理以拯患難也。"指過甚的意思。唐白居易長慶集二有木詩之八："幹細力未成，用之君自述。重任雖大過，直心終不曲。"

【大遇】重視，隆重待遇。古時多指得帝王禮遇。漢劉向説苑善説："張祿曰：'……願君爲吾爲丈尺之書寄我與秦王……。'(孟嘗君)因爲之書，寄之秦王，(張祿)往而大遇。"文選漢孔文舉(融)論盛孝章書："昭王築臺以尊郭隗，隗雖小才而逢大遇。"

【大號】㊀號召，大力倡導。藝文類聚五二北齊邢子才爲受禪登極赦詔："乃驅御侯伯，大號燕趙。"清龔自珍定盦續集三病梅館記："此文人畫士心知其意，未可明詔大號，以繩天下之梅也。"㊁堂皇的名號。史記晉世家："少子曰成師，成師大號，成之者也。名，自命也；物，自定也。"唐柳宗元柳先生集一貞符："俾東之泰山石閭，作大號，謂之封禪，皆尚書所無。"㊂大聲哭叫。唐柳宗元柳先生集十七童區寄傳："復取刃殺市者，因大號。"

【大圜】指天。管子心術下："人能正靜者，筋肕而骨强，能戴大圜者體乎大方。"文選晉束廣微(晳)補亡詩："恢恢大圜，茫茫九壤。"

【大業】㊀偉大的事業。易繫辭上："盛德大業，至矣哉。"疏："於行謂之德，於事謂之業。"㊁高深的學業。漢書五六董仲舒傳贊："下帷發憤，潛心大業，令後學者有所統壹。"㊂隋楊廣(煬帝)年號。公元605—618年。

【大稔】豐收年。稔，糧食成熟。宋書沈慶之傳："去歲，蠻田大稔，積穀重巖。"

【大傳】㊀禮記篇名。禮疏引鄭(玄)目錄："名曰大傳者，以其記祖宗人親之大義。"㊁漢初伏勝所著尚書大傳的簡稱。晉書五行志上："(漢)文帝時，虙(伏)生創紀大傳，其言五行庶徵備矣。"新唐書藝文志一："伏勝注大傳三卷。"參見"尚書大傳"。

【大舅】本稱祖母的兄弟輩爲大舅，卽舅祖。後漢書四四張禹傳："祖父況族姊爲皇祖考夫人。……光武(劉秀)爲大司馬，過邯鄲。況爲郡吏，謁見光武。光武大喜曰：'乃今得我大舅乎？'"母親兄弟之年長者也稱爲大舅。如紅樓夢中賈璉稱其繼母邢夫人之弟爲大舅。今俗也稱妻的長兄爲大舅。

【大猾】異常奸狡的人。史記九九叔孫通傳："叔孫通之降漢，從儒生弟子百餘人。然通無所言進，專言故諸羣盜壯士進之。弟子皆竊罵曰：'……今不能進臣等，專言大猾，何也？'"

【大經】㊀大法，常規。左傳昭十五年："禮，王之大經也。一動而失二禮，無大經矣。"史記太史公自序："夫春生夏長，秋收冬藏，此天道之大經也。"㊁唐宋科舉，按諸經經文長短，分爲大、中、小；唐以禮記、左傳爲大經，詩、周禮、儀禮爲中經，易、書、公羊傳、穀梁傳爲小經。宋以詩、禮、周禮、左傳爲大經。見唐六典二吏部考功侍郎、新唐書選舉志上、宋史選舉志一。㊂宋徽宗迷信道教，以黄帝内經、道德經、周易爲大經，莊子、列子、孟子爲小經。見宋吴曾能改齋漫録十三。㊃佛教各派以本派最主要的經典爲大經，如净土宗稱無量壽經爲大經，天台宗稱涅槃經爲大經等。

【大漸】病危。書顧命："嗚呼！疾大漸，惟幾。"列子力命"季梁得疾，七日大漸"注："漸，劇也。"

【大漠】指蒙古高原的大沙漠。古稱瀚海，也稱大磧。文選漢班孟堅(固)封燕然山銘："遂陵高闕，下雞鹿，經磧鹵，絶大漠。"唐王維王右丞集六使至塞上詩："大漠孤煙直，長河落日圓。"

【大漢】㊀漢代對朝廷的尊稱。後漢書二三竇融傳附竇憲引班固封燕然山銘："下以安固後嗣，恢拓境宇，振大漢之天聲。"㊁身材高大的人。宋岳珂桯史六蘇衛人妖："(淳熙)時姑蘇有民家姓唐，一兄一妹，其長皆丈有二尺，里人謂之唐大漢。"元楊瑀山居清話："國朝鎮殿將軍，凡請給口糧，名之曰大漢，但年過五十者，方許出宫。"

【大寧】㊀路名，元置。本遼中京大定府，金之北京路。明建大寧衛。永樂初廢。見讀史方輿紀要十八直隸大寧衛。其轄境略相當於今河北平泉縣、遼寧朝陽縣及内蒙赤峰市間地區。㊁縣名。1.屬山西省。漢北屈縣地，後魏置伍城縣。後周改大寧。隋開皇二十年移治今地。參閲太平寰宇記四八隰州大寧縣。2.本晉建平郡泰昌縣地。元爲大寧州。明改縣，屬夔州府。清因之。卽今四川巫溪縣地。參閲嘉慶一統志三九七夔州府。

【大賓】㊀周代對諸侯一級來賓的稱呼。周禮秋官大行人"大行人，掌大賓之禮，及大客之義，以親諸侯"注："大賓，要服以内諸侯。"後泛指貴賓。論語顔淵："出門如見大賓。"㊁古鄉飲酒禮，有大賓、介賓、一賓、二賓、三賓、衆賓，與大僎、二僎、三僎之名。清制擇鄉里年高有德之人爲大賓。見清通典五七禮嘉七鄉飲酒。㊂縣名。隋分桂平縣置，以縣西北賓水爲名。宋省。地在今廣西桂平縣。參閲嘉慶一統志四七〇潯州府。

【大寢】天子居住辦事的地方。卽正寢、路寢。周禮夏官大僕："建路鼓於大寢之門外，而掌其政。"參閲王國維觀堂集林三朋堂廟寢通考。

【大韶】相傳爲舜時之樂。也作大磬。莊子天下:"黄帝有咸池,堯有大章,舜有大韶,禹有大夏,湯有大濩。"樂辭久亡,唐元結曾用此名,作補樂歌。見元次山集一。

【大語】㊀高聲說話。漢書七八下揚雄傳解難:"大語叫叫,大道低回。"㊁誇張的言辭。漢徐幹中論譴交:"然掷目指掌,高談大語,若此之類,言之猶可羞,而行之者不知恥。"

【大誥】㊀尚書篇名。書大誥:"武王崩,三監及淮夷叛。周公相成王,將黜殷,作大誥。"傳:"陳大道以誥天下,遂以名篇。"㊁明朱元璋(太祖)洪武十八年發布的刑法條例彙編。共三編。亦稱大明律誥。規定與皇明祖訓同在學官講授,地方由塾師教讀。犯罪人能讀大誥或家誥的,可以罪減一等。參閱明史刑法志一、王國維觀堂別集書影明內府刊本大誥後。

【大酺】古代封建帝王爲表示歡慶特許民間舉行的大會飲。史記秦始皇紀:"二十五年五月,天下大酺。"正義:"天下歡樂大飲酒也。秦既平韓趙魏燕楚五國,故天下大酺也。"按漢律,三人以上無故聚飲,罰金四兩,惟大酺得聚會飲食。

【大蒙】又作太蒙。傳說中日落處,指極西方。爾雅釋地:"西至日所入爲大蒙。"注:"即蒙汜也。"

【大夢】㊀喻昧於道者,如常在惛夢之中。莊子齊物論:"方其夢也,不知其夢也,夢之中又占其夢焉,覺而後知其夢也。且有大覺,而後知此其大夢也。"後常用以表示人生虛幻無常。唐李白李太白詩二三春日醉起言志:"處世若大夢,胡爲勞其生。"參見"大覺"。㊁古澤名。即雲夢澤。淮南子地形:"南方曰大夢,曰浩澤。"注:"夢,雲夢也。"

【大蒐】古代軍隊五年進行一次大檢閱,稱大蒐。春秋定十四年:"大蒐于比蒲。"公羊桓六年"大閱者何?簡車徒也。何以書?蓋以罕書也。"注:"故比年簡徒謂之蒐,三年簡車謂之大閱,五年大簡車徒,謂之大蒐。"

【大盡】農曆大月。唐韓鄂歲華紀麗一晦日"大酺小盡"注:"月有小盡、大盡。三十日爲大盡,二十九日爲小盡。"

【大蜡】即臘祭。古時年終合祭與農業生產有關諸神,祈禱來年豐收。禮郊特牲:"天子大蜡八。"注:"蜡祭有八神:先嗇一,司嗇二,農三,郵表畷四,貓虎五,坊六,水庸七,昆蟲八。"又作"大䄍"。廣雅釋天:"周曰大䄍,秦曰臘。"清王念孫廣雅疏證認爲祭百神叫蜡。

【大鳳】宋時翰林學士的別稱。明王志堅表異録十二職官:"宋世以紫微舍人爲小鳳,翰林學士爲大鳳,丞相爲老鳳。"

【大僚】大官。書多方:"迪簡在王庭,尚爾事,有服在大僚。"

【大魁】㊀笙、竽等管樂器的主管。文選晉潘安仁(岳)笙賦:"管欑羅而表列,音要妙而含清,各守一以司應,統大魁以爲笙。"唐李善注謂大魁爲匏首插定所。李周翰注謂大魁爲匏中。㊁首領,頭目。唐韓愈昌黎集二三祭馬僕射文:"殲彼大魁,厥勛孰似。"㊂科舉考試殿試一甲第一名稱大魁,即狀元。宋陸游老學庵筆記九:"四方舉人集京都,當入見,而宋公(宋郊)姓名偶爲衆人之首,……然其後卒爲大魁。"

【大綱】重要綱領,要點。漢書一〇〇下敘傳:"略存大綱,以統舊文。"文選三國魏陳孔璋(琳)爲曹洪與魏文帝書:"辭多不可一一,粗舉大綱,以當談笑。"

【大窮】㊀極遠的地方。淮南子地形:"八殥之外,而有八紘,……東南方曰大窮,曰衆女。"㊁非常困難。史記七五孟嘗君傳:"若齊不破,呂禮復用,子必大窮。"

【大審】明成化十七年定制,每五年命司禮太監一人,會同三法司堂上官在大理寺審録積案,叫做大審。地方由各布政司遣部寺官會同巡按御史,進行審理。參閱明紀二十憲宗紀十。

【大誰】漢官名,掌門禁者,屬公車司馬令。漢書五行志下之上"(王)褒故公車大誰卒"注:"大誰者,主問非常之人,云姓名是誰也。……大誰,本以誰何稱,因用名官,有大誰長。今此卒者,長所領士卒也。"參見"誰何"。

【大慶】㊀大可慶幸之事。淳化閣帖十七帖晉王羲之書:"足下今年政(正)七十耶?知體氣常佳,此大慶也。"北魏楊衒之洛陽伽藍記二平等寺:"朕以寡德,運屬樂推,思與億兆,同茲大慶。"㊁年號。南宋時西夏李曩霄(景宗)。公元1036—1037年;又李仁孝(仁宗)。公元1140—1143年。

【大駔】即駔儈。商業的中間剝削者。如後世的牙行、掮客。呂氏春秋尊師:"段干木晉國之大駔也,學於子夏。"

【大₃族】十二律之一。也作泰族。禮月令孟春之月:"律中大族。"史記律書作"太族"。

【大趣】主要方面,主流。三國志吳陸凱傳上疏:"而萬彧瑣才凡庸之質,……而陛下愛其細介,不訪大趣,榮以尊輔,越尚舊臣。"北齊書文襄帝紀與侯景書:"當是見疑褊心,未識大趣。"

【大蔡】大龜。左傳襄二三年:"臧武仲自郑使告臧賈,且致大蔡焉。"淮南子說山:"大蔡神龜,出於溝壑。"注:"大蔡,元龜所出之地名,因名其龜爲大蔡,臧文仲所居蔡是。"

【大蓬】唐人常以他名標榜官稱,稱祕書監爲大蓬,少監爲少蓬。見宋洪邁容齋隨筆四筆十五官稱別名。

【大賚】大賞賜。書武成:"大賚于四海而萬姓悅服。"傳:"施舍已債,救乏賙無,所謂周有大賚,天下皆悅仁服德。"

【大撓】黄帝史官,相傳他始作甲子,以干支相配以紀日。世本:"容成作歷,大撓作甲子。"漢宋衷注:"皆黄帝史官。"

【大厲】㊀大動亂。詩大雅瞻卬:"孔填不寧,降此大厲。"㊁惡鬼。左傳成十年:"晉侯夢大厲,被髮及地,搏膺而踊曰:'殺余孫不義,余得請命於帝矣。'"注:"厲,鬼也。"

【大戮】㊀處死。陳尸爲戮。左傳宣十二年:"古者,明王伐不敬,取其鯨鯢而封之,以爲大戮。"史記一〇一鼂錯傳:"夫鼂錯患諸侯彊大不可制,故請削地以尊京師,萬世之利也。計畫始行,卒受大戮。"㊁大恥辱。荀子王霸:"……而用身死國亡,爲天下大戮。"注:"爲天下大戮辱也。"

【大閱】對軍隊的大檢閱。左傳桓六年:"秋,大閱,簡車馬也。"穀梁傳作"閱兵車也。"文選晉左太沖(思)魏都賦"大閱以義舉"注:"大閱,講武也。"清制,督撫三年校閱一次營伍,也稱大閱。

【大駕】帝王出行車駕,按規模有大駕、法駕、小駕之別。大駕,公卿奉引,太僕御,大將軍參乘,屬車八十一乘。見後漢書輿服志上、三輔黃圖六雜録。也用爲帝王的代稱。晉書嵇紹傳:"大駕親征,以正伐逆,理必有征無戰。"

【大數】㊀氣數,自然的分限。禮月令仲秋之月:"凡舉大事,毋逆大數,必順其時,慎因其類。"宋戴復古石屏詩集二送湘漕趙蹈中寺丞移憲江東:"盛衰關大數,豪傑負初心。"㊁大局,大計。史記九二淮陰侯傳:"審豪氂之小計,遺天下之大數。"㊂約計的整數。宋司馬光涑水紀聞六:"陳恕爲三司使,上命其以中外錢糧大數以聞。”

【大篆】漢字的一體，與小篆對稱。相傳周宣王時史籀所作，也叫籀文或籀書。漢書藝文志“史籀十五篇”注：“周宣王太史作大篆十五篇。”又“八體六技”注：“韋昭曰：‘八體：一曰大篆；二曰小篆；……八曰隸書。’”自王莽定六體書，篆書只指小篆，大篆卽包括於古文奇字之內。後也統稱古文字爲大篆。近人説秦統一文字前筆畫繁複的六國文字爲大篆或籀文，經李斯簡化的字體爲小篆。參閲王國維觀堂集林五史籀篇證序、七説文所謂古文説。參見“史籀”。

【大節】關係存亡安危的大事，重要關鍵。左傳成二年：“唯器與名，不可以假人。君之所司也。……政之大節也。”論語泰伯：“臨大節而不可奪也。”後多指人臨難不苟的節操。文苑英華二五三唐賈至自蜀中奉册命往朔方……詩：“酈公秉大節，臨難不顧身。”

【大儀】㊀太極。卽形成天地萬物的原始物質。文選晉張茂先(華)勵志詩“大儀斡運，天迴地游”注：“大儀，太極也；以生天地謂之大，形成之始謂之儀。”㊁模範，大法。管子任法：“聖君所以爲天下大儀也，君臣上下貴賤皆發焉。”鬼谷子内揵：“環轉因化，莫之所爲，退爲大儀。”㊂唐人以他名標榜官稱，稱吏部尚書爲大天，稱禮部爲大儀。見宋洪邁容齋隨筆四筆十五官稱别名。㊃鎮名。地在今江蘇江都縣西。宋紹興四年韓世忠大敗金兵於此。見讀史方輿紀要二三大儀鎮。

【大質】身體，體質。漢書六二司馬遷傳報任安書：“若僕大質已虧缺，雖材懷隨和，行若由夷，終不可以爲榮。”指遭受宫刑，身體殘傷。

【大德】㊀易繫辭下：“天地之大德曰生。”也指人的最高品德。管子立政：“君之所慎者四，一曰大德不至仁，不可以授國柄。”㊁大節。論語子張：“大德不踰閑，小德出入可也。”㊂佛教對僧人的尊稱。梵語爲“婆檀陀”。翻譯名義集一釋氏衆名婆檀陀引毗奈耶律：“佛言：從今日後，小下苾蒭，於長宿處，應喚大德。”唐元和以後僧官和道士，多加大德的稱號。參閲唐趙璘因話録、僧史略下方等戒壇。㊃年號。1. 南宋時西夏李乾順(崇宗)。公元 1135—1139 年。2. 元鐵穆耳(成宗)。公元 1297—1307 年。

【大練】粗帛。後漢書馬皇后紀：“常衣大練，裙不加緣。”

【大₃樂】官名。卽太樂。秦漢奉常屬官，有大樂令。東漢永平三年改大樂爲大予樂令，掌使樂人，凡國祭饗，掌諸奏樂。歷代因之。宋有大樂令，元有大樂署，明置神樂觀，亦屬太常。見通典二五職官七太常卿大樂署、續通典二九大樂署。

【大諾】舊時公文的核批畫行。諾，表示同意。南史陳伯之傳：“伯之不識書，及還江州，得文牒辭訟，唯作大諾而已。”

【大憝】大惡人。書康誥：“元惡大憝，矧惟不孝不友。”後也泛指罪魁禍首。文選晉潘安仁(岳)西征賦：“愠韓馬之大憝，阻關谷以稱亂。”韓，韓遂；馬，馬超。

【大磬】古樂舞名。卽大韶。周禮春官大司樂：“舞大磬以祀四望。”注：“大磬，舜樂也。”參見“大韶”。

【大横】卦兆名。史記孝文紀：“卜之龜，卦兆得大横。占曰：大横庚庚，余爲天王，夏啟以光。”唐李商隱李義山詩集四送千牛李將軍赴闕：“如無一戰霸，安有大横庚？”

【大曆】唐李豫(代宗)年號。公元 766—779 年。

【大隧】地道。左傳隱元年：“公入而賦大隧之中，其樂也融融。姜出而賦大隧之外，其樂也洩洩。”

【大器】㊀寶器。左傳文十二年：“君不忘先君之好，照臨魯國，鎮撫其社稷，重之以大器，寡君敢辭玉。”注：“大器，圭璋也。”㊁猶大才。管子小匡：“施伯謂魯侯曰：‘……管仲者，天下之賢人也，大器也。’”

【大圜】天。管子内業：“人能正静，皮膚裕寬，耳目聰明，筋信而骨强，乃能戴大圜而履大方。”

【大餘】史記曆書：“十二，大餘五十四，小餘三百四十八；大餘五，小餘八。”舊曆法每年依朔法、至法計算的兩種日數，各用六甲子除之，凡不滿六十日的餘數中，整日的稱大餘，不够一日的奇零數稱小餘。如依朔法計算，無閏之年，爲三百五十四日又九百四十分之三百四十八，除去五甲三百日，餘五十四日爲大餘，三百四十八分爲小餘；如依至法計算，則每年日數，均爲三百六十五日又三十二分日之八，除去六甲三百六十日，餘五爲大餘，八分爲小餘。大餘小餘，逐年累加，滿法卽除去，而朔法閏後一年所加，又爲二十三日八百四十七分，故其數逐年不同。

【大錯】無法挽回的錯誤。唐魏博節度使羅紹威以本府牙軍驕横不可控制，因引入朱全忠兵，盡殺牙軍，而魏兵自是衰弱。他後來和親信説：“聚六州四十三縣鐵，打一箇錯，不成也！”見宋孫光憲北夢瑣言十四神告羅宏信。宋蘇軾分類東坡詩十五贈錢道人：“不知幾州鐵，鑄此一大錯。”卽用羅事。錯，本指錯刀；借以比喻錯誤。參見“六州鐵”。

【大錢】錢幣名。多指面值大的貨幣。國語周下：“景王二十一年，將鑄大錢。”注引鄭司農(衆)：“錢始蓋一品也，周景王鑄大錢，而有二品，後數變易，不識本制。”漢書九九上王莽傳：“(居攝二年)五月，更造貨：錯刀，一直五千；契刀，一直五百；大錢，一直五十，與五銖錢並行。”又見食貨志下。三國吴孫權嘉禾、赤烏年間，清咸豐年間，均曾鑄各色大錢。見晉書食貨志、清會典事例二一四錢法。

【大録】彙集，總録。漢書七一于定國傳：“君相朕躬，不敢怠息，萬方之事，大録於君。”參見“大麓”。

【大興】㊀縣名。1. 周初薊國地，春秋燕國都。秦置薊縣。遼初稱薊北縣。金貞元二年改名大興。今屬北京市。2. 隋開皇三年改北周萬年縣爲大興，唐仍名萬年，卽今陝西長安縣。㊁隋宫名。唐改爲太極宫。參見“太極宫”。㊂年號。1. 晉司馬睿(元帝)。公元 318—321 年。2. 渤海大欽茂。公元 738—794 年。

【大學】禮記篇名。自漢以來有以春秋諸經爲大經，孟子論語大學中庸爲小經的，是大學已單本别行。宋程顥程頤改竄舊文，但尚未分經别傳，指爲何人所作。至朱熹始爲作章句，改動章節，説經一章是曾参所述孔子語，以下傳十章，是曾参門人傳述曾参語。又説傳文有缺，因補致知格物一章。與論語孟子中庸合稱四子書。朱熹教人讀書，須自四子始。自宋末以來，封建王朝爲了統治思想，規定以四子書取士，成爲舊時士人獵取功名的必讀書。

【大₃學】古代貴族子弟讀書的處所。卽太學。禮王制：“小學在公宫南之左，大學在郊。”大戴禮保傅：“古者年八歲而出就外舍，學小藝焉，履小節焉；束髮而就大學，學大藝焉，履大節焉。”周辟雍，漢以後的太學及晉以後的國子學，都是大學。參見“太學”。

【大鴻】傳説中黄帝臣鬼臾區的稱號。史記五帝紀：“舉風后、力牧、常先、大鴻以治民。”又封禪書：“鬼臾區，號大鴻。”漢書藝文志兵家有鬼容區三篇，注謂卽鬼臾區。

【大濩】樂名。周禮春官大司樂"大濩"注:"大濩,湯樂也。"呂氏春秋古樂、白虎通禮樂皆作"大護"。廣雅釋天作"大頀"。樂辭久亡,唐元結曾用此名作補樂歌。見樂府詩集九六新樂府辭。

【大戴】即漢戴德。詳"大戴禮"。

【大隱】文選晉王康琚反招隱詩:"小隱隱陵藪,大隱隱朝市。"指身居朝市而過隱居生活的人。

【大壑】㊀大坑谷或大溝。唐柳宗元柳先生集十二先侍御史府君神道表:"嘗經山澗,水卒至,流抵大壑,得以無苦,被濡塗以行無慍容。"㊁大海。莊子天地:"夫大壑之爲物也,注焉而不滿,酌焉而不竭。"注:"大壑,東海也。"

【大還】㊀古天文名詞。淮南子天文:"(日)至於女紀,是謂大還。"參見"小還㊀"。㊁道家鍊丹名。唐李白李太白詩十草創大還贈柳官迪:"赫然成大還,與道本無隔。"注引參同契:"色轉更爲紫,赫然成還丹。"參見"還丹"。㊂死的婉稱。同"大歸"。宋樓鑰攻媿集十四宜人楊氏挽詞:"一昨聞微恙,寧知竟大還。"

【大斂】尸體穿上衣服曰小斂,尸體入棺曰大斂。又作大殮。禮喪大記:"小斂於户内,大斂於阼。"

【大禮】隆重的禮儀。禮樂記:"大樂與天地同和,大禮與天地同節。"左傳文三年:"君貺之以大禮,何樂如之!"後來多指男女的婚禮。

【大蟲】㊀蚘蟲。史記一〇五倉公傳:"衆醫不知,以爲大蟲。"索隱:"即蚘蟲也。"蚘,蠑螈。或指蝮蛇。㊁虎。晉干寶搜神記二扶南王:"扶南王范尋養虎於山,有犯罪者,投與虎,不噬,乃宥之;故虎名大蟲,亦名大靈。"唐李肇國史補上:"大蟲,老鼠,俱爲十二相屬。"

【大歸】㊀已嫁婦女歸母家後不再回夫家。左傳文十八年:"夫人姜氏歸於齊,大歸也。"後稱婦女被丈夫休棄回母家爲大歸。㊁最後歸宿。晉陸機陸士衡集九弔魏武帝文序:"夫始終者,萬物之大歸;死生者,性命之區域。"後因稱死爲大歸。文苑英華九八一唐顧況祭李員外文:"先生大歸,赴哭無由。"

【大韻】㊀特殊的韻致。世説新語任誕:"襄陽羅友有大韻,少時多謂之癡。"㊁舊時聲韻的"八病"之一。指一聯中用了與韻脚同韻部的字。如五言詩以聲、鳴爲韻脚,上面九個字即不得用驚、傾、平、榮等字。參閱宋李淑詩苑類格、梅堯臣續金針詩格。參見"八病"。

【大癡】㊀大愚。魏書劉尼傳:"(劉)尼勸(宗)愛立高宗,愛自以負罪於景穆,聞而驚曰:'君大癡人,皇孫若立,豈忘正平時事乎?'"㊁元畫家黄公望,别號大癡道人。詳"黄公望"。

【大$_3$羹】古祭祀時所用的肉汁。左傳桓二年:"大羹不致。"注:"大羹,肉汁,大致五味。"儀禮士虞禮作"泰羹"。

【大難】㊀古人驅除疫病的禳祭。難,通"儺"。禮月令季冬之月:"命有司,大難旁磔,出土牛以送寒氣。"後漢書禮儀志中:"先臘一日,大儺,謂之逐疫。"㊁大災難。莊子秋水:"臨大難而不懼者,聖人之勇也。"㊂艱難。樂府詩集三六樂府古辭善哉行:"來日大難,口燥脣乾。"

【大藪】大沼澤。國語周下:"夫周,高山、廣川、大藪也,故能生是良材。"

【大藥】道家的金丹。唐杜甫杜工部草堂詩箋一贈李白:"苦乏大藥資,山林迹如掃。"

【大顛】公元731—824年。本姓陳,或説姓楊。原名寶通。唐潮陽人,爲佛教禪宗南派慧能三傳弟子。初於潮州師事惠照,後往衡山師事石頭希遷,貞元五年歸潮陽,創建禪院,名曰靈山,自號大顛和尚。傳弟子漳州義中禪師。元和十四年,韓愈以諫皇帝迎佛骨貶爲潮州刺史,因識大顛,常與往來。長慶四年卒,年九十三歲。所著有般若波羅密多心經釋義、金剛經釋義。參閱景德傳燈録十四、佛祖歷代通載十五、廣東通志三二八。

【大麓】書舜典:"納于大麓。烈風雷雨不迷。"舊有四説:1.謂林屬於山曰麓,堯使舜入林麓之中,遭大風雨而不迷。見淮南子泰族注。史記五帝紀也説:"舜入于大麓,烈風雷雨不迷。"2.指領録天子事,如漢之尚書官。見後漢書百官志一"太尉公一人"注引新論。3.指三公之位。見漢王充論衡正説。4.指大麓爲天子禪位的地方。見漢應劭風俗通山澤。大抵古文家以大麓爲實事,今文家以其字爲林麓之麓,其義爲領録之録。

【大關】㊀舊時刑具中的夾棍。唐段成式酉陽雜俎續集七:"有百姓趙安……因行野外,見衣一襆遺墓側,安以無主,遂持還至家,言於妻子。鄰人即告官,趙盜物,捕送縣,賊曹怒其不承認,以大關挾脛。"㊁重要的關隘。水滸十一:"再轉將過來,見座大關,關前擺着槍、刀、劍、戟、弓、弩、戈、矛,四邊都是擂木炮石。"

【大寶】㊀最寶貴的事物。易繫辭下:"聖人之大寶曰位。"後通指帝位。宋史三六五岳飛傳:"康王即位,飛上書數千言,大略謂陛下已登大寶,社稷有主。"㊁佛家稱佛法爲大寶。法華經信解品:"法王大寶,自然而至。"㊂年號。1.梁蕭綱(簡文帝)。公元550—551年。2.南漢劉鋹。公元958—970年。3.南宋時南詔後理段正興(正康帝)。

【大蘇】宋蘇軾與弟轍都有文名,當時稱軾爲大蘇。宋蘇轍欒城集十六神水館寄子瞻兄四絶詩之三:"誰將家集過幽都,逢見胡人問大蘇。"參見"三蘇"。

【大覺】㊀大夢醒覺。莊子齊物論:"且有大覺,而後知此其大夢也。"參見"大夢"。㊁佛教語,謂佛之覺悟。楞嚴經六:"空生大覺中,如海一漚發。"

【大囂】㊀太白星的别名。史記天官書:"(太白)其始出東方,……其庳,近日,曰明星,柔;高,遠日,曰大囂,剛。"廣雅釋天:"太白謂之長庚,或謂之大囂。"㊁高聲叫喊。隋書宇文忻傳:"時鄴城士女觀戰者數萬人,……於是擊所觀者,大囂而走,轉相騰藉,聲如雷霆。"

【大權】國家的統治權。漢賈誼新書大都:"親者或無分地以安天下,疏者或專大權以偪天子。"新唐書一五七陸贄傳:"京邑者,王畿之本也。其勢當京邑如身,王畿如臂,而四方如指,此天子大權也。"後泛指重大的權力。

【大饗】㊀古代一種祭祀。即大祫。周禮春官大司樂:"大饗不入牲,其他皆如祀。"參見"大祫"。㊁大張筵宴。文選漢張平子(衡)東京賦:"命膳夫以大饗,饔餼浹乎家陪。"

【大護】商湯樂名。詳"大濩"。

【大體】㊀本質,要點。莊子天下:"不幸不見天地之純,古人之大體。"三國志魏陳矯傳:"所在操綱領,舉大體,能使羣下自盡。"㊁大禮,原則。多與"小節"對舉。淮南子氾論:"由此觀之,見者可以論未發也,而觀小節可以知大體矣。"史記一〇七魏其武安侯傳:"今人毁君,君亦毁人,譬如賈豎女子爭言,何其無大體也。"㊂大致,大概。史記一二九貨殖傳:"山東食海鹽,山西食鹽鹵,領南、沙北固往往出鹽,大體如此矣。"

【大觀】㊀洞達透徹的觀察。易觀:"大觀在上。"漢書四八賈誼傳服鳥賦:"達人大觀,物亡不可。"㊁景物的盛大壯觀。宋范仲淹范文正公集七岳陽樓記:"予觀夫巴陵勝狀,在洞庭一湖。銜遠山,吞長江,浩浩蕩蕩,横無際涯,朝暉夕陰,氣象萬千,此則岳陽樓之大觀也。"㊂宋趙佶

(徽宗)年號。公元 1107—1110 年。

【大臠】㊀大塊切肉。見禮少儀"牛與羊魚之腥,聶而切之爲膾"疏。㊁比喻權利、權位。晉書梁王肜傳:"我從兄爲尚書令,不能啖大臠。大臠故難。"

【大一統】重視統一的事業。公羊傳隱元年:"何言乎王正月,大一統也。"疏:"王者受命,制正月以統天下,令萬物無不一一皆奉之以爲始,故言大一統也。"漢書七二王吉傳:"春秋所以大一統者,六合同風,九州共貫也。"參見"一統㊀"。

【大刀頭】漢使李陵故人任立政等到匈奴,想暗地勸陵還漢。有一次,任立政見到李陵,眼睛注視陵,一面説話,一面用手屢次摸自己的刀環。環、還音近,暗示要陵歸漢。見漢書李陵傳。後來就用大刀頭作爲還的隱語。玉臺新詠十古絶句四首之一:"藁砧今何在?山上復有山。何當大刀頭,破鏡飛上天。"唐高適高常侍集六送劉評事充朔方判官賦得征馬嘶詩:"贈君從此去,何日大刀頭?"

【大八件】北京所製糕點、餅餌,花樣不同,共有八種,稱大八件。見清李虹若朝市叢載五食品。

【大九州】古謂中國爲赤縣神州,在此以外又有如神州者九州,以别於神州内之九州,亦稱大九州。見史記七四孟子荀卿列傳附騶衍。淮南子地形:"何謂九州?東南神州曰農土,正南次州曰沃土,西南戎州曰滔土,正西弇州曰并土,正中冀州曰中土,西北台州曰肥土,正北濟州曰成土,東北薄州曰隱土,正東陽州曰申土。"即指大九州而言。

【大丈夫】丈夫,男子通稱。大丈夫,指有志氣有作爲的人。孟子滕文公下:"富貴不能淫,貧賤不能移,威武不能屈,此之謂大丈夫。"史記九二淮陰侯傳:"大丈夫定諸侯,即爲真王耳,何以假爲?"

【大上造】秦漢爵名,第十六級。見漢書百官公卿表上。注:"言皆主上造之士也。"亦作"大良造"。參見該條。

【大小山】指漢代的淮南小山、淮南大山。唐羅隱甲乙集六暇日投錢尚父詩:"望高漢相東西閣,名重淮南大小山。"參見"大山小山"。

【大小宋】宋宋郊(後改名庠)與弟祁同舉進士,並有盛名,人稱二宋,以大小别之。見宋史二八四宋祁傳。後因稱兄弟齊名爲大小宋。又元宋知柔與族弟子貞,俱有名於時,人亦以大小宋稱之。見元史一五九宋子貞傳。

【大小乘】佛教流派名,即大乘、小乘。唐柳宗元柳先生集七南嶽大明寺律和尚碑:"一歸真源,無大小乘。"參見"二乘㊁"、"大乘"、"小乘"。

【大小戴】漢戴德爲信都太傅;其兄子戴聖,以博士論石渠,官至九江太守。二人皆受禮於后蒼,學者稱大小戴。參閲漢書八八孟卿傳。參見"大戴禮"。

【大王父】㊀曾祖。唐張九齡曲江集十九大唐……贈太師正平忠憲公裴公碑銘:"大王父定,周大將軍,……大父仁,隋光禄大夫,……父行儉,禮部尚書兼定襄道行軍大總管。"㊁祖父。唐韓愈昌黎集二四監察御史元君妻京兆韋氏夫人墓志銘:"其大王父迢,以都官郎爲嶺南軍司馬。"清梁章鉅稱謂録一:"韓文乃以稱祖也。"

【大₂王風】文選戰國楚宋玉風賦:"楚襄王游於蘭臺之宫,……有風颯然而至,王迺披襟而當之曰:'快哉此風,寡人所與庶人共者邪?'宋玉對曰:'此獨大王之風耳,庶人安得而共之?'"本是諷喻,後轉爲奉承帝王的套語。初學記十南朝宋劉孝義行過康王故第苑詩:"芳流小山桂,塵起大王風。"

【大元帥】全軍的統帥。遼以太子、親王總軍,有天下兵馬大元帥、副元帥;又以大臣總軍馬之政,有大元帥、副元帥。見續通志一三二職官三。

【大不敬】不敬皇帝的罪名。史記九六申屠嘉傳:"(鄧)通小臣,戲殿上,大不敬,當斬。"也稱"不敬"。又一〇七魏其武安侯傳:"劾灌夫駡坐不敬,繫居室。"北齊隋刑律定不敬爲重罪十條之一。唐以大不敬爲十惡之一。歷代封建王朝因之。參閲唐律疏議一名例。

【大公平】官名。三國吴置,掌管州郡選舉事。即魏晉的中正。三國志吴潘濬傳"濬女配建昌侯孫慮"注引襄陽記:"襄陽習温爲荆州大公平。大公平,今之州都。"參見"中正"。

【大手筆】猶言大著作,指朝廷的詔令文書。晉書王珣傳:"珣夢人以大筆如椽與之。既覺,語人云:'此當有大手筆事。'俄而帝崩,哀册謚議,皆珣所草。"陳書徐陵傳:"世祖高宗之世,國家有大手筆,皆陵草之。"後也稱著名作家爲大手筆。如唐中宗以後,蘇頲張説皆以文章著,時號燕許大手筆。燕公、許公,爲頲、説封號。見新唐書一二五蘇頲傳。

【大月氏】漢西域城國名。詳"月氏"。

【大北勝】五代時南漢稱茉莉爲小南强,以誇嶺海之强。後其國主劉鋹降宋,見洛陽牡丹,人謂之曰:此名大北勝。見宋陶穀清異録二花。

【大石調】商調樂律名。本作大食調。唐天寶十三載,大樂署改諸樂名,太簇商,時號大食調。宋樂與古樂差二律,故俗呼黄鍾商爲大石調,大吕商爲高大石調,太簇商爲中管高大石調。燕樂二十八調,用聲各别。大石調用高五、高凡、高工、尺、上、高一、高四、勾、合九聲;高大石調用下五、下凡、工、尺、上、下一、下四、六、合九聲。見唐會要三三諸樂、宋沈括夢溪補筆談六。

【大司成】唐國子監祭酒掌儒學訓導之政,相當於漢代的博士僕射、東漢的博士祭酒。高宗龍朔二年改國子監爲司成館,祭酒爲大司成,咸亨元年復舊。參閲新唐書百官志三。

【大司空】官名。詳"司空㊀"。

【大司馬】官名。周禮夏官有大司馬,掌邦政。漢承秦制,置丞相、御史大夫、太尉。武帝元狩四年,廢太尉,設大司馬,以冠將軍之號,無印綬、官屬。宣帝時霍光曾爲大司馬大將軍輔政;成帝時以王根爲大司馬,置印綬,官屬,與丞相、御史大夫並爲三公。東漢改名太尉。南北朝以大司馬、大將軍爲二大。隋以後廢。明清用作兵部尚書的别稱。參閲通典二十職官二大司馬、二三職官五兵部尚書。

【大司徒】官名。詳"司徒㊀"。

【大司寇】官名。詳"司寇㊀"。

【大司農】官名。九卿之一。秦有治粟内史,掌穀貨。漢景帝後元年,更名大農令。武帝太初元年,更名大司農,其屬有太倉令、平凖令、導官令等。掌管租税錢穀鹽鐵等事。見漢書百官公卿表上、後漢書百官志三。後也作户部尚書的别稱。參見"司農"。

【大司樂】又名大樂正。主管音樂教育之官。見周禮春官大司樂。參見"樂正"。

【大耳兒】漢末,曹操擊吕布下邳,獲布。縛之至操前,操命緩其縛。時劉備在座,謂不可。布目備曰:"大耳兒最叵信!"相傳劉備耳大,能自顧見之,故云。見後漢書七五吕布傳。或呼爲"大耳翁"。見華陽國志劉先主傳。明曹學佺蜀中廣記一成都府一引宋晁迥詩:"當時大耳兒,甚似隆凖公。"大耳兒指劉備,隆凖公指高祖劉邦。

【大匠卿】即將作大匠,管理皇族宫廟工程建築的官。南齊以將作大匠、大鴻臚爲三卿,故亦稱大匠卿。參閲南齊書百官志、虞悰傳。

【大有年】 大豐收之年。穀梁傳宣十六年:"五穀大熟,爲大有年。"

【大有爲】 大有作爲。孟子公孫丑下:"故將大有爲之君,必有所不召之臣。"

【大羽箭】 裝有羽毛的長箭。唐杜甫杜工部草堂詩箋二十丹青引:"良相頭上進賢冠,猛將腰間大羽箭。"

【大同曆】 曆法名。南朝梁大同十年虞𠢐依據趙𢿱、虞喜、何承天、祖沖之各家的曆法,略加增删,作大同曆。因遭侯景之亂,未及施行。見隋書律曆志中。

【大行人】 官名。周禮秋官有大行人。主管天子諸侯間的重大交際禮儀。參見"行人"。

【大良造】 秦爵名。史記六八商君傳:"於是以鞅爲大良造。"索隱:"卽大上造也,秦之第十六爵名也。"漢書百官公卿表作"大上造"。

【大别山】 山名。書禹貢:"內方,至于大别。"漢書地理志上注謂在廬江安豐(卽今安徽霍丘縣西南)。左傳定四年:"自小别至于大别。"注:"禹貢漢水至大别南入江,然則此二别在江夏界。"史記夏紀索隱謂在六安國安豐縣(卽今湖北漢陽縣東北)。參閱嘉慶一統志一二八潁州府一、三三八漢陽府一。

【大壯舞】 南朝梁武舞名。梁武帝以武舞爲大壯舞,取易壯"大者壯也,……正大而天地之情可見也"爲名。沈約有大壯舞歌。見隋書音樂志上、樂府詩集五二。

【大成殿】 孔子廟殿名。宋元祐六年詔辟雍文宣王殿,以大成爲名。宋代尊孔子爲"大成至聖",因以"大成"作爲孔廟殿名。見宋史禮志八吉禮。

【大佛頭】 山名。在浙江象山縣南,高出海中,諸山數百丈,四周百餘里。自昔海上交通,東來船舶多以此山爲方向誌標。見嘉慶一統志二九一寧波府山川大佛頭山。

【大法螺】 佛家語,謂佛的大法能警醒衆人,故以螺貝爲喻。法華經序品:"吹大法螺,擊大法鼓。"後多用以指説大話,吹牛皮。

【大宗伯】 官名。詳"宗伯㊀"。

【大宗師】 ㊀莊子篇名。題注:"雖天地之大,萬物之富,其所宗而師者,無心也。"釋文:"崔(譔)云:遺形忘生,當大宗此法也。"㊁科舉時代稱學政爲宗師,也稱大宗師。

【大長秋】 官名。漢置,爲皇后近侍,多由宦官充任。漢書百官公卿表上:"將行,秦官。景帝中六年更名大長秋,或用中人,或用士人。"注:"秋者,收成之時;長者,恆久之義,故以爲皇后官名。"漢又有中長秋,屬詹事。成帝鴻嘉三年,省詹事,並屬大長秋。唐以後廢。

【大盂鼎】 西周康王時期(約公元前十一世紀)青銅器。清道光年間在陝西岐山縣禮村出土。鼎內鑄有銘文二百九十一字,記載康王二十三年策命並賞賜貴族盂車馬和一千七百零九個奴隸的情況。是研究西周歷史的重要資料。盂另有一鼎,通稱"小盂鼎",故此器稱"大盂鼎"。參閱郭沫若兩周金文辭大系圖録考釋。

【大事紀】 宋呂祖謙編,共十二卷,附通釋三卷,解題十二卷。記周敬王三十九年至漢武帝征和三年間重大史事,明王禕有續編七十七卷,自漢征和四年至後周顯德六年。又宋呂中撰大事記講義二十三卷,敍述宋自初建王朝至徽宗欽宗歷朝政事制度,事以類聚,加以論斷。

【大門中】 對人稱已故的祖父和父親。北齊顏之推顏氏家訓風操:"(祖、父)若没,言須及者,則斂容肅坐,稱大門中;世父、叔父,則稱從兄弟門中;兄弟則稱亡者子某門中;各以其尊卑輕重爲容色之節,皆變於常。"

【大門官】 唐代指御史大夫。資治通鑑二四四唐太和六年:"(李)德裕驚喜泣下曰:'此大門官,小子何足以當之?'"注:"唐制:大朝會,御史大夫帥其屬正百官之班序,遲明列於兩觀,故以爲大門官。"

【大居正】 封建宗法以傳子爲常道,因稱把君位傳給兒子的宗法制度爲大居正。大,尊尚。公羊傳隱三年:"故君子大居正。宋之禍,宣公爲之也。"指宋宣公把君位傳給弟繆公,而不傳兒子與夷,因而引起後來篡奪之禍。東觀漢記下邳惠王衍傳引漢和帝賜彭城靖王詔:"禮重嫡庶之序,春秋之義大居正。"

【大阿哥】 清代稱皇帝長子爲大阿哥。清會典事例二宗人府封爵嘉慶二十五年八月諭:"朕長兄大阿哥早年殤逝,朕兄弟僅有五人,惓懷同氣,著追封爲郡王。"

【大孤山】 山名。在江西鄱陽湖中。全唐詩二六七顧況小孤山:"大孤山遠小孤出,月照洞庭歸客船。"因山形如鞋,又名鞋山。

【大明宮】 唐宫名。唐貞觀八年,建永安宫,九年改名大明宫。高宗龍朔二年增建,改名蓬萊宫,長安元年復稱大明宫。亦謂之東內。內有含元、宣政、紫宸三殿;宣政左右爲中書、門下二省,弘文、史二館。自高宗後,皇帝常居東內。故址在今陝西長安縣東。參閱唐會要三十大明宫、舊唐書地理志一京師。

【大明湖】 在山東濟南市。水經注八濟水:"濟水又東北,濼水入焉。水出歷城縣故城西南,……其水北爲大明湖,西卽大明寺。寺東北兩面側湖,此水便成淨池也。"周十餘里,水木明瑟,明清以來,久爲遊覽名區。參閱清阮元小滄浪筆談一、嘉慶一統志一六二濟南府一。

【大明曆】 曆法名。南朝宋大明六年,祖沖之考驗元嘉曆,以其立法簡略,甚多違失,乃作大明甲子元曆,簡稱大明曆。其特點有二:一、首先引用歲差,一百年差一度。二、趙𢿱元始曆首創改閏法。沖之以舊章法十九年七閏,經二百年輒差一日,乃改章法三百九十一年有一百四十四閏,其法較趙法精密。論者謂元嘉、大明爲南北朝之善曆,各家之所宗;而大明又勝於元嘉。當時爲戴法興所阻,未行。其後諸曆,雖立法各異,率從大明曆出。參閱宋書律曆志下、南齊書祖沖之傳。

【大斧劈】 國畫皴法之一,點染山石,如斧劈形而疏闊者。宋馬遠夏珪等山水畫多用大斧劈法。見明汪砢玉珊瑚網畫法皴石法。

【大金川】 水名。詳"大渡河"。

【大非川】 今青海布喀河。唐龍朔三年薛仁貴軍次大非川,卽此。見舊唐書八三薛仁貴傳。參閱讀史方輿紀要六四陝西西寧鎮。

【大垂手】 樂府雜曲歌辭名。舊題唐吳兢樂府古題要解下大垂手:"右言舞而垂其手,亦有小垂手及獨垂手也。"參閱樂府詩集七六雜曲歌辭。參見"垂手㊀"。

【大姑塘】 地名。一作姑塘。在江西九江市東南,鄱陽湖西岸。清時九江於此設鈔關分司。由江西到湖廣的貨商,多在此納稅。見嘉慶一統志三一九九江府關隘。

【大姐姐】 宋宫廷中,媳稱丈夫的母親爲大姐姐。宋葉紹翁四朝聞見録乙集憲聖不妒忌之行:"憲聖再拜對曰:'大姐姐遠處北方,臣妾缺於定省。'"憲聖,宋高宗后;大姐姐,指高宗母韋后。

【大品經】 大品般若經的略稱。爲印度佛教般若空宗經典的總集。又東晉鳩摩羅什所譯摩訶般若婆羅密經二十七卷,也稱大品般若經或大品經。至唐玄奘譯出全部，共六百卷。

【大食調】 見"大石調"。

【大風歌】 漢高祖劉邦稱帝後，回到故鄉沛，召集故人親友，縱酒盡歡。席間，劉邦擊筑作歌曰："大風起兮雲飛揚，威加海内兮歸故鄉，安得猛士兮守四方。"見史記高祖紀。後人稱爲大風歌。唐杜甫杜工部草堂詩箋二十傷春之五："得無中夜舞，誰憶大風歌？"

【大盈庫】 唐玄宗私庫名。唐天寶後，太府卿楊崇禮父子，都以苛刻取寵。又王鉷爲户口色役使，横徵暴斂，於正額租庸以外復進行搜括，歲進錢百億，輸入宫内百寶大盈庫，以供皇帝宫廷享樂之用。見舊唐書食貨志上。

【大衍曆】 曆法名。一名開元大衍曆。唐開元九年，因麟德曆日食不驗，詔僧一行作新曆。一行測各地緯度，南至交州，北盡鐵勒，並步九服日晷，定各地見食分數；復測見恒星移動。十五年曆成而一行卒。詔張説陳玄景等編訂曆術七篇，略例一篇，曆議十篇。因一行立法，依據易象大衍之數，故名大衍曆。十七年頒行，行用二十九年(自唐開元十七年至至德二年)。見新、舊唐書曆志。

【大姥山】 在福建福鼎縣南。相傳堯時有老母居此仙去。其山千峯林立，秀拔得名者三十六，絶頂爲摩霄峯，三面環海，景色壯麗。見讀史方輿紀要九五福建名山。

【大神通】 佛家語，神，不測；通，無礙；大神通，謂不可測又無所阻礙的神妙大力。華嚴經二二："佛眼明了，見一切法，皆無障礙；有大威力，普遊法界，未嘗休息；具大神通，隨有可化，衆生之處，悉能遍往。"

【大冢宰】 見"冢宰"。

【大秦寺】 祆教寺名。僧史略下大秦末尼："火祆教法本起大波斯國，號蘇魯支，……後行化於中國。貞觀五年，有傳法穆護何禄，將祆教詣闕聞奏。敕令長安崇化坊立祆寺，號大秦寺，又名波斯寺。"唐會要四九謂唐稱景教教堂爲波斯寺，天寶四年改稱大秦寺。

【大荒落】 太歲運行到地支"巳"的方位，這一年稱大荒落。爾雅釋天："(太歲)在巳曰大荒落。"史記天官書作"大荒駱"。清郝懿行爾雅義疏引李巡："言萬物皆熾茂而大出，霍然落落，故曰荒落。"又引孫炎："物長大荒蕪落莫也。"

【大根脚】 指豪門世家。元史浩爾鈔摘腴："韃靼有扨哥者，原係大根脚，其家凌替，典賣貨物罄盡。"

【大清河】 河名。1. 在河北中部，舊稱會同河。發源太行山東側，由拒馬河、唐河、潴龍河等匯合而成，東流會子牙河，入海河。見畿輔通志六二輿地十七山川六。2. 在山東境内。本汶水故道。清咸豐五年，黄水北徙，爲黄水所經，後皆呼爲黄河。見山東通志二九疆域三山川。3. 在遼寧省，遼河支流。其源有二：一出香嶺，一出安巴和托峯，至開原縣爲大清河，亦稱扣河。南流會小清河，入遼河。見嘉慶一統志五九奉天府山川。

【大凌河】 在遼寧錦縣東，源出喀喇沁旗威蘇圖山。又名靈河。明末於此築城屯田，皇太極天聰元年進兵占大凌城，即此。參閲嘉慶一統志六四錦州府一。

【大淵獻】 太歲運行到地支"亥"的方位，這一年稱大淵獻。爾雅釋天："(太歲)在亥曰大淵獻。"清郝懿行爾雅義疏引李巡："言萬物落於亥，大小深藏，屈近陽，故曰淵獻。淵，藏也；獻，近也。"

【大理寺】 掌管刑獄的官署。秦漢置廷尉，掌刑辟。隋置大理寺卿、少卿。北齊置大理寺，歷代至清皆相沿。明清與刑部、都察院爲三法司，會同處理重大的司法案件。參閲隋書百官志中、清通典二七職官五。

【大陸澤】 古湖泊名。又名廣阿、鉅鹿，俗稱張家泊，亦曰南泊。書禹貢："北過降水，至于大陸。"即此。在今河北任縣東北。古大陸澤地甚廣闊，或謂原與寧晉泊相連爲一，後世淤斷，遂分南北二泊。今俱湮没。參閲嘉慶一統志三十順德府山川。

【大晟詞】 樂詞名。宋徽宗崇寧中，立大晟府，以周邦彦爲提舉，招集詞人樂師，議論古音古調，創作新樂，名大晟樂。按調填詞，名大晟詞。參閲宋史樂志四。

【大將軍】 武官名。戰國楚有大將軍屈匄。漢高祖以韓信爲大將軍；武帝以衛青爲大將軍，冠以大司馬之號，位益尊寵。至東漢始有名號大將軍，如建威大將軍之類，而大將軍位在三公上，多由貴戚任之。三國魏吴並置上大將軍，位大將軍上。北周因之。隋並以爲武散官，不理事。上大將軍從二品，大將軍正三品，其位遂卑。唐宋十六衛，並置大將軍，僅爲環衛官。名號大將軍，自東漢以來，日益增多，如驃騎、車騎、輔國、冠軍之類。由隋唐至宋元多爲三品以上之武散官。明初，徐達爲大將軍，位始復重。清代諸王及年羹堯等亦嘗授爲大將軍，冠以奉命、撫遠等名號，督師出征，事已即罷。

【大渡河】 岷江支流。在四川西南部。上游爲大金川，南流至甘孜藏族自治州丹巴，會小金川，稱大渡河。至樂山縣會青衣江，入岷江。全長九百餘公里。古稱大渡水，即蒙水。或謂即涐水、沫水。參閲水經注三三江水。

【大庾嶺】 五嶺之一，在江西廣東交界處。古稱塞上、塞嶺、臺嶺；又名梅嶺、東嶠。相傳漢武帝時，有庾姓將軍築城嶺下，故名大庾，又曰庾嶺。唐代爲通粤要道，張九齡督所屬開鑿新路，多植梅樹，故又名梅嶺。五代間驛路荒廢。宋元祐間重修，蔡挺復命夾道植松，在嶺上立關，名曰梅關。參閲讀史方輿紀要八三江西一。

【大雲經】 佛經名。即大方等無想經。北涼曇無讖譯。又有竺法念譯本，名大雲無想經。唐薛懷義等以經中有"一佛没七百年後爲女王下世，威伏天下"語，乃造大雲經疏，以爲武后受命之符。見舊唐書則天皇后紀載初元年、一八三薛懷義傳。敦煌有大雲經疏殘卷。

【大堤曲】 樂府名。與雍州曲皆出襄陽樂。梁簡文帝雍州曲有以大堤爲題的，爲唐大堤曲、大堤行所本。參閲樂府詩集四八襄陽樂。

【大散關】 即散關。因在陝西寶雞市西南的大散嶺上，故亦名大散關。宋陸游劍南詩稿十七書憤："樓船夜雪瓜洲渡，鐵馬秋風大散關。"參見"散關"。

【大雁塔】 見"雁塔"。

【大勝關】 地名。1. 在河南羅山縣南。宋寶祐末，蒙古蒙哥南侵，渡淮入大勝關，即此。見讀史方輿紀要五十汝寧府羅山縣。2. 在江蘇江寧縣東南。原名大城港鎮，明初置大勝關港。明太祖命楊璟駐兵於此，以拒陳友諒。見讀史方輿紀要二十江寧府江寧縣。

【大復集】 明何景明撰。三十八卷。景明字大復，正德嘉靖間，與李夢陽一同提出"文必秦漢，詩必盛唐"的復古主義文學主張，是明代的"前七子"之一，與李夢陽及後來的李攀龍王世貞合稱爲四大家。

【大統曆】 曆法名。明初劉基進大統曆。洪武十七年設觀象臺於南京雞鳴山，令博士元統修曆，仍以大統爲名，而積分全襲授時法數，惟去其歲實消長而已。其後因推算日食不準確，治曆者紛進新曆，要求改制，但明朝一直沿用大統曆。見明史曆志一曆法沿革。

【大滌山】 原名大辟山。在浙江餘杭縣西南。晉郭文少愛山水，曾居此山。見晉書郭文傳。唐末又稱大滌。唐羅隱甲乙集六題玄同先生草堂詩之三："酒向餘杭盡，雲從大滌昏。"

【大道曲】 樂府雜曲歌辭。太平御覽五八三引語林："謝鎮西(尚)著紫羅襦，據胡牀，在大市佛圖門樓上彈琵琶，作大道曲。"曲辭見樂府詩集七五。

【大勢至】 佛教菩薩名。爲阿彌陀佛右脅侍者，與左脅侍者觀音及阿彌陀佛合稱彌陀三聖。觀無量壽經："以智慧光，普照一切，令離三塗，得無上力，是故號此菩薩名大勢至。"也簡稱大勢。隋沙門灌頂國清百録三引隋煬帝皇太子敬靈龕文："頃來留瑞，久現彌陀。踵武觀音，連衡大勢。"參閲翻譯名義集一菩薩別名。

【大鼓書】 曲藝的一種。始於清代，有京韻大鼓、梅花大鼓、梨花大鼓、西河大鼓、樂亭大鼓、山東大鼓、湖北大鼓等，總稱爲大鼓書。一般由一人演唱，一至數人伴奏。主要樂器爲鼓、板與三弦。唱詞多採民間流行的歷史小說、野史故事等編成。

【大媽媽】 宋宮廷曾孫稱曾祖母爲大媽媽。宋葉紹翁四朝聞見録甲集憲聖擁立："嘉王連稱告大媽媽，臣做不得，做不得。"嘉王，宋寧宗；大媽媽，謂其曾祖母高宗吳皇后。

【大辣酥】 蒙古話，酒。也作"打剌孫"。水滸二四："王婆道：'他家賣拖蒸河漏子，熱燙温和大辣酥。'"參見"打剌孫"。

【大槐宮】 唐李公佐作傳奇小說南柯太守傳，記淳于棼至大槐安國，娶公主，出任南柯太守，享盡榮華富貴。後公主死，棼失寵，被送歸。夢醒，始知所遊卽庭前大槐樹下的蟻穴。後用此比喻富貴權勢，變幻無常。宋蘇軾分類東坡詩十一次韻周邠寄雁宕山圖之一："指點先憑採藥翁，丹青畫出大槐宮。"卽指此。參見"南柯"。

【大節夜】 除夕。宋人以夏曆十二月二十四日爲小節夜，三十日爲大節夜。今稱小年夜、大年夜。見明田汝成西湖遊覽志餘三偏安佚豫、陳士元俚言解一小盡大盡。

【大震關】 又名隴關。在今山西隴縣隴山下。相傳漢武帝登隴經此，遇雷震而名。北周天和元年在此置關。唐大中六年在其西另築新關，名安戎關。見太平寰宇記三二隴州、讀史方輿紀要五二陝西名山隴坻。

【大澤鄉】 地名。在今安徽宿縣西南故蘄縣西。秦二世元年，陳勝吳廣起事於此，是我國有歷史記載的第一次全國規模的農民大起義。水經注三十淮水："蘄水又東南逕蘄縣，縣有大澤鄉，陳涉起兵于此。"參閲史記陳涉世家。

【大謁者】 官名。秦置謁者，掌賓贊受事，秩六百石，員十人；有僕射一人，比千石。漢承秦制。謁者 僕射亦稱 大謁者。漢高祖時有 桃安侯 劉襄 以大謁者 擊英布，見漢書高惠高后文功臣表；吕后時有建陵侯張釋以大謁者勸封諸吕爲王，見外戚恩澤侯表；宣帝時有大謁者襄章，見七四魏相傳。

【大導師】 佛菩薩的尊號。無量義經德行品："處處爲衆，作大導師。能爲生盲而作眼目。"維摩經佛國品："稽首一切大導師。"

【大翮山】 在北京延慶縣西北。神話傳說王次仲作隸書，秦始皇三次徵召，不肯應命，始皇令檻車押送，次仲化大鳥飛去，落二翮於此山，故有大翮山小翮山之名。見水經注十三㶟水。

【大豫舞】 晉雅舞名。詳"正德舞"。

【大學士】 官名。唐宋明清皆設，職權不一。唐中宗景龍二年，修文館置大學士四員。宋有昭文館大學士、集賢殿大學士，以首相、次相分領。明初政歸六部，洪武十五年置華蓋殿、武英殿、文淵閣、東閣諸大學士以備顧問，秩僅五品。其後增設謹身殿大學士。宣宗時，楊士奇、楊榮、楊溥入閣，乃以師保尚書兼大學士，官尊於六卿。清因之，設殿(保和、文華、武英)閣(體仁、文淵、東閣)大學士四人，協辦大學士二人，秩皆正一品；贊理機務，表率百僚，遂爲宰相之職。參閲明史職官志一、清通志六四職官略一。參見"内閣"。

【大鴻臚】 官名。秦時稱典客，漢武帝太初元年更名大鴻臚，掌接待賓客等事，大鴻臚卿一人，秩中二千石。後漸變爲禮儀官。參閲後漢書百官志二。

【大戴禮】 又稱大戴禮記、大戴記。漢初以來，至劉向校定中書，諸家所記禮書有二百四篇。隋書經籍志說，信都王太傅戴德，受禮於后蒼，删其繁重爲八十五篇，稱大戴禮；九江太守戴聖又删定爲四十九篇，稱小戴禮，(即立於學官之禮記。)按二戴爲武帝宣帝時人，豈能删定哀帝時劉向校定之書。後人考證，認爲二戴各自採取漢人禮說成篇，並無相承關係。大戴禮現存三十九篇。有北周盧辯注。清孔廣森有補注十三卷，最爲詳備。

【大獲山】 在四川蒼溪縣東南。宋余玠築城於此，因山爲壘，抗擊蒙古軍，與青居、釣魚、雲頂、天生諸城碁布星分，爲軍事要地。見宋史四一六余玠傳。

【大禮議】 明朱厚照(武宗)死，無子，以武宗叔興獻王長子厚熜繼位，年號嘉靖。厚熜即位後，議以生父興獻王祐杬爲皇考，禮官不可，議論紛紜，歷時三年，後用張璁桂萼等言，尊祐杬爲皇考。嘉靖三年七月世宗更定章聖皇太后尊號，去"本生"之稱，群臣伏闕固争，厚熜大怒，下獄一百三十四人，廷杖死十六人。舊史稱爲大禮議。見明史世宗紀一、明史紀事本末五十大禮議。

【大藏經】 漢文佛教經典的總稱。簡稱藏經。詳"一切經"。

【大豐毁】 西周武王時的青銅器。又叫"大方敦"、"聃敦"。清道光年間在陝西出土。銘文七十七字，記周武王滅殷後爲周文王舉行"大豐"祀典。參閲清吳式芬攈古録金文三之一、郭沫若兩周金文辭大系。

【大藤峽】 在廣西桂平縣西北。四山環繞，綿亙數百里，跨舊時柳州潯州二府間。峽口舊有藤，大逾斗，長數丈，連峽而生，可以渡人。明代中葉，我國瑤族僮族少數民族爲反抗明王朝和土司頭人剥削壓迫，曾在此進行多次起義，鬭争前後持續一百多年。參閲讀史方輿紀要一〇六廣西重險。

【大關山】 卽卭峽。詳"卭峽"。

【大羅天】 道家諸天之名。舊題晉葛洪枕中書引真記："玄都玉京七寶山，週迴九萬里，在大羅之上。"唐段成式謂道家列三界諸天數，與釋氏同，但名異。三界外曰四人境，爲常融、玉隆、梵度、賈奕四天；四人天外曰三清，即大赤、禹餘、清微；三清上曰大羅。見酉陽雜俎二玉格。唐王維王右丞集五送王尊師歸蜀中拜掃詩："大羅天上神僊客，濯錦江頭花柳春。"省作"大羅"。唐王建詩五同于汝錫遊降神觀："秦時桃樹滿山坡，騎鹿先生降大羅。"

【大羅氏】 官名。禮郊特牲："大羅氏，天子之掌鳥獸者也。"疏："謂爲大羅者……能以羅捕鳥獸者也。"

【大邏便】 突厥官名。隋書突厥傳："木扞在位二十年，卒，復捨其子大邏便，而立其弟。"又作"大羅便"。通典一九七突厥上:"其初國貴賤官號,凡有十等,……其勇健者,謂之始波羅,亦呼爲莫賀弗,肥麁者爲大羅便。大羅便,酒器也,似角而麁短;體貌似之,故以爲號。此官特貴,唯其子弟爲之。"

【大觀帖】宋大觀初徽宗以淳化帖石多損裂,且王著標題多誤,因出墨跡,更定彙次,命蔡京署題,刻石太清樓下,即大觀太清樓帖。共二十二卷。現宋拓本僅存四、五、六、七、十等卷。一說大觀帖與大觀太清樓帖是兩種。參閲宋曹世冕法帖譜系雜説上、宋曾宏父石刻鋪敍上祕閣前帖、清周行仁淳化祕閣法帖源流考。

【大觀舞】南朝梁雅舞名。詳"大壯舞"。

【大才槃槃】有大才幹。槃,通"盤"。槃槃,盛大。世説新語賞譽下"後來出人郗嘉賓"注引續晉陽秋:"時人爲一代盛譽者語曰:'大才槃槃謝家安(超)。'"

【大小方脈】中國古醫學舊分十三科,雜醫稱大方脈,小兒科稱小方脈。

【大小夏侯】指漢今文尚書學者夏侯勝、夏侯建。漢初,伏生以尚書教濟南張生,夏侯勝之先夏侯都尉又從張生受尚書學,傳至勝,勝傳從兄子建。建又事歐陽高。由是今文尚書有大小夏侯之學。見漢書八八夏侯勝傳。漢書藝文志有大小夏侯章句二十九卷、大小夏侯解故二十九篇。

【大小尉遲】指隋末唐初于闐畫家尉遲跋質那尉遲乙僧父子。唐張彦遠歷代名畫記九:"乙僧國初授宿衛官,襲封郡公。善畫外國及佛像。時人以跋質那爲大尉遲,乙僧爲小尉遲。"

【大小歐陽】唐書法家歐陽詢歐陽通父子。新唐書一九八歐陽詢傳:"(子)通蚤孤,母徐教以父書,……數年,書亞於詢。父子齊名,號大小歐陽體。"

【大山小山】漢淮南王劉安招集文人從事著述,各造辭賦,以類相從,分别稱爲大山或小山,猶詩經有大雅和小雅。見漢王逸楚辭章句招隱士注。後用來稱呼同時有名的兩兄弟,如南朝梁何點何胤兄弟、明朱睦㮮朱安氿兄弟,都曾被人稱爲大山和小山。參閲清趙翼陔餘叢考三九三大小山。

【大千世界】佛教語,指廣大無邊的世界。詳"三千大千世界"。

【大中祥符】宋趙恒(真宗)年號。公元1008—1016年。

【大巧若拙】真正聰明的人不自驕自誇,表面上好像笨拙。老子:"大直若屈,大巧若拙。"注:"大巧因自然以成器,不造爲異端,故若拙也。"莊子胠篋:"毁絶鉤繩,而棄規矩,攦工倕之指而天下始人有其巧矣,故曰大巧若拙。"

【大江東去】詞牌名。即念奴嬌。宋蘇軾念奴嬌赤壁懷古首句是"大江東去",爲人傳誦,因用爲念奴嬌的别稱。見詞譜二八。參見"念奴嬌"。

【大而無當】誇大而不合實際。莊子逍遥遊:"肩吾問於連叔曰:'吾聞言於接輿,大而無當,往而不返,吾驚怖其言,猶河漢而無極也。'"後也作"大無當"。宋劉克莊後村集四六古意詩:"不是狂言大無當,聞之齧缺與王倪。"

【大同小異】大體相同,稍有差異。莊子天下:"大同而與小同異,此之謂小同異;萬物畢同畢異,此之謂大同異。"三國志魏東沃沮傳:"其言語與句麗大同,時有小異。"政和證類本草三滑石引本草圖經:"今濛州醫人所供青滑石,云性微寒,無毒,主心氣澀滯,與本經大同小異。"

【大材小用】指才能高,職位低,不盡其用。宋陸游劍南詩稿五七送辛幼安殿撰造朝:"大材小用古所歎,管仲蕭何實流亞。"

【大杖則走】相傳舜父頑母傲,爲父所杖,小箠則待笞,大杖則逃,不陷父於不義。參閲韓詩外傳八、漢劉向説苑建本、後漢書五二崔駰傳附崔寔及注引家語。

【大李小李】指唐代畫家李思訓、李昭道父子。李思訓官至左武衛大將軍,與其子昭道,俱以繪畫著名。世稱思訓爲大李將軍,昭道爲小李將軍。見唐張彦遠歷代名畫記九。

【大吹大擂】古今雜劇元王實甫四丞相歌舞麗春堂:"賜與你黄金千兩,香酒百瓶,就在麗春堂大吹大擂,做一個慶喜的筵席。"本指敲鑼打鼓,衆樂齊奏。後多用來譏諷人言語誇張,大肆吹嘘。

【大成興勝】一作"大乘興勝"。明徐鴻儒領導的農民起義軍用的年號。公元1622年。參見"白蓮教"。

【大含細入】文選漢揚子雲(雄)解嘲:"大者含元氣,細者入無間。"言雄作太玄兼博大精深之美。漢書八七下揚雄傳"細"作"纖","間"作"倫"。

【大法小廉】謂大臣盡忠,小臣盡職。禮禮運:"大臣法,小臣廉,官職相序,君臣相正,國之肥也。"元陳澔禮記集説四:"大臣法,盡臣道也;小臣廉,不虧所守也。"

【大放厥辭】鋪張辭藻,大展文才。唐韓愈昌黎集二三祭柳子厚文:"玉佩瓊琚,大放厥辭,富貴無能,磨滅誰紀?"宋秦觀淮海集四十曾子固哀辭:"既輕車又良御兮,遂大放乎厥辭。"今含貶義,指誇誇其談,大發議論。

【大長公主】皇帝之姑。詳"公主"。

【大明寶鈔】明太祖洪武七年設寶鈔提舉司,明年造大明寶鈔,鈔題"大明通行寶鈔",鈔上半兩旁篆書"大明寶鈔,天下通行"八字,中横寫"壹貫"二字,下繪錢貫形。鈔下半寫"中書省奏准印造大明寶鈔、與銅錢通行使用。僞造者斬,告發者賞銀貳佰伍拾兩,仍給犯人財産。"鈔上下皆印寶鈔提舉司方印,四邊繪龍。分一貫、五百文、四百文、三百文、二百文、一百文六等。見明史食貨志五錢鈔。

【大金國志】舊題宋宇文懋昭作。四十卷。記金完顔旻(太祖)至完顔守緒(哀宗)朝之事。但書中所記人事與書前所稱成書年限不合,四庫提要史部别史謂經後人竄改,非懋昭原本。清李慈銘荀學齋日記癸下謂宋元間人托名懋昭,抄撮諸記載,間以傳説,多有舛錯。但其中記事與元代官修金史時有異同,可供參證。

【大冠子夏】見"小冠子夏"。

【大相逕庭】偏激。莊子逍遥遊:"大有逕庭,不近人情焉。"釋文引李頤:"逕庭,謂激過也。"唐成玄英疏:"逕庭,猶過差,亦是直往不顧之貌也。"一説逕,指門外的路;庭,指家裏的院子,比喻二者相距甚遠。見王先謙集解引宣穎説。後稱彼此大異或矛盾很大爲"大相逕庭",本此。參見"徑廷"。

【大相國寺】即相國寺。在今河南開封市。本北齊大建國寺,天保六年建,後廢。唐爲歙州司馬鄭審之宅,旋施僧重建寺。唐睿宗原封相王,改名相國寺。宋至道二年重建,題名大相國寺。僧房散處,而中庭兩廡可容萬人,每月開放五次,爲買賣貨物之大市場。金章宗元世祖明太祖相繼重修。明末爲河沙淤没。清順治重建,乾隆重修,題名古汴名藍。參閲宋李濂汴京遺蹟志十、孟元老東京夢華録三相國寺内萬姓交易、高承事物紀原七。

【大唐新語】唐劉肅撰。十三卷,分三十門。所記起武德初至大曆末。皆取軼文舊事。本名新語,明馮夢禎等改題爲唐世説。至清修四庫全書時,復名爲大唐新語。

【大庭廣衆】大庭，寬大的場地；廣衆，成衆的人羣。指人數衆多的場合。新唐書一〇四張行成傳上疏："左右文武誠無將相材，奚用大庭廣衆與之量校，損萬乘之尊，與臣下爭功哉！"

【大逆無道】罪大惡極之意。舊時多指犯上謀反而言。史記高祖紀："漢王數項王曰：'……夫爲人臣而弑其主，殺已降，爲政不平，主約不信。天下所不容，大逆無道，罪十也。'"也作"大逆不道"。漢書六六楊敞傳附楊惲："不竭忠愛，盡臣子義，而妄怨望稱引，爲訞惡言，大逆不道，請逮捕治。"

【大書特書】鄭重記述。唐韓愈昌黎集十八答元侍御書："足下勉（甄）逢令終始其躬，而足下年尚彊，嗣德有繼，將大書特書，屢書不一書而已也。"清周召雙橋隨筆五："東漢書爲方士立傳，如左慈之事，妖怪特甚，君子所不道，而乃大書特書之，何甚陋也！"

【大莫與京】大無與比。京，大。左傳莊二二年："有嬀之後，將育于姜。……八世之後，莫之與京。"

【大梵天王】佛教設想一切世界爲欲界、色界、無色界三界。大梵天是第二色界諸天的第三天，其王稱大梵天王。也稱梵天王、大梵王。唐釋道世法苑珠林五三界篇辨位注："大梵天王獨於上住，以別羣下。"參見"三界"。

【大喜過望】因所得超出原來的期望而大喜。即喜出望外。史記九一黥布傳："上方踞牀洗，召布入見，布甚大怒，悔來，欲自殺。出就舍，帳御食飲從官如漢王居，布又大喜過望。"

【大惑不解】莊子天地："大惑者終身不解，大愚者終身不靈。"本指非常糊塗，不懂什麼道理。後用爲不可理解，含有不滿或反對的意思。

【大智如愚】才智很高而不露鋒芒，表面上好象愚笨。也作"大智若愚"。宋蘇軾經進東坡文集事略二七賀歐陽少師致仕啓："大勇若怯，大智如愚。"

【大智度論】略稱智度論，亦稱大論。龍樹菩薩作，東晉列國後秦鳩摩羅什譯。一百卷。爲解釋摩訶般若波羅密經而作。與中觀論、百論、十二門論合稱四論。

【大義滅親】春秋衛大夫石碏的兒子石厚，與公子州吁合謀殺衛桓公，立州吁爲君。石碏殺州吁石厚。左傳贊其爲"大義滅親"。見左傳隱四年。本指爲君臣大義而滅父子的私親。後泛指爲正義而不顧私親曰大義滅親。

【大輅椎輪】南朝梁昭明太子（蕭統）文選序："若夫椎輪爲大輅之始，大輅寧有椎輪之質。"大輅，華美的大車，椎輪，無輻的車輪。比喻事物進化，由簡到繁，由粗到精。後也稱創始者爲大輅椎輪。參見"椎輪"。

【大聖天王】一作大天聖正。宋楊么領導的農民起義軍年號。公元1133—1135年。

【大慈大悲】佛家宣揚佛愛人、憐憫人的說教。與樂爲慈，拔苦爲悲。大智度論二七："大慈與一切衆生樂，大悲拔一切衆生苦。"法華經譬喻品："大慈大悲，常無懈倦，恒求善事，利益一切。"

【大醇小疵】醇，純；疵，病。謂大體純正，略有缺點。唐韓愈昌黎集十一讀荀子："孟氏，醇乎醇者也。荀與楊，大醇而小疵。"宋姜夔姜氏詩說："不知詩病，何由能詩；不觀詩法，何由知病。名家者各有一病，大醇小疵差可耳。"

【大₃璞不完】戰國策齊四："顏斶辭去曰：'夫玉生於山，制則破焉，非弗寶貴矣，然大璞不完。士生乎鄙野，推選則祿焉，非不尊遂也，然而形神不全。'"玉未加工曰璞，既經加工，就失去天然的形態。比喻士出來作官，就喪失了素志。

【大樹將軍】東漢馮異佐劉秀（漢光武帝）爭天下，諸將並坐論功，異常獨處樹下，軍中號爲大樹將軍。見東觀漢記九及後漢書十七本傳。

【大器晚成】老子："大器晚成，大音希聲。"本指大材須積久始能成器。後多用以指人之成就較晚。三國志魏崔琰傳："琰從弟林，少無名望，雖姻族猶多輕之，而琰常曰：'此所謂大器晚成者也，終必遠至。'"

【大學衍義】宋真德秀撰。四十三卷。以四書中的大學爲本，援引儒家典籍和史事，並附己說，講修身、齊家、治國之道。明邱濬曾加增補，分十二目，一百六十卷。

【大聲疾呼】大聲呼喊，以促起注意。唐韓愈昌黎集十六後十九日復上宰相書："蹈水火者之求免於人也，不惟其父兄子弟之慈愛，然後呼而望之也；將有介於其側者，雖其所憎怨，苟不至乎欲其死者，則將大其聲疾呼，而望其仁之也。"後多用來表示大力提倡與號召。

【大謬不然】大錯特錯，與實際完全不合。漢書六二司馬遷傳報任安書："日夜思竭其不肖之材力，務壹心營職，以求親媚於主上，而事乃有大謬不然者。"

【大驚小怪】過分慌張或詫異。宋朱熹朱文忠公文集四三答林擇之書："要須把此事來做一平常事看，朴實頭做將去，久之自然見效，不必如此大驚小怪，起模畫樣也。"元曲選關漢卿蝴蝶夢四："我從未拔白悄悄出城來，恐怕外人知，大驚小怪。"

【大代華岳碑】後魏興光二年三月立，石今不存。宋趙明誠金石録二一："以始封代土，後稱爲魏，故代魏兼用。"別有大代華岳廟碑，太延五年五月立，早於此碑十六年。碑記寇謙之預示必克赫連昌，事定後，修廟謝神，表揚謙之。石亦不存。僅清王懿榮舊藏宋拓。有有正書局影印本。

【大事不糊塗】對大事能堅持原則，毫不含糊。宋史二八一呂端傳："太宗欲相端。或曰：'端爲人糊塗。'太宗曰：'端小事糊塗，大事不糊塗。'決意相之。"

【大品般若經】即摩訶般若波羅密經，東晉列國後秦鳩摩羅什譯。二十七卷本者稱大品般若經，簡稱大品經；十卷本者稱小品般若經。隋釋吉藏有大品經義疏十卷，缺卷二。又有大品經遊意一卷。

【大唐西域記】簡稱西域記。唐玄奘口述，辨機撰。玄奘自貞觀元年西行求佛經，周遊中亞及印度各地，至十九年回國。書述所見聞一百三十八個國家、城邦、地區的歷史、地理、民俗、物産、宗教等，較早的有宋安吉州資福寺刊本（四部叢刊影印）和宋磧沙藏經本。是研究古印度和中亞地區的重要史料。

【大晉承運期】晉鼓吹曲名。傅玄改古上邪行製成。見晉書樂志下。

【大乘起信論】佛書名。馬鳴菩薩作。有兩個譯本。南朝梁真諦舊譯，一卷；唐實叉難陀新譯，二卷。以一心二門，總括佛教大綱，爲我國佛教華嚴宗所尊奉的典籍之一。疏註頗多，以隋釋慧遠起信論義疏、唐釋法藏起信論義記及唐釋宗密起信論疏註爲較著。

【大般涅槃經】簡稱涅槃經。有大乘小乘二種。小乘，三卷，晉法顯譯。大乘，兩個譯本：1. 北涼曇無讖本，稱北本，四十卷。2. 南朝宋慧嚴本，稱南本，三十六卷。唐釋天台章安曾依南本作疏。

【大清一統志】清官修地方總志。從康熙時至道光二十二年前後三次編輯。道光間最後成書，因始於嘉慶時，且以纂至嘉慶二十五年爲限，故名嘉慶重修一統志。五百六十卷。每省有圖、表、總敍、再按府、直隸廳、州分卷；並有疆域、分野、建置沿革等二十五目。

【大業拾遺記】又名隋遺録、南部烟花録。寫隋煬帝宫内事。舊題唐顏師古撰。二卷。爲後人託名之作。

【大曆十才子】唐代宗大曆年間的十個詩人。新唐書二〇三盧綸傳:"綸與吉中孚、韓翃、錢起、司空曙、苗發、崔峒、耿湋、夏侯審、李端皆能詩齊名,號大曆十才子。"他書所記,姓名略異。參閱宋計有功唐詩紀事三十李益。

【大宋宣和遺事】簡稱宣和遺事。宋元之間人作。分前後二集,自堯舜敍至宋高宗定都臨安,編集舊籍而成,按年演述,體裁甚似講史。書中敍述有關梁山泊的故事,如楊志賣刀、智取生辰綱等,爲後來小説水滸部分素材的來源。

【大雲山房文稿】清惲敬撰。初集四卷。二集四卷。補編一卷。以其所居齋爲名。惲敬文主模倣古文,擇諸家之長,氣派較桐城派爲開闊。世稱爲陽湖派。

【大唐創業起居注】唐温大雅作,三卷。按日記唐高祖(李淵)起兵至即帝位事,與唐書高祖紀頗有出入。大雅曾任李淵記室參軍,所敍多親身見聞,較官史爲翔實可信。

【大唐三藏取經詩話】又名大唐三藏法師取經記。作者不詳。大概是宋元間説書所用的底本。三卷,分十七章,今存小説分章回者以此爲最早。敍述玄奘和猴行者西天取經的故事,略具明小説西遊記的雛形。以每章有詩,故也稱詩話。

【大秦景教流行中國碑】唐德宗建中二年立。明天啓五年出土。大秦,指古羅馬帝國;景教,是基督教的一派。碑記唐太宗時景教傳入情況。碑下及兩側有古敍利亞文題名。參閱清顧炎武金石文字記四景教流行中國碑、金石萃編一〇二景教流行中國碑。

一　畫

天 tiān 他前切,平,先韻,透。
ㄊㄧㄢ

㊀地面的上空。與"地"相對。詩唐風綢繆:"三星在天。"㊁凡自然所成非人力所爲的都叫天。如天產,天災等。㊂古人認爲天是有意志的神,是萬物的主宰。書泰誓上:"天祐下民,作之君,作之師。"詩大雅大明:"天監在下,有命既集。"㊃命運。孟子梁惠王下:"吾之不遇魯侯,天也。"㊄舊時以"天次之序"比附倫常關係,以天爲至高的尊稱。如稱君、父、夫爲天。左傳宣四年:"君,天也。天可逃乎?"詩鄘風柏舟:"母也天只。"傳:"天謂父也。"儀禮喪服傳:"夫者,妻之天也。"㊅仰賴以爲生存者稱天。史記九七酈食其傳:"王者以民人爲天,而民人以食爲天。"㊆時節,氣候。如春天、晴天。唐杜甫杜工部草堂詩箋十六佳人:"天寒翠袖薄,日暮倚修竹。"㊇一晝夜。如言今天、明天。㊈人的頭頂。説文:"天,顛也。"後人稱頭蓋骨爲天靈蓋,額上兩眉間爲天庭。參閱王國維觀堂集林六釋天。㊉古代的墨刑。易睽:"其人天且劓。"釋文:"天,剠也。馬(融)云:'剠鑿其額曰天。'"剠,同"黥"。宋程頤傳:"天,髡首也。"

【天一】㊀與天合而爲一。莊子大宗師:"安排而玄化,乃入於寥天一。"晉郭象注:"安於離移而與化俱去,故乃入於寂寥而與天爲一也。"㊁星名。史記天官書:"前列直斗口三星,隨北端兑,若見若不,曰陰德,或曰天一。"晉書天文志上:"天一星在紫宫門右。"㊂神名。史記封禪書:"其後人有上書,言古者天子三年壹用太牢,祠神三一:天一、地一、太一。"㊃太歲的別名。參閱清王引之經義述聞二九太歲考上。

【天乙】即成湯,殷王朝的創建者。荀子成相:"十有四世,乃有天乙是成湯。"史記殷紀:"主癸卒,子天乙立,是爲成湯。"漢書藝文志小説家有天乙三篇,爲依託之作。

【天人】㊀指有道之人。莊子天下:"不離於宗,謂之天人。"㊁出類拔萃的人。猶言天上人。三國魏陳矯稱曹仁、邯鄲淳稱曹植爲天人,一則以其武勇,一則以其才華。參閱三國志魏曹仁傳及王粲傳注。唐杜甫杜工部草堂詩箋二四八哀詩贈太子太師汝陽郡王璡:"汝陽讓帝子,眉宇真天人。"㊂稱美麗的婦女。唐杜牧樊川集一杜秋娘詩:"晝堂授傅姆,天人親捧持。"㊃天與人。後漢書四十下班彪傳附班固:"往者王莽作逆,漢祚中缺,天人致誅,六合相滅。"唐柳宗元柳先生集三七爲王京兆皇帝即位禮畢賀表:"負扆而會朝夷夏,踐祚而統和天人。"

【天干】甲、乙、丙、丁、戊、己、庚、辛、壬、癸十天干。參見"干支"。

【天下】舊説地在天之下,故稱大地爲天下。古籍中以家、國、天下連稱,指積家成國,積國成天下,故三代統一諸國,稱有天下;由統一而分裂,稱失天下。所説天下,指全中國。統一天下,即統一全中國。書大禹謨:"奄有四海,爲天下君。"

【天士】通曉天文陰陽術數的人。漢武帝封方士欒大爲天士將軍。見史記封禪書。漢書七五李尋傳:"宜急博求幽隱,拔擢天士,任以大職。"注:"天士,知天道者也。"

【天工】㊀天(自然)的職能。書皋陶謨:"無曠庶官,天工人其代之。"漢書曆律志引作"天功"。㊁造物者。猶"天公"。宋黄庭堅山谷内集五蠟梅:"天工戲剪百花房,奪盡人工更有香。"㊂自然形成的工巧。對人工而言。元趙孟頫松雪齋集五贈放烟火者詩:"人間巧藝奪天工,煉藥燃燈清晝同。"

【天才】㊀天賦的才能。三國志蜀周羣傳:"時州後部司馬蜀郡張裕,亦曉占候,而天才過羣。"㊁天然的姿質。文選三國魏嵇叔夜(康)與山巨源絶交書:"足下見直木不可以爲輪,曲者不可以爲桷,蓋不欲以枉其天才,令得其所也。"

【天弓】㊀星名。也稱弧矢。晉書天文志上:"弧九星,在狼東南,天弓也。"㊁虹的別稱。以其彎曲如弓,故名。宋趙德麟侯鯖録四:"天弓,卽虹也,又謂之帝弓。明者爲虹,暗者爲蜺。"

【天子】古以君權爲神授,謂君主秉承天意治理人民,故稱天子。詩大雅常武:"徐方既同,天子之功。"禮曲禮下:"君天下曰天子。"

【天口】形容人能言善辯。文選南朝梁任彥昇(昉)宣德皇后令"辯析天口而似不能言"注:"七略:齊田駢好談論,故齊人爲語曰:天口駢。"

【天山】山名。1. 卽祁連山。匈奴稱天爲祁連。史記一一〇匈奴傳記漢使貳師將軍李廣利以三萬騎出酒泉,擊右賢王於天山;後漢書順帝紀記中郎將張耽大破烏桓於天山;都指此山。2. 唐時稱伊州西州以北一帶山脈爲天山。也稱白山折羅漫山。伊州,今新疆哈密縣;西州,吐魯番縣東南達克阿奴斯城。參閱元和郡縣志四十伊州、太平寰宇記一五三伊州。

【天女】㊀天上的神女。魏書序記:"欻見輜軿自天而下,既至,見美婦人,……對曰:'我天女也。'"㊁星名。卽織女星。見史記天官書。㊂燕的別名。見晉崔豹古今注中。

【天方】指阿拉伯半島,爲伊斯蘭教發源地,有天方天房等名稱。明史有天方國傳,清劉智撰有天方典擇要解二十卷。

【天文】日月星辰等天體在宇宙間分布運行等現象。古人把風、雲、雨、露、霜、雪等地文現象也列入天文範圍。易賁:"觀乎天文,以察時變。"藝文類聚二引春秋説題辭:"十日小雨,應天文。"史記有天官書,漢書始有天文志,以後史書因之(魏書作天象,新五代史作司天,遼史作曆象)。

【天心】㊀天帝之心意。書咸有一德:"克享天心,受天明命。"㊁天空中央。唐盧仝玉川子集二月下寄徐希仁詩:"夜半沙上行,月瑩天心明。"唐皇甫湜皇甫持正集二顧況詩集序:"偏於逸歌長句,駿發踔厲,往往若穿天心,出月脅,意外驚人語,非常人所能及。"

【天火】由雷電或物體自燃引起的大火。左傳宣十六年:"凡火,人火曰火,天火曰災。"史記景帝紀三年:"天火燔雒陽東宮大殿城室。"

【天王】㊀指周天子。因春秋時,楚吳等諸侯相繼稱王,故尊稱周王爲天王。春秋隱元年:"秋七月,天王使宰咺來歸惠公仲子之賵。"天王,指周平王。清顧炎武日知録四天王:"尚書之文,但稱王,春秋則曰天王,以當時楚吳徐越僭稱王,故加天以別之也。"也用以泛指封建帝王。唐杜甫杜工部詩史補遺七憶昔二首之一:"犬戎直來坐御床,百官跣足隨天王。"㊁太平天国領袖洪秀全的稱號。

【天井】㊀四周爲山,中間低窪之地。孫子行軍:"凡地有絶澗、天井、天牢、天羅、天陷、天隙,必亟去之,勿近也。"㊁承塵,天花板。屋頂梁棟間架木爲方形如井者。晉陸機陸士衡集七挽歌之三:"側聽陰溝涌,卧觀天井懸。"唐温庭筠集三長安寺詩:"寳題斜翡翠,天井到芙蓉。"㊂星名。即井宿。北周庾信庾子山集十三周大將軍司馬裔碑:"降帝子之重,鎮天井之星。"

【天元】㊀指周曆。周曆建子,以今農曆十一月爲正月。儒家崇周,認爲周曆得天之正道,故稱天元。史記曆書:"改正朔,易服色,惟本天元,順承厥意。"參閲後漢書四六陳寵傳。㊁算法名。本古代九章方程,相當於今代數中的一元方程式。宋秦九韶數學九章、元李冶測圓海鏡、益古演段、朱世傑四元玉鑑,都運用了這種算法。

【天戈】㊀帝王的軍隊。唐韓愈昌黎集三九潮州刺史謝上表:"日月清照,天戈所麾,莫不寧順。"㊁星名。宋史天文志二:"天戈一星,又名玄戈,在招摇北。"

【天日】㊀天庭日角的省稱。天庭,兩眉之間;日角,額上隆起之處。舊唐書太宗紀上:"龍鳳之姿,天日之表。"㊁天空和太陽。唐杜牧樊川集一阿房宫賦:"覆壓三百餘里,隔離天日。"

【天中】㊀天的正中。晉書天文志上:"北斗七星,……故運乎天中,而臨制四方,以建四時而均五行也。"㊁猶言中天、天半。藝文類聚七六北周王褒京師突厥寺碑文:"上極天中,下窮地際。"㊂鼻。三國志魏管輅傳:"又鼻者艮,此天中之山。"注:"相書謂鼻之所在爲天中。鼻有山象,故曰天中之山也。"參閲雲笈七籤十一黄庭内景經天中。

【天水】㊀郡名。1. 漢武帝元鼎三年析隴西郡置。見漢書地理志下。在今甘肅通渭縣西北。2. 晉移治上邽,北魏及隋因之。郡治在今甘肅天水縣西南。㊁縣名。屬甘肅省。唐初從上邽縣分置,唐末廢。太平寰宇記一五〇秦州:"天水縣,古縣也。秦川記:'郡前有河水,冬夏無增減,取此名縣。'"後唐復置。宋爲天水軍,元初廢。明清省入秦州。公元1913年改爲天水縣。故城在今縣南。

【天分】人的資質。世説新語賢媛:"王江州夫人語謝遏曰:'汝何以都不復進,爲是塵務經心,天分有限。'"王江州即王凝之,其夫人爲謝道蘊。分,fèn。

【天公】天。公,敬稱。以天擬人,故稱天帝爲天公。宋書天文志二:"而石虎頻年再閉關,不通信使。此復是天公憒憒,無皂白之徵也。"唐釋皎然晝上人集六偶然五首問天詩:"天公何時有?談者皆不經。"

【天夭】天所傷害。詩小雅正月:"民今之無禄,天夭是椓。"

【天主】㊀神名。史記封禪書:"八神:一曰天主,祠天齊。"㊁佛經稱諸天之主爲天主。最勝王經八:"有王法正論,名天主教法。"㊂天主教徒稱上帝爲天主。明耶穌會教士利瑪竇有天主實義二卷,艾儒略有天主降生言行紀略。

【天市】星名。史記天官書:"東北曲十二星曰旗,旗中四星曰天市。"

【天半】高空,如在半天之上。藝文類聚三九南朝梁王僧孺侍宴詩:"蔓草亘巖垂,高枝起天半。"唐張説張説之集十安樂郡主花燭行詩:"梁園山竹疑雲漢,傾望高樓在天半。"

【天平】㊀衡器。稱金銀的秤。明王圻三才圖會有天平圖。明朱國禎湧幢小品二一姡娕:"俗語謂法馬爲乏子,……謂兑架爲天平。"兑架,即兑銀之架秤。公元1954年長沙左家公山出土天平一具。現藏湖南省博物館。㊁東魏元善見(孝静帝)年號。公元534—537年。

【天末】天邊,指極遠的地方。文選漢張平子(衡)東京賦:"眇天末以遠期,規萬世而大摹。"唐杜甫杜工部草堂詩箋十五天末懷李白:"涼風起天末,君子意如何?"

【天功】㊀大功。書舜典:"欽哉!惟時亮天功。"傳:"各敬其職,惟是乃能信立天下之功。"㊁天的功勞。左傳僖二四年:"竊人之財,猶謂之盜,況貪天之功,以爲己力乎。"古代以皇帝爲天子,因此也用作對皇帝功績的頌詞。文選南朝梁任彦昇(昉)爲范尚書讓吏部封侯第一表:"締構草昧,敢叨天功。"

【天正】天子的正朔,即周代制定的曆法。漢書律曆志上:"其於三正也,黄鍾子爲天正。"參見"三正"。

【天民】㊀先知先覺的人。莊子庚桑楚:"人之所舍,謂之天民;天之所助,謂之天子。"孟子盡心上:"有天民者,達行於天下而後行之者也。"㊁通稱人民。禮王制:"少而無父者謂之孤,……(孤、獨、矜、寡)此四者,天民之窮而無告者也。"

【天田】㊀星名。星經:"天田九星,主畿内田苗之職。"史記封禪書"其令郡國縣立靈星祠"集解引張晏:"龍星左角曰天田,則農祥也,晨見而祭。"後來也指皇帝親耕之田。唐李白李太白詩一明堂賦:"帝躬乎天田,後親於郊桑。"㊁古西北邊塞作偵察敵人行踪用的沙田。漢書四九鼂錯傳"爲中周虎落"注引蘇林:"作虎落於塞要下,以沙布其表,且視其跡,以知匈奴來入,一名天田。"按虎落爲防禦工事,與天田別爲一事,近年出土漢簡,常見"天田"字。

【天囚】㊀對帝王的蔑稱。漢何休公羊傳集解序"以無爲有"唐徐彦疏:"解云:公羊經傳本無以周王爲天囚之義,而公羊説及(漢)莊(彭祖)、顏(安樂)之徒以周王爲天囚,故曰以無爲有也。"章炳麟訄書新附一駁康有爲論革命書:"夫戴此失地之天囚,以爲漢族之元首,是何異取罪人于囹圄而奉之爲大君也。"㊁比喻無形的束縛。唐盧仝玉川子集二常州孟諫議座上……有感詩之五:"功名生地獄,禮教死天囚。"

【天册】三國吳孫晧(末帝)年號。公元275—276年。

【天外】㊀天邊之外,指極遠的地方。古文苑二宋玉大言賦:"方地爲車,圓天爲蓋,長劍耿耿倚天外。"文選漢張平子

(衡)思玄賦:"廓蕩蕩其無涯兮,乃今窮乎天外。"㊁意想不到之處。後漢書八八西域傳論:"神迹詭怪,則理絶人區;感驗明顯,則事出天外。"

【天仗】皇帝的儀仗。唐韋應物韋江州集九温泉行詩:"身騎廐馬引天仗,直入華清列御前。"

【天仙】㊀天上神仙。抱朴子 論仙:"按仙經云:上士舉形昇虚,謂之天仙;中士遊於名山,謂之地仙;下士先死後蜕,謂之尸解仙。"舊題漢班固漢武帝内傳:"唯見王母乘紫雲之輦,駕九色斑龍,别有五十天仙,側近鸞輿。"㊁比喻美女。南朝陳徐陵徐孝穆集四玉臺新詠序:"畫出天仙,閼氏覽而遥妒。"

【天台】㊀山名。在今浙江天台縣北,仙霞嶺山脈的東支。文選晉孫興公(綽)遊天台山賦題下注引支遁天台山銘序:"剡縣東南,有天台山。"古神話有漢劉晨阮肇入天台採藥故事,相傳卽此山。見太平御覽四一天台山引幽明記。㊁縣名。屬浙江省。漢章安縣地。唐爲臨海郡唐興縣。五代梁開平二年改爲天台縣。吴越又改台興。至宋建隆初改天台,屬台州。見太平寰宇記九八台州、宋史地理志四。㊂道家稱鼻爲天中。一名天台。詳"天中㊂"。

【天池】㊀寓言中所説的海。莊子逍遥遊:"南冥者,天池也。"㊁池名。在山西寧武縣西南管涔山上,俗名祈連泊池,相傳潛流通桑乾水。以池在山原之上,故名。參閲水經注十三㶟水、元和郡縣志十四嵐州。㊂星名。晉書天文志上:"九坎間十星,曰天池。"

【天宇】㊀天空。晉陶潛陶淵明集三辛丑歲七月赴假還江陵夜行途中詩:"昭昭天宇闊,皛皛川上平。"㊁國都。宋書傅亮傳:"乞歸天宇,不樂外出。"

【天安】北魏拓跋弘(獻文帝)年號。公元466—467年。

【天衣】㊀佛教謂諸天人所著的衣服。大智度論五:"四千里石山,有長壽人百歲過,持細軟衣一來拂拭,令是大石山盡,劫故未盡。"詩文中多用以稱仙人之衣。藝文類聚七六南朝梁庾肩吾和太子重雲殿受戒詩:"天衣初拂石,豆火欲燃薪。"㊁帝王之衣。南齊書輿服志:"衮衣漢世出陳留襄邑所織,宋末用繡及織成。建武中明帝以織成重,乃采畫爲之,加飾金銀薄,世亦謂爲天衣。"唐杜甫杜工部草堂詩箋二十傷春之三:"烟塵昏御道,耆舊把天衣。"

【天地】天空,大地。荀子天論:"星隊木鳴,國人皆恐,……是天地之變、陰陽之化,物之罕至者也。"也指天地之間,世界。文選漢張平子(衡)南都賦:"方今天地之睢剌,帝亂其政,豺虎肆虐,真人革命之秋也。"

【天老】相傳黄帝臣。漢書藝文志 有天老雜子陰道二十五卷。後漢書五九張衡傳應間:"方將師天老而友地典,與之乎高睨而大談。"竹書紀年上、列子黄帝、舊題晉陶潛集聖賢羣輔録等書,都有天老的記載。後來因以作宰相重臣的代稱。唐李白李太白詩二十金陵鳳凰臺置酒:"明主越羲軒,天老坐三台。"

【天匠】指天公,造物者。宋歐陽修文忠集五三依韻和聖俞見寄詩:"天匠染青紅,花腰呈裊娜。"

【天至】天真的誠摯。後漢書馬皇后紀:"肅宗亦孝性惇篤,恩性天至。"舊唐書九五惠文太子範傳:"(上)謂左右曰:'我兄弟友愛天至,必無異意。'"

【天光】㊀日光。藝文類聚九七晉傅咸螢火賦:"不進競於天光兮,退在晦而能明。"㊁天空的光景。唐李白李太白詩二一秋登巴陵望洞庭:"明湖映天光,徹底見秋色。"宋范仲淹范文正集七岳陽樓記:"上下天光,一碧萬頃。"

【天全】不假雕飾的天然狀態。宋蘇軾分類東坡詩十和文與可洋州園池三十首涵虚亭:"惟有此亭無一物,坐觀萬景得天全。"

【天年】自然的壽數。莊子山木:"此木以不材得終其天年。"韓非子解老:"行端直則無禍害,無禍害則盡天年,……盡天年則全而壽。"

【天竹】㊀南天竹的别名。梁程詧有天竹賦。元李衎竹譜作藍田竹。見清吴其濬植物名實圖考二六南天竹。㊁星名。見吕氏春秋明理。

【天牝】海。漢揚雄太玄五飾:"次五,下言如水,實以天牝。"注:"牝,谷也。天牝,謂海也。"

【天色】天空的顏色。常指時間的早晚和天氣的變化。晉陶潛陶淵明集四聯句詩:"高柯濯條幹,遠眺同天色。"唐杜甫杜工部草堂詩箋十北征:"仰看天色改,旁覺妖氛豁。"

【天休】天賜福祐。休,美好、吉祥。書湯誥:"各守爾典,以承天休。"國語周下:"其何德之修而少光王室,以逆天休。"

【天后】㊀武則天的稱號。唐高宗永徽六年廢王皇后而立武宸妃(則天)爲后。高宗稱天皇,武后稱天后。見舊唐書則天后紀。㊁道家神名。唐陸龜蒙甫里集二奉和太湖詩之三入林屋洞:"題之爲左神,理之以天后。"自注:"林屋洞爲左神幽虚之天,卽天后真君之便闕。"㊂海神名。也稱天妃。詳"天妃"。

【天行】㊀天體的運行。易乾:"天行健,君子以自强不息。"荀子天論:"天行有常,不爲堯存,不爲桀亡。"清王引之訓行爲道,易天行健與地勢坤相對成文,天行卽天道。見經義述聞二天行健。㊁星繞行的軌道和度數。國語晉四:"歲在大梁,將集天行,元年始受實沈之星也。"

【天妃】海神名。元史祭祀志五:"惟南海女神惠靈夫人,至元中以護海運有奇應,加封天妃神號。……直沽平江周涇泉福興化等處皆有廟。"舊時閩廣通海地方多立廟,有天妃廟、天妃宫、天后宫等。

【天完】元末徐壽輝農民起義軍建立的政權年號。公元1351—1360年。

【天序】㊀帝王的世系。漢書成帝紀:"定陶王欣,於朕爲子,慈仁孝順,可以承天序,繼祭祀。"㊁晉鼓吹曲名。傅玄製,相當於古曲的芳樹行。樂府詩集十九晉鼓吹曲天序引古今樂録:"天序,言聖皇應歷受禪,洪濟大化,用人各盡其才也。"

【天戒】上天的禁戒。書胤征:"先王克謹天戒,臣人克有常憲。"後漢書三十下郎顗傳:"政變於下,日應於天,……何天戒之數見也。"

【天材】自然資源。管子度地:"乃以其天材地利之所生,養其人以育六畜。"荀子强國:"其固塞險,形埶便,山林川谷美,天材之利多,是形勝也。"

【天君】指心,古人以心爲五種感覺器官的主宰。荀子天論:"心居中虚,以治五官,夫是之謂天君。"宋范浚香溪集五心箴:"天君泰然,百體從令。"

【天忌】虹的别名。淮南子天文:"虹、蜺、彗星者,天之忌也。"後因稱虹爲天忌。明王志堅表異録一天文:"虹曰天弓,又名天忌。"

【天步】㊀國運,時運。詩小雅白華:"天步維艱,之子不猶。"毛傳、鄭箋、孔疏皆釋步爲行,謂天行此令人艱困之事。宋朱熹集傳釋天步爲時運。晉陸雲陸士龍集三兄平原贈詩之七:"天步多艱,性命難誓。"㊁天文推步的省稱。後漢書五九張衡傳:"有風后者,……察三辰於上,跡禍福乎下,經緯歷數,然後天步有常。"新唐書二〇四薛頤傳:"當隋大業時爲道士,善天步律曆。"

【天助】天的佑助。易繫辭上:"天之所助者;順也;人之所助者,信也。"漢書三六劉向傳:"四海之內,靡不和寧,……此皆以和致和,獲天助也。"

【天邑】帝王都邑。書多士:"予一人惟聽用德,肆予敢求爾于天邑商。"疏引鄭玄注:"言天邑商者,亦本天之所建。"後因稱京都爲天邑。文選漢張平子(衡)西京賦:"天啟其心,人蓁之謀,……宜其可定以爲天邑。"

【天吳】水神。山海經海外東經:"朝陽之谷,神曰天吳,是爲水伯。……其爲獸也,八首人面,八足八尾,皆青黃。"又大荒東經:"有神人八首,人面虎身,十尾,名曰天吳。"唐李賀歌詩編一浩歌:"南風吹山作平地,帝遣天吳移海水。"

【天廷】星垣名。也作天庭。史記天官書:"三能三衡者,天廷也。客星出于天廷,有奇令。"參見"天庭㊀"。

【天成】㊀天然成就,不假人工。文選南朝梁沈休文(約)宋書謝靈運傳論:"至於高言妙句,音韻天成,皆暗與理合,匪由思至。"宋陸游劍南詩稿八三文章:"文章本天成,妙手偶得之。"㊁年號。1. 東魏元善見(孝靜帝)。公元534—537年。2. 五代後唐李嗣源(明宗)。公元926—930年。

【天角】㊀額角。文苑英華七五一隋李德林天命論:"帝體貌多奇,其面有明河海,赤龍自通,天角洪大。"㊁天空的一角。宋詩鈔陳造江湖長翁詩鈔泊小姑山:"娟月上天角,相與詫嫵媚。"

【天位】王位,帝位。詩大雅大明:"天位殷適,使不挾四方。"初學記九晉摯虞漢高祖贊:"遂登天位,纘堯之緒。"

【天兵】㊀天然的武器。如動物的齒、爪、角等。銀雀山漢墓竹簡孫臏兵法勢備:"孫子曰:夫陷齒戴角,前爪後距,喜而合,怒而鬬,天之道也,不可止也。故無天兵者自爲備,聖人之事也。"㊁王師,國家的軍隊。漢書八七下揚雄傳長楊賦:"夫天兵四臨,幽都先加。"㊂軍名。新唐書一二七張嘉貞傳:"突厥九姓新內屬,雜處太原北。嘉貞請置天兵軍綏護其衆,即以爲天兵使。"新唐書兵志:"天兵大同天安橫野軍四,苛嵐等守捉五,曰河東道。"

【天災】自然災害。左傳宣十五年:"天反時爲災。"又僖十三年:"天災流行,國家代有。"

【天河】㊀由大量恒星構成的星系。晴夜高空,呈銀白色帶狀,形如大河,故名天河。也叫星河、天漢、雲漢、銀漢、銀河等。詩大雅雲漢傳箋都稱雲漢爲天河。北周庾信庾子山集一鏡賦:"天河漸没,日輪將起。"㊁縣名。唐貞觀四年置,宋大觀元年廢,靖康元年復置。公元1952年撤銷,併入羅城縣。今屬廣西僮族自治區。參閱嘉慶一統志四六四慶遠府。

【天波】天際和水面。指遠望中水天相接的景象。唐王維王右丞集六渡河到清河作詩:"汎舟大河裏,積水窮天涯。天波忽開拆,郡邑千萬家。"

【天宗】指日、月、星。禮月令孟冬之月:"天子乃祈來年於天宗。"書舜典"禋于六宗"疏引賈逵云:"六宗者,天宗三,日、月、星也;地宗三,河、海、岱也。"參見"六宗㊀"。

【天定】宿命論者所説的天有定數,人間的吉凶、禍福、貴賤、得失等由天所安排。史記六六伍子胥傳:"人衆者勝天,天定亦能破人。"參見"人定勝天"。

【天官】㊀官名。周禮分設六官,以冢宰爲天官,乃百官之長。唐李賀歌詩編二仁和里雜敍皇甫湜:"欲彫小説干天官,宗孫不調爲誰憐?"指吏部長官。又禮曲禮下:"天子建天官,先六大。"掌祭祀鬼神、治曆數等職,相當於禮部。㊁泛指百官。文選漢班孟堅(固)東都賦:"天官景從,寖威盛容。"注引蔡邕獨斷:"百官小吏曰天官。"㊂天文。史記太史公自序:"太史公學天官于唐都。"史記有天官書,後來各史稱天文志。㊃指人的感覺器官。荀子天論:"耳、目、鼻、口、形能各有接而不相能也,夫是之謂天官。"又正名:"然則何緣而有同異?曰:緣天官。"注:"天官,耳、目、鼻、口、心、體也。謂之官,言各有所司主也。"㊄道教所奉的三官之一。三官爲天官、地官、水官。參見"天官㊂"。

【天空】天際空闊。唐釋貫休禪月集十五送僧歸天台寺詩:"天空聞聖磬,瀑細落花中。"

【天穹】天空高遠。宋歐陽修文忠集十二奉使道中五言長韻詩:"望平愁驛迥,野曠覺天穹。"

【天放】放任自然。莊子馬蹄:"彼民有常性,織而衣,耕而食,是謂同德。一而不黨,命曰天放。"

【天京】㊀都城。唐李白李太白詩十二自梁園至敬亭山見會公……:"粲粲吳與史,衣冠耀天京。"㊁太平天国定都南京,改名天京。

【天府】㊀周官名,屬春官,掌祖廟的守護保管。凡民數的登記册、邦國的盟書、獄訟的簿籍,都送天府保存。府,藏物之所;天,尊稱。後泛指朝廷的倉庫。晉書陶侃傳:"珍奇寶貨,富於天府。"㊁肥沃、險要、物產豐饒的地區。戰國策秦一:"蘇秦始將連橫,説秦惠王曰:'大王之國,……田肥美,民殷富,戰車萬乘,奮擊百萬,沃野千里,蓄積饒多,地勢形便,此謂天府,天下之雄國也。'"㊂星名。亢宿、房宿都有四星,並稱天府。見星經上。㊃人身部位及經穴名。素問至真要大論:"天府絕,死不治。"注謂天府在肘後之側上掖下。

【天性】天然的品質或特性。荀子儒效:"而都國之民,安習其服,居楚而楚,居越而越,居夏而夏,是非天性也,積靡使然也。"史記一〇九李廣傳:"廣爲人長,猨臂,其善射亦天性也。"

【天長】㊀天空遼闊。唐李白李太白詩二一登新平樓:"天長落日遠,水淨寒波流。"㊁縣名。屬安徽省。本漢廣陵縣地。唐開元二十九年置爲千秋縣,後玄宗以誕辰爲千秋天長節,改曰天長縣。參閱太平寰宇記一三〇天長軍。

【天青】染色名。深黑而微紅的顏色,即釋名釋綵帛所謂深青而含赤色的紺色。明李之藻譯同文算指通編三所記之天青緞,即此色。

【天毒】古國名。山海經海內經:"天毒,其人水居。"注:"天毒即天竺國。"參見"天竺"。

【天表】㊀天外。後漢書四十上班彪傳附班固西都賦:"排飛闥而上出,若游目於天表,似無依而洋洋。"㊁帝王的儀容。晉書裴秀傳:"(司馬炎)天表如此,固非人臣之相也。"

【天刑】㊀天的法則。國語周下:"上非天刑,下非地德,中非民則。"㊁宫刑。後漢書三十一襄楷傳:"黃門常侍,天刑之人。"天刑之人,指閹者、太監。

【天幸】徼天之幸。戰國策燕二:"日者,齊不勝於晉下,此非兵之過,齊不幸而燕有天幸也。"史記一一一霍去病傳:"驃騎所將常選,然亦敢深入,常與壯騎先其大將軍(衛青),軍亦有天幸,未嘗困絕也。"

【天花】㊀雪花。宋陸游劍南詩稿十二擬硯臺觀雪:"山川滅没雪作海,亂墜天花自成態。"㊁痘的別名。清袁旬撰天花精言六卷,前四卷專論痘證。

【天杭】天河。漢揚雄太玄劇:"海水羣飛,蔽於天杭。"

【天帚】初學記八荆州圖副記:"天門角上石室倒下一竹下拂,謂之天帚。"後因泛稱倒垂的樹木爲天帚。元詩選張養浩雲莊類稿田居自和:"山展野屏隨地遠,風揮天帚掃雲空。"

【天門】㊀莊子天運:"其心以爲不然者,天門弗開矣。"釋文:"天門,謂心也;一云大道也。"㊁天上的門。楚辭屈原九歌大司命:"廣開兮天門,紛吾乘兮玄雲。"淮南子原道:"排閶闔,鑰天門。"後也指帝王宮殿的門。唐杜甫杜工部草堂詩箋十二宣政殿退朝晚出左掖:"天門日射黃金榜,春殿晴曛赤羽旗。"㊂鼻孔。老子:"天門開闔,能雌乎?"注:"天門,謂鼻孔。"道家又稱天庭爲天門。雲笈七籤十二黃庭内景經:"上合天門入明堂。"注:"天門,在兩眉間,即天庭是也。"㊃塔頂。宋劉攽貢父詩話:"俗謂塔頂爲天門。蘇國老詩曰:'上到天門最高處,不能容物只容身。'"㊄星名。宋史天文志三:"東方角宿二星,爲天闕,其間天門也,其內天庭也。"㊅郡名。三國吳永安六年,孫休以天門山洞開如門,其高仰射不至,因分武陵郡三縣立天門郡。陳改爲石門郡,隋廢郡,改爲石門縣,屬澧州。參閱宋書州郡志三、水經注三七澧水、太平寰宇記一一八石門縣。㊆縣名。屬湖北省。本漢竟陵縣地。清雍正四年因縣西北有天門山,兩峰峙天,其中如門,改名天門縣。見嘉慶一統志三四二安陸府。㊇山名。1. 在湖南大庸縣南,即古松梁山,一作嵩梁山。見太平寰宇記一一八澧陽縣。2. 在安徽省,即博望山,亦名梁山。太平御覽四六引宋孝武詔:"梁山天表象魏,以旋國形,仍以二山爲立闕,故曰天門。"3. 山東泰山上有東、南、西三天門。唐李白李太白詩二十遊泰山之一:"天門一長嘯,萬里清風來。"

【天阿】星名。淮南子天文:"天阿者,羣神之闕也。"注:"闕,猶門也。"清王念孫認爲天阿非星名;本作天河,後人改作天阿。見讀書雜志十二淮南内篇。

【天阻】高遠,如天之阻隔。後漢書三一蘇不韋傳:"城闕天阻,宮府幽絕。"後也指高峻的山嶺或地形的險要。三國魏曹植曹子建集五朔風詩:"俯降千仞,仰登天阻。"晉書苻生載記:"據天阻之固,策三秦之銳,藉陸海之饒。"

【天明】㊀天亮的時候。唐杜甫杜工部草堂詩箋十三石壕吏:"天明登前途,獨與老翁別。"㊁年號。1. 唐初輔公祏據丹陽,自稱帝,國號宋,建元天明,後改乾德。公元623年。2. 南詔大理段素興(天明帝)。公元1043—1044年。

【天固】天然形勢險固。魏書宣武帝紀永平二年:"今京師天固,與昔不同。"南齊書芮芮虜傳:"百代一族,大業天固。"

【天竺】㊀國名。印度的古稱。藝文類聚七六晉司馬彪續漢書:"天竺國一名身毒,在大月氏東南數千里。"唐玄奘大唐西域記二濫波國:"詳夫天竺之稱,異議糾紛,舊云身毒,或賢豆,今從正音,宜云印度。"續一切經音義三新譯十地經一:"天竺,相承音竹,准梵聲合音篤。古云身毒,或云賢豆,新云印度,皆訛轉也。正云印特伽羅,此翻爲月也。月有千名,斯乃一稱。"㊁山峯名,又寺名,在浙江杭州市靈隱山飛來峰之南。唐白居易長慶集五四答客問杭州詩:"山名天竺堆青黛,湖號錢塘寫(瀉)綠油。"即指此山。有上、中、下三天竺寺。上天竺寺,五代晉天福間建,吳越錢俶改建號天竺觀音看經院;中天竺寺,宋太平興國元年吳越王建,號崇壽院;下天竺寺,隋開皇中就晉慧理翻經院改建。唐李白李太白詩十六送崔十二游天竺寺,即指下天竺寺。

【天垂】天的四邊。文選晉左太沖(思)蜀都賦:"火井沈熒於幽泉,高爓飛煽於天垂。"注:"天垂,天四垂也。"

【天命】㊀古代把天當作神,稱天神的意旨爲天命。論語季氏:"君子有三畏:畏天命,畏大人,畏聖人之言。"㊁自然的規律。荀子天論:"從天而頌之,孰與制天命而用之?"㊂自然的禀賦,天性。禮中庸:"天命之謂性,率性之謂道,脩道之謂教。"㊃年號。清努爾哈赤(太祖)。公元1616—1626年。

【天物】自然界的物產。書武成:"今商王受無道,暴殄天物,害虐烝民。"疏:"則天物之言,除人外,普謂天下百物鳥獸草木。"

【天和】㊀自然的祥和之氣。莊子知北遊:"若正汝形,一汝視,天和將至。"漢書禮樂志:"嘉承天和,伊樂厥福。"㊁北周宇文邕(武帝)年號。公元566—572年。

【天使】㊀天帝的使者。左傳宣三年:"初,鄭文公有賤妾曰燕姞,夢天使與己蘭。"又成五年:"(趙)嬰夢天使謂己:'祭余,余福女。'"參閱清俞正燮癸巳類稿二左傳天使義。㊁皇帝的使者。文苑英華五九三唐劉禹錫謝賜冬衣表:"九月授衣,載馳天使。"㊂流星名。晉書天文志中:"流星,天使也。"宋史天文志五:"流星有八,一曰天使。"

【天狗】㊀獸名。山海經西山經:"(陰山)有獸焉,其狀如狸而白首,名曰天狗。"又水鳥名。梁書沈約傳郊居賦:"其水禽則大鴻小雁,天狗澤虞。"㊁星名。史記天官書:"天狗,狀如大奔星,有聲,其下止地,類狗。"集解:"星有尾,旁有短彗,下有如狗形者。"

【天狐】傳説狐活千歲可與天通,叫作天狐。宋陸游劍南詩稿七三醉舞:"自是先生眼根鈍,天狐伎倆本無多。"一本作"天狐"。參閱唐段成式酉陽雜俎前集一五諾皋記下、太平廣記四四七引玄中記。

【天津】㊀星名。楚辭屈原離騷:"朝發軔於天津兮,夕余至乎西極。"注:"天津,東極箕斗之間漢津也。"晉書天文志上:"天津九星,橫河中,一曰天漢,一曰天江,主四瀆津梁,所以度神通四方也。"一般稱爲銀河。㊁橋名。唐許渾丁卯集上十二月拜起居表回詩:"一章西奏拜仙朝,回馬天津北望勞。"參見"天津橋"。㊂地名。金代稱直沽。明永樂二年置天津衛。清雍正三年改爲州,九年升爲府,並置天津縣。即今天津市。

【天宦】天閹,先天無生殖力的男子。靈樞經五音五味:"其有天宦者,未嘗被傷,不脱於血,然其鬚不生。"

【天帝】㊀天與帝。詩鄘風君子偕老:"胡然而天也,胡然而帝也。"傳:"尊之如天,審諦如帝。"疏:"天帝名雖別,而一體也。"㊁上帝。荀子正論:"居如大神,動如天帝。"

【天姿】㊀容貌。三國志魏明帝紀"葬高平陵"注引孫盛:"聞之長老,魏明帝天姿秀出,立髮垂地。"舊題漢班固漢武帝内傳:"(王母)修短得中,天姿掩藹,容顏絕世,真靈人也。"㊁天賦的才能,天然的品質。史記一二一伏生傳:"孝文帝時,徐生以容爲禮官大夫。傳子至孫徐延、徐襄。襄其天姿善爲容,不能通禮經。"漢書八八儒林傳作"其資性善爲頌"。文選漢馬季長(融)笛賦:"唯笛因其天姿,不變其材,伐而吹之,其聲如此。"

【天垠】天邊,指極遠的地方。文選晉張景陽(協)七命:"爾乃踰天垠,越地隔。"唐杜甫杜工部詩史補遺六別蔡十四著作:"若憑南轅使,書札到天垠。"

【天政】㊀自然的制約作用。荀子天論:"順其類者謂之福,逆其類者謂之禍,夫是之謂天政。"㊁宋時南詔後理段正淳(文安帝)年號。

【天南】指嶺南。唐白居易長慶集七一得潮州楊相公繼之書并詩以此寄之:"詩情書意兩殷勤，來自天南瘴海濱。"宋楊萬里誠齋集十八潮陽海岸望海詩："身行島北新春後，眼到天南最盡頭。"也泛指南方。唐劉禹錫劉夢得集六洛中逢韓七中丞之吳興口號詩之一："海北天南零落盡，兩人相見洛陽城。"

【天柱】㊀星名。星經："天柱五星，在紫微宮內，近東垣。"晉書天文志上："三台六星，兩兩而居，起文昌，列抵太微。一曰天柱。"㊁神話中頂天立地的大柱。相傳共工氏觸不周之山，天柱折，地維缺。見史記唐司馬貞補三皇紀。又神異經中荒經記昆侖之山有銅柱，高入天，圍三千里，周圓如削。初學記五引河圖括地象："崑崙山爲天柱；氣上通天，崑崙者地之中也。"參見"八柱"。㊂山名。1.在安徽潛山縣西北，皖山最高峰。史記封禪書："其明年冬，上巡南郡，至江陵而東，登禮灊之天柱山，號曰南嶽。"卽此山。參見"皖山"。2.在山東平度縣。絕頂巉巖，聳立如柱，故名。北魏光州刺史鄭道昭有天柱山銘。山東通志二七疆域志三山川謂卽漢書地理志膠東國卽墨之天室山。3.在浙江省，卽宛委山。詳"宛委"。㊃人體經穴名，屬足太陽膀胱經。靈樞經寒熱病："次脈，足太陽也，名曰天柱。"素問氣穴論："天柱二穴。"注："在俠項後髮際，大筋外廉陷者中，足太陽脈氣所發。"㊄舊時相士稱耳爲天柱。見太平御覽三六六長沙耆舊傳。

【天咫】㊀國語楚下："是知天咫，安知民則。"注："咫，言少也，此言少知天道耳，何知治民之法。"唐段成式酉陽雜俎前集一有天咫篇，敍天文異事。宋歐陽修文忠集九五謝進士及第啟："問天咫以不知，終然懵學。"㊁左傳僖九年："天威不違顏咫尺。"注："言天鑒察不遠，威嚴常在顏面之前。"後人因以天咫爲帝王所居之地。清震鈞撰有天咫偶聞，述北京事迹。

【天癸】古醫經稱天癸，兼指女子月經和男子精液。素問上古天真論："女子……二七而天癸至，月事以時下，故有子。"又："丈夫……二八腎氣盛，天癸至，精氣溢瀉，故能有子。"後專指女子月經。

【天則】自然的法則。易乾："乾元用九，乃見天則。"

【天香】㊀祭神的香。北周庾信庾子山集三奉和同泰寺浮屠詩："天香下桂殿，仙梵入伊笙。"宋吳自牧夢粱錄一元旦大朝會："元旦侵晨，禁中景陽鐘罷，主上精虔炷天香。"舊時民間迷信，於年節朔望，炷香敬天，也叫天香。㊁見"國色天香"。

【天威】㊀上天的威嚴。書泰誓上："肅將天威。"後也指帝王的威嚴。左傳僖九年："天威不違顏咫尺，……敢不下拜！"㊁神威，異乎尋常的威武。三國志魏張邈傳："(呂)布舉弓射戟，正中小支，諸將皆驚，言：'將軍天威也！'"

【天皇】㊀天帝。後漢書五九張衡傳思玄賦："叫帝閽使闢扉兮，覿天皇於瓊宮。"㊁古帝名，三皇之首。見史記唐司馬貞補三皇紀。參見"三皇"。

【天泉】㊀星名，卽天淵星。史記天官書："以十一月與氐、房、心晨出，曰天泉。"參見"天淵㊂"。㊁地名。在洛陽東，爲晉人遊宴之地。初學記四晉潘尼巳日詩："藹藹疏圃，載繁載榮。淡淡天泉，載淥載清。"又戴延之西征記："天泉之南，有東西溝，承御溝水。水之北有積石壇，云三月三日御坐流杯之處。"

【天保】㊀詩小雅篇名。是一首爲君主祝福的詩，以首句"天保定爾"爲名。㊁同"天祚"。引申爲皇統、國運。史記周紀載武王望商邑，至於周，自夜不寐。周公旦曰："曷爲不寐？"王曰："我未定天保，何暇寐！"㊂年號。1.北齊高洋(文宣帝)。公元550—559年。2.南朝梁蕭巋(明帝)。公元562—585年。

【天姥】山名。在浙江嵊縣新昌縣間。文選南朝宋謝靈運登臨海嶠與從弟惠連詩："暝投剡中宿，明登天姥岑。"唐李白李太白詩十五夢遊天姥吟留別："天姥連天向天橫，勢拔五岳掩赤城。"太平寰宇記九六越州引後吳録："剡縣有天姥山。傳云登者聞天姥歌謠之響。"

【天紀】㊀天道紀綱。指時日等言。書胤征："俶擾天紀，遐棄厥司。"傳："紀謂時日。"㊁古星名。屬天市垣。晉書天文志上："天紀九星，在貫索東。"㊂三國吳孫晧(末帝)年號。公元277—280年。

【天酒】露水。初學記二漢東方朔神異經："西北海外有人，……但日飲天酒五斗。張華注曰：天酒，甘露也。"

【天宰】百官之長。同"冢宰"。新唐書一四六李吉甫傳贊："吉甫踐天宰，謀謨是矣，而鯁正有愧於父云。"

【天家】帝王之家。漢蔡邕獨斷："天子無外，以天下爲家，故稱天家。"後漢書七八曹節傳："車馬服玩，擬於天家。"

【天宮】神話或宗教所指天神居住的宮殿。宋書訶羅陁國傳："臺殿羅列，狀若衆山，莊嚴微妙，猶如天宮。"西遊記五回目："亂蟠桃大聖偷丹，反天宮諸神捉怪。"

【天容】㊀天空的景色。南齊書張融傳海賦："照天容於鮷渚，鏡河色於魦潯。"宋蘇軾分類東坡詩一六月二十日夜渡海："雲散月明誰點綴，天容海色本澄清。"㊁帝王的容顏。同"天顏"。舊唐書音樂志四："繩繩雲步，穆穆天容。"

【天討】書臯陶謨："天討有罪，五刑五用哉。"本謂以五等之刑，懲戒有罪之人。後因稱出兵征伐爲天討。後漢書光武紀下贊："神旌乃顧，遞行天討。"

【天衷】上天的善意。左傳僖二八年："今天誘其衷，使皆降心以相從也，……用昭乞盟于爾大神，以誘天衷。"文選漢蔡伯喈(邕)郭有道碑文："先生誕膺天衷，聰睿明哲。"

【天疾】先天性的疾病。如聾、盲、跛足、傴僂之類。穀梁傳昭二十年："有天疾者，不得入乎宗廟。"

【天庫】㊀星名。史記天官書："軫南衆星曰天庫樓，庫有五車。"正義謂天庫一星，在五車中。漢書天文志無"樓"字。㊁皇帝的府庫。唐王建詩五田將軍："迴殘疋帛歸天庫，分好旌旗入禁營。"

【天祐】㊀見"天佑"。㊁年號。1.唐李柷(哀帝)。公元904—907年。2.元末張士誠稱誠王，建元天祐。公元1354年。

【天祚】㊀天賜福祐。左傳宣三年："天祚明德，有所底止。"國語晉四："周之大功在武，天祚將在武族。"㊁五代吳楊溥(睿帝)年號。公元935—937年。

【天庭】㊀星垣名。也作天廷。禮月令孟春之月"祈穀于上帝"疏："云上帝，太微之帝者，……太微在天庭，中有五帝座。"參見"天廷"。㊁神話中天帝的朝廷。文選漢揚子雲(雄)甘泉賦："選巫咸兮叫帝閽，開天庭兮延群神。"也指帝王的朝廷。全唐詩九六沈佺期奉和洛陽玩雪應制："灑瑞天庭裏，驚春御苑中。"㊂兩眉之間。三國志魏管輅傳："此二人天庭及口耳之間，同有凶氣。"雲笈七籤十一黃庭內景經四黃庭："天庭地關列斧斤。"注："兩眉間爲天庭。"

【天馬】㊀駿馬。史記一二三大宛傳："初，……得烏孫馬，好，名曰天馬。及得大宛汗血馬，益壯，更名烏孫馬曰西極，名大宛馬曰天馬云。"㊁銅馬。文選漢張平子(衡)東京賦："龍雀蟠蜿，天馬半漢。"㊂螳螂的別名。呂氏春秋仲夏："小暑至，螳螂生。"注："螳蜋一曰天馬。"宋羅願爾雅翼釋蟲二:"螗蜋,世謂之天馬。蓋驤首奮臂,頭長而身輕,其行如飛,有馬之象。"

【天素】天性。三國志蜀劉巴傳"先主辟爲左將軍西曹掾"注引零陵先賢傳:"(諸)葛亮謂巴曰:'張飛雖實武人,敬慕足下,主公今方收合文武,以定大事,足下雖天素高亮,宜少降意也。'"

【天荒】廣大荒遠。漢王充論衡恢國:"天荒之地,王功不加兵,今皆内附,貢獻牛馬。"參見"破天荒"、"天荒地老"。

【天挺】天資卓越。後漢書六一黄瓊傳:"光武以聖武天挺,繼統興業。"

【天真】㊀莊子漁父:"禮者,世俗之所爲也。真者,所以受於天也,自然不可易也。故聖人法天貴真,不拘於俗。"後卽以未受禮俗影響的本性爲天真。晉書阮籍傳論:"餐和履順,以保天真。"唐王維王右丞集六偶然作詩之四:"陶潛任天真,其性頗耽酒。"今也稱孩童的稚氣爲天真。參見"天真爛漫"。㊁道教神名。卽天皇真人。見隋書經籍志四、雲笈七籤三天尊老君名號歷劫經略。㊂佛教指天然的真理。摩訶止觀一:"法門浩妙,爲天真獨朗,爲從藍而青。"

【天根】㊀氐宿星别名。國語周中:"天根見而水涸。"爾雅釋天:"天根,氐也。"注:"角亢下繫於氐,若木之有根。"㊁人的自然稟賦。漢賈誼新書等齊:"人之情不異,面目狀貌同類,貴賤之别,非人天根著於形容也。"㊂星相術士稱人的足後跟。三國志魏管輅傳:"鼻無梁柱,脚無天根。"

【天格】天然的格局。新唐書一〇二令狐德棻傳附鄧世隆:"初,帝(太宗)以武功定天下,晚始嚮學,多屬文賦詩,天格贍麗,意悟沖邁。"唐孟郊孟東野集九品松詩:"此松天格高,聳異千萬重。"

【天飛】㊀比喻帝王登基。文選漢班孟堅(固)答賓戲:"故夫泥蟠而天飛者,應龍之神也;先賤而後貴者,和隨之珍也。"藝文類聚四八隋江總讓尚書令表:"天飛踐祚,任寄隆重。"㊁遠走高飛。藝文類聚二六晉潘尼懷退賦:"伊疇昔之懷慣,思天飛以遠迹。"

【天書】㊀帝王的詔敕。唐王維王右丞集二詶郭給事詩:"晨搖玉珮趍金殿,夕奉天書拜瑣闈。"㊁道家稱元始天尊所著的書,或託言從天而降的書。參閱隋書經籍志四、宋史真宗紀二、三。㊂比喻極難懂的書。紅樓夢八六:"(寶玉)看着又奇怪,又納悶,便說:'妹妹近日越發進了,看起天書來了。'"

【天閃】閃電。漢書五七下司馬相如傳大人賦:"貫列缺之倒景兮,涉豐隆之滂濞。"注:"列缺,天閃也。"

【天陣】陣法名。陣,也作"陳"。六韜虎韜三陳:"武王問太公曰:'凡用兵爲天陳、地陳、人陳奈何?'太公曰:'日月星辰斗杓,一左一右,一向一背,此謂天陳。'"後引申爲仁義之師。舊唐書一九〇中員半千傳:"夫師出以義,有若時雨,得天之時,此天陣也。"

【天孫】星名。卽織女星。史記天官書:"河鼓大星,……其北織女。織女,天女孫也。"索隱:"織女,天孫也。"唐柳宗元柳先生集十八乞巧文:"下土之臣,竊聞天孫專巧於天。"

【天時】㊀自然運行的時序。易乾:"先天而天弗違,後天而奉天時。"㊁荀子王霸:"農夫朴力而寡能,則上不失天時,下不失地利,中得人和而百事不廢。"此指農時。孟子公孫丑下:"天時不如地利,地利不如人和。"此指有利於政戰的自然氣候條件。㊂天命。三國志蜀諸葛亮傳:"然(曹)操遂能克(袁)紹,以弱爲彊者,非惟天時,抑亦人謀也。"

【天骨】㊀生就的雄偉骨幹。三國志魏管輅傳注引輅别傳:"(騏驥)不得騁天骨,起風塵。"唐張九齡曲江集十七獅子贊序:"其天骨雄詭,材力傑異,得金精之剛,爲毛群之特。"㊁天賦的風骨。多指人的氣量,風度。藝文類聚五十東漢蔡邕荆州刺史庾侯碑:"朗鑒出於自然,英風發乎天骨。"南朝陳徐陵徐孝穆集七答李顒之書:"公輔之量,不負高名。王佐之才,信表天骨。"

【天恩】上天的恩賜。全唐詩一一一張嘉貞恩敕尚書省僚宴昆明池應制詩:"地脈山川勝,天恩雨露饒。"一般指帝王的恩賜。後漢書四七班超傳:"幸得以微功,特蒙重賞,爵列通侯,位二千石,天恩殊絶。"

【天罡】星名,卽北斗七星的斗柄。參同契下:"二月榆落,魁臨于卯。八月麥生,天罡據酉。"

【天倉】星名。卽胃宿。史記天官書:"胃爲天倉。"正義:"胃三星,……胃主倉廩,五穀之府也。"晉書天文志上:"天倉六星,在婁南,倉穀所藏也。"

【天笑】閃電。舊題漢東方朔神異經東荒經:"(東王公)恒與一玉女投壺,每投千二百矯,……矯出而脱悮不接者,天爲之笑。"注:"今天上不雨而有電光,是天笑也。"唐李商隱李義山文集五祭全義縣伏波神文:"何煩玉女之投壺,方閙天笑。"卽用此典。

【天翁】卽天公。唐韓愈昌黎集二嗟哉董生行詩:"嗟哉董生孝且慈,人不識,惟有天翁知。"

【天眚】天災。古代天人感應之説,以爲地震、風雷、星變、日食等,都是上天垂戒,而看作災異。後漢書安帝紀論:"推咎台衡,以答天眚。"

【天氣】氣候。文選三國魏文帝(曹丕)燕歌行:"秋風蕭瑟天氣涼,草木搖落露爲霜。"

【天師】㊀莊子徐無鬼記黄帝稱童子爲天師,素問一黄帝稱岐伯爲天師,原爲一時尊敬之稱。東漢張陵以五斗米道行漢沔間,其孫魯據漢中傳其道,信教者稱陵爲天師。後漢書三十下襄楷傳注引太平經興帝王篇有天師之語;水經注二七沔水有張天師堂,卽指張陵。故五斗米道又稱天師道。陵以後的道流如寇謙之,也以天師自居。參閲清錢大昕十駕齋養新録十九天師。㊁猶大軍。文選三國魏陳孔璋(琳)檄吴將校部曲文:"故大舉天師百萬之衆,……霆奮席卷,自壽春而南。"

【天倫】㊀兄先弟後,天然倫次。故稱兄弟爲天倫。穀梁傳隱元年:"兄弟,天倫也。"文苑英華九八〇唐李華祭劉評事兄文:"羈旅情倍,天倫豈殊。"後來也泛指父子、兄弟等爲天倫。㊁自然的道理。莊子刻意:"一之精通,合於天倫。"

【天倪】天邊,天際。莊子齊物論:"何謂和之以天倪?"注:"天倪者,自然之分也。"釋文謂倪,分也。或作霓,際也。唐岑參岑嘉州詩三宿鐵關西館:"雪中行地角,火處宿天倪。"又高適高常侍集三宋中遇林慮楊十七山人因而有别詩:"遥見林慮山,蒼蒼戛天倪。"

【天狼】星名。在東井南。楚辭屈原九歌東君:"青雲衣兮白霓裳,舉長矢兮射天狼。"注:"天狼,星名,以喻貪殘。"

【天姬】卽公主。新唐書八三諸帝公主傳贊:"婦人内夫家,雖天姬之貴,史官猶外而不詳。"

【天涯】天的邊際,指極遠的地方。三國魏曹植曹子建集升天行:"中心陵蒼昊,布葉蓋天涯。"南朝梁江淹江文通集四古離别:"君行在天涯,妾身長别離。"參見"天涯地角"。

【天淵】㊀上至高空下至深淵。文選漢班孟堅(固)答賓戲:"聲盈塞於天淵。"引申爲懸殊，如"天淵之別"。㊁星名。續古文苑三隋李播天文大象賦："天淵委輸於南海，狗國分權於北幽。"苗爲注："天淵十星，在鼈東南，一名天泉，主灌溉。"參閱宋史天文志三。參見"天泉"。

【天章】㊀猶言天文，指分布在天空的日月星辰等。宋蘇軾經進東坡文集事略五五韓文公廟碑："公昔騎龍白雲鄉，手決雲漢分天章。"㊁比喻帝王的詩文詞章。南朝陳徐陵徐孝穆集九丹陽上庸路碑："御紙風飛，天章海溢。"唐岑參岑嘉州詩一送顏平原："天章降三光，聖澤該九州。"宋有天章閣，收藏皇帝的書翰。參見"天章閣"。

【天產】自然之產物，別於人爲者而言。周禮春官大宗伯："以天產作陰德，以中禮防之，以地產作陽德，以和樂防之。"注："(鄭)玄謂天產者動物，謂六牲之屬；地產者植物，謂九穀之屬。"禮郊特牲："醓醢之美，而煎鹽之尚，貴天產也。"醓醢須釀而成，煎鹽天質自然，故曰貴天產。見清孫希旦禮記集解。

【天鹿】白鹿。古代以爲祥瑞的徵象。藝文類聚九九引瑞應圖："天鹿者，純善之獸也，道備則白鹿見，王者明惠及下則見。"北周庾信庾子山集一春賦："艷錦安天鹿，新綾織鳳凰。"

【天族】皇族。晉書慕容超載記："始知天族多奇，玉林皆寶。"宋樓鑰攻媿集七六跋趙忠定公家書："丞相忠定公魁多士，登館殿，侍經帷，帥全蜀，知貢舉，皆本朝天族之所未有。"忠定，趙汝愚諡號，爲宋宗室。

【天康】南朝陳文帝(陳蒨)年號。公元566年。

【天啟】㊀上天的啟示。左傳閔元年："以是始賞，天啟之矣。"史記晉世家作"天開"。集解引服虔注："以魏賞畢萬，是謂天開其福。"㊁年號。1.元末農民起義軍徐壽輝。公元1358年。2.明朱由校(熹宗)。公元1621—1627年。

【天眷】㊀上天的關愛，恩眷。書大禹謨："皇天眷命，奄有四海，爲天下君。"後多指帝王對臣下的恩寵，信賴。晉書庾冰傳："非天眷之隆，將何以至此？"㊁金完顏亶(熙宗)年號。公元1138—1140年。

【天球】玉名。書顧命："大玉、夷玉、天球、河圖，在東序。"疏："天球，雍州所貢之玉，色如天者。"

【天理】㊀天道。莊子天運："夫至樂者，先應之以人事，順之以天理。"梁江淹江文通集二知己賦："談天理之開基，辯人道之始終。"㊁天性。禮樂記："好惡無節於內，知誘於外，不能反躬，天理滅矣。夫物之惑人無窮，……滅天理而窮人欲者也。"疏："理，性也，是天之所生本性滅絕矣。"後來也指良心。清李玉牛頭山六："我老爺若存了天理，怎得銀子到手？"㊂星名。隋書天文志上："魁中四星，爲貴人之牢，曰天理也。"

【天曹】道家所稱天上的神官。南齊書顧歡傳："今道家所稱長生不死，名補天曹，大乖老莊立言本理。"

【天授】㊀天之所與。史記九二淮陰侯傳："且陛下所謂天授，非人力也。"唐劉禹錫劉夢得集十二天論下："在舜之庭，元凱舉焉，曰舜用之，不曰天授。"㊁年號。唐武則天改唐爲周，建元天授。公元690—692年。

【天梯】楚辭漢王逸九思傷時："緣天梯兮北上，登太一兮玉臺。"原謂登天之梯，後用以比喻高險的山路。唐李白李太白詩三蜀道難："地崩山摧壯士死，然後天梯石棧相鉤連。"

【天械】名位利祿等之束縛人，猶如枷鎖，因比喻稱爲天械。唐韓愈昌黎集八雨中寄孟刑部幾道聯句詩："美君知道腴，逸步謝天械。"

【天梭】神話中天上織女的梭。玉臺新詠七南朝梁簡文帝七夕詩："天梭織來久，方逢今夜停。"唐賈島長江集一早起詩："秋寢獨前興，天梭星落織。"

【天問】楚辭篇名。戰國楚屈原作。漢王逸序："屈原放逐，憂心愁悴，彷徨山澤，……見楚有先王之廟及公卿祠堂，圖畫天地山川神靈，琦瑋僑佹，及古賢聖怪物行事，……因書其壁，呵而問之，以渫憤懣，舒瀉愁思。"全詩以兩句或四句爲一組，對自然現象、神話、歷史故事提出許多疑問，表現了屈原對傳統思想、歷史人物的批判態度和探索精神。清毛奇齡有天問補注一卷。

【天堂】㊀宗教家稱天上神仙及世人死後靈魂居住的極樂世界。宋書夷蠻傳釋慧琳均善論："且要天堂以就善，曷若服義而蹈道？懼地獄以敕身，孰與從理以端心？"後亦以比喻幸福美好的生活環境。清李玉清忠譜上鬧詔："自古道，上說天堂，下說蘇杭。"參見"天堂地獄"。㊁舊時相術家稱額以上爲天堂。見元周密齊東野語十七。

【天常】天的常道。左傳哀六年："惟彼陶唐，帥彼天常。"後漢書八四董祀妻(蔡琰)："漢季失權柄，董卓亂天常。"

【天眼】佛教所說五眼之一。即天趣之眼，能透視六道、遠近、上下、前後、內外及未來等。智度論五："於眼，得色界四大造清淨色，是名天眼。天眼所見，自地及下地六道中衆生諸物，若近，若遠，若麁，若細，諸色，無不能照。"南朝陳徐陵徐孝穆集五東陽雙林寺傳大士碑："大士天眼所照，預覩未來。"

【天患】自然災害。周禮地官司救："凡歲時有天患民病，則以節巡國中及郊野，而以王命施惠。"

【天國】㊀即天堂。宗教徒所謂極樂世界，神靈居住的地方。參見"天堂地獄"。㊁山名。在四川灌縣西南，爲青城山的支阜。元豐九域志七成都府路："蜀州西永康，有天國山。"

【天符】上天的符命。呂氏春秋知度："唯彼天符，不周而周。"漢書九九上王莽傳："天符仍臻，元氣大同。"

【天殺】㊀天性好殺。莊子人間世："有人於此，其德天殺。與之爲無方，則危吾國；與之爲有方，則危吾身。"㊁該死。吳語，駡人的話。清李玉一捧雪醜醋："倘那天殺的回來，有些風吹草動，你就來報咱。"

【天造】㊀自然生成的，對人爲而言。北周庾信庾子山集一小園賦："諒天造兮昧昧，嗟民生兮渾渾。"參見"天造地設"。㊁指皇帝。新唐書一二三李嶠傳上書："今文武六十以上，而天造含容，皆矜恤之，老病者已解還授，員外者既遣復留，恐非所以消敝救時也。"㊂隋末農民起義軍劉黑闥稱漢東王，建元天造。公元622—623年。

【天假】天所授與。左傳僖二八年："天假之年，而除其害。"指晉公子重耳流亡在外十九年，備嘗艱險，終能生還晉國，故稱天假之年。北周庾信庾子山集十三周上柱國齊王憲神道碑銘："公之挺生，實惟天假。"

【天紳】從天空垂下的大帶。指瀑布。唐韓愈昌黎集二送惠師詩："是時雨初霽，懸瀑垂天紳。"

【天渥】帝王的恩澤。藝文類聚十六南朝宋謝莊皇太子妃哀策文："離天渥兮就銷沉，委白日兮即冥暮。"宋梅堯臣宛陵集二十賜酒詩："湛露承天渥，流霞落羽觴。"

【天窗】㊀高窗。文選漢王文考(延壽)魯靈光殿賦："爾乃懸棟結阿，天窗綺疎。"㊁屋頂上用以通風、采光的窗。宋沈括夢溪筆談十五藝文二引五代江文蔚天窗賦:"一竅初啟,如鑿開混沌之時;兩瓦欹飛,類化作鴛鴦之後。"宋范成大石湖集二九睡覺詩:"尋思斷夢半瞢騰,漸見天窗紙瓦明。"

【天童】㊀山名。在浙江寧波市東。也作天潼,有佛跡石玲瓏巖龍隱潭諸名勝。見浙江通志十三山川五。㊁寺名。天童山景德禪寺,省稱天童寺。位於天童山太白峯。相傳晉永康中,僧義興作舍山間,有童子每日送柴送水;後辭去,自稱爲太白星。於是有天童太白的名稱。參閱宋樓鑰攻媿集五七天童山千佛閣記、嘉慶一統志二九二寧波府二寺觀。

【天視】書泰誓中:"天視自我民視,天聽自我民聽。"意謂上天的視聽,都從民意。語又見孟子萬章上。

【天扉】㊀天門。舊唐書音樂志三則天大聖皇后大享昊天樂章之十二:"式乾路,闢天扉。"㊁帝王的宮門。唐韓愈昌黎集四送區弘南歸詩:"業成志樹來頎頎,我當爲子言天扉。"

【天尊】㊀道家對所奉神仙的尊稱。如靈寶天尊、元始天尊等。㊁佛教亦稱佛爲天尊。無量壽經上:"今日天尊行如來德。"隋慧遠疏上:"今日天尊是佛異名。天有五種,如涅槃說,……佛於如是五天中上,故曰天尊。"

【天琛】天產的珍寶。文選晉木玄虛(華)海賦:"其垠則有天琛水怪,鮫人之室。"

【天棘】唐杜甫杜工部草堂詩箋一己上人茅齋:"江蓮搖白羽,天棘蔓青絲。"注家說法不一:或說天棘爲楊柳,見宋釋惠洪冷齋夜話四;或說是天門冬的別名,見宋朱翌猗覺寮雜記上;或以爲出自佛書,卽青棘香,見宋羅大經鶴林玉露十。參閱清仇兆鰲杜詩詳注一。

【天華】佛教謂佛說法則天花亂墜。華,通"花"。法華經譬喻品:"諸天妓樂,百千萬種,於虛空中,一時俱作,雨諸天華。"廣弘明集二十梁簡文帝大法頌序:"地芝候月,天華逆風。"參見"天華亂墜"。

【天喜】星相術士的迷信說法,日支和月建相合,如寅月逢戌日,卯月逢亥日,都叫天喜,說是吉利的日子。元曲選關漢卿竇娥冤二:"孩兒,你可曾算我兩箇的八字,紅鸞天喜幾時到命哩?"

【天菑】天災。菑,古災字。管子內業:"不逢天菑,不遇人害,謂之聖人。"

【天朝】舊稱皇帝的朝廷爲天朝,對分封諸王或藩國而言。晉書鄭默傳:"宮臣皆受命天朝,不得同之藩國。"

【天揖】一種拱手禮。周禮秋官司儀:"天揖同姓。"注:"天揖,推手小舉之。"孫詒讓引江永云:"古人之揖,如今人之拱手而推之,高則爲天揖。"見周禮正義。

【天棓】星名。呂氏春秋明理:"其星有熒惑,……有天棓。"史記天官書:"紫宮……右五星曰天棓。"又名覺星。見晉書天文志中雜星氣。

【天棚】搭在户外遮蔽風雨的竹木棚架。遼史禮志一:"若旱,擇吉日行瑟瑟儀以祈雨。前期,置百柱天棚。及期,皇帝致奠於先帝御容,乃射柳。"

【天都】㊀天空。淮南子泰族:"又況登泰山,履石封,以望八荒,視天都若蓋,江河若帶,又況萬物在其間者乎?"㊁帝王的都城。猶言天京。唐王維王右丞集四終南山詩:"太乙近天都,連山到海隅。"㊂星宿名。卽七星。晉書天文志上:"七星七星,一名天都。"㊃安徽黃山高峰名。清王士禛漁洋山人精華録六送孫無言歸黃山詩之三:"更問黃山奇絶處,天都瀑布勝匡廬。"參閱讀史方輿紀要二八江南十太平縣黃山。

【天植】指心。管子版法解:"故曰凡將立事,正彼天植。天植者,心也。天植正,則不私近親,不孽疎遠。"

【天雄】㊀藥名。淮南子繆稱:"天雄烏喙,藥之凶毒也,良醫以活人。"本草綱目十七下天雄:"天雄乃種附子而生出或變出,其形長而不生子,故曰天雄。其長而尖者謂之天錐,象形也。"㊁軍名。唐廣德初,以魏博節度使所領爲天雄軍。見新唐書二一〇田承嗣傳。五代郭威鎮鄴,改天雄軍牙内都指揮使。見舊五代史周世宗紀。防地在今河北大名縣一帶。

【天閑】皇帝養馬的地方。宋陸游劍南詩稿三七感秋:"古來真龍駒,未必置天閑。"

【天隅】天邊,指極遠的地方。唐杜甫杜工部草堂詩箋三二雨之三:"物色歲將晏,天隅人未歸。"

【天階】㊀帝位。文選漢張平子(衡)東京賦:"登聖王於天階,章漢祚之有秩。"㊁宮殿臺階。文選晉潘正叔(尼)贈侍御史王元貺詩:"遊鱗萃靈沼,撫翼希天階。"唐劉良注:"靈沼、天階,喻左右省閣也。"㊂星名。晉書天文志上:"三台爲天階,太一躡以上下。"

【天景】天色。唐孟郊孟東野集一灞上輕薄行:"長安無緩步,況值天景暮。"

【天貺】天賜。晉書樂志上:"天貺來下,人祇動色,抑揚周監,以弘雅音。"宋真宗大中祥符四年詔,以六月六日天書再降,定爲天貺節。見宋趙昇朝野類要一諸節、宋史真宗紀三。

【天策】㊀星名。左傳僖五年:"鶉之賁賁,天策焞焞。"注:"天策,傅說星。"疏謂傅說,殷高宗之相,死而託神於此星,故名。㊁帝王的謀略。北周庾信庾子山集六奉和平鄴應詔:"天策引神兵,風飛掃鄴城。"㊂見"天策上將"。

【天鈞】㊀自然均平。鈞,同"均"。莊子齊物論:"是以聖人和之以是非,而休乎天鈞。"一說:鈞,陶人造圜器所用的轉輪。言任天而行,若泥陶在鈞,陶者可任意而爲。㊁北極。淮南子俶真:"處玄冥而不闇,休於天鈞而不碣。"注:"天鈞,北極之地,積寒之野。"㊂神話中天上的音樂,卽"鈞天廣樂"。全唐詩六一〇皮日休上真觀:"天鈞鳴響亮,天祿行蹣跚。"參見"鈞天廣樂"。

【天智】㊀天賦的智慧。韓非子解老:"人也者,乘於天明以視,寄於天聰以聽,託於天智以思慮。"㊁美玉名。逸周書世俘:"商王紂取天智玉琰五,環身厚以自焚。"注:"天智,玉之上美者也。"

【天盛】夏李仁孝(仁宗)年號。公元1149—1170年。

【天然】天賦,自然。史記一一二主父偃傳:"臣竊以爲陛下天然之聖,寬仁之資,而誠以天下爲務,則湯武之名不難侔,而成康之俗可復興也。"三國志魏管輅傳"故人多愛之而不敬也"注引輅別傳:"於是唱大論之端,遂經於陰陽,文采葩流,枝葉橫生,少引聖籍,多發天然。"

【天象】天空的景象,如日月星辰的運行等。易繫辭上:"天垂象,見吉凶,聖人象之。"書胤征:"昏迷于天象,以干先王之誅。"

【天順】明朱祁鎮(英宗)年號。公元1457—1464年。

【天街】㊀京城中的街道。唐高適高常侍集四酬裴員外以詩代書詩:"自從拜郎官,列宿煥天街。"王建詩八宮詞之八八:"天街夜色涼如水,卧看牽牛織女星。"㊁星名。史記天官書:"昴、畢閒爲天街。"正義:"天街二星,在畢、昴間,主國界也。"

【天復】唐李曄(昭宗)年號。公元901—904年。

【天媛】神話中的織女。南朝齊謝朓謝宣城集一七夕賦:"步廣階而延膝,屬天媛之淹留。"

【天統】㊀王統,正統。周正建子,稱天

統。參見"三正"、"三統曆"。㊁漢朝自稱爲陶唐氏之後，承堯爲火德。漢初因秦正，承周之後，以木代火，得天之統緒，故稱天統。參閱史記高祖紀、漢書高帝紀贊注。唐王維王右丞集六上張令公詩："天統知堯後，王章笑魯初。"㊂年號。1.北齊 高緯（後主）。公元565—569年。2.元末紅巾軍明玉珍稱帝，國號夏。公元1362—1366年。

【天絲】蜘蛛等昆蟲所吐飄蕩在空中的游絲。北周庾信庾子山集十二行雨山銘："天絲劇藕，蝶粉生塵。"

【天意】上天的旨意。漢書禮樂志："王者承天意以從事，故務德教而省刑罰。"也指帝王的旨意。文苑英華二五四唐王建上裴舍人度詩："天意皆從彩毫出，宸心盡向紫烟來。"

【天誅】爲天所誅伐。越絶書越絶外傳記范伯："壞人之善毋後世，敗人之成天誅行。"也指帝王的征伐。漢書七十陳湯傳："臣延壽、臣湯將義兵，行天誅。"

【天稟】天賦，天資。藝文類聚五五南朝梁王僧孺詹事徐府君集序："孝睦天稟，友愛冥深。"宋王安石臨川集七七答孫少述書："某天稟疎介，與時不相值，生平所得，數人而已。"

【天祿】㊀天賜的福祿。書大禹謨："四海困窮，天祿永終。"文選晉陸士衡（機）漢高祖功臣頌："赫矣高祖，肇載天祿。"㊁傳說中的獸名。漢代多用爲雕刻的裝飾品。後漢書靈帝紀中平三年："復修玉堂殿，鑄……天祿、蝦蟆。"注："天祿，獸也。"又宋歐陽修集古録一："今鄧州南陽縣北有漢宗資墓，前碑旁有兩石獸，一曰天祿，一曰辟邪。"古玉圖譜西清古鑑並有漢器天祿書鎮，見附圖。㊂閣名。詳"天祿閣"。㊃酒的代稱。漢書食貨志下："酒者，天之美祿。"相傳隋末王世充對諸臣說：酒能輔和氣，宜封天祿大夫。見宋陶穀清異録酒漿。㊄遼耶律元（世宗）年號。公元947—950年。

天祿

【天資】天賦，天性。史記六八商君傳贊："商君其天資刻薄人也。"三國志魏文帝紀評："文帝天資文藻，下筆成章。"

【天運】㊀自然的氣數。史記天官書："夫天運，三十歲一小變，百年中變，五百載大變；三大變一紀，三紀而大備：此其大數也。"晉陶潛陶淵明集三責子詩："天運苟如此，且進杯中物。"㊁天體的運轉。後漢書天文志上注引東漢張衡靈憲："陽道左迴，故天運左行。"太平御覽二三國吳姚信昕天論："冬至極低，而天運近南。"

【天道】㊀自然的規律。荀子天論："天有常道矣，地有常數矣。"漢王充論衡亂龍："鯨魚死，慧星出，天道自然，非人事也。"古人認爲天道是支配人類命運的天神意志。書湯誥："天道福善禍淫，降災于夏。"㊁天象，天氣。國語周下："吾非瞽史，焉知天道？"元曲選缺名看錢奴二："正值暮冬天道，下着連日大雪，這路上好苦楚也啊！"㊂佛教所說六道之一。詳"六道"。

【天載】南宋建炎四年，鍾相起義，稱楚王，年號天載。公元1130年。

【天鼓】㊀史記天官書："天鼓，有音如雷非雷，音在地而下及地。"唐李白李太白詩三梁甫吟："我欲攀龍見明主，雷公砰訇震天鼓。"本謂天神所擊之鼓發聲如雷。後亦以天鼓比喻雷聲。㊁星名。晉書天文志上："河鼓三星，旗九星，在牽牛北，天鼓也。"

【天聖】宋趙禎（仁宗）年號。公元1023—1032年。

【天葩】天然美麗的花。比喻秀逸的文章。唐韓愈昌黎集二醉贈張祕書詩："東野動驚俗，天葩吐奇芬。"宋歐陽修文忠集八會飲聖俞家有作兼呈原父景仁聖從詩："詩翁文字發天葩，豈比青紅凡草木。"

【天極】㊀自然的道理。莊子盜跖："若枉若直，相而天極，面觀四方，與時消息。"王先謙集解："無問枉直，視汝自然以爲極。"㊁天道的極限。國語越下："無過天極，究數而止。"注："極，主也；究，窮也。無過天道之所至，窮其數而止也。"㊂天的邊際。楚辭屈原天問："斡維焉繫？天極焉加？"唐柳宗元柳先生集一唐鐃歌鼓吹曲之十一："平沙際天極，但見黄雲驅。"㊃星名。即北極星。史記天官書："中宮，天極星。"

【天辟】天子，皇帝。漢書五行志中之下："天辟惡之。"注："如淳曰：天辟，謂天子也。師古曰：辟音壁。"

【天隙】㊀山澗險要的地方。孫子行軍："凡地有絶澗、天井、天牢、天羅、天陷、天隙，必亟去之，勿近也。"漢曹操注："山澗道迫狹，地形深數尺，長數丈者爲天隙。"㊁可乘的機會。後漢書一三公孫述傳："若奮威德以投天隙，霸王之業成矣。"注："天時之間隙也。"

【天督】古印度。後漢書八十杜篤傳論都賦："摧天督，牽象犀。"注："即天竺國也。"漢書六一張騫傳注又作"天篤"。參見"天竺"。

【天虞】古代傳說的部族名。山海經大荒西經："有人反臂，名曰天虞。"注："即尸虞也。"

【天路】天上之路。文選漢張平子（衡）西京賦："美往昔之松喬，要羡門乎天路。"松喬、羡門，神仙名。引申爲遥遠之路。玉臺新詠一漢枚乘雜詩九首之七："美人在雲端，天路隔無期。"也指高險的山路。文選南朝宋謝靈運入華子崗是麻源第三谷詩："險逕無測度，天路非術阡。"術阡，市鎮和田間的道路。

【天蛾】一種害蟲的成蟲。常見的有甘薯葉天蛾，豆天蛾等。藝文類聚九七引廣志："有蠶蛾，有天蛾。凡草木蟲，以蛹化爲蛾甚衆。"

【天業】帝王的基業。藝文類聚三八南朝宋謝瞻經張子房廟詩："婉婉幕中畫，暉暉天業昌。"唐杜牧樊川集十五爲中書門下請追尊號表："天業益張，聖統無極。"

【天會】年號。1.五代時北漢劉鈞（孝和帝）。公元957—973年。2.金完顏晟（太宗）、完顏亶（熙宗）。公元1123—1137年。晟死於天會十三年一月，亶接位後仍稱天會，至公元1138年改號天眷。

【天鼠】獸名，即猞猁孫。唐張彦遠法書要録十引晉王羲之右軍書記十七帖："天鼠膏治耳聾有驗否？有驗者乃是要藥。"新唐書二一六上吐蕃傳："其獸犛牛，名馬、犬、羊、彘，天鼠之皮可爲裘。"

【天經】天之常道。左傳昭二五年："夫禮，天之經也。"注："經者，道之常。"文選漢班孟堅（固）典引："躬奉天經，惇睦辨章之化洽。"參見"天經地義"。

【天漢】㊀即銀河。詩小雅大東："維天有漢，監亦有光。"傳："漢，天河也。有光而無所明。"文選三國魏文帝（曹丕）雜詩："天漢迴西流，三五正從横。"㊁年號。1.漢劉徹（武帝）。公元前100—前97年。2.五代前蜀王建（高祖）。公元917年。

【天漏】形容雨多不止。唐杜甫杜工部草嶽詩箋五九日寄岑參："安得誅雲師，疇能補天漏。"

【天齊】㊀整齊。書呂刑："天齊於民。"㊁東嶽泰山的別稱。舊唐書禮儀志三："玄宗封泰山神爲天齊王。"後稱東嶽爲天齊，本此。㊂泉水名。史記封禪書："天齊淵水，居臨菑南郊山下者。"索隱引解道彪齊記:"臨菑城南有天齊泉。"水經注二六淄水引地理風俗記:"齊所以爲齊者,即天齊淵名也。"

【天語】㊀上天的告語。唐李白李太白詩一明堂賦:"巧奪神鬼,高窮昊蒼。聽天語之察察,擬帝居之將將。"㊁帝王的詔諭。唐劉禹錫劉夢得文集六送源中丞充新羅册立使詩:"身帶霜威辭鳳闕,口傳天語到雞林。"

【天福】㊀天賜的福祐。漢書宣帝紀神爵二年:"朕之不德,屢獲天福。"㊁五代後晉石敬瑭(高祖)年號。公元936—944年。亡後,後漢劉智遠(高祖)仍襲稱天福十二年。公元947年。

【天慳】指天旱。宋陸游劍南詩稿七五開歲屢作雨不成正月二十六日夜乃得雨……:"東風吹雨破天慳,行圃歸來剩解顏。"清王士禛漁洋山人精華錄四行經鵲華二山間即目:"始知今日已寒食,潑火小雨回天慳。"

【天粹】天然純粹。漢揚雄法言問神:"天精天粹,萬物作類。"宋黃庭堅豫章集二十金璧字說:"惟天粹之質,可以琢磨而成器。"

【天壽】猶言天年。書君奭:"天壽平格,保乂有殷。"史記楚世家:"今乃得以天壽終;孤之幸也。"

【天墀】殿階。又玄集中韋應物送宮人入道詩:"捨寵求仙畏色衰,辭恩素面立天墀。"

【天輔】年號。1.金完顏旻(太祖)。公元1117—1123年。2.南詔後理段智祥(神宗)。在南宋寧宗時。

【天塹】天然的壍坑。言其險要不易越過。南史孔範傳:"長江天塹,古來限隔,虜軍豈能飛度。"隋書五行志下殿本塹作"壍"。

【天監】㊀上天的監視。詩大雅大明:"天監在下,有命既集。"㊁南朝梁蕭衍(武帝)年號。公元502—519年。

【天蓋】即天空。天形如蓋,故名。古代天文家有蓋天說。淮南子原道:"以天爲蓋,以地爲輿。"唐獨孤及毘陵集一季冬自嵩山赴洛道中作詩:"天蓋西北傾,衆星殞如雨。"

【天幕】天形四垂如幕,故稱天所覆蓋爲天幕。唐李商隱李義山詩集六假日:"誰向劉伶天幕内,更當陶令北窗風。"參見"幕天席地"。

【天槍】星名。史記天官書:"紫宮左三星曰天槍。"

【天厭】爲天所棄絕。論語雍也:"子見南子,子路不悦。夫子矢之曰:'予所否者,天厭之!天厭之!'"漢王充論衡問孔解"天厭之"爲厭殺。厭卽"壓"。

【天閨】帝王的内宮。宋書后妃傳贊:"雖正位天閨,禮亢尊極。"

【天閣】卽尚書臺。初學記十一引宋元嘉起居注:"領曹郎中荀萬秋每設事緣私遊,肆其所之,豈可復參列士林,編名天閣,請免萬秋所居官。"

【天際】天邊。易豐:"豐其屋,天際翔也。"疏:"如鳥飛翔於天際,言隱翳之深也。"文選南齊謝玄暉(朓)之宣城郡出新林浦向板橋詩:"天際識歸舟,雲中辨江樹。"

【天罰】㊀上天的懲罰。書泰誓下:"爾其孜孜,奉予一人,恭行天罰。"㊁舊時遇父母死亡叫天罰。晉陶潛陶淵明集八祭程氏妹文:"昔在江陵,重罹天罰。"指其母孟氏去世。

【天算】猶言天年。後漢書三五張純傳論:"專命禮臣,撰定國憲,……而業絶天算,議黜異端。"注:"謂章帝晏駕也。"㊁天文算法的簡稱。清朱駿聲著有天算瑣記四卷,李善蘭著有天算或問一卷。

【天鳳】漢王莽建新王朝年號。公元14—19年。

【天獄】㊀星名。晉書天文志上:"婁三星,爲天獄。"又"參十星……又爲天獄,主殺伐。"㊁比喻地形險惡。三國志魏劉放傳注引孫資別傳:"昔武皇帝征南鄭,……又自往拔出夏侯淵軍,數言南鄭直爲天獄。"

【天網】天布的羅網。老子:"天網恢恢,疏而不失。"後多以天網喻國家的法律。三國魏曹植曹子建集八上責躬詩表:"誠以天網不可重罹,聖恩難可再恃。"

【天綱】㊀星名。晉書天文志上:"北落西南一星曰天綱,主武帳。"㊁國法。文選晉干令升(寶)晉紀總論:"内外混淆,庶官失才,名實反錯,天綱解紐。"

【天潢】㊀星名。史記天官書:"王良……旁有八星,絶漢,曰天潢。"漢書天文志作"天橫"。㊁皇族、宗室稱天潢。北周庾信庾子山集十五故周大將軍義興公蕭公墓銘:"派别天潢,支分若木。"

【天廚】星名。星經上:"天廚六星,在紫微宮東北維,近傳舍北百官廚,今光祿廚像之。"後因謂美味之食爲出自天廚。舊題晉葛洪神仙傳二王遠:"遠謂(蔡)經家人曰:'吾欲賜汝輩美酒,此酒乃出天廚,其味醇醲。'"

【天廟】星名。國語周上:"農祥晨正,日月底於天廟,土乃脈發。"注:"天廟,營室也。"晉書天文志上:"張南十四星曰天廟,天子之祖廟也。"參見"營室"。

【天慶】年號。1.遼耶律延禧(天祚帝)。公元1111—1120年。2.夏李純祐(桓宗)。公元1194—1205年。

【天駟】星名。國語周下:"昔武王伐殷,歲在鶉火,月在天駟。"注:"天駟,房星也。"又用以喻神馬。藝文類聚九三晉郭璞馬贊:"馬出明精,祖自天駟。"唐杜甫杜工部草堂詩箋八魏將軍歌:"星纏寶校金盤陀,夜騎天駟超天河。"

【天趣】自然的情趣。元湯垕古今畫鑑:"(米)元章嘗稱華亭李甲字景元,作翎毛,有天趣。"又:"(易元吉)多游山林,窺猨、狖、禽鳥之樂,圖其天趣。"

【天樞】㊀星名。北斗第一星。星經上北斗:"北斗星……第一名天樞,爲土星。"也用以比喻國家的權柄。後漢書五二崔駰傳:"重侯累將,建天樞,執斗柄。"㊁人體經穴名。素問六微旨大論:"天樞之上,天氣主之;天樞之下,地氣主之。"

【天賦】自然所賦與。舊唐書僖宗紀中和三年:"河中節度使王重榮神資壯烈,天賦機謀。"宋陸游劍南詩稿五三對食:"天賦元無滿谷羊,不煩粱肉汙龜腸。"

【天賜】㊀上天的賜與。左傳僖二三年:"乞食於野人,野人與之塊。公子怒,欲鞭之。子犯曰:'天賜也。'"公子,晉重耳。㊁北魏拓跋珪(道武帝)年號。公元404—409年。

【天數】㊀易經言數有天數地數。易繫辭上:"天數五,地數五,五位相得而各有合。天數二十有五,地數三十,凡天地之數,五十有五。"鄭玄注以五行之水木土爲天數,火金爲地數。虞翻注以一三五七九爲天數二十五,二四六八十爲地數三十。見唐李鼎祚周易集解八。㊁猶言天命。後漢書十三公孫述傳贊:"天數有違,江山難恃。"

【天漿】㊀甘美的汁液。唐韓愈昌黎集五調張籍詩:"刺手拔鯨牙,舉瓢酌天漿。"段成式酉陽雜俎續集九:"石榴甜者謂之天漿。"㊁水名。水經注七濟水:"溴水又東南流,天漿澗水注之。……其水有二源俱導,各出一溪;東北流合爲一川,名曰天漿溪。"在今河南濟源縣南,正東與溴水合。

【天儀】猶天顏,指帝王的儀容。文選南朝宋顏延年(延之)車駕幸京口三月三日侍遊曲阿後湖作詩:"神御出瑤軫,天儀降藻舟。"唐呂向注:"神、天皆謂帝也;

……儀，容儀也。"

【天質】同"天資"。後漢書五二崔駰傳慰志賦："固將因天質之自然，誦上哲之高訓。"初學記十九嵇康別傳："康長七尺八寸，好容色，雖土木形骸不自飾，而龍章鳳姿，天質自然。"又見晉書本傳。

【天盤】古時堪輿家用以測位定向的儀器，也叫羅經。以十二支爲十二宫，每宫雙山共二層，一左旋以應天運，一右旋以應天度，作格龍和消沙納水之用。又術數家以天上十二辰分野，隨時轉移，動而無常，也稱天盤。宋胡仲弓葦航漫遊稿一談星林漢留術詩："君貧賣術我賣文，君貧似我貧一分。君挾天盤走湖海，我攜破硯登青雲。"參閱古今圖書集成六五一堪輿載九天玄女青囊海角經浮針方氣之圖説。又七〇八術數載奇門遁甲有天盤星圖、天盤門圖。

【天德】㊀天的本質。荀子不苟："變化代興，謂之天德。"㊁地名。唐天寶中於大同川西築城，名天安軍。乾元後改爲天德軍。見元和郡縣志四天德軍。地在今內蒙古烏拉特旗境。㊂年號。1.五代閩王延政。公元943—945年。2.金完顏亮（海陵煬王）。公元1149—1153年。

【天衝】星座名。晉書天文志中妖星："七曰天衝，出如人，蒼衣赤頭，不動。"

【天樂】㊀天真的樂趣。莊子天運："天機不張，而五官皆備，此之謂天樂，無言而心説。"㊁天上的音樂。唐詩紀事五胡元範奉和太子納妃詩："聖文飛聖筆，天樂奏鈞天。"參見"鈞天廣樂"。

【天澤】㊀自然的恩惠。河嶽英靈集中薛據懷哉行詩："我聞雷雨施，天澤罔不該。"㊁皇帝的恩澤。南齊書何昌寓傳："皇命惟新，人沾天澤。"

【天憲】朝廷的法令。後漢書四三朱穆傳："當今中官近習，竊持國柄，手握王爵，口含天憲。"舊唐書八二許敬宗傳上表："或以直言而遭箠朴，或以忤意而見猜嫌，一概雷同，並罹天憲。"

【天親】人名，即世親。唐王維王右丞集四過乘如禪師蕭居士嵩丘蘭若詩："無著天親弟與兄，嵩丘蘭若一峯晴。"參見"世親㊀"。

【天橫】見"天潢㊀"。

【天橋】㊀古時攻城用的橋形木架。宋史三七七陳規傳："李橫圍城，造天橋填濠，鼓噪臨城。"㊁星名。王良五星像天上的橋，因以爲名。參閱星經王良、晉書天文志上。

【天機】㊀天賦的悟性，聰明。莊子大宗師："其嗜欲深者，其天機淺。"北齊顏之推顏氏家訓勉學："及至冠婚，體性稍定，因此天機，倍須訓誘。"㊁國家大政。三國志吳孫權傳："君臨萬國，秉統天機。"㊂造化的奧祕。宋陸游劍南詩稿十九醉中草書因戲作此詩："稺子問翁新悟處，欲言直恐泄天機。"㊃星名。卽斗宿。星經下斗宿載南斗六星，亦名天機。

【天曆】㊀紀元。史記太史公自序："五年而當太初元年，十一月甲子朔旦冬至，天曆始改。"指漢武帝元封七年冬至始改紀元爲太初元年。㊁太平天国的曆法，始於1851年（清咸豐元年）。規定一年爲三百六十六日，分十二月，大小月相間，大月三十一日，小月三十日。二十四節氣中除立春、清明、芒種、立秋、寒露、大雪爲十六日外，其餘皆爲十五日。以節氣（立春、驚蟄、立夏等）置於月首，中氣（雨水、春分、穀雨、小滿等）置於月中。每四十年一加，加年每月爲三十三日，全年三百七十六日。㊂天運。文選晉應吉甫（貞）晉武帝華林園集詩："陶唐既謝，天歷在虞。"歷，通"曆"。唐柳宗元柳先生集二十埊山銘："虞帝耄期，承順天曆。"

【天閹】沒有生殖力的男子。北齊李庶無鬚，時人呼爲天閹。見唐段成式酉陽雜俎續集四貶誤。

【天閽】㊀天帝的守門者。楚辭屈原遠遊："命天閽其開關兮，排閶闔而望予。"注："告帝衞臣啟禁門也。"㊁帝王的宮門。宋史四七九西蜀孟氏（昶）傳："抗手疏以陳誠，伏天閽而請命。"

【天隨】聽任自然。莊子在宥："神動而天隨。"注："神順物而動，天隨理而行。"唐李肇國史補下："趙璧曰：'吾之於五弦也，始則心驅之，中則神遇之，終則天隨之。'"唐陸龜蒙號天隨子，卽取此義。

【天險】易坎："天險，不可升也。"後以天險指險要之處。文選晉潘安仁（岳）西征賦："躡函谷之重阻，看天險之衿帶。"

【天興】年號。1.北魏拓跋珪（道武帝）。公元398—403年。2.隋末劉武周。公元617—620年。3.金完顏守緒（哀帝）。公元1232—1234年。

【天衡】㊀帝王的權柄。三國志蜀先主傳："董卓首難，蕩覆京畿，曹操階禍，竊執天衡。"㊁見"天衝"。

【天禧】年號。1.宋趙恒（眞宗）。公元1017—1021年。2.西遼耶律直魯古（末帝）。公元1178—1211年。

【天黿】星次名。國語周下："星在天黿。"注："天黿，次名，一曰玄枵，從須女八度至危十五度爲天黿。"參見"玄枵"。

【天聲】巨響。文選漢揚子雲（雄）甘泉賦："登長平兮雷鼓磕，天聲起兮勇士厲。"又比喻國家的聲威。後漢書二三竇融傳附竇憲："下以安固後嗣，恢拓境宇，振大漢之天聲。"

【天聰】㊀猶言天聽。書皋陶謨："天聰明，自我民聰明；天明畏，自我民明畏。"韓非子解老："人也者，乘於天明以視，寄於天聰以聽，託於天智以思慮。"㊁頌揚帝王視聽聰明之詞。三國魏曹植曹子建集八求通親親表："冀陛下儻發天聰而垂神聽也。"㊂後金皇太極（太宗）年號。公元1627—1635年。

【天隱】指操行最高潔的隱士。隋王通文中子周公："至人天隱，其次地隱，其次名隱。"注："藏其天真，高莫窺測。"唐陸龜蒙甫里集十代廣文訓襲美見贈韻詩："不知天隱在何鄉，且欲煙霞跡暫雙。"

【天縱】㊀天所放任，意謂上天所賦予。論語子罕："固天縱之將聖，又多能也。"宋朱熹集注："縱猶肆也，言不爲限量也。"或以"天縱之"斷句。梁劉勰文心雕龍時序："高祖尚武，戲儒簡學，……然大風鴻鵠之歌，亦天縱之英作也。"㊁閏月。明鄭仲夔耳新六："曆家謂閏月爲天縱。"

【天顏】帝王的容顏。漢趙曄吳越春秋勾踐歸國外傳："機杖茵褥諸侯儀，羣臣拜舞天顏舒。"唐杜甫杜工部草堂詩箋一二紫宸殿退朝口號："晝漏稀聞高閣報，天顏有喜近臣知。"

【天職】天的職責。荀子天論："不爲而成，不求而得，夫是之謂天職。"後來稱人所應盡的職責爲天職。宋王邁臞軒集一二題趙別駕委齋詩："一或負所委，是謂天職虧。"

【天闕】㊀星名。史記天官書："兩河、天闕間爲關梁。"星經下斗宿："南斗六星……一名天斧，二名天闕，三名天機。"㊁宮門外有雙闕，因稱帝王所居爲天闕，也指朝廷。宋書桂陽王休範傳與袁粲等書："便當投命有司，謝罪天闕。"宋岳飛岳忠武王集滿江紅詞："待從頭收拾舊山河，朝天闕。"㊂山名。江蘇江寧縣牛頭山有二峰，東西相對，形似雙闕，故又名天闕山。文選南朝梁陸佐公（倕）石闕銘："乃假天闕於牛頭，託遠圖於博望。"

【天爵】自然的爵位。孟子告子上："仁義、忠、信，樂善不倦，此天爵也；公卿大夫，此人爵也。"世説新語德行"李元禮歎荀淑鍾皓"注引先賢行狀："皓高風承世，除林慮長，不之官，人位不足，天爵有餘。”

【天雞】㊀神話中天上的雞。初學記三十晉郭璞玄中記：“桃都山有大樹曰桃都，枝相去三千里，上有天雞。日出照木，天雞卽鳴，天下雞皆鳴。”又見舊題梁任昉述異記下。唐李白李太白詩十五夢游天姥吟：“半壁見海日，空中聞天雞。”㊁鳥名。文選南朝宋謝靈運於南山往北山經湖中瞻眺詩：“海鷗戲春岸，天雞弄和風。”㊂星名。晉書天文志上：“狗國北二星曰天雞，主候時。”宋汪藻浮溪集二九庚午歲屛居零陵詩：“如何天雞星，不照湘南州？”按金雞星也名天雞星。參見“金雞”。㊃蟲名。1. 爾雅釋蟲：“翰，天雞。”注：“小蟲，墨身赤頭，一名莎雞。”參見“莎雞”。2. 晉崔豹古今注中魚蟲：“紺蝶，一名蜻蛉，……亦曰天雞。”參見“紺蝶”、“蜻蛉”。

【天鎮】縣名。屬山西省。漢陽原縣。唐爲天成軍。遼置縣。清改爲天鎮。見嘉慶一統志一四六大同府天鎮縣。

【天鵝】鳥名。卽鵠。唐李商隱李義山詩集四鏡檻：“撥弦驚火鳳，交扇拂天鵝。”明李時珍引贊寧：“凡物大者皆以天名，天者大也。”見本草綱目四鵠。

【天臍】古緯書謂黃河有九曲，發源崑崙爲地首，至砥石入於海爲天臍。參閱古微書三二河圖絳象。

【天寵】㊀上天的寵愛。易師：“在師中吉，承天寵也。”南朝陳徐陵徐孝穆集六爲陳高祖與周宰相書：“猥以庸薄，遂膺天寵。”㊁皇帝的寵愛。南朝梁劉孝綽劉祕書集侍宴詩：“自昔承天寵，於茲被人爵。”

【天韻】㊀自然的風韻。宋沈與求龜谿集一劉行簡見借詩稿以長句歸之詩：“劉郎天韻眞不凡，飛騰宜在蓬萊島。”㊁帝王的詩文。文苑英華十四唐徐安貞奉和聖製喜雨賦：“仰宸儀之法度，聞天韻之宮徵。”

【天璽】年號。1. 三國吳孫皓（末帝）。公元 276 年。2. 東晉時北涼段業（涼王）。公元 399—400 年。

【天鏡】喩指明月或澄靜的水面。唐宋之問集下遊禹穴回出石耶：“石帆搖海上，天鏡落湖中。”宋范成大石湖集二十塡乾道辛卯歲三月望夜……泛湖有懷昔遊賦詩紀事：“三更半醉吹笛去，櫂入濕銀天鏡中。”

【天贊】年號。遼阿保機（太祖）。公元 922—926 年。

【天臘】道教稱農曆正月初一。雲笈七籤三七齋戒説雜齋法：“正月一日名天臘，五月五日名地臘。”

【天寶】㊀天然的寶物。商君書徠民：“不然，夫實曠土，出天寶，而百萬事本，其所益多也，豈徒不失其所以攻乎？”唐王勃王子安集五滕王閣詩序：“物華天寶，龍光射牛斗之墟。”㊁傳説中的神名。卽陳寶。文選漢揚子雲（雄）羽獵賦：“追天寶，出一方。”注：“應劭曰：天寶，陳寶也。晉灼曰：天寶，雞頭而人身。”參見“陳寶”。㊂年號。1. 唐李隆基（玄宗）。公元 742—755年。2. 五代吳越錢鏐（武肅王）。公元908—923 年。

【天壤】天地。天地長存，故以天壤喩事物的經久不朽。戰國策齊六魯仲連遺燕將書：“若此二公者，……除感忿之恥，而立累世之功，故業與三王爭流，名與天壤相敝也。”二公，指管仲曹沫。文選晉張景陽（協）詠史詩：“清風激萬代，名與天壤俱。”又，天在上，地在下，相去遥遠，故以天壤喩事物之懸殊。如言天壤之別。

【天藻】帝王的文章。唐陳子昂陳伯玉集三爲陳御史上奉和秋景觀競渡詩表：“帝歌爰作，天藻攸彰。”

【天黥】㊀比喩摧殘身心的仁義禮教。莊子大宗師：“意而子曰：‘庸詎知夫造物者之不息我黥，而補我劓，使我乘成以隨先生邪？’”黥，刺面刑；劓，割鼻刑。莊子用以比喩仁義禮教。宋黃庭堅豫章集三平陰張澄居士隱處三詩仁亭：“養生息天黥，穀木印歲寒。”㊁痘疤。明葉子奇草木子四上談藪四：“令一婢隔西壁而歌，僧聞其曲韻悠揚，因窺之，乃一老婢，天黥滿面，醜不可狀。”

【天竈】兵家稱大谷之口爲天竈。吳子治兵：“武侯問曰：‘三軍進止，豈有道乎？’起對曰：‘無當天竈，無當龍頭。天竈者，大谷之口；龍頭者，大山之端。’”

【天譴】猶言天罰。北史周宣帝紀大成元年：“允叶人心，用消天譴。”

【天魔】佛教語。天子魔的省稱。楞嚴經九：“或汝陰魔，或復天魔。”宋陸游劍南詩稿七四新春感事：“烏藤卽是碧油幢，百萬天魔指顧降。”參見“天子魔”、“天魔外道”。

【天欃】星名。呂氏春秋明理：“其星……有天欃。”史記天官書：“三月生天欃，長四丈，末兑。”集解引韋昭：“欃音參差之參。”漢書天文志作“天槍”。

【天屬】莊子山木：“或曰：‘……棄千金之璧，負赤子而趨，何也？’林回曰：‘彼以利合，此以天屬也。’”後稱有血緣關係的直系親屬爲天屬，如父子、兄弟、姊妹等。後漢書八四董祀妻（蔡琰）傳悲憤詩：“天屬綴人心，念別無會期。”

【天驕】漢朝稱北方匈奴爲“天之驕子”，簡稱天驕。漢書九四上匈奴傳：“南有大漢，北有强胡。胡者，天之驕子也。”後以泛稱强盛的邊地民族。唐李白李太白詩五塞下曲六首之三：“彎弓辭漢月，插羽破天驕。”又杜甫杜工部草堂詩箋十二留花門：“北門天驕子，飽肉氣勇決。”

【天聽】上天的視聽。書泰誓中：“天視自我民視，天聽自我民聽。”古以帝王比天，故也稱帝王的視聽爲天覽、天聽。晉書石崇傳：“幸賴陛下天聽四達，靈鑒昭遠。”參見“天視”。

【天鬻】天所養育。莊子德充符：“天鬻也者，天食也，既受食於天，又惡用人。”釋文：“鬻，養也。”

【天籟】自然界的音響。莊子齊物論：“女聞人籟而未聞地籟；女聞地籟，而未聞天籟夫。”唐杜甫杜工部草堂詩箋十五寄張十二山人彪：“鼓角凌天籟，關山倚月輪。”後亦指文章流暢而具有自然情趣的爲天籟。唐陸龜蒙甫里集二奉和因贈至一百四十言詩：“唱既野芳坼，詶還天籟疎。”

【天顯】㊀上天所顯示的道理。書康誥：“于弟弗念天顯，乃弗克恭厥兄。”清孫星衍尚書今古文注疏釋顯爲代；天顯，謂兄於天倫，有代父之道。㊁遼耶律德光（太宗）年號。公元 926—938 年。

【天變】天象的變異，指日蝕、地震之類。史記天官書：“幽厲以往，尚矣。所見天變，皆國殊窟穴，……紀異而説不書。”

【天蠶】野蠶的一種。清屈大均廣東新語二四：“天蠶出陽江，其食必樟楓葉。歲三月熟醋浸之，抽絲長七八尺，色如金，堅韌異常，以作蒲葵扇緣，名天蠶絲。”

【天衢】天路。衢，四通八達的大路。比喩通顯之地。漢書敍傳下：“攀龍附鳳，並乘天衢。”後多指京師。文選漢張平子（衡）西京賦：“豈伊不虔思于天衢，豈伊不懷歸于枌楡。”三國志吳胡綜傳：“遠處河朔，天衢隔絶。”

【天驥】千里馬。文選晉張景陽（協）七命：“天驥之駿，逸態超越。”注：“天驥，天馬也。”

【天鷚】天雀。爾雅釋鳥：“鷚，天鷚。”清郝懿行義疏説鷚卽今之天雀，其鳴聲相屬，有如告訴，故又稱告天鳥。

【天一閣】明嘉靖時浙江鄞縣范欽藏書閣名。因得元揭傒斯所書吳道士龍虎山天一池石刻而取名。欽官至兵部侍郎，喜購書，藏書多至五萬三千餘卷。清嘉慶間，阮元任浙江巡撫，命欽後裔懋柱編天一閣書目十卷。光緒間，錢恂重編書目，書多散失，較嘉慶時已不及十分之一。明清浙東藏書家以天一閣爲第一。

【天人師】 如來十號之一。以其爲天與人之師，故名。五燈會元一："佛於二月八日明星出時成道，號天人師。"參閱大智度論二。

【天人際】 見"天人之際"。

【天下母】 ㊀天地的始源。老子："有物混成，先天地生，寂兮寥兮，獨立而不改，周行而不殆，可以爲天下母，吾不知其名，字之曰道。" ㊁全國的母儀。對皇后的頌詞。漢書九八元后傳贊："及王莽之興，由孝元后，歷漢四世，爲天下母。"

【天子妃】 舊唐書五一后妃傳上良娣蕭氏："庶人(蕭)良娣初囚，大罵曰：'願阿武(則天)爲老鼠，吾作貓兒，生生扼其喉。'武后怒，自是宮中不畜貓。"宋時民間稱貓爲天子妃，本此。參閱宋羅大經鶴林玉露十。

【天子魔】 佛教語。簡稱天魔，常與外道並稱。大智度論六八："天子魔者欲界主，深著世間樂，用有所得，故生邪見，憎嫉一切賢聖涅槃道法，是名天子魔。"參見"天魔外道"。

【天文生】 觀察天象、推算時日的官吏。俗指從事擇吉日，看風水等迷信活動的人。紅樓夢六三："命天文生擇了日期入殮。"

【天王堂】 相傳唐天寶七年，安西守城將領奏有毗沙門天王現形助守，於是命令各道節鎮，在州府城西北角各立天王像。後來軍營內也設立天王堂。水滸第九回林冲發配滄州，看守牢城營的天王堂，卽此。參閱宋贊寧僧史略下、龐元英談藪、清趙翼陔餘叢考四天王堂。

【天井關】 關名。一名太行關。又名楚雄關、平陽關。在山西晉城縣太行山上。漢書地理志上上黨郡高都縣下有天井關，卽戰國策魏一吳起謂"夫夏桀之國，左天門之陰"的天門。參閱清吳卓信漢書地理志補注七。

【天中記】 明陳耀文撰。六十卷。因所居近天中山，故名天中記。其書援引頗富，間附辨證，說明所據由來，在明人類書中體裁較爲完善。

【天中節】 唐宋以來以農曆五月五日午時爲天中節。也叫重午節、浴蘭令節。卽後來所稱端午節。見宋吳自牧夢粱錄三五月、宋陳元靚歲時廣記二十一趁天中引提要錄。

【天水碧】 淺青色。相傳南唐後主李煜的宮女染衣作淺碧色，晚上晾於室外，經露水濕染，顏色更好，因名天水碧。元劉因靜修先生文集十薔薇："色染女真黃，露凝天水碧。"參閱五代缺名五國故事上、宋曾慥類說八乘異記。

【天平山】 山名。在江蘇蘇州市。巍然特高，半山有白雲泉，相傳爲吳中第一水。見宋范成大吳郡志十五山，朱長文吳郡圖經續記上山。

【天可汗】 我國古代西北各少數民族對其君主稱可汗。唐太宗貞觀四年，西北各族君長請太宗爲天可汗，表示擁戴，後凡唐王朝給予西北各族君長的璽書，皆稱皇帝天可汗。見唐會要一〇〇雜錄、唐柳宗元柳先生集一唐鐃歌鼓吹曲十一高昌。

【天目山】 山名。在浙江臨安縣西北，名東天目山；與於潛縣接界，名西天目山。元和郡縣志二五天目山謂山有兩峰，峰頂各有一池，左右相對，故稱天目。道書稱爲洞天，名天蓋滌玄天。見雲笈七籤二七洞天福地。

【天仙果】 果木名。宋宋祁景文集四七天仙果贊序："樹高八九尺，無花，其葉似荔枝而小，子如櫻桃，纍纍綴枝間，六七月熟，味至甘。"

【天台宗】 佛教的一派。北齊慧文禪師以龍樹中觀論宗旨，授南岳慧思，傳於隋智者大師智顗。智顗講說三大部：一爲玄義，二爲文句，三爲止觀。智顗居天台山，因稱他的流派爲天台宗。以宗法華經，又名法華宗。他講經論法，以反省觀心爲主，故亦稱性宗。天台宗盛行於唐代，到五代因戰亂而衰，至宋之四明復盛，分山家、山外兩派。宋邵雍提倡觀心內省功夫，與天台止觀教義有一定的淵源。

【天安門】 位於北京城區中心。原爲明清時皇城南門。明永樂十五年始建，名承天門；清順治八年修繕，改名天安門。解放後曾徹底翻蓋。公元1949年10月1日，偉大領袖毛澤東主席在天安門城樓上莊嚴宣告中華人民共和國成立，天安門成爲中國人民革命勝利的標誌。參見"紫禁城"。

【天名精】 草名。本草經上品。南朝宋劉敬叔異苑載劉𢡟以此草活鹿故事，故又有活鹿草、劉𢡟草諸名。梁陶弘景名醫別錄認爲就是豨薟。明李時珍說是天蔓青的誤稱。參閱本草綱目十五天名精。

【天官書】 史記篇名，八書之一，記天文星象，以星座比附人間的官曹列位，故稱天官書。史記太史公自序："星氣之書多雜禨祥不經，……比集論其行事，驗于軌度以次，作天官書第五。"

【天長節】 唐玄宗以垂拱元年八月初五日生於東都。開元十七年百官請以是日爲千秋節。天寶七年，又改千秋節爲天長節。見舊唐書玄宗紀、册府元龜二帝王誕聖。

【天雨粟】 漢王充論衡感虛："燕太子丹朝於秦不得去，從秦王求歸。秦王執留之，與之誓曰：'使日再中，天雨粟，令烏白頭，馬生角，廚門木象生肉足，乃得歸。'"天雨粟，爲必無之事，示決不許丹返燕國之意。參見"雨粟"。

【天花板】 屋內棟梁下的頂棚板。古稱承塵、藻井。元蔣子正山房隨筆："元遺山好問裕之，……其妹爲女冠，……至則方自手補天花板。"參見"承塵"、"藻井"。

【天門冬】 多年生蔓草名。本草經上品，爾雅作虋蘠、虋冬。見政和證類本草六十。本草綱目十八上作"天虋冬"。繁茂之草叫虋，俗作門。因此草茂密，功效與麥門冬相同，故稱天門冬。

【天竺書】 古代印度文字。太平御覽七四八載梁庾元威論書，謂百體中有天竺書。

【天津橋】 在河南洛陽市西南。隋煬帝大業元年遷都，以洛水貫都，有天漢津梁的氣象，因建此橋，名曰天津。唐太宗貞觀十四年累方石爲墩，建成石礎橋。舊唐書肅宗紀至德二年："廣平王入東京，陳兵天津橋南，士庶歡呼路側。"卽此橋。參閱太平寰宇記三河南縣、讀史方輿紀要四八河南府。

【天穿節】 宋以前，以正月二十三日爲天穿節。相傳女媧氏是日補天，俗以煎餅置屋上，名曰補天穿。見清褚人穫堅瓠集補五。宋葛勝仲丹陽詞有蓦山溪天穿節和朱刑掾詞二首。參閱清俞正燮癸巳存稿十一天穿節。

【天南星】 多年生草名。本草經作虎掌，因葉形得名。因根圓白，形如老人星狀，故開寶本草著錄名天南星。參閱政和證類本草十一、本草綱目十七虎掌。

【天保曆】 曆法名。北齊宋景業造。隋書經籍志作宋景業曆一卷，舊唐書經籍志、新唐書藝文志都著錄有北齊天保曆一卷，宋景業撰。清汪曰楨說，自文宣帝天保二年辛未始用此曆，至幼主承光元年丁酉，施行二十七年。參閱隋書律曆志中、清汪曰楨古今推步諸術考。

【天師艾】宋時端午節，都人畫天師像販賣，又作泥塑張天師，以艾爲鬚，以蒜爲拳，置於門上，稱爲天師艾。見宋陳元靚歲時廣記二一畫天師引歲時雜記。宋蘇轍欒城集十六學士院端午帖子皇太妃閣詩之三："太醫争獻天師艾，瑞霧長縈堯母門。"

【天章閣】宋宫殿名。宋真宗天禧四年興建，次年竣工，座落會慶殿西，龍圖閣北。以藏皇帝的著作。設天章閣學士、直學士、待制、侍講等官，無實職，爲朝臣加銜。南渡後，又於臨安大内後萬松嶺建天章閣。見宋岳珂愧郯録十四九閣、又天章閣。

【天理教】白蓮教支派八卦教的別名。清嘉慶時，其領袖河南滑縣李文成、山東林清傳教黄河南北，組織農民起義。嘉慶十八年派遣教徒潛入北京皇宫内，並約山東河南同時舉事。曾攻入皇宫，因力孤失敗，林清被捕犧牲。李文成在河南道口鎮及滑縣城與清兵激戰，也以衆寡不敵，兵敗自焚死。

【天彭闕】山名。在四川灌縣灌口山。水經注三三江水引益州記："秦昭王以李冰爲蜀守，冰見氐道縣有天彭山，兩山相對，其形如闕，謂之天彭門，亦曰天彭闕。"參閲太平寰宇記七三導江縣。

【天貺節】宋時節日名。詳"天貺"。

【天禄閣】漢殿閣名。三輔黄圖六："天禄閣藏典籍之所，漢宫殿疏云：'天禄麒麟閣，蕭何造，以藏祕書，處賢才也。'"漢劉向揚雄曾先後校書於此。見漢書本傳。

【天壽山】在北京市昌平縣東北。卽軍都諸山之岡阜。舊名東山，一名東祚子山。明永樂七年建山陵，因改名天壽山。自成祖以後明代諸帝皆葬於此，通稱十三陵。參閲畿輔通志五七山川一。參見"十三陵"。

【天墉城】見"墉城"。

【天醫節】潛居録："八月朔，……古人以此日爲天醫節，祭黄帝岐伯。"見説郛(三二宛委山堂本)。

【天魔舞】舞名。元順帝時，在宫内以宫女十六人，頭戴象牙佛冠，身穿纓絡大紅銷金長短裙，讚佛而舞，叫天魔舞。見元史順帝紀六至正十四年。元張昱張光弼詩集三輦下曲："舞唱天魔供奉曲，君王長在月宫聽。"

【天籟集】元白樸撰。二卷。樸字仁甫，律賦師法元好問，著有天籟軒集。清初朱彝尊輯刻其詞，名天籟集。

【天籟閣】明嘉興項元汴藏書閣名。元汴字子京，號墨林居士。與其兄篤壽(子長)都是著名的書畫鑑賞家。所藏法書名畫，都有天籟閣項墨林印記。刊有天籟閣帖。參閲清徐沁明畫録四。

【天靈蓋】卽顱頂骨，又叫腦蓋。宋王闢之澠水燕談録三奇節："(劉温叟)嘗令子和藥，有天靈蓋，温叟見之，亟令致奠埋於郊。"古今雜劇元康進之李逵負荆四："想着你兄弟十年故友，舊日恩情，今都罷了，則蚤砍取我半壁天靈蓋。"

【天人之際】天道人事的相互關係。漢書六二司馬遷傳報任安書："亦欲以究天人之際，通古今之變，成一家之言。"亦作"天人際"。唐杜甫杜工部草堂詩箋二四八哀詩贈祕書監江夏李公邕："情窮造化理，學貫天人際。"

【天下太平】處處平安無事。吕氏春秋大樂："天下太平，萬物安寧。"鄧析子轉辭："聖人寂然無鞭朴之形，莫然無叱咤之聲，而家給人足，天下太平。"

【天下爲公】禮禮運："大道之行也，天下爲公，選賢與能，講信脩睦。"清孫希旦集解："天下爲公者，天子之位，傳賢而不傳子也。"後來成爲一種美好社會政治理想。參見"大同"。

【天下爲家】把國家當作一己一家所私有。卽將君位傳給兒子。禮禮運"今大道既隱，天下爲家"注："傳位於子。"世説新語言語："元帝始過江，……(顧)榮跪對曰：'臣聞王者以天下爲家，是以耿亳無定處，九鼎遷洛邑，願陛下勿以遷都爲念。'"後來泛指處處都可以成家，不固居於一地。

【天下無雙】出類拔萃，獨一無二。史記七七信陵君傳："始吾聞夫人弟公子天下無雙。"又一〇九李將軍傳："李廣才氣，天下無雙。"

【天工開物】明宋應星撰。三卷，上卷乃粒至甘嗜六篇，中卷陶埏至殺青七篇，下卷五金至珠玉五篇，共十八篇。講述農業、紡織、製糖、冶鑄、造舟車、紙墨、釀酒以及造火藥、兵器等工藝的源流和方法，多經過作者的實踐或目覩，表現了我國勞動人民在科技工藝方面的智慧和創造。原書刻於崇禎十年，古今圖書集成和授時通考雖有摘録，但未爲四庫全書所收録，逐漸湮没無聞。近代始自日本傳回翻刻本，解放後國内又發現崇禎初刻本，1959年由中華書局影印出版。

【天子門生】科舉時代由皇帝親試録取的或殿試第一名，稱天子門生。宋岳珂桯史三天子門生："卿(趙逵)乃朕(高宗)自擢，秦檜日薦士，曾無一言及卿，以此知卿不附權貴，真天子門生也。"參閲文獻通考三二選舉五。

【天女散花】佛教故事。維摩詰經觀衆生品："時維摩詰室有一天女，見諸大人聞所説法，便現其身，卽以天華散諸菩薩大弟子上；華至諸菩薩卽皆墮落，至大弟子便著不墮。"華，同"花"。本以花着身不着身驗證諸菩薩的向道之心，結習未盡，花卽着身。後來常以天女散花比方大雪紛飛的景象。宋陸游劍南詩稿二六夜大雪歌："初疑天女下散花，復恐麻姑行擲米。"

【天之驕子】見"天驕"。

【天册萬歲】唐武曌(則天后)年號。公元695年。

【天安禮定】西夏李秉常(惠宗)年號。公元1086年。

【天衣無縫】太平廣記六八引靈怪録，説太原郭翰暑月卧庭中，見有少女冉冉自空而下，視其衣，無縫。翰問故，女答道："天衣，本非針線爲也。"本爲神話，後用以比喻詩文或事物的渾然天成、没有一點雕琢的痕迹。元周密浩然齋雅談中："對偶之佳者，如'數點雨聲風約住，一枝花影月移來'、……'梨園子弟白髮新，江州司馬青衫濕'，……數聯皆天衣無縫，妙合自然。"

【天作之合】詩大雅大明："文王初載，天作之合。"本指文王娶大姒爲上天所撮合。後多用作稱頌婚姻美滿的套語。

【天官賜福】道家以農曆正月十五日上元爲天官賜福的日子。參閲宋吴自牧夢粱録一元宵、宋史四六一苗守信傳。

【天長地久】老子："天長地久，天地之所以長且久者，以其不自生，故能長生。"本指天地存在的久遠，後沿用形容時間悠久。唐白居易長慶集十二長恨歌："天長地久有時盡，此恨綿綿無盡期。"也作"地久天長"。文選陸佐公(倕)："暑來寒往，地久天長。"

【天花亂墜】佛教傳説：佛祖説法，感動天神，諸天雨各色香花，於虚空中繽紛亂墜。心地觀經一序品偈："六欲諸天來供養，天華亂墜徧虚空。"華，同"花"。後以喻説話浮誇動聽，或以甘言騙人。景德傳燈録十五令遵禪師："聚徒一千二千，説法如雲如雨，講得天華亂墜，只成箇邪說爭競是非。”續傳燈録 十六 圓璣禪師:“雙眉本來自横,鼻孔本來自直,直饒説得天花亂墜,頑石點頭,算來多虛不如少實。”

【天南地北】一在天南,一在地北,極言相隔遥遠。唐鴻慶寺碑:“天南地北,鳥散荆分。”見金石續編六。陽春白雪前集二元關漢卿小令沈醉東風:“咫尺的天南地北,霎時間月缺花飛。”也作“地北天南”。元薩都剌薩天錫詩集後集相逢行贈别舊友治將軍序:“人生聚散,信如浮雲。地北天南,會有相見。”

【天香國色】見“國色天香”。

【天保九如】詩小雅天保:“天保定爾,以莫不興。如山、如阜、如岡、如陵、如川之方至,以莫不增,……如月之恒,如日之升,如南山之壽,不騫不崩,如松柏之茂,無不爾或承。”連用九“如”字,祝頌福壽綿長。後人遂以“天保九如”爲祝壽之詞。參見“九如”。

【天高地厚】形容深厚。詩小雅正月:“謂天蓋高,不敢不局;謂地蓋厚,不敢不蹐。”荀子勸學:“故不登高山,不知天之高也;不臨深谿,不知地之厚也;不聞先王之遺言,不知學問之大也。”元王實甫西廂記五本二折:“這天高地厚情,直到海枯石爛時。”

【天高聽卑】史記宋微子世家景公三十七年記司星子韋對景公有“天高聽卑”之語。意爲上天神明,能洞察下界最卑微之處。後來沿引此語以歌頌帝王的聖明。三國魏曹植曹子建集五責躬詩:“天高聽卑,皇肯照微。”

【天祐民安】西夏李乾順(崇宗)年號。公元1090—1097年。

【天祐垂聖】西夏李諒祚(毅宗)年號。公元1050—1052年。

【天馬行空】神馬奔馳於太空。比喻才氣縱横,毫無拘束。元劉子鍾薩天錫詩集序:“其所以神化而超出於衆者,殆猶天馬行空而步驟不凡,神蛟混海而隱現莫測,威鳳儀廷而光彩隔蹬,莫不聳觀而快覩也。”

【天荒地老】極言歷時久遠。唐李賀歌詩編二致酒行:“吾聞馬周昔作新豐客,天荒地老無人識。”也作“地老天荒”。元費唐臣貶黄州一:“詩吟的神嚎鬼哭,文驚的地老天荒。”

【天真爛熳】心地真純,出於自然,不矯揉造作。元吳師道吳禮部詩話引龔開高馬小兒圖詩:“此兒此馬俱可憐,馬方三齒兒未冠。天真爛熳好容儀,楚楚衣裝無不宜。”夏文彦圖繪寶鑑五鄭思肖:“工畫墨蘭,嘗自畫一卷,……天真爛熳,超出物表。”熳,也作“漫”。

【天涯比鄰】雖遠在天邊猶近若比鄰。唐王勃王子安集三杜少府之任蜀州詩:“海内存知己,天涯若比鄰。”

【天涯地角】指極邊遠的地方。南朝陳徐陵徐孝穆集四武皇帝作相時與嶺南酋豪書:“天涯藐藐,地角悠悠。言面無由,但以情企。”唐白居易長慶集三昆明春水滿詩:“天涯地角無禁利,熙熙同似昆明春。”也作“天涯海角”。宋張世南遊宦記聞六:“今之遠宦及遠服賈者,皆曰天涯海角。”

【天旋地轉】言時勢變遷。唐元稹長慶集二四望雲騅馬歌:“天旋地轉日再中,天子却坐明光宫。”也作“天旋日轉”。白居易長慶集十二長恨歌:“天旋日轉迴龍馭,到此躊躇不能去。”

【天崩地坼】天塌地裂,比喻非常事變。戰國策趙三:“周烈王崩,……赴於齊曰:‘天崩地坼,天子下席。’”此指帝王之死。也作“天崩地陷”。宋陸游劍南詩稿三五望永阜陵:“寧知齒豁頭童後,更遇天崩地陷時。”又作“地坼天崩”。後漢書四八翟酺傳:“自去年以來,災譴頻數,地坼天崩,高岸爲谷。”此指地震。

【天造地設】形容事物配合得當,如天地自然生成。宋董弅輯嚴陵集九陳公亮重建貢院記:“迨丙午王正告成,……望其中則儼如,視其旁則翼如,井井繩繩,端若天造而地設焉。”又樓鑰攻媿集五六揚州平山堂記:“天造地設,待人而發。”亦作“天授地設”。宋李格非洛陽名園記水北胡氏園:“天授地設,不待人力而巧者,洛陽獨有此園耳。”

【天從人願】謂事態恰如所望,正合心願。元曲選張國賓合汗衫二:“誰知天從人願,到的我家,不上三日,添了一個滿抱兒小廝。”

【天開圖畫】形容自然景色的美好。宋詩紀事五五有王正己題天開圖畫亭詩。明缺名輯樂府群珠三元鮮于必仁折桂令西山晴雪:“地展雄藩,天開圖畫,户判圍屏。”清郭柏蔭書樓名天開圖畫樓。

【天策上將】官名。唐高祖武德四年,以太宗功高,古官號不足以稱,故加封爲天策上將,位在王公之上。終唐世未再授人。五代梁,改爲天策上將軍,以授馬殷。宋祥符八年,帝兄楚王元佐加號天策上將軍,但不開府。見新唐書太宗紀、宋葉夢得石林燕語六。

【天無二日】天上没有兩個太陽。比喻事統於一,不能兩大並存。禮曾子問:“天無二日,土無二王,家無二主,尊無二上。”

【天禄琳瑯】清乾隆九年於昭仁殿列架藏置宋元等善本書,題爲天禄琳瑯。其後楹爲五經萃室,藏宋岳珂刊板五經。至四十年,命館臣編天禄琳瑯書目十卷,略仿郡齋讀書志,詳記收藏家圖識。嘉慶二年又續編二十卷。1932年故宫博物院曾輯印天禄琳瑯叢書第一集,共收論語孟子常建詩集等善本書十五種。

【天禄辟邪】傳説中的兩種獸名。漢書九六上西域傳弋烏山離國“而有桃拔獅子犀牛”注:“桃拔,……一角者或爲天鹿,兩角者或爲辟邪。”漢人雕石爲像,置於墓前。宋歐陽修集古録跋尾三後漢天禄辟邪字記東漢宗資墓前二石獸,其膊上一刻天禄,一刻辟邪。清制,三品官墓碑,碑首刻天禄辟邪。

【天道好還】老子:“以道佐人主者,不以兵强天下,其事好還,師之所處,荆棘生焉。”清魏源謂:知道者不以兵强天下,物壯則老,此天道也;殺人之父兄,人亦殺其父兄,是謂好還。見老子本義。後來以“天道好還”爲惡有惡報的同義語。

【天與人歸】舊指帝王之興,爲天命所屬,人心所向。明史可法史忠正公集二復攝政睿親王書:“名正言順,天與人歸。”按孟子萬章上:“天與之,人與之。”穀梁傳莊三年:“其曰王者,民之所歸往也。”爲“天與人歸”一語所本。

【天經地義】理所當然,無可非議。左傳昭二五年:“夫禮,天之經也,地之義也。”藝文類聚十三晉潘岳世祖武皇帝誄:“永言孝思,天經地義。”

【天誘其衷】上天開導其心意。左傳僖二八年:“天禍衛國,君臣不協,以及此憂也。今天誘其衷,使皆降心以相從也。”成十三年、襄二十五年、定四年皆有“天誘其衷”語,爲當時行人對答的常用詞令。史記外戚世家:“天誘其統,卒滅呂氏。”集解:“徐廣曰:(統)一作衷。”

【天奪之魄】上天奪走他的魂魄。猶言魂不收舍,天將死之。左傳宣十五年:“原叔必有大咎,天奪之魄矣。”唐柳宗元柳先生集外集下爲裴中丞賀破東平表:“臣聞負恩干紀者鬼得而誅,犯順窮凶者天奪其魄。”

【天網恢恢】比喻天道廣大,無所不包。恢恢,廣大。老子:“天網恢恢,疏而不失。”後來借指國家法網雖寬,但不會漏掉壞人。

【天際真人】天上神仙。世説新語 容止:"桓(溫)大司馬曰:'諸君莫輕道,仁祖(謝尚)企脚北窗下彈琵琶,故自有天際真人想。'"

【天賜國慶】也作天賜禮盛國慶,夏李秉常(惠宗)年號。公元1070—1074年。

【天儀治平】夏 李乾順(崇宗)年號。公元1086—1089年。

【天龍八部】佛教分諸天龍及鬼神爲八部。晉缺名譯盧至長者因緣經:"爾時世尊,天龍八部,四衆圍繞,王及大衆,五體投地,爲佛作禮。"翻譯名義集二八部:"一天、二龍、三夜叉、四乾闥婆、五阿修羅、六迦樓羅、七緊那羅、八摩睺羅伽。"因八部中以天、龍二部居首,故曰天龍八部。

【天翻地覆】㊀形容形勢的巨大變化。樂府詩集五九唐劉商胡笳十八拍六:"天翻地覆誰得知,如今正南看北斗。"宋文天祥文山集十五立春詩:"天翻地覆三生劫,歲晚江空萬里囚。"㊁形容鬧得很凶,秩序大亂。紅樓夢二五:"寶玉一發拿刀弄杖,尋死覓活的,鬧的天翻地覆。"

【天羅地網】天空地面遍張羅網。比喻法禁森嚴,無法脱逃,或遭逢大難,走投無路。古今雜劇元關漢卿單刀會三:"安排下打鳳撈龍,準備着天羅地網,也不是個待客筵席,則是個殺人、殺人的戰場!"水滸二:"王進説道:'天可憐見,慚愧了,我母子兩個脱了這天羅地網之厄。'"

【天寶當年】唐 元稹 長慶集 十五 行宮詩:"寥落古行宮,宮花寂寞紅。白頭宮女在,閑坐説玄宗。"天寶,玄宗年號,爲唐王朝極盛時期。後凡追思昔時盛事,多用白頭宮女重話天寶當年爲典。

【天壤王郎】晉謝道韞嫁王凝之,看不起他。有次回母家,叔父謝安加以勸慰。道韞曰:"不意天壤之中,乃有王郎!"見世説新語賢媛、晉書王凝之妻謝氏傳。宋劉克莊後村別調 滿江紅 送王實之詞:"天壤王郎,數人物方今第一。"

【天懸地隔】形容兩者相距極大。南齊書陸厥傳:"一人之思,遲速天懸;一人之文,工拙壤隔。"壤隔,即地隔。

【天魔外道】佛家指擾害佛道者。梵網經十上:"天魔外道,相視如父母。"後亦以指正統以外的旁門支派。朱子語類四四論語二六:"淳于髡是箇天魔外道,本非學於孔孟之門者。"參見"外道"。

【天下本無事】見"庸人自擾"。

【天上石麒麟】麒麟,傳説中的神獸,以爲吉祥的象徵。南朝陳徐陵年數歲,和尚寶誌摩着他的頭頂説:"天上石麒麟也。"見陳書徐陵傳。後因美稱別人的兒子爲天上麒麟。唐杜甫杜工部草堂詩箋二五徐卿二子歌:"孔子釋氏親抱送,並是天上麒麟兒。"

【天發神讖碑】三國吴碑。原名天璽紀功碑。因舊石裂爲三段,故又稱三段碑。相傳爲晉華覈撰,皇象書,天璽元年立,記孫晧功德瑞應事。字體參合篆隸,別具風格。碑舊在南京孔廟尊經閣下,清嘉慶十一年燬於火。摹本甚多,較著名的有清阮元和端方等重刻本。清周在浚有天發神讖碑考。

【天方典禮擇要】清劉智撰。二十卷。智曾取伊斯蘭教經典七十種,譯爲天方禮經,又撮其要而成此書。智另有天方至聖實録年譜二十卷,記穆罕默德一生六十三年事迹。

【天下郡國利病書】清 顧炎武編輯。炎武自崇禎十二年後,歷覽二十一史、明代實録、府州縣志和歷朝奏疏、文集,分類輯録有關民生利害部分,作爲撰著肇域志的底本。於山川要塞,多作實地調查,爲明末清初地理名著。稿未完成。四庫總目著録一百卷,坊刻本作一百二十卷,都不是原書面目。原稿舊爲黃丕烈所藏,分三十四册,中佚第十四册。商務印書館曾影印刊入四部叢刊三編。

【天下無難事,只怕有心人】有志事竟成的意思。明王驥德韓夫人題紅記二七花陰私祝:"天下無難事,只怕有心人。"

夫 1. fū ㄈㄨ 甫無切,平,虞韻,非。

㊀成年男子的通稱。詩小雅車攻:"射夫既同。"㊁古代服勞役的成年男子。左傳哀元年:"夫屯,晝夜九日。"舊社會稱從事體力勞動或被役使的人爲夫,如農夫、漁夫、樵夫、夫役等。㊂丈夫,女子的配偶。易小畜:"夫妻反目。"管子入國:"婦人無夫曰寡。"㊃古代井田,一夫受田百畝,故稱百畝爲夫。周禮地官小司徒:"九夫爲井。"漢書食貨志上:"六尺爲步,步百爲畮,畮百爲夫。"畮,古"畝"字。

2. fú ㄈㄨˊ 防無切,平,虞韻,奉。

㊄指示代詞。禮檀弓上"夫夫也,爲習於禮者"注:"夫夫,猶言此丈夫也。"前"夫"字讀fú,後"夫"字讀fū。㊅語氣詞。1.置於句首,表示要發議論。左傳隱四年:"夫兵,猶火也。"商君書更法:"且夫有高人之行者,必見非於世。"2.置於句中。論語陽貨:"食夫稻,衣夫錦,於女安乎?"3.置於句尾,表示感嘆或疑問。論語子罕:"逝者如斯夫!"

【夫人】㊀諸侯的妻。禮曲禮下:"天子之妃曰后,諸侯曰夫人。"韓非子外儲右上:"薛公相齊,齊威王夫人死。"漢代列侯的妻稱夫人,夫死,子復爲侯,稱太夫人。見漢書 文帝紀 七年注。㊁帝王的妾。禮曲禮下:"天子有后,有夫人。"漢代皇帝的妾皆稱夫人。魏晉以後,或稱夫人,或別立名號。㊂婦女的封號。始於王莽封崔篆的母師氏爲義成夫人。唐制,諸王的母或妻及妃、文武官一品和國公的母或妻爲國夫人;三品以上官員的母或妻爲郡夫人。宋政和中改封制,執政以上官員的妻封夫人。明、清一品二品官員的妻皆封夫人。㊃妻稱夫人。唐張彥遠法書要録引南朝梁袁昂古今書評:"羊欣書如大家婢爲夫人,雖處其位,而舉止羞澀,終不似真。"㊄婦女的尊稱。戰國策韓二:"聞足下義甚高,故直進百金者,特以爲夫人粗糲之費。"此嚴遂稱聶政的母親。鮑彪本作"丈人"。

【夫$_2$人】㊀泛指衆人。左傳襄八年:"夫人愁痛。"注:"夫人,猶人人也。"釋文:"夫音扶。"㊁彼人,那個人。左傳昭三一年:"所能見夫人者,有如河!"注:"夫人,謂季孫也。"

【夫子】㊀古代男子的尊稱。書泰誓中:"勗哉夫子。"左傳文元年:"孤實貪以禍夫子,夫子何罪?"此秦穆公稱孟明。㊁論語中孔丘門徒尊稱孔丘爲夫子,後遂成爲對老師的專稱。科舉時代也稱舉主爲"夫子"。相傳始於明嚴嵩執政時。見明王世貞觚不觚録。㊂妻對夫的稱呼。孟子滕文公下:"往之女(汝)家,必敬必戒,無違夫子。"㊃同"伕子"。舊稱從事體力勞動的男子。水滸十六:"你們不替洒家打這夫子,却在背後也慢慢地挨,這路上不是耍處!"

【夫不】鳥名。即布穀鳥。也作"鳺鴀"。詩小雅四牡:"翩翩者鵻"傳:"鵻,夫不也。"宋呂南公灌園集六熙寧六年再至鄧氏北軒感而書壁詩:"言如鸚鵡今徒爾,宿似夫不亦得哉。"參見"鳺鴀"。

【夫公】對男子的敬稱。同"夫君㊀"。唐顏真卿顏魯公集五臧懷恪碑:"以至夫公,英明雄毅。"

【夫主】舊時以丈夫爲一家之主,因稱夫爲夫主。晉徐夫人管洛碑:"祇奉姑舅,接事夫主。"見漢魏南北朝墓志集釋圖版六。古今雜劇元關漢卿五侯宴楔子:“妾身是這潞州長子縣人氏,自身姓李,嫁的夫主姓王。”

【夫布】周禮地官閭師:“凡無職者出夫布。”疏:“云出夫布者,亦使出一夫口稅之泉也。”孟子公孫丑上:“廛無夫里之布。”布,泉布,卽錢;夫布,力役之錢,猶後世之雇役錢。參閱清焦循孟子正義。

【夫君】㊀對男子的敬稱。楚辭九歌雲中君:“思夫君兮太息,極勞心兮懮懮。”南齊謝朓謝宣城集一酬德賦:“聞夫君之東守,地隱蔽而懷偎。”夫君,謂沈約。至唐宋猶稱友爲夫君。唐孟浩然集三遊精思觀迴王白雲在後詩:“衡門猶未掩,佇立待夫君。”宋歐陽修文忠集十鄭十一先輩赴四明幕詩:“梁漢褒斜險,夫君畏遠遊。”㊁妻稱夫。全唐詩五九八高駢閨怨:“人世悲歡不可知,夫君初破黑山歸。”

【夫$_2$南】古國名,卽扶南。文選晉左太沖(思)吳都賦:“烏滸狼𥇍,夫南西屠。”詳“扶南”。

【夫屋】古井田制,一井之內九夫,三夫爲屋。三夫互相保任,以出地貢。見周禮地官小司徒“平教治,正政事,攷夫屋”疏。

【夫家】㊀猶言男女。周禮地官遂人:“以歲時登其夫家之衆寡。”注:“夫家,猶言男女也。”㊁妻稱夫的家。漢書三六楚元王傳附劉向:“婦人內夫家,外父母家,此亦非皇太后之福也。”

【夫$_2$容】荷花的别名。也作“芙蓉”。漢書五七上司馬相如傳子虛賦:“外發夫容菱華,內隱鉅石白沙。”

【夫差】公元前?—前473年。春秋吳王闔閭子。闔閭爲越王勾踐所傷而死,夫差嗣立,誓報父仇,大敗越於夫椒。勾踐求和。周敬王三十六年,吳北伐齊,敗齊兵於艾陵。三十八年又會諸侯,與晉爭霸於黃池,越乘虛入吳,大敗吳兵。周元王三年,越滅吳,夫差自殺。見國語吳語、史記吳世家、吳越春秋夫差內傳。

【夫馬】夫役和車馬等。清代官員供差者,在官俸之外,另給夫馬費,專供僱夫役和車馬之用。清會典六六兵部郵政:“奉差官夫馬舟車廩給及僕從口糧,均以品秩定差等。”

【夫娘】猶言夫人,娘子。唐法琳辨正論三十代奉佛上:“南宋蕭齊,崇尚佛法,閣內夫娘,並令修戒;麾下將士,咸使誦經。”

【夫壻】妻對夫的稱呼。玉臺新詠一日出東南隅行:“東方千餘騎,夫壻居上頭。”又“座中千餘人,皆言夫壻殊。”也作女子配偶的泛稱。三國志魏倭人傳:“乃共立一女子爲王,……年已長大,無夫壻。”

【夫椒】山名。在今江蘇吳縣西南太湖中。左傳哀元年:“吳伐越,敗之夫椒。”水經注二九沔水:“(太)湖中有苞山,春秋謂之夫椒山。”苞山亦作包山。卽今洞庭西山。一說太湖中别有山爲夫椒山。參閱宋朱長文吳郡圖經續記中、宋范成大吳郡志十五。參見“包山”。

【夫$_2$遂】古代日下取火的凹形銅鏡。周禮秋官司烜氏:“司烜氏掌以夫遂取明火於日。”注:“夫遂,陽遂也。”疏:“取火於日,故名陽遂。”參見“陽燧”。

【夫$_2$餘】㊀古國名。卽扶餘。詳“扶餘”。㊁複姓。相傳吳公子夫概奔楚,餘子在吳者,因以夫餘爲氏。見元和姓纂二虞引風俗通。

【夫襓】刀鞘,劍衣。禮少儀:“劍則啟櫝,蓋襲之。加夫襓與劍焉。”也作“袪襓”。見廣雅釋器。

【夫彝】㊀水名。卽夫夷水。水經注三八資水作夫水,也稱羅江。源出廣西全州縣西,東北流入湖南境,經新寧縣至邵陽縣入資水。參閱湖南通志十一水道三。㊁地名。漢侯國。屬零陵郡。三國稱扶夷縣。東晉稱扶縣。梁稱扶陽縣。後復稱扶夷縣。隋省入邵陽縣。故城在今湖南新寧縣。參閱嘉慶一統志三六一寶慶府二。

【夫黨】夫的親族。禮雜記下:“姑姊妹,其夫死,而夫黨無兄弟,使夫之族人主喪。”唐柳宗元柳先生集十三亡妻弘農楊氏墓誌:“敦睦夫黨,致肅雍之美。”

【夫人城】以婦女主建或守護而著名的城。史籍中多見。如漢書九四上匈奴傳有范夫人城。注稱:城本漢將所築,將亡,其妻率衆堅守保全而得名。北周庾信庾子山集二昭君辭:“斂眉光祿塞,還望夫人城。”卽此。又東晉太元初,前秦將苻丕攻襄陽城,守將朱序母韓氏率城中婦女加固城牆,嚴加防守。終於保全城池。後人因稱爲夫人城。故址在今湖北襄陽西北。見晉書朱序傳。

【夫$_2$己氏】猶言某甲,不欲明指其人。左傳文十四年:“齊公子元不順懿公之爲政也,終不曰公,曰夫己氏。”注:“猶言某甲。”

【夫子牆】論語子張:“子貢曰:‘……夫子之牆數仞,不得其門而入,不見宗廟之美,百官之富。’”本爲子貢形容孔子學問道德之高。後用以比喻高不可攀或往之意。唐柳宗元柳先生集四二弘農……復爲大僚……謹獻詩五十韻以畢志詩:“獨棄傖人國,難窺夫子牆。”

【夫人裙帶】宋周煇清波雜志三:“蔡之妻七夫人,頗知書。……蔡拜右相,宴張樂,伶人揚言曰:‘右丞今日大拜,是夫人裙帶。’”按:蔡卞妻乃王安石女,譏卞因妻之關係而得官。參見“裙官”。

【夫子自道】論語憲問:“子曰:‘君子者三,我無能焉:仁者不憂,智者不惑,者不懼。’子貢曰:‘夫子自道也。’”本子貢頌揚孔子的話。後多指說别人的點,不自覺地道着自己的痛處。

【夫倡婦隨】舊時男尊女卑,妻唯夫是從,故稱夫倡婦隨。倡,也作“唱”。關尹子三極:“天下之理,夫者倡,婦隨。”明高則誠琵琶記散髮歸林:“況做人妻,夫唱婦隨,不須疑慮。”後也比夫婦相處和好,如言唱隨之樂。

太

tài ㄊㄞˋ 他蓋切,入,泰韻,透。

㊀極大。古通“大”、“泰”。參閱清段裁說文解字注“太”。㊁對上輩的尊稱如太祖、太君、太皇、太主、太公、太夫人太太之類。詳各該條。㊂過分。荀子十二子:“淫太而用之,……是天下之棄也。”唐杜甫杜工部草堂詩箋十三新别:“暮婚晨告别,無乃太匆忙。”

【太一】㊀古代指形成天地萬物的元氣禮禮運:“必本於大一,分而爲天地,轉爲陰陽,變而爲四時。”注:“大,音泰。疏:“大一者,謂天地未分混沌之元也。”淮南子詮言:“洞同天地渾沌爲樸未造而成物,謂之太一。”也作爲虛無“道”的别稱。莊子天下:“建之以常有,主之以太一。”呂氏春秋大樂:“萬所出,造於太一。”注:“太一,道也。”参“大$_3$一”。㊁神名。也作“泰一”。史封禪書:“天神貴者太一。”索隱:“宋云:天一、太一,北極神之别名。”又天書:“中宮天極星,其一明者,太一常也。”正義:“泰一,天帝之别名也。劉莊云:泰一,天神之最尊貴者也。”㊂名。在紫微宮門外天一星南。見星經㊃山名。也作太乙、太壹。卽終南山。選漢張平子(衡)西京賦:“於前則終南太一,隆崛崔崒,隱轔鬱律,連岡乎冢。”注:“漢書曰:‘太一山,古文以爲南。’五經要義曰:‘太一,一名終南山,扶風武功縣。'此云終南、太一，不得爲一山明矣。蓋終南，南山之總名；太一，一山之別號耳。"參見"終南"、"太白㊀"。㊄漢長安宮闕名。見太平御覽八四七漢宮闕名。

【太乙】 同"太一"。㊀星名。見"太一㊂"。㊁山名。見"太一㊃"。

【太卜】 官名。殷時六太之一，周屬春官，爲卜筮官之長，也稱卜正。左傳隱十一年："滕侯曰：'我，周之卜正也。'"秦、漢有太卜令，東漢併於太史。北魏有太卜博士，北齊有太卜局丞。北周有太卜大夫。隋唐設太卜令。宋以太卜屬司天臺，不置專官。見通典二五、續通典二九職官七。

【太子】 ㊀ 封建時代嗣君之稱。周時天子及諸侯的嫡長子，或稱太子，或稱世子。諸侯之子稱庶子。但其初尚不甚嚴，列國稱王，子亦稱太子。漢初吳王濞之子稱吳太子。漢以後，皇帝立爲嗣主的嫡子始稱太子。金元時，皇帝的庶子亦稱太子，如金有四太子兀朮。參閱宋高承事物紀原一太子。㊁星名。晉書天文志上天文經星："五帝坐北一星曰太子，帝儲也。"

【太上】 ㊀最上。也作"大上"。左傳僖二四年："大上以德撫民。"疏："然則大上，謂人之最大上；上聖之人也。"韓非子說疑："是故禁姦之法，太上禁其心，其次禁其言，其次禁其事。"㊁遠古時代。禮曲禮上："太上貴德。"釋文："太上，謂三皇五帝之世。"晉書應貞傳華林園宴射詩："悠悠太上，人之厥初。"㊂君，皇帝。漢書四四淮南厲王長傳薄昭與長書："大王不察古今之所以安國便事，而欲以親戚之意望於太上，不可得也。"注："如淳曰：太上，天子也。"㊃太上皇的省稱。北齊書幼主紀："周軍奄至青州，太上窘急，將遜於陳。"太上，北齊後主，時已禪位於幼主。㊄東晉列國南燕慕容超年號。公元405—410年。

【太山】 即"泰山"。見該條。

【太王】 即周先祖古公亶父。武王時，追尊爲太王。參見"古公亶父"。

【太元】 ㊀道書對頭髮的別稱。雲笈七籤十一上清黃庭內景經至道章："髮神蒼華字太元。"注："白與黑謂之蒼，最居首上，故曰太元。"㊁年號。1.三國吳孫權（大帝）。公元251—252年。2.晉司馬曜（孝武帝）。公元376—396年。3.東晉列國前涼張駿（文王）。公元324—346年。

【太太】 ㊀ 明時中丞以上官員的妻子始得稱太太。見明胡應麟甲乙剩言邊道詩。後凡士大夫官僚的妻子，通稱太太。㊁對婦女長輩的尊稱。明史可法家書，稱其母和其他尊長女眷爲太太，某太太。見史文忠公集三。紅樓夢四六："鳳姐兒笑道：'到底是太太有智謀，這是千妥萬妥。'"

【太公】 ㊀ 稱父或尊稱別人之父。史記高祖紀："高祖五日一朝太公，如家人父子禮。"又項羽紀："（項）羽爲高俎，置太公其上，告漢王曰：'今不急下，吾烹太公。'"㊁稱祖父。後漢書六三李固傳附李燮："自太公以來，……何以過此！"注："太公謂祖父郃也。"也用以稱曾祖，同太翁。參閱清趙翼陔餘叢考三六太公。㊂對老者的尊稱。明高則誠琵琶記蔡公逼試："來的却是張太公呵！"㊃即太公望。見該條。㊄複姓。莊子山木有大公任。世本氏姓有太公穎叔。

【太主】 皇帝的姑母。漢書六五東方朔傳："初，帝姑館陶公主號竇太主。"注："如淳曰：'竇太后之女也，故曰竇太主也。'"

【太半】 過半數，大多數。管子國蓄："千乘衢處，壤削少半；萬乘衢處，壤削太半。"史記項羽紀："張良陳平說曰：'漢有天下太半，而諸侯皆附之，楚兵罷食盡，此天亡楚之時也。'"集解："韋昭曰：凡數三分有二爲太半，一爲少半。"參見"大₂半"、"泰半"。

【太平】 ㊀時世安樂。莊子天道："知謀不用必歸其天，此之謂太平，治之至也。"史記秦始皇紀登會稽山石刻文："黔首修潔，人樂同則，嘉保太平。"㊁東方極遠的地方，爾雅釋地："東至日所出爲大平。"釋文："大，音泰。"㊂府名。1.宋太平興國二年置太平州，轄當塗蕪湖繁昌三縣。元升爲路，明清爲府。即今安徽當塗縣地。參閱太平寰宇記一〇五太平州。2.宋爲太平寨，元改置太平路。明清爲府。即今廣西崇左縣地。參閱讀史方輿紀要一一〇太平府。㊃縣名。1.屬安徽省。本漢涇縣地。唐天寶四年，割涇縣十四鄉置。宋明清皆屬寧國府。參閱元和郡縣志二八宣州、嘉慶一統志表四寧國府。2.在今山西侯馬市境內。漢臨汾縣地。北魏就境內太平故關置泰平縣，北周改爲太平縣。以地有太平關而名。明清皆屬平陽府。參閱太平寰宇記四七絳州。3.明成化五年，分黃巖縣南境置，屬台州府。清因之。今浙江溫嶺縣地。參閱讀史方輿紀要九二台州。4.明正德十年，分東鄉縣的太平里置。今四川萬源縣地。參閱讀史方輿紀要六九達州。㊄年號。1.三國吳孫亮（會稽王）。公元256—258年。2.東晉列國北燕馮跋（文成帝）。公元409—430年。3.南朝梁蕭方智（敬帝）。公元556—557年。4.遼耶律隆緒（聖宗）。公元1021—1031年。

【太古】 遠古，上古。荀子正論："太古薄葬，棺厚三寸，衣衾三領。"禮郊特牲："大古冠布。"注："唐虞以上曰太古也。"

【太甲】 商王名。成湯孫。即位後，縱欲敗度，伊尹放之於桐宮。三年後，悔過自新，復位於亳。伊尹乃作太甲訓三篇。見史記殷本紀。一說伊尹放太甲於桐而自立，七年後，太甲由桐潛回，殺伊尹而復位。見竹書紀年上。

【太史】 ㊀官名。三代爲史官及曆官之長。秦稱太史令，漢屬太常，掌天文曆法，秩六百石。古代史官與曆官不分，故司馬遷以掌天官之太史，而負修史之任。魏晉時，修史撰文歸著作郎，太史專掌天文曆法。隋置太史監。唐初改太史局。元並設太史院與司天監。至明清遂專以天文占候之事歸欽天監，史館事多以翰林任之，故也稱翰林爲太史。參閱通典二六、續通典三十職官八、歷代職官表三五。㊁水名。古代九河之一。爾雅釋水"太史"疏引李巡："禹大使徒衆，通其水道，故曰大史。"大，同"太"。㊂星名。晉書天文志上："五諸侯五星，在東井北，……五曰太史。"㊃複姓。漢有尚書郎太史褱，三國吳有太史慈。

【太母】 ㊀祖母。漢書四七文三王傳："共王母曰李太后。李太后，親平王之大母也。"注："大母，祖母也。共王即李太后所生，故云親祖母也。"大，同"太"。宋神宗熙寧元豐間，稱曹太皇太后爲太母；哲宗元祐時，稱高太皇太后爲太母，都是皇帝的祖母。見宋陸游老學庵筆記四。㊁泛稱皇帝的母親和祖母。舊唐書五二下憲宗皇后郭氏傳："后歷位七朝，五居太母之尊。"郭后爲穆宗宣宗之母，敬宗文宗武宗的祖母。

【太戊】 商王名。太庚子。時商衰微，諸侯或不至，太戊立，用伊陟、巫咸等人，商復興。見史記殷紀。

【太丘】 春秋宋地。左傳襄元年："鄭子然侵宋，取太丘。"漢武帝時爲敬丘侯國。東漢明帝改爲太丘，陳寔爲太丘長，即此地。至晉廢。故城在今河南永城縣西北。參閱太平寰宇記十二亳州。

【太白】 ㊀星名。即金星，一名啟明星。

史記天官書:“察日行以處位太白。”索隱:“太白晨出東方，曰啓明。”傳説太白星主殺伐，故詩文中多以比喻兵戎。唐李白李太白詩三胡無人:“雲龍風虎盡交回,太白入月敵可催。”參見“長庚”。㊁山名。卽終南山。在陝西盩厔縣南。南連武功山，於諸山中最爲秀出，冬夏積雪,望之皓然,故名太白。參閲水經注十八渭水。唐李白李太白詩三蜀道難:“西當太白有鳥道，可以橫絶峨眉巔。”也作太一、太壹。參見“太一㊃”。㊂旗名。戰國策趙三:“卒斷紂之頭而懸於太白者,是武王之功也。”藝文類聚三八南朝梁簡文帝(蕭綱)和蕭東陽祀七里廟詩:“遠來太白旗，遥徵青鳥候。”㊃河神名。文選漢枚叔(乘)七發:“六駕蛟龍，附從太白。”注:“許慎曰:‘馮遲、太白，河伯也。’”

【太守】官名。秦設郡守,管理一郡政事,秩二千石。漢景帝時更名太守。見漢書百官公卿表上。隋初，以州刺史爲郡長官。宋以後改郡爲府或州，郡守已非正式官名,但仍習稱知府、知州爲太守。明清時專指知府。

【太安】年號。1. 晉 司馬衷(惠帝)。公元 302—303 年。2. 北魏 拓跋濬(文成帝)公元 455—459 年。

【太任】人名。周季歷之妃、文王之母。見史記周本紀。詩大雅思齊:“思齊大任,文王之母。”大任,卽太任。

【太后】帝王的母親。如戰國策秦二秦宣太后爲昭襄王之母；趙策四之趙太后爲趙孝成王之母；皆列國諸王之母。至秦漢以後，多用以稱呼皇帝之母。皇帝的祖母稱太皇太后。

【太行】㊀山名。綿延山西河北河南三省界的大山脈。又名五行山、王母山、女媧山等。秦末酈食其説劉邦塞成皋之險,杜太行之道，卽指此山。參閲讀史方輿紀要四六河南一太行。參見“太行八陘”。㊁關名。卽天井關。詳該條。

【太妃】對皇帝的父親遺留下來的妃嬪的稱呼。晉書武帝紀:“(泰始元年)……尊太妃王氏曰皇太后，宫曰崇化。”王氏爲晉武帝父司馬昭的妃子。唐中葉後,以太妃爲諸王母的封號。見唐會要三雜録。清制,皇帝的祖父或父親遺留的妃嬪,分别稱皇貴太妃、貴太妃等。參閲清通典五二嘉禮二。

【太沖】極其虛靜和諧的境界。莊子應帝王:“壺子曰:‘吾鄉示之以太沖莫勝，是殆見吾衡氣機也。’”列子黄帝作“太沖莫眹”。淮南子詮言:“故神制則形從,形勝則神窮,聰明雖用,必反諸神，謂之太沖。”注:“沖,調也。”

【太牢】盛牲的食器叫牢，大的叫太牢。太牢盛三牲，因之也把宴會或祭祀時並用牛、羊、豕三牲，叫太牢。呂氏春秋仲春紀:“以太牢祀于高禖。”注:“三牲具曰太牢。”後專指牛爲太牢，羊爲少牢。大戴禮曾子天圓:“諸侯之祭,牛,曰太牢。大夫之祭，牲羊，曰少牢。士之祭特牲,豕,曰饋食。”

【太弟】皇帝尊其弟之稱。一般指皇帝諸弟中定爲皇位的繼承者。如晉司馬熾(懷帝)是惠帝之弟,惠帝立爲皇太弟。見晉書孝懷帝紀。東晉列國漢劉聰卽皇帝位後，尊弟北海王乂爲皇太弟。見晉書劉聰載記。

【太君】封建王朝官員母親的封號。唐制:四品官妻爲郡君，五品爲縣君，其母邑號皆加太。宋時群臣母封號，有國太夫人、郡太君、縣太君等。見宋高承事物紀原一太君、宋史職官志十敍封。後也用爲對他人母親的尊稱。

【太谷】縣名。屬山西省。漢陽邑縣地。隋改爲太谷縣，因縣西太谷爲名。見元和郡縣志十三太原府。

【太延】北魏拓跋燾(太武帝)年號。公元 435—440 年。

【太伯】周先祖太王長子。相傳太王欲傳王位給季歷(周文王父)，他和弟仲雍避居江南，斷髮文身，開發吴地，爲吴國統治家族的始祖。見史記吴太伯世家。一作“泰伯”。見論語泰伯。

【太宗】㊀古官名。書顧命:“太保、太史、太宗皆麻冕彤裳。”參見“六大”、“宗伯㊀”。㊁開國第二代皇帝的稱號。史記太史公自序:“漢既初興，繼嗣不明，迎王踐祚，天下歸心，……廣恩博施，厥稱太宗,作孝文本紀第十。”後來封建王朝,如唐李世民、宋趙光義、遼耶律德光、金完顏晟等,都被追尊稱太宗。

【太官】官名。秦漢有太官令、丞，掌皇帝飲食宴會，屬少府。北魏時,太官,掌百官膳食，屬光禄卿。北齊以後歷代爲光禄寺卿的屬官。金元置尚食局提點,以代太官。明清復於光禄寺置太官署署正、署丞各一人。古籍中也作“大官”。參閲歷代職官表三十。

【太空】天空。關尹子二柱:“一運之象,周乎太空。”

【太初】㊀古代指天地未分以前的元氣。莊子列禦寇:“迷惑於宇宙形累，不知太初。”列子天瑞:“太初者,氣之始也。”後也指太古時期爲太初。㊁道家指“道”的本源。莊子知北遊:“外不觀乎宇宙,內不知乎大初。”唐成玄英疏:“大初，道本也。”㊂年號。1. 漢劉徹(武帝)。公元前 104—前 101 年。2. 東晉列國前秦苻登(高帝)。公元 388—394 年。3. 東晉列國西秦乞伏乾歸(武王)。公元 388—40
年。4. 東晉列國南涼禿髮烏孤(武王)公元 397—399 年。5. 南朝宋劉劭(宋書稱元凶劭)殺父劉義隆(文帝)自立,改元太初。卽元嘉三十年。公元 453 年。

【太府】官名。周禮天官有太府,掌府藏會計。秦漢併其職於司農少府。至南朝梁與北魏始復置太府卿,掌庫藏財物。北齊稱太府寺,北周有太府中大夫,掌貢賦貨財。隋煬帝又分太府寺置少府監，唐曾改太府爲外府，不久恢復原稱。遼金元改宋以前的太府寺爲太府監。明不設。見通典二六、續通典三十職官八太府卿。

【太阿】㊀古寶劍名。也作“泰阿”。相傳春秋時,楚王命歐冶子干將鑄龍淵、泰阿、工布三劍。楚王持泰阿率衆擊破敵軍。見越絶書越絶外傳記寶劍。後也用作寶劍的通名。戰國策韓一:“韓卒之劍戟,……龍淵、太阿,皆陸斷馬牛,水擊鵠雁。”史記八七李斯傳諫逐客:“今陛下……服太阿之劍,乘纖離之馬。”參見“龍淵㊀”。㊁商伊尹曾輔佐太甲爲阿衡,因稱太阿。文選晉潘安仁(岳)楊荆州誄:“周賴尚父、殷憑太阿。”漢王莽以甄豐爲太阿右拂，卽取伊尹故事。見漢書九九中王莽傳。

【太叔】複姓。姬姓。相傳爲春秋時衛文公子太叔儀之後。漢有尚書太叔雄。見通志二八氏族四以次爲氏。

【太昊】傳説中的古帝名。卽伏羲氏。也作“太皞”。詳“太皞”。

【太昌】北魏元修(孝武帝)年號。公元 532 年。

【太易】古代指原始混沌狀態。列子天瑞:“有太易,有太初,有太始,有太素。太易者,未見氣也;太初者,氣之始也;太始者,形之始也;太素者，質之始也。”參見“太初”、“太素”。

【太和】㊀古代指陰陽會和、沖和的元氣。易乾:“保合大和，乃利貞。”疏:“以能保安合會大利之道，乃能利貞於萬物。”大,同“太”。後漢書六十上馬融傳廣成頌:“殆非所以逢迎太和，裨助萬福也。”㊁太平。漢書一〇〇上敍傳:“是以六合之內，莫不同源共流，沐浴玄德，禀卬〔仰〕太和。”文選三國魏曹子建(植)七啟:“吾子爲太和之民，不欲仕陶唐之世乎?”㊂樂名。1.三國魏鼓吹曲。魏明帝(曹叡)太和年間，改漢上邪曲爲太和。吳稱玄化，晉稱大晉。見晉書樂志下。2.金雅樂名。金世宗大定年間，取大樂與大地同和之義，稱郊廟社稷樂曲爲太和。見金史樂志上雅樂。㊃縣名。1.在今山西臨縣西。漢離石縣地。隋改稱太和縣。唐改爲臨泉縣。明初改稱臨縣。參閱讀史方輿紀要四二臨縣。2.屬安徽省。漢細陽縣地，宋置萬壽縣，後改泰和縣。元大德時改爲太和。明清時屬潁州府。見寰宇通志九鳳陽府潁州。3.屬雲南省。唐時南詔的西京。元置理州及河東縣，後省州改縣爲太和，屬大理路。明清爲大理府治。參閱讀史方輿紀要一一七大理府。㊄年號。1.三國魏曹叡(明帝)。公元227—233年。2.東晉司馬奕(廢帝海西公)。公元366—371年。3.北魏元宏(孝文帝)。公元477—499年。4.東晉列國後趙石勒(高祖)。公元328—330年。5.東晉列國成(漢)李勢(後主)。公元344—345年。

【太岳】山名。卽霍山。在今山西霍縣東南。書禹貢:“壺口雷首，至于太岳。”清胡渭禹貢錐指:“太岳，卽霍山，又名霍太山。……周禮冀州山鎭曰霍山;漢志河東彘縣有霍太山在東，冀州山是也。”參見“霍山㊀”。

【太姒】有莘氏之女，周文王妻，武王母。也稱文母。詩大雅大明:“纘女維莘，長子維行，篤生武王。”又思齊:“大姒嗣徽音，則百斯男。”大，同“太”。

【太始】㊀古代指形成物質的原始狀態。太平御覽一天部一引易乾鑿度:“太始者，形之始也。”漢書律曆志上:“乾知太始，坤知成物。”參見“太易”、“太素”。㊁比喻爲天。卽自然界。禮樂記:“樂著大始，而禮居成物。”疏:“言樂象於天，天爲萬物之始。”大，同“太”。㊂年號。1.漢劉徹(武帝)。公元前96—前93年。2.東晉列國前涼張玄靚(沖公)。公元355—360年。3.南朝梁太清五年，侯景廢蕭棟(豫章王)，自稱帝，國號漢，建元太始。公元551年。

【太室】㊀太廟的中室。也作“大室”。書洛誥:“王入太室，祼。”疏:“太室，室之大者。故爲清廟，廟有五室，中央曰太室。”又作“世室”。參見“世室”。㊁山名。卽嵩山。在今河南登封縣北。左傳昭四年:“陽城大室荆山終南，九州之險也。”注:“在河南陽城縣西北。”釋文:“大室，卽中岳嵩高山也。在豫州。”以山上有石室，故名太室。其西曰少室。參見“嵩高”。

【太姜】周太王妃姜氏。詩大雅緜:“爰及姜女，聿來胥宇。”傳:“姜女，大姜也。”疏:“於是與其妃姜姓之女曰大姜者，自來相土地之可居者。”按太姜、太任、太姒、太姬之類，經書皆作“大”，讀爲泰。

【太建】南朝陳陳頊(宣帝)年號。公元569—582年。

【太昭】宇宙原始混沌的狀態。淮南子天文:“天地未形，馮馮翼翼，洞洞灟灟，故曰太昭。”

【太皇】㊀天。淮南子精神:“登太皇，馮太一，玩天地於掌握之中。”注:“太皇，天也。”㊁皇帝的祖母稱太皇太后。史記一二一申公傳:“太皇竇太后好老子言，不說儒術。”也省作“太皇”。宋史四七四賈似道傳:“太皇許我不死。”太皇，指謝太后。

【太保】㊀古代三公之一，位次於太傅。書周官:“立太師、太傅、太保。”傳:“保，保安天子於德義者。”秦不置。漢平帝元始元年初置太保，東漢廢。以後各代均置，但多爲勳戚文武大臣加銜贈官，無實職。又自晉以後，太子官屬有太子太保，輔導太子。參閱通典二十職官二。參見“太師”、“太傅”。㊁舊時稱廟祝，巫者曰太保。宋俞琰書齋夜話一引朱熹:“今之巫者言神附其體，蓋猶古之尸，故南方俚俗稱巫爲太保，又呼爲師人。”宋史四二四孫子秀傳記子秀爲吳縣主簿時，有人稱水仙太保，爲子秀沉於太湖。宣和遺事亨集及水滸記戴宗綽號神行太保。

【太宰】官名。1.相傳殷始置太宰，周亦名冢宰，爲天官之長，輔佐帝王治理國家。簡稱宰。春秋列國多稱太宰。秦漢魏不設。晉避司馬師諱，改太師爲太宰，職掌不同於周時冢宰。北周文帝又依周禮建六官，置天官大冢宰卿一人。隋唐無此官。宋崇寧間曾改左、右僕射爲太宰、少宰。靖康末復故。明清時也用爲吏部尚書的別稱。參閱周禮天官大宰、通典二十職官二、文獻通考四八職官二。2.三代掌膳饌的官吏，亦稱太宰。漢賈誼新書胎教:“所求滋味者非正味，則太宰荷斗而不敢煎調。”

【太容】傳說黃帝樂師名。文選漢張平子(衡)思玄賦:“素女撫弦而餘音兮，太容吟曰念哉。”又晉陸士衡(機)前緩聲歌:“太容揮高絃，洪崖發清歌。”

【太祖】本作大祖。詩周頌雝序:“雝，禘大祖也。”傳:“大祖，謂文王。”大，同“太”。後世通稱開國皇帝曰太祖。如魏追稱曹操曰太祖武皇帝，晉追稱司馬昭爲太祖文皇帝。宋以後封建王朝，皆追尊王朝之始建者爲太祖，如趙匡胤稱宋太祖，朱元璋稱明太祖等。

【太祝】官名。也作“大祝”、“泰祝”。相傳殷置太祝，爲六太之一。周禮春官有太祝，掌祝辭祈禱之事。秦漢有太祝令丞。歷代多沿置，至清廢。參閱通典二五職官七太常卿。

【太冥】指北方。文選晉張景陽(協)七命:“寒山之桐，出自大冥。”注:“北方極陰，故曰太冥。”

【太素】㊀古代指構成宇宙的物質。漢班固白虎通天地:“始起之天，始起先有太初，後有太始，形兆既成，名曰太素。……故乾鑿度曰:太初者，質之始也。”㊁樸素。文選漢班孟堅(固)東都賦:“昭節儉，示太素，去後宮之麗飾，損乘輿之服御。”又三國魏何平叔(晏)景福殿賦:“絕流遁之繁禮，反民情於太素。”

【太城】城名。卽今四川成都市舊府城的南城。相傳爲秦張儀、司馬錯所築，一名龜城。其西城稱少城，又曰小城。參閱元和郡縣志三一成都府、明曹學佺蜀中廣記一成都府一。

【太真】㊀原質。子華子上陽城胥渠問:“夫混茫之中，是名太初，實生三氣，上氣曰始，中氣曰元，下氣曰玄。……太真剖割，通三而爲一，離之而爲兩，各有精專，是名陰陽。”㊁仙女名。道教傳說中有女仙太真夫人，爲王母的小女。見雲笈七籤九八太真夫人贈馬明生詩序。楊貴妃初見唐玄宗時，衣道士服，亦號太真。見舊唐書五一上楊貴妃傳。㊂道家稱黃金爲太真。見政和證類本草四金屑引陶弘景名醫別錄。

【太原】㊀高原。書禹貢:“既修太原，至於岳陽。”傳:“高平曰太原，今以爲郡名。”疏:“太原，原之大者。”㊁地名。也作大原。1.詩小雅六月:“薄伐玁狁，至於大原。”宋朱熹以爲大原卽太原府陽曲縣，見詩集傳;清顧炎武以周人抗禦玁狁，必在涇陽、原州之間，(卽今寧夏固原縣北界)見日知錄三大原。2.秦置太原郡，治所在晉陽(今山西太原市西南)，轄今山西中部地區。隋改晉陽縣爲太原縣，唐改太原郡爲太原府。宋以後，太原府太原縣均沿置不變。參閱通典一七九州郡九、元和郡縣志十三、嘉慶一統志一三六太原府一。

【太孫】皇帝的長孫。漢書成帝紀："元帝在太子宮，生甲觀畫堂，爲世嫡皇孫，宣帝愛之，字曰太孫，常置左右。"後世王朝多在太子死後，冊立太孫，以繼帝位。如南朝齊武帝孫鬱林王、明太祖孫惠帝，皆以父死立爲皇太孫。

【太倉】㊀京城儲糧的大倉。史記平準書："太倉之粟，陳陳相因，充溢露積於外，至腐敗不可食。"㊁靈樞經脹論："胃者，太倉也。"本以太倉比喻胃，後逕稱胃爲太倉。雲笈七籤十一上清黃庭內景經脾長章："脾長一尺掩太倉。"梁丘子注："太倉，胃也。"㊂地名。即今江蘇太倉縣。三國吳稱東倉，元置海運倉於此，明弘治十年置太倉州，清因之。參閱嘉慶一統志一〇三江蘇太倉州十。

【太翁】㊀曾祖。南史齊廢帝鬱林王紀："時年五歲，牀前戲。高帝方令左右拔白髮，問之曰：'兒言我誰耶？'答曰：'太翁。'高帝笑謂左右曰：'豈有爲人作曾祖而拔白髮者乎？'即擲鏡鑷。"㊁祖父。宋陸游劍南詩稿六五戲遣老懷："阿囝略如郎罷老，稚孫能伴太翁嬉。"㊂元明時海舶司舵者亦有太翁之稱。見明陶宗儀輟耕錄八長年。

【太息】㊀出聲長歎。楚辭屈原離騷："長太息以掩涕兮，哀民生之多艱。"㊁深呼吸。素問平人氣象論："呼吸定息，脈五動，閏以太息，命曰平人。"

【太師】㊀古三公之一。書周官："立太師、太傅、太保，茲惟三公，論道經邦，燮理陰陽，官不必備，惟其人。"傳謂師，天子所師法。漢賈誼新書保傅謂指師道之教訓。秦不置。漢平帝元始元年始置三公。晉避司馬師諱，改太師爲太宰。其後歷代仍稱太師。參閱通典二十職官二、文獻通考四八職官二。參見"太傅"、"太保"。㊁古代樂官之長。周禮春官有大師、小師。列國皆有其官。論語八佾："子語魯大師樂。"荀子樂論："使夷俗邪音不敢亂雅，太師之事也。"參見"大₃師"。㊂複姓。商有太師摯，周有太師疵。見通志二八氏族四以官爲氏。

【太姬】左傳襄二五年："庸以元女大姬配胡公而封諸陳。"注："元女，武王之長女。"按姬爲周姓，古時女子以姓行，太者，尊之之詞。大，同"太"。參見"太姜"。

【太清】㊀天空。古人認爲天係清而輕的氣所構成，故稱爲太清。楚辭漢劉向九歎遠游："譬若王僑之乘雲兮，載赤霄而淩太清。"㊁天道，自然。莊子天運："吾奏之以人，順之以天，行之以禮義，建之以太清。"唐成玄英疏："太清，天道也。"㊂道家所謂三清之一。淮南子道應"太清問於無窮曰"注："太清，元氣之清者也，無窮，無形也。"抱朴子雜應："上昇四十里，名爲太清，太清之中，其氣甚剛，能勝人也。"參見"三清"。㊃年號。1.東晉列國前涼張天錫（後主）。公元363—376年。2.南朝梁蕭衍（武帝）。公元547—549年。

【太婆】古時稱曾祖母爲太婆。對太公而言。宋詩鈔孔平仲清江集鈔代小子廣孫寄翁翁詩："婆婆到輦下，翁翁在省裏。大婆八十五，寢膳近何似？"大，同"太"。

【太淵】㊀人身經穴名。靈樞經本輸："（肺脈）注於大淵。大淵，魚後一寸陷者中也。"大，同"太"。魚，爲手掌外側隴起之處，太淵在手掌後內側橫紋頭動脈中。㊁道經說人體五臟皆有神主宰，稱臍中神爲太淵。見雲笈七籤十二黃庭內景經治生章注引玉緯經。㊂神話傳說中的天池。元文類一袁裒求志賦："御飈輪以登太淵兮，叩招搖以周旋。"

【太章】傳說中善走的人。淮南子地形："禹乃使太章步自東極，至於西極，二億三萬三千五百里七十五步。"注："太章、豎亥，善行人，皆禹臣也。"

【太康】㊀夏王名。啟的兒子。古史記他荒淫暴虐，爲有窮之君羿所逐。見史記夏本紀集解。㊁縣名。在今河南省。相傳夏太康築太康城，漢置爲陽夏縣，隋改稱太康縣。見太平寰宇記二開封府。㊂年號。晉司馬炎（武帝）。公元280—289年。

【太尉】秦官，金印，紫綬，掌軍事。漢因之，其尊與丞相等。西漢武帝建元二年省。元狩四年改爲大司馬。東漢光武帝復名太尉。後代也多沿置，但一般皆爲加官，無實權。至明始廢。見漢書百官公卿表上、通典二十職官二。

【太陰】㊀月亮。日月對舉，日稱太陽，故月稱太陰。說文："月，闕也，太陰之精。"唐柳宗元柳先生集四三感遇詩之一："坐使青天暮，小星愁太陰。"㊁太歲的別稱。淮南子天文："太陰在寅，歲名曰攝提格。"太陰，爾雅釋天作"太歲"。參見"太歲"。㊂極盛的陰氣。漢蔡邕獨斷上："冬爲太陰，盛寒爲水，祀之於行。"㊃人體經脈名。指脾、肺二經。素問陰陽離合論："中身而上，名曰廣明；廣明之下，名曰太陰。"參見"十二經脈"。

【太常】㊀旗名。書君牙："厥有成績，紀于太常。"傳："王之旌旗畫日月，曰太常。"參見"大₃常"。㊁官名。秦置奉常漢景帝中元六年改名太常，爲九卿之一掌禮樂郊廟社稷事宜。至北齊，設太常寺，有卿、少卿各一人。相沿至清末改官制始廢。參閱漢書百官公卿表上、通典二七職官七。

【太湖】㊀湖名。書禹貢稱震澤，周禮夏官職方氏稱具區；又有笠澤、五湖等稱周迴三萬六千頃。在江蘇吳縣西南，跨江蘇浙江二省。湖中小山甚多，東西二洞庭最著。參閱宋朱長文吳郡圖經續記中水、范成大吳郡志十八川。㊁縣名。屬安徽省。漢皖縣地。南朝宋置。本在龍山太湖水之側，因以爲名。宋文帝元嘉末，因縣居山嶮，移就平原，即今太湖縣治所在。參閱太平寰宇記一二五舒州。

【太尊】㊀對始祖的尊稱。文選漢揚子雲（雄）長楊賦："亦所以奉太尊之烈，遵文武之度。"注："太尊，高祖也。"漢書八七下揚雄傳作"太宗"。文武，指漢文帝武帝。㊁星名。晉書天文志上中宮："中台之北一星曰太尊，貴戚也。"㊂注酒器。即大尊。宋史禮志十一時享："議禮局言，太廟每享，各設太尊二。"參見"大₃尊"。㊃明清時知府相當於古代的太守，因而尊稱爲太尊。儒林外史一："（危素）前月初十搬家，太尊、縣父母都親自到門來賀。"

【太華】山名，即西嶽華山，在陝西渭南縣東南。書禹貢："西傾朱圉鳥鼠，至於太華。"即此。山海經西山經："（華山）又西六十里，曰太華之山，削成而四方，其高五千仞，其廣十里。"全唐詩一三〇崔顥行經華陰："岧嶤太華俯咸京，天外三峯削不成。"因遠望其形如華（花），故稱華山；因其西有少華山，故又稱太華。

【太極】㊀指原始混沌之氣。易繫辭上："易有太極，是生兩儀，兩儀生四象，四象生八卦。"氣運動而分陰陽，由陰陽而生四時，因而出現天、地、風、雷、水、火、山、澤八種自然現象，推衍爲宇宙萬事萬物。宋周敦頤兼採道家學說，著有太極圖說。宋朱熹以爲太極即是理；總天地萬物之理，便是太極。因主張理先於事物而存在，所以他的客觀唯心主義的學說被稱爲理學。㊁唐李旦（睿宗）年號。公元712年。

【太陽】㊀日之通稱。說文："日，實也。太陽之精不虧。"文選三國魏曹子建（植）洛神賦："遠而望之，皎若太陽升朝霞。"

㊁旺盛的陽氣。漢應劭風俗通三皇："遂人以火紀。火，太陽也。"蔡邕獨斷："夏爲太陽，其氣長養，祀之于竈。"㊂人體經脈名。素問陰陽離合論："太衝之地，名曰少陰。少陰之上，名曰太陽。太陽根起於至陰，結於命門，名曰陰中之陽。"唐王冰注："腎藏爲陰，膀胱府爲陽。……足太陽之脈者，膀胱脈也。"參見"十二經脈"。㊃人體穴名。在兩眉側邊低下處。宋宋慈洗寃録三論沿身骨脈及要害去處："額下者眉。眉際之末者太陽穴。太陽穴前者目。"水滸三："(魯達打鎮關西)只一拳，太陽上正着，却似做了一個全堂水陸的道場，磬兒、鈸兒、鐃兒一齊響。"

【太虚】㊀莊子知北遊："是以不過乎崑崙，不遊乎太虛。"唐成玄英疏："崑崙是高遠之山，太虛是深玄之理。"宋張載認爲"太虛不能無氣，氣不能不聚而爲萬物。"參閱正蒙太和及清王夫之注。㊁天空。文選晉孫興公(綽)遊天台賦："太虛遼廓而無閡，運自然之妙有。"唐孟浩然集一彭蠡湖中望廬山詩："太虛生月暈，舟中知天風。"

【太傅】官名。古三公之一。周始置。書周官傳："傅，傅相天子。"漢賈誼新書保傅："傅，傅之德義。"漢高后元年置太傅，位次太師，後省。哀帝元壽二年復置，位在三公上。東漢每一帝即位，必置太傅，録尚書事，參預朝政。其後各代，太師、太傅皆稱上公，但多以他官兼領，或不備置。明清則以太傅和太師、太保等作爲贈官、加銜之用，非實職。參閱歷代職官表六七師傅保加銜。

【太皓】㊀傳説古帝名。也作太皞。見"太皞"。㊁天。後漢書三十下郎顗傳："陛下若欲除災昭祉，順天致和，宜察臣下尤酷害者，亟加斥黜，以安黎元，則太皓悦和，雷聲乃發。"

【太熙】晉司馬炎(武帝)年號。公元290年。

【太歲】古代天文學中假設的星名，與歲星相應。又稱歲陰或太陰。歲星即木星。古代認爲歲星十二年一周天(實際爲11.86年)，因將黄道分爲十二等分，以歲星所在的部分，作爲歲名。但歲星運行的方向爲自西向東，與將黄道分爲十二支的方向正相反，爲避免這種不方便，假設太歲作與歲星實際運行相反的方向運動，以每年太歲所在的部分來紀年。如太歲在寅叫攝提格，在卯叫單閼等。後來更配以十歲陽，組成六十干支，用以紀年。後來方士術數以太歲所在爲凶方，有忌興土木建築或遷徙房屋等迷信説法。參閱爾雅釋天、淮南子天文、史記天官書、漢王充論衡難歲、清王引之經義述聞二九太歲考。

【太微】星垣名。三垣之一。史記天官書："南宫朱鳥，權，衡。衡，太微，三光之廷。"索隱："宋均曰：太微，天帝南宫也。"

【太寧】年號。1.晉司馬紹(明帝)。公元322—326年。2.東晉列國後趙石虎(太祖)。公元349年。3.北齊高湛(武成帝)。公元561—562年。

【太蒙】西方極遠之地。同"大蒙"。唐岑參岑嘉州詩一北庭貽宗學士道別："曾逐李輕車，西征出太蒙。"參見"大蒙"。

【太監】官名。唐高宗龍朔二年，改殿中省爲中御府，改監爲中御大監、少監。遼置太府，祕書，都水等監，皆有太監。明置十二監、四司、八局，共二十四衙門，各設掌印太監，爲在宫内侍奉皇帝及其家族的官。自此太監遂成爲宦官的專稱。明中葉以後的太監，擁有出使、監軍、鎮守以至偵察官民等大權。清代鑒於明太監專横之弊，削減人數權力，設總管太監爲首領，隸屬於内務府，授爵以四品爲限。參閱通典二六職官八、續文獻通考五六職官六。

【太僕】㊀官名。周禮夏官有大僕，掌正王之服位，出入王之大命。秦、漢爲九卿之一，掌輿馬及牧畜之事。北齊置太僕寺，有卿、少卿各一人。歷代因之。見漢書百官公卿表、通典二五職官七。㊁元劇中對盜魁的稱呼。古今雜劇元秦簡夫趙禮讓肥二："這的是小生的違拗，告太僕且躭饒。"

【太廟】天子的祖廟。荀子禮論："昏之未發齊也，太廟之未入尸也，始卒之未小斂也，一也。"春秋時，魯國對周公的廟也稱太廟。公羊傳文十三年："周公稱太廟，魯公稱世室。"漢書九九中王莽傳："初獻新樂於明堂太廟，羣臣始冠麟韋之弁。"

【太儀】㊀天帝的宫廷。楚辭屈原遠遊："朝發軔於太儀兮，夕始臨乎微閭。"注："太儀，天帝之庭，習威儀之處也。"㊁唐朝以諸王之母爲太妃，至德宗貞元六年，依照吏部侍郎柳冕的建議，稱公主的母親爲太儀，以公主本封加太儀之上。太者，謂因子而尊；儀者，取母儀之盛。見全唐文五二七柳冕請定公主母稱號狀、唐會要三内職雜録。

【太皞】傳説古帝名。即伏羲氏。風姓，繼燧人氏爲帝。又爲神名。禮月令孟春之月："其帝大皞，其神句芒。"注："大皞，宓戲氏。"宓戲，即伏羲。逸周書太子晉作太皞。楚辭遠遊作太皓，漢書古今人表作太昊帝宓羲氏。皞，説文、唐石經作"暤"，从"日"不从"白"。

【太衝】中醫謂肝脈氣爲太衝。素問至真要大論："太衝絶，死不治。"

【太樂】官名。詳"大$_3$樂"。

【太興】東晉列國北燕馮弘(昭成帝)年號。公元431—436年。

【太學】古學校名，即國學。相傳虞設庠，夏設序，殷設瞽宗，周設辟廱，即古太學。漢武帝元朔五年，始置太學，立五經博士。隋初置國子寺，煬帝時改爲國子監。唐設國子、太學、廣文、四門、律、書、算七學，屬國子監。宋也兼置國子、太學。明以後，不設太學，只有國子監，在監讀書的稱太學生。參閱歷代職官表三四國子監。

【太谿】中醫謂腎脈氣爲太谿。素問至真要大論："太谿絶，死不治。"

【太簇】㊀音律名。十二律中第三律。又作"泰簇"。史記律書律數："太簇長七寸七分二角。"又"泰簇者，言萬物簇生也，故曰泰簇。"漢書律曆志上作"太族"。吕氏春秋孟春紀、淮南子時則，均作"太蔟"。禮月令孟春之月、白虎通五行則作"大蔟"。大，通"太"。㊁農曆正月的别名。吕氏春秋音律："太蔟之月，陽氣始生，草木繁動。"注："太蔟，正月。"

【太醫】官名，周官有醫師。掌醫之政令。秦漢有太醫令丞，亦主醫藥。漢初屬太常，後改屬少府。魏晉南北朝沿置。隋置太醫署，宋改太醫局。元又改爲太醫院，明清不變。見通典二五職官七、續通典二九職官七。後泛稱皇帝的醫生爲太醫或御醫。也作爲對醫生的敬稱。元明雜劇元劉唐卿降桑椹二："請下箇醫士，調治母親的病證，太醫隨後便來也。"

【太羹】見"大$_3$羹"。

【太一數】先秦術數流派之一。與五行、堪輿、建除、叢辰、曆、天人並稱爲術數七家。見史記褚少孫補日者傳。漢書藝文志五行家列泰一陰陽二十三卷。也作"太乙"。今傳有唐王希明太乙金鏡式經十卷。其法大抵本易乾鑿度太乙行九宫法，穿鑿附會，以占内外災福。

【太子丹】見"燕丹"。

【太子河】古稱大梁水或東梁河。在今遼寧遼陽縣北。三國魏司馬懿斬公孫淵父子於梁水之上，即此。或説：太子河爲古衍水，因燕太子丹隱藏於衍水中，後人因稱爲太子河。見讀史方輿紀要三七太子河。

【太上皇】 皇帝的父親，或簡稱上皇。秦始皇追尊莊襄王爲太上皇，爲死後的尊號。漢高祖尊其在生的父親太公爲太上皇。後來北齊武成帝，唐高祖、睿宗、玄宗，宋高宗，清高宗等，傳位於太子後，皆稱太上皇，爲皇帝父親生時的尊號。明英宗被瓦剌擄去後，其弟景帝卽位。次年英宗被放回，也曾稱太上皇。

【太夫人】 漢制，列侯之母方稱太夫人。後來凡官僚豪紳的母親，不論存亡，均稱太夫人。宋徽宗政和年間，曾以"太"字爲對生者的尊稱，令凡追封者皆去"太"字。參閱漢書文帝紀七年"令列侯太夫人"注、宋徐度却掃編上。

【太公泉】 泉名。在河南汲縣。水經注九清水："(汲縣)城北三十里，有太公泉。泉上又有太公廟。廟側高林秀木，翹楚競茂，相傳云太公之故居也。"

【太公望】 周初人。姜姓，呂氏，名尚。相傳釣於渭濱，周文王出獵相遇，與語大悅，同載而歸，說："吾太公望子久矣！"因號爲太公望，立爲師。武王卽位，尊爲師尚父。輔佐武王滅殷，周朝既建，封於齊，爲齊國始祖。見史記齊太公世家。俗稱姜太公。漢書藝文志道家有太公二百三十七篇，隋書經籍志三有太公六韜五卷，舊題周文王師姜望，皆爲後世依託之作。

【太玄經】 漢揚雄撰。也稱揚子太玄經。晉范望注，今本十卷。揚雄曾模仿論語作法言，此書模仿周易，分八十一首，以擬六十四卦。

【太平引】 曲名。詳"廣陵散"。

【太平車】 宋代載物的大車。車身有箱無蓋，駕車人在中間。前以騾、驢二十餘頭或牛五七頭牽引，後繫騾驢二頭，遇下峻嶺險坡，使倒拽以令緩行。車兩輪與箱齊，後有兩斜木脚拖。中間懸鐵鈴，行時作響，使行人可以聞聲相避。能載物數十石。參閱宋孟元老東京夢華錄三般載雜賣、宋邵博聞見後錄二二。今北方也稱四輪大車爲太平車。

【太平花】 花名。宋陸游劍南詩稿五太平花："宵旰至今勞聖主，淚痕空對太平花。"自注："花出劍南，似桃四出，千百包駢萃成朶。天聖中，獻至京師，仁宗賜名太平花。"

【太平策】 安邦治國的計策。全唐文一三五杜淹文中子世家："西遊長安，見隋文帝。帝坐太極殿，召而見之。因奏太平之策十有二焉，推帝皇之道，雜王伯之略，稽之於今，驗之於古，恢恢乎若運天下於掌中矣！"宋葉適水心集七送鄧諫從制幹詩："終攜太平策，還上蜀江船。"

【太平道】 東漢末道教的一派。東漢靈帝時，鉅鹿人張角利用太平道作掩護，通過給窮苦人治病、傳道等手段，組織農民，於中平元年發動大起義，起義軍以黃巾包頭爲標誌，故稱黃巾軍。參閱漢書七五李尋傳、後漢書七一皇甫嵩傳、三國志魏張魯傳"雄據巴、漢垂三十年"注引典略。參見"黃巾"。

【太平鼓】 鼓曲名。宋徽宗崇寧大觀間，京城内外街市，有鼓笛拍板演唱，稱爲打斷。政和初年，官令禁止，民間乃改稱太平鼓。明清時，民間新春及元宵用鐵圈蒙羊、驢皮爲鼓，形如蒲扇，鼓柄上套鐵環，長柄，擊鼓摇環，邊舞邊唱，也稱爲太平鼓。按才調集七張祜周員外席上觀柘枝詩："畫鼓拖環錦臂攘，小娥雙換舞衣裳。"説明唐代已有類似的鼓舞。參閱明方以智通雅三十樂舞、清王夫之薑齋文集九雜物贊太平鼓、富察敦崇燕京歲時記太平鼓。參見"臘鼓"。

【太平經】 道書名。漢順帝時、瑯玡宫崇上其師于吉所得神書一百七十卷，號太平清領書。明正統道藏本著録爲太平經一百十九卷，僅存五十七卷。其主旨謂天地萬物都受於元氣；陰陽交感，五行交配，乃生萬物。人行事須順乎五行之理，不當逆天而行。又言太平氣將至，將有大德之君出世，實現太平盛世。東漢末張角曾據以組織太平道，作爲發動黃巾起義的思想武器。參見"太平道"。

【太平管】 樂器名。唐李賀歌詩編二申胡子觱篥歌："誰截太平管，列點排空星。"文獻通考一三八樂十一："太平管，形如跋膝而九竅，是黃鐘一均，所異者，頭如觱篥爾。唐天寶中史盛所作也。"

【太史公】 漢司馬談爲太史令，子遷繼之，皆稱太史公。其説有三：1. 遷尊其父，故稱太史公。2. 太史公爲漢官名，位在丞相上，天下計書先上太史公，副上丞相，其職尊貴，與三公等，故稱太史公。按漢書百官公卿表有太史丞，太史令，無太史公。3. 古時主天官者皆上公，自周至漢，其職轉卑，然朝會坐位猶居公上，其官屬仍以舊名尊而稱之。按太史公自序説"太史公既掌天官，不治民，有子曰遷。"又："卒三歲而遷爲太史公。"第三説義較長。參閱史記太史公自序"談爲太史公"集解、索隱、正義。

【太史令】 見"太史㊀"。

【太安宫】 唐宫名。唐高祖武德五年建。原名弘義宫。太宗貞觀三年遷居於此改名爲太安宫。見唐會要三十弘義宫。

【太忙生】 十分忙碌。生，助詞，無義唐羅隱甲乙集十晚眺詩："雲向嶺頭閒不徹，水流溪裏太忙生。"宋陸游劍南詩稿二九淨智西窗："牆外蜜蜂來又去，可憐終日太忙生。"

【太早計】 過於性急。莊子齊物論："且女亦大早計，見卵而求時夜，見彈而求鴞炙。"釋文："大，音泰。"宋陸游劍南詩稿三二四月旦作時立夏已十餘日："堪笑山家太早計，已陳竹几與藤牀。"

【太老師】 明清科舉試，取中的生員稱主考官(座師)、同考官(房師)的老師爲太老師。見清顧炎武亭林文集一生員論中。

【太先生】 對老師的父親、父親的老師或老師的老師的尊稱。也作"太老師"唐元結父延祖死後，元結的門徒私稱爲太先生。見新唐書一四三元結傳。

【太舟卿】 官名。南朝梁武帝改都水使者爲太舟卿，品位相當於中書郎，列諸卿之末，主管船舶航運與河堤修治之事。陳依梁制。隋按北朝官制，仍稱都水使者見隋書百官志上、下。

【太谷派】 明嘉靖林兆恩主三教合一之説，爲大成教的開山祖。清道光間，石埭周星垣(太谷)更張其説，一時從遊者甚多。後被兩江總督百齡囚禁，瘐死獄中其弟子記其遺説爲太谷經。再傳分南北二派，在北者爲儀徵張積中，以黃厓之獄自焚死，從死者千餘人，此派遂亡。在南者爲泰州學派。參見"泰州學派"。

【太初曆】 漢曆法名。漢武帝太初元年鄧平落下閎等人根據天象實測和長期天文紀録所造。自太初元年至東漢章帝元和二年，共施行一百八十八年。其法取"一月之日，二十九日八十一分之四十三"，卽一朔望月等於二十九又八十一分之四十三日，故又稱八十一分律曆。參閱漢書律曆志上、後漢書律曆志中。

【太和門】 城門名。在今北京市故宫午門内，爲太和殿的正門。南向。分左右二門，左稱昭德，右稱貞度。前環金水河，河上横跨五石梁，卽内金水橋。見清會典七十工部宫殿。

【太和湯】 ㊀酒。宋邵雍無名公傳稱酒爲大和湯。宋程頤伊川擊壤集八林下五吟詩之一："安樂窩深初起後，太和湯釅半醺時。"㊁熱湯，百沸湯。見本草綱目五熱湯。

【太和殿】 在北京故宫太和門内。爲

清兩代皇帝卽位，或其他大節日、慶典接受朝賀，以及命將出征、殿試進士、元旦賜宴的地方。始建於明成祖永樂年間，原名奉天殿。嘉靖時被雷火焚毁，四十一年重建，改名皇極殿。清順治二年定名爲太和殿，與中和、保和並稱三大殿。俗稱金鑾寶殿。後屢毁屢修，今殿清康熙三十四年重修。基高二丈，殿高十一丈，横十一間，縱五間。正中一間設帝座，前爲丹陛，環以白石欄。全殿内外立大木柱八十四根，殿頂爲重檐垂脊琉璃瓦，爲全國今存最大的木構大殿。參閱清會典七十工部宮殿。

太和嶺】山名。在今山西朔縣東，爲勾注山支脈。北宋末，金人劫持宋欽宗度太和嶺至雲中；明初，傅友德由大同引兵巡太和嶺；均指此山。見讀史方輿紀要三九勾注。

太宰嚭】卽伯嚭。春秋時楚伯州犁之孫。楚誅伯州犁，伯嚭奔吳，吳以爲大夫，後任太宰，故亦稱太宰嚭。吳王夫差破越後，伯嚭受越賄，勸夫差許越和。越王滅吳，以太宰嚭爲不忠，殺之。參閱國語越上、史記吳太伯世家。

太倉令】官名。漢置。主收受郡國漕糧，秩六百石，屬大司農。見漢書百官公卿表上、後漢書百官志三。

太倉庫】明代庫名。明英宗正統七年，設戶部太倉庫，專用儲銀，也稱銀庫。見續文獻通考三十國用一歷代國用。

太師青】見"太師轎"。

太師窗】南宋秦檜作相時，第中窗上下及中一二眼作方眼，餘作疎欞，謂之太師窗。見宋陸游老學庵筆記十。又稱太師欞。明沈德符萬曆野獲編二六玩具物帶人號："窗之中密而上下疎者，名太師欞。"

太師椅】宋張端義貴耳集下："今之校椅，古之胡牀也。自來只有栲栳樣，宰執侍從皆用之。因秦師垣(檜)在國忌所，偃仰片時墜巾，京尹吳淵奉承時相，出意撰製荷葉託首四十柄，載赴國忌所，遣匠者頃刻添上，凡宰執侍從皆有之，遂號太師樣。"明沈德符萬曆野獲編二六玩具物帶人號："椅之桮棬聯前者，名太師椅。"今稱大圈椅爲太師椅。

太師轎】宋陸游老學庵筆記十："蔡太師(京)作相時，衣青道衣，謂之太師青；出入乘椶頂轎子，謂之太師轎子。"

太液池】池名。1.漢太液池。在今陝西長安縣西。漢武帝時於建章宮北興建。言其所及甚廣，故稱爲太液池。周回十頃，中起三山，以象瀛洲蓬萊方丈三神山，並用金石刻成魚龍奇禽異獸之類。見三輔黃圖四池沼。2.唐太液池。在唐長安大明宮内含涼殿後，其遺址在今陝西長安縣北。參閱嘉慶一統志二二八西安府二大明宮。3.清太液池。元時名西華潭。卽今首都北京北海、中南海。舊時南北四里，東西二百餘步，池上跨長橋，橋兩端立石牌坊，東西對峙，東名玉蝀，西名金鰲。橋北稱北海，橋南稱中海，其中瀛臺以南稱南海。上源自玉泉山合西北諸水，由地安門水門流入。北京八景之一有"太液秋風"。參閱清高士奇金鰲退食筆記上。

【太清樓】北宋宮内樓名。爲皇帝宴近臣宗室之所。宋眞宗咸平三年詔三館寫四部書各一本，置禁中太清樓，卽此。見玉海一六四咸平太清樓、宋史仁宗紀慶曆四年。

【太清氅】一種精製的外衫。宋陶穀清異錄衣服："臨川上饒之民，以新智創作醒骨紗，用純絲、蕉骨相兼撚織，夏月衣之，輕涼適體。陳鳳閣喬始以爲外衫，號太清氅。"

【太康體】宋人稱西晉武帝太康年間左思、潘岳、陸機、張載等人的詩爲太康體。見宋嚴羽滄浪詩話詩體。

【太常寺】官署名。詳"太常㊀"。

【太常妻】東漢周澤爲太常，卧病齋宮，其妻哀澤老病，窺問所苦。澤大怒，以妻干犯齋禁，竟收送詔獄謝罪。時人譏之曰："生世不諧，爲太常妻。一歲三百六十日，三百五十九日齋。"注："漢官儀此下云：'一日不齋醉如泥。'"言周澤不近人情，難爲其妻。見後漢書七九下周澤傳。

【太湖石】園林中疊假山所用之石，以採自太湖，故名太湖石。其石因風浪沖激，多坳坎，有青、白、黑三色，高者三、五丈，低者尺餘。舊唐書一六六白居易傳："罷蘇州刺史時，得太湖石五、白蓮、折腰菱、青板舫以歸。"長慶集五二、五五並有太湖石詩。參閱宋杜綰雲林石譜上。

【太極宮】唐宮殿名。卽隋大興宮。唐武德元年改稱。位大明宮西，又稱西内。唐龍朔後，皇帝常居大明宮，遇大禮大事，則居太極宮。故址在今陝西長安縣北故宮城内。參閱唐會要三十大内、嘉慶一統志二二八西安府二。

【太極圖】宋周敦頤撰。易繫辭上："易有太極，是生兩儀。兩儀生四象，四象生八卦。八卦定吉凶，吉凶生大業。"敦頤因取道家象數之説，爲太極圖。圖之前段，用太極生兩儀之説，後則不用八卦而用五行。又爲説一卷，説明道體的根源。敦頤別著通書四十篇，發明太極之含蘊。見宋史四二七周敦頤傳、宋元學案濂溪學案。

太極圖

【太瘦生】很瘦弱。生，語助詞。唐李白李太白詩三十戲贈杜甫："飯顆山頭逢杜甫，頭戴笠子日卓午。借問別來太瘦生，總爲從前作詩苦。"宋歐陽修文忠集一二八詩話："太瘦生，唐人語也。至今猶以生爲語助，如作麽生、何似生之類是也。"

【太僕寺】官署名。掌管輿馬及牧畜之事。詳"太僕"。

【太樂令】主管音樂的官。秦漢有大樂令。東漢明帝永平三年改大樂爲大予樂。後漢書百官志二載："大〔予〕樂令一人，六百石。"宋有大樂令。元有大樂署。明爲神樂觀。見通典二五職官七太常卿大樂署。

【太憨生】形容少女嬌癡的狀態。唐顏師古隋遺錄引虞世南嘲隋煬帝宮人袁寶兒詩："學畫鵶黃半未成，垂肩嚲袖太憨生。"(説郛七八)參閱唐詩紀事四虞世南。聊齋志異二嬰寧："但聞室中吃吃，皆嬰寧笑聲。母曰：'此女亦太憨生。'"

【太學體】北宋仁宗嘉祐時，士人好爲險怪奇澀之文，甚至讀或不能成句，號爲太學體。嘉祐二年，歐陽修知貢舉，應舉人文字雕琢晦澀的，一律不取，改變了當時的文風。參閱宋史三一九歐陽修傳。

【太一蓮舟】北宋名畫家李公麟(伯時)所繪太乙眞人圖的別稱。太乙眞人，道教神仙名。圖繪眞人卧一大蓮葉中，執書仰讀。韓駒題詩有"太一眞人蓮葉舟"句。見宋胡仔苕溪漁隱叢話前集五三韓子蒼。又金元好問遺山集十二有太一蓮舟圖詩。

【太子文學】官名。爲皇太子的文學侍從之臣。漢時郡及王國並有文學，三國魏始置太子文學，此後不置。北周建德三年，置太子文學十員。唐龍朔年間，置太子文學四員，先屬桂坊，後屬司經；掌分知經籍，侍從文章。遼元亦有此官，宋金明皆不設。見通典三十職官十二、續通典三四職官十二。

【太子洗馬】太子官屬。秦稱洗馬，漢曰先馬，遂稱太子洗馬，隸司經局。參閱通典三十職官十二、續通典三四職官十二。參見"洗馬"。

【太子家令】秦漢官有家令，爲太子官屬。遼稱太子家令，隸太子家令寺。參閱漢書百官公卿表上、通典三十職官十二、續通典三四職官十二。參見"家令㊀"。

【太子詹事】官名。秦漢有詹事，掌皇后太子家事。太子家令、丞皆屬詹事。北魏設太子左、右詹事。唐置詹事府，有太子詹事、少詹事，掌統三寺十率府之政。宋遼金因之。參閱新唐書百官志四上、續通典三四職官十二。參見"詹事"。

【太子賓客】太子官屬。漢高祖欲易太子，呂后用張良計，迎商山四皓以定太子。至漢武帝爲太子立博望苑，使通賓客。後晉惠帝選衞瓘等五人與太子經常往來，稱太子賓客。唐高宗顯慶元年，以韓瑗等四人爲太子賓客，正式定爲官員，掌調護、侍從、規諫。宋元明沿例設置，多以他官兼任。明太子賓客與三師、三少，皆爲東宮大臣。見通典三十職官十二、續通典三四職官十二。

【太上老君】道教附會黄老，故尊奉老子，稱爲太上老君，亦稱混元皇帝太上老君。太平道、天師道都崇奉老子。老子的地位愈來愈尊，其說也越來越怪誕。道經有太上老君開天經。參閱雲笈七籤二、一〇二。

【太上清宮】見"上清觀"。

【太中大夫】官名。秦始置，掌議論。隋以後爲散官。唐宋金從四品以上稱太中大夫。元明爲從三品。清未設。見通典三四職官十六、續通典三八職官十六。

【太公家教】書名。我國古代的一種啓蒙讀物。用四字韻語。作者不詳。唐李翺李文公集六答朱載言書提到此書，說"其理往往有是者而詞章不能工。"宋王明清玉照新志三稱："當是有唐村落間老校書爲之。"又續傳燈録十二法戒禪師："恰似三家村裏教書郎，未念得一本太公家教，便道文章賽過李白杜甫。"金元時頗流行於北方少數民族中，元人曾譯爲蒙古文。至清初尚存，阿什坦嘗譯成滿文。光緒时，敦煌石窟發現古寫本一卷，收入鳴沙石室古佚書影印本。又明陶宗儀輟耕録二五載金人院本名目，亦有太公家教。

【太平天国】公元 1851—1864 年。清道光三十年，洪秀全等起義於廣西桂平金田村。咸豐元年，起義軍入永安州城，建號太平天国，秀全稱天王。三年，破南京，建爲國都，改稱天京。秀全奉上帝教，故以天国爲名。自起事至南京失陷，秀全自殺，共十四年。

【太平公主】公元？—713 年。唐高宗女，武則天所生。初嫁薛紹，紹死，改嫁武攸暨。以參與誅張易之張昌宗，擁立中宗有功，開府置官屬。及擁立睿宗，加實封至萬户，權震朝野。時宰相七人，五人出其門下。先天二年，謀廢太子李隆基（玄宗），事敗被殺。舊唐書一八三外戚傳、新唐書八三高宗三女傳有傳。

【太平百錢】古錢名。晉惠帝永康元年，益州刺史趙廞割據成都，建元太平。"太平百錢"名稱，或由於此。一說爲南朝梁敬帝太平年間所鑄。清乾隆錢録六收録五種。其中一種作"太平百金"。解放後洛陽敦煌晉墓及武昌任家灣六朝古墓出土太平百錢，有大篆、小篆、隸書三品，周廓大小不一，大者直徑一寸，小者六七分。參閱清乾隆錢録六。

【太平真君】北魏拓跋燾（太武帝）年號。公元 440—451 年。

【太平御覽】類書名。宋太平興國二年，太宗命李昉等十四人據北齊人所輯修文殿御覽、唐人所輯文思博要及其他類書編撰，歷時七年成書。共一千卷，分五十五門。初稱太平編類，後改今名，省稱御覽。其書徵引材料甚富，多古籍佚文，保存了許多原始資料。參閱宋陳振孫直齋書録解題十四、文獻通考二二八經籍五五。

【太平無象】謂太平盛世並無一定標誌。資治通鑑二四四唐大和六年："會上御延英（殿），謂宰相（牛僧孺）曰：'天下何時當太平，卿等亦有意於此乎？'僧孺對曰：'太平無象。今四夷不至交侵，百姓不至流散，雖非至理，亦謂小康。陛下若別求太平，非臣等所及。'"後因以太平無象諷刺反動統治者粉飾昇平。

【太平歌詞】見"落子"。

【太平廣記】宋李昉等編輯。始於太平興國二年，次年成書，六年雕版。全書按題材性質，分爲九十二大類，附一百五十餘小類，搜羅甚富。所引野史傳奇小說，自漢代以迄宋初，共約五百種，中多失傳，賴此得考見其佚文。

【太平樂府】元代散曲集。全稱朝野新聲太平樂府。元楊朝英選輯。録元人散曲，依宫調編排。共九卷（四庫存目作八卷）。前五卷爲小令，餘爲套數。

【太平興國】宋趙匡義（太宗）年號。公元 976—984 年。

【太丘道廣】東漢陳寔，潁川人，曾爲丘長，有名望，交遊甚廣。許劭到潁後，獨不訪寔，對人說："太丘道廣，廣難周。"見後漢書六八許劭傳。後遂稱交遊之廣曰太丘道廣。

【太白陰經】兵書名。唐李筌撰。新書及宋史藝文志著録皆作十卷，四庫作八卷。分人謀、雜儀、戰具、預備、圖、祭文、捷書、藥方、雜占、遁甲、雜式篇。唐杜佑通典兵類多採其說。墨海壺本據影宋鈔本、守山閣據舊鈔殘本補，皆爲十卷。

【太行八陘】太行山脈的八個交通道。陘，連山中斷之處。讀史方輿紀四六河南一太行引晉郭緣生述征記："行首始河内，北至幽州，凡百嶺，連亘三州之界，有八陘：第一軹關陘（在今南濟源縣），第二太行陘（在今河南沁縣），第三白陘（在今河南輝縣），第四口陘（在今河北磁縣），第五井陘（在今北獲鹿縣），第六飛狐陘（在今河北縣），第七蒲陰陘（在今河北易縣），第軍都陘（在今北京市昌平縣）。"

【太初元將】漢劉欣（哀帝）年號。平二年（公元前 5 年）六月改，八月除。來的四字年號，始於此。

【太皇太后】皇帝的祖母。漢書九七外戚傳："漢興，因秦之稱號，帝母稱皇后，祖母稱太皇太后。"

【太倉稊米】穀倉中的一粒小米。比極小。莊子秋水："計中國之在海內，似稊米之在大倉乎！"大，同"太"。唐居易長慶集二和思歸樂詩："人生百內，天地蹔寓形，太倉一稊米，大海一萍。"宋周紫芝有集名太倉稊米集，卽此義。

【太清神鑑】古代相書。舊題五代後王朴撰，爲宋人依託之作。所引書篇皆宋以前本。原書久佚，今本自永樂典輯出，分六卷。

【太清樓帖】大觀太清樓帖的省稱。"大觀帖"。

【太常雅樂】唐雅樂名。又稱大唐雅樂唐初沿用隋樂，貞觀初命太常少卿祖孫張文收等斟酌古今，參定雅樂，造二和樂，共四十八曲八十四調。至開中，又造三和樂，文舞（九功舞），武舞（德舞），稱爲大唐樂。參閱舊唐書音樂一、通典一四二樂二、唐會要三二、三雅樂上、下。

【太子中舍人】太子官屬之一。晉寧四年，以太子舍人中才學優良的四爲太子中舍人，與中庶子共掌文翰。唐減爲二人，與中庶子共掌禁令，侍從左右，糾正違闕，償相威儀，提出規勸。見唐六典二六、通典三十職官十二。

【太上感應篇】書名。宋史藝文志道家類神仙著録李昌齡感應篇一卷，道藏太清部著録作太上感應篇三十卷。真德秀真文忠集三五有跋。清順治十三年上諭刊行。其書内容多取晉葛洪抱朴子，以勸人爲善居多，託名爲老子之師太上，宣揚因果報應，迷信色彩很濃，在舊時流行甚廣。清有惠棟箋、俞樾纘義、姚學塽注諸家集傳本四卷。

【太平清領書】道書名。即太平經。詳"太平經"。

【太平聖惠方】宋太平興國年間王懷隱等編著。列有病因、證狀及方劑。共一百卷。分一千六百七十門，録方一萬六千八百三十四條。

【太平寰宇記】北宋地理總志。原二百卷。樂史編著。省稱寰宇記。太平興國中，樂史以五代割據郡縣，地名多有改變，至是全國統一，故取古山經地志，考正訛謬，纂成此書。當時尚未劃分十五路，仍沿用唐十道名稱，其中後晉割給契丹的燕雲十六州，則仍列舊名。體例略仿唐元和郡縣志，而增闢風俗、姓氏、人物、土產等門，兼及經濟、文化。徵引書籍至百餘種。原書已多殘缺。清四庫本缺一一三至一一九卷。清末楊守敬從日本輯回宋刊殘本五卷半，刻入古逸叢書。

【太和正音譜】明朱權編。收曲牌三百餘個，一名北雅。爲今存最早的北曲譜。附有元明雜劇作家和作品的名稱、戲曲術語及唱曲論述。明臧懋循元曲選卷首涵虛子曲品卽取此書有關元曲作者、作品的論述輯録而成。

【太室石闕銘】嵩山太室漢代石刻。東漢安帝元初五年四月呂常造。在今河南登封縣中岳廟南。有東西二闕，銘文刻於西闕背面，八分書，記奉祀崇(嵩)高神君，刻石頌功德事。後列職官姓名。額篆書，陽文九字，在西闕正面(卽南面)第六層石上。又有後銘，在額下，凡四十餘行，八分書，或名爲潁川太守楊君泰室闕銘，延光四年三月刻。有畫像，可辨的二石。東石闕畫像，可辨的五石。參閲清畢沅中州金石記一、清王昶金石萃編六。

【太馭中大夫】官名。周置。周禮夏官有大馭中大夫二人，掌馭玉路以祀及犯軷。大馭，卽太馭。其後歷代皆不置，惟北周有此官。明之錦衣衛都督，清之鑾儀衛大臣，職掌與此相近。參閲歷代職官表四二鑾儀衛。

【太歲頭上動土】舊時認爲太歲經行的方向爲凶方。掘土興建要避開太歲方位，否則會受災。漢王充論衡難歲引移徙法："徙抵太歲凶。"是漢人已諱忌太歲。後因用"太歲頭上動土"比喻觸犯强有力的人、自取禍殃之意。古今雜劇元缺名趙匡胤打董達二："我兒也，你尋死也，正是太歲頭上動土哩！"水滸二："史進喝道，……你也須有耳朶，好大膽，直來太歲頭上動土！"參閲清翟灝通俗編十九太歲方動土、錢大昕恒言録六太歲當頭。參見"太歲"。

【太公釣魚，願者上鈎】見"姜太公釣魚"。

夬 kuài ㄎㄨㄞˋ 古邁切，去，夬韻，見。

㊀易卦名。☱☰。乾下兑上。易夬："夬揚于王庭"疏："夬，決也。此陰消陽息之卦也。"㊁決定。易夬："夬，決也；剛決柔也。"

【夬夬】果決貌。易夬："君子夬夬。"注："君子處之，必能棄夫情累，決之不疑，故曰夬夬也。"

夭 1. yāo ㄧㄠ 於喬切，平，宵韻，影。

㊀盛貌。書禹貢："厥草惟夭，厥木惟喬。"釋文："夭，於嬌反。"漢書地理志上："篠簜既敷，屮夭木喬。"注："夭，盛貌也。"參見"夭夭㊀"。㊁和舒貌。見"夭夭㊁"。

於兆切，上，小韻，影。

㊂屈，摧折。詩小雅正月："民今之無禄，天夭是椓。"

2. ǎo ㄠˇ 烏晧切，上，晧韻，影。

㊃少壯而死。管子形勢："貴有以行令，賤有以忘卑，壽夭貧富，無徒歸也。"㊄幼稚之物。禮王制："不麛，不卵，不殺胎，不殀夭。"指幼小的禽獸。國語魯上："且夫山不槎蘖，澤不伐夭，……蕃庶物也。"指初生的草木。

【夭夭】㊀美盛貌。詩周南桃夭："桃之夭夭，灼灼其華。"傳："桃有華之盛者，夭夭其少壯也。"又邶風凱風："棘心夭夭，母氏劬勞。"聞一多古典新義上詩經新義二南譚夭，卽屈；夭夭，卽屈曲之義。㊁體貌和舒狀。論語述而："子之燕居，申申如也，夭夭如也。"

【夭札】遭疫病而早死。左傳昭四年："癘疾不降，民不夭札。"注："短折爲夭，夭死爲札。"參閲清桂馥札樸二夭札。

【夭折】短命早死。荀子榮辱："樂易者常壽長，憂險者常夭折。"

【夭枉】夭折。文選南朝宋謝靈運廬陵王墓下作詩："脆促良可哀，夭枉特兼常。"北周庾信庾子山集二哀江南賦："功業夭枉，身名埋没。"

【夭昏】幼年死亡。短折曰夭，未名曰昏。左傳昭十九年："寡君之二三臣，札瘥夭昏。"疏："子生三月，父名之；未名之曰昏，謂未三月而死也。"也指早死和瘋狂。國語晉二："君子失心，鮮不夭昏。"注："夭，夭折也；昏，狂荒之疾。"昏，同"昬"。

【夭柔】姸媚貌。猶"妖嬈"。宋梅堯臣宛陵集五一莫登樓詩："棚簾夾道多夭柔，鮮衣壯僕獰髭虬。"

【夭娜】猶言婀娜。元袁桷清容居士集三集廉園詩："中列萬寶枝，夭娜瑶池神。"

【夭斜】歪斜，嬝娜多姿的意思。唐白居易長慶集五六和春深詩之二十："杭州蘇小小，人道最夭斜。"

【夭鳥】夜間惡鳴的鳥。周禮秋官硩蔟氏："掌覆夭鳥之巢。"注："夭鳥，惡鳴之鳥，若鴞、鵩。"

【夭紹】輕盈多姿貌。詩陳風月出："佼人燎兮，舒夭紹兮。"也作"要紹"、"僄紹"。文選漢張平子(衡)西京賦："要紹修態，麗服颺菁。"注："要紹，謂娟嬋作姿容也。"又南都賦："致飾程蠱，僄紹便娟。"

【夭遏】夭亡，夭折。淮南子俶真："天地之間，宇宙之内，莫能夭遏。"漢賈誼新書脩政語下："聖王在上……而民無夭遏之誅。"參見"夭閼"。

【夭厲】夭折與遭疾疫。管子侈靡："人君壽以政年，百姓不夭厲。"唐尹知章注："厲，疫疾也。"漢書六四下嚴安傳："草木暢茂，五穀蕃孰，六畜遂字，民不夭厲，和之至也。"

【夭閼】夭，折；閼，阻塞。受阻折而中斷。莊子逍遥遊："(大鵬)背負青天，而莫之夭閼者，而後乃今將圖南。"梁書劉峻傳辨命論："故性命之道，窮通之數，夭閼紛綸，莫知其辨。"

【夭矯】屈伸自如。史記一一七司馬相如傳上林賦："夭蟜枝格，偃蹇杪顛。"形容猨猴在樹枝上戲躍的姿態。文選漢張平子(衡)思玄賦："偃蹇夭矯，娩以連卷兮。"形容人的縱恣之貌。也作"夭蟜"。

文選漢揚子雲(雄)羽獵賦:"騰空虛，距連卷，踔夭蟜，娭澗間。"

【夭桃襛李】㊀喻少女年輕美麗。詩周南桃夭:"桃之夭夭，灼灼其華。"又何彼襛矣:"何彼襛矣，華如桃李。"兩詩皆詠婚嫁，後常用來贊頌新人年少俊美。唐張說張說之集十安樂郡主花燭行:"星昴殷冬獻吉日，夭桃襛李遙相疋。"㊁豔麗爭春的桃李。宋張孝祥于湖詞三清平樂詠梅:"欲凍雲驕天似水，羞殺夭桃穠李。"穠，同"襛"。

二畫

夯 1. hāng 字彙 呼朗切，埶上聲。ㄏㄤ

㊀勞動中使勁時的呼聲。引申爲用力抬舉物件。宋朱熹朱文公集四七答吕子約書:"誠之恐難說話，蓋本是氣質有病，又被杜撰扛夯作壞了。"明净善集禪林寶訓一:"自家閫閫中物，不肯放下，返累及他人擔夯，無乃太勞乎!"㊁用灰土填築堤塘工程，以補縫隙，防水滲漏叫夯;有大夯小夯之別。砸地基的工具也叫夯。清李斗揚州畫舫錄十七工段營造錄:"平基惟土作，有大小夯碢灰土黄土素土之分。"㊂衝撞。古今雜劇缺名莽張飛大鬧石榴園二:"不由我怒生嗔，氣夯破我胸膛。"

2. bèn ㄅㄣˋ

㊃通"笨"。儒林外史四六:"小兒蠢夯，自幼失學。"

【夯市】搶劫街市。宋司馬光涑水紀聞一:"太祖曰:'近世帝王，初舉兵入京城，皆縱兵大掠，謂之夯市。汝曹今毋得夯市及犯府庫。'"

【夯₂貨】蠢笨之人。西遊記三一:"那大聖坐在石崖之上，罵道:你這饢糠的夯貨，你去便罷了，怎麽罵我?!"又三二:"長老聽見道:'這個夯貨，正在走路，怎麽又亂說了!'"

【夯₂雀先飛】比喻資質不如別人，應該努力走在別人前頭。紅樓樓六七:"俗語說的'夯雀兒先飛'，省得臨時丟三落四的不齊全。"古今雜劇元關漢卿陳母教子一有"鵞禽在後，坌鳥先飛"語，義同。

央 1. yāng 於良切，平，陽韻，影。ㄧㄤ

㊀中間。詩秦風蒹葭:"遡游從之，宛在水中央。"㊁已，盡。詩小雅庭燎:"夜如何其? 夜未央。"箋:"夜未央，猶言夜未渠央也。"楚辭屈原離騷:"及年歲之未晏兮，時亦猶其未央。"㊂久遠。素問四氣調神大論:"與道相失，則未央绝滅。"㊃請求。全唐詩六四一曹唐小遊仙之四二:"無央公子停鸞轡，笑泥嬌妃索玉鞭。"

2. yīng 集韻 於驚切，平，庚韻。ㄧㄥ

㊄鮮明貌。詩小雅出車:"出車彭彭，旂旐央央。"釋文:"央，本亦作英，同;於京反。"參見"央₂央₂"。

【央央】㊀和諧聲。詩周頌載見:"龍旂陽陽，和鈴央央。"釋文:"於良反。徐(邈):音英。"宋朱熹集傳:"軾前曰和，旗上曰鈴。央央、有鶬，皆聲和也。"㊁寬廣。文選漢司馬長卿(相如)長門賦:"撫柱楣以從容兮，覽曲臺之央央。"注:"央央，廣貌。"

【央₂央₂】鮮明貌。詩小雅六月:"織文鳥章，白旆央央。"釋文:"音英。或於良反。"

【央浼】請託。水滸三十:"但是人有些公事來央浼他的，武松對都監相公說了，無有不依。"

【央瀆】出水溝。荀子正論:"今人或入其央瀆，竊其豬彘。"注:"央瀆，中瀆也;如今人家出水溝也。"

失 1. shī 式質切，入，質韻，審。ㄕ

㊀失去。易比:"王用三驅，失前禽。"㊁放棄，改變。荀子大略:"君子隘窮而不失，勞倦而不苟，臨患難而不忘細席之言。"注:"不失道而隕穫。"㊂錯過，耽誤。書泰誓上:"時哉不可失。"㊃不自禁，忍不住。參見"失喜"、"失笑"、"失驚打怪"。㊄過失，錯誤。荀子大略:"水行者表深，使人無陷;治民者表亂，使人無失。"禮學記:"教也者，長善而救其失者也。"

2. yì ㄧˋ

㊅通"佚"、"逸"。荀子哀公:"其馬將失。"注:"失，讀爲逸，奔也。"

【失人】失去民心。左傳襄四年:"夏訓有之曰:'有窮后羿。'……不脩民事，而淫于原獸，……有窮由是遂亡，失人故也。"管子霸言:"夫爭天下者，必先争人。明大數者得人，審小計者失人。"

【失入】判案錯誤或罪輕罰重。新唐書刑法志:"律，失入減三等，失出減五等。今失入無辜，而失出爲大罪，故吏皆深文。"

【失口】說了不當說的話。禮表記:"(君子)不失口於人。"三國演義四九:"孔明囑咐守壇將士，……不許失口亂言。"

【失心】神經錯亂。國語晉二:"今晉侯不量齊德之豐否，……而輕行於道，失其心矣。君子失心，鮮不夭昏。"世說新語紕漏"殷仲堪父病虛悸"注引續晉陽秋:"(殷)仲堪父曾有失心病。"

【失火】起火。周禮夏官司爟:"凡國失火，野焚萊，則有刑罰焉。"韓非子說林上:"失火而取水於海，海水雖多，火必不滅矣，遠水不救近火也。"

【失中】㊀處世不得當。古文苑三漢賈誼旱雲賦:"何操行之不得兮，政治失中而違節。"漢書五行志下之上:"一曰，上失中，則下彊盛而蔽君明也。"㊁判案錯誤。宋史二九六查道傳附查陶:"陶持法深刻，用刑多失中，前後坐罰金百餘斤，皆以失入，無誤出者。"

【失水】莊子庚桑楚:"吞舟之魚，碭而失水，則蟻能苦之。"楚辭漢賈誼惜誓:"神龍失水而陸居兮，爲螻蟻之所裁。"此以魚龍離水比喻人失去生存發展的條件。

【失手】㊀因不慎從手中跌落。後漢書八二下薊子訓傳:"嘗抱鄰家嬰兒，故失手墮地而死。"唐杜牧樊川集外集破鏡詩:"佳人失手鏡初分，何日團圓再會君。"㊁指没有達到目標。多指考試落第。全唐詩六五二方干題贈李校書:"名場失手一年年，月桂嘗聞到手邊。"宋陳師道後山詩注九送孝忠落解南歸:"妙年失手未須恨，白璧深藏可自妍。"

【失主】㊀失敗的君主。管子霸言:"夫明王之所輕者馬與玉，其所重者政與軍。若失主不然，輕與人政，而重予人馬，輕予人軍，而重予人玉。"㊁失物、被偷竊的人爲失主。清黄六鴻福惠全書十一詞訟審訟:"如竊盜傷人者死，失主知覺追擒，跌仆殞命，開其雖爲盜傷，非同格鬭。"

【失出】判案錯誤或罪重罰輕。與失入相對。舊唐書八五徐有功傳:"則天覽奏，召有功詰之曰:'卿比斷獄，失出何多?'"金史高德基傳:"九年，轉刑部尚書。有犯罪當死者，宰相欲從末減，德基曰:'法無二門，失出猶失入也。'不從。"

【失守】㊀喪失平日的節操。左傳成十五年:"子臧辭曰:'前志有之曰:聖達節，次守節，下失節。爲君，非吾節也，雖不能聖，敢失守乎?'"左傳宣十年:"凡諸侯之大夫違，告於諸侯曰:'某氏之守臣某，失守宗廟，敢告。'"管子七臣七主:"法令者，君臣之所共立也;權勢者，人主之所獨守也。故人主失守則危，臣吏失守則亂。”㊂城邑失陷。全唐詩七六六劉兼蜀都道中：“千載龜城終失守，一堆鬼録漫留名。”

【失伍】離隊，落伍。孟子公孫丑下：“孟子之平陸，謂其大夫曰：‘子之持戟之士，一日而三失伍，則去之否乎？……然則子之失伍也亦多矣。’”

【失合】失去配偶。荀子富國：“男女之合，夫婦之分，婚姻娉内送逆無禮。如是，則人有失合之憂而有争色之禍矣。”

【失色】㊀對人容貌不莊重。多指心色不一，情不副色。禮表記：“(君子)不失色於人。”又曲禮上：“故君子戒慎，不失色於人。”㊁驚慌變色。莊子天地：“子貢卑陬失色，頊頊然不自得，行三十里而後愈。”漢書八三朱博傳：“王卿得敕惶怖，親屬失色。”

【失言】㊀不可與言而與之言。論語衛靈公：“子曰：可與言而不與言，失人；不可與言而與之言，失言。”㊁漏言。穀梁傳襄二五年：“夏五月乙亥，齊崔杼弑其君光，莊公失言，淫于崔氏。”注：“言莊公言語失漏，有過於崔子，而崔子弑之。”㊂發言錯誤。戰國策魏四：“(信陵君)使使者謝安陵君曰：‘無忌，小人也，困於思慮，失言於君，敢再拜釋罪。’”

【失序】失去秩序或常規。左傳隱十一年：“王室既而卑矣，周之子孫，日失其序。”指失去政權統治秩序。漢書元帝紀：“間者陰陽不調，五行失序，百姓饑饉。”指自然現象失調。也作“失敍”。三國志吴孫權傳：“天降喪亂，皇綱失敍。”

【失志】欠考慮。左傳成十六年：“其行速，過險而不整，速則失志，不整喪列。”注：“不思慮也。”引申爲昏憒、糊塗。

【失抎】喪失。抎，通“損”，一説同“隕”。墨子非命下：“昔者三代暴王，桀、紂、幽、厲之所以共抎其國家，傾覆其社稷者，此也。”孫詒讓墨子閒詁説，共，應作“失”，形近而誤。戰國策齊四：“宣王説曰：‘寡人愚陋，守齊國惟恐失抎之，焉能有四焉？’”

【失足】舉止不莊重。禮表記：“君子不失足於人。”宋王安石臨川集六六禮樂論：“不失足者，行止精也。”比喻失敗、墮落、喪失節操，如言“一失足成千古恨”。聊齋志異聶小倩：“卿防物議，我畏人言，略一失足，廉恥道喪。”

【失身】㊀喪失生命。易繫辭上：“君不密則失臣，臣不密則失身。”史記一二七日者傳：“道高益安，勢高益危，居赫赫之勢，失身且有日矣。”㊁封建禮教指女子喪失貞操。也泛指喪失操守。史記一一七司馬相如傳：“今文君已失身於司馬長卿。”樂府詩集五九東漢蔡琰胡笳十八拍之三：“亡家失身兮，不如無生。”

【失怙】詩小雅蓼莪：“無父何怙，無母何恃。”怙，依賴。後因稱父死爲失怙。漢鄭固碑：“家失所怙，國亡忠直。”碑文見隸釋六。

【失明】喪失視力。史記太史公自序：“左丘失明，厥有國語。”又仲尼弟子傳：“子夏居西河教授，爲魏文侯師。其子死，哭之失明。”

【失迎】失於迎候。對來訪者表示歉意的客氣話。清孔尚任桃花扇聽稗：“柳(敬亭)：原來是陳吴二位相公，老漢失迎了。”

【失所】㊀失當。左傳哀十六年：“失志爲昏，失所爲愆。”㊁失去立身之地。三國志魏何夔傳：“自喪亂已來，民人失所。”

【失計】計謀錯誤。意同“失算”、“失策”。韓非子六反：“赴險殉誠，死節之民，而世少之，曰失計之民也。”大戴禮保傳：“故成王中立而聽朝，則四聖維之，是以慮無失計。”

【失度】失其常度。管子内業：“忿怒之失度，乃爲之圖。”資治通鑑四周三一年：“(樂毅)遂進軍深入，齊人果大亂失度，湣王出走。”

【失恃】㊀詩小雅蓼莪：“無父何怙，無母何恃。”恃，依賴。後因稱母死爲失恃。聊齋志異公孫九娘：“先是，生有甥女，早失恃，遺生鞠養。”㊁失去憑依。左傳昭元年：“小國失恃。”

【失政】政治混亂，不清明。韓非子問田：“且足下獨不聞楚將宋觚而失其政，魏相馮離而亡其國，二君者驅於聲詞，眩乎辯説，不試於毛伯，不關於州部，故有失政亡國之患。”

【失信】喪失信用，多指違背盟約或諾言。左傳僖二五年：“(晉文)公曰：‘信，國之寶也，民之所庇也。得原失信，何以庇之？所亡滋多。’”

【失律】行軍無紀律。易師：“師出以律。失律，凶也。”因假借爲行軍失利之稱。宋書張茂度傳附張永：“以北討失律，固求自貶。”

【失約】史記高祖紀：“(陳恢)乃踰城見沛公，曰：‘臣聞足下約，先入咸陽者王之。……足下前則失咸陽之約，後又有彊宛之患。’”本指失去應得的要約。今稱有約而未能實行爲失約。元方回桐江續集十二約端午到家復不果賦吴體詩：“端午到家復失約，良辰閑酒非真窮。”

【失涎】猶垂涎。藝文類聚七二晉束皙餅賦：“氣勃鬱以揚布，香飛散而遠遍，行人失延於下風，童僕空嚼而斜眄。”延，通“涎”。

【失容】㊀不暇修飾儀容。詩小雅北山“或王事鞅掌”漢毛亨傳：“鞅掌，失容也。”㊁驚慌失色。文選漢班孟堅(固)東都賦：“主人之辭未終，西都賓矍然失容。”

【失真】失去本意或本來面目。史記十二諸侯年表：“魯君子左丘明懼弟子人人異端，各安其意，失其真，故因孔子史記，具論其語，成左氏春秋。”唐杜甫杜工部詩史補遺八李潮八分小篆歌：“嶧山之碑野火焚，棗木傳刻肥失真。”

【失眠】不能入睡。世説新語賞譽：“王丞相(導)招祖約夜語，至曉不眠。明旦有客，公頭鬢未理，亦小倦。客曰：‘公昨夜如是似失眠。’”

【失時】㊀錯過時機。論語陽貨：“好從事而亟失時，可謂知乎？”㊁無定時。左傳莊二十年：“哀樂失時，殃咎必至。”

【失笑】不自禁地發笑。三國志吴步騭傳“然時采其言，多蒙濟賴”注引吴録：“後有吕範、諸葛恪爲説騭所言云：每讀步騭表，輒失笑。”宋蘇軾分類東坡詩十三送碧香酒與趙明叔教授：“諸生聞語定失笑，冬暖號寒卧無帳。”

【失氣】㊀停止呼吸。荀子解蔽：“夏首之南有人焉，曰涓蜀梁，其爲人也愚而善畏，……背而走，比至其家，失氣而死，豈不哀哉！”㊁奪氣，喪失勇氣。淮南子兵略：“故善戰者不在少，善守者不在小，勝在德威，敗在失氣。”楚辭漢王逸九思悼亂：“惶悸兮失氣，踊躍兮距跳。”

【失候】㊀錯過時機。北魏賈思勰齊民要術七造神麯并酒：“清麴法：春十日或十五日，秋十五或二十日，所以爾者，寒煖有早晚故也。但候麴香沫起，便下釀，過久麴生衣則爲失候，失候則酒重鈍不復輕香。”㊁敬詞。如客至失迎，或人遇不幸事未及慰問，都稱失候，即失於問候的意思。明梁辰魚浣紗記十二：“哥哥！只因多事，失候起居。”

【失望】不遂所望，喪失希望。孟子盡心上：“達不離道，故民不失望焉。”史記高祖紀：“項羽遂西，屠燒咸陽秦宫室，所過無不殘破。秦人大失望，然恐，不敢不服耳。”

【失鹿】失去天下。鹿比喻帝位。史記九二淮陰侯傳:"(蒯通)對曰:'……秦失其鹿,天下共逐之。'"明高啟高太史集四感舊酬宋君咨見寄:"中原未失鹿,東海方橫鯨。"參見"逐鹿"。

【失措】舉動慌亂失常。三國志蜀諸葛亮傳"張飛卒後,領司隸校尉"注引蜀記:"曹公遣刺客見劉備……既而亮入,客神色失措。"

【失₂欲】放蕩於聲色遊樂。漢書六十杜周傳附杜欽:"廢而不由,則女德不厭;女德不厭,則壽命不究於高年。書云:'或四三年',言失欲之生害也。"注:"失,讀曰佚,佚與逸同。"東漢荀悅漢紀孝成紀一作"逸欲"。

【失脚】舉步不愼而跌倒。景德傳燈錄九大安禪師:"如人負重擔從獨木橋上過,亦不教失脚。"亦用爲蹉跎、失意之義。宋陸游劍南詩稿一元咨兄郡齋燕集有詩末章見及敬次元韻:"君看失脚落塵土,豈復毫髮餘詩情。"

【失御】失去駕馭。多指喪失統治權力。文選晉劉越石(琨)勸進表:"宸極失御,登遐醜裔。"晉書王濬傳:"孫晧降文曰:'……昔漢室失御,九州幅裂,先人因時,略有江南,遂阻山河,與魏乖隔。'"

【失寐】失眠。北齊劉晝劉子防慾:"夫蜂蠆螫指,則窮日煩擾;蚊蝱噆膚,則通宵失寐。"

【失馭】喪失統治能力。同"失御"。文選漢班孟堅(固)答賓戲:"曩者王塗蕪穢,周失其馭。"又南齊王元長(融)永明十一年策秀才文之五:"宋人失馭,淮汴崩離。"

【失喜】喜極不能自制。唐宋之問集下牛女詩:"失喜先臨鏡,含羞未解羅。"杜甫杜工部詩史補遺三遠遊:"似聞胡騎走,失喜問京華。"

【失期】超過預定的期限。史記陳涉世家:"會天大雨,道不通,度已失期。失期,法皆斬。"

【失策】失計,謀畫不當。管子山權數:"故君無失時,無失筴。"筴,通"策"。漢桓寬鹽鐵論刺議:"故謀及下者無失策,舉及衆者無頓功。"

【失隊】出現差錯或過失。隊,同"墜"。左傳文十八年:"季文子使大史克對曰:'先大夫臧文仲,教行父事君之禮,行父奉以周旋,弗敢失隊。'"注:"隊,直類反。"後漢書三四梁統傳:"宣帝聰明正直,總御海內,臣下奉憲,無所失墜。"

【失意】㊀不遂心,不得志。漢書七七蓋寬饒傳:"寬饒自以行清能高,有益於國,而爲凡庸所越,愈失意不快。"唐鄭谷鄭守愚集三贈下第舉公詩:"見君失意我惆悵,記得當年落第時。"㊁意見不合。三國志魏呂布傳:"然(董)卓性剛而褊,忿不思難,嘗小失意,拔手戟擲布。"南朝宋鮑照鮑氏集三代結客少年場行:"失意杯酒間,白刃起相讎。"

【失道】㊀迷失道路。韓非子外儲左下:"晉文公出亡,箕鄭挈壺餐而從,迷而失道,與公相失,飢而道泣,寢餓而不敢食。"㊁無道。藝文類聚三引太公金匱:"天子失道,後必有敗。"參見"失道寡助"。

【失勢】失去權勢。韓非子孤憤:"主上卑而大臣重,故主失勢而臣得國。"漢書八七下揚雄傳解嘲:"旦握權則爲卿相,夕失勢則爲匹夫。"

【失敬】待人不周或失於致敬。對人自責疏忽的謙詞。北齊顏之推顏氏家訓兄弟:"人或交天下之士,皆有歡愛,而失敬於兄者,何其能多而不能少也。"元王實甫西廂記二本二折:"小弟欲來,奈小疾偶作,不能動止,所以失敬。"

【失當】處理不得當。馬王堆漢墓帛書經法國次:"變故亂常,擅制更爽,心欲是行,身危有殃,是胃(謂)過極失當。"宋史太祖紀三開寶六年:"翰林學士知貢舉李昉,坐試人失當,責授太常少卿。"

【失業】㊀失去謀生的常業。漢書元帝紀初元元年詔:"方田作時,朕憂蒸庶之失業,臨遣光祿大夫褒等十二人循行天下。"後漢書四九仲長統傳昌言理亂:"繇役並起,農桑失業,兆民呼嗟於昊天,貧窮轉死於溝壑矣。"㊁失去職位。三國志吳蔣欽傳:"(蔣)壹無子,弟休領兵,後有罪失業。"

【失路】㊀迷路。韓非子解老:"使失路者而肯聽習問知,即不成迷也。"楚辭屈原九章惜誦:"欲横奔而失路兮,堅志而不忍。"㊁比喻人不得志。漢書八七下揚雄傳解嘲:"當塗者入青雲,失路者委溝渠。"唐王勃王子安集五滕王閣詩序:"關山難越,誰悲失路之人;萍水相逢,盡是他鄉之客。"

【失飪】烹調不當,過生或過熟。論語鄉黨:"失飪不食,不時不食。"

【失實】不合事實。韓非子顯學:"故孔子曰:'以容取人乎,失之子羽;以言取人乎,失之宰予。'故以仲尼之智而有失實之聲。"後漢書十八臧宮傳光武報書:"傳聞之事,恆多失實。"

【失察】疏於檢查督察。淸制,屬吏有罪,上官未及發覺者,例得失察處分。紅樓夢一〇二:"說是二叔被節度使參進來,爲的是失察屬員,重徵糧米,請旨革職的事。"

【失誤】過失,錯誤。漢書四七文三王傳附梁平王襄:"著不然之效,定失誤之法。"後漢書三五鄭玄傳戒子書:"宿素衰落,仍有失誤;案之禮典,便合傳家。"

【失魂】形容極度驚慌。漢桓寬鹽鐵論誅秦:"北略至龍城,大圍匈奴,單于失魂,僅以身免。"元明雜劇元劉唐卿降桑椹二:"這些時衣不解帶,寢食俱廢,憂悽不止,行坐之間,猶如失魂喪魄。"

【失對】㊀回答不得當。漢劉向說苑臣術:"翟黃迮然而慙曰:'觸失對於先生,請自修然後學。'"㊁不能回答。宋唐庚文錄:"(東坡)問余觀甚書,余云方讀晉書;卒問其中有甚好亭子名,余茫然失對。"

【失圖】㊀失去主意。宋書南郡王義宣傳:"是用悼心失圖,忽忘寢食。"㊁保不住。古今小說二陳御史巧勘金釵鈿:"這銀子,不知是本地人的,遠方客人的;又不知是自家的,或是借貸來的;一時間失脫了,抓尋不見,這一場煩惱非小,連性命都失圖了,也不可知。"

【失調】不調和。南齊書陸厥傳沈約答陸厥書:"譬由子野(桓伊)操曲,安得忽有闡緩失調之聲,以洛神比陳思(曹植)他賦,有似異手之作。"

【失箸】見"失匕箸"。

【失節】㊀喪失操守。左傳成十五年:"諸侯將見子臧於王而立之。子臧辭曰:'前志有之曰:聖達節,次守節,下失節。爲君非吾節也。雖不能聖,敢失守乎?'"封建禮教迫害婦女,也把婦女再嫁叫作失節。宋程頤伊川先生語八下:"或有孤霜貧窮無託者可再嫁否?曰:只是後世怕寒餓死,故有是說;然餓死事小,失節事大。"㊁失去調節。呂氏春秋知分:"晏子援綏而乘,其僕將馳,晏子撫其僕之手曰:'安之,毋失節,疾不必生,徐不必死。'"指對事物失去控制。史記秦始皇紀附二世:"將閭曰:……廊廟之位,吾未嘗敢失節也。"指違背禮制。漢書三六楚元王傳附劉向:"霜降失節,不以其時。"指氣候失調。

【失魄】猶失魂。漢桓寬鹽鐵論西域:"烏孫之屬駭膽,請臣妾;匈奴失魄,奔走遁逃。"

【失德】過惡。詩小雅伐木:"民之失德,

乾餱以衍。」左傳桓二年：「官之失德，寵賂章也。」

【失據】失去憑依。文選戰國楚宋玉神女賦：「徊腸傷氣，顛倒失據。」

【失機】錯過時機，失去機宜。文選晉陸士衡（機）文賦：「如失機而後會，恒操末以續顛。」太平廣記二五三盧思道引啟顏錄：「又隋令思道聘陳，陳主敕在路諸處，不得共語，致令失機。」

【失學】失去就學的機會。唐杜甫杜工部詩史補遺三屏跡之二：「失學從兒嬾，長貧任婦愁。」又六不離西閣之一：「失學從愚子，無家任老身。」

【失聲】㊀悲極氣咽，不能發聲。孟子滕文公上：「相嚮而哭，皆失聲。」後漢書八四董祀妻（蔡琰）傳悲憤詩：「兒呼母兮號失聲，我掩耳兮不忍聽。」㊁不自禁而出聲。紅樓夢一〇一：「鳳姐嚇的魂不附體，不覺失聲的咳了一聲。」

【失闌】守門者未能阻止來人進內。漢書八六王嘉傳：「以明經射策甲科爲郎，坐戶殿門失闌免。」注：「戶，止也。嘉掌守殿門，止不當入者，而失闌入之，故坐免也。」

【失黏】唐宋以來的近體詩，講究一定的格律。平仄不調的，叫做「失黏」。駢文和詞賦，也有類似的格律。宋陳鵠西塘集耆舊續聞四：「四聲分韻，始於沈約。至唐以來，乃以聲律取士，則今之律、賦是也。凡表啓之類，近代聲律尤嚴。或乖平仄，則謂之失黏。」

【失禮】不合禮節。左傳文二年：「秋，八月，丁卯，大事于大廟，躋僖公，逆祀也。……君子以爲失禮。」莊子漁父：「夫遇長而不敬，失禮也。」

【失職】㊀怠忽職務。左傳襄十年：「瑕禽曰：昔平王東遷，吾七姓從王。……（盟）曰：『世世無失職。』」史記燕召公世家：「召公巡行鄉邑，有棠樹，決獄政事其下，自侯伯至庶人，各得其所，無失職者。」㊁失所，失業。周禮地官大司徒：「十曰以世事教能，則民不失職。」注：「世事謂士農工商之事，少而習焉，其心安焉，因教以能不易其業。」漢桓寬鹽鐵論本議：「平準則民不失職，均輸則民齊勞逸。」參閱清俞樾曲園雜纂二一讀鹽鐵論。

【失寵】失去寵幸。荀子仲尼：「能而不耐任，且恐失寵，則莫若早同之，推賢讓能，而安隨其後。」晉書潘岳傳附潘尼安身論：「握權則赴者鱗集，失寵則散者瓦解。」

【失韻】即出韻。指作詩詞押韻，違反格律，使用非同韻部的字。多就近體詩而言。唐宋以來，律賦、駢文、詔令、表啟之類，上下句平仄不調的，也叫失韻。宋劉克莊後村集四四記辛酉端午舊事二首之二：「最怕擒詞與草麻，明朝傳布競攻瑕。而今失韻垂平仄，撻布煌堂一任他。」參見「失黏」。

【失辭】言辭失當。左傳宣十二年：「彘子以爲諂，使趙括從而更之曰：『行人失辭。』」注：「言誤對。」史記秦始皇紀附二世元年：「將閭曰：『……受命應對，吾未嘗敢失辭也。』」

【失體】㊀違背禮節，有失大體。淮南子氾論：「（楚）恭王懼而失體。」注：「威儀不如常，坐不能起也。」宋史三九一周必大傳：「必大曰：臺諫給舍與三省相維持，豈可諭意？不從失體，從則壞法。」㊁不合體裁或標準。北史劉庫仁傳附劉仁之：「性好文字，吏書失體，便加鞭撻。」

【失匕箸】飲食時受驚失落手中的食具。三國志蜀先主傳：「先主（劉備）未發，是時曹公（操）從容謂先主曰：『今天下英雄，惟使君與操耳。本初（袁紹）之徒，不足數也。』先主方食，失匕箸。」後因指人受驚失措爲「失匕」、「失箸」。

【失旦雞】失誤報曉的雄雞。比喻失職的人。三國志吳周瑜傳：「乞匄餘罪，還兵復爵，使失旦之雞，復得一鳴；抱罪之臣，展其後效。」宋陸游劍南詩稿二八村居：「自笑觸藩羝，人嘲失旦雞。」也作「失晨雞」。太平御覽四九六魏武帝選舉令：「諺曰：『失晨之雞，思補更鳴。』」

【失之交臂】莊子田子方：「（孔丘對顏淵說）：吾終身與汝交一臂而失之，可不哀與！」指往來之間，臂雖交而終失之，言其短暫。今多用以指當面錯過機會。

【失道寡助】孟子公孫丑下：「得道者多助，失道者寡助。」指違背道義的人，不得人心，必然會孤立無援而最後失敗。

【失驚打怪】猶言大驚小怪。宋洪邁夷堅三志七善謔詩詞：「張才甫太尉居烏戍，効遠公蓮社，與僧俗爲念佛會。御史論其白衣吃菜，遂賦鵲橋仙詞云：『遠公蓮社，流傳圖畫，千古聲名猶在。後人多少繼遺蹤，到我便失驚打怪。』」

【失之東隅，收之桑榆】東漢初，馮異與赤眉軍作戰，先敗後勝。光武帝慰勞他說：「始雖垂翅回谿，終能奮翼黽池，可謂失之東隅，收之桑榆。」見後漢書十七馮異傳。東隅，日所出處；桑榆，落日所照處。比喻初雖有失，而終得成功。唐王勃王子安集五滕王閣詩序：「東隅已逝，桑榆非晚。」即用此典。

【失之毫釐，差之千里】毫、釐，爲計量的小單位。言相差雖微，而錯誤極大。大戴禮保傅：「易曰：正其本，萬物理；失之毫釐，差之千里；故君子慎始也。」諸書所言易，指易緯通卦驗；文選南朝梁任彥昇（昉）齊竟陵文宣王行狀注謂出乾鑿度。禮經解：「易曰：『君子慎始。差若豪氂，繆以千里。』此之謂也。」也作「差以毫釐，繆以千里」。見史記太史公自序集解。後又作「差之毫釐，失之千里」。

三畫

夷 yí 以脂切，平，脂韻，喻。

㊀平坦，平易。老子：「大道甚夷，而民好徑。」詩周頌天作：「彼徂矣，岐有夷之行。」傳：「夷，易也。」㊁愉快。詩鄭風風雨：「既見君子，云胡不夷？」箋：「夷，說（悅）也。」㊂削平。左傳成十六年：「將塞井夷竈而爲行也。」史記項羽紀：「遂北燒夷齊城郭室屋。」㊃封閉。孫子九地：「是故政舉之日，夷關折符，無通其使。」東漢曹操注：「謀定則閉關以絕其符信，勿通其使。」㊄陳列。指尸體而言。禮喪大記：「男女奉尸夷于堂。」凡有關處理尸體之事都稱夷。如陳尸桀叫夷桀，牀叫夷牀，衾叫夷衾。㊅傲慢。荀子修身：「容貌、態度、進退、趨行，由禮則雅，不由禮則夷固僻違，庸衆而野。」㊆同輩。禮曲禮上：「在醜夷不爭。」史記留侯世家：「今諸將皆陛下故等夷。」㊇鋤類。管子小匡：「惡金以鑄斤、斧、鉏、夷、鋸、欘，試諸木土。」又見國語齊語。㊈經常，常道。通「彝」。詩大雅瞻卬：「蟊賊蟊疾，靡有夷屆。」又蒸民：「民之秉彝，好是懿德。」孟子告子上注引作「秉夷」。書洪範：「是彝是訓。」史記宋微子世家引作「是夷是訓」。參閱清朱珔說文段借義證彝。㊉創傷。通「痍」。易明夷：「夷于左股。」左傳成十六年：「子反命軍吏察夷傷。」⑪古對異族的貶稱。多用於東方民族。書禹貢：「島夷皮服。」釋文：「島，當老反。馬融云：島夷，北夷國。」正義：「鄭玄云：島夷，東方之民。」禮王制：「東方曰夷。」春秋以後，多用爲對中原以外各族的蔑稱。如「四夷」、「九夷」。⑫助詞。孟子盡心下：「夷考其行而不掩焉者也。」⑬國名。左傳隱元年：「紀人伐夷。」今山東即墨縣西莊武故城地。⑭姓。見通志二六氏族二以國爲氏。

【夷方】殷時東方民族居住地方。甲骨文中有“在正月，王來正(征)夷方。”也作“人方”、“尸方”。見殷虛書契前編二·五·一。

【夷玉】玉的一種。書顧命:“大玉、夷玉、天球、河圖,在東序。”釋文:“夷玉,馬(融)云:東夷之美玉。說文:夷玉卽珣玗琪。”

【夷世】太平之世。文選南朝宋鮑明遠(照)放歌行:“夷世不可逢,賢君信愛才。”

【夷矛】兵器名。柄長一丈六尺的長矛。夷,平;引申爲長意。周禮考工記廬人:“夷茅三尋。”參閱釋名釋兵。

【夷由】㊀遲疑不前。同“夷猶”。後漢書六十上馬融傳廣成頌:“或夷由未殊,顛狽頓躓。注:“夷由,不行也。”㊁鼯鼠的别名。見爾雅釋鳥。急就篇四“貍兔飛鼯狼麋麔”注“飛鼯一名飛蝠,又曰鼯鼠,亦曰夷由,卽今俗呼飛生者也。”參見“鼯”。

【夷白】高尚,純潔。南史吴苞傳附蔡薈:“蔡薈字休明,陳留人,清抗不與俗人交。李撝謂江斆曰:‘古人稱安貧、清白曰夷,涅而不緇曰白,至如蔡休明者,可不謂之夷白乎?’”

【夷羊】㊀傳説中的神獸。竹書紀年帝辛四八年:“夷羊見。”國語周上:“商之興也,檮杌次於丕山;其亡也,夷羊在牧。”一説爲“土神”。見淮南子本經“夷羊在牧”注。㊁比喻賢人。唐李白李太白詩二古風之五一:“夷羊滿中野,菉葹盈高門。”

【夷光】春秋越國的美女,卽西施。舊題晉王嘉拾遺記三:“越又有美女二人,一名夷光,一名修明,以貢於吴。”宋范成大石湖集三四館娃宫賦:“左攜修明,右撫夷光。”參見“西施㊀”。

【夷任】平易真率。世説新語賞譽下“林下諸賢”注引名士傳:“(阮)瞻字千里,夷任而少嗜欲,不修名行,自得於懷。”

【夷牟】古代傳説黄帝時開始造箭的人。世本作:“夷牟作矢。”

【夷延】地勢平坦。唐柳宗元柳先生集十五晉問:“其按衍則平盈旋綠,紆徐夷延,若飛韍之翔舞,洄水之容與。”

【夷宗】殺戮同宗。史記六五吴起傳:“擊起之徒,因射刺吴起,并中悼王。悼王既葬,太子立,乃使令尹盡誅射吴起而并中王尸者。坐射起而夷宗死者七十餘家。”事亦見吕氏春秋貴卒。

【夷庚】㊀平道,大路。左傳成十八年:“今將崇諸侯之姦,而披其地,以塞夷庚。”注:“夷庚,吴晉往來之要道。”疏:“夷,平也。詩序云:‘由庚,萬物得由其道。’是以庚爲道也。”文選晉束廣微(晳)補亡詩由庚:“蕩蕩夷庚,物則由之。”三國志蜀郤正傳釋譏:“盍亦綏衡緩轡,回軌易塗,輿安駕肆,思馬斯徂,審厲揭以投濟,要夷庚之赫憮。”㊁藏車之處。文選晉陸士衡(機)辨亡論上:“旋皇輿於夷庚,反帝座乎紫闥。”注引臧榮緒晉書:“司徒王謐議曰:‘輿庚未入,乘輿旋館。’然夷庚者,藏車之所。”

【夷坦】平易坦蕩。南史顔協傳:“(謝)善勛飲酒至數斗,醉後輒張眼大罵,雖復貴賤親疏無所擇也,時謂之謝方眼;而胸衿夷坦,有士君子之操焉。”

【夷門】㊀山名。一稱夷山。因山勢平夷而名。在河南開封縣城内東北隅。戰國魏大梁舊有夷門,因山爲名。史記魏公子傳贊:“吾過大梁之墟,求問其所謂夷門。夷門者,城之東門也。”㊁姓。魏隱士侯嬴爲夷門監者,因以爲氏。見元和姓纂二脂。

【夷服】周代王畿以外,每五百里爲一區畫,自侯服至藩服,分九服。服爲服事天王之意。其中在蠻服外者爲夷服。周禮夏官職方氏:“乃辨九服之邦國,方千里曰王畿。……又其外方五百里曰夷服。”參見“五服㊀”、“九服㊀”。

【夷洲】古代對我國東海島嶼臺灣的稱呼。三國志吴吴主傳:“(黄龍)二年春正月,……遣將軍衛温諸葛直將甲士萬人,浮海求夷洲及亶洲。”後漢書八五東夷傳“所在絶遠,不可往來”注引沈瑩臨海水土志:“夷洲在臨海東南,去郡二千里,土地無霜雪,草木不死,四面是山谿,……土地饒沃,既生五穀,又多魚肉。”

【夷亭】地名。故地在今江蘇吴縣東。也名維亭或唯亭。宋范成大吴郡志八古蹟:“夷亭,(吴王)闔閭十年,東夷侵逼吴境,下營於此,因名之。”

【夷羿】相傳爲夏代部落首領。左傳襄四年:“在帝夷羿,冒于原獸,忘其國恤,而思其麀牡,武不可重,用不恢于夏家。”楚辭屈原天問:“帝降夷羿,革孽夏民。”注:“言羿弑夏家,居天子之位,荒淫田獵,變更夏道,爲萬民憂患。”一説卽“后羿”。見左傳襄四年“后羿自鉏遷于窮石,……恃其射也”疏。參見“后羿”。

【夷則】古十二樂律之一。禮月令孟秋之月:“律中夷則。”國語周下:“五曰夷則,所以詠歌。”注:“夷,平也;則,法也;言萬物既成可法則也。”史記律書:“夷則,言陰氣之賊萬物也。”

【夷昧】㊀蒙昧,不明。三國魏阮籍阮步兵集通易論:“庖犧氏當天地一終,值人物憔悴,利用不存,法制夷昧,……於是始作八卦。”㊁人名。春秋時吴王壽夢子。壽夢有四子:長諸樊、次餘祭、次夷昧、次季札。見史記八六刺客列傳。又吴太伯世家作餘眛(中華書局校點本“昧”皆作“眛”)、左傳襄二八年“吴句餘予之朱方”注作夷末。

【夷俟】伸腿箕踞而坐。論語憲問:“原壤夷俟。”注:“馬(融)曰:‘……夷,踞;俟,待也;踞待孔子。’”

【夷姤】公平厚道。管子地員:“其民工巧,其泉黄白,其人夷姤。”唐尹知章注:“夷,平也;姤,好也;言均善也。”姤,通“媾”,厚也。

【夷晏】平静清明。指太平景象。文選南朝梁陸佐公(倕)新刻漏銘:“河海夷晏,風雲律吕。”

【夷衾】古代喪禮時蓋尸的衣被。儀禮士喪禮:“牀笫夷衾。”注:“夷衾,覆尸之衾。喪大記曰:自小斂以往用夷衾。”又“憮用夷衾”注:“夷衾,覆尸柩之衾也。”

【夷陵】春秋楚先王墓地。楚頃襄王二十一年,秦將白起攻敗楚軍,燒夷陵,卽此。見史記七三白起傳。後爲縣名。故城有五,皆在今湖北省境。一在今宜昌縣東,爲晉宋以前故城。卽楚陵所在。一在今宜昌縣西北下牢戍,爲隋以前故城。一在今宜昌縣西北石鼻山,宋建炎中移治。一在今宜昌縣東南,宋端平中移治。一卽今宜昌縣城,元移置,明爲夷陵州,清改東湖縣。卽今宜昌縣。參閱嘉慶一統志三五〇宜昌府夷陵故城。

【夷巢】伯夷巢父,古代的隱士。唐柳宗元柳先生集四三遊朝陽巖遂登西亭二十韻詩:“所懷緩伊鬱,詎欲堅夷巢。”

【夷愉】和樂。唐韓愈昌黎集十九上巳日燕太學聽彈琴詩序:“優游夷愉,廣厚高明。”

【夷惠】指伯夷柳下惠。古代清高廉潔之士。漢揚雄法言淵騫:“其爲人也奈何?曰:不屈其意,不累其身。曰:是夷惠之徒與?”文選南朝梁劉孝標(峻)廣絶交論:“故輪蓋所游,必非夷惠之室;苞苴所入,實行張霍之家。”

【夷敞】平坦寬闊。文選三國魏應休璉(璩)與滿公琰書:“沙場夷敞,清風肅穆。”南朝宋鮑照鮑氏集二園葵賦:“通畔修直,膏畝夷敞。”

【夷跖】伯夷 柳下跖。樂府詩集八七南朝陳沈炯獨酌謠:"彭殤無異葬,夷跖可同朝。"比喻清廉和貪得的人。

【夷等】同等,同輩。宋釋文瑩玉壺詩話:"蘇內翰易簡,在禁林八年,寵待之深,夐出夷等。"

【夷猶】㊀遲疑不前。同"夷由"。楚辭屈原九歌湘君:"君不行兮夷猶,蹇誰留兮中洲。"文選晉左太沖(思)吳都賦:"輕禽狡獸,周章夷猶。"參見"夷由"。㊁從容不迫。宋張耒張右史集二一泊長平晚望詩:"川穩夷猶棹,春歸杳靄天。"

【夷塗】平坦的道路。文選漢張平子(衡)西京賦:"褰岸夷塗,脩路峻險。"宋范成大石湖集十三衡永之間山路艱澁薄晚吏卒鬨云漸近祁陽路已平夷皆有津津之色詩:"夷塗不常遇,歷險始知足。"參見"夷道"。

【夷滅】削除,消滅。史記呂后紀:"今皆已夷滅諸呂,而置所立,即長用事,吾屬無類矣。"漢書六三武五子傳贊:"師行三十年,兵所誅屠夷滅,死者不可勝數。"

【夷道】㊀平易的道理。老子:"明道若昧,進道若退,夷道若纇。"注:"纇,坳也。大夷之道,因物之性,不執平以割物,其平不見,乃更反若纇坳也。"㊁平坦的道路。淮南子原道:"馳騁夷道。"㊂縣名。漢置,屬南郡。三國蜀宜都郡治此,唐廢。水經注三四江水:"漢武帝伐西南夷,路由此出,故曰夷道矣。王莽更名江南;桓溫父名彝,改曰西道,……故城,吳丞相陸遜所築也,爲二江之會也。"故城在今湖北宜都縣西北。

【夷傷】受創傷。戰國策齊五:"死者破家而葬,夷傷者空財而共藥。"

【夷漫】削平磨滅。文選晉潘安仁(岳)西征賦:"所謂尚冠脩成,黃棘宣明,……皆夷漫滌蕩,亡其處而有其名。"宋洪遵泉志七不知年代品下:"右古文錢,徑一寸,重四銖五參。背文夷漫,面肉坦平,微有輪郭,頗類圜法。"

【夷齊】伯夷 叔齊。文選晉郭景純(璞)遊仙詩:"高蹈風塵外,長揖謝夷齊。"唐李白李太白詩七梁園吟:"持鹽把酒但飲之,莫學夷齊事高潔。"參見"伯夷叔齊"。

【夷說】安樂。孔子家語五帝德:"四海之內,舟輿所及,莫不夷說。"

【夷槃】盛冰的大盤。周禮天官凌人:"大喪,共夷槃冰。"注:"夷之言尸也,實冰于夷槃中,置之尸牀之下,所以寒尸,尸之槃曰夷槃。"

【夷翦】殺戮。隋書刑法志序:"若乃刑隨喜怒,道睽正直,布憲擬於秋荼,設網踰於朝脛,恣興夷翦,取快情靈,……此所謂匹夫私讎,非關國典。"

【夷戮】殺戮。後漢書五九張衡傳上疏:"故恭儉畏忌,必蒙祉祚;奢淫諂慢,鮮不夷戮,前事不忘,後事之師也。"

【夷儀】春秋時地名。左傳閔二年:"僖之元年,齊桓公遷邢于夷儀。"又稱隨宜城。故城在今河北邢臺縣西。參閱太平寰宇記五九邢州。

【夷瘳】詩大雅瞻卬:"罪罟不收,靡有夷瘳。"夷,平坦;瘳,病愈;用道路的平夷,疾病的瘳愈,形容民困得以解除。

【夷懌】愉快,喜悅。詩商頌那:"我有嘉客,亦不夷懌。"

【夷險】謂平治險惡。淮南子本經:"接徑歷遠,直道夷險。"唐柳宗元柳先生集二六興州江運記:"西門遺利,史起興歎;白圭壑隣,孟子不與。公能夷險休勞,以惠萬代,其功烈尤章章焉不可蓋也。"也比喻順境與逆境。宋歐陽修文忠集四十相州晝錦堂記:"故能出入將相,勤勞王家,而夷險一節。"也作"夷嶮"。晉書沮渠蒙遜載記:"臣之先人,世荷恩寵,雖歷夷嶮,執義不回,傾首朝陽,乃心王室。"

【夷簡】恬淡質樸。梁書庾詵傳:"經史百家無不該綜,緯候書射棊筭,機巧並一時之絕,而性託夷簡,特愛林泉。"晉書曹志傳:"少好學,以才行稱,夷簡有大度。"

【夷靡】平衍低降之狀。文選晉潘安仁(岳)射雉賦:"或乃崇墳夷靡,農不易壠。"此言堤墳逐漸下陷。又笙賦:"或案衍夷靡,或竦踴剽急。"此指音節由平而降低。

【夷曠】平易豁達。晉書傅玄傳贊:"志厲彊直,性乖夷曠。"

【夷九族】古時用以鎮壓人民起義或王朝內部反叛者的酷刑。九族,指直系血親從高祖到玄孫的九代親族;都連坐一概處死,叫夷九族。也叫"夷宗"。見該條。參閱通典一六三刑制上。

【夷三族】古時用以鎮壓人民起義或王朝內部反叛者的酷刑。三族:父族、母族、妻族。荀子君子:"以族論罪,以世舉賢,故一人有罪,而三族皆夷。"戰國策楚四:"是歲,秦始皇立九年矣,嫪毒亦爲亂於秦,覺夷三族,而呂不韋廢。"

【夷堅志】宋洪邁著。取列子湯問"夷堅聞而志之"語爲書名。原書據宋陳振孫直齋書錄解題共四百二十卷,已多散佚。涵芬樓刊本有初志甲乙丙丁,支志甲乙丙丁戊庚癸,三志己辛壬,及蒐補之二十六卷,約爲全書之半。書中所述多爲神怪故事,但不少遺文軼事,方言民俗,以及錄自六朝以來的小說,往往可供考證。

【夷離畢】遼官名。職掌刑獄。也作"夷离畢"。見遼史太祖紀、百官志一、國語解。

【夷門廣牘】叢書名。明周履靖輯,共一百五十八卷。收集歷代稗史、野記及其他雜書與自著。書名夷門,寓隱居之義。刊成於萬曆二十五年,自序稱所輯有藝苑牘、博雅牘、尊生牘及禽獸草木牘等,而終以別傳,共一百零七種。(清四庫全書存目誤爲八十六種)

夸 1. kuā ㄎㄨㄚ 苦瓜切,平,麻韻,溪。

㊀奢侈。說文:"夸,奢也。"荀子仲尼:"貴而不爲夸。"㊁自大,炫耀。通"誇"。呂氏春秋下賢:"富有天下而不騁夸。"注:"夸,詫而自大也。"史記一〇八韓長孺傳:"驅馳國中,以夸諸侯。"㊂擴張,布開。史記司馬相如傳上林賦:"夸條直暢,實葉葰茂。"㊃華言無實。見逸周書謚法。㊄美好。文選漢傅武仲(毅)武賦:"埒材角妙,夸容乃理。"注:"夸,猶美也。"㊅柔弱。淮南子脩務:"曼頰皓齒,形夸骨佳。"

2. kuà ㄎㄨㄚˋ

㊆兼有。通"跨"。漢書諸侯王表:"而藩國大者夸州兼郡,連城數十。"

【夸人】㊀誇耀於人。列子楊朱:"而欲尊禮義以夸人,矯情性以招名。"㊁言辭誇張的人。隋王通文中子事君:"徐陵庾信,古之夸人也,其文誕。"

【夸父】㊀古代神話人物。山海經海外北經:"夸父與日逐走,入日;渴欲得飲,飲於河渭。河渭不足,北飲大澤。未至,道渴而死。棄其杖,化爲鄧林。"㊁獸名。山海經東山經:"(犲山)有獸焉,其狀如夸父而彘毛。"又西山經:"(崇吾之山)有獸焉,其狀如禺,而文臂豹虎而善投,名曰舉父。"注:"或作夸父。"舉、夸聲近,故舉父也作夸父。參閱清郝懿行爾雅義疏。㊂山名。山海經中山經:"夸父之山,其木多椶柟,多竹箭。"水經注四河水:"湖水出桃林塞之夸父山,廣圓三百仞。"在今河南靈寶縣東南。

【夸毗】諂媚,卑屈。詩大雅板:"天之方懠,無爲夸毗。"傳:"夸毗,以體柔人也。"宋朱熹集傳:"夸,大;毗,附也。小人之於人，不以大言夸之，則以諛言毗之也。”後漢書五二崔駰傳達旨：“夫君子非不欲仕也，恥夸毗以求舉。”三國魏阮籍阮步兵集詠懷詩之五三：“如何夸毗子，作色懷驕腸。”毘，同“毗”。

【夸蛾】傳說中的大力神。列子湯問：“（愚公欲移山），帝感其誠，命夸蛾氏二子負二山，一厝朔東，一厝雍南。自此冀之南，漢之陰，無隴斷焉。”釋文稱一本作“夸蟻氏”。

【夸誕】誇大虛妄，語言不實。荀子不苟：“言己之光美，擬於堯舜，參於天地，非夸誕也。”又：“詐偽生塞，誠信生神，夸誕生惑。”

【夸邁】超越。文選晉石季倫（崇）思歸引序：“余少有大志，夸邁流俗。”唐張銑注：“夸，猶極也；邁，遠也；言極遠於流俗之事，與世不羣也。”

【夸麗】浮華。荀子富國：“非特以為淫泰夸麗之聲，將以明仁之文，通仁之順也。”

【夸耀】誇大炫耀。唐柳宗元柳先生集三十與楊京兆憑書：“若宗元者，才力缺敗，不能遠騁高厲，與諸生摩九霄，撫四海，夸耀於後之人矣。”

四　畫

夾 1. jiā ㄐㄧㄚ　古洽切，入，洽韻，見。

㊀從左右相持。說文：“夾，持也。从大，俠二人。”清段玉裁注：“捉物必以兩手，故凡持曰夾。”儀禮既夕禮：“圉人夾牽之。”禮檀弓下：“使吾二婢子夾我。”㊁接近，親切。書多方：“爾曷不夾介乂我周王，享天之命。”又梓材：“先王既勤用明德，懷為夾。”㊂夾物的器具。周禮夏官射鳥氏：“矢在侯高，則以并夾取之。”注：“并夾，鍼箭具。”唐柳宗元柳先生集十八乞巧文：“膠如鉗夾，誓死無遷。”以兩板相緊綴以藏書者也叫夾，如梵夾、經夾、畫夾。資治通鑑二五〇唐咸通三年：“又於禁中設講度，自唱經，手錄梵夾。”注：“梵夾者，貝葉經也。以板夾之，謂之梵夾。”㊃夾室。書顧命：“西夾南嚮。”參見“夾室”。㊄江河支港可泊船的地方。宋陸游劍南詩稿十二長歌行：“朝浮杜若洲，暮宿蘆花夾。”

2. jiá ㄐㄧㄚˊ

㊅劍柄。通“鋏”。莊子說劍：“天子之劍，以燕谿石城為鋒，齊岱為鍔，晉魏為脊，周宋為鐔，韓魏為夾。”釋文：“司馬（彪）云：把也。一本作鋏，同。”㊆姓。漢書藝文志有夾氏（春秋）傳十一卷。注：“夾音頰。”

3. xiá ㄒㄧㄚˊ

㊇狹窄。通“狹”。後漢書八五東夷傳：“東沃沮……其地東西夾，南北長。”注：“夾音狹。”

【夾弓】古代六弓之一，弓幹多曲，宜於射遠者。周禮夏官司弓矢：“夾弓、庾弓以授射豻侯鳥獸者。”又考工記弓人：“往體多，來體寡，謂之夾臾之屬，利射侯與弋。”注：“射遠者用埶，夾臾之弓，合五而成規。”參閱孫詒讓周禮正義。

【夾石】即今北峽山。在安徽桐城縣北。三國時吳孫權征皖，破廬江，魏張遼至夾石，聞城已失，乃退，即此地。見三國志吳呂蒙傳。

【夾江】縣名。屬四川省。本漢南安縣地，屬犍為郡。隋開皇十二年於涇上設縣，因臨江水，故稱夾江。故城在今縣北。唐武德初移至今縣地。見太平寰宇記七四嘉州。

【夾衣】有面有裏的雙層衣服。宋陸游劍南詩稿十五示客：“暉暉晚日收新稻，漠漠新寒試夾衣。”

【夾谷】春秋地名。春秋定十年：“公會齊侯於夾谷。”左傳定十年注及史記孔子世家集解引司馬彪都說在東海祝其縣，即今江蘇贛榆縣。清顧炎武說山東淄川（今淄博市）有夾谷山，舊名祝其山；又萊蕪縣南有夾谷，齊魯相會當在此地，不應遠至春秋時屬莒地的贛榆。參閱日知錄三一夾谷。

【夾注】㊀河流匯集。水經注十七渭水：“渭水自落門東至黑山峽，左右六水夾注。”㊁書中正文下的注解。多為雙行。衆妙集杜荀鶴題王處士書齋詩：“欺春只愛和醅酒，諱老猶看夾注書。”

【夾室】㊀古代宮室制度，中央為正室，正室左右為房，房外為序，序外為夾室。釋名釋宮室：“夾室在堂兩頭，故曰夾室。”亦作郟室。參閱禮內則“天子之閣左達五、右達五”及雜記下“夾室皆用雞”疏。㊁兩側的房間。文苑英華四九唐張甫花萼樓賦：“列衆聰以啟扉，疏重門而夾室。”

【夾衫】猶夾衣。唐李賀歌詩編三酬答：“金魚公子夾衫長，密裝腰鞓割玉方。”

【夾食】古棋戲。太平御覽七五五三國魏邯鄲純藝經：“夾食者，二人黃黑各十七棊，橫列於前，第四道上，甲乙迭推，二棊夾一為食棊，不得食兩，不得邊食，不由道則不行。”今民間仍有此戲，以圍棋子為之。

【夾拜】古時女答拜於男的禮節。宋周煇清波雜志二：“男子施敬於婦女，男一拜，婦答兩拜，名曰夾拜。”

【夾浦】水名。在江蘇吳江縣北，與吳縣分界，西臨太湖鮎魚口，東接吳淞江。舊時吳江為吳浙咽喉，夾浦又為吳江衝要。

【夾帶】㊀以不應攜帶的物品夾入他物之中，希圖蒙混。宋史食貨志下四鹽中：“崇寧元年，蔡京議更鹽法……并列七條。一：許客用私船運致，仍嚴立輒踰疆至夾帶私鹽之禁。”㊁舊時考生應試，私帶書籍等文字資料入場，叫夾帶。明吳炳西園記傳奇倖想：“場前多有私賣蠅頭錄的，買他一本夾帶進去抄寫便是。”

【夾袋】衣服裏的口袋。宋朱熹五朝名臣言行錄一之六丞相許國呂文穆公：“公（呂蒙正）夾袋中有冊子，每四方人替罷謁見，必問其有何人才，客去，隨即疏之，悉分門類，或有一人而數人稱之者，必賢也。朝廷求賢，取之囊中。”後稱備錄用的人才為夾袋中人物，本此。明張居正張文忠集書牘九答總憲張崌崍言用人：“別楮所薦諸賢，皆一時之俊，處吾夾袋中寧止朝夕。”

【夾單】清代官吏向上司書面報告，叫手本。如所述不便寫在手本中或與公事無關的，可以另用帖寫，夾在手本第一摺內，叫做夾單，也叫夾片。參閱清會典事例四九吏部滿洲開列京堂翰詹開列夾單。

【夾結】唐代印花染色的方法。也作“夾纈”。宋王讜唐語林賢媛：“婕妤妹適趙氏，性巧慧，因使工鏤板為雜花象之，而為夾結。”詳“夾纈”。

【夾榆】木名。質地堅硬，色赤，以製器，堅固耐久。資治通鑑二六五唐天祐二年“車轂須用夾榆”元胡三省注：“說文：榆，白枌。所謂夾榆，乃今之田榆也，生田塍間。”

【夾漈】山名。在福建莆田縣西北。一名東山。旁有西巖，為宋鄭樵讀書處。故世稱樵為夾漈先生。見嘉慶一統志四二七興化府。

【夾輔】在左右輔佐。左傳僖四年：“昔召康公命我先君大公，曰：‘五侯九伯，女實征之，以夾輔周室。’”

【夾鍾】古十二樂律中六陰律之一。周禮春官大司樂：“乃奏無射，歌夾鍾。”注：“無射陽聲之下也，夾鍾為之合。夾鍾，一名圜鍾。"鍾，也作"鐘"。史記律書："夾鐘者，言陰陽相夾廁也。"參閱禮月令仲春之月"其音角，律中夾鍾"注。

【夾纈】唐代印花染色的方法。用二木版雕刻同樣花紋，以絹布對摺夾入此二版，然後在雕空處染色，成爲對稱的花紋，其印花所成的錦、絹等絲織物叫夾纈。唐白居易長慶集六四歎半開花贈皇甫郎中詩："成都新夾纈，梁漢碎胭脂。"

【夾竹桃】㊀花名。花淡紅色，性有毒，嬌豔類桃花，葉狹長似竹，故名夾竹桃。又有拘那夷、拘拏兒、桃柳、地開桃、芙蓉桃等名。參閱元李衎竹譜詳錄七、清屈大均廣東新語二五夾竹桃。㊁鳳仙花的別名。見本草綱目十七鳳仙。參見"鳳仙"。

【夾板船】舊時行駛遠洋的大船。清郁永河海上紀略："（荷蘭國）其船最大。用板兩層，斲而不削，製極堅厚，中國人目爲夾板船，其實圓木爲之，非板也……爲帆如蛛網盤旋，八面受風，無往不順。"

【夾馬營】地名。在今河南洛陽市東北。相傳宋太祖（趙匡胤）生於此。真宗大中祥符二年時建爲應天寺，後改稱發祥寺。見嘉慶一統志二〇六河南府二。

【夾望車】左右開窗的車。晉書輿服志："位至公，或四望，三望、夾望車，油幢車；駕牛，形制如皁輪，但不漆轂耳。王公大臣有勳德者特給之。"

【夾轂隊】南朝諸王親兵。出則夾車作衛隊，故名。宋書海陵王休茂傳："夜挾（張）伯超及左右……等，率夾轂隊，於城內殺典籤楊慶。"又梁昌義之以平建康功，爲直閤將軍、馬右夾轂主，見梁書本傳。

【夾漈遺稿】南宋鄭樵撰，三卷。樵學問在南宋爲一大家，撰通志。所作詩不甚修飾，古文縱橫恣肆，風格與唐李觀孫樵劉蛻等爲近。參見"夾漈"。

【夾寨夫人】五代後唐莊宗（李存勗）攻梁軍於夾城，虜得符道昭妻侯氏，極寵之，宮中稱夾寨夫人。見新五代史唐太祖家人傳皇后劉氏。清翟灝謂小說有所謂壓寨夫人者，前無所聞，似即夾寨之訛。見通俗編二二婦女。參見"壓寨夫人"。

㚒 shǎn ㄕㄢˇ 失冉切，上，琰韻，審。

藏物於懷。清朱駿聲說文通訓定聲："夾者公然持人，㚒者私有懷物。"古通作"陝"，與"夾"别爲一字。今陝西省之"陝"字，音从此字。

五畫

奊 1. xié ㄒㄧㄝˊ 胡結切，入，屑韻，匣。

㊀骫奊，頭不正的樣子。見清段玉裁說文解字注。廣韻作"奊"。

2. xǐ ㄒㄧˇ

㊁通"謑"。見"奊₂詬"。

【奊₂詬】沒有志氣節操。漢書四八賈誼傳陳政事疏："頑頓亡恥，奊詬亡節。"注："奊詬，謂無志分也。奊音胡結反，詬音后。"

奉 1. fèng ㄈㄥˋ 扶隴切，上，腫韻，奉。

㊀恭敬的捧着，拿着。禮曲禮上："長者與之提攜，則兩手奉長者之手。"㊁進獻。周禮地官大司徒："祀五帝，奉牛牲。"後漢書四七班超傳："貢奉不絕。"㊂給與。左傳僖三三年："秦違蹇叔而以貪勤民，天奉我也。奉不可失，敵不可縱。"㊃接受。如奉命、奉書等。㊄侍奉，侍候。孟子告子上："爲宮室之美，妻妾之奉，所識窮乏者得我與？"㊅輔助，擁戴。左傳隱十一年："鄭伯使許大夫百里奉許叔以居許東偏。"淮南子說林："人不見龍之飛舉而能高者，風雨奉之。"國語晉二："庶幾曰：諸侯義而撫之，百姓欣而奉之，國可以固。"㊆遵循，遵守。易乾文言："後天而奉天時。"㊇敬辭。如奉見、奉訪、奉勸、奉陪等。㊈俸祿。通"俸"。戰國策趙四："位尊而無功，奉厚而無勞，而挾重器多也。"㊉姓。宋有奉真，善醫。

2. pěng ㄆㄥˇ 集韻撫勇切，上，腫韻。

⑪通"捧"。見"奉₂頭鼠竄"、"奉₂檄色喜"。

【奉戶】宋初承五代舊制，州縣官俸都給實物，若物價不足官俸原數，則令民戶接受官物，出錢交官，叫作奉戶。如本官所受物爲千錢的，即分與兩戶，每戶各出錢五百。奉戶仍需繳納夏秋二稅，只免他役。太平興國元年始廢此制。見宋史職官志十一奉祿制上職錢。

【奉天】㊀奉天之命。書泰誓中："惟天惠民，惟辟奉天。"參見"奉天承運"。㊁省名。即今遼寧省地。本爲古青幽二州的一部分，戰國時屬燕。秦在此置遼東郡。漢爲遼東遼西玄菟三郡地。唐時劃歸渤海。五代及宋屬遼。元置遼陽行省。明屬遼東都指揮司。清天命十年定都於此，天聰年間稱爲盛京，光緒末年改爲奉天省。參閱嘉慶一統志五九奉天府一、清朝文獻通考三〇六輿地二奉天省。㊂府名。清順治十四年移原遼陽府於盛京，改爲奉天府，轄境大體相當於今遼河以東地區。㊃縣名。唐武后光宅元年割醴泉始平好畤武功永壽五縣地置，以供奉唐高宗陵墓，因名奉天。屬京兆府。故城在今陝西乾縣。參閱太平寰宇記三一乾州。

【奉元】地名。元改宋京兆府爲奉元路。即今陝西長安縣地。見讀史方輿紀要五三西安府。

【奉引】導引車駕。史記一〇八韓安國傳："丞相田蚡死，安國行丞相事，奉引，墮車，蹇。"後漢書八二上樊英傳："天子乃爲英設壇席，令公車令導，尚書奉引，賜几杖，待以師傅之禮。"

【奉公】以公事爲重，不徇私情。商君書定分："如此，天下之吏民，雖有賢良辯慧，不能開一言以枉法；雖有千金，不能以用一銖。故知詐賢能者，皆作而爲善，皆務自治奉公。"史記八一廉頗藺相如傳："奉公如法，則上下平。"元明雜劇元關漢卿裴度還帶楔子："韓公平昔奉公守法，廉幹公謹。"

【奉化】縣名。屬浙江省。漢鄞縣地，唐初爲鄮縣地，開元二十六年分置奉化縣。元改州。明復改縣，屬寧波府。參閱嘉慶一統志二九一寧波府一。

【奉安】㊀恭敬安置。漢書三六劉向傳："其賢臣孝子，亦承命順意而薄葬之，此誠奉安君父，忠孝之至也。"㊁古稱帝后安葬及神主遷廟曰奉安。後漢書明帝紀："司徒（李）訢奉安梓宮。"宋史哲宗紀一元祐二年："癸酉，奉安神宗神御於景靈宮宣光殿。"

【奉先】㊀祭祀祖先。書太甲中："奉先思孝，接下思恭。"元詩選盧琦圭峰集中元回家拜祭感懷："七月十五月正圓，中元遺俗知奉先。"㊁宋代禁軍名。大中祥符四年五月，以原隸西京本城廂軍的諸陵軍，命名奉先，升爲禁軍。見宋高承事物紀原奉先。

【奉行】遵照實行。孔子家語六本："子夏曰：'商請志之而終身奉行焉。'"

【奉車】官名。漢武帝設奉車、駙馬、騎三都尉，秩皆比二千石。奉車掌御乘輿馬。自晉以來，三都尉皆奉朝請。唐時奉車都尉掌馭副車，不常置。宋廢。參閱漢書百官公卿表上、續通典三三職官十一三都尉。

【奉命】接受使命。三國志蜀諸葛亮傳：

“亮曰:‘事急矣,請奉命求救於孫將軍。’”

【奉侍】 指伺候尊長。唐柳宗元柳先生集十二先侍御史府君神道表:“奉侍溫凊,未嘗見憂。”

【奉承】 ㊀接受,遵照。左傳昭七年:“奉承以來,弗敢失隕。”戰國策燕二樂毅報燕王書:“臣不佞,不能奉承先王之教,以順左右之心。”㊁侍奉。墨子兼愛下:“奉承親戚,提挈妻子。”㊂逢迎,阿諛。京本通俗小説碾玉觀音:“況且崔寧一路買酒置食,奉承得他好。”也作“承奉”。宋文鑑十四范質戒兒姪八百字詩:“舉世好承奉,昂昂增意氣。不知承奉者,以爾爲翫戲。”

【奉使】 奉命出使。漢書昭帝紀始元六年:“移中監蘇武,前使匈奴,留單于庭十九歲迺還,奉使全節。”文選班孟堅(固)公孫弘傳贊:“漢之得人,於茲爲盛,……奉使則張騫蘇武。”

【奉高】 縣名。漢武帝元封元年封禪泰山至此,置以奉祀泰山,故名。爲泰山郡治。隋改爲岱山,不久卽廢。唐初又在此置岱縣,貞觀中復省。故城在今山東泰安市東北。見嘉慶一統志一七九泰安府一。

【奉祠】 ㊀敬奉祭祀。史記封禪書:“杜主,故周之右將軍,其在秦中,最小鬼之神者。各以歲時奉祠。”㊁宋代設祠祿之官,有宮觀使、提舉宮觀、提點宮觀等職,多以宰相執政兼領,以示優禮。老病廢職之官,亦往往使任宮觀職,俾食其祿。以宮觀使等職,原主祭祀,因亦稱爲奉祠。宋陸游劍南詩稿二十上書乞祠:“上書又乞奉祠歸,夢到湖邊自叩扉。”㊂明代王府官名。王府長史司有奉祠所,設奉祠正一人,掌祭祀、樂舞。見明史職官志四王府長史司。

【奉教】 接受教益。戰國策燕二樂毅報燕惠王書:“臣雖不佞,數奉教於君子矣。”

【奉陪】 陪伴的敬詞。唐杜甫有奉陪鄭駙馬韋曲詩,見杜工部草堂詩箋十二。唐杜牧樊川集二早春寄岳州李使君……詩:“此興予非薄,何時得奉陪?”

【奉常】 官名。秦置。爲九卿之一,掌宗廟禮儀,漢景帝中六年改名太常。參見“太常”。

【奉移】 帝制時代,遇帝后之喪,由嗣皇奉死者棺木移至殯殿,曰奉移;安葬於墓地,曰奉安。參見“奉安㊂”。

【奉稍】 俸祿。奉,通“俸”。稍,稟食。新唐書一〇二岑文本傳:“或勸其營產業,文本歎曰:‘吾漢南一布衣,徒步入關,所望不過祕書郎縣令耳。今無汗馬勞,以文墨位宰相,奉稍已重,尚何殖產業邪?’”

【奉新】 縣名。屬江西省。本漢豫章郡海昏縣地。東漢中平二年,分置新吳縣。五代南唐升元元年改今名。明清皆屬江西南昌府。見讀史方輿紀要八四南昌府。

【奉祿】 卽俸祿。史記一一二平津侯傳:“汲黯曰:‘(公孫)弘位在三公,奉祿甚多,然爲布被,此詐也。’”

【奉趙】 不受他人贈物或向人歸還借物時,婉言稱奉趙。詳“完璧歸趙”。

【奉嘗】 祭祀。嘗,指蒸嘗之祭。漢書八九朱邑傳:“初,邑病且死,屬其子曰:‘我故爲桐鄉吏,其民愛我,必葬我桐鄉,後世子孫,奉嘗我不如桐鄉民。’”

【奉$_2$箒】 持帚灑掃。樂府詩集七十雜曲歌辭梁吳均行路難:“班姬失寵顏不開,奉箒供養長信臺。”也作“捧箒”。文苑英華一二六梁元帝(蕭繹)玄覽賦:“豈止老莊屈膝,將令班鄭捧箒。”

【奉養】 侍奉和贍養。管子形勢:“主惠而不解,則民奉養。”史記齊太公世家:“釐公同母弟夷仲年死,其子曰公孫無知,釐公愛之,令其秩服奉養比太子。”

【奉賢】 縣名。清雍正三年析華亭縣置,屬江蘇松江府。今屬上海市。參閱嘉慶一統志八二松江府一。

【奉節】 縣名。屬四川省。春秋庸國魚邑,漢置魚復縣,屬巴郡,三國蜀改曰永安。唐貞觀二十三年改今名。明清皆爲夔州府治。縣城當長江三峽西口,城東有白帝城遺址。見嘉慶一統志三九七夔州府一。

【奉諱】 指居喪。禮曲禮上:“卒哭乃諱。”後人諱死者名,故稱居喪爲奉諱。唐李綽尚書故實:“(唐太宗)嘗一日附耳語高宗曰:‘吾千秋萬歲後,與吾蘭亭將去也。’及奉諱之日,用玉匣貯之,藏於昭陵。”

【奉錢】 ㊀卽俸錢。漢書七二貢禹傳:“又拜爲光祿大夫,秩二千石,奉錢月萬二千。”㊁史記蕭相國世家:“高祖以吏繇咸陽,吏皆送奉錢三,何獨以五。”有三説:1.奉,卽“俸”,指資助俸錢;2.奉爲奉送之義。見史記索隱。3.疑爲“贐錢”,卽送給人的路費。見清俞正燮癸巳存稿七錢三錢五解。

【奉$_2$觴】 舉杯。禮投壺:“當飲者皆跪,奉觴曰:‘賜灌。’”史記一二六淳于髡傳:“若親有嚴客,髡帣韝鞠䐬,侍酒於前,時賜餘瀝,奉觴上壽,數起,飲不過二斗徑醉矣。”

【奉元曆】 曆法名。宋熙寧間衛朴在沈括支持下編造。熙寧八年頒行,至元祐八年,共十八年。南渡後,其法已散失。清李鋭據元史曆志,補算歲日朔日,可藉以考見梗概。參閱沈括夢溪筆談七、八及李鋭補修宋奉元曆(李氏遺書本)。

【奉先殿】 殿名。清順治十三年興建,至二十年成。立前後殿,均九間,南向,如太廟寢制。見清通典四六禮吉六。

【奉春君】 漢婁敬的封號。史記九九劉敬傳:“於是上曰:‘本言都秦地者婁敬,婁者乃劉也。’賜姓劉氏,拜爲郎中,號爲奉春君。”

【奉宸府】 唐武后所置官署。聖曆二年稱控鶴府,以張易之爲監。久視元年改稱奉宸府,以易之爲令,並引知名之士閻朝隱薛稷員半千爲供奉。見舊唐書七八張行成傳附張易之。

【奉宸苑】 清代主管皇室園林的官署名,屬內務府,掌理景山瀛臺闡福寺等處行宮及圓明園暢春園玉泉山稻田等事,主管者稱奉宸苑卿。見清文獻通考八三職官七內務府。

【奉朝請】 古代諸侯春季朝見天子叫朝,秋季朝見叫請。漢代對退職大臣、將軍及皇室、外戚,多給以奉朝請名義,使得參加朝會。晉代以奉車、駙馬、騎三都尉奉朝請。南朝爲安置閒散官員,奉朝請的一度增至六百餘人。隋初罷奉朝請,另設朝請大夫、朝請郎,爲文散官。見宋書百官志下、通典二九職官十一三都尉。

【奉進止】 資治通鑑二三一唐貞元元年:“(李)泌曰:‘辭日奉進止,以便宜從事。’”注:“自唐以來,率以奉聖旨爲奉進止,蓋言聖旨使之進則進,使之止則止也。程大昌曰:今奏劄言取進止,猶此劄之或留或卻,合稟承可否也。唐中葉遂以處分爲進止,而不曉文義者,習而不察,概謂有旨爲進止。如玉堂宣底所載,凡宣旨皆云有進止者,相承之誤也。”

【奉禮郎】 官名。漢有理禮郎,屬大鴻臚。晉改屬大行令。北齊始稱奉禮郎。唐初仍爲理禮郎,掌設板位執儀行事,後復改爲奉禮郎。宋元因之,明清稱贊禮郎。參閱通典二五職官七諸卿上。

【奉天承運】 明太祖初定大朝會正殿爲奉天殿,於皇帝所執大圭上刻“奉天法祖”四字,在與臣下的誥敕命中開首自稱“奉天承運皇帝”。後相沿成爲帝王敕命的套語。參閱明沈德符萬曆野獲編二列朝更正殿名。

【奉令承教】遵從命令。戰國策燕二樂毅報燕王書:"先王過舉,……不謀於父兄,而使臣爲亞卿。臣自以爲奉令承教,可以幸無罪矣,故受命而不辭。"

【奉行故事】按照成例行事。漢書七四魏相傳:"相明易經有師法,好觀漢故事及便宜章奏,以爲古今異制,方今務在奉行故事而已。"

【奉車都尉】官名。見"奉車"。

【奉直大夫】官名。宋大觀間置,爲文散官。元明清皆爲文職從五品封階。參閱文獻通考六四職官十八文散官。

【奉政大夫】官名。金置,爲文職正六品的封階,元升爲正五品,明清因之。參閱續文獻通考六二職官十二文散官。

【奉恩將軍】清宗室封爵名。位次於奉國將軍,爲宗室封爵十四級中的最末級。見清通典三二職官十宗室封爵。

【奉揚仁風】意爲宣揚仁德。晉袁宏自吏部郎出爲東陽郡守,謝安取一扇贈行,袁宏答:"輒當奉揚仁風,慰彼黎庶。"見世說新語言語"袁彥伯爲謝安南司馬"注引續晉陽秋、晉書袁宏傳。

【奉$_2$頭鼠竄】形容狼狽逃竄的樣子。漢書四五蒯通傳:"始常山王成安君,故相以爲刎頸之交,及爭張黶陳釋之事,常山王奉頭鼠竄,以歸漢王。"注:"言其迫窘逃亡,如鼠之藏竄。"後多作"抱頭鼠竄"。

【奉$_2$檄色喜】東漢廬江毛義家貧,以孝行出名。府檄召義爲守令。義奉檄喜動顏色。後義母死,去官行服,公車徵不至。見後漢書三九劉平等傳序。檄,徵召的文書。後來以"奉檄色喜"作爲得俸養親而作官的典故。

【奉辭伐罪】奉正辭,討有罪。國語鄭:"君若以成周之衆,奉辭伐罪,無不克矣。"注:"(鄭)桓公甚得周衆,奉直辭,伐有罪,故必勝也。"

奈 nài 奴箇切,去,箇韻,泥。
ㄋㄞˋ 奴帶切,去,泰韻,泥。

也作柰。㊀如何,奈何。國語晉二:"吾君老矣,國家多難,伯氏不出,奈吾君何!"淮南子兵略:"唯無形者,無可柰也。"唐杜甫杜工部草堂詩箋三四贈蘇徯:"爲郎未爲賤,其奈疾病攻。"㊁對付,處分。宋黃庭堅豫章集十一和文潛舟中所題詩:"誰奈離愁得,村醪或可尊。"㊂受得住。通"耐"。唐杜甫杜工部草堂詩箋二七月:"斟酌姮娥寡,天寒奈九秋。"

【奈向】奈何,如何。宋梅堯臣宛陵集七汝墳貧女詩:"拊膺呼蒼天,生死將奈向。"宋晏殊珠玉詞殢人嬌:"羅中掩淚,任粉澤露污,爭奈向千留萬留不住!"黃庭堅山谷詞歸田樂引:"前歡算未已,奈向如今愁無計。"參閱清俞正燮癸巳類稿七乃淘還音義。

【奈何】也作"柰何"。㊀如何。書召誥:"曷其柰何弗敬!"楚辭屈原九歌大司命:"羌愈思兮愁人,愁人兮奈何!"㊁對付,處置。元曲選岳伯川鐵拐李一:"張千,休教走了這老子,等我慢慢的奈何他。"

【奈河】宗教、迷信所傳地獄中的河名。唐張讀宣室志四:"(董觀死)行十餘里,至一水,廣不數尺,流而西南。……此俗所謂奈河,其源出於地府。觀即視,其水皆血,而腥穢不可近。"

【奈何天】㊀無可排遣的意思。宋晏幾道小山詞鷓鴣天之七:"歡盡夜,別經年,別多歡少奈何天。"明湯顯祖牡丹亭驚夢:"良辰美景奈何天,賞心樂事誰家院。"㊁傳奇名。清李漁撰,爲笠翁十種曲之一。寫醜夫美妻事,是一齣宣揚果報迷信的戲。

【奈何木】守城用具。架於垛牆之間,木上錯綜釘着竹簽,倒綴着虎怕刺、石塊。敵人攀援上城,則木石下墜,而無可奈何,故叫奈何木。見明茅元儀武備志一一一軍資乘守需備。

奇 1. qí 渠羈切,平,支韻,羣。
ㄑㄧˊ

㊀特異,稀罕。莊子知北遊:"是其所美者爲神奇,其所惡者爲臭腐。"也用作動詞。史記九二淮陰侯傳:"滕公奇其言,壯其貌,釋而不斬。"㊁出人意外,變幻莫測。老子:"以正治國,以奇用兵。"

2. jī 居宜切,平,支韻,見。
ㄐㄧ

㊂單數,耦之對。易繫辭下:"陽卦奇,陰卦耦。"㊃零數,餘數。易繫辭上:"歸奇於扐以象閏。"漢書食貨志下:"改作貨布,長二寸五分,廣一寸,首長八分有奇。"注:"奇音居宜反,謂有餘也。"㊄命運不順當。史記一〇九李廣傳:"大將軍衛青亦陰受上誡,以爲李廣老,數奇,毋令當單于,恐不得所遇。"㊅姓。傳爲春秋魯伯奇之後,以祖父字爲氏。又後魏奇斤氏亦改爲奇氏。宋有奇軾,代州人。見通志二七氏族三以字爲氏。

【奇士】才能出衆的人。史記陳相國世家:"項王不能信人,其所任愛非諸項即妻之昆弟,雖有奇士,不能用。"文選漢司馬子長(遷)報任少卿書:"然僕觀其爲人,自守奇士。"

【奇文】新奇的文章。漢書六四下王褒傳:"詔使褒等皆之太子宮虞侍太子,朝夕誦讀奇文及所自造作。"晉陶潛陶淵明集二移居詩之一:"奇文共欣賞,疑義相與析。"

【奇$_2$日】單日。資治通鑑二四三唐寶曆二年:"敬宗之世,每月視朝不過一二,上始復舊制,每奇日未嘗不視朝。"注:"奇,紀宜翻,隻也。唐制,天子以隻日視朝。"

【奇正】古時用兵,以對陣交鋒爲正,設計邀截襲擊爲奇。孫子勢篇:"三軍之衆,可使必受敵而無敗者,奇正是也。"又:"戰勢不過奇正,奇正之變,不可勝窮也。"

【奇功】卓越的功勳。唐李白李太白詩十七送族弟綰從軍安西:"爾隨漢將出門去,剪虜若草收奇功。"

【奇$_2$左】僅有左臂。山海經大荒西經:"有壽麻之國。……有人名曰吳回,奇左,是無右臂。"注:"即奇肱也,吳回,祝融弟,亦爲火正也。"參見"奇$_2$肱"。

【奇字】漢王莽時有六體書,其一曰古文,其二曰奇字。古文指孔子壁中書,奇字即古文而異者。見漢許慎說文解字敘。漢書八七下揚雄傳記劉歆子棻從雄作奇字,即指此。宋黃伯思東觀餘論下跋蘇氏篆後:"古文高質而難遽造,若三代鼎彝遺篆是已。奇字怪巧而差易工,若漢劉棻從揚雄所學及近世夏鄭公集四聲韻所載是已。今人往往不能辨之,遂盡以奇字爲古文焉。"一說奇字即大篆。參閱清缺名硯山齋雜記一載酒問奇字。

【奇車】形制新異的車。禮曲禮上:"國君不乘奇車。"

【奇材】非凡的材能。淮南子主術:"夫釋職事而聽非譽,棄公勞而用朋黨,則奇材佻長而干次。"也作"奇才"。史記九六周昌傳:"趙人方與公謂御史大夫周昌曰:'君之史趙堯,年雖少,然奇才也,君必異之,是且代君之位。'"

【奇邪】不正,邪門歪道。禮祭義:"合此五者,以治天下之禮也,雖有奇邪而不治者,則微矣。"管子任法:"植固而不動,奇邪乃恐。"參見"奇衺"。

【奇兵】乘敵不意而突襲的部隊。史記九二淮陰侯傳:"願足下假臣奇兵三萬人,從間道絕其輜重。"

【奇怪】稀奇古怪,不同尋常。管子揆度:"天下寶服,有海內,以富誠信仁義之士,故民高辭讓,無爲奇怪者。"漢王充論衡對作:"世俗之性,好奇怪之語,說虛妄之文。"

【奇門】古代術數名。其術以十干中之乙丙丁爲三奇，故稱奇門。也稱"遁甲"。參見"遁甲"。

【奇₂肱】神話國名。山海經海外西經："奇肱之國，……其人一臂三目。"注："其人善爲機巧，以取百禽，能作飛車，從風遠行。"晉郭璞山海經圖讚海外西經奇肱國："妙哉工巧！奇肱之人。因風構思，制爲飛輪。"

【奇服】新異的服裝。周禮天官閽人："奇服怪民不入宮。"楚辭屈原九章涉江："余幼好此奇服兮，年既老而不衰。"注："奇，異也。或曰：奇服，好服也。"

【奇相】㊀傳說中的江神名。文選晉郭景純(璞)江賦："奇相得道而宅神，乃協靈爽於湘娥。"廣雅釋天："江神謂之奇相。"史記封禪書"江水祠蜀"索隱引廣雅作"奇湘"。㊁特異的相貌。金史睿宗貞懿皇后傳："(后)嘗密謂所親曰：'吾兒有奇相，貴不可言。'"

【奇咳】奇祕非常。史記一〇五倉公傳："臣(淳于)意卽避席再拜謁，受其脈書上下經、五色診、奇咳術。"一作"奇賌"。淮南子兵略："明於星辰日月之運，刑德奇賌之數。"注："奇賌，陰陽奇秘之要。賌音該。"廣韻咍韻作"奇侅"。漢書作"奇胲"。藝文志五行家有五音奇胲用兵二三卷、五音奇胲刑德二一卷。注引許慎說："胲，軍中約也。"仍爲奇祕之意。

【奇₂拜】卽一拜。周禮春官大祝："七曰奇𢫦(古"拜"字)。"注："杜子春云……奇讀爲奇偶之奇，謂先屈一膝，今雅拜是也。"又："奇拜，謂一拜也。"

【奇衺】諂媚欺詐，行爲不正。周禮天官宮正："去其淫怠與其奇衺之民。"注："奇衺，譎觚非常。"疏："兵書有譎觚之人，謂譎詐傑出觚角非常也。"又內宰："禁其奇衺。"注："奇衺，若今媚道。"唐白居易長慶集二續古詩之七："冢婦獨守禮，羣妾互奇衺。"唐柳宗元柳先生集三時令論下："是故聖人爲大經以存其直道，將以遺後世之君臣，必言其中正而去其奇衺。"參見"奇邪"。

【奇特】奇異而特出。宋書武帝紀上："身長七尺六寸，風骨奇特。"宋邢凱坦齋通編："荆公(王安石)素有德行，劉元城(安世)稱之，平生不屈，故自奇特。"

【奇章】縣名。南朝梁普通六年置。取縣東八里奇章山爲名。隋牛宏封奇章公。隋書地理志上清化郡作其章。宋熙寧二年廢爲鎮，改屬曾口縣。元末曾口縣亦廢。故址在今四川巴中縣東。參閱宋王應麟困學紀聞十地理。

【奇偉】奇特，雄偉。史記留侯世家："余以爲其人計魁梧奇偉，至見其圖，狀貌如婦人好女。"漢王充論衡對作："故論衡者所以銓輕重之言，立真僞之平，非苟調文飾辭，爲奇偉之觀也。"

【奇觚】奇書。觚，簡策。急就篇一："急就奇觚與衆異。"注："觚者，學書之牘，或以記事，削木爲之，蓋簡屬也。……其形或六面，或八面，皆可書。觚者，稜也，以有稜角，故謂之觚。"

【奇₂羨】贏餘，積存的財物。史記一二九貨殖傳："中國委輸，時有奇羨。"索隱："奇羨，謂時有餘衍也。"漢書食貨志下："以收奇羨。"注："奇，殘餘也。羨，饒溢也。"

【奇₂零】不滿整數之數。宋史食貨志上二方田："舊嘗收蹙奇零，如米不及十合，而收爲升；絹不滿十分，而收爲寸之類。"

【奇數】術數，指星相卜祝等方術。後漢書十二王昌傳："時趙繆王子林，好奇數，任俠於趙魏間，多通豪猾，而郎與之親善。"

【奇劍】道教所稱北斗星中神名。見雲笈七籤五二雜要圖訣法昇玄行事訣。

【奇₂耦】單雙數。易繫辭下："陽卦奇，陰卦耦。"禮郊特牲："鼎俎奇而籩豆偶，陰陽之義也。"偶，通"耦"。孔子家語執轡："子夏問於孔子曰：'商聞易之生人及萬物鳥獸昆蟲，各有奇耦，氣分不同。'"

【奇儁】傑出的人物。北史儒林傳序："於是超擢奇儁，厚賞諸儒。"

【奇勳】猶言奇功。唐李白李太白詩十七送張秀才從軍："當令千古後，麟閣著奇勳。"

【奇醜】異常醜陋。世說新語賢媛："許允婦是阮衛尉(共)女、德如(侃)妹，奇醜。"宋陸游老學菴筆記八："賀方回(鑄)狀貌奇醜，色青黑而有英氣，俗謂之賀鬼頭。"

【奇謀】出奇制勝的謀略。三國志蜀諸葛亮傳："然亮才，於治戎爲長，奇謀爲短，理民之幹，優於將略。"

【奇₂贏】積財以蓄貨。漢書食貨志上鼂錯論貴粟疏："而商賈大者積貯倍息，小者坐列販賣，操其奇贏，日遊都市，乘上之急，所賣必倍。"注："奇贏，謂有餘財而蓄聚奇異之物也。一說，奇謂殘餘物也。"奇、贏，都是贏餘的意思。

【奇鶬】鳥名。卽鬼車。傳說中的九頭鳥。文選晉郭景純(璞)江賦："若乃龍鯉一角，奇鶬九頭。"唐段成式酉陽雜俎十六羽鬼車鳥："相傳此鳥昔有十首，能收人魂，一首爲犬所噬。秦中天陰，有時有聲，聲如力車鳴。……白澤圖謂之蒼鸆，帝嚳書謂之逆鶬。"參閱元周密齊東野語十九鬼車鳥。

【奇南香】卽伽南香，也作"奇楠香"。又叫"沉香"。詳"伽南香"。

【奇技淫巧】指新異的技藝及製成品。書泰誓下："今商王受，……作奇技淫巧，以悅婦人。"

【奇厖福艾】舊時迷信者謂人相貌奇偉多福。新唐書九三李勣傳："(勣)臨事選將，必訾相其奇厖福艾者遣之。"元詩選蒲道源閒居叢稿贈傳神李肖巖詩："京師摹寫富箱篋，奇厖福艾多王公。"

【奇貨可居】指珍奇的貨物可以囤積起來以待高價。戰國末秦子楚質於趙，趙不予禮遇，生活困頓，很不得意。陽翟大商人呂不韋在邯鄲作生意，見到他，說："此奇貨可居。"見史記八五呂不韋傳。清黃生謂奇當讀作奇偶之奇，言此貨獨一無二，得居之以獲重利。見義府下奇貨。

【奇經八脈】人身十二經脈之外，有陽維、陰維、陽蹻、陰蹻、衝、督、任、帶八脈。因和臟腑没有直接聯繫，不受十二經拘制，故名奇經。見史記一〇五倉公傳"受其脈書上下經、五色診、奇咳術"正義引八十一難。明李時珍有奇經八脈考一卷。

【奇₂請它比】於法律正文以外另引條文判案。漢書刑法志："律令煩多，百有餘萬言，奇請它比，日以益滋。"注："奇請，謂常文之外，主者别有所請，以定罪也；它比謂引它類以比附之，稍增律條也。"

【奇器圖說】明時西洋人鄧玉函撰，王徵譯，凡三卷。後附諸器圖說一卷，王徵自撰。兩書所述，皆科學器具，有圖有說，而於農器及水利，所述尤爲詳備。

奄

1. yǎn ㄧㄢˇ 衣儉切，上，琰韻，影。

㊀覆蓋，包括。詩周頌執競："自彼成康，奄有四方。"淮南子脩務："萬物至衆，而知不足以奄之。"㊁忽然。文選南朝梁任彥昇(昉)齊竟陵文宣王行狀："天不憖遺，奄見薨落。"

2. yān ㄧㄢ

㊂停滯。通"淹"。詩周頌臣工："命我衆人，庤乃錢鎛，奄觀銍艾。"㊃宦官，太監。見"奄₂人"。㊄氣息微弱的樣子。見"奄₂奄₂"。㊅古國名。今山東曲阜縣東有奄

里，傳即古奄國地。書蔡仲之命："成王東伐淮夷，遂踐奄。"參閱嘉慶一統志一六六兗州府二奄里。

【奄₂人】宦官。周禮天官序官："酒人，奄十人。"注："奄，精氣閉藏者，今謂之宦人。"也作"閹人"。後漢書七八宦者傳論："宦者悉用閹人，不復雜調他士。"

【奄₂尹】主管宮廷事務的宦官頭目。在周代爲内宰，掌管宮廷的内政。禮月令仲冬之月："是月也，命奄尹，申宮令。"也作"閹尹"。見該條。

【奄冉】㊀時間漸漸地過去。猶"荏苒"。晉陶潛陶淵明集六閑情賦："行雲逝而無語，時奄冉而就過。"㊁因循苟且。晉書慕容暐載記："奄冉偷榮，忽責彌厚。"

【奄₂官】宦官。後漢書五行志四："儒説奄官無陽施，猶婦人也。"

【奄₂奄₂】氣息微弱的樣子。三國志蜀楊戲傳"祁、汰各早死"注引李密上書："但以劉日薄西山，氣息奄奄，人命危淺，朝不慮夕。"

【奄忽】㊀迅疾，倏忽。漢書九十嚴延年傳："奏可論死，奄忽如神。"文選漢馬季長(融)長笛賦："奄忽滅没，曄然復揚。"㊁比喻死亡。後漢書六四趙岐傳："有重疾，卧蓐七年，自慮奄忽，乃爲遺令敕兄子。"宋蘇軾東坡集續集九答錢濟明書之二："途中聞秦少游(觀)奄忽，爲天下惜此人物，哀痛至今。"

【奄₂息】休息。史記一一七司馬相如傳大人賦："奄息總極，氾濫水嬉兮，使靈媧鼓瑟而舞馮夷。"唐張籍張司業集七懷别詩："遠程未奄息，别念在朝昏。"

【奄₂留】停留，久留。同"淹留"。漢書禮樂志郊祀歌天地八："神奄留，臨須搖。"注："奄，讀曰淹。"

【奄莫】忽然而晚暮。莫，通暮。漢劉向列女傳八班女倢伃賦："白日忽以移光兮，遂奄莫而昧幽。"漢書九七下外戚傳班倢伃作"晻莫"。參閱列女傳清王圓照注。

【奄欻】來去不定的樣子。文選晉左太沖(思)吴都賦："芒芒黖黖，慌罔奄欻。"欻，shū。

【奄隔】死亡。宋蘇軾東坡集續集七與程正輔提刑書之二十："老嫂奄隔，更此徂歲，想加悽斷。"

【奄蔡】古國名。在今裏海北岸一帶。史記一二三大宛傳："奄蔡在康居西北可二千里，行國，與月氏大同俗。"至東漢改名阿蘭那國，南北朝時叫粟特國，又名温那沙。北魏及北周時都曾遣使通問。參閲通典一九三邊防九。

【奄₂閭】即青蒿。漢書五七上司馬相如傳子虛賦："蓮藕觚盧，奄閭軒于。"史記作"菴䕡"，文選作"菴閭"。參閱本草綱目十五菴䕡。

【奄₂遲】淹留遲緩。淮南子兵略："敵迫而不動，名之曰奄遲。"

奅 pào 匹皃切，去，效韻，滂。ㄆㄠˋ

㊀張大。正字通："方言以大言冒人曰奅。"清桂馥説文義證："大也者，謂空大也。木工鑿空曰奅。"㊁砲石。唐韓愈昌黎集八征蜀聯句："投奅鬧碻礐，塡隍傶僁脩。"

六畫

奕 yì 羊益切，入，昔韻，喻。ㄧˋ

㊀大。見"奕奕㊀"。㊁美。方言二："奕、偞，容也。自關而西，凡美容謂之奕。"參見"奕奕㊁"。㊂憂慮。見"奕奕㊂"。㊃嫻熟。詩商頌那："庸鼓有斁，萬舞有奕。"㊄光明。文選三國魏何平叔(晏)景福殿賦："故其華表則鎬鎬鑠鑠，赫奕章灼，若日月之麗天也。"㊅次第。見"奕世"、"奕葉"。㊆通"弈"。圍棋。按説文"奕""弈"二字分屬大部與廾部，形義皆不同，但古籍中往往混用。參見"弈"。

【奕世】累世，一代接一代。國語周上："奕世載德，不忝前人。"後漢書五四楊震傳附楊秉上疏："臣奕世受恩，得備納言。"注："奕，猶重也。"

【奕奕】㊀高大，盛美。詩大雅韓奕："奕奕梁山，維禹甸之。"又魯頌閟宫："新廟奕奕，奚斯所作。"㊁姿態悠閒，神采煥發。詩小雅車攻："駕彼四牡，四牡奕奕。"北齊書琅邪王儼傳："琅邪王眼光奕奕，數步射人。"㊂憂愁貌。詩小雅頍弁："未見君子，憂心奕奕。"

【奕葉】猶言累世。三國魏曹植曹子建集九王仲宣誄："伊君顯考，奕葉佐時。"

奏 1. zòu 則候切，去，候韻，精。ㄗㄡˋ

㊀進，上。包括進言、上書、呈進財物等。書舜典："敷奏以言。"史記蕭相國世家："爲法令約束，立宗廟、社稷、宮室、縣邑，輒奏上，可，許以從事；即不及奏上，輒以便宜施行，上來以聞。"後漢書四四胡廣傳"文吏試牋奏"注引漢雜事："凡群臣之書通於天子者四品：一曰章，二曰奏，三曰表，四曰駁議。"史記八一廉頗藺相如傳："秦王坐章臺見相如，相如奉璧奏秦王。"㊁作樂。書胤征："瞽奏鼓。"詩周頌有瞽"既備乃奏，簫管備舉"箋："乃奏，謂樂作也。"樂一節叫奏。初學記十五樂部雅樂："凡樂作謂之奏，九奏乃終，謂之九成，樂終謂之闋。"

2. còu ㄘㄡˋ

㊂會合。通"湊"。周禮夏官合方氏"掌達天下之道路"漢鄭玄注："津梁相奏，不得陷絶。"釋文："采豆反。本或作湊。"㊃通"腠"。皮膚的紋理。儀禮公食大夫禮："載體進奏。"

3. zǒu ㄗㄡˇ

㊄通"走"。詩大雅緜："予曰有奔奏。"釋文："奏，如字。本亦作走，音同。"

【奏刀】猶言運刀。莊子養生主："庖丁爲文惠君解牛，……砉然嚮然，奏刀騞然。"

【奏公】詩大雅靈臺："鼉鼓逢逢，矇瞍奏公。"傳："公，事也。"韓詩作"奏功"，楚辭屈原懷沙漢王逸注引詩作"奏工"。本指功成作樂之意，後來泛稱治事有成效曰奏功。參閱清陳喬樅韓詩遺説考十一矇瞍奏功。

【奏案】㊀批閲章奏的几案。三國志吴周瑜傳"此天以君授孤也"注引江表傳："(孫)權拔刀斫前奏案。"㊁奏請查辦。後漢書四三何敞傳上書宋由："惟明公運獨見之明，昭然勿疑。敞不勝所見，請獨奏案。"㊂清制，凡案件已經奏准的叫奏案。

【奏記】㊀把上陳的事件，寫在簡牘之上，相當於後代的説帖。漢王充論衡對作："夫上書謂之奏，奏記轉易其名，謂之書。"漢書八三朱博傳："文學儒吏，時有奏記。"以後僚佐向長官、百姓向州郡上書，都叫奏記。㊁官名。掌管奏章函牘等事。新唐書百官志下："節度使封郡王，則有奏記一人，兼觀察使。"

【奏效】陳述其功效。戰國策秦一："願大王少留意，臣請奏其效。"後指作事取得成果。

【奏草】奏疏的草稿。漢書六七朱雲傳："上問丞相以雲治行，丞相(韋)玄成言雲暴虐亡狀。時陳咸在前，聞之，以語雲。雲上書自訟，咸爲定奏草，求下御史中丞。"

【奏章】向皇帝奏事的章表。宋歐陽修文忠集二二太尉文正王公神道碑銘："其後公薨，史官修真宗實録，得内出奏章，乃知朝廷之士，多公所薦者。"

【奏假】舉奏升堂之樂。詩商頌那:"湯孫奏假,綏我思成。"箋:"假,升。……湯孫太甲又奏升堂之樂弦歌之。"假,gé。

【奏疏】同"奏章"。通典三職官十二太子庶子:"唐中舍人二員,掌侍從令書奏疏。"亦用作動詞,猶言上書。宋歐陽修文忠集六六上范司諫書:"當(唐)德宗時,可謂多事矣,……謂宜朝拜官而夕奏疏也。"

【奏凱】戰勝而奏凱歌。文苑英華一七七唐李乂奉和幸望春宮送朔方軍大總管張仁亶詩:"勿謂公孫老,行聞奏凱歸。"

【奏當】審案完畢向皇帝奏聞處罪意見。當,猶言斷。如"當族"、"當死",即斷爲族誅、死刑的意思。史記平準書:"(張)湯奏當(顏)異九卿見令不便,不入言而腹誹,論死。自是之後,有腹誹之法,而公卿大夫多諂諛取容矣。"漢書五一路温舒傳:"温舒上書,言宜尚德緩刑,其辭曰:'……上奏畏卻,則鍛練而周内之,蓋奏當之成,雖咎繇聽之,猶以爲死有餘辜。"注:"當,謂處其罪也。"

【奏摺】君主時代官吏上書皇帝叫奏,其文件叫奏摺,因用摺本繕寫,故名。明制,奏摺有題本和奏本之分。題本用於公事,用印;奏本用於私事,不用印。皆經通政司轉内閣入奏。清雍正三年廢奏本而概用題本。奏摺頁數、行數、每行字數,皆有固定格式。參閲清會典事例十三進本、六部成語註解奏摺夾片。

【奏對】臣僚當面回答君主提出的問題。舊唐書一四八權德輿傳:"臣每於延英奏對,退思陛下求理之言,生逢盛明,感涕自賀。"宋史哲宗紀一元祐五年:"癸丑,詔講讀官御經筵,退留二員奏對邇英閣。"

【奏銷】清制,各省每年將錢糧徵收解撥的實數報部奏聞,叫奏銷。清文獻通考二田賦二田賦之制:"(康熙)十八年,令州縣日收錢糧流水簿,於歲底同奏銷文册,齎司磨對。"

【奏牘】書寫奏記的木簡。漢王充論衡量知:"斷木爲槧,析之爲版,力加括削,乃成奏牘。"

【奏議】官吏向皇帝上書陳事,條議是非。漢書成帝紀贊:"公卿稱職,奏議可述。"文選南朝梁任彦昇(昉)王文憲集序:"奏議符策,文辭表記。"後成爲文體的一種。如唐有陸宣公奏議,清姚鼐古文辭類纂有奏議類。

奎 kuí ㄎㄨㄟˊ 苦圭切,平,齊韻,溪。

㊀胯。廣雅釋言:"胯,奎也。"參見"奎蹏"。㊁星名。詳"奎宿"。

【奎宿】星名。二十八宿之一,白虎七宿的首宿,有星十六顆。以形似胯而得名。初學記二一孝經援神契:"奎主文章。……宋均注曰:奎星屈曲相鈎,似文字之畫。"故後來言文章、文運者,多用"奎"字。如稱祕書監爲奎府,皇帝所寫的字爲奎書。俗訛作"魁"。

【奎章】㊀皇帝的手筆。宋岳珂桯史一王義豐詩:"山南有萬杉寺,本仁皇所建,奎章在焉。"㊁所謂神仙的手筆。明李昌祺剪燈餘話幔亭遇仙録:"奎章已拜看雲賜,真境空餘煮雪房。"

【奎踽】猶言開步。文選漢張平子(衡)西京賦:"袒裼戟手,奎踽盤桓。"注:"奎踽,開足也。"奎,也作"跬"。

【奎蹏】奎,兩股之間。蹏,同"蹄"。喻狹小之境。莊子徐无鬼:"濡需者,豕蝨是也。擇疏鬣,自以爲廣宮大囿;奎蹏曲隈,乳間股脚,自以爲安室利處。"宋黄庭堅山谷外集六二十八宿歌贈别无咎詩:"奎蹏曲隈取脂澤,婁豬艾豭彼何擇。"

奔 1. bēn ㄅㄣ 博昆切,平,魂韻,幫。
甫悶切,去,慁韻,幫。

亦作"犇"。㊀急走。詩周頌清廟:"駿奔走在廟。"㊁逃亡。左傳僖五年:"晉滅虢,虢公醜奔京師。"㊂古指女子不經媒妁而私與男子結合。周禮地官媒氏:"中春之月,令會男女。於是時也,奔者不禁。"國語周上"恭王遊於涇上,密康公從,有三女奔之"注:"奔,不由媒氏也。"㊃通"賁"。見"奔奔"。㊄姓。見宋鄧名世古今姓氏書辨證七。

2. bèn ㄅㄣˋ

㊅直往,趨向。紅樓夢十五:"不一時,只見那邊兩騎馬直奔鳳姐車來。"又七六:"雖是我們年輕,已經是二十來年的夫妻,也奔四十歲的人了。"

【奔牛】㊀戰國時燕攻齊,圍即墨。齊將田單用牛千餘頭,灌油脂束於牛尾燃之,牛驚,突奔燕軍,燕軍大潰。見史記八二田單傳。文選三國魏陳孔璋(琳)爲曹洪與魏文帝書:"據八陣之列,騁奔牛之權。"即用此典。㊁鎮名。在江蘇武進縣西。一名奔牛塘,又名奔牛堰。傳説茅山曾出金牛,奔至此,故名。見讀史方輿紀要二五常州府。

【奔月】古代神話。后羿的妻子姮娥,偷吃了羿的長生不老之藥,奔入月中,變爲蟾蜍。見淮南子覽冥、後漢書天文志上引張衡靈憲。詳"嫦娥"。

【奔北】臨陣脱逃。書甘誓"弗用命,戮于社"漢孔安國傳:"不用命奔北者,則戮之於社主前。"唐孔穎達疏:"奔北,謂背陳走也。"漢書七六王尊傳:"厲奔北之吏,起沮傷之氣。"

【奔忙】奔走忙碌。唐白居易長慶集六七春日題乾元寺上方最高峰亭詩:"始知天造空閑境,不爲奔忙富貴人。"

【奔走】㊀急走,爲某事而奔忙。書酒誥:"奔走事厥考厥長。"楚辭屈原離騷:"忽奔走以先後兮,及前王之踵武。"引申爲幫忙,出力。後漢書六七何顒傳:"袁紹慕之,私與往來,結爲奔走之友。"㊁役使,驅使。國語魯下:"士有陪乘,告奔走也。"注:"奔走,使令也。"

【奔波】㊀奔騰的波浪。水經注四十漸江水:"濤流驚急,奔波聒天。"㊁勞碌奔走。漢仲長統昌言下:"救患赴急,跋涉奔波者,憂樂之盡也。"南史梁宗室蕭勵傳:"勵乃奔波,屈於江夏。"

【奔放】疾馳。後漢書八十下禰衡傳:"飛兔、騕褭,絶足奔放,良、樂之所急。"飛兔、騕褭,古駿馬名。良,王良;樂,伯樂;古善御者。亦以喻氣勢雄偉,不可羈束。文選晉陸士衡(機)文賦:"或奔放以諧和,務嘈囋而妖冶。"此指文章。唐韓愈昌黎集二岳陽樓别竇司直詩:"南匯羣崖水,北注何奔放。"此指河流。

【奔命】㊀奔走應命。左傳成七年:"巫臣自晉遺二子(子重、子反)書,曰:'爾以讒慝貪惏事君,而多殺不辜,余必使爾罷於奔命以死!'"又:"子重子反於是乎一歲七奔命。"㊁古軍隊名。後漢書光武紀上:"所過發奔命兵,移檄邊部,共擊邯鄲。"注:"舊時郡國,皆有材官騎士,若有急難,權取驍勇者,聞命奔赴,故謂之奔命。"也作"犇命"。漢書昭帝紀始元元年:"遣水衡都尉吕破胡募吏民,乃發犍爲蜀郡犇命擊益州。"

【奔突】奔馳衝突。文選漢班孟堅(固)西都賦:"窮虎奔突,狂兕觸蹷。"後漢書三八楊琁傳:"琁乃特制馬車數十乘,以排囊盛石灰於車上,繫布索於馬尾,……乃令馬車居前,順風鼓灰,賊不得視,因以火燒布,〔布〕然馬驚,奔突賊陣。"

【奔奏】奔走傳喻。詩大雅緜:"予曰有奔奏,予曰有禦侮。"傳:"喻德宣譽曰奔奏。"箋:"奔奏,使人歸趨之。"釋文:"奏,如字。本又作走。"傳以奏爲告語之義。箋取趨附之義,本三家詩"奔走"之説。參閲清馬瑞辰毛詩傳箋通釋二四。

【奔奔】 形容鳥類雌雄相隨。詩鄘風鶉之奔奔:"鶉之奔奔,鵲之彊彊"箋:"奔奔、彊彊,言其居有常匹,飛則相隨之貌。"左傳襄二七年、禮表記、呂氏春秋壹行注引詩經都作"賁賁"。

【奔星】 流星。爾雅釋天:"彗星爲欃槍,奔星爲彴約。"史記一一七司馬相如傳上林賦:"奔星更於閨闥,宛虹拖於楯軒。"

【奔迫】 急促,緊迫。唐李白李太白詩十三淮南卧病書懷寄蜀中趙徵君蕤:"功業莫從就,歲光屢奔迫。"

【奔流】 水流迅急。唐李白李太白詩三將進酒:"君不見黄河之水天上來,奔流到海不復回。"

【奔蛇】 ㊀傳説中能騰雲駕霧的蛇。又叫騰蛇、螣蛇。淮南子覽冥:"前白螭,後奔蛇。"注:"奔蛇,騰蛇也。"參見"騰蛇"、"螣蛇"。㊁形容起伏蜿蜒。全唐詩六二杜審言度石門山:"泥擁奔蛇徑,雲埋伏獸叢。"

【奔豚】 病名。金匱要略方論上奔㹠氣病脈證治八:"奔豚,病從小腹起,上衝咽喉,發作欲死,復還止。皆從驚恐得之。"因其病小腹脹滿,有氣上衝,如豕之奔突,故名。

【奔湊】 聚集,趨附。文選晉陸士衡(機)挽歌:"周親咸奔湊,友朋自遠來。"後漢書二四馬援傳附馬防:"賓客奔湊,四方畢至。"也作"奔輳"。尚書大傳殷傳:"周文王胥附奔輳,先後禦侮,謂之四隣。"

【奔喪】 從外地趕回服喪。左傳襄十五年:"鄭公孫夏如晉奔喪。"禮記有奔喪篇,孔穎達疏引鄭玄目録:"名曰奔喪者,以其居他國,聞喪奔歸之禮。"

【奔逸】 快跑。莊子田子方:"夫子奔逸絶塵,而回瞠若乎後矣。"也作"奔軼"。唐柳宗元柳先生集六曹溪第六祖賜謚大鑒禪師碑:"生而性善,在物而具。荒流奔軼,乃萬其趣。"

【奔電】 駿馬名。晉崔豹古今注中:"秦始皇有名馬七:……四曰犇電。"犇,同"奔"。北周庾信庾子山集一三月三日華林園馬射賦:"尚帶流星,猶乘奔電。"

【奔蜂】 小蜂。也叫土蜂。莊子庚桑楚:"奔蜂不能化藿蠋,越雞不能伏鵠卵。"唐成玄英疏:"奔蜂,細腰土蜂也。"

【奔潰】 敗不成軍。晉書劉元海載記:"(成都王司馬)穎敗,挾太子南奔洛陽,元海(劉淵)曰:'穎不用吾言,逆自奔潰,真奴才也!'"

【奔播】 流亡轉徙。抱朴子金丹:"往者上國喪亂,莫不奔播四出。"文選晉干令升(寶)晉紀總論:"愍帝奔播之後,徒厠其虚名。"

【奔踶】 奔馳。漢書武帝紀元封五年詔:"蓋有非常之功,必待非常之人,故馬或奔踶而致千里,士或有負俗之累而立功名。"注:"奔,走也;踶,蹈也。奔踶者,乘之即奔,立則踶人也。"按:踶亦奔,顔師古以奔、踶爲二事,非是。參閲王先謙補注。

【奔競】 奔走競爭。多指追求名利。文選晉干令升(寶)晉紀總論:"悠悠風塵,皆奔競之士;列官千百,無讓賢之舉。"

【奔騰】 飛奔騰躍。後漢書和帝紀元興元年:"舊南海獻龍眼、荔枝,十里一置,五里一候,奔騰阻險,死者繼路。"

【奔觸】 猶言奔突。文選漢張平子(衡)西京賦:"百禽㥄遽,騤瞿奔觸。"

【奔屬】 追隨,緊跟。楚辭屈原離騷:"前望舒使先驅兮,後飛廉使奔屬。"

奓

1\. zhā ㄓㄚ 陟加切,平,麻韻,知。陟駕切,去,禡韻,知。

㊀開,張開。莊子知北遊:"神農隱几闔户晝瞑,婀荷甘日中奓户而入。"釋文:"奓,郭(象)處野反。又音者。徐(邈)都嫁反。又處夜反。司馬彪云:開也。"

2\. shē ㄕㄜ

㊁"奢"字的籀文。見説文。

3\. chǐ ㄔ

㊂大,過分。通"侈"。文選漢張平子(衡)西京賦:"有憑虚公子者,心奓體忲。"注引聲類:"奓,侈字也。昌氏切。"又三國魏陳孔璋(琳)爲曹洪與魏文帝書:"前初破賊,情奓意奢者,説事頗過其實。"

【奓₃言】 大話,空話。新唐書一五七陸贄傳:"聖人不忽細微,不侮鰥寡,奓言無驗不必用,質言當理不必違。"

【奓₃闊】 遼闊。晉書成公綏傳天地賦:"何陰陽之難測,偉二儀之奓闊。"

【奓₃靡】 奢侈淫靡。文選漢張平子(衡)西京賦:"攢珍寶之玩好,紛瑰麗以奓靡。"薛綜注:"奓靡,奢放也。"

奐

huàn ㄏㄨㄢ 火貫切,去,换韻,曉。

㊀衆多,盛大。禮檀弓下:"美哉輪焉,美哉奐焉。"注:"奐,言衆多。"疏:"奐,謂其室奐爛衆多也。既高又多文飾,故重美之。"漢書七三韋賢傳附韋玄成自劾詩:"既耇致位,惟懿惟奐。"注:"奐,盛也。"㊁散貌。同"涣"。見"伴₂奐"、"奐衍"。㊂姓。明有奐忠。見續通志八七氏族七補遺。

【奐奐】 光輝煥發貌。全唐詩七六八丘光庭補新宫:"奐奐新宫,禮樂其融。"

【奐衍】 燦然陳列貌。文選三國魏嵇叔夜(康)琴賦:"叢集累積,奐衍於其側。"注引蒼頡篇:"奐,散貌;衍,溢也。"

契

1\. qì ㄑㄧ 苦計切,去,霽韻,溪。

㊀古代在龜甲、獸骨上灼刻文字和灼刻文字用的刀具,皆稱契。詩大雅緜:"爰始爰謀,爰契我龜。"指灼刻。周禮春官菙氏:"菙氏掌共燋契。"注:"契,謂契龜之鑿也。"近代稱甲骨文(卜辭)爲"契"、"契文"、"殷契"。又通"栔"、"鍥"。也讀qiè。指刀割、刀刻。淮南子齊俗:"故胡人彈骨,越人契骨,中國歃血也。"參閲清汪中經義知新記。㊁契約,文卷。古代把合同、總賬、案卷、具結,都稱作契。左傳襄十年:"使王叔氏與伯輿合要,王叔氏不能與其契。"周禮天官小宰:"以官府之八成經邦治,……六曰聽取予以書契。"注:"書契,謂出予受入之凡要。凡簿書之最目、獄訟之要辭,皆曰契。"契分兩半,雙方各拿一半作爲憑證。禮曲禮上:"獻粟者執右契。"疏:"契謂兩書一札,同而別之。"後單稱買賣的文卷爲契。㊂投合。藝文類聚二六三國魏曹植玄暢賦:"上同契於稷、离,降合穎於伊、望。"㊃見"契契"。㊄見"契丹"。

2\. xiè ㄒㄧㄝ 私列切,入,薛韻,心。

㊅人名。傳説中商族始祖帝嚳的兒子,虞舜之臣,其母簡狄吞玄鳥卵而生。舜時助禹治水有功,任爲司徒。賜姓子氏,封於商。見史記殷本紀。契,説文作"偰"。又作"离"。

3\. qiè ㄑㄧㄝ 苦結切,入,屑韻,溪。

㊆見"契₃闊"。

【契刀】 錢名。漢王莽攝政時變漢制所造,其環如大錢,身形如刀,長二寸,文爲"契刀五百"。見漢書食貨志下。契,本作"栔"。

契刀

【契文】 即甲骨文。因以契刀刻於龜甲或牛骨上,故亦謂之契文。孫詒讓據劉鶚鐵雲藏龜著録甲骨撰契文舉例二卷,爲我國第一部考釋甲骨文的專著。

【契分】 投合無間的情分。五代王定保唐摭言四師友:"貞元十三年,李摯以大宏詞振名，與李敏同姓、同年、同登第、又同甲子、又同門。摯嘗答行敏詩曰：'因緣三紀異，契分四般同。'"宋呂南公灌園集五重遊松溪偶題八句示升卿詩："雲山契分輸今日，香火因緣歎夙期。"

【契丹】我國古民族名。爲東胡族的一支，居今遼河上游西拉木倫河一帶，以遊牧爲生。北魏時自號契丹，分屬八部。唐於此置松漠都督府，以契丹首領爲都督。唐末耶律阿保機統一各部，於公元916年建契丹國，自稱皇帝。後改國號爲遼。遼史記述了遼以前契丹族的歷史。

【契合】融洽，相符。宋朱熹朱文公集四八答呂子約書："詩説鄙意雖未必是，然看子約議論如此，自是無緣得契合。"

【契苾】古代民族名。敕勒（即鐵勒）諸部之一。新唐書二一七下回鶻傳："契苾亦曰契苾羽，在焉耆西北鷹娑川，多覽葛之南。"其後以部爲姓。新唐書一一〇諸夷蕃將傳有契苾何力及其子契苾明。

【契契】憂苦貌。詩小雅大東："契契寤歎，哀我憚人。"楚辭漢劉向九歎惜賢："孰契契而委棟兮，日晻晻而下頹。"注："契契，憂貌也。"

【契重】投合珍重。元王沂伊濱集七壽胡琴所並酬春日見寄時寓居王宅詩之一："絶俗調高聞白雪，結交契重見金蘭。"

【契約】雙方或多方同意訂立的條款、文書。魏書鹿悆傳："還軍，於路與梁話誓盟。契約既固，未旬，(蕭)綜果降。"宋司馬光涑水紀聞九："武寧節度使王德用自陳所置馬得於馬商陳貴，契約具在。"

【契骨】部族名。古名堅昆。北史突厥傳："其一，國於阿輔水劍水之間，號爲契骨。"詳"堅昆㊀"。

【契勘】宋公文書用語，查考，審核。宋朱熹朱文公集十四延和奏劄二貼黄："臣契勘縣獄，止是知縣獨員推鞫。"也泛用爲考定的意思。又五四答周叔謹書："所示仁説，差勝往時，但所引熹説，亦有誤字處，恐又錯認了，更略契勘爲佳。"

【契需】馬行不利。周禮考工記輈人："行數千里，馬不契需。"參閱孫詒讓周禮正義七七。

【契箭】作符契用的弓箭。舊唐書八四裴行儉傳："是日，傳其(都支)契箭，諸部酋長，悉來請命。"

【契闊】㊀離合，聚散。偏指離散。詩邶風擊鼓："死生契闊，與子成説。"文選晉陸士衡(機)吴王郎中時從梁陳作詩："誰謂伏事淺，契闊踰三年。"參閱清馬瑞辰毛詩傳箋通釋四擊鼓。㊁要約，死生相約。玉臺新詠一漢繁欽定情詩："何以致契闊，繞腕雙跳脱。"文選魏武帝(曹操)短歌行："越陌度阡，枉用相存。契闊談讌，心念舊恩。"參閱清陳喬樅韓詩遺説考二死生契闊。

【契繻】用布帛製成的憑證。宋蘇軾分類東坡詩八愛玉女洞中水……因破竹爲契……戲謂之調水符："欺謾久成俗，關市有契繻。"

【契苾兒】歌名。新唐書五行志二詩妖："垂拱後，東都有契苾兒歌，皆淫豔之詞。契苾，張易之小字也。"

【契丹國志】宋葉隆禮撰。二十七卷。輯存有關契丹的散佚史料，可補正遼史的部分缺誤。然其書係雜採諸書所記而成，舛誤亦多。

【契舟求劍】見"刻舟求劍"。

七畫

套 tào 集韻叨号切，去，号韻。
ㄊㄠˋ

㊀罩在外面或罩在外面的東西都叫套。如筆套、手套。清翟灝通俗編二六器用："凡物有所冒，悉謂之套。"又曰："惟宋史輿服志言金輅有金鍍銅套筒。"㊁地之彎曲處。如河水彎曲處稱河套。集韻八号："套，地曲。後唐與梁人戰於胡盧套。"㊂成規，俗套。昭代經濟言九楊繼盛乞誅奸險巧佞賊臣："卑污成套，牢不可破，雖英雄豪傑，亦入套中。"㊃照樣摹倣。紅樓夢十七："李太白鳳凰臺之作，全套黄鶴樓，只要套得妙。"因摹倣而落窠臼，亦稱套。紅樓夢十七："原來衆客心中早知賈政要試寶玉的才，故此只將些俗套來敷衍。"㊄量詞。元王實甫西廂記一本二折："可喜娘的龐兒淺淡妝，穿一套縞素衣裳。"

【套子】情節。明史槃鶼釵記上尤侯："我女兒小小年紀，那曉得這些套子。"

【套板】分色套印的書籍。又稱套印本。通常多爲紅黑兩色套印，稱朱墨本。也有多至四五色套印的。參見"朱墨本"。

【套料】玻璃俗稱燒料，套色玻璃稱套料。清趙之謙勇盧閒詰："套者，白受采也。先爲之質，曰地。地則玻璃、車渠、珍珠。其後尚明玻璃，微白，色若凝脂，或若霏雪，曰藕粉。套之色有紅有藍、有緑黑白。……更有兼套曰二采、三采、四采、五采，或重疊套，雕鏤皆精絶。"

【套數】㊀即套曲。連結數曲有首有尾者，成爲一組，以套計數，故稱套數。在套數内的諸曲，一般皆有順序，通押一韻。元曲分折，一折通由一調一套曲而成。㊁老一套，舊習成規。古今小説三十明悟禪師趕五戒："朝廷設醮，雖然儀文好看，都是套數。那有什麼高僧談經説法，使人傾聽。"

【套禮】舊時交際中贈送的成套禮品。自明中葉已有此俗。參閱明沈德符萬曆野獲編十交際。

奘 zàng 徂朗切，上，蕩韻，從。
ㄗㄤˋ 徂浪切，去，宕韻，從。

壯大。方言一："秦晉之間，凡人之大謂之奘，或謂之壯。"唐釋有玄奘。

奚 xī 胡雞切，平，齊韻，匣。
ㄒㄧ

㊀奴隸。通作"㜎"、"傒"。參閱郭沫若甲骨文字研究釋臣宰。㊁如何，爲何。疑問詞。墨子小取："子然，我奚獨不可以然也？"㊂民族名。東胡族。原居遼水上游，柳城西北。漢時爲匈奴所破，保烏丸山，因稱烏桓。北魏時自號庫真奚。隋唐時稱奚。唐節度使李寶臣、張孝忠、史憲誠等皆奚族。參閱新唐書二一九北狄傳。㊃姓。相傳爲夏車正奚仲之後。漢書高惠高后文功臣表有奚涓奚意。

【奚奴】周禮天官序官："酒人，……奚三百人。"注："古者從坐男女没入縣官爲奴，其少才知以爲奚。今之侍史官婢。或曰：奚，官女。"本指女奴，後通稱男女奴僕爲奚奴。新唐書二〇三李賀傳："從小奚奴背古錦囊，遇所得書投囊中。"

【奚仲】㊀夏代的車正，相傳爲初造車的人，春秋薛國的始祖。見左傳定元年、山海經海内經注引世本。㊁星名。星經下："奚仲四星，在天津北。"續古文苑三隋李播天文大象賦："天津横漢以摛光，奚仲臨津而泛影。"

【奚官】㊀官署名。南朝及隋有奚官署，掌管守宫人疾病、罪罰、喪葬等事，多以罪犯從坐的男女家屬擔任。宋書元凶劭傳："有女巫嚴道育，……夫爲劫，坐没入奚官。"唐有奚官局，屬内侍省。㊁養馬官。宋蘇軾分類東坡詩十一韓幹十四馬："老髯奚官騎且顧，前身作馬通馬語。"

【奚兒】古代對北方少數民族的稱呼。猶言胡兒。唐杜甫杜工部草堂詩箋九悲青坂："黄頭奚兒日向西，數騎彎弓敢馳突。"

【奚若】何如。莊子徐无鬼："子綦瞿然喜曰：'奚若？'"禮檀弓下："天久不雨，吾欲暴尫而奚若？"

【奚啻】何止，豈但。吕氏春秋當務："跖之徒問于跖曰：'盜有道乎？'跖曰：'奚啻其有道也。'"也作"奚翅"。孟子告子下："取食之重者，與禮之輕者而比之，奚翅食重。"

【奚琴】絃索樂器。刳桐木爲琴體，二弦，在木桿上繫馬尾爲弓，拉弦發聲。宋歐陽修文忠集五四有試院聞奚琴作詩。參閱文獻通考一三七樂十奚琴。

奚 琴

【奚斯】春秋魯公子魚的字。詩魯頌閟宮："新廟奕奕，奚斯所作。"文選漢班孟堅(固)兩都賦序："故皋陶歌虞，奚斯頌魯。"

【奚距】何曾。韓非子難四："燕噲雖舉所賢，而同於用所愛，衛奚距然哉？"也作"奚遽"。韓非子難二："已得仲父之後，桓公奚遽易哉？"

【奚結】唐敕勒族諸部之一。新唐書二一七上回鶻傳："奚結爲雞鹿州，思結爲蹛林州。"雞鹿州故址在今寧夏回族自治區東南境。

【奚落】譏諷嘲笑。元高明琵琶記上："輪當我打，便奚落人。"紅樓夢八："寶玉聽這話，知是黛玉借此奚落，也無回復之詞，只嘻嘻的笑了一陣罷了。"

【奚養】古幽州湖泊名。漢書地理志上"琅邪郡長廣"唐顏師古注："奚養澤在西。秦地圖曰：劇清地，幽州藪，有鹽官。"周禮夏官職方氏作"貕養"。故址在今山東萊陽縣東。

【奚鼐】唐易水人。長於製墨。所製墨印有"奚鼐墨"或"庚申"字樣。或謂鼐子超，渡江後，南唐賜姓李；超子廷珪，卽世稱李廷珪墨之製者。一說李廷珪、奚廷珪爲二人，奚超亦無其人。參閱元陸友墨史上、明麻三衡墨志系氏。

【奚隸】男女奴隸。周禮秋官禁暴氏："凡奚隸聚而出入者，則司牧之。"

【奚囊】唐文粹九九李商隱李賀小傳："每旦日出，與諸公游，恒從小奚奴，騎距驢，背一古破錦囊，遇有所得，卽書投囊中。"又見新唐書二〇三李賀傳。後因稱詩囊爲奚囊。宋樓鑰攻媿集七山陰道中詩："奚囊莫恠新篇少，應接山川不暇詩。"

八 畫

奢 1. shē ㄕㄜ 式車切，平，麻韻，審。

㊀奢侈，浪費。與儉相對。論語八佾："禮，與其奢也，寧儉。"㊁張大，誇大。史記一一七司馬相如傳子虛賦："奢言淫樂，而顯侈靡。"㊂過分。如奢望，奢願等。

2. shá ㄕㄚˊ

㊃姓。明萬曆年間有奢崇明。見明史三一二四川土司傳二。

【奢汰】揮霍無度。荀子仲尼："(齊桓公)閨門之內，般樂奢汰。"也作"奢泰"、"奢忲"。又王霸："齊桓公閨門之內，縣樂奢泰游抏之脩，于天下不見謂脩。"注："泰與汰同。"晉書何曾傳附何遵："性亦奢忲。"

【奢延】㊀縣名。漢置，屬上郡。晉廢。見漢書地理志下。在今內蒙古伊克昭盟烏審旗和陝西榆林縣一帶。㊁水名。水經注三河水："奢延水注之。水西出奢延縣西南赤沙阜，東北流。山海經所謂生水出孟山者也。……俗因縣土，謂之奢延水，又謂之朔方水矣。"因夾沙急流，深淺不定，故又名無定河。在今陝西榆林縣。參見"無定河㊁"。

【奢侈】揮霍浪費。國語晉八："及桓子，驕泰奢侈，貪欲無蓺。"

【奢遮】好，出色。京本通俗小說碾玉觀音："他有個花枝也似女兒，獻在一個奢遮去處。"水滸二二："柴進笑道：'大漢，你不認的這位奢遮的押司？'那漢道：'奢遮，奢遮，他敢比不得鄆城宋押司少些兒！'"

【奢龍】相傳黃帝時六相之一。管子五行："奢龍辯乎東方，故使爲土師。"注："土司，卽司空也。"北堂書鈔十一注、太平御覽七九引管子都作"蒼龍"。

【奢彌】草名。梵語。也叫賒彌，卽枸杞。葉可和飯煮吃，也可代茶用。合部金光明經六"奢彌"注："苟杞。"

【奢靡】奢侈浪費。漢書地理志下："嫁取送死奢靡。"後漢書二四馬援傳附馬廖上疏："臣按前世詔令，以百姓不足，起於世尚奢靡。"

【奢摩他】梵語。寂止。指精神集中，不爲外界擾亂。亦作三昧、三摩地。圓覺經下："以淨覺心，取靜爲行……由寂靜故，十方世界諸如來心，於中顯現，如鏡中像，此方便者，名奢摩他。"唐釋宗密略疏："此翻云止，定之異名，寂靜義也。"參見"三昧"。

奝 diāo ㄉㄧㄠ 都聊切，平，蕭韻，端。

大，多。見玉篇。

【奝然】公元？—1016年。日本東大寺和尚，宋太宗雍熙元年來華，帶來中國已失傳的孝經鄭氏注一卷、越王孝經新義一卷。雍熙三年返國，帶回蜀本大藏經五千卷及旃檀佛像等。

九 畫

奠 1. diàn ㄉㄧㄢˋ 堂練切，去，霰韻，定。

㊀設酒食以祭。詩召南采蘋："于以奠之，宗室牖下。"㊁進獻。見"奠鴈"、"奠繭"。㊂安放，安置。禮內則："奠之，而後取之。"舊禮，男女不能親手授受物品，如無盛物的器具，就先把物品放在地上，然後去取。㊃定。如奠基，奠都。書禹貢："奠高山大川。"

2. tíng ㄊㄧㄥˊ

㊄見"奠₂水"。

【奠₂水】止水，停水。周禮考工記匠人："凡行奠水，磬折以參伍。"注："鄭司農(衆)云：奠讀爲停。"

【奠枕】安枕。安定的意思。漢揚雄法言寡見："昔在姬公，用於周而四海皇皇，奠枕於京。"宋辛棄疾出知滁州，招集流散百姓，倡議屯田，建造奠枕樓。樓名卽取安定的意思。見宋史四〇一辛棄疾傳。

【奠楹】死的婉稱。唐潤州刺史王美暢妻長孫氏墓誌："聖曆元年王府君止坐挺災，奠楹俄及。"(八瓊室金石補正四九)清趙翼甌北詩鈔五言古四六哀詩故公相贈郡王傅文忠公："公竟染危疾，還朝遽奠楹。"參見"兩楹"。

【奠醊】卽奠酒。以酒灑地而祭。後漢書七六王渙傳："元興元年(渙)病卒，百姓市道，莫不咨嗟，男女老壯皆相與賦斂，致奠醊以千數。"醊，zhuì。

【奠鴈】卽獻雁。古婚禮，新郎至新娘家迎親，先進雁爲禮。儀禮士昏禮："主人升，西面；賓升，北面，奠鴈，再拜稽首。"又"下達，納采，用鴈"注："用鴈爲贄者，取其順陰陽往來。"清胡培翬儀禮正義三："用鴈者，取其隨時南北不失其節，明不奪女子之時也；又取飛成行，止成列，明嫁娶之禮，長幼有序，不相踰越也。"

【奠竁】將棺放入墓穴。周禮夏官量人："掌喪祭奠竁之俎實。"疏："竁，穿壙之名，此言奠竁，則奠入於壙。"竁，cuì。

【奠繭】古時宮中蠶繭成後，要向君主獻繭，叫作奠繭。禮玉藻："唯世婦命於奠藺。"注:"奠,猶獻也。"

奡 ào 五到切,去,号韻,疑。ㄠ

㊀傲慢。同"傲"。書益稷:"無若丹朱傲。"釋文:"五報反,字又作奡。"㊁見"排奡"。㊂人名。夏寒浞子,相傳能陸地行舟。論語憲問:"羿善射,奡盪舟。"左傳襄四年奡作澆。

【奡兀】性情孤僻。清 王士禎 古懽錄七邵潛:"性奡兀寡合。"

奊 quē ㄑㄩㄝ

同"缺"。老子:"大成若奊,其用不弊。"

奭 chuò 丑略切,入,藥韻,徹。ㄔㄨㄛˋ

獸名。説文作"龟"。山海經 中山經 綸山:"其獸多閭麈麢奭。"注:"奭,似菟而鹿脚,青色。"又:"葛山其獸多麢奭。"

十畫

奧 1. ào 烏到切,去,号韻,影。ㄠ

㊀室西南隅曰奧。古時尊長居之,亦祭神之方位。論語八佾:"與其媚於奧,寧媚於竈。"爾雅釋宮:"西南隅謂之奧。"㊁宮闈機密之處。三國志魏董昭傳:"出入往來禁奧。"㊂主,也指樞要之職。禮禮運:"人情以爲田,故人以爲奧也。"注:"奧猶主也,田無主則荒。"南齊謝朓謝宣城集三忝役湘州與宣城吏民別詩:"弱齡倦簪履,薄晚忝華奧。"㊃高深。見"奧旨"、"奧義"。㊄重濁。後漢書四十上班固傳典引:"有沈而奧,有浮而清。"注引蔡邕:"奧,濁也。"㊅積。見"奧草"。

2. yù ㄩˋ

㊆腌藏。荀子 大略:"曾子食魚,有餘,曰:'泔之。'門人曰:'泔之傷人,不如奧之。'"參閱王先謙集解。㊇暖。通"燠"。詩小雅小明:"昔我往矣,日月方奧。"㊈水邊深曲處。通"澳"、"隩"。詩衛風淇奧:"瞻彼淇奧。"傳:"奧,限也。"禮大學引作"瞻彼淇澳"。㊉見"奧$_2$李"。

【奧主】深居内室的主人,比喻國君。左傳昭十三年:"國有奧主。"疏:"奧是内之義,奧主,國内之主。"文選晉陸士衡(機)五等諸侯論:"然上非奧主,下皆市人。"唐呂延濟注:"奧,深也。言非深沈知人之主也。"

【奧旨】要旨。唐柳宗元 柳先生集 八故銀青光祿大夫……柳公行狀:"凡爲學,略章句之煩亂,採摭奧旨,以知道爲宗。"

【奧$_2$李】唐棣的別名。三國吳陸璣毛詩草木鳥獸蟲魚疏上唐棣之華:"唐棣,奧李也。一名雀梅,亦曰車下李。"通稱郁李。參見"郁李"。

【奧妙】深奧微妙。唐賈島 長江集 四寄武功姚主簿詩:"靜棊功奧妙,閑作韻清淒。"

【奧姑】契丹族風俗,凡婚燕之禮,族中推選女性尊者一人當奧而坐,主持婚禮,謂之奧姑。從者對奧姑拜而致敬,稱拜奧禮。見遼史公主表、國語解拜奧禮。

【奧祉】厚福。唐呂温 呂和叔集九 皇帝親庶政頌序:"宜八聖之重光,集百靈之奧祉。"

【奧衍】高深曲暢。新唐書 一七六 韓愈傳:"其原道、原性、師説等數十篇,皆奧衍閎深,與孟軻揚雄相表裏。"

【奧草】積草。國語周中:"民無縣耜,野無奧草。"唐柳宗元柳先生集二七永州新堂記:"有石焉,翳於奧草;有泉焉,伏於土塗。"

【奧窔】室内的深暗角落。荀子非十二子:"奧窔之間,簟席之上,斂然聖王之文章具焉。"注:"西南隅謂之奧,東南隅謂之窔,言不出室堂之内也。"窔,yào。

【奧區】㊀内地,腹地。後漢書四十上班固傳西都賦:"防禦之阻,則天下之奧區焉。"注:"奧,深也。言秦地險固,爲天下深奧之區域。"㊁深處。南朝梁劉勰文心雕龍宗經:"洞性靈之奧區,極文章之骨髓者也。"

【奧略】深遠的謀略。晉書劉弘傳:"詔曰:'將軍文武兼資,……其恢宏奧略,鎮綏南海,以副推轂之望焉。'"

【奧渫】幽暗污濁。漢書 六四下 王褒傳聖主得賢臣頌:"去卑辱奧渫而升本朝,離疏釋蹻而享膏粱。"注引張晏:"奧,幽也;渫,狎也,汙也。"清王念孫廣雅疏證三上釋詁:"案奧者,濁也;渫,污也。言去卑辱污濁之中,而升於朝廷也。"

【奧博】富裕。文選晉陸士衡(機) 君子有所思行:"善哉膏梁士,營生奧且博。"北齊顏之推顏氏家訓治家:"南陽有人,爲生奧博,性殊儉吝。"後也指學問精深淵博。

【奧援】有大力者的援助,得力的靠山。宋蔡絛鐵圍山叢談三:"(王)黼始因何丞相執中進,後改事鄭丞相居中。然黼恃奧援,父事宦者梁師成,蓋已不能遏。"

【奧義】高深的含義。漢孔安國尚書序:"雅誥奧義,其歸一揆。"宋史四三四蔡元定傳:"遂與對榻講論諸經奧義,每至夜分。"

【奧學】㊀高深的學問。唐岑參岑嘉州詩一入劍門作寄杜楊二郎中……:"高文出詩騷,奧學窮討賾。"㊁學問高深的人。舊唐書一七三鄭覃傳:"經籍訛謬,博士相沿,難以改正,請召宿儒奧學,校定六籍。"

【奧藏】幽深之地。韓詩外傳二:"孔子曰:'闔其門,不入其中,安知其奧藏之所在乎?'"

【奧賾】深祕的含蘊。陳書袁憲傳:"會(周)弘正將登講座,弟子畢集,乃延憲入室,……時謝岐何妥在坐,弘正謂曰:'二賢雖窮奧賾,得無憚此後生耶!'"

十一畫

奫 yūn 於倫切,平,真韻,影。ㄩㄣ

㊀深淵,泉水。宋晁補之雞肋集五謁岱祠即事詩:"又怪玉女井,高絶何由奫。"㊁見下各條。

【奫淪】水波深廣貌。唐柳宗元柳先生集十八招海賈文:"其外大泊泙奫淪,終古迴薄旋天垠。"注:"水深廣貌。"白居易長慶集三昆明春水滿詩:"影浸南山青滉瀁,波沉西日紅奫淪。"

【奫奫】水波深廣貌。唐元結元次山集一樂歌九淵:"聖德至深兮,奫奫如淵。"

【奫潫】水波迴旋貌。文選晉左太沖(思)吳都賦:"泓澄奫潫澒溶沆瀁。"注:"奫潫,迴復之貌。"

奩 lián ㄌㄧㄢˊ

本作"籢",也作"匳"、"匲"。㊀古代婦女梳妝用的鏡匣。後漢書光烈陰皇后紀:"(帝)從席前伏御牀,視太后鏡奩中物,感動悲涕,令易脂澤裝具。"㊁盛物之器。南史王彧傳:"方與客棊,思行爭劫竟,斂子内奩畢。"指盛棋子的小盒。㊂量詞。太平御覽九六六三國吳謝承後漢書:"沔陽令嘗餉一奩甘(柑)。"

【奩軸】盛書畫的匣子和卷書畫的軸。新唐書一七九王涯傳:"前世名書畫,嘗以厚貨鉤致,……至是爲人破垣,剔取奩軸金玉,而棄其書畫於道。"

【奩幣】陪嫁的財物。宋釋文瑩湘山野錄下:"及笄,擇一壻,亦頗良,具奩幣歸之。"

奪 duó 徒活切,入,末韻,定。ㄉㄨㄛˊ

㊀强取。詩大雅瞻卬:"人有民人,女覆奪之。"㊁剝奪,削去權力。左傳桓五年:

"王奪鄭伯政，鄭伯不朝。"㊂失誤，漏去。荀子富國："罕興力役，無奪農時，如是則國富矣。"文字有脫漏也叫奪，如"訛奪"。㊃亂。書舜典："八音克諧，無相奪倫。"㊄決定去取。如"裁奪"、"定奪"。明周祈名義考七仰駁票奪："今行移家以行下爲仰，……詳定爲奪。"

【奪目】耀眼。晉崔豹古今注下草木："荆葵……似木槿而光色奪目。"玉臺新詠八聞人蒨春日詩："林有驚心鳥，園多奪目花。"

【奪朱】論語陽貨："惡紫之奪朱也，惡鄭聲之亂雅樂也。"朱是正色，紫是閒色。後來用以譬喻不正派的排擠正派。唐柳宗元柳先生集三一與友人論爲文書："而爲文之士亦多漁獵前作，戕賊文字，抉其意，抽其華，置齒牙間，遇事蠭起，金聲玉耀，誑聾瞽之人，徼一時之聲，雖終淪棄，而其奪朱亂雅，爲害已甚。"

【奪志】迫使改變本志。論語子罕："三軍可奪帥也，匹夫不可奪志也。"

【奪宗】古代宗法，宗子爲諸侯，卽失去宗子的權利，稱奪宗。漢書六七梅福傳："聖庶奪適，諸侯奪宗。"注："如淳曰：'奪宗，始封之君，尊爲諸侯，則奪其舊爲宗子之事也。'"後來泛稱爭奪繼承之權爲奪宗。三國志魏賈詡傳："是時文帝爲五官將，而臨菑侯植才名方盛，各有黨與，有奪宗之議。"

【奪門】明正統十四年，英宗北擊瓦剌，兵敗被俘，諸臣立郕王，爲景帝。後與瓦剌議和，英宗返回京師，居南宮，不許朝謁。景泰八年，石亨徐有貞等率兵破牆奪門入南宮，迎英宗復位，廢景帝。改景泰八年爲天順元年。舊史稱這次政變爲奪門之役。見明史英宗后紀。明詩別裁九朱國祚西山謁景皇帝陵："北狩專馳通問使，南還偏賞奪門功。"

【奪舍】道家指奪占新死者的軀殼而借以再生。卽舊時迷信所謂借屍還魂。參閱元周密癸辛雜識別集下、清俞樾茶香室三鈔二十假尸還魂。

【奪席】奪取他人的坐席。後漢書七九戴憑傳："戴憑，字次仲，習京房易。……正旦朝賀，百僚畢會，(光武)帝令羣臣能說經者更相難詰，義有不通，輒奪其席，以益通者。憑遂重坐五十餘席。故京師爲之語曰：'解經不窮戴侍中。'"後稱議論過人，使他人相形見絀爲奪席。續傳燈錄二二德洪禪師："與士大夫遊，議論衮衮，雖稠人廣坐，至必奪席。"

【奪氣】懾於聲威，喪失膽氣。三國志魏張遼傳："明日大戰，……自旦戰至日中，吳人奪氣。"梁書曹景宗傳："景宗等器甲精新，軍儀甚盛，魏人望之奪氣。"

【奪俸】官吏犯罪，罰扣薪俸。金史世宗紀："又以臺臣徇勢偷安，畏忌不敢言，奪俸一月。"

【奪倫】失其倫次。書舜典："八音克諧，無相奪倫。"注："倫，理也。八音能諧，理不錯奪。"

【奪袍】同"奪錦"。唐杜甫杜工部草堂詩箋十九寄李十二白二十韻："龍舟移棹晚，獸錦奪袍新。"參見"奪錦"。

【奪情】喪服未滿，朝廷强令出仕，稱爲奪情。周書王謙傳："朝議以謙父(雄)殞身行陣，特加殊寵，乃授謙柱國大將軍。以情禮未終，固辭不拜，高祖手詔奪情，襲爵庸公。"

【奪移】奪此移彼。後漢書孝獻帝紀論："傳稱鼎之爲器，雖小而重，故神之所寶，不可奪移。"文選晉曹顏遠(攄)感舊詩："廉藺門易軌，田竇相奪移。"

【奪嫡】以庶子奪嫡子的地位。封建時代，凡以庶子嗣位而廢嫡子，都稱奪嫡。晉書王導傳："初，帝愛琅邪王裒，將有奪嫡之議。"漢書六七梅福傳上書："諸侯奪宗，聖庶奪適。"注："文王舍伯邑考而立武王是也。……適，讀曰嫡。"

【奪標】舊時龍舟競渡，優勝者奪得錦標。也借以比喻科舉考試得元。唐盧肇狀元及第後返里，觀競渡，卽席作詩云："向道是龍剛不信，果然奪得錦標歸。"見五代王定保唐摭言三、宋計有功唐詩紀事五五盧肇。又泛指占得先位。宋袁說友東塘集四誠齋指簷頭雪爲詩材詩之一："誰憐梅蕊猶含玉，天遣楊花爲奪標。"

【奪魄】猶言驚心動魄。唐宋之問集上嵩山天門歌："晚陰兮足風，夕陽兮赩紅。試一望兮奪魄，況衆妙之無窮。"

【奪錦】新唐書二〇二宋之問傳："武后遊洛南龍門，詔從臣賦詩。左史東方虬詩先成，后賜錦袍。之問俄頃獻，后覽之嗟賞，更奪袍以賜。"後因稱出人之才爲奪錦才。明高啟高太史集十二謝賜衣詩："被澤徒深厚，慙無奪錦才。"

【奪胎換骨】道家語。謂奪別人的胎而轉生，換去俗骨而成仙骨。後用以比喻師法前人而不露痕迹，並能創新。宋釋惠洪冷齋夜話一換骨奪胎法："山谷云：詩意無窮，而人之才有限，……然不易其意而造其語，謂之換骨法；窺入其意而形容之，謂之奪胎法。"宋陳善捫蝨新話二文章有奪胎換骨法："文章雖要不蹈襲古人一言一句，然古人自有奪胎換骨等法，所謂靈丹一粒，點鐵成金也。"宋周必大益公題跋十跋初寮先生帖："當政宣間禁切蘇學，一涉近似，旋坐廢錮，而先生以奪胎換骨之手，揮毫禁林，初無疑者。"

獎 jiǎng 卽兩切，上，養韻，精。ㄐㄧㄤˇ

㊀勸勉。左傳昭二二年："無亢不衷，以獎亂人。"方言六："自關而西，秦晉之間，相勸曰聳，或曰獎。"㊁輔助。左傳僖二八年："癸亥，王子虎盟諸侯于王庭，要言曰：'皆獎王室，無相害也。'"㊂讚美。唐杜甫杜工部草堂詩箋二四八哀詩故著作郎貶台州司户滎陽鄭公虔："詞場竟疎闊，平昔濫吹獎。"

【獎拔】獎勵提拔。後漢書六八郭太傳："其獎拔士人，皆如所鑒。"

【獎挹】讚賞推重。新唐書二〇三李頻傳："給事中姚合名爲詩，士多歸重，頻走千里丐其品，合大加獎挹，以女妻之。"也作"獎掖"。清江藩國朝漢學師承記七程晉芳："縱論時事，則掀髯大笑，少所容貸；至於獎掖後進，則有譽無否也。"

【獎借】勉勵推重。宋司馬光司馬公集六三答彭寂朝議書："辱書獎借太過，期待太厚，且愧且懼！"

【獎進】獎勵引進。後漢書七十孔融傳："薦達賢士，多所獎進。"

【獎飾】稱譽，讚美。三國志魏曹爽傳注引魏書上表："先帝以臣肺腑遺緒，獎飾拔擢，典兵禁省。"

【獎厲】獎許勉勵。厲，也作"勵"。漢書哀帝紀："立楚孝王孫景爲定陶王，奉恭王祀，所以獎厲太子，專爲後之誼。"也作"獎勵"。三國志吳孫權傳"并獻方物"注引吳書："攬延英俊，獎勵將士，則天下可圖矣。"

十二畫

奭 shì 施隻切，入，昔韻，審。ㄕˋ

㊀盛貌。說文："奭，盛也。"爾雅釋訓"赫赫"釋文："郭(璞)音釋。舍人本作奭，失石反。"商君書墾令："民不能喜酣奭，則農不慢。"㊁無礙。莊子秋水："奭然四解。"㊂赤色。通"赩"。詩小雅采芑："路車有奭。"㊃惱怒。通"螫"。漢書五二竇嬰傳："有如兩宮奭將軍，則妻子無類矣。"注："奭，怒貌也。音赫。"史記一〇七竇嬰傳作"螫"。㊄姓。傳爲召公奭的後裔。見元和姓纂十昔。

十三畫

奯 huò 呼括切，入，末韻，曉。ㄏㄨㄛˋ

㊀大孔。說文：「奯，空大也。」唐慧琳一切經音義二十八維摩詰經上豁然：「古文奯、眓二形同。」㊁大眼睛。路史後記一太昊：「太昊伏戲氏……山準日角，奯目珠衡。」亦作動詞，張大眼睛。元包經仲陽豐：「界元斡，睛之奯。」傳：「睛之奯，目之動也。」

奮 fèn 方問切，去，問韻，非。ㄈㄣˋ

㊀鳥張開翅膀。詩邶風柏舟：「靜言思之，不能奮飛。」淮南子時則：「鳴鳩奮其羽。」㊁猛然用力。爾雅釋畜：「絕有力，奮。」注：「諸物有氣力多者，無不健自奮迅。」㊂發揚，振作。詩大雅常武：「王奮厥武，如震如怒。」文選漢賈誼過秦論：「及至始皇，奮六世之餘烈，執敲朴以鞭笞天下。」㊃震動。易豫：「雷出地奮。」㊄憤激。史記高祖紀：「當是時，秦兵彊，常乘勝逐北，諸將莫利先入關。獨項羽怨秦破項梁軍，奮，願與沛公西入關。」索隱引韋昭云：「奮，憤激也。」

【奮末】鼓起四肢的力氣。禮樂記「粗厲、猛起、奮末、廣賁之音作，而民剛毅。」注：「奮末，動使四支也。」

【奮迅】精神振奮，行動迅速。文選漢揚子雲（雄）劇秦美新：「會漢祖龍騰豐沛，奮迅宛葉。」楚辭漢王逸九思遭厄：「起奮迅兮奔走，違羣小兮謑訽。」

【奮軋】草木萌生。漢書律曆志上：「奮軋于乙。」乙，像草木初生時彎曲的形狀。

【奮矜】驕誇。荀子正名：「有兼聽之明，而無奮矜之容。」

【奮勇】鼓起勇氣。隋書史祥傳：「帝降手詔曰：『昔歲勞公問罪河朔，……公竭誠奮勇，一舉剋定。』」

【奮飛】鳥振翼高飛，比喻人的奮發有爲。詩邶風柏舟：「靜言思之，不能奮飛。」傳：「不能如鳥奮翼而飛去。」唐張說張說之集十七撥川郡王碑：「奮飛橫絕，摶空直上。」

【奮信】振起。信，通「伸」。管子勢：「大周之先，可以奮信。」

【奮袂】揮動衣袖。激動的神態。淮南子主術：「楚莊王傷文無畏之死於宋也，奮袂而起，衣冠相連於道，遂成軍宋城之下，權柄重也。」

【奮翅】振翼而飛，比喻振作有爲。漢焦延壽易林三損之觀：「奮翅鼓翼，翱翔外國。」

【奮褎】揮動衣袖，激動的神態。後漢書六八符融傳：「融幅巾奮褎，談辭如雲，（李）膺每捧手歎息。」注：「褎，古袖字。」參見「奮袂」。

【奮庸】發揚光大已有的事功。庸，功勞。書舜典：「咨四岳，有能奮庸熙帝之載，使宅百揆，亮采惠疇。」傳：「奮，起；庸，功；載，事也。訪羣臣有能起發其功，廣堯之事者。」晉書束皙傳玄居釋：「稷契奮庸以宣道，巢由洗耳以避禪，同垂不朽之稱，俱入賢者之流。」

【奮湧】噴薄而出。文選晉成公子安（綏）嘯賦：「逸氣奮湧，繽紛交錯。」

【奮竦】鼓氣作勢。文選漢王子淵（褒）四子講德論：「桴鼓鏗鏘，而介士奮竦。」

【奮發】蓬勃生發。楚辭大招：「春氣奮發，萬物遽只。」漢王充論衡初稟：「勇氣奮發，性自然也。」

【奮擊】奮力擊敵。吳子勵士：「秦人興師，臨於西河。魏士聞之，不待吏令，介胄而奮擊之者以萬數。」後以稱勇於攻敵的士兵。戰國策秦一：「戰車萬乘，奮擊百萬。」

【奮臂】振臂而起。史記秦始皇紀論：「是以陳涉不用湯武之賢，不藉公侯之尊，奮臂於大澤，而天下響應者，其民危也。」

【奮辭】大言，高調。戰國策魏一：「且夫從人多奮辭而寡可信。」

【奮鬭】盡力戰鬭。宋史三六六吳璘傳附吳挺：「金人捨騎，操短兵奮鬭。」

【奮不顧身】勇往直前，不顧己身之安危。漢書六二司馬遷傳報任安書：「常思奮不顧身，以徇國家之急。」一作「奮不顧命」。文選梁任彥昇（昉）奏彈曹景宗：「故司州刺史蔡道恭率勵義勇，奮不顧命。」

𡚁 quē ㄑㄩㄝ

同「缺」。

十五畫

奰 bèi 平祕切，去，至韻，奉。ㄅㄟˋ

㊀壯大。說文：「二目爲䀠，三目爲𥇛，益大也。」㊁怒。詩大雅蕩：「內奰于中國。」傳：「奰，怒也。不醉而怒曰奰。」釋文：「皮器反，舊音備。」清俞樾謂當讀爲爂，訓充滿。見茶香室經說四內奰于國。

【奰匿】積憤而作亂。北周庾信庾子山集哀江南賦：「既奸回之奰匿，終不悅於仁人。」一本作「奰逆」。

二十畫

奲 chě 昌者切，上，馬韻，穿。ㄔㄜˇ

寬大。見廣韻。

【奲都】西夏李諒祚（毅宗）年號。公元1057—1062年。

女　部

女 1. nǚ 尼呂切，上，語韻，娘。ㄋㄩˇ

㊀女性。易序卦：「有男女，然後有夫婦。」古文對文，以已嫁者爲婦，未嫁者爲女。㊁美、柔、弱、小。見「女好」、「女牆」等。㊂星名。見「女宿」。

2. nǜ 尼據切，去，御韻，娘。ㄋㄩˋ

㊃以女嫁人。孟子萬章下：「堯之於舜也，……二女女焉。」國語越上：「請句踐女女於王，大夫女女於大夫，士女女於士。」

3. rǔ 集韻 忍與切，上，語韻。ㄖㄨˇ

㊄你。通「汝」。詩魏風碩鼠：「三歲貫女，莫我肯顧。」

【女丁】㊀成年女子。晉書李雄載記：「其賦男子歲穀三斛，女丁半之。」㊁神名，六丁之神。詳「女丁婦壬」。

【女几】山名。在河南宜陽縣。山海經中山經：「女几之山，洛水出焉，東注于江。」晉張軌隱於宜陽女几山，即此。俗名石雞山。參閱太平寰宇記補闕四壽安縣、嘉慶一統志二〇五河南府一。

【女士】具有士人操行的婦女。詩大雅既醉：「其僕維何，釐爾女士。」清俞樾謂女士即士女，倒文以協韻。見古書疑義舉例一。後用爲對婦女的敬稱。文苑英華九六五唐張說榮陽夫人鄭氏墓誌銘：「衣冠禮樂，耳目所徵，號之諸生，實爲女士。」

【女工】㊀從事手工勞動的女性。墨子辭過："女工作文采，男工作刻鏤，以爲身服。"㊁女工的工作。指紡織、刺繡、縫紝等。管子七臣七主："主好文采，則女工靡。"淮南子齊俗："錦繡纂組，害女工者也。"

【女口】㊀女人的話。漢書五行志上："劉向以爲齊桓(公)好色聽女口。"㊁婦女人口。晉書武帝紀載太康元年平吳，男、女口二百三十萬。

【女户】唐宋時家無男丁由婦女爲户主的民户。後漢書章帝紀元和二年"加賜河南女子百户牛酒"唐李賢注："此謂女户頭，即今之女户也。"宋史食貨志上六："凡無夫無子，則爲女户。"

【女水】古水名。1. 故道在今山東臨淄縣東南。水經注二六淄水："(女)水出東安平縣之蛇頭山，……或云齊桓公女冢在其上，故以名水也。"2. 即武川。在今內蒙古境。北魏皇興四年，改女水曰武川。見魏書蠕蠕傳。

【女公】夫姊。即大姑。見爾雅釋親。也稱"女妐"。禮昏義"和於室人"注："室人，謂女妐、女叔諸婦也。"

【女牛】牽牛、織女星。明黎民表瑶石山人詩稿十旅感之二："人間幻夢嗟蕉鹿，天下閒情有女牛。"清黃景仁兩當軒集一秋夕詩："羨爾女牛逢隔歲，爲誰風露立多時。"

【女主】㊀主婦。禮喪大記："其無女主，則男主拜女賓於寢門內。"㊁王后或太后。多指臨朝執政的。荀子强國："相國舍是而不爲，……則女主亂之宫，詐臣亂之朝，貪吏亂之官。"史記吕太后本紀贊："高后女主稱制。"㊂古星名。爲軒轅十七星之一。見史記天官書"軒轅，黃龍體"正義。

【女功】女工的工作。管子山國軌："宫中四榮樹，其餘曰害女功。"史記貨殖傳："於是太公勸其女功，極技巧，通魚鹽。"

【女布】精美的細布。後漢書七九王符傳潛夫論浮侈："今京師貴戚，……且其徒御僕妾，皆服文組綵牒，錦繡綺紈，葛子升越，筩中女布。"注引晉盛弘之荊州記："今永州俗猶呼貢布爲女子布也。"

【女史】㊀女官名。周禮天官、春官所屬都有女史。屬天官的，掌管王后禮儀，佐內治，爲內官；屬春官的，掌管文書，爲府史之屬。見周禮天官女史、春官序官世婦。漢書九七下外戚傳："(班倢伃)退處東宫，作賦自傷悼，其辭曰：'……陳女圖以鏡監兮，顧女史而問詩。'"後也用爲婦女的美稱。㊁古星名。晉書天文志上："柱史北一星曰女史。"

【女兄】姊。說文："姊，女兄也。"唐劉知幾史通浮詞："俾同氣女兄，摩笄引決，……焉得謂之賢哉？"指春秋晉趙襄子擊殺姊夫後，其姊悲憤用利簪自刺而死。事見戰國策燕一。

【女奴】㊀女奴隸。周禮天官冢宰"女酒三十人"漢鄭玄注："女酒，女奴曉酒者。古者從坐，男女没入縣官爲奴。"後也泛指宫人、宫女。明高啟高太史集十七宫女圖詩："女奴扶醉踏蒼苔，明月西園侍宴迴。"㊁婢女。太平廣記四九一引唐皇甫枚非煙傳："煙數以細過撻其女奴。"㊂貓的別名。見唐張泌妝樓記。

【女夷】傳說中掌春夏萬物生長之神。淮南子天文："女夷鼓歌，以司天和，以長百穀、禽鳥、草木。"

【女戎】猶言女禍。國語晉一："史蘇告大夫曰：'有男戎必有女戎。'"注："戎，兵也。女兵，言其禍猶兵也。"參見"女禍"。

【女匠】鷦鷯的別名。也作"女鴎"。方言八："桑飛，自關而東謂之工爵，或謂之過鸁，或謂之女鴎。"三國吳陸璣毛詩草木鳥獸蟲魚疏下："鴟鴞，……或曰巧婦，或曰女匠。"參見"鷦鷯"。

【女好】柔婉貌。荀子賦(蠶)："此夫身女好而頭馬首者與！"言蠶體柔婉，頭狀似馬。

【女牢】囚禁婦女的監獄。說文："埍，徒隸所居也。一曰女牢。"後也稱"女監"。

【女弟】妹。戰國策楚四："趙人李園，持其女弟，欲進之楚王。"

【女志】相傳爲有莘氏女，鯀妻，生禹。見大戴禮帝繫、漢書古今人表。吳越春秋越王無余外傳作"女嬉"。

【女巫】古代以舞接神、司占卜祈禱的女官。周禮春官女巫："掌歲時袚除釁浴，旱暵則舞雩；若王后弔，則與祝前；凡邦之大烖，歌哭而請。"後爲從事此種迷信職業的婦女之通稱。唐劉禹錫劉夢得集外集八梁國祠詩："梁國三郎威德尊，女巫簫鼓走鄉村。"

【女君】㊀主婦。儀禮喪服："妾之事女君，與婦之事舅姑等。"㊁皇后。三國志魏文德郭皇后傳"遂立爲皇后"南朝宋裴松之注引魏書："后上表謝曰：……誠不足以假充女君之盛位，處中饋之重任。"

【女伶】歌舞伎。舊題晉王嘉拾遺記五："漢武帝……自造歌曲，使女伶歌之。"

【女妐】見"女公"。

【女宗】女性模範人物。列女傳二宋鮑女宗："女宗者，宋鮑蘇之妻也。"

【女官】㊀宫中女官。周禮天官中女官有九嬪、世婦、女御、女祝、女史等。秦漢後女官名目、等級各有不同。隋唐至金有尚宫、尚儀、尚服、尚食、尚寢、尚功等。明洪武時設六局一司；永樂後，職務多移於宦官。參閱續文獻通考五六職官六女官、明沈德符萬曆野獲編補遺一宫闈。㊁女道士。即"女冠"。南史梁武帝紀下："時海中浮鵠山，……有女官道士四五百人，年並出百，但在山學道。"

【女青】植物名。1. 神農本草經三："女青，……一名雀瓢"。明李時珍本草綱目十六女青中說，藤生的似蘿藦，草生的即蛇銜根。清吳其濬植物名實圖考五，謂即救荒本草所指的地梢瓜。2. 女貞的別稱。也叫"萬年枝"、"女貞木"。本草綱目以果實紫黑的爲女貞，果實紅色的爲冬青。參閱清屈大均廣東新語二五女青。

【女表】婦女的表率。如南朝羊緝女佩任死後，鄉里稱爲女表。見南史蕭矯妻羊氏傳附羊佩任。

【女妻】年少的妻子。易大過："枯楊生稊，老夫得其女妻。"

【女事】婦女所做的紡織、縫紉、刺繡等工作。管子輕重乙："大冬營室中女事，紡績緝縷之所作也。"

【女直】即"女真"。見"女真"。

【女叔】夫之妹。即小姑。參見"女公"。

【女歧】㊀相傳爲夏澆之嫂。楚辭屈原天問："女歧縫裳，而館同爰止；何顛易厥首，而親以逢殆？"注："女歧，澆嫂也。"澆，夏寒浞子。寡嫂女歧爲之縫裳，共舍而宿。汝艾夜使人刺澆，誤殺女歧。見竹書紀年上夏帝相紀。㊁古代傳說中的女神。即九子母。也作"女岐"。楚辭屈原天問："女歧無合夫，焉取九子？"注："女岐，神女。無夫而生九子也。"

【女牀】㊀星名。屬天市垣。晉書天文志上："女牀三星，在紀星北。"㊁山名。山海經西山經："(鈐山)西南三百里，曰女牀之山，……有鳥焉，其狀如翟而五彩文，名曰鸞鳥。"文選漢張平子(衡)東京賦："鳴女牀之鸞鳥，舞丹穴之鳳凰。"注："女牀，山名，在華陰西六百里。"

【女妹】㊀夫妹。即小姑。爾雅釋親："夫之女弟爲女妹。"後漢書一一四曹世叔妻傳："(班)昭女妹曹豐生。"㊁見"女謁"。

【女冠】女道士。唐六典三户部尚書："凡道士給田三十畝，女冠二十畝，僧尼亦如之。"宋徽宗宣和元年，改稱"女道"。見宋史徽宗紀四。也稱"女黃冠"。宋劉克莊後村集二紫澤觀詩:"修持盡是女黄冠,自小辭家學住山。"

【女垣】城牆上面呈凹凸形的小牆。即女牆。説文:"堞(堞),城上女垣也。"唐李賀歌詩編三石城曉:"月落大堤上,女垣棲烏起。"

【女英】傳説中堯次女,舜的妃子。見太平御覽一三五引列女傳、尸子。史記五帝紀索隱引系本作女瑩,大戴禮帝繫作女匽,漢書古今人表作女罃。

【女貞】木名。以其凌冬青翠不凋,或以爲卽冬青,實非一物。枝上能養蠟蟲,以取白蠟,故亦稱蠟樹。子可入藥。文選漢司馬長卿(相如)上林賦:"豫章女貞。"古詩文中用以比喻有節操的女性。藝文類聚八九有晉蘇彦女貞頌。參閲本草綱目三六木部女貞。

【女則】唐太宗長孫后撰,十卷。敍古代婦女事,宣揚封建社會婦女的道德規範。見新唐書七六長孫皇后傳。新唐書藝文志二著録作女則要録。書已佚。

【女姪】卽姪女。太平廣記四一九柳毅引異聞集:"(錢塘君)謂毅曰:'女姪不幸,爲頑童所辱。'"

【女紅】同"女功"。漢書景帝紀後二年詔:"雕文刻鏤,傷農事者也;錦繡纂組,害女紅者也。"注:"紅,讀曰功。"

【女紀】㊀古天文學所劃分的太陽運行十六所之一,卽第十一所,位在西,時在申。淮南子天文:"日出于暘谷,……至于女紀,……日入于虞淵之汜,曙于蒙谷之浦,行九州七舍。"㊁婦女的典範。列女傳四魯寡陶嬰傳頌:"君子稱揚,以爲女紀。"

【女流】女輩。元周密武林舊事六諸色伎藝人雜劇:"王雙蓮,女流。"

【女酒】㊀從事釀酒勞役的女奴隸。參見"女奴㊀"。㊁酒名。舊時民間習俗,生女數歲,卽釀酒貯藏,至女嫁時,取出宴客,稱女酒或女兒酒。見晉嵇含南方草木狀上草麴、宋莊季裕雞肋編下、清梁紹壬兩般秋雨盦隨筆二品酒。

【女宮】因罪或從坐而没入宮中服役的女官人。周禮天官寺人:"掌王之内人,及女宮之戒令。"

【女祝】掌管王后祭祀事項的女官。見周禮天官女祝。

【女郎】青年女子。樂府詩集二五木蘭詩:"同行十二年,不知木蘭是女郎。"又八一唐薛能楊柳詞:"青樓一樹無人見,正是女郎眠覺時。"

【女草】葳蕤草的别名。又稱玉竹、娃草。唐宋之問集下早發韶州詩:"觸影含沙怒,逢人女草摇。"參見"娃草"。

【女真】我國古代少數民族名。滿族的祖先。周時稱肅慎氏。漢三國晉叫挹婁,南北朝時叫勿吉,隋唐叫靺鞨,五代時始稱女真,後屬於遼,因避遼主耶律宗真諱,改稱女直。遼天慶四年,女真完顔部首領阿骨打統一各部,建立金王朝,與宋並立。其轄境北至外興安嶺一帶,東北至烏蘇里江以東濱海地區。明初,留居東北地區的女真族分爲建州海西野人三大部,受明奴兒幹部司管轄。萬曆四四年女真族人努爾哈赤合併各部,建號爲(後)金,崇禎九年皇太極改號爲清。轄區西起貝加爾湖,北至外興安嶺,南至日本海,東達鄂霍次克海。1644年入關,不久統一全國。因清朝改稱其族爲滿洲,遂簡稱滿族。參閲舊唐書一九〇下靺鞨傳、金史、清太祖實録等。

【女桑】柔嫩的小桑樹。詩豳風七月:"猗彼女桑。"

【女孫】孫女。史記陳丞相世家:"張負歸,謂其子仲曰:'吾欲以女孫予陳平。'"

【女師】㊀女教師。詩周南葛覃"言告師氏"漢毛亨傳:"師,女師也。古者女師教以婦德、婦言、婦容、婦功。"唐孔穎達疏:"女師者,教女之師,以婦人爲之。"㊁婦女的模範。梁書太宗王皇后傳:"后幼而柔明淑德,叔父暕見之曰:'吾家女師也。'"

【女徒】服勞役的女犯人。漢書宣帝紀:"(邴吉)憐曾孫(指漢宣帝劉詢)之亡辜,使女徒復作淮陽趙徵卿、渭城胡組更乳養。"參見"復作"。

【女娟】春秋趙河津吏之女,後爲趙簡子(鞅)夫人。詳"河激歌"。

【女宿】星名。北方玄武七星的第三宿,爲二十八宿之一。又稱須女、婺女。參閲星經下女宿。

【女國】傳説中的女子國。山海經海外西經:"女子國在巫咸北。"後漢書八五東夷傳:"又説(東)海中有女國,無男人。"亦泛稱某些以婦女爲首領的古國或部落。魏書一〇一吐谷渾傳謂吐谷渾北有女王國,以女爲主。隋書女國傳謂女國在葱嶺之南,世代以女爲王,隋開皇六年曾遣使來華。

【女鳥】傳説中的鳥名。也稱"夜飛遊女"。見水經注三五江水引玄中記。宋朱翌猗覺寮雜記下謂嶺外有蟲名暗夜,見小兒衣,落毛其上,兒必病。其狀如大蝴蝶。卽指水經注所説的女鳥。參見"姑獲"。

【女御】宮中女官名。周禮天官女御:"掌御敍于王之燕寢,以歲時獻功事,凡祭祀贊世婦,大喪掌沐浴,后之喪持翣……。"隋開皇二年宮内設女御三十八人,專管女工等事。見隋書后妃傳序。

【女壻】女兒的丈夫。也作"女婿"。漢書九九上王莽傳:"(莽)引(孔)光女壻甄邯爲侍中奉車都尉。"唐杜甫杜工部草堂詩箋二李監宅之一:"門闌多喜氣,女壻近乘龍。"

【女華】㊀古代傳説中少典的女兒,是古帝顓頊孫女女脩的後代。女脩吞玄鳥卵生大業,大業娶少典之女女華,生大費,是秦王朝的祖先。見史記秦紀。大業正義説卽皋陶,索隱説大費卽伯益。㊁相傳爲夏桀的愛姬。管子輕重甲:"女華者,桀之所愛也,湯事之以千金。"㊂菊花的别名。太平御覽九九六引吴氏本草:"菊華一名女華,一名女室。"唐詩紀事六四張賁和陸龜蒙白菊:"雪彩冰姿號女華,寄身多是地仙家。"

【女萎】草名。蔓生,花白子細。荆襄間稱女萎。太平御覽九九三引神農本草經説一名左眄,一名玉竹。明李時珍説卽萎蕤,字誤作女萎。參閲本草綱目十二萎蕤、十八女萎。

【女登】相傳爲有喬氏女,少典妃,生炎帝(一説卽神農氏)。見太平御覽七八引帝王世紀。

【女甥】外甥女。唐范攄雲溪友議上餞歌序:"(盛)小藂是梨園供奉南不嫌女甥也。"

【女道】卽女道士。舊唐書一九三有女道士李玄真傳。宋史徽宗紀四宣和元年"改女冠爲女道"。參見"女冠"。

【女誡】東漢班昭作。一卷。分卑弱夫婦敬慎婦行專心曲從和叔妹七篇。宣揚男尊女卑、三從四德的封建倫理。明神宗時命王相作注。後與成祖徐后女訓、宋若昭女論語、王相母劉氏女範捷録合刻,稱閨閣四書集注。

【女禍】舊史稱寵信女子或由於女主執政而敗壞國事爲女禍。新唐書玄宗紀贊:"自高祖至于中宗,數十年間,再罹女禍,唐祚既絶而復續。"指武后、韋后。

【女僧】尼姑。明王叔承宮詞之四五:"女僧閒作盂蘭會,乞假中元施寶幡。"(宮詞小纂上)

【女瑩】見"女英"。

【女閭】也作"婦閭"。戰國策東周:"齊桓公宮中七市,女閭七百,國人非之。"

非子難二:"昔者桓公宮中二市，婦閭二百。"閭,里巷中的門。女閭,本謂在宮中爲門爲市,使婦女聚居,以便行商。後以指娼妓聚居的地方。

【女膝】人體穴位名。在脚後跟處。又叫女須穴。見元周密癸辛雜識續集上宋彥舉鍼法。

【女魃】神話中的旱神。山海經大荒北經:"有人衣青衣，名曰黄帝女魃。蚩尤作兵伐黄帝，黄帝乃令應龍攻之冀州之野。應龍畜水，蚩尤請風伯雨師從(縱)大風雨。黄帝乃下天女曰魃，雨止，遂殺蚩尤。"清畢沅注:"玉篇云：女妭，禿無髮。同魃。"後漢書五九張衡傳應閒:"夫女魃北而應龍翔，洪鼎聲而軍容息。"

【女德】㊀婦女的品德。國語晉八:"宵静女德，以伏蠱慝。"㊁女色。史記晉世家:"子(指重耳)不疾反國,報勞臣,而懷女德，竊爲子羞之。"㊂尼姑。宋史徽宗紀四宣和元年:"改女冠爲女道，尼爲女德。"

【女嬃】楚辭屈原離騷:"女嬃之嬋媛兮，申申其詈予。"説文引賈逵説，楚人稱姊爲嬃。漢王逸章句,以女嬃爲屈原之姊。宋朱熹楚辭辨證以嬃,卽易歸妹六"歸妹以須"之須;須,女之賤者,故以女嬃爲屈原之妾。後人用嬃作姊的代稱。也作"女須"。宋姜夔白石道人歌曲三探春慢序:"予自孩幼從先人宦於古沔，女須因嫁焉。中去復來，幾二十年，豈惟姊弟之愛，沔之父老兒女子亦莫不予愛也。"

【女樂】歌舞伎。左傳襄十一年:"鄭人賂晉侯以師悝……女樂二八。"注:"十六人。"

【女謁】通過宮廷嬖寵的女子進行干求請託。韓非子詭使:"誠信所以通威也，而主揜障近習，女謁並行，百官主爵遷人，用事者過矣。"參見"婦謁"。

【女貓】雌貓。清顧炎武日知録三二草驢女貓:"山東河北人謂牝貓爲女貓。隋書外戚獨孤陁傳:'貓女可來，無住宮中'。是隋時已有此語。"

【女錢】南朝梁時錢幣名。也稱"公式女錢"。隋書食貨志:"(梁)武帝乃鑄錢,肉好周郭，文曰五銖，重如其文。而又别鑄,除其肉郭,謂之女錢。二品並行。"參閲文獻通考八錢幣一歷代錢幣之制。

【女隸】被掠賣或因家人有罪而没入宮中爲奴的宮女。晉書苻堅載記上:"後宮置典學,立内司,以授于掖廷,選閹人及女隸有聰識者置博士以授經。"後作爲女僕的泛稱。唐柳宗元柳先生集十八乞巧文:"柳子夜歸自外,庭有設祠者,……且拜且祈，怪而問焉。女隸進曰:'今茲秋孟七夕,……爲是禱也。'"

【女牆】城牆上面呈凹凸形的小牆。釋名釋宮室:"城上垣，曰睥睨，……亦曰女牆，言其卑小比之於城。"唐杜甫杜工部草堂詩箋二七上白帝城:"城峻隨天壁，樓高望女牆。"

【女優】女演員舊稱。宋沈括夢溪筆談一:"京師百官上日，唯翰林學士勅設用樂,他雖宰相亦無此禮,優伶並開封府點集。陳和叔(繹)除學士時，和叔知開封府,遂不用女優。學士院勅設不用女優,自和叔始。"

【女趫】見"女媧氏㊁"。

【女寵】受寵愛的女子。漢書六〇杜周傳附杜欽:"唯陛下正后妾，抑女寵，防奢泰，去佚游。"

【女蘿】地衣類植物。卽松蘿。詩小雅頍弁:"蔦與女蘿，施於松柏。"一作"女羅"。楚辭屈原九歌山鬼:"若有人兮山之阿，被薜荔兮帶女羅。"詩傳以女蘿爲菟絲，非。參閲本草綱目三七松蘿。

【女人拜】女子立拜屈膝之狀。一説以兩手當胸前，身體微曲爲禮。景德傳燈録八普願禪師:"師與歸宗麻谷同去參禮南陽國師。師先於路上畫一圓相云:'道得卽去。'歸宗便於圓相中坐，麻谷作女人拜。"續傳燈録二九明辯禪師:"以坐具搭肩上作女人拜，曰:'莫怪下房媳婦觸忤大人好。'"

【女子子】女兒。儀禮喪服:"女子子在室爲父"。加"女子"二字於"子"之上稱"女子子"，以别於男子。參閲清顧炎武日知録六女子子。

【女公子】左傳莊三二年:"初,公築臺,臨黨氏,見孟任,從之。閟。而以夫人言,許之。割臂盟公。生子般焉。雩,講于梁氏,女公子觀之。"指魯莊公之女。後多用爲對他人女兒的敬稱。參見"公子㊀"。

【女四書】卽閨閣四書集注。見"女誡"。

【女史箴】封建社會中一種勸戒婦女的文辭。箴，文體名。晉書張華傳:"華懼后族之盛,作女史箴以爲諷。"也作"女師箴"。藝文類聚十五后妃有東漢皇甫規女師箴。晉顧愷之有女史箴圖，故宮博物院有古摹本。

【女孝經】唐侯莫陳邈妻鄭氏撰。因其姪女策爲永王妃，編此書規戒。模仿孝經，分十八章。書前有進書表。内容强調男尊女卑，宣揚封建禮教。

【女秀才】㊀舊時對通經義能詩文的女子的美稱。遼史邢簡妻傳:"陳氏甫笄，涉通經義，凡覽詩賦，輒能誦，尤好吟詠，時以女秀才名之。"㊁女官名。1.明時選取通文婦女入宮，屬尚功局，稱女秀才。也有提升爲女史、宮官以至六局掌印的。參閲明沈德符萬曆野獲編補遺一宮閨女秀才、清董恂宮閨聯名譜。2.太平天国癸好三年舉行婦女考試，録取的稱女秀才，後改爲秀士。

【女直文】金明時女真族使用的文字。女直,卽女真。金天輔三年,完顔希尹仿漢字,沿用契丹文字規範，創製女直字,後稱女直大字。熙宗時又製女直字，天眷元年頒行,稱女直小字,與希尹所製字並行。參閲金史希尹傳。

【女尚書】宮中女官名。東漢、三國魏時都曾設置，管理批閲宮外奏章、文書。參閲後漢書九六陳蕃傳、三國志魏明帝紀青龍三年注引魏略。又後趙石虎宮中也有女尚書。見晉陸翽鄴中記。

【女侍中】北朝女官名。大臣的母、妻和宮人的稱號，相當於二品。如金石録二二跋尾十二北齊宜陽國太妃傅氏碑，額題齊故女侍中;魏書京兆王傳元叉之妻拜女侍中。參閲宋王楙野客叢書三女侍中。

【女兒子】樂府西曲歌名。樂府詩集四九題注引古今樂録:"女兒子，倚歌也。"古辭二首,無作者姓名,出於荆郢樊鄧民間。參見"倚歌㊀"。

【女兒香】廣東東莞縣所産香名。據説種香家婦女，於香之棱角處割取少許藏之，稱女兒香。見清屈大均廣東新語二六香語。

【女兒紅】小紅蘿蔔之别名。清孫檉餘墨偶談節録:"揚州土人謂蘿蔔紅而小者爲女兒紅,自初冬賣至晚春,其色嬌豔可愛。"

【女兒酒】見"女酒㊀"。

【女兒茶】用青桐、鼠李等嫩葉製成的飲料。明李日華紫桃軒雜綴:"泰山無佳茗,山中人摘青桐芽點飲,號女兒茶。"參閲明徐光啟農政全書五四引救荒本草女兒花。

【女兒腔】戲劇唱腔的一種。清翟灝通俗編十九:"女兒腔，亦名弦索腔,俗名河南調,音似弋腔，而尾聲不用人和，以弦索和之，其聲悠然以長。"

【女兒葛】葛布名。産於廣東增城縣一帶。質地精細，捲起可入筆管。但日曬則皺,水浸則縮,珍貴而不合實用。舊時因織者多爲未婚女子,所以叫女兒葛。參閔清屈大均廣東新語十五貨語葛布。

【女兒經】宣揚封建禮教的通俗讀物。大約出版於明朝，經過不斷增删，在民間刊行甚廣。主要版本有明萬曆、天啟間趙南星加注刊印的女兒經，署壬戌初冬天津高氏版的裘氏女兒經，清同治間賀瑞麟訂正的女兒經、改良女兒經，清光緒三十四年屯溪聚文堂校印的女兒經等。

【女兒節】明清時，京城習俗，每年農曆五月一日到五日，青年女子梳粧打扮，頭插石榴花；已婚婦女亦各回娘家看望，稱女兒節。又農曆九月九日重陽節，娘家接女兒回來吃花糕，也叫女兒節。見明劉侗等帝京景物略二春場、清潘榮陛帝京歲時紀勝端陽。

【女冠子】㊀詞牌名。本唐教坊曲名。小令始於唐溫庭筠，雙調，四十一字。長調始於宋柳永，也名女冠子慢，雙調，有一百七字及一百十字至一百十四字諸體。參閱詞譜四。㊁女道士。明湯顯祖牡丹亭道覡：“女冠子有幾個同氣連枝。”參見“女冠”。

【女香樹】香木名。舊題漢郭憲洞冥記三：“影娥池北，作鳴禽之苑。……有女香樹，細枝葉，婦人帶之，香終年不滅。”

【女郎花】木蘭、辛夷的別名。唐白居易長慶集六四題令狐家木蘭花詩：“從此時時春夢裏，應添一樹女郎花。”宋陸游劍南詩稿三二春晚雜興之五：“笑穿居士履，閑看女郎花。”自注：“唐人謂辛夷爲女郎花。”

【女校書】校書本爲東漢、三國魏時校勘書籍的官名，如校書郎、祕書校書郎等。後用女校書稱有才華能詩文的婦女。五代何光遠鑑戒錄十蜀才婦引唐胡曾贈薛濤詩：“萬里橋邊女校書，枇杷花下閉門居。”唐六名家集王建詩八題作寄蜀中薛濤校書。因薛濤爲唐代名妓，後來也把能詩文的妓女叫女校書。

【女娃丘】地名。漢元城縣故城東，有五鹿墟，即故沙鹿。相傳周穆王喪盛姬，東征駐於五鹿，盛姬女叔娃，至此哭念其母，故後又名沙鹿爲女娃丘。故地在今河北大名縣東。參閱水經注五河水、太平寰宇記五四魏州元城縣。

【女博士】戰國、秦、漢都設有博士官。東漢和帝鄧后、三國魏文帝甄后，年少時皆好書，家人不以爲然，甄后的哥哥和她說：“汝當習女工。用書爲學，當作女博士邪？”參閱後漢書鄧皇后紀、三國志魏文昭甄皇后傳注引魏書。後來作爲有才學的女子的美稱。宋黄庭堅豫章集十贈李輔聖詩：“相看絶嘆女博士，筆研管絃成古丘。”

【女華山】山名。在今陝西銅川市西北。道教傳說有女仙華山女君降此，因爲立女華夫人祠。參閱太平寰宇記三一耀州同官縣。嘉慶一統志二二七西安府一謂即新唐書地理志之女迴山。

【女陽亭】亭名。越絶書越絶外傳記地傳：“女陽亭者，句踐入官於吳，夫人從，道産女此亭，養於李鄉。句踐勝吳，更名女陽。”

【女媧氏】㊀神話古帝名。或謂伏羲之妹，或謂伏羲之婦。古時出現天崩地裂，女媧乃鍊五色石以補天，斷鼇足以立四極。參閱淮南子覽冥、太平御覽七八女媧氏、通志一三皇紀引春秋世譜等。㊁相傳爲夏禹妃，塗山氏之女。史記夏紀索隱引系本作女媧，吳越春秋越王無余外傳作女嬌，漢書古今人表作女趫。

【女媧石】淮南子覽冥有女媧氏鍊五色石補天的傳說，後人因把彩色異常的石頭叫作女媧石。太平御覽五二引王歆之南康記：“歸美山山石紅丹，赫若采繪，峩峩秀上，切霄隣景，名曰女媧石。”

【女論語】唐女學士宋若莘撰，其妹若昭注釋訂正。十篇。仿論語，以晉韋逞母宣文君宋氏比孔丘，以東漢班昭等比顔淵、閔損，用問答體，四字一句。參閱舊唐書五二女學士尚宮宋氏傳。

【女墳湖】湖名。故地在今江蘇蘇州市閶門外。相傳爲春秋時吳王闔閭葬女地。事見吳越春秋闔閭内傳。唐皮日休、陸龜蒙都有女墳湖詩。參閱太平寰宇記九一蘇州。

【女學士】稱宮中有才學的嬪妃或官女。如南朝陳後主宮人袁大捨等，唐德宗時尚宮宋若昭姐妹，都有女學士之稱。見陳書沈皇后傳、舊唐書五二女學士尚宮宋氏傳。後也用來泛指能詩文的女子。如南唐盧文進女，善作文，時稱女學士。見宋馬令南唐書十三高越傳。

【女鹽澤】鹽池名。在今山西運城縣。水經注六涑水：“（鹽）池西又有一池，謂之女鹽澤。”也叫女鹽池。唐開元間，曾設女鹽監。元和時，每年收利一百六十萬貫。又産硝，也叫硝池。參閱元和郡縣志十二河中府解縣、太平寰宇記四六解州。

【女丁婦壬】唐韓愈昌黎集四陸渾山火和皇甫湜用其韻詩：“徐命之前問何冤，火行於冬古所存。我如禁之絶其殃，女丁婦壬傳世婚。”一本作“夫丁婦壬”。另說當作“女丁夫壬”。陰陽家以丁爲火，以壬爲水。丁爲陽中之陰，壬爲陰中之陽，以丁女而爲婦於壬，則水火相合，此所謂“女丁婦壬”。參閱宋洪興祖等注。

【女中堯舜】婦女中的賢明人物。古時多用以美化執政的女主。宋英宗高皇后於英宗（趙曙）死後，被神宗（趙頊）、哲宗（趙煦）尊爲皇太后、太皇太后，執政九年，廢王安石變法時新政，扶植司馬光等爲相。舊史家或稱她爲女中堯舜。參閱宋王□道山清話、宋史二四二英宗宣仁高皇后傳。

【女懷清臺】臺名。故址在今四川長壽縣南。秦時，巴郡有寡婦名清，世代經營硃砂礦業，爲一時巨富。秦始皇爲築女懷清臺。參閱史記一二九貨殖傳、嘉慶一統志三八八重慶府二古蹟。

【女大十八變】景德傳燈録十二幽州譚空和尚：“有尼欲開堂說法，師曰：‘尼女家不用開堂。’尼曰：‘龍女八歲成佛，又作麽生？’師曰：‘龍女有十八變，汝與老僧試一變看？’”本指龍女通神善變，後來泛指女性發育成長過程中容貌性格的變化。清平山堂話本花燈橋蓮女成佛記：“從來道女大十八變。”

二畫

奶 nǎi ㄋㄞˇ

同“嬭”。㊀乳房，乳汁。紅樓夢十九：“我的血變了奶，吃的長這麽大；如今我吃他一碗牛奶，他就生氣了？我偏吃了，看他怎麽着！”㊁見“奶奶”。

【奶奶】對已婚婦女的尊稱。多用於家庭主婦。宋柳永樂章集正宮玉女搖仙佩詞：“願奶奶蘭心蕙性。”紅樓夢中賈璉妻王熙鳳，人稱“璉二奶奶”或“二奶奶”。

【奶母】乳母。詳“嬭母”。

奴 nú 乃都切，平，模韻，泥。ㄋㄨˊ

㊀古罪人、罪人子女，或被掠賣剥奪人身自由的都稱奴。周禮秋官司厲：“其奴，男子入于罪隸，女子入于舂槀。”參閱清俞樾俞樓雜纂十三論語鄭義。㊁自己的謙稱。敦煌變文中，男女尊卑，都自稱爲奴。自宋以後，多爲婦女的自稱。宋末楊太妃執政，仍自稱爲奴。見宋史四三一陸秀夫傳。參閱宋朱翌猗覺寮雜記下、清錢大昕十駕齋養新録十九婦人稱奴。㊂對人的鄙稱。晉書劉曜載記：“（陳）安引軍追（石）武曰：‘叛逆胡奴！要當生擒此奴，然後斬劉貢！’”㊃水不流曰奴。

"雍奴"、"盧奴"。

【奴才】㊀奴僕。也用爲罵人鄙賤之詞。水經注二十漾水："張載銘曰：'一人守嶮，萬夫趑趄。'故李特至劍閣而嘆曰：'劉氏有如此地而面縛於人，豈不奴才也！'"㊁明代太監和清代武官、旗籍近臣對皇帝都自稱奴才。參閱清翟灝通俗編十八稱謂奴才、清趙翼陔餘叢考三八奴才。

【奴子】少年奴僕。樂府詩集八五梁武帝河中之水歌："珊瑚掛鏡爛生光，平頭奴子擎履箱。"魏書溫子昇傳："爲廣陽王淵賤客，在馬坊教諸奴子書。"

【奴角】犀牛的別名。見唐段成式酉陽雜俎前集十六毛。又爲犀角的別稱。明李時珍本草綱目五一獸之二犀："鼻上者食角也，又名奴角。"

【奴官】唐時出身低賤的下級軍官。舊唐書一〇六王毛仲傳："北門奴官太盛，豪者皆一心，不除之，必起大患。"按北門奴官指龍武羽林軍官，多爲官户蕃口出身，居宮庭北門之內，故名。

【奴軍】明太祖賜給功臣的軍隊。詳"鐵册軍"。

【奴家】舊時女子的自稱。水滸四四："奴家年輕，如何敢受禮？"清梁章鉅稱謂錄三二："予案六朝人多自稱儂，蘇東坡詩：'他年一舸鴟夷去，應記儂家舊姓西。'儂家，猶奴家也。奴卽儂之轉聲也。"

【奴書】指學習書法，只知摹倣，不能創新。宋歐陽修文忠集一二九學書自成家說："學書當自成一家之體，其模倣他人，謂之奴書。"宋曾慥類說五八書法苑："釋亞栖善草書，自云，……智永禪師褚遂良顏真卿李邕虞世南等並書中得法後自變其體，俱得傳名，若執法不變，號爲奴書。"

【奴婢】喪失自由被剥削作無償勞役的人。通常男稱奴，女稱婢。史記平準書："得民財物以億計，奴婢以千萬數。"後也用爲男女僕人的泛稱。

【奴僕】被迫爲剥削者作無償勞役的人。漢書五八公孫弘卜式兒寬傳贊："衛青奮於奴僕，日磾出於降虜。"東漢王充論衡幸偶："貴至封侯，賤至奴僕，非天稟施有左右也。"

【奴輩】對人的鄙稱。晉書石崇傳："及車載詣東市，崇乃歎曰：'奴輩利吾家財！'"

【奴隸】㊀奴隸社會裏爲奴隸主所占有從事無償勞動的人。與奴隸主相對稱。甲骨文中的"工"、"奴"、"奚"、"臣"、"妾"等都指奴隸。後漢書八七西羌傳："羌無弋爰劒者，秦厲公時爲秦所拘執，以爲奴隸。"㊁奴僕。北齊顏之推顏氏家訓勉學："廝役奴隸。"史記八七李斯傳"嚴家無格虜"索隱："虜，奴隸也。"

【奴産子】奴婢的子女，身份仍爲奴。漢書三一陳勝傳："秦令少府章邯免驪山徒，人奴産子，悉發以擊楚軍，大敗之。"注："奴産子，猶今人云家生奴也。"

【奴顏婢睞】低聲下氣，諂媚奉承的形狀。抱朴子交際："以嶽峙獨立者爲澀吝疏拙，以奴顏婢睞者爲曉解當世。"也作"奴顏婢膝"、"奴顏婢色"。唐陸龜蒙甫里集十七散人歌："奴顏婢膝真乞丐，反以正直爲狂癡。"宋王禹偁小畜集二十送柳宜通判全州序："與夫諂權媚勢，奴顏婢色，因採風謠司漕運者言而得之者遠矣。"

【奴兒干都指揮使司】奴兒干，地名。在今黑龍江與阿姆貢河匯合口的右岸特林。自古卽屬我國領土，明永樂七年(公元 1409 年)設都指揮使司，簡稱奴兒干都司，爲當地軍政機構，治所在特林。下有衛、所四百多單位，轄境西起斡難河(卽鄂嫩河)，北至外興安嶺，東抵大海，南接圖們江、東北越海而有庫頁島。明於永樂宣德年間兩次在特林修建永寧寺，並立有兩碑。1904 年兩碑爲帝俄政府劫走，移置海參崴博物館。參閱寰宇通志一六六女真、明皇輿考一女真諸部、清曹廷杰西伯利東偏紀要。

三畫

妄 wàng ㄨㄤˋ 巫放切，去，漾韻，微。

㊀狂亂，荒誕。荀子儒效："見之而不知，雖識必妄。"易无妄"无妄"釋文："无妄，无虛妄也。"㊁非分，越軌。左傳哀二五年："彼好專利而妄。"注："妄，不法。"

【妄人】無知妄爲的人。孟子離婁下："自反而忠矣，其横逆由是也，君子曰：'此亦妄人而已矣！'"荀子非相："妄人者，門庭之間，猶可誣欺也，而況於千世之上乎！"

【妄言】亂說。管子山至數："不通於輕重，謂之妄言。"史記項羽紀："毋妄言，族矣！"

【妄見】佛教語。佛教認爲一切皆非實有，肯定存在都是妄見，和"真如"相對。楞嚴經四："如是三種，顛倒相續，皆是覺明，明了知性，因了發相，從妄見生。"又："空元無華，妄見生滅。"

【妄其】見"亡其"。

【妄冒】非分冒進。文選南朝梁任彥昇(昉)爲范尚書讓吏部封侯第一表："臣雖無識，惟利是視，至於虧名損實，爲國爲身，知其不可，不敢妄冒。"

【妄庸】狂妄無知。史記齊悼惠王世家："人謂魏勃勇，妄庸人耳，何能爲乎？"

【妄尉】漢書五四李廣傳："廣與望氣王朔語曰：'自漢擊匈奴，廣未嘗不在其中，而諸妄校尉已下，材能不及中，以軍功取侯者數十人，廣不爲後人，然終無尺寸功以得封邑者何也？'"注："張晏曰：妄猶凡也。"史記本傳作"諸部校尉"。元王旭蘭軒集九雜詩之二："長身索米侏儒飽，飛將無功妄尉侯。"

【妄進】非分圖進。多指鑽營求官。文苑英華一三二唐張仲素千金市駿骨賦："是非罔惑，孰敢妄進。"新唐書一八二周墀傳："駙馬都尉韋讓求爲京兆，持不與，繇是妄進者少衰。"

【妄想】幻想。空想。華嚴經五一："但以妄想，顛倒執著而不證得。"宋陸游劍南詩稿十六山園草木四絶句紫薇："少年妄想今除盡，但愛清樽浸晚霞。"

【妄語】荒誕的話。梁書何遠傳："每戲語人云：'卿能得我一妄語，則謝卿以一縑。'衆共伺之，不能記也。"

【妄自尊大】狂妄自大。後漢書五四馬援傳："子陽井底蛙耳，而妄自尊大。"子陽，公孫述字，時據蜀稱帝。

【妄自菲薄】自暴自棄。三國志蜀諸葛亮傳出師表："誠宜開張聖聽，以光先帝遺德，恢弘志士之氣，不宜妄自菲薄，引喻失義，以塞忠諫之路也。"

【妄言妄聽】隨便說說，姑且聽聽，都不認真看待。莊子齊物論："予嘗爲女妄言之，女以妄聽之。"清袁枚新齊諧序："妄言妄聽，記而存之，非有所感也。"

奸 1. gān ㄍㄢ 古寒切，平，寒韻，見。

㊀犯。左傳昭元年："奸國之紀。"㊁請求。史記七二穰侯傳："(范雎)以此時奸說秦昭王。"

2. jiān ㄐㄧㄢ 集韻居顏切，平，删韻。

通"姦。"㊂犯淫，私通。參見"姦㊂"。㊃自私，詐僞。管子重令："奸邪得行，毋能上通。"

【奸$_2$細】㊀奸詐小人。晉書王敦傳王導與王含書："近有嘉詔，崇兄八命，望兄獎羣賢忠義之心，抑奸細不逞之計。"㊁爲敵方刺探情報的人。同"姦細"。元曲選張國賓合汗衫四："盤詰奸細，緝捕盜賊。"參見"姦細"。

【奸$_2$渠】大奸巨猾。文選南朝梁沈休文(約)齊故安陸昭王碑:"不待赭汙之權,而奸渠必翦;無假里端之籍,而惡子咸誅。"

【奸旗鼓】旗鼓爲軍中發號施令之物。奸旗鼓就是違犯軍令的意思。左傳定十四年:"臣奸旗鼓,不敏於君之行前,不敢逃刑。"

妜 yì 與職切,入,職韻,喻。
ㄧˋ

妃嬪名。後周皇后下有妃、妜、御媛、御婉等稱。見隋書禮儀志二。

妃 1. fēi 芳非切,平,微韻,敷。
ㄈㄟ

㊀配偶。左傳桓二年:"嘉耦曰妃,怨耦曰仇。"釋文:"芳非反。"後專指皇帝的妾,太子、王、侯的妻。左傳隱元年:"惠公元妃孟子。"㊁女神。如天妃、湘妃等。文選晉郭景純(璞)游仙詩之二:"靈妃顧我笑,粲然啟玉齒。"

2. pèi 滂佩切,去,隊韻,滂。
ㄆㄟˋ

㊂婚配,配合。通"配"。左傳文十四年"子叔姬妃齊昭公"釋文:"妃音配,本亦作配。"參閱清王筠菉友肊說。

【妃$_2$匹】配偶。管子君臣下:"古者未有君臣上下之別,未有夫婦妃匹之合。"

【妃$_2$色】女色。漢書四八賈誼傳:"及太子少長,知妃色,則入于學。"注:"妃色,妃匹之色。"賈誼新書保傅作"知好色"。

【妃$_2$耦】配偶。左傳昭三二年:"故天有三辰,地有五行,體有左右,各有妃耦。"也作"妃偶"。北史列女傳序:"或有王公大人之妃偶,肆情於淫僻之俗。"夫婦也稱妃耦。

【妃嬪】帝王妾侍。妃,地位次於后;嬪,女官名。國語周中:"今陳侯不念胤續之常,棄其伉儷妃嬪。"唐杜牧樊川集一阿房宮賦:"妃嬪媵嬙,王子皇孫,辭樓下殿,輦來于秦。"

【妃子笑】唐玄宗時楊貴妃愛吃鮮荔枝,每年派人馳馬從嶺南傳送,味未變已至長安。唐杜牧樊川集二過華清宮絕句之一:"一騎紅塵妃子笑,無人知是荔枝來。"後人因把荔枝的一種叫妃子笑。清吳應逵嶺南荔支譜四品類:"妃子笑,産佛山,……皮薄而肉厚,核小如豆,漿滑如乳,啖之能除口氣,使齒牙香經宿。"又叫西子笑。宋黄裳演山集十二荔子詩:"豔異尤爭西子笑,曉來親見狀元紅。"

【妃呼豨】樂府曲調的餘聲、助聲詞,樂府詩集十六鼓吹曲辭一漢鐃歌有所思:"妃呼豨,秋風肅肅晨風颸。"

好 1. hǎo 呼晧切,上,晧韻,曉。
ㄏㄠˇ

㊀美,善。詩鄭風叔于田:"不如叔也,洵美且好。"㊁相善,和美。詩小雅常棣:"妻子好合,如鼓瑟琴。"㊂完畢。唐韓偓香奩集無題詩:"粧好方長歎,歡餘卻淺嚬。"㊃便于,合宜。唐杜甫杜工部詩史補遺四聞官軍收河南河北:"白日放歌須縱酒,青春作伴好還鄉。"㊄甚,很。紅樓夢四二:"説的好可憐見兒的,連我們也軟了,饒了他罷。"

2. hào 呼到切,去,号韻,曉。
ㄏㄠˋ

㊅喜愛,親善。詩小雅彤弓:"我有嘉賓,中心好之。"左傳隱二年:"春,公會戎于潛,修惠公之好也。"㊆孔。璧孔,錢孔。周禮考工記玉人:"璧羨度尺,好三寸以爲度。"爾雅釋器:"肉倍好,謂之璧。"注:"肉,邊;好,孔。"隋書食貨志:"(梁)武帝乃鑄錢,肉孔周郭,文曰五銖,重如其文。"

【好人】㊀美人。詩魏風葛屨:"要之襋之,好人服之。"㊁善良的人。三國志吳樓玄傳:"舊禁中主者自用親近人作之,(萬)或陳親密近識,宜用好人。(孫)晧因敕有司求忠清之士,以應其選。"新唐書刑法志:"一歲再赦,好人喑啞。"

【好$_2$大】貪多,喜歡誇張。管子侈靡:"賤寡而好大,此所以危。"漢揚雄法言問明:"或問:'堯將讓天下於許由,由恥,有諸?'曰:'好大者爲之也。'"參見"好$_2$大喜功"。

【好歹】㊀好壞。紅樓夢三七:"我憑怎麽胡塗,連個好歹也不知,還是個人嗎?"㊁結果。元關漢卿五侯宴四:"孩兒也,不爭你有些好歹呵,着誰人侍養我也。"指意外、死亡。元曲選缺名爭報恩一:"則願得姐姐長命富貴,若有些好歹,我少不得報答姐姐之恩。"指生活好轉。㊂不管怎樣。元曲選張國賓羅李郎二:"我不問那裏,好歹尋着我那孩兒去來。"

【好$_2$内】貪女色。左傳僖十七年:"齊侯好内,多内寵。"漢書五三中山靖王勝傳:"勝爲人樂酒好内。"

【好手】㊀技藝高超的人。唐杜甫杜工部草堂詩箋六奉先劉少府新畫山川障歌:"畫師亦無數,好手不可遇。"㊁手靈便無病的人。唐會要三四論樂雜録:"乾封元年五月勑,音聲人及樂户祖母老病應侍者,取家内中男及丁壯好手者充。"

【好仇】㊀好助手,好伴侶。詩周南兔罝:"赳赳武夫,公侯好仇。"疏:"能匹耦于公侯之志,爲公侯之好匹。"文選三國魏嵇叔夜(康)贈秀才入軍詩之一:"攜我好仇,載我輕車。"㊁同"好逑"。見該條。

【好去】好走,保重。唐杜甫杜工部草堂詩箋十五送張二十參軍赴蜀州因呈楊五侍御:"好去張公子,通家別恨添。"

【好生】㊀很,多麽。元明雜劇關漢卿關大王獨赴單刀會一:"這荊州斷然不可取,想關雲長好生勇猛,你索荊州呵,他弟兄怎肯和你甘罷。"㊁好好地。三國演義七四:"(龐德)謂其妻曰:'吾今爲先鋒,義當効死疆場。我若死,汝可好生看養吾兒。'"

【好$_2$生】愛惜生靈,不事殺戮。書大禹謨:"好生之德,洽于民心。"唐李商隱李義山詩集五漢南書事:"陛下好生千萬壽,玉樓長御白雲杯。"

【好$_2$外】喜歡結交,任用外人。管子侈靡:"疎戚而好外,企以仁而謀泄。"注:"言自疎己親,好交外人,雖企慕於仁,而所謀多泄漏。"

【好在】㊀問候用語。即好麽,無恙。唐杜甫杜工部草堂詩箋四送蔡希魯都尉還隴右因寄高三十五書記:"因君問消息,好在阮元瑜。"白居易長慶集十八初到忠州贈李六詩:"好在天涯李使君,江頭相見日黄昏。"㊁幸虧。官場現形記四一:"好在囊橐充盈,倒也無所顧慮。"

【好合】和好。詩小雅常棣:"妻子好合,如鼓瑟琴。"晉陸機陸士衡集五贈馮文羆遷斥丘令詩:"疇昔之遊,好合纏綿。"

【好色】美色。韓非子八姦:"便僻好色,此人主之所惑也。"

【好$_2$色】貪愛女色。論語子罕:"吾未見好德如好色者也。"

【好好】㊀喜悦的樣子。詩小雅巷伯:"驕人好好,勞人草草。"㊁認真、盡力地。唐李商隱李義山詩集五送崔珏往西川:"浣花牋紙桃花色,好好題詩詠玉鈎。"㊂平白地,無端。宋秦觀淮海集長短句下品令:"好好地惡了十來日。"㊃美好。清孔尚任桃花扇却奩:"把好好東西,都抛一地,可惜,可惜!"㊄女子名。唐杜牧樊川集一有張好好詩並序。宋張耒張右史集八贈張公貴詩:"酒市逢好好,琵琶失玲瓏。"參見"張好好"。

【好$_2$弄】喜愛玩樂。左傳僖九年:"夷吾弱不好弄。"注:"弄,戲也。"文選南朝宋顏延年(延之)陶徵士誄:"弱不好弄,長實素心。"

【好住】問候用語。保重。唐元稹長慶集二十酬樂天醉別詩："好住樂天休悵望，匹如元不到京來。"

【好官】美官，肥缺。宋書五四羊玄保傳："太祖嘗曰：'……每有好官缺，我未嘗不先憶羊玄保。'"宋史二五八曹彬傳："人生何必使相，好官亦不過多得錢爾。"

【好事】㊀美善之事。景德傳燈錄十二紹宗禪師："好事不出門，惡事行千里。"㊁喜慶之事。元王實甫西廂記一本二折："過得主廊，引入洞房，好事從天降。"㊂道場。水滸二："天師在東京禁院做了七晝夜好事。"

【好$_2$事】喜歡多事。孟子萬章上："好事者爲之也。"漢書六六蔡義傳："（義）家貧，常步行，資禮不逮衆門下。好事者相合爲義買犢車，令乘之。"

【好$_2$尚】愛好和崇尚。文選三國魏曹子建（植）與楊德祖書："人各有好尚，蘭茝蓀蕙多芳，衆上所好，而海畔有逐臭之夫，……豈可同哉。"三國志蜀法正傳："諸葛亮與正，雖好尚不同，以公義相取。"

【好音】㊀好消息。詩檜風匪風："誰將西歸，懷之好音。"㊁好聽的聲音。詩魯頌泮水："翩彼飛鴞，集于泮林。食我桑椹，懷我好音。"

【好逑】好的配偶。詩周南關雎："窈窕淑女，君子好逑。"

【好畤】㊀祭天的場所。秦畤雍東有好畤。見史記封禪書。參見"畤"。㊁舊縣名。有二，皆在今陝西乾縣。1.漢故縣，隋大業三年廢。在今縣東南。2.唐貞觀二十一年置縣，元廢。在今縣西北。見太平寰宇記三一乾州、讀史方輿紀要五四乾州。

【好$_2$貨】貪圖財物。書盤庚下："朕不肩好貨。"注："肩，任也。我不任貪貨之人。"孟子梁惠王下："寡人有疾，寡人好貨。"

【好漢】好男子，剛正英勇的男子。唐劉肅大唐新語舉賢："（武）則天問狄仁傑曰：'朕要一好漢使，有乎？'……仁傑曰：'荊州長史張柬之，其人雖老，真宰相材也。'"宋蘇軾分類東坡詩二一諸公餞子敦軾以病不往復次前韻："人間一好漢，誰似張長史。"

【好爵】高官厚祿。易中孚："我有好爵，吾與爾靡之。"晉陸雲陸士龍集二贈汲郡太守詩之五："我有好爵，既成爾服。"陶潛陶淵明集三辛丑歲七月赴假還江陵夜行塗口詩："投冠旋舊墟，不爲好爵縈。"

【好辭】㊀謙讓恭順的話。戰國策韓一："諸侯不料兵之弱，食之寡，而聽從人之甘言好辭，比周以相飾也。"漢書九四上匈奴傳："單于用趙信計，遣使好辭請和親。"㊁佳句，妙語。見"絶妙好辭"。

【好$_2$辭】愛寫文章。史記八四屈原傳："楚有宋玉唐勒景差之徒者，皆好辭而以賦見稱。"

【好$_2$辯】喜歡爭辯。孟子滕文公下："予豈好辯哉？予不得已也。"商君書農戰："國好力者以難攻，以難攻者必興；好辯者以易攻，以易攻者必危。"

【好水川】今名甜水河，在寧夏隆德縣東，源出六盤山，西南流與苦水合。宋康定二年，任福等率師禦西夏兵，戰死於此。參閱宋史三二五本傳。

【好身手】好體格，好本領。一般指武藝高强。唐杜甫杜工部草堂詩箋九哀王孫："朔方健兒好身手，昔何勇鋭今何愚。"

【好逑傳】一名俠義風月傳。題名教中人編次，爲明人所撰長篇小說。全書十八回，敍述鐵中玉和水冰心的婚姻故事。參閱魯迅中國小說史略二十。

【好時侯】紙的别名。宋蘇易簡文房四譜四文嵩好時侯楮知白傳，稱紙爲楮知白，爵號好時侯。這和唐韓愈作毛穎傳稱筆爲管城子一樣，都是爲文具擬人作傳。

【好嬉子】猶言有趣。宋元時兩浙方言。元吾丘衍有"好嬉子"三字印章，嘗倒鈐於管仲姬（道昇）畫上，趙子昂（孟頫）見之，罵曰："個瞎子，他道倒好嬉子耳。"見清沈心論印絶句注、桂馥續三十五舉。

【好$_2$大喜功】愛舉大事，喜立大功。新唐書太宗紀贊："至其牽於多愛，復立浮圖，好大喜功，勤兵於遠，此中材庸主之所常爲。"

【好$_2$丹非素】丹，紅色。素，白色。比喻偏愛，抱門户之見。南朝梁江淹江文通集四雜體詩序："至於世之諸賢，各滯所迷，莫不論甘則忌辛，好丹則非素，豈所謂通方廣恕，好遠兼愛者哉！"

【好肉剜瘡】比喻無事生波，自尋煩惱。續傳燈錄三一慧通清旦："説佛説祖，正如好肉剜瘡；舉古舉今，猶若殘羹餿飯。"

【好好先生】不分是非，到處討好，但求相安無事的人。儒林外史六："兩個人自心裏也裁劃道：'……我們没來由今日爲他得罪嚴老大，老虎頭上撲蒼蠅，怎的？落得做好好先生。'"

【好事多磨】好事多經磨折。舊時多指男女相愛，常經波折，難以如願。金董解元西廂一："真所謂佳期難得，好事多磨。"

【好$_2$爲人師】不謙遜，喜歡以教導者自居。孟子離婁上："人之患，在好爲人師。"

【好$_2$逸惡勞】喜歡安逸，厭惡勞動。後漢書八二下郭玉傳："夫貴者……其爲療也，有四難焉：……好逸惡勞，四難也。"

【好語似珠】指詩文中警句妙語很多。宋蘇軾分類東坡詩十八次韻答子由："好語似珠穿一一，妄心如膜退重重。"

【好$_2$謀善斷】勤於思考，善於作出判斷。文選晉陸士衡（機）辨亡論上："疇咨俊茂，好謀善斷。"

【好$_2$整以暇】左傳成十六年："日臣之使於楚也，子重問晉國之勇，臣對曰：'好以衆整。'曰：'又何如？'臣對曰：'好以暇。'"後因用好整以暇形容從容不迫。

她 1. jiě ㄐㄧㄝˇ 集韻子野切，上，馬韻。

㊀同"姐"。見玉篇女部。

2. tā ㄊㄚ

㊀現代漢語女性第三人稱代詞。

如 rú ㄖㄨˊ 人諸切，平，魚韻，日。人恕切，去，御韻，日。

㊀隨從，依照。左傳宣十二年："有律以如己也。"㊁及，比上。管子小匡："臣之所不如管夷吾者五。"㊂相同，好像。詩王風采葛："一日不見，如三秋兮。"㊃應當。左傳昭二一年："君若愛司馬，則如亡。"㊄不如。公羊傳隱一年："母欲立之，已殺之，如勿與而已矣。"注："如卽不如，齊人語也。"㊅連詞。1.假使，如果。論語述而："如不可求，從吾所好。"2.與，和。儀禮鄉飲酒："公如大夫入。"3.或者。論語先進："安見方六七十，如五六十，而非邦也者？"4.于。吕氏春秋愛士："人之困窮，甚如飢寒。"5.而。古與而字多通用。詩大雅常武："王奮厥武，如震如怒。"釋文："一本此兩如字皆作而。"㊆介詞。1.往，到。左傳僖二八年："宋人使門尹般如晉師告急。"2.奈。論語子罕："天之未喪斯文也，匡人其如余何？"㊇副詞。將要。左傳宣十二年："有喜而憂，如有憂而喜乎？"㊈助詞。然。易屯："屯如邅如，乘馬班如。"㊉姓。三國有如淳。

【如干】若干。表示不定數。文選南朝梁任彦昇（昉）王文憲集序："是用綴緝遺文，永貽世範，爲如干帙，如干卷。"

【如月】農曆二月的別稱。爾雅釋天:"二月爲如。"

【如字】一字有兩音,依本音讀的,叫如字。唐陸德明經典釋文毛詩音義周南關雎:"好逑,毛如字,鄭呼報反。"按:"好"有上、去二音,毛亨傳讀上聲,是字的本音,故稱如字;鄭玄讀去聲。

【如如】佛教指真如常住,圓融而不凝滯的境界。金剛經:"不取於相,如如不動。"唐白居易長慶集六五讀禪經詩:"攝動是禪禪是動,不禪不動卽如如。"引申爲常在。唐賈島長江集九寄無得頭陀詩:"落澗水聲來遠遠,當空月色自如如。"

【如君】妾的別稱。儒林外史十一:"商量要娶一個如君。"參閱清俞正燮癸巳類稿七釋小補楚語笄内則總角義。

【如何】㊀怎樣。詩小雅庭燎:"夜如何其?夜未央。"㊁奈何,怎麼辦。詩秦風晨風:"如何如何,忘我實多。"唐白居易長慶集三上陽白髮人詩:"上陽人,苦最多。少亦苦,老亦苦,少苦老苦兩如何?"㊂傳說中的樹名。舊題漢東方朔神異經南方經:"南方大荒有樹焉,名曰如何,三百歲作華,九百歲作實……金刀剖之則酸,簾刀剖之則辛。"太平御覽九六一晉顧愷之啓蒙記:"如何隨刀而改味。"

【如來】佛的別名。梵語多陀阿伽陀。義爲如實道來而成正覺。又爲釋迦牟尼十種法號的第一種。金剛經:"如來者,無所從來,亦無所去,故名如來。"參閱翻譯名義集一十種稱號。

【如皋】縣名,屬江蘇省。漢廣陵海陵二縣地,晉義熙中析置如皋縣,隋省入海陵縣。五代南唐保大十年復置如皋縣。明屬泰州,清改屬通州。見嘉慶一統志一〇六通州。

【如姬】戰國魏安釐王的侍妾。其父爲人所殺,信陵君代爲報仇。安釐王十九年,秦兵圍趙邯鄲,信陵君欲救趙,魏王不許。信陵君請如姬竊得兵符,遂奪晉鄙軍,大破秦軍,得解趙圍。見史記七七魏公子傳。

【如淳】三國魏馮翊人。任陳郡丞。曾注釋漢書。見唐顏師古漢書敍例。

【如許】如此,這樣。樂府詩集四九西曲歌下孟珠之三:"暫出後湖看,蒲菰如許長。"唐詩紀事四李義府咏烏:"上林如許樹,不借一枝棲。"

【如意】㊀滿意。漢書七五京房傳:"臣疑陛下雖行此道,猶不得如意。"㊁器物名。梵語阿那律。柄端作手指形,用以搔癢,可如人意,因而得名。又有柄端作心字形者。以骨、角、竹、木、玉、石、銅、鐵等製成,長三尺許。古時持以指劃,晉殷浩所識作賦,王恭讀後,不語不笑,但以如意帖之而已。又王愷以珊瑚樹示石崇,崇以鐵如意擊之,應手而碎。見世説新語雅量、汰侈。和尚宣講佛經時,也持如意,記經文於上,以備遺忘。近代的如意,長不過一、二尺,其端多作芝形、雲形,不過因其名吉祥,以供玩賞而已。參閱宋吳曾能改齋漫録一如意、釋氏要覽中道具。現在所用搔癢之具,叫"癢癢撓"(又稱"不求人"),卽古時搔杖、如意之遺制。㊂唐武則天年號。公元692年。

【如簧】㊀如笙鼓簧,比喻能説會道。詩小雅巧言:"巧言如簧,顔之厚矣。"唐徐夤釣磯集六楚國史詩:"君王不剪如簧舌,再得張儀欲奈何?"㊁狗名。卽"茹黄"。抱朴子君道:"烹如簧以謐司原之箴。"也作"如黄"。漢劉向説苑正諫:"荆文王得如黄之狗。"參見"茹黄"。

【如願】㊀神話傳説。彭澤湖湖神青洪君有婢女名如願。爲歐明所乞得,攜回,平生願望,因得以實現。見初學記十八引録異傳。宋黄庭堅豫章集三常父答詩有煎點徑須煩緑珠之句復次韻答詩:"政當爲公乞如願,作牋遠寄宮亭湖。"參見"乞如願"。㊁符合心意。猶言如願以償。宋范成大石湖集六次韻子文雨後思歸詩:"萬事安能盡如願,且來相伴壓糟牀。"

【如馨】如此,這樣。同"寧馨"。世説新語容止"林公道王長史"注引語林:"王仲祖(濛)有好儀形,每覽鏡自照曰:'王文開那生如馨兒!'"文開,濛父王訥字。又方正:"桓大司馬(温)詣劉尹(惔),卧不起。桓彎彈彈劉枕,丸迸碎牀褥間。劉作色而起,曰:'使君如馨地寧可戰鬬求勝!'"參見"寧馨"、"爾馨"。

【如夫人】妾的別稱。多用於稱他人的妾。左傳僖十七年:"齊侯好内,多内寵,内嬖如夫人者六人。"儒林外史五:"你這一位如夫人,關係你家三代。"

【如京使】官名。唐玄宗以御史充任太倉出納使,五代取詩小雅甫田"如砥如京"之意,改名爲"如京使"。職務相當於倉監督。宋沿用爲武臣例轉之官。如柳開稱柳如京,卽以其官職相稱。宋史職官志九:"如京使,轉莊宅使,有戰功,轉東作坊使。"

【如花女】美麗的女性。明高啟高太史集一羅敷行:"長安畫樓宇,無限如花女。"

【如是觀】傳奇名。又名倒精忠、翻精忠。明末吳玉虹作,一説爲清張大復作。有清康熙五十三年抄本,分上、下卷,共三十齣。因傳奇精忠記敍岳飛抗金遭誣害,而奸臣秦檜死後纔在地獄受刑,認爲不快人心。於是翻案,改成岳飛大勝金兀朮班師回朝,皇帝給他滿門封贈,並把秦檜處死示衆。作者認爲一善一惡,"真假當作如是觀",因以爲劇名。

【如律令】按法令執行。漢朝詔書或檄文結尾多用此語。史記三王世家:"御史大夫湯下丞相,丞相下中二千石,二千石下郡太守、諸侯相,丞書從事下當用者如律令。"文選陳孔璋(琳)爲袁紹檄豫州:"布告天下,咸使知聖朝有拘迫之難如律令。"後來道士等畫符念咒,仿官文書末尾多用"如律令"或"急急如律令"。參閱唐李濟翁資暇録中、宋程大昌演繁露。

【如意珠】㊀佛珠,梵語"真多摩尼"意譯。相傳是用佛舍利(佛骨)製成。景德傳燈録三十永嘉真覺大師證道歌:"既能解此如意珠,自利利他終不竭。"㊁道教的還丹。雲笈七籤七二内丹:"以此爲無價珠,乃如意神珠也。"參見"還丹"。

【如意娘】樂府名。相傳爲唐武則天所作。樂府詩集八十近代曲辭引樂苑:"如意娘,商調曲,唐則天皇后作也。"

【如意菜】植物名。卽澤瀉苗。詳"澤瀉"。

【如椽筆】比喻大手筆。晉書王導傳附王珣:"珣夢人以大筆如椽與之,既覺,語人云:'此當有大手筆事。'"宋張鎡南湖集五誠齋再韻見遺走筆復和並邀尤檢正京右司觀花詩:"戈揮就借如椽筆,不信湖邊日易沈。"參見"大手筆"。

【如夢令】詞牌名。相傳爲後唐莊宗(李存勗)製,初名憶仙姿,嫌其名不雅,改爲如夢令,以詞中有"如夢,如夢"句而名。宋周邦彥又因此詞首句,改名宴桃源;魏泰雙調詞,名如意令。單調三十三字,雙調六十六字。參閲詞譜二。

【如出一口】衆口一詞。韓非子内儲下六微:"燕人其妻有私通於士,其夫早自外而來,士適出。夫曰:'何客也?'其妻曰:'無客。'問左右,左右言無有,如出一口。"戰國策楚一:"江乙曰:州侯相楚,貴甚矣,而主斷,左右俱曰無有,如出一口矣。"

【如坐針氈】形容坐卧不安。晉書愍懷太子遹傳:"舍人杜錫,……每盡忠規勸太子修德進善,遠于讒謗。太子怒,使人以針著錫常所坐氈中而刺之。”後因以如坐針氈形容坐卧不安。水滸十四:“且說林冲在柴大官人東莊上聽得這話,如坐針氈。”

【如坐雲霧】比喻昏昧不明。北齊顏之推顏氏家訓勉學:“及有吉凶大事,議論得失,蒙然張口,如坐雲霧。”

【如法炮製】本指依照成法炮製藥劑。比喻照樣仿作。兒女英雄傳五:“等明日早走,依舊如法泡製,也不怕他飛上天去。”泡,應作“炮”。

【如拾地芥】比喻可以輕易得到。文選梁任彥昇(昉)天監三年策秀才文之二:“輜軿青紫,如拾地芥,而惰遊廢業,十室而九。”參見“地芥”。

【如是我聞】佛經的開卷語。傳說釋迦牟尼死後,弟子們彙集他的言論,因阿難常在釋迦牟尼身邊,聽到的最多,就推他宣唱佛說,以“如是我聞”爲開場,意爲我聽到釋迦牟尼如此說。見佛地經論一。

【如風過耳】比喻不相干,不放在心上。吴越春秋吴王壽夢傳:“富貴之於我,如秋風之過耳。”

【如狼牧羊】比喻酷吏殘害人民。史記一二二義縱傳:“甯成爲濟南都尉,其治如狼牧羊。”

【如荼如火】國語吴:“萬人以爲方陣,皆白裳、白旂、素甲、白羽之矰,望之如荼。……左軍亦如之,皆赤裳、赤旟、丹甲、朱羽之矰,望之如火。”荼,一種開白花的茅草。本指軍容之盛,後用來形容氣勢的蓬勃旺盛。也作“如火如荼”。

【如魚得水】比喻得到很投契的人或很合適的環境。三國志蜀諸葛亮傳:“孤之有孔明,猶魚之有水也。”新唐書一一〇契苾何力傳:“何力入延陀如涸魚得水,其脱必遽。”

【如湯沃雪】比喻事情極易解決。湯,熱水;沃,澆。文選漢枚叔(乘)七發:“小飯大歠,如湯沃雪。”也作“如湯灌雪”。孔子家語王言:“則民之棄惡,如湯之灌雪焉。”又作“如湯澆雪”。南史王瑩傳:“文人一旨,如湯澆雪耳。”

【如喪考妣】像死了爹娘一樣悲傷。今多含貶義。書舜典:“二十有八載,帝乃殂落,百姓如喪考妣。”引申爲一心一意,不及其他。景德傳燈録十八師備禪師:“若是根機遲鈍,真須勤苦忍耐,日夜忘疲失食,如喪考妣相似。”

【如運諸掌】形容極其容易。列子楊朱:“楊朱見梁王,言治天下如運諸掌。”

【如雷貫耳】比喻人的名聲很大。水滸六二:“小可久聞員外大名,如雷貫耳,今日幸得拜識,大慰平生。”貫,也作“灌”。儒林外史十:“久仰大名,如雷灌耳。”

【如墮烟霧】形容茫然不得要領或認不清方向。唐李白李太白詩二五嘲魯儒:“問以經濟策,茫如墮烟霧。”晉王濛劉惔訪殷浩談論,談竟俱去,劉謂王曰:“淵源真可!”王曰:“卿故墮其雲霧中。”見世說新語賞譽下。墮其雲霧中,指爲所迷惑。與如墮烟霧意近。

【如獲至寶】好像得到了重寶。有大喜過望的意思。宋李光莊簡集十五與胡邦衡書:“忽蜀僧行密至,袖出寂照庵三字,如獲至寶。”

【如釋重負】好像放下重擔,形容心情舒暢。穀梁傳昭二九年:“昭公出奔,民如釋重負。”

【如人飲水,冷暖自知】指直接經驗,自己理解得最明白親切。唐裴休集黄蘗山斷際禪師傳心法要:“明(上座)於言下忽然默契,便禮拜云:‘如人飲水,冷暖自知,某甲在五祖會中,枉用三十年工夫。’”景德傳燈録四袁州道明禪師:“師曰:‘某甲雖在黄梅隨衆,實未省自己面目。今蒙指受入處,如人飲水,冷暖自知,行者即是某甲師也。’”

奼 chà 丑下切,上,馬韻,徹。
ㄔㄚˋ 當故切,去,暮韻,端。
陟駕切,去,禡韻,知。

美女。字也作“姹”。參見“姹”。

妁 shuò 市若切,入,藥韻,禪。
ㄕㄨㄛˋ 之若切,入,藥韻,照。

見“媒妁”。

四畫

妝 zhūang 側羊切,平,陽韻,牀。
ㄓㄨㄤ

也作“裝”、“粧”、“粧”。㊀打扮,修飾。唐白居易長慶集十二琵琶行:“曲罷曾教善才伏,妝成每被秋娘妒。”㊁妝飾用物和服裝。樂府詩集二五木蘭詩:“阿姊聞妹來,當户理紅妝。”參見“粧”各條。

【妝扮】修飾,打扮。元史輿服志一:“諸樂藝人等,服用與庶人同,凡承應妝扮之物,不拘上例。”

【妝域】宫廷遊戲器具,如今陀羅一類。清杭世駿道古堂詩集一橙花館集妝域聯句序:“妝域者,形圜如璧,徑四寸,以象牙爲之。面平,鏤以樹石人物,丹碧粲然。背微隆起,作坐龍蟠屈狀,旁刻妝域二小字,楷法精謹。當背中央凸處,置鋳鍼僅及寸,界以局,手旋之,使鍼卓立輪轉如飛,復以袖拂,則久久不能停。踰局者有罰。相傳爲前代宫人角勝之戲,如武林舊事所載千千、日下舊聞之放空鐘之類。”

【妝梳】修飾容貌。也作“梳妝”。唐劉禹錫劉夢得集外集八歷陽書事七十韻詩:“容華本南國,妝梳學西京。”

【妝奩】女子梳妝所用的鏡匣之類。唐劉禹錫劉夢得集九泰娘歌:“妝奩蟲網厚如繭,博山鑪側傾寒灰。”後也指嫁妝。三國演義十六:“(吕布)連夜具辦妝奩,收拾寶馬香車,令宋憲魏續一同韓胤送女前去。”

【妝點】修飾點綴。樂府詩集三五南朝陳後主(叔寶)三婦豔詩之二:“小婦初妝點,回眉對月鈎。”宋柳永樂章集柳初新詞:“柳臺煙眼,花匀露臉,漸覺緑嬌紅奼。妝點層臺芳榭,運神功丹青無價。”參見“粧點”、“裝點”。

妥 tuǒ 他果切,上,果韻,透。
ㄊㄨㄛˇ

㊀安坐。詩小雅楚茨:“以妥以侑。”㊁安穩。漢書六三燕剌王旦傳:“薫鬻徙域,北州以妥。”㊂落下。唐杜甫杜工部草堂詩箋三重過何氏:“花妥鶯捎蝶,溪喧獺趁魚。”宋胡仔苕溪漁隱叢話前集十杜少陵五引三山老人語録:“西北方言,以墮爲妥,花妥即花墮也。”

【妥尾】垂尾於地。宋王安石臨川集五石虎圖詩:“横行妥尾不畏逐,顧盼欲去仍躊躇。”

【妥妥】安定。晏子春秋問上:“魯之君臣,猶好爲義,下之妥妥也,奄然寡聞。”

【妥怗】見“妥帖”。

【妥帖】穩當,合適。文選晉陸士衡(機)文賦:“或妥帖而易施,或岨峿而不安。”注:“妥帖,易施貌。……王逸楚辭序曰:義多乖異,事不妥帖。”又作“妥怗”。南齊書五二陸厥傳:“岨峿妥怗之談,操末續顛之説。”

【妥貼】穩當,牢靠。資治通鑑二三一唐貞元元年:“(李)泌曰:‘易帥之際,軍中煩言,乃其常理,泌到,自妥貼矣。’”

妨 fāng fáng 敷方切,平,陽韻,敷。
ㄈㄤ ㄈㄤˊ 敷亮切,去,漾韻,敷。

㊀損害。國語越下:“王若行之,將妨於國家,靡王躬身。”㊁阻礙。唐韓愈昌黎集二岳陽樓别竇司直詩:“軒然大波起,宇宙隘而妨。”

【妨害】阻礙和損害。荀子仲尼:“援賢博施,除怨而無妨害人。”又:“爲重招權於下以妨害人。”

【妨賢】阻抑賢人使其不得進用。漢書

七六王尊傳:"又出教勅掾功曹,……其不中用,趣自避退,毋久妨賢。"

【妨礙】阻礙。廣弘明集二七上南齊蕭子良淨住子修理六根門:"初不樂聞,反生妨礙。"宋范成大石湖集二七秋日田園雜興詩:"靜看簷蛛結網低,無端妨礙小蟲飛。"

【妨功害能】壓抑損害有功或有才能的人。文選漢李少卿(陵)答蘇武書:"聞子之歸,賜不過二百萬,位不過典屬國,無尺土之封,加子之勤;而妨功害能之臣,盡爲萬户侯。"

妒 dù 當故切,去,暮韻,端。ㄉㄨˋ

同"妬"。㊀嫉忌別人。左傳襄二一年:"叔向之母妬叔虎之母美而不使。"楚辭屈原離騷:"各興心而嫉妬。"注:"害賢爲嫉,害色爲妬。"也用以泛稱忌人之長。㊁乳癰曰妬。見釋名釋疾病。唐王燾外臺祕要三四妬乳門引備急小品集驗諸方,皆有妬乳方。

【妒鱗】比喻妒婦之威如逆鱗不可冒犯。藝文類聚三五南朝梁張纘妒婦賦:"忽有逆其妒鱗,犯其忌制;赴湯蹈火,瞋目攘袂。"參見"逆鱗"。

【妒女泉】泉名。舊題梁任昉述異記:"并州妒女泉,婦人不得豔妝綵服至其地,必興雲雨。一云是介推妹。"介推即介之推。

【妒母草】竹的別名。宋陸佃埤雅釋草:"今俗呼竹爲妒母草,言筍旬有六日而齊母。"

【妒婦津】傳説故事。晉劉伯玉嘗誦洛神賦,對他的妻子説:"娶婦如此,吾無憾矣!"妻氣忿,自投於津而死。後來婦人渡此津,必壞衣毀粧,否則風波暴發,因稱妒婦津。見唐段成式酉陽雜俎十四諾皋記上。

【妒婦記】南朝宋明帝深恨婦人妒嫉,曾處死諸臣妻中的妒婦,又命虞通之著妒婦記。見南史王藻傳。隋書經籍志二著録虞通之妒(妬)記二卷。今佚。魯迅古小説鉤沉有輯本。

【妒羅綿】見"兜羅綿"。

妉 dān 丁含切,平,覃韻,端。ㄉㄢ

樂。見爾雅釋詁。也作"媅"。

妍 yán 五堅切,平,先韻,疑。ㄧㄢˊ

美好。關尹子三極:"日無不照,有妍有醜,而日無厚薄。"方言一:"娥孍,好也,……自關而西,秦晉之故都曰妍。"注:"其俗通呼好爲妍。"

【妍和】猶妍暖。唐白居易長慶集一七春江閑步贈張仙人詩:"江景又妍和,牽愁發浩歌。"

【妍姿】美好的姿容。唐白居易長慶集十一過昭君村詩:"妍姿化已久,但有村名存。"

【妍蚩】美和醜。文選晉陸士衡(機)文賦:"混妍蚩而成體,累良質而爲瑕。"也作"妍媸"。抱朴子文行:"若夫翰迹韻略之廣逼,屬辭比義之妍媸,……其懸絶也雖天外毫内,不足以喻其遼邈。"

【妍捷】巧敏。舊唐書八四裴行儉傳:"褚遂良非精筆佳墨,未嘗輒書,不擇筆墨而妍捷者,唯余及虞世南耳。"

【妍暖】風和日暖,景物美好。唐韓愈昌黎集四遊青龍寺贈崔太補闕詩:"須知節候即風寒,幸及亭午猶妍暖。"

【妍媸】見"妍蚩"。

【妍歌】即豔歌。文選南朝宋顏延年(延之)三月三日曲水詩序:"妍歌妙舞之容,銜組樹羽之器。"注引古妍歌篇:"妍歌展妙聲,發曲吐令辭。"

【妍蒨】秀麗。明何景明大復集一織女賦序:"予嘗觀謝朓王勃七夕賦,皆組詞繪句,務極妍蒨"。

【妍麗】㊀美好。三國魏曹植曹子建集三車渠椀賦:"命公輸使制匠,窮妍麗之殊形。"㊁美豔。玉臺新詠三晉李充嘲友人詩:"目想妍麗姿,耳存清媚音。"

【妍皮不裹癡骨】外美必內慧。即秀外慧中、表裏一致之意。晉書慕容超載記:"超自以諸父在東,恐爲姚氏所録,乃陽狂行乞。秦人賤之,惟姚紹見而異焉,勸(姚)興拘以爵位。召見與語,超深自晦匿,興大鄙之,謂紹曰:'諺云:"妍皮不裹癡骨",妄語耳。'"宋陳亮龍川詞賀新郎寄辛幼安和見懷韻:"行矣置之無足問,誰換妍皮癡骨。"

妘 yún 王分切,平,文韻,于。ㄩㄣˊ

姓。左傳襄十年:"偪陽,妘姓也。"相傳爲上古高辛氏時火正祝融之後。參閲國語鄭及注。

妓 jì 渠綺切,上,紙韻,羣。ㄐㄧˋ

歌舞女藝人。後漢書六四梁統傳附梁冀:"因行道路,發取妓女御者。"後專以指娼妓。

【妓女】歌舞女藝人。後漢書七二濟南安王康傳:"(劉)錯爲太子時,愛康鼓吹妓女宋閏,使醫張尊招之,不得。"

【妓圍】唐時諸王生活荒淫豪奢,冬天 官妓密圍於坐側,以擋寒氣,稱妓圍。見五代王仁裕開元天寶遺事。宋陳師道後山詩注十謝趙使君送烏薪:"使君傳教 薪炭,妓圍那解思寒谷。"

妣 bǐ 卑履切,上,旨韻,非。ㄅㄧˇ

㊀祖母和祖母輩以上的女性祖先。詩小雅斯干:"似續妣祖。"箋:"妣,先妣姜 也。"參閲清顧炎武日知録一妣。㊁ 親。爾雅釋親:"父爲考,母爲妣。"後 只用於亡母。禮曲禮下:"生曰父,曰母 曰妻;死曰考,曰妣,曰嬪。"

【妣考】亡母與亡父。元高則誠琵琶記 館悲逢:"兩口顛連相繼死,我剪頭髮 錢送伊妣考。"

妤 yú 以諸切,平,魚韻,喻。ㄩˊ

婕妤,漢女官名。參見"倢伃"、"婕妤"。

妞 niū ㄋㄧㄡ

女孩。參見"妞妞"。

【妞妞】女孩的通稱。紅樓夢一〇一 "把妞妞抱過來。"清俞正燮癸巳存稿 遺妞:"孃者,少女之稱,亦作娘,轉作妞 北人稱妞妞,南人稱娘娘是也。"

妙 miào 彌笑切,去,笑韻,明。1. ㄇㄧㄠˋ

㊀神妙,深微。老子:"故常無欲以觀 妙。"宋史三六五岳飛傳:"運用之妙, 乎一心。"㊁善,美好。莊子寓言:"九 而大妙。"

miǎo 2. ㄇㄧㄠˇ

㊂細微,小。通"眇"。呂氏春秋審分 "所知者妙矣。"㊃遠。見"妙₂遠"。

【妙土】佛家幻想的清淨、安樂境地, 叫淨土,即所謂極樂世界。佛説無量 經上:"我當修行攝取佛國清淨莊嚴無 妙土。"藝文類聚七七南朝梁簡文帝神 寺碑序:"自非莊嚴妙土,吉祥福地,何 標茲淨域,置此伽藍。"

【妙士】才德高明的人。三國魏曹植 思王集畫説:"觀畫者……見高節妙士 莫不忘食。"

【妙才】才藝出衆的人。楚辭屈原離騷 引漢班孟堅(固)離騷序:"雖非明智 器,可謂妙才者也。"也作"妙材"。文選 張平子(衡)西京賦:"祕舞更奏,妙材 伎。"

【妙手】技藝高超的人。藝文類聚七 晉蔡洪圍棋賦:"命班倕之妙手,制朝之柔木。」唐高適高常侍集五畫馬篇詩:「感玆絶代稱妙手,遂令談者不容口。」宋陸游劍南詩稿八三文章:「文章本天成,妙手偶得之。」

【妙用】奇妙的作用。唐韋續墨藪書論:「妙用玄通,隣于神化。」又李白李太白詩十草創大還贈柳官迪:「自然成妙用,孰知其指的。」

【妙有】道家指超乎「有」和「無」以上的原始存在。文選晉孫興公(綽)游天台山賦:「太虛遼廓而無閡,運自然之妙有。」注:「王弼曰:一,數之始而物之極也。謂之爲妙有者,欲言有,不見其形,則非有,故謂之妙;欲言無,物由之以生,則非無,故謂之有也。斯乃無中之有,謂之妙有也。」佛教大乘空宗認爲客觀世界的各種現象(名、相),不過是人心寄託的無中之有,稱「妙有」。南朝梁蕭統昭明太子集五令旨解法身義:「寄以名相,故曰妙有;理絶名相,何妙何有?」

【妙旨】精深的含義。藝文類聚五七漢傅毅七激:「達犧農之妙旨,照虞夏之典墳。」梁書沈約傳:「又撰四聲譜,……窮其妙旨,自謂入神之作。」

【妙年】少壯時期。三國志魏陳思王植傳求自試疏:「終軍以妙年使越,欲得長纓占其王羈置北闕。」文選晉潘安仁(岳)楊仲武誄:「子以妙年之秀,固能綜覽義旨而軌式模範矣。」

【妙好】㊀精巧美好。北堂書鈔一三四漢蔡邕圓扇賦:「輕微妙好,其輶如羽。」㊁首飾神。參見「神妝」。

【妙典】指佛教經典。藝文類聚七七南朝梁沈約內典序:「是故曲辯情靈,棲心妙典。」

【妙音】歌妓,歌舞藝人。戰國策楚一:「大王誠能聽臣之愚計,則韓魏齊燕趙衛之妙音、美人必充後宮矣。」後也用以指美好的音樂。藝文類聚五七漢傅毅七激:「大師奏操,榮期清歌,……沉微玄穆,感物寤靈,此亦天下之妙音也。」

【妙相】莊嚴的形象。文苑英華七八五南朝梁簡文帝大愛敬寺剎下銘:「儼如常住,妙相長存。」也用以指美好的景象。元耶律楚材湛然居士集四和搏霄韻代水陸疏文因其韻爲十詩之四:「山色水光呈妙相,鳥啼猿嘯露圓音。」

【妙品】㊀泛稱精美的物品。宋史四四四李公麟傳:「聞一妙品,雖捐千金不惜。」㊁傑作名著。見「三品㊁」。

【妙思】精深的構思、主旨。漢王充論衡藝增:「諸子之文,筆墨之疏,人賢所著,妙思所集,宜如其實,猶或增之。」

【妙香】特妙的香氣。多用於形容佛寺所用香料。楞嚴經五:「見諸比丘燒沈水香,香氣寂然,來入鼻中。……塵氣倏滅,妙香密圓。」唐杜甫杜工部草堂詩箋九大雲寺贊公房:「燈影照無睡,心清聞妙香。」

【妙悟】敏慧善悟。肇論涅槃無名論妙存:「然則玄道在於妙悟,妙悟在於卽真。」宋嚴羽滄浪詩話詩辯:「大抵禪道惟在妙悟,詩道亦在妙悟。」

【妙理】精深的道理。三國魏曹植曹子建集十漢二祖優劣論:「通黃鐘之妙理,韜亞聖之懿才。」

【妙略】出奇的智謀、計劃。晉書孫楚傳:「主上欽明,委以萬機,長轡遠御,妙略潛授。」唐杜甫杜工部詩史補遺五警急:「才名舊楚將,妙略擁兵機。」

【妙華】美好的樣子。華、花古今字。以花比喻青春,因稱妙華。古文苑五漢班固竹扇賦:「青青之竹形兆直,妙華長竿紛寔翼。」南朝宋鮑照鮑氏集七中興歌:「三五容色滿,四五妙華歇。」

【妙語】有意味或動聽的語言。宋蘇軾分類東坡詩二二次韻范淳父送秦少章:「贈行苦說我,妙語慰蹉跎。」黃庭堅豫章集四次韻文潛同遊王舍人園詩:「掃花坐晚吹,妙語益難忘。」

【妙₂遠】深遠。韓非子難言:「閎大廣博,妙遠不測,則見以爲夸而無用。」

【妙算】奇妙的計策。晉書王濬傳上書自理:「是以憑賴威靈,幸而能濟,皆是陛下神策妙算。」晉陶潛陶淵明集六感士不遇賦:「妙算者謂迷,直道者云妄。」

【妙選】㊀善於選擇。漢書七七劉輔傳:「妙選有德之世,考卜窈窕之女。」㊁中選的出色人物。世說新語文學:「(劉惔張憑)卽同載詣撫軍,至撫軍前,(劉)進謂撫軍曰:『下官今日爲公得一太常博士妙選。』」

【妙簡】善於選擇。三國志魏高貴鄉公紀甘露三年:「宜妙簡德行,以充其選。」文選晉潘安仁(岳)夏侯常侍誄:「設官建輔,妙簡邦良。」

【妙麗】美麗。漢書九七孝武李夫人傳:「平陽主因言延年有女弟,上乃召見之,實妙麗善舞。」也指美麗的女子。樂府雅詞上董穎薄媚西子:「有傾城妙麗,名稱西子,歲方笄。」

【妙齡】少年。同「妙年」。唐李商隱李義山文集三爲舉人上翰林蕭侍郎啟:「爰自妙齡,遂肩名輩。」宋王安石臨川集二五送江寧彭給事赴闕詩:「壯志異時開史牒,妙齡終日對書龕。」

【妙高山】卽須彌山。佛經說七寶合成,故名妙高。參閱法苑珠林四三界四洲山量「以蘇迷盧山爲中」注、翻譯名義集三衆山蘇米盧。參見「須彌」。

【妙高峯】山名。1.在今湖南長沙市城南。南宋理學家張栻曾在此設城南書院。清末改設師範學堂,後改爲湖南第一師範學校。2.在江蘇鎮江市金山的最高處,形勢甚勝。上有妙高臺,宋僧了元所建,一名曬經臺。參閱嘉慶一統志九一鎮江府二。

【妙手空空】唐傳奇小說中劍客名,說他的劍術神妙,「能從空虛入冥,善無形而滅影」。曾爲魏博節度使謀殺陳許節度使劉昌裔,劉得女俠聶隱娘搭救免死。見太平廣記一九四聶隱娘引傳奇。後把竊賊叫「妙手空空兒」,或用以稱處境窮困而善於挪移應付的人。

【妙處不傳】精微、奧祕之處,非言語筆墨所能表達。世說新語文學:「司馬太傅(道子)問謝車騎(玄):『惠子其書五車,何以無一言入玄?』謝曰:『故當是妙處不傳。』」宋黃庭堅山谷內集七戲題小雀捕飛蟲畫扇詩:「丹青妙處不可傳,輪扁斲輪如此用。」扁,古代精於製車輪的巧匠。

【妙絶時人】作品冠於一時。文選魏文帝(曹丕)與吳質書:「公幹(劉楨)有逸氣,但未遒耳。其五言詩之善者,妙絶時人。」世說新語文學:「簡文稱許掾云:『玄度五言詩,可謂妙絶時人。』」掾,古代官署屬員的通稱。玄度,許詢字。

【妙法蓮華經】佛教主要經典之一,省稱法華經。有晉竺法護、後秦鳩摩羅什、隋闍那掘多、達摩笈多等三種譯本,以鳩摩羅什譯本爲最通行。經中宣揚三乘歸一之旨,自以其法微妙,如蓮華居塵不染,故名妙法蓮華經。

妠 1. nàn ㄋㄢˋ 奴紺切,去,勘韻,泥。

㊀納,娶。後漢書順烈梁皇后紀:「順烈梁皇后諱妠。」唐李賢注引聲類:「妠,(納)娶也。」廣雅釋詁:「選、納、妠,入也。」清王念孫疏證三下釋詁:「妠,亦納也,方俗語轉耳。」

2. nà ㄋㄚˋ 女刮切,入,鎋韻,娘。

㊀姿態美好的樣子。詳「媎妠」。

姒 sì ㄙˋ 詳里切,上,止韻,邪。

㊀兄妻爲姒,弟妻爲娣;兄弟之妻互相稱

姒。左傳成十一年:"穆姜曰:'吾不以妾爲姒。'"㊁稱姊爲姒。列女傳三魯公乘姒:"魯公乘姒者，魯公乘子皮之姒也。"㊂古代妾媵相稱，年長者爲姒，年幼者爲娣。爾雅釋親:"女子同出，謂先生爲姒，後生爲娣。"注:"同出，謂俱嫁事一夫。"參見"娣姒"。㊃姓。史記夏紀論:"禹爲姒姓。"

【姒娣】兄弟之妻的互稱。新唐書七六竇皇后傳:"始，元貞太后羸老有疾，而性素嚴，諸姒娣皆畏，莫敢侍。"也作"娣姒"。參見"娣姒㊀"。

【姒婦】弟之妻稱兄之妻爲姒婦。見爾雅釋親。參見"娣姒㊀"。

妗 jìn ㄐㄧㄣˋ 集韻巨禁切，去，沁韻。

舅母。見集韻。宋張耒明道雜志稱，妗爲舅母二字的合音。參閱元陶宗儀輟耕錄十七。

妢 fén ㄈㄣˊ 符分切，平，文韻，奉。

見下。

【妢胡】古國名。在今安徽阜陽一帶。相傳出產美笴。笴，箭桿。周禮考工記:"妢胡之笴，……此材之美者也。"注:"妢胡，胡子之國，在楚旁。"左傳襄二八年記胡子朝于晉，即指妢胡之君。

妎 xì 胡計切，去，霽韻，匣。
ㄒㄧˋ 胡蓋切，去，泰韻，匣。

妒忌。說文:"妎，妒也。"宋羅泌路史前紀五有巢氏:"太古之民，……與物相友，人無妎物之心，而物亦無傷人之意。"

妐 zhōng ㄓㄨㄥ 職容切，平，鍾韻，照。

㊀夫之父。呂氏春秋遇合:"姑妐知之曰:'爲我婦而有外心，不可畜。'"參見"姑妐"。㊁夫之姊。禮昏義"和於室人"漢鄭玄注:"室人，謂女妐，女叔、諸婦也。"唐孔穎達疏:"女妐謂壻之姊也，女叔謂壻之妹。"

妊 rèn ㄖㄣˋ 汝鴆切，去，沁韻，日。

懷孕。廣雅釋言:"妊，娠也。"也作"姙"、"⿱壬女"。漢王充論衡吉驗:"傳言黃帝姙二十月而生。"後漢書章帝紀元和二年詔:"今諸懷⿱壬女者，賜胎養穀，人三斛。"又作"任"。參見"任㊄"。

妖 yāo ㄧㄠ 於喬切，平，宵韻，影。

㊀豔麗，嫵媚。三國魏曹植曹子建集六美女篇:"美女妖且閑，採桑岐路間。"㊁怪異、邪惡的事物。左傳宣十五年:"天反時爲災，地反物爲妖。"荀子大略:"口言善，身行惡，國妖也。"

【妖女】美女。藝文類聚十八東漢張衡定情賦:"夫何妖女之淑麗，光華豔而秀容。"三國魏曹植曹子建集六名都篇:"名都多妖女，京洛出少年。"

【妖妄】不真實。文選三國魏嵇叔夜(康)養生論:"或云上壽百二十，古今所同，過此以往，莫非妖妄者。"

【妖言】怪誕的邪説，誑惑人心的話。韓詩外傳二:"桀拍然而抃，嗑然而笑，曰:'又妖言矣。'"漢王充論衡語增:"燔詩書起淳于越之諫，坑儒士起自諸生爲妖言。"唐釋彥琮唐護法沙門法琳別傳下:"又梁武帝大同五年，道士袁矜妖言惑衆。"

【妖冶】豔麗。史記一一七司馬相如傳上林賦:"若夫青琴宓妃之徒，絶殊離俗，妖冶嫻都。"一本作"姣冶"。藝文類聚四三東漢傅毅舞賦:"貌嫽妙以妖冶，紅顏曄其揚華。"古文苑二作宋玉撰。後多指豔麗而不端莊。

【妖邪】㊀怪異邪惡。藝文類聚七九東漢王延壽夢賦:"嗟妖邪之怪物，豈干真人之正度。"㊁嬝娜多姿。宋陳與義簡齋集十清明詩之一:"街頭女兒雙髻鴉，隨風趁蝶學妖邪。"

【妖氛】不祥之氣。多指凶災、禍亂。三國魏曹丕魏文帝集一送劍書:"用給左右，以除妖氛。"唐李白李太白詩十八送張秀才謁高中丞:"高公鎮淮海，談笑却妖氛。"

【妖姿】豔麗嫵媚的姿態。三國魏曹植曹子建集五閨情之二:"有美一人，被服纖羅。妖姿豔麗，蓊若春華。"宋王禹偁小畜集九杏花詩之三:"桃紅李白莫争春，素態妖姿兩未勻。"

【妖星】怪異之星。多指彗星。左傳昭十年:"居其維首，而有妖星焉。"唐温庭筠集四過五丈原詩:"天晴殺氣屯關右，夜半妖星照渭濱。"

【妖妍】美麗嫵媚。宋陸游劍南詩稿五三西湖春遊:"清明後，上巳前，千紅百紫争妖妍。"

【妖術】怪異的邪術，多指術士的迷信活動。魏書皇后傳孝文幽皇后:"汝母有妖術，可具言之。"唐元稹長慶集一賽神詩:"因言遣妖術，滅絶由本根。"

【妖魅】鬼怪。晉干寶搜神記四:"婦曰:'此恐是妖魅憑依耳。'"唐司空圖司空表聖詩集一月下留丹竈:"瑤函真跡在，妖魅敢揚威?"後亦用以比喻邪惡的人。

【妖嬈】嬌豔嫵媚。三國魏曹植曹子建集三感婚賦:"顧有懷兮妖嬈，用搔首兮屏營。"一作"妖饒"。宋王安石臨川集三二海棠花詩:"綠嬌隱約眉輕掃，紅嫩妖饒臉薄粧。"

【妖霧】指山谷中的瘴氣。唐元稹長慶集四巴蛇詩之二:"巴山晝昏黑，妖霧濛濛。"

【妖靡】豔麗輕柔。三國魏曹植曹子建集九七啓:"僕將爲君子説游觀之至娛，演聲色之妖靡，論變化之至妙，敷道德之弘麗，願聞之乎?"

【妖魔】妖怪。常用來比喻邪惡勢力。宋歐陽修文忠集三讀徂徠集詩:"存之警後世，古鑑照妖魔。"

【妖孼】怪異反常的事物。草木之類稱妖，蟲豸之類稱孼。莊子人間世:"心而出，且爲聲爲名，爲妖爲孼。"禮中庸:"國家將亡，必有妖孼。"也作"妖蘖"。用作危害、擾亂的意思。國語吳:"撓亂度，以妖蘖吳國。"

【妖蠱】㊀媚惑。文選漢張平子(衡)西京賦:"妖蠱豔夫夏姬，美聲暢於虞氏。"㊁以邪術蠱惑害人。晉書郭璞傳諫留任谷宮中疏:"若以谷爲妖蠱詐妄者，則當界裔土。"

【妖豔】美麗嫵媚。含有光采逼人而不甚端莊的意思。初學記二七三國魏鍾會菊花賦:"乃有毛嬙西施荆姬秦嬴，妍姿妖豔，一顧傾城。"也指美麗的女子。唐韋應物韋江州集一雜體詩之三:"長安豪家，妖艷不可數。"艷，同"豔"。又作"夭豔"。宋王禹偁小畜集九宮舍竹詩:"不隨夭豔争春色，獨守孤貞待歲寒。"

五 畫

妾 qiè ㄑㄧㄝˋ 七接切，入，葉韻，清。

㊀女奴隸。書費誓:"臣妾逋逃。"傳:"役人賤者，男曰臣，女曰妾。"説文:"有辠(罪)女子給事之得接於君者。"㊁小妻。孟子離婁下:"齊人有一妻一妾而處室者。"㊂舊時女子自稱的謙詞。文選國楚宋玉高唐賦:"妾，巫山之女也。"

【妾身】舊時婦女自稱。文選三國魏曹子建(植)雜詩之三:"妾身守空閨，良人行從軍。"

【妾魚】魚名。又名婢妾魚。今稱鰟鮍鯽。爾雅釋魚"鱊鮬"注:"小魚也，似鮒子而黑，俗呼爲魚婢，江東呼爲妾魚。"宋羅願爾雅翼云即旁皮鯽，又名婢妾魚。參閱明楊慎丹鉛總錄二一詩話妾魚。

見"婢妾魚"。

【妾婦】小妻，側室。左傳襄十二年："夫婦所生若而人，妾婦之子若而人。"孟子滕文公下："以順爲正者，妾婦之道也。"

【妾媵】古代諸侯貴族女子出嫁，從嫁的妹妹或姪女稱媵，後通稱侍妾爲妾媵。後漢書五四楊震傳附楊賜："今妾媵、嬖人、閹尹之徒，共專國朝，欺罔日月。"

【妾薄命】樂府雜曲歌辭名。漢書九七下外戚傳孝成許皇后疏，有"妾薄命，端遇竟寧前"句。本爲自歎的話，即樂府妾薄命題名所本。三國魏曹植、南朝梁簡文帝、唐李白等都有以妾薄命爲題的樂府，表達生離死別，遠聘晚嫁，失寵遭遺棄之感。見樂府詩集六二。

妻 1. qī 七稽切，平，齊韻，清。ㄑㄧ

㊀男子的配偶。易繫辭下："入于其宮，不見其妻。"詩衛風碩人："齊侯之子，衛侯之妻。"

2. qì 七計切，去，霽韻，清。ㄑㄧˋ

㊁以女嫁人。左傳僖二三年："以叔隗妻趙衰，生盾。"

【妻子】㊀妻。子爲助詞。詩小雅常棣："妻子好合，如鼓瑟琴。"唐杜甫杜工部草堂詩箋十三新婚別："結髮爲妻子，席不暖君牀。"㊁妻與子。國語越下："不聽吾言，身死，妻子爲戮。"唐白居易長慶集五四自喜："身兼妻子都三口，鶴與琴書共一船。"

【妻公】岳父。宋王讜唐語林一政事上："進士王如泚者，妻公以伎術供奉，玄宗欲與改官。拜謝而請曰：'臣女壻王如泚，見應進士舉，伏望聖恩回授，乞一及第。'"

【妻房】妻。唐敦煌變文伍子胥變文："楚王太子長大，未有妻房。"

【妻兒】妻子兒女。唐杜甫杜工部草堂詩箋三十別李祕書始興寺所居："妻兒待來且歸去，他日杖藜來細聽。"

【妻帑】妻與子的合稱。詩小雅常棣："宜爾室家，樂爾妻帑。"也作"妻孥"。國語越上："將焚宗廟，係妻孥。"

【妻息】妻子兒女。文館詞林六六二西晉武帝伐吳詔："今調諸士，……限年十七以上至五十以還，先取有妻息者。"

【妻$_2$娶】嫁與娶。後漢書八一劉翊傳："鄉族貧者，死亡則爲具殯葬，嫠獨則助營妻娶"。晉書范汪傳附范甯："生兒不復舉養，鰥寡不敢妻娶"。

【妻$_2$略】搶劫汙辱。後漢書一〇二董卓傳："又姦亂公主，妻略宮人。"

【妻甥】妻姊妹的兒子。今稱姨甥。梁書裴邃傳："其妻甥王篆之密啓高祖云：'裴邃多大言，有不臣之迹。'"

【妻謁】通過得寵的女性干求請託。漢桓寬鹽鐵論刺權："夫貴於朝，妻謁行於外。"參見"女謁"、"婦謁"。

【妻黨】妻族。漢書八五谷永傳："後宮親屬，饒之以財，勿與政事，以遠皇父之類，損妻黨之權。"參見"三黨㊀"。

【妻梅子鶴】以梅爲妻，以鶴爲子，以示清高。清徐釚詞苑叢談三："林（逋）處士妻梅子鶴。"詳"梅妻鶴子"。

要 jī ㄐㄧ

將男作女。康熙字典引字彙補音飢。明陸容菽園雜記十二謂要音少，指女性化的男人。

委 1. wěi 於詭切，上，紙韻，影。ㄨㄟˇ

㊀付託，任命。左傳成二年："王使委於三吏。"戰國策齊一："願委之於子。"㊁放棄。孟子公孫丑下："委而去之。"文選三國魏曹子建（植）贈丁儀詩："黍稷委疇隴，農夫安所穫。"㊂推卸。見"委咎"、"委罪"等。㊃累積。公羊傳桓十四年："御廩者何？粢盛委之所藏也。"文選漢揚子雲（雄）甘泉賦："瑞穰穰兮委如山。"㊄衰頹。周禮考工記梓人："則必頹爾如委矣。"參見"委頓"、"委靡"。㊅確實。梁慧皎高僧傳一竺法蘭二："又昔漢武穿昆明池底，得黑灰，以問東方朔。朔云：'不委，可問西域人。'"宋樵川樵叟慶元黨禁："秋當大比，漕司前期取家狀，必欲書'委不是僞學'五字於後。"㊆曲折。見"委曲"、"委巷"等。㊇水流所聚。禮學記："三王之祭川也，皆先河而後海，或原也，或委也，此之謂務本。"後稱一事本末曰原委。也作源委。唐元稹長慶集二四驃國樂詩："教化從來有源委，必將泳海先泳河。"

2. wēi 於爲切，平，支韻，影。ㄨㄟ

㊈見"委$_2$佗"、"委$_2$蛇"。㊉見"委$_2$委$_2$"、"委$_2$然"。

【委心】㊀聽任本心的自然。淮南子精神："委心而不以慮。"晉陶潛陶淵明集五歸去來辭："已矣乎，寓形宇内復幾時，曷不委心任去留？"㊁傾心。史記九二淮陰侯傳："因固問（廣武君）曰：'僕委心歸計，願足下勿辭。'"

【委中】人體經絡穴位名。在膝部後面膕窩的正中，屬足太陽膀胱經。素問水熱穴論："雲門、髃骨、委中、髓空，此八者，以寫四支之熱也。"注："委中在足膝後屈處，膕中央，約文中動脈，足太陽脈之所入也。"又見靈樞經本輸、邪氣藏府病形。

【委化】順任自然的變化。魏書陽尼傳附陽固演賾賦："既聽天而委化兮，無形志之兩疲。"引申爲死的婉稱。宋陳長方唯室集四王正自挽詩："棲遲俄委化，驚惋首重搔。"

【委世】死，棄世。文選南朝宋顏延年（延之）宋文皇帝元皇后哀策文："太和既融，收華委世。"

【委付】付與。後漢書桓帝紀和平元年詔："元服已加，將即委付。"三國志蜀楊洪傳："及其來還，委付大任，同奬王室。"

【委仗】憑藉，依靠。三國志吳樓玄傳："諸吏之中，任幹之事，足委仗者，無勝於樓玄。"

【委吏】古代負責倉庫保管、會計事務的小官。孟子萬章下："孔子嘗爲委吏矣，曰：'會計當而已矣。'"

【委羽】山名。1. 淮南子地形："北方曰積冰，曰委羽……燭龍在雁門北，蔽于委羽之山，不見日。"2. 在今浙江黄巖縣南，一名俱依山。道家傳說有仙人劉奉林乘鶴落羽于此，故名委羽山。山東北有洞，道書所稱洞天之一，號大有空明之天。見浙江通志十六山川八。

【委曲】㊀曲折輾轉。委，原委；曲，曲折。把一件事情的始末經過講清楚，叫委曲詳盡。史記天官書："若至委曲小變，不可勝道。"㊁事情的原委、底細。文選三國魏繁休伯（欽）與魏文帝牋："竊惟聖體，兼愛好奇，是以因牋先白委曲。"㊂屈身折節。漢書八八嚴彭祖傳："凡通經術，固當修行先王之道，何可委曲從俗，苟求富貴乎？"㊃唐代指長官對下屬，主帥對將佐的手書諭示。唐段成式酉陽雜俎續集七金剛經鳩異："（陳）昭乃具說殺牛實奉劉尚書委曲，非牒也。"宋岳珂寶真齋法書贊五："（唐）段文昌秋氣帖：'有華陽消息，可報委曲。'按唐世搢紳家，以上達下，其制相承，名之曰委曲，蓋今之批示也。迄于國初，猶多用之。"

【委任】付託，信任。鄧析子轉辭："不慎喜怒，誅賞從其意，而欲委任臣下，故亡國相繼，弑君不絕。"史記一〇二馮唐傳："委任而責成功，故李牧乃得盡其智能。"後也指任命人擔任某種職務。

【委成】委任而責以成功。後漢書皇后

紀序："自古雖主幼時艱，王家多釁，必委成冢宰，簡求忠賢。" 晉書賈充傳："非得腹心之重，推轂委成，大匡其弊，恐爲患未已。"

【委₂佗】雍容自得的樣子。詩鄘風君子偕老："委委佗佗，如山如河。"疏："委委，行之美；佗佗，長之美。"後漢書二一任李萬邳劉耿傳贊："委佗還旅，二守焉依。"也作"委它"。後漢書七九上儒林傳序："服方領、習矩步者，委它乎其中。"

【委位】棄職，讓位。後漢書六五皇甫規傳論："夫其審己則干祿，見賢則委位。"

【委身】託身，以身事人。淮南子兵略："背社稷之守，而委身彊秦。"文選晉盧子諒(諶)贈劉琨詩附書："故委身之日，夷險已之。"注："(張)銑曰：委身之日，謂事琨之時也。"

【委注】垂注，關切。宋史四四二蘇舜欽傳上疏："前孔道輔范仲淹剛直不撓，致位臺諫，後雖改他官，不忘獻納。二臣者非不致緘口數年，坐得卿輔，蓋不敢負陛下委注之意。"

【委府】指儲積物資的官署。漢桓寬鹽鐵論本議："開委府於京，以籠貨物，賤卽買，貴卽賣。"

【委武】冠卷。秦人稱委，齊人稱武。古人戴帽後加此以約束，形狀像涼帽的帽簷。禮雜記上："委武玄縞而後蕤。"

【委巷】僻陋曲折的小巷。泛指民間。禮檀弓上："小功不爲位也者，是委巷之禮也。"意指民間的俗禮。晉書八四王恭傳："(司馬)道子嘗集朝士，置酒於東府，尚書令謝石因醉爲委巷之歌。"

【委屈】屈抑不伸。常指有冤怨得不到伸雪，或有才能不能施展。後漢書七十孔融傳論："豈其員園委屈可以每其生哉！"注："每，貪也。"紅樓夢六一："這五皃心內又氣又委屈，竟無處可訴。"

【委命】㊀寄託性命。文選漢賈誼過秦論："百越之君，俛首係頸，委命下吏。"㊁聽任命運支配。漢書一〇〇上敍傳班固答賓戲："慎修所志，守爾天符。委命共己，味道之腴。"

【委制】歸順並接受約束。國語越下："昔者上天降禍於越，委制於吳，而吳不受。"

【委₂委₂】㊀美好的樣子。詩鄘風君子偕老："委委佗佗，如山如河。"爾雅釋訓："委委、佗佗，美也。"參閱"委₂佗"。㊁安詳的樣子。靈樞經通天："陰陽和平之人，其狀委委然。"

【委咎】歸罪於別人。晉書石季龍載記上："冀州八郡大蝗，司隸請坐守宰。季龍曰：'此政之失和，朕之不德，而欲委咎守宰，豈禹湯罪己之義邪？'"參見"委罪"。

【委的】確實。宋宋慈宋提刑洗冤集錄四病死："如委的衆證因病身死分明，……不須牒請覆驗。"

【委佩】拖着佩飾。唐劉禹錫劉夢得文集外集八赴連山途次德宗山陵寄張員外詩："當時並冕奉天顏，委佩低簪綵仗間。"

【委叛】棄職離背而去。宋書趙倫之傳附趙伯符："在郡嚴酷，吏人苦之，或至委叛。"資治通鑑一七二陳太建八年："今西寇已據并州，達官率皆委叛。"注："委，棄也。委叛者，言棄官而叛去。"

【委形】賦予形體。莊子知北游："舜曰：'吾身非吾有也，孰有之哉？'曰：'是天地之委形也。'"

【委政】付以政柄。左傳襄三一年："子皮以爲忠，故委政焉，子產是以能爲鄭國。"孔子家語正論："古者天子崩，則世子委政於冢宰三年。"

【委面】歸順稱臣。文選晉袁彥伯(宏)三國名臣序贊："故委面霸朝，豫議世事。"唐張銑注："委質北面，以事魏朝。"

【委昵】親暱依附。三國志吳呂範傳："範遂自委昵，將私客百人歸(孫)策。"周書楊寬傳："魏廣陽王深與寬相委昵，深犯法得罪，寬被逮捕。"

【委重】重用，信賴。後漢書三四梁統傳附梁商："於是京師翕然，稱爲良輔，帝委重焉。"

【委捐】放棄。三國志魏武帝紀建安十五年"冬，作銅雀臺"注引魏武故事載十二月己亥令："然欲孤便爾委捐所典兵衆，以還執事，歸就武平侯國，實不可也。"

【委桑】蔭翳下垂的桑樹。淮南子人間："趙宣孟(盾)活飢人於委桑之下，而天下稱仁焉。"呂氏春秋報更作"骫桑"。後漢書八十下趙壹傳注："骫，古委字也。"左傳宣二年："宣子田于首山，舍於翳桑。"翳桑，卽委桑。

【委財】積聚財物。淮南子齊俗："無天下之委財，而欲徧贍萬民，利不能足也。"漢桓寬鹽鐵論本議："故鹽鐵均輸，所以通委財而調緩急，罷之不便也。"

【委₂蛇】也作委佗、逶迤、委移、逶遲、威遲、威夷等。㊀雍容自得貌。詩召南羔羊："退食自公，委蛇委蛇。"㊁隨順貌。莊子應帝王："吾與之虛而委蛇。"後把敷衍應付叫"虛與委蛇"，本此。㊂緜延曲折貌。楚辭屈原離騷："駕八龍之婉婉兮，載雲旗之委蛇。"史記一一七司馬相如傳上林賦："紆餘委蛇，經營乎其內；蕩蕩乎八川分流，相背而異態。"㊃伏地而進。史記六九蘇秦傳："嫂委蛇蒲伏，以面掩地而行。"索隱："謂面掩地而進，若蛇行也。"㊄大蛇。山海經大荒南經："赤水之東，有蒼梧之野，……爰有文貝……委維。"晉郭璞注："卽委蛇。"㊅泥鰍的別名。莊子達生："食之以委蛇，則平陸而已矣。"釋文："司馬(彪)云：委蛇，泥鰌。"又爲寓言中的怪物。莊子達生："公曰：請問委蛇之狀何如？皇子曰：委蛇其大如轂，其長如轅，紫衣而朱冠。"

【委婉】曲折婉轉。儒林外史二四："更有那細吹細唱的船來，淒清委婉，動人心魄。"

【委棄】棄置。漢書八五谷永傳："書陳於前，陛下委棄不納。"後漢書七十荀彧傳："復若南征劉表、委棄兗豫，飢軍深入，踰越江沔，利旣難要，將失本據。"

【委惰】疲倦。楚辭漢嚴忌哀時命："欲愁悴而委惰兮，老冉冉而逮之。"

【委粟】山名。1.在今河南洛陽市東南。三國魏明帝景初元年營圜丘於此，後魏孝文帝(元宏)於太和十九年，至委粟山定圜丘。見讀史方輿紀要四八河南府。2.在今山東臨朐縣東北。水經注二六巨洋水："巨洋又東北逕委粟山東，孤阜秀立，形若委粟。"

【委黍】鼠婦的別名。爾雅釋蟲："蟠威，委黍。"注："舊說：鼠婦別名。"參見"鼠婦"。

【委₂然】㊀有文彩貌。荀子仲尼："委然成文，以示之天下，而暴國安自化矣。"清王念孫謂委，讀如冠緌之緌。"委然成文"，卽儒效篇所謂"緌緌有文章"。見讀書雜志十荀子二。㊁神話中玉精的名字。藝文類聚八三引白澤圖："玉之精名曰委然，如美女衣青衣，見之，以桃戈刺之，而呼其名，則可得也。"

【委順】㊀指無爲而自然安排。莊子知北游："性命非汝有，是天地之委順也。"後也把隨遇而安叫委順。唐白居易長慶集十一委順詩："宜懷齊遠近，委順隨南北。"㊁特指僧人之死。明釋覺岸釋氏稽古略二："翟罪於祖，祖乃委順。"翟，隋翟仲侃；祖，禪宗二祖慧可。

【委結】㊀鬱積。後漢書八三梁鴻傳五噫歌："悼吾心兮不獲，長委結兮焉究。"注："委結，懷恨也。"㊁投身結交。世說新語雅量"桓宣武與郗超議芟夷朝臣"注引續晉陽秋:"超謂温雄武,當樂推之運,遂深自委結,温亦深相器重,故潛謀密計,莫不預焉。"

【委裘】㊀與"垂衣裳"同義。委,下垂。比喻無爲而治。呂氏春秋察賢:"天下之賢主,豈必苦形愁慮哉?執其要而已矣。……故曰堯之容若委衣裳,以言少事也。"後稱任用賢能爲委裘。文選南朝梁任彥昇(昉)爲蕭揚州薦士表:"物色闕下,委裘河上。"注:"晏子曰:治天下若委裘。用賢,委裘之實,桓公聽管仲,而趙襄子信王登,此之謂委裘。"㊁先帝的遺衣。漢書四八賈誼傳:"植遺腹,朝委裘,而天下不亂。"注:"孟康曰:委裘,若容衣,天子未坐朝,事先帝裘衣也。"清黃生謂孟説無稽,委裘言幼君不勝禮服,坐朝裘下垂於地。見義府下委裘。

【委頓】疲乏狼狽。三國志魏高貴鄉公紀"車駕親率羣司,躬行古禮焉"注引魏名臣奏太尉華歆表:"臣老病委頓,無益視聽。"世説新語排調:"陸太尉(玩)詣王丞相(導),王公食以酪,陸還遂病。明日,與王牋云:'昨食酪小過,通夜委頓,民雖吳人,幾爲傖鬼!'"

【委蛻】蟲類蛹化所解脱的外皮。莊子知北游:"孫子非汝有,是天地之委蛻也。"猶言自然留遺,與己無涉。引申爲死亡。元楊弘道小亨集一齒搖詩:"同胞陷塗泥,委蛻化黃土。"

【委罪】推卸罪責。晉書王裒傳:"父儀,高亮雅直,爲文帝司馬。東關之役,帝問於衆曰:'近日之事,誰任其咎?'儀對曰:'責在元帥。'帝怒曰:'司馬欲委罪於孤耶?'遂引出斬之。"

【委禽】致送聘定的禮物。左傳昭元年:"鄭徐吾犯之妹美,公孫楚聘之矣;公孫黑又使强委禽焉。"注:"禽,鴈也,納采用鴈。"

【委誠】推誠相待。後漢書三一王堂傳:"自是委誠求當,不復妄有辭教,郡內稱治。"

【委實】確實。宋呂頤浩忠穆集三辭免赴召乞納節致仕劄子:"如是託疾,自當明正典刑;如委實抱病,伏望天慈,放臣閑退。"元王實甫西廂記四本一折:"經今半載,這其間委實難捱。"

【委端】身着禮服。委,禮帽。端,黑赤色的禮服。穀梁傳僖三年:"陽穀之會,桓公委端搢笏而朝諸侯。"參見"端委"。

【委瑣】㊀拘小節,務瑣碎。史記一一七司馬相如傳難蜀父老:"且夫賢君之踐位也,豈特委瑣握齪,拘文牽俗,循誦習傳,當世取説云爾哉。"索隱:"孔文祥云:委瑣,細碎。"瑣,同"瑣"。㊁容止鄙陋的樣子。紅樓夢二三:"又看見賈環人物委瑣,舉止粗糙。"

【委貌】周代的一種禮帽。以黑色的絲織物製成。禮郊特牲:"委貌,周道也。"白虎通紼冕謂委貌者,委曲有貌也。爲朝廷理政事行道德之冠。一説:古謂冠檐曰委武,因其有委武爲飾,故曰委貌。後漢書輿服志下:"委貌冠、皮弁冠同制,長七寸,高四寸,制如覆杯,前高廣,後卑鋭,……委貌以皁絹爲之,皮弁以鹿皮爲之。"

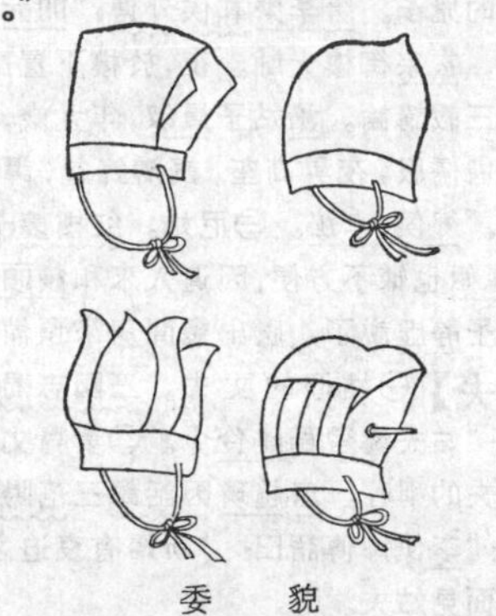

委 貌

【委褐】脱去民服而作官。褐,粗衣,爲平民的服裝。宋書王僧達傳:"臣衰索餘生,……從官委褐,十有一載。"參見"釋褐"。

【委墜】㊀曲折。唐柳宗元柳先生集二夢歸賦:"指故都以委墜兮,瞰鄉閭之脩直。"㊁落下。唐温庭筠詩集一郭處士擊甌歌:"蘭釵委墜垂雲髮,小響丁當逐迴雪。"

【委質】左傳僖二三年:"策名委質,貳乃辟也。"質,通"贄"。古人相見,必執贄爲禮,如卿以羔,大夫以雁等,稱爲委質。一説謂質爲形體;委質,謂人臣拜見人君時,屈膝而委體於地。史記六七仲尼弟子傳"子路後儒服委質"索隱引服虔注左傳:"古者始事,必先書其名於策,委死之質於君,然後爲臣,示必死節於其君也。"後也用來示歸順之意。三國志蜀黃忠傳:"先主南定諸郡,忠遂委質,隨從入蜀。"參閲清顧炎武左傳杜解補正(清經解一)。

【委輸】運送。以物置於舟車上叫委,轉運到他處交卸叫輸。漢三輔有委輸官,又尚書郎掌管錢帛、貢獻、委輸。史記留侯世家:"諸侯有變,順流而下,足以委輸。"又平準書:"置平準于京師,都受天下委輸。"淮南子氾論:"乃爲窬木方版以爲舟航,故地勢有無,得相委輸。"

【委隨】㊀順從。後漢書二三竇融傳附竇憲:"憲以前太尉鄧彪有義讓,先帝所敬,而仁厚委隨,故尊崇之,以爲太傅。"㊁柔弱。魏書王憲傳附王嶷:"嶷性儒緩,委隨不斷。"㊂迂遠。詳"逶隨"。㊃不能屈伸。隨,通"惰"。文選漢枚叔(乘)七發:"今太子膚色靡曼,四支委隨,筋骨挺解。"

【委篤】頹憊已極。指病危。晉書桓温傳:"及帝不豫,詔温曰:'吾遂委篤,足下便入,冀得相見,便來,便來!'"

【委積】積聚,儲備。周禮地官遺人:"掌邦之委積,以待施惠。"注:"少曰委,多曰積。"孫子軍爭:"是故軍無輜重則亡,無糧食則亡,無委積則亡。"

【委贄】古人初次相見,執贄以爲禮,叫委贄。左傳莊二四年:"男贄,大者玉帛,小者禽鳥,以章物也。女贄,不過榛、栗、棗、脩,以告虔也。"也作"委摯"。禮曲禮下:"童子委摯而退。"參見"委質"。

【委靡】頹喪,不振作。唐韓愈昌黎集二一送高閑上人序:"泊與淡相遭,頹墮委靡,潰敗不可收拾。"參見"萎靡"。

【委懷】寄託心情。晉陶潛陶淵明集三始作鎮軍參軍經曲阿作:"弱齡寄事外,委懷在琴書。"

【委麗】曲折蜿蜒。漢書司馬相如傳大人賦:"駕應龍象輿之蠖略委麗兮,驂赤螭青虯之蚴蟉宛蜒。"注:"蠖略委麗,蚴蟉宛蜒,皆其行步進止之貌也。"史記相如傳作"逶麗"。

【委轡】脱韁。管子法法:"故赦者,犇馬之委轡。"注:"必致覆佚也。"

【委肉虎蹊】把肉放在餓虎所經過的路上,比喻處於危境,禍害將至。戰國策燕三:"是以委肉當餓虎之蹊,禍必不振矣。"蹊,路。

娿

wǎn 集韻 委遠切,上,阮韻。
ㄨㄢˇ

㊀同"婉"。見玉篇。㊁見"娿胡"。

【娿胡】獸名。山海經東山經:"尸胡之山,……有獸焉,其狀如麋而魚目,名曰娿胡,其鳴自訆。"

娃

tǒu 天口切,上,厚韻,透。
ㄊㄡˇ

古人名。左傳昭二一年:"華妵居于公里。"注:"妵,華氏族。"釋文:"妵,他口反。"

姉

zǐ
ㄗˇ

同"姊"。戰國策韓二:"(聶)政姉聞之曰:'弟至賢,不可愛妾之軀滅吾弟之名。'"

姅 bàn 博漫切,去,换韻,幫。
ㄅㄢˋ 普半切,去,换韻,滂。
指女性月經、生育、小産等。説文:"姅,婦人污也。从女,半聲。漢律曰:'見姅變不得侍祠。'"参閲清段玉裁説文解字注。

妹 mèi 莫佩切,去,隊韻,明。
ㄇㄟˋ
女弟。詩衛風碩人:"東宫之妹,邢侯之姨。"

【妹夫】妹妹的丈夫。漢書王子侯表上陸元侯何:"侯延壽嗣,五鳳三年,坐知女妹夫亡命,笞二百,首匿罪免。"

【妹邦】殷代後期都城朝歌所在地區。書酒誥:"明大命于妹邦。"也作"沬邦"。詩鄘風桑中疏引酒誥注:"沬邦,紂之都所處也。于詩,國屬鄘,故其風有'沬之鄉。'"地在今河南淇縣至安陽市一帶。参閲清孫星衍尚書古今文注疏十六。

【妹壻】妹妹的丈夫。唐白居易長慶集六六楊六尚書新授東川節度使代妻戯賀兄嫂詩:"覓得黔婁爲妹壻,可能空寄蜀茶來。"

妺 mò 莫撥切,入,末韻,明。
ㄇㄛˋ
見"妺喜"。

【妺喜】人名。夏桀妃,有施氏女。有施氏原爲喜姓。相傳有施氏爲夏桀所敗,因進妺喜於桀,受到寵愛。商湯滅夏,桀和妺喜南奔而死。見國語晋一。楚辭天問作妺嬉。吕氏春秋慎大作末嬉,荀子解蔽、史記外戚世家、漢書外戚傳作末喜。

妸 ē ě 烏何切,平,歌韻,影。
ㄜ ㄜˇ 烏可切,上,哿韻,影。
㊀通"婀"、"娿"。見"婀娜"。㊁古姓。莊子知北遊:"妸荷甘與神農,同學於老龍吉。"釋文:"妸,於河切。"

姏 mán 武酣切,平,談韻,明。
ㄇㄢˊ
老年婦女。晋書會稽王道子傳聞人奭上疏:"又尼、姏屬類,傾動亂時。"

【姏姆】老年婦女。晋書會稽王道子傳:"時孝武帝不親萬機,但與道子酣歌爲務,姏姆尼僧,尤爲親暱。"

姑 1. gū 古胡切,平,模韻,見。
ㄍㄨ
㊀丈夫的母親。國語魯下:"吾聞之先姑。"㊁父親的姐妹。詩邶風泉水:"問我諸姑,遂及伯姊。"傳:"父之姊妹稱姑。"公羊傳莊三年:"請復五廟,以存姑姊妹。"又丈夫的妹妹稱小姑。見"小姑"。㊂妻子的母親稱外姑。見爾雅釋親。㊃婦女的通稱。見"姑子㊀"、"姑姑㊀"。㊄且。詩周南卷耳:"我姑酌彼金罍。"参閲清阮元揅經室集一釋且。

2. gǔ
ㄍㄨˇ
㊅咀,用嘴吸食。通"盬"。孟子滕文公上:"蠅蚋姑嘬之。"参閲清焦循孟子正義。

【姑丈】姑母的丈夫。宋王十朋梅溪集十八有祭姑丈季公佐文。

【姑子】㊀未婚的女子。樂府詩集四五歡好曲:"淑女總角時,唤作小姑子。"㊁姑母的兒子。唐李繁鄴侯外傳:"開元十六年,玄宗御樓大酺。夜,於樓下置高座,召三教講論。泌姑子員俶,年九歲,潛求姑備儒服,夜昇高座,詞辯鋒起,譚者皆屈。"鄴侯,李泌。㊂尼姑。紅樓夢十五:"鳳姐也嫌不方便,因遣人來和饅頭庵的姑子静虚説了,騰出幾間房來預備。"

【姑夫】㊀姑母的丈夫。三國志蜀李恢傳:"姑夫爨習爲建伶令。"㊁妻對丈夫姐妹夫的稱呼。唐趙璘因話録三范陽盧仲元:"李使婢傳語曰:'新婦有哀迫之事,須面見姑夫。'"

【姑尤】水名。左傳昭二十年:"聊攝以東,姑尤以西。"姑即大沽河,尤即小沽河,是沽河上流的二支,春秋齊國的東界,在今山東省東部。参閲元于欽齊乘二姑尤水。

【姑公】㊀已故父母和父母輩的先人。周代遲簋銘文:"用孝享于姑公。"参閲清阮元積古齋鐘鼎彝器款識七。後也指祖父的姐妹夫。㊁丈夫的父母。釋名釋首飾引里語:"不瘖不聾,不成姑公。"又作"姑翁"。古時"公"、"翁"通用。参見"姑翁"。

【姑末】古地名。即姑蔑。吴越春秋句踐歸國外傳:"吴王聞越王盡心自守。……增之以封,東至於勾甬,西至於檇李,南至於姑末,北至於平原,縱横八百餘里。"國語越語上作姑蔑。参見"姑蔑"。

【姑母】父親的姐妹。爾雅釋親:"父之姊妹爲姑。"後也稱姑母、姑姑、姑娘、姑媽。紅樓夢三:"寶玉早已看見了一個裊裊婷婷的女兒,便料定是林姑媽之女。"参見"姑娘㊀"。

【姑妐】舅姑,丈夫的父母。吕氏春秋遇合:"(女父母)于是令其女常外藏。姑妐知之,曰:'爲我婦而有外心,不可畜。'因出之。"

【姑妹】㊀父親的妹妹。左傳襄十二年:"無女而有姊妹及姑姊妹。"疏:"父之妹爲姑妹。"㊁同"姑末"。参見"姑蔑"。

【姑姑】㊀對年長婦女的尊稱。宋蘇軾東坡志林三女妾:"温成皇后乳母賈氏,宫中謂之賈婆婆。賈昌朝連結之,謂之姑姑。"又姑母也稱姑姑。㊁一種帽子的名稱。也作固姑、罟罟。高二尺許,形圓,料用紅羅,傳爲唐金步摇冠的遺制。元朝后妃及大臣的妻子多戴用。見明葉子奇草木子三雜制。

【姑姊】父親的姐姐。左傳襄十二年:"無女而有姊妹及姑姊妹。"疏:"蓋父之姊爲姑姊……。"漢劉向列女傳五有魯義姑姊、梁節姑姊。

【姑洗】㊀古代十二樂律的第五種,也用來指農曆三月。禮月令季春之月:"其音角,律中姑洗。"釋文:"洗,素典反。"史記律書:"姑洗者,言萬物洗生,其於十二子爲辰。"淮南子天文:"(清明)加十五日,(斗星)指辰則穀雨,音比姑洗。"注:"姑洗,三月也。姑,故也;洗,新也。陽氣養生,去故就新,故曰姑洗也。"㊁鐘名。左傳定四年"分康叔以大路,……大吕"疏:"周鑄無射,魯鑄林鐘,皆以律名名鐘,知此大吕、姑洗,皆鐘名也。其聲與比律相應,故以律名焉。"

【姑胥】即姑蘇。越絶書越絶外傳吴地傳:"胥門外有九曲路,闔廬造以遊姑胥之臺,以望太湖,中闚百姓,去縣三十里。"漢王符潛夫論邊議:"事有激會,人有變化。……孟明補闕於河西,范蠡收責於姑胥。"参見"姑蘇"。

【姑衍】山名。在漠北。漢驃騎將軍霍去病破匈奴,封於狼居胥山,禪姑衍,臨翰海而還。見史記一一〇匈奴傳。

【姑息】無原則的寬容。禮檀弓上:"君子愛人也以德,細人之愛人也以姑息。"注:"息猶安也,言苟容取安。"明楊慎謂尸子有"(紂)棄黎老之言,用姑息之謀"語。姑,婦女;息,小兒;與黎老對舉。此别爲一説。参閲丹鉛總録十四訂訛姑息。

【姑射】㊀山名。在山西臨汾縣西,即古石孔山,九孔相通。山海經東山經:"盧其之山……又南三百八十里,曰姑射之山,無草木,多水。"又海内北經:"列姑射在海河洲中。"晋郭璞注謂即莊子之藐姑射山。清郝懿行箋疏謂莊子逍遥遊藐姑射之山,在平陽府西,與海内北經之姑射,别爲一山。太平寰宇記四三晋州謂姑射在趙城縣西。参閲嘉慶一統志一三八平陽府一。㊁莊子逍遥遊:"藐姑射之山,有神人居焉,肌膚若冰雪,淖約若處子。"後世詩文或作姑射，或稱藐姑，轉爲神仙或美人之稱。唐柳宗元柳先生集四三夏夜苦熱登西樓詩："諒非姑射子，靜勝安能希。"

【姑師】我國古代西域城國名。卽車師，在大宛之東。漢元封間從驃侯破奴將兵擊姑師，虜樓蘭王，遂破姑師。見史記一二三大宛傳。其地在今新疆阜康縣一帶。參見"車師"。

【姑娘】㊀姑母。元曲選關漢卿玉鏡臺一："小官姓溫名嶠，字太真，官拜翰林學士。小官別無親眷，止有一個姑娘，年老寡居，近日取來京師居住。"㊁女兒的別稱。也指未婚女子。紅樓夢三："一面聽得人説林姑娘來了。……賈母又叫請姑娘們來，今日遠客初來，可以不必上學去。"㊂妾媵的別稱。見清俞正燮癸巳類稿七釋小補楚語笄内則總角義。

【姑孰】㊀水名。又稱姑溪、姑浦。在安徽當塗縣南。見嘉慶一統志一二〇太平府一。㊁古城名。晉時置城戍守，因南臨姑孰溪得名。晉太寧元年王敦移鎭姑孰；隋開皇九年韓擒虎自橫江濟采石，攻姑孰；卽此。今安徽當塗縣地。

【姑勞】介屬。太平御覽九四二引臨海水土物志："姑勞，如車螯而殼薄。"

【姑壻】姑母的丈夫。北史高隆之傳："或曰：父幹爲姑壻高氏所養，因從其姓。"

【姑惡】鳥名。因叫聲似"姑惡"得名。宋蘇軾分類東坡詩十三五禽言詠姑惡自注："姑惡，水鳥也。俗云婦以姑虐死，故其聲云。"

【姑榆】木名。又稱無姑、蕪荑。葉、果、皮皆可入藥。爾雅釋木："無姑，其實荑。"注："無姑，姑榆也，生山中，葉圓而厚，剝取皮合漬之，其味辛香，所謂無荑。"參閱本草綱目三五蕪荑。

【姑舅】丈夫的父母。唐柳宗元柳先生集十三亡姊前京兆府參軍裴君夫人墓誌："常以不幸，不及姑舅之養，用爲大恨。"也作"舅姑"。儀禮喪服："妾之事女君，與婦之事舅姑等。"

【姑媽】見"姑母。"

【姑媱】山名。山海經中山經："姑媱之山，帝女死焉，其名曰女尸，化爲䔄草，……服之媚於人。"

【姑幕】縣名。1. 漢置。屬琅邪郡。晉仍爲縣。地在今山東諸城縣。參閱讀史方輿紀要三五諸城縣。2. 東晉在晉陵南境僑置的縣名。在今江蘇常州市東南。參閱讀史方輿紀要二五武進縣。

【姑臧】縣名。漢武帝時設置，爲武威郡治所，在今甘肅武威縣城。三國魏以後，爲涼州治所。東晉列國前涼、後涼、南涼、北涼及唐初李軌均以此爲都城。參閱漢書地理志下、嘉慶一統志二六七涼州府一。

【姑嫜】古時妻稱丈夫的父母爲姑嫜。也作"姑章"。玉臺新詠一三國魏陳琳飲馬長城窟行："善事新姑章，時時念我故夫子。"唐杜甫杜工部草堂詩箋十三新婚別："妾身未分明，何以拜姑嫜？"注："嫜，姑之夫也。"一作"姑鍾"。唐顏師古匡謬正俗六木鍾："又古謂舅姑爲姑章，今俗亦呼爲姑鍾。"

【姑蔑】古地名。1. 春秋魯地。故城在今山東泗水縣東。春秋隱元年："公及邾儀父盟于蔑。"蔑爲姑蔑簡稱。史記孔子世家孔丘使申句須、樂頎敗公山不狃於姑蔑，卽此。2. 春秋越地。故城在今浙江衢縣境。國語越上："句踐之地，南至于句無，北至于禦兒，東至于鄞，西至于姑蔑。"吳越春秋句踐歸國外傳作"姑末"。逸周書王會作"姑妹"。

【姑墨】漢西域城國名。漢書九六下西域傳："姑墨國，王治南城，去長安八千一百五十里。"其國在溫宿之東，嘗併溫宿而有之。北魏以後，并屬於龜茲。卽今新疆沙雅縣地。魏書西域傳作"姑默"。新唐書二二一西域傳上作"跋祿迦"、"亟墨"。唐時屬姑墨州都護府。

【姑餘】㊀山名。卽姑蘇山。淮南子覽冥："過歸雁於碣石，軼鶤雞於姑餘。"參見"姑胥"、"姑蘇㊀"。㊁海名。文選晉左太沖(思)魏都賦："若咆渤澥與姑餘，常鳴鶴而在陰。"唐呂延濟注："渤澥、姑餘，皆海也。"

【姑獲】傳説中的鳥名。相傳正月夜有鬼鳥，名姑獲，好取人女子養之；至有小兒之家，卽以血點其衣以爲誌；故稱鬼鳥。或説鳥落塵於兒衣中，可令兒病。也叫女鳥、夜行遊女。參閱南朝梁宗懍荆楚歲時記、唐段成式酉陽雜俎前集十六羽篇。參見"女鳥"。

【姑蘇】山名。在江蘇吳縣西南。或作"姑胥"，又作"姑餘"。山上有姑蘇臺，相傳爲吳王闔閭或夫差所築。又稱胥臺。史記河渠書太史公"上姑蘇望五湖"，卽此。後來也稱吳縣治所曰姑蘇。中興間氣集下張繼夜泊松江詩："姑蘇城外寒山寺，夜半鐘聲到客船。"參閱太平寰宇記九一蘇州。

【姑姊妹】父親的姐妹叫姑，也叫姑姐妹。左傳襄十二年："無女而有姊妹及姑姊妹。"荀子仲尼："内行則姑姊妹之不嫁者七人。"

【姑布子卿】人名。姓姑布，字子卿。春秋時趙國相士。曾給孔丘和趙襄子看過相。荀子非相："相人，古之人無有也，學者不道也。古者有姑布子卿，今之世梁有唐舉。"又見史記趙世家。

【姑妄言之】姑且隨便説説。宋蘇軾在黃州及嶺南時，常同賓客放蕩談諧，有不能談的，就强之説鬼。別人推脱不談，他就説："姑妄言之。"見宋葉夢得避暑録話上。按語本莊子齊物論。清趙翼甌北詩鈔七言律七自戲："姑妄言之供一笑，幾時謁選到長安。"參見"妄言妄聽"。

娓

nuǒ ㄋㄨㄛˇ 奴果切，上，果韻，泥。五果切，上，果韻，疑。

㊀柔弱。也作"婐"。漢揚雄太玄經六瞢："次六，瞢瞢之離，不宜熒且娓。"注："娓，小貌也。"㊁好。見廣雅釋詁。

【娓婐】美貌。元戴良九靈山房集十七對菊聯句："秋榮恣娓婐，春粲失婆娑。"參見"婐娓"。

妬

dù ㄉㄨˋ 集韻 都故切，去，莫韻。

同"妒"。漢王符潛夫論賢難："循善則見妬，行賢則見嫉也。"唐張參五經文字作"妬"，廣韻謂"妒"與"妬"同。古籍中"妒"、"妬"多互用。參見"妒"字各條。

【妬忌】同"妬嫉"。詩召南小星序："夫人無妬忌之行。"文選晉干令升(寶)晉紀總論："故皆不恥淫逸之過，不拘妬忌之惡。"

【妬害】嫉忌陷害。資治通鑑一九一唐紀七考異引唐高祖實録："(李)元吉見秦王有大功，每懷妬害，言論醜惡，譖害日甚。"

【妬紛】互相嫉忌所引起的紛亂。管子君臣下："宮中亂曰妬紛。"注："言積妬紛然，所以亂。"

【妬嫉】見人有善而忌恨。荀子不苟："小人能則倨傲僻違以驕溢人，不能則妬嫉怨誹以傾覆人。"

【妬癡】唐李益少有癡病，多猜忌，防範妻妾，無所不至，時人稱爲妬癡。見舊唐書一三七李益傳。

【妬女祠】唐時有妬女祠，相傳人盛服過者，必起風雷。見舊唐書八九狄仁傑傳、太平寰宇記五十平定軍。參見"妒女泉"。

【妬花女】極妬的婦女。太平御覽九六七引妬記："武陽女嫁阮宣武，妬忌。家有一株桃樹，華葉灼耀，宣歎美之，卽便大怒，使婢取刀砍樹，摧折其華。"明高啟高太史集二惜花歎："懊惱園中妬花女，晝幡不禁狂風雨。"

妮 1. nī ㄋㄧ 集韻 女夷切，平，脂韻。

㊀見"妮子"。

2. nì ㄋㄧˋ

㊁愛。通"昵"。見"妮₂古録"。

【妮子】少女的暱稱。新五代史晉高祖皇后李氏傳耶律德光書："吾有梳頭妮子，竊一藥囊，以奔于晉，今皆在否？"古今雜劇關漢卿緋衣夢二："這妮子好不幹事也，那早晚去了，這早晚不見來，着我憂心也呵！"

【妮₂古録】明陳繼儒著。四卷。雜記書畫碑帖鐘鼎古玩等，評論鑑賞，可供參考。自序說："楊用修云，六書中有妮字，軟纏之謂，乃笑以妮古名録。"示好古之意。

妲 1. dá ㄉㄚˊ 當割切，入，曷韻，端。

㊀人名用字。見"妲己"。

2. dàn ㄉㄢˋ

㊁南宋時，都城舞隊大小全棚傀儡，有粗妲、細妲名目。妲，一作"旦"。見元周密武林舊事二舞隊。

【妲己】商王紂之妃。姓己名妲。有蘇氏女。周武王滅商，被殺。見國語晉一、史記殷紀。

姐 1. jiě ㄐㄧㄝˇ 玆野切，上，馬韻，精。

㊀女兄。比自已年長的同輩女子。同"姊"。參見"姐姐"。㊁女子的通稱。續古文苑十九唐邊魯邊府君墓誌銘其女孫題名有義姐、小姐等。㊂母親的別稱。說文："姐，蜀謂母曰姐。"參見"姐姐㊂"。

2. jù ㄐㄩˋ 集韻 將豫切，去，遇韻。

㊃嬌。漢王符潛夫論述教："孺子可令姐。"文選三國魏嵇叔夜(康)幽憤詩："恃愛肆姐，不訓不師。"注："姐，子豫切。"集韻謂同"𡝐"。

【姐夫】姐姐的丈夫。古今雜劇元關漢卿智斬魯齋郎一："不是別人，是魯齋郎强奪了我渾家去了。姐姐、姐夫與我做主。"

【姐姐】㊀即姊姊。宋洪邁夷堅志補二四賈廉訪："當時遣僕馳白姐姐及賈郎。"㊁婦女的通稱。古今雜劇元戴善夫㑇梅香騙翰林風月四："姐姐，間別無恙，則被你想殺我也。"㊂母的別稱。宋高宗與吳后語，稱其母韋后爲姐姐。見宋葉紹翁四朝聞見録乙憲聖不妬忌之行。

妯 1. chōu ㄔㄡ 丑鳩切，平，尤韻，徹。

㊀激動。詩小雅鼓鐘："淮有三洲，憂心且妯。"傳："妯，動也。"

2. zhóu ㄓㄡˊ 直六切，入，屋韻，澄。

㊁見"妯₂娌"。

【妯₂娌】兄弟的妻合稱妯娌。廣雅釋親："妯娌娣姒，先後也。"北史崔逞傳附崔休："休子㥄爲長謙求(盧)尚之次女，曰：'家道多由婦人，欲令姊妹爲妯娌。'"長謙，休弟子㥄字。

姌 rǎn ㄖㄢˇ 而琰切，上，琰韻，日。乃玷切，上，忝韻，泥。

細長柔弱的樣子。見說文。

【姌嫋】細長柔弱的樣子。史記一一七司馬相如傳上林賦："柔橈嫚嫚，嫵媚姌嫋。"文選作"孅弱"。文選漢傅武仲(毅)舞賦："蜲蛇姌嫋，雲轉飄曶。"注："姌嫋，長貌。"

姎 āng ㄤ 烏郎切，平，唐韻，影。烏朗切，上，蕩韻，影。

㊀婦女自稱。見說文。㊁見下。

【姎徒】漢代南方少數民族稱渠帥爲精夫，相呼爲姎徒。見後漢書八六南蠻傳。清惠棟後漢書補注二十："爾雅曰：'卬，我也。'郭璞曰：'卬，猶姎也。'語之轉耳。"

姆 mǔ ㄇㄨˇ 莫候切，去，候韻，明。

㊀古時以婦道教女子的女教師。儀禮士昏禮："姆纚笄宵衣在其右。"注："婦人五十無子，出不復嫁，能以婦道教人者。"禮內則："妻不敢見，使姆衣服而對。"㊁姆姆的省稱。明蘇復之金印記傳奇逼妻賣釵："不記得花前飲宴，公、婆、伯、姆笑你？"

【姆姆】弟妻對嫂子的稱呼。同"母母"。水滸四九："顧大嫂笑道：'原來却是樂和舅，可知尊顏和姆姆一般模樣。'"

【姆教】女師的教誨。禮內則："女子十年不出，姆教婉娩聽從。"

姓 xìng ㄒㄧㄥˋ 息正切，去，勁韻，心。

㊀表明家族系統的稱號。古代社會從母姓，故"姓"字从女、从生。古姓如姒、姬、姜、嬴等皆从"女"。左傳隱元年："天子建德，因生以賜姓，胙之土而名之字。"㊁平民或百官。書泰誓上："惟宫室臺榭陂池侈服以殘害于爾萬姓。"萬姓，指平民。詩小雅天保："羣黎百姓，徧爲爾德。"傳："百姓，百官族姓也。"參見"百姓"。㊂姓。漢書九一貨殖傳："臨菑姓偉，訾五千萬。"注："姓姓，名偉。"

【姓氏】姓與氏的合稱。古代男子稱氏，婦人稱姓。氏表貴賤的身分，或以官爲氏，或以封邑。賤者有名無氏。姓所以別婚姻，故有同姓、異姓、庶姓之別。氏同姓不同者，婚姻可通；姓同氏不同者，婚姻不可通。秦漢以後，姓氏合而爲一。參閱通志氏族略序、清顧炎武日知録二三氏族。

【姓系】氏族的系統。新唐書一九九路敬淳傳："尤明姓系，自魏晉以降，推本其來，皆有條序。著姓略、衣冠系録等百餘篇。"

【姓族】大族，有聲望的士族。後漢書四三朱暉傳附朱穆："臣聞漢家舊典，置侍中、中常侍各一人，省尚書事；黄門侍郎一人，傳發書奏，皆用姓族。"注："引用士人有族望者。"

【姓解】宋邵思著，三卷。用文字偏旁分類法，分一百七十門，收二千五百六十八姓。

【姓觿】明陳士元著，十卷。士元先撰姓滙四卷，收二千五百餘姓。後又泛採史牒姓氏，依韻目編次，共收單姓、複姓三千六百二十五。他認爲姓氏諸說，紛如亂麻，非觿不能解結，故名姓觿。清易本烺有姓觿刊誤一卷，改正原書訛誤一百九十九處。

【姓氏尋源】清張澍撰，四十五卷。考查諸姓起源，博采羣書，依平水韻編次，改正歷代姓氏書的一些錯誤。

【姓氏急就篇】宋王應麟撰。二卷。仿史游急就篇體，將姓氏連貫成章，以便記誦。

【姓氏書辨證】見"古今姓氏書辨證"。

妷 zhí ㄓˊ 集韻 直質切，入，質韻。

同"姪"。唐韓愈昌黎集六人日城南登高詩："親交既許來，子妷亦可從。"

㚢 bāo ㄅㄠ

神話傳說中的女媧氏，又叫㚢媧。宋羅泌路史後記二："女皇氏㚢媧，雲姓。"注："㚢與庖同，出唐文集。"字書不載，或因古傳女媧繼包羲之後，遂稱爲包媧，並加女旁以示別；又因伏羲風姓，故附會造雲姓之說。清王士禎漁洋山人精華録八和田綸霞郎中移居詩："牽蘿補屋絕代子，慎莫無匹悲匏媧。”

妳 nǎi ㄋㄞˇ 奴蟹切，上，蟹韻，泥。

同“奶”、“嬭”。參見各該條。

【妳子】乳母。古今小說十五：“閻行首聽得，叫妳子點蠟燭去來看時，却不見那賊，只見一個雪白異獸。”

【妳母】南史何承天傳：“除著作郎，撰國史，承天年已老，而諸佐郎並名家年少，潁川荀伯子嘲之，常呼爲妳母。”參見“嬭母”。

【妳妳】祖母。同“奶奶”。宋詩鈔孔平仲清江集鈔代小子廣孫寄爹爹詩：“爹爹與妳妳，無日不思爾。”

【妳媪】乳母。晉書桓玄傳：“妳媪每抱詣溫，輒易人而後至。”參見“嬭媪”。

姁 1. qú 其俱切，平，虞韻，羣。
ㄑㄩˊ 況羽切，上，麌韻，曉。

㊀嫗。見說文。㊁見“姁姁”。

2. xū ㄒㄩ 況于切，虞韻，曉。

㊂女人名字。漢高祖呂后名雉，字娥姁。見史記呂后紀索隱。又義縱有姊名姁。見漢書九十義縱傳。注：“姁音許于反。”㊃見“姁₂婾”。

【姁姁】㊀怡然自得的樣子。呂氏春秋諭大：“燕雀爭善處於一室之下，子母相哺也，姁姁焉相樂也。”務大篇作“區區”。孔叢子論勢作“煦煦”。㊁和好的神態。漢書三四韓信傳：“項王見人恭謹，言語姁姁。”史記九二淮陰侯傳作“嘔嘔”。集解：“音凶于反。”

【姁₂婾】嬌媚的神態。文選漢傅武仲(毅)舞賦：“姣服極麗，姁婾致態。”唐柳宗元柳先生集二五送婁圖南秀才遊淮南將入道序：“嫣笑而偶言，卑陬而姁婾。”

姍 shān ㄕㄢ 蘇干切，平，寒韻，心。

㊀譏笑。漢書九三石顯傳：“顯恐天下學士姍己。”注：“姍，古訕字。”㊁緩步的樣子。見“姍姍來遲”。

【姍笑】嘲笑。漢書諸王侯表：“秦據勢勝之地……姍笑三代，盪滅古法。”注：“姍，古訕字也。訕，謗也。音所諫反，又音刪。”

【姍姍來遲】漢武帝李夫人既死，帝命方士召其魂，恍若有見。帝因感傷作賦，有“是邪非邪？立而望之，偏何姍姍其來遲”語。見漢書九七上孝武李夫人傳。後用以形容女子從容緩步的樣子。

姊 zǐ ㄗˇ 將几切，上，旨韻，精。

㊀女兄。爾雅釋親：“先生爲姊，後生爲妹。”㊁對比自己年長的女性的尊稱。見“姊姊㊁”。

【姊夫】姐姐的丈夫。漢書六八霍光傳：“獨夜設九賓溫室，延見姊夫昌邑關內侯。”

【姊姊】㊀同“姐姐㊀”。唐司空圖司空表聖集五鐙花詩：“姊姊教人且抱兒，逐他女伴卸頭遲。”㊁對長輩女性的稱呼。北齊太原王紹德呼其母文宣皇后爲姊姊。見北齊書文宣李皇后傳。又南陽王綽兄弟稱乳母爲姊姊。見北齊書南陽王綽傳。

【姊壻】姐夫。後漢書十九耿弇傳附耿秉：“漢貴將獨有奉車都尉，天子姊壻，爵爲通侯，當先降之。”指竇固；固婦爲光武帝女，明帝之姊。

【姊歸】杜鵑鳥的別名。文選戰國宋玉高唐賦：“姊歸思婦，垂雞高巢，其鳴喈喈。”注引郭璞：“子嶲鳥出蜀中，或曰卽子規，一名姊歸。”

始 shǐ ㄕˇ 詩止切，上，止韻，審。

㊀開端，最初。易乾：“大哉乾元，萬物資始，乃統天。”詩豳風七月：“其始播百穀。”老子：“無名，天地之始；有名，萬物之母。”參閱清俞樾兒笘錄三。㊁方，纔。禮月令仲春之月：“桃始華。”玉臺新詠古詩爲焦仲卿妻作：“年始十八九，便言多令才。”㊂嘗。莊子齊物論：“有以爲未始有物者。”㊃姓。史記項羽本紀：“章邯狐疑，陰使侯始成使項羽，欲約。”

【始元】年號。1. 漢劉弗陵(昭帝)。公元前86—前81年。2. 南詔鄭仁旻(太上帝)。公元911—？年。

【始末】㊀始終。晉書謝安傳：“安雖受朝寄，然東山之志，始末不渝。”㊁底細，首尾經過。梁書徐勉傳修五禮表：“輒具載撰修始末，並職掌人、所成卷帙、條目之數，謹拜表以聞。”

【始安】縣名。漢置，屬零陵郡。三國吳甘露元年置始安郡，郡治始安縣。唐貞觀八年改爲臨桂。卽今廣西桂林市。參閱讀史方輿紀要一〇七桂林府臨桂縣。

【始光】北魏拓跋燾(太武帝)年號。公元424—427年。

【始卒】始終。莊子寓言：“萬物皆種也，以不同形相禪，始卒若環，莫得其倫。”後漢書八〇上傅毅傳迪志賦：“密勿朝夕，聿同始卒。”

【始室】元配，初娶之妻。晉陶潛陶淵明集二怨詩楚調示龐主簿鄧治中詩：“弱冠逢世阻，始室喪其偏。”

【始春】立春日。素問六節藏象論：“求其至也，皆歸始春。”唐王冰注：“始春，謂立春之日也。”也泛指初春。文選晉左太沖(思)蜀都賦：“若其舊俗：終冬始春，吉日良辰，置酒高堂，以御嘉賓。”

【始祖】最早的祖先。儀禮喪服：“諸侯及其大祖，天子及其始祖所自出。”注：“始祖者，感神靈而生，若稷契也。”

【始鳩】神話中的國名或鳥名。山海經海內東經：“始鳩在海中轅厲南。”注：“國名，或曰鳥名也”。清畢沅校正認爲係鳥名，卽韓鴈。

【始影】星名。爲女星旁的一顆小星。古代傳說，婦女於夏至夜，候而祭之，得好顏色。見南唐張泌妝樓記始影。

【始興】㊀郡名。三國吳甘露元年於漢南海地置，明清爲韶州。府治在今廣東曲江縣。參閱讀史方輿紀要一〇二韶州府。㊁縣名。屬廣東省。三國吳置，故城在今縣城西北。清屬廣東南雄直隸州。參閱嘉慶一統志四五四南雄州。㊂年號。1. 隋末農民起義軍領袖操師乞。公元616年。2. 隋末燕高開道。公元618—624年。

【始願】最初的願望。左傳成十八年：“周子曰：‘孤始願不及此。’”

【始建國】漢王莽年號。公元9—13年。

【始遷祖】最初遷居的祖先。晉皇甫謐帝王世紀：“握登見大虹，意感而生舜於姚墟，……始遷於負夏。”舊時家譜中稱遷居之祖爲始遷祖。

【始豐溪】水名，在今浙江天台縣。爲靈江的上游，源出天台縣西大盆山，也名大溪。與縣之沙潭溪合流爲靈江。參閱嘉慶一統志二九七台州府一。

【始興忠武王碑】梁代碑刻。卽蕭憺碑。全稱爲梁故侍中司徒驃騎將軍始興忠王之碑。南朝梁徐勉撰，貝義淵正書，額正書。爲追頌始興王蕭憺行誼功德而作。憺字僧達，文帝第十一子，卒於普通三年十一月，立石當在其時。全文約三千餘字，大部殘損，可辨者僅三之一。書體上承鍾繇、王羲之，下開歐陽詢、褚遂良，爲南朝最著名的石刻。碑陰未刻字。在今江蘇南京市花林村。碑文見清王昶金石萃編二六。昶誤以憺兄蕭秀西碑陰爲此碑之陰，失考。

六 畫

姿 zī ㄗ 卽夷切，平，脂韻，精。

㊀形貌態度。世説新語容止"嵇康身長七尺八寸，風姿特秀"注引(嵇康)別傳："康長七尺八寸，偉容色，土木形骸，不加飾厲，而龍章鳳姿，天質自然。"㊁資質，才能。漢書八五谷永傳："陛下天然之性，疏通聰敏，上主之姿也。"

【姿才】才能。三國志吳魯肅傳："方今天下豪傑並起，吾子姿才，尤宜今日。"

【姿色】姿態容色。後漢書皇后紀序："漢法，常因八月筭人，遣中大夫與掖庭丞及相工於洛陽鄉中，閱視良家童女，年十三以上，二十已下，姿色端麗，合法相者，載還後宮。"

【姿年】青壯年時期。晉陶潛陶淵明集三丙辰歲八月中於下潠田舍穫詩："姿年逝已老，其事未云乖。"

【姿制】姿態。晉書陸雲傳："(張)華爲人多姿制，又好帛繩纏鬚。"也作"姿製"。新唐書一〇四張行成傳附張易之："既冠，頎晳美姿製。"

【姿首】美貌。三國志魏明帝紀青龍三年"雖不能聽，常優容之"注引魏略："又簡選其有姿首者内之掖庭。"一本作"姿色"。資治通鑑七三魏景初元年注："姿，謂有色者；首，謂鬒髮者。"

【姿容】姿態容貌。後漢書七四上袁紹傳："紹後妻劉有寵，而偏愛(袁)尚，數稱於紹，紹亦奇其姿容，欲使傳嗣。"

【姿望】姿貌聲望。晉書何曾傳附何劭："劭雅有姿望，遠客朝見，必以劭侍直。"

【姿媚】婉美媚人的姿態。樂府詩集三五漢徐防長安有狹斜行："小婦多姿媚，紅紗映削成。"唐韓愈昌黎集五石鼓歌："羲之俗書趁姿媚，數紙尚可博白鵝。"

【姿態】容貌神態。三國魏阮籍阮步兵集詠懷詩六七："委曲周旋儀，姿態愁我腸。"舊題晉王嘉拾遺記九："石季倫愛婢，名翔風，……無有比其容貌，特以姿態見美。"

【姿質】才能，品質。通"資質"。漢桓寬鹽鐵論相刺："大夫曰：所謂文學高第者，智略能明先王之術，而姿質足以履行其道。"

姜 jiāng 居良切，平，陽韻，見。ㄐㄧㄤ

㊀姓。詩大雅生民："厥初生民，時維姜嫄。"傳："姜，姓也。……姜姓者、炎帝之後。"參見"姜水"。㊁强。通"彊"。禮表記引詩："鶉之姜姜，鵲之賁賁。"注："姜姜，賁賁，争鬭惡貌也。"詩鄘風鶉之奔奔作"鶉之彊彊"。

【姜牙】即吕尚，太公望。史記齊太公世家"太公望吕尚者，東海上人"索隱："譙周曰：'姓姜，名牙。'"唐徐寅釣磯文集九賀清源太保王延彬詩："姜牙兆寄熊羆内，陶侃文成掌握間。"

【姜水】即岐水。在今陝西岐山縣西。源出岐山，南向與横水合流，入雍河。水經注十八渭水："岐水，又東逕姜氏城南，爲姜水。"古代傳説炎帝神農氏長于姜水，因以姜爲姓。見水經注、唐司馬貞補史記三皇紀。

【姜戎】春秋時西戎的别支。春秋僖三三年："晉人及姜戎敗秦師於殽。"注："姜戎，姜姓之戎，居晉南鄙。"

【姜被】形容兄弟友愛。漢姜肱，與弟相友愛，常同被而眠。見後漢書五三姜肱傳"其友愛天至，常共卧起"注引謝承後漢書。後借以稱讚兄弟的相愛。唐杜甫杜工部草堂詩箋十五寄張十二山人彪三十韻："歷下辭姜被，關西得孟鄰。"

【姜嫄】詩大雅生民毛傳、大戴禮帝繫、史記五帝紀都以姜嫄爲帝嚳的正妃，棄(后稷)的母親，漢人劉歆、班固、賈逵、服虔、馬融、三國魏王肅皆無異説。惟鄭玄詩箋以后稷晚於堯，故以姜嫄爲高辛氏後世子孫之妃。參閲清江藩隸經文二姜嫄帝嚳妃辨。

【姜維】公元 202—264 年。三國蜀漢天水人，字伯約。歷任征西將軍、衛將軍、大將軍等。諸葛亮卒後，維統帥蜀軍，多次伐魏。景元四年，魏軍大舉攻蜀，維自陰平退保劍閣，抗擊鍾會。及鄧艾自陰平乘虚入逼成都，後主降魏，維乃降會。又密謀殺會，復立蜀主，事洩被殺。三國志蜀有傳。

【姜夔】公元 1155—1220 年。宋鄱陽人，字堯章。因不滿秦檜當政，隱居武康縣，與苕溪白石洞天爲鄰，因號白石道人，又號石帚。擅長詩詞，通曉音律，能自製曲。著有白石道人詩集、白石道人歌曲及姜氏詩説、續書譜等。

【姜宸英】公元 1628—1699 年。清浙江慈谿人。字西溟，號湛園。擅長詩古文，精書法，與朱彝尊、嚴繩孫號江南三布衣。以諸生參與撰修明史及一統志，史稿刑法志即出其手。康熙三十六年舉進士，時年已七十。三十八年任順天鄉試副主考，因正主考李殿撰有情弊累及，下獄，死於獄中。著有湛園文稿、葦間詩集。

【姜太公釣魚】傳説太公釣於渭濱，釣竿直鈎不設餌。歇後用法，願者上鈎，指事出於自願。元人武王伐紂平話記太公釣魚，有"負命者上鈎來"之語。明葉良表分金記强徒奪節："自古道：'姜太公釣魚，願者上鈎。'不願，怎强得他？"

威 wēi 於非切，平，微韻，影。ㄨㄟ

㊀尊嚴。書洪範："惟辟作威。"詩周頌我將："畏天之威。"引申爲威儀、威福。參閲清俞樾兒笘録三。㊁權勢，力量。韓非子詭使："威者所以行令也。"荀子强國："合戰用力而敵退，是衆威也。"㊂震懾，欺凌。戰國策齊一："吾三戰而三勝，聲威天下。"吳越春秋勾踐入臣外傳："威人者滅，服從者昌。"後漢書三一杜詩傳："唯匈奴未譬聖德，威侮二垂。"㊃畏懼。通"畏"。詩小雅常棣："死喪之威，兄弟孔懷。"書洪範："嚮用五福，威用六極。"史記宋微子世家、漢書五行志上及谷永傳"威"皆作"畏"。

【威力】威勢權力。三國志魏田疇傳"封疇亭侯，邑五百户"注引先賢行狀曹操表論田疇功："及袁紹父子威力加於朔野，遠結烏丸，與爲首尾，前後召疇，終不陷撓。"

【威斗】漢王莽所作，以五色藥石及銅鑄成，象北斗，長二尺五寸。出入令司命負之，以立威厭勝衆兵，故名。見漢書九九下王莽傳。也用爲賞賜大臣的殉葬品。王莽時，三公亡，皆賜之，一在冢外，一在冢内。見南史何承天傳。

【威令】刑法，軍政令。太平御覽六三八晉傅玄傅子："天以秋殺，猶君之有威令也。"孫子地形"將弱不嚴"唐賈林注："威令既不嚴明，士卒則無常稟。"

【威夷】㊀紆回曲折。文選三國魏嵇叔夜(康)琴賦："指蒼梧之迢遞，臨迴江之威夷。"㊁險阻。文選晉潘安仁(岳)西征賦："登崤坂之威夷，仰崇嶺之嵯峨。"又晉袁彦伯(宏)三國名臣序贊："王略威夷，吳魏同寳。"唐吕延濟注："威夷，險阻也。"㊂獸名。爾雅釋獸："威夷長脊而泥。"疏："泥，弱也；威夷之獸，長脊而劣弱，少才力也。"

【威名】聲威。漢書八四翟方進傳："居官不煩苛，所察應條輒舉，甚有威名。"

【威武】㊀權勢。孟子滕文公下："富貴不能淫，貧賤不能移，威武不能屈，此之謂大丈夫。"㊁武功。漢書四八賈誼傳上疏陳政事："高皇帝以明聖威武，即天子位。"㊂聲勢，威風。後漢書光武紀上更始元年："(王莽)又驅諸猛獸虎豹犀象之屬，以助威武。"

【威弧】星名。在天狼星東南。漢書八

七上揚雄傳河東賦："掉犇星之流旃，䝱天狼之威弧。"

【威呼】舊時吉林黑龍江等地的獨木船。船長二丈餘，闊僅容膝，頭尾尖鋭，行駛甚速。作交通工具和水面采珠用，遇河流暴漲，則聯二爲一，以濟車馬。參閱清西清黑龍江外記四。

【威服】以威力懾服。史記秦始皇紀："先帝巡行郡縣以示彊，威服海內。"樂府詩集三十漢曹操短歌行："威服諸侯，師之者尊。"

【威姑】丈夫的母親。卽君姑。說文"威"引漢律："婦告威姑。"古威、君音相近。參閱清王念孫廣雅疏證釋親、惠棟九曜齋筆記三威姑。

【威施】南威西施，相傳是古代的美人。抱朴子尚博："厩馬千駟，而騏驥有邈羣之價；美人萬計，而威施有超世之容。"

【威柄】威權。後漢書三七丁鴻傳上封事："夫威柄不以放下，利器不可假人。"注："威柄，謂周禮之八柄，卽爵、祿、生、置、予、奪、廢、誅也。"

【威威】㊀懲所當懲。書康誥："庸庸，祗祗，威威，顯民。"傳："用可用，敬可敬，刑可刑，明此道以示民。"㊁形容羽飾的華麗。漢書八七上揚雄傳甘泉賦："建光燿之長旓兮，昭華覆之威威。"注："威威，猶威蕤也。"

【威重】威嚴。史記高祖紀："奈何令人主拜人臣？如此則威重不行。"又絳侯周勃世家："亞夫之用兵，持威重，執堅刃，穰苴曷有加焉！"

【威風】使人敬畏的聲勢氣派。後漢書章帝紀："今自三公，並宜明糾非法，宣振威風。"水滸六四："林冲忿怒，便道：'我等弟兄，自上梁山泊，大小五七十陣，未嘗挫了鋭氣，軍師何故滅自己威風！'"

【威信】威望與信譽。漢書八三薛宣傳："盜賊禁止，吏民敬其威信。"

【威侮】侵犯。書甘誓："有扈氏威侮五行，怠棄三正。"五行、三正，借指當時統治秩序。

【威紆】迂回曲折。文選南齊謝玄暉(朓)郡內登望詩："威紆距遙甸，巉岩帶遠天。"注："威紆，威夷紆餘，流長之貌也。"

【威容】莊重的儀容。晉常璩華陽國志後賢志："(杜軫)入爲尚書郎，每升降趍翔廊閣之下，威容可觀。"一本作"盛容"。

【威神】㊀尊嚴的神靈。漢書八七上揚雄傳甘泉賦："配帝居之縣圃兮，象泰壹之威神。"㊁尊貴的身分。後漢書四十上班彪傳附班固奏記東平王蒼："願將軍隆照微之明，信日昃之聽，少屈威神，咨嗟下問。"

【威烈】威勢。漢應劭風俗通四過譽汝南陳茂按："坐則專席，止則專館，朱軒駕駟，威烈赫奕。"

【威屑】霜的別稱。見宋陶穀清異錄天文迷空步障。

【威脅】用暴力使人屈從。史記八六荆軻傳："秦地遍天下，威脅韓魏趙氏。"宋王灼頤堂文集三李仲高石君堂詩："利誘威脅擬奪去，仲高誓死君之側。"

【威望】令人崇敬的威勢聲望。宋徐鉉徐公文集二賀殷游二舍人入翰林江給事拜中丞詩："閣老深嚴歸翰苑，夕郎威望拜霜臺。"

【威逼】以勢力相脅迫。宋書武帝紀中義熙十一年司馬休之自陳表："致兹非偶，實由威逼。"

【威楚】縣名。屬雲南省。元至元八年置威楚路，明改路爲府，與縣並名楚雄。1913年廢府。參閱讀史方輿紀要一一六楚雄府、縣。

【威勢】威力權勢。管子明法："人主之所以制臣下者，威勢也。"韓非子人主："萬乘之主、千乘之君所以制天下而征諸侯者，以其威勢也。"

【威稜】聲威。漢書五四李廣傳武帝報書："是以名聲暴於夷貉，威稜憺乎鄰國。"王先謙補注謂稜俗棱字，木四方爲棱，人有威如有棱者然，故曰威稜。梁書武帝紀上移檄京邑："旍麾所指，威稜無外，龍驤虎步，直指建業。"

【威寧】地名。金置縣，屬撫州路。元屬興和路。清爲正黃旗察哈爾牧地。地在內蒙古興和縣。參閱嘉慶一統志五四九察哈爾。

【威福】書洪範："惟辟作福，惟辟作威。"言刑賞操之於上。後來稱恃勢弄權曰擅作威福。漢書六十杜周傳附杜欽："(翟)方進終不舉白，專作威福，阿黨所厚，排擠英俊。"參見"作威作福"。

【威遠】縣名。屬四川省。漢犍爲郡資中縣地。隋開皇時置縣。元初省。明清省置不常，至雍正六年又重置。參閱嘉慶一統志四〇四嘉定府一。

【威鳳】舊說以鳳有威儀，故稱威鳳。關尹子九藥："威鳳以難見爲神，是以聖人以深爲根。"後用來比喻才能品德高尚的人。唐杜甫杜工部草堂詩箋九晦日尋崔戢李封："威鳳高其翔，長鯨吞九州。"以鳳鯨比喻崔李。

【威網】法網。晉書陶侃傳："郭默虓勇，所在暴掠，以大難新除，威網寬簡，欲因隙會，騁其從橫耳。"

【威儀】㊀莊嚴的容貌舉止。詩邶風柏舟："威儀棣棣，不可選也。"左傳襄三一年："有威而可畏，謂之威；有儀而可象，謂之儀。"㊁禮儀細節。禮中庸："禮儀三百，威儀三千。"漢荀悅前漢紀三漢七年："是時威儀未設，羣臣爭功醉呼，或拔劍擊柱。"㊂儀仗，隨從。晉及南朝尚書令僕、御史中丞，各有威儀十人，卽持仗的隨從。晉書熊遠傳："尚書郎盧綝將入直，遇(刁)協於大司馬門外，……綝不迴，協令威儀牽捽綝墮馬。"宋書孔琳之傳："尚書令省事倪宗又牽威儀手力，擊臣下人。"參閱通典二四職官六中丞。㊃佛教經律中以行、住、坐、卧爲四威儀。法華經序品："又見具戒，威儀無缺。"

【威德】聲威與德行，刑罰與恩惠。管子兵法："定宗廟，遂男女，官四分，則可以定威德，制法儀，出號令。"韓非子解老："理相奪予，威德是也。"

【威蕤】㊀形容羽飾的華麗。史記一一七司馬相如傳子虛賦："錯翡翠之威蕤，繆繞玉綏。"㊁茂盛。漢書五七下司馬相如傳封禪書："紛綸威蕤。"㊂草名。又稱玉竹、地節。也作"葳蕤"、"葳蕤"、"萎蕤"。根莖可食，又作藥用。舊時被稱爲瑞草。宋書符瑞志下："威蕤，王者禮備，則生於殿前。"參閱本草綱目十二草部萎蕤。

【威縣】縣名。屬河北省。漢鉅鹿縣地。金改屬洺州，又增置洺水縣。元自井陘縣移威州治此。明改威縣，清因之。見嘉慶一統志三二廣平府一。

【威遲】曲折綿延。同"威夷"、"倭遲"。文選南朝宋顏延年(延之)秋胡詩："驅車出郊郭，行路正威遲。"注："毛詩曰：'四牡騑騑，周道倭遲。'毛萇曰：'倭遲，歷遠貌。'韓詩曰：'周道威夷。'其義同。"

【威聲】威名。晉陸雲陸士龍集三答兄平原詩："紫庭既穆，威聲爰振。"

【威懷】威德並用。管子君臣下："故德之以懷也，威之以畏也，則天下歸之矣。"唐柳宗元柳先生集二二送楊凝郎中使還汴宋詩後序："是宜慰薦煦諭，納爲腹心，然後威懷之道備。"

【威嚴】㊀嚴厲。管子八觀："禁罰威嚴，則簡慢之人整齊。"㊁權勢。戰國策趙二："威嚴不足以易於位，重利不足以變其心。"

【威懾】以威力使之畏服。文選漢張平子(衡)西京賦："威懾兕虎，莫之敢伉。"

【威權】威勢權力。管子法法:"法重於民,威權貴於爵禄。"漢書六〇杜周傳附杜欽:"威權泰盛而不忠信,非所以安國家也。"

【威靈】㊀尊嚴的神靈。楚辭屈原九歌國殤:"天時墜兮威靈怒,嚴殺盡兮棄原野。"㊁聲威。漢書一〇〇下敍傳:"柔遠能邇,燀燿威靈。"

【威海衞】地名。在今山東威海市。漢東牟縣地,唐以後爲牟平縣。金元爲寧海州。明洪武三十一年分置威海衞。其地三面靠山,北負黄海,劉公島横於前,分東西兩口,爲海防重地。參閲讀史方輿紀要三六登州府。

【威喜芝】靈芝名。抱朴子仙藥:"松柏脂淪入地千歲,化爲茯苓;茯苓萬歲,其上生小木,狀似蓮花,名曰木威喜芝。"

【威儀師】㊀僧寺職事名。授戒時有教授師,指示受戒者坐作進退之威儀,又稱威儀師。參閲行事鈔上三受戒緣集。㊁道士修行,名號有三,即法師、威儀師、律師。見唐六典四禮部尚書祠部郎中。

【威蕃栅】地名。在四川北川縣南。唐穆宗時,東川節度使王涯稱自蜀入吐蕃有二道,一由綿州威蕃栅直抵雞棲城,即此。宋孫羲叟於此築城。參閲新唐書一七九王涯傳、讀史方輿紀要七三龍安府石泉縣。

【威靈仙】草名。開寶本草始著録。威指其性猛,靈仙言其功效神奇。有數種,本草綱目稱只有鐵脚威靈仙入藥,餘不可用。參閲本草綱目十八下威靈仙。

【威風凜凜】威武雄壯,聲勢逼人。元費唐臣貶黄州三:"見如今御史臺威風凜凜,怎敢向翰林院文質彬彬。"西游記四:"這番比前不同,威風凜凜,殺氣騰騰。"

【威鳳一羽】威鳳,古時稱瑞鳥。一羽,卽略見一斑之意。梁書劉孺傳附劉遵晉安王與劉孝儀令:"及弘道下邑,未申善政,而能使民結去思,野多馴雉,此亦威鳳一羽,足以驗其五德。"

【威鳳祥麟】鳳凰和麒麟,皆爲古代傳説中的祥瑞之物。因用以比喻非常卓越難得的人才。祥麟,也作翔麟。參見"祥麟"、"翔麟"。

娍

rèn 集韻 如鴆切,去,沁韻。
ㄖㄣˋ 如林切,平,侵韻。

懷孕。同"妊"。後漢書獻帝伏皇后紀:"(曹)操誅(董)承而求貴人殺之,帝以貴人有娍,累爲請,不能得。"參見"妊"。

姹

chà 集韻 丑下切,上,馬韻。
ㄔㄚˋ

本作"奼"。通"咤"、"詫"。㊀誇。漢書五七上司馬相如傳子虛賦:"子虛過姹烏有先生。"注:"姹,誇誑之也。"史記一一七司馬相如傳作"詫",文選李善本作"奼"。又通"侘"。史記一〇八韓長孺傳:"卽欲以侘鄙縣。"索隱又作"侂",謂字如"姹"。㊁豔麗。宋詩鈔韓維南陽集和如晦遊臨淄園示元明:"平津開館大道西,桃夭杏姹通園蹊。"

【姹女】㊀少女。後漢書五行志一桓帝時童謡:"車班班,入河閒,河閒姹女工數錢,以錢爲室金爲堂。"唐張九齡曲江集五鸚䳇詩:"姹女矜容色,爲花不讓春。"㊁道家鍊丹,稱水銀爲姹女。周易參同契上之下:"河上姹女,靈而最神,得火則飛,不見埃塵。"明蔣一彪集解引彭曉:"河上姹女者,真汞也,見火則飛騰,如鬼隱龍潛,莫知所往。"唐劉禹錫劉夢得集六送盧處士歸嵩山别業詩:"藥鑪燒姹女,酒甕貯賢人。"也作"奼女"。陸龜蒙甫里集十一自遣詩之二十八:"奼女精神似月孤,敢將容易入洪爐。"

【姹紫嫣紅】指花色嬌豔。明湯顯祖牡丹亭驚夢:"原來姹紫嫣紅開遍,似這般都付與斷井頹垣,良辰美景奈何天,賞心樂事誰家院?"

姣

1. jiāo jiǎo 古巧切,上,巧韻,見。
ㄐㄧㄠ ㄐㄧㄠˇ

㊀美麗。孟子告子上:"不知子都之姣者,無目者也。"慎子威德:"毛嬙西施,天下之至姣也。"

2. xiáo 胡茅切,平,肴韻,匣。
ㄒㄧㄠˊ

㊀淫亂。左傳襄九年:"棄位而姣,不可謂貞。"注:"姣,淫之别名。"釋文:"姣,户交反。……徐(邈)又如字,服氏(虔)同。嵇叔夜(康)音效。"

【姣人】美人。史記一一七司馬相如傳上林賦"姣冶嫺都"索隱:"郭璞云:'姣,好也。都,雅也。'詩云:'姣人嫽兮。'方言云:'自關而東,河濟之間,凡好或謂之姣。'"詩陳風月出"佼人嫽兮"釋文:"佼字又作姣。"

【姣好】容貌美麗。漢書六五東方朔傳:"(董)偃年十三,隨母出入主家,左右言其姣好。"注:"姣,美麗也。"舊題漢劉歆西京雜記二:"(卓)文君姣好,眉色如望遠山,臉際常若芙蓉。"

【姣冶】豔麗。抱朴子博喻:"南威青琴,姣冶之極,而必俟盛飾以增麗。"

【姣美】容貌美好。荀子非相:"古者桀紂,長巨姣美,天下之傑也。"

姟

gāi 古哀切,平,咍韻,見。
ㄍㄞ

古代最大的數名。通"垓"。國語鄭:"計億事,材兆物,收經入,行姟極。"注:"姟,備也,數極於姟也,萬萬兆曰姟。"參見"垓"。

姘

pīn 普耕切,平,耕韻,滂。
ㄆㄧㄣ 普丁切,平,青韻,滂。

非夫婦而同居。説文:"姘,除也。漢律,齊民與妻婢姦曰姘。从女、并聲。"廣韻引蒼頡篇:"男女私合曰姘。"

姸

yán
ㄧㄢˊ

同"妍"。見"妍。"

娀

sōng 息弓切,平,東韻,心。
ㄙㄨㄥ

遠古氏族名。也叫有娀氏。傳説有娀氏有女簡狄,是帝嚳(高辛)次妃,生契。詩商頌長發:"有娀方將。"也作爲女子人名用字。參閲世本五帝世系、史記殷本紀。

姨

yí 以脂切,平,脂韻,喻。
ㄧˊ

㊀妻的姐妹。詩衛風碩人:"東宫之妹,邢侯之姨。"爾雅釋親:"妻之姊妹同出爲姨。"㊁母親的姐妹。釋名釋親屬:"母之姊妹曰姨。"左傳襄二三年:"繼室以其姪,穆姜之姨子也。"疏:"然則據父言之,謂之姨;據子言之,當謂之從母。但子效父語,亦呼爲姨。"後並用爲對母輩婦女的尊稱。㊂妾。古諸侯嫁女,多以同姓爲從嫁之人,因如同妻的姐妹,故稱妾媵爲姨。後遂爲妾的通稱。南史衡陽元王道度傳附蕭鈞:"所生區貴人病,……不肯食,曰:'須待姨差。'"參閲清俞正燮癸巳存稿四姬姨、通俗編十八阿姨。

【姨丈】卽姨夫。見"姨夫㊀"。

【姨子】㊀姨母的兒子,卽姨兄弟。左傳襄二三年:"繼室以其姪,穆姜之姨子也。"注:"姪,穆姜姨母之子,與穆姜爲姨昆弟。"㊁妻的姐妹。如大姨子、小姨子。

【姨夫】㊀母親的姐妹夫。文苑英華七五一隋盧思道北齊興亡論:"胡長粲以從舅之親,馮子琮以姨夫之戚,俱受寄託,並當樞要。"按北齊書馮子琮傳,子琮爲胡太后妹夫,故曰姨夫。也稱姨丈人。明王志堅表異録三:"袁聿修爲姨丈人崔休所知賞,蓋今之姨夫也。"㊁妻的姐妹夫。宋歐陽修先娶王拱宸妻姊,妻死,再娶其妻妹,當時有"舊女壻爲新女壻,大姨夫作小姨夫"語。見宋邵伯温聞見前録八。

【姨父】母親的姐妹夫。同"姨夫"、"姨丈人"。魏書京兆王黎傳附元叉:"叉遂與太師高陽王雍等輔政,常直禁中,肅宗呼爲姨父。"

【姨母】母親的姐妹曰姨,亦稱姨母,以別於妻的姊妹。俗稱姨媽。漢書六八霍光傳:"光諸女遇太后無禮"注引服虔:"光諸女自以於上官太后爲姨母,遇之無禮。"

【姨妹】妻的姐妹。藝文類聚五二晉郭澄之郭子:"孫秀降晉,武帝厚存寵之,妻以姨妹蒯氏。"也專指妻妹。如稱妻姐爲姨姐,妻妹爲姨妹。

【姨娘】㊀母親的姊妹,卽姨母。也稱姨媽。初刻拍案驚奇二九:"那日央楊老媽約了幼謙,不意有個姨娘到來,要他支陪。"㊁妾。紅樓夢二五:"那趙姨娘只得忍氣吞聲,也上去幫着他們,替寶玉收拾。"

【姨婆】母親的姐妹。清平山堂話本洛陽三怪記:"潘松道:'甚荷姨婆見愛。'"一般多指外祖母的姐妹。

【姨兄弟】姨母之子爲姨兄弟,也叫姨昆弟。晉書王廙傳:"王廙字世將,丞相導從弟,而元帝姨弟也。"魏書房法壽傳附房景遠:"(劉)郁曰:'齊州主簿房陽是我姨兄。'"

娃

wá 於佳切,平,佳韻,影。
ㄨㄚˊ

㊀美女。方言二:"娃、嫷、窕、豔,美也。吳楚之間曰娃。"漢書八七上揚雄傳反離騷:"資娵娃之珍髢兮,鬻九戎而索頼。"注:"娵,娃,皆美女也。"㊁少女。唐白居易長慶集五四城上夜宴詩:"詩聽越客吟何苦,酒被吳娃勸不休。"㊂見"娃娃"。

【娃娃】嬰兒,小孩。古今雜劇明楊文奎兒女團圓二:"王獸醫云:'你那裏做甚麼哩?'春梅云:'我這裏養娃娃哩!'"儒林外史二六:"當下包了幾十個錢,又包了些黑棗青餅之類,叫他帶回去與娃娃喫。"

【娃草】葳蕤草的別名。舊題梁任昉述異記下:"葳蕤草,一名麗草,又呼爲女草。江浙中呼娃草。美女曰娃,故以爲名。"

【娃嬴】戰國趙吳廣女,趙武靈王后。史記趙世家:"吳廣聞之,因夫人而內其女娃嬴。"亦名孟姚。參見"孟姚"。

【娃館】宮女館舍。唐王勃王子安集一七夕賦:"娃館疏兮綠草積,歡房寂兮紫苔生。"後也指娼妓聚居處。唐白居易長慶集五四代諸妓贈送周判官詩:"蘭亭月破能迴否,娃館秋涼却到無?"

姞

jí 巨乙切,入,質韻,羣。
ㄐㄧˊ

姓。相傳黃帝之後得姓者十四人,其一爲姞。詩大雅韓奕:"蹶父孔武,靡國不到,爲韓姞相攸,莫如韓樂。"注:"姞,蹶父姓也。"參閱國語晉四。又左傳隱五年"衛人以燕師伐鄭"疏引世本:"燕國,姞姓。"

姥

1. mǔ 莫補切,上,姥韻,明。
ㄇㄨˇ

㊀老婦。通"姆"。晉書王羲之傳:"又嘗在蕺山見一老姥,持六角竹扇賣之。"㊁通"母"。玉臺新詠一古詩爲焦仲卿妻作:"便可白公姥,及時相遣歸。"樂府詩集二五琅琊王歌辭:"公死姥更嫁,孤兒甚可憐。"

2. lǎo
ㄌㄠˇ

㊂北方方言稱外祖母或尊稱年老的婦人爲姥姥。也作"老老"。

姮

héng 集韻胡登切,平,登韻。
ㄏㄥˊ

見下。

【姮娥】神話中的月中女神。相傳爲后羿之妻,羿請不死之藥於西王母,姮娥竊以奔月。見淮南子覽冥。姮,本作"恆",俗作"姮"。因避漢文帝(劉恆)諱,改稱常娥,通作嫦娥。

姱

kuā 苦瓜切,平,麻韻,溪。
ㄎㄨㄚ

㊀美,好。楚辭屈原離騷:"苟余情其信姱以練要兮,長顑頷亦何傷。"㊁奢貌。見廣韻。

【姱女】美女。楚辭屈原九歌禮魂:"姱女倡兮容與。"注:"姱,好皃。謂使童稚好女,先倡而舞,則進退容與而有節度也。"

【姱名】美名。宋洪咨夔平齋文集拾遺老圃賦:"蓋窮患姱名之不立,而不患併日之食艱。"

【姱姿】美好的姿態。文選晉潘安仁(岳)射雉賦:"厲耿介之專心兮,奓雄豔之姱姿。"

【姱容】美好的容貌。楚辭宋玉招魂:"姱容脩態,絙洞房些。"亦作"夸容"。文選晉傅武仲(毅)舞賦:"埒材角妙,夸容乃理。"

【姱節】美好的品德。楚辭屈原離騷:"汝何博謇而好脩兮,紛獨有此姱節?"

姪

zhí 直一切,入,質韻,澄。
ㄓˊ 徒結切,入,屑韻,定。

姑對兄弟子女的稱呼。左傳襄二三年:"繼室以其姪。"此指女。又僖十五年:"姪其從姑。"此指太子圉。晉以後又與伯叔對稱。晉書王湛傳:"濟才氣抗邁,於湛略無子姪之敬。"按古姪名雖兼指男女,都是對姑而言,晉以來始稱叔姪。參閱北齊顏之推顏氏家訓風操、清顧炎武金石文字記四千祿字書。

【姪子】姪女。公羊傳成二年:"蕭同姪子者,齊君之母也。"注:"蕭同,國名。姪子者,蕭同君姪娣之子,嫁於齊,生頃公。"後泛指姪兒。

姻

yīn 於真切,平,真韻,影。
ㄧㄣ

同"婣"。㊀男女嫁娶稱婚姻。詩小雅我行其野:"不思舊姻,求爾新特。"㊁婿父,婿家,妻父。左傳定十三年:"荀寅,范吉射之姻也。"注:"婿父曰姻,荀寅子娶吉射女。"左傳昭九年:"王有姻喪。"疏:"按妻父爲姻。"㊂由婚姻關係而結成的親戚。左傳僖五年:"弦子奔黃,於是江黃道柏,方睦於齊,皆弦姻也。"注:"姻,外親也。"參見"姻親"。

【姻末】對親戚尊長,自己謙稱姻末。明都穆鐵網珊瑚書品九復孺先生家世譜所錄元時筆札,其函尾署名,有作"東郭姻末錢抱素稽首拜呈"者,是元時已有此稱。

【姻亞】婿父稱姻,兩婿互稱爲亞。詩小雅節南山:"瑣瑣姻亞,則無膴仕。"後泛指有婚姻關係的親戚。也作"姻婭"。文選晉庾元規(亮)讓中書令表:"臣於陛下,后之兄也。姻婭之嫌,實與骨肉中表不同。"

【姻故】親戚故舊。新唐書一五二李絳傳:"崔祐甫爲宰相,不半歲除吏八百人。德宗曰:'多公姻故,何耶?'"

【姻家】有婚姻關係的親戚。後漢書六十下蔡邕傳:"與陟姻家,豈敢申助私黨?"

【姻族】異姓和同姓的親戚。後漢書五六王綱傳:"時(梁)冀妹爲皇后,內寵方盛,諸梁姻族滿朝。"藝文類聚四晉王讚三月三日詩:"嘉賓伊何?具惟姻族。"唐柳宗元柳先生集十三先太夫人河東縣太君歸祔誌:"旣事舅姑,周睦姻族。"

【姻戚】有婚姻關係的親戚。後漢書鄧皇后紀:"今車騎將軍騭等雖懷敬順之志,而宗門廣大,姻戚不少,賓客姦猾,多干禁憲。"

【姻親】由婚姻關係結成的親戚。如外親、妻親皆是。左傳襄二五年:"棄我姻親。"文選三國魏阮元瑜(瑀)爲曹公作書與孫權:"喜得全功,長享其福,而姻親坐離,厚援生隙。"

【姻緣】婚姻結合的機會。元喬吉玉簫女兩世姻緣雜劇四："男婚女嫁尋常有，兩世姻緣自古無。"

【姻舊】親戚故舊。新唐書九十劉政會傳附劉崇龜："姻舊或干以財，率不答，但寫荔支圖與之。"

【姻兄弟】姻親中的同輩兄弟。爾雅釋親："壻之黨爲姻兄弟。"

姚 yáo ㄧㄠ 餘昭切，平，宵韻，喻。

㊀姓。相傳虞舜居姚墟，因以爲姓。左傳哀元年："(少康)逃奔有虞，……虞思於是妻之以二姚。"注："姚，虞姓。"㊁美好貌。詳"姚冶"。㊂遠。通"遥"。荀子榮辱："其流長矣，其温厚矣，其功盛姚遠矣。"注："姚與遥同。"

【姚江】水名。在浙江餘姚縣南。又名舜江、舜水。源出太平山及菁山，名菁江；北流至上虞縣東通明壩，名通明江；東流折北爲蕙江；入餘姚縣，稱姚江(餘姚縣也因此别稱姚江)；再東流入慈谿縣，爲慈谿江，又名前江；至鄞縣，合於甬江。參閲讀史方輿紀要九二紹興府。

【姚安】縣名。見"姚州"。

【姚州】古滇國。漢爲弄棟縣，屬益州郡，後廢。唐武德四年安撫大使李英以此地人多姓姚，故置姚州。後置姚城縣，爲姚州都督府治。宋時大理仍置姚州。元爲姚安路治。明改姚安府治。清廢府，以州屬楚雄府。公元1913年改爲姚安縣。故城在今雲南大姚縣北。參閲元和郡縣志三二姚州、嘉慶一統志四八〇楚雄府。

【姚合】公元775—845？年。唐陝州硤石人，宰相崇曾孫。元和進士，授武功尉，後爲陝虢觀察使，開成末，終祕書監。合有詩名，人稱姚武功。新唐書附姚崇傳。有姚少監詩集。

【姚宋】姚崇和宋璟。唐玄宗開元時相繼爲相，舊史以開元之治二人之力爲多。世稱姚宋。唐白居易長慶集三七除裴垍中書侍郎同平章事制："在太宗時實有房杜贊貞觀之業，在玄宗時實有姚宋輔開元之化。"宋蘇軾分類東坡詩二開元遺事之一："姚宋亡來事事新，一官銖重萬人輕。"

【姚冶】妖豔貌。荀子非相："今世俗之亂君，鄉曲之儇子，莫不美麗姚冶，奇衣婦飾，血氣態度，擬於女子。"注："説文曰：姚，美好貌。冶，妖。"

【姚姒】虞舜和夏禹。後也作虞夏的代稱。相傳舜生於姚墟，因以姚爲姓；禹，姒姓。宋書禮志三世祖大明元年江夏王義恭表："蓋陶唐姚姒商姬之主，莫不由斯道也。"唐韓愈昌黎集十二進學解："上規姚姒，渾渾無涯。"

【姚姚】美盛貌。漢劉向説苑指武："孔子曰：'美哉德乎！姚姚者乎！'"

【姚秦】東晉時五胡十六國中的後秦。創建者爲姚萇，後也稱姚秦，以别於苻健所建的前秦。詳"後秦"。

【姚崇】公元651—721年。唐陝州硤石人。本名元崇，改名元之，後又避開元諱，改名崇。武后時，官鳳閣侍郎。張柬之等誅張昌宗、張易之，迎立中宗，崇參與計議。睿宗時爲相，以奏請太平公主出居東都，被貶職。玄宗立，復爲相，抑權倖，勸節儉。爲相五年，引宋璟自代。舊史稱其主政時期爲"開元之治"。新、舊唐書皆有傳。

【姚萇】公元330—393年。東晉地方政權後秦主。羌族，南安赤亭人，爲弋仲第二十四子，字景茂。初事前秦苻堅，爲龍驤將軍。後慕容泓起兵攻堅，萇爲泓所敗，奔渭北，自稱秦王，年號白雀。會西燕攻長安，苻堅兵敗，奔五將山，萇執殺堅。太元十一年稱帝於長安，改元曰建初，國號大秦。晉書、魏書有傳。

【姚黄】牡丹花的一種。宋梅堯臣宛陵集二十白牡丹詩："白雲堆裏紫霞心，不與姚黄色鬬深。"牡丹花以姓氏爲名的，有姚黄、牛黄等。姚黄爲千葉黄花，出於民間姚氏家；牛黄亦千葉，出於民間牛氏家，比姚黄略小。見宋陸佃埤雅十八芍藥。參見"姚黄魏紫"。

【姚瑩】公元1785—1852年。清安徽桐城人。字石甫，號東溟。姚鼐的侄孫。嘉慶十三年進士，官至湖南按察使。工詩、古文，也留心經世之學。有中復堂遺稿及續編。

【姚樞】公元1202—1279年。元柳城人，後遷洛陽。字公茂。曾隨忽必烈征伐，累官至翰林學士承旨。其學以程朱爲本，和許衡爲友，刊印小學四書及諸經傳注。謚文獻。參閲元史一五八本傳、宋元學案九十魯齋學案。

【姚鼐】公元1731—1815年。清安徽桐城人。字姬傳，一字夢穀。乾隆二十八年進士。四庫開館，任纂修官，年餘歸。主講江南、紫陽、鍾山書院，前後四十年。以書齋名惜抱軒，學者稱惜抱先生。論學主張應集義理、考證、詞章之長。所作古文，自謂師法方苞而上溯宋歐陽修、曾鞏，並輯古文辭類纂，説明文章義法。以鼐、苞等皆桐城人，因有桐城派之目。著有惜抱軒詩文集四十卷、惜抱軒尺牘八卷。

【姚興】人名。1.公元366—416年。東晉地方政權後秦國君姚萇之長子，字子略。嗣立後，攻敗前秦、西秦，滅後涼，兵勢甚盛。後伐夏失敗，降號稱王。爲鞏固統治，宣揚儒學和佛教。在位二十二年。晉書、魏書皆有傳。2.公元？—1161年。宋相州人。紹興中，以武功累遷荊湖南路兵馬副都監。紹興三十一年(公元1161年)金兵背盟渡淮，興以四百騎當金兵十數萬，苦戰援絶，父子俱死。當時金人相謂："有如姚興者十輩，吾屬敢前乎？"宋史載忠義傳。

【姚燮】公元1805—1864年。清浙江鎮海人。字梅伯，號復莊，又署大梅山民。道光舉人，長於詩、詞、曲及駢文，部分作品反映了鴉片戰爭前後的史實。也善繪畫，人物、花卉皆工，尤精墨梅。著有復莊詩問、疏影樓詞等。

【姚魏】姚黄魏紫的簡稱。指牡丹花。宋趙蕃淳熙稿十三季春十有三日作詩："寂寂蕙蘭非臘馥，紛紛姚魏掃殘葩。"參見"姚黄魏紫"。

【姚之富】公元？—1798年。清湖北襄陽人，農民起義軍領袖。白蓮教首領齊林弟子。齊林於嘉慶元年(公元1796年)起義，失敗犧牲。之富與王聰兒、王廷詔等繼續領導起義。次年入川，與當地起義軍會合，爲襄陽黄號領袖。後在鄖陽卸花坡力戰失敗，跳崖死難。

【姚文田】公元1758—1827年。清浙江歸安人。字秋農。嘉慶四年進士，官至禮部尚書。謚文僖。治學不拘漢宋門户成見，長於説文之學。著説文聲系、説文校議、説文解字考異各三十卷，另有邃雅堂文集。

【姚思廉】公元557—637年。唐萬年人，本名簡，以字行。初仕隋，入唐官著作郎、弘文館學士。父察，南朝陳吏部尚書，入隋撰梁陳二史未成而逝。思廉採謝炅等諸家梁史，並推究陳事，删益傅縡顧野王所修舊史，於貞觀十年撰成梁書五十卷(今本五十六卷)，陳書三十卷(今本三十六卷)。新、舊唐書皆有傳。

【姚黄紙】紙名。明李日華六研齋二筆二："竹紙上品有三：曰姚黄，曰學士，曰邵公。"

【姚際恆】公元1647—約1715年。清浙江仁和人。字立方，一字首源，號善夫。通諸經，閻若璩撰古文尚書疏證，屢引其說。著九經通論，今僅存詩經通論。又有古今僞書考十二卷、考釋二卷。

【姚廣孝】公元1335—1418年。明長洲人。十四歲爲僧，名道衍，字斯道。明太祖皇后死，選高僧侍諸王誦經，道衍因與燕王朱棣談論投契，隨至北平，住持慶壽寺，常出入王府。惠帝卽位，削弱諸王，道衍佐棣起兵。棣稱帝，錄功第一，拜太子少師，恢復原姓，賜名廣孝。永樂十六年死，年八十四。曾監修太祖實錄，又和解縉等同纂永樂大典。著有逃虛子集。明史有傳。

【姚江學派】明王守仁的學派，王浙江餘姚人。姚江爲餘姚水名，故稱姚江學派。詳"陽明學派"。

【姚黄魏紫】兩種名貴牡丹花。"姚黄"爲宋姚姓人家培育的千葉黄花；"魏紫"爲五代的魏仁溥家培育的千葉肉紅花。見宋歐陽修文忠集七二洛陽牡丹記花釋名。後以爲牡丹佳品的通稱。宋范成大石湖集三一再賦簡養正："一年春色摧殘盡，更覓姚黄魏紫看。"

姝 shū ㄕㄨ 昌朱切，平，虞韻，穿。

㊀美好。詩邶風靜女："靜女其姝。"傳："姝，美色也。"玉臺新詠一古詩八首之一："新人雖言好，未若故人姝。"㊁美女，青年女子。文選戰國宋玉登徒子好色賦："此郊之姝，華色含光。"樂府詩集二八陌上桑："使君遣吏往，問是誰家姝。"

【姝好】㊀姿態柔美。法華經譬喻品："形體姝好。"㊁美女或青年女子。新唐書二〇二呂向傳："時帝歲遣使采擇天下姝好，内之後宮，號'花鳥使'，向因奏美人賦以諷。"

【姝妖】美麗妖豔。藝文類聚十八後漢蔡邕檢逸賦："夫何姝妖之媛女，顏煒燁而含榮。"

【姝姝】柔順貌。莊子徐無鬼："所謂暖姝者，學一先生之言，則暖暖姝姝而私自說也。"

【姝麗】㊀容貌美麗。後漢書鄧皇后紀："后長七尺二寸，姿顏姝麗，絕異於衆。"㊁美女。宋柳永樂章集玉女搖仙珮詞："有得許多姝麗，擬把名花比。"

姺 1. xiǎn shēn ㄒㄧㄢˇ ㄕㄣ 蘇典切，上，銑韻，心。集韻 疏臻切，平，臻韻。

也作"侁"、"莘"、"㜪"。㊀古氏族名，後爲國名。左傳昭元年："夏有觀扈，商有姺邳。"竹書紀年上外壬(發)元年："邳人、姺人叛。"呂氏春秋本味作"有侁氏"，漢劉向說苑尊賢作"有莘氏"，漢書九七上外戚傳序作"有㜪"。

2. xiān ㄒㄧㄢ 集韻 蕭前切，平，先韻。

㊁見"媥姺"。

姡 huó ㄏㄨㄛˊ 戶括切，入，末韻，匣。下刮切，入，鎋韻，匣。

㊀醜貌。詩小雅何人斯"有靦面目，視人罔極"傳："靦，姡也。"釋文："姡，面醜也。"參閱清段玉裁說文解字注。㊁狡獪。詳"姡獪"。

【姡獪】狡詐。方言十："央亡、嚜杘、姡獪也。江湘之間或謂之無賴。"

𡛒 1. chǐ ㄔˇ 尺氏切，上，紙韻，穿。

㊀見"𡛒𡛒"。

2. shí ㄕˊ 是支切，平，支韻，禪。承紙切，上，紙韻，禪。

㊀方言六："南楚瀑洭之間，……謂婦妣曰母𡛒，稱婦考曰父𡛒。"𡛒，又音多。見郭璞注。

【𡛒𡛒】美好貌。漢書一〇〇下敍傳："𡛒𡛒公主，迺女烏孫。"注："言漢以好女配烏孫也。"

姽 guǐ ㄍㄨㄟˇ 過委切，上，紙韻，見。魚毀切，上，紙韻，疑。

見下。

【姽嫿】靜好貌。文選戰國楚宋玉神女賦："既姽嫿於幽靜兮，又婆娑乎人間。"清王士禎漁洋山人精華錄四其年簡討見和綠雪之作復遺芥茶一器索賦詩之一："敬亭如靜女，姽嫿有餘態。"

姙 rèn ㄖㄣˋ

同"妊"。孕，懷孕。藝文類聚三四三國魏曹植行女哀辭："或華髮以終年，或懷姙而逢災。"

姤 gòu ㄍㄡˋ 古侯切，去，候韻，見。

㊀易卦名。六十四卦之一。☰☴。巽下乾上。易姤："彖曰：姤，遇也。"㊁好，善。管子地員："士女皆好，其民工巧，其泉黄白，其人夷姤。"唐尹知章注："夷，平也；姤，好也。言均善也。"

姧 jiān ㄐㄧㄢ 集韻 居顏切，平，删韻。

同"姦"。參見"姦"字各條。

【姧蘭】犯禁走私。史記一一〇匈奴傳："漢使馬邑下人聶翁壹姧蘭出物與匈奴交，詳(佯)爲賣馬邑城以誘單于。"集解："姧音干。干蘭，犯禁私出物也。"漢書九四上匈奴傳作"閒蘭"。

姦 jiān ㄐㄧㄢ 古顏切，平，删韻，見。

通"奸"。也作"姧"。㊀邪惡不正。墨子辭過："是以其民饑寒並至，故爲姦衺。"商君書開塞："故以刑治則民威，民威則無姦，無姦則民安其所樂。"㊁惡人。管子明法："故明法曰佼衆譽多，外內朋黨，雖有大姦，其蔽主多矣。"㊂私通。左傳莊二年："夫人姜氏會齊侯于禚，書姦也。"㊃違背，干擾。韓非子定法："賞存乎慎法，而罰加乎姦令者也。"淮南子主術："各守其職，不得相姦。"

【姦宄】爲非作歹的人。書舜典："寇賊姦宄。"國語晉六："亂在內爲宄，在外爲姦。……德刑不立，姦宄並至。"也作"姦軌"。漢書元帝紀永光二年詔："蓋聞唐虞象刑而民不犯，殷周法行而姦軌服。"

【姦民】亂法犯禁、損公利己的人。商君書畫策："不作而食，不戰而榮，無爵而尊，無祿而富，無官而長，此謂之姦民。"

【姦臣】不忠之臣。舊時多指營私舞弊、結黨弄權的官僚。管子明法："姦臣之敗其主也，積漸積微使主迷惑而不自知也。"戰國策魏一："凡羣臣之言事秦者，皆姦臣，非忠臣也。"

【姦回】邪惡。書泰誓下："崇信姦回。"左傳宣三年："楚子問鼎之大小輕重焉，王孫滿對曰：'在德不在鼎。……德之休明，雖小，重也。其姦回昏亂，雖大，輕也。"

【姦色】兩種顏色相混雜。卽間色。禮王制："姦色亂正色，不粥於市。"古以青、赤、黄、白、黑爲五方正色，綠、紅、碧、紫、流黄爲五方間色。參閱明楊愼譚苑醍醐七間色名、姦色，清孫希旦禮記集解十四。參見"正色"、"間色"。

【姦伏】潛伏未露的壞人壞事。後漢書三八法雄傳："除平氏長，善政事，好發擿姦伏，盜賊稀發，吏人畏愛之。"

【姦行】邪惡的行爲。韓非子孤憤："能法之士，勁直聽用，且矯重人之姦行。"

【姦利】用不正當手段取得的利益。韓非子姦劫弒臣："百官之吏，亦知爲姦利之不可以得安也。"史記一〇七魏其武安侯傳："灌夫亦持丞相陰事，爲姦利，受淮南王金與語言。"

【姦非】㊀奸詐邪惡的行爲或壞人。後漢書三八度尚傳："爲政嚴峻，明於發擿姦非。"㊁舊刑律稱通姦罪爲姦非罪。

【姦軌】見"姦宄"。

【姦通】男女私通。後漢書八一李業傳："(馮)信侍婢亦對信姦通。"

【姦細】爲敵方刺探情報的人。宋樓鑰攻媿集七四書李氏建炎備御録後:"衆見其北音，遽曰:'此姦細也。'"也作"奸細"。元曲選張國賓合汗衫四:"撥與我五百名官兵,把守這窩弓峪隘口,盤詰奸細,緝捕盜賊。"

【姦富】用詐取强奪手段發財致富。史記一二九貨殖列傳:"是故本富爲上，末富次之,姦富最下。"

【姦雄】荀子非相:"聽其言則辭辯而無統,用其身則指多詐而無功,……夫是之爲姦人之雄。"本指淆亂是非的辯士。後來多以姦雄指富於權詐、才足欺世的野心家。漢書六二司馬遷傳贊:"序遊俠則退處士而進姦雄。"漢末曹操嘗問許攸(子將):"我何如人?"攸曰:"子治世之能臣,亂世之姦雄。"見三國志魏武帝紀"能安之者,其在君乎"注引孫盛異同雜語。

【姦智】營私作惡的企圖。管子八觀:"國侈則用費,用費則民貧,民貧則姦智生,姦智生則邪巧作。"

【姦路】壞人升官的途徑。吕氏春秋去宥:"且數怒人主以爲姦人除路。姦路以除,而惡壅卻,豈不難哉!"後漢書四四徐防傳上疏:"伏見太學試博士弟子，皆以意説,不修家法,私相容隱,開生姦路。"

【姦猾】奸險狡猾的人。史記一〇七魏其武安侯傳:"丞相亦言灌夫通姦猾，侵細民,家累巨萬。"

【姦慝】奸詐,邪惡。書周官:"司寇掌邦禁,詰姦慝,刑暴亂。"漢王符潛夫論班禄:"是以天地交泰，陰陽和平，民無奸慝,機衡不傾。"

【姦錢】私鑄的錢幣。對法錢而言。漢書食貨志下:"姦錢日多，五穀不爲多。"

【姦孽】爲非作惡的人。晉書王敦傳疏請誅劉隗:"今輒進軍,同討姦孽，願陛下深垂省察,速斬隗首,……隗首朝懸，諸軍夕退。"

【姦人之雄】見"姦雄"。

七 畫

娑

1. suō 素何切,平,歌韻,心。ㄙㄨㄛ

㊀婆娑，舞貌。見"婆娑㊀"。㊁見"娑娑"。㊂梵語譯音。

2. suǒ 蘇可切,上,哿韻,心。ㄙㄨㄛˇ

㊃見"馺娑"。

3. suò 字彙 蘇箇切。ㄙㄨㄛˋ

㊄見"邏娑"。

【娑娑】飄動、輕揚貌。後漢書五九張衡傳思玄賦:"脩初服之娑娑兮，長余珮之參參。"

【娑婆訶】有吉祥、警覺、息災等義。也作娑縛賀、莎婆訶、蘇波訶、薩婆訶。佛經諸神咒多於句末綴此三字。大悲咒:"波夜摩那娑婆訶。"

【娑羅花】優曇花。宋宋祁益部方物略記:"娑羅花,生峨眉山中,類枇杷,數葩合房,春開,葉在表,花在中。"參見"優曇鉢"。

【娑羅綿】木棉。太平廣記四〇六娑羅綿樹引黎州通望縣圖經:"黎州通望縣,有銷樟院,……下有大池,池南有娑羅綿樹。三四人連手合抱方匝，先生花而後生葉。其花盛夏方開,謝時不背而墮,宛轉至地。其花藥有綿，謂之娑羅綿。"參閲本草綱目三六木綿。

【娑羅樹】木名。又作沙羅、莎羅。爲龍腦香科常緑大喬木。佛教傳説釋迦牟尼在拘尸那城河邊娑羅樹下涅槃。其樹四方各生二株,故稱"娑羅林"或"娑羅雙樹"。太平御覽九六一引魏王花木志:"娑羅樹,細葉,子似椒,味如羅勒,嶺北人呼爲大娑羅。"參閲唐玄奘大唐西域記六拘尸那揭羅國、翻譯名義集三林木娑羅。

【娑婆世界】佛教所謂三千大千世界的總稱。"娑婆"爲梵語音譯,亦作索訶、沙訶。義爲堪忍,故娑婆世界又意譯爲忍土、忍界。謂此界衆生能忍受各種苦毒及煩惱。法華玄贊二:"乃是三千大千世界,號爲娑婆世界也。"參閲法苑珠林四三界四洲會名。參見"忍土"。

娘

niáng 女良切,平,陽韻,娘。ㄋㄧㄤˊ

㊀婦女的通稱。多指青年婦女。樂府詩集四四子夜歌之六:"見娘喜容媚，願得結金蘭。"又四七黄竹子歌:"一船使兩槳，得娘還故鄉。"參閲明陶宗儀輟耕録十四婦女曰娘。㊁母親。太平廣記九九劉公信妻引法苑珠林:"母語女言:'汝還努力爲吾寫經。'女云:'娘欲寫何經?'"也作"孃"。參見"孃"。

【娘子】㊀婦女的通稱。北齊書祖珽傳:"老馬十歲,猶號騮駒;一妻耳順,尚稱娘子。"參見"娘子軍"。㊁主婦的尊稱。唐韓愈有祭李氏二十九娘子文,見昌黎集二三。明陶宗儀輟耕録十四婦女曰娘:"然都下自庶人妻以及大官之國夫人,皆曰娘子,未嘗有稱夫人、郡君等封贈者。"㊂妻。水滸八:"只見林冲的娘子，號天哭地叫將來,……林冲見了，起身接着道:'娘子,小人有句話説。'"

【娘娘】婦女尊屬的敬稱。同"孃孃"。1.母親。唐敦煌變文大目乾連冥間救母變文:"孃孃得食吃已否，一過容顔總顚顇。"2.后妃。元曲選馬致遠漢宫秋一:"兀那彈琵琶的是那位娘娘?聖駕到來,急忙迎接者!"3.女神。水滸四二:"正中七寶九龍床上,坐着那個娘娘。"

【娘子布】宋時我國西南地區少數民族所織的細白苧麻布。見宋朱輔溪蠻叢笑。

【娘子軍】唐高祖第三女平陽公主,嫁柴紹。高祖舉事,公主起兵響應,與紹各置幕府，軍中稱娘子軍。見唐劉餗隋唐嘉話上、唐會要六公主雜録。

【娘子關】地名。在山西平定縣東北,亦名葦澤關。相傳唐平陽公主曾駐兵於此,故名。歷宋至明，並爲軍事要隘。參閲嘉慶一統志二八正定府一。

娣

dì 徒禮切,上,薺韻,定。ㄉㄧˋ 特計切,去,霽韻,定。

㊀女弟,同嫁一夫之妹。易歸妹:"歸妹以娣。"國語晉一:"(晉)獻公伐驪戎,……獲驪姬以歸，立以爲夫人，生奚齊。其娣生卓子。"注:"女子同生，謂後生爲娣。"㊁妾。詩大雅韓奕:"諸娣從之,祁祁如雲。"傳:"諸娣,衆妾也。"㊂見"娣姒"。

【娣姒】㊀同夫諸妾互稱，年長的爲姒,年幼的爲娣。爾雅釋親:"女子同出，謂先生爲姒，後生爲娣。"注:"同出謂俱嫁事一夫。"清郝懿行義疏:"娣姒即衆妾相謂之詞。"㊁妯娌。兄弟之妻互稱，年長的爲姒,年幼的爲娣。一説兄妻爲姒,弟妻爲娣。爾雅釋親:"長婦謂稚婦爲娣婦,娣婦謂長婦爲姒婦。"北齊顔之推顔氏家訓兄弟:"娣姒之比兄弟，則疏薄矣。"參見"姒娣"。

【娣姪】從嫁的妹妹和姪女。漢書六〇杜周傳附杜欽:"娣姪雖缺不復補。"注:"媵女之内兄弟之女,則謂之姪;己之女弟,則謂之娣。"一稱"姪娣"。公羊傳莊十九年:"媵者何?諸侯娶一國,則二國往媵之,以姪娣從。"

【娣婦】弟妻。見"娣姒㊁"。

娌

sǎo 蘇老切,上,晧韻,心。ㄙㄠˇ

同"嫂"。兄妻。古文苑十漢酈炎遺令書:"加供養謝娌,以老母相託。"參見"嫂"。

㚡

yāo ㄧㄠ

"妖"本字。見"妖"。

姬 jī 居之切,平,之韻,見。
ㄐㄧ 與之切,平,之韻,喻。

㊀姓。相傳黃帝居姬水,因姓姬。周人祖先后稷,也姓姬。參閱太平御覽七九黃帝軒轅氏、八四周文王。㊁古代婦女的美稱。吳越春秋三王僚使公子光傳:"於是莊王棄其秦姬越女,罷鐘鼓之樂。"參見"姬姜"。㊂妾。史記秦始皇紀:"莊襄王爲秦質子於趙,見呂不韋姬,悅而取之。"㊃漢時宮中女官,秩比二千石,位在婕妤下,在八子上。見漢書文帝紀"母曰薄姬"注。

【姬人】妾。燕丹子下:"(秦王)召姬人鼓琴。"南朝梁王僧孺有何生姬人有怨、爲姬人自傷詩。見玉臺新詠六。參閱宋葛立方韻語陽秋六。

【姬孔】姬旦(周公旦)和孔丘。文苑英華二八三唐唐彥謙送樊琯司業歸朝詩:"聖域探姬孔,皇風樂禹湯。"

【姬侍】侍妾。北齊書上洛王思宗傳:"便縱酒肆情,廣納姬侍。"

【姬姜】相傳炎帝姓姜,黃帝姓姬;後來周王室姓姬,齊國姓姜。姬姜常通婚姻,因以爲貴族婦女的美稱。左傳成九年引逸詩:"雖有姬姜,無棄蕉萃。"注:"姬姜,大國之女;蕉萃,陋賤之人。"後漢書四十班彪傳上附班固西都賦:"游士擬於公侯,列肆侈於姬姜。"

娠 1. shēn zhèn 失人切,平,真韻,審。
ㄕㄣ ㄓㄣˋ 章刃切,去,震韻,照。

㊀懷孕。左傳哀元年:"后緡方娠。"釋文:"娠音震。"

2. zhēn zhèn
ㄓㄣ ㄓㄣˋ

㊁養馬人。通"侲"。詳"侲㊁"。

娙 xíng 户經切,平,青韻,匣。
ㄒㄧㄥˊ 五莖切,平,耕韻,疑。

㊀女子身長美好。唐韓愈昌黎集八城南聯句:"海嶽錯口腹,趙燕錫媌娙。"㊁見"娙娥"。

【娙娥】漢女官名。武帝置,位比中二千石。見漢書九七上外戚傳。一說,武帝邢夫人號娙娥,衆人謂之"娙何"。娙何秩比中二千石。見史記四九外戚世家褚先生補。又索隱引漢舊儀:"娙娥秩比將軍、御史大夫。"

娓 wěi 無匪切,上,尾韻,明。
ㄨㄟˇ

㊀美。詩陳風防有鵲巢"誰侜予美"釋文:"韓詩作娓,音尾。娓,美也。"㊁勉。本作"亹"。見"娓娓"。

【娓娓】勤勉不倦。宋書樂志二王珣歌太宗簡文皇帝:"娓娓心化,日用不言。"參見"亹亹㊀"。

娜 nuǒ 奴可切,上,哿韻,泥。
ㄋㄨㄛˇ

見"娜娜"、"婀娜"、"嫋娜"。

【娜娜】細長而輕柔貌。宋梅堯臣宛陵集七依韻和永叔子履冬夕小齋聯句見寄詩:"到時春怡怡,萬柳枝娜娜。"又蘇轍欒城集九次韻王鞏元日詩:"春風娜娜還吹髩,歲事駸駸已發機。"

娌 lǐ 良士切,上,止韻,來。
ㄌㄧˇ

見"妯娌"。

娉 1. pīng 音韻闡微 披經切,平,青韻,滂。
ㄆㄧㄥ 滂

㊀美。見"娉婷"。

2. pìn 匹正切,去,勁韻,滂。
ㄆㄧㄣˋ

㊁訂婚,訪問。通"聘"。荀子富國:"婚姻娉內,送逆無禮。"漢巴郡太守樊敏碑:"再奉朝娉,十辟外臺。"(隸釋十一)參見"聘"。

【娉婷】姿態美好。玉臺新詠一漢辛延年羽林郎詩:"不意金吾子,娉婷過我廬。"樂府詩集四四春歌之十五:"娉婷揚袖舞,阿那曲身輕。"

【娉₂會】已聘定而未婚之妻。漢相府小史夏堪碑:"娉會謝氏,並靈合柩。"(隸釋十二)

娖 chuò 集韻 測角切,入,覺韻。
ㄔㄨㄛˋ

㊀謹愼貌。集韻謂卽"婥"字。見"娖娖"。㊁整齊貌。宋梅堯臣宛陵集五四寄題知儀州太保蒲中書詩:"老繫戰馬向庭下,廚架整娖齊籤牙。"參見"稱娖"。

【娖娖】持重拘謹貌。史記九六申屠嘉傳:"及今上時,柏至侯許昌……高陵侯趙周等爲丞相,皆以列侯繼嗣,娖娖廉謹,爲丞相備員而已。"漢書作"齪齪"。

娟 juān 於緣切,平,仙韻,影。
ㄐㄩㄢ

㊀明媚,美好。見"娟娟"。㊁見"娟嬛"。

【娟娟】明媚美好的樣子。南朝宋鮑照鮑氏集七玩月城西門廨中詩:"未映東北墀,娟娟似蛾眉。"唐杜甫杜工部草堂詩箋三十寄韓諫議:"美人娟娟隔秋水,濯足洞庭望八荒。"

【娟嬛】相傳爲古時善釣者。見淮南子原道。元袁桷清容居士集二垂綸亭辭:"謝娟嬛之嘗巧兮,口垂沫以縱恣。"

娛 yú 遇俱切,平,虞韻,疑。
ㄩˊ 五故切,去,暮韻,疑。

歡樂,戲樂。詩鄭風出其東門:"縞衣茹藘,聊可與娛。"

【娛老】歡度晚年。漢書一〇〇下敍傳:"疏克有終,散金娛老。"指疏廣疏受告老回鄉後,散金設酒食歡宴故舊,自娛晚年。

【娛神】使心情歡樂。藝文類聚一八南朝梁徐君蒨初春攜內人行戲詩:"滿酌蘭英酒,對此得娛神。"

【娛娛】歡樂貌。唐柳宗元柳先生集十九弔屈原文:"榱折火烈兮,娛娛笑舞。"

【娛樂】歡娛行樂。史記八一廉頗藺相如傳:"請奏盆缻秦王,以相娛樂。"文選晉阮嗣宗(籍)詠懷詩之八:"娛樂未終極,白日忽蹉跎。"

【娛親】使父母歡樂。樂府詩集五三三國魏曹植靈芝篇:"伯瑜年七十,綵衣以娛親。"

【娛靈】漢女官名。位比百石。見漢書九七上外戚傳。

娑 suō 蘇禾切,平,戈韻,心。
ㄙㄨㄛ

古人名用字。周穆王女名叔娑。見穆天子傳六。

娥 é 五何切,平,歌韻,疑。
ㄜˊ

㊀美好。方言一:"娥、嬿,好也。秦曰娥。"漢女官有娙娥。娙、娥,都指美貌。見漢書九七上外戚傳及注。㊁美女。文選晉陸士衡(機)擬古詩之二:"齊僮梁甫吟,秦娥張女彈。"

【娥月】月亮的別稱。因神話傳說月中有仙女嫦娥,故名。文選南朝宋王僧達祭顏光祿文:"涼陰掩軒,娥月寢耀。"

【娥皇】傳說爲堯女舜妻。堯妻舜以娥皇,媵之以女英。其名見山海經大荒南經、漢書古今人表。大戴禮五帝德作倪皇,竹書紀年作后育。參見"湘妃竹"。

【娥眉】女子的秀眉。引申爲美女的代稱。楚辭屈原(或言景差)大招:"嫮目宜笑,娥眉曼只。"後漢書五九張衡傳思玄賦:"咸姣麗以蠱媚兮,增嫮眼而娥眉。"一作"蛾眉"。樂府詩集二九李白王昭君:"燕支長寒雪作花,蛾眉憔悴沒胡沙。"

【娥娥】美好貌。文選古詩十九首之二:"娥娥紅粉粧,纖纖出素手。"

【娥媌】妖豔。列子周穆王:"簡鄭衛之處子娥媌靡曼者。"方言一:"秦晉之間,凡好而輕者,謂之娥;自關而東,河濟之間,謂之媌。"

【娥輪】月亮的別稱。唐詩紀事四許敬

宗奉和七夕應制:"婺閨期今夕，娥輪泛淺潢。"參見"娥月"。

【娥影】月光。唐鮑溶詩集外詩上陽宮月:"學織機邊娥影静，拜新衣上露華沾。"

【娥姜水】又名濼水，今山東小清河。發源於歷城縣西南，東流經章丘、鄒平等地，至博興合時水入海。古以發源處有舜妃娥英廟，故稱娥姜水。見水經注八濟水、嘉慶一統志一六二濟南府一小清河。

【娥陵氏】相傳爲女媧氏掌樂之官。太平御覽五六六引帝系譜:"女媧命娥陵氏制都良管，以一天下之音。"

娒 1. mǔ 集韻 滿補切，上，姥韻。
ㄇㄨˇ

㊀同"姆"。見"姆"。

2. wǔ 集韻 罔甫切，上，噳韻。
ㄨˇ

㊀借作"侮"。漢書四十張良傳:"四人年老矣，皆以上嫚娒士，故逃匿山中。"史記留侯世家作"慢侮"。

娗 1. tíng 特丁切，平，青韻，定。
ㄊㄧㄥˊ 徒鼎切，上，迥韻，定。

㊀姿容美好。廣雅釋訓清王念孫疏證:"廣韻云:'長好皃。'重言之則曰娗娗。蔡邕青衣賦云'停停溝側，皦皦青衣'，義與娗娗同。"

2. tiǎn 集韻 他典切，上，銑韻。
ㄊㄧㄢˇ

㊀欺騙。方言十:"眠娗、脉蜴，……皆欺謾之語也。"參見"眠娗"。

娩 1. miǎn 亡運切，去，問韻，明。
ㄇㄧㄢˇ

㊀分娩，婦女生孩子。通"挽"。清朱駿聲說文通訓定聲:"挽，生子免身也。……字亦作'娩'。纂要云:'齊人謂生子曰娩。'"參見"分娩"。

2. wǎn 無遠切，上，阮韻，明。
ㄨㄢˇ 亡辨切，上，獮韻，明。

㊀柔順。見"婉娩"。㊁見"娩₂澤"。

【娩息】蕃殖。新唐書一二一王毛仲傳:"於牧事尤力，娩息不訾。"

【娩₂澤】容光焕發。荀子禮論:"故說豫娩澤，憂戚萃惡，是吉凶憂愉之情發於顏色者也。"楊倞注娩音晚，分娩澤爲兩義。清王念孫謂娩澤與萃惡爲對文，娩音問。見讀書雜志荀子六。

娭 xī 許其切，平，之韻，曉。
ㄒㄧ

嬉戲。楚辭屈原九章惜往日:"國富强而法立兮，屬貞臣而日娭。"漢書禮樂志安世房中歌:"神來宴娭，庶幾是聽。"

【娭光】嬉樂而容光焕發。楚辭宋玉招魂:"娭光眇視，目曾波些。"

八畫

婆 pó 薄波切，平，戈韻，並。
ㄆㄛˊ

㊀母稱。樂府詩集二五折楊柳枝歌:"阿婆不嫁女，那得孫兒抱。"魏書汲固傳:"(李)憲即爲固長育至十餘歲，恒呼固夫婦爲郎婆。"㊁丈夫的母親。儒林外史三:"婆媳兩個，都來坐着喫了飯。"㊂老年婦女的通稱。見"婆婆㊀"。

【婆心】慈愛的心腸。景德傳燈録十二臨濟義玄禪師:"黄蘗問云:'汝迴太速生。'師云:'只爲老婆心切。'"

【婆利】古南海國名。梁書海南傳:"婆利國在廣州東南海中洲上，去廣州二月日行。國界東西五十日行，南北二十日行，有一百三十六聚。"據近人考訂即今峇厘島。一說爲婆羅洲。

【婆官】女巫。唐元稹長慶集二二和樂天重題别東樓詩:"鼓催潮户凌晨擊，笛賽婆官徹夜吹。"賽，賽神。

【婆律】香名。即龍腦香，又名冰片。梁書海南諸國傳:"狼牙脩國……偏多箋沈、婆律香等。"宋蘇軾分類東坡詩二二子由生日以檀香觀音像……爲壽:"旃檀婆律海外芬，西山老臍柏所薰。"參見"龍腦"。

【婆娑】㊀舞蹈。詩陳風東門之枌:"子仲之子，婆娑其下。"㊁盤旋，停留。文選戰國楚宋玉神女賦:"既姽嫿於幽静兮，又婆娑乎人間。"注:"婆娑，猶盤姍也。"漢書一〇〇上敍傳班固答賓戲:"婆娑虖術藝之場，休息虖篇籍之囿。"晉書陶侃傳:"未亡一年，欲遜位歸國，佐吏等苦留之，……將出府門，顧謂(王)愆期曰:'老子婆娑，正坐諸君輩。'"㊂茂盛。爾雅釋木"如松柏曰茂"注:"枝葉婆娑。"㊃扶疏，紛披。文選漢王子淵(褒)洞簫賦:"風鴻洞而不絶兮，優嬈嬈以婆娑。"注:"婆娑，分散貌。"世說新語黜免:"大司馬府聽前，有一老槐，甚扶疏。殷因月朔，與衆在聽，視槐良久，嘆曰:'槐樹婆娑，無復生意。'"㊄闌珊，舒展。唐姚合姚少監集八遊陽河岸詩:"醉時眠石上，肢體自婆娑。"㊅委婉曲折。文選三國魏嵇叔夜(康)琴賦:"佛慣煩冤，紆餘婆娑。"

【婆留】五代吴越王錢鏐小名。鏐生時，父欲不育，祖母(一說爲鄰媪)强留之;因名婆留。清詩别裁集二九孫貽武吴越王:"鳳舞龍飛地脈優，挺生人傑說婆留。"參閱宋范坰、林禹吴越備史一武肅王、宋釋文瑩湘山野録中。

【婆娘】對婦女的稱呼，含有輕蔑的意思。古今雜劇元關漢卿竇娥冤三:"勸普天下前婚後嫁婆娘每，都看取我這般傍州例。"水滸三二:"武行者大叫:'庵裏婆娘出來!'"

【婆婆】㊀老年婦女的通稱。宋樓鑰攻媿集十四太碩人潘氏輓詞自注:"太宗賜張文定齊賢母詔曰:'婆婆有福，生得好兒，爲國家分憂。'"宋仁宗張貴妃有養母賈氏，宫中稱爲賈婆婆。見宋王鞏聞見近録。㊁祖母。唐權德輿權載之集五十祭孫男法延師文:"翁翁婆婆以乳菓之奠，致祭於九歲孫男法延師之靈。"㊂丈夫的母親。元高明琵琶記蔡母嗟兒:"公公婆婆，媳婦便是親兒女，勞役事，本分當爲。"

【婆焦】古時蒙族髮式。形如漢族兒童所留三搭頭。在顱門的，稍長即剪去;在兩下的，總小角垂在肩上。見宋孟珙蒙韃備録風俗。

【婆蘭】古代重量單位。文獻通考二十市糴一建炎元年六月詔:"凡船舟之來，最大者爲獨檣舶，能載一千婆蘭。胡人謂三百斤爲一婆蘭也。"又見清屈大均廣東新語十八舟語洋舶。

【婆沙論】也稱毘婆沙論。全名爲阿毘達磨毘婆沙論。阿毘達磨，爲智慧之别名;毘婆沙，廣說之意。爲解說發智論之書。佛滅四百年後，迦膩色迦王集有部五百學者於迦濕彌羅，前後費時十二年編成。漢譯本有二:1.北涼浮陀跋摩、道泰等譯作阿毘曇婆沙論，原百卷，今僅存六十卷，稱爲舊婆沙。2.唐玄奘譯作大毘婆沙論，二百卷，今全存;內容爲解釋發智論之雜、結、智、業、大種、根、定、見等八蘊。舊婆沙只存前三蘊之注釋。

【婆娑石】藥名。也作摩娑石。産南海。其石色緑，無斑點，以有金星而磨成乳汁者爲上，解藥毒瘴疫。見政和證類本草三婆娑石。

【婆娑兒】鷗的别名。宋陶穀清異録禽:"鄭遨隱居，有高士問何以閲日? 對曰:'不注目於婆娑兒，即側耳於鼓吹長。'謂玩鷗而聽蛙也。"

【婆悉海】湖泊名。即蒲類海。詳"蒲類"。

【婆猴技】雜技名。相傳周成王時，南方有扶婁之國，其人善能機巧變化，易形改服，神怪倏忽。後來樂府傳此技，語訛爲婆猴技。見舊題晉王嘉拾遺記二周。

【婆嫂船】湖船。宋吳自牧夢粱録十二湖船:"更有賣雞兒、湖齏、海蜇、螺頭及點茶、供茶果、婆嫂船。"

【婆餅焦】鳥名。宋王質林泉結契一:"婆餅焦,身褐,聲焦急,微清,無調,作三語,初如云婆餅焦,次云不與吃,末云歸家無消息,後兩聲若微于初聲。"因其鳥鳴聲如婆餅焦,故名。宋人禽言詩中常用之。宋梅堯臣宛陵集四三寄送吳公明屯田通判秦州詩:"一聞春禽婆餅焦,竹林山木生蕭條。"

【婆羅門】梵語。意譯"浄行"、"浄裔"。印度早期奴隸制時代四個種姓中的最高級,自稱梵天後裔,世襲祭司貴族。其下爲刹帝利(軍事貴族)、吠舍(農民、手工業者和商人)和首陀羅(奴隸)。婆羅門掌握神權,是政教合一的統治者。因此,古印度也稱爲婆羅門國。唐玄奘大唐西域記二:"印度種姓,族類羣分,而婆羅門特爲清貴;從其雅姓,傳以成俗,無云經界之別,總謂婆羅門國焉。"參閲翻譯名義集二外道。

【婆羅勒】木名。又作婆羅得。似柳,其果實供藥用。政和證類本草十四:"婆羅得,味辛温,無毒,主冷氣塊,温中,補腰腎,破痃癖。可染髭髮令黑。樹如柳,子如蓖麻,生西國。"又引海藥(本草):"生西海波斯國,似中華柳樹也。方家多用。"參閲本草綱目三五。

【婆歡喜】卽大炭墼。燒紅後置於爐中,用以取暖。宋范成大石湖集二七雪中送炭與龔養正詩:"煩君笑領婆歡喜,探借新年五日春。"後來也稱"歡喜團"。參閲清顧禄清嘉録一歡喜團。

【婆那娑樹】卽波羅蜜樹。隋書真臘傳:"異者有婆那娑樹,無花,葉似柿,實似冬瓜。"參閲唐段成式酉陽雜俎十八木。

【婆羅門引】詞牌名。雙調,七十六字。平韻。按婆羅門爲商調大曲,唐開元中西涼節度使楊敬述所進。天寶十三年改名霓裳羽衣曲。崔令欽教坊記所録曲名有望月婆羅門。後用爲詞牌。南宋辛棄疾有婆羅門引詞。金段克己等詞改名望月婆羅門引。參閲詞譜十八。

【婆羅門咒】古代印度宗教咒語。北魏楊衒之洛陽伽藍記五城北凝圓寺:"(盤陀王)向烏場國學婆羅門咒,四年之中,盡得其術。"資治通鑑二〇九唐景龍三年:"上數與羣臣學士宴集,令各效伎藝以爲樂……左金吾將軍杜元談誦婆羅門咒。"注:"今所謂天竺神咒也。"

【婆羅門書】西域字書。隋書經籍志一:"自後漢佛法行於中國,又得西域胡書,能以十四字貫一切音,文省而義廣,謂之婆羅門書。與八體六文之義殊別。"又著録婆羅門書一卷。

【婆羅門參】藥草名。詳"仙茅"。

娶 qǔ ㄑㄩˇ 七句切,去,遇韻,清。

男子結婚。書益稷:"娶于塗山。"左傳隱元年:"初,鄭武公娶于申,曰武姜。"古籍中常作"取"。

婪 lán ㄌㄢˊ 盧含切,平,覃韻,來。

貪。楚辭屈原離騷:"衆皆競進以貪婪兮,憑不厭乎求索。"注:"愛財曰貪,愛食曰婪。"

【婪婪】貪貌。文選晉潘安仁(岳)馬汧督誄:"婪婪羣狄,豺虎競逐。"元姚燧牧庵集二八南京路總管張公墓誌銘:"彼饞婪婪,横目虎貙。"

【婪酣】貪食。唐韓愈昌黎集五月蝕詩效玉川子作:"婪酣大肚遭一飽,饑腸徹死無由鳴。"宋詩鈔陳造江湖長翁詩鈔謝韓幹送絲糕:"婪酣得飽問便腹,如汝平生相負何?"

【婪尾春】芍藥的别名。宋陶穀清異録花:"唐末文人有謂芍藥爲婪尾春者。婪尾酒乃最後之杯,芍藥殿春,亦得是名。"

【婪尾酒】唐代稱宴飲時酒至末座爲婪尾。唐蘇鶚蘇氏演義下:"今人以酒巡匝爲婪尾。又云:'婪,貪也。'謂處於座末,得酒爲貪婪。"又作"藍尾"。唐白居易長慶集五四歲日家宴戲示弟姪等……詩:"歲盞後推藍尾酒,春盤先勸膠牙餳。"

婀 1. ē ㄜ 烏何切,平,歌韻,影。

㊀猶豫不決。見"婐婀"。

2. ě ē ㄜˇ ㄜ 集韻倚可切,上,哿韻。

㊁通"妸"。見"妸娜"。

婁 1. lóu ㄌㄡˊ 落侯切,平,侯韻,來。

㊀星名。見"婁宿"。㊁母豬。通"豭"。見"婁豬"。㊂姓。元和姓纂五侯引風俗通:"邾婁國之後,子孫以婁爲姓。左傳:'齊大夫婁湮。'"

2. lǘ ㄌㄩˊ 力朱切,平,虞韻,來。

㊃拉,牽。詩唐風山有樞:"子有衣裳,弗曳弗婁。"參閲清俞樾兒笘録四。

3. lǚ ㄌㄩˇ 字彙兩舉切,音吕。

㊄拴,繫。公羊傳昭二五年:"且夫牛馬維婁,委己者也。"注:"繫馬曰維,繫牛曰婁。"㊅屢次。通"屢"。詩周頌桓:"綏萬邦,婁豐年。"漢書食貨志上:"然婁敕有司,以農爲務。"注:"婁,古屢字也。"

4. lǒu ㄌㄡˇ 集韻朗口切,上,厚韻。

㊆小土山。通"塿"。參見"部婁"、"培塿"。

【婁山】一稱大樓山。在貴州遵義市北。高峯插雲,山勢險峻,中通一線,爲川黔交通隘道,歷嶺九盤,始達其頂。上有婁關,又稱婁山關。參閲讀史方輿紀要七十遵義府。

【婁江】又名下江,亦稱劉河、瀏河。在江蘇吳縣東。源出太湖,東北流經蘇州、崑山、太倉等市縣,又東入長江。元時漕運由此入海。參閲嘉慶一統志一〇三太倉州一。

【婁林】地名。春秋徐邑。春秋僖十五年:"楚人敗徐于婁林。"注:"婁林,徐地。下邳僮縣東南有婁亭。"地在今安徽泗縣境内。

【婁金】馬蹄金。相傳爲漢婁敬所鑄,故稱婁金。宋沈括夢溪筆談二一異事:"小説謂麟趾、裹蹏乃婁敬所爲藥金,方家謂之婁金,和藥最良。"

【婁郝】指唐婁師德郝處俊。處俊於太宗時、師德於武后時皆爲高官,當時稱爲廉潔,皆得善終,故以並舉。見新、舊唐書婁師德傳、呂元膺傳。

【婁宿】星名。二十八宿之一。西方白虎七宿的第二宿。有星三顆。參見"二十八宿"。

【婁婁】稀疏貌。管子地員:"五殖之次曰五觳,五觳之狀婁婁然。"注:"婁婁,疏也。"

【婁湖】湖名。相傳爲三國吳張昭主議開鑿,昭封婁侯,故名。在今江蘇南京市東南。見元和郡縣志二五潤州上元縣。

【婁絡】纏繞。唐韓愈昌黎集七示兒詩:"庭内無所有,高樹八九株。有藤婁絡之,春華夏陰敷。"注:"婁,或作縷。"

【婁敬】漢齊人。以戍隴西過雒陽,勸説漢高祖建都長安,賜姓劉氏,拜爲郎中,號奉春君。後封建信侯。是時匈奴兵强,敬建和親之策,並徙山東諸侯後代豪强,充實關中,共十餘萬口。見史記九九、漢書四三本傳。

【婁豬】母豬。比喻淫亂的女子。左傳定十四年:"野人歌之曰:'既定爾婁豬,盍歸吾艾豭。'"注:"婁豬,求子豬,以喻南子。」南子，衛靈公妃，有淫亂行爲，故以婁豬爲比喩。艾豭，指宋公子朝。清王鳴盛謂婁豬爲求牡之豬。見蛾術編六二婁豬。

【婁縣】縣名。秦漢屬會稽郡。三國吳孫權先後封張昭陸遜爲婁侯，封地均在此。南朝梁改名信義，唐以後爲華亭縣地。清順治十三年又析置爲縣。公元1912年併入華亭縣，1914年改華亭縣爲松江縣。故城在今江蘇崑山縣東北。參閱讀史方輿紀要二四蘇州府崑山縣婁城、嘉慶一統志八二松江府一。

【婁羅】也作「僂羅」、「嘍囉」、「樓羅」。㊀象聲詞。形容語音含混嘈雜，有輕視意。南史顧歡傳：「夫蹲夷之儀，婁羅之辯，各出彼俗，自相聆解。」㊁機靈，幹練。唐蘇鶚蘇氏演義上：「婁羅者，幹辦集事之稱。世曰婁敬甘羅，非也。」宋王洋東牟集三贈辨侍者詩：「辨心休辨口，方信是婁羅。」新五代史劉銖傳：「銖謂李業等曰：『諸君可謂僂儸兒矣。』」

【婁師德】公元630—699年。唐鄭州原武人。字宗仁，進士出身。武后時，官至同鳳閣鸞臺平章事，掌理朝政。多次主持屯田積穀等事。見新、舊唐書本傳。參見「唾面自乾」。

【婁壽碑】東漢碑刻。全稱玄儒婁先生碑。分書，額篆書，熹平三年立石。記婁壽字里行誼及國人私謚玄儒先生等事。碑陰吏民題名，碑陽後有後梁貞明四年題記，分書。舊在湖北襄陽，原石久佚。明華氏真賞齋藏宋拓本，前闕四十八字，曾影印行世。清顧文鉷據明趙氏寒山堂本重刻於濟寧。其他翻刻本尚多。參閱隸釋九。

婓 fēi 芳非切，平，微韻，滂。
ㄈㄟ

㊀往來貌。見「婓婓」。㊁通「妃」。文選晉左太沖（思）蜀都賦：「娉江婓，與神遊。」

【婓婓】往來貌。楚辭漢劉向九歎惜賢：「懷芬香而挾蕙兮，佩江蘺之婓婓。」漢書八七上揚雄傳反離騷：「昔仲尼之去魯兮，婓婓遲遲而周邁。」

婠 wān 一丸切，平，桓韻，影。
ㄨㄢ 古玩切，去，換韻，見。
烏八切，入，黠韻，影。

體態美好。太平御覽三八一引通俗文：「容媚曰婠。」

【婠妠】姿態美好貌。唐韓愈昌黎集八征蜀聯句詩：「卭文裁斐亹，巴豔收婠妠。」注：「上烏八切，下女刮切；小兒肥貌。」

婉 wǎn 於阮切，上，阮韻，影。
ㄨㄢ

㊀美好。詩鄭風野有蔓草：「有美一人，清揚婉兮。」又齊風猗嗟：「猗嗟孌兮，清揚婉兮。」㊁和順，宛轉。左傳昭二六年：「姑慈而從，婦聽而婉。」又成十四年：「婉而成章。」注：「婉，曲也。謂屈曲其辭，有所辟諱，以示大順而成篇章。」㊂親愛。文選三國魏阮元瑜（瑀）爲曹公作書與孫權：「婉彼二人，不忍加罪。」注：「婉，猶親愛也。」㊃簡約。左傳襄二九年：「大而婉，險而易。」

【婉佞】柔順諂媚。史記一二五佞幸傳序：「此兩人非有材能，徒以婉佞貴幸。」漢書作「婉媚」。

【婉約】㊀卑順宛轉。國語吳：「夫固知君王之蓋威以好勝也，故婉約其辭，以從逸王志。」世說新語言語「南郡龐士元聞司馬德操在潁川」注引司馬徽別傳：「時人有以人物問徽者，初不辨其高下，每輒言佳。……其婉約遜遁如此。」㊁柔美。唐張彥遠法書要錄二梁庾元威論書：「（孔）敬通又能一筆草書，一行一斷，婉約流利，特出天性。」

【婉容】㊀和順的容色。禮祭義：「孝子之有深愛者，必有和氣；有和氣者，必有愉色；有愉色者，必有婉容。」㊁女官名。宋真宗大中祥符六年置，從一品，位在昭儀上。見宋會要輯稿六后妃四。

【婉娩】㊀柔順貌。禮內則：「女子十年不出，姆教婉娩聽從。」漢王逸離騷章句後敍：「婉娩以順上，逡巡以避患。」㊁天氣溫和。宋歐陽修文忠集一三二漁家傲詞（續添）之三：「三月清明天婉娩，晴川祓禊歸來晚。」

【婉婉】㊀宛轉屈伸的狀態。楚辭屈原離騷：「駕八龍之婉婉兮，載雲旗之委蛇。」㊁和順貌。文選南朝宋謝宣遠（瞻）張子房詩：「婉婉幙中畫，輝輝天業昌。」

【婉愉】和悅。韓詩外傳三：「居則婉愉，怒則勝敵。」文苑英華五五三唐令狐楚賀南郊表：「盡誠信以奉先，極婉愉而致養。」

【婉華】北齊河清時置正華、令則、婉華、明範、敬信等爲二十七世婦，比從三品。見北史后妃傳上。

【婉嫕】柔順貌。文選晉張茂先（華）女史箴：「婉嫕淑慎，正位居室。」也作「婉瘱」。漢書九七下外戚傳：「爲人婉瘱有節操。」注：「婉，順也；瘱，靜也。」

【婉媚】柔順悅人。漢書九三佞幸傳序：「此兩人（籍孺、閎孺）非有材能，但以婉媚貴幸，與上臥起，公卿皆因關說。」注：「婉，順也；媚，悅也。」晉陸機陸士衡集六日出東南隅行詩：「窈窕多容儀，婉媚巧笑言。」

【婉僤】行步曲折貌。漢書五七上司馬相如傳上林賦：「青龍蚴蟉於東箱，象輿婉僤於西清。」注：「蚴蟉婉僤，皆行動之貌。」史記作「婉蟬」。

【婉縟】婉曲多彩。常用來形容文詞。新唐書一〇二虞世南傳：「與兄世基同受學于吳顧野王，餘十年，精思不懈，至累旬不盥櫛，文章婉縟。」

【婉轉】輾轉，委婉曲折。淮南子精神「屈伸俛仰，抱天命而婉轉。」後漢書二四馬援傳：「曉夕號泣，婉轉塵中。」也作「宛轉」。參見「宛轉㊀」。

【婉麗】㊀溫柔而美麗。晉書段豐妻慕容氏傳：「慕容氏姿容婉麗，服飾光華。」㊁宛轉而華美。多指詩文。宋史四四五朱敦儒傳：「敦儒素工詩及樂府，婉麗清暢。」

【婉辭】委婉謙遜的話。淮南子詮言：「人事人者，非以寶幣，必以卑辭。……卑體婉辭，則諭說而交不結。」

【婉孌】㊀年少美好貌。詩齊風甫田：「婉兮孌兮，總角丱兮。」漢書一〇〇下敍傳述哀紀：「婉孌董公，惟亮天公。」注：「婉孌，美貌。」㊁纏綿，深摯。後漢書二二朱佑傳贊：「婉孌龍姿，儷景同飜。」注：「婉孌，猶親愛也。」晉陸機陸士衡集五於承明作與士龍詩：「婉孌居人思，紆鬱游子情。」

【婉戀】愛慕難舍。南朝梁江淹江文通集一待罪江南思北歸賦：「奇略獨出之君尚婉戀於樊陽。」

【婉豔】溫柔美麗。北史孝文文昭皇后高氏傳：「孝文初，乃舉室西歸。近龍城鎮，鎮表后德色婉豔。」

婘 1. quán 巨員切，平，仙韻，羣。
ㄑㄩㄢ

㊀美好。通「儇」。詩齊風還「揖我謂我儇兮」釋文：「儇，許全反，韓詩作婘，婘權，好貌。」參閱清陳喬樅韓詩遺說考二揖我謂我婘兮。

2. juàn 集韻 古倦切，去，線韻。
ㄐㄩㄢ

㊁親屬。通「眷」。見「婘₂屬」。

【婘₂屬】同「眷屬」。史記九五樊噲傳：「高后崩，大臣誅諸呂、呂須婘屬。」索隱：「婘音眷。」

婧 jìng jīng 疾政切,去,勁韻,從。
ㄐㄧㄥˋ ㄐㄧㄥ 子盈切,平,清韻,精。
㊀苗條美好。後漢書五九張衡傳思玄賦:“舒妙婧之纖腰兮,揚雜錯之袿徽。”注:“婧,音財性反,謂姸婧也。”文選作“纱婧”。㊁女用名字。齊管仲有妾名婧。見列女傳六辯通。

婊 biǎo
ㄅㄧㄠˇ
見下。

【婊子】娼妓。亦作“表子”。明周祈名義考五爲表:“俗謂倡曰表子;私倡者曰爲老。表對裏之稱,表子猶言外婦。”參閱明陶宗儀輟耕録二八醋鉢兒。

娬 wǔ 集韻 罔甫切,上,噳韻。
ㄨˇ
美好。同“嫵”。詳“嫵”。

【娬媚】美好。史記一一七司馬相如傳上林賦:“柔橈嫚嫚,娬媚孅嫋。”漢書、文選作“嫵媚”。此指姿態。三國志魏鍾繇傳“坐西曹掾魏諷謀反,策罷就第”注引魏略鍾繇與曹丕書:“顧念孫權,了更娬媚。”此指舉止。時權與曹氏結好,故云。

【娬媚娘】樂曲名。唐太宗召武則天爲才人,賜名武媚,民間歌娬媚娘。唐崔令欽教坊記作武媚娘。參閱新唐書七六則天武皇后傳、資治通鑑二〇九唐中宗景龍二年。參見“舞媚娘”。

婕 jié 即葉切,入,葉韻,精。
ㄐㄧㄝˊ
見“婕妤”。

【婕妤】宮中女官,漢武帝時置。位視上卿,秩比列侯。一作“倢伃”。參閱史記外戚世家、漢書九七上外戚傳敍。

【婕妤怨】樂府楚調曲名。樂府詩集四三班婕妤樂府解題:“婕妤,徐令彪之姑,況之女。美而能文,初爲(成)帝所寵愛。後幸趙飛燕姊妹,冠於後宮;婕妤自知見薄,乃退居東宮,作賦及紈扇詩以自傷悼。後人傷之而爲婕妤怨也。”唐人樂府也作長信怨。以班婕妤失寵後,供養太后於長信宮而名。參閱漢書九七下外戚傳。

婞 xìng 胡頂切,上,迥韻,匣。
ㄒㄧㄥˋ
剛强。文選南朝宋王僧達祭顏光禄文:“性婞剛潔,志度淵英。”注:“楚辭曰:‘鯀婞直以亡身兮。’婞,猶直也。”

【婞直】剛愎。楚辭屈原離騷:“鮌婞直以亡身兮,終然殀乎羽之野。”鮌,同“鯀”。後漢書六七黨錮傳序:“品覈公卿,裁量執政,婞直之風,於斯行矣。”

【婞婞】倔强,剛愎。漢應劭風俗通三愆禮公車徵士汝南夏甫按:“何有藏一室中,不出户庭,以此爲高,斯亦婞婞。”

娅 1. yà 衣嫁切,去,禡韻,影。
ㄧㄚˋ
㊀連襟,姐妹丈夫的互稱。也作“亞”。爾雅釋親:“兩壻相謂爲亞。”疏:“言每一人取姊,一人取妹,相亞次也。”後漢書七七酷吏傳序:“而閹人親娅,侵虐天下。”參見“姻亞”。㊁見“娅姹”。

2. yā
ㄧㄚ
㊀同“丫”,見“娅₂嬛”。

【娅姹】㊀明媚、美麗的樣子。唐黄滔黄御史公集三贈鄭明府詩:“垂柳五株春娅姹,鳴琴一弄水潺湲。”宋陸游劍南詩稿四春愁曲:“蜀姬雙鬟娅姹嬌,醉看恐是海棠妖。”㊁象聲詞。宋王安石臨川集三三黄鸝詩:“娅姹不知緣底事,背人飛過北山前。”

【娅婿】連襟,姐妹丈夫的互稱。新唐書一二八李傑傳:“長孫昕素惡傑,遇於道,内恃玄宗娅婿,與所親楊仙玉共毆辱之。”

【娅₂嬛】丫鬟,婢女。水滸五六:“時遷伏在廚房外張時,見廚房下燈明,兩個娅嬛兀自收拾未了。”

娵 jū 子于切,平,虞韻,精。
ㄐㄩ
見下。

【娵隅】古時西南少數民族稱魚爲娵隅。世説新語排調晉郝隆詩:“娵隅躍清池。”宋沈與求龜谿集二還憩湖光亭復次江元壽韻詩:“羊酪尊羹本異區,江湖隨俗語娵隅。”

【娵訾】㊀星次名。又作諏訾、娵觜、娵觜。十二星次之一,其位置相當於現代天文學上黄道十二宫中的雙魚宫。左傳襄三十年:“及其亡也,歲在娵訾之口。”晉書天文志上:“自危十六度至奎四度爲諏訾。於辰在亥,衛之分野,屬并州。”參閱清雷學淇介庵經説四十二次之分星古今不同。㊁古史相傳帝嚳之妃,摯之母。見史記五帝紀、漢書古今人表。大戴禮帝系作“陬訾”。

娸 qī 去其切,平,之韻,溪。
ㄑㄧ
詆毁,醜化。漢書一〇〇下敍傳:“安昌貨殖,朱雲作娸。”注:“朱雲廷言欲斬張禹(安昌侯),是爲醜惡之娸。”參見“詆娸”。

媌 máo 莫交切,平,肴韻,明。
ㄇㄠˊ 莫飽切,上,巧韻,明。
美好。方言一:“秦晉之間,凡好而輕者,謂之娥;自關而東,河濟之間,謂之媌。”晉郭璞注:“今關西人亦呼好爲媌。”唐韓愈昌黎集八城南聯句:“海嶽錯口腹,趙燕錫媌娙。”參見“娥媌”。

婼 1. chuò 丑略切,入,藥韻,徹。
ㄔㄨㄛˋ
㊀人名用字。春秋魯大夫有叔孫婼。見左傳昭七年。

2. ruò 人賒切,平,麻韻,日。
ㄖㄨㄛˋ 汝移切,平,支韻,日。
㊀見“婼₂羌”。

【婼₂羌】㊀漢西域城國。東去陽關千八百里,隨畜逐水草,不田作。見漢書九六上西域傳。在今新疆若羌縣境。㊁縣名。舊名卡克里克,清光緒二十八年設婼羌縣,即今新疆若羌縣。

婦 fù 房久切,上,有韻,奉。
ㄈㄨˋ
㊀已嫁之女子。詩衛風氓:“三歲爲婦,靡室勞矣。”㊁子之妻爲婦。莊子外物:“室無空虚,則婦姑勃谿。”㊂妻。玉臺新詠一日出東南隅行詩:“使君自有婦,羅敷自有夫。”

【婦人】古稱士的妻子曰婦人。禮曲禮下:“天子之妃曰后,諸侯曰夫人,大夫曰孺人,士曰婦人,庶人曰妻。”後爲已嫁女子的通稱。戰國策秦一:“今秦婦人嬰兒,皆言商君之法,莫言大王之法。”

【婦公】妻父,岳父。後漢書四一第五倫傳:“光武(帝)戲謂倫曰:‘聞卿爲吏篣婦公,不過從兄飯,寧有之邪?’”

【婦功】即女功、女紅。舊時指紡織、刺繡、縫紉等事。封建禮教所謂婦女的“四德”之一。禮昏義:“教以婦德、婦言、婦容、婦功。”後漢書八四曹世叔妻(班昭)傳女誡婦行四:“專心紡績,不好戲笑,潔齊酒食,以奉賓客,是謂婦功。”

【婦寺】即婦侍。寺,古文“侍”。詩大雅瞻卬:“匪教匪誨,時維婦寺。”傳:“寺,近也。”宋朱熹詩集傳訓寺爲奄人。唐柳宗元柳先生集四桐葉封弟辯:“設有不幸,王以桐葉戲婦寺,亦將舉而從之乎?”

【婦弟】内弟。妻之弟。三國志魏卞皇后傳“初,太后弟秉,……爲昭烈將軍”注引魏略:“初卞后弟秉,當建安時得爲别部司馬,后常對太祖(曹操)怨言。太祖答言:‘但得與我作婦弟,不爲多邪?’”

【婦官】即女官。周禮考工記“治絲麻以成之,謂之婦功”注:“布帛,婦官之事。”

【婦家】妻家。後漢書八五高句驪傳:“其婚姻皆就婦家,生子長大,然後將還。”北史隋宗室傳:"我有同生二弟,竝倚婦家勢,常憎疾我。"

【婦翁】岳父。三國志魏武帝紀建安十年九月令:"昔直不疑無兄,世人謂之盜嫂;第五伯魚(倫)三娶孤女,謂之撾婦翁,……此皆以白爲黑,欺天罔君者也。"

【婦道】㊀爲婦之道。舊時重男輕女,婦道多指卑謙處世而言。詩周南葛覃序:"化天下以婦道也。"史記五帝紀:"堯二女不敢以貴驕事舜親戚,甚有婦道。"㊁兒媳之輩。禮大傳:"其夫屬乎子道者,妻皆婦道也。"疏:"道,猶行列也。……謂其夫隨屬於己之子行者,其妻皆婦行也。"

【婦飾】婦女的裝飾。荀子非相:"今世俗之亂君,鄉曲之儇子,莫不美麗姚冶,奇衣婦飾,血氣態度,擬於女子。"宋史孝宗紀三淳熙九年:"禁臣庶之家,婦飾僭擬。"

【婦駔】賣婆,買賣交易的介紹人。宋米芾書史:"姑蘇衣冠萬家,每歲荒及節迫,往往使老婦駔攜書畫出售。"

【婦閭】見"女閭"。

【婦謁】通過宮廷寵信的女性,進行干求請託。荀子大略:"湯旱而禱曰:'……宮室榮與?婦謁盛與?何以不雨至斯極也!'"注:"謁,請也,婦謁盛,謂婦言是用也。"

【婦學】舊時對婦女進行的教育。周禮天官九嬪:"九嬪掌婦學之法,以教九御:婦德、婦言、婦容、婦功。"漢以後多指文藝學問。

【婦職】指紡織、縫紉等女工之事。周禮天官內宰:"以婦職之法教九御。"注:"婦職,謂織紝、組紃、縫線之事。"藝文類聚十五梁任昉王貴嬪哀策文:"肅雍婦職,僉曰俞往。"

【婦黨】妻的親族。同"妻黨"。後漢書四九仲長統傳法誡:"今夫國家漏神明於媟近,輸權重於婦黨,筭十世而爲之者八九焉。"

【婦人之仁】小恩小惠。史記九二淮陰侯傳:"項王見人恭敬慈愛,言語嘔嘔。人有疾病,涕泣分食飲;至使人有功當封爵者,印刓敝,忍不能予;此所謂婦人之仁也。"

婀 ē ě ㄜ ㄜˇ

通"妸"、"娿"。見下。

【婀娜】㊀柔美貌。三國魏曹植曹子建集三洛神賦:"華容婀娜,令我忘餐。"㊁搖曳貌。玉臺新詠一古詩爲焦仲卿妻作:"四角龍子幡,婀娜隨風轉。"抱朴子君道:"甘露淋漉以霄墜,嘉穗婀娜而盈箱。"

婐 wǒ 烏果切,上,果韻,影。ㄨㄛˇ

見下。

【婐妮】細柔美好貌。樂府詩集五十梁武帝江南弄遊女曲:"珠珮婐妮戲金闕。"唐韓愈昌黎集一元和聖德詩:"日君月妃,煥赫婐妮。"

婫 hǔn 音韻闡微 户穩切,上,阮韻,匣。ㄏㄨㄣˇ

覆蓋。資治通鑑一六六梁太平元年:"(陳)霸先命炊米煮鴨,人人以荷葉裹飯,婫以鴨肉數臠。"注:"以鴨肉蓋飯上曰婫。今江東人猶謂以物蒙頭曰婫。"

娼 chāng ㄔㄤ

妓女。本作"倡"。唐盧照鄰幽憂子集二長安古意詩:"妖童寶馬鐵連錢,娼婦盤龍金屈膝。"

【娼優】從事歌舞的藝人。宋趙令時侯鯖録五元微之崔鶯鶯商調蝶戀花詞:"至於娼優女子,皆能調說大略。"

婟 hù 胡誤切,去,暮韻,匣。ㄏㄨˋ 侯古切,上,姥韻,匣。

見下。

【婟嫪】奸夫。舊時謂婦人所私之人爲婟嫪。正字通嫪:"又倡妓謂游壻曰婟嫪。"明周祈名義考五作"ㄌ老"。參閱清朱駿聲說文通訓定聲婟。

【婟澤】鳥名。爾雅釋鳥"鶩,澤虞"注:"今婟澤鳥,似水鴞,蒼黑色,常在澤中,見人輒鳴喚不去。有象立守之官,因名云。俗呼爲護田鳥。"參見"澤虞㊁"。

婥 chuò 昌約切,入,藥韻,穿。ㄔㄨㄛˋ

見下。

【婥約】美好貌。史記一一七司馬相如傳上林賦:"靚莊刻飭,便嬛婥約。"也作"綽約"。文選漢傅武仲(毅)舞賦:"綽約閑靡,機迅體輕。"五臣本作"婥"。

媧 wā 古蛙切,平,佳韻,見。ㄨㄚ 古華切,平,麻韻,見。

人名用字。古代神話中有女媧氏。說文:"媧,古之神聖女,化萬物者也。"

【媧皇】女媧氏,傳說的古帝王。文苑英華五唐湛賁日五色賦:"光浮石璧,謂媧皇之補天;影入詞林,疑江淹之夢筆。"參見"女媧氏"。

婩 àn 集韻 魚旰切,去,翰韻。ㄢˋ

㊀美好。方言十:"婩、嫧、鮮,好也。南楚外通語也。"㊁見"婩斫"。

【婩斫】倔强,傲慢。列子力命:"巧佞愚直、婩斫、便辟四人相與游於世,胥如志也;窮年而不相語術,自以巧之微也。"注謂婩斫,不解悟之貌。殷敬順等釋文謂婩,言上聲。斫音酌。婩斫,容止峭㦫。

婣 yīn 於真切,平,真韻,影。ㄧㄣ

同"姻"。說文:"婣,籀文姻从𥃩。"㊀周禮地官大司徒:"二曰六行:孝、友、睦、婣、任、恤。"是封建宗法制下六種道德準則。㊁姻親。唐范攄雲溪友議三:"吾輩與韋族,其婣舊矣。"

婬 yín 餘針切,平,侵韻,喻。ㄧㄣˊ

縱逸。古籍多作"淫"。參閱清段玉裁說文解字注。

婑 wǒ 集韻 鄔果切,上,果韻。ㄨㄛˇ

同"婐"。見下。

【婑媠】美好。列子楊朱:"(公孫)穆之後庭,比房數十,皆擇稚齒婑媠者以盈之。"

婤 zhōu 職流切,平,尤韻,照。ㄓㄡ

女名用字。左傳昭七年:"衛襄公夫人姜氏無子,嬖人婤始生孟縶。"

婢 bì 便俾切,上,紙韻,奉。ㄅㄧˋ

㊀女奴,女僕。墨子七患:"馬不食粟,婢妾不衣帛。"參見"官婢"。㊁見"婢子㊃"。

【婢子】㊀女奴,婢女。晏子春秋內篇雜上:"崔子曰:'子何不死?子何不死?'晏子曰:'……嬰豈婢子也哉,其縊而從之也。'"㊁妾。禮檀弓下:"使吾二婢子夾我。"注:"婢子,妾也。"㊂婢女所生的子女。禮內則:"父母有婢子,若庶子庶孫,甚愛之。"注:"婢子,所通賤人之子。"㊃古代婦女的卑稱或自稱的謙詞。禮曲禮下:"自世婦以下,自稱曰婢子。"注:"婢之言卑也。"左傳僖十五年:"穆姬聞晉侯(惠公)將至,……使以免服衰絰逆且告,曰:'……晉君朝以入,則婢子夕以死;夕以入,則朝以死。唯君裁之。'"

【婢妾】小妻,使女。漢桓寬鹽鐵論刺權:"婦女被羅紈,婢妾曳絺紵。"

【婢妾魚】魚名。今名鰟鮍鯽。古今注稱青衣魚、婢嫠。爾雅釋魚"鱊鮬鱖鯞"注謂爲魚婢,妾魚。全唐詩四六〇白居易禽蟲十二章詩之三"江魚羣從稱妻妾"注:"江沱間有魚,每游輒三,如媵隨妻,一先二後,土人號爲婢妾魚。"

【婢屣魚】鰈的別名。又名比目魚。太平御覽九四〇臨海異物志:"婢屣魚,口近腹下,形似婦人屣。"參見"鰈"。

【婢作夫人】唐張彥遠法書要録三引南朝梁袁昂古今書評:"羊欣書如大家婢爲夫人,雖處其位,而舉止羞澀,終不似真。"後因稱刻意摹仿而不能神似的爲婢作夫人。宣和畫譜一道釋敍論:"若趙裔高文進輩於道釋亦籍籍知名者,然裔學朱繇,如婢作夫人,舉止羞澀,終不似真。"

婗 ní 五稽切,平,齊韻,疑。
ㄋㄧˊ

㊀嬰兒哭聲。釋名釋長幼:"人始生曰嬰兒,……婗,其啼聲也。"參見"嫛婗"。㊁幼女。新方言釋親屬:"婗,山東謂幼女爲婗子,亦以稱婢。"

婚 hūn 呼昆切,平,魂韻,曉。
ㄏㄨㄣ

男女結爲夫妻。亦作"婚"。古籍中婚姻字常作"昏"。白虎通嫁娶:"婚姻者,何謂也?昏時行禮,故謂之婚也。"亦指婚姻關係。史記八四屈原傳:"時秦昭王與楚婚,欲與懷王會。"

【婚友】有婚姻關係的親戚、朋友。書盤庚上:"汝克黜乃心,施實德于民,至于婚友。"傳:"施實德於民,至于婚姻僚友。"宋黃庭堅山谷集外集十二寄上高李令懷道詩:"李侯湖海士,瓜葛附婚友。"

【婚田】陪嫁的田地。舊唐書職官志三:"户曹、司户掌户籍、計帳、道路、逆旅、婚田之事。"

【婚宦】結婚和作官。列子楊朱:"人不婚宦,情欲失半。"北齊顏之推顏氏家訓教子:"年登婚宦,暴慢日滋。"

【婚冠】婚禮和冠禮。藝文類聚二〇晉宗躬孝子傳:"華寶八歲,義熙中,父從軍,語寶曰:'吾還,當營婚冠。'"

【婚姻】㊀嫁娶。詩鄭風丰序:"婚姻之道缺,陽倡而陰不和,男行而女不隨。"疏:"論其男女之身,謂之嫁娶;指其好合之際,謂之婚姻。嫁娶,婚姻,其事是一。"荀子富國:"男女之合,夫婦之分,婚姻,娉内、送逆無禮。如是,則人有失合之憂,而有爭色之禍矣。"㊁親家。爾雅釋親:"壻之父爲姻,婦之父爲婚。……婦之父母,壻之父母,相謂爲婚姻。"

【婚家】親家。史記一二二王溫舒傳:"其時兩弟及兩婚家亦各自坐他罪而族。"

【婚書】結婚的文約。宋秦觀淮海集三七有婚書文。儒林外史十四:"先生快寫起婚書來,……免得又生出枝葉來。"

【婚嫁】嫁娶。北齊顏之推顏氏家訓後娶:"前妻之子,每居己生之上,宦學婚嫁,莫不爲防焉,故虐之。"南齊書蕭惠基傳:"惠基常謂所親曰:'須婚嫁畢,當歸老舊廬。'"

【婚媾】婚姻。易屯:"匪寇,婚媾。"國語晉四:"今將婚媾以從秦。"也作"昏媾"。左傳隱十一年:"如舊昏媾,其能降以相從也。"

【婚對】婚配,婚姻對象。晉書衛瓘傳:"武帝敕瓘第四子宣尚繁昌公主。瓘自以諸生之胄,婚對微素,抗表固辭,不許。"南史劉瓛傳:"(瓛)年四十餘,未有婚對。"

【婚閥】婚姻門第。舊唐書一五一王鍔傳:"鍔初附太原王翃爲從子,以婚閥自炫。翃子弟多附鍔以致名宦。"

九畫

婺 wù 亡遇切,去,遇韻,微。
ㄨˋ

㊀星名。見"婺女"。㊁水名、地名。見下。

【婺川】縣名。屬貴州省。本漢武陵郡酉陽縣地,三國吴以後爲黔陽縣。隋開皇十九年,置務川縣,因川爲名。至元改爲婺川。參閱元和郡縣志三十思州、讀史方輿紀要一二二思南府。

【婺女】星名。卽女宿。二十八宿之一。玄武七宿之第三宿,又名須女,有四星。左傳昭十年:"有星出於婺女。"禮月令孟夏之月:"旦,婺女中。"

【婺水】水名。卽婺江。在江西婺源縣西南。爲樂安江的上流。源出大廣山。西南入樂平縣,其下游稱樂安江,入鄱陽湖。參閱太平寰宇記一〇四歙州婺源縣、讀史方輿紀要二八徽州府。

【婺州】州名。本秦會稽郡,三國吴東陽郡地。南朝陳設縉州。隋開皇九年滅陳,設吳州。十三年更名婺州。古天文說爲婺女星的分野,詩文中也以"婺女"、"婺女星"代指婺州。宋王禹偁小畜集十送馮中允之任婺州詩:"東南宦遊多勝遊,婺女星下溪山幽。"明改爲金華府。舊府治卽今浙江金華縣。參閱太平寰宇記九七婺州。

【婺港】水名。卽東陽江。詳"東陽㊂"。

【婺源】縣名。屬江西省。本休寧縣西南界迴玉鄉。唐開元二十四年(元和郡縣志二八歙州作二十六年)設縣,因婺水繞城三面而得名。見太平寰宇記一〇四歙州。

婹 sǎo 蘇老切,上,晧韻,心。
ㄙㄠˇ

"嫂"本字。說文:"婹,兄妻也。"爾雅釋親:"女子謂兄之妻爲嫂。"釋文本作"婹"。後漢書二四馬援傳:"敬事寡婹,不冠不入廬。"

婄 āng
ㄤ

見下。

【婄贓】卽"骯髒"。明焦竑俗書刊誤十一俗用雜字:"不淨曰婄贓。"

婷 tíng 集韻唐丁切,平,青韻。
ㄊㄧㄥˊ

美好。字也作"娗"。見"婷婷"、"娉婷"。

【婷婷】美好貌。宋陳師道後山詩注二黃梅之三:"冉冉梢頭綠,婷婷花下人。"任淵注引唐元微之(稹)李娃行:"玉顏婷婷街下立。"

媥 piān 芳連切,平,仙韻,滂。
ㄆㄧㄢ

說文:"媥,輕皃。"見下。

【媥姺】輕盈飄舞的樣子。同"蹁躚"。史記一一七司馬相如傳上林賦:"媥姺徶循,與世殊服。"集解:"郭璞曰:衣服婆娑貌。"漢書及文選均作"便珊嫳屑"。

媊 qián 卽移切,平,支韻,精。
ㄑㄧㄢ 卽淺切,上,獮韻,精。

女媊,星名。也讀作 zī 或 jiǎn,義並同。說文:"媊,甘氏星經曰:太白上公,妻曰女媊。女媊居南斗,食厲。天下祭之曰明星。从女、前聲。"

嬀 guī 居爲切,平,支韻,見。
ㄍㄨㄟ

㊀水名,地區名。見"嬀汭"、"嬀州"。㊁姓。據史記陳杞世家,舜曾居嬀汭,其後因以爲氏。春秋時,陳國爲嬀姓。

【嬀州】州名。在今河北懷來縣一帶。漢上谷郡地。北齊設北燕州。唐貞觀八年改爲嬀州。五代晉初,契丹名爲可汗州。明永樂十六年改爲懷來衛。參閱太平寰宇記七一嬀州、讀史方輿紀要十八懷來衛。

【嬀汭】嬀水彎曲的地方。約在今山西永濟縣南。書堯典:"釐降二女于嬀汭,嬪于虞。"一說嬀汭爲兩水。汭,也作"蚋"。太平寰宇記四六蒲州:"嬀蚋水,源出(河東)縣南二十里雷首山。此二泉南流者曰嬀,北流者曰蚋,異源同歸渾流,西注而入於河。"

【媯河】水名。爲桑乾河之東支，卽水經注之清夷水。源出北京延慶縣東北，西南流更名清水河，經懷來縣入渾河(桑乾河)。參閱畿輔通志七八媯河。

媱 yǎo ㄧㄠˇ 烏皎切，上，篠韻，影。

見下。

【媱褭】輕盈纖美貌。也作"媱嬝"、"偠傷"。唐李賀歌詩編二惱公詩："陂陁梳碧鳳，媱褭帶金蟲。"

媒 1. méi ㄇㄟˊ 莫杯切，平，灰韻，明。

㊀說合婚姻的人。詩衛風氓："匪我愆期，子無良媒。"㊁中介。引申爲導致、招引的原由。文選漢枚叔(乘)七發："洞房清宮，命曰寒熱之媒。"文中子魏相："見譽而喜者，佞之媒也。"㊂見"媒蘖"。

2. mèi ㄇㄟˋ 集韻 莫佩切，去，隊韻。

㊃通"昧"。見"媒$_2$媒$_2$"。

【媒人】婚姻介紹人。玉臺新詠一古詩爲焦仲卿妻作："阿母白媒人，貧賤有此女，始適還家門。"

【媒子】鳥媒。宋張方平樂全集四滄州白鳥歌："漁翁布羅滿葭下，潛教媒子來呼汝。罥絲漠漠不可見，羽翰一掛脫不去。"參見"媒翳"。

【媒介】居中介紹。華陽國志十中廣漢士女讚述廣漢人士："(王)和養姑守義，蜀郡何玉因媒介求之。"舊唐書七八張行成傳："觀古今用人，必因媒介。"

【媒氏】官名，掌媒合男女之事。周禮地官媒氏："媒氏掌萬民之判，凡男女自成名以上，皆書年、月、日、名焉。"三國魏曹植曹子建集六美女篇："媒氏何所營，玉帛不時安。"

【媒妁】婚姻介紹人。媒，謂謀合二姓；妁，謂斟酌二姓。一說男曰媒，女曰妁。孟子滕文公下："不待父母之命，媒妁之言，鑽穴隙相窺，踰牆相從，則父母國人皆賤之。"

【媒官】官名。卽媒氏之類。禮月令仲春之月"以大牢祠于高禖"注："高辛氏之出，玄鳥遺卵，娀簡吞之而生契，後王以爲媒官，嘉祥而立其祠焉。"三國志吳薛綜傳："爲設媒官，始知聘娶。"

【媒怨】招致怨恨。唐韓愈昌黎集十二知名箴："欺以賈憎，揜以媒怨。"宋史三五五呂嘉問傳："嘉問奉法不公，以是媒怨。"

【媒$_2$媒$_2$】昏昧不明。莊子知北遊："媒媒晦晦，无心而不可與謀。"淮南子道應作"墨墨恢恢，無心可與謀。"

【媒諓】說壞話誣陷人。梁書劉孝綽傳上東宮啓："但未渝丹石，永藏輪軌，相彼工言，構此媒諓。"也作"媒諳"。新唐書一三七郭子儀傳："魚朝恩素疾其功，因是媒諳之。"

【媒翳】媒，鳥媒，縶活鳥以誘他鳥前來，伺機捕捉；翳，伏射的地方。因也稱射獵爲媒翳。文選晉潘安仁(岳)射雉賦題注引射雉賦序："聊以講肄之餘暇，而習媒翳之事。"唐呂延濟注："媒者，少養雉子，至長狎人，能招引野雉，因名曰媒；翳者，所隱以射者也。"

【媒諳】見"媒諓"。

【媒蘖】媒，酒母；蘖，麴。媒蘖，醞釀之意。比喻構陷誣害，釀成其罪。漢書五四李廣傳附李陵："今舉事一不成，全軀保妻子之臣，隨而媒蘖其短。"一本作"媒糵"。漢書六二司馬遷傳報任安書作"媒孽"。文選作"媒糵"。

【媒互人】官媒。元史一八五呂思誠傳："鎮民張復，叔母孀居且瞽，丐食以活。……思誠憐其貧，令爲媒互人以養之。"參閱清韓泰華無事爲福齋隨筆上。

媟 xiè ㄒㄧㄝˋ 私列切，入，薛韻，心。

狎慢，不恭敬。通"褻"。漢書五一賈山傳至言："古者大臣不媟。"漢賈誼新書道術："接遇慎容謂之恭，反恭爲媟。"

【媟狎】放蕩，胡鬧。宋書少帝紀："加復日夜媟狎，羣小慢戲。"

【媟嫚】狎侮。漢書八五谷永傳："流湎媟嫚，溷殽無別。"也作"媟慢"。漢徐幹中論法象："禍敗之由也，則有媟慢以爲階，可無慎乎？"清俞樾曲園雜纂二四讀中論謂"有"字衍文。

【媟黷】輕慢，褻狎。漢書五一枚乘傳附枚皋："爲賦頌，好嫚戲，以故得媟黷貴幸。"也作"媟嬻"。四分律四九："或共女人在無有知男子處說法，過五六語媟嬻，時人皆嫌責。"唐玄應一切經音義十四謂媟，通"褻"；嬻，通"黷"；引通俗文："相狎習謂之媟嬻。"

媠 1. tuǒ ㄊㄨㄛˇ 他果切，上，果韻，透。

㊀美好。見"媠服"、"婑媠"。或作"嫷"。見"嫷"。

2. duò ㄉㄨㄛˋ

㊁懈怠，不整肅。同"惰"。漢書九七上孝武李夫人傳："夫人曰：'婦人貌不修飾，不見君父。妾不敢以燕媠見帝。'"注："媠與惰同，謂不嚴飾。"參見"媠$_2$嫚"。

【媠$_2$出】漢書八五谷永傳："悉罷北宮奴車馬媠出之具。"注："媠亦惰字耳。出，媠游也。"清王念孫讀書雜志漢書三謂當依蕭該本作"婿出"。婿出，耦出，謂與北宮私奴共乘車馬而出。

【媠服】華美的衣服。文選三國魏曹建(植)七啓："收亂髮兮拂蘭澤，形媠兮揚幽若。"

【媠$_2$嫚】輕慢，褻瀆。漢書七二龔勝傳："疾言辯訟，媠嫚亡狀，皆不敬。"注："媠，古惰字；嫚，讀與慢同。"

媔 mián ㄇㄧㄢˊ 集韻 彌延切，平，僊韻。

㊀形容眼睛美麗。楚辭屈原(或言景差)大招："青色直眉，美目媔只。"注："媔，……也。言復有美女，……美目竊眄，媔然慧，知人之意也。"補注："媔，音綿。"㊁嫉妒。史記陳丞相世家"高帝既出，其祕，世莫得聞"集解引桓譚新論："閼氏女，有妒媔之性。"

媆 1. nèn ㄋㄣˋ 奴困切，去，慁韻，泥。

㊀柔弱。廣雅釋詁下："媆，弱也"。清王念孫疏證："媆者，曹憲音女寸、而兗反，卽今嫩字也。"

2. ruǎn ㄖㄨㄢˇ 集韻 乳兗切，上，獮韻。

㊁見"媆$_2$媆$_2$"。

【媆$_2$媆$_2$】美好的姿態。宮詞小纂上朱有燉元宮詞："簾前三寸宮鞋露，知是媆媆小姐來。"元、明宮中，稱宮女爲媆媆小姐。

婚 hūn ㄏㄨㄣ

同"婚"。見"婚"。

婿 xù ㄒㄩˋ

同"壻"。左傳文八年"且復致公壻池之封"唐陸德明釋文："壻音細，俗作婿。"參見"壻"。

媚 mèi ㄇㄟˋ 明祕切，去，至韻，明。

㊀巴結，逢迎。書冏命："無以巧言令色便辟側媚。"史記一二五佞幸傳序："非獨女以色媚，而士宦亦有之。"㊁愛戴，喜愛。詩大雅下武："媚茲一人。"左傳宣三年："以蘭有國香，人服媚之如是。"㊂美好。文選晉陸士衡(機)文賦："石韞玉而山輝，水懷珠而川媚。"舊唐書一一五柳公綽傳附柳公權："公權初學王書，遍

近代筆法，體勢勁媚，自成一家。"㈣通"魅"。列子力命"鬼媚不能欺"殷敬順等釋文謂魅或作"媚"。

【媚子】㈠所愛之人。詩秦風駟驖："公之媚子，從公于狩。"㈡愛子。漢王符潛夫論忠貴："父母常失，在不能已於媚子。"㈢首飾名。北周庾信庾子山集一鏡賦："懸媚子於搔頭，拭釵梁於粉絮。"

【媚夫】嫉妬的人。逸周書皇門解："媚夫有邇無遠，乃食蓋善夫，俾莫通在于王所。"清王念孫謂媚當爲"娼"字、食當爲"弇"字之誤。見讀書雜志逸周書二。

【媚世】求悅於當世。孟子盡心下："閹然媚於世也者，是鄉原也。"唐釋貫休禪月集十七故林偶作詩："媚世非吾道，良圖有白雲。"

【媚行】緩步徐行。呂氏春秋不屈："人有新取婦者，婦至宜安矜，煙視媚行。"

【媚草】鶴子草的別名。花色淺紫，當夏開，南人稱爲媚草。采之曬乾，以代面靨。形如飛鶴狀，翅羽嘴距，無不畢備。見唐段公路北户録三。

【媚眼】嬌美的眼睛。玉臺新詠六南朝梁何思澄南苑逢美人詩："媚眼隨嬌合，丹唇逐笑分。"文苑英華二一四隋盧思道後園宴詩："媚眼臨歌扇，嬌香出舞衣。"

【媚惑】以美色迷惑人。藝文類聚十八晉華嶠漢書："梁冀妻孫壽，色美，能作愁眉啼粧，……以爲媚惑也。"

【媚景】春景。初學記三梁武帝纂要："(春)景曰媚景、和景、韶景。"唐杜甫杜工部詩史補遺三奉和嚴中丞西城晚眺十韻："層城臨媚景，絕域望餘春。"

【媚道】㈠以巫祝之術騙取人的歡心。周禮天官內宰"禁其奇衺"注："奇衺，若今媚道。"漢書九七上孝武陳皇后傳："后又挾婦人媚道，頗覺。"㈡諂媚行爲。宋史二六五呂蒙正傳："臣不欲用媚道妄隨人主意，以害國事。"

【媚奧】見"媚竈"。

【媚寢】據舊題晉王嘉拾遺記八，記三國吳孫亮爲其愛姬四人合四氣香，所至之處，香氣沾衣，長期不散，稱其居室爲"思香媚寢"。後因以媚寢作爲焚香的典故。明高啓高太史集十三焚香詩："方傳媚寢法，靈著辟邪勳。"

【媚蝶】嶺南呼鶴子草爲媚草。春時草上有蟲，越女收於妝奩中，養之如蠶，摘其草飼之。蟲老不食，蛻化爲蝶，赤黄色，婦女收而帶之，謂之媚蝶。見唐劉恂嶺表録異。

【媚嫵】嬌美。宋蘇軾分類東坡詩四於潛女："逢郎樵歸相媚嫵，不信姬姜有齊魯。"金元好問遺山集二梨花海棠詩："妍花紅粉粧，意態工媚嫵。"

【媚辭】奉承討好人的言語。藝文類聚十八漢司馬相如美人賦："相如美則美矣，然服色容冶，妖麗不忠，將欲媚辭取悅，遊王後宮。"

【媚竈】比喻巴結權勢。論語八佾："與其媚於奧，寧媚於竈。"宋朱熹集注："媚，親順也。室西南隅爲奧；竈者，五祀之一，夏所祭也。……喻自結於君，不如阿附權臣也。"羣書治要四五東漢崔寔政論："長吏或實清廉，心平行潔，內省不疚，不肯媚竈。"唐韓愈昌黎集二薦士詩："行身踐規矩，甘辱恥媚竈。"參見"媚奧"。

【媚川都】五代南漢劉鋹據嶺南，在海門鎮募兵二千人，專以採珠爲事，號媚川都。宋開寶五年罷置，原有兵卒改爲靜江軍。參閱宋王闢之澠水燕談録九雜録、文獻通考十八征榷五。

媞

1. tí ㄊㄧˊ 杜奚切，平，齊韻，定。徒禮切，上，薺韻，定。

㈠見"媞媞"。㈡草子名。爾雅釋草："蒿侯莎，其實媞。"注："夏小正曰：'蒿也者，莎薩，媞者其實。'"釋文："媞，尼兮反。"

2. shì ㄕˋ 承紙切，上，紙韻，禪。

㈢母親。說文："江淮之間，謂母曰媞。"見"媞₂子"。

【媞₂子】宋黄伯思法帖刊誤上第三晉宋齊人書："庾亮書云：'奉告書箱先爲媞子作。'案江淮之間，謂母曰媞；此云媞子，未知目何戚也。"

【媞媞】㈠美好。楚辭漢東方朔七諫怨世："西施媞媞而不得見兮，嫫母勃屑而日侍。"注："西施，美女也。媞媞，好貌也。詩曰：'好人媞媞'也。"㈡安舒。爾雅釋訓："懕懕、媞媞，安也。"唐張九齡曲江集二酬通事舍人寓直見示篇中兼起居陸舍人景獻詩："飛鳴復何遠，相顧幸媞媞。"

媢

mào ㄇㄠˋ 武道切，上，晧韻，明。莫報切，去，号韻，明。彌二切，去，至韻，明。莫沃切，入，沃韻，明。

嫉妒。漢書五行志中之下："劉向以爲時夫人有淫齊之行，而桓有妬媢之心。"注："媢，謂夫妬婦也。"

【媢怨】妬恨。新唐書一四九劉晏傳："自江淮茗橘珍甘，常與本道分貢，競欲先至，雖封山斷道，以禁前發，晏厚貲致之，常冠諸府，由是媢怨益多。"

【媢嫉】嫉妒。同"冒疾"。禮大學："人之有技，媢嫉以惡之。"書秦誓作"冒疾"。

媦

wèi ㄨㄟˋ 于貴切，去，未韻，于。

妹。公羊傳桓二年："若楚王之妻媦，無時焉可也。"注："媦，妹也。"新唐書一〇二姚思廉傳附姚璹："少孤，撫昆媦友愛。"

【媦壻】妹夫。新唐書八四李密傳："往依媦壻雍丘令丘君明，轉匿大俠王季才家。"

媪

ǎo ㄠˇ 烏晧切，上，晧韻，影。

同"媼"。㈠老婦的通稱。戰國策趙四："(觸讋)對曰：'老臣竊以爲媪之愛燕后，賢於長安君。'"㈡婦女的通稱。史記一一一衛青傳："其父鄭季爲吏，給事平陽侯家，與侯妾衛媪通，生青。"又乳母稱"孎媪"。見該條。

【媪相】北宋末，蔡京爲太師，徽宗賜給"公相之印"，因自稱公相。太監童貫後也官至太師，人因稱爲媪相。見宋陸游老學庵筆記四。

【媪神】地神。漢書禮樂志郊祀歌惟泰元："惟泰元尊，媪神蕃釐。"

媛

1. yuàn ㄩㄢˋ 王眷切，去，線韻，于。

㈠美女。詩鄘風君子偕老："展如之人兮，邦之媛也。"㈡美好。藝文類聚十八三國魏陳琳止欲賦："媛哉逸女，在余東濱。"

2. yuán ㄩㄢˊ 雨元切，平，元韻，于。

㈢通"爰"。見"嬋媛"。

【媛女】美女。藝文類聚十八漢蔡邕檢逸賦："夫何姝妖之媛女，顏煒燁而含榮。"三國魏曹植曹子建集四芙蓉賦："于時狡童媛女，相與同遊。"

媮

1. yú ㄩˊ 集韻容朱切，平，虞韻。

㈠快樂，安樂。通"愉"。楚辭屈原離騷："奏九歌而舞韶兮，聊假日以媮樂。"又卜居："將從俗富貴以媮生乎？"注："身安樂也。"補注："媮，樂也。音俞。"

2. tōu ㄊㄡ 託侯切，平，侯韻，透。

㈡鄙薄，輕視。左傳襄三十年："晉未可媮也。……其朝多君子，其庸可媮乎？"釋文："媮，它侯反。"㈢苟且，顧眼前。通"偷"。國語晉三："媮居幸生。"注："言惠公媮竊居位，儌幸而生。”

【媮₂合】苟且迎合。漢書五一賈山傳至言：“退誹謗之人，殺直諫之士，是以道諛媮合苟容，……天下已潰而莫之告也。”

【媮快】愉快。漢書九十酷吏傳序：“當是之時，吏治若救火揚沸，非武健嚴酷，惡能勝其任而媮快乎？”史記一二二酷吏傳序作“愉快”。

【媮₂食】苟且偷生。漢書三四韓信傳：“衆庶莫不輟作怠惰，靡衣媮食，傾耳以待命者。”注：“媮與偷字同。偷，苟且也。言爲靡麗之衣，苟且而食，恐懼之甚，不爲久計也。”

【媮₂惰】苟且怠惰。宋朱熹朱文公集三九答魏元履書：“又不可因循媮惰，虛度光陰也。”

【媮₂樂】苟且尋樂。藝文類聚二五三國魏陳琳應譏：“夫豈前好勤而後媮樂乎？蓋以彼勞求斯逸也。”

【媮₂薄】輕薄，浮薄。漢書刑法志：“媮薄之政，自是滋矣。”晉書謝安傳論：“廢禮於媮薄之俗，崇侈於耕戰之秋。”

媕
ān 烏含切，平，覃韻，影。
ㄢ

見“媕婀”。

【媕婀】依違隨人，沒有主見。唐韓愈昌黎集五石鼓歌：“中朝大官老於事，詎肯感激徒媕婀。”也作“媕阿”。宋朱熹朱文公集別集五與方耕道書之二：“吾人之道，豈是欲耕道爲容説媕阿之計，只是要得是當耳。”

媥
pián 房連切，平，仙韻，並。
ㄆㄧㄢ

見下。

【媥娟】同“便₂娟”。㊀苗條貌。南齊謝朓謝宣城集二秋竹曲：“媥娟綺窗北，結根未參差。”此指竹。樂府詩集五七南朝梁沈約湘夫人詩：“揚蛾一含睇，媥娟好且脩。”此指美人。㊁紆回曲折的樣子。文選漢王文考（延壽）魯靈光殿賦：“旋室媥娟以窈窕，洞房叫窱而幽邃。”

嫂
sǎo 蘇老切，上，晧韻，心。
ㄙㄠ

兄之妻。亦作“嫨”、“㛮”。莊子盜跖：“昔者桓公小白殺兄入嫂，而管仲爲臣。”

媿
kuì 俱位切，去，至韻，見。
ㄎㄨㄟ

慚愧。同“愧”。楚辭屈原九章思美人：“欲變節以從俗兮，媿易初而屈志。”漢書文帝紀十四年：“以不敏不明，而久撫臨天下，朕甚自媿。”史記孝文紀媿作“愧”。

十 畫

嫈
1\. yīng 烏莖切，平，耕韻，影。
ㄧㄥ 於營切，平，清韻，影。
鷖迸切，去，諍韻，影。

㊀羞怯貌。見“嫈嫇”。

2\. yíng 集韻 縈定切，去，徑韻。
ㄧㄥˊ

㊁地名用字。漢有繚嫈。史記一一四東越傳：“封橫海校尉福爲繚嫈侯。”索隱引服虔曰：“嫈音榮，縣名。”又引劉伯莊：“音紆營反。”

【嫈嫇】羞怯貌。唐韓愈昌黎集八城南聯句詩：“春游轢靃靡，彩伴颯嫈嫇。”唐玄應一切經音義九嫈嫇：“字林 乙莖、茫莖反，心態也，亦細視也。”

嫛
1\. yí xī 與之切，平，之韻，喻。
ㄧ ㄒㄧ 許其切，平，之韻，曉。

㊀喜悦。説文：“嫛，説樂也。”古多通作“熙”。左傳襄十年“因公子之徒以作亂”注：“八年，子駟所殺公子嫛等之黨。”釋文：“嫛，許其反，本亦作熙。又音怡。”按左傳襄八年作“熙”。

2\. fēi
ㄈㄟ

㊁配偶。通“妃”。見“嫛₂孰”。

【嫛₂孰】配偶。漢揚雄太玄經內：“謹于嫛孰，始女貞也。”注：“嫛孰，古妃仇字。”

嫫
mó
ㄇㄛˊ

同“嫫”。見“嫫”。

媵
yìng 以證切，去，證韻，喻。
ㄧㄥ 實證切，去，證韻，神。

㊀古諸侯女兒出嫁時隨嫁或陪嫁的人。公羊傳莊十九年：“媵者何？諸侯娶一國，則二國往媵之，以姪娣從。”故稱妾爲媵。詩召南江有汜序：“江有汜，美媵也。”參見“媵臣”。㊁陪送。楚辭屈原九歌河伯：“波滔滔兮來迎，魚隣隣兮媵予。”㊂寄物。詳“賸”。

【媵句】詩文中開頭起一句，後以二三句相從，叫媵句。南朝梁劉勰文心雕龍附會：“若首唱榮華，而媵句憔悴，則遺勢鬱湮，餘風不暢。”

【媵臣】諸侯嫁女，派大夫隨行，稱爲媵臣。史記殷紀：“伊尹名阿衡。阿衡欲奸湯而無由，乃爲有莘氏媵臣。”參閱晉杜預春秋釋例二內外君臣逆女例。

【媵侍】妾和婢。唐韓愈昌黎集二八扶風郡夫人墓誌銘：“左右媵侍，常蒙假與顏色。”

【媵御】㊀妻家的陪嫁婢女和夫家的奴僕。儀禮士昏禮：“媵御沃盥交。”疏：“媵，送也，謂女從者，卽姪娣也。云御……謂夫家之賤者也。”㊁侍妾。後漢七五袁術傳：“及竊僞號，淫侈滋甚，媵數百，無不兼羅紈，厭粱肉。”

【媵婢】隨嫁的婢女。列女傳五周主妾：“使媵婢取酒而進之。”新唐書一四劉晏傳：“所居脩行里，粗樸庳陋，飲食狹，室無媵婢。”

【媵爵】古代一種獻酒禮節。燕禮獻禮畢，命年長的大夫再給諸侯獻酒稱爵。爵，酒器。儀禮燕禮：“小臣自阼下，請媵爵者，公命長。”明王志堅表異十：“儀禮有媵爵，謂先飲一爵，二爵從也。”

嫛
1\. pán 薄官切，平，桓韻，並。
ㄆㄢ

㊀見“嫛珊”。

2\. pó 集韻 蒲波切，平，戈韻。
ㄆㄛˊ

㊁通“婆”。見“婆娑㊀”。

【嫛珊】蹣跚，盤旋。緩行貌。史記一七司馬相如傳子虛賦：“嫛珊勃窣上隄。”漢書五七上司馬相如傳、文選作“姗”。

嫁
jià 古訝切，去，禡韻，見。
ㄐㄧㄚˋ

㊀女子結婚。詩大雅大明：“自彼殷商來嫁于周。”㊁赴，往。列子天瑞：“國足，將嫁於衛。”注：“自家而出謂之嫁。㊂賣。戰國策西周：“臣恐齊王之爲君立果，而讓之於最，以嫁之齊也。”韓非六反：“天饑歲荒，嫁妻賣子者，必是也。”㊃轉移。史記趙世家：“韓氏所以入於秦者，欲嫁其禍於趙也。”

【嫁子】㊀嫁女。周禮地官媒氏：“凡子娶妻，入幣純帛，無過五兩。”戰國策一：“今秦楚嫁子取婦，爲昆弟之國。”孿生女。方言三：“凡人獸乳而雙產……自關而東，趙魏之間，謂之孿生，謂之嫁子。”

【嫁母】再嫁之母。宋朱熹家禮四喪齊衰杖期條有子爲嫁母服制。又三父母服制圖有嫁母一欄，注：“謂父亡母嫁者。”

【嫁非】委過於人。新唐書一二三李傳：“中宗以嶠身宰相，乃自陳失政，丐官，無所嫁非，手詔詰讓。嶠惶恐，復事。”

【嫁怨】移怨於人。宋史三四〇呂大傳：“不市恩嫁怨，以邀聲譽。”

【嫁娶】女婚爲嫁，男婚爲娶。泛指男

成婚。周禮地官媒氏："令男三十而娶，女二十而嫁。"漢書七二王吉傳："世俗嫁娶太早，未知爲人父母之道而有子，是以教化不明，而民多夭。"漢班固白虎通有嫁娶篇。也作"嫁取"。取，通"娶"。漢書地理志下趙地："嫁取送死奢靡。"

【嫁粧】陪嫁的財物。明丘濬伍倫全備忠孝記央媒議親："男家財禮，女家嫁粧，四時遣使，八節來往。"也作"嫁裝"。儒林外史二十："(匡超人)見那新娘子辛小姐……人物又標致，嫁裝又齊整。"五代後漢雜稅有嫁裝稅，至宋開寶六年八月廢止。

【嫁棗】嫁接棗樹。北魏賈思勰齊民要術四種棗："正月一日，日出時，反斧班駮椎之，名曰嫁棗。"注："不斧則花而無實，斫則子萎而落也。"

【嫁資】妝奩，嫁女之資。宋魏泰東軒筆錄十二："更俟一年，別爲吾女營辦嫁資，以歸君子可乎？"

【嫁禍】移禍於人。戰國策魏一："夫虧楚而益魏，攻楚而適秦，嫁禍安國，此善事也。"隋書李德林傳天命論："佐鬭嫁禍，紛若蝟毛。"

【嫁殤】爲夭亡的男女舉行婚禮和合葬。周禮地官媒氏："禁遷葬者與嫁殤者。"疏："嫁殤者，生年十九已下而死，死乃嫁之。"三國魏明帝女淑死，取文帝甄皇后的亡從孫黃與合葬；唐蕭至忠以亡女嫁韋后弟洵；都是嫁殤之例。參閱三國志魏甄皇后傳、新唐書一二三蕭至忠傳。參見"冥婚"。

【嫁狗逐狗】舊時指女子出嫁，唯夫是從，不能自主。宋趙汝鐩野谷詩集古別離："我聞軍功去易就，膏血紫塞十八九。嫁狗逐狗雞逐雞，耿耿不寐展轉思。"也比喻寄人籬下，任憑擺布，不能自立。

【嫁雞逐雞】同"嫁狗逐狗"。宋歐陽修文忠集七代鳩婦言詩："人言嫁雞逐雞飛，安知嫁鳩被鳩逐。"

嫉 jí ㄐㄧˊ 秦悉切，入，質韻，從。
疾二切，去，至韻，從。

㊀妬忌。楚辭屈原離騷："衆女嫉余之蛾眉兮，謡諑謂余以善淫。"㊁憎恨。史記七四荀卿傳："荀卿嫉濁世之政，亡國亂君相屬，……於是推儒墨道德之行事興壞，序列著數萬言而卒。"

【嫉妬】妬忌。楚辭屈原離騷："羌內恕己以量人兮，各興心而嫉妬。"也作"嫉妒"。漢書五行志上："劉向以爲是時呂氏女爲趙王后，嫉妒，將爲讒口以害趙王。"又作"疾妒"。史記項羽紀："今戰能勝，(趙)高必疾妒吾功；戰不能勝，不免於死。"

【嫉惡】憎恨邪惡。漢王符潛夫論實貢："好善嫉惡，賞罰嚴明，治之材也。"宋史二九一吳育傳："吳育剛正可用，第嫉惡太過耳。"

郷 láng ㄌㄤˊ

郷嬛，同"琅嬛"。見"琅嬛福地"。

嫇 1. míng ㄇㄧㄥˊ 莫經切，平，青韻，明。
莫耕切，平，耕韻，明。

㊀見"嫈嫇"。

2. mǐng ㄇㄧㄥˇ 莫迥切，上，迥韻，明。

㊀玉篇："嫇奵，自持也。"

嫌 xián ㄒㄧㄢˊ 户兼切，平，添韻，匣。

㊀疑惑。禮坊記："夫禮，坊民所淫，章民之別，使民無嫌。"按嫌疑字當作"慊"，慊恨字當作"嫌"，但古籍中多混用。參閱清俞樾俞樓雜纂七禮記異文。㊁憎惡，不滿意。荀子正名："其累百年之欲，易一時之嫌。"注："嫌，惡也。"百喻經一愚人食鹽喻："昔有愚人，……主人與食，嫌淡無味。"㊂仇怨。新唐書八九尉遲敬德傳："丈夫以意氣相許，小嫌不足置胸中。"㊃接近。吕氏春秋貴直："出若言非平論也，將以救敗也，固嫌於危。"注："嫌，猶近也。"

【嫌名】與人姓名字音相近的字。禮曲禮上："禮不諱嫌名，二名不偏諱。"注："嫌名，謂音聲相近，若禹與雨、丘與區也。"如漢宣帝名詢，因改荀卿爲孫卿。唐律，犯諱者徒刑三年，二名偏犯者無罪。但實際生活中，往往兼諱嫌名。唐李賀的父親名晉肅，當時士大夫認爲晉、進音同，李賀不應該舉進士。見唐韓愈昌黎集十二諱辯。參閱唐律疏議職制中上書奏事犯諱。

【嫌忌】疑忌。後漢書七十孔融傳："曹操既積嫌忌，而郗慮復構成其罪。"晉書桓溫傳上表："丹誠坦然，公私所察，有何纖介，容此嫌忌？"

【嫌猜】疑忌。南朝宋鮑照鮑氏集三代放歌行："明慮自天斷，不受外嫌猜。"唐李白李太白詩三行路難之二："君不見昔時燕家重郭隗，擁篲折節無嫌猜。"

【嫌隙】由猜疑而形成的仇怨。三國志蜀先主傳"張松與劉備及法正書：'今事垂可立，如何釋此去乎？'松兄廣漢太守肅懼禍逮己，白(劉)璋發其謀，於是璋收斬松，嫌隙始構矣。"

【嫌疑】㊀疑惑難明的事理。墨子小取："處利害，決嫌疑。"楚辭屈原九章惜往日："奉先功以照下兮，明法度之嫌疑。"㊁因事牽連而被懷疑。後漢書六四吳祐傳："昔馬援以薏苡興謗，王陽以衣囊徼名，嫌疑之間，誠先賢所慎也。"

媽 mǔ mā ㄇㄨˇ ㄇㄚ 莫補切，上，姥韻，明。

母。見廣雅釋親。宋趙彥衛雲麓漫鈔三："韓退之祭女挐文自稱曰阿爹阿八，豈唐人又稱母爲阿八？今人則曰媽。"

【媽港】見"澳門"。

【媽媽】㊀母親。宋汪應辰文定集二十祭女四娘子文："維年月日，爹爹媽媽，以清酌庶羞之奠，祭于四小娘子之靈。"續傳燈録七歸宗可宣禪師："爹爹媽媽，明日請和尚齋。"㊁對老年婦女的敬稱。元俞琰席上腐談上："今人稱婦人爲媽媽。"

媾 gòu ㄍㄡˋ 古候切，去，候韻，見。

㊀交互爲婚姻，親上結親。易屯："乘馬班如，匪寇婚媾。"釋文："媾，古后反。"馬(融)云：重婚。本作冓。鄭(玄)云：猶會。"左傳隱十一年："唯我鄭國之有請謁焉，如舊婚媾，其能降以相從也。"㊁交合。唐李白李太白詩十草創大還贈柳官迪："造化合元符，交媾騰精魄。"㊂講和，求和。史記七六虞卿傳："不如發重使爲媾。"索隱："按媾亦講，講亦和也。"㊃厚待，寵愛。詩曹風候人："彼其之子，不遂其媾。"

嫫 mó ㄇㄛˊ 莫胡切，平，模韻，明。

醜陋。也作"𡟭"。見"嫫母"。

【嫫母】古代傳説中的醜婦。荀子賦："嫫母力父，是之喜也。"注："嫫母，醜女，黃帝時人。"也作"𡟭母"。楚辭屈原九章惜往日："妬佳冶之芬芳兮，𡟭母姣而自好。"也作"晦母"。漢書古今人表："晦母，黃帝妃，生倉林。"又作"嫫姆"。文選漢王子淵(褒)四子講德論："嫫姆倭傀，善譽者不能掩其醜。"

【嫫姑】蘑菇。明詩紀事甲籤二一史遷菌子詩追和楊廷秀韻："桑鵝楮雞皆不及，嫫姑天花當拱揖。"

嫟 nì ㄋㄧˋ 正字通女力切，音溺。

親近。通"暱"。詳"暱"字各條。

嫄 yuán ㄩㄢˊ 愚袁切，平，元韻，疑。

人名用字。姜嫄，周族棄(后稷)母。詩大雅生民："厥初生民，時維姜嫄。"史記周紀作"原"。

嫋 niǎo' 奴鳥切,上,篠韻,泥。
ㄋㄧㄠˇ

㊀搖動。唐白居易長慶集五答元八宗簡同遊曲江後明日見贈詩:"水禽翻白羽,風荷嫋翠莖。"㊁見下。

【嫋娜】婉柔貌。同"嬝娜"。唐杜甫杜工部草堂詩箋十八桔柏渡:"連笮動嫋娜,征衣颯飄颻。"又白居易長慶集六八別柳枝詩:"兩枝楊柳小樓中,嫋娜多年伴醉翁。"

【嫋嫋】㊀微細貌。楚辭屈原九歌湘夫人:"嫋嫋兮秋風,洞庭波兮木葉下。"㊁輕盈柔美貌。文選晉左太沖(思)吳都賦:"藹藹翠幄,嫋嫋素女。"㊂悠揚。宋蘇軾經進東坡文集事略一前赤壁賦:"餘音嫋嫋,不絶如縷。"

媼 ǎo
ㄠˇ

同"媪"。見"媪"。

嬍 měi 無鄙切,上,旨韻,明。
ㄇㄟˇ

好,善。同"美"。周禮春官天府:"季冬,陳玉,以貞來歲之嬍惡。"

媸 chī 赤之切,平,之韻,穿。
ㄔ

醜陋。與"妍"相對。唐劉知幾史通史官建置:"向使世無竹帛,時闕史官,……則善惡不分,妍媸永滅者矣。"

㜸 miè
ㄇㄧㄝˋ

見"嚐㜸"。

㜺 chú 仕于切,平,虞韻,牀。
ㄔㄨˊ

懷孕。說文:"㜺,婦人妊身也。……周書曰:'至于㜺婦。'"今本書梓材作"屬婦"。廣韻:"崔子玉(瑗)清河王誄云:'惠於㜺孀。'……本側鳩切。"

媱 yáo 餘昭切,平,宵韻,喻。
ㄧㄠˊ

㊀美好。見廣韻。㊁遊玩,戲樂。楚辭漢王逸九思傷時:"聲噭誂兮清和,音晏衍兮要媱。"補注引方言:"媱,遊也,江沅之間謂戲爲媱。"

媳 xí 字彙 思積切,音昔。
ㄒㄧˊ

兒婦。通作"息"。宋劉跂學易集八穆府君墓誌銘:"女嫁唐誦,我姑之媳。"

【媳婦】㊀兒婦。續傳燈錄二九明辯禪師:"以坐具搭肩上作女人拜曰:'莫怪下房媳婦觸忤大人好。'"參見"息婦"。㊁妻子。也泛指已婚的少婦、老婦。紅樓夢三:"這是你先前珠大哥的媳婦珠大嫂子。"又:"只見一羣媳婦丫鬟擁着一個麗人,從後房進來。"京本通俗小說西山一鬼窟:"婆子道:'老媳婦犬馬之年七十有五。'"

媲 pì 匹詣切,去,霽韻,滂。
ㄆㄧˋ

配偶,比配。詩大雅皇矣"天立厥配"漢毛亨傳:"配,媲也。"唐韓愈昌黎集二醉贈張祕書詩:"險語破鬼膽,高詞媲皇墳。"媲,或作"甈"。

【媲偶】相伴,相比。也作"比偶"。梁書劉孺傳附劉遵晉安王與劉孝儀令:"所賴故人時相媲偶,而此子溘然,實可嗟痛!"

十一畫

嫠 lí 里之切,平,之韻,來。
ㄌㄧˊ

寡婦。左傳襄二五年:"嫠也何害,先夫當之矣。"注:"寡婦曰嫠。"釋文:"嫠,本又作釐,力之反。"

【嫠婦】寡婦。左傳昭十九年:"莒有婦人,莒子殺其夫,已爲嫠婦。"宋蘇軾經進東坡文集事略一前赤壁賦:"舞幽壑之潛蛟,泣孤舟之嫠婦。"

【嫠節】寡婦的節操。封建社會夫死不再改嫁。元史二〇〇馬英傳:"二兄繼歿,英獨事母甚謹,又奉二寡嫂與居,使得保全嫠節。"

【嫠緯】"嫠不恤緯"的省略。宋朱熹朱文公集二八與趙帥書之一:"不審囊封入告,當復以何爲先?區區願竊聞之,以寬嫠緯之憂。"

【嫠不恤緯】左傳昭二四年:"抑人亦有言曰:嫠不恤其緯,而憂宗周之隕,爲將及焉。"嫠,寡婦;緯,織物的橫絲。寡婦不憂其緯之少,而怕國亡禍及。以言忘私憂國的殷切。宋李曾伯可齋雜藁十一謝四川都大薦辟:"嫠不恤緯,深慙肉食之謀;子弗荷薪,尤愧素餐之誚。"

嫢 guī 姊規切,平,支韻,精。
ㄍㄨㄟ 求葵切,上,旨韻,羣。
胡典切,上,銑韻,匣。

㊀細小而有次第。方言二:"嫢,細也。自關而西,秦晉之間,凡細而有容,謂之嫢。"嫢,或訛作"魏"。參閱清戴震方言疏證二。㊁見"嫢盈"。

【嫢盈】盛氣斥責。方言七:"嫢盈,怒也。燕之外郊,朝鮮洌水之間,凡言呵叱者,謂之嫢盈。"

嫛 yī 烏奚切,平,齊韻,影。
ㄧ

見"嫛婗"。

【嫛婗】嬰兒。釋名釋長幼:"人始生曰嬰兒,……或曰嫛婗。"搜玉小集張諤三日岐王宅詩:"玉女貴妃生,嫛婗始發聲。"也作"鷖彌",參見該條。

嫜 zhāng 集韻 諸良切,平,陽韻。
ㄓㄤ

丈夫的父親。參見"姑嫜"。

嫡 dí 都歷切,入,錫韻,端。
ㄉㄧˊ 陟格切,入,陌韻,知。

㊀正妻。與"庶"相對。古作"適"。詩召南江有汜序:"勤中無怨,嫡能悔過也。"釋文:"嫡,都狄反,正夫人也。"㊁嫡子的簡稱。公羊傳昭五年:"匿嫡之名也。"注:"嫡子生,不以名令于四竟。"凡血統接近的皆稱嫡。如嫡親、嫡堂。也引申爲正宗、正統。見"嫡傳"、"嫡派"。

【嫡子】正妻所生的兒子。國語吳:"臣觀吳王之色,類有大憂,小則嬖妾、嫡子死,不則國有大難。"也專指嫡長子。

【嫡女】正妻所生的女兒。與"嫡男"對稱。國語吳:"一介嫡女,執箕箒,以晐姓於王宮。"

【嫡母】舊時妾生的子女,稱父的正妻爲嫡母。後漢書五五清河孝王慶傳:"留慶長子祐與嫡母耿姬居清河邸。"

【嫡派】正系。元金履祥仁山集五附徐用檢仁山先生文集序:"仁山先生蓋得之何子恭(基)、王會文(柏)二先生之傳,而爲朱(熹)學之嫡派也。"

【嫡庶】嫡子與庶子。列子力命:"齊公族多寵,嫡庶並行。"後漢書百官志三:"宗正卿一人,……掌序録王國嫡庶之次。"

【嫡嗣】嫡子。左傳文七年:"舍嫡嗣不立,而外求君,將焉寘此。"

【嫡傳】正宗相傳。宋戴復古石屏集:"君家名父子,爲晦翁(朱熹)嫡傳。"聊齋志異宦娘:"少喜琴箏,箏已頗能諳之,獨此技未有嫡傳。"

【嫡親】血統最親近的人。元曲選李文蔚燕青博魚一:"小可汴梁人氏,叫做燕和,嫡親的三口兒家屬。"水滸二四:"武松與他是嫡親一母兄弟,他又生的這般長大。"

嫮 hù 集韻 胡故切,去,莫韻。
ㄏㄨˋ

同"嫭"。㊀美好。楚辭屈原(或言景差)大招:"嫮目宜笑,娥眉曼只。"注:"嫮,眄瞻貌。"補注:"嫮與嫭同。"漢書九七上孝武李夫人傳:"美連娟以脩嫮兮,命樔絶而不長。"㊁誇耀。漢書五二韓安國傳:"車旗皆帝所賜,即以嫮鄙小縣,驅馳國中，欲夸諸侯。」

【嫮姱】美好。宋黃庭堅山谷内集五次韻張仲謀過酺池寺齋詩：「非復少年日，聲名取嫮姱。」

嫣 yān ㄧㄢ 於乾切，平，仙韻，影。許延切，平，仙韻，曉。於蹇切，上，獮韻，影。於建切，去，願韻，影。

美。玉篇：「嫣，長美貌。」文選戰國楚宋玉登徒子好色賦序：「嫣然一笑，惑陽城，迷下蔡。」

【嫣紅】姣豔的紅色。唐李商隱李義山詩集四河陽詩：「百尺相風插重屋，側近嫣紅伴柔綠。」也指紅豔的花。唐李賀歌詩編三牡丹種曲：「歸霞帔拖蜀帳昏，嫣紅落粉罷承恩。」

嫥 zhuān ㄓㄨㄢ 集韻 朱遄切，平，僊韻。

㊀專一。通「專」。見玉篇。㊁見「嫥捖」。

【嫥捖】調和。淮南子俶真：「提挈陰陽，嫥捖剛柔。」注：「嫥捖，和調也。」

嫩 nèn ㄋㄣˋ 奴困切，去，慁韻，泥。

㊀初生而柔弱。南朝梁蕭衍梁武帝集二遊鍾山大愛敬寺詩：「蘿短未中攬，葛嫩不任牽。」唐王維王右丞集二沈十四拾遺新竹生讀經處同諸公之作詩：「嫩節留餘籜，新叢出舊闌。」㊁不老練。南朝梁鍾嶸詩品下晉徵士戴逵：「安道詩雖嫩弱，有清上之句。」宋郭若虛圖畫見聞志四：「梁忠信……工畫山水，體近高克明，而筆墨差嫩。」㊂淺淡。唐李白李太白詩五宫中行樂詞之二：「柳色黃金嫩，梨花白雪香。」

【嫩甲】嫩葉，指蔬菜。唐陸龜蒙甫里集八偶掇野蔬寄襲美：「野園煙裏自幽尋，嫩甲香蕤引漸深。」

【嫩江】㊀水名。在黑龍江省西部，古名難水，也叫那河，明時稱腦温江。源出黑龍江伊勒呼里山南側，南流繞墨爾根城西，與哈羅里河、中科河諸水會合，流入松花江。參閱嘉慶一統志七一黑龍江。㊁縣名。屬黑龍江省。清光緒三十四年，於墨爾根副都統城改置嫩江府。1913年改縣。

【嫩寒】微寒。宋辛棄疾稼軒詞三臨江仙之十：「金谷無煙宫樹綠，嫩寒生怕春風。」

【嫩黄】淡黄色。宋王安石臨川集十九春風詩：「日借嫩黄初著柳，雨催新綠稍歸田。」

【嫩晴】初晴。宋楊萬里誠齋集八宿小沙溪詩：「諸峯知我厭泥行，捲盡癡雲放嫩晴。」

【嫩綠】淡綠色。唐李咸用披沙集四庭竹詩：「嫩綠與老碧，森然庭砌中。」

嫖 1. piāo ㄆㄧㄠ 撫招切，平，宵韻，滂。匹妙切，去，笑韻，滂。

㊀輕捷的樣子。見「嫖姚」。

2. piáo ㄆㄧㄠˊ

㊁狎妓。明沈德符萬曆野獲編二十禁嫖賭飲酒：「(風流漢子)專以嫖賭致錢。」

【嫖姚】勁疾貌。漢霍去病爲嫖姚校尉。見史記建元以來王子侯者年表。唐杜甫杜工部草堂詩箋六後出塞之二：「借問大將誰，恐是霍嫖姚。」史記一一一衛將軍驃騎傳作「剽姚」。漢書五五霍去病傳作「票姚」。也作「影搖」。文選南齊王元長(融)三月三日曲水詩序：「影搖武猛，扛鼎揭旗之士。」

嫗 1. yù ㄩˋ 衣遇切，去，遇韻，影。

㊀婦女的通稱。史記田敬仲完世家：「齊人歌之曰：『嫗乎采芑，歸乎田成子。』」南史鄧郁傳：「魏夫人忽來臨降，乘雲而至，從少嫗三十……年皆可十七八許。」

2. yǔ ㄩˇ 集韻 委羽切，上，噳韻。

㊁見「嫗$_2$煦」、「嫗$_2$育」等。

【嫗伏】鳥類以體伏卵，使之孵化。禮樂記：「羽者嫗伏，毛者孕鬻。」疏：「謂飛鳥之屬，皆得體伏而生子也。」

【嫗$_2$育】愛撫養育。宋蘇軾東坡集續集四謝呂龍圖書之二：「陳根之朽，再出英華，乃閤下煖然之春，有以嫗育成就之故也。」參見「嫗$_2$煦」。

【嫗媽】恭謹的樣子。後漢書八十下趙壹傳刺世疾邪賦：「嫗媽名埶，撫拍豪强。」注：「嫗媽，猶傴僂也。……撫拍，相親狎也。」

【嫗$_2$煦】生養撫育。煦，指天降氣以養物；嫗，地賦物以形體。三國志魏高堂隆傳上疏：「是以有國有家者，近取諸身，遠取諸物，嫗煦養育，故稱愷悌君子，民之父母。」

嫕 yì ㄧˋ 於計切，去，霽韻，影。

柔順。文選戰國楚宋玉神女賦：「澹清靜其愔嫕兮，性沈詳而不煩。」注：「嫕，淑善也。」今説文作「瘱」。

嫪 lào ㄌㄠˋ 郎到切，去，号韻，來。

㊀愛惜，留戀。唐韓愈昌黎集二薦士詩：「念將決焉去，感物增戀嫪。」㊁姓。見「嫪毐」。

【嫪毐】公元前?——前238年。戰國末秦相呂不韋舍人，與秦太后通，操縱朝政。始皇八年，封長信侯。次年矯發縣卒、衛卒等，欲攻蘄年宫爲亂，事敗被殺，夷三族。見史記秦始皇紀、呂不韋傳。嫪毐，lào ǎi。

嫦 cháng ㄔㄤˊ 字彙 市羊切，音常。

姮娥，月中女神。漢人避文帝(劉恒)諱，「恒」多作「常」。姮娥，也作「嫦娥」。見「嫦娥」。

【嫦娥】月神名。初見於山海經大荒西經，作「常羲」，謂爲帝俊之妻。詩大雅生民「時維后稷」疏引大戴禮帝繫篇作「常儀」，謂爲帝嚳下妃娵訾之女。禮檀弓上「周公蓋祔」疏引帝繫篇作「常宜」。淮南子覽冥、太平御覽四漢張衡靈憲作「姮娥」，謂爲后羿之妻，竊不死之藥以奔月。搜神記十四作「嫦娥」。羲、儀、宜、娥，古音同。這個神話故事流傳很早，長沙馬王堆一號漢墓的帛畫就有「嫦娥奔月」，歷代文學藝術作品中多以此爲題材，把她作爲美人的典型。

嫭 hù ㄏㄨˋ 胡誤切，去，暮韻，匣。

同「嫮」。㊀美好。漢書禮樂志郊祀歌練時日：「衆嫭並，綽奇麗，顏如荼，兆逐靡。」㊁美女。漢書八七上揚雄傳反離騷：「知衆嫭之嫉妒兮，何必颺纍之蛾眉？」

【嫭大】美麗盛大。漢揚雄太玄衆：「萬物宣明，嫭大衆多。」

【嫭姱】美好。楚辭屈原(或言景差)大招：「朱脣皓齒，嫭以姱只。」注：「嫭姱，好皃也。」也作「嫮姱」。

嫚 1. màn ㄇㄢˋ 謨晏切，去，諫韻，明。

㊀輕慢。左傳昭二十年：「其言僭嫚于鬼神。」漢書高帝紀下：「陛下嫚而侮人。」史記高祖紀作「慢」。㊁懈怠。淮南子主術：「是以器械不苦，而職事不嫚。」㊂和緩。見「嫚易㊁」。

2. yuān ㄩㄢ

㊃見「嫚$_2$嫚$_2$」。

【嫚易】㊀輕視，戲侮。漢桓寬鹽鐵論論功：「君臣嫚易，上下無禮。」漢書四三酈食其傳：「吾聞沛公嫚易人，有大略，此真吾所願從遊。」㊁和緩。漢書禮樂志：「聞諧嫚易之音作，而民康樂。"注："嫚易，言不急刻也。"

【嫚侮】輕侮。漢書四十張良傳："四人年老，皆以上嫚侮士，故逃匿山中。"注："嫚與慢同，侮，古侮字。"也作"嫚侮"。漢書三三魏豹傳："今漢王嫚侮人，罵詈諸侯羣臣如奴耳。"

【嫚臧】易有"慢藏誨盜"語，指財物保藏不慎，引起他人盜竊之心。後來作爲名詞，泛指財物。嫚，通"慢"；臧，通"藏"。後漢書五二崔駰傳慰志賦："睹嫚臧而乘釁兮，竊神器之萬機。"也作"慢藏"。參見"慢藏誨盜"。

【嫚₂嫚₂】柔美。見"嬛嬛"。

【嫚罵】肆意辱罵。史記高祖紀："於是高祖嫚罵之曰：'吾以布衣持三尺劍取天下，此非天命乎！命乃在天，雖扁鵲何益！'"

【嫚戲】褻狎戲謔。漢書五一枚乘傳附枚皋："皋不通經術，詼笑類俳倡，爲賦頌，好嫚戲。"

嫘 léi 力追切，平，脂韻，來。ㄌㄟˊ

見下。

【嫘祖】古代傳説我國最早養蠶的人，西陵氏女，黃帝元妃。自南朝宋元嘉以來，歷代封建王朝設先農壇，皆祀嫘祖爲先蠶。或作累祖、雷祖。參閱史記五帝紀。

十二畫

嫷 duò ㄉㄨㄛˋ

通"惰"。見"嫷羿"。

【嫷羿】鳥名。爾雅釋鳥"鸛鷒鶝鶔"晉郭璞注："一名嫷羿"。宋邢昺疏："嫷，古以爲懈惰字。羿，古之善射者。此言鳥捷勁，雖羿之善射，亦懈惰不敢射也。"

嫳 piè 普蔑切，入，屑韻，滂。ㄆㄧㄝˋ

㊀輕薄貌。見廣韻。㊁見"嫳屑"。

【嫳屑】輕舒貌。漢書五七上司馬相如傳上林賦："便姍嫳屑，與世殊服。"史記作"徶循"。集解引郭璞："衣服婆娑貌。"

嬃 xū 相俞切，平，虞韻，心。ㄒㄩ

㊀古時楚人謂姊爲嬃。見説文引賈逵説。㊁女子人名用字。楚辭屈原離騷："女嬃之嬋媛兮，申申其詈予。"注："女嬃，屈原姊也。"史記呂后紀："太后女弟呂嬃。"索隱："樊噲妻。"

嬈 1. niǎo ㄋㄧㄠˇ 奴鳥切，上，篠韻，泥。rǎo ㄖㄠˇ 而沼切，上，小韻，日。

㊀煩擾。淮南子原道："其魂不躁，其神不嬈。"漢書四九鼂錯傳："廢去淫末，除苛解嬈。"

2. ráo ㄖㄠˊ 音韻闡微日遥切，平，蕭韻，日。

㊁妍媚。見"妖嬈"、"嬌嬈"。

3. yǎo ㄧㄠˇ 集韻伊鳥切，上，筱韻。

㊂見"嬈₃嬈₃"。

【嬈惱】煩惱。法句經上慈仁品："垂拱無爲，不害衆生，無所嬈惱，是應梵行。"

【嬈₃嬈₃】柔弱貌。文選漢王子淵(褒)洞簫賦："風鴻洞而不絶兮，優嬈嬈以婆娑。"

嬉 xī 許其切，平，之韻，曉。ㄒㄧ

戲樂。文選漢張平子(衡)歸田賦："諒天道之微昧，追漁父以同嬉。"

【嬉游】遊玩。史記一一七司馬相如傳上林賦："若此輩者，數千百處，嬉游往來。"

【嬉戲】玩樂。史記律書："自年六七十翁，亦未嘗至市井，游敖嬉戲如小兒狀。"

【嬉笑怒罵】宋蘇軾自謂作文如行雲流水，無所不可，雖嬉笑怒罵之辭，皆可書而誦之。見宋史三三八本傳。宋黃庭堅豫章集十四東坡先生真贊："東坡之酒，赤壁之笛，嬉笑怒罵，皆成文章。"意爲才思敏捷，不拘題材形式，都能任意發揮，寫成好文章。

嫴 gū 古胡切，平，模韻，見。ㄍㄨ

通"辜"。正字通引六書統："古者婦人辠輕不入獄，保外以待罰。"參見"保辜"。

嫽 1. liáo 落蕭切，平，蕭韻，來。ㄌㄧㄠˇ 力小切，上，小韻，來。

㊀美好，敏慧。方言二："釥、嫽，好也。青徐海岱之間曰釥，或謂之嫽。"詩陳風月出"佼人僚兮"唐陸德明釋文："僚，本亦作嫽，同音了。"漢書九六下西域傳"初，楚主侍者馮嫽"唐顔師古注："嫽者，慧也，故以爲名。"

2. lǎo ㄌㄠˇ

㊁見"嫽₂嫽₂"。

【嫽妙】俊美。文選漢傅武仲(毅)舞賦："貌嫽妙以妖蠱兮，紅顔曄其揚華。"

【嫽₂嫽₂】北方人對外祖母的稱呼。見正字通。今作"姥姥"。

嫿 huà 胡麥切，入，麥韻，匣。ㄏㄨㄚˋ

㊀嫺靜美好。文選三國魏嵇叔夜(康)琴賦："輕行浮彈，明嫿瞭慧。"參見"姽嫿"。㊁見"徽嫿"。

嫺 xián 户閒切，平，山韻，匣。ㄒㄧㄢˊ

㊀文雅。見"嫺都"、"嫺雅"。㊁熟習。史記八四屈原傳："博聞彊志，明於治亂，嫺於辭令。"

【嫺都】文雅美好。史記一一七司馬相如傳上林賦："若夫青琴宓妃之徒，絶殊離俗，姣冶嫺都。"漢書作"閑都"。

【嫺雅】文靜大方。後漢書二四馬援傳："(朱)勃字叔陽，年十二，能誦詩書，……辭言嫺雅。"參見"閒雅"。

【嫺麗】雅麗。漢王充論衡定賢："或骨體嫺麗，面色稱媚。"

嫷 1. tuǒ ㄊㄨㄛˇ 徒果切，上，果韻，定。湯卧切，去，過韻，透。集韻 吐火切，上，果韻。

㊀美好。同"媠"。文選戰國楚宋玉神女賦序："嫷被服，侻(娧)薄裝。"方言二："嫷，美也。"

2. duò ㄉㄨㄛˋ

㊁通"惰"。

嬋 chán 市連切，平，仙韻，禪。ㄔㄢˊ

見下各条。

【嬋娟】形態美好。文選漢張平子(衡)西京賦："嚼清商而却轉，增嬋娟以此豸。"唐孟郊孟東野集一嬋娟篇："花嬋娟，泛春泉；竹嬋娟，籠曉烟；妓嬋娟，不長妍；月嬋娟，真可憐。"

【嬋連】牽連。引申爲親族。楚辭漢劉向九歎逢紛："云余肇祖于高陽兮，惟楚懷之嬋連。"注："嬋連，族親也。言屈原與楚懷王俱顓頊之孫，有嬋連之族親，恩深而義篤也。"

【嬋媛】㊀牽持不舍貌。楚辭屈原離騷："女嬃之嬋媛兮，申申其詈予。"注："嬋媛，猶牽引也。"又九章哀郢："心嬋媛而傷懷兮，眇不知其所蹠。"近人聞一多謂字本作"嘽咺"，疾言之曰喘，緩言之曰嬋媛，氣急而喘之貌。見古典新義下離騷解詁。㊁牽連。文選漢張平子(衡)南都賦："結根竦本，垂條嬋媛。"注："嬋媛，枝相連引也。"

【嬋嫣】相連。唐柳宗元柳先生集四一祭從兄文："我姓嬋嫣，由古而蕃。"也作"蟬嫣"。漢書八七上揚雄傳反離騷："有周氏之蟬嫣兮，或鼻祖於汾隅。"注引應劭曰："蟬嫣，連也，言與周氏親連也。"

【嬋聯】連續。同"蟬連"。北魏李仲琁

修孔子廟碑:"仰聖儀之煥爛，嘉鴻業之嬋聯。"(金石萃編三一)

嫵 wǔ 文甫切,上,麌韻,明。ㄨˇ

嫵美。字也作"娬"。

【嫵媚】姿態美好。漢書五七上司馬相如傳上林賦:"柔橈嫚嫚，嫵媚纖弱。"史記作"娬媚"。參見"娬媚"。

嬌 jiāo 舉喬切,平,宵韻,見。ㄐㄧㄠ 居夭切,上,小韻,見。

㊀柔嫩，美好可愛。北周庾信庾子山集三夜聽擣衣詩:"新聲繞夜風，嬌轉滿空中。"唐杜甫杜工部草堂詩箋二九宿昔:"花嬌迎雜樹，龍喜出平池。"㊁過分愛惜。見"嬌生慣養"。㊂孩童或少年的代稱。樂府詩集四六華山畿之二:"夜相思,投壺不停箭，憶歡作嬌時。"㊃驕橫。通"驕"。文選漢朱叔元(浮)爲幽州牧與彭寵書:"內聽嬌婦之失計，外信讒邪之諛言。"後漢書三三朱浮傳作"驕"。

【嬌小】體態窈窕。唐李白李太白詩八江夏行:"憶昔嬌小姿,春心亦自持。"

【嬌女】㊀愛女。玉臺新詠二晉左思嬌女詩:"吾家有嬌女，皎皎頗白皙。"㊁道經中耳神名。雲笈七籤十一上清黃庭內景經黃庭章:"嬌女窈窕翳霄暉。"注引真誥:"嬌女,耳神名,言耳聽朗徹明掩玄暉也。"又見太平御覽八八一引龍魚河圖。

【嬌兒】愛子。晉陶潛陶淵明集四擬挽歌辭之一:"嬌兒索父啼，良友撫我哭。"唐杜甫杜工部詩史補遺二茅屋爲秋風所破歌:"布衾多年冷似鐵，嬌兒惡卧踏裏裂。"

【嬌客】㊀對女壻的愛稱。宋黃庭堅山谷內集十次韻子瞻和王子立風雨敗書屋有感詩:"婦翁不可撾,王郎非嬌客。"注:"王適,字子立,蘇子由之壻。"㊁芍藥的別名。見宋程棨三柳軒雜識。

【嬌娃】㊀美女。唐劉禹錫劉夢得集外集八館娃宮詩:"宮館貯嬌娃，當時意大誇。"㊁嬌養的青少年。清孔尚任桃花扇撫兵:"那督師無老將,選士皆嬌娃。"

【嬌娘】美貌女子。唐李賀歌詩編一唐歌兒杜豳公之子歌:"東家嬌娘求對值,濃笑畫空作唐字。"對值,猶匹耦。

【嬌羞】娬媚的羞態。玉臺新詠四南齊謝朓詠邯鄲故才人嫁爲廝養卒婦詩:"頩頳不自識,嬌羞餘故姿。"

【嬌喉】柔美的歌喉。元許有壬等圭塘欸乃集許有孚圭塘雜詠柳下聽鶯詩:"陰陰烟翠足潛身,其奈嬌喉百囀新。"

【嬌逸】瀟灑俊美。玉臺新詠一古詩爲焦仲卿妻作:"云有第五郎，嬌逸未有婚。"

【嬌語】柔聲細語。玉臺新詠二晉左思嬌女詩:"嬌語若連瑣，忿速乃明㦆。"唐温庭筠集一舞衣曲:"管含蘭氣嬌語悲,胡槽雪腕鴛鴦絲。"

【嬌嫩】柔嫩脆弱。聊齋志異六蕙芳:"今增新婦一人，嬌嫩坐食，尚恐不充飽。"紅樓夢四十:"劉老老道:'那裏說的我這麼嬌嫩了。'"

【嬌養】嬌生慣養。清孔尚任桃花扇傳歌:"一向嬌養慣了,不曾學習。"

【嬌嬈】妍媚,美麗。唐鄭谷鄭守愚集二海棠詩:"豔麗最宜新著雨，嬌嬈全在欲開時。"亦指美人。唐李賀歌詩編二惱公:"宋玉愁空斷,嬌嬈粉自紅。"

【嬌憨】猶嬌癡。全唐詩三四八陳羽古意:"姑嫜嚴肅有規矩，小姑嬌憨意難取。"

【嬌騃】嬌小無知。唐白居易長慶集六九二年三月……贈妻弘農郡君詩:"嬌騃三四孫,索哺遶我傍。"

【嬌獰】清脆激越。唐李賀歌詩編一秦王飲酒:"花樓玉鳳聲嬌獰，海綃紅文香淺清,黃鵝跌舞千年觥。"

【嬌癡】嬌小天真,未知世故。唐白居易長慶集二秦中吟議婚詩:"見人不斂手,嬌癡二八初。"

【嬌饒】㊀嬌養。抱朴子外篇自敘:"洪者，君之第三子也。生晚，爲二親所嬌饒，不早見督以書史。"唐元稹長慶集九哭女樊四十韻詩:"爲占嬌饒分，良多眷戀誠。"㊁嫵媚,美麗。唐温庭筠集一張靜婉采蓮曲:"抱月飄烟一尺腰，麝臍龍髓憐嬌嬈。"饒,也作"嬈"。參見"嬌嬈"。

【嬌滴滴】嬌小柔媚的樣子。雍熙樂府十八紅繡鞋題情曲:"年紀兒纔二八，嬌滴滴正當時。"古今雜劇元缺名連環記三:"便把那嬌滴滴豔質從頭兒相。"疊用作嬌嬌滴滴。元王實甫西廂記四本三折:"有甚麼心情花兒靨兒、打扮的嬌嬌滴滴的媚。"

【嬌生慣養】在過分愛憐中長成。紅樓夢二九:"快帶了那孩子來,别唬着他。小門小户的孩子,都是嬌生慣養慣了的,那裏見過這個勢派?"

嫶 qiáo 集韻 慈焦切,平,宵韻。ㄑㄧㄠˊ

憂傷。同"憔"。

【嫶妍】憂傷瘦損。漢書九七孝武李夫人傳:"嫶妍太息，嘆稚子兮。"注:"晉灼曰:三輔謂憂愁面省瘦曰嫶冥。嫶冥,猶嫶妍也。"

十三畫

嬴 yíng 以成切,平,清韻,喻。ㄧㄥˊ

㊀滿,餘。爾雅釋天:"春爲發生,夏爲長嬴。"史記趙世家:"命乎命乎，曾無我嬴!"集解:"綦毋邃曰:'言有命祿，生遇其時,人莫知己貴盛盈滿也。'"㊁勝。史記六九蘇秦傳:"困則使太后弟穰侯爲和,嬴則兼欺舅與母。"㊂環繞。淮南子要略:"假真者,窮逐終使之地,嬴坪有無之精。"㊃見"嬴鏤"。㊄地名。左傳哀十五年:"公孫宿以其兵甲入於嬴。"注:"嬴,齊邑也。"㊅姓。春秋時秦徐江黃郯莒都是嬴姓國。

【嬴土】肥沃的土地。山海經大荒東經:"有柔僕民,是維嬴土之國。"注:"嬴，猶沃衍也。"

【嬴女】本指秦穆公的女兒弄玉,後也泛指美女。唐杜甫杜工部草堂詩箋二一玉臺觀詩:"遂有馮夷來擊鼓,始知嬴女善吹簫。"

【嬴氏】秦,嬴姓。因稱秦王朝爲嬴氏,特指秦始皇。文選東漢張平子(衡)東京賦:"嬴氏搏翼，擇肉西邑。"又晉潘安仁(岳)西征賦:"躡函谷之重阻,看天險之衿帶,迹諸侯之勇怯,筭嬴氏之利害。"

【嬴秦】秦爲嬴姓,故稱嬴秦。明闕名運甓記聞叛勤王:"弟聞嬴秦失鹿，劉項爭逐。"

【嬴絀】伸屈。荀子非相:"與時遷徙,與世偃仰,緩急嬴絀,府然若渠匽檃栝之於己也。"

【嬴越】指秦與越。唐韓愈昌黎集二八曹成王碑:"王親教之搏力、勾卒，嬴越之法。"注:"嬴,謂秦也;越,謂勾踐伐吳之兵法也。"

【嬴縮】盈虧。引申爲進退、長短、多寡等義。管子勢:"成功之道，嬴縮爲寶。"國語越下:"天予不取，反爲之災。嬴縮轉化,後將悔之。"文選漢班孟堅(固)幽通賦:"斡流遷其不及兮，故遭罹而嬴縮。"注:"嬴,過也;縮,不及也。"也作"贏縮"。史記天官書:"歲星嬴縮,以其舍命國。"

【嬴糧】擔着糧食。嬴,通"贏"。後漢書十六鄧禹傳論:"鄧公嬴糧徒步，觸紛亂而赴光武,可謂識所從會矣。"參見"贏糧"。

【嬴鏤】精巧的雕飾。淮南子本經:"嬴鏤雕琢,詭文回波。"注:"嬴鏤,文章;鏤,雕畫也。"

嬖 bì 博計切,去,霽韻,幫。ㄅㄧˋ

寵愛。左傳襄二五年:"叔孫還,納其女於靈公,嬖,生景公。"史記周本紀:"幽王嬖愛褒姒。"

【嬖人】寵愛的人。左傳隱三年:"公子州吁,嬖人之子也。"釋文:"嬖,必計反。親幸也。賤而得幸曰嬖。"此指姬妾。又宣十二年:"嬖人伍參欲戰。"此指幸臣。

【嬖女】寵愛的女子。戰國策楚四:"(蔡聖侯)左抱幼妾,右擁嬖女,與之馳騁乎高蔡之中,而不以國家爲事。"

【嬖幸】也作"嬖倖"。㊀寵愛。列女傳七殷紂妲己:"妲己者,殷紂之妃也,嬖幸於紂。"㊁被寵愛的人。後漢書十九耿弇傳:"閻太后以(耿)寶等阿附嬖倖,共爲不道,策免寶及承,皆貶爵爲亭侯,遣就國。"

【嬖昵】寵幸,暱愛。北史宇文述傳附宇文化及:"化及,述長子也,……太子嬖昵之。"

【嬖習】君主溺愛親近的小人。後漢書順帝紀贊:"孝順初立,時髦允集。匪砥匪革,終淪嬖習。"

【嬖御】猶嬖幸。禮緇衣:"毋以嬖御人疾莊后,毋以嬖御士疾莊士。"注:"嬖御人,愛妾也。……嬖御士,愛臣也。"漢蔡邕蔡中郎集三司空楊秉碑:"夙喪嬪儷,妾不嬖御。"

【嬖大夫】官名,下大夫的別稱。春秋鄭子產數子南曰:"子晳上大夫,女嬖大夫,而弗下之,不尊貴也。"見左傳昭元年。國語吳:"十行一嬖大夫,建旌提鼓,挾經秉枹。"注:"嬖,下大夫也。"參見"上大夫"。

嬗 shàn 時戰切,去,線韻,禪。ㄕㄢˋ

㊀更替,傳遞。通"禪"。史記秦楚之際月表:"五年之間,號令三嬗。"漢書律曆志下:"堯嬗以天下。"注:"嬗,古禪讓字也。"㊁蛻變,演化。史記八四賈生傳服鳥賦:"形氣轉續兮,化變而嬗。"文選作"蟺"。

嬙 qiáng 在良切,平,陽韻,從。ㄑㄧㄤˊ

㊀古代宮庭內的女官。左傳昭三年:"齊侯使晏嬰請繼室於晉……以備嬪嬙。"注:"嬪嬙,婦官。"釋文:"嬙本又作廧,在良反。"

所力切,入,職韻,山。

㊁女子人名用字。莊子齊物論:"毛嬙、麗姬,人之所美也。"釋文:"徐(邈)在良反。"

【嬙媛】妃嬪。後漢書七八宦者傳序:"嬙媛,侍兒、歌童、舞女之玩,充備綺室。"

嬛 1. xuān yuān 許緣切,平,仙韻,曉。ㄒㄩㄢ ㄩㄢ 於緣切,平,仙韻,影。

㊀輕盈美麗貌。見"嬛嬛"。

2. qióng 集韻 葵營切,平,清韻。ㄑㄩㄥˊ

㊀孤苦無依。通"煢"、"惸"。見"嬛₂嬛₂"。

【嬛佞】輕佻乖巧。史記孝武記"上有所幸王夫人"集解引漢桓譚新論:"武帝所愛幸姬王夫人,窈窕好容,質性嬛佞。"

【嬛綿】婉麗溫柔貌。南朝宋鮑照鮑氏集四學古詩:"嬛綿好眉目,閑麗美腰身。"

【嬛嬛】輕柔美麗貌。史記一一七司馬相如傳上林賦:"柔橈嬛嬛,嫵媚孅弱。"集解引徐廣:"(嬛)音娟。"索隱:"柔橈嬛嬛,皆骨體耎弱長豔貌也。"漢書作"嬽嬽",文選作"嫚嫚"。王先謙補注:"嫚嫚嬛嬛,皆借字之誤;本書作嬽嬽是也。"

【嬛₂嬛₂】孤獨無依。詩周頌閔予小子:"遭家不造,嬛嬛在疚。"釋文:"嬛,其傾反,孤特也。崔(譔)本作煢。"

嫒 ài ㄞˋ

舊稱別人的女兒爲令嫒。

嬐 1. yǎn 魚檢切,上,琰韻,疑。ㄧㄢˇ

㊀莊敬貌。見說文。廣韻:"嬐,嬐然齊也。"嬐齊,即莊敬。

2. yǐn 集韻 牛錦切,上,寑韻。ㄧㄣˇ

㊀仰望。通"僸"。史記一一七司馬相如傳大人賦:"嬐侵潯而高縱兮,紛鴻涌而上厲。"索隱:"漢書嬐作僸。僸,仰也。"

嬓 jiào 集韻 吉弔切,去,嘯韻。ㄐㄧㄠˋ

人名。史記八二田單傳贊:"莒人求湣王子法章,得之太史嬓之家。"史記田敬仲完世家作太史敫。

嬝 niǎo ㄋㄧㄠˇ

通"嫋"。見下。

【嬝娜】輕盈而柔長貌。南朝梁蕭綱簡文帝集二贈張纘詩:"洞庭枝嬝娜,澧浦葉參差。"藝文類聚三一引作"裊娜"。參見"嫋娜"。

十四畫

嬰 yīng 於盈切,平,清韻,影。ㄧㄥ

㊀初生的女孩。玉篇引蒼頡篇:"男曰兒,女曰嬰。"㊁繫,戴。荀子富國:"辟之,是猶使處女嬰寶珠,佩寶玉,負戴黃金,而遇中山之盜也。"注:"嬰,繫於頸也。"三國志魏武帝紀注引魏書:"太祖被甲嬰胄。"㊂環繞,羈絆。後漢書二五卓茂傳:"建武之初,雄豪方擾,虓呼者連響,嬰城者相望。"注:"嬰城,言以城自環繞。"晉陸機陸士衡集五赴洛道中詩:"借問子何之?世網嬰我身。"㊃加。漢書四八賈誼傳:"嬰以廉恥,故人矜節行。"㊄觸犯,遭遇。通"攖"。荀子彊國:"教誨之,調一之,則兵勁城固,敵國不敢嬰也。"藝文類聚三南朝宋謝惠連懷秋詩:"平生無志意,少小嬰憂患。"㊅通"纓"。國語晉二:"亡人之所懷挾嬰壤,以望君之塵垢者。"注:"嬰,馬纓。"

【嬰勺】鳥名。山海經中山經:"支離之山,……有鳥焉,其名曰嬰勺,其狀如鵲,赤目赤喙,白身,其尾若勺。"

【嬰石】似玉的石頭。山海經北山經:"燕山,多嬰石。"注:"言石似玉,有符采嬰帶,所謂燕石者。"

【嬰兒】㊀幼兒。老子:"專氣致柔,能嬰兒乎?"孫子地形:"視卒如嬰兒,故可與之赴深溪;視卒如愛子,故可與之俱死。"㊁道家稱鉛爲嬰兒,水銀爲姹女。西遊記十九:"嬰兒姹女配陰陽,鉛汞相投分日月。"

【嬰疾】患病。後漢書六七李膺傳荀爽貽膺書:"道近路夷,當即聘問,無狀嬰疾,闕於所仰。"

【嬰城】環城固守。戰國策秦四:"小黃濟陽嬰城,而魏氏服矣。"宋鮑彪注:"嬰,猶縈也,蓋二邑環兵自守。"漢書四五蒯通傳:"必將嬰城固守,皆爲金城湯池,不可攻也。"

【嬰罪】得罪,犯罪。後漢書六七范滂傳:"昔叔向嬰罪,祁奚救之。"

【嬰薄】圍繞迫近。淮南子要略:"乃原心術,理性情,以館清平之靈,澄澈神明之精,以與天和相嬰薄。"注:"嬰,繞抱也。"

【嬰鱗】觸及逆鱗。韓非子說難:"夫龍之爲蟲也,柔而狎而騎也;然其喉下有逆鱗徑尺,若人有嬰之者,則必殺人。人主亦有逆鱗,說者能無嬰人主之逆鱗則幾矣。"後因以嬰鱗喻觸犯君主的尊嚴或違忤其意旨。宋蘇軾經進東坡文集事略二七謝中書舍人啓:"出而從仕,有狂狷嬰鱗之患。"

【嬰兒子】㊀兒童。墨子公孟:"夫嬰兒子之知,獨慕父母而已。"㊁戰國齊女名。相傳其侍奉父母,至老不嫁。戰國策齊四:"趙威后問齊使曰:'北宮之女嬰兒子無恙耶?'"

【嬰兒風】東風。靈樞經九宫八風:"風從東方來,名曰嬰兒風,其傷人也,内舍於肝,外在於筋紐,其氣主爲身濕。"明王志堅表異録一引兵書:"風從震來,名嬰兒風。"

嬲 niǎo 奴鳥切,上,篠韻,泥。ㄋㄧㄠˇ

㊀煩擾,戲弄。通"嬈"。唐玄應一切經音義三道行般若經詭嬲引三蒼:"嬲,弄也,惱也。"文選三國魏嵇叔夜(康)與山巨源絶交書:"足下若嬲之不置,不過欲爲官得人,以益時用耳。"注:"嬲,擿嬈也。音義與嬈同。奴了切。"㊁抵賴。見"嬲帳"。

【嬲帳】賴帳。水滸三八:"世人無事不嬲帳,直道只用在賭上。"

【嬲惱】糾纏擾亂。隋書經籍志四:"釋迦之苦行也,是諸邪道並來嬲惱,以亂其心,而不能得。"

嬪 pín 符真切,平,真韻,並。ㄆㄧㄣˊ

㊀帝王的女兒出嫁叫嬪。書堯典:"釐降二女于嬀汭,嬪于虞。"㊁宫廷内的女官名。禮昏義:"古者,天子后立六宫,三夫人,九嬪。"㊂古代帝女出嫁、宫廷女官都叫嬪,故以嬪爲已死妻子的美稱。禮曲禮下:"生曰父、曰母、曰妻,死曰考、曰妣、曰嬪。"㊃紛紜衆多貌。漢書九九上王莽傳:"得比肩首復爲人者,嬪然成行。"㊄見"嬪物"。

【嬪物】諸侯進獻供王接待賓客所用的財物。多指皮帛之類。周禮秋官大行人:"二歲壹見,其貢嬪物。"清王引之謂嬪爲"賓"之借字。參閱經義述聞八。

【嬪從】侍從的宫女。唐張説張説之集十安樂郡主花燭行:"藹藹綺庭嬪從列,峩峩紅粉扇中開。"

【嬪婦】㊀古宫中的女官。即九嬪世婦。周禮天官典婦功:"掌婦式之法,以授嬪婦。"參見"九嬪"。㊁古代婦人的美稱。周禮天官大宰:"以九職任萬民……七曰嬪婦,化治絲枲。"疏:"謂國中婦人有德行者,治理變化絲枲,以爲布帛之等也。"孫詒讓周禮正義二謂此指外嬪婦,即典絲之外工。

【嬪御】古代帝王的侍妾、宫女。左傳哀元年:"今聞夫差次有臺榭陂池焉;宿有妃嬙嬪御焉。"注:"妃嬙,貴者;嬪御,賤者;皆内官。"

【嬪嬙】古代女官名。左傳昭三年:"以備嬪嬙,寡人之望也。"國語晉四:"子圉之辱,備嬪嬙焉。"

【嬪儷】伉儷,配偶。漢蔡邕蔡中郎集三司空楊秉碑:"夙喪嬪儷,妾不嬖御。"

嬷 mā 字彙 忙果切,音麽。ㄇㄚ

嬷嬷,乳母或老婦的通稱。元曲選武漢臣生金閣二:"我家中有個嬷嬷,是我父親手裏的人,他可也看生見長我的,如今着他去勸化,不怕不聽。"紅樓夢三:"賈母命兩個老嬷嬷帶了黛玉去見兩個舅舅去。"

嬭 nǎi 奴蟹切,上,蟹韻,泥。ㄋㄞˇ

㊀乳。同"妳"、"奶"。見玉篇。

奴禮切,上,薺韻,泥。

㊁古代楚人呼母曰"嬭"。見廣韻。

【嬭母】乳母。也作"妳母"。宋書何承天傳:"十六年除著作佐郎,撰國史。承天年已老,而諸佐郎並名家年少,潁川荀伯子謿之,常呼爲嬭母。"百衲本作"妳母"。

【嬭婆】同嬭母。唐天祐二年,哀帝(李柷)爲乳母嬭婆楊氏、嬭婆王氏賜封號。見舊唐書哀帝紀。參閱清趙翼陔餘叢考三八嬭婆。

【嬭媪】乳母。廣弘明集二九梁武帝孝思賦序:"餘喘昤竮,嬭媪相長。"也作"妳媪"。晉書桓玄傳:"故小名靈寶,妳媪每抱詣(桓)温,輒易人而後至,云其重兼常兒。"

嬥 tiáo 徒了切,上,篠韻,定。ㄊㄧㄠˊ

㊀體態匀稱。説文:"嬥,直好皃。一曰嬈也。"清段玉裁注:"直好,直而好也。"㊁見"嬥歌"。㊂見"嬥嬥"。

【嬥歌】古代巴蜀間的一種民歌。文選晉左太冲(思)魏都賦:"或明發而嬥歌,或浮泳而卒歲。"注引何晏曰:"巴子謳歌,相引牽,連手而跳歌也。"

【嬥嬥】美好貌。詩小雅大東"佻佻公子,行彼周行"釋文:"韓詩作嬥嬥,往來貌。"清陳喬樅説韓毛文義不同,嬥嬥是"趯趯"的借字。見韓詩遺説考九嬥嬥公子。

十五畫

嬸 shěn 集韻 式荏切,上,寑韻。ㄕㄣˇ

㊀叔母。宋吴自牧夢粱録二十育子:"浴兒落胎髮畢,……抱兒徧謝諸親坐客,及抱入姆、嬸房中。"或説嬸爲世母二字之合音。見宋張耒明道雜志。㊁弟婦。宋吕祖謙紫微雜記:"吕氏舊俗,母母受嬸房婢拜。"母母,兄之妻。水滸四九:"只見外面走入顧大嫂來,……孫立道:'嬸子:'你正是害什麽病?'"顧大嫂爲孫立弟孫新之妻。

嬻 dú 徒谷切,入,屋韻,定。ㄉㄨˊ

輕褻,污辱。國語周中:"棄其伉儷妃嬪,而帥其卿佐以淫于夏氏,不亦嬻姓矣乎?"古籍中"媟"、"嬻"爲同義詞,説文"嬻"清段玉裁注:"單言之曰媟,曰嬻,絫言之曰媟嬻。"也作"黷"。又通"瀆"。參見"媟黷"。

嬽 juān 於權切,平,仙韻,影。ㄐㄩㄢ 於緣切,平,仙韻,影。

好。見説文。

【嬽嬽】柔美貌。漢書五七上司馬相如傳上林賦:"柔橈嬽嬽,嫵媚孅弱。"參見"嬛嬛"。

十六畫

嬝 niǎo 奴鳥切,上,篠韻,泥。ㄋㄧㄠˇ

同"㒟"、"嫋"。

嬾 lǎn 落旱切,上,旱韻,來。ㄌㄢˇ

懈怠。同"懶"、"孏"。文選三國魏嵇叔夜(康)與山巨源絶交書:"簡與禮相背,嬾與慢相成。"參見"懶"字各條。

【嬾婦】蟋蟀的别名。三國吴陸璣毛詩草木鳥獸蟲魚疏下蟋蟀在堂:"里語曰:'趣織鳴,嬾婦驚。'後人因名蟋蟀爲嬾婦。"也作"懶婦"。北周庾信庾子山集一小園賦:"聚空倉而雀噪,驚懶婦而蟬鳴。"

【嬾真子】宋馬永卿撰。五卷。隨筆札記,大部分述其師劉安世語,間敍雜事,多爲考證之文。

嬿 yàn 於甸切,去,霰韻,影。ㄧㄢˋ 於殄切,上,銑韻,影。

順,美好。文選漢枚叔(乘)七發:"嬿服而御。"

【嬿婉】㊀安順貌,引申爲美好貌。後漢書八十下邊讓傳章華賦:"設長夜之歡飲兮，展中情之嫵婉。”㊁美女。文選漢張平子(衡)西京賦：“捐衰色，從嫵婉。”宋蘇軾分類東坡詩十和子由記園中草木之一：“吾聞東山傳，置酒攜嫵婉。”參見“燕婉”。

十七畫

孽 niè 字彙 魚列切，音孽。
ㄋㄧㄝ
㊀非正妻所生的子女，也泛指婢妾。見“孽妾”。㊁妖怪。莊子庚桑楚：“步仞之丘陵，巨獸無所隱其軀，而孽狐爲之祥。”轉爲敗亂的意思。國語吳：“今大夫……出則罪吾衆，撓亂百度，以妖孽吳國。”宋宋公序(庠)本作“孼”。

【孽妾】 庶妾。漢書四八賈誼傳：“天子之后，以緣其領；庶人孽妾緣其履，此臣所謂舛也。”注：“孽，庶賤者。”

嬭 mí 武移切，平，支韻，明。
ㄇㄧˊ
古代齊人呼母爲嬭。見玉篇。後也沿用。唐文粹九九李商隱李賀小傳：“欻下榻叩頭，言阿嬭老且病，賀不願去。”

孃 niáng 女良切，平，陽韻，娘。
ㄋㄧㄤˊ
母親。通“娘”。樂府詩集二五木蘭詩之一：“旦辭爺孃去，暮宿黃河邊。”

【孃子】 母親的別稱。宋司馬光書儀一家書：“古人謂父爲阿郎，謂母爲孃子。”

孀 shuāng 色莊切，平，陽韻，山。
ㄕㄨㄤ
寡婦。也指寡居。淮南子修務：“(湯)弔死問疾，以養孤孀。”列子湯問：“鄰人京城氏之孀妻，有遺男。”

【孀娥】 寡婦。文苑英華九二九唐楊炯原州百泉縣令李君神道碑：“琴前鏡裏，孤鸞別鶴之哀；竹死城崩，杞婦孀娥之泣。”楊盈川集七作“杞婦湘妃之怨”。

【孀單】 寡獨的人。新唐書一〇一蕭復傳：“鬻先人墅以濟孀單。”舊唐書作“孀幼”，指孤寡幼弱的人。

【孀閨】 寡婦的住處。唐白居易長慶集十四江岸梨詩：“最似孀閨少年婦，白粧素袖碧紗裙。”

【孀雌】 寡居之婦女。唐李白李太白詩四雙燕離：“憔悴一身在，孀雌憶故雄。”

孅 1. xiān 息廉切，平，鹽韻，心。
ㄒㄧㄢ
㊀細，小。漢書食貨志上引賈誼疏：“古之治天下，至孅至悉也，故其畜積足恃。”也作“纖”。見“孅弱”。

2. qiān 集韻 千廉切，平，鹽韻。
ㄑㄧㄢ
㊁見“孅$_2$趨”。

【孅介】 細微。漢書八十楚孝王囂傳：“楚王囂……孅介之過未嘗聞，朕甚嘉之。”又七二王吉傳上疏：“恩愛行義孅介有不具者，於以上聞，非饗國之福也。”參見“纖介”。

【孅阿】 見“纖阿”。

【孅弱】 骨體細弱。漢書五七上司馬相如傳上林賦：“嫵媚孅弱。”史記作“姌嫋”。一作“纖弱”。南朝陳姚最續畫品：“(謝赫)筆路纖弱，不副壯雅之懷。”

【孅嗇】 慳吝。漢書九一貨殖傳：“宛孔氏之先，……然其贏得過當，瘉於孅嗇，家致數千金。”注：“孅，細也；嗇，愛吝也。”參見“纖嗇”。

【孅$_2$趨】 巧佞。史記一二七日者傳：“卑疵而前，孅趨而言。”索隱：“孅趨，猶足恭也。”

十九畫

孊 mí 集韻 母被切，上，紙韻。
ㄇㄧˊ
㊀人名用字。漢書九七下孝成許皇后傳：“先是廢后姊孊寡居。”注：“孊者，后姊之名。”㊁見“孊密”。

【孊密】 美好細緻。三國魏曹植曹子建集二靜思賦：“性通暢以聰惠，行孊密而妍詳。”

孋 1. lí 呂支切，平，支韻，來。
ㄌㄧˊ
㊀通“驪”。左傳驪戎、驪姬，史記多作“孋”。

2. lì
ㄌㄧˋ
㊁伉儷。通“儷”。後漢書后紀贊：“祁祁皇孋，言觀貞淑。”注：“言諸后皆示其貞淑，配皇爲儷。按字書無孋字，相傳音麗。蕭該音離。”

孌 1. liàn
ㄌㄧㄢˋ
㊀愛慕。通“戀”。說文：“孌，慕也。”

2. luán 力兗切，上，獮韻，來。
ㄌㄨㄢˊ
㊁美好。說文本作“嫋”。“孌”爲“嫋”的籀文。詩邶風泉水：“孌彼諸姬。”傳：“孌，好貌。”

【孌童】 舊指被侮弄的美男。北齊書廢帝紀：“(許)散愁自少以來，不登孌童之牀，不入季女之室。”玉臺新詠七梁簡文帝孌童詩：“孌童嬌麗質，踐董復超瑕。”

二十一畫

孏 lǎn
ㄌㄢˇ
同“嬾”、“懶”。後漢書二七王丹傳：“每歲農時，輒載酒肴於田間，候勤者而勞之，其墯孏者，恥不致丹，皆兼功自厲。”注：“孏與嬾同。音力亶反。”

子 部

子 1. zǐ ㄗˇ 即里切,上,止韻,精。

㊀子嗣。易序卦:"有夫婦然後有父子。"子,兼指男女。禮曲禮下:"子於父母,則自名也。"注:"言子者,通男女。"戰國策趙四:"丈夫亦愛憐其少子乎?"指兒子。詩衛風碩人:"齊侯之子,衛侯之妻,東宮之妹,邢侯之姨。"指女兒。㊁嗣君。左傳僖九年:"凡在喪,王曰小童,公侯曰子。"注:"子者,繼父之辭。"漢董仲舒春秋繁露精華:"春秋之法,未踰年之君稱子。"㊂封爵。書堯典:"放齊曰:'胤子朱啟明。'"傳:"胤,國。子,爵。"又五等爵的第四等叫子。禮王制:"王者之制爵祿,公,侯,伯,子,男,凡五等。"㊃古代對男子的尊稱。如稱孔子、墨子、老子、季文子。穀梁傳宣十年:"其曰子,尊之也。"注:"子者,人之貴稱。"也用作對男子的通稱,猶爾、汝。論語季氏:"陳亢問於伯魚曰:'子亦有異聞乎?'"㊄老師。論語學而"子曰"南朝梁皇侃義疏:"子是有德之稱,古者稱師爲子也。"如公羊傳中的子沈子、子司馬子、子北宮子之類,皆稱其傳受之經師。㊅指先秦百家的著作。如孫子、荀子、韓非子。後來圖書四部分類法有"子部"。參見"子書"、"子部"。㊆動詞。撫愛。禮禮運:"人不獨親其親,不獨子其子。"㊇利息。史記一二九貨殖傳:"子貸金錢千貫。"㊈草木的果實,動物的卵。如桃子、魚子。漢武故事:"因指謂上,王母種桃,三千年一結子。"禮內則"濡魚,卵醬實蓼"唐孔穎達疏:"卵謂魚子。以魚子爲醬,濡亨其魚,又實之以蓼。"㊉地支的第一位。爾雅釋天:"太歲在子曰困敦。"又爲十二時辰之一。夜十一時至次晨一時爲子時。⑪助詞。宋釋文瑩湘山野録中記五代吳越錢鏐山歌:"你輩見儂底歡喜,別是一般滋味子,永在我儂心子裏。"⑫詞尾。如房子、旗子、彈子等。釋名釋形體:"瞳子。……子,小稱也。"細小的事物多稱子。⑬姓。傳說殷契之母吞玄鳥卵而生契,舜賜姓子氏。春秋時宋爲殷後,子姓。見史記殷紀。

2. cí ㄘˊ

⑭通"慈"。禮樂記:"君子曰:禮樂不可斯須去身,致樂以治心,則易直子諒之心,油然生矣。"子諒,韓詩外傳作"慈良"。

【子人】㊀複姓。春秋鄭有子人九,鄭厲公弟子人語。見左傳僖二八年、桓十四年。㊁視民如子。同"子民"。唐人因避李世民(太宗)諱,民,多作"人"。參見"子民"。

【子上】孔子曾孫子思之子,名白,字子上。見禮檀弓上。

【子女】㊀子與女。穀梁傳僖三三年:"亂人子女之教,無男女之別。"㊁封建統治者自視爲父權家庭的家長,以子女爲財產,故以人民爲子女。左傳僖二三年:"(晉重耳)及楚,楚子饗之,曰:'公子若反晉國,將何以報不穀?'對曰:'子女玉帛,則君有之;羽毛齒革,則君地生焉;其波及晉國者,君之餘也,其何以報?'"㊂指女子。漢書武帝紀元光二年詔:"朕飾子女以配單于,金幣文繡,賂之甚厚。"

【子户】一家中所分出的户頭。宋史食貨志上三:"緣田薄稅重,詭名隱寄,多分子户。"

【子月】農曆十一月的別稱。北周庾信庾子山集四寒園即目詩:"子月泉心動,陽爻地氣舒。"爾雅釋天"十一月爲辜"清郝懿行義疏:"辜者,故也。十一月陽生,欲革故取新也。十月建亥,亥者,根荄也。至建子之月,而孳孳然生矣。"

【子本】利息與本錢。唐韓愈昌黎集三二柳子厚墓志銘:"其俗以男女質錢,約不時贖,子本相侔,則沒爲奴婢。"唐元稹長慶集二三估客樂詩:"子本頻蓄息,貨販日兼并。"

【子石】製硯用的上等端石。宋歐陽修文忠集七二硯譜:"端石出端溪,色理瑩潤,本以子石爲上。子石者,在大石中生,蓋精石也。而流俗傳訛,遂以紫石爲上。"

【子司】唐宋官制,尚書省六部有前行、中行、後行三等。以兵、吏及左右司爲前行,刑、户爲中行,工、禮爲後行。每行各管四司,以本行名爲頭司,其餘爲子司。如吏部爲頭司,司勳、司封、考功則爲子司。其餘五部皆仿此。參閱唐會要五七尚書省分行次第、清錢大昕十駕齋養新録十前行中行後行頭司子司。

【子民】謂愛民如愛子。禮表記:"子民如父母,有憯怛之愛,有忠利之教。"疏:"子民如父母者,子謂子愛於民,如父母愛子也。"

【子目】分目。於總目或總綱之下再分細目。在編訂章程條例或圖書分類目録時常用。

【子母】㊀母與子。孟子離婁下:"夫章子,豈不欲有夫妻子母之屬哉?"㊁本錢與利息。本稱母,息稱子。文苑英華四七四唐杜甫乾元元年華州試進士策問第五道:"夫時患錢輕,以至於量資幣,權子母,代復改鑄。"明朱國楨湧幢小品十七辭錢:"嘗貸里人子百金,楊氏子病殆矣,與子母還之。"㊂物件小的稱子,大的稱母。如子母竹、子母環。又印章體中空,內藏小印,稱子母印。㊃杯盤。舊唐書五行志:"龍朔中,俗中飲酒,令曰:'子母去離,連臺拗倒。'俗謂盃盤爲子母,又名盤爲臺。"

【子卯】古代迷信,以子日和卯日爲惡日,簡稱子卯。左傳昭九年:"辰在子卯,謂之疾日。"注:"疾,惡也。"其說有三:1.以子爲貪狼,卯爲陰賊,故忌子卯。見漢書七五翼奉傳。2.以子卯相刑,故以爲忌日。見禮檀弓下"子卯不樂"正義引漢鄭衆。3.相傳桀以乙卯日死,紂以甲子日死,省文稱子卯,國君以爲忌日。見禮檀弓釋文引賈逵。漢鄭玄何休、晉杜預皆采賈說。參閱清顧炎武日知録六子卯不樂、俞樾詁經精舍自課文一辰在子卯謂之疾日解。

【子衣】嬰兒胎胞。也稱紫河車。隋書流求國傳:"婦人產乳,必食子衣。"

【子合】漢西域城國。在葱嶺以北。漢書九六上西域傳:"西夜國,王號子合王,治呼犍谷,去長安萬二百五十里。"後漢書八八西域傳:"漢書中誤云西夜、子合是一國,今各自有王。子合國居呼犍谷。"清徐松漢書西域傳補注上謂當以"西夜國王號子"爲句,下文有脫漏,故訛謂一國。

【子弟】㊀子與弟。對父兄而言。周禮地官師氏:"凡國之貴遊子弟學焉。"左傳襄八年:"民死亡者,非其父兄,即其子弟。"㊁對於後輩的統稱。荀子非十二子:"遇長則修子弟之義。"史記項羽紀:"且籍與江東子弟八千人渡江而西,今無一人還,縱江東父兄憐而王我,我何面目見之?"㊂猶子侄。世説新語言語:"謝太傅(安)問諸子姪:'子弟亦何預人事,而正欲使其佳?'"又賞譽下:"大將軍(王敦)語右軍(王羲之):'汝是我佳子弟。'"羲之,敦侄。㊃元劇中嫖客的別稱。元曲選關漢卿金線池一:"我這門户人家,巴不得接着子弟,就是錢龍入門。"

【子車】複姓。左傳文六年:"秦伯任好卒,以子車氏之三子奄息、仲行、鍼虎爲殉。"注:"子車,秦大夫氏也。"詩秦風有黄鳥賦此事。

【子男】兒子。史記七八春申君傳:"春申君大然之,乃出李園女弟,謹舍而言之楚王。楚王召入幸之,遂生子男,立爲太子。"唐韓愈昌黎集三二柳子厚墓志銘:"子厚有子男二人。"

【子姒】夏,姒姓;商,子姓;因以"姒子"稱夏、商。亦作"子姒"。文苑英華三五一南朝梁蕭統(昭明太子)七契:"固以德苞子姒,道邁虞唐。"

【子注】書中正文下的小字分注。唐劉知幾史通補注:"亦有躬爲史臣,手自刊補,雖志存該博,而才闕倫敍;除煩則意有所恡,畢載則言有所妨;遂乃定彼榛楛,列爲子注。"注:"注列行中,如子從母。"如漢書藝文志、地理志本文下的小字是班固的本文,其下"師古曰"、"應劭曰"、"服虔曰"都是顔氏注文,卽子注。參閲清顧炎武日知録二六漢書二志小字。

【子夜】㊀夜半子時。卽夜十一時至翌晨一時。唐呂温呂和叔集一奉和張舍人閣中直夜……詩:"凉生子夜後,月照禁垣深。"㊁晉歌曲名。詳"子夜歌"。

【子房】花蕊底部膨大的部分。山海經西山經"崇吾之山員葉而白柎"郭璞注:"今江東人呼草木子房爲柎。"

【子卷】在總卷次下每卷書中又細分的小卷。文獻通考一九三經籍考二十:"續通鑑長編一百六十八卷。……蓋逐卷又自分子卷,或至十餘。"

【子長】漢司馬遷字。漢揚雄法言寡見:"或問,司馬子長有言曰:五經不如老子之約也,當年不能極其變,終身不能究其業。"按史記太史公自序及漢書司馬遷傳都没有提到他的字,惟揚雄法言寡見及君子篇始稱遷爲司馬子長。

【子來】詩大雅靈臺:"經始勿亟,庶民子來。"謂百姓急於公事,如子女急於父母之事,不召自來。後指效忠順從。三國志魏鍾會傳檄蜀將吏士民:"比年以來,曾無寧歲,征夫勤瘁,難以當子來之民。"

【子奇】人名。相傳爲春秋齊人。十八歲時,齊君使之治阿。子奇以庫藏兵器鑄爲農具,開倉廪賑濟貧民,使阿縣大治。後因用以稱年少有才的人。後漢書順帝紀陽嘉元年:"其有茂才異行,若顔淵子奇,不拘年齒。"事見注引新序。今本新序無此文。

【子叔】複姓。孟子公孫丑下有子叔疑。參閲通志二七氏族三以字爲氏。

【子明】水銀的別名。見唐梅彪石藥爾雅上釋諸藥隱名。

【子舍】別於正房之旁室。史記一〇三萬石君傳:"(石)建爲郎中令,每五日洗沐,歸謁親,入子舍。"索隱:"案:劉氏謂小房內,非正堂也。小顔(師古)以爲諸子之舍,若今諸房也。"

【子服】複姓。論語憲問有子服景伯。參閲通志二七氏族三以字爲氏。

【子姑】神名。卽紫姑。宋蘇軾有子姑神記及天篆記,都談及子姑神事。見東坡集續集十二。參見"紫姑"。

【子姓】㊀子孫或衆子孫。儀禮特牲饋食禮:"子姓兄弟,如主人之服。"注:"所祭者之子孫。言子姓者,子之所生。"也指兒子。淮南子道應:"秦穆公謂伯樂曰:'子之年長矣,子姓有可使求馬者乎?'對曰:'……臣之子,皆下材也,可告以良馬,而不可告以天下之馬。'"㊁同姓。國語楚下:"帥其子姓,從其時享。"注:"子姓,衆同姓也。"

【子室】古代貴族撫育兒童的居室。禮內則:"異爲孺子室於宫中,擇於諸母與可者,……使爲子師。其次爲慈母,其次爲保母,皆居子室。"

【子亭】小亭。文苑英華四四唐李庾西都賦:"建子亭於屏外,設蘭錡於廡下。"新唐書一六三柳公綽傳附柳公權:"充翰林書詔學士,嘗夜召對子亭。"

【子神】指鼠。唐柳宗元柳先生集十九永某氏之鼠:"永(州)有某氏者,畏日,拘忌異甚,以爲已生歲直子;鼠,子神也,因愛鼠,不畜貓犬。"

【子衿】詩鄭風篇名。爲描寫青年男女約會的民歌。子衿,古時學子所著的衣服,也稱青衿。後因以爲生員的代稱。明沈自晉望湖亭傳奇二:"但只年華十八,尚列子衿;學業庶幾,未登仙籍。"參見"青衿"。

【子城】附屬於大城的小城。如內城及附郭的月城。元和郡縣志四天德軍李吉甫請修天德舊城,以安軍鎮表:"伏以西城是開元十年張説所築,今河水來侵,已毁其半。……其子城猶堅牢。"資治通鑑二四一唐元和十四年:"子城已洞開,惟牙城拒守。"注:"凡大城謂之羅城,小城謂之子城。又有第三重城以衞節度使居宅,謂之牙城。"

【子刺】象聲詞,形容割裂。朝野新聲太平樂府五鍾繼先駡玉郎恨別曲:"子刺地攪斷離腸,撲速地淹殘泪眼。"

【子南】封邑名。漢書武帝紀載,元鼎四年,武帝封周後姬嘉爲周子南君,以奉周祀。注:"子南,其封邑之號,以爲周後,故總言周子南君。"讀史方輿紀要五一謂其封地在河南南陽府汝州治東,本名周承休城。

【子韋】春秋宋天文曆算家。淮南子道應:"宋景公之時,熒惑在心,公懼,召子韋而問焉。"注:"子韋,司星者也。"漢書藝文志諸子略陰陽家有春秋宋司星子韋三篇。注:"景公之史。"今佚。

【子思】人名。 1.公元前483?—前402年。孔子子鯉之子,名伋。曾爲魯繆公師。著子思二十三篇,見漢書藝文志儒家,唐後佚。宋汪晫輯有子思子一卷,九篇。其中或取自僞書孔叢子,不盡可靠。清魏源取禮記之中庸坊記表記緇衣四篇爲子思章句。 2. 公元前515—?年。孔子弟子原憲,字子思。見史記六七仲尼弟子傳。

【子胤】子息,子嗣。儀禮喪服"夫妻牉合也"唐孔穎達疏:"郊特牲云:'天地合而後萬物興焉。'是夫婦半合,子胤生焉。是半合爲一體也。"

【子姪】子與侄。呂氏春秋疑似:"喜效人之子姪昆弟之狀。"史記一〇七魏其武安侯傳:"魏其(竇嬰)已爲大將軍,後方盛。(田)蚡爲諸郎,未貴,往來侍酒魏其,跪起如子姪。"

【子羔】公元前521—?年。姓高名柴,字子羔。春秋衞人,一説齊人,孔子弟子。曾爲費郈宰。見史記六七仲尼弟子傳、孔子家語七十二弟子解。禮檀弓上作"子皋"。

【子貢】公元前520—?年。姓端木,名賜,字子貢。也作子贛。春秋衞人,孔子弟子。能言善辯,善經商,家累千金,所至之處和王侯貴族分庭抗禮。嘗任魯、衞相。相傳曾勸阻齊國田常伐魯,在吴、越、晉諸國之間游説,使互爲牽制,因有"故子貢一出,存魯,亂齊,破吴,彊晉而霸越"的傳説。參閲史記六七仲尼弟子傳,

【子夏】公元前 507—前 400 年。卜商，字子夏。春秋衛人，孔子弟子。長於文學，相傳曾講學於西河，序詩傳易，爲魏文侯師。有子早死，痛哭失明。見史記六七仲尼弟子傳。

【子書】舊時六經以外，著書立說成一家言的，統稱子書。如儒家、兵家、法家、道家、釋家、小說家等書都是。漢書八十東平思王宇傳：“諸子書或反經術，非聖人，或明鬼神，信物怪。”

【子桑】複姓。通志二七氏族三以字爲氏魯人字：“子桑氏，魯大夫子桑伯子之後也。秦公孫枝字子桑，其後亦氏焉。”

【子息】㊀子孫。魏書世祖紀下太平真君五年詔：“今制自王公以下至於卿士，其子息皆詣太學。”㊁幼畜。北魏賈思勰齊民要術序：“猗頓，魯窮士，聞陶朱公富，問術焉。告之曰：‘欲速富，畜五牸。’乃畜牛羊，子息萬計。”㊂放債所得的利息。管子輕重丁：“桓公曰：峥丘之戰，民多稱貸，負子息，以給上之急，度上之求。”

【子部】古圖書分類四部之一，對經、史、集部而言。如儒家、兵家、法家、道家、釋家及談技藝、術數之書，並小說類書等，皆屬子部。亦稱丙部。漢劉歆七略、班固漢書藝文志於圖書分類有諸子，其後三國魏鄭默中經、晉荀勗新簿則分甲乙丙丁四部；乙部包括子家、兵書、兵家、術數。至隋書經籍志始明標經史子集四部，以後歷代相沿，爲舊時圖書的主要分類法。

【子産】公元前？—前 522 年。春秋鄭國人。名僑，字子産，又字子美，謚成子。穆公之孫，子國之子；公子之子稱公孫，故名公孫僑。以父字爲氏，故曰國僑。因居東里，又稱東里子産。自鄭簡公時始執國政，歷定獻聲公三朝。時晉楚爭霸，鄭國弱小，處於兩强之間，子産周旋其間，卑抗得宜，保持無事。子産死，孔子稱爲古之遺愛。參閱左傳、史記鄭世家。

【子麻】大麻。也稱苴麻。一說爲麻的雌株。儀禮喪服“苴絰者，麻之有蕡者也”唐賈公彦疏：“案爾雅釋草云：‘蕡，枲實。’孫氏注云：‘蕡，麻子也。’……若然，枲是雄麻，蕡是子麻。”參閱清吴其濬植物名實圖考一大麻。

【子規】鳥名。卽杜鵑。唐王維王右丞集五送楊長史赴果州詩：“别後同明月，君應聽子規。”參見“杜鵑”。

【子都】古美男子名。詩鄭風山有扶蘇：“不見子都，乃見狂且。”傳：“子都，世之美好者也。”孟子告子上：“不知子都之姣者，無目者也。”子都當爲古代美男子的通稱。春秋鄭大夫公孫閼字子都（見左傳隱十一年），名字偶然相同，未必是詩和孟子中所指的子都。

【子奢】古時美男子名。卽子都。荀子賦：“閭娵、子奢，莫之媒也。”又見戰國策楚四。奢、都，古音同。

【子張】公元前 503—？年。春秋陳陽城人，姓顓孫，名師，字子張，孔丘弟子。曾從孔丘周遊列國，困於陳蔡之間。論語有子張篇。參閱史記六七仲尼弟子傳及孔子家語七十二弟子解。

【子虛】漢司馬相如假託子虛、烏有先生、亡是公三人爲辭，作子虛賦。文見史記、漢書本傳及文選。後人因稱虛無之事爲子虛烏有或烏有子虛。清孔尚任桃花扇凡例：“至於兒女鍾情，賓客解嘲，雖稍有點染，亦非烏有子虛之比。”

【子略】宋高似孫撰。四卷，目録一卷。輯集諸家所見各種子書，自先秦兩漢陰符經、老子、韓非子至唐皮日休隱書共三十八種，各標書名卷數，並加論斷。所據版本近古，可以訂正後來諸本的訛失。

【子將】唐武官名。卽小將。唐制，每軍大將一人，副二人，總管四人，子將八人。子將掌布列行陣、金鼓及部署卒伍。舊唐書一八一樂彦禎傳：“從訓又召亡命之徒五百餘輩，出入卧内，號爲子將，委以腹心。”此處所說子將，只是名號，並非實職。參閱資治通鑑二一一唐開元四年“時大武軍子將郝靈荃奉使在突厥”元胡三省注。

【子魚】㊀小魚。太平御覽九三六魏武四時食制：“郫縣子魚，黄鱗赤尾，出稻田，可以爲醬。”又福建莆田有魚，長七八寸，以子多爲貴，也叫子魚。見宋王得臣麈史詩話。又鯔魚色緇黑，因訛稱爲子魚。見本草綱目四四鯔魚。㊁春秋衛大夫史鰌字。參見“史魚”。

【子細】細心，認真。也作“仔細”。北史源賀傳附源思禮（卽源懷）：“懷性寬簡，不好煩碎。恒語人曰：‘爲政貴當舉綱，何必須太子細也。’”唐杜甫杜工部草堂詩箋九九日藍田崔氏莊：“明年此會知誰健，醉把茱萸子細看。”

【子婦】㊀子與媳。禮内則：“子婦孝者敬者，父母舅姑之命，勿逆勿怠。”㊁媳婦。後漢書六九何進傳：“張讓子婦，太后之妹也。讓向子婦叩頭曰：‘老臣得罪，當與新婦俱歸私門。’”

【子游】公元前 506—？年。春秋吴人。姓言名偃，字子游，孔子弟子。長於文學。仕魯，曾爲武城宰。見史記六七仲尼弟子傳。孔子家語七十二弟子解謂子游爲魯人。

【子道】舊時謂奉事父母之道。史記五帝紀：“舜順適，不失子道。”

【子壻】女婿。史記八九張耳傳：“子敖嗣立爲趙王。高祖長女魯元公主爲趙王敖后。漢七年，高祖從平城過趙，趙王朝夕袒韝蔽，自上食，禮甚卑，有子壻禮。”

【子惠】謂統治百姓，像家長愛撫子弟。書太甲中：“先王子惠困窮，民服厥命，罔有不悦。”先王指商湯。

【子窠】子彈。宋史兵志十一：“開慶元年，壽春府……又造突火槍，以鉅竹爲筒，内安子窠，如燒放，焰絶，然後子窠發出如炮聲，遠聞百五十餘步。”

【子煩】病名。中醫指婦女妊娠期中出現的煩躁心悸的病證。隋巢元方諸病源候論四二任娠子煩候：“以其任娠而煩，故謂之子煩也。”

【子路】㊀公元前 542—前 480 年。春秋卞人。仲由，字子路，一字季路，孔子弟子。仕衛，爲衛大夫孔悝邑宰，因不願跟從孔悝迎立蕢聵爲衛公，被殺。見史記六七仲尼弟子傳、孔子家語七十二弟子解。相傳子路有勇力，故後來作爲勇士的代稱。清平山堂話本三楊温攔路虎傳：“半千子路，五百金剛，人人有舉鼎威風，個個負拔山氣概。”㊁熊的别名。南朝宋劉敬叔異苑三：“熊無穴，或居大樹孔中，東土呼熊爲子路。”也見藝文類聚九五續搜神記。通雅四六引晉祖冲之述異記作“子蹐”。

【子愛】愛之如子。漢書八一匡衡傳上疏：“陛下聖德天覆，子愛海内，然陰陽未和，姦邪未禁者，殆論議者未丕揚先帝之盛功。”

【子₂愛】慈愛。禮文王世子：“敬之以孝弟睦友子愛。”清孫希旦集解：“子當作慈，與樂記‘子諒’之‘子’同。”

【子蓮】小蓮花。用蓮子所種。葉莖細小，花如彈丸，色淡。據說用頭窠雞蛋三枚，於頂端開穴，每枚以蓮實三粒納其中，然後封固，雜置他蛋中令母雞孵伏。至雛出之日，取蓮實滌净，養泥水中。待根部長出寸許細藕時，便能作花。見清吴儀一徐園秋花譜子蓮。

【子嗽】病名。指婦女妊娠期内出現的乾咳、煩熱的病證。見醫宗金鑑四六編輯婦科心法要訣胎前諸證門子嗽證治。

【子墨】漢揚雄撰長楊賦，假借子墨客卿與翰林主人二人的問答爲文，寓諷諫之意。見漢書八七下揚雄傳。後來省"子墨客卿"作"子墨"，爲文士的代稱。全唐詩六一六皮日休奉和魯望閒居雜題之一好詩景："青盤香露傾荷女，子墨風流更不言。"

【子錢】出借取息之錢。高利貸者稱子錢家。史記一二九貨殖傳："吳楚七國兵起時，長安中列侯封君行從軍旅，齎貸子錢。子錢家以爲侯邑國在關東，關東成敗未決，莫肯與。唯無鹽氏出捐千金貸，其息什之。"又利息亦稱子錢，卽子金。

【子癇】病名。孕婦在妊娠末期分娩或產褥中突然顛仆抽搐，不省人事，不久自醒，反復發作，重者可致死亡。見醫宗金鑑四六編輯婦科心法要訣胎前諸證門子癇證治。

【子聲】㊀卽半律，亦稱半聲。爲十二律中相鄰兩音間的音程。正聲倍子聲爲母，子聲爲正聲之半。如黃鐘管正聲九寸，子聲則四寸半。參閱通典一四三樂三五聲十二律相生法。參見"半律"。㊁出聲。金董解元西廂四："牙兒抵着不敢子聲，側着耳朵兒窗外聽。"

【子薑】嫩薑。薑芽新出，狀如手指，芽尖微紫，名紫薑，又叫子薑，可供食用、藥用。宋洪邁夷堅三志辛危病不藥愈條已有子薑牙之稱。參閱本草綱目二六菜生薑。

【子嬰】公元前？一前 206 年。秦始皇長子扶蘇之子。趙高殺二世，立子嬰，去帝號，稱王，在位四十六日。劉邦兵至霸上，子嬰素車白馬以降，後爲項籍所殺。見史記秦始皇紀。

【子輿】㊀人名。1. 孔子弟子曾參字。詳"曾參"。2. 三國魏王肅聖證論謂孟軻字子輿。孔叢子作子車。按漢趙岐孟子題詞已明言孟軻之字不傳，子輿、子車等都不足據。㊁複姓。通志二七氏族三以字爲氏陳人字："子輿氏，嬀姓，陳桓公生子石鮮，爲子輿氏。"

【子職】舊時稱人子奉事父母的職任。孟子萬章上："我竭力耕田，共爲子職而已矣。"宋詩鈔陳造江湖長翁集春雨寒甚作長句："西山龍母誕彌月，歸覲親顏供子職。"

【子巂】鳥名。卽子規。爾雅釋鳥"巂周"晉郭璞注："子巂鳥，出蜀中。"疏："說文云：巂，蜀王望帝化爲子巂，今謂之子規是也。"參見"杜鵑"、"子規"。

【子大夫】大夫的美稱。漢書五六董仲舒傳武帝制："子大夫其精心致思，朕垂聽而問焉。"越絕書越絕荊平王內傳："今子大夫報寡人也特甚。"

【子牙河】在今河北靜海縣東，滹沱河及滏陽河的下游。因流經河北大城縣子牙村，故名。東北流至天津，會南北二運河及大清河，入海河歸於海。一名鹽河，又名沿河。見嘉慶一統志七順天府、二四天津府一。

【子不語】清袁枚撰。正編二十四卷，續編十卷。倣魏晉志怪小說，專記神鬼怪異之事。因論語述而有"子不語怪力亂神"語，取爲書名。後以元人說部有同名者，又改稱新齊諧。見原書枚自序。

【子午谷】地名。在陝西長安縣南秦嶺山中。史記九五樊噲傳"賜食邑杜之樊鄉"索隱引三秦記："長安正南，山名秦嶺，谷名子午，一名樊川，一名御宿。"漢書九九上王莽傳"子午道從杜陵直絕南山，徑漢中"唐顏師古注："子，北方也。午，南方也。言通南北道相當，故謂之子午耳。今京城直南山有谷通梁、漢道者，名子午谷。"三國魏鍾會入蜀，晉桓溫伐秦，皆出此谷。舊時爲川陝間的要道。參閱元和郡縣志一京兆府。

【子午花】金錢花的別名。又名夜落金錢花。因其午開子落，花似金錢，故名。參閱清屈大均廣東新語二七夜落金錢、廣羣芳譜四七花譜二六。參見"夜落金錢"。

【子午道】古隘道名。漢平帝元始五年開闢的從關中至漢中的通道。自陝西長安杜陵穿過南山（秦嶺）逕至漢中。古代以北方爲子，南方爲午，因道通南北，故名。三國時是魏蜀交爭的要衝。南朝梁時以原道橋梁多有損壞，重開新路，卽今路路線。唐天寶中涪州進貢新鮮荔枝至長安及後來長安變亂，關中人避亂入蜀，都取此道。參閱讀史方輿紀要五六陝西漢中府。

【子平術】一種占卜星命術。宋徐子平撰有珞琭子賦注二卷，以人的出生年月日時八字，配對干支，來推算附會人的吉凶禍福，世稱子平術。參閱清顧張思土風錄二子平算命、翟灝通俗編二一藝術子平。

【子母竹】慈竹的別名。見太平御覽九六二舊題南朝梁任昉述異記。

【子母箋】謂彼此酬和時詩箋往返，如青蚨錢之去而復來。明俞弁山樵暇語八："西涯李文正公（東陽）與客索箋紙，數日，酬和過半，因名爲子母箋。其詩有云：'朝來東館暮西涯，子母箋成豈浪誇。'……子母錢古有之矣，子母箋自李公詩始。"

【子母錢】㊀大小錢。重者爲母錢，輕者爲子錢。國語周下："景王二十一年，將鑄大錢，單穆公曰：不可，古者天災降戾，於是乎量資幣，權輕重，以振救民。民患輕，則爲作重幣以行之；於是乎有母權子而行，民皆得焉。若不堪重，則多作輕而行之，亦不廢重，於是乎有子權母而行，小大利之。"參閱漢書食貨志下"於是有母權子而行，民皆得焉"注。㊁青蚨錢。詳"青蚨"。

【子母環】謂大環貫一小環。詩齊風盧令"盧重環"漢毛亨傳："重環，子母環也。"

【子弟兵】秦末項羽起兵，與江東子弟八千人渡江而西，後因稱同鄉里互相熟悉的部隊爲子弟兵。清詩別裁二七呂守曾烏江懷古："千金急購英雄首，八載空勞子弟兵。"

【子弟書】鼓詞中一種以唱爲主的"段兒書"。起源於明末山東民間，清初已頗盛行。後發展成爲北京河北及東北各地的大鼓書。乾隆時又由八旗子弟改造爲子弟書。只有唱詞而無說白，又有東城調、西城調之分，卽今所謂"單弦牌子曲"。參閱清震鈞天咫偶聞七。近人傅惜華有子弟書總目。參見"鼓辭"。

【子邑紙】相傳爲漢左伯所造的一種紙。伯字子邑，故稱。詳"左伯"。

【子夜歌】㊀晉曲名。相傳是晉女子子夜所作，故名。孝武帝太元中卽已流行。見宋書樂志一。樂府詩集四四子夜歌："樂府解題曰：後人更爲四時行樂之詞，謂之子夜四時歌。又有大子夜歌、子夜警歌、子夜變歌，皆曲之變也。"㊁詞牌名。雙調，一百一十七字。又菩薩蠻別名子夜歌，別爲一牌。見詞譜三六。

【子思子】宋汪晫編。子思爲孔子孫伋之字。漢書藝文志有子思二十三篇，隋書經籍志三著錄子思子七卷，都已失傳。汪晫從禮記中庸中取子思語，並採孔叢子別編此書爲一卷九篇。

【子夏山】山名。也稱陶山、謁泉山、隱泉山。在山西文水縣西南。山有石窟名隱堂洞，也叫子夏室，相傳是子夏隱居之處，故俗稱子夏山。參閱讀史方輿紀要四十太原府文水縣隱泉山。

【子孫果】供擺設的果品模型。明祝允明猥談俗儉："江西俗儉，果榼作數格，唯中一味，或果或菜，可食；餘悉充以雕木，謂之子孫果合。」

【子孫柏】檜柏的別名。詳"檜柏"。

【子孫瑞】漢書九九上王莽傳:"莽以皇后有子孫瑞,通子午道。"注:"張晏曰:時年十四,始有婦人之道也。"婦女有月經始能生育,故稱月經初臨爲子孫瑞。

【子紺錢】見"紫紺錢"。

【子華子】舊題晉程本撰。程本之名見於孔子家語。此書宋以前史志和諸家書目皆未著録。今傳本爲宋南渡後所刊行。宋晁公武郡齋讀書志三上雜家、陳振孫直齋書録解題十著録,俱以爲宋人託名之作。四庫總目疑爲北宋熙寧紹聖間人所作。莊子讓王、吕氏春秋貴生有子華子,與此無關。

【子腳裏】此時,這時候。金董解元西廂七:"本萌着一片心,待解破這同心,子脚裏他家做俏。"脚,同"腳"。

【子滿果】果名。唐金剛智譯準提陀羅尼經説七俱胝佛母準提畫像法:"第五手把微若布羅迦果。"譯者自注:"漢言子滿果,此間無,西國有。"也稱"俱緣果"。見不空譯本經次説準泥佛母畫像法。或説卽石榴。

【子總管】武官名。魏晉武官有都督軍事。唐武德初,於邊要之地置總管以統軍,加號使持節,相當於漢刺史之任。凡軍鎮,五百人有押官一人,千人有子總管一人。北史來護兒傳:"高智慧據江南反,以子總管統兵隨楊素討之。"時楊素爲行軍總管。參閲新唐書百官志四下、清趙翼陔餘叢考十五子總管。

【子瞻樣】宋元祐時,士大夫效蘇軾戴頂短簷高桶帽,謂之子瞻樣。見宋李廌濟南先生師友談記、胡仔苕溪漁隱叢話前集四十引王直方詩話。

【子子孫孫】猶言世世代代。書梓材:"惟王子子孫孫永保民。"後漢書八十趙壹傳窮鳥賦:"且公且侯,子子孫孫。"

【子史精華】清康熙時纂輯。一百六十卷。分三十類,二百八十子目。摘録子史中的名言名句,分類排比而成。爲供採掇辭章者使用的工具書。

【子母相權】調節貨幣流通的措施。貨幣之重者、大者爲母,輕者、小者爲子。幣輕物貴,推行重幣以市貴物,稱母權子;幣重物輕,推行輕幣以市賤物,亦不廢重,稱子權母。輕重並行,子母相權,使貨幣和商品維持一定的平衡。參閲國語周下、漢書食貨志下。

孑 jié ㄐㄧㄝˊ 居列切,入,薛韻,見。

㊀單獨,孤單。文選漢孔文舉(融)論盛孝章書:"單孑獨立,孤危愁苦。"㊁遺留,殘餘。方言二:"孑,蓋,餘也。周鄭之間曰蓋,或曰孑;青徐楚之間曰孑。"參見"孑遺"。㊂見"孑孑"。㊃戟,古代兵器。左傳莊四年:"楚武王荆尸,授師孑焉;以伐隨。"周禮夏官司馬"司戈盾"漢鄭玄注:"戈,今時句孑戟。"疏:"漢時見戈有旁出者爲句孑,亦名胡孑,故號戈爲句孑戟也。"

【孑孑】㊀特出貌。詩鄘風干旄:"孑孑干旄,在浚之郊。"唐李賀歌詩編四神絃別曲:"緑蓋獨穿香徑歸,白馬花竿前孑孑。"㊁小。唐韓愈昌黎集十一原道:"彼以煦煦爲仁,孑孑爲義,其小之也則宜。"㊂孤單貌。唐韓愈昌黎集六食曲河驛詩:"而我抱重罪,孑孑万里程。"

【孑孓】㊀猶言短小。廣雅釋詁二:"孑孓,短也。"清王念孫疏證:"孑孓者,説文:孑,無右臂也;孓,無左臂也。皆短之義也。短與小同義,故井中小蟲,亦謂之孑孓。"㊁蚊的幼蟲。淮南子説林:"孑孑爲蟁。"孑孑,卽孑孓。

【孑立】孤立。文選晉李令伯(密)陳情表:"外無期功彊近之親,内無應門五尺之童,煢煢孑立,形影相弔。"

【孑盾】兵車上用的小盾。釋名釋兵:"盾,……狹而短者曰孑盾,車上所持者也。孑,小稱也。"

【孑絃】單絃。抱朴子微旨:"比之琴瑟,不可以孑絃求五音也。"

【孑然】㊀單箇,整體貌。國語周中:"且唯戎狄則有體薦,……胡有孑然其效戎狄也。"注:"孑然,全體之皃也。"指祭祀時用整頭牲畜。㊁孤獨貌。三國志吴陸瑁傳上疏諫征公孫淵:"若淵狙詐,與北未絶,動衆之日,脣齒相濟。若實孑然,無所憑賴,其畏怖遠迸,或難卒滅。"

【孑義】猶言小義。宋史四二八尹焞傳:"使主上孝弟通於神明,道德成於安彊,勿以小智孑義而圖大功。"

【孑蜺】伸頭狀。文選漢王文考(延壽)魯靈光殿賦:"白鹿孑蜺於欂櫨,蟠螭宛轉而承楣。"注:"孑蜺,延首之貌。"

【孑輪】隻輪,獨輪。文選晉陸士衡(機)辯亡論上:"蓬籠之戰,孑輪不反。"孑輪,指一輛車,極言其少。

【孑遺】殘存,剩餘。孑遺二字同義。詩大雅雲漢:"周餘黎民,靡有孑遺。"此指人。後來也泛指事物。後漢書四八應劭傳上漢儀奏:"逆臣董卓,蕩覆王室,典憲焚燎,靡有孑遺,開闢以來,莫或兹酷。"

孓 jué ㄐㄩㄝˊ 居月切,入,月韻,見。

九勿切,入,物韻,見。

㊀短。見廣雅釋詁。清王念孫疏證謂孓之言蹷也,凡物之直而短者謂之蹷。

居悚切,上,腫韻,見。

㊁孑孓,蚊之幼蟲。詳"孑孓㊁"。

一畫

孔 kǒng ㄎㄨㄥˇ 康董切,上,董韻,溪。

㊀竅穴,小洞。山海經海外西經:"一臂國,在其北,一臂、一目、一鼻孔。"史記五帝紀"舜穿井爲匿空旁出"唐張守節正義:"言舜潛匿穿孔旁,從他井而出也。"引申爲空闊。㊁深遠。淮南子精神:"孔乎莫知其所終極。"注:"孔,深貌。"㊂大。詳"孔道㊀"。㊃副詞。甚,很。詩小雅鹿鳴:"我有嘉賓,德音孔昭。"箋:"孔,甚;昭,明也。"㊄孔雀。漢書五七上司馬相如傳子虛賦:"其上則有宛雛孔鸞,騰遠射干。"注:"孔,孔雀。"㊅姓。通志二七氏族三以字爲氏謂孔氏,子姓,出宋閔公之後。春秋時,魯有孔丘,鄭有孔張,衛有孔悝。

【孔子】公元前551一前479年。孔丘,字仲尼。春秋魯國陬邑(今山東曲阜)人。先世爲商後宋國貴族。在魯曾任相禮(司儀)、委吏(管理糧倉)、乘田(管理畜養)一類的小官,魯定公時任中都宰、司寇,因不滿意魯國執政季桓子所爲,去而周遊衛、宋、陳、蔡、楚列國,都不爲時君所用,歸死於魯。曾長期聚徒講學,開私人講學的風氣,傳説有弟子三千人,身通六藝者七十二人。古文學家説他曾删詩、書,定禮、樂,贊周易,修春秋。雖未必完全可靠,但他熟悉古代經典,可能曾作過某種整理的工作。由於他弟子的活動,在他死後就形成爲一個儒家學派,對後世有重要的影響。他的學説以"仁"爲核心,以"禮"爲手段,"祖述堯舜,憲章文武",在政治態度上是保守的,有利於有權勢者維持舊秩序的要求。通過自漢代董仲舒以來儒家的補充修正改造,他的思想經過系統化,成爲我國長期的封建社會的統治思想,孔子本人也被歷代統治者尊奉爲至聖先師。他的言論事迹,主要見於他弟子和再傳弟子所纂輯的論語一書中。史記有孔子世家。魏晉人所撰的孔子家語、孔叢子,其中多爲傳説,只有部分的史料價值。參閲史記孔子世家。

【孔父】㊀指孔子。父,古代男子的美

稱。後漢書二九申屠剛傳對策:"損益之際,孔父攸歎。"注:"説苑曰:孔子讀易至損益,則喟然而歎。"㊁春秋宋大夫。公羊傳桓二年:"宋督弒其君與夷及其大夫孔父。"參見"孔父嘉"。

【孔壬】大奸佞。書皋陶謨:"何畏乎巧言令色孔壬。"唐元稹長慶集一桐花詩:"姦聲不入耳,巧言寧孔壬。"也作"孔任"。後漢書二九郅惲傳:"昔虞舜輔堯,四罪咸服,讒言弗庸,孔任不行。"注:"孔,甚也。任,佞也。"

【孔穴】㊀洞穴。漢班固白虎通情性:"山亦有金石累積,亦有孔穴,出雲布雨,以潤天下。"㊁人身的穴位。舊唐書太宗紀下:"(貞觀四年十一月)制決罪人不得鞭背,以明堂孔穴,針灸之所。"

【孔丘】見"孔子"。

【孔目】㊀條目。隋釋灌頂國清百録二王(楊廣)答(智顗)蔣州事:"本勒所司,具條孔目,無慮零漏。"唐劉知幾史通題目:"至范曄舉例,始全録姓名;歷知行於卷中,叢細字於標外。其子孫附出者,注於祖先之下,乃類俗之文案孔目,藥草經方,煩碎之至,孰過於此。"㊁官名。掌管文書檔案,收貯圖書。因事無大小,都經其手,一孔一目,無不綜理,故稱。唐有集賢殿孔目官,地方藩鎮也有孔目官。宋時祕書諸館、鹽鐵度支户部三司、都轉運司等及王府皆有孔目或都、副孔目,專管稽核文簿。元改都孔目爲都目,置於諸司。明唯翰林置孔目,其餘依元制,稱吏目,不置都目之官。清因之,參閱新唐書百官志二集賢殿書院、資治通鑑二一六唐玄宗天寶十年"孔目官嚴莊"注。

【孔甲】人名。1.傳説黄帝史官。漢書藝文志雜家有孔甲盤盂二十六篇。原注:"黄帝之史,或曰夏帝孔甲,似皆非。"2.夏帝名。國語周下:"昔孔甲亂夏,四世而隕。"注:"孔甲,禹後十四世。亂夏,亂禹之法也。四世,孔甲至桀,四世而亡。"又見史記夏紀。3.即孔鮒。見該條。

【孔伋】即子思。見該條。

【孔老】孔子和老子。文選漢枚叔(乘)七發:"孔老覽觀,孟子持籌而算之。"後漢書二八下馮衍傳顯志賦:"觀覽乎孔老之論,庶幾乎松喬之福。"

【孔光】公元前65—公元5年。西漢魯人。字子夏。治經學,熟習漢朝的制度法令。歷成哀平三朝,官至御史大夫、丞相、太師,封侯。當時王莽專權,光謹默自守,終日清談,不及政事,不爲莽所忌,得以保持禄位。漢書有傳。

【孔宙】公元104—164年。字季將,孔子十九世孫,孔融父,漢時爲泰山都尉。延熹六年卒,次年其門人故吏爲他立碑,石存山東曲阜孔廟。碑文爲八分書,碑額爲篆書。世稱孔宙碑。後漢書七十附孔融傳。碑文見清王昶金石萃編十一。

【孔林】孔子墓地。在山東曲阜縣城北二里。相傳孔子弟子各以其故鄉的樹木種植於孔墓之旁,有異種樹百餘株。見史記孔子世家"孔子葬魯城北泗上"集解引皇覽。後因稱爲孔林。

【孔孟】孔丘和孟軻。漢書藝文志列孟子入諸子,魏晉後乃漸並稱孔孟。北魏元昭墓誌:"識總指途,並驅孔孟。"(漢魏南北朝墓志集解圖版四九之二)隋書經籍志始列孟子入經部。唐韓愈原道又有"孔子傳之孟軻"之語,以後遂以"孔孟"作爲儒家正統的代稱。宋蘇軾分類東坡詩十八次韻周開祖長官見寄:"仕道固應慚孔孟,扶顛未可責由求。"

【孔門】孔子的門下。漢王充論衡問孔:"論者皆云孔門之徒,七十子之才,勝今之儒,此言妄也。"

【孔昊】孔丘和太昊(伏羲)。文選漢班孟堅(固)幽通賦:"登孔昊而上下兮,緯羣龍之所經。"注:"應劭曰,昊,太昊也。孔,孔子也。羣龍,喻羣聖也。"

【孔周】孔丘和周公旦。唐韓愈昌黎集一赴江陵途中寄贈王二十補闕……三學士詩:"生平企仁義,所學皆孔周。"

【孔穿】戰國魯人。字子高。孔丘的後代。曾和公孫龍會見於趙平原君家,與龍爭辯堅白異同之論。見孔叢子公孫龍。

【孔聃】孔丘與老聃。元陳基夷白齋稿五謝從義參軍自京師還……詩:"脱身黨籍走吴楚,託跡丘園求孔聃。"

【孔姬】同"孔周"。因周公旦姓姬,故稱。宋王禹偁小畜集三吾志詩:"致君望堯舜,學業根孔姬。"

【孔教】孔子的教導。晉書阮籍傳贊:"老篇爰植,孔教提衡。"後來把孔子的學説作爲教派,與道佛並稱。清趙翼甌北詩鈔五言古三書所見:"孔教所到處,無不有佛教。佛教所到處,孔教或不到。"

【孔雀】鳥名。漢書九五南粤王趙佗傳上文帝書:"謹北面因使者獻白璧一雙……生翠四十雙,孔雀二雙。"也作"孔爵"。漢書九六上西域傳罽賓國:"出封牛、水牛、象、大狗、沐猴、孔爵。"

【孔鳥】即孔雀。山海經海内經:"有翠鳥,有孔鳥。"注:"孔雀也。"文選漢枚叔(乘)七發:"溷章白鷺,孔鳥鶤鵠。"五臣本作"孔雀"。

【孔道】㊀大道,大路。漢揚雄太玄經一羡:"孔道之夷,何不遵也?"注:"何不遵大道也。"漢書九六上西域傳:"(婼羌國)辟在西南,不當孔道。"元李治敬齋古今黈一:"孔道止謂大道也,前言辟在西南,故後言不當大道。"㊁孔子之道。唐韓愈昌黎集十二進學解:"昔者孟軻好辯,孔道以明。"

【孔隙】空隙。唐盧仝玉川子集一月蝕詩:"今夜吐燄長如虹,孔隙千道射户外。"又姚合姚少監集七買太湖石詩:"背面淙注痕,孔隙若琢磨。"

【孔傳】見"僞孔傳"。

【孔蓋】用孔雀羽翎作妝飾的車蓋。楚辭屈原九歌少司命:"孔蓋兮翠旍,登九天兮撫彗星。"注:"言司命以孔雀之翅爲車蓋,翡翠之羽爲旗旍;言殊飾也。"

【孔翠】孔雀與翠鳥。文選晉左太沖(思)蜀都賦:"孔翠羣翔,犀象競馳。"注:"孔,孔雀也。翠,翠鳥也。"晉書張華傳鷦鷯賦:"鵾雞竄於幽險,孔翠生乎遐裔。"此孔翠專指孔雀。

【孔廟】封建王朝奉祀孔子的廟宇。簡稱孔廟。春秋魯哀公十七年,始於孔子舊宅建廟。北齊時,各地羣學,皆於坊内立孔顔廟。唐武德二年,於國子學立孔廟,貞觀四年各州縣即普遍建立孔廟。明清時也叫文廟,旁設學宫,每年春秋設祭。參閱通典五三禮十三釋奠、新唐書禮樂志五。

【孔鴈】孔雀與雁。比喻威儀。漢揚雄太玄經四禮:"次四,孔鴈之儀,利用登于階。"注:"四爲毛類,故稱孔鴈。孔鳥之知禮也,正取二鳥爲論者,言其行則有儀,飛則有次,動不失法,故利登于階也。"鴈,同"雁"。

【孔墨】孔丘與墨翟,或指儒墨二學派。韓非子顯學:"故孔墨之後,儒分爲八,墨離爲三,取舍相反不同,而皆自謂真孔墨。"八儒,指子張、子思、顔氏、孟氏、漆雕氏、仲良氏、孫氏、樂正氏。三墨,指相里氏、相夫氏、鄧陵氏。

【孔德】大德。老子:"孔德之容,唯道是從。"河上公注:"孔,大也。有大德之人,無所不容,能受垢濁處謙卑也。"後漢書二八下馮衍傳顯志賦:"遵大路而裴回(徘徊)兮,履孔德之窈冥。"注:"孔之爲言空也。窈冥謂幽玄也。道以空爲主,故無物而不容。”

【孔融】公元 153—208 年。東漢末魯人。字文舉。獻帝時爲北海相，參與鎮壓農民起義，屢爲黄巾軍所敗。後入朝，官至太中大夫。自恃高門世族，對曹操多所非議，後爲操所殺。融好士，善文章，與王粲劉楨阮瑀陳琳應瑒徐幹並稱建安七子。後漢書有傳。明人輯有孔北海集。清嚴可均全後漢文八三輯融遺文爲一卷。

【孔壁】漢武帝時，魯恭王拆毁孔子舊宅擴建宮室，在夾壁中發現古文經傳多種，有尚書、禮記、春秋、論語、孝經等，都用科斗(蝌蚪)文書寫。見漢書五三魯恭王劉餘傳、東漢許愼説文解字敍。宋周越法書苑李陽冰書：“陽冰李大夫書云，其志在古篆，……常痛孔壁遺文，汲冢舊簡，年代浸遠，謬誤滋多。”

【孔鮒】孔子八世孫。秦末，曾參加農民起義軍，任陳涉的博士。死於陳下。漢書八八儒林傳論作孔甲。或説甲爲鮒字。見史記孔子世家及漢書八一孔光傳。魏晉人所撰孔叢子，即依託孔鮒所著。參見“孔叢子”。

【孔罅】洞隙。宋戴復古石屏詩集一玉華洞：“神功巧穿鑿，石壁生孔罅。”

【孔竅】㊀指心。韓非子解老：“知治人者其思慮静，知事天者其孔竅虚。”㊁指眼耳口鼻等。淮南子天文：“蚑行喙息，莫貴於人。孔竅肢體，皆通於天。”

【孔鯉】公元前 532—前 483 年。孔子之子。字伯魚。論語季氏記伯魚趨庭受詩禮之訓。年五十，先孔子死。見史記孔子世家、孔子家語本姓解。參見“趨庭”。

【孔懷】詩小雅常棣：“死喪之威，兄弟孔懷。”箋：“死喪可畏怖之事，維兄弟之親甚相思念。”本爲極其思念之意，後以孔懷指兄弟。三國志魏管輅傳“明年二月卒，年四十八”注引管輅弟辰作輅別傳敍：“辰不以闇淺，得因孔懷之親，數與輅有所諮論。”北齊顔之推顔氏家訓文章：“陸機與長沙顧母書，述從祖弟士璜死，乃言‘痛心拔腦，有如孔懷’。心既痛矣，即爲甚思，何故言有如也？觀其此意，當謂親兄弟爲孔懷。”

【孔釋】孔丘與釋迦。廣弘明集十八南朝宋謝靈運與諸道人辨宗論：“案論孔釋，其道既同，救物之假，亦不容異，……然則二聖建言，何乖背之甚哉。”南朝梁徐勉撰會林五十卷，述孔釋兩家殊途同歸之意，見南史本傳。會林書已佚。

【孔乙己】唐人啟蒙讀物上的文句，舊時供學童摹字的描紅紙上有“上大人，孔乙己”等語。詳“上大人”。

【孔方兄】錢的别名。古錢幣中多有方孔，故云。漢書食貨志下“錢圜函方”注引孟康：“外圜而内孔方也。”晉書魯褒傳錢神論：“親之如兄，字曰‘孔方’。”南北朝時，習稱錢爲孔方，見北齊顔之推顔氏家訓勉學。宋黄庭堅豫章集三戲呈孔毅父詩：“管城子無食肉相，孔方兄有絶交書。”也省作“孔兄”、“方兄”。元曹伯啟漢鼎漫稿戲贈曹鸞舉詩：“孔兄正羞澀，趦趄色氤氲。”參見“方兄”。

【孔父嘉】春秋宋襄公五世孫。穆公時爲大司馬，殤公二年爲太宰華父督所殺。其後裔逃奔魯國，至叔梁紇而生孔子，爲孔子六世祖。見左傳桓元、二年，史記宋微子世家，孔子家語本姓解。

【孔安國】西漢人，孔子後裔。受詩於申公，受尚書於伏生。司馬遷曾從安國問故。以治尚書爲武帝博士，官至諫大夫、臨淮太守。尚書孔氏傳舊題爲安國所作。但漢書藝文志僅云安國獻古文尚書，遭巫蠱事，未列於學官，未言作傳，故後人多以爲魏晉人託名之作。事見漢書八一孔光傳、八八儒林傳。參見“僞孔傳”。

【孔有德】公元?—1652 年。遼東人。明崇禎時參將，後降清，屬漢軍正紅旗。順治初，從清兵入關，鎮壓農民起義，封定南王，由湖南進駐桂林，鎮廣西。明永曆六年(順治九年)李定國攻取桂林，有德戰敗自焚死。清史稿有傳。

【孔尚任】公元 1648—1718 年。清山東曲阜人。字聘之，一字季重，號東塘，别署岸堂，又稱雲亭山人。康熙中授國子監博士，遷户部員外郎，後以故罷官。有文名，通音律。以寫桃花扇傳奇與作長生殿之洪昇齊名，時稱“南洪北孔”。曾與顧天石合作小忽雷傳奇。著有湖海集、岸堂文集、石門集、綽約詞、闕里新志等。參見“桃花扇”。

【孔雀花】植物名。清屈大均廣東新語二五孔雀花：“瓊州有孔雀花，可以辟暑。有爲苦熱詩者云：‘葛衣半解方流汗，凍殺牆陰孔雀花。’是花性宜陰濕，對之生寒，故云。”

【孔雀屏】㊀見“雀屏”。㊁繪有孔雀的屏風。元張昱張光弼詩集六醉題：“清宵酒壓楊花夢，細雨燈深孔雀屏。”

【孔彪碑】原稱漢故博陵太守孔府君碑。東漢碑刻。分書，額篆書。靈帝建寧四年立，爲博陵故吏記故太守孔彪德政事。碑陰有崔烈等題名。碑文見清王昶金石萃編十四。

【孔羨碑】原稱魯孔子廟之碑。三國魏碑刻。分書，額篆書。黄初元年立。記封孔子後代孔羨爲宗聖侯，令魯郡修起舊廟，置吏卒守衛事。碑後宋張稚圭題曹植詞，梁鵠書，不知何據。碑文見金石萃編二三。

【孔稚珪】公元 447—501 年。南齊會稽山陰人。字德璋。蕭道成爲驃騎將軍，以其有文翰，用爲記室參軍，與江淹共掌文書。道成稱帝，建齊朝，稚珪官至南郡太守、都官尚書，遷太子詹事。南齊書有傳，南史作孔珪。隋書經籍志二著録陸先生傳一卷，今佚。文選録其北山移文一篇。

【孔廣森】公元 1752—1786 年。清曲阜人。字衆仲，一字撝約，號顨軒。乾隆三十六年進士，以孔子六十八代孫，襲衍聖公。官檢討。死時僅三十五歲。少曾受業於戴震姚鼐，專力經史小學，尤精三禮及公羊春秋。宗漢鄭玄，名所居曰儀鄭堂。著有春秋公羊通義大戴禮記補注詩聲類禮學卮言等。又善駢體文，爲江都汪中所稱。參閲清江藩國朝漢學師承記六。

【孔廟碑】山東曲阜孔廟，自漢以來，石刻林立，爲歷代金石家著録的甚多。著名的有：1. 置守廟百石(或作户)卒史孔龢碑。東漢永興元年立。詳“百石卒史碑”。2. 韓敕造孔廟禮器碑。東漢永壽二年立。詳“禮器碑”。3. 魯相史晨祀孔子奏銘及饗孔廟後碑。東漢建寧二年立。詳“史晨碑”。4. 孔宙碑。見“孔宙”。5. 孔彪碑。東漢建寧四年立。詳“孔彪碑”。6. 東漢孔褒碑。無年月。詳“孔褒碑”。7. 孔羨碑。三國魏黄初元年立。詳“孔羨碑”。8. 東魏興和三年，兖州刺史李仲璇修孔廟碑。任城王長儒書。見清王昶金石萃編三一。9. 唐武德九年重修孔廟碑。虞世南撰並書。詳“廟堂碑”。

【孔褒碑】原稱漢故豫州從事孔君之碑。東漢碑刻。分書，額分書。無年月，約在熹平之前。記孔褒生平行誼及爲留舍張儉與弟融争死事(事見後漢書孔融傳)。碑文見金石萃編十四。

【孔穎達】公元 574—648 年。唐冀州衡水人。字沖遠(亦作仲達)。通經學，尤明左傳尚書易毛詩禮記，兼善曆算。隋大業初舉明經高第。入唐爲秦王府文學館學士，太宗時官至國子祭酒。貞觀七年與魏徵等撰成隋史。新、舊唐書有傳，昭陵碑録上有于志寧撰孔穎達碑。又與顔師古等受詔撰定五經正義一百八十卷付國子監施行。即今注疏本五經疏。

【孔獨誦】南朝梁孔休源熟悉前代典故，能背誦晉宋時代皇帝的起居注。武帝時兼任尚書儀曹郎。朝廷改革前代禮制，需要查詢前事，休源即以所誦記的隨宜決斷。吏部郎任昉常稱之爲"孔獨誦"。見南史本傳。

【孔叢子】三卷。舊題陳勝博士孔鮒撰。載孔子及子思子高子魚等言行，共二十一篇。又以孔臧所著賦與書上下二篇附綴於後，別名曰連叢。宋嘉祐中宋咸作注。此書漢書藝文志不載。三國魏王肅聖證論始引用之，其説亦多與肅依託的僞孔傳、家語同，故後人多疑此書爲肅或其門徒依託而作。

【孔繼涵】清曲阜人，字體生，號葒谷。乾隆三十六年進士，官至禮部郎中。專攻三禮，尤精曆算。校刻微波榭遺書七種及算經十書，皆稱精本。著有紅櫚書屋詩集四卷。

【孔子家語】漢書藝文志著録孔子家語二十七卷，至唐已亡佚。今本十卷、四十四篇，爲三國魏王肅所傳。肅一意攻擊鄭玄，自稱得之於孔子二十二世孫猛，往往以書中所記作爲攻鄭的論據，故後人多疑爲卽出於肅之僞作。其書雜採秦漢諸書所載孔子的遺文逸事，綜和以成篇。清孫志祖陳士珂各有疏證。

【孔子集語】集諸書所載孔子之語成篇。宋薛據編孔子集語三卷；清曹廷棟編孔子逸語十卷。後來清孫星衍又另編孔子集語十七卷，所收比上二書多出三倍，並一一註明出處。以發端於薛書，故仍以孔子集語爲名。

【孔子編年】舊題宋胡舜陟撰，實爲舜陟命其子胡仔所撰。五卷。輯録孔子言行，以論語爲主，參考春秋三傳禮記家語史記諸家所載，按年編排，體例如年譜。

【孔氏談苑】舊題宋孔平仲撰。四卷。所記雜事，多與宋人小説相出入。宋史藝文志有孔平仲稗説、雜説各一卷而無此書。疑爲後人取稗説雜説又摭取他書增補而成。

【孔武有力】甚武勇而有力。詩鄭風羔裘："羔裘豹飾，孔武有力。"

【孔席不暖】淮南子脩務："孔子無黔突，墨子無煖席。"説孔子和墨翟周遊列國，急欲推行其道，每至一處，竈突未黑，坐席未暖，又急急他去，不暇安居。又作"孔席不暝，墨突不黔。"暝，同"暖"。文選漢班孟堅（固）答賓戲："是以聖哲之治，棲棲遑遑，孔席不暝，墨突不黔。"

【孔雀明王】佛教菩薩名。着白繒衣，頭冠纓絡，耳璫臂釧。身有四臂，分執蓮花及孔雀尾等，乘金色孔雀，結跏趺坐白或青蓮花上。見唐不空譯大孔雀明王畫像壇場儀軌。

【孔雀東南飛】古樂府詩。以其首句爲"孔雀東南飛"故名。舊謂東漢人作。或稱出六朝人手。玉臺新詠一題作古詩爲焦仲卿妻作。樂府詩集七三雜曲歌辭題作焦仲卿妻。序云："漢末建安中，廬江府小吏焦仲卿妻劉氏，爲仲卿母所遣，自誓不嫁，其家逼之，乃投水而死。仲卿聞之，亦自縊於庭樹。時人傷之，爲詩云爾。"全詩三百五十餘句，一千七百餘字，表現了强烈的反封建的思想內容；人物性格鮮明，語言精煉樸素，是我國古典詩歌中的名作。

二　畫

孕 yùn ㄩㄣˋ 以證切，去，證韻，喻。

㊀懷胎。易漸："夫征不復，婦孕不育。"㊁長養。見"孕育"。

【孕別】生育，子離母體。荀子王制："黿鼉魚鼈鰌鱣孕別之時，罔罟毒藥不入澤，不夭其生，不絶其長也。"注："別謂生育，與母分別也。"也作"別孕"。國語魯上："今魚方別孕。"

【孕育】懷胎生育。淮南子原道："是故春風至則甘雨降，生育萬物。羽者嫗伏，毛者孕育。"引申爲庇護撫育。三國志蜀後主傳魏帝策命："故孕育羣生者，君人之道也。"

【孕乳】懷孕及哺乳。後漢書九十烏桓傳："見鳥獸孕乳，以別四節。"

【孕重】懷孕。漢劉向説苑修文："春蒐者不殺小麛及孕重者，冬狩皆取之。"漢書九四上匈奴傳："前此者，漢兵深入窮追二十餘年，匈奴孕重墯殰，罷極苦之。"

【孕珠】蚌類懷珠。宋王十朋梅溪集後集一會稽風俗賦："輸芒之蟹，孕珠之蠃。"蠃，蚌屬，通作"螺"。後用以比喻婦人懷胎。

【孕婦】懷胎的婦女。書泰誓上："焚炙忠良，刳剔孕婦。"莊子天運："民孕婦十月生子。"

【孕毓】同"孕育"。漢書五行志中之上："以八月入，其卦曰歸妹，言雷復歸，入地則孕毓根核，保藏蟄蟲，避盛陰之害。"注："毓字與育同。核亦荄字也。草根曰荄，音該。"

【孕鬻】胎生。同"孕育"。鬻是育的假借字。禮樂記："羽者嫗伏，毛者孕鬻。"釋文："鬻，音育，生也。"淮南子原道作"孕育"。

三　畫

字 zì ㄗˋ 疾置切，去，志韻，從。

㊀乳哺，生育。詩大雅生民："誕寘之隘巷，牛羊腓字之。"周人傳説姜嫄既生后稷，棄於隘巷，牛羊不僅避而不踐踏，反而乳哺他。易屯："女子貞不字，十年乃字。"舊注訓字爲愛，誤。山海經中山經："其上有木焉，名曰黄棘，黄華而員葉，其實如蘭，服之不字。"注："字，生也。"参閲清王引之經義述聞一女子貞不字。㊁愛。書康誥："于父，不能字厥子，乃疾厥子。"左傳成四年："楚雖大，非吾族也，其肯字我乎？"注："字，愛也。"㊂舊稱女子許嫁爲字。見"待字"。㊃文字。東漢許慎説文解字敍："倉頡之初作書，蓋依類象形，故謂之文；其後形聲相益，卽謂之字。字者，言孳乳而寖多也。"周禮春官外史"掌達書名於四方"注："古曰名，今曰字，使四方知書之文字得能讀之。"㊄表字。古代男子二十而冠，冠後據本名涵義另立別名稱字。如漢班固字孟堅，三國蜀諸葛亮字孔明。禮曲禮上："男子二十冠而字。"儀禮士冠禮："冠而字之，敬其名也。"禮檀弓上："幼名，冠字，……周道也。"疏："人年二十，有爲人父之道，朋友等類，不可復呼其名，故冠而加字。"

【字民】撫養人民。逸周書本典："字民之道，禮樂所生。"

【字孕】孕育。元史世祖紀十一："敕禽獸字孕時無畋獵。"

【字母】漢語音韻學中稱聲紐的代表字爲字母。唐時僧人守温參考梵文字母，所提出的"見、溪、羣、疑、端、透、定、泥……"三十六字母，大體代表唐宋間漢語語音的聲母系統。參閲通志三六七音七音序。參見"三十六字母"。

【字牝】有孕的母畜。史記平準書："衆庶街巷有馬，阡陌之閒成羣，而乘字牝者儐而不得聚會。"集解："漢書音義曰：'皆乘父馬，有牝馬閒其閒，則相踶齧，故斥不得出會同。'"

【字林】晉吕忱撰。隋書經籍志著録七卷，魏書江式傳論書表中作六卷。該書按說文部首，分五百四十部，搜求異字，補說文所遺漏者，凡一萬二千八百二十四字。當時與說文並重。唐代書學博士掌教諸生，即以石經說文字林爲專業。原書久佚。清任大椿有字林考逸八卷，陶方琦有字林考逸補本一卷，尚可見一斑。

【字孤】撫養孤兒。左傳成十一年："婦人怒曰：'已不能庇其伉儷而亡之，又不能字人之孤而殺之，將何以終？'遂誓施氏。"文選南朝梁任彦昇（昉）奏彈劉整："氾毓字孤，家無常子。"

【字典】以字爲單位，按一定次序排列，注明形、音、義，以備檢查的工具書。我國古代的字典大體分三類：一是據形體編排的，如說文解字；一是按字義編排的，如爾雅；一是按音韻編排的，如廣韻。字典之名，始於清康熙年間張玉書等纂修的康熙字典。

【字乳】生育。漢王充論衡氣壽："婦人疏字者子活，數乳者子死。……字乳亟數，氣薄不能成也。"

【字例】漢字的結構條例。東漢許慎說文解字敍："不見通學，未嘗覩字例之條。"清段玉裁注："字例之條，謂指事、象形、形聲、會意、轉注、叚借六書也。"又唐張守節史記正義論例中，有"論字例"一項，專論史記漢書中文字的通假及後代字體的演變。

【字指】文字的含意。三國志魏劉劭傳"散騎常侍陳留蘇林"注引魏略："林字孝友，博學，多通古今字指。凡諸書傳文間危疑，林皆釋之。"隋書經籍志一著錄晉李彤字指二卷，已失傳，有清任大椿小學鈎沈輯本。

【字苑】字書名。舊唐書經籍志上有馮幹括字苑十三卷，葛洪要用字苑一卷，書皆失傳。但後出各字書，多引用葛氏訓詁。如梁書劉杳傳記杳與任昉等論楉酒的"楉"字時，即引葛洪字苑爲證；又北齊顏之推顏氏家訓亦屢引字苑，可見爲當時通行之書。清任大椿有小學鈎沈、馬國翰有玉函山房輯佚本。

【字面】指文字的修飾，猶言字眼。元陸輔之詞旨詞說："周清真（邦彦）之典麗，姜白石（夔）之騷雅，史梅溪（達祖）之句法，吳夢窗（文英）之字面，取四家之所長，去四家之所短。"（重校說郛八四）

【字書】據六書以解釋文字，及以字爲單位，解說文字的形、音、義的書，統稱字書。隋書經籍志一著錄有字書三卷、十卷兩種，無撰者姓名，都已失傳。歷代史志，凡有關文字訓詁音韻之學，統稱小學，不立字書名目。四庫書目於小學中分訓詁、字書、韻書三類，自急就篇說文解字至康熙字典都列爲字書類，性質近於現代的字典、詞典。

【字通】宋李從周撰。一卷。篆文大書，隸書夾注。分八十九部，收六百零一字。書以說文校隸書偏旁，旨在闡明隸書的源流。卷末附糾正俗書八十二字，如認爲"衣裳"當作"衣常"，"袒裼"當作"但裼"、"規矩"當作"規巨"之類，拘泥迂腐，難以通行。

【字紐】漢語音韻學中稱聲母、韻母的代表字爲字紐。聲母的代表字稱聲紐，韻母的代表字稱韻紐。韻紐有平上去入四聲之別。根據雙聲叠韻的原理，用字紐切音，是我國傳統的注音方法。唐封演封氏聞見記二聲韻："周顒好爲體語，因此切字皆有紐，紐有平上去入之異。"

【字眼】指詩文中的關鍵用字。宋嚴羽滄浪詩話詩辯："其用工有三：曰起結，曰句法，曰字眼。"此指作詩時用字的推敲，後也指語言文字中的語詞。參見"詩眼"。

【字貫】清王錫侯撰。六十卷。按天文、地理、人事、物類等分類，集音義相同的字於一處，分别注釋，中有不少駁正康熙字典謬誤之處。因書序中有"穿貫之難"句，被認爲有譏訕康熙字典之嫌。又行文中直書清帝玄燁（康熙）、胤禛（雍正）弘曆（乾隆）等字樣，被認爲大逆不道，錫侯全家因此被殺，字貫書版及錫侯其他著作全被銷毀。解放前，故宫博物院曾將清政府軍機處所存檔案輯入掌故叢編一、二、三輯。字貫一書流傳甚少，有光緒八年日本的重刊本。

【字詁】清黄生撰。一卷。取三國魏張揖古今字詁爲書名。作者精研六書訓詁，徵引廣博，其駁正舊有字說，頗多新解。

【字畫】㊀書法與繪畫。宋蘇軾東坡志林："唐末五代，文章藻麗，字畫隨之。"㊁文字的點劃。宋歐陽修文忠集一三八集古錄跋尾五隋龍藏寺碑："字畫遒勁，有歐（陽詢）虞（世南）之體。"

【字源】文字的起源沿革。小學書類多以字源爲書名，如宋史藝文志一著錄有林罕字源偏傍小說三卷，婁機漢隸字源六卷。清汪立名有鐘鼎字源五卷。

【字勢】字的結構用筆。晉書衛瓘傳附衛恆："恆善草隸書，爲四體書勢曰：'……古無别名，謂之字勢云。'"

【字號】㊀以文字作爲編次符號。宋李心傳建炎以來繫年要錄六六紹興三年六月："詔自今給降空名官告綾紙，令官告院各立字號，吏部著籍。"㊁商店名稱。宋魏泰東軒筆錄八："京師置雜物務，買內所需之物。而內東門復有字號，徑下諸行市物，以供禁中。"舊時商店招牌，皆謂之字號；開設商店，亦云開設字號。

【字彙】明梅膺祚撰。按楷體筆劃分部，簡化說文及玉篇的部首爲二百十四部，按地支分卷爲十二集，共收三萬三千一百七十九字。音釋以爾雅說文爲本。注音先列反切，後注直音，釋義亦較通俗易懂。以後字書如正字通及康熙字典等都沿用這種體例。舊時通行的玉堂字彙，題陳淏子撰，即字彙的節本。以其注簡而便用，故在鄉間私塾中頗爲通行。清吳任臣以字彙或有奇字見遺，或音義注釋有闕誤，撰有字彙補十二卷。

【字微】同"孳尾"。史記五帝紀："其民析，鳥獸字微。"書堯典作"孳尾"。見該條。參閱清惠棟九經古義三尚書古義上。

【字說】字書名。1. 宋王安石撰。二十卷。自序謂文者奇耦剛柔雜比以相承，如天地之文；字者始於一，一而生於無窮，如母之字子。據此分析漢字形體，往往把形聲字等作爲會意，時有穿鑿附會。元祐中廢新政，此書亦遭非議禁絶。紹聖時又用以程試諸生，不久亦廢。書今不傳。參閱文獻通考一九〇經籍十七。2. 清吳大澂撰。一卷。大澂精研金石之學，據鼎彝銘文銓釋說文，頗有創見。

【字舞】唐時舞有健舞、軟舞、字舞、花舞、馬舞等。字舞是舞者運用隊形的變化，排列成字形的一種舞蹈。見唐段安節樂府雜錄舞工。唐王建詩九宫詞之十七有"每遍舞頭分兩向，太平萬歲字當中"之句，即指字舞。宋顧文薦負暄雜錄傀儡子："字舞者以身亞地布成字也。今慶壽錫燕排場作'天下太平'字者是也。"（說郛十八）

【字樣】字體。字的形體筆畫。唐唐元度纂九經字樣一卷，爲考釋經書文字形體之作。參見"九經字樣"。

【字謎】以字作謎底的謎語。古稱廋詞。南朝宋鮑照鮑氏集七字謎詩："二形二體，四支八頭，四八一八，飛泉仰流。"謎底是井字。飛泉仰流，謂垂綆汲水；一八，謂井有八角；四八，謂分井字爲四，有十字形字四。

【字學】研究文字形、音、義之學。唐封演

封氏聞見記二文字:"(漢)安帝時許慎特加搜采，九千之文始備，著爲説文，凡五百四十部……故説文至今爲字學之宗。"

【字體】㊀字的形體結構。南史江淹傳:"時襄陽人開古冢，得玉鏡及竹簡古書，字不可識。王僧虔善識字體，亦不能諳，直云似是科斗書。"㊁書法流派。如鍾(繇)王(羲之)字體；顔(真卿)柳(公權)字體之類。南史豫章文獻王嶷傳附蕭子雲:"子雲善草隸，爲時楷法。自云善效鍾元常(繇)、王逸少(羲之)而微變字體。"

【字鑑】元李文仲撰。五卷。依二百零六韻編次，根據説文六書之説，辨證字體正俗，於各家字書皆有所駁正，以訂後來沿襲之誤。

【字孿】明葉秉敬撰。四卷。該書取形近義異的字，分類辨釋，與宋郭忠恕佩觿要旨相同。釋義根據説文，每字下附有四言歌訣，以便初學者記誦。但過信戴侗六書故之説，自出新意，不免牽强傅會。

【字裏行間】文字之中。藝文類聚五八南朝梁簡文帝答新渝侯和詩書:"垂示三首，風雲吐於行間，珠玉生於字裏。"後稱文意不直接表達而隱約透露，常曰見於字裏行間。

【字學舉隅】清龍啟瑞撰。仿干禄字書佩觿等體例，以説文六書及功令通用字體爲據，訂正訛俗。分辨似正譌等目，以供科舉時代應試士人所取範。

存 cún ㄘㄨㄣˊ 徂尊切，平，魂韻，從。

㊀想念。詩鄭風出其東門:"出其東門，有女如雲。雖則如雲，匪我思存。"㊁問候，省視。戰國策秦五:"無一介之使以存之。"注:"存，勞問也。"㊂存在，生存。公羊傳隱三年:"諸侯記卒記葬。有天子存，不得必其時也。"莊子德充符:"死生存亡，……是事之變、命之行也。"㊃撫養，保全。禮月令仲春之月:"是月也，安萌牙，養幼少，存諸孤。"

【存一】道家認爲道始於一，一爲元氣所在。也叫守一。太平御覽六六八五符經:"存一至勤，一能通神。少飲約食，一乃留息。知一不難，難在於終。"

【存心】㊀猶言居心。孟子離婁下:"君子所以異於人者，以其存心也。君子以仁存心，以禮存心。"㊁用心，專心。禮學記:"時觀而弗語，存其心也。"疏:"謂教者時時觀之，而不丁寧告語；所以然者，欲使學者存其心也。"此指使學者用心思考。宋蘇軾蘇文忠詩合註四七次韻張甥棠美述志:"知甥詩意慕兩君，讀書要在存心久。"

【存目】清初纂修四庫全書，以經史子集提綱列目，凡觸犯時諱，不利清朝統治，不合封建正統思想以及認爲没有價值的一般書籍，均不入四庫。其中一部分保留書名，略附提要，編入四庫全書總目提要之中，稱爲存目，計六千餘種。参閱四庫全書總目提要凡例。

【存在】事物尚在。禮仲尼燕居"如此而後君子知仁焉"唐孔穎達疏:"仁猶存也；君子見上大饗四焉，知禮樂所存在也。"

【存存】猶存在。易繫辭上:"成性存存，道義之門。"爾雅釋訓:"存存、萌萌，在也。"

【存没】㊀生者與死者。唐宋之問集下魯忠王挽詞之二:"邦家錫寵光，存没貴忠良。"㊁生與死。没，也作"殁"。唐杜甫杜工部詩史補遺九遣懷:"吾衰將焉託，存殁再嗚呼。"

【存身】保全其身體。易繫辭下:"龍蛇之蟄，以存身也。"

【存孤】撫養孤子。禮月令仲春之月:"養幼少，存諸孤。"北齊書文襄帝紀侯景報書:"竊以分財養幼，事歸令終；舍宅存孤，誰云隙末？"

【存活】保全使之不死，生存。後漢書五八蓋勳傳:"時人飢相漁食，勳調穀稟之，先出家糧以率衆，存活者千餘人。"唐元結元次山集四舂陵行:"奈何重驅逐，不使存活爲？"

【存神】保養精神。漢揚雄法言問神:"聖人存神索至。"注:"存其精神，探幽索至。"後漢書二八下馮衍傳顯志賦:"陂山谷而閒處兮，守寂寞而存神。"

【存恤】慰問撫恤。史記楚世家:"存恤國中，修政教。"也作"存邺"。漢書高帝紀下五年:"下令曰:楚地已定，義帝亡後，欲存邺楚衆，以定其主。"

【存記】㊀關注，留念。宋王安石臨川集八一上樞密王尚書啟:"聲教皆暨，慶抃率同，俯念空疎，夙叨存記。"㊁猶登記。記其名於簿録。如清代有軍機處存記之類，以備遇有出缺，提名任用。清會典事例十四内閣職掌票擬:"嗣後彙題本如有一人兩案者，俱照此擬票内閣存記。"

【存候】問候。新唐書一七三裴度傳:"及病創一再旬，分衛兵護第，存候踵路。"

【存眷】注念。廣弘明集二四南朝梁王筠與東陽盛法師書:"仰述存眷，曲垂訪憶。"

【存問】慰問，問候。史記高祖紀:"(漢王)病愈，西入關，至櫟陽，存問父老。"又七五孟嘗君傳:"客去，孟嘗君已使使存問，獻遺其親戚。"

【存勞】問候，慰勞。宋史三四四孫覺傳:"哲宗遣使存勞，賜白金五百兩。"

【存雄】争强鬭勝。莊子天下:"然惠施之口談，自以爲最賢，曰'天地其壯乎！'施存雄而無術。"釋文:"司馬(彪)云:'意在勝人而無道理之術。'"

【存楚】春秋時吴滅楚，申包胥乞師於秦庭，敗吴而存楚。見左傳定四年。後漢書二八馮衍傳田邑報衍書:"若墨翟累繭救宋，申包胥重胝存楚。"也作"存荆"。文選漢班孟堅(固)幽通賦:"木偃息以蕃魏兮，申重繭以存荆。"木，段干木。後來遂以存楚作爲興復亡國的典故。

【存想】㊀構思，想象。漢王充論衡訂鬼:"凡天地之間有鬼，非人死精神爲之也；皆人思念存想之所致也。"世説新語惑溺:"每聚會，賈(充)女於青瑣中看見(韓)壽説之，恒懷存想，發於吟詠。"㊁道家修鍊之法，有齋戒、安處、存想、坐忘、神解諸名目。凝心反省，稱爲存想。見唐司馬承禎天隨子存想(説郛二一)。

【存肄】學習，練習。漢書禮樂志:"是時，河間獻王有雅材，亦以爲治道非禮樂不成，因獻所集雅樂。天子下大樂官，常存肄之，歲時以備數，然不常御。"

【存養】㊀存心養性的省語。宋朱熹朱文公集四十答何叔京書:"二先生拈出敬之一字，真聖學之綱領，存養之要法。"宋陸游劍南詩稿三三存養堂爲汪叔潛作:"三旌五鼎俱忘想，致一工夫在存養。"参見"存心養性"。㊁保全，撫養。六韜盈虚:"存養天下鰥寡孤獨，振贍禍亡之家。"

【存疑】有疑問，暫時存而不論。清崔述唐虞考信録一:"故今於唐虞之録尤致慎焉，必其詳審無疑，乃敢次經一等書之，否則寧列之備覽，甚或竟置之存疑。"

【存潤】存問接濟。魏書抱嶷傳:"天性酷薄，雖弟姪甥壻，略無存潤。"

【存撫】安撫，撫養。史記一一七司馬相如傳喻巴蜀檄:"陛下即位，存撫天下，輯安中國。"漢書七六張敞傳上書:"願盡力催挫其暴虐，存撫其孤弱。"

【存慰】關懷照顧。文選三國魏應德璉(瑒)侍五官中郎將建章臺集詩:"贈詩見存慰，小子非所宜。"宋書王微傳:"微既爲始興王濬府吏，濬數相存慰。"

【存録】㊀關懷録用。三國志蜀劉璋傳:"璋遣别駕張松詣曹公，曹公時已定荆州，走先主，不復存録松，松以此怨。”㊁古人迷信，於人初死時，設木於中庭，謂之“重”；吉祭之後，始用“主”。重和主皆所以收録死者的靈魂，使其有所依託。禮檀弓下“愛之斯録之矣”唐孔穎達疏：“謂孝子思念其親，追愛之道。斯，此也。故於此爲重(祭木)，以存録其神也。”

【存濟】安頓，措置。宋歐陽修文忠集一〇三論澧州瑞木乞不宣示外庭劄子：“州縣皇皇，何以存濟？以臣視之，乃是四海騷然，萬物失所，實未見太平之象。”金董解元西廂五：“情懷轉轉難存濟，勞心如醉。也不吟詩課賦，只恁昏昏睡。”

【存謝】猶言去住、生死。文苑英華九八唐吳筠巖棲賦：“知道無廢興而物有存謝，故掊生本而常生，體化宗而不化。”

【存亡繼絶】使滅亡之國復存，斷絶之嗣得續。穀梁傳僖十七年：“桓公嘗有存亡繼絶之功，故君子爲之諱也。”集解：“存亡，謂存邢衛；繼絶，謂立僖公。”史記八九張耳陳餘傳：“將軍(陳涉)……存亡繼絶，功德宜爲王。”

【存心養性】保存本心，培養正性。孟子盡心上：“存其心，養其性，所以事天也。”孟子認爲人性本善，保持並培養這種人性，即可事天。後來宋代唯心主義理學家朱熹等鼓吹“存天理，去人欲”的修養方法，即本此。

【存而不論】謂其理雖存而不加討論，或遇有疑難，暫時不加論斷。莊子齊物論：“六合之外，聖人存而不論；六合之內，聖人論而不議。”

【存十一於千百】謂亡多而存少。文選晉陸士衡(機)嘆逝賦：“顧舊要於遺存，得十一於千百。”唐韓愈昌黎集十八與孟尚書書：“所謂存十一於千百，安在其能廓如也。”

孖 zī 子之切，平，之韻，精。
ㄗ 疾置切，去，志韻，從。

雙生子。見廣韻。此字粵方言音讀若媽，義同，又凡成雙皆曰孖。

四　畫

孛 1. bèi bó 蒲昧切，去，隊韻，並。
ㄅㄟˋ ㄅㄛˊ 蒲没切，入，没韻，並。

㊀變色貌。説文：“孛……人色也。從子。論語曰：‘色孛如也。’”今論語鄉黨作“勃如”。㊁盛貌。見“孛孛”。㊂彗星。春秋文十三年：“有星孛入于北斗。”公羊傳昭十七年：“孛者何？彗星也。”

2. bó
ㄅㄛˊ

㊃方言詞詞頭。見“孛₂老”、“孛₂婁”、“孛₂轆”、“孛₂相”。

【孛₂老】傳統戲劇中的老年男子。清焦循劇説一：“貨郎旦，净扮孛老；瀟湘雨，外扮孛老；薛仁貴榮歸故里，正末扮孛老；硃砂擔，冲末扮孛老；是扮孛老者，無一定也。……孛老者，男子之老者也。”

【孛孛】光芒四射貌。春秋昭十七年“冬，有星孛于大辰”唐孔穎達疏：“公羊傳曰：孛者何？彗星也。彗爲箒也，言其狀似掃箒，光芒孛孛然。”釋名釋天：“孛星，星旁氣孛孛然也。”

【孛₂相】嬉遊，玩耍。吳方言。明沈自晉望湖亭記傳奇懷甥：“表弟在玄真觀中讀書，不肯出來孛相。”也作“薄相”、“白相”。參閲清翟灝通俗編十二孛相。

【孛星】彗星的一種。晉書天文志中雜星氣：“二曰孛星，彗之屬也。偏指曰彗，芒氣四出曰孛。孛者，孛孛然，非常惡氣之所生内也。”

【孛₂婁】吳方言，爆糯米花。宋范成大石湖集二三上元紀吳中節物俳諧體三十二韻詩“撚粉團欒意，熬稃腷膊聲”自注：“炒糯穀以卜，俗名孛婁，北人號糯米花。”

【孛₂轆】吳方言，指雷聲。宋范成大石湖集二八秋雷歎詩：“汰哉豐隆無藉在，政用此時鳴孛轆。”注：“吳諺云：秋孛轆，損萬斛，謂立秋日雷也。”

孝 xiào 呼教切，去，效韻，曉。
ㄒㄧㄠˋ

㊀舊時稱善事父母爲孝。書堯典：“克諧以孝。”論語學而：“弟子入則孝，出則悌。”㊁居喪。北史崔逞傳附崔儦：“子聿弟子約，五歲喪父，不肯食肉。後喪母，居喪，哀毁骨立。人云：‘崔九作孝，風吹即倒。’”㊂孝子，省稱孝。世説新語文學：“(支遁)答云：今日與謝孝劇談一出來。”謝，謝玄，時玄正居父謝奕之喪。參見“孝子㊂”。㊃守喪的服飾。水滸二六：“原來這婆娘自從藥死了武大，那裏肯帶孝。”

【孝子】㊀舊指孝順父母的兒子。詩魏風陟岵序：“陟岵，孝子行役思念父母也。”史記一一九石奢傳：“不私其父，非孝子也。”㊁子居父母之喪稱孝子。禮問喪：“孝子喪親，哭泣無數，服勤三年。”祭祀父母時也自稱孝子。禮雜記上：“祭稱孝子孝孫，喪稱哀子哀孫。”宋書明恭王皇后傳：“(廢帝)因此欲加酖害，已令太醫煮藥，左右人止之曰：‘若行此事，官便應作孝子，豈復得出入狡獪。’”

【孝友】孝順父母與友愛兄弟。詩小雅六月：“侯誰在矣，張仲孝友。”晉書有孝友傳，列李密王裒等十四人。

【孝水】水名。在今河南洛陽市西，水經注稱俞隨水，出廆山之陰，北流入穀水。又稱谷水。相傳晉王祥於此卧冰取魚以奉母，因改名孝水，俗稱王祥河。北周於此築孝水戍。文選晉潘安仁(岳)西征賦：“澡孝水而濯纓，嘉美名之在兹。”參閲水經注十六穀水、讀史方輿紀要四八河南府洛陽縣。

【孝竹】竹名。又名子母竹、慈竹、義竹、四季竹。漢章帝三年，有子母竹筍生於白虎殿前，謂之孝竹，羣臣皆獻孝竹頌。參閲太平御覽九六二南朝梁任昉述異記、元李衎竹譜詳録三竹品。

【孝行】舊禮教指孝順父母的德行。周禮地官師氏：“一曰孝行，以親父母。”漢劉向説苑建本：“孝行成於内，而嘉號布於外；是謂建之於本，而榮幸自茂矣。”

【孝弟】孝順父母，敬愛兄長。論語學而：“孝弟也者，其爲仁之本與。”也作“孝悌”。孟子梁惠王上：“謹庠序之教，申之以孝悌之義。”

【孝昌】北魏元詡(孝明帝)年號。公元525—527年。

【孝建】南朝宋劉駿(孝武帝)年號。公元454—456年。

【孝孫】舊時祭祀先祖者稱孝孫。詩小雅楚茨：“孝孫有慶，報以介福，萬壽無疆。”禮郊特牲：“祭稱孝孫孝子，以其義稱也。”後泛指孝敬尊長的子孫。

【孝烏】傳説烏能反哺，故稱孝烏，又稱孝鳥、慈烏。藝文類聚九二晉成公綏烏賦序：“有孝烏集余之廬，乃喟爾而歎曰：‘……夫烏之爲瑞久矣，以其反哺識養，故爲吉鳥。’”

【孝基】北魏元顥(北海王)年號。公元529年。

【孝陵】㊀明朱元璋(太祖)墓。在江蘇南京市中華門外鍾山脚下。明初置衛守護，地因名孝陵衛。㊁清福臨(世祖)墓。在河北遵化縣西昌瑞山。

【孝堂】㊀靈堂，停放靈柩的處所。宋彭乘續墨客揮犀四陳烈遵古禮：“蔡君謨(襄)居喪，……(烈)與二十餘生望門以手據地，膝行號慟而入孝堂。”㊁巫山的别名。在今山東平陰縣。太平御覽四二齊地記：“巫山一名孝堂山。左傳曰：‘齊侯登巫山以望晉師’，即此山也。山上有石室，俗傳云郭巨葬母之所，因名孝堂山焉，在平陰縣。”

【孝鳥】烏的別名。說文:"烏,孝鳥也。"晉崔豹古今注中鳥獸:"烏,一名孝鳥,一名玄鳥。"參見"孝烏"。

【孝假】唐制,丁壯遇父母死亡,得暫免兵役及其它各種勞役,稱孝假。舊唐書食貨志上天寶元年赦文:"其侍丁孝假,免差科。"

【孝道】舊稱奉養父母的準則。呂氏春秋孝行:"今有人於此,行於親重,而不簡慢於輕疏,則是篤謹孝道。"

【孝筍】相傳三國孟宗母嗜筍,時值冬天,筍尚未生,宗入竹林哀歎,筍乃生。見三國志吳孫晧傳"司空孟仁卒"注引楚國先賢傳。後因以孝筍、泣筍爲稱贊孝子的典故。北周庾信庾子山集十三周上柱國齊王憲神道碑:"忠泉出井,孝笋生庭。"笋,同"筍"。

【孝廉】㊀本爲漢選舉官吏的兩種科目名,孝,指孝子;廉,指廉潔之士。漢武帝元光元年初,令郡國舉孝廉各一人。後來合稱孝廉。歷代因之,州舉秀才,郡舉孝廉。至隋唐只有秀才之科,無孝廉之舉。清別爲貢舉的一種。㊁俗稱舉人爲孝廉。

【孝義】㊀有孝行節義者。新唐書太宗紀貞觀三年:"賜孝義之家粟五斛。"㊁縣名。1.屬山西省。本漢兹氏縣地。三國魏改爲中陽縣,北魏太和十七年改置永安縣。唐貞觀元年,因與滔州縣名同,以縣人郭興孝義著稱,改名孝義縣。參閱元和郡縣志十三汾州。2.漢南陵洵陽二縣地。唐爲乾元縣地。清置孝義廳,屬陝西西安府。辛亥革命後改爲孝義縣,今併入鎮安縣。參閱嘉慶一統志二二七西安府一。

【孝慈】指對上孝敬,對下慈愛。論語爲政:"孝慈則忠。"老子:"絶仁棄義,民復孝慈。"

【孝敬】㊀舊稱善事其尊長爲孝敬。左傳文十八年:"孝敬忠信爲吉德,盜賊藏姦爲凶德。"也指孝悌之人。漢書武帝紀元朔元年:"故旅耆老,復孝敬,選豪俊,講文學。"注:"復孝敬者,謂優復孝弟之人也。"㊁把財物獻給尊長或賄賂上司叫孝敬。紅樓夢十六:"這裏賈薔也是問賈璉要什麽東西,順便帶來孝敬。"

【孝感】㊀迷信謂孝行引起的感應。晉書王祥傳:"母又思黄雀炙,復有黄雀數十飛入其幙,復以供母。鄉里驚歎,以爲孝感所致焉。"㊁縣名。屬湖北省。漢爲安陸縣地。南朝宋孝武帝時析置孝昌縣。唐咸通時改今名。宋開寶三年又將吉陽縣併入。見太平寰宇記一三二安州。

【孝經】宣揚封建孝道和孝治思想的儒家經典。有今文、古文兩本。今文本稱鄭玄注,分十八章;古文本稱孔安國注,分二十二章。孔注本亡於梁,隋劉炫僞作孔注傳世。唐開元七年玄宗命諸儒鑑定今古文兩本,會集韋昭王肅虞翻劉邵劉炫陸澄六家說爲注,刻石太學。天寶二年又重注頒行。鄭注和僞孔注本,由此並廢。今通行之十三經注疏本,即用唐玄宗注和宋邢昺疏。清乾隆時鮑廷博自日本得孔注本,刊入知不足齋叢書。嘉慶初又自日本傳入唐魏徵羣書治要,中有孝經十七章,卽鄭玄注本。清嚴可均以治要本於傳注都有删節,又自經典釋文等校輯遺文,輯孝經鄭注,有思進齋叢書本。

【孝豐】縣名。屬浙江省。漢故鄣縣地,唐後爲安吉縣地。明成化二十三年分安吉縣地置孝豐縣。正德二年安吉升爲州,轄孝豐縣。清屬浙江湖州府。今併入安吉縣。參閱元和郡縣志二五湖州、嘉慶一統志三八九湖州府一。

【孝子傳】雜記歷代"孝子"事迹傳説,宣揚封建孝道的書。隋書經籍志著録有王昭之孝子傳讚三卷,晉蕭廣濟孝子傳十五卷,南朝宋鄭緝之孝子傳十卷,師覺授孝子傳八卷,宋躬孝子傳二十卷,缺名孝子傳略二卷。書皆亡佚。清茆泮林搜集遺佚,得劉向蕭廣濟王歆王昭之周景式師覺授宋躬虞盤和佚名等九種孝子傳,收入十種古逸書内。

【孝孫曆】北齊末劉孝孫以天寶曆疏闊多誤,於武平七年自造新曆,名孝孫曆,又名武平曆。其法多取前人所作,略加修改,很少創見,未頒行。見隋書律曆志中。

【孝廉船】晉張憑舉孝廉,自負其才,乘船訪丹陽尹劉惔。惔延之上坐,清談終日。憑既還船,惔又遣人覓張孝廉船,與憑共詣簡文帝。事見世說新語文學、晉書憑本傳。後來詩文中遂用"孝廉船"爲贊美才士的典故。唐李白李太白詩十八送王孝廉覲省:"寧親淹海色,欲動孝廉船。"元王沂伊濱集六寄張順中詩之四:"伊流清見底,誰見孝廉船?"

【孝經緯】漢人依託孝經,講符命瑞應的讖緯書。分援神契、鉤命訣、中契、左右契、威嬉拒及内事圖、元命苞、雌雄圖、左右握等篇。其書久亡,有古微書及玉函山房輯佚書輯本。參見"六緯"。

【孝子慈孫】孝敬父母的子孫。孟子離婁上:"暴其民甚,則身弒國亡;不甚,則身危國削。名之曰幽厲,雖孝子慈孫,百世不能改也。"也作"孝子順孫"。漢書武帝紀建元元年:"今天下孝子順孫,願自竭盡以承其親。"

【孝弟力田】㊀漢代選舉的科目名。漢書惠帝紀四年:"春正月,舉民孝弟力田者復其身。"參閱西漢會要四八賜孝弟力田錢帛。㊁漢代掌管教民務農的鄉官。漢書高后紀元年詔:"初置孝弟力田二千石者一人。"也作"孝悌力田"。漢書文帝紀十二年詔:"孝悌,天下之大順也。力田,爲生之本也。……而以户口率置三老孝悌力田常員,令各率其意以道民焉。"參閱文獻通考十二職役一。

【孝廉方正】清科舉名。自雍正時起,新帝嗣位,由督撫舉薦孝廉方正,授以六品頂戴。乾隆以後,由地方官保舉,經送吏部考察得任用爲州縣與教職等官。參閱清續文獻通考選舉考五。

【孝經起序】陽春白雪小令二壽陽曲:"淚點兒多如秋夜雨,煩惱如孝經起序。"(新校九卷本)按孝經序有"具載則文繁、略之則義闕",因用來比方遇事棘手,左右爲難。

【孝昌石窟碑】也稱皇甫度石窟碑。北魏碑刻。孝昌三年九月十六日立。袁翻撰文,王實正書,額正書。記太尉皇甫度造石窟佛像事。書體類刁遵墓志而更方整。碑文已蝕損。石在河南洛陽龍門老君洞。

孜

zī ㄗ 子之切,平,之韻,精。

見"孜孜"。

【孜孜】㊀勤勉不怠。書益稷:"予思日孜孜。"史記夏紀作"孳孳"。三國志蜀向朗傳:"乃更潛心著述,孜孜不倦。"㊁形容詞詞尾。古今雜劇元白仁甫東牆記:"只見他喜孜孜俏臉兒笑撚。"

孚

1. fū ㄈㄨ

㊀禽鳥伏卵。後作"孵"。韓詩外傳五:"卵之性爲雛,不得良雞覆伏孚育,積日累久,則不成爲雛。"㊁通"稃"。見"孚甲"。

2. fú ㄈㄨ 芳無切,平,虞韻,滂。

㊂信用,誠實。詩大雅下武:"永言配命,成王之孚。"書呂刑:"五辭簡孚,正于五刑。"史記周紀作"五辭簡信"。㊃浮露。通"浮"。見"孚$_2$尹"。

3. fù ㄈㄨˋ

㊄付與。通"附"、"付"。見"孚₃命"。

【孚₂尹】玉色晶瑩通明。禮聘義："夫昔者，君子比德於玉焉。……孚尹旁達，信也。"注："孚讀爲浮，尹讀如竹箭之筠。浮筠，謂玉采色也。采色旁達，不有隱翳，似信也。孚或作姇，或爲扶。"參閱明楊愼升菴經說九孚尹。

【孚甲】植物種子的外皮。詩小雅大田"既方既皁"漢鄭玄箋："方，房也；謂孚甲始生而未合時也。"疏："孚者，米外之粟皮，……甲者，以在米外，若鎧甲之在人表。"禮月令孟春之月"其日甲乙"漢鄭玄注："……時萬物皆解孚甲，自抽軋而出，因以爲日名焉。"

【孚₂佑】信任保佑。書湯誥："上天孚佑下民，罪人黜伏。"傳："天信佑助下民，桀知其罪，退伏遠屏。"

【孚乳】孵育。禮月令仲春之月"玄鳥至"漢鄭玄注："燕以施生時來巢人堂宇而孚乳。"釋文："孚乳，上如字，一音芳付反。"

【孚₃命】授命。書高宗肜日："天既孚命，正厥德。"宋蔡沈傳："孚命者，以妖孽爲符信而譴告之也。"孚，史記殷紀引作"附"，漢書八一孔光傳引作"付"。

【孚遠】舊縣名。唐貞觀初置金滿縣，清乾隆四十一年置阜康縣。光緒二十八年置孚遠縣，以地舊有孚遠驛而名。今新疆吉木薩爾縣地。參閱清續文獻通考三二一輿地十七。

五畫

孟 mèng 莫更切，去，映韻，明。ㄇㄥˋ

㊀子女中居長者稱孟，也稱伯。如春秋晉趙盾(宣子)稱宣孟。參閱漢班固白虎通姓名。㊁初，始。四季中第一個月。禮月令："孟春之月。"參見"孟月"。㊂猛，魯莽或過激。管子任法："奇術技藝之人，莫敢高言孟行以過其情。"㊃姓。春秋魯桓公子慶父之後，也稱孟孫氏。又衛公孟縶之後，也稱孟氏。見通志二八氏族四以次爲氏。

【孟子】㊀約公元前372—前289年。名軻，字子輿，戰國鄒人。春秋魯公族孟氏之後，受業於子思的門徒。游說於齊梁之間，未見用，退而與其門徒公孫丑萬章等著書立說。繼承孔子的學說，兼言仁和義，提出"仁政"口號，主張恢復井田制和世卿制度；同時又謂"民爲貴"、"君爲輕"，稱暴君爲"一夫"。認爲人性本善，强調養心、存心等內心修養的工夫，成爲宋代理學家心性說之本。宋元以後，地位日尊，元至順元年封爲鄒國亞聖公，明嘉靖九年定爲"亞聖孟子"，在儒家中其地位僅次於孔子。思想事迹，大都見於孟子一書。史記有傳。㊁書名。七篇。爲孟軻弟子萬章公孫丑等纂輯。宋以前列於子部儒家。至宋儒喜言心性，大抵宗孟軻性善之說，故特加提倡，玉海始列爲九經之一。朱熹又以與論語中庸大學並稱爲四書。漢書藝文志作孟子十一篇，其中外書四篇性善辯文說孝經爲政，出於明姚士粦僞作。孟子有漢趙岐注、宋孫奭疏與朱熹集注、清焦循正義等。㊂春秋時通行以孟(或伯)仲叔季的排行加在姓名前作稱呼。如宋國子姓，其長女嫁給他國的多稱孟子。魯惠公的元妃卽稱孟子，見左傳隱元年。又魯昭公夫人本爲姬姓，吳國人，因諱同姓通婚，不稱吳孟姬而稱吳孟子，見左傳哀十二年。

【孟女】長女。史記魯周公世家："初，莊公築臺臨黨氏，見孟女。"索隱："杜預曰：孟，長也。"

【孟月】四季的頭一個月，卽正、四、七、十月。周禮地官黨正："黨正各掌其黨之政令教治，及四時之孟月吉日，則屬民而讀邦法以糾戒之。"藝文類聚五晉潘尼皇太子社詩："孟月涉初旬，吉日唯上酉。"

【孟母】孟軻之母仉氏。相傳軻少時廢學，孟母三遷居處，改變環境，得以卒業。在封建社會中，孟母被推崇爲賢母的典範。事見漢劉向列女傳一鄒孟軻母傳。參見"三遷"、"斷機"。

【孟冬】冬季第一個月，卽農曆十月。禮月令："孟冬之月，日在尾，昏危中，旦七星中。"文選古詩十九首之十七："孟冬寒氣至，北風何慘慄。"

【孟卯】戰國時辯士，齊人，曾爲魏相。秦武王三十四年、魏安釐王四年，秦軍大敗魏軍於華陽之下，走孟卯。事見戰國策魏三、史記魏世家，俱作芒卯。韓非子顯學："是以魏任孟卯之辯，而有華下之患；趙任馬服之辯，而有長平之禍。"華下，卽華陽。淮南子氾論："孟卯妻其嫂，有五子焉；然而相魏，寧其危，解其患。"

【孟州】地名。古孟津地，相傳武王伐紂，與諸侯在此會盟。春秋爲晉河陽邑，漢爲河陽縣，唐會昌三年改爲孟州，明清爲孟縣。卽今河南孟縣地。參閱太平寰宇記五二孟州、讀史方輿紀要四九懷慶府。

【孟光】東漢梁鴻妻。扶風平陵人，字德曜。夫妻耕織於霸陵山中。後隨鴻至吳地。鴻貧困爲人傭工，歸家，光每爲具食，舉案齊眉，恭敬盡禮。見後漢書八三梁鴻傳。後作爲賢妻的典型。參見"舉案齊眉"。

【孟宗】三國吳江夏人。字恭武，本名宗，因避孫皓字諱，改名仁。少從南陽李肅學，以孝著稱。爲鹽池司馬時不避嫌疑，以鮓寄母。後爲吳令，以母喪，不顧禁令，棄官回家。官至司空。有"泣竹生筍"的傳說。見三國志吳孫皓傳"司空孟仁卒"注引吳錄及楚國先賢傳。參見"孝筍"、"泣竹"。

【孟郊】公元751—814年。唐湖州武康人。字東野。少時隱居嵩山，與韓愈結爲至交。貞元十二年，舉進士，任溧陽尉，常因吟詩荒廢公務。鄭餘慶爲東都留守，任郊爲水陸轉運判官。卒年六十四。其友張籍私謚爲貞曜先生，韓愈爲作貞曜先生墓誌(昌黎集二九)。郊詩現存四百餘首，以樂府古詩爲多，大都傾訴窮愁孤苦，感情深摯動人。但以過於求險求奇，不免晦澀。宋宋敏求輯有孟東野集十卷。新舊唐書皆有傳。

【孟門】㊀山名。在今山西吉縣西。綿亘黃河兩岸。因位於龍門之北，故稱"龍門上口"，卽壺口山，又名石槽。爲呂氏春秋有始及淮南子地形中所記九山之一。參閱山海經北山經北次三經"孟門之山"清郝懿行箋疏。㊁古關隘名。在今河南輝縣西。左傳襄二三年："齊侯遂伐晉，取朝歌，爲二隊，入孟門，登大行。"注："孟門，晉隘道。"

【孟明】春秋秦百里奚子，名視，字孟明。魯僖公三十三年，秦穆公命之出兵襲鄭，爲晉先軫敗於殽山。文公二年，再領兵伐晉，又敗。但穆公信任不移，次年，復伐晉，渡河焚舟，晉人引退，封殽尸而還，遂霸西戎。見左傳僖三十三年、文二、三年。

【孟津】㊀津名。在今河南孟縣南。書禹貢："導河積石，至于龍門，南至于華陰，東至于底柱，又東至于孟津。"相傳周武王伐紂與八百諸侯會盟於此，故又名盟津，又曰富平津。晉杜預造橋於富平津，卽此。參閱太平寰宇記五二孟州、嘉慶一統志二〇二懷慶府一。㊁縣名。屬河南省。金置，地臨孟津渡，故名。舊城在今孟津東。本爲周平陰邑、漢平陰縣、唐洛陽河清二縣故址。參閱嘉慶一統志二〇五河南府一。

【孟昶】公元 919—965 年。五代後蜀主。孟知祥第三子,初名仁贊,字保元。知祥據蜀稱帝,以昶爲皇太子,繼位後,改元廣政,好游宴,不務政事。二十八年宋兵入蜀,昶兵敗舉州降。死於開封。見新、舊五代史孟知祥傳、宋史西蜀孟氏世家。

【孟姜】本爲春秋時姜姓長女的通稱。姜姓建齊,故齊人的長女泛稱孟姜。詩鄭風有女同車:"彼美孟姜,洵美且都。"傳:"孟姜,齊之長女。"又泛指大國的長女。詩鄘風桑中:"云誰之思,美孟姜矣。"箋:"孟姜,列國之長女。"

【孟春】春季第一個月,即農曆正月。書胤征:"每歲孟春,遒人以木鐸徇于路。"禮月令:"孟春之月,日在營室。"疏:"言孟春者,夏正建寅之月也。"

【孟秋】秋季第一個月,即農曆七月。禮月令:"孟秋之月,日在翼,昏建星中,旦畢中。"淮南子時則:"孟秋行冬令,則陰氣大勝,介蟲敗穀,戎兵乃來。"

【孟侯】書康誥:"王若曰:'孟侯,朕其弟,小子封。'"孟侯有兩說。1. 古文說,指康叔。漢書地理志:"盡以其地封弟康叔,號曰孟侯。"注:"康叔亦武王弟也。孟,長也。言爲諸侯之長。"2. 今文說,指成王。尚書大傳略說:"天子太子年十八曰孟侯。孟侯者,於四方諸侯來朝,迎於郊者。"漢班固白虎通朝聘采用此說。後代學者多取前說。參閱清孫星衍尚書今古文注疏十五。

【孟姚】公元前?—前 301 年。戰國時吳廣之女,一稱娃嬴,爲趙武靈王后,有寵,故又稱惠后。生子何。即惠文王。見史記趙世家,列女傳七趙靈吳女。

【孟浪】㊀疏略,不精要。莊子齊物論:"夫子以爲孟浪之言,而我以爲妙道之行也。"文選晉左太沖(思)吳都賦:"若吾子之所傳,孟浪之遺言,略舉其梗概,而未得其要妙也。"㊁鹵莽,輕率。宋司馬光涑水記聞十五:"有成都進士李戒投書見訪云:'戒少學聖人之道,自謂不在顏回孟軻之下。'其詞孟浪,高自稱譽,大率如此。"㊂放浪。元迺賢金臺集一巢湖述懷寄四明張子益詩:"我生胡爲自役役,孟浪江湖竟何益。"

【孟涂】人名。相傳爲夏后啟之臣。山海經海內南經:"夏后啟之臣曰孟涂,是司神于巴,巴人請訟于孟涂之所。"注:"今建平郡丹陽城秭歸縣東七里,即孟涂所居也。"竹書紀年上:"(帝啓)八年,帝使孟涂如巴涖訟。"

【孟珠】樂府清商曲辭西曲歌名。一名丹陽孟珠歌,共十曲。其首句云:"人言孟珠富,信實金滿堂。"曲見樂府詩集四九。

【孟荀】孟軻與荀況。唐以前,孟荀都被視爲戰國儒家的代表人物,故常並舉。史記合之於一傳。南朝梁劉勰文心雕龍諸子:"研夫孟荀所述,理懿而辭雅。"

【孟夏】夏季第一個月,即農曆四月。禮月令:"孟夏之月,日在畢,昏翼中,旦婺女中。"楚辭屈原九章懷沙:"滔滔孟夏兮,草木莽莽。"

【孟晉】勉力進取。文選漢班孟堅(固)幽通賦:"盍孟晉以迨羣兮,辰倏忽其不再。"

【孟婆】宋時俗語,稱風爲孟婆。宋趙彥衛雲麓漫鈔四:"(宋徽宗)嘗作小詞名月上海棠,末句云:孟婆且與我做些方便。"宋蔣捷竹山詞解珮令春:"春雨如絲,繡出花枝紅裊,怎禁他孟婆合皁。"參閱明楊慎丹鉛總録二一詩話萁母孟婆。

【孟陬】農曆正月。楚辭屈原離騷:"攝提貞于孟陬兮,惟庚寅吾以降。"注:"孟,始也。貞,正也。于,於也。正月爲陬。"清郝懿行爾雅義疏八釋天:"按陬訾,星名,即營室東壁。正月,日在營室,日月會於陬訾,故以孟陬爲名。"

【孟娵】古美女名。楚辭漢嚴忌哀時命:"璋珪雜於甑室兮,隴廉與孟娵同宮。"注:"隴廉,醜婦也。孟娵,好女也。"

【孟勞】寶刀名。穀梁傳僖元年:"孟勞者,魯之寶刀也。"後來用作寶刀的通名。唐權德輿權載之集二一劉公墓誌銘:"比屋之人,被纓胡而揮孟勞,不知書術。"

【孟賁】古勇士名。孟子公孫丑上:"若是,則夫子過孟賁遠矣。"疏:"按帝王世紀云:'秦武王好多力之人,齊孟賁之徒並歸焉。孟賁生拔牛角,是爲之勇士也。'"史記一〇一袁盎傳"雖賁育之勇不及陛下"索隱引尸子:"孟賁水行不避蛟龍,陸行不避兕虎。"賁一作說。史記秦紀:"武王有力好戲,力士任鄙烏獲孟說皆至大官。"

【孟喜】漢東海蘭陵人,字長卿。與施讎梁丘賀同從田王孫學易,各成一家,故易有施、孟、梁丘之學。喜學傳授於同郡白光(字少子)、沛翟牧(字子兄,兄,音 kuàng),因此易又有翟、孟、白之學。漢書載儒林傳。參見"孟氏易"。

【孟軻】見"孟子"。

【孟極】獸名。山海經北山經:"又北二百八十里曰石者之山……有獸焉,其狀如豹而文題白身,名曰孟極,是善伏,其鳴自呼。"

【孟陽】農曆正月。初學記三梁元帝纂要:"正月孟春,亦曰孟陽、孟陬。"三、四月也稱孟陽。樂府詩集二五橫吹曲辭琅琊王歌辭:"孟陽三四月,移鋪逐陰涼。"

【孟槐】獸名。山海經北山經:"又北四百里曰譙明之山,……有獸焉,其狀如貆而赤豪,其音如榴榴,名曰孟槐,可以禦凶。"

【孟蜀】五代時,孟知祥據蜀稱帝,舊史稱爲後蜀或孟蜀,以別於王建的前蜀。

【孟嘉】晉江夏人,字萬年。吳司空孟宗曾孫。少有才名,太尉庾亮領江州,任爲從事,後爲桓溫參軍。性嗜酒,飲多而舉止不亂,自稱得酒中真趣。嘉爲陶潛外祖父,陶淵明集有晉故征西大將軍長史孟府君傳,説嘉卒年五十一;晉書桓溫傳附孟嘉作卒年五十三。參見"龍山落帽"。

【孟諸】古澤名。見"孟豬"。

【孟豬】古澤名。故地在今河南商丘東北。書禹貢:"導菏澤,被孟豬。"疏:"左傳(僖二十八年、文十年)爾雅(釋地)作孟諸,周禮(夏官職方氏)作望諸,聲轉字異,正是一地也。"史記夏紀作"明都",漢書地理志作"盟諸",也是聲轉字異。

【孟縣】縣名。屬河南省。詳"孟州"。

【孟獲】三國蜀漢時建寧人。諸葛亮南征,聞獲爲夷、漢所服,募生致之,七擒七縱,獲乃降服,仕爲御史中丞。見晉常璩華陽國志四南中志、三國志蜀諸葛亮傳"軍資所出,國以富饒"注引漢晉春秋。參見"七縱七禽"。

【孟之反】即孟之側,字反。春秋魯大夫。哀公十一年,魯與齊戰,魯右師敗還,反獨在後面抵拒追敵。將進城門,用馬鞭鞭其馬,對人說:"非敢後也,馬不進也。"是不矜誇自己功勞的意思。見論語雍也、左傳哀十一年。

【孟氏易】又稱孟易。漢孟喜所傳的易學。喜學易於田王孫,傳於白光(少子),翟牧(子兄)。漢書藝文志有易經十二篇:施孟梁丘三家,又孟氏京房十一篇,災異孟氏京房六十六篇。原書唐以後佚,只有經典釋文及周易正義集解間有引用。清馬國翰有輯佚周易孟氏章句二卷,刊入玉函山房輯佚書。

【孟青棒】刑棒的一種,相當於後世的軍棍。唐劉肅大唐新語十二酷忍:"(侯思止)按魏元忠曰:'急承白司馬,不然,卽喫孟青。'洛陽北有坂名白司馬，將軍有姓孟名青棒者。"又見新唐書二〇九侯思止傳。

【孟知祥】公元？—934年。五代後蜀主。邢州龍岡人。字保裔，亦作保胤。五代後唐莊宗時爲劍南西川節度副大使，明宗時兼併東川之地，奄有兩川，册封爲蜀王。明宗死，知祥稱帝，國號蜀，改元明德。事詳舊五代史本傳、新五代史後蜀世家。

【孟姜女】民間傳說中的人物。漢劉向列女傳四記齊杞梁殖戰死，其妻哭於城下，十日而城崩。又唐人所编琱玉集記秦時有燕人杞良，娶孟超女仲姿爲妻，因良被遣築長城爲官吏所擊殺，仲姿哭長城下，城卽崩倒。在後來民間傳說中，孟仲姿和杞良多作孟姜女和范喜郎。敦煌曲子擣練子："孟姜女，杞良妻，一去煙(燕)山更不歸。造得寒衣無人送，不免自家送征衣。"可知唐代已盛行孟姜女的故事。宋代民間有爲之塑像立廟者。見宋周煇北轅録。

【孟浩然】公元689—740年。唐襄陽人。少隱居鹿門山，四十歲時遊京師，應進士舉，不第。以詩著稱。多以山水景物旅途風光爲題材，抒發個人的懷抱。尤長於五言詩。爲李白張九齡王維所贊賞。張九齡出鎮荆州，任爲從事。開元末，病疽背卒。新舊唐書皆有傳。傳世孟浩然集四卷，爲唐人王士源所编。士源序説共有詩二百一十八首，今本多出四十五首，可能雜入他人的作品。

【孟嘗君】戰國時齊貴族。姓田名文，承繼其父靖郭君田嬰的封爵，爲薛公。以好客著稱，門下食客至數千人。齊湣王使孟嘗君入秦，被扣留，孟嘗君靠門客中雞鳴狗盜之徒的幫助，逃出秦國，歸爲齊相。後因受齊湣公疑忌，出奔爲魏相，聯秦燕趙攻齊。湣王死，返國。卒，謚爲孟嘗君。

【孟公孟姥】船神名。唐段公路北户録雞骨卜："按梁簡文帝船神記云：'船神名馮耳。'五行書云：'下船三拜三呼其名，除百忌。又呼爲孟公孟姥。'"

【孟法師碑】全稱唐京師至德觀主孟法師碑銘。唐貞觀十六年立。岑文本撰文，褚遂良正書。記至德觀主持孟静素(江夏安陸人)修道不嫁，爲隋文帝唐太宗所敬禮，年至九十九歲等事。原碑久佚，臨川李氏曾收藏唐代拓本，稱爲四寶之一，有影印本傳世。參閲清陸耀遹金石續編四。

孤 gū ㄍㄨ　古胡切，平，模韻，見。

㊀幼而喪父。孟子梁惠王下："幼而無父曰孤。"後來凡無父或父母雙亡者皆稱孤。㊁特立，單獨。晉陶潛陶淵明集五歸去來兮辭："景翳翳以將入，撫孤松而盤桓。"唐王維王右丞集六使至塞上詩："大漠孤煙直，長河落日圓。"㊂官名。見"孤卿"。㊃古代王侯的謙稱。意謂少德之人。莊子盜跖："凡人有此一德者，足以南面稱孤矣。"吕氏春秋君守："君民孤、寡，而不可障壅。"注："孤、寡，人君之謙稱也。"㊄有負，辜負。後漢書七一朱儁傳："國家西遷，必孤天下之望，以成山東之釁，臣不見其可也。"㊅傳統戲劇中扮演官吏的脚色。明朱權太和正音譜上詞林須知："孤，當場裝官者。"

【孤子】無父或無父母者。禮曲禮上："孤子當室，冠衣不純采。"疏："孤子，謂二十九以下而無父者。"管子輕重己："民生而無父母，謂之孤子。"孤子通於父母，自唐開元禮始以孤屬父，哀屬母，宋政和禮、司馬光書儀相承，孤子、哀子始有分别。參見"孤哀子"。

【孤山】山名。我國各地以"孤山"爲名的山甚多，著名的有：1.在浙江杭州市西湖裏外二湖之間，一山聳立，旁無聯附。宋林逋曾隱居於此，植梅養鶴；今有逋墓及梅徑鶴冢。見咸淳臨安志。2.在北京市房山縣南。一名孤山口，是涿易二縣分路處。見嘉慶一統志九順天府四。3.在江西安德縣北，以孤特秀麗著名。見嘉慶一統志三一八九江府一。4.江西鄱陽湖中有大孤山，彭澤縣北有小孤山。詳"大孤山"、"小孤山"。

【孤介】方正耿直，不隨流俗。文選南朝宋顔延年(延之)拜陵廟作詩："幼壯困孤介，末暮謝幽貞。"梁書臧嚴傳："性孤介，於人間未嘗造請，僕射徐勉欲識之，嚴終不詣。"

【孤立】孤單無助。史記秦始皇紀論引賈生(誼)："子嬰孤立無親，危弱無輔。"漢書六二司馬遷傳報任安書："今僕不幸，蚤失二親，無兄弟之親，獨身孤立。"

【孤本】指現僅存一本的善本書籍、手稿或碑帖。清龔自珍定盦續集三阮尚書年譜第一敍："孤本必重鈎，偉論在箸録。"清何紹基題張長史郎官石記詩(宋拓碑影印本)："石記郎官張長史，羅池神廟沈傳師。世間古瘠蕭疏字，多是荒寒孤本碑。"

【孤另】孤獨。元張昱可閒老人集二梅花水月仙子畫詩："欲向姮娥訴孤另，浪中亦自有團圓。"西廂記二本二折："天生聰俊，打扮素淨，奈夜夜成孤另。"

【孤令】單獨。宋黄庭堅山谷詞品令茶："鳳舞團團餅，恨分破，教孤令。"參見"孤另"。

【孤生】㊀同"孤子"。漢慎令劉脩碑："孤生儁協部長號思慕。"(隸釋八)後漢書四五周榮傳："榮曰：'榮江淮孤生……今復得備宰士，縱爲竇氏所害，誠所甘心。'"㊁孤獨生活。唐柳宗元柳先生集四三南澗中題詩："孤生易爲感，失路少所宜。"

【孤老】㊀孤單的老人。管子幼官："再會諸侯，令曰：'養孤老，食常疾，收孤寡。'"晉書劉敏元傳："同縣管平，年七十餘，隨敏元而西行，及滎陽，爲盜所劫。敏元已免，乃還謂賊曰：'此公孤老，餘年無幾，敏元請以身代，願諸君舍之。'"㊁非正式夫婦關係中女性所結識的男子。清平山堂話本曹伯明錯勘贓記："原來他自有箇孤老，唤做倘都軍，與他相處五年。"也作"𠂢老"。猶言客人。參閲明周祈名義考五𠂢表、陸噓雲世事通考一人物。

【孤臣】失勢無援之臣。唐柳宗元柳先生集四三入黄溪聞猿詩："孤臣淚已盡，虚作斷腸聲。"參見"孤臣孽子"。

【孤帆】指孤舟。藝文類聚三十南朝梁簡文帝與劉孝綽書："曉河未落，拂桂棹而先征。夕鳥歸林，懸孤帆而未息。"唐李白李太白詩十五黄鶴樓送孟浩然之廣陵："孤帆遠影碧山盡，唯見長江天際流。"

【孤竹】㊀獨生的竹。周禮春官大司樂："孤竹之管，雲和之琴瑟。"注："孤竹，竹特生者。"㊁古國名。史記周紀："伯夷叔齊在孤竹。"正義引括地志："孤竹故城在平州盧龍縣南十二里，殷時諸侯孤竹國也。"㊂樂曲名。北周庾信庾子山集八爲晉陽公進玉律秤尺斗升表："奏黄鐘而歌大吕，變孤竹而舞雲門。"㊃複姓。通志二六氏族二以國爲氏："孤竹氏，商之諸侯也。夷齊讓國，其後遂以國氏。"

【孤危】孤立危殆。戰國策秦三："大者宗廟滅覆，小者身以孤危，此臣之所恐耳。"文選漢孔文舉(融)論盛孝章書："其人困於孫氏，妻孥湮没，單孑獨立，孤危愁苦。"

【孤行】㊀獨行。後漢書五九張衡傳思玄賦："何孤行之煢煢兮，孑不羣而介立。"㊁單行，獨自刊行。三國志魏杜畿傳注引杜氏新書:"(杜預)著春秋左氏經傳集解，又參考衆家，謂之釋例。……尚書郎摯虞甚重之，曰:'左丘明本爲春秋作傳，而左傳遂自孤行。釋例本爲傳設，而發明何但左傳，故亦孤行。'"

【孤辰】辰指地支，孤指没有天干相配。如甲子旬中無戌亥，戌亥卽爲孤辰。星相家迷信說法，卜課時得孤辰，主事不利。明湯顯祖牡丹亭鬧殤:"夫人，不是你坐孤辰把子宿罾，則是我坐公堂寃業報。"參見"孤虛"。

【孤注】傾其所有以爲賭注。宋真宗時，契丹入圍瀛州，宰相寇準請真宗至澶州，決計親征，契丹退師。後，王欽若進讒言曰:"澶淵之役，準以陛下爲孤注，與敵博耳。"見宋司馬光涑水記聞六、宋史二八一寇準傳。宋張邦基墨莊漫録七:"博者以勝彩累注數者，至垂敗者，唯有畸零不累注數，謂之孤注。"

【孤奉】猶辜負。文選南朝宋謝希逸(莊)月賦:"仲宣跪而稱曰:'臣東鄙幽介，長自丘樊，昧道懵學，孤奉明恩。'"

【孤拔】形容山勢挺立突出。唐呂温呂和叔集三送薛大信歸臨晉序:"而瓌姿萬變，有若雲起日觀，盡成丹霞，峰折靈掌，無非峻勢；皆天光朗映，秀氣孤拔，豈藻飾而削成者哉!"

【孤拐】脚孤拐，卽踝骨。西遊記十五:"伸過孤拐來，各打五棍見面，與老孫散散心!"

【孤芳】獨特的香花。常用以比喻人品的高潔。藝文類聚三七南朝梁沈約謝齊竟陵王教撰高士傳啟:"貞操與日月俱懸，孤芳隨山壑共遠。"此指人。宋朱熹朱文公集五賦水仙花詩:"隆冬凋百卉，江梅厲孤芳。"此指花。後稱人自命清高爲"孤芳自賞"，本此。

【孤門】孤寒的門第。漢王充論衡自紀:"充細族孤門。"北史郭祚傳:"每以孤門，往經崔氏之禍，常慮危亡。"

【孤忠】忠心耿耿而不得支持。元詩選胡炳文雲峯集拜岳鄂王墓:"大義君臣重，孤忠天地知。"

【孤迥】志意高遠。魏書源賀傳附源子恭上奏:"又其(許團)履歷清華，名位高達，計其家累，應在不輕。今者歸化，何其孤迥?"唐杜牧樊川集外集南陵道中詩:"正是客心孤迥處，誰家紅袖凭江樓。"

【孤往】無伴獨行。晉陶潛陶淵明集五歸去來兮辭:"懷良辰以孤往，或植杖而耘耔。"

【孤征】獨自遠行。文選晉郭景純(璞)江賦:"霩如晨霞孤征，眇若雲翼絶嶺。"唐陳子昂陳伯玉集一晚次樂鄉縣詩:"故鄉杳無際，日暮且孤征。"

【孤宦】單身在外作官。國秀集上唐崔滌望韓公堆詩:"孤宦一身千里外，未知歸日是何年。"

【孤負】虧負。文選舊題漢李少卿(陵)答蘇武書:"功大罪小，不蒙明察，孤負陵心區區之意。"三國志蜀先主傳上獻帝書:"常恐殞没，孤負國恩，寤寐永歎，夕惕若厲。"後來多作"辜負"。元李治敬齋古今黈一:"世俗有孤負之說，孤謂無以酬對，負謂有所虧欠。而俚俗變孤爲辜，辜自訓罪，乃以同孤負之孤，大無義理。"(藕香零拾本)

【孤星】見"曙後孤星"。

【孤高】㊀高聳特出。唐高適高常侍集三同諸公登慈恩寺(塔)詩:"登臨駭孤高，披拂忻大壯。"㊁情志高超，不隨波逐流。唐李中碧雲集中獻張拾遺詩:"官資清貴近丹墀，性格孤高世所稀。"

【孤桐】特生的梧桐。書禹貢:"惟徐州，……羽畎夏翟，嶧陽孤桐。"傳:"孤，特也。嶧山之陽特生桐，中琴瑟。"

【孤弱】㊀勢孤力弱。史記荆燕世家:"帝少，諸呂用事，劉氏孤弱。"㊁孤苦無告的人。三國志吳陸凱傳:"矜哀孤弱，以鎮撫百姓之心。"㊂年幼而無父母。文選晉李令伯(密)陳情事表:"生孩六月，慈父見背；行年四歲，舅奪母志。祖母劉，愍臣孤弱，躬親撫養。"

【孤恩】辜負恩德。文選舊題漢李少卿(陵)答蘇武書:"陵雖孤恩，漢亦負德。"

【孤峭】本指山勢峭拔，常借喻人的孤傲，不隨流俗。隋書蕭吉傳:"吉性孤峭，不與公卿相沉浮。"唐陸龜蒙甫里集四紀夢遊甘露寺詩:"捫虚陟孤峭，不翅千餘尺。"

【孤特】孤立無援。韓非子孤憤:"處勢卑賤，無黨孤特。"史記項羽紀:"今將軍內不能直諫，外爲亡國將，孤特獨立而欲常存，豈不哀哉!"

【孤卿】官名。指少師、少傅、少保三孤。周禮秋官朝士:"朝士掌建邦外朝之法，左九棘，孤卿大夫位焉。"漢書百官公卿表:"太師、太傅、太保，是爲三公……又立三少爲之副，少師、少傅、少保，是爲孤卿，與六卿爲九焉。"按周禮無九卿之說。孤，包括在六卿之內，非另有三人；六卿中掌握國政者，其位獨尊，故稱爲孤。王莽託古改制，以三孤爲三公之佐，分屬三人，孤卿遂成爲少師、少傅、少保的別稱。參閱清王引之經義述聞八孤。

【孤寂】孤獨寂寞。全唐詩五九九于濆旅館秋思:"旅館坐孤寂，出門成苦吟。"

【孤國】孤立無援之國。戰國策秦四:"臣之來使也，聞齊魏皆且割地以事秦；所以然者，以秦與楚爲昆弟國。今大王留臣，是示天下無楚也，齊魏有何重於孤國也?"

【孤寒】謂身世寒微。世說新語言語"陶公疾篤"注引王隱晉書載(陶)侃臨終表:"臣少長孤寒，始願有限。"晉書陳頵傳:"頵以孤寒，數有奏議，朝士多惡之，出除譙郡太守。"

【孤棲】單身獨居。唐李白李太白詩二〇把酒問月:"白兔擣藥秋復春，嫦娥孤棲與誰鄰。"

【孤虛】㊀古時占卜推算日時之法。天干爲日，地支爲辰，日辰不全爲孤虛。又稱空亡。占卜時得孤虛，主事不成。史記一二八漢褚少孫補龜策傳:"日辰不全，故有孤虛。"集解:"甲乙謂之日，子丑謂之辰。六甲孤虛法:甲子旬中無戌亥，戌亥卽爲孤，辰巳卽爲虛。甲戌旬中無申酉，申酉爲孤，寅卯卽爲虛。"漢書藝文志子五行有風後孤虛二十卷。㊁孤立空虛。隋郭寵墓志:"值上皇巡狩，京邑孤虛。亂起奸臣，逆從畿甸。"(漢魏南北朝墓志集釋圖版四七〇之二)

【孤單】孤苦零丁。南齊書韓靈敏傳:"永明元年，會稽永興倪翼之母丁氏，少喪夫，性仁愛。……同里陳穰父母死，孤單無親戚，丁氏收養之，及長，爲營婚娶。"

【孤塗】漢時匈奴謂子爲孤塗。漢書九四上匈奴傳:"單于姓攣鞮氏，其國稱之曰'撐犂孤塗單于'。匈奴謂天爲'撐犂'，謂子爲'孤塗'，單于者，廣大之貌也。"後漢書八九南匈奴傳"單于姓虛連題"注引前書作"孤屠"。

【孤塞】孤立閉塞。後漢書二九申屠剛傳與隗囂書:"愚聞專己者孤，拒諫者塞；孤塞之政，亡國之風也。"

【孤裔】孤弱的後嗣。文選南朝梁任彥昇(昉)爲卞彬謝修卞忠貞墓啟:"名教同悲，隱淪惆悵，而年世貿遷，孤裔淪塞，遂使碑表蕪滅，丘樹荒毁，狐兔成穴，童牧哀歌。"

【孤煢】單獨無依。漢太守張景題字:"孤煢自悲。"(宋洪适隸續十四)宋書樂志四三國魏曹植靈芝篇:"丁蘭少失母，自傷蚤孤煢。"

【孤裝】元院本中脚色名。明陶宗儀輟耕録二五院本名目:"院本則五人,一曰副淨,古謂之參軍。一曰副末,古謂之蒼鶻。鶻能擊禽鳥,末可打副淨,故云。一曰引戲。一曰末泥。一曰孤裝。又謂之五花爨弄。"

【孤微】貧賤。後漢書六五張奐傳與段熲書:"孤微之人,無所告訴。如不哀憐,便爲魚肉。"三國志魏管寧傳上疏:"臣海濱孤微,罷農無伍,禄運幸厚。……久荷渥澤,積祀一紀,不能仰答陛下恩養之福。"

【孤經】無其他義例可比附的單條經文。晉杜預春秋經傳集解序"相與爲部"疏:"事同則爲部,小異則附出;孤經不及例者,聚於終篇。"舊唐書一八五下楊瑒傳:"瑒又奏曰:'竊見今之舉明經者,主司不詳其述作之意,曲求其文句之難,每至帖試,必取年頭月日,孤經絶句。'"

【孤寡】㊀孤兒寡婦。左傳昭十四年:"救災患,宥孤寡。"㊁王侯的謙稱。戰國策齊四:"雖貴必以賤爲本,雖高必以下爲基,是以侯王稱孤寡不穀。"

【孤嫠】孤兒寡婦。唐韓愈昌黎集一復志賦:"嗟日月其幾何兮,攜孤嫠而北旋。"

【孤蓬】孤單的飛蓬。南朝宋鮑照鮑氏集一蕪城賦:"孤蓬自振,驚沙坐飛。"後用以比喻只身飄零、行止無定的人。唐李白李太白詩十八送友人:"此地一爲别,孤蓬萬里征。"

【孤睽】孤立而渙散。漢揚雄法言重黎:"秦失其猷,罷侯置守,守失其微,天下孤睽。"

【孤僨】亢奮之疾。漢書九四上匈奴傳:"孝惠、高后時,冒頓寖驕,乃爲書,使使遺高后曰:'孤僨之君,生於沮澤之中,長於平野牛馬之域,數至邊境,願遊中國。陛下獨立,孤僨獨居。兩主不樂,無以自虞,願以所有,易其所無。'"按僨即左傳僖十五年"張脈僨興"之僨。時冒頓驕慢,以褻詞侮辱吕后。參閱清顧炎武日知録二七漢書注。

【孤窮】㊀孤立而危殆。三國志吴周魴傳與曹休牋:"精誠之微,豈能上感,然事急孤窮,惟天是訴耳!"㊁孤苦失意的人。宋范成大石湖集五天平先隴道中時將赴新安掾詩:"松楸永寄孤窮淚,泉石終收漫浪身。"

【孤憤】耿直孤行,憤世嫉俗。韓非子有孤憤篇。史記六三韓非傳索隱:"孤憤,憤孤直不容於時也。"文選晉陸士衡(機)辨亡論上:"雖忠臣孤憤,烈士死節,將奚救哉?"

【孤標】清峻特出。唐釋皎然集六咏敭上人座右畫松詩:"貞樹孤標在,高人立操同。"此指樹。舊唐書一七七杜審權傳:"塵外孤標,雲間獨步。"此指人。

【孤賞】獨自賞玩。唐柳宗元柳先生集四三戲題階前芍藥詩:"孤賞白日暮,暄風動摇頻。"

【孤遺】猶遺孤。指父母死後所遺下的兒女。三國志蜀先主傳建安十二年"先主曰吾不忍也"注引孔衍漢魏春秋:"或勸備劫將(劉)琮及荆州吏士徑南到江陵。備答曰:'劉荆州(表)臨亡,託我以遺孤,背信自濟,吾所不爲,死何面目以見劉荆州乎!'"文選南朝梁任彦昇(昉)王文憲集序:"前郡尹温太真(嶠)劉真長(惔),……臭味風雲,千載無爽,親加弔祭,表薦孤遺,遠協神期,用彰世祀。"後也泛指孤獨無依靠的人。

【孤僻】性情古怪,難與人合。唐鄭谷鄭守愚集二喜秀上人見訪詩:"憂榮棲省署,孤僻負朝衣。"也作"孤癖"。宋蘇軾分類東坡詩十述古以詩見責屢不赴會復次前韻:"我生孤癖本無鄰,老病年來益自珍。"

【孤窶】無父且貧窮。新唐書一五九鮑防傳:"少孤窶,彊志于學,善辭章。"

【孤藤】花蕊。卽骨朵。明方以智通雅四二植物:"花蕋謂之蓓蕾,亦謂之葯。……北人謂之孤藤,音若孤都;卽宋景文(祁)所云朏肫。"

【孤獨】㊀幼而無父與老而無子的人。荀子王霸:"百姓有非理者如豪末,則雖孤獨鰥寡必不加焉。"禮王制:"少而無父者謂之孤,老而無子者謂之獨。"㊁孤立無援。史記八三鄒陽傳獄中上書:"此二人(司馬喜范雎)者,皆信必然之畫,捐朋黨之私,挾孤獨之位,故不能自免於嫉妬之人也。"

【孤藏】脾脈。素問玉機真藏論:"脾脈者,土也。孤藏,以灌四傍者也。"唐王冰注:"納水穀,化津液,溉灌於肝心肺腎也。以不正主四時,故謂之孤藏。"

【孤藐】孤子中的年幼者。左傳僖九年:"以是藐諸孤,辱在大夫,其若之何?"疏:"藐者,縣遠之言,諸子皆長而奚齊獨幼,是小大相去縣藐也。藐諸孤者,言年既幼稚,縣藐於諸子之孤。"後也泛指年幼的孤兒。晉書杜有道妻嚴氏傳:"十八而嫠居。子植女韡並孤藐。"

【孤韻】獨特的風韻。南朝梁江淹江文通集二知己賦:"聳孤韻以風邁,騫逸氣以烟翔。"唐李商隱李義山詩集二安平公:"清詞孤韻有歌響,擊觸鐘磬鳴環珂。"

【孤懷】孤高的情操。唐孟郊孟東野集六連州吟之二:"孤懷吐明月,衆毁鑠黄金。"

【孤孽】孤臣孽子的省稱。明徐禎卿談藝録:"孤孽怨思,達人齊物。"詳"孤臣孽子"。

【孤孀】孤兒與寡婦。淮南子脩務:"(湯)弔死問疾,以養孤孀。"後來也泛指寡婦爲孤孀。

【孤露】魏晉時人以父亡爲孤露。亦稱"偏露"。孤單無所蔭庇的意思。文選三國魏嵇叔夜(康)與山巨源絶交書:"少加孤露,母兄見驕,不涉經學。"北齊顔之推顔氏家訓風操:"自兹已後,二親若在,每至此日,嘗有酒食之事耳。無教之徒,雖已孤露,其日皆爲供頓,酣暢聲樂,不知有所感傷。"參見"偏露"。

【孤羈】單身旅居外地。唐韓愈昌黎集五寄崔二十六立之詩:"昨來漢水頭,始得完孤羈。"

【孤鸞】㊀失偶的鸞鳥。後多用以比喻失偶或分離的夫婦。南朝梁江淹江文通集三贈鍊丹法和殷長史詩:"一待黄冶就,青芬遲孤鸞。"唐楊炯楊盈川集七原州百泉縣令李君神道碑:"琴前鏡裏,孤鸞别鶴之哀;竹死城崩,杞婦湘妃之泣。"參見"别鶴孤鸞"。㊁樂曲名。晉陶潛陶淵明集四擬古詩之五:"上絃驚别鶴,下絃操孤鸞。"

【孤子鉤】帶鉤。琴上飾物。文選漢枚叔(乘)七發:"孤子之鉤以爲隱,九寡之珥以爲約。"注:"古樂府有孤子生行。賈逵國語注曰:'鉤,帶鉤也。'桓子新論曰:'琴隱,長四十五分,隱以前長八分。'"

【孤老院】收養孤獨老病者之所。宋洪邁夷堅志甲志劉廂使妻:"金國興中府有劉廂使者……竭家貲建孤老院。"

【孤兒行】樂府瑟調曲名。見樂府詩集三八。也叫放歌行。詳"放歌行"。

【孤哀子】禮雜記上:"祭稱孝子孝孫,喪稱哀子哀孫。"古代父母之喪,都稱哀子。唐宋以來,父喪稱孤子,母喪稱哀子;父母雙亡,稱孤哀子。參閱清趙翼陔餘叢考三七孤哀子。

【孤獨園】相當於後世的孤兒院之類。梁書武帝紀下普通二年詔:"又於京師置孤獨園,孤幼有歸,華髮不匱。"

【孤臣孽子】失勢的遠臣與失寵的庶

子。孟子盡心上："獨孤臣孽子，其操心也危，其慮患也深，故達。"文選南朝梁江文通(淹)恨賦："或有孤臣危涕，孽子墜心。"

【孤注一擲】賭徒傾其所有作賭注，以決最後勝負。常用以比喻在危急時竭盡全力作最後一次的冒險。晉書何無忌傳："劉毅家無儋石之儲，摴蒱一擲百萬。"元史一二七伯顏傳："我宋天下，猶賭博孤注，輸贏在此一擲爾。"參見"孤注"。

【孤兒寡婦】無父與無夫的人。後漢書五一陳龜傳："戰夫身膏沙漠，居人首係馬鞍。或舉國掩户，盡種灰滅，孤兒寡婦，號哭空城。"晉書石勒載記下："大丈夫行事當礌礌落落，如日月皎然，終不能如曹孟德(操)司馬仲達(懿)父子，欺他孤兒寡婦，狐媚以取天下也。"按獻帝卽位纔九歲，董卓、曹操先後擅權，而司馬懿父子廢齊王曹芳、高貴鄉公曹髦，皆假太后之命，故云。

【孤陋寡聞】學識淺薄，見聞不廣。禮學記："獨學而無友，則孤陋而寡聞。"抱朴子自敍："貧乏無以遠尋師友，孤陋寡聞，明淺思短，大義多所不通。"

【孤雲野鶴】比喻閒逸逍遥之人。唐劉長卿劉隨州詩集一送方外人："孤雲將野鶴，豈向人間住？"明李贄焚書六喜楊鳳里到攝山詩："今日還從江上來，孤雲野鶴在山寺。"又作"野鶴孤雲"。元王結文忠集再次叢字韻詩："野鶴孤雲應笑我，幾年能了濟時功？"

【孤掌難鳴】一個巴掌拍不響，比喻勢單力薄，難以成事。語本韓非子功名："一手獨拍，雖疾無聲。"古今雜劇元戴善夫陶學士醉寫風光好四："許下俺調琴瑟，我似難鳴孤掌，不綠單絲。"水滸四九："(樂和)爲見解珍解寶是個好漢，有心要救他，只是單絲不成線，孤掌豈能鳴，只報得他一個信。"(百二十回本)古今小說二一臨安里錢婆留發跡："(錢鏐)看見城中已有準備，自己後軍無繼，孤掌難鳴，只得撥轉旗頭，重回舊路。"

【孤雌寡鶴】失偶的鳥。鶴，也作"鵠"。文選漢王子淵(褒)洞簫賦："孤雌寡鶴，娛優乎其下兮；春禽羣嬉，翱翔乎其顛。"後多用以比喻失偶的人。

【孤雛腐鼠】比喻微不足道的人或物。後漢書二三竇融傳附竇憲："憲恃宫掖聲埶，遂以賤直請奪沁水公主園田。……後發覺，帝大怒，召憲切責曰：'……國家棄憲如孤雛腐鼠耳！'"

【孤犢觸乳】漢時諺語。後漢書七六仇覽傳"(羊)元卒成孝子"注引謝承後漢書："諺曰：孤犢觸乳，驕子罵母。"本謂因獨生而過於溺愛，只能助長驕恣，反受其害。後也用以比喻無依靠的人向他人求助。

季 jì 居悸切，去，至韻，見。ㄐㄧˋ

㊀少子。詩魏風陟岵："母曰：嗟！予季行役，夙夜無寐。"傳："季，少子也。"左傳文十八年："高辛氏有才子八人：伯奮、仲堪、叔獻、季仲、伯虎、仲熊、叔豹、季貍。"後以伯仲叔季爲兄弟長幼之序，季爲排行最幼者，本此。㊁末。國語晉一："今晉寡德而安俘女，又增其寵，雖當三季之王，亦不可乎？"注："季，末也。三季王，桀、紂、幽王也。"此指一個朝代之末。又一年分四季，每季的第三個月稱季月，如季春（三月）、季夏（六月）、季秋（九月）、季冬（十二月）。㊂物之幼小者。見"季指"。㊃姓。魯桓公季子友之後，以次爲姓，也稱季孫氏。見元和姓纂八。

【季子】少子。左傳襄三一年："延州來季子，其果立乎？"延州來季子，吳季札，壽夢少子，封於延陵，號延陵季子，省稱季子。戰國策秦一："蘇秦曰：'嫂何前倨而後卑也？'嫂曰：'以季子之位尊而多金。'"季子，指蘇秦。

【季女】少女。詩召南采蘋："其誰尸之，有齊季女。"

【季王】末世君王。三國魏嵇康嵇中散集八附缺名宅無吉凶攝生論："夫時日譴祟，古之盛王無之，而季王之所好聽也。"

【季友】公元前？—前 644 年。春秋魯桓公季子，莊公弟。名友，號成季，故稱季友，又稱公子友。因平慶父之難，立僖公，敗莒師有功，封汶陽之田及費邑。爲魯之上卿，專國政。其後代爲季氏，魯國三桓之一。參見"三桓"、"季氏"。

【季父】父之幼弟。戰國策韓二："嚴仲子具告曰：'臣之仇韓相(韓)傀，傀又韓君之季父也。'"史記項羽紀："其季父項梁，梁父卽楚將項燕，爲秦將王翦所戮者也。"索隱："崔浩云：伯、仲、叔、季，兄弟之次，故叔云叔父，季云季父。"

【季月】春夏秋冬四季的末月，卽農曆三、六、九、十二月。漢書八七上揚雄傳校獵賦："於是玄冬季月，天地隆烈。"此謂冬季十二月。初學記四東漢徐幹齊都賦："青陽季月，上除之良，無大無小，祓于水陽。"此謂春季三月。

【季氏】春秋魯桓公子季友的後裔，又稱季孫氏。自文公以後，季孫行父、季孫宿等世爲大夫，專國政，權勢日重，公室日卑。魯昭公興兵伐之，不勝，出奔於齊。其後家臣陽虎擅權，季氏始衰。參閱史記魯周公世家。

【季主】人名。古占卜者。史記一二七漢褚少孫補日者傳："司馬季主者，楚人也。卜於長安東市。"後作爲占卜者的通稱。文選晉張景陽(協)雜詩："歲暮懷百憂，將從季主卜。"

【季末】末世，末代。漢書一〇〇下敍傳："季末淫祀，營信巫史。"

【季布】楚人。爲項羽將，多次困窘劉邦。劉邦既滅項羽，以千金重賞求捕布。布潛匿於魯朱家處。朱家勸灌嬰説服劉邦赦布，召拜爲郎中。布以任俠著名，重然諾，楚人有"得黄金百斤，不如得季布一諾"之諺。史記、漢書皆有傳。參見"一諾千金"。

【季札】見"吳季札"。

【季世】末世，衰世。左傳昭三年："叔向曰：'齊其何如？'晏子曰：'此季世也。吾弗知，齊其爲陳氏矣。'"

【季母】叔母。後漢書八八西域傳："車師後部司馬率加特奴等千五百人，掩擊北匈奴於閶吾陸谷，……獲單于母、季母及婦女數百人。"晉羊祜呼叔父羊耽妻辛憲英爲季母。見三國志魏辛毗傳"子敞嗣，咸熙中爲河内太守"注引世語。

【季冬】冬季第三個月，卽農曆十二月。禮月令："季冬之月，日在婺女，昏婁中，旦氐中。"漢書六二司馬遷傳報任安書："今少卿抱不測之罪，涉旬月，迫季冬。"

【季年】末年，晚年。左傳隱元年："惠公之季年，敗宋師于黄。"史記五宗世家："(魯共王餘)季年好音，不喜辭辯。"

【季肋】短肋，也稱假肋、浮肋。後漢書二四馬援傳上表"備此數家骨相以爲法"唐李賢注："援銅馬相法曰：'……腹欲充，膁欲小，季肋欲長，懸薄欲厚而緩。'"北魏賈思勰齊民要術六養牛馬驢騾："腹欲充，腔欲小，季肋欲張。"

【季弟】最小的弟弟。書呂刑："伯父、伯兄，仲叔、季弟，幼子、童孫，皆聽朕言。"新唐書九三李勣傳："季弟感，年十五，有奇操。"

【季材】柔稚的木材。周禮地官山虞："凡服耜，斬季材，以時入之。"注："季，猶穉也。服與耜宜用穉材，尚柔忍也。"

【季孟】指魯國的公族季氏和孟氏。論語微子："齊景公待孔子，曰：'若季氏則吾不能，以季孟之間待之。'"季氏爲魯上卿，孟氏爲下卿。齊景公的意思是説給孔子以上下卿之間的待遇。後人遂以季孟比喻上下之間。世説新語賞譽上"山濤以下，魏舒以上"注引晉陽秋："時人謂(王)湛上方山濤不足，下比魏舒有餘。湛聞之曰：'欲以我處季孟之間乎？'"南朝梁鍾嶸詩品中晉司空張華："今置之中品疑弱，處之下科恨少，在季孟之間矣。"

【季叔】猶言季世。魏書良吏傳序："後之爲吏，與世沉浮，季叔澆漓，姦巧多緒。"參見"叔季"。

【季妹】最小的妹妹。北魏司馬景和妻墓志銘："陳郡府君之季妹。"（金石萃編二八）

【季春】春季第三個月，卽農曆三月。禮月令："季春之月，日在胃，昏七星中，旦牽牛中。"楚辭漢王褒九懷尊嘉："季春兮陽陽，列草兮成行。"

【季指】小指。儀禮少牢饋食禮："實于左袂，挂于季指。"

【季咸】傳説中古代神巫名。莊子應帝王："鄭有神巫曰季咸。"又見淮南子精神、列子黄帝。後來用爲巫者的通稱。唐元稹長慶集十一送侍御之嶺南二十韻詩："荆俗欺王粲，吾生問季咸。"

【季禺】古代傳説中的國名。山海經大荒南經："又有成山，甘水窮焉。有季禺之國，顓頊之子，食黍。"

【季秋】秋季第三個月，卽農曆九月。書胤征："乃季秋月朔，辰弗集于房。"三國魏曹植曹子建集三愁霖賦："夫何季秋之淫雨兮，既彌日而成霖。"

【季俗】末世的風俗。同"末俗"。唐劉待價獨孤仁政碑："季俗爲之懲革，涼風由是興行。"（金石萃編六九）

【季庫】唐國庫的一種，裴延齡於貞元九年奏設。資治通鑑二三四唐貞元九年："請別置欠負耗賸季庫以掌之。"注："三月爲一季。凡三月終，則入物於庫，故謂之季庫。"又見新、舊唐書裴延齡傳。

【季夏】夏季的第三個月，卽農曆六月。禮明堂位："季夏六月以禘禮祀周公於太廟。"注："季夏，建巳之月也。"漢桓寬鹽鐵論散不足："諸生獨不見季夏之螇乎？音聲入耳，秋風至而聲無者，生無易由言，不顧其患，患至而後默晚矣。"

【季商】農曆九月。初學記三南朝梁元帝纂要："九月季秋，亦曰暮秋、末秋、暮商、季商、杪秋。"

【季葉】猶末世，衰世。古文苑十五漢揚雄司空箴："昔在季葉，班祿遺賢。"文選南齊王元長(融)永明九年策秀才文："徒以百鍰輕科，反行季葉；四支重罰，爰創前古。"

【季路】卽子路。見"子路"。

【季節】時節。初學記一晉夏侯湛雷賦："伊朱明之季節兮，暑熾赫以盛興。"朱明，指夏天。

【季絹】輕細疏薄的絹。管子乘馬："無金則用其絹，季絹三十三，制當一鎰。"注："三等，其下者曰季。"

【季漢】卽蜀漢，猶言漢之季世。三國志蜀諸葛亮傳："將建殊功於季漢，參伊周之巨勳。"三國蜀楊戲曾著季漢輔臣贊，贊劉備諸葛亮等人。見三國志蜀楊戲傳。

【季歷】卽王季，周文王父。詳"王季"。

【季釐】古代傳説中的國名。山海經大荒南經："又有重陰之山，有人食獸曰季釐。帝俊生季釐，故曰季釐之國。"

【季蘭】佩蘭的少女。左傳襄二八年："濟澤之阿，行潦之蘋藻，寘諸宗室，季蘭尸之，敬也。"注："言取蘋藻之菜於阿澤之中，使服蘭之女而爲之主，神猶享之，以其敬也。"

【季鷹】晉張翰字。見"張翰"。

【季祖母】庶祖母，祖父之妾。漢郃陽令曹全碑："收養季祖母，供事繼母，先意承志，存亡之敬，禮無遺闕。"（金石萃編十八）也指叔祖母，卽祖父之弟妻。見清錢大昕十駕齋養新錄十五。

【季振宜】公元 1630—？年。清江蘇泰興人）字詵兮，號滄葦。順治四年進士，官至御史。振宜任河東巡鹽，聚斂贓銀巨萬。好藏書，所藏宋元版及精本甚多。自撰季滄葦書目，又名延令宋版書目。著有靜思堂詩稿。

【季常癖】宋陳慥字季常，自稱龍丘先生；其妻柳氏，爲慥所憚。宋蘇軾分類東坡詩十六寄吴德仁兼簡陳季常有"龍丘居士亦可憐，談空説有夜不眠，忽聞河東獅子吼，拄杖落手心茫然"之句。後來因稱懼内爲季常之癖。也稱"季常懼"。聊齋志異馬介甫："楊萬石……生平有季常之懼。"參閱宋洪邁容齋三筆三陳季常。參見"河東獅吼"。

【季漢書】明謝陛撰。五十六卷。其書記三國歷史，尊蜀漢劉備爲正統，以吴魏爲世家，以董卓袁紹等爲載記，以漢臣爲内傳，吴魏之臣爲外傳，凡更事數姓和依附董袁等人者，列入雜傳。

孥 nú ㄋㄨˊ 乃都切，平，模韻，泥。

㊀妻子兒女。孟子梁惠王下："澤梁無禁，罪人不孥。"注："孥，妻子也。"不孥，指罪不及妻兒。㊁奴婢。史記六八商君傳："事末利及怠而貧者，舉以爲收孥。"索隱："怠者，懈也。周禮謂之'疲民'。以言懈怠不事事之人而貧者，卽糾舉而收録其妻子，没爲官奴婢。"

【孥兒】兒童。吴方言。明王鏊姑蘇志十三風俗："呼小兒曰孥兒。孥，子孫也。"

【孥稚】兒童。宋蘇軾東坡題跋二書謝瞻詩："謝瞻張子房詩曰：'苛慝暴三殤'，謂上中下三殤，言暴秦無道，戮及孥稚也。"

【孥戮】誅及子孫。書甘誓："用命賞于祖，弗用命戮于社，予則孥戮汝。"傳："孥，子也。非但止汝身，辱及汝子，言恥累也。"又湯誓："爾不從誓言，予則孥戮汝，罔有攸赦。"一説是没爲奴婢或判處死刑。唐顔師古匡謬正俗二："案孥戮者，或以爲奴，或加刑戮，無有所赦耳。此非孥子之孥。"史記夏紀引書作"帑僇"。又作"奴僇"。漢書三七季布傳贊："以項羽之氣，而季布以勇顯名楚，身履軍搴旗者數矣，可謂壯士。及至困戹奴僇，苟活而不變，何也？"注："僇，古戮字也。奴僇，謂髡鉗爲奴而賣之也。"周禮司禮注、漢書王莽傳引書皆作"奴戮"。參閱清孫星衍尚書今古文注疏四。

六 畫

孩 hái ㄏㄞˊ 戶來切，平，咍韻，匣。

㊀小兒笑。"咳"的古字。老子："我獨泊兮其未兆，如嬰兒之未孩。"釋文本作"咳"。㊁幼童。國語吴："今王播棄黎老，而孩童焉比謀。"㊂當作嬰兒看待。老子："聖人在天下，歙歙爲天下渾其心，聖人皆孩之。"注："皆使和而無欲如嬰也。"北齊書樊遜傳對問："伏惟陛下昧旦坐朝，留心政術，明罰以糾諸侯，申恩以孩百姓。"

【孩子】兒童。墨子明鬼："播棄黎老，賊誅孩子。"漢王充論衡本性："紂爲孩子之時，微子睹其不善之性。"

【孩幼】孩子，兒童。易林十四漸之大畜："襁褓孩幼，冠帶成家，出門如賓，父母何憂。"唐陸龜蒙甫里集一讀襄陽耆舊傳因作五百言寄皮襲美詩："却視五霸圖，股掌弄孩幼。"

【孩抱】幼兒。猶孩提。三國志魏楊阜傳："帝愛女淑，未期而夭，……葬於南陵，將自臨送，阜上疏曰：'文皇帝武宣皇后崩，陛下皆不送葬，……何至孩抱之赤子而可送葬也哉？'"列子楊朱："設有一者，孩抱以逮昏老，幾居其半矣。"亦稱懷抱的幼兒爲"孩抱中物"。世說新語傷逝:"王戎喪兒萬子。山簡往省之，王悲不自勝。簡曰:'孩抱中物，何至於此?'"

【孩虎】小老虎。唐杜甫杜工部詩史補遺八王兵馬使二角鷹:"杉雞竹兔不自惜，孩虎野羊俱辟易。"

【孩乳】嬰兒哺乳期。後漢書三三虞延傳:"延從女弟，年在孩乳，其母不能活之，棄於溝中。"

【孩兒】小兒。後漢書十三公孫述傳:"孩兒老母，口以萬數。"後來父母稱子女或子女對父母自稱都叫孩兒。宋晁説之晁氏客語:"太母宣諭曰:'范(祖禹)侍講求去甚力，故勉徇其請。昨日孩兒再三留他，可諭與且爲孩兒留，未可求出，前降指揮不行。'"太母謂神宗向后，孩兒謂哲宗。

【孩提】指初知發笑、尚在襁褓中的幼兒。孟子盡心上:"孩提之童，無不知愛其親者。"注:"孩提，二三歲之間，在襁褓知孩笑，可提抱者也。"後也作"提孩"。唐韓愈昌黎集六符讀書城南詩:"兩家各生子，提孩巧相如。"參見"提孩"。

【孩稚】幼兒。北齊顏之推顏氏家訓音辭:"吾家兒女，雖在孩稚，便漸督正之。"

【孩孺】小兒。廣弘明集二三南朝梁沈約南齊禪林寺尼淨秀行狀:"挺慧悟於曠劫，體妙解於當年，而性調和綽，不與凡孩孺同數。"

【孩蟲】幼蟲。禮月令孟春之月:"毋殺孩蟲。"注:"爲傷萌幼之類。"

【孩兒面】凡玉久埋土中，受石灰侵蝕，便呈紅色，叫孩兒面。見清陳性玉紀玉色。又珊瑚顏色淡紅的，也稱孩兒面。

【孩兒茶】藥茶名。卽烏爹泥，也叫烏壘泥。能化痰生津，止血去濕，清上膈熱，治鼻淵流水，療一切瘡瘍。見本草綱目七烏爹泥。

【孩兒參】人參的一種。廣羣芳譜九三藥譜一人參:"其有手足面目似人形者，更神效，謂之孩兒參;而假僞者尤多。"

【孩兒菊】㊀菊名。宋史正志史老圃菊譜:"孩兒菊，紫萼白心，茸茸然葉上有光，與他菊異。"㊁蘭名。也名千斤草。元方回桐江續集二十秋日古蘭花詩:"綠葉梢頭紫粟攢，離騷經裏古秋蘭。時人誤喚孩兒菊，惟有詩翁解細看。"

七畫

挽 miǎn 亡辨切，上，獮韻，明。
ㄇㄧㄢˇ 無遠切，上，阮韻，明。

同"娩"。分娩。說文:"挽，生子免身也。"北史尒朱榮傳:"言看皇后娩難。"

【挽身】生小孩。漢劉向列女傳八霍夫人顯:"今皇后當挽身，可因投藥去之，使我女得爲后。"

【挽乳】生孩子。漢劉向列女傳八霍夫人顯:"婦人挽乳大故，十死一生。"漢書孝宣許皇后傳挽，作"免"。資治通鑑一五四梁中大通二年:"會(尒朱)榮請入朝，欲視皇后挽乳。"注:"挽與免同，又音晚。(顏)師古(漢書注)曰:'免乳，爲産子也。'……唐韻曰:'子母相解曰免。'"

孫 1. sūn ㄙㄨㄣ 思渾切，平，魂韻，心。

㊀子之子。爾雅釋親:"子之子爲孫，孫之子爲曾孫，曾孫之子爲玄孫。"又後裔統稱子孫。對遠祖而言也稱幾世孫。太平御覽四一南朝宋劉義慶幽明錄:"漢明帝永平五年，剡縣劉晨、阮肇共入天台山，……遂留半年。……既出，親舊零落，邑屋全異，無復相識，問得七世孫，傳聞上世入山，迷不得歸。"㊁植物的再生或滋生者。宋蘇軾分類東坡詩十四煮菜:"秋來霜露滿東園，蘆菔生兒芥有孫。"參見"孫竹"。㊂細小。詳"孫絡"。㊃姓。見元和姓纂四魂、通志氏族略三以字爲氏。

2. xùn ㄒㄩㄣˋ 集韻 蘇困切，去，恨韻。

通"遜"。說文作"愻"。㊄謙遜，恭順。論語述而:"奢則不孫，儉則固。"禮學記:"不陵節而施之謂孫。"注:"孫，順也。"㊅出奔。春秋莊元年:"三月，夫人孫于齊。"注:"夫人，莊公母也。魯人責之，故出奔。內諱奔，謂之孫;猶孫讓而去。"釋文:"孫，本作遜。"

【孫子】㊀卽子孫。詩魯頌有駜:"君子有穀，詒孫子，于胥樂兮。"㊁書名。舊題春秋孫武撰。一卷，共十三篇。我國兵書傳於今者，以此爲最古。歷代作注者甚多。宋吉天保始集三國魏曹操、南朝梁孟氏、唐李筌杜牧陳皥賈林、宋梅聖俞王晳何延錫張預等十家爲孫子十家注，分爲十五卷。有清孫星衍校定本。1972年山東臨沂漢墓出土孫子兵法竹簡二百餘簡，二千三百餘字，僅及今本中十三篇三分之一，其中有十三篇外之吳問四變等殘簡。參見"孫武"。

【孫山】見"名落孫山"。

【孫₂心】恭順謙遜的心意。禮緇衣:"恭以涖之，則民有孫心。"注:"孫，順也。"

【孫水】水名。出臺登縣，一名白沙江。又名長河水。南流逕邛都縣，又南入若水。見水經注若水。漢司馬相如拜中郎將，通使西南，橋孫水，以通邛都，卽此。見史記、漢書司馬相如傳。按臺登今四川冕寧縣，孫水今之安寧河，南入金沙江。或云卽古瀘水，若水今雅礱江。參閱嘉慶一統志四〇〇寧遠府一。

【孫竹】竹根末端所生的嫩枝。周禮春官大司樂:"孫竹之管。"注:"孫竹，竹枝根之末生者。"參見"竹孫"。

【孫吳】㊀孫武和吳起，戰國時都以善用兵知名，後世多以孫吳並稱。荀子議兵:"孫吳用之，無敵於天下。"注:"孫謂吳王闔閭將孫武，吳謂魏武侯將吳起也。"史記霍去病傳:"天子嘗欲教之孫吳兵法，對曰:'顧方略何如耳，不至學古兵法。'"㊁三國時，孫權據有江東，國號吳。後人稱之爲孫吳。

【孫位】唐末會稽人，號會稽山人。後改名遇。僖宗時，位自長安入蜀。擅長人物山水，畫龍水尤精。曾在蜀中應天昭覺等寺作壁畫。宣和畫譜著錄其畫二十六件，今傳世僅高逸圖。參閱宣和畫譜二、元湯垕古今畫譜。

【孫炎】三國魏樂安人，字叔然。鄭玄弟子。徵爲祕書監，不就。王肅作聖證論以譏難玄，炎駁而釋之。撰有周易春秋例及毛詩禮記春秋三傳國語爾雅諸注，書皆失傳。其爾雅注，北齊顏之推顏氏家訓音辭謂爲用反切注音之始，唐陸德明經典釋文曾引其反切若干則。清馬國翰玉函山房輯佚書有輯本。

【孫武】春秋時齊人。名武，也稱孫武子。以兵法求見吳王闔廬，用爲將，西破强楚，北威齊晉。漢書藝文志兵家著錄孫子兵法八十二篇，今有十家注本。史記有傳。參見"孫子㊁"。

【孫枝】樹的嫩枝。自本而生出者爲子榦，自子榦而生者爲孫枝。文選三國魏嵇叔夜(康)琴賦:"乃斲孫枝，准量所任，至人攄思，制爲雅琴。"唐張銑注:"孫枝，側生枝也。"後因以孫枝比喻孫子。唐白居易長慶集六八談氏外孫生三日喜是男偶吟成篇兼戲呈夢得詩:"芣苢春來盈女手，梧桐老去長孫枝。"

【孫郎】指孫策。三國志吳孫策傳"諸郡守皆捐城郭奔走"注引江表傳:"策時年少，雖有位號，而士民皆呼爲孫郎。"參見"孫策"。

【孫恩】公元?—402年。琅琊人，字靈秀。晉末農民起義領袖。世奉五斗米道。安帝隆安二年，恩叔孫泰起事爲官軍所殺，恩流亡海島。時會稽王司馬道子及子元顯當政，政治腐敗，民不聊生，恩因民怨，自海島攻會稽江口臨海京口建康，前後四年。元興元年兵敗投水自殺。晉書有傳。

【孫息】子孫後代。宋黃庭堅豫章集一寄老庵賦："寄吾老於孫息，厭羣雛之嗸嗸。"

【孫卿】卽荀卿。漢劉向有孫卿書録。按唐司馬貞史記索隱，顏師古漢書藝文志注皆謂因避漢宣帝(劉詢)諱，改荀爲孫。清謝墉謂漢時不諱嫌名，當是荀孫同音通轉。見荀子箋釋序。詳"荀子"。

【孫堅】公元 157—193 年。三國吳郡富春人。吳主孫權之父。字文臺。東漢靈帝中平元年從朱儁鎮壓黃巾軍。後與袁術攻董卓。獻帝初平三年受術命擊荆州劉表，爲表將黃祖部下射死。次子孫權稱帝後，追尊爲武烈皇帝。三國志吳有傳。

【孫皓】公元 243—284 年。三國吳末帝。字元宗。孫權之孫，和之子。繼孫休爲吳主，暴虐無道。晉武帝咸寧五年，決策伐吳，明年王濬以舟師直入建業，皓降，送洛陽。封爲歸命侯。三國志吳有傳。

【孫婦】孫之妻。儀禮喪服："傳曰: 何以期也？不敢降其適也。有適子者無適孫，孫婦亦如之。"

【孫壻】孫女的丈夫。唐韓愈昌黎集三四故太學博士李君墓誌銘："太學博士頓丘李于，余兄孫壻也。"

【孫陽】㊀古代善相馬的人。又名伯樂。莊子馬蹄"及至伯樂"釋文："伯樂，姓孫名陽，善馭馬。"楚辭漢東方朔七諫怨世："驥躊躇於弊輂兮，遇孫陽而得代。"參見"伯樂㊀"。㊁複姓。漢有侍御史孫陽放。參閱通志二八氏族四以名爲氏。

【孫登】㊀東漢初農民起義領袖。光武建武二年十一月，銅馬青犢尤來等義軍於上郡共立孫登爲帝，不久爲部將樂玄所殺。見後漢書光武帝紀上。㊁三國魏人。隱居汲郡山中，居土窟，好讀易，彈一絃琴，善嘯。嵇康與孫登游，登對康說："子才多識寡，難免乎於今之世。"後康終爲司馬昭等誣陷殺害。死前作幽憤詩，曰："昔慚柳下，今愧孫登。"參閱三國志魏王粲傳"至景元中，坐事誅"注、晉書隱逸傳。

【孫策】公元 175—200 年。三國吳郡富春人。吳主孫權之兄。字伯符。父孫堅爲劉表部將黃祖射殺，策依附袁術。後得其父部曲，渡江轉戰，在江東建立政權。曹操與袁紹在官渡相持，策謀乘機襲許昌，迎漢獻帝。未發，爲吳郡太守許貢客擊傷，創重而死。後其弟孫權稱帝，追諡爲長沙桓王。三國志吳有傳。

【孫復】公元 992—1057 年。宋晉州平陽人。字明復。四舉開封府進士不第，隱居泰山，學春秋，著春秋尊王發微十二篇，聲名甚盛。慶曆二年以范仲淹富弼等薦，徵爲國子監直講，後遷殿中丞。門人有石介文彥博祖無擇等。參閱宋史四三二儒林傳二、宋元學案二泰山學案。

【孫絡】人身的細小脈絡。素問氣穴論："帝曰:'余已知氣穴之處，遊鍼之居，願聞孫絡谿谷，亦有所應乎？'岐伯曰:'孫絡三百六十五穴會。'"注："孫絡，小絡也；謂絡之支別者。"

【孫楚】公元 ？— 293 年。晉太原中都人。字子荆。富文才，年四十餘始參鎮東軍事，曾爲石苞作與吳主孫皓書(文見文選及晉書本傳)。後忤苞去職。惠帝初爲馮翊太守。元康三年卒。晉書有傳。

【孫₂業】恭謹從業。禮學記："入學鼓篋，孫其業也。"注："鼓篋，擊鼓警衆，乃發篋出所治經業也；孫，猶恭順也。"

【孫壽】漢梁冀妻。色美而善爲妖態，作愁眉、啼妝、墮馬髻、折腰步、齲齒笑。梁冀繼父商爲大將軍，專朝政，驕奢横暴，壽封襄城君。桓帝延熹二年，帝與太監謀收梁冀，冀壽卽日自殺。見後漢書三四梁冀傳。

【孫綽】公元 314 — 371 年。晉太原中都人，孫楚之孫，字興公。初爲章安令，轉永嘉太守，後至廷尉卿。博學善文，曾作天台山賦，初成，以示友人范榮期，曰："卿試擲地，當作金石聲也。"晉書附孫楚傳。隋書經籍志著録集解論語十卷、孫子十二卷等；新唐書藝文志四著録孫綽集十五卷，均已失傳。明張溥漢魏六朝百三名家集輯有孫廷尉集一卷，清嚴可均全上古三代秦漢三國六朝文全晉文輯有二卷。

【孫劉】同時著名之孫劉二人。1. 三國時孫權劉備。南史梁武陵王紀傳梁元帝與紀書又別紙："地擬孫、劉，各安境界。"2. 三國時孫資劉放。南史顧覬之傳："覬之曰：辛毗有云:'孫、劉不過使吾不爲三公耳。'"三國志魏辛毗傳作"劉孫"。3. 晉時孫綽劉惔。文苑英華九九唐陸龜蒙幽居賦："清言不屈，孫、劉難滅於中軍。"

【孫謀】詩大雅文王有聲："詒厥孫謀，以燕翼子。"說解有二：1. 讀孫爲"遜"，順的意思。孫謀謂順天下之謀，卽順應人心。見漢鄭玄箋。2. 孫，子孫之孫。孫謀卽謀及其孫之意。見宋朱熹詩集傳。

【孫臏】戰國齊人，孫武的後代。(吳越春秋闔閭内傳作吳人)。與龐涓同學兵法。後涓爲魏將，嫉臏之才，召臏到魏，施以刖刑。後齊使者載臏歸齊，威王以爲師。臏爲齊謀擊魏，涓智窮兵敗，自殺。臏由是顯名。史記附孫武傳。1974 年山東臨沂出土孫臏兵法殘簡共二二三簡，五九八五字。

【孫₂辭】遁辭，借故避開正題的話。左傳隱五年"陳魚而觀之"晉杜預注："孫辭以略地。"

【孫覺】公元 1028—1090 年。宋高郵人。字莘老。受業於胡瑗。舉進士，調合肥主簿。神宗卽位，直集賢院。王安石執政行新法，覺議不合，出知廣德軍，徙湖州。哲宗時，累官至龍圖閣學士。有文集、奏議六十卷，春秋經解十五卷。宋史有傳。參閱宋元學案一安定學案。

【孫權】公元 182—252 年。三國吳開國皇帝。字仲謀。吳郡富春人。繼其兄孫策據江東六郡。漢獻帝建安十三年，與劉備合力破曹操於赤壁。從此西聯蜀漢，北抗曹魏，成三分的局面。黃龍元年稱帝，建都建業，國號吳。諡大皇帝。三國志吳有傳。

【孫光憲】公元 900？— 968 年。宋陵州貴平人。字孟文。仕荆南高從誨爲從事，累官至檢校祕書監兼御史大夫。宋滅荆南，爲黃州刺史。家有藏書千卷，孜孜校勘，老而不廢，自號葆光子。所著甚多，但大都散失，今僅存北夢瑣言一種。

【孫奇逢】公元 1584—1675 年。清直隸容城人。字啟泰，號鍾元。明萬曆二十八年舉人。晚年講學於蘇州的夏峯山，學者稱夏峯先生。奇逢之學，原本宋陸九淵、明王守仁，對經學、理學均有創見。自明至清，屢徵不起。著有理學傳心纂要八卷、理學宗傳二十六卷、夏峯先生集十六卷等。參閱明儒學案五七、清江藩國朝宋學淵源記上。

【孫承宗】公元 1563—1638 年。明高陽人。字稚繩，又字愷陽，號維城。萬曆三十二年進士。天啟初，累官兵部尚書。時清兵攻破遼陽廣寧，承宗自請以原官督理諸處軍務。既至，練兵屯田，修築城堡，遣將防守錦州松山和大小凌河。以忤魏忠賢意，去職。清兵入關，攻取高陽，承宗率家人拒守，城破自縊。子孫十餘人，皆戰死。明史有傳。

【孫承澤】公元 1592—1676 年。明末清初北京人。字耳伯，號北海，又稱退谷。明崇禎四年進士。官刑科都給事中。李自成入京時，任四川防務使。入清爲吏部侍郎、左都御史。家富藏書，精於鑒別碑版書畫，留心北京掌故，著有研山齋集庚子銷夏紀春明夢餘録天府廣記等。

【孫叔敖】春秋楚令尹。蔿賈之子。沈尹莖(史記作虞丘相)薦之於楚莊王以自代。開鑿芍陂，灌田萬頃。相傳三任令尹而不喜，三次去職而不悔。見左傳宣十一年、十二年；吕氏春秋情欲、異寶、知分、贊能；史記一一九循吏傳。

【孫供奉】猴子。全唐詩六六五羅隱感弄猴人賜朱紱："何如學取孫供奉，一笑君王便著緋。"注引幕府燕閒録："唐昭宗播遷，隨駕伎藝人止有弄猴者，猴頗馴，能隨班起居，昭宗賜以緋袍，號孫供奉。"

【孫思邈】公元 581？—682 年。唐華原人。鑽研諸子百家，兼通佛典，精於醫藥。隋文帝時徵爲國子博士，不就。唐太宗召至京師，欲授以官職，亦不受。一生致力於醫藥研究工作。著有千金方、千金翼方二書。新舊唐書有傳。參見"千金方"。

【孫星衍】公元 1753—1818 年。清江蘇陽湖人。字伯淵，一字淵如，號季述。乾隆五十二年進士，曾任山東按察使、布政使，後因病歸里。初以文學著稱，與洪亮吉黄景仁楊芳燦齊名。後專力經史文字音韻訓詁之學，兼及諸子百家，工於篆隸。曾主持詁經精舍、鍾山書院講席。著有尚書古今文注疏周易集解晏子春秋音義等數十種。並輯刊平津館叢書岱南閣叢書。藏書甚富，有孫氏家祠書目內外編。清阮元揅經室集二集有山東糧道淵如孫君傳。

【孫過庭】唐陳留人。字虔禮。官至率府録事參軍。善草書，筆勢縱橫，墨法清潤。著書譜二卷，今僅存上卷。題吴郡孫過庭撰。參閲宋宣和書譜十八。

【孫詒讓】公元 1848—1908 年。清浙江瑞安人。字仲容，號籀廎。同治舉人，官刑部主事，引疾歸。悉心治經，著書逹四十年。著有周禮正義墨子閒詁古籀餘論(拾遺)契文舉例經迻札迻述林等十餘種。於周禮用功最勤，於墨學和金文甲骨文古文字的研究，多有發明。

【孫慎行】公元 1565—1636 年。明武進人。字聞斯，號淇澳。萬曆二十三年進士。天啟初，拜禮部尚書，因追論大學士方從哲進紅丸之罪，爲宦官所忌，託病辭歸。五年，閹黨魏忠賢等議修三朝要典，大翻紅丸、梃擊、移宫三案。指責慎行爲紅丸案的罪魁，議遣戍寧夏。適崇禎初立，魏忠賢死，得免。卒諡文介。著有周易明洛義纂述六卷，元晏齋困思鈔三卷。又有元晏齋集(清乾隆時編入違礙書目)。明史有傳。參閲明儒學案五九東林學案二、明史紀事本末。

【孫楚樓】古金陵酒樓名。唐李白李太白詩十九翫月金陵城西孫楚酒樓……："朝沽金陵酒，歌吹孫楚樓。"宋詩鈔王庭珪盧溪集鈔和胡觀光登酒樓："李白夜登孫楚樓，樓中玩月苦淹留。"

【孫嘉淦】公元 1682—1752 年。清山西興縣人，字錫公，號懿齋。康熙五十二年進士，官至吏部尚書、協辦大學士。雍正乾隆兩朝，歷辦學政、鹽務、河工等要差。卒諡文定。著有春秋義十五卷、詩經補注。

【孫子算經】古算書。三卷。自隋書經籍志至宋人官私書目，均不言撰者。清朱彝尊曝書亭集五五孫子算經跋，以爲孫武所作；戴震斷爲東漢明帝以後之人所作；阮元則以爲當更在漢以後。按今書中有漢明帝及晉宋後人語，當爲先秦古書，歷經後人增益。參閲清阮元疇人傳一孫子傳論，近人余嘉錫四庫提要辨證十二子三孫子算經。

【孫夫人碑】晉碑。原稱"晉任城太守夫人孫氏之碑"。碑、額俱爲八分書，記任城太守羊君夫人孫氏生平行誼。清何紹基考夫人之父爲孫邕(見東洲草堂金石跋三)；夫名不詳。清乾隆五十八年江鳳彝訪得原石於山東新泰縣新甫山麓，後移置縣學。參閲金石萃編二五。

【孫公談圃】宋劉延世撰。三卷。記載孫升的談話。元祐年間升曾爲中書舍人，紹聖初貶福建汀州。時延世父任職汀州，因得從游。元祐年間，朝廷有洛蜀朔三黨。洛以程顥程頤爲首，蜀以蘇軾爲首，朔以劉摯爲首，互相攻訐。升屬朔黨，附劉摯。書中對王安石蘇軾二程皆有不滿之詞。

【孫康映雪】見"映雪讀書"。

八畫

孰 shú ㄕㄨˊ 殊六切，入，屋韻，禪。

㊀成熟，煮熟。"熟"的本字。荀子富國："高者不旱，下者不水，寒暑和節，而五穀以時孰，是天下之事也。"左傳宣二年："宰夫胹熊蹯不熟。"清阮元校勘記謂宋本作"孰"。㊁精審，純熟。荀子議兵："凡慮事欲孰，而用財欲泰。"㊂疑問代詞。1.誰。論語先進："季康子問弟子孰爲好學？"2.什麼。論語八佾："孔子謂季氏八佾舞於庭，是可忍也，孰不可忍也。"

【孰何】詰問。漢書四六衛綰傳："及景帝立，歲餘，不孰何綰，綰日以謹力。"注："服虔曰：'不問也。'李奇曰：'孰，誰也，何，呵也。'師古曰：'何即問也。不誰何者，猶言不借問耳。'"史記一〇三衛綰傳作"不譙呵綰"。索隱："誰何二音。誰何猶借訪也。一作'譙呵'。譙，責讓也，言不嗔責綰也。"

【孰若】猶孰與，何如。兩者相比，取其一。後漢書八三龐公傳："(劉表)謂曰：'夫保全一身，孰若保全天下乎？'"

【孰食】煮熟的食品。禮曲禮上："獻孰食者操醬齊。"

【孰計】縝密的考慮。荀子不苟："欲惡取舍之權，見其可欲也，則必前後慮其可惡也者；見其可利也，則必前後慮其可害也者；而兼權之，孰計之；然後定其欲惡取舍。"史記項羽紀："願將軍孰計之。"

【孰視】定睛細看。同"熟視"。莊子知北遊："光曜不得問，而孰視其狀貌。"史記七九蔡澤傳："唐舉孰視而笑。"

【孰湖】神話中怪獸名。山海經西山經西次四經："西南三百六十里曰崦嵫之山，……有獸焉，其狀馬身而鳥翼，人面蛇尾，是好舉人，名曰孰湖。"

【孰復】深思熟慮，反復研求。漢書五六董仲舒傳："今子大夫既已著大道之極，陳治亂之端矣；其悉之究之，孰之復之。"新唐書一三二韋述傳："(元)行沖畀之，試與語前世事，孰復詳諦，如指掌然。"

【孰與】何如。兩者相比，擇其一。荀子天論："從天而頌之，孰與制天命而用之？"戰國策齊一："鄒忌……謂其妻曰：我孰與城北徐公美？"

【孰誰】何人。戰國策楚一："秦王身問之：子孰誰也？"

【孰慮】同"熟慮"。反復考慮。禮表記："故君使其臣，得志則愼慮而從之，否則孰慮而從之。"後漢書七五袁術傳孫策與術書："時人多惑圖緯之言，妄牽非類之文，苟以悦主爲美，不顧成敗之計，古今所愼，可不孰慮！"

九畫

孳 1. zī ㄗ 子之切，平，之韻，精。

㊀繁殖，滋生。列子湯問："不夭不病，其民孳阜亡數。"文選南朝宋鮑明遠（照）蕪城賦："孳貨鹽田，鏟利銅山。"注："聲類曰：孳，蕃也。孳、滋古字通也。"㊁不懈怠，勤勉。通"孜"。見"孳孳"。

2\. zì ㄗˋ 疾置切，去，志韻，從。

㊂乳化，生子。見"孳$_2$尾"。

【孳生】生長繁殖。晉書樂志上："子者，孳也。謂陽氣至此更孳生也。"

【孳$_2$尾】鳥獸雌雄交媾。書堯典："厥民析，鳥獸孳尾。"傳："乳化曰孳，交接曰尾。"史記五帝紀引書作"字微"。列子黃帝："雄雌在前，孳尾成羣。"注："孳尾，牝牡相生也。"

【孳育】滋生。晉書樂志上："羽之爲言舒也，言陽氣將復，萬物孳育而舒生也。"

【孳乳】滋生增益。漢許慎說文解字敘："倉頡之初作書，蓋依類象形，故謂之文；其後形聲相益，卽謂之字。字者言孳乳而寖多也。"

【孳茂】發育繁盛。晉書樂志上："二月之辰，名爲卯；卯者，茂也；言陽氣生而孳茂也。"

【孳衍】蕃衍，繁殖。新唐書二二二下南蠻傳環王："又有西屠夷，蓋（馬）援還留不去者，才十户，隋末孳衍至三百。"

【孳息】滋生繁息。晉書江統傳徙戎論："始徙之時，户落百數，子孫孳息，今以千計。"

【孳孳】勤勉不懈。同"孜孜"。孟子盡心上："雞鳴而起，孳孳爲善者，舜之徒也。"史記夏紀："予思日孳孳。"書益稷作"孜孜"。

【孳萌】草本萌芽生長。漢書律曆志上："故陽氣施種於黃泉，孳萌萬物，爲六氣元也。"

【孳蔓】滋生蔓延。後漢書桓帝紀永興二年詔："川靈涌水，蝗螽孳蔓。"參見"滋蔓"。

【孳生監】官署名。宋太僕寺掌廐牧車輿的機構。下設左右天駟監，掌管牧馬之事。元豐末撤銷畿内牧馬監，元祐初設置左右天廐坊，處理民間承佃牧地等事務。紹聖初設置孳生監。南宋初，撤銷太僕寺，併入兵部。參閱文獻通考五六職官十。

孱

1\. chán ㄔㄢˊ 士山切，平，山韻，牀。士連切，平，仙韻，牀。

㊀狹窄。說文："孱，迮也。"清段玉裁注："按此迮當爲笮，今之窄字也。"引申爲窘迫，淺陋。宋宋祁景文集三七授龍圖閣謝恩表："伏念臣識局庸淺，術學膚孱，入忝玉堂，間陪講殿。"參見"孱蹙"。㊁迫促。初學記四南朝宋王僧達七夕月下詩："節氣既已孱，中宵振綺羅。"㊂謹小慎微。大戴禮曾子立事："君子博學而孱守之。"注："孱，小貌，不務大。"㊃懦弱，衰弱。宋陸游劍南詩稿一寄别李德遠："中原亂後儒風替，黨禁興來士氣孱。"參見"孱王"、"孱夫"。㊄高貌。通"巉"。見"孱顏"。

2\. zhàn ㄓㄢˋ 士限切，上，産韻，牀。

㊅孱陵，地名。見"孱$_2$陵"。

3\. jiān ㄐㄧㄢ 集韻 子仙切，平，僊韻。

㊆窘迫。見"孱$_3$蹙"。

【孱王】懦弱的君王。史記八九張耳陳餘傳："趙相貫高趙午等年六十餘，故張耳客也，生平爲氣，乃怒曰：'吾王孱王也！'"集解："孟康曰：'音如潺湲之潺。冀州人謂懦弱爲孱。'"新唐書一〇二姚思廉傳："思廉以諸生侍孱王，奮然陳大義，挫虓虎而奪之氣。"思廉，隋末官代王侍讀。

【孱夫】懦弱的人。晉書張載傳榷論："孱夫與烏獲訟力，非龍文赤鼎，無以明之。"

【孱$_2$陵】縣名。漢置，屬武陵郡。在今湖北公安縣南。劉備在荆州改爲公安。吳孫權重得荆州，封呂蒙爲孱陵侯，卽此。晉屬南平郡，隋開皇九年併入公安縣。參閱漢書地理志上武陵郡、太平寰宇記一四六荆州。

【孱孱】怯懦貌。舊唐書一七七杜審權傳附杜讓能："帝（昭宗）曰：'……朕不能孱孱度日，坐觀凌弱。'"

【孱微】卑賤，低微。多指社會地位而言。唐李商隱李義山文集一爲濮陽公陳許謝上表："咨謀將領之能，必重英豪之選；豈虞拔擢，乃出孱微。"

【孱瑣】卑賤。宋歐陽修文忠集九五謝進士及第啓："致茲孱瑣，及此抽揚。"

【孱顏】高峻貌。同"巉巖"。史記一一七司馬相如傳大人賦："放散畔岸，驤以孱顏。"索隱："服虔曰：'馬仰頭，其口開，正孱顏也。'"文苑英華四八唐李華含元殿賦："峥嶸孱顏，下視南山。"

【孱$_3$蹙】窘迫。集韻平聲僊韻："孱，窘也。今俗有孱蹙語。"

【孱羸】瘦弱。明方孝孺遜志齋集二三栽柏詩："我生素多病，中歲早孱羸。"

十畫

㝅

gòu ㄍㄡˋ 古候切，去，候韻，見。乃后切，上，厚韻，泥。

哺乳。左傳宣四年："楚人謂乳穀。"唐石經穀作"㝅"。又莊三十年："鬬穀於菟爲令尹。"釋文："楚人謂乳曰㝅。"漢書作㝅，音同。"㝅、㝅、穀同音通用。

【㝅瞀】愚昧無知。疊韻字。荀子儒效作"溝瞀"，漢書五行志中之上作"傋霿"，五行志下之上作"區霿"。都是音同形異。參閱說文"㝅"清段玉裁注、朱駿聲說文通訓定聲。

孴

yǐ ㄧˇ 魚紀切，上，止韻，疑。羊入切，入，緝韻，喻。

戢孴，盛貌。詳"戢孴"。

十一畫

孷

lí ㄌㄧˊ 里之切，平，之韻，來。

孷孖，雙生子。見玉篇孷。廣韻作"孷孳"。方言三作"嫠孳"。

孵

fū ㄈㄨ 芳無切，平，虞韻，滂。

鳥類伏卵而生幼鳥曰孵。蟲魚由卵化生者，也叫孵。說文作"孚"。參見"孚㊀"。

十三畫

學

xué ㄒㄩㄝˊ 胡覺切，入，覺韻，匣。

說文作"斆"。㊀仿效，學習。書說命下："學于古訓，乃有獲。"論語述而："學而時習之，不亦說乎！"㊁學校。禮學記："古之教者，家有塾，黨有庠，術有序，國有學。"㊂學問，學說，學派。莊子天下："百家之學，時或稱而道之。"漢書八八丁寬傳："王孫授施讎孟喜梁丘賀。繇是易有施孟梁丘之學。"㊃訴說。宋沈端節克齋詞醉落魄："紅嬌翠弱，春寒睡起慵匀掠，些兒心事誰能學。"

【學力】學問的成就、造詣。宋范成大石湖集二四送劉唐卿户曹擢第西歸詩之三："學力根深方蔕固，功名水到自渠成。"

【學士】㊀古指在學的貴族子弟。周禮春官樂師："詔及徹，帥學士而歌徹。"㊁學者，文人。莊子盜跖："搖唇鼓舌，擅生是非，以迷天下之主，使天下學士，不反其本，妄作孝弟，而僥倖於封侯富貴者也。"史記一二四遊俠傳序："韓子曰：'儒以文亂法，而俠以武犯禁，二者皆譏，而學士多稱於世云。'"㊂官名。魏晉六朝微文學之士主掌典禮、編纂、撰述諸事，通稱學士；諸王及節帥亦得置學士，以師友相待，無定員、品秩。唐開元時始置學士院，官員稱翰林學士，掌起草皇帝詔命。其後有承旨、侍讀、侍講、直學士、待制等品秩之分。清內閣、翰林院皆有學士之官。參閱文獻通考五四職官八學士院，歷代職官表二三翰林院、清趙翼陔餘叢考二六學士。

【學子】猶言學生。詩鄭風子衿"青青子衿"漢毛亨傳："青衿，青領也，學子之所服。"

【學山】漢揚雄法言學行："百川學海而至于海，丘陵學山不至于山，是故惡夫畫也。"詳"學海㊀"。

【學正】官名。宋國子監設學正、學錄各五人，掌學規，考教訓導。元由禮部及行省、宣慰司任命的路、州、縣學官，稱學正。明清國子監也設學正。清代府學官稱教授，州稱學正，縣稱教諭，負責教育所屬生員。參閱宋史職官志五國子監、元史選舉志一學校、明史職官志二國子監、清會典事例二二吏部官制國子監。

【學田】舊時爲學官所置的田產，以田租的收入作學校的經費。宋仁宗始命國子監及兗州各置學田，至神宗時普及各地。明清分府學、州學、縣學爲三等，各置學田，以補助廩生及學中經費。參閱宋史選舉志三、清朝續文獻通考十七田賦官田、清顧炎武日知錄十八監本二十一史。

【學生】㊀學習養生之道。莊子達生："吾聞祝腎學生。"㊁在校學習的人。後漢書靈帝紀："(光和元年)始置鴻都門學生。"注："鴻都，門名也。於內置學。時其中諸生……至千人焉。"北齊顏之推顏氏家訓勉學："元帝在江荊間，復所愛習，召置學生，親爲教授。"㊂後輩對尊長的自稱。宋宰相王溥父祚會客，溥朝服侍立，客不自安，求去。祚曰："學生勞賢者起避耶？"見宋王闢之澠水燕談錄二名臣。

【學而】論語首篇篇名。以首句"子曰：學而時習之"名篇。宋劉克莊後村集十田舍即事詩："鄰壁啁啾誦學而，老人睡少聽移時。"

【學名】㊀學派之名。春秋經傳集解隱第一"杜氏"唐孔穎達疏："劉炫云：'不言名而云氏者，漢承焚書之後，諸儒各載學名，不敢布於天下，但欲傳之私族；自題其氏，爲謙之辭。'"㊁兒童初生所起之名，稱乳名，至入學時定名，稱學名。

【學行】學問與操行。三國志魏高柔傳上疏："臣以爲博士者，道之淵藪，六藝所宗，宜隨學行優劣，待以不次之位。"

【學究】㊀科舉中的科目名。唐代取士，科目有秀才、明經。明經又分五經、三經、二經、學究一經等四科。試學究一經的叫學究。宋禮部貢舉，有進士、學究等十科。應學究試的往往祇憑記憶經文，未必通曉文義，有才思者多舉進士而輕學究。神宗時，王安石行新政，罷學究科。參閱新唐書選舉志上、宋史選舉志一。㊁儒生的泛稱。宋劉延世孫公談圃上："藝祖(趙匡胤)生西京夾馬營，營前陳學究聚生徒爲學，宣祖(趙弘殷)遣藝祖從之。"陸游劍南詩稿二一自詠："衣冠醉學究，毛骨病維摩。"後常諷刺腐儒爲學究。

【學步】見"學步邯鄲"。

【學官】㊀掌管學校教育的教官，也叫校官。史記一二一儒林傳序："公孫弘爲學官。"參見"教官"。㊁校舍。漢書八九文翁傳："又修起學官於成都市中，招下縣子弟以爲學官弟子。"注："學官，學之官舍也。"㊂學校。漢書三六劉歆傳："詩始萌芽，天下衆書往往頗出，皆諸子傳說，猶廣立於學官，爲置博士。"參閱清劉獻廷廣陽雜記五。

【學府】㊀比喻學問淵博。北魏楊衒之洛陽伽藍記三城南景明寺："子才(邢邵)……文宗學府，騰班(固)馬(司馬遷)而孤上；英規勝範，凌許(劭)郭(泰)而獨高。"㊁研究學術的機構。如祕書省、國子監之類。晉書儒林傳論："范平等學府儒宗，譽隆望重，或質疑是屬，或師範攸歸，雖爲未及古人，故亦一時之俊。"唐文粹六五蔣防連州靜福山廖先生碑："先生之官，詞林學府之官矣。"後稱學校爲學府。

【學長】主持學習事務的人。宋吳曾能改齋漫錄十三真宗親爲教授："真宗謂(張耆等)曰：'知汝等好學文筆，甚善，吾當親爲教授。'……乃命張耆爲學長，張景宗觀察爲副學長，楊崇勳夏守贇爲學察，安守中團練而下爲學生。"

【學者】㊀求學的人。論語憲問："子曰：古之學者爲己，今之學者爲人。"㊁志學之士，有學問的人。莊子刻意："語仁義忠信，恭儉推讓，爲修而已矣。此平世之士，教誨之人，遊居學者之所好也。"舊五代史史匡翰傳："尤好春秋左氏傳，每視政之暇，延學者講說，躬自執卷受業焉。"

【學林】㊀學問之林，喻學問的總匯。漢書一〇〇下敍傳："函雅故，通古今，正文字，惟學林。"注："信惟文學之林藪也。"㊁書名。又名學林新編。宋王觀國撰，十卷。以辨別文字的形、音、義爲主，對經史諸書的箋釋注疏，臚列異同，考定得失，多有新解。

【學舍】學校。後漢書七九上儒林傳序："學舍頹敝，鞠爲園蔬。"

【學制】學校的制度。宋大中祥符二年，宋城人曹誠捐款建書院，請楚丘戚同文主持，制定學規，後興建太學，遂取以參定學制。見宋徐度卻掃編上。

【學宮】學校。猶言學舍。漢書八六何武傳："行部，必先即學宮見諸生，試其誦論，問以得失。"三國志魏杜畿傳："於是冬月修戎講武，又開學宮，親自執經教授。"舊時也稱孔廟爲學宮。

【學政】㊀學校的教育行政。周禮春官大司樂："大司樂掌成均之法，以治建國之學政，而合國之子弟焉。"清王杰等奉命撰學政全書八十七卷，詳載清代學校建置沿革法令事例。㊁宋代太學的教官。宋史三五四汪澥傳："熙寧大學成，分級學政。"㊂清代提督學政的簡稱，也稱督學使者、學政使，俗稱大宗師、學臺。順治時只有順天江南浙江的教育行政官員稱學政，其餘稱學道。雍正四年廢學道，各省督學統稱提督學院，官名則稱爲欽命提督某省學政。因兼考武生，故加提督銜。人選由翰林官及進士出身的部院官中選派，三年一任，掌管各省學校生員考課升降之事。參閱清朝通志六九職官六。

【學省】國學的別名。文選南朝梁沈休文(約)直學省愁臥詩題注："學省，國學也。"時約爲國子祭酒。宋張耒張右史集二八晚歸詩："學省歸來門巷秋，伴眠書史滿牀頭。"參見"國學"。

【學則】學習的準則。管子弟子職："先生施教，弟子是則，温恭自虛，所受是極，見善從之，聞義則服。……朝益暮習，小心翼翼，一此不解，是謂學則。"解，亦作"懈"。

【學科】學問的科目門類。新唐書一九八儒學傳序："自楊綰鄭餘慶鄭覃等以大儒輔政，議優學科，先經誼，黜進士，後文辭，亦弗能克也。"

【學涉】學識修養。魏書杜銓傳："銓學涉有長者風，與盧玄高允等同被徵爲中書博士。"北史崔昂傳："有五子。第三子液，字君洽，頗習文藻，有學涉，風儀器局爲時論所許。"

【學海】㊀漢揚雄法言學行："百川學海而至于海，丘陵學山而不至于山，是故惡乎畫也。"言百川流行不息，所以至海；丘陵止而不動，所以不至於山。比喻學習勤奮則有進步，停止不前則無成。㊁比喻學識淵博。東漢何休鄭玄都是當時著名的經學大師，何休著左氏膏肓公羊廢疾穀梁墨守，鄭玄起而論難，與之抗衡。當時求學的人都不遠千里而來。京師稱鄭玄爲經神，何休爲學海。見舊題晉王嘉拾遺記六。

【學案】記述學派内容、師弟傳授、學説發展的書。清黄宗羲有宋元學案明儒學案，唐鑑有國朝學案小識。

【學校】教育機構。孟子滕文公上："設爲庠、序、學、校以教之。庠者，養也。校者，教也。序者，射也。夏曰校，殷曰序，周曰庠，學則三代共之。"學校之稱本此。三國志吴薛綜傳："建立學校，導之經義。"

【學徒】從師受業的人，學生。漢蔡邕蔡中郎集三司空楊秉碑："於是門人學徒，相與刊石碑，表勒鴻勳。"後漢書三五鄭玄傳："家貧，客耕東萊，學徒相隨已數百千人。"後稱隨師學藝的人爲學徒。

【學部】清末掌管全國教育的中央官署。光緒三十一年，各省次第興辦學堂，因設學部統理。國子監事務，也歸併學部。參閱清朝續文獻通考一二二學部。

【學問】學習和詢問。易乾："君子學以聚之，問以辯之。"荀子大略："詩曰：'如切如磋，如琢如磨'，謂學問也。"學與問本爲兩事，後來學問聯稱，指有系統的知識。世説新語文學："褚季野(裒)語孫安國(盛)云：'北人學問淵綜廣博。'孫答曰：'南人學問清通簡要。'"

【學堂】㊀學生受教育的地方，卽學校。北齊書權會傳："會方處學堂講説，忽有旋風瞥然，吹雪入户。"唐段成式酉陽雜俎十二語資："單雄信幼時，學堂前植一棗樹。"㊁舊時相士稱人面耳門前部位爲學堂。舊唐書一九一袁天綱傳："天綱謂(杜)淹曰：'公蘭臺成就，學堂寬博，必得親糾察之官，以文藻見知。'"

【學術】學問，道術。南朝梁何遜何水部集贈族人秣陵兄弟詩："小子無學術，丁寧困負薪。"後來稱有系統而較專門的學問爲學術。

【學童】年幼的學生。漢書藝文志："漢興，蕭何草律，亦著其法曰：'太史試學童，能諷書九千字以上，乃得爲史。'"也作"學僮"。説文解字敍："尉律：學僮十七已上始試，諷籀書九千字，乃得爲史。"

【學禄】官名。宋國子監設正録與職事學禄。職事學禄五人，與正録共掌學規。明沿置。清代學禄與學正同爲六堂助教的副職。參閱宋史職官志五國子監、明史職官志二國子監、歷代職官表三四國子監。

【學博】唐制，府郡置經學博士各一人，職掌以五經教授學生。唐人貴進士，不重明經，故此職多由寒門淺學的人擔任。見文獻通考六三録事參軍。後來也泛稱教官爲學博。

【學殖】指學業的進步。左傳昭十八年："夫學，殖也，不學將落，原氏其亡乎？"注："殖，生長也。言學之進德如農之殖苗，日新日益。"殖，也作"植"。晉書王凝之妻謝氏傳："又嘗譏玄學植不進，曰：'爲塵務經心，爲天分有限邪？'"

【學費】學校的經費。宋史食貨志下七："崇寧二年……十月，諸路官鹽、酒直，上者升增錢二，中下增一，以充學費。"後來也指學生求學的費用。

【學業】學問之事。墨子非儒下："夫一道術學業仁義者，皆大以治人，小以任官。"後漢書八一譙玄傳："時兵戈累年，莫能脩尚學業，玄獨訓諸子勤習經書。"

【學臺】見"學政㊂"。

【學廟】卽孔廟。歷代封建王朝學宫皆崇祀孔子，故稱其廟爲學廟。唐楊炯楊盈川集四遂州長江縣先聖孔子廟堂碑："咸亨元年，又詔州縣官司，營葺學廟。"

【學館】㊀太學的學舍。唐鄭谷鄭守愚集一送太學顔明經及第樂歸詩："閑來思學館，猶夢雪窗明。"㊁私家授徒的地方，卽私塾。宋書雷次宗傳："車駕數幸次宗學舍，資給甚厚。"北史景穆十二王傳上："置學館於私第，集羣從弟子，晝夜講讀，並給衣食，與諸子同。"

【學藝】㊀學習技藝。周禮地官大司徒："十曰學藝。"㊁學問和技藝的總稱。後漢書二五劉寬傳："靈帝頗好學藝，每引見寬，常令講經。"梁書孔休源傳："高祖嘗問吏部尚書徐勉曰：'今帝業初基，須一人有學藝、解朝議者爲尚書儀曹郎，爲朕思之，誰堪其選？'"

【學士泉】泉名。在廣東番禺縣北七里。明天順中，學士黄綵謫廣州，品其水爲嶺南第一，因名。見嘉慶一統志四四一廣州府一。

【學士院】唐玄宗初年，置翰林待詔，掌章奏批答等。既而以中書事繁，文書多積壓，乃選用文學之士，號翰林供奉，與集賢院學士分掌制詔書敕。開元二十六年，又改翰林供奉爲學士，别置學士院，專掌内命。因與皇帝親近，而禮遇甚厚，至號爲"内相"。入院一年，則遷知制誥。憲宗時又置學士承旨。宋稱翰林學士院，亦掌制誥詔令撰述之事。元稱翰林兼國史院，天曆二年别置奎章閣學士院，命儒臣進經史之書，考前代帝王統治的得失。明清皆稱翰林院。參閲新唐書百官志一、宋史職官志二翰林學士院、元史百官志三翰林兼國史院、百官志四奎章閣學士院。

【學士羹】卽羊眼羹。宋陶穀清異録饌羞學士羹："竇儼嘗病目，幾喪明。得良醫愈之，勸令頻食羊眼，儼遂終身食之。其家名雙暈羹，世人有呼學士羹者。"

【學古編】元吾丘衍撰。二卷。今本併爲一卷。專爲篆刻印章而作。首列三十五舉，敍述書體的源流正變，及篆寫摹刻之法，引證羣書，也提出自己的見解。所列小學諸書，各予評價。後來篆刻家多奉爲科律。

【學海堂】書院名。在廣州市粤秀山上。清嘉慶時兩廣總督阮元所建。取拾遺記"何休學海"之語命名。以經古學教學子。元又仿納蘭容若通志堂經解之例，輯清代經師注疏，刊學海堂經解，收書一百八十種，一千四百卷。著名學者陳澧蘭甫主持院務五十年。參見"學海"。

【學步邯鄲】莊子秋水："且子獨不聞夫壽陵餘子之學行於邯鄲與？未得國能，又失其故行矣，直匍匐而歸耳。"漢書一〇〇上敍傳："昔者有學步於邯鄲者，曾未得其髣髴，又復失其故步，遂匍匐而歸耳。"後來譏人只知模倣，不善於學而無成就爲學步邯鄲。周書趙文深傳："及平江陵之後，王褒入關，貴遊等翕然並學褒書，文深之書，遂被遐棄，文深慚恨，形於言色。後知好尚難反，亦攻習褒書，然竟無所成，轉被譏議，謂之學步邯鄲焉。"也省作"學步"。南朝宋鮑照鮑氏集九侍郎滿辭閣："釋擔受書，廢耕學文，晝虎既敗，學步無成。"

【學津討原】叢書名。清張海鵬編。二十集，一百九十二種，一千零四十八卷。根據明毛晉津逮祕書重行編訂而成。所輯以經史百家、朝章典故、遺聞軼事爲主。也採録書畫譜録一類的書。書後附四庫提要；無提要的，撰寫跋尾説明始末原委。自序引舊題北齊劉晝劉子新論崇學："道象之妙，非言不津；津言之妙，非學不傳。”故取名爲學津討原。

【學海類編】叢書名。清曹溶編，陶越增删。匯輯唐宋至清初諸書的零篇散帙，總爲正續兩集，分經翼、史參、子類、集餘四類。共四百三十一種，八百一十五卷。四庫全書總目提要説其中僞本很多，改頭換面，别立書名，僞題作者的書也不少。或謂此書爲書商託名編撰，未必是溶所輯。

【學齋佔畢】宋史繩祖撰。四卷。爲讀書筆記，故名佔畢。共一百二十條，皆考證經史疑義之作。

十四畫

孺 1. rú ㄖㄨˊ 而遇切，去，遇韻，日。

㊀幼兒。見“孺子㊀”。㊁親屬。爾雅釋言：“孺，屬也。”注：“謂親屬。”㊂親睦。詩小雅常棣：“兄弟既具，和樂且孺。”㊃姓。春秋魯有孺悲。見論語陽貨。

2. rù ㄖㄨˋ

㊄孵生。通“乳”。莊子天運：“烏鵲孺。”釋文：“如喻反。李(頤)云：‘孚乳而生也。’”

【孺人】㊀古代貴族、官吏之母或妻的封號。禮曲禮下：“天子之妃曰后，諸侯曰夫人，大夫曰孺人，士曰婦人，庶人曰妻。”宋政和二年，以命婦封縣君、郡君，名稱不宜，乃改爲通直郎以上封孺人，朝奉郎以上封安人，朝奉大夫以上封宜人等，並隨其夫之官稱。見宋會要輯稿五十册儀制十。㊁妻的通稱。文選南朝梁江文通(淹)恨賦：“左對孺人，顧弄稚子。”

【孺子】㊀兒童的通稱。書金縢：“武王既喪，管叔及其羣弟乃流言於國，曰：‘公將不利於孺子。’”此指武王子成王。也泛稱年幼者，猶言小子。史記七九范雎傳：“須賈因問曰：‘秦相張君，公知之乎？……孺子豈有客習於相君者哉？’”參見“孺子可教”。㊁古代貴族妾的稱號。韓非子八姦：“貴夫人，愛孺子。”漢書藝文志有詔賜中山靖王子噲及孺子妾冰未央材人歌詩四篇，注：“孺子，王妾之有品號者也。”又漢太子妻妾分三等，有妃，有良娣，有孺子。見漢書宣帝紀“太子納史良娣”唐顏師古注。

【孺帝】古帝名。傳説顓頊有八子，一名蒼舒，即孺帝，後號高陽氏。見宋羅泌路史後紀八高陽。

【孺童】幼童。晉書曹毗傳對儒：“今子少睎冥風，弱挺秀容，奇發幼齡，翰披孺童。”

【孺慕】禮檀弓下：“有子與子游立，見孺子慕者。”此指幼童對親人的思慕。後喻爲仰望敬愛之意。後漢書二六伏侯宋蔡馮趙牟韋傳贊：“淮人孺慕，徐寇要降。”

【孺嬰】幼少。晉陶潛陶淵明集七祭程氏妹文：“嗟我與爾，特百常情，慈妣早世，時尚孺嬰，我年二六，爾纔九齡。”

【孺子牛】春秋齊景公愛庶子荼，曾自己銜繩裝作牛，讓荼牽着走；公觸地而齒折。後來公臨死前遺命立荼爲君。死後，陳僖子欲立公子陽生，鮑牧對僖子説：“汝忘君之爲孺子牛而折其齒乎？而背之也！”見左傳哀五年、六年。

【孺子嬰】公元 5—25 年。西漢末幼主。元始五年王莽鴆殺平帝，選宣帝玄孫中年僅二歲的劉嬰爲帝，號孺子。莽自攝政，改元居攝。在位二年，莽建新王朝，廢嬰爲定安公。更始三年平陵人方望等起事，擁立嬰爲帝，被劉玄所擊敗，死。參閱漢書九九王莽傳、後漢書十一劉玄傳。

【孺子可教】漢張良曾步游下邳圯上，有一老父故意墮履圯下，要張良下取履，良强忍爲老父拾取而履之。老父曰：“孺子可教矣。後五日平明，與我會此。”因授良以太公兵法。見史記留侯世家。後來稱年輕可造就者爲孺子可教，本此。

孻 nái ㄋㄞˊ lái ㄌㄞˊ

閩廣方言稱最後生的孩子爲孻子。明陸容菽園雜記十二：“廣東有孻字，音奈，平聲。老年所生幼子。”清鈕琇觚賸續編二亞孻成神：“孻字不見於書，唯閩粵之俗有之，謂末子爲孻，亞讀如阿，孻讀如來。”

十六畫

孼 niè ㄋㄧㄝˋ 魚列切，入，薛韻，疑。

同“孽”、“[illegible]”。㊀庶子。非嫡妻所生之子。公羊傳襄二七年：“夫負羈縶，執鈇鑕，從君東西南北，則是臣僕庶孼之事也。”注：“庶孼，衆賤子，猶樹之有孼生。”旁生的枝條爲櫱，借木以喻人，又變從“木”爲從“子”作孼。參閱清俞樾俞樓雜纂六禮記鄭讀考。㊁災害，妖禍。通“蠥”。書太甲中：“天作孼，猶可違；自作孼，不可逭。”莊子人間世：“心和而出，且爲聲爲名，爲妖爲孼。”參見“妖孼”。㊂忤逆，不孝順。漢賈誼新書道術：“子愛利親謂之孝，反孝爲孼。”㊃通“蘗”。見“媒蘗”。㊄通“業”。見“孼障”。

【孼子】庶子。非嫡妻之子。墨子節葬下：“君死，喪之三年……然後伯父、叔父、兄弟、孼子其(通“期”)。”世説新語賞譽下“何次道(充)嘗送東人”南朝梁劉孝標注引晉陽秋：“(賈)寧字建寧，長樂人，賈氏孼子也。”參見“孤臣孼子”。

【孼妾】庶妾。漢賈誼新書孼產子：“且主帝之身自衣皂綈，而靡賈侈貴牆得被繡；帝以衣其賤，后以緣其領，孼妾以緣其履，此臣之所謂踳也。”漢書四八賈誼傳孼作“孽”。參見“孽妾”。

【孼孫】庶孫。史記九三韓王信傳：“韓王信者，故韓襄王孼孫也。”

【孼障】佛教稱過去所作惡事造成的不良後果爲業障。後成爲罵人的話。詬作孼障。紅樓夢三五：“(薛姨媽)一面又勸道：‘我的兒你别委屈了，你等我處分那孼障！’”參見“業障”。

【孼孼】盛飾貌。詩衛風碩人：“庶姜孼孼，庶士有朅。”傳：“孼孼，盛飾。庶士，齊大夫送女者。朅，武壯貌。”釋文：“(孼)，韓詩作[illegible]，牛遏反。長貌。”參閱清馬瑞辰毛詩傳箋通釋六。

【孼黨】參加叛亂的人。唐王勃王子安集十六常州刺史平原郡開國公行狀：“扶桑落日之濱，妖朋蟻結；孤竹尋雲之際，孼黨蜂騰。”

十七畫

𪧘 xiào ㄒㄧㄠˋ 呼教切，去，效韻，曉。

玉篇作“[illegible]”。獸名。

十九畫

孿 luán ㄌㄨㄢˊ 生患切，去，諫韻，山。所眷切，去，線韻，山。

雙生子。也作“[illegible]”。

【孿子】雙生子。戰國策韓三：“夫孿子之相似者，唯其母知之而已。”又見呂氏春秋疑似、淮南子脩務。

【孿生】雙生。方言三：“陳楚之間，凡人嘼乳而雙產，謂之釐孳。秦晉之間，謂之僆子。自關而東，趙魏之間，謂之孿生。”北史崔光韶傳：“光韶與弟光伯孿生，操業相侔。”魏書作“雙生”。

宀 部

宀 mián 武延切,平,僊韻,微。ㄇㄧㄢˊ

深屋。說文:"宀,交覆深屋也。象形。"清段玉裁說文解字注:"古者屋四注,東西與南北皆交覆也。有堂有室,是爲深屋。"

二 畫

宁 zhù 直吕切,上,語韻,澄。ㄓㄨˋ 直魚切,平,魚韻,澄。

㊀古代宫室屏門之間,爲帝王視朝時站立的地方。國語楚上:"在輿有旅賁之規,位宁有官師之典。"注:"中庭之左右謂之位,門屏之間謂之宁。"参見"當宁"。㊁積。宁和"貯"古今字。俗作佇、竚。文選晉孫興公(綽)遊天臺山賦"惠風佇芳於陽林"注:"宁,猶積也。佇與宁同。"参閲清段玉裁說文解字宁注。

宂 rǒng 而隴切,上,腫韻,日。ㄖㄨㄥˇ

俗作"冗"。㊀多餘,閒散。說文:"宂,椒也。从宀儿,人在屋下無田事也。"漢荀悦申鑒時事:"必也正貪禄,省閑宂,與時消息,昭惠恤下,損益以度可也。"注:"汰羡官。"㊁庸劣。後漢書六〇下蔡邕傳上書自陳:"臣之愚宂,職當咎患。"㊂煩忙。宋詩鈔劉宰漫塘詩鈔走筆謝王去非遣餽江鰟:"知君束裝宂,不敢折簡致。"㊃逃散。後漢書光武紀上建武元年九月辛未詔:"妻子裸袒,流宂道路。"

【宂宂】㊀衆人,俗衆。廣弘明集十五南朝梁王僧孺懺悔禮佛文:"豈有度元元於苦海,拔宂宂於畏塗。"㊁繁多貌。唐張鷟朝野僉載一:"檢校之官,……皆不事學問,唯求財賄,是以選人宂宂,甚於羊羣;吏部喧喧,多於蟻聚。"

【宂末】凡庸,低劣。宋書劉穆之傳:"(劉)瑀使氣尚人,爲憲司,甚得志,彈王僧達云:'廕籍高華,人品宂末',朝士莫不畏其筆端。"

【宂作】雜作,散工。漢書食貨志下:"民浮游無事,出夫布一匹。其不能出布者,宂作,縣官衣食之。"

【宂官】散官,有官階而没有固定職事的官吏。漢書四二申屠嘉傳:"上曰:'(鼂)錯所穿非真廟垣,迺外堧垣,故宂官居其中。'"後漢書五八虞詡傳:"其牧守令長子弟皆除爲宂官。"也作"宂吏"。漢史晨饗孔廟後碑:"國縣員、宂吏,無大小,空府竭寺,咸俾來觀。"(隸釋一)

【宂長】多而無用。文選晉陸士衡(機)文賦:"要辭達而理舉,故無取乎宂長。"

【宂食】㊀在官府服公事的人,因事留内、外朝,官給其食,稱宂食。周禮地官稾人:"掌共外内宂食者之食。"㊁散發糧食。漢書成帝紀河平四年:"避水它郡國,在所宂食之。"注:"文穎曰:宂,散也。散廩食使生活,不占著户給役使也。"㊂不勞而食。後漢書五七劉瑜傳上書:"今女嬖令色,充積閨帷,皆當盛其玩飾,宂食空宫,勞散精神,生長六疾。"資治通鑑五五漢桓帝延熹八年"宂食空宫"注:"無事而食,謂之宂食。"

【宂員】没有專職的散官。新唐書一二三蕭至忠傳上時政疏:"今列位已廣,宂員復倍,陛下降不訾之澤,近戚有無厭之請,……官秩益輕,恩賞彌廣。"後多指無事可辦的閒散人員。

【宂從】散職侍從官。漢書五一枚乘傳:"(枚皋)爲王使,與宂從争,見讒惡遇罪,家室没入。"注:"宂從,散職之從王者也。"後漢有中黄門宂從僕射,以宦者任之,秩六百石。居則宿衛直守門户,出則騎從,夾乘輿車。見後漢書百官志三。

【宂散】多餘閒散。後漢書六〇下蔡邕傳上封事:"若器用優美不宜處之宂散。"三國志魏賈逵傳"咸熙中爲中護軍"注引魏略楊沛:"黄初中,儒雅並進,而沛本以事能見用,遂以議郎宂散里巷。"

【宂費】浮費。新唐書一四八康日知傳附康承訓:"承訓罷宂費,市馬益軍,軍乃奮張。"

【宂筆】敗筆,不必要的筆墨。宋米芾畫史:"李成只見二本:一松石,一山水。……松勁挺,枝葉鬱然有陰,荆楚小木無宂筆。"

【宂賦】正賦以外的雜税。宋史三一一吕公弼傳:"蠲宂賦及民逋數百萬。"

【宂雜】繁多雜亂。元夏文彦圖繪寶鑑四:"(僧慧舟)作小藂竹,或二三竿,或百十成林,不見其重複宂雜。"紅樓夢四:"卻説黛玉同姊妹們至王夫人處,……因見王夫人事情宂雜,姊妹們遂出來,至寡嫂李氏房中來了。"

【宂職】散職。後漢書二九申屠剛傳對策:"又召馮衛二族,裁與宂職,使得執戟親奉宿衛,以防未然之符。"

託何切,平,歌韻,透。

它 1. tuō shé 託何切,平,歌韻,透。ㄊㄨㄛ ㄕㄜˊ 集韻時遮切,平,麻韻。

㊀古"蛇"字。說文:"它,虫也。从虫而長,象冤曲垂尾形。"

2. tuō ㄊㄨㄛ

㊁同"他"。今讀 tā。詩小雅鶴鳴:"它山之石,可以爲錯。"釋文:"古'他'字。"荀子不苟:"君子養心,莫善於誠,至誠則無它事矣。"

3. tuó ㄊㄨㄛˊ

㊂同"駝"、"馳"。漢書八七下揚雄傳長楊賦:"敺橐它。"文選李善注本作"橐駝",五臣注本作"橐馳"。㊃交錯。見"它$_3$它$_3$藉藉"。

【它$_3$它$_3$藉藉】交錯雜亂。漢書五七上司馬相如傳上林賦:"不被創刃而死者,它它藉藉。"注:"郭璞曰:'言交横也。'它音徒何反。"史記作"佗佗籍籍";文選作"他他籍籍"。

宄 guǐ 居洧切,上,旨韻,見。ㄍㄨㄟˇ

竊盗或作亂的壞人。書舜典:"寇賊姦宄。"傳:"在外曰姦,在内曰宄。"國語魯上:"竊寶者爲宄。"注:"亂在内爲宄。"宄,也作"軌"。見史記五帝紀。

三 畫

宇 yǔ 玉矩切,上,麌韻,于。ㄩˇ

㊀屋檐。易繫辭下:"後世聖人易之以宫室,上棟下宇,以待風雨。"㊁屋宇。詩大雅緜:"爰及姜女,聿來胥宇。"楚辭宋玉招魂:"高堂邃宇,檻層軒些。"注:"宇,屋也。"㊂四境,界限。左傳昭四年:"或無難以喪其國,失其守宇。"注:"於國則四垂爲宇。"荀子儒效:"君子言有壇宇。"王先謙集解:"壇,堂基也;宇,屋邊也。言有壇宇猶曰言有界域。"㊃空間。莊子庚桑楚:"有實而無乎處者,宇也。"釋文:"三蒼云:'四方上下爲宇。'"参見"宇宙㊀"。㊄風度,器宇。莊子庚桑楚:"宇泰定者,發乎天光。"釋文:"王(叔之)云:

宁，器宁也。謂器宇閒泰，則静定也。”㊇覆蔽，庇護。參見“宇下”、“仁宇”。

【宇下】屋檐下，比喻在别人庇護之下。左傳昭十三年：“諸侯事晉，未敢攜貳；況衛在君之宇下，而敢有異志？”也比喻鄰近。左傳哀二七年：“大國在敝邑之宇下，是以告急。”

【宇文】鮮卑族複姓。參閲周書文帝紀、資治通鑑八一晉武帝太康六年“涉歸與宇文部素有隙”注。

【宇内】卽天下。韓非子解老：“宇内之物，恃之以成。”史記秦始皇紀會稽立石：“皇帝休烈，平一宇内，德專脩長。”

【宇宙】㊀屋檐和棟梁。淮南子覽冥：“鳳皇之翔，至德也，……而燕雀佼之，以爲不能與之爭於宇宙之間。”注：“宇，屋檐也；宙，棟梁也。”㊁空間與時間。莊子庚桑楚：“有實而無乎處者，宇也；有長而無本剽者，宙也。”淮南子齊俗：“往古來今謂之宙，四方上下謂之宇。”㊂天地。莊子讓王：“余立於宇宙之中，……日出而作，日入而息，逍遥於天地之間。”後漢書二八下馮衍傳顯志賦論：“遊精宇宙，流目八紘。”注：“尹文子曰：‘四方上下曰宇。’蒼頡篇曰：‘舟輿所屆曰宙。’”

【宇量】器宇度量。文選晉袁彦伯（宏）三國名臣序贊：“淵哉泰初，宇量高雅。”泰初，夏侯玄字。藝文類聚四七晉潘岳司空鄭袤碑銘：“弘操嶽峻，宇量深廣。”

【宇縣】猶言天下。史記秦始皇紀：“大矣哉！宇縣之中，順承聖意。”集解：“宇，宇宙；縣，赤縣。”

【宇文泰】公元 507—556 年。代郡武川人。鮮卑族。字黑獺。仕魏爲關西大都督。北魏孝武帝（元修）爲高歡所逼，西奔長安依泰，舊史稱西魏，進泰位丞相，專軍國大政。泰尋殺孝武帝立南陽王元寶炬爲帝，卽文帝。大統十七年又廢文帝，立太子元廓爲恭帝，泰自任太師，總攬朝政。後至其子覺自稱天王，廢魏，建（北）周王朝，追尊泰爲太祖文皇帝。周書北史有紀。

【宇文邕】公元 543—578 年。卽北周武帝。宇文泰第四子，字禰羅突。初卽位時，堂兄宇文護專朝政。建德元年，與侍從密謀擊殺護，收回大權。建德六年滅北齊，統一北方，爲後來隋統一全國奠定了基礎。周書北史有紀。

【宇文護】公元 ?—572 年。宇文邕堂兄，字薩保。從宇文泰征討有功，爲泰所信任。泰死，輔泰子覺建（北）周，任大冢宰，掌握軍政大權。後毒死覺，立泰子毓爲帝（明帝）。繼又殺毓，立毓弟邕爲帝（武帝）。建德元年，邕與羣侍密謀，乘護入宫見太后時擊殺於宫内。周書北史皆有傳。

【宇文覺】公元 542—557 年。卽北周孝閔帝。字陁羅尼。宇文泰第三子。西魏恭帝三年繼承其父官爵，任太師、大冢宰，封周公。次年，代西魏稱天王，建國號爲周。史稱北周。當時軍政大權都在宇文護手，因密謀殺護，事洩反被護所殺。周書北史有紀。

【宇文化及】公元 ?—619 年。隋代郡武川人。鮮卑族。左翊衛大將軍宇文述之子。煬帝時任右屯衛將軍。大業十四年，在江都與司馬德戡發動兵變，殺死煬帝，立秦王楊浩爲帝，自爲大丞相。後率軍北上，在童山被李密擊破。率餘衆走魏縣，毒殺楊浩。自立爲帝，國號許，年號天壽。次年走聊城，被竇建德擒殺。隋書北史有傳。

【宇文虚中】公元 1079—1146 年。宋成都華陽人，字叔通。仕宋至資政殿大學士。宋室南渡，建炎二年奉使金國，被留不遣。仕金至禮部尚書、翰林學士承旨。金人號爲國師。皇統六年，被誣謀反，全家自焚而死。有文集不傳，金元好問中州集録其詩五十首，多感慨身世和懷念南宋之作。宋史、金史有傳。

守 shǒu 書九切，上，有韻，審。ㄕㄡˇ

㊀掌管。左傳昭二十年：“山林之木，衡鹿守之；澤之萑蒲，舟鮫守之。”衡鹿、舟鮫，官名。㊁防守，守衛。與“攻”相對。易坎：“王公設險以守其國。”㊂保持，主持。易繫辭下：“聖人之大寶曰位，何以守位曰仁。”荀子王霸：“有以守多，能無狂乎？”注：“守多，謂自主百事者也。”㊃遵守，奉行。史記六八商君傳：“常人安於故俗，學者溺於所聞。以此兩者居官守法可也。”㊄節操。書洪範：“凡厥庶民，有猷，有爲，有守，汝則念之。”後也稱廉潔不妄取爲有守。㊅待，伺。史記樂書：“弦匏笙簧，合守拊鼓。”正義：“守，待也。……言弦匏笙簧皆待拊爲節。”㊆請求。漢書九七上外戚傳：“數守大將軍光，爲丁外人求侯。”注：“守，求請之。”

舒救切，去，宥韻，審。

㊇官名。秦時爲一郡之長。史記秦紀昭襄王十三年：“任鄙爲漢中守。”後爲郡守、太守、刺史的簡稱。參閲明董説七國考一秦職官太守。㊈官吏試職稱守。漢書七六尹翁歸傳：“（翁歸）以高第入守右扶風，滿歲爲真。”㊉署理的意思。官階低而所署官高叫守，官階高而所署官低叫行。如唐陳子昂諫用刑書署名“將仕郎守麟臺正字臣陳子昂”（陳伯玉集九），將仕郎爲從九品下，麟臺正字爲正九品下。又韓愈禘祫議首言“將仕郎守國子監四門博士臣韓愈”（昌黎集十四），四門博士爲正七品上；都是階低官高。

【守一】㊀執一，專一。漢書六四下嚴安傳：“故守一而不變者，未睹治之至也。”㊁道家語。也叫存思。道教宣稱，自天地山川星宿，直到人身五官臟腑，都有神主之，人要想得道，就須存想所謂神物，專一不離。參閲抱朴子地真、雲笈七籤四二至四四存思。

【守寸】道家指兩眉之間的部位。雲笈七籤十一黄庭内景經“洞房紫極靈門户”注引大洞經：“兩眉直上，却入三分爲守寸。”

【守土】㊀守衛疆土。書舜典“歲二月，東巡守”傳：“諸侯爲天子守土，故稱守。”後也泛指地方長官掌管治理一地區的政事。宋蘇轍欒城集四九歙州賀登極表：“臣守土南服，親被鴻恩。”㊁晉代爲受封而未到封地的王侯設置的護衛部隊。晉書職官志：“其未之國者，大國置守土百人，次國八十人，小國六十人，郡侯縣公亦如小國制度。”

【守文】㊀遵守成法。文，法度。史記外戚世家：“自古受命帝王及繼體守文之君，非獨内德茂也，蓋亦有外戚之助焉。”㊁拘泥文字。後漢書三五鄭玄傳論：“而守文之徒，滯固所禀，異端紛紜，互相詭激，遂令經有數家，家有數説，章句多者或乃百餘萬言。”

【守犬】看守門户的狗。禮少儀：“守犬、田犬，則授擯者。”疏：“犬有三種：一曰守犬，守禦宅舍者也。”也稱“守狗”。穆天子傳四：“乃獻良馬十駟，用牛三百，守狗九十。”

【守分】安守本分。文子自然：“廉者可令守分，不可令進取。”文選三國魏王仲宣（粲）公讌詩：“見眷良不翅，守分豈能違。”

【守正】篤守正道。史記禮書：“循法守正者見侮於世，奢溢僭差者謂之顯榮。”漢書三六楚元王傳附劉向：“君子獨處守正，不橈衆枉。”

【守田】㊀一種穀類植物，多生於荒田、濕地。爾雅釋草：“皇，守田。”注：“似燕麥，子如雕胡米，可食，生廢田中，一名守氣。”唐陳藏器本草拾遺作“茵草”。㊁半夏的別名。見"半夏"。

【守令】郡守、縣令等地方官的通稱。史記陳涉世家:"攻陳,陳守令皆不在,獨守丞與戰譙門中。"後漢書四九仲長統傳昌言損益:"榮樂過於封君,埶力侔於守令。"

【守宇】國土,疆土。左傳昭四年:"或無難以喪其國,失其守宇。"疏:"於國則四垂爲宇也。四垂,謂四竟邊垂。"

【守臣】諸侯對天子的自稱。左傳襄二一年:"天子陪臣(欒)盈,得罪於王之守臣。"禮玉藻:"凡自稱,……諸侯之於天子,曰某土之守臣某。"

【守吏】守關的官吏。唐元結元次山集四欸乃曲之二:"唱橈欲過平陽戍,守吏相呼問姓名。"

【守死】堅持至死而不變。論語泰伯:"篤信好學,守死善道。"宋書謝靈運傳撰征賦:"于時朝有遷都之議,人無守死之志。"

【守成】保持已取得的成就。吳子圖國:"夫道者所以反本復始,……要者所以保業守成。"史記九九叔孫通傳:"說上曰:'夫儒者難與進取,可與守成,臣願徵魯諸生,與臣弟子共起朝儀。'"

【守丞】㊀輔助守令的主要官吏。史記陳涉世家:"攻陳,陳守令皆不在,獨守丞與戰譙門中。"漢書三一陳勝傳注:"守丞,謂郡丞之居守者。一曰郡守之丞,故曰守丞。"㊁守值官府的小吏。漢書六四朱買臣傳:"坐中驚駭,白守丞,相推排陳列中庭拜謁。"注:"服虔曰:'守邸丞也。'"又七四丙吉傳:"吉謂守丞誰如,皇孫不當在官。"指郡邸守邸的官吏。金石萃編十漢倉頡廟碑碑陰題名有衙守丞臨晉張疇。衙,左馮翊的屬縣,可見縣也有守丞。

【守身】潔身自愛,使不爲外物所移。孟子離婁上:"守孰爲大,守身爲大。"

【守法】執法。荀子正名:"是非之形不明,則雖守法之吏,誦數之儒,亦皆亂也。"

【守府】守成,保持已成的事業。國語周中:"今天降禍災於周室,余一人僅亦守府。"注:"府,先王之府藏。"

【守長】郡守和縣令。後漢書七六循吏傳序:"然建武、永平之間,吏事刻深,亟以謠言單辭,轉易守長。"晉書四二王渾傳奏:"可令中書指宣明詔,問方土異同,賢才秀異,風俗好尚,農桑本務,刑獄得無寃濫,守長得無侵虐。"

【守拙】安於愚拙而不取巧。晉陶潛陶淵明集二歸園田居詩之一:"開荒南野際,守拙歸園田。"唐韋應物韋江州集五答僩奴重陽二甥詩:"棄職曾守拙,翫幽遂忘喧。"

【守刺】太守,刺史。宋史四三五胡寅傳:"遴選守刺,久於其官。"

【守舍】㊀守衛的處所。墨子雜守:"閤通守舍,相錯穿室。"㊁看守第宅。史記一二二張湯傳:"其父爲長安丞,出,湯爲兒守舍。"晉書劉卞傳:"或謂卞曰:'君才簡略,堪大不堪小,不如作守舍人。'"這裏指歸守田舍,不復爲官。㊂"舍"指人的軀體,如言心神不定叫做神不守舍。

【守制】舊時封建禮制:父母死後的兒子或祖父母死後的長房長孫,自聞喪日起,不得任官、應考、嫁娶,要在家守孝二十七個月(不計閏月),叫做守制。明王錡寓圃雜記七:"成化初,(陳)緝熙守制於家,大興土木,建第甚雄麗,宛若圖畫。"參閱清顧炎武日知錄十五奔喪守制、清會典事例吏部守制。

【守宮】蟲名。蜥蜴的一種。又名壁虎、蝘蜓、蠍虎。因它經常守伏在屋壁宮牆,捕食蟲蛾,故名守宮。漢書六五東方朔傳:"臣以爲龍又無角,謂之爲虵又有足,跂跂脈脈善緣壁,是非守宮卽蜥蜴。"晉張華博物志二:"蜥蜴或名蝘蜓。以器養之以朱砂,體盡赤,所食滿七斤,治擣萬杵,點女人支體,終本不滅,有房室事則滅,故號守宮。"唐李賀歌詩編二宮娃歌:"蠟光高懸照紗空,花房夜擣紅守宮。"參閱晉崔豹古今注中蟲魚、本草綱目四三鱗部守宮。

【守神】㊀保持對神的祭祀,不廢享祭。鬼谷子上抵巇:"能因能循,爲天地守神。"注:"言能因循此道,則大寶之位可居,故能爲天地守其神祀也。"㊁鱉的別名。見唐段成式酉陽雜俎十六廣動植之一序、本草綱目四五介部鱉。

【守要】掌握要領。尸子分:"事少而功立,身逸而國治,言寡而令行,事少而功多,守要也。"(羣書治要三六)

【守約】㊀掌握要領。孟子公孫丑上:"孟施舍似曾子,北宮黝似子夏;夫二子之勇,未知其孰賢,然而孟施舍守約也。"北宮黝務求勝人,孟施舍專守不懼,故稱得其要。㊁保持儉約。三國志吳蔣欽傳:"(孫)權歎其在貴守約,卽敕御府爲母作錦被,改易帷帳,妻妾衣服悉皆錦繡。"

【守宰】泛指地方官。後漢書三三朱浮傳上疏:"而間者守宰數見換易,迎新相代,疲勞道路。尋其視事日淺,未足昭見其職,既加嚴切,人不自保,各相顧望,無自安之心。"

【守兼】官吏出缺,由職位較低的官吏暫時代理。漢書九九中王莽傳:"縣宰缺者,數年守兼,一切貪殘日甚。"注:"不拜正官,權令人守兼。"

【守冢】守護墳墓的人。史記陳涉世家:"高祖時,爲陳涉置守冢三十家碭,至今血食。"又七七魏公子傳:"高祖十二年,從擊黥布還,爲公子置守冢五家,世世歲以四時奉祠公子。"

【守祧】周代掌管祭祀宗廟的官。祧,遠祖的廟。周禮春官守祧:"守祧,奄八人,女祧每廟二人,奚四人。"注:"守祧,掌守先王先公之廟祧。"唐杜甫杜工部草堂詩箋二冬日洛城北謁玄元皇帝廟……:"守祧嚴具禮,掌節鎮非常。"

【守真】保持自然本性。後漢書五三申屠蟠傳:"安貧樂潛,味道守真,不爲燥濕輕重,不爲窮達易節。"

【守捉】唐代邊防部隊的名稱。兵之戍邊者,大曰軍,小曰守捉,曰城,曰鎮,而總之者曰道。軍、城、鎮、守捉皆有使。如平盧道有盧龍軍一,東軍等守捉十一。唐末李克用曾官雲州守捉使。元王惲秋澗先生大全集八羽林萬騎歌詩:"羽林萬騎驍且雄,守捉內外生陰風。"參閱舊唐書地理志、新唐書兵志。

【守株】梁書蕭子雲傳改樂啟:"啟曰:'臣職司儒訓,意以爲疑,未審應改定樂辭以不?'敕答曰:'此是主者守株,宜急改也。'"守株,喻坐以待成。詳"守株待兔"。

【守時】順時行事。國語越下:"夫聖人隨時以行是謂守時。"荀子富國:"守時力民,進事長功,和齊百姓,使人不偷,是將率之事也。"

【守倅】郡守及其佐貳官。宋史選舉志二:"嘉熙元年,罷諸牒試,應郎官以上,監司守倅之門客及姑姨同宗之子弟與游士之不便於歸鄉就試者,並混同試於轉運司。"

【守望】守衛與瞭望。指防備盜賊或其他意外事故。孟子滕文公上:"死徙無出鄉。鄉田同井,出入相友,守望相助,疾病相扶持,則百姓親睦。"

【守常】㊀遵守常法。淮南子詮言:"有以欲治而亂者,未有以守常而失者也。"文選三國魏嵇叔夜(康)養生論:"謂商無十倍之價,農無百斛之望,此守常而不變者也。"㊁如常,保持正常。水經注十四鮑丘水引劉靖碑:"山洪暴發,則乘遏東下;平流守常,則自門北入。"

【守圉】守衛防禦。圉，同"禦"。墨子公輸："公輸盤之攻械盡，子墨子之守圉有餘。"戰國策趙三："王非戰國守圉之具，其將何以當之。"

【守温】唐末僧人，仿照梵文創製古漢語聲類三十字母，爲宋人"三十六字母"的藍本。參見"三十六字母"。

【守道】遵守封建倫理的常道。左傳昭二十年："守道不如守官。"全唐詩五三一許渾題官舍："簞瓢貧守道，書劍病忘機。"

【守道】官名。明布政司設左右參政、左右參議，而以右參政、右參議分守各道，督察州縣。清初承明制設布政司，稱左右參政、參議爲守道。管轄一省，或分轄三四府州。參閲明史七五職官志四、清通典三四職官十二。

【守貳】州、縣長官及其輔佐官。文獻通考五田賦五紹興三年："詔江浙諸州縣帛及折帛錢，並以七月中旬到行在，不足者守貳竄黜。"

【守黑】老子反朴："知其白，守其黑，爲天下式。"漢河上公注："白以喻昭昭，黑以喻默默。人雖自知昭昭明白，當復守之以默默，如闇昧無所見，如是則可爲天下法式。"參見"知白守黑"。

【守備】㊀防守，設防。左傳襄九年："巡丈城，繕守備。"莊子胠篋："將爲胠篋、探囊、發匱之盜而爲守備，則必攝緘縢，固扃鐍。"㊁官名。1.明代鎮守邊防的將官分五等，總鎮一方的叫鎮守，協同主將的叫協守，獨鎮一路的叫分守，各守一城一堡的叫守備，其次叫備倭。參閲明史七二職官志一、五。2.明初建都南京設守備、協同守備各一人，負責江防，以公侯伯勳臣統帥。參閲明史七六職官志五。3.清代緑營統兵官，位在都司之下，爲五品武官，稱營守備。漕運總督轄下各衛分設守備，統率運軍領運漕糧，稱衛守備。此外，四川雲南等省的土司中也有守備一職，稱土守備。參閲清會典四三兵部。

【守義】以義理自守。後漢書三六鄭興傳："興數言政事，依經守義。"又，婦人夫死不嫁，也叫守義。詩鄘風柏舟序："衛世子共伯蚤(早)死，其妻守義，父母欲奪而嫁之，誓而弗許。"

【守歲】農曆除夕家人共坐，終夜不睡，送舊歲，迎新歲，叫守歲。初學記四歲除有唐太宗守歲詩。唐杜甫杜工部草堂詩箋二杜位宅守歲："守歲阿戎家，椒盤已頌花。"唐孟浩然集四歲除夜有懷詩："守歲家家應未卧，相思那得夢魂來。"

【守節】㊀信守名分、保持節操。左傳成十五年："前志有之曰：'聖達節，次守節，下失節。'"國語周上："守節不淫，信也。"文選晉陸士衡(機)豪士賦序："守節没齒，忠莫至焉。"㊁封建禮教提倡婦女夫死不嫁，稱爲守節。漢書五行志上："宋恭公卒，伯姬幽居守節三十餘年。"

【守經】固守經典規定的常法。漢書七二貢禹傳詔報："朕以生有伯夷之廉，史魚之直，守經據古，不阿當世，孳孳於民俗之所寡，故親近生，幾參國政。"

【守精】相術中所謂眼神。三國志魏管輅傳："輅曰：'吾額上無生骨，眼中無守精，……此皆不壽之驗。'"

【守雌】指以柔道自守，不與人爭。雌，雌伏，比喻退藏。老子反朴："知其雄，守其雌，爲天下谿。"漢河上公注："雄以喻尊，雌以喻卑。人雖知自尊顯，當復守之以卑微，去之強梁，就雌之柔和。"唐杜甫杜工部草堂詩箋二五贈崔十三評事公輔："黠吏因封己，公才或守雌。"參見"知雄守雌"。

【守器】㊀國家守護的寶器。左傳昭十六年："宣子有環，……非官府之守器也。"㊁封建王朝，太子主宗廟之器，故稱太子爲主器，也叫守器。藝文類聚十六北周王褒皇太子箴："文昌著於前星，秬鬯由於守器。"舊唐書高宗諸子燕王忠傳許敬宗疏："且今之守器，素非皇嫡。"燕王爲後宮劉氏所生，立爲太子，故稱非皇嫡。參見"主器"。

【守戰】㊀防守和進攻。韓非子亡徵："無守戰之備，而輕攻伐者，可亡也。"㊁防禦性的戰爭。商君書兵守："四戰之國貴守戰，負海之國貴攻戰。"

【守龜】占卜用的龜甲。左傳哀二三年："(晉荀瑶)將戰，長武子請卜，知伯曰：'君告於天子，而卜之以守龜於宗祧，吉矣，吾又何卜焉。'"

【守舊】固守舊法，不求改進。宋史三一九歐陽修傳："宋興且百年，而文章體裁猶仍五季餘習，……士因陋守舊，論卑氣弱。"

【守邊】保衛邊疆。漢書三四盧綰傳："(陳)豨少時，常稱慕魏公子，及將守邊，招致賓客。"

【守靈】㊀道家對心的别稱。雲笈七籤十一黄庭經心神章："心神丹元字守靈。"注："心爲藏府之元，南方火色棲神之宅，故言守靈也。"㊁喪家家屬或親友守護靈牀，靈柩，或靈位，叫守靈。紅樓夢十四："這四十個人，也分作兩班，單在靈前上香、添油、掛幔、守靈。"

【守庚申】道家認爲在庚申日齋戒静坐不眠，排除雜念，可以避免"三尸"作祟，安定魂魄，叫做守庚申，也叫"守三尸"。唐許渾丁卯集上贈王山人詩："年長每勞推甲子，夜寒初共守庚申。"唐段成式酉陽雜俎前集二玉格："七守庚申三尸滅，三守庚申三尸伏。"參閲南朝梁陶弘景真誥十、雲笈七籤八二庚申部。參見"三尸"。

【守宫槐】槐樹的一種。爾雅釋木："守宫槐，葉晝聶宵炕。"疏："聶，合也；炕，張也；言其葉晝合夜開者。"文苑英華一九〇南朝梁王筠寓直中庶坊贈蕭洗馬詩："霜被守宫槐，風驚護門草。"

【守城録】共四卷。前二卷宋陳規撰，後二卷宋湯璹撰。原本久佚，四庫館臣從永樂大典輯出。卷一爲規撰夏少曾靖康朝野僉言後序，卷二爲規撰守城機要，論述守城的方法。卷三、四爲璹撰建炎德安守禦録，追録陳規爲德安令守城的軼事。三種原各自成書，後併合爲一。

【守塋户】看守貴族官僚墳墓的人家。户數多少按官爵高低而定，如清代品官的營葬，公、侯、伯置守塋户四户，二品以上二户，五品以上一户，六品以下二人。參閲清吴榮光吾學録初編十七喪禮門三。

【守錢虜】譏諷有錢而吝嗇的人。東觀漢紀十二馬援傳："(馬援)嘗歎曰：'凡殖貨財産，貴其能施賑也，否則守錢虜耳。'"又見後漢書二四馬援傳。也作"守錢奴"。太平廣記三六〇鄧差引廣古今五行記："終不如臨沮鄧生，平生不用，爲守錢奴耳。"

【守口如瓶】比喻説話謹慎。唐道世諸經要集九擇交部懲過引維摩經："防意如城，守口如瓶。"宋晁説之晁氏客語："劉器之(安世)云：富鄭公(弼)年八十，書座屏云：'守口如瓶，防意如城。'"後稱嚴守秘密，不以告人，也叫守口如瓶。

【守株待兔】韓非子五蠹："宋人有耕者，田中有株，兔走觸株，折頸而死，因釋其耒而守株，冀復得兔。兔不可復得，而身爲宋國笑。"後用"守株待兔"比喻不知變通，或妄想不勞而獲、坐享其成。漢王充論衡宣漢："以已至之瑞，効方來之應，猶守株待兔之蹊，藏身破罝之路也。"景德傳燈録十七欽山文邃禪師："守株待兔，枉用心神。"也作守株伺兔。後漢書五九張衡傳應閒："世易俗異，事埶舛殊，不能通其變，而一度以揆之，斯契船而求劍，守株而伺兔也。」

【守山閣叢書】叢書名。清道光中錢熙祚輯刊。共一百一十種，六百五十二卷。清張海鵬刻有墨海金壺、借月山房彙鈔，書版後歸熙祚，他又從文瀾閣四庫全書中錄出流傳較少的書，進行增補刪汰，並以其藏書室守山閣爲名，改稱守山閣叢書。參加輯補校勘的有張文虎、顧觀光等人，以精審著稱。

宅 1. zhái ㄓㄞˊ 場伯切，入，陌韻，澄。

㊀住所。易剝：「上以厚下安宅。」左傳昭三年：「子之宅近市，湫隘囂塵，不可以居。」㊁居住。書禹貢：「桑土既蠶，是降丘宅土。」史記夏紀作「於是民得下丘居土。」㊂居官，任職。書舜典：「有能奮庸熙帝之載，使宅百揆。」㊃順適，安定。書康誥：「亦惟助王宅天命，作新民。」㊄葬地，墓穴。禮雜記上：「大夫卜宅與葬日。」疏：「宅，謂葬地。」參見「宅兆」。

2. chè ㄔㄜˋ

㊅分裂，裂開。通「坼」。參見「甲宅」。

【宅子】住所。唐宋以來，稱京官的住宅。唐封演封氏聞見記九淳信：「陸少保字元方，曾於東都置小宅，家人將受直矣。買者求見，元方告其人曰：『此宅子甚好，但無出水處。』」宋蘇軾東坡集續集四與楊濟甫書：「見在西岡賃一宅子居住。」

【宅心】㊀居心，存心。書康誥：「汝丕遠惟商耇成人，宅心知訓。」注：「汝當大遠，求商家耇志成人之道，常以居心，則知訓民。」㊁歸心。文選晉劉越石（琨）勸進表：「純化既敷，則率土宅心；義風既暢，則遐方企踵。」

【宅引】宋時，宰相假日，黎明從私宅赴中書省，有朱衣吏前導，稱宅引。參閱宋龐元英文昌雜錄三。

【宅兆】墳墓的四界。孝經喪親：「卜其宅兆而安措之。」注：「宅，墓穴也；兆，塋域也。」也作「宅垗」。廣雅釋邱：「宅垗、塋域，葬地也。」參見「垗㊀」。

【宅券】房契。宋史二六九陶穀傳：「（李）崧自北還，因以宅券獻（蘇）逢吉。」

【宅舍】住宅，宅子。漢鄭子真宅舍殘碑：「所居宅舍一區直百萬。」（隸釋十五）三國志蜀姜維傳郤正論維：「宅舍弊薄，資財無餘。」

【宅神】㊀成神。文選晉郭景純（璞）江賦：「奇相得道而宅神，乃協靈爽於湘娥。」唐劉良注：「得道於江，故居江爲神。」㊁司家宅的神，如土地、竈神。北周庾信庾子山集一小園賦：「鎮宅神以薶石，厭山精而照鏡。」

【宅相】晉書魏舒傳：「（舒）少孤，爲外家甯氏所養。甯氏起宅，相宅者云：『當出貴甥。』……舒曰：『當爲外氏成此宅相。』」舒表示今後當力圖顯貴，以證實舅宅當出貴甥的相法。後因用作外甥的典故。北齊書李渾傳附李繪：「河間邢晏，卽繪舅也。與繪清言，歎其高遠，每稱曰：『若披雲霧，如見珠玉，宅相之寄，良在此甥。』」

【宅家】對皇帝的敬稱。也作「官家」。唐李匡乂資暇集下阿茶：「公郡縣主，宮禁呼爲宅家子，蓋以至尊以天下爲宅，四海爲家，不敢斥呼，故曰宅家，亦猶陛下之義。至公主已下，則加子字，亦猶帝子也。」唐宦官劉季述王仲先謀廢昭宗，帝見兵入，驚墮牀下。宮人走告皇后，皇后前來說：「軍容勿驚宅家，有事取軍容商量。」見資治通鑑二六二唐昭宗光化三年。宋范祖禹唐鑑二三作「官家」。

【宅眷】家眷，家屬。宋何薳春渚紀聞五隴州鸚歌：「你到京師，切記爲我傳語通判宅眷。」元朱德潤存復齋文集十外宅婦詩：「貧人偷眼不敢看，問是誰家好宅眷。」

【宅經】舊題黃帝宅經。二卷。該書假借陰陽學說，相宅問卜，考尋吉凶，都是方士迷信的說法。舊唐書經籍志五行類有五姓宅經二卷。宋史藝文志五行類有相宅經一卷，宅體經一卷，疑卽此書。參閱四庫全書總目一〇九子部術數類二宅經、清周中孚鄭堂讀書記四七宅經。

【宅憂】居喪。書說命上：「王宅憂，亮陰三祀。」後稱父母之喪爲丁憂，本此。參見「丁憂」、「居憂」。

【宅中圖大】謂得地勢之利，居中便於控制四方。文選漢張平子（衡）東京賦：「彼偏據而規小，豈如宅中而圖大。」舊唐書音樂志三祀五方上帝于五郊樂章之二：「至哉樞紐，宅中圖大。」

安 ān ㄢ 烏寒切，平，寒韻，影。

㊀安定，舒服。詩小雅谷風：「將恐將懼，維予與女。將安將樂，女轉棄予。」㊁安全，穩定。易繫辭下：「是故君子安而不忘危。」㊂逸樂，安逸。左傳僖二三年：「懷與安，實敗名。」㊃對環境或事物感到安適滿足或習慣。左傳文十一年：「郕大子朱儒自安於夫鍾。」呂氏春秋樂成：「舟車之始見也，三世然後安之。」㊄安置，安放。宋陸游劍南詩稿一東陽道中：「小吏知人當著句，先安筆硯對溪山。」㊅連詞。於是。管子山國軌：「民衣食而繇（徭役）下，安無怨咎。」參閱清王引之經傳釋詞二。㊆代詞。哪里，怎麼。表示疑問。詩小雅小弁：「天之生我，我辰安在？」荀子解蔽：「彼愚者之定物，以疑決疑，決必不當。夫苟不當，安能無過乎？」㊇姓。見元和姓纂四引漢應劭風俗通。

【安人】㊀安撫人民。後漢書六一左雄傳：「安人則惠，黎民懷之。」文苑英華四五五唐李訥授盧弘正韋讓等徐滑節度使制：「經武著安人之略，事君堅許國之心。」㊁封建王朝給婦人封贈的稱號。宋制：正、從六品朝奉郎以上，母、妻並封安人。明清制：六品官之妻封安人。參閱續通典三八職官。

【安山】山名。1. 在山東東平縣西南。也稱安民山。山下有湖，瀠洄數十里，南有亭子店，卽古安民亭遺址，爲濟汶二水合流處。參閱水經注濟水、嘉慶一統志一七九泰安府一。2. 卽安期山，在山東萊蕪縣南。道家附會爲仙人安期生隱居之處，爲洞天福地之一。見雲笈七籤二七洞天福地。

【安心】㊀安定的心情。墨子親士：「非無安居也，我無安心也。」㊁專心，一心。文選晉張茂先（華）勵志詩：「安心恬蕩，棲志浮雲。」㊂存心，居心。紅樓夢一一五：「他那裏是爲要出家，他爲的是大爺不在家，安心和我過不去。」

【安分】安守本分。唐白居易長慶集六詠拙詩：「以此自安分，雖窮每欣欣。」

【安仁】縣名。1. 漢餘干縣地。南朝陳天嘉中置安仁縣。隋開皇九年廢。宋端拱元年復置安仁場，尋陞爲縣。明清屬江西饒州府。公元 1914 年改名餘江縣。今爲餘干縣。參閱寰宇通志四一饒州府安仁縣。2. 屬湖南省。本漢湘南縣地，晉以後爲衡山縣。宋乾德三年分置安仁縣。明清屬衡州府。參閱太平寰宇記一一五衡州、湖南通志五沿革三。

【安化】縣名。1. 漢北地郡郁郅縣地，隋爲合水縣地。唐神龍元年稱安化。清爲甘肅省慶陽府治。1913 年裁府留縣，又因與他省縣名重複，改名慶陽縣。參閱嘉慶一統志二六一甘肅慶陽府。2. 屬湖南省。本秦益陽縣地。宋熙寧六年置，明清皆屬長沙府。參閱太平寰宇記一一四潭州、讀史方輿紀要八十長沙府。3. 本隋務川縣地，明萬曆三十三年置安化縣，屬貴州思南府。1914年因與他省縣名重複，改名德江縣。參閱嘉慶一統志五〇四貴州思南府。

【安市】縣名。1.西漢置，屬遼東郡。東漢及晉沿置。見讀史方輿紀要三七蓋州衛。1964年初，在遼寧營口縣湯池公社英守溝村北坡下，發現了這座古城遺址。2.北朝魏置。太平真君二年，置安樂郡。北周廢郡，併入密雲縣。故城在今北京市密雲縣東北。見讀史方輿紀要十一昌平州。

【安平】㊀古紀國之酅邑，春秋時爲齊邑。戰國時齊將田單破燕復齊，受封於安平，稱安平君，即此地。唐時先稱安平縣，後併入博昌縣。故址在今山東臨淄縣東。參閱史記田敬仲完世家、資治通鑑四周赧王三六年"燕人攻安平"注。㊁縣名。1.漢置，屬涿郡。自唐至清屬深州。即今河北深縣。參閱嘉慶一統志五三深州直隸州。2.本漢牂牁郡地。明置平壩衛。清改爲安平縣，屬貴州。見嘉慶一統志五〇一安順府。1913年改平壩縣。

【安民】㊀安撫人民。書臯陶謨："安民則惠，黎民懷之。"㊁宋長安石工。宋蔡京撰元祐黨籍碑，頒令刻石於州縣。安民被徵應役刻石，堅辭不獲准，他不同意蔡京對司馬光等人的貶詞，請求免刻自己名字於碑末。參閱宋史三三六司馬光傳。

【安北】唐代六都護府之一。貞觀二十一年，鐵勒回紇等十三部落內附，因置燕然都護府，統轄瀚海等六都督府、臯蘭等七州。龍朔三年，移燕然都護府於磧北，改名瀚海都護府。總章二年，再改名安北都護府，府治曾先後移至西受降城和中受降城。見元和郡縣志四關內道豐州、唐會要七三安北都護府。

【安史】指唐安祿山史思明。唐天寶十四年平盧范陽河東三鎮節度使安祿山起兵於范陽，連陷洛陽長安兩京。祿山死，部將史思明殺祿山子慶緒，再度攻陷洛陽。思明死，子朝義繼之，至廣德元年，朝義爲部將李懷仙所殺。兵事開始至結束，前後九年(公元755—763)，使華北中原廣大地區受到了嚴重的破壞，舊史稱爲安史之亂。

【安丘】㊀縣名。在山東省。漢置，屬北海郡，唐宋屬密州，明清屬山東青州府。參閱漢書二八地理志上、寰宇通志七五青州府安丘縣。㊁複姓。東漢有安丘望之。參閱後漢書十九耿弇傳注引嵇康聖賢高士傳。

【安宅】安居。詩小雅鴻雁："雖則劬勞，其究安宅？"

【安安】㊀温和貌。書堯典："欽明文思安安。"後漢書二八下馮衍傳、又四一第五倫傳注引尚書考靈曜都作"晏晏"。爾雅釋訓："晏晏，温温，柔也。"參閱清惠棟九經古義三尚書古義上。㊁安然，舒緩貌。詩大雅皇矣："執訊連連，攸馘安安。"唐韓愈昌黎集十七與衛中行書："足下喜吾復脱禍亂，不當安安而居，遲遲而來也。"

【安次】縣名。屬河北省。漢置，屬渤海郡。元升爲東安州，明清降爲東安縣，屬直隸順天府。公元1914年以與湖南四川廣東省縣名重複，改爲安次縣。參閱嘉慶一統志六順天府一。

【安州】地名。漢涿郡高陽縣地。元置安州。明清均屬直隸保定府。公元1913年改爲安新縣，屬河北省。參閱寰宇通志二保定府安州。

【安吉】㊀平安吉祥。漢王充論衡刺孟："夫利有二，有貨財之利，有安吉之利。"㊁縣名。屬浙江省。本漢故鄣縣地。東漢中平二年分置安吉縣，屬丹陽郡。清屬湖州府。參閱後漢書郡國志四、太平寰宇記九四湖州。

【安西】㊀唐代六都護府之一。貞觀十四年置於交河城，屬隴右道。顯慶三年移治龜茲。龍朔元年，統轄龜茲、于闐、焉耆(原稱碎葉)、疏勒四鎮，及月氏等九十六府州。至德以後，改稱鎮西都護府。見唐會要七三安西都護府、太平寰宇記一五六西州。㊁路名。元至元十六年置，皇慶元年改爲奉元路。轄境包括今陝西西安市及咸陽渭南兩地區的一部分。參閱元史六十地理志三、嘉慶一統志二二八西安府二。

【安車】用一馬拉之可以坐乘的小車。古車立乘，此爲坐乘，故稱安車。周禮春官巾車："安車，彫面鷖總，皆有容蓋。"注："安車，坐乘車，凡婦人車皆坐乘。"高官告老或徵召有重望的人，往往賜乘安車，安車多用一馬，禮尊者則用四馬。史記一二一申公傳："於是天子使使束帛加璧安車駟馬迎申公。"漢書四十張良傳："今公誠能毋愛金玉璧帛，令太子爲書，卑辭安車，因使辨士固請，宜來。"參閱禮曲禮上"乘安車"唐孔穎達疏。

【安忍】習於殘忍，不以爲異。左傳隱四年："夫(衛)州吁阻兵而安忍。阻兵無衆，安忍無親，衆叛親離，難以濟矣。"隋書刑法志："梟首轘身，義無所取，不益懲肅之理，徒表安忍之懷。"

【安邑】縣名。相傳爲夏禹的都城。秦置縣，屬河東郡。北魏爲安邑郡，分南安邑北安邑二縣。後改北安邑爲夏縣。隋改南安邑爲安邑縣。清屬山西解州。公元1958年併入運城縣。參閱嘉慶一統志一五四解州安邑縣。

【安妥】平安妥帖。唐白居易長慶集八郡齋暇日……亦以十六韻酬之詩："敢辭官遠慢，且貴身安妥。"宋岳飛題永州祁陽大營驛："二廣湖湘，悉皆安妥。"(八瓊室金石補正一一二)

【安利】安樂與利益。荀子儒效："比周而譽俞少，鄙争而名俞辱，煩勞以求安利其身俞危。"韓非子有度："姦邪之臣安利不以功，則姦臣進矣。"

【安身】㊀安息，就寢。左傳昭元年："君子有四時：朝以聽政，晝以訪問，夕以脩令，夜以安身。"㊁立身。晉書潘尼傳安身論："蓋崇德莫大乎安身，安身莫尚乎存正。"㊂容身，存身。吕氏春秋諭大："一國盡亂，無有安家。一家皆亂，無有安身。"水滸四："趙某却有個道理，教提轄萬無一失，足可安身避難。"

【安佚】安閒逸樂。孟子盡心下："四肢之於安佚也，性也。"也作"安逸"。莊子至樂："所苦者，身不得安逸。"

【安泊】停留歇脚。宋孟元老東京夢華録三大內前州橋東街巷："東去沿城皆客店，南方官員商賈兵級皆於此安泊。"金史宣宗紀下："更定安泊逃亡出征軍人罪及捕獲賞格。"

【安定】㊀平安穩定。書盤庚中："安定厥邦。"史記留侯世家："上曰：'天下屬安定，何故反乎？'"㊁郡名。漢元鼎三年置，轄高平等二十一縣。地爲今甘肅平涼地區的一部分。見漢書二八地理志下。㊂縣名。1.本漢天水郡勇士縣地。金置定西縣。元時以地震更名安定州，明洪武初改縣，屬鞏昌府。清沿置。今爲甘肅定西縣。見寰宇通志九七甘肅鞏昌府安定縣。2.本秦上郡陽周縣地。宋慶曆中置安定堡，屬延川縣。元改縣，屬延安路。明清屬延安府。今爲陝西子長縣。見嘉慶一統志二三三陝西延安府。㊃五代南詔段智興年號。年分不詳。

【安東】㊀唐代六都護府之一。總章元年置於平壤城，開元二年移於平州，天寶二年移於遼西故郡城。至德後廢。見太平寰宇記七一河北道。㊁縣名。1.漢襄賁縣地，隋唐爲漣水縣。宋景定初改爲安東州。明改爲縣。公元1914年以與舊奉天(今遼寧)縣名重複,改名漣水縣,屬江蘇省。參閱寰宇通志二十淮安府安東縣。2.清光緒二年分岫岩廳東大東溝四周之地增置。見清續文獻通考三〇六輿地二。今屬遼寧丹東市。

【安枕】安睡無憂。史記九一黥布傳:"使布出於上計,山東非漢之有也;出於中計,勝敗之數未可知也;出於下計,陛下安枕而卧矣。"

【安帖】㊀安定,平静。漢焦延壽易林二離之無妄:"安帖之家,虎狼爲憂。"魏書游明根傳附游肇表:"且新附之民,服化猶近,特須安帖,不宜勞之。"也作"安怗"、"安貼"。南齊書劉係宗傳:"此段有征無戰,以時平蕩,百姓安怗,甚快也。"宋李心傳建炎以來繫年要録九元年九月宗澤疏:"今東京市井如舊,上下安貼。"㊁妥貼,貼切。北齊顏之推顏氏家訓風操:"吾見名士,亦有呼其亡兄弟爲兄子弟子門中者,亦未爲安帖也。"

【安命】安於命運,無所作爲。莊子德充符:"知不可奈何而安之若命,唯有德者能之。"韓詩外傳一:"安命養性者,不待積委而富。"

【安岳】縣名。屬四川省。北周建德四年置普州。隋屬資陽郡。唐改爲安岳郡,後又改爲普州。宋寶祐後廢。元末復置。清屬潼川府。參閱太平寰宇記八七普州、寰宇通志六潼川州安岳縣。

【安神】使心神寧静。後漢書四九仲長統傳樂志論:"安神閨房,思老氏之玄虚;呼吸精和,求至人之仿佛。"

【安哉】古代食器。太平御覽七六〇漢李尤安哉銘:"安哉令名,甘旨是盛,埏埴之巧,甄陶所成。"按方言十三:"盂謂之榼。河濟之間謂之盌𥂕。"安哉即"盌𥂕"。廣雅釋器作"案𥂕"。

【安南】㊀唐代六都護府之一。本交州都督府,屬嶺南道。調露元年改爲安南都護府,至德二年改爲鎮南都護府。見舊唐書地理志四。參見"交州"。㊁縣名。本明安南衛地,清康熙二十六年改爲安南縣,屬貴州興義府。地在今貴州晴隆縣。見嘉慶一統志五一〇貴州興義府。

【安胡】菰米。文選漢枚叔(乘)七發:"楚苗之實,安胡之飯,摶之不解,一啜而散。"一作"彫胡"。參見"彫胡"。

【安重】㊀舒適。荀子王霸:"形體好佚而安重閒静莫愉焉,心好利而穀禄莫厚焉。"㊁穩重。後漢書二〇祭遵傳附祭彤論:"祭彤武節剛方,動用安重,雖條侯穰苴之倫,不能過也。"

【安流】平静地流動。楚辭屈原九歌湘君:"令沅湘兮無波,使江水兮安流。"南朝齊謝朓謝宣城集四和江丞北戍琅琊城詩:"京洛多塵霧,淮濟未安流。"

【安家】㊀安寧之家。吕氏春秋諭大:"天下大亂,無有安國;一國盡亂,無有安家。"㊁治家。漢書五一路温舒傳上書:"亡金革之危,飢寒之患,父子夫妻勠力安家,然太平未洽者,獄亂之也。"㊂安置家庭。全唐詩七六二李宏皋題桃源:"當時避世乾坤窄,此地安家日月長。"

【安席】㊀睡眠安寧。戰國策楚一:"寡人卧不安席,食不甘味,心摇摇如懸旌而無終薄。"㊁安穩而坐。南史劉瓛傳附劉璡:"瞱與僚佐飲,自割鵝炙。璡曰:'應刃落俎,是膳夫之事。殿下親執鸞刀,下官未敢安席。'"

【安泰】安寧,太平。漢焦延壽易林四井之恒:"解釋倒懸,家國安泰。"唐白居易長慶集六六幽居早秋閑詠詩:"且得身安泰,從他世險艱。"

【安厝】安葬。漢班固白虎通崩薨:"安厝之義,貴賤同。"文選晉潘安仁(岳)寡婦賦:"痛存亡之殊制兮,將遷神而安厝。"唐李周翰注:"謂遷柩歸葬也。"後也指停放靈柩待葬或淺埋以待改葬。

【安息】㊀安逸。詩小雅小明:"嗟爾君子,無恒安息。"漢書八四翟方進傳附翟義:"戰戰兢兢,不敢安息。"今義指安静地休息,或用作對死者的悼詞。㊁伊朗高原古國名。漢武帝時開始派使者到安息,以後遂互有往來。東漢時來中國的僧人安清就是安息國人。參閱漢書九六上西域傳安息國、南朝梁釋慧皎高僧傳一。

【安清】安息國太子,字世高。後出家爲僧,於漢桓帝建和二年到我國洛陽。通曉漢語,譯梵本爲漢語,譯修行道地經等三十餘部,皆屬小乘。參閱南朝梁釋慧皎高僧傳一。

【安康】縣名。1.本秦漢中郡地,晉太康初置安康縣。唐德元二年,改名漢陰縣。清爲漢陰廳,屬陝西省。公元1913年改爲縣,仍名漢陰。參閱嘉慶一統志二四一興安府一。2.屬陝西省。秦置,屬漢中郡。元廢。清復置,爲興安府治所。公元1913年裁府留縣。參閱嘉慶一統志二四一興安府一安康縣。

【安排】㊀安心聽任擺布。莊子大宗師:"安排而去化,乃入於寥天一。"注:"安於推移而與化俱去,故乃入於寂寥而與天爲一也。"文選南朝宋謝靈運晚出西射堂詩:"安排徒空言,幽獨賴鳴琴。"㊁安置,措置。唐李中碧雲集上竹詩:"閑約羽人同賞處,安排棋局就清涼。"宋范成大石湖集四田舍詩:"呼唤攜鋤至,安排築圃忙。"

【安堵】相安,安居。史記八二田單傳:"願無虜掠吾族家妻妾,令安堵。"參見"按堵"。

【安習】對環境、事物感到安適習慣。荀子儒效:"工匠之子莫不繼事,而都國之民安習其服。"後漢書五二崔駰傳附崔寔政論:"其頑士闇於時權,安習所見,不知樂成,況可慮始。"

【安陸】㊀府名。本晉竟陵郡地。元置安陸府。明改爲承天府。清又改爲安陸府,屬湖北省,轄縣有鍾祥京山天門潛江。公元1913年撤府留縣。參閱嘉慶一統志三四二安陸府。㊁縣名。屬湖北省。戰國楚邑,漢置縣,屬江夏郡。見漢書二八地理志上江夏郡。

【安陵】㊀戰國時國名。見"安陵君"。㊁縣名。1.漢置,屬右扶風。晉廢。故城在今陝西咸陽市東。參閱嘉慶一統志二二八西安府二。2.本漢渤海郡蓨縣地。晉改置東安陵縣。北魏改名安陵縣。宋景祐二年併入將陵縣。故城在今河北吴橋縣西北。參閱太平寰宇記六四德州、畿輔通志一五六古蹟三城址三。

【安處】安逸,閒適。詩小雅小明:"嗟爾君子,無恒安處。"也指安定居處。文選漢禰正平(衡)鸚鵡賦:"彼賢哲之逢患,猶棲遲以羈旅;矧禽鳥之微物,能馴擾以安處。"

【安國】㊀安定邦國。左傳襄十年:"衆怒難犯,專欲難成,合二難以安國,危之道也。"又指安定的邦國。吕氏春秋諭大:"天下大亂,無有安國。"㊁古西域城國。爲昭武九姓之一。隋唐時的十部宴樂中有安國樂,其樂器有箜篌、琵琶等十四種,樂工十八人。參閱舊唐書音樂志二、文獻通考一四八樂二一。㊂縣名。屬河北省。漢置,屬中山國。明清爲祁州。公元1913年改名祁縣。次年改爲安國縣。參閱嘉慶一統志十二保定府一。㊃五代南詔鄭買嗣年號,公元903—909年。㊄複姓。漢有安國少季,武帝時曾出使南越。見史記一一三南越尉佗傳。

【安貧】自甘於貧窮。後漢書六〇蔡邕傳釋誨:"安貧樂賤,與世無營。"晉陶潛陶淵明集四詠貧士詩之四:"安貧守賤者，自古有黔婁。”

【安偉】呼痛聲。相當於“哎唷”。北史熊安生傳：“後齊任城王湝鞭之，(宗)道暉徐呼安偉、安偉！”

【安鄉】縣名。屬湖南省。漢武陵郡孱陵縣地。晉屬南平郡。隋廢郡，仍稱孱陵縣，又廢義陽郡置安鄉縣。唐貞觀元年省孱陵，併入安鄉縣。見太平寰宇記一一八澧州。

【安童】年幼的僮僕。宋吳自牧夢粱錄十九顧覓人力：“上門下番當直安童，俱各有行老引領。”警世通言十六小夫人金錢贈年少：“小夫人自在簾兒裏看街，只見一個安童托着盒兒打從面前過去。”

【安敦】公元121—180年。古大秦國王名。後漢書八八西域傳大秦：“至桓帝延熹九年，大秦王安敦遣使自日南徼外獻象牙、犀角、瑇瑁，始乃一通焉。”大秦，即古羅馬帝國。

【安陽】㊀古地名。在今山東曹縣東。卽楚懷王大將宋義救趙時駐兵之處。參閱史記項羽紀。㊁縣名。屬河南省。商紂故都，戰國魏地，秦昭襄王取其地改名安陽。漢時以其地屬蕩陰縣。隋開皇十年置安陽縣，屬相州。參閱元和郡縣志十六相州、寰宇通志九一彰德府安陽縣。

【安舒】安詳迂緩。漢書八一匡衡傳上疏：“治性之道，必審己之所有餘，而强其所不足，……湛静安舒者戒於後時，廣心浩大者戒於遺忘。”

【安勝】安健勝過往常。舊時書信中常用作祝辭。文苑英華六七九唐李巽請符載書：“夏首漸熱，惟動履安勝。”

【安衆】㊀安定人心。左傳襄十年：“衆怒難犯，專欲難成，合二難以安國，危之道也。不如焚書以安衆。”㊁縣名。漢置，屬南陽郡。晉併入宛縣。故城在今河南鎮平縣東南。參閱嘉慶一統志二一一南陽府二古蹟。

【安溪】縣名。屬福建省。本漢冶縣地。隋唐爲南安縣小溪場。五代南唐保大年間分置清溪縣。宋宣和三年，改爲安溪縣。明清均屬泉州府。參閱寰宇通志四六泉州府安溪縣。

【安塞】縣名。屬陝西省。本秦漢上郡高奴縣地。北魏置廣洛縣。隋爲金明縣。元初改置安塞縣。明清均屬陝西延安府。參閱嘉慶一統志二三三延安府。

【安詳】從容穩重。漢蔡邕蔡中郎集七薦邊文禮書：“口辯辭長，而節之以禮度。安詳審固，守持內定。”宋邵雍伊川擊壤集十四小車六言吟詩：“水際尤宜穩審，花間更要安詳。”

【安福】縣名。1.屬江西省。漢安平縣。三國吳寶鼎二年，置安成郡。隋廢郡置安復縣。唐武德年間改名安福。見元和郡縣志二八吉州、太平寰宇記一〇九吉州。2.屬湖南省。隋唐崇義縣地。明置九溪衞。清雍正七年，改置安福縣。公元1914年改名臨澧縣。參閱嘉慶一統志三七三澧州。

【安義】縣名。屬江西省。本南朝宋齊建昌縣地。明正德十三年，在建昌西南部分置安義縣，屬南康府。清沿置。參閱嘉慶一統志三一六南康府。

【安遠】縣名。屬江西省。漢雩都縣地。南朝梁大同十年析置安遠縣，以安遠水而名。隋開皇年間廢。唐建中年間復置。見太平寰宇記一〇八虔州。

【安頓】安放，安置。朱子語類四五論語二七：“如一箇好物，只是安頓得略傾側，少正之則好矣。”楊萬里誠齋集三五悶歌行之五：“客心未便無安頓，試數油窗雨點痕。”

【安置】㊀安放，安頓。穀梁傳哀元年：“‘卜之不吉，則如之何？’‘不免，安置之，繫而待。’”唐杜甫杜工部草堂詩箋三十簡吳郎司法：“有客乘舸自忠州，遣騎安置瀼西頭。”㊁就寢。宋羅大經鶴林玉露五：“陸象山家于撫州金谿。……每晨興，家長率衆子弟致恭于祖禰祠堂，聚揖于廳，婦女道萬福于堂；暮安置，亦如之。”後用作稱別人就寢的敬詞。㊂宋時官吏被貶謫，最輕者稱送某州居住，稍重者稱安置，更重者稱編管。參閱宋趙升朝野類要五降免、張端義貴耳集上。

【安業】安於本業。漢桓寬鹽鐵論備胡：“是以行者勸務而止者安業。”

【安漢】縣名。漢置，屬巴郡。隋開皇十八年，改名南充。故城在今四川南充縣南。參閱太平寰宇記八六果州。

【安寧】㊀安定，太平。詩小雅常棣：“喪亂既平，既安且寧。”莊子天下：“願天下之安寧，以活民命，人我養，畢足而止。”㊁縣名。屬雲南省。漢連然縣地。唐武德初，置安寧縣。清爲安寧州。公元1913年改爲縣。參閱寰宇通志一一一雲南府安寧州。

【安肅】縣名。屬河北省。北齊新昌縣地。宋宣和七年置安肅縣。明清均屬直隸保定府。公元1914年改名徐水縣。參閱嘉慶一統志十二保定府。

【安圖】縣名。屬吉林省。清宣統元年置，屬奉天長白府。位於圖們江上游。

【安調】星名。太平御覽七引天官星占：“(辰星)一名安調，一名態星，一名鉤星，一名伺晨。”

【安慶】地名。唐乾元初，名舒州，屬淮南道。宋南渡後紹興十七年改爲安慶軍，慶元元年，升爲安慶府。清爲安徽省治。今爲安徽省屬。參閱嘉慶一統志一〇九安徽安慶府。

【安穀】指病中仍能進食。史記一〇五倉公傳：“齊中郎破石病，……所以不中期死者，師言曰‘病者安穀卽過期，不安穀則不及期。’”明王志堅表異錄十人事部五：“病而能食曰安穀。”

【安撫】㊀安頓撫恤。後漢書六六王允傳：“可以皇甫義真爲將軍，就領其衆，因使留陝以安撫之。”㊁官名。隋仁壽四年設安撫大使，由行軍主帥兼任。唐時各州如有水旱災害，卽派巡察、安撫或存撫等使節巡視撫恤；倘由節度使兼任，另有副使。宋代爲掌管一方軍事和民政之官，稱安撫使，或稱經略安撫使，常由知州、知府兼任。遼金元稱安撫使，或稱安撫司，只在邊遠地區設置。明清時，安撫僅是西南邊遠區的武職土官。參閱文獻通考六一職官十五、續文獻通考六十職官十。

【安慰】撫恤慰問。後漢書七四下劉表傳：“關西兖豫學士歸者蓋有千數，表安慰賑贍，皆得資全。”玉臺新詠一古詩爲焦仲卿妻作：“時時爲安慰，久久莫相忘。”

【安劉】漢劉邦(高祖)病危時對吕后說：“周勃重厚少文，然安劉氏者必勃也。”見史記高祖紀、留侯世家。後因以“安劉”爲維護王朝的典故。唐白居易長慶集十五題四皓廟詩：“卧逃秦亂起安劉，舒卷如雲得自由。”

【安樂】㊀安寧，快樂。孟子告子下：“入則無法家拂士，出則無敵國外患者，國恒亡；然後知生於憂患，而死於安樂也。”荀子君道：“故人主欲彊固安樂，則莫若反之民。”㊁隋末李軌年號。公元617—619年。

【安澤】縣名。屬山西省。漢穀遠縣地。北魏置安澤縣，屬義寧郡，在今縣西北。隋大業二年改名岳陽縣，屬臨汾郡，在今縣東。宋移今治。明清屬平陽府。公元1914年復名安澤縣。參閱元和郡縣志十二晉州。

【安禪】佛教語。安靜地打坐，猶言入定。梁書張纘傳南征賦：“今築室以安禪，邑無改於舊井。”文苑英華二三三隋江總明慶寺詩:"金河知證果，石室乃安禪。"

【安營】建立營寨。隋書禮儀志三:"其安營之制,以車外布,間設馬槍，次施兵幕,内安雜畜。"

【安輯】㊀安撫。漢書九六上西域傳:"都護督察烏孫康居諸外國動静,有變以聞。可安輯,安輯之;可擊，擊之。"㊁安定。三國志魏胡昭傳:"天下安輯，徙宅宜陽。"

【安燕】㊀安閒宴樂。燕,飲宴。禮鄉飲酒義:"賓出,主人拜送，節文終遂焉,知其安燕而不亂也。"㊁舒適安逸。燕,通"晏"。荀子修身:"安燕而血氣不惰，勞勌(倦)而容貌不枯。"

【安縣】縣名。屬四川省。唐綿州龍安西昌神泉三縣地。元爲安州。明改爲安縣,屬成都府。清改屬綿州。參閲嘉慶一統志四一四綿州。

【安謐】安定平静。後漢書七桓帝紀和平元年梁太后詔:"元服已加,將即委付,而四方盗竊，頗有未静，故假延臨政，以須安謐。"是年梁太后歸政於順帝。

【安隱】見"安穩"。

【安輿】即安車。老年人和婦女乘坐的車子。新唐書一八二趙隱傳:"懿宗誕日,宴慈恩寺,隱侍母以安輿臨觀。"後來詩文中常用以指迎養親老。

【安徽】省名。境内有皖山(霍山),又稱皖省。書禹貢揚州和徐豫二州的一部分。春秋時分屬吴楚。戰國時爲楚地。漢初置淮南國。唐分屬江南淮南河南道。宋分屬江南淮南路。元分屬河南江北和江浙行中書省。明改路爲府，直屬南京。清康熙元年設安徽巡撫，以安慶徽州兩府的首字合併爲名，始有安徽之稱。

【安豐】郡縣名。春秋六國地。漢置安豐縣,屬六安國。東漢屬廬江郡,建武中封竇融爲安豐侯，即此。三國魏分廬江郡，置安豐郡。隋廢郡，安豐縣改隸壽州。南宋初升爲軍。元置安豐路。明初廢。地在今安徽霍丘縣西。參閲讀史方輿紀要二一壽州。

【安擾】安定，安撫。擾，馴順的意思。周禮地官大司徒:"大司徒之職，掌建邦之土地之圖,與其人民之數,以佐王安擾邦國。"

【安邊】安定邊疆。漢書六九趙充國傳:"選擇良吏知其俗者拊(撫)循和輯,此全師保勝安邊之册(策)。"南朝宋何承天有安邊論,見宋書、南史本傳。

【安瀾】㊀水波不興。比喻境況安定。瀾，水波。文選漢王子淵(褒)四子講德論:"天下安瀾,比屋可封。"注:"安瀾,以喻太平也。"㊁清代主管河工人員,每年秋汛後平安渡過而無潰決者，其奏報稱爲安瀾奏報。清史稿一二六河渠一:乾隆三十七年"東河總督姚立德言:'前築土壩,保固隄根,頻歲安瀾,已著成效。'"

【安難】不避艱苦危難。荀子富國:"其耕者樂田,其戰士安難,其百吏好法,其朝廷隆禮,其卿相調議,是治國已。"注:"安難,不逃難也。"戰國策楚一:"秦地半天下,兵敵四國,被山帶河,四塞以爲固。……法令既明,士卒安難樂死。"

【安穩】平安穩妥。漢王符潛夫論相列:"手足欲深細明直,行步欲安穩覆載。"世説新語排調下顧愷之與殷仲堪牋:"地名破冢,真破冢而出,行人安穩,布颿(帆)無恙。"也作安隱。詩大雅緜"迺慰迺止"漢鄭玄箋:"民心定,乃安隱其居。""隱"、"穩"古今字。參閲清王鳴盛蛾術編二五説字十一。

【安籠】地名。元普安路地。明洪武間,設安籠守禦所。清康熙二十五年改爲南籠廳。嘉慶二年改爲興義府,屬貴州省。公元 1913 年改爲南籠縣。參閲嘉慶一統志五一〇興義府。

【安公子】隋宫中樂曲名。唐教坊曲和宋人詞調也有名安公子的。雙調，有八十字、一百零六字等六體。參閲唐段安節樂府雜録、詞譜十九。

【安世高】見"安清"。

【安石榴】石榴的别名。初學記二八晉張華博物志:"張騫使西域還,得安石榴、胡桃、蒲桃。"參見"石榴"。

【安邑棗】古代安邑出産的棗子。史記一二九貨殖傳:"安邑千樹棗,燕秦千樹栗,……此其人皆與千户侯等。"藝文類聚八七魏文帝詔:"凡棗味莫若安邑御棗也。"安邑故址在今山西運城縣。

【安重榮】公元 ?—942 年。五代後晉朔州人。小字鐵胡。後唐時任振武巡邊指揮使。後歸後晉石敬瑭，任成德軍節度使。石敬瑭降契丹,自稱兒皇帝,重榮以爲萬世恥辱。天福六年，率衆聲言入覲,起兵反對石敬瑭,次年戰敗被殺。新、舊五代史皆有傳。

【安息香】香料。用安息香樹脂製成。梵語掘具羅。法苑珠林七六引梁高僧傳:"(圖)澄坐繩牀,燒安息香,祝願數百言。"參閲唐段成式酉陽雜俎前集十八廣動植木安息香樹、翻譯名義集三衆香。

【安陸集】宋張先撰。一卷，又附録一卷。先字子野,工詩,詞尤著名，與柳永齊稱。四庫全書所收本爲清葛鳴陽所輯,共詩八首、詞六十八首。清丁丙善本書室藏書志有明鈔本張子野詞，有詞一百二十九首。參見"張先 1."。

【安陵君】㊀戰國時安陵國君。安陵本屬魏。秦滅魏後,欲以五百里地易安陵。安陵君使唐且往説秦王,得免。見戰國策魏四。漢劉向説苑奉使作"鄢陵"。其地在今河南鄢陵縣西北。㊁戰國時楚共王寵臣，因封於安陵，稱安陵君。見戰國策楚一。文選晉阮嗣宗(籍)詠懷詩之四:"昔日繁華子,安陵與龍陽。"即指其人。漢劉向説苑權謀作安陵纏。地在今河南鄢城縣東南。

【安國寺】唐寺名。本李旦(睿宗)舊宅,景雲元年建寺。寺址在今陝西長安縣東。見唐段成式酉陽雜俎續集寺塔記上。

【安禄山】公元 ?—757 年。唐營州柳城奚族人。本姓康，初名軋犖山。母嫁突厥人安延偃,改姓安,更名禄山。通曉諸族語言。李隆基 (玄宗)時,官平盧范陽河東三鎮節度使。天寶十四年冬在范陽起兵叛亂,先後攻陷洛陽長安,稱雄武皇帝,國號燕,建元聖武。至德二年春,爲其子慶緒所殺。新、舊唐書有傳。

【安期生】先秦時代方士。史記封禪書記漢武帝以方士李少君言，遣使入海求蓬萊仙人安期生之屬。又八十樂毅傳稱河上丈人以黄老教安期生。數傳至蓋公,爲曹參之師。後代傳説愈多,爲道家仙人名。參閲舊題漢劉向列仙傳、晉皇甫謐高士傳、清趙翼陔餘叢考三四安期生浮丘伯。

【安期棗】傳説仙果名。漢方士李少君對武帝説,仙人安期生食巨棗,大如瓜。見史記封禪書、漢書郊祀志上。後因有"安期棗"之稱。唐元稹長慶集六和樂天贈吴丹詩:"冥搜方朔桃,結念安期棗。"

【安陽李】李名。相傳植於三國魏文帝(曹丕)安陽殿前，大而甘。見舊題南朝梁任昉述異記下。

【安陽集】宋韓琦撰。五十卷。琦相州安陽人,故以此爲集名。琦歷事仁宗、英宗、神宗三朝,爲宰相,雖不以文名,而其詩不事雕琢,直抒胸臆,自成一家。

【安漢公】漢王莽封號。平帝時，莽獨攬政權,羣下稱頌其"有定國安漢家之大功"。元始元年,莽爲太傅,賜號安漢公。見漢書九九上王莽傳。

【安樂窩】宋邵雍自號安樂先生，稱其住宅爲安樂窩。宅址在今河南洛陽市天津橋南。雍撰伊川擊壤集，集中屢言所居安樂窩。後來也泛指舒適安静的住處。宋戴復古石屏詩集六訪趙東野："四山便是清涼國，一室可爲安樂窩。"参閱宋馬永卿嬾真子三安樂窩。

【安士全書】清周夢顔撰。夢顔一名思仁，字安士，著有勸善書四種：萬善先資、欲海回狂、陰騭文廣義、西歸直指，合輯爲安士全書，充滿宣揚封建禮教和因果迷信的糟粕。

【安土重遷】安於本土，不願輕易遷移。漢書元帝紀永光四年詔："安土重遷，黎民之性；骨肉相附，人情所願也。"注："重，難也。"又作安土重居。後漢書四八楊終傳上疏："傳曰：'安土重居，謂之衆庶。'"

【安不忘危】太平或安定時不忘危難。易繫辭下："是故君子安而不忘危，存而不忘亡，治而不忘亂，是以身安而國家可保也。"文選漢揚子雲(雄)長楊賦："意者以爲事罔隆而不殺，物靡盛而不虧，故平不肆險，安不忘危。"

【安如泰山】比喻十分安穩。漢書三六劉向傳："事勢不兩大，王氏與劉氏亦且不並立，如下有泰山之安，則上有累卵之危。"焦氏易林一坤之中孚："安如泰山，福喜屢臻。"又作"安於泰山"。文選漢枚叔(乘)上書諫吴王："變所欲爲，易於反掌，安於泰山。"

【安步當車】緩步而行，當作坐車。戰國策齊四："晚食以當肉，安步以當車，無罪以當貴，清淨貞正以自虞。"古代貴族出必乘車，因以安步當車稱人能安貧守賤。

【安吴四種】清包世臣撰。分目爲四種：一、中衢一勺三卷，論述河、漕、鹽、水利等，附録四卷，爲雜文、日記；二、藝舟雙楫六卷，評論文章和書法，附録三卷，爲志銘、傳記、雜文；三、管情三義八卷，爲作者在江西作官時的日記和詩；四、齊民四術十二卷，是有關農、禮、刑、兵等的文章。世臣，安徽涇縣人，涇縣在東漢時分置安吴縣，因以爲書名。

【安身立命】指精神和生活有寄託。景德傳燈録十景岑禪師："僧問：'學人不據地時如何？'師云：'汝向什麽處安身立命？'"水滸二："延安府老种經略相公鎮守邊庭，……那裏是用人去處，足可安身立命。"

【安定學案】宋胡瑗開創的學派。瑗字翼之，泰州如皋人。傳授儒家經術二十餘年，學生多至數千人，著名的有程頤范純仁吕希哲孫覺等。門人稱之爲安定先生。同時孫復也在山東泰山聚徒講學，與胡瑗齊名，爲宋初南北兩大學派，宋代道學的先驅。見宋元學案一。

【安居樂業】安於所居，樂於本業。漢書九一貨殖傳："各安其居而樂其業，甘其食而美其服。"後漢書四九仲長統傳昌言理亂："安居樂業，長養子孫。"也作安家樂業。漢書八五谷永傳："務省繇役，毋奪民時，薄收賦税，毋殫民財，使天下黎元，咸安家樂業。"也作安土樂業。又八九龔遂傳："盜賊於是悉平，民安土樂業。"三國志魏賈詡傳："撫安百姓，使安土樂業。"

【安富恤窮】周禮地官大司徒："以保息六養萬民：一曰慈幼，二曰養老，三曰振窮，四曰恤貧，五曰寬疾，六曰安富。"唐陸贄陸宣公集二二均節賦税恤百姓六條之六："損不失富，優可恤窮，此乃古者安富恤窮之善經。"

【安富尊榮】安定富足，尊貴榮華。孟子盡心上："君子居是國也，其君用之，則安富尊榮。"

【安樂公主】公元？—710年。唐李顯(中宗)幼女，韋后生，爲帝后所寵愛。先嫁武三思子崇訓。中宗復位，韋后與三思把持朝政，公主與太平等七公主皆開府，恃勢驕横，第宅園池，窮奢極侈。納賄售官，以墨敕斜封授之，當時稱爲"斜封官"。崇訓死，改嫁武延秀。欲擁韋后臨朝，以已爲皇太女，乃合謀毒死中宗。睿宗子臨淄王李隆基(玄宗)起兵，公主與延秀在内宅，皆被殺。舊唐書一八三、新唐書八三有傳。

【安樂世界】佛教指西方極樂世界。是阿彌陀佛所居住的國土。華嚴經二九壽命品："如此娑婆世界釋迦牟尼佛刹一劫，於安樂世界阿彌陀佛刹爲一日一夜。"

【安世房中歌】漢樂歌名，爲祀神的樂章。漢高祖妃唐山夫人作房中樂，惠帝二年改名爲安世樂，共十七章，詞見漢書禮樂志。"房"是古代宗廟陳列神主的地方。三國魏初改名爲正始之樂。

四畫

完 wán ㄨㄢˊ 胡官切，平，桓韻，匣。

㊀完全，完整。荀子大略："食則饘粥不足，衣則豎褐不完。"㊁保全。莊子讓王："帝王之功，……非所以完身養生也。"㊂修築。詩大雅韓奕："溥彼韓城，燕師所完。"㊃堅固。孟子離婁上："城郭不完。"荀子議兵："械用兵革攻完便利者强。"㊄古時一種較輕的刑罰。去頰毛和鬢，不剃鬚髮。漢書刑法志："完者使守積。"注："完，謂不虧其體，但居作也；積，積聚之物也。"参閱清王聘珍九經學周禮二。㊅舊時稱交納租税。清顧炎武亭林文集一錢糧論上："無督責之難而有完逋(拖欠)之漸。"清詩别裁二趙進美冬日田家詩之二："八口飽新粒，未冬完官税。"㊆完成，終結。如"完工"。紅樓夢三七："若看完了，還不交卷，是必罰的。"

【完刑】古代輕刑之一。秦漢時，剃去鬢毛留下頭髮，稱爲完刑。晉代把完刑分爲四年、三年、二年三等。参閱漢書刑法志、晉書刑法志。

【完全】完整無缺。荀子議兵："韓之上地方數百里，完全富足而趨趙，趙不能凝也，故秦奪之。"注："上地，上黨之地。完全，言城邑也；富足，言府庫也。"唐齊己白蓮集七賀行軍太傅得白氏東林集詩："百氏典墳隨喪亂，一家風雅獨完全。"

【完行】㊀使操行完美。漢王充論衡佚文："治身完行，徇利爲私，無爲主者。"㊁完美的操行。後漢書二七杜林傳奏："及至其後，(法令)漸以滋章，吹毛索疵，詆欺無限，……故國無廉士，家無完行。"

【完好】完整，没有殘缺破損。宋葉適水心集六北齋詩之一："幸今脩整畢，楹桷正完好。"

【完完】完整無缺貌。唐韓愈昌黎集五月蝕詩效玉川子作詩："月形如白盤，完完上天東。"别本作"貌貌"或"皃皃"。

【完卵】見"覆巢無完卵"。

【完計】周密妥善的計策。漢書六四上主父偃傳諫伐匈奴："靡敝中國，甘心匈奴，非完計也。"史記一一二主父偃傳作"長策"。

【完備】周密準備。吕氏春秋驕恣："欲無召禍必完備。"新唐書二二四李懷光傳："今入朝則必宴勞留連，賊得從容完備，卒難圖也。"

【完聚】㊀修繕城郭，積聚糧食。左傳隱元年："太叔完聚，繕甲兵，具卒乘，將襲鄭。"㊁離散後重新團聚。清平山堂話本風月瑞仙亭："倘後父親想念搬回，一家完聚，也未可知。"

【完彊】身體强健。漢王充論衡治期："夫賢人有被病而早死，惡人有完彊而老壽。人之病死，不在操行爲惡也。"彊，同

"强"。

【完縣】縣名。戰國燕曲逆邑地。秦爲曲逆縣。金爲永平縣，後升爲完州。明改爲完縣。地在今河北保定市。參閱寰宇通志二保定府完縣。

【完顏】複姓。金的始祖函普定居完顏部，後娶其部人之女，成爲完顏部人。因以完顏爲姓。漢姓王。參閱金史世紀、國語解姓氏。

【完璧】原物無損退回。明王世貞弇州山人四部稿一二八與龔克懋書："來幣却，附使完璧。"詳"完璧歸趙"。

【完顏旻】公元 1068—1123 年。即金太祖。金王朝的建立者。本名阿骨打。後更名旻。女真族完顏部首領，逐步統一鄰近部落，擊敗遼兵，天慶五年稱帝，國號金，建都會寧（今黑龍江阿城南白城）。在位九年。參閱金史太祖紀。

【完顏亮】公元 1122—1161 年。即金廢帝。字元功，本名迪古乃。熙宗時任丞相。皇統九年，殺熙宗自立，遷都燕京，改燕京爲中都。正隆六年，大舉攻宋，在采石爲宋軍所敗，退至瓜洲，爲部將所殺。死後先後追貶爲海陵郡王、海陵庶人。參閱金史海陵紀。

【完顏晟】公元 1075—1135 年。即金太宗。本名吳乞買。後更名晟。金太祖弟，繼兄爲帝。天會三年滅遼。次年（靖康元年）攻宋，俘虜宋徽欽二帝。金王朝各種典章制度，大抵皆晟在位期間建立。參閱金史太宗紀。

【完璧歸趙】戰國時，趙惠文王得楚和氏璧。秦昭王遺趙王書，願以十五城交换和氏璧。藺相如曰："臣願奉璧往使。城入趙而璧留秦；城不入，臣請完璧歸趙。"相如入秦，見秦王得璧，無意償趙城，乃設計復取璧，使從者送回趙國。見史記八一藺相如傳。後因稱把原物無損歸還爲完璧歸趙，或簡稱完璧，璧還、奉趙、歸趙。

【完體將軍】三國魏夏侯惇從曹操征吕布，爲流矢傷左目，軍中稱之爲盲夏侯（三國志魏夏侯惇傳"傷左目"注引魏略）。三國志演義十八回述夏侯惇爲吕布部將射中左目，惇拔矢，目出，大呼曰："父精母血，不可棄也！"遂納睛於口中啖之。二三回述禰衡譏惇爲完體將軍，謂其僅能保全身體而已。此即演飾三國志事。元曲中則以"完體將軍"稱人之下流無出息者。古今雜劇元秦簡夫東堂老勸破家子弟四："他去那麗春園納了爭風印，你休鬧波，完體將軍。"

宋

sòng 蘇統切，去，宋韻，心。ㄙㄨㄥ

㊀古國名。周武王滅商，封商王紂子武庚於舊都（今河南商丘縣）。成王時，武庚叛亂，被殺；又以其地封與紂之庶兄微子，號宋公，爲宋國。春秋時爲十二諸侯之一，至戰國爲齊所滅。轄地在今河南省東部及山東江蘇安徽三省之間。參閱史記殷紀宋微子世家。㊁朝代名。1.南朝之一。公元 420—479 年。晉末劉裕代晉稱帝，國號宋，都建康（今江蘇南京市）。爲區別於後來的南、北宋王朝，也稱劉宋。有今黃河以南、長江和珠江流域各省地。太和三年爲南齊所代。共歷八帝，統治六十年。2. 公元 960—1279 年。五代末趙匡胤（宋太祖）代後周稱帝，國號宋，都汴梁（今河南開封市），史稱北宋。靖康元年金兵攻入汴梁，徽宗欽宗被俘，北宋亡。次年趙構（宋高宗）在南京（今河南商丘）稱帝。後建都臨安（今浙江杭州市），保有今淮河至大散關以南之地，史稱南宋。帝昺祥興二年爲元所滅。兩宋共歷十八帝，統治三百二十年。㊂政權名。1.隋末農民起義，輔公祏於公元 623 年建宋國，定都丹陽（今南京市），有今江蘇南和浙江北等一帶地，武德七年爲唐王朝所滅。見新、舊唐書輔公祏傳。2.元末紅巾軍劉福通等所建的國號。公元 1355—1366 年。建都亳州（今安徽亳縣），擁立韓林兒爲小明王，年號龍鳳。公元 1366 年韓林兒爲朱元璋所殺。參閱明史一二二韓林兒傳。㊃姓。周成王封微子於宋，後代以國爲氏。戰國楚有宋玉。參閱元和姓纂八。

【宋玉】戰國楚鄢人。或說是屈原弟子。曾爲楚頃襄王大夫。漢書藝文志著録宋玉賦十六篇。隋書經籍志著録宋玉集三卷，已佚。宋玉作品流傳到今的有九辯招魂和選入文選的高唐賦神女賦風賦登徒子好色賦六篇。古文苑所載宋玉賦六篇，疑爲後人假託。參閱漢劉向新序雜事、王逸楚辭章句九辯序、晉習鑿齒襄陽耆舊記一。

【宋本】宋代刻印的書本。雕板印書始於唐中葉，至宋而大盛。浙江杭州、福建建陽、四川眉山等是刻書的中心。刻書時，都選工於書法的人繕寫，字體既美，校刻亦精，爲後世所貴重，稱爲宋本或宋板。分官刊、家刻、坊刻三種。百衲本二十四史隋書以前諸史皆以宋本（有闕卷配補）影印。後代藏書家請名工用優美紙墨，照式影鈔，稱爲影宋鈔本。如四部叢刊的潛夫論、司馬法，即影宋鈔本。

【宋史】元脱脱（托克托）等主持修撰。四百九十六卷。元至正三年，設局重修宋遼金三史，以丞相脱脱爲都總裁，五年四月宋史告成。於北宋及南宋高孝光寧四朝，據宋王朝國史舊本，比較詳贍；於理宗、度宗兩朝，缺漏很多。成書時間不及三年，紀志表傳間時有矛盾；至有一人兩傳、一事數見等毛病。全書篇幅浩大，所收列傳人物多至二千人，諸志保存了不少原始資料。

【宋祁】公元 998—1061 年。宋安陸人，後遷雍丘。字子京。與兄庠同舉進士，試禮部第一名，太后以弟不可以先兄，乃改以庠爲第一。官至工部尚書。兩人皆以文名，時稱二宋，以大小爲別。祁玉樓春詞有"紅杏枝頭春意鬧"名句，世稱"紅杏尚書"。與歐陽修修唐書，修撰本紀志表，祁撰列傳。在局十七年，嘉祐五年書成，即今之新唐書。謚景文。原有集，已佚。清人輯有宋景文集，近人輯有宋景文公長短句。宋史有傳。

【宋板】宋代雕板所印的書本。詳"宋本"。

【宋庠】公元 996—1066 年。宋安陸人，後遷雍丘。初名郊，字公序。天聖二年進士第一，官至檢校太尉平章事、樞密使。與弟祁俱有文名，稱二宋。謚文憲。有紀年通譜十二卷，元憲集三十六卷。宋史有傳。

【宋香】荔枝名。又名宋家香。品種珍貴。產於福建莆田縣。肉肥核小，蒂實有異香。以出於宋誠家，故名。今莆田有宋家香母樹一棵，由莆田縣文化館培護保管。參閱宋蔡襄荔枝譜、洪邁容齋四筆八。

【宋株】比喻無前途的職位。唐杜牧樊川集三新轉南曹……出守吳興書此篇以自見志詩："宋株聊自守，魯酒怕旁圍。"詳"守株待兔"。

【宋書】南朝梁沈約撰。一百卷。記載南朝宋史實。南齊永明五年春詔修，六年二月完成。因有徐爰舊本爲依據，故成書很快。其書律曆等八志，上溯三代秦漢，尤詳於魏晉，可補陳壽三國志以來諸史之缺。原書傳至北宋時，已有散失，後人取李延壽南史等補足卷數。

【宋清】唐長安賣藥人。貧民買藥，常不收錢。當時人說："人有義聲，賣藥宋清。"唐柳宗元柳先生集十七有宋清傳。宋陸游劍南詩稿四七卧病累日羸甚偶復小健戲作："難求秦緩藥，空負宋清錢。"

綏，春秋時秦的良醫。參閱唐李肇國史補中。

【宋琬】公元 1614—1673 年。清山東萊陽人。字玉叔，號荔裳。順治四年進士，官至四川按察使。其詩多寫個人的失意和愁苦，情調感傷。與施閏章齊名，有"南施北宋"之稱。有安雅堂集三十卷、祭皋陶雜劇等。

【宋朝】朝，音 zhāo。春秋宋公子，仕衛爲大夫，與衛靈公夫人南子私通。事見左傳定十四年"衛侯爲夫人南子召宋朝"注。論語雍也:"不有祝鮀之佞，而有宋朝之美。"即指其人。後常用作美男子的通稱。

【宋鈃】戰國宋人。與孟軻 尹文 彭蒙 慎到同時。曾與尹文同遊稷下。主張"接萬物以別宥爲始"，"以禁攻寢兵爲外，以情欲寡淺爲內"。荀子非十二子把他列爲墨子學派。但也有人把他列爲名家或小説家。莊子天下作宋鈃，又逍遥遊、韓非子顯學作宋榮，孟子告子下作宋牼。

【宋意】戰國燕人。燕太子丹的門客。荆軻入秦行刺始皇時，意曾與高漸離在易水擊筑而歌，爲荆軻送行。見淮南子泰族。文選三國魏嵇叔夜（康）養生論"植髮衝冠"注引作宋如意。晉陶潛靖節先生集四詠荆軻詩:"漸離擊悲筑，宋意唱高聲。"

【宋慈】公元 1186—1249 年。宋建陽人。字惠父。曾任直祕閣湖南提刑大使。他總結前人法醫方面的經驗，再加上本人四任法官時檢驗死傷者的心得，在六十二歲時編成洗冤集録五卷，爲世界最早的法醫學專著。參閱清陸心源著宋史翼。

【宋犖】公元 1634—1713 年。清河南商丘人。字牧仲，號漫堂，又號西陂。官至吏部尚書。詩與王士禎齊名。善畫水墨蘭竹，兼長山水樹石，也精於鑒别文物。有西陂類稿三十九卷。

【宋濂】公元 1310—1381 年。明金華潛溪人，後遷浦江。字景濂，號潛溪。朱元璋（明太祖）起兵，與劉基等同被徵，累官至翰林學士。明開國之典章制度，濂多參與制訂。善文章，爲明初一大家。洪武二年修元史，充總裁官。洪武十三年太祖殺丞相胡惟庸，濂因被牽涉，貶置茂州，中途病死於夔州。正德中追謚文憲。有宋學士全集。明史有傳。

【宋璟】公元 663—737 年。唐邢州南和人。調露元年進士。武后時爲御史中丞。睿宗時任宰相，因奏請太平公主出居東都，貶職楚州刺史。玄宗時復任宰相，開元八年罷相。封廣平郡公，卒謚文貞。璟與姚崇先後秉政，崇善應變，璟善守文，而剛正過於崇，人稱姚宋。舊史稱開元之治姚宋之功爲多。有文集十卷。新、舊唐書有傳。

【宋學】宋儒理學，稱爲宋學，别於漢學而言。東漢以來，治經專重訓詁，宋儒則以義理爲主，故有理學之稱。又以其兼談性命，故也稱性理學。宋史爲周敦頤程顥程頤朱熹等人特立道學傳，故也稱道學。後來元明清的理學也稱宋學。宋學以"理"爲天地萬物的本源，以三綱五常爲核心，雖標榜孔孟之道，但亦兼參佛、道之説。參閱清黄宗羲宋元學案、明儒學案，江藩宋學淵源記。

【宋錦】宋代所織的錦緞。後人因它織造精美，故稱裝潢書畫碑帖所用的舊錦爲宋錦。清谷應泰博物要覽十二列有宋錦名目四十二種。

【宋鵲】春秋時宋國良犬名。禮少儀"守犬田犬則授擯者，既受乃問犬名"漢鄭玄注:"守犬田犬問名，畜養者當呼之名，謂若韓盧、宋鵲之屬。"疏引漢桓譚新論，作"宋猑"。猑、鵲，音同字異。宋書樂志四曹植孟冬篇詩:"韓盧宋鵲，呈才騁足。"

【宋臘】三國時善歌者。藝文類聚四三魏文帝（曹丕）答繁欽書:"今之妙舞莫巧於絳樹，清歌莫善於宋臘。"臘，同"臘"。

【宋之問】公元？—712 年。唐虢州弘農人，一説汾州人。字延清，一名少連。高宗上元二年進士，官至考功員外郎。中宗時選爲修文館學士。在朝先後諂事張易之武三思和太平公主。中宗復位，被貶謫。睿宗立，又以贓罪貶欽州，後誅死。有詩名，與沈佺期並稱"沈宋"。其詩浮豔華麗，多爲宫廷應制之作，自放逐後，也有些較好的作品。他的律詩格律完整，屬對精密，對唐代律詩的形成有一定影響。原有集，已散佚，明人輯有宋之問集。新、舊唐書有傳。

【宋文鑑】總集名。宋吕祖謙編。一百五十卷。本名皇朝文鑑，明商輅作序，更名宋文鑑。先是臨安書坊刊印江鈿編集宋文海一百二十卷，時以爲去取未善，祖謙乃取當時内府及士大夫所藏諸家文集凡八百家，兼採記傳他書，至宋南渡爲止，依照蕭統文選體例，選録詩、賦、奏疏、雜著等，分爲六十一門。既上，有言其中所録奏議有違礙文字，乃命崔敦詩爲更易增損。編選時比較注重内容，因而在一定程度上反映了北宋文學的面貌和政治情況。

【宋太宗】公元 939—997 年。宋太祖弟，原名匡義，後改名光義，即位後改名炅。太祖死，以晉王繼位，平定南唐吴越北漢，統一全國。但在對遼戰爭中則一再失利。在位二十二年。

【宋太祖】公元 927—976 年。即趙匡胤。宋王朝建立者。涿郡人。後周時，任殿前都點檢，領宋州歸德軍節度使。於顯德七年發動陳橋兵變，取代後周帝位，國號宋。先後平定荆南南漢江南等處。收諸將兵柄，加强中央集權，結束了五代五十多年的混亂局面，中原始歸統一。

【宋毋忌】戰國時燕方士名。道家附會説他是月中仙人，或説爲火之精。參閱史記封禪書及索隱。

【宋仁宗】公元 1010—1063 年。即趙禎。年十三，嗣真宗爲帝，太后劉氏主政達十一年。太后死，始親政。在位四十二年，政治上因循守舊，又對西夏和遼的侵擾採取屈辱求和政策，耗費大量歲幣。人民負担沉重，階級矛盾激化，農民起義接連不斷，形成内外交困危機四伏的局面。

【宋孝宗】公元 1127—1194 年。即趙昚(shèn)。字元永。太祖七世孫，高宗無子，立爲皇太子。即位，有意恢復失地，命張浚北伐抗金，大敗於符離，從此一意求和，增歲幣，自稱侄皇帝。在位二十七年。

【宋帝昺】公元 1271—1279 年。南宋最後一個皇帝。度宗（趙禥）子。景炎三年爲陸秀夫張世傑等擁立於硇州（今廣東吴川南海中小島）；五月，改年號祥興，不久遷厓山（今廣東新會縣南）。次年二月，元兵進迫，陸秀夫負之投海而死，南宋亡。

【宋神宗】公元 1048—1085 年。即趙頊。英宗長子。宋自中葉以後，政治腐敗，民生日益困苦。神宗即位，於熙寧二年起用王安石主持變法，力圖改變"積貧積弱"的局面，史稱熙寧變法。但在大官僚地主的反對下，他動摇不定。熙寧九年安石被罷相，新法名存實亡。對抗西夏侵擾也屢次失利。元豐八年死，在位十八年。

【宋家香】見"宋香"。

【宋高宗】公元 1107—1187 年。即趙構。字德基。徽宗第九子。初封康王。徽欽二宗被金俘虜後，先在南京（今河南商丘）即位。由於害怕金兵進逼，又走避東南，兩河地區從此淪陷。後建都臨安(今浙江杭州市)，是爲南宋。他對金一意求和，寵信投降派秦檜，主張抗戰的武將文臣如岳飛韓世忠等或被殺，或被廢。最後向金稱臣，盡棄秦嶺淮河以北土地，歲輸銀絹各二十萬，加深了對人民的剥削。對鍾相楊么等農民起義，則全力鎮壓。紹興三十二年傳位於趙眘(孝宗)，稱太上皇，又後二十五年死。在位三十五年。

【宋哲宗】公元1077—1100年。即趙煦。神宗第六子。十歲即位，太皇太后高氏主政，年號元祐。用司馬光爲宰相，盡廢王安石新法。高氏死後，哲宗親政，改元紹聖，起用章惇曾布等，貶斥元祐大臣吕大防等數十人。新舊兩黨，勢如水火。在位十五年。

【宋敏求】公元1019—1079年。北宋趙州平棘人。字次道。舉進士，官至史館修撰，龍圖閣直學士。曾參與修唐史，補唐武宗以下六世實録一百四十八卷，編唐大詔令集一百三十卷，撰有地志長安志，考訂詳備，筆記春明退朝録，多記掌故時事。宋史有傳。

【宋翔鳳】公元1776—1860年。清長洲人。字虞庭，一字于庭。嘉慶舉人，官湖南新寧縣知縣。從舅莊述祖受今文學家法，又從段玉裁治説文之學，通訓詁名物，是常州學派的著名學者。著有論語説義過庭録等二十餘種，編爲浮溪精舍叢書。

【宋詩鈔】總集名。清吕留良吴之振吴自牧編選。目録原列百家，一百零六卷；刊成八十四家，九十四卷。所選都以成集者入鈔，每集之前的作者小傳，爲吕留良撰。留良因著作中有觸犯清廷文字，死後被戮尸，著述均毁，故清代刊本不著其名。後管庭芬蔣光煦輯有宋詩鈔補。

【宋襄公】公元前？—前637年。春秋宋國君。宋桓公子，姓子，名兹父(也作茲甫)。繼齊桓公爲諸侯盟主。公元前638年伐鄭，與救鄭的楚兵戰於泓水。楚兵强大，他却自稱爲"仁義之師"，不重傷敵人，不俘虜上了年紀的敵人，並要等待楚兵渡河列陣後再戰，結果大敗受傷，次年不治而死。參閲左傳僖二二年、史記宋微子世家。

【宋應星】公元1587—？年。明奉新人。字長庚。萬曆四十三年舉人。曾任江西分宜教諭、福建長汀府推官、安徽亳州知州等職。崇禎十七年辭官回鄉，約去世於清順治年間。所著天工開物，詳細記録各地工農業生産技術，是我國科學技術史上的一部重要著作。此書初刊於崇禎十年，但四庫全書没有著録。二十年代始據日本傳入翻刻本重印。解放後國内發現初刻本，於1959年影印出版。宋應星的其他著作早已散佚，近年始發現野議、論氣、談天、思憐詩的崇禎年間刻本，並已整理出版。

【宋徽宗】公元1082—1135年。即趙佶。神宗第十一子。即位後，窮奢極侈，大興土木；崇奉道教，自稱教主道君皇帝；於京師築艮岳，搜括江南奇花怪石，嚴重剥削、騷擾人民。又任用蔡京童貫等人把持國政，貪污横暴，濫增捐税。於是河北山東江南都爆發農民起義。宣和七年，金兵南下，他傳位太子趙桓(欽宗)，自稱太上皇。靖康二年他和欽宗爲金兵所俘，北宋滅亡。後死於五國城。在位二十六年。徽宗工書畫，書法稱瘦金體，善畫花鳥。

【宋獻策】公元？—1645年。明末河南永城人。曾爲卜者。後爲農民起義領袖李自成的謀士。因身材矮小，被稱爲"宋矮子"或"宋孩兒"。曾造讖言"十八子，主神器"，作爲起義的號召，並幫助李自成策劃戰略部署，封爲軍師。後隨軍南撤，爲清軍所俘，遇害。參閲明史李自成傳、清吴偉業綏寇紀略。

【宋體字】宋版書籍中一種結構方正勻稱的字體，但又不同於楷書體。明代又從此體演變爲横輕直重、字形方正的字體，稱匠體字，又稱宋體。如明萬曆年間趙用賢刊印管子韓子的字體。因便於雕刻，成爲十六世紀以來主要印刷體。參閲清錢泰吉曝書雜記上。

【宋元學案】清黄宗羲原本，全祖望續修。道光年間王梓材得其稿，加以校補刊行。一百卷。記宋元兩代自胡瑗以下八十七人的學術思想，並按不同學派系統詳述。每一學案先列舉師友弟子，以明師承源流；次敍生平、著作和思想，末附逸事及後人評論。

【宋斤魯削】斤，砍木用的刀；削，刻削用的曲刀。宋斤魯削是精良的工具。周禮冬官考工記："鄭之刀，宋之斤，魯之削，吴粤之劍，遷乎其地而弗能爲良，地氣然也。"後作爲精良工具的代稱。

【宋高僧傳】宋釋贊寧撰。三十卷。本名大宋高僧傳。高僧傳之作，起於南朝梁釋慧皎，唐釋道宣撰續高僧傳，所載至唐貞觀年間爲止。此書爲續道宣之作，所載起唐高宗時至宋雍熙年間止。正傳五百三十二人，附見一百二十五人，十分之九都是唐人，因作於宋代，故名宋高僧傳。

【宋畫吴冶】淮南子脩務："夫宋畫吴冶，刻刑鏤法，亂修曲出，其爲微妙，堯舜之聖不能及。"注："宋人之畫，吴人之冶，刻鏤刑法亂理之文，修飾之巧曲，出於不意也。"後常用此語形容物品的精巧。

【宋詩别裁】見"宋詩百一鈔"。

【宋詩紀事】清厲鶚撰。一百卷。收羅抄撮宋人的詩，凡三千八百一十二家。但因採集浩繁，不免有矛盾之處，考訂也有疏失。後陸心源又撰宋詩紀事補遺百卷，另編宋詩紀事小傳補正。又羅以智有宋詩紀事補遺稿本，未完成。

【宋稗類鈔】清潘永因編。三十六卷。根據宋人的詩話、説部，分類輯録，共五十九門。資料較多，也便於查檢。但引書不注出處，又雜有唐元明的故事，體例不嚴謹，多有任意出入之處。

【宋大詔令集】宋宋綬的子孫在紹興年間編輯。二百四十卷。目録二卷。收録北宋九朝君主頒布的文書凡三千八百餘篇(缺卷無目的不計算在内)，現存一百九十六卷，目録下卷。對研究北宋史實和考訂補充宋史的錯漏，有重要參考價值。本書四庫未著録，長期只有抄本，缺失較多。解放後始校印出版。

【宋詩百一鈔】清張景星姚培謙王永祺編。八卷。共收詩人一百三十七家，詩六百四十五首。編者認爲"嘗鼎一臠，窺豹一斑，亦可見宋詩宗派"，故以"百一鈔"爲名。後人以此書與景星等所編元詩百一鈔，及清沈德潛編唐詩别裁集宋詩别裁集明詩别裁集合刻爲五朝詩别裁集。

【宋學士全集】明宋濂撰。濂曾官學士承旨，故名。七十五卷，出於宋氏手定。濂爲明代文章名家，文筆暢朗，風格豪放，但不免枝蔓而缺乏剪裁。清嚴榮又合併增編爲宋文憲公全集，五十卷。

【宋會要輯稿】清徐松輯。古史籍中斷代的會要，始於唐貞元中蘇冕纂唐會要。宋於祕書省設會要所專司纂輯，前後十次，成書二千二百餘卷，所據爲實録、日曆、内外檔案等。稿未刊行。元修宋史，多就此取材，各志所採尤多。明初修永樂大典曾取宋會要史事分入各韻，惟其時會要原稿已十亡其三，宣德間又大半燬於火。清嘉慶時徐松自永樂大典中輯出五、六百卷，後經劉富曾删併原稿成初編二百九十一卷，分十六類；續編七十五卷，分九類。1936年影印出版。劉富曾又有新編清本宋會要，未刊行。

【宋學淵源記】本名國朝宋學淵源記。清江藩撰。分南學、北學二卷，附記一卷。記述研究宋學的清代學者自孫奇逢刁包至姜國霖孫景烈三十一人，人各一傳。附記八人。以"處下位""伏田間"者爲限。藩專治漢學，别有國朝漢師承記八卷。

【宋六十名家詞】總集名。清毛晉編輯。收晏殊珠玉集至盧炳烘堂詞共六十一家。每家之後，有毛晉跋語。因隨收隨刻，故各家先後，不依時代爲次。是宋以後大規模刊刻詞書的第一種。

【宋史紀事本末】明陳邦瞻據馮琦、沈越二人遺稿增訂而成，二十八卷，一百零九目。明崇禎時，張溥爲此書與邦瞻别撰的元史紀事本末逐目撰寫論正，以目爲卷，改爲一百零九卷。此書根據宋袁樞通鑑紀事本末體例，内容主要取材宋史，把宋代三百年間重大事件，兼及遼金元事，分類排比，專題敍述，使讀者對宋一代史事有一個大致的輪廓。

宏 hóng ㄏㄨㄥˊ 户萌切，平，耕韻，匣。

㊀巨大。書盤庚下："各非敢違卜，用宏兹賁。"注："宏、賁，皆大也。君臣用謀，不敢違卜，用大此遷都大業。"周禮考工記梓人："其聲大而宏。"㊁廣博。文選晉陸士衡（機）弔魏武帝文："丕大德以宏覆，援日月而齊暉。"注："宏，普也。"㊂清時避弘曆（乾隆）諱，弘作"宏"，如改明弘治年號爲"宏治"。

【宏父】官名。即司空。書酒誥："若保宏父，定辟。"傳："宏，大也。宏父，司空。當順安之。"疏："諸侯之三卿，以上有司馬、司徒，故知宏父爲司空。"

【宏宏】形容廣大。太平廣記五五蔡少霞引集異記："新宫宏宏，崇軒巘巘。"巘巘(niè)，高聳的樣子。

【宏材】巨大的木材，常用以比喻人的大才。北齊顏之推顏氏家訓四文章："君輩辭藻，譬若榮華，須臾之翫，非宏材也。"晉書郭璞傳贊："景純通秀，夙振宏材。"景純，璞字。

【宏達】廣博通達。多指才識而言。文選漢班孟堅（固）西都賦："又有承明金馬，著作之庭，大雅宏達，於兹爲羣。"注："大雅，謂有大雅之才者。……司馬相如之倫，皆辨智閎達。"也指功業的宏偉。唐杜甫杜工部草堂詩箋十一北征："煌煌太宗業，樹立甚宏達。"

【宏璉】壯麗。文選三國魏何平叔（晏）景福殿賦："既櫛比而欑集，又宏璉以豐敞。"唐李周翰注："宏，大；璉，美。"

【宏構】宏大的結構或制作，多指建築或文章而言。全唐詩七〇七五代吴殷文圭題胡州太學丘光庭博士幽居："舜軌堯文混九垓，明堂宏構集良材。"這指建築。宋史樂志八景祐孟冬祭神州地祇樂章之二："有煒彌文，克隆宏構。"這指文章。

【宏碩】宏儒碩學的簡稱。指有大學問的人。舊唐書九玄宗紀論："廟堂之上，無非經濟之才；表著之中，皆得論思之士。而又旁求宏碩，講道藝文，……貞觀之風，一朝復振。"

【宏圖】遠大的計劃。文選漢張平子（衡）南都賦："非純德之宏圖，孰能揆而處旃？"

【宏邈】廣大開闊。多指人的志氣度量和才識而言。文選晉袁彦伯（宏）三國名臣序贊："堂堂孔明，基宇宏邈。"晉書安平獻王孚傳論："安平風度宏邈，器宇高雅。"

宎 yǎo ㄧㄠˇ

㊀屋的東南隅（一説東北隅）。通"窔"、"窔"。莊子徐无鬼："吾未嘗爲牧，而牂生於奥；未嘗好田，而鶉生於宎；若勿怪何邪？"釋文："字又作'窔'，烏弔反。徐（仙民）：烏了反。司馬（彪）云：東北隅也。一云東南隅。……一云：窟也。郭（象）：徒忽反，字則穴下犬。"

集韻 伊鳥切，上，篠韻。

伊堯切，平，蕭韻。

一叫切，去，嘯韻。

㊁風吹入洞穴的聲音。莊子齊物論："大木百圍之竅穴，……叫者，譹者，宎者，咬者，前者唱于，而隨者唱喁。"釋文："宎者，徐（仙民）：於堯反。一音杳。又於弔反。司馬（彪）云：深者也，若深宎宎然。"

五　畫

宓 1. mì ㄇㄧˋ 彌畢切，入，質韻，微。

㊀安寧。通"密"。淮南子覽冥："宓穆休於太祖之下。"注："宓，寧；穆，和；休，息也。"清段玉裁説文解字注："宓，安也。此字經典作密。密行而宓廢矣。"㊁見"宓汨"。

2. fú ㄈㄨˊ

㊂姓。見"宓₂不齊"。作姓時今讀mì。㊃通"伏"。伏羲或作宓羲。北齊顏之推顏氏家訓書證説，字本作"虙"，傳寫誤作"宓"。

【宓₂妃】傳説洛水女神名。楚辭屈原離騷："吾令豐隆乘雲兮，求宓妃之所在。"史記一一七司馬相如傳上林賦"若夫青琴、宓妃之徒"索隱引如淳："宓妃，伏羲女，溺死洛水，遂爲洛水之神。'宓'音服。"漢書五七上司馬相如傳上林賦作"虙妃"。參見"洛神"。

【宓汨】水流迅速的樣子。漢書五七上司馬相如傳上林賦："滭弗宓汨，偪側泌瀄。"注："滭弗，盛貌也。宓汨，去疾也。偪側，相逼也。泌瀄，相楔也。"

【宓₂羲】傳説古帝名。即伏羲。又作虙戲。詳"伏羲"。

【宓₂不齊】公元前521—？年。春秋末期魯國人。字子賤。孔子學生。曾爲單父宰，相傳其身不下堂，鳴琴而治。事見論語公治長、呂氏春秋察賢。漢書藝文志儒家有宓子十六篇，文佚。清馬國翰有輯本一卷，刊入玉函山房輯佚中。百衲本史記仲尼弟子傳作"密不齊"。

【宓₂機絹】元時嘉興魏唐宓家所織的絹。質類宋絹，匀淨厚密。元代畫家趙孟頫盛懋王淵等多用以作畫。見明曹昭新增格古要論五古畫絹素。

宗 zōng ㄗㄨㄥ 作冬切，平，冬韻，精。

㊀祖廟。書大禹謨："受命於神宗。"傳："神宗，文祖之宗廟。"㊁祖先。左傳成三年："若不獲命，而使嗣宗職。"注："嗣其祖宗之位職。"㊂宗族。書五子之歌："荒墜厥緒，覆宗絶祀。"疏："太康荒廢，墜失其業，覆滅宗族，斷絶祭祀。"左傳昭三年："肸之宗十一族。"肸，晉大夫叔向名。㊃歸向，朝見。書禹貢："江漢朝宗於海。"周禮春官大宗伯："春見曰朝，夏見曰宗。"㊄尊崇。書洛誥："惇宗將禮，稱秩元祀。"傳："厚尊大禮，舉秩大祀。"詩大雅雲漢："上下奠瘞，靡神不宗。"㊅本源，主旨。莊子知北遊："直且爲人，將反於宗。"國語晉四："禮賓矜窮，禮之宗也。"㊆派别。如佛教有南、北宗。唐許渾丁卯集下冬日開元寺贈元孚上人二十韻詩："一鉢事南宗，僧儀稱病容。"㊇量詞。如説案卷若干宗。㊈姓。漢有宗俱。見宋洪适隸釋十八司徒宗俱碑。

【宗人】㊀官名。周禮春官謂都宗人，掌都宗祀之禮；家宗人，掌家祭祀之禮；皆由王朝設置。諸侯、大夫、士也有宗人，主持禮事，由家臣担當。國語魯下"饗其宗老"注："家臣稱老。宗，宗人，主禮樂者也。"參閲清胡培翬儀禮正義士冠禮。

㊂同族的人。後漢書十四齊武王縯傳:"伯升部將宗人劉稷,數陷陳潰圍,勇冠三軍。"伯升,劉縯字。

【宗工】㊀長官。書酒誥:"越在内服,百僚庶尹,惟亞惟服宗工。"傳:"服事尊官,亦不自逸。"㊁猶"宗匠"。指學問或技藝爲衆所推崇的人。金史元好問傳:"兵後,故老皆盡,好問蔚爲一代宗工,四方碑板銘志盡趨其門。"

【宗子】㊀嫡長子。古代宗法制度,嫡長子承繼大宗,爲族人兄弟所共尊,故稱宗子。詩大雅板:"懷德維寧,宗子維城。"箋:"宗子謂王之適子。"禮曲禮下:"支子不祭,祭必告於宗子。"㊁皇族子弟。文選三國魏曹元首(冏)六代論:"子弟無尺寸之封,功臣無立錐之地。内無宗子以自毗輔,外無諸侯以爲蕃衞。"

【宗女】同宗的女兒。史記晉世家:"(重耳)至齊,齊桓公厚禮,而以宗女妻之。"樂府詩集四二南朝梁劉孝威怨詩:"王嬙向絶漠,宗女入祁連。"漢武帝於元封年間,以江都王劉建的女兒細君爲公主,嫁給烏孫國王昆莫。細君是漢武帝的侄孫女,故稱宗女。參閲漢書九六下西域傳。

【宗支】同宗的子孫。也作"宗枝"。後漢書七桓帝紀贊:"桓自宗支,越躋天禄。"注:"越謂非次也。躋,升也。天禄,天位也。"元曲選(蕭德祥)殺狗勸夫四:"他兩個是汴梁城裏詵喬廝,與孫員外甚宗支?"

【宗公】詩大雅思齊:"惠於宗公,神罔時怨,神罔時恫。""宗公"之義有兩説:1.宗廟先公。傳:"宗公,宗神也。"宋朱熹集傳説宗公爲宗廟先公。2.大臣。箋:"宗公,大臣也。"國語晉四"故詩云惠於宗公"韋昭注同。參閲清馬瑞辰毛詩傳箋通釋二四。

【宗主】㊀嫡長子。古代宗法制度,嫡長子是一宗之主,故稱宗主。左傳襄二十七年:"崔,宗邑也,必在宗主。"㊁神主。左傳昭十九年:"其一二父兄,懼隊(墜)宗主。"疏引服虔:"祏主藏於宗廟,故曰宗主。"㊂衆所景仰歸向的人。三國志魏傳嘏傳"嘏弱冠知名"注引傅子:"是時何晏以材辯顯於貴戚之間,……(鄧颺)鬻聲名於閭閻,而夏侯玄以貴臣子少有重名,爲之宗主。"㊃宋僧官名。宋釋贊寧僧史略中雜任職員:"至唐末多立受依止闍梨一員,亦稱法主;今朝秉律員,位最高者號宗主,亦同也。"

【宗正】㊀官名。掌管王室親族的事務。漢書十九上百官公卿表:"宗正,秦官,掌親屬。"國語魯下"宗室之謀不過宗人"三國吳韋昭注:"(韋)昭謂此宗人則正宗臣也。亦用同姓,若漢宗正用諸劉矣。"漢魏以後,都由皇族担任。元有大宗正院。明清爲宗人府。參見"宗人㊀"。㊁星名。星經上:"宗正二星在帝座東南。"㊂複姓。漢楚元王劉交之孫劉德爲宗正,後其子孫以官爲氏。唐有殿中少監宗正辯。見通志二八氏族四以官爲氏。

【宗兄】古代宗法制度,庶子稱年長於己的嫡子爲宗兄。禮曾子問:"其辭於賓曰:宗兄、宗弟、宗子在他國,使某辭。"後爲族兄或同姓兄的通稱。唐王維王右丞集五留别山中温古上人兄並示舍弟縉詩:"舍弟官崇高,宗兄此削髮。"

【宗生】同類繁生。藝文類聚六一漢揚雄蜀都賦:"其竹則宗生族攢,俊茂豐美。"文選晉左太沖(思)吳都賦:"宗生高岡,族茂幽阜。"注:"宗生,宗類而生於高山之脊。"

【宗老】㊀主持禮樂的家臣。國語魯下:"饗其宗老,而爲賦綠衣之三章。"注:"家臣稱老。宗,宗人,主禮樂者也。"又楚上:"屈到嗜芰。有疾,召其宗老而屬之,曰:'祭我必以芰。'"㊁族中的尊長。梁書蕭琛傳:"高祖在西邸,早與琛狎,每朝讌,接以舊恩,呼爲宗老。"

【宗臣】㊀與君主同宗之臣。國語魯下:"男女之饗,不及宗臣。"㊁人所宗仰的大臣。漢書三九蕭何曹參傳贊:"唯何、參擅功名,位冠羣臣,聲施後世,爲一代之宗臣。"㊂公元1525—1560年。明揚州人。字子相。嘉靖二十九年進士,官至稽勛員外郎,因得罪嚴嵩,被貶出任福建布政參議。曾率衆抗擊倭寇。善詩,與李攀龍王世貞等合稱嘉靖七子。有宗子相集十五卷。附明史二八七李攀龍傳。

【宗匠】㊀以大匠陶鑄器具,喻培育人才。古多指君主或宰輔。文選晉袁彥伯(宏)三國名臣序贊:"揖讓之與干戈,文德之與武功,莫不宗匠陶鈞,而羣才緝熙;元首經略,而股肱肆力。"㊁大師。指學問技藝爲衆所宗仰的人。藝文類聚七七南朝梁劉孝綽棲隱寺碑:"堂堂宗匠,克紹慧因。"隋書何妥傳附包愷:"于時漢書學者以蕭包二人爲宗匠。"蕭,蕭該。

【宗旨】主要的意指。弘明集十梁武帝(蕭衍)敕答臣下神滅論:"標其宗旨,辨其短長。"也作宗致。神僧傳一:"佛圖澄妙解深經,旁通世論,講説之日,止標宗致,使始末文言,昭然可了。"本指佛教宗門主要教義,後也指某一學派的主要思想。北齊書孫靈暉傳:"三禮及三傳,皆通宗旨。"唐劉知幾史通序例:"(華)嶠言辭簡質,敍致温雅,味其宗旨,亦孟堅(班固字)之亞歟!"後也稱行事的目的和意圖爲宗旨。

【宗仰】信奉崇仰。魏書徐遵明傳:"遵明講學於外二十餘年,海内莫不宗仰。"晉書范宣傳:"譙國戴逵等皆聞風宗仰,自遠而至。"

【宗社】宗廟和社稷。古時用作國家的代稱。文選三國魏孔文舉(融)論盛孝章書:"惟公匡復漢室,宗社將絶,又能正之。"北周庾信庾子山集十四周柱國大將軍……爾綠永神道碑:"既而喪亂弘多,生民板蕩,乘輿西幸,宗社北遷。"

【宗祀】廟祭。孝經聖治:"昔者周公郊祀后稷以配天,宗祀文王於明堂,以配上帝。"後祭祀祖宗統稱宗祀。漢書敍傳上班彪王命論:"夫以匹婦之明,猶能推事理之致,探禍福之機,而全宗祀於無窮,垂策書於春秋。"轉指祖宗。梁書高祖三王蕭綸傳與蕭繹書:"唯應剖心嘗膽,感誓蒼穹,憑靈宗祀,晝謀夕計,共思匡復。"

【宗弟】古代宗法制度,庶子稱嫡子之年幼於己者爲宗弟。後亦稱同宗或同族之弟爲宗弟。又同姓同輩的朋友也互稱宗弟。參見"宗兄"。

【宗伯】㊀官名。1.古代六卿之一。書周官:"宗伯掌邦禮,治神人,和上下。"書顧命作"太宗",也作"上宗"。周禮春官有大宗伯,掌邦國祭事典禮。國語鄭"以佐堯者也"三國吳韋昭注:"秩宗之官,於周爲宗伯,漢爲太宰,掌國祭事。"所掌即後來禮部之職,故也稱禮部尚書爲大宗伯或宗伯,禮部侍郎爲少宗伯。2.秦官。本名宗正,漢元始四年,改名宗伯。見漢書十九上百官公卿表。㊁稱受人推崇的大師。元辛文房唐才子傳三皇甫冉:"每文章一到朝廷,而作者變色,當年才子,悉願締交,推爲宗伯。"㊂姓。以官爲氏,漢有宗伯鳳。見通志二八氏族四以官爲氏。

【宗法】㊀封建社會規定嫡庶系統的法則叫宗法。以始祖的嫡長子一系遞承而下的嫡子爲大宗,其餘庶子爲小宗,由此而分别系統。天子、諸侯、大夫、士、庶人都受這法則支配。它是封建社會賴以保持等級制度的重要思想支柱。清程瑤田有宗法小紀。㊁指家法。規定家族中的祭祀、婚嫁、家塾、慶弔、送終等事務,以維持上下尊卑的等級關係。宋呂祖謙東萊文集十有宗法條目。

【宗官】官名。1. 主管祭祀之事。周禮春官宗伯"乃立春官宗伯"漢鄭玄注:"唐虞歷三代,以宗官典國之禮與其祭祀。漢之大常是也。"參閱孫詒讓周禮正義三二春官宗伯三。2. 掌樂之官。國語周下:"妨正匱財,聲不和平,非宗官之所司也。"注:"宗官,宗伯,樂官屬也。"

【宗祊】宗廟。左傳襄二四年:"若夫保姓受氏,以守宗祊,世不絕祀,無國無之。"注:"祊,廟門。"國語周中:"今將大泯其宗祊,而蔑殺其民人,宜吾不敢服也。"注:"廟門謂之祊。宗,猶宗廟也。"文選晉陸士衡(機)辯亡論上:"遂掃清宗祊,蒸禋皇祖。"

【宗事】㊀宗廟的事務。荀子大略:"親迎之禮,父南鄉而立,子北面而跪,醮而命之,往迎爾相,成我宗事。"王先謙集解:"宗事,宗廟之事也。"㊁尊重其事。漢書二七上五行志:"王者即位,必郊祀天地,禱祈神祇,望秩山川,懷柔百神,亡(無)不宗事。"注:"宗,尊也。"

【宗枝】即宗支。指同宗的子孫,也指同族關係。舊唐書七八于志寧傳諫太子書:"宗枝藉其吹噓,重臣仰其鼻息。"唐杜甫杜工部詩九奉贈李八丈判官:"我丈時英特,宗枝神堯後。"神堯,指唐李淵(高祖)。

【宗門】㊀宗族。後漢書十上和熹鄧皇后紀:"今車騎將軍(鄧)騭等雖懷敬順之志,而宗門廣大,姻戚不少,賓客姦猾,多干禁憲。"㊁佛教諸宗的通稱。後爲禪宗的自稱。五代前蜀釋貫休禪月集九春送禪師歸閩中詩:"大化宗門闢,孤禪海樹涼。"參閱宋善卿祖庭事苑八雜志宗門。

【宗叔】族叔。唐趙璘因話錄二:"公(鄭餘慶)與其宗叔太子太傅絪,俱往招國。"後對同姓父輩年少於己父的,也稱宗叔。

【宗周】㊀周爲諸侯所宗仰,故王都所在稱宗周。書多方:"王來自奄,至于宗周。"詩小雅正月:"赫赫宗周。"都指武王所營的鎬京(今陝西西安)。禮祭統:"卽宮於宗周。"又春秋衛孔悝鼎銘:"卽宮于宗周。"都指平王所居的洛邑(河南洛陽)。參閱晉皇甫謐帝王世紀、宋王應麟詩地理考二王、又宗周。㊁周王朝的宗廟社稷。左傳昭二四年:"嫠不恤其緯,而憂宗周之隕。"文選漢韋孟諷諫詩:"五服崩離,宗周已墜。"

【宗姓】同族同姓。北齊書元文遙傳:"魏之將季,宗姓被侮,有人冒相侵奪。文遙卽以與之。"

【宗派】㊀宗族的支派。南朝梁何遜何水部集仰贈從兄興寧寘南詩:"宗派已孤狹,財産又貧微。"㊁學術、文藝、宗教等的派別。因各有所宗,故稱宗派。宋王十朋梅溪集後集十四讀東坡詩:"誰分宗派故謗傷,蚍蜉撼樹不自量。"宋岳珂寶真齋法書贊十四黃魯直書簡帖上贊:"詩至江西,始別宗派。"

【宗室】㊀宗廟。詩召南采蘋:"于以奠之,宗室牖下。"箋:"宗室,大宗之廟也。"㊁大宗之家。儀禮士昏禮:"若祖廟已毁,則敎於宗室。"注:"宗室,大宗之家。"㊂皇族。史記秦始皇紀二世元年:"(公子將閭)昆弟三人皆流涕拔劍自殺。宗室振恐。"又六八商君傳:"宗室非有軍功論,不得爲屬籍。"㊃唐以前士大夫的支屬也稱宗室。晉書張昌傳:"(王)僱、(呂)蕤密將宗室,北奔汝南,投豫州刺史劉喬。"北齊書邢邵傳:"族兄巒有人倫鑒,謂子弟曰:宗室中有此兒非常人也。"周書裴俠傳:"俠又撰九世伯祖貞侯潛傳,……宗室中知名者,咸付一通。"

【宗祠】祠堂,家廟。古代士庶不得立家廟,至明代,許立始遷祖廟,稱宗祠。紅樓夢五三:"且說賈珍那邊,開了宗祠,著人打掃,收拾供器,請神主。"

【宗祏】宗廟中藏神主的石室。左傳莊十四年:"先君桓公,命我先人,典司宗祏。"注:"宗祏,宗廟中藏主石室。"疏:"宗祏者,慮有非常火災,於廟之北壁内爲石室,以藏木主。有事則出而祭之;既祭,納於石室。"

【宗炳】公元375—443年。南朝宋南陽涅陽人。字少文。善彈琴,工書法、繪畫。隱居不仕,好遊山水。曾築室廬山,與釋慧遠等十八人結白蓮社。又嘗西陟荆巫,南登衡岳。後因病還江陵,將所歷山水,繪於室中,曰:"老疾俱至,名山恐難徧覩,惟當澄懷觀道,卧以遊之。""卧遊"一詞,本此。元嘉二十年卒,年六十九。著有畫山水序,爲我國早期繪畫理論之一。宋書南史俱有傳。南史因避唐諱,只稱其字。參閱宋陳舜俞廬山記三十八賢傳。參見"白蓮社"。

【宗英】宗族中的英俊人物。漢書一〇〇下敍傳:"河間賢明,……爲漢宗英。"河間,河間獻王劉德。藝文類聚五十南朝梁邵陵王(蕭綸)讓丹陽尹初表:"臣進非民譽,退異宗英。"

【宗相】與皇帝同族或同姓的宰相。宋趙令畤侯鯖錄八:"大中二年,李衛公謫廣州,歷宣宗、懿宗兩朝,無宗相。"衛公,唐相李德裕的封號。

【宗星】星名。屬天市垣。古代迷信認爲是象徵帝王宗室,故稱宗星。見晉書天文志。

【宗風】某一宗派獨有的風格,特指佛教禪宗的各派。金元好問遺山集十四夏山風雨詩:"慘澹經營有許功,吳僧誰得嗣宗風?"

【宗家】㊀族人的家。史記晉世家文五年:"令軍毋入僖負羈宗家以報德。"㊁族人。漢書七三韋玄成傳:"於是(韋)賢門下生博士義倩等與宗家計議,……以大河都尉玄成爲後。"㊂與皇帝有外戚姻親關係的人。史記一二二周陽由傳:"由以宗家任爲郎,事孝文及景帝。"索隱:"與國家有外戚姻屬,比於宗室,故曰'宗家'也。"

【宗祧】卽宗廟。祧,遠祖之廟。左傳襄二三年:"(臧)紇不佞,失守宗祧。"文選晉潘安仁(岳)秋興賦:"龜祀骨於宗祧兮,思反身於綠水。"

【宗師】㊀舊稱受人尊崇堪爲師表的人。漢書藝文志:"儒家者流,……宗師仲尼。"莊子有大宗師篇。明代稱提學道,清稱提督學政爲宗師。儒林外史三:"正值宗師來省錄遺,周進就錄了個貢監首卷。"㊁官名。漢平帝元始五年王莽攝政,詔各郡國設置宗師,訓導宗室弟子,見漢書平帝紀元始五年。晉武帝咸寧三年,以汝南王司馬亮爲宗師。見晉書武帝紀咸寧二年、汝南王亮傳。

【宗姬】㊀姬姓諸侯國,與周王同姓,故稱。文選三國魏曹元首(冏)六代論:"吳楚憑江,負固方城,雖心希九鼎,而畏迫宗姬。"㊁宋代諸王之女。本稱郡主,宋改爲宗姬。宋史禮志十八:"徽宗改公主爲帝姬,下詔曰:'……可改公主爲帝姬,郡主爲宗姬,縣主爲族姬。'"

【宗密】公元780—841年。唐僧,華嚴宗第五祖。又名圭峯。本姓何氏。果州西充人。元和二年出家,師事禪宗道圓禪師。後得圓覺經和澄觀所撰華嚴疏,又師事華嚴宗四祖澄觀。後專事佛學著作,以華嚴爲宗,用禪理加以折中。著有禪源諸詮集、圓覺經大小疏鈔、華嚴原人論等。參見"圭峯碑"。

【宗族】父系的親屬。又指同宗的人。宗族分言,族親於宗。左傳僖二四年:"召穆公思周德之不類,故糾合宗族于成周而作詩。"戰國策韓二:"臣之仇,韓相傀。傀又韓君之季父也，宗族盛，兵衛設。”參閲宋岳珂愧剡録二宗族之别。

【宗庶】宗子和庶子。文選晉陸士衡(機)五等諸侯論:“使萬國相維，以成盤石之固;宗庶雜居，而定維城之業。”

【宗教】佛教以佛所説爲教,佛弟子所説爲宗,宗爲教的分派，合稱宗教，指佛教的教理。景德傳燈録十三圭峯宗密禪師答史山人十問之九:“(佛)滅度後，委付迦葉，展轉相承一人者，此亦蓋論當代爲宗教主，如土無二王，非得度者唯爾數也。”續傳燈録七黄龍慧南禪師:“老宿號神立者，察公倦行役，謂曰:‘吾位山久，無補宗教，敢以院事累君。’”現泛稱對神道的信仰爲宗教。

【宗國】本族的國家。孟子滕文公上:“然友反命，定爲三年之喪。父兄百官皆不欲,曰:‘吾宗國魯先君莫之行,吾先君亦莫之行也，至於子之身而反之，不可!’”滕,姬姓,文王子叔繡所封，與魯同爲文王之後。左傳哀八年:“今子(公孫輒)以小惡而欲覆宗國，不亦難乎!”輒是魯公族，故稱魯爲宗國。一説宗國是嫡長之國。參閲清毛奇齡經問孫眉光問孟子吾宗國魯先君莫之行。

【宗從】堂伯叔和堂兄弟。全唐詩五五六馬戴送從叔重赴海南從事:“念此别離苦，其如宗從情。”唐鄭谷鄭守愚集三故少師從翁隱巖别墅亂後……追紀詩:“宗從今何在？依棲素有因。”

【宗婦】㊀嫡長婦。禮内則:“適子、庶子，衹事宗子、宗婦。”注:“衹，敬也。宗，大宗。”㊁同姓大夫之妻。春秋莊二四年:“大夫宗婦覿,用幣。”注:“宗婦，同姓大夫之婦。”

【宗資】東漢南陽安衆人。字叔都。少學孟氏易、歐陽尚書。舉孝廉。爲汝南太守，署范滂爲功曹，委任政事，推功於滂。時有謡曰:“汝南太守范孟博，南陽宗資主畫諾。”孟博，滂字。畫諾，在公文上簽署花押。見後漢書六七黨錮傳。

【宗聖】自漢武帝尊崇儒家，歷代封建王朝相承以孔子爲“聖人”，定期祭孔，又對孔子後代和孔門弟子，給與“宗聖”封號，如三國魏文帝以孔羡爲宗聖侯（三國志魏文帝紀黄初二年),元文宗追封曾參爲郕國宗聖公（元史三四文宗紀三至順元年)。

【宗極】㊀比喻至高無上。藝文類聚十四南齊謝朓明皇帝謚策文:“所以永言配命，寄心宗極。”㊁終極。廣弘明集二二南朝梁沈約神不滅論:“窮其原本，盡其宗極。”

【宗潢】皇族的子孫。潢，天潢的簡稱。古時稱皇帝的同族爲“天潢”。又作“宗潢”。三國演義二十:“本因國舅承明詔，又見宗潢佐漢朝。”此指劉備。參見“天潢”。

【宗慤】公元 ?—465 年。南朝宋南陽涅陽人。字元幹。少時，叔父炳問其志願，慤答曰:“願乘長風破萬里浪。”文帝時，爲振武將軍。後隨武陵王劉駿(孝武帝)平定殺父自立的劉劭，封爲左衛將軍。大明三年，參加平定據廣陵抗命的竟陵王劉誕之亂。官至豫州刺史，封洮陽侯。宋書、南史有傳。

【宗廟】天子、諸侯祭祀祖先的處所。書太甲上:“社稷宗廟，罔不祗肅。”國語魯上:“夫宗廟之有昭穆也，以次世之長幼而等胄之親疏也。”封建帝王把天下據爲一家所有，世代相傳，故以宗廟作爲王室、國家的代稱。漢書六八霍光傳:“伊尹相殷，廢太甲以安宗廟，後世稱其忠。”

【宗稷】卽宗社。宗，宗廟;稷，社稷。宋書袁顗傳蕭彧書:“神鼎將淪，宗稷幾泯。”文選南齊王仲寶(儉)褚淵碑文:“鳴控弦於宗稷，流鋒鏃於象魏。”詳“宗社”。

【宗澤】公元 1059—1128 年。宋義烏人。字汝霖。元祐六年進士。靖康元年知磁州，募集義勇，抗擊金兵，旋任副元帥。徽宗欽宗被金兵俘虜後，入援京師，繼任東京(今河南開封市)留守，團結兩河太行義兵，用岳飛爲將，屢敗金兵，聲威甚著，民間有“宗爺”或“宗父”之稱。多次上書力請高宗還都開封，收復失地，皆不納，因憂憤成疾。臨終時連呼“過河”者三。謚忠簡。有宗忠簡集。宋史有傳。

【宗親】㊀同母兄弟。史記五宗世家:“(漢)孝景皇帝子凡十三人爲王;而母五人，同母者爲宗親。”㊁同宗的親屬。後漢書三四梁統傳附梁冀:“諸梁及孫氏中外宗親送詔獄，無少長皆棄市。”孫氏，冀妻孫壽。文選三國魏陳孔璋(琳)檄吴將校部曲文:“年月朔日，守尚書令(荀)彧，告江東諸將校部曲，及孫權宗親中外。”

【宗器】宗廟禮樂之器，祭器、樂器。左傳襄二二年:“寡君盡其土實，重之以宗器。”注:“宗廟禮樂之器，鍾（鐘）磬之屬。”國語晉八:“其宫不備其宗器。”注:“宗器，祭器。”

【宗學】皇族子弟的學校。唐稱小學，宋始稱宗學。宋史選舉志三:“(紹興)十四年，始建宗學于臨安，生員額百人:大學生五十人，小學生四十人，職事各五人。……在學者皆南宫北宅子孫。”明清相沿也設有宗學。參閲文獻通考五七職官十一學、清文獻通考六三學校一宗學。

【宗膾】傳説國名。莊子齊物論:“故昔者堯問於舜曰:‘我欲伐宗膾胥敖，南面而不釋然，其故何也？’”釋文:“司馬(彪)云:宗膾胥敖，三國名也;崔(譔)云:宗，一也，膾二也，胥敖三也。”

【宗禰】祖廟與父廟。漢書郊祀志上:“鼎宜視宗禰廟，臧於帝庭。”注:“宗，謂先帝有德可尊者也;禰，父廟也。”史記封禪書作“祖禰”。

【宗職】貴族的世襲職位。左傳成三年:“若不獲命，而使嗣宗職。”注:“嗣其祖宗之位職。”

【宗彝】宗廟祭祀所用的酒器。書益稷:“作會，宗彝。”疏引漢鄭玄:“宗彝，謂宗廟之鬱鬯樽也。”禮王制“制三公一命卷”唐孔穎達疏:“宗彝者，謂宗廟彝尊之飾，有虎蜼(wěi)二獸。虎有猛，蜼能避害，故象之。不言虎蜼而謂之宗彝者，取其美名。”

【宗譜】卽族譜。是維繫封建宗法制度的一種手段。明王世貞弇州山人四部稿七十棨泉李公族譜序:“間出其宗譜示曰:吾先君鳳翔之遷，湛於農代，鮮有顯者。”

【宗類】宗族。唐張説張説之集十七大周故宣威將軍楊君碑:“敦錫宗類，吸揚微(嫩)否。”

【宗藩】受分封的皇族。藩，屏衛的意思。史記太史公自序:“(漢高祖)乃封弟交爲楚王，爰都彭城，以彊淮泗，爲漢宗藩。”也作“宗蕃”。宋書五行志二:“後中原大亂，宗蕃多絶。”

【宗玄集】唐吴筠撰。三卷，附録玄綱論一卷、内丹九章經一卷。内容都是講述道家的修煉方法。筠字貞節，玄宗時人。隱居修道。曾與李白杜甫等交遊。死後，門徒私謚爲宗玄。其著作玄綱論見於新、舊唐書。其餘疑是後人假託。

【宗哥川】水名。也叫宗水。源出青海，流經西寧境，轉入湟水。水南有宗谷口。古代又叫牛心川水。西寧，卽今青海西寧市。見嘉慶一統志二六九西寧府一牛心川水。

【宗哥城】城名。地臨宗水，水南有宗谷口，訛稱宗哥，因以爲城名。宋景祐二年西夏趙元昊進攻吐蕃唃厮羅宗哥城，卽此。故址在今青海西寧市西南。見讀史方輿紀要六四西寧鎮宗哥城。

【宗喀巴】公元 1375—1419 年。西藏黃教的創始人。原名羅桑扎巴，又叫羅卜藏札克巴。生於西寧衛(卽今青海湟中)，藏語稱其地爲宗喀，故名宗喀巴。十七歲入西藏學經，漸成爲著名的喇嘛。對當時喇嘛教舊派(卽紅教)進行了改革，加强寺院組織。後興建甘丹寺，創立喇嘛教新派。令僧人穿黃色僧衣以別於紅教，故稱黃教。著有菩提道次第廣論、密宗道次第廣論等。

【宗鏡録】宋釋延壽撰。一百卷。分標宗、問答、引證三章，輯集佛教各宗的教義，自稱爲"宗門寶鏡"，故名宗鏡録。

宊 ròu
ㄖㄡˋ

同"肉"。亦作"宍"。墨子迎敵祠:"狗彘豚雞，食其宊。"吳越春秋勾踐陰謀外傳:"故歌曰:斷竹續竹，飛土逐宊之謂也。"廣韻屋韻肉謂"宊"是"肉"的俗字。

定 dìng 徒徑切，去，徑韻，定。
ㄉㄧㄥˋ 丁定切，去，徑韻，端。

㊀安定。易家人:"正家而天下定矣。"書金縢:"用能定爾子孫于下地。"㊁停留，靜止。書洛誥:"公定，予往已。"詩小雅采薇:"豈敢定居，一月三捷。"箋:"定，止也。"後漢書十五來歙傳:"臣夜人定後，爲何人所賊傷，中臣要害。"㊂決定，肯定。書大禹謨:"朕志先定，詢謀僉同。"禮王制:"論定，然後官之。"㊃規定，制定。荀子正論:"圖德而定次，量能而授官。"又議兵:"政令以定。"㊄約定。穀梁傳宣七年:"來盟，前定也。"㊅訂正。書堯典:"以閏月定四時成歲。"史記五帝紀作"以閏月正四時。"㊆確實，必定。史記項羽紀:"項梁聞陳王定死，召諸別將會薛計事。"唐杜甫杜工部草堂詩箋十五送張二十參軍赴蜀州因呈楊五侍御:"皇華吾善處，於汝定無嫌。"㊇入定。省稱定。唐李中碧雲集下宿鍾山知覺院詩:"磬罷僧初定，山空月又生。"㊈究竟。唐李白李太白詩十三新林浦阻風寄友人:"歲物忽如此，我來定幾時?"㊉舊時銀幣鑄成一定的形狀，故以"定"爲銀幣的計算單位。金史鄯陽傳:"賞銀一定。"後加"金"旁作"錠"。㊀㊀星名，卽營室星，一作室宿。詩鄘定之方中:"定之方中，作于楚宮。"箋:"楚宮，謂宗廟也。定星昏中而正，於是可以營制宮室，故謂之營室。"㊀㊁額。詩周南麟之趾:"麟之定，振振公姓。"傳:"定，題也。"爾雅釋言注:"題，額也。"

【定力】佛教語。佛教認爲佛和菩薩有十種法力，其三爲定力，卽堅信精進、專忍堅定之心。無量壽經下:"定力慧力，多聞之力。"唐錢起錢考功集八題延州聖僧穴詩:"定力無涯不可稱，未知何代坐禪僧。"參閱唐李師政法門名義集身心品十力。

【定子】人名。唐杜牧樊川集外集隋苑詩:"紅霞一抹廣陵春，定子當筵睡臉新。"注:"定子，牛相小青。"牛相，指牛僧孺;小青，侍女。才調集四詩題作定子。此詩也見于唐李商隱李義山詩集六，詩題作定子，紅霞作"檀槽"。

【定分】分，音 fèn。㊀確定名分。荀子非十二子:"終日言成文典，反紃(循)察之，則倜然無所歸宿，不可以經國定分。"㊁固定的名分。三國志蜀郤正傳釋譏:"背正崇邪，棄直就佞，忠無定分，義無常經。"

【定本】㊀校訂審定的書稿叫定本。魏書孫惠蔚傳上書:"臣今依前丞臣盧昶所撰甲乙新録，欲裨殘補闕，損併有無，校練句讀，以爲定本，次第均寫，永爲常式。"㊁見"定武蘭亭"。

【定甲】鳥名。方言八:"鸊鵯，周、魏、齊、宋、楚之間，謂之定甲，或謂之獨舂。自關而東謂之城旦，或謂之倒懸。"注:"鳥似雞，五色，冬無毛，赤倮，晝夜鳴。"

【定册】決策，指擁立皇帝。同"定策"。舊唐書八八韋嗣立傳:"以定册尊立睿宗之功，賜實封一百戶。"參見"定策㊀"。

【定安】縣名。屬廣東省。在海南島。漢珠崖郡地。唐爲瓊山縣。元至元三十一年，分置定安縣。參閱嘉慶一統志四五二瓊州府一。

【定州】地名。春秋鮮虞國。漢中山國治盧奴縣地。北朝魏爲中山郡。皇始二年，于郡置安州。天興三年改爲定州。清雍正二年升爲直隸州，在今河北定縣。參閱嘉慶一統志五五直隸定州。

【定西】縣名。屬甘肅省。漢天水郡勇士縣地。東漢以後爲獂道縣。唐屬渭州。宋築定西安西二城，元併爲安定州。明清爲安定縣。故城在今縣南。參閱嘉慶一統志二五五鞏昌府一安定縣。

【定局】已成的局面。宋廖行之省齋集三病中寄武公望詩:"世事彈棋無定局，人情蒙穽有深機。"局，本指棋盤，引申爲局面、大局。

【定限】一定的限度。晉書陶侃傳:"侃每飲酒有定限，常歡有餘而限已竭。"

【定制】㊀規定制度。鶡冠子道端:"聖人之功，定制於冥冥。"㊁一定的制度。後漢書四四胡廣傳廣等駁左雄議:"蓋選舉因才，無拘定制，……今以一臣之言劃戾舊章，便利未明，衆心不猒。"

【定命】㊀審定法令。詩大雅抑:"訏謨定命，遠猶辰告。"疏:"言施教之法，當豫大計謀，定其教命，爲長遠之道，而以時節告民施之。"㊁命運。宿命論認爲一切都是命中注定，稱爲定命。文選漢班孟堅(固)幽通賦:"神先心以定命兮，命隨行以消息。"南史顧覬之傳:"覬之常執命有定分，……乃以其意，命弟子愿作定命論。"

【定昏】天將黑的時候。淮南子天文:"(日)至於虞淵，是謂黃昏;至於蒙谷，是謂定昏。"

【定神】指心不旁騖。古文苑五漢班固竹扇賦:"來風辟暑致清涼，安體定神達消息。"

【定省】禮曲禮上:"凡爲人子之禮，冬溫而夏凊，昏定而晨省。"注:"安定其牀衽也，省問其安否如何。"後因稱子女早晚向親長問安爲定省。漢書六十杜欽傳:"親二宮之饔膳，致昏晨之定省。"晉書習鑿齒傳與桓祕書:"每定省家舅，從北門入，西望隆中，……未嘗不徘徊移日，惆悵極多。"

【定害】打擾。元曲選白仁甫(樸)梧桐雨四:"一聲聲灑殘葉，一點點滴寒梢，會把愁人定害。"也作"定害"。又張國賓合汗衫二:"陳虎你是個聰明的人，必然見我早晚吃穿衣飯，定害他了，因此上恩多怨深。"

【定南】縣名。屬江西省。漢南野縣地。唐宋以來，爲龍南安遠信豐三縣地。明隆慶元年分置定南縣，屬贛州府。清乾隆年間改廳。參閱嘉慶一統志三三〇贛州府一。

【定海】縣名。1. 屬浙江省。漢句章縣地。宋爲昌國縣。明洪武十七年，改昌國衛;二十五年改定海衛。清康熙二十六年，改置定海縣，屬寧波府。見嘉慶一統志二九一寧波府一。2. 今浙江鎮海縣，宋初名定海縣。詳"鎮海"。

【定桃】瓜名。藝文類聚八七晉陸機瓜賦:"夫其種族類數，則有括樓、定桃，黃觚，白傳，金义(文)、蜜筩，小青、大班，玄骭、素椀，貍首、虎蟠。"

【定情】玉臺新詠一漢繁欽定情詩敍述一婦女把佩飾送給情人，以示情意。後來把男女互贈信物，表示相愛不渝，稱爲定情。唐白居易長慶集十二引陳鴻長恨歌傳："定情之夕，授金釵、鈿合以固之；又命戴步搖，垂金璫。明年，册爲貴妃。"

【定都】選定都城地址。文選三國魏曹元首(冏)六代論："迎帝西京，定都潁邑。"

【定陵】陵墓名。1. 北朝魏拓跋詡(孝明帝)墓。2. 北周宇文贇(宣帝)墓。3. 唐李哲(中宗)墓，在今陝西富平縣龍泉山。4. 宋趙恒(真宗)永定陵的省稱，在今河南鞏縣西南。5. 明朱翊鈞(神宗)墓，十三陵之一。解放後整理開闢爲地下宫殿，在今北京市昌平縣太峪山東。參見"十三陵"。6. 清奕詝(文宗)墓，在今河北遵化縣昌瑞山平安峪。

【定陶】縣名。屬山東省。秦置。漢初封彭越爲梁王，都定陶，即此地。隋以前，常爲郡國治所。唐貞觀元年併入濟陰縣；宋太平興國五年，割單曹濟濮四州分置定陶縣。參閲太平寰宇記十三廣濟軍。

【定問】確實的消息。晉書高密文獻王泰傳："楚王瑋之被收，泰嚴兵將救之，祭酒丁綏諫曰：'公爲宰相，不可輕動，且夜中倉卒，宜遣人參審定問。'"

【定婚】訂立婚約。文選南齊王仲寶(儉)褚淵碑文："袁既延譽於遐邇，文亦定婚於皇家。"袁，袁淑；文，南朝宋文帝。

【定番】地名。漢牂牁郡地，明成化二年，置程番府，隆慶二年，改定番州，屬貴州貴陽府，清沿置。地爲今貴州惠水縣。參閲嘉慶一統志五〇〇貴州貴陽府。

【定策】㊀指擁立皇帝。策，竹簡。把擁立皇帝的事寫在簡上，告於宗廟，稱定策。漢書五九張湯傳附張安世："(張安世)與大將軍(霍光)定策，天下受其福。"㊁決定策略。後漢書五八虞詡傳："竊聞公卿定策，當棄涼州，求之愚心，未見其便。"

【定勝】古代棺材和蓋接縫的榫頭，稱爲衽，漢代稱爲小要。後俗稱爲錠勝、定勝。清沈赤然寒夜叢談二談禮："古者棺不用釘，以皮縱横束之，棺蓋合縫處則連之以衽。衽，小要也。今俗名定勝。"

【定準】一定的準則。晉書刑法志裴頠表："按行奏劾，應有定準。"易繫辭下"不可爲典要"晉韓康伯注："不可立定準也。"準，也作"准"。宋書天文志一何承天論渾象體："設使唐虞之世，已有渾儀，涉歷三代，以爲定准，後世聿遵，孰敢非革。"

【定遠】㊀縣名。1. 屬安徽省。秦曲陽縣，漢爲東城縣。梁天監初置定遠縣。隋仁壽元年改爲臨濠縣，唐復稱定遠縣。明清均屬安徽鳳陽府。參閲元和郡縣志九濠州定遠縣、寰宇通志九鳳陽府定遠縣。2. 漢墊江縣地。元至元四年置武勝軍，二十四年改爲定遠縣，屬合州。清屬四川重慶府。參閲嘉慶一統志三八七重慶府一。3. 漢益州郡地。唐置髳州，也名牟州。元初置牟州千户，至元十二年改爲定遠州，後又改爲縣。明清均屬雲南楚雄府。參閲嘉慶一統志四八〇楚雄府。4. 宋定遠軍城地，舊名李諾平。金大定二十二年改爲定遠縣，屬金州。元廢。見嘉慶一統志二五三蘭州府二。故址在今甘肅榆中縣北。㊁城名。東漢班超封地。後漢書四七班超傳："其封超爲定遠侯，邑千户。"注引東觀記："其以漢中郡南鄭之西鄉户千，封超爲定遠侯。"故城在今陝西鎮巴縣。

【定當】料理妥貼。宋朱熹朱文公集五八答謝成之書："此中今年絶無來學者，只邵武一朋友，見编書説未備，近又遭喪，俟其稍定當，當招來講究。"參見"停當"。

【定鼎】傳説夏禹鑄九鼎以象九州，歷商至周，都作爲傳國重器，置於國都，後因稱定都或建立王朝爲定鼎。左傳宣三年："成王定鼎於郟鄏。"文選南朝宋顔延年(延之)三月三日曲水詩序："高祖以聖武定鼎，規同造物；皇上以叡文承歷，景屬宸居。"高祖，劉裕。

【定傾】扶助傾危，使之安定。國語越下："夫國家之事，有持盈，有定傾。"注："定，安也；傾，危也。"漢桓寬鹽鐵論備胡："古者明王討暴衛弱，定傾扶危，則小國之君悦；討暴定傾，則無罪之人附。"

【定端】確定的原由。文選南朝宋謝宣遠(瞻)王撫軍庾西陽集別時爲豫章太守庾被徵還東詩："來晨無定端，别晷有時速。"唐李白李太白詩二古風之三九："白日掩徂暉，浮雲無定端。"宋詩百一鈔四劉敞獨行："野興宜獨往，春愁無定端。"

【定境】㊀確定疆界。北史邢巒傳："於是開地定境，東西七百，南北千里。"㊁佛教語。指心定止於一境。唐王勃王子安集十四梓州通泉縣惠普寺碑："長驅定境，振旅魔營。"雲笈七籤四九玄門大論三一訣："昔小乘以三一爲定境，義極於有。"

【定奪】裁決可否。宋歐陽修文忠集一〇五論陳留橋事乞黜御史王礪劄子："臣伏覩朝廷近爲王堯臣、吴育等爭陳留橋事，互説是非，陛下欲盡至公，特差臺官定奪。"

【定窯】窯，同"窑"。宋代定州(今河北定縣)瓷窑燒製的瓷器，稱定窑。以裝飾花紋精美多采著稱。北宋造的稱北定，南宋造的稱南定，元時彭窑所仿造的稱新定，以北定爲最佳。明張應文清秘藏上論窑器："定窯有光素、凸花二種，以白色爲正，白骨而加以泑水有如淚痕者佳，間有紫色者黑色者不甚珍也。"又見曹昭格古要論七。

【定論】確定不移的原則或論斷。荀子王制："百姓曉然皆知夫爲善於家，而取賞於朝也；爲不善於幽，而蒙型於顯也，夫是之謂定論。"

【定數】㊀計定數量。荀子正名："此事之所以稽實定數也。"後漢書律曆志上："竹聲不可以度調，故作準以定數。"㊁一定的氣數。文選南朝梁劉孝標(峻)辯命論："寧前愚而後智，先非而終是，將榮悴有定數，天命有至極而謬生妍蚩。"

【定價】規定的價格。魏書裴叔業傳附皇甫瑒："性貪婪，多所受納，鬻賣吏官，皆有定價。"又指固定的價格。宋蘇軾東坡集後集十四答謝民師書："歐陽文忠公言文章如精金美玉，市有定價，非人所能以口舌貴賤也。"

【定興】縣名。屬河北省。舊爲范陽縣黄村店，金大定六年，置定興縣。自元至清均屬保定府。參閲寰宇通志二保定府定興縣。

【定襄】㊀郡名。1. 漢高祖六年置，治成樂，東漢移治善無，建安二十年廢。轄境在今内蒙古陰山南。參閲後漢書郡國志五定襄。2. 漢太原郡陽曲縣地。隋爲忻州。唐天寶元年改爲定襄郡，乾元元年復爲忻州。轄境相當今山西忻縣和定襄縣兩地。見太平寰宇記四二忻州。㊁縣名。1. 西漢置，屬定襄郡。東漢改屬雲中郡，建安末廢。地在今内蒙古呼和浩特市西南。參閲王先謙後漢書集解郡國志二三下雲中郡定襄縣。2. 屬山西省。漢太原郡陽曲縣地。北魏末置定襄縣，北齊廢。唐武德四年分秀容縣，於漢陽曲城重置定襄縣，以後各代沿置，即今縣。參閲太平寰宇記四二忻州定襄縣。3. 唐置。本漢雁門郡平城縣地。隋爲雲内縣的恒安鎮。唐貞觀十四年於此置定襄縣，屬雲州，永淳元年廢。地在今山西省大同縣西北。見太平寰宇記四九雲州雲中縣。

【定額】㊀確定數額。唐陸贄陸宣公集二貞元改元大赦制："内外官禄及俸錢手力雜給等，委中書門下度支即參詳定額聞奏。”唐元稹長慶集三四錢貨議狀：“皆量出以爲入，定額以給資。” ㊁固定的數額。新五代史劉審交傳：“租有定額，而天下比年無閑田。”宋王安石臨川集七十乞制置三司條例：“諸路上供，歲有定額。”

【定邊】縣名。屬陝西省。漢北地郡馬領縣地。明置定邊營。清雍正九年置縣。參閱嘉慶一統志二三三延安府一。

【定霸】奠定霸業。左傳僖二七年：“報施救患，取威定霸，於是乎在矣。”宋書何承天傳上表：“管子治齊，寄令在民；商君爲秦，設以耕戰；終申威定霸，行其志業。”

【定疊】定當，料理妥當。宋蘇軾東坡集續集七與子由書二首之一：“俟到定疊一兩月，方遣邁去注官。”宋魏泰東軒筆錄一：“(陳摶)一日方乘驢遊華陰，市人相語曰：‘趙點檢作官家。’摶驚喜大笑，人問其故，又笑曰：‘天下這回定疊也。’”

【定讞】定案。讞(yàn)，議罪。清江藩漢學師承記四王蘭泉(昶)先生：“上命與兵部尚書慶桂往江南，同鞫高郵州典史陳倚道揭州書吏假印重徵事，定讞回京。”

【定王臺】臺名。相傳爲漢景帝子長沙定王發爲望其母唐姬墓而建。臺在今湖南長沙縣東。宋朱熹朱文公集五有登定王臺詩。太平寰宇記一一四潭州長沙縣作定王廟、定王岡。

【定光佛】佛名。梵名提洹竭。也作燃燈佛。太子瑞應本起經譯作“定光”。大智度論九：“如燃燈佛，生時一切身邊如燈故。”注：“舊名定光佛。”參見“燃燈佛”。

【定名筆】唐時科場士子應試用的一種筆。定名，指榜上有名，取吉利之意。宋陶穀清異錄文用：“唐世舉子將入場，嗜利者爭賣健毫圓鋒筆，其價十倍，號定名筆。筆工每賣一枚，則錄姓名，俟其榮捷，則詣門求阿堵，俗呼謝筆。”

【定昆池】池名。在陝西長安縣西南。唐景龍初中宗女安樂公主請求將昆明池作爲私沼，中宗不許。公主於是大發民夫在西莊鑿池沼，寬廣數里，名定昆池。唐杜甫杜工部草堂詩箋三陪鄭廣文游何將軍山林之八有“走馬定昆池”句，卽此池。參閱唐張鷟朝野僉載三、劉餗隋唐嘉話中。

【定軍山】山名。在今陝西勉縣西南。東漢建安二十四年，蜀將黃忠在此大敗曹操將領夏侯淵，遂占有漢中。諸葛亮死後也葬於此山。見三國志蜀先主傳、諸葛亮傳。

【定風波】詞牌名。本唐教坊曲名。李珣詞，名定風波；張先詞，名定風波令。雙調，有六十、六十二、六十三字諸體，以五代後蜀歐陽炯六十二字爲正體。見詞譜十四。

【定婚店】見“月下老人”。

【定鼎門】城門名。唐東都洛陽南面有三門，正南門稱定鼎門。門高九十尺，寬一丈二尺。隋時名建國門，唐武德三年平王世充後改此名。見清徐松唐兩京城坊考五外郭城。

【定鼎碑】北魏拓跋恪(宣武帝)在鄴南檢閱諸軍，羣臣在其射所刻碑，題爲御射之碑。文中有“定鼎遷中之十載”語，習稱定鼎碑。見宋董逌廣川書跋六。

【定慧寺】寺名。在今江蘇鎮江市焦山。傳說建於漢末，名普濟寺。宋景定中重建，改名焦山寺。清康熙二十三年改今名。寺有古鼎，相傳爲西周時的器物。參閱嘉慶一統志九一鎮江府二寺觀。

【定盤星】戥子或秤上定爲零位的星，戥錘懸於此點時，正與戥盤成平衡，故稱定盤星。比喻作事的準繩。碧巖錄二：“直饒爾見得分明，也莫錯認定盤星。”宋家鉉翁則堂集六趙省齋出示所和天童偈句亦次其韻詩：“四聖傳來是周易，箇中自有定盤星。”

【定錯城】城名。漢高祖六年，封從父兄劉賈爲荆王，并有吳地。賈築吳市西城，名爲定錯城。見越絶書二越絶外傳吳地傳。

【定武蘭亭】蘭亭帖石刻名。唐太宗喜晉王羲之父子書法，得蘭亭真跡，臨拓刻於學士院。五代梁時移置汴都。遼耶律德光破後晉攜此石刻北去。德光中途病故，石棄於殺虎林。宋慶曆年間發現，置於定州州治。大觀年間徽宗命取其石，置於宣和殿。北宋末金兵攻入汴都，石散失不傳。定州在唐時屬義武軍，宋時因避太宗趙匡義諱，改義武軍爲定武軍，故此石刻稱爲定武蘭亭，也稱定本。參閱宋桑世昌蘭亭考三。

【定策國老】唐代自敬宗至宣宗，宦官操縱國家大權，可以廢立皇帝。樞密使宦官楊復恭給兄子守亮的信中，自稱是“定策國老”，以擁立皇帝的功臣自居，而稱昭宗(李曄)爲“負心門生”。參閱新唐書二〇八楊復恭傳。

宕 dàng 徒浪切，去，宕韻，定。ㄉㄤˋ

㊀流動。文選晉皇甫士安（謐）三都賦序：“雷同影附，流宕忘反，非一時也。”注：“謝沈後漢書序曰：士庶流宕，他州異縣。”水流過去爲宕，今作“蕩”。流宕之宕卽蕩。㊁放縱，不受約束。後漢書七十孔融傳：“既見(曹)操雄詐漸著，數不能堪，故發辭偏宕，多致乖忤。”㊂拖延。二十年目睹之怪現狀五二：“這一百弔暫時宕一宕，我再想法子報銷。”㊃石礦。詳“宕户”。

【宕子】游子，在外流浪的人。卽“蕩子”。三國魏曹植曹子建集六怨歌行：“借問嘆者誰，自云宕子妻。”

【宕户】採石工。見正字通宕注。

【宕州】州名。北周天和元年置。隋大業三年爲宕昌郡，唐天寶初爲懷道郡，乾元元年復爲宕州。因宕昌山得名。地在今甘肅宕昌縣。見元和郡縣志三九宕州。

【宕昌】古國名。晉時羌族梁勤稱宕昌王。其孫彌忽，歸附北魏，後又受北周封爵。北周天和元年，改置宕州。魏書周書北史都有宕昌傳。參閱太平寰宇記一五五宕州、文獻通考三三四宕昌、元和郡縣志三九宕州。參見“宕州”。

【宕冥】㊀渺遠的天空。文選漢張平子(衡)思玄賦：“踰痝鴻於宕冥兮，貫倒景而高厲。”唐劉良注：“宕冥，猶窈冥也。”㊁昏暗。文選漢王子淵(褒)洞簫賦：“於是乃使夫性昧之宕冥，生不覩天地之體勢，闇於白黑之貌形。”

【宕渠】㊀郡名。1.東漢建安二十三年，劉備分巴郡的宕渠宣漢漢昌三縣，置宕渠郡。其後屢有廢置。隋大業初復置，唐初改爲渠州。轄地相當今四川通江宕水南江巴河及渠江流域一帶。參閱讀史方輿紀要六八順慶府渠縣。2.南朝宋時先後於安漢置南宕渠郡（今四川南充縣北）；於墊江置東宕渠郡(今四川合川縣境)；於廣漢置西宕渠郡(今四川鹽亭縣北)。梁時又在東漢舊郡地置北宕渠郡。參閱嘉慶一統志一四九綏定府二。㊁縣名。漢置，屬巴郡。石過水爲宕，水所蓄爲渠，故名。東漢車騎將軍馮緄增修，故又名車騎城。舊城在今四川渠縣東北。參閱後漢書十八吳漢傳。㊂山名。在四川渠縣東。因山有東西兩門，延連相接，山間長狹，形似溝渠，故名。一名大青山。參閱嘉慶一統志一四九綏定府一。㊃水名。卽渠江。見“渠江”。

家 jì ㄐㄧˋ

同"寂"。楚辭屈原遠遊"野寂漠其無人"漢王逸注:"寂一作家。"詳"寂"。

宜 yí 魚羈切,平,支韻,疑。ㄧˊ

㊀合適,相稱。荀子正名:"名無固宜,約之以命。約定俗成謂之宜,異於約則謂之不宜。"宋蘇軾蘇東坡集四飲湖上初晴後雨詩:"欲把西湖比西子,淡粧濃抹總相宜。"㊁合用,共享。詩鄭風女曰雞鳴:"弋言加之,與子宜之。"㊂應當。史記九七酈生傳:"不宜倨長者。"㊃事宜。禮月令季冬之月:"以待來歲之宜。"淮南子本經:"斟酌萬殊,旁薄衆宜。"㊄祭名。祭社稱宜。書泰誓:"宜於冢土。"傳:"祭社曰宜。冢土,社也。"㊅副詞。殆,大概。左傳成六年:"視流而行速,不安其位,宜不能久。"孟子滕文公下:"枉尺而直尋,宜若可爲也。"㊆助詞。無義。詩周南螽斯:"宜爾子孫,振振兮。"清王引之經傳釋詞五:"宜,助語詞也。……宜爾子孫,爾子孫也。"㊇姓。春秋宋有宜僚。見左傳昭二一年。

【宜人】㊀合人心意。唐杜甫杜工部草堂詩箋十八有客:"喧卑方避俗,疎快頗宜人。"㊁封建時代婦人因丈夫或子孫而得的一種封號。始於宋代政和年間,有國夫人、郡夫人、淑人、碩人、令人、恭人、宜人、安人、孺人等名目,隨其夫或子孫的官品而別。明清以五品官妻、母封宜人。參閱宋會要輯稿五十儀制十、續通典三八內官、清通典四十文武官階。

【宜子】指女子宜於生育。戰國策楚四:"楚考烈王無子,春申君患之,求婦人宜子者進之,甚衆,卒無子。"

【宜川】縣名。屬陝西省。戰國魏定陽邑地。漢置定陽縣,屬上郡。北魏改臨戎縣,西魏爲義川縣,北周爲丹陽縣,隋復改義川縣。宋太平興國元年因避太宗趙匡義諱,始改宜川。明清屬陝西延安府。參閱嘉慶一統志二三三延安府一。

【宜山】縣名。屬廣西壯族自治區。唐龍水縣,乾封後爲宜州治所。宋宣和初始改宜山縣,因縣北有宜山而得名。參閱寰宇通志一〇八慶遠府宜山縣。

【宜主】人名。漢馮萬金私通趙主,一胎生兩女,長名宜主,次叫合德,都冒姓趙,宜主長而輕捷,人稱飛燕,後爲成帝皇后。見舊題漢伶玄飛燕外傳。

【宜州】州名。唐置。原名粵州。乾封中改宜州,屬嶺南道。宋廢。地爲今廣西宜山縣。參閱嘉慶一統志四六四慶遠府。

【宜良】縣名。屬雲南省。漢滇池縣地。唐爲昆州地。元設立大池千户所,至元十三年升宜良州,治所在大池縣,二十二年州廢,併大池縣爲宜良縣,屬中慶路。明清都屬雲南府。參閱嘉慶一統志四七六雲南府一。

【宜君】縣名。屬陝西省。漢左馮翊祋祤縣地。東晉苻秦置宜君護軍於此。北魏太平真君七年改置宜君縣。後廢。唐龍朔三年再置。參閱元和郡縣志三坊州宜君縣。

【宜男】㊀萱草的別名。古代迷信,說孕婦佩之則生男,故名。太平御覽九九六本草經:"萱一名忘憂,一名宜男,一名歧女。"藝文類聚八一三國魏曹植宜男花頌:"草號宜男,既曄且貞。"㊁舊時祝頌多子之詞。北史崔㥄傳:"婁太后爲博陵王納㥄妹爲妃,……婚夕,文宣帝舉酒祝曰:'新婦宜男,孝順富貴。'"

【宜昌】㊀縣名。1.晉置。隋廢。故址在今湖北宜昌縣西。參閱嘉慶一統志三五〇宜昌府古跡。2.湖北宜都縣的舊名。詳"宜都"。3.南朝宋置,北周廢。故址在今四川成都市。參閱嘉慶一統志三八四成都府表。㊁府名。本春秋戰國楚地。漢置南郡。明爲夷陵州,清雍正十三年升爲宜昌府。公元1912年裁府,而以附郭首縣東湖縣改名宜昌縣。參閱嘉慶一統志三五〇宜昌府。

【宜春】㊀郡名。春秋吳地。戰國屬楚。隋大業初置宜春郡,唐改袁州,天寶初復置郡。宋也稱袁州宜春郡。元廢。在今江西宜春縣。參閱嘉慶一統志三二六袁州府。㊁縣名。1.屬江西省。漢置,屬豫章郡。晉改宜陽,隋開皇十一年復稱宜春,唐以後沿置。因境內有溫泉,景色長年明媚如春,出美酒,飲之宜人,故名。參閱初學記八地道記、太平寰宇記一〇九袁州。2.漢置,屬汝南郡。東漢晉都稱北宜春,以區別於豫章郡的宜春。南朝宋廢。故城在今河南汝南縣西南。參閱嘉慶一統志二一六汝寧府二古跡。

【宜城】㊀縣名。屬湖北省。春秋楚邔(jì)邑。秦置邔縣,漢沿置,屬南郡。南朝梁改爲率道縣,唐天寶元年復稱宜城。明清屬襄陽府。又春秋楚鄢地,秦置鄢縣,漢惠帝三年改名宜城。故城在今湖北宜城縣南。參閱嘉慶一統志三四六襄陽府一、又三四七襄陽府二古跡。㊁城名。1.即今安徽懷寧縣石牌鎮。宋景定元年建築。三國吳魏兩軍相對峙,曾設疑城于此,其後訛"疑"爲宜,故稱宜城。參閱嘉慶一統志一一〇安慶府二古跡。2.在今四川溫江縣宜城山下。相傳漢任安所築,也叫武陽城。參閱嘉慶一統志三八五成都府二古跡。

【宜秋】地名。後漢書十四齊武王縯傳:"會下江兵五千餘人至宜秋。"卽此。亦稱宜秋聚。聚,村落。在今河南省唐河縣東南。

【宜家】詩周南桃夭:"之子于歸,宜其室家。""宜家"之義有三說。1.毛傳指男女嫁娶,要在適當的季節。易林二師之坤:"春桃生花,季女宜家。"卽本傳義。2.鄭玄箋指男女嫁娶,年紀相當。3.宋朱熹詩集傳說:"宜者,和順之意;室,謂夫婦所居;家,謂一門之內。"左傳襄三十一年:"故能守其官職,保族宜家。"也是此義。後因以宜家稱家庭安順,夫婦和睦。明瞿佑剪燈新話金鳳釵記:"大人有溺愛之恩,小子有宜家之樂。"參閱清馬瑞辰毛詩傳箋通釋。

【宜乘】腹下有旋毛的駿馬。爾雅釋畜:"回毛在膺,宜乘。"疏:"旋毛在膺者,名宜乘。"

【宜章】縣名。屬湖南省。漢桂陽郡郴縣地。隋大業末蕭銑分置義章縣,唐五代沿置。宋太平興國初,避太宗趙匡義諱,改稱宜章。明清屬郴州。參閱讀史方輿紀要八二郴州。

【宜都】縣名。屬湖北省。漢夷道縣,屬南郡。三國蜀置宜都郡。孫權遣呂蒙陸遜潛師襲關羽,遜徑進領宜都太守,卽此。南朝陳改爲宜昌縣,唐武德二年復改名宜都。清屬荆州府。參閱三國志吳陸遜傳、讀史方輿紀要七八荆州府。

【宜黃】㊀縣名。屬江西省。漢豫章郡南城縣地。三國吳太平二年分置宜黃縣,隋廢,唐復置,旋廢,五代南唐立宜黃場,宋又爲縣。明清屬撫州府。參閱嘉慶一統志三二二撫州府一。㊁水名。在今江西宜黃縣東。本宜黃二水,宜水源出縣東南軍山,黃水源出縣南黃土嶺,二水向北流至縣東匯合,稱宜黃水。又北流合臨水入盱水(撫河)。見嘉慶一統志三二二撫州府一。

【宜陽】縣名。屬河南省。戰國韓宜陽邑。漢置宜陽縣,屬弘農郡。其後縣名、轄境屢有更改。元後仍稱宜陽。參閱寰宇通志八五河南府宜陽縣。

【宜祿】縣名。1.今陝西長武縣舊名。詳"長武"。2.漢置,屬汝南郡。魏晉間廢。

水經注二二渠水:"明水注之,水上承沙水枝津,東出逕汝南郡之宜祿縣故城北。"卽此。在今河南沈丘縣北。

【宜當】 適合,恰當。唐韓愈昌黎集二岳陽樓別竇司直詩:"于嗟苦駑緩,但懼失宜當。"宋黃庭堅豫章集四宿舊彭澤懷陶令詩:"欲招千載魂,斯文或宜當。"

【宜賓】 縣名。屬四川省。本漢僰爲郡南安縣地。唐天寶元年改爲義賓(太平寰宇記作開元十七年),屬戎州。宋太平興國元年改稱宜賓縣。明清屬敍州府。參閱元和郡縣志三一戎州義賓縣、太平寰宇記七九戎州宜賓縣。

【宜興】 縣名。1.屬江蘇省。春秋吳荆溪地,秦爲陽羨縣。晉改爲義興郡,隋廢郡爲縣。宋太平興國初避太宗趙匡義諱,改稱宜興。明清屬常州府。參閱太平寰宇記九二常州、寰宇通志十五常州府宜興縣。2.金泰和三年置。其地在今河北灤平縣西北。參閱嘉慶一統志四四承德府二古跡。

【宜豐】 縣名。屬江西省。漢建城縣地。三國吳分置宜豐縣,南朝宋初廢。唐初復置,後又廢。宋太平興國六年改置新昌縣,明清沿置。公元1914年,因與浙江新昌縣名重複,復改宜豐。故城在今縣北部。參閱嘉慶一統志三二五瑞州府。

【宜人坊】 唐東都洛陽坊名。隋本名宜民,至唐避太宗李世民諱,改稱宜人。坊的一半爲隋煬帝子齊王暕邸宅,至唐爲太常寺藥園。見太平御覽一八〇唐韋述兩京記、清徐松唐兩京城坊考五。

【宜母果】 見"宜濛子"。

【宜成醪】 漢南郡宜城出產的名酒。周禮天官酒正"一曰泛齊"漢鄭玄注:"泛者,成而滓浮,泛泛然如今宜成醪矣。"藝文類聚七二三國魏曹植酒賦:"其味有宜成醪醴,蒼梧縹清。"宜成,卽宜城,故城在今湖北宜城縣南。參閱太平寰宇記一四五山南東道四襄州。

【宜春里】 晉左思故居。晉書左思傳:"祕書監賈謐請(思)講漢書,謐誅,退居宜春里,專意典籍。"唐盧照鄰幽憂子集五釋疾文命曰:"五鹿云折,退守平陵之田;三都已成,歸入宜春之里。"三都,左思著的三都賦。

【宜春帖】 舊時立春日祝頌新春的帖子。太平御覽二十荆楚歲時記:"立春日,悉剪綵爲燕以戴之,帖宜春之字。"遼史禮志六:"立春,婦人進春書,刻青繒爲幟,像龍御之,或爲蟾蜍,書幟曰'宜春'。"參閱清顧張思土風錄一貼宜春。

【宜春苑】 秦離宮有宜春宮,宮之東爲宜春苑,漢稱宜春下苑。史記秦始皇紀"以黔首葬二世杜(縣)南宜春苑中",卽此。漢書元帝紀初元二年"宜春下苑"注:"宜春下苑,卽今京城東南隅曲江池是。"故址在今陝西長安縣南。參閱史記一一七司馬相如傳"還過宜春宮"正義、三輔黃圖四。

【宜春院】 唐長安宮內歌妓居住的院名。開元二年置,在京城東面東宮內,與承恩殿宜秋院並列。擅長歌舞的教坊女妓,被徵調入院,稱爲內人;因她們常在皇帝前演奏,也叫前頭人。東京(洛陽)也有宜春院,寶應元年,燬于兵火。見唐崔令欽教坊記、宋程大昌雍錄三。

【宜興壺】 江蘇宜興縣出產的陶製茶壺。相傳始於明萬曆年間,以製作精美著名。見清吳騫陽羨名陶錄上。

【宜濛子】 檸檬的舊名。元吳萊淵穎集二嶺南宜濛子解渴水歌詩:"廣州園官進渴水,天風夏熟宜濛子。"宋周去非嶺外代答作黎檬子,宋范成大桂海虞衡志作黎朦子,清屈大均廣東新語二五木語作宜母子,吳震方嶺南雜記下作宜母果,廣東通志九五果類作黎濛子。

【宜稼堂叢書】 叢書名。清郁松年輯。七種,二百五十六卷。翻刊宋元的一些舊刻善本,每本都附松年所撰札記,其中數書九章等三種札記,清宋景昌撰。刊于道光二十至二十二年間。

官 guān 古丸切,平,桓韻,見。ㄍㄨㄢ

㊀官舍,官府。禮玉藻:"凡君召……在官不俟屨,在外不俟車。"注:"官,謂朝廷治事處也。"㊁官職,授予官職。左傳成二年:"臣告不敏,攝官承之。"禮王制:"論定,然後官之。"㊂官吏。書武成:"建官惟賢,位事惟能。"禮王制"王者之制祿爵"唐孔穎達疏:"其諸侯以下及三公至士,揔而言之,皆謂之官。官者管也,以管領爲名。若指其所主,則謂之職。"㊃取法。禮禮運:"其降曰命,其官於天也。"疏:"官猶法也。言聖人所以下爲敎命者,皆是取法於天也。"㊄公有。漢書七七蓋寬饒傳:"五帝官天下,三王家天下,家以傳子,官以傳賢。"也指屬於國家或朝廷的,如官車、官倉。㊅對君主、尊長的敬稱。如晉盧循家人稱循(晉書本傳)、南朝梁袁昂正稱父昂(南史本傳)、晉石鑒稱其君石虎(晉書石季龍載記下)、南朝齊荀伯玉稱蕭道成(高帝)(南齊書本傳)皆曰官。又王族及官僚士大夫家年輕子弟,也稱官,如梁元帝行七,人稱七官(南史武陵王紀傳)。㊆器官,官能。耳、目、口、鼻、心爲人之五官。孟子告子上:"心之官則思,思則得之,不思則不得也。"㊇姓。明有官秉忠。

【官人】 ㊀授人以官職。書皋陶謨:"知人則哲,能官人。"㊁官吏,百官。荀子王霸:"制度以陳,政令以挾;官人失要則死,公侯失禮則幽。"又彊國:"官人益秩,庶人益祿。"注:"官人,羣吏也。"㊂唐時稱居官者爲官人。唐杜甫杜工部草堂詩箋十九逢唐興劉主簿弟:"劍外官人冷,關中驛使疎。"後作對有一定社會地位之男子的敬稱。宋楊萬里誠齋集四一至後入城道中雜興詩之三:"問渠田父定無飢,却道官人那得知。"這是一般的稱呼。續傳燈錄二六張商英:"夜坐書院中研墨吮筆,憑紙長吟,中夜不眠,(妻)向氏呼曰:'官人夜深何不睡去?'"是妻對夫的稱呼。水滸七:"女使錦兒叫道:'官人尋得我苦,却在這裏!'"是婢對主的稱呼。元周密武林舊事六諸色伎藝人有金四官人、周八官人等。

【官子】 圍棋術語。一局圍棋的最後階段,雙方棋局死活已明朗化,只餘彼此圍地交界的空位尚待下子。這時所下的子稱官子。清陶存齋輯有官子譜三卷。

【官方】 作官應守的常道。國語晉四:"舉善援能,官方定物。"注:"官,常也。"晉書杜預傳黜陟課法略:"簡書愈繁,官方愈僞;法令滋章,巧飾彌多。"又郭璞傳上疏:"官方不審則秕政作,懲勸不明則善惡渾。"

【官户】 ㊀犯罪者及其家屬沒入官府服雜役,並編入特殊户籍,稱官户。隋書麥鐵杖傳:"陳太建中,結聚爲羣盜,廣州刺史歐陽頠俘之以獻,沒爲官户,配執御傘。"唐制,官户遇赦宥一免爲番户,再免爲雜户,三免爲良人。參閱唐律疏議十二户婚、宋費衮梁谿漫志九官户雜户。㊁居官之家。宋史高宗紀八:"除民間市物,官户勢家與編氓均科。"

【官尺】 官府制定之尺。舊時以營造尺爲官尺。

【官氏】 以官爲氏。公羊傳隱元年:"天王使宰咺來歸惠公仲子之賵。宰者何,官也;咺者何,名也。曷爲以官氏?宰,士也。"注:"天子、上士以名氏通,中士以官錄,下士略稱人。"魏書有官氏志,兼志職官與氏族。

【官欠】 欠官府之款。宋岳珂桯史一王義豐詩引張紫微詩:"今日山僧無飯喫,卻催官欠意如何。"

【官正】官吏之長。國語楚上:"天子之貴也,唯其以公侯爲官正也,而以伯子男爲師旅。"注:"正,長也。"

【官本】㊀官府發放的商業貸款。新唐書食貨志五:"御史中丞崔從奏增錢者不得踰官本。"㊁官府刻印的書本。宋陳長文唯室集二節通鑑序:"余家世業儒,貧不能致此書,念之久矣,方將縮衣節食以求之。不幸亂離,官本存否,莫可知也。"詳"官板"。

【官司】㊀百官。左傳隱五年:"皁隸之事,官司之守,非君所及也。"又僖十五年:"於是秦始征晉河東,置官司焉。"後泛稱官府爲官司。水滸十五:"偌大去處,終不成官司禁打魚鮮。"㊁訟事。元曲選缺名鴛鴦被一:"我是出家人,怎麼好做借銀子的保人,可不連累我倒替你吃官司。"

【官占】卜官的占斷。書大禹謨:"官占,惟先蔽志,昆命于元龜。"疏:"卜官之占惟能先斷人志,後乃命其大龜。"

【官田】㊀周制授與庶人居官的田地。周禮地官載師:"以宅田、士田、賈田,任近郊之地;以官田、牛田、賞田、牧田,任遠郊之地。"注:"官田,庶人在官者其家所受田也。"㊁屬官府或王室所有,租給私人耕種,由官府徵收地租的田地。晉書慕容皝載記:"持官牛田者,官得六分,百姓得四分;私牛而官田者,與官中分。"

【官生】明制,文官一品至七品,得蔭一子爲官,或入國子監讀書。後因人數過多,漸加限制,在京三品以上方得請蔭,稱官生。見明史選舉志一。清代科舉制度,大臣子弟請蔭者得入國子監讀書,其應鄉試者也稱官生。

【官印】官府所用的印章。漢書惠帝紀:"佩二千石官印者,家唯給軍賦。"明清品級比較高的官印,多用九疊篆文,以曲屈平滿爲主。明楊基眉菴集四廢宅行詩:"朱門一閉春草積,官印斜封泥涴壁。"參閱明文彭印章集說國朝印。

【官奴】没入官府的奴隸。史記一一八淮南王傳:"於是王乃令官奴入宫,作皇帝璽。"

【官守】居官守職。孟子公孫丑下:"有官守者,不得其職則去。"國語楚下:"其在周,程伯休父其後也。當宣王時,失其官守,而爲司馬氏。"

【官次】㊀官吏辦事的處所。左傳襄二三年:"敬共朝夕,恪居官次。"注:"次,舍也。"也指職守。宋歐陽修文忠集八十内殿崇班柴貽坦可内殿承制制:"自列朝班,克勤官次。"㊁官階。後漢書三十下郎顗傳上書薦黄瓊李固:"夫有出倫之才,不應限以官次。"

【官刑】懲戒官吏之刑。書舜典:"鞭作官刑。"傳:"以作爲治官事之刑。"周禮天官大宰:"以八法治官府:……七曰官刑,以糾邦治。"又秋官大司寇所稱官刑,義也相同。後通稱官府所用之刑爲官刑。

【官寺】指官署,衙門。漢書成帝紀鴻嘉三年:"廣漢男子鄭躬等六十餘人攻官寺,篡囚徒,盜庫兵。"藝文類聚三十梁簡文帝與劉孝綽書:"既官寺務煩,簿領殷湊,……雕龍之才本傳,零虵之譽自高,頗得暇逸於篇章,從容於文諷。"

【官成】官府稽查考核官吏的簿書文字。周禮天官大宰:"以八法治官府:……五曰官成,以經邦治。"疏:"官成者,謂官自有成事品式,依舊行之,以經紀邦治也。"

【官年】具報官府的虛假年齡。宋洪邁容齋隨筆四筆三實年官年:"士大夫敍官閥,有所謂實年、官年兩說,……大抵布衣應舉,必減歲數,蓋少壯者欲藉此爲求昏(婚)地,不幸潦倒場屋,勉從特恩,則年未六十,始許入仕,不得不豫爲之圖。至公卿任子,欲其早列仕籍,或正在童孺,故率增擡庚甲有至數歲者。"

【官名】正名,對小名而言。宋唐積歙州硯譜匠手:"周三,名進昌。劉二,無官名。朱三,名明。"

【官況】居官的景況。唐李中碧雲集上贈永貞杜翺少府詩:"愛靜不嫌官況冷,苦吟從聽鬢毛蒼。"又下吉水縣依韻酬華松秀才見寄詩:"官況蕭條在水村,吏歸無事好論文。"

【官邪】官吏違法失職。左傳桓二年:"國家之敗,由官邪也;官之失德,寵賂章也。"舊時懲治官吏貪污公文中套語"以儆官邪",本此。

【官局】官署,官設機構。宋史二五七李繼和傳:"思不廉則官局不治。"宋王禹偁小畜集四送朱九齡詩:"鄱陽古名郡,赤金流山谷。每歲鼓錢刀,從來設官局。"

【官告】古代授官的憑證。即告身。舊唐書憲宗紀下:"(房)啓初拜桂管,啓吏賂吏部主者,私得官告以授啓。"也作官誥。全唐詩六九二杜荀鶴賀顧雲侍御府主與子弟奏官:"孝經始向堂前徹,官誥當從幕下迎。"宋制,官告視官職大小,用各色綾紙,盛以錦袋。參閱宋會要輯稿六六職官一一之六十官告院。參見"告身"。

【官妓】舊時入樂籍的女妓。唐宋官場酬應會宴,有官妓侍候。唐杜牧樊川文集三春末題池州弄水亭詩:"嘉賓能嘯詠,官妓巧粧梳。"至明,官妓隸屬教坊司,不再侍候官吏。官吏宿娼,罪次殺人一等,遇赦終身弗敍,但實際僅僅是一紙空文。至清康熙時廢官妓制。參閱明王錡寓圃雜記一官妓之革。

【官法】國家的禮法。周禮天官大宰:"以八法治官府:……六曰官法,以正邦治。"孫詒讓正義:"謂邦之大事,各有專法,著其禮節名數,若今會典、通禮之屬,一官秉之,以授衆官,使各依法共治之,是謂官法。"

【官府】㊀官署的總稱。墨子尚賢中:"收斂關市山林澤梁之利,以入官府。"周禮天官大宰:"以八法治官府。"注:"百官所居曰府。"後來泛指朝廷、政府。宋詩鈔汪元量水雲詩鈔醉歌:"北師要討撒花銀,官府行移逼市民。"㊁長官。新唐書九一姜謩傳:"謩至,……人喜曰:'不意復見太平官府。'"紅樓夢一:"衆人都説新太爺到任了,……俄而大轎内,擡着一個烏帽猩袍的官府過去了。"

【官卷】清康熙中,以歷次會試考試取中的,大臣子弟居多,貧寒之士甚少,因規定科舉會試時將大臣子弟另編官字號,取中另有定額,稱爲官卷。見清會典事例三四五貢舉設立官卷。

【官長】長官的通稱。墨子尚賢中:"賢者舉而上之,富而貴之,以爲官長。"國語齊:"桓公令官長,期而書伐。"注:"官長,長官也。"

【官板】經官府鏤板印行的書籍。如宋祕書監、茶鹽司、漕司、郡庠、縣齋以及府州縣學,元國子監、各路儒學、府學、興文署,明南北監以及清武英殿等,諸官書局所刻的書,稱藩刻本,也稱官板。

【官帖】㊀官刻的法帖。宋曹士冕法帖譜系雜説下絳本舊帖:"歐陽公集古跋尾,謂近時有尚書郎潘師旦,以官帖私自模刻于家。"此指淳化祕閣法帖。㊁清戶部發給商人准許營業的憑證。見六部成語戶部官帖。

【官舍】㊀衙門。漢書七七何並傳:"性清廉,妻子不至官舍。"㊁館舍,官吏的住宅。史記九三陳豨傳:"豨常告歸過趙,趙相周昌見豨賓客隨之者千餘乘,邯鄲官舍皆滿。"晉書陶侃傳:"(劉)弘以侃爲江夏太守,加鷹揚將軍。侃備威儀,迎母官舍,鄉里榮之。"

【官制】設官的制度。管子乘馬:"五聚命之曰某鄉,四鄉命之曰方,官制也。"晉書文帝紀咸熙元年:"秋七月,帝奏司空荀顗定禮儀,中護軍賈充正法律,尚書僕射裴秀議官制。"

【官使】授予官職,以用其材。漢書五六董仲舒傳:"夫如是,諸侯、吏二千石,皆盡心於求賢,天下之士,可得而官使也。"

【官邸】供高級官員住宿的館舍,別於私邸。後漢書八九南匈奴傳:"諸王大人或前至,所在郡縣設官邸,賞賜待遇之。"

【官客】舊稱男賓爲官客,女賓爲堂客。紅樓夢七一:"榮國府中單請官客,寧國府中單請堂客。"

【官計】考察官吏政績。周禮天官大宰:"八曰官計,以弊邦治。"注:"官計,謂三年大計羣吏之治而誅賞之。"參閱小宰"以聽官府之六計"注疏。

【官軍】舊稱政府的軍隊。晉書羊祜傳上疏:"(吳人)唯有水戰是其所便。一入其境,則長江非復所固,……而官軍懸進,人有致節之志。"唐杜甫杜工部草堂詩箋九悲陳陶:"都人迴面向北啼,日夜更望官軍至。"

【官首】漢武帝時置武功爵,民得入錢買爵。自造士至軍衛凡十一級,第五級爲官首。史記平準書:"請置賞官,命曰武功爵。……諸買武功爵官首者,試補吏,先除。"

【官契】記載收付的符券、憑證等官文書。周禮天官宰夫:"五曰府,掌官契以治藏。"後稱民間典賣田地的稅契爲官契。文獻通考十九征榷六:"(宋乾道)七年,臣僚言:民間典賣田產,必使之請官契,輸稅錢。"

【官柳】官府種植的柳樹。晉書陶侃傳:"(侃)嘗課諸營種柳,都尉夏施盜官柳植之於己門。侃後見,駐車問曰:'此是武昌西門前柳,何因盜來此種?'"後也泛指大道上的柳樹。唐杜甫杜工部草堂詩箋十八西郊:"市橋官柳細,江路野梅香。"

【官品】官吏的階位等級。自三國魏官始分品,北魏以後,品又分正、從。文選南朝梁沈休文(約)奏彈王源:"源官品應黃紙,臣輒奉白簡以聞。"參閱清俞樾茶香室叢鈔四鈔十八官品。

【官娃】即官妓。唐白居易長慶集五六洛橋寒食日作十韻詩:"府醞常教送,官娃豈要迎。"

【官家】㊀對皇帝的稱呼。晉書石季龍載記上:"官家難稱,吾欲行冒頓之事,卿從我乎?"資治通鑑九五晉成帝咸康三年注:"稱天子爲官家,始見於此。西漢謂天子爲縣官,東漢謂天子爲國家,故兼而稱之。或曰:五帝官天下,三王家天下,故兼稱之。"㊁公家,朝廷。三國志魏張既傳注引魏略曹操與閻行書:"卿父諫議,自平安也,雖然,牢獄之中非養親之處,且又官家亦不能爲人養老也。"唐白居易長慶集五四喜罷郡詩:"自此光陰爲己有,從前日月屬官家。"㊂對官吏的尊稱。太平御覽三九六裴氏語林:"(桓溫)於北方得一巧作老婢,乃是劉越石(琨)妓女。一見溫入,潸然而泣。溫問其故,答曰:'官家甚似劉司空。'"劉琨官至司空。㊃舊時婦人稱舅姑爲官家。見宋王楙野客叢書十二稱翁姑爲官家。

【官班】猶官職、官品。唐白居易長慶集十三代書詩一百韻寄微之詩:"官班分內外,遊處遂參差。"又六六殘春詠懷贈楊慕巢侍郎詩:"位逾三品日,年過六旬時。不道官班下,其如筋力衰。"

【官桂】牡桂的別名,可入藥。爾雅翼十二桂:"牡桂生南海,葉似枇杷,皮薄色黃,少脂肉,氣如木蘭,削去皮,名桂心,所謂官桂也。"參閱本草綱目三四桂、政和證類本草十二桂。

【官書】㊀官府的公文。周禮天官宰夫:"六曰史,掌官書以贊治。"宋歐陽修文忠集二五瀧岡阡表:"汝父爲吏,嘗夜燭治官書。"㊁官府命撰、刻板刊行或收藏的書籍。宋呂祖謙東萊集六白鹿洞書院記:"祖宗尊右儒術,分之官書,命之祿秩,錫之扁榜,所以寵綏之者甚備。"明劉基誠意伯集五宋景濂學士文集序:"會有詔纂修元史,……復命充總裁。官書成,入翰林爲學士。"

【官秩】官爵與俸祿。荀子王霸:"百官,則將齊其制度,重其官秩,若是,則百吏莫不畏法而遵繩矣。"史記秦紀:"(晉)歸秦三將,三將至,繆公素服郊迎,……遂復三人官秩如故。"

【官師】㊀百官。官以職言,師以道言。書胤征:"官師相規。"傳:"官師,衆官更相規闕。"㊁周代中士、下士等的泛稱。禮祭法:"官師一廟,曰考廟。"注:"官師,中士、下士、庶士、府史之屬。"疏:"官師一廟者,謂諸侯中士、下士也;謂爲官師者,言爲一官之長也。"

【官能】㊀職能。禮禮器:"人官有能也。"疏:"人居其官,各有所能,若司徒奉牛,司馬奉羊,及庖人治庖,祝治尊俎是也。"韓詩外傳六:"然後明其分職,考其事業,較其官能,莫不理法,則公道達而私門塞。"㊁人身器官的作用。靈樞經官能:"雷公曰:'願聞官能奈何?'黃帝曰:'明目者可使視色,聰耳者可使聽音。'"

【官族】以封邑、官職爲姓的宗族,如太史、司馬之類。左傳隱八年:"官有世功,則有官族。"後也用以指閥閱世家。北周庾信庾子山集十四周柱國楚國公岐州刺史慕容公神道碑:"曾祖尚書府君,因魏室之難,改姓豆盧,仍爲官族。"

【官黃】即黃牡丹。宋蘇軾分類東坡詩十四遊太平寺淨土院觀牡丹中溦黃一朶特奇異爲作一小詩:"一朶官黃微拂掠,鞓紅魏紫不須看。"注:"鞓紅、魏紫,牡丹別名。"

【官莊】官府管轄的莊田。唐以後歷代都有,但名目不一。如宋有屯田莊、公田莊,都是官莊。宋史職官志三:"屯田郎中、員外郎,掌屯田、營田、職田、學田、官莊之政令。"清代屬內務府管轄的稱皇莊,屬各部、寺的稱官莊。

【官梅】官府種植的梅。南朝梁何遜以詩著名,爲揚州法曹,值官舍內梅花盛開,遜吟詠於梅下。後遜居洛,思梅不已,因求再任揚州。後來詩人咏梅多用此事爲典。唐杜甫杜工部草堂詩箋二五和裴迪登蜀州東亭送客逢早梅相憶見寄:"東閣官梅動詩興,還如何遜在揚州。"參閱宋呂祖謙詩律武庫十四官梅詩興。

【官常】居官的職責。周禮天官大宰:"以八法治官府:……四曰官常,以聽官治。"注:"官常,謂各自領其官之常職。"文苑英華三八一唐崔嘏授崔璹給事中等制:"無忝官常,自貽公議。"

【官健】唐初府兵制,士兵自備武器資糧,後逐漸改爲官給,故稱官健。太平廣記一五四吳少誠引續定命錄:"吳少誠貧時爲官健,逃去。"舊唐書一五二張萬福傳:"(韋)元甫將厚賞將士,萬福曰:'官健常虛費衣糧,無所事,今乃一小賊之,不足過賞。'"

【官婢】沒入官府爲奴的女子。漢齊太倉令淳于意有罪當刑,其少女緹縈願以身代,上書曰:"妾願沒入爲官婢,贖父刑罪。"見史記孝文紀。

【官渡】地名。在今河南中牟縣東北,以臨古官渡水而得名。也稱中牟臺。東漢末建安五年,曹操破袁紹軍於此。參閱水經注二二渠。

【官場】㊀唐杜牧樊川集一冬至日寄小姪阿宜詩:"朝廷用文治,大開官職場。"後因稱政界爲官場。清末南亭亭長(李寶嘉)有描繪當時政界腐敗情形的譴責小説官場現形記。㊁官府所設的貿易市場。宋蘇軾東坡集七集奏議九乞將上供封樁斛㪷應副浙西諸郡接續糶米劄子："杭州日糶米三千石，……但官場一旦米盡，則市價倍踊。"

【官階】官吏的等級。唐白居易長慶集十九妻初授邑號告身詩："我轉官階常自愧，君加邑號有何功？"

【官蛙】晉惠帝在華林園聽見蝦蟆叫，問左右："此鳴者官乎？私乎？"左右答道："在官地爲官，在私地爲私。"蝦蟆叫蛙。後來遂稱蛙爲官蛙。宋詩鈔王令廣陵詩鈔和束熙之雨後："如何農畝三時望，只得官蛙一餉鳴。"參閲晉書惠帝紀光熙元年。

【官程】官吏赴任時的旅程。明高叔嗣蘇門集三再過紫巖寺詩："宦味同雞肋，官程任馬蹄。"

【官媒】官衙中的女役。凡女犯發堂擇配及看管、解送等事，皆由官媒執行。清會典事例八五二："斬絞監候婦女，秋審解勘經過地方，俱派撥官媒伴送。"也指專以做媒爲業的婦女。元曲選關漢卿玉鏡臺二："自家是個官媒，温學士着我去老夫人家説知，選吉日良辰，娶小姐過門。"

【官話】舊指以北京話爲基礎的標準話。因在官場中通用，故稱。明何良俊四友齋叢説十五史十一："(王)雅宜(寵)不喜作鄉語，每發口必官話。"張位問奇集各地鄉音："大約江以北入聲多作平聲，……江南多患齒音不清，然此亦官話中鄉音耳。若其各處土語，更未易通也。"清制，舉人、生員、貢、監、童生不會官話的，不准送試。參閲清俞正燮癸巳存稿九官話。

【官裏】㊀指衙門。宋孔平仲孔氏談苑二引楊朴妻詩："今日捉將官裏去，這回斷送老頭皮。"㊁指皇帝，猶言官家。元周密武林舊事七："是日官裏大醉，申後宣逍遙子入便門升輦還内。"元曲選喬孟符金錢記一："誰不知開元官裏好奢華，眼見的翠盤香冷霓裳罷。"開元官裏，指唐李隆基(玄宗)。

【官資】做官的資歷。唐白居易長慶集五六令狐相公拜尚書後有喜從鎮歸朝之作劉郎中先和因以繼之詩："尚書首唱郎中和，不計官資衹計才。"

【官搨】官府影摹的書畫或摹拓碑刻、古器的拓本。唐張彥遠歷代名畫記二："古時好搨畫，十得七八不失神采筆蹤。亦有御府搨本，謂之官搨。"搨，同"拓"。

【官業】公務。國語楚上："其事不煩官業，其日不廢時務。"宋王禹偁小畜集八謫居感事詩："宦途甘碌碌，官業亦孜孜。"

【官路】㊀官修的大路。初學記四北周王褒九日從駕詩："黃山獵地廣，青門官路長。"唐司空圖司空表聖集五移桃栽詩："獨臨官路易傷摧，從遣春風恣意開。"參閲清顧炎武日知録十二街道。㊁猶言仕途。文苑英華六六二唐温庭筠爲人上裴相公啟："詞林無涣水之文，官路乏甘陵之黨。"

【官牒】官爵名録。後漢書六三李固傳："及所辟召，靡非先舊，或富室財賂，或子壻婚屬，其列在官牒者凡四十九人。"

【官誥】見"官告"。

【官閥】官階門第。後漢書三五鄭玄傳："(應劭)因自贊曰：'故太山太守應仲遠北面稱弟子何如？'玄笑曰：'仲尼之門，考以四科，回、賜之徒不稱官閥。'"回，顔回；賜，端木賜，卽子貢。

【官僚】見"官寮"。

【官銜】舊時官吏的封號、品級及歷任官職，統稱爲官銜。唐封演封氏聞見記五官銜："當時選曹補受，須存資歷，聞奏之時，先具舊官名品于前，次書擬官于後，使新舊相銜不斷，故曰官銜。"唐白居易長慶集五四聞行簡恩賜章服喜成長句寄之詩："齒髮恰同知命歲，官銜俱是客曹郎。"清時官爲實職，銜示官階，如巡撫加提督銜，巡撫爲本職，提督爲官銜。

【官緑】正緑色。宋陸游劍南詩稿十七遣興："風來弱柳搖官緑，雲破奇峰湧帝青。"明陶宗儀輟耕録十一彩繪法："官緑，卽枝條緑是。"

【官寮】也作"官僚"。同署辦事的官吏。左傳文七年："同官爲寮，吾嘗同寮，敢不盡心乎？"泛指官吏。國語魯下："今吾子之教官僚，曰陷而後恭，道將何爲。"三國志吴步騭傳："至於今日，官寮多闕，雖有大臣，復不信任。"

【官窯】宋代五大名窰之一。北宋大觀間京師置窰造瓷。胎骨有白、灰、紅之分。其土取自汴東陽翟，淘鍊極精。釉色有天青、翠青、粉青、月下白、大緑。粉青爲上，淡白次之。紋片細如蟹爪，以冰裂鱔血爲上，梅花片，墨文次之。傳世有盆、尊、壺、爐、花澆人面杯、水注、筆筒、擘擱、瓷印、印色池等品。南渡後有邵成章提舉於脩内司造瓷器，稱内窰，又號邵局，通稱南宋官窰，窰址在杭州鳳凰山下。皆襲汴京遺製。釉色微帶粉紅，濃淡不一。其後又在郊壇下立新窰，窰址在杭州烏龜山西麓，質量不如舊窰精好。參閲清朱琰陶説二古窰攷宋官窰、宋修内司官窰及五宋器等條。窯，也作"窑"、"窰"。

【官課】官府的税收。宋史食貨志下四："一歲之内，私販坐罪者三千九十九人，弊在於官鹽估高，故私販不止，而官課益虧。"

【官蔭】子孫因父祖有功或因公死亡而得授官的資格。通典一六五刑制下："有蔭犯罪，無蔭事發，無蔭犯罪，有蔭事發，並從官蔭之法。"

【官樣】官廷的式樣。唐韓偓香奩集裊娜詩："裊娜腰肢淡薄粧，六朝宫樣窄衣裳。"

【官箴】左傳襄四年："昔周辛甲之爲太史也，命百官，官箴王闕。"箴，勸告，規戒；闕，過失。官箴原指百官對帝王的勸戒。後指對官吏的勸戒。如爲官忠於職守的稱"不辱官箴"，爲官失職的稱"有玷官箴"。東漢崔瑗有百官箴，宋吕本中有官箴。

【官價】官府所定的物價。宋史食貨志下五："官價高而私價賤，民多食私鹽。"續文獻通考二五市糴一："今官司以官價買物，行鋪以時值計之，什不得二三。"

【官廨】官署，衙門。梁書吕僧珍傳："僧珍舊宅在市北，前有督郵廨，鄉人咸勸徙廨以益其宅。僧珍怒曰：'督郵官廨也，置立以來，便在此地，豈可徙之益吾私宅！'"

【官曆】官府頒行的曆書。後漢書律曆志中："上言月當十五日食，官曆不中。"唐羅隱甲乙集五歲除夜詩："官曆行將盡，村醪强自傾。"

【官謗】居官不稱職而受到責難。左傳莊二二年："齊侯使敬仲爲卿，辭曰：'羈旅之臣，……敢辱高位，以速官謗。'"宋書劉弘傳遜位表："上缺皇朝緝熙之美，下增官謗覆折之災。"

【官燭】公家的燈燭。初學記二五三國吴謝承後漢書："巴祗爲揚州刺史，與客坐闇中，不然官燭。"唐杜甫杜工部詩史補遺五臺上："何須把官燭，似惱鬢毛蒼。"

【官聯】官吏聯合治事。周禮天官大宰："以八法治官府：……三曰官聯，以會官治。"注："官聯，謂國有大事，一官不能獨共，則六官共舉之。……聯謂連事通職，相佐助也。"又小宰"以官府之六聯合邦治"唐賈公彥疏："官府之中有六事皆聯事通職，然後國治得會合。”六事指祭祀、賓客、喪荒、軍旅、田役、斂弛。

【官騎】漢代王國的騎兵。後漢書五十梁節王傳：“其餘所受虎賁、官騎及諸工技、鼓吹、倉頭、奴婢、兵弩、廐馬，皆上還本署。”資治通鑑四八漢永元五年注引漢官儀：“騶騎，王家名官騎，與廐馬皆屬太僕。”參見“騶騎”。

【官職】㊀官吏的職分，職責。周禮天官大宰：“以八法治官府：……二曰官職，以辨邦治。”左傳襄三一年：“臣有臣之威儀，其下畏而愛之，故能守其官職。”㊁官吏的職位。管子制分：“道術知能，不爲愛官職。”注：“有道術知能，則以官職加之。”史記平準書：“吏道雜而多端，則官職耗廢。”

【官醫】官署的醫生。漢光祿勳、衛尉、太僕、廷尉、大鴻臚、宗正、大司農、少府等所屬吏員中，都設有官醫。元有官醫提舉司，掌醫户的差役、詞訟。明初醫學提舉司設官醫，後遍設於州縣。見後漢書百官志二、三注引漢官，元史百官志四，明史職官三。

【官韻】官定的韻書。也指這類韻書所規定的韻類。如宋的禮部韻略、明的洪武正韻、清的佩文詩韻。當時科舉考試均以此爲詩韻的標準。宋洪邁夷堅志丙志七蔡十九郎：“秀州當湖人魯瑧赴省試，第一場出，憶賦中第七韻忘押官韻。”

【官籍】官府登記的簿册。元史一二六廉希憲傳：“發沙市倉粟之不入官籍者二十萬斛，以賑公安之饑。”

【官屬】即屬吏。左傳襄十三年：“使其什吏，率其卒乘、官屬，以從於下軍。”周禮天官大宰：“以八法治官府：一曰官屬，以舉邦治。”注：“官屬，謂六官其屬各六十。”

【官鹽】歷代鹽法不一，大抵由官府經營產銷或納稅於官府後銷售的食鹽稱爲官鹽。漢武帝時置鹽鐵官，規定食鹽一律由國家產製運銷，并頒布私煮禁令。參閱漢書食貨志、文獻通考十六征榷三。

【官廳】即官署。宋詩鈔孔平仲清江集鈔冬曉：“城上猶吹角，官廳已罷更。”

【官大夫】爵位名。共二十級，官大夫居第六位。秦制，漢因之。見漢書百官公卿表上。

【官山海】政府收管山海（如鹽、鐵等類）之利。管子海王：“（齊）桓公曰：‘然則吾何以爲國？’管子對曰：‘唯官山海爲可耳。’”郭沫若等管子集校七二謂“官”讀爲“管”，字亦作“斡”。

【官奴帖】字帖名。晉王羲之書。以帖首有“官奴”二字，故名。清馮銓摹刻的快雪堂帖，收有此帖。

【官告院】官署名，宋置；也作官誥院。掌文武官將校告身及封贈。見宋會要輯稿六六職官十一之六〇官告院、文獻通考六〇官誥院、宋史職官志。

【官鬼爻】舊時卜筮迷信，以六爻干支與五行生尅定六親位，以尅我者爲官鬼爻。後世星命術士稱爲官煞。南朝陳徐陵徐孝穆集五答諸求官人書：“五行有驛馬之言，六甲有官鬼之說。”參見“父母爻”。

【官渡柳】漢建安五年，曹操與袁紹戰於官渡，操子丕種柳於此。十五年後，丕因作柳賦，以寄感物傷懷之情。文見藝文類聚八九。後多用爲感懷的典故。北周庾信庾子山集三奉報寄洛州詩：“黎陽水稍渌，官渡柳應春。”

【官學生】入官學肄業的學生。晉書慕容皝載記：“賜其大臣子弟爲官學生者，號高門生，立東庠於舊宫，以行鄉射之禮。”清代爲官吏出身的一種。見清會典七。

【官止神行】指對某一事物有透徹了解，或技藝純熟，得心應手。莊子養生主：“方今之時，臣以神遇而不以目視，官知止而神欲行。”唐成玄英疏：“官者，主司之謂也；謂目主於色，耳司於聲之類是也。既而神遇，不用目視，故眼等主司悉皆停廢，從心所欲，順理而行。”

【官官相爲】指做官的彼此互相迴護。元曲選關漢卿蝴蝶夢二：“你都官官相爲倚親屬，更做道國戚皇族。”又喬夢符兩世姻緣四：“也是俺官官相爲，你可甚賢賢易色。”後也作“官官相護”。紅樓夢九九：“如今就是鬧破了，也是官官相護的，不過認個承審不實，革職處分罷。”

【官樣文章】宋李昴英文溪集十六示兒用許廣文韻詩：“官樣詞章惟典雅，心腔理義要深幾。”明沈鯨雙珠記三：“官樣文章大手筆，衙官屈宋誰能四。”本謂進呈文字例須堂皇典雅，轉指有固定套式的文章。清郝懿行晉宋書故宋書本紀：“本紀中云策封宋公加九錫，今按其文全襲潘元茂册魏公文，官樣文章，古來皆有本頭，不獨王莽學大誥矣。”後用以比喻徒具形式的例行公事或措施。

宙 zhòu ㄓㄡˋ 直祐切，去，宥韻，澄。

㊀時間的總稱。莊子庚桑楚：“有實而無乎處，宇也；有長而無本剽者，宙也。”淮南子齊俗：“往古來今謂之宙，四方上下謂之宇。”㊁棟梁。見“宇宙㊀”。㊂天空。唐王勃王子安集一七夕賦：“霜凝碧宙，水瑩丹霄。”

宛 1. wǎn ㄨㄢˇ 於阮切，上，阮韻，影。

㊀屈曲。周禮考工記弓人：“維角定之，欲宛而無負弦。”漢書八七下揚雄傳解謿：“是以欲談者宛舌而固聲。”㊁細小。詩小雅小宛：“宛彼鳴鳩，翰飛戾天。”㊂仿佛，好像。詩秦風蒹葭：“遡游從之，宛在水中央。”㊃通“薀”、“鬱”。史記一〇五倉公傳：“寒溼氣宛篤不發。”集解：“音鬱。”索隱：“又如字。”㊄姓。春秋時楚有宛春。見左傳僖二八年。

2. yuān ㄩㄢ 於袁切，平，元韻，影。

㊅地名。漢南陽郡有宛縣，地在今河南南陽縣。史記高祖紀三年：“漢王從其計，出軍宛、葉間。”正義：“宛，於元反。”

【宛平】縣名。秦薊縣地。唐分西界置幽都縣，遼開泰二年改稱宛平，取釋名釋州國“燕，宛也，北方沙漠平廣”之義。明清均爲京師順天府治所。解放後撤銷，併入北京市。參閱遼史地理志四南京道、寰宇通志一順天府宛平縣。

【宛丘】㊀四周高中央低平的圓形高地。爾雅釋丘：“丘上有丘為宛丘。”釋名釋丘：“中央下曰宛丘，有丘宛宛如偃器也。”㊁地名。古宛丘地，春秋時陳國都。秦置陳縣。隋開皇初改稱宛丘縣。清爲淮寧縣。即今河南淮陽縣。相傳縣東南有宛丘，高二丈，但久已平没不可考。詩陳風宛丘：“子之湯（蕩）兮，宛丘之上兮。”即指此丘。參閱元和郡縣志八陳州、宋王應麟詩地理考二宛丘。

【宛延】形容曲折延伸。文選漢揚子雲（雄）甘泉賦：“曳紅采之流離兮，颺翠氣之宛延。”漢書八七上揚雄傳甘泉賦作“冤延”。也作“宛蜒”。漢書五七司馬相如傳大人賦：“駕應龍象輿之蠖略委麗兮，驂赤螭青虬之蚴蟉宛蜒。”史記作“蜿蜒”。

【宛妙】㊀曲折可愛。文苑英華八一〇唐鄧衮望雪樓記：“臺島花竹，列植布置，罔不宛妙。”㊁聲音宛轉美妙。雲笈七籤八釋九靈太妙龜山元録：“元録者，……其旨隱奧，其音宛妙。”

【宛宛】回旋屈曲的樣子。史記一一七司馬相如傳封禪書：“宛宛黃龍，興德而升。”索隱：“胡廣曰：屈伸也。”

【宛委】傳説中的山名。吳越春秋六越

王無余外傳引黄帝中經曆，傳説夏禹登宛委山，得金簡玉字之書。注："在會稽縣東南十五里，一名玉笥山。"清阮元輯叢書名宛委別藏，卽取書之珍貴罕得爲義。參閱史記太史公自序"探禹穴"正義。

【宛城】地名。漢末荆州治所。建安二年，曹操至宛，爲張繡所襲，卽此。在今湖北荆門縣南。參閱嘉慶一統志三五二荆門州古蹟。

【宛若】仿佛，好像。舊題晉王嘉拾遺記四秦始皇："刻玉爲百獸之形，毛髮宛若真矣。"

【宛$_{2}$若】古女子名。史記孝武紀："神君者，長陵女子，以子死悲哀，故見神於先後宛若。"集解引孟康："兄弟妻相謂'先後'。宛若，字。"索隱："先後，鄒誕音二字並去聲，卽今妯娌也。……宛音冤。"後因稱妯娌爲宛若。聊齋志異霍女："妾家雖貧，無作賤媵者，無怪諸宛若，鄙不齒數矣。"

【宛虹】弧形的虹。史記一一七司馬相如傳上林賦："奔星更於閨闥，宛虹拖於楯軒。"正義："顏云：宛虹，屈曲之虹。拖謂中加於上也。楯，軒之闌板也。言室宇之高，故星虹得經加之。"

【宛$_{2}$朐】漢縣名，卽冤句。在今山東荷澤縣西南。史記惠景間侯者年表、封禪書、絳侯世家、靳歙傳等作"宛朐"，漢書地理志作"冤句"。參見"冤句"。

【宛$_{2}$馬】古西域大宛所產的馬。史記一二三大宛傳："而天子好宛馬，使者相望於道。"唐杜甫杜工部草堂詩箋四贈田九判官梁丘："宛馬總肥春苜蓿，將軍只數漢嫖姚。"

【宛$_{2}$珠】宛地所產的寶珠。史記八七李斯傳諫逐客書："則是宛珠之簪，傅璣之珥，阿縞之衣，錦繡之飾，不進於前。"索隱："宛音於阮反。……宛謂以珠宛轉而裝其簪。……或云宛珠，隨珠也。隨在漢水之南，宛亦近漢，故云宛。"

【宛渠】神話國名。舊題晉王嘉拾遺記四秦始皇："秦始皇好神仙之事，有宛渠之民，乘螺舟而至，……曰：'……臣國在咸池日没之所九萬里，以萬歲爲一日。'"

【宛陵】漢縣名。漢順帝時置縣，爲丹陽郡治所。晉改爲宣城郡治所。南朝梁、陳爲南豫州治所。隋大業初改縣名宣城。卽今安徽宣城縣。參閱太平寰宇記三宣州。

【宛$_{2}$馮】宛，宛人；馮，滎陽的馮池；宛人在馮池鑄劍，故號宛馮。戰國策韓一："韓卒之劍戟，皆出於冥山、棠谿、墨陽、合伯、鄧師、宛馮、龍淵、太阿，皆陸斷馬牛，水擊鵠鴈。"參閱史記六九蘇秦傳"宛馮"索隱、駢雅四釋器。

【宛童】樹名，卽寄生樹。爾雅釋木："寓木，宛童。"本草綱目謂卽本草上品的桑上寄生。詳"寄生樹"。

【宛脾】兔肉醬。禮內則："麋鹿魚爲菹，麕爲辟雞，野豕爲軒，兔爲宛脾。"

【宛媚】柔媚。太平廣記四八七唐蔣防霍小玉傳："須臾，玉至，言敍温和，辭氣宛媚。"

【宛溪】水名。源出安徽宣城縣東南的嶧山，東北流爲九曲河，折而西，繞城東，叫宛溪。北流合句溪，又北流入當塗縣境，合於青弋江，由此出蕪湖入長江。見嘉慶一統志一一五寧國府。

【宛暍】中暑。荀子富國："使民夏不宛暍，冬不凍寒。"注："宛讀爲蘊，暑氣也。詩曰：'蘊隆蟲蟲。'暍，傷暑也。或曰宛當爲奥，篆文宛字與奥字略相似，遂誤耳。奥，於六反，熱也。"按詩大雅雲漢"蘊隆"，釋文謂"蘊"，韓詩作"鬱"。

【宛路】竹名。細長而直，可作射鳥的短箭。吕氏春秋直諫："荆文王得茹黄之狗，宛路之矰，以畋於雲夢，三月不反。"漢劉向説苑正諫茹黄作"如黄"，宛路作"箘簬"。

【宛$_{2}$鉅】宛地製作的戟。宛，古地名，在今河南南陽。鉅，通"鋸"，卽戟。荀子議兵："宛鉅鐵鉇(shī，矛)，慘如蠭蠆。"

【宛潬】輾轉，蜿蜒，形容水勢的縈迴。漢書五七司馬相如傳："宛潬膠盭(jiāolì，屈曲迴旋貌)，踰波趨浥。"史記一一七司馬相如傳作"蜿灗"。也作"宛澶"。南齊謝朓謝宣城集三遊山詩："堅崿既崚嶒，迴流復宛澶。"

【宛魯】矛名。樂府詩集六一左延年秦女休行："左執白楊刃，右據宛魯矛。"太平御覽三五三引作"宛景"。

【宛轉】㊀展轉，曲折。也作"婉轉"。莊子天下："椎拍輐斷，與物宛轉，舍是與非，苟可以免。"唐成玄英疏："宛轉，變化也。"楚辭漢嚴忌哀時命："愁脩夜而宛轉兮，氣涫鬻(沸)其若波。"後委婉隨和也叫"宛轉"。㊁纏弓的繩。爾雅釋器"弓有緣者謂之弓"晉郭璞注："緣者繳纏之，卽今宛轉也。"清郝懿行義疏："宛轉，繩也。"太平寰宇記五五相州鄴縣引鄴中記："皇后出，從女騎千人爲鹵簿，脚著五文織成靴，手握雌黄宛轉弓。"

【宛$_{2}$雛】傳説中與鸞鳳同類的鳥名。漢書五七司馬相如傳子虛賦："其上則有宛雛孔鸞。"注引張揖："宛雛似鳳。"史記一一七司馬相如傳子虛賦作"鵷雛"。參見"鵷鶵"。

【宛丘集】宋張耒撰。耒字文潛，少時從蘇軾遊，與黄庭堅、晁補之、秦觀號稱"蘇門四學士"。軾稱其文汪洋沖澹，有一唱三歎之音，詩學白居易、張籍，風格平易，但有時流於粗疏草率。耒屢遭遷謫，集中多流露羈旅之思。耒集在南宋初有四種，多已散佚。四庫著録本稱宛丘集，七十六卷，以耒晚年居陳州，宛丘爲陳州邑名，因以名集。武英殿聚珍本名柯山集五十卷，因耒號柯山，故名。四部叢刊影印舊鈔本名張右史文集六十卷。清末陸心源輯拾遺十二卷，又有缺名續拾遺一卷。

【宛陵集】宋梅堯臣撰。堯臣仕途不得志，妻死子夭，家境困窮。其詩文爲歐陽修、王曙所推重。堯臣詩風格質樸平淡，狀物鮮明，含意深遠。宋謝景初輯其詩爲六十卷。文獻通考著録別有外集十卷，今佚。明刻本有萬曆本，稱宛陵先生集，有拾遺一卷，附録一卷；又有清宋犖本，刊刻較精，但缺詩甚多。

【宛轉歌】古樂府琴曲歌辭名。一名神女宛轉歌。相傳晉王敬伯過吴地，見一女郎名劉妙容，劉命婢彈箜篌伴奏而自唱此歌，有"一情歌宛轉，宛轉淒以哀，願爲星與漢，光影共徘徊"之句。歌共八首，僅存其二。唐李端仿作，名王敬伯歌。見樂府詩集六十。

【宛轉繩】南北朝時，北方民俗，婦女在端午日把五時圖、五時花放在帳帷上面；又用長命縷、宛轉繩結成人像，佩帶在身上。見唐段成式酉陽雜俎前集一禮異。參見"長命縷"。

六畫

窔 1. yǎo 集韻 伊鳥切，上，筱韻。ㄧㄠˇ

説文作"窅"。同"穾"、"窔"、"宎"。㊀屋的東南角。儀禮既夕禮："比奠，舉席埽室，聚諸窔。"

2. yào 集韻 一叫切，去，嘯韻。ㄧㄠˋ

㊀幽深隱暗之處。文選漢司馬長卿(相如)上林賦："巖窔洞房。"

【窔奥】室內深暗的角落。淮南子道應："此猶光乎日月而載列星陰陽之所行，四時之所生，其比夫不名之地猶窔奥也。"文選漢班孟堅(固)答賓戲："守窔奥之熒燭，未仰天庭而覩白日也。"注："應劭曰：西南隅謂之奧，東南隅謂之窔。"

【窔₂遼】深遠貌。漢馬第伯封禪儀記："遂至天門之下，仰視天門窔遼，如從穴中視天。"（說郛五一）

宣 xuān 須緣切，平，仙韻，心。ㄒㄩㄢ

㊀古代帝王的大室。說文："宣，天子宣室也。從宀，亘聲。"清段玉裁注："蓋謂大室。"㊁周遍，普遍。詩大雅公劉："既庶既繁，既順迺宣。"管子小匡："公宣問其鄉里而有考驗。"㊂宣告，顯示。書皋陶謨："日宣三德。"左傳僖二十七年："民未知信，未宣其用。"㊃宣揚，發揚。詩大雅崧高："四國于蕃，四方于宣。"國語周下："歌以詠之，匏以宣之。"㊄疏散，疏通。左傳昭元年："於是乎節宣其氣。"又："宣汾、洮。"㊅利用。左傳昭二十七年："有十年之備，有齊楚之援，有天之贊，有民之助，有堅守之心，有列國之權，而弗敢宣也。"注："宣，用也。"㊆宣諭，帝王命令宣召。後漢書明帝紀："有司其申明科禁，宜於今者，宣下郡國。"水經注三四江水："或王命急宣，有時早發白帝，暮到江陵。"㊇侈大。詩小雅鴻鴈："維彼愚人，謂我宣驕。"焦氏易林大有之蠱："大口宣脣。"參閱清王引之經義述聞六謂我宣驕。㊈頭髮斑白。見"宣髮"。㊉量詞。長一尺三又三分之一寸，叫做宣。周禮考工記車人："半矩謂之宣。"⑪璧玉。通"瑄"。爾雅釋器："璧大六寸，謂之宣。"注："漢書（郊祀志上）所云瑄玉是也。"⑫姓。見元和姓纂五仙。

【宣力】致力，用力。書益稷："予欲宣力四方，汝爲。"傳："布力立治之功，汝羣臣當爲之。"抱朴子博喻："鼎食萬鍾，宣力之弘報也，而近才受之以覆餗。"

【宣父】封建時代對孔子的尊稱。唐貞觀十一年，詔尊孔子爲宣父，於兗州修築宣尼廟。也稱宣父廟。見通典五三禮十三孔子祠、新唐書禮樂志五。

【宣化】㊀傳布德化。漢書宣帝紀黃龍元年："今吏或以不禁姦邪爲寬大，……奉詔宣化，如此豈不謬哉！"㊁縣名。1.漢領方縣地。晉置晉興縣，隋開皇十八年改爲宣化。唐宋爲邕州治所。即今廣西邕寧縣地。參閱元和郡縣志三八邕州。公元 1913 年改爲南寧，次年又改爲邕寧。2.在今河北宣化。詳"宣德㊀"。

【宣平】㊀縣名。漢回浦縣地。唐爲麗水縣。明景泰三年析置宣平縣，屬處州府，清沿置。公元 1958 年撤銷，分別併入浙江麗水、武義二縣。參閱嘉慶一統志三〇五處州府。㊁漢長安城東出北頭第一門叫宣平門，也叫東都門。漢書九九下王莽傳："（地皇四年）十月戊申朔，兵從宣平城門入，民間所謂都門也。"參閱三輔黃圖一都城十二門。

【宣示】顯示，發布。左傳昭九年："自文（晉文公）以來，世有衰德，而暴滅宗周，以宣示其侈。"魏書高祖紀下："（太和十九年）引見羣臣於光極堂，宣示品令。"

【宣布】發表，公之於衆。國語周下："六曰無射，所以宣布哲人之令德，示民軌儀也。"三國志魏鍾會傳檄蜀將吏士民："其詳擇利害，自求多福，各具宣布，咸使聞知。"

【宣尼】漢元始元年追謚孔子爲褒成宣尼公。見漢書平帝紀。後因稱孔子爲宣尼。文選左太沖（思）詠史詩之四："言論準宣尼，辭賦擬相如。"

【宣召】皇帝召見臣下。宋沈括夢溪筆談一故事一："唐制，自宰相而下，初命皆無宣召之禮，惟學士宣召。蓋學士院在禁中，非内臣宣召，無因得入，故院門別設複門，亦以其通禁庭也。"

【宣付】宋元以來，皇帝的命令交外廷官署辦理稱爲宣付。宋史禮志二四："乘輿一出而四美皆具，伏望宣付史館。"

【宣州】地名。秦鄣郡地。漢元封二年改爲丹陽郡（陽，漢書作"揚"）。漢順帝末改爲宣城郡。隋改爲宣州，大業初復名宣城郡，唐武德三年復名宣州。其後屢有更改，至宋乾道二年，改爲寧國府，明清因之。府治卽今安徽宣城縣。參閱太平寰宇記一〇三宣州、嘉慶一統志一一五寧國府一。

【宣吐】談吐，談論。晉書裴楷傳："賈充改定律令，……詔楷於御前執讀，平議當否。楷善宣吐，左右屬目，聽者忘倦。"

【宣曲】㊀地名。史記一二九貨殖傳："宣曲任氏之先，爲督道倉吏。"索隱："韋昭云：'地名。高祖功臣有宣曲侯。'……當在京輔，今闕其地。"正義案："其地合在關内。"故址在今陝西長安縣西南。㊁宫名。史記一一七司馬相如傳上林賦："西馳宣曲，濯鷁牛首。"集解引漢書音義："宣曲，宫名。在昆明池西。"宣曲宫是漢武帝時在宣曲所建的離宫，以地名作宫名。

【宣旨】宣布皇帝詔書。宋書柳元景傳："上遣丹陽尹顏竣宣旨慰勞。"

【宣言】猶揚言，宣揚。左傳桓二年："故因民之不堪命，先宣言曰：'司馬則然。'"史記七九蔡澤傳："（澤）將見（秦）昭王，使人宣言以感怒應侯曰：'燕客蔡澤，天下雄俊弘辯智士也。彼一見秦王，秦王必困君而奪君之位。'"

【宣防】漢宫名。見"宣房"。

【宣夜】古代一種天體學說。認爲衆星自由地飄浮在無邊的虛空之中，氣體構成無限的宇宙。後漢書五九張衡傳"作渾天儀，著靈憲算罔論"注引蔡邕："言天體者有三家：一曰周髀，二曰宣夜，三曰渾天。宣夜之學絕，無師法。"參閱晉書天文志上。

【宣府】㊀地名。元上都路順寧府，明洪武二十六年改置宣府左、右、前三衛，隸屬北平都指揮使司，永樂七年直隸京師，置總兵坐鎮，稱宣府鎮。明末李自成領導的農民起義軍曾經此地直入北京。清康熙三十二年改置宣化府。公元 1913 年裁府，留府治宣化縣。其地在今河北宣化縣。參閱嘉慶一統志三八宣化府一。㊁鎮名。詳"九邊"。

【宣底】皇帝諭旨的底本。宋沈括夢溪筆談一故事一："予按唐故事，中書舍人職掌詔誥，皆寫二本，一本爲底，一本爲宣。此'宣'謂行出耳，未以名書也。晚唐樞密使自禁中受旨，出付中書，卽謂之'宣'。中書承受，錄之於籍，謂之'宣底'。今史館中尚有梁宣底二卷，如今之聖語簿也。"五代後梁也有此制。參閱宋宋敏求春明退朝錄下、新五代史唐臣傳十二。

【宣房】宫名。漢元光中，黃河決於瓠子。後二十餘年，漢武帝命堵塞瓠子決口，築宫其上，名宣房宫。見史記河渠書。漢書溝洫志作"宣防"。故址在今河南濮陽縣西南。

【宣武】㊀唐方鎮名。建中二年，初置宣武軍，治所在汴州。興元一年，轄境領有汴宋濮潁曹陳六州。五代後梁建東都，改爲開封府。後唐復稱汴州宣武軍，明清為開封府。公元1913年裁府，舊府治今爲河南開封市。參閱嘉慶一統志一八六開封府一。㊁北京舊城有九門。其南之西門，元稱順承，明正統四年改爲宣武，俗又稱順治門。參閱嘉慶一統志一京師一。

【宣明】㊀明白。荀子正論："上宣明則下治辨矣。"㊁宫殿名。1.漢宫殿。在長安未央殿東。見三輔黃圖三。2.東漢宫殿，在洛陽。後漢書三七桓郁傳："帝自制五家要說章句，令郁校定於宣明殿。"注："宣明殿在德陽殿後。"又見文選漢張平子（衡）東京賦。

【宣和】㊀疏通調和。文選三國魏嵇叔夜(康)琴賦序:“可以導養神氣,宣和情志。”㊁宋趙佶(徽宗)年號。公元1119—1125年。

【宣洩】也作“宣泄”。㊀疏通,舒散,發泄。唐韓愈昌黎集十三汴州東西水門記:“然其襟抱虧疏,風氣宣洩。”㊁泄漏秘密。三國志吳周魴傳與曹休牋:“事之宣洩,受罪不測,一則傷慈損計,二則杜絕向化者心。”

【宣洽】普遍沾潤。後漢書五九張衡傳應閒:“今也,皇澤宣洽,海外混同。”

【宣室】宮殿名。1.淮南子本經:“武王甲卒三千,破紂牧野,殺之于宣室。”注:“宣室,殷宮名。一曰:宣室,獄也。”2.漢未央宮中有宣室殿,是皇帝齋戒的地方。孝文帝曾於宣室見賈誼,問鬼神事,即此。見史記八四賈生傳、漢書刑法志“上常幸宣室”注。

【宣政】㊀唐長安宮殿名。在大明宮內,位於含元殿後。唐杜甫杜工部草堂詩箋十二有宣政殿退朝晚出左掖。即指此殿。㊁北周宇文邕(武帝)年號。公元578年。

【宣城】縣名。1.漢置。屬丹揚郡。三國吳蔣欽屯宣城,其子壹封宣城侯,即其地。隋廢。故城在今安徽宣城縣東。參閱漢書地理志上丹揚郡、三國志吳蔣欽傳。2.屬安徽省。漢丹揚郡宛陵縣,東漢置宣城縣。晉爲宣城郡治所,唐爲宣州治所。明清均爲寧國府治所。見寰宇通志十一寧國府一宣城縣。南朝齊謝朓曾爲宣城太守,後人稱爲謝宣城。

【宣威】㊀宣揚國威。文選南朝梁任彥昇(昉)王文憲集序:“宣威授指,實寄宏略。”新唐書一〇〇閻立本傳:“故時人有左相宣威沙漠,右相馳譽丹青之嘲。”左相,指姜恪;右相,指立本。㊁縣名。屬雲南省。漢牂牁郡地。元置霑益州。清雍正五年,割霑益州新化里至高坡頂,設宣威州,屬曲靖府。公元1913年改州爲縣。參閱嘉慶一統志四八四曲靖府。

【宣索】用皇帝諭旨向官府索取財物。新唐書一三一李石傳:“天下非藥物茗果,它貢悉禁;又罷宣索、營造。”資治通鑑二三三唐貞元三年:“願陛下不受諸道貢獻及罷宣索。”注:“遣中使以聖旨就有司宣取財物,謂之宣索。”

【宣哲】明智。詩周頌雝:“宣哲維人,文武維后。”藝文類聚四七晉潘岳司空鄭袤碑:“允恭克讓,宣哲清明。”

【宣恩】縣名。元施南道宣慰使司地,清初爲施南土司。雍正十三年改設宣恩縣,屬施南府。地在今湖北宣恩縣。參閱嘉慶一統志三五一施南府。

【宣紙】安徽宣城涇縣等地所產的紙,因在宣城集散,故名。自唐以來,即爲書畫或印書用的名紙。後來江西等地所産相類的紙,也叫宣紙。參閱唐張彥遠歷代名畫記二。

【宣淫】公然作出淫猥的行爲。左傳宣九年:“陳靈公與孔寧、儀行父通於夏姬,皆衷其衵服,以戲於朝。洩冶諫曰:‘公卿宣淫,民無效焉。’”

【宣麻】唐宋時任免將相,用黃、白麻紙寫詔書,在朝廷宣告,叫做宣麻。其體裁一般前段爲道贊文字,後段爲勗勉警戒之詞,以“主者施行”爲結語。宋歐陽修文忠集一二六歸田録一:“至和初,陳恭公(執中)罷相,而並用文(彥博)、富(弼)二公,正衙宣麻之際,上遣小黃門密於百官班中,聽其議論。”參閱新唐書百官志一。

【宣赦】宣布大赦。唐詩紀事四四王建宮詞之十一:“樓前立仗看宣赦,萬歲聲長再拜齊。”

【宣敕】發布詔書。宋書文帝紀元嘉十二年詔:“便可宣敕内外,各有薦舉。”也指詔書。新五代史和凝傳:“高祖(石敬瑭)將幸鄴,而襄州安從進反迹已見。……凝曰:‘先人者,所以奪人也,請爲宣敕十餘通,授之鄭王,有急則命將擊之。’”

【宣陵】陵墓名。1.東漢劉志(桓帝)墓。見後漢書靈帝紀建寧元年。在今河南洛陽市東南。2.五代朱全忠(梁太祖)墓。見新五代史梁太祖紀下乾化二年“戊寅皇帝崩”注。在今河南洛陽市。

【宣詔】傳旨,宣達詔書。後漢書五六种劭傳:“大將軍何進將誅宦官,召并州牧董卓至澠池,而進意更狐疑,遣劭宣詔止之。”

【宣遊】周遊。楚辭漢王褒九懷通路:“宣遊兮列宿,順極兮彷徉。”文選漢張平子(衡)思玄賦:“逼區中之隘陋兮,將北度而宣遊。”

【宣勞】㊀宣布慰勞的諭旨。北史蠕蠕傳:“阿那瓌等五十四人請辭,明帝臨西堂,……遣中書舍人穆弼宣勞。”㊁効力,効勞。宋楊萬里誠齋集二五雨後郡圃行散詩:“主管園林鶯稱意,巡行荷芰鷺宣勞。”

【宣揚】廣爲宣傳。後漢書七四上袁紹傳公孫瓚與紹書:“趙太僕(岐)以周邵之德,銜命來征,宣揚朝恩,示以和睦,曠若開雲見日,何喜如之!”

【宣猶】謂遍謀於衆人。詩大雅桑柔:“秉心宣猶,考慎其相。”箋:“宣,徧;猶,謀。……乃執正心舉事,徧謀於衆。”清馬瑞辰謂秉心宣猶,其意為持心明順;猶、猷、繇古通用,皆爲順義。見毛詩傳箋通釋二六。

【宣統】清末愛新覺羅溥儀年號。公元1909—1911年。

【宣猷】同“宣猶”。晉書武帝紀泰始元年:“伯考景王,履道宣猷,緝熙諸夏。”景王,司馬師謚號。參見“宣猶”。

【宣聖】漢平帝元始元年追謚孔子爲褒成宣尼公。自漢以來歷代王朝皆尊孔子爲“聖人”,後詩文中多稱爲宣聖。宋王定民(元祐三年)衡陽石鼓山題名:“拜宣聖孔子于石鼓之學。”(八瓊室金石補正一〇二)

【宣募】公開召募。後漢書五七劉陶傳:“陶到官,宣募吏民有氣力勇猛,能以死易生者,不拘亡命姦臧。於是剽輕劍客之徒過晏等十餘人,皆來應募。”

【宣傳】傳達宣布。三國志蜀彭羕傳:“先主(劉備)亦以爲奇,數令羕宣傳軍事,指授諸將,奉使稱意,識遇日加。”也指互相傳布。三國志魏賈逵傳“咸熙中爲中護軍”注引魏略李孚傳:“今城中彊弱相陵,心皆不定,以爲宜令新降爲内所識信者宣傳明教。”

【宣漢】縣名。屬四川省。漢宕渠縣地,屬巴郡。東漢爲宣漢縣,南朝宋分置巴渠、下蒲二縣。隋爲東鄉縣,屬通川郡。清屬綏定府。公元1914年改名宣漢。參閱嘉慶一統志四〇八綏定府一。

【宣窯】見“宣德窯”。

【宣導】疏通,引導。吕氏春秋古樂:“昔陶唐氏之始,……民氣鬱閼(è,阻塞)而滯著,筋骨瑟縮不達,故作爲舞以宣導之。”晉書食貨志:“杜預上疏曰:‘……今者宜大壞兗、豫州東界諸陂,隨其所歸而宣導之。’”

【宣髮】斑白的頭髮。周禮考工記“車人之事,半矩謂之宣”漢鄭玄注:“頭髮顥落曰宣。”易説卦“爲寡髮”唐陸德明釋文:“(寡)本又作宣。黑白雜爲宣髮。”參見“蒜髮”。

【宣慰】安撫。新唐書一四五王縉傳:“史朝義平,詔宣慰河北。”唐王建詩八宮詞之十:“堦前走馬人宣慰,天子南郊一宿迴。”

【宣德】㊀地名。唐初爲懷戎縣。後分置文德縣,爲武州治。金大定二十九年改爲宣德縣。淸康熙三十二年改置宣化縣，爲宣化府治。縣址在今河北宣化。參閱嘉慶一統志三八宣化府一。㈢明朱瞻基（宣宗）年號。公元 1426—1435 年。

【宣諭】傳布解說。北齊書 張華原傳：“高祖（高歡）每號令三軍，常令宣諭意旨。”

【宣頭】唐宋金皇帝有旨，出付中書省，叫做“宣”，小事如給予驛馬之類，叫做“宣頭”或“頭子”。唐李中碧雲集有詩題“己未歲冬捧宣頭離下蔡”，又“捧宣頭許歸侍養”。金史太宗紀天會元年：“十月壬辰，詔以空名宣頭百道給西南西北兩路都統宗翰，曰：‘今寄爾以方面，如當遷授必待奏請，恐致稽遲，其以便宜從事。’”參閱宋沈括夢溪筆談一故事一。

【宣績】猶言出力而著事功。晉書郤詵傳論：“夫緝政釐俗，拔羣才以成務；振景觀光，俟明主而宣績。”

【宣槃】宋時貴族迎娶儀仗，以教坊樂部在前引導，叫做宣槃。宋高文虎蓼花洲閒錄引南遊紀舊：“紹聖中，瑤華（指哲宗孟后）旣廢，儀同王景宗乃乞以妾楊氏爲夫人，乞免宣槃及不召媒保，中批允之。”

【宣贊】㈠出力推廣。後漢書十六鄧騭傳上疏：“並統列位，光昭當世，不能宣贊風美，補助淸化，誠慙誠懼，無以處心。”㈡官名。宋置。原名通事舍人，政和中改稱宣贊舍人，掌傳宣贊謁之事。參閱宋史職官志六東西上閤門。

【宣蘚】苔蘚。舊題南朝梁任昉述異記下：“苔草謂之澤葵，又名重錢，亦呼爲宣蘚，南人呼爲姤草。”

【宣讀】當衆誦讀。北史杜弼傳：“或有造次不及書敎，直付空紙，即令宣讀。”

【宣驕】驕奢。宣，侈大。詩小雅鴻鴈：“維此哲人，謂我劬勞。維彼愚人，謂我宣驕。”參閱淸王引之經義述聞六。

【宣鑪】見“宣德鑪”。

【宣平桃】傳說中的仙果。許宣平，唐新安歙人。景雲中隱於城陽山南塢。李白遊新安，累訪不遇，有題許宣平菴壁詩記其事。後演變爲神仙故事：咸通間，郡人許明奴家有一老婦，入山採樵，遇到自名宣平的仙人，給她一個大桃，食後返老還童，後來也成仙。見太平廣記二四許宣平引續仙傳。

【宣示帖】三國魏鍾繇書。晉丞相王導授王羲之，後羲之借與王修。修死，修母用以陪葬，真迹遂絕。傳世刻本宋淳化閣帖的宣示帖，相傳爲羲之臨本。見宋姜夔絳帖平二魏鍾繇書。

【宣明王】宋王朝以火紀德，崇奉火神，封火神爲宣明王。見宋史禮志六。

【宣和體】指宋宣和畫院的繪畫流派。多以山水、花鳥、宮室臺閣爲題材，强調“格法”，講求工致富麗。元夏文彥圖繪寶鑑三：“李誕，河間人。多畫藂竹，筍籜鞭節，色色畢具，此宣和體也。”參見“院畫”。

【宣室志】唐張讀撰。十卷。補遺一卷。內容多記神怪故事。漢文帝曾在宣室召見賈誼，問鬼神事。書名本此。

【宣政院】官署名。元代管理宗教事務和西藏軍事民政的中央機關。至元二十五年改總制院爲宣政院。設院使二人，其一以西藏上層喇嘛國師充任，下設同知、副使等官，僧俗並用。地方有事，臨時在當地設立分院處理。凡重大軍政問題，均與樞密院共同決定。元統二年，又在杭州設置管理宗教的行院。見元史百官志三。

【宣撫使】官名。唐德宗後，派朝臣巡視災區，稱宣撫安慰使。宋有安撫使，如范仲淹、狄青、李綱、岳飛等都曾任此官，其職權如兩漢之大將軍。元于西南地區置宣撫司，參用土官，處理地方軍政大事。明、淸宣撫使皆土官世襲之職。參閱文獻通考五九職官十三、續文獻通考六十職官十。

【宣慰使】官名。唐元和十四年，平淄青節度留後李師道，分其地爲三鎭，以楊於陵充淄青十二州宣慰使。見舊唐書一六四楊於陵傳。元置宣慰使司，管理軍民事務。分道掌管郡縣，爲行省和郡縣間的承轉機關。遇有邊境軍旅大事，則兼都元帥府或他官。明淸宣慰使都是土司世襲職官。參閱續文獻通考六十職官十、歷代職官表七二土司各官。

【宣德郎】官名。隋置，爲散官。唐沿用。宋政和四年以爲與宣德門名相同，改稱宣敎郎。淸制：文官從六品、正七品由吏員出身的稱爲宣德郎。參閱宋王林燕翼貽謀錄（說郛九六）、淸通典四十職官十八。

【宣德窯】明宣德中以督造所丞在景德鎭專督工匠造瓷，簡稱宣窯。選料、製様、畫器、題款，無一不精，是有名的官窯。青花用國外蘇泥勃青，祭紅以西洋紅寶石爲末入釉。紅魚靶杯魚形自骨內燒出，凸起寶光。釉裏鮮紅及霽青等器亦佳。白茶盞光瑩如玉，內有絕細雲龍暗花，花底有暗款，隱隱起橘皮紋。竹節靶罩蓋、滷壺、小壺、小洗、水注、蜜食桶罐、雀食罐，種種様式，非前代所有。蟋蟀盆尤精絕。坐墩亦精妙。參閱淸朱琰陶說三說明饒州窰宣德窰及六說器下明器等條。窯，一作“窰”、“窑”。

【宣德鑪】明宣德間所造的銅香爐，簡稱宣鑪。宣宗因郊廟所用彝鼎不合古式，命工部尚書吳中采博古圖等書及內府所藏秦漢以來爐、鼎、彝器格式及柴、汝、官、哥、鈞、定各窰之式更鑄，會同司禮監太監吳誠司鑄冶千餘件，以供宮廷及寺觀之用。款識自一字至十六字不等。常見的有“大明宣德年製”六字，扁方楷書，陰印陽文，有粟殼、茄皮、棠梨、褐色、藏經等色，以藏經紙色爲第一。傳世鑪譜有八卷、二十卷、三卷本三種，收入喜咏軒叢書。參閱淸佚名硯山齋雜記四宣鑪注。

【宣諭使】官名。宋置。專掌奉使宣諭朝廷旨意，完成任務即去職。紹興元年，以秘書少監傅崧年爲淮南東路宣諭使。後因以宣諭使負責招撫，或按察官吏，或節制軍馬，職權漸重。紹興三十二年，虞允文、王之望相繼充任川陝宣諭使，都掌握軍政，職權僅次於宣撫使。見宋史職官志七。

【宣徽院】官署名。唐設置宣徽南北院使，以宦官擔任，總領宮內諸司及三班內侍的名籍和郊祀朝會宴饗供帳等事宜。建置後，因宦官的勢力日大，官職也漸尊貴。五代和宋以大臣充當，因事簡官尊，常以樞密院官兼任。宋南渡後廢。遼金元復置宣徽院。明洪武元年改併於光祿寺。見文獻通考五八職官十二、續文獻通考五六職官六。

【宣仁太后】公元 ?—1093 年。宋英宗的皇后，姓高氏。神宗立，尊爲皇太后。哲宗立，尊爲太皇太后。因哲宗年幼，垂簾聽政。起用司馬光、呂公著爲相，廢新法。元祐八年死，哲宗親政，恢復新法。見宋史二四二英宗宣仁聖烈高皇后傳。

【宣和書譜】二十卷。無著撰人名氏。記宋徽宗宣和時內府所藏諸帖，共一百九十七家，一千三百四十四帖，分歷代諸帝書、篆、隸、正、行、草、八分共七類，每類法書目錄前按時代先後附書家小傳，評論其品第風格，追溯源流，敍述簡要。

【宣和畫譜】二十卷。無著撰人名氏。記宋徽宗宣和時內府所藏諸畫，共收畫家二百三十一人，名畫六千三百九十六軸，分道釋、人物、宮室、番族、龍魚、山水、畜獸、花鳥、墨竹、蔬果共十門著錄。

每門先有敍論,然後按時代附畫家小傳,評論其風格成就,追溯源流,最後則列作品名目和件數。

【宣和遺事】書名。詳"大宋宣和遺事"。

【宣和博古圖】宋王黼撰。一說王楚撰。三十卷。內容記載宋徽宗時宣和殿所藏自古代至唐的器物書畫,分二十類,八百三十九件。每類之前附有總說,器物都摹繪圖形、款識,記錄容積、重量等。並附考證。

【宣德鼎彝譜】明呂震等撰。八卷。明宣宗命工部尚書吳中鑄造太廟內廷陳設的古鼎彝器,震等因撰寫前後本末而成此書。記錄明宣德間鑄器圖說、工料和鼎彝名目,辨析精審。

宦 huàn 胡慣切,去,諫韻,匣。 ㄏㄨㄢ

㊀僕隸。國語越下:"(越王)與范蠡入宦於吳。"注:"宦,爲臣隸也。"㊁出遊學仕。左傳宣二年:"宦三年矣,未知母之存否?"疏:"曲禮(上)'宦學事師',則二者俱是學也;但宦者學仕宦,學者尋經藝,以此爲異耳。"後通稱作官爲宦。文選三國魏應休璉(璩)與從弟君苗君胄書:"且宦無金張(金日磾張安世)之援,遊無子孟(霍光)之資。"㊂閹人,太監。後漢書六一黃瓊傳上疏:"諸梁秉權,豎宦充朝。"㊃姓。見明陳士元姓觿七諫。

【宦女】㊀官婢,妾媵。周禮天官序官"奚三百人"漢鄭玄注:"古者從坐男女,沒入縣官爲奴,其少才知以爲奚,今之侍史官婢。或曰奚,宦女。"左傳僖十七年:"及子圉西質,妾爲宦女焉。"妾,晉惠公女名。㊁宦官與女寵。新五代史宦者傳序:"自古宦女之禍深矣。"

【宦牛】閹牛。明朱權臞仙肘後經二畜絲六畜類:"騸馬、宦牛、羯羊、閹猪、鐓雞、善狗、淨貓。"

【宦寺】宦官。寺即寺人,古代宮中供使喚的小臣。宦官有宦人、寺人等名,合稱宦寺。即後世的閹人、太監。新唐書一三一李石傳:"方是時宦寺氣盛,陵暴朝廷。"宋陸游劍南詩稿四一冬日讀白集……之三:"漢禍始外戚,唐亂基宦寺。"

【宦成】舊指官居高位。漢劉向說苑敬慎:"官怠於宦成,病加於少愈。"漢書七一疏廣傳:"今仕宦至二千石,宦成名立,如此不去,懼有後悔。"

【宦況】居官的景況。宋李新跨鼇集七夜坐有感并簡與訥教授詩:"三年宦況秋蕭瑟,一枕時情夢戰爭。"

【宦官】㊀宮內侍奉的官。後漢書七八宦者傳序:"中興之初,宦官悉用閹人,不復雜調它士。"後因把宦官稱爲閹人,即太監。㊁官吏的通稱。玉臺新詠一古詩爲焦仲卿妻作:"說有蘭家女,承籍有宦官。"

【宦者】㊀閹人,太監。史記八五呂不韋傳:"太后乃陰厚賜主腐者吏,詐論之,拔其鬚眉爲宦者。"後漢書有宦者傳,所列皆宦官。㊁官名。戰國趙有宦者令繆賢,見史記八一藺相如傳。漢有宦者令、丞,屬少府。見漢書百官公卿表上。㊂星名。屬天市垣,共四星。後漢書七八宦者傳序:"宦者四星,在皇位之側。"

【宦味】居官的況味。元范梈范德機詩集二立春日和王翰林:"歲華今若此,宦味故依然。"

【宦侶】同僚。唐韋應物韋江州集二自鞏洛舟行入黃河即事寄府縣僚友詩:"爲報洛橋遊宦侶,扁舟不繫與心同。"

【宦海】指官場。謂仕宦升沉,有如風波不定的海洋。唐顏真卿十八九歲時,有道士對他說:"子有清簡之名,……不宜自沉於名宦之海。"見太平廣記三二仙傳拾遺。宋陸游劍南詩稿十八休日感興:"宦海風波實飽經,久將人世寄郵亭。"

【宦途】做官的經歷。梁書蕭子範傳:"子範少與弟子顯子雲才名略相比,而風采容止不逮,故宦途有優劣。"唐白居易長慶集六二短歌行:"三十登宦途,五十披朝服。"

【宦情】㊀做官的慾望。文選南朝宋謝靈運擬魏太子鄴中集詩徐幹序:"少無宦情,有箕潁之心事,故仕世多素辭。"㊁居官的心情。唐柳宗元柳先生集四二柳州二月榕葉落盡偶題詩:"宦情羈思共悽悽,春半如秋意轉迷。"

【宦遊】外出求官;做官。史記一一七司馬相如傳:"(王)吉曰:'長卿久宦遊不遂,而來過我。'"長卿,相如字。

【宦達】仕宦顯達。文選晉李令伯(密)陳情事表:"本圖宦達,不矜名節。"唐杜甫杜工部草堂詩箋十四寄高三十五詹事:"時來如宦達,歲晚莫情疎。"

【宦牒】官爵名祿。同官牒。宋陸游劍南詩稿六將之榮州取道青城:"自笑年年隨宦牒,不如處處說閑行。"參見"官牒"。

【宦豎】對宦官的鄙稱。文選漢司馬子長(遷)報任少卿書:"夫以中才之人,事有關於宦豎,莫不傷氣,而況於慷慨之士乎!"新唐書一二四姚崇傳:"后氏臨朝,喉舌之任出閹人之口,臣顧宦豎不與政,可乎?"

【宦學】學習爲官與學習六藝。禮曲禮上:"宦學事師,非禮不親。"疏:"宦,謂學仕宦之事;學,謂學習六藝。"漢書九二樓護傳:"以君卿之材,何不宦學乎?"君卿,護字。

【宦囊】指做官所得的財物。明湯顯祖還魂記訓女:"宦囊清苦,也不曾詩書誤儒。"儒林外史十五:"尚書公遺下宦囊不少,這位公子却有錢癖,思量多多益善,要學我這燒銀之法。"

宧 yí 與之切,平,之韻,喻。 ㄧ

㊀房屋的東北角。古代庖廚食閣,都在房屋的東北角。見爾雅釋詁。舊時也有用以題書室的,如清莊述祖有珍藝宧。㊁保養。通"頤"。

宥 yòu 于救切,去,宥韻,于。 ㄧㄡ

㊀寬,宏深。見"宥密"。㊁寬免,赦罪。易解:"君子以赦過宥罪。"㊂酬答,勸食。通"侑"。左傳莊十八年:"虢公晉侯朝王,王饗醴,命之宥。"疏:"命之以幣物,所以助歡也。宥,助。"參閱王國維觀堂集林別集一釋宥。㊃拘泥,局限。通"囿"。呂氏春秋去宥:"夫人有所宥者,固以晝爲昏,以白爲黑,以堯爲桀,宥之爲敗亦大矣。"

【宥州】州名。唐開元二十六年,于鹽夏二州之間設宥州,以安置南遷江淮諸州的突厥户,治所在延恩縣。轄境相當今內蒙古烏審旗西南至長城一帶,寶應後廢。元和九年,爲防備回鶻侵擾,復置。十五年移治所至長澤縣(今陝西靖邊縣東)。後入吐蕃。宋屬西夏,元廢。參閱元和郡縣志四新宥州、讀史方輿紀要六一榆林鎮。

【宥恕】寬恕。宋王珪華陽集三二仁宗皇帝加上徽號册文:"宥恕刑獄,懷保鰥寡。"

【宥密】寬仁寧靜。詩周頌昊天有成命:"夙夜基命宥密。"傳:"宥,寬;密,寧也。"元王沂伊濱集九題趙敬甫右丞經筵奏議藁後詩:"雍容治安策,宥密老成人。"

【宥弼】輔佐,副職。宋王珪華陽集二七三司使禮部侍郎田況可樞密副使制:"茲庸倚爾忠方之良,置諸宥弼之地。"

【宥貸】謂寬恕其罪。古文苑十魏武帝與楊太尉(彪)書論刑楊脩書:"謂其能改,遂轉寬舒,復即宥貸。"

【宥坐器】也叫攲器。器注滿則倒,空則側,不多不少則正。飲酒時置於坐右,提醒人不要過與不及。荀子宥坐:"此蓋爲宥坐之器。"注:"宥,與右同,言可置於坐右以爲戒也。說苑作'坐右'(今本說苑作右坐)。或曰:宥與侑同,勸也。"參見"攲器"。

宬 chéng 是征切,平,清韻,禪。ㄔㄥˊ

㊀盛受。說文:"宬,屋所容受也。"清段玉裁注:"宬之言盛也。"㊁明代皇宮建有皇史宬,是收藏歷朝帝王實録的地方。明黄宗羲南雷文案八談孺木墓表:"皇宬烈焰,國滅而史亦隨滅。"參見"皇史宬"。

室 shì 式質切,入,質韻,審。ㄕˋ

㊀古人房屋内部,前叫堂,堂後以牆隔開,後部中央叫室,室的東西兩側叫房。論語先進:"由也,升堂矣,未入於室也。"引申爲房屋的通稱。易繫辭下:"上古穴居而野處,後世聖人易之以宫室。"㊁家。左傳桓十八年:"女有家,男有室。"疏引劉炫:"欲見男女之别,故以室屬之,其實室,家同也。"也指家資。國語楚上:"二師(子孔潘崇),而分其室。"注:"室,家資也。"㊂妻。禮曲禮上:"三十曰壯,有室。"注:"有室,有妻也。"疏:"壯有妻,妻居室中,故呼妻爲室。"爲子娶妻或以女嫁人也叫室。國語魯下:"公父文伯之母,欲室文伯。"左傳宣十四年:"衛人以爲成勞,復室其子。"㊃墳墓、壙穴。詩唐風葛生:"百歲之後,歸於其室。"㊄刀劍的鞘。史記八六荆軻傳:"(秦王)拔劍,劍長,操其室。"㊅星名。二十八宿之一。見"室宿"。

【室人】㊀家人。詩邶風北門:"我入自外,室人交徧讁我。"㊁丈夫的姊妹及妯娌。禮昏義:"婦順者,順於舅姑,和於室人。"注:"室人,謂女妐、女叔、諸婦也。"疏:"女妐,謂壻之姊也;女叔,謂壻之妹;諸婦,謂娣姒之屬。"㊂妻、妾。孔叢子記義:"公父文伯死,室人有從死者。"列子周穆王記鄭人蕉鹿事,以室人與夫對稱。後多指妻而言。南朝梁江淹江文通集四有悼室人詩十首。㊃主人。詩小雅賓之初筵:"賓載手仇,室人入又。"㊄封建時代婦人封號。宋政和中,改郡縣君爲七等,縣君爲室人、安人、孺人,後改室人爲宜人。見宋會要輯稿五十儀制十。

【室女】未出嫁的女子。漢桓寬鹽鐵論刑德:"室女、童婦,咸知所避。"唐柳宗元柳先生集五饒娥碑:"娥爲室女,淵懿靖專。"

【室老】家臣之長。左傳襄二十一年:"室老聞之曰:'欒王鮒言於君,無不行。'"儀禮喪服:"公,卿、大夫、室老、士、貴臣;其餘皆衆臣也。"注:"室老,家相也。"

【室韋】古民族名,也譯作失韋。居住在黑龍江上游兩岸及額爾古納河一帶。以狩獵爲生活主要來源。分南、北、鉢室韋、深末怛室韋、大室韋五部。自北朝以來和中原王朝即有臣屬關係,隋唐時關係日益密切,後爲契丹所併。參閱北史、舊唐書室韋傳、文獻通考三四七室韋。

【室家】㊀居處。書梓材:"若作室家,既勤垣墉,惟其塗塈茨。"㊁家家户户。書仲虺之誥:"攸徂之民,室家相慶。"㊂家庭;夫婦。詩周南桃夭:"之子于歸,宜其室家。"引申爲家中的人。漢書高帝紀上二年:"(漢王)過沛,使人求室家,室家亦已亡。"

【室宿】二十八宿之一。也稱營室,定星。玄武七宿的第六宿。有營室二星。見星經下室宿。參見"營室"。

【室如懸磬】室中空無所有。比喻府庫空虚或家境貧困。國語魯上:"室如懸磬,野無青草,何恃而不恐?"磬,也作"罄"。見左傳僖二六年。參見"懸磬"。

【室利佛逝】南海古國名。詳"三佛齊"。

【室怒市色】遷怒於人。左傳昭十九年:"諺所謂'室於怒,市於色'者,楚之謂矣。"注:"言(楚)靈王怒吴子而執其弟,猶人忿於室家,而作色於市人。"元詩選郝經陵川集居庸行:"百年一債老虎走,室怒市色還猖狂。"

【室邇人遠】詩鄭風東門之墠:"其室則邇,其人甚遠。"宋朱熹集傳:"室邇人遠者,思之而未得見之詞也。"本謂男女思慕而不得見,後亦用爲懷念親故,或悼念亡者的詞。也作"室邇人遐"。晉書宋纖傳:"(酒泉太守馬岌)具威儀,鳴鐃鼓造焉,纖高樓重閣,距而不見。……(岌)銘詩於石壁曰:'……其人如玉,維國之琛,室邇人遐,實勞我心。'"

宗 jì 前歷切,入,錫韻,從。ㄐㄧˋ

"寂"本字。說文:"宗,無人聲。"方言作"家"。見"寂"。

【宗漠】同"寂漠"。楚辭宋玉九辯:"燕翩翩其辭歸兮,蟬宗漠而無聲。"

客 kè 苦格切,入,陌韻,溪。ㄎㄜˋ

㊀來賓、客人。易需:"有不速之客三人來。"㊁旅居他鄉。文選漢王文考(延壽)魯靈光殿賦:"予客自南鄙,觀藝於魯。"㊂門客。寄食於貴族豪門的人。史記七七魏公子傳:"諸侯以公子賢,多客,不敢加兵謀魏十餘年。"㊃從事某種活動的人。如俠客、劍客、墨客等。後漢書二四馬廖傳:"吴王好劍客,百姓多瘡瘢。"㊄以客禮相待。戰國策齊四:"孟嘗君客我。"㊅中醫稱風寒侵入爲客。素問玉機真藏論:"今風寒客於人,使人毫毛畢直,皮膚閉而發熱。"㊆過去。如客秋,指去秋;客歲,指去年。

【客土】㊀從别處移來的泥土。漢書成帝紀永始元年:"中陵、司馬殿門内尚未加功,……客土疏惡,終不可成。"注:"服虔曰:取他處土以增高,爲客土也。"㊁異鄉。國秀集中閭寬秋懷詩:"秋風已振衣,客土何時歸?"

【客子】旅居異地的人。史記七九范雎傳:"(穰侯)又謂王稽曰:'謁君得無與諸侯客子俱來乎?'"文選三國魏文帝(曹丕)雜詩之二:"棄置勿復陳,客子常畏人。"

【客女】唐律,指身份較婢女略高的婦女。唐律疏議一三户婚:"客女謂部曲(家僕)之女,或有於他處轉得,或放婢爲之。"

【客户】㊀佃户。晉書王恂傳:"魏氏給公卿已下租牛客户,數各有差。"㊁非土著的住户。新唐書食貨志二:"此州若增客户,彼郡必減居人。"

【客水】不按汛期而暴漲的河水。宋史河渠志一黄河上:"水信有常,率以爲準,非時暴漲,謂之客水。"

【客氏】公元?—1628年。明保定定興人,侯二妻。入宫爲朱由校(熹宗)乳母,熹宗即位封爲奉聖夫人。與宦官魏忠賢狼狽爲奸,干預朝政。思宗(朱由檢)立,籍没誅死。見明史三〇五魏忠賢傳、清谷應泰明史紀事本末七一魏忠賢亂政。

【客民】非當地籍貫、外來寄寓的居民。後漢書二四馬援傳:"於是詔武威太守,令悉還金城客民,歸者三千餘口。"注:"金城客人在武威者。"

【客次】㊀作客住宿的處所。唐詩紀事四三何元上所居寺院凉夜書情呈(吕)温:"幸似薄才當客次,無因弱羽逐鸞翔。"㊁接待賓客的處所。新五代史盧文紀傳:"自唐衰,……進奏官至客次通名,勞以茶酒而不相見,相傳以爲故事。"

【客兵】客籍軍士。或配合主軍作戰的外來部隊。後漢書十三公孫述傳:"欲悉發北軍屯士及山東客兵,使延岑田戎分兵兩道,與漢中諸將合兵并勢。"指在蜀僑寓的山東籍軍士。又二十王霸傳:"霸曰:不然,蘇茂客兵遠來,糧食不足,故數挑戰,以僥一切之勝。"指由蘇茂率領趕來增援的軍隊。

【客作】傭工。三國志魏管寧傳"勤見模楷焉"注引魏略:"(焦先)飢則出爲人客作,飽食而已,不取其直。"唐李瀚蒙求集注上"匡衡鑿壁"注引西京雜記:"邑大姓文不識,名家,富多書,衡乃與其客作,而不求償。"今本雜記及史記九六匡衡傳作"傭作"。漢書五一匡衡傳作"庸作"。

【客官】㊀在別的諸侯國做官。吳越春秋勾踐入臣外傳:"今事棄諸大夫,客官於吳,委國歸民。"㊁對旅客的敬稱。京本通俗小説拗相公:"主人迎接上坐,問道:'客官要往那裏去?'"

【客店】旅館。唐白居易長慶集二十閑夜詠懷因招周協律劉薛二秀才詩:"高置寒燈如客店,深藏夜火似僧爐。"宋孟元老東京夢華録三大内前州橋東街巷:"東去沿城皆客店,南方官員商賈兵級皆於此安泊。"

【客居】旅居他鄉。史記九二淮陰侯傳:"漢兵二千里客居,齊城皆反之,其勢無所得食,可無戰而降也。"

【客舍】旅舍。史記六八商君傳:"商君亡至關下,欲舍客舍。"玉臺新詠九費昶行路難之一:"君不見長安客舍門,倡家少女名桃根。"

【客兒】南朝宋謝靈運小名。靈運早年喪父,寄養於會稽杜治家。至十五歲方還都(建康),故小名客兒。見梁鍾嶸詩品上。唐獨孤及毗陵集二送李賓客荆南迎親詩:"宗室劉中壘,文場謝客兒。"劉,劉向。

【客亭】驛亭,古代送迎使客的處所。唐杜甫杜工部詩史補遺九哭李尚書:"客亭鞍馬絶,旅櫬網蟲懸。"

【客思】懷念家鄉的心情。南齊謝朓謝宣城集四離夜詩:"翻潮尚知限,客思眇難裁。"

【客星】忽隱忽現的星。史記天官書:"客星出天廷,有奇令。"後漢書八三嚴光傳:"(光武帝)復引光入,論道舊故,……因共偃卧,光以足加帝腹上,明日太史奏,客星犯御座甚急。帝笑曰:'朕故人嚴子陵共卧耳。'"

【客食】寄食。宋詩鈔王令廣陵詩鈔答孫莘老見寄:"客食官居同是苟,何須稱别異平生。"

【客家】漢末建安至西晉永嘉間,中原戰亂頻繁,居民南徙,北宋末又大批南移,定居於粤、湘、贛、閩等省交界地區,尤以粤省爲多。本地居民稱之爲客家。廣東通志九三輿地引長寧縣志:"相傳建邑時,自福建來此者曰客家。"又引永安縣志:"有自江閩潮惠遷至者,名曰客家。"

【客氣】㊀言行虚矯,不是出自真誠,爲客氣。左傳定八年:"(冉)猛逐之,顧而無繼,僞顛。(陽)虎曰:'盡客氣也。'"注:"言皆客氣,非勇。"宋書顔延之傳荀赤松奏彈延之:"雖心志薄劣,而高自比擬。客氣虚張,曾無愧畏,豈可復弼亮五教,增曜台階。"㊁文章華而不實。唐劉知幾史通周書:"其書文而不實,雅而不檢;真迹甚寡,客氣尤煩。"㊂宋儒以心爲性的本體,因以發乎血氣的生理之性爲客氣。近思録五:"明道先生(程顥)曰:'義理與客氣常相勝,只看消長分數多少,爲君子小人之别。'"㊃謙恭而彬彬有禮的樣子。清翟灝通俗編九儀節客氣按:"今以燕居里處,多其文貌,爲客氣。"

【客邸】旅舍。唐唐彦謙鹿門集上寄友詩之一:"别來客邸空翹首,細雨春風憶往年。"

【客卿】㊀秦官名。請别國的人在本國做官,其位爲卿,而以客禮待之,故稱客卿。史記七九范雎傳:"(秦昭王)乃拜范雎爲客卿謀兵事。"雎本魏人。㊁唐代鴻臚卿的别稱。宋洪邁容齋隨筆四筆十五官稱别名:"唐人好以它名標牓官稱,今漫疏於此,……鴻臚爲客卿、睡卿。"鴻臚卿主管賓客及凶儀之事,故稱。

【客曹】官名。漢成帝置尚書五人,其中一人爲僕射,四人分别爲四曹:常侍曹、二千石曹、民曹、客曹。客曹負責外國朝聘之事。東漢光武時又分客曹爲南主客曹、北主客曹。至晉分南北左右四主客。至唐宋隸屬禮部,有主客郎中一人,負責聘使宴設賜予的事。見後漢書百官志三、文獻通考五二職官六禮部尚書。

【客堂】接待賓客的處所。後漢書六四延篤傳:"吾嘗昧爽櫛梳,坐於客堂。"

【客販】往來各地的商販。宋史食貨志下四:"蔡京議更鹽法,乃言東南鹽本或闕滯於客販,請增給度牒。"

【客郵】驛舍。宋沈遘西溪集二和中甫新開湖詩:"十年人事都如夢,猶識湖邊舊客郵。"

【客訴】爲他人事而興起訴訟。資治通鑑二九一後周廣順二年:"(十月)辛亥,敕:'民有訴訟,……所訴必須己事,毋得挾私客訴。'"

【客程】旅程。文苑英華二八三唐張喬送南陵尉李頻詩:"客程淮館月,鄉思海船燈。"宋晁補之鷄肋集十五吳松道中詩之二:"天寒雁聲急,歲晚客程遥。"

【客傭】傭工。後漢書六四吳祐傳:"時公沙穆來遊太學,無資糧,乃變服客傭,爲祐賃舂。"

【客塵】㊀旅途風塵,比喻旅途勞頓。宋范成大石湖集二題如夢堂壁詩:"片雲不載歸夢,兩鬢全供客塵。"㊁佛教語。意指塵世煩惱。維摩經問疾品:"菩薩斷除客塵煩惱,而起大悲。"注:"心遇外緣,煩惱横起,故曰客塵。"廣弘明集二九上梁武帝(蕭衍)淨業賦:"既除客塵,返還自性。"

【客戰】在異鄉作戰。資治通鑑二六九後梁均王貞明三年:"小校宫彦璋與士卒謀曰:'……吾儕捐父母妻子,爲人客戰,千里送死,而使長復不矜恤,奈何?'"

【客館】㊀招待賓客的處所。左傳僖三三年:"鄭穆公使視客館。"㊁官名。南齊書百官志:"客館令,掌四方賓客。"

【客懷】作客異鄉的情懷。宋張詠乖崖集五雨夜詩:"簾幕蕭蕭竹院深,客懷孤寂伴燈吟。"

【客難】假設客人向己詰問,進行答辯的文體。漢武帝時東方朔上書論農戰强國的策略,未被接納,乃著書撰述,假設有客難己,以申説己見。見漢書六五本傳。文選有設論文體,列朔答客難、揚雄解嘲、班固答賓戲,都採取客難主答的形式。南朝梁劉勰文心雕龍三雜文:"自對問以後,東方朔效而廣之,名爲客難。託古慰志,疏而有辨。"對問,指宋玉對楚王問,文見文選。

【客籍】賓客的姓名籍册。戰國策楚四:"(春申君)召門吏爲汗(明)先生著客籍。"後稱流寓異地者爲客籍。

【客主人】人體經穴名。晉皇甫謐鍼灸甲乙經三:"上關,一名客主人,在耳前上廉起骨端,……手少陽足陽明之會。"

【客作兒】對傭工的稱呼。含有鄙視的意思。宋吳曾能改齋漫録二俗罵客作引陳從易寄荔與盛参政詩:"橄欖爲下輩,枇杷客作兒。"醒世恒言三一:"夏扯驢罵道:'打脊客作兒,員外與我銀子,干你甚事!'"

【客省使】官名。宋置客省使、副使各二人,掌管國信使的朝見賜宴、四方進奉及外國朝貢等事。見宋史職官志六。

【客到客到】一種山鳥的鳴聲。其聲如人語客到客到。猶如杜鵑鳴聲"不如歸去",鷓鴣鳴聲"行不得也哥哥"之類。見清汪洪度黄山領要録上祥符寺。

七 畫

宮 gōng 居戎切，平，東韻，見。ㄍㄨㄥ

㊀房屋的通稱。易繫辭下：「上古穴居而野處，後世聖人易之以宮室。」戰國策秦一：「(蘇秦)路過洛陽，父母聞之，清宮除道，張樂設飲，郊迎三十里。」古時不論貴賤，住房都可稱宮。秦漢以後，專指帝王所居的房屋。也有稱宗廟、佛寺、道觀爲宮的。參閱爾雅釋宮釋文、詩召南采蘩「公侯之宮」傳、禮曲禮上「三十壯有室」疏。㊁圍繞，屏障。禮喪服大記：「君爲廬宮之。」疏：「謂廬次以帷障之，如宮牆。」爾雅釋山：「大山宮小山霍」疏：「宮，猶圍繞也，謂小山在中，大山在外圍繞之，山形若此者名霍。」㊂五音之一。莊子徐无鬼：「鼓宮宮動，鼓角角動，音律同矣。」參見「五音」、「五聲」。㊃古代曆法以周天三百六十度的十二分之一，即三十度爲一宮。古代劃分星空的區域也稱爲宮，如中宮、東宮、南宮、西宮、北宮。參閱宋沈括夢溪筆談七、史記天官書。㊄古代五刑之一。詳「宮刑」。㊅姓。春秋虞有大夫宮之奇。參閱元和姓纂一東。

【宮人】㊀宮女的通稱。易剝：「貫魚，以宮人寵。」㊁官名。周禮天官的屬官，管君主日常生活事務。見周禮天官宮人。

【宮女】宮中供役使的女子。漢書七二貢禹傳奏言：「古者宮室有制，宮女不過九人，秣馬不過八匹。」

【宮尹】太子屬官。北周置太子宮正、宮尹，唐初稱詹事、少詹，垂拱二年改詹事爲宮尹，少詹爲少尹，神龍初復舊。見通典三十太子詹事。按：改詹事爲宮尹，舊唐書作天授年間，新唐書作光宅元年。

【宮市】㊀宮內的市肆。春秋齊桓公有宮中七市。見戰國策東周。其後如東漢靈帝、南齊東昏侯、唐中宗都曾在宮中設市。參閱金樓子一箴戒、南齊書東昏侯紀、舊唐書中宗紀景龍三年。㊁唐德宗貞元末，宦官到民市强行買賣，付價甚少，或竟不付價，使賣者空手而歸，也叫宮市，是當時一大弊政。唐白居易新樂府有賣炭翁，題序稱「苦宮市也」(長慶集三)，即指此。宋初設市買司，太平興國間更名雜買務，掌宮中採辦購置事。參閱唐韓愈昌黎集外集七順宗實錄二。

【宮正】官名。1. 周禮天官屬官有宮正，負責維持王宮的紀律。2. 三國魏黃初四年改御史中丞爲宮正，後改爲臺主，不久又復爲中丞。見三國志魏鮑勛傳。3. 北周置。太子屬官。見「宮尹」。

【宮甲】春秋楚太子宮中的士兵。左傳文元年：「冬十月，以宮甲圍成王。」後泛稱太子自己掌握的軍隊爲宮甲。新唐書七九隱太子建成傳：「建成等私募四方驍勇及長安惡少年二千人爲宮甲，屯左右長林門，號長林兵。」參閱左傳僖二八年「唯西廣東宮與若敖之六卒實從之」注、疏。

【宮寺】猶言宮觀。文苑英華一九二南朝陳阮卓長安道詩：「長安馳道上，鐘鳴(一作「鼓」)宮寺開。」晉書苟晞傳：「縱兵寇掠，陵踐宮寺。」

【宮刑】古代破壞生殖機能的酷刑。又稱腐刑。書呂刑：「宮辟疑赦。」傳：「宮，淫刑也。男子割勢，婦人幽閉。」參見「五刑」。

【宮坊】太子的官署。古稱太子的住所爲青宮，太子的官屬爲春坊，故名。南史徐勉傳：「(徐)悱字敬業，……位太子舍人，掌書記，累遷洗馬中舍人，猶管書記，出入宮坊者歷稔。」

【宮妝】宮女的妝束。妝也作「粧」、「裝」。唐高適高常侍集八聽張立本女吟詩：「危冠廣袖楚宮粧，獨步閑庭逐夜涼。」唐詩紀事六二鄭嵎津陽門：「鳴鞭後騎何躞蹀，宮粧禁袖皆仙姿。」宋梅堯臣宛陵集二一送刁景純學士赴越州詩：「二分學宮裝，艷色鬭京洛。」

【宮伯】官名。周禮天官之屬有宮伯，掌管卿大夫士有名籍的子弟的任用、俸祿和懲獎。見周禮天官宮伯。相當於漢朝的衛尉、清朝的內大臣。

【宮官】㊀太子屬官，猶言宮僚。舊唐書六四隱太子建成傳：「又遣禮部尚書李綱、民部尚書鄭善果俱爲宮官，與參謀議。」參見「宮僚」。㊁內官。1. 宮中女官。新唐書高宗紀上元二年：「(八月)丁酉詔婦人爲宮官者，歲一見其親。」2. 內侍，宦者。全唐詩三四六王涯宮詞之九：「永巷重門漸半開，宮官著鎖隔門回。」

【宮妾】宮女。史記衛康叔世家：「獻公十三年，公令師曹教宮妾鼓琴，妾不善，曹笞之。」唐韓愈昌黎集十二諱辯：「惟宦官、宮妾乃不敢言『諭』及『機』，以爲觸犯。」唐代宗名豫，玄宗名隆基，「諭」與「豫」、「機」與「基」，因音近而犯諱。

【宮府】㊀宮，宮中；府，官署。後漢書光武帝紀上：「更始將北都洛陽，以光武行司隸校尉，使前整修宮府。」三國蜀諸葛亮出師表：「宮中府中，俱爲一體。」見三國志蜀本傳。㊁官名。唐置。原名家令，掌管食膳倉庫奴婢等。龍朔二年改家令寺爲宮府寺，家令爲宮府大夫，咸亨初復舊。見通典三十職官十二太子家令。參見「家令㊀」。

【宮花】㊀宮苑中的花木。唐王建詩七故行宮：「寥落故行宮，宮花寂寞紅。」㊁科舉時代考試中選的士子在皇帝賜宴時所戴的花。元曲選喬孟符金錢記一：「博得個名揚天下，纔能勾宴瓊林，飲御酒，插宮花。」

【宮事】古代規定的婦女職事。儀禮士昏禮：「母施衿結帨(shuì)曰：勉之，敬之，夙夜無違宮事。」疏：「宮事，……則姑命婦之事，……婦人稱宮故也。」又特指養蠶之事。禮月令季春之月「以勸蠶事」疏：「(大戴禮)夏小正曰：『妾子始蠶，執養宮事』者，……謂操持養長蠶宮之事。」

【宮室】古時對房屋的通稱。易繫辭下：「上古穴居而野處，後世聖人易之以宮室。」後來專指帝王的宮殿。管子八觀：「入國邑，視宮室，觀車馬衣服，而侈儉之國可知也。」

【宮城】圍繞皇宮的城。漢書六三燕剌王(劉)旦傳：「大風壞宮城樓，折拔樹木。」晉書荀奕傳：「時將繕宮城，尚書符下陳留王，使出城夫。」唐李白李太白詩二二金陵白楊十字巷：「天地有反覆，宮城盡傾倒。」

【宮相】唐代太子官屬有詹事府，統理一切政務；又有左右二春坊，掌管各局。詹事府長官和春坊長官都叫宮相。唐白居易長慶集五三與皇甫庶子同遊城東詩：「白馬朱衣兩宮相，可憐天氣出城來。」

【宮省】㊀設於皇宮內的官署。如尚書、中書等。後漢書十順烈梁皇后傳：「太后寢疾遂篤，乃御輦幸宣德殿，見宮省官屬及諸梁兄弟。」晉書裴楷傳：「於是以楷爲吏部郎……轉中書郎，出入宮省，見者肅然。」㊁宮禁。三國志魏齊王紀：「明帝無子，養王及秦王詢；宮省事秘，莫有知其所由來者。」

【宮保】即太子少保。詳「宮銜」。

【宮娃】宮女。唐孟郊孟東野集九和薔薇花歌：「忽驚錦浪洗新色，又似宮娃逞妝飾。」

【宮宰】守護皇宮的官員。禮祭統：「是故先期旬有一日，宮宰宿夫人，夫人亦散齊七日，致齊三日。」齊，即齋。一說宮宰即內宰。見清孫希旦禮記集解四七。

【宮庭】指室中。也作「宮廷」。荀子儒效：「是君子之所以騁志意於壇宇、宮庭也。」注：「宮謂之室；庭，門屏之內也。」後專指帝王居住和辦事之所。史記六八商君傳:"築冀闕宮庭於咸陽，秦自雍徙都之。"宋史四三一邢昺傳:"且詔其妻至宮庭，賜以冠帔。"

【宮扇】㊀宮廷儀仗用的扇子。唐杜甫杜工部草堂詩箋三二秋興之五:"雲移雉尾開宮扇，日繞龍鱗識聖顏。"㊁按照宮中式樣製作的扇子，也叫宮扇。清孔尚任桃花扇眠香:"小生帶有宮扇一柄，就題贈香君，永爲訂盟之物罷。"

【宮孫】複姓。漢書藝文志道家有宮孫子二篇。注:"宮孫，姓也，不知名。"

【宮卿】總管皇后宮內事務的高級官員。卽大長秋。後漢書七八宦者傳序:"(鄭衆)遂享分土之封，超登宮卿之位。"參見"大長秋"。

【宮娥】宮女。唐顏師古隋遺録:"(煬)帝嘗幸昭明文選樓，車駕未至，先命宮娥數千人昇樓迎待。"(説郛七八)唐姚合姚少監詩集六詠雪:"飛隨郢客歌聲遠，散逐宮娥舞袖迴。"

【宮教】宮中的禮教。後漢書皇后紀上序:"明帝聿遵先旨，宮教頗修。"

【宮掖】掖，掖廷，宮內的旁舍，是妃嬪居住的地方，因稱皇宮爲宮掖。後漢書二三竇憲傳:"憲恃宮掖聲勢，遂以賤直請奪沁水公主園田，主畏逼不敢計。"晉書儒林傳序:"惠帝纘戎，朝昏政弛，釁起宮掖，禍成藩翰。"參見"掖庭"。

【宮童】宮中供役使的童子。漢書禮樂志郊祀歌齊房:"宮童効異，披圖案諜。"

【宮詞】以宮廷生活爲題材的詩。唐大曆中王建著宮詞百首，始以宮詞爲題。其詩見建集、唐詩紀事四四。歷代繼之而作的詩人很多。汲古閣有十家宮詞，收自王建至宋王珪等十家所作;清張海鵬輯宮詞小纂三卷，收明清人撰宮詞九種。

【宮棊】棋戲名。也稱逼棋。先以棋子黑白雜布局中，各認一子爲標，左右巡拾，拾畢，以所得多少分勝負。有挨三、頂四、擦七、馱八罰例，稱爲逼棋，又稱宮棋。唐白居易長慶集十六北亭招客詩:"能來盡日宮棊否?太守知慵放晚衙。"棊卽"棋"。參閲清翟灝通俗編三一俳優宮棋。

【宮禁】㊀宮門的禁令。周禮秋官士師:"士師之職，掌國之五禁之法，……一曰宮禁。"㊁漢以後稱皇帝居住的地方。宮中禁衛森嚴，臣下不得任意出入，故稱。後漢書和熹鄧皇后紀上:"宮禁至重，而使外舍久在內省，……誠不願也。"

【宮碗】一種較大的碗。清王士禎居易録二十碧玉露漿方:"用男乳一酒杯、白蜂蜜一酒盞、……總入一宮碗內，將露水一飯碗，攙入宮碗。"

【宮雉】周禮冬官匠人:"王宮門阿之制五雉，宮隅之制七雉，城隅之制九雉。"注:"阿，棟也。宮隅、城隅，謂角浮思也。雉長三丈，高一丈。"後因以宮雉泛指宮牆。文選南齊謝玄暉(脁)暫使下都夜發新林至京邑贈西府同僚詩:"引顧見京室，宮雉正相望。"

【宮漏】古代宮中計時器。用漏壺原理，故稱漏。唐李商隱李義山詩集六龍池:"夜半宴歸宮漏永，薛王沉醉壽王醒。"

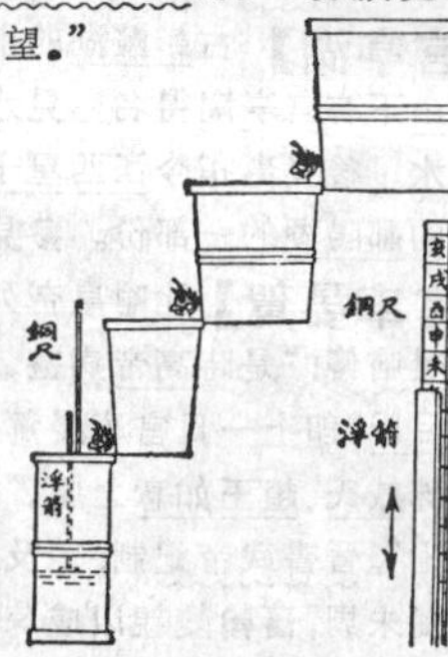

宮漏

【宮臺】㊀宮中之臺。越絶書八越地傳:"今北壇利里丘土城，勾踐所習教美女西施鄭旦宮臺也。"唐李賀歌詩編三春歸昌谷:"宮臺光錯落，裝畫徧峯嶠。"此泛指唐時宮中的建築物。㊁漢稱尚書爲中臺、尚書臺;以官署設於宮中，也稱宮臺。後漢書八十上黃香傳:"賜以督責小職，任之宮臺煩事。"又稱宮省。參見"宮省㊀"。

【宮監】官名。隋唐時離宮設有宮監、副監。新唐書高祖紀:"高祖留守太原，領晉陽宮監，而所善客裴寂爲副監。"也指內監。唐王建詩八宮詞之八六:"未著柘枝花帽子，兩行宮監在簾前。"

【宮闈】官名。南朝宋有宮闈帥、宮闈史、宮闈給使。都是宮內的官職。見宋書后妃傳。

【宮僚】太子官屬。南齊書禮志下王儉宮臣爲太子妃服議:"且漢魏以來，宮僚充備，臣隸之節，具體在三。"舊唐書職官志三東宮官屬:"司直掌彈劾宮寮，糾舉職事。"寮，通"僚"。

【宮銜】清制不立太子，但有太子傅保之名，專爲大臣及有功者之加銜，無職掌官屬，也無員額。太子稱東宮，故名宮銜，如太子太師稱宮太師，太子太傅稱宮太傅，太子太保稱宮太保，太子少師稱宮師，太子少傅稱宮傅，太子少保稱宮保。參閲歷代職官表六七師傅保加銜。

【宮調】曲調的總稱。依十二律高下的次序，定宮、商、角、徵、羽、變宮、變徵爲七聲，是樂律之本。以宮聲爲主的調式稱宮，如黃鐘大呂之類，以其它各聲爲主者稱調，如大石、般涉之類。以七聲配十二律，可以得十二宮，七十二調，共爲八十四宮調。但俗樂多不全用，如隋唐燕樂以琵琶四弦定宮商角羽四聲，每弦上構成七調，共爲二十八調。宋時只用七宮十二調，見宋張炎詞源。明人則用九宮十二調。詳明沈璟南九宮譜。但樂曲所用，只有六宮十一調，卽黃鐘宮、正宮、仙呂宮、南呂宮、中呂宮、道宮，大石調，小石調，般涉調，商角調，高平調，揭指調，宮調，商調，角調，越調，雙調。今揭指、宮調、角調已失傳。常用的有五宮(仙呂、南呂、中呂、黃鐘、正宮)四調(大石、雙調、商調、越調)，合稱九宮。

【宮樣】宮中流行的妝束服具等式樣。唐韓偓玉山樵人香奩集忍笑詩:"宮樣梳頭淺畫眉，晚來粧飾更相宜。"宋辛棄疾稼軒詞四鵲橋僊慶岳母八十:"臙脂小字點眉間，猶記得舊時宮樣。"

【宮澤】唐李商隱李義山詩集一戊辰會靜中出貽同志二十韻:"暫將覆宮澤，安此真與神。"道家稱腦有九宮，覆宮澤，卽所謂還精補腦之意，參閲雲笈七籤十一黃庭內景經至道"泥丸九真皆有房"注。

【宮縣】縣，通"懸"。古時鐘磬等樂器懸掛於架上，懸掛的形式根據身份地位而不同，帝王懸掛四面，象徵宮室四面的牆壁，故名宮懸。周禮春官小胥:"正樂縣之位，王宮縣。"禮郊特牲:"諸侯之宮縣，……諸侯之僭禮也。"注:"言此皆天子之禮也。宮縣，四面縣也。"

【宮錦】宮中特製的錦緞。唐岑參岑嘉州詩七胡歌:"黑姓蕃王貂鼠裘，葡萄宮錦醉纏頭。"舊唐書一九〇下李白傳:"白衣宮錦袍，於舟中顧瞻笑傲，傍若無人。"

【宮館】離宮別館，供皇帝遊息的地方。漢書元帝紀初元五年:"罷角抵、上林宮館希御幸者。"文選漢張平子(衡)西京賦:"郡國宮館，百四十五。"注:"離宮別館在諸郡國者。"

【宮學】宋代宮內爲皇族子弟設立的學校。宋紹興十四年，諸王宮大小學各置教授一員，學生都是南宮北宅子孫。嘉定九年，改宮學爲宗學。見文獻通考四二學校三。

【宮闈】㊀宮中后妃所居之處。闈，宮中的旁門。後漢書光烈陰皇后紀:"皇后懷執怨懟，數違教令，……宮闈之內，若見鷹鸇。"㊁隋唐內侍省有宮闈局令，掌管宮內的法紀制度、出入管籥。見通典二七職官九、新唐書百官志二宮闈局。

【宮牆】㊀房屋的圍牆。論語子張:"子

貢曰：'譬諸宮牆，賜之牆也及肩，闚見室家之好；夫子之牆數仞，不得其門而入，不見宗廟之美，百官之富。'"賜，孔子弟子子貢名。後因以"宮牆"稱師門。文選漢蔡伯喈（邕）郭有道碑文："宮牆重仞，允得其門。"㊁指宮中。晉書段灼傳陳時宜疏："故古之明王，……仁孝著乎宮牆，弘化洽乎兆庶。"

【宮闕】古時帝王所居宮門雙闕，故稱宮殿爲宮闕。史記高祖紀："蕭丞相營作未央宮，立東闕、北闕，……高祖還，見宮闕壯甚。"文選晉劉越石（琨）扶風歌："顧瞻望宮闕，俯仰御飛軒。"

【宮體】一種描寫宮廷生活的詩體。始於南朝梁蕭綱（簡文帝），綱爲太子時，與徐摛徐陵及庾肩吾庾信等人在東宮互相唱和。作品內容多寫宮廷生活和男女私情，形式上追求詞藻靡麗，華而不實，時稱宮體。後因稱豔情詩爲宮體。參閱梁書簡文帝紀、徐摛傳、庾肩吾傳。

【宮觀】㊀供帝王遊息的宮館。史記秦始皇紀三十五年："乃令咸陽之旁二百里內宮觀二百七十復道甬道相連。"唐高適高常侍集五古大梁行詩："魏王宮觀盡禾黍，信陵賓客隨灰塵。"㊁祠廟。史記封禪書："於是郡國各除道，繕治宮觀名山神祠所，以望幸矣。"唐以來特指道教寺廟。唐劉禹錫劉賓客集一和河南裴尹侍郎宿齋太平寺……祈雨詩："浮光動宮觀，遠思盈川坻。"㊂官名。宋宮觀本爲崇奉道教而設，大中祥符五年建玉清昭應宮，始設宮觀使，以前任宰相或現任宰相充任。另外還有提點、主管、判官、都監等官名，都用來安置閒散官員，沒有實職。參見"祠祿"。參閱宋王林燕翼貽謀錄（說郛九六）、文獻通考六〇職官十四。

【宮人草】相傳楚靈王宮人數千，多因被冷落幽禁，憂鬱而死，墓上多生此草，花色紅翠。見舊題南朝梁任昉述異記下。

【宮人斜】唐代宮人墳墓。唐陸龜蒙甫里集十二有宮人斜詩。宋張侃拙軒集四宮人斜詩："萬古宮人斜上望，淡烟衰草爲淒然。"參閱宋宋敏求春明退朝錄上、周煇清波雜志四。

【宮之奇】一作宮奇。春秋虞國大夫。晉獻公伐虢，用璧玉駿馬，向虞借路。宮之奇以"脣亡齒寒"的道理諫阻，虞君不聽。宮之奇就和他族人離開虞國。晉師滅虢後，並滅虞。見左傳僖五年、國語晉二。

【宮女旦】傳統劇中扮演宮娥、丫嬛、使女的旦角，如京劇霸王別姬中的宮娥、林冲夜奔中的使女。

【宮門抄】清時宮中的官報，卽古代朝報。又稱邸抄。參見"邸報"。

【宮室考】清任啟運撰。十三卷。考證古代宮室制度，分門別類，頗有條理，但出於考證古籍，不是根據實物資料，臆斷之處亦時有之，與宋李如圭儀禮釋宮，用爲研究儀禮的專著。

【宮亭湖】古彭蠡湖的別名。因湖旁廬山下有宮亭廟得名。見水經注三九廬江水。後又專指今江西星子縣東南至南昌的鄱陽湖的一部份。參見"鄱陽㊀"。

【宮車晏駕】比喻皇帝死亡。史記九五樊噲傳："是時高帝病甚，人有惡噲黨於呂氏，卽上一日宮車晏駕，則噲欲以兵盡誅戚氏、趙王如意之屬。"也作"宮車晚出"。晉書武帝紀制："及乎宮車晚出，諒闇未周，藩翰變親以成疎。"

【宮鄰金虎】指奸佞之臣接近帝王，貪頑如金之堅；凶惡如虎。文選漢張平子（衡）東京賦："周姬之末，不能厥政，政用多僻，始於宮鄰，卒於金虎。"注："宮鄰金虎，言小人在位，比周相進，與君爲鄰，貪求之德堅若金，讒謗之言惡若虎也。"

宰 zǎi ㄗㄞˇ

作亥切，上，海韻，精。

㊀古代奴隸主家中掌管家務的總管。禮曲禮下："問大夫之富，曰：'有宰食力。'"韓非子說難："伊尹爲宰，百里奚爲虜，……此二人者，皆聖人也，然猶不能無役身以進，如此其汙也。"㊁官吏的通稱。周禮有冢宰、大宰、小宰、宰夫、內宰、里宰。春秋卿大夫的家臣和采邑的長官也稱宰。如孔子弟子冉求曾爲魯大夫季氏宰，卽家臣之長；閔子騫辭費（季氏采邑）宰，指采邑的長官。見論語季氏。㊂主宰。莊子齊物論："若有真宰，而特不得其眹。"又列御寇："受乎心，宰乎神。"㊃殺牲。如言屠宰、宰殺。漢書宣帝紀本始四年："其令太官損膳省宰。"㊄墳墓。見"宰木"。㊅姓。史記六七仲尼弟子傳有宰予。東漢有西部都尉宰鼂。見宋鄧名世古今姓氏書辨證二四海。

【宰人】官名。1.周代冢宰之屬。後泛指官員。左傳哀三年："命宰人出禮書，以待命。"國語晉九："及臣之長也，端委鞸帶，以隨宰人。"注："宰人，宰官也。"2.掌管膳食的官。莊子說劍："宰人上食，王三環之。"

【宰士】㊀周天子的冢宰，掌管王家內外事務。公羊傳隱元年："曷爲以官氏，宰士也。"㊁丞相的屬官。漢書八四翟方進傳："今丞相宣請遣掾史，以宰士督察天子奉使命大夫，甚誖逆順之理。"漢丞相的掾史，是宰相的屬官而位爲士，故稱宰士。

【宰夫】㊀官名。周禮天官之屬，掌管朝議等事。周禮天官冢宰："宰夫之職掌治朝之法，以正王及三公六卿大夫羣吏之位。"㊁掌管膳食的小吏。左傳宣二年："晉靈公不君，……宰夫胹熊蹯不熟，殺之，寘諸畚，使婦人載以過朝。"國語周上："宰夫陳饗，膳宰監之。"注："宰夫，下大夫；膳宰，膳夫也。"

【宰木】冢木，墳墓上的樹木。公羊傳僖三三年："若爾之年者，宰上之木拱矣。"穀梁傳作"子之冢木已拱矣"。左傳僖三二年作"爾墓之木拱矣"。宋黃庭堅豫章集二奉答謝公靜與榮子邕論狄元規孫少述詩長韻詩："謝公遂如此，宰木已三霜。"謝公，謝師厚。

【宰予】公元前522—前458年。春秋魯人，字子我，亦稱宰我，孔子弟子。與子貢同以長於辭令著稱。以晝寢，孔子諷其爲"朽木不可雕"。仕齊爲臨菑大夫，因參與田常反齊簡公的鬭爭，事敗族滅。參閱史記六七仲尼弟子傳、清桂馥晚學集二宰予與田常作亂辨。

【宰世】治理天下。晉書刁協傳蔡謨與庾冰書："夫大道宰世，殊途一致，萬機之事，或異或同。"陳書高祖紀下受禪大赦詔："五德更運，帝王所以御天；三正相因，夏殷所以宰世。"

【宰匠】掌管統治大權的人。猶言宰輔。三國志蜀馬良傳"謖年三十九"注引習鑿齒："爲天下宰匠，欲大收物之力，而不量才節任，隨器付業；……難乎其可與言智者也。"

【宰肉】史記陳丞相世家："里中社，平爲宰，分肉食甚均。父老曰：'善，陳孺子之爲宰！'平曰：'嗟乎！使平得宰天下，亦如是肉矣！'"後因稱人在處理小事中可以看出治國才能。也作爲人在未遇時懷有大志的典故。宋釋惠洪石門文字禪二仇彥和佐邑崇仁……作堂名曰瑞應且求詩敬爲賦之詩："宰肉社樹陰，豈無天下志。"

【宰社】里社之宰，古代祭社時負責割肉分配的人。全唐詩七二八周曇詠史詩曲逆侯："一朝如得宰天下，必使還如宰社時。"卽詠漢陳平之事。參見"宰肉"。

【宰官】周代冢宰的屬官。國語晉九"以隨宰人"三國吳韋昭注："宰人，宰官也。"

後泛指官吏。全唐詩二六八耿湋題惟幹上人房:"苦行無童子,忘機避宰官。"

【宰府】即"相府",宰相辦事的處所。後漢書二四馬嚴傳:"舊丞相、御史親治職事,唯丙吉以年老優游,不案吏罪,於是宰府習爲常俗。"

【宰制】統轄、支配。史記禮書:"洋洋美德乎! 宰制萬物,役使羣衆,豈人力也哉。"

【宰物】主宰事物,引申爲從政治民。晉陸雲陸士龍文集五吳故丞相陸公誄:"和羹未飪,宰物下邑。"宋書謝莊傳奏改定刑獄文:"臣竊謂五聽之慈,弗宣於宰物;三宥之澤,未洽於民謡。"

【宰相】韓非子顯學:"故明主之吏,宰相必起於州部,猛將必起於卒伍。"本爲泛稱掌握政權的大官,後來用以指歷代輔助皇帝、統領羣僚、總攬政務的最高行政長官。如秦漢之丞相、相國、三公,唐宋之中書、門下、尚書三省長官及同平章事,明清之大學士。參閲通典十九宰相、續通典二五宰相、宋孫逢吉職官分紀一歷代總序。

【宰桑】清代蒙古準噶爾部官名。準部分爲二十四個鄂拓克(部屬),每一鄂拓克設一人或三四人,管理大小事務。見嘉慶一統志五一六新疆統部附準噶爾部舊官制。

【宰殺】屠宰。梁書賀琛傳梁武帝責賀琛敕:"昔之牲牢,久不宰殺,朝中會同,菜蔬而已。"

【宰執】唐制,以中書省長官中書令及門下省長官侍中任宰相,爲真宰相。其他官任宰相的,則加同中書門下三品、中書門下平章事、知政事等名。統稱爲宰執。宋代則以同平章事爲宰相,其他如參知政事、左右丞及樞密使、副使則稱執政官,事實上仍屬一體,因此合稱宰執。舊唐書八二許敬宗傳論:"而馬周、劉洎起羈旅徒步,六七年間,皆登宰執。"參閲宋史職官志一宰執。

【宰割】㊀殺牲切肉。抱朴子博喻:"故充乎宰割者,必愛乎芻豢者也;給乎煎熬之膳者,必安乎庭立者也。"㊁比喻爲支配、分割。史記秦始皇紀論引賈生言(漢賈誼過秦論):"因利乘便,宰割天下,分裂河山。"

【宰輔】皇帝的輔政大臣,一般指宰相或三公。後漢書七五袁術傳孫策與術書:"使君五世相承,爲漢宰輔,榮寵之盛,莫與爲比。"術四世祖安,安子敞及京,京子湯,湯子逢,均任漢司空,爲三公之職。

【宰樹】墓上的樹木。文苑英華八四二南朝梁王僧孺從子永寧令謙誄:"宿草行没,宰樹方攢。"又三〇六隋盧思道春夕經行留侯墓詩:"夕風吟宰樹,遲光落下春。"參見"宰木"。

【宰録】太宰録尚書事的簡稱。晉書慕容暐載記慕容恪等請歸政:"猥以輕才,竊位宰録。"參見"録尚書事"。

【宰衡】殷湯時伊尹爲阿衡,周武王時周公爲太宰。漢王莽專權,漢平帝加王莽稱號爲宰衡,意謂可媲美伊周。見漢書平帝紀元始四年,又九九上王莽傳。後泛稱宰相爲宰衡。文選南朝梁劉孝標(峻)辯命論:"此則宰衡之與皁隸,容彭之與殤子,……咸得之於自然,不假道於才智。"北周庾信庾子山集一哀江南賦:"宰衡以干戈爲兒戲,縉紳以清談爲廟略。"

【宰爵】官名。掌管接待賓客、祭祀、飲宴時供應酒食祭品等事務。荀子王制:"宰爵,知賓客,祭祀饗食犧牲之牢數。"清俞樾諸子平議十三荀子二:"周官天官序官鄭(玄)注曰:'宰,主也。'然則宰爵者,主爵也。漢書百官公卿表:'主爵中尉,秦官,掌列侯。'……故賓客,祭祀饗食犧牲之牢數,無不與知。"

【宰職】㊀宰相的職位。古文苑十漢董仲舒詣丞相公孫弘記室書:"竊見宰職任天下之重,羣心所歸。"㊁縣令的職位。南朝宋鮑照鮑氏集九謝秣陵令表:"用謝刀筆,猥承宰職。"

【宰官身】佛教語。佛家認爲佛有極大神通,可以適應不同對象而變現各種不同身形。如果變現的是官吏身形,就叫宰官身。法華經普門品:"應以宰官身得度者,(觀世音菩薩)即現宰官身而爲説法。"宋蘇軾分類東坡詩二五縱筆之二:"父老争看烏角巾,應緣曾現宰官身。"

【宰相肚裏好撑船】比喻度量寬宏。京本通俗小説拗相公:"荆公道:常言:'宰相腹中撑得船過。'"明丘濬忠孝記二七:"宰相肚裏好撑船。"明陳沂畜德録:"岳正字子方,性不能容人。或謂公曰:'不聞宰相腹中撑舟乎?'曰:'順撑來可容,使縱横來安容得邪?'"

㝗 láng 魯當切,平,唐韻,來。ㄌㄤˊ 盧黨切,上,蕩韻,來。

亦作"[illegible]",見"康㝗"、"㝩[illegible]"。

害 1. hài 胡蓋切,去,泰韻,匣。ㄏㄞˋ

㊀傷害,殺害。易節:"節以制度,不傷財,不害民。"世説新語雅量"桓公伏甲設饌"注引宋明帝文章志:"桓温止新亭,大陳兵衛,呼(謝)安(王)坦之,欲於坐害之。"㊁妨害。書旅獒:"不作無益害有益,功乃成。"㊂妒忌。史記八四屈原傳:"上官大夫與之同列,爭寵而心害其能。"㊃災害,禍患。墨子尚同中:"將以爲萬民興利除害。"左傳隱元年:"都城過百雉,國之害也。"

2. hé 集韻 何葛切,入,曷韻。ㄏㄜˊ

㊄何不。通"曷"。詩周南葛覃:"害澣害否,歸寧父母。"孟子梁惠王上:"時日害喪。"書湯誓作"時日曷喪"。

【害心】佛家語。害人害物的心,猶言殺心。十輪經四:"象是畜生,墮於八難,見染衣人尚不加惡生於害心。"

【害馬】莊子徐无鬼:"夫爲天下者,亦奚以異乎牧馬者哉,亦去其害馬者而已矣。"害馬,本指損害馬的自然本性,後轉用爲害羣之馬。唐高適高常侍集七餞宋八充彭中丞判官之嶺外詩:"若將除害馬,慎勿信蒼蠅。"

【害能】見"妨功害能"。

【害羣】危害大衆。唐岑參岑嘉州集四餞王岑判官赴襄陽道詩:"害羣應自慑,持法固須平。"參見"害馬"。

【害肚曆】宋制,館閣官員每夜輪一人值宿,如因故不能值宿,則於名下寫上"腸肚不安"。故當時稱館閣之宿曆(免宿登記本)爲害肚曆。見宋彭乘續墨客揮犀八館閣一人直宿、陳鵠西塘集耆舊續聞十。

宸 chén 植鄰切,平,真韻,禪。ㄔㄣˊ

㊀屋邊。國語越七:"君若不忘周室,而爲弊邑宸宇,亦寡人之願也。"注:"宸,屋霤;宇,邊也。"玉篇引賈逵:"宸,室之奥者。"㊁北極星所在爲宸,後借用爲帝王所居,又引申爲王位、帝王的代稱。文選南齊謝玄暉(朓)始出尚書省詩:"昏風淪繼體,宸景厭照臨。"注:"宸,北辰,以喻帝位也。"

【宸札】皇帝的書札。文苑英華一七四唐李乂奉和幸長安故城未央宫應制詩:"肆覽飛宸札,稱觴引御杯。"

【宸妃】隋唐後宫原有貴妃、淑妃、德妃、賢妃,均相當於外廷的一品官。唐高宗永徽六年,置宸妃,以寵遇武昭儀(曌)。見舊唐書則天皇后紀。又宋有李宸妃,爲趙禎(仁宗)生母。見宋史仁宗紀一、二四二后妃傳上。

【宸居】帝王的居處。文選漢班孟堅(固)

典引:"是以高光二聖，宸居其域。"又南朝宋顏延年(延之)三月三日曲水詩序:"皇上以叡文承歷，景屬宸居。"

【宸奎】古人認爲奎宿主文章，故稱帝王手書爲宸奎。奎，星宿名。宋周必大益公題跋七御書白居易詩跋:"臣叨陪近侍，獲此宸奎，敬題卷末，以示來裔。"元祐六年正月蘇軾書有宸奎閣碑，見經進東坡文集事略五五。

【宸衷】帝王的心意。魏書王椿傳上疏:"宸衷懇切，備在絲綸，祇承兢感，心焉靡厝。"

【宸扆】古傳帝王背着斧扆南面而立，後因稱帝王之位爲宸扆。扆(yǐ)，斧扆，畫有斧紋的屏風。抱朴子博喻:"故縈抑淵滂，則遣愠悶之心；振耀宸扆，而無得意之色；三仕三已，則其人也。"北齊書祖珽傳:"臣位非輔弼，疏外之人，竭力盡忠，勸陛下禪位，使陛下尊爲太上，子居宸扆，於己及子，俱保休祚。"

【宸章】帝王所作的文章或書翰。唐王維王右丞集二送朝集使歸郡應制詩:"宸章類河漢，垂象滿中州。"文苑英華一六九唐蘇味道初春行宮曲宴應制詩:"聖酒千鍾洽，宸章七曜懸。"

【宸眷】帝王的恩寵。北史劉炫傳:"以此庸虛，屢動宸眷。"

【宸掖】皇帝内宮。掖，掖庭，宮内的旁舍。宋書文帝沈婕妤傳有司奏:"風光宸掖，訓流國闈，鞠聖誕靈，蚤捐鴻祚。"

【宸遊】帝王的巡游。文苑英華一七六唐蘇頲侍宴安樂公主莊應制詩:"簫鼓宸遊陪宴日，和鳴雙鳳喜來儀。"

【宸極】北極星。晉書律曆志中:"昔者聖人擬宸極以運璿璣。"古代認爲北極星是最尊之星，爲衆星所拱，因此比喻帝位。文選晉劉越石(琨)勸進表:"永嘉之際，氛厲彌昬，宸極失御，登遐醜裔。"注:"宸極，喻帝位。"

【宸算】帝王的籌謀策劃。唐李德裕李文饒集二異域歸忠傳序:"制置大略，盡出宸算。"

【宸慮】帝王的籌謀策劃。唐文粹五九段文昌平淮西碑:"天子淵默以思，霆馳以斷，獨發宸慮，不詢衆謀。"

【宸樞】帝位。南齊謝朓謝宣城集一侍宴華光殿曲水奉敕爲皇太子作詩之四:"論思帝則，獻納宸樞。"參見"宸極"。

【宸謀】帝王的謀略。宋史三二一呂誨傳請早建皇嗣疏:"宸謀已定，當使天下共知。"

【宸翰】帝王的書迹。唐詩紀事三上官昭容(婉兒)十月駕幸三會詩:"宸翰陪瞻仰，天杯接顯酬。"唐張彥遠歷代名畫記一敍畫之興廢:"(魏弘簡)且驟言於憲宗曰:'張氏富有書畫。'遂降宸翰，索其所珍。"

【宸濠】朱宸濠，明朱元璋(太祖)第十七子寧王權的玄孫，封於南昌。朱厚照(武宗)正德十四年起兵反，攻陷南康九江，沿江東下，攻安慶，擬奪取南京。僉都御史王守仁調集各郡兵馬直攻南昌，宸濠回兵救援，兵敗被俘，誅死。見明史一一七寧王權傳。

【宸襟】帝王的胸懷。初學記九南朝梁何遜九日侍宴樂遊苑詩:"宸襟動時豫，歲序屬涼氛。"

【宸聰】指帝王的聽察。唐白居易長慶集二八與元九書:"有可以救濟人病，裨補時闕而難於指言者，輒詠歌之，欲稍稍遞進聞於上。上以廣宸聰，副憂勤；次以酬恩獎，塞言責；下以復吾平生之志。"

【宸謨】帝王的謀略。同"宸謀"。文苑英華五八八唐邵説代侯中莊謝封表:"陛下宸謨獨斷，睿略潛行。"

【宸斷】帝王的裁決。宋司馬光涑水紀聞二:"魏廷式爲益州路轉運使，入奏事，太宗令先詣中書。廷式曰:'臣乘傳來三千七百里之外，所奏事固望陛下宸斷決之，非爲宰相來也，奈何詣中書?'"

【宸藻】帝王的詩文。文苑英華一七三唐沈佺期奉和洛陽玩雪應制詩:"宸藻光盈尺，賡歌樂歲豐。"

【宸嚴】帝王的威嚴。南朝梁江淹江文通文集二建平王之南徐州刺史辭闕表:"託慕宸嚴，載維感戀。"

【宸鑒】猶言御覽。梁書元帝紀王僧辯平侯景後勸進表:"日者，百司岳牧，祈仰宸鑒。"

【宸垣識畧】清吴長元撰，十六卷。據日下舊聞考、日下舊聞輯録成書，所記皆京師之事。内分天文、形勢、水利、建置、大内、皇城、内城、外城、苑囿、郊坰、識餘十一類，并附圖十八幅。

家

1. jiā ㄐㄧㄚ 古牙切，平，麻韻，見。

㊀家族。家庭。詩周頌桓:"克定厥家。"箋:"能定其家先王之業。"墨子尚同下:"治天下之國若治一家。"㊁結婚成家。楚辭屈原離騷:"及少康之未家兮，留有虞之二姚。"也指夫或妻。國語齊:"罷(疲)女無家。"注:"夫稱家也。"楚辭屈原離騷:"浞又貪夫厥家。"注:"婦謂之家。"㊂落户安居。史記九七陸賈傳:"以好畤田地善，可以家焉。"㊃卿大夫的采地食邑。周禮夏官序官:"家司馬各使其臣。"注:"家，卿大夫采地。"㊄有專長的人。漢書藝文志:"故春秋分爲五，詩分爲四，易有數家之傳。"㊅歸依。三國志魏鍾會傳"弼……爲尚書郎，年二十餘卒"注引何劭王弼傳:"弼與鍾會善，會論議以校練爲家，然每服弼之高致。"㊆家中飼養的，別於野生，如家禽、家畜。尸子下:"野鴨爲鳧，家鴨爲鶩。"㊇自稱、人稱的語尾。如自稱儂家、咱家，人稱君家、伊家。唐司空圖司空表聖詩集五白菊雜書之三:"侯印幾人封萬户，儂家只辦買孤峯。"㊈姓。見通志二七氏族三以氏爲姓。

2. jie ㄐㄧㄝ

㊉助詞。同"價"。金董解元西廂三:"一回家和衣睡，一回家披衣坐。"參見"價㊂"。

3. gū ㄍㄨ

⑪通"姑"。見"大家"。

【家丁】男僕。明史可法史忠正公集三家書之十二:"如父母急欲南來，即僱大轎一乘、騾轎三乘、及騾數頭，令本將帶家丁護來。"

【家人】㊀易卦名。䷤。離下巽上。㊁一家之人。詩周南桃夭:"之子于歸，宜其家人。"㊂僕役。史記一百欒布傳:"始梁王彭越爲家人時，嘗與布善。"漢書八八轅固傳:"竇太后好老子書，召問固，固曰:'此家人言耳。'"注:"家人，言僮隸之屬。"㊃平民之家。左傳哀四年:"公孫翩逐而射之，入於家人而卒。"疏謂入於凡人之家。

【家士】周官名。主管家邑大夫采地的獄訟。周禮秋官序官:"都士，中士二人，下士四人，府二人，史四人，胥四人，徒四十人。家士亦如之。"注:"都家之士，主治都家吏民之獄訟。"

【家小】指家屬。太平廣記三〇凡八兄引唐杜光庭仙傳拾遺:"(楊)德祖悄然，忽念未別家小。白猷屹然不行。"宋楊萬里誠齋集六有携家小歇嚴州建德縣簿廳曉起詩。特指妻。明馮惟敏一世不服老傳奇二:"只怕你中了進士做官之時，我也老得掙不得錢，娶不得家小了也。"

【家口】㊀家人的口糧。列子黃帝:"宋有狙公者，愛狙，養之成群，……損其家口，充狙之欲，俄而匱焉。"㊁家中人口。宋書元凶劭傳:"劭欲殺三鎮士庶家口。"

唐六典三戶部尚書:"内外百官家口應合遞送者,皆給人力車牛。"清翟灝認爲:孟子梁惠王上、盡心上的"八口之家",管子海王的"十口之家"爲"家口"二字所從出。見通俗編四倫常。

【家山】家鄉。唐錢起錢考功集五送李棲桐道舉擢第還鄉省侍詩:"蓮舟同宿浦,柳岸向家山。"

【家火】指日用器物。同"傢伙"。水滸二八:"武松把那鏇酒來一飲而盡,把肉和麵都喫盡了。那人收拾家火回去了。"也作"家伙"。清李玉人獸關豪逐:"家中一些家伙也没有,倒也乾净得緊。"

【家父】㊀對人自稱己父。太平御覽三四六三國魏曹植寶刀賦:"建安中,家父魏王,乃命有司造寶刀五枚,三年乃就。"今本曹子建集三無"家父"二字。參閱北齊顏之推顏氏家訓風操。㊁人名。詩小雅節南山:"家父作誦,以究王訩。"家父爲周大夫。

【家公】㊀家之主人。莊子寓言:"其往也,舍者迎將,其家公執席,妻執巾櫛。"釋文:"家公,主人公也。"㊁稱人之父。孔叢子執節:"申叔問子順曰:'子之家公,有道先生,既論之矣。今子易之,是非焉在?'"㊂稱己之父。後漢書二七王丹傳:"(侯霸)遣子昱候於道,昱迎拜車下,丹下答之。昱曰:'家公欲與君結交,何爲見拜?'"㊃祖父、外祖父。北齊顏之推顏氏家訓風操:"昔侯霸之子孫,稱其祖父曰家公。"又:"河北士人皆呼外祖父母爲家公家母;江南田里間亦言之。"

【家世】家閥和世系。史記八八蒙恬傳:"始皇二十六年,蒙恬因家世得爲秦將。"新唐書一九二賈循傳:"從子隱林,……率衆扈行在。德宗見隱林,偉其貌,問家世。答曰:'故范陽節度副使循,臣從父也。'"

【家兄】㊀對人自稱己兄。三國志吴諸葛恪傳"文書繁猥,非其好也"注引江表傳:"諸葛亮聞恪代(徐)詳,書與陸遜曰:'家兄年老,而恪性疎,今使典主糧穀,……竊用不安。'"㊁指金錢。太平御覽八三六晉成公綏錢神論:"載馳載驅,唯錢是求。……愛我家兄,皆無能已。"錢有孔方兄的别號,故稱家兄。參見"孔方兄"。

【家母】對人自稱己母。三國魏曹植曹子建集二敍愁賦序:"時家二女弟,故漢皇帝聘以爲貴人,家母見二弟愁思,故令予作賦。"

【家令】㊀太子屬官名。秦有太子家令,漢沿置。晉亦置家令,掌刑獄、錢穀、飲食。隋唐以後至金元,亦設家令,職掌隨時不同。參閱漢書百官公卿表上"屬官有太子率更、家令丞"注、晉書職官志、隋書百官志上。㊁皇族官名。漢高祖(劉邦)父太公有家令。見漢書高帝紀。東漢六百石官有宗正諸公主每主家令,三國魏七品官有公主及諸國丞萬戶以上典書令及家令,八品官有王公、妃、公主家令等。見通典三六職官十八。㊂家訓。新唐書一六三穆寧傳:"寧居家嚴,事寡姊恭甚。嘗譔家令,訓諸子,人一通。"

【家生】㊀家計。史記一〇五倉公傳:"左右不修家生,出行游國中,問善爲方數者,事之久矣。"㊁器物的總稱。宋吴自牧夢粱録十三諸色雜買:"家生動事,如桌、凳、凉牀、交椅、杌子……"指傢具。水滸二:"史進家自此無人管業,史進又不肯務農,只要尋人使家生,較量鎗棒。"又五:"智深道:'兩件家生,要幾兩銀子?'"指武器用具。㊂封建社會奴僕所生的子女,仍在主人家當奴僕,稱爲家生。漢書三一陳勝傳"奴産子"注:"奴産子,猶今人云家生奴也。"唐白居易長慶集五六南園試小樂詩:"紅萼紫房皆手植,蒼頭碧玉盡家生。"參見"家生奴"。

【家丘】指孔丘。東家丘的省稱。文選三國魏陳孔璋(琳)爲曹洪與魏文帝書:"怪乃輕其家丘,謂爲倩人,是何言歟?"詳"東家丘"。

【家老】㊀大夫家中的宰臣。國語晉八:"(叔向)見(范)宣子曰:'……盍訪訾祏,……且吾子之家老也。'"注:"家臣,室老。"參見"家臣"。㊁家中的長老。淮南子覽冥:"家老羸弱,悽愴於内。"

【家臣】春秋列國卿大夫的臣屬。職務有宰、司徒、司馬等。家臣不世襲,由卿大夫任免。左傳昭十四年:"家臣而欲張公室,罪莫大焉。"又二五年:"我家臣也,不敢知國。"

【家吏】㊀太子官屬。漢書六三武五子傳戾太子據:"且上疾在甘泉,皇后及家吏,請問皆不報。"注:"太子稱家,家吏,是太子吏也。"㊁魏晉以前,郡守自委掾吏、督郵、從事等屬官,稱家吏。三國志吴孫策傳"時袁術僭號"注引吴録策命張紘作責袁術書:"將曰天下之人,非家吏則門生也,孰不從我。"

【家丞】官名。漢太子家令有丞,歷代沿置,至明始廢。又漢制,列侯食邑千戶以上,置家丞。史記一〇七武安侯傳:"詔書獨藏魏其家,家丞封。"注:"以家臣印封遺詔。"三國志魏邢顒傳:"遂以爲平原侯植家丞。"參見"家令"。

【家行】家庭以内的行爲。史記一〇三萬石君傳:"(石慶)爲齊相,舉齊國皆慕其家行,不言而齊國大治。"

【家弟】對人自稱己弟。藝文類聚二一三國魏曹植釋思賦:"家弟出養族父郎中伊。"

【家君】㊀春秋時代卿大夫封地的下級官員。墨子尚同下:"卿之宰又以其知力爲未足獨左右其君也,是以選擇其次,立而爲鄉長、家君。"㊁易家人:"家人有嚴君焉,父母之謂也。"後因稱人或自稱父爲家君。世説新語德行:"客有問陳季方(諶):'足下家君太丘(寔)有何功德而荷天下重名?'季方曰:'吾家君譬如桂樹生泰山之阿,上有萬仞之高,下有不測之深。'"

【家邑】春秋時大夫的采地。周禮地官載師:"載師掌任土之法,……以家邑之田任稍地。"

【家私】㊀家務。文選三國魏王仲宣(粲)從軍詩:"外參時明政,内不廢家私。"㊁家財。元曲選武漢臣老生兒楔子:"老夫待將我這家私停停的分開,與我這女兒和這姪兒。"

【家妓】豪門貴族家中的歌舞女伎。太平御覽三八〇魏崔鴻十六國春秋後趙(録)石虎:"鄭后名櫻桃,晉冗從僕射鄭世達家妓也。"

【家法】㊀漢初儒生傳授經學,都由口授,各有一家之學。如傳易的有田生,傳尚書的有伏勝等。數傳之後,句讀義訓,互有歧異,分爲各家。如易經後有施、孟、梁丘三家,而施氏又分張、彭二家,孟氏又分翟、孟、白三家,梁丘又分士孫、鄧、衡三家。師所傳授,弟子一字不能改變,界限甚嚴,稱爲家法。朝廷立五經博士,試博士弟子,都先試家法。至東漢末年,許慎鄭玄治經學,兼通今古文,打破家法限制,變專門而爲博通,有宗主而無門戶。後來唐人雜取諸家義訓,撰五經正義,家法已基本消亡。參閱漢書八八儒林傳、後漢書七九儒林傳、皮錫瑞經學歷史。㊁封建士大夫治家之法。宋書王弘傳:"凡動止施爲,及書翰儀禮,後人皆依倣之,謂爲王太保家法。"㊂封建社會家長對子女奴婢施行體罰的用具。醒世恒言十九白玉娘忍苦成夫:"教左右快取家法來。"

【家底】㊀古勃泥國計量單位名。宋太平興國二年,勃泥國王向打遣使來宋,携帶有大片龍腦(冰片)一家底,米龍腦二十家底等。一家底合二十兩。見宋史四八九勃泥傳。㊁舊稱家中積存財物爲家底。

【家長】㊀一家之長。墨子天志上：“惡有處家而得罪於家長，而可爲也？”詩周頌載芟“侯主侯伯”漢毛亨傳：“主，家長也。”疏：“坊記云：家無二主。主是一家之尊，故知主家長也。”㊁對人的敬稱，等於說兄長。水滸三七：“宋江道：‘家長休要取笑。怎地喚做板刀麵？怎地是餛飩？’”

【家林】㊀指漢崔篆撰的易林。後漢書七九上孔僖傳：“冬，拜臨晉令，崔駰以家林筮之，謂爲不吉。”注：“崔篆所作易林也。”按新唐書藝文志有崔氏周易林十六卷，崔篆撰。駰爲篆之孫，故稱家林。㊁家鄉園林。文選南朝宋顏延年（延之）陶徵士誄：“汲流舊巘，葺宇家林。”

【家事】㊀家庭事務。左傳襄二七年：“夫子之家事治。”禮喪服大記：“大夫士言公事，不言家事。”㊁同“家伙”，指應用的器具。宋孟元老東京夢華錄三防火：“下有官屋數間，……及有救火家事；謂如大小桶、洒子、麻搭、斧鋸、梯子、火叉、大索、鐵猫兒之類。”㊂家產。清李玉人獸關牝詆：“守着偌大家事，儘可快活。”

【家門】㊀家族。左傳昭三年：“政在家門，民無所依。”注：“大夫專政。”宋書王微傳與王僧綽書：“且持盈畏滿，自是家門舊風，何爲一旦落漠至此！”㊁自已的家。史記夏紀：“（禹）居外十三年，過家門不敢入。”㊂明代戲劇（南曲）的開場白，常稱家門。李卓吾先生批評琵琶記上副末開場：“待小子略道幾句家門，便見戲文大意。”又屠赤水批評荊釵記上第一齣即爲家門。

【家叔】對人自稱已叔。三國志吳諸葛恪傳：“近見家叔父表陳與賊爭競之計，未嘗不喟然歎息也。”晉陶潛陶淵明集五歸去來兮辭序：“家叔以余貧苦，遂見用於小邑。”

【家具】家用的器具。北魏賈思勰齊民要術五種槐柳楸梓梧柞：“凡爲家具者，前件木皆所宜種。”

【家狀】科舉時代士子考試時填寫的年貌册。宋錢易南部新書乙：“吏部常式，舉選人家狀，須云中形，黃白色，少有髭；或武選人家狀，云長形，紫黑，多有髭。”宋史選舉志：“景德中，嘗限舉人於試紙前親書家狀。”滄州樵叟慶元黨禁：“秋當大比，漕司前期取家狀，必欲書‘委不是僞學’五字於後。”

【家姊】對人自稱已姊。北魏莊帝（元子攸）對高道穆自稱其姊壽陽公主爲家姊。見魏書高崇傳附高道穆。

【家室】㊀家庭。詩周南桃夭：“之子于歸，宜其家室。”又上章言“宜其室家”；孟子滕文公“丈夫生而願爲之有室，女子生而願爲之有家”；左傳桓十八年：“女有家，男有室”。家室互言，皆爲家義。參閱清陳奐詩毛氏傳疏。㊁屋舍。漢書四四淮南厲王長傳：“繇爲築蓋家室。”

【家計】㊀家庭的生計。韓非子難言：“家計小談，以具數言，則見以爲陋。”具數，逐件計數。三國志魏夏侯玄傳注引魏略：“（李）豐前後仕歷二朝，不以家計爲意，仰俸廩而已。”㊁家事的打算。世說新語方正“武帝語和嶠”注引晉諸公贊：“齊王當出藩，而王濟陳請無數，……世祖甚恚，謂王戎曰：‘我兄弟至親，今出齊王，自朕家計，而甄德王濟連遣婦入來生哭人邪！濟等尚爾，況餘者乎？’”

【家祖】對人稱已之祖父。北齊顏之推顏氏家訓風操：“潘尼稱其祖曰家祖，古人之所行，今人之所笑也。”

【家祚】舊謂家族的福氣。後漢書二四馬援傳贊：“徂年已流，壯情方勇。明德既升，家祚以興。”明德，援女，明帝后。

【家政】家事，家務。釋名釋親屬：“伯父：伯，把也，把持家政也。”北周庾信庾子山集一六周大將軍隴東郡公侯莫陳君夫人竇氏墓志銘：“君子朝端，賢才家政。”

【家巷】家鄉，閭里。巷，里中道。楚辭屈原離騷：“不顧難以圖後兮，五子用失乎家巷。”注：“言（夏）太康不遵禹啓之樂，……不顧患難，不謀後世，卒以失國。兄弟五人，皆居閭巷，失尊位也。”後漢書六四延篤傳：“篤以病免歸，教授家巷。”

【家相】春秋時代卿大夫家中的管家。禮曲禮下：“士不名家相、長妾。”疏：“家相，謂助知家事者也。長妾，妾之有子者也。士不得呼此二等人名也。”

【家削】周代大夫采地與公邑土地交錯相間，凡離國都二百里外三百里內的大夫采地，爲別於公邑，稱爲家削。周禮天官大宰：“以九賦斂財賄：……四曰家削之賦。”疏：“謂二〔三〕百里之內，地名削。其中有大夫采地，謂之家，故名家削。”

【家食】㊀不作官領俸，自謀生計。易大畜：“不家食，吉。”宋朱熹本義：“不家食，謂食祿於朝，不食於家也。”㊁家中糧食。漢焦延壽易林无妄之訟：“不耕而穫，家食不給。”

【家風】家族的傳統風尚。北周庾信庾子山集一哀江南賦序：“潘岳之文采，始述家風；陸機之詞賦，先陳世德。”

【家信】家中傳信之人。周書劉璠傳：“璠母在建康遘疾，璠弗之知。嘗忽一日舉身楚痛，尋而家信至，云其母病。”後稱家書爲家信。

【家約】家規。史記貨殖傳：“然任公家約，非田畜所出，弗衣食；公事不畢，則身不得飲酒食肉。”

【家家】㊀每一家。漢書八七下揚雄傳解嘲：“家家自以爲稷契，人人自以爲咎繇（皋陶）。”㊁南北朝時北方稱嫡母爲家家。北齊書南陽王綽傳：“綽兄弟皆呼父爲兄兄，嫡母爲家家，乳母爲姊姊。”又瑯邪王儼傳：“（和）士開昔來實合萬死，謀廢至尊，剃家家頭，使作阿尼。”

【家宴】家人相聚宴飲。元詩選馬臻霞外集西湖春日壯游卽事：“金縷緩歌家宴靜，午前先入裏湖遊。”

【家訓】父母的教導。後漢書八十下邊讓傳：“髫齓夙孤，不盡家訓。”

【家庭】指一家之內。藝文類聚五五南朝梁王僧孺詹事徐府君集序：“故以事顯家庭，聲著同族。”也作“家廷”。後漢書二七鄭均傳：“常稱病家廷，不應州郡辟召。”

【家烈】祖先的功業。唐韓愈昌黎集外集四河南府同官記：“我公……嗣紹家烈，不違其先。”其先，指裴均的曾祖行儉、祖父光庭。

【家書】㊀家藏之書。文選漢孔安國尚書序：“我先人用藏其家書於屋壁。”㊁家人來往書信。唐杜甫杜工部草堂詩箋九春望：“烽火連三月，家書抵萬金。”

【家財】私家所有之財產。史記留侯世家：“悉以家財求客刺秦王，爲韓報仇，以大父、父五世相韓故。”漢書五八卜式傳：“時漢方事匈奴，式上書願輸家財半助邊。”

【家翁】父，家長。隋書長孫平傳：“鄙諺曰：不癡不聾，未堪作大家翁。”資治通鑑二二四唐大曆二年引諺，下句作“不作家翁”。參見“不癡不聾”。

【家乘】春秋時晉國史書名乘。後因稱史籍爲史乘。宋黃庭堅有宜州乙酉家乘是日記性質。後人撰作家譜，襲用家乘之名，意爲家族之史。參閱宋羅大經鶴林玉露十。

【家產】一家所有的財產。史記一〇九李將軍傳：“終廣之身，爲二千石四十餘年，家無餘財，終不言家產事。”

【家鹿】鼠之别名。見宋張師正倦游雜録(説郛十四)。

【家族】同姓的親屬。管子小匡:"公修公族,家修家族,使相連以事,相及以禄。"南朝宋鮑照鮑氏集五數詩:"一身仕關西,家族滿山東。"

【家眷】家屬。宋孫光憲北夢瑣言八張仁龜陰責:"家眷聚泣。"京本通俗小説錯斬崔寧:"(魏生)差人接取家眷入京。"

【家規】居家的規矩法度。唐韓愈昌黎集五寄崔二十六立之詩:"諸男皆秀朗,幾能守家規。"

【家教】㊀在家教授學生。史記一二一申公傳:"申公恥之,歸魯,退居家教,終身不出門,復謝絶賓客。"㊁唐宋時鄉村書塾的啟蒙讀物。敦煌遺書中有唐人太公家教武王家教二種。參見"太公家教"。

【家問】家中的音訊。晉書陸機傳:"初,機有駿犬,名曰黄耳,甚愛之。既而羈寓京師,久無家問,笑語犬曰:'我家絶無書信,汝能齎書取消息不?'"

【家務】家中之事。梁書張率傳:"率嗜酒,事事寬恕,於家務尤忘懷。"周書宇文護傳:"太祖諸子並幼,遂委護以家務。"

【家常】日常家居。唐王建集八宫詞之五一:"家常愛著舊衣裳,空插紅梳不作粧。"又指居家常見的事物。唐釋齊己白蓮集十寄山中叟詩:"應笑晨持一盂苦,腥膻市裏叫家常。"參見"家常飯"。

【家累】家中人口,妻子家人之屬。晉書吴隱之傳:"城遂陷,隱之攜家累出,欲奔還都,爲(盧)循所得。"陶淵明集十附梁昭明太子(蕭統)陶淵明傳:"執事者聞之,以爲彭澤令。不以家累自隨。"後也稱家庭負擔爲家累。

【家祭】家中對先人的私祭。新唐書藝文志史部儀注類有孟詵家祭禮、徐閏家祭儀各一卷,是記載家祭禮儀的專書,今已不傳。宋陸游劍南詩稿八五示兒:"王師北定中原日,家祭無忘告乃翁。"

【家尊】稱人之父。世説新語品藻:"謝公(安)問王子敬(獻之):'君書何如君家尊?'答曰:'固當不同。'"此指王獻之父羲之。唐韓愈昌黎集五送進士劉師服東歸詩:"攜持令名歸,自足貽家尊。"

【家道】㊀管理家庭之道。易家人:"父父,子子,兄兄,弟弟,夫夫,婦婦,而家道正。"㊁家計,家産。晉陸機陸士衡集百年歌之六:"子孫昌盛家道豐。"梁書明山賓傳:"兄仲璋嬰痼疾,家道屢空。"

【家集】見"家門集"。

【家衖】同"家巷"。漢司隸校尉魯峻碑:"以公事去官,休神家衖。"(隸釋九)

【家嫂】對人稱己嫂。世説新語文學:"謝公(安)語同坐曰:'家嫂辭情忼慨,致可傳述,恨不使朝士見。'"家嫂指其兄據妻王氏。又見晉書謝安傳附謝朗。

【家當】家業,家財。古今雜劇元高文秀好酒趙元遇上皇:"招了個女壻姓趙,是趙元那廝,不成器,好酒貪盃,不理家當,營生也不做。"水滸四四:"這李雲不曾娶老小,亦無家當。"當,也作"儅"。清李玉人獸關下:"萬一他索取園中之物,我們連家儅還他,也是少哩。"

【家督】舊時長子督理家事,故稱長子爲家督。史記越王勾踐世家:"朱公居陶,……長男曰:'家有長子曰家督。'"

【家業】㊀家有的産業。漢書六七楊王孫傳:"學黄老之術,家業千金,厚自奉養生,亡所不致。"㊁家傳之學。三國志魏董卓傳"略宫人入弘農"注引(趙岐)三輔決録注:"(士孫)瑞字君榮,扶風人,世爲學門。瑞少傳家業,博達無所不通。"

【家賊】家中的敗類。漢王充論衡感類:"宋華臣弱其宗,使家賊六人,以鈹(pēi)劍)殺華吴於宋。"

【家園】㊀故鄉。後漢書三七桓榮傳:"常客傭以自給,精力不倦,十五年不闚家園,至王莽篡位乃歸。"㊁自家之園林。藝文類聚八六晉潘岳橘賦:"故成都美其家園,江陵重其千樹。"又引申爲家業。清李玉人獸關豪逐:"我兒,自從你父親亡後,家園蕩盡,夕不謀朝,如何是好?"

【家牒】見"家諜"。

【家傳】㊀子孫敍述其父祖事迹的傳記。後漢書八四列女傳序:"梁嫕、李姬,各附家傳。"嫕(yì),梁竦女;李姬,卽李文姬,李固女。其事迹見後漢書竦固二傳中。宋書謝靈運傳山居賦:"國史以載前紀,家傳以申世模。"㊁一家世代相傳。陳書江總傳:"家傳賜書數千卷,總晝夜尋讀,未嘗輟手。"

【家舅】對人自稱己舅。如晉李軌稱其舅衛展。見世説新語儉嗇。晉習鑿齒與桓温弟祕的信中稱其二舅羅崇、羅友爲家舅。見晉書習鑿齒傳。

【家誡】舊時士大夫告戒家人的話。也作"家戒"。三國魏杜恕著家戒(見三國志魏邴原傳注),北魏張烈著家誡千餘言(見魏書張烈傳),均已佚。

【家語】書名。孔子家語的簡稱。詳該條。

【家塾】相傳周代以二十五家爲一閭,閭有巷,巷首門邊設家塾,用以教授居民子弟。見禮學記"古之教者,家有塾"疏。後稱延師在家教授子弟爲家塾,以别於公家所設立的學校。宋陸游渭南文集三五奉直大夫陸公墓志銘:"兒時分梨共棗,稍長同入家塾,實知公比他人爲詳。"

【家僮】對男女奴僕的統稱。史記八五吕不韋傳:"不韋家僮萬人。"漢書五四衛青傳:"(鄭)季與主家僮衛媪通,生青。"注:"僮者,婢女之總稱也。"

【家僕】春秋時卿大夫的家臣。禮禮運:"故仕於公曰臣,仕於家曰僕。……與家僕雜居齊齒,非禮也。"僕,對主之稱,大夫稱主,故仕於家者稱家僕。見清孫希旦集解。參見"家臣"。

【家廟】古代有官爵者得建立家廟,祭祀祖先。禮王制:"天子七廟……,諸侯五廟……,大夫三廟……,士一廟。"後代泛指一個家族建立的宗祠。參閲文獻通考一〇四宗廟十四、清朝文獻通考一二三羣廟五、六。

【家慶】指家中的喜慶事。北周庾信庾子山集十六周大將軍隴東郡公侯莫陳君夫人竇氏墓志銘:"朝章家慶,兼而有之。"唐人歸家謁親稱爲拜家慶,簡稱家慶。唐詩紀事二六盧象自江東止田園移莊慶會……詩:"上堂家慶畢,願與親姻邇。"參見"拜家慶"。

【家數】古代學術文章注重師法傳授,凡一脈相沿,信守家法的,稱爲家數。明黄宗羲南雷文集十七怪:"應酬之下,本無所謂文章,而黠者妄談家數,曰:吾本王李風雅之正宗也。曰:吾師歐曾古文之正路也。"參閲清俞正燮癸巳存稿十二家數。

【家範】宋司馬光撰,十卷。首列易家人卦辭,並節録儒家書中有關治家的話作爲綱領,分十九篇,摘取史事爲例,間亦附加論説,供封建士大夫治家所取法。

【家緣】家計,家産。金董解元西廂三:"夜擁孤衾三幅布,晝欹單枕是一枚甎,只此是家緣。"

【家諜】舊時家族世系的譜牒。文選南朝梁任彦昇(昉)王文憲集序:"公諱儉,……其先自秦至宋,國史家諜詳焉。"宋王禹偁小畜集六一品孫鄭昱:"坐久問家諜,其族大且繁。"也作"家牒"。唐白居易長慶集五九海州刺史裴君夫人李氏墓志銘:"由此而上,得於國史家諜云。"全唐文六八〇引諜作"牒"。

【家諱】舊俗子孫在説話或行文中,避免

提到父祖的名字，稱爲家諱。如漢司馬遷父名談，所撰史記凡遇到談字，都改用“同”。宋范曄父名泰，所撰後漢書中遇泰字皆改作“太”，如郭泰作郭太。宋王安石父名益，所著字説無益字。蘇軾祖名序，凡遇序字都改用“敍”。唐代規定，如官名犯父、祖名，應提出申請調任他官。如父祖名常，不得任太常之類。見唐律疏義三。參閲唐韓愈昌黎集十二諱辨。

【家學】家族世代相傳之學。後漢書六七孔昱傳：“昱少習家學。”孔昱七世祖霸爲漢經師孔安國孫，世習尚書，故昱自稱家學。

【家禮】舊題宋朱熹撰，五卷，附録一卷。此書記冠婚喪祭等封建禮節。清王懋竑白田雜著認爲是別人託名朱熹之作。四庫提要亦謂書内多與朱熹晚年之論不合，非熹所作。

【家聲】家世的名聲。漢書六二司馬遷傳報任安書：“李陵既生降，隤其家聲。”李陵的祖父李廣是漢武帝時的名將。

【家難】家中遭遇的重大不幸事故。史記樂書：“成王作頌，推己懲艾，悲彼家難。”正義：“家難，謂文王囚羑里，武王伐紂。”成王爲文王孫，武王子。

【家譜】封建家族紀録世系和事迹的書。玉海五十引中興館閣書目有成鐸重定文宣王家譜一卷，宋史藝文志譜牒類有竇澄之扶風竇氏血脈家譜一卷等，今皆不存。

【家嚴】易家人：“家人有嚴君焉，父母之謂也。”嚴君本來兼指父母，由於古有嚴父慈母的話，所以後來習稱自己的父親爲家嚴，母親爲家慈。

【家屬】除户主外的家庭成員。史記陳涉世家：“陳王乃遣使者賀趙，而徙繫武臣等家屬宫中。”

【家釀】家裏自造的酒。世説新語賞譽下：“劉尹（惔）云：‘見何次道（充）飲酒，使人欲傾家釀。’”唐杜甫杜工部詩史補遺二王十七侍御掄許攜酒至草堂……：“縷衣屢許攜家釀，皂蓋能忘折野梅。”家釀，一本作“家醖”。

【家人子】㊀平民之子。史記一〇二馮唐傳：“夫士卒盡家人子，起田中從軍，安知尺籍伍符？”索隱：“謂庶人之家子也。”㊁漢代宫廷内没有名號的官人。史記九九劉敬傳：“上竟不能遣長公主，而取家人子名爲長公主妻單于。”漢書九七上外戚傳：“上家人子、中家人子，視有秩斗食云。”注：“家人子者，言採擇良家子以入宫，未有職號，但稱家人子也。”斗食，指佐史一級俸禄。

【家天下】帝王把國家作爲自己一家私産，世代相傳，稱爲家天下。漢書七七蓋寬饒傳：“五帝官天下，三王家天下，家以傳子，官以傳賢。”

【家主翁】一家之主。明陶宗儀輟耕録六家翁：“世言家之尊者曰家主翁，亦曰家公。”

【家生奴】封建社會裏家奴之子孫，曰家生奴。漢書三一陳勝傳“免驪山徒人奴産子”唐顔師古注：“猶今人云家生奴也。”女則稱家生婢。晉干寶搜神記李寄：“共請求人家生婢子兼有罪家女養之。”南朝宋劉敬叔異苑六：“廬陵人郭慶之，有家生婢名採薇。”參閲清趙翼陔餘叢考三八家生子。

【家生婢】見“家生奴”。

【家刻本】私家刊刻的書本，别於官刻本。新五代史和凝傳：“爲文章以多爲富，有集百餘卷，嘗自鏤板以行於世。”這是史籍著録的最早的家刻本。宋代家刻本很多，著名的有岳珂相臺家塾刻的五經，黄善夫家塾刻的史記，廖瑩中世綵堂刻的韓愈、柳宗元集等。元明清家刻本更多，校勘精審，往往後來居上。

【家門集】一家人著作的總集。南史王曇首傳附王筠：“又與諸兒書論家門集云：‘……非有七葉之中，名德重光，爵位相繼，人人有集，如吾門者也。’”也省稱家集。唐杜牧樊川集一冬至日寄小姪阿宜詩：“家集二百編，上下馳皇王。”

【家常飯】家中尋常的飯食。宋趙令畤侯鯖録八：“范堯夫（純仁）丞相嘗教子弟云：‘文正公（范仲淹）有言：常調官好做，家常飯好喫。’”比喻尋常之事。清龔自珍定盦集續集已亥雜詩三〇三：“五經爛熟家常飯，莫似而翁啜九流。”也作“家常茶飯”。續傳燈録三十常德府梁山廓庵師遠禪師：“天得一以清，地得一以寧，君王得一以治天下，這箇説話是家常茶飯。”

【家傳學】世代傳授之學。宣和書譜三齊王僧虔：“至僧虔，家傳之學不墜。”僧虔祖王弘，晉王導曾孫，父曇首，世代以善書名。宋王十朋梅溪集後集三送朱丞詩：“好將平昔家傳學，勉力登朝立世勳。”

【家至人説】人人家家都知道。漢書八一匡衡傳上疏：“臣聞教化之流，非家至而人説之也。”

【家至户曉】同“家諭户曉”。也作家至户到。宋歐陽修文忠集九三乞根究蔣之奇彈疏劄子：“而中外傳聞，不可家至而户曉。”又五答子華學士安撫江南見寄之作詩：“家至與户到，飽飢而衣寒。”

【家言邪學】私家偏執的邪説。荀子大略：“語曰：流丸止於甌臾，流言止於知者。此家言邪學之所以惡儒者也。”

【家見户説】每家每户都知道。後漢書二七趙典傳趙温與李傕書：“天下不可家見而户説也。”也作“門到户説”、“家到户説”。文選南朝梁任彦昇（昉）齊竟陵文宣王行狀：“不言之化，若門到户説矣。”唐韓愈昌黎集一感二鳥賦：“及時運之未來，或兩求而莫致，雖家到而户説，祇以招尤而速累。”

【家徒壁立】指家貧一無所有。史記一一七司馬相如傳：“相如乃與馳歸成都，家居徒四壁立。”索隱：“徒，空也。家空無資儲，但有四壁而已。”也作“家徒四壁”、“徒有四壁”。北魏宋靈烏元湛墓誌：“清等胡威，家徒四壁。”見漢魏南北朝墓誌集解圖釋圖版一五二。初學記十八崔鴻後燕録：“魏郡王高家貧，徒有四壁。”

【家無儋石】家無餘糧。形容十分貧困。漢書八七上揚雄傳：“家産不過十金，乏無儋石之儲，晏如也。”唐杜甫杜工部草堂詩箋二今夕行：“君莫笑劉毅從來布衣願，家無儋石輸百萬。”儋，又作擔。三國志魏華歆傳：“歆素清貧，……家無擔石之儲。”

【家給人足】家家富裕，人人豐足。鄧析子轉辭：“寂然無鞭扑之罰，漠然無叱咤之聲，而家給人足，天下太平。”史記六八商君傳：“行之十年，秦民大説，道不拾遺，山無盜賊，家給人足。”也作“家殷人足”，見史記六九蘇秦傳；或作“家衍人給”，見鹽鐵論通有。

【家諭户曉】家家户户都知道。宋樓鑰攻媿集二九繳鄭熙等免罪：“而遽有免罪之旨，不可以家諭户曉。”

【家雞野鶩】晉庾翼書法初與王羲之齊名。後來羲之書盛行，其兒輩都學王的書法，翼在給友人信中，曾有“小兒輩厭家雞，愛野雉”的話。見晉何法盛晉中興書七潁川庾録（九家舊晉書輯本）。後用“家雞野鶩”喻不同的書法風格。宋蘇軾東坡詩十二書劉景文所藏王子敬帖絶句：“家雞野鶩同登俎，春蚓秋蛇總入奩。”後也以“家雞野鶩”喻人之喜新奇而厭平常。參見“厭家雞”。

【家醜不可外揚】清平山堂話本風月瑞仙亭：“欲要訟之於官，争奈家醜不可外揚，故爾中止。”古今雜劇元白仁甫牆頭馬上二:"家醜事不可外揚,兀那漢子,我將你拖到官中,不道的饒了你哩!"

宵 1. xiāo 相邀切,平,蕭韻,心。ㄒㄧㄠ

㊀夜晚。詩豳七月:"晝爾于茅,宵爾索綯。"㊁絲織品的一種。通"綃"。見"宵衣㊀"。

2. xiǎo ㄒㄧㄠ

㊂通"小"。見"宵₂雅"。

3. xiào ㄒㄧㄠ

㊃相似。通"肖"。漢書刑法志:"夫人宵天地之顡(貌)。"注引應劭:"宵,類也。"

【宵₂人】小人,壞人。莊子列禦寇:"宵人之離外刑者,金木訊之。"史記三王世家廣陵王策:"毋侗好軼,毋邇宵人。"

【宵小】舊稱盜匪壞人。清黃六鴻福惠全書二二城廂防守:"更有州縣近城垣之處,內有高阜小山,外有曠僻無人之地,恐宵小從此出入。"

【宵中】夜間。書堯典:"宵中星虛,以殷仲秋。"後稱夜半爲宵中。世說新語文學"夏侯湛作周詩"注引周詩:"夕定辰省,奉朝侍昏,宵中告退,雞鳴在門。"

【宵分】夜半。魏書崔楷傳:"日昃忘餐,宵分廢寢。"唐吳兢貞觀政要一君道:"太宗手詔答曰:省頻抗表,誠極忠款,言窮切至,披覽忘倦,每達宵分。"

【宵₂民】小民,老百姓。南齊書樂志饗神歌辭:"方燮嘉種,永毓宵民。"新唐書一五九吳湊傳:"湊見便殿,因言:'中人所市,不便宵民,徒紛紛流議。'"

【宵田】夜獵。田,獵。爾雅釋天:"宵田爲獠,火田爲狩。"

【宵衣】㊀黑色的絲服。古代婦人助祭時所穿。儀禮特牲饋食禮:"主婦纚笄宵衣。"注:"宵,綺屬也。此衣染之以黑,其繒本名曰宵。"疏:"此字據形聲爲綃。"㊁天未亮而穿衣。舊時稱頌帝王勤于政事的套語。南朝陳徐陵徐孝穆集十陳文皇帝哀册文:"勤民聽政,昃食宵衣。"參見"宵衣旰食"。

【宵行】㊀夜間出行。周禮秋官司寤氏:"禦晨行者,禁宵行者,夜遊者。"㊁蟲名。詩豳風東山:"町畽鹿場,熠燿宵行。"熠燿,光不定貌。參閱本草綱目四一螢火。

【宵旰】即"宵衣旰食"的省稱。唐杜甫杜工部草堂詩箋三十秋日夔府詠懷……一百韻:"宵旰憂虞軫,黎元疾苦駢。"參見"宵衣旰食"。

【宵明】㊀傳說夜能發光的草。舊題晉王嘉拾遺記六:"(漢)宣帝地節元年,樂浪之東,有背明之國,……有宵明草,夜如列燭,晝則無光。"㊁傳說舜女。山海經海內北經:"舜妻登比氏,生宵明燭光,處河大澤。二女之靈,能照此所方百里。"

【宵征】夜行。詩召南小星:"肅肅宵征,夙夜在公。"楚辭戰國楚宋玉九辯:"獨申旦而不寐兮,哀蟋蟀之宵征。"

【宵扈】扈,也作"鳸",音hù。㊀鳥名。九扈之一。爾雅釋鳥:"春鳸,鳻鶞;……宵扈,嘖嘖。"㊁相傳少皞氏以鳥名官,農官有九扈,其一爲宵扈。漢蔡邕獨斷:"宵扈氏,農正,夜爲民驅獸。"參見"九扈"。

【宵魚】傳說孔子弟子宓不齊(子賤)在亶父(一作單父,今山東單縣南)任宰,三年後,巫馬期(也作巫馬施,孔子弟子)去視察宓不齊施政的情況,夜間看見捕魚的人不捕小魚,得了也放掉,象有刑法在旁邊監督一樣。事見呂氏春秋具備、淮南子道應。後用爲頌揚地方官吏善於敎化的典故。藝文類聚二一南朝宋何承天達性論:"行葦作歌,宵魚垂化,所以愛人用也。"

【宵₂雅】詩經篇名。卽小雅。禮學記:"宵雅肄三,官其始也。"注:"宵之言小也。……習小雅之三,謂鹿鳴四牡皇皇者華也。"

【宵程】夜間行程。明高啟高太史集十五宿張氏江館詩:"極浦荒雲一棹行,遠投江館駐宵程。"

【宵遁】乘夜逃亡。左傳成十六年:"夫余不可以待,乃宵遁。"也作"宵逸"。晉書慕容垂載記論:"遂使翟氏景從,鄴師宵逸。"

【宵魄】月亮。唐韓愈昌黎集八會合聯句詩:"夏陰偶高庇,宵魄接虛擁。"

【宵熠】螢的別名。宋范成大石湖集二十嘲蚊四十韻詩:"濕生同糞蝎,腐化類宵熠。"參見"宵行㊁"。

【宵練】劍名。列子湯問:"孔周曰:'吾有三劍,……三曰宵練,方晝則見影而不見光,方夜見光而不見形,其觸物也,騞然而過,隨過隨合,覺疾而不血刃焉。'"後用爲劍的泛稱。文苑英華六五八唐駱賓王上兗州崔長史啟:"靈臺宏遠,騁宵練於霜潭。"一本作"霄練"。

【宵錦】指穿着錦衣夜行,喻尊榮而不爲衆所周知。南朝陳徐陵徐孝穆集四武皇帝作相時與嶺南酋豪書:"故鄉如此,誠爲衣繡;故人不見,還同宵錦。"參見"衣錦夜行"。

【宵燭】㊀夜晚的燭光。文選南朝梁劉孝標(峻)廣絕交論:"冀宵燭之末光,邀潤屋之微澤。"㊁螢的別名。見晉崔豹古今注中魚蟲。㊂傳說中舜的二女:宵明燭光。藝文類聚十六南朝宋謝莊豫章長公主墓志:"宵燭載照,娥英是從。"參見"宵明㊁"。

【宵邁】同"宵征"。邁,遠行。宋書毛脩之傳上表:"伍員不虧君義,而申包不忘國艱。……今臣庸踰在昔,未蒙宵邁之旗,是以仰辰極以希照,眷西土以灑淚也。"

【宵₃類】相類似之諸物。淮南子要略:"乃始攬物引類,覽取撟掇,浸想宵類。"漢許愼注:"宵,物似也;類,衆也。"

【宵遊宮】宮殿名。漢成帝於太液池旁起宵遊宮,以漆爲柱,鋪黑綈之幕,器服乘輿亦爲黑色。見舊題晉王嘉拾遺記六。

【宵衣旰食】天未明就起來穿衣,傍晚纔進食。比喩勤於政務。爲美化封建帝王的套語。舊唐書一九〇下劉蕡傳大和二年對策:"若夫任賢惕厲,宵衣旰食,宜黜左右之纖佞,進股肱之大臣。"也作"旰食宵衣"。唐白居易長慶集十二陳鴻長恨歌傳:"玄宗在位歲久,倦于旰食宵衣,政無小大,始委于右丞相,深居遊宴,以聲色自娛。"

宴 yàn 於殄切,上,銑韻,影。ㄧㄢ 於甸切,去,霰韻,影。

㊀安逸,閒適。易隨:"君子以嚮晦入宴息。"㊁樂。左傳成二年:"衡父不忍數年之不宴。"注:"宴,樂也。"㊂以酒肉款待賓客。也作"讌"、"醼"。左傳宣十六年:"王饗有體薦,宴有折俎。"

【宴安】安逸。後漢書二九申屠剛傳:"光武嘗欲出游,剛以隴蜀未平,不宜宴安逸豫。"晉陶潛陶淵明集一勸農詩:"宴安自逸,歲暮奚冀?"

【宴豆】古宴會時盛食品的器具。豆,古亦用作禮器。國語楚上:"先君莊王,爲匏居之臺,高不過望國氛,大不過容宴豆。"注:"言宴有折俎籩豆之陳。"唐權德輿權載之文集十一大唐……杜公淮南遺愛碑銘序:"轅門言言,夏屋耽耽,可以張射侯,可以容宴豆。"泛指宴飲。宋許顗許彥周詩話引王珪挽邵安簡(亢)詩:"春風澤國吟牋落,夜雨溪堂宴豆疎。"王珪華陽集五作"燕豆"。

【宴見】皇帝閒宴時召見臣下。漢書四四淮南王安傳:"每宴見,談說得失及方技賦頌。"又七五京房傳："房嘗宴見。"注："以閒宴時而入見天子。"

【宴坐】㊀閒坐。唐白居易長慶集六九病中宴坐詩："宴坐小池畔，清風時動襟。"㊁佛家禪宗稱坐禪爲宴坐。維摩經弟子品："心不住內，亦不在外，是爲宴坐。"景德傳燈錄三菩提達磨："宗勝聞偈，欣然卽於巖閒宴坐，……王卽遣使入山，果見宗勝端居禪寂。"

【宴居】閒居。同"燕居"。國語楚上："宴居有師工之誦。"文選晉左太沖（思）吳都賦："競其區宇，則并疆兼巷；矜其宴居，則珠服玉饌。"

【宴衎】與賓朋宴飲爲樂。同"燕衎"。衎，音 kàn。唐杜甫杜工部詩史補遺七陪諸公上白帝城宴越公堂之作："英靈如過隙，宴衎願投膠。"參見"燕衎"。

【宴射】聚宴習射。古代射禮之一。北齊書河南康舒王孝瑜傳："數集諸弟宴射爲樂。"也作"燕射"。參見"燕射"。

【宴娛】宴飲作樂。唐高適高常侍集七眞定卽事奉贈韋使君二十八韻詩："起草徵調墨，焚香卽宴娛。"柳宗元柳先生集二七永州韋使君新堂記："乃作棟宇，以爲觀游，……已乃延客入觀，繼以宴娛。"

【宴娭】宴飲嬉樂。娭，同"嬉"。同"燕喜"。漢書禮樂志安世房中歌："神來宴娭，庶幾是聽。"也作"宴喜"、"宴嬉"。文選晉潘安仁（岳）西征賦："曁乎秺侯（金日磾）之忠孝淳深，陸賈之優遊宴喜。"宋王珪華陽集三聞喜宴上贈狀元葉祖洽詩："黼座親臨唱第初，宴嬉猶及苑花餘。"

【宴婉】安詳和順。多指溫柔的美人。宴，也作"嬿"。文選三國魏曹子建（植）七啟："佩蘭蕙兮爲誰脩，宴婉絕兮我心愁。"參見"嬿婉"。

【宴飲】設宴聚飲。漢書四七梁孝王武傳："是時上未置太子，與孝王宴飲。"三國志吳劉繇傳："權嘗宴飲，騎都尉虞翻醉酒犯忤，權欲殺之，威怒甚盛，由（劉）基諫爭，翻以得免。"

【宴集】宴飲相聚。晉書杜預傳："預初在荊州，因宴集，醉臥齋中。"又王衍傳："嘗因宴集，爲族人所怒，舉樏擲其面。"

【宴殿】皇帝退朝後休息的便殿。宋史地理志一："西有垂拱殿，常日視朝之所也；次西有皇儀殿，又次西有集英殿，宴殿也。"

【宴會】會聚宴飲。文選古詩十九首之四："今日良宴會，歡樂難具陳。"又三國魏曹子建（植）王仲宣誄："感昔宴會，志各高厲。"

【宴歌】宴飲歌唱。北齊書宋遊道傳："會霖雨，行旅擁於河橋，遊道於幕下朝夕宴歌。"

【宴爾】詩邶風谷風："宴爾新昏，如兄如弟。"宴，安樂。小序謂此章意在刺人棄舊戀新。後以"宴爾"爲新婚的代詞。參閱宋洪邁容齋隨筆五筆八承習用經語誤。

【宴樂】㊀安樂。易需："需君子以飲食宴樂。"㊁宴飲作樂。論語季氏："樂宴樂，損矣。"左傳文四年："昔諸侯朝正於王，王宴樂之，於是乎賦湛露。"

【宴嬉】見"宴娭"。

【宴醑】猶言宴飲。醑（xǔ），美酒。藝文類聚二九南朝梁蕭統春日宴晉熙王詩："幸茲同宴醑，引滿愛樽空。"

【宴饗】㊀皇帝大宴羣臣、賓客。後漢書禮儀志中："每月朔歲首，爲大朝受賀，……百官受賜宴饗，大作樂。"㊁謂鬼神受享祭祀的酒食。饗，同"享"。後漢書四十下班彪傳附班固明堂詩："上帝宴饗，五位時序。"

【宴昵殿】皇帝接待親戚的便殿。漢書一〇〇上敍傳："大將軍王鳳薦（班）伯宜勸學，召見宴昵殿。"注："張晏曰：親戚宴飲會同之殿。"

【宴桃源】詞牌名。詳"如夢令"。

【宴安酖毒】貪圖逸樂，就像服毒自殺。酖，同"鴆"。左傳閔元年："宴安酖毒，不可懷也。"

宷 shěn 式任切，上，寑韻，審。ㄕㄣˇ

辨明。同"審"。說文："宷，悉也，知宷諦也。"參見"審"。

容 róng 餘封切，平，鍾韻，喻。ㄖㄨㄥˊ

㊀容納，寬容。墨子備城門："斗大容二斗以上到三斗。"莊子庚桑楚："不能容人者無親。"書君陳："有容，德乃大。"疏："有所寬容，其德乃能大。"㊁小曲屏風。周禮夏官射人："王以六耦射三侯，三獲三容。"古代行射禮，用皮革做小屏風，作爲隱蔽。爾雅釋宮："容謂之防。"郭璞注："形如今之牀頭小曲屏風。"㊂可以，允許。左傳昭元年："五降之後，不容彈矣。"後漢書六三李固傳："又詔書所以禁侍中尚書中臣子弟不得爲吏察孝廉者，以其秉威權，容請託故也。"㊃容貌，儀容。孟子萬章上："舜見瞽瞍，其容有蹙。"㊄人的儀節有一定的法度，故稱法度爲容。呂氏春秋士容："此國士之容也。"注："容猶法也。"㊅副詞。1. 當。漢書六三李固傳："宮省之內，容有陰謀。"三國志魏武帝紀"九月，進軍渡渭"注："按魏書：'公軍八月至潼關，閏月北渡河。'則其年閏八月也，至此容可大寒邪！"2. 或者，也許。世說新語方正："何至如此，彼容不相知也。"3. 表示反問。三國志魏辛毗傳："昔周文王以紂遺武王，惟知時也。苟時未可，容得已乎！"㊆姓。禮記有徐大夫容居。見廣韻。

【容刀】作儀仗用的佩刀。詩大雅公劉："維玉及瑤，鞞琫容刀。"釋名釋兵："佩刀，……或曰容刀，有刀形而無刃，備儀容而已。"

【容止】㊀形貌舉動。左傳襄三十一年："周旋可則，容止可觀。"㊁收留。魏書釋老志詔："自王公以下，有私養沙門者，皆送官曹，不得隱匿。限今年二月十五日，過期不出，沙門身死，容止者誅一門。"

【容日】他日，稍寬幾天。水滸八十："容日各備鞍馬，俱送回營。"清孫郁雙魚珮傳奇雙報："今宵且共談心，容日當呈薄技。"

【容成】相傳是黃帝的大臣，最早發明曆法。見世本、淮南子脩務。漢書藝文志陰陽家有容成子十四篇，又方技房中有容成陰道二十六卷，皆不傳。後道家附會爲仙人，說是黃帝老子之師。見文選晉郭景純（璞）遊仙詩"陵陽挹丹溜，容成揮玉杯"注引列仙傳。

【容光】㊀有空隙卽能納光，因指幽暗的間隙。孟子盡心上："日月有明，容光必照焉。"注："容光，小郤也，言大明照幽微也。"郤，同"隙"。㊁儀容風采。玉臺新詠一徐幹雜詩之一："端坐而無爲，髣髴君容光。"

【容車】㊀古代婦女坐乘的小車。釋名釋車："容車，婦人所載小車也，其蓋施帷，所以隱蔽其形容也。"參閱儀禮士昏禮"婦車亦如之有裧"疏。㊁送葬時載運死者衣冠、畫像等的車。俗稱魂轎。後漢書二十祭遵傳："贈以將軍、侯印綬，朱輪容車，介士軍陳送葬。"注："容車，容飾之車，象生時也。"

【容忍】寬容忍耐。漢書九二原涉傳："（王）莽性果賊，無所容忍。"

【容足】僅能立足，形容所處的地方極狹小。莊子外物："夫地非不廣且大也，人之所用，容足耳。"新唐書食貨志二："今富者萬畝，貧者無容足之居。"參見"容足地"。

【容身】安身。莊子盜跖："孔丘……削

跡於衞，窮於齊，圍於陳蔡，不容身於天下。”唐杜甫杜工部草堂詩箋五上韋左相二十韻：“巫咸不可問，鄒魯莫容身。”

【容表】儀容外表。南史江夷傳附江斅：“中書舍人紀僧真幸於武帝，稍歷軍校，容表有士風。”

【容易】漢書六五東方朔傳非有先生論有“談何容易”語，又六六楊敞傳附楊惲有“事何容易”語。何容，猶言豈可，與易字不連讀。後來以容易連讀爲詞，含有輕易、不在乎的意思。宋邵雍伊川擊壤集五秋日飲後晚歸詩：“水竹園林秋更好，忍把芳樽容易倒。”又趙長卿惜香樂府八品令：“從今已後，睽離千萬，且休容易。”參見“談何容易”。

【容物】㊀容納事物。莊子田子方：“緣而葆真，清而容物。”引申爲度量寬大能容人。全唐詩六七九崔塗鸚鵡洲即事：“曹瞞尚不能容物，黃祖何曾解愛才。”㊁儀容服飾。文選南朝宋顏延年(延之)拜陵廟作詩：“皇心憑容物，民思被歌聲。”唐李周翰注：“文帝憑視陵廟之容，見御之物。”

【容城】縣名。屬河北省。漢置，屬涿郡。北齊天保時歸范陽縣。隋開皇元年置遒縣。唐天寶元年改爲容城縣。明初歸雄縣，後又改爲容城縣，屬保定府。參閱元和郡縣志十八易州、讀史方輿紀要十二直隸三保定府。

【容容】㊀流動起伏或紛亂變動貌。楚辭屈原九歌山鬼：“表獨立兮山之上，雲容容兮而在下，杳冥冥兮羌晝晦。”又九章悲回風：“紛容容之無經兮，罔芒芒之無紀。”補注：“容容，變動之貌。”漢書禮樂志郊祀歌：“神之行，旌容容。”注：“容容，飛揚之貌。”㊁和同不立異。同“庸庸”。史記九六張丞相傳附韋玄成：“其治容容，隨世俗浮沉。”漢書八四翟方進傳：“朕誠怪君，何持容容之計，無忠固意。”注：“容容，隨衆上下也。”㊂嚮往。同“喁喁”。史記九二淮陰侯傳：“百姓罷極怨望，容容無所倚。”參見“喁喁㊀”。

【容悅】逢迎以取悅於上。孟子盡心上：“有事君人者，事是君，則爲容悅者也。”漢王充論衡自紀：“偶合容說，身尊體佚，百載之後，與物俱歿。”說，通“悅”。

【容臭】香囊。臭，指香物。禮內則：“衿纓，皆佩容臭。”疏：“臭謂芬芳。臭物謂之容者，庾氏云：以臭物可以修飾形容，故謂之容臭。”

【容納】指人能寬容，任用人才。文選晉干令升(寶)晉紀總論：“昔高祖宣皇帝(司馬懿)……性深阻有如城府，而能寬綽以容納。”

【容許】㊀或許，或可。唐李商隱李義山詩集四贈送前劉五經映三十四韻：“莫踰巾屨念，容許後昇堂。”踰，一本作“渝”。㊁許可。唐王建詩三初到昭應呈同僚：“同官若容許，長借老僧房。”

【容接】接待。後漢書六七李膺傳：“膺獨持風裁，以聲名自高，士有被其容接者，名爲登龍門。”

【容彭】傳說黃帝史官容成公與堯臣彭祖都長壽，後因以容彭爲高壽者的代稱。文選南朝梁劉孝標(峻)辨命論：“此則宰衡之與皁隸，容彭之與殤子，……咸得之於自然，不假於才智。”

【容華】㊀漢女官。也作“傛華”。史記外戚世家：“容華秩比二千石。”參見“傛華”。㊁容顏。文選三國魏曹子建(植)雜詩之四：“南國有佳人，容華若桃李。”又美女篇：“容華耀朝日，誰不希令顏。”

【容媚】奉承諂媚，以取得人的歡心。漢書九七下孝成趙皇后傳耿育疏：“事不當時固爭，防禍於未然，各隨指阿從，以求容媚。”

【容裔】起伏貌。文選漢張平子(衡)東京賦：“建辰旒之太常，紛焱悠以容裔。”注：“容裔，高低之貌。”又南都賦：“汰瀺灂兮舩容裔。”唐呂向注：“容裔，船行貌。”又三國魏曹子建(植)洛神賦：“六龍儼其齊首，載雲車之容裔。”唐劉良注：“容裔，行貌。”此指舟車行動的起伏。參見“容與㊀”。

【容與】㊀起伏貌。楚辭屈原九章涉江：“船容與而不進兮，淹回水而疑滯。”注：“五臣云：容與，徐動皃。”㊁放縱。莊子人間世：“因案人之所感，以求容與其心。”唐成玄英疏：“容與，猶放縱也。”㊂安逸自得貌。楚辭屈原九歌湘夫人：“時不可兮驟得，聊逍遙兮容與。”㊃遲疑不定貌。同“猶豫”。楚辭屈原九章思美人：“固朕形之不服兮，然容與而狐疑。”

【容臺】習禮之臺。淮南子覽冥：“容臺振而掩覆。”注：“容臺，行禮容之臺。”史記殷本紀“表商容之閭”唐司馬貞索隱：“鄭玄云：商家典樂之官，知禮容，所以禮署稱容臺。”後因稱禮部爲容臺。參見“春臺”。

【容態】容貌，姿態。楚辭戰國楚宋玉招魂：“容態好比，順彌代些。”後漢書八十下禰衡傳：“衡方爲漁陽參撾，蹀躞而前，容態有異。”

【容輝】儀容豐采。文選古詩十九首：“獨宿累長夜，夢想見容輝。”玉臺新詠一秦嘉妻徐淑答詩：“思君兮感結，夢想兮容輝。”

【容範】音容及儀範。文苑英華三〇一南朝梁沈約懷舊傷庾杲之詩：“楸櫝今已合，容範尚昭昭。”晉書魏舒傳：“(鍾)毓初不知其善射。舒容範閑雅，發無不中，舉座愕然，莫有敵者。”

【容膝】指立足之地。韓詩外傳九：“今如結駟列騎，所安不過容膝。”晉陶潛陶淵明集五歸去來兮辭：“倚南窗以寄傲，審容膝之易安。”

【容儀】容貌與儀表。漢書成帝紀：“成帝善修容儀，升車正立，不內顧，不疾言，不親指。”世說新語容止：“裴令公(楷)有儁容儀，脫冠冕，麤服亂頭，皆好。”

【容質】容貌與姿質。晉書列女傳王廣女：“王廣女者，不知何許人也，容質甚美。”梁書昭明太子傳哀策文：“謂天地其無心，遽永潛於容質。”

【容璣】春秋齊舞曲名。孔子家語子路初見：“(齊侯)乃選好女子八十人，衣以文飾而舞容璣，及文馬四十駟，以遺魯君。”容璣，史記孔子世家作“康樂”。

【容縣】縣名，屬廣西僮族自治區。唐貞觀元年置容州，以州西容山爲名。元爲容州路。明洪武十年改縣，屬廣西梧州府。清因之。見舊唐書地理志四、讀史方輿紀要一〇八梧州府。

【容隱】隱瞞包庇。後漢書四四徐防傳上疏：“伏見太學試博士弟子，皆以意說，不修家法，私相容隱，開生姦路。”宋書檀道濟傳元嘉十三年詔：“謝靈運志凶辭醜，不臣顯著，納受邪說，每相容隱。”

【容顏】容色，面貌。文選戰國楚宋玉神女賦：“整衣服，斂容顏。”唐李白李太白詩二古風之二八：“容顏若飛電，時景如飄風。”

【容觀】容貌儀表。禮玉藻：“既服，習容觀玉聲，乃出。”三國志蜀劉封傳：“魏文帝善(孟)達之姿才容觀，以爲散騎常侍、建武將軍，封平陽亭侯。”

【容成侯】指鏡。唐司空圖司空表聖文集一有容成侯傳，以鏡擬人，託名容成侯。元艾性剩語一古鏡詞：“古哉容城侯，作我眼外眼。”參見“壽光先生”。

【容足地】勉强可以安身的地方。唐白居易長慶集五三吾廬詩：“眼下營求容足地，心中準擬掛冠時。”

【容頭過身】謂得過且過，如野獸竄穴，頭可容，身卽可過。後漢書八七西羌傳虞詡疏：“今三郡未復，園陵單外，而公卿選懦,容頭過身。”

【容齋隨筆】宋洪邁撰。十六卷。又續筆、三筆、四筆各十六卷,五筆十卷。爲讀書札記。考辨經典,釐訂典故,旁及宋代朝章官制、經史百家。邁學問淵博,書中辯證考據,頗多創見。後人輯其有關詩歌部分,另成容齋詩話六卷。

八畫

密 mì 美畢切,入,質韻,明。ㄇㄧˋ

㊀形狀如堂屋的山。爾雅釋山:“山如堂者密。”注:“形如堂室者。尸子曰:‘松柏之鼠,不知堂密之有美樅。’”㊁稠密。見“密雲㊀”。㊂貼近,親切。見“密坐”、“密邇”、“密友”、“密親”。㊃周到,完備。荀子儒效:“其知慮多當矣,而未周密也。”㊄愼密。易繫辭上:“幾事不密則害成。”韓非子說難:“夫事以密成,語以泄敗。”㊅靜寂。易繫辭上:“聖人以此洗心,退藏於密。”管子大匡:“夫詐密而後動者勝。”注:“密,靜。”㊆安定。詩大雅公劉:“止旅乃密,芮鞫之即。”傳:“密,安也。”㊇古國名。1.即“密須”。詩大雅皇矣:“密人不恭。”詳“密須”。2.周初姬姓之國。爲周共王所滅。國語周上:“康公弗獻,一年,王滅密。”注:“密,今安定陰密縣,近涇。”㊈姓。漢有尚書密忠。見廣韻。

【密户】道家稱腎臟。雲笈七籤十一上清黄庭内景經上有:“上有魂靈下關元,左爲少陽右太陰,後有密户前生門,出日入月呼吸存。”注:“密户,腎也。”

【密友】最親近、要好的朋友。文選三國魏嵇叔夜(康)琴賦:“若乃華堂曲宴,密友近賓。”北齊書封述傳:“而厚積財産,一無餽遺,雖至親密友貧病困篤,亦絶於拯濟,朝野物論甚鄙之。”

【密勿】㊀勤勉努力。詩小雅十月之交:“黽勉從事,不敢告勞。”漢書三六楚元王傳附劉向:“故其詩曰:‘密勿從事,不敢告勞。’”注:“密勿猶黽勉從事也。”後漢書四四胡廣傳史敞薦廣書:“密勿夙夜,十有餘年,心不外顧,志不苟進。”注:“密勿,僶勉。”㊁機要,機密。三國志魏杜恕傳上疏:“與聞政事密勿大臣,寧有懇懇憂此者乎?”

【密石】光滑細密的磨石。國語晉八:“天子之室,斲其椽而礱之,加密石焉。”注:“密,細密文理;石,謂砥也。先粗礱之,加以密砥。”又見穀梁傳莊二四年。

【密印】㊀即蜜印。死後追贈官職所賜的蠟印。唐劉禹錫劉夢得集十七代杜司徒謝追贈表:“紫書忽降於重霄,密印榮加於厚夜。”又二八彭陽侯令狐氏先廟碑:“密印纍纍,邦族聳慕。”參見“蜜印㊀”。㊁佛教謂諸佛菩薩各有本誓,爲標志此本誓,以兩手十指形種種之相爲印象印契,其理趣深奥祕密,故稱密印。大日經密印品:“身分擧動住止,應知皆是密印。”參見“密宗”。

【密肌】㊀蟲名。爾雅釋蟲:“密肌,繼英。”即蠼螋,俗稱蓑衣蟲。足比蜈蚣更密,故稱密肌。見清郝懿行爾雅義疏、翟灝爾雅補郭下。㊁鳥名。爾雅釋鳥:“密肌,繫英。”即英雞,因啄啖石英而得名。其毛羽文采稠密,又名密肌。見爾雅鄭注下、爾雅補郭下。

【密坐】靠近而坐。文選三國魏曹子建(植)與吳季重書:“前日雖因常調,得爲密坐。”注引曹大家(東漢班昭)欹器頌:“侍帝王之密座。”座通“坐”。又唐吕向注:“密坐,謂環坐也。”宋黄庭堅山谷外集詩注二薛樂道自南陽來入都留宿會飲作詩餞行:“密坐幸頗歡,劇飲寧辭痛。”

【密宗】佛教的一派,源出印度佛教中的密教。唐開元初傳入我國,形成宗派。也稱真言宗。以大日經金剛頂經爲依據,傳三密之法,卽口誦真言(語密)、手結契印(身密)、心作觀想(意密)。謂三密同時相應,便可使凡身成佛。真言,梵語漫怛羅,也譯作咒。參見“密教”。

【密約】祕密約定。新唐書一九四權皋傳:“皋度(安)禄山且叛,……天寶十四載,使獻俘京師,還過福昌尉仲謩。謩妻,皋妹也。密約以疾召之。”

【密恩】關懷周到的恩情。後漢書八〇下趙壹傳窮鳥賦:“幸賴大賢,我矜我憐,昔濟我南,今振我西。鳥也雖頑,猶識密恩,内以書心,外用告天。”

【密密】㊀稠密,細密。唐孟郊孟東野集一遊子吟:“慈母手中線,遊子身上衣。臨行密密縫,意恐遲遲歸。”㊁勤勉,努力。韓非子說林下:“我笑句踐也。爲人之如是其易也,已獨何爲密密十年難乎?”參見“密勿㊀”。

【密章】㊀用蠟刻成的印章,卽蜜印。晉書陶侃傳:“(侃)薨于樊谿,……成帝下詔曰:‘……今遣兼鴻臚追贈大司馬,假密章,祠以太牢。’”百衲本作“蜜章”。參見“密印㊀”。㊁祕密的奏章。新唐書二〇二鄭虔傳:“(虔)潛以密章達靈武。”

【密教】佛教宗派。對顯教而言。謂真言的教義,真言(咒)是大日如來自證的法門,深奥難測,故稱密教。其他法門,稱爲顯教。

【密都】神話中天帝所居深曲隱密的都邑。山海經中山經:“又東十里,曰青要之山,實維帝之密都。”注:“天帝曲密之邑。”按爾雅釋山:“山如堂者密。”謂似堂之四方形而高。

【密時】古代帝王祭青帝的地方。史記封禪書:“秦宣公作密時於渭南,祭青帝(東方之神,五天帝之一)。”參見“五時”。

【密詔】祕密的詔書。三國志蜀先主傳:“獻帝舅車騎將軍董承辭受帝衣帶中密詔,當誅曹公。先主未發。”

【密雲】㊀密布的濃雲。後漢書桓帝紀:“頃雨澤不沾,密雲復散。”㊁易小畜有“密雲不雨”一語,後因用“密雲”爲“無淚”的歇後隱語,意指故作悲戚之態而内心并不悲傷。北齊顏之推顏氏家訓風操:“有王子侯,梁武帝弟,出爲東郡,與武帝别。帝曰:‘我年已老,與汝分張,甚心惻愴。’數行淚下。侯遂密雲,赧然而出。”㊂縣名。秦漢爲漁陽右北平二郡,本在塞外,東漢内徙,北魏置密雲縣,以境内有密雲山,故名。宋屬檀州,明清屬順天府,今屬北京市。參閱寰宇通志一順天府密雲縣。

【密款】内心的真誠。唐白居易長慶集三九與王承宗詔:“請獻官員,願輸貢賦,而又上陳密款,遠達深誠。”

【密陽】不見陽光的地方。太平御覽二一公孫尼子:“春居葛籠,夏居密陽,秋不風,冬不煬,飲食不饋,飲酒不勤。”玉函山房輯佚本作“密暘”。

【密須】古國名,也稱密。商時姞姓之國,爲周文王(姬昌)所滅。左傳定四年:“分唐叔以大路、密須之鼓、闕鞏、沽洗。”注:“密須,國名。”故城在今甘肅靈臺縣西。

【密榮】山海經謂峚(mì)山所出的玉華。密,通“峚”;榮,華。文苑英華一五四南朝梁任昉和謝朓花雪詩:“山經陋密榮,騷人貶瓊樹。”山經,山海經的略稱。參見“峚榮”。

【密網】細密的羅網。比喻煩瑣苛刻的法令。晉書劉頌傳上疏:“下吏縱姦,懼所司之不擧,則謹密網以羅微罪。”世說新語政事“賈充初定律令”注引晉諸公贊:“明達治體,加善刑法,由此與散騎常侍裴楷共定科令,蠲除密網,以爲晉令。”

【密親】近親,關係密切的親戚。文選晉陸士衡(機)赴洛道中作詩之一:“總轡登長路,嗚咽辭密親。”

【密縣】縣名，屬河南省。古密國、鄶國地。漢置縣，屬河南郡，故城在今縣治東南。唐武德三年置密州，四年廢州，以縣屬鄭州。龍朔二年割歸河南府。清屬開封府。參閱元和郡縣志五河南府、嘉慶一統志一八六開封府一。

【密緻】細密，細緻。漢陸賈新語資質："夫楩柟豫章，天下之名木……。精捍直理，密緻博通。"也作"密致"。漢王充論衡齊世："孔子知世浸弊，文薄難治，故加密致之罔，設纖微之禁。"

【密邇】貼近，靠近。書太甲上："密邇先王其訓。"左傳文十七年："以陳蔡之密邇於楚，而不敢貳焉。"也作"密爾"。唐劉禹錫劉賓客集二三遊桃源詩："寂寂無何鄉，密爾天地隔。"

【密匝匝】密密層層，嚴實稠密。古今雜劇元白樸(仁甫)梧桐雨三："齊臻臻雁行般排，密匝匝魚鱗似亞。"又："數層鎗密匝匝，一聲喊山摧塌。"

【密陀僧】礦物名，可入藥，外用治瘡、腋臭及作面膏。即今之氧化鉛。政和證類本草四密陀僧引唐本草："出波斯國，一名没多僧。"又引圖經："出波斯國，今嶺南閩中銀銅冶處亦有之。"

【密雲龍】茶名。宋葉夢得石林燕語八："熙寧中，賈青爲福建轉運使，又取小團之精者爲密雲龍，以二十餅爲斤，而雙袋謂之雙角團茶。"小團，即小龍團，慶曆中蔡襄所造茶名。參閱宋熊蕃宣和北苑貢茶録。

【密雲不雨】易小畜："密雲不雨，自我西郊。"疏謂濃雲只聚在西郊，但不下雨。後因以比喻恩惠未能施及在下的人或事機成熟而未能實現。

【密齋筆記】宋謝采伯撰，五卷，又續記一卷。原書久佚，散見於永樂大典，四庫館臣從中輯出。雜論經史文義。全書五萬餘言，援據史傳，語有本源，但博洽不如沈括夢溪筆談、洪邁容齋隨筆。

寇 kòu 苦侯切，去，侯韻，溪。ㄎㄡˋ

㊀劫掠，侵犯。書費誓："無敢寇攘。"左傳文七年："兵作於内爲亂，於外爲寇。"㊁盜賊。書舜典："寇賊姦宄。"傳："羣行攻劫曰寇。"㊂敵軍。呂氏春秋壅塞："左右有言秦寇之至者，因扜弓而射之。秦寇果至，戎主醉而卧於樽下。"注："寇，兵也。"㊃砍伐。莊子人間世："山木自寇也，膏火自煎也。"㊄物繁盛衆多。見"寇鳧"。㊅姓。廣韻引風俗通："蘇忿生爲(周)武王司寇，族以官爲氏。"

【寇戎】敵軍來犯。周禮春官小祝："有寇戎之事，則保郊祀于社。"注："鄭司農(衆)云：謂保守郊祭諸祀及社，無令寇侵犯之。"禮月令仲春之月："仲春行秋令，則其國大水，寒氣總至，寇戎來征。"

【寇抄】攻劫掠奪。後漢書七六任延傳："民畏寇抄，多廢田業。"也作"寇鈔"。後漢書桓帝紀延熹四年："寇鈔百姓。"

【寇恂】公元前？—公元36年。東漢上谷昌平人。字子翼。世爲地方著姓豪强。光武帝(劉秀)時拜河内太守，曾鎮壓農民起義軍緑林軍蘇茂、賈强等部。繼任潁川汝南太守，封雍奴侯。後隨光武出征再到潁川，當地士紳請光武曰："願從陛下復借寇君一年。"見後漢書十八寇恂傳。後因以"借寇"爲地方挽留官吏之典。參見"借寇"。

【寇脱】植物名。山海經中山經："又東北二十里曰升山……多寇脱。"注："寇脱草，生南方，高丈許，似荷葉而莖中有瓤，正白。零桂人植而日灌之，以爲樹也。"也稱活莌。寇、活，聲轉；莌、脱，音近。又名通脱木。參閱本草綱目十八通脱木。

【寇準】公元961—1023年。字平仲。宋華州下邽人。太平興國四年進士，官至參知政事。景德元年，契丹入侵，準任同平章事，力排衆議，促使真宗親征，進駐澶州督戰，與契丹訂澶淵之盟。後爲王欽若等所讒罷相。天禧初年復相，封萊國公。又被丁謂等排擠降官。後貶死雷州。仁宗時追贈中書令，謚忠愍。能詩，今傳有寇忠愍公詩集三卷。宋史有傳。

【寇賈】東漢寇恂賈復。光武帝時，恂依法處決復的部將，復怒，欲殺恂。光武帝解之曰："天下未定，兩虎安得私鬬？今日朕分之。"兩人因釋舊怨，結成朋友。見後漢書十六寇恂傳。後把"寇賈"作爲顧全大局解除私怨的典故。後漢書七〇孔融傳："昔廉、藺小國之臣，猶能相下；寇、賈倉卒武夫，屈節崇好。"廉，廉頗；藺，藺相如；戰國時趙國的將相，爲公而釋私怨，事與寇賈相似。

【寇鳧】野鴨的一種。方言一"齊宋之間……凡物盛多謂之寇"注："今江東有小鳧，其多無數，俗謂之寇鳧。"寇鳧、寇雉，皆因其羣居數多而得名。

【寇雉】鳥名。爾雅釋鳥："鵽鳩，寇雉。"注："鵽，大如鴿，似雌雉，鼠脚，無後指，岐尾。爲鳥憨急，羣飛，出北方沙漠地。"清郝懿行謂此鳥淺黄色，文如雌雉，形似鶉鴿。萊陽人名沙雞。見爾雅義疏。參見"寇鳧"。

【寇讎】仇敵。左傳僖五年："寇讎之保，又何慎焉。"孟子離婁下："君之視臣如土芥，則臣視君如寇讎。"

【寇白門】明末南院教坊中妓女。名湄，字白門。能作曲吟詩，善畫蘭。清陳維崧婦人集曾輯録其詩。吳偉業梅村家藏稿八有贈寇白門詩六首。參閱清余懷板橋雜記中。

寁 zǎn jié 子感切，上，感韻，精。ㄗㄢˇ ㄐㄧㄝˊ 疾葉切，入，葉韻，從。

快捷，急速。詩鄭風遵大路："無我惡兮，不寁故也。"

寅 yín 翼真切，平，真韻，喻。ㄧㄣˊ 以脂切，平，脂韻，喻。

㊀十二支的第三位。古代用以紀年月日時。爾雅釋天："太歲在寅曰攝提格。"夏曆正月爲建寅之月。日干始於甲寅。天亮前三點鐘到五點鐘爲寅時。㊁恭敬。書舜典："夙夜惟寅，直哉惟清。"㊂前進。見"寅車"。

【寅月】即農曆正月。古人把十二支和十二個月相配，以通常冬至所在的農曆十一月配子，稱爲建子之月。由此順推，十二月爲建丑之月，正月爲建寅之月，簡稱寅月。

【寅車】古兵車名。夏稱鈎車，殷稱寅車，周稱元戎。詩小雅六月"元戎十乘"漢毛亨傳："殷曰寅車。"箋："寅，進也。"南史齊高帝紀："登寅車而戒路，執金板而先驅。"參閱宋書禮志五。

【寅客】虎的别名。詳"寅獸"。

【寅亮】恭敬信奉。書周官："寅亮天地，弼予一人。"傳："敬信天地之教，以輔我一人之治。"

【寅畏】恭敬，戒懼。小心謹慎的意思。書無逸："嚴恭寅畏天命自度。"傳："嚴恪恭敬，畏天命，用法度。"文苑英華四二一南朝梁沈約改天監元年赦詔："寅畏上靈，用膺景業。"

【寅清】書舜典："帝曰：'俞，咨伯，汝作秩宗，夙夜惟寅，直哉惟清。'"指恭謹而持心清正。宋楊萬里有寅清堂，見誠齋集九櫻桃詩，又四一寄王用之判府監簿詩；又明習經號寅清居士，皆取此義。

【寅階】明堂的西階。新唐書禮樂志九："皇帝御明堂讀時令。……皇帝御輿入自青龍門，升自寅階，即座。"參見"賓階"。

【寅賓】恭敬引導。書堯典："分命羲仲

宅嵎夷，曰暘谷，寅賓出日，平秩東作。”傳：“寅，敬；賓，導；……歲起於東而始就耕，謂之東作。東方之官敬導出日，平均次序，東作之事以務農也。”寅賓出日，史記五帝紀作“敬道日出”。

【寅誼】舊稱官署中同僚的交情。參見“同寅”。

【寅緣】順着前行。唐白居易長慶集二一泛渭賦：“遲遲兮明月，波澹灔兮棹寅緣。”又五八府西池北新葺水齋即事招賓偶題十六韻詩：“清淺漪瀾急，寅緣浦嶼幽。”參見“夤緣㊀”、“延緣”。

【寅餞】恭送。書堯典：“分命和仲，宅西，曰昧谷，寅餞納日，平秩西成。”傳：“餞，送也；日出言導，日入言送。”唐陸德明釋文引漢馬融注，釋餞爲滅；滅，卽沒。寅餞納日，史記五帝紀作“敬道日入”。文苑英華一七七唐王翰奉和聖製送張尚書巡邊：“寵行流聖作，寅餞照台華。”

【寅獸】虎的别稱。十二生肖以寅屬虎，故名。南朝梁陶宏景真誥二十翼真撿：“有云寅獸白齒者，是虎牙也。……亦云寅客。”

【寅支卯糧】干支卯在寅後，寅年就預支卯年的糧。比喻入不敷出。明臣奏議三九畢自嚴蠲錢糧疏：“大都民間止有此物力，寅支卯糧，則卯年之逋，勢也。”也作“寅吃卯糧”。

寄 jì ㄐㄧˋ 居義切，去，寘韻，見。

㊀委託。論語泰伯：“可以託六尺之孤，可以寄百里之命。”㊁寄居，寄放。左傳襄十四年：“齊人以郲寄衛侯。”南史江淹傳：“前以一匹錦相寄，今可見還。”㊂託人傳送。唐杜甫杜工部草堂詩箋十述懷：“自寄一封書，今已十月後。”㊃依附。見“寄生”、“寄人籬下”。㊄古代翻譯東方民族語言的官員。禮王制：“五方之民，言語不通，嗜欲不同；達其志，通其欲，東方曰寄。”吕氏春秋愼勢“不用象譯狄鞮，方三千里”漢高誘注引周禮作“東方曰羈”。

【寄公】亡國後寄居别國的諸侯。儀禮喪服：“寄公者，何也？失地之君也。”禮喪大記：“君拜寄公國賓于位。”

【寄生】㊀不能自主，依賴他人的供應爲生。管子八觀：“故曰：有地君國，而不務耕芸，寄生之君也。”㊁依附於他物而生長的生物。詩小雅頍弁“蔦與女蘿”漢毛亨傳：“蔦，寄生也。”漢書三五東方朔傳：“迺覆樹上寄生，令朔射之。”

【寄坐】託寄於客位。比喻地位不穩固。三國志魏曹爽傳司馬懿奏曹爽：“今大將軍爽背棄顧命，敗亂國典，……天下洶洶，人懷危懼，陛下但爲寄坐，豈得久安！”

【寄命】㊀使生命有所寄託。藝文類聚七漢杜篤首陽山賦：“聞西伯昌之善教，育年艾於胡耇，遂相攜而隨之，冀寄命乎餘壽。”三國志吴吴主傳孫權致曹丕書：“若罪在難除，必不見置，當奉還土地民人，乞寄命交州，以終餘年。”㊁短暫的生命。晉書皇甫謐傳篤終：“寄命終盡，窮體反真，故尸藏于地。”

【寄迹】寄託踪迹。猶言託足。晉陶潛陶淵明集一命子詩：“寄迹風雲，寘兹愠喜。”也作“寄跡”。宋蘇軾蘇文忠詩合注十八戴道士得四字代作：“少小家江南，寄跡方外士。”

【寄恨】寓託憾恨之意。唐劉禹錫劉夢得集十傷愚溪詩引：“有僧遊零陵，告余曰：‘愚溪無復曩時矣！’一聞僧言，悲不能自勝，遂以所聞爲七言以寄恨。”唐李商隱李義山詩集四夜思：“寄恨一尺素，含情雙玉璫。”

【寄食】依附他人而生活。戰國策齊四：“齊人有馮諼者，貧乏不能自存，使人屬孟嘗君，願寄食門下。”

【寄怨】㊀借他人之手以報私怨，猶言借刀殺人。戰國策齊五：“有而案兵而後起，寄怨而誅不直。”宋鮑彪注：“寄，言假手於人不爲主也。”㊁寄託私怨。猶言借事以洩私忿。宋史三七八綦崇禮傳：“再入翰林凡五年，所撰詔命數百篇，文簡意明，不私美，不寄怨，深得代言之體。”

【寄託】㊀安置，安身。荀子勸學：“蟹六跪而二螯，非蚍蟺之穴無可寄託者，用心躁也。”楚辭漢東方朔七諫謬諫：“列子隱身而窮處兮，世莫可以寄託。”㊁委託。管子明法解：“寄託之人不肖而位尊，則民倍公法而趨有勢。”三國志蜀李嚴傳與孟達書：“吾與孔明（諸葛亮）俱受寄託，憂深責重，思得良伴。”㊂寓意。晉書王羲之傳蘭亭序：“或因寄所託，放浪形骸之外。”

【寄庫】舊時一種迷信活動。宋葉隆禮遼志歲時雜記小春：“十月內，五京進紙造小衣甲並鎗刀器械各一萬副，十五日一時進垛，國主與押番臣密望木葉山奠酒拜，用番字書狀一紙，同焚燒，奏木葉山神，云寄庫。”又舊時迷信，人在生前焚冥錢、作佛事，寄屬冥吏，備死後取用，也稱寄庫。

【寄徑】借道。戰國策東周：“顔率至齊，謂齊王曰：‘周賴大國之義，得君臣父子相保也，願獻九鼎，不識大國何塗之從而致之齊？’齊王曰：‘寡人將寄徑於梁。’”

【寄宿】暫時借住。戰國策趙一：“今日臣之來也，暮後郭門，藉席無所得，寄宿人田中。”唐白居易長慶集六八閑吟詩之一：“官寺行香少，僧房寄宿多。”

【寄情】寄託感情。北齊劉晝劉子一韜光：“託性於山林，寄情於物外，非有求於人也。”魏書眭夸傳：“高尚不仕，寄情丘壑。”

【寄寓】㊀移徙無定居的客户。韓非子亡徵：“公家虛而大臣實，正户貧而寄寓富，耕戰之士困，末作之民利者，可亡也。”㊁旅舍。國語周中：“司里不授館，國無寄寓。”注：“寓，亦寄也。無寄寓，不爲廬舍可以寄寓羈旅之客。”㊂暫居。三國志吴孫權傳：“時惟有會稽吴郡丹楊豫章廬陵，……而天下英豪，布在州郡，賓旅寄寓之士以安危去就爲意，未有君臣之固。”

【寄傲】寄託傲世之志。晉陸雲陸士龍集一逸民賦：“眄清霄以寄傲兮，泝凌風而頹歎。”晉陶潛陶淵明集五歸去來兮辭：“倚南窗以寄傲，審容膝之易安。”

【寄意】寄託自己的心意。唐李商隱李義山詩集四哭遂州蕭侍郎二十四韻：“青雲寧寄意，白骨始霑恩。”

【寄愁】寄託愁思。後漢書四九仲長統傳詩：“寄愁天上，埋憂地下。”唐楊炯楊盈川集三送徐録事詩序：“惓路爲下泣之思，長天非寄愁之所。”

【寄語】傳話，轉告。南朝宋鮑照鮑氏集三代少年時至衰老行：“寄語後生子，作樂當及春。”唐白居易長慶集十四王昭君詩之二：“漢使却迴憑寄語，黄金何日贖蛾眉。”

【寄褐】舊稱只穿佛、道的服裝而不信教念經的人爲寄褐。見宋王栐燕翼貽謀録二禁民庶宫觀寄褐。又舊時迷信給嬰兒穿僧服以爲可以得福延壽，也稱寄褐。見釋氏要覽下雜紀。

【寄豭】寄放在别家傳種的公豬。也借以比喻入别人家中淫亂的男子。史記秦始皇紀：“夫爲寄豭，殺之無罪，男秉義程。”索隱：“豭，牡豬也。言夫淫他室，若寄豭之豬也。豭，音加。”參見“婁豬”、“艾豭”。

【寄聲】口頭傳達問候。漢書七六趙廣漢傳：“廣漢嘗記召湖都亭長，湖都亭長西至界上，界上亭長戲曰：'至府，爲我多謝問趙君。'亭長既至，廣漢與語，問事畢，謂曰：'界上亭長寄聲謝我，何以不爲致問？'"

【寄懷】㊀寄託志趣。晉陶潛陶淵明集二九日閑居詩序："余閒居，愛重九之名。秋菊盈園，而持醪靡由，空服九華，寄懷於言。"㊁真誠待人。猶言推心置腹。宋書謝景仁傳附謝述爲劉裕與子義康書："汝始親庶務，而任重事殷，宜寄懷羣賢，以盡弼諧之美。"

【寄籍】久離原籍而用旅居地的籍貫。宋王洋東牟集二贈向揚州詩："野人本住蓬萊側，寄籍淮甸老阡陌。"參閱清趙翼陔餘叢考二九寄籍。

【寄生香】伽南香的別名。清谷應泰博物要覽十志香："奇南香亦生於千年榕樹之上，故曰寄生香。"參見"伽南香"。

【寄生樹】植物名。爾雅釋木"寓木、宛童"晉郭璞注："寄生樹，一名蔦。"宋鄭樵爾雅鄭注下謂卽樹上寄生木，葉圜者名蔦，葉似麻黄者名女蘿。明李時珍謂因其寄寓其他樹上生長，像鳥立樹上，故稱寄生、寓木、蔦木。俗稱寄生草。見本草綱目三七桑上寄生。

【寄生囊】佛、道家稱人的軀體。宋陶穀清異録釋族："梓潼雙燈寺僧書一頌曰：'撞來好個寄生囊。'趺坐而死。"

【寄附鋪】唐宋時寄售貨物的店鋪。太平廣記四八七唐蔣防霍小玉傳："往往私令侍婢潛賣篋中服玩之物，多託於西市寄附鋪侯景先家貨賣。"參閱宋吴曾能改齋漫録寄附鋪（説郛本）。

【寄書桃】蕪湖有寄書桃樹。相傳從蜀地移植，高三四尺，花色淡，跟山桃一樣。桃子成熟時，核自裂開，仁自脱落，塞進別的東西，過一夜又自行閉合。人們往往拿來塞進所寫的小詩或書信，贈送戚友，故有寄書桃之稱。見清章大來後甲集下偶陽雜詠。

【寄禄官】官階名。宋制，官分階官和職事官，如吏部尚書同中書門下平章事，吏部尚書是階官名，同中書門下平章事是職事官名。階官有名銜而無職事，只作爲銓敘和升遷的依據，稱爲寄禄官。元豐三年改行新官制，又以尚書，侍郎等爲職事官，而以舊時所置散官爲寄禄官。凡職事官，自尚書至給舍諫議，其職俸以寄禄官高下分行、守、試三等，以禄令爲準。如蘇軾以工部屯田員外郎知湖州，罷官後又以朝奉郎知惠州，知湖州惠州爲職事，而員外郎，朝奉郎爲其寄禄。參閲文獻通考六五職官十九禄秩、宋史職官志十一奉禄制上。

【寄禄格】宋代關於寄禄官官銜及其食禄品秩的規定。宋元豐三年，雜取唐及宋初舊制，改革官制。用舊時所置的散官爲寄禄官，如改使相爲開府儀同三司，改吏部尚書爲金紫光禄大夫等。從開府儀同三司到將仕郎，定爲二十四階，每一階的食禄都有規定，作爲升降增損的依據。崇寧二年，又換選人七階。大觀初，增宜奉、正奉、中奉、奉直等階。政和末，又改從政、修職、迪功，共三十七階。見文獻通考六四職官十八文散官、宋史職官志九敍遷之制。參見"寄禄官"。

【寄人籬下】比喻依賴他人。南齊書張融傳問[門]律自序："丈夫當删詩書，制禮樂，何至因循寄人籬下。"指沿襲别人的著述，無所創作。後比喻依附他人生活而不能自主。紅樓夢九十："想起邢岫烟住在賈府園中，終是寄人籬下。"

寂 jì ㄐㄧˋ 前歷切，入，錫韻，從。

説文作"宋"。亦作"誅"、"家"。㊀静無聲音。老子上："寂兮寥兮。"注："寂者，無音聲。"㊁安静。易繫辭上："易，无思也，无爲也，寂然不動。"莊子大宗師："其容寂。"

【寂寂】清静無聲，冷落寂寞。文選晉左太沖（思）詠史詩之四："寂寂揚子宅，門無卿相輿。"南史王弘傳附王融："及爲中書郎，嘗撫案歎曰：'爲爾寂寂，鄧禹笑人！'"

【寂滅】㊀佛教語。"涅槃"的意譯。意謂超脱一切境界入於不生不滅之門，故稱寂滅。無量壽經上："誠諦以虛，超出世間，深樂寂滅。"唐陳子昂陳伯玉集感遇詩之八："空色皆寂滅，緣業亦何名。"參見"涅槃"。㊁滅絶。隋書牛弘傳："憲章禮樂，寂滅無聞。"

【寂照】安静清明，多指心境。楞嚴經六："淨極光通達，寂照含虛空。"文苑英華八六四唐獨孤及舒州山谷寺覺寂塔隋故鏡智禪師碑銘："其教大略以寂照妙用，攝流注生滅，觀四維上下。"

【寂漠】同"寂寞"。莊子天道："夫虛静恬淡，寂漠無爲者，萬物之本也。"楚辭屈原遠游："山蕭條而無獸兮，野寂漠其（一作"乎"）無人。"

【寂漻】同"寂寥"。文選戰國楚宋玉九辯："寂漻兮收潦而水清。"注："寂漻，源瀆順流，漠無聲也。"補注本作"寂寥"。參見"寂寥"。

【寂寞】㊀空廓，寂静。楚辭漢劉向九歎憂苦："巡陸夷之曲衍兮，幽空虛以寂寞。"注："寂寞，無有人聲也。"吕氏春秋審分："若此，則能順其天，意氣得游乎寂寞之宇矣，形性得安乎自然之所矣。"㊁孤單冷清。文選南朝梁江文通（淹）别賦："造分手而銜涕，感寂寞而傷神。"

【寂寥】㊀静寂。西京雜記四漢枚乘柳賦："鎗鍠啾唧，蕭條寂寥。"文選南朝宋謝靈運擬魏太子鄴中集詩王粲："綢繆清讌娱，寂寥梁棟響。"參見"寂漻"。㊁空虛。老子上："寂兮寥兮。"晉王弼注："寂寥，無形體也。"楚辭漢劉向九歎惜賢："聲噭噭以寂寥兮，顧僕夫之憔悴。"注："寂寥，空無人民之貌也。"

【寂蔑】寂寞，空虛。文選南朝宋謝靈運鄰里相送方山詩："各勉日新志，音塵慰寂蔑。"晉書張駿傳麴護上疏："夙承聖德，心繫本朝，而江吴寂蔑，餘波莫及。"指信問斷絶。

【寂歷】㊀寂静。南朝梁江淹江文通集二燈賦："涓連冬心，寂歷冬暮。"北周庾信庾子山集一邛竹杖賦："嬋娟高節，寂歷無心。"㊁空曠。文選南朝梁江文通（淹）雜體詩王徵君微："寂歷百草晦，欻吸鵾雞悲。"注："寂歷，彫疎貌。"唐吕向注："寂歷，閒曠貌。"

【寂然界】佛教語。指大乘、小乘經典謂證悟所達到的最高境界，卽免除一切煩惱和具備一切清淨功德的涅槃境界。大日經入真言門住心："謂蘊處界，能執所執，皆離法性，如是證寂然界，是名出世間心。"

【寂天寞地】寂静。形容人的無能或無所作爲。明徐愛傳習録下："先生曰：'未扣時，原是驚天動地；既扣時，也只是寂天寞地。'"明郎瑛七修類稿四九奇謔諺語至理："御史初至，則曰驚天動地；過幾月，則曰昏天黑地；去時，則曰寂天寞地，此言其無才者也。"

寀 cǎi ㄘㄞˇ 倉宰切，上，海韻，清。

㊀采地。通"采"。爾雅釋詁："寀、寮，官也。"注："官地爲寀。"按經史諸子等書采地都用"采"字，漢書刑法志注引爾雅也作"采"。參閲清鄭珍説文新附考三。㊁同僚，同事的官員。晉書王戎傳："尋拜司徒，雖位總鼎司，而委事僚寀。"

寃 yuān ㄩㄢ

同"冤"。見"冤"。

宿 1. sù ㄙㄨˋ 息逐切,入,屋韻,心。

㊀停止,留住。詩邶風泉水:"出宿于泲,飲餞于禰。"參見"信宿"。㊁住所。周禮地官遺人:"三十里有宿,宿有路室。"㊂安,守。左傳昭二十九年:"官宿其業。"㊃隔夜。見"宿雨"、"宿酲"、"宿飽"。㊄平素。漢王充論衡逢遇:"學不宿習,無以明名;名不素著,無以遇主。"㊅老成,久於其事的。見"宿將"、"宿儒"。㊆早先。後漢書劉陶傳:"靈帝宿聞其名,數引納之。"㊇姓。三國志魏公孫度傳注引魏略有宿舒。

2. xiù ㄒㄧㄡˋ 息救切,去,宥韻,心。

㊈列星。如言二十八宿。列子天瑞:"天果積氣,日月星宿不當墜邪?"

【宿夕】一夕,一夜。比喻短時間內。戰國策趙三:"不出宿夕,人必危之矣。"史記一〇六吳王濞傳:"吳王不肖,有宿夕之憂。"

【宿心】一向的心願,往日的本心。文選三國魏嵇叔夜(康)幽憤詩:"內負宿心,外恧良朋。"注:"(漢)趙壹報羊陟書:惟君明叡,平其宿心。"

【宿分】指前定的緣分。猶言宿緣。也作"夙分"。宋康駢劇談録下:"汝得至此,當有宿分。"

【宿世】佛教指過去的一世,即前生。法華經授記品:"宿世因緣,吾今當說。"唐王維王右丞集六偶然作詩之六:"宿世謬詞客,前身應畫師。"

【宿囚】唐代酷吏爲迫使犯人招供,不給飲食,不讓睡覺,通夜折磨,稱爲宿囚。見舊唐書一三六索元禮傳、新唐書刑法志。

【宿老】老前輩。北史陸俟傳附陸馛:"州中有德宿老名望素重者,以友禮待之,詢之政事,責以方略。"

【宿因】佛教謂前生的因緣。華嚴經七五:"宿因無失壞。"全唐詩六三八張喬雨中宿僧院:"千燈有宿因,長老許相親。"

【宿名】㊀謀取名聲。莊子徐無鬼:"兵革之士樂戰,枯槁之士宿名。"集釋引俞樾:"宿讀爲縮。……枯槁之士縮名,猶言取名也。"㊁久有名聲。宋史二八二王旦傳:"初祐以宿名,久掌書命,旦不十年,繼其任,時論美之。"祐,旦父。

【宿好】㊀舊好,過去的友好關係。三國志吳劉繇傳王朗與孫策書:"康寧之後,常願渝平更成,復踐宿好,一爾分離,款意不昭。"㊁平素所愛好的。晉陶潛陶淵明集三辛丑歲七月赴假還江陵夜行塗口詩:"詩書敦宿好,林園無俗情。"俗情,文選作"世情"。

【宿沙】傳說最早發明煮鹽的人。太平御覽八六五引世本作:"宿沙作煮鹽。"漢宋衷注:"宿沙衛,齊靈公臣。齊濱海,故衛爲漁鹽之利。"又引魯連子:"宿沙瞿子善煮鹽。"宿也作"夙"。清張澍按:北堂書鈔引世本作夙沙,黃帝臣;路史注引宋衷注作夙沙氏,炎帝之諸侯。見張補注世本一作篇。

【宿志】平素的志願。後漢書八四王霸妻傳:"君少修清節,不顧榮祿。今(令狐)子伯之貴孰與君之高?奈何忘宿志而慚兒女子乎!"宋陸游劍南詩稿七五幽居:"宿志在人外,清心游物初。"

【宿戒】古代舉行祭祀等禮儀之前十日,與祭者先齋戒兩次,第二次在祭前三日,稱爲宿戒。儀禮鄉飲酒禮:"鄉朝服而謀賓介,皆使能不宿戒。"注:"再戒爲宿戒,禮將有事,先戒,而又宿戒。"周禮春官世婦:"世婦掌女宮之宿戒。"注:"宿戒,當給事豫告之齋戒也。"

【宿直】輪流值宿。南齊書周顒傳:"宋明帝頗好言理,以顒有辭義,引入殿內,親近宿直。"文苑英華二八二唐鄭谷送吏部曹郎中鄴免官南歸詩:"遠招陪宿直,首薦向公侯。"

【宿雨】昨夜之雨。唐王維王右丞集十四田園樂詩之六:"桃紅復含宿雨,柳綠更帶春煙。"

【宿昔】㊀早晚。表示時間之短。戰國策秦三:"淖齒管齊之權,縮閔王之筋,縣之廟梁,宿昔而死。"㊁向來,往日。漢書五四蘇武傳:"此(李)陵宿昔之所不忘也。"文選晉阮嗣宗(籍)詠懷詩之四:"攜手等歡愛,宿昔同衣裳。"

【宿松】縣名,屬安徽省。漢皖縣地,元始中爲松滋縣,屬廬江郡。晉武帝平吳,以荆州有松滋縣,改爲宿松縣。參閱太平寰宇記一二五舒州。

【宿命】佛教語。前世的生命,對今生、今世而言。佛家認爲,人們前世都有生命,或爲天或爲人,或爲餓鬼、畜生,流轉不息,升沉不定,今生的命運是由前世所爲善惡決定的。四十二章經十三:"沙門問佛,以何因緣,得知宿命,會其至道?"法苑珠林一〇〇懈惰引譬喻經:"便往詣象,手捉象耳而語之,……象思比丘語,即識宿命,見前因緣,愁憂不食。"

【宿怨】㊀懷仇怨在心。孟子萬章上:"仁人之於弟也,不藏怒焉,不宿怨焉。"㊁舊有的怨恨。管子輕重乙:"發民,則下疾怨上,邊竟有兵,則懷宿怨而不戰。"

【宿疾】舊病,舊患。晉陸機陸士衡集十五等諸侯論:"光武中興,纂隆皇統,而猶遵覆車之遺轍,養喪家之宿疾。"周書裴寬傳附裴漢:"漢少有宿疾,恒帶虛羸,劇職煩官,非其好也。"

【宿素】㊀平素,一向。後漢書三五鄭玄傳戒子書:"入此歲來,已七十矣。宿素衰落,仍有失誤,案之禮典,便合傳家。"㊁年高有重望。宋史三〇一張秉傳:"雖久踐中外,然無儀檢,好諧戲,人不以宿素稱之。"

【宿逋】積久的賦稅。唐杜牧樊川集十四吏部尚書崔公行狀:"民有宿逋不可減於上供者,必代而輸之。"

【宿草】隔年的草。禮檀弓上:"朋友之墓,有宿草而不哭焉。"注:"宿草,謂陳根也。"後喻墓地,用作喪逝的典故。文苑英華八四二南朝梁王僧孺從子永寧令謙誄:"宿草行沒,宰樹方攢。"宿草、宰樹,俱指墓地景物。

【宿根】留存土下,能重新發芽滋長的根。宋蘇軾分類東坡詩四東坡之三:"泥芹有宿根,一寸嗟猶在。雪芽何時動,春鳩行可膾。"

【宿留】㊀停留,逗留。史記孝武紀:"宿留海上,與方士傳車及閒使求僊人以千數。"又:"遂至東萊宿留之。"㊁保留。漢書七五李尋傳:"唯棄須臾之間,宿留瞽言,考之文理,稽之五經,揆之聖意,以參天心。"王先謙補注:"此宿留,亦謂存其言於心,以待後時之參驗也。"㊂包容庇護。三國志吳陸遜傳:"遜書與(全)琮曰:'卿不師(金)日磾,而宿留阿寄,終爲足下門戶致禍矣。'"寄,琮子。

【宿望】老成望重的人。三國志魏張既傳"徙氐五萬餘落出居扶風、天水界"注引漢趙岐三輔決録注:"(游殷)以子楚託之;既謙不受,殷固託之。既以殷邦之宿望,難違其旨,乃許之。"

【宿責】舊欠的債務。責,通"債"。國語晉四"棄責薄斂"三國吳韋昭注:"棄責,除宿責也。"宋書武帝紀下:"逋租宿債勿復收。"

【宿莽】㊀經冬不枯的草。楚辭屈原離騷:"朝搴阰之木蘭兮,夕攬洲之宿莽。"注:"草冬生不死者,楚人名曰宿莽。"㊁卷施草。爾雅釋草"卷施草拔心不死"注:"宿莽也。"太平御覽九九八南越志:"寧鄉縣草多卷施,江淮間謂之宿莽。"參見"卷₂施"。

【宿麥】隔年纔熟的麥。漢書武帝紀:"元狩三年,遣謁者勸有水災郡種宿麥。"注:"秋冬種之,經歲乃熟,故云宿麥。"

【宿將】老將。戰國策魏二:"齊田盼,宿將也。"史記七七魏公子傳:"晉鄙嚄唶宿將。"

【宿善】對某種言論或主張表示贊賞,却不盡快實行。宿,停留。漢劉向説苑政理:"文王問於呂望曰:'爲天下若何?'對曰:'王國富民,霸國富士,僅存之國富大夫,亡道之國富倉府,是謂上溢而下漏。'文王曰:'善。'對曰:'宿善不祥。'是日也,發其倉府,以賑鰥寡孤獨。"

【宿惡】㊀一貫作惡的人。後漢書七七黄昌傳:"宿惡大姦,皆奔走它境。"㊁往日的罪惡。三國志蜀張嶷傳:"又斯都耆帥李求承,昔手殺龔祿,嶷求募捕得,數其宿惡而誅之。"

【宿痾】久病。宋王安石臨川集五八賀生皇子表之三:"以宿痾而自困,欲旅進以無階。"

【宿頓】寄住,臨時居留。宋史禮志七:"真宗大中祥符元年,……詔禁緣路採捕及車騎踩踐田稼,以行宫側官舍、佛寺爲百官宿頓之所。"

【宿賊】長期爲盜賊者。舊史書常誣蔑抗暴起義的人民爲宿賊。後漢書七四上劉表傳:"表招誘有方,威懷兼洽,其姦猾宿賊,更爲効用,萬里肅清。"

【宿業】佛教指前世行善或作惡所造成而見於今世的後果。宋蘇軾東坡集後集十四答劉沔都曹書:"以此常欲焚筆棄硯爲瘖默人,而習氣宿業,未能盡去。"

【宿飽】晚餐吃得多,至次晨仍飽。猶言隔夜飽。史記九二淮陰侯傳:"臣聞千里餽糧,士有飢色;樵蘇後爨,師不宿飽。"

【宿債】㊀見"宿責"。㊁佛教語。指前世作惡而欠下的罪債。楞嚴經六:"我説是人無始宿債,一時酬畢。"

【宿嫌】舊怨。三國志魏高柔傳:"帝(曹丕)以宿嫌,欲枉法誅治書執法鮑勛,而柔固執不從詔命。"

【宿酲】酒醉後經夜未醒。急就篇三:"侍酒行觴宿昔酲。"注:"昔,夜也。病酒曰酲。謂經宿飲酒故致酲也。"玉臺新詠一三國魏徐幹情詩:"憂思連相屬,中心如宿酲。"

【宿構】㊀預先構思。三國志魏王粲傳:"善屬文,舉筆便成,無所改定,時人常以爲宿構。"世説新語文學:"支道林(遁)初從東出,住東安寺中。王長史(濛)宿構精理,並撰其才藻,往與支語。"㊁事前謀劃準備。三國志蜀關羽傳"共至夏口"南朝宋裴松之注:"事不宿構,非造次所行。"

【宿瘤】人名。相傳爲齊國採桑女,頸上有大瘤,因號宿瘤。閔王以爲有德,迎立爲后。見漢劉向列女傳六辯通宿瘤女。後用作醜女的代稱。南朝梁元帝(蕭繹)金樓子四立言:"加脂粉則宿瘤進,蒙不潔則西施屏。"

【宿醉】隔夜猶存的餘醉。唐白居易長慶集五洛橋寒食作詩:"宿醉頭仍重,晨遊眼乍明。"

【宿遷】縣名,屬江蘇省。春秋時鍾吾子國,後宿國遷都於此。秦置下相縣,爲項羽生地。至漢爲厹(qiú)猶縣,屬臨淮郡。東晉義熙中,置宿豫縣。唐寶應元年,因避代宗李豫諱,改爲宿遷縣。見元和郡縣志九泗州宿遷縣、太平寰宇記十七淮陽軍宿遷縣。

【宿齒】老年人。常用以指老臣或元老。晉書武陔傳:"陔以宿齒舊臣,名位隆重。"隋書蘇威傳:"房公威,……先皇舊臣,朝之宿齒。"

【宿德】年老而有德望的人。文選三國魏應休璉(璩)與侍郎曹長思書:"王肅以宿德顯授。"注引東觀漢記梁商上書:"猥復超起宿德。"

【宿緣】佛教謂前生的因緣。華嚴經二五:"同行宿緣,諸清淨衆,於中止住。"唐姚合姚少監集四寄主客劉郎中詩:"漢朝共許賈生賢,遷謫還應是宿緣。"

【宿澤】冬季所積之雪水。詩小雅信南山"雨雪雰雰"唐孔穎達疏:"謂明年將豐,今冬積雪爲宿澤也。"

【宿諾】事先的諾言。論語顏淵:"子路無宿諾。"注:"宿,猶豫也。"一説謂久不履行的諾言。清劉寶楠正義:"説文:宿,止也。引申之有久義。……諾者,應也。子路有聞即行,故無留諾。"梁書劉孝綽傳答蕭繹書:"且才乖體物,不擬作於玄根;事殊宿諾,寧貽懼於朱亥。"

【宿憾】舊恨。北堂書鈔一四八三國魏曹植酒賦:"和睚眥之宿憾,雖怨讎其必親。"

【宿營】宫中宿衛軍住的兵營。韓非子内儲説下:"於是乃起宿營之甲,而攻(楚)成王。"指駐守太子宫中的甲兵。左傳文元年作"以宫甲圍成王"。行軍或作戰時止宿也叫宿營。水經注二七沔水:"山東名高平,是(諸葛)亮宿營處。"山,定軍山。

【宿豫】縣名。晉義熙初置。唐改爲宿遷。詳"宿遷"。

【宿儒】老成博學的讀書人。漢書八四翟方進傳:"是時宿儒有清河胡常,與方進同經。常爲先進,名譽出方進下。"

【宿學】飽學之士。史記六三莊子傳:"然善屬書離辭,指事類情,用剽剥儒墨,雖當世宿學不能自解免也。"

【宿衛】在宫中值宿,担任警衛。史記齊悼惠王世家:"哀王三年,其弟章,入宿衛於漢,呂太后封爲朱虛侯。"

【宿願】平素的心願。晉陸機陸士衡集二思歸賦序:"懼兵革未息,宿願有違,懷歸之思,憤而成篇。"

【宿讀】素所誦讀。魏書闞駰傳:"駰博通經傳,聰敏過人,三史羣言,經目則誦,時人謂之宿讀。"

【宿蠹】一貫作惡的人或積久的弊政。唐柳宗元柳先生集二七零陵三亭記:"逋租匿役,期月辦理,宿蠹藏姦,披露首服。"宋衛涇後樂集十八故朝散大夫……墓志銘:"嘉興號難治,乃一以精識强濟,洗宿蠹。"

【宿田翁】雜草名。今稱穀莠子,莖葉穗全像穀子,而秕稃外多毛。也叫狗尾草。三國吳陸璣毛詩草木鳥獸蟲魚疏上:"禾秀爲穗而不成,崱嶷然,謂之童粱,今人謂之宿田翁。或謂之守田也。"參閱清郝懿行爾雅義疏釋草"稂、童粱"疏。

【宿命通】佛教語。謂六神通之一。詳"六通"。

【宿胥口】古河溝名。在河南濬縣西。戰國策燕二:"決宿胥之口,魏無虛頓丘。"水經注二淇水:"淇水右合宿胥故瀆,瀆受河於頓丘縣……。魏武(曹操)開白溝,因宿胥故瀆而加其功也。"按曹操鑿渠引漳水入白溝以通河事,見三國志魏武帝紀興平十八年。

【宿柔鋌】見"宿鐵刀"。

【宿粧殷】芍藥的一種。宋王觀揚州芍藥譜:"宿粧殷,紫高多葉也。條葉花並類緋,多葉,而枝葉絶高,平頭。"

【宿嵬山】山名。明成祖永樂十二年追韃靼兵,兵次宿嵬山,即此。見明史三二七韃靼傳。讀史方輿紀要十八直隸九開平故衛謂即興和縣北之禽狐山。嘉慶一統志一九六謂在烏喇特旗之東,蒙語名扎拉。

【宿鐵刀】兵器名。北齊書綦母懷文傳:"又造宿鐵刀,其法燒生鐵精以重柔鋌,數宿則成剛。以柔鐵爲刀脊,浴以五牲之溺,淬以五牲之脂,斬甲過三十札。"

今襄國冶家所鑄宿柔鋌，乃其遺法，作刀猶甚快利，但不能截三十札也。”

九畫

寍 níng 奴丁切，平，青韻，泥。ㄋㄧㄥ

“寧”的古體。見“寧”。

寪 wěi 韋委切，上，紙韻，于。ㄨㄟˇ

㊀楚辭漢淮南小山招隱士“谿谷嶄巖兮水曾波”漢王逸注：“崎嶇閜寪，嶮阻僻也。”閜寪，疊韻字，開闊貌。㊁姓。春秋時魯大夫有寪氏。見左傳隱十一年。史記魯周公世家作“蔿氏”。

寒 hán 胡安切，平，寒韻，匣。ㄏㄢˊ

㊀冷。書君牙：“冬祁寒。”㊁冷却，背棄。左傳哀十二年：“今吾子曰必尋盟，若可尋也，亦可寒也。”孟子告子上：“雖有天下易生之物也，一日暴之，十日寒之，未有能生者也。”㊂冬氣。“暑”之對。易繫辭上：“日月運行，一寒一暑。”㊃戰慄。如心寒、膽寒。參見“寒心”。㊄窮困。史記七九范睢傳：“范叔一寒如此哉！”㊅古國名。相傳爲夏時寒浞的封國。㊆姓。傳爲周武王子寒侯的後代。東漢時有博士魯人寒朗。見廣韻。

【寒人】門第低微的人。宋書羊欣傳：“會稽王世子元顯每使欣書，常辭不奉命。元顯怒，乃以爲其後軍府舍人。此職本用寒人，欣竟貌恬然，不以高卑見色。”

【寒士】㊀魏晉南北朝時講究門第，出身寒微的讀書人稱爲寒士。世說新語假譎：“我有一女，乃不惡。但吾寒士，不宜與卿，計欲令阿智娶之。文度（王坦之）欣然。”寒士是孫綽自稱；阿智，文度弟。晉書范弘之傳與會稽王道子牋：“下官輕微寒士，謬得廁在俎豆，實懼辱累清流，惟塵聖世。”㊁貧苦的讀書人。唐杜甫杜工部詩史補遺二茅屋爲秋風所破歌：“安得廣厦千萬間，大庇天下寒士俱歡顏，風雨不動安如山。”

【寒山】㊀冷落寂靜的山。唐杜牧樊川集外集山行：“遠上寒山石徑斜，白雲生處有人家。”㊁唐僧人。大曆中隱居天台翠屏山，此山又名寒岩，因自號寒山子。喜爲詩，與國清寺僧拾得友善而齊名。存詩三百餘首，多類似佛家偈頌之作。後人輯爲寒山子詩集，並附拾得詩於後。參閱景德傳燈錄二七、神僧傳六、太平廣記五五引仙傳拾遺。㊂地名。在江蘇銅山縣東南。晉建武初，劉遐與周撫戰於寒山；梁武帝使蕭明於寒山築堰，引清水以灌彭城，均卽此地。見晉書劉遐傳、南史蕭明傳。

【寒乞】貧困不體面，寒傖。宋書明恭王皇后傳：“外舍家寒乞，今共爲笑樂，何獨不視？”唐張彥遠法書要錄二袁昂古今書評：“徐淮南書如南岡士大夫，徒好尚風範，終不免寒乞。”

【寒女】窮人家女兒。文選晉郭泰機答傅咸詩：“皦皦白素絲，織爲寒女衣。”注：“傅咸贈詩曰：素絲豈不絜，寒女難爲容。”唐杜甫杜工部草堂詩箋六自京赴奉先縣詠懷：“彤庭所分帛，本自寒女出。”

【寒心】因失望、恐懼而驚心或痛心。逸周書史記：“昔阪泉氏用兵無已，誅戰不休，并兼無親，文無所立，智士寒心。”左傳哀十五年：“吳人加敝邑以亂，齊因其病，取讙與闡，寡君是以寒心。”

【寒火】冷的火，比喻不可能有的事。漢班固白虎通五行：“五行之性，火熱水寒，有温水而無寒火何？明臣可以爲君，君不可更爲臣。”晉書紀瞻傳有陸機策問“爲何有温泉而無寒火”及瞻對策文。

【寒木】耐寒不凋的樹木。文選晉陸士衡（機）演連珠五十首之五十：“是以迅風陵雨，不謬晨禽之察；勁陰殺節，不凋寒木之心。”唐杜甫杜工部草堂詩箋十七萬丈潭：“高蘿成帷幄，寒木壘旌旆。”

【寒毛】人體皮膚上的細毛。太平御覽五〇二晉王隱晉書（夏統傳）：“聞君之言，不覺寒毛競豎，白汗四帀。”晉書夏統傳作“不覺寒毛俱戴”。

【寒玉】玉質清涼，故稱寒玉。多用以比喻清冷雅潔的東西，如角枕、溪水、寒竹、素練等。唐白居易長慶集五二苦熱中寄舒員外詩：“簟牀鋪晚雪，角枕截寒玉。”又李羣玉詩集後集二引水行：“一條寒玉走秋泉，引出深蘿洞口烟。”

【寒瓜】㊀指西瓜。南史滕曇恭傳：“母楊氏患熱，思食寒瓜。”㊁泛指秋瓜。唐李白李太白詩二十尋魯城北范居士……：“酸棗垂北郭，寒瓜蔓東籬。”又，冬瓜也叫寒瓜，見事物異名録三四果蓏。

【寒衣】禦寒之衣。北周庾信庾子山集五詠畫屏風詩之十：“寒衣須及早，將寄霍嫖姚。”霍嫖姚，卽漢大將霍去病。

【寒灰】已冷却之灰燼。猶死灰。三國志魏劉廙傳上疏：“起烟於寒灰之上，生華於已枯之木。”唐韋應物韋江州集六秋夜詩之二：“歲晏仰空宇，心事若寒灰。”

【寒劣】貧窮而地位卑微的人。晉書庾翼傳庾亮與翼書：“大較江東政，以傴儛豪彊，以爲民蠹，時有行法，輒施之寒劣。如往年偷石頭倉米一百萬斛，皆是豪將輩，而直打殺倉督監以塞責。”

【寒色】㊀感到寒冷時的神色。漢賈誼新書七諭誠：“楚昭王當房而立，愀然有寒色，曰：寡人朝飢饉時，酒二配，重裘而立，猶憯然有寒氣，將柰我元元之百姓何？”㊁使人感到清寒冷落的自然景色。全唐詩一三四李頎望秦川：“秋聲萬户竹，寒色五陵松。”

【寒沍】寒冷凝凍。沍，hù。文苑英華三八唐陳岵履春冰賦：“因潤下而生德，由寒沍以成姿。”參見“沍寒”。

【寒谷】深山溪谷，爲日光所不及，故稱寒谷。文選南朝梁劉孝標（峻）廣絶交論：“敍温郁則寒谷成暄，論嚴苦則春叢零葉。”

【寒更】寒夜打更聲。唐駱賓王文集四別李嶠得勝字詩：“寒更承永夜，涼景向秋澄。”唐羅隱甲乙集一長安秋夜詩：“燈欹短焰燒離鬢，漏轉寒更滴旅腸。”

【寒官】卑下的官。南朝重門弟，凡出身寒微的人，不得任要職，故其所任官職泛稱寒官。南齊書紀僧真傳：“乃請事太祖（蕭道成），隨從在淮陰，以閑書題，令答遠近書疏。自寒官歷至太祖冠軍府參軍、主簿。”

【寒林】㊀秋冬的樹林。北周庾信庾子山集十三周柱國大將軍拓拔儉神道碑：“温席扇枕，承顏悦膝，凍浦魚驚，寒林筍出。”㊁佛書稱西域棄屍鳥葬的地方。卽“屍陀林”。詳該條。

【寒事】㊀寒冷的時節。文苑英華二四七南朝梁陸倕以詩代書別後寄贈詩：“江關寒事早，夜露傷秋草。”㊁準備禦寒過冬的事。唐杜甫杜工部草堂詩箋三二小園：“問俗營寒事，將詩待物華。”

【寒門】㊀傳説中北方極寒冷的地方。楚辭屈原遠遊：“舒並節以馳騖兮，逴絶垠乎寒門。”注：“寒門，北極之門也。”淮南子地形：“北方曰北極之山，曰寒門。”注：“積寒所在，故曰寒門。”㊁寒微的門第。三國志蜀先主傳“（劉）璋遣劉璝……等拒先主於涪”注引益部耆舊雜記：“張任，蜀郡人，家世寒門。”晉書劉毅傳上疏：“無報於身，必見割奪；有私於己，必得其欲。是以上品無寒門，下品無勢族。”㊂卽谷口。見該條。

【寒具】㊀冷食物名，卽饊子。用糯米粉和麵油煎製成，可貯存。寒食節禁火，往往用來代餐，漢人名爲寒具。其異名有粔籹（楚辭招魂）、餲（應劭通俗文）、膏環

(三國魏周成雜事解詁)、粰粇(廣雅)、環餅(齊民要術九)、捻頭(宋林洪山家清供)等,因時因地而異。參閱本草綱目二五寒具。㊁禦寒用具。宋史四四四劉恕傳:"自洛南歸,時方冬,無寒具。司馬光遺以衣襪及故茵褥。"

【寒客】㊀受冷挨凍的人。宋梅堯臣宛陵集五觀博陽山火詩:"小農候春鋤,寒客失冬樵。"㊁臘梅的別名。見宋姚寬西溪叢語上。

【寒故】貧賤時的故舊。宋袁褧楓窗小牘下:"宋五嫂,余家蒼頭嫂也。每過湖上,時進肆慰談,亦它鄉寒故也。"

【寒英】冬天開的花,猶言寒花。多指梅、菊。唐柳宗元柳先生集四三早梅詩:"寒英坐銷落,何用慰遠客。"

【寒柯】冬季的樹木。晉陶潛陶淵明集三飲酒詩之八:"提壺掛寒柯,遠望時復為。"初學記三南朝梁元帝纂要:"(冬)木曰寒木、寒柯。"

【寒威】凜冽的寒氣。文苑英華十九唐王起鄒子吹律賦:"嚮發於寒威,氣感於春暉。"

【寒品】寒微的人。梁書武帝紀中天監八年:"其有能通一經始末無倦者,……雖復牛監羊肆,寒品後門,並隨才試吏,勿有遺隔。"

【寒食】節令名。在農曆清明前一或二日。南朝梁宗懍荆楚歲時記:"去冬節一百五日,即有疾風甚雨,謂之寒食,禁火三日,造餳大麥粥。"相傳春秋時晉國介之推輔佐重耳(晉文公)回國後,隱於山中,重耳燒山逼他出來,之推抱樹而死。文公爲悼念他,禁止在之推死日生火煮食,只吃冷食。以後相沿成俗,叫做寒食禁火。按周禮司烜氏"仲春以木鐸修火禁於國中",禁火爲周的舊制。漢劉向別錄有"寒食蹋蹴"的記述,與之推之死無關;晉陸翽鄴中記、後漢書周舉傳等始附會爲之推事。參閱太平御覽三十寒食所引各說。

【寒風】㊀北風。晉陸機陸士衡文集七燕歌行:"四時代序逝不追,寒風習習落葉飛。"參見"八風"。㊁傳說中善相馬的人。也作韓風。呂氏春秋觀表:"古之善相馬者,寒風是〔氏〕相口齒。"淮南子齊俗作韓風。

【寒泉】㊀清涼的泉水或井水。易井:"井洌寒泉食。"㊁詩邶風凱風:"爰有寒泉,在浚之下。有子七人,母氏勞苦。"河南濮陽附近有寒泉崗,相傳即其地。見水經注二四瓠子河。因詩有"有子七人,母氏勞苦"之句,後用作子女孝順母親的典故。文選晉潘安仁(岳)寡婦賦:"覽寒泉之遺歎兮,詠蓼莪之餘音。"注:"寒泉,謂母存也。"晉陶潛陶淵明集五晉故西征大將軍長史孟府君傳:"淵明先親,君之第四女也。凱風寒泉之思,寔鍾厥心。"

【寒俊】出身寒微而才能傑出的人。世說新語賢媛"陶公少有大志"注引晉孫盛晉陽秋:"時豫章顧榮或責羊晫曰:'君奈何與小人同輿?'晫曰:'此寒俊也。'"此指陶侃。唐劉禹錫劉夢得集外集九子劉子自傳:"時有寒俊王叔文,以善弈棋,得通籍待詔。"

【寒流】㊀清冷的流水。南齊謝朓謝宣城集三始出尚書省詩:"邑里向疎蕪,寒流自清泚。"㊁流品寒微的人。猶言寒士。梁書武帝紀中天監九年:"革選尚書五都令史用寒流。"

【寒浞】古史傳說夏代有窮國君后羿的寵臣,初輔助寒國君伯明氏。后羿奪得帝相的政權後,任浞爲相。浞又殺羿自立。後來夏遺臣靡扶帝相子少康滅浞復國。見左傳襄四年。漢書古今人表、水經注巨洋水作韓浞。寒、韓古通用。

【寒家】㊀卑微的門第。三國志魏呂布傳"并州刺史丁原"注引漢王粲英雄記:"原字建陽,本出自寒家。"㊁謙稱己家。猶言寒舍。水滸七:"既蒙到我寒家,本當草酌三盃。"

【寒羞】指可以冷食的食物。羞,同"饈"。文選晉張景陽(協)七命:"繁肴既闋,亦有寒羞。商山之果,漢皋之椳。"

【寒素】㊀門第卑微又無官爵。晉書李重傳:"司徒左長史荀組以爲:'寒素者,當謂門寒身素,無世祚之資。'"後泛稱家境貧寒的人。初學記十一晉王隱晉書:"王戎爲左僕射,領吏部尚書。自戎居選,未嘗薦一寒素,退一虛名。"㊁漢晉舉拔士人的科目名。抱朴子審舉:"故時人語曰:舉秀才,不知書;察孝廉,父別居;寒素清白濁如泥,高第良將怯如雞。"晉書范粲傳附范喬:"喬凡一舉孝廉,入薦公府,再舉清白異行,又舉寒素,一無所就。"

【寒荆】舊時謙稱己妻。明史磐夢磊記傳奇劉公送婚:"又誰知說與寒荆,便艴然與他爭競。"參見"荆人"。

【寒桃】秋後成熟的桃。冬桃、霜桃之類。太平御覽九六七晉鄧德明南康記說南康玉山古有寒桃,生於嶺巔。晉書食貨志:"惠后北征,蕩陰反駕,寒桃在御,隻雞以給。"晉書惠帝紀及資治通鑑八五晉永興元年都作"秋桃"。

【寒砧】寒秋時的砧聲。砧,擣衣石。也作"寒碪"。詩詞中常用以描寫秋景的冷落、蕭索。全唐詩九六沈佺期古意呈補闕喬知之:"九月寒砧催木葉,十年征戍憶遼陽。"五代南唐李煜李後主詞擣練子令:"深院靜,小庭空,斷續寒砧斷續風。"

【寒皋】鳥名。也叫鸜鵒(qú yù),俗名八哥,會學人說話。太平御覽九二三漢劉安淮南萬畢術:"寒皋斷舌(可)使語。"注:"寒皋一名鸜鵒。"明李時珍說此鳥在天將下雪時,便羣飛如有所告,皋,即"告",故名。見本草綱目四九鸜鵒。

【寒條】寒冬時樹木的枝條。晉陶潛陶淵明集一歸鳥詩:"翼翼歸鳥,戢羽寒條。"

【寒商】秋風。五音之商,於四時爲秋,故稱秋風爲寒商。文選南朝宋謝惠連秋懷詩:"寒商動秋閨,孤燈暖幽幔。"參見"商秋"。

【寒族】門第寒微的家族。晉書華譚傳:"又舉寒族周訪爲孝廉。"

【寒悴】貧寒憔悴。晉書張華傳:"(劉)卞曰:卞以寒悴,自須昌小吏受公成拔,以至今日。"

【寒將】蟬的一種。即寒螿。淮南子說林:"狐死首丘,寒將翔水,各哀其所生。"文選南朝宋劉休玄(鑠)擬古詩"寒螿翔水曲"注引淮南子作"寒螿"。又南朝宋謝惠連擣衣詩"烈烈寒螿啼"注引漢許慎淮南子注,認爲寒螿是蟬的一種,漢高誘注則說是水鳥。參見"寒螿"。

【寒貧】家世貧困。三國志蜀楊洪傳"洪迎門下書佐何祗"注引益部耆舊雜記:"祗字君肅,少寒貧,爲人寬厚通濟。"又三國魏安定石德林,以鰥窮行乞,號寒貧。見三國志魏管寧傳"尺牘之迹,動見模楷焉"注。

【寒温】㊀冷暖。後漢書四九仲長統傳理亂:"苟目能辯色,耳能辯聲,口能辯味,體能辯寒温者,將皆以脩絜爲諱惡,設智巧以避之焉。"㊁猶言寒暄。晉干寶搜神記十六:"忽有客通名詣(阮)瞻,寒温畢,聊談名理。"參見"寒暄"。世說新語雅量:"謝(混)與王(熙)敍寒温數語畢,還與羊(孚)談賞。"

【寒厥】病名。四肢逆冷,嚴重的至於昏迷失去知覺。素問厥論:"陽氣衰於下,則爲寒厥。"注說"厥"是呼吸不順;"陽"是足的三陽脈;"下"是足部。

【寒粥】炒米粥,漢代人叫作寒粥。周禮天官漿人"掌共王之六飲"注引漢鄭玄:

"涼，今寒粥，若糗飯雜水也。"國語楚下"糗一筐"三國吳韋昭注："糗，寒粥也。"按糗卽炒米，可冷食，加水煮成粥，故名寒粥。參閱孫詒讓周禮正義。

【寒晙】同"寒俊"。資治通鑑二一六唐天寶六載："文臣爲將，怯當矢石，不若用寒晙胡人。胡人則勇決習戰，寒族則孤立無黨。"注："晙，嘗有事農耕者也。"舊唐書李林甫傳作"不如用寒俊、蕃人"。參見"寒俊"。

【寒暄】㊀指冬季和夏季。南朝陳徐陵徐孝穆集七報尹義尚書："淹留趙魏，亟歷寒暄。企望鄉關，理多悲切。"一寒一暄，代表一年。㊁相見時互道天氣冷暖，作爲應酬之詞。太平廣記三漢班固漢武內傳："(武)帝跪拜，問寒暄畢，立，因呼帝共坐。"新五代史孫晟傳："晟爲人口吃，遇人不能道寒暄。"

【寒盟】背約。宋范成大石湖集二七閶門初泛二十四韻詩："鄰翁喜問訊，逋客愧寒盟。"參見"尋盟"。

【寒雋】同"寒俊"。唐張彥遠法書要錄三唐李嗣真書後品："右范(曄)如寒雋之士，亦不可棄。"雋，也作"儁"。晉王隱晉書有寒儁傳。參見"寒俊"。

【寒微】家貧地位低微。晉書吾彥傳："出自寒微，有文武才幹。"

【寒酸】形容窮書生貧窘之態。唐杜荀鶴唐風集上秋日懷九華舊居詩："燭共寒酸影，蛩添苦楚吟。"宋唐庚眉山唐先生文集十七張求詩："坐此益寒酸，餓理將入口。"

【寒碪】同"寒砧"。唐李賀歌詩篇外集龍夜吟："寒碪能擣百尺練，粉淚凝珠滴紅線。"

【寒鴉】寒天的烏鴉。文苑英華二〇四唐王昌齡長信宮詩之二："奉帚平明秋殿開，且將團扇共徘徊。玉顏不及寒鴉色，猶帶昭陽日影來。"宋秦觀淮海集長短句上滿庭芳詞："斜陽外寒鴉數點，流水繞孤村。"

【寒賤】門第聲望卑下。晉書熊遠傳上疏："今朝廷法吏多出於寒賤。"

【寒漿】㊀草名，卽酸漿。爾雅釋草："葴，寒漿。"注："今酸漿草，江東呼曰葴，音針。"清郝懿行義疏："今京師人以充茗飲，可滌煩熱，故名寒漿。其味微酸，故名酸漿。"參見"酸漿"。㊁清冷的水。樂府詩集五四淮南王篇："後園鑿井銀作牀，金瓶素綆汲寒漿。"

【寒澤】北方荒遠地區的大藪澤名。古人關於地形劃分的一種說法。淮南子地形："北方曰大冥，曰寒澤。"注："北方多寒水，故曰寒澤也。"

【寒螿】蟬的一種。爾雅釋蟲"蜺，寒蜩"晉郭璞注："寒螿也，似蟬而小，青赤。"漢王充論衡變動："是故夏末，蜻蛚鳴，寒螿啼，感陰氣也。"

【寒蟬】㊀蟬的一種，似蟬而小，青赤色。禮月令孟秋之月："涼風至，白露降，寒蟬鳴。"注："寒蟬，寒蜩，謂蜺也。"文選三國魏曹子建(植)贈白馬王彪詩："秋風發微涼，寒蟬鳴我側。"注引蔡邕月令章句："寒蟬應陰而鳴，鳴則天涼，故謂之寒蟬也。"㊁寒天的蟬。蟬到秋深天寒卽不再叫，故把有所顧慮而默不作聲比作寒蟬。後漢書六七杜密傳："劉勝位爲大夫，見禮上賓，而知善不薦，聞惡不言，隱情惜己，自同寒蟬，此罪人也。"成語有"噤若寒蟬"，本此。

【寒雞】冬日報曉之雞。文選南朝宋鮑明遠(照)舞鶴賦："感寒雞之早晨，憐霜雁之違漠。"唐陸龜蒙甫里集十一自遣詩之二："心摇秪待東窗曉，長媿寒雞第一聲。"

【寒蠅】冬天垂死的蒼蠅，比喻遲鈍無生氣。唐韓愈昌黎集四送侯參謀赴河中幕："默坐念語笑，癡如過寒蠅。"宋歐陽修文忠集十三病告中懷子華原父："自是少年豪橫過，而今癡鈍若寒蠅。"

【寒露】㊀節氣名。在陽曆十月八日或九日。禮月令孟春之月"東風解凍"唐孔穎達疏："謂之寒露，言露氣寒將欲凝結。"㊁猶言霜露。後漢書四二東平憲王蒼傳："帝以蒼冒涉寒露，遣謁者賜貂裘及大官食物珍果。"

【寒山寺】寺名。在江蘇蘇州市西楓橋附近。相傳唐代詩僧寒山拾得二人在此住過，故名。本名妙利普明塔院。又名楓橋寺。宋嘉祐中改名普明禪院。中興閒氣集下張繼夜泊松江詩："姑蘇城外寒山寺，夜半鐘聲到客船。"文苑英華二九二亦收此詩，題作楓橋夜泊。

【寒水石】藥名。古代藥用的寒水石，卽凝水石；唐宋後藥用的寒水石，卽石膏。宋錢乙小兒藥證真訣三玉露散，兼用寒水石和石膏。本草綱目九石膏認爲寒水石卽石膏的別名，因石膏性寒似水，故稱寒水石。

【寒夜怨】樂府雜曲歌辭。南朝梁陶弘景有寒夜怨，唐鮑溶有寒夜吟。並見樂府詩集七六。

【寒食散】道家藥名。服後身體發熱，宜吃冷食，故稱寒食散。配劑中有紫石英、白石英、赤石脂、鐘乳石、硫黃等五石，故又稱五石散，或簡稱散。相傳其方始於漢代，魏晉何晏、裴秀等名士都服此散，竟成爲一時風氣。也有服後造成殘廢的。世說新語言語"何平叔云服五石散"注引書有秦承祖寒食散論(失傳)。隋巢元方諸病源候總論載有服此散後所發的病及其治法。又千金方二七養性有鐘乳散一種，千金翼方稱爲草寒食散。

【寒木春華】寒木不凋，春花吐豔，比喻各有優長。寒木，松柏之類。北齊顏之推顏氏家訓文章："齊世有辛毗者，清幹之士，官至行臺尚書。嗤鄙文學，嘲劉逖云：'君輩辭藻，譬若榮華，須臾之翫，非宏才也。豈比吾徒，千丈松樹，常有風霜，不可凋悴矣。'劉應之曰：'既有寒木，又發春華，何如也？'辛笑曰：'可矣！'"

【寒花晚節】比喻晚節堅貞。宋詩鈔韓琦安陽集九月水閣："雖慚老圃秋容淡，且看寒花晚節香。"

搴

jiǎn 其偃切，上，阮韻，羣。
ㄐㄧㄢ

㊀擊磬聲。爾雅釋樂："徒鼓磬謂之搴。"也作"謇"、"蹇"。參閱清郝懿行爾雅義疏。㊁姓。古蜀地人有搴姓。見廣韻。

富

fù 方副切，去，宥韻，幫。
ㄈㄨˋ

㊀財物豐饒。書洪範："九、五福：一曰壽，二曰富。"論語學而："貧而無諂，富而無驕。"疏："多財曰富。"㊁充裕，豐富。史記曹相國世家："悼惠王富於春秋。"晉書夏侯湛傳："湛幼有盛才，文章宏富。"㊂姓。鄭有富子。見通志二九氏族五去聲。

【富川】縣名。屬廣西僮族自治區。漢置，屬蒼梧郡，郡有富水，因以爲縣名。三國吳屬臨賀郡。唐宋屬賀州。明清均屬平樂府。參閱太平寰宇記一六一賀州、讀史方輿紀要一〇七平樂府。

【富中】肥沃的田地。越絶書越絶外傳記地傳："富中大塘者，句踐以爲義田，爲肥饒，謂之富中。"文選晉左太沖(思)吳都賦："富中之甿，貨殖之選。"唐張銑注："謂肥沃田中所居者。"

【富平】㊀縣名。屬陝西省。西漢置，故城在今寧夏靈武縣。東漢改置於今甘肅慶陽縣，爲北地郡治所。晉移於今縣西的懷德城，西魏大統五年移今治。明清皆屬陝西西安府。參閱太平寰宇記三一耀州、嘉慶一統志二二七西安府一。㊁堰名。西魏大統十六年宇文泰命賀蘭祥於涇渭平原修造富平堰，開渠引水，東注於洛河。見周書賀蘭祥傳。

【富民】㊀使民殷富。荀子王制："故王者富民，霸者富士。"㊁縣名。屬雲南省。元置梨濼千户所，後改富民縣。明清皆屬雲南雲南府。見寰宇通志一一一雲南府富民縣。

【富州】州名。漢蒼梧郡臨賀縣地。唐貞觀八年改爲富州，因境内有富川水，故名。治所在今廣西昭平縣。參閱元和郡縣志三七嶺南道富州、太平寰宇記一六三昭州龍平縣。

【富有】㊀廣大悉備。易繫辭上："富有之謂大業。"㊁財産豐足，物資充裕。論語子路："富有，曰苟美矣。"漢書食貨志上："先富有而後禮讓。"

【富年】指少壯之時。文選漢枚叔（乘）七發："今時天下安寧，四宇和平，太子方富於年。"注："凡人之幼者，將來之歲尚多，故曰富也。"周書王褒傳周弘讓復褒書："昔吾壯日，及弟富年，俱值邕熙，竝歡衡泌。"

【富春】㊀水名。浙江在富陽、桐廬縣境内的一段叫富春江。是著名的風景區。詳"浙江㊀"。㊁山名。在浙江桐廬縣西，一名嚴陵山。相傳漢嚴子陵（光）曾耕釣於此，其釣處稱嚴陵瀨，上有子陵釣台。後漢書八三嚴光傳"耕於富春山"唐李賢注："今杭州富陽縣也，本漢富春縣，避晉簡文帝鄭太后諱，改曰富陽。"參閱讀史方輿紀要九十嚴州府桐廬縣。

【富浪】中古時，法蘭克王查理大帝統一歐洲西部，阿拉伯人因稱西歐爲法蘭克。富浪是法蘭克的譯音。見元史一四九郭侃傳。也譯作"佛郎"。明人相沿稱葡萄牙、西班牙人爲佛郎機。參閱明史三二五佛郎機傳。

【富庶】物豐而民衆。論語子路："既庶矣，又何加焉？曰：富之。"唐韓愈昌黎集四酬裴十六功曹巡府西驛途中見寄詩："四海日富庶，道途隘蹄輪。"

【富殖】財貨充足。殖，指生産的東西多。後漢書二三竇融傳："河西民俗質樸，而融等政亦寬和，上下相親，晏然富殖。"

【富弼】公元1004—1083年。宋河南洛陽人。字彦國。少爲范仲淹晏殊所知，殊以爲壻。仁宗時與韓琦同在中書省主政，曾兩度出使契丹，力拒契丹主提出的割地要求。至和二年與文彦博同任宰相。神宗時因反對王安石變法被罷相，出判亳州，又因反對青苗法，改判汝州，不久告老回洛陽。弼始封祁國公，進封鄭，後封韓國公。卒謚文忠。参閲宋史三一三本傳。

【富陽】縣名。屬浙江省，在杭州市西南富春江左岸。原爲漢的富春縣，晉太元中因簡文帝鄭太后名春，改名富陽。見宋書州郡志一。明清屬浙江杭州府。

【富順】縣名。屬四川省，在自貢市東南沱江右岸。漢爲犍爲郡江陽縣。晉爲富世縣，因盛産井鹽，故名。唐貞觀二十三年避唐太宗（李世民）諱改富義縣。宋乾德四年改富順監。元陞州。明清爲縣，屬四川敍州府。見太平寰宇記八八富順監、嘉慶一統志三九五敍州府一。

【富給】富裕豐足。史記一二九貨殖傳："若千畝卮茜，千畦薑韭，此其人皆與千户侯等，然是富給之資也，不窺市井，不行異邑，坐而待收。"

【富媪】見"富煴"。

【富窟】五代後周王仁裕開元天寶遺事下："王元寶，都中巨豪也。常以金銀疊爲屋，壁上以紅泥泥之。……時人呼爲王家富窟。"後因稱豪門華貴的住宅爲富窟。

【富煴】富庶繁盛。意謂地富寶藏，烟煴之氣上達於天。漢賈誼新書六禮："天清澈，地富煴，物時熟。"也作"富媪"。漢書禮樂志二："后土富媪，昭明三光。"宋范祖禹范太史集一和子進千春院觀桃花詩："富媪英華當間出，東君照育相見睽。"

【富歲】豐年。孟子告子上："富歲，子弟多賴；凶歲，子弟多暴。"

【富實】富裕殷實。漢書八九龔遂傳："郡中皆有畜積，吏民皆富實。"

【富饒】財富充足。史記一〇六吴王濞傳："濞則招致天下亡命者益鑄錢，煮海水爲鹽，以故無賦，國用富饒。"漢書三五吴王濞傳作"國用饒足"。

【富平津】即孟津。水經注五河水："尚書所謂'東至於孟津'者也，又曰富平津。晉陽秋曰：'杜預造河橋於富平津。所謂造舟爲梁也。'"參見"孟津㊀"。

【富平侯】漢張安世封富平侯，傳子延壽，延壽傳勃，勃傳臨，臨傳放，五世襲爵。見漢書五九張湯傳附張安世。唐李商隱李義山詩集五富平少侯："七國三邊未到憂，十三身襲富平侯。"

【富民侯】漢武帝晚年，以江充譖殺衛太子。又悔征伐連年，會車千秋上書爲衛太子鳴寃，因擢升爲大鴻臚，數月後代劉屈氂爲丞相，封富民侯。見漢書食貨志、六六車千秋傳。宋辛棄疾稼軒詞一水調歌頭舟次揚州和楊濟翁周顯先韻："莫射南山虎，直覓富民侯。"

【富民渠】隋開皇初開漕渠，大監郭衍興工引渭水，經大興城至潼關，長四百多里，通漕運，名富民渠。見隋書郭衍傳。但食貨志和宇文愷傳則説愷主持此事，渠成名爲廣通渠。參見"廣通渠"。

【富吴體】見"吴富體"。

【富家翁】富有的人，富翁。漢劉邦攻入咸陽，見宫室、狗馬、重寶、婦女以千數，想留居下來。樊噲進諫説："沛公欲有天下邪？將欲爲富家翁邪？"見史記留侯世家"樊噲諫沛公"南朝宋裴駰集解。三國志魏曹爽傳注引魏氏春秋："爽既罷兵，曰：我不失作富家翁。"

【富貴衣】傳統戲劇中扮演貧士、乞丐一類人物的衣飾。俗稱海青，又名道袍。全身黑色，破褶，上綴很多雜色小三尖塊、方塊和圓塊，表示破敝不堪。劇中人穿着此衣，預示後必貴顯，故稱富貴衣。如鴻鸞禧中的莫稽、打姪上墳的陳大官等所服均是。

【富貴花】牡丹花，也指海棠花。宋周敦頤濂溪集八愛蓮説："牡丹，花之富貴者也。"宋陸游劍南詩稿三留樊亭三日王覺民檢詳日攜酒來飲海棠下比去花亦衰矣之一："何妨海内功名士，共賞人間富貴花。"

【富貴紅】牡丹的一種。宋陸游渭南文集四二天彭牡丹譜花釋名："富貴紅者，其花葉圓正而厚，色若新染未乾者，他花皆落，獨此抱枝而槁，亦花之異者。"廣羣芳譜三二引鄞江周氏洛陽牡丹記："富貴紅：色差深而帶緋紫色。"

【富國彊兵】使國家富有、兵力强大。戰國策秦一："臣聞之：欲富國者，務廣其地；欲强兵者，務富其民。"史記七四孟子傳："當是之時，秦用商君，富國彊兵。"也作"富國强兵"。六韜文韜："宰相不能富國强兵，調和陰陽，以安萬乘之主，……非吾宰相也。"彊，同"强"。

【富貴浮雲】視富貴如浮雲，言輕微不足道。論語述而："不義而富且貴，於我如浮雲。"又比喻富貴利禄變化無常。金元好問遺山集十趙元德御史之兄七袠（秩）之壽詩："富貴浮雲世態新，典刑依舊老成人。"

【富貴逼人】言不求富貴而富貴逼人而來。北史楊素傳："常令爲詔，下筆立成，詞義兼美。帝嘉之，謂曰：'善相自勉，勿憂不富貴。'素應聲曰：'臣但恐富貴來逼臣，臣無心圖富貴。'"明史磐夢磊記傳奇奸相獎奸:"正是百計貧賤醫不得，一朝富貴逼人來。"

【富貴榮華】家財富有、勢位顯貴。漢王符潛夫論論榮:"所謂賢人君子者，非必高位厚祿、富貴榮華之謂也。"舊時稱頌别人有財有勢，常用此語。

寔 1. shí ㄕˊ 常職切，入，職韻，禪。

㊀是。通"實"。詩召南小星:"寔命不同。"傳:"寔，是也。"釋文:"韓詩作實，云有也。"又大雅韓奕"實墉實壑"漢鄭玄箋:"實當作寔。趙魏之東，實寔同聲。寔，是也。"參閲清馬瑞辰毛詩傳箋通釋三小星。

2. zhì ㄓˋ

㊁置。通"寘"。易坎"寘于叢棘"唐陸德明經典釋文:"姚(信)作寔。寔，置也。張(璠)作置。"

寓 1. yù ㄩˋ 牛具切，去，遇韻，疑。

也作"庽"。㊀寄居。墨子非儒下:"何爲舍其家室而託寓也。"後因稱住所爲寓，如公寓、客寓。㊁寄，託。莊子齊物論:"唯達者知通爲一，爲是不用而寓諸庸。"國語吴:"民生於地上，寓也，其與幾何。"㊂見"寓目"。

2. ǒu ㄡˇ

㊃木偶。通"偶"。見"寓$_2$人"、"寓$_2$車"等。

【寓$_2$人】木偶人。最初是用作陪葬的冥器。史記一二二郅都傳"匈奴至爲偶人象郅都"唐司馬貞索隱:"漢書作'寓人象'。案:寓卽偶也，謂刻木偶類人形也。"今本漢書九十郅都傳作"偶人"。宋陸游放翁家訓:"近世出葬，或作香亭、魂亭、寓人、寓馬之類，一切當屏去。"

【寓木】寄生樹。山海經中山經:"(龍山)多寓木。"注:"寄生也，一名宛童。"詳"寄生樹"。

【寓公】指失地而寄居他國的諸侯。禮郊特牲:"諸侯不臣寓公，故古者寓公不繼世。"唐權德輿權載之集二五唐故金紫光祿大夫……李公墓誌銘:"時劉展阻命，東方愁擾，閭里制于萑蒲，守臣化爲寓公。"後來泛指寄居他鄉的官吏身份的人。宋范成大石湖集八次韻樂先生除夜三絶詩之二:"天邊客裏五迎冬，争信還鄉似寓公。"

【寓目】觀看，過目。左傳僖二十八年:"子玉使鬭勃請戰，曰:請與君之士戲，君馮軾而觀之，得臣(子玉名)與寓目焉。"文選三國魏繁休伯(欽)與魏文帝牋:"冀事速訖，旋侍光塵，寓目階庭，與聽斯調。"

【寓言】有所寄託或比喻之言。莊子寓言:"寓言十九，重言十七。"釋文:"寓，寄也。以人不信己，故託之他人，十言而九見信也。"史記六三莊子傳:"故其著書十餘萬言，大抵率寓言也。"後稱先秦諸子中短篇諷喻故事爲寓言，因爲文體之名。

【寓形】寄託形體，寄身。晉陶潛陶淵明集五歸去來兮辭:"已矣乎，寓形宇内復幾時，曷不委心任去留，胡爲遑遑兮欲何之?"

【寓$_2$車】木刻的假車。用於祭祀或作喪葬冥器。漢書郊祀志上:"詔有司增雍五畤路車各一乘，駕被具；西畤、畦畤寓車各一乘，寓馬四匹，駕被具。"寓馬，卽木偶馬，用途同偶車。

【寓直】文選晉潘安仁(岳)秋興賦:"以太尉掾兼虎賁中郎將，寓直於散騎之省。"岳以虎賁中郎將寄直於散騎省，故稱寓直。後來泛指當直、值班。又玄集上任華雜言寄杜拾遺詩:"積翠扈游花匼匝，披香寓直月團欒。"參閲唐李匡乂資暇集中寓直。

【寓居】暫居。文選漢張平子(衡)西都賦:"鳥畢駭，獸咸作，草伏木棲，寓居穴託。"注:"非其常處，苟寄而居，值穴而託。"後稱寄居他鄉爲寓居。晉書孫惠傳:"惠口訥，好學有才識，州辟不就，寓居蕭沛之間。"

【寓食】寄食。南史王鎮惡傳:"年十三而苻氏(堅)敗，寓食澠池人李方家。"宋書王鎮惡傳作"寄食"。宋曾鞏元豐類稿十六福州上執政書:"誠以鞏年六十，老母年八十有八。老母寓食京師，而鞏守閩越，仲弟守南越。"

【寓$_2$馬】木刻的假馬。見"寓$_2$車"。

【寓書】寄信。左傳襄二四年:"鄭伯如晉，子産寓書於子西，以告宣子。"

【寓乘】附搭别人的車。左傳成二年:"綦毋張喪車，從韓厥曰:'請寓乘。'"

【寓望】古代邊境所設的客舍和主管候望、迎送賓客的人。國語周中:"周制有之，曰:……國有郊牧，疆有寓望。"注:"疆，境也。境界之上，有寄寓之舍，候望之人也。"

【寓祭】在祭祀對象以外的地方祭祀，卽借甲地以遥祭乙地之神。宋范成大石湖集二五天柱峯詩:"衡山紫蓋連延處，一峯巉絶擎玉宇。漢家惲遠不能到，寓祭灊山作天柱。"

【寓意】寄託或隱含意旨。南朝梁劉勰文心雕龍頌讚:"及三閭橘頌，情采芬芳，比類寓意，又覃及細物矣。"

【寓試】不在原籍，而在寓居之地參加考試。宋理宗嘉熙元年罷牒試，規定凡郎官以上及監、司、守、倅的門客和這些官的姑姨同宗子弟，以及不便回鄉就試的遊士，不論其原籍在何處，都可由當地官府發給憑據，到轉運司考試。見宋史選舉志二科目下。

【寓錢】卽紙冥錢。古時享祀鬼神，常用圭璧幣帛，祭畢，掩埋在地下。葬時也如此。史記一二二張湯傳盜發孝文園瘞錢，本爲真錢。其後有范土爲錢，以代替真錢的。魏晉以後又改用紙錢。因其替代真錢，故稱寓錢。見新唐書一〇九王璵傳。參見"紙錢"、"瘞錢"。

【寓簡】宋沈作喆撰。十卷。筆記體。記録宋代軼事、典制，並加考證。自序稱屏居山中，偶有所得，寫在簡牘之上，故以寓簡爲書名。

【寓$_2$鶴】人製的假鶴。新唐書一〇四張行成傳附張易之:"時無檢輕薄者又諂言昌宗乃王子晉後身，后乃使被羽裳、吹簫、乘寓鶴，裴回庭中，如仙去狀。"鶴，也作"鵠"。又二二四高駢傳:"爲寓鵠廷中，設機關，觸人則飛動，駢衣羽服乘之，作仙去狀。"

【寓屬】獼猴一類動物，常寄居樹上，故名。見爾雅釋獸"寓屬"晉郭璞注。後漢書六〇上馬融傳廣成頌:"木産盡，寓屬單。"參閲清惠棟後漢書補注十四寓屬。

【寓意編】明都穆撰。一卷。多爲記所見書畫真僞和當時收藏家名氏，亦有僅録書畫品名的，共六十條。隨筆記録，並未成書。後人僞託穆名編鐵網珊瑚二十卷，以此書插入爲第五卷。

【寓氏公主】蠶神名。宋書禮志四:"漢儀:皇后親桑東郊苑中，蠶室祭蠶神曰苑窳婦人、寓氏公主，祠用少牢。"又見晉書禮志上。

寐 mèi ㄇㄟˋ 彌二切，去，至韻，明。

入睡，睡着。詩衛風氓:"夙興夜寐，靡有朝矣。"清朱駿聲説文通訓定聲:"按在牀曰寝，病寝曰寢，隱几曰卧，合目曰眠，眠而無知曰寐，睡不脱冠帶而眠曰假寐。"

【寐魚】魚名。山海經東山經:"(諸鉤之山)……廣員百里，多寐魚。"注:"卽鮇魚，音味。"

【寐語】夢話，囈語。宋梅堯臣宛陵集九和元之述夢見寄詩:"始知端正心，寐語尚不誑。"

寎 bìng 永兵切，上，梗韻，幫。
ㄅㄧㄥ 陂病切，去，映韻，幫。
㊀説文："寎，卧驚病也。"㊁農曆三月的別名。爾雅釋天："三月爲寎。"清郝懿行義疏："廣韻引爾雅作'三月爲窉'，云本亦作寎，是寎窉同，……窉者，丙也。三月陽氣盛，物皆炳然也。"

寑 qǐn 七稔切，上，寑韻，清。
ㄑㄧㄣˇ
説文作"寑"。㊀卧。國語晉一："今夕君寑不寐，必爲翟柤也。"古籍通作"寢"。清段玉裁注謂"寑"是卧息，"寢"是病卧。詳"寢"。㊁逐漸。通"寖"。見"寑壞"。

【寑壞】逐漸敗壞。後漢書六三李固傳對策："間隙一開，則邪人動心；利競暫啟，則仁義道塞。刑罰不能復禁，化導以之寑壞。"

寓 yǔ
ㄩˇ
同"宇"。荀子賦："精微乎毫毛，而大盈乎大寓。"詳"宇"。

十 畫

寖 1. jìn 子朕切，上，寑韻，精。
ㄐㄧㄣˋ 子鴆切，去，沁韻，精。
本作"㵈"，省作"濅"、"寖"，今作"浸"。㊀滲透。見"寖潤"。

2. qīn
ㄑㄧㄣ
㊀逐漸。漢書禮樂志："恩愛寖薄。"

【寖₂淫】逐漸。漢書三八齊悼惠王肥傳："事寖淫聞於上。"注："寖，古浸字也。寖淫，猶言漸染也。"參見"浸淫"。

【寖₂尋】漸及，逐漸達到。漢書郊祀志上："上始巡幸郡縣，寖尋於泰山矣。"注："寖，漸也。尋，就也。"

【寖潤】漸漸滲透浸染。同"侵潤"。漢書八五谷永傳上對："無用比周之虚譽，毋聽寖(寑)潤之譖愬。"注："寖潤，積漸之深也。"又三六楚元王傳附劉向："上內重(周)堪，又患衆口之寖潤，無所取信。"

寘 1. zhì 支義切，去，寘韻，照。
ㄓˋ
㊀放置，安置。同"置"。詩周南卷耳："嗟我懷人，寘彼周行。"左傳隱元年："遂寘姜氏于城潁而誓之曰：'不及黄泉，無相見也。'"

2. tián 支年切，平，先韻，定。
ㄊㄧㄢˊ
㊀見"寘₂顔"。

【寘₂顔】古山名。漢元狩四年，大將軍衛青追擊匈奴軍至寘顔山趙信城。史記一一一衛將軍傳"遂至寘顔山趙信城"南朝宋裴駰集解："徐廣曰：寘音田。"

【寘懷】放在心上，念念不忘。詩小雅谷風："將恐將懼，寘予于懷。"文選南朝梁劉孝標(峻)廣絶交論："同病相憐，綴河上之悲曲；恐懼寘懷，照谷風之盛典。"

十一畫

康 kāng 苦岡切，平，唐韻，溪。
ㄎㄤ
空。見方言十三。也作"㝩"、"㡉"、"糠"、"㰠"。

【康㝗】房室空虚貌。五代南唐徐鍇説文繫傳十四引漢司馬相如長門賦："委參差以康㝗。"文選漢司馬長卿(相如)長門賦作"㮠梁"。凡物之中空者，都可以叫康㝗。也作"㝩㝗"。雲南澂江有㝩㝗魚，以其乾而中空，故名。見明楊慎藝林伐山五。

寧 1. níng 奴丁切，平，青韻，泥。
ㄋㄧㄥˊ
㊀安定，平安。易乾："首出庶物，萬國咸寧。"㊁探望，省視父母。左傳莊二七年："冬，杞伯姬來，歸寧也。"注："寧，問父母安否。"參見"寧親"。㊂服喪。見"予寧"。㊃江蘇南京市的别稱。清代南京爲江寧府治，故名。

2. nìng
ㄋㄧㄥˋ
㊄副詞。1.豈，難道。易繫辭下："寧用終日，斷可識矣。"史記九七陸賈傳："居馬上得之，寧可以馬上治之乎？"參見"寧₂渠"。2.寧願，寧可。書大禹謨："與其殺不辜，寧失不經。"莊子秋水："寧其死爲留骨而貴乎？寧其生而曳尾於塗中乎？"3.竟，乃。詩邶風日月："胡能有定，寧我不顧。"小雅四月："先祖匪人，胡寧忍予。"參閲清王引之經義述聞六寧訓爲乃。㊅助詞。無義。左傳襄三十一年："賓至如歸，無寧菑害。"㊆姓。也作"甯"。春秋衛有大夫寧俞。史記一二二酷吏傳有寧成，漢書作甯成。參閲急就篇一唐顔師古注。

【寧一】安寧不亂。史記曹相國世家："蕭何爲法，顜若畫一；曹參代之，守而勿失。載其清淨，民以寧一。"漢書三九曹參傳作"寧壹"。

【寧王】㊀安定天下的帝王。書大誥："寧王遺我大寶龜，紹天明卽命。"指周文王。㊁公元680—741年。唐李憲(睿宗)長子，封寧王。初立爲太子，後因楚王(後爲玄宗)平韋氏亂有功，讓位。死後，册封爲讓皇帝。見舊唐書九五讓皇帝憲傳。寧王識曲辨聲。唐温庭筠温飛卿集五彈箏人詩"天寶年中事玉皇，曾將新曲教寧王"卽其人。㊂公元？—1448年。明朱權。朱元璋第十七子，封於大寧，稱寧王。永樂元年徙封南昌。後廢爲庶人。自號臞仙，又稱涵虚子、丹丘先生，著通鑑博論、漢唐祕史、太和正音譜等。所作雜劇十二種，今存二種。曾孫宸濠，以起兵謀反誅死。見明史一一七寧王權傳。

【寧化】縣名，屬福建省。唐爲黄連縣地，以其地有黄連洞而名。天寶元年改爲寧化縣。明清屬福建汀州府。參閲太平寰宇記一〇二汀州、寰宇通志四七汀州寧化縣。

【寧₂可】㊀怎麽能，豈可。史記一〇七魏其侯傳："天下方有急，王孫(竇嬰)寧可以讓邪？"㊁寧願，情願。北齊書元景安傳："大丈夫寧可玉碎，不能瓦全。"

【寧安】縣名，屬黑龍江省。原名寧古塔。清光緒年間移綏芬廳於此。宣統元年改爲寧安府，公元 1913 年改縣。參見"寧古塔"。

【寧州】州名。1.西魏廢帝三年改豳州爲寧州。治所在安定(今甘肅寧縣)。隋唐沿置，但屢有變易。明清屬甘肅慶陽府。公元 1918 年改爲寧縣。參閲太平寰宇記三四寧州。2.漢益州郡地，三國蜀爲興古郡地，南朝梁爲南寧州。元至元十三年設寧州，治所在今雲南華寧縣。明清隸屬雲南臨安府。公元1913年改縣，因與甘肅縣名重複，次年改爲黎縣。公元1931年改爲華寧。參閲寰宇通志一一二臨安府寧州。

【寧波】地名。卽今浙江寧波市。本春秋越地，秦漢至隋爲會稽郡地。唐武德四年置鄞州，開元二十六年改置明州。明洪武十四年改爲寧波府。清因之。參閲嘉慶一統志二九一寧波府一。

【寧武】縣名，屬山西省。漢樓煩縣地。唐末置寧武軍，宋改寧化軍，領寧化縣。明置寧武關，與雁門、偏頭並稱三關。崇禎十七年，農民起義軍李自成攻破寧武，打開了進攻京城的道路。清改爲府，升明寧化所爲寧武縣。參閲嘉慶一統志一四七寧武府。

【寧奈】見"寧耐"。

【寧帖】安定平静。唐吴兢貞觀政要十慎終："既有所弊，易爲驚擾，脱因水旱，穀麥不收，恐百姓之心，不能如前日之寧帖。”唐白居易長慶集四二請罷兵第三狀:“一軍若不寧帖,必扇諸軍之心,自此動搖,何慮不有。”

【寧津】縣名,屬山東省。漢渤海郡東光臨樂二縣地。隋開皇十六年置胡蘇縣,唐天寶元年改名臨津,金又改爲寧津。明清皆隸屬直隸河間府。參閱嘉慶一統志二一河間府一。

【寧南】明末左良玉以鎮壓農民起義,官至大將,崇禎十七年封寧南伯。清黃宗羲南雷文定附撰杖集柳敬亭傳:“是時朝中皆畏寧南。”清孔尚任桃花扇三一草檄:“只得遠來湖廣,求救於寧南左侯。”皆指良玉。

【寧耐】忍耐。朱子語類七〇易六需:“需者,寧耐之意,以剛遇險,時節如此,只當寧耐以待之。且如涉川者,多以不能寧耐致覆溺之禍。”也作“寧奈”。古今雜劇元白仁甫牆頭馬上二:“又不比秦樓夜譙金釵客,這的擔着利害,把你那小性格且寧奈。”

【寧侯】恭順聽命的諸侯。周禮考工記下梓人:“祭侯之禮,以酒脯醢,其辭曰:‘惟若寧侯,毋或若女不寧侯,不屬於王所,故抗而射女。’”孫詒讓周禮正義謂此爲天子告誡諸侯之辭,諸侯有不來朝者,則當射之。

【寧海】㊀縣名,屬浙江省。漢回浦鄞二縣地。晉永和三年分會稽郡八百户於臨海郡章安地,設寧海縣。隋并入臨海縣,唐武德年間復置,明清隸屬浙江台州府。參閱太平寰宇記九八台州。㊁州名。春秋牟國地,漢東牟縣。金天會中置寧海軍,大定二十二年升爲州,州治在今山東牟平縣。明清皆屬山東登州府。參閱嘉慶一統志一七三登州府。

【寧哥】唐玄宗稱其兄寧王李憲爲寧哥。唐段成式酉陽雜俎前集十二語資:“上知之大笑,書報寧王云:‘寧哥大能處置此僧也。’”唐詩紀事五二張祜寧哥來:“黃幡綽指向西樹,不信寧哥迴馬來。”參見“寧王㊀”。

【寧夏】地名。卽今寧夏銀川市。秦漢北地郡地。唐屬靈州。宋咸平中入於西夏,爲其都城。元至元二十五年改置寧夏路,明洪武三年改寧夏府,清雍正二年兼置寧夏寧朔二縣,同爲甘肅寧夏府治。公元1928年建寧夏省,卽今寧夏回族自治區。參閱嘉慶一統志二六四寧夏府一。

【寧晉】縣名,屬河北省。春秋晉楊氏邑,漢爲楊氏縣,屬鉅鹿郡。隋大業二年改屬趙州。唐天寶元年改寧晉縣。清屬趙州。參閱太平寰宇記六〇、讀史方輿紀要十四趙州。

【寧許】如此,這樣。宋楊萬里誠齋集八過招賢渡詩之二:“柳上青蟲寧許劣,垂絲到地却回身。”

【寧康】㊀安寧康樂。漢書一〇〇下敍傳:“著于甲令,民用寧康。”㊁東晉司馬曜(孝武帝)的年號。公元373—375年。

【寧都】縣名,屬江西省。漢豫章郡雩都縣地。三國吳置陽都縣,治所在今縣南。晉太康元年改名寧都,隸屬南康郡,治所在今縣北。隋改名虔化。宋紹興二十三年復改寧都。元大德三年升爲寧都州,明洪武二年又改爲縣。清乾隆十九年又升爲寧都州,直屬江西省。參閱嘉慶一統志三三三寧都州。

【寧陵】縣名,屬河南省。古爲甯城,戰國魏地,魏公子信陵君的封邑。漢初改甯陵爲寧陵,元狩時置縣,屬陳留郡。隋開皇時屬梁郡。唐天寶時屬宋州睢陽郡。明清皆屬河南歸德府。參閱太平寰宇記十二宋州、讀史方輿紀要五十歸德府。

【寧國】㊀安國,使國家安寧。後漢書二八上馮衍傳:“詭於衆意,寧國存身,賢智之慮也。”㊁縣名,屬安徽省。漢宛陵縣地。三國吳分置寧國縣,唐屬宣州。宋明清皆屬寧國府。參閱寰宇通志十一寧國府。

【寧₂渠】哪里,如何。史記七〇張儀傳:“爲吾謝蘇君,蘇君之時,儀何敢言。且蘇君在,儀寧渠能乎?”索隱:“渠音詎,古字少,假借耳。”

【寧陽】縣名,屬山東省。漢置縣,屬泰山郡,治所在今縣南。漢武帝封魯恭王子恬於此,爲寧陽侯國。北齊改平原縣。隋開皇十六年改爲龔丘縣,屬魯郡,唐因之,屬兗州魯郡。宋大觀四年改爲龔縣,金大定二十九年復改寧陽縣。明清屬山東兗州府。參閱讀史方輿紀要三二兗州府。

【寧貼】安寧。古今雜劇元關漢卿五侯宴二:“若是我無你箇孩兒伶俐些,那其間方得寧貼。”明周公魯翻西廂傳奇十九:“夜間不肯眠,天明那寧貼?”

【寧鄉】縣名。1. 屬湖南省。漢益陽縣地,三國吳分置新陽縣,晉太康元年改名新康縣,隋併入益陽縣。宋太平興國六年分置寧鄉縣,取安寧之義,屬潭州。明清均屬湖南長沙府。參閱太平寰宇記一一四潭州。2. 在今山西中陽縣地。漢置中陽縣。金明昌六年更名寧鄉縣,因縣西有寧陽水而名。明清隸屬山西汾州府。以與湖南縣名重複,公元1914年復名中陽縣。參閱嘉慶一統志一四四汾州府。

【寧遠】㊀府名。漢益州越嶲郡地,晉太安二年改屬寧州,北周天和五年置西寧州,隋開皇十八年改爲嶲州。明洪武十五年置建昌府,又設建昌衛。清雍正六年改爲寧遠府,隸屬四川。參閱嘉慶一統志四〇〇寧遠府一。㊁縣名,屬湖南省。漢零陵郡營道縣地。唐天寶元年更名弘道縣。宋乾德三年改爲寧遠縣,屬道州,元明因之。清屬永州府。參閱太平寰宇記一一六道州、嘉慶一統志三七〇永州府一。㊂明代衛所,在今遼寧興城。天啟六年明按察使袁崇煥守寧遠,後金努爾哈赤攻城時受重傷,卽此地。參閱明史二五九袁崇煥傳、清楊賓柳邊紀略一山海關。

【寧歲】安寧的歲月。國語晉四:“自子之行,晉無寧歲,民無成君。”唐杜甫杜工部草堂詩箋二一喜雨:“何由見寧歲,解我憂思結。”

【寧静】安定清静。文子上行:“非漠直無以明德,非寧静無以致遠,非寬大無以并覆。”(羣書治要三五)淮南子主術“漠直”作“澹泊”。太平御覽四五九三國蜀諸葛亮誡外生書:“非澹薄無以明志,非寧静無以致遠。”薄,亦作“泊”。

【寧德】縣名。屬福建省。唐開成中割長溪古田兩鄉,置盛德場。五代閩改爲寧德縣,明屬福寧州,清初因之,雍正十二年屬福寧府。參閱太平寰宇記一〇〇福州、嘉慶一統志四三六福寧府。

【寧親】使父母安寧。漢書八七下揚雄傳法言:“孝莫大於寧親,寧親莫大於寧神。”後轉爲省親之意。唐李白李太白詩一送王孝廉覲省:“寧親候海色,欲動孝廉船。”

【寧縣】見“寧州₂”。

【寧馨】如此,這樣。晉宋時通行語。唐劉禹錫劉夢得集七贈日本僧智藏詩:“爲問中華學道者,幾人雄猛得寧馨。”宋洪邁說宋時吳中語言尚多以寧馨發問,猶言若何。金王若虛說,寧,如此;馨,語助。見容齋隨筆四寧馨阿堵、滹南遺老集三三謬誤雜辨、清郝懿行晉宋書故寧馨。參見“爾馨”、“如馨”。

【寧古塔】城名。相傳清皇族遠祖兄弟六人曾居於此,滿語謂“六”爲“寧古”、“個”爲“塔”,故稱寧古塔。舊城在今黑龍江寧安縣西海林河南岸舊街鎮；康熙五年遷建新城，即今寧安縣城。雍正五年置泰寧縣。清順治十年設昂邦章京，康熙元年改名寧古塔將軍。駐此。參閱清楊賓柳邊紀略一、清方拱乾寧古塔志、歷代職官表四八盛京將軍。

【寧馨兒】這樣的孩兒。晉書王衍傳："總角嘗造山濤，濤嗟嘆良久，既去，目而送之曰：'何物老嫗，生寧馨兒！然誤天下蒼生者，未必非此人也。'"魏晉後轉取寧馨字面爲義，意爲美好的孩子、子弟。宋書前廢帝紀景和元年："太后怒語侍者：'將刀來剖我腹，那得生如此寧馨兒！'"前廢帝劉子業行爲狂悖，太后的話是出於氣憤的反話。宋胡仲弓葦航漫遊稿二爲績芸賦詩："芸居老衣鉢，付與寧馨兒。"參見"寧馨"。

【寧獻王】明朱權封寧王，死謚獻，合稱爲寧獻王。見"寧王㊂"。

寨 zhài 豺夬切，去，夬韻，牀。ㄓㄞˋ

防衛用的栅欄，營壘。也作"砦"、"柴"。陳書熊曇朗傳："時巴山陳定亦擁兵立寨。"唐鄭谷鄭守愚集三寄邊上從事詩："高壘觀諸寨，全師護大朝。"

寞 mò 慕各切，入，鐸韻，明。ㄇㄛˋ

寂静，冷落。見"寂寞"。

寡 guǎ 古瓦切，上，馬韻，見。ㄍㄨㄚˇ

㊀少，缺少。與"多"相對。易謙："君子以裒多益寡，稱物平施。"論語季氏："不患寡而患不均。"㊁單獨。古代婦人喪夫、男子無妻或喪偶，都叫寡。管子入國："婦人無夫曰寡。"戰國策齊："哀鰥寡，卹孤獨。"此指老而無夫的女人。左傳襄二十七年："齊崔杼生成及彊而寡。"此指喪偶的男人。後專指婦人喪夫爲寡。㊂諸侯王的謙稱。老子下："侯王自謂孤、寡、不穀。"

【寡人】寡德之人。古代王侯或士大夫自謙之詞。左傳隱三年："請子奉之以主社稷，寡人雖死亦無悔焉。"晉王衍諸壻大會，郭象與衍壻裴遐談，衍謂諸人曰："君輩勿爲爾，將受困寡人女壻。"見世説新語文學。諸侯夫人亦自稱寡人。詩邶風燕燕："先君之思，以勗寡人。"此衛莊公夫人莊姜自稱。唐以後唯皇帝得稱寡人。參閱清趙翼陔餘叢考三六寡人。

【寡兄】少有的兄長。形容其賢明過人。書康誥："乃寡兄勗，肆汝小子封，在兹東土。"傳："汝寡有之兄武王，勉行文王之道，故汝小子封，得在此東土爲諸侯。"

【寡合】少有合得來的人。宋歐陽修文忠集一二六歸田録一："楊文公(億)以文章擅天下，然性特剛勁寡合。"

【寡君】人臣對别國稱自己國君的謙詞。意指寡德之君。左傳僖四年："貢之不入，寡君之罪也。"又："君惠徼福敝邑之社稷，辱收寡君，寡君之願也。"

【寡妻】㊀嫡妻。詩大雅思齊："刑於寡妻，至於兄弟。"傳以寡妻爲嫡妻，箋以爲寡有之妻，言其賢明難得。宋朱熹集傳謂即寡小君。㊁寡婦。漢書九〇田廣明傳："受降都尉前死，喪柩在堂，廣明召其寡妻與姦。"唐杜甫杜工部草堂詩箋十三無家别："四鄰何所有？一二老寡妻。"

【寡居】婦人夫死後獨居。史記外戚世家衛子夫："是時平陽主寡居，當用列侯尚主，主與左右議長安中列侯可爲夫者。"

【寡陋】孤陋寡聞。指學識見聞膚淺貧乏。韓詩外傳四："翟黄逡巡再拜曰：'鄙人寡陋，失對於夫子。'"晉陶潛陶淵明集一命子詩："嗟余寡陋，瞻望弗及。"

【寡酒】只喝酒，無下酒菜。明何良俊四友齋叢説十八："即同至酒店喚酒保取酒，酒保持黄酒一大角，下生葱蒜兩盤，即團坐而飲。沈(公勇)曰：'我南方人吃不得寡酒，須要些下飯。'"

【寡欲】少私欲，節欲。老子上："見素抱朴，少私寡欲。"孟子盡心下："養心莫善於寡欲。"

【寡婦】㊀喪夫的婦人。詩小雅大田："彼有遺秉，此有滯穗，伊寡婦之利。"㊁獨居守候丈夫的婦人。越絶書越絶外傳記地傳："獨婦山者，句踐將伐吴，徙寡婦致獨山上，以爲死士示得專一也。"玉臺新詠一三國魏陳琳飲馬長城窟行："邊城多健兒，內舍多寡婦。"參閱清顧炎武日知録三二鰥寡。

【寡醋】謂因與己無關的事情而産生的嫉妬情緒。多指兩性關係而言。明王錂春蕪記傳奇構釁："就是我小姐看他，干得你甚事，要你吃這等寡醋。"

【寡鵠】㊀失偶的天鵝。列女傳魯寡陶嬰："少寡，養幼孤。……作歌明己之不更二也。其歌曰：'黄鵠之早寡兮，七年不雙。'"後用以比喻孀婦。唐李商隱李義山詩集四聖女祠："寡鵠迷蒼壑，羈凰怨翠梧。"參見"寡鶴"。㊁琴調名。西京雜記五："齊人劉道强善彈琴，能作單鵠寡鳧之弄，聽者皆悲，不能自攝。"唐白居易長慶集十四和夢遊春詩一百韻："闇鏡對孤鸞，哀弦留寡鵠。"

【寡斷】辦事不果斷。列子湯問："扁鵲謂公扈曰：'汝志彊而氣弱，故足於謀而寡於斷。'"後稱處理事情遲疑不決爲優柔寡斷。

【寡鶴】失偶的鶴。文選漢王子淵(襃)洞簫賦："孤鴡寡鶴娛優乎其下兮，春禽羣嬉，翱翔乎其顛。"玉臺新詠九南齊陸厥李夫人及貴人歌："寡鶴羈雌飛且止，雕梁翠壁網蜘蛛。"後來詩文中常用以喻失偶者或寡婦。

【寡大夫】古代下大夫出使，其隨從人員代下大夫傳語時，稱寡大夫。禮玉藻："下大夫自名，擯者曰寡大夫。"擯，通"儐"。

【寡小君】古代國君夫人對諸侯自稱的謙詞。禮曲禮下："夫人自稱於天子，曰老婦；自稱於諸侯，曰寡小君。"臣民對他國也自稱其國君夫人爲寡小君。論語季氏："邦君之妻……邦人稱之曰君夫人，稱諸異邦曰寡小君。"小君，意謂比君小。在本國稱小君，在異邦稱寡小君，正如國君在本國稱君，在異邦則稱寡君。參閱清劉寶楠論語正義。

【寡婦笱】竹製的捕魚器具。魚可從口入而不可出。詩小雅魚麗"魚麗于罶"漢毛亨傳："罶，曲，曲梁也，寡婦之笱也。"爾雅釋器："嫠婦之笱謂之罶。"清郝懿行義疏認爲寡婦二字爲"笱"之合聲，嫠婦二字爲"罶"之合聲，取字之音，與義無涉。

【寡不敵衆】人少難抵擋衆敵。逸周書芮良夫："寡不敵衆，后其危哉！"也作"寡不勝衆"。後漢書五二崔駰傳附崔寔政論："寡不勝衆，遂見擯棄。"

【寡見尠聞】見聞貧乏，經歷不多。漢揚雄法言吾子："寡聞則無約也，寡見則無卓也。"文選漢王子淵(襃)四子講德論："俚人不識，寡見尠聞。"也作"寡聞少見"。漢書八一匡衡傳："寡聞少見者戒於壅蔽。"

【寡廉鮮恥】無操守，不知恥。史記一一七司馬相如傳喻巴蜀檄："寡廉鮮恥，而俗不長厚也。"

寥 liáo 落蕭切，平，蕭韻，來。ㄌㄧㄠˊ 郎擊切，入，錫韻，來。

㊀空虛寂静。老子："寂兮寥兮，獨立而不改。"注："寥者，空無形。"莊子知北遊："寥已吾志。"注："寥然虛寂者吾之志。"㊁稀疏。詳"寥落㊁"、"寥寥㊁"。㊂見"寥戾"、"寥亮"。㊃見"寥狼"。

【寥泬】空虛冷静。同"泬寥"。文選南

朝梁江文通(淹)謝臨川遊山詩:"乳竇既滴瀝,丹井復寥泬。"宋劉敞公是集十秋雪寄獻臣詩:"咫尺阻相過,誰當慰寥泬。"參見"泬寥"。

【寥戾】形容聲音清遠。文選漢王子淵(褒)四子講德論:"故虎嘯而風寥戾,龍起而致雲氣。"樂府詩集二〇南齊謝朓從戎曲:"寥戾清笳轉,蕭條邊馬煩。"也作"寥唳"。文選南朝宋謝惠連秋懷詩:"蕭瑟含風蟬,寥唳度雲雁。"

【寥糾】繚繞糾結。淮南子本經:"焜昱錯眩,照燿煇煌。偃蹇寥糾,曲成文章。"

【寥亮】聲音清越高遠。晉書向秀傳思舊賦序:"鄰人有吹笛者,發聲寥亮。"南齊謝朓謝宣城集一三日侍宴曲水代人應詔詩:"寥亮瑟瑟,嗷咷塤篪。"今多作"嘹亮"。

【寥朗】空闊明朗。文選晉孫興公(綽)遊天台山賦:"恣心目之寥朗,任緩步之從容。"

【寥狼】打擊,騷擾。後漢書八〇上杜篤傳論都賦:"捶驅氐、僰,寥狼卭、莋。"注:"寥狼,猶摯擾也。"

【寥落】㊀寂寞。晉陶潛陶淵明集二和胡西曹示顧賊曹詩:"悠悠待秋稼,寥落將賒遲。"唐高適高常侍集四苦雪詩:"寥落一室中,悵然慙百靈。"㊁稀疏,冷落。文選南齊謝玄暉(朓)京路夜發詩:"曉星正寥落,晨光復泱漭。"

【寥寥】㊀空虛,空闊。呂氏春秋情欲:"九竅寥寥,曲失其宜。"文選晉潘安仁(岳)寡婦賦:"仰神宇之寥寥兮,瞻靈衣之披披。"㊁稀少。唐劉長卿劉隨州集八過鄭山人所居詩:"寂寂孤鶯啼杏園,寥寥一犬吠桃源。"

【寥廓】曠遠,廣闊。楚辭屈原遠遊:"下峥嶸而無地兮,上寥廓而無天。"史記八三鄒陽傳獄中上書:"今欲使天下寥廓之士,攝於威重之權,主於位勢之貴,……則士伏死堀穴巖巖之中耳。"此指器度寬洪。

【寥窲】幽深貌。文選漢王文考(延壽)魯靈光殿賦:"隱陰夏以中處,霐寥窲以峥嶸。"注:"霐、寥窲、峥嶸,皆幽深之貌。……窲,音巢。"集韻平聲爻韻:"窲,寥,屋深皃。"

【寥闊】遠隔。唐杜甫杜工部草堂詩箋十六秦州見勑目除薛畢:"大雅何寥闊,斯人尚典刑。"

【寥天一】太虛之境,任其自然,入於寂寥,與天合一。指無爲的人和無形的天協調爲一。莊子大宗師:"安排而去化,乃入於寥天一。"注:"安於推移而與化俱去,故乃入於寂寥而與天爲一也。"

寠

jù ㄐㄩˋ

貧寒。見玉篇。同"窶"。詳"窶"。

【寠藪】㊀戴在頭上用來頂物的環形草墊。寠,也作"窶";藪,也作"數"。漢書六五東方朔傳:"乃覆樹上寄生,令朔射之。朔曰:'是寠藪也。'"注:"蘇林曰:'寠音貧寠之寠;藪音數錢之數。……'師古曰:'寠數,戴器也。以盆盛物戴於頭者,則以寠數薦之。'"又六六楊惲傳:"我不能自保,真人所謂鼠不容穴銜寠數者也。"清朱駿聲說文通訓定聲謂爲"蒿蘸之屬可施於盆以藉食物者。"㊁猶言局縮。釋名釋姿容:"寠數,猶局縮,皆小意也。"

寣

hù 呼骨切,入,沒韻,曉。
ㄏㄨˋ

睡一覺叫寣。見廣韻。吳語方言謂睡不久卽醒爲一寣。見清胡文英吳下方言考十二、朱駿聲說文通訓定聲。五燈會元八遇賢禪師:"偈曰:……長伸兩脚眠一寤(寣),起來天地還依舊。"

寤

wù 五故切,去,暮韻,疑。
ㄨˋ

㊀覺,睡醒。詩衛風考槃"獨寐寤言,永矢弗諼。"㊁醒悟,理解。通"悟"。淮南子要略:"欲一言而寤,則尊天而保真。"文選漢張平子(衡)東京賦:"盍亦覽東京之事以自寤乎?"㊂逆,倒着。通"啎"。見"寤生"。

【寤生】左傳隱元年:"莊公寤生,驚姜氏,故名曰寤生,遂惡之。"寤生之說有三:1.胎兒剛生下來便能張目而視。見太平御覽三六一漢應劭風俗通。2.產母睡時兒生,醒來纔發覺。見晉杜預春秋經傳集解隱元年。3.難產。寤,通"啎"。史記鄭世家:"(武姜)生太子寤生。生之難。"卽以寤生爲難產。按:第三說義長。或謂產子頭先出的爲順生,手足先出的爲逆生,卽寤生。參閱明焦竑焦氏筆乘續集五寤生、清臧琳經義雜記寤生(經解本二五)。

【寤寐】醒時與睡時。猶言日夜。詩周南關雎:"窈窕淑女,寤寐求之。"傳:"寤,覺;寐,寢也。"或說寤寐猶言夢寐。參閱清馬瑞辰毛詩傳箋通釋。

【寤夢】半睡半醒,似夢非夢,恍惚如有所見。周禮春官下占夢:"占六夢之吉凶,……四曰寤夢。"漢書九七上孝武李夫人傳:"驩接狎以離別兮,宵寤夢之芒芒。"參閱宋項安世項氏家說六寤夢。

【寤懷】寤寐懷想。謂思念之甚。楚辭屈原九歌河伯:"日將暮兮悵忘歸,惟極浦兮寤懷。"

寢

qǐn 七稔切,上,寑韻,清。
ㄑㄧㄣˇ

㊀卧,睡。詩小雅斯干:"乃寢乃興,乃占我夢。"又指物體躺卧。荀子解蔽:"冥冥而行者,見寢石以爲伏虎也。"㊁寢宫,卧室。帝王的叫燕寢,諸侯的叫路寢,大夫以下以爲廟制,士庶人的叫正寢。寢的大小廣狹,因貴賤等級差別而不同。其體制參閱清黃以周禮書通故名物圖一宫。見圖。㊂古帝王宗廟的後殿,是放置祖先衣冠的地方。參見"寢廟"。㊃古帝王陵墓上的正殿,是祭祀的處所。漢書七三韋玄成傳:"又園中各有寢、便殿。"注:"寢者,陵上正殿。"參見"寢殿"。㊄止息。漢書刑法志:"三代之盛,至於刑錯兵寢者,其本末有序,帝王之極功也。"㊅容貌醜惡。通"寑"。吳越春秋勾踐陰謀外傳:"不以鄙陋寢容,願納以供箕箒之用。"

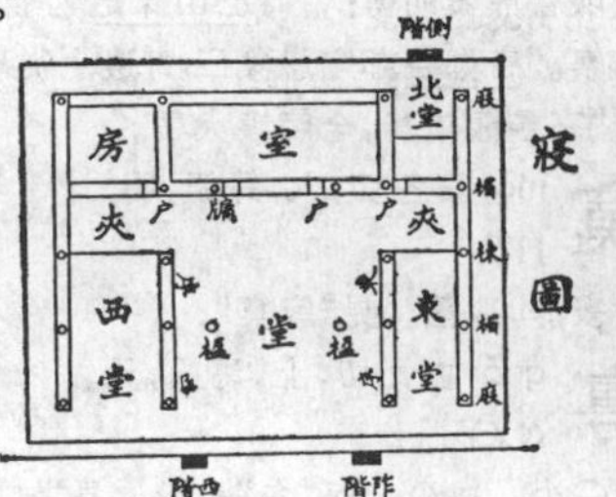

【寢戈】㊀近身護衛用的武器。左傳襄二十八年:"癸言王何而反之,二人皆嬖,使執寢戈而先後之。"注:"寢戈,親近兵杖。"㊁猶言枕戈。文苑英華一一九唐獨孤授碎琥珀枕賦:"況無用於寢戈之日,固非全於枕轡之時。"參見"枕戈待旦"。

【寢丘】春秋楚邑名,在今河南固始沈丘兩縣之間。相傳楚令尹孫叔敖臨死時告誡其子勿受楚王所封的美地,而請封於條件較差的寢丘,可以長保不失。漢置寢縣,屬汝南郡。呂氏春秋異寶、淮南子人間、史記一二六優孟傳正義,皆記其事。文選南齊王仲寶(儉)褚淵碑文:"既秉辭梁之分,又懷寢丘之志。所受田邑,不盈百井。"

【寢衣】睡衣。論語鄉黨:"必有寢衣,長一身有半。"周禮天官玉府疏引漢鄭玄注說寢衣卽睡覺蓋的小被子。

【寢兵】停息干戈。莊子天下:"以禁攻寢兵爲外,以情欲寡淺爲內。"管子立政九敗:"寢兵之說勝,則險阻不守;兼愛之說勝，則士卒不戰。"

【寢門】古禮天子五門，諸侯三門，大府二門。最內之門曰寢門，即路門。後來泛指內室的門。儀禮士喪禮："君使人弔，徹帷；主人迎於寢門外，見賓不哭。"注："寢門，內門也。"唐白居易長慶集十一哭諸故人因寄元八詩："昨日哭寢門，今日哭寢門，借問所哭誰？無非故交親。"

【寢具】卧具。古文苑三漢司馬相如美人賦："於是寢具既設，服玩珍奇。"

【寢迹】隱迹。謂隱居。晉陶潛陶淵明集三癸卯十二月中作與從弟敬遠詩："寢迹衡門下，邈與世相絕。"

【寢陋】醜陋。新唐書一七九鄭注傳："注本姓魚。……貌寢陋，不能遠視。"

【寢疾】卧病。穀梁傳莊三十二年："寢疾居正寢。"楚辭漢東方朔七諫謬諫："身寢疾而日愁兮，情沈抑而不揚。"

【寢處】猶坐卧。左傳襄二十一年："然二子者譬於禽獸，臣食其肉，而寢處其皮矣。"唐杜甫杜工部草堂詩箋七遣興之四："忽看皮寢處，無復睛閃爍。"

【寢殿】帝王陵墓的正殿。古代陵墓建有殿堂，爲祭祀之所。漢代陵墓皆有園寢，稱寢殿，殿中放置死者生前衣物或仿製品。見後漢書祭祀志下。

【寢園】陵園。古代帝王陵墓上有寢殿，故名。漢書七三韋玄成傳："而昭靈后、武哀王……各有寢園，與諸帝合，凡三十所。"唐王維王右丞集十敕賜百官櫻桃詩："總是寢園春薦後，非關御苑鳥銜殘。"

【寢廟】古代宗廟中的寢和廟的合稱。詩小雅巧言："奕奕寢廟，君子作之。"禮月令仲春之月："寢廟畢備。"注："凡廟，前曰廟，後曰寢。"疏："廟是接神之處，其處尊，故在前；寢，衣冠所藏之處，對廟而卑，故在後。但廟制有東西廂，有序牆，寢制惟室而已。故釋宮云：'室有東西廂曰廟，無東西廂有室曰寢。'是也。"又尋常寢處，亦泛言寢廟。左傳襄四年："於虞人之箴曰：'……民有寢廟，獸有茂草，各有攸處，德用不擾。'"參閱清俞樾茶香室經說九寢廟必備。

【寢嘿】沉默。嘿，同"默"。後漢書四五袁安傳詔："蓋事以議從，策以衆定，誾誾衎衎，得禮之容，寢嘿抑心，更非朝廷之福。"又六六王允傳何進等疏："(允)貴輕罰重，有虧衆望，臣等備位宰相，不敢寢嘿。"

【寢薦】在寢室舉行的無牲的祭祀。古代庶人無宗廟，祭祀在寢室行禮；祭物無牲，叫薦。參閱禮王制"庶人祭於寢"唐孔穎達疏。

【寢苫枕塊】古代禮教，子從父母之喪起，至入葬期間，不住寢室，睡在草席上，以土塊爲枕。墨子節葬下："哭泣不秩，縗絰垂涕，處倚廬，寢苫枕出(塊)。"也有枕草的。左傳襄十七年："齊晏桓子卒，晏嬰……居倚廬，寢苫枕草。"

實 shí 神質切，入，質韻，神。ㄕˊ

㊀財富，財物。左傳文十八年："聚斂積實，不知紀極。"禮表記："其君子尊仁畏義，恥費輕實。"注："實，謂財貨也。"㊁物資，器物。左傳宣十二年："無日不討軍實而申儆之。"注："軍實，軍器。"㊂果實，結實。左傳僖十五年："歲云秋矣，我落其實。"論語子罕："苗而不秀者有矣夫，秀而不實者有矣夫。"㊃充滿，同"空虛"相對。詩小雅節南山："節彼南山，有實其猗。"戰國策齊四："狗馬實外廄，美人充下陳。"㊄真實，同"虛假"相對。墨子尚賢中："此非中實愛我也，假藉而用我也。"㊅事迹，事實。如史實，故實。㊆古算書稱被乘數、被除數爲實數，簡稱實。晉劉徽注九章算術一："術曰，以人數爲法，錢數爲實。"㊇副詞。實在。通"寔"。詩邶風燕燕："瞻望弗及，實勞我心。"傳："實，是也。"㊈助詞。左傳僖五年："鬼神非德實親，惟德是依。"

【實力】多指物資、兵力等。宋書劉穆之傳："加建威將軍，置佐吏，配給實力。"資治通鑑一一六晉義熙八年作"資力"。

【實才】有真實才能的人。三國志魏傅嘏傳："其選才之職，專任吏部。案品狀則實才未必當，任薄伐則德行未爲敍。"

【實字】即實詞。同"虛字"相對。有詞彙意義的是實詞，有語法意義的是虛詞。名詞、動詞、形容詞等都有實在意義，舊稱實字，今稱實詞。宋張炎詞源下虛字："詞與詩不同，詞之句語有二字三字四字至六字七八字者，若堆疊實字，讀且不通，況付之雪兒乎？合用虛字呼喚。"雪兒，唐李密的歌姬。此泛指歌伶。

【實年】實在的年齡。唐白居易長慶集九照鏡詩："豈復更藏年，實年君不信。"舊时官方册籍，登記年齡加用"實"字，以別於降年虛報的"官年"。唐時已有這個寫法。參閱宋洪邁容齋四筆三實年官年。

【實沈】㊀星次名。大致相當於二十八宿的觜、參和畢、井的一部分、黄道十二宮的雙子座。在十二辰爲申。是晉的分野。國語晉四："歲在大梁，將集天行，元年始受實沈之星也。實沈之墟，晉人是居，所以興也。"注："自畢十二度至東井十五度曰實沈。"㊁古代神話謂高辛氏季子名實沈，是參宿之神。見左傳昭元年。

【實官】指有實際職務的官職。對虛銜而言。魏書孝莊帝紀："詔諸有私馬仗從戎者，職人優兩大階，亦授實官；白民出身，外優兩階，亦授實官。"清代開捐納之例，亦有實官捐和虛銜捐之名。

【實封】㊀唐代封公侯伯子男等爵，都無官土；其實際給予封户以食租稅的，謂之加實封；按所封的户數，分由諸郡取其租調。參閱通典三一職官十三歷代王侯封爵。㊁固封，密封。宣和遺事利集："中外臣寮士庶，並許直言極諫，實封投進。"

【實相】佛教語。"諸法實相"的省稱。指宇宙間萬事萬物的真相。法華經方便品："惟佛與佛，乃能究盡諸法實相。"廣弘明集十九梁武帝答謝開講般若啓敕："實相之中，本無去來。身雖不利，心糜〔靡〕不在。"

【實柴】古代祭禮，把犧牲放於柴上燒烤，以爲享祀。周禮春官大宗伯："以實柴祀日月星辰。"注："實柴，實牛柴上也。"參閱孫詒讓周禮正義。

【實教】佛教語。佛法有權教、實教。詳"權實"。

【實惠】實在的利益，好處。明張居正張文忠集書牘十二答福建巡撫耿楚侗言致理安民："隆慶間仕路稍清，民始帖席，而紀綱不振，弊習尚存，虛文日繁，實惠益寡。"

【實實】廣大貌。詩魯頌閟宮："閟宮有侐，實實枚枚。"傳："實實，廣大也。"宋朱熹集傳釋爲鞏固貌。

【實際】佛教語。實，佛家指最高的"真如"、"法性"境界；際，指境界的邊緣。大智度論三二："實際者，如先說法性名爲實，入處名爲際。"北魏中岳嵩陽寺碑："化息雙林，終歸實際。"(金石萃編三〇)文苑英華七八一唐梁肅釋迦牟尼如來像讚："上士得之，超詣實際。"今稱客觀存在的現實爲實際。

【實踐】實地履行。宋吳泳鶴林集三〇上鄭都大書："執事以天授正學，崛起南方，實踐真知，見于有政。"

【實録】㊀符合實際的記載。漢書六二司馬遷傳贊："其文直，其事核，不虛美，不隱惡，故謂之實録。"注："言其録事實。"㊁編年史的一種體裁,專記某一皇帝統治時期的大事。隋書經籍志二著録有梁周興嗣撰梁皇帝實録三卷,記武帝事;謝吳撰梁皇帝實録五卷,記元帝事;書皆不傳。至唐初温大雅撰大唐創業起居注後,房玄齡許敬宗敬播等相與立編年體,號爲實録。自此每帝嗣位,都由史臣撰先帝實録,成爲定制。宋明清因之。歷代實録,明代以前者已散佚,唐代僅存韓愈的順宗實録,宋代僅存錢若水楊億等的太宗實録殘本十二卷。明清兩朝,設實録館,專司其事,所存者較多。㊂私人記載祖先事迹的文字,有時也稱實録。如唐李翱有皇祖實録。見李文公集十一。

【實證】確鑿的證據。水經注三九廬江水:"世稱廬君,故山取號焉。斯耳傳之談,非實證也。"

【實驗】㊀實際的效驗。漢王充論衡遭虎:"等類衆多,行事比肩,略舉較著,以定實驗也。"㊁猶言實有其事。北齊顏之推顏氏家訓歸心:"昔在江南,不信有千人氈帳;及來河北,不信有二萬斛船;皆實驗也。"今稱檢驗某種科學結論或假設的活動爲實驗。

【實事求是】從實際出發,求得正確的結論。漢書五三河間獻王劉德傳:"修學好古,實事求是。"注:"務得事實,每求真是也。"

【實偪處此】左傳隱十一年:"無滋他族,實偪處此以與我鄭國爭此土也。"本謂迫於形勢而佔有其地。後引申作迫於情勢,無可避讓,不得不如此之意。偪,通"逼"。

【實繁有徒】這樣的人很多。書仲虺之誥:"簡賢附勢,寔繁有徒。"左傳昭二十八年:"惡直醜正,實蕃有徒。"寔,通"實",繁,通"蕃"。

察 chá 初八切,入,黠韻,初。ㄔㄚˊ

㊀觀察。易繫辭上:"仰以觀於天文,俯以察於地理。"㊁考核,調查。論語衛靈公:"衆惡之,必察焉;衆好之,必察焉。"㊂選拔,舉薦。後漢書四〇上班彪傳:"後察司徒廉爲望都長,吏民愛之。"注:"察,舉也。"㊃昭著,明顯。禮中庸:"詩云:'鳶飛戾天,魚躍于淵。'言其上下察也。"㊄見"察察㊁"。

【察子】探子,官府的密探。唐淮南節度使高駢在廣陵,厚資僱傭一百多人,專以刺探隱私,騷擾民間,名察子。參閱唐羅隱廣陵妖亂志、新唐書二二四下高駢傳。

【察相】明察的相臣。戰國策齊五:"彼明君察相者,則五兵不動而諸侯從,辭讓而重賂至矣。"管子小匡:"(齊)桓公能假其羣臣之謀以益其智也,……大霸天下,名聲廣裕,不可掩也,則唯有明君在上,察相在下也。"

【察眉】列子説符:"晉國苦盜,有郄雍者,能視盜之貌,察其眉睫之間而得其情。"後因謂察看人的面容便知道實情爲察眉。唐杜甫杜工部草堂詩箋三一夔府書懷四十韻:"卽事須嘗膽,蒼生可察眉。"

【察書】校正勘定他人書寫的文字。漢西嶽華山廟碑:"京兆尹敕監都水掾霸陵杜遷市石,遣書佐新豐郭香察書。"見宋洪适隸釋二。南齊謝朓謝宣城集一三日侍華光殿曲水宴代人應詔詩:"長壽察書,龍樓迴轡。"

【察院】唐監察御史的官署叫察院。明改御史臺爲都察院,簡稱察院,清因之。又明清各省巡按御史駐節的官署,也叫察院;京師巡城御史稱五城察院。參閱歷代職官表十八。

【察隻】宋代方言,獨一無二的意思。宋張邦基墨莊漫録三:"班行李質,人材魁岸磊落甚偉,徽廟朝欲求一人相稱者爲對,竟無可儷;當時同列目爲察隻子。京師俚語謂無對者爲察隻。"

【察微】洞悉細微。史記五帝紀:"聰以知遠,明以察微。"吕氏春秋有察微篇。

【察察】㊀分別辨析。老子:"俗人察察,我獨悶悶。"晉王弼注:"分別別析也。"㊁清潔,高潔。楚辭屈原漁父:"安能以身之察察,受物之汶汶者乎?"

【察戰】三國吳設置的負責監視吏民的職官。三國志吳孫休傳:"是歲使察戰到交阯調孔爵(雀)、大豬。"注:"察戰,吳官名號,今揚都有察戰巷。"又孫奮傳注引江表傳:"(孫)晧大怒,遣察戰齎藥賜奮……父子皆飲藥死。"清沈濤謂三國志無書官而不書人名例,察戰當爲人名。見所著銅熨斗齋隨筆五察戰。

【察舉】選拔。史記八六聶政傳:"嚴仲子乃察舉吾弟困污之中而交之,澤厚矣。"

【察議】清代糾劾官員,常交吏部察其情節,輕曰察議,重稱議處。清會典六吏部功過:"凡官員議處之案,一事有兩罪名相因而致者,從重議處,餘皆分別察議。"

【察哈爾】㊀舊蒙古部族名。明時稱爲插漢。嘉靖間,部族首領布希駐牧察哈爾之地,因以名部。後徙遼東邊外。清初置部編旗;康熙時遷部衆於宣化大同邊外。分左右兩翼,計八旗,隸屬於察哈爾都統。今內蒙古自治區之烏蘭察布盟東南部及錫林郭勒盟南部皆其牧地。參閱嘉慶一統志五四九察哈爾。㊁舊省名。公元1928年以舊察哈爾改置。公元1952年分別併入河北山西兩省。

【察言觀色】觀察言語臉色以揣測對方的心意。論語顏淵:"夫達也者質直而好義,察言而觀色,慮以下人。"三國志吳滕胤傳"起家爲丹陽太守"注引吳書:"胤每聽辭訟,斷罪法,察言觀色,務盡情理。"

【察見淵魚】謂明察至能見到深淵之魚。用以比喻探知別人的隱私。韓非子説林上:"隰子曰:'古者有諺曰:知淵中之魚者不祥。夫田(成)子將有大事,而我示之知微,我必危矣。'"列子説符:"(趙)文子曰:'周諺有言:察見淵魚者不祥,智料隱匿者有殃。'"

【察察爲明】苛察小事,自以爲精明。舊唐書一九〇張蘊古傳:"太宗初卽位,上大寶箴以諷,其詞曰:'……勿沒沒而闇,勿察察而明。'"參見"察察㊀"。

【察合台汗國】蒙古汗國四大落之一,爲成吉思汗次子察合台的封地,占有西遼舊地。後來兼併窩闊台汗國。十四世紀初,分裂爲東西兩部。西部於明初爲帖木兒所滅;東部分爲若干小國,至清康熙時盡亡。

十二畫

寬 kuān 苦官切,平,桓韻,溪。ㄎㄨㄢ

㊀闊大。"窄"的反義。唐宋之問集下奉和九日幸臨渭亭登高應制詩:"御氣雲霄近,乘高宇宙寬。"㊁舒緩,鬆緩。"緊"的反義。史記六三韓非傳:"寬則寵名譽之人,急則用介冑之士。"宋柳永樂章集蝶戀花詞:"衣帶漸寬終不悔,爲伊消得人憔悴。"引申爲放鬆、鬆解之義。參見"寬假"。㊂度量宏大,寬容。書仲虺之誥:"克寬克仁,彰信兆民。"史記八一廉頗傳:"鄙賤之人,不知將軍寬之至此也。"㊃愛。禮表記:"以德報怨,則寬身之仁也。"注:"寬,猶愛也。"

【寬大】㊀寬闊廣大。唐杜甫杜工部草堂詩箋三四贈蘇徯:"乾坤雖寬大,所適裝囊空。"㊁度量寬廣,能容人。漢書宣帝紀:"今吏或以不禁姦邪爲寬大,縱釋有罪爲不苛,或以酷惡爲賢,皆失其中。"

【寬免】從寬豁免。唐韓愈昌黎集一元和聖德詩:"經戰伐地,寬免租簿。"此指免租稅。

【寬河】水名。流經遼寧凌源縣，即喀喇沁左翼蒙古族自治縣之南。源出寬山，東流匯於額類河。明宣德三年宣宗親征，破兀良哈於寬河，即此。參閱明史九宣宗紀、嘉慶一統志五三八喀喇沁。

【寬典】猶言寬刑，謂不苛刻的刑法。舊唐書刑法志：“其後雖存寬典，而犯者漸少。”

【寬和】寬厚温和。漢書三三韓王信傳：“爲人寬和自守，以温顏遜詞承上接下，無所失意。”又八九黄霸傳：“繇是俗吏上嚴酷以爲能，而霸獨用寬和爲名。”

【寬宥】寬容饒恕。後漢書二二王梁傳詔：“雖蒙寬宥，猶執謙退，君子成人之美，其以梁爲濟南太守。”

【寬容】寬厚能容人。莊子天下：“常寬容於物，不削於人。”韓詩外傳八：“故德行寬容，而守之以恭者榮。”

【寬假】寬貸，寬容。史記封禪書：“（公孫）卿曰：‘僊者非有求人主，人主者求之，其道非少寬假，神不來。’”古文苑十漢揚雄答劉歆書：“而可且寬假延期，必不敢有愛。”

【寬裕】㊀寬容。荀子君道：“其於人也，寡怨寬裕而無阿。”㊁寬大。國語晉四：“今之德宇何不寬裕也。”漢書六四下王襃傳聖主得賢臣頌：“開寬裕之路，以延天下英俊也。”今義指充足有餘。

【寬惠】寬厚而施恩惠於人。管子小匡：“寬惠而愛民。”韓非子難二：“今緩刑罰，行寬惠，是利姦邪而害善人也。”

【寬敞】寬闊敞亮。後漢書三九劉般傳：“時五校官顯職閑，而府寺寬敞，輿服光麗，伎巧畢給，故多以宗室肺腑居之。”

【寬貸】寬容，從寬赦免。後漢書順帝紀：“詔司隸校尉，惟閻顯江京近親當伏辜誅，其餘務崇寬貸。”

【寬鄉】北朝隋唐授田制，以田多人少之處爲寬鄉；田少人多之處爲狹鄉。狹鄉授田，爲寬鄉之半，以鼓勵狹鄉的人遷往寬鄉。如北齊天保八年議把冀定瀛無田之人遷徙於幽州范陽寬鄉安置。參閱隋書食貨志、新唐書食貨志一。

【寬賒】猶寬緩。後漢書六七黨錮傳序：“及漢祖杖劍，武夫勃興，憲令寬賒，文禮簡闊，……任俠之方，成其俗矣。”唐李白李太白詩五秦女休行：“金雞忽放赦，大辟得寬賒。”

【寬綽】寬裕廣大。書無逸：“不永念厥辟，不寬綽厥心。”文選晉干令升（寶）晉紀總論：“性深阻有如城府，而能寬綽以容納。”指人的器量。宣和書譜五黄庭經：“嘗攷昔人之論字，以謂大字難於結密而無間，小字難於寬綽而有餘。”指字體的結構。

【寬慰】寬解安慰。三國志蜀李嚴傳“乃廢平爲民”注引諸葛亮與平子豐教：“願寬慰都護，勤追前闕。”唐白居易長慶集五七答蘇六詩：“更無别計相寬慰，故遣陽關勸一杯。”

【寬韻】韻書中字數較多的韻部。與“窄韻”相對。宋歐陽修六一詩話：“聖俞（梅堯臣）戲曰：‘前史言退之（韓愈）爲人木强，若寬韻可自足而輒傍出，窄韻難獨用而反不出，豈非其拗强而然歟？’”參見“窄韻”。

【寬譬】寬慰勸解。後漢書十七馮異傳：“自伯升之敗，光武不敢顯其悲戚，每獨居，輒不御酒肉，枕席有涕泣處。異獨叩頭寬譬哀情。”伯升，光武兄劉縯，爲更始帝（劉玄）所殺。

【寬城子】吉林省長春市的舊稱。詳“長春㊂”。

【寬剩錢】宋熙寧中行新法，欲寬力役，立法召募，使民均出傭錢，雇人應役；而官吏惟恐不能足用，遂於一年合支役錢數外增添科出，叫做寬剩，初以一分爲限，後來聚斂日重，其數倍多。見宋呂陶淨德集一奏乞放免寬剩役錢狀、文獻通考十二職役一。

【寬洪大量】度量寬大，能容人。元曲選缺名漁樵記三：“我則道相公不知打我多少，元來那相公寬洪大量，他着我擡起頭來。”也作“寬洪海量”。又關漢卿謝天香二：“當時嘲撥無攔當，乞相公寬洪海量，怎不的仔細參詳。”

【寬猛相濟】寬大和嚴厲互爲補充。一般指爵賞和刑罰兩種統治手段。左傳昭二十年：“寬以濟猛，猛以濟寬，政是以和。”宋書何承天傳安邊論：“縣爵以縻之，設禁以威之，徭税有程，寬猛相濟。”

寮 liáo ㄌㄧㄠ 落蕭切，平，蕭韻，來。

㊀小窗。文選漢張平子（衡）西京賦：“何工巧之瑰瑋，交綺豁以疏寮。”注：“蒼頡篇曰：寮，小窗也。”藝文類聚三五南朝梁簡文帝序愁賦：“玩飛花之入户，看斜暉之度寮。”㊁同官。取齋署同窗之義。通“僚”。左傳文七年：“同官爲寮，吾嘗同寮，敢不盡心乎？”㊂僧舍。宋釋道誠釋氏要覽下住持：“言寮者，唐韻云：同官曰寮。今禪居意取多人同居，共司一務，故稱寮也。”宋陸游劍南詩稿四五貧居：“囊空如客路，屋窄似僧寮。”後通稱小屋爲寮。如茶寮，茅寮。

【寮佐】官佐屬吏。晉書杜預傳：“及（鍾）會反，寮佐並遇害，唯預以智獲免。”

【寮寀】官，百官。晉陸機陸士衡集十晉平西將軍孝侯周處碑：“汪洋廷闕之傍，昂藏寮寀之上。”也作“僚寀”。晉書王戎傳：“雖位總鼎司，而委事僚寀。”

【寮屬】長官屬下的官吏。同“僚屬”。三國志魏劉表傳“知嵩無他意”注引（晉傅玄）傅子：“（表）大會寮屬數百人，陳兵見（韓）嵩。”參見“僚屬”。

寱 hān ㄏㄢ 火含切，平，覃韻，曉。

不脱衣冠小睡。廣韻：“寱，不脱冠帶而寐也。”明劉基誠意伯集十三大熱遣懷詩：“慨彼征戍卒，荷戟忘寢寱。”

審 shěn ㄕㄣ 式任切，上，寢韻，審。

㊀詳細，周密。書呂刑：“惟察惟法，其審克之。”禮中庸：“博學之，審問之，愼思之，明辨之，篤行之。”㊁仔細觀察、研究。荀子非相：“欲知億萬，則審一二。”史記秦始皇紀引漢賈誼過秦論：“察盛衰之理，審權勢之宜。”㊂愼重。韓非子存韓：“故曰：‘兵者，凶器也’，不可不審用也。”㊃確定，安定。莊子徐无鬼：“故水之守土也審，影之守人也審，物之守物也審。”㊄確實。漢書六八霍光傳：“（田）延年曰：‘將軍爲國柱石，審此人不可，何不建白太后更選賢而立之？’”㊅訊問，審問。見“審訊”。㊆姓。漢有審食其。見史記項羽紀、陳丞相世家等篇。

【審定】仔細考究而斷定。鬼谷子捭闔：“審定有無。”注：“言任賢之道，必審定其材術之有無，性行之虛實。”史記七〇張儀傳：“臣聞之：積羽沉舟，羣輕折軸，衆口鑠金，積毁銷骨，故願大王審定計議，且賜骸骨辟魏。”

【審雨】相傳北朝魏盧汾做夢，聽見槐樹洞内有笑語、音樂聲，見有宫宇，其堂額叫審雨堂；忽然大風至，屋梁傾折。醒後用火照之，原來是一蟻穴。見太平廣記四七四盧汾引窮神秘苑。堂稱審雨，是因蟻能知雨而移穴。後以審雨堂比喻虛幻。元方回桐江續集三老悔詩：“即今安在凌煙閣，畢竟無非審雨堂。”

【審訊】審理訊問。宋史三一九劉敞傳：“督卒桑達等醉鬬，指斥乘輿，皇城使捕送開封，棄達市。敞移府問何以不經審訊？”

【審處】審慎處置。史記八三魯仲連傳：

"此兩計者，顯名厚實也，願公詳計而審處一焉。"

【審諦】詳謹周密。尚書大傳略說："言其能行天道，舉錯審諦也。"也作"審提"。白虎通封禪："五帝禪於亭亭之山。亭亭者，制度審諟，道德著明也。"

【審刑院】宋代官署名。淳化二年，分中書刑房置審刑院，以近臣一人知院事，從臺諫館閣中選任審刑詳議官，凡涉及命官的重大案件，都先由審刑院審議，然後下大理寺詳斷。元豐三年併歸刑部。參閱宋司馬光涑水紀聞三、文獻通考五二職官六。

【審官院】宋代官署名。淳化中，太宗因中書的權太重，採納諫官向敏中的建議，分中書吏房置審官院，掌管文武官員選授、勳封、考課的政令。至熙寧三年，另置審官西院，以原院爲東院。東院主文選，西院主武選。參閱宋司馬光涑水紀聞三、文獻通考三八選舉十一。

【審計院】宋代官署名。宋初設三司(鹽鐵、度支、户部)使，各司都有院，主管全國錢穀財賦等事務。太宗淳化三年，採用户部使樊知古的奏議，另置審計院，審查有關案牘，稽核出納給受的名數等。見文獻通考六十職官十四審計院。

【審齋詞】南宋王千秋撰，一卷。千秋東平人，字錫老，號審齋。收詞共七十二首，多是酬賀之作。詞體本花間集，而出入於蘇軾門徑，在南宋也自成一家。

【審曲面埶】審察地形或器物曲直及陰陽面背之勢。埶，同"勢"。周禮冬官考工記："審曲面埶，以飭五材，以辨民器，謂之百工。"疏："審察之名，用材之法，皆須察審其曲直形埶，然後飭五材。"文選漢張平子(衡)東京賦："審曲面勢。"三國吳薛綜注："謂審察地形曲直之勢而建王都。"

寫 1. xiè 悉姐切，上，馬韻，心。 ㄒㄧㄝ

㊀移置。以此注彼。禮曲禮上："器之溉者不寫，其餘皆寫。"注："寫者，傳己器中乃食之也。"㊁宣洩，排除。詩邶風泉水："駕言出遊，以寫我憂。"箋："我心寫者，舒其情意，無留恨也。"㊀㊁古皆讀xiě。㊂解，脱。通"卸"。古文苑一石鼓文："宫車其寫。"後漢書六五皇甫規傳："有旋車完封，寫之權門。"

2. xiě ㄒㄧㄝˇ

㊃用筆作字。韓非子十過："子爲我聽而寫之。"㊄描摹，抄錄。史記秦始皇紀："秦每破諸侯，寫放其宫室，作之咸陽北阪上。"漢書藝文志："於是建藏書之策，置寫書之官。"㊅鎔鑄。國語越下："王命金工以良金寫范蠡之狀而朝禮之。"

【寫心】抒發心意。文選晉向子期(秀)思舊賦："停駕言其將邁兮，遂援翰而寫心。"

【寫₂本】手抄的書本。宋李清照金石錄後序："所謂連艫渡江之書，又散爲雲煙矣。獨餘少輕小卷軸書帖，寫本李杜韓柳集、世説、鹽鐵論……南唐寫本書數篋。"

【寫₂生】描繪實物。國畫臨摹花果、草木、禽獸等實物的，都叫寫生。五代前蜀滕昌祐、後蜀黄筌與子居寀、宋趙昌等，都以寫生著名。滕初工畫而無師，惟寫生物。黄筌等畫花，用筆極細，幾乎不見墨迹，惟以輕色染成，謂之寫生；其家多養鷹鶻，以供摹寫，故最善畫翎毛。趙昌每於晨朝露下時遶欄檻細看諸花，即調彩色描寫，自號寫生趙昌。宋蘇軾分類東坡詩十一書鄢陵王主簿所畫折枝之一："邊鸞雀寫生，趙昌花傳神。"邊鸞，唐畫家，最工花鳥。參閱宋沈括夢溪筆談十七書畫、范鎮東齋紀事四。

【寫₂白】謄清寫定。宋朱熹朱文公集續集三答蔡伯靜書："參同定本納去，可便寫白。"又："參同契考異方寫得了，……容再看修定，方可寫白刊行。"

【寫瓶】佛教語。謂傳法無遺漏，如以此瓶之水傾入他瓶。大般涅槃經四十："五者、自事我來，持我所説十二部經，一經於耳，曾不再問，如寫瓶水，置之一瓶。"大唐西域記十憍薩羅國："後學冠世，妙辯光前。我惟衰耄，遇斯俊彦，誠乃寫瓶有寄，傳燈不絶。"也作"瀉瓶"。參見"瀉瓶"。

【寫₂真】摹畫人物的肖像。北齊顔之推顔氏家訓雜藝："武烈太子偏能寫真，坐上賓客，隨宜點染，即成數人，以問童孺，皆知姓名矣。"此謂畫人像。唐李白李太白詩二四求崔山人百丈崖瀑布圖："聞君寫真圖，島嶼備縈迴。"此謂畫景物。

【寫意】表露心意。戰國策趙二："忠可以寫意，信可以遠期。"宋鮑彪注："寫，猶宣。"宋詩鈔陳造江湖長翁詩鈔自適之一："酒可銷閒時得醉，詩憑寫意不求工。"

【寫₂意】國畫的一種畫法，以精鍊之筆勾勒物之神意，不以工細形似見長。元夏文彦圖畫寶繪三："僧仲仁……以墨暈作梅，如花影然，別成一家，所謂寫意者也。"清方薰山静居畫論下："世以畫蔬果、花草隨手點簇者，謂之寫意；細筆鉤染者，謂之寫生。"

【寫₂照】即寫真，謂畫人物肖像。世説新語巧藝："顧長康(愷之)畫人，或數年不點目精。人問其故，顧曰：'四體妍蚩，本無關於妙處；傳神寫照，正在阿堵中。'"

【寫憂】寬解，發洩憂悶。詩邶風泉水："駕言出遊，以寫我憂。"藝文類聚六南朝宋傅亮登龍岡賦："静潛處以永念，聊駕言以寫憂。"

【寫懷】抒發胸懷。宋書樂志三(魏)明帝苦寒行："賦詩以寫懷，伏軾淚霑纓。"

【寫₂韻亭】古迹名。相傳唐吳彩鸞大和中嫁進士文蕭，蕭客寓鍾陵，拙於謀生，彩鸞每天以小楷寫唐韻一部出售，維持生活。後來好事者於其地建寫韻亭。宋洪朋洪龜父集上有寫韻亭詩。參閱宣和書譜五。

【寫水著地】水傾瀉於地，即隨地勢高低曲折而分流。南朝宋鮑照鮑氏集八擬行路難詩之四："寫水置平地，各自東西南北流。人生亦有命，安能行歎復坐愁。"世説新語文學："殷中軍(浩)問：'自然無心於禀受，何以正善人少，惡人多？'諸人莫有言者。劉尹(惔)答曰：'譬如寫水著地，正自縱横流漫，略無正方圓者。'一時絶歎，以爲名通。"

【寫₂經換鵝】相傳晉王羲之愛鵝，見山陰一道士養好鵝，固求售之。道士云："爲寫道德經，當舉羣相贈耳。"羲之欣然寫畢，籠鵝而歸。見晉書王羲之傳。唐宋白孔六帖九五書換鵝記述此事，謂羲之所寫爲黄庭經。

十三畫

寰 huán 户關切，平，删韻，匣。 ㄏㄨㄢ

㊀京都周圍千里以内之地，即王畿。詳"寰内"。㊁泛稱廣大的境域。如人寰、瀛寰。

【寰中】猶宇内，天下。南齊謝朓謝宣城集一酬德賦："登金華以問道，得石室之名篇，悟寰中之迫脅，欲輕舉而舍旃。"

【寰内】京都周圍千里以内。穀梁傳隱元年："寰内諸侯，非有天子之命，不得出會諸侯。"釋文："寰，音縣，古縣字。一音環。又音患。寰内，圻内也。"後漢書七〇孔融傳："又嘗奏宜準古王畿之制，千里寰内，不以封建諸侯。"

【寰宇】猶天下，指國家全境。北齊書文

宣帝紀:"功浹寰宇,威稜海外。"陳書虞寄傳與陳寶應書:"自天厭梁德,多難荐臻,寰宇分崩,英雄互起。"

【寰州】五代後唐天成元年置。石敬瑭割燕雲十六州歸契丹,寰州卽其一。故治在今山西朔縣東北。參閱嘉慶一統志一四八朔平府。

【寰海】海內。南朝梁江淹江文通集六建平王慶明帝疾和禮上表:"仁鑄蒼岳,道括寰海。"唐劉禹錫劉夢得集外集十祭韓吏部文:"手持文柄,高視寰海,權衡低昂,瞻我所在。"

【寰區】猶寰宇。後漢書八三逸民傳序:"彼雖硜硜有類沽名者,然而蟬蛻囂埃之中,自致寰區之外,異夫飾智巧以逐浮利者乎?"唐劉知幾史通暗惑:"而言同綸綍,聲遍寰區,欲蓋而彰,止益其辱。"

【寰瀛】猶寰海。晉書地理志上:"昔大禹觀於濁河而受綠字,寰瀛之內可得而言也。"唐顏眞卿顏魯公集十二孫逖文集序:"膺期運以挺生,掩寰瀛而首出者,其惟僕射孫公乎!"

【寰宇記】太平寰宇記的省稱。見"太平寰宇記"。

【寰宇訪碑録】淸孫星衍撰,十二卷。記載全國所存碑碣。自周秦至元,按時代分卷,在所列碑碣名下附載撰者、刻者、書體和所在地。其書以淸邵涵所纂三通館海內石刻的副本爲主,並補以自己過目和友人郵示的拓本。趙之謙有補寰宇訪碑録五卷。

寯 jùn ㄐㄩㄣˋ 子峻切,去,稕韻,精。

才智出衆的人。同"俊"、"儁"。玉篇:"才寯也。"廣韻:"人中最才。"參見"俊㊀"、"儁"。

十四畫

寱 yì ㄧˋ 魚祭切,去,祭韻,疑。

囈語。本作"㝟"。見說文。唐玄應一切經音義二一引通俗文:"夢語謂之寱。"或作"囈"。參見"囈"。

【寱語】囈語,夢話。五代南唐徐鍇說文解字繫傳:"寱,今人謂寐中有言曰寱語也。"五燈會元六未詳法嗣:"僧肇法師遭秦王難,臨刑,説偈曰:'……將頭臨白刃,猶似斬春風。'"注引玄沙:"大小肇法師,臨死猶寱語。"

【寱論】唐元結有寱論一文,以論夢囈爲名,諷刺諫官不敢言事。見元次山集八、文苑英華七五八、唐文粹三七。

十六畫

寵 chǒng ㄔㄨㄥˇ 丑隴切,上,腫韻,徹。

㊀光寵,榮耀。易師:"在師中吉,承天寵也。"漢鄭玄注:"寵,光耀也。"國語楚上:"赫赫楚國,而君臨之,撫征南海,訓及諸夏,其寵大矣。"注:"寵,榮也。"㊁尊崇,寵愛。國語楚下:"寵神其祖,以取威於民。"注:"寵,尊也。"左傳隱三年:"公子州吁,嬖人之子也,有寵而好兵。"㊂驕縱。文選漢張平子(衡)東京賦:"好殫物以窮寵,忽下叛而生憂也。"注:"寵,驕也。"㊃舊時用作妾的代稱。取寵愛之意。如內寵、納寵。參見"內寵"。

【寵子】猶言愛子。左傳昭十三年:"初,共王無冢適,有寵子五人,無適立也。"

【寵光】恩寵榮耀。左傳昭十二年:"宴語之不懷,寵光之不宣,令德之不知,同福之不受,將何以在!"韓非子外儲左下經:"寵光無節,則臣下侵偪。"

【寵利】恩寵與利祿。書太甲下:"君罔以辯言亂舊政,臣罔以寵利居成功。"

【寵私】恩寵與私惠。文選南朝梁任彥昇(昉)爲范尚書讓吏部封侯第一表:"草創惟始,義存改作;恭己南面,責成斯在。豈宜妄加寵私,以乏王事;附蟬之飾,空成寵章。"

【寵命】加恩特賜的任命。文選晉陸士衡(機)漢高祖功臣頌:"侯公伏軾,皇媼來歸,是謂平國,寵命有輝。"漢使侯公勸説項羽歸還高祖母,號侯公爲平國君。又晉李令伯(密)陳情表:"過蒙拔擢,寵命優渥。"

【寵秩】寵愛並授以官秩。左傳昭八年:"子旗曰:'子胡然?彼孺子也,吾誨之,猶懼其不濟,吾又寵秩之,其若先人何?'"文選三國魏鍾士季(會)檄蜀文:"往者吳將孫壹,舉衆內附,位爲上司,寵秩殊異。"

【寵異】寵愛優待,不同於衆人。漢書七二王吉傳:"上以其言迂闊,不甚寵異也。"後漢書二五魯恭傳:"遷侍中,數召讌見,問以得失,賞賜恩禮寵異焉。"

【寵賂】私寵和賄賂。左傳桓二年:"國家之敗,由官邪也。官之失德,寵賂章也。"

【寵綏】愛撫使安定。書泰誓上:"惟其克相上帝,寵綏四方。"傳:"當能助天寵安天下。"

【寵賚】猶言寵賜。宋歐陽修文忠集九一謝對衣金帶鞍轡馬狀:"豈謂載厚宸慈,式垂寵賚。"

【寵錫】恩賜。南朝陳徐陵徐孝穆集一謝敕賚燭盤賞答齊國移文啟:"方其寵錫,獨有光前。"晉書地理志上:"東海王彊以去就有禮,故優以大封,兼食魯郡二十九縣,其餘稱爲寵錫者,兼一郡而已。"

【寵靈】猶恩寵,寵異。左傳昭七年:"今君若步玉趾,辱見寡君,寵靈楚國,……其先君鬼神,實嘉賴之,豈唯寡君。"疏:"言開其恩寵,賜以威靈。"後漢書十六鄧禹傳附鄧騭:"冬,徵騭班師。……既至,大會羣臣,賜束帛乘馬,寵靈顯赫,光震都鄙。"

【寵辱不驚】老子:"寵爲下,得之若驚,失之若驚,是謂寵辱若驚。"後來稱不計較寵辱叫不驚寵辱或寵辱不驚。世說新語棲逸:"阮光祿(裕)在東山,蕭然無事,常內足於懷。有人以問王右軍(羲之),右軍曰:'此君近不驚寵辱,雖古之沈冥,何以過此?'"唐韋絢劉賓客嘉話録:"有督運遭風失米,盧(承慶)考之曰:'監運損糧,考中下。'其人容色自若,無言而退。盧重其雅量,改注曰:'非所及,考中中。'既無喜容,亦無愧詞。又改曰:'寵辱不驚,考中上。'"

寳 bǎo ㄅㄠˇ 見正字通。

"寶"的異體字。

十七畫

寶 bǎo ㄅㄠˇ 博抱切,上,皓韻,幫。

㊀珍貴之物。墨子七患:"食者國之寶也。"呂氏春秋異寶:"予以玉爲寶,我以不受爲寶。"又佛教、道教指神奇之物。如法寶。㊁印信符璽。古代天子、諸侯以圭璧爲符信。詩大雅崧高:"錫爾介圭,以作爾寶。"秦始以帝、后的印爲璽,唐改稱寶。新唐書車服志:"至武后改諸璽皆爲寶,中宗卽位,復爲璽。開元六年,復爲寶。"也指帝位。參見"寶位"。㊂銀錢貨幣。如銀錠叫元寶,錢叫通寶。㊃珍愛。書旅獒:"不寶遠物,則遠人格;所寶惟賢,則邇人安。"㊄舊時對人的客套語,如稱人家屬爲寶眷,店舖叫寶號。㊅姓。見通志二九氏族五上聲。

【寶大】五代十國錢鏐(吳越武肅王)年號。公元 924—925 年。

【寶子】卽香爐。五代吳越彭城郡王錢惟治有寶子垂綬連環詩。見全五代詩六六。宋黃伯思說寶子是迦葉的香爐,上有金花,花內有金臺。見東觀餘論下。

【寶山】㊀產珍寶的山。佛教用以喻佛法。大智度論一：“復次經中説信如手，如人有手，入寶山中，自在取寶。”南朝梁蕭統昭明太子集二玄圃講詩：“試欲遊寶山，庶使信根立。”宋張方平樂全集一送僧南遊雪竇詩：“便從古道搊眉去，莫到寶山空手回。”㊁縣名。屬上海市。明永樂十年，平江伯陳瑄命海運將士于嘉定東南築土山，方百丈，高三十餘丈，上建烽堠，作爲海舟航行的標志，命名寶山。清雍正二年置縣，即以此山爲名。參閲明實録永樂實録八五、讀史方輿紀要二四蘇州府嘉定縣。

【寶井】藏寶的地穴。舊題晉王嘉拾遺記三周靈王：“范蠡相越，日致千金，家僮閑筭術者萬人；收四海難得之貨，盈積於越，……或藏之井塹，謂之寶井。”

【寶元】宋趙禎（仁宗）年號。公元1038—1040年。

【寶正】五代十國錢鏐（吳越武肅王）年號。公元926—931年。

【寶母】唐人小説，記唐有魏生得一手掌大小的石片。後爲胡商人所見，説這是寶母，祭之可引聚明珠寶貝。見太平廣記四〇三魏生引原化記。

【寶地】㊀可寶貴的膏腴之地。戰國策楚二：“依強秦以爲重，挾寶地以爲資。”㊁佛地。廣弘明集二七上南齊蕭子良淨住子出家順善門頌：“將安寶地，誰留化城。”

【寶臣】可器重信賴之臣。漢劉向説苑至公：“老君在前而不踰，少君在後而不豫，是國之寶臣也。”漢書六〇杜周傳附杜欽侄業上書：“竊見朱博忠臣勇猛，材略不世出，誠國家雄俊之寶臣也。”

【寶坊】寺院的美稱。大方等大集經一：“爾時世尊，至寶坊中昇師子座。”廣弘明集十六南朝梁簡文帝答湘東王書：“鳴銀鼓於寶坊，轉金輪於香地。”景德傳燈録五慧能大師：“近有寶林古寺舊地，衆議營緝，俾師居之，四衆霧集，俄成寶坊。”

【寶貝】貴重少見的大貝殼。文選晉木玄虛（華）海賦：“豈徒積太顛之寶貝，與隨侯之明珠。”注引琴操謂紂囚文王，文王之臣太顛等得海中大貝獻紂，文王因而獲釋。後來泛稱珍貴神奇的東西爲寶貝。景德傳燈録三〇石頭和尚草庵歌：“吾結草庵無寶貝，飯了從容圖睡快。”

【寶利】珍寶財貨。文選漢張平子（衡）南都賦：“其寶利珍怪，則金彩玉璞，隨珠夜光。”晉常璩華陽國志一巴志：“而職方氏猶掌其地，辨其土壤，甄其寶利。”

【寶位】指帝位。晉書宣帝紀制：“雖復道格區宇，德被蒼生；而天未啟時，寶位猶阻。”

【寶券】金代紙幣的一種。金宣宗貞祐三年四月禁用現行錢幣，改用紙幣“交鈔”。後因“交鈔”濫發，流通愈滯，於同年七月發行新鈔，名曰：“貞祐寶券”。參閲金史食貨志三、續文獻通考八錢幣二。

【寶卷】講唱文學的一種。由唐代變文與宋代和尚的“説經”演變而成。僧徒講唱寶卷，稱爲“宣卷”。題材以宣揚因果報應的佛教故事爲主。形式如變文，以散文講述，用韻文歌唱。相傳最早的寶卷是宋普明禪師所作的香山寶卷。元人有銷釋真空寶卷，抄本尚存。明清時，取材於神話與民間傳説的有土地寶卷孟姜仙女寶卷梁山伯寶卷等共二百多種。另有屬於遊戲文章的雜卷，如百花名寶卷藥名寶卷等。

【寶坻】縣名，屬河北省。漢泉州縣地，後唐於此置鹽倉。金大定十二年置寶坻縣，屬中都路，因境内產鹽，鹽爲國之寶，取“如坻如京”之義，故名。明清時屬順天府。參閲金史地理志上、寰宇通志一順天府寶坻縣。

【寶帚】毛筆的別名。宋陶穀清異録文用：“僞唐宜春王從謙愛作書札，用宣城諸葛筆，號爲翹軒寶帚。士人往往呼爲寶帚。”

【寶刹】㊀佛寺之塔。刹，原指塔頂上的旛柱。廣弘明集十九南朝梁沈約内典序：“靈儀炫日，寶刹臨雲。”㊁佛寺的通稱。唐白居易長慶集六三菩提寺上方晚望香山寺寄舒員外詩：“晚登西寶刹，晴望東精舍。”

【寶命】對神命、天命、帝命之美稱。書金滕：“無墜天之降寶命。”

【寶祐】宋趙昀（理宗）年號。公元1253—1258年。

【寶祚】帝座。文選南朝梁沈休文（約）恩倖傳論：“民忘宋德，雖非一途，寶祚夙傾，實由於此。”周書宣帝紀大象元年詔：“朕以眇身，祗承寶祚。”

【寶城】㊀猶堅城。文選晉陸士衡（機）辨亡論下：“逮步闡之亂，憑寶城以延強寇，重資幣以誘羣蠻。”㊁充滿珍寶的城。佛教以喻佛法。大般涅槃經二：“汝等比丘，云何莊嚴正法寶城，具足種種功德珍寶，戒定智慧，以爲牆塹埤堄。汝今遇是佛法寶城，不應取此虛僞之物。”南朝梁蕭統昭明太子集三謝勑賚制旨大涅槃經疏啟：“豈有牢籠因果，辨斯寶城之教。”

【寶相】㊀佛教稱莊嚴的佛像。文選南齊王簡棲（屮）頭陁寺碑文：“金資寶相，永藉閒安；息心了義，終焉遊集。”㊁花名。薔薇的一種。大朶麗色，多瓣。宋梅堯臣有依韻和中道寶相花詩，見宛陵集二四；宋范成大石湖集十七有寶相花詩。㊂毛筆的一種。宋陶穀清異録文用：“開平二年賜宰相張文蔚、楊涉、薛貽寶相枝各二十、龍鱗月硯各一。寶相枝，斑竹筆管也；花點勻密，紋如兔毫。”

【寶庫】儲藏珍寶的倉庫。三輔黃圖六庫：“工即持劍授上皇，上皇以賜高祖，高祖佩之，斬白蛇是也。及定天下，藏於寶庫。”後喻物產豐富的地方。文苑英華六八四唐陳子昂諫雅州討生羌書：“蜀之西南一都會，國家之寶庫，天下珍貨聚出其中，又人富粟多。”

【寶座】舊時美稱佛座、帝座爲寶座。廣弘明集二八上南朝梁劉孝綽答雲法師書：“親陪寶座，預餐香鉢。”水滸八二：“天子親御寶座陪宴。”

【寶庭】珍寶積聚的地方，猶言寶庫。漢末麋竺財貨如山，有大珠如卵，散滿庭内，門户闕閉嚴密。人稱爲寶庭。見舊題晉王嘉拾遺記青衣撲火（宋曾慥類説五）。

【寶扇】用作障衛的扇狀儀仗。唐王維王右丞集六洛陽女兒行：“羅帷送上七香車，寶扇迎歸九華帳。”新唐書一〇九竇懷貞傳：“俄而禁中寶扇鄣衛，有衣翟衣出者，已乃韋后乳媼王，所謂莒國夫人者。”

【寶馬】名貴的駿馬。史記八七李斯傳公子高上書：“中厩之寶馬，臣得賜之。”漢桓寬鹽鐵論毀學：“故晉獻以寶馬釣虞虢，襄子以城壞誘智伯。”參見“香車寶馬”。

【寶書】㊀舊稱官修的史書。傳説孔子作春秋，命子夏等十四人求周史記，得百二十國寶書。以其爲統治者世代相傳，保以爲戒，故稱寶書。見公羊傳“隱公第一”唐徐彥疏。㊁皇帝的詔書原稱璽書，唐天寶初改稱“寶書”。見新唐書車服志。

【寶章】珍藏的名書法家真迹。唐神功元年鳳閣侍郎王方慶獻自其十一代祖王導以下至王羲之、王獻之等二十八人的書法遺跡，共十卷；武則天命崔融作序，稱之爲寶章集。宋至和中修太宗真宗御書閣爲寶章閣，米芾記晉唐名家書跡，名寶章待訪録，皆用此義。參閲唐會要三五書法、唐韋絢劉賓客嘉話録。

【寶眷】舊時對別人家屬的敬稱。宋陽枋

字溪集六與趙侍講劄子:"寶眷想隨軒在京,或只在於潛耶?"

【寶帶】 飾有珍寶的帶。北周庾信庾子山集八謝趙王賚犀帶等啟:"奉教,垂賚犀裝帶、錢十貫。魏君寶帶,特賜劉楨。"此用魏文帝(曹丕)賜劉楨廓落帶的典故。見三國志魏王粲傳"楨以不敬被刑"注引典略。

【寶唾】 稱贊別人談吐優美,辭藻華麗。寶,珠玉;唾,咳唾。唐韓愈昌黎集八城南聯句:"寶唾拾未盡,玉啼墮猶鎗。"宋黃庭堅豫章集九被褐懷珠玉詩:"寶唾歸青簡,晴虹貫夜窗。"

【寶帳】 華美的帳。舊唐書一〇六王琚傳:"侍兒二十人,皆居寶帳。"觀佛三昧海經三:"幢頭有華,其華無量,百千寶色;有無數葉,一一華葉,化爲無量百千寶帳。"

【寶符】 所謂代表天命的符節。史記趙世家:"簡子乃告諸子曰:'吾藏寶符於常山上,先得者賞。'諸子馳之常山上,求無所得。毋卹還曰:'已得符矣。'簡子曰:'奏之。'毋卹曰:'從常山上臨代,代可取也。'簡子於是知毋卹果賢,乃廢太子伯魯,而以毋卹爲太子。"唐李白李太白詩十二贈宣城趙太守悅:"趙得寶符盛,山河功業存。"後指皇帝的印璽。新唐書肅宗紀:"上皇天帝御宣政殿,授皇帝傳國,受命寶符,册號曰光天文武大聖孝感皇帝。"

【寶釵】 嵌有金玉珠寶的分成兩股的笄。南朝梁何遜何水部集詠照鏡詩:"寶釵若可間,金鈿畏相逼。"樂府詩集六六唐李賀少年樂:"陸郎倚醉牽羅袂,奪得寶釵金翡翠。"

【寶貨】 ㊀珍貴的物品。漢書三一項籍傳:"羽乃屠咸陽,殺秦降王子嬰,燒其宫室,火三月不滅,收其寶貨,略婦女而東。"史記項羽紀作"貨寶"。漢王充論衡狀留:"大器晚成,寶貨難售。"㊁古貨幣名。周禮天官外府"掌邦布之入出"唐賈公彥疏:"案彼周景王時,患泉輕,將更鑄大泉,……文曰寶貨。"漢王莽造貨布,也名寶貨。見漢書食貨志下。

【寶婺】 婺女星。借指爲女神。唐王勃王子安集十五梓州郪縣兜率寺浮圖碑:"仙娥去月,旅方鏡而忘歸;寶婺辭星,攀圓璫而未返。"李商隱李義山詩集三七七夕偶題:"寶婺搖珠珮,嫦娥照玉輪。"後來詩文多用爲頌揚貴婦人之詞。文苑英華一七六唐薛稷奉和送金城公主適西番應制詩:"月下瓊娥出,星分寶婺行。"

【寶鈔】 即紙幣。唐代有飛錢,宋有交會,金有交鈔,元明有寶鈔。元世祖中統元年十月始行"中統寶鈔",面值自十文至二貫文,共九等。至元二十四年三月,更發"至元寶鈔",自五文至二貫文,共十一等。設有寶鈔總庫、印造寶鈔庫、諸路寶鈔提舉司等機構。明洪武八年行"大明寶鈔",自一百文至一貫,共六等。一貫鈔,值錢幣千文,銀一兩,四貫值黄金一兩;禁止民間再用金銀貿易。參閲元史世祖紀一及食貨志一鈔法、百官志一;續文獻通考九、十錢幣三、四。

【寶筏】 佛教語。比喻引導人到達彼岸的佛法。筏,渡水的工具;寶,美稱。唐李白李太白詩十四春日歸山寄孟浩然:"金繩開覺路,寶筏渡迷川。"

【寶勝】 ㊀婦女首飾名。剪綵爲勝,飾以金玉,有人勝、方勝、花勝、春勝等。唐詩紀事十崔日用正月七日宴大明殿:"金屋瑶筐開寶勝,花箋綵筆頌春椒。"全唐詩題作奉和人日重宴大明宫恩賜綵人勝應制。㊁唐農民起義領袖袁晁年號,一作昇國。公元 762—763 年。

【寶肆】 出售珍寶的店。唐李商隱李義山文集三爲崔從事福寄尚書彭城公啟:"寶肆迴腸,只求和氏。"又詩集二偶成轉韻七十二句贈四同舍:"藍山寶肆不可入,玉中仍是青琅玕。"

【寶塔】 佛教徒建築的塔。本爲藏佛舍利之所,因有七寶裝飾,故稱寶塔。妙法蓮華經有見寶塔品。廣弘明集二十南朝梁簡文帝大法頌:"形形寶塔,既等法華之座;峩峩長表,更同意樂之國。"北魏楊衒之洛陽伽藍記一:"寶塔五重,金刹高聳。"

【寶鼎】 ㊀古多以鼎爲王朝相傳之重器,故稱爲寶。史記封禪書:"黄帝作寶鼎三,象天地人。"又五帝紀、孝武紀也有黄帝得寶鼎的記載。㊁歌名。漢郊祀歌之一。漢書武帝紀元鼎四年:"六月,得寶鼎后土祠旁。秋,馬生渥洼水中。作寶鼎、天馬之歌。"㊂三國吴孫晧(末帝)年號。公元 266—269 年。

【寶鈿】 以金銀珠玉貝等製成的裝飾品。文苑英華二〇六唐張柬之東飛百勞歌:"誰家絶世綺帳前,艷粉芳脂映寶鈿。"新唐書一三四王鉷傳:"有司籍第舍,數日不能徧,至以寶鈿爲井榦,引泉激霤,號自雨亭,其奢侈類如此。"

【寶誌】 公元 418—514 年。六朝時僧,又作保誌。本姓朱,金城人。少年時在建康道林寺出家,師事僧儉,修習禪業。齊武帝謂其惑衆,付建康獄。至梁武帝,迎入宫内,甚見崇禮。天監十三年冬卒。也稱寶公或誌公。見南朝梁釋慧皎高僧傳十神異下、太平廣記九十異僧釋寶誌、景德傳燈録二七寶誌禪師。

【寶蓋】 用珍寶裝飾的華蓋。廣弘明集十五南朝梁簡文帝菩提樹頌:"五百寶蓋,勝光自合;十千纓絡,懸空下墜。"北魏楊衒之洛陽伽藍記二:"有金像輦,去地三丈,上施寶蓋,四面垂金鈴,七寶珠,飛天伎樂,望之雲表。"

【寶慶】 ㊀舊府名。漢爲長沙國及零陵郡地。三國吴分置昭陵郡。晉太康中改爲邵陵郡。唐天寶初改名邵陽郡。宋寶慶元年改爲寶慶府。元至元十四年改府爲路,明清復爲府。公元 1913 年廢。其轄境爲今湖南省邵陽市新化縣邵東縣等地。參閲嘉慶一統志三六〇寶慶府一。㊁宋趙昀(理宗)年號。公元1225—1227年。

【寶墨】 珍貴的墨跡。宋孫覿鴻慶居士集三二御書扇銘:"扇出尚方,寶墨未乾。"樓鑰攻媿集四錢清王千里得王大令保母甎刻爲賦長句詩:"黄閍岡下得寶墨,古人燒甎堅於石。"

【寶篆】 ㊀指篆文的道書、秘籍。唐王勃王子安集十一乾元殿頌序:"靈爻密發,八方昭大有之和;寶篆潛開,六合啓同人之會。"㊁形容香爐之烟曲折上升,狀如篆體。宋秦觀淮海集補遺海棠春詞:"翠被晚寒輕,寶篆沈煙裊。"

【寶樹】 ㊀佛教語,指西天淨土的草木。妙法蓮華經五如來壽量品:"寶樹多花菓,衆生所遊樂。"㊁猶言玉樹。古以芝蘭玉樹喻貴族子弟。唐王勃王子安集五滕王閣詩序:"非謝家之寶樹,接孟氏之芳鄰。"參見"玉樹㊀"。

【寶曆】 ㊀指國祚。即封建王朝統治的年代。曆,也作"歷"。南齊謝朓謝宣城集一三日侍宴曲水代人應詔詩之二:"寶曆載暉,瑶光重踐。"梁書武帝紀上:"雖寶曆重升,明命有紹,而獨夫醜縱,方煽京邑。"㊁唐渤海國王大欽茂年號。公元 774—794?年。㊂唐李湛(敬宗)年號。公元 825—826 年。

【寶鴨】 香爐。以作鴨形,故稱。全唐詩七四三孫魴夜坐:"劃多灰雜蒼虯跡,坐久煙消寶鴨香。"

【寶器】 珍貴的器物。多指鼎彝等傳國之重器。左傳莊二十年:"秋,王及鄭伯入于鄔,遂入成周,取其寶器而還。"後因以比喻國祚、帝位。後漢書七一皇甫嵩傳:

"移寶器於將輿，推亡漢於已墜，實神機之至會，風發之良時也。"注："寶器猶神器也，謂天位也。"

【寶龜】古代用龜甲占卜吉凶，故以龜爲寶。禮樂記："青黑緣者，天子之寶龜也。"文苑英華一六七唐李義府在雋州遥叙封禪詩："瑞策開珍鳳，禎圖薦寶龜。"參閲公羊傳定八年"龜青純"漢何休注。

【寶應】㊀唐代宗時射生軍的别名。新唐書五〇兵志："代宗即位，以射生軍入禁中清難，皆賜名'寶應功臣'，故射生軍又號'寶應軍'。"參見"射生"。㊁縣名。屬江蘇省。漢廣陵國安平縣地，唐肅宗上元三年因楚州獻寶玉，改爲寶應縣。宋升州，不久又改軍。元改置安宜府，府廢後仍爲寶應縣。清屬江蘇揚州府。參閲太平寰宇記一二四楚州、讀史方輿紀要二三揚州府。㊂唐李亨（肅宗）年號。公元 762 年。李豫（代宗）沿用不改。公元 762—763 年。

【寶豐】縣名。屬河南省。漢潁州郡父城縣地，唐改龍興縣。宋宣和二年以縣有冶鑄場，改名爲寶豐縣。金因之。元併入梁縣，明成化十一年復置。清因之，屬汝州。參閲讀史方輿紀要五一汝州。

【寶藏】㊀蘊藏地下的自然資源。藏，讀 zàng。禮中庸："今夫山，一拳石之多，及其廣大，草木生之，禽獸居之，寶藏興焉。"㊁珍藏。藏，讀 cáng。史記一二八龜策傳："至周室之卜官，常寶藏蓍龜。"

【寶雞】縣名。屬陝西省。秦陳倉縣地，唐乾元元年改名寶雞，以相傳秦文公在此得陳寶鳴雞，故名。自五代至清皆屬鳳翔府。今爲寶雞市。參閲元和郡縣志二鳳翔府、嘉慶一統志二三五鳳翔府一。

【寶繪】珍貴的畫。元張雨句曲外史集三題畫扇詩："江南寶繪多遺録，王孫不歸恨蘼蕪。"宋王詵建寶繪堂，蓄其所有書畫，蘇軾爲作王君寶繪堂記，見經進東坡文集事略五三。又明張泰階家有寶繪樓，並撰有寶繪録，以記名畫真跡。

【寶曆】公元？—1077 年。宋僧名。本名清戒，人稱爲戒和尚。其詩後自題溢水僧寶曆。宋蘇軾分類東坡詩四有書曆公詩後詩，宋施元之注："曆音奴昆反。"

【寶鑑】寶鏡。新唐書一二六張九齡傳："初，千秋節，公、王並獻寶鑑，九齡上事鑑十章，號千秋寶鑑録，以伸諷諭。"本作千秋金鏡録，宋人以避宋太祖祖父趙敬諱，改"寶鑑"。後常用作書名，取可以借鑑的意思。新唐書藝文志三有衛嵩醫門金寶鑑三卷。元夏文彦有圖繪寶鑑五卷。

【寶籙】道家的符籙。全唐詩六二杜審言和李大夫嗣真奉使存撫河東："禎符龍馬出，寶籙鳳皇傳。"雲笈七籤二一有三界寶籙篇。

【寶女經】佛經大方等大集經卷五、六有寶女品，記寶女向如來佛問大集經義；西晉竺法護另譯作寶女所問經，又名寶女三昧經，簡稱寶女經。

【寶文閣】宋宮殿名。宋天章閣北有壽昌閣。慶曆初，改爲寶文閣，用以藏趙禎（仁宗）遺書，命王珪撰記立名，並依龍圖閣例，置學士（正三品）、直學士（從三品）、待制（從四品），作爲大臣的加銜。見宋孫逢吉職官分紀十五寶文閣。

【寶陀巖】即補陀落伽山，佛書説是觀音菩薩的住處。宋釋重顯祖英集上春日懷古詩之四："寶陀巖上客，應笑未歸人。"

【寶泉局】明清時管理鑄造貨幣的官署。元末（至正二十一年），朱元璋於應天府設寶源局，掌鑄錢之事。至明洪武元年，在各行省設寶泉局，與寶源局同鑄"洪武通寶"錢，並嚴禁私鑄。清因其制，而以寶泉局屬户部，寶源局屬工部。參閲續文獻通考十一錢幣五、清會典事例二一四户部錢法、八九〇工部鼓鑄。

【寶帶橋】著名的古代石橋。在江蘇蘇州市南，長百丈，跨運河和澹台湖口。下有五十三個拱洞，小船可通行。始建於唐，宋明清先後重新修建。參閲寰宇通志十三蘇州府、讀史方輿紀要三四蘇州府寶帶橋。

【寶源局】明清管鑄幣的官署。詳"寶泉局"。

【寶糖餣】一種糖環餅的俗稱。宋范成大石湖集二三上元紀吴中節物俳諧體三十二韻詩："寶糖珍粔籹，烏膩美飴餳。"注："餣拍，吴中謂之寶糖餣。"參見"粔籹"。

【寶積經】佛經名。即大寶積經。寶積，謂法寶的集積。爲大乘深妙之法，故名曰寶；無量法門，攝在其中，故謂之積。有四十九會七十七品，舊譯一會或數會别行。唐菩提流志新譯三十六會三十九卷，合舊譯二十三會八十一卷，成一百二十卷全本。

【寶刻叢編】宋陳思撰。二十卷。編列歷代碑刻，盡取歐陽修集古録、趙明誠金石録等書所録及其考證審定之語。凡有地理可考的，都以元豐九域志京府州縣爲綱，按各路編纂。地理未詳的，附於書末。是宋代著録石刻較完備的書。原書久佚，四庫館臣自永樂大典輯録。

【寶相花紋】雕刻繪畫的一種紋飾。元史輿服志一："士卒袍，制以絹絁，繪寶相花。"

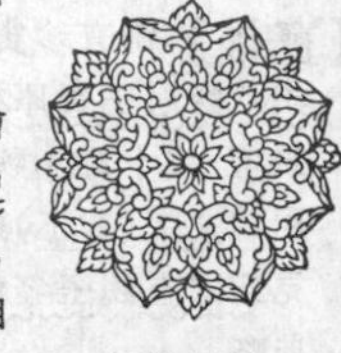

寶相花紋

【寶珠市餅】相傳唐賀知章謁賣藥王老，問黄白之術，持一大珠相贈。老人得珠，即令童子拿去换餅，與賀共食。賀私念寶珠輕用，意甚不快。王老曰："慳惜未止，術無由成。"見太平廣記四二賀知章引原化記。

【寶文堂書目】見"晁氏寶文堂書目"。

【寶晉英光集】宋米芾撰。芾本有山林集一百卷，已散佚，岳珂重爲編輯，所存不足十分之一。宋史藝文志著録山林集拾遺八卷，即宋嘉泰初芾孫光憲在筠陽輯刊的寶晉山林集拾遺，尚有影宋鈔本傳世。清四庫本，以芾寶晉齋、英光堂合爲集名，稱寶晉英光集。共八卷，有岳珂序，似即珂的輯本。

【寶晉齋法帖】宋人匯刻的叢帖。宋徽宗初年，米芾得晉謝安八月五日帖、王羲之王略帖、王獻之十二月帖墨跡及顧愷之、戴逵畫兩件，因以寶晉作爲書齋名。崇寧三年，芾知無爲軍（今安徽無爲縣一帶），以所藏三帖摹寫刻石，署寶晉齋額。後遭兵火殘損，無爲太守葛祐之覆刻。至南宋末，無爲通判曹之格又重刻，並加選家藏王羲之父子及芾諸帖，一併鉤摹上石，共爲十卷，名爲寶晉齋帖。曹刻之石，原置無爲州學宮，至明初已散佚。有元趙孟頫舊藏本，現藏上海市文物保管委員會。

【寶章待訪録】宋米芾撰。一卷。記同時士大夫所藏晉唐墨跡，分目睹、的聞二類，記録各碑帖的流傳經過，但與書史互有出入。後來考帖之作，多以此兩書爲依據。

【寶顏堂祕笈】叢書名。明萬曆中陳繼儒輯。寶顏堂爲其書室名。書分正、續、廣、普、彙、祕六集，共二百二十九種。所收均係筆記、瑣聞之類，以有關掌故、藝術之作爲多，大都經其親手鈔校，但多有删削。清乾隆間，因其中劓奴議攝等書有觸犯清廷字句，列入禁燬書目。

【寶賢堂集古法帖】明晉靖王朱奇源

輯刻。共十二卷。以淳化閣帖、绛帖、大觀帖、寶晉齋帖等爲主，並加府中所藏宋元及明人墨跡，摹刻上石。參閱明汪珂玉珊瑚網上二一法書題跋。

十八畫

寢 mèng ㄇㄥˋ 莫鳳切，去，送韻，明。

夢的本字。廣韻引周禮："以日月星辰占六寢之吉凶。"寢，今本周禮作"夢"。

寸部

寸 cùn ㄘㄨㄣˋ 倉困切，去，慁韻，清。

㊀長度單位。十分爲寸，十寸爲尺。淮南子主術："夫寸生於稞，稞生於日，日生於形，形生於景，此度之本也。"注："十稞爲一分，十分爲一寸。"㊁經脈部位名稱。詳"寸關尺"。㊂形容極短或極小。見"寸土"、"寸地"、"寸步"、"寸陰"等。

【寸土】極小的一片土地。宋史地理志五："民勤耕作，無寸土之曠。"

【寸口】中醫診脈部位名。1.兩手橈骨內側橈動脈的診脈處。凡肝心脾肺腎之脈，皆見於此。也稱"氣口"或"脈口"。2.寸口又分成寸、關、尺三部，三部中的寸，又稱寸脈或寸口脈。初學記二〇晉楊泉物理論："名醫達脈者，求之寸口。"參閱靈樞經經脈、難經六十一難。參見"寸關尺"。

【寸心】猶心。心位於胸中方寸之地，故稱寸心。文選晉陸士衡(機)文賦："函綿邈於尺素，吐滂沛乎寸心。"唐杜甫杜工部草堂詩箋三一偶題："文章千古事，得失寸心知。"

【寸田】道家稱心爲心田，心位於胸中方寸之地，故稱寸田。宋蘇軾東坡集續集三和陶詩和飲酒詩之一："寸田無荆棘，佳處正在茲。"參閱宋呂祖謙詩律武庫五寸田尺宅。

【寸地】極小的一片土地。唐杜甫杜工部草堂詩箋十一洗兵馬："寸地尺天皆入貢，奇樣異端爭來送。"

【寸旬】短暫的時間。文選晉左太沖(思)魏都賦："量寸旬，涓吉日；陟中壇，即帝位。"注："司馬法曰：'明不寶咫尺之玉，而愛寸陰之旬。'旬，時也。"

【寸步】極小的步子。唐盧照鄰幽憂子集五釋疾文序："寸步千里，咫尺山河。"參見"寸步難移"。

【寸長】楚辭屈原卜居："夫尺有所短，寸有所長。"謂事物各有短處和長處。後也指微小的長處。唐杜甫杜工部草堂詩箋五贈特進汝陽王二十韻："寸長堪繾綣，一諾豈驕矜。"宋歐陽修文忠集一一四乞補館職劄子："故錢穀刑獄之吏，稍有寸長片善，爲人所稱者，皆已擢用之矣。"參見"尺短寸長"。

【寸草】㊀小草，比喻微小。唐孟郊孟東野集一遊子吟："誰言寸草心，報得三春暉。"後遂以"寸草春暉"比喻子女對父母的親情。㊁短草，一根草。宋史三三八蘇軾傳："吴人種茭，春輒芟除，不遺寸草。"

【寸陰】短暫的光陰。淮南子原道："故聖人不貴尺之璧，而重寸之陰，時難得而易失也。"吴越春秋七勾踐入臣外傳："夫君子爭寸陰而棄珠玉。"元同恕矩菴集十五送陳嘉會詩："盡歡菽水晨昏事，一寸光陰一寸金。"參見"分陰"。

【寸眸】指眼睛。文選晉左太沖(思)魏都賦："八極可圍於寸眸，萬物可齊於一朝。"

【寸進】微小的前進步伐。唐柳宗元柳先生集四三法華寺石門精室三十韻詩："寸進諒何營，尋直非所枉。"後來多指進步。

【寸祿】微薄的俸祿。文選晉左太沖(思)詠史詩之八："外望無寸祿，內顧無斗儲。"

【寸晷】同"寸陰"。晷，日影，借指時間。文選晉潘正叔(尼)贈陸機出爲吴王郎中令詩："寸晷惟寶，豈無璵璠。"又初學記一引潘尼詩："尺璧信易遺，寸晷難可踰。"唐錢起錢考功集一送張少府詩："寸晷如三歲，離心在萬里。"

【寸隙】短暫的閑暇。明薛蕙薛考功集對酒詩："畏塗有千慮，勞生無寸隙。"(盛明百家集)清周亮工尺牘新鈔二京師與人書："及赴人召，日日相續，晷晷相牽，無寸隙也。"

【寸腸】指衷心，胸臆。唐韓偓玉山樵人集感舊詩："省趨弘閣侍貂璫，指痤恩深刻寸腸。"

【寸翰】指筆。三國魏曹植曹子建集六薤露行："騁我逕寸翰，流藻垂華芬。"

【寸縷】謂極少的布帛。縷，絲縷。金元好問遺山集三秋蠶詩："室人筐中無寸縷，一箔秋蠶課諸女。"

【寸鐵】謂極短小的武器。宋蘇軾分類東坡詩七聚星堂雪詩："當時號令君聽取，白戰不許持寸鐵。"宋羅大經鶴林玉露七："宗杲論禪云：譬如人載一車兵器，弄了一件，又取出一件來弄，便不是殺人手段。我則只有寸鐵，便可殺人。"

【寸白軍】元代雲南以爨族僰族人組成的鄉兵。因音近寫成"寸白"。元史九八兵志一："又有遼東之乣軍、契丹軍、女直軍、高麗軍，雲南之寸白軍，福建之畬軍，則皆不出戍他方者，蓋鄉兵也。"

【寸金淀】在河南開封縣北，爲黄河泛溢之水所匯。宋端平元年（公元1234年），蒙古汗國軍南下，曾決此淀以灌宋軍。參閱讀史方輿紀要四七開封府黄河。

【寸關尺】中醫診脈部位名。在腕部橈動脈處，中醫叫寸口，分爲寸、關、尺三部。正對橈骨莖突處爲關，關之前（腕端）爲寸，關之後（肘端）爲尺。晉王叔和脈經一分別三關境界脈候所主："從魚際至高骨，却行一寸，其中名曰寸口。從寸至尺，名曰尺澤，故曰尺寸。寸後尺前名曰關；陽出陰入，以關爲界。"參見"六脈"。

【寸木岑樓】比喻懸殊。孟子告子下："不揣其本而齊其末，方寸之木，可使高於岑樓。"宋朱熹集注："若不取其下之平，而升寸木於岑樓之上，則寸木反高，岑樓反卑矣。"

【寸步難移】形容走路困難。多用來比喻處境極艱難。清李玉清忠譜戮義："意慌忙，寸步難移上，一霎裏神魂驚蕩。"

【寸男尺女】指子女。尺、寸言其幼小。元曲選缺名桃花女楔子："那彭大公寸男尺女皆無。"

【寸絲不挂】赤身裸體。佛教徒以比喻無所牽累。景德傳燈録八池州南泉普願禪師："師便問：'大夫十二時中作麼生？'陸（亘大夫）云：'寸絲不挂。'"也作"絛絲不挂"。聯燈會要十三法遠禪師："云：'如何是清淨身？'師云：'絛絲不挂。'"

【寸陰若歲】猶言一日三秋，比喻思念殷切。北史韓雄傳附韓禽："相思之甚，寸陰若歲。"

【寸晷風簷】寸晷，謂陽光少；風簷，透風的屋簷。形容科舉時代考場中的苦況。清缺名眉山秀傳奇上婚試："難道我中了進士，還脫不得做秀才的苦，償不盡寸晷風簷苦拈題。"

三 畫

寺 1. sì 祥吏切，去，志韻，邪。ㄙˋ

㊀奄人。詩大雅瞻卬："匪教匪誨，時維婦寺。"㊁官署，官舍。自秦以宦者任外廷之職，而官舍通稱爲寺。如大理寺、太常寺、鴻臚寺等。左傳隱七年"發幣於公卿"注："詣公府卿寺。"疏："自漢以來，三公所居謂之府，九卿所居謂之寺。"漢書元帝紀："地震於隴西郡，……壞敗豲道縣城郭官寺及民室屋。"注："凡府庭所在皆謂之寺。"㊂僧衆供佛、居住之所。相傳東漢明帝時，天竺僧攝摩騰竺法蘭以白馬馱經東來，初止於鴻臚寺，遂取寺名，立白馬寺於洛陽雍關西。梵語稱寺爲僧伽藍摩。北魏太武帝始光元年，以伽藍爲僧寺之名，隋煬帝大業中改稱道場，至唐復名寺。參閱魏書釋老志、宋贊寧僧史略上創造伽藍、釋氏要覽上住處。參見"伽藍"。

2. shì 集韻 時吏切，去，志韻。ㄕˋ

㊃通"侍"。見"寺₂人"、"婦寺"。

【寺₂人】宮廷內的近侍。詩秦風車鄰："未見君子，寺人之令。"傳："寺人，內小臣也。"釋文："寺，如字。又音侍，本或作侍字。"又爲周禮天官之屬，掌有關王的內侍及女宮的戒令。寺人原爲內侍的通稱，自東漢始專指宦官而言。參閱唐顏師古匡謬正俗四寺人。

【寺主】管理僧寺之主。佛家稱寺主、上寺、維那爲佛寺三綱。東漢時立白馬寺，有知事之名，東晉以後，始稱寺主。如梁武帝以法雲爲光宅寺寺主，唐武則天以薛懷義爲白馬寺寺主。宋政和三年禁僧尼稱寺主、院主等，後遂多以"住持"爲名。參閱僧史略中雜任職員、宋吳曾能改齋漫錄十三御筆宮觀寺院不得稱主。參見"住持"。

【寺舍】㊀官舍。後漢書二四馬援傳："曉狄道長歸守寺舍。"又七八呂强傳："又小黃門甘陵吳伉，……知不得用，常託病還寺舍。"㊁僧舍。宋書天竺迦毗黎國傳："諸寺舍中皆七寶形像，衆妙供具，如先王法。"

【寺庫】寺觀設立的當鋪，是對僧俗人衆進行高利盤剝之所。南史甄法崇傳附甄彬："（彬）嘗以一束苧就州長沙寺庫質錢，後贖苧還，於苧束中得五兩金，……送還寺庫。"

【寺卿】漢以太常、光祿勳、衛尉、太僕、廷尉、大鴻臚、宗正、大司農、少府稱九寺大卿。簡稱寺卿。宋王禹偁小畜集十贈衛尉宋卿二十二丈詩之二："謫宦歸來鬢更斑，徊翔猶在寺卿間。"參見"九寺"、"九卿㊀"。

【寺觀】僧人所居稱寺，道士所居稱觀。北魏楊衒之洛陽伽藍記序："城郭崩毀，宮室傾覆，寺觀灰燼，廟塔丘墟。"唐韓愈昌黎集三九論佛骨表："卽位之初，卽不許度人爲僧尼道士，又不許創立寺觀。"

六 畫

封 fēng 府容切，平，鍾韻，非。ㄈㄥ

㊀指帝王分給諸侯的土地，也指帝王把土地或爵位賜給臣子。書蔡仲之命："肆予命爾侯于東土，往卽乃封，敬哉！"墨子尚賢中："裂地以封之。"㊁疆界，界域。左傳僖三十年："（晉）既東封鄭，又欲肆其西封。"又襄三十年："四有封洫。"參見"封域"、"封疆"等。㊂地域區劃名。漢書刑法志："地方一里爲井，井十爲通，通十爲成，成方十里；成十爲終，終十爲同，同方百里；同十爲封，封十爲畿，畿方千里。"㊃冢，堆。禮檀弓上："吾見封之若堂者矣。"注："封，築土爲壟。堂，形四方而高。"列子楊朱："聚酒千鍾，積麴成封。"㊄培土。見"封植㊀"。㊅聚土築墳。易繫辭下："古之葬者，……不封不樹。"左傳文三年："封殽尸而還。"㊆帝王築壇祭天。大戴禮保傅："是以封泰山而禪梁甫，朝諸侯而一天下。"見"封禪"。㊇密閉，密合，拘限。史記項羽紀："吾入關，秋豪不敢有所近，籍吏民，封府庫，而待將軍。"又八九張耳陳餘傳："秦將詐稱二世使人遺李良書，不封。"藝文類聚七二晉庾闡斷酒戒："子獨區區，檢情自封。"㊈量詞。用於封緘物。唐杜甫杜工部草堂詩箋十述懷："自寄一封信，今已十月後。"㊉富厚。國語楚上："若於目觀則美，縮於財用則匱，是聚民利以自封而瘠民也，胡美之焉。"參見"素封"。⑪大。見"封豕㊀"、"封狐"等。⑫姓。東漢有封諝，唐有封德彝。

【封人】官名。周禮地官司徒的屬官，掌守護帝王社壇及京畿的疆界。春秋時爲典守封疆之官。如鄭有潁谷封人，祭封人，衛有儀封人。莊子天地有華封人。參閱左傳隱元年、桓十一年，論語八佾。

【封川】縣名。漢蒼梧郡廣信縣。隋封州，開皇十八年改爲封川縣，以治在封水之陽而名。明清屬廣東肇慶府。公元1961年以原封川縣地與原開建縣地合併爲封開縣。參閱寰宇通志一〇二肇慶府封川縣。

【封父】古國名。左傳定四年："分魯公以大路、大旂，夏后氏之璜，封父之繁弱。"注："封父，古諸侯也。"又見禮明堂位。參見"封丘"。

【封牛】一種領肉隆起的牛。也作峯牛、犎牛。漢書九六上西域傳："罽賓國……出封牛。"注："封牛，項上隆起者也。"

【封丘】縣名。屬河南省。古封國地。漢置封丘縣，屬陳留郡。明屬開封府，清乾隆四十八年改屬衛輝府。參閱漢書地理志上陳留郡、嘉慶一統志一九九衛輝府一。

【封印】㊀加封而鈐印於其上。晉書陶侃傳："軍資、器仗、牛馬、車船，皆有定簿封印，倉庫自加管鑰。"㊁官府封閉印信，停辦公事。唐李商隱李義山詩集六任弘農尉獻州刺史乞假歸京："黃昏封印點刑徒，愧負荊山入座隅。"明代官府於除夕封印，不再簽押文書，到新正三日始啓用。清代各衙門，則於十二月十九至二十二日四天之內照例封印；至新正十九、二十、二十一三天之內始開印照常辦事。封啓時間都由欽天監選定。參閱明田汝成西湖遊覽志餘二〇熙朝樂事、清富察敦崇燕京歲時記開印、封印。

【封圭】諸侯始封時所用之圭。圭爲上尖下方的玉，作符信用。穀梁傳定八年："寶玉者，封圭也。"注："始封之圭。"圭，也作"珪"。亢倉子政道："鄭有胡之封珪、戎弓。"參見"圭㊀"。

【封戎】散亂。列子黃帝："份然而封戎，壹以是終。"莊子應帝王作"紛而封哉"。"哉"爲傳寫之誤。釋文引崔譔本作"戎"。

【封圻】指都城附近之地。漢書文帝紀後二年："封圻之內，勤勞不處。"注："圻亦畿字。王畿千里。"參見"封畿"。

【封豕】㊀大豬。常用以比喻貪暴的首惡分子。左傳昭二八年："貪惏無饜，忿纇無期，謂之封豕。"唐白居易長慶集六十寄獻北都留守裴令公詩："盜蔡擒封豖，平齊斬巨鼇。”指淮西節度使吳元濟。參見“封豖長蛇”。㊁奎宿的别名。史記天官書：“奎曰封豖，爲溝瀆。”參見“奎宿”。

【封君】㊀領受封邑的貴族。韓非子和氏：“昔者吳起教楚悼王以楚國之俗曰：‘大臣太重，封君太衆，若此則上偪主而下虐民，此貧國弱兵之道也。’”漢書九一貨殖傳：“秦漢之制，列侯封君食租税，歲率户二百。”㊁因子孫顯貴而受封典者，也稱封君。參見“封典”、“封翁”。㊂婦人受封者。古時婦人無爵，至秦漢始有封君之號。如漢景帝王皇后之母稱平原君。參閲通典職官十六内官。

【封河】北方冬季嚴寒，河流凍結，不能航行。近海諸口，船舶亦須待解凍然後入口，舊時稱爲封河。見清俞樾右台仙館筆記三。

【封泥】古人簡牘、書函用繩穿連，繩端結合處用泥封閉，泥上加蓋印章，以防别人偷拆。其泥稱封泥。北堂書鈔一〇四春秋緯：“龍圖，赤玉匣，封泥如黄珠相似。”東漢少府屬官有守宫令一人，掌帝用筆墨文具及尚書省財用諸物和封泥。見後漢書百官志三少府。清吳式芬陳介祺撰封泥考略十卷，共收録漢代公私封泥八百四十九枚。劉鶚撰鐵雲藏封泥一卷。

【封事】密封的章奏。古代百官上書奏機密事，爲防泄露，用皂囊封緘呈進，故稱封事，也稱封章。漢書宣帝紀地節二年：“而今羣臣得奏封事，以知下情。”南朝梁劉勰文心雕龍奏啟：“自漢置八儀，密奏陰陽，皂囊封板，故曰封事。”

【封典】封建王朝給予臣子或其祖先以爵位名號的典禮。宋書顔延之傳：“臣班叨首卿，位尸封典。”參見“封贈”。

【封狐】大狐。楚辭屈原離騷：“羿淫遊以佚畋兮，又好射夫封狐。”晉書温嶠傳論：“封狐萬里，投軀而弗顧；猰窳千羣，探穴而忘死。”莊子山木作“豐狐”。

【封祝】莊子天地：“堯觀乎華。華封人曰：‘嘻！聖人！請祝聖人：使聖人壽。’堯曰：‘辭。’‘使聖人富。’堯曰：‘辭。’‘使聖人多男子。’堯曰：‘辭。’”本爲華封人向堯祝福，後多用作對封建帝王的祝頌。

【封奏】封牘奏進。晉書職官志：“謹封奏其姓名以補之。”唐白居易長慶集三一鄭覃可給事中制：“勑給事中之職，凡制勑有不便於時者，得封奏之；刑獄有未合於理者，得駁正之。”參見“封事”。

【封胡】㊀相傳是黄帝之臣。見漢書古今人表。漢書藝文志兵陰陽家有封胡五篇，爲依託之作。書已亡佚。㊁見“封胡遏末”。

【封建】古代帝王把爵位、土地賜給諸侯，在封定的區域内建立邦國。舊史相傳黄帝建萬國，爲封建之始；至周制度始備，爵有公侯伯子男五等，地有百里（公、侯）、七十里（伯）、五十里（子、男）之别。及秦併六國，統一境内，遂廢封建而置郡縣。漢自景帝平七國之亂以後，雖有封王侯建國之事，但政權歸於中央，已非古代封建諸侯國之制。左傳僖二十四年：“昔周公弔二叔之不咸，故封建親戚，以蕃屏周。”疏：“故封立親戚爲諸侯之君，以爲蕃籬，屏蔽周室。”史記三王世家：“高皇帝撥亂世反諸正，昭至德，定海内，封建諸侯，爵位二等。”現代所言“封建”，指封建主義社會形態。參閲唐柳宗元柳先生集三封建論。

【封拜】拜官授爵。漢書七〇陳湯傳：“遂封拜兩侯、三卿、二千石百有餘人。”漢王充論衡初稟：“（王者）及其將王，天復命之，猶公卿以下，詔書封拜，乃敢即位。”

【封姨】古代神話傳説中的風神。唐鄭還古博異志記崔玄微春夜遇諸女共飲，席上有封十八姨。諸女爲衆花之精，封十八姨爲風神。後詩文中常以封姨爲風的代稱。宋范成大石湖集二三嘲風詩：“紛紅駭緑驟飄零，癡騃封姨没性靈。”宋張孝祥于湖集三三浣溪沙坐上十八客：“喚起封姨清晚景，更將荔子薦新圓。”參見“十八姨”。

【封翁】因兒子功名而得受封贈的人。儒林外史二：“各家父兄聽見這話，都各不平，偏要在荀老翁跟前恭喜，説他是個封翁太老爺，把個荀老爹氣得有口難分。”

【封狼】即天狼星。後漢書五九張衡傳思玄賦：“彎威弧之撥剌兮，射嶓冢之封狼。”注：“封，大也。狼，星名。河圖曰：‘嶓冢之精，上爲狼星。’”

【封章】凡章奏皆開封，言機密事則用皂囊重封以進，名封章。也叫封事。文選漢揚子雲（雄）趙充國頌：“營平守節，屢奏封章。”參見“封事”。

【封域】疆界，領地。史記秦始皇紀：“諸侯各守其封域。”

【封略】即封疆。略，界。左傳昭七年：“封略之内，何非君土？”參見“封疆㊀”。

【封敦】周代禮器。器、蓋有銘文各四十四字。封是衛康叔名。銘中封作“𡉚”，爲封字的異體。周公旦攝政，三年十二月始封康叔，作敦。至四年三月乃作康誥。見清吳雲兩罍軒彝器圖釋。

【封植】㊀封立，樹立。國語吳：“今天王既封植越國，以明聞於天下。”注：“封植，以草木自喻。壅本曰封。植，立也。”㊁栽培。唐白居易長慶集二五養竹記：“竹，……以其有似於賢，而人愛惜之，封植之。”

【封殖】㊀修治封疆，種植穀物。左傳昭九年：“后稷封殖天下。”注：“后稷修封疆，殖五穀。”㊁栽培，種植。左傳昭二年：“既享，宴于季氏，有嘉樹焉，宣子譽之。武子曰：‘宿敢不封殖此樹，以無忘角弓。’”參見“封植㊁”。㊂聚斂財物。三國志魏公孫瓚傳“兵益盛，進軍界橋”注引典略表袁紹罪狀：“紹既興兵，涉歷二年，不卹國難，廣自封殖。”後漢書七三公孫瓚傳作“封植”。梁書沈瑀傳：“縣南又有豪族數百家，子弟縱横，遞相庇廕，厚自封殖，百姓甚患之。”

【封貯】封存，儲藏。宋沈括夢溪筆談九人事一：“郭進有才略，累有戰功，嘗刺邢州，今城乃進所築，其厚六丈，至今堅完。鎧仗精巧，以至封貯，亦有法度。”

【封傳】過關的憑證。史記七五孟嘗君傳：“更封傳、變姓名以出關。”參見“傳㊅”、“過所”。

【封墓】增土於墳。表示加禮於死者。書武成：“釋箕子囚，封比干墓，式商容閭。”唐韓愈昌黎集一元和聖德詩：“贈官封墓，周帀宏溥。”

【封豨】大豬。淮南子本經：“斷脩蛇於洞庭，擒封豨於桑林。”豨，一作“狶”。楚辭屈原天問：“馮珧利決，封狶是射。”參見“封豖㊀”。

【封緘】封閉，封合。唐唐彦謙鹿門集下索蝦詩：“封緘託雙鯉，于焉來遠求。”

【封畿】京都一帶地域。帝王所領之地爲畿。史記文帝紀後二年：“封畿之内，勤勞不處。”漢書文帝紀作“封圻”。漢王符潛夫論救邊：“今虜近發封畿之内，而不能擒，亦自痛爾，非有邊之過也。”

【封禪】帝王祭天地的典禮。在泰山上築土爲壇祭天，報天之功，稱封；在泰山下梁父山上闢場祭地，報地之功，稱禪。相傳古時封泰山，禪梁父者七十二家。自秦漢以後，歷代封建王朝都把封禪作爲國家大典。大戴禮保傅：“封泰山而禪梁甫。”史記有封禪書。

【封駮】對詔敕認爲不當，封還和加以駁正。漢哀帝封董賢，丞相王嘉封還詔書諫阻；東漢鍾離意爲尚書僕射，也多次封還詔書。漢代有關封駁，無專職掌管。唐制：凡詔敕都須經門下省，如認爲有失宜的可以封還；對有錯誤的由給事中駁正。五代廢置，宋太宗恢復唐舊。明代雖罷門下省長官，仍保留六科給事中。詔旨下到六科給事中，有不便的，給事中可以駁正。駮，通"駁"。參閱唐六典八門下省、清顧炎武日知録九封駮。

【封樹】聚土爲墳叫封，植樹爲標記叫樹，是古代士以上的葬禮。周禮春官宗伯冢人："以爵等爲丘封之度，與其樹數。"疏："尊者丘高而樹多，卑者封下而樹少，故云别尊卑也。……王制云：'庶人不封不樹。'"史記一一〇匈奴傳："其送死，有棺槨金銀衣裘，而無封樹喪服。"

【封橋】楓橋的舊名。見"楓橋"。

【封疆】㊀疆界。戰國策燕三："國之有封疆，猶家之有垣墻。"史記六八商君傳："爲田開阡陌封疆，而賦税平。"正義："封，聚土也；疆，界也：謂界上封記也。"㊁明清稱總督、巡撫等爲封疆大吏、封疆大臣。清薛福成庸盦筆記二勞文毅公善居危城："善化勞文毅公(崇光)爲封疆大吏二十年。"

【封檢】古代作書，以泥印封，稱爲封檢。宋王禹偁小畜集七賀范舍人再入西掖詩："紅藥篇章應感動，紫泥封檢未生疎。"

【封彌】卽彌封。科舉考試爲了防止舞弊，將試卷糊封姓名，另編字號。宋史選舉志一："景德四年，命有司詳定考校進士程式，……試卷内臣收之，付編排官去其卷首鄉貫、狀別，以字號第之，付封彌官謄寫校勘，用御書院印，付考官定等畢，復封彌送覆考官再定等。"參見"彌封"。

【封獸】大獸。指象。後漢書八六南蠻西南夷傳論："又其賓稼、火毳、馴禽、封獸之賦，軨積於内府。"注："封獸，象也。"

【封贈】封建王朝推恩大官重臣，把官爵授給本人父母，父母存者稱封；已死者稱贈。封贈之制，起於晉宋，至唐始備，最初一般僅及於父母，也很少至極品，如郭子儀二十四考中書令，其父贈止太保；權德輿官至宰相，祖贈至郎中。唐末五代以後，到清末始上追曾祖、祖、父母三代，往往以子孫的官位爲贈。參閱宋洪邁容齋隨筆十三宰相贈本生父母官。

【封鮓】晉陶侃少時爲魚梁吏，嘗以坩鮓餉母。母封鮓付使者，回信責備侃說："汝爲吏，以官物見餉，非唯不益，乃增吾憂也。"見世説新語賢媛。晉書陶侃母湛氏傳作"封鮓"。世説新語注及太平御覽八六二引吳志都説以鮓(鮓)餉母，母不受，爲三國吳孟宗(一作孟仁)，非陶侃事。後以封鮓爲稱頌賢母之詞。

【封君達】東漢時方士，隴西人。以常乘青牛，號青牛師。見後漢書八二下方術傳及注。北周庾信庾子山集三和宇文内史春日遊山詩："道士封君達，仙人丁令威。煮丹於此地，居然未肯歸。"

【封使君】太平御覽八九二述異記："漢宣城郡守封邵，一日忽化虎，食郡民。……故時人語曰：'無作封使君，生不治民死食民。'"使君，太守的敬稱。傳説故事反映了對貪官污吏的憎恨。後來詩文中以封使君爲虎的代稱。

【封侯骨】迷信説人的某種骨骼形狀，是封侯的貴兆。漢翟方進少時，有汝南蔡父説他有封侯骨。見漢書八四本傳。宋黄庭堅山谷外集七再和答爲之詩："既無使鬼錢，又無封侯骨。"

【封椿庫】宋太祖(趙匡胤)滅五代諸國後，收其府藏。乾德六年在講武殿另設内庫，叫封椿庫。每年國用之餘及額外上供，都藏此庫，以備非常需用。後改稱左藏庫、内藏庫。參閱宋王闢之澠水燕談録一帝德、宋葉夢得石林燕語三、文獻通考二四、二五國用二、三。

【封豕長蛇】大豬與長蛇。比喻貪暴的元凶首惡。左傳定四年："申包胥如秦乞師：'吳爲封豕長蛇，以荐食上國，虐始於楚。'"淮南子修務作"封豨脩蛇"。

【封神演義】又名封神傳。明許仲琳撰。一百回。敍述周武王伐紂的故事。其中附會神怪，描寫兩軍佈陣鬭法，荒誕奇詭，以雙方將士死後封神爲結局。故事根據武王伐紂平話，參照古籍有關記載和民間傳説敷衍而成。

【封胡遏末】晉王凝之妻謝道韞輕視其夫，嘗曰："一門叔父，則有阿大(謝尚)、中郎(謝據)；羣從兄弟，則有封胡遏末；不意天壤之中乃有王郎！"見世説新語賢媛。遏，一作"羯"。注謂封胡爲謝韶小字，遏末爲謝淵小字。晉書王凝之妻謝氏傳以封胡遏末爲謝韶謝朗謝玄謝淵四人小字。後用爲稱美兄弟子侄之辭。宋蘇軾蘇文忠詩合注二一蜜酒歌又一首答二猶子與王郎見和詩："封胡羯末已可憐，不知更有王郎子。"陸游劍南詩稿四九七姪歲暮同諸孫來過偶得長句詩："封胡羯末皆佳甚，剩喜團欒一笑新。"

【封龍山碑】原稱"元氏封龍山之頌"，東漢碑刻。延熹七年立。記常山相蔡暠等修祠祀封龍山神，因穫豐收事。石舊在元氏王村山下，清道光二十七年，爲知縣劉寶楠訪得，移至城内，石已斷裂，經工補合。在今河北元氏縣。見清陸增祥八瓊室金石補正四。

【封疆畫界】築土爲臺，以表識疆境，叫封疆；在二封之間又建牆垣，以劃分界域，叫畫界。見晉崔豹古今注上都邑。史記一一七司馬相如傳："封疆畫界者，非爲守禦，所以禁淫也。"

【封氏聞見記】唐封演撰。十卷。前六卷記典章文物和風俗習慣，七、八兩卷記古迹傳説，末二卷記士大夫逸事。所述唐人掌故，多可補唐代史料之缺。新唐書藝文志、郡齋讀書志皆作五卷。今本作十卷，有缺佚。

七畫

尃 fū 芳無切，平，虞韻，敷。ㄈㄨ

分布。通"敷"。史記一一七司馬相如傳封禪書："旁魄四塞，雲尃霧散。"漢書司馬相如傳、文選封禪文皆作"布"。

射 1. shè 神夜切，去，禡韻，神。ㄕㄜˋ 食亦切，入，昔韻，神。

㊀用弓發箭。射爲古代六藝之一。禮射義："是故古者天子，以射選諸侯、卿、大夫、士。射者，男子之事也。"後凡用壓力或彈力激物及遠都叫射。㊁逐取，追求。見"射利"。㊂猜測。見"射覆"。

2. yè 羊謝切，去，禡韻，喻。ㄧㄝˋ

㊃見"射₂干"。

3. yì 羊益切，入，昔韻，喻。ㄧˋ

㊄厭。通"斁"。詩大雅思齊："不顯亦臨，無射亦保。"釋文："射，毛音亦，厭也。"

【射干】獸名。似狐，善爬樹。文選漢司馬長卿(相如)子虛賦："其上則有鵷鶵、孔鸞、騰遠、射干。"

【射₂干】草名。根可入藥。荀子勸學："西方有木焉，名曰射干，莖長四寸，生於高山之上，而臨百仞之淵。"注："本草藥名有射干，一名烏扇。陶弘景云：花白莖長，如射人之執竿。"元刻本作"烏翣"。一説射干多生山崖之間，其莖雖細小，亦類木，故荀子稱之爲木。參閱宋王觀國學林四射干、本草綱目十七射干。

【射工】傳説的毒蟲名。博物志二："江南山谿中有射工蟲，甲蟲之類也。長一、二寸，口中有弩形，以氣射人影，隨所著處發瘡，不治則殺人。”(指海本)。唐柳宗元柳先生集四二嶺南江行:“射工巧伺遊人影，颶母偏驚旅客船。”參閱三國吳陸璣毛詩草木鳥獸蟲魚疏下如鬼如蜮、抱朴子登涉。參見“含沙射影”。

【射天】相傳殷武乙、紂王、宋康王都曾用革囊盛血，懸而仰射，名爲射天，以示威服鬼神。見史記殷本紀武乙，宋微子世家、龜策傳紂、戰國策宋衛。

【射犬】地名。1.春秋鄭公孫射犬城。水經注二二溴水:“溴水又南逕射犬城東，卽鄭公孫射犬城也。”其地在今河南許昌縣。2.卽漢的射犬聚。西漢末青犢大彤各地赤眉軍與劉秀(光武)戰於此。見後漢書光武帝紀上。其地在今河南沁陽縣東北。

【射日】古代神話。堯時，十個太陽並出，曬枯禾稼草木，民無所食。堯使羿射落九個太陽，爲民除害。見淮南子本經。參見“十日”。

【射手】弓手，掌射之兵。南朝有射手之名。南齊書張融傳:“泰始五年，明帝取荆郢湘雍四州射手。”

【射牛】古時帝王祭天地宗廟，必親自射牛以示隆重。國語楚下:“天子禘郊之事，必自射其牲。……諸侯宗廟之事，必自射牛、刲羊、擊豕。”史記封禪書:“上(武帝)與公卿諸生議封禪。封禪用希曠絶，莫知其儀禮，而羣儒采封禪尚書、周官、王制之望祀射牛事。”

【射生】射取生物。唐肅宗至德二年擇善騎射的人，成立衙前射生手千人，也叫供奉射生官、殿前射生手，分左、右廂，總號左右英武軍。代宗寶應間，調動射生軍入禁中平亂，賜名爲寶應功臣，故又號寶應軍。德宗貞元五年改殿前射生軍爲左右神威軍。見新唐書兵志。又有射生將。見新唐書一五六韓游瓌傳。唐宮女也有射生活動。唐王建詩八宮詞:“射生宮女宿紅粧，請得新弓各自張。”

【射利】追求財利。謂見利則疾速求取，如射之發矢。文選晉左太沖(思)吳都賦:“乘時射利，貨豐巨萬。”唐杜甫杜工部草堂詩箋二六負薪行:“筋力登危集市門，死生射利兼鹽井。”

【射妖】舊史五行志常以自然現象附會人事禍福，視爲妖異。其因射殺鳥獸而附會災禍變故的，稱爲射妖。如三國蜀鄧芝征涪陵，手射玄猿，後不久卒;晉恭帝(司馬德文)爲琅邪王時，令人在門內射馬，後有桓玄篡位之變;皆稱射妖。見宋書五行志五。又蜮於水旁射人，漢書以爲近射妖。見五行志下之上。

【射虎】指漢李廣善射的故事。史記一〇九李將軍傳:“廣出獵，見草中石，以爲虎而射之，中石没鏃，視之石也。因復更射之，終不能復入石矣。廣所居郡聞有虎，嘗自射之。及居右北平射虎，虎騰傷廣，廣亦竟射殺之。”後來詩文中常用射虎形容武將射藝的高强。文苑英華二八四唐盧綸送彭開府往雲中覲使君詩:“每旗貂帳側，射虎雪林前。”參見“射石飲羽”。

【射帖】懸帖爲靶，以射中爲勝。新唐書一〇三孫伏伽傳:“帝數出騎射，伏伽諫曰:‘……比聞陛下走馬射帖，娛悅羣臣，殆非所以導養聖躬，垂憲後代。’”

【射沓】卽今搬指。見“射捍”。

【射的】㊀射靶。韓非子內儲上:“李悝爲魏文侯上地之守，而欲人之善射也，乃下令曰:‘人之有狐疑之訟者，令之射的;中之者勝，不中者負。’”㊁山名。在浙江紹興縣南。水經注四十漸江水:“又有射的山，遠望山的，狀若射侯，故謂射的。”宋陸游劍南詩稿八十雪後:“射的山前春水綠，笙歌又滿會稽城。”參閱嘉慶一統志二九四紹興府一山川。

【射洪】縣名，屬四川省。元和郡縣志三三射洪縣:“本漢郪縣地也，後魏分置射洪縣。縣有梓潼水與涪江合流，急如箭，奔射涪江口，蜀人謂水口曰洪，因名射洪。”

【射宮】天子行大射禮的處所，又是考試貢士的場所。禮射義:“是故古者天子之制，諸侯歲獻貢士於天子，天子試之於射宮。”穀梁傳昭八年:“禽雖多，天子取三十焉，其餘與士衆，以習射於射宮。”也叫澤宮。參見“澤宮”、“辟雍”。

【射垛】山名。在河北井陘縣。相傳秦將王翦伐趙，下井陘，曾在此置土築的箭靶習射，故名射垛。見讀史方輿紀要十四井陘縣城山。

【射柳】古鮮卑族風俗，舉行秋天祭祀時，衆騎環繞所植柳枝馳馬三周。遼金史都記載了射柳儀式。宋人作爲一種遊戲，折柳環插球場，軍士馳馬射柳，其矢鏃闊於常鏃一寸多，中柳卽斷，名叫躤柳。明時宮中常於清明或端午日舉行射柳之戲:以鵓鴿貯葫蘆中，掛在柳上，射中葫蘆，鴿卽飛出，憑鴿飛的高低決勝負。名叫剪柳。參閱宋程大昌演繁露十三躤柳、遼史禮志一瑟瑟儀、金史禮志八拜天、明陳繼儒偃曝談餘下、清高士奇天祿識餘下剪柳。

【射侯】侯，箭靶;用布或皮革做成，上畫熊、虎、豹、麋、鹿等獸形。古時射禮樹侯而射，以中不中較勝負。詩齊風猗嗟:“終日射侯，不出正兮。”儀禮鄉射禮:“凡侯:天子熊侯，白質;諸侯麋侯，赤質;大夫布侯，畫以虎豹;士布侯，畫以鹿豕。”

【射捍】卽射韝。禮內則“右佩玦，捍”漢鄭玄注:“捍，謂拾也，言可以捍弦也。……謂射捍。”通典一三三禮九三皇帝射於射宮注:“決，今之射沓;拾，今之射捍。”參見“射韝”。

【射堋】卽射垛。南史齊高帝紀:“帝威名既重，蒼梧深相猜忌，刻木爲帝形，畫腹爲射堋，自射之。”也作“射棚”。北齊書高隆之傳:“於射棚上立三像人，爲壯勇之勢。”

【射匿】卽射覆。漢書藝文志數術略有周易隨曲射匿五十卷。參見“射覆”。

【射雀】見“雀屏”。

【射蛇】南朝宋劉裕(武帝)小字寄奴。出身寒門，稱帝前，仿照漢劉邦斬蛇故事，造爲符命，稱裕微時在新洲伐荻，射傷一大蛇。第二天復至洲中，見數童子擣藥。問其故，答曰:“我王爲劉寄奴所射，合散傅之。”見南朝宋劉敬叔異苑四。元方回桐江續集二重陽吟之一:“射蛇戲馬老劉郎，不爲乾坤減戰場。”

【射御】射箭與駕御車馬。古六藝中，射與御爲一類，都是尚武的技藝。書秦誓:“仡仡勇夫，射御不違。”國語楚上:“(申公巫臣)使其子狐庸爲行人於吳而教之射御，導之伐楚。”

【射戟】指呂布爲了和解袁劉之爭，在營門射戟的故事。東漢末袁術遣將紀靈攻劉備，備向呂布求救。布招備與靈等共飲，在營門立戟，說:“諸君觀布射〔戟〕小支，中者當各解兵;不中，可留決鬬。”布一發正中戟支，遂各罷兵。見後漢書七五呂布傳。

【射陽】㊀湖名。卽古射陂。在江蘇淮安縣東南，與鹽城縣寶應縣分界，周圍三百餘里。漢武帝子廣陵王胥有罪，其相勝之奏奪王射陂草田，卽此。參閱讀史方輿紀要二二江南四淮安府射陽湖。㊁縣名。漢置，屬臨淮郡。東漢屬廣陵郡。因在射水北面，故名。漢高祖五年封項伯爲射陽侯。見史記項羽本紀。三國魏廢縣，晉復置。故地在今江蘇淮安縣東南。參閱嘉慶一統志九四淮安府二射陽故城。

【射蛟】漢書武帝紀:“(元封)五年冬，行南巡狩，……自尋陽浮江，親射蛟江中，獲之。”唐李白李太白詩八永王東巡歌之九：“祖龍浮海不成橋，漢武尋陽空射蛟。”後作爲頌揚帝王勇武的典故。

【射策】漢代取士有對策、射策之制。射策由主試者出試題，寫在簡策上，分甲乙科，列置案上，應試者隨意取答，主試者按題目難易和所答内容而定優劣。上者爲甲，次者爲乙。射，投射之意。梁劉勰文心雕龍議對：“又對策者，應詔而陳政也；射策者，探事而獻説也。言中理準，譬射侯中的。二名雖殊，卽議之別體也。……對策者，以第一登庸；射策者，以甲科入仕。”參閱漢書七八蕭望之傳“望之以射策甲科爲郎”注、後漢書順帝紀陽嘉元年“試明經下第者補弟子，增甲、乙科員各十人”注、五代王定保唐摭言一試雜文。參見“對策”。

【射筒】竹名。其竹細小通長，無節，可作射筒，故名。見文選晉左太沖(思)吳都賦“其竹則篔簹，箖箊，桂箭、射筒”注。

【射意】博戲名。詳“詭億”。

【射鉤】春秋時齊襄公昏亂，其弟糾奔魯，以管仲召忽爲傅。小白(桓公)奔莒，鮑叔爲傅。襄公死，糾與小白爭入齊爲君，在路管仲射中小白衣帶之鉤。小白先入，得爲君，迫魯人殺糾，俘管仲。桓公不記舊仇，任仲爲相，終成霸業。事見左傳僖二十四年、史記齊世家。後來詩文中因以射鉤指稱管仲。文選晉劉越石(琨)重贈盧諶詩：“重耳任五賢，小白相射鉤。”

【射雉】古代一種田獵活動。易旅：“六五，射雉，一矢亡，終以譽命。”左傳昭二十八年：“昔賈大夫惡，娶妻而美，三年不言不笑。御以如皋，射雉獲之，其妻始笑而言。”魏晉以來，多以射雉爲戲，晉潘安仁(岳)有射雉賦。其後南朝宋齊射雉之事亦盛。宋陸游劍南詩稿十懷成都十韻：“鬬雞南市各分明，射雉西郊常命中。”參閱清郝懿行晉宋書故射雉。

【射團】唐代一種遊戲名。五代王仁裕開元天寶遺事上：“宮中每到端午節，造粉團角黍，貯於金盤中；以小角造弓子，纖妙可愛，架箭射盤中粉團，中者得食；蓋粉團滑膩而難射也。都中盛於此戲。”

【射潮】相傳五代吳越王錢鏐築捍海塘，怒潮洶湧，版築不成。鏐於是造竹箭三千，在疊雪樓命水犀軍駕强弩五百以射潮，迫使潮頭趨向西陵，遂奠基而成塘。又建候潮通江等城門，置龍山浙江兩閘，以阻江潮入河。見宋孫光憲北夢瑣言。又蘇軾分類東坡詩二四八月十五日看潮之五：“安得夫差水犀手，三千强弩射潮低。”參閱清吳任臣十國春秋七八武肅王世家下。

【射蝨】列子湯問：“紀昌者，又學射於飛衞。……昌以氂懸蝨於牖，南面而望之；旬日之間，浸大也。三年之後，如車輪焉。以覩餘物，皆丘山也。乃以燕角之弧、朔蓬之簳射之，貫蝨之心而懸不絶。”言射藝之精，雖微細如蝨亦能射而必中。

【射影】見“含沙射影”。

【射鴨】古代貴族的水上遊戲。唐王建詩八御獵：“新教内人唯射鴨，長隨天子苑東遊。”新五代史唐莊宗紀下：“(同光三年二月)乙酉，射鴨於郭泊。”

【射禮】古代貴族男子重武習射，常舉行射禮。射禮有四種：將祭擇士爲大射，諸侯來朝或諸侯相朝而射爲賓射，宴飲之射爲燕射，卿大夫舉士後所行之射爲鄉射。大射在郊，賓射在朝，燕射在寢，鄉射在州序。儀禮有鄉射篇，禮記有射義篇。

【射聲】官名，射聲校尉的簡稱。漢武帝初置八校尉(中壘、屯騎、步兵、越騎、長水、胡騎、射聲、虎賁)之一。射聲，指工射者聞聲卽能射中。校尉秩二千石，司馬一人，秩千石。參閱漢書百官公卿表上、“射聲校尉”注、宋書百官志下。

【射糧】金之初年，諸部之民無它徭役，壯者皆兵，平居則聽以佃漁射獵，習爲勞事。其後諸路募三十以下、十七以上强壯者，爲射糧軍，皆刺面，兼充雜役。每五百人爲一指揮使司，設指揮使。官兵皆月給例物。見金史兵志。金缺名劉知遠諸宮調知遠別三娘太原投軍：“太原府文面做射糧，欲待去，却徊徨。”元明雜劇元高文秀好酒趙元遇上皇雜劇二：“趙光普你執掌權樞，怎知俺冒風雪射糧軍乾受苦。”

【射覆】㊀猜測覆蓋之物。是古代近於占卜的一種遊戲。史書所載射覆事，多是有關術數家的傳説。漢書六五東方朔傳：“上嘗使諸數家射覆，置守宮盂下；射之，皆不能中。朔自贊曰：‘臣嘗受易，請射之。’”注：“數家，術數之家也。於覆器之下而置諸物，令闇射之，故云射覆。”三國魏管輅、晉郭璞都有射覆事。參閱三國志魏管輅傳、太平御覽九四八晉郭璞洞林。㊁酒令的一種。用相連字句隱物爲謎而使人猜度。清俞敦培酒令叢鈔一古令：“然今酒座所謂射覆，又名射雕覆者，殊不類此。法以上一字爲雕，下一字爲覆。設注意‘酒’字，則言‘春’字、‘漿’字，使人射之；蓋春酒，酒漿也。”唐李商隱李義山詩集五無題二首之一：“隔座送鉤春酒暖，分曹射覆蠟燈紅。”

【射韝】射箭用的臂捍。今稱護袖。用皮革製成，著於左臂，所以便於張弦。又叫“遂”。參閱儀禮大射“司射適次袒決遂”注。

【射獵】用弓矢射取禽獸。史記一〇九李廣傳：“廣與故潁陰侯孫屏野居藍田南山中射獵。”

【射鬼箭】遼代一種酷刑。以罪人縛於柱上，用亂箭射死。初爲軍禮，行於出師班師，後來也用於刑法。見遼史禮志三軍儀、又國語解。

【射熊館】漢的別館，是帝王遊獵之所。漢書元帝紀永光五年：“冬，上幸長楊射熊館，布車騎，大獵。”

【射踏子】章魚的別名。唐劉恂嶺表錄異下：“石矩，亦章舉之類，身小而足長。入鹽乾，燒食極美。又有小者，兩足如帶，曝乾後似射踏子，故南中呼爲射踏子也。”射踏子，卽射沓。

【射雕手】善於射雕的人。雕，也作“鵰”。史記一〇九李將軍傳：“中貴人將騎數十縱，見匈奴三人，與戰，三人還射，傷中貴人，殺其騎且盡，中貴人走廣，廣曰：‘是必射雕者也。’”北齊斛律光嘗從世宗於洹橋校獵，射落大鵰，丞相屬邢子高歎曰：‘此射鵰手也。’當時傳號落鵰都督。見北齊書斛律金傳附斛律光。後引申指技藝出衆的能手。唐姚合極玄集自序：“此皆詩家射雕手也。”

【射石飲羽】相傳春秋楚熊渠子夜行，見大石橫臥，以爲伏虎，張弓射之，箭頭入石，陷沒箭上的羽毛。見韓詩外傳六、漢劉向新序雜事四。一説養由基射兕，中石飲羽。見呂氏春秋精通。又漢李廣、北周李遠也有類似的傳説。見史記、周書本傳。後以射石飲羽喻用心精誠或功力深湛。唐李白李太白詩六豫章行：“精感石沒羽，豈云憚險艱。”參閱漢王充論衡儒增。

【射人先射馬】見“擒賊擒王”。

八畫

專 1. zhuān ㄓㄨㄢ 職緣切，平，仙韻，照。

㊀單純，獨一。易繫辭上：“夫乾，其靜也專。”淮南子精神：“夫血氣能專於五藏而不外越，則胸腹充而嗜欲省矣。”㊁單獨，獨自。國語晉八：“非起也，敢專承之，其自桓叔以下，嘉吾子之賜。”㊂專擅，獨斷

獨行。左傳桓十五年："祭仲專，鄭伯患之。"㊃姓。見"專諸"。

2. tuán ㄊㄨㄢˊ

㊄圜。通"團"、"摶"。周禮地官大司徒："其民專而長。"釋文："專，徒丸反。"

【專一】㊀純一。淮南子主術："誠身有道，心不專一，不能專誠。"㊁同一，一致。史記孝文紀："今大臣雖欲爲變，百姓弗爲使，其黨寧能專一邪？"

【專心】一心一意，不分心。孟子告子上："今夫奕之爲數，小數也；不專心致志，則不得也。"荀子性惡："今使塗之人伏術爲學，專心一致，思索孰察，加日縣久，積善而不息，則通於神明，參於天地矣。"漢陸賈新語懷慮："故管仲相桓公，詘節事君，專心一意。"

【專州】專掌一州之權。指掌握州郡政權的刺史、太守。後漢書二四馬援傳附馬嚴："臣伏見方今刺史、太守，專州典郡。不務奉事，盡心爲國。"

【專任】㊀一心信任。禮月令孟秋之月："專任有功，以征不義。"楚辭漢東方朔七諫沉江："齊桓失於專任兮，夷吾忠而名彰。"㊁單獨承當。三國志魏杜畿傳："若使法可專任，則唐虞可不須稷契之佐，殷周無貴伊呂之輔矣。"

【專攻】專門研究。唐韓愈昌黎集十二師說："是故弟子不必不如師，師不必賢於弟子，聞道有先後，術業有專攻，如是而已。"

【專車】㊀滿載一車。國語魯下："昔禹致羣神於會稽之山，防風氏後至，禹殺而戮之，其骨節專車。"㊁獨乘一車。世說新語方正"監令各給車自此始"注引曹嘉之晉紀："中書監、令常同車入朝。至和嶠爲令，而荀勗爲監，嶠意强抗，專車而坐；乃使監令異車，自此始也。"也見晉書和嶠傳。

【專利】專權擅利。左傳僖七年："(楚)文王將死，與之(申侯)璧，使行，曰：'唯我知女，女專利而不厭，予取予求，不女疵瑕也。……我死，女必速行。'"

【專夜】指多妻者以一人侍寢。禮內則"故妾雖老，年未滿五十，必與五日之御"注："次夫人專夜則五日也。"唐白居易長慶集十二長恨歌："承歡侍宴無閒暇，春從春游夜專夜。"

【專房】猶專寵。後漢書閻皇后紀："(元初)二年，立爲皇后。后專房妒忌，帝幸宮人李氏，生皇子保，遂鴆殺李氏。"玉臺新詠十何曼才爲徐陵傷妾詩："無復專房日，猶望下山逢。"

【專門】精通某一門學術或技藝。漢書八八儒林傳"(眭)孟死，(嚴)彭祖、(顏)安樂各顓門教授"注："顓與專同。專門，言各自名家。"唐張九齡曲江集五眉州康司馬挽歌詞："家受專門學，人稱入室賢。"

【專命】㊀不待請命而行事。左傳閔二年："師在制命而已，稟命則不威，專命則不孝。"後漢書三一郭伋傳："招懷山賊陽夏趙宏，襄城召吳數百人，皆束手詣伋降，悉遣歸附農，因自劾專命。"㊁執行特別任務，可以不必請示，自行決定。後漢書十七馮異傳："今公專命方面，施行恩德。……宜急分遣官屬，徇行郡縣，理冤結，布惠澤。"時劉秀(光武)行大司馬事，持節鎮慰河北，故稱專命。

【專制】獨斷獨行。韓非子亡徵："出軍命將太重，邊地任守太尊，專制擅命，徑爲而無所請者可亡也。"史記七二穰侯傳："范睢言宣太后專制，穰侯擅權於諸侯，涇陽君高陵君之屬太侈，於是秦王悟，乃免相國。"

【專使】特派專辦某事的使節。唐白居易長慶集三九與吐蕃宰相鉢闡布勑書："又緣自議三州已來，此亦未發專使。"

【專征】古代諸侯或將帥經特許得自行出兵征伐。竹書紀年上帝辛三年："王錫命西伯得專征伐。"晉陶潛陶淵明集一命子詩："桓桓長沙，伊勳伊德，天子疇我，專征南國。"陶侃，封長沙郡公。

【專室】小屋。淮南子修務："獨守專室而不出門，使其性雖不愚，然其知者必寡矣。"

【專美】獨享美名。書說命下："爾尚明保予，罔俾阿衡專美有商。"阿衡，伊尹。

【專城】指主宰一城的州牧、太守等地方長官。宋書樂志三豔歌羅敷行："三十侍中郎，四十專城居。"文選晉潘安仁(岳)馬汧督誄序："剖符專城，紆青拖墨之司，奔走失其守者，相望於境。"

【專政】獨攬政權。左傳襄二十一年："(欒祁)愬諸(范)宣子(士匄)曰：'盈將爲亂，以范氏爲死桓主而專政矣。'"盈，欒黶(桓子)子。漢書八一張禹傳："吏民多上書言災異之應，譏切王氏專政所致。"

【專家】指某種學藝有專長的人。初學記十二南朝梁沈約到著作省表："臣藝不博古，學謝專家。"北齊書杜弼傳答上道德經詔："卿才思優洽，業尚通遠，息棲儒門，馳騁玄肆，既啓專家之學，且暢釋老之言。"

【專席】㊀單席，不重席。禮曲禮上："有喪者，專席而坐。"㊁獨坐一席。表示地位尊貴。漢應劭漢官儀上："尚書令，……每朝會，與司隸校尉、御史大夫、中丞，皆專席坐，京師號曰三獨坐，言其尊重如此。"參見"三獨坐"。

【專專】專一。楚辭宋玉九辯："計專專之不可化兮，願遂推而爲臧。"唐韓愈昌黎集一復志賦："始專專於講習兮，非古訓爲無所用其心。"

【專愎】獨斷固執。猶剛愎。史記六六伍子胥傳："子胥專愎彊諫，沮毀用事。"

【專誠】真誠，至誠。淮南子主術："誠身有道，心不專一，不能專誠。"後漢書祭祀志下"古者師行平有載社主，不載稷也"南朝梁劉昭注引仲長統答鄧義社主難："郊特牲者，天至尊，無物以稱專誠，而社稷太牢者，土於天爲卑，緣人事以牢祭也。"

【專業】㊀專門從事某種事業或學業。後漢書獻帝紀初平四年詔："今耆儒年踰六十，去離本土，營求糧資，不得專業。"北齊顏之推顏氏家訓雜藝："算術亦是六藝要事，自古儒士論天道，定律曆者，皆學通之，然可以兼明，不可以專業。"㊁專門的學業。文苑英華六六三唐李嶠上巡察覆囚使歷城張明府書："嶠西垂之賤吏耳，技非專業，未始存於劍書。"

【專經】專門鑽研經學。魏書李瑒傳："士大夫學問，稽博古今而罷，何用專經爲老博士也？"文苑英華九二一唐張說故括州刺史贈工部尚書馮公神道碑："專經覩奧，習法精理。"宋時考試，有專經進士一科。應試者須習兩經。如習左氏春秋得兼公羊穀梁；習書周禮得兼儀禮或易；習禮記詩並兼書。參閱宋史選舉志一。

【專精】集中精力，專心一志。呂氏春秋論威："并氣專精，心無有慮，目無有視，耳無有聞，一諸武而已矣。"文選三國吳韋弘嗣(昭)博奕論："當其臨局交爭，雌雄未決，專精銳意，神迷體倦。"

【專輒】專斷，擅自裁決。北齊顏之推顏氏家訓書證："西晉已往字書，何可全非，但令體例成就，不爲專輒耳。"晉書王蘊傳："屬郡荒人饑，輒開倉贍卹，主簿執諫，請先列表上待報。蘊曰：'……若表上須報，何以救將死之命乎？專輒之愆，罪在太守，且行仁義而敗，無所恨也。'"

【專對】遇事出使，交涉應對，能隨機行事。論語子路："子曰：'誦詩三百，授之以政，不達；使於四方，不能專對，雖多，亦奚以爲？'"漢書七二王吉傳："光祿勳匡衡亦舉(王)駿有專對材。"注:"專對謂見問即對,無所疑也。"

【專諸】?——公元前515年。春秋時吳國堂邑人。吳公子光(闔閭)陰謀刺殺吳王僚而自立,伍子胥推薦專諸於光。僚十二年,光具酒請僚,專諸置匕首於魚腹中,乘進獻時刺僚立死。專諸亦當場爲僚左右所殺。公子光遂自立爲王。見史記吳太伯世家、又八六刺客列傳。左傳昭二十七年作"鱄設諸"。

【專閫】專主閫外的事權。閫外,郭門之外。史記一〇二馮唐傳:"閫以内者,寡人制之;閫以外者,將軍制之。"集解引韋昭:"此郭門之閫也。門中橛曰閫。"後稱將帥在外統兵爲專閫。燕子箋防胡:"電掣風行,高牙專閫丹心耿。"

【專擅】把持大權,獨斷獨行。漢書七八蕭望之傳:"(弘)恭、(石)顯奏:'望之、(周)堪、(劉)更生朋黨相稱舉,數譖訴大臣,毀離親戚,欲以專擅權勢,爲臣不忠,誣上不道,請謁者召致廷尉。'"

【專斷】獨自決斷。史記一二一儒林傳:"(呂)步舒至長史,持節使決淮南獄,於諸侯擅專斷,不報,以春秋之義正之。"漢書九九上王莽傳:"莽既説衆庶,又欲專斷。"

【專寵】獨占寵愛。漢書五行志中之下:"其後趙蜚燕得幸,立爲皇后,弟爲昭儀,姊妹專寵。"也作"顓寵"。又九七孝成趙皇后傳:"姊弟顓寵十餘年,卒皆無子。"

【專欄】宋時諸州縣官吏貪污,私設稅場,略作界域,稱爲專欄。主管徵收的吏員叫欄頭。欄頭妻子叫女欄頭。宋史食貨志下八:"私立稅場,算及緡錢、斗米、束薪、菜茹之屬,擅用稽察措置,添置專欄收檢。虛市有稅,空舟有稅,以食米爲酒米,以衣服爲布帛,皆有稅。"又見文獻通考十四征榷一。

【專權】獨攬大權。戰國策趙二:"先王之時,奉陽君相,專權擅勢,蔽晦先王,獨制官事。"

【專心致志】見"專心"。

【專門名家】猶專家。資治通鑑五五漢延熹七年"經師易遇"元胡三省注:"經師,謂專門名家、教授有師法者。"

將

1. jiāng 即良切,平,陽韻,精。ㄐㄧㄤ

㊀扶持,扶助。詩小雅無將大車:"無將大車,祇自塵兮。"又周南樛木:"樂只君子,福履將之。"㊁奉行,秉承。詩大雅烝民:"肅肅王命,仲山甫將之。"參見"將命"、"將事"。㊂奉養,調養。見"將父"、"將母"、"將息"等。㊃送,進。詩召南鵲巢:"之子于歸,百兩將之。"傳:"將,送也。"參見"將食"。㊄行。詩周頌敬之:"日就月將,學有緝熙于光明。"書胤征:"今予以爾有衆,奉將天罰。"㊅順從,隨從。莊子庚桑楚:"備物以將形,藏不虞以生心。"注:"因其自備而順其成形。"漢書禮樂志郊祀歌:"鐘鼓竽笙,雲舞翔翔,招搖靈旗,九夷賓將。"注:"將猶從也。"參見"將順"。㊆攜帶。左傳桓九年:"楚子使道朔將巴客以聘於鄧。"後漢書六十蔡邕傳:"遂攜將家屬,逃入深山。"唐元結元次山集三將牛何處去詩之一:"將牛何處去,耕彼故城東。"㊇將要,將及。易繫辭上:"是以君子將有爲也,將有行也,問焉而以言。"左傳隱元年:"國不堪貳,君將若之何?"孟子滕文公上:"今滕絶長補短,將五十里也,猶可以爲善國。"㊈壯健,壯大。詩小雅北山:"嘉我未老,鮮我方將。"傳:"將,壯也。"又商頌長發:"有娀方將,帝立子生商。"傳:"將,大也。"㊉長久。詩商頌烈祖:"我受命溥將。"楚辭漢嚴忌哀時命:"白日晼晚其將入兮,哀余壽之弗將。"注:"將,猶長也。哀我年命不得長久也。"參閱清王引之經義述聞七。⑪旁邊。詩大雅皇矣:"居岐之陽,在渭之將。"傳:"將,側也。"⑫介詞。猶以。荀子王霸:"安之者必將道也。"戰國策秦一:"蘇秦始將連橫説秦惠王曰……"⑬連詞。1.表假設,猶如果。左傳昭二十七年:"令尹將必來辱,爲惠已甚。"2.表選擇,猶抑或。楚辭屈原卜居:"寧與黃鵠比翼乎,將與雞鶩爭食乎?"3.表並列,猶與,共。北周庾信庾子山集一春賦:"眉將柳而爭綠,面共桃而競紅。"⑭副詞。且,又。詩小雅谷風:"將安將樂,女轉棄予。"⑮助詞。無義。唐白居易長慶集十二長恨歌:"惟將舊物表深情,鈿合金釵寄將去。"寄將,猶寄。

2. jiàng 子亮切,去,漾韻,精。ㄐㄧㄤˋ

⑯將帥,將領。公羊傳隱五年:"將尊師衆,稱某帥師;將尊師少,稱將。"⑰率領,統率。左傳桓五年:"王爲中軍,虢公林父將右軍,蔡人、衛人屬焉。周公黑肩將左軍,陳人屬焉。"

3. qiāng 集韻 千羊切,平,陽韻。ㄑㄧㄤ

⑱願,請。詩衛風氓:"將子無怒,秋以爲期。"參見"將₃伯"。⑲見"將₃將₃"。

【將于】古樂器名,鐘的一種。形如瓦缶,腹圓口小,上有獸形如蓋,懸於鐘架。至五代後周時已亡。一説即周禮地官鼓人"以金錞和鼓"漢鄭玄注所説的"錞于"。見文獻通考一三四樂七。

【將₂士】軍官與兵士。吳子論將:"停久不移,將士懈怠,其軍不備,可潛而襲。"

【將父】奉養其父。詩小雅四牡:"王事靡盬,不遑將父。"傳:"將,養也。"

【將毋】或不,抑或不能。表示疑問之詞。韓詩外傳四:"客有見周公者,應之於門曰:'何以道旦也?'客曰:'在外即言外,在内即言内。入乎,將毋?'周公曰:'請入。'"

【將母】奉養其母。詩小雅四牡:"王事靡盬,不遑將母。"

【將₂弁】舊時武職的通稱。清代稱參將、游擊以上武官爲將,都司、守備以下爲弁。清會典事例七二〇兵部武生童考試二:"如有恃符滋事不知奮勉者,即令該管將弁詳請開除。"

【將₂吏】㊀軍官的通稱。尉繚子攻權:"非將吏士卒,動静一身。"史記九五灌嬰傳:"所將卒五人共斬項籍,皆賜爵列侯。降左右司馬各一人,卒萬二千人,盡得其軍將吏。"㊁武官與文官。唐律二八捕亡將吏追捕罪人:"諸罪人逃亡,將吏已受使追捕而不行。"疏議:"謂見任武官爲將,文官爲吏。"

【將匠】㊀官名。將作大匠的簡稱。詳"將作大匠"。㊁複姓。漢官有將作少府,後稱將作大匠,因官爲氏。三國吳有中散大夫將匠戫,晉有侍御史將匠進。見通志二八氏族四以官爲氏。

【將行】秦漢皇后近侍官名。漢景帝中六年更名大長秋。見漢書百官公卿表上。詳"大長秋"。

【將牢】把穩,持重。晉書姚萇載記:"諸將咸曰:'若值魏武王(萇兄姚襄),不令此賊(苻登)至今,陛下將牢太過耳。'"

【將車】駕車。史記一〇四田叔傳褚先生曰:"(任安)少孤貧困,爲人將車之長安。"

【將₂佐】指高級軍官。晉書劉琨傳:"每見將佐,發言慷慨。"

【將₃伯】詩小雅正月:"載輸爾載,將伯助予!"傳:"將,請;伯,長也。"意謂車欲墮而請長者幫助。後用作求助或受助的意思。聊齋志異連瑣:"將伯之助,義不敢忘。"

【將迎】㊀送往迎來。莊子知北遊:"无有所將,无有所迎。"又:"唯无所傷者,爲能與人相將迎。"文選南朝宋謝靈運初去郡詩："負心二十載，於今廢將迎。"㊁保養。列子湯問："不待殺戮而天，不待將迎而壽。"

【將事】行事，奉命辦事。左傳成十三年："晉侯使郤錡來乞師，將事不敬。"

【將$_{2}$事】將帥教習兵陣之事。吳子治兵："每變皆習，乃授其兵，是謂將事。"

【將明】詩大雅烝民："肅肅王命，仲山甫將之；邦國若否，仲山甫明之。"將，執行；明，辨明。後來以將明稱大臣的輔佐贊理。漢書刑法志："有司無仲山父將明之材，不能因時廣宣主恩，建立明制，爲一代之法。"宋王安石臨川集四一本朝百年無事札子："臣不敢輒廢將明之義，而苟逃諱忌之誅。"

【將命】傳命，傳達賓主的話。論語憲問："闕黨童子將命。"禮少儀："某固願聞名於將命者。"疏："將命，謂傳辭出入，通客主之言語者也。"

【將軍】㊀官名。春秋時諸侯以卿統軍，故卿通稱將軍。鄭以詹伯爲將軍。見國語晉四。晉魏舒爲中軍帥，也稱將軍。見左傳昭二十八年。戰國時始爲武官名，而卿仍有將軍之稱。如趙藺相如位上卿，廉頗稱之爲將軍。見史記本傳。漢置大將軍、驃騎將軍，位次丞相；車騎將軍，衛將軍，左、右、前、後將軍，位次上卿；征伐時所加名號不一，亦不常設。晉諸州刺史多以將軍開府，都督軍事。南北朝時將軍名號尤多，權位各異。唐以後，上將軍、大將軍、將軍，並爲環衛之官及武散官。宋元明時，多以將軍爲武散官，而殿廷武士也稱爲將軍。明清時，如臨時出征，置大將軍、將軍，事畢卽罷。清時，將軍爲宗室爵號之一，也是駐防各地的軍事長官之稱。參閱通典二八職官十武官上將軍總敍。㊁宋時吳語稱小蒼頭(衙門隸卒)爲將軍。見宋洪邁容齋隨筆七將軍官稱。

【將美】幫助，促成好事。漢書六十杜周傳附杜欽："(京兆尹王)章既死，衆庶冤之，以譏朝廷，欽欲救其過，復說(大將軍王)鳳……鳳白行其策。欽之補過將美，皆此類也。"

【將$_{2}$指】手的中指，脚的大趾。左傳定十四年："靈姑浮以戈擊闔廬，闔廬傷將指，取其一屨。"指脚大趾。又宣四年"子公之食指動"唐孔穎達疏："五指之名曰巨指、食指、將指、無名指、小指也。……將者，言其將領諸指也。足之用力，大指爲多；手之取物，中指最長；故足以大指爲將指，手以中指爲將指。"

【將食】進食。儀禮士相見禮："若有將食者，則俟君之食然後食。"

【將$_{2}$校】漢制有大將軍、驃騎將軍、車騎將軍、衛將軍、左右前後將軍等，掌京師兵衛，邊地警屯；又有校尉，每校，少者七百人，多者千二百人，設校尉以主之。合稱將校。後漢書順帝紀漢安元年："癸卯，詔大將軍、三公，選武猛試用有效驗、任爲將校者各一人。"後也作高級武官的通稱。世說新語文學："魏朝封晉文王(司馬昭)爲公，備禮九錫，文王固讓不受，公卿將校當詣府敦喻。"

【將息】休息，調養。楚辭漢王褒九懷蓄英："將息兮蘭皋，失志兮悠悠。"宋李清照漱玉詞聲聲慢："乍暖還寒時候，最難將息。"

【將$_{2}$率】㊀將帥。也指州長、黨正等地方長官。荀子富國："守時力民，進事長功，和齊百姓，使人不偷；是將率之事也。"注："將率，猶主領也；若今宰守。"漢書五八公孫弘卜式兒寬傳贊："奉使則張騫、蘇武，將率則衛青、霍去病。"指武將。㊁統率，率領。韓非子初見秦："昔者紂爲天子，將率天下甲兵百萬。"

【將理】休息調養。宋歐陽修文忠集九四辭宣徽使判太原府劄子："自二月巳來，交割却本州公事，見今在假將理。"

【將$_{2}$略】用兵的謀略。三國志蜀諸葛亮傳："然亮於治戎爲長，奇謀爲短；理民之幹，優於將略。"又評："然連年動衆，未能成功，蓋應變將略，非其所長歟！"

【將$_{2}$將$_{2}$】駕馭將領。史記九二淮陰侯傳："陛下不能將兵，而善將將。"

【將$_{3}$將$_{3}$】㊀高大、雄壯貌。詩大雅緜："迺立應門，應門將將。"應門，王宮正門。文選漢司馬長卿(相如)長門賦："時仿佛以物類兮，象積石之將將。"㊁廣大、交集貌。荀子王霸："詩云：如霜雪之將將，如日月之光明。"又賦："道德純備，讒口將將。"㊂象聲詞。同"鏘鏘"。詩鄭風有女同車："將翺將翔，佩玉將將。"

【將$_{2}$御】統御，率領。後漢書七四袁紹傳："紹遂領冀州牧，承制以(韓)馥爲奮威將軍，而無所將御。"指不以兵權授予馥，使其無可統率。

【將就】詩周頌訪落"將予就之，繼猶判渙。"宋朱熹集傳："將使予勉强以就之。"後稱勉强遷就爲將就。元曲選缺名陳州糶米一："這也還少些兒，將就他吧！"

【將順】隨順，順勢助成。孝經事君："將順其美，匡救其惡，故上下能相親也。"三國志魏桓階傳："又毛玠徐奕以剛蹇少黨而爲西曹掾丁儀所不善。儀屢言其短，賴階左右以自全保，其將順匡救，多此類也。"

【將鉅】複姓。漢書藝文志陰陽家有將鉅子五篇。班固自注："六國時，先南公，南公稱之。"也作"將具"。漢章帝時有中謁者將具彌。見通志二八氏族略四以名爲氏。

【將無】莫不是。世說新語德行："王戎云：'太保(王祥)居在正始中，不在能言之流。及與之言，理中清遠，將無以德掩其言。'"宋書蕭惠開傳："(外祖劉成)戒之曰：'汝恩戚家子，當應將迎時俗，緝外內之歡。如汝自業，將無小傷多異，以取天下之疾患邪？'"參見"將無同"。

【將愛】珍重，保養。三國志魏華佗傳："快自養，一月可小起；好自將愛，一年便健。"

【將養】㊀奉養，調養。墨子非命上："內無以食飢衣寒，將養老弱。"淮南子原道："是故聖人將養其神，和弱其氣，平夷其形，而與道俛仰。"㊁慫恿，助長。漢書四四衡山王賜傳："賓客來者，微知淮南、衡山有逆計，皆將養勸之。"王先謙補注："是將養亦當與縱臾同義。將謂扶進之，養謂長育之，總謂導成其反謀耳。"

【將領】帶領。漢書九九下王莽傳："諸生小民會旦夕哭，爲設飱粥，甚悲哀及能誦策文者除以爲郎，至五千餘人。趡惲將領之。"

【將$_{2}$領】猶將帥。三國志魏任城王傳評："任城(曹彰)武藝壯猛，有將領之氣。"南齊書呂安國傳："宋大明末，安國以將領見任，隱重有幹局，爲劉勔所稱。"

【將$_{2}$種】將門的子孫。史記齊悼惠王世家："嘗入侍高后燕飲，高后令朱虛侯劉章爲酒吏。章自請曰：'臣，將種也，請得以軍法行酒。'"

【將樂】縣名。屬福建省。漢建安郡地。三國吳永安三年分置將樂縣。隋廢。唐武德八年復置。明清皆屬福建延平府。參閱元和郡縣志二九建州。

【將雛】母鳥攜帶幼鳥。文選晉成公子安(綏)嘯賦："又似鴻雁之將雛，羣鳴號乎沙漠。"後比喻攜帶年幼的子女。唐杜甫杜工部草堂詩箋三七清明之二："十年蹴踘將雛遠，萬里鞦韆習俗同。"

【將護】保護，護理。後漢書二六趙熹傳："遇更始親屬，皆裸跣塗炭，飢困不能前。熹見之悲感，……將護歸鄉里。"三國志吳孫策傳"至夜卒，時年二十六"南朝宋裴松之注引吳歷："策既被創，醫言可治，當好自將護，百日勿動。”

【將攝】調養，休養。魏書張彝傳：“因得偏風，手脚不便，然志性不移，善自將攝，稍能朝拜。”

【將仕郎】散官名。隋置，爲從九品文官階。唐宋因之。元不置。明代爲正九品文官階。參閱通典三四職官十六、續通典三八職官十六文散官。

【將軍令】㊀將軍的命令。史記絳侯周勃世家附周亞夫：“軍中聞將軍令，不聞天子之詔。”㊁民間樂曲名。演奏時以嗩吶主奏，以鑼鼓配合。琵琶大曲中有同名樂曲，并分漢將軍令、滿將軍令。見南北派十三套大曲琵琶新譜。

【將軍礮】新唐書八四李密傳：“命護軍將軍田茂廣造雲旝三百具，以機發石，爲攻城械，號將軍礮。”明嘉靖時倣造佛郎機礮，發諸邊鎮，命名爲大將軍。見明史兵志四。

【將$_2$相器】擔任大將或宰相的氣度、才具。後漢書十七賈復傳：“賈君之容貌、志氣如此，而勤於學，將相之器也。”

【將$_2$家子】將門之子。晉書石勒載記下附石弘：“勒謂徐光曰：‘大雅愔愔，殊不似將家子。’”石弘字大雅，石勒次子。

【將進酒】漢樂府鐃歌名。內容大都寫遊樂飲宴。見樂府詩集十六漢鐃歌將進酒解題。唐李白將進酒詩爲最有名。

【將無同】莫不是相同。將無，猶莫非是。世說新語文學：“阮宣子（脩）有令聞，太尉王夷甫（衍）見而問曰：‘老莊與聖教同異？’對曰：‘將無同。’”晉書作阮瞻答王戎語。見阮籍傳附阮瞻。宋趙德麟引蘇軾，謂古人以將爲初，將無同卽初無同，卽各不相同。見侯鯖錄七。葉夢得以將爲發語詞，將無同卽不同，見玉澗雜書（說郛八）。明楊慎以爲將無爲疑詞，將無同卽畢竟同。見升菴集六八。

【將歸操】琴曲名。琴曲中十二操之一。又名陬操。相傳爲孔子所作。見史記孔子世家、樂府詩集五七琴曲歌辭、又五八將歸操解題。參見“陬操”。

【將功折罪】以功勞抵銷所犯罪過。元曲選李直夫虎頭牌三：“老完顏纔說他十六日上馬，復殺了一陣，將人口牛羊馬匹，都奪將回來了，做的個將功折罪。”也作“將功贖罪”。鼎峙春秋九棄空營計用驕兵：“我來打葭萌關，原是將功贖罪，今又輸了，如何去見主帥？”

【將作大匠】官名。秦置將作少府。漢景帝中六年更名將作大匠，職掌宮室、宗廟、路寢、陵園的土木營建。魏晉沿置，東晉至南朝宋齊，有事則置，無事則省。南朝梁改爲大匠卿，北齊稱將作寺大匠。隋開皇間改爲將作監大監，並置副監。唐龍朔間改爲繕工監，光宅間改爲營繕監；神龍間復爲將作監，置大匠、少匠。宋又稱爲監、少監。元有將作院，設院使七人，掌管製造金、玉、犀角、象牙各種服飾及織造、刺綉等事，職務已不同。明初曾設將作司，後隸屬工部，稱爲營繕所。參閱通典二七職官九諸卿下將作監、續通志一三四職官五金元官制下將作院。

【將$_2$門有將$_2$】將帥之家出將帥。史記七五孟嘗君傳：“文聞將門必有將，相門必有相。”三國志魏陳思王植傳陳審擧之義疏：“諺曰：‘相門有相，將門有將。’”南史王鎭惡傳：“宋武帝伐廣固，……且謂諸將曰：‘鎭惡，王猛孫，所謂將門有將。’”

【將計就計】利用其計反治其人。古今雜劇元缺名豫讓吞炭二：“咱今將計就計，決開堤口，引汾水灌安邑，絳水灌平陽，使智氏軍不戰自亂。”西遊記十六：“罷，罷，罷！與他個順手牽羊，將計就計，教他住不成罷！”

【將信將疑】半信半疑，未敢遽斷。文苑英華一〇〇〇唐李華弔古戰場文：“其存其歿，家莫聞知，人或有言，將信將疑。”

【將機就機】謂利用可乘之機。元曲選尚仲賢柳毅傳書三：“今日雖不成這樁親事，後日還要將機就機，報答他的大恩。”也作“將機就計”。古今雜劇元朱凱劉玄德醉走黃鶴樓三：“我如今將機就計，着這漁翁推切鱠走向前去，一劍刺了劉備，着後人便道劉備着個漁翁殺了，可也不干我事。”

【將錯就錯】因錯誤而曲就之。宋悟明聯燈會要二八道楷禪師：“祖師已是錯傳，山僧已是錯說，今日不免將錯就錯，曲爲今時。”宋陸游渭南文集二二數淨人求僧贊：“將錯就錯也不妨，只在檀那輕手撥。”

尉 1. wèi ㄨㄟˋ 於胃切，去，未韻，影。

㊀古官名。卽軍尉。春秋時有軍尉、輿尉。見左傳襄十九年。左傳閔二年：“羊舌大夫爲尉。”注：“尉，軍尉。”秦漢以太尉掌兵事，廷尉掌刑獄。漢時郡有都尉，縣有縣尉。其他如衛尉、校尉等，皆簡稱尉。漢書百官公卿表上“太尉，秦官”注引應劭：“自上安下曰尉，武官悉以爲稱。”㊁安慰。通“慰”。漢書六六車千秋傳：“思欲寬廣上意，尉安衆庶。”注：“尉安之事，本無心也。是以漢書往往存古體字也。”㊂熨平布帛。通“熨”。見“尉斗”。古讀於胃切或紆物切，今讀 yùn。㊃姓。春秋鄭大夫有尉止尉翩。見左傳襄十年。

2. yù ㄩˋ 紆物切，入，物韻，影。

㊄見“尉$_2$遲”、“尉$_2$遲恭”。

【尉斗】卽熨斗。資治通鑑一七四陳太建十二年：“（李）穆使渾奉尉斗於（楊）堅曰：‘願執威柄以尉安天下。’”北史、隋書李渾傳均作“熨斗”。尉，今讀 yùn。

【尉氏】㊀古官名。卽司寇。左傳襄二十一年：“將歸死於尉氏。”注：“尉氏，討姦之官。”㊁縣名。屬河南省。春秋鄭大夫尉氏的封邑，秦置縣。漢屬陳留郡。北齊廢。隋開皇六年復置，屬許州。明清皆屬開封府。參閱漢書地理志上“尉氏”注、元和郡縣志七汴州、太平寰宇記一東京上。

【尉佗】卽趙佗。秦末任囂爲南海尉，病將死，命眞定人趙佗行南海尉事，人因呼爲尉佗。詳“趙佗”。

【尉犂】漢時西域有尉犂城國，南與鄯善且末相接。見漢書九六下西域傳。清光緒間置新平縣。公元 1914 年改爲尉犂縣。在今新疆維吾爾自治區。參閱通志一九六四夷三尉犂。

【尉$_2$遲】複姓。與北魏同起的部族，號尉遲部。北魏孝文帝改爲尉遲氏。又唐時西域于闐國王姓尉遲氏。見舊唐書一九八西戎于闐傳。參閱通志二九氏族五代北複姓。

【尉頭】漢時西域城國，治尉頭谷。南接疏勒，西至捐毒。唐初爲龜茲所併。貞觀間於龜茲置尉頭州（新唐書“尉”作“蔚”）。地在新疆烏什縣境。參閱漢書九六上西域傳尉頭國，通志一九六四夷三尉頭、龜茲。

【尉薦】慰藉。漢書六七胡建傳：“貧亡車馬，常步與走卒起居，所以尉薦走卒，甚得其心。”又七六趙廣漢傳：“廣漢爲二千石，以和顏接士，其尉薦待遇吏，殷勤甚備。”

【尉藉】安慰，慰藉。後漢書二三竇融傳：“帝復遣席封賜融、友書，所以尉藉之甚備。”資治通鑑四二漢建武六年“所以尉藉之甚厚”注：“尉，與慰同。尉，安也。藉，薦也。尉以安於身上，藉以安於身下。”

【尉律學】漢興，蕭何草律，律令爲廷尉

所守，稱尉律。北史江式傳：“漢興，有尉律學，復教以籀書，又習八體，試之課最，以爲尚書史。吏人上書，省字不正，輒舉劾焉。”參閲說文解字敍及清段玉裁注。

【尉₂遲杯】 詞牌名。雙調，有一〇四字、一〇五字、一〇六字三體，又分平韻、仄韻兩體。明楊慎謂唐尉遲恭好酒，飲必用大杯，曲名取此。見楊慎詞品一詞名多取詩句。

【尉₂遲恭】 公元 585—658 年。字敬德。朔州善陽人。隋末，從軍高陽，以武勇著稱。曾隨劉武周起事。後降唐，從太宗擊敗王世充、竇建德、劉黑闥等。武德九年玄武門之變，殺太子建成、齊王元吉有功。始封吳國公，後封鄂國公。新、舊唐書皆有傳。

【尉繚子】 古兵書名。相傳爲戰國時尉繚所撰。其人始末未詳，或說是魏人，或說是齊人。漢書藝文志諸子略雜家類録有尉繚(子)二十九篇，兵書略兵形勢類又有尉繚三十一篇。雜家的尉繚，唐宋猶存，後亡佚。今存尉繚子五卷二十四篇，相傳卽漢書藝文志兵家三十一篇，但有散佚。宋元豐中，與孫子吳子司馬兵法三略六韜李衛公問對合稱武經七書。公元 1972 年，山東省臨沂銀雀山一號漢墓出土尉繚子竹簡三十六枚，有兵談守權攻權將理原官兵令等六篇。

【尉₂遲乙僧】 唐代名畫家。于闐國(今新疆和田縣)人。一說是吐火羅國人。父尉遲跋質那，以善畫聞名於隋。乙僧於貞觀初年至長安。精習父藝，工畫佛像、人物、花鳥。採用陰影法，利用光陰作用，使所畫物象具有凹凸的立體感。曾在長安慈恩寺塔前畫千手眼降魔像，精妙無比。時人稱其父爲大尉遲，乙僧爲小尉遲。參閲唐張彥遠歷代名畫記九、宋缺名宣和畫譜一。

九畫

尊 1. zūn ㄗㄨㄣ 祖昆切，平，魂韻，精。

㊀酒器。古代用作祭祀的禮器。銅器銘文常以尊彝二字聯用。形狀似觚而中部較粗，口徑較大，盛行於商代及西周。字別作“樽”、“罇”。禮明堂位：“尊用犧、象、山、罍。”注：“尊，酒器也。”㊁尊貴，高貴。與“卑”相對。易繫辭上：“天尊地卑，乾坤定矣。”㊂敬重，推崇。論語堯曰：“子曰：‘尊五美，屏四惡，斯可以從政矣。’”史記高祖紀：“乃詳尊懷王爲義帝，實不用其命。”㊃尊長，長輩。1.父。世說新語品藻：“劉尹(惔)至王長史(濛)許清言，時苟子(脩)年十三，倚牀邊聽。既去，問父曰：‘劉尹語何如尊？’長史曰：‘韶音令辭不如我，往輒破的勝我。’”2.舊稱帝王爲至尊，地方官爲府尊、縣尊。參見“家尊”、“至尊”。㊄對人的敬稱。見“尊公”、“尊兄”。㊅量詞。如佛像一尊，大礮一尊。㊆姓。傳爲尊盧氏之後。見廣韻魂韻“尊”引風俗通。參見“尊盧”。

尊

2. zǔn ㄗㄨㄣˇ

㊇貶損，謙遜。禮儒行：“其尊讓有如此者。”淮南子泰族：“恭儉尊讓者，禮之爲也。”參閲清王引之經義述聞二謙尊而光。

【尊人】 ㊀敬重別人。禮曲禮上：“夫禮者，自卑而尊人。”㊁對父母的敬稱。明王世貞弇州山人四部稿一一八與徐子與書之六：“某以殘臘辭二尊人，接淛東首，穀日抵青州任。”又之七：“汀差简，風物不下吳興，于二尊人甘旨差辦。”

【尊上】 ㊀尊敬長上。禮祭義：“致鬼神，以尊上也。”疏：“謂至於祭祀鬼神，是尊嚴其上也。以此教民，民亦尊上也。”㊁對別人父母的敬稱。宋書何子平傳：“(顧覬之)謂曰：‘尊上年實未八十，親故所知，州中差有微録，當啓相留。’”此指母。

【尊王】 尊重王室。春秋時諸侯割據，王室卑微，齊桓公、晉文公等相繼以“尊王”爲名，稱霸一時。史記太史公自序：“(趙衰)佐文尊王，卒爲晉輔。”文，指晉文公。秦漢統一後，尊王，指忠於統治王朝。漢蔡邕獨斷：“太史令司馬遷記事，當言帝則依違但言上，不敢渫瀆言尊號，尊王之義也。”

【尊公】 對別人父親的敬稱。三國志魏袁紹傳“十月至黎陽”宋裴松之注引魏氏春秋劉表遺(袁)譚書：“天篤降害，禍難殷流，尊公殂殞，四海悼心。”此稱譚父袁紹。世說新語言語：“郗(超)受假還東，(簡文)帝曰：‘致意尊公，家國之事，遂至於此！’”尊公指超父愔。

【尊兄】 對同輩年長者的敬稱。三國志魏武帝紀“盡收其輜重圖書珍寶，虜其衆”注引獻帝起居注：“(袁紹)從弟濟陰太守敍與紹書云：‘今海内喪敗，天意實在我家，神應有徵，當在尊兄。’”此指從兄。三國志蜀馬良傳：“良留荆州，與(諸葛)亮書曰：‘聞雒城已拔，此天祚也。尊兄應期贊世，配業光國，魄兆見矣。’”注：“臣(裴)松之以爲良蓋與亮結爲兄弟，或相與有親；亮年長，良故呼亮爲尊兄耳。”此指朋友之年長者。

【尊生】 猶養生。管子戒：“管仲復於桓公曰：‘無翼而飛者聲也；無根而固者情也；無方而富者生也。公亦固情謹聲，以嚴尊生，此謂道之榮。’”注：“言當固物情，謹聲教，嚴爲防禦，以尊其生。”

【尊老】 ㊀對父母的敬稱。南史何子平傳：“(子平)事母至孝。揚州辟從事史，月奉得白米，輒貨市粟麥。人曰：‘所利無幾，何足爲煩。’子平曰：‘尊老在東，不辦得米，何心獨饗白粲。’”㊁位高年老的人。北史万俟洛傳：“初，神武(高歡)以其父普尊老，特崇禮之，嘗親扶上馬。”唐義淨南海寄歸内法傳三師資之道：“但尊老之處，多座須安。”指年老望重的僧人。

【尊甫】 釋名釋親屬：“父，甫也。甫，始也；始生己也。”後尊稱別人的父親爲尊甫，本此。宋張方平樂全集三五祭女夫故河北路轉判官殿中丞蔡天申文：“此時尊甫，密勿近輔，棣萼聯華，剌車接部。”

【尊君】 ㊀尊敬君主。禮王制：“尊君親上，然後興學。”㊁對別人父親的敬稱。世說新語方正：“元方(陳紀)時年七歲，門外戲。客問元方：‘尊君在不？’答曰：‘待君久不至，已去。’”紀，陳寔子。晉書王述傳：“(桓)温欲爲子求婚於坦之。……坦之乃辭以他故。温曰：‘此尊君不肯耳。’”尊君，稱坦之父述。世說新語方正作“尊府君”。

【尊位】 尊貴崇高的地位。易大有：“彖曰：‘大有柔得尊位。’”也指帝位。史記八七李斯傳對二世書：“明主聖王之所以能久處尊位，長執重勢，而獨擅天下之利者，非有異道也，能獨斷而審督責，必深罰，故天下不敢犯也。”

【尊府】 ㊀對別人父親的敬稱。猶尊父、尊公、尊侯。唐韓愈昌黎集二一送湖南李正字序：“貞元中，愈從太傅隴西公平汴州，李生之尊府，以侍御史管汴之鹽鐵，日爲酒殺羊享賓客。”宋朱熹考異：“府或作父。”㊁對他人住宅的敬稱。清孔尚任桃花扇偵戲：“這不難，就送三百金到尊府，憑君區處便了。”

【尊長】 對長輩的敬稱。禮少儀：“有尊長在則否。”抱朴子自敍：“或爲尊長所逼問，辭不獲已，其論人也則獨舉彼體中之勝事而已；其論文也則撮其所得之佳者，而不指摘其病累。”

【尊者】 ㊀長輩。禮喪服小記：“養尊者

必易服，養卑者否。"注："尊謂父兄，卑謂子弟之屬。"㊁地位尊貴的人。公羊傳閔元年："春秋爲尊者諱，爲親者諱，爲賢者諱。"㊂佛教對和尚的尊稱。卽梵語阿梨夷，謂具備德智而可尊敬的人。宋僧元照四分律行事鈔資持記下三："尊者，謂臘高德重，爲人所尊。"

【尊門】對別人的家族、一家或門第的敬稱。三國志蜀法正傳："若事窮勢迫，將各索生，……不爲明將軍盡死難也，而尊門猶當受其憂。"此指家族。三國志吳劉繇傳王朗遺孫策書："劉正禮昔初臨州，未能自達，實賴尊門爲之先後；用能濟江成治，有所處定。"此指一家之人。晉書傅玄傳附傅咸與司馬亮書："比四造詣，及經過尊門，冠蓋車馬，填塞街衢。"此指住宅。

【尊命】㊀禮表記："夏道尊命，事鬼敬神而遠之，近人而忠焉。"疏："尊重四時政教之命，使人勸事樂功也。"㊁對別人的囑咐的敬稱。舊時書信中稱對方所囑爲尊命。

【尊祖】㊀尊崇祖先。詩大雅生民序："生民，尊祖也。"㊁對別人祖父的敬稱。晉書庾峻傳："(蘇)林嘗就乘學，見峻流涕，良久曰：'尊祖高才而性退讓，……不營當世，惟修德行而已。'"乘，庾峻祖父。

【尊前】㊀在酒樽之前。指宴飲時。全唐詩五五六馬戴贈友人邊遊回："尊前語盡北風起，秋色蕭條胡雁來。"㊁尊長之前。舊時書信中對父輩的敬語。

【尊俎】古代盛酒肉的器皿。尊爲酒器，俎爲載肉之具。也作"樽俎"。禮樂記："鋪筵席，陳尊俎。"常用爲宴席的代稱。戰國策齊五："千丈之城，拔之尊俎之間；百尺之衝，折之衽席之上。"參見"折衝尊俎"。

【尊侯】對別人父親的敬稱。世說新語言語："中朝有小兒，父病，行乞藥。主人問病，曰：'患瘧也。'主人曰：'尊侯明德君子，何以病瘧？'"

【尊拳】謔語。指別人的拳頭。世說新語文學"劉伶著酒德頌"注引竹林七賢論："嘗與俗士相牾，其人攘袂而起，欲必築之，伶和其色曰：'雞肋豈足以當尊拳！'其人不覺廢然而返。"亦見晉書劉伶傳。意謂瘦如雞肋，不堪一擊。宋陸游劍南詩稿三二自規："但能常閉門，尊拳貸雞肋。"

【尊師】㊀尊敬師長。禮學記："大學之禮，雖詔於天子，無北面，所以尊師也。"漢班固白虎通王者不臣："不臣授受之師者，尊師重道，欲使極陳天人之意也。"㊁對道士的敬稱。唐齊己白蓮集一經吳平觀詩："老鶴心何待，尊師鬢已乾。"

【尊宿】對前輩有重望的人的敬稱。景德傳燈錄十五令遵禪師："諸上坐盡是久處叢林，徧參尊宿，且作麽生會佛意，試出來大家商量，莫空氣高。"宋蘇軾東坡集續集六與楊君素書之二："某去鄉二十一年，里中尊宿，零落殆盡。"

【尊章】卽舅姑。對丈夫父母的敬稱。漢書五三廣川惠王越傳："背尊章，嫖以忽，謀屈奇，起自絕。"注："尊章，猶言舅姑也。今關中俗婦呼舅爲鍾，鍾者，章聲之轉也。"唐韓愈昌黎集二八扶風郡夫人墓誌銘："協於尊章，畏我侍側。"

【尊堂】對別人母親的敬稱。晉陸雲陸士龍集十答車茂安書："尊堂憂灼，賢姊涕泣，上下愁勞，舉家慘慼。"

【尊號】尊崇帝、后的稱號。史記秦始皇紀二六年："臣等謹與博士議曰：'古有天皇，有地皇，有泰皇。泰皇最貴。'臣等昧死上尊號，王爲'泰皇'。"漢書高帝紀下五年："大王功德之著，於後世不宣。昧死再拜上皇帝尊號。"又嗣位皇帝尊前皇帝爲太上皇，尊前皇后爲皇太后、太皇太后，也稱上尊號。唐以後，更在帝、后號之上再加稱號。如唐武后加尊號爲聖神皇帝，中宗爲應天神龍皇帝，玄宗爲開元神武皇帝。參閱唐封演封氏聞見記四尊號、宋葉夢得石林燕語五。

【尊經】尊重經典。唐宋之問集下遊雲門寺詩："維舟探静域，作禮事尊經。"指佛經。宋史一五六選舉志二："臣僚請遵天聖元祐故事，以經題爲第一篇，然後雜出九經、語、孟内註疏或子史正文，以見尊經之意。"指儒家經典。

【尊閫】對別人妻子的敬稱。明朱京藩小青娘風流院傳奇復合："足下尊閫，被老夫略施小計，攝取來此，並柳郎麗娘一同出檻了。"

【尊駕】對帝王的敬稱。爲避免直指其人，故以其車駕代稱。晉書王鑒傳勸親征疏："愚謂尊駕宜親幸江州。"後泛用爲對別人的敬稱。猶言台駕、大駕。

【尊範】對別人容貌的稱呼。聊齋志異五章阿端："生醒視之，則一老大婢，……笑曰：'尊範不堪承教！'"

【尊親】㊀尊敬父母或祖輩。漢書七三韋玄成傳："尊親之大義，五帝、三王所共，不易之道也。"㊁指祖輩及父母。舊唐書七八于志寧傳諫太子書："或家有尊親，闕於溫凊。"

【尊盧】傳說古帝名。莊子胠篋："昔者容成氏……尊盧氏……當是時也，民結繩而用之。"文選晉左太沖(思)魏都賦："尊盧赫胥，羲農有熊。"

【尊彝】古代酒器。也泛指祭祀用的禮器。古銅器銘文常以尊彝二字連稱，宋人始以某種酒器單稱尊。周禮春官司尊彝："司尊彝，掌六尊六彝之位。"尊，也作"樽"。國語周中："奉其犧象，出其樽彝。"參見"六尊"、"六彝"。

【尊嚴】莊重而有威嚴。荀子致士："尊嚴而憚，可以爲師。"漢書成帝紀贊："臨朝淵嘿，尊嚴若神，可謂穆穆天子之容者矣！"

【尊屬】親屬中的長輩。有直系旁系之別，直系如父母、祖父母、曾祖父母，旁系如伯叔祖父母，母之兄弟姊妹，兄及未嫁之姊。資治通鑑三六漢平帝元始三年："紅陽侯王立，莽之尊屬。"注："立，莽叔父也。"漢書九八元后傳作"莽諸父"。

【尊顯】尊貴顯赫，使尊貴顯赫。韓非子姦劫弒臣："凡人臣者，有罪固不欲誅，無功者皆欲尊顯。"漢書高帝紀十一年："賢士大夫有肯從我遊者，吾能尊顯之。布告天下，使明知朕意。"

【尊大人】對別人父母的敬稱。晉陸雲陸士龍集十答車茂安書："尊大人、賢姊上下，當爲喜慶，歌舞相送，勿爲慮也。"此指母。

【尊大君】對別人父親的敬稱。猶言尊君。晉書謝鯤傳："溫嶠嘗謂鯤子尚曰：'尊大君豈惟識量淹遠，至於神鑒沈深，雖諸葛瑾之喻孫權不過也。'"

【尊夫人】對別人母親的敬稱。唐韓愈昌黎集二九貞曜先生墓誌銘："年幾五十，始以尊夫人之命，來集京師，從進士試。"又隋末竇建德將王琮俘獲鄭善果，謂曰："公隋室大臣也，自尊夫人亡後，而清稱益衰。"見舊唐書六二鄭善果傳。後也稱別人之妻爲尊夫人。

【尊足山】佛經中地名。卽雞足山，摩訶迦葉入定之處。唐玄奘大唐西域記九摩揭陁國下："莫訶河東入大林，野行百餘里，至屈屈吒播陀山(唐言雞足)，亦謂窶盧播陀山(唐言尊足)。……其後尊者大迦葉波，居中寂滅，不敢指言，故云尊足。"參見"雞足山㊀"。

【尊前集】詞集名。不著編者姓名，相傳爲五代或宋初人編。二卷。所錄皆唐五代人的小詞，共三十七家，二百八十九首，與趙崇祚的花間集並行。宋沈義父樂府指迷著錄。今本爲明萬曆間顧梧芳所刻。

【尊經閣】舊時學宮藏書的地方。舊學以經爲重,故稱尊經。

【尊古卑今】猶言厚古薄今。莊子外物:"夫尊古而卑今,學者之流也。"也作"尊古賤今"。淮南子修務:"世俗之人,多尊古而賤今,故爲道者必託之於神農黄帝而後能入說。"

【尊聞行知】重視所聞之言,力行所知之事。漢書五六董仲舒傳:"曾子曰:'尊其所聞,則高明矣;行其所知,則光大矣。'"大戴禮曾子疾病作:"君子尊其所聞,則高明矣;行其所聞,則廣大矣。"

尌 shù ㄕㄨˋ 常句切,去,遇韻,禪。

樹立,建立。通"樹"。易緯乾坤鑿度下聖人象卦:"庖犧氏曰:上山增艮,定風尌信。"

尋 xún ㄒㄩㄣˊ 徐林切,平,侵韻,邪。

㊀古長度單位。八尺爲一尋。詩魯頌閟宮:"是斷是度,是尋是尺。"箋:"八尺曰尋。"後來凡物之長、廣、高都叫尋。方言一:"自關而西秦晉梁益之間,凡物長謂之尋。周官之法,度廣爲尋。"文選晉左太沖(思)魏都賦:"碩果灌叢,圍木竦尋。"指高度。㊁見"尋常"。㊂找尋,探求。晉陶潛陶淵明集五桃花源記:"太守卽遣人隨其往,尋向所誌,遂迷,不復得路。"㊃使用。左傳莊二十八年:"先君以是舞也,習戎備也。今不尋諸仇讎而於未亡人之側,不亦異乎?"㊄重新加温。通"燖"。左傳哀十二年:"若可尋也,亦可寒也。"疏引鄭玄注:"尋,温也。"也引申爲重修舊好。參見"尋盟"。㊅相繼,接着。三國志蜀魏延傳:"延尋悔,追之已不及矣。"後漢書六二陳寔傳:"家貧,復爲郡西門亭長,尋轉功曹。"㊆依附,寄託。晉陸機陸士衡集悲哉行詩:"女蘿亦有託,蔓葛亦有尋。"

【尋丈】古代指八尺至一丈左右的長度。管子明法:"有尋丈之數者,不可差以長短。"唐韓愈昌黎集十五至鄧州北寄上襄陽于相公書:"夫澗谷之水,深不過咫尺;丘垤之山,高不能踰尋丈。"

【尋木】大木。山海經海外北經:"尋木長千里,在拘纓南,生河上西北。"文選晉左太沖(思)吳都賦:"西蜀之於東吳,小大之相絕也,亦猶棘林螢燿,而與夫尋木龍燭也。"李善注本作"榑木"。

【尋引】古代八尺爲尋,十丈爲引。指木工量度長短之事。唐柳宗元柳先生集十七梓人傳:"所職尋引規矩繩墨,家不居礱斲之器。"

【尋究】探索,研究。藝文類聚七五南朝梁元帝洞林序:"余幼學星文,多歷歲稔。海中之書,略皆尋究。"

【尋甸】縣名。屬雲南省。漢滇國地,元至元十三年爲仁德府。明改爲尋甸府。清改爲州,屬曲靖府。公元 1913 年改縣。參閱嘉慶一統志四八四曲靖府。

【尋味】探索,玩味。世說新語文學:"莊子逍遥篇舊是難處。……支(遁)卓然標新理於二家之表,立異義於衆賢之外,皆是諸名賢尋味之所不得。"二家,指注莊子的向秀郭象。

【尋春】探賞春景。全唐詩八四陳子昂晦日宴高氏林亭:"尋春遊上路,追宴入山家。"唐孟浩然集三重詶(酬)李少府見贈詩:"五行將禁火,十步想尋春。"

【尋思】考慮,思索。後漢書七六劉矩傳:"民有爭訟,矩常引之於前,提耳訓告;以爲忿恚可忍,縣官不可入,使歸更尋思。訟者感之,輒各罷去。"才調集四張泌寄人詩之二:"倚柱尋思倍惆悵,一場春夢不分明。"

【尋幽】㊀尋覓幽雅的地方或境界。唐李白李太白詩二十春陪商州裴使君遊石娥溪:"尋幽殊未歇,愛此春光發。"唐司空圖詩品:"可人如玉,步屧尋幽。"㊁探求深奥的道理。北史楊伯醜傳:"時有張永樂者,賣卜京師,伯醜每從之遊。永樂爲卦有不能決者,伯醜輒爲分析爻象,尋幽入微。"

【尋問】探問。北史孫靈暉傳:"得惠蔚手録章疏,研精尋問,更求師友。"惠蔚,靈暉族曾祖。

【尋常】㊀指短距離或小面積。左傳成十二年:"諸侯貪冒,侵欲不忌,爭尋常以盡其民。"注:"八尺曰尋,倍尋曰常。言爭尺丈之地,以相攻伐。"國語周下:"夫目之能察也,不過步武尺寸之間;其察色也,不過墨丈尋常之間。"㊁普通,平常。唐杜甫杜工部草堂詩箋十二曲江之二:"酒債尋常行處有,人生七十古來稀。"劉禹錫劉賓客文集四烏衣巷詩:"舊時王謝堂前燕,飛入尋常百姓家。"

【尋覓】尋找。晉書郭璞傳:"復云此樹應有大鵲巢。衆索之不得,璞更令尋覓,果於枝間得一大鵲巢,密葉蔽之。"唐李商隱李義山詩集五題二首後重有戲贈任秀才:"峽中尋覓長逢雨,月裏依稀更有人。"疊用作"尋尋覓覓"。宋李清照漱玉詞聲聲慢:"尋尋覓覓,冷冷清清,凄凄慘慘戚戚。"

【尋趁】尋覓,尋找。宋杜安世壽域詞玉闌干:"幾回獨睡不思量,還悠悠夢裏尋趁。"元曲選缺名風雪漁樵記三:"小孩兒每掿着銅錢,兜着米豆,則他把我似鬧風兒尋趁。"

【尋陿】古地名。在今廣東始興縣附近。漢元鼎六年樓船將軍楊僕南征,攻破尋陿石門,卽此地。見漢書九五西南夷傳。史記作"尋陝"。索隱:"姚氏云:尋陝在始興西三百里,近連口也。"

【尋陽】㊀縣名。1. 西漢置尋陽縣,屬廬江郡。治所在今湖北廣濟縣東北、黄梅縣西南。東晉咸和中移治江南的柴桑,義熙八年併入柴桑縣。參閱資治通鑑二一漢元封五年"自尋陽浮江"注。2. 隋開皇九年改柴桑縣爲尋陽縣。治湓口城,卽今江西九江市。大業初改名湓城。㊁郡名。西晉永興元年分廬江武昌二郡地置,治所尋陽,東晉咸和中移治柴桑(今九江市西南),南朝梁太清中移治湓口城(今九江市),隋開皇九年廢。參閱漢書二八上地理志、讀史方輿紀要八五九江府、嘉慶一統志三四〇黄州府一。

【尋盟】重申前盟或舊約。左傳哀十二年:"寡君以爲苟有盟焉,弗可改也已。若猶可改,日盟何益。今吾子曰:'必尋盟。'若可尋也,亦可寒也。"注:"尋,重也。寒,歇也。"疏:"言尋盟者皆以前盟已寒,更温之使熱。温舊卽是重義,故以尋爲重。"寒盟,指違背盟約。參見"寒盟"。

【尋鄔】㊀水名。在江西尋烏縣東。源出尋鄔堡,南流入廣東龍川之赤石渡,又流入興寧縣爲杜田河。參閱讀史方輿紀要八八江西贛州府長寧縣、嘉慶一統志三三〇贛州府一。㊁縣名。屬江西省。漢雩都縣地,唐宋以後爲安遠縣地。明萬曆四年分置長寧縣,屬贛州府。清沿置。公元 1914 年改爲尋鄔縣,因縣東有尋鄔水得名。公元 1957 年改名尋烏縣。

【尋橦】漢代雜技名。橦,竿木。緣竿演技,叫做尋橦。文選漢張平子(衡)西京賦:"烏獲扛鼎,都盧尋橦。"唐王建詩二有尋橦歌。舊唐書七六恒山王承乾傳:"命戶奴數十百人,專習伎樂,學胡人椎結,剪綵爲舞衣,尋橦跳劍,晝夜不絕。"參見"都盧"。

【尋繹】㊀推求,探索。漢書八九黄霸傳:"米鹽靡密,初若煩碎,然霸精力能推行之。吏民見者,語次尋繹,問它陰伏,以相參考。"注:"繹謂抽引而出也。"舊唐書七九呂才傳:"太宗嘗覽周武帝所撰三局象經，不曉其旨。…… 乃召才問焉。才尋繹一宿，便能作圖解釋。"㊁推移，更替。晉陶潛陶淵明集三己酉歲九月九日詩:"萬化相尋繹，人生豈不勞。"

【尋親記】傳奇名。又名周羽敎子尋親記。明人撰，姓名不詳。記周羽被奸人陷害，其子瑞隆棄職尋親事。現存明萬曆刻本，署"劍池王錂重訂"，爲王氏重訂元人戲文敎子尋親記而成。

【尋死覓活】求死。覓活是加强尋死的修辭用法。元明雜劇元缺名十探子大鬧延安府一:"一個老人家，你這般尋死覓活的，有甚麽冤屈的事，你和我説者。"

【尋行數墨】只會背誦文句，而不明義理。景德傳燈録二九南朝梁寶誌大乘讚:"口内誦經千卷，體上問經不識。不解佛法圓通，徒勞尋行數墨。"宋朱熹朱文公集十易詩之一:"須知三絶韋編者，不是尋行數墨人。"

【尋花問柳】見"問柳尋花"。

【尋枝摘葉】比喻追求事物次要的、非根本性的東西。宋嚴羽滄浪詩話詩評:"建安之作，全在氣象，不可尋枝摘葉。"

【尋根究底】追究根由底細。紅樓夢三九回回目:"村老老是信口開河，情哥哥偏尋根究底。"

【尋章摘句】搜尋、摘取文章的片斷詞句。指讀書局限於文字的推求。三國志吴孫權傳"屈身於陛下，是其略也"南朝宋裴松之注引吴書:"(趙)咨曰:'吴王……博覽書傳歷史，藉採奇異，不效諸生尋章摘句而已。'"咨，吴使者;吴王，孫權。唐李賀歌詩編一南園詩之六:"尋章摘句老雕蟲，曉月當簾掛玉弓。"

十一畫

對 duì ㄉㄨㄟˋ 都隊切，去，隊韻，端。

㊀應答。詩大雅桑柔:"聽言則對，誦言如醉。"㊁向着，嚮。史記一〇三萬石君傳:"子孫有過失，不誰讓，爲便坐，對案不食。"㊂匹配，敵手。詩大雅皇矣:"帝作邦作對，自大伯王季。"傳:"對，配也。"三國志吴陸遜傳:"劉備天下知名，曹操所憚，今在境界，此彊對也。"㊃配偶。後漢書八三梁鴻傳:"(孟光)擇對不嫁，至年三十。"㊄複核。宋沈括夢溪筆談八象數:"以兩司奏狀對勘，以防虚僞。"事情相符合的稱對，不符合的稱不對。㊅文體的一種。卽奏對、對策。南朝梁劉勰文心雕龍五議對:"公孫(弘)之對，簡而未博，然總要以約文，事切而情舉。"㊆楹帖文皆對偶，所以稱對聯、對子，簡稱對。㊇量詞，猶言雙。金史輿服志中天子衮冕:"衮，……上下襟華蟲、火各六對，虎、蜼各六對。"

【對日】東漢建和元年正月日食，京師不見。太后下詔問黄琬祖父黄瓊，思其對而未知所答，琬年七歲，在傍説道:"何不言日食之餘，如月之初?"見後漢書六一本傳。後因以對日爲稱人早慧的典故。北周庾信庾子山集四傷王司徒褒詩:"青衿已對日，童子卽論天。"

【對手】㊀指比賽技藝。唐姚合姚少監集六獨居詩:"翻音免問他人字，覆局何勞對手棋。"宋孫光憲北夢瑣言一日本國王子棊:"唐宣宗朝，日本國王子入貢，善棋，帝令待詔顧思言與之對手。"㊁本領相當的人。水滸七四:"小乙自幼跟盧員外學得這身相撲，江湖上不曾逢着對手。"

【對句】舊體詩賦中，兩句的意義互相對照的叫對句。如言對、事對、正對、反對等。南朝梁劉勰文心雕龍七麗辭:"張華詩稱遊雁比翼翔，歸鴻知接翮，……若斯重出，卽對句之駢枝也。"

【對仗】㊀唐制，皇帝御正殿，設儀仗，中書、門下及三品官奏事，御史彈劾百官，都是對着儀仗上奏，稱對仗奏事。其後許敬宗李義府等擅權，奏事官不願他人聞知，多待儀仗下殿，史官和諫官退朝，纔在皇帝面前屏去左右密奏。見資治通鑑二一二開元五年、唐會要二五五百官奏事。㊁詩賦等的對偶，也叫對仗。

【對汛】舊時兩國邊境接壤處，各派兵巡邏守備，稱爲對汛。

【對局】兩人對着下棋。局，棋盤。北史魏收傳:"子建每曰:'……且吾未爲時用，博弈可也。'及一臨邊事，凡經五年，未曾對局。"子建，收父。

【對青】竹名。宋張淏雲谷雜記竹之異名:"成都古今注云: 對青竹，竹黄而溝青，故每節若間出云。此竹今浙中亦有之，唯會稽頗多，彼人呼爲'黄金間碧玉'。"(説郛三十)又見許觀東齋記事。

【對門】㊀門户相對。唐王維王右丞集一洛陽女兒行:"洛陽女兒對門居，纔可容顏十五餘。"㊁夫妻配合，門當户對。古今雜劇元關漢卿詐妮子調風月一:"怕不依隨，蒙君一夜恩。争奈忒達地，忒知根;兼上親上成親好對門。"

【對狀】受審時訴述案情。狀，訴訟的供詞。漢書十九爰盎傳:"人有告盎，盎恐，夜見竇嬰，爲言吴所以反，願至前，口對狀。"

【對枰】下圍棋。元蔣子正山房隨筆:"聶命對枰，連敗數局。"

【對面】當面相對。易艮晉王弼注:"凡物對面而不相通，否之道也。"舊唐書六六房玄齡傳:"每爲我兒陳事，必會人心，千里之外，猶對面語耳。"

【對峙】相對而立。唐楊炯楊盈川集一浮漚賦:"排兩足而分規，擘波心而對峙。"

【對食】㊀面對食物。唐杜甫杜工部草堂詩箋十二夏日歎:"對食不能飡，我心殊未諧。"㊁宫人相約爲夫婦。指同性戀愛。漢書九七下孝成趙皇后傳:"(道)房與(曹)宫對食。"注:"宫人自相與爲夫婦名對食。"

【對脉】切脉。唐令狐澄大中遺事:"唐宫中以診脉爲對脉。"(説郛七四)宋王讜唐語林二政事下:"宣宗微疾，召醫工梁新對脉。"

【對待】兩方並峙。元張憲玉笥集九登齊政樓詩:"萬古晨昏常對待，兩丸日月自雙飛。"

【對家】對手。三國志魏文帝紀評"文帝天資文藻，……才藝兼該"注引曹丕典論自敍:"余少曉持複，自謂無對。……後從陳國袁敏學，以單攻複，每爲若神，對家不知所出。"參見"持複"。

【對值】對親，男女訂爲婚姻。唐李賀歌詩編一唐歌兒杜豳公之子詩:"東家嬌娘求對值，濃笑畫(一作書)空作'唐'字。"

【對副】對待，適應。宋陳亮龍川集十九復陸伯壽書:"事時日以新，天意未易測度，但看人事對副如何耳。"又二一與范東叔龍圖書之二:"時有翻覆無常，天運所至，亦看人事對副如何?"

【對偶】㊀卽對手。晉書周顗傳:"顗在中朝時，能飲酒一石，及過江，雖日醉，每稱無對偶。"㊁詩文以類排比，字面音節，兩兩相對，稱對偶。宋魏泰臨漢隱居詩話:"前輩詩多用故事，其引用比擬，對偶親切，亦甚有可觀者。"

【對詔】唐代科舉考試的一種文體。新唐書一一二員半千傳:"羈丱通書史，客晉州，州舉童子，房玄齡異之。對詔高第，已能講易老子。"

【對越】配稱。詩周頌清廟:"濟濟多士，秉文之德，對越在天，駿奔走在廟。"箋:"對，配;越，於也。"猶言德配於天。文選漢班孟堅(固)典引:"發祥流慶，對越天地者，舄奕乎千載。"清陳奐詩毛氏傳疏訓越爲揚;對越,猶言對揚。

【對揚】對答稱揚,舊時多對王命而言。書説命下:"敢對揚天子之休命。"傳:"對,答也。答受美命而稱揚之。"詩大雅江漢:"虎拜稽首,對揚王休。"又作"對敭"。宋書武帝紀晉義熙三年:"其降承嘉策,對敭朕命。"敭,"揚"的異體字。後轉指臣子在皇帝面前進對。南朝梁劉勰文心雕龍章表:"原夫章表之爲用也,所以對揚王庭,昭明心曲。"周書王軌傳:"軌誚(賀若)弼曰:'平生言論,無所不道,今者對揚,何得乃爾翻覆?'"參閱宋程大昌考古編十對揚。

【對換】即兑换。文獻通考九錢幣二歷代錢幣之制:"至嘉定十四年,詔造湖廣會子二十萬,對換破損會。"參見"兑换"。

【對策】自漢以來考試取士,以政事、經義等設問並寫在簡策上,讓應考者對答,叫作對策。史記一一二平津侯傳:"太常令所徵儒士各對策,百餘人,(公孫)弘第居下。"南朝梁劉勰文心雕龍議對:"又對策者,應詔而陳政也;射策者,探事而獻説也。……二名雖殊,即議之別體也。"參見"射策"。

【對禁】指太子宫和尚書省。文選南朝宋顔延年(延之)直東宫答鄭尚書詩:"兩閨阻通軌,對禁限清風。"注:"兩閨,謂東宫及中臺也。"時延之爲太子舍人,鄭鮮之爲都官尚書。唐呂向注以兩閨爲皇宫與太子宫,俱在禁省,故云對禁。

【對當】元時俗語,即對答。當,助詞,無義。元曲選鄭德輝㑇梅香三:"全不想可可的老夫人偏撞上,你便有口呵怎對當。"又吴昌齡東坡夢四:"一句句對當,一句句對當,總不離一曲滿庭芳。"

【對敭】見"對揚"。

【對蔚】林木茂盛貌。對,通"薱"。後漢書六〇上馬融傳廣成頌:"豐彤對蔚,崟領㠁爽。"注:"對,音徒對反。"

【對耦】配耦,夫婦。左傳昭二年"非伉儷也"唐孔穎達疏:"言少姜是妾,非敵身對耦之人也。"

【對膠】製墨時用膠乳同煙粉混合,使煙粉凝固,書寫的字有光澤,經久不變。南唐李庭珪世代製墨,其對膠法祕不傳人。宋沈珪作墨,用新舊膠乳同煙粉混合,製成佳品。自寫墨銘説:"沈珪對膠,十年如石,一點如漆。"參閱宋米芾墨史上、何薳春渚紀聞八漆煙對膠、張淏雲谷雜記四王象先作書。

【對頭】仇人,怨家。元曲選缺名謝金吾楔子:"那楊家須是我的對頭。"水滸四八:"相煩足下對李大官人説,俺梁山泊宋江久聞大官人大名,無緣不曾拜會。今因祝家莊和俺們做對頭,經過此間,……只求一見,別無他意。"(一百二十回本)

【對壘】兩軍交戰,各築壘防禦,故稱雙方相持爲對壘。晉書宣帝紀:"與之對壘百餘日,會(諸葛)亮病卒,諸將燒營遁走。"

【對簿】猶受審問。審問時據狀文核對事實,故稱對簿。簿,獄辭的文書,相當後來的起訴狀。史記一〇九李廣傳:"大將軍(衛青)使長史急責廣之幕府對簿。"

【對鰕】海蝦之一,即龍蝦。本草綱目四四海鰕引唐劉恂嶺表録:"閩中有五色鰕,亦長尺餘,彼人兩兩乾之,謂之對鰕,以充上饌。"同産於我國黄海渤海等處又稱明蝦、斑節蝦的對蝦,别爲一種。

【對酒歌】樂府相和曲名。亦作對酒行。樂府詩集二七對酒引樂府解題:"魏樂奏武帝所賦對酒歌太平,其旨言王者德澤廣被,政理人和,萬物咸遂。"南朝梁范雲、北周庾信、唐李白等,均有是題。

【對讀官】科舉時代鄉會試的考試墨卷,由謄録生用硃筆謄寫爲硃卷;再交對讀所核對,主管對讀事務的官叫對讀官。清代例於府佐貳首領和州縣正佐内,從正途出身的官員中選用。見清會典事例三三六禮部貢舉。

【對牛彈琴】比喻同不懂道理的人講道理。弘明集一漢牟融理惑論:"公明儀爲牛彈清角之操,伏食如故,非牛不聞,不合其耳矣。"宋惟白集建中靖國續燈録二二汝能禪師:"對牛彈琴,不入牛耳。"也作對牛鼓簧。莊子齊物論"非所明而明之,故以堅白之昧終"晉郭象注:"是猶對牛鼓簧耳,彼竟不明,故己之道術終於昧然也。"

【對牀夜雨】風雨之夜,兩人對牀共語,形容兄弟或朋友聚會的快樂。唐白居易長慶集五六雨中招張司業宿詩:"能來同宿否,聽雨對牀眠。"宋蘇軾分類東坡詩二二東府雨中別子由:"對牀定悠悠,夜雨空蕭瑟。"又二一送劉寺丞赴餘姚:"中和堂後石楠樹,與君對牀聽夜雨。"參見"夜雨對牀"。

【對證用藥】醫生針對病人的證狀,相應用藥。宋陽枋字溪集八編類錢氏小兒方證説:"凡小兒關節脉理百骸九竅五臟六腑,粲然在目,故能察病論證,對證用藥,如指諸掌。"後引申爲實事求是,有的放矢。宋袁甫蒙齋集四祕書少監上殿第二劄子:"察脈觀證,對病用藥,鑿鑿精實,勿使空談。"也作"對證下藥"。朱子語類四二論語二三:"克己復禮,便是捉得病根,對證下藥。"

十三畫

導 dǎo ㄉㄠˇ 徒到切,去,号韻,定。

㊀指引,引導。孟子離婁下:"有故而去,則君使人導之出疆。"墨子非儒下:"其道不可以期世,其學不可以導衆。"㊁疏通,開發。書禹貢:"導岍及岐,至于荆山。"國語周上:"夫王人者,將導利而布之上下者也。"注:"導,開也。"這指開發資源。㊂選擇。本字作𨙻。文選漢司馬長卿(相如)封禪文:"徵麋鹿之怪獸,導一莖六穗於庖。"注:"鄭玄曰:導,擇也。"參閱清黄生字詁𨙻。㊃引頭髮入冠幘的器具。晉書桓玄傳:"益州督護馮遷抽刀而前,玄拔頭上玉導與之。"參見"玉導"。

【導引】㊀古醫家的一種養生術。指呼吸俯仰,屈伸手足,使血氣流通,促進身體健康。也作"道引"。素問異法方宜論:"其民食雜而不勞,故其病多痿厥寒熱,其治宜導引按蹻。"後漢書五二崔駰傳附崔寔政論"夫熊經鳥伸"注引莊子:"吹呴呼吸,吐故納新,熊經鳥伸,此導引之士,養形之人也。"今本莊子刻意作"道引"。㊁走在前頭引路。楚辭漢王褒九懷尊嘉:"蛟龍兮導引,文魚兮上瀨。"注:"虬螭,水禽,馳在前也。"也指官吏出行的前驅。三國志吴諸葛恪傳:"命恪備威儀,作鼓吹,導引歸家。"

【導江】縣名。在四川灌縣東。三國蜀置都安縣。唐武德二年取禹貢"岷山導江"之義,置導江縣,屬彭城,宋屬永康軍。元廢。參閱元和郡縣志三一彭州、讀史方輿紀要六六四川成都府灌縣。

【導官】官名。漢置,少府的屬官,主掌御用和祭祀的米食乾糒。後漢屬大司農。導官令一人,六百石。丞一人。員吏百一十二人。見漢書百官公卿表上、後漢書百官志三。

【導服】父母死,守孝期滿,除去喪服時的祭祀。古文作"導",今文作"禫"。説文㕮部㐁,木部棪,穴部窔,都有"三年導服"之説。儀禮士虞禮"中禫而祭"漢鄭玄注:"古文禫或爲導。"參閱清段玉裁説文解字注"禫"、"㐁"注。

【導師】佛教語。引導人成佛的人,是佛菩薩的通稱。又佛教説法時,担任唱經表白者,也稱導師。法華經序品:"最後天中天,號曰燃燈佛。諸仙之導師,度脱無量衆。"宋贊寧大宋僧史略中國師:"導師之名而含二義,若法華經中,商人白導師言,此卽引路指迷也。若唱導之師,此卽表白也。"

【導從】官僚出行時,其前驅者稱導,後隨者稱從。後漢書輿服志上:"公卿以下至縣三百石長導從,置門下五吏、賊曹、督盜賊功曹,皆帶劍,三車導;主簿、主記,兩車爲從。"

【導諛】阿諛、曲意逢迎。史記越王句踐世家:"居三年,句踐召范蠡曰:'吴已殺子胥,導諛者衆,可乎?'"漢桓寬鹽鐵論孝養:"巧言以論政,導諛以求合。"

【導行費】漢時,地方進貢朝廷,要先另送物品給中署,實際上是宫廷在正賦以外的勒索名目。後漢書七八宦者傳:"時(靈)帝多稿私臧,收天下之珍,每郡國貢獻,先輸中署,名爲'導行費'。"

小部

小

xiǎo 私兆切,上,小韻,心。ㄒㄧㄠˇ

㊀與"大"相對。墨子魯問:"世俗之君子,皆知小物而不知大物。"㊁狹隘,不足。書仲虺之誥:"好問則裕,自用則小。"㊂短暫。見"小住"。㊃稍微,略。孟子盡心下:"其爲人也小有才。"㊄輕視,覺得小。左傳桓四年:"秦師侵芮,敗焉,小之也。"孟子盡心上:"孔子登東山而小魯,登太山而小天下。"㊅年幼。見"小年㊀"。㊆用於謙稱。見"小子"、"小生"。㊇小人,指品質不好或地位低微的人。漢書三六劉向傳上封事:"衆小在位而從邪議。"世説新語容止:"見羣小滿屋,都無相避意。"㊈妾。詩邶風柏舟:"憂心悄悄,愠於羣小。"集傳:"羣小,衆妾也。"俗稱妾爲小,本此。清朱佐朝吉慶圖傳奇圖豔:"這個就是李師爺的小。"

【小人】㊀奴隸主對勞動人民的蔑稱。書無逸:"不知稼穡之艱難,不聞小人之勞,惟耽樂之從。"㊁泛指行爲不正派或見聞淺薄的人。管子牧民:"信小人者失士。"荀子勸學:"小人之學也,入乎耳,出乎口。"㊂自己的謙稱。左傳隱元年:"小人有母,皆嘗小人之食矣,未嘗君之羹。"三國志蜀霍峻傳:"張魯遣將楊帛誘峻,求共守城,峻曰:'小人頭可得,城不可得!'"

【小子】㊀子弟,年幼的一輩。詩大雅思齊:"肆成人有德,小子有造。"後因稱男孩爲小子。紅樓夢四九:"偏他只愛打扮成個小子的樣兒,原比他打扮女兒更俏麗了些。"㊁自稱的謙詞。書顧命:"(康)王再拜,興,答曰:'眇眇予末小子。'"又金縢:"予小子新命于三王。"這是古帝王對先王或神的自稱。史記一三〇太史公自序:"小子不敏,請悉論先人所次舊聞,弗敢闕。"這是對長輩的自稱。元曲選馬致遠青衫淚三:"大姐好生看家,小子吃酒去來。"這是夫對妻的自稱。㊂小兒子。易隨:"係小子,失丈夫。"漢書八一張禹傳:"又禹小子未有官,上臨候禹,禹數視其小子,上卽禹牀下拜爲黄門郎、給事中。"㊃長輩稱晚輩。書康誥:"王若曰:'孟侯,朕其弟,小子封。'"這是周公旦稱其弟。論語公冶長:"吾黨之小子狂簡。"這是師稱生。史記三王世家齊王策:"於戲,小子閎,受兹青社!"這是父稱子。㊄對人的蔑稱。三國志蜀費詩傳:"孟達小子,昔事振威不忠,後又背叛先主,反覆之人,何足與書邪!"㊅周禮夏官有小子,掌祭祀的小事。後來泛稱僕從爲小子。儒林外史二九:"叫跟的小子,把他的鳳冠抓掉了。"

【小小】㊀極小,少許。史記一一七司馬相如傳子虚賦:"臣聞楚有七澤,嘗見其一,未睹其餘也。臣之所見,蓋特其小小者耳。"宋書王微傳報何偃書:"常從博士讀小小章句,竟無可得。"㊁幼小。唐李白李太白詩五宫中行樂詞之一:"小小生金屋,盈盈在紫微。"㊂南齊女妓名。唐白居易長慶集六四楊柳詞之五:"若解多情尋小小,緑楊深處是蘇家。"參見"蘇小小"。

【小幺】小使,僕從。紅樓夢八:"你們説給我們的小幺兒們就是了。"又四一:"我叫幾個小幺兒來,河裏打幾桶水來洗地如何?"

【小心】㊀細心,恭謹。詩大雅大明:"維此文王,小心翼翼。"漢書六八霍光傳:"出入禁闥二十餘年,小心謹慎,未嘗有過,甚見親信。"㊁氣量褊狹。文選晉嵇叔夜(康)與山巨源絶交書:"以促中小心之性,統此九患,不有外難,當有内病。"

【小文】㊀煩瑣細密的法令。漢書七八蕭望之傳附蕭育:"其於爲民除害,安元元而已,亡拘於小文。"㊁短篇文章。文選三國魏曹子建(植)與楊德祖書:"昔丁敬禮(廙)常作小文,使僕潤飾之,僕自以才不過若人,辭不爲也。"

【小户】㊀酒量小的人。唐白居易長慶集十九醉後詩:"猶嫌小户長先醒,不得多時住醉鄉。"參見"大户㊀"。㊁舊時稱門第低微的人家爲小户。明吴炳療妬羹記傳奇賢遇:"看你儀容舉止,不似小户人家,爲何與人爲偏作妾?"

【小犬】漢末,曹操曾對人説:"生子當如孫仲謀(權),劉景升(表)兒子若豚犬耳!"見三國志吴孫權傳"曹公望權軍"注引吴歷。豚、犬本是輕賤的東西,後來謙稱自已的兒子爲豚兒、小犬或犬子,本此。明孫鍾齡東郭記傳奇三四:"千里之行,我所不憚,只家下兩箇女子,尚未接來,近又添一小犬,好生記掛。"

【小友】㊀年長者對少年朋友的稱呼。唐李泌童年時聰敏不凡,宰相張九齡嘗稱爲小友。見新唐書一三九李泌傳。㊁明清科舉時代稱未進學的童生。儒林外史二:"原來明朝士大夫稱儒學生員叫做朋友,稱童生是小友,……若是不進學,就到八十歲,也還稱小友。"

【小丑】戲曲角色名。專以滑稽引人發笑。明王驥德曲律四雜論下:"拜月如小丑,時得一二調笑語,令人絶倒。"紅樓夢二二:"賈母深愛那做小旦的與一個做小丑的。"參見"三花臉"。

【小引】卽小序。敍述著作的緣起,引起下文。漢班固作典引一文,是歌頌本朝"天命"、"聖德"的文章,雖用"引"字,並非文體。至唐人詩題並序漸多沿用引字。宋蘇洵父名序,洵及其子軾、轍因避諱以引代序,後人相沿稱序爲引。參閲明徐師曾文體明辨引。

【小月】㊀農曆只有二十九日的月份叫小月。參見"大月"。㊁小産。俗稱足月分娩爲坐月子,故稱流産爲小月。紅樓夢五五:"鳳姐兒因年内年外操勞太過,一時不及檢點,便小月了。"

【小平】宋代錢幣名。宋史食貨志下二:"錢有銅鐵二等,而折二、折三、當五、折十,則隨時立制。行之久者,唯小平錢。"

【小玉】㊀春秋吴王夫差女。全唐詩四四四白居易霓裳羽衣歌:"吴妖小玉飛作煙,越豔西施化爲土。"注:"夫差女小玉死後，形見于王。"亦作紫玉。詳"紫玉"。㊁唐人詩中常有小玉一詞，多指侍女。唐白居易長慶集十二長恨歌："金闕西廂叩玉扃，轉教小玉報雙成。"李賀歌詩編四江樓曲："眼前便有千里愁，小玉開屏見山色。"㊂唐名妓。見"霍小玉"。

【小末】㊀細微。宋錢易南部新書己："丞郎已上詞頭，下至兩省闕下吏，謂之大除改。今南人之諺，謂小末之事曰：你大除改也。"㊁戲曲角色名，扮演少年。也作"小末尼"。元曲選缺名貨郎旦，脚色有小末，扮李彥和之子春郎；秦簡夫東堂老，脚色有小末尼，扮李實之兒。

【小正】星名。史記天官書："兔七命，曰小正、辰星、天欃、安周星、細爽、能星、鉤星。"索隱："謂星凡有七名。命者，名也。小正，一也。"

【小功】古代喪服名。五服之一，用較粗的熟布製成。服期五個月。儀禮喪服："小功者，兄弟之服也。"唐律一名例"一曰議親"疏議："小功之親有三：祖之兄弟，父之從父兄弟，身之再從兄弟是也。此數之外，據禮，內外諸親有服同者，並準此。"

【小可】㊀平常，簡單。金董解元西廂一："店都知說一和，道國家修造了數載餘過，其間蓋造的非小可。"古今名劇元白仁甫牆頭馬上一："慚愧這一場喜事，非同小可，只等的天晚，却來赴約也。"㊁自稱的謙詞。元曲選李文蔚燕青博魚一："小可汴梁人氏，叫做燕和，嫡親的三口兒家屬。"

【小本】㊀篇幅較少、開本較小的書。宋朱熹朱文公集七六書韓文考異前："苟是矣，則雖民間近出小本不敢違。"佛教天台宗以無量壽經爲大本，阿彌陀經爲小本。㊁小本錢。元曲選李文蔚燕青博魚二："怎將俺這小本經紀來揹？"

【小布】貨幣名。東漢王莽十布之一。長一寸五分，重十五銖，上鑄"小布一百"字樣。見漢書食貨志下。

【小民】平民。書無逸："懷保小民，惠鮮鰥寡。"國語楚上："惠于小民，唯政之恭。"

【小旦】舊時戲曲角色名，扮演少女。元雜劇的小旦，卽傳統戲劇中的副旦。元夏庭芝青樓集中有小旦孫秀秀。

【小目】小條目，處理輕微罪行的條款。元曲選李直夫虎頭牌三："如今有這把守夾山口子老完顏，每日戀酒貪杯，透漏賊兵，失誤軍期，非是小目罪犯。"

【小史】㊀周禮春官的屬官有小史，掌管邦國的志記譜系。後來也稱官府的小吏爲小史。漢書八五谷永傳："永少爲長安小史，後博學經書。"㊁侍僮。晉張翰有周小史詩。宋陸游老學庵筆記二："趙廣，合肥人。本李伯時（公麟）家小史；伯時作畫，每使侍左右，久之，遂善畫。"㊂記述軼聞瑣事的著作，如宋姚寬西溪叢語下引高氏小史。宋宋伯仁有酒小史一卷。

【小令】㊀短調的詞。自宋武陵逸史輯草堂詩餘以小令、中調、長調爲目錄以後，舊詞譜卽據以爲例，五十八字以內稱小令，五十九至九十字稱中調，九十一字以上稱長調。清徐釚詞苑叢談一則認爲唐人的長短句都是小令，後發展爲中調、長調，有的就用犯、近、慢來區別，不能憑字數區分。清萬樹詞律也不用舊說，只泛稱短調爲小令。㊁散曲的一種。體裁短小，僅有一支曲子，且一韻到底；只有帶過曲、集曲、重頭是例外。元人也稱"葉兒"。見元燕南芝菴唱論。㊂晉人稱中書令王珉爲小令。參見"大令㊁"。

【小生】㊀稱後輩，含輕蔑意。漢書六七朱雲傳："（薛宣）從容謂雲曰：'在田野亡事，且留我東閣，可以觀四方奇士。'雲曰：'小生迺欲相吏邪？'"注："小生，謂其新學後進，言欲以我爲吏乎？"㊁讀書人或文人的自稱。後漢書八〇黃香傳讓東郡太守疏："臣江淮孤賤，愚矇小生，經學行能，無可筭錄。"㊂戲曲角色名，扮演青年男子。宋元雜戲演員角色有末、旦、淨等名目，末又有正末、冲末、外末、小末之分，小末卽後來的小生。

【小白】㊀春秋齊桓公名。國語齊："小白，余敢承天子之命曰爾無下拜。"參見"齊桓公"。㊁旗名。逸周書克殷："適二女之所，乃既縊，王又射之，三發，乃右擊之以輕呂，斬之以玄鉞，懸諸小白。"

【小弁】詩小雅篇名。詩序以爲周幽王欲立褒姒子伯服，廢黜申后放逐太子宜臼，宜臼之傅因作此詩。齊魯二家詩以爲詩出周尹吉甫兒子伯奇手。吉甫偏愛後妻，伯奇被逐而作。

【小汙】指疾病死亡。後漢書六十下蔡邕傳邕上封事："明堂月令，天子以四立及季夏之節，迎五帝於郊，……而有司數以蕃國疏喪，宮內產生，及吏卒小汙，屢生忌故。"注："小汙謂病及死也。"

【小字】乳名，小名。如三國魏曹操小字阿瞞，蜀劉禪小字阿斗。後漢書五八傅燮傳："燮慨然而歎，呼（子）幹小字曰：'別成！汝知吾必死邪？'"參見"小字錄"。

【小衣】內褲。漢人稱爲中裙。急就篇二"襌衣蔽膝布母縛"唐顏師古注："布母縛，小衣也，猶犢鼻耳。"紅樓夢二八："說畢，撩衣將繫小衣兒一條大紅汗巾子解下來，遞與寶玉。"參見"中裙"。

【小米】㊀宋米芾子米友仁擅長書畫，以別於父，人稱小米。見宋史四四四米芾傳。元虞集道園學古錄二八爲汪華玉題所藏長江萬鴉圖詩："郭熙平遠無散地，小米蒼茫托天趣。"詳"米友仁"。㊁粟的別稱。元王逢梧溪集四下浦東女詩："鵓鳩呼雨楝花紫，大麥飯香勝小米。"

【小刑】㊀輕微的刑罰。周禮地官司市："市刑，小刑憲罰，中刑徇罰，大刑扑罰。"疏："則此憲罰是以文書表示於肆，若布憲之類也。"㊁小劍。越絕書越絕外傳記寶劍："歐冶乃因天之精神，悉其伎巧，造爲大刑三，小刑二。一曰湛盧，二曰純鈞，三曰勝邪，四曰魚腸，五曰巨闕。"㊂指農曆五月。淮南子天文："陰生於午，故五月爲小刑。"

【小臣】㊀低級的臣子。禮禮運："大臣法，小臣廉。"也用爲臣子的謙稱。漢書九三石顯傳："唯陛下哀憐財幸，以此全活小臣。"㊁周禮夏官之屬有小臣，協助大僕執行職務，如應對王命，贊禮，王出入時爲前驅等。㊂官名。卽內小臣，宮中執役的太監。國語晉二："飲小臣酒，亦斃。"注："小臣，官名。掌陰事陰命，閹士也。"參見"內小臣"。

【小戎】古兵車的一種。詩秦風小戎："小戎俴收。"傳："小戎，兵車也。俴，淺。收，軫也。"國語齊："十軌爲里，故五十人爲小戎，里有司帥之。"注："小戎，兵車也。此有司之所乘，故曰小戎。……古者戎車一乘，步卒七十二人，今齊五十人。"

【小成】初步，稍有成就。易繫辭上："十有八變，變而成卦，八卦而小成，引而伸之。"指初成八卦，再引伸爲六十四卦。禮學記："一年視離經辨志，三年視敬業樂羣，五年視博習親師，七年視論學取友，謂之小成。"

【小至】冬至前一天。一說卽冬至日。古代以陽爲大，陰爲小，冬至陰極，故稱小至。唐杜甫杜工部草堂詩箋三三有小至詩。宋唐庚眉山唐先生文集四立冬後作詩："籬下重陽在，醅中小至香。"

【小吕】卽中吕。古樂十二律之一。周禮春官大司樂："乃奏夷則，歌小吕，舞大濩，以享先妣。"注："小吕一名中吕。"通典一四三樂三十二律:"中吕又云小吕。四月之時,陽氣盛長,陰助功微,故謂之小吕。"參見"中$_{2}$吕"。

【小曲】樂曲的一種。和大曲相對稱。晉傅玄曾製小曲,用於歌舞,爲舞曲。見樂府詩集五二題解。文選漢馬季長(融)長笛賦"聽簉弄者,遥思於古昔"注:"簉弄,蓋小曲也。"後泛指民間流行的歌曲爲小曲。

【小年】㊀生命短暫。與"大年"相對。莊子逍遥遊:"朝菌不知晦朔,蟪蛄不知春秋,此小年也。"唐張柬之處士張景之墓誌:"共惜小年,同歸大夜。"(清陸增祥八瓊室金石補正四〇)㊁幼年。唐杜甫杜工部草堂詩箋六醉歌行:"陸機二十作文賦,汝更小年能綴文。"㊂形容時間長,近似一年。宋唐庚眉山唐先生文集五醉眠詩:"山静似太古,日長如小年。"㊃舊俗以農曆十二月二十四日爲小年。宋文天祥文山集十四指南後録三小年詩:"燕朔逢窮臘,江南拜小年。"參見"小年夜㊀"。

【小名】乳名。史記一一七司馬相如傳:"故其親名之曰犬子。"此卽相如的小名。魏書崔浩傳:"浩小名桃簡,頤小名周兒。"唐陸龜蒙撰小名録,輯集自秦至隋人物小名,郡齋讀書志後志類書類作三卷,今傳本爲二卷,已非完書。

【小沛】漢代沛縣的别稱。古爲偪陽國,秦置縣,漢時屬沛郡、沛國。郡、國的守相都以相城爲治所,因稱沛縣爲小沛。東漢末劉備率兵援陶謙,屯駐小沛,卽此。參閲元和郡縣志九沛縣。

【小宋】見"大小宋"。

【小言】㊀小意見。指有關小事的言論。禮表記:"事君大言入則望大利,小言入則望小利。"㊁詭辯,花言巧語。莊子列禦寇:"彼所小言,盡人毒也。"注:"細巧入人爲小言。"大戴禮小辯:"夫小辯破言,小言破義,小義破道。"㊂戰國楚宋玉有小言賦,描繪若干至微之事物,如"烹虱脛、切蟣肝"之類。賦見古文苑二。

【小序】㊀毛詩有大序小序,合稱毛詩序。大序爲全書之序,小序在每篇詩的開頭,解釋主題。如"關雎,后妃之德也"至"用之邦國焉"是關雎的小序。自"風,風也"至末尾,是大序。小序作者,異説甚多,主要有二説:一、子夏、毛公合作,見經典釋文序録關雎序下引沈重説;二、衛宏作,見後漢書本傳。參閲清朱彝尊經義考九九卜子詩序。㊁後人在所作詩文前面,略述著作之義,也稱小序。參閲明徐師曾文體明辨小序。

【小祀】指對司中、司命、風師、雨師、諸星、山林、川澤等的祭祀,也叫羣祀。見唐律疏議九職制上大祀不預申期。參見"大祀"。

【小劫】佛教語。劫是一個時間單位,謂人壽從十歲增至八萬歲,又從八萬歲減至十歲,經二十往返爲一小劫。見法苑珠林三時節。智度論三八釋往生品四之上:"時節歲數,名爲小劫。"又道家以三千六百周爲小劫。見雲笈七籤二劫運。唐李白李太白詩二十同族姪評事黯遊昌禪師山池之一:"一坐度小劫,觀空天地間。"

【小車】古稱馬拉的車爲小車,和牛拉的大車對稱。論語爲政:"大車無輗,小車無軏,其何以行之哉?"注引包咸:"小車,駟馬車。"後漢書三一廉范傳:"(嚴)麟乘小車,塗深馬死,不能自進。"

【小酉】山名。在湖南沅陵縣西北,一名酉陽山。參見"二酉"、"酉陽㊀"。

【小杜】指唐詩人杜牧。以稱杜甫爲老杜,因稱牧爲小杜。見新唐書一六六杜佑傳附杜牧。

【小李】剪綹,扒手。明葉盛水東日記三小李:"程明道先生外舅彭侍郎思永行狀云:'蜀人以交子(紙幣)貿易,藏腰間,盜善以小刃取之,稠人中如己物。……'此卽今京師小李之類。小李云者,意爲昔時此賊之首,猶健訟者所云鄧思賢耳。"本是專名,後作通名用。

【小君】古稱諸侯的妻子。春秋莊二十二年:"癸丑,葬我小君文姜。"穀梁傳:"小君,非君也。其曰君,何也?以其爲公配,可以言小君也。"對别國則自稱爲"寡小君"。見論語季氏。後轉爲妻的通稱。舊題唐馮贄雲仙雜記四自爲小君裁剪引鳳池編:"李紳爲相,時俗尚輕綃染蘸碧爲婦人衣,紳自爲小君裁剪。"

【小阮】晉阮籍阮咸叔姪都是當時名士,同列名竹林七賢。時稱咸爲小阮。後因以小阮爲姪的通稱。唐李白李太白詩十六送楊山人歸天台詩:"我家小阮賢,剖竹赤城邊。"小阮,指李嘉祐。錢起錢考功集六送族姪赴任詩:"此時知小阮,相憶綠罇前。"

【小見】㊀略見,略知。漢賈誼新書脩政語上:"夫舍學聖之道,而静居獨思,譬其若去日之明於庭,而就火之光於室也。然可以小見,而不可以大知。"㊁便見,非正式的朝見。史記梁孝王世家褚先生曰:"又諸侯王朝見天子,漢法凡當四見耳。始到,入小見;……小見者,燕見於禁門内,飲於省中,非士人所得入也。"

【小别】山名。在湖北漢川縣東南。山形如甑,故一名甑山。左傳定四年載,吴伐楚,楚令尹子常渡漢水列陣,從小别至於大别,卽此。參閲元和郡縣志二七沔州汊川縣、太平寰宇記一三二安州汊川縣。

【小坐】便坐。世説新語德行:"荀(淑)使叔慈(靖)應門,慈明(爽)行酒,餘六龍下食。文若(彧)亦小,坐箸厀前。"梁書武帝紀下:"性方正,雖居小殿暗室,恒理衣冠,小坐押袴,盛夏暑月,未嘗褰袒。"資治通鑑一五九梁大同十一年引作"恒理衣冠小坐",省"押袴"字。注:"小坐,宫中便坐也。"

【小住】暫時停留。後漢書八二下薊子訓傳:"見者呼之曰:'薊先生小住!'並行應之,視若遲徐,而走馬不及,於是而絶。"宋黄庭堅山谷内集十八鄂州南樓書事詩之四:"老子平生殊不淺,諸君小住對胡牀。"

【小宗】舊時稱嫡系長子以下諸子的世系爲小宗,和大宗對稱。禮喪服小記:"别子爲祖,繼别爲宗,繼禰者爲小宗。"參見"大宗㊀"。

【小宛】㊀詩小雅篇名。宛,小貌;小宛,狹小的意思。詩序以爲是諷諫周幽王之作,鄭玄箋以爲是諷諫周厲王的。宋朱熹集解以爲是寫大夫遭時亂,兄弟相告誡以免禍的詩。㊁漢時西域城國名,治扜零城。見漢書九六上西域傳。

【小底】㊀年幼者。宋王銍默記中:"王介甫(安石)家,小底不如大底;南陽謝師宰家,大底不如小底。"㊁五代時侍衛宫殿的軍隊編制名。舊五代史漢隱帝紀下乾祐三年:"又誅(史)弘肇弟小底軍都虞侯弘朗。"又周太祖紀三廣順二年:"以内殿直都知、駙馬都尉張永德領和州刺史,充小底第一軍都指揮使。"五代南漢有蕃落小底衙儁,見路振九國志八。㊂官府中的雜役。宋丁謂丁晉公談録:"皇城使劉承規在太祖朝爲黄門小底時,氣性不同,已有心力,宫中呼爲劉七。"遼代有筆硯小底、湯藥小底、習馬小底、寢殿小底等名目。見遼史百官志一。金代有入寢殿小底,後改稱奉御。見金史百官志二。後來衙役、奴僕也自稱小底,或作"小的"。參閲清俞樾曲園雜纂三六小繁露小底。參見"小的"。

【小青】㊀舊稱侍婢。猶言小青衣。古婢女穿青色衣,故稱。唐杜牧樊川外集隋苑詩:"紅霞一抹廣陵春,定子當筵睡臉新。"注:"一云定子,牛相(僧孺)小青。" ㊁相傳明末杭州人馮玄玄,字小青。能詩,善音律。年十六,嫁馮千秋爲妾。受大婦排斥,遷居孤山,憂鬱而死,年僅十八。今杭州西湖孤山有小青墓。明吴炳療妬羹記、朱宗藩小青娘風流院傳奇都以有關小青的傳説故事爲題材。清錢謙益列朝詩集説小青本無其人,所傳詩文都是好事者託名而作。

【小坡】宋蘇軾子過。軾號東坡,時人因稱過爲小坡。見宋史三三八蘇軾傳附蘇過。

【小妻】妾。漢書五一枚乘傳:"乘在梁時,取皋母爲小妻。"皋是乘妾所生的兒子。三國志吴駱統傳:"統母改適,爲華歆小妻。"

【小旻】詩小雅篇名。詩小序以爲周之大夫諷刺幽王而作。漢鄭玄箋謂刺厲王。以此篇在言國家興亡大事的十月之交與雨無正之後,故稱小旻。宋蘇軾蘇文忠詩合注十八遊惠山詩:"弔古泣舊史,疾讒歌小旻。"參閲清胡承珙毛詩後箋十九。

【小叔】丈夫的弟弟。史記六九蘇秦傳"見季子位高金多也"唐司馬貞索隱:"按:其嫂呼小叔爲季子耳,未必即其字。"

【小明】詩小雅篇名。篇中抒發詩人憂時念友、久役思歸,悔在亂世爲吏的傷感之情。後即用作傷時憂國的典故。後漢書五四楊震傳上疏:"令野無鶴鳴之歎,朝無小明之悔,……擬蹤往古,比德哲王,豈不休哉!"

【小兒】㊀小孩。史記九二淮陰侯傳:"王素慢無禮,今拜大將如呼小兒耳,此乃信所以去也。"㊁對人自稱其子。漢書八四翟方進傳:"方進曰:'小兒未知爲吏也。'"指其子翟義。㊂小兒子,與大兒子對稱。後漢書八〇下禰衡傳:"(衡)常稱曰:'大兒孔文舉(融),小兒楊德祖(脩)。餘子碌碌,莫足數也。'"禰衡自詩才高,視孔、楊爲兒輩。㊃猶小人,輕視之詞。晉書陶潛傳:"吾不能爲五斗米折腰,拳拳事鄉里小人邪!"宋陸游老學庵筆記六:"晉語兒、人二字通用,……又陶淵明不欲束帶見鄉里小兒,亦是以小人爲小兒耳。故宋書(陶潛傳)云'鄉里小人'也。"㊄唐代宫中和官署的雜役。資治通鑑二三六唐永貞元年:"貞元之末政事爲人患者,如宫市、五坊小兒之類,悉罷之。"注:"小兒者,給役五坊者也。唐時給役者多呼爲小兒,如苑監小兒、飛龍小兒、五坊小兒是也。"

【小的】同"小底"。元曲選關漢卿蝴蝶夢二:"包待制云:'這個小的呢?'正旦云:'是我第三的孩兒。'"指小孩。又:"王大云:'也不干母親事,也不干兩個兄弟事,是小的打死人來。'"這是平民對官吏的自稱。

【小姑】㊀丈夫的妹妹。玉臺新詠一古詩爲焦仲卿妻作:"新婦初來時,小姑始扶牀。"㊁泛稱未嫁的少女。唐許渾丁卯集下春日題韋曲野老村舍詩之二:"鶯啼幼婦嬾,蠶出小姑忙。"㊂小孤山的訛稱。唐白居易長慶集十六東南行一百韻……詩:"林對東西寺,山分大小姑。"宋楊萬里誠齋集三五小孤山詩注:"大孤一方石,立中流,前昂後低,與小姑相去二百里。小姑一尖石,峯甚秀。彭郎磯一横石,山與小姑對立兩岸,舟過其間。"參見"小孤山"。

【小姐】宋元時一般指社會地位低微的女性。如宋錢惟演玉堂逢辰録榮王宫火有掌茶酒宫人韓小姐,此指宫婢;馬純陶朱新録記陳彦修侍姬、岳珂桯史六汪革謡讖記洪恭妾,都稱小姐,此指姬妾;洪邁夷堅志二七傅九林小姐記散樂林小姐,此指藝人。後多作官僚富家未嫁少女的敬稱。元王實甫西厢記一本楔子:"祗生得箇小姐,小字鶯鶯。"

【小郎】晉、南北朝時嫂對夫弟的稱呼。太平御覽六一七晉中興書:"謝奕女道韞,王凝之妻也。凝之弟獻之嘗與賓客談議,辭理將屈,道韞遣婢白獻之曰:'欲爲小郎解圍。'"又,晉王衍妻郭對衍弟王澄、南朝宋謝純妻庾對純弟謝述,都以小郎爲稱。見晉書王戎傳附王澄、宋書謝景仁傳附謝述。

【小差】病稍愈。差,通"瘥"。世説新語文學:"衛(玠)思因經日不得,遂成病。樂(廣)聞故,命駕爲剖析之,衛即小差。"

【小春】農曆十月,也稱小陽春。意謂十月不寒,有如初春。宋歐陽修文忠集一三二漁家傲詞之二:"十月小春梅蘂綻,紅爐畫閣新裝遍。"陸游劍南詩稿三七閑居初冬作:"東窗换紙明初日,南圃移花及小春。"一説農曆八月是小春。見宋僧贊寧筍譜。

【小要】要,音 yāo。㊀古代貴族便服的衣襟,其交覆部分,漢人叫做小要。禮玉藻"衽當旁"漢鄭玄注:"衽,謂裳幅所交裂也。凡衽者,或殺而下,或殺而上,是以小要取名焉。"參見"衽"。㊁棺上合縫的木榫,兩頭寬,中間窄,似衽,也稱小要。釋名釋喪制:"古者棺不釘也,旁際曰小要,其要約小也。又謂之衽。衽,任也。"

【小范】稱人。1.宋范仲淹。見"小范老子"。2.宋范祖禹。宋蘇軾分類東坡詩二二次韻范淳父送秦少章:"小范真可人,獨肯勤收羅。"祖禹字淳甫,哲宗時龍圖閣學士。曾參與編修資治通鑑,自撰唐鑑。與王安石議新法不合,後因反對任章惇爲相,被貶死。宋史附范鎮傳。

【小相】相,贊禮的人,相當於司儀;小,謙辭。論語先進:"宗廟之事,如會同,端章甫,願爲小相焉。"

【小建】指農曆的小月。清代時憲曆每月下例載"某月大(或小),建某某",建謂斗柄所指,如甲子、乙丑等。後來誤將建字連讀,因有大建、小建之稱。參見"大月"。

【小胥】㊀樂官名。周禮春官大司樂屬官有小胥,掌懸樂制度和學習紀律。禮王制:"將出學,小胥、大胥,小樂正簡不帥教者以告於大樂正。"㊁小吏。唐杜甫杜工部草堂詩箋三三贈李祕書别三十韻:"乞米煩佳客,鈔詩聽小胥。"

【小星】詩召南篇名。首句"嘒彼小星,三五在東",漢鄭玄箋謂小星即衆多無名的星,比喻周王的衆妾。後人因以小星爲妾的代稱。明吴炳療妬羹傳奇賢風:"雖則夫人時常寬慰,許備小星。"

【小品】佛經的節本。世説新語文學:"殷中軍(浩)讀小品,下二百籤,皆是精微。"注:"釋氏辨空,經有詳者焉,有略者焉;詳者爲大品,略者爲小品。"唐孟郊孟東野集九讀經:"經黄名小品,一紙千明星。"後也稱短篇雜記爲小品。明朱國禎著有湧幢小品。

【小食】即點心。晉干寶搜神記一:"吾卯日小食時,必至君家。"梁書昭明太子傳:"大軍北征,京師穀貴,太子因命菲衣減膳,改常饌爲小食。"

【小邾】春秋時國名。曹姓邾俠的後代。夷父顔有功於周,其子友另封於郳,爲附庸。春秋莊五年,郳犂來朝周。僖七年進爵稱小邾子。後爲楚所滅。地在今山東滕縣東。參閲讀史方輿紀要三三滕縣郳城。

【小秋】㊀初秋。全唐詩五三一許渾送鄭寂上人南行:"離怨故園思,小秋梨葉紅。"㊁唐人喜用其他名稱標榜官名,如稱刑部尚書爲大秋,刑部郎爲小秋。周禮刑部屬秋官。唐缺名玉泉子:"杜紫微頃于宰執處求一小儀不遂,請小秋又不遂。"又見宋張師正括異志杜紫微(重校説郛一一六)。參閲宋洪邁容齋隨筆四筆十五官稱别名。

【小便】㊀撒尿。漢書五九張湯傳附張安世:"郎有醉,小便殿上,主事白行法。"㊁尿。素問標本病傳論:"膀胱病,小便閉。"文選嵇叔夜(康)與山巨源絶交書:"每常小便而忍不起,令胞中略轉乃起耳。"

【小侯】㊀僻遠小國或附庸的國君。與元侯爲大國之君對稱。國語魯下:"今我小侯也,處大國之間,繕貢賦以共從者,猶懼有討。"㊁漢代承襲侯爵的子弟,以别於列侯。後來泛指皇族子弟。宋張方平樂全集一都官葉紓郎中歸三衢詩:"宗邸横經授小侯,跡同半隱久沈浮。"參見"四姓小侯"。

【小鬼】㊀古人稱天神、地祇、人鬼;人死成神而位較卑者爲小鬼。史記封禪書:"杜主,故周之右將軍,其在秦中,最小鬼之神者。"索隱:"謂其鬼雖小,而有神靈。"㊁駡人的話。元周密癸辛雜識别集上卿宰小鬼:"何小山既貴,里居。有卿宰初上來見,一覩刺字曰:'小鬼耳!'遣吏謝之。"

【小衍】用小數推演卦義。北魏關朗關氏易傳大衍義"大耦而言,則五十也"舊題隋趙蕤注:"上文謂小衍則十,蓋小耦爾;今言大耦則五十,是大衍也。"參見"大衍㊀"。

【小姪】兄弟的兒子。唐杜牧樊川集一冬至日寄小姪阿宜詩:"小姪名阿宜,未得三尺長。"後人對父親的朋友也自稱小姪。宋趙令畤侯鯖録七:"傅欽之(堯俞)作中丞,言劉仲馮(奉世)。一日,貢父(攽)逢之,曰:'小姪何過?致起臺章。'"

【小紅】㊀紅,音gōng。喪服名,卽小功。參見"大功"、"小功㊀"。㊁淺紅色。唐杜甫杜工部詩史補遺七江雨有懷鄭典設:"寵光蕙葉與多碧,點注桃花舒小紅。"㊂人名。宋范成大的侍婢,能歌。相傳姜夔詣成大,製暗香疏影二詞,命小紅肄習,音節清婉。成大因遣小紅歸夔。姜夔白石道人詩集下過垂虹:"自作新詞韻最嬌,小紅低唱我吹簫。"相傳卽詠此事。參閲元陸友研北雜志下。

【小酒】薄酒。全唐詩二七〇戎昱駱家亭子納涼:"生衣宜水竹,小酒入詩篇。"宋時稱春秋兩季隨釀隨售的酒爲小酒。見宋史食貨志下七。

【小宰】㊀官名。周禮天官的屬官,助大宰管理政令。後世稱少宰,經傳也單稱宰。㊁邑宰,縣邑的長官。後漢書章帝紀建初元年三月己巳詔:"昔仲弓季氏之家臣,子游武城之小宰。"

【小家】平民之家。管子山國軌:"巨家美修其宫室者,服重租;小家爲室廬者,服小租。"唐白居易長慶集四鹽商婦詩:"本是楊州小家女,嫁得西江大商客。"

【小畜】易卦名。☰☴。乾下巽上。易小畜:"柔得位而上下應之曰小畜。"又雜卦:"小畜,寡也。"注:"不足以兼濟也。"

【小祥】父母死後一周年的祭禮。儀禮士虞禮:"朞而小祥。"注:"小祥,祭名。祥,吉也。"參見"大祥"。

【小耗】㊀叢辰名。舊時迷信謂歲中虛耗之神。常居歲前五辰,如子年在巳,丑年在午。以在大耗後一辰,故稱小耗。見協紀辨方書三義例一小耗。㊁惡醋的别稱。見宋陶穀清異録饌羞八珍主人。

【小草】㊀中藥名。遠志的苗。廣雅釋草:"蕀苑,遠志也。其上謂之小草。"廣雅疏證十上引博物志:"苗曰小草,根曰遠志。"晉郝隆譏謝安曰:"處則爲遠志,出則爲小草。"見世説新語排調。後人以小草爲自謙之詞,本此。金元好問遺山集八春日半山亭游眺詩:"小草不妨懷遠志,芳蘭誰爲發幽妍?"㊁書體名。草書的一種。筆勢略似行書。宋蘇軾東坡題跋四論沈遼米芾書:"近日米芾行書,王鞏小草,亦頗有高韻。"

【小茶】小女孩。金元好問遺山集十三德華小女五歲能誦余詩數首以此詩爲贈詩:"牙牙嬌語總堪誇,學念新詩似小茶。"注:"唐人以茶爲小女美稱。"參見"茶茶"。

【小高】山名,在今江蘇灌雲縣東北。古屬海州東海縣。三面絶壁,高百餘仞,惟東南一道略容行人。相傳漢初田横兄弟避漢居於此山。見元和郡縣志十一東海縣。

【小酌】小飲。和"大宴"相對。唐白居易長慶集六九雪夜小飲贈夢得詩:"小酌酒巡銷永夜,大開口笑送殘年。"宋梅堯臣宛陵集二新秋雨夜西齋文會詩:"小酌寧辭醉,清言不厭諧。"

【小桂】古地名。在今廣東連縣。漢爲桂陽縣,屬桂陽郡。三國吴孫晧甘露元年分桂陽郡南部另建始興郡,桂陽縣改屬始興郡,稱爲小桂,以别於桂陽郡。晉陶侃執劉沉於小桂,卽此。見晉書陶侃傳。參閲讀史方輿紀要一〇一連州桂陽廢縣、清吴卓信漢書地理志補注四一桂陽。

【小桃】桃花的一種。上元前後卽著花,狀如垂絲海棠。宋王珪華陽集六小桃詩:"小桃常憶破正紅,今日相逢二月中。"宋歐陽修梅堯臣也都有小桃詩。參閲宋陸游老學庵筆記四。

【小通】情慾初生。韓詩外傳一:"故男八月生齒,八歲而齠齒,十六而精化,小通;女七月生齒,七歲而齔齒,十四而精化,小通。"

【小除】除夕前一天。小除夕的簡稱。也稱小盡。清顧禄清嘉録十二小年夜大年夜:"或有用除夕前一夕者,謂之小年夜,又曰小除夕。……案韓鄂歲華紀麗云:'三十日爲大盡,二十九日爲小盡。'吴人謂之大除小除。"

【小時】㊀年幼時。世説新語言語:"小時了了,大未必佳。"南史梁豫章王(蕭)綜傳:"時吴淑媛尚在,敕使以綜小時衣寄之。"㊁時間單位。古代一日分爲十二時辰,後來把一個時辰再分爲二,稱小時。

【小峴】山名。也名昭關山,在今安徽含山縣北。南齊豫州刺史蕭懿嘗將兵討壽陽駐小峴,卽此。見資治通鑑一四三齊東昏侯永元二年。參見"昭關"。

【小奚】年紀小的奴僕。唐李商隱李義山文集四李賀小傳:"恒從小奚奴,騎瘦驢,背一古破錦囊,遇有所得,卽書投囊中。"

【小乘】佛教語。梵語的意譯。大乘佛教流行之後,原部派佛教被貶稱爲小乘。小乘教保持早期佛教的教理,信奉阿含經等教典,重在自我解脱,以求證阿羅漢果爲其止境,通過個人修行,入於涅槃,以免輪迴之苦。釋氏要覽中三寶小乘:"小者,簡非大也。謂如來觀根逗機,方便施設也。"藝文類聚七六引南朝梁庾肩吾和太子重雲殿受戒詩:"小乘開治道,大覺拯蒼民。"參見"大乘"。

【小師】㊀周禮春官之屬。掌以樂器教瞽矇及祭祀奏樂等事。也作"少師"。㊁受戒未滿十年的和尚。釋氏要覽上師資小師:"受戒十夏以前,西天皆稱小師……亦通沙門之謙稱也。"唐李白李太白集二九有爲竇氏小師祭璿和尚文。唐許渾丁卯集下送太昱禪師詩:"結社多高客,登壇盡小師。"

【小娘】年輕的婦女。唐李賀歌詩編一洛姝真珠:"真珠小娘下青廓,洛苑香風飛綽綽。"才調集五元稹箏詩:"急揮舞破催飛燕,慢逐歌詞弄小娘。"

【小疵】小過失,小毛病。易繫辭上:"悔

吝者，言乎其小疵也。”漢書平帝紀元壽二年九月詔：“令士厲精鄉進，不以小疵妨大材。”

【小康】㊀小安。詩大雅民勞：“民亦勞止，汔可小康。”㊁儒家宣揚復古，謂禹湯文武成王周公之治，雖政教修明，但仍不能及古帝“大同”之世，故稱爲“小康”。見禮禮運。㊂經濟較寬裕，可以不愁溫飽。宋洪邁夷堅志一五郎君：“(劉)庠不能治生，貧悴落魄，……然久困於窮，冀以小康。”聊齋誌異十三丁前溪：“妻言自君去後次日，卽有車徒賫送布帛菽粟堆積滿屋……由此小康，不屑舊業矣。”俗謂小康之家，卽此義。

【小雪】節候名。在農曆十月中，公曆十一月二十二或二十三日。參見“二十四氣”。

【小過】㊀易卦名。䷽。艮下震上。易小過：“小過，小者過而亨也。”疏：“過行小事，謂之小過。順時矯俗，雖過而通，故曰小者過而亨也。”㊁小過失。管子五輔：“赦罪戾，宥小過，此謂寬其政。”

【小偷】小竊賊。漢書七六張敞傳：“置酒，小偷悉來賀。”

【小參】佛教稱登堂說法爲大參，定時以外的說法爲小參，也稱家教。宋釋善卿祖庭事苑八小參：“禪門詰旦升堂，謂之早參；日晡念誦，謂之晚參；非時說法，謂之小參。”

【小婦】㊀妾。漢書九八元后傳：“又(王)鳳知其小婦弟張美人已嘗適人。”古樂府三婦豔以大婦、中婦、小婦對稱。見樂府詩集三五。㊁兒媳。漢金廣延母徐氏紀產碑：“小婦慈仁，供養周厚。”（隸釋十五）㊂年輕婦女。唐杜甫杜工部草堂詩箋三一草閣：“汎舟慙小婦，飄泊損紅顏。”

【小潙】山名。在湖南醴陵縣東，小潙泉出此。道書稱爲三十六小洞天的第十三。見雲笈七籤二七。

【小寒】節候名。在農曆十二月、公曆一月六日或七日。參見“二十四氣”。

【小童】㊀幼童。莊子徐无鬼：“黃帝曰：‘異哉！小童。’”㊁國君夫人的自稱。論語季氏：“邦君之妻，君稱之曰夫人，夫人自稱曰小童。”㊂國王親死而未葬時的自稱。左傳僖九年：“凡在喪，王曰小童，公侯曰子。”

【小補】小有補益。孟子盡心上：“夫君子所過者化，所存者神，上下與天地同流，豈曰小補之哉！”三國志魏陳思王植傳陳審舉之義疏：“願得策馬執鞭，首當塵露，……雖無大益，冀有小補。”

【小運】舊時星命家謂每年行一運，主一年的吉凶，稱小運，也稱流年。唐李虛中命書下三元九限：“寅申二命，小運不專。一歲一移，周而復始。”元方回桐江續集十四過白土市詩：“丙寅小運流年換，丁亥當生本命過。”

【小道】儒家對宣揚禮教以外的學說、技藝的貶稱。論語子張：“雖小道，必有可觀者焉。”宋朱熹集注：“小道，如農圃醫卜之屬。”後又稱不以談義理爲主的詞章爲小道。唐孫過庭書譜：“揚雄謂詩賦小道，壯夫不爲。”

【小雅】詩經組成部分之一。大部分是西周後期及東周初期貴族宴會的樂歌，小部分是批評當時朝政過失或抒發怨憤的民間歌謠。參見“雅樂”、“大雅㊀”。

【小帽】㊀便帽的通稱。新五代史前蜀世家王衍：“蜀人富而喜遨，當王氏晚年，俗競爲小帽，僅覆其頂，俛首卽墮，謂之‘危腦帽。’”㊁俗稱瓜皮帽。六瓣合縫，下綴以帽簷，如竹桶。創於明朱元璋(太祖)，以取六合一統之意。見清顧炎武日知錄二八冠服。

【小暑】節候名。農曆六月節、公曆七月七日或八日。參見“二十四氣”。

【小鈔】紙幣名。金貞元間，户部尚書蔡松年建議行鈔引法，遂設印造鈔引庫及交鈔庫。鈔分大鈔和小鈔兩種。大鈔以“貫”爲單位；小鈔以“文”爲單位，印一百、二百、三百、五百、七百共五等。與錢並用，可兌換。見金史食貨志三錢幣、蔡松年傳。參見“交鈔”。

【小喬】三國吳周瑜(公瑾)妻。宋蘇軾東坡詞念奴嬌赤壁懷古：“遙想公瑾當年，小喬初嫁了。”參見“二喬”。

【小腆】小國。書大誥：“殷小腆，誕敢紀其敍。”疏引鄭玄注：“腆，謂小國也。”又說腆讀爲憝，小腆卽小醜之義。這是周成王斥責紂王子武庚的話。後來也泛指國亡後苟存一時的小朝廷。清徐鼒撰南明史，取名小腆紀年，卽用此義。參見“小腆紀年”。

【小象】㊀易每卦六爻的象辭，區別於大象。易乾“潛龍勿用，陽在下也”唐孔穎達疏：“自此以下至‘盈不可久’，是夫子釋六爻之象辭，謂之小象。”參見“大象”。㊁熏爐。造形似象故名。唐李賀歌詩編三答贈：“沈香熏小象，楊柳伴啼鴉。”

【小試】㊀稍試其技。史記六五孫武傳：“闔廬曰：‘子之十三篇，吾盡觀之矣，可以小試勒兵乎？’”㊁清代童生參加府、縣官及學政的考試稱小試，也稱小考。聊齋誌異十賈奉雉：“足下文，小試取第一則有餘，闈場取榜尾則不足。”

【小極】小病。世說新語言語：“顧司空(和)未知名，詣王丞相(導)，丞相小極，對之疲睡。”又文學：“中朝時，有懷道之流，有詣王夷甫(衍)咨疑者，值王昨已語多，小極，不復相酬答。”

【小楊】蒲柳的一種。三國吳陸璣毛詩草木鳥獸蟲魚疏上揚之水不流束蒲：“蒲柳有兩種，皮正青者曰小楊，其一種皮紅正白者曰大楊。其葉皆長廣似柳葉，皆可以爲箭幹。”

【小楷】字體端整的小字。唐顏真卿顏氏家廟碑：“頵工小楷。”（金石萃編一〇一）宋蘇軾東坡題跋四跋君謨書賦：“書法當自小楷出，豈有未能正書而以行草稱也？”

【小辟】死刑以外的刑罰。禮文王世子：“其死罪，則曰，某之罪在大辟；其刑罪，則曰，某之罪在小辟。”

【小歲】㊀臘日的第二天。太平御覽三三漢崔寔四民月令：“臘明日謂小歲，進酒尊長，修刺賀君師。”明謝肇淛五雜組天二：“臘之次日爲小歲，今俗以冬至夜爲小歲。然盧照鄰元日詩云：‘人歌小歲酒，花舞大唐春。’則元日亦可謂之小歲矣。”㊁北斗的第五至第七顆星。淮南子天文：“斗杓爲小歲。”注：“斗第一至第四爲魁，第五至第七爲杓。”

【小愈】疾病稍愈。愈，通“瘉”。孟子公孫丑下：“昔者有王命，有采薪之憂，不能造朝。今病小愈，趨造於朝。我不識能至否乎？”

【小節】細小的、無關大體的行爲。戰國策齊六：“且吾聞傚小節者，不能行大威；惡小恥者，不能立榮名。”

【小傳】簡短的傳記。有記述一人的生平事蹟，有別於史書的列傳的，如唐李商隱李義山文集四李賀小傳，宋陸游渭南文集二三姚平仲小傳等。也有采集多人的軼事彙成一編的，如明江盈科明十六種小傳等。又彙編各家的詩文總集時，略述作者籍貫履歷，附錄於書的前後或分列於篇首姓名之下，也稱小傳。如清錢謙益列朝詩集小傳等。

【小嫌】小的怨仇。新唐書八九尉遲敬德傳：“丈夫以意相許，小嫌不足置胸中。”

【小經】唐宋教學和科舉考試，把各種經書按其篇幅的長短分爲大、中、小三級：唐以易尚書春秋公羊傳穀梁傳爲小經；

宋以孟子莊子列子爲小經。宋史三〇五楊億傳:"能言,母以小經口授,隨即成誦。"參見"大經㊀㊁"。

【小滿】㊀節候名。在農曆四月中、公曆五月二十一日或二十二日。參見"二十四氣"。㊁南朝宋齊時地方官的任期年限。資治通鑑一三五齊永明元年:"宋末,以治民之官六年過久,乃以三年爲斷,謂之小滿。"

【小寢】古代天子、諸侯所居息的宮室,都叫寢。在中央的叫路寢、燕寢。在東西兩旁的叫小寢,與路寢之稱大寢相對而言。夫人的寢室也叫小寢。春秋僖三三年:"乙巳,公薨于小寢。"注:"小寢,内寢也。"左傳:"(公)反,薨于小寢。"注:"小寢,夫人寢也。"

【小説】小説一詞,最早見於莊子外物:"飾小説以干縣令,其於大達亦遠矣。"本意指淺薄瑣屑的言論。漢書藝文志把小説家列於九流十家之末,謂:"小説家者流,蓋出於稗官。街談巷語,道聽塗説者之所造也。"後來,凡是叢雜的著作,都稱爲小説。文選南朝梁江文通(淹)雜體詩之二李都尉陵詩"袖中有短書,願寄雙飛燕"注引漢桓譚新論:"若其小説家合叢殘小語,近取譬論,以作短書,治身理家,有可觀之辭。"至演述故事本屬小説的一種體裁,起源於先秦的神話、傳説、寓言等;魏晉的志怪、唐的傳奇,都屬此體。唐代應舉人往往寫作傳奇,呈送考官,以顯示自己的才學。到了宋代出現平話,纔以小説作爲故事性文體的專稱。元明以來盛行章回體小説。參閱唐段成式酉陽雜俎續集四貶誤、宋灌圃耐得翁都城紀勝瓦舍衆伎説話四家、魯迅中國小説史略十二宋之話本。

【小語】輕聲低語。聊齋志異十五閻王:"李(久常)小語曰:'鍼刺人腸,宜何罪?'"

【小盡】農曆小建之月,也稱小月。詳"大盡"。

【小鳳】㊀唐人稱中書舍人爲小鳳,因中書省有鳳池,故名。宋人也沿用此稱。明楊愼藝林伐山七小鳳:"長編:張天覺(商英)自小鳳拜右揆。宋世以紫微舍人謂之小鳳,翰林學士謂之大鳳,丞相謂之老鳳。"㊁茶名。以模壓成鳳紋的茶。宋丁謂始製。宋蘇軾分類東坡詩二一用前韻答西掖諸公見和詩:"上尊日日瀉黄封,賜茗時時開小鳳。"也叫小鳳團。宋周紫芝竹坡詞一攤破浣溪沙茶:"蒼壁新敲小鳳團,赤泥開印煮清泉。"

【小像】卽肖像,雕刻或繪畫的人像,都稱爲小像。宋陸游劍南詩稿七和范待制秋興詩之二:"佛屋紗燈明小像,經奩魚蠹蝕眞文。"元王逢梧溪集三有奉題文丞相小像詩。

【小絡】扒手。也作"小李"。見徐珂清稗類鈔爵秩京城管理地面之官。參見"小李"。

【小廝】㊀小子,男孩。元曲選張國賓合汗衫二:"誰知天從人願,到的我家,不上三日添了一個滿抱兒小廝。"也作"小廝兒"或"廝兒"。景德傳燈録十普化和尚:"臨濟小廝兒只具一隻眼。"元曲選關漢卿智斬魯齋郎楔子:"一雙兒女,廝兒叫做喜童,女兒叫做嬌兒。"㊁指年輕僮僕。元周密武林舊事七:"後苑小廝兒三十人,打息氣,唱道情。"

【小樊】卽樊素,唐白居易的女侍。唐劉禹錫劉夢得集外集二有寄贈小樊詩。參見"小蠻"。

【小豎】對人的鄙稱,猶言豎子。史記七六平原君傳:"觀此豎子,乃欲以一笑之故殺吾美人,不亦甚乎!"也作"小豎子"。又:"白起,小豎子耳。"

【小歐】唐歐陽詢歐陽通父子,都以書法馳名。世稱通爲小歐。新唐書一九八歐陽詢傳附歐陽通:"書亞於詢,父子齊名,號'大小歐陽體'。"

【小駕】皇帝儀仗有大駕、法駕、小駕,以人數設備規模爲別。祠宗廟用小駕。後漢書輿服志上:"行祠天郊以法駕;祠地、明堂省什三;祠宗廟尤省,謂之小駕。"參閱三輔黄圖六雜録。

【小賤】微賤。史記秦始皇紀二世元年:"今(趙)高素小賤,陛下幸稱舉,令在上位,管中事。"後來罵人作"小賤人",指女性。元王實甫西廂記三本二折:"小賤人,這東西那裏將來的?"

【小數】小的技能。孟子告子上:"今夫弈之爲數,小數也。不專心致志,則不得也。"

【小遺】小便。漢書六五東方朔傳:"先是朔嘗醉入殿中,小遺殿上。"

【小虢】周時國名。平王東遷,西虢徙於上陽,爲南虢。仍留在岐的稱小虢。後爲秦所滅。史記秦紀:"(武公)十一年,初縣杜鄭。滅小虢。"

【小餘】舊曆法每年依朔法、至法計算的兩種日數,各用六十甲子除之,其未滿六十日的餘數中,整日叫大餘,不滿一日的零數叫小餘。參閱史記曆書"大餘五,小餘八"索隱。參見"大餘"。

【小篆】書體名。相傳秦相李斯將籀文簡化爲秦篆,又稱小篆;籀文稱大篆。漢時篆書,專指小篆而言。漢許愼説文解字收的九千三百五十三字,都是小篆。後來通稱爲篆書。

【小憩】休息片時。宋蘇軾東坡集續集三和桃花源詩:"桃源信不遠,藜杖可小憩。"

【小儀】唐禮部主事的別稱。唐人喜用他名標榜官銜,稱禮部尚書爲大儀,員外爲中儀,主事爲小儀。唐鄭谷鄭守愚集二寄同年禮部郎中詩:"仙步徐徐整羽衣,小儀澄澹轉中儀。"參閱宋洪邁容齋隨筆四筆十五官稱別名。

【小醜】地位低賤者或不重要的人物。醜,類。國語周上:"王猶不堪,況爾小醜乎!"也作謙稱。後漢書八〇黄香傳永元四年上疏:"臣香小醜,少爲諸生,典郡從政,固非所堪。"

【小器】㊀度量狹隘。論語八佾:"管仲之器小哉!"漢揚雄法言先知:"或曰齊得夷吾而霸,仲尼曰小器,請問大器。"㊁吝嗇。同"小氣"。紅樓夢四〇:"又嗔着鳳姐兒:'不送些玩器來與你妹妹,這樣小器。'"

【小還】㊀古代傳説謂太陽運行通過西南方的鳥次山的時刻,叫作小還。淮南子天文:"日出于暘谷,……至于昆吾,是謂正中;至于鳥次,是謂小還。"北堂書鈔藝文類聚初學記太平御覽引淮南子小還都作"小遷"。參閱清王念孫讀書雜志淮南内篇三小還大還。㊁道家鍊丹名。唐張籍張司業集二贈辟穀者詩:"學得餐霞法,逢人與小還。"又李羣玉詩集後集四將遊荆州投魏中丞:"又恐無人敢青眼,事須憑仗小還丹。"

【小録】㊀卽會試題名録。宋初進士約期集會,按甲次高下聚錢刊印小録;崇寧後,試院官也刊印小録,具列姓名和出生年月。見宋王林燕翼貽謀録五進士期集所、宋葉夢得石林燕語五、明王世貞鳳洲雜編四。㊁唐劉知幾謂史書除編年、紀傳二體外,又有十流。十流之二爲小録,是各録知交的私志。見史通十雜述。

【小築】㊀環境幽靜的小建築物。相當於後來的精舍、別墅之類。唐杜甫杜工部詩史補遺三畏人:"畏人成小築,褊性合幽棲。"宋蘇過斜川集三信中見和復以前韻答之詩:"小築强追三徑樂,遠遊未遂五湖船。"㊁古代毬戲的一種動作。宋孟元老東京夢華録九宰執親王宗室百官入内上壽:"左軍先以毬團轉衆,小築數遣；有一對次毬頭，小築數下，待其端正，即供毬與毬頭，打大膁過毬門。”

【小學】㊀周代的貴族子弟八歲入小學，十五歲入大學。大戴禮保傅：“及太子少長，知妃色，則入于小學。”注：“古者太子八歲入小學，十五歲入太學也。”其後各代設立的官學，有四門小學、內小學等名稱。清末廢科舉，始設近代小學。參閱清史稿一〇七選舉二學校二。㊁古代小學教授六藝，故禮、樂、射、御、書、數都稱爲小學。到了漢代，以小學作爲文字訓詁之學的專稱。漢書藝文志所收的小學十家都是字書和訓詁之類。隋唐以後，小學類的書籍又分爲訓詁學、文字學、音韻學三類。

【小謝】稱人。1.南朝宋謝惠連（謝靈運族弟）。南朝梁鍾嶸詩品中宋法曹參軍謝惠連：“小謝才思富捷……秋懷擣衣之作，雖復靈運銳思，亦何以加焉。”2.南齊謝朓。唐李白李太白詩十八宣州謝朓樓餞別校書叔雲：“蓬萊文章建安骨，中間小謝又清發。”

【小戴】漢戴聖。詳“大小戴”。

【小隱】隱居於山林。文選晉王康琚反招隱詩：“小隱隱陵藪，大隱隱朝市。”唐白居易長慶集五二中隱詩：“大隱住朝市，小隱入丘樊。”

【小斂】給死者穿衣爲小斂，入棺爲大斂。左傳隱元年：“衆父卒，公不與小斂，故不書日。”清沈赤水寒夜叢談二談禮：“古所謂小斂者，尸沐浴著衣畢，乃韜之以冒，不使人見其尸形，再用布絞束之，縮者一，橫者三，裹以複衾。至大斂，又以布絞束之，縮者三，橫者五，裹以複衾。君大夫與士同，所異者，衾有用錦用縞用緇之別，衣有百稱五十稱三十稱之分耳。”

【小鮮】小魚。老子：“治大國者若烹小鮮。”抱朴子廣譬：“凡木結根於靈山，而匠石爲之寢斤斧；小鮮寓身於龍池，而漁父爲之息網罟。”

【小顏】唐顏師古。師古注漢書，多取其叔游秦漢書決疑之說，故當時稱游秦爲大顏，師古爲小顏。史記曹相國世家“以爲豈少朕與”唐司馬貞索隱：“小顏以爲‘我年少’，非也。”

【小簡】宋宣和以後，士大夫間通問，用駢儷文的牋啟；又另附散文體手書，稱爲小簡。宋洪邁容齋隨筆四筆十五教官掌箋奏：“予官福州，但爲撰公家謝表及祈謝晴雨文，至私禮牋啟小簡皆不作。”參閱宋陸游老學庵筆記三。

【小韻】前人所謂詩八病之一。指詩句中犯雙聲之病。如五言詩一聯中除韻脚外，其餘九字中有相犯同聲者卽爲小韻。如“客子已乖離，那宜遠相送”，子、已、離、宜雙聲，卽稱爲犯小韻。參閱宋李淑詩苑類格（類說本五一）、梅堯臣續金針詩格。參見“八病”。

【小隴】卽隴山，隨地異名，有大隴山小隴山之分。小隴在今甘肅清水縣，一名隴坻，也叫分水嶺；大隴在隴城縣東，唐隴城故城在今甘肅秦安縣東北。參閱太平寰宇記三二隴州汧源縣。

【小蘇】㊀稍得蘇息。宋陸游劍南詩稿六〇書喜之二：“歲收儉薄雖中熟，民得蠲除已小蘇。”㊁指宋蘇轍。詳“三蘇”。

【小鬟】古時少女把頭髮梳成雙鬟，故稱小鬟。唐李賀歌詩編三畫江潭苑之一：“小鬟紅粉薄，騎馬珮珠長。”後也以稱婢女，俗稱丫鬟。宋黃庭堅豫章集三常父答詩……復次韻戲答詩：“小鬟雖醜頗妝梳，掃地如鏡能檢書。”

【小蠻】㊀唐白居易的女侍。唐孟棨本事詩事感：“白尚書姬人樊素善歌，妓人小蠻善舞，嘗爲詩曰：‘櫻桃樊素口，楊柳小蠻腰。’”㊁酒榼。唐白居易長慶集五六夜招晦叔詩：“高調秦箏一兩弄，小花蠻榼二三升。”又六六晚春酒醒尋夢得詩：“還擕小蠻去，試覓老劉看。”參閱宋王楙野客叢書二九棠陰蠻榼。

【小八件】舊時北京所產糕點名，製成八種花樣，較大八件爲小。見清李虹若朝市叢載五食品。參見“大八件”。

【小山詞】宋晏幾道撰。幾道字叔原，號小山，殊幼子。詞和父齊名，稱二晏。據自序稱其詞原名樂府補亡，以補古樂府之亡。見宋王灼碧雞漫志二。今本一卷，二百餘闋，多記男女閨情，情調過於感傷，以婉麗見勝，而境界狹隘。

【小六壬】舊時占卜法的一種。以大安、留連、速喜、赤口、小吉、空亡六辰分吉凶，以月日時輪指數之，卽俗之報時起課法。

【小方脈】卽小兒科，中醫十三科之一。見明陶宗儀輟耕錄十五醫科。參見“大小方脈”。

【小王子】元亡後，統治王朝的後裔去皇號改稱可汗。明景泰二年，脫脫不花可汗被部將也先所殺，其子麻兒可兒繼立，去汗號，改稱小王子。見明史三二七韃靼傳。

【小不平】微恙，身體不舒服。資治通鑑二二漢武帝征和二年：“上嘗小不平。”注：“小不平者，體中微有不適也。”參見“不平㊂”。

【小巴山】山名。又稱小巴嶺，在四川南江縣東北。山南卽春秋時巴國。嶺上多雲霧，盛夏猶有積雪。其北爲大巴山與之綿延相接。小巴險次於大巴，而高峻過之。參閱太平寰宇記一四〇集州難江縣、嘉慶一統志三九〇保寧府一。

【小平津】古渡口名。也名河陽津，在今河南孟津縣東北。東漢中平元年，爲鎮壓黃巾軍起義，在津上置關戍守，爲八關之一。其後宦官張讓等劫少帝、陳留王走小平津，卽此。見後漢書靈帝紀中平六年、皇甫嵩傳。

【小石調】商聲樂調名。本作“小食”，新唐書二二二下驃傳作“小植”，因有大石（食）調，故此稱小石調。唐會要三三諸樂：“天寶十三載七月十日，太樂署供奉曲名，及改諸樂名，……林鐘商，時號小食調。”宋代燕樂二十八調，用聲各別，小石調用九聲：高五、高凡、高工、尺、上、高一、高四、六、合。見宋沈括夢溪補筆談一樂律。又宋時俗稱中呂商爲小石調，蕤賓商爲中管小石調。見明唐順之荆川稗編四〇制管之法。

【小司空】官名。周置，冬官之屬，爲司空之副職。隋以後稱工部侍郎爲小司空，也稱少司空。參閱通典二三職官五工部尚書。參見“司空㊀”。

【小司寇】官名。周禮秋官之屬，爲大司寇的副職。隋以後稱刑部侍郎爲小司寇，或稱少司寇。參閱通典二三職官五刑部尚書。參見“司寇㊀”。

【小司馬】官名。周禮夏官之屬，爲大司馬的副職。隋以後稱兵部侍郎爲小司馬，或稱少司馬。參閱通典二三職官五兵部尚書。參見“司馬㊀”、“大司馬”。

【小司徒】官名。周禮地官之屬，爲大司徒的副職。唐以後稱户部侍郎爲小司徒，也稱少司徒。參閱通典二三職官五户部尚書。參見“司徒㊀”。

【小字録】宋陳思撰。一卷。唐陸龜蒙著有小名録，叢雜無緒，思乃稍加補集，撰小字録。先列歷代帝王，以後按朝代列載，至宋代止。明沈弘正補思之所遺，撰補録一卷。參見“小名録”。

【小老婆】妾。京本通俗小說十五錯斬崔寧：“你在京中娶了一個小老婆，我在家中也嫁了一個小老公。”

【小有天】山西陽城縣西南王屋山洞，周圍甚廣，道家號爲小有清虛之天，爲所謂十六洞天之一。簡稱小有天。唐杜甫杜工部草堂詩箋十五秦州之十四:“萬古仇池穴,潛通小有天。”後也用以泛喻名勝的地方。宋趙師俠陽華巖詩:“縈迴棧道泉淵響,疑是僊家小有天。”(清陸增祥八瓊室金石補正一〇六)參閱雲笈七籤二七洞天福地。

【小年夜】㊀農曆十二月二十四日。宋文天祥文山集十五二十四日詩:“春節前三日,江鄉正小年。”題注:“俗云小年夜。”參閱清葉名灃橋西雜記小年。㊁農曆除夕前一夜。清顧祿清嘉錄十二小年夜大年夜:“祀先之禮,……或有用除夕前一夕者,謂之小年夜。”

【小名錄】唐陸龜蒙撰。原三卷。收錄自秦至隋的古人小名,並采及神仙玉女等之名。見宋晁公武郡齋讀書志二類書。今本僅存二卷,神仙玉女名已佚,也無隋人名,已非全書。

【小行年】即小運。唐張籍張司業集六贈任道人:“欲得定知身上事,憑君爲筭小行年。”參見“小運”。

【小杜律】漢杜周、杜延年父子皆明法律,斷案嚴謹。周稱大杜,延年稱小杜。後漢書四六郭躬傳稱躬父弘,習小杜律。相傳漢代律書傳於後者,皆出於延年。見文苑英華三九七南朝梁沈約授蔡法度廷尉制。

【小宗伯】官名。周禮春官之屬,爲大宗伯的副職。隋後稱禮部侍郎爲小宗伯,也稱少宗伯。參閱通典二三職官五禮部尚書。參見“宗伯㊀”。

【小長安】地名。又名小長安聚,在河南南陽縣南。漢光武與王莽部將甄阜梁丘賜戰,敗於此。見後漢書光武帝紀上。參閱太平寰宇記一四二鄧州南陽縣。

【小孤山】俗名髻山,在江西彭澤縣北大江中。爲別於彭蠡湖中的大孤山,故稱小孤。其後因語音訛轉,以孤爲“姑”,好事者並於山上立神女祠,塑盛裝女像。廟對彭浪磯,因有小姑嫁彭郎的傳說。參閱宋孫光憲北夢瑣言十二楊鑣偶大姑神、歐陽修歸田錄二。

【小金川】水名。詳“金川”。

【小金山】山名。在江蘇江都縣北門外,圓如伏釜,四周環水,周圍十里中皆埋鐵鑊,相傳古代治水者以此壓水,俗稱李王鍋。見清李斗揚州名勝錄。

【小舍人】官僚或富家的子弟,人稱或自稱均可。元曲選缺名馮玉蘭一:“馮太守云:‘……着夫人同小姐、小舍人先行,老夫明日出城。’”此自稱其子。又:“家童云:‘理會的。我同妳妳、小姐、小舍人,照管着行李先去。’”此爲對人之子的敬稱。

【小斧劈】國畫皴法的一種。鈎勒山石,筆法象斧劈形,但落筆較細碎。唐李昭道畫金碧山水,皴石作小斧劈。宋劉松年、明唐寅、沈周都學他的筆法。參閱明汪砢玉珊瑚網畫法皴石法。

【小垂手】㊀本是舞名,後爲樂府雜曲歌辭名。玉臺新詠七南朝梁蕭綱(簡文帝)執筆戲書詩:“參差大戾發,搖曳小垂手。”又玄集下張琰春詞詩:“日暮登高樓,誰憐小垂手?”參見“大垂手”。㊁以手向下,作爲招呼示禮。宋林光朝艾軒集六與葉丞相子昂:“唐以來宰相謂之禮絕百僚,無長幼皆拜伏於其前,相君平立小垂手而已。”

【小忽雷】㊀唐代樂器名,形似琵琶。唐韓滉奉使入蜀,得良木,製成大、小忽雷兩件樂器。大忽雷早已遺失,小忽雷現藏故宮博物院。參閱宋錢易南部新書壬。㊁戲曲傳奇名。清孔尚任、顧彩合撰。二卷。內容說唐代梁厚本和鄭盈盈的婚姻遭到鄭注和宦官仇士良的破壞,幾經周折,終于團圓一事;並以小忽雷樂器爲仇士良搜得進宮,後又流傳到民間的經過作爲穿插。參閱曲海總目提要二九小忽雷。

【小妮子】女孩子。宋元以來多指婢女。古今雜劇元白仁甫東牆記二:“更有箇小妮子,是小姐使喚的梅香。”

【小南强】茉莉花的別稱。五代周世宗遣使至南漢,南漢主劉晟贈使者茉莉花,美其名曰小南强。其後宋平南漢,執晟子鋹至洛陽,不識牡丹,人謂此花名大北勝,以報小南强之語。見宋陶穀清異錄花小南强、清吳任臣十國春秋五九南漢中宗紀。

【小孩兒】幼童。宋陳嶠年近八十始婚,合巹之夕,自寫一詩,結尾說:“彭祖尚聞年八百,陳郎猶是小孩兒。”見宋錢易南部新書戊。

【小食調】商聲樂調名。詳“小石調”。

【小重陽】㊀農曆九月十日。宋陳元靚歲時廣記三五重九中再宴集引歲時雜記:“都城士庶,多於重九後一日,再集宴賞,號小重陽。”㊁閏九月九日。金元好問中州集九金孟宗獻閏月九日詩:“俚諺難逢兩寒食,閏餘今值小重陽。”

【小鬼頭】㊀罵人話。南朝梁陶弘景真誥七甄命授:“吾近承南真命,推縛盡執也,小鬼頭不制服,豈足憂。”宋王安禮爲開封府尹,有人誣告某人謀亂,安禮謂曰:“小鬼頭,沒三思至此!”見宋王明清揮麈錄後錄六。㊁對未成年人的親暱稱呼。元曲選關漢卿玉鏡臺二:“夫人云:‘小鬼頭,但得哥哥捻手捻腕,你早十分有福也。’”

【小修武】古地名。即小修武聚,在河南獲嘉縣。漢高祖三年,自成皋北渡黃河,宿小修武,突然收取張耳韓信的軍隊,即在此地。見漢書高帝紀上。

【小海唱】歌名。春秋吳伍子胥諫夫差,不聽,被殺,投尸於海。國人悼念他的忠烈,爲作小海唱。見晉書夏統傳。

【小海甌】小碗。宋陶穀清異錄器具小海甌:“耀州陶匠創造一等平底深盌,狀簡古,號小海甌。”今俗猶有小海碗、大海碗之稱。

【小宰羊】豆腐的別稱。宋陶穀清異錄官志小宰羊:“時戢爲青陽丞,潔己勤民。肉味不給,日市豆腐數箇,邑人呼豆腐爲小宰羊。”

【小家子】出身低微的人。漢書六八霍光傳:“使樂成小家子得幸將軍,至九卿封侯。”也作“小家兒”。元曲選馬致遠漢宮秋三:“早是俺夫妻悒怏,小家兒出外也搖裝。”

【小畜集】宋王禹偁自編的詩文集。三十卷。外集存七卷。以易小畜卦作集名。禹偁文尊韓柳,詩尊李杜,漸除西崑派纖麗浮靡之習,是宋初詩文風氣改革的前驅。

【小冢宰】官名,北周置。資治通鑑一七四陳宣帝太建十二年:“(劉)昉又求小冢宰。”注:“後周置小冢宰,上大夫也,六命。”

【小倉山】在江蘇南京市清涼山東,清袁枚建隨園於此,並題其室曰小倉山房,著有小倉山房集。

【小逡巡】刀的隱語。五代蜀王建初起兵時,軍中用隱語來代替武器名稱,稱刀爲小逡巡。見宋陶穀清異錄武器小逡巡。

【小乘教】佛教的一派。詳“五教㊂”、“小乘”。

【小娘子】唐宋以來對年輕婦女的通稱。唐韓愈昌黎集二四祭女挐女文:“維年月日,阿爹阿八使汝妳以清酒時果庶羞之奠,祭於第四小娘子挐子之靈。”此稱己女。太平廣記五〇裴航引唐裴鉶傳奇:“良久謂嫗曰:‘向覩小娘子,豔麗驚人,姿容擢世,所以躊躇而不能適。’”宋歐陽修文忠集一五一答連郎中書之二:“承賢郎小娘子見過,故人有佳兒女,朋友所當共慶也。"此稱人之女。

【小清河】水名。1.在山東省中部。源出濟南市趵突泉，東北流經廣饒縣至羊角溝入萊州灣。舊小清河源出章丘縣東南野狐嶺，東北流會緇河，經廣饒縣入萊州灣。按小清河舊合於大清河，自大清河被黃河奪道，小清河遂獨流入萊州灣。參閱山東通志一二五河防小清河考。2.在遼寧開原縣南。源出吉林達揚阿嶺，至縣東南和大清河合流，總名清河，又西入遼河。參閱嘉慶一統志五九奉天府一。

【小清明】農曆三月。清周亮工閩小紀下大清明："閩將樂，歸化人，以三月爲小清明，八月爲大清明。"

【小淩河】在遼寧省西部。曲折迴旋如錦繡紋，因又名爲錦川。源出松嶺，東流經錦州市，會合女兒河，南流入遼東灣。參閱嘉慶一統志六四錦州府一。

【小梁州】詞曲調名。梁州古時屬邊界地區，唐人以邊疆生活爲題材，寫成絶句，配樂歌唱，其調名小梁州。見明胡應麟少室山房筆叢二二小梁州。

【小崑崙】山名。晉張華博物志一水："漢使張騫渡西海，至大秦。西海之濱，有小崑崙，高萬仞，方八百里。"元楊維禎鐵崖古樂府十冶春口號詩之三："見說崑田生玉子，海西還有小崑崙。"

【小巢菜】蔬菜名。野豌豆，又名元修菜。宋陸游劍南詩稿十六巢菜詩序："蜀蔬有兩巢：大巢，豌豆之不實者；小巢生稻畦中，東坡所賦元修菜是也。吳中絶多，名漂搖草，一名野蠶豆，但人不知取食耳。"詩："此行忽似蟇津路，自候風鑪煮小巢。"參見"元修菜"。

【小寒食】寒食的第二天，或說是前一天。唐杜甫杜少陵集詳註二三小寒食舟中作詩題注引廣義注："禁火三日，謂(冬)至後一百四日五日六日，乃知小寒食是六日。"

【小朝廷】㊀唐鄭從讜爲太原尹，留守河東節度，自擇人才爲參佐官，京師人士把太原看作小朝廷。意謂名人之多僅次於朝廷。見舊唐書一五八鄭餘慶傳附鄭從讜。㊁譏諷偏安的局面。南宋紹興八年，秦檜決策和金，胡銓抗疏言："臣有赴東海而死爾，寧能處小朝廷求活邪?"見宋史三七四胡銓傳。清詩別裁十四顧洄感懷："莫說長江限南北，建康原是小朝庭。"庭，通"廷"。

【小雁蕩】見"五泄"。

【小陽春】農曆十月。明謝肇淛五雜俎天二："即天地之氣，四月多寒，而十月多煖，有桃李生華者，俗謂之小陽春。"

【小登科】舊時稱讀書人取得功名後回家完婚。元袁士元書林外集三送方元成巡檢歸里成姻……詩："紫邏將軍初發軔，錦衣公子小登科。"

【小節夜】宋時官内以農曆十二月二十四日爲小節夜。後來通稱小年夜。見元周密乾淳歲時記。

【小傳臚】科舉時代，殿試後宣讀皇帝詔書和登第進士名次，叫傳臚。清制，定四月二十一日殿試，二十五日傳臚。殿試後由閱卷大臣列甲第名次進呈，在二十四日先拆開前十卷，按名引見，叫小傳臚。見清陸以湉冷廬雜識六傳臚。

【小爾雅】舊題漢孔鮒撰，一卷。分廣詁廣言廣訓等十三章。漢書藝文志孝經類有小爾雅，不著撰人姓名。隋書經籍志著録作李軌解，也不附撰人。至宋館閣書目始題孔鮒撰。清戴震等考爲後人纂輯，非漢志所說的舊本。清宋翔鳳有小爾雅訓纂五卷；葛其仁疏證四卷，附王寶仁輯佚一卷，最爲詳備。

【小樓羅】宋太宗曾因張思鈞征伐有功，狀小精悍，稱他爲樓羅；張子承恩爲三班奉職，人稱他爲小樓羅。見宋史二八〇張思鈞傳。樓羅同"僂儸"，指幹練、伶俐。也作"小嘍囉"。水滸二："我聽得少華山上有三個強人，聚集着五七百小嘍囉。"參見"僂儸"。

【小龍團】茶名。也作"小團"。宋初，既平南唐，在建州造團茶，置龍鳳模，專供宫庭之用。慶曆中，蔡襄(君謨)爲福建路轉運使，又造小龍團，列爲地方歲貢，自小團出而龍鳳遂爲次品。見宋歐陽修歸田録二、顧文薦負暄雜録建茶品第(說郛本)。

【小戴記】即禮記。見該條。

【小才大用】以小才而任大事。唐白居易長慶集五常樂里閑居偶題十六韻……詩："小才難大用，典校在祕書。"

【小千世界】佛教謂以須彌山爲中心，七山八海交互繞之，合四大洲日月諸天爲一世界，以鐵圍山爲外郭，稱一小世界。合一千小世界爲小千世界。參閱大智度論七、清釋紀蔭宗統編年別問。參見"大千世界"。

【小心翼翼】恭敬謹愼貌。詩大雅大明："維此文王，小心翼翼。"箋："小心翼翼，恭愼貌。"管子弟子職："先生施教，弟子是則。……朝益暮習，小心翼翼。"

【小李將軍】㊀唐右武衛大將軍李思訓子李昭道。詳"大李小李"。㊁五代蜀李昇的畫似李思訓，人也稱他爲小李將軍。見宋黃休復益州名畫録中、郭若虛圖畫見聞志二。

【小往大來】易泰："泰，小往大來，吉亨，則是天地交而萬物通也，上下交而其志同也。"本指人事的消長。後來又借喻商人以微本牟取暴利。

【小冠子夏】漢杜欽和杜鄴同字子夏，都以才能知名。欽盲一目，人稱盲杜子夏。欽不樂，於是特製高寬二寸的小帽，戴帽以別於鄴，時人因改稱欽爲小冠杜子夏，鄴爲大冠杜子夏。見漢書六〇杜周傳附杜欽。

【小范老子】宋范仲淹守延安，有威名，西夏人說："今小范老子腹中有數萬甲兵，不比大范老子可欺也。"夏人稱知州爲老子，小范指范仲淹，大范指范雍。見宋孔平仲孔氏談苑四。

【小家碧玉】玉臺新詠十晉孫綽情人碧玉歌："碧玉小家女，不敢攀貴德。"碧玉，原爲人名，後以泛指平民家的少女。明范文若鴛鴦棒傳奇二："小家碧玉鏡慵施，趙娣停燈臂支粟。"

【小時了了】幼年聰明。東漢孔融十歲時，進謁李膺，膺和賓客都十分賞識，獨陳韙說："小時了了，大未必佳。"融便說："想君小時，必當了了。"韙甚窘。見世說新語言語。

【小國寡民】國小民少。老子："小國寡民，使有什伯之器而不用，使民重死而不遠徙。……鄰國相望，雞犬之音相聞，民至老死不相往來。"馬王堆漢墓帛書老子作"小邦寡民"，義同。

【小鳥依人】唐李世民(太宗)評論功臣得失，說"褚遂良學問稍長，性亦堅正。既寫忠誠，甚親附於朕，譬如飛鳥依人，自加憐愛。"見舊唐書六五長孫無忌傳。後來說女子或小孩嬌稚可愛爲小鳥依人，本此。

【小腆紀年】清徐鼒撰，二十卷，爲編年體南明史。採野史及各省府縣志、諸家詩文集等，仿通鑑綱目的體例，敍述南明福、唐、桂、魯四王本末及臺灣鄭氏事，自順治元年正月至康熙二十二年鄭氏滅亡時止，補充了不少明史所未備的史實。鼒並著有小腆紀傳六十五卷，補遺五卷，爲紀傳體。參見"小腆"。

【小廉曲謹】小處廉潔謹愼。意指不識大體，隨波逐流，只知拘執小節。宋朱熹朱文公文集六四答或人書之十："鄉原是一種小廉曲謹、阿世徇俗之人。"

【小學紺珠】宋王應麟撰。十卷。自天道、律曆至儆戒動植分爲十七門，每門又以數字爲綱，分隸故實，如"兩儀"、"三才"、"四大"之類，以便幼學記誦，爲類書別創一格。傳説唐張説有紺色珠，看了它就能記事不忘。書即以此取名。

【小學集注】六卷。舊題宋朱熹撰，明陳選集注。按此書文獻通考、宋史藝文志皆作小學書四卷，明史藝文志作小學句讀六卷。書的發凡起例，出於朱熹，而類次編定，則出於熹弟子劉清之，是當時向兒童灌輸孔孟之道和封建思想的教材。明成化初陳選以御史督學河南，乃爲作集注，以教諸生。清張伯行黄澄蔣永修皆有集解。

【小學彙函】叢書名。清鍾謙鈞輯古經解彙函後，又取漢魏六朝唐宋人所著，自方言釋名至廣韻等小學書共十三種，一百三十六卷，附於彙函之後，而成此書。

【小學鉤沈】清任大椿輯。十九卷。輯集倉頡篇以下字書十種。前十二卷由王念孫校印，後七卷爲汪廷珍續刊。清顧震福又輯原書所未備爲續編八卷，四十八種。

【小題大做】明清科舉時代以四書文句命題的稱做小題，以五經文句命題的稱做大題。用做五經文的章法來做四書文的，便稱爲小題大做。後來借喻爲把小事當作大事來處理，有不值得、不應當的意思。清朱維翡翠園傳奇七："你們這班朋友，慣是小題大做。"紅樓夢七三："没有什麽，左不過他們小題大做罷了。"

【小懲大誡】易繫辭下："小懲而大誡，此小人之福也。"大意是説對"小人"的小過錯加以懲誡，使他們受到教訓，不至於犯大罪，故反得福。魏書桓玄傳司馬德宗(晉安帝)下書："猶冀(桓)玄當洗濯胸腑，小懲大誡，而狼心弗革，悖慢愈甚。"

【小巫見大巫】巫，巫師。謂小巫的法術比不上大巫。太平御覽七三五莊子："小巫見大巫，拔茅而弃，此其所以終身弗如也。"後來引申爲相形見絀。三國志吴張紘傳"紘著詩賦銘誄十餘篇"注引吴書魏陳琳答張紘書："此間率少於文章，易爲雄伯。……今景興(王朗)在此，足下與子布(張昭)在彼，所謂小巫見大巫，神氣盡矣。"小巫，陳琳自喻。

【小萬卷樓叢書】清錢培名輯刊。培名族父熙祚刊刻守山閣叢書和指海，培名又用他的藏書，補其未備，共十八種，六十卷，題爲小萬卷樓叢書。所收各書，書後並仿照守山閣體例，作跋説明著書原由，又附札記五卷，勘正書中刊刻時的錯誤。培名有藏書樓名萬卷樓，後以遭兵事遷居，因别稱新居爲小萬卷樓。

【小黄門譙敏碑】見"譙敏碑"。

【小方壺齋輿地叢鈔】叢書名。清王錫祺輯刊。分正編、補編各十二帙，再補編六帙。所收大都是各家的輿地考證論説和各地遊記。

【小蓬萊閣金石文字】清黄易輯。不分卷。以家藏宋拓漢石經殘字、涼州刺史魏元丕碑、幽州刺史朱龜碑、成陽靈臺碑、小黄門譙敏碑、洛陽令王渙二石闕、圉令趙君碑、廬江太守范式碑、唐拓武梁祠畫象殘石和篆字三公山碑，臨摹雙鈎，錄諸家跋語，並加考辨。後附陵苕館續刻，爲清高學治輯，收夏承、婁壽、劉熊、華山諸碑。

一畫

少 1. shǎo ㄕㄠˇ 書沼切，上，小韻，審。

㊀數量小。"多"的對稱。孟子梁惠王上："鄰國之民不加少，寡人之民不加多。"㊁不足，欠缺。史記七六平原君傳："今少一人，願君即以(毛)遂備員而行矣。"㊂輕視。莊子秋水："且夫我嘗聞少仲尼之聞而輕伯夷之義者，始吾弗信，今我睹子之難窮也。"史記六九蘇秦傳："(周)顯王左右素習知蘇秦，皆少之。"㊃副詞。1. 稍微，略微。國語周下："吾朝夕儆懼，曰：其何德之修，而少光王室，以逆天休。"注："少猶裁也。"2. 少頃，不多時。孟子萬章上："始舍之，圉圉焉，少則洋洋焉，攸然而逝。"

2. shào ㄕㄠˋ 失照切，去，笑韻，審。

㊄年幼，年輕人，"老"的對稱。左傳襄三十一年："子皮欲使尹何爲邑，子產曰：'少，未知可否。'"墨子貴義："今有人於此，負粟息於路側，欲起而不能，君子見之，無長少貴賤必起之，何故也？"晉書王羲之傳："王氏諸少並佳。"㊅副貳，輔佐。書周官："立太師、太傅、太保，兹惟三公。……少師、少傅、少保曰三孤，貳公弘化。"㊆同"小㊀"，見"少$_{2}$君㊀"。㊇姓。禮雜記下有少連。參閱元和姓纂九笑。

【少$_{2}$子】㊀最幼的兒子。戰國策趙一："張孟談乃行，其妻之楚，長子之韓，次子之魏，少子之齊，四國疑而謀敗。"㊁書名。南齊張融撰。内容把道、佛二教融爲一體。其名初見於弘明集十一南齊孔稚珪答蕭司徒書，隋書經籍志三"符子二十卷"注："少子五卷，齊司徒左長史張融撰。"又名門律、問律。見南齊書顧歡傳、張融傳。弘明集六收入其門論一篇。其書今佚。玉函山房輯佚書有輯本一卷。

【少$_{2}$小】㊀年幼時。東觀漢記十二馬援傳："臣與公孫述同縣，少小相善。"全唐詩一一二賀知章回鄉偶書之一："少小離鄉老大回，鄉音難改鬢毛衰。"㊁兒科。新唐書百官志三："(醫博士)掌教授諸生，以本草、甲乙、脈經，分而爲業。……三曰少小。"

【少$_{2}$尹】官名。1. 唐時諸郡皆置司馬，開元元年改爲少尹，是府州的副職。宋沿置，後廢。後因稱州縣的副職爲少尹。參閱唐會要六七京兆尹、文獻通考六三職官十七京尹。2. 即少詹事。唐龍朔二年改詹事爲端尹，正三品。少詹事爲少尹，正四品上。見新唐書百官志四上、文獻通考六十職官十四太子詹事。

【少少】短，極少。墨子非攻下："少少有神來告曰：'夏德大亂，往攻之，予必使汝大堪之。'"後漢書三八度尚傳："所亡少少，何足介意？"

【少少$_{2}$】輕視年少的人。管子小問："(管仲)至中食而慮之。婢子曰：'公何慮？'管仲曰：'非婢子之所知也。'婢子曰：'公其毋少少，毋賤賤。'"

【少$_{2}$内】漢官名。掌管宫中府藏的官。漢書七四丙吉傳："後少内嗇夫白吉曰：'食皇孫亡詔令。'"注："少内，掖庭主府藏之官也。"周禮天官序官"職内"漢鄭玄注："職内，主入也，若今之泉所入，謂之少内。"

【少$_{2}$公】縣尉的别稱。宋洪邁容齋詩話三："隨筆載縣尉爲少公，予後得晏幾道叔原一帖與通叟少公者，正用此也。"參見"少仙"。

【少半】㊀稍弱。管子海王："終月，大男食鹽五升少半，大女食鹽三升少半。"注："少半，猶劣薄也。"㊁不到一半。詳"太半"。

【少$_{2}$正】古官名，大正的副職。書酒誥："厥誥毖庶邦庶士，越少正御事。"清孫星衍尚書今古文注疏："少正者，正人之副。鄭有少正公孫僑，魯有少正卯。"公孫僑即子產。

【少$_{2}$母】子對父妾之稱。宋朱熹朱子全書三七禮一小戴禮喪服小記："五峯(胡宏)稱妾母爲少母，南軒(張栻)亦然。據爾雅亦有少姑之文，五峯想是本此。"

【少$_2$仙】縣尉。唐杜甫杜工部詩史補遺二有野望因過常少仙詩。宋洪邁容齋隨筆七縣尉爲少仙："少仙應是言縣尉也。縣尉謂之少府，而梅福爲尉有神仙之稱。"清浦起龍讀杜心解三之三說："詩云：'入村'，又云'幽人'，恐是青城隱者。少仙或其名字，非尉也。"

【少安】小安，稍安。左傳昭四年："晉君少安，不在諸侯。"注："安於小小，不能遠圖。"

【少$_2$吏】小吏。漢制萬户以上的縣，長官稱爲令，秩千石至六百石。不足萬户的縣，長官稱爲長，秩五百石至三百石。丞尉秩四百石至二百石。這些都稱爲長吏。百石以下，有斗食、佐史之秩，稱爲少吏。見漢書百官公卿表上。參閱清俞正燮癸巳類稿十一少吏論。

【少$_2$西】複姓。宋鄧名世古今姓氏書辯證三三笑："少西，出自嬀姓，陳公子夏之後，别爲少西氏。"

【少$_2$艾】美貌的少女。孟子萬章上："知好色，則慕少艾。"或以爲指男色。參閱清閻若璩四書釋地又續少艾(清經解本八)。

【少年】不幾年。後漢書八六西南夷傳滇王："(景)毅初到郡，米斛萬錢，漸以仁恩，少年間，米至數十云。"注："少年，未多年也。"

【少$_2$年】青年男子。史記九二淮陰侯傳："淮陰屠中少年有侮信者，曰：'若雖長大，好帶刀劍，中情怯耳。'"

【少$_2$妃】諸侯的妾。左傳昭二十八年："叔向欲娶於申公巫臣氏。……是鄭穆少妃姚子之子，子貉之妹也。"

【少$_2$牢】古代祭祀燕享單用羊、豬稱少牢。見儀禮少牢饋食之禮注。後專以羊爲少牢，見大戴禮曾子天圓。參閱清趙翼陔餘叢考三太牢少牢。參見"太牢"。

【少$_2$辛】草名，供藥用，卽細辛。山海經中山經："又東三十里曰浮戲之山，……其東有谷，因名曰蛇谷，上多少辛。"注："細辛也。"又名小辛。管子地員："羣藥安生，薑與桔梗，小辛大蒙。"

【少$_2$君】㊀古稱諸侯之妻。同"小君"。左傳定十四年："從我而朝少君。"㊁幼主。左傳哀六年："少君不可以訪，是以求長君。"㊂漢武帝時有方士李少君，自稱能與仙人相接，後來因以少君爲道士的敬稱。中興間氣集上皇甫冉少室韋鍊師昇仙歌："紅霞紫氣晝氤氳，絳節青幢迎少君。"㊃舊時對别人兒子的尊稱。紅樓夢一一四："弟那年在江西糧道任時，將小女許配與統制少君。"

【少$_2$壯】年輕力壯。文選古樂府長歌行："少壯不努力，老大乃傷悲。"

【少$_2$府】㊀官名。1.秦官九卿之一。掌管山海地澤的稅收，供皇帝享用，屬於皇帝的私府。東漢掌管宮中服御諸物、衣服、寶貨、珍膳等等。卿一人，中二千石；丞一人，比千石；員吏三十四人。魏晉南北朝沿置。至明廢。參閱漢書百官公卿表上、通典二七、續通典三一職官九少府監。2.縣尉的别稱。縣令稱明府，縣尉職位低於縣令，故稱少府。見宋馬永卿嬾真子一。㊁弓名。戰國策韓一："天下之强弓勁弩，皆自韓出，谿子、少府、時力、距來，皆射六百步之外。"㊂人體經穴名，在小指第三節骨縫陷中。見晉皇甫謐鍼灸甲乙經三手少陰及臂凡一十六穴。

【少$_2$房】妾。元黄溍黄文獻公集九下青槤居士鄭君墓銘："娶傅福，字世昌；少房徐偉，字妙英，皆前君卒。"明宋濂宋學士集四五義烏方府君墓志銘："旣而少房馬氏生子男子二人，曰士龍，曰士信。"

【少$_2$妻】妾。同"小妻"。後漢書七二董卓傳："卓朝服升車，旣而馬驚墮泥，還入更衣，其少妻止之。"

【少$_2$昊】傳説古部落首領名。也作少皞。名摯，字青陽，黄帝子，已姓。以别於太昊，故稱少昊；以金德王，故也稱金天氏。邑窮桑，都曲阜，號窮桑帝。春秋郯自稱爲少皞後代。參閱晉皇甫謐帝王世紀、舊題晉王嘉拾遺記一少昊、清梁玉繩漢書人表考一。

【少$_2$典】㊀人名。1.古代帝王。娶有蟜氏，生黄帝、炎帝。見國語晉四。2.炎帝妃，生黄帝。見漢書古今人表。㊁諸侯國號。見史記唐司馬貞補三皇紀"炎帝人身牛首"注引皇甫謐(帝王世紀)。參閱清梁玉繩漢書人表考二少典。

【少$_2$使】漢女官名。掌管供使，秩四百石，爵比公乘。史記文帝紀後七年遺詔："歸夫人以下至少使。"集解引應劭："夫人以下有美人、良人、八子、七子、長使、少使。"見漢書九七上外戚傳序。

【少$_2$姑】妻子稱丈夫的庶母爲少姑。見爾雅釋親。

【少$_2$室】㊀山名。在河南登封縣北，嵩山西。東太室，西少室，相距七十里。總名嵩山。因山有石室得名。參閱晉戴祚西征記(説郛)、嘉慶一統志二〇五河南府一嵩山。㊁複姓。春秋時晉有少室周，爲趙簡子戎右。見國語晉九。

【少$_2$宮】樂調名。文選晉張景陽(協)七命："啟中黄之少宮，發蓐收之變商。"參見"少$_2$商㊀"。

【少$_2$城】見"太城"。

【少胥】稍等。胥，等待。管子大匡："吾君愓，其智多誨，姑少胥，其自及也。"

【少思】㊀減少思慮。隋王通文中子事君："惡衣薄食，少思寡欲。"宋蘇軾分類東坡詩十七次韻劉貢父李公擇見寄二首之一："少思多睡無如我，鼻息如雷撼四鄰。"㊁欠考慮。資治通鑑二三八唐憲宗元和五年："(李)絳曰：'陛下容納直言，故羣臣敢竭誠無隱。(白)居易言雖少思，志在納忠，陛下今日罪之，臣恐天下各思箝口，非所以廣聰明、昭聖德也。'"

【少$_2$俞】傳説黄帝時首先用針灸治病的人。雲笈七籤一〇〇軒轅本紀："帝問少俞鍼注，乃制鍼經，明堂圖灸之法。此鍼藥之始也。"

【少$_2$保】官名。詳"三孤"。

【少$_2$姨】少室山女神名。嵩山少室有少姨廟，其神爲婦人像，相傳是啟母塗山的妹妹。見唐楊炯楊盈川集五少室山少姨廟碑。

【少$_2$海】㊀渤海。也稱幼海。韓非子外儲左上："齊景公游少海。"淮南子地形："東方曰大渚，曰少海。"參見"幼海"。㊁比喻太子。唐柳宗元柳先生集外集下賀皇太子牋："瑞星照臨，示重輪之發輝；恩波下濟，見少海之增瀾。"文苑英華五五七唐常袞代宗讓皇太子表："取法于地，視少海之朝宗。"此以皇帝比大海，太子比少海。

【少$_2$宰】㊀官名。卽周禮天官的小宰。春秋時楚也設此官。見左傳宣十二年。宋政和中改尚書左右僕射爲大宰、少宰，不久卽廢。見宋史職官志一。明清時俗稱吏部侍郎爲少宰，也叫少冢宰。參見"小宰㊀"。㊁星名。爲紫微垣東藩八星中的第三星。見宋史天文志二。

【少時】不多時。文選南朝梁任彥昇(昉)奏彈劉整："苟奴隱僻少時，伺視人買龍牽售五千錢。"

【少$_2$時】幼時。史記六二管仲傳："少時常與鮑叔牙游。"

【少$_2$師】㊀官名。1.周置少師、少傅、少保以輔天子。參見"三孤"。2.樂官。商紂將亡時少師强持祭樂器奔周。見史記殷紀。又魯哀公時，有少師陽入於海。見論語微子。參閱清顧炎武日知錄二少師。㊁古時士人年到七十退職居鄉，也稱少師。見儀禮鄉飲酒禮"主人就先生而謀賓介"注。

【少$_2$卿】㊀官名。1.大卿的副職。左傳昭三十年:"我先大夫印段實往,敝邑之少卿也。"2.北魏太和十五年設置的官,北齊沿設,是正卿的副職,如太常、光祿、太僕、大理諸寺皆有此副職,隋唐至清亦沿置。參閱文獻通考五五職官九、十。㊁鳥的別名。見元伊世珍瑯嬛記上引採蘭雜志。

【少$_2$梁】古地名。春秋梁國,爲秦所滅,後又爲晉所併。左傳文十年:"晉人伐秦,取少梁。"即此。戰國時爲魏邑,後歸秦。秦惠文王十一年改名夏陽,漢因置夏陽縣。故城在今陝西韓城縣南。參閱讀史方輿紀要五四同州韓城縣。參見"夏陽㊀"。

【少$_2$商】㊀琴的第七絃音。太平御覽八四晉皇甫謐帝王世紀:"神農氏始作五絃之琴,以具宮、商、角、徵、羽之音。歷九代,至文王復增其二絃,曰少宮、少商。"㊁人體經穴名。在大指內側的上方。靈樞經本輸:"肺出於少商,少商者,手大指端內側也。"

【少許】一點點。晉陶潛陶淵明集三飲酒詩之十:"傾身營一飽,少許便有餘。"世說新語賞譽下:"簡文道王懷祖(述)才既不長,於榮利又不淡,直以真率少許,便足對人多多許。"

【少$_2$康】夏王相的兒子,禹的七世孫。相爲寒浞的兒子澆所殺,相妻后緡正懷孕,逃到有仍,生少康。少康長大,和舊臣靡合力滅浞,恢復夏王朝。參閱左傳襄四年、哀元年、史記夏紀。

【少$_2$習】山名。在陝西商縣東,其下即武關。左傳哀四年:"將通於少習以聽命。"

【少$_2$陵】漢宣帝許后之陵,因規模比宣帝陵爲小,故名。在陝西長安縣南,其地因稱小陵,或稱少陵原。唐杜甫曾在此居住,自號少陵野老。唐杜甫杜工部草堂詩箋九哀江頭:"少陵野老吞聲哭,春日潛行曲江曲。"參閱宋宋敏求長安志十一萬年縣、程大昌雍錄七少陵原。

【少$_2$陰】㊀易四象之一,其數爲八。參見"老陽"。㊁人體經脈名,即腎經。其經脈起於小趾之下,斜趨足心,循內踝之後上行,貫脊絡膀胱。病在少陰者,脈常微細,嗜睡。參閱素問陰陽離合論、傷寒論辨少陰病脈證並治。

【少頃】片刻,須臾。荀子致士:"君子也者,道法之總要也,不可少頃曠也。"呂氏春秋重言:"少頃,東郭牙至。"

【少$_2$從】使者的少年隨從。史記一二三大宛傳:"而漢使者往既多,其少從率多進熟於天子。"漢書六一張騫傳:"其少從率進孰於天子。"注:"漢時謂隨使而出外國者爲少從,總言其少年而從使也。"

【少$_2$溲】小便。國語晉四:"少溲於豕牢,而得文王。"注:"少,小也;豕牢,廁也;溲,便也。"

【少$_2$華】山名。1.在陝西華縣東南,和太華峰勢相連而稍低,故名少華,也叫小華。山海經西山經:"(太華山)又西八十里曰小華之山。"注:"即少華山。"參閱太平寰宇記二九華州。2.在江西德興縣東,一名三清山。最高者爲玉京峰。參閱嘉慶一統志三一一饒州府一。

【少間】間,音jiàn。㊀等一會兒,隔不多時。禮曲禮上:"少間,願有復也。"又暫時的閒暇。大戴禮少閒:"公曰:'今日少閒,我請言情於子。'"㊁病稍好轉。文選漢枚叔(乘)七發:"伏聞太子玉體不安,亦少間乎?"㊂一點點空隙。宋李之儀姑溪題跋一跋慎伯筠書:"戶外之屨,至無少間。"

【少$_2$陽】㊀易四象之一,它的數是七。參見"老陽"。㊁東方的極地。史記一一七司馬相如傳大人賦:"邪絕少陽而登太陰兮,與真人乎相求。"集解引漢書音義:"少陽,東極;太陰,北極。"㊂東宮,太子。文選南朝宋顏延年(延之)三月三日曲水詩序:"正體毓德於少陽,王宰宣哲於元輔。"㊃人體經脈名,即膽經。其脈起於眼角,沿耳後入耳中,經咽喉旁直到面頰和下巴。病在少陽的患者,常感口苦咽乾,目眩。參閱素問陰陽離合論、傷寒論辨少陽病脈證並治。㊄山名。在山西交城縣西北。山海經北山經:"又西二百五十里曰少陽之山,……酸水出焉。"

【少$_2$傅】古官名。與少師、少保合稱三孤。參見"三孤"。

【少$_2$腹】人體部位名。臍以下,即小腹。素問六元正紀大論:"病生皮腠,內舍於脇,下連少腹而作寒中。"

【少$_2$微】㊀星名。一名處士星。共四星,在太微西南,今屬獅子座。見史記天官書"曰少微,士大夫"索隱、正義。後常用以比喻處士。唐杜甫杜工部詩史補遺三嚴中丞枉駕見過:"寂寞江天雲霧裏,何人道有少微星。"㊁山名。一名大括山,在浙江麗水縣東南,因所處之郡與少微星對應,故名。參閱嘉慶一統志三〇五處州府。

【少$_2$寢】古代天子、諸侯正室左右兩旁的便室。左傳哀二六年:"乃盟于少寢之庭。"參見"小寢"。

【少廣】算法九章之一,是開方法的一種,即方田法的還原。因其截取縱的多餘,以增補廣的不足,故名。參閱九章算術四少廣。

【少$_2$廣】巖穴名,一說山名。莊子大宗師:"西王母得之,坐乎少廣。"釋文:"司馬(彪)云穴名。崔(譔)云山名。或云西方空界之名。"

【少$_2$蓬】唐代祕書少監的別稱。詳"大蓬"。

【少選】隔一會兒,不多久。呂氏春秋音初:"少選,發而視之,燕遺二卵,北飛,遂不反。"又本味:"少選之間,而志在流水。"

【少$_2$儀】禮記篇名,記載貴族子弟應學的禮儀。釋文:"少,詩照反。少猶小也。鄭(玄)云:以其記相見及薦羞之小威儀。"

【少$_2$皞】即少昊。見"少$_2$昊"。

【少憩】稍作休息。宋王明清揮麈錄餘話一延福宮曲宴記:"酒五行,以碧玉醆宣諭,少憩於殿門之東廡。"元王惲秋澗集三苦熱歎詩:"簞紋燎炎輝,側脊能少憩。"

【少$_2$上造】秦漢爵名,屬第十五級。見漢書百官公卿表上。參見"大上造"。

【少$_2$女風】兌爲少女,西方之卦,故稱西風爲少女風。三國志魏管輅傳"今夕當雨"注引輅別傳:"至日向暮,了無雲氣,衆人並嗤輅。輅言:'樹上已有少女微風,樹間又有陰鳥和鳴。又少男風起,衆鳥和翔,其應至矣。'"宋王之道桐山集十一秋興八首追和杜老詩之七:"宦情薄似賢人酒,詩思清於少女風。"參閱清黃生義府下少女風。

【少正卯】?—公元前496年。春秋魯大夫。漢王充論衡講瑞篇說卯與孔子同時在魯講學,曾多次把孔子的門徒引到自己門下,致使孔子之門"三盈三虛"。事迹不詳,傳說魯定公十四年,孔子爲魯司寇時,少正卯以"五惡"(心達而險,行辟而堅,言僞而辨,記醜而博,順非而澤)亂政的罪名被殺。少正,複姓。一說是官名。參閱荀子宥坐、史記孔子世家、孔子家語始誅。

【少$_2$司命】古代楚地神話稱司兒童命運的神爲少司命。戰國楚屈原曾以此名篇,製祀神樂章,爲九歌之一。

【少$_2$年行】樂府雜曲歌辭。本出於結客少年場行,多詠少年輕生重義、任俠游樂之事。六朝及唐人如何遜、李白、王維等都有此作。參閱樂府詩集六六。

【少$_{2}$君術】 漢方士李少君自稱能招致亡魂，曾以潛英石刻漢武帝所愛李夫人像，放在輕紗幕裏，遠遠看去，形狀如同生時。見舊題晉王嘉拾遺記五。後稱巫人玩弄的招魂之術爲"少君術"。文苑英華三一〇唐沈佺期天官崔侍郎夫人盧氏輓歌:"猶憑少君術，髣髴覩容輝。"

【少$_{2}$男風】 艮爲少男，東北之卦，故稱東北風爲少男風。詳"少$_{2}$女風"。

【少$_{2}$林寺】 在河南登封縣北少室山北麓。北魏孝文帝太和十九年建，以居西域沙門跋陀。隋文帝改名陟岵，唐復名少林。自唐以來，寺僧常習武藝，拳術形成一派，稱少林派。寺內有秦王告少林寺主教碑，記寺僧助李世民(唐太宗)征王世充軍事。碑文見金石萃編四一。寺右有面壁石，西北三里有面壁菴，傳爲禪宗始祖達摩面壁九年處。參閱魏書釋老志、太平寰宇記五河南道五緱氏縣、嘉慶一統志二〇七河南府三。

【少$_{2}$陵原】 地名。在陝西長安縣南，即漢鴻固原，爲樊川的北原。詳"少$_{2}$陵"。

【少$_{2}$陽集】 宋陳東撰，十卷。前五卷遺文，六卷以下爲附録。陳東爲太學生，曾於宣和七年上書請誅蔡京等六賊。欽宗罷李綱，東率太學生、京城人民伏闕上書，請廢和議，用綱堅持抗金。在高宗朝屢有直言，以反對言和被殺。書中多指陳時政得失的文字。

【少$_{2}$不更事】 年輕閱歷世事不多。更，音 gēng，經歷。晉書周顗傳:"溫嶠謂顗曰:'大將軍(王敦)此舉似有所在，當無濫邪?'顗曰:'君少年未更事。'"明張鳳翼竊符記傳奇四:"趙國有馬服君趙奢之子趙括，志大才庸，少不更事，趙王信用非常。"

【少安無躁】 稍稍安靜而不要急躁，靜觀其後之意。唐韓愈昌黎集十八答呂毉山人書:"方將坐足下三浴而三熏之，聽僕之所爲，少安無躁。"無，亦作"毋"。宋陸游劍南詩稿六六雨:"上策莫如常熟睡，少安毋躁會當晴。"

【少$_{2}$成若性】 謂自幼形成的習慣，好像天性一樣。大戴禮保傅:"少成若性，習貫之爲常。"漢賈誼新書保傅作"少成若天性，習貫若自然"。

【少$_{2}$年老成】 北堂書鈔七三主簿"有老成之風"注引三輔決録注:"韋秉少爲郡主簿，楊戲奇之曰:'韋主簿雖少，有老成之風。'"後稱年青人辦事老練、舉止穩重爲少年老成，本此。

【少見多怪】 見聞少，遇不常見的事物多以爲怪。弘明集一漢牟融理惑論:"諺云:'少所見，多所怪。覩馲駝，言馬腫背。'"抱朴子神仙:"夫所見少則所怪多，世之常也。"後常用來嘲人見聞淺陋。

【少廣補遺】 清陳世仁撰，一卷。其書說明垜積的計算方法。以一面尖堆、方底、三角底、尖堆、各半堆等題，分爲十二法。又有抽奇、抽偶等目。堆垜是少廣的一個目，古算書多未詳說，故曰補遺。爲研究高階等差級數求和法的專著。又梅文鼎有少廣拾遺一卷。參見"少廣"。

【少$_{2}$室石闕銘】 也稱少室神道西闕銘，東漢刻石。是嵩山三闕之一。在河南登封縣少室山東，邢家鋪西。漢延光二年朱寵建，有東西兩闕。銘辭與題名刻在西闕南面，篆書，僅存二十二行。額篆書，刻在西闕北面。又有江孟等題名五行，刻在東闕北面，分書。東西闕並有畫像，可辨認的有六石。參閱金石萃編六。

【少$_{2}$室山房類稿】 明胡應麟(別號少室山人)撰，一百二十卷。書中各集，爲應麟生前隨撰隨刻，分作單本印行。至明萬曆戊午，歙縣江湛然始合編刊行。應麟又著有少室山房筆叢四十八卷，是以考證爲主的筆記，對經史百家及道書、釋典、小說、戲曲，都有評論，頗具新見。

二 畫

尒 ěr 兒氏切，上，紙韻，日。ㄦˇ

同"爾"。說文:"尒，詞之必然也。"見"爾"。

【尒朱榮】 見"爾朱榮"。

尔 ěr ㄦˇ

也作"尒"。同"爾"。見"爾"。

三 畫

尖 jiān 子廉切，平，鹽韻，精。ㄐㄧㄢ

古作"鑯"。㊀物體細小而銳利的末端。初學記五南朝梁江淹江上之山賦:"嶤嶷兮尖出，嵓嵬兮穴鑿。"㊁銳利，新穎。唐賈島賈浪仙長江集十客思詩:"促織聲尖尖似針，更深刺著旅人心。"唐姚合姚少監集九和座主相公西亭秋日即事詩:"酒濃盃稍重，詩冷語多尖。"㊂最上品。紅樓夢三九:"留的尖兒，孝敬姑奶奶、姑娘們嘗嘗。"㊃旅途中休息飲食。見"打尖"。

【尖叉】 指作詩的險韻。宋蘇軾東坡集六有雪後書北臺壁與謝人見和前篇詩，都用"尖"、"叉"字爲韻，是用險韻的著例。故以"尖叉"爲險韻之代稱。清黃景仁兩當軒集十四次韋進士書城見贈移居四首原韻奉酬詩:"有牀眠曲尺，無雪賦尖叉。"

【尖山】 ㊀縣名。北魏置，屬神武郡。故城在今山西神池縣。參閱嘉慶一統志一四七寧武府神武舊城。㊁山名。在山西平魯縣北。五代後唐莊宗同光三年九月射雁於尖山，即此。參閱嘉慶一統志一四八朔平府。

【尖尖】 極言尖銳。文苑英華三二四唐章孝標僧院小松詩:"還似天台新雨後，小峯雲外碧尖尖。"宋楊萬里誠齋集七小池詩:"小荷纔露尖尖角，早有蜻蜓立上頭。"

【尖要】 俊利。見篇海類編二十通用而部要。

【尖新】 新穎。唐孫樵集十罵僮志:"凡爲文章，拈新摘芳。鼓勢求知，取媚一時。則必擺落尖新，期到古人。"宋晏殊珠玉詞山亭柳贈歌者:"家住西秦，賭博藝隨身。花柳上，鬭尖新。"

【尖酸】 刁鑽，苛刻。紅樓夢五五:"分明太太是好太太，都是你們尖酸刻薄，可惜太太有恩無處使。"

【尖團】 ㊀母蟹的腹甲形圓，稱團臍；公蟹的臍形尖，稱尖臍。故通稱螃蟹爲尖團。宋蘇軾分類東坡詩二十丁公默送蝤蛑:"堪笑吳興饞太守，一詩換得兩尖團。"參見"團臍"。㊁尖音、團音的合稱。詳"尖團字"。

【尖臍】 雄蟹。唐唐彥謙鹿門集下蟹詩:"漫誇豐味過蝤蛑，尖臍猶勝團臍好。"

【尖團字】 字音有尖團之別，尖音的字，聲母的發音部位，是以舌抵齒。如"秋"字反切爲"此由"切，"先"字爲"四烟"切，秋、先都是尖字。團音的字，其聲母的發音部位，是以舌抵腭。如"銜"字爲"出翁"切，"川"字爲"出灣"切，銜、川都是團字。南音多偏於尖，北音多偏於團，唯河南口音尖團最分明。京劇講究尖團，故度曲必以中州韻爲準。

【尖頭奴】 北魏古弼頭尖，拓拔珪(太武帝)常叫弼爲筆頭，時人稱他爲筆公。拓拔珪在河西騎獵，弼留守。珪命供應壯馬，弼給以弱馬，珪大怒，說:"尖頭奴敢裁量朕也!"見魏書古弼傳。後人因以尖頭奴或尖奴爲筆的别稱。金元好問遺山集四劉遠筆詩:"三錢雞毛吐皇墳,尖奴定能張吾軍。"

【尖頭木驢】古時攻城戰車。也稱尖頂木驢。六輪,上横木爲脊,長一丈五尺,高八尺,上尖下方,外蒙以生牛皮,内載十人,推逼城下,以攻城作地道。見梁書羊侃傳、明茅元儀武備志一〇九軍資乘攻二。

【尖擔兩頭脱】比喻兩頭落空。元曲選關漢卿救風塵三:"周舍云:'這婆娘他若是不嫁我呵,可不弄的尖擔兩頭脱。'"又缺名氣英布一:"你這裏怕不有千般揣摩,却將㗊一時間瞞過,則怕你弄的㗊做了尖擔兩頭脱。"

尗 shú ㄕㄨˊ

豆。説文:"尗,豆也。"同"菽"。見"菽"。

五 畫

尚 1. shàng ㄕㄤˋ 時亮切,去,漾韻,禪。

㊀上。孟子萬章下:"舜尚見帝。"注:"尚,上也。"參見"尚友"。㊁尊崇。論語陽貨:"君子尚勇乎?"參見"尚父"。㊂超過,加。論語里仁:"好仁者無以尚之。"㊃久遠。吕氏春秋古樂:"故樂之所由來者尚矣,非獨爲一世之所造也。"㊄輔佐。詩大雅抑:"肆皇天弗尚。"㊅主,管,特指掌管帝王私人事務。史記吕太后紀:"襄平侯(紀)通尚符節。"㊆奉事,匹配。易泰:"包荒得尚于中行。"史記一一七司馬相如傳:"卓王孫喟然而歎,自以得使女尚司馬長卿晚。"後專指娶帝王之女。史記八九張耳傳:"張敖已出,以尚魯元公主故,封爲宣平侯。"參見"尚主"。㊇副詞。1. 還,尚且,又。詩大雅抑:"白圭之玷,尚可磨也;斯言之玷,不可爲也。"漢書六二司馬遷傳報任安書:"嗟乎!嗟乎!如僕,尚何言哉!尚何言哉!"2. 庶幾,差不多。易損:"已事遄往,尚合志也。"3. 表示祈求、勸勉或命令。書湯誓:"爾尚輔予一人。"又大禹謨:"爾尚一乃心力,其克有勳。"㊈姓。相傳爲齊姜太公之後。太公號太師尚父,支孫因以爲氏。見通志二七氏族三以字爲氏。

2. cháng ㄔㄤˊ 市羊切,平,陽韻,禪。

㊉見"尚₂羊"、"尚₂佯"。

【尚工】隋唐宫内女官名,爲六尚之一,掌管營造百役。見隋書后妃傳序。

【尚口】專恃口説。易困:"有言不信,尚口乃窮也。"

【尚方】㊀官名。1. 掌管供應製造帝王所用器物。也作"上方"。秦置尚方令,漢沿置,有令、丞、員吏、從官十八人。後又分爲中、左、右三尚方,魏晉沿襲。唐省去"方"字,有中、左、右三尚署。元只置中尚監,明廢。參閲通典二七職官九少府監。參見"上方㊃"、"中尚"。2. 掌管配製藥品。史記一一七司馬相如傳大人賦:"厮征伯僑而役羨門兮,屬岐伯使尚方。"漢書郊祀志上:"欒大,膠東宫人,……已而爲膠東王尚方。"注:"主方藥。"㊁複姓。漢有長陵大姓尚方禁。見漢書八三朱博傳。

【尚友】上與古人爲友。尚,通"上"。孟子萬章下:"以友天下之善士爲未足,又尚論古之人。頌其詩,讀其書,不知其人可乎?是以論其世也,是尚友也。"

【尚父】周武王稱吕尚爲尚父,意謂可尊尚的父輩。詩大雅大明:"維師尚父,時維鷹揚。"傳:"師,大師也;尚父,可尚可父。"後世皇帝尊禮大臣,也有加"尚父"尊號的。如唐郭子儀、李輔國等是。見新唐書本傳。

【尚主】娶公主爲妻。史記八七李斯傳:"斯長男由爲三川守,諸男皆尚秦公主,女悉嫁諸公子。"又絳侯周勃世家:"公主者,孝文帝女也,勃太子勝之尚之。"集解引韋昭:"尚,奉也。不敢言娶。"後漢書六二荀淑傳附荀爽對策:"今漢承秦法,設尚主之儀。"

【尚平】向長字子平。漢隱士。又作尚平。明詩紀事十王恭送陳景明遊浯水便登方廣巖:"仙舟此别饒佳趣,豈學悠悠尚平去。"參見"向子平"。

【尚衣】官名。掌管帝王衣服。周官有司服。戰國有尚衣、尚冠之職。秦置六尚,漢置五尚,都有尚衣。北齊設主衣局,屬門下省;隋改尚衣局,屬殿内省。唐宋沿置。元尚衣屬侍正府。明設尚衣監,由宦官擔任。清不設,惟蘇州杭州江寧三織造,因掌管督造皇帝衣服,俗也通稱尚衣。參閲通志五四職官四殿中監、續通志一三四職官五侍正府、又一三六職官七内侍省。

【尚₂羊】逍遥。同"徜徉"。楚辭漢賈誼惜誓:"臨中國之衆人兮,託回飇乎尚羊。"注:"尚羊,遊戲也。"淮南子俶真:"與其有説也,不若尚羊物之終始也。"

【尚年】推尊年長者。左傳定四年:"武王之母弟八人,周公爲太宰,康叔爲司寇,聃季爲司空,五叔無官,豈尚年哉!"南朝陳徐陵徐孝穆集九丹陽上庸路碑:"震維舉德,非曰尚年。"

【尚志】高尚其志。孟子盡心上:"王子墊問曰:'士何事?'孟子曰:'尚志。'"

【尚武】崇尚武事。詩小雅鼓鐘"以雅以南"箋:"雅,萬舞也。……周樂尚武,故謂萬舞爲雅,雅,正也。"三國志吴陸績傳:"孫策在吴,張昭張紘秦松爲上賓,共論四海未泰,須當用武治而平之。績年少,末坐遥,大聲言曰:'……今論者不務道德懷取之術,而惟尚武。績雖童蒙,竊所未安也。'"

【尚服】隋唐宫内女官名,爲六尚之一,掌管服章寶藏。見隋書后妃傳序。

【尚₂佯】逍遥。同"徜徉"。淮南子覽冥:"邅回蒙汜之渚,尚佯冀州之際。"

【尚宫】隋唐宫中女官名。爲六尚之一。掌管導引皇后及閨閤廩賜。唐設尚宫局,金明沿置,清廢。參閲隋書后妃傳序、新唐書百官志二、金史百官志三、明史職官志三女官。

【尚韋】履名。漢桓寬鹽鐵論散不足:"古者庶人鹿菲草芰,縮絲尚韋而已。"急就篇二:"裳韋不借爲牧人。"皇象本裳韋作"尚韋"。

【尚食】官名。掌管帝王膳食。秦始置,東漢以後,合併於太官湯官。北齊有尚食局,置典御二人。隋改典御爲奉御,唐因之,爲六尚之一。金元尚食局屬宣徽院。明設尚膳監,由宦官掌管。參閲通典二六、續通典三十職官八殿中監。

【尚席】㊀官名。掌管宴席。史記絳侯周勃世家:"(景帝)召條侯(周亞夫)賜食。……又不置櫡。條侯心不平,顧謂尚席取櫡。"集解引應劭:"尚席,主席者。"㊁尊稱學者的座席。文選南朝宋顔延年(延之)皇太子釋奠會作詩:"尚席函杖,丞疑奉帙。"唐李周翰注:"尚席,儒席也。"

【尚書】㊀書名。尚通"上"。是現存最早的關於上古時典章文獻的彙編。古籍中也單稱書。相傳曾經由孔子編選,儒家列爲經典之一。其中也保存了商及西周初期的一些重要史料。史記一二一儒林傳序:"言尚書自濟南伏生。"有今古文之别。參見"今文尚書"、"古文尚書"。㊁官名。"尚"字也讀平聲。秦時本爲少府屬官,掌殿内文書,職位很低。漢成帝時設尚書員,羣臣章奏都經過尚書,位雖不高而權很大。隋唐設尚書省,以左右僕射分管六部。明洪武十三年廢中書省，以六部尚書分掌政務。清末改官制併六部，改尚書爲大臣。參閲通志五三職官三、續通志一三三、一三五職官四、六。參見"尚書令"、"尚書省"。

【尚卿】紙神。舊時迷信説筆、硯、墨、紙都有神。元伊世珍瑯嬛記上引致虚閣雜俎:"筆神曰佩阿，研神曰淬妃，墨神曰回氏，紙神曰尚卿，筆神又曰昌化。"

【尚章】天干紀歲，歲陽(天干别名)在癸稱尚章。見史記曆書。爾雅釋天作"昭陽"。

【尚絅】加上罩袍。禮中庸:"詩曰:'衣錦尚絅'，惡其文之著也。"詩衛風碩人、鄭風丰都作"衣錦褧衣"。褧，同"絅"，爲襌衣，卽無裏的單衣，相當於罩袍。後來用爲自謙不表露於外的意思。明章懋楓山集二與趙知府叔鳴書:"今以非所當得之官，而高自標榜，全失尚絅之義。"

【尚₂陽】同"徜徉"。古文苑六漢黄香九宫賦:"蕩翊翊以敝降，聊優游以尚陽。"注:"一作'徜徉'。"

【尚葈】古官名。淮南子覽冥:"夫瞽師庶女，位賤尚葈，權輕飛羽。"注:"尚，主也。葈者，葈耳，菜名也。幽冀謂之檀菜，雒下謂之胡葈。主是官名，至微賤也。"清王念孫謂卽周禮春官的典葈;典、尚都是主的意思。見讀書雜誌淮南内篇六尚葈。

【尚寢】隋唐宫内女官名。掌管幃帳床褥。爲六尚之一。見隋書后妃傳序。

【尚論】追論。尚，通"上"。孟子萬章下:"以友天下之善士爲未足，又尚論古之人。"

【尚賢】尊崇賢人。易大畜:"剛上而尚賢。"墨子有尚賢篇。

【尚齒】尊崇老年人。齒，指年齡。莊子天道:"鄉黨尚齒，行事尚賢。"禮祭義:"昔者有虞氏貴德而尚齒，夏后氏貴爵而尚齒，……是故朝廷同爵則尚齒。"

【尚儀】隋唐宫内女官名。掌管禮儀教學。爲六尚之一。見隋書后妃傳序。

【尚₂儀】人名。卽常儀。吕氏春秋勿躬:"容成作曆，羲和作占日，尚儀作占月。"參見"常儀㊀"。

【尚寶】明代官名。1.尚寶司，卽前代的符寶郎，長官爲尚寶司卿，亦稱外尚寶司。2.尚寶監，以宦官擔任，其長爲掌印太監。3.内尚寶司，又稱司寶司，以女官任之。三者之職皆掌守寶璽、符牌、印章。平時由内尚寶司掌管。啓用時，由外尚寶司以揭帖赴尚寶監請旨，向内尚寶司領用，用完又繳還。參閲明史職官志三尚寶司、宦官、女官。

【尚饗】儀禮士虞禮:"卒辭曰:哀子某，來日某，隮祔爾于爾皇祖某甫，尚饗。"注:"尚，庶幾也。"爲希望死者來享用祭品之意。後世祭文結語多用"尚饗"二字，本此。

【尚友録】明廖用賢撰，二十二卷。彙編自周秦至南宋人小傳，仿照萬姓統譜例，以韻爲綱，以姓爲目，查閲方便。但紀事多失檢，生卒也不詳，内容較簡單。後來潘遵祁搜遺作續集，張伯琮又補遼金元明爲三集，坊刻本又加上清代，合爲一編，錯誤更多。

【尚方劍】皇帝用的劍。漢書六七朱雲傳:"臣願賜尚方斬馬劍，斷佞臣一人以厲其餘。"注:"尚方，少府之屬官也，作供御器物，故有斬馬劍，劍利可以斬馬也。"明劉基誠意伯集十三贈周宗道六十四韻詩:"先封尚方劍，按法誅姦贓。"

【尚可喜】公元1604—1676年。明遼東人。崇禎時爲副將，後降清，隨入關，鎮壓農民起義軍，擊破湘粵地區明軍，封平南王，駐廣州。與吳三桂、耿精忠並稱清初三藩。康熙十二年，清廷決定撤藩，吳三桂起兵反清，其子尚之信響應，可喜憂急而死。碑傳集六有傳。

【尚左生】元鄭元祐少時脱骱，用左手，號尚左生。見明陳繼儒太平清話二。清高鳳翰因患風痺，右臂不仁，以左手作書畫，號後尚左生。見清張庚國朝畫徵續録上。

【尚書令】官名。秦置，漢沿襲，爲少府屬官，掌管章奏文書。漢武帝時以宦官擔任，漢成帝改用士人。魏晉後，職位漸高，至唐卽成真宰相。以唐太宗曾爲尚書令，後人不敢居此名，遂不復置，尚書省長官僅至左右僕射。至宋，名位益高，排班在太師之上，爲親王及使相兼官或贈官，不實授。明廢。參閲通典二二、續通典二六職官四尚書令。

【尚書郎】見"侍郎₂"。

【尚書省】官署名。秦少府屬官有尚書，在内掌文書。漢成帝時設尚書員，東漢設尚書臺，也稱中臺。羣臣章奏，都要經過尚書。魏晉以後，有中書省，尚書之權遂減。唐宋時與中書、門下二省合稱爲三省，長官稱尚書令，負責宰相職務，其副職爲左右僕射;下統六部，分管國政。明初設六部尚書，分爲六署，屬中書省。洪武十三年撤中書省，分其政於六部，而尚書之權始重。清制同。參閲通典二二、續通典二六職官四尚書省。

【尚書履】漢書七七鄭崇傳:"哀帝擢爲尚書僕射，數求見諫爭，上初納用之。每見曳革履，上笑曰:'我識鄭尚書履聲。'"後因用作尚書重臣的典故。文苑英華二九〇唐蘇頲夜發三泉卽事詩:"忝曳尚書履，叨兼使臣節。"

【尚書緯】書名。有考靈曜、帝命驗、璇璣鈐、刑德放、尚書中候等篇。隋書經籍志一謂梁有尚書緯六卷、尚書中候八卷，皆鄭玄注，已殘缺。有古微書、玉函山房叢書輯本。

【尚論篇】清喻昌撰，八卷，原名尚論張仲景傷寒論重編三百九十七法。大體根據明方有執的傷寒論條辨，加上自己的見解編成。

【尚書大傳】舊題漢伏勝撰，鄭玄注。是伏勝的門徒張生、歐陽生輯録勝的遺説編成。其書不盡在解經，與經義在離合之間，與韓詩外傳、春秋繁露同一體例。久已殘缺，四庫本四卷、補遺一卷，也不完備。清陳壽祺有重校補本五卷。

【尚書故實】唐李綽撰。一卷。據書前小序説是根據河東張尚書(名無可考)的談話整理成書，故名。記唐代遺文雜事，間有考訂，而以談書畫的居多。

九畫

尞 liáo ㄌㄧㄠˊ

同"燎"。漢書禮樂志郊祀歌朝隴首:"靁電尞，獲白麟。"注:"尞，古燎字。"又郊祀志下:"尞堂下而上。"

〓 yóu 集韻 奴侯切，平，侯韻。ㄧㄡˊ

㊀兔子。也作"〓"、"〓"。見爾雅釋獸"兔子嬔"注。江東叫兔子爲〓，或作"〓"。見集韻。㊁訛作"〓"，下從免。西夏姓。西夏有武功大夫〓德昭、武節大夫〓德元。見金史交聘表中、下。

十畫

尟 xiǎn 息淺切，上，獮韻，心。ㄒㄧㄢˇ

少。同"鮮"。説文:"尟，是少也。"易繫辭上:"故君子之道鮮矣。"釋文:"鄭(玄)作'尟'。"

尠 xiǎn 息淺切，上，獮韻，心。ㄒㄧㄢˇ 思句切，去，遇韻，心。

少。同"鮮"。"尟"的俗字。漢王符潛夫論交際:"(孔子)又稱知德者尠。"論語衛靈公作"知德者鮮矣"。

尢 部

尢 wāng 烏光切,平,唐韻,影。 ㄨㄤ

字本作"尣",通作"尫"。說文:"尢,𡯂,曲脛也。从大,象偏曲之形。凡尢之屬皆从尢。尫,古文从㞷。"詳"尫"。

一 畫

尤 yóu 羽求切,平,尤韻,于。 ㄧㄡˊ

㊀罪過,過失。易賁:"匪寇婚媾,終无尤也。"詩小雅四月:"廢爲殘賊,莫知其尤。"箋:"尤,過也。"㊁責怪,歸咎。詩鄘風載馳:"許人尤之,衆穉且狂。"㊂優異,突出。莊子徐无鬼:"夫子,物之尤也。"參見"尤物"。㊃副詞。格外,更加。史記五帝紀論:"余并論次,擇其言尤雅者,故著爲本紀書首。"世說新語仇隙:"王右軍(羲之)素輕藍田(王述),藍田晚節論譽轉重,右軍尤不平。"㊄姓。相傳五代王審知據閩,閩人姓沈的避"審"音,去水旁爲尤。見宋尤袤梁谿漫志三氏族。

【尤來】 山名。卽徂徠山。也作尤崍。水經注汶水作尤徠。在今山東泰安縣東南。西漢末農民軍起義時,赤眉軍領袖樊崇曾以此爲根據地,稱尤來山老。參閱東觀漢記二三、後漢書光武紀上更始二年及注。參見"徂徠"。

【尤物】 ㊀特出的人物。左傳昭二十八年:"夫有尤物,足以移人。"後常用以指絕色的美女。紅樓夢六六:"我在那裏和他們混了一個月,怎麼不知?真真一對尤物。"㊁珍貴的物品。唐白居易長慶集四八駿圖詩:"由來尤物不在大,能蕩君心則爲害。"

【尤侗】 公元1618—1704年。清長洲人。字同人,又字展成,號悔庵,晚號艮齋,又稱西堂老人。以鄉貢補永平推官,後因事降調。康熙時召試博學鴻詞,授翰院檢討,參與撰修明史工作,累官至侍講。卒年八十七。侗工詩文詞曲,著有傳奇鈞天樂,雜劇讀離騷、桃花源、黑白衛、清平調等,合稱西堂曲腋。另有鶴棲堂文集、西堂雜俎等。

【尤悔】 過失與懊悔。論語爲政:"言寡尤,行寡悔,祿在其中矣。"漢書一〇〇下敍傳:"淺爲尤悔,深作敦害。"唐白居易長慶集一丘中有一士詩:"舉動無尤悔,物莫與之争。"

【尤袤】 公元1127—1194年。宋無錫人。字延之。號遂初居士。紹興十八年進士,官至禮部尚書。卒謚文簡。詩與楊萬里范成大陸游齊名,有南宋四大家之稱。著有遂初小稿六十卷,已佚。清尤侗輯有梁溪遺稿一卷。袤藏書很多,有遂初堂書目一卷。宋史有傳。

【尤溪】 ㊀縣名。屬福建省。本延平縣地,唐開元二十九年(太平寰宇記作二十八年)析置。明清時屬延平府。參閱元和郡縣志二九福州、太平寰宇記一〇〇南劍州。㊁水名。在福建省。上游湖頭溪。發源於德化縣的戴雲山,出大田縣,東北流經尤溪縣南,注入閩江。見嘉慶一統志四三〇延平府。

【尤詬】 罪過與恥辱。楚辭屈原離騷:"屈心而抑志兮,忍尤而攘詬。"元倪瓚清閟閣集一至正乙未素衣詩:"視氓如豵,寧辟尤詬。"

【尤諱】 最忌諱之事。指死亡。資治通鑑一三七齊永明八年:"魏家故事,尤諱之後三月,必迎神於西,禳惡於北。"注:"尤諱,猶云大諱也。尤,甚也;死者,人之所甚諱也。"魏書禮志四之三作"大諱"。

【尤雲殢雨】 古代以雲雨喻男女之交合。詩文中泛稱沉浸於男女歡情爲尤雲殢雨。宋杜安世壽域詞剔銀燈:"尤雲殢雨,正繾綣朝朝暮暮。"省作"尤殢"。宋柳永樂章集促拍滿路花詞:"尤殢檀郎,未教拆了鞦韆。"

三 畫

尥 liào 力弔切,去,嘯韻,來。 ㄌㄧㄠˋ 薄交切,平,肴韻,並。

字亦作"尦"。走路時足脛相交。見說文。參見"了尥"。

四 畫

尨 1. máng 莫江切,平,江韻,明。 ㄇㄤˊ

㊀多毛狗。詩召南野有死麕:"無使尨也吠。"說文:"尨,犬之多毛者,從犬從彡。"㊁雜色。左傳閔二年:"衣之尨服,遠其躬也。"注:"尨,雜色。"

2. méng 集韻 謨逢切,平,東韻。 ㄇㄥˊ

㊂見"尨₂茸"。

3. páng ㄆㄤˊ

㊃通"龐"。唐柳宗元柳先生集十九三戒黔之驢:"黔無驢,有好事者船載以入,至則無可用,放之山下,虎見之,尨然大物也。"

【尨₂茸】 雜亂貌。左傳僖五年:"狐裘尨茸,一國三公,吾誰適從?"釋文:"尨,莫江反,又音蒙。"史記晉世家作"蒙茸"。參見"蒙戎"。

【尨眉皓髮】 蒼眉白髮。指老人。後漢書七六劉寵傳:"山陰縣有五六老叟,尨眉皓髮,自若邪山谷閒出,人齎百錢以送寵。"尨亦作"厖"。後漢書五九張衡傳思玄賦"尉尨眉而郎潛兮,逮三葉而遘武"注引漢武故事:"顏駟不知何許人,漢文帝時爲郎,至武帝嘗輦過郎署,見駟尨眉皓髮。"文選六臣注本作"厖眉皓髮"。參見"厖眉"。

尫 wāng 烏光切,平,唐韻,影。 ㄨㄤ

骨骼彎曲症。脛、背、胸彎曲都叫尫。說文"尢(尣)"的重文,或作"尪"、"尩"。左傳僖二一年:"夏大旱,公欲焚巫尫。"注:"巫尫,女巫也。主祈禱請雨者。或以爲尫非巫也,瘠病之人,其面上向。俗謂天哀其病,恐雨入其鼻,故爲之旱。是以公欲焚之。"吕氏春秋盡數:"苦水所多尫與傴人。"注:"尫,突胸仰向疾也。"

【尫劣】 孱弱。梁書殷鈞傳答昭明太子書:"小人無情,動不及禮,但禀生尫劣,假推年歲,罪戾所鍾,復加橫疾。"

【尫怯】 懦弱。北齊書孫騰傳:"時西魏遣將寇南兗,詔騰爲南道行臺,率諸將討之。騰性尫怯,無威略,失利而還。"

【尫病】 瘦弱多病。晉書山濤傳:"(子淳、允)並少尫病,形甚短小。"

【尫弱】 瘦小虛弱。藝文類聚五一南朝宋謝靈運謝封康樂侯表:"豈臣尫弱,所當忝承!"

【尫羸】 瘦弱。抱朴子自敍:"洪禀性尫羸,兼之多疾,貧無車馬,不堪徒行,行亦性所不好。"

尬 gà 古拜切,去,怪韻,見。 ㄍㄚˋ

見"尷尬"。

五 畫

尥 zuǒ 臧可切,上,哿韻,精。ㄗㄨㄛˇ 則箇切,去,箇韻,精。

跛足。見"尳尥"。

尳 bǒ 布火切,上,果韻,幫。ㄅㄛˇ

同"跛"。見"尳尥"。

【尳尥】跛行貌。明楊基眉菴集一贈跛奚詩:"立如鶯聯拳,行類鱉尳尥。"

七 畫

尵 tuǐ 吐猥切,上,賄韻,透。ㄊㄨㄟˇ

見"尯尵"。

九 畫

就 jiù 疾僦切,去,宥韻,從。ㄐㄧㄡˋ

㊀趨向,接近。易乾文言:"水流濕,火就燥。"孟子梁惠王上:"望之不似人君,就之而不見所畏焉。"㊁歸於。國語齊:"處工就官府,處商就市井,處農就田野。"㊂留。莊子秋水:"言察乎安危,寧於禍福,謹於去就,莫之能害也。"㊃成就。詩周頌敬之:"日就月將,學有緝熙於光明。"荀子富國:"事必不就,功必不立。"㊄一周,一圈。禮禮器:"大路繁纓一就。"疏:"一帀曰就。"㊅能。左傳哀十一年:"有子曰:'就用命焉。'"㊆終。見"就世㊀"。㊇連詞。卽使。三國志魏辛毗傳:"就與孫(資)劉(放)不平,不過令我不作三公而已。"

【就木】入棺。指死亡。左傳僖二十三年:"(重耳)將適齊,謂季隗曰:'待我二十五年不來而後嫁。'對曰:'我二十五年矣,又如是而嫁,則就木焉!請待子。'"

【就日】史記五帝紀:"帝堯者,……就之如日,望之如雲。"索隱:"如日之照臨,人咸依就之,若葵藿傾心以向日也。"後因稱接近皇帝爲就日。唐駱賓王集二夏日遊德州贈高四詩序:"因仰長安而就日,赴帝鄉以望雲。"

【就中】其中。唐李白李太白詩十三憶舊遊寄譙郡元參軍:"海內賢豪青雲客,就中與君心莫迎(逆)。"白居易長慶集五六五鳳樓晚望詩:"自入秋來風景好,就中最好是今朝。"

【就正】㊀論語學而:"就有道而正焉。"後來稱向人請教曰就正。聊齋志異五郭生:"少嗜讀,但山村無所就正,年二十餘,字畫多訛。"㊁歸於正道。三國志魏公孫淵傳"(公孫)淵遣使南通孫權,往來路遺"注引魏略:"反邪就正以建大功,福莫大焉。"

【就世】㊀終於人世。指死亡。國語越下:"先人就世,不穀卽位。"㊁順從世俗。宋陸游劍南詩稿三八寒夜:"低頭就世吾所諱,千載伯鸞安在哉!"伯鸞,漢隱士梁鴻字。

【就吏】㊀接受吏人逮捕。漢書七八蕭望之傳:"上曰:'蕭太傅素剛,安肯就吏。'"㊁入仕爲官。晉書阮籍傳:"於是鄉親共喻之,乃就吏。"

【就李】古地名,卽檇李。在今浙江嘉興縣。越絶書八:"語兒鄉故越界,名曰就李。"參見"檇李"。

【就車】登車。國語晉三:"君揖大夫就車。"也作"就駕"。韓非子顯學:"授車就駕而觀其末塗,則臧獲不疑駑良。"

【就位】歸列規定的位置。後漢書禮儀志下:"治禮引三公就位,殿下北面。"初學記十四晉傅玄朝會賦:"就位重列,面席而立。"

【就事】前往任事。宋郭若虛圖畫見聞志五周昉:"德宗建章明寺,召皓云:'聞卿弟(昉)善畫,欲使之畫章明寺壁,卿特爲言之。'又經數月,再召之,昉乃就事。"

【就枕】睡眠,依枕而卧。漢書九九下王莽傳:"讀軍書倦,因馮几寐,不復就枕矣。"唐韓愈昌黎集五寄皇甫湜詩:"昏昏還就枕,惘惘夢相值。"

【就命】終命,死。文選晉向子期(秀)思舊賦序:"(嵇康)臨當就命,顧視日影,索琴而彈之。"

【就使】卽使。孟子告子下"魯欲使慎子爲將軍"注:"就使慎子能爲魯一戰取齊南陽之地,且猶不可。"宋楊萬里誠齋集七一龍伯高祠堂記:"夫自建武至於今幾年矣,莫詳伯高之事宜也,就使能言,可據依耶?"

【就酒】下酒。三國吳陸璣毛詩草木鳥獸蟲魚疏上于以采蘋:"蘋,……可糝蒸以爲茹,又可用苦酒淹以就酒。"粵方言稱下酒爲就酒,見清張心泰粵遊小志。

【就班】按次序歸班。班,位次。文選晉陸士衡(機)文賦:"然後選義按部,考辭就班。"此指按文辭歸類。文苑英華八〇七唐舒元輿御史臺新造中書院記:"若御史臺每朝會,……至含元殿西廡,使朱衣從官傳呼,促百官就班。"此指各就各位。

【就草】分娩。猶言坐褥。淮南子本經"刳諫者,剔孕婦"漢許慎注:"孕婦,姙身將就草之婦也。"

【就時】乘時,把握時機。史記五帝紀:"(舜)作什器於壽丘,就時於負夏。"索隱:"就時,猶逐時,若言乘時射利也。"

【就教】從人受教,向人求教。文苑英華四四唐李庾西都賦:"左立太學,前惇廣文,膳豐中廚,就教九年,稽以博士,總之成約。"

【就傅】禮內則:"十年,出就外傅,居宿於外,學書記。"外傅,教師。後因稱從師受學爲就傅。宋史選舉志三學校試:"哲宗時,初置在京小學,曰就傅。"

【就試】赴考。全唐詩七六六劉兼玉燭花:"正當晚檻初開處,却似春闈就試時。"

【就裏】個中,其中。宋梅堯臣宛陵集二十賜書詩:"就裏少年唯賈誼,其間蜀客乃王褒。"

【就義】㊀歸向仁義。莊子列禦寇:"故其就義若渴者,其去義若熱。"㊁爲正義而死。宋史四五〇尹穀傳:"(穀)卽縱火自焚,……(李)芾聞之,命酒酹穀曰:'尹務實,男子也,先我就義矣!'務實,穀號也。"

【就養】侍奉父母。禮檀弓上:"事親有隱無犯,左右就養無方。"舊唐書一一〇李光弼傳:"吾久在軍中,不得就養。"

【就緒】詩大雅常武:"不留不處,三事就緒。"箋:"緒,業也。……三農之事,皆就其業。"後稱事情安排妥當爲就緒。宋呂頤浩忠穆集六與汪彥章書:"承編次詔令,旁搜遠討,漸已就緒,若繕寫不辦,且以十年尚之亦可。"

【就館】㊀臨產移往別室分娩。漢書九八元后傳:"聞張美人未嘗任身就館也。"禮內則:"妻將生子,及月辰,居側室。"館卽側室。㊁北周庾信庾子山集十五周大將軍懷德公吳明徹墓誌:"始弘就館之禮,卽授登壇之策。"此指赴宫庭治事之所。後世也把當門客或到別人家去教學稱爲就館。宋趙叔向肯綮録:"今士人就館聚徒,皆謂之就館,亦語忌也。"(説郛二四)

【就學】從師學習。列子説符:"人有濱河而居者,習於水,勇於泅,操舟鬻渡,利供百口,裹糧就學者成徒,而溺死者幾半。本學泅不學溺,而利害如此。"

【就糧】移兵至糧多之處,就地取得給養。後漢書十六鄧禹傳:"吾且休兵北道,就糧養士,以觀其弊。"唐杜甫杜工部草堂詩箋十三新安吏:"就糧近故壘,練卒依舊京。"又宋初趙匡胤(太祖)爲打擊藩鎮割據,把兵權收歸中央,地方精兵都調到京城附近,駐防守衞。另外屯駐在州郡的，稱爲就糧。見文獻通考一五二兵四、宋史兵志一。

【就職】到任視事，正式上任。漢書八三朱博傳："故事，二千石新到，輒遣吏存問致意，乃敢起就職。"文選晉李令伯(密)陳情表："臣具以表聞，辭不就職。"又清代舉人、貢生中應予授職的，歸部銓選，也稱就職。

【就醫】求醫治病。三國志魏華佗傳："佗行道，見一人病咽塞，嗜食而不得下，家人車載欲往就醫。"

【就日瞻雲】史記五帝紀："帝堯者，……就之如日，望之如雲。"文苑英華二唐李邕日賦："披雲覩日兮目則明，就日瞻雲兮心若驚。"後因以日喻帝王，把謁見帝王稱爲就日瞻雲。

尶 wěi 烏賄切，上，賄韻，影。ㄨㄟ

見下。

【尶尬】不便於行的病。見廣韻。

尰 chǒng 時亢切，上，腫韻，禪。ㄔㄨㄥ

足腫。說文作"瘇"。詩小雅巧言："既微且尰，爾勇伊何。"傳："骭瘍爲微，腫足爲尰。"參見"瘇"。

十 畫

尲 gān 古咸切，平，咸韻，見。ㄍㄢ

不正。見說文。

十 四 畫

尷 gān ㄍㄢ

同"尲"。見下。

【尷尬】也作"尲尬"、"尲尬"。㊀行爲不正，鬼鬼祟祟。京本通俗小說西山一窟鬼："這個開酒店的漢子又尷尬，也是鬼了！"二刻拍案驚奇六："後來見每次如此，心中曉得有些尷尬。"㊁處境爲難或事情棘手。梨園樂府上元王伯成哨遍贈長春宮雪庵學士曲："家私分外，活計尷尬。"雍熙樂府十二行香子曲："名利貪婪，世事尷尬，空使人白髮髼鬆。"參見"不間不界"、"半間不界"。

尸 部

尸 shī 式之切，平，脂韻，審。ㄕ

㊀神像。古代祭祀時，代死者受祭、象徵死者神靈的人，以臣下或死者的晚輩充任。後世逐漸改爲用神主、畫像。尸的制度不復行。詩小雅楚茨："神具醉止，皇尸載起。鼓鐘送尸，神保聿歸。"儀禮士虞禮："祝迎尸。"注："尸，主也。孝子之祭，不見親之形象，心無所繫，立尸而主意焉。"公羊傳宣八年"猶繹，萬入，去籥"漢何休注："祭必有尸者，節神也。禮，天子以卿爲尸，諸侯以大夫爲尸，卿大夫以下以孫爲尸。夏立尸，殷坐尸，周旅酬六尸。"㊁屍體。通"屍"。左傳成二年："襄老死於邲，不獲其尸。"禮曲禮下："在牀曰尸，在棺曰柩。"㊂陳列。左傳桓十五年："祭仲殺雍糾，尸諸周氏之汪。"注："汪，池也。周氏，鄭大夫。殺而暴其尸以示戮也。"國語晉六："殺三郤而尸諸朝。"㊃主持，主其事。詩召南采蘋："誰其尸之？有齊季女。"書康王之誥序："康王既尸天子，遂誥諸侯。"㊄居其位而不作事。莊子逍遙遊："夫子立而天下治，而我猶尸之，吾自視缺然。"參見"尸位"。㊅姓。秦商鞅有客尸佼，齊有尸臣。見元和姓纂二脂引風俗通。

【尸子】戰國魯尸佼撰。共二十卷，六萬餘字。佼晉國人，爲秦相商鞅的賓客，鞅被殺，佼逃亡入蜀，著此書。見史記七四荀卿傳"楚有尸子長盧"集解引劉向別錄。漢書藝文志列入雜家。隋書經籍志著錄二十卷說有九篇亡佚，魏黃初中所續。南宋尤袤遂初堂書目尚有著錄，至元明而全佚。清章宗源孫星衍汪繼培等都有輯本。

【尸臣】主事的大臣。漢書郊祀志下："是時，美陽得鼎，獻之。……中有刻書曰：'王命尸臣：官此栒邑，賜爾旂鸞黼黻琱戈。'"

【尸利】如尸之只受享祭而無所事事，比喻受祿而不盡職責。禮表記："近而不諫，則尸利也。"疏："若親近於君而不諫，則似如尸之受利祿也。"

【尸位】如尸之居位，只受享祭而不作事。書五子之歌："太康尸位以逸豫，滅厥德，黎民咸貳。"漢王充論衡量知："無道藝之業，不曉政治，默坐朝廷，不能言事，與尸無異，故曰尸位。"

【尸官】猶言尸位、尸祿。書胤征："羲和尸厥官，罔聞知。"漢書九七下外戚傳許皇后："洿穢不修，曠職尸官。"

【尸居】像尸一樣靜止。比喻沉默無爲。莊子在宥："故君子苟能無解其五藏，無擢其聰明，尸居而龍見，淵默而雷聲，神動而天隨，從容無爲，而萬物炊累焉。"晉郭象注："出處默語，常無其心，而付之自然。"也比喻無所事事。宋歐陽修文忠集外集三送韓子華詩："諫垣尸居職業廢，朝事汲汲勞精神。"

【尸祝】㊀尸，代表鬼神受享祭的人；祝，傳告鬼神言辭的人。莊子逍遙遊："庖人雖不治庖，尸祝不越樽俎而代之矣。"注："庖人尸祝，各安其所。"㊁立尸而祝禱之，表示崇敬。莊子庚桑楚："子胡不相與尸而祝之，社而稷之乎？"引申爲崇拜的意思。明歸有光震川集十七畏壘亭記："誰欲尸祝而社稷我者乎？"

【尸素】卽尸位素餐。三國志魏鍾繇傳"繇又率諸將討破之"注引魏略繇自劾書："臣又疾病，前後歷年，氣力日微，尸素重祿，曠廢職任，罪明法正。"參見"尸位素餐"。

【尸逐】㊀匈奴異姓大臣的爵號，有左右尸逐骨都侯，位次於左右骨都侯。見後漢書八九南匈奴傳。又二三竇憲傳班固燕然山銘："斬溫禺以釁鼓，血尸逐以染鍔。"注："溫禺、尸逐，皆匈奴王號也。"㊁複姓。南匈奴尸逐鞮單于的裔孫降漢，因以爲姓。見通志二九氏族五代北複姓。

【尸祿】空受俸祿而不治事。漢劉向說苑尊賢："誠使周公驕而且恡，則天下賢士至者寡矣。苟有至者，則必貪而尸祿者也；尸祿之臣，不能存君也。"文選三國魏曹子建(植)求自試表"虛受謂之尸祿"注引韓詩章句："尸祿者，頗有所知，善惡不言，默然不語，苟欲得祿而已，譬若尸矣！"

【尸鄉】地名。也稱西亳，商三亳之一。漢班固說是殷湯國都。薛瓚漢書注、晉皇甫謐帝王世紀說是帝嚳國都。春秋時爲尸氏地。晉太康記地道記說田橫死於此，故改稱尸鄉。見漢書地理志上、後漢書郡國志一河南尹、水經注十六穀水。地在今河南偃師縣西。

【尸盟】主辦諸侯結盟的事務。左傳襄

二十七年:"諸侯歸晉之德只，非歸其尸盟也。……且諸侯盟，小國固必有尸盟者。"注:"小國主辦具。"周禮天官玉府"若合諸侯則共珠槃玉敦"漢鄭玄注:"合諸侯者，必割牛耳，取其血歃之以盟，珠槃以盛牛耳，尸盟者執之。"

【尸鳩】布穀鳥。見"鳲鳩"。

【尸解】道家認爲修道者死後，留下形骸，魂魄散去成仙，稱爲尸解。溺死的稱爲水解，死於兵刃的稱爲兵解。漢王充論衡道虛:"世學道之人，無(李)少君之壽，年未至百，與衆俱死，愚夫無知之人，尚謂之尸解而去，其實不死。"參閱雲笈七籤八四——八六尸解。

【尸諫】韓詩外傳七:"昔者衛大夫子魚病且死，謂其子曰:'我數言蘧伯玉之賢而不能進，彌子瑕不肖而不能退，爲人臣生不能進賢而退不肖，死不當治喪正堂，殯我於室足矣。'衛君問其故，子以父言聞。君造然召蘧伯玉而貴之，而退彌子瑕；徙殯於正堂，成禮而後去。生以身諫，死以尸諫，可謂直矣。"又見大戴禮保傅、漢劉向新序雜事一、孔子家語困誓，尸皆作"屍"。後世稱以死諫君爲尸諫，本此。

【尸寵】猶言尸位。漢荀悅申鑒雜言上:"人臣有三罪:一曰導非，二曰阿失，三曰尸寵。以非引上謂之導，從上之非謂之阿，見非不言謂之尸。"

【尸羅】梵語。義譯爲清涼，也譯爲戒。指精進持戒，防止身口作惡。大智度論十三:"好行善道，不自放逸，是名尸羅。"世説新語文學"殷中軍被廢東陽"南朝梁劉孝標注:"波羅密，此言到彼岸也。經云到者有六焉，……四曰尸羅，尸羅者精進也。"

【尸饔】詩小雅祈父:"胡轉予于恤，有母之尸饔。"饔，熟食。尸饔有三説: 1. 傳箋都釋尸爲陳列，意指自己從軍，只有母親陳列餚饌；2. 宋朱熹集傳釋尸爲主持，謂使母親主持勞苦之事；3. 清馬瑞辰毛詩傳箋通釋十九認爲尸有失義，尸饔卽失饔；皆謂不能奉養，意相近。後來多從集傳的解釋。

【尸陀林】佛家指西域棄尸的地方。梵語尸多婆那。也作"屍陀林"。唐玄應一切經音義十八立世阿毗曇論一尸陀林:"正言尸多婆那，此云寒林。其林幽邃而且寒，因以名也。在王舍城側，死人多送其中。今總指棄屍之處名尸陀林者，取彼名。"法顯佛國記作"尸摩賒那"。

【尸位素餐】居位食祿而不理事。漢書六七朱雲傳:"今朝廷大臣，上不能匡主，下亡以益民，皆尸位素餐，孔子所謂'鄙夫不可以事君，苟患失之，亡所不至'者也。"也作"尸祿素飡"。漢劉向説苑至公:"尸祿素飡，貪欲無厭。"參見"尸位"、"素餐"。

【尸居餘氣】謂人軀殼雖在，僅存氣息。晉書宣帝紀正始九年:"會河南尹李勝將莅荆州，來候帝。帝詐病篤，……勝退告(曹)爽曰:'司馬公尸居餘氣，形神已離，不足慮矣。'"後多指人暮氣沉沉，無所作爲，猶言比死人多一口氣。尸，也作"屍"。唐杜光庭虬髯客傳:"(紅拂)曰:'彼屍居餘氣，不足畏也。'"彼，指司空楊素。

【尸居龍見】謂靜如尸而動如龍。莊子在宥:"尸居而龍見，淵默而雷聲。"又天運:"子貢曰:然則人固有尸居而龍見，雷聲而淵默，發動如天地者乎?"

【尸毗迦王】佛教釋迦牟尼成佛前的王號。省稱尸毗王。參閱大智度論三五、大唐西域記三烏仗那國。

一 畫

尹 yǐn ㄧㄣˇ 余準切，上，準韻，喻。

㊀治理。書多方:"天惟式教我用休，簡畀殷命，尹爾多方。"㊁古代官名。書顧命:"成王將崩，……乃同召太保奭、……百尹、御事。"楚有令尹、箴尹，漢有京兆尹。參見"令尹"、"箴尹"。㊂姓。風俗通謂師尹，三公官，以官爲氏。漢有尹咸。見元和姓纂六準。

【尹午】複姓。春秋楚大夫囂尹午之後。楚有大夫尹午子叔。見元和姓纂六準。

【尹吉】詩小雅都人士:"彼君子女，謂之尹吉。"有二説: 1. 傳釋尹爲正，謂德行正直美善。2. 箋:"吉讀爲姞。尹氏姞氏周室婚姻之舊姓也。"宋朱熹集傳取箋義，釋爲二姓。參閱清馬瑞辰毛詩傳箋通釋二三。

【尹邢】漢武帝同時寵幸尹夫人與邢夫人，不令兩人相見。尹夫人向武帝請求見邢夫人。相見後，尹夫人"乃低頭俛而泣，自痛其不如也"。見史記外戚世家。後稱彼此嫉妒爲"尹邢"。宋蘇軾分類東坡詩四芙蓉城:"從渠一念三千齡，下作人間尹與邢。"又把因嫉妒而避不見面稱爲"尹邢避面"，本此。

【尹祭】祭祀所用的乾肉。禮曲禮下:"凡祭宗廟之禮，……脯曰尹祭。"疏:"尹，正也。裁截方正而用之祭。"

【尹焞】公元1071—1142年。宋洛陽人。字彥明，一字德充。受學於程頤，終身不應科舉。靖康初賜號和靖處士。次年金兵攻陷洛陽，全家被害，焞流離至蜀。紹興八年，以布衣任太常少卿兼説書，不久又被任爲禮部侍郎兼侍講。因上書反對與金議和，觸怒秦檜，不報，於是辭官不就。著有論語孟子解，已佚。門人王時敏將其著作另編爲和靖集，共八卷。宋史有傳。參閱宋元學案二七和靖學案。

【尹喜】人名。周時關令。相傳老子西遊至函谷關，喜强留，老子授道德經五千言而去。喜自著書名關尹子。見史記六三老子傳集解、索隱。參見"關尹子"。

【尹文子】舊題周尹文撰。一卷。莊子天下把尹文與宋鈃並稱。漢劉向説苑君道載有尹文與齊宣王的問答，蓋爲當時稷下的學士。漢書藝文志列爲名家。其學説出入於黄老申韓之間，主張接觸萬物要去除成見，對事物要綜名核實；統治者應自處於虛靜，禁攻寢兵，減省情欲。今本尹文子爲後人依託之作。

【尹吉甫】周宣王時重臣。姓兮，名甲，也稱兮伯吉父。甫，本作"父"；尹爲官名。宣王中興時，曾率師北伐玁狁至太原。詩小雅六月及他的遺物兮甲盤都記述此事。相傳吉甫作有詩大雅崧高、烝民、韓奕、江漢等篇，以贊美宣王。

【尹宙碑】全稱豫州從事尹宙碑，後漢碑刻。碑文完整，八分書；額爲篆書，僅殘存"從銘"二字。熹平六年立。記尹宙世系、里居、品行及治公羊春秋經事。字體道勁，尚存篆意，在漢碑中別具一格。碑背刻有元皇慶三年李讐題記，王克讓正書。碑在今河南鄢陵縣。參閱金石萃編十七。

【尹翁歸】公元前?—前62年。漢河東平陽人，字子兄。初爲獄小吏。宣帝時任東海太守，執法嚴謹。後升任右扶風。死後家無餘財。見漢書七六尹翁歸傳。

【尹卿筆】唐武后長安中，司府少卿尹思貞、卿侯知一，都以執法嚴正知名，而吏人尤畏少卿，有"不畏侯卿杖，惟畏尹卿筆"之語。見舊唐書一〇〇尹思貞傳。

尺 1. chǐ ㄔˇ 昌石切，入，昔韻，穿。

㊀長度單位，十寸爲尺。周代時，各種長度如寸、尺、咫、尋等，都以人體的部位爲準則。其後以黄鐘律、黍穀長度來測定，漸趨精密。參閱漢書律曆志上。其制歷

代不同，大抵今長於古。㊁量長度的器具。玉臺新詠一古詩爲焦仲卿妻作："左手持刀尺，右手執綾羅。"㊂經脈的部位。見"尺脈"、"尺澤㊁"。㊃少，小量。孟子公孫丑上："尺地莫非其有也。"

2. chě ㄔㄜˇ

㊄樂譜記音符號之一。見"管色譜"。

【尺一】漢制以長度爲尺一的版寫詔書，後因用作詔命的代稱。後漢書五七李雲傳："今官位錯亂，小人諂進，財貨公行，政化日損，尺一拜用不經御省。"宋蘇軾分類東坡詩十七元祐六年六月自杭州召還……次諸公韻之三："尺一東來喚我歸，衰年已迫故山期。"

【尺八】樂器名。唐呂才製尺八，共十二枚，長短不同，各應律管。見舊唐書七九呂才傳。這是尺八最早的出處，但其形制不詳。一說尺八即簫管，又名中管，竪笛。管有六孔，旁一孔加竹膜。管長尺八，所以也叫尺八管。見文獻通考一三八竹之屬。

【尺寸】㊀尺寸皆微量，引申爲少、短小或細微。孟子告子上："無尺寸之膚不愛焉，則無尺寸之膚不養也。"國語周下："夫目之察度也，不過步武尺寸之間。"戰國策燕一："夫民勞而實費，又無尺寸之功。"㊁法度。韓非子安危："六曰，有尺寸而無意度。"㊂尺脈與寸口脈。靈樞經二終始："少氣者，脈口人迎俱少，而不稱尺寸也。"

【尺土】極狹小之土地。史記一一二主父偃傳徐樂上書："陳涉無千乘之尊，尺土之地，……然起窮巷，奮棘矜，偏袒大呼而天下從風。"唐李白李太白詩十二贈從弟冽："顧余乏尺土，東作誰相攜。"

【尺口】指全家男女老幼。後漢書七四上袁紹傳"乃誅紹叔父隗，及宗族在京師者，盡滅之"注引晉袁曄獻帝春秋："(董)卓使司隸宣播尺口收之，母及姊妹嬰孩以上五十餘人下獄死。"三國志吳孫皓傳"皓以其惡似張布，追改定名爲布"注引晉虞溥江表傳："(何)定挾忿譖(李)勖於皓，皓尺口誅之，焚其尸。"

【尺木】相傳龍要憑木纔能升天。見漢王充論衡龍虛。三國志吳太史慈傳"今日之事，當與卿共之"注引晉虞溥江表傳："(孫策)出教曰：龍欲騰翥，先階尺木者也。"道家因附會爲龍頭上有一物名爲尺木，故能升天。見唐段成式酉陽雜俎十七鱗介。另一說認爲木是"水"之訛。參閱清俞正燮癸巳類稿七尺水字義、梁章鉅三國志旁證二八。

【尺五】近，不遠。唐杜甫杜工部草堂詩箋三六贈韋七贊善："爾家最近魁三象，時論同歸尺五天。"參見"去天尺五"。

【尺宅】面部。指眉、目、鼻、口所在之處，故名宅。雲笈七籤十一黃庭內景經脾部："辟却虛羸無病傷，外應尺宅氣色芳。"宋陸游劍南詩稿七四學道："精神生尺宅，虛白集中扃。"也作"雲宅"。參見該條。

【尺地】卽尺土。孟子公孫丑上："尺地莫非其有也，一民莫非其臣也。"漢書六四上主父偃傳："今諸侯子弟，或十數而適嗣代立，餘雖骨肉，無尺地之封。"

【尺兵】短小的兵器。戰國策燕三："而秦法，羣臣侍殿上者，不得持尺兵。"史記八六荆軻傳作"不得持尺寸之兵"。

【尺板】笏。古代官吏記事用的手板。梁書王僧孺傳與何炯書："久爲尺板斗食之吏，以從皁衣黑綬之役，非有奇才絕學，雄略高謨，吐一言可以匡俗振民，動一議可以固邦興國。"

【尺帛】短繒，小塊絲織物。戰國策趙三："公子魏牟過趙，趙王迎之，顧反至坐，前有尺帛，且令工以爲冠。"

【尺度】㊀計量長度的定制。宋書律曆志上："(荀)勗又以魏杜夔所制律呂，檢校太樂、總章、鼓吹八音，與律乖錯。始知後漢至魏，尺度漸長於古四分有餘。"唐白居易長慶集二一大巧若拙賦："嘉其尺度有則，繩墨無撓。"㊁標準。唐羅隱甲乙集四重過三衢哭孫員外詩："不唯濟物工夫大，長憶容才尺度寬。"

【尺素】素，生絹。古人寫文章或書信用長一尺左右的絹帛，稱爲尺素。玉臺新詠一漢蔡邕飲馬長城窟行："客從遠方來，遺我雙鯉魚。呼兒烹鯉魚，中有尺素書。"文選晉陸士衡(機)文賦："函綿邈於尺素，吐滂沛乎寸心。"後因用作書信的代稱。唐張九齡曲江集三當塗界寄裴宣州詩："委曲風波事，難爲尺素傳。"

【尺書】㊀信札，書信。漢書三四韓信傳"奉咫尺之書，以使燕"唐顏師古注："八寸曰咫。咫尺者，言其簡牘或長咫，或長尺，喻輕率也。今俗言尺書，或言尺牘，蓋其遺語耳。"唐駱賓王集三軍中行路難詩："雁門迢遞尺書稀，鴛被相思雙帶緩。"㊁簡册，書籍。古代經書和法律用二尺四寸的簡策，其餘爲一尺二寸，舉成數稱尺書。漢王充論衡書解："秦雖無道，不燔諸子，諸子尺書，文篇具在。"

【尺脈】中醫經脈名。脈分寸、關、尺三部分，尺脈卽診脈時第三指所按之處。清徐灝說文注箋："人手卻動脈謂之寸，自動脈至曲肘謂之尺，因以爲尺寸之度。今醫家以高骨爲關，關前爲寸脈，後爲尺脈，蓋古法相傳如是。"

【尺紙】指書信。宋書沈璞傳："復裁少字，宣志於璞，聊因尺紙，使卿等具知厥心。"

【尺晷】移動一尺的日影。比喻片時，片刻。宋史三〇六朱台符傳："時太宗廷試貢士，多擢敏速者，台符與同輩課試，以尺晷成一賦。"

【尺廓】神話傳說中的神鬼名。舊題漢東方朔神異經："東南方有人焉，……不飲不食，朝吞惡鬼三千，暮吞三百，但吞不咋。此人以鬼爲飯，以露爲漿，名曰尺廓，一名食邪。……今世謂有黃父鬼。"(說郛六五)後世傳鍾馗啖鬼，疑本此。參見"黃父鬼"。

【尺澤】㊀小池。文選戰國楚宋玉對楚王問："夫尺澤之鯢，豈能與之量江海之大哉？"㊁人體經穴名，卽尺脈所在。素問至真要大論："尺澤絕，死不治。"注："尺澤在肘內廉，大文中動脈應手，肺之氣也。"晉王叔和脈經一分別三關境界脈候所主："從魚際至高骨，却行一寸，其中名曰寸口；從寸至尺，名曰尺澤，故曰尺寸。"

【尺翰】書信，猶言尺書。陳書蔡景歷傳答陳霸先書："尺翰馳而聊城下，清談奮而贏軍却。"此用戰國齊魯仲連致書說服燕聊城守將退兵及說辛垣衍不帝秦事。見戰國策齊六、趙三。

【尺錦】猶言尺素，喻文辭美好而短少。梁書劉孝綽傳答蕭繹書："近雖預覩尺錦，而不覩全玉。"藝文類聚五八引作"寸錦"。

【尺璧】直徑一尺的璧玉，言其大而可貴。淮南子原道："故聖人不貴尺之璧，而重寸之陰，時難得而易失也。"文選魏文帝(曹丕)典論論文："夫然則古人賤尺璧而重寸陰，懼乎時之過已。"

【尺簡】古代載文記事用竹簡，簡長一尺二寸，或倍之；一說長二尺，短者半之，故稱尺簡。尸子上："書之不盈尺簡。"梁書徐勉傳上修五禮表："及東京曹褒，南宮著述，集其散略，百有餘篇，雖寫以尺簡，而終闕平奏。"舊唐書經籍志上："曩時遺籍，尺簡無存。"

【尺牘】牘，書版。漢代詔書寫於一尺一寸長的書版上。漢書九四上匈奴傳："漢遺單于書，以尺一牘。」後省稱尺牘，用爲書信的通稱。史記一〇五扁鵲倉公傳論：「緹縈通尺牘，父得以後寧。」指太倉公女緹縈上書漢文帝，請求替父贖刑。宋書劉穆之傳：「穆之與朱齡石並便尺牘，嘗於高祖（劉裕）坐與齡石答書。自旦至日中，穆之得百函，齡石得八十函。」參閱清袁枚隨園隨筆下尺牘。

【尺蠖】尺蠖蛾的幼蟲。易繫辭下：「尺蠖之屈，以求信（伸）也。」清郝懿行爾雅義疏釋蟲：「其行先屈後申，如人布手知尺之狀，故名尺蠖。」後常用以比喻人的先屈後伸。

【尺籍】漢制，將殺敵立功的成績書寫在一尺長的竹板上，稱爲尺籍。史記一〇二馮唐傳：「夫士卒盡家人子，起田中從軍，安知尺籍伍符？」索隱：「按：尺籍者，謂書其斬首之功於一尺之板。伍符者，命軍人伍伍相保，不容姦詐。」後也泛稱軍籍爲尺籍。宋郭若虛圖畫見聞志四：「燕貴本隸尺籍，工畫山水。」

【尺鷃】小雀名。飛翔不能高遠。晉書夏侯湛傳抵疑：「鴻鵠一舉，橫四海之區，出青雲之外，而尺鷃不陵桑榆。」莊子逍遙遊作「斥鴳」，文選南朝梁江文通（淹）雜詩阮步兵注引作「尺鷃」。參見「斥鴳」。

【尺鐵】短小的兵器。文選漢李少卿（陵）答蘇武書：「兵盡矢窮，人無尺鐵。」唐劉長卿劉隨州集四從軍詩之一：「手中無尺鐵，徒欲穿重圍。」

【尺一牘】漢制，詔書寫於一尺一寸長的木版上，故稱尺一牘。漢書九四上匈奴傳：「漢遺單于書，以尺一牘，……中行說令單于以尺二寸牘，及印封皆令廣長大。」此指文牘、書信。南齊蕭子良篆隸文體稱爲尺一簡。

【尺八腿】水滸傳人物劉唐綽號的別稱。元周密癸辛雜識續集上宋江三十六人贊：「尺八腿劉唐：將軍下短，貴稱侯王，汝豈非夫，腿尺八長。」宣和遺事及水滸傳均作赤髮鬼。

【尺二秀才】宋楊萬里考校湖南漕試，見首名卷中，「盡」字寫作「尽」，即不錄取，並曰：「明日揭榜，有喧傳以爲場屋取得箇尺二秀才，則吾輩將胡顏？」見宋孫奕履齋示兒編九聲畫押韻貴乎審。尽，分拆爲尺、二兩字。後因用「尺二秀才」諷刺寫俗字的人。

【尺寸千里】指登高遠眺，千里如在咫尺之中。唐柳宗元柳先生集二九始得西山宴遊記：「尺寸千里，攢蹙累積。」

【尺布斗粟】漢文帝弟淮南厲王劉長因謀反事敗，被徙蜀郡，在路上不食而死。民間作歌曰：「一尺布，尚可縫；一斗粟，尚可舂。兄弟二人不能相容。」見史記一一八淮南厲王傳。後以「尺布斗粟」比喻兄弟間因利害衝突而不相容。晉武帝（司馬炎）出弟齊王攸於外，攸憤怨發病死。王濟譏帝：「尺布斗粟之謠，常爲陛下恥之。」見世說新語方正、晉書王濟傳。

【尺幅千里】指山水畫的畫幅雖小而氣勢廣遠。唐詩紀事二五徐安貞畫襄陽圖詩：「圖書空咫尺，千里意悠悠。」元戴良九靈山房集十六題何監丞畫山水歌：「莫言短幅僅盈咫，遠勢固當論萬里。」參見「咫尺萬里」。

【尺短寸長】比喻人或事物各有長處和短處，不能一概而論。楚辭屈原卜居：「夫尺有所短，寸有所長。」亦見史記七三白起王翦傳論。宋衛宗武秋聲集五李黃山乙藁序：「然昔之能詩者蕃矣，多莫得全美何哉？尺短寸長，要不容强齊耳。」

二 畫

尼 1. ní ㄋㄧˊ 女夷切，平，脂韻，娘。

㊀尼姑，信佛出家的女子。北魏楊衒之洛陽伽藍記一胡統寺：「入道爲尼，遂居此寺。」

2. nǐ ㄋㄧˇ 集韻 尼質切，入，質韻。

㊀阻止，止息。孟子梁惠王下：「行或使之，止或尼之。」㊁相近，親近。通「昵」。尸子下：「悅尼而來遠。」

【尼父】指孔子（名丘，字仲尼）。父，同「甫」，古代對男子的美稱。禮檀弓上：「魯哀公誄孔子曰：『天不遺耆老，莫相予位焉！嗚呼哀哉，尼父！』」

【尼丘】山名。又名尼山。在山東曲阜縣東南。相傳叔梁紇與顏氏女於尼丘野合而生孔子，即此山。見史記孔子世家。後因以尼丘爲孔子的別稱。梁書阮孝緒傳：「跡既可抑，數子所以有餘；本方見晦，尼丘是故不足。」

【尼姑】梵語稱女僧爲比丘尼，簡稱尼，俗稱尼姑。唐李商隱李義山文集五祭徐姊夫文：「尼姑居宗老之地，騶奴揔家相之權。」

【尼首】指人的頭頂中間低而四周高者。後漢書八二上高獲傳：「（獲）爲人尼首方面。」注：「尼首，首象尼丘山，中下四方高也。」參見「圩頂」。

【尼谿】地名。春秋時齊地。相傳齊景公欲將尼谿封給孔子，因晏嬰勸阻而止。見墨子非儒下、史記孔子世家。晏子春秋八作爾稽，呂氏春秋高義作廩丘。

【尼波羅】國名。卽尼泊爾。大唐西域記七：「尼波羅國，周四千餘里，在雪山中。」新、舊唐書作泥婆羅。

【尼連河】水名。也叫尼連禪河。佛教相傳釋迦牟尼將成道時，先在此河沐浴。見水經注一河水。

【尼拘陀】梵語。無節樹。或謂卽榕樹。唐慧琳一切經音義十五大寶積經一二〇尼拘陀：「梵語西國樹名也。此樹端直無節，圓滿可愛，去地三丈餘方有枝葉。其子微細如柳花子。唐國無此樹。」又二六大般涅槃經十三尼拘陀：「舊音云無節樹。華嚴音義云：其葉如柿子葉，子似枇杷子，有蒂，性耐老，樹中最高大也。」

【尼師壇】梵語。也作頓史娜曩。義譯是坐具、敷具、隨坐衣。指用作墊坐的布，坐卧時鋪在坐位或牀褥上，以護身或護衣。大般若波羅密多經一：「爾時世尊於師子座上，自敷尼師壇結跏趺坐。」全唐詩五四六張希復詠宣律和尚袈裟：「共覆三衣中夜寒，披時不鎮尼師壇。」參閱唐慧琳一切經音義一、釋氏要覽上法衣坐具。

【尼童子】少年的尼姑。宋陶穀清異錄粧飾：「范陽鳳池院尼童子，年未二十，穠豔明俊，頗通賓游。」

【尼犍外道】佛教稱佛教以外的教義或宗派爲外道。尼犍外道認爲人生罪福苦樂，本自有定，主張脫離人世，裸體苦行。尼犍，也作「尼乾」，梵語義譯爲「離繫」。教徒稱尼犍陀若提子，或省作尼犍（乾）子。見唐慧琳一切經音義二五大般涅槃經四尼乾子、翻譯名義集二六道。

尻 kāo ㄎㄠ 苦刀切，平，豪韻，溪。

臀部，脊骨末端。禮內則：「兔去尻，狐去首。」莊子大宗師：「孰能以無爲首，以生爲脊，以死爲尻。」

【尻輿】莊子大宗師：「浸假而化予之尻以爲輪，以神爲馬，予因以乘之，豈更駕哉！」設想以尻作爲車輿，謂以神行，不假外物。宋蘇軾分類東坡詩十五贈袁陟：「不見袁夫子，神馬載尻輿。」

四 畫

局 jú ㄐㄩˊ 渠玉切，入，燭韻，羣。

㊀部分。禮曲禮上：「進退有度，左右有

局，各司其局。」指古代行軍，左右分部，各有統率。㊁官署名。北齊時，門下省統轄尚食局、尚藥局等六局，太常寺所屬的太廟署，下有郊祠局、崇虛局。見隋書百官志中。㊂棋盤。史記一〇六吳王濞傳：「皇太局引博局提吳太子殺之。」也用作量詞。南史蕭思話傳附蕭惠基：「（褚）思莊戲遲，巧於鬬棊……齊高帝使思莊與王抗交賭，自食時至日暮，一局始竟。」唐白居易長慶集六三因夢有悟詩：「款曲數杯酒，從容一局碁。」㊃形勢。見「局面」。㊄狹隘，拘泥。晉書潘岳傳附潘尼乘輿箴：「文繁而義詭，意局而辭野。」引申爲逼迫。儒林外史三：「屠户被衆人局不過，只得連斟兩碗酒喝了，壯一壯膽。」㊅近。文選魏文帝（曹丕）與朝歌令吳質書：「塗路雖局，官守有限。」㊆屈曲。通「跼」。詩小雅采綠：「予髮曲局，薄言歸沐。」

【局子】弈具。局，棋盤；子，棋子。宋書何承天傳：「承天素好弈棊，頗用廢事。太祖賜以局子。承天奉表陳謝，上答：『局子之賜，何必非張武之金邪？』」

【局方】宋代太醫局所定的藥方。由官營藥局依方製藥出售。宋有陳師文校正太平惠民和劑局方五卷，元有朱震亨局方發揮。後因稱通用的丸散方劑爲局方。

【局外】棋局之外，旁觀者。宋劉克莊後村集五象弈一首呈葉潛仲詩：「君看橘中戲，妙不出局外。」後把不參預其事的稱爲局外。紅樓夢四：「兇身主僕，已皆逃走無蹤跡了，只剩了幾個局外之人。」

【局丞】官名。北齊有鹽臺、太卜等局丞。見隋書百官志中。

【局束】即拘束。唐柳宗元柳先生集三十與裴塤書：「且天下熙熙，而獨呻吟者四五人，何其優裕者博，而局束者寡，其爲不一徵也何哉。」宋王安石臨川集十二白紵山詩：「殘年苦局束，往事嗟摧壞。」

【局局】俯身大笑的樣子。莊子天地：「季徹局局然笑曰：『若夫子之言，於帝王之德，猶螳蜋之怒臂以當車軼，則必不勝任矣。』」

【局板】清同治光緒年間，在江蘇浙江廣東湖北等省設立官書局，刻板印書，通稱局板或局刻本。如史記有江寧、揚州、杭州、蘇州、武昌五局合刻本，文選有武昌書局翻刻本。

【局度】器量，器度。三國志魏袁紹傳：「紹外寬雅，有局度，憂喜不形于色，而內多忌害，皆此類也。」又夏侯惇等傳評：「（夏侯）玄以規格局度，世稱其名。」

【局面】本指在棋局上布子的形勢，轉以比喻事態。宋李曾伯可齋雜藁二八送趙鼎臣赴召詩：「江頭人類魚鱗集，局面憂深虎口危。」事情的規模、排場也稱局面。元高則誠琵琶記三四寺中遺像：「寒由他自寒，不可壞了局面。」

【局促】㊀狹窄，緊迫。太平御覽九六三漢楊孚異物志：「有竹曰篔，其大數圍，節間相去局促。」抱朴子崇教：「以千門萬户爲局促，以昆明太液爲淺陋。」㊁拘束，窘迫。後漢書四九仲長統傳：「六合之內，恣心所欲。人事可遺，何爲局促？」唐杜甫杜工部草堂詩箋十四夢李白之二：「告歸常局促，苦道來不易。」

【局紗】明清時，在江寧蘇杭等地設立織造局，所造絲織品，專供宮廷和官府之用。因其織物精美，故後來通稱精美的絲織品爲局紗。

【局陳】條理，布置。世說新語賞譽：「簡文云：『淵源（殷浩）語不超詣簡至，然經綸思尋處，故有局陳。』」

【局量】器量，度量。三國志蜀黃權傳：「（魏）文帝察權有局量，欲試驚之，……而權舉止顏色自若。」文館詞林六九一北齊武成帝除盧景開太守等勑：「盧景開等並器業明遠，局量優通，宜任以化人，申其志力。」

【局幹】器量與才具。宋書殷景仁傳：「時與侍中右衛將軍王華、侍中驍騎將軍王曇首、侍中劉湛四人，並時爲侍中，俱居門下，皆以風力局幹，冠冕一時。」

【局腳】裝在器物底部的曲脚。魏晉以後，盛行在坐榻下裝上曲折形的高脚，稱爲局脚床。晉陸翽鄴中記：「石虎御牀辟方三丈，其餘牀皆局脚，高下六尺。」宋書武帝紀下：「宋臺既建，有司奏東西堂施局脚牀，銀塗釘，上不許；使用直脚牀，釘用鐵。」脚同「腳」。

【局圖】棋局的圖譜。南齊書蕭惠基傳：「宋文帝世，羊玄保爲會稽太守，帝遣（褚）思莊入東與玄保戲，因製局圖，還於帝前覆之。」

【局僚】官局的僚屬。宋史四四四劉恕傳：「司馬光編次資治通鑑，英宗命自擇館閣英才共修之。光對曰：『館閣文學之士誠多，至於專精史學，臣得而知者，唯劉恕耳。』即召爲局僚，遇史事紛錯難治者，輒以諉恕。」司馬光編修資治通鑑時，特在祕閣設局，選劉恕等人爲佐，故稱局僚。

【局趣】拘束，拘謹。趣，同「促」。史記一〇七魏其武安侯傳附灌夫：「上怒內史曰：『公平生數言魏其、武安長短，今日廷論，局趣效轅下駒，吾并斬若屬矣。』」

【局數】卽局促。楚辭漢王逸九思憫上：「踡跼兮寒局數，獨處兮志不申。」宋洪興祖補注：「數，音促。」

【局蹐】畏縮恐懼貌。局，同「跼」，屈曲；蹐，小步而行。詩小雅正月：「謂天蓋高，不敢不局；謂地蓋厚，不敢不蹐。」亦作「跼蹐」。後漢書七六秦彭傳：「每於農月，親度頃畝，分別肥墝，差爲三品，各立文簿，藏之鄉縣。於是姦吏跼蹐，無所容詐。」

【局戲】弈棋一類的游戲。急就篇三「棋局博戲相易輕」唐顏師古注：「棋局謂彈棋圍棋之局也。博亦局戲也，十二棋六箸。」

【局縮】狹小。釋名釋姿容：「窶數，猶局縮，皆小意也。」也指人怯懦不開朗，作事畏首畏尾。宋書五行志二：「晉武帝太康後，江南童謠曰：『局縮肉，數橫目，中國當敗吳當復。』……元帝懦而少斷，局縮肉，直斥之也。」唐韓愈昌黎集七送諸葛覺往隨州讀書詩：「我雖官在朝，氣勢日局縮。」

【局騙】指設圈套以詐騙取財。元典章五七刑部十九禁局騙：「無籍之徒，糾合惡黨，局騙錢物。」水滸二五：「我的一時間不是了，喫那廝局騙了。」

屁 pì ㄆㄧˋ　匹寐切，去，至韻，敷。

下泄之臭氣。見玉篇。古字作「糟」。續傳燈錄二六天游禪師牧牛頌：「兩角指天，四足踏地，拽斷鼻繩，放甚屎屁。」參閱清俞樾茶香室叢鈔十屁。

【屁滾尿流】誇張地形容人驚懼恐慌狼狽不堪之狀。水滸七五：「這一干人嚇得屁滾尿流，飛奔濟州去了。」也作「尿流屁滾」。元曲選康進之李逵負荆四：「你要問俺名姓，若說出來，直諕的你尿流屁滾。」

尿 1. niào ㄋㄧㄠˋ　奴弔切，去，嘯韻，泥。

㊀排泄小便。說文作「㞙」。同「溺」。唐玄應一切經音義十七阿毗曇毗婆沙論四「㞙屎」：「下又作尿，同，乃弔反。」通俗文：「出脬曰尿。」」舊唐書一九八罽賓國傳：「有被蛇螫者，鼠輒嗅而尿之，其瘡立愈。」

2. suī ㄙㄨㄟ

㊀小便。見「尿₂臟」。

【尿₂𤸎】便壺的俗稱。清王應奎柳南隨筆三:"俗以溺器爲尿𤸎。"

尾 wěi ㄨㄟˇ 無匪切,上,尾韻,明。

㊀尾巴。易履:"履虎尾。"㊁末後。史記七十張儀傳:"請西面而事秦,獻恒山之尾五城。"㊂追隨於後。見"尾擊"。㊃鳥獸交配。書堯典:"鳥獸孳尾。"㊄美好貌。通"娓"。詩邶風旄丘:"瑣兮尾兮,流離之子。"㊅星名。參見"二十八宿"。㊆量詞。唐柳宗元柳先生集二九游黃溪記:"有魚數百尾,方來會石下。"㊇姓。見漢王符潛夫論九志氏姓。後漢書七三劉虞傳有尾敦。

【尾生】古代傳說中戰國時魯堅守信約的人。尾生與女子約會於橋下,女子未來,河水上漲,仍不去,抱橋柱淹死。見莊子盜跖、戰國策燕一、史記六九蘇秦傳。漢書古今人表作尾生高,唐顏師古注說即微生高。

【尾扶】梵語。佛陀的別名。大日經疏十七阿闍梨真實智品:"尾扶是佛之別名,亦是法王義,謂聲便故用此音說也。"

【尾閭】古代傳說中海水歸宿之處。莊子秋水:"天下之水,莫大於海,萬川歸之,不知何時止而不盈;尾閭泄之,不知何時已而不虛。"尾,指百川之下;閭,指水聚之處。也稱"沃焦"。後引申爲事物的歸向。南朝梁蕭統(昭明太子)陶淵明集序:"智者賢人,居之甚履薄冰;愚夫貪士,競之若洩尾閭。"參見"沃焦"。

【尾箕】星名。尾宿與箕宿。晉書天文志上天漢起沒:"天漢起東方,經尾箕之間,謂之漢津。"於分野屬幽州。明楊維楨東維子文集二九送謝太守詩:"曾開天水國,直問尾箕津。"

【尾聲】戲曲套曲的末段,表示全套的終結。南曲的尾聲一般祇有三句,或十九字至二十一字,大抵十二板或十三板,故又名十二時、十二拍尾,也稱餘音、餘文、意不盡、情不斷。北曲的尾聲長短不一,有不止一調而分成若干段的,如七煞、八煞、十三煞等,故也稱煞尾、收尾、結音、餘慶。參閱清周祥鈺九宮大成南詞宮譜凡例。

【尾擊】隨後追擊。後漢書十七岑彭傳:"(吳)漢軍食盡,燒輜重,引兵下隴,(蓋)延(耿)弇亦相隨而退,(隗)囂出兵尾擊諸營。"

【尾騎】尾追的騎兵。新唐書八九段志玄傳:"於是奪其馬馳歸,尾騎數百不敢近。"

【尾君子】指猴。宋陶穀清異録二獸:"郭休隱居太山,畜一猢猻,謹恪不逾規矩,呼曰尾君子。"

【尾大不掉】尾大至轉動不靈,不能指揮控制。春秋時,楚滅蔡,楚靈王想封公子棄疾爲蔡公,問於申無宇,無宇答道:"末大必折,尾大不掉,君所知也。"見左傳昭十一年。參閱國語楚上。也作"末大不掉"。唐柳宗元柳先生集三封建論:"余以爲周之喪久矣,徒建空名於公侯之上耳。得非諸侯之盛强,末大不掉之咎歟!"

五畫

屆 jiè ㄐㄧㄝˋ 古拜切,去,怪韻,見。

㊀極,界。詩大雅蕩:"侯作侯祝,靡屆靡究。"㊁至,到。書大禹謨:"惟德動天,無遠弗屆。"㊂量詞。次,回。

居 1. jū ㄐㄩ 九魚切,平,魚韻,見。

㊀居的本義爲蹲。居處的居,古作"凥"。後因有蹲踞的"踞",本義遂廢。見清段玉裁說文解字注。㊁居住。易繫辭下:"上古穴居而野處。"也指住宅。文選晉向子期(秀)思舊賦:"濟黃河以汎舟兮,經山陽之舊居。"㊂止息,停留。易繫辭下:"變動不居,周流六虛。"左傳僖二十八年:"不有居者,誰守社稷?不有行者,誰扞牧圉?"㊃坐下。論語陽貨:"居,吾語女。"㊄處於,位於。書伊訓:"居上克明,爲下克忠。"史記一二〇汲黯傳:"陛下用羣臣如積薪耳,後來者居上。"㊅儲存,囤積。書益稷:"懋遷有無化居。"國語晉八:"略則行志,假貸居賄。"㊆相當,佔。禮王制:"其有中士、下士者,數各居其上之三分。"㊇平時。論語先進:"居則曰'不吾知也'。"老子:"君子居則貴左,用兵則貴右。"㊈姓。漢有東城侯居股。見漢書景武昭宣元成功臣表。

2. jī ㄐㄧ 居之切,平,支韻,見。

㊉語助詞。莊子齊物論:"何居乎?形固可使如槁木,心固可使如死灰乎?"釋文:"何居,如字。又音姬。"左傳成二年:"誰居?後之人必有任是夫。"

【居士】㊀指未作官的士人。韓非子外儲左上:"齊有居士田仲者。"禮玉藻:"居士錦帶,弟子縞帶,并紐約用組。"後來封建士大夫多用爲別號,如唐白居易稱香山居士,宋歐陽修稱六一居士。㊁梵語"迦羅越"的義譯。維摩詰所說經上方便品:"若在居士,居士中尊,斷其貪著。"東晉列國後秦僧肇注:"什曰:外國白衣多財富樂者,名爲居士。"隋慧遠維摩義記:"居士有二:一、廣積資産,居財之士,名爲居士;二、在家修道,居家道士,名爲居士。"後來專稱在家奉佛的人。

【居方】㊀所處的方位。易未濟:"君子以慎辨物居方。"注:"辨物居方,令物各當其所也。"㊁傳說遠古部落酋長人皇氏的別名。見宋羅泌路史二九頭紀泰皇氏。參見"人皇"、"三皇"。

【居心】㊀安心。呂氏春秋上農:"皆有遠志,無有居心。"㊁存心。世說新語言語:"太傅(謝安)因戲謝(重)曰:'卿居心不淨,乃復强欲滓穢太清邪?'"

【居勿】古部落名。漢稱堅昆,魏晉間稱結骨。新唐書二一七回鶻傳下:"黠戛斯,古堅昆國也,……或曰居勿,曰結骨。"參見"堅昆"。

【居正】㊀遵循正道。公羊傳隱三年:"故君子大居正,宋之禍,宣公爲之也。"文選晉干令升(寶)晉紀總論:"進仕者以苟得爲貴,而鄙居正。"㊁帝王登位。藝文類聚十三晉劉琨勸進表:"誠宜遣小禮,存大務,援據圖録,居正宸極。"

【居民】定居一地的人。戰國策楚一:"有偏守新城,而居民苦矣。"漢書六九趙充國傳:"居民得並田作,不失農業。"

【居守】留守。左傳成十六年:"郤至佐新軍,荀罃居守。"史記留侯世家:"於是上自將兵而東,羣臣居守,皆送至灞上。"

【居次】漢時匈奴女子的尊號,相當於公主。漢書九四下匈奴傳:"復株絫單于復妻王昭君,生二女,長女云爲須卜居次,小女爲當于居次。"

【居延】㊀縣名。西漢置,屬張掖郡,爲郡都尉治所。東漢末,爲西海郡治所。魏晉南北朝沿置。後廢。見讀史方輿紀要六三居延城。故城在今甘肅額濟納旗西北。㊁古邊塞名。漢初,居延爲匈奴南下涼州的要道。太初三年,使路博德於此築塞,以防匈奴入侵,故又名遮虜(虜)障。遺址在今甘肅,南起合黎山麓,北抵居延故城。參閱同上書。㊂湖名。古稱流沙澤,漢魏晉稱居延澤,唐以後通稱居延海。書禹貢:"導弱水至于合黎,餘波入于流沙。"即此。本一湖,狹長彎曲。水經注四十:"居延澤在其縣故城東北,尚書所謂流沙者也,形如月生五日也。"後因中段河道淤塞,遂分爲東、西兩湖,即今甘肅額濟納旗西北的蘇古諾爾湖和嘎順諾爾湖。參閱漢書地理志八下。

【居作】㊀當傭人。作，勞作。後漢書八三梁鴻傳："曾誤遺火延及它舍，鴻乃尋訪燒者，問所去失，悉以豕償之。其主猶以爲少。鴻曰：'無它財，願以身居作。'"㊁唐時刑法，犯人在獄中服役稱居作。唐律疏義二名例："其造畜蠱毒，婦人有官無官，並依下文配流如法，有官者仍除名，至配所，免居作。"

【居官】擔任官職，在位。國語魯上："賢者急病而讓夷，居官者當事不避難，在位者恤民之患，是以國家無違。"

【居奇】囤積財貨，待時出售，以牟取暴利。詳"奇貨可居"。

【居居】㊀盛服貌。詩唐風羔裘："羔裘豹祛，自我人居居。"傳："居居，懷惡不相親比之貌。"清馬瑞辰毛詩傳箋通釋十一則謂居居義同裾裾，盛服貌。指在位者徒有此盛服而不恤其民。㊁安靜貌。莊子盜跖："神農之世，卧則居居，起則于于。"

【居易】安於平易。禮中庸："故君子居易以俟命，小人行險以徼幸。"

【居物】儲積貨物，待價出售。漢書五九張湯傳："使吏捕案湯左田信等，曰湯且欲爲請奏，信輒先知之，居物致富，與湯分之。"

【居室】㊀住宅。禮曲禮下："君子將營宮室，宗廟爲先，廐庫爲次，居室爲後。"㊁指夫婦關係。孟子萬章上："男女居室，人之大倫也。"史記一二一儒林傳序："婚姻者，居室之大倫也。"㊂漢官署名，屬少府，拘禁犯人的處所。武帝太初元年改名保官。史記一〇七魏其武安侯傳附灌夫："(田蚡)劾灌夫罵坐不敬，繫居室。"參閱漢書百官公卿表上。

【居家】㊀治家，處理家務。孝經廣揚名："居家理，故治可移於官。"㊁在家閒居。史記項羽紀："居鄛人范增，年七十，素居家，好奇計。"㊂住宅，民房。後漢書七二董卓傳："卓自屯留畢圭苑中，悉燒宮廟官府居家，二百里內無復孑遺。"

【居息】在家閒居。詩小雅北山："或燕燕居息，或盡瘁國事。"後漢書八十上傅毅傳迪志詩："農夫不怠，越有黍稷，誰能云作，考之居息？"注："言誰能有所作，而居息閑暇可能成者？言必須勤之也。"

【居庸】㊀縣名。秦築長城，徙居庸徒於此。漢置縣，屬上谷郡。東漢末，劉虞爲公孫瓚所敗，自薊北奔居庸，卽此。北朝魏爲上谷郡治所，北齊廢。見畿輔通志一五八延慶州。故城在今北京延慶縣東。㊁山名。卽今軍都山，在北京昌平縣西北。爲太行八陘的最北陘，舊稱"燕京八景"，其一卽"居庸疊翠"。參閱宋程大昌北邊備對居庸關(說郛本)、嘉慶一統志七軍都山。㊂關名。在軍都山（舊稱居庸山)上，兩山夾峙，懸崖峭壁，地勢險要，古稱九塞之一。也稱軍都關。一說軍都居庸爲南北兩關。北朝齊稱納款關，唐時又稱薊門關。參閱水經注十四濕餘水、讀史方輿紀要十居庸。

【居常】㊀循舊，守常不變。左傳昭十三年："獲神，一也；有民，二也；令德，三也；寵貴，四也；居常，五也。有五利以去五難，誰能害之？"晉書陸機傳豪士賦序："心玩居常之安，耳飽從諛之說，豈識乎功在身外，任出才表者哉！"㊁平時，日常。史記九二淮陰侯傳："(韓)信由此日怨望，居常鞅鞅，羞與絳灌等列。"後漢書五二崔瑗傳："不問餘產，居常蔬食菜羹而已。"

【居處】住所。呂氏春秋爲欲："其衣服冠帶，宮室居處，舟車器械，聲色滋味皆異。"漢書刑法志："連其什伍，居處同樂，死生同憂，禍福共之。"指一起生活。史記八五呂不韋傳："車乘進用不饒，居處困，不得意。"後漢書二八下馮衍傳上疏："而財產歲狹，居處日貧，家無布帛之積，出無輿馬之飾。"指生活處境。

【居停】棲止、歇足之處。唐盧同玉川子集一月蝕詩："月蝕烏宮十三度，鳥爲居停主人不覺察。"後因稱租寓之所爲居停。宋真宗時，朝議再貶寇準，王曾質之，丁謂顧曰："居停主人勿復言。"蓋指王曾曾以第舍借給寇準。見宋史二八三丁謂傳。明楊珽龍膏記傳奇旅況："幸居停見憐意殷勤，好教人三謝難安。"

【居巢】春秋巢國地。湯流放桀於南巢，卽此。秦爲居巢縣，漢沿置，屬廬江郡，東晉後廢。巢，也加邑旁作"鄛"。秦末項羽謀臣范增卽居鄛人。故城在今安徽巢縣西南。參閱太平寰宇記一二六巢縣。

【居喪】在直系親長喪期之中。左傳襄三十一年："且是人也，居喪而不哀，在慼而有嘉容，是謂不度。"

【居間】㊀居於兩者之間。禮雜記上："公七踊，大夫五踊，婦人居間。士三踊，婦人皆居間。"疏："謂婦人與大夫更踊也。男子先踊，踊畢而婦人踊，踊畢賓乃踊，婦人居賓主之中間也。"㊁居中調解雙方爭執。史記一二四郭解傳："雒陽人有相仇者，邑中賢豪居間者以十數，終不聽。"漢書九二郭解傳注："居中間爲道地和輯之。"

【居然】㊀安然。詩大雅生民："不康禋祀，居然生子。"文選南齊謝玄暉(朓)敬亭山詩："隱淪既已託，靈異居然棲。"唐李周翰注："居，安也。"㊁確實。世說新語言語："袁彥伯(宏)爲謝安南(奉)司馬，都下諸人送瀨鄉將別，既自悽惘，歎曰：'江山遼落，居然有萬里之勢。'"㊂竟然。世說新語品藻："有人問袁侍中(恪之)曰：'殷仲堪何如韓康伯？'答曰：'理義所得，優劣乃復未辨，然門庭蕭寂，居然有名士風流，殷不及韓。'"唐杜甫杜工部草堂詩箋六自京赴奉先縣詠懷五百字："居然成濩落，白首甘契闊。"

【居業】㊀保有功業。易乾："修辭立其誠，所以居業也。"文選晉潘安仁(岳)閑居賦："是以資忠履信以進德，修辭立誠以居業。"㊁恒產，產業。後漢書五一橋玄傳："及卒，家無居業，喪無所殯。"

【居暨】獸名。山海經北山經北次二經："又北三百五十里曰梁渠之山，……其獸多居暨，其狀如彙而赤毛，其音如豚。"

【居鄛】卽居巢。見"居巢"。

【居諸】詩邶風柏舟："日居月諸，胡迭而微。"居、諸，都是助詞，後用爲日月的代稱。藝文類聚七七南朝梁簡文帝善覺寺碑銘："居諸不息，寒暑推移。"又引喻爲光陰。唐高適高常侍集三苦雨寄房四昆季詩："君門嗟緬邈，身計念居諸。"參閱清陳啟源毛詩稽古編柏舟(經解本十五)。

【居賣】居市做買賣，相當於後來的坐商。周禮地官司市"以商賈阜貨而行布"漢鄭玄注："居賣物曰賈。"文選晉左太沖(思)魏都賦"不鬻邪而豫賈，著馴風之醇醲"唐李善注："居賣曰賈。"

【居憂】居父母尊長之喪。書太甲上："王徂桐宮，居憂。"

【居積】囤積居奇。漢王充論衡知實："子貢善居積，……故貨殖多，富比陶朱。"

【居廬】古喪禮。父母死後，另居別室守喪，稱居廬。孟子滕文公上："五月居廬，未有命戒。"參見"倚廬"。

【居攝】指暫居皇帝之位，處理政務。漢書九九上王莽傳太后詔："國不蒙佑，皇帝年在襁褓，未任親政，……微朕孰當統之，是以孔子見南子，周公居攝，蓋權時也。"漢王充論衡譴告："文武之卒，成王幼少，周道未成，周公居攝。"

【居屬】木工所用鋸鑿之類工具。墨子備城門："民室杵木瓦石，可以蓋城之備者盡上之，不從令者斬。昔築，七尺一居屬，五步一壘。"也作"斪斸"(爾雅釋器)、"鋸欘"(管子小匡)，舊注釋爲鉏、鋤之類。

【居士屩】屩，用麻、草編織的鞋。唐時隱士宋桃椎，住在山中，不受贈送。曾織屩十雙，放在路上，人們説是"居士屩"，以米及茶與之交換，置原地，取屩去。見新唐書一九六本傳。宋詩鈔方岳秋崖小藁鈔山居之二："雲粘居士屩，藤覆野人家。"

【居易録】清王士禎撰。三十四卷。自稱取顧況"長安米貴，居大不易"之意，末又以"居易俟命"爲説。中多論詩之語，又記所見諸古書，考據源流，論斷得失。三卷以後，記時事；九卷以後，兼記官場的差遣任免，並自録其爲官時的獄辭和廷議。

【居業録】明胡居仁撰。八卷。爲其婿余祐所編。取易乾"修辭立其誠，所以居業也"之義。分道體、爲學、主敬、致知、力行、出處、治體、治法、教人、警戒、辨異端、觀聖賢十二類，共一千一百九十九條。居仁墨守朱熹之學，別無新義，其書舊與薛瑄讀書録等並稱。

【居安思危】在安全時考慮到可能發生的危險，即有備無患之意。左傳襄十一年："書曰：'居安思危。'"逸周書程典作"於安思危"。

屜 tì ㄊㄧˋ 字彙 他計切，音替。

同"屉"。見"屉"。

屆

同"屆"。見"屆"。

屈 1. qū ㄑㄩ 區勿切，入，物韻，溪。

㊀彎曲，不直。古作"詘"、"曲"。易繫辭下："尺蠖之屈，以求信也。"㊁屈服，摧折。孟子滕文公下："富貴不能淫，貧賤不能移，威武不能屈。"㊂治理，制服。詩魯頌泮水："順彼長道，屈此羣醜。"㊃委屈，冤屈。世説新語品藻"會稽虞騤"注引虞光禄傳："騤未登鼎，時論稱屈。"魏書閻元明傳："雖沉屈兵伍而操尚彌高，奉養繼親甚著恭孝之稱。"㊄姓。戰國楚有屈原。又北魏屈突氏改爲屈氏。見元和姓纂十物。

2. jué ㄐㄩㄝˊ 衢物切，入，物韻，羣。九勿切，入，物韻，見。

㊅短小。詳"屈₂奇"。㊆竭盡，窮盡。莊子天運："目知窮乎所欲見，力屈乎所欲逐。"荀子王制："使國家足用，而財物不屈。"㊇通"倔"。見"屈₂彊"。㊈地名。詳"屈₂產"。

3. quē ㄑㄩㄝ

㊉通"闕"。見"屈₃狄"。

【屈人】㊀受委屈的人。五代南唐劉崇遠金華子雜編下："苗紳貶南中，崔相國彥昭，其故人也，見而憫焉；呼紳至第而慰勉曰：'苗十大是屈人。'"㊁中藥蒺藜子的別名。見政和證類本草七蒺藜子。

【屈丐】公元？—425年。即東晉列國夏世祖赫連勃勃。北魏拓跋嗣改其名爲屈丐，取卑下的意思。見魏書鐵弗劉虎傳附屈丐。同書太祖紀作屈丏。晉書赫連勃勃載記説屈丐是勃勃的字。參見"赫連勃勃"。

【屈支】即龜茲。唐玄奘大唐西域記一有屈支國。詳"龜茲"。

【屈厄】委屈困迫。漢陸賈新語本行："夫子陳蔡之厄，豆飯菜羹不足以接餒，……侄傯屈厄，自處甚矣。"後漢書三十下郎顗傳條便宜第七事："陛下乃者，潛龍養德，幽隱屈戹。"戹，同"厄"。

【屈申】同"屈伸"。文選漢班叔皮(彪)北征賦："達人從事，有儀則兮。行止屈申，與時息兮。"後漢書二八下馮衍傳自論："用之則行，舍之則臧，進退無主，屈申無常。"

【屈卮】有彎柄的酒杯。唐李賀歌詩編一浩歌行："箏人勸我金屈卮，神血未凝身問誰。"

【屈戌】門窗上的環紐，搭扣。唐李商隱李義山詩集一驕兒："凝走弄香奩，拔脱金屈戌。"水滸二一："那婆子瞧見宋江要走的意思，出得房門去，門上却有屈戌，便把房門拽上，將屈戌搭了。"參閲明陶宗儀輟耕録七屈戌。

【屈伏】㊀屈身而受制於人。晉書劉曜載記："爲之拜者，屈服於人也。"㊁曲折起伏。唐李白李太白詩二二宿鰕湖："明晨大樓去，崗隴多屈伏。"

【屈宋】指戰國楚屈原和宋玉。二人皆以辭賦著名，爲漢以後文人所推崇，並稱屈宋。周書庾信傳論："摭六經百氏之英華，探屈宋卿雲之祕奧。"卿，司馬相如，字長卿；雲，揚雄，字子雲。唐杜甫杜工部詩史補遺一戲爲六絶之五："竊攀屈宋宜方駕，恐與齊梁作後塵。"

【屈折】彎曲。莊子駢拇："屈折禮樂，呴俞仁義。"釋文："謂屈折支體爲禮樂也。"文苑英華七四四唐李華三賢論："若百鍊之鋼，不可屈折。"

【屈伸】屈曲與伸展。荀子樂論："執其干戚，習其俯仰屈伸，而容貌得莊焉。"此指肢體的屈張活動。又不苟："與時屈伸，柔從若蒲葦，非懾怯也；剛强猛毅，靡所不信，非驕暴也。"此指隨時而進退。也作"屈信"、"屈申"、"詘申"。參見各該條。

【屈₃狄】古王后六服之一，又爲子男之妻的命服。禮玉藻："君命屈狄。"周禮內司服作"闕狄"。狄也作"翟"。翟，長尾的野雞，指畫繢爲翟雉形而不加色彩。繢，古代對絲織品的統稱。參見"闕狄"、"闕翟"。

【屈₂奇】怪異。淮南子詮言："聖人無屈奇之服，無瑰異之行。"注："屈，短；奇，長也。"漢書五三廣川惠王越傳："謀屈奇，起自絶。"注："屈奇，奇異也。屈音其勿反。"

【屈服】㊀曲折起伏。莊子大宗師："衆人之息以喉，屈服者，其嗌言若哇。"㊁屈身降服，順從。呂氏春秋召類："故割地寶器戈劍卑辭屈服。不足以止攻。"三國志魏臧洪傳："(袁)紹本愛洪，意欲令屈服，原之；見洪辭切，知終不爲己用，乃殺之。"

【屈突】複姓。北朝魏孝文帝改爲屈氏，至西魏復爲屈突。見元和姓纂十物。

【屈指】彎曲手指計算數目。三國志吳顧譚傳："每省簿書，未嘗下籌，徒屈指心計，盡發疑謬，下吏以此服之。"唐杜甫杜工部草堂詩箋三十甘林："我衰易悲傷，屈指數賊圍。"參見"詘指"。

【屈信】信，通"伸"。同"屈伸"。易繫辭下："往者屈也，來者信也；屈信相感而利生焉。"漢書四八賈誼傳陳政事疏："天下之勢，方病大瘇，一脛之大幾如要(腰)，一指之大幾如股，平居不可屈信。"注："信，讀曰伸。"

【屈侯】複姓。戰國魏有屈侯鮒，漢有郎中令屈侯豫。見通志氏族五以國爵爲氏。

【屈₂起】特起，勃起。屈，通"倔"。文選漢揚子雲(雄)劇秦美新："獨秦屈起西戎。"漢書一〇〇上敍傳班彪王命論："未見運世無本，功德不紀，而得屈起在此位者也。"注："屈，音其勿反。"文選王命論作"倔起"。

【屈草】神話中能辨別人善惡的草，也叫屈軼、指佞草。南齊謝朓謝宣城集一三日侍華光殿曲水宴代人應詔詩之五："屈草戒諛，階蓂紀日。"參見"屈軼"。

【屈辱】委屈和恥辱。史記一二六淳于

髡傳:“滑稽多辯,數使諸侯,未嘗屈辱。”文選三國魏李蕭遠(康)運命論:“驅驟於蠻夏之域,屈辱於公卿之門。”

【屈原】公元前約 340—前 278 年。戰國楚人。名平,字原;又名正則,字靈均。楚懷王時任左徒、三閭大夫,主張聯齊抗秦。後遭靳尚等人誣陷,被放逐,作離騷。頃襄王時再遭讒毀,謫於江南。見楚國政治腐敗,無力挽救,遂於五月五日投汨羅江而死。所寫詩篇,文辭優美,對後世文學的發展有巨大的影響。其作品,據漢書藝文志謂爲二十五篇,漢王逸楚辭章句定爲離騷、九歌(十一篇)、天問、九章(九篇)、遠游、卜居、漁父。末三篇後人多疑非屈原作。史記有傳。

【屈₂產】地名。春秋晉地,產良馬。晉獻公以屈產之乘,垂棘之璧,假道於虞以伐虢。見春秋三傳僖二年、孟子萬章上。地在今山西石樓縣東南。清閻若璩四書釋地屈產之乘謂卽吉州地,漢河東北屈縣。石樓爲漢西河土軍縣,非北屈地。參閱太平寰宇記四八隰州石樓縣。

【屈眴】布名。眴,音 shùn。佛教稱爲大細布,緝木棉花心織成,色青黑,傳說達摩所傳的袈裟卽用此布縫製。見翻譯名義集七沙門服相。元耶律楚材湛然居士集五乞扇詩:“屈眴圓裁白玉盤,幽人自剪素琅玕。”

【屈笮】委屈困迫。三國志魏和洽傳曹操令:“昔蕭(何)曹(參)與高祖並起微賤,致功立勳,高祖每在屈笮,二相恭順,臣道益彰,所以祚及後世也。”

【屈就】俯從。舊時指降志屈節就任官職。後漢書六二陳寔傳附陳紀:“黨禁解,四府並命,無所屈就。”後多用爲請人任職的客套語。

【屈軼】神話中的草名。傳說太平之世,生于庭前,能指向佞人,故又名指佞草。見漢王充論衡是應、晉張華博物志四、文選南齊王元長(融)三月三日曲水詩序注引田俅子、太平御覽八七三引孫氏瑞應圖。

【屈揖】宋時自九卿以下百官在中書省見宰相,屈躬而入,宰相作揖還禮;及進茶,都由省吏高聲贊唱,稱爲屈揖。見宋沈括夢溪筆談一。

【屈₂强】見“屈₂彊”。

【屈賈】戰國楚屈原與漢賈誼。二人都擅長辭賦,又同遭讒陷,不受信用,故後人並稱屈賈。唐杜甫杜工部草堂詩箋三八上水遣懷:“中間屈賈輩,讒毀竟自取。”

【屈節】㊀古代使臣出使時持符節以作憑信。屈節,表示投順。漢書五四蘇建傳附蘇武:“屈節辱命,雖生,何面目以歸漢!”㊁降身相從,謙恭的樣子。漢桓寬鹽鐵論殊路:“故子路解長劍,去危冠,屈節於夫子之門。”

【屈滯】屈處卑下職位,久不升遷者。三國志吳步騭傳:“騭前後薦達屈滯,救解患難,書數十上。”

【屈潭】水泊名。在湖南湘陰縣北汨羅江附近。水經注三八湘水:“汨水又西爲屈潭,卽汨羅淵也。屈原懷沙,自沈於此,故淵潭以屈爲名。”

【屈轂】戰國宋人。他曾以堅厚不能剖用的瓠作比喻來諷刺齊居士田仲的無用。見韓非子外儲左上。後因以屈轂之瓠比喻無用的人或難治的事物。轂也作“穀”。文選晉張景陽(協)七命:“鑽屈轂之瓠,解疏屬之拘,子欲之乎?”晉書張載傳附張協七命作屈穀。參見“堅瓠”。

【屈撓】退縮,屈服。淮南子氾論:“夫今陳卒設兵,兩軍相當,將施令曰:‘斬首拜爵,而屈撓者要(腰)斬。’”三國志魏邢顒傳:“遂以爲平原侯(曹)植家丞,顒防閑以禮,無所屈撓。”

【屈膝】㊀下跪。淮南子氾論:“夫君臣之接,屈膝卑拜,以相尊禮也。”漢書五七下司馬相如傳論巴蜀檄:“北征匈奴,單于怖駭,交臂受事,屈膝請和。”史記相如傳作“詘膝”。㊁門窗上的環紐,搭扣。其形如人屈膝狀,故名。玉臺新詠九梁簡文帝烏棲曲之四:“織成屏風金屈膝,朱唇玉面燈前出。”唐李賀歌詩編二宮娃歌:“啼蛄吊月鉤闌下,屈膝銅鋪鎖阿甄。”參閱清黃生字詁屈戌。

【屈盧】古代造矛的良匠名。後用作良矛的代稱。史記六七仲尼弟子傳端沐賜:“因越賤臣種奉先人藏器,甲二十領,鈇屈盧之矛,步光之劍,以賀軍吏。”索隱:“鈇音膚,斧也。……屈盧,矛名。”參閱商君傳“持矛而操闟戟者旁車而趨”集解、索隱。

【屈₂橋】壯捷貌。漢書八七揚雄傳上河東賦:“千乘霆亂,萬騎屈橋。”注:“屈,音其勿反。橋,音其召反。”

【屈₂彊】卽倔强,不順從。史記九七陸賈傳:“迺欲以新造未集之越,屈彊於此。”漢書作“屈强”。史記一一〇匈奴傳:“楊信爲人剛直屈彊,素非貴臣,單于不親。”

【屈₂蟜】同“屈₂橋”。唐杜甫杜少陵集二四朝獻太清宮賦:“鳳凰威遲而不去,鯨魚屈蟜以相吸。”

【屈蟠】盤旋曲繞。晉書束晳傳玄居釋:“徒屈蟠於坞井,眄天露而不游。”此狀鱗介昆蟲的潛身蜷伏。唐杜甫杜工部草堂詩箋十六西枝村尋置草堂地夜宿贊公土室之一:“惆悵老大藤,沉吟屈蟠樹。”此狀樹木枝幹的盤旋曲繞。

【屈蠖】易繫辭下:“尺蠖之屈,以求信也。”尺蠖,一種昆蟲。後或用屈蠖比喻人不得意。宋王禹偁小畜集三酬种放徵君詩:“相府一張紙,喚起久屈蠖。”參見“尺蠖”。

【屈大均】公元 1630—1696 年。明末番禺人。初名紹隆,字翁山,又字介子。清兵入粵時,曾參加抗清隊伍,明亡,削髮爲僧;中年還俗,改名大均。以詩文著名,與陳恭尹梁佩蘭合稱爲嶺南三大家。著有翁山詩文集、皇明四朝成仁錄、廣東新語等書。清初,他的著作被列爲禁書。

【屈突通】公元 557—628 年。唐長安人。隋時曾任虎賁郎將,後升任左驍衛大將軍。唐高祖起兵時,守衛河東,兵敗被俘。高祖任爲兵部尚書;後因平定王世充有功,拜行臺右僕射,再授洛州都督。死後畫像於凌烟閣。新、舊唐書有傳。參見“三斗葱”。

【屈柘詞】樂府舞曲歌辭名。唐軟舞曲有屈柘名目,温庭筠作詞,因曲爲名。今本温庭筠詩集七作握柘詞。參閱唐段安節樂府雜錄舞工、樂府詩集五六柘枝詞。

【屈摩羅】梵語。也作屈滿羅。指未開的蓮花。東晉列國後秦僧睿法華經後序:“諸華之中,蓮華最勝;華尚未敷,名屈摩羅;敷而將落,名迦摩羅;處中盛時,名芬陀利。”

【屈一伸萬】春秋時,專諸以勇武聞名。與人格鬭,怒氣很盛,人不能當,而其妻一呼卽罷手。伍子胥怪而問之,專諸說:“夫屈一人之下,必伸萬人之上。”意謂能屈始能伸;能屈服於一人,始能凌駕於萬人之上。見吳越春秋三王僚使公子光傳。

【屈打成招】用嚴刑逼供,迫使被告誣服。元曲選缺名爭報恩三:“如今把姐姐拖到官中,三推六問,屈打成招。”

【屈戌屏風】用搭扣相接可以摺疊的屏風。東晉列國後趙石虎作金銀鈕屈戌屏風,蒙以白色細絹,上畫義士仙人禽獸之像。見晉陸翽鄴中記。參見“屈膝㊁”。

【屈豔班香】屈,戰國楚屈原;班,漢班固。香、豔,形容文辭的華美。唐杜牧樊川集一冬至日寄小姪阿宜詩：“高摘屈宋艷，濃薰班馬香。”艷，同“豔”。意指文辭兼有楚辭史記漢書之長。宋，宋玉；馬，司馬遷。

【屈宋古音義】明陳第撰。三卷。取屈原宋玉所著辭賦三十八篇，擇其中押韻字音讀古今不同的二百三十四字，考其古音讀。與所著毛詩古音考互相發明。

六　畫

屏 1. píng 薄經切，平，青韻，並。ㄆㄧㄥˊ

㊀宮門當門的小牆。國語吳：“王背屏而言，夫人向屏。”注：“屏，寢門內屏。”荀子大略：“天子外屏，諸侯內屏。”參閱清顧炎武日知錄三二罘罳。㊁遮蔽或障衛之物。詩小雅桑扈：“君子樂胥，萬邦之屏。”參見“屏障”、“屏翰”等。㊂屏風。唐杜甫杜工部草堂詩箋二李監宅之一：“屏開金孔雀，褥隱繡芙蓉。”

2. bǐng 必郢切，上，靜韻，幫。ㄅㄧㄥˇ

㊃隱藏。書金縢：“爾不許我，我乃屏璧與珪。”㊄掩蔽。左傳昭二十七年：“屏王之耳目，使不聽明。”㊅排除，除去。詩大雅皇矣：“作之屏之，其菑其翳。”㊆退避。禮曲禮上：“則左右屏而待。”

3. bīng 府盈切，平，清韻，幫。ㄅㄧㄥ

㊇見“屏$_{3}$營”。

4. bìng ㄅㄧㄥˋ

㊈見“屏$_{4}$當”。

【屏山】縣名。屬四川省。本漢僰道朱提二縣地，明萬曆十七年置屏山縣，爲馬湖府府治。清撤馬湖府，以縣改隸敘州府。參閱嘉慶一統志三九五敘州府。

【屏$_{2}$斥】斥退。宋書顏延之傳荀赤松奏：“延之昔坐事屏斥，復蒙抽進，而曾不悛革，怨誹無已。”

【屏泥】車前擋泥的物件。漢書八九黃霸傳：“別駕主簿車，緹油屏泥於軾前，以章有德。”後漢書十一劉盆子傳：“乘軒車大馬，赤屏泥。”注：“赤屏泥，謂以緹油屏泥於軾前。”舊時官吏的車子，下邊都有用赤油布做的拖泥，即屏泥的遺制。

【屏$_{2}$居】隱居。史記一〇七魏其侯傳：“孝景七年，栗太子廢，……魏其謝病，屏居藍田南山之下數月。”

【屏匽】廁所，僻隱處。戰國策燕二：“今宋王射天笞地，鑄諸侯之象，使侍屏匽。”宋鮑彪注：“屏，廁也。當作并匽路廁。”參見“屏廁”。

【屏南】縣名。屬福建省。清雍正十二年分古田縣北境雙溪地設置，屬福州府。見嘉慶一統志四二五福州府一。

【屏面】蔽面之物。漢書九九中王莽傳：“後常翳雲母屏面，非親近莫得見也。”注：“屏面即便面，蓋扇之類也。”宋陸游劍南詩稿五七村社禱晴有應：“數峯縹緲如屏面，一浦漣漪作簟紋。”參見“便面”。

【屏$_{2}$退】㊀退避，隱退。梁書長沙嗣王業傳附蕭藻：“藻性恬靜，……常以爵祿太過，每思屏退。”㊁排除。隋書音樂志：“聖人造樂，導迎和氣，惡情屏退，善心興起。”

【屏星】車上的障蔽。東漢孔恂任別駕，車前舊有屏星，刺史想把它除掉。恂認爲國家的舊儀不能破壞，便說：“別駕可去，屏星不可省。”見後漢書輿服志上“示不敢自滿也”注引三國吳謝承後漢書。參閱宋劉昌詩蘆浦筆記一屏星。王先謙後漢書集解。參見“簈星”。

【屏風】㊀室內陳設的作爲擋風或遮蔽的用具。史記七五孟嘗君傳：“孟嘗君待客坐語，而屏風後常有侍史，主記君所與客語。”㊁蒓菜的別名。又名鳧葵。楚辭宋玉招魂：“紫莖屏風，文緣波些。”注：“屏風，水葵也。”補注引本草：“鳧葵即蒓菜，生水中，俗名水葵。”㊂中藥防風的別名。見政和證類本草七防風。參見“防風㊀”。

【屏扆】宮殿上陳設在戶牖之間畫有斧形圖案的屏風。宋史二四二慈聖光獻曹皇后傳：“后亦慈愛天至，或退朝稍晚，必自至屏扆候矚。”

【屏$_{2}$除】放棄，排除。唐白居易長慶集六九閑居自題戲招宿客詩：“屏除身外物，擺落世間緣。”論語堯曰“尊五美，屏四惡”宋邢昺疏：“子張問其政術，孔子答曰：當尊崇五種美事，屏除四種惡事，則可也。”

【屏$_{2}$氣】抑制呼吸不敢出聲，形容恭謹畏懼的神態。論語鄉黨：“攝齊升堂，鞠躬如也，屏氣似不息者。”後漢書六七李膺傳：“自此諸黃門常侍，皆鞠躬屏氣，休沐不敢復出宮省。”

【屏$_{2}$息】即屏氣。列子黃帝：“尹生甚怍，屏息良久，不敢復言。”

【屏處】隱蔽的地方。漢書九七下孝成趙皇后傳：“（吳恭）受詔，持篋方底予（籍）武，皆封以御史中丞印，曰：‘告武：篋中有死兒，埋屏處，勿令人知！’”

【屏廁】隱蔽偏僻的地方，便所。急就篇：“屏廁清溷糞土壤。”莊子庚桑楚“觀室者周於寢廟，又適其偃焉”晉郭象注：“偃謂屏廁。”

【屏$_{2}$棄】廢棄。書泰誓下：“屏棄典刑，囚奴正士。”

【屏$_{4}$當】收拾，料理。世說新語雅量：“祖士少（約）好財，……人有詣祖，見料視財物，客至，屏當未盡，餘兩小簏箸背後，傾身障之，意未能平。”又見晉書阮孚傳。也作“併當”。參見該條。

【屏$_{2}$跡】斂迹，避匿。跡，也作“迹”。晉書卞壼傳：“轉御史中丞，忠於事上，權貴屏跡。”世說新語賞譽下“王丞相云”注引卞壼別傳作“權門屏迹”。魏書鄭脩傳：“少隱於岐南几谷中，依巖結宇，獨處淡然，屏迹人事，不交世俗。”

【屏$_{2}$語】避人而共語。史記一二七褚少孫補日者傳司馬季主：“宋忠見賈誼於殿門外，乃相引屏語，相謂自歎。”漢書七十傅介子傳：“（樓蘭）王起隨介子入帳中屏語。”

【屏蓬】古代傳說中的獸名。山海經大荒西經：“大荒之中有山曰鏖鏊鉅，日月所入者，有獸左右有首，名曰屏蓬。”海外西經作“并封”。

【屏障】用以遮掩房舍的隔離物。晉書阮籍傳：“籍乘驢到（東平）郡，壞府舍屏鄣，使內外相望，法令清簡。”鄣，殿本作“障”。唐元稹長慶集二二以州宅夸於樂天詩：“四面常時對屏障，一家終日在樓臺。”此以屏障比喻山峯。又指屏風之類。唐杜甫杜工部詩史補遺五韋諷錄事宅觀曹將軍畫馬圖：“貴戚權門得筆跡，始覺屏障生光輝。”也作“屏幛”。宣和書譜一歷代諸帝：“（唐太宗）一日作真草屏幛，以示羣臣，其筆力遒勁，尤爲一時之絕。”

【屏$_{3}$營】惶恐貌。國語吳：“其民不忍饑勞之殃，三軍叛王於乾谿。王親獨行，屏營彷徨於山林之中。”文選漢李少卿（陵）與蘇武詩三首之一：“屏營衢路側，執手野踟躕。”漢魏以來，上皇帝表文，及報上司書牘末多用“不勝屏營”或“屏營之至”，都是惶恐的意思。參閱宋吳曾能改齋漫錄一表文末云屏營。

【屏蔽】即屏障。新唐書一一六王及善傳：“神功元年，契丹擾山東，擢魏州刺史。武后勞曰：‘逆虜盜邊，公雖病，可與妻子行，日三十里，爲朕臥治，爲屏蔽也。’”

【屏$_{2}$蔽】遮蔽，衛護。漢書四一樊噲傳：“亞父謀欲殺沛公，令項莊拔劍舞坐中，欲擊沛公，項伯常屏蔽之。"史記樊噲傳作"肩蔽"，項羽紀作"翼蔽"。

【屏翰】猶言屏藩。詩小雅桑扈："之屏之翰，百辟爲憲。"又大雅板："大邦維屏，大宗爲翰。"屏，屏障、護衛；翰，主幹。後用以比喻鎭守一方的長官。唐韓愈昌黎集三三楚國夫人墓志銘："公居河東，子在鄜時，爲王屏翰，有壤千里。"

【屏翳】神名。史記一一七司馬相如傳大人賦："召屏翳誅風伯而刑雨師。"正義引應劭："屏翳，天神使也。"或謂爲雷師(史記正義引韋昭)、風神(文選曹植洛神賦)、雲神，卽豐隆(楚辭九歌雲中君王逸注)，各說不一。

【屏$_2$黜】斥逐，除去。北史李諤傳："屏黜浮詞，遏止華僞。"隋書李諤傳作"屏出"。

【屏攝】祭神的地方。左傳昭十八年："使子寬子上巡羣屏攝至於大宫。"有兩說：1.漢鄭衆稱，攝，束茅以爲屏蔽，祭神之處。草易燃，故使人巡視。2.國語楚下"屏攝之位"韋昭注，屏，屏風；攝，形如腰扇，列爲祭祀之位，至漢仍舊。參閱清洪亮吉春秋左傳詁十七。

【屏山集】宋劉子翬撰，子坪編。二十卷。子翬，福建崇安人，嘗任興化軍通判，因病回鄉，退居屏山，故以名集。文章多宣揚理學，辨析明快，不似南宋人語錄文筆拖沓。詩歌則較少道學氣息。

【屏風兒】宋時翰林爲皇帝草擬詔書，其體式有赦書德音、册文、制書、制詔等。當值的翰林遇有體式未詳者，院吏常以片紙抄錄前人舊作以供參考，稱爲屏風兒。參閱宋周必大益公題跋十又跋王禹玉謝翰林學士承旨表本、十一跋喻仲遷所藏蘇黄門翰林詔草、玉堂雜記下。

屎 1. shǐ ㄕˇ 式視切，上，旨韻，審。

㊀糞。本作"𦵯"，也作"𡲾"。莊子知北遊："(道)在屎溺。"景德傳燈錄九大安禪師："喫潙山飯，屙潙山屎，不學潙山禪。"

2. xī ㄒㄧ 喜夷切，平，脂韻，曉。

㊀象聲詞。殿屎，呻吟聲。見"殿屎"。

【屎溺】糞與尿。莊子知北遊："東郭子問於莊子曰：'所謂道，惡乎在？'莊子曰：'無所不在。……在螻蟻，……在稊稗，……在瓦甓，……在屎溺。'"

【屎詩】傳說唐顧況在茅山時，見一秀才邊走邊吟"駐馬上山阿"，久思不得下句。況曰："何不道'風來屎氣多'。"秀才知是顧況，慚愧而退。見宋孫光憲北夢瑣言七。後譏刺拙劣的詩爲屎詩，本此。

屍 shī ㄕ 式之切，平，脂韻，審。

死人的軀體。通"尸"。國語齊："殺而以其屍授之。"玉篇："在牀曰屍。"

【屍古】古玉色紅如血者，稱爲血玉，又名屍古。見明曹昭等新增格古要論六古玉。

【屍解】卽尸解。藝文類聚七八南朝宋何法盛晉中興書："舉(葛洪)屍入棺，其輕如空衣，時咸以爲屍解得仙。"參見"尸解"。

【屍親】人命案中死者的家屬。清會典事例八五一檢驗屍傷不以實："凡人命重案，必檢驗屍傷，……若屍親控告傷痕互異者，許再行覆檢。"

屋 wū ㄨ 烏谷切，入，屋韻，影。

㊀房屋，居舍。詩秦風小戎："在其板屋，亂我心曲。"㊁泛指覆蓋之物。禮雜記上："素錦以爲屋而行。"此指蓋棺的小帳。史記項羽紀："紀信乘黄屋車。"此指車蓋。今作"幄"。㊂古制六尺爲步，步百爲畝，畝百爲夫，夫三爲屋，屋三爲井。見周禮地官小司徒"乃經土地，……凡稅斂之事"注、漢書食貨志上。

【屋山】屋脊。唐韓愈昌黎集五寄盧仝詩："每騎屋山下窺闞，渾舍驚怕走折趾。"宋范成大石湖集二九顏橋道中詩："一段農家好風景，稻堆高出屋山頭。"

【屋引】複姓。代北氏部本居玄朔，隨魏南遷。孝文帝時改爲屋氏。唐有盩厔(今作周至，在陝西省)人屋引豐生，封渭原縣公。見通志二九氏族略五代北複姓。

【屋脊】屋的大梁。北齊書王琳傳："所居屋脊，無故剥破，出赤蛆數升。"左傳襄二十八年"解其左肩，猶援廟桷動於甍"唐孔穎達疏："說文云：'甍，棟梁也。'……此是屋上之長材，椽所以馮依者也，今俗謂之屋脊。"今稱屋頂兩斜面相交隆起之處爲屋脊。

【屋除】屋前台階。宋王安石臨川集二九恒真院詩："野水從横漱屋除，午窗殘夢鳥相呼。"

【屋烏】見"愛屋及烏"。

【屋梁】房屋的棟梁。文選戰國楚宋玉神女賦序："其始來也，耀乎若白日初出照屋梁。"唐杜甫杜工部草堂詩箋十四夢李白之一："落月滿屋梁，猶疑照顏色。"

【屋遊】草名。一名博雅。卽長在瓦屋上的青苔，故又名瓦衣、瓦苔，也稱瓦蘚。長數寸的稱爲瓦松，生於陰處，味甘寒，供藥用，八、九月採。參閱政和證類本草十一、本草綱目二一。參見"博雅㊁"。

【屋粟】周制，凡民有田不耕，罰三家的稅粟。以夫三爲屋，故稱屋粟。參閱周禮地官載師"凡田不耕者出屋粟"注疏、旅師"旅師掌聚野之耡粟、屋粟、閒粟"注疏。

【屋稅】房屋稅。宋時稅目之一。宋史三二四李允則傳："潘美定湖南，計屋輸絹，謂之屋稅。"

【屋誅】周禮秋官司烜氏："邦若屋誅，則爲明竁焉。"漢鄭衆說，古以三夫爲屋，屋誅卽滅三族。鄭玄說"屋"讀如"其刑剭"的"剭"，屋誅指不殺之於市，而誅於屋舍之中。見注。明楊愼說屋誅卽如漢人下蠶室之類的刑罰。見升庵經說十一屋誅。

【屋鼠】家鼠。漢書五三中山靖王勝傳："臣聞社鼷不灌，屋鼠不熏。何則？所託者然也。"

【屋漏】㊀房子的西北角。古人設床在屋的北窗旁，因西北角上開有天窗，日光由此照射入室，故稱屋漏。詩大雅抑："相在爾室，尚不愧於屋漏。"疏："屋漏者，室内處所之名，可以施小帳而漏隱之處，正謂西北隅也。"後稱不欺屋漏，卽不欺暗室的意思。禮中庸"尚不愧于屋漏"唐孔穎達疏："言無人之處，尚不愧之，况有人之處，不愧之可知也。言君子無問有人無人，恒能畏懼也。"㊁屋破漏水處。世說新語排調："祖廣行恒縮頭，詣桓南郡(桓玄)，始下車，桓曰：'天甚晴朗，祖參軍如從屋漏中來。'"唐杜甫杜工部詩史補遺二茅屋爲秋風所破歌："床床屋漏無乾處，雨脚如麻未斷絶。"

【屋課】房屋稅。新五代史盧質傳："自諸鎭至刺史皆進錢帛助國用，猶不足……乃命質等借民屋課五月。由是民大咨怨。"宋史選舉志三："元豐二年頒學令，……又取郡縣田租、屋課、息錢之類，增爲學費。"

【屋廡】屋頂。漢書八九召信臣傳："太官園種冬生葱韭菜茹，覆以屋廡，晝夜爇蘊火，待温氣乃生。"注："廡，周室也。……廡音舞。"漢王充論衡談天："察當今天去地甚高，古天與今無異。……豈古之天若屋廡之形，去人不遠？"

【屋頭】廁所。古代并州民俗，鑿土爲居室，廁所在平地，位於居室之上，故稱屋頭。一說北齊文宣帝(高洋)對魏郡丞崔叔實發怒，以糞汁澆灌其頭，後人因以沃頭爲廁所的代稱。沃、屋音近。見唐李匡乂資暇集下。

【屋翼】飛檐，屋檐兩端翹起的挑角。古稱榮，也稱搏風。儀禮士冠禮"夙興，設洗直于東榮"漢鄭玄注："榮，屋翼也。"唐賈公彥疏："云榮屋翼也者，卽今之搏風。云榮者，與屋爲榮飾；言翼者，與屋爲翅翼也。"參閱禮喪大記"皆升自東榮"唐孔穎達疏。

【屋廬】㊀居室的泛稱。唐韓愈昌黎集七示兒詩："辛勤三十年，以有此屋廬。"㊁複姓。戰國時有孟軻弟子屋廬子。見孟子告子下。漢趙岐注稱屋廬連。

【屋漏痕】唐陸羽僧懷素傳說寫草書的筆法，有古釵脚、屋漏痕之名(全唐文四三三)。屋漏痕之說有二：1.運筆頓挫，如水在牆上流下，自然生動，沒有起筆和停筆痕跡。2.用筆有如屋上的日光透漏處，形象皎潔明朗，比喻點畫乾淨，毫無連緜牽掣之狀。參閱宋姜夔續書譜用筆、清朱履貞書學捷要下。

【屋下架屋】比喻事物的重複。晉庾仲初(闡)作揚都賦，庾亮說可與漢張衡兩京賦、晉左思三都賦比美。於是人人爭寫，京中紙價因之昂貴。謝安却認爲這只是摹仿之作，並無新意，譏笑說："此是屋下架屋耳。"見世說新語文學。北齊顏之推顏氏家訓序致："魏晉以來，所著諸子，理重事複，遞相模斅，猶屋下架屋，牀上施牀耳。"

【屋上建瓴】在屋上往下倒水。比喻居高臨下，不可遏阻的形勢。建，傾倒。瓴，盛水的瓶；一說瓦溝。詳"高屋建瓴"。

屌 diǎo ㄉㄧㄠˇ 字彙 丁了切，貂上聲。

男子陰(生殖器)。見字彙。

七畫

展 zhǎn ㄓㄢˇ 知演切，上，獮韻，知。

㊀轉動，翻動。說文："展，轉也。"參見"展轉"。㊁伸張，放開。國語晉二："民疾君之侈也，是以遂於逆命，今嘉其夢，侈必展。"注："展，申也。"意指好誇大的人必然放縱。㊂放寬，延長。史記一二二王溫舒傳："溫舒頓足歎曰：'嗟乎，令冬月益展一月，足吾事矣！'"㊃陳列，展示。左傳襄三十一年："百官之屬，各展其物。"㊄陳述。左傳哀二十年："寡君之老無恤(趙襄子)，使陪臣(楚)隆敢展謝其不共。"㊅察看，省視。國語周下："和展百事，俾莫不任肅純恪也。"注："展，審也。"唐駱賓王集三西京守歲詩："耿耿他鄉夕，無由展舊親。"㊆誠信，確實。詩邶風雄雉："展矣君子，實勞我心。"參閱清馬瑞辰毛詩傳箋通釋四雄雉。㊇通"襢"。見"展衣"。㊈姓。春秋魯有大夫展禽。參閱宋鄧名世古今姓氏書辨證二五。

【展力】出力，施展才力。三國志魏杜畿傳附杜恕："方今二賊未滅，戎車亟駕，此自熊虎之士展力之秋也。"唐張九齡曲江集四夏日奉使南海在道中作詩："展力慚淺效，銜恩感深慈。"

【展布】陳述。左傳哀二十年："今君在難，無恤不敢憚勞，非晉國之所能及也，使陪臣敢展布之。"

【展衣】古代王后六服之一，白色，用以朝見皇帝和接見賓客；又爲世婦和卿大夫妻的禮服。見周禮天官內司服"展衣"注疏。禮喪大記作"襢衣"。參閱孫詒讓周禮正義十五。

【展伎】發揮其技能。伎，同"技"。唐柳宗元柳先生集九唐故萬年令裴府君墓碣："鳩工展伎，爰備聲律，或圖或書，藏之府室。"

【展足】舉步。明姚士粦於陵子辯窮："委命溝壑，展足可待。"

【展卷】㊀張開和合攏。唐元稹長慶集九張舊蚊幬詩："施張合歡榻，展卷雙鴛翼。"㊁打開書本。指看書。唐陸龜蒙甫里集十和新秋卽事三首韻詩之二："閒中展卷興亡小，醉後題詩點畫麤。"

【展奉】見面承教。舊時客套語。資治通鑑九九晉穆帝永和七年："今旣獲展奉，不可不盡所懷。"注："展，省視也。奉，承也，事也。"

【展陂】春秋時許國地。在今河南許昌縣西北。周定王二十年，許人敗鄭師於此。見左傳成四年。

【展采】述職。史記一一七司馬相如傳封禪文："使獲燿日月之末光絕炎，以展采錯事。"漢書五七下相如傳注引文穎："采，官也。使諸儒記功著業，得觀日月末光殊絕之明，以展其官職，設錯其事業也。"文選作"展寀"。

【展季】春秋魯大夫展禽，字季。封於柳下，謚惠。文選漢張平子(衡)西京賦："展季桑門，誰能不營。"詳"柳下惠"。

【展眉】展開眉頭。形容心情坦然或喜悅。唐李白李太白詩四長干行："十四爲君婦，羞顏未嘗開。……十五始展眉，願同塵與灰。"白居易長慶集十八留北客詩："卽須分手別，且强展眉歡。"元稹長慶集九遣悲懷詩之三："唯將終夜常開眼，報答平生未展眉。"未展眉，愁苦狀。

【展限】放寬限期。清會典事例八九吏部處分例："督撫監臨科場日期，准其按日扣限，隔省出境者，准令題請展限；若有公務在本省者，不准展限。"

【展翅】張開翅膀起飛。唐柳宗元柳先生集四三放鷓鴣詞詩："破籠展翅當遠去，同類相呼莫相顧。"

【展掙】輾轉掙扎，伸展手脚。西遊記八："如來哄了我，把我壓在此山，五百餘年了，不能展掙。"又九七："你看，寇梁遞得失狀，坐名告你，你還敢展掙？"

【展軨】駕車既畢，從車軨左右四面看視，然後啓行，謂之展軨。禮曲禮上："已駕，僕展軨效駕。"釋文："軨，歷丁反，一音領。盧(植)云：車轄頭靼也。舊云車闌也。"疏："鄭(玄)云：'展軨，具視。'謂徧視之。"聊齋志異三魯公女："女子行近車，媼引手上之，展軨卽發。"

【展期】寬延原定的期限。宋史三八〇王次翁傳："(秦)檜召三大將論功行賞，岳飛未至，……如此展期以待者六七日。飛既至，皆除樞密使，罷兵柄。"三大將卽岳飛韓世忠張俊。

【展禽】見"展季"、"柳下惠"。

【展墓】省視墳墓。禮檀弓下："去國，則哭于墓而後行。反其國不哭，展墓而入。"

【展樣】氣度恢宏。紅樓夢六七："難爲寶姑娘這麼年輕的人，想的這麼周到，真是大戶人家的姑娘，又展樣，又大方，怎麼叫人不敬奉呢！"

【展儀】申示禮儀。唐李商隱李義山文集二爲安平公華州進賀聖躬痊復物狀："將稱慶于天朝，必展儀于土貢。"

【展親】盡親親之道，使親者益見其親。書旅獒："分寶玉于伯叔之國，時庸展親。"傳："以寶玉分同姓之國，是用誠信其親親之道。"國語魯下："古者分同姓以珍玉，展親也。"

【展禮】行禮。南齊書樂志昭夏樂歌辭："涓辰選氣，展禮恭祇。"涓，選擇。北周庾信庾子山集三將命至鄴詩："交歡值公子，展禮覲王孫。"

【展轉】㊀反覆。韓非子存韓："韓則居中國，展轉不可知。"㊁轉移不定。楚辭漢劉向九歎惜賢："憂心展轉，愁怫鬱兮。"文選魏文帝(曹丕)雜詩："展轉不能寐，披衣起彷徨。"也作"輾轉"。參見"輾轉"。

【展懷】表達心意。唐杜甫杜工部草堂詩箋二六寄劉峽州伯華使君四十韻："展懷詩頌魯，割愛酒如澠。」

【展驥】三國志蜀龐統傳：「龐士元非百里才也，使處治中別駕之任，始當展其驥足耳。」驥，良馬；展驥，舒展驥足，奮力馳騁，比喻人得發揮其才能。北周庾信庾子山集十五周大將軍聞嘉公柳遐墓志：「王叔理以品物流名，陳仲舉以題軒馳譽，君之展驥，兼而有之。」叔理，三國魏王脩字，理本作「治」，唐人避李治（高宗）諱改。仲舉，漢陳蕃字。

【展子虔】隋畫家。歷北齊北周，至隋爲朝散大夫。善畫臺閣人馬，尤工寫遠近山水，人譽爲「有咫尺千里之趣」。見宣和畫譜一。現存遊春圖，藏故宮博物院。

屑 xiè 先結切，入，屑韻，心。ㄒㄧㄝ

㊀碎末。儀禮既夕禮：「醯醢屑。」研成細末也叫屑。禮內則：「屑桂與薑，以洒諸上而鹽之。」㊁瑣碎，衆多。書多方：「大淫圖天之命，屑有辭。」荀子儒效：「今有人於此，屑然藏千溢之寶。」轉爲輕忽。書多方：「爾乃屑播天命。」㊂清潔，美潔。詩邶風谷風：「涇以渭濁，湜湜其沚。宴爾新婚，不我屑以。」又鄘風君子偕老：「鬒髮如雲，不屑髢也。」傳：「屑，絜也。」箋：「不絜者，不用髲爲善。」意謂不用假髮也一樣美潔。㊃顧惜，介意。後漢書二四馬援傳附馬廖：「盡心納忠，不屑毀譽。」㊄倏忽，很快的樣子。漢書九七上外戚傳悼李夫人：「屑兮不見。」㊅見「屑屑㊁」。

【屑没】破碎沉没。文選晉木玄虛（華）海賦：「或屑没於黿鼉之穴，或掛罥於岑㠊之峯。」唐李周翰注：「屑，碎也。言舟碎人没於黿鼉之穴也。」

【屑泣】涕淚交流。太平御覽七七九梁元帝鄭衆論：「豈不酸鼻痛心，憶雒陽之宮陛；屑泣横悲，想長安之城闕。」

【屑金】星的別名。見宋陶穀清異錄天文。

【屑涕】涕淚紛紛下落。楚辭漢劉向九歎遠逝：「腸紛紜以繚轉兮，涕漸漸其若屑。」注：「涕泣交流，若磑屑之下，無絕時也。」文選南朝宋王僧達祭顏光祿文：「擘悲蘭宇，屑涕松嶠。」

【屑屑】㊀瑣碎煩細。左傳昭五年：「禮之本末，將於此乎在，而屑屑焉習儀以亟，言善於禮，不亦遠乎！」㊁勞碌不安貌。漢書九九上王莽傳：「晨夜屑屑，寒暑勤勤。」參閱王先謙補注。

【屑越】糟蹋，不顧惜。資治通鑑一八六唐高祖武德元年：「國以民爲本，民以食爲天。……而有司曾無愛吝，屑越如此。」注：「屑越，猶言狼藉而棄之也。」

【屑窣】細碎的聲響。古文苑十八三國魏衛覬西嶽華山亭碑：「處所逼窄，屑窣有聲。」唐柳宗元柳先生集二懲咎賦：「暮屑窣以淫雨兮，聽嗷嗷之哀猿。」

【屑意】介意。晉書謝鯤傳：「于時名士王玄阮脩之徒，並以鯤初登宰府，便至黜辱，爲之歎恨。鯤聞之，方清歌鼓琴，不以屑意，莫不服其遠暢，而恬於榮辱。」

【屑塵】細土。管子地員：「剽土之次曰五沙，五沙之狀，粟焉如屑塵厲。」注：「言其地粟碎，故若屑塵之厲。厲，踊起也。」

【屑播】輕易拋棄。書多方：「爾乃不大宅天命，爾乃屑播天命。」傳：「汝乃不大居安天命，是汝乃盡播棄天命。」

【屑臨】眷顧，關懷。墨子兼愛中：「天屑臨文王慈。」

【屑懷】介意。晉書苻堅載記下附王猛：「自不參其神契，略不與交通，是以浮華之士咸輕而笑之。猛悠然自得，不以屑懷。」

【屑榆爲粥】碎榆皮爲屑，煮粥充飢。新唐書一九四陽城傳：「歲飢，屛跡不過隣里，屑榆爲粥，講論不輟。」

屓 xì 虛器切，去，至韻，曉。ㄒㄧ

見「屓奰」。

【屓奰】强勁有力貌。奰，音 bì。唐韓愈昌黎集五月蝕詩效玉川子作：「森森萬木夜僵立，寒氣屓奰頑無風。」此指寒氣剛勁有力。也作「屓贔」。唐詩紀事六二鄭嵎津陽門詩：「繡翎衣褓日屓贔，甘言狡計愈嬌癡。」此指安祿山日益驕悍。又作「贔屓」。參見「贔屓」。

屐 jī 奇逆切，入，陌韻，羣。ㄐㄧ

木屐，底有二齒，以行泥地。急就篇：「屐屩絜麤羸窶貧。」漢書四九爰盎傳：「屐步行七十里。」引申爲鞋的泛稱，如草屐、錦屐。

【屐齒】木屐的齒。晉書謝安傳：「（謝）玄等既破（苻）堅，有驛書至，安方對客圍棋，看書既竟，便攝放牀上，了無喜色，棋如故，……既罷還內，過戶限，心喜甚，不覺屐齒之折，其矯情鎮物如此。」唐獨孤及毘陵集二山中春思詩：「花落没屐齒，風動羣木香。」

八 畫

屠 1. tú 同都切，平，模韻，定。ㄊㄨˊ

㊀宰殺牲畜。戰國策韓二：「（聶）政乃市井之人，鼓刀以屠。」引申爲殘殺人命。史記高祖紀：「令屠沛。」㊁宰殺牲畜的人。戰國策韓二：「（聶政）客游以爲狗屠。」㊂姓。春秋時晉有屠蒯。見左傳昭九年。

2. chú 直魚切，平，魚韻，澄。ㄔㄨˊ

㊃見「休屠㊀」。

【屠刀】宰殺牲畜的刀。續傳燈錄二東山覺禪師：「廣額正是個殺人不眨眼底漢，颺下屠刀，立地成佛。」又見五燈會元十九東山覺禪師。

【屠户】以宰殺牲畜或賣肉爲業的人。水滸三：「你是個賣肉的操刀屠户。」

【屠申】湖澤名。在內蒙古自治區。漢書地理志下朔方郡窳渾：「有道西北出雞鹿塞，屠申澤在東。（王）莽曰極武。」水經注河水三：「河水又北迤西，溢於窳渾縣故城東，……其水積而爲屠申澤。澤東西百二十里，故（漢書）地理志曰：『屠申澤在縣東，卽是澤也』，闞駰謂之窳渾澤矣。」參閱嘉慶一統志五四三鄂爾多斯臨河舊城。

【屠羊】莊子讓王：「楚昭王失國，屠羊説走而從於昭王；昭王反國，將賞從者，及屠羊説。屠羊説曰：『大王失國，説失屠羊；大王反國，説亦反屠羊；臣之爵祿已復矣，又何賞之有？』」屠羊，指以宰羊爲業者。後爲複姓。參閱通志二八氏族略四以技爲氏。

【屠各】後漢至西晉時匈奴部落之一。匈奴入居塞內的，有屠各、鮮支等十九種，以屠各最强大，故得爲單于。晉咸和四年，石虎滅前趙，坑殺其王公和五郡屠各五千餘人於洛陽。見晉書四夷傳、劉曜載記。金石索五金索有漢屠各率衆長、晉屠各率善阡長等印。

【屠何】東胡部族名。管子小匡：「（桓公）中救晉公，……破屠何。」注：「屠何，東胡之先也。」逸周書王會作不屠何。

【屠伯】宰殺牲畜的能手。多用以比喻濫殺人的酷吏。漢書九十嚴延年傳：「遷河南太守，……冬月傳屬縣囚，會論府上，流血數里，河南號曰屠伯。」注引鄧展：「言延年殺人如屠兒之殺六畜；伯，長也。」晉書荀晞傳：「以嚴刻立功，日加斬戮，流血成川，人不堪命，號曰屠伯。」

【屠沽】見「屠酤」。

【屠門】㊀肉鋪，宰牲畜的地方。詳「屠門大嚼」。㊁複姓。漢有屠門少。見續通志八八氏族略八。

【屠岸】複姓。春秋時，晉有大夫屠岸

夷、屠岸賈。見國語晉二、史記趙世家。

【屠狗】宰狗。史記九五樊噲傳:"以屠狗爲事。"正義:"時人食狗亦與羊豕同,故噲專屠以賣之。"舊時又指以屠狗爲業的人,喻從事卑賤職業者。後漢書二二朱祐傳論:"亦有鬻繒屠狗輕猾之徒,或崇以連城之賞,或任以阿衡之地。"參見"狗屠"。

【屠城】攻破敵城後,屠殺全城的軍民。荀子議兵:"不屠城。"注:"屠謂毀其城,殺其民,若屠者然也。"後漢書十七馮異傳:"今之征伐,非必略地屠城,要在平定安集之耳。"

【屠宰】宰殺牲畜。唐大詔令集一〇八武德三年關內諸州斷屠殺詔:"就嗜之娛,競逐旨甘,屠宰之家,恣行刳殺。"

【屠耆】史記一一〇匈奴傳:"匈奴謂賢曰屠耆,故常以太子爲左屠耆王。"集解引徐廣:"屠,一作諸。"屠耆王爲匈奴最高官職,分左右,漢稱爲左右賢王。

【屠販】屠户和商販。北魏楊衒之洛陽伽藍記四法雲寺:"市東有通商、達貨二里,里内之人,盡皆工巧,屠販爲生,資財巨萬。"北齊劉晝劉子五妄瑕:"樊噲屠販之豎,蕭曹斗筲之吏,英布刑墨之隸,周勃俳優之任。"

【屠國】宰制天下,治國。楚辭屈原天問"鼓刀揚聲后何喜"漢王逸注:"后,謂文王也。言呂望鼓刀在列肆,文王親往問之,呂望對曰:'下屠屠牛,上屠屠國。'文王喜,載與俱歸也。"唐柳宗元柳先生集十四天對:"奮刀屠國,以髀臏厥商。"

【屠釣】文選晉羊叔子(祜)讓開府表:"假令有遺德於板築之下,有隱才於屠釣之間,而令朝議用臣不以爲非,臣處之不以爲愧,所失豈不大哉!"屠釣,屠宰牲畜與釣魚,指周呂望事。相傳其未顯時曾屠牛於朝歌,釣魚於渭濱。板築,商傅説事。借指隱居未遇的賢人。唐杜甫杜工部草堂詩箋二十傷春之三:"賢多隱屠釣,王肯載同歸。"

【屠博】以宰牲及賭博爲業者。多指隱於市井而行俠好義的人。唐王勣王無功集中晚年敍志示翟處士詩:"風雲私所愛,屠博暗爲儔。"

【屠酤】屠户和賣酒者。墨子迎敵祠:"舉屠酤者,置廚給事,弟之。"也作"屠沽"。淮南子説林:"酤酒而酸,買肉而臭,然酤酒買肉,不離屠沽之家。"舊時因此種職業卑賤,也用以稱出身寒微的人。後漢書八十下禰衡傳:"是時許都新建,賢士大夫四方來集,或問衡曰'盍從陳長文(羣)司馬伯達(朗)乎?'對曰:'吾焉能從屠沽兒耶!'"

【屠酥】同"屠蘇"。宋蘇轍欒城集三集二除日詩:"年年最後飲屠酥,不覺年來七十餘。"詳"屠蘇㊂"。

【屠隆】公元 1542—1605 年。明浙江鄞縣人。字長卿,又字緯真,號赤水、鴻苞居士。曾學詩於同邑沈明臣。萬曆五年進士,任潁上和青浦知縣,後遷禮部主事。罷官回鄉後,賣文爲生以終。著有鴻苞、考槃餘事、游具雅編、由拳白榆諸集和傳奇綵毫記等三種。明史附徐渭傳。

【屠肆】宰牲的地方,肉舖。漢王充論衡譏日:"海内屠肆,六畜死者,日數千頭。"後漢書四四胡廣傳:"遂亡命交阯,隱於屠肆之間。"

【屠維】十干中己的别稱,用以紀年。爾雅釋天:"(太歲)在己曰屠維。"淮南子天文:"未在己曰屠維。"史記曆書作"徒維"。參見"干支"。

【屠龍】莊子列禦寇:"朱泙漫學屠龍於支離益,單千金之家,三年技成,而無所用其巧。"後因稱高超的技藝爲屠龍之技。唐張彥遠法書要録四張懷瓘書估:"聲聞雖美,功業未遒,空有望於屠龍,竟難成於畫虎。"宋蘇軾分類東坡詩十七次韻張安道讀杜集:"巨筆屠龍手,微官似馬曹。"

【屠燒】殺人放火。史記蕭相國世家:"項王與諸侯屠燒咸陽而去。"唐韓愈昌黎集十九與鄂州柳中丞書之二:"屠燒縣邑,賊殺不辜。"

【屠鷩】見"篳策"。

【屠蘇】㊀草名。樂府詩集二八北周王褒日出東南隅行:"飛甍彫翡翠,繡桷畫屠蘇。"㊁房屋,草庵。太平御覽一八一漢服虔通俗文:"屋平曰屠蘇。"又引廣雅:"屠蘇,庵也。"三國志魏曹真傳附曹爽"於是收爽……等"注引魏略:"(李勝)爲尹歲餘,廳事前屠蘇壞,令人更治之。"宋書索虜傳:"(拓跋)燾所住屠蘇爲疾雷擊,屠蘇倒,見厭殆死。"此指帳幕。㊂酒名。也作"酴酥"、"屠酥"。古代風俗於農曆正月初一飲屠蘇酒。見南朝梁宗懍荆楚歲時記。唐韓諤歲華紀麗一元日:"進屠蘇。"注:"俗説屠蘇乃草菴之名。昔有人居草菴之中,每歲除夜遺閭里一藥貼,令囊浸井中,至元日取水,置於酒樽,合家飲之,不病瘟疫。今人得其方而不知其人姓名,但曰屠蘇而已。"宋陸游劍南詩稿十九除夜雪:"半盞屠蘇猶未舉,燈前小草寫桃符。"㊃古代一種有簷的帽子。也作"塗蘇"。樂府詩集六六梁劉孝威結客少年場行:"插腰銅匕首,障日錦塗蘇。"

【屠門大嚼】屠門,肉舖,宰牲的地方。比喻羨慕而不能得到,想像已得之狀聊以自慰。初學記二六引漢桓譚新論:"人聞長安樂,出門西向笑,人知肉味美,則對屠門而嚼。"三國魏曹植曹子建集九與吳季重書:"過屠門而大嚼,雖不得肉,貴且快意。"

屙 ē ㄜ 字彙烏何切,音阿。

上廁(拉屎)。見玉篇。景德傳燈録九大安禪師:"喫潙山飯,屙潙山屎,不學潙山禪。"

屝 fèi ㄈㄟˋ 扶涕切,去,未韻,並。

草鞋,麻鞋。一説用皮革做的鞋。釋名釋衣服:"齊人謂韋屨曰屝。屝,皮也;以皮作之。"

【屝屨】草鞋。左傳僖四年:"若出於陳鄭之間,共其資糧屝屨,其可也。"疏:"揚雄方言云:'屝,麤屨也。絲作之曰屨,麻作之曰屝。不借,粗者謂之屨。'(末"屨"字,清盧文弨方言四校本作"屦"。)

屜 tì ㄊㄧˋ 他計切,去,霽韻,透。

㊀履中薦。鞋底襯草。見廣韻"屧"。引申爲器物的隔層。㊁抽斗,抽屜。北周庾信庾子山集一鏡賦:"暫設粧奩,還抽鏡屜。"參見"抽替"。

九　畫

属 shǔ ㄕㄨˇ

"屬"的異體。見"屬"。

屟 xiè ㄒㄧㄝˋ 蘇協切,入,帖韻,心。

同"屧"。説文:"屟,履中薦也。"詳"屧"。

十一畫

屢 lǚ ㄌㄩˇ 良遇切,去,遇韻,來。

累次,接連不止一次。書益稷:"屢省乃成。"

【屢空】經常貧窮,無所有。論語先進:"回也其庶乎,屢空。"史記六一伯夷傳:"且七十子之徒,仲尼獨薦顏淵爲好學,然回也屢空,糟糠不厭。"後遂以屢空爲貧窮、衣食不給的代稱。漢蔡邕蔡中郎集二貞節先生陳留范史雲銘:"晚節禁寬，困於屢空。”

【屢舞】屢次起舞。詩小雅賓之初筵：“舍其坐遷，屢舞僊僊。”文選晉左太沖(思)蜀都賦：“紆長袖而屢舞，翩躚躚以裔裔。”

屣 xǐ 所綺切，上，紙韻，山。
ㄒㄧˇ 所寄切，去，寘韻，山。

㊀鞋子。呂氏春秋觀表：“視舍天下若舍屣。”廣韻去聲寘“屣”引孟子：“舜去天下如脫敝屣。”今本孟子盡心上作“敝蹝”。㊁穿鞋而足不著鞋跟。莊子讓王“原憲華冠縱履”釋文：“聲類：(縱)或作屣。……通俗文云：‘履不著跟曰屣。’”

【屣履】穿鞋而不拔上鞋跟，形容行走的急遽。玉臺新詠二晉左思嬌女詩：“動爲鑪鉦屈，屣履任之適。”後漢書四九王符傳：“有頃，又白王符在門。(皇甫)規素聞符名，乃驚遽而起，衣不及帶，屣履出迎。”也作“縱履”、“躧履”。參見各該條。

十二畫

層 céng 昨棱切，平，登韻，從。
ㄘㄥˊ

㊀重疊。楚辭屈原招魂：“層臺累榭，臨高山些。”㊁量詞。重，級。老子：“合抱之木，生於毫末；九層之臺，起於累土。”文苑英華三一二唐王之渙登鸛雀樓詩：“欲窮千里目，更上一層樓。”

【層山】重疊的山。水經注二河水：“河北有層山，山甚靈秀，山峯之上，立石數百丈，亭亭桀豎，競勢爭高。”

【層空】猶高空。唐孟郊孟東野集八春日同韋郎中使君送鄒儒立少府扶侍赴雲陽詩：“高步詎留足，前程在層空。”

【層穹】猶“層空”，高空。初學記二五南朝梁沈約和劉雍州繪博山香爐詩：“蛟螭盤其下，驤首盼層穹。”唐李白李太白詩二一登廣武古戰場懷古：“戰爭有古跡，壁壘頹層穹。”

【層阿】重疊的岡嶺。文苑英華一九九南朝梁沈約從軍行：“江飈鳴疊嶼，流雲照層阿。”唐張九齡曲江集三賀給事嘗詣蔡起居郊館有詩因命同作詩：“記言聞直史，築室面層阿。”

【層城】古代神話謂崑崙山有層城九重，分三級：下層叫樊桐，一名板桐；中層叫玄圃，一名閬風；上層叫層城，一名天庭，爲太帝所居，上有不死之樹。見淮南子地形、水經注一河水。文選漢張平子(衡)思玄賦：“登閬風之層城兮，搆不死而爲牀。”後也用以比喻高大的城闕。文選晉陸士衡(機)贈尚書顧彥先詩之二：“朝遊遊層城，夕息旋直廬。”指京師。世說新語言語：“桓征西(温)治江陵城甚麗。……顧長康(愷之)時爲客，在坐，目曰：‘遥望層城，丹樓如霞。’”參見“曾城”。

【層陰】重疊的陰雲。唐李商隱李義山詩集五寫意：“日向花間留返照，雲從城上結層陰。”參見“曾陰”。

【層累】見“曾累”。

【層雲】見“曾雲”。

【層霄】天空高遠之處。猶言九霄。唐李白李太白詩一大鵬賦：“爾乃蹶厚地，揭太清，亘層霄，突重溟。”唐彥謙鹿門集續補遺咸通中始聞褚河南歸葬陽翟……詩：“流年隨逝水，高誼薄層霄。”

【層檀】古國名。塞爾柱族所建，在黑衣大食境內。宋史四九〇外國傳六：“層檀國在南海傍，……其王名亞美羅亞眉蘭，傳國五百年十世矣。人語音如大食。地春冬暖。貴人以越布纏頭，服花錦白氎布，出入乘象馬。”宋會要輯稿一九七作大食層檀國。層檀爲“蘇丹”對音，義譯爲王。

【層巘】重疊的山峰。宋黃庭堅山谷外集二奉和王世弼寄上七兄先生用其韻詩：“嚼冰進糜餐，銜雪踏層巘。”

【層出不窮】不斷出現，沒有窮盡。唐韓愈昌黎集二九貞曜先生墓志：“神施鬼設，間見層出。”後來稱事物變化多端，或博辯翻騰爲層出不窮。

屧 xiè 蘇協切，入，怗韻，心。
ㄒㄧㄝˋ

同“屟”。㊀鞋的襯底。南齊書江泌傳：“泌少貧，晝日斫屧，夜讀書。”㊁鞋子，木屐。南史廬陵威王續傳：“及續薨，元帝時爲江州，聞問入閤而躍，屧爲之破。”㊂踐踏，行走。南史袁湛傳附袁粲：“(粲)又嘗步屧白楊郊野間。”

【屧廊】響屧廊的省稱。明高啟高太史大全集十七十宮詞吳宮詩：“芙蓉水殿屧廊東，白苧秋來不耐風。”清吳梅村梅村家藏稿三圓圓曲：“香逕塵生烏自啼，屧廊人去苔空綠。”詳“響屧廊”。

履 lǚ 力几切，上，旨韻，來。
ㄌㄩˇ

㊀鞋。單底的叫履，複底的叫舄。莊子山木：“衣弊履穿，貧也，非憊也。”㊁穿著，把鞋穿在脚上。莊子田子方：“儒者冠圜冠者知天時，履句屨者知地形。”㊂踏，踩。易履：“履虎尾。”左傳文十三年：“履士會之足於朝。”注：“躡士會足欲使行。”轉指疆界。左傳僖四年：“賜我先君履，東至於海，西至於河。”注：“履，所踐履之界。”㊃施行，執行。禮表記：“處其位而不履其事，則亂也。”注：“履猶行也。”㊄福祿。詩周南樛木：“樂只君子，福履綏之。”傳：“履，祿。”㊅易卦名。六十四卦之一。☰☱，兌下乾上。

【履方】立足地上。淮南子本經：“戴圓履方，抱表懷繩。”注：“圓，天也。方，地也。”

【履中】履行不偏不倚的中道。漢劉向說苑修文：“舜以匹夫，積正合仁，履中行善，而卒以興。”又應劭風俗通皇霸三皇引春秋運斗樞：“含弘履中，開陰陽布剛。”

【履冰】行於冰上。詩小雅小旻：“戰戰兢兢，如臨深淵，如履薄冰。”後因以履冰喻隨時警惕，謹慎小心。漢書七三韋賢傳諫詩：“如何我王，不思守保，不惟履冰，以繼祖考！”

【履行】㊀實行，實踐。漢劉向說苑政理：“(宓)子賤曰：‘自吾之仕，未有所亡，而所得者三：始誦之文，今履而行之，是學日益明也。’”後漢書七八呂强傳上疏：“易曰：‘悦以使民，民忘其勞；悦以犯難，民忘其死。’儲君副主，宜諷誦斯言；南面當國，宜履行其事。”㊁操行。晉書成帝紀咸康二年：“其詳求衞公山陽公近屬，有履行修明可以繼承其祀者，依舊典施行。”

【履尾】踐踏虎尾。比喻處於險境。易履：“履虎尾，不咥人，亨。”晉書袁宏傳三國名臣頌：“仁者必勇，德亦有言，雖遇履尾，神氣恬然。”或作“履虎”。宋陸游劍南詩稿六一書感：“凜凜咥人愁履虎，區區染指畏嘗黿。”

【履長】三國魏曹植曹子建集八冬至獻襪頌表：“伏見舊儀，國家冬至，獻履貢襪，所以迎福踐長，……亞歲迎祥，履長納慶。”古代冬至日，有履長之賀。其起源有兩說：一、冬至，日當南極，晷影最長，律當黃鐘，其管也最長，故有履長之賀。見初學記四隋杜臺卿玉燭寶典。二、冬至一陽初生，白晝從此漸長，婦女在這天獻履襪給舅姑，以示女工開始。見明謝肇淛五雜俎天二。

【履迹】㊀踐舊迹而行，比喻繼承前人的事業。三國志蜀楊戲傳季漢輔臣贊：“乾坤復秩，宗祀惟寧。躡基履迹，播德芳聲。”㊁足跡，脚印。迹，也作“跡”。唐李商隱李義山詩四喜雪：“寂寞門扉掩，依稀履跡斜。”

【履約】㊀實行節約。後漢書八二上謝夷吾傳班固薦夷吾表:"奉法作政,有周召之風;居儉履約,紹公儀之操。"注:"史記公儀休相魯,拔園葵,去織婦,不與人爭利。"㊁遵守法制。後漢書三三朱浮傳上疏:"陛下清明履約,率禮無違,自宗室諸王、外家后親,皆奉遵繩墨,無黨埶之名。"

【履袍】宋代皇帝祭祀,用黑革履和絳羅袍作禮服,稱履袍。見宋史輿服志三。

【履候】順應時序變化。梁書何點傳附何胤引梁武帝與何胤書:"既內絶心戰,外勞物役,以道養和,履候無爽。"

【履狶】屠人用脚踩豬,以檢驗其肥瘦。莊子知北遊:"正獲之問於監市履狶也,每下愈況。"注:"狶,大豕也。夫監市之履豕,以知其肥瘦者,愈履其難肥之處,愈知豕肥之要。"宋黄庭堅豫章集九寄上叔父夷仲三首詩:"庖丁解牛妙世故,監市履狶知民心。"

【履道】遵行正道。易履:"履道坦坦,幽人貞吉。"文選三國魏曹子建(植)王仲宣誄:"世祖撥亂,爰建時雍。三台樹位,履道是鍾。"

【履新】過新年。新唐書禮樂志九:"履新之慶,與公等同之。"新官上任也叫履新。

【履端】㊀推算年曆的起點。周代以十一月朔(初一)爲一歲的開始。左傳文元年:"先王之正時也,履端於始,舉正於中,歸餘於終。"疏:"履,步也,謂推步歷之初始,以爲術歷之端首。"㊁一年之始。北周庾信庾子山集一哀江南賦:"天子履端廢朝,單于長圍高宴。"㊂帝王初卽位。晉書景帝紀正元元年:"履端初政,宜崇玄朴。"㊃泛指事物的開始。南朝梁劉勰文心雕龍鎔裁:"是以草創鴻筆,先標三準。履端於始,則設情以位體。"

【履綦】鞋的飾物。漢書九七下外戚傳班倢伃自悼賦:"俯視兮丹墀,思君以履綦。"注:"綦,履下飾也。言視殿上之地,則想君履綦之跡也。綦音其。"

【履歷】行步所至。晉陶潛陶淵明集三還舊居詩:"履歷周故居,鄰老罕復遺。"引申爲經歷。魏書源賀傳附源子恭奏:"徐州表投化人許團並其弟周等,……又其履歷清華,名位高達。"後官吏任職,例須把出身經歷及曾任職務等事項呈報上官,稱爲履歷。唐稱脚色,宋以後漸成官場用語。宋王明清揮麈餘話一:"王文穆欽若以故相來守杭州,錢唐一老尉,蒼顏華髮矣。文穆初甚不樂,詢其履歷,乃同年生,惻然哀之。"參閱清趙翼陔餘叢考二七履歷、梁紹壬兩般秋雨庵隨筆七履歷。參見"脚色"。

【履霜】㊀行於霜上。詩魏風葛屨:"糾糾葛屨,可以履霜。"㊁見"履霜堅冰至"。

【履薄】"如履薄冰"的略語。比喻身處險境。文選晉潘安仁(岳)西征賦:"心戰懼以兢悚,如臨深而履薄。"參見"履冰"。

【履戴】左傳僖十五年:"君履后土而戴皇天,皇天后土實聞君之言。"本爲下有后土上有皇天之意。履,脚踏;戴,指天覆蓋於頭上。後轉爲生存於天地間之意。周書晉蕩公護傳報母書:"至於歲時稱慶,子孫在庭,顧視悲摧,心情斷絶,胡顏履戴,負媿神明。"

【履蹻】着草鞋。戰國策秦一:"(蘇秦)説秦王書十上,而説不行,……資用乏絶,去秦而歸,羸縢履蹻,負書擔橐,形容枯槁,面目犂黑。"

【履虎尾】見"履尾"。

【履霜操】樂府琴曲名。相傳爲周尹吉甫子伯奇所作。伯奇因後母進讒言而被逐,自傷無罪,清晨在霜地上徘徊,鼓琴作曲,因名履霜操。見初學記二漢蔡邕琴操、樂府詩集五七。

【履屨銘】相傳周武王於器物和門窗上都銘刻着警誡自己的格言,履屨上的銘文稱履屨銘。銘文爲"慎之勞,勞則富"。見大戴禮六武王踐阼。

【履舃交錯】舃,鞋。古代席地而坐,賓客入室則脱鞋就席。履舃錯雜,形容賓客衆多。史記一二六淳于髡傳:"履舃交錯,杯盤狼藉。"

【履霜堅冰至】易坤:"履霜堅冰至。"意思是行於霜上而知嚴寒冰凍將至,比喻防微杜漸,及早警惕。

十四畫

屨 jù 九遇切,去,遇韻,見。ㄐㄩˋ

㊀鞋子。漢以後稱履。詩魏風葛屨:"糾糾葛屨,可以履霜。"清段玉裁説文解字注:"晉蔡謨曰:'今時所謂履者,自漢以前皆名屨。'"㊁踐踏。文選漢揚子雲(雄)羽獵賦:"屨般首,帶脩蛇。"般首,虎頭。漢書八七上揚雄傳校獵賦作"履"。

【屨人】官名。周禮天官的屬官,掌管王及后的衣屨。

【屨校】銬足之刑,帶上脚鐐。易噬嗑:"屨校滅趾,无咎。"集解引晉干寶:"屨校,貫械也。"疏:"屨謂著而履踐也;校謂所施之械也。"

【屨及劍及】也作"劍及屨及"。春秋時楚莊王派申舟出使齊國,經過宋國而不假道,爲宋人所殺。楚莊王聞訊,不及穿鞋佩劍,揮袖外出,急欲出兵報仇。奉鞋的侍從追及於寢門,奉劍的侍從追及於寢門之外,駕車的御者追及於蒲胥之市。秋九月,圍宋。見左傳宣十四年。後因以"屨及劍及"形容行動堅決迅速,急起直追。

【屨賤踊貴】左傳昭三年晏嬰曰:"(齊)國之諸市,屨賤踊貴。"屨,鞋;踊,假脚。謂受刖刑而斷足者多,屨無所用,故賤。以譏刑罰濫酷。

十五畫

屪 liáo 字彙 力宵切,音聊。ㄌㄧㄠ

男陰(生殖器)。見字彙。

屩 jué 居勺切,入,藥韻,見。ㄐㄩㄝ

用麻、草做的鞋。史記七九范睢傳:"夫虞卿躡屩檐簦,一見趙王,賜白璧一雙,黄金百鎰。"虞卿傳作"躡蹻檐簦"。參見"蹻"。

【屩鼻】鞋梁,鞋頭上成長條形隆起的部分。抱朴子博喻:"壺耳不能理音,屩鼻不能識氣。"南朝梁蕭繹(元帝)金樓子立言下:"鋸齒不能咀嚼,箕口不能別味,榼耳不能理音樂,屩鼻不能達芬芳。"

十八畫

屬 1. zhǔ 之欲切,入,燭韻,照。ㄓㄨˇ

㊀連接,跟隨。書禹貢:"涇屬渭汭。"疏:"屬謂相連屬。"史記七七魏公子傳:"平原君使者冠蓋相屬於魏。"㊁聚集,聚會。孟子梁惠王下:"乃屬其耆老而告之。"國語齊:"兵車之屬六,乘車之會三。"注:"屬亦會也。"㊂佩戴,附着。左傳僖二十三年:"若不獲命,其左執鞭弭,右屬櫜鞬,以與君周旋。"㊃撰寫。見"屬稾"。㊄專注。通"矚"。見"屬目"、"屬耳目"。㊅滿足。見"屬厭"。㊆託付。通"囑"。左傳隱三年:"宋穆公疾,召大司馬孔父而屬殤公焉。"釋文:"屬音燭。"㊇副詞。1. 適值,恰好。左傳成二年:"下臣不幸,屬當戎行,無所逃隱。"2. 卽將。史記留侯世家:"天下屬安定,何故反乎?"

2. shǔ 市玉切,入,燭韻,禪。ㄕㄨˇ

㊈種類,等輩。易説卦:"艮爲山,……爲黔喙之屬。"史記留侯世家:"陛下起布

衣，以此屬取天下。"㊉部屬，家族。書周官："六卿分職，各率其屬。"此指屬官。孟子離婁下："夫章子豈不欲有夫妻子母之屬哉！"此指親屬。㊉一歸屬，隸屬。莊子駢拇："且夫屬其性乎仁義者。"史記項羽紀："項羽始爲諸侯上將軍，諸侯皆屬焉。"

【屬文】寫作。謂連綴字句而成文章。漢書四八賈誼傳："年十八，以能誦詩書屬文稱於郡中。"史記八四賈生傳作"屬書"。

【屬$_2$心】歸心，心悦誠服地歸附。後漢書光武紀："老吏或垂涕曰：'不圖今日復見漢官威儀！'由是識者皆屬心焉。"

【屬玉】水鳥名。漢書五七上司馬相如傳上林賦："鳿(鴻)鷫鵠鴇，駕鵞屬玉。"注引郭璞："屬玉似鴨而大，長頸赤目，紫紺色。"有人以爲卽鸀鳿。漢有屬玉觀，卽以鳥名觀。見漢書宣帝紀甘露二年"行幸萯陽宮屬玉觀"注。

【屬目】注目，注視。左傳定十四年："師屬之目。"漢書七七蓋寬饒傳："坐者皆屬目卑下之。"注："屬猶注也。"引申爲歸心。北堂書鈔六五太子太傅"盡天下之選"注引山濤啟事："太子始之東宮，四海屬目。"

【屬句】撰句。多指作詩及聯語。金元好問遺山集一示侄孫伯安詩："屬句有夙性，説字驚老師。"

【屬耳】㊀詩小雅小弁："君子無易由言，耳屬于垣。"箋："王無輕用讒人之言，人將有屬耳於壁而聽之者。"本意是以耳附壁而竊聽，後因稱竊聽爲屬耳。新五代史梁太祖紀一："天子(唐昭宗)與(崔)胤計事，宦者屬耳，頗聞之。"㊁注意傾聽。東觀漢紀十二馬援傳："尤善述前事，……皇太子諸王聞者，莫不屬耳忘倦。"文選晉張茂先(華)答何劭詩之一："屬耳聽鶯鳴，流目翫鯈魚。"

【屬吏】交給主管官吏處理。史記高祖紀："(沛公)乃以秦王屬吏。"正義："屬，付也。"秦王，子嬰。

【屬$_2$吏】所管屬的官吏。管子立政："遂於廟，致屬吏，皆受憲。"遂，到達；致，招來。周禮地官泉府"凡民之貸者，與其有司辨而授之"漢鄭玄注："有司，其所屬吏也。"

【屬$_2$名】南北朝時，壯丁爲逃避繁苛的賦役，投身於豪門勢族爲附隸，稱屬名。南史齊紀廢帝東昏侯："又先是諸郡役人多依人士爲附隸，謂之屬名。"又："東境役苦，百姓多注籍詐病，遣外醫巫，在所檢占諸屬名。"

【屬仰】注目仰望。後漢書五九張衡傳上疏陳事："貴寵之臣，衆所屬仰，其有愆尤，上下知之。"

【屬$_2$車】皇帝的侍從車子。秦漢以來，皇帝大駕屬車八十一乘；法駕屬車三十六乘，分中、左、右三列行進。史記一一七司馬相如傳上疏諫獵："今陛下好陵阻險，射猛獸，卒然遇軼材之獸，駭不存之地，犯屬車之清塵，輿不及還轅，人不暇肆巧，……枯木朽株，盡爲害矣。"也稱"副車"、"貳車"、"佐車"。參見各該條。

【屬$_2$官】所管屬的官吏。同"屬$_2$吏"。周禮地官小司徒："歲終，則攷其屬官之治成而誅賞。"

【屬者】㊀近日，近來。漢書七五李尋傳與王根書："故屬者頗有變改，小貶邪猾。"注："屬者謂近時也。"㊁過去。後漢書四三朱暉傳："(東平王)蒼既罷，召暉，謂曰：'屬者掾自視孰與藺相如？'"注："屬，向也。"

【屬和】隨人唱和。文選戰國楚宋玉對楚王問："客有歌於郢中者，其始曰下里巴人，國中屬而和者數千人；其爲陽阿薤露，國中屬而和者數百人；其爲陽春白雪，國中屬而和者數十人；引商刻羽，雜以流徵，國中屬而和者不過數人而已。是其曲彌高，其和彌寡。"酬應他人作詩詞，也叫屬和。唐權德輿權載之集十七唐尚書……裴公神道碑銘："著文集十卷，滋城集五卷，比興屬和，聲律鏗然。"

【屬臾】恭謹貌。淮南子氾論："甲冑生蟣蝨，燕雀處帷幄，而兵不休息，而乃始服屬臾之貌，恭儉之禮，則必滅抑而不能興矣。"

【屬垣】詩小雅小弁："君子無易由言，耳屬於垣。"意思是附耳於牆以竊聽。後因稱竊聽爲屬垣。文苑英華九二唐陳忠師駟不及舌賦："疾既甚於過隙，患必防於屬垣。"參見"屬耳㊀"。

【屬$_2$城】所管轄的縣邑。文選晉陸士衡(機)吳趨行詩："屬城咸有士，吳邑最爲多。"

【屬珊】遼主耶律億(太祖)后述律氏(應天皇后)，從太祖征討，俘掠有技藝者，供帳下役使，名爲屬珊。又置屬珊軍詳穩司，軍二十萬，選蕃漢精兵組成，皆以珍若珊瑚，故有此稱。見遼史兵衞志中、地理志一、國語解。

【屬怨】結下仇怨。國語晉四："楚成王伐宋，……宋人使門尹班告急於晉。……先軫曰：'使宋舍我而賂齊秦，藉之告楚。我分曹衞之地以賜宋人。楚愛曹衞，必不許齊秦，齊秦不得其請，必屬怨焉。'"注："屬，結也。"

【屬託】請託，託付。晏子春秋重而異者："前臣之治東阿也，屬託不行，貨賂不至。"漢書七六尹翁歸傳："徵拜東海太守，過辭廷尉于定國。定國家在東海，欲屬託邑子兩人，令坐後堂待見。"也作"屬托"。北堂書鈔三七公正"得屬托書，一無所發"注引魯國先賢傳："孔翊……爲洛陽令，置水前庭，得屬托書，皆投水中，一無所發。"

【屬疾】託病。宋書王僧達傳："年未二十以爲始興王濬後軍參軍，遷太子舍人，坐屬疾於楊列橋觀鬬鴨，爲有司所糾。"

【屬鹿】劍名。卽屬鏤。見"屬鏤"。

【屬望】注目，嚮往。後漢書六三李固傳對策："既拔自困殆，龍興卽位，天下喁喁，屬望風政。"三國志魏袁紹傳附袁譚"太祖乃還救譚，十月至黎陽"注引魏氏春秋劉表遺譚書："尊公殞殂，四海悼心，賢胤承統，遐邇屬望。"譚，紹子。

【屬國】託付國事。莊子徐无鬼："管仲有病，(齊)桓公問之曰：'仲父之病病矣，可不諱云。至於大病，則寡人惡乎屬國而可？'"

【屬$_2$國】附屬國。史記一一一衞將軍驃騎傳："居頃之，乃分徙降者邊五郡故塞外，而皆在河南，因其故俗，爲屬國。"正義："以降來之民徙置五郡，各依本國之俗而屬於漢，故言'屬國'也。"秦有典屬國的官職。漢於邊郡皆置屬國，設都尉掌管屬國事務。見漢書百官公卿表上。

【屬$_2$婦】指妾。書梓材："至于敬寡，至于屬婦，合由以容。"疏："以妾屬於人，故名屬婦。"宋蔡沈傳："婦之窮獨者則聯屬之，使有所歸。"

【屬意】㊀歸心，衆心所向。史記夏紀："禹子啟賢，天下屬意焉。"㊁注意。文選晉劉越石(琨)答盧諶詩並書："不復屬意於文，二十餘年矣。"

【屬厭】飽足。左傳昭二十八年："及饋之畢，願以小人之腹，爲君子之心，屬厭而已。"注："屬，足也。"國語晉九作"屬饜"。晉陸機陸士衡集八演連珠之三八："肆口而食，屬厭則充。"

【屬對】詩文中兩句綴成對偶。唐元稹長慶集五六唐故工部員外郎杜君墓志銘："詞氣豪邁，而風調清深，屬對律切，而脱棄凡近。"宋蘇洵嘉祐集十四送石昌言使北引："吾後漸長，亦稍知讀書，學句讀屬對聲律。"

【屬$_2$僚】屬下的官吏。舊唐書一六四王播傳：“播長於吏術，……凡有詳決，疾速如神，當時屬僚歎服不暇。”

【屬稾】撰寫文稾。史記八四屈原傳：“(楚)懷王使屈原造爲憲令，屈平屬草稾未定。”宋史三四七吳時傳：“時敏於爲文，未嘗屬稾，落筆已就，兩學目之曰立地書廚。”

【屬鏤】劍名。吳王夫差賜伍子胥屬鏤自刎。事見左傳哀十一年、史記吳太伯世家、越王勾踐世家等。吳越春秋勾踐伐吳外傳作“屬盧”，廣雅釋器作“屬鹿”，古文苑四揚雄太玄賦作“屬婁”，荀子成相作“獨鹿”。

【屬籍】淮南子氾論：“成王既壯，周公屬籍致政，北面委質而臣事之。”注：“以圖籍付屬成王。致，猶歸。”屬，委託，交付。屬籍，意爲交還權力。

【屬$_2$籍】家族的名册。史記六八商君傳：“宗室非有軍功論，不得爲屬籍。”索隱：“謂宗室若無軍功，則不得入屬籍。”舊唐書八八韋思謙傳附韋嗣立：“嗣立與韋庶人宗屬疏遠，中宗特令編入屬籍。”

【屬纊】禮喪大記：“疾病，……屬纊以俟絕氣。”纊，新絲綿，質輕，遇氣卽動。人將死，在口鼻上放絲綿，以觀察有無呼吸，叫屬纊。後稱病重將死爲屬纊。南朝宋鮑照鮑氏集八松栢篇詩：“屬纊生望盡，闔棺世業埋。”

【屬屬】專一謹順貌。禮禮器：“洞洞乎其敬也，屬屬乎其忠也。”淮南子氾論：“周公事文王也，……洞洞屬屬，如將不能恐失之，可謂能子矣。”注：“洞洞屬屬，婉順貌也。”

【屬續】古樂名。周禮春官大司樂“以樂舞教國子，……大武”唐賈公彥疏引孝經緯：“伏犧之樂曰立基，神農之樂曰下謀，祝融之樂曰屬續。”史記樂書索隱述贊：“舜日簫韶，融稱屬續。”

【屬耳目】爲别人耳目所聚聽注視；受人注意。左傳成二年：“師有功，國人喜以逆之，先入，必屬耳目焉。”

【屬毛離裏】詩小雅小弁：“靡瞻匪父，靡依匪母。不屬于毛？不離于裏？”傳：“毛在外陽，以言父；裏在內陰，以言母。”箋：“此言人無不瞻仰其父取法則者，無不依恃其母以長大者。今我獨不得父皮膚之氣乎，獨不處母之胞胎乎，何曾無恩於我？”屬，連接；離，附着。後稱子與父母關係密切爲屬毛離裏。

【屬辭比事】禮經解：“屬辭比事，春秋教也。……屬辭比事而不亂，則深於春秋者也。”清孫希旦集解謂屬辭，連屬其辭，以月繫年，以日繫月，以事繫日；比事，比次列國之事而書之。本指連綴文辭，排列史事。後用以泛稱撰文記事。

二十一畫

屭 xì 集韻 虛器切，去，至韻。ㄒㄧˋ

見“贔屭”。

屮部

屮 1. chè 丑列切，入，薛韻，徹。ㄔㄜˋ

㊀草木初生貌。說文：“屮，艸木初生也。象丨出形，有枝莖也。古文或以爲艸字。讀若徹。”

2. cǎo ㄘㄠˇ

㊀“艸”古字。今也作“草”。荀子富國：“刺屮殖穀。”注：“屮，古草字。”漢書禮樂志郊祀歌之五：“屮木零落。”

【屮$_2$茅】指在野未作官的人。同“草茅”。漢書七二貢禹傳：“誠非屮茅愚臣所當蒙也。”參見“草茅”。

【屮$_2$昧】蒙昧。謂原始未開化的狀態。漢書一〇〇上敍傳幽通賦：“亂曰：天造屮昧，立性命兮。”注引應劭：“天道始造萬物，草創於冥昧之中，皆立其性命也。”易屯卦作“草昧”。參見“草昧”。

【屮$_2$蹻】草鞋。漢書五八卜式傳：“式既爲郎，布衣屮蹻而牧羊。”注：“蹻，即今之鞋也，南方謂之蹻。”

一畫

屯 1. zhūn 陟綸切，平，諄韻，知。ㄓㄨㄣ

㊀艱難。莊子外物：“慰暋沈屯。”釋文：“張倫反。司馬(彪)云：‘……屯，難也。’”後漢書四十下班彪傳附班固兩都賦：“紹百王之荒屯，因造化之盪滌，體元立制，繼天而作。”㊁吝惜。見“屯膏”。㊂易六十四卦之一。☵☳。震下坎上。參見“六十四卦”。㊃仁厚貌。通“肫”。見“屯屯”。

2. tún 徒渾切，平，魂韻，定。ㄊㄨㄣˊ

㊄聚集。莊子寓言：“火與日，吾屯也。”釋文：“屯，徒門切，聚也。”楚辭屈原離騷：“飄風屯其相離兮，帥雲霓而來御。”㊅駐守。管子輕重乙：“請以令發師，置屯籍農。”史記九八傅寬傳：“一月，徙爲代相國，將屯。”集解：“案律謂勒兵而守曰屯。”㊆土阜。莊子至樂：“生於陵屯，則爲陵舄。”㊇地名。史記孔子世家：“孔子遂行，宿乎屯。”集解：“屯在魯之南也。”㊈姓。三國時蜀有屯度。見通志二九氏族四以名爲氏。

【屯屯】謹厚貌。漢董仲舒春秋繁露一三五刑相生：“(孔子)爲魯司寇，斷獄屯屯，與衆共之，不敢自專。”說苑至公作“敦敦”。

【屯$_2$田】㊀自漢以來，政府利用軍隊或農民商人墾種土地，徵取收成以爲軍餉，稱屯田。有軍屯、民屯、商屯之别。如漢昭帝始元二年，發將士屯田張掖郡；宣帝神爵元年趙充國屯田邊郡，爲軍屯。東漢建安元年，曹操募民屯田許下，爲民屯。明初又有由鹽商募民於各邊郡開墾的，爲商屯。參閱文獻通考七田賦七屯田、明史食貨志一屯田之制。㊁官名。漢置尚書郎四人，其一人主户口墾田，是屯田官之始。晉置屯田尚書，南北朝設屯田郎，隋初稱屯田侍郎，唐置屯田郎中、員外郎各一人，屬工部，掌屯田政令。明並兼司墳塋事，至清末廢。參閱通典二三職官五工部尚書、唐六典七工部尚書、續通志一三五職官六。

【屯$_2$戍】派兵駐守邊境。史記孝文紀二年：“今縱不能罷邊屯戍，而又飭兵厚衛，其罷衛將軍軍。”

【屯坎】易二卦名。震下坎上爲屯☵☳，坎下坎上爲坎☵☵。屯，難；坎，險。見周易集解四。後因稱困難艱苦的處境爲屯坎。文苑英華五九唐張仲素穆天子宴瑶池賦：“彼乃輕萬里而崇一朝，孰若濟羣生于屯坎。”

【屯否】易二卦名。震下坎上爲屯☵☳，坤下乾上爲否☰☷。屯，謂艱難；否，謂隔塞。後因以喻時世艱難。藝文類聚五九三國魏王粲初征賦:"逢屯否而底滯兮,忽長幼以羈旅。"

【屯₂兵】㊀駐兵。漢書百官公卿表上:"城門校尉掌京師城門屯兵。"唐杜甫杜工部草堂詩箋三三柳司馬至:"函關猶出將,渭水更屯兵。"㊁專指駐守邊疆,從事墾荒的軍隊。明史食貨志一屯田之制:"屯兵百名委百户,三百名委千户,五百名以上指揮提督之。"

【屯₂官】掌管屯田事務的官。新唐書百官志一考功郎中:"二十曰耕耨以時,收穫成課,爲屯官之最。"

【屯₂長】秦漢時戍邊軍隊中的小吏。史記陳涉世家:"二世元年七月,發閭左適戍漁陽九百人屯大澤鄉。陳勝吳廣皆次當行,爲屯長。"後漢書百志官一:"曲下有屯,屯長一人,比二百石。"

【屯封】屯戍之地。梁書賀琛傳陳事:"百姓不能堪命,各事流移;或移於大姓,或聚於屯封,蓋不獲已而竄亡,非樂之也。"

【屯₂政】指關於屯田的事務。明史二六一盧象昇傳:"詔遷兵部左侍郎,總督宣(化)大(同)山西軍務,大興屯政,穀熟,畝一鍾,積粟二十餘萬。"

【屯剥】易二卦名。震下坎上爲屯☳☵,坤下艮上爲剥☷☶。屯,艱難;剥,剥落。後稱時代動亂、遭遇艱難爲屯剥。北周庾信庾子山集三和張侍中述懷詩:"陽窮乃悔吝,世季誠屯剥。"南史羊侃羊鴉仁傳論:"既而侃及鴉仁晚遇屯剥,侃則臨危不撓,鴉仁則守義以殞,古人所謂心同鐵石,此之謂乎?"

【屯留】縣名,屬山西省。春秋時爲赤狄邑,稱留吁。後屬晉,稱純留。漢置縣,屬上黨郡。北齊廢。唐自霍壁移今所,以避李純(憲宗)諱,改爲屯留。明清皆屬山西潞安府。參閱太平寰宇記四五潞州、寰宇通志八二潞州屯留縣。

【屯₂雲】積聚的雲層。列子周穆王:"出雲雨之上而不知下之據,望之若屯雲焉。"文選南朝宋謝惠連西陵遇風獻康樂詩:"屯雲蔽曾嶺,驚風涌飛流。"

【屯₂堡】戍卒的駐所。唐韓愈昌黎集二一送水陸運使韓侍御歸所治序:"屯堡相望,寇來不能爲暴。"也作"屯保"。新唐書一七〇范希朝傳:"希朝度要害置屯保,斥邏嚴密,鄜民以安。"

【屯溪】水名。在安徽休寧縣東南,爲新安江上游。水之北岸有屯溪鎮,向爲休寧歙縣等地茶市所在地。今於此置屯溪市。參閱讀史方輿紀要二八徽州府休寧縣。

【屯膏】謂吝於施與恩澤。屯,吝嗇;膏,恩澤。易屯:"屯其膏。"疏:"膏謂膏澤恩惠之類。言九五既居尊位,當恢弘博施,唯繫應在二,而所施者褊狹,是屯難其膏。"

【屯蒙】㊀易二卦名。震下坎上爲屯☳☵,坎下艮上爲蒙☵☶。屯,艱難;蒙,蒙昧。喻蹇滯,晦暗。唐李白李太白詩十一流夜郎半道承恩放還……書懷示息秀才:"半道雪屯蒙,曠如鳥出籠。"錢起錢考功集七同郇戴關中旅寓詩:"吞悲問唐舉,何路出屯蒙?"㊁猶蒙昧,指原始未開化的狀態。舊唐書九十朱敬則傳上武則天疏:"自文明草昧,天地屯蒙。"資治通鑑二〇五唐長壽元年注:"屯者物之始,蒙者物之穉。言(武)后稱制之初,猶天地生物之始。"文明,唐睿宗年號,時武則天始臨朝。

【屯₂聚】聚集。史記一〇六吳王濞傳:"田祿伯曰:'兵屯聚而西,無佗奇道,難以就功。……'"

【屯邅】難行不進貌。喻處境不利,進退兩難。易屯:"屯如邅如。"疏:"屯是屯難,邅是邅迴。"文選晉左太沖(思)詠史詩之七:"英雄有屯邅,由來自古昔。"也作"屯亶"、"迍邅"。漢書一〇〇上敍傳班固幽通賦:"紛屯亶與蹇連兮,何艱多而智寡。"注:"(屯亶、蹇連)皆謂險難之時也。"參見"迍邅"。

【屯₂墾】屯兵邊境,開墾荒地。清文獻通考十田賦十屯田:"(雍正)三年,令安西兵丁,試行屯墾。"

【屯₂衛】駐兵守衛。史記秦始皇紀二世元年:"盡徵其材士五萬人爲屯衛咸陽。"後漢書二三竇融傳附竇憲:"遣客刺殺(劉)暢於屯衛之中。"注:"屯兵宿衛之所。"

【屯蹇】易二卦名。震下坎上爲屯☳☵,艮下坎上爲蹇☶☵。屯、蹇,都是艱難困苦之意,後因稱挫折、不順利爲屯蹇。三國魏曹植曹子建集四神龜賦:"嗟祿運之屯蹇,終遇獲於江濱。"

【屯₂糧】明清田賦的一種。明初每畝收租一斗,其後所收漸少,弘治間每畝減至三升,嘉靖中又增,隆慶間復畝收一斗。清時屯墾,各地不同,徵糧辦法亦異,一般熟地當年起科,荒地以四年爲限。參閱明史食貨志一田制、清史稿食貨志一田制。

【屯難】易屯彖:"屯,剛柔始交而難生。"後因謂時運艱難爲屯難。宋書謝靈運傳撰征賦:"民志應而願税,國屯難而思撫。"也指災害禍亂。唐柳宗元柳先生集四三遊南亭夜還敍志七十韻詩:"屯難果見凌,剥喪宜所遭。"

【屯₂籍】屯兵的名簿。新唐書一八四路巖傳:"取壇丁子弟教擊刺,使補屯籍。"

【屯躓】困苦挫折。南史豫章王(蕭)綜傳:"嘗有人士姓王,以屯躓投告。綜于時大乏,唯有眠牀故皁複帳,即下付之。"

【屯氏河】古水名。黃河下游故道之一。漢武帝時,黃河北決於館陶(今屬山東省),分爲屯氏河,東北流經魏郡清河、信都、勃海入海。至元帝永光五年,黃河又於下游鳴犢口(今山東高唐縣南)決口,屯氏河遂淤塞。見漢書溝洫志。古屯氏河分三瀆流入海,其經行之路不能確指。隋煬帝開永濟渠,其在山東境內一段,部分就是利用屯氏河故道修浚而成。參閱水經注河水五、山東通志二八山川。

【屯騎校尉】漢武帝時置,掌騎士。漢光武初改屯騎爲驍騎,建武十五年復置,校尉一人,秩比二千石;司馬一人,千石。員吏百二十八,領兵士七百人。掌宿衛兵。參閱漢書百官公卿表上、後漢書百官志四。

山　部

山 shān ㄕㄢ 師間切,平,山韻,微。

㊀陸地上隆起高聳的部分。書禹貢:"禹敷土,隨山刊木。"㊁墳墓。漢書地理志下"非獨爲奉山園也"唐顏師古注:"如淳曰:黃圖謂陵冢爲山。"㊂蠶簇。蠶上簇叫上山。㊃姓。春秋晉有大夫山祁,晉有山濤。又北魏改吐難氏爲山氏。參閱通志二八氏族四以官爲氏。

【山丁】山區的壯年男子。宋范成大石湖集十八大扶掮詩:"珍重山丁扶我過,人間踽踽獨行難。"

【山人】㊀即山虞，古代掌管山林的官吏。左傳昭四年："自命夫命婦至於老疾，無不受冰，山人取之，縣人傳之。"注："山人，虞官。"㊁山居者。多指隱士。北周庾信庾子山集四幽居值春詩："山人久陸沉，幽逕忽春臨。"唐王勃王子安集三贈李十四詩之一："野客思茅宇，山人愛竹林。"㊂舊時稱卜卦、算命、贊禮等迷信職業者。元曲選張國賓羅李郎三："也不索喚師婆擂鼓邀神，請山人占卦揲蓍。"

【山丈】即山魈。見宋曾慥類說八引唐戴孚廣異記、葉廷珪海録碎事二二上走獸山丈山姑。參見"山魈"。

【山子】㊀馬名。相傳是周穆王八駿之一。穆天子傳四："穆右盜驪，而左山子。"後來因作良馬的通稱。宋蘇舜欽蘇學士集四夏熱晝寢感詠詩："山子逐雷電，安肯服短轅。"㊁假山。宋史禮樂志十六嘉禮四宴饗："(真宗)詔輔臣觀粟于後苑御山子。"

【山川】山河。易坎："地險山川丘陵也。"書舜典："望于山川，徧于羣神。"古人認爲山川是地方的主要標誌，故泛指一地或一境界皆謂山川。詩小雅漸漸之石："山川悠遠，維其勞矣。"唐杜甫杜工部草堂詩箋三陪鄭廣文遊何將軍山林之六："只疑淳朴處，自有一山川。"

【山口】㊀山的隘口。唐岑參岑嘉州詩一初過隴山途中呈宇文判官："山口月欲出，光照關城樓。"㊁樂器上端架弦的地方。琴叫岳山；琵琶、三弦之類叫山口。簫管上凹下作半月形的吹竅也叫山口。見清姚之駰元明事類鈔二七簫山口。

【山斗】泰山、北斗的省稱。猶言泰斗。新唐書一七六韓愈傳贊："自愈没，其言大行，學者仰之如泰山、北斗云。"後因以山斗比喻德高望重或有卓越成就而爲衆所敬仰的人。宋辛棄疾稼軒詞二水龍吟甲辰歲壽韓南澗尚書："況有文章山斗，對桐陰滿庭清晝。"

【山王】㊀佛教語。指最高的山。金剛經莊嚴佛土分："譬如有人，身如須彌山王。"文苑英華八六一唐李華東都聖善寺無畏三藏碑："灌頂在昔，聲聞現今，山王高妙，海月圓深。"㊁晉山濤、王戎的合稱。南朝宋顔延之作五君詠，以述竹林七賢，因山濤、王戎皆顯貴，不列。詩見文選。宋蘇軾分類東坡詩一初貶英州贈馬夢得："殷勤竹林夢，猶自數山王。"注："山濤、王戎。"

【山木】㊀山中樹木。詩大雅棫樸"芃芃棫樸"漢毛亨傳："山木茂盛，萬民得而薪之。"漢班固白虎通封公侯："山木之饒，水泉之利，千里相通，所均有無，贍其不足。"㊁莊子篇名。大意説人之處世，材與不材都不免於累，惟乘道德而遊的人始能操主動而不爲物所役使。

【山丹】㊀草名，一名山大丹。四月開紅花，似百合花。有紅百合、連珠、紅花菜、不夜花等名。根入藥能治瘡腫，花能活血。見本草綱目二七菜部、清吳其濬植物名實圖考三。㊁縣名，屬甘肅省。本漢删丹縣，北魏改山丹。元置山丹州，明改置山丹衛，清雍正二年復改爲縣，屬甘肅甘州府。見嘉慶一統志二六六甘州府。

【山水】㊀山與水，自然景物。三國志魏賈詡傳："吳、蜀雖蕞爾小國，依阻山水……據險守要，汎舟江湖，皆難卒謀也。"文選南朝宋謝靈運石壁精舍還湖中作詩："昏旦變氣候，山水含清暉。"㊁山水畫的簡稱。唐張彦遠歷代名畫記九："吳道玄……因寫蜀道山水，始創山水之體，自爲一家。"

【山公】㊀晉山濤，時人稱爲山公。文選南朝宋顔延年(延之)五君詠阮始平(咸)詩："郭弈已心醉，山公非虚觀。"又，濤子簡鎮守襄陽，常遊高陽池，飲酒輒醉。時人替他寫了一首歌，中有"山公時一醉，徑造高陽池"句。見世説新語任誕。㊁唐李約有猴名山公。約曾月夜泛江登金山，擊鐵鼓琴，猴輒嘯和。見唐趙璘因話録二。後因以山公作爲猴子的通稱。

【山父】古隱士巢父的别名。文選三國魏應休璉(璩)與從弟君苗君胄書："然山父不貪天地之樂，曾參不慕晉楚之富，亦其志也。"注："山父，即巢父也。"參見"巢父"。

【山斤】佛教語。衡量須彌山所用的斤兩，比喻佛的教義極其深奥，或佛的壽命無量。金光明玄義上："太虚空界，尚不喻其高廣，況山斤海滴，寧得盡其邊崖？"宋宗鑑釋門正統四："爲説釋尊長壽，雖山斤、海滴、地塵、空界，亦不可比。"

【山立】正立如山，不動摇。禮樂記："揔干而山立，武王之事也。"又玉藻："頭頸必中，山立。"

【山主】㊀寺院的主持。元王惲秋澗集十二靈巖寺二十六韻詩："山主留昏宿，官程畏衆晷。"㊁書院山長。清梁章鉅稱謂録八書院掌教山主："台州守正華甫建上蔡書院，楊棟爲山主。"參見"山長㊀"。

【山左】㊀山的左側。水經注三五江水："江水又東逕魯山南，古翼際山也。……山左卽沔水口矣。"㊁舊稱山東省爲山左，因在太行山之左，故云。如清法偉堂輯山左訪碑録十三卷，專記山東金石；余正酉編山左詩彙鈔三十九卷，專録清初至道光時山東詩人的作品。

【山右】舊稱山西省爲山右，因在太行山之右，故云。清陸隴其三魚堂文集五答山西范彪西進士書："夙聞山右辛復元先生之名，而未見其書。承乏恆陽，幸與山右接壤，則又聞先生今之辛復元也。"

【山民】山地居民。後漢書七六劉寵傳："山民愿朴，乃有白首不入市井者。"後來士大夫不仕或罷官閒居者多用山民作别號。如宋車若水别號玉峯山民，清胡遠别號横雲山民。

【山丘】㊀土山。文選三國魏何平叔(晏)景福殿賦："豐侔淮海，富賑山丘。"唐李白李太白詩七江上吟："屈平詞賦懸日月，楚王臺榭空山丘。"㊁墳墓。三國魏曹植曹子建集六箜篌引："生存華屋處，零落歸山丘。"

【山西】㊀戰國、秦、漢時稱崤山或華山以西爲山西，卽關西。史記太史公自序："蕭何填撫山西。"正義："謂華山之西也。"漢書六九趙充國傳贊："秦漢已來，山東出相，山西出將。"後稱太行山以西爲山西。㊁省名。位於華北平原以西，黄河中游以東地區，因在太行山之西，故稱山西。因曾爲春秋時晉國地，故簡稱晉。元置河東山西道宣慰使司及肅政廉訪司；明置山西行中書省；清沿置，爲山西省。參閱嘉慶一統志一三五山西統部。

【山匠】善疊假山石的工人。元周密癸辛雜識前集假山："前世疊石爲山，未見顯著者。至宣和艮嶽，始興大役，連艫輦致，不遺餘力。其大峯特秀者，不特侯封，或賜金帶，且各圖爲譜。然工人特出於吳興，謂之山匠。"

【山戍】邊境山中駐屯的處所。全唐詩八六張説出湖寄趙冬曦之一："山戍上雲柱，江亭臨水關。"

【山戎】我國古代北方民族名，也叫北戎，居於今河北省東部。春秋時代與齊鄭燕等國境界相接。見春秋僖十年及國語齊。

【山伐】砍取山上竹木。漢書二八地理志下："江南地廣，或火耕水耨。民食魚稻，以漁獵山伐爲業。"注："山伐，謂伐山取竹木。"

【山向】舊時堪輿家用羅經定方位，以四維八干十二支分爲二十四山，所對方位，叫做山向。如坐北朝南，名爲子山午向之類。隋劉猛進墓誌："卽以其年建子之月三日丙寅穸平南海郡西北朝亭東一里半，墳向艮官，厥名甲寅之墓。"(漢魏南北朝墓誌集釋圖版四三五之二) 儒林外史四:"今年山向不利，只好來秋舉行。"

【山芋】甘薯(薯蕷)的別名。見本草。宋蘇軾分類東坡詩十三玉糝羹序:"過子忽出新意，以山芋作玉糝羹，色香味奇絕。"

【山車】㊀古時迷信説天下太平則山車出現，爲瑞應的一種。禮禮運"山出器車"唐孔穎達疏:"按禮緯斗威儀云:'其政大平，山車垂鉤。'注云:'山車，自然之車;垂鉤，不揉治而自圓曲。'"後來也作爲帝王乘輿的名稱。後漢書輿服志上:"秦并天下，閱三代之禮，或曰殷瑞山車，金根之色。"㊁即山棚。一種有棚的車子。資治通鑑二一八唐至德元載:"又以山車、陸船載樂往來。"注:"山車者，車上施棚閣，加以綵繒，爲山林之狀。"

【山君】㊀山神。史記武帝紀:"泰一、皋山山君、地長用牛。"正義:"三並神名。"㊁老虎。説文虎部:"虎，山獸之君。"宋王安石臨川集二十次韻酬宋玘詩之三:"遊衍水邊追野馬，嘯歌林下應山君。"㊂最高的山。宋蘇軾經進東坡文集事略五五宸奎閣碑:"咨爾東南，山君海王。"

【山河】㊀高山大河。指地區形勝。左傳僖二十八年:"子犯曰:'戰也。戰而捷，必得諸侯;若其不捷，表裏山河，必無害也。'"這指晉國背靠太行山，面對黃河，地勢優越。㊁疆域、國土的代稱。唐宋之問集龍門應制詩:"先王定鼎山河固，寶命乘周萬物新。"東晉時，南遷的士大夫在新亭飲宴，周顗歎道:"風景不殊，正自有山河之異。"見世説新語言語。

【山房】山中的屋舍。唐戴叔倫集下二靈寺守歲詩:"守歲山房迥絶緣，燈光香炧共蕭然。"宋李常少讀書於廬山白石僧舍，既擢第，留所抄書九千卷於其所，名舍爲李氏山房。見宋史本傳。

【山妻】自稱其妻的謙詞。唐李白李太白詩九贈范金卿之一:"祇應自索漠，留舌示山妻。"又杜甫杜工部草堂詩箋三一孟倉曹步趾領新酒醬二物滿器見遺老夫:"理生那免俗，方法報山妻。"

【山長】㊀唐五代時山中學舍稱書院，其主講並總院務者曰山長。如唐刺史孫丘置學舍於閬州北古臺山，以尹恭初爲山長。五代蔣維東隱居衡嶽，受業者號之曰山長。見宋馬永易實賓録十一山長。自南宋及元，官立書院，概置山長與學正教諭，並爲學官，由禮部及行省宣慰使選任。宋何基兼麗澤書院山長，見宋史理宗紀五。明時，山長由地方官聘請。清乾隆三十一年改名院長，後仍名山長。清末改書院爲學堂，山長之制始廢。㊁舊時士大夫不仕者多居山林，故稱山長。如宋雷簡夫自稱山長。見宋史雷德驤傳。宋陸游劍南詩稿七五遣興之二:"退歸自合稱山長，變化猶應侍帝晨。"

【山林】㊀山與林木。周禮地官大司徒:"辨其山林、川澤、丘陵、墳衍、原隰之名物。"孟子梁惠王上:"斧斤以時入山林，材木不可勝用也。"㊁園林。漢書六五東方朔傳:"願陛下時忘萬事，養精游神，從中掖庭回輿，枉路臨妾山林。"注引應劭:"公主(竇太主)園中有山，謙不敢稱第，故託山林也。"

【山東】㊀戰國秦漢時稱崤山或華山以東爲山東。即關東。也指戰國時秦以外的六國。戰國策趙二:"六國從親以擯秦，秦必不敢出兵於函谷關以害山東矣。"太行山以東也稱山東。史記晉世家文公四年:"冬十二月，晉兵先下山東。"唐人稱山東，指崤函以東的地方，而稱今山東省境爲齊魯、鄒魯或青齊。㊁省名。位於黃河下游，因在太行山之東，故稱山東。古爲青兗二州兼徐州豫州之境。唐屬河南河北道，宋屬京東路，金改京東爲山東，明置山東布政使司，清沿稱山東省。參閲嘉慶一統志一六一山東統部。

【山門】㊀墓門。宋書袁顗傳劉彧(明帝)與覬書:"奈何毁擲先基，自蹈凶戾。山門蕭瑟，松庭誰掃?"㊁佛寺的大門。本作"三門"。唐錢起錢考功集八題延州聖僧穴詩:"默默山門宵閉月，熒熒石室晝燃燈。"景德傳燈録十二裴休:"仍集黃檗語要，親書序引，冠於編首，留鎮山門。"參見"三門㊃"。

【山阿】山中曲處。楚辭屈原九歌山鬼:"若有人兮山之阿，被薜荔兮帶女蘿。"文選三國魏嵇叔夜(康)幽憤詩:"采薇山阿，散髮巖岫。"

【山居】㊀在山中居住。戰國策韓一:"韓地險惡山居，五穀所生，非麥而豆。"㊁山中的住所。宋書謝靈運傳山居賦序:"古巢居穴處曰巖棲，棟宇居山曰山居，在林野曰丘園，在郊郭曰城傍。"後亦稱隱居爲山居。宋書雷次宗傳與子姪書:"心慮荒散，情意衰損，故遂與汝曹歸耕壟畔，山居谷飲，人理久絶。"

【山呼】舊時臣民對皇帝舉行頌祝儀式，叩頭高呼萬歲者三，叫作山呼。唐張説張説之集十二大唐祀封禪頌:"五色雲起，拂馬以隨人。萬歲山呼，從天而至地。"元史禮樂志一元正受朝儀:"曰跪左膝，三叩頭，曰山呼，曰山呼，曰再山呼。"注:"凡傳山呼，控鶴呼譟，應和曰萬歲;傳再山呼，應曰萬萬歲。"參見"嵩呼"。

【山委】堆積如山。委，聚積。新唐書八二十一宗諸子傳永王璘:"時江淮租賦鉅億萬，在所山委。"

【山姑】見"山丈"。

【山客】山居的人。南朝梁江淹江文通集十草木頌之二相思:"公子不至，山客徒尋。"唐李白李太白詩十九酬岑勛見尋就元丹丘對酒相待以詩見招:"且向山客笑，與君論素心。"

【山郎】漢代宿衛郎。漢書六六楊敞傳附楊惲:"郎官故事，令郎出錢市財用，給文書，乃得出，名曰'山郎'。"注引張晏:"山，財用之所出，故取名焉。"

【山茌】舊縣名。漢置茌縣，屬泰山郡。三國魏改稱山茌。隋廢。故城在今山東長清縣東北。參閲嘉慶一統志一六三濟南府二。

【山城】依山所築之城。北周庾信庾子山集三奉和泛江詩:"岸社多喬木，山城足迴樓。"唐白居易長慶集十一郡中詩:"鄉路音信斷，山城日月遲。"時白在忠州，郡治即今四川忠縣。

【山南】㊀道名。唐貞觀初置十道之一。因在終南山華山之南，故名。轄境包有今湖北長江以北、漢水以西、陝西終南山以南、河南嵩山以南、四川劍閣以東、長江以南之地。參閲通典一七二州郡二、新唐書地理志四。㊁舊縣名。漢置。屬珠厓郡(今廣東海南島)。見漢書元帝紀初元三年。

【山胡】鳥名。宋蘇軾東坡集續集二有涪州得山胡詩，題下自注:"善鳴，出黔中。"

【山骨】㊀山中巖石。唐韓愈昌黎集二一石鼎聯句:"巧匠斲山骨，刳中事煎烹。"㊁山之真髓。元夏文彦圖繪寶鑑三宋:"范寬，字中立，……卜居終南太華，徧觀奇勝，落筆雄偉老硬，真得山骨，而與關(仝)、李(成)並馳方駕也。"

【山鬼】㊀山神。史記秦始皇紀:"山鬼固不過知一歲事也。"㊁山精，即夔。古代傳説中一種獨脚怪獸。唐杜甫杜工部草堂詩箋十四有懷台州鄭十八司戶虔:"山鬼獨一脚，蝮蛇長如樹。"參見"夔一足㊀"。

【山家】㊀山居的人家。唐杜甫杜工部草堂詩箋三三贈李八祕書別三十韻:"幕府籌頻問,山家藥正鋤。”自注:“祕書比卧青城山中。”㊂佛教天台宗流派之一。詳“山家宗”。

【山庭】㊀山家的庭院。北周庾信庾子山集十二思舊銘:“嵇叔夜之山庭,尚多楊柳。”㊁指鼻子。文選南朝梁任彥昇(昉)王文憲集序:“況乃淵角殊祥,山庭異表。”注:“(論語)摘輔像曰:‘子貢山庭斗繞口。’謂面有三庭,言山在中,鼻高有異相也。”

【山脊】山的岡脊。爾雅釋山:“山脊,岡。”唐劉禹錫劉夢得集八莫傜歌:“星居占泉眼,火種開山脊。”

【山荊】對人稱已妻的謙詞。聊齋志異陸判:“山荊,予結髮人。”

【山草】㊀山地所生之草。唐李益李尚書詩集和丘員外題湛長史舊居:“運轉春華至,歲來山草綠。”㊁在野之義,謂居於山林草野之中。後漢書六三李固傳對策:“臣伏從山草,痛心傷膽。”晉書郭文傳:“(溫嶠)又問曰:‘苟世不寧,身不得安,今將用先生以濟時如何?’文曰:‘山草之人,安能佐世?’”

【山根】㊀山脚。漢焦延壽易林二賁之明夷:“作室山根,人以爲安。”北周庾信庾子山集三遊山詩:“澗底百重花,山根一片雨。”㊁相面術士稱鼻梁爲山根。神相全編一十三部位總歌:“第六山根對太陽,中陽少陽及外陽。”(古今圖書集成藝術典六三一)古今小説五窮馬周遭際賣䭔媼:“山根不斷,乃大貴之相,他日定爲一品夫人。”

【山桑】㊀桑之一種,葉尖而長。見本草綱目三六桑。㊁縣名。1.漢置,屬沛國。因邑有山,其亭有桑而得名。六朝時爲兵争要地。晉殷浩進軍山桑,爲姚襄所敗,卽此。見晉書殷浩傳。南朝宋檀道濟爲征北將軍,曾居此,因號檀公城。後廢。故城在今安徽蒙城縣北。參閱太平寰宇記十二亳州。2.東晉太元中僑置,南朝梁廢。故城在今安徽全椒縣西北。見嘉慶一統志一三〇滁州南譙故城。

【山峽】兩山之間。淮南子原道:“逍遥于廣澤之中,而仿洋于山峽之旁。”也作“山陿”。楚辭漢劉向九歎思古:“聊浮遊於山陿兮,步周流於江畔。”

【山氣】山上雲氣。淮南子天文:“遠山則山氣藏。”晉陶潛陶淵明集三飲酒詩之五:“採菊東籬下,悠然見南山。山氣日夕佳,飛鳥相與還。”

【山師】官名。周禮夏官的屬官。掌管邦國的山川物産,辨别價值,並令進納以供王室享用。

【山烏】烏的一種。爾雅釋鳥:“鷚,山烏。”注:“似烏而小,赤觜。”

【山脈】起伏連延像有脈絡可尋的山嶽,叫作山脈。文苑英華一六四唐周繇題東林寺虎掊泉詩:“爪擄山脈斷,掌托石心坳。”

【山梁】㊀山間巖石架成的橋梁。北周庾信庾子山集十二秦州天水郡麥積崖佛龕銘:“横鐫石壁,闇鑿山梁。”㊁論語鄉黨:“山梁雌雉,時哉時哉!”後因以山梁爲雉的代稱。文選漢枚叔(乘)七發:“山梁之餐,豢豹之胎。”

【山都】㊀獸名。爾雅釋獸“狒狒”晉郭璞注:“其狀如人,面長,唇黑,身有毛,反踵,見人則笑。交廣及南康郡山中亦有此物。大者長丈許,俗呼之曰山都。”參閱初學記八引異物志、太平御覽八八四晉鄧德明南康記及舊題南朝梁任昉述異記。㊁舊縣名。秦以南陽的赤鄉分置。漢屬南陽郡。北周廢,故城在今湖北襄陽縣西北。參閱後漢書十七岑彭傳“西擊山都”注、嘉慶一統志三四七襄陽府二。

【山莊】山中居處,别墅。南齊謝朓謝宣城集三賽敬亭山廟喜雨詩:“胡寧昧千里,解珮拂山莊。”文苑英華一二六南朝梁元帝玄覽賦:“照曜山莊,岩嶤石梁。”

【山莓】植物名。爾雅釋草:“葥,山莓。”注:“今之木莓也。實似藨莓而大,亦可食。”本草綱目十八上草部謂卽懸鉤子。

【山帶】環繞山頂的濕雲。全唐詩二四三韓翃送客歸江州:“風吹山帶遥知雨,露溼荷裳已報秋。”宋陳舜俞廬山記一總敍山水:“張野(廬山)記曰:‘天將雨,則有白雲,或冠峰巖,或亘中嶺,俗謂之山帶,不出三日,必雨。每雨,其下成潦,其上猶皎日。’”

【山梔】卽梔。見“梔”。

【山陵】㊀山嶽高原。書堯典:“湯湯洪水方割,蕩蕩懷山襄陵。”禮月令仲夏之月:“可以遠眺望,可以升山陵。”㊁帝王的墳墓。水經注十九渭水:“秦名天子冢曰山,漢曰陵,故通曰山陵矣。”晉書陶侃傳遜位表:“臣年垂八十,位極人臣,啟手啟足,當復何恨!但以陛下春秋尚富,餘寇不誅,山陵未反,所以憤慨兼懷,不能已已。”㊂山陵高而固,以喻帝王。戰國策秦五:“王之春秋高,一日山陵崩,君危於累卵,而不壽於朝生。”又趙四:“今媼尊長安君之位,……而不及今令有功於國,一旦山陵崩,長安君將何以自託於趙?”

【山陰】㊀山之北面。晉王羲之臨河敍(蘭亭序):“永和九年,歲次癸丑,莫春之初,會于會稽山陰之蘭亭,脩禊事也。”見世說新語企羨“甚有欣色”注。㊁縣名。1.卽今山西山陰縣。在桑乾河之南,大同市西南。漢爲陰館縣地。遼置河陰縣,金改山陰,明屬山西大同府,清沿置。參閱嘉慶一統志一四六大同府。2.卽今浙江紹興市。春秋越王勾踐之都。秦置縣,以邑在山之陰而名。隋廢,併入會稽縣,唐復置。明清與會稽縣並爲浙江紹興府治所,公元1912年併山陰會稽爲紹興縣。參閱太平寰宇記九六越州、嘉慶一統志二九四紹興府一。

【山砦】在山中險要處構築工事藉以防守的據點。宋史三六五岳飛傳:“張浚曰:‘飛措畫甚大,令已至伊洛,則太行一帶山砦必有應者。’”也作“山寨”。水滸六八:“直教天罡盡數投山寨,地煞空羣聚水涯。”

【山野】㊀山陵原野。漢書六九趙充國傳上奏:“奉詔出塞,引軍遠擊,窮天子之精兵,散車甲於山野,雖亡尺寸之功,媮得避慊之便,而亡後咎餘責。”㊁草野,對朝市而言。三國志蜀杜微傳諸葛亮與微書:“曹丕篡弒,自立爲帝,……欲與羣賢,因其邪僞,以正當滅之。怪君未有相誨,便欲求還於山野。”㊂粗鄙。宋史四五七萬適傳:“舉止山野,人皆笑之。”

【山冕】㊀古代帝王之冠服。荀子大略:“天子山冕,諸侯玄冠,大夫裨冕,士韋弁,禮也。”注:“山冕謂畫山於衣而服冕,卽衮冕也。”㊁冠名,卽通天冠。以冠梁前有山而名。見後漢書輿服志。文苑英華七七二南朝梁簡文帝南郊頌序:“被太裘,服山冕。”參見“通天冠”。

【山國】㊀多山之地。周禮地官掌節:“凡邦國之使節,山國用虎節。”㊁漢西域城國。西至尉犁,西北至焉耆,東南與鄯善且末相接。山出鐵,民居山上。見漢書九六下西域傳。

【山第】山中的第宅。隋蜀王美人董氏墓志:“終於仁壽宮山第。”仁壽宮在岐山,故稱山第(清瞿中溶古泉山館金石文編殘稿一)。

【山郵】山中的郵傳,驛車。唐張九齡曲江集四奉使自藍田玉山南行詩:“海縣且悠緬,山郵日駿奔。”

【山尊】卽山罍。周禮春官司尊彝:“其再獻用兩山尊。”注:“山尊,山罍也。”也作“山樽”。唐李商隱李義山詩集一井泥四十韻:“蘿幄既已薦,山樽亦可開。”參見"山疊"。

【山越】秦漢以後，居於江淮的少數民族，總稱百越；其居於山區者稱山越。見後漢書靈帝紀建寧二年、三國志吳孫權傳、諸葛恪傳。參閱清梁章鉅三國志旁證三十。

【山場】㊀宋代山中收茶稅的處所。宋史食貨志下五茶上："宋榷茶之制……在淮南則蘄、黃、廬、舒、光、壽六州，官自爲場，置吏總之，謂之山場者十三，六州采茶之民皆隸焉，謂之園户。歲課作茶輸租，餘則官悉市之。"㊁山地。清吳榮光吾學録初編二二律例三刑律一賊盜："若止於田園山場内盜葬者，杖九十，徒二年半。"

【山椒】㊀山陵。漢書九七孝武李夫人傳武帝悼李夫人賦："釋輿馬於山椒兮，奄修夜之不陽。"注："孟康曰：'山椒，山陵也，置輿馬於山陵也。'"文選南朝宋謝希逸(莊)月賦："菊散芳於山椒，雁流哀於江瀨。"注："山椒，山頂也。"㊁植物名。卽花椒。㊂魚名。卽鯢魚。詳"鯢㊀"。

【山棚】㊀唐代東都西南山居民户。以射獵爲生，遷徙無定居，俗稱山棚。見舊唐書憲宗紀下元和十年、新唐書一六二吕元膺傳、宋趙彦衛雲麓漫鈔三。㊁結綵的牌樓、戲棚。山，形容其高。宋司馬光涑水記聞五："萊公(寇凖)在藩鎮，嘗因生日，搆山棚大宴，又財用僭侈，爲人所奏。"此指飾綵的牌樓。宋孟元老東京夢華録六元宵："正月十五日元宵，大内前，自歲前冬至後，開封府絞縛山棚，立木正對宣德樓。"此指藝人獻伎的戲棚。

【山犀】犀的一種。明曹昭格古要論六珍寶論犀角："其紋如魚子相似，謂之粟紋，每粟紋中有眼，謂之粟眼，此謂之山犀。"參閱本草綱目五一上獸犀。

【山陽】㊀縣名。1.戰國魏地，漢爲縣，屬河内郡。秦始皇五年蒙驁攻魏，占領山陽城；漢建安二十五年曹丕廢漢獻帝爲山陽公，卽此地。因在太行山南部，故名山陽。北齊廢，併入修武縣。故城在今河南修武縣西北。參閱讀史方輿紀要四九懷慶府。2. 屬陝西省。在商縣之南，商山之陽。本秦漢商縣地，晉分置豐陽縣，明改爲山陽縣，清屬陝西商州。參閱嘉慶一統志二四六商州。3.卽今江蘇淮安縣。秦淮陰縣地。漢置射陽縣，因在射水之陽，故名。晉義熙元年分廣陵置山陽郡及山陽縣，因地有山陽而得名。隋廢郡留縣。明爲淮安府治所，清沿置。公元1914年改爲淮安縣。參閱太平寰宇記一二四楚州、嘉慶一統志九三淮安府一。㊁郡名。1.漢景帝時分梁國置山陽國，建元間改爲郡。晉廢。舊治所在今山東金鄉縣西北。參閱讀史方輿紀要三二兗州府昌邑城。2.晉分廣陵置郡，隋廢。

【山筋】藥草。文苑英華一二六南朝梁元帝玄覽賦："復有水底石髮，山筋地骨。"

【山棃】棃的一種。三國吳陸璣毛詩草木鳥獸魚蟲疏上隰有樹樣："樣，一名赤蘿，一名山棃。今人謂之楊樣，其實如棃，但實甘小異耳。一名鹿棃，一名鼠棃。"

【山貚】猿的一種。山海經北山經："(獄法之山)有獸焉，其狀如犬而人面，善投，見人則笑。其名山貚，其行如風。"也作"貚子"。文選晉左太沖(思)吳都賦："其上則猨父哀吟，貚子長嘯。"晉劉淵林(逵)注："貚子，猿類，猿身人面，見人嘯。"

【山衆】指僧侶。南史張孝秀傳："因去職歸山，居于東林寺，有田數十頃，部曲數百人，率以力田，盡供山衆。"隋灌頂國清百録三皇太子(隋煬帝)令書與天台山衆："山衆法徒，同志爲友，會成等侶，方共舟航。"

【山源】鼻根。南朝梁陶弘景真誥九協昌期一："山源是鼻下人中之本，側在鼻下，小入谷中也。"

【山資】買山的費用，比喻歸隱。南齊書王秀之傳："出爲晉平太守。至郡期年，謂人曰：'此邦豐壤，禄俸常充。吾山資已足，豈可久留，以妨賢路。'"唐唐彦謙鹿門集中任潛謀隱之作詩："爲問山資何次第，衹餘丹訣轉凄凉。"

【山塘】㊀山中的水塘。宋張表臣珊瑚鈎詩話三："又婺州山中詩云：'作剛提詹卸，呼田欽乃儂，山塘莫車水，梅雨正分龍。'亦方語也。"㊁水名。在江蘇蘇州市西北，一名射瀆，又名石瀆，唐白居易爲蘇州刺史時所鑿。上承運河，北繞虎丘而仍入運河，舊時自蘇州往遊虎丘的人往往取道於此。明程嘉燧松圓浪淘集四金閶曲之一："長夜牽愁無遠近，山塘一望似秋河。"

【山楹】楚辭漢嚴忌哀時命："鑿山楹而爲室兮，下被衣於水渚。"注："言己雖窮，猶鑿山石以爲室柱，下洗浴水涯，被己衣裳，不失清潔也。"亦指就山巖鑿成的石室。南朝宋鮑照鮑氏集六從庾中郎遊園山石室詩："荒塗趣山楹，雲崖隱靈室。"

【山虞】官名。周禮地官的屬官。掌管山林政令。虞，度；度知山的大小及其物產。

【山園】㊀帝王的墳墓。漢書地理志下："漢興，立都長安，徙齊諸田，楚昭、屈、景及諸功臣家於長陵。後世世徙吏二千石、高訾富人及豪桀並兼之家於諸陵。蓋亦以彊幹弱支，非獨爲奉山園也。"注："如淳曰：'黄圖謂陵冢爲山。'"㊁山中别墅、園林。北史齊世宗紀："每山園游宴，必見招攜，執射賦詩，各盡其所長，以爲娱適。"

【山節】雕成山形的斗拱。節，柱上斗拱。論語公冶長："臧文仲居蔡，山節藻梲，何如其知也。"藻梲，畫着水草的短柱。山節和藻梲，按古禮都是天子的廟飾。禮禮器："管仲鏤簋朱紘，山節藻梲。"

【山腰】山的中部，半山處。北周庾信庾子山集一枯樹賦："橫洞口而欹卧，頓山腰而半折。"唐孟浩然集三遊景空寺蘭若詩："龍象經行處，山腰度石關。"

【山經】㊀山海經的簡稱。漢書六一張騫李廣利傳贊："故言九州山川，尚書近之矣。至禹本紀、山經所有，放哉！"按山海經首爲南山經，次爲西山北山東山中山四經，故名。㊁泛指記録山脈的輿地書。唐韓愈昌黎集三六毛穎傳："穎爲人强記而便敏，自結繩之代，以及秦事，無不纂録；陰陽、卜筮、占相、醫方、族氏、山經、地志、字書、圖畫、九流百家、天人之書，及至浮圖、老子、外國之説，皆所詳悉。"宋歐陽修文忠集三菱溪大石詩："山經地誌不可究，遂令異説爭紛紜。"

【山膏】神話中獸名。山海經中山經："又東二十里曰苦山，有獸焉，名曰山膏，其狀如逐(豚)，赤若丹火，善詈。"晉郭璞山海經圖讚："山膏如豚，厥性好罵。"清畢沅校正謂卽"山都"。

【山精】㊀傳説中的山中怪獸。形如鼓，赤色，一足，稱爲暉。或如龍而五色赤角，名叫飛飛。見抱朴子登涉。太平御覽八八六引作"揮"、"飛龍"。㊁藥名。1.朮的别名。抱朴子仙藥："朮，一名山薊，一名山精。故神藥經曰：'必欲長生，常服山精。'"2.大而老壯的何首烏。本草綱目十八何首烏："三百年者，如三斗栲栳大，號山精。"

【山蒜】草名。爾雅釋草十三："蒚，山蒜。"唐陳藏器本草拾遺始著録。一名澤蒜，又名石蒜。藥用治積塊和婦人血瘕。見本草綱目二六菜部山蒜。

【山歌】民歌的一種。古水調、竹枝、柳枝，都是民歌或文人模仿民歌的作品。一般爲七言四句，間或襯添一二字。唐白居易長慶集十五江樓偶宴贈同座："江果嘗盧橘，山歌聽竹枝。"宋王禹偁小畜集五有唱山歌詩。

【山圖】傳説的仙人名。傳爲隴西人，因騎馬失蹄折脚，有山中道人教他服食地黄、當歸、羌活等藥物，病愈，便跟隨道人而去，不知去向。見初學記二三漢劉向列仙傳。文選晉左太沖(思)蜀都賦："山圖采而得道，赤斧服而不朽。"

【山樊】山傍，山陰。莊子則陽："冬則擉鼈於江，夏則休乎山樊。"釋文："樊，音煩。李(頤)云：'傍也。'司馬(彪)云：'陰也。'廣雅云：'邊也。'"

【山膚】石耳。多産於山地的懸崖石壁上，因名。可供食用和藥用。文選漢枚叔(乘)七發："肥狗之和，冒以山膚。"冒，芼的假借字，用菜雜肉爲羹叫芼。

【山澤】山林與川澤。易説卦："天地定位，山澤通氣。"國語齊："山澤各致其時，則民不苟。"

【山龍】古人衮服和旌旗上的山形與龍形圖紋。書益稷："予欲觀古人之象，日月星辰，山龍華蟲，作會宗彝。"唐王建詩五上張弘靖相公："早歲天教作霖雨，明時帝用補山龍。"(唐六名家集)

【山魈】山中動物名。形似猴，體長三尺餘，身被黑褐色長毛，頭長大，尾極短，眼黑而深陷，鼻部深紅，兩頰藍紫有皺紋。以其狀貌醜惡，舊時稱之爲山怪。唐白居易長慶集五一霓裳羽衣舞詩："湓城但聽山魈語，巴峽惟聞杜鵑哭。"也作山臊、山繅、山㺐、山蕭。

【山濤】公元205—283年。晉河内懷縣人，字巨源。好老莊，與嵇康、阮籍等作竹林之遊，時稱爲竹林七賢。三國魏時爲趙國相，遷尚書吏部郎，入晉爲吏部尚書十餘年，甄拔人物，各爲品題，人稱山公啟事。晉書有傳。

【山齋】山中居室。藝文類聚三南朝梁簡文帝晚春時詩："風花落未已，山齋開夜扉。"陳書孫瑒傳："常於山齋設講肆，集玄儒之士，冬夏資奉，爲學者所稱。"後泛稱書齋爲山齋。

【山薑】植物名。一名蒼朮。晉嵇含南方草木狀上："山薑花，莖葉卽薑也。根不堪食。於葉間吐花，作穗如麥粒，軟紅色。煎服之，治冷氣甚效。"本草經不載，唐陳藏器本草拾遺始著錄。

【山蕭】卽山魈。唐段成式酉陽雜俎十五諾皋記下："山蕭，一名山臊。"參見"山魈"。

【山薊】朮的别名。爾雅釋草："朮，山薊。"注："本草云：'朮，一名山薊。'今朮似薊而生山中。"

【山嶽】高大的山。左傳莊二二年："山嶽則配天。"也作"山岳"。漢桓寬鹽鐵論貧富："山岳有饒，然後百姓贍焉。"

【山臊】卽山魈。見舊題漢東方朔神異記山臊(説郛本六五)。晉宗懔荆楚歲時記："正月一日……先於庭前爆竹，以辟山臊惡鬼。"參見"山魈"。

【山繅】卽山魈。國語魯下"木石之怪曰夔蝄蜽"三國吴韋昭注："夔一足，越人謂之山繅，或作㺐。富陽有之，人面猴身，能言，或云獨足。"

【山題】漢代婦人首飾的底座，製如山形，著於額前。後漢書輿服志下："皇后謁廟服，……步摇以黄金爲山題，貫白珠爲桂枝相繆。"

【山簡】公元253—312年。晉河内懷人。字季倫。山濤幼子。永嘉三年，出任征南將軍，鎮守襄陽。好酒。荆州豪族習氏有佳園池，簡常出嬉遊，多往池上，每醉酒而歸。兒童爲之歌曰："山公出何許，往至高陽池。日夕倒載歸，茗艼無所知。"見世説新語任誕、晉書山濤傳附山簡。唐杜甫杜工部詩史補遺五章梓州水亭："荆州愛山簡，吾醉亦長歌。"

【山雞】鳥名。形似雉。雄者全身紅黄色有黑斑，尾長。雌者黑色，微赤，尾短。古名鷮雉。又鷩(今稱錦雞)，古代也稱山雞，傳説愛其羽毛，常照水而舞。南朝陳徐陵徐孝穆集一鴛鴦賦："山雞映水那自得，孤鸞照鏡不成雙。"參閲本草綱目四八禽鷮雉。參見"山雞舞鏡"。

【山藷】卽山藥。又名土藷。見本草綱目二七菜薯蕷。

【山藪】山深林密之地。左傳宣十五年："川澤納汙，山藪藏疾。"後漢書五七謝弼傳上封事："臣山藪頑闇，未達國典。"

【山藥】本名薯蕷。舊説初避唐代宗諱豫，改名薯藥；後又避宋英宗諱曙，因名山藥。見宋寇宗奭本草衍義七山藥、顧文薦負暄雜録物以諱易。按宣和書譜十五載晉王羲之草書山藥帖，唐韋應物韋江州集三郡齋贈王卿詩也有"山藥寒始華"之句，是山藥之名，晉唐已有，非始於宋代。

【山獺】獸名。出廣西溪洞，傳爲補助要藥。能解藥箭毒，研其骨成粉末塗敷傷處，瘴毒卽消。見宋范成大桂海虞衡志志獸。參閲本草綱目五一獸山獺。

【山蘄】植物名。卽當歸。爾雅釋草："薜，山蘄。"注引廣雅："山蘄，當歸。"參見"當歸"。

【山藻】山節藻棁的省語。文選南朝梁任彦昇(昉)齊竟陵文宣王行狀："華衮與緼緒同歸，山藻與蓬茨俱逸。"詳"山節"。

【山礬】常緑灌木。又名七里香。宋黄庭堅山谷内集十九戲詠高節亭邊山礬花詩序："江湖南野中有一種小白花，木高數尺，春開極香，野人號爲鄭花。王荆公(安石)嘗欲求此花栽，欲作詩，而陋其名，予請名曰山礬。野人采鄭花葉以染黄，不借礬而成色，故名山礬。"宋楊萬里誠齋集十六萬安出郭早行詩："玉花小朵是山礬，香殺行人只欲顛。"

【山罍】古代刻有山雲圖紋的盛酒器具。禮明堂位："山罍，夏后氏之尊也。"後漢書六十馬融傳廣成頌："山罍常滿，房俎無空。"也叫山尊。參見"山尊"。

【山驛】山地的驛亭。唐杜甫杜工部草堂詩箋二一送梓州李使君之任："火雲揮汗日，山驛醒心泉。"

【山靈】㊀山神。文選漢班孟堅(固)東都賦："山靈護野，屬御方神。"北周庾信庾子山集十二終南山義谷銘序："川后讓德，山靈景從。"㊁山珍，山野的珍貴食品。元王實甫西廂記二本二折："俺一家兒死里逃生，舒心的列山靈，陳水陸。"

【山蠶】野蠶。食槲櫟柞等樹。清張崧撰有山蠶譜三卷。自序云："登萊山蠶，自古有之。特前此未知飼養之法，任其自生自育於山谷中，故多收輒以爲瑞。宋元以來，其利漸興，積至於今，人事益修，利賴日益，廣立場畜蛾之方，紡績織紝之具，踵事而增，功埒桑麻矣。"參閲清茹朝政山蠶易簡。

【山巾子】謂霧氣。宋孫光憲北夢瑣言："霧是山巾子。"按霧起，如帽罩山頭，故稱。

【山水納】宋代禪僧之服。納，通"衲"。藝文類聚六七有隋江總山水納袍賦。宋元照行事鈔資持記下三："今時禪衆多作納形而非法服。裁剪繒綵，刺綴花紋，號山水納，價直數千。"

【山水畫】中國畫分科之一，最初作爲人物畫背景，魏晉時已萌芽。後經南朝宋宗炳、王微等人倡導，至隋唐遂發展爲獨立的山水畫製作。五代北宋，日趨成熟，名家輩出。成爲以寫自然景色爲主的一大畫科。

【山水窟】風景佳勝之處。宋蘇軾分類東坡詩十五將之湖州戲贈莘老："餘杭自是山水窟，側聞吴興更清絶。"

【山石榴】 植物名。又名山躑躅，杜鵑花。淵鑑類函果四石榴一引周景式廬山記："香爐峰頭有大磐石，可坐數百人，垂生山石榴，三月中作花，色似榴而小，淡紅敷紫萼，煒熠可愛。"參閱事物異名録花卉杜鵑。參見"山躑躅"。

【山字肩】 聳肩如山字形，形容人的瘦削。宋陸游劍南詩稿八四病小減復作："吟作楚人語，聳成山字肩。"

【山芎藭】 植物名。古名山鞠窮。詳該條。

【山谷臣】 隱居山谷之臣。猶言草野臣。南朝齊高帝(蕭道成)遣中使迎顧歡。及踐阼，乃至。歡上表自稱山谷臣顧歡。見南齊書本傳。

【山谷集】 宋黄庭堅撰。内集三十卷，爲庭堅甥洪炎所編；外集十四卷，爲李彤所編；別集二十卷，爲庭堅孫黄罃所編。詞一卷，簡尺二卷，年譜三卷。三集本皆合詩文同編，後人注釋，則唯取其詩：任淵注内集，史容注外集，史季温注別集。通行的宋刻影印本豫章黄先生文集三十卷，即其内集，兼載詩文。庭堅是江西詩派的開創人，他的詩以生新瘦硬見稱，古律自成一家，但好用典故，偏重形式技巧，往往失之艱澀空洞。

【山河影】 指月中的陰影。宋何薳春渚紀聞七辨月中影："王荆公(安石)言：'月中彷彿有物，乃山河影也。'至東坡(蘇軾)先生亦有'正如大圓鏡，寫此山河影。妄言桂兔蟇，俗説皆可屏'之句。"

【山和尚】 鳥名。因其鳴聲似和尚唸經而得名。宋王質林泉結契一山友辭："山和尚，身灰褐而長，腦觜俱黑，聲濁圓，間若誦牟尼號者，旋雜他聲。"

【山海經】 漢書藝文志列入數術略形法類，十三篇。最初見於史記大宛傳論，但未言誰人所作。今本十八篇，卷首有漢劉秀(即劉歆)校上奏，稱爲夏禹、伯益所作，不可信。大約成書於戰國，又經秦漢，有所增删。書中記述各地山川、道里、部族、物産、祭祀、醫巫、原始風俗，往往參雜怪異，保存遠古的神話傳説和史地文獻材料甚多。晉有郭璞注和圖贊；明有楊慎補注；清有郝懿行箋疏。畢沅有新校正本，依郭注而博採書傳，多有考訂，稱爲善本。

【山海關】 古稱渝關，也作榆關。又名臨渝關、臨閭關。爲河北省舊臨榆縣之東門，長城東盡之處，今屬河北秦皇島市。明太祖時築城置衛設戍，洪武十五年築城爲關，因其背山面海，故取名山海關。關城東臨渤海，北依角山，扼東北至河北的咽喉，自古爲戰略要隘，有天下第一關之稱。參閱讀史方輿紀要十渝關、又十七撫寧縣。

【山家宗】 佛教之流派。宋代佛教天台宗分爲兩派，一爲四明尊者知禮法師派，名山家宗，是天台的正統；一爲晤恩派，名山外宗。後山家宗獨存。參閱佛祖統紀八。

【山茱萸】 木名。又名蜀酸棗，生漢中山谷。果實可入藥，性微温，味酸澀。見政和證類本草十三山茱萸。

【山菌子】 竹鷄別名。又名鷄頭鶻、泥滑滑。生江東山林間，狀如小鷄、無尾。性好啼，喜食蟻。見本草綱目四八禽竹鷄。

【山陽笛】 魏晉之間向秀與嵇康呂安友善。二人被司馬昭所殺害。秀經其山陽舊居，聞鄰人笛聲，感懷亡友，於是作思舊賦。見晉書向秀傳。後因以"山陽笛"爲懷念故友之典。北周庾信庾子山集四傷王司徒褒詩："唯有山陽笛，悽余思舊篇。"

【山陽瀆】 古運河名。隋開皇七年，於揚州開山陽瀆以溝通江淮漕運，將以伐陳。因北起山陽縣境，故名。參閱隋書高祖紀一、資治通鑑一七六陳禎明元年注。

【山樂官】 鳥名。因鳴聲似蕭管故名。宋王質林泉結契一山友辭："山樂官，身全褐，能作歌音，又能作拍彈音如嗹囉者，聲清輭，性極從容。"又見明馮時可雨航雜録下。

【山鞠窮】 藥用植物名。山芎窮的古稱。左傳宣十二年："叔展曰：'有麥麴乎？'曰：'無。''有山鞠窮乎？'曰：'無。'"注："麥麴、鞠窮，所以禦濕。"山鞠窮，本草綱目十四釋爲"芎窮"的別名。按今植物學有山芎窮，與芎窮同科異屬。

【山鷓鴣】 ㊀鳥名。唐鮑溶詩一寄福州從事殷堯藩："幾迴入市鮫綃女，終歲啼花山鷓鴣。"(唐六名家集)。也作"山鷓姑"。宋王質林泉結契一山友辭："山鷓姑，身青，翅赤，觜黑，足青，如雞而小，臆前有白圜點，背間有紫色赤毛。多鳴卽有雨。稍緩，則如云'行不得哥哥。'"㊁曲調名。羽調。見樂府詩集八十山鷓鴣。唐李白李太白詩二十秋浦清溪雪夜對酒客有唱鷓鴣者："客有桂陽至，能唱山鷓鴣。"參閱明胡震亨唐音癸籤十三唐曲山鷓鴣。

【山躑躅】 植物名。又名紅躑躅、山石榴、映山紅、杜鵑花。見本草綱目十七。唐白居易長慶集十二山石榴寄元九詩："山石榴，一名山躑躅，一名杜鵑花。杜鵑啼時花撲撲，九江三月杜鵑來。"

【山上有山】 出字的隱語。玉臺新詠十古絶句四首之一："藁砧今何在，山上復有山。"前句隱夫字，後句隱出字，釋見宋許顗許彦周詩話。全唐詩五五七孟遲閨情："山上有山歸不得，湘江暮雨鷓鴣飛。"

【山中宰相】 南朝梁陶弘景隱居句曲山(卽茅山，在江蘇省西南部)，武帝時禮聘不出，國有大事，輒就諮詢。時稱"山中宰相"。見南史陶弘景傳。也簡稱作"山相"。唐鄭谷鄭守愚集三蔡處士詩："旨趣陶山相，詩篇沈隱侯。"隱侯，南朝梁沈約謚號。

【山公啟事】 晉山濤任吏部尚書，對所選用的人才，都親作評論，各加品題，時稱"山公啟事"。見晉書山濤傳。唐李商隱李義山詩集六贈宇文中丞："人間只有嵇延祖，最望山公啟事來。"隋書經籍志總集有山公啟事三卷，已佚。説郛有山公啟事一卷。近人葉德煇有山公啟事輯本一卷。

【山西出將】 見"山西㊀"。

【山谷道人】 宋黄庭堅別號。庭堅曾遊灊皖山谷寺(在今安徽潛山縣西北三祖山上)石牛洞，愛其林泉勝迹，因自號山谷道人。見宋史四四四本傳。

【山房隨筆】 元蔣子正撰，一卷，共四十六條。所記多宋末元初事，類似詩話，對宋賈似道誤國始末記述較詳。藕香零拾本有補遺十一條。

【山長水遠】 路途遥遠艱阻。唐許渾丁卯集上將爲南行陪尚書崔公宴海榴堂詩："謾誇書劍無好處，水遠山長步步愁。"宋晏殊珠玉詞踏莎行之三："當時輕別意中人，山長水遠知何處。"又作"山長水闊"。又蝶戀花之六："欲寄彩箋兼尺素，山長水闊知何處。"

【山林隱逸】 隱士。因多避世於山林，故稱。藝文類聚三七南朝梁沈約爲武帝搜訪隱逸詔："高尚其志，義焕通爻，山林不出，訓光惇史。"清孔尚任桃花扇餘韻："聽他説話，像幾個山林隱逸。"

【山居新語】 元楊瑀撰，四卷。記有關民事、政典、風教等見聞，雜以神怪迷信之言。爲瑀至正二十年休官歸里後作，故以山居爲名。

【山明水秀】 形容風景優美。宋黄庭堅山谷詞驀山溪之四："山明水秀，盡屬詩人道。"陽春白雪後集二元不忽木仙吕點絳脣辭朝曲："則待看山明水秀，不戀你市曹中物穰人稠。"

【山肴野蔌】野味和蔬菜。宋歐陽修文忠集三九醉翁亭記："山肴野蔌，雜然而前陳者，太守宴也。"肴，也作"殽"。清孔尚任桃花扇餘韻："你的東西，一定是山殽野蔌了。"

【山珍海錯】山海所產的珍饈美味。唐韋應物韋江州集九長安道詩："山珍海錯棄藩籬，烹犢炰羔如折葵。"也作"山珍海味"。紅樓夢三九："姑娘們天天山珍海味的，也吃膩了。"

【山峙淵渟】喻端凝穩重。抱朴子審舉："逸倫之士，非禮不動，山峙淵渟，知之者希，馳逐之徒，蔽而毀之。"世說新語賞譽上"謝子微見許子將兄弟"注引海內先賢傳："許劭……山峙淵渟，行應規表。"參見"淵渟嶽峙"。

【山重水複】山巒重疊，河流盤曲。宋陸游劍南詩稿一遊山西村："山重水複疑無路，柳暗花明又一村。"

【山海經圖】晉郭璞著山海經圖讚，讚存而圖佚，後人乃依書另作新圖。南朝梁張僧繇有山海經圖十卷，宋咸平中校理舒雅按僧繇圖舊迹重繪十卷。今皆不存。

【山高水低】比喻不測之事。水滸四："趙員外道：'若是留提轄在此，誠恐有些山高水低，教提轄怨悵；若不留提轄來，許多面皮不好看。'"

【山高水長】喻人品節操高潔，影響深遠。宋范仲淹范文正公集七桐廬郡嚴先生祠堂記："雲山蒼蒼，江水泱泱，先生之風，山高水長。"

【山崩鐘應】比喻事物相感應。三國魏時，殿前大鐘無故大鳴，人問張華，華曰："此蜀郡銅山崩，故鐘鳴應之耳。"見南朝宋劉敬叔異苑二。易乾"同聲相應，同氣相求"疏引唐孔穎達正義："蠶吐絲而商弦絕，銅山崩而洛鐘應。"即用此典。洛，魏都。

【山棲谷飲】指隱居的生活。魏書肅宗紀詔："其懷道丘園，昧跡板築，山栖谷飲，舒卷從時者，宜廣戔帛，緝和鼎餁。"栖，同"棲"。唐王維王右丞集十八與魏居士書："僕見足下裂裳毀冕，二十餘年，山棲谷飲，高居深視。"

【山堂考索】一名羣書考索。宋章如愚撰。共四集，前集六十六卷，後集六十五卷，續集五十六卷，別集二十五卷。其分類互相出入，體例頗雜。但能博采經史百家之書，加以考辨，多有精覈之處。

【山堂肆考】明彭大翼撰，其孫婿張幼學增訂。四十五門，二百二十八卷，補遺十二卷。大抵薈萃各類書而成。搜羅頗富，尚有條理。

【山盟海誓】盟誓堅定，如山海之久長。多指男女真誠相愛。宋趙長卿惜香樂府八賀新郎："終待說山盟海誓，這恩情到此非容易。"參見"海誓山盟"。

【山窮水盡】比喻走投無路，陷入絕境。聊齋志異李八缸："苟不至山窮水盡時，勿望給與也。"

【山頹木壞】禮檀弓上："孔子蚤作，負手曳杖，消搖於門，歌曰：'泰山其頹乎！梁木其壞乎！哲人其萎乎！'……蓋寢疾七日而沒。"後來詩文中以"山頹木壞"喻有重要影響人物的死亡。

【山中白雲詞】又名玉田詞。宋張炎撰，八卷。炎字叔夏，號玉田，又稱樂笑翁，工詞，善聲律，與姜夔齊名，並稱姜張。其詞傳世刻本甚多，朱孝臧彊邨叢書中，有清江昱疏證本。炎別有論詞之作詞源二卷。

【山頭望廷尉】世說新語方正"蘇峻既至石頭"注引王隱晉書："有頃，詔書徵峻，峻曰：'臺下云我反，反豈得活邪？我寧山頭望廷尉，不能廷尉望山頭！'乃作亂。"意謂不能聽廷尉之捕治，束手待斃。

【山帶閣楚辭註】清蔣驥撰。首冠史記屈原列傳，次列楚辭地理圖五，以考訂原生平及涉歷。正書六卷，用"知人論世"方法闡明作品內涵，頗多精闢之見，糾正歷來以屈原作品爲"依託五經以立義"的主觀臆測。書中徵引的資料詳博精嚴。餘論二卷，辨證諸家注釋，並考證典故異聞。說韻一卷，論楚聲音韻，多攻駁顧炎武、毛奇齡之說。

【山雨欲來風滿樓】唐許渾丁卯集上咸陽城東樓詩："溪雲初起日沈閣，山雨欲來風滿樓。"後常以喻重大事變即將發生時的迹象和情勢。

【山河易改本性難移】謂人習慣成性，不易改變。元曲選武漢臣玉壺春三："則你那本性也難移，山河易改。"又缺名謝金吾三："可不的山河易改，本性難移。"

【山陰道上應接不暇】世說新語言語："王子敬（獻之）云：'從山陰道上行，山川自相映發，使人應接不暇。'"本指一路山水秀美，看不勝看，後來偏取下句之意，用以形容頭緒紛繁，應付不過來。

二畫

屶 lì ㄌㄧˋ 林直切，入，職韻，來。

見"屶崱"、"崱屶"。

【屶崱】㊀山勢高峻、高竦。元詩選貢師泰玩齋集拾遺題顏輝山水："蒼龍渡海成疊嶂，屶崱西來勢何壯。"或作"崱屶"。見"崱屶"。㊁態度莊重。唐元稹長慶集六寄昊士矩端公五十韻詩："隱笑甚艱難，斂容還屶崱。"

三畫

屼 wù ㄨˋ 五忽切，入，没韻，疑。

㊀禿山。文選晉左太沖（思）吳都賦："爾其山澤，則嵬嶷嶢屼，嵺冥鬱岪。"屼，同"屼"。㊁山名。見"五屼"。

屺 qǐ ㄑㄧˇ 墟里切，上，止韻，溪。

㊀不長草木的山。說文："屺，山無草木也。……詩曰：'陟彼屺兮。'"也作"峐"。爾雅釋山："多草木，岵；無草木，峐。"釋文："峐，三蒼字林聲類並云猶屺字。音起。阮孝緒字略音古開反。"詩魏風陟岵傳："山無草木曰岵，山有草木曰屺。"疏謂當是轉寫之誤。㊂見"屺岵"。

【屺岵】詩魏風陟岵："陟彼岵兮，瞻望父兮。……陟彼屺兮，瞻望母兮。"詩序謂爲行役思念父母之作。後因以"屺岵"代指父母。唐顏惟貞蕭思亮墓志："未極庭闈之養，遽纏屺岵之悲。"（金石萃編六九）

岌 jí ㄐㄧˊ 魚及切，入，緝韻，疑。

㊀山高貌。爾雅釋山："小山岌大山，峘。"注："岌謂高過。"宋詩鈔孔平仲清江集鈔二十二日大風發長蘆："側看岸旋轉，白浪若山岌。"㊁危險貌。宋范成大石湖集二十嘲蚊四十韻詩："涼飈倏然至，醜類殆哉岌！"

【岌岌】㊀高聳貌。楚辭屈原離騷："高余冠之岌岌兮，長余佩之陸離。"㊁危險貌。孟子萬章上："於斯時也，天下殆哉岌岌乎！"

【岌峨】高危貌。文選漢王文考（延壽）魯靈光殿賦："層櫨磥佹以岌峨，曲枅要紹而環句。"引申爲欲倒之義。宋歐陽修文忠集五四思二亭送光祿謝寺丞歸滁陽詩："賓歡正諠譁，翁醉已岌峨。"

【岌嶪】高險貌。文選漢張平子（衡）西京賦："疏龍首以抗殿，狀巍峨以岌嶪。"唐李邕麓山寺碑："寶堂岌嶪於太虛，道

樹森捎於曾渚。"(金石萃編七八)

屹 yì 魚迄切,入,迄韻,疑。 ㄧˋ

高聳貌。文選漢王文考(延壽)魯靈光殿賦:"屹山峙以紆鬱,隆崛岉乎青雲。"重言作"屹屹"。唐歐陽詹歐陽行周集七弔九江驛碑材文:"屹屹子碑,如神如祇。"

【屹立】矗立不動。全唐文李荃大唐博陵郡北嶽恒山封安天王銘:"雄峯屹立,而朝山邐迤。"宋史三八五施師點傳:"師點屹立,……不肯少動。"(百衲本作屹)

【屹峴】光禿峭拔。唐元結元次山集五演興辭之一招太靈:"招太靈兮山之顛,山屹峴兮水淪漣。"

【屹崒】高聳險峻。文選晉郭景純(璞)江賦:"虎牙嵥豎以屹崒,荆門闕竦而磐礴。"

【屹嶇】斷絶貌。文選漢張平子(衡)南都賦:"岝崿嶵嵬,嶮巇屹嶇。"

四 畫

岏 wán 五丸切,平,桓韻,疑。 ㄨㄢˊ

見"巑岏"、"巑岏"。

岍 qiān 苦堅切,平,先韻,溪。 ㄑㄧㄢ

山名。見"岍山"。

【岍山】古山名。在今陝西隴縣西南,即古之吳山。書禹貢:"導岍及岐,至于荆山。"即此山。又作汧山。漢書地理志上右扶風汧:"吳山在西,古文以爲汧山。"參閱嘉慶一統志二三五鳳翔府一吳山。

岐 qí 巨支切,平,支韻,羣。 ㄑㄧˊ

説文作"郊",或體作"岐"。㊀山名。詳"岐山"。㊁岔道。釋名釋道:"(道)二達曰岐旁,物兩爲岐,在邊曰旁。此道並通出似之也。"參見"岐路"。㊂峻茂貌。見"岐嶷"。㊃通"崎"。見"岐嶇"。㊄姓。相傳黃帝時有岐伯,晉代有岐盛。見宋邵思姓解一山引姓苑。

【岐山】㊀山名。在陝西岐山縣東北。山狀如柱,故又稱天柱山。書禹貢"治梁及岐"、"導岍及岐",詩周頌天作"彼徂矣,岐有夷之行",皆指此。史記封禪書列爲自華以西七名山之一。相傳周古公亶父自豳(陝西旬邑)遷此建邑。國語周上:"周之興也,鸑鷟鳴於岐山。"因又名此山爲鳳凰堆。參閱太平寰宇記三十鳳翔府。㊁縣名,在陝西省西部岐山之南,縣以山得名。秦漢雍縣地,北魏置周城縣,隋開皇十六年改名岐山縣,屬扶風郡。唐至清均屬鳳翔府。見嘉慶一統志二三五鳳翔府一。

【岐州】州名。北魏太和十一年置。治所在雍縣,今陝西鳳翔縣南。正光中莫折念生領導的氐羌人民起義,在此戰敗北魏軍,擒殺其都督元志。隋大業三年改爲扶風郡。唐仍稱岐州,天寶初又稱扶風郡,至德二年改爲鳳翔郡,明年又升爲府。宋及明清皆沿置。即今陝西鳳翔縣。參閱太平寰宇記三十鳳翔府、讀史方輿紀要五五鳳翔府。

【岐秀】本謂山之峻峭,後引申而指人的才智出衆。新唐書一二六張仲方傳:"仲方,生岐秀,父友高郢見,異之,曰:'是兒必爲國器,使吾得位,將振起之。'"

【岐伯】古名醫。相傳爲黃帝臣,黃帝曾和他論醫。今所傳内經,是戰國秦漢時醫家託名岐伯與黃帝論醫之語。漢書藝文志方技:"太古有岐伯俞拊,中世有扁鵲秦和,蓋論病以及國,原診以知政。"參閱太平御覽七二一帝王世紀。

【岐周】西周。周初國在岐山,故稱岐周。孟子離婁下:"文王生於岐周。"

【岐軒】岐,岐伯,上古名醫,也作歧伯;軒,軒轅,即黃帝。相傳軒轅曾與岐伯論醫而作内經。故後來並稱岐軒或岐黃,以醫藥學和醫術爲岐軒之術。參見"岐黃"。

【岐黃】岐伯及黃帝,相傳爲醫家之祖。政和證類本草圖經序:"酬校岐黃内經,重定鍼艾俞穴。"後因以岐黃爲中醫學術的代稱。徐珂清稗類鈔七一藝術:"李畏齋,湘潭人,善岐黃,自號醫隱。"

【岐陽】㊀岐山之南。國語晉八:"昔成王盟諸侯于岐陽。"㊁舊縣名。本漢杜陽縣地,唐貞觀七年割扶風岐山二縣置岐陽縣,因地在岐山之南,故名。元和三年廢。舊治在今陝西扶風縣西北。參閱元和郡縣志二鳳翔府、太平寰宇記三十鳳翔府。

【岐溝】關名。一名奇溝,又稱祁溝。在河北涿縣西。唐末在此設關。宋雍熙三年曹彬等與契丹將耶律休哥戰於此。宣和中曾在此設關以禦金人。參閱讀史方輿紀要十一涿州。

【岐路】岔道。列子説符:"楊子曰:'嘻!亡一羊,何追者之衆?'鄰人曰:'多岐路。'"岐,通"歧"。後漢書四四鄧彪傳論:"統之方軌易因,險途難御,故昔人明慎於所受之分,遲遲於岐路之間也。"

【岐薛】唐玄宗弟岐王(李範)、薛王(李業)。二人均爲當時豪門貴族。唐詩紀事二八顧況八月五日歌:"丹青廟裏貯姚(崇)宋(璟),花萼樓中宴岐薛。"唐元稹長慶集二四連昌宮詞:"百官隊仗避岐薛,楊氏諸姨車鬭風。"

【岐嶷】峻茂之狀。詩大雅生民:"誕實匍匐,克岐克嶷。"岐嶷,謂漸能起立。後多借以形容幼年聰慧。後漢書二四馬援傳:"客卿幼而岐嶷,年六歲,能應接諸公,專對賓客。"客卿,援子。參閱清馬瑞辰毛詩傳箋通釋二五。

【岐山操】琴曲名。相傳周公爲大王作。見樂府詩集五七琴曲歌辭引琴操。一説周人爲文王作。

【岐路人】宋代稱民間藝人爲岐路人,猶言走江湖者。也作"路岐"、"路岐人"。宋王銍默記:"晏元獻(殊)罷相守潁州,一日有岐路人獻雜手藝者,作踏索之伎。"參見"路岐"。

岈 xiā 許加切,平,麻韻,曉。 ㄒㄧㄚ

山深邃貌。唐柳宗元柳先生集二九始得西山宴游記:"其高下之勢,岈然洼然,若垤若穴。"同"谺"。見集韻。

岊 jié 昨結切,入,屑韻,從。 ㄐㄧㄝˊ 子結切,入,屑韻,精。

山曲,山的轉彎處。文選晉左太冲(思)吳都賦:"夤緣山嶽之岊,冪歷江海之流。"唐郭謙光□部將軍功德記:"龕室千萬,彌亘崖岊。"(金石萃編六八)

岑 cén 鋤針切,平,侵韻,牀。 ㄘㄣˊ

㊀小而高的山。見爾雅釋山。文選漢張平子(衡)南都賦:"幽谷嶜岑,夏含霜雪。"㊁崖岸。莊子徐无鬼:"夜半於無人之時,而與舟人鬭,未始離於岑,而足以造於怨也。"㊂尖,鋭。楚辭漢劉向九歎逢紛:"揄揚滌盪,漂流隕往,觸岑石兮。"注:"岑,鋭也。"㊃姓。漢應劭風俗通稱岑氏岑子國之後。後漢有岑彭。

【岑牟】古代鼓角吏所戴的帽子。後漢書八十下禰衡傳:"更著岑牟單絞之服。"注引通史志曰:"岑牟,鼓角士胄也。"世説新語言語"禰衡被魏武謫爲鼓吏"注引文士傳,謂以帛絹製成。唐皮日休皮子文藪十襄州春遊詩:"岑牟單絞何曾著,莫道猖狂似禰衡。"

【岑岑】脹痛,煩悶。漢書九七上孝宣許皇后傳:"我頭岑岑也,藥中得無有毒?"注:"岑岑,痺悶之意。"宋黃機竹齋詩餘南鄉子:"花落晝屏,簷鳴細雨,岑岑,滴破相思萬里心。"

【岑峩】同"岭$_2$峨"。見"岭$_2$峨"。

【岑寂】冷清，寂寞。文選南朝宋鮑明遠(照)舞鶴賦："去帝鄉之岑寂，歸人寰之喧卑。"唐杜甫杜工部草堂詩箋三一樹間："岑寂雙甘樹，婆娑一院香。"

【岑港】地名。在浙江舟山島定海縣西北，爲海口要衝。明嘉靖中倭寇屢次侵擾，曾依險列栅盤據，後爲胡宗憲軍所勦除。參閱讀史方輿紀要九二寧波府定海縣。

【岑崟】山峻險貌。漢書五七上司馬相如傳子虛賦："其山則盤紆岪鬱，隆崇嵂崒；岑崟參差，日月蔽虧。"也指峻險的山。文選晉張景陽(協)雜詩之六："王陽驅九折，周文走岑崟。"王陽驅九折事見漢書七六王尊傳。周文，周文王。

【岑參】公元715—770年。唐江陵人。太宗時功臣岑文本孫。天寶三年進士。八年至安西節度使高仙芝幕府掌書記，後又隨封常清至北庭任安西北庭節度判官。至德二載與杜甫等五人授右補闕。後出任嘉州刺史。大曆五年卒於成都。工詩，長於七言歌行。現存者三百六十首。對邊塞風光、軍旅生活以及少數民族的文化風俗有親切的感受，故其邊塞詩尤多佳作。風格與高適相近，後人多並稱岑高。有岑嘉州詩七卷。

【岑彭】公元？—35年。後漢南陽棘陽人。字君然。王莽時守本縣長。初附更始，後歸劉秀(光武)，隨秀定河北。秀稱帝，拜廷尉，行大將軍事，封舞陰侯。後率師入蜀，攻公孫述，直迫成都，及至武陽，爲公孫述所遣刺客刺殺。後漢書有傳。

【岑華】傳說中山名。舊題晉王嘉拾遺記三周穆王："岑華，山名也，在西海上。有象竹，截爲管吹之，爲羣鳳之鳴。"

【岑嵓】險峻貌。文選三國魏嵇叔夜(康)琴賦："且其山川形勢，則盤紆隱深，確嵬岑嵓。"

【岑溪】縣名。屬廣西。漢猛陵縣地，屬蒼梧郡。唐武德四年置龍城縣，至德二年改名岑溪。明清均屬廣西梧州府。參閱太平寰宇記一六三南儀州、讀史方輿紀要一〇八梧州府。

【岑鼎】魯國寶鼎，以形高而鋭，故名。呂氏春秋審己："齊攻魯，求岑鼎，魯君載他鼎以往，齊侯弗信而反之，爲非。"又見漢劉向新序節士、北齊劉晝劉子履信。左傳昭三年、韓非子說林下作"讒鼎"，抱朴子逸民作"鑱鼎"。

【岑敖】多小石的山。文選晉木玄虛(華)海賦："或屑没於黿鼉之穴，或挂罥於岑敖之峯。"

【岑蔚】草木茂密。漢書三一陳勝傳"又間令(吳)廣之次所旁叢祠中，夜構火"唐顏師古注："叢謂草木岑蔚者也。"宋王安石臨川集九遊章義寺詩："岑蔚鳥絶迹，悲鳴唯一蜩。"

【岑樓】尖頂高樓。孟子告子下："不揣其本而齊其末，方寸之木，可使高於岑樓。"集注："岑樓，樓之高鋭似山者。"清焦循正義云：岑，言其高也；樓卽培塿之塿，亦堆高之貌。宋王安石臨川集九哭梅聖俞詩："貴人憐公青兩眸，吹噓可使高岑樓。"

【岑翳】山高林密之處。新唐書一九二賈循傳："林埌岑翳，寇所蔽伏。"

【岑嶺】高峯。文選晉木玄虛(華)海賦："岑嶺飛騰而反覆，五嶽鼓舞而相硾。"注："岑嶺五嶽，言波濤之形。"

【岑巖】同"岑嵓"。管子宙合："山陵岑巖，淵泉閎流。"史記一一七司馬相如傳子虛賦："其山……岑巖參差，日月蔽虧；交錯糾紛，上干青雲。"文選作"岑崟"。

岭 1. qián 集韻 其淹切，平，鹽韻。ㄑㄧㄢˊ

㊀山名。見集韻。

2. cén ㄘㄣˊ

㊀"岑"的異體字。

【岭峨】高下不齊貌。同"岑峩"。楚辭漢東方朔七諫怨世："世沈淖而難論兮，俗岭峨而嵾嵯。"注："岭，一作岑。"

岎 1. fén 正字通 敷文切。ㄈㄣˊ

㊀見"岎崯"。

2. chà ㄔㄚˋ

㊀同"岔"。見正字通。

【岎崯】山峻險貌。古文苑四漢揚雄蜀都賦："爾乃蒼山隱天，岎崯迴叢。"

岕 jiè 集韻 居拜切，去，怪韻。ㄐㄧㄝˋ

二山之間。浙江長興縣山地多有以岕爲名的，如羅岕丁字岕。

【岕茶】茶名。產於浙江長興縣境。因在宜興羅解兩山之間故名。又因種者姓羅，故也稱羅茶，爲長興著名品種。明馮可賓有岕茶箋、熊明遇有羅岕茶記。

岉 wù 文弗切，入，物韻，微。ㄨˋ

高貌。文選漢王文考(延壽)魯靈光殿賦："屹山峙以紆鬱，隆崛岉乎青雲。"

岔 chà ㄔㄚˋ

㊀山脈分岐的地方。明方以智通雅四九諺原："山岐曰岔，水岐曰汊。"正字通"岎"字注引楊時偉正韻箋謂岔音差。也指道路分歧的地方。水滸三二："地名喚做瑞龍鎮，却是個三岔路口。"㊁轉移話題。紅樓夢七一："平兒把眼圈一紅，拿別的話岔過去。"

【岔曲】曲藝名。清乾隆時已流行於北方。一般爲小令形式，早期也有散套形式的；多半采取問答體，頗似小型劇本，但只是"坐唱"。曲調有別韻、蕩韻、琴腔兒等多種，大多以寫景抒情或滑稽嘲弄爲題材。唱時用八角鼓，鼓的每邊安三面小鈸，故又名八角鼓曲。清王廷紹霓裳續譜卷四至八載有平岔、單岔、慢岔、數岔、起字岔、垛字岔及平岔帶戲等，均爲早期不同體裁的岔曲。

五 畫

岡 gāng 古郎切，平，唐韻，見。ㄍㄤ

山脊，山嶺。詩周南卷耳："陟彼高岡，我馬玄黃。"

【岡㝗】空虛貌。同"㝗㝗"。淮南子道應："若我南游乎岡㝗之野，北息乎沉墨之鄉，西窮窅冥之黨，東開鴻濛之先，此其下地而上無天，聽焉無聞，視焉無矚。"參見"㝗㝗"。

【岡頭澤底】唐代統治階級重世族，以崔盧李鄭爲甲門四姓。鄭氏居滎陽，盧稱岡頭盧，李稱澤底李，崔稱土門崔家。詩文中因以"岡頭澤底"爲豪門世族的泛稱。唐元稹長慶集二六去杭州詩："駿骨鳳毛真可貴，岡頭澤底何足論。"自注："近世不以勳賢之胄爲令族，而以岡盧澤李爲甲門。"岡，一本作"崗"。參閱唐李肇國史補上。

岠 jù 玉篇 其呂切。ㄐㄩˋ

㊀大山。見玉篇。㊁去，至。通"距"。爾雅釋地："岠齊州以南戴日爲丹穴。"注："岠，去也。"漢書食貨志下："元龜岠冉長尺二寸。"注引孟康："冉，龜甲緣也。岠，至也。"

【岠虛】獸名。卽"距虛"。詳"距虛"、"邛邛岠虛"。

【岠嵎】山名。在山東棲霞縣東。因地產黃金，故又名金山，又名黃銀坑。隋唐以來，守土官採金充貢，後編户置官，歲定金額，有增無減，户漸逃亡。明洪武間，始禁開採。見嘉慶一統志一七三登州府。

岢 kě ㄎㄜˇ 枯我切，上，哿韻，溪。

見"岢嵐"。

【岢嵐】㊀縣名。屬山西省。在五寨縣西南，蘆芽山脈西側。隋大業中置岢嵐鎮，因邑有岢嵐山故名。唐長安三年置嵐谷縣。宋太平興國五年置岢嵐軍，屬河東路。金大定二十二年升爲州。明清屬山西太原府，公元1912年改爲縣。參閱嘉慶一統志一三六太原府一。㊁山名。在山西岢嵐縣東北與五寨縣接界處，西北與雪山相接。見太平寰宇記五十岢嵐軍。

岸 àn ㄢˋ 五旰切，去，翰韻，疑。

㊀水邊高起之地。詩衛風氓："淇則有岸，隰則有泮。"㊁階。文選漢張平子(衡)西京賦："襄岸夷塗，脩路陵(一作峻)險。"岸，殿階。㊂雄偉。見"魁岸"。㊃高傲，嚴正不阿。宋黄庭堅山谷詞定風波之一次高左藏使君韻："莫笑老翁猶氣岸，君看，幾人白髮上華顛。"㊄露額。見"岸幘"。㊅牢獄。通"犴"。見"岸獄"。

【岸巾】同"岸幘"。唐劉肅大唐新語二極諫："中宗愈怒，不及整衣履，岸巾出側門。"

【岸門】地名。卽岸頭亭。在山西河津縣南。史記秦紀惠文王後十一年："敗韓岸門。"又魏世家哀王五年："秦使樗里子伐取我曲沃，走犀首岸門。"索隱："劉氏云河東皮氏縣有岸頭亭也。"參閱讀史方輿紀要四一河津縣岸頭亭。

【岸忽】傲慢。新唐書二〇七魚朝恩傳："朝恩資小人，恃功岸忽無所憚。"

【岸然】嚴肅貌。聊齋志異成仙："又八九年，成忽自至，黄巾氅服，岸然道貌。"

【岸幘】推起頭巾，露出前額。形容衣著簡率不拘。幘，頭巾。藝文類聚五三漢孔融與韋林甫書："聞僻疾動，不得復與足下岸幘廣坐，舉杯相於，以爲邑邑！"

【岸獄】監獄。岸，通"犴"。詩小雅小宛："哀我填寡，宜岸宜獄。"集傳："岸，亦獄也。韓詩作'犴'。鄉亭之繫曰犴，朝廷曰獄。"宋楊萬里誠齋集六五與張嚴州敬夫書："某初至，見岸獄充盈，而府庫虛耗自若也。"也作"犴獄"。見該條。

岵 hù ㄏㄨˋ 侯古切，上，姥韻，匣。

有草木的山。詩魏風陟岵："陟彼岵兮，瞻望父兮。"

岩 yán ㄧㄢˊ

"巖"的異體。三國魏曹植曹子建集三洛神賦："覩一麗人，於岩之畔。"文選作"巖"。參見"巖"。

【岩嵌】㊀巖穴。明高啟高太史集八中秋玩月張校理宅得南字詩："穿深窺暗不遺隙，罔兩忌影逃岩嵌。"㊁倔強，固執。朝野新聲太平樂府八元喬夢符南呂一枝花私情："性子兒岩嵌，小可底難搖撼。"

岪 fó ㄈㄛˊ 符弗切，入，物韻，並。

山勢曲折貌。也作"岪"。楚辭漢淮南小山招隱士："坱兮軋，山曲岪。"注："盤詰屈也。"文選晉左太沖(思)吳都賦："爾其山澤則嵬嶷嶢屼，巊溟鬱岪。"

【岪蔚】突出。文選漢王文考(延壽)魯靈光殿賦："下岪蔚以璀錯，上崎嶬而重注。"注："岪蔚，特起貌。"

【岪鬱】山高險貌。史記一一七司馬相如傳子虛賦："其山則盤紆岪鬱，隆崇嵂崒。"文選注引埤蒼曰："岪鬱，山皃。"

岷 mín ㄇㄧㄣˊ 武巾切，平，真韻，明。

說文作"崏"。見下各條。

【岷山】在四川松潘縣北，綿延四川甘肅兩省邊境。爲長江黄河分水嶺，岷江嘉陵江發源地。其脈幹分爲二支：一爲岷山山脈，其南爲峨嵋山；一爲巴山山脈，其東爲三峽。書禹貢："岷山導江。"又："岷山之陽，至于衡山。"傳："岷山，江所出，在梁州。"又名瀆山、汶山、汶焦山。見史記封禪書、太平寰宇記十八茂州。

【岷江】在四川省中部。又名都江外水汶江。源出岷山北部的羊膊嶺，南流經松潘縣至灌縣出峽分内外二江，至江口復合。經樂山納入大渡河，至宜賓併入長江。參閱讀史方輿紀要六六四川一。

【岷峨】岷山北支。其南爲峨眉山，因稱峨眉爲岷峨。唐杜甫杜工部草堂詩箋十八劍閣："珠玉走中原，岷峨氣悽愴。"宋陸游劍南詩稿七三寓歎之一："岷峨不遂隱，更恨昔謀非。"一說岷爲青城山；峨爲峨眉山。

【岷縣】縣名。在甘肅省南部，洮河中流。因南有岷山得名。秦漢爲隴西郡臨洮縣地。北魏置岷州，唐至清均沿置。公元1913年改縣。參閱元和郡縣志三九岷州、嘉慶一統志二五五鞏昌府一。

【岷山丹】道家丹藥名。相傳道士張蓋蹹得此丹方於岷山石室中，服食之可去病延壽。見雲笈七籤六七金丹部岷山丹法。宋陸游劍南詩稿五三新歲頗健寄青城故人："岷山幸有丹爐在，青壁何時共結廬？"卽指此。

【岷江綠】北曲雙調曲名。明陶宗儀輟耕錄八岷江綠："太師伯顏擅權之日，剡王徹徹都、高昌王帖木兒不花皆以無罪殺。山東憲吏曹明善時在都下，作岷江綠二曲以風之。……此曲又名清江引，俗曰江兒水。"見曲譜三。

岧 tiáo ㄊㄧㄠˊ 徒聊切，平，蕭韻，定。

高貌。也作"岹"。見下。

【岧岧】高貌。文選漢張平子(衡)西京賦："干雲霧而上達，狀亭亭以岧岧。"

【岧嵽】高遠貌。文選漢王文考(延壽)魯靈光殿賦："浮柱岧嵽以星懸，漂嶢峴而枝拄。"

【岧嶢】高峻，高聳。三國魏曹植曹子建集二九愁賦："踐蹊隧之危阻，登岧嶢之高岑。"岧，也作"岹"。水經注五河水："魏氏起玄武觀于芒垂，張景陽(協)玄武觀賦所謂'高樓特起，竦時岹嶢'。"

⿰山加 jiā ㄐㄧㄚ 字彙具牙切，音伽。

矗立貌。古文苑四漢揚雄蜀都賦："⿰山軋⿰山加輵嶭，礫乎岳岳。"注："總言衆山森列爭高峻之狀。"

岥 pō ㄆㄛ 集韻逋禾切，平，戈韻。

同"陂"。見"岥崺"。

【岥崺】傾斜不平貌。文選晉潘安仁(岳)西征賦："窺秦墟於渭城，冀闕緬其堙盡。覓陛殿之餘基，裁岥崺以隱嶙。"注："岥崺，頹貌也。"司馬相如哀二世曰："登岥崺之長坂。"

岨 1. jū ㄐㄩ 七余切，平，魚韻，清。

㊀戴土的石山。同"砠"。詩周南卷耳："陟彼砠矣"。說文引作"岨"。

2. zǔ ㄗㄨˇ 集韻壯所切，上，語韻。

㊁險要。同"阻"。文選漢司馬長卿(相如)上書諫獵："今陛下好凌岨險，射猛獸，卒然遇軼才之獸，駭不存之地，犯屬車之清塵，……枯木朽株，盡爲難矣。"史記漢書相如傳、五臣本文選皆作"好凌險阻"。

3. jǔ ㄐㄩˇ

㊂見"岨峿"。

【岨固】險要堅牢。梁書武帝紀中興二年策相國："琅玡石首，襟帶岨固。新壘東墉，金湯是埒。"

【岨$_3$峿】不相當,抵觸。同"鉏鋙"、"齟齬"。文選晉陸士衡(機)文賦:"或妥帖而易施,或岨峿而不安。"

岫 xiù 似祐切,去,宥韻,邪。
ㄒㄧㄡ

㊀山洞。見爾雅釋山。文選晉張景陽(協)七命:"臨重岫而攬轡。"注引漢仲長統昌言:"閑上古之隱士,或伏重岫之內,窟窮皋之底。"又陶淵明(潛)歸去來辭:"雲無心以出岫,鳥倦飛而知還。"㊁峯巒,山谷。文選三國魏嵇叔夜(康)幽憤詩:"采薇山阿,散髮巖岫。"南齊謝朓謝宣城集三郡內高齋閑望答呂法曹詩:"窗中列遠岫,庭際俯喬林。"

【岫巖】縣名。在遼寧省東南部,大洋河上游。清乾隆間置岫巖廳,光緒間改爲州,公元1913年改縣。參閱嘉慶一統志五九奉天府一。

【岫雲寺】即潭柘寺。在北京市門頭溝南潭柘山前。舊志稱以有柘千章故名。晉爲嘉福寺,唐爲龍泉寺,後改名潭柘。清康熙二十七年重修,更名岫雲寺,爲京郊最古的寺廟。參閱嘉慶一統志九順天府四、畿輔通志一七八寺觀一、清富察敦崇燕京歲時記潭柘寺。參見"潭柘寺"。

岬 jiǎ 集韻 古狎切,入,狎韻。
ㄐㄧㄚˇ

㊀兩山之間。亦作峽。文選晉左太沖(思)吳都賦:"傾藪薄,倒岬岫。"唐張銑注:"兩山間曰岬。"㊁突出海中的陸地尖角,又稱岬角。如山東之成山岬(今稱成山角)。㊂見"岬嵑"。

【岬嵑】連接不斷。藝文類聚四晉張協洛禊賦:"車駕岬嵑,充溢中逵。"初學記四作"車馬岬嵑"。

岟 yǎng 於兩切,上,養韻,影。
ㄧㄤˇ

㊀山足。見"岟崥"。㊁深邃。文選晉左太沖(思)魏都賦:"山林幽岟,川澤迴繚。"

【岟崥】山足。漢揚雄太玄經一增:"崔嵬不崩,賴彼岟崥。"注:"岟崥,山足也。"一本作"峡崥",誤。

岭 líng 郎丁切,平,青韻,來。
ㄌㄧㄥˊ

㊀山深貌。見廣韻。㊁見"岭嶙"。

【岭嶙】石貌。古文苑四漢揚雄蜀都賦:"卬巖岭嶙,崇隆臨柴。"

【岭嶒】深邃貌。漢書八七上揚雄傳甘泉賦:"岭嶒嶙峋,洞亡厓兮。"

岝 zuó 在各切,入,鐸韻,從。
ㄗㄨㄛˊ 鋤陌切,入,陌韻,牀。

見下。

【岝峉】山勢不齊貌。文選漢張平子(衡)南都賦:"岝峉崋嵬,嶔巇屹㠔。"注引埤蒼:"岝峉,山不齊也。"

【岝崿】㊀山高貌。文選晉左太沖(思)吳都賦:"雖有石林之岝崿,請攘臂而靡之。"也作"岞崿"。文選三國魏嵇叔夜(康)琴賦:"互嶺巉巖,岞崿嶇崯。"六臣本作"岞峈"。㊁山名。在今江蘇吳縣西南。相傳春秋吳王僚葬此。水經注二九沔水作"岞嶺山"。參閱舊題唐陸廣微吳地記、宋朱長文吳郡圖經續記中山。

【岝嶺】同"岝峉"。山勢不齊貌。文選晉木玄虛(華)海賦:"啓龍門之岝嶺,墾陵巒而嶄鑿。"

岞 zuó
ㄗㄨㄛˊ

同"岝"。見"岝"字各條。

岣 gǒu 古厚切,上,厚韻,見。
ㄍㄡˇ 舉朱切,平,虞韻,見。

見"岣嶁"。

【岣嶁】山名。在湖南衡陽市北。衡山七十二峯之一,爲衡山主峰,故衡山也叫岣嶁山。古代神話傳説,禹曾在此得金簡玉書。見讀史方輿紀要八十衡州府衡陽縣。

【岣嶁碑】也稱"禹碑"。後人附會爲夏禹治水時所刻。出後人僞造。宋嘉定中何致曾到碑所,手摸碑文刊之。凡七十七字,似繆篆,又似符籙。碑原在湖南衡山縣雲密峰,早佚。昆明成都紹興及西安碑林等處皆有摹刻。碑文見金石萃編二。參閱清朱彝尊曝書亭集四七書岣嶁山銘後。

岳 yuè 五角切,入,覺韻,疑。
ㄩㄝˋ

㊀高大的山。説文作"嶽",古文隸變作"岳"。㊁妻子的父親,簡稱岳。㊂姓。宋有岳飛。

【岳丈】妻父。舊説有二。一説,晉樂廣爲衛玠妻父,岳丈是樂丈之訛。又説,泰山有丈人峰,妻父稱丈人,又叫泰山,再轉爲岳丈。元高則誠琵琶記下三九散髮歸林:"女婿要同歸,岳丈意何如?"參閱清趙翼陔餘叢考三七丈人。

【岳山】琴額用以架弦的橫木。參閱律呂正義後編六三樂器考二琴。

【岳父】妻父。詳"岳丈"。

【岳母】妻母。宋曾慥高齋漫録:"毗陵有成郎中……貌不揚而多髭,再娶之夕,岳母陋之。"

【岳池】縣名。屬四川省。漢巴郡安漢縣地。南朝宋立岳池縣,以境內岳池水爲名。自宋以來皆因之。參閱太平寰宇記一三八廣安軍。

【岳州】本巴丘地,南朝宋元嘉十六年於此立巴陵郡。隋開皇九年改爲岳州,治所在巴陵(今湖南岳陽縣)。宋爲岳州巴陵郡。元改爲岳州路,明改爲府。清因之。公元1913年廢府,改爲岳陽縣。參閱元和郡縣志二七岳州、嘉慶一統志三五八岳州府一。

【岳伯】猶言四岳方伯。後也指封疆大吏。明詩別裁五何景明隴右行送徐少參:"熊軾朱幡今岳伯,豸冠白筆舊臺臣。"參見"四岳"。

【岳牧】相傳堯舜時有四岳、十二州牧分管政務和方國諸侯,合稱岳牧。書周官:"曰唐虞稽古,建官惟百,內有百揆四岳,外有州牧侯伯。"史記六一伯夷傳:"舜禹之間,岳牧咸薦,乃試之於位,典職數十年。"後用爲封疆大吏的泛稱。文選晉潘安仁(岳)關中詩:"岳牧慮殊,咸懷理三。"

【岳岳】挺立貌。楚辭漢王逸九思憫上:"叢林兮崯崯,株榛兮岳岳。"注:"岳岳,衆木植也。"文選漢王文考(延壽)魯靈光殿賦:"神仙岳岳於棟間,玉女闚窗而下視。"

【岳珂】公元1183—1234年。宋相州湯陰人。字肅之,號倦翁。岳飛孫。官至户部侍郎,淮東總領制置使。珂有別業在嘉興城內金陀坊,立相臺書塾,校刊相臺五經。撰金陀萃編,內有籲天辨誣天定録等,爲其祖辨冤。並著有九經三傳沿革例愧郯録桯史玉楮集棠湖詩稿寶真齋法書贊等。宋史附岳飛傳。

【岳飛】公元1103—1142年。宋相州湯陰人。字鵬舉。以"敢戰士"應募,起於行伍。後從開封尹兼東京留守宗澤,與金人戰有功,爲留守司統制。紹興五年授鎮寧崇信軍節度使,鎮壓洞庭湖地區楊么領導的農民起義軍。十年,授少保兼河南北諸路招討使,復大敗金兵,進軍朱仙鎮。時趙構(高宗)、秦檜力主投降,欲盡棄淮北之地以求和,恐諸將不服,乃設謀盡收諸將兵權。諸將中飛主戰最力,屢上表請收復兩河、燕雲等地。檜知飛志鋭不可回,乃一日降十二金字牌召飛還,後又誣飛反,下獄,紹興十一年十二月被殺害,年三十九。孝宗時謚武穆,寧宗時追封爲鄂王。宋史有傳。

【岳雲】公元1120—1142年。岳飛養子。年少時即以勇力聞名。十二歲隨父抗金，數立戰功。秦檜旣殺飛，並誣雲罪，處死。宋史附岳飛傳。

【岳陽】㊀古地區名。書禹貢："旣修太原，至於岳陽。"指太岳山以南，黄河以北地區，卽今山西安澤縣及其以南之地。㊁古縣名。在山西省。漢上黨郡穀遠縣地，隋大業二年改稱岳陽。唐五代屬晉州。宋以後均屬平陽府。1914年改爲安澤縣。參閱嘉慶一統志一三八平陽府一。㊂今縣名。屬湖南省。見"巴陵"、"岳州"。

【岳臺】在河南開封縣西。相傳戰國時魏王築此臺禱霍山神。唐時於此測日景。見嘉慶一統志一八七開封府二。

【岳家軍】南宋岳飛所部軍隊之稱。飛部英勇善戰，抗金最力，戰績最著，且紀律嚴明，史稱"凍死不拆屋，餓死不鹵掠"，金人有"撼山易，撼岳家軍難"之語。宋陸游劍南詩稿二七書憤："劇盜曾從宗父命，遺民猶望岳家軍。"自注："岳家軍蓋紹興初語。"宗父，指宗澤。參閱宋史岳飛傳。

【岳陽樓】在湖南岳陽縣城西門上，三層，始建於唐，下瞰洞庭湖，爲著名風景地。相傳三國吳魯肅於此建閱兵樓。唐天寶以後其名漸著。李白杜甫韓愈白居易詩集中都有岳陽樓詩。宋慶曆五年巴陵守滕宗諒重修，范仲淹爲撰岳陽樓記。其後歷代迭有興廢。全國解放後，重行修葺，煥然更新。

岱 dài 徒耐切，去，代韻，定。ㄉㄞˋ

泰山的別名。說文："岱，太山也。"書禹貢："海岱惟青州。"

【岱山】卽泰山。周禮夏官職方氏："河東若兗州，其山鎭曰岱山。"文選南朝梁范彥龍(雲)古意贈王中書詩："岱山饒靈異，沂水富英奇。"詳"岱宗"、"泰山㊀"。

【岱宗】㊀舊謂泰山爲四岳所宗，泰山別稱岱，故名。書舜典："歲二月，東巡守，至於岱宗。"唐杜甫杜工部草堂詩箋一望嶽："岱宗夫如何，齊魯青未了。"㊁舊時迷信謂泰岱爲人死後鬼魂所歸之地，故以"遊岱宗"或"岱宗之限"爲死的代稱。文選三國魏劉公幹(楨)贈五官中郎將詩之二："常恐遊岱宗，不復見故人。"注引援神契："太山，天帝孫也，主召人魂。"南朝宋鮑照鮑氏集八松柏篇："龜齡安可獲？岱宗限已迫。"

【岱嶽】泰山的別稱。淮南子地形："中央之美者，有岱嶽，以生五穀桑麻，魚鹽出焉。"注："岱嶽，泰山也。王者禪代所祠，因曰岱嶽也。"

【岱輿】傳說中東海的仙山。列子湯問載，渤海之東有大壑，其中有五山，卽：岱輿員嶠方壺瀛洲蓬萊。宋陸游劍南詩稿五神山歌："一朝六鼇被釣去，岱輿員嶠沉洪濤。"

【岱南閣叢書】清孫星衍輯刊。有二：一刻於乾隆嘉慶間，十六種；另一刻於嘉慶三年，四種。所收各書除孫氏自撰詩文六種外，多爲孫氏根據善本訂補校輯的古籍。星衍字淵如，江蘇陽湖人，曾官山東督糧道，居於岱宗(泰山)以南，故以岱南閣爲書齋名。

六畫

峐 gāi 古哀切，平，咍韻，見。ㄍㄞ

無草木的山。見爾雅釋山。釋文："峐，三蒼字林聲類並云猶屺字。音起。阮孝緒字略音古開反。"參見"屺"。

岍 qiān ㄑㄧㄢ

同"岍"。見"岍"。

峙 zhì 直里切，上，止韻，澄。ㄓˋ

㊀聳立。文選漢張平子(衡)西京賦："通天訬以竦峙，徑百常而莖擢。"文選晉潘安仁(岳)射雉賦："應叱愕立，擢身竦峙。"三國吳薛綜注："竦，立也。峙，住也。"㊁儲備。通"庤"。詩大雅崧高："以峙其粻，式遄其行。"參閱清雷浚說文外編三峙。

【峙積】高積，堆積如山。宋史地理志二："河北路蓋禹貢兗冀青三州之域，……商賈貿遷，芻粟峙積。"

峘 huán héng 胡官切，平，桓韻，匣。ㄏㄨㄢˊ 胡登切，平，登韻，匣。ㄏㄥˊ

爾雅釋山："小山岌大山，峘。"疏："言小山與大山相並，而小山高過於大山者，名峘。"清錢大昕潛研堂文集十答問七謂"峘"卽"恒"之譌，"峘"爲北岳之恒山。

峚 mì 正字通 莫必切，音密。ㄇㄧˋ

見"峚山"。

【峚山】山名。山海經西山經："峚山，其上多丹木，員葉而赤莖，黃華而赤實，其味如飴，食之不飢。"清郝懿行義疏："郭(璞)注穆天子傳及李善注南都賦天台山賦引此經俱作密山，蓋'峚'、'密'古字通。"清畢沅校正謂卽"密"字。晉陶潛陶淵明集四讀山海經詩之四："丹木生何許，迺在峚山陽。"

【峚榮】玉華。山海經西山經："黃帝乃取峚山之玉榮而投之鍾山之陽。"注："謂玉華也。"也作"密榮"。見該條。

峛 lǐ 力紙切，上，紙韻，來。ㄌㄧˇ

見下。

【峛崺】曲折綿延。猶言"邐迤"。漢書八七上揚雄傳甘泉賦："登降峛崺，單埢垣兮。"又法言吾子："觀書者，譬諸觀山及水，升東嶽而知衆山之峛崺也。"

峌 dié 集韻 徒結切，入，屑韻。ㄉㄧㄝˊ

見下。

【峌峴】高貌。文選晉木玄虛(華)海賦："則有崇島巨鼇，峌峴孤亭。"

峎 ěn ㄣˇ

見下。

【峎崿】山的棱角。宋文鑑一錢惟演春雪賦："七盤頓失乎巉嶮，二室僅存乎峎崿。"

峒 1. tóng 徒紅切，平，東韻，定。ㄊㄨㄥˊ

㊀見"崆峒"。

2. dòng 徒弄切，去，送韻，定。ㄉㄨㄥˋ

㊁舊時對我國貴州廣西少數民族聚居地方的泛稱，如苗族的苗峒、僮族的黄峒等。唐柳宗元柳先生集四二柳州峒氓詩："青若裹鹽歸峒客，綠荷包飯趁虛人。"

【峒$_2$人】我國西南地區居於山地的少數民族。宋陸游劍南詩稿二遊卧龍寺："峒人爭趁五更市，我亦來追六月涼。"

【峒谿纖志】清陸次雲撰。三卷。記述粵滇蜀黔間苗族的部族、風俗、物產。作者自序云："余之所志，有見而知者，有聞而知者。"由於作者的民族偏見，其中時有誣蔑少數民族及其他荒誕不經的糟粕。

峝 dòng ㄉㄨㄥˋ

"峒"的異體字。見"峒㊁"。

峣 yáng 五江切，平，江韻，疑。ㄧㄤˊ 五東切，平，東韻，疑。盧紅切，平，東韻，來。

見"崆峣"。

峜 jì 正字通 古器切，音計。ㄐㄧˋ

見"六峜"。

峞 guǐ 五灰切，平，灰韻，疑。ㄍㄨㄟˇ 五罪切，上，賄韻，疑。

見"背峞"。

峋 xún 相倫切，平，諄韻，心。
ㄒㄩㄣ
見"嶙峋"。

七畫

峾 yín 集韻 魚巾切，平，諄韻。
ㄧㄣ
見下。

【峾淪】水流迴旋貌。文選晉郭景純(璞)江賦："峾淪溛瀤，乍浥乍堆。"

峷 xiāo
ㄒㄧㄠ
同"庨"、"硣"。見"峷嵺"。

【峷嵺】險峻貌。文苑英華五四唐杜甫朝享太廟賦："鳥不敢飛，而玄甲峷嵺以岳峙；象不敢去，而鳴佩刻劃(一作"襜")以星羅。"

【峷豁】高峻貌。唐柳宗元柳先生集四三行路難詩之二："羣材未成質已夭，突兀峷豁空巖巒。"

峬 bū 博孤切，平，模韻，幫。
ㄅㄨ
見下。

【峬峭】形容樣子美好。見廣韻引字林。清惲敬大雲山房雜記一："峬峭卽俌俏，好形貌。魏收'逋峭難爲'當從此。周公謹(密)轉爲波峭，非也。"參見"逋峭"。

峲 tóu 字彙 徒侯切，音投。
ㄊㄡ
見下。

【峲嶩】高峻貌。古文苑四漢揚雄蜀都賦："峲嶩嵋嵬，霜雪終夏。"嶩，音 bèng。

峵 mǎng 模朗切，上，蕩韻，明。
ㄇㄤ 莫浪切，去，宕韻，明。
見"嵣峵"。

峽 xiá 侯夾切，入，洽韻，匣。
ㄒㄧㄚ
㊀兩山夾水處。長江有巫峽等三峽。也指兩山之間。淮南子原道："逍遥于廣澤之中，而仿洋于山峽之旁。"㊁特指川江三峽。世說新語言語："桓公(温)入峽，絕壁天懸，騰波迅急。"

【峽口】長江出蜀的險隘。水經注三四江水："宜都記曰：自黃牛灘東入西陵界，至峽口百許里。山水紆曲，而兩岸高山重障，非日中夜半，不見日月。"唐杜甫杜工部草堂詩箋三一峽口之一："峽口大江間，西南控百蠻。"

【峽江】㊀長江自四川奉節縣瞿塘峽以下，稱爲峽江，也叫鎮江。灩澦堆當其口，高山夾峙，水流洶湧，爲航行最險處。宋陸游劍南詩稿十白帝泊舟："峽江春漲減，瀼岸夜燈疎。"㊁縣名。屬江西省。漢豫章郡新淦地。明嘉靖五年置峽江縣，屬臨江府，清因之。見嘉慶一統志三二四臨江府。

【峽州】州名。也作硤州。南朝梁宜州地，西魏改稱拓州。北周以其地扼三峽之口，更名硤州。隋廢，唐武德二年復置。元改路，明洪武九年改夷陵州。清升爲宜昌府，屬湖北省。公元1912年裁併爲宜昌縣。參閱太平寰宇記一四七峽州、嘉慶一統志三五〇宜昌府。

【峽西】路名。宋開寶六年置，轄三峽以西之地。咸平四年，改爲夔州路。參閱嘉慶一統志三九七夔州府。

【峽紙】宋代峽州所產的紙。質堅韌，製帳册簿籍，久藏不損。見宋歐陽修文忠集一二九峽州河中紙說。

【峽崥】見"峡崥"。

峿 1. wú 五乎切，平，模韻，疑。
ㄨ
㊀山名。水經注二六汶水有峿山，在山東安邱縣西南。又濰水別有峿山，一名巨平山，在莒縣北。參閱山東通志二六山川安邱縣。㊁臺名。詳"峿臺"。

2. yǔ 集韻 偶舉切，上，語韻。
ㄩ 訛胡切，平，模韻。
㊂見"岨峿"。

【峿臺】臺名。在湖南祁陽縣西南浯溪上。唐元結任道州刺史時築，並撰銘刻石，今存。文云："湘淵清深，峿臺隋㟪。登臨長望，無遠不盡。"參閱金石萃编九四。

岬 1. xíng 户經切，平，青韻，匣。
ㄒㄧㄥ
㊀山脈中斷的地方。通"陘"。漢揚雄法言吾子："山岬之蹊，不可勝由矣。"

2. kēng 口莖切，平，耕韻，溪。
ㄎㄥ
㊁同"硎"。見"硎谷"。

峮 qūn 去倫切，平，真韻，溪。
ㄑㄩㄣ
也作"峮"。見"峮嶙"。

【峮嶙】山相連貌。文選漢張平子(衡)南都賦："或峮嶙而纚連，或豁爾而中絕。"

峭 qiào 七肖切，去，笑韻，清。
ㄑㄧㄠ
同"陗"。㊀峻峭，陡直。楚辭屈原九章悲回風："上高巖之峭岸兮，處雌蜺之標顛。"韓非子五蠹："故十仞之城，樓季弗能踰者，峭也。"㊁嚴酷，苛刻。文選漢王子淵(褒)四子講德論："宰相刻峭，大理峻法。"㊂尖利。唐姚合姚少監集六除夜詩之一："寒猶近北峭，風漸向東生。"宋杜安世壽域詞踏莎行之四："羅衣漸減怯風峭。"

【峭法】苛法。淮南子原道："夫峭法刻誅者，非霸王之業也。"

【峭刻】嚴厲苛刻。唐柳宗元柳先生集八故銀青光祿大夫右散騎常侍輕車都尉宜城縣開國伯柳公行狀："處事詳諦，無依違故縱之敗；奉法端審，無隱忌峭刻之文。"

【峭拔】㊀高而陡。晉干寶搜神記十四："滎陽縣南百餘里有蘭巖山，峭拔千丈。"㊁形容人的性格孤高超脱或書畫用筆遒勁挺秀。全唐詩七六一歐陽炯貫休應夢羅漢畫歌："西嶽高僧名貫休，孤情峭拔凌清秋。"宋張邦基墨莊漫錄一："王荆公(安石)書清勁峭拔，飄飄不凡，世謂之横風疾雨。"

【峭直】嚴峻剛直。後漢書四一第五倫傳："倫雖峭直，然常疾俗吏苛刻。"參見"陗直"。

【峭急】峻刻急躁。後漢書七四袁紹傳下注引魏氏春秋劉表遺袁尚書："今青州天性峭急，迷於曲直。"青州，卽尚兄袁譚，爲青州刺史。

【峭格】捕獸的木籠。詳"削格"。

【峭峻】㊀高峻陡直。漢書六四上嚴助傳上書："其入中國必下領水，領水之山峭峻，漂石破舟，不可以大船載食糧下也。"㊁嚴刻。後漢書二八下馮衍傳顯志賦："澄德化之陵遲兮，烈刑罰之峭峻。"㊂高標不凡。唐韓愈昌黎集四感春詩之四："孔丞別我適臨汝，風骨峭峻遺塵埃。"

【峭寒】嚴寒。常形容春寒。宋徐積節孝先生文集十二楊柳枝詩："清明前後峭寒時，好把香綿閑抖擻。"參見"料峭"。

【峭蒨】鮮明貌。文選晉左太沖(思)招隱詩之二："峭蒨青葱間，竹柏得其真。"

【峭厲】陡峻。論語陽貨"古之矜也廉"宋朱熹集注："廉，謂稜角峭厲。"也用以比喻性格嚴峻。

【峭壁】陡削的山崖。樂府詩集十七陳後主巫山高："巫山巫峽深，峭壁聳春林。"唐張説張燕公集四過蜀道山詩："披林入峭壁，攀蹬陟崔嵬。"

【峭薄】刻薄。唐柳宗元柳先生集四辯鬼谷子："漢時劉向班固錄書，無鬼谷子。鬼谷子後出，而險盭峭薄，恐其妄言亂世難信。"

【峭鯁】嚴正剛直。新唐書一二六韓休傳："休峭鯁，時政所得失，言之未嘗不盡。"

【峭麗】道勁美麗。新唐書一〇四龐嚴傳:"辭章峭麗,累遷駕部郎中、知制誥。"宋張表臣珊瑚鉤詩話二:"(杜甫)閬中歌辭致峭麗,語脈新奇。"

【峭覈】嚴峻苛刻。後漢書四一第五倫傳論:"第五倫峭覈爲方,非夫愷悌之士。"注:"峭覈,謂其性峻急,好窮覈事情。"

峴 xiàn 胡典切,上,銑韻,匣。ㄒㄧㄢˋ

㊀小而高的山嶺。文選南朝宋謝靈運從斤竹澗越嶺溪行詩:"逶迤傍隈隩,苕遞陟陘峴。"元和郡縣志十青州臨朐縣有破車峴。㊁山名。見"峴山"。

【峴山】山名。1.在湖北襄陽縣南。也叫峴首山。晉羊祜鎮襄陽時,嘗登峴山,置酒言詠。見晉書本傳。2.在浙江東陽縣南。原名三邱山。晉義熙間殷仲文守東陽,常登此山,後人比之羊祜,因名峴山。見嘉慶一統志二九九金華府一三邱山。3.在浙江吳興縣南。本名顯山,晉太守殷康在山下建顯亭,因唐中宗名顯,避諱改名峴山。見太平寰宇記九四湖州烏程縣。宋蘇軾任湖州太守時,曾登此山,有詩云:"吳興勝襄陽,萬瓦浮青冥。我非羊叔子,愧此峴山亭。"即此山。見宋韋居安梅磵詩話上。

【峴斗】歡喜。唐代歌舞雜伎人用語。宋王讜唐語林一:"(許小客)遇(唐)崇曰:'今日崖公甚峴斗。'……散樂呼天子爲崖公,以歡爲峴斗。"

【峴首】即峴山。唐杜甫杜工部詩史補遺二贈別鄭鍊赴襄陽:"地闊峨眉晚,天高峴首春。"注:"峴首山在襄陽。"

峪 yù 集韻 俞玉切,入,燭韻。ㄩˋ

山谷。元王惲秋澗集二沁水道中詩:"蒼巔互出縮,峪勢曲走蛇。"清顧炎武天下郡國利病書十二北直十一碣石叢談:"邊方營砦,稱谷稱莊,……然谷有兩音:南人呼穀,切以古祿;北人呼育,切以余六。"

峆 hán 火含切,平,覃韻,曉。ㄏㄢˊ

大谷。見廣韻。

【峆岈】山深貌。文苑英華一二六南朝梁元帝玄覽賦:"峆岈豁聞(疑作開),背原面野。"

峻 jùn 私閏切,去,稕韻,心。ㄐㄩㄣˋ

㊀高峭。國語晉九:"高山峻原,不生草木。"㊁大。禮大學:"帝典曰:'克明峻德。'"今書堯典作"俊"。㊂嚴刻。史記一二二張湯傳:"(趙)禹酷急,至晚節,事益多,吏務爲嚴峻,而禹治加緩,而名爲平。"

【峻文】苛酷嚴細的法條。史記三十平準書:"張湯用峻文決理爲廷尉。"漢桓寬鹽鐵論周秦:"趙高以峻文決罪於內,百官以峭法斷割於外。"

【峻切】嚴厲。梁書蕭景傳:"監局官僚,舊多驕侈,景在職峻切,官曹肅然。"

【峻宇】高大的房屋。書五子之歌:"甘酒嗜音,峻宇彫牆。"宋陸游劍南詩稿五一讀夏書:"一朝財得居平土,峻宇雕牆已濫興。"

【峻阪】陡坡。史記一〇一袁盎傳:"文帝從霸陵上,欲西馳下峻阪。"文選晉潘安仁(岳)金谷集作詩:"迴谿縈曲阻,峻阪路威夷。"

【峻法】嚴酷的法令。史記一〇三萬石君傳:"桑弘羊等致利,王溫舒之屬峻法,兒寬等推文學至九卿,更進用事,不關決於丞相。"

【峻刻】嚴厲苛刻。宋書謝方明傳:"江東民户殷盛,風俗峻刻,强弱相陵,姦吏蜂起。"

【峻直】高聳挺直。漢焦延壽易林三大壯之兑:"嵩高岱宗,峻直且神。"

【峻命】禮大學引詩:"儀監於殷,峻命不易。"注:"峻,大也。"古指上天賦予的重大使命。詩大雅文王作"駿命"。

【峻急】㊀嚴厲急躁。晉書傅玄傳:"然玄天性峻急,不能有所容。"㊁指水勢湍急。唐柳宗元柳先生集二四愚溪詩序:"蓋其流甚下,不可以灌溉;又峻急,多坻石,大舟不可入也。"

【峻挺】矗立。文選晉張景陽(協)七命:"搖刖峻挺,茗邈苕嶢。"

【峻峭】險峻,高絕。水經注五河水:"山勢峻峭,不容防捍。"抱朴子行品:"士有行己高簡,風格峻峭,嘯傲偃蹇,凌濟慢俗。"

【峻秩】尊貴的職位。秩,官職的品級。文苑英華四五五唐蔣防授柳公綽襄州節度使制:"霜臺峻秩,人部榮班。"

【峻密】㊀嚴密。三國志魏楊阜傳:"時雍丘王植怨於不齒,藩國至親,法禁峻密,故阜又陳九族之義焉。"㊁高峭繁密。南朝梁江淹江文通集二麗色賦:"架虬柱之嚴瓓,亘虹梁之峻密。"

【峻極】高極。禮中庸:"發育萬物,峻極於天。"晉書虞溥傳作誥獎訓文學諸生:"然積一勺以成江河,累微塵以崇峻極,匪志匪勤,理無由濟也。"

【峻筆】深刻的文筆。唐駱賓王文集九疇昔篇:"高門有閣不圖封,峻筆無聞斂敷妙。"

【峻絕】陡峭之極。水經注二河水:"灕水又東北逕石門口,山高險峻絕,對岸若門,故峽得厥名矣。"

【峻隘】高峻險阻。北齊書高昂傳:"山道峻隘,已爲寇所守險,昂轉鬭而進,莫有當其鋒者。"也用以喻人性格嚴苛,心地狹窄。晉書王雅傳:"王恭風神簡貴,志氣方嚴,……然其稟性峻隘,無所苞容。"

【峻節】高尚的節操。文選南朝宋顏延年(延之)陶徵士誄序:"若乃巢高之抗行,夷皓之峻節,故已父老堯禹,錙銖周漢,而緜世浸遠,光靈不屬。"

【峻網】嚴密的刑法。全唐文十一高宗(李治)詳定刑名詔:"姬訓夏法,峻網備於三千。秦革周科,深文加於九族。"

【峻論】高論。唐杜牧樊川集十三上宣州崔大夫書:"閑夜永日,三五相聚,危言峻論,知與不知,莫不願盡心於閣下。"

【峻厲】嚴正不徇情。三國志魏崔琰等傳評:"徐奕何夔邢顒貴尚峻厲,爲世名人。"又吳吳主傳"以從兄瑜代翊"南朝宋裴松之注引吳録:"(沈友)正色立朝,清議峻厲,爲庸臣所譖,誣以謀反。"

【峻整】嚴正莊重。世説新語品藻"有人以王中郎比車騎"注引南朝宋檀道鸞續晉陽秋:"(王)坦之雅貴有識量,風格峻整。"文苑英華八六〇唐李華荆州南泉大雲寺故蘭若和尚碑:"十六受十戒,持護峻整,名重京師。"

【峻擢】高擢,越級提升。宋蘇軾東坡集續集七答王商彥書:"來歲科詔,竚聞峻擢,以慰願望。"

【峻爵】高貴的爵位。南朝梁江淹江文通集九蕭相國拜齊王表:"臣無佐夏匡殷之功,威晉服楚之績,……而超居上禮,逾乘峻爵。"

【峻藥】劇烈的藥物。元吳師道吳禮部文集三題岩岩齋詩爲蕭從周經歷賦詩:"屹流須砥柱,伐病宜峻藥。"

【峻陽陵】晉司馬炎(武帝)墓。在河南洛陽市北。文選南朝宋傅季友(亮)爲宋公至洛陽謁五陵表"奉謁五陵"注引晉郭緣生述征記:"北邙東則乾脯山,山西南晉文帝崇陽陵,陵西武帝峻陽陵。"

峨 é 五何切,平,歌韻,疑。ㄜˊ

也作“峩”。㊀高山峻嶺。南朝宋謝靈運謝康樂集一山居賦：“庚宅壘以葆和，輿陟峨而善狂。”㊁高峻特立。世説新語賞譽“庾子嵩目和嶠”注引晉諸公贊：“嶠常慕其舅夏侯玄爲人，故於朝士中峨然不羣，時類憚其風節。”㊂矗起，高聳。明劉基誠意伯集七賣柑者言：“峨大冠，拖長紳者，昂昂乎廟堂之器也。”㊃峨眉的簡稱。新唐書一二三盧藏用傳：“登衡、廬，彷洋岷、峨。”

【峨山】舊縣名。唐貞觀初分龍標縣地置夜郎縣，開元二十年(元和郡縣志作天寶元年)改爲峨山縣。宋熙寧中稱獎川鋪，屬盧陽郡。地在今湖南沅陵縣西。見讀史方輿紀要八一辰州府峨山廢縣。

【峨冠】高冠。唐韓愈昌黎集七示兒詩：“問客之所爲，峨冠講唐虞。”後用“峨冠博帶”稱儒生的裝束。三國演義三七：“忽人報：‘門外有一先生，峨冠博帶，道貌非常，特來相探。’”

【峨眉】㊀山名。1. 也作峨嵋。在四川峨眉縣西南。山勢雄偉，有山峯相對如蛾眉，故名。岷山自北而來，綿延三百多里，至此突起三峯，爲大峨中峨小峨。大峨山有石龕百十二，大洞十二，小洞二十八，又有雷洞七十三；中峨山在縣南二十里，又名覆蓬山綏山；小峨山在縣南三十里，一名鏵刃山。見讀史方輿紀要六六四川一。2. 在河南郟縣西北。峯巒綿亘，狀如列眉。見讀史方輿紀要五一汝州鳳翅山。3. 在福建泰寧縣北，峯高數千丈，似蜀之峨眉。見讀史方輿紀要九八邵武府泰寧縣大杉嶺。㊁縣名。屬四川省。漢南安縣地。隋開皇初爲峨眉縣，因在峨眉山東麓而得名。不久又改爲青衣縣。十三年別置峨眉縣。見嘉慶一統志四〇四嘉定府一。

【峨峨】㊀高峻，高聳。峨，也寫作“峩”。楚辭宋玉招魂：“增冰峨峨，飛雪千里些。”文選三國魏曹子建(植)洛神賦：“雲髻峩峩，修眉聯娟。”注：“峩峩，高如雲也。”㊁指儀容端莊盛美。詩大雅棫樸：“奉璋峨峨，髦士攸宜。”文選戰國楚宋玉神女賦：“其狀峨峨，何可極言！”

【峨髻】高髻。唐李賀歌詩編一河南府試十二月樂辭二月：“金翹峨髻愁暮雲，沓颯起舞真珠裙。”

峩 é 五何切，平，歌韻，疑。ㄜˊ

同“峨”。見“峨”。

峯 fēng 敷容切，平，鍾韻，敷。ㄈㄥ

山頂。也作“峰”。文選晉左太冲(思)蜀都賦：“梗柟幽藹於谷底，松柏蓊鬱於山峯。”

【峯牛】卽“封牛”。見“封牛”。

【峯距】嚴峻而有鋒芒。世説新語賞譽下：“王丞相(導)云：刁玄亮(協)之察察，戴若思(儼)之巖巖，卞望之(壼)之峯距。”距，也作“岠”。

【峯嶂】高峻的山峯。嶂，如屏障的山峯。唐李白李太白詩二一望黄鶴山：“巖巒行穹跨，峯嶂亦冥密。”

【峯巒】迂迴連綿的山峯。唐元結元次山集四登九疑第二峯詩：“相傳羽化時，雲鶴滿峯巒。”

島 dǎo 都晧切，上，晧韻，端。ㄉㄠˇ

也作“嶋”。海洋中的陸地。書禹貢：“島夷皮服。”傳：“海曲謂之島。”史記九四田儋傳：“田横懼誅，而與其徒屬五百餘人入海，居島中。”

【島可】唐賈島和僧無可。島早年曾出家爲僧，名無本。二人皆能詩，且風格清苦相似。故後來詩文中常以島可喻僧人能詩或詩文多凄苦之詞者。宋蘇軾分類東坡詩五贈詩僧道通：“爲報韓公莫輕許，從今島可是詩奴。”又二五呂承奉讀書作詩不已貧甚：“吟爲蜩蛩聲，時有島可句。”

【島夷】㊀海島的居民。古指我國東部近海一帶，如膠東渤海灣江蘇等地的居民。書禹貢：“島夷卉服。”㊁南北朝封建統治者各以正統自居，互相詆毀，北朝稱南朝爲島夷。北史序傳：“大師少有著述之志，常以宋齊梁陳魏齊周隋南北分隔，南書謂北爲‘索虜’，北書指南爲‘島夷’。”

【島跱】似海島聳峙貌。文選晉左太冲(思)吴都賦：“疊華樓而島跱，時髣髴於方壺。”

【島嶼】大小海島泛稱島嶼。小島稱嶼。文選晉左太冲(思)吴都賦：“島嶼綿邈，洲渚馮隆。”晉劉逵注：“島，海中山也；嶼，海中洲，上有山石。”藝文類聚八晉孫綽望海賦：“洲渚迢遞以疏屬，島嶼綿邈以牢羅。”

【島夷志略】元汪大淵撰。一卷。大淵於至正時附商舶航海，曾兩下東、西洋，歷數十國，歸後著成此書。多記所到之處的山川、地理、物産、風俗等見聞。上承宋趙汝适諸蕃志，下接明馬歡瀛涯勝覽、費信星槎勝覽，爲我國記載古代中外交通的重要著作之一。

【島瘦郊寒】指唐賈島和孟郊的詩歌風格。島郊都以苦吟著名，詩中多凄苦之詞，故並稱。宋朱熹朱文公集四次韻謝劉仲行惠筍詩：“君詩高處古無師，島瘦郊寒詎足差。”參見“郊寒島瘦”。

峳 yōu 集韻夷周切，平，尤韻。ㄧㄡ

見下。

【峳峳】傳説獸名。山海經東山經：“(硜山)南臨硜水，東望湖澤，有獸焉，其狀如馬而羊目，四角，牛尾，其音如獆狗，其名曰峳峳。”注：“音攸。”

峱 náo 奴刀切，平，豪韻，泥。ㄋㄠˊ

山名。見“峱山”。

【峱山】山名。在今山東臨淄縣南。詩齊風還：“子之還兮，遭我乎峱之間兮。”漢書地理志下作“嶩”。注：“字或作峱，亦作嶩。”參閲宋王應麟詩地理考二峱。

【峱陽】峱山之南。山南爲陽。詩齊風還：“子之昌兮，遭我乎峱之陽兮。”藝文類聚七七南朝陳江總鐘銘：“鳧氏之匠，峱陽之銅。”峱，同“峱”。

八畫

崈 chóng 鋤弓切，平，東韻，牀。ㄔㄨㄥˊ

同“崇”。漢書郊祀志下：“(王)莽遂崈鬼神淫祀。”注：“崈，古崇字。”

崇 chóng 鋤弓切，平，東韻，牀。ㄔㄨㄥˊ

㊀高。周禮考工記匠人：“堂脩七尋，堂崇三尺。”引申爲高貴。左傳宣十二年：“子良，鄭之良也；師叔，楚之崇也。”㊁積聚。詩周頌良耜：“穫之挃挃，積之栗栗。其崇如墉，其比如櫛。”箋：“穀成熟而積聚多如墉也。”㊂尊敬，推重。禮王制：“上賢以崇德，簡不肖以絀惡。”㊃增長。左傳成十八年：“今將崇諸侯之姦，而披其地。”㊄修飾。國語周中：“容貌有崇，威儀有則。”注：“崇，飾也。容止可觀也。”㊅充滿。詳“崇酒”。㊆終盡。詳“崇朝”。㊇旗上的裝飾，卽崇牙。禮檀弓上：“設崇，殷也。”注：“崇牙，旌旗飾也。”參見“崇牙㊁”。㊈古國名。又姓。國語周下：“其在有虞，有崇伯鯀。”注：“崇，鯀國。伯，爵也。”史記周紀：“伐崇侯虎。”正義：“虞夏商周皆有崇國，崇國蓋在豐鎬之間。”商有崇侯虎，子孫以國爲氏。見通志二六氏族二。

【崇山】㊀高山。史記一一七司馬相如傳上林賦：“於是乎崇山巃嵸，崔嵬嵳峩。”㊀山名。在湖南大庸縣西南，與天門山相連。相傳舜流放驩兜於崇山，卽此。參閱通典一八三州郡十三、讀史方輿紀要七七湖廣三慈利縣、明鄺露赤雅中崇山。清王夫之孟子稗疏認爲驩兜所放的崇山在唐驩州境内，泗城之南(今廣西凌雲縣和西林縣一帶)。

【崇牙】㊀懸鐘磬的木架上端所刻鋸齒。詩周頌有瞽：“設業設虡，崇牙樹羽。”疏：“虡者立於兩端，栒則横入於虡。其栒之上加施大板，則著於栒。其上刻爲崇牙，似鋸齒捷業然，故謂之業。牙卽業之上齒也。”㊁旌旗的齒狀邊飾。禮檀弓上“設崇，殷也”疏：“旌旗之旁，刻繒爲崇牙。殷必以崇牙爲飾者，殷湯以武受命，恒以牙爲飾。”

【崇日】終日。荀子賦：“周流四海，曾不崇日。”

【崇仁】縣名。屬江西省。後漢臨汝縣地，隋開皇九年置縣，元屬撫州路，明清皆屬撫州府。參閱太平寰宇記一一〇撫州。

【崇丘】㊀高山。文選晉陸士衡(機)赴洛道中作詩之二：“振策陟崇丘，案轡遵平莽。”㊁詩經小雅篇名，詩小雅南有嘉魚崇丘小序：“萬物得極其高大也。”詩辭已亡。晉束皙補亡詩中有崇丘篇。見文選。

【崇安】縣名。屬福建省。唐建陽縣地。五代閩置温嶺鎮。南唐保大九年分爲崇安場，宋淳化五年升爲縣。元屬建寧路，明清皆屬建寧府。參閱讀史方輿紀要九七建寧府。

【崇伯】夏禹父鯀封於崇，史稱崇伯。竹書紀年上帝堯陶唐氏：“六十一年，命崇伯鯀治河。”國語周下：“其在有虞，有崇伯鮌。”

【崇阿】高丘。唐王勃王子安集五滕王閣詩序：“儼驂騑於上路，訪風景於崇阿。”

【崇尚】推重提倡。晏子春秋諫上：“崇尚勇力，不顧義理。”

【崇明】縣名。屬上海市。位於長江口崇明島，島爲積沙所成，唐時始現東西二沙洲。五代吳於西沙置崇明鎮。元至元十四年升爲崇明州，明洪武二年改縣。縣治屢有遷徙。清屬江蘇太倉州。參閱嘉慶一統志一〇三太倉州一。

【崇城】指天子的城。初學記二四漢班固白虎通：“天子曰崇城，言崇高也。諸侯曰干城，言不敢自尊，禦於天子也。”

【崇拜】崇，尊崇；拜，拜授。如上尊號，封爵位之類。南齊書百官志：“左僕射領殿中主客二曹事，……臨軒崇拜，改號格制，莅官銓選。”後引申爲尊敬欽佩。

【崇信】㊀尊崇信任。書泰誓下：“崇信姦回，放黜師保。”㊁縣名。屬甘肅省。唐爲崇信軍，宋建隆四年置縣，屬鳳翔府。金元明俱屬平凉府。清屬涇州。參閱太平寰宇記三十鳳翔府、嘉慶一統志二七二涇州一。

【崇高】㊀高。國語楚上：“不聞其以土木之崇高彤鏤爲美。”後也引申指人物品格高尚。㊁山名。卽嵩山。國語周上：“昔夏之興也，融降于崇山。”注：“融，祝融也；崇，崇高山也。”漢武帝元封元年改嵩高爲崇高，至靈帝熹平五年復爲嵩高。見漢書武帝紀、後漢書靈帝紀。參見“嵩高”。

【崇崇】㊀高峻貌。漢書八七上揚雄傳上甘泉賦：“崇崇圜丘，隆隱天兮。”㊁象聲詞。初學記一晉夏侯湛雷賦：“掣丹霆之詰弢兮，奮迅雷之崇崇。”

【崇崒】山高貌。梁書沈約傳郊居賦：“其爲狀也，則巍峨崇崒，喬枝拂日；嶢嶷岧嵽，墜石堆星。”

【崇陵】陵墓名。1.唐李适(德宗)墓。在陝西涇陽縣北嵯峨山。參閱新唐書地理志一京兆府雲陽縣。2.宋趙惇(光宗)墓曰永崇陵，簡稱崇陵。在浙江紹興縣。3.清愛新覺羅載湉(德宗)墓。在河北易縣西永寧山。

【崇替】滅亡。國語楚下：“吾聞君子唯獨居思念前世之崇替者，與哀殯喪，於是有歎，其餘則否。”注：“崇，終也；替，廢也。”文選晉陸士衡(機)答賈長淵詩：“邈矣終古，崇替有徵。”

【崇朝】從天亮到早飯之間。喻時間短促。詩衛河廣：“誰謂宋遠，曾不崇朝。”三國志魏涼茂傳：“以海内初定，民始安集，故未責將軍之罪耳，而將軍乃欲稱兵西向，則存亡之效，不崇朝而決，將軍勉之!”

【崇期】四通八達的路。爾雅釋宫：“八達謂之崇期。”注：“四道交出。”初學記二四“八達謂之崇期”注：“崇，多也。多道會期在此。”

【崇禎】明朱由檢(思宗)年號。公元1628—1644年。

【崇雉】高峻的牆。古以城長三丈、高一丈爲雉。文選南朝宋謝靈運樂府會吟行：“層臺指中天，高墉積崇雉。”

【崇寧】㊀縣名。在四川省。漢蜀郡郫縣導江九隴三縣地，宋崇寧元年置崇寧縣。明清皆屬成都府。公元1958年撤銷，分別劃歸郫縣彭縣灌縣。參閱寰宇通志六一成都府崇寧縣。㊁宋趙佶(徽宗)年號。公元1102—1106年。

【崇實】崇尚求實精神。漢王充論衡定賢：“文麗而務巨，言眇而趨深，然而不能處定是非，辯然否之實，雖文如錦繡，深如河漢，民不覺知是非之分，無益於彌爲崇實之化。”

【崇慶】㊀縣名。屬四川省。秦蜀郡地。唐垂拱二年置蜀州。後改爲唐安郡。宋淳熙四年升崇慶府，元至元二十年改崇慶州。明清屬成都府，公元1913年改縣。參閱嘉慶一統志三八四成都府一。㊁金完顏永濟(衛紹王)年號。公元1212—1213年。

【崇德】㊀崇尚有德之人；發揚盛德。書武成：“惇信明義，崇德報功。”傳：“有德，尊以爵。”㊁縣名。在浙江桐鄉縣境。五代後晉天福三年，吳越從嘉興劃出崇德七鄉置縣。元元貞元年升爲州。明洪武二年復爲縣。清康熙元年改名石門。見嘉慶一統志二八七嘉興府一。公元1958年併入桐鄉縣。㊂清皇太極(太宗)年號。公元1636—1643年。

【崇禮】尊敬優待。後漢書三九江革傳：“再遷司空長史，肅宗甚崇禮之，遷五官中郎將。”

【崇蘭】卽叢蘭。文選宋玉招魂：“光風轉蕙，汜崇蘭些。”按小爾雅廣詁：“崇，叢也。”參閱清俞樾俞樓雜纂二四讀楚辭。

【崇文門】北京城門之一，在正陽門之東。原爲元大都之文明門。明正統初改爲崇文門。亦稱海岱門，音訛又作哈噠門。參閱讀史方輿紀要十一順天府。

【崇文館】官署名。唐貞觀十三年置。初名崇賢館，掌經籍圖書，教授諸王，屬東宫。上元二年李賢立爲太子，避諱改名崇文。掌經籍圖書，教授諸生課試舉送。設學士、校書郎等官。見新唐書百官志四上。

【崇文觀】官署名。三國魏明帝青龍四年置，用以安置文學之士。王肅以常侍領祕書監，兼崇文觀祭酒。見三國志魏明帝紀青龍四年、王肅傳。

【崇玄館】隋代管理僧人道士的官署，稱崇玄署。唐代統治者崇奉道教，以崇玄署改屬宗正寺，僧尼則另屬尚書祠部。開元二十五年又置崇玄學，設崇玄學博士，習老子莊子文子列子，掌教玄學生。天寶二年改稱崇玄館，改博士爲學士。參閱唐會要五十尊崇道教、新唐書百官志三。

【崇有論】晉裴頠著。魏晉自何晏王弼以來，崇尚玄虛，不事實務。王弼注老子，宣揚以"無"爲本，以"有"爲末，以"無"爲萬物之"理"，主順其自然，無所作爲。裴頠爲糾正虛誕之病，著崇有貴無二論，主張"有"爲萬物之本。二論文詞精富，時人莫有能難者。崇有論見晉書本傳，貴無篇佚不存。參閱世説新語文學。

【崇聖祠】春秋魯哀公始建孔祠。由漢起，歷代王朝皆尊孔子爲聖人，設廟祭祀，並及孔子先人。曲阜孔廟後舊有啟聖祠，祀孔子父叔梁紇。清雍正元年又追封孔子祖先五代爲王爵，改啟聖祠爲崇聖祠，合廟祭祀。見清會典事例四三六禮部中祀。

【崇儀使】宋朝武官凡五十三階，諸司有正副使。政和二年，易以新名，正使爲大夫，副使爲郎。如舊官之名內園、洛苑、如京、崇儀使，易以新官之名爲武略大夫。按遷敍崇儀使升轉爲六宅使，有戰功則轉爲作坊使。參閱文獻通考六四職官十八、宋史職官志九。

【崇文總目】宋王堯臣等撰。宋初以昭文史館集賢三館爲藏書之所，後又建崇文院，稱爲三館新修書院。端拱元年，詔分三館藏書萬餘卷別爲書庫，名曰祕閣。與三館合稱四館。景祐元年，命王堯臣等以三館及祕閣所藏校正條目，分類編次，共六十六卷。原本於每條下具有敍釋，南宋時删去。今本爲清修四庫全書時，據明范欽天一閣本，以永樂大典引文補入而成，釐爲十二卷，其六十六卷之原次，仍註於各類之下。嘉慶中錢侗等又成輯釋本五卷，侗又別爲補遺一卷，附録一卷。

【崇仁學派】明吳與弼的學派。與弼字子傅，號康齋，撫州崇仁人。其學派墨守宋代程朱之學，言心分知覺與理爲二，主張"靜時涵養，動時省察"，作爲修養的基本功夫。參閱明儒學案一崇仁學案。

【崇本抑末】重根本，輕枝末。自秦漢以來，本，多指農業生産；末，指工商業。三國志魏司馬芝傳："王者之治，崇本抑末，務農重穀。"又作"務本抑末"。漢書昭帝紀始元六年"議罷鹽鐵榷酤"注引應劭："昭帝務本抑末，不與天下争利。"

【崇論閎議】史記一一七司馬相如傳難蜀父老書："且夫賢君之踐位也。……必將崇論閎議，創業垂統，爲萬世規。"閎議，文選作"吰議"。本指博徵衆議，深論根本。後來用爲名詞，指高明卓越的議論。

【崇政殿説書】宋代隨侍皇帝講經史的官員。宋承唐制，有翰林侍講學士，仁宗景祐元年，賈昌期趙希言等四人並爲崇政殿説書，日輪二員。以秩卑資淺，不兼侍講。南渡以後，侍從以上兼經筵爲侍講，庶官則爲崇政殿説書。參閱宋王安石臨川集八七賈魏公神道碑、宋孫逢吉職官分紀十五崇政殿説書。

崆 kōng 苦紅切，平，東韻，溪。
ㄎㄨㄥ 苦江切，平，江韻，溪。

㊀見"崆峒"。㊁見"崆峴"。

【崆峒】㊀山名。1. 在甘肅平涼市西。亦作空桐空同。又名雞頭笄頭汧頭汧屯牽屯薄洛。史記五帝紀："（黃帝）西至于空桐，登雞頭。"即此。涇水發源於此山。見元和郡縣志三原州。2. 在甘肅高台縣西北。傳説黃帝曾登此山。見嘉慶一統志二七八肅州。3. 在河南臨汝縣西南，莊子在宥所謂黃帝問道於廣成子之所。見太平寰宇記八汝州。㊁古人認爲北極星居天之中，斗極之下爲空桐（即崆峒）。洛陽居地之中，因以崆峒指洛陽。唐李賀歌詩編三仁和里雜敍皇甫湜："明朝下元復西道，崆峒敍別長如天。"㊂山洞，讀如"空洞"。唐高適高常侍集七赴彭州山行之作詩："峭壁連崆峒，攢峯疊翠微。"唐王化清遊石室新記："詭怪萬狀，崆峒其中。"（八瓊室金石補正五三）

【崆峴】山石高峻貌。文選漢張平子（衡）南都賦："其山則崆峴嶱嵑，嵣㟐嶚剌。"唐韓愈昌黎集五病中贈張十八詩："譬如蟻垤微，詎可陵崆峴？"

【崆峒侶】莊子在宥説黃帝見仙人廣成子於空同（崆峒）之上，後因以崆峒指道侶。唐孟郊孟東野集八同李益崔放送王鍊師還樓觀……詩："來結崆峒侶，還期縹緲居。"

崞 guō 古博切，入，鐸韻，見。
ㄍㄨㄛ

山名。又縣名。見"崞山"、"崞縣"。

【崞山】山名。1. 在山西渾源縣西北。北魏世祖太平真君二年葬惠太后於崞山，即此。參閱嘉慶一統志一四六大同府。2. 在山西崞縣（今原平縣）西南，左有甘露池，又西五里爲前高峯。參閱嘉慶一統志一五一代州。

【崞縣】舊縣名，屬山西省。1. 漢置，因崞山爲名，屬雁門郡。晉永嘉五年劉琨以繁畤崞縣等五縣地與拓跋猗盧，改屬北魏，另名崞山縣。唐末改爲渾源縣。故城在今山西渾源縣西。參閱元和郡縣志十四代州、嘉慶一統志一四六大同府。2. 隋以北魏石城縣改置崞縣，元升爲州。明復爲縣，屬代州。清因之。公元 1958 年撤銷，部分地區劃歸寧武縣，其餘地區與代縣部分地區合併設立原平縣。參閱嘉慶一統志一五一代州。

崒 1. zú 慈邺切，入，術韻，從。
ㄗㄨˊ

或作"崪"。㊀險峻。説文："崒，危高也。"見"崒兀"。㊁詩小雅十月之交："百川沸騰，山冢崒崩。"清王引之經義述聞六謂崒崩與沸騰相對，當讀爲猝，即猝然崩壞之意。

2. cuì
ㄘㄨㄟˋ

㊂聚集。通"萃"。文選戰國楚宋玉高唐賦："崪中怒而特高兮，若浮海而望碣石。"注："崪，聚也。謂兩浪相合，聚而中高也。"漢書四八賈誼傳服鳥賦："異物來崪，私怪其故。"文選作"萃"。

【崒兀】峻險。唐杜甫杜工部草堂詩箋六自京赴奉先縣詠懷五百字："羣水從西下，極目高崒兀。"唐李諒湘中紀行詩刻："湘江永州路，水碧山崒兀。"（金石萃編一〇八）

【崒嵂】山高聳貌。宋陸游劍南詩稿四九大寒："爲山儻勿休，會見高崒嵂。"

崝 zhēng 士耕切，平，耕韻，牀。
ㄓㄥ

同"峥"。㊀峻峭。淮南子繆稱："城峭者必崩，岸崝者必陀。"㊁見"崝嶸"。

【崝嶸】深直貌。文選戰國楚宋玉高唐賦："俯視崝嶸，窐寥窈冥。"

崨 jié 疾葉切，入，葉韻，從。
ㄐㄧㄝˊ

㊀見"崨嶫"。㊁崨礏，山連延貌。見廣韻。

【崨嶫】山勢高峻貌。文選漢張平子（衡）西京賦："嵯峨崨嶫，罔識所則。"唐李周翰注："言形狀高峻，不能識其法則。"晉書涼武昭王傳述志賦："崇崖崨嶫，重嶮萬尋。"

崚 líng 力膺切，平，蒸韻，來。
ㄌㄧㄥˊ

見下。

【崚嶒】高峻重疊貌。南朝齊謝朓謝宣城集三遊山詩："堅崿既崚嶒，迴流復宛澶。"也作"崚層"。南朝陳徐陵徐孝穆集五太極殿銘："千櫨赫奕，萬栱崚層。"

崓 yà 字彙 乙黠切，音軋。
ㄧㄚˋ

見下。

【崓岈】羣山森列貌。古文苑四漢揚雄

蜀都賦:"崰岰𡸖嵲,磔乎岳岳。"

巷 xiàng ㄒㄧㄤ

同"巷"。見下。

【巷路】山間小路。古文苑三漢枚乘梁王菟園賦:"西山隑隑,䘏焉隗隗。巷路委移,崟巖㠋從巍騖焉。"

崊 lín ㄌㄧㄣ

亦作"𡺼"。見下。

【崊嶔】峻險貌。南齊書張融傳海賦:"嵂𥗉崊嶔,架石相陰。"

崧 sōng 息弓切,平,東韻,心。ㄙㄨㄥ

通"嵩"。㊀山高大貌。見"崧高"。㊁指嵩山。在河南登封縣北。唐韓愈昌黎集四送侯參謀赴河中幕詩:"三月崧少步,躑躅紅千層。"崧,嵩山;少,少室山。

【崧高】山大而高。詩大雅崧高:"嶽高維嶽,駿極於天。"古代認爲國內大山有四:東嶽岱,南嶽衡,西嶽華,北嶽恒,稱四嶽。崧,本指山之高大,後專指中嶽嵩山。參見"嵩高"。

【崧生嶽降】詩大雅崧高:"崧高維嶽,駿極於天。維嶽降神,生甫及申。"傳:"嶽降神靈和氣,以生申甫之大功。"甫,甫侯;申,申伯,都是周宣王的舅父,朝之重臣,相傳是古四嶽後裔。後來詩文稱有門閥的大臣爲"崧生嶽降",本此。

崍 lái 落哀切,平,咍韻,來。ㄌㄞ

山名。見下。

【崍山】即邛崍山,有九折阪。在四川滎(榮)經縣西。見嘉慶一統志四〇二雅州府一邛崍山。

崖 yá yái 魚羈切,平,支韻,疑。ㄧㄚ ㄧㄞ 五佳切,平,佳韻,疑。

㊀邊際。莊子山木:"君其涉於江而浮於海,望之而不見其崖,愈往而不知其所窮。"㊁岸邊。荀子勸學:"淵生珠而崖不枯。"㊂山邊。通"厓"。文選漢馬季長(融)長笛賦:"惟籦籠之奇生兮,于終南之陰崖。"唐韋應物韋江州集七至西峯蘭若受田婦饋詩:"攀崖復緣澗,遂造幽人居。"

【崖山】即厓山。見"厓山"。

【崖公】唐代散樂稱天子爲崖公。唐王讜唐語林政事上:"(許小客)過(唐)崇曰:'今日崖公甚䀝斗,欲爲弟奏請。'……散樂呼天子爲崖公,以歡喜爲䀝斗。"又見唐崔令欽教坊記。

【崖末】本末,首尾。聊齋志異巧娘:"生略述崖末,兼致華氏之訂。"

【崖州】舊州名。漢珠崖郡地。隋置臨振郡,唐改爲振州。宋開寶六年改爲崖州,熙寧中改爲朱崖軍,政和中改吉陽軍。明洪武初復改崖州。公元 1912 年改爲縣。今縣屬廣東海南黎族苗族自治州。參閱寰宇通志一〇六瓊州府崖州。

【崖谷】懸崖和深谷。唐杜甫杜工部草堂詩箋六自京赴奉先縣詠懷五百字:"蚩尤塞寒空,蹴踏崖谷滑。"

【崖門】地名。在廣東新會縣南,爲潭江出海口。南宋末年宋樞密副使張世傑以舟師碇海中,爲元兵所敗,陸秀夫負帝昺沉於海,即此地。

【崖岸】㊀山崖、堤岸。水經注一河水:"其道艱阻,崖岸險絕。"顏氏家訓名實:"然而咫尺之途,必顛蹶於崖岸。"㊁比喻高傲、不易接近。文苑英華九四八唐魏徵唐故邢國公李密墓志銘:"(楊素)崖岸峻峙,天資宏亮,壁立千仞,直上萬尋。"唐韓愈昌黎集三二唐故朝散大夫……鄭君墓志銘:"不爲翕翕熱,亦不爲崖岸斬絕之行。"

【崖涘】水邊。莊子秋水:"今爾出於崖涘,觀於大海,乃知爾醜,爾將可與語大理矣。"引申爲邊際,範圍。梁書武帝紀上中興二年上表:"愚謂自今選曹宜精隱括,依舊立簿,使冠屨無爽,名實不違,庶人識崖涘,造請自息。"

【崖柴】狗露齒欲咬人貌。三國志魏曹爽傳"夷三族"注引魏略:"故于時謗書,謂臺中有三狗,二狗崖柴不可當,一狗憑默作疽囊。"三狗,指何晏鄧颺丁謐。默,曹爽小字。也用來形容其他動物凶惡欲噬人狀。唐敦煌變文大目乾連冥間救母:"長蛇皎皎三曾黑,大鳥崖柴兩翅青。"

【崖異】標異於衆,不隨俗。莊子天地:"行不崖異之謂寬。"宋陸游劍南詩稿七七白鷗:"平生崖異每自笑,一接俗人三祓除。"

【崖崖】露齒貌。古文苑六漢王延壽王孫賦:"齒崖崖以齴齴。"注:"崖,本作𪗇,五街反。露齒貌。"

【崖略】梗概,大略。莊子知北遊:"夫道,窅然難言哉!將爲汝言其崖略。"文苑英華七〇四唐權德輿中岳宗元先生吳尊師集序:"今徒采獲斯文,以序崖略。"

【崖椶】植物名。本草綱目二十草崖椶:"崖椶生施州石崖上,苗高一尺以來,其狀如椶,四季有葉無花。土人采根,去粗皮,入藥。"

【崖蜜】高山崖穴間野蜂所釀的蜜。亦稱岩蜜、石蜜。色青,味微酸。唐杜甫杜工部草堂詩箋十七發秦州:"充腸多薯蕷,崖蜜亦易求。"參閱本草綱目三九蟲蜂蜜、政和證類本草二十石蜜。

【崖檢】指行爲上的約束、檢點。宋書朱齡石傳:"少好武事,頗輕佻,不治崖檢。"新唐書一一二韓琬傳:"喜交酒徒,落魄少崖檢。"

【崖鹽】食鹽的一種,產於土崖之間,狀如白礬。亦名生鹽。見本草綱目十一石食鹽。

崎 qí 去奇切,平,支韻,溪。ㄑㄧ

傾側貌。文選戰國楚宋玉高唐賦:"磐石險峻,傾崎崕隤。"晉書衛瓘傳附衛恒四體書勢:"抑左揚右,望之若崎。"

【崎崟】山不平處。唐杜甫杜工部草堂詩箋二八上後園山脚:"小園背高岡,挽葛上崎崟。"

【崎嶇】道路險阻不平。漢王符潛夫論浮侈:"傾倚險阻,崎嶇不便。"也作"陭嶇"。史記一一七司馬相如傳難蜀父老:"民人登降移徙,陭嶇而不安。"漢書作"崎嶇"。也以此比喻處境困難艱險。史記三四燕召公世家論:"燕〔外〕迫蠻貉,內措齊晉,崎嶇彊國之間,最爲弱小。"後漢書五四楊震傳附楊彪:"彪盡節衛主,崎嶇危難之間,幾不免於害。"

【崎嶢】奇怪。同"蹊蹺"。雍熙樂府四元鄧玉賓套數(仙呂)村里迓古仕女圓社氣毬雙關青歌兒:"聲譽兒蓬勃,解數兒崎嶢。"

【崎嶔】指波折不順當。宋劉敞公是集七種蔬二首之一:"聊以資素飽,身世實崎嶔。"

【崎巇】高峻陡險。文選漢王文考(延壽)魯靈光殿賦:"下弟蔚以璀錯,上崎巇而重注。"注:"崎巇,危險貌。"

【崎錡】不安貌。文選晉陸士衡(機)文賦:"雖逝止之無常,固崎錡而難便。"

崦 yān 央炎切,平,鹽韻,影。ㄧㄢ

㊀山。新唐書九二王雄誕傳:"乘高蔽崦,張疑幟,夜縛炬于樹,徧山澤。"㊁片,塊。唐韓偓韓內翰別集睡起詩:"終撥舴艋稱漁叟,賒買湖心一崦田。"㊂見"崦嵫"。

【崦嵫】山名。在甘肅天水縣西。古代神話說是日入之處。山海經西山經:"(鳥鼠同穴之山)西南三百六十里曰崦嵫之山。"注:"日没所入山也。"楚辭屈原離騷:"吾令羲和弭節兮,望崦嵫而勿迫。"

崌 jū 九魚切,平,魚韻,見。
ㄐㄩ
山名。見下。

【崌山】山海經中山經中次九經:"又東一百五十里曰崌山,江水出焉。"清畢沅謂疑卽四川名山縣西的蒙山。江水,晉郭璞注曰北江,清郝懿行謂卽今沫水。

【崌崍】㊀山名。在四川彭山縣東北。見太平寰宇記七四眉州。㊁ 指崌山及崍山。文選晉郭景純(璞)江賦:"源二分於崌崍,流九派乎潯陽。"詳"崌山"、"崍山"。

崛 jué 衢物切,入,物韻,羣。
ㄐㄩㄝ 魚勿切,入,物韻,疑。
高起,突出。説文:"崛,山短高也。从山,屈聲。"文選漢揚子雲(雄)甘泉賦:"洪臺崛其獨出兮,㨖北極之嶟嶟。"漢蔡邕蔡中郎集二玄文先生李子材銘:"其後雄俊豪傑,往往崛出。"

【崛岉】高聳屹立貌。文選漢王文考(延壽)魯靈光殿賦:"屹山峙以紆鬱,隆崛岉乎青雲。"唐劉良注:"隆崛岉,極高皃。言直上而立,曲深而高,入乎青雲之中也。"

【崛崎】陡峭貌。史記一一七司馬相如傳上林賦:"巖陁甗錡,摧崣崛崎。"文選注引張揖:"崛崎,斗絶也。"

【崛强】同"倔强"。唐陸龜蒙甫里集一襲美先輩以龜蒙所獻五百言既蒙見和……用伸酬謝詩:"諸侯恣崛强,王室方陵遲。"

【崛嵎】山名。在山西陽曲縣城西北。峻峭多林木,紅葉最佳。山中有崛嵎寺,唐貞元中建,有唐末李克用父子題名刻石。見嘉慶一統志一三六太原府一。

崗 gāng 古郎切,平,唐韻,見。
ㄍㄤ
山崗。"岡"的異體。唐杜甫杜工部草堂詩箋二八上後園山脚:"小園背高崗,挽葛上崎崟。"參見"岡"字各條。

崣 wěi 集韻 苦猥切,上,賄韻。
ㄨㄟ
高峻貌。同"嵬"。文選漢王文考(延壽)魯靈光殿賦:"瞻彼靈光之爲狀也,則嵯峨嶵嵬,峞巍崣𡾋。"

崑 kūn 古渾切,平,魂韻,見。
ㄎㄨㄣ
也作"崐"。㊀ 高聳。後漢書六二荀爽傳對策:"察法於地則崐山象夫,卑澤象妻。"注:"崐猶高也。"㊁ 山名。見"崑山"。

【崑山】㊀ 山名。1.在上海市松江縣西北。文選晉陸士衡(機)贈從兄車騎詩:"髣髴谷水陽,婉孌崐山陰。"注:"吳地記曰:'海鹽縣東北二百里有長谷。昔陸遜陸凱居此。谷東二十里有崐山,父祖葬焉。'"晉陸機、陸雲兄弟皆有才名,人以爲玉出崑岡,故名。參閱宋朱長文吳郡圖經續記上山。後又以馬鞍山爲崑山,而以此爲小崑山。2. 江蘇崑山縣馬鞍山,唐天寶中移縣治於山之陽,改名崑山。見讀史方輿紀要二四蘇州府崑山縣。3.崑崙山簡稱。呂氏春秋重己:"人不愛崑山之玉,江漢之珠,而愛己之一蒼璧小璣,有之利故也。"㊁縣名。屬江蘇省。漢婁縣地。梁大同初置,以縣有崑山而名。元元貞元年升爲州,屬平江路。明洪武二年復爲縣,屬蘇州府。清因之。見嘉慶一統志七七蘇州府一。

【崑玉】也作"昆玉"。㊀崑崙山的美玉。多用作比喻。文選南朝梁劉孝標(峻)辨命論:"(劉)璡則志烈秋霜,心貞崑玉。"此喻意志高潔。又南朝梁陸佐公(倕)新刻漏銘:"陸機之賦,虛握靈珠;孫綽之銘,空擅崑玉。"此喻文章之美。㊁美稱別人兄弟。清潘永因宋稗類鈔五博識:"陸士衡兄弟産於崑山,後人因稱兄弟爲崑玉,言其如崑山之玉也。"

【崑曲】見"崑腔"。

【崑岡】㊀卽崑崙山。書胤征:"火炎崑岡,玉石俱焚。"唐杜牧樊川集二昔事文皇帝三十二韻詩:"崑岡憐積火,河漢注清源。"㊁ 蜀岡異名,在江蘇江都縣西北,一名阜岡,亦名廣陵岡。古廣陵城卽在其上。文選南朝宋鮑明遠(照)蕪城賦:"柂以漕渠,軸以崐崗。"卽此。見嘉慶一統志九六揚州府一蜀岡。參見"蜀岡"。

【崑味】茄的別名。宋陶穀清異録二蔬:"落酥本名茄子,(隋)煬帝緣飾爲崑崙紫瓜,人間但名崑味而已。"

【崑圃】楚辭屈原天問:"崑崙縣圃,其居安在?"縣圃亦作弦蒲弦圃或玄圃,在崑崙之上,傳説爲神仙所居之地。元錢惟善江月松風記五浦陽十詠昭靈仙跡詩:"仙馭時隨青鳥去,定陪崑圃宴羣真。"

【崑陵】㊀卽崑崙。陵,也作"崚"。古代傳説以此爲仙山之名。西王母傳:"王母之國,在西荒也。……洎九聖七真,凡得道授書者,皆朝王母於崑陵之闕焉。"雲笈七籤一〇六馬明生真人傳詩:"盤桓崑陵宮,玄都可馳騁。"參見"崑崙㊀之1."。㊁唐羈縻州都護府名。顯慶二年在西突厥東部置,隸北庭都護府。轄境約當今新疆準噶爾盆地南部及伊犁河流域一帶。參閱新唐書地理志七下。

【崑崚】卽崑崙。舊題漢東方朔十洲記:"崑崙號曰崑崚。"

【崑崙】也作"昆侖"。㊀山名。1.在新疆西藏之間,西接帕米爾高原,東延入青海省境內。層峯叠嶺,勢極高峻。古代有關崑崙的神話傳説,散見於山海經淮南子神異經等書。2.在廣西南寧縣東北。上有崑崙關。見讀史方輿紀要一一〇南寧府宣化縣。3. 在福建惠安縣東北。見讀史方輿紀要九九福建泉州府惠安縣。㊁古國名。書禹貢:"織皮崑崙、析支、渠、搜,西戎卽叙。"疏引王肅:"崑崙在臨羌西。"㊂漢代邊塞名。漢書地理志下"敦煌郡廣至"唐顏師古注:"宜禾都尉治昆侖障。"後漢書明帝紀永平十七年:"遣奉車都尉竇固、駙馬都尉耿秉、騎都尉劉張出敦煌昆侖塞。"注:"昆侖,山名,因以爲塞,在今肅州酒泉縣西南。"㊃古代泛指今中印半島南部及南洋諸島之地或其居民爲崑崙。舊唐書一九七林邑國傳:"自林邑以南,皆卷髮黑身,通號爲崑崙。"又八九王方慶傳:"廣州地際南海,每歲有崑崙乘舶,以珍物與中國交市。"參見"崑崙奴"。㊄稱皮膚黑色的人。晉書孝武文李太后傳:"時后爲宮人,在織坊中,形長而色黑,宮人皆謂之崑崙。"㊅道家語,頭腦的別名。雲笈七籤十二太上黃庭外景經:"子欲不死修崑崙。"

【崑嵛】山名。在山東牟平縣東南。周圍八十餘里,傳説山中多仙人洞府,又名大崑嵛姑余山。元丘處機學全真(道教的一派)於海寧崑嵛山,卽此。參閱太平寰宇記二十萊州、元史二〇二丘處機傳。

【崑腔】傳統劇種名。也名崑山腔、崑曲。原爲元末明初崑山一帶流行的戲曲腔調,明嘉靖隆慶間,崑山人魏良輔復融會革新,變弋陽海鹽故調及民間曲調爲崑腔,以演唱傳奇劇本爲主,兼用笛、笙、簫、琵琶等伴奏。初只行於吳中,後漸流傳各地,稱爲崑腔或崑曲,或與北曲相對稱爲南曲、南詞。參閱明張元長筆談、清俞樾茶香室三鈔二二崑腔。

【崑閬】崑崙閬苑,都是傳説神仙棲居的地方。文選南朝宋鮑明遠(照)舞鶴賦:"指蓬壺而翻翰,望崑閬而揚音。"

【崑體】卽西崑體。宋初楊億劉筠等彼此寫詩唱和,有西崑酬唱集行世。後稱他們的詩體爲西崑體,簡稱崑體。宋歐陽修文忠集一二八詩話:"蓋自楊劉唱和,西崑集行,後進學者争效之,風雅一變,謂之崑體。"參見"西崑體"。

【崑崙丘】 成三級形狀的山。也指崑崙山。爾雅釋丘:"三成爲崑崙丘。"注:"崑崙山三重,故以名云。"唐杜甫杜工部草堂詩箋六同諸公登慈恩寺塔:"惜哉瑤池飮,日宴崑崙丘。"

【崑崙奴】 唐代豪門富家以南海國人爲奴,稱崑崙奴。如太平廣記一〇四崑崙奴中的摩勒,又三三九閻敬立中的皁衫人,袁郊甘澤謠陶峴中的摩訶都是。參見"崑崙㊃"。

【崑崙黃】 礦物藥名。政和證類本草四雌黃引名醫別錄:"今雌黃……出扶南林邑者,謂崑崙黃。色如金,而似雲母甲錯。畫家所重。"

【崑崙舶】 古代南海諸國的商船。南齊書荀伯玉傳:"(張景眞)與崑崙舶營貨,輒使傳令防送過南州津。"北齊書魏收傳:"其年又以託附陳使封孝琰牒令其門客與行,遇崑崙舶至,得奇貨猓然褥表、美玉盈尺等數十件。"

【崑崙墟】 又作"昆侖虛"。崑崙山的基部,也泛指崑崙山。山海經海內東經:"國在流沙中者,埻端、璽㬇,在昆侖虛東南。"又海內西經:"海內昆侖之虛。"莊子至樂:"支離叔與滑介叔,觀于冥伯之丘,崑崙之墟,黃帝之所休。"

【崑崙觴】 酒名。北魏賈瑀有僕人能在黃河中舀取河源水,用以釀酒,味芳烈,稱崑崙觴。見唐段成式酉陽雜俎前集七酒食。

【崑崙關】 在廣西邕寧縣東北崑崙山上,與賓陽縣接界。宋皇祐五年元夜,狄青引兵潛渡崑崙關,卽此。見宋史二九〇本傳及十二仁宗紀四。

【崑山片玉】 晉郤詵遷雍州刺史,武帝問詵:"卿自以爲何如?"詵答:"臣舉賢良對策,爲天下第一,猶桂林之一枝,崑山之片玉。"見晉書郤詵傳。北魏張寧墓志:"自以桂林一枝,崐山片玉。"(漢魏南北朝墓志集釋)後來詩文中多用以贊美人才難得而可貴。

崐

kūn ㄎㄨㄣ

同"崑"。見"崑"。

崮

gù ㄍㄨˋ

又作"崓"、"堌"。四面陡峭,頂上較平的山。多用作山名。如山東長淸縣東南有崮山;費城西南有吳家崮大崖崮;蒙陰縣東南有孟良崮。古時在山上建堡壘自衛,叫做"固"。後人加"山"作"崮",或"崓"。資治通鑑一〇七晉孝武帝太元十三年"退屯黃巾固"注:"漢末黃巾保聚於其地,因以爲名。齊人謂壘堡爲固。"

崓

gù ㄍㄨˋ

同"崮"。宋史四七六李全傳上:"全得守餘衆保東海,劉全分軍駐崓上,……此數人者,出沒島崓,寶貨山委而不得食。"正字通謂爲水島之類,非。

崟

yín ㄧㄣˊ 魚金切,平,侵韻,疑。

也作"崯"。見"崟崟"。參見"岑崟"。

【崟崟】 ㊀高偉奇特。楚辭漢淮南小山招隱士:"狀貌崯崯兮峨峨,淒淒兮漇漇。"㊁繁茂貌。楚辭漢王逸九思憫上:"叢林兮崯崯,株榛兮岳岳。"

崯

yín ㄧㄣˊ

同"崟"。見"崟崟"。

崢

zhēng ㄓㄥ 士耕切,平,耕韻,牀。助庚切,平,庚韻,牀。

高峻。戰國策楚一:"於是贏糧潛行,上崢山,踰深谿。"

【崢嶸】 ㊀高峻貌。文選漢揚子雲(雄)蜀都賦:"閱閬闠其寥廓兮,似紫宮之崢嶸。"唐李白李太白詩三蜀道難:"劍閣崢嶸而崔嵬,一夫當關,萬夫莫開。"㊁深邃貌。楚辭屈原遠遊:"下崢嶸而無地兮,上寥廓而無天。"漢書九六上西域傳:"臨崢嶸不測之深。"㊂凜冽。唐羅隱甲乙集五雪霽詩:"南山雪乍晴,寒氣轉崢嶸。"㊃比喩超越尋常。如頭角崢嶸,氣象崢嶸。全唐詩六九二杜荀鶴送李鐔遊新安:"邯鄲李鐔才崢嶸,酒狂詩逸難干名。"宋秦觀淮海集長短句中阮郎歸詞:"鄉夢斷,旅魂孤,崢嶸歲又除。"

【崢嶒】 同"崢嶸㊀"。漢白石神君碑:"爾乃陟景山,登崢嶒。"(宋洪适隸釋三)此指高峻的山峰。

【崢嶸洲】 洲名。在湖北黃岡縣西,接武昌縣界處。卽晉安帝元興三年冠軍將軍劉毅破桓玄之處。見水經注三五江水三。

崙

lún ㄌㄨㄣˊ 集韻龍春切,平,諄韻。盧昆切,平,魂韻。

㊀也作"崘"。見"崑崙"。㊁見"崙菌"。

【崙菌】 屈曲盤結貌。同"輪囷"。文選漢王文考(延壽)魯靈光殿賦:"連拳偃蹇,崙菌踡嵼,傍欹傾兮。"

崘

lún ㄌㄨㄣˊ 盧昆切,平,魂韻,來。

同"崙"。見"崑崙"。

崤

xiáo ㄒㄧㄠˊ 胡茅切,平,肴韻,匣。胡刀切,平,豪韻,匣。

也作"殽"。見下。

【崤山】 也作殽山。又名嶔崟山。在河南洛寧縣北,西北接陝縣界,東接澠池縣界。山分東西二崤。東崤長坂峻阜,車不得並行。相傳周文王曾避風雨於此。西崤多石板,險絕不異東崤,相傳爲夏帝桀之祖皋墓所在。左傳僖三十二年晉敗秦師於殽,卽此。參閱左傳僖三二年傳及注疏、嘉慶一統志二〇五河南府一。參見"崤陵"。

【崤谷】 ㊀卽函谷。㊁卽散關。各詳該條。

【崤函】 也作"殽函"。崤,二崤;函,函谷。文選漢張平子(衡)西京賦:"左有崤函重險,桃林之塞。"詳"二崤"、"函谷1"。

【崤陵】 卽崤山。左傳僖三二年:"晉人禦師必於殽。殽有二陵焉:其南陵,夏后皋之墓也;其北陵,文王之所辟風雨也。"釋文:"殽本又作崤。"唐楊炯楊盈川集八唐上騎都尉高君神道碑:"敗楚師於栢舉,未足權衡;執秦俘於崤陵,無階等級。此實君之功也。"參見"崤山"。

崩

bēng ㄅㄥ 北滕切,平,登韻,幫。

也作"堋"、"傰"。㊀倒塌。詩小雅十月之交:"百川沸騰,山冢崒崩。"㊁敗壞。論語陽貨:"君子三年不爲禮,禮必壞;三年不爲樂,樂必崩。"㊂帝王死稱崩。春秋宣二年:"冬十月乙亥,天王崩。"㊃婦科病之一,又叫血崩。素問二陰陽別論:"陰虛陽搏謂之崩。"

【崩角】 書泰誓中:"百姓懍懍,若崩厥角。"孟子盡心下:"王曰:無畏,寧爾也,非敵百姓也。若崩厥角稽首。"角,額角。若崩其頭角,形容叩頭聲響如山之崩。後也直稱叩頭爲崩角。古今圖書集成禽蟲一七七明張之象叩頭蟲賦:"等搖尾而不殊,與崩角兮何異。"參閱淸俞樾古書疑義舉例一倒句。

【崩奔】 崩壞,奔騰。文選南朝宋謝靈運入彭蠡湖口詩:"洲島驟迴合,圻岸屢崩奔。"

【崩城】 相傳春秋時齊莊公襲莒,杞梁殖戰死,其妻在城下枕屍而哭,十日而城崩。見古列女傳四齊杞梁妻、漢王充論衡感虛。文選三國魏曹子建(植)求通親親表:"臣伏以爲犬馬之誠,不能動人,譬人之誠,不能動天。崩城隕霜,臣初信之,以臣心況,徒虛語耳。"卽用此典。

【崩殂】 指帝王之死。三國志蜀諸葛亮

傳出師表:"先帝創業未半,而中道崩殂。"

【崩剥】㊀紛亂,解體。後漢書七二董卓傳論:"董卓初以虓闞爲情,因遭崩剥之埶,故得蹈藉彝倫,毀裂畿服。"㊁傾倒,剥落。唐韋應物韋江州集五答河南李士巽題香山寺詩:"牆宇或崩剥,不見舊題名。"

【崩淪】崩壞,廢棄。後漢書五行志四:"春秋漢含孳曰:'女主盛,臣制命,則地動坼,畔震起,山崩淪。'"唐李白李太白詩二古風之三五:"大雅思文王,頌聲久崩淪。"

【崩潰】潰散,瓦解。後漢書八五東夷傳:"陳涉起兵,天下崩潰。"

【崩騰】動盪,紛亂。文選南朝宋謝靈運述祖德詩之二:"崩騰永嘉末,逼迫太元始。"唐李白李太白詩十一贈張相鎬之二:"想像晉末時,崩騰胡塵起。"

崣 1. wěi ㄨㄟˇ 集韻 鄔毀切,上,紙韻。

㊀見"摧崣"。

2. wēi ㄨㄟ

㊁見"崣₂⿱山移"。

【崣₂⿱山移】曲折貌。同"委蛇"、"逶迤"。古文苑三漢枚乘梁王菟園賦:"巷路崣⿱山移,崟巖𡼖從巍𨈚焉。"

崔 cuī ㄘㄨㄟ 昨回切,平,灰韻,從。

㊀高大。見"崔崔"、"崔嵬"等。

倉回切,平,灰韻,清。

㊁地名。春秋齊地。左傳襄二七年:"(崔)成請老于崔。"注:"濟南東朝陽縣西北有崔氏城,成欲居崔邑以終老。"地在今山東章丘縣西北。㊂姓。見廣韻。

【崔述】公元1740—1816年。清大名人。字武承,號東壁。乾隆二十七年舉人。曾任福建羅源縣上杭縣知縣。初研究宋元理學,後致力於考證古籍,成爲有名的辨僞學者。所著崔東壁遺書三十餘種,以考信録最著名,敢於疑古,時出新解,但因篤信儒家經典,常不免陷於主觀武斷。

【崔浩】公元?—450年。北魏清河東武城人。字伯淵,小名桃簡。太宗(拓跋嗣)初拜博士祭酒,累官至司徒,仕魏三世,軍國大計,多所參贊。浩工書,並通經史,長天文曆學,後作國書三十卷,爲鮮卑諸大臣所忌,太平真君十一年遂以矯誣罪誅死滅族。

【崔崪】山高峻貌。文選漢張平子(衡)西京賦:"於前則終南太一,隆崛崔崪,隱轔鬱律,連岡乎嶓冢。"又作"崔崒"。唐陳子昂陳伯玉集二度峽口山贈喬補闕知之王二無競詩:"崔崒半孤斷,逶迤屢迴直。"

【崔崔】高大貌。詩齊風南山:"南山崔崔,雄狐綏綏。"

【崔嵬】㊀有石的土山。詩周南卷耳:"陟彼崔嵬,我馬虺隤。"傳:"土山之戴石者。"一説是帶泥土的石山。爾雅釋山:"石戴土謂之崔嵬。"晉郭璞注:"石山上有土者。"㊁高聳貌。詩小雅谷風:"習習谷風,維山崔嵬。"楚辭屈原九章涉江:"帶長鋏之陸離兮,冠切雲之崔嵬。"㊂胸中鬱結,猶言磊塊。宋黄庭堅豫章集三次韻子瞻武昌西山詩:"平生四海蘇太史,酒澆不下胸崔嵬。"

【崔瑗】公元77—142年。東漢涿郡安平人。字子玉,崔駰次子。師事賈逵,明天文、曆數、京房易傳。官至濟北相。因事詣廷尉,上書自訟,得理出。會疾卒,年六十六。瑗工於文辭,所著有賦、碑、銘、箴、頌及草書埶等五十七篇。後漢書有傳。

【崔隤】蹉跎,躭誤。同"摧穨"。漢書五三廣川惠王越傳:"上不見天,生何益!日崔隤,時不再,願棄軀,死無悔!"

【崔駰】公元?—92年。東漢涿郡安平人。字亭伯。在太學,與班固傅毅同時齊名。和帝時,車騎將軍竇憲辟爲府掾。出爲長岑長,不赴任而歸鄉。嘗擬揚雄解嘲作達旨。著詩、賦、銘、頌之類,凡二十一篇。見後漢書本傳。

【崔盧】魏晉南北朝以來,豪門貴族的士族集團把持國家大權;山東士族大姓有崔氏盧氏,常居高顯之位。當時關東人以與崔盧通婚爲榮。見舊唐書六一竇威傳。後因以崔盧爲豪門大姓的通稱。宋蘇軾分類東坡詩十一陳季常所畜朱陳村嫁娶圖:"聞道一村唯兩姓,不將門户買崔盧。"參見"四姓㊂"。

【崔錯】交錯。史記一一七司馬相如傳上林賦:"長千仞,大連抱,……崔錯癹骫,阬衡閜砢。"參見"璀錯"。

【崔鴻】北魏鄃人,字彦鸞。官至齊州大中正。鴻以東晉十六國割據一方,各有國史,未有統一,乃撰十六國春秋百卷,以晉爲正統。其書亡於北宋中葉,今本爲明屠喬孫等輯集。魏書及北史皆有傳。

【崔徽】唐歌伎,與裴敬中相戀。既別,徽因託畫家丘夏寫肖像寄敬中,不久抱恨病死。見全唐詩四二三元稹崔徽歌并序。宋蘇軾分類東坡詩十一有章質夫寄惠崔徽真詩。

【崔巍】高峻貌。楚辭漢東方朔七諫初放:"高山崔巍兮,水流湯湯。"

【崔護】唐博陵人,字殷功。貞元十二年進士,終嶺南節度使。有題都城南莊詩著名於世。參閲唐詩紀事四十。參見"人面桃花"。

【崔顥】公元?—754年。唐汴州人,開元十一年進士。天寶間任尚書司勳員外郎。以詩名。嘗登武昌黄鶴樓賦詩,爲李白所推重,有句云:"眼前有景道不得,崔顥題詩在上頭。"見元辛文房唐才子傳一、舊唐書文苑傳、新唐書文藝傳。

【崔子忠】公元?—1644年。明山東萊陽人。初名丹,字開予,後改名子忠,字道母,號北海,一號青蚓。善繪人物,多摹顧愷之陸探微閻立本吴道子諸人遺迹,細描設色,能自出新意。與陳洪綬齊名,世稱"南陳北崔"。參閲歷代畫史彙傳六。

【崔呈秀】公元?—1627年。明薊州人,萬曆四十一年進士。天啟初爲御史,求附東林,見拒。巡按淮陽,以貪污被革職,乃投靠魏忠賢爲養子,參與密謀,陷害東林黨人。魏黨中所謂五虎,以呈秀爲首。崇禎即位,下詔逮治,自縊死。明史列閹黨傳。

【崔羅什】古代神怪傳説人物。唐段成式酉陽雜俎冥迹載,清河人崔羅什,與鬼女相接,女自稱爲漢末吴質之女,談漢魏時事,與崔訂十年之約。十年後,崔食杏未半而死。詩文常用爲人神交接的典故。唐李商隱李義山詩集五聖女祠詩:"人間定有崔羅什,天上應無劉武威。"

【崔鶯鶯】唐傳奇小説人物。唐元稹鶯鶯傳載,貞元中張生遊蒲,與崔氏女鶯鶯相戀,後爲張所棄,張别娶,鶯鶯亦他嫁。稹友人楊巨源作崔娘傳,李紳作鶯鶯歌。宋人據元稹詩中有夢遊春會真詩鶯鶯詩等,考其年事,以爲張生即元稹託名,蓋敍其少年時事。元人西廂記據此故事爲題材。參見"西廂記"。

【崔靈恩】南朝梁清河東武人。遍習五經,尤精三禮三傳。初仕北魏,後歸梁爲國子博士,卒於桂州刺史任。所著三禮義宗左氏經傳義等一百三十餘卷,皆佚。唐人編集禮記正義,多引義宗。梁書南史皆入儒林傳。

⿰山兒 niè ㄋㄧㄝˋ 集韻 倪結切,入,屑韻。

同"嵲"。也作"崀"。㊀見"峌峴"。㊁見"峴屼"。㊂嵲峴，峰嶺不齊貌。古文苑四漢揚雄蜀都賦："諸徼嵲峴，五矹參差。"

【峴屼】不安貌。同"𡽍𡽓"。唐李白李太白詩三梁甫吟："風雲感會起屠釣，大人峴屼當安之？"

崥
pí bì 部迷切，平，齊韻，並。
ㄆㄧˊ ㄅㄧˋ 並弭切，上，紙韻，幫。

㊀見"崥崹"。㊁見"岟崥"。

【崥崹】山勢漸趨平緩。文選晉張景陽(協)七命："既乃瓊巘嶒崚，金岸崥崹。"

菑
zī 集韻 莊持切，平，之韻。
ㄗ

也作"菑"、"嵫"。見下。

【菑嶷】參差不齊貌。文選漢王文考(延壽)魯靈光殿賦："岑崟嵫嶷，駢龍從兮。"

九畫

嵔
xuān
ㄒㄩㄢ

見下。

【嵔嵃】山名。在河北唐山市北。隋書地理志趙郡作嵔嵃山，太平寰宇記作宣務山。也名虛無山。傳說唐堯曾登此山，東觀洪水。參閱北齊顏之推顏氏家訓書證、太平寰宇記五九邢州。

嵃
yǎn 魚蹇切，上，獮韻，疑。
ㄧㄢˇ

險峻貌。文選晉潘安仁(岳)西征賦："金墉鬱其萬雉，峻嵃峭以繩直。"注："嵃，謂棧嵃；嶮貌也。"

崹
tí 杜奚切，平，齊韻，定。
ㄊㄧˊ

見"崥崹"。

嵉
yǐ 移爾切，上，紙韻，喻。
ㄧˇ

見"峛嵉"。

嵂
qiú 自秋切，平，尤韻，從。
ㄑㄧㄡˊ

也作"崷"。見下。

【嵂崒】高峻貌。文選漢班孟堅(固)西都賦："巖峻嵂崒，金石崢嶸。"也作"崷崒"。唐杜甫杜工部草堂詩箋八白水縣崔少府十九翁高齋三十韻："煙氛藹崷崒，魍魎森慘戚。"

嵫
zī 子之切，平，之韻，精。
ㄗ

㊀見"崦嵫"。㊁見"嵫釐"。

【嵫景】古代神話說崦嵫是日沒的地方。嵫景，即崦嵫之景，意謂晚景，常用以比喻人之晚年。南朝梁江淹江文通集四郊外望秋答殷博士詩："屬我嵫景半，賞爾若光初。"

【嵫釐】險峻貌。文選漢王文考(延壽)魯靈光殿賦："崱屴嵫釐，岑崟嵫嶷，駢龍從兮。"

嵁
1\. kān 口含切，平，覃韻，溪。
ㄎㄢ 五含切，平，覃韻，疑。
苦咸切，平，咸韻，溪。
五感切，上，感韻，疑。

㊀山深。見"嵁巖"。㊁凹凸不平的山。南齊謝朓謝宣城集三遊山詩："踞狖叫層嵁，鷗鳧戲沙衍。"

2\. zhàn 士減切，上，豏韻，牀。
ㄓㄢˋ

㊂嵁絕，山貌。見廣韻。

【嵁巖】高深的山巖。莊子在宥："故賢者伏處大山嵁巖之下，而萬乘之君憂慄乎廟堂之上。"

嵌
qiàn 口銜切，平，銜韻，溪。
ㄑㄧㄢ 才敢切，上，敢韻，從。

㊀開張貌。文選漢揚子雲(雄)甘泉賦："金人仡仡其承鍾虡兮，嵌巖巖其龍鱗。"㊁深陷。唐岑參岑嘉州詩一江上阻風雨："積浪成高丘，盤渦爲嵌窟。"又指深陷的洞穴。唐韋莊浣花集五李氏小池亭十二韻詩："引泉疏地脈，掃絮積山嵌。"㊂填塞，鑲嵌。宋趙希鵠洞天清祿集古鍾鼎彝器辨："余嘗見夏琱戈，於銅上相嵌以金，其細如髮。"

【嵌空】玲瓏。唐杜甫杜工部草堂詩箋十七鐵堂峽："脩纖無限竹，嵌空太娟雪。"宋樓鑰攻媿集二遊初暘谷及白巖詩："昨登初暘谷，但見石嵌空。"

【嵌巉】險峻貌。唐白居易長慶集六九亭西牆下伊渠水中置石激流潺湲成韻頗有幽趣以詩記之："嵌巉嵩石峭，皎潔伊流清。"

【嵌巖】山洞。唐盧照鄰幽憂子集四五悲悲昔遊詩："因嵌巖以爲室，就芬芳以列筵。"

嵖
chá
ㄔㄚˊ

見下。

【嵖岈山】山名。1. 在山東平度縣北三十里。唐黃巢兄弟領導農民起義初期在嵖岈山依尚讓，即此。參閱舊唐書二〇〇下黃巢傳、讀史方輿紀要三六萊州府平度州天柱山。2. 在河南遂平縣西五十里，一名嵯峨山。唐元和十二年李愬攻淮西吳元濟，拔道口柵，戰嵖岈山，即此。參閱新唐書一五四李晟傳附李愬、嘉慶一統志二一五汝寧府一。

崴
wēi 乙皆切，平，皆韻，影。
ㄨㄟ

見下。

【崴嵬】高貌，錯落不平貌。楚辭屈原九章抽思："軫石崴嵬，蹇吾願兮。"也作"崴磈"。文選漢司馬長卿(相如)上林賦："崴磈嵔廆，丘虛崛礨。"

【崴𡾋】㊀同"崴嵬"。文選晉左太沖(思)吳都賦："隱賑崴𡾋，雜插幽屏。"注引埤蒼："崴𡾋，不平也。又重累貌。"楚辭屈原九章抽思："軫石崴嵬。"注："一作𡾋。"㊁畏縮貌。唐元稹長慶集十一痁卧聞幕中諸公徵樂會飲因有戲呈三十韻詩："槍旗如在手，那復敢崴𡾋。"

【崴磈】不平貌。史記一一七司馬相如傳大人賦："徑入靁室之砰磷鬱律兮，洞出鬼谷之崫礨嵬磈。"漢書作"崴魁"。

嵋
méi 武悲切，平，脂韻，微。
ㄇㄟˊ

山名。見"峨嵋"。

崱
zè 士力切，入，職韻，牀。
ㄗㄜˋ

高峻貌。文選漢王文考(延壽)魯靈光殿賦："鬱坱圠以嶒竑，崱繒綾而龍鱗。"參見"崱屴"。

【崱屴】㊀高峻貌。文選漢王文考(延壽)魯靈光殿賦："崱屴嵫釐，岑崟嵫嶷，駢龍從兮。"㊁聳立貌。唐李商隱李義山詩集一驕兒："豪鷹毛崱屴，猛馬氣佶傈。"

【崱崱】高偉貌。唐杜牧樊川集八唐故岐陽公主墓志銘："尚書所至，必稱崱崱，爲名公偉人，主實有內助焉。"

崵
1\. yáng 與章切，平，陽韻，喻。
ㄧㄤˊ

㊀山名。即首陽山。詳"首陽㊀"。

2\. dàng 徒朗切，上，蕩韻，定。
ㄉㄤˋ

㊁山名。通"碭"。即芒碭山。詳"芒碭"。

嵑
1\. kě 苦曷切，入，曷韻，溪。
ㄎㄜˇ

㊀山石高峻貌。文選漢張平子(衡)南都賦："其山則崆㟅嶱嵑，嵣𡻆嶚刺。"

2\. jié
ㄐㄧㄝˊ

㊁圓形石碑。通"碣"。後漢書二三竇融傳附竇憲載班固燕然山銘："封神丘兮建隆嵑。"注："方者謂之碑，員者謂之碣。嵑，亦碣也。"

崽
zǎi 山皆切，平，皆韻，山。
ㄗㄞˇ 山佳切，平，佳韻，山。

兒子。方言十："崽者，子也。湘沅之會，凡言是子者謂之崽，若東齊言子矣。"注："聲如宰。"明焦竑俗書刊誤十一俗用雜字："江湘吳越呼子曰崽。音宰。"

【崽子】小兒。水經注十一滱水："至若孌婉丱童及弱年崽子，或單舟採菱，或疊舸折芰。"亦用爲駡人的話。清陳貞慧山陽錄防亂公揭本末："(阮大)鋮歸，潛跡南門之牛首，不敢入城，向之裘馬馳突，廬兒崽子焜燿通衢，至此奄奄氣盡矣。"

崿 è ㄜ 五各切，入，鐸韻，疑。

山崖。文選漢張平子(衡)西京賦："坻崿鱗眴，棧齴巉嶮。"注引文字集略："崿，崖也。"

嵔 wēi wěi ㄨㄟ ㄨㄟˇ 於鬼切，上，尾韻，影。

也作"㠢"。見"嵔廆"。

【嵔廆】高峻貌。文選漢司馬長卿(相如)上林賦："崴磈嵔廆，丘虛堀礨。"廆，史記司馬相如傳作"瘣"。

【嵔壘】㊀曲折盤旋貌。漢王充論衡雷虛："刻尊爲雷之形，一出一入，一屈一伸，爲相校軫則鳴。校軫之狀，鬱律嵔壘之類也。"㊁山名。見"畏壘"。

嵎 yú ㄩˊ 遇俱切，平，虞韻，疑。

㊀山名。國語魯下："客曰：'防風何守也？'仲尼曰：'汪芒氏之君也，守封嵎之山者也。'"注："封，封山；嵎，嵎山。今在吳郡永安縣也。"清段玉裁說封嵎二山在浙江湖州府武康縣(今德清縣)東，實爲一山。見說文解字注。㊁山曲。孟子盡心下："虎負嵎，莫之敢攖。"

【嵎夷】地名。書堯典："分命羲仲，宅嵎夷，曰暘谷。"又禹貢："嵎夷既略。"禹貢說在青州。說文作"堣夷"，謂在冀州。

【嵎谷】神話中傳說太陽落處。列子湯問："夸父不量力，欲追日影，逐之於嵎谷之際。"

【嵎嵎】曲折貌。唐柳宗元柳先生集二夢歸賦："山嵎嵎以崑立兮，水汩汩以漂激。"

喦 yán ㄧㄢˊ 五咸切，平，咸韻，疑。

高峻的山崖。通"巖"、"岩"。文選三國魏嵇叔夜(康)琴賦："且其山川形勢，則盤紆隱深，確嵬岑喦。"注："字林曰：喦，山巖也。"

【喦崿】急流沖激成的坎穴。文選晉郭景純(璞)江賦："圧隒爲之泐嵃，碕嶺爲之喦崿。"唐呂延濟注："泐嵃，喦崿皆坎穴，言水急激之所爲也。"

【喦喦】高峻貌。文選漢張平子(衡)思玄賦："冠喦喦其映蓋兮，珮綝纚以煇煌。"

嵒 yán ㄧㄢˊ

同"巖"、"岩"、"喦"。㊀山巖。初學記十四唐魏元忠侍宴銀潢宮應制詩："暫花仍吐葉，嵒木尚抽枝。"㊁高峻貌。唐柳宗元柳先生集二夢歸賦："山嵎嵎以嵒立兮，水汩汩以漂激。"

【嵒嵒】高峻。引申爲瘦削貌。元王實甫西廂記三本四折："尸骨嵒嵒鬼病侵。"

嵏 zōng ㄗㄨㄥ 子紅切，平，東韻，精。

也作"嵕"。㊀山名。見"九嵕"。㊁數峯相連的山。漢書八七上揚雄傳校獵賦："爾乃虎路三嵏以爲司馬。"注："三嵏，三峯聚之山也。"

嵛 yú ㄩˊ

同"崳"。見下。

【嵛山】山名。1. 在福建霞浦縣東南海中。山高而中間下陷，形如鉢盂，故舊名盂山。見嘉慶一統志四三六福寧府。2. 在湖南零陵縣南。山勢挺立如筆，高踰衆山，故名。見嘉慶一統志三七〇永州府一。

嵐 lán ㄌㄢˊ 盧含切，平，覃韻，來。

㊀山風。唐釋慧琳一切經音義三八金剛光焰止風雨陀羅尼經嵐颲："上音藍。此嵐字諸字書並無，本北地山名，即嵐州出木處是也。亦北蕃語也。後魏孝昌於此地置岢嵐鎮。岢音可。城西有山，多猛風，因名此山爲嵐山。"㊁霧氣。南朝齊謝朓謝宣城集一臨楚江賦："爰自山南，薄暮江潭，滔滔積水，裊裊霜嵐。"

【嵐岫】霧氣繚繞的山峯。唐李中碧雲集下思溢渚舊居詩："寒翠入簷嵐岫曉，冷聲縈枕野泉秋。"

【嵐氣】山林中的霧氣。晉夏侯湛夏侯常侍集山路吟："冒晨朝兮入大谷，道逶迤兮嵐氣清。"文選南朝宋謝靈運晚出西射堂詩："曉霜楓葉丹，夕曛嵐氣陰。"

【嵐翠】山氣呈現的翠色。唐杜牧樊川集二陸州雨霽詩："水聲侵笑語，嵐翠撲衣裳。"

【嵐縣】縣名。屬山西省。漢太原郡汾陽縣地。北魏置嵐州，因州西有岢嵐山而名。隋末置嵐城縣。唐武德六年改置嵐州。宋於此立節度以轄嵐管保德三州及宜芳合河樓煩三縣。明初降爲縣。清屬山西太原府。參閱嘉慶一統志一三六太原府一。

【嵐毘尼】佛經中的地名。傳說爲摩耶夫人誕生釋迦的地方。也稱嵐毗園，又作嵐鞞尼。大智度論二六："復次，佛世世常愛遠離行，若菩薩在母胎，母亦樂遠離行。去城四十里，嵐鞞尼林中生。"唐高僧玄奘曾到該地朝拜。大唐西域記六作"臘伐尼林"。

嵬 sǒu ㄙㄡˇ

見下。

【嵬崮】山名。在山東蒙陰縣西南。有嵬崮水，源出嵬崮山北麓，北流入東汶河，即桑泉河。東南注於沂水。見水經注二五沂水、嘉慶一統志一七七沂州府一。

嵂 lǜ ㄌㄩˋ 集韻劣戌切，入，術韻。

也作"嵂"。見下。

【嵂崒】高峻貌。史記一一七司馬相如傳子虛賦："其山則盤紆岪鬱，隆崇嵂崒。"文選作"嵂崒"。

嵇 jī ㄐㄧ 胡雞切，平，齊韻，匣。

㊀山名。見"嵇山"。㊁姓。見元和姓纂三齊。

【嵇山】山名。1. 在河南修武縣西北。也叫狄山。三國魏嵇康居此。見嘉慶一統志二〇二懷慶府一。2. 在安徽宿縣西南。相傳嵇康本會稽上虞人，姓奚。後徙經，居嵇山側，因改姓嵇。見晉書嵇康傳。

【嵇康】公元 223—262 年。三國魏譙郡人。字叔夜。少孤，爲魏宗室婿，仕魏爲中散大夫。豐神俊逸，博洽多聞，崇尚老莊。工詩文，善鼓琴，精樂理。與陳留阮籍、河內山濤、河南向秀、籍兄子咸、瑯邪王戎、沛人劉伶友善，遊於竹林，稱"竹林七賢"。時司馬氏掌朝權，山濤爲選曹郎，舉康自代，康答書拒絕，自說不堪流俗，而非薄湯武。景元中遭鍾會誣陷，爲司馬昭所殺，年四十。所作今傳者有養生論琴賦聲無哀樂論等篇，餘久散佚。後人輯本，以魯迅輯校的嵇康集爲最詳備。晉書有傳。參閱三國志魏王粲傳"時又有譙郡嵇康"注。參見"廣陵散"。

【嵇劉】嵇康劉伶，均好飲酒，故以並稱。唐杜牧樊川集一雨中作詩："酣酣天地寬，怳怳嵇劉伍。"

【嵇侍中血】三國魏嵇康子嵇紹，仕晉，官至侍中。八王之亂時，隨惠帝與成都王穎戰，兵敗，百官侍衛皆潰散，獨紹以身護衛惠帝。亂兵至，被殺，血濺帝衣。後亂平，左右欲洗衣。惠帝曰："此嵇侍中血，勿去。"見晉書本傳。唐杜甫杜工部草堂詩箋二十傷春之四："豈無嵇紹血，霑灑屬車塵。"宋末文天祥爲元人所俘，在獄中作正氣歌，有"爲嵇侍中血"句，皆用此事。

十畫

嵯 1. cuó ㄘㄨㄛˊ 昨何切，平，歌韻，從。

也作"嵳"。㊀見"嵯峨㊀"。

2. cī ㄘ 楚宜切，平，支韻，初。

㊀見"嵾嵯"。

【嵯峨】㊀山高峻貌。楚辭漢淮南小山招隱士："山氣巃嵸兮石嵯峨，谿谷嶄巖兮水曾波。"史記一一七司馬相如傳上林賦："於是乎崇山巃嵸，崔巍嵯峨。"㊁山名。卽嶻嶭山。詳"嶻嶭㊁"。

嵱 yǒng ㄩㄥˇ 集韻 尹竦切，上，腫韻，喻。

見下。

【嵱嵷】山峯衆多貌。漢書八七上揚雄傳甘泉賦："陵高衍之嵱嵷兮，超紆譎之清澄。"注引如淳："嵱嵷，上下衆多貌。"

嵩 sōng ㄙㄨㄥ 息弓切，平，東韻，心。

也作"崧"。㊀高大貌。漢書八七上揚雄傳河東賦："瞰帝唐之嵩高兮，脈隆周之大寧。"㊁山名。見"嵩高"。案古無"嵩"字，以"崇"爲嵩，漢碑始見"嵩"字。後來分爲二字，崇爲泛稱，嵩則專指中嶽。參閱清鄭珍說文新附考四嵩。

【嵩少】嵩山的別名。嵩山西爲少室，故稱嵩少。唐柳宗元柳先生集四二弘農公以碩德偉材屈於誣枉……獻詩五十韻以畢微志："澗瀍秋瀲灩，嵩少暮微茫。"新唐書一九六隱逸傳序："然放利之徒，假隱自名，以詭祿仕，肩相摩於道，至號終南嵩少爲仕塗捷徑。"也作"崧少"。見"崧㊁"。

【嵩丘】卽嵩山。文選晉潘安仁(岳)懷舊賦："前瞻太室，傍眺嵩丘。"唐宋之問集上溫泉莊臥病寄楊七炯詩："賴有嵩丘山，高枕長在目。"

【嵩京】指河南洛陽，以嵩山在其東南而名。魏書李平傳上表："嵩京創構，洛邑俶營，雖年跨十稔，根基未就。"

【嵩明】縣名。屬雲南省。漢益州郡地，宋大理段氏改爲嵩盟郡。元立嵩盟萬户府，不久升爲嵩盟府，又改爲嵩盟州。明成化中改爲嵩明州，清依舊。1913年改縣。參閱讀史方輿紀要一一四嵩明州。

【嵩呼】漢元封元年春，武帝登嵩山，吏卒聽到三次高呼萬歲的聲音。見漢書武帝紀。後來詩文中祝頌帝王，高呼萬歲，稱嵩呼，本此。宋陸游劍南詩稿十八拜旦表："一封馳奏效嵩呼，清蹕何時返故都。"

【嵩室】卽嵩山。嵩山東爲太室，西爲少室，故又稱嵩室。全唐詩六七六鄭谷讀故許昌薛尚書詩集："難忘嵩室下，不負蜀江濱。"

【嵩高】中嶽嵩山。五嶽之一。在河南登封縣北。古稱外方，又名嵩高，因處四方之中，山形高大，故稱。東曰太室，西曰少室，統稱嵩高。史記封禪書："中嶽，嵩高也。"參閱後漢書郡國志二潁川郡、太平寰宇記四西京二。

【嵩陵】㊀指嵩山。北堂書鈔一四五三國魏劉劭七華："煎嵩陵之縹翠，蒸葱嶺之碧雞。"㊁五代後周郭威(太祖)陵，在河南新鄭縣。見五代史記周紀世宗顯德元年。

【嵩華】中嶽嵩山與西嶽華山，合稱嵩華。北周庾信庾子山集一哀江南賦："稟嵩華之玉石，潤河洛之波瀾。"

【嵩陽】㊀嵩山的南面。山南叫陽。唐高適高常侍集五別楊山人詩："不到嵩陽動十年，舊時心事已徒然。"㊁縣名。漢陽城縣地，屬潁川郡。隋大業初置嵩陽縣，唐武后萬歲登封元年封中岳，改爲登封縣，在今河南省。參閱太平寰宇記四西京二。㊂寺觀名。在河南登封縣嵩山太室山下。北魏太和八年建嵩陽寺，唐改嵩陽觀，宋改天封觀，元改嵩陽宮。宮前有唐徐浩書嵩陽觀聖德感應頌石刻。參閱嘉慶一統志二〇七河南府三。

【嵩箕】指嵩山箕山。藝文類聚二六晉潘尼懷退賦："聃安志於柱史，由抗迹於嵩箕。"聃，老聃；由，許由。

【嵩縣】縣名。屬河南省。春秋時陸渾戎地，漢置陸渾縣，屬弘農郡。歷代屢易其名。金始改嵩州，以地在嵩山之西而名。明初廢州改爲嵩縣，屬河南府，清依舊。參閱寰宇通志八五河南府嵩縣。

【嵩嶽】嵩山。嵩山爲中嶽，故稱嵩嶽。後漢書六十上馬融傳廣成頌："於是周阹環瀆，右矕三塗，左概嵩嶽，面據衡陰，箕背王屋，浸以波溠，貢以滎洛。"嶽，也作"岳"。

【嵩巒】高聳的峯巒。後漢書六十上馬融傳廣成頌："或輕訬趬悍，廋疏婁領，犯歷嵩巒。"

【嵩山三闕】指漢代太室少室開母三石闕銘。見"太室石闕銘"、"少室石闕銘"、"開母石闕銘"。

【嵩陽書院】在河南登封縣太室山麓。五代後周時建，初名太室書院。宋更名嵩陽書院，與睢陽白鹿嶽麓號四大書院。明末傾頹，清康熙十三年重建。見續文獻通考五十學校四、嘉慶一統志二〇五河南府一。

嵣 dàng ㄉㄤˋ 徒朗切，上，蕩韻，定。徒浪切，去，宕韻，定。

見下。

【嵣㟐】山石廣大貌。文選漢張平子(衡)南都賦："其山則崆峣嶱嵑，嵣㟐嶚刺。"

嵮 tián ㄊㄧㄢˊ 字彙 亭年切，音田。

填塞。荀子大略："孔子曰：望其壙，皋如也，嵮如也，鬲如也，此則知所息矣。"注："嵮與填同，謂土填塞也。"一說嵮卽"巔"字，嵮如，頂巔高起狀。參閱王先謙荀子集解。集韻先別有"嵮"字，多年切，爲"巔"的異體。

輋 shē ㄕㄜ

卽畲族。清屈大均廣東新語十四食語輋物："永安、羅坑一帶多輋物，其茶尤佳。"參見"畲"。

嵬 1. wéi ㄨㄟˊ 五灰切，平，灰韻，疑。ㄨㄟˇ 五罪切，上，賄韻，疑。

㊀山高貌。見"崔嵬"、"嵬嵬"。

2. guī ㄍㄨㄟ

㊁怪誕，怪異。通"傀"。荀子非十二子："吾語汝學者之嵬容。"又："是學者之嵬也。"清朱駿聲說文通訓定聲說嵬假借爲"怪"。

【嵬峩】㊀高大雄偉貌。同"巍峨"。文選漢張平子(衡)西京賦："疏龍首以抗殿，狀嵬峩以岌嶪。"㊁傾頹貌，形容醉態。太平廣記一七三盧思道引談藪："武陽太守盧思道常曉醉，於省門見從侄賁，賁曰：'阿父何處飲來，淩晨嵬峩？'"參見"傀俄"。

【嵬嵬】高大貌。南齊書張融傳海賦："重彰岌岌，攢嶺聚立，……嵬嵬磊磊，若相追而不及。"唐韓愈昌黎集七雪後寄崔二十六丞公詩："攢天嵬嵬凍相映，君乃寄命於其間。"

【嵬2說】怪異荒誕的話。荀子正論："今世俗之爲説者，不怪朱、象，而非堯、舜。豈不過甚矣哉！夫是之謂嵬說。"朱，堯子丹朱；象，舜弟。一說嵬，通"委"，嵬說即曲說。

【嵬2瑣】奸險詭詐。荀子非十二子："假今之世，飾邪說，文姦言，以梟亂天下，矞宇嵬瑣，使天下混然不知是非治亂之所存者，有人矣。"注："嵬，謂爲狂險之行者也。瑣者，謂爲姦細之行者也。"又儒效："其通也英傑化之，嵬瑣逃之。"一說嵬瑣，即委瑣，聲近相通，謂邪曲瑣碎。參閱王先謙荀子集解。

【嵬騀】不安帖貌。宋蘇軾蘇文忠詩合注四次韻子由論書："世俗筆苦驕，衆中强嵬騀。"

【嵬嶷】高大雄偉貌。文選晉左太冲(思)吳都賦："爾其山澤則嵬嶷嶢屼，巊溟鬱岪。"

【嵬壘】高低不平貌。文選晉左太冲(思)魏都賦："原隰畇畇，墳衍厈厈，或嵬壘而複陸，或黋朗而拓落。"也作"嵬磊"。唐韓愈昌黎集遺詩嘲鼾睡："頑飈吹肥脂，坑谷相嵬磊。"

【嵬磈】山勢高大而又錯落不平貌。史記一一七司馬相如傳大人賦："徑入靁室之砰磷鬱律兮，洞出鬼谷之崫礨嵬磈。"漢書作"崴魁"。

嵊 shèng 實證切，去，證韻，神。ㄕㄥ

地名。見"嵊山"。

【嵊山】在浙江嵊縣東。嵊字，取四山相合之義。參閱嘉慶一統志二九四紹興府一。

【嵊縣】縣名。屬浙江省。本漢會稽郡剡縣地。唐武德四年置嵊州及剡城縣，不久廢。宋宣和八年改爲嵊縣，屬紹興府。元屬紹興路，明清屬紹興府。參閱浙江通志七建置四。

嵥 jié 渠列切，入，薛韻，羣。ㄐㄧㄝ

見下。

【嵥峙】陡起貌。藝文類聚七晉郭璞巫咸山賦："伊巫咸之名山，崛孤停而嵥峙。"

【嵥豎】突出聳立貌。文選晉郭景純(璞)江賦："虎牙嵥豎以屹崒，荆門闕竦而磐礴。"

嵲 niè 五結切，入，屑韻，疑。ㄋㄧㄝ

見"嵽嵲"。

嵞 tú 同都切，平 模韻，定。ㄊㄨ

說文："嵞，會稽山也。一曰九江當涂也。……从屾，余聲。虞書：'予娶嵞山。'"今書益稷作"娶于塗山。"嵞，亦作"峹"，今作"塗"。楚辭屈原天問："焉得彼嵞山女而通之于台桑？"參見"塗山"。

十一畫

嶅 1. áo 五勞切，平，豪韻，疑。ㄠ

也作"嶅"、"嗷"。㊀多小石的山。說文："嶅，山多小石也。"文選晉木玄虛(華)海賦："或屑没於黿鼉之穴，或挂罥於岑嶅之峯。"唐李白李太白詩七鳴皐歌送岑徵君："峯峥嵥以路絶，挂星辰於巖嶅。"㊁山名。一名鼇山。在山東新泰縣東南。見嘉慶一統志一七九泰安府一。

2. ào 集韻 魚到切，去，号韻。ㄠ

㊂山高貌。見集韻。㊃動搖貌。見"稠嶅"。

嶂 zhàng 之亮切，去，漾韻，照。ㄓㄤ

似屏障的山峯。文選南朝梁沈休文(約)鍾山詩應西陽王教："鬱律構丹巘，崚嶒起青嶂。"藝文類聚七南朝梁吳均與施從事書："綠嶂百重，青川萬轉。"

【嶂癘】指中嶂氣而生的疾病。也作"瘴癘"。文選南朝梁劉孝標(峻)廣絶交論："藐爾諸孤，朝不謀夕，流離大海之南，寄命瘴癘之地。"本作"鄣癘"。

嶄 1. zhǎn 集韻 疾染切，上，琰韻。ㄓㄢ

㊀險峻，高出。也作"嶃"。唐韓愈昌黎集三二柳子厚墓志銘："雖少年已自成人，能取進士第，嶄然見頭角。"

2. chán 集韻 鋤銜切，平，銜韻。ㄔㄢ 疾染切，上，琰韻。

㊁通"巉"。見"嶄2巖"。

【嶄絶】山高險峻貌。文選南朝梁丘希範(遲)旦發魚浦潭詩："詭怪石異像，嶄絶峯殊狀。"事物超越尋常也叫嶄絶。南朝梁鍾嶸詩品下齊鮑令暉："令暉歌詩，往往嶄絶清巧。"

【嶄2巖】險峻貌。同"巉巖"。史記一一七司馬相如傳上林賦："深林鉅木，嶄巖參嵳。"楚辭漢淮南小山招隱士："山氣巄嵸兮石嵯峨，谿谷嶄巖兮水曾波。"

嶃 1. zhǎn 鋤銜切，平，銜韻，牀。ㄓㄢ 士減切，上，豏韻，牀。

㊀同"嶄㊀"。

2. chán ㄔㄢ

㊁同"嶄㊁"。

【嶃崪】高聳險峻。南朝梁江淹江文通集二江上之山賦："潺湲澒溶兮，楚水而吳江；刻劃嶃崪兮，雲山而碧峯。"

嶀 tū 他胡切，平，模韻，透。ㄊㄨ

山名。在浙江嵊縣北，與嵊山參差相對。參閱浙江通志十一山川七、讀史方輿紀要九二紹興府嵊縣。

【嶀嵊】二山名。嶀山在浙江嵊縣北，嵊山在嵊縣東。兩山峯嶺相連，故或並稱。文選南朝梁江文通(淹)雜體詩謝法曹贈別："今行嶀嵊外，銜思至海濱。"注引孔曄會稽記："始寧縣西南有嶀山，剡縣有嵊山。"

嶖 biǎo 方小切，上，小韻，幫。ㄅㄧㄠ

山頂。文選晉郭景純(璞)江賦："驪虯摎其址，梢雲冠其嶖。"藝文類聚七晉庾闡採藥詩："採藥靈山嶖，結駕登九疑。"

嶗 láo 集韻 郎刀切，平，豪韻。ㄌㄠ

見下。

【嶗嶆】山谷陡峭幽深貌。文選晉張景陽(協)七命："溟海渾濩涌其後，嶰谷嶗嶆張其前。"注："漢書曰：取竹之嶰谷。音義曰：嶰谷，崑崙北谷名；嶗嶆，深空之貌也。"

嶊 zuǐ 子罪切，上，賄韻，精。ㄗㄨㄟ

見"嶊崣"。

【嶊崣】山高貌。史記一一七司馬相如傳上林賦："巖陁甗錡，嶊崣崛崎。"

【嶊嶉】高大雄偉貌。漢書八七上揚雄傳甘泉賦："於是大夏(廈)雲譎波詭，嶊嶉而成觀。"文選作"摧嗺"。王先謙漢書補注謂"嶊嶉"，即"崔崣"之同音變字。

嵽 dié 徒結切，入，屑韻，定。ㄉㄧㄝ

㊀見"嵽嵲"。㊁見"岧嵽"。

【嵽嵲】高峻之山。唐杜甫杜工部草堂詩箋六自京赴奉先縣詠懷五百字："凌晨過驪山，御榻在嵽嵲。"

嶇 qū 豈俱切，平，虞韻，溪。ㄑㄩ

見"崎嶇"。

【嶇崟】山石險峻貌。文選三國魏嵇叔夜(康)琴賦："玄嶺巉巖，岞崿嶇崟。"注："皆山石崖巇嶮峻之勢。"參見"嶇嶔"。

【嶇嶔】即"嶇崟"。文選漢王子淵(褒)洞簫賦："徒觀其旁山側兮，則嶇嶔巋崎，倚巇迤𡾊，誠可悲乎其不安也。"注："嶇嶔巋崎皆山險峻之貌。"

嵰 qiǎng 字彙 楚兩切，音搶。ㄑㄧㄤˇ

羣山相連接。唐杜甫杜少陵集詳註二四封西岳賦："羣山爲之相嵰，萬穴爲之倒流。"

嵺 liáo 集韻 憐蕭切，平，蕭韻。ㄌㄧㄠˊ

㊀見"嵺廓"。㊁見"崤嵺"。

【嵺廓】空曠，高遠。楚辭宋玉九辯："年洋洋以日往兮，老嵺廓而無處。"漢書五七下司馬相如傳大人賦："下峥嶸而無地兮，上嵺廓而無天。"

嶍 xí ㄒㄧˊ

見下。

【嶍峨】縣名。唐爲嶍峨部。元初設嶍峨千戶，又改嶍峨州，後降爲縣，隸屬臨安路，後改屬寧州。明初屬雲南臨江府，清沿置。公元 1929 年改爲峨山縣。即今雲南峨山彝族自治縣。參閱寰宇通志一一二曲靖軍民府嶍峨縣。

嶎 yù ㄩˋ

見下。

【嶎嵂】嶎嵂嶺，又名東海島，在廣東遂溪縣東南海中。其南曰調洲，與海康縣時禮嶺對峙，舊時爲雷州海舟入口。參閱嘉慶一統志四五一雷州府。

嶁 1. lǚ 力主切，上，麌韻，來。ㄌㄩˇ

也作"塿"。㊀山名。見"岣嶁"。

2. lǒu 郎斗切，上，厚韻，來。ㄌㄡˇ

㊁山巔。後漢書六十上馬融傳廣成頌："陵疏塿領，犯歷嵩巒。"

㠥 lěi 力軌切，上，旨韻，來。ㄌㄟˇ 落猥切，上，賄韻，來。

也作"蔂"。見"㠥嶉"。

【㠥嶉】山高峻貌。漢劉向說苑雜言："夫山巃嵸㠥嶉，萬民之所觀仰。"元王逢梧溪集五夢觀閻元賓詩："元賓高昌冑，氣幹岳㠥嶉。"

嶉 zuī 醉綏切，平，脂韻，精。ㄗㄨㄟ 遵誄切，上，旨韻，精。

見"崔嶉"。

嶈 qiāng 七羊切，平，陽韻，清。ㄑㄧㄤ

㊀山高貌。見廣韻。㊁見"嶈嶈"。

【嶈嶈】激流沖撞山石聲。文選漢班孟堅(固)西都賦："揚波濤於碣石，激神岳之嶈嶈。"

嵷 sǒng 集韻 筍勇切，上，腫韻。ㄙㄨㄥˇ

也作"從"。見"嵱嵷"、"龍從"。

嵾 cēn 楚簪切，平，侵韻，初。ㄘㄣ

也作"嵾"。見"嵾嵳"。

【嵾嵳】不齊貌。同"參差"。楚辭漢東方朔七諫怨世："世沈淖而難論兮，俗岭峨而嵾嵳。"也作"嵾嵳"。史記一一七司馬相如傳上林賦："深林鉅木，嶄巖嵾嵳。"漢書作"參差"。又作"嵾差"。漢書八七上揚雄傳甘泉賦："增宮嵾差，駢嵳峨兮。"

十二畫

嶞 duǒ 徒果切，上，果韻，定。ㄉㄨㄛˇ

山形狹長貌。詩周頌般："嶞山喬嶽，允猶翕河。"釋文："嶞，吐果反，注同，郭云山狹而長也。"

嶟 zūn 將倫切，平，諄韻，精。ㄗㄨㄣ 祖昆切，平，魂韻，精。

見"嶟嶟"。

【嶟嶟】聳立貌，高臺竦峭貌。漢書八七上揚雄傳甘泉賦："洪臺掘其獨出兮，掓北極之嶟嶟。"

嶒 céng 疾陵切，平，蒸韻，從。ㄘㄥˊ

㊀見"嶒竑"。㊁見"嶒崚"。

【嶒竑】深空貌。文選漢王文考(延壽)魯靈光殿賦："鬱坱圠以嶒竑，崱繒綾而龍鱗。"

【嶒崚】不平貌。文選晉張景陽(協)七命："既乃瓊巇嶒崚，金岸崥崹。"晉書張協傳作"層崚"。

嶙 lín 力珍切，平，真韻，來。ㄌㄧㄣˊ 良忍切，上，軫韻，來。

見"嶙峋"。

【嶙峋】林立峻峭或層疊高聳貌。漢書八七上揚雄傳甘泉賦："增宮嵾差，駢嵳峨兮，岭巆嶙峋，洞亡厓兮。"形容矗立的宮殿。文選晉左太沖(思)魏都賦："榱題黮䨴，階陌嶙峋。"形容臺階的高疊。唐韓愈昌黎集二送惠師詩："遂登天台望，衆壑皆嶙峋。"形容山峯重疊高聳。

嶢 yáo 五聊切，平，蕭韻，疑。ㄧㄠˊ

也作"嶤"。㊀高遠。文選漢張平子(衡)西京賦："正紫宮於未央，表嶢闕於閶闔。"㊁見"嶢峴"。㊂見"嶢關"。

【嶢岏】山高險貌。文選晉左太沖(思)吳都賦："爾其山澤，則嵬嶷嶢岏，嵺冥鬱岪。"岏，同"屼"。

【嶢柳】城名。即今陝西藍田縣城。俗稱青泥城。因面對嶢山，城中多柳，故名。晉桓温伐苻堅，使將軍薛珍擊破青泥城，即此。參閱元和郡縣志一京兆府上。

【嶢崢】高貌。文選漢張平子(衡)思玄賦："勔自强而不息兮，蹈玉階之嶢崢。"亦作"嶢崝"。漢書八七上揚雄傳河東賦："乘翠龍而超河兮，陟西岳之嶢崝。"注："嶢崝，謂嶕嶢而崝嶸也。"

【嶢崎】曲折。同"蹺蹊"。朱子語類十一學五："易有箇陰陽，詩有箇邪正，書有箇治亂，皆是一直路徑可走，別無嶢崎。"

【嶢峴】不安貌。文選漢王文考(延壽)魯靈光殿賦："浮柱岹嵽以星懸，漂嶢峴而枝柱。"也作"嶢嵲"。唐柳宗元柳先生集十八招海賈文："舟航軒昂兮上下飄鼓，騰越嶢嵲兮萬里一覩。"注："嶢音堯，嵲，魚列切，危高也。"嵲，同"峴"。

【嶢嶢】高貌。漢書八七上揚雄傳甘泉賦："直嶢嶢以造天兮，厥高慶而不可虖疆度。"後也比喻人的高傲剛直。後漢書六一黃瓊傳李固遺黃瓊書："常聞語曰：'嶢嶢者易缺，皦皦者易汙。'陽春之曲，和者必寡，盛名之下，其實難副。"

【嶢嶭】高峻貌。文選晉左太沖(思)魏都賦："抗旗亭之嶢嶭，侈所覜之博大。"

【嶢關】關名。在陝西藍田縣東南。因關臨嶢山而得名。秦二世三年，子嬰既殺趙高，遣將兵拒守嶢關，劉邦因率兵繞越蕢山，破秦軍於藍田縣南。北周明帝武成元年，移置青泥故城側，改名青泥關。武帝建德二年改爲藍田關，因藍田縣而名。隋大業元年還回舊址。參閱漢書高帝紀、元和郡縣志一京兆府上。

嶘 zhàn 士限切，上，產韻，牀。ㄓㄢˋ

高險的山巖。唐元結元次山集五演興之四閔嶺中詩："大淵蘊蘊兮，絕嶘岌岌。"

嶜 qín 昨淫切，平，侵韻，從。ㄑㄧㄣˊ

見下。

【嶜崟】高銳貌。漢書八七上揚雄傳校

獵賦：“玉石嶜崟，眩燿青熒。”也作“嶜岑”。文選漢張平子（衡）南都賦：“幽谷嶜岑，夏含霜雪。”

嶡 1. jué ㄐㄩㄝ 集韻 居月切，入，月韻。

㊀古代祭神陳列犧牲的木器。有四足，足間有橫距。禮明堂位：“俎，有虞氏以梡，夏后氏以嶡。”宋聶崇義三禮圖十三有嶡俎圖。參見“俎”。

2. guì ㄍㄨㄟ 集韻 姑衛切，去，祭韻。

㊀山貌。見集韻。

【嶡俎】見“嶡㊀”。

嶛 liáo ㄌㄧㄠ 落蕭切，平，蕭韻，來。

也作“嶚”、“嵺”。㊀高貌。單言爲嶛，合言之則爲嶚巢。文選晉左太沖（思）魏都賦：“劍閣雖嶛，憑之者蹶。”注：“廣雅曰：嶛巢，高也。”㊁見“嶛峭”。

【嶛峭】高峭。借以形容瘦削。唐姚合姚少監集十題鶴雛詩：“羽毛生未足，嶛峭醜於雞。”

嶚 liáo ㄌㄧㄠ 落蕭切，平，蕭韻，來。

亦作“嶛”。見“嶛”。

【嶚刺】山高而相戾。文選漢張平子（衡）南都賦：“其山則崆峣嶱嵑，嵣㟄嶚刺。”注：“嶚，山高而相戾也。廣雅曰：嶚，高也。說文曰：刺，戾也。”

嵹 qiàng ㄑㄧㄤ 集韻 其亮切，去，漾韻，羣。

見下。

【嵹臺】山名。即青海西傾山。南朝宋段國沙洲記說洮水與墊江水同出嵹臺山。（清張澍輯本）詳“西傾”。

嶝 dèng ㄉㄥ 都鄧切，去，嶝韻，端。

登山的小道。樂府詩集三二南朝梁沈約從軍行：“雲縈九折嶝，風卷萬里波。”

嶔 qīn ㄑㄧㄣ 去金切，平，侵韻，溪。

也作“⿰山欽”。㊀高峻貌。見“嶔崎”、“嶔崟”。㊁高聳的山峯。唐張九齡曲江集四赴使瀧峽詩：“谿路日幽深，寒空入兩嶔。”

【嶔岑】高險貌。同“嶔崟”。楚辭漢淮南小山招隱士賦：“嶔岑碕礒兮，碅磳磈硊。”文選作“嶔⿰山金”。參見“嶔崟”。

【嶔崎】高峻貌。初學記二九後漢王延壽王孫賦：“生深山之茂林，處嶄巖之嶔崎。”也以比喻人之傑出不羣。世說新語容止：“周伯仁（顗）道桓茂倫（彝），嶔崎歷落可笑人。”又見晉書桓彝傳。儒林外史一：“雖然如此說，元朝末年，也曾出了一個嶔崎磊落的人。這人姓王名冕，在諸暨縣鄉村裏住。”

【嶔崟】㊀高貌。文選漢張平子（衡）思玄賦：“嘉曾氏之歸耕兮，慕歷阪之嶔崟。”唐杜甫杜工部草堂詩箋十八白沙渡：“高壁抵嶔崟，洪濤越淩亂。”㊁山名。崤山一名嶔崟山。詳“崤山”。

【嶔嶇】險峻貌。子華子下執中：“心胸之兩間，其容幾何？然則歷陸嶔嶇，太行雁門橫塞之。”

【嶔巇】山峯對峙險峻貌。文選漢張平子（衡）南都賦：“岝崿嶵嵬，嶔巇屹⿰山巤。”注：“廞巇，山相對而危險之貌也。屹⿰山巤，斷絶之貌也。”

【嶔巖】險峻的山巖。公羊傳僖三十三年：“百里子與蹇叔子送其子而戒之曰：‘爾即死，必於殽之嶔巖，是文王之所辟風雨者也。’”

嶓 bō ㄅㄛ 博禾切，平，戈韻，幫。

見“嶓冢”。

【嶓冢】山名。1.在陝西寧強縣北。東漢水發源於此。書禹貢：“嶓冢導漾，東流爲漢。”2.在甘肅天水縣西南。西漢水發源於此。又名兑山。爲秦國最初封地。清蔣廷錫謂二山南北相距數百里而支脈隱然聯屬。參閱尚書地理今釋、嘉慶一統志二三七漢中府一。

嶠 qiáo jiào ㄑㄧㄠ ㄐㄧㄠ 巨嬌切，平，宵韻，羣。渠廟切，去，笑韻，羣。

尖峭的高山。爾雅釋山：“山小而高，岑；銳而高，嶠。”文選南朝宋顏延年（延之）和謝監靈運詩：“跂予間衡嶠，曷月瞻秦稽。”後漢書三三鄭弘傳：“弘奏開零陵、桂陽嶠道，於是夷通，至今遂爲常路。”注：“嶠，嶺也。”

【嶠南】即嶺南。後漢書二四馬援傳：“嶠南悉平。”注：“嶠，嶺嶠也。”唐柳宗元柳先生集二七桂州訾家洲亭記：“凡嶠南之山川達于海上，於是畢出，而古今莫能知。”

嶕 jiāo ㄐㄧㄠ 昨焦切，平，宵韻，從。

也作“嶣”。㊀高聳貌。見“嶕嶢”。㊁江海中的巖石。元吳萊淵穎集四登岸泊道隆觀詩：“幽島不可辨，亂嶕出如鰲。”今作“礁”。

【嶕嶢】高聳貌。漢書八七下揚雄傳解難：“泰山之高不嶕嶢，則不能浡滃雲而散歊烝。”也作“嶣嶢”。晉陸機陸士龍集三贈顧彥先詩之三：“陟升嶣嶢，降涉洪波。”又作“嶣嶤”。晉陶潛陶淵明集四擬挽歌辭之三：“四面無人居，高墳正嶣嶤。”

嶫 jié ㄐㄧㄝ 集韻 疾葉切，入，葉韻。

也作“嶪”、“崨”。見“嶫嶫”。

【嶫嶫】山高峻貌。漢書五七上司馬相如傳上林賦：“嵯峨嶫嶫，刻削崢嶸。”史記作“礏礏”。

十三畫

嶬 yǐ ㄧˇ 魚倚切，上，紙韻，疑。

也作“⿱義山”。見“崎嶬”。

嶱 kě ㄎㄜˇ 集韻 丘葛切，入，曷韻。

高峻貌。文選漢張平子（衡）南都賦：“其山則崆峣嶱嵑，嵣㟄嶚刺。”

⿱山路 lù ㄌㄨˋ

路。詳“巷⿱山路”。

嶧 yì ㄧˋ 羊益切，入，昔韻，喻。

㊀山相連接貌。爾雅釋山：“屬者嶧。”疏：“言山形相連屬，駱驛然不絕者名嶧。”㊁山名、地名。見“嶧山”、“嶧陽”、“嶧縣”。

【嶧山】山名。1.即鄒山。在山東鄒縣東南。又名鄒嶧山邾嶧山。傳說古代山南多桐樹，可作琴材。秦始皇二十八年曾登此山刻石記功。史記夏紀“嶧陽孤桐”正義引括地志：“嶧山在兗州鄒縣南二十二里。鄒山記云：‘鄒山，古之嶧山，言絡繹相連屬也。今猶多桐樹。’”參閱太平寰宇記二一兗州。參見“鄒嶧山”。2.即葛嶧山，又名嶧陽山、邳嶧山。在江蘇邳縣西南。以與沂山相距，又名距山。漢書地理志上東海郡下邳：“（葛）嶧山在西，古文以爲嶧陽。”參閱太平寰宇記十七淮陽軍、讀史方輿紀要二二邳州葛嶧山。

【嶧陽】㊀嶧山的南坡。山的南面叫陽。書禹貢：“嶧陽孤桐。”傳：“孤，特也。嶧山之陽，特生桐，中琴瑟。”後因以嶧陽作琴的別名。抱朴子擢才：“嶧陽雲和，不爲不御而息唱，以競顯於淫哇。”㊁山名。見“嶧山”。

【嶧縣】縣名。春秋鄫國地，戰國爲楚蘭陵邑。漢爲蘭陵縣地，屬東海郡。晉置蘭陵郡。金置嶧州，治所在蘭陵縣。明洪武二年降爲縣，屬兗州府，清沿置。

公元1960年撤銷，改設棗莊市。地在今山東臨沂縣西。參閱明寰宇通志七三兗州府嶧縣。

【嶧山刻石】秦代刻石。始皇二十八年(公元前219年)巡行時登嶧山所刻，頌讚秦的功德，後有二世詔辭。相傳爲李斯篆書。原石久亡，宋淳化四年鄭文寶取其師徐鉉摹本重刻於西安。兩面刻，十一行，每行二十一字；後刻文寶題記，正書。現存陝西省博物館碑林內。元至元十九年重刻，在鄒縣。參閱清顧炎武金石文字記一嶧山石刻、金石萃編四。

嶵 zuì 徂累切，上，旨韻，從。ㄗㄨㄟ 徂賄切，上，賄韻，從。

高峻貌。也作"嶊"。見"嶵嵬"。

【嶵嵬】高峻貌。文選漢張平子(衡)南都賦："其山則崆㟗嶱嵑，嵣㟐嶚刺，岝崿嶵嵬，嶔巇屹𡾊。"又漢王文考(延壽)魯靈光殿賦："瞻彼靈光之爲狀也，則嵯峨嶵嵬，峞巍嶻嶫。"也作"嶉巍"。世說新語言語："孫(楚)云：'其山嶉巍以嵯峨，其水泙渫而揚波，其人磊砢而英多。'"又作"嶊隗"。參見"嶊隗"。

嶪 yè 魚怯切，入，業韻，疑。ㄧㄝ

高大貌。也作"嶫"。文選三國魏何平叔(晏)景福殿賦："峨峨嶫嶫，罔識所屆。"唐韓愈昌黎集二六魏博節度觀察使沂國公先廟碑銘："嶪嶪魏土，嬰兒戲兵。"

【嶪岌】高大險峻貌。南朝梁蕭統昭明太子集二玄圃講詩："穿池狀浩汗，築峰形嶪岌。"又形容人之意氣風發。宋歐陽修文忠集四別後奉寄聖俞二十五兄詩："誰(一作雖)云已老矣，意氣何嶪岌！"

【嶪峩】高峻貌。唐韓愈昌黎集一元和聖德詩："濆鬼濛鴻，嶽祇嶪峩。"也作"嶪㠖"。文苑英華四八唐李華含元殿賦："崒脩遼以窅徼，倪嶪㠖而巖巍。"

嶒 huì guì 集韻 黄外切，又古外切，ㄏㄨㄟ ㄍㄨㄟ 去，太韻。

見"嶒㟴"。

【嶒㟴】寬大相連貌。文選漢馬季長(融)長笛賦："嶰壑嶒㟴，𡼖窌巖𡾰。"唐李善注本嶒作"澮"。澮㟴，深平貌。

嶮 xiǎn 魚檢切，上，琰韻，疑。ㄒㄧㄢ 虛檢切，上，琰韻，曉。

高險。文選三國魏王仲宣(粲)雜詩："褰衽欲從之，路嶮不得征。"

【嶮介】險阻。文選晉郭景純(璞)江賦："所以作限於華裔，壯天地之嶮介。"注引爾雅郭璞注："介，閡也。"

【嶮澀】艱險難行。文選晉潘正叔(尼)迎大駕詩："世故尚未夷，崤函方嶮澀。"也作"險澁"。唐杜甫杜工部詩史補遺四早發射洪縣南途中作："俶裝逐徒旅，達曙凌險澁。"

【嶮巇】險要高峻貌。文選三國魏嵇叔夜(康)琴賦："丹崖嶮巇，青壁萬尋。"也比喻人事之艱險。唐李白李太白詩二古風之五九："世途多翻覆，交道方嶮巇。"全唐詩六七〇秦韜玉釣翁："世上無窮嶮巇事，算應難入釣船來。"

嶭 è 五割切，入，曷韻，從。ㄜ

見"巀嶭"、"嶢嶭"。

嶰 xiè 胡買切，上，蟹韻，匣。ㄒㄧㄝ

㊀山間溝壑。無水叫嶰，有水叫澗。後漢書六十上馬融傳廣成頌："窮浚谷，底幽嶰。"㊁山谷名。詳"嶰谷"。

【嶰竹】相傳黄帝命泠綸取解谷之竹作樂器，後因泛稱簫笛等樂器爲嶰竹。見漢書律曆志上。唐孟郊孟東野集三投所知詩："一説清嶰竹，一説變嶰谷。"明楊維楨鐵崖古樂府十春俠雜詞之五："蜀琴初奏雙鴛鴦，嶰竹和鳴雙鳳凰。"參見"嶰谷"、"解谷"。

【嶰谷】崑崙山北谷名。文選晉左太沖(思)吳都賦："梢雲無以踰，嶰谷弗能連。"也作"解谷"。見漢書律曆志上。參見"解谷"。

【嶰管】指簫笛等竹製樂器。宋柳永樂章集迎新春詞："嶰管變青律，帝里陽和新布。"

【嶰壑】山澗。文選漢馬季長(融)長笛賦："嶰壑澮㟴，𡼖窌巖𡾰。"

嶲 jùn 集韻 須閏切，去，稕韻。ㄐㄩㄣ

㊀或作㕙、峻、陖、𡾮。集韻引説文："高也。"㊁同"嶲"。見"嶲"。

嶊 zuì ㄗㄨㄟ

同"嶵"。見"嶵"。

【嶊隗】高峻貌。文選漢揚子雲(雄)甘泉賦："駢交錯而曼衍兮，崴嶊隗乎其相嬰。"亦作"嶵嵬"。參見該條。

嶴 ào ㄠ

本作"隩"。山坳近水的地方。也作"岙"。多用作地名。如浙江鎮海縣東南七十里有盤嶴山。見浙江通志十四山川六。

十四畫

嶸 hóng róng 户萌切，平，耕韻，匣。ㄏㄨㄥ ㄖㄨㄥ 永兵切，平，庚韻，于。

見"崢嶸"。

對 duì 集韻 徒對切，去，隊韻。ㄉㄨㄟ

也作"嵟"。高峻貌。文選晉左太沖(思)魏都賦："對若崇山崫起以崔嵬，髟若玄雲舒蜺以高垂。"注："對，高貌也。"

嶷 1. yí 語其切，平，之韻，疑。ㄧ

㊀山名。見"九嶷"。

2. nì 魚力切，入，職韻，疑。ㄋㄧ

㊁高峻貌。詩大雅生民："誕實匍匐，克岐克嶷。"世説新語賞譽下："世目周侯(顗)嶷如斷山。"

【嶷$_2$岌】高貌。文苑英華五四唐杜甫朝獻太清宮賦："地軸傾而融曳，洞宮儼以嶷岌。"

【嶷$_2$嶷$_2$】高貌。大戴禮記五帝德："其色郁郁，其德嶷嶷。"指品德高尚。唐韓愈昌黎集二二歐陽生哀辭："氣醇以方，容貌嶷嶷然。"形容體態魁梧。

嶺 lǐng 良郢切，上，静韻，來。ㄌㄧㄥ

山峯，山脈。世説新語企羡"王右軍……甚有欣色"注引王羲之臨河叙："此地有崇山峻嶺，茂林修竹。"又五嶺山脈簡稱嶺，如言嶺南。本作"領"，晉以後始加"山"作"嶺"。漢書六四上嚴助傳："今……入越地，輿轎而隃領，拕舟而入水。"參閱清鄭珍説文新附考四嶺。

【嶺北】元代行中書省名。大德十一年設立和林等處行中書省，皇慶元年改爲嶺北等處行中書省。參閱元史地理志一。參見"和林"。

【嶺外】指五嶺山脈以南的地區，包括廣東廣西地區。文苑英華一五七唐沈佺期嶺表逢寒食詩："嶺外逢寒食，春來不見餳。"

【嶺表】指五嶺以南之地，即嶺南。晉書滕脩傳："廣州部曲督郭馬等爲亂，(孫)皓以脩宿有威惠，爲嶺表所伏，以爲使持節，都督廣州軍事、鎮南將軍，廣州牧以討之。"

【嶺南】㊀泛指五嶺以南地區。世説新語德行"小吳遂大貴達"注引晉安帝紀："(吳)隱之既有至性，加以廉潔，……桓玄欲革嶺南之敝，以爲廣州刺史。"宋蘇軾分類東坡詩十食荔支之二："日啖荔支三百顆，不妨長作嶺南人。”㊁唐代十道之一。貞觀元年設置。治所在廣州。轄七十三州、一都護府、三百一十四縣，約當今兩廣地區。後分爲嶺南東道、嶺南西道。參閱新唐書地理志七上。參見“十道”。

【嶺海】兩廣地在五嶺之南，臨近南海，故稱嶺海。唐韓愈昌黎集三九潮州刺史謝上表：“雖在萬里之外，嶺海之陬，待之一如畿甸之閒。”又劉長卿劉隨州集三送獨孤判官赴嶺詩：“嶺海看飛鳥，天涯問遠人。”

【嶺梅】大庾嶺上的梅花。唐杜甫杜工部詩史補遺九秋日荆南述懷三十韻：“秋水漫湘竹，陰風過嶺梅。”唐宋白孔六帖九九梅：“大庾嶺上梅，南枝落，北枝開。”宋蘇軾東坡詞定風波之九：“萬里歸來顏愈少，微笑，時時猶帶嶺梅香。”參見“大庾嶺”。

【嶺嶠】指五嶺。南史陳武帝紀：“長驅嶺嶠，夢想京畿。”唐高適高常侍集七餞宋八充彭中丞判官之嶺外詩：“擧鞭趨嶺嶠，屈指冒炎蒸。”參見“五嶺㊀”。

【嶺外代答】宋周去非撰。十卷，分地理、邊帥以至禽獸、蟲魚等二十門。記兩廣的物産風俗。其中邊帥、法制、財計等内容，可補正史的缺漏。去非於淳熙間曾任桂林通判。有人問嶺外情況，因寫此書作答，故稱嶺外代答。原書已佚，今本從永樂大典中輯出。

【嶺表録異】唐劉恂撰，三卷。爲恂在嶺南時所作，專述嶺南物産、風土。記載粤東地理風俗之書，以此爲最古。原本久佚，諸書所引，有嶺表録嶺表記嶺表異録嶺表録異記嶺南録異諸異名，實指一書。今本自永樂大典輯出，仍分三卷。

【嶺南遺書】叢書名。清道光同治間伍崇曜輯刊，譚瑩校勘。共六十種，二百三十四卷，都是廣東學者文士的著作，故名嶺南遺書。

嶼 yǔ 徐吕切，上，語韻，邪。ㄩˇ

文選晉左太沖(思)吴都賦：“島嶼綿邈，洲渚馮隆。”注：“嶼，海中洲，上有山。魏武(曹操)滄海賦曰：覽島嶼之所有。”又郭景純(璞)江賦：“石帆蒙蘢以蓋嶼，萍實時出而漂泳。”清桂馥謂嶼卽上林賦“行之洲淤之浦”之“淤”的俗字。見札璞七匡謬嶼。

嶽 yuè 五角切，入，覺韻，疑。ㄩㄝˋ

也作“岳”。㊀高峻的大山。詩大雅崧高：“崧高維嶽，駿極于天。”漢書地理志上：“既脩大原，至于嶽陽。”書禹貢嶽作“岳”。㊁泛指五嶽。詳“五嶽”。㊂見“嶽嶽”。

【嶽立】屹然不動貌。猶屹立。文選晉潘安仁(岳)藉田賦：“青壇蔚其嶽立兮，翠幕黕以雲布。”引申爲特出、卓爾不羣。世説新語賞譽上“陳仲擧嘗歎曰”注引汝南先賢傳：“周乘字子居，汝南安城人，天資聰朗，高峙嶽立。”也作“岳立”。文選晉陸士衡(機)答賈長淵詩：“吴(孫權)實龍飛，劉(備)亦岳立。”

【嶽牧】傳説堯舜時代有四嶽、十二牧，省稱嶽牧。嶽，也作“岳”。史記六一伯夷傳：“堯將遜位，讓於虞舜，舜禹之間，岳牧咸薦，乃試之於位。”後泛指地區的長官。後漢書四十下班彪傳附班固典引：“於是三事嶽牧之僚，僉爾而進。”晉書王敦傳：“敦既得志，暴慢愈甚。……將相嶽牧，悉出其門。”

【嶽祇】四嶽之神。祇，地神。唐韓愈昌黎集一元和聖德詩：“瀆鬼濛鴻，嶽祇業峨。”

【嶽降】詩大雅崧高：“維嶽降神，生甫及申。”甫，甫侯；申，申伯。都姓姜，爲四嶽的後代。後來詩文以“嶽降”作爲稱頌官僚門閥的套語。宋蘇軾經進東坡文集事略五五韓文公廟碑：“故申吕自岳降，傅説爲列星，古今所傳，不可誣也。”岳，同“嶽”。參見“崧生嶽降”。

【嶽壻】山名。漢書郊祀志上載，自華以西大山川有岳山(亦作嶽山)，小山川有嶽壻山。後稱妻之父爲岳丈，自稱爲壻，或説卽本此。參閱元黄溍日損齋筆記雜辯。參見“岳丈”。

【嶽蓮】西嶽華山上的蓮花。道家傳説華山山頂池中生千葉蓮，服食後可以成仙，因名華山。華，同“花”。見宋陳舜俞華山記。唐杜甫杜工部草堂詩箋十三題鄭縣亭子：“雲斷嶽蓮臨大路，天晴宫柳暗長春。”

【嶽鄙】接近山嶽的城邑。史記周紀：“我南望三塗，北望嶽鄙。”索隱：“嶽，蓋河北太行山。鄙，都鄙，謂近嶽之邑。”

【嶽嶽】高聳突出貌。比喻人顯露頭角。漢少府五鹿充宗爲元帝寵臣，習梁丘易，與諸易家論難，仗勢行辯，人不敢抗，惟朱雲折之。當時人説：“五鹿嶽嶽，朱雲折其角。”嶽嶽，爲雙關語，因鹿角突出，用來比喻充宗鋒芒畢露。見漢書六七朱雲傳。

【嶽瀆】五嶽四瀆的省稱。文選漢蔡伯喈(邕)陳太丘碑文：“徵士陳君，稟嶽瀆之精，苞靈曜之純。”也作“岳瀆”。唐柳宗元柳先生集二夢歸賦：“施岳瀆以定位兮，互參差之白黑。”參見“五嶽”、“四瀆”。

【嶽麓】山名。在湖南長沙市西郊。卽南嶽衡山的北麓。又名麓山靈麓峯，爲衡山七十二峯之一。諸峯疊秀，下臨湘水。山上有晉代修建的嶽麓寺，卽古麓苑，一名慧光寺，又叫萬壽寺，寺内有唐李邕所書碑。山下有嶽麓書院，是宋代四大書院之一。參閱嘉慶一統志三五四長沙府一山川、三五六長沙府三寺觀。

【嶽峙淵渟】見“淵渟嶽峙”。

【嶽麓書院】宋開寶中潭州太守朱洞所建。後真宗命周式主持書院，並賜嶽麓書院題額，與嵩陽睢陽白鹿並稱四大書院。乾道初劉珙重建，以張栻主教。栻嘗與朱熹論學於此。故址在湖南長沙市西嶽麓山下。見文獻通考四六學校七、湖南通志六八學校七書院一。

十五畫

巀 zá 才割切，入，曷韻，從。ㄗㄚˊ
jié 昨結切，入，屑韻，從。ㄐㄧㄝˊ

也作“嶻”。見“巀嶭”。

【巀嶭】㊀高峻貌。漢書五七司馬相如傳上林賦：“九嵕巀嶭，南山峩峩。”又作“巀嶭”。文選漢張平子(衡)南都賦：“坂坻巀嶭而成巘，谿壑錯繆而盤紆。”㊁山名。一名嵯峩山，又名慈峩山。傳説黄帝曾鑄鼎於此。在今陝西涇陽三原淳化三縣交界處。參閱漢書地理志上左馮翊、太平寰宇記三一耀州雲陽縣、嘉慶一統志二七二西安府一山川。

巋 è 集韻 鄂格切，入，陌韻。ㄜˋ

同“峉”。見“峉巋”。

巂 1. xī guī 户圭切，平，齊韻，匣。ㄒㄧ ㄍㄨㄟ

㊀鳥名。卽“子規”。爾雅釋鳥“巂周”注：“子規鳥，出蜀中。”㊁車輪轉一周爲巂。通“規”。禮曲禮上：“立視五巂。”注：“巂猶規也。謂轉輪之度。”

2. suǐ 息委切，上，紙韻，心。ㄙㄨㄟˇ

見下。

【巂2州】州名。漢越巂郡。隋置巂州，尋又改越巂郡。唐復置，後入於吐蕃。唐咸通中蒙詔置建昌府。宋屬大理。明置建昌衛，清爲寧遠府。故址在今四川西昌地區。參閱讀史方輿紀要七四四川行都指揮使司、嘉慶一統志四〇〇寧遠府。

十六畫

㠢 huái 户乖切,平,皆韻,匣。ㄏㄨㄞ

見"崴㠢"。

巃 lóng 盧紅切,平,東韻,來。ㄌㄨㄥ 力董切,上,董韻,來。

也作"巄"。見"巃嵸"。

【巃嵸】㊀山勢險峻貌。文選漢司馬長卿(相如)上林賦:"於是乎崇山矗矗,巃嵸崔巍。深林巨木,嶄巖㟼嵳。"㊁聚集貌。楚辭漢淮南小山招隱士:"山氣巃嵸兮石嵯峨,谿谷嶄巖兮水曾波。"此指山間雲氣聚結。文選漢傅武仲(毅)舞賦:"車騎並狎,巃嵸逼迫。"此指車騎集結交錯。唐杜甫杜工部草堂詩箋十七乾元中寓居同谷縣作歌之七:"南有龍兮在山湫,古木巃嵸枝相樛。"此指樹木叢集。

十七畫

巆 1. hóng 集韻 呼宏切,平,耕韻。ㄏㄨㄥ

㊀見"岭巆"。㊁水石相激的聲音。文選戰國楚宋玉高唐賦:"礫磥磥而相摩兮,巆震天之礚礚。"

2. róng 集韻 乎萌切,平,耕韻。ㄖㄨㄥ

㊂同"嶸"。見"崢巆"。

巇 xī 許羈切,平,支韻,曉。ㄒㄧ

㊀險峻。文選漢王子淵(褒)洞簫賦:"又似流波,泡溲汎捷,趨巇道兮。"㊁罅隙,縫隙。鬼谷子抵巇:"巇者,罅也。"唐柳宗元柳先生集十八乞巧文:"變情徇勢,射利抵巇。"

【巇險】艱險。唐韓偓玉山樵人集病中聞復官詩之二:"宦途巇險終難測,穩泊漁舟隱姓名。"

巊 yǐng 烟涬切,上,迥韻,影。ㄧㄥ

見"巊冥"。

【巊冥】晦暗不明之狀。文選晉左太沖(思)吳都賦:"爾其山澤,則嵬嶷嶢岏,巊冥鬱岪。"也作"嫈冥"。後漢書二八下馮衍傳顯志賦:"神雀翔於鴻崖兮,玄武潛於嫈冥。"注:"嫈冥,猶晦昧,所謂幽都也。"

巍 wéi 語韋切,平,微韻,疑。ㄨㄟ

高大貌。見下。

【巍巾】高冠。宋史四七四賈似道傳:"高達在圍中,恃其武勇,殊易似道。每見其督戰,卽戲之曰:'巍巾者何能爲哉!'"

【巍科】古代科舉考試,榜上名分等次,排在前列者稱巍科。猶言高第。唐詩紀事六三秦韜玉:"父爲左軍軍將。韜出入田令孜之門,又與劉曄李嵓士姜垍蔡鋋之徒,交遊中貴,各將兩軍書尺,僥求巍科。時謂對軍解頭。"

【巍峩】㊀高大貌。文選漢張平子(衡)西京賦:"疏龍首以抗殿,狀巍峩以岌嶪。"㊁傾頹貌,醉態。雲笈七籤一一一洞仙傳扈謙:"扈謙者,魏郡人也。性縱誕,不恥惡衣食,好飲酒,……常作巍峩醉。"參見"嵬峩㊁"。㊂指狀元。因高居榜首,故名。唐高鍇主持科舉,裴思謙持軍容使仇士良書見鍇,爲思謙求巍峩。鍇答:"狀元已有人,此外可副軍容意旨。"見五代王定保唐摭言九惡得及第。

【巍巍】高大貌,論語泰伯:"子曰:巍巍乎!舜禹之有天下也而不與焉。"莊子知北遊:"淵淵乎其若海,巍巍乎其終則復始也。"

巉 chán 鋤銜切,平,銜韻,牀。ㄔㄢ 仕檻切,上,檻韻,牀。

山勢險峻,如鑿削狀。見下。

【巉岏】高峭的山峯。宋詩鈔韓維南陽集鈔送趙員外之官憲州:"西游秦函谷,崆峒上巉岏。"

【巉刻】山峯尖峭。比喻說話或文章尖刻。宋蘇洵嘉祐集十一上歐陽內翰第一書:"孟子之文,語約而意盡,不爲巉刻斬絕之言,而其鋒不可犯。"

【巉峭】高峭險峻。文苑英華八一七唐符載梵閣寺常準上人精院記:"峯巒不巉峭,無以爲泰華。院宇不嚴整,無以爲梵閣。"

【巉嶮】高峭險峻貌。文選漢張平子(衡)西京賦:"坻崿鱗眴,棧巘巉嶮。"也作"巉險"。文選晉左太沖(思)吳都賦:"陵絕嶛嶕,聿越巉險。"嶮,同"險"。

【巉巉】高峭險峻貌。唐岑參岑嘉州集一入劍門作寄杜楊二郎中……詩:"凜凜三伏寒,巉巉五丁迹。"宋蘇軾分類東坡詩五留題延生觀後山上小堂:"溪山愈好意無厭,上到巉巉第幾尖。"

【巉巖】險峻的山巖。文選戰國楚宋玉高唐賦:"登巉巖而下望兮,臨大阺之稸水。"唐李白李太白詩三蜀道難:"問君西遊何時還,畏途巉巖不可攀。"

十八畫

巏 quán 集韻 逵員切,平,先韻。ㄑㄩㄢ

見"巏務"。

【巏務】山名。見北齊顏之推顏氏家訓書證。也作"嵈嵍"。詳"嵈嵍"。

巋 kuī kuǐ 丘追切,平,脂韻,溪。ㄎㄨㄟ ㄎㄨㄟˇ 丘軌切,上,旨韻,溪。

㊀小山羅列貌。爾雅釋山:"小而衆,巋。"注:"小山叢羅。"㊁見"巋然"、"巋𡸣"。

【巋崎】山勢高峻崎嶇。文選漢王子淵(褒)洞簫賦:"徒觀其旁山側兮,則嶇嶔巋崎,倚巇迤㠟,誠可悲乎其不安也。"

【巋然】屹立貌。莊子天下:"人皆取實,已獨取虛。無藏也,故有餘。巋然而有餘。"文選漢王文考(延壽)魯靈光殿賦:"自西京未央建章之殿,皆見隳壞,而靈光巋然獨存。"

【巋𡸣】高大貌。文選漢王文考(延壽)魯靈光殿賦:"彤彤靈宮,巋𡸣穹崇,紛厖鴻兮。"

十九畫

巔 diān 都年切,平,先韻,端。ㄉㄧㄢ

㊀山頂。詩唐風采苓:"采苓采苓,首陽之巔。"引申凡頂部都叫巔。見"巔疾"。㊁隕落,下墜。通"顛"。見"巔越"。

【巔疾】巔,頭部。古稱頭部各病爲巔疾,如頭風、頭痛等。瘋癲之症,屬於頭腦,亦爲巔疾。素問宣明五氣論:"邪入於陽則狂,邪入於陰則痹。搏陽則爲巔疾,搏陰則爲瘖。"

【巔越】墜落。又作"顛越"。楚辭屈原九章惜誦:"行不羣以巔越兮,又衆兆之所咍。"注:"巔,殞;越,墜。"

巑 cuán 在丸切,平,桓韻,從。ㄘㄨㄢ

見"巑岏"。

【巑岏】峻峭的山峯。楚辭漢劉向九歎憂苦:"登巑岏以長企兮,望南郢而闚之。"注:"巑岏,銳山也。"

巒 luán 落官切,平,桓韻,來。ㄌㄨㄢ

㊀小而銳峭的山。楚辭屈原九章悲回風:"登石巒以遠望兮,路眇眇之默默。"說文:"巒,山小而銳。"㊁長而狹的山。文選晉左太沖(思)蜀都賦:"山阜相屬,含谿懷谷,崗巒糺紛,觸石吐雲。"注:"巒,山長而狹也。"㊂山的泛稱。史記一一七司馬相如傳封禪書:"依類託寓,諭以封

巒。"集解引漢書音義："巒，山也。"

二十畫

巘 yǎn 語偃切，上，阮韻，疑。
ㄧㄢˇ 魚蹇切，上，獮韻，疑。

山峯。一說小山。詩大雅公劉："陟則在巘，復降在原。"傳："巘，小山，別於大山也。"

【巘崿】峰巒。文選南朝宋謝靈運晚出西射堂詩："連鄣疊巘崿，青翠杳深沉。"

巚 yǎn 集韻 魚軒切，平，元韻。
ㄧㄢˇ

形狀像甗的山。通"甗"。

巖 yán 五銜切，平，銜韻，疑。
ㄧㄢˊ

㊀崖岸。漢書八七上揚雄傳校獵賦："探巖排碕，薄索蛟螭。"注："巖，水岸嶔巖之處也。"㊁石窟。楚辭漢東方朔七諫哀命："處玄舍之幽門兮，穴巖石而窟伏。"㊂高峻的山。南朝宋鮑照鮑氏集八登廬山詩之一："千巖盛阻積，萬壑勢迴縈。"㊃險要，高峻。見"巖邑"、"巖廊"。

【巖下】㊀山崖之下。文選南朝宋謝靈運從斤竹澗越嶺溪行詩："巖下雲方合，花上露猶泫。"㊁高廊之下。戰國策齊六："左右顧無人，巖下有貫珠者，襄王呼而問之曰：'女聞吾言乎？'"

【巖穴】山洞。莊子讓王："魏牟，萬乘之公子也，其隱巖穴也，難爲於布衣之士。"古時隱士多山居，故稱巖穴之士。韓非子外儲左上："其君見好巖穴之士。"史記六一伯夷傳："巖穴之士，趣舍有時若此，類名堙滅而不稱，悲夫！"或省稱"巖穴"。後漢書章帝紀建初五年詔："其以巖穴爲先，勿取浮華。"

【巖邑】險要的都邑。左傳隱元年："制，巖邑也，虢叔死焉。"北周庾信庾子山集十五周大將軍襄城公鄭偉墓志銘："國有巖邑，朝多君子。"

【巖阿】山窟邊側的地方。文選三國魏王仲宣（粲）七哀詩之二："山崗有餘暎，巖阿增重陰。"梁書何胤傳高祖（蕭衍）敕："今世務紛亂，憂責是當，不得不屈道巖阿，共成世美。"此指隱居的人。

【巖洞】山洞。南朝陳徐陵徐孝穆集九天台山館徐則法師碑："隱淪巖洞，飡餌芝髓。"

【巖客】指木樨。宋姚寬西溪叢語上："木樨爲巖客。"

【巖郎】㊀漢羽林郎的別名。武帝時用六郡良家子孫補充羽林中郎將，隨從狩獵，還宿殿陛旁巖下室中，故稱巖郎。或說以其森嚴猛銳而爲名。本爲武職，後來詩文中多用以稱尚書郎。參閱後漢書百官志二、通典二八職官十。㊁同"巖廊"。見"巖廊"。

【巖桂】卽木犀。唐詩紀事一高宗九月九日："砌蘭虧半影，巖桂發全香。"

【巖陛】高峻的殿階。指宮廷。宋史二四三哲宗昭慈孟皇后傳："太后召見，勉令（韓）世忠速來，以清巖陛。"

【巖野】相傳傅說築於傅巖之野，爲殷高宗相。見書說命上。後因稱隱士所居爲"巖野"。宋史二九六楊徽之傳："乃至周巖野以聘隱淪，盛科選以來才彥。"

【巖廊】高峻的廊。漢書五六董仲舒傳："蓋聞虞舜時，游於巖郎之上，垂拱無爲，而天下太平。"注引晉灼："堂邊廡。巖郎，謂巖峻之郎也。"廊，古作"郎"。後以喻廟堂和朝廷。漢桓寬鹽鐵論憂邊："今九州同域，天下一統，陛下優游巖廊，覽群臣極言。"

【巖棲】巢居穴處。文選三國魏嵇叔夜（康）與山巨源絶交書："故堯舜之君世，許由之巖棲，子房之佐漢，接輿之行歌，其揆一也。"後因以巖棲爲隱居的代稱。文苑英華二九〇唐宋之問入瀧州江詩："余本巖栖客，悠哉慕玉京。"栖，同"棲"。

【巖電】世說新語容止："裴令公（楷）目王安豐（戎）眼爛爛如巖下電。"也見晉書王戎傳。本喻眼光有神，後亦逕以指目。宋陸游劍南詩稿四七秋夜讀書："老夫垂八十，巖電尚爛爛。"

【巖鄣】屏障般的山峰。水經注十四鮑丘水："水出伏凌山。山高峻，巖鄣寒深，陰崖積雪，凝冰夏結。"又十六穀水："堂上則石路崎嶇，巖嶂峻險。"嶂，同"鄣"。

【巖築】指隱居之處。後漢書二九郅惲傳："昔文王拔呂尚於渭濱，高宗禮傅說於巖築，桓公取管仲於射鉤，故能立弘烈，就元勳。"古人築牆，用兩板相夾，中間填土，再以杵築使固，稱板築。巖，傅巖，相傳爲傅說築土之地。參見"傅巖"。

【巖徼】山崖邊遠的地方。南齊謝朓謝宣城集四和蕭中庶直石頭詩："皇州總地德，回江款巖徼。"宋詩鈔孔武仲清江集鈔宿天池："遙看天池路，一線在巖徼。"

【巖牆】高而危的牆。孟子盡心上："是故知命者，不立乎巖墻之下。"墻，同"牆"。

【巖巒】高峻的山峰。文選南朝梁徐敬業（悱）古意詶到長史溉登琅邪城詩："表裏窮形勝，襟帶盡巖巒。"唐李白李太白詩三蜀道難："青泥何盤盤，百步九折縈巖巒。"

【巖巖】高峻貌。詩魯頌閟宮："泰山巖巖，魯邦所詹。"世說新語容止："山公（濤）曰：'嵇叔夜（康）之爲人也，巖巖若孤松之獨立，其醉也傀俄若玉山之將崩。'"

【巖下放言】宋葉夢得撰，三卷。爲夢得自崇慶節度使辭官退居卞山時所寫筆記。今本已多缺佚。宋陳振孫直齋書錄解題作一卷。明初徐一夔編入藝圃搜奇中作三卷，僅有傳抄本。稗海所收鄭景望蒙齋筆談二卷，文字全與此同，乃剽竊此書而成。參閱清葉廷琯吹網錄六。

【巖居穴處】住在深山洞穴之中，謂隱居生活。韓詩外傳五："雖巖居穴處，而王侯不能與爭名。"也作"巖居谷飲"。淮南子人間："單豹背世離俗，巖居谷飲，不衣絲麻，不食五穀。"

二十一畫

巕 niè 五結切，入，屑韻，疑。
ㄋㄧㄝˋ 五鎋切，入，鎋韻，疑。

見"屹巕"。

巛 部

巛 1. chuān ㄔㄨㄢ

㊀川本字。見"川"。

2. kūn ㄎㄨㄣ 苦昆切，平，魂韻，溪。

㊁"坤"之古字。見玉篇。後漢書輿服志下："黃帝堯舜垂衣裳而天下治，蓋取諸乾巛。乾巛有文，故上衣玄，下裳黃。"漢石門頌："惟巛靈定位，川澤股躬。"（隸釋四）

川 chuān 昌緣切，平，仙韻，穿。
ㄔㄨㄢ

㊀河流。書禹貢："奠高山大川。"周禮考工記匠人："兩山之間，必有川焉。"㊁平野，平地。才調集八崔顥黃鶴樓詩："晴

川歷歷漢陽樹，春草萋萋鸚鵡洲。”新五代史周德威傳：“平川廣野，騎兵之所長也。”參見“一川”。㊂四川省的省稱。參見“四川”。

【川川】緩慢持重貌。漢揚雄太玄經六難：“大車川川，上輆于山，下觸于川。”

【川北】四川省北部。清有川北道，轄順慶保寧潼川三府。

【川朴】藥名。卽厚朴，以四川所產者最著名。參見“厚朴”。

【川后】水神名。文選三國魏曹子建（植）洛神賦：“於是屏翳收風，川后靜波。”唐呂向注：“川后，河伯也。”又南朝宋謝靈運遊赤石進帆海詩：“川后時安流，天吳靜不發。”

【川沙】地名。明置川沙堡，爲海防要地。清置川沙廳，屬松江府。公元1912年改縣。今屬上海市。參閱讀史方輿紀要二四松江府。

【川芎】藥名。卽芎藭，以產於四川者最有名，故稱。參見“芎藭”。

【川東】四川省東部。清有川東道，轄重慶夔州綏定三府及忠酉陽二州。

【川花】單葉牡丹的別名。詳“京花”。

【川室】周代貴族在近水處建立的養蠶房子。近水，取其便於浴蠶。見禮祭義。後代帝王的后妃，舉行親蠶的儀式，以示鼓勵農桑。其養蠶之處，也稱川室。宋書孝武王皇后傳詔：“爰詔六宮，親蠶川室。”

【川南】四川省南部。清有川南永寧道，轄敍州府及瀘資二州。

【川紅】海棠的別名。宋吳中復江左謂海棠爲川紅詩：“卻恨韶華偏蜀土，更無顏色似川紅。”見宋陳思海棠譜下。

【川流】㊀河、川的水流。也比喻浸潤、滋長。禮中庸：“小德川流，大德敦化。此天地之所以爲大也。”文選晉陸士衡（機）演連珠：“披雲看霄則天文清，澄風觀水則川流平。”㊁河水前後相接，比喻連續不斷。後漢書五二崔駰傳達旨：“方斯之際，處士山積，學者川流。”金樓子后妃：“川流不舍，往而不還者，年也。”

【川氣】水面的霧氣。文選晉潘安仁（岳）河陽縣作詩之二：“登城望洪河，川氣冒山嶺。”唐杜甫杜工部草堂詩箋八三川觀水漲：“蓊匌川氣黃，羣流會空曲。”

【川師】古官名。周禮夏官之屬，掌川澤名物及邦國獻納水產珍異的事務。

【川游】泅水渡河。周禮秋官萍氏：“掌國之水禁，……禁川游者。”唐白居易長慶集五十得乙川游所由禁之云有故要渡文：“示衆知防，必修水禁，救人鮮死，無縱川游，”

【川奠】祭祀時取之於河川中的祭品，如魚蛤之類。周禮地官川衡：“祭祀，賓客，共川奠。”注：“川奠，籩豆之實，魚鱐蜃蛤之屬。”

【川禽】鼈蜃之類的水生動物。國語魯上：“古者大寒降，土蟄發，水虞於是乎講罛罶，取名魚，登川禽而嘗之寢廟，行諸國，助宣氣也。”

【川衡】官名，也叫水虞，周禮地官之屬。掌巡視川澤，以川澤產品供祭祀、待賓客。禮曲禮下“天子之六府”注謂殷制稱司水，周制稱川衡。

【川渟嶽峙】水止不流，山高矗立。比喻人的凝重莊嚴。晉書隱逸傳序：“玉輝冰潔，川渟嶽峙。”川本作“淵”，唐人避李淵（唐高祖）諱改。參見“淵渟嶽峙”。

三畫

州 zhōu 職流切，平，尤韻，照。ㄓㄡ

㊀水中高出水面的土地。說文：“水中可居曰州。……詩曰：‘在河之州。’”今詩周南關雎作“洲”。㊁周代民户編制，五黨爲州，每州兩千五百家。見周禮地官大司徒“五黨爲州”疏。㊂地方行政單位。宋分境內爲諸府、州、軍、監，上屬各路，下轄諸縣。元明清皆有州，分直隸州與散州兩類。㊃聚集。國語齊：“令夫士羣萃而州處。”㊄姓。晉有州綽。見元和姓纂五尤引風俗通。

【州同】官名。清代的府、直隸州及鹽運使，都設有“同知”的官職。州同知稱州同，從六品，與州判同爲知州的佐吏。參閱清通典三四職官十二。

【州判】官名。清制，知府佐吏稱通判，知州佐吏稱州判，從七品。見清通典三四職官十二。

【州里】古代二千五百家爲州，二十五家爲里。本爲行政單位，後泛指鄉里或本土。論語衛靈公：“言忠信，行篤敬，雖蠻貊之邦行矣；言不忠信，行不篤敬，雖州里行乎哉？”荀子王制：“順州里，定廛宅。”又轉爲鄉里之人，卽同鄉之意。漢書三六劉向傳：“（周）堪非獨不可於朝廷，自州里亦不可也。”

【州兵】春秋晉國兵制。由各州自行組成的甲兵。左傳僖十五年：“晉於是乎作州兵。”注：“五黨爲州，州，二千五百家也。因此又使州長各繕甲兵。”又見國語晉三。

【州佐】漢代州郡設別駕、治中、主簿、功曹、書佐、簿曹、兵曹、部郡國從事、史典、郡書佐等官，輔佐州郡長官。後把州郡一級的副職和佐吏泛稱州佐。文苑英華五九一唐李嶠爲王華暢謝兄官表：“五爲縣宰，三遷州佐。”參閱通典三二職官十四、文獻通考六三職官十七。

【州伯】㊀古代統治一方或若干部族的諸侯方伯。禮王制：“千里之外設方伯，……二百一十國以爲州，州有伯。”漢書八三朱博傳：“古選諸侯賢者以爲州伯。”㊁官名。卽州的長官。詳“州長”。

【州官】㊀州一級官府中的屬官。梁書呂僧珍傳：“僧珍在任，平心率下，不私親戚。從父兄子先以販葱爲業，僧珍既至，乃棄業欲求州官。”㊁宋至清末，一州之長也叫州官。

【州府】州長貯文書簿籍等的府庫。禮內則：“宰告閭史，閭史書爲二，其一藏諸閭府，其一獻諸州史。州史獻諸州伯，州伯命藏諸州府。”

【州長】㊀周代官名。周每鄉分五州，州長爲州的長官，掌政治教令等事宜。位次於鄉大夫。禮內則稱爲“州伯”。參見“鄉大夫”。㊁古九州之方伯，亦稱州長。詩周南召南譜疏：“尚書謂文王爲西伯……殷之州長曰伯，謂爲雍州伯也。”

【州來】古地名。春秋時楚邑。後屬吳。魯哀公二年，吳王夫差遷蔡昭侯於此，改稱下蔡。故址在安徽壽縣。參閱元和郡縣志七穎州。參見“下蔡”。

【州牧】古分九州，每州置牧，爲一州之長官。書周官：“唐虞稽古，建官惟百。內有百揆四岳，外有州牧侯伯。”疏：“牧，一州之長。”後指朝廷委派的州郡長官。漢武帝元封五年置部刺史，秩六百石；至成帝綏和元年，罷刺史，置州牧，秩二千石。東漢靈帝中平五年，爲鎮壓農民起義，又選列卿尚書爲州牧，握軍政大權，統治一方。隋唐只有雍州置牧，以親王領其名而不居其位，其餘各州皆置刺史，州牧名存實亡。清代知州，也稱州牧，官階甚低，與知縣並稱牧令，僅爲一種稱謂名義而已。參閱續通典三六職官十四州郡上。

【州部】地方行政機構。也指地方低級的小吏。韓非子顯學：“故明主之吏，宰相必起於州部，猛將必發於卒伍。”戰國策楚四：“今僕之不肖，阨於州部，堀穴窮巷，沈洿鄙俗之日久矣。”

【州都】官名。三國魏曹丕時行九品中

正制，郡置中正，州置州都，掌管地方選拔官吏事宜。隋初，州都常以重臣兼任，如煬帝（楊廣）爲晉王時，即曾任州都。開皇後罷九品中正制，改行科舉，州都遂廢。參閱文選南朝梁沈休文（約）恩倖傳論注引傅子、通典三二總論州佐。參見"中正"。

【州尊】對一州之長的敬稱。三國志蜀秦宓傳王商與宓書："貧賤困苦，亦何時可以終身！卞和衒玉以燿世，宜一來，與州尊相見。"清代俗稱知府、知縣爲府尊、縣尊。

【州端】即州郡別駕。別駕居州郡羣僚之上，故稱州端。宋書張暢傳："芟麥移民，可謂大議，一方安危，事係於此。(王)子夏親爲州端，曾無同異，……阿意左右，何以事君。"王子夏時爲別駕。

【州閭】州和閭。猶言州里、鄉里。古代的行政區劃，二十五家爲閭，兩千五百家爲州。莊子胠篋："闔四竟之內，所以立宗廟社稷，治邑屋州閭鄉曲者，曷嘗不法聖人哉。"禮曲禮上："夫爲人子者，三賜不及車馬，故州閭鄉黨稱其孝也。"

【州麾】指出任州郡地方長官。宋范仲淹范文正公集二依韻和安陸孫司諫見寄詩："尚得州麾養衰疾，優遊豈減居林泉。"參見"一麾出守"。

【州録事】官名。唐京兆府及各州郡都設有録事一職。京兆府四人，上州二人，中州一人，都是從九品上；下州一人，從九品下。唐陸象先爲蒲州刺史，州之録事勸杖小吏，此録事即刺史之佐吏。見舊唐書八八陸元方傳附陸象先。參閱唐六典三十上州中州下州官吏。

【州官放火】宋陸游老學庵筆記五載：田登作州官，令屬下吏民避其名，不許用與"登"同音字，犯者每受鞭笞。於是全州都把"燈"叫作"火"。上元節放燈，州吏出告示寫道："本州依例放火三日。"後因有"只許州官放火，不許百姓點燈"之語，諷刺封建官僚作威作福、胡作非爲，而不許百姓有行動自由。明朱宗藩小青娘風流院傳奇拘理："依你説，只許州官放火，不許百姓點燈。"

巟 huāng ㄏㄨㄤ 呼光切，平，唐韻，曉。

水面廣闊。引申爲廣大。説文："巟，水廣也，从川，亡聲。易曰：'包荒（巟）用馮河。'"今易泰作"包荒"。釋文："本亦作巟。"後荒字流行，巟字遂廢。

巡 1. xún ㄒㄩㄣ 詳遵切，平，諄韻，邪。

㊀周行視察。書周官："王乃時巡，考制度于四岳。"後謂來往察看曰巡。㊁徧，周遭。左傳桓十二年："楚師分涉於彭，羅人欲伐之，使伯嘉諜之，三巡數之。"後謂斟酒一周亦曰一巡。水滸三十："你可把一巡酒。"

2. yán ㄧㄢ 字彙 夷然切，音延。

㊀連，依次順接。通"沿"。禮祭義："日出於東，月生於西，陰陽長短，終始相巡，以致天下之和。"注："巡，讀如沿漢之沿，謂更相從道。"釋文："巡，依注音沿，悦專反。"

【巡功】指天子到各地巡視、檢查政績。左傳昭五年："小有述職，大有巡功。"也泛指官員視察工作。左傳宣二年："宋城，華元爲植，巡功。"疏："巡功，謂巡城檢作功也。"

【巡守】帝王離開國都巡行境內。也作"巡狩"。書舜典："歲二月，東巡守，至于岱宗。"

【巡社】宋時黄河以北人民爲抗金而建立的羣衆武裝，亦耕亦戰，稱爲巡社。建炎元年，南宋朝廷名諸路巡社爲"忠義巡社"，專隸安撫司。宋史三六三張愨傳："建言三河之民，……請依唐人澤潞步兵雄邊子弟遺意，募民聯以什伍，而寓兵於農，使合力抗敵，謂之巡社。"參閱宋史高宗紀一。

【巡更】舊時一夜分五更，每到一更，守夜的人巡行打梆子敲鑼報時叫巡更。唐王建詩五贈郭將軍："承恩新拜上將軍，當直巡更近五雲。"又贈田將軍："自直金吾長上直，蓬萊宮裏夜巡更。"

【巡官】㊀官名。唐時節度、觀察、團練、防禦諸使，其僚屬都有巡官，位居判官、推官之次。如董晉鎮大梁，以韓愈爲巡官；温庭筠屢不第，往依徐商署巡官，皆是。見舊唐書一六〇韓愈傳、一九〇下温庭筠傳。㊁指占卜、星相等術士。宋陸游老學庵筆記二："今北人謂卜相之士爲巡官。巡官，唐五代羣僚之名，或謂以其巡遊賣術，故有此稱。"

【巡幸】舊謂帝王到外地巡視。漢書郊祀志上："上（武帝）始巡幸郡縣，寖尋於泰山矣。"文選晉潘安仁（岳）西征賦："昔明王之巡幸，固清道而後往。"

【巡按】㊀分至各地考察。唐大詔令集一一一開元十二年置勸農使安撫口詔："宜令……宇文融兼充勸農事使，巡按郡邑，安撫户口，所在與官寮及百姓商量。"天寶五載，玄宗命禮部尚書席豫等，分道巡按天下風俗及黜陟官吏。巡按之名自此始。㊁明永樂元年二月遣御史至各地巡察，稱巡按御史，三年一换，職權與漢刺史同。清因之，後廢。參閱清顧炎武日知録九部刺史、續文獻通考五四職官四御史臺。

【巡風】來回偵望監視。明李開先林沖寶劍記十四："巡風獄卒，來的來，往的往，盡是些鐵石心腸。"

【巡狩】同"巡守"。孟子梁惠王下："天子適諸侯曰巡狩。巡狩者，巡所守也。"

【巡捕】㊀清制，京師提督九門巡捕五營步軍統領之下有巡捕營，掌管有關京城治安事務。見清通志六八職官五步軍統領。㊁清代將軍、總督、巡撫，都有巡捕官。分文武兩類，文巡捕掌傳宣，武巡捕掌護衛。㊂清末帝國主義列强在我國强立租界，其警察人員叫巡捕。

【巡哨】巡視警備。元史一二四李楨傳："丙辰，憲宗命楨率師巡哨襄樊。"後也稱哨兵來往巡邏、防備爲巡哨。

【巡道】官名。唐時遣使分道出巡，稱分巡道。明代各省按察司除按察使外，還有按察副使、按察僉事等官員。分一省爲數道，令副使、僉事分别巡察，叫作按察分司，有分巡道、兵巡道、兵備道各種名稱。清廢副使、僉事等官，仍設分巡兵備，簡稱巡道，始以道爲官名。參閱續通志一三六職官七按察分司諸道。

【巡遁】欲行不進貌。晏子春秋問下："晏子聘於吳，吳王曰：'……願有私問焉。'晏子巡遁而對曰：'嬰北方之賤臣也，……懼不知所以對者。'"參見"逡循"。

【巡對】輪流引見，咨詢政事。舊唐書德宗紀下貞元七年："尋又敕常參官，每一日二人引對，訪以政事，謂之巡對。"資治通鑑二三七唐元和五年："庶官罷巡對。"注："巡對，猶今言轉對。"

【巡綽】巡察警戒。宋歐陽修文忠集一一五論麟州事宜劄子："逐寨不過三五十騎巡綽伏路，其餘坐無所爲。"宋李心傳建炎以來繫年要録二五紹興三年七月："衆皆乏食，乃議復往山東，（馬）友請以所部沿淮巡綽。"

【巡撫】㊀巡視，安撫。古文苑十二漢班固車騎將軍竇北征頌："親率戎士，巡撫疆域。"㊁官名。明洪武二十四年遣皇太子標巡撫陝西，時巡撫尚非地方專任之官。至洪熙元年八月以大理卿胡槩參政葉春巡撫南畿浙江，始設巡撫專職。清以巡撫爲省級地方政府的長官，總攬一省的軍事、吏治、刑獄、民政等。因兼兵部侍郎銜，也稱撫軍。又因明清兩代巡撫例兼都御史或副都御史銜，故也稱撫院。

【巡緝】巡查緝捕。清會典六五兵部職方清吏司："山海關奉天吉林産人參東珠之地，各設官兵巡緝，盜採者禁。"

【巡禮】佛教稱到各地禮拜爲巡禮。唐司空圖司空表聖詩集一贈信美寺岑上人："巡禮諸方遍，湘南頻有緣。"景德傳燈錄四慧忠禪師："師感悟微旨，遂給侍左右，後辭詣諸方巡禮。"

【巡檢】㊀巡行視察。北史東魏孝靜帝紀天平三年："詔遣使巡檢河北流移飢人。"㊁官名。五代後唐莊宗以都虞侯張廷蘊爲魏博三城巡檢使。宋時於京師府界東西兩路，各置都同巡檢二人，京城四面巡檢各一人，共八人。又於沿邊、沿江、沿海置都巡檢及巡檢，掌訓練甲兵，巡邏州邑，職權頗重。後以設置增多，職權漸小，受所在州縣守令節制。明清時，凡鎮市、關隘，距縣城遠的大抵設巡檢分治，爲縣令的屬官。見文獻通考五九職官十三、清顧炎武日知錄八鄉亭之職。

【巡警】巡視警戒。梁書太祖五王傳蕭範："遷衛尉卿，每夜自巡警，高祖嘉其勞苦。"唐白居易長慶集三三王元輔可左羽林衛將軍知軍事制："掌勾陳而護建章，備巡警而嚴羽衛。"

【巡邏】巡迴偵察。宋文鑑一四六韓維曾子固神道碑："增置巡邏，水行陸宿，坦如在堘。"

八 畫

巢 cháo 鉏交切，平，肴韻，牀。ㄔㄠ

㊀樹上的鳥窠。詩召南鵲巢："維鵲有巢，維鳩居之。"也指鼠、蜂、蟻等動物所居的穴。漢書五行志中之上："長安城南有鼠銜黃蒿、柏葉，上民冢柏及榆樹上爲巢，桐柏尤多。"後亦指敵軍或盜匪的根據地。晉書宣帝紀："賊大衆在此，則巢窟虛矣。"㊁古樂器名。詳"巢笙"。㊂春秋吳楚間國名。魯昭公二十四年爲吳所滅。見左傳文十二年、昭二十四年。故址在今安徽巢縣東北的巢湖。㊃姓。夏商有巢國，宋有巢谷。見通志二六氏族二以國爲氏。

【巢父】傳說爲唐堯時隱士，在樹上築巢而居，時人號曰巢父。堯以天下讓之，不受；又讓許由，亦不受。漢書古今人表、晉皇甫謐高士傳皆謂巢父許由爲二人。三國蜀譙周古史考則云巢父即許由。後來詩文用典，多分作兩人，並稱爲巢由或巢許。參閱宋王應麟困學紀聞十二考史。

【巢穴】鳥獸棲身的地方。文選南朝宋顏延年(延之)北使洛詩："宮陛多巢穴，城闕生雲烟。"

【巢由】巢父和許由。相傳爲堯時隱士，堯欲讓位於二人，皆不受。詩文中多用爲隱居不仕的典故。漢書七二鮑宣傳附薛方："堯舜在上，下有巢由。今明主方隆唐虞之德，小臣欲守箕山之節也。"箕山，傳爲許由隱居處。參見"巢父"、"許由"。

【巢車】春秋時的攻城戰車。車上有用轆轤升降的活動瞭望臺，人在臺中，如鳥在巢，故名。左傳成十六年："楚子登巢車以望晉軍。"說文作"轈"。通典一六〇兵十三攻城戰具："以八輪車上樹高竿，竿上安轆轤，以繩挽板屋止竿首，以窺城中。板屋方四尺，高五尺，有十二孔，四面別布車，可進退，圍城而行，於營中遠視，亦謂之巢車，如鳥之巢，即今之板屋也。"參閱清臧琳經義雜記楚子登轈車(清經解本二五)。

【巢居】原始時代人無居室，棲宿樹上，稱巢居。莊子盜跖："且吾聞之，古者禽獸多而人民少，於是民皆巢居以避之。"

【巢許】同"巢由"。文選漢蔡伯喈(邕)郭有道碑文："將蹈洪涯之遐迹，紹巢許之絕軌。"參見"巢父"、"許由"。

【巢笙】古樂器名。一種多管的笙。爾雅釋樂："大笙謂之巢，小者謂之和。"注謂巢十九簧，和十三簧。宋李照作巢笙，合二十四聲，以應律呂。其制見文獻通考一三八樂十一匏之屬引陳暘樂書。

【巢湖】也稱焦湖、漅湖。在安徽巢縣西。本爲巢縣境陸地，後陷爲湖，匯合其他河流注入長江。參閱太平寰宇記一二六淮南西道廬州、嘉慶一統志一二二安徽廬州府一。

【巢菜】野豌豆。也稱元脩菜。以爲宋巢元脩所嗜而名。宋陸游劍南詩稿十六巢菜序："蜀蔬有兩巢：大巢，豌豆之不實者；小巢，生稻畦中，東坡所賦之元修菜是也。吳中絕多，名漂摇草，一名野蠶豆，但人不知取食耳。"

【巢飲】宋石延年(曼卿)喜縱酒，每與客痛飲，露髮跣足，著械而坐，謂之囚飲。或登於樹，謂之巢飲。見宋沈括夢溪筆談九人事一。

【巢縣】縣名。屬安徽省。古爲南巢地。傳說成湯放逐夏桀於南巢，卽此。秦置居巢縣，漢因之，屬九江郡。唐武德七年改爲巢縣。參閱太平寰宇記一二六淮南道四廬州、寰宇通志十七廬州府無爲州。

【巢燧】有巢氏和燧人氏，傳說中的原始社會部落聯盟的首領。唐張九齡曲江集一龍池聖德頌："巢燧之前，寂寞無紀。"

【巢毀卵破】漢孔融爲曹操所不容，相傳融被捕時，有女七歲，子九歲，正下棋，仍坐不動。人問父被捕，爲何不起，答道："安有巢毀而卵不破乎！"意思說自己也不得幸免。後俱被殺。見後漢書本傳、三國志魏崔琰傳"魯國孔融"注引(晉孫盛)魏氏春秋。

【巢氏諸病源候論】隋巢元方等撰，五十卷，六十七門，一千七百二十論。專論病源，不載方藥，概括了隋以前各家病源學說的研究成果。諸證之後，多附導引法。唐王燾作外臺秘要，北宋撰聖惠方，都採用了該書的論述。內經以下，除張機王叔和葛洪數家書外，以此書爲最古。

十二畫

巤 liè ㄌㄧㄝˋ

動物頸上較粗硬的毛。同"鬣"。說文："巤，毛巤也，象髮在囟上，及毛髮巤巤之形。"參見"鬣"。

工 部

工 gōng 古紅切，平，東韻，見。ㄍㄨㄥ

㊀工人，手工業勞動者。論語衛靈公："工欲善其事，必先利其器。"周禮考工記："審曲面埶以飭五材，以辨民器，謂之百工。"㊁官。書堯典："允釐百工，庶績咸熙。"㊂古代特指樂師，樂人。書益稷："工以納言。"傳："工，樂官。"禮鄉飲酒義："工入，升歌三終。"㊃精密，精巧。史

記七六虞卿傳:"虞卿料事揣精，爲趙畫策，何其工也。"後漢書七八蔡倫傳:"永元九年,監作祕劒及諸器械,莫不精工堅密，爲後世法。"㊄擅長。韓非子五蠹:"工文學者非所用，用之則亂法。"㊅事。通"功"。書臯陶謨:"無曠庶官，天工人其代之。"㊆ 樂譜中音符之一。見"工尺"。

【工力】㊀工作所需的人力或人工。魏書馮亮傳:"世祖給其工力，令與沙門統僧暹、河南尹甄琛等周視崧高形勝之處，遂造閑居佛寺。"㊁工夫和精力。清宋曹書法約言總論:"書法之要，妙在能合，神在能離。所謂離者，務須倍加工力，自然妙生。"

【工人】古代多指手工業勞動者。國語周中:"工人展車。"戰國策燕一:"乃令工人作爲金斗，長其尾，令之可以擊人。"

【工女】舊時指從事紡織的女工。穀梁傳桓十四年:"天子親耕，以共粢盛，王后親蠶，以共祭服，國非無良農工女也。"史記九七酈食其傳:"農夫釋耒，工女下機。"漢書作"紅女"。

【工夫】也作"功夫"。㊀工程和勞動人力。晉書范汪傳附范甯:"臣伏尋宗廟之設，各有品秩，而甯自置家廟，……皆資人力，又奪人居宅，工夫萬計。"㊁素養，造詣。唐張彥遠法書要録八張懷瓘書斷中:"(劉義隆)善隸書，次及行草，……時論以爲天然勝羊欣，工夫恨少。"唐韓偓玉山樵人集商山道中詩:"却憶往年看粉本，始知名畫有工夫。"㊂閒空時間。唐元稹長慶集二十琵琶詩:"使君自恨常多事，不得功夫夜夜聽。"唐詩紀事三七引作"工夫"。宋呂南公灌園集六奉寄子發詩:"能無智慮隨天轉，未有工夫與俗爭。"

【工尹】㊀ 春秋楚官名。左傳文十年:"(楚)王使(子西)爲工尹。"注:"掌百工之官。"又禮檀弓下有工尹商陽。㊁ 複姓。見通志二八氏族四以官爲氏。

【工尺】我國音樂記譜表示音階的符號總稱。宋史樂志十七引蔡元定燕樂:"夷則南吕用工字，……林鍾用尺字。"遼史樂志大樂:"大樂聲各調之中，度曲協音，其聲凡十，曰五、凡、工、尺、上、一、四、六、勾、合，近十二雅律，於律吕各闕其一，猶雅音之不及商也。"

【工巧】㊀ 精致，巧妙。漢王充論衡自紀:"文不與前相似，安得名佳好，稱工巧?"大唐西域記十一摩臘婆國:"居宫之側，建立精舍，窮諸工巧，備盡莊嚴。"㊁善於取巧。楚辭屈原離騷:"固時俗之工巧兮，偭規矩而改錯。"㊂巧匠，良工。韓詩外傳三:"賢人易爲民，工巧易爲材。"

【工正】官名。春秋陳敬仲奔齊，齊桓公使爲工正，爲掌百工之官。見左傳莊二二年。

【工本】製造物品所需的原料成本及加工費等。元史食貨志二歲課:"(礬)在潭州者，至元十八年李日新自具工本，於瀏陽永興礬場煎烹，每十斤官抽其二。"

【工布】古劍名。越絶書越絶外傳記寶劍:"歐冶子干將鑿茨山，洩其溪，取鐵英，作爲鐵劍三枚:一曰龍淵，二曰泰阿，三曰工布。"初學記二二引越絶書作"工市"。

【工民】工人。穀梁傳成元年:"有工民。"注:"巧心勞手以成器物者。"

【工匠】有某種工藝專長的人。荀子榮辱:"可以爲工匠，可以爲農賈。"漢梁相孔耽神祠碑:"目覩工匠之所營，心欣悦於所處。"(隸釋五)

【工技】百工的技藝。管子七臣七主:"工技力於無用，而欲土地之毛，倉庫滿實，不可得也。"後漢書六十下蔡邕傳:"又尚方工技之作，鴻都篇賦之文，可且消息，以示惟憂。"

【工作】㊀ 指土木營造之事。後漢書和熹鄧皇后紀:"以連遭大憂，百姓苦役，殤帝康陵方中祕藏，及諸工作，事事減約，十分居一。"㊁指百工操作。唐段成式劍俠傳一京西店老人:"店有老人，方工作。"㊂巧妙的製作。文苑英華二一唐李邕春賦:"驚洪鑄之神用，偉元化之工作。"

【工役】指土木建築事務。三國志魏衛覬傳上疏:"工役不輟，侈靡日崇。"

【工官】掌管工務的官。禮月令孟冬之月"命工師效功"漢鄭玄注:"工師，工官之長也。"漢代在蜀郡、廣漢、河内等郡置工官，主造武器、日用金屬器及各項手工藝品。史記平準書:"召工官治車諸器，皆仰給大農。"

【工祝】古代掌管卜筮的官。詩小雅楚茨:"工祝致告，徂賚孝孫。"楚辭宋玉招魂:"工祝招君，背行先些。"按儀禮少牢饋食禮"皇尸命工祝"，工，即百工之工;工祝，猶言祝官。詩傳及楚辭王逸注訓工爲工巧之工，非。參閱清馬瑞辰毛詩傳箋通釋二一楚茨。

【工事】㊀ 營造製作之事的總稱。管子立政:"五曰工事競於刻鏤，女事繁於文章，國之貧也。"㊁專指蠶桑織繡之類的工藝。管子問:"處女操工事者幾何人?"注:"謂綺繡之屬也。"

【工料】㊀工程所需的材料。清孔尚任桃花扇閒話:"特差工部，查寶泉局内鑄的崇禎遺錢，發買工料，從新修造享殿碑亭、門牆、橋道。"㊁工程所需的料值和工價。清會典事例九三二工部橋道橋梁道路:"道光元年奏准，江南省上元縣九龍橋、復成橋，年久坍壞，於奏明充公存贓銀兩内，動支工料銀一萬三千五百四十二兩零興修。"

【工師】古代主管百工之官。管子立政:"使刻鏤文采毋敢造于鄉，工師之事也。"荀子王制:"論百工，審時事，辨功苦，尚完利，便備用，使彫琢文采不敢專造於家，工師之事也。"

【工倕】相傳是堯時的巧匠。莊子胠篋:"毁絶鉤繩，而棄規矩，攦工倕之指，而天下始人有其巧矣。"倕，書堯典作"垂"。參見"倕㊀"。

【工徒】工匠。文選晉左太沖(思)魏都賦:"遐邇悦豫而子來，工徒擬議而騁巧。"新唐書九一崔善爲傳:"善爲巧于曆數，仕隋，調文林郎，督工徒五百，督仁壽宫。"

【工部】封建時代中央官制六部之一，掌管營造工程事項。漢代有民曹，魏晉以來有左民尚書、起部尚書，都是主管工役的官。隋代始設立工部，歷代相沿。參閱通典二二職官四歷代尚書。

【工雀】鳥名，即鷦鷯，也叫巧婦鳥。廣雅釋鳥:"女鴎，工雀也。"女鴎，也作"女匠"。清王念孫疏證:"以其巧於作巢，故又有女鴎、工雀之名。"方言八作"工爵"。爵，通"雀"。

【工筆】㊀擅長文筆。舊時文指韻文，筆指散文。南史沈約傳:"謝玄暉善爲詩，任彥昇工於筆，約兼而有之。"㊁舊時畫法有工筆和寫意二種:用筆細密，渲染工緻的叫工筆;着筆高簡，傳神而不求形似的叫寫意。清慵訥居士咫聞録六:"關中馬振，近時畫家之著名也，善工筆。"

【工程】泛指一切工作、工事以及有關程式。新唐書一二六魏知古傳:"會造金仙、玉真觀，雖盛夏，工程嚴促。"元史一九〇韓性傳:"所著有讀書工程，國子監以頒示郡邑校官，爲學者式。"紅樓夢十七:"園内工程，俱已告竣。"

【工賈】工人與商賈，工商。左傳昭二十六年:"民不遷，農不移，工賈不變。"

【工業】用自然物資製造物品的各項事業。漢武梁祠堂畫像:"伏戲倉精，初造

工業。畫卦結繩，以理海內。"（隸釋十六）

【工價】作工的報酬，工資。宋王林燕翼貽謀録二禁侈靡："大中祥符元年二月詔，金箔、金銀線、貼金、銷金、間金、蹙金線裝貼什器木玩之物，並行禁斷，……寺觀飾塑像者，齎金銀并工價，就文思院換易。"

【工頭】官府雇用以監督工人的領班。清會典事例八八七工部營建通例料估："其所委司員，仍不過委之工頭。工頭惟利是圖，彼此互相勾結。"

【工輸】古代著名的工匠。或稱公輸班、公輸盤、公輸般、魯班。傳説他曾作雲梯助楚攻宋。文選晉陸士衡（機）辨亡論上："非有工輸雲梯之械，智伯灌激之害。"

【工緻】工巧精緻。宋李格非洛陽名園記劉氏園："西南有臺一區，尤工緻。"

【工瞽】樂人，掌管音樂的官。管子四稱："流於博塞，戲其工瞽。"

【工藝】手工技藝。新唐書一〇〇閻立德傳："父毗，爲隋殿内少監，本以工藝進，故立德與弟立本皆機巧有思。"

【工夫茶】廣東潮州地方品茶的一種風尚。其烹治方法本於唐陸羽茶經。器具精緻，細白泥鑪，形如截筒，高尺二三。壺用宜興瓷，大者可容半升許。杯盤用花甆，杯小而盤如滿月。烹時先將泉水貯鐺，用細炭煎至初沸，投閩茶入壺内沖之，蓋上壺蓋，再遍澆其上，然後斟而細呷，氣味芬芳清烈。見清俞蛟潮嘉風月記。也作"功夫茶"。參見該條。

【工巧明】五明之一。指古代印度工藝、技術、天文、算數等學。大唐西域記二三國："七歲之後，漸授五明大論：……二曰巧明，伎術機關，陰陽曆數。"翻譯名義集五半滿書籍作"工巧明"。

【工力悉敵】工夫、才力相等，不分上下。唐中宗遊昆明池賦詩，羣臣應制百餘篇，命上官婉兒評選，惟沈佺期宋之問二詩工力悉敵。見唐詩紀事三上官昭容。

二 畫

巧 qiǎo 苦絞切，上，巧韻，溪。
ㄑㄧㄠ 苦教切，去，效韻，溪。

㊀技巧。周禮考工記："材有美，工有巧。"㊁技藝高明。墨子魯問："公輸子自以爲至巧。"㊂美好。見"巧笑"。㊃虛僞不實。老子："絶巧棄利，盜賊無有。"轉作欺騙。淮南子本經："飾智以驚愚，設詐以巧上。"注："巧，欺也。"㊄恰好。明高啟高太史集十二射柳詩："三軍歡笑處，巧中勝穿楊。"

【巧工】㊀手藝高明的工匠。吕氏春秋愛類："公輸般，天下之巧工也。"淮南子主術："是故賢主之用人也，猶巧工之制木也。"㊁官名。三國吳天發神讖碑："巧工九江朱囗。"（金石萃編二四）宋趙明誠金石録二十跋尾十趙西門豹祠殿基記："又云：'巧工司馬臣張由。'……近歲臨淄縣人耕地得'巧工司馬'印，遍尋史傳皆無此官名，不知爲何代物？今乃見于此碑云。"

【巧丸】善用彈丸。唐韓愈昌黎集六病鴟詩："今者運命窮，遭逢巧丸兒。"宋陸游劍南詩稿六八自述："早畏危機避巧丸，長安未到意先闌。"比喻設謀中傷。

【巧夕】卽七夕。舊時農曆七月初七晚上有乞巧的風俗，故稱巧夕。宋劉克莊後村集十二卽事詩之五："粵人重巧夕，燈火到天明。"明何景明何大復集二六七夕詩："楚客羈魂驚巧夕，燕京風俗鬬穿針。"參見"乞巧"。

【巧文】擅長文辭。國語晉九："巧文辯惠則賢。"引申爲舞文弄墨之意。漢王符潛夫論實邊："傾側巧文，要取便身利己；而非獨憂國之大計，哀民之死亡也。"

【巧手】能手，能工巧匠。六韜虎韜軍用："修治攻具，砥礪兵器巧手三百人。"宋陳師道後山詩注二送杜侍御純陝西轉運："巧手莫爲無麵餅，誰能留渴須遠井。"

【巧月】指農曆七月。因七月七日晚有乞巧的故事而名。參見"乞巧"。

【巧吏】善於鑽營的官吏。新唐書一四五楊炎傳："至德後……四方貢獻，悉入内庫。權臣巧吏，因得旁緣，公託進獻，私爲贓盜者，動萬萬計。"

【巧老】深空貌。文選漢馬季長（融）長笛賦："庨窌巧老，港洞坑谷。"也作"窒寥"。參見該條。

【巧匠】技術精巧的工匠。韓非子有度："巧匠目意中繩，然必先以規矩爲度。"史記八四屈原傳懷沙賦："巧匠不斲兮，孰察其揆正？"

【巧舌】取悦於人的花言巧語，讒言。唐盧仝玉川子詩集二感古之二："蒼蠅點垂棘，巧舌成錦綺。"全唐詩七六六劉兼誠是非："巧舌如簧總莫聽，是非多自愛憎生。"

【巧冶】優良的冶金工人。淮南子説林："巧冶不能鑄木，巧工不能斲金者，形性然也。"漢書六四下王褒傳聖主得賢臣頌："及至巧冶鑄干將之樸，清水焠其鋒，越砥斂其咢。"

【巧妙】精巧奇妙。三國志魏管輅傳"正始九年舉秀才"注引輅別傳："何尚書（晏）神明精微，言皆巧妙；巧妙之志，殆破秋毫，君當愼之！"唐劉知幾史通雜説下諸史："至若錯綜乖所，分布失宜，則綵絢雖多，巧妙不足者矣。"

【巧果】舊時民間風俗，七夕用麪和糖，油煎至脆爲食，叫作巧果。參閲清顧禄清嘉録七巧果。

【巧宦】長於鑽營的官吏。文選晉潘安仁（岳）閑居賦序："岳嘗讀汲黯傳，至司馬安四至九卿，而良史書之，題以巧宦之目，未嘗不慨然廢書而歎！"按史記一二〇汲黯傳記黯姑姊子司馬安"文深巧善宦，宦四至九卿，以河南太守卒"，潘賦省爲"巧宦"。

【巧思】靈巧高妙的構想、設計。唐徐夤釣磯文集十詠簾詩："素節輕盈珠影匀，何人巧思間成文。"

【巧悔】巧於貪求。悔，貪。楚辭屈原天問："穆王巧悔，夫何爲周流？"

【巧笑】美好的笑貌。詩衛風碩人："巧笑倩兮，美目盼兮。"文選晉陸士龍（雲）爲顧彦先贈婦詩："雅步擢纖腰，巧笑發皓齒。"

【巧倕】相傳堯時的巧工。楚辭屈原九章懷沙："巧倕不斲兮，孰察其撥正。"注："倕，堯巧工也。"參見"倕㊀"。

【巧捷】機靈敏捷。淮南子俶真："置猨檻中，則與豚同，非不巧捷也，無所肆其能也。"文選三國魏曹子建（植）名都篇："連翩擊鞠壤，巧捷惟萬端。"

【巧雀】鳥名，卽巧婦。禽經："鷦鷯，桃雀也。狀類黄雀而小，燕人謂之巧婦，亦謂之女鴎；關東人呼曰巧雀，亦謂之巧女。"

【巧僞】奸詐虛僞。莊子盜跖："此夫魯國之巧僞人孔丘非邪？"漢書地理志下："周人之失，巧僞趨利。"

【巧婦】㊀手巧而善於操作的婦女。樂府詩集二五南朝梁捉搦歌："粟穀難舂付石臼，弊衣難護付巧婦。"㊁鳥名。又名工雀、巧雀，卽鷦鷯。能以荻花絮爲囊作巢，故民間有巧婦之稱。爾雅釋鳥"桃蟲，鷦"注："鷦鷯，桃雀也。俗呼爲巧婦。"唐白居易長慶集五八履道池上作詩："樹暗小巢藏巧婦，渠荒新葉長慈姑。"

【巧詆】以巧言進行詆毀誣陷。史記一

二〇汲黯傳:"而黯常毁儒,面觸(公孫)弘等徒懷詐飾智以阿人主取容,而刀筆吏專深文巧詆,陷人於罪,使不得反其眞,以勝爲功。"

【巧諛】善於諂媚阿諛。商君書墾令:"重刑而連其罪,則褊急之民不鬬,……巧諛惡心之民無變也。"唐沈亞之沈下賢集七上冢官書:"其所進者,唯柔氣緩言,瞀視而巧諛,然後謂之厚德。"

【巧歷】精通曆算的人。莊子齊物論:"一與言爲二,二與一爲三,自此以往,巧歷不能得,而況其凡乎?"文選南朝梁劉孝標(峻)廣絶交論:"巧歷所不知,心計莫能測。"也作"巧曆"。唐張説張説之集十一開元正曆握乾符頌:"彼洛下閎者,漢太初時一巧曆耳。"

【巧額】宋代婦女額髮式樣的一種。宋袁褧楓窗小牘上:"汴京閨閣妝抹凡數變,崇寧間,少嘗記憶,作大鬢方額,……宣和以後,多梳雲尖巧額,鬢撑金鳳。"

【巧辯】詭辯。淮南子覽冥:"輔佐有能,黜讒佞之端,息巧辯之説。"文苑英華六九五唐魏徵論時政疏之四:"謇諤之士,稍避龍鱗;便佞之徒,肆其巧辯。"

【巧士冠】皇帝祭天時隨從官員、宦官所戴的一種禮帽。後漢書輿服志下:"巧士冠,高七寸,要後相通,直豎,不常服,唯郊天,黄門從官四人冠之。"

【巧不可階】巧妙得不可企及。梁書庾肩吾傳太子(梁簡文帝)與湘東王書:"又時有效謝康樂、裴鴻臚文者,亦頗有惑焉。……謝故巧不可階,裴亦質不宜慕。"

【巧立名色】指貪官污吏在法定的項目之外,用巧妙的手法,另定種種名目,向人民敲詐勒索。如州縣官除徵地丁錢糧外,另收筆墨紙等費或胥吏飯費之類。後多稱巧立名目,用以泛指藉故斂錢的手段。清吏部對官吏考語,習用此語。見六部成語注解吏部。

【巧言令色】指用動聽之言和諂媚之態取悦於人。書皋陶謨:"何畏乎巧言令色孔壬。"論語學而:"巧言令色,鮮矣仁。"

【巧言如簧】指巧僞的言辭,美妙動聽,有如笙中之簧。詩小雅巧言:"巧言如簧,顔之厚矣。"後漢書六六陳蕃傳:"夫讒人似實,巧言如簧,使聽之者惑,視之者昏。"

【巧偷豪奪】詐取和强搶。宋蘇軾分類東坡詩十一次韻米黻二王書跋尾:"巧偷豪奪古來有,一笑誰似癡虎頭。"又周煇清波雜志五:"老米(芾)酷嗜書畫,嘗從人借古畫自臨搨,搨竟,併與眞贋本歸之,俾其自擇而莫辨也。巧偷豪奪,故所得爲多。"後多用於指舊時收藏家,遇有珍品,不擇手段,攘爲己有。

【巧發奇中】善於伺機發言,而每能應驗。史記封禪書:"(李)少君資好方,善爲巧發奇中。嘗從武安侯飲,坐中有九十餘老人,少君乃言與其大父游射處,老人爲兒時,從其大父,識其處,一坐盡驚!"

【巧語花言】浮誇虛僞的言語。元王實甫西廂記三本二折:"對人前巧語花言;没人處便想張生,背地裏愁眉淚眼。"

【巧奪天工】人工之巧,勝過天然。元趙孟頫松雪齋集五贈放煙火者詩:"人間巧藝奪天工,鍊藥燃燈清晝同。"

【巧詐不如拙誠】先秦諺語。機巧而僞詐,不如笨拙而誠實。韓非子説林上:"故曰:巧詐不如拙誠。樂羊以有功見疑,秦西巴以有罪益信。"三國志魏劉曄傳注、太平御覽七三九引傅子,皆有此諺語。

【巧婦難爲無米之炊】比喻缺少必要的條件,難以成事。宋莊季裕雞肋編中:"諺有巧息婦做不得没麵餺飥,與遠井不救近渴之語。"警世通言十二范鰍兒雙鏡重圓:"常言巧媳婦煮不得没米粥。"明姚茂良雙忠記三二:"俗云巧媳娘(婦)做不得没米飯。"

巨 1. jù ㄐㄩˋ 其呂切,上,語韻,羣。

㊀大。莊子庚桑楚:"其才固有巨小也。"㊁最,極。三國志魏華佗傳"青黏生於豐、沛、彭城及朝歌云"注引東阿王(曹植)辯道論:"言不盡於此,頗難悉載,故粗舉其巨怪者。"宋書江夏王義恭傳:"乾靈降禍,二凶極逆,深酷巨痛,終古未有。"㊂豈,難道。通"詎"。漢書高帝紀上:"沛公不先破關中兵,公巨能入乎?"注:"巨讀曰詎,詎猶豈也。"㊃姓。漢有荆州刺史巨武。見通志二九氏族五上聲。

2. jǔ ㄐㄩˇ

㊄"矩"、"榘"的本字。説文"巨"重文爲"榘"。省作"矩"。見"巨$_2$矱"。

【巨子】猶大師。戰國時墨家稱其學派有重大成就的人爲巨子。莊子天下:"南方之墨者……以巨子爲聖人,皆願爲之尸。"注:"尸者,主也。"向秀崔譔本作"鉅子"。後泛指學術上有權威的人物。清黄宗羲南雷文集二李杲堂文鈔序:"此十餘人者,皆今之鉅子也。"

【巨巾】蔽膝。古代齊人稱爲巨巾。見釋名釋衣服。

【巨防】㊀古地名。又作鉅防。韓非子初見秦:"長城巨防,足以爲塞。"水經注八濟水:"平陰城南有長城,東至海,西至濟,河道所由,名防門,去平陰三里,齊侯壍防門,卽此也。"史記六九蘇秦傳:"燕王曰:'吾聞齊有清濟、濁河可以爲固,長城、鉅防足以爲塞,誠有之乎?'"㊁大堤。呂氏春秋愼小:"巨防容螻,而漂邑殺人。"

【巨室】㊀大廈,大屋。莊子至樂:"人且偃然寢於巨室。"㊁指有世襲特權的豪門貴族。孟子離婁上:"孟子曰:爲政不難,不得罪於巨室。"注:"巨室,大家也,謂賢卿大夫之家,人所則效者。"後也泛指富豪之家。明瞿佑剪燈新話附錄秋香亭記:"王氏亦金陵巨室,開綵帛鋪於市。"

【巨風】南方的風。呂氏春秋有始:"南方曰巨風。"注:"離氣所生,一曰凱風。"也見淮南子地形。清俞樾謂巨爲"豈"之壞字,豈、凱古通用,豈風卽凱風。見諸子評議二三呂氏春秋二。

【巨唐】指唐堯之世。巨,大,美稱。文選晉木玄虛(華)海賦:"昔在帝嬀巨唐之代。"其後唐人碑刻中常稱堯時爲"巨唐",本此。參閱清鄭業斅獨笑齋金石文攷殘稿。

【巨狿】獸名。漢書八七上揚雄傳校獵賦:"斮巨狿,搏玄蝯。"注:"斮,斬也。狿,獸名也。"文選漢張平子(衡)西京賦:"鼻赤象,圈巨狿。"三國吳薛綜注:"象,鼻赤者怒。巨狿,麀也。怒走者爲狿。"

【巨虛】㊀獸名,卽岠虛。漢劉向説苑復恩:"北方有獸,其名曰蟨,……甚矣其愛蛩蛩巨虛也。"參見"邛邛岠虛"。㊁馬名。見廣雅釋獸。㊂人體穴位名。素問鍼解:"巨虛者,蹻足䯒獨陷者。"

【巨眼】指善於鑒别是非眞僞的眼力、見識。清江藩漢學師承記二江艮庭(聲)先生:"其辨泰誓曰:'……自東晉僞古文出,則有太誓三篇,世無具巨眼人,遂翕然信奉,以爲孔壁古文。'"

【巨筆】大筆,指宏篇巨著。宋歐陽修文忠集五廬山高贈同年劉中允歸南康詩:"丈夫壯節似君少,嗟我欲説,安得巨筆如長杠。"也指大手筆,大作者。宋蘇軾分類東坡詩十七次韻張安道讀杜詩:"巨筆屠龍手,微官似馬曹。"

【巨黍】古良弓名。文選晉潘安仁(岳)閒居賦:"谿子巨黍,異絭同機。"注:"孫卿子曰：繁弱巨黍，古之良弓。”荀子性惡作“鉅黍”。

【巨然】南唐僧，名畫家。江寧人。南唐後主(李煜)降宋，隨至汴京居開元寺。工畫山水，筆墨秀潤，擅寫烟嵐氣象山川高曠之景。以師法董源，並稱董巨，爲五代北宋間南方山水畫的主要流派。參閱宋郭若虛圖畫見聞誌四、宣和畫譜十二、宋沈括夢溪筆談十七。

【巨勝】胡麻的別名。古人認爲胡麻在八穀(黍、稷、稻、粱、禾、麻、菽、麥)之中最勝，故名巨勝。見政和證類本草二四胡麻引圖經。參同契上：“巨勝尚延年，還丹可入口。”

【巨猾】大惡人。文選晉潘安仁(岳)西征賦：“望漸臺而扼腕，梟巨猾而餘怒。”指王莽。晉陶潛陶淵明集四讀山海經詩之十一：“巨猾肆威暴，欽䲹違帝旨。”

【巨嫂】長嫂。史記楚元王世家：“始高祖微時，嘗辟事，時時與賓客過巨嫂食。”索隱：“巨，大也，謂長嫂也。”漢書三六楚元王傳作“丘嫂”。

【巨萬】形容數目之大。史記一一七司馬相如傳：“治道二歲，道不成，士卒多物故，費以巨萬計。”索隱：“案：巨萬猶萬萬也。”也作“鉅萬”。漢書食貨志上：“京師之錢累百鉅萬，貫朽而不可校。”

【巨蒐】古西戎國名，卽渠搜。列子周穆王：“至于巨蒐氏之國，巨蒐氏乃獻白鵠之血以飲王。”參見“渠搜”。

【巨億】萬萬。同“巨萬”。三國志蜀先主傳：“(劉璋)遣法正將四千人迎先主，前後賂遺以巨億計。”列子湯問：“仙聖之播遷者巨億計。”

【巨擘】大拇指，比喻傑出的人物。孟子滕文公下：“於齊國之士，吾必以仲子爲巨擘焉。”也泛指各種行業中的特出人物。淸黃丕烈士禮居藏書題跋記續下渭南文集：“白隄錢聽默，書友中巨擘也，其遺聞逸事有關於書籍者，所得最多。”

【巨壑】大山溝，大海。文選三國魏曹子建(植)與吳季重書：“食若塡巨壑，飲若灌漏巵。”初學記六北齊祖孝徵(珽)望海詩：“登高臨巨壑，不知千萬里。”

【巨₂矱】法度。同“矩矱”。管子宙合：“成功之術，必有巨矱。”巨矱，讀爲“矩(榘)矱”。參閱淸王念孫讀書雜志七管子二。

【巨闕】春秋越王勾踐的寶劍。見越絕書越絕外傳記寶劍。漢劉向新序五雜事：“辟閭、巨闕，天下之利器也。”三國魏曹植曹子建集三寶刀賦：“踰南越之巨闕，超有楚之泰阿。”後亦用爲寶劍的通稱。也作“鉅闕”。參見該條。

【巨蠹】大蛀蟲。比喻大惡人。後漢書三三虞延傳：“遷洛陽令。是時陰氏有客馬成者，常爲姦盜，延收考之。……謂曰：‘爾人之巨蠹，久依城社，不畏熏燒。今考實未竟，宜當盡法！’”北齊顏之推顏氏家訓治家：“狎侮賓客，侵耗鄉黨，此亦爲家之巨蠹矣。”

【巨靈】㊀古代神話中擘開華山的河神。文選漢張平子(衡)西京賦：“綴以二華，巨靈贔屓。高掌遠蹠，以流河曲。”三國吳薛綜注：“巨靈，河神也。巨，大也。古語云：此本一山當河，水過之而曲行，河之神以手擘開其上，足蹋離其下，中分爲二，以通河流。”又見水經注四河水。㊁古代神話中的短人。初學記十九引漢武故事：“東郡送一短人，長七寸，名巨靈。”按洞冥記四：“唯有一女人，愛悅於帝，名曰巨靈。”別是一說。

【巨毋霸】也作“巨無霸”。漢王莽時人。傳說長一丈，大十圍，軺車不能載，三馬不能勝。王莽留之於新豐，改姓爲巨母氏。後昆陽之戰，莽任霸爲壘尉，使驅猛獸出陣，以助威武。見漢書九九下王莽傳、後漢書光武紀上。

【巨鼇戴山】古神話說渤海之東有大壑，爲衆水所歸。中有岱輿員嶠方壺瀛洲蓬萊五山，常隨潮波流動。天帝命禺彊用十五頭巨鼇把五山背起來，五山始峙立不動。見列子湯問。晉張湛注：“離騷曰：‘巨鼇戴山，其何以安也？’”今本楚辭天問作“鼇戴山抃，何以安之？”後詩文常用“巨鼇戴山”比喻感恩深重。

左

1. zuǒ ㄗㄨㄛˇ 臧可切，上，哿韻，精。則箇切，去，箇韻，精。

㊀方位名。與“右”相對。面向南則東爲左；面向北則西爲左。古時常以東爲左；席位以左爲尊。詩唐風有杕之杜：“有杕之杜，生于道左。”指道之東。晉書溫嶠傳：“江左自有管夷吾，吾復何慮。”指江東。儀禮鄉射禮：“左玄酒。”注：“設尊者北面，西曰左，尚之也。”指尊位。參見“虛左”。㊁卑，下。史記一〇七灌夫傳：“諸士在己之左，愈貧賤，尤益敬，與鈞。”㊂降職。見“左遷”。㊃不幫助，反對。左傳襄十年：“范宣子曰：天子所右，寡君亦右之；所左，亦左之。”疏：“人有左右，右便而左不便，故以所助者爲右，不助者爲左。”㊄不當，不便。左傳昭四年：“叔孫未乘路，葬焉用之？且冢卿無路，介卿以葬，不亦左乎？”唐韓愈昌黎集十五答竇秀才書：“今乃乘不測之舟，入無人之地，以相從問文章爲事，身勤而事左，辭重而請約，非計之得也。”㊅邪惡，不正當。見“左道”。㊆差錯。元曲選楊顯之瀟湘雨二：“崔甸士云：‘這廝敢聽左了。’”㊇姓。見廣韻。

2. zuò ㄗㄨㄛˋ 集韻子賀切，去，箇韻。

㊈證據。詳“左₂證”、“左₂驗”。

【左乙】漢武帝內傳記上元夫人授武帝道經，其第四篇爲“左乙混沌東蒙之文”。雲笈七籤三有左乙混洞東蒙録。後來卽以“左乙”爲道經的通稱。元詩選陳旅安雅堂集送毛真人南還：“左乙象文令虎守，尚方凫舄背人飛。”

【左人】㊀地名。春秋時鮮虞的故邑。在今河北唐縣西北。國語晉九：“趙襄子使新穉穆子伐狄，勝左人、中人。”注：“左人、中人，狄二邑。”㊁複姓。春秋魯有左人郢。見史記六七仲尼弟子傳。

【左弋】官名。秦漢少府的屬官，掌管弋射。漢武帝太初元年改名佽飛。見漢書百官公卿表上。參見“佐弋”。

【左个】左側的偏室。指東堂北側、南堂東側、西堂南側、北堂西側等的偏室。據儒家傳說，古禮：天子孟春之月居青陽左个；孟夏之月居明堂左个；孟秋之月居總章左个；孟冬之月居玄堂左个。青陽左个，爲大寢東堂北偏；明堂左个，南堂東偏；總章左个，西堂南偏；玄堂左个，北堂西偏。見禮月令及注。明劉基誠意伯集十三次韻和石末公用元望韻遣興見寄詩：“時維青陽初，天子在左个。”

【左方】左面，後面。史記一一〇匈奴傳：“左方兵直雲中，右方直酒泉、燉煌郡。”指軍隊。又一二八龜策傳：“謹連其事於左方，令好事者觀擇其中焉。”指簡册。漢文下行，先右後左，故稱。

【左文】見“右文㊁”。

【左户】官名。北齊置，度支尚書的屬官，掌管境內計帳户籍等事。見隋書百官志中尚書省。北史崔鑒傳附崔伯謙：“轉七兵、殿中、左户三曹郎中。”新唐書一六〇孟簡傳：“户部有二員，判使校者居別一署，謂之左户。元和後，選委華重，宰相多由此進。”

【左尹】春秋楚官名。左尹、右尹都在令尹之下。左傳宣十一年有左尹子尹，昭十八年有左尹王子勝，二十七年有左尹郤宛。秦末，項羽叔父項伯，也任左尹。見史記項羽紀。

【左平】漢獄官名。廷尉的屬官，掌管詔

獄。後漢書百官志二:"左平一人，六百石。本注曰:掌平決詔獄。"

【左右】 ㊀指左右兩方。詩大雅常武:"左右陳行，戒我師旅。"箋:"使其士衆，左右陳列而勑戒之。"後漢書七二董卓傳:"卓膂力過人，雙帶兩鞬，左右馳射，爲羌胡所畏。"㊁旁側。詩大雅文王:"文王陟降，在帝左右。"也指在旁侍候的人或近臣。書咸有一德:"任官惟賢材，左右惟其人。"史記八一藺相如傳:"左右欲刃相如，相如張目叱之，左右皆靡。"㊂對人不直稱其名，只稱他的左右，表示尊敬。戰國策燕二:"臣不佞，不能奉承先王之教，以順左右之心。"後來信札常用以稱呼對方。漢書六二司馬遷傳報任安書:"是僕終已不得舒憤懣以曉左右。"㊃幫助，輔翼。易泰:"輔相天地之宜，以左右民。"釋文:"左音佐，右音佑。"疏:"左右，助也。"㊄支配，影響。左傳僖二六年:"公以楚師伐齊，取穀。凡師，能左右之曰'以'。"注:"左右謂進退在己。"國語越上:"寡君帥越國之衆，以從君之師徒，唯君左右之。"㊅用在數量詞後表示概數。漢王充論衡齊世:"語稱上世之人，侗長佼好，堅強老壽，百歲左右。"㊆反正，橫豎。元曲選石君寶秋胡戲妻三:"小娘子，左右這裏無人。"水滸十六:"你左右到村裏去賣，一般還你錢，便賣些與我們，打甚麼不緊?"

【左司】 官名。隋代於尚書都省設左右司郎二人，掌管都省的職務。唐宋沿襲，各置郎中、員外郎，掌副左佑丞，分別處理都省事。元併尚書省於中書省，中統元年置左右司。明初沿其制，不久廢。見文獻通考五一職官五左右司郎中、續文獻通考五二職官二中書省。

【左民】 官名。漢置民曹，魏晉南北朝加置左民、右民二曹，長官稱左民尚書、右民尚書。見通典二二職官四歷代尚書。詳"民曹"。

【左史】 ㊀官名。周代史官分左史和右史，左史記行動，右史記言。楚有左史倚相。見禮玉藻、國語楚上、又魯上"君舉必書"注。一說左史記語言，右史記行事。見漢書藝文志。周禮春官有大史、內史。大史卽左史，內史卽右史。見禮玉藻疏。後世記載帝王言行的稱起居。隋始置起居舍人，屬中書省。唐增設起居郎，屬門下省。高宗改起居郎爲左史，起居舍人爲右史，旋復舊。見文獻通考五十職官四起居。明只稱起居注，淸稱起居注官。㊁指左傳。宋陳師道後山詩話:"子瞻(蘇軾)謂杜詩、韓文、顏書、左史皆集大成者也。"

【左丘】 複姓。春秋左丘明居左丘，爲左丘氏。見通志二八氏族四。

【左江】 水名。卽鬱江上流。在廣西西南部。至南寧市附近合江鎭與右江會合爲鬱江。見元史地理志六。

【左字】 自左向右橫寫的文字。佛教梵文，書法自左至右。廣弘明集十五南朝梁沈約佛記序:"橫書左字，累萬方通。剪葉成文，重譯未曉。"

【左州】 州名。在廣西西南部。唐置羈縻左州。宋元因之。明淸屬廣西太平府。公元1912年改左縣，1951年與崇善縣合併爲崇左縣。參閱讀史方輿紀要一一〇南寧府。

【左地】 左方之地。卽東部。漢書九四上匈奴傳:"時單于已立三歲，暴虐殺伐，國中不附。及太子、左賢王數讒左地貴人，左地貴人皆怨。"

【左丞】 官名。詳"右丞"。

【左行】 ㊀文字寫法自右至左稱左行。法苑珠林十五遊學部召師:"昔造書之主，凡有三人:長名曰梵，其書右行;次曰佉盧，其書左行;少者蒼頡，其書下行。"㊁古代軍制名。行，音háng。見"三行"。

【左巡】 唐制，監察御史分左巡、右巡，糾查官員違法失職等事項，左巡糾察京城內，右巡糾察京城外及雍洛二州。見新唐書百官志三。

【左沖】 舊時朋友書信往來，往往在信尾寫"左沖"二字，猶言左空，表示更無他語。淸惠棟松崖筆記一左沖:"今人書左沖，猶唐人書末言謹書也，明此外無復他語耳。"

【左言】 ㊀指外國語言。謂與中國語言相左。文選晉左太沖(思)魏都賦:"或魋髻而左言，或鏤膚而鑽髮。"也指外國。文選南朝齊王元長(融)三月三日曲水詩序:"侮食來王，左言入侍。"㊁漢書藝文志、漢鄭玄六藝論都有右史記事，左史記言之說。後因以"左言"作爲史官的代稱。文選南齊謝玄暉(脁)齊敬皇后哀策文:"旋召左言，光敷聖善。"

【左序】 左廂房，東廂房。唐王勃王子安集十一乾元殿頌:"瑤鯨戒響，懸猛簴於端闈;銅狄分形，肅嚴扃於左序。"

【左車】 ㊀左牙的輔骨。唐韓愈昌黎集十七與崔羣書:"近者尤衰憊，左車第二牙無故動搖脫去。"㊁人名。漢李左車，封廣武君。本陳餘將，後歸韓信，信用其謀平定趙燕。見史記九二淮陰侯傳。文選三國魏吳季重(質)在元城與魏太子牋:"都人士女，服習禮教，皆懷慷慨之節，包左車之計。"唐李白李太白詩十五聞李太尉出征東南留別金陵崔侍御:"恨無左車略，多愧魯連生。"

【左更】 秦漢爵位名，第十二級。史記七三白起傳:"白起爲左更，攻韓魏於伊闕，斬首二十四萬。"漢書百官公卿表上:"十二左更。"注:"更言主領更卒，部其役使也。"參見"右更"。

【左里】 城名，卽左蠡。因城在彭蠡澤(卽鄱陽湖)之左得名，故址在今江西都昌縣西北左蠡山下。東晉劉裕曾在此擊敗盧循的軍隊。見宋書武帝紀上、元和郡縣志二八江州都昌。

【左伯】 東漢東萊人，字子邑。善寫八分書，造紙尤工妙。南齊蕭子良答王僧虔書:"左伯之紙，妍妙輝光。"見唐張彥遠法書要錄九張懷瓘書斷下能品。

【左官】 漢代以右爲尊，故稱仕於諸侯者爲左官，以示地位低於朝廷官員。漢書諸侯王表:"武有衡山淮南之謀，作左官之律，設附益之法。"注:"漢時依上古法，朝廷之列以右爲尊，故謂降秩爲左遷，仕諸侯爲左官也。"後也稱降職外遷的官爲左官。文苑英華九八〇唐獨孤及爲華陰李太守祭裴尚書文:"亦旣左官，時更困蒙。"

【左券】 券，契約。古代契約分爲左右兩片，雙方各執其一。左片叫左券，由債權人收執，作爲憑據。商君書定分:"卽以左券予吏之問法令者。"史記田敬仲完世家:"公常執左券，以責於秦韓。"後用來喻事有把握。宋陸游劍南詩稿七六禽言打麥作飯:"人生爲農最可願，得飽正如持左券。"

【左芬】 公元?—300年。晉臨淄人。字蘭芝。左思妹，好學能文。爲晉武帝貴嬪，每有方物異寶，必詔芬作賦頌。今存詩、賦、贊、誄等二十餘篇，大都爲應詔而作。原有集，已佚。公元1930年出土墓誌，芬作"棻"。參閱晉書武悼楊皇后傳附左貴嬪、漢魏南北朝墓誌集釋圖版十二。

【左花】 牡丹的一種，宋洛陽左氏培植，故名。宋歐陽修洛陽牡丹記花釋名:"左花者，千葉紫花，葉密而齊如截，亦謂之平頭紫。……魏花未出時，左花爲第一。"

【左近】 鄰近，附近。水經注三七夷水:"又有石穴，出淸泉，中有潛龍，每至大旱，平樂左近村居葦草穢著穴中，龍怒，須臾水出。」

【左使】反使，引申爲暗使。元曲選缺名賺蒯通四：「呀！暢好是沒算計的漢賢良，左使著這一片狠心腸，早知道屈死了韓元帥，何不還留他楚霸王。」

【左宦】外官，地方官。唐白居易長慶集二十贈江州李十使君員外十四韻詩：「中年俱白鬢，左宦各朱輪。」

【左計】不恰當的策劃，失策。宋范成大石湖集一秋日二絕詩之二：「無事閉門非左計，饒渠屐齒上青苔。」

【左衽】㊀衽，衣襟。我國古代少數民族的服裝，前襟向左，不同於中原一帶人民的右衽。書畢命：「四夷左衽，罔不咸賴。」後因以左衽指受外族的統治。論語憲問：「微管仲，吾其被髮左衽矣。」也作「左袵」。三國志蜀廖立傳：「聞諸葛亮卒，垂泣歎曰：『吾終爲左袵矣！』」㊁死者的葬服。禮喪大記：「小斂大斂，祭服不倒，皆左衽。」注：「左衽，衽鄉(向)左，反生時也。」疏：「衽，衣襟也。生鄉(向)右，左手解袖帶便也；死則襟鄉(向)左，示不復解也。」

【左契】刻木爲契，分爲左右，相合爲信。卽左券。老子：「是以聖人執左契而不責於人。」參見「左券」。

【左相】官名。左傳定元年：「仲虺居薛，以爲湯左相。」後世相位也有左右並設的。史記齊太公世家：「景公立，以崔杼爲右相，慶封爲左相。」新唐書玄宗紀天寶元年：「改侍中爲左相，中書令爲右相。」唐杜甫杜工部草堂詩箋二飲中八仙歌：「左相日興費萬錢，飲如長鯨吸百川。」左相，稱李適之。

【左書】㊀用左手寫字。管子七法：「不明於法，而欲治民一衆，猶左書而右息之。」㊁卽隸書。左，通「佐」。意謂隸書便捷，可以輔助篆書。宋孫光憲北夢瑣言十六木中異文：「梁開平中，……庶穰鄉人因伐樹倒，分爲兩片，內有六字，皆如左書。」參見「佐書」。

【左省】㊀唐代中央官署名。卽門下省。因門下省的長官侍中稱左相，故名。唐杜甫有春宿左省詩（杜工部草堂詩箋十二)。唐羅隱甲乙集八酬寄右司李員外詩：「左省望高推健筆，右曹官重得名人。」參閱新唐書百官志二門下省。㊁禮部。宋范祖禹范太史集五謝禮部侍郎表：「備員左省，久塵夕拜之詔；賦政中臺，進貳長官之長。」

【左思】西晉臨淄人。字太沖，官祕書郎。貌陋口訥而博學能文。司空張華辟爲祭酒，賈謐舉爲祕書。謐誅，歸鄉里專事著述。曾作三都賦，十年始成。豪貴之家，競相傳寫，洛陽爲之紙貴。詩今僅存十四篇，以詠史八首最著名。南朝梁鍾嶸詩品說他「文典以怨，頗爲精切，得諷諭之致」。原有集，已佚，後人輯有左太沖集。晉書有傳。

【左海】㊀東海。禮鄉飲酒義：「洗之在阼，其水在洗東，祖天地之左海也。」玉海十九地理州鎮臨安：「西界浙河，東奄左海。」㊁福建省位於東海之隅，故也有左海之稱。淸陳壽祺福建閩縣人，其文集以左海全集爲名。

【左袒】㊀脫左袖，露出左臂。儀禮士喪禮：「主人出，南面左袒。」㊁偏護一方。聊齋志異李伯言：「李見王，隱存左袒意。」參見「左右袒」。

【左校】官署名。秦及漢初，置左、右、前、後、中五校令，後只設左、右校令。東漢沿置，掌左、右工徒。三國魏併左、右校於材官。晉左、右校屬少府，南朝宋以後並有左校令丞。北齊亦有之。隋左、右校令丞屬將作，唐沿置。凡大臣犯法，常遣送到左校勞作。參閱漢書百官公卿表上、後漢書百官志四、文獻通考五七職官十一將作監。參見「輸左校」。

【左除】降級授職。新唐書一六七裴延齡傳：「會鹽鐵使張滂、京兆尹李充、司農卿李銛皆指延齡專以險僞罔上，帝怒，乃罷(陸)贄宰相，左除滂等官。」

【左降】官吏被貶降級。晉書應詹傳上疏：「今宜峻左降舊制，可二千石免官三年乃得敍用。」唐白居易長慶集十七自題詩：「一旦失恩先左降，三年隨例未量移。」

【左師】㊀春秋戰國時宋趙等國執政官名。左傳僖九年：「宋襄公卽位，以公子目夷爲仁，使爲左師以聽政，於是宋治。故魚氏世爲左師。」又襄九年「二師令四鄉正敬享」注：「二師，左、右師也。」按二師相當於周的鄉師。當時宋有四鄉，分爲左右，以左師領左二鄉，右師領右二鄉。戰國時趙有左師觸讋(應作觸龍)。見戰國策趙四。㊁複姓。出自子姓，宋子魚世爲左師，以官爲氏。見宋鄧名世古今姓氏書辯證二六。

【左徒】戰國楚官名。史記八四屈原傳：「屈原者，名平，楚之同姓也。爲楚懷王左徒。」正義：「蓋今(在)左右拾遺之類。」

【左掖】㊀宮城正門的左邊小門。宋書天文志一：「魏文帝黃初三年九月甲辰，客星見太微左掖門內。」㊁指給事中。唐代屬門下省，掌政令封駮。唐張九齡曲江集二和許給事直夜簡諸公詩：「左掖知天近，南窗見月臨。」㊂墓穴的左方。北周寇嶠妻薛氏墓誌：「遺令瘞於左掖，示終身不忘夙心。」（漢魏南北朝墓誌集釋圖版三五九之二)

【左符】符的左半邊。漢制，太守出任執左符，至州郡合右符爲驗。宋蘇軾分類東坡詩二一送呂昌朝知嘉州：「橫空好在脩眉色，頭白猶堪乞左符。」宋陸游劍南詩稿十九衰病：「桐江久客無奇句，孤負君王乞左符。」參見「左魚符」。

【左側】猶「左右」。史記趙世家孝成王元年「老婦恃輦而行耳」索隱引束晳：「若姪年二十入王宮，至此亦年六十左側，亦可稱老。」漢書六三昌邑王髆傳：「陛下左側讒人衆多，……宜進先帝大臣子孫親近以爲左右。」

【左道】邪門旁道。封建統治階級多用以指斥未經官府認可的巫蠱、方術等。禮王制：「執左道以亂政，殺。」注：「左道，若巫蠱及俗禁。」漢書郊祀志下谷永對：「及言世有僊人服食不終之藥，……皆姦人惑衆，挾左道，懷詐僞，以欺罔世主。」

【左馭】在左方御車。周禮夏官太僕：「王出入，則自左馭而前驅。」後來因稱太僕寺卿爲左馭。文苑英華三九七唐孫逖授王昱太僕卿制：「俾升榮於左馭，仍受任於北京。」

【左雲】縣名。屬山西省。漢武州縣地，明正統十四年置左雲川衞。淸雍正三年改左雲縣。見嘉慶一統志一四八朔平府。

【左雄】公元？—138年。東漢南郡涅陽人。字伯豪。安帝時舉孝廉，遷冀州刺史。州部多豪族，雄揭發貪猾，無所顧忌。順帝時，掌納言，屢切諫，每有章表奏議，臺閣以爲故事。官至尚書。見後漢書本傳。

【左紫】牡丹的一種。宋歐陽修文忠集二洛陽牡丹圖詩：「傳聞千葉昔未有，只從左紫名初馳。」參見「左花」。

【左貂】在冠的左方加飾貂尾。後漢書七八宦者傳序：「漢興，仍襲秦制，置中常侍官。然亦引用士人，以參其選，皆銀璫左貂，給事殿省。」新唐書百官志二「左散騎常侍二人」注：「左散騎與侍中爲左貂，右散騎與中書令爲右貂。」

【左甄】左方的軍陣。甄，陣。宋書禮志一：「將領部曲先獵一日，遣屯布圍。領軍將軍一人督右甄，護軍一人督左甄。大司馬一人居中董正，諸軍悉受節度。”陳書高祖紀上封陳公策：“公左甄右落，箕張翼舒。掃是欃槍，驅其獫狁。”

【左慈】東漢末方士。廬江人，字元放，少居天柱山，習鍊丹補導之術。後漢書有傳。關於左慈的傳説，見晉干寶搜神記。

【左畸】軍旅的左部。國語吳：“董褐將還，王稱左畸曰：‘攝少司馬茲與王士五人，坐於王前。’”注：“左畸，軍左部也。”

【左傳】書名。編年體春秋史。也稱春秋左氏傳或左氏春秋。相傳爲春秋時魯左丘明所撰。記自魯隱公元年至魯悼公四年間二百六十年史事，也保存了一些古代傳說。漢初研究春秋的只有公羊穀梁二家，立於學官。東漢時逐漸通行左傳，賈逵服虔並作訓解。春秋左傳原分二書，至晉杜預始以左傳附於春秋，作春秋經傳集解，與穀梁范甯注、公羊何休注、左氏服虔注並立學官。隋時盛行杜注。唐初編五經音義，其中左傳取杜預注，孔穎達作正義，即今通行的注疏本；與公羊穀梁合稱春秋三傳。清代惠棟撰左傳補注，焦循撰左傳補疏，對注疏都有改正。又洪亮吉有春秋左傳詁、劉文淇有春秋左氏傳舊注疏證，輯集服虔、賈逵等漢人舊注。

【左語】同“左言”。外族語言。唐王維王右丞集五送李判官赴江東詩：“封章通左語，冠冕化文身。”

【左旗】星名。在河鼓之左，共九星。今分屬天箭座、天鷹座。史記天官書東宮蒼龍“東北曲十二星曰旗”唐張守節正義：“左旗九星，在河鼓左也。”

【左輔】卽左馮翊。唐杜甫杜工部草堂詩箋十一留花門：“連雲屯左輔，百里見積雪。”注：“指言回紇留左輔之爲害也。三輔故事：左輔，左馮翊也。”參見“左馮翊”。

【左榜】元代選舉制度，凡中選的舉人和進士都分列二榜：蒙古色目人一榜，稱右榜；漢人南人一榜，稱左榜。舉人榜揭於省門之左右，進士榜用敕黄紙書，揭於內前紅門之左右。元歐陽玄圭齋文集三喜門生中狀元詩序：“泰定丁卯八月十二日，崇天門傳臚賜進士，右榜第一人阿察亦，左榜第一人李黼。”參閱元史選舉志一科目、清錢大昕十駕齋養新錄十左右。

【左駙】車箱左外側的立木。春秋齊景公遣使者持節赦莊賈，馳入司馬穰苴軍，穰苴斬其僕、車之左駙、馬之左驂，以徇三軍。見史記六四司馬穰苴傳。此指陪乘、駕車之人。正義引劉伯莊：“駙者，箱外之立木，承重校者。”駙，通“輔”、“軵”。

【左遷】降職。古以右爲尊，左爲卑，故云。史記九三韓王信傳：“迺說漢王曰：‘項王王諸將近地，而王獨遠居此，此左遷也。’”晉書杜預傳：“其優多劣少者敍用之，劣多優少者左遷之。”

【左緜】地名。文選晉左太沖（思）蜀都賦：“於東則左緜巴中，百濮所充。”也作“左綿”。唐杜甫杜工部詩史補遺三海棕行：“左綿公館清江濆，海棕一株高入雲。”注：“綿州，涪水所經，涪居其右，綿居其左，故曰左綿。”

【左擔】古山道名。自今甘肅文縣東南至四川平武縣東。因山路險窄，行人從北向南，左肩挑担，不能易右肩，故名。三國魏鄧艾卽由此入蜀。唐杜甫杜工部草堂詩箋四十愁坐：“葭萌氐種迥，左擔犬戎存。”參閱晉常璩華陽國志二陰平郡。

【左學】相傳殷代的小學。禮王制：“殷人養國老於右學，養庶老於左學。”注：“下庠、左學，小學也，在國中王宮之東。”後來也用以泛稱學校。文苑英華四八唐李華含元殿賦：“蓋左學之遺制，恊前王之講德。”

【左轄】㊀星名，屬軫宿。晉書天文志上二十八舍：“轄星傅軫兩旁，主王侯，左轄爲王者同姓，右轄爲異姓。”㊁卽左丞。左右丞管轄尚書省事，故左丞稱爲左轄。周書韋瑱傳：“轉行臺左丞，……南郢州刺史，復入爲行臺左丞。瑱明察有幹局，再居左轄，時論榮之。”唐杜甫杜工部草堂詩箋二贈韋左丞丈濟：“左轄頻虛位，今年得舊儒。”

【左轉】猶左遷。後漢書十九耿弇傳附耿夔：“夔不能獨進，以不窮追，左轉雲中太守。”又七七樊曄傳：“視事十餘年，坐法左轉軹長。”

【左藏】國庫之一，以其在左方，故稱左藏。晉有左右藏令，屬少府；北齊、隋屬太府寺。唐代左右藏皆置令丞：左藏掌錢帛、雜綵、天下賦調；右藏掌金玉、珠寶、銅鐵、骨角、齒毛、綵畫。宋初諸州貢賦均輸左藏。南宋又設左藏南庫。元禁中出納分內藏、右藏、左藏三庫，左藏掌收支常課和買紗羅布絹等物。參閱新唐書百官志三太府寺、文獻通考五六職官十左右藏署、續文獻通考五六職官六太府監。

【左₂證】猶佐證，證實。新唐書一三二劉子玄傳：“嘗議孝經鄭氏學非康成注，舉十二條左證其謬。”康成，鄭玄字。

【左騶】東漢靈帝時，凡授三公的人，都要向東園（少府所屬的官署）送禮錢千萬，由宮中派出使者督繳。這種使者名爲左騶。見後漢書三一羊續傳。騶，騎士。

【左顧】㊀向左看。左傳昭二四年：“晉士彌牟逆叔孫于箕，叔孫使梁其踁待於門內，曰：‘余左顧而欬，乃殺之；右顧而笑，乃止。’”㊁猶言枉顧，屈駕，謝人過訪的謙詞。古例長者在左，少者在右，故長者顧少者稱左顧。漢書八十淮陽憲王欽傳：“報（張）博書曰：‘子高乃幸左顧存恤。’”注：“左顧猶言枉顧也。”子高，博字。

【左蠡】山名。在江西都昌縣西北，一名藍軍，以臨彭蠡湖東得名。山下有晉盧循所建的左蠡（里）城。見嘉慶一統志三一六南康府一。參見“左里”。

【左₂驗】見證人。漢書六六楊敞傳附楊惲：“事下廷尉。廷尉（于）定國考問，左驗明白。”注：“左，證左也，言當時在其左右見此事者也。”後引伸爲證據。新唐書一二六杜暹傳：“會安西副都護郭虔瓘與西突厥可汗阿史那獻、鎮守使劉遐慶更相訟，詔暹卽按。入突騎施帳，究索左驗。”

【左纛】纛，旗。古代帝王乘輿的裝飾物，用犛牛尾或雉尾製成，設在車衡的左邊，故稱左纛。漢書八七上揚雄傳河東賦：“揚左纛，被雲梢。”參見“黄屋”。

【左右手】比喻得力的助手。史記九二淮陰侯傳：“人有言上曰：‘丞相（蕭）何亡。’上大怒，如失左右手。”上，漢高祖。後漢書二三竇融傳：“數上書求代，詔報曰：‘吾與將軍如左右手耳，數執謙退，何不曉人意？’”

【左右省】謂門下、中書二省。唐宣政殿前有兩廊，各有門，東門日華，西門月華。日華門東邊爲門下省，在廊的左面，故叫左省；月華門西邊爲中書省，在廊的右面，故叫右省。兩省官員用左或右加銜的，如左右散騎常侍、左右諫議大夫、左右補闕、左右拾遺之類，都分別隸屬兩省。宋兩省也分左右，但無補闕、拾遺，而有左右司諫、正言，分屬如唐制。參閱唐六典七、文獻通考五一職官五中書省。

【左右袒】左袒或右袒，卽袒露左臂或右臂，以示偏護某一方。漢初吕氏專政，太尉周勃謀誅諸吕，行令軍中說：“爲吕氏右袒，爲劉氏左袒。”全軍都左袒擁劉。袒，也作“襢”。見史記吕氏紀。後因稱偏護一方爲左袒，兩無所助曰不爲左右袒。聊齋志異珊瑚:“(安)二成又懦。不敢爲左右袒。”

【左右曹】漢有左右曹，爲加官，辦理尚書政事。見漢書百官公卿表上。宋户部郎中、員外郎都分左右曹。宋史職官志三户部:“郎中、員外郎掌分曹治事。……紹興中，專置提舉帳司，總天下帳狀，以户部左曹郎官兼之；右曹歲具常平錢物總數，每秋季具册以聞。初置主管左右曹，總稱户部郎官。”

【左右街】指唐代長安城内的左三街和右三街。新唐書百官志四上:“左右翊中郎將府中郎將，掌領府屬，督京城左右六街鋪巡警，以果毅二人助巡探。”又:“左右街使，掌分察六街徼巡。”

【左右廣】春秋楚軍制名。猶言左右軍。左傳宣十二年:“楚子爲乘，廣三十乘分爲左右。……許偃御右廣，養由基爲右；彭名御左廣，屈蕩爲右。”參見“右廣”。

【左右臺】唐武后光宅元年，分御史臺爲左右臺。左臺知百司，監督軍旅；右臺察州縣，巡視風俗。不久又命左臺兼察州縣。睿宗後，廢右臺。見新唐書百官志三御史臺注。

【左右選】宋代吏部銓敍官吏，以文選爲左選，武選爲右選。宋史選舉志四:“其後典選之職分爲四。文選曰審官東院、曰流内銓；武選曰審官西院、曰三班院。元豐定制而後，銓注之法，悉歸選部。以審官東院爲尚書左選，流内銓爲侍郎左選；審官西院爲尚書右選，三班院爲侍郎右選。於是吏部有四選之法。”

【左右翼】㊀古代作戰，常分左中右三軍，以中軍爲主，左右軍輔之，有如兩翼，故稱左右翼。史記八一李牧傳:“李牧多爲奇陣，張左右翼擊之，大破，殺匈奴十餘萬騎。”㊁清代八旗兵分爲左右翼。鑲黄、正白、鑲白、正藍爲左翼；正黄、正紅、鑲紅、鑲藍爲右翼。見清文獻通考一七九兵一。

【左丘明】春秋魯國人。左氏，丘明名。一説左丘爲複姓。相傳曾任魯太史，爲春秋作傳，成春秋左氏傳，省稱左傳；又作國語。因目盲，後人稱爲盲左。或謂史官有左右之分，左丘明世爲左史，故以左爲姓。以其世傳史職，故能搜羅列國之史以傳春秋，非如公羊、穀梁之以經生敍述傳聞。參閲清凌藻揚蠡勺編三五左傳之左別解、劉寶楠論語正義六公冶長正義。參見“春秋左氏傳”。

【左光斗】公元 1575—1625 年。明桐城人。字遺直，號浮左，又號滄嶼。萬曆三十五年進士，累官左僉御史。剛直敢言，與左副都御史楊漣同爲閹黨側目，並稱楊左。漣劾魏忠賢二十四大罪，光斗力贊之，又自上疏陳忠賢三十二斬罪。天啟五年與漣同被誣陷下獄，備受酷刑，死於獄中。參閲明史本傳、明吴應箕樓山堂集十八贈都察院左都御史左光斗傳。

【左良玉】公元 1599—1645 年。明末臨清人。字崑山。早年在遼東與清軍作戰，以驍勇善左右射，爲侯恂所識拔。後擁兵多至八十萬，駐武昌與李自成張獻忠等農民起義軍作戰多年，爲明王朝鎮壓農民起義的主力部隊之一。崇禎十五年被李自成大敗於朱仙鎮。崇禎十七年封寧南伯。福王立於南京，又進封寧南侯。後起兵討馬士英，軍至九江，病死。明史有傳。

【左執法】星名。太微南蕃中二星，東曰左執法，西稱右執法。屬室女座。見晉書天文志上中宫。參見“右執法”。

【左國城】古城名。故址在今山西離石縣東北。東漢建武初，南匈奴入居西河郡美稷縣，單于於此置王庭。西晉時爲匈奴左部所居。永興元年劉淵稱大單于，繼自離石遷都於此，自稱漢王，國號漢。參閲資治通鑑八五晉永興元年。

【左魚符】唐代官方使用的一種銅質信符。刻成魚形，分左右兩瓣，左瓣稱左魚符，調動軍隊或任免州郡長官時使用。用時雙方左右合符，以爲憑信。宋代魚符，多爲木質。宋楊萬里誠齋集二十跋陸務觀劍南詩稿詩之二:“劍外歸乘使者車，淛東新得左魚符。”亦簡稱“左魚”。宋王楙野客叢書二八郡守左符:“唐故事，以左魚給郡守，以右魚留郡庫。每郡守之官，以左魚合郡庫之右魚，以此爲信。”參見“銅魚符”。

【左馮翊】漢代郡名。本爲秦内史地，漢高祖二年置河上郡，武帝太初元年更名左馮翊，爲拱衛首都長安的三輔之一。轄二十四縣。約當今陝西渭河以北、涇河以東、洛河中下游地區。見漢書地理志上。其長官也稱左馮翊。漢書百官公卿表上:“武帝太初元年……左内史更名左馮翊。”注引張晏:“馮，輔也；翊，佐也。”

【左傳癖】好讀左傳成癖。世説新語術解“王武子善解馬性”注引晉裴啟裴子語林:“(晉)武帝問杜預，‘卿有何癖？’對曰:‘臣有左傳癖。’”宋陸游劍南詩稿三四夜坐:“辛苦空成左傳癖，逍遥常媿大慈偎。”

【左僕射】官名。漢獻帝始分置尚書僕射爲左、右僕射，魏晉南北朝時，置罷不定。隋開皇年間尚書省置左、右僕射各一員，佐助尚書令，唐初沿用隋制。後因唐太宗曾任尚書令，臣下不得再任此職，尚書令遂廢缺，左、右僕射成爲尚書省長官，與侍中、中書令並爲宰相。宋代左、右僕射也爲宰相之職。參閲後漢書百官志三、隋書百官志上、舊唐書職官志二。參見“僕射”。

【左賢王】匈奴貴族封號，有左、右賢王。見史記一一〇匈奴傳、後漢書八九南匈奴傳。簡稱“左賢”。文選南朝梁范彦龍(雲)效古詩:“朝馳左賢陣，夜薄休屠營。”

【左懋第】公元 1601—1645 年。明末萊陽人。字蘿石。崇禎四年進士，任户科給事中。南明弘光時，任右僉都御史，出使與清議和，被留，拒降遇害。明史有傳。

【左支右絀】戰國策西周:“養由基曰:‘……子何不代我射之也？’客曰:‘我不能教子支左屈右。’”注:“支左屈右，善射法也。”本指射箭時左臂撐弓、屈右臂扣弦之法，後轉來形容能力或財力不足，而顧此失彼的窘狀。清紀昀閱微草堂筆記二三灤陽續録五:“左支右絀，困不可忍。”

【左右兩難】兩面爲難，指處事不易作出決定。元曲選楊顯之瀟湘秋夜雨一:“我欲待親自去尋來，限次又緊，着老夫左右兩難，如何是好？”

【左右拾遺】官名。唐武則天垂拱中置補闕、拾遺二官，負責進諫、薦舉。唐代門下省稱左省，中書省稱右省，故屬於門下省者，稱左補闕、左拾遺；屬於中書省者，稱右補闕、右拾遺。北宋改爲左右司諫、左右正言。南宋淳熙十五年增置左右補闕、左右拾遺各一員，不久廢。見文獻通考五十職官四拾遺補闕。參見“左右省”。

【左右逢原】孟子離婁下:“資之深，則取之左右逢其原。”原，同“源”，水源。意謂學問的功夫深，則用之不盡，取之不竭。後以比喻處事行文，作書作畫等得心應手。宋衛宗武秋聲集五張石山戲筆序:“方其好之也，則爲物所戲，久之而心與手應，手與物忘，出奇入神，左右逢原，而物反爲我所戲矣。”

【左右補闕】官名。見“左右拾遺”。

【左宜右有】詩小雅裳裳者華“左之左

之,君子宜之;右之右之,君子有之。"後因以左宜右有指人才德兼備,處事咸宜。也作"左宜右宜"。隋趙朗暨妻孫氏墓誌:"並允文允武,左宜右宜。"(漢魏南北朝墓誌集釋圖版四六八之二)

【左都御史】官名。明代設左、右都御史,爲都察院的長官,正二品。負責監察糾劾事務,兼管審理重大案件和考核官吏。清代以左都御史爲中央監察部門的最高長官。參閱明史職官志二、清通志六五職官二。

【左提右挈】㊀猶言相互扶持。史記八九張耳陳餘傳:"夫以一趙尚易燕,況以兩賢王左提右挈,而責殺王之罪,滅燕易矣。"㊁指左右提攜,盡力扶持整頓。北齊顏之推顏氏家訓兄弟:"方其幼也,父母左提右挈,前襟後裾。"宋黄裳演山集四讀王黄州遊宦篇:"抗章言事來去忙,左提右挈歸之理。"

【左傳事緯】清馬驌撰。改左傳爲記事本末體,分一百零八篇,十二卷。每篇後都加以評論。另附杜預孔穎達序論和驌自著左丘明傳一卷,辨例三卷,圖表、覽左隨筆、名氏譜、左傳字奇各一卷。總計二十卷。又李調元也輯有左傳事緯四卷,以左傳事分類排列,取便檢閱,不作考訂。

【左輔右弼】指帝王左右的輔佐重臣。孔叢子論書:"王者前有疑,後有丞,左有輔,右有弼,謂之四近。"晉書潘岳傳附潘尼乘輿箴:"左輔右弼,前疑後丞。一日萬機,業業兢兢。"引申爲左右輔助之意。漢焦延壽易林五隨之屯:"左輔右弼,金玉滿櫃。"參見"輔弼"。

【左圖右史】言積書盈側。新唐書一四二楊綰傳:"性沈靖,獨處一室,左右圖史,凝塵滿席,澹如也。"後謂藏書之多爲"左圖右史"。清龔自珍定盦文集續集三阮尚書年譜第一敍:"乃設精舍,顏曰詁經,背山面湖,左圖右史。"

【左縈右拂】左邊收捲,右邊拂拭。比喻收拾對手輕而易舉。史記楚世家:"若夫泗上十二諸侯,左縈而右拂之,可一旦而盡也。"廣弘明集二八上隋李德林隋文帝爲太祖武元皇帝行幸四處立寺建碑詔:"懸兵萬里,直指參墟。左縈右拂,麻積草靡。"

【左顧右眄】左右顧視。形容得志自滿的神態。文選三國魏曹子建(植)與吳季重書:"左顧右眄,謂若無人,豈非吾子壯志哉!"也作"左顧右盼"。唐李白李太白詩九走筆贈獨孤駙馬:"銀鞍紫鞚照雲日,左顧右盼生光輝。"

四 畫

巫 wū 武夫切,平,虞韻,微。ㄨ

㊀古代稱能以舞降神的人。國語楚下:"在男曰覡,在女曰巫。"注:"覡見鬼者也。周禮男亦曰巫。"又:"家爲巫史。"注:"巫主接神,史次位序。"商代最重巫,至周地位漸降,周禮把司巫列爲中士,屬於司祝。㊁姓。漢有冀州刺史巫捷。見廣韻。

【巫山】㊀山名。1.在四川巫山縣東,即巫峽。巴山山脈特起處。有十二峰,峰下有神女廟。參閱讀史方輿紀要六六巫山。2.在山東肥城縣西北。相傳山上有漢郭巨葬母之所,故也稱孝堂山。左傳襄十八年:"齊侯登巫山以望晉師。"即此。見太平寰宇記十三鄆州。㊁縣名。屬四川省。戰國時楚巫郡,秦改爲縣。隋改今名。見太平寰宇記一四八夔州。㊂文選戰國楚宋玉高唐賦記楚襄王遊雲夢臺館,望高唐宫觀,言先王(懷王)夢與巫山神女相會。神女辭别時説:"妾在巫山之陽,高丘之阻。旦爲朝雲,暮爲行雨。朝朝暮暮,陽臺之下。"後人附會,爲之塑像立廟,號爲朝雲。後稱男女幽會爲巫山、雲雨、高唐、陽臺,皆本此。

【巫女】㊀巫山神女。唐白居易長慶集十七題峽中石上詩:"巫女廟花紅似粉,昭君村柳翠於眉。"參見"巫山㊂"。㊁女巫師。文苑英華三五八五代劉蜕憫禱辭:"役巫女兮鼉鼓坎坎,風笛摇空兮舞袂衫。"

【巫史】即"巫祝"。禮禮運:"祝嘏辭説,藏於宗祝巫史。"漢書郊祀志上:"家爲巫史,享祀無度,瀆齊明而神弗蠲。"

【巫臣】㊀春秋楚國人。即屈申,大夫屈蕩子。字子靈。又稱申公巫臣。曾諫止楚莊王和子反娶夏姬。後却自娶夏姬,偕逃晉國,爲邢大夫,替晉國通好吳國,聯合抗楚;又使其子狐庸任吳行人之官,給楚國很大威脅。見左傳宣十二年、成二年、襄二十六年和國語楚上。㊁複姓。申公巫臣後代。見通志二八氏族四以名爲氏。

【巫步】巫師作法時的一種步法。即禹步。漢揚雄法言重黎:"昔者姒氏治水土,而巫步多禹。"注:"姒氏,禹也,治水土,涉山川,病足,故行跛也。禹自聖人,……而俗巫多效禹步。"舊題晉李石續博物志六:"鴆能巫步禁蛇。"

【巫尫】古代祈雨女巫。左傳僖二一年:"夏大旱,公欲焚巫尫。"注:"巫尫,女巫也。主祈禱請雨者。或以爲尫非巫也。瘠病之人,其面上向,俗謂天哀其病,恐雨入其鼻,故爲之旱,是以公欲焚之。"

【巫兒】春秋齊俗,民家長女不嫁,稱爲巫兒。漢書地理志下:"始桓公兄襄公淫亂,姑姊妹不嫁,於是令國中民家長女不得嫁,名曰'巫兒',爲家主祠,嫁者不利其家,民至今以爲俗。"

【巫祝】古代從事通鬼神的迷信職業者。韓非子顯學:"今巫祝之祝人曰:'使若千秋萬歲!'千秋萬歲之聲聒耳,而一日之壽無徵於人,此人所以簡巫祝也。"唐杜甫杜工部草堂詩箋二十南池:"南有漢王祠,終朝走巫祝。"

【巫恒】巫師相傳的法術。周禮春官司巫:"國有大烖(災),則帥巫而造巫恒。"注:"恒,久也。巫久者,先巫之故事。造之當按視所施爲。"清汪中認爲"恒"是"咸"的轉語,巫咸世爲巫師,因以"巫恒"爲世代習巫者的通稱。參閱孫詒讓周禮正義五十司巫。

【巫咸】㊀古代傳説神巫名。1.黄帝時人。太平御覽七九引歸藏:"昔黄帝與炎帝爭鬬涿鹿之野,將戰,筮於巫咸。"2.唐堯時人。藝文類聚七引晉郭璞巫咸山賦:"蓋巫咸者,實以鴻術爲帝堯醫。"3.殷中宗時人。書君奭:"巫咸乂王家。"楚辭屈原離騷:"巫咸將夕降兮,懷椒糈而要之。"注:"巫咸,古神巫也。當殷中宗之世。"㊁山名。在山西夏縣東。漢書地理志上河東郡:"安邑,巫咸山在南。"太平寰宇記六陝州夏縣:"巫咸山一名覆奥山。……巫咸祠在縣東五里巫咸山下。"

【巫風】像巫者那樣習於歌舞的風俗。書伊訓:"敢有恒舞于宫,酣歌于室,時謂巫風。"疏:"巫以歌舞事神,故歌舞爲巫覡之風俗也。"

【巫馬】㊀周代官名。掌管療治馬病事務。周禮夏官巫馬:"掌養疾馬而乘治之,相醫而藥攻馬疾,受財於校人。"疏:"巫知馬祟,醫知馬疾。疾則以藥治之,祟則辨而祈之,二者相須,故巫助醫也。"㊁複姓,以官爲氏,孔子弟子有巫馬期。見吕氏春秋察賢、韓詩外傳二、漢劉向説苑政理。

【巫郡】戰國楚地。戰國策楚一:"楚地西有黔中、巫郡。"史記秦紀昭襄王三十年"蜀守若伐楚,取巫郡"正義引括地志:"巫郡在夔州東百里。"今四川巫山縣東有巫縣故城,即楚巫郡治所。

【巫峽】長江三峽之一。在湖北巴東縣西，與四川巫山縣接界，因巫山得名。水經注三四江水:"江水又東逕巫峽，杜宇所鑿，以通江水也。……其間首尾百六十里，謂之巫峽。"參見"三峽"。

【巫娥】巫山神女。泛指美女。元曲選缺名貨郎旦一:"勸不醒癡迷楚子，直要娶薄倖巫娥。"參見"巫山㊂"、"巫山神女"。

【巫彭】古代傳說中的神醫名。山海經海內西經:"開明東有巫彭、巫抵、巫陽、巫履、巫凡、巫相，夾窫窳之尸，皆操不死之藥以距之。"注:"皆神醫也。"呂氏春秋勿躬:"巫彭作醫，巫咸作筮。"

【巫陽】人名。1.古筮師。楚辭招魂:"帝告巫陽曰:'有人在下，我欲輔之。魂魄離散，汝筮予之。'" 2.古代傳說中的神醫名。見"巫彭"。

【巫溪】水名。源出四川巫溪縣北界，東南流至巫山縣東入長江。一名大寧河，一名昌江。見嘉慶一統志三九七夔州府一。

【巫覡】男女巫的合稱。巫，女巫；覡，男巫。荀子正論:"出户而巫覡有事。"注:"女曰巫，男曰覡。有事，祓除不祥。"漢王符潛夫論正論:"巫覡祝請，亦其助也。"

【巫賢】人名。相傳是殷祖乙的宰相，巫咸的兒子。書君奭:"在祖乙，時則有若巫賢。"

【巫醫】巫師和醫師。古指低賤的職業。論語子路:"南人有言曰:'人而無恒，不可以作巫醫。'善夫!"後漢書八二上許楊傳:"及(王)莽篡位，楊乃變姓名爲巫醫，逃匿它界。"

【巫蠱】古代迷信，謂巫師使用邪術加禍於人爲巫蠱。蠱，毒蟲。六韜文韜上賢:"七曰:僞方異伎、巫蠱左道、不祥之言，幻惑良民，王者必止之。"漢武帝時，方士和神巫多聚京師，女巫出入宮中，教宮人埋木偶祭祀免災。適遇帝病，江充謂帝祟在巫蠱，因於宮中掘地搜查。充與太子據有嫌隙，遂誣稱在太子宮得木偶甚多。太子畏懼，起兵捕殺江充，失敗自殺。舊史稱爲巫蠱之獄。見漢書武帝紀征和元年、二年和江充傳。

【巫山高】漢鐃歌名。歌辭說江淮水深，無橋可渡。臨水遠望，不得東歸。似是遊子思鄉之詩。但後來像南齊王融"想像巫山高"、南朝梁范雲"巫山高不極"，參雜陽臺神女故事，已無遠望思歸之意。見樂府詩集十六引樂府解題。

【巫支祁】淮水神名。見明朱謀㙔駢雅釋天。也作"無支祈"。詳該條。

【巫山神女】文選戰國楚宋玉高唐賦記楚襄王遊雲夢臺館，夢婦人自稱"巫山"之女。後人附會，特立女像，稱爲巫山神女。宋陸游渭南文集四八入蜀記六:"二十三日過巫山凝真觀，謁妙用真人祠。真人，即世所謂巫山神女也。"參見"巫山㊂"。

【巫山一段雲】㊀形容女子美麗的鬢髮。唐李羣玉詩集後集三同鄭相并歌姬小飲戲贈:"裙拖六幅湘江水，鬢聳巫山一段雲。"也用以形容女子的身段。宋向子諲酒邊詞上減字木蘭花韓叔夏席上戲作:"想得橫陳，全是巫山一段雲。"㊁唐教坊曲名，後用作詞牌名。雙調，有四十四字、四十六字諸體，平韻，也有用兩仄韻的。見詞譜六。

【巫山十二峯】巫山以上，羣峯連緜，其尤著有十二峯。唐令狐楚纂御覽詩李端巫山高:"巫山十二峯，皆在碧虛中。"其初本無確指。元劉壎隱居通議二九十二峯名據蜀江圖舉其名爲獨秀筆峯集仙起雲登龍望霞聚鶴棲鳳翠屏盤龍松巒(巒)仙人。壎孫凝案語稱別書有朝雲淨壇上昇聖泉，而無獨秀筆峯盤龍仙人。參閱明曹學佺蜀中廣記二二夔州府二巫山縣、讀史方輿紀要六六四川一巫山。

七畫

差 1. chā 初牙切，平，麻韻，初。
ㄔㄚ 楚佳切，平，佳韻，初。

㊀差別。荀子榮辱:"故先王案爲之制禮義以分之，使有貴賤之等，長幼之差，智愚能不能之分。"史記禮書:"長少有差。"㊁比較，略微。左傳宣十二年"拔旆投衡乃出"晉杜預注:"拔旆投衡上，使不帆風，差輕。"後漢書光武帝紀下建武六年十二月詔:"今軍士屯田，糧儲差積。"㊂過失，差錯。史記一三〇太史公自序:"故易曰:'失之豪釐，差以千里。'"

2. chà 集韻楚嫁切，去，禡韻。
ㄔㄚˋ

㊃奇異，意外。見"差₂人"

3. chāi 楚皆切，平，皆韻，初。
ㄔㄞ

㊄選擇。詩小雅吉日:"吉日庚午，既差我馬。"宋書蒯恩傳:"高祖征孫恩，縣差爲征民，充乙士，使伐馬芻。"㊅派遣。三國志吳陸遜傳附陸抗上疏:"前乞精兵三萬，而至者循常，未肯差赴。"㊆公務，勞役。唐白居易長慶集四一論王鍔欲除官事宜狀:"又聞王鍔在鎮日，不恤凋殘，唯務差稅，淮南百姓，日夜無憀。"

4. cī 楚宜切，平，支韻，初。
ㄘ

㊇次第，等級。孟子萬章下:"庶人在官者，其祿以是爲差。"亦指區別等級。荀子大略:"列官職，差爵祿，非以尊大夫而已。"注:"差謂制等級也。"㊈不齊。詳"差₄池"。

5. cuō
ㄘㄨㄛ

㊉同"蹉"。見"差₅跌"。

6. chài 楚懈切，去，卦韻，初。
ㄔㄞˋ

⑪病除。通"瘥"。三國志魏華佗傳:"故督郵頓子獻得病已差，詣佗視脈。"

【差₂人】特異的人。梁書劉顯傳:"尚書令沈約命駕造焉，於坐策顯經史十事，顯對其九。……陸倕聞之歎曰:'劉郎可謂差人。'"唐韓偓玉山樵人集兩賢詩:"而今若有逃名者，應被品流呼差人。"

【差₃人】㊀派遣僕役。明何良俊四友齋叢說十八雜紀:"至無錫，已昏黑，即差人往(華)補菴家問訊。"㊁明清時指官府的差役。燕子箋授畫:"外面有天雄軍節度使同年賈老爺差人有書在此問候。"

【差牙】差錯。牙，"互"之訛。三國志蜀姜維傳"因將維等詣成都，自稱益州牧以叛"南朝宋裴松之注:"若令魏將皆死，兵事在維手，殺會復蜀，不爲難矣。夫功成理外，然後爲奇，不可以事有差牙，而抑謂不然。"

【差可】尚可。世說新語品藻:"人問撫軍殷浩談竟如何，答曰:'不能勝人，差可獻酬羣心。'"

【差₄池】不齊。詩邶風燕燕:"燕燕于飛，差池其羽。"釋文:"差，楚佳切，又楚宜反。"左傳襄二十二年:"謂我敝邑，邇在晉國，譬諸草木，吾臭味也，而何敢差池。"引申爲差錯。差，也讀chā。宋宋慈宋提刑洗冤集録元頒降新例:"獲正賊，召到屍親，至日畫字，給付，庶不差池。"

【差₄次】等級次序，順序安排。史記六八商君傳:"明尊卑爵秩等級，各以差次名田宅。"漢書高后紀二年春詔:"今欲差次列侯功以定朝位，臧于高廟，世世勿絶，嗣子各襲其功位。"

【差舛】錯亂，錯誤。漢蔡邕蔡中郎集外傳上漢書十志疏:"考校連年，往往頗有差舛。"晉書杜預傳:"預以時曆差舛，不應晷度，奏上二元乾度曆，行於世。"

【差忒】差錯，失誤。呂氏春秋季夏:"是

月也，命婦官染采，黼黻文章必以法，故無或差忒。"淮南子時則："秫稻必齊，麴蘖必時，湛熺必潔，水泉必香，陶器必良，火齊必得，無有差忒。"

【差別】區分不同，區別。三國志魏趙儼傳："遂宣言當差留新兵之温厚者千人鎮守關中，其餘悉遣東。便見主者，內諸營兵名籍，案累重，立差別之。"陳書劉師知傳："若言公卿胥吏並服緦苴，此與梓宮部伍有何差別？"

【差₃役】㊀封建王朝科派民户的無償勞役。文獻通考十二職役一："(唐)宣宗大中九年詔，以州縣差役不均，自今每縣據人貧富及役輕重作差科簿，……每有役事，委令據簿輪差。"宋代稱職役。㊁舊時在官府作徵權、緝盜、拘禁罪犯及其他雜務的人員。清孔尚任桃花扇阻奸："小生扮差役上。"

【差₄肩】㊀肩挨肩。管子輕重甲："管子差肩而問曰：'吾不籍吾民，何以奉車革？'"㊁相並。唐劉知幾史通忤時："當今朝號得人，國稱多士。蓬山之下，良直差肩；芸閣之中，英奇接武。"又皮日休皮子文藪三文中子碑："差肩明哲，接武名卿。"

【差₄差₄】參差不齊。荀子正名："君子之言，涉然而精，俛然而類，差差然而齊。"注："差差，不齊貌。謂論列是非，似若不齊，然終歸於齊一也。"

【差₃科】封建王朝對民户徵勞役和收賦稅。唐杜甫杜工部詩史補遺三遭田父泥飲美嚴中丞："差科死則已，誓不舉家走。"金史食貨志一："加賦數倍，豫借數年，或欲得鈔則豫賣下年差科。"

【差越】錯亂。後漢書安帝紀永初二年七月戊辰詔："朕以不德，遵奉大業，而陰陽差越，變異並見。"

【差₃發】徵調，賦斂。宋彭大雅黑韃事略："其賦斂差發，數馬而乳，宰羊而食，皆視民户畜牧之多寡而徵之，猶漢法之上供也。"明史三三〇西域傳二曲先衛："明初設安定、阿端、曲先、罕東、赤斤、沙州諸衛，給之金牌，令歲以馬易茶，謂之差發。"指交换性的徵調。

【差₄量】分別衡量。後漢書二六馮勤傳："由是使典諸侯封事。勤差量功次輕重，國土遠近，地埶豐薄，不相踰越，莫不厭服焉。自是封爵之制，非勤不定。"

【差₅跌】失足跌倒。比喻失誤，失敗。同"蹉跌"。漢書九二陳遵傳："足下諷誦經書，苦身自約，不敢差跌，而我放意自恣，浮湛俗間。"晉書虞預傳與從叔父書："邪黨互瞻，異同蜂至，一旦差跌，衆鼓交鳴。"

【差₄等】等級，區別等級。孟子滕文公上："(夷)之則以爲愛無差等，施由親始。"夷之，墨者。舊唐書七八高季輔傳："關、河之外，徭役全少；帝京、三輔，差科非一；江南、河北，彌復優閒，須爲差等，均其勞逸。"

【差貸】差錯。同"差忒"。禮月令季夏之月："是月也，命婦官染采，黼黻文章，必以法故，無或差貸。"釋文："貸音二，又他得反。"清惠棟謂貸當作"貣"，古"忒"字，吕氏春秋季夏正作"差忒"。參閱九經古義十一禮記古義上。

【差₄馳】順次馳行。文選晉阮嗣宗(籍)詠懷詩之十三："四時更代謝，日月遞差馳。"

【差₃遣】㊀派遣。梁書武帝紀下普通四年詔："其餘衆軍，計日差遣，初中後師，善得嚴辦。"㊁官府加派的勞役。唐陸贄陸宣公集三蝗蟲避正殿降免囚徒德音："除正稅正役外，徵科差遣，並宜禁絕。"㊂宋官制，凡授正官，皆作計給禄俸的虛銜，實不任事。內外政務於正官外另立名稱，以他官主管，稱爲差遣。宋史職官志一："其官人受授之別，則有官、有職、有差遣，官以寓禄秩敍位，著職以待文學之選，而別爲差遣，以治內外之事。"如宋蘇軾經進東坡文集事略五五錢氏表忠觀碑引趙抃奏，銜署"資政殿大學士右諫議大夫知杭州軍州事"，其資政殿大學士爲職，右諫議大夫爲官，知杭州軍州事爲差遣。參閱清錢大昕潛研堂文集三四答袁簡齋書。

【差₆愈】病愈。太平御覽七三九引魏武帝令："昔吾同縣有丁幼陽者，其人衣冠良士，又學問材器，吾愛之。後以憂恚得狂病，卽差愈，往來故當共宿止。"

【差₃論】選擇。墨子非攻中："故差論其爪牙之士，皆(比)列其車舟之衆，以攻中行氏而有之。"

【差₃撥】㊀指派。水滸二四："王婆便道：'正好吃酒，卻又没了。官人休怪老身差撥，再買一瓶兒酒來吃，如何？'"㊁看管犯人的差役。水滸二八："包裹裏若有人情的書信，并使用的銀兩，取在手頭，少刻差撥到來，便可送與他。"

【差遲】差錯。元曲選石君寶秋胡戲妻二："休想道半點兒差遲。"水滸八七："李金吾先自心中慌了，手段緩急差遲，被秦明當頭一棍，連盔透頂，打的粉碎。"

【差錯】㊀交錯，雜亂。史記一一七司馬相如傳大人賦："紛湛湛其差錯兮，雜遝膠葛以方馳。"㊁錯誤。抱朴子清鑒："奇孟敏於擔負，戒元艾之必敗，終如其言，一無差錯。"

【差₃科頭】官府中徵調賦役的頭目。唐白居易長慶集五一自詠詩之二："一家五十口，一郡十萬户。出爲差科頭，入爲衣食主。"此以指郡守。

【差三錯四】顛倒錯亂。元曲選缺名合同文字四："這小廝本說的丁一確二，這婆子生扭做差三錯四。"又抱粧盒三："要說箇丁三卯二，不許你差三錯四。"

【差彊人意】比較使人滿意。後漢書十八吳漢傳："諸將見戰陳不利，或多惶懼，失其常度。漢意氣自若，方整厲器械，激揚士吏。……(光武)乃嘆曰：'吳公差彊人意，隱若一敵國矣！'"也簡作"差强意"。宋陸游劍南詩稿三十舟行戲書："揚帆海浦差强意，卧看秋濤蹴遠天。"

【差以毫釐，失之千里】見"失之毫釐"。

己 部

己 ㄐㄧˇ
ㄐㄧ
居理切，上，止韻，見。

㊀天干的第六位。爾雅釋天："(太歲)在己曰屠維。"㊁自己。書大禹謨："稽於衆，舍己從人。"孫子謀攻："故曰：知彼知己者，百戰不殆。"㊂"紀"的本字。見"己侯鐘"。

【己吾】縣名。東漢永元十一年置，屬陳留郡。北齊時併入下邑縣。故城在今河南寧陵縣西南。見後漢書郡國志三陳留、隋書地理志中梁郡。

【己侯鐘】春秋時紀國古器名。出土於壽光縣(今屬山東省)紀侯臺下。壽光，春秋時紀國地。鐘文共六字："己侯□作寶鐘"。摹本見清阮元積古齋鐘鼎彝器款識三周器款識周鐘。

【己飢己溺】孟子離婁下:"禹思天下有溺者,由己溺之也。稷思天下有飢者,由己飢之也。"後代往往用"己飢己溺"作爲稱頌封建統治者關心民間疾苦的套語。

已 yǐ 羊己切,上,止韻,喻。 ㄧˇ 羊吏切,去,志韻,喻。

㊀停止。詩鄭風風雨:"風雨如晦,雞鳴不已。"㊁去。論語公冶長:"令尹子文三仕爲令尹,無喜色;三已之,無慍色。"㊂完成,完畢。易損:"已事遄往。"疏:"已,竟也。"戰國策齊二:"言未已,齊讓又至。"讓,斥責。㊃已往,過去。漢書四八賈誼傳:"夫三代之所以長久者,其已事可知也。"㊄必,一定。漢書五二灌夫傳:"夫不好文學,喜任俠,已然諾。"注:"已,必也。謂一言許人,必信之也。"㊅副詞。1.已經。史記高祖紀:"老父已去,高祖適從旁舍來。"2.已而,隨即。史記項羽紀:"韓王成無軍功,項王不使之國,與俱至彭城,廢以爲侯,已又殺之。"3.太,過。禮檀弓上:"所知,吾哭諸野;於野則已疏,於寢則已重。"注:"已猶太也。"㊆語氣詞。1.用於語尾,表示確定。書洛誥:"王曰:公定,予往已。"荀子勸學:"不免爲陋儒而已。"2.用於句首,表示感嘆。書大誥:"已!予維小子。"傳:"已,發端歎辭也。"㊇通"以"。古時"以"、"已"通用。漢書文帝紀:"年八十已上,賜米人月一石,肉二十斤,酒五斗。"

【已已】已,休止;疊用以加重語氣。三國志蜀費詩傳:"降人李鴻來詣(諸葛)亮,……鴻曰:'……(孟達)盡不信(王)沖言,委仰明公,無復已已。'"晉書魯褒傳錢神論:"親之如兄,字曰孔方,……洛中朱衣當途之士,愛我家兄,皆無已已。"

【已日】日後,將來。易革:"已日乃孚。"注:"故革之爲道,即日不孚,已日乃孚也。"

【已甚】過甚,過分。論語泰伯:"人而不仁,疾之已甚,亂也。"漢書六八霍光傳:"光每朝見,上虛己斂容,禮下之已甚。"

【已業】已經。猶言業已。史記九九劉敬傳:"是時漢兵已踰句注,二十餘萬兵已業行。"

【已今當】佛家語。已往、現今、當來的簡稱。法華經四法師品:"我所說經典,無量千萬億,已說,今說,當說,而於其中,此法華經最爲難信難解。"阿彌陀經:"若有人已發願,今發願,當發願。"當,指將來。

【已程不】漢代南海國名。漢書地理志下:"自夫甘都盧國船行可二月餘,有黃支國,……黃支之南,有已程不國,漢之譯使自此還矣。"故地舊說以爲在今印度半島南部,近人考證謂在今斯里蘭卡。夫甘都盧,唐代稱驃國。

巳 sì 詳里切,上,止韻,邪。 ㄙˋ

地支的第六位。太歲在巳曰大荒落。見爾雅釋天。又十二時辰之一。上午九時至十一時爲巳時。

一 畫

巴 bā 伯加切,平,麻韻,幫。 ㄅㄚ

㊀大蛇。"巴"字篆體象蛇形。見"巴蛇"。㊁急切盼望。宋楊萬里誠齋集十五過沙頭詩:"暗潮巴到無人會,只有篙師識水痕。"朝野新聲太平樂府六套數元喬夢符行香子:"柔腸愁暮秋,業眼巴清旦。"㊂貼近,靠近。水滸三七:"如今閃得前不巴村,後不着店,却是投那裏去宿是好?"㊃乾燥黏結的東西。如鍋巴,泥巴。㊄古國名。位於今四川省東部一帶地方。爲秦惠文王所滅,置巴蜀和漢中郡。見華陽國志一巴郡。㊅姓。東漢有揚州刺史巴祇。見廣韻。

【巴人】曲名。文選晉張景陽(協)雜詩之五:"陽春無和者,巴人皆下節。"抱朴子廣譬:"聆白雪之九成,然後悟巴人之極陋。"參見"下里巴人"。

【巴口】地名。巴水(今巴河)流入長江處。在湖北黃岡縣東。水經注三五江水:"吳時舊立屯于水側,引巴水以溉野,又南逕巴水戍,南流注于江,謂之巴口。"

【巴山】㊀山名。也叫大巴山巴嶺山。在陝西西鄉縣西南,支脈綿亘數百里,跨南鄭鎮巴和四川的南江通江等縣。參閱讀史方輿紀要五六漢中府巴嶺山。㊁泛指四川境內的山。唐杜甫杜工部草堂詩箋二十傷春之二:"巴山春色靜,北望轉逶迤。"

【巴火】傳說漢代方士欒巴於元旦噴酒撲滅了故鄉成都的火災。見晉葛洪神仙傳。詩文中因以"巴火"作爲火的泛稱。唐杜甫杜工部詩史補遺九秋日荊南述懷三十韻:"九鑽巴噀火,三蟄楚祠雷。"宋范成大石湖集十七清明日試新火作牡丹會詩:"再鑽巴火尚浮家,去國多年客路賒。"

【巴巴】㊀形容詞尾,有極甚的意思。宋陸游渭南文集二二大慧禪師真贊:"平生嫌遮老子,說法口巴巴地,若是靈利阿師,參取畫底妙喜。"口巴巴,多言的意思。元高則誠琵琶記南浦囑別:"眼巴巴望看關山遠,冷清清倚定門兒盼。"眼巴巴,盼望殷切的意思。㊁特地,偏偏。紅樓夢二二:"我巴巴的唱戲、擺酒,爲他們不成?"又三七"家常送東西的傢伙多着呢,巴巴兒的拿這個。"

【巴且】即芭蕉。漢書五七上司馬相如傳子虛賦:"諸柘巴且。"史記一一七司馬相如傳作"諸蔗猼且"。且蔗雙聲,且是"蕉"的假借字。

【巴丘】山名。又名巴陵天岳。在湖南岳陽縣湘水右岸。三國吳孫權使魯肅以萬人屯巴丘,即此。見湖南通志二一山川九。

【巴江】水名。源出大巴山,西南流入四川省境。經南江縣至巴中縣東南,匯合南江水爲巴江。自古以來關於巴江的說法不一:太平寰宇記一三六渝州引三巴記說閬白二水,南流曲折如巴字,是指嘉陵江;太平寰宇記一三九巴州所說巴江,在通江縣界;兩者都不以巴州的水爲巴江。元豐九域志八巴州清化郡化城始言化城縣有巴江,自後便以南江派水爲巴江,與古說不同。參閱嘉慶一統志三九〇四川省保寧府一。

【巴州】地名。漢巴郡宕渠縣地。北魏延昌三年設置巴州,以古代巴國爲名。公元1913年改巴中縣。屬四川省。參閱太平寰宇記一三九巴州。

【巴豆】植物名。因產於巴蜀而形如菽豆,故名。一名巴菽。果實陰乾後,供藥用。漢王充論衡言毒:"草木之中,有巴豆野葛,食之湊懣,頗多殺人。"見政和證類本草十四巴豆。

【巴東】㊀縣名。屬湖北省。漢巫縣地。北周天和三年,置樂鄉縣,隋開皇十八年改爲巴東縣,因在巴水之東得名。見太平寰宇記一四八夔州。㊁郡名。漢獻帝初平元年,劉璋分巴郡置永寧郡。建安六年,改永寧爲巴東郡,有今四川省雲陽奉節等縣地,至唐廢。參閱晉書地理志上益州。

【巴兒】指猿。唐段公路北戶錄一緋猨:"程次青山鎮,其山多猨,……毛彩殷鮮,愚因召獵者捕而養之,目爲巴兒。"

【巴郡】郡名。周巴子國地。秦惠文王滅巴,置巴郡。漢晉沿置。治地包括今四川重慶市和南充達縣奉節彭水涪陵等地。至唐廢。參閱讀史方輿紀要六九重慶府。

【巴峽】地名。指巴縣以東江面的石洞

峽銅鑼峽明月峽，水程九十里，卽華陽國志巴志所稱的巴郡三峽。唐杜甫杜工部詩史補遺四聞官軍收河南河北："卽從巴峽穿巫峽，便下襄陽向洛陽。"

【巴陵】㊀縣名。漢下雋縣巴丘地。神話傳説后羿斬巴蛇於洞庭，蛇骨堆積象丘陵，故名。三國吳改爲巴陵縣。公元1913年改稱岳陽縣。參閲元和郡縣志二七岳州。㊁郡名。南朝宋元嘉十六年置。隋廢。唐天寶元年復置。至乾元元年改稱岳州。郡治在今湖南岳陽縣。參閲太平寰宇記一一三岳州。

【巴蛇】大蛇。山海經海內南經："巴蛇食象，三歲而出其骨。"文選晉左太沖(思)吳都賦："屠巴蛇，出象骼。"唐元稹長慶集四有巴蛇詩。

【巴椒】蜀椒的別名。詳"蜀椒"。

【巴掌】手掌。清平山堂話本二快嘴李翠蓮記："若有閒人把眼觀，就是巴掌臉上響。"紅樓夢六："板兒一見就吵着要肉吃，劉老老打了他一巴掌。"

【巴結】㊀盡力報効。紅樓夢六四："若說一二百（兩），奴才還可巴結；這五六百，奴才一時那裏辦得來？"㊁奉承。兒女英雄傳二四："憑你怎的巴結他，他怎肯忍心害理的違天行事？"

【巴蜀】巴郡和蜀郡，包括今四川省全境。戰國策秦一："蘇秦始將連橫說秦惠王曰：'大王之國，西有巴蜀漢中之利，北有胡貉代馬之用，……此所謂天府，天下之雄國也。'"

【巴歌】古楚地有下里巴人歌。見文選戰國宋玉對楚王問。後用以泛稱楚地的民歌。唐李羣玉詩集上自澧浦東遊江表途出巴丘投員外從公虞："巴歌掩白雪，鮑肆埋蘭芳。"

【巴鼻】把握，根據，來由。續傳燈錄三十自回禪師："走至方丈，禮拜呈頌曰：'用盡工夫，渾無巴鼻，火光迸散，元在這裏。'"宋朱熹朱文公集別集六答林擇之書："及時試將許多詖淫邪遁說話，權行倚閣一兩年，却就自家這下實做工夫，看須有些巴鼻也。"也作"巴壁"。元曲選李行道灰闌記四："早則是公堂上有對頭，更夾着這祗候人無巴壁。"

【巴縣】縣名。屬四川重慶市。周巴子國都城。秦漢爲巴郡地。三國蜀改爲巴縣。北周武成三年改爲巴城縣。宋復稱巴縣。參閲寰宇通志六二重慶府巴縣。

【巴臂】卽"巴鼻"。京本通俗小說錯斬崔寧："那府尹喝道：'胡說！這十五貫錢，分明是他丈人與女壻的，你却說是典你的身價，眼見的没巴臂的說話了。'"

【巴嶺】山名。卽巴山。唐宋之問集下留別之望舍弟詩："西馳巴嶺徼，東去洛陽濱。"詳"巴山"。

【巴攬】猶言包攬。朱子語類一二一："今公輩看文字，大概都有箇生之病，所以說得來不透徹，只是去巴攬包攏他，元無實見處。"

【巴籬】籬笆。唐白居易長慶集二買花詩："上張幄幕庇，傍織巴籬護。"

【巴欖】卽巴旦杏。宋張鎡南湖集五睡起述興詩："大於楷樹夜合樹，肥似桃花巴欖花。"參見"巴旦杏"。

【巴人調】文選戰國楚宋玉對楚王問："客有歌於郢中者，其始曰下里巴人，國中屬而和者數千人。"下里巴人是民間歌謠，後卽以巴人調爲民歌的通稱。又竹枝詞亦稱巴人調。唐劉禹錫劉夢得集九竹枝詞引："余來建平，里中兒聯歌竹枝，吹短笛擊鼓以赴節。……故余亦作竹枝詞九篇，俾善歌者颺之。附於末。後之聆巴歈，知變風之自焉。"元陳基夷白齋藁外集草堂詩："竹枝已聽巴人調，桂樹仍聞楚客詞。"

【巴山虎】草名。緣壁生長，常用爲布置園庭的飾物。明楊愼丹鉛總錄四認爲卽薜荔。徐應秋談薈認爲卽常春藤。見清吳其濬植物名實圖考二十常春藤。

【巴不得】希望之極。京本通俗小說錯斬崔寧："府尹也巴不得了結這段公案。"也作"巴不的"。古今雜劇元馬致遠黃粱夢一："我巴不的選場中去哩。"

【巴旦杏】杏的別種。樹似杏而葉較小，實尖小而肉薄，核像梅核，殼薄，仁味甘美。源出大宛。元忽思慧飲膳正要三作"八擔仁"。見宋朱弁曲洧舊聞四、本草綱目二九巴旦杏。

【巴克什】滿語，意爲熟悉事務的人。也作榜式、把什。清代作爲掌管文案者的官稱。天聰五年七月設立六部，改巴克什爲筆帖式。參閲清福格聽雨叢談八。

【巴飛杝】南方用竹斜織成的牆垣。見明周祈名義考四杝巴。

【巴俞舞】舞名。相傳漢高祖初爲漢王，得巴俞人，並趫捷善鬬，與之定三秦，滅楚，因存其武樂，名巴俞舞（俞，或作"渝"）。魏黃初間改名昭武舞，至晉又改名宣武舞。見宋書樂志一、晉書樂志上、漢書禮樂志"巴俞鼓員三十六人"唐顏師古注。

【巴戟天】草名。生於山地，葉似茶，經冬不枯，可供藥用。本草列爲上品。唐本草注說又名三蔓草，日華本草說又名不凋草。見政和證類本草六巴戟天。

【巴圖魯】蒙語，意爲勇士。元史兵志宿衛稱爲拔都，拔突，霸都魯。宋缺名宋季三朝政要端平三年作"八都魯"，又作"把都兒"。清初，滿族、蒙古族有戰功的多賜此稱，上冠他字爲"勇號"。冠以滿文如搏奇，烏能伊之類，謂之清字勇號。後來也用於漢族武官，冠以漢文如奮勇、剛勇之類，謂之漢字勇號。參閲清奕賡東華錄綴言二、續文獻通考一三一職官十七世職。

【巴三覽四】東拉西扯。元曲選（蕭德祥）殺狗勸夫四："我說的丁一確二，你說的巴三覽四。"

【巴巴結結】勉强維持。京本通俗小說錯斬崔寧："光陰迅速，大娘子在家，巴巴結結，將近一年。"

【巴東三峽歌】民歌名。巴東三峽，指廣溪峽（卽瞿塘峽）巫峽西陵峽。三峽兩岸連山，重巖叠障，林木高茂，猿鳴凄清。古代交通困難，三峽尤稱艱險，行旅至此，往往起懷鄉之感。民歌有"巴東三峽巫峽長，猿鳴一聲淚沾裳"之句。見世說新語黜免"桓公入蜀"注引南朝宋盛弘之荊州記、水經注三四江水、藝文類聚九五引宜都山川記。

二 畫

㠯 yǐ 羊己切，上，止韻，喻。ㄧ

古"以"字，漢書"以"皆作"㠯"。見"以"。

四 畫

巵 同"卮"。見"卮"。

六 畫

巷 xiàng 胡絳切，去，絳韻，匣。ㄒㄧㄤ

㊀里中的道路。詩鄭風叔于田："叔于田，巷無居人。"易睽："遇主于巷。"釋文："字書作衖。"古時巷、衖兩字不分。㊁居住的宅子。論語雍也："一簞食，一瓢飲，在陋巷。"意指狹隘的宅子。見清王引之經義述聞三一通說上巷。

【巷伯】閹官，太監。因居宮巷，掌宮內事，故稱。詩小雅有巷伯篇。左傳襄九年："令司宮巷伯儆宮。"注："司宮，奄臣；巷伯，寺人。皆掌宮內之事。"

【巷陌】街道的通稱。晉葛洪神仙傳五薊子訓:"屍作五香之芳氣,達于巷陌。"唐劉禹錫劉夢得集四題王郎中宣義里新居詩:"門前巷陌三條近,牆内池亭萬境閒。"

【巷哭】於里巷中聚哭。相傳春秋鄭子產死,鄭人巷哭三月,竽瑟不作。見漢劉向說苑貴德、孔叢子雜訓。晉羊祜卒,南州人罷市,巷哭者聲相接。見晉書本傳。後來詩文中多用作稱頌官吏生前有善政者的套語。

【巷祭】祭於巷陌。相當於後來的路祭。宋書禮志四:"百姓巷祭,戎夷野祀。"

【巷歌】在里巷中唱歌。禮曲禮上:"里有殯,不巷歌。"魏書李彪傳上表:"省賦役以育人,則編户巷歌矣。"

【巷戰】在街巷中作戰,指短兵相接。新五代史范延光傳:"汴兵望見天子乘輿,乃開門,而延光先入,猶巷戰,殺傷甚衆。"

【巷職】宦官,太監。後漢書七八宦者傳贊:"任失無小,過用則違。況乃巷職,遠參天機。"注:"毛詩曰:'寺人巷伯,作爲此詩。'巷職卽寺人之職也。"今詩小雅巷伯作"寺人孟子"。

【巷議】於里巷中議論是非。史記秦始皇紀:"入則心非,出則巷議。"世說新語識鑒:"韓康伯與謝玄亦無深好。玄北征,巷議疑其不振。康伯曰:'此人好名,必能戰。'"

九畫

巽 xùn 蘇困切,去,慁韻,心。ㄒㄩㄣˋ

㊀易卦名。1.八卦之一。☴,象風。2.六十四卦之一。䷸,巽下巽上。易巽:"隨風,巽。"參見"八卦"、"六十四卦"。㊁卑順,謙讓。通"遜"。易蒙:"童蒙之吉,順以巽也。"疏引褚氏:"順者心不違也,巽者外迹相卑下也。"

【巽二】易說卦:"巽爲木,爲風。"後來附會傳說以巽二爲風神。宋范成大石湖集二五正月六日風雪大作詩:"滕六無端巽二癡,翻天作惡破春遲。"滕六,雪神名。又李洪芸齋類藁三雪中偶成呈周明道詩:"巽二初分北帝權,忽飄瑞葉表豐年。"

【巽令】皇帝的詔令。宋史樂志十:"佑我皇家,巽令風行。"謂詔令如風行之速。

【巽羽】指雞。文選漢班孟堅(固)幽通賦:"巽羽化於宣宮兮,彌五辟而成災。"注:"曹大家曰:'易巽卦爲雞;雞,羽蟲之屬,故言羽也。'應劭曰:'宣帝時,未央宮路軨中雌雞化爲雄。元后時始爲太子妃,至平帝歷五葉而莽篡也。'"

【巽言】謙遜和婉的言詞。論語子罕:"巽與之言,能無說(悦)乎?繹之爲貴。"

【巽坎】巽,順;坎,險。一說:巽,風;坎,水。借喻行役的艱難。晉陶潛陶淵明集三庚子歲五月中從都還阻風於規林詩之二:"山川一何曠,巽坎難與期。"

【巽維】東南方。晉郭璞山海經圖讚:"地虧巽維,天缺乾角。"

巾 部

巾 jīn 居銀切,平,真韻,見。ㄐㄧㄣ

㊀手巾,擦抹用布。禮内則:"盥卒,授巾。"參閱清黄生字詁"巾"。㊁冠的一種,以葛或縑製成,形如帢,横著額上。古時尊卑共用。如漢末農民起義軍裹黄巾。後來貴族士大夫也有以裹巾爲雅的。見後漢書六八郭泰傳"巾一角墊"注、宋書禮志五。㊂巾箱。文選南朝宋謝希逸(莊)宋孝武宣貴妃誄:"巾見餘軸,匣有遺絃。"㊃包裹,覆蓋。莊子天運:"盛以篋衍,巾以文繡。"禮曲禮上:"爲天子削瓜者副之,巾以絺。"

【巾子】㊀頭巾,如幞頭、巾幘之類。漢以來盛行用幅巾裹髮。隋文帝時文官已有平頭小樣巾;大業十年丞相牛弘又上議請着巾子,以桐木爲墊。唐武德初,亦有平頭小樣巾子;武后也常以絲葛巾子賞賜百官。參閱五代後蜀馬鑑續事始巾子(說郛)、新唐書車服志。㊁山名。在浙江定海縣東北。因山形卓立像巾幘,故名。宋德祐二年張世傑率軍入定海,曾駐泊山下。見嘉慶一統志二九一寧波府一。

【巾車】㊀有車衣遮蓋的車。孔叢子記問:"巾車命駕,將適唐都。"晉陶潛陶淵明集五歸去來兮辭:"或命巾車,或棹孤舟。"㊁官名。掌公車的政令,爲車官之長。見周禮春官巾車。左傳襄三一年:"巾車脂轄。"注:"巾車,主車之官。"

【巾卷】頭巾。文選南朝宋顔延年(延之)皇太子釋奠會作詩:"纓笏市序,巾卷充街。"此指士人。李善注釋爲盛書的巾箱。參閱清桂馥札樸七巾卷。

【巾冠】頭巾,帽子。南齊書王儉傳上表:"盛年已老,孫孺巾冠。"意指成年。

【巾笈】巾箱,放巾卷的小箱子。漢武帝内傳:"帝又見王母巾笈中有卷子小書,盛以紫錦之囊。"太平御覽七一一漢武内傳作"巾箱"。

【巾笥】用巾覆蓋的箱篋。莊子秋水:"吾聞楚有神龜,死已三千歲矣,王巾笥而藏之廟堂之上。"唐柳宗元柳先生集四三龜背戲詩:"廟堂巾笥非余慕,錢刀兒女徒紛紛。"

【巾幘】冠類。漢以來,盛行以幅巾裹髮,稱巾幘。隋大業二年制定輿服,武官平巾幘、袴褶。唐昭宗時,十六宅諸王以華侈相尚,巾幘各自爲制度。見隋書煬帝紀上、新唐書五行志一。

【巾幗】婦女的頭巾和髮飾。三國志魏明帝紀青龍二年四月"諸葛亮出斜谷"注引魏氏春秋:"亮既屢遣使交書,又致巾幗婦人之飾,以怒宣王(司馬懿)。"後因以巾幗爲婦女的代稱。清沈起鳳諧鐸七巾幗幕賓:"如僕者,亦豈鬚眉而巾幗者哉?"

【巾箑】絹扇。文選晉潘安仁(岳)寡婦賦:"命阿保而就列兮,覽巾箑以舒悲。"

【巾舞】古舞名。卽公莫舞。詳該條。

【巾褠】巾幘和單衣。三國志吳呂岱傳:"始,岱親近吳郡徐原,慷慨有才志,岱知其可成,賜巾褠,與共言論,後遂薦拔。"資治通鑑一二三宋元嘉十五年:"帝數幸(雷)次宗學館,令次宗以巾褠侍講。"注:"江南人士交際以爲盛服,蓋次於朝服。"亦作"巾鞲"。宋書毛脩之傳:"吾昔在南,殷(景仁)尚幼少,我得歸罪之日,便應巾鞲到門邪!"

【巾履】頭巾和鞋。南朝梁劉勰文心雕龍三銘箴:"至於王朗雜箴,乃寘巾履,得其戒慎,而失其所施。"也作"巾屨"。唐柳宗元柳先生集四二贈江華長老詩:"室空無侍者,巾屨唯挂壁。"

【巾箱】古時放置頭巾或文件、書卷的小箱篋。宋書王僧綽傳:"頃之,(劉)劭料檢太祖巾箱及江湛家書疏,得僧綽所啓饗士並廢諸王事。"南齊書陸澄傳:"(王)

儉在尚書省，出巾箱机案雜服飾，令學士隸事，事多者與之。"

【巾冪】古代覆蓋尊、彝等禮器的巾。國語周中："陳其鼎俎，淨其巾冪。"冪，亦作"幂"。周禮天官冪人："掌共巾冪，祭祀，以疏布巾冪八尊，以畫布巾冪六彝。"

【巾櫛】巾用以拭手，櫛用以梳髮。巾櫛指洗沐用具。禮曲禮上："男女不雜坐，不同椸枷，不同巾櫛。"左傳僖二二年："寡君之使婢子侍執巾櫛，以固子也。"又襄十四年："定姜曰：'……余以巾櫛事先君。'"古代貴族以侍執巾櫛爲婢妾的事情，舊因以侍巾櫛爲作妻子的謙詞。聊齋志異武孝廉："妾煢獨無依，如不以色衰見憎，願侍巾櫛。"

【巾車鄉】地名。在今河南寶豐縣東南。東漢劉秀(光武帝)略地潁川，攻父城不下，屯兵巾車鄉，卽此。見後漢書十七馮異傳、嘉慶一統志二二五汝州二。

【巾箱本】小板本的古書。西京雜記葛洪序："後洪家遭火，書籍都盡。此兩卷在洪巾箱中，常以自隨，故得猶在。"南齊衡陽王蕭鈞常手寫五經爲一卷，放巾箱中，以備遺忘，名巾箱五經。見南史齊衡陽元王道度傳附蕭鈞。此指有刻本以前的手寫小本，後因稱刊印的小册爲巾箱本，至南宋時尤盛行，多作科場夾帶之用。參閱宋戴植鼠璞巾箱本。因其可藏於袖內，故又稱袖珍本。如清刊古香齋袖珍十種是。

一 畫

巿 fú ㄈㄨˊ 分勿切，入，物韻，非。

蔽膝。"韍"的本字。說文："巿，韠也。上古衣蔽前而已，巿以象之。"周頌敦："赤巿朱黃。"見清阮元積古齋鐘鼎彝器款識六。按"巿"字中豎直通上下，與"市"字不同。

帀 zā ㄗㄚ 子答切，入，合韻，精。

周，遍。環繞一周叫一帀。同"匝"。莊子秋水："孔子遊於匡，宋人圍之數帀。"漢書高帝紀上二年："圍漢王三帀。"

【帀旬】滿十日。唐柳宗元柳先生集二九鈷鉧潭西小丘記："不帀旬而得異地者二，雖古好事之士，或未能至焉。"

【帀筵】周遍筵席，滿座。文選南朝宋顏延年(延之)三月三日曲水詩序："帀筵稟和，闔堂依德。"

二 畫

市 shì ㄕˋ 時止切，上，止韻，禪。

㊀聚集貨物，進行買賣。易繫辭下："日中爲市，致天下之民，聚天下之貨。"㊁貿易的場所。戰國策秦一："臣聞爭名者於朝，爭利者於市。"㊂城鎮。漢書六七梅福傳："其後，人有見福於會稽者，變名姓，爲吴市門卒云。"㊃購買。論語鄉黨："沽酒、市脯，不食。"國語齊："市賤鬻貴。"

【市人】城市居民。呂氏春秋簡選："世有言曰：驅市人而戰之，可以勝人之厚祿教卒，……此不通乎兵者之論。"史記九二淮陰侯傳："且信非得素拊循士大夫也，此所謂'驅市人而戰之'，其勢非置之死地，使人人自爲戰。"

【市入】古時市集分早、午、晚三市。市有門，每次入門交易，稱爲市入。周禮地官司市："凡市入則胥執鞭度守門。"注："凡市入，謂三時之市，市者入也。"

【市井】㊀羣衆進行買賣的地方。管子小匡："處商必就市井。"注："立市必四方，若造井之制，故曰市井。"史記八六聶政傳："政乃市井之人。"正義："古者相聚汲水，有物便賣，因成市，故云市井。"也作爲市街的通稱。孟子萬章下："在國曰市井之臣。"後漢書七六劉寵傳："山民愿朴，乃有白首不入市井者。"注引春秋井田記："八家而九頃二十畝，共爲一井。……因井爲市，交易而退，故稱市井。"㊁商賈的代稱。史記平準書："孝惠、高后時，爲天下初定，復弛商賈之律，然市井之子孫亦不得仕宦爲吏。"

【市牙】市場牙儈。卽介紹買賣雙方，成交後抽取佣金的人。舊唐書食貨志下："市牙各給印紙，人有買賣，隨自署記，翌日合算之。有自貿易不用市牙者，驗其私簿，無私簿者，投狀自集。"

【市尺】官定長度單位。隋書律曆志上審度："甄鸞算術云：'周朝市尺，得玉尺九分二釐。'或傳梁時有誌公道人作此尺，寄入周朝，云與多鬚老翁。"按，歷代市尺長短不一。

【市日】集市之日。後漢書三一孔奮傳："時天下擾亂，唯河西獨安，而姑臧稱爲富邑，通貨羌胡，市日四合。"注："古者爲市，一日三合；……今既人貨殷繁，故一日四合也。"

【市平】㊀平衡市中物價。周禮地官司市："以陳肆辨物而平市。"疏："陳，列也。謂行列其廛肆而辨其物，物異則市賈平，故云平市也。"王莽新朝時，在長安及洛陽、邯鄲等地置五均官，改長安東西市令和洛陽等五市長爲五均司市師。各司市在每季度的中月定出貨物的上中下三級價格，以平衡物價。漢書食貨志下："諸司市常以四時中月實定所掌，爲物上中下之賈(價)，各自用爲其市平，毋拘它所。"㊁舊時計量輕重的標準稱平。如庫平、漕平、關平等，市平卽民間公用秤。

【市正】司市之官。越絶書越絶荆平王內傳："(伍)子胥遂行至吴，徒跣被髮，乞於吴市三日。市正疑之，而道於闔廬曰：'市中有非常人，徒跣被髮，乞於吴市三日矣。'"

【市民】城市居民。漢荀悦申鑒時事："山民樸，市民玩，處也。"宋詩鈔汪元量水雲詩鈔醉歌："北師要討撒花銀，官府行移逼市民。"

【市令】㊀司市官發布的教令。周禮地官廛人"罰布"注："罰布者，犯市令者之泉也。"疏："謂司市有教令，其人犯之，使出泉云。"參見"司市"。㊁官名。史記一一九孫叔敖傳："市令言之相曰：'市亂，民莫安其處，次行不定。'"漢武帝時，京兆尹的屬官有長安市、廚兩令丞。唐時各都督府及州、縣皆置市令。見漢書百官公卿表上、新唐書百官志四下。

【市瓜】買瓜。北齊書楊愔傳："典選二十餘年，獎擢人倫，以爲己任。然取士多以言貌，時致謗言，以爲愔之用人，似貧士市瓜，取其大者。"

【市刑】周代市場的一種輕罰。相當於後世的違警律。周禮地官司市："市刑，小刑憲罰，中刑徇罰，大刑扑罰。"

【市列】市中商店。漢書食貨志下："今(桑)弘羊令吏坐市列，販物求利。"注："市列，謂列肆。"

【市里】城市里巷。漢書五行志中之上："出入市里郊壄，遠至旁縣。"三國志魏華歆傳："高唐爲齊名都，衣冠無不游行市里。歆爲吏，休沐出府，則歸家闔門。"

【市官】管理市場的官吏。周禮地官序官"司市下大夫二人"注："司市，市官之長。"漢書九九中王莽傳："又令市官收賤賣貴，賒貸予民，收息百月三。"

【市卒】城市守門人。漢書六七梅福傳："其後，人有見福於會稽者，變名姓，爲吴市門卒云。"晉書郭璞傳客傲："嚴平澄漠於塵肆，梅真隱淪乎市卒。"梅福字子真。

【市長】官名。史記太史公自序："(司馬)昌生無澤，無澤爲漢市長。"西漢長安有四市，各有長、丞，爲左馮翊屬官。東漢大司農屬官有雒陽市長。見漢書百官公卿表上、後漢書百官志三。

【市門】市肆之門。史記一二九貨殖傳："夫用貧求富，農不如工，工不如商，刺繡文，不如倚市門。"唐杜甫杜工部草堂詩箋二六負薪行："筋力登危集市門，死生射利兼鹽井。"

【市虎】市中的老虎。市本無虎，比喻以無爲有的流言蜚語。漢王充論衡累害："夫如是市虎之訛，投杼之誤不足怪，則玉變爲石，珠化爲礫，不足詭也。"梁書侯景傳高澄與景書："相推本心，必不應爾，當是不逞之人，曲爲口端之說，遂懷市虎之疑，乃致投杼之惑耳。"參見"三人成虎"。

【市易】㊀買賣交易。新五代史馮暉傳："(拓跋)彥超既留，而諸部族爭以羊馬爲市易。"㊁宋王安石推行的新法之一。由朝廷設市易務(後改名市易司)，根據市場情況估定物價，向商人收購或出售貨物；借貸官錢或賒售貨物給商人，以田宅或貨幣作抵，出息十分之二。過期不還，更加罰錢百分之二。參閱宋史三二七王安石傳、食貨志下市易，文獻通考二十市糴一均輸市易。

【市征】市場課稅。漢劉向說苑尊賢："朝食不足，暮收市征；暮食不足，朝收市征。"又見韓詩外傳六，"征"作"賦"。宋史二六九扈蒙傳："稍遷左補闕，掌大名市征。"

【市亭】㊀治理市政的處所。周禮地官司市"上旌于思次以令市"注："思次，若今市亭也。"㊁市中如亭的建築物。全唐詩一三八儲光羲貽余處士："市亭忽雲構，方物如山峙。"宋歐陽修文忠集五三寄聖俞詩："市亭插旗鬬新酒，十千得斗不可賒。"

【市政】管理市集的事務。周禮地官司市："凡會同師役，市司帥賈師而從，治其市政。"

【市骨】買死馬的骨，比喻招攬人才。南史鄭鮮之傳："昔葉公好龍而真龍見，燕昭市骨而駿足至。"參見"千金買骨"。

【市食】㊀商店出售的食物。宋周密武林舊事七："太上宣索市食，如李婆婆雜菜羹、賀四酪麵臟、三豬胰胡餅、戈家甜食等數種。"㊁購買食物。宋倪思經鉏堂雜誌衣食："故善處貧者，節食以完衣；不善處貧者，典衣而市食。"

【市怨】買怨，招怨。戰國策韓一："夫以有盡之地，而逆無已之求，此所謂市怨而買禍者也。"

【市恩】施恩惠以換取別人的好感。新唐書一二七裴耀卿傳："今朕有事岱宗，而懷州刺史王丘餼牽外無它獻，我知其不市恩也。"

【市租】貨物的稅款。晏子春秋雜下："使吏致千金與市租，請以奉賓客。"史記齊悼惠王世家："齊臨菑十萬戶，市租千金，人衆殷富，巨於長安。"索隱："市租，謂所賣之物出稅，日得千金。"

【市師】掌管市場的官吏。荀子解蔽："賈精於市，而不可以爲市師。"周禮地官司市："市師涖焉，而聽大治大訟。"注："市師，司市也。"

【市庸】集市上的雇工，手工業勞動者。管子山至數："大夫高其壟，美其室，此奪農事及市庸，此非便國之道也。"也作"市傭"。荀子議兵："是其去賃市傭而戰之，幾矣。"

【市曹】㊀市上商店集中的地方。即市場。魏書常山王遵傳附暉："遷吏部尚書，納貨用官，皆有定價，大郡二千匹，次郡一千匹，下郡五百匹，其餘受職各有差，天下號曰'市曹'。"㊁市中通衢。古代常在此行刑。宣和遺事亨集："徽宗道：'賈奕流言謗朕，合夷三族，餘者皆令推入市曹，斬首報來。'"

【市區】城市區域。宋蘇軾東坡集續集二絕句三首之一："市區收罷豚魚稅，來與彌陀共一龕。"

【市屠】市中屠戶。史記七七信陵君傳："臣有客在市屠中，願枉車騎過之。"

【市舶】㊀往來貿易的中外海船。唐宋後多指外國商船。又引申爲對外貿易。新唐書一二六盧懷慎傳附盧奐："天寶初，爲南海太守。……汙吏斂手，中人之市舶者亦不敢干其法。"㊁官名。負責對外貿易的管理、法令、徵稅等事。唐有市舶使，亦稱押蕃舶使，多由地方官兼職，或由中人擔任。宋代在廣州，福建路泉州，兩浙路明州、杭州、溫州、蘇州，華亭縣、江陰軍等地，設市舶司，亦稱市舶務，由州郡官兼任；元豐後設提舉市舶司專職負責。明代以內官提舉司掌管。嘉靖中因倭禍起於市舶，因此裁撤福建寧波二司，僅存廣東市舶。清代不設。參閱舊唐書一七七盧鈞傳、文獻通考二十市糴一、續文獻通考二六市糴二市舶互市。

【市偷】市上的竊賊。淮南子道應："市偷進請曰：'臣有薄技，願爲君行之。'"越絕書外傳記范伯："昔者市偷自衒於晉，晉用之而勝楚。"

【市道】㊀市中道路。漢書七六韓延壽傳："賣偶車馬下里僞物者，棄之市道。"㊁市中和路上的人，泛指衆人。漢書七七劉輔傳："天人之所不予，必有禍而無福，市道皆共知之。"注："市人及行於道路者也。"㊂市儈手段。晉書華譚傳："昔許由、巢父讓天子之貴，市道小人爭半錢之利。"參見"市道交"。

【市朝】㊀市，交易買賣的場所；朝，官府治事的處所。因以市朝指爭名爭利的場所。戰國策秦一："臣聞爭名者於朝，爭利者於市，今三川、周室，天下之市朝也。"宋陸游劍南詩稿三岳池農家："農家農家樂復樂，不比市朝爭奪惡。"㊁市集，市列。論語憲問："吾力猶能肆諸市朝。"史記七五孟嘗君傳："日暮之後，過市朝者，掉臂而不顧。"索隱："市之行列，有如朝列，因言市朝耳。"

【市掾】市的屬官。史記八二田單傳："湣王時，單爲臨菑市掾，不見知。"

【市喧】市中鬧聲。唐杜甫杜工部草堂詩箋三二自瀼西荆扉且移居東屯茅屋之二："市喧宜近利，林僻此無蹊。"

【市買】㊀購買。史記一〇七武安侯傳："武安由此滋驕，治宅甲諸第，田園極膏腴，而市買郡縣器物相屬於道。"㊁買賣。漢書食貨志下："民私以五銖錢市買。"

【市義】戰國時齊孟嘗君命食客馮諼往封邑薛收取債息。馮諼假託命令燒掉債券，替孟嘗君收買人心。回報孟嘗君說："乃臣所以爲君市義也。"市義，即收買人心之意。見戰國策齊四。唐溫庭筠集六開成五年……因書懷……一百韻詩："市義虛焚券，關譏謾棄繻。"

【市肆】市中商店。漢書食貨志上："築城郭以居之，制廬井以均之，開市肆以通之，設庠序以教之。"世說新語文學："康僧淵初過江，未有知者，恆周旋市肆，乞索以自營。"

【市賈】㊀市場物價。賈，同"價"。孟子滕文公上："從許子之道，則市賈不貳，國中無僞。"也作"市價"。北魏楊衒之洛陽伽藍記四法雲寺："有劉寶者，最爲富室。州郡都會之處皆立一宅，各養馬十疋。至於鹽粟貴賤，市價高下，所在一例。"㊁商人。賈，音 gǔ。左傳昭十三年："同惡相求，如市賈焉。"

【市魁】古代管理市集的役吏。晉書庾純傳："(賈)充嘗宴朝士，而純後至，充謂曰：'君行常居人前，今何以在後？'純曰：'旦有小市井事不了，是以來後。'世言純之先嘗有伍伯者，充之先有市魁者，充、純以此相譏焉。”南齊書東昏侯紀：“又於苑中立市，……潘氏爲市令，帝（蕭寶卷）爲市魁，執罰，争者就潘氏決判。”

【市語】㊀市人習用的口語。宋周紫芝竹坡詩話三：“李端叔（之儀）嘗爲余言，東坡云：‘街談市語，皆可入詩，但要人鎔化耳。’”㊁市中所用的行話、隱語。如説斤爲其吉恩、説兩爲力盎之類，其法與反切略同。宋曾慥類説四引（元澄）秦京（内外）雜記：“長安市人語各不同，有葫蘆語、鎖子語、細語、練語、三摺語，通名市語。”明田汝成西湖遊覽志餘二五委巷叢談：“乃今三百六十行各有市語，不相通用，倉猝聆之，竟不知爲何等語也。”

【市聚】市集。宋陸游劍南詩稿十四寄朱元晦提舉：“市聚蕭條極，村墟凍餒稠。”

【市暨】埠頭停靠船隻的地方。唐杜甫杜工部草堂詩箋三十秋日夔府詠懷奉寄鄭監李賓客一百韻：“陣圖沙北岸，市暨瀼西巔。”自注：“峽人名市井泊船處，謂之市暨。”

【市獄】㊀市中監獄。晉書劉琨傳：“造府朝，建市獄。”㊁行賄買脱罪名。新唐書一七〇李景略傳：“李懷光爲朔方節度使，署巡官，五原將張光殺其妻；以貲市獄，前後不能決，景略覈實，論殺之。”

【市調】官府對市場的徵調。南齊書豫章文獻王嶷傳：“以市税重濫，更定樢格，以税還民。禁諸市調及苗籍。”

【市廛】孟子公孫丑上：“市，廛而不征。”本指在市場上供給儲存貨物的屋舍、場地，於交易前不徵收貨物税。後用以稱商店集中的處所。宋書謝靈運傳山居賦：“山居良有異乎市廛。”

【市樓】㊀星名，屬天市垣，共六星。史記天官書：“（房）東北曲十二星曰旗。旗中四星曰天市；中六星曰市樓。”㊁市區樓亭。三輔黄圖二長安九市：“在突門夾横橋大道，市樓皆重屋。”隋唐以後詩文中多指市中酒樓。唐許渾丁卯集上郊居春日有懷府中諸公并東王兵曹詩：“僧舍覆碁消白日，市樓賒酒過青春。”

【市賦】市中徵收的賦税。管子幼官：“田租百取五，市賦百取二，關賦百取一。”韓詩外傳六：“晉平公遊於河而樂，曰：‘……吾食客門左千人，門右千人，朝食不足，夕收市賦，暮食不足，朝收市賦’”。

【市儈】買賣的中間介紹人。淮南子氾論“段干木，晉國之大駔也”漢高誘注：“駔，驕怚；一曰：駔，市儈也。”後指唯利是圖的商人。清黄景仁兩當軒集八偶題齋壁詩：“生疏字愧村翁問，富有書憐市儈藏。”

【市頭】市上。唐元稹長慶集十三酬樂天江樓夜吟稹詩因成三十韻詩：“纔從魚裏得，便向市頭懸。”

【市駿】買駿馬之骨。比喻盡力尋求人才。南朝梁蕭統昭明太子集三答湘東王求文集及詩苑英華書：“又愛賢之情，與時共篤。冀同市駿，庶匪畏龍。”詳“千金買骨”。

【市聲】市中嘈雜聲。宋劉敞公是集十九檀州詩：“市聲衙日集，海蓋午時消。”宋陸游劍南詩稿三十幽居戲贈鄰曲：“市聲不聞耳差静，車轍掃空身轉暇。”

【市隱】在鬧市中隱居。晉書鄧粲傳：“夫隱之爲道，朝亦可隱，市亦可隱。”唐皎然集一酬崔侍御見贈詩：“市隱何妨道，禪栖不廢詩。”

【市籍】商人的户籍。史記平準書：“賈人有市籍者，及其家屬，皆無得籍名田，以便農。”漢書景帝紀後元二年五月詔：“有市籍不得宦。”

【市歡】買取人的歡心。新唐書一三〇裴漼傳附裴胄：“有中使者，即悉公帑市歡。”

【市糴】買粟，買糧。管子國蓄：“歲適凶，則市糴釜十繦，而道有餓民。”南史梁鄱陽忠烈王恢傳附蕭範：“於是尋陽政令所行，唯在一郡，又疑畏範，市糴不通。”參閲文獻通考二十市糴考。

【市糶】賣粟，賣糧。管子國蓄：“歲適美，則市糶無予，而狗彘食人食。”宋書索虜傳：“三州之民，各安其業，以就農桑。有饑窮不自存，通其市糶之路。”

【市井徒】市井中人，商販。舊唐書五三李密傳：“鬱鬱不得志，爲五言詩曰：‘……樊噲市井徒，蕭何刀筆吏。一朝時運會，千古傳名謚。’”史記漢書記樊噲少時以屠狗爲業。

【市例錢】宋時買賣附加税之一。宋史食貨志上三布帛：“兩浙和買，并税紬絹布帛頭子錢外，又收市例錢四十。”

【市道交】以做買賣的手段結交朋友，比喻勢利。戰國趙廉頗失勢時，食客紛紛離去，後再爲將，食客又至。廉頗命客退，客曰：“夫天下以市道交；君有勢，我則從君；君無勢，則去。此固其理也。”見史記八一廉頗傳。

【市井之臣】城市居民對君主稱市井之臣。孟子萬章下：“在國曰市井之臣，在野曰草莽之臣，皆謂庶人。”注：“在國，謂都邑也。”

【市食合兒】果盒。宋周密乾淳歲時記元夕：“競以金盤鈿合簇飣饋遺，謂之市食合兒。”

布 bù 博故切，去，暮韻，幫。ㄅㄨˋ

㊀麻、苧、葛、棉織物的通稱。孟子滕文公上：“許子必織布然後衣乎？”㊁古代錢幣。詩衛風氓：“氓之蚩蚩，抱布貿絲。”周禮天官外府：“掌邦布之入出，以共百物。”注：“布，泉也。……其藏曰泉，其行日布。”㊂陳列。書康王之誥：“太保率西方諸侯，入應門左，……皆布乘黄朱。”傳：“諸侯皆陳四黄馬朱鬣以爲庭實。”㊃陳述，宣告。左傳昭十六年：“僑若獻玉，不知所成，敢私布之。”史記六八商君傳：“令既具，未布。”㊄施予。見“布施”。㊅流傳，散播。漢蔡邕蔡中郎集二彭城姜伯淮碑：“是故德行外著，洪聲遠布。”唐柳宗元柳先生集二九至小丘西小石潭記：“日光下澈，影布石上。”㊆姓。晉有布興，見廣韻。

【布巾】㊀覆蓋在祭祀食器上的巾。儀禮士喪禮：“兩籩無縢，布巾。”注：“布巾，籩巾也。”㊁冠巾。宋史禮志二五凶禮一山陵：“（王）淮曰：‘布巾、布背子，便是常服。’”㊂布被。晉葛洪神仙傳六董奉：“奉使病人坐一房中，以五重布巾蓋之，使勿動。”

【布山】縣名。漢置。見漢書地理志下鬱林郡。故城在今廣西貴縣東。參閲嘉慶一統志四七〇潯州府。

【布水】㊀瀑布。宋朱熹朱文公集三再用韻題翠壁詩：“翠壁何年懸布水，綠陰經雨墮危花。”㊁瀑布名。在江西永修縣西南雲居山（一名歐山）上。因垂流三十餘丈，形如曳布，故名布水。見嘉慶一統志三一六南康府一。

【布化】推行教化。三國志魏陳羣傳：“唯有以崇德布化，惠恤黎庶，則兆民幸甚。”

【布母】鳲鳩，江東呼爲布母。見方言八“桑飛”。

【布代】贅壻的别稱。宋缺名潛居録：“馮布少時，絶有才幹，贅於孫氏；其外父有煩瑣事，輒曰：‘畀布代之。’至今吴中謂倩爲‘布代’。”參見“布袋㊂”。

【布衣】㊀布製衣服。謂衣着儉樸。史記魯周公世家：“（季）平子布衣跣行，因六卿謝罪。”漢書七二王吉傳：“去位家居，亦布衣疏食。”㊁庶人之服。戰國策趙二：“天下之卿相人臣，乃至布衣之士，莫不高賢大王之行義。"也作爲平民的代稱。呂氏春秋行論:"人主之行與布衣異。"史記八七李斯傳:"今秦王欲吞天下,稱帝而治,此布衣馳騖之時而游說者之秋也。"

【布帆】布質的船帆。晉書顧愷之傳:"(殷)仲堪在荆州,愷之嘗因假還,仲堪特以布帆借之。至破冢,遭風大敗。愷之與仲堪牋曰:'地名破冢,真破冢而出。行人安穩,布帆無恙。'"帆,世説新語排調作"颿",同。唐李白李太白詩二二秋下荆門:"霜落荆門江樹空,布帆無恙挂秋風。"

【布色】着色,畫家根據畫面景物分布安排色彩。舊題漢劉歆西京雜記二:"下杜陽望亦善畫,尤善布色,樊育亦善布色。"

【布言】史稱漢初季布重然諾,有名於梁楚間。後來詩文中稱言而有信爲"布言"。文選南朝宋顏延年(延之)陶徵士誄:"然諾之信,重於布言。"參見"一諾千金"。

【布車】布素之車,喪車。史記梁孝王世家:"既至關,茅蘭説王,使乘布車,從兩騎入,匿於長公主園。"集解引張晏:"布車,降服,自比喪人。"周書蘇綽傳:"及綽歸葬武功,唯載以布車一乘。"

【布坐】敷設坐席。新唐書一九八歐陽詢傳:"嘗行見索靖所書碑,觀之,去數步復返,及疲,乃布坐,至宿其傍,三日乃得去。"

【布告】對衆宣告,公告。史記呂后紀:"劉氏所立九王,呂氏所立三王,皆大臣之議,事已布告諸侯。"

【布武】謂足跡散布而不相重疊。指用小步疾走。武,足跡。禮曲禮上:"堂上接武,堂下布武。"

【布帛】絲、麻、綿織物的總稱。禮禮運:"治其麻絲,以爲布帛。"

【布施】㊀以財物施捨於人。國語周上:"則享祀時至,而布施優裕也。"韓非子顯學:"今上徵斂於富人,以布施於貧家。"㊁佛教語。梵語檀那,爲六波羅密之一。分爲三種:一財施,謂施捨財物救濟貧人;二法施,謂説法度人;三無畏施,謂以無畏施於人,救人厄難。見大智度論十四。晉書會稽文孝王道子傳許榮疏:"尼僧成羣,依傍法服。……又侵漁百姓,取財爲惠,亦未合布施之道也。"

【布政】施行政教。左傳成二年:"詩曰:'布政優優,百禄是遒。'"今本詩商頌長發作"敷政"。

【布泉】㊀貨幣。管子輕重丁:"天下諸侯載黄金、珠玉、五穀、文采、布泉輸齊,以收石璧。"也作"布錢"。漢書九九中王莽傳:"吏民出入,持布錢以副符傳,不持者,廚傳勿舍,關津苛留。"㊁古錢名。南朝陳與北周俱通行。周書武帝紀上保定元年:"更鑄錢,文曰'布泉',以一當五,與五銖並行。"

【布侯】布製的箭靶。侯,箭靶。儀禮鄉射禮:"大夫布侯,畫以虎豹;士布侯,畫以鹿豕。"

【布流】流傳,散布。漢王充論衡恢國:"孝明天崩,今上嗣位,元二之間,嘉德布流。"

【布庫】清代雜戲名。布庫,滿語,意卽撩脚,又名攅跤。其法徒手相搏,專比脚力,先倒地者爲敗。參閲清趙翼簷曝雜記一跳駝撩脚雜戲、梁章鉅歸田瑣記五黿拜。

【布被】布製被子。指生活儉樸。史記平準書:"公孫弘以漢相,布被,食不重味,爲天下先。"又一一二平津侯傳:"夫以三公爲布被,誠飾詐欲以釣名。"

【布袍】㊀布製長袍。後漢書八五東夷傳三韓:"大率皆魁頭露紒,布袍草履。"㊁猶布衣。指平民。明周履靖山家語和貫休山居十詠詩之九:"長安多少豪華客,何似山林一布袍。"

【布素】㊀布質素衣。形容衣著儉樸。宋書禮志二:"未詳今皇后除心制日,當依舊更服?爲但釋心制中所著布素而已?"㊁貧寒的士人。文選南朝梁任彦昇(昉)王文憲集序:"玩好絶於耳目,布素表於造次。"唐缺名玉泉子:"(李)德裕好奇,凡有遊其門者,雖布素皆接引。"

【布荒】棺車上覆蓋的白布。禮喪大記:"士布帷布荒,一池。"注:"荒,蒙也。"疏:"士帷及荒者,白布爲之而不畫也。"

【布致】見"布置"。

【布陣】排列陣勢。唐駱賓王集九又破設蒙儉露布:"以去月十七日運營布陣,踞險揚兵。"新唐書一三六李光弼傳附郝廷玉:"它日,魚朝恩聞其善布陣,請觀之。廷玉申號令,鳴鼓角,部伍坐作進退若一。"

【布衾】布製的被子。漢書一〇〇下敍傳:"平津斤斤,晚躋金門,既登爵位,禄賜頤賢,布衾疏食,用儉飭身。"唐杜甫杜工部詩史補遺二茅屋爲秋風所破歌:"布衾多年冷似鐵,嬌兒惡卧踏裏裂。"

【布氣】道家氣功術。宋蘇軾東坡志林二道釋:"學道養氣者,至足之餘,能以氣與人。都下道士李若之能之,謂之布氣。吾中子迨,少羸多疾,若之相對坐,爲布氣;迨聞腹中如初日所照温温也。"

【布陳】㊀敷陳,設置。荀子王霸:"之所以爲布陳於國家刑法者,則舉義法也。"㊁布置陳列。漢陸賈新語資質:"卿士列位,布陳宫堂。"㊂分散。越絶書七越絶内傳陳成恒:"孤雖要領不屬,手足異處,四支布陳,爲鄉邑笑,孤之意出焉。"

【布袋】㊀布製的口袋。隋書食貨志:"有司嘗進乾薑,以布袋貯之。"宋杜祁公(衍)吃飽就睡,有人規勸他,他説:"君不見布袋盛米,放倒卽慢。"見宋錢易南部新書己。此比喻人如酒囊飯袋。㊁贅婿的别稱。有兩種解釋:一説贅婿入門,不得自如,如入布袋,故名;一説是"補代"的語訛,指人家生女無子,不欲嫁出女兒,故招壻入門,以補其世代。見宋朱翌猗覺寮雜記上。也作"布代"。參見該條。

【布貨】錢幣。漢書食貨志下:"大布、次布、弟布、壯布、中布、差布、厚布、幼布、幺布、小布。……文各爲其布名,直(值)各加一百。上至大布,長二寸四分,重一兩,而直千錢矣。是爲布貨十品。"

【布揮】散布揮動。莊子天運:"故若混逐叢生,林樂而无形,布揮而不曳。"

【布景】㊀投影。景,同"影"。藝文類聚八七南朝梁沈約修竹彈甘蕉文:"甘蕉攢莖布影,獨見鄙蔽,雖處臺隅,遂同幽谷。"㊁繪畫時在畫面上安排布置景物。宣和畫譜二十墨竹敍論:"至於布景致思,不盈咫尺,而萬里可論。"

【布鼓】漢書七六王尊傳:"毋持布鼓過雷門。"注:"雷門,會稽城門也,有大鼓。越擊此鼓,聲聞洛陽。……布鼓,謂以布爲鼓,故無聲。"後以布鼓與雷門並舉,比喻在高手前賣弄技能。唐李商隱李義山文集三爲舉人獻韓郎中琮啓:"捧爝火以干日御,動已光銷;抱布鼓以詣雷門,忽然聲寢。"

【布路】分散。左傳襄三十年:"鄭伯有耆酒,爲窟室,而夜飲酒,擊鍾焉,朝至未已。朝者曰:'公焉在?'其人曰:'吾公在壑谷。'皆自朝布路而罷。"新唐書一一八李渤傳:"今日入閤,陛下不時見羣臣,羣臣皆布路跛倚。"

【布置】分布安排。南朝梁劉勰文心雕龍五書記:"疏者,布也。布置物類,撮題近意,故小券短書,號爲疏也。"也作"布致"。宣和畫譜二十墨竹:"唯士人則不然,未必能工所謂形似;但命意布致洒落,疏枝秀葉,初不在多。"

【布褐】布袍。褐，粗布。漢桓寬鹽鐵論通有："衣布褐，飯土硎。"後用以指平民。唐王維王右丞集五獻始興公詩："鄙哉匹夫節，布褐將白頭。"

【布算】排列算籌，進行推算。漢徐幹中論曆數："於是晉儀以準之，立表以測之，下漏以考之，布算以追之。"宋蘇軾分類東坡詩二四真一酒歌引："布算以步五星，不如仰觀之捷。"

【布穀】鳥名。又名勃姑、撥穀、鳲鳩、郭公、戴勝、戴紝。以鳴聲似"布穀"，鳴又當播種時，故相傳布穀爲勸耕之鳥。後漢書三十下襄楷傳："臣聞布穀鳴於孟夏，蟋蟀吟於始秋。"唐杜甫杜工部草堂詩箋一洗兵馬："田家望望惜雨乾，布穀處處催春種。"

【布幣】㊀陳列幣帛。左傳襄二十九年："祓殯而禭，則布幣也。"㊁古代錢幣。清馮雲鵬等金石索金索四列古布幣大小六品。

【布憲】㊀官名。周禮秋官的屬官。掌管刑政禁令。見周禮秋官布憲。㊁公布法令。國語周下："反及嬴內，以無射之上宮，布憲施舍於百姓。"管子立政："太史既布憲，入籍於太府，憲籍分於君前。"

【布濩】散布。史記一一七司馬相如傳上林賦："布濩閎澤，延曼太原。"也作"布護"。宋書謝靈運傳山居賦："山縱橫以布護，水迴沈而縈浥。"又作"尃濩"。史記一一七司馬相如傳封禪書："非唯濡之，氾尃濩之。"集解引徐廣："古布字作尃。"

【布覆】遍布周覆。文選漢馬季長（融）長笛賦："氣噴勃以布覆兮，乍跱蹠以狼戾。"

【布薩】佛教語。義譯爲淨住、善宿、長養。僧徒出家之法，每半月集衆僧說戒經，謂能斷絶煩惱、長養善法；又在家之法，於六齋日持八戒，稱爲布薩。參閱大智度論十三釋初品中戒相義、釋氏要覽下布薩。

【布露】㊀頒布，披露。三國志蜀先主甘皇后傳："臣請太尉告宗廟，布露天下。"唐柳宗元柳先生集三三答貢士沈起書："謹以所示布露于聞人，羅列乎坐隅。"㊁地名。新唐書一四六下西域傳："大勃律，或曰布露。直吐蕃西，與小勃律接。"參見"勃律"。

【布母縛】婦女穿的小衣。急就篇二："褌衣蔽膝布母縛。"補注："布母縛，小衣也，猶犢鼻耳。"

【布衣交】貧賤之交。戰國策齊三："（孟嘗君謂舍人曰）：衛君與文布衣交，請具車馬皮幣，願君以此從衛君遊。"史記九三盧綰傳附陳豨："豨所以待賓客布衣交，皆出客下。"也作"布素交"。宋王禹偁小畜集六揚州寒食贈屯田張員外……詩："屯田布素交，屈此關市征。"

【布政使】官名，明置。洪武九年分全國爲十三承宣布政使司，每司設左、右布政使，爲一省的行政長官。宣德後因軍事需要，增設總督、巡撫等官，權位比布政使高。其後，布政使的職權漸小，至清代僅爲督撫的僚屬，專管一省的財賦和民政。康熙六年後，每省僅設布政使一員，不分左、右，爲從二品官。俗稱藩司、藩臺。參閱明史職官志四、清文獻通考八五職官九。

【布政牓】宋代節度使的告示。宋徐度卻掃編上："本朝節度使雖不赴鎮，然亦別降敕書，宣諭本鎮軍民；而爲節度使者，亦自給牓本鎮，謂之布政牓。"

【布達拉】地名。在西藏拉薩市。"布達"爲"普陀"的轉音。拉，藏語謂山。山上築樓十三層，稱布達拉宮。頂皆塗金，上下樓房萬餘間，金銀浮屠佛像無數。相傳爲唐初松贊干布與文成公主所建，卽吐蕃贊普建牙處。後毁，經五世達賴（公元 1617—1682 年）重修。參閱西藏記上、衛藏通志六寺廟。

【布隆吉】㊀地名。卽布隆吉爾，在甘肅玉門市西北。清安西直隸州同知，治所卽設於此城。㊁河名。今疏勒河，古稱南籍端水，源出甘肅玉門南祁連山北麓，西北逕安西縣，與黨河合，長七百餘里。參閱漢書地理志下敦煌郡、嘉慶一統志二七九安西直隸州南籍端水。

【布喀河】水名。在青海青海湖西，卽今布哈河。唐稱大非川。上游名喀喇細納河，出青海西北的阿母尼額枯山南，流入青海湖。見嘉慶一統志五四六青海厄魯特。

【布頭牋】用碎布製造的優質紙。宋蘇軾東坡志林十一："川紙取布頭機餘經不受緯者治作之，故名布頭牋。此紙冠天下。"

【布帛菽粟】布帛菽粟，爲日常生活所必需，故用以比喻雖屬平常但不可缺少的東西。宋史四二七程頤傳："其言之旨，若布帛菽粟然。"

【布袋和尚】公元？—916 年。五代梁時明州奉化縣禪宗遊方僧，時號長汀子布袋師，身世未詳，自稱名契此。容貌猥瑣，蹙額皤腹，出語無定，寢臥隨處，常以杖荷一布袋，內裝隨身用具，四處化緣，乞求布施，人號布袋和尚。貞明二年，死於岳林寺。後來杭州寺廟多塑其像，撫膝袒胸，開口而笑，荷布袋於身旁，世傳爲彌勒菩薩之應化身。見景德傳燈録二七、明田汝成西湖遊覽志餘十四方外玄蹤。

三 畫

帆 1. fān ㄈㄢ 符咸切，平，凡韻，並。

㊀船桅上利用風力的布篷。釋名釋船："帆，泛也。隨風張幔曰帆。使舟疾汎汎然也。"後漢書六十馬融傳廣成頌："然後方餘皇，連舼舟，張雲帆，施蜺幬。"也指帆船。文選南朝宋謝靈運過始寧墅詩："剖竹守滄海，枉帆過舊山。"字也作"颿"。

2. fàn ㄈㄢˋ 扶泛切，去，梵韻，並。

㊀張帆行駛。唐韓愈昌黎集六除官赴闕至江州寄鄂岳李大夫詩："不枉故人書，無因帆江水。"

【帆₂海】航海。明何景明大復集三五贈楊靜之南歸序："帆海者不知山，駕陸者不知水。"

【帆席】席製的船帆。文選晉木玄虛（華）海賦："於是候勁風，揭百尺，維長綃，挂帆席。"又泛指帆船。唐杜甫杜工部詩史補遺十北風："隱几看帆席，雲山湧坐隅。"

【帆檣】㊀船桅，桅杆。三國志吳孫和傳"太元二年正月，封和爲南陽王，遣之長沙"注引吳書："和之長沙，行過蕪湖，有鵲巢於帆檣。"㊁船帆與桅檣。常指舟楫。唐詩紀事五八李郢江亭春霽："蜀客帆檣背歸燕，楚山花木怨啼鵑。"

四 畫

帊 pà ㄆㄚˋ 普駕切，去，禡韻，滂。

手巾。三國志魏王粲傳："棊者不信，以帊蓋局，使更以他局爲之。"

【帊子】帕子。唐詩紀事四四王建宮詞百首之四七："縱得紅羅手帊子，當心香畫一雙蟬。"

希 xī ㄒㄧ 香衣切，平，微韻，曉。

㊀稀疏，少，罕見。通"稀"。老子："知我者希，則我者貴。"論語先進："鼓瑟希。"又公冶長："不念舊惡，怨是用希。"

㊁仰慕，希望，企求。後漢書八十趙壹傳報皇甫規書：“仰高希驥，歷年滋多。”又六四盧植傳：“御下者，請謁希爵，一宜禁塞。”㊂迎合。見“希世”。

【希世】㊀迎合世俗。莊子讓王：“原憲笑曰：‘夫希世而行，比周而友，……憲不忍爲也。’”史記一二一董仲舒傳：“公孫弘治春秋，不如董仲舒，而弘希世用事，位至公卿。”㊁世所稀有。三國志魏鍾繇傳“於赫有魏……楷玆度矩”注引魏略曹丕與繇書：“猥以䑕鄙之姿，得觀希世之寶。”又和洽傳“洽同郡許混者，……明帝時爲尚書”注引汝南先賢傳：“召陵謝子微高才遠識，見(許)劭年十八時，乃歎息曰：‘此則希世出衆之偉人也。’”

【希古】希望追及古人。文選晉嵇叔夜(康)幽憤詩：“抗心希古，任其所尚。”

【希夷】無聲曰希，無色曰夷；形容虛寂微妙。老子：“視之不見名曰夷，聽之不聞名曰希。”文選南朝齊王簡栖(屮)頭陀寺碑文：“象正雖闌，希夷未缺。”唐柳宗元柳先生集二四愚溪詩序：“超鴻蒙，混希夷，寂寥而莫我知也。”

【希有】㊀少有。漢書九九上王莽傳：“當時之會，千載希有。”㊁神話中鳥名。舊題漢東方朔神異經中荒經：“崑崙之山，……上有大鳥，名曰希有。”唐李白有大鵬遇希有鳥賦。見李太白詩一大鵬賦序。

【希光】企仰人的光輝。文選晉陸士衡(機)辯亡論上：“故豪彥尋聲而響臻，志士希光而景騖。”

【希旨】迎合在上者的意旨。孔叢子抗志：“希旨容媚，則君親之。”後漢書三三竇融傳附竇憲：“憲威權震朝庭，公卿希旨，奏憲位次太傅下，三公上。”

【希罕】㊀稀少。漢祀三公山碑：“民流道荒，醮祠希罕。”(金石萃編六)㊁認爲難得。儒林外史二二：“卜信道：‘不要惡心！我家也不希罕這樣老爺。’”

【希奇】罕見，可怪異。北齊王氏道俗百人等造像碑：“世謂希奇，此土未有。”(八瓊室金石補正二一)法苑珠林十七千佛厭苦引佛本行經：“時彼大臣見太子有是希奇難思議事，卽大歡喜，踊躍充遍，不能自勝。”

【希盱】喜悅歡欣的樣子。漢賈誼新書匈奴：“一國聞之者，見之者，希盱相告，人人伋伋，唯恐其後來至也。”

【希革】謂鳥獸羽毛稀少而脫舊生新。革，改。書堯典：“鳥獸希革。”

【希指】同“希旨”。漢書八一孔光傳：“上有所問，據經法以心所安而對，不希指苟合。”又外戚傳下：“高昌侯董宏希指，上書言宜立丁姬爲帝太后。”

【希風】仰慕迎合一時流行的風尚。後漢書六七黨錮傳序：“自是正直廢放，邪枉熾結，海內希風之流，遂共相摽搒。”

【希望】㊀願望，期待。三國志魏武帝紀建安十八年“對揚我高祖之休命”注引魏略載曹操上書：“非敢希望高位，庶幾顯達。”景德傳燈錄二九梁寶誌大乘讚：“頭陁阿練苦行，希望後身功德；希望卽是隔聖，大道何由可得。”㊁迎合。後漢書六三李固傳：“此等既怨，又希望(梁)冀旨，遂共作飛章，虛誣固罪曰……”

【希冕】古代帝王祭社時所穿的用細葛製成加刺繡的冠服。周禮春官司服：“祭社稷五祀，則希冕。”注：“希讀爲絺，或作黹，字之誤也。”釋文：“希，本又作絺。”

【希聖】指希望達到聖人的境界。藝文類聚二十晉夏侯湛閔子騫讚：“聖既擬天，賢亦希聖。”宋范仲淹范文正公集八上張右丞集書：“先民有言曰：希聖者亦聖之徒也。”

【希微】㊀稀疏微薄。文苑英華十四唐賈登奉和聖製喜雨賦：“其始至也，歷亂希微，霧雜烟霏。”㊁微明。同“熹微”。晉書陶潛傳歸去來兮辭：“問征夫以前路，恨晨光之希微。”宋本陶淵明集五作“熹微”。

【希榮】希求榮祿。魏書源賀傳附源子恭：“而乃廣尋知己，遍造執事，希榮之心已見，逃宦之志安在？”

【希聲】極微細的聲音。老子：“大器晚成，大音希聲。”晉陶潛陶淵明集三癸卯十二月中作與從弟敬遠詩：“傾耳無希聲，在目皓已潔。”

【希闊】疏遠。漢書禮樂志：“春秋鄉射，作於學官，希闊不講。”又九七孝成趙皇后傳：“皇后自知罪惡深大，朝請希闊。”

【希顏】迎合別人臉色。北齊書陳元康傳：“元康便辟善事人，希顏候意，多有進舉，而不能平心處物。”

【希麟音義】遼釋希麟撰。十卷。卽續一切經音義。唐釋慧琳撰一切經音義，依開元釋教錄，爲大般若經至護命法止，經中難字術語，注音釋義。希麟乃取開元錄後新譯經論及拾遺律傳等二百六十六卷，續補音義，體例旨要與慧琳書相同。

五畫

帘 lián 力鹽切，平，鹽韻，來。
ㄌㄧㄢ 士臻切，平，臻韻，牀。

酒家、茶館作店招用的旗幟。唐劉禹錫劉夢得集外集八魚復江中詩：“風檣好住貪程去，斜日青帘背酒家。”廣韻：“帘，青帘，酒家望子。”今通用作“簾”。

帚 zhǒu 之九切，上，有韻，照。
ㄓㄡˇ

掃帚。也作“箒”。世本一：“少康作箕帚。”急就篇三唐顏師古注謂古杜康作箕帚。禮曲禮上：“凡爲長者糞之禮，必加帚於箕上，以袂拘而退。”糞，掃除穢土。

【帚卜】舊時迷信活動。婦女於正月十四日夜用裙束在破帚上，叫帚姑。扶之起卧，用以占卜，稱爲帚卜。宋范成大石湖集二三上元紀吳中節物詩：“箒卜拖裙驗，箕詩落筆驚。”自注：“弊帚繫裙以卜，名掃帚姑。”參閱明馮應京月令十四日箕姑帚姑。

【帚姑】見“帚卜”。

帗 fú 分勿切，入，物韻，幫。
ㄈㄨˊ 北末切，入，末韻，幫。

㊀五色帛製成的舞具。隋書音樂志下：“又文舞六十四人，……十六人執帗。”見圖。參見“帗舞”。㊁蔽膝。通“韍”。穆天子傳一：“天子大服，冕禕帗帶。”清洪頤煊校注：“今借作‘韍’字。”㊂一幅巾。見廣韻。

帗

【帗舞】周代六種小舞之一，爲祭祀社稷時的舞蹈。舞者在柄上紮五色繒帛，持之而舞。周禮春官樂師：“凡舞，有帗舞，有羽舞。”注：“鄭(玄)謂帗，析五采繒。”又地官舞師：“教帗舞，帥而舞社稷之祭祀。”疏：“帗舞，用五色繒，……皆有柄。”

帔 pèi 敷羈切，平，支韻，滂。
ㄆㄟˋ 披義切，去，寘韻，滂。

㊀裙。方言四：“帬，陳魏之間謂之帔，自關而東或謂之襬。”急就篇二“袍襦表裏曲領帬”唐顏師古注：“帬卽裳也，一名帔，一名襬。”㊁披肩。釋名釋衣服：“帔，披也；披之肩背，不及下也。”南史梁任昉傳：“西華(昉子)冬月著葛帔練裙。”

帖 1. tiè 他協切，入，帖韻，透。
ㄊㄧㄝ

㊀古代未有紙，寫字用竹木或布帛。寫在布帛上的叫帖。寫在竹木上的叫檢(簡)。見清段玉裁說文解字注。㊁銘功

紀事的石刻叫碑，書疏叫帖。如王羲之姑母帖、蘭亭帖，王獻之中秋帖。石刻的拓本也稱帖。宋蘇軾東坡集後集七虔州呂倚承奉……詩：“家藏古今帖，墨色照箱筥。”㊂聯語，對聯。如春帖、楹帖等。

2. tiě ㄊㄧㄝˇ

㊃用簡短言詞書寫的柬帖。如軍帖、牙帖、名帖、請帖等。樂府詩集二五木蘭詩：“昨夜見軍帖，可汗大點兵。”軍帖，寫有軍令的柬帖。宋陳叔方潁川語小上：“今省部曰帖，皆公移也。”㊄唐宋元時的試題叫帖，指從全文中帖出數語作爲試題。唐釋玄應一切經音義十四四分律七應帖引通俗文：“題賦曰帖。”

3. tiē ㄊㄧㄝ

㊅安定，順從。世說新語假譎：“女哭詈彌甚，積日漸歇，……後觀其意轉帖。”魏書李崇傳：“邊人失和，本怨刺史，奉詔代之，自然易帖。”㊆連附，貼近。宋書建平宣簡王宏傳：“且戎衞之職，多非其才，或以資厚素加，或以祿薄帶帖。”梁書羊侃傳：“又有孫荆玉，能反腰帖地，銜得席上玉簪。”㊇黏，貼。宋書朱齡石傳：“齡石使舅，卧於聽事一頭，剪紙方一寸，帖著舅枕，自以刀子懸擲之。”樂府詩集二五木蘭詩：“當窗理雲鬢，挂鏡帖花黃。”㊈典押。新唐書八十李嶠傳：“臣計天下編户，貧弱者衆，有賣舍、帖田供王役者。”㊉本指中藥方，後用作量詞，一劑藥稱一帖。宋葉紹翁四朝見聞錄丙寧皇進藥：“寧皇每命尚醫止進一藥，戒以不用，分作三四帖。”

【帖₂子】㊀官方文書。宋沈括夢溪筆談一故事一：“唐中書指揮事謂之堂帖子。”參見“堂帖”、“劄子”。㊁票券，收支財物的登記單子。金史百官志三中都流泉務：“出帖子時，寫質物人姓名、物之名色、金銀等第分兩，及所典年月日、錢貫，下架年月之類。”紅樓夢十四：“鳳姐命他們要了帖子，念過聽了，一共四件。”

【帖₃耳】耷拉着耳朵，馴伏的樣子。唐韓愈昌黎集二二祭河南張員外文：“彼婉孌者，實憚吾曹，側肩帖耳，有舌如刀。”參見“俛₂首帖耳”。

【帖₃伏】㊀伏地馴順貌。吳越春秋勾踐歸國外傳：“猛獸將擊，必餌（弭）毛帖伏。”㊁馴服，折服。宋曾鞏元豐類稿二一程嗣恭……開封府推官制：“慈惠足以煦養惸弱，剛嚴足以帖服姦强。”

【帖₃妥】妥帖，服貼穩當。唐李賀歌詩編四貝宮夫人：“秋肌稍覺玉衣寒，空光帖妥水如天。”

【帖₃帖₃】安靜貌。唐韓愈昌黎集二四施先生墓銘：“太學生習毛鄭詩春秋左氏傳者，皆其弟子。貴游之子弟，時先生之說二經，來太學，帖帖坐諸生下，恐不卒得聞。”杜牧樊川集六燕將錄：“唯燕未得一日之勞爲子孫壽，後世豈能帖帖無事乎？”

【帖₃服】順從。宋王安石臨川集九十彰武軍節度使侍中曹穆公行狀：“公許之入贖自首還故地，而至者數千人；後遂帖服，皆爲用。”

【帖₂括】唐代考試制度，明經科以“帖經”試士。後因應試的人多，考官常選偏僻的章句爲題，考生因取偏僻隱幽的經文，編爲歌訣，熟讀記憶，以應付考試，叫帖括。意謂包括“帖經”的門徑。新唐書選舉志上楊綰疏：“故爲進士者，皆誦當代之文，而不通經史，明經者但記帖括。”後因稱科舉應試的文章爲帖括。清顧炎武亭林詩文集餘集三朝紀事闕文序：“而臣祖故所與往來老人謂臣祖曰：‘此兒頗慧，何不令習帖括？’……於是令習科舉文字。”

【帖₃息】安靜平息。宋史二九三張詠傳：“時民間訛言有白頭翁午後食人兒女，一郡囂然。至暮，路無行人；既而得造訛者戮之，民遂帖息。”

【帖₃黃】唐代敕書凡有更改的地方，用黃紙貼之，叫帖黃。唐李肇國史補下宰相判事目：“黃敕既行下有小異同，曰帖黃；一作押黃。”也作“貼黃”。參見該條。

【帖₂敕】由主管朝政的大臣在奏章公文後簽署意見，作爲敕命，批發判行，叫帖敕。梁書武帝紀上：“其月，明帝崩，東昏即位，揚州刺史始安王遥光、尚書令徐孝嗣、尚書右僕射江祏、右將軍蕭坦之、侍中江祀、衞尉劉暄更直内省，分日帖敕。高祖聞之，謂從舅張弘策曰：‘政出多門，亂其階矣。’”

【帖₂發】將罪犯連同有關文書一起發送。水滸二八：“隨即却把武松帖發本處牢城營來。”

【帖₂試】帖經考試。舊唐書一八五下楊瑒傳：“竊見今之舉明經者，主司不詳其述作之意，曲求其文句之難，每至帖試，必取年頭月日，孤經絶句。”參見“帖經”、“帖括”。

【帖₃裝】裝裱成卷册。唐張彥遠法書要錄二梁武帝與陶隱居（弘景）論書：“逸少（王羲之）學鍾（繇）的可知，近有二十許首；此外字細畫短，多是鍾法。今始欲令人帖裝。”

【帖₂經】唐代科舉進士、明經科都有帖經的考試。以所習經掩其兩端，中間唯開一行，裁紙爲帖。凡帖三字，隨時增損，可否不一，或得四、得五，得六者爲通。見通典十五選舉三。

【帖₃騎】不用鞍轡，貼着馬背騎馬。世說新語方正：“使者卒至，（羊）忱深懼豫禍，不暇被馬，於是帖騎而避。”南齊書魚復侯子響傳：“子響勇力絶人……數在園池中帖騎馳走竹樹下，身無虧傷。”

【帖₃職】宋代館院的值班官員叫館職，以他官兼任的叫帖職。宋歐陽修文忠集一〇一論舉館閣之職劄子：“臣欲乞今後任發運、轉運、知州等，更不依例帖職。”宋史職官志二都承旨作“貼職”。參見“貼職”。

【帖₃子詞】宋代八節内宴，命翰林作詞，貼在閤中門壁上，稱帖子詞，也作貼子詞。多爲七言詩句，大都是粉飾太平，美化帝王后妃的作品。如歐陽修、司馬光等集中都有春帖子詞之作。明初猶有此例。參閱明徐師曾文體明辨序說貼子詞、清趙翼陔餘叢考二四帖子詞。

帙

zhì ㄓˋ 直一切，入，質韻，澄。

也作“袠”、“袟”。㊀書套，書函。書一函稱一帙。文選晉潘安仁（岳）楊仲武誄：“披帙散書，屢覩遺文。”唐白居易長慶集五一後序：“前三年，元微之（稹）爲予編次文集而叙之，凡五帙，每帙十卷。”㊁卷册，函册。隋書牛弘傳：“今御書單本，合一萬五千餘卷，部帙之間，仍有殘缺。”

帕

1. mò ㄇㄛˋ 莫鎋切，入，鎋韻，明。

㊀束額巾。又稱抹額。字也作“帞”。見“帕頭”。㊁纏裹。唐韓愈昌黎集一元和聖德詩：“以錦纏股，以紅帕首。”

2. pà ㄆㄚˋ 集韻 普駕切，去，禡韻，滂。

㊂巾，佩巾。通“帊”。唐杜甫杜工部草堂詩箋七驄馬行：“赤汗微生白雪毛，銀鞍卻覆香羅帕。”宋釋文瑩湘山野錄中：“‘汝哭何因無淚？’（安鴻）漸曰：‘以帕拭乾。’”

【帕服】盛裝。宋缺名釋常談鮮粧帕服：“婦人施粉黛花鈿，著好衣服，謂之鮮粧帕服。李夫人別傳曰：‘……夫人曰：我以色事帝，……我若不起此疾，帝必追思

我鮮粧帕服之時，是深囑託也。'"(說郛六八)

【帕首】㊀裹頭的巾幘。唐 韓愈 昌黎集二一送鄭尚書序："大府帥或道過其府，府帥必戎服，左握刀，右屬弓矢，帕首袴鞾，迎郊。"㊁裹頭。見"帕㊁"。

【帕腹】即兜肚。釋名釋衣服："帕腹，横帕其腹也。"

【帕頭】㊀古代男子束髮的頭巾。三國志吳孫策傳"建安五年，……迎漢帝"注引江表傳："昔南陽張津爲交州刺史，舍前聖典訓，廢漢家法律，嘗著絳帕頭，鼓琴燒香，讀邪俗道書。"也作"帞頭"。方言四："絡頭，帞頭也。……南楚江湘之間曰帞頭。"㊁裹頭。新唐書禮樂志十凶禮："啓殯之日，主人及諸子皆去冠，以衰巾帕頭。"

帛 bó 傍陌切，入，陌韻，並。ㄅㄛ

㊀絲織物的總稱。生帛曰縞、素、綃、絹；熟帛曰練。左傳閔二年："衞文公大布之衣，大帛之冠。"注："大帛，厚繒。"㊁姓。東漢有帛意。見後漢書十二李憲傳。

【帛丸】圓帛爲丸，以蠟封之，用以密遞消息。新唐書二二五中李希烈傳："及希烈死，子不發喪，欲悉誅諸將乃自立，未決。有獻含桃者，竇請分遺仙奇妻，聽之，因蠟帛丸雜果中，出所謀。仙奇大驚，與薛育率兵譟而入。"竇，指希烈强奪的竇良女；仙奇，希烈親將陳仙奇。參見"蠟書"。

【帛拜】古代新婦持帛拜見舅姑之禮。唐劉存事始："古者婦始見舅姑，持香纓以拜，五色綵爲之。隋牛弘上議，以素絹八尺，中擗，名曰帛拜，以代香纓。"(宋曾慥類說三五)

【帛書】在縑帛上寫的文字。墨子 尚賢下："書之竹帛，琢之槃盂，傳以遺後世子孫。"漢書五四蘇建傳附蘇武："(常惠)教使者謂單于，言天子射上林中，得雁，足有係帛書，言武等在某澤中。"

【帛屐】用帛製的鞋。釋名釋衣服："帛屐，以帛作之，如屩者；不曰帛屩者，屩不可踐泥者也；此亦可以步泥而浣之，故謂之屐也。"

【帛喜】即春秋吳太宰伯嚭。漢 王充論衡逢遇："伍員、帛喜，俱事夫差。"

【帛縷】帛的絲縷。唐 杜牧 樊川集一阿房宫賦："瓦縫參差，多於周身之帛縷。"

【帛蘭】船名。因以帛裝飾欄干，故名。後漢書十三公孫述傳："又造十層赤樓帛蘭船。"也作"帛闌"。宋宋祁景文集二四過摩訶池詩之二："池邊不見帛闌船，麥隴連雲樹繞天。"

【帛疊】雲南境内少數民族織製的一種布。後漢書八六西南夷傳哀牢夷："土地沃美，宜五穀、蠶桑。知染采文繡，罽𣰽帛疊，蘭干細布，織成文章如綾錦。"也作"帛㲲"。唐釋慧琳一切經音義三十勝思惟梵天所問經四帛㲲："按帛㲲，西國撚草花絮，織以爲布，其花如柳絮。"參見"白疊"。

【帛道猷】南朝宋僧。吳人。初爲生公弟子，後住新安，爲鎮寺法主。元徽中卒，年七十一。見高僧傳七。宋詩鈔韓駒陵陽詩鈔似矩尚書帥桂……謹次元韻送行之三："静契羅公遠，禪參帛道猷。"也作白道猷。唐 白居易 長慶集 五九沃洲山禪院記："晉宋以來，因山洞開，厥初有羅漢僧西天竺人白道猷居焉。"

帑 1. tǎng 乃都切，平，模韻，泥。ㄊㄤˇ 他朗切，上，蕩韻，透。

㊀庫，庫藏的金帛。漢書九四下匈奴傳："上由是難之，以問公卿，亦以爲虛費府帑。"此指庫金。後漢書二三鄭弘傳："人食不足，而帑藏殷積。"此指金庫。

2. nú 集韻 農都切，平，模韻。ㄋㄨˊ

㊀兒子。同"孥"。詩小雅常棣："宜爾家室，樂爾妻帑。"注："帑，子也。"又并指妻子。左傳文六年："賈季奔狄，宣子使臾駢送其帑。"疏："帑，妻子也。"㊁鳥尾。左傳襄二八年："以害鳥帑。"注："鳥尾曰帑。"疏："妻子爲人之後，鳥尾亦鳥之後，故俱以帑爲言也。"按古只有"帑"，"孥"後出字，初見於字林。參閱清程大中四書逸箋三帑、俞樾曲園雜纂三十。

【帑₂抹】儀仗之類。新唐書 百官志四下："節度使掌總軍旅，顓誅殺。初授，具帑抹兵仗，詣兵部辭見。"

【帑₂僇】罪及妻兒。同"孥戮"。史記夏紀甘誓："用命，賞于祖，不用命，僇于社，予則帑僇女。"今本書甘誓作"孥戮"。參見"孥戮"。

【帑廥】猶言倉庫。藏金幣之庫稱帑，藏糧秣之倉稱廥。新唐書一一三張文瓘傳："時高宗造蓬萊上陽合璧等宫，復征討四夷，京師養廐馬萬匹，帑廥寖虚。"

【帑藏】國庫。漢書九九中王莽傳："諸寶物名、帑藏、錢穀官，皆宦者領之。"

六畫

帝 dì 都計切，去，霽韻，端。ㄉㄧˋ

㊀古指最高的天神，如上帝、天帝。書洪範："帝乃震怒，不畀洪範九疇。"詩商頌長發："帝命不違，至于湯齊。"也指專主一方的神。史記高祖紀："吾子，白帝子也，化爲蛇，當道，今爲赤帝子斬之。"㊁君主的稱號，皇帝。如三皇五帝。左傳僖二五年："今之王，古之帝也。"戰國策趙三："秦所以急圍趙者，前與齊湣王争强爲帝。"㊂主體。莊子徐无鬼："藥也，其實堇也，桔梗也，雞廱也，豕零也，是時爲帝者也。"㊃通"禘"。卜辭中用帝爲"禘"。

【帝乙】商代君主，太丁子，紂王的父親。易歸妹："六五，帝乙歸妹。"左傳文二年："宋祖帝乙，鄭祖厲王。"注："帝乙，微子父。"微子，紂兄。

【帝力】帝王的作用。古傳擊壤歌："日出而作，日入而息，鑿井而飲，耕田而食；帝力何有於我哉!"見晉皇甫謐帝王世紀(群書治要本)。漢書三二張耳陳餘傳："先王亡國，賴皇帝得復國，德流子孫，秋豪皆帝力也。"

【帝弓】虹的别名。詳"天弓"。

【帝子】皇帝子女的通稱。楚辭 屈原九歌湘夫人："帝子降兮北渚，目眇眇兮愁予。"此指堯女娥皇女英。文選南齊陸韓卿(厥)奉答内兄希叔詩："嘉惠承帝子，躡履奉王孫。"此指南齊武帝子竟陵王蕭子良。

【帝女】㊀神話中天帝之女。晉 郭璞山海經圖讚西王母："天帝之女，蓬髮虎顔。"又西山經玉山引穆天子傳："西王母又爲天子吟曰：'……嘉命不遷，我惟帝女，彼何世民，又將去子。'"㊁帝王的女兒，公主。南齊書檀超傳："左僕射王儉議：'又立帝女傳，亦非淺識所安。'"

【帝丘】地名。在今河南濮陽縣。左傳僖三一年："衞遷于帝丘。"注："帝丘，今東郡濮陽縣，故帝顓頊之虚，故曰帝丘。"

【帝江】傳説中的神。山海經西山經："又西三百五十里曰天山，……有神焉，其狀如黄囊，赤如丹火，六足四翼，渾敦無面目，是識歌舞，實惟帝江也。"清畢沅校注謂江讀如"鴻"，帝江即帝鴻氏。參見"帝鴻"。

【帝辛】即商紂王。文選 晉 張景陽(協)七命："接以商王之箸，承以帝辛之杯。"注："商王、帝辛，皆謂紂也。"

【帝社】帝王自立之社。詳"王社"。

【帝車】北斗星。史記天官書："斗爲帝車，運于中央，臨制四鄉。"

【帝君】神的尊稱。舊題漢 班固 漢武帝

內傳："先被大帝君敕，詣玄洲校定天玄。"唐李商隱李義山詩集四寓懷："長養三淸境，追隨五帝君。"

【帝里】京都，猶言帝都。唐杜甫杜工部草堂詩箋十六寄彭州高三十五使君適……三十韻："無錢居帝里，盡室在邊疆。"

【帝青】佛家稱青色寶珠。唐釋玄應一切經音義二三攝大乘論十："帝青，梵言因陁羅尼羅目多，是帝釋寶，亦作青色。以其最勝，故稱帝釋青。……目多，此云珠，以此寶爲珠也。"全唐詩六一三皮日休開元寺佛鉢："帝青石作綠冰姿，曾得金人手自持。"

【帝居】㊀天帝所居。漢書八七上揚雄傳甘泉賦："配帝居之縣圃兮，象泰壹之威神。"㊁帝都。南史陳後主紀從隋文帝東巡登芒山賦詩："日月光天德，山川壯帝居。"

【帝虎】指書中因形近而誤刻、誤抄的字。宋黃伯思東觀餘論下校定楚詞序："此書既古，簡册迭傳，亥豕帝虎，舛午甚多。"參見"魯魚"。

【帝典】㊀書堯典的別稱。禮大學："帝典曰：'克明峻德。'"後漢書章帝紀建初元年正月丙寅詔："'五教在寬'，帝典所美。"㊁帝王的法制。文選漢揚子雲(雄)劇秦美新："秦餘制度，項氏爵號，雖違古而猶襲之。是以帝典闕而不補，王綱弛而未張。"

【帝制】皇帝的儀制。史記一一三南越尉佗傳："自今以後，去帝制黃屋左纛。"漢書四八賈誼傳："若此諸王，雖名爲臣，實皆有布衣昆弟之心，慮亡不帝制而天子自爲者。"今簡稱君主政體爲帝制。

【帝室】皇帝的家族。漢書八四翟方進傳附翟義引王莽大誥："天降威明，用寧帝室，遺我居室寶龜。"三國志蜀諸葛亮傳："將軍既帝室之冑，信義著於四海。"將軍，指劉備。

【帝郊】天帝的郊野。又泛指京師。楚辭屈原九歌少司命："夕宿兮帝郊，君誰須兮雲之際。"南朝宋鮑照鮑氏集七從臨海王上荆初發新渚詩："收纜辭帝郊，揚棹發皇京。"

【帝祚】帝位。史記秦楚之際月表："撥亂誅暴，平定海内，卒踐帝祚，成於漢家。"

【帝屋】木名。山海經中山經："又北三十里曰講山，……有木焉，名曰帝屋。葉狀如椒，反傷赤實，可以禦凶。"注："反傷，刺下勾也。"

【帝席】星名。屬氐宿，在大角星北。參閱晉書天文志上。

【帝座】星名。在天市垣内，候星西。今屬武仙座。參閱晉書天文志上。

【帝庭】朝廷。書金縢："乃命于帝庭，敷佑四方。"漢議郎元賓碑："播忠册，列帝庭。"(隸釋六)

【帝羓】五代後晉開運末，契丹主耶律德光自汴歸國，途中在欒城死去，契丹人剖其腹，挖去腸胃，以鹽充之，載屍北去。人稱爲帝羓。見太平廣記五〇〇帝羓引玉堂閒話、舊五代史外國列傳一。

【帝師】㊀皇帝之師。漢書六七朱雲傳："至成帝時，丞相故安昌侯張禹以帝師位特進。"㊁元朝對喇嘛教首領的封號。世祖曾賜號八思巴爲大元帝師。後例封喇嘛一人爲帝師，兼領宣政院。參閱元史二〇二釋老傳。

【帝姬】宋代用前代故事，皇女稱公主，姊妹稱長公主，諸姑稱大長公主。政和二年，由蔡京建議，仿周代王姬的稱例，改稱公主爲帝姬，郡主爲宗姬，縣主爲族姬。至南宋建炎元年，復稱公主。見宋吳曾能改齋漫錄十二公主稱、周煇清波雜志九、徐度卻掃編上。

【帝娥】女神。古代傳說舜死於蒼梧，二妃娥皇女英尋至南方，死於江湘之間，爲湘水女神。唐李羣玉詩集上王內人琵琶引："嬴女停吹降浦簫，帝娥淨掩空波瑟。"

【帝都】京城，京師。文選三國魏陳孔璋(琳)爲袁紹檄豫州："是以兗豫有無聊之民，帝都有吁嗟之怨。"

【帝軨】帝后乘坐的車。秦統一六國後，改商代的瑞山車爲金根車，以金爲飾，稱帝軨。見宋章如愚羣書考索三九禮門車。參見"金根車"。

【帝鄉】㊀神話中天帝居住的地方。莊子天地："千歲厭世，去而上僊，乘彼白雲，至于帝鄉。"晉陶潛陶淵明集五歸去來兮辭："富貴非吾願，帝鄉不可期。"㊁皇帝的故鄉。後漢書二二劉隆傳："河南帝城多近臣，南陽帝鄉多近親。"㊂指京城。唐許渾丁卯集下秋日赴闕題潼關驛樓詩："帝鄉明日到，猶自夢漁樵。"

【帝嬀】卽舜。傳說舜居嬀汭。後因以爲氏。文選晉木玄虛(華)海賦："昔在帝嬀，巨唐之代。"注："帝嬀，謂舜也。"宋書自序沈約上宋書表："若不覩風唐世，無以見帝嬀之美。"

【帝載】帝王的事業。書舜典："咨四岳，有能奮庸，熙帝之載。"文選漢班孟堅(固)封燕然山銘："熙帝載兮振萬世。"

【帝號】皇帝的稱號。史記秦始皇紀二十六年："今名號不更，無以稱成功，傳後世。其議帝號。"又一一三南越尉佗傳報文帝書："老臣妄竊帝號，聊以自娛，豈敢以聞天王哉！"

【帝業】建立王朝的事業。史記八七李斯傳諫逐客書："彊公室，杜私門，蠶食諸侯，使秦成帝業。"

【帝魁】神農名。文選漢張平子(衡)東京賦："昔常恨三墳五典既泯，仰不睹炎帝帝魁之美。"注："炎帝，神農後也。帝魁，神農名，並古之君號也。"

【帝臺】神名。山海經中山經："苦山之首，曰休與之山，其上有石焉，名曰帝臺之棋。五色而文，其狀如鶉卵。"注："帝臺，神人名。"

【帝範】唐李世民(太宗)撰。二十篇，論持身治國之道。貞觀末以賜其子李治(高宗)。至宋僅存六篇。見宋晁公武郡齋讀書志後志二子類。今本自永樂大典輯出，十二篇。

【帝畿】京城所在地區。後漢書四十上班彪傳附班固西都賦："是故橫被六合，三成帝畿。"

【帝閽】㊀天帝的守門人。楚辭屈原離騷："吾令帝閽開關兮，倚閶闔而望予。"又指天門。漢書八七上揚雄傳甘泉賦："選巫咸兮叫帝閽，開天庭兮延羣神。"㊁宮門。舊唐書一〇一韓思復傳："夫帝閽九重，途遠千里。"

【帝學】㊀國學，京師官學。漢蔡邕蔡中郎集二郭有道林宗碑："周流華夏，游集帝學。"㊁宋范祖禹撰。八卷。纂輯自上古至宋代帝王典學事迹，間附論斷。由伏羲至唐二卷，宋太祖至神宗六卷。

【帝鴻】黃帝名號。左傳文十八年："昔帝鴻氏有不才子，掩義隱賊，好行凶德。"史記五帝紀"黃帝者"唐張守節正義："按黃帝，有熊國君，乃少典國君之子，號曰有熊氏，又曰縉雲氏，又曰帝鴻氏，亦曰帝軒氏。"

【帝藉】名義上爲帝王親耕的藉田，實際上是徵用民力耕種，以供宗廟祭祀之用的田。禮月令孟春之月："帥三公九卿諸侯大夫，躬耕帝藉。"也作"帝籍"。文選漢張平子(衡)東京賦："躬三推於天田，修帝籍之千畝。"參見"藉田"。

【帝闕】宮門。唐駱賓王集三宿温城望軍營詩："兵符關帝闕，天策動將軍。"

【帝繫】帝王的世系。世本有帝繫氏姓等篇，其文漢初已有殘缺，司馬遷撰史記，多據以記二帝三王。至漢宣帝時，戴德又取帝繫等篇，列入禮記。參閱清雷學淇介庵經説二帝繫説。

【帝籍】㊀皇室的譜錄。北魏元暐墓誌："盛烈高功，焕于帝籍。"（漢魏南北朝墓誌集釋圖版七四）㊁皇室的圖書。唐白居易長慶集五三病中辱張常侍題集賢院詩因以繼和詩："圖書皆帝籍，寮友盡仙才。"㊂籍田。同"帝藉"。參見該條。

【帝釋】佛教稱諸天之主爲帝釋。具名釋迦提婆因陀羅。宋錢易南部新書已："釋提桓因者，切利天王之號也，即帝釋二字。華梵相彰，帝是華言，即王主義。釋乃梵字，此字譯云能。"

【帝嚳】古代部落首領。相傳爲黄帝的曾孫，堯的父親。居亳（今河南偃師縣），號高辛氏。商代卜辭中以帝嚳爲高祖。參閱史記五帝紀。

【帝京景物略】明劉侗、于奕正合撰，奕正搜集材料，侗整理文字，八卷，分一百三十目。記北京城郊風土景物，名勝古迹，間及人物故事。清紀昀刻本删去各條所附詩文及不合體例之處。

帟 yì 羊益切，入，昔韻，喻。
丨

小帳幕，帳篷中座上承塵的平幕。逸周書王會："成周之會，墠上張赤帟陰羽。"周禮天官幕人："掌帷、幕、幄、帟、綬之事。"注："帟，王在幕，若幄中坐上承塵。幄，帟皆以繒爲之。"

帣 juàn 居倦切，去，線韻，見。
ㄐㄩㄢ

㊀有底的囊。説文："帣，囊也。今鹽官三斛爲一帣。"㊁斂衣袖。通"絭"。詳"帣韝"。

【帣韝】束袖並加臂套。史記一二六淳于髡傳："若親有嚴客，髡帣韝鞠䠞，侍酒於前，時賜餘瀝，奉觴上壽，數起，飲不過二斗，徑醉矣。"集解引徐廣："帣，收衣褏也。褏，袂也。韝，臂捍也，音溝。"

帤 lì 力制切，去，祭韻，來。
ㄌㄧˋ

帛餘。見玉篇。字也作"𠛱"。轉爲剩餘、殘餘之義。文選晉左太沖（思）魏都賦："漢罪流禦，秦餘徙帤。"謂秦漢流放者的遺裔。

帲 píng 集韻 旁經切，平，青韻。
ㄆㄧㄥˊ

見"帲幪"。

【帲幪】帷幄，帳幕。在旁曰帲，在上曰幪。引申爲覆蓋。漢揚雄法言吾子："震風陵雨，然後知夏屋之爲帲幪也。"舊時書啟中常用爲託庇之意。宋呂頤浩忠穆集六賀河間帥吴述古遷職再任啟："某猥惭疲鈍，獲托帲幪，欣聞成命之傳，彌切儒心之慶。"

【帲覆】庇護。清洪昇長生殿尸解："謝經年護持，保全枯朽，更斷魂落魄蒙帲覆。"

帢 qià 苦洽切，入，洽韻，溪。
ㄑㄧㄚˋ

便帽。狀如弁而缺四角，用縑帛縫製。相傳爲曹操創制。字也作"帕"、"峽"。三國志魏武帝紀"二月丁卯，葬高陵"注引傅子："漢末王公，多委王服，以幅巾爲雅，……魏太祖（曹操）以天下凶荒，資財乏匱，擬古皮弁，裁縑帛以爲帢，合于簡易隨時之義，以色别其貴賤，于今施行。"世説新語方正："山公（濤）大兒（該）著短帢，車中倚。"

【帢帽】古代一種便帽。三國志魏武帝紀"二月丁卯，葬高陵"注引曹瞞傳："太祖（曹操）……時或冠帢帽以見賓客。"

帥 shuài 所律切，入，質韻，山。
ㄕㄨㄞˋ 所類切，去，至韻，山。

㊀帶領。同"率"。左傳成十三年："我文公帥諸侯及秦圍鄭。"㊁遵循。禮王制："命鄉簡不帥教者以告。"㊂聚。漢書八七上揚雄傳甘泉賦："帥爾陰閉，霅然陽開。"㊃軍隊中的主將、統帥。國語齊："五鄉一帥，故萬人爲一軍，五鄉之帥帥之。"上"帥"字，主帥；下"帥"字，帶領。引申爲主導的人或事物。孟子公孫丑上："夫志，氣之帥也。"㊄姓。晉有帥昺。見明陳士元姓觿九質。

【帥司】宋時稱經略安撫司爲帥司，掌一路的軍事和民政，與漕憲倉儲司並稱監司。文獻通考五職官十三諸路將官："若屯戍防邊，則受帥司節制。"參見"安撫"。

【帥甸】甸地之帥，公邑的大夫。左傳文十六年："宋昭公將田孟諸，未至，夫人王姬使帥甸攻而殺之。"疏："近國爲郊，郊外爲甸。天子之甸爲公邑之田，則諸侯之甸，亦公邑也。帥甸者，甸地之帥，當是公邑之大夫也。"

【帥意】竭盡其意。帥通"率"。漢書元帝紀建昭四年詔："相將九卿，其帥意勿怠，使朕懷觀教化之流焉。"

帤 rú 女余切，平，魚韻，娘。
ㄖㄨˊ

㊀大巾。方言四："大巾謂之帉，嵩嶽之南、陳潁之間謂之帤。"雲笈七籤十二黄庭内景經隱影章："入山何難故躊躇，人間紛紛臭帤如。"㊁弓幹正中的襯木。周禮考工記弓人："厚其帤則木堅，薄其帤則需。"注："帤，謂弓中裨。"需，不堅實。參閱孫詒讓正義八六弓人。

七畫

席 xí 祥易切，入，昔韻，邪。
ㄒㄧˊ

㊀供坐卧鋪墊的用具。用藁秸織成的叫薦，以莞蒲織成的叫席。孟子滕文公上："其徒數十人，皆衣褐捆屨織席以爲食。"㊁古席地而坐，故稱坐次或席位爲席。詩大雅行葦："肆筵設席。"漢書六八霍光傳："田延年前，離席按劍。"㊂古時布席治事，故也稱職務爲席。唐劉禹錫劉夢得集三奉和吏部楊尚書……贈答十韻詩："步武離台席，徊翔集帝梧。"台席，謂三公宰相之職。清代稱刑錢幕友爲刑席、錢席。㊃酒筵，筵席。文選南朝梁沈休文（約）應詔樂遊苑餞呂僧珍詩："戎車出細柳，餞席樽上林。"水滸七："每日吃他們酒食多矣，洒家今日也安排些還席。"㊄憑藉，倚仗。漢書三六劉向傳上封事："吕産、吕禄，席太后之寵，據將相之位。"㊅姓。晉有席坦。見廣韻。

【席上】㊀坐席之上。禮燕義："君獨升，立席上。"㊁指儒學。後漢書四九王充傳論："貴清静者，以席上爲腐議；束名實者，以柱下爲誕辭。"注："清静謂道家也。席上謂儒也。"宋俞琰所著席上腐談，書名即取此義。參見"席珍"。

【席次】座次。文選南齊孔德璋（稚珪）北山移文："爾乃眉軒席次，袂聳筵上。"

【席地】古人鋪席於地以爲座，後坐在地上也叫席地。南齊書豫章王嶷傳："朔望時節，席地香火、槃水、酒脯、盂飯、檳榔便足。"

【席帆】船帆。唐王維王右丞集四送從弟蕃遊淮南詩："席帆聊問罪，卉服盡成擒。"

【席卷】有如卷席，謂全部佔有。戰國策楚一："席卷常山之險，折天下之脊。"史記秦始皇紀論引賈誼："有席卷天下，包舉宇内，囊括四海之意，并吞八荒之心。"

【席門】以席爲門，喻家貧。史記陳丞相世家："家乃負郭窮巷，以弊席爲門，然門外多有長者車轍。"宋書袁粲傳妙德先生傳："所處席門常掩，三逕裁通，雖揚子寂漠，嚴叟沈冥，不是過也。"

【席具】㊀坐墊等用具。晉陸雲陸士龍集八與平原書："一日案行，并視曹公器物牀薦席具。"㊁草名。一作"蓆具"。見南朝梁任昉述異記下。即席箕。參見該條。

【席糾】唐人聚飲時，以一人爲録事，執行酒令，稱席糾，也叫酒糾。多以伎女擔任。唐孫棨北里志天水僊哥："天水僊哥字絳真，住於南曲中，善談謔，能歌令，常爲席糾，寬猛得所。"又鄭舉舉："鄭舉舉者，居曲中，亦善令章，嘗與絳真互爲席糾。"

【席珍】禮儒行："儒有席上之珍以待聘。"席，鋪地的草墊；珍，寶玉。比喻具有美善的才德，猶席上之有珍。文心雕龍原道："木鐸啟而千里應，席珍流而萬世響。"也作席上珍。後以"席珍待聘"作爲懷才待用的同義語。

【席尊】席首，首席。西遊記五："我乃齊天大聖，就請我老孫做個席尊，有何不可？"

【席帽】以藤席爲骨架編成的帽，取其輕便，相當於後來之笠。見唐李匡乂資暇集下、五代後唐馬縞中華古今注中席帽。

【席勝】憑藉戰勝的威勢。漢書四五蒯通傳："楚人起彭城，轉鬬逐北至滎陽，乘利席勝，威震天下。"

【席箕】草名，可供編織用具。唐段成式酉陽雜俎續集十："席箕一名塞蘆，生北胡地。古詩云：'千里席箕草。'"唐李賀歌詩編四塞下曲："秋静是旄頭，沙遠席箕愁。"

【席槀】㊀用禾稈編成的席叫槀，坐卧槀上自等於罪人，是古人表示請罪的一種方式。史記七九范雎傳："應侯席槀請罪。"又一〇六吳王濞傳："膠西王乃袒跣，席槀，飲水，謝太后。"㊁居喪的禮節。如寢苫。晉書禮志中司馬孚等重奏："陛下以萬乘之尊，履布衣之禮，服麤席槀，水飲蔬食。"

【席寵】憑藉恩寵。書畢命："兹殷庶士，席寵惟舊。"文苑英華五七八唐李嶠爲臨川王讓千牛將軍表："叨榮席寵，荷愧承羞。"

【席上珍】即席珍。南朝梁何遜何水部集贈族人秣陵兄弟詩："方成天下士，豈伊席上珍。"宋范仲淹范文正公集一上都行送張伯玉詩："一材不復遺，況此席上珍。"參見"席珍"。

【席不暇暖】淮南子脩務："孔子無黔突，墨子無暖席。"文選漢班孟堅（固）答賓戲："孔席不暖，墨突不黔。"後遂以席不暇暖形容事務極忙，或迫不及待，連坐定的時間都没有。世説新語德行："武王式商容之閭，席不暇煗。"注："許叔重曰，商容，殷之賢人，……車上跽曰式。"暖、煗，同"暖"。

【席地幕天】以地爲席，以天爲幕。形容胸襟曠達。唐韓偓玉山樵人香奩集惆悵詩："何如飲酒連千醉，席地幕天無所知。"

帮 bāng ㄅㄤ

"幫"的異體字、現代漢語簡化字。見"幫"。

帬 qún ㄑㄩㄣ 渠云切，平，文韻，羣。

"裙"的本字。或作"裠"。方言四："帬，陳魏之間謂之帔，自關而東或謂之襬。"又："繞衿謂之帬。"注："俗人呼接下，江東通言下裳。"宋書羊欣傳："欣著新絹帬，晝寢，(王)獻之書帬數幅而去。"

【帬介】鱉背殼周圍的軟邊，似裙邊，故稱。宋黄庭堅山谷外集十二食筍十韻詩："烹鵝雜股掌，炮鱉亂帬介。"

【帬屐少年】只重衣衫裝飾的年青人。北史邢巒傳："蕭深藻是帬屐少年，未洽政務。"

帨 shuì ㄕㄨㄟ 舒芮切，去，祭韻，審。此芮切，去，祭韻，清。

㊀佩巾。古代婦女用帨以擦拭不潔，在家時掛在門右，外出時繫在身左。詩召南野有死麕："無感我帨兮，無使尨也吠。"女子出嫁時母親親爲繫帨，以示告誡，這種儀式叫結帨。參閲宋王得臣麈史中經義。參見"結帨"。㊁用巾拭手。同"捝"。禮内則"盥卒授巾"注："巾以捝手。"釋文："帨，始鋭反，拭手。本又作捝。"

【帨縭】佩巾和纓（五彩絲繩）。古代女子出嫁時的裝飾。詩豳風東山："親結其縭。"儀禮士昏禮："母施衿結帨。"後遂以帨縭連稱，作爲嫁奩的代稱。唐韓愈昌黎集五寄崔二十六立之詩："長女當及事，誰助出帨縭。"

帩 qiào ㄑㄧㄠ 七肖切，去，笑韻，清。

包髮巾。字也作"綃"、"幧"。見"帩頭"。

【帩頭】古代男子裹髮的頭巾。宋書樂志三古詞豔歌羅敷行："少年見羅敷，脱帽著帩頭。"玉臺新詠一日出東南隅行作"幧頭"。

⿰巾每 mú ㄇㄨˊ 集韻 蒙晡切，平，模韻。

同"嫫"。漢書古今人表："⿰巾每母，黄帝妃，生蒼林。"注："即嫫母也。"

師 shī ㄕ 疏夷切，平，脂韻，山。

㊀古代軍隊編制以二千五百人爲師。後泛稱軍隊爲師。詩秦風無衣："王于興師，脩我戈矛，與子同仇。"㊁老師，教師。論語爲政："温故而知新，可以爲師矣。"荀子性惡："夫人雖有性質美而心辯知，必將求賢師而事之，擇良友而友之。"㊂有專門知識技藝的人。孟子梁惠王下："爲巨室，則必使工師求大木。"漢白石神君碑有"石師王明"（隸釋二）。㊃官，長。周禮有樂師、卜師等。書益稷："州十有二師。"釋文引鄭玄："師，長也。"㊄衆人。左傳哀五年："師乎師乎，何黨之乎？"注："師，衆也。"指齊景公諸公子的徒衆。㊅效法，學習。書微子："卿士師師非度。"疏："師師，言相師效而爲非度之事也。"㊆易六十四卦之一，卦形爲䷆，坎下坤上。參見"六十四卦"。㊇通"獅"。見"師子"。㊈姓。春秋晉有師曠。古樂官稱師，因以爲姓氏。參閲通志二八氏族四以官爲氏。

【師干】軍隊的防禦力量。泛指軍隊。詩小雅采芑："其車三千，師干之試。"傳："師，衆；干，扞；試，用也。"

【師工】㊀樂師。國語楚上："宴居有師工之誦。"注："師，樂師也；工，瞽矇也。"㊁技工。漢孟郁修堯廟碑："師工旌密，有班道之巧。"（隸釋一）旌密，即精密。班，指魯班。

【師子】即獅子。獅，古作"師"。漢書九六上西域傳："烏弋地暑熱，莽平，……而有桃拔、師子、犀牛。"

【師心】以己意爲師，不拘守成法。莊子人間世："夫胡可以及化，猶師心者也。"梁書何佟之傳："佟之少好三禮，師心獨學，强力專精，手不輟卷。"

【師王】宋韓侂胄以太師封平原郡王，當時趨炎附勢的人稱他爲師王。見宋曾三異因話録（説郛十九）、宋史三九四陳自强傳。

【師友】㊀師與友。凡可以求教請益的人，統稱師友。公羊傳隱二年："稱諸父兄師友。"後漢書六七李膺傳："膺性簡亢，無所交接，唯以同郡荀淑、陳寔爲師友。"㊁官名。晉初有師友、文學，爲諸王官屬，在王左右陪侍輔導。南北朝及唐代也有此官職。見宋書職官志下、通典三一職官十三歷代王侯封爵。

【師尹】㊀衆官之長。大夫官。書洪範："卿士惟月，師尹惟日。"國語魯下："師尹維旅牧相，宣序民事。"㊁指周太師尹氏。

詩小雅節南山:"赫赫師尹,民具爾瞻。"傳:"師,太師,周之三公也;尹,尹氏爲太師。"

【師比】衣帶上的鉤。戰國策趙二:"遂賜周紹胡服,衣冠具帶,黃金師比,以傅王子也。"史記匈奴傳作"胥紕"、漢書九四上匈奴傳作"犀毗"、楚辭大招王逸注作"鮮卑"。參閱王國維觀堂集林二二胡服考。參見"帶鉤"、"犀毗"。

【師父】對老師的尊稱。南唐尉遲偓中朝故事:"咸通中有幻術者,不知其姓名,於坊曲爲戲。……其人乃謝諸人看,云:'某乍到京國,未獲參拜所有高手,在此致此小術不行,且望縱之,某當拜爲師父。'"

【師公】廚師的别稱。宋吳自牧夢粱錄十六分茶酒店:"凡分茶酒肆賣下酒食品廚子,謂之量酒博士師公。"

【師丹】西漢人。字仲公。從匡衡學詩。舉孝廉爲郎,官至大司空。哀帝時,外戚專政,丹因逆帝意,免爲庶人。平帝時復封爲義陽侯。漢書有傳。

【師氏】㊀官名。1.書顧命:"師氏、虎臣。"周禮地官之屬。掌管教育貴族子弟。2.掌守王門的武官。詩大雅雲漢:"趣馬師氏,膳夫左右。"㊁女師。詩周南葛覃:"言告師氏,言告言歸。"

【師兄】㊀稱與己同師而就學在先的人。宋釋惠崇有師弟贈崇詩云:"不是師偷古人句,古人詩句似師兄。"見詩話總龜六評論引古今詩話。五燈會元一西天祖師:"(阿難)一日問迦葉曰:'師兄,世尊傳金襴袈裟外,別傳箇什麽?'"㊁對僧人的尊稱。水滸七:"師兄何處人氏?法諱喚做甚麽?"㊂稱老師的兒子比自己年歲大的。參見"師弟㊀"。

【師式】師法。三國志蜀秦宓傳:"至於著作爲世師式,不負於餘州也。"

【師匠】㊀宗師大匠,可以爲人所取法者。晉范甯春秋穀梁傳集解序:"釋穀梁傳者雖近十家,皆膚淺末學,不經師匠。"㊁工匠,技工。北魏魏氏造像碑側:"遂取名石,延及師匠,造像一區。"(金石續編一)

【師弟】㊀稱老師的兒子比自己年歲小的。文苑英華二二〇有唐崔峒潤州送師弟自江夏往台州詩。㊁稱與己同師而就學在後的人。水滸五:"我有一個師弟,見在東京大相國寺住持。"

【師延】殷紂時樂官。韓非子十過:"師曠曰:'此師延之所作,與紂爲靡靡之樂也。及武王伐紂,師延東走,至於濮水而自投。'"楚辭漢劉向九嘆離世(一作靈懷):"惜師延之浮渚兮,赴汨羅之長流。"

【師法】㊀老師傳授的學問和技能。荀子脩身:"不是師法而好自用,譬之是猶以盲辨色,以聾辨聲也。"漢王充論衡效力:"諸生能傳百萬言,不能覽古今,守信師法,雖辭說多,終不爲博。"㊁效法。書益稷"師汝昌言"漢孔安國傳:"言禹功甚當,可師法。"

【師宗】縣名,屬雲南省。本漢牂牁郡地,元至元二十七年改爲州。清乾隆三十五年改爲縣。見嘉慶一統志四九一廣西州。

【師宜】複姓。見"師宜官"。

【師表】表率,學習的榜樣。史記一三〇太史公自序:"國有賢相良將,民之師表也。"後漢書五三黃憲傳:"潁川荀淑……謂憲曰:'子,吾之師表也。'"世說新語德行"周子居常云"注引典略,師表作"師範"。

【師長】㊀衆官之長。師,衆。書盤庚下:"邦伯師長,百執事之人,尚皆隱哉!"三國志魏賈詡傳:"又以爲尚書僕射。詡曰:'尚書僕射,官之師長,天下所望,詡名不素重,非所以服人也。'"㊁大夫。國語楚上:"自卿以下至于師長、士,苟在朝者,無謂我老耄而舍我。"注:"師長,大夫;士,衆士。"㊂老師與長者。周禮地官師氏:"三曰順行,以事師長。"韓非子五蠹:"今有不才之子,……師長教之弗爲變。"後來通稱教師爲師長。

【師事】以師禮相待。事,侍奉。國語晉四:"晉公子(晉文公重耳)……父事狐偃,師事趙衰而長事賈佗。"史記燕召公世家:"於是昭王爲(郭)隗改築宮而師事之。"

【師門】㊀老師之門。漢王充論衡量知:"不入師門,無經傳之教。"後漢書三七桓榮傳:"昔之先師謝弟子者有矣,上則通達經旨,分明章句,下則去家慕鄉,求謝師門。"上、下,謂學業成就高下。㊁古代傳說的神話人物,能使火,被孔甲所殺。文選晉左太沖(思)魏都賦:"師門使火以驗術,故將去而林燔。"

【師承】謂一脈相承的師法。後漢書七九上儒林傳序:"若師資所承,宜標名爲證者,乃著之云。"宋宋祁宋景文公筆記中:"王弼注易,直發胸臆,不如鄭玄等師承有來也。"

【師姑】尼姑。景德傳燈錄十智通禪師:"師姑天然是女人作。"宋孟元老東京夢華錄三相國寺萬姓交易:"占定兩廊,皆諸寺師姑賣繡作、領抹、……絛線之類。"

【師保】㊀古時担任輔導和協助帝王的官,有師有保,統稱師保。書太甲中:"既往背師保之訓,弗克于厥初。"㊁教養。書君陳:"昔周公師保萬民,民懷其德。"

【師帥】周代軍隊一師的統帥。周禮夏官司馬:"二千五百人爲師,師帥皆中大夫。"

【師姥】巫婆。隋書房陵王勇傳:"嘗令師姥卜吉凶。"

【師旅】古代軍制以二千五百人爲師,五百人爲旅,因以師旅作爲軍隊的通稱。詩大雅常武:"左右陳行,戒我師旅。"後也用作戰爭的代稱。漢書昭帝紀贊:"師旅之後,海内虛耗,户口減半。"

【師師】㊀互相師法。書皋陶謨:"百僚師師,百工惟時。"疏:"百官各師其師,轉相教誨。"㊁端整貌。漢賈誼新書容經:"朝廷之容,師師然翼翼然整以敬。"漢揚雄法言孝至:"麟之儀儀,鳳之師師,其至矣乎!"

【師徒】㊀兵士。左傳成二年:"畏君之震,師徒撓敗。"國語吳:"吳王夫差既許越成,乃大戒師徒,將以伐齊。"㊁猶師生,師父與徒弟。韓非子說難:"言聽事行,則如師徒之勢。"又詭使:"私學成羣,謂之師徒。"

【師娘】巫婆。明陶宗儀輟耕錄十四:"女巫曰師娘。都下及江南謂男覡亦曰師娘。"參見"太保㊁"。

【師婆】女巫。宋朱弁曲洧舊聞三:"洛下稻米亦多,士人以稻之無芒者爲和尚稻,亦猶浙中人呼師婆梗,其實一也。"元曲選張國賓羅李郎三:"也不索喚師婆擂鼓邀神,請山人占卦揲蓍。"參見"三姑六婆"。

【師望】太公呂望,爲周文王師。楚辭屈原天問:"師望在肆昌何識?"昌,姬昌,周文王。漢桓寬鹽鐵論復古:"有司思師望之計,遂先帝之業。"參見"太公望"。

【師祭】古代出兵時的祭祀禱告。禮王制"禡於所征之地"漢鄭玄注:"禡,師祭也。爲兵禱,其禮亦亡。"

【師道】㊀猶師法,師承。漢書八一匡衡傳:"(蕭)望之奏衡經學精習,說有師道,可觀覽。"㊁求師從師之道。唐韓愈昌黎集十一師說:"嗚呼,師道之不復可知矣!"

【師傅】㊀老師的通稱。穀梁傳昭十九年:"羈貫成童,不就師傅,父之罪也。"㊁太師、太傅的合稱。史記一〇六吳王濞傳:"吳太子師傅皆楚人。"

【師資】㊀可以效法或引以爲戒的人和事。穀梁傳僖三十二年"晉侯重耳卒"注："此蓋脩春秋之本旨，師資辯說日用之常義。"後漢書三一廉范傳："以爲漢等皆已伏誅，不勝師資之情，罪當萬坐。"廉范的老師薛漢因與楚王英謀反而被殺，范違令收斂其尸，故云。㊁老師。後漢書七九上歐陽歙傳："上令陛下獲殺賢之譏，下使學者喪師資之益。"宋范仲淹范文正公集十八代人奏乞王洙充南京講書狀："臣聞三代盛王，致治天下，必先崇學校，立師資，陳正道。"

【師爺】清代地方官的幕友。刑名、錢穀二職都有這種稱呼。見清稗類鈔二八紹興師爺。舊也稱爲地主或商人管賬的人爲師爺。

【師模】師表，模範。三國志魏邴原傳"太祖征吳，原從行"注引原別傳："鄭君學覽古今，博聞彊識，鈎深致遠，誠學者之師模也。"引申爲效法學習。唐釋彥悰後畫錄隋孫尚孜："師模顧陸，骨氣有餘。"顧，晉顧愷之；陸，南朝宋陸探微。

【師範】學習的模範。後漢書八十下趙壹傳報皇甫規書："君學成師範，縉紳歸慕。仰高希驥，歷年滋多。"引申爲效法。南朝梁劉勰文心雕龍才略："相如好書，師範屈宋。"屈，屈原；宋，宋玉。

【師錫】書堯典："師錫帝曰：有鰥在下，曰虞舜。"傳："師，衆；錫，與也。"意謂衆人對堯帝說。史記五帝紀以今文釋作"衆皆言於堯曰"。後用爲輿論的意思。唐陸贄陸宣公集十二奉天論前所答奏未施行狀："雖復例對使臣，別延宰輔，既殊師錫，且異公言。"

【師襄】春秋衞樂官。也稱師襄子。傳說孔子曾從他學琴。事迹見史記孔子世家、韓詩外傳五。論語微子另有魯樂官擊磬襄，孔子家語辨樂混二人爲一人，皆言爲魯樂官。史記孔子世家索隱、淮南子主術高誘注俱承其誤。參閱清梁玉繩漢書人表考四。

【師類】傳說中獸名，雌雄同體。山海經南山經："亶爰之山，……有獸焉，其狀如貍而有髦，其名曰類。"莊子天運"類自爲雌雄，故風化"釋文引山海經作"師類"。參閱宋羅願爾雅翼十九釋獸二類。

【師曠】春秋晉樂師。字子野。生而目盲，善辨聲樂。孟子離婁上："師曠之聰，不以六律，不能正五音。"其事迹散見於逸周書太子晉、左傳襄十四年、國語晉八。

【師己歌】見"去魯歌"。

【師子吼】見"獅子吼"。

【師子花】馬名。唐杜甫杜工部詩史補遺五章諷錄事宅觀曹將軍畫馬圖："昔日太宗拳毛騧，近時郭家師子花。"按唐代宗曾賜郭子儀御馬九花虬，也有師子驄，都屬此類。見唐蘇鶚杜陽雜編上。

【師子座】佛所坐的地方。大智度論七："是號名師子，非實師子也。佛爲人中師子，佛所坐處，若床若地，皆名師子座。"後來佛教轉法輪人的坐位也稱師子座，通名高座。北齊書杜弼傳："魏帝集名僧於顯陽殿講說佛理，勑弼昇師子座，當衆敷演。"參閱釋氏要覽中師子座。

【師子國】古國名，即錫蘭，即今斯里蘭卡。自東晉時即與中國通使。其名最初見於宋書師子國。師，亦作"獅"。參閱新唐書西域傳下師子、翻譯名義集三諸國僧伽羅。

【師子舞】見"獅舞"。

【師酉敦】周銅器名。蓋、器各有銘文一百零八字。師酉作。記周王到吳太廟册命師酉事。清阮元謂"吳"爲古"虞"字。"吳太廟"即"虞太廟"，當是太王廟。見積古齋鐘鼎彝器款識六。

【師宜官】漢書法家。南陽人。靈帝好書法，光和元年置鴻都門學生，徵召天下善書法者數百人，八分體以師宜官爲最。見後漢書孝靈帝紀、唐張懷瓘書斷中。

【師尚父】齊太公呂望。詩大雅大明："維師尚父，時維鷹揚。"疏引漢劉向別錄："師之，尚之，父之，故曰師尚父。"參見"太公望"。

【師虎敦】周銅器名，師虎作。銘文一百二十四字。記周王到太室册命師虎事。清吳大澂認爲似宣王時器。師虎，疑即召公虎。見愙齋集古錄十一。

【師寰敦】周銅器名，師寰作。器銘文一百一十七字，蓋銘文一百一十七字。記師寰奉命統率諸侯軍隊伐淮紀功事。見清吳大澂愙齋集古錄九。

【師心自用】師心，本指以己意爲師，後稱固執己見、自以爲是爲師心自是，或師心自用。北齊顏之推顏氏家訓勉學："見有閉門讀書，師心自是，稠人廣座，謬誤差失者多矣。"唐陸贄陸宣公集十三奉天請數對羣臣兼許令論事狀："又況不及中才，師心自用，肆于人上，以遂非拒諫，孰有不危者乎？"

【師友談記】宋李廌撰，一卷。雜記宋蘇軾、范祖禹、黄庭堅、秦觀、晁說之、張耒的言論共五十七則。

【師出有名】禮檀弓下："師必有名。"謂出兵必須有正當理由。明朱鼎玉鏡臺記傳奇聞雞起舞："庶幾義聲昭彰，理直氣壯，師出有名，大功可就矣。"後也借以表示作事有理。

【師友詩傳錄】清郎廷槐編，一卷；又清劉大勤編續錄一卷。二人學詩於新城王士禛，各述師說以成書。郎又請益於張篤慶張實居，故每一問三答。王士禛爲清初一大家，於詩主神韻說，其論具見本書。

八畫

帶 dài ㄉㄞˋ 當蓋切，去，泰韻，端。

㊀束衣的帶子。古人用兩種帶子。一種是皮製的革帶，在裳下衣内，用以懸佩；一種是絲製的束在外衣的大帶，圍於腰間，結在前面，兩頭垂下，稱作紳。易訟："或錫之鞶帶。"疏："鞶帶，謂大帶也。"後凡狹長的織物及可用繫縛之物，統稱帶。器物的腰飾也稱帶。周禮考工記鳧氏："鍾帶謂之篆。"㊁似帶的長條。唐元稹長慶集十三度門寺詩："門臨溪一帶，橋映竹千重。"㊂佩帶。禮月令："帶以弓韣，授以弓矢。"史記項羽紀："(樊)噲即帶劍擁盾入軍門。"㊃圍繞。戰國策魏一："殷紂之國，左孟門而右漳釜，前帶河，後被山。"㊄連着，附着。文選南齊孔德璋(稚珪)北山移文："風雲悽其帶憤，石泉咽而下愴。"唐李白李太白詩五清平調詞之三："名花傾國兩相歡，長得君王帶笑看。"也指附近相連的地區。宋史三五九李綱傳："如鼎澧岳鄂若荆南一帶，皆當屯宿重兵，倚爲形勢。"㊅引導。見"帶領"。㊆領，兼帶。梁書曹景宗傳："齊鄱陽王鏘爲雍州，復以爲征虜中兵參軍，帶馮翊太守。"㊇婦科病名。詳"帶下醫"。㊈小蛇。莊子齊物論："蝍蛆甘帶，鴟鴉耆鼠。"

【帶方】㊀地名。1. 漢元封三年置，屬樂浪郡。以臨帶水得名。見漢書地理志下。2. 北魏正光末年置，屬樂良郡。見魏書地形志上。治所在今遼寧錦縣附近。隋開皇初年廢。3. 東魏元象中置，屬營丘郡。見同上。治所在今河北徐水縣西。北齊廢。㊁郡名。東漢末公孫康分樂浪郡南部置。治所在帶方，晉沿設。參閱晉書地理志上。

【帶甲】披甲的將士。國語吳："爲帶甲三萬，以勢攻，雞鳴乃定。"清黄丕烈札記："當依別本作'衿鎧'。"戰國策齊一："齊地方二千里，帶甲數十萬。"唐杜甫杜工部草堂詩箋十六送遠:"帶甲滿天地，胡爲君遠行?"

【帶脅】附着。因帶子是繫在脅旁的，故有附着之義。漢書六四下嚴安傳:"今外郡之地或幾千里，列城數十，形束壤制，帶脅諸侯，非宗室之利也。"

【帶胯】帶鉤。唐白居易長慶集五六和春深詩之四:"通犀排帶胯，瑞鶻勘袍花。"

【帶脈】中醫學名詞。"奇經八脈"之一。帶，是回繞一身如帶之意，有總束諸脈的作用。其路綫自季脇部起，下行至帶脈、五樞、維道穴，繞身一周。難經奇經八脈二十八難:"帶脈者，起於季脇，迴身一周。"

【帶郭】外城附近。史記一二九貨殖傳:"及名國萬家之城，帶郭千畝畝鍾之田。"

【帶累】連帶受累。才調集一薛能贈歌妓詩:"朝天御史非韓壽，莫竊香來帶累人。"紅樓夢十九:"你老人家自已承認，别帶累我們受氣。"

【帶鳥】卽"練鵲"。詳該條。

【帶魚】㊀佩帶魚袋服飾。唐制，五品官以上准佩帶魚袋，作爲出入朝廷的符信。舊唐書則天皇后紀垂拱二年春正月:"初令都督、刺史並准京官帶魚。"㊁魚名。身長而側扁，全身光滑無鱗，銀白色，形如帶，故名。見明屠本畯閩中海錯疏中帶魚。

【帶圍】卽腰帶。漢劉向列女傳母儀魏芒慈母:"前妻中子，犯魏王令，當死。慈母憂戚悲哀，帶圍減尺。"

【帶鉤】束腰革帶上的金屬鉤。春秋戰國時由北方游牧民族傳入中原。古書上帶鉤有鉤鰈、師比、胥紕、犀毗、鮮卑等多種名稱。其制一端曲首，皆有圓鈕。有作動物形的，也有鑄花紋的。列子力命:"管夷吾與小白戰於莒道，射中小白帶鉤。"

【帶經】舊史載漢兒寬、三國魏常林、晉皇甫謐皆家貧好學，田間耕作，亦帶經書;休息時誦讀不已。事見漢書、三國志魏志、晉書各本傳。後來因用"帶經"作一心勤學的典故。

【帶厲】史記高祖功臣侯者年表:"封爵之誓曰:'使河如帶，泰山若厲。國以永寧，爰及苗裔。'"意説卽使黄河狹窄如衣帶，泰山細小如礪石，國猶永存。因以"帶厲"借喻功臣爵禄，世代永傳。亦作"帶礪"。晉書汝南王亮傳序:"漢祖勃興，爰革斯弊，於是分王子弟，列建功臣，錫之山川，誓以帶礪。"

【帶劍】㊀佩劍。韓非子八姦:"聚帶劍之客，養必死之士。"帶劍之客，指武士。㊁投壺的一格。指矢穿過耳壺而不落地。北齊顔之推顔氏家訓雜藝:"投壺之禮，近世愈精。古者實以小豆，爲其矢之躍也。今則唯欲其驍，益多益喜。乃有倚竿、帶劍、狼壺、豹尾、龍首之名。"見古今圖書集成博物彙編藝術典七九七投壺部引投壺新格。

【帶徵】明清徵取錢糧，另立名目加收或將累年積欠一併徵收叫帶徵。明王文禄策樞三均役:"請將徭役銀均入秋糧數中帶徵，若户該銀十兩，每年帶徵一兩;該銀一兩，每年帶徵一錢;收銀貯庫，分解各司。"

【帶職】原職外領他職。北周庾信庾子山集十三周太子少保步陸碑:"出入匡贊，常帶數職。"宋史三二〇王素傳:"轉工部尚書仍故職致仕，故事，雖三公致仕，亦不帶職，朝廷方新法制，素首以端明殿學士就第。"宋代帶職致仕以素始。參閲宋史職官志十雜制致仕。

【帶下醫】卽婦科。因婦人多白帶病，故稱。史記一〇五扁鵲傳:"扁鵲名聞天下。過邯鄲，聞貴婦人，卽爲帶下醫。"

【帶經堂】室名。1.清新城王士禎居室名。士禎别號漁洋山人。著有帶經堂集、帶經堂詩話。2.清閩縣陳徵芝藏書室名。徵芝字蘭鄰。嘉慶七年進士。藏書甚多，有帶經堂書目。

【帶牛佩犢】漢宣帝時，渤海郡一帶發生饑荒，龔遂被任爲渤海太守，勸民務農。見民有帶持刀劍者，使賣劍買牛，賣刀買犢，曰:"何爲帶牛佩犢!"見漢書八九龔遂傳。參見"賣劍買牛"。

常

cháng 市羊切，平，陽韻，禪。

㊀恒久，經常。易繫辭上:"動静有常，剛柔斷矣。"㊁法典，倫常。管子幼官:"明法審數，立常備能，則治。"㊂普通，平庸。史記一一七司馬相如傳:"蓋世必有非常之人，然後有非常之事。"又六八商君傳:"常人安於故俗，學者溺於所聞。"㊃古代長度單位名。國語周下:"其察色也，不過墨丈尋常之閒。"注:"五尺爲墨，倍墨爲丈;八尺爲尋，倍尋爲常。"㊄古代繪日月圖形的旗幟。周禮春官司常:"日月爲常，交龍爲旂。"㊅樹木名。常棣的簡稱。詩小雅采薇:"彼爾維何，維常之華。"傳:"常，常棣也。"參見"常棣㊀"。㊆副詞。1.常常。史記九七陸賈傳:"名爲有口辯士，居左右，常使諸侯。"2.曾經。通"嘗"。史記高祖紀:"高祖爲亭長時，常告歸之田。"漢書高祖紀作"嘗"。㊇姓。漢有常惠。

【常川】連續不斷。取川流不息之意。明湯顯祖邯鄲記傳奇勒功:"少則少千里之遥，須則要號頭明，烽暸遠，常川好看。"

【常山】㊀山名。1.卽恒山。在山西渾源縣東。漢避文帝劉恒諱，宋避真宗趙恒諱，故改名常山。詳"恒山㊀"。2.在浙江常山縣東，一作長山。以山頂有湖，大數畝，又稱湖山。見嘉慶一統志三〇一衢州府。㊁郡名。詳"恒山㊁"。㊂縣名。屬浙江省。漢置定陽縣，唐咸亨五年改常山縣，因縣南有常山故名。宋咸淳三年改名信安，元復稱常山，明清皆屬衢州府。參閲嘉慶一統志三〇一衢州府。

【常安】㊀長久平安。荀子榮辱:"仁義德行，常安之術也。"漢賈誼新書胎教:"故無常安之國，無宜治之民。"㊁地名，卽長安。王莽改。見漢書九九中王莽傳。

【常羊】㊀逍遥。漢書禮樂志郊祀歌景星:"微感心攸通修名，周流常羊思所并。"注:"常羊，猶逍遥也。"與"倘佯"、"尚羊"、"相羊"、"徜徉"、"儴徉"、"儴佯"、"襄羊"義同。㊁蟲名。詩召南草蟲"喓喓草蟲"漢毛亨傳:"草蟲，常羊也。"㊂古代傳説中的山名。山海經海外西經:"奇肱之國，……形天與帝至此爭神，帝斷其首，葬之常羊之山。"

【常州】地名。屬江蘇省。隋開皇九年廢晉陵郡，於常熟縣置常州。後割常熟縣於蘇州，移常州於晉陵。元至元十三年改爲路，明清改爲府，今爲常州市。參閲元和郡縣志二五常州、嘉慶一統志八六常州府一。

【常式】㊀固定的法制。管子君臣下:"國有常式，故法不隱，則下無怨心。"㊁一定的格式和制度。史記秦始皇紀二十九年之罘刻石:"羣臣誦功，請刻于石，表垂于常式。"

【常刑】制定的刑罰。書胤征:"其或不恭，邦有常刑。"國語越上:"進不用命，退則無恥，如此則有常刑。"

【常在】清代宫女的名號。清梁章鉅稱謂録十列宫:"常在、答應，案會典有此二稱，位在貴人之下。蓋未有爵秩，僅供使令，猶前漢之家人子，後漢之宫人、采女是也。"

【常任】㊀周官名。指分掌國政的六卿。書立政:"王左右常伯、常任、準人、綴衣、虎賁。”疏:“常所委任，謂六卿也。”參見“常伯”。㊁一定數量的負擔。史記四六田敬仲完世家:“大車不較，不能載其常任;琴瑟不較，不能成其五音。”

【常祀】按慣例舉行的祭祀。左傳僖三一年:“禮不卜常祀。”新唐書禮樂志一:“凡歲之常祀二十有二。”

【常均】㊀平常。宋書始安王休仁傳:“異禮殊義，望越常均。”㊁平常的曲調。文選三國魏繁休伯(欽)與魏文帝牋:“聲悲舊笳，曲美常均。”均，同“韻”。一說“均”指律調五聲。

【常車】儀仗車。以車上插畫有日月圖像的太常旗，故名。逸周書克殷解:“又陳常車。”注:“常車，威儀車也。”史記周紀:“武王弟叔振鐸奉陳常車。”

【常見】佛教語。對斷見而言。常見認爲死並不消滅，身心在過去、現在及未來都常住，永無間斷。大智度論七:“見有二種:一者常;二者斷。常見者，見五衆常心忍樂;斷見者，見五衆滅心忍樂。一切衆生多墮此二見中。”

【常住】㊀恒久不變。法華經一方便品:“是法住法位，世間相常住。”唐朱懷隱棲霞寺講堂佛鍾經碑:“欲明常住，覺體生光。”(八瓊室金石補正三八)㊁僧、道的寺舍、什物、樹木、田園、僕畜、糧食等，統稱爲常住物，簡稱常住。文苑英華八六五唐李吉甫杭州徑山寺大覺禪師碑銘序:“遠近檀施，或一日累千金，悉命歸於常住，爲十方之奉。”雲笈七籤一二二道教靈驗記衢州東華觀監齋隱常住驗:“道士用常住物如子孫用父母物耳，何罪之有?”又道觀中的主事者也稱常住。雲笈七籤一二二道教靈驗記杭州餘杭上清觀道流隱欺常住驗:“數歲有白尊師自金華山至，駐留旬日，……常住亦爲辦齋食供養。”參閱釋氏要覽下住持常住。

【常伯】周官名，以從諸伯中選拔而名。書立政:“王左右常伯、常任。”秦漢稱侍中。漢書八五谷永傳:“戴金貂之飾執常伯之職者，皆使學先王之道，知君臣之義。”文選漢蔡伯喈(邕)陳太丘碑文序:“云欲特表，便可入踐常伯，超補三事。”參見“侍中”。

【常法】經常施行的法律。左傳文六年:“使行之晉國，以爲常法。”韓非子飾邪:“國有常法，雖危不亡。”

【常典】㊀常例，正常的法度。漢蔡邕蔡中郎集八宗廟迭毀議:“正厥世之所闕，爲無窮之常典。”三國志魏楚王彪傳:“使兼廷尉大鴻臚持節賜彪璽書切責之使自圖焉”注引孔衍漢魏春秋載璽書:“故周公流涕而決二叔之罪，孝武傷懷而斷昭平之獄，古今常典也。”㊁經典。文選晉孫興公(綽)遊天台山賦序:“所以不列於五嶽，闕載於常典者，豈不以所立冥奧，其路幽迥。”注:“常典，五經之流也。”

【常侍】官名。秦置散騎，又置中常侍散騎，隨侍皇帝，漢沿置。東漢改用宦官，從入內宮，侍從左右，掌管文書、詔令，因親近帝后，其權力甚大。魏以散騎與中常侍合稱散騎常侍，始用文人擔任此職。後歷代都有散騎常侍，簡稱常侍。如唐高適稱高常侍。元以後廢。參見“散騎常侍”。

【常服】平日穿的軍裝。詩小雅六月:“四牡騤騤，載是常服。”箋:“戎車之常服，韋弁服也。”後通稱日常所穿的便衣爲常服。與“禮服”相對。宋蘇軾分類東坡詩十一贈寫御容妙善師:“幅巾常服儼不動，孤臣入門涕自滂。”

【常度】㊀一定的法度，常規。楚辭屈原九章懷沙:“刓方以爲圜兮，常度未替。”漢書六五東方朔傳答客難:“天有常度，地有常形。”㊁平時的態度。後漢書十八吳漢傳:“諸將見戰陳不利，或多惶懼，失其常度。”

【常軌】常規。魏書韓麒麟傳:“入粟者與斬敵同爵，力田者與孝悌均賞，實百王之常軌，爲治之所先。”

【常則】固定的法則。文選漢賈誼鵩鳥賦:“合散消息兮，安有常則;千變萬化兮，未始有極。”

【常流】㊀同“長流”。指流水。史記八四屈原傳:“寧赴常流而葬乎江魚腹中耳。”索隱:“常流猶長流也。”㊁河流的正道。史記河渠書漢武帝瓠子歌:“延道弛兮離常流，蛟龍騁兮方遠遊。”㊂平常的人物。宋史二五八曹彬傳:“漢乾祐中爲成德軍牙將，節帥武行德見其端愨，指謂左右曰:‘此遠大器，非常流也。’”

【常羞】平時的菜肴。羞，通“饈”。唐杜甫杜工部草堂詩箋二九鄭典設自施州歸:“勑廚倍常羞，盃盤頗狼藉。”

【常格】固定的格式。宋歐陽修文忠集八二內制集序:“其屑屑應用，拘牽常格，卑弱不振，宜可羞也。”

【常俸】平素的俸祿。晉書簡文帝紀咸安二年三月乙卯詔:“往事故之後，百度未充，羣僚常俸，並皆寡約。”

【常娥】同“嫦娥”。文選南朝宋謝希逸(莊)月賦注、晉郭景純(璞)遊仙詩注引淮南子都作“常娥”。唐李商隱李義山詩集六常娥:“常娥應悔偷靈藥，碧海青天夜夜心。”詳“嫦娥”。

【常產】卽恒產。指固定的產業。漢焦延壽易林四大有之震:“安居重遷，不去其宣，未來相聞，樂得常產。”

【常常】㊀連續不斷。孟子萬章上:“欲常常而見之，故源源而來。”後謂經常、不止一次爲常常。㊁平常。莊子山木:“純純常常，乃比於狂。”

【常參】唐制，皇帝正衙日在前殿會見羣臣稱常參;在便殿則稱入閤。後來泛稱定時入朝爲常參。宋王禹偁小畜集四對雪詩:“五日每常參，三館無公事。”後屬員依例定時日謁見上官也稱常參。參閱唐會要二四朔望朝參。

【常惠】公元?—46年。漢太原人。武帝時隨蘇武出使匈奴，被拘留十餘年始放還。後代蘇武爲典屬國，通曉西域情事，官至右將軍。漢書有傳。

【常棣】㊀木名。卽郁李。詩小雅常棣:“常棣之華，鄂不韡韡。”參見“唐棣”。㊁詩小雅篇名。相傳爲周公所作宴飲兄弟的樂歌。故後以常棣比喻兄弟。新唐書一三二吳兢傳:“伏願陛下全常棣之恩，慰罔極之心。”唐以前人引毛詩作“棠棣”。參閱宋宋祁宋景文公筆記中、清沈濤銅熨斗齋隨筆一常棣當作棠棣。

【常準】一定的標準，定法。後漢書三四梁統傳:“臣竊見元哀二帝輕殊死之刑，……自是以後，著爲常準，故人輕犯法，吏易殺人。”

【常節】一定的季節。藝文類聚六五三國魏王粲務本論:“種有常時，耘有常節，收有常期。”

【常寧】㊀長久安寧。書盤庚上:“先王有服，恪謹天命，茲猶不常寧。”㊁縣名。屬湖南省。漢耒陽縣地。三國吳分置新寧縣。唐天寶二年改常寧。見元和郡縣志二九衡州。

【常閭】舊居，故里。文選漢張平子(衡)思玄賦:“繽連翩兮紛暗曖，儵眩眃兮反常閭。”

【常態】㊀一定的姿態。後漢書八十下邊讓傳章華賦:“舞無常態，鼓無定節。尋聲響應，修短靡跌。”㊁通常的狀態。宋陸游渭南文集九與錢運使啟:“跌宕文辭，本是書生之常態，蹉跎名宦，獨爲天下之畸人。”

【常談】平常的言論。世說新語規箴上:“(鄧)颺曰:‘此老生之常談。’”宋歐陽修文忠集一〇九論修河第三狀:“言順水治堤者，常談也。”

【常熟】縣名。屬江蘇省。漢吳縣地，晉分吳縣虞鄉置海虞縣。南朝梁大同六年改今名。隋平陳，徙於南沙，至唐武德間移治於海虞城，卽今縣地。見太平寰宇記九一蘇州。

【常賣】串街叫賣的小販。宋趙彥衛雲麓漫鈔七："朱勔之父朱沖者，吳中常賣人。方言以微細物博易於鄉市中，自唱曰常賣。"

【常儀】人名。史記五帝紀索隱引帝王紀："帝佶有四妃，卜其子皆有天下。……次妃娵訾氏女，曰常儀，生帝摯。"又曆書索隱："按：系本及律曆志黃帝使羲和占日，常儀占月，臾區占星氣。"漢宋衷認爲都是黃帝史官。見世本注。神話中有嫦娥奔月之說，明楊慎疑卽由帝女及占月附會而成。儀、娥古音同。見丹鉛總錄十三月中嫦娥。

【常德】府名。南宋乾道元年升鼎州置常德府。元改爲路，明、清復爲府，治所在武陵縣。公元1913年廢府，改爲常德縣。今爲湖南常德市。參閱嘉慶一統志三六四常德府一。

【常憲】常法。書胤征："先王克謹天戒，臣人克有常憲。"文選晉陸士衡（機）謝平原内史表："拘守常憲，當便道之官。"

【常璩】晉蜀郡江原人。字道將。曾仕成（漢）李勢，任散騎常侍等職。永和二年桓溫率師平蜀，璩勸李勢歸降，溫表爲參軍。著有漢義書十卷、華陽國志十二卷。現僅存華陽國志。參見"華陽國志"。

【常檢】尋常的約束。世說新語賞譽下"諺曰揚州獨步王文度"注引續晉陽秋："（郗）超少有才氣，越世負俗，不循常檢。"

【常體】㊀普通的狀態。荀子榮辱："榮辱之大分，安危利害之常體。"㊁文章的定體。南齊書張融傳門律自序："夫文豈有常體，但以有體爲常，政當使常有其體。"

【常山舌】唐顏杲卿爲常山太守，安祿山叛亂，城陷被執，罵不絕口。祿山割斷其舌，問："復能罵否？"杲卿不屈而死。事見新唐書本傳。宋文天祥文山集十四正氣歌："爲張睢陽齒，爲顏常山舌。"以顏杲卿事作爲寧死不屈的典故。張睢陽，張巡。

【常山陣】古陣法名。首尾呼應如常山之蛇，故名。北周庾信庾子山集一哀江南賦："昆陽之戰象走林，常山之陣虵奔穴。"虵，同"蛇"。參見"常山蛇"。

【常山蛇】喻一種陣法。孫子九地："故善用兵，譬如率然。率然者，常山之蛇也。擊其首則尾至，擊其尾則首至，擊其中則首尾俱至。"晉書桓溫傳："初，諸葛亮造八陣圖於魚復平沙之上，壘石爲八行，行相去二丈。溫見之，謂'此常山蛇勢也'。"

【常平倉】漢宣帝時，耿壽昌建議於邊郡築糧倉，穀賤時用較高價錢糴入，穀貴時減價糶出，稱爲常平倉。漢以後歷代在"調節糧價，備荒賑恤"的名義下，常設這種糧倉。見漢書食貨志上、文獻通考二一常平義倉租稅、續通考二七常平義倉和糴、清周壽昌漢書注校補十七。

【常平鹽】唐鹽鐵使劉晏所定的鹽法。在離產鹽地遠的地區，官方置倉貯鹽，如商運不來，供不應求，卽以較低的價錢出售，使鹽價不致暴漲，官方也獲厚利，稱爲常平鹽。見新唐書食貨志四。

【常林歡】樂府歌名。舊唐書音樂志二："常林歡，疑是宋梁間曲。宋、梁世，荆、雍爲南方重鎮，皆皇子爲之牧，江左辭詠，莫不稱之，以爲樂土，……荆州有長林縣。江南謂情人爲歡。常、長聲相近，蓋樂人誤謂'長'爲'常'。"

【常參官】唐制，於常朝日參見皇帝的高級文官稱常參官。唐張籍張司業集四酬祕書王丞見寄詩："今體詩中偏出格，常參官裏每同班。"新唐書百官志三："文官五品以上及兩省供奉官、監察御史、員外郎、太常博士，日參，號常參官。"

【常遇春】公元1330—1369年。明懷遠人，字伯仁。有勇力。從朱元璋破采石，取太平，任先鋒。自稱能帶十萬兵橫行天下，軍中稱爲常十萬。累官左副將軍，封鄂國公。死後追封開平王。明史有傳。

【常勝家】每戰必勝者。後漢書十八臧宮傳："常勝之家，難與慮敵。"元戴良九靈山房集九次韻春雪禁體詩："徐君可是常勝家，白戰先陳漢庭祖。"

【常滿尊】酒器名。周禮天官酒正"凡祭祀以法，共五齊三酒"漢鄭玄注："三貳再貳一貳者，謂就三酒之尊而益之也。……益之者，以飲諸臣，若今常滿尊也。"尊，一作"樽"。南朝宋何偃有常滿樽銘，見藝文類聚七三樽。唐刺史李文暕曾斂民間黃金造常滿尊。見新唐書李元素傳。

【常滿燈】燈名。西京雜記一："長安巧工丁緩者，爲常滿燈，七龍五鳳，雜以芙蓉蓮藕之奇。"

【常滿鹽】製鹽法的一種。北魏賈思勰齊民要術八常滿鹽花鹽："造常滿鹽法：以不津瓮受十石者一口，置庭中石上，以白鹽滿之，以甘水沃之，令上恒有游水，須用時挹取，煎卽成鹽，還以甘水添之。取一升添一升，日曝之，熱盛，還卽成鹽，永不窮盡。"

【常醜奴墓誌】隋代墓志石。全稱隋都督榮澤縣令常府君墓誌。大業三年八月刻，正書。記常醜奴的官職籍貫、生平事迹及與妻宗氏合葬等事。明代於陝西興平縣出土，曾嵌置於崇寧寺壁間。原石久佚，傳世拓本絕少，有影印本行世。參閱清毛鳳枝關中金石文字存逸考六。

【常瞿利童女】也作"常瞿利毒女"，又作"常瞿利童子"。"常瞿利"意釋爲"大體"。佛書以此稱除蟲毒之尊。童女經："我念往昔住雪山北，遊香醉山，見一童女，百福相好，莊嚴其身。鹿皮爲衣，以諸毒蛇而爲瓔珞，將諸毒蟲蚖蝮之類，前後圍繞，常爲伴戲。"

帵 wān 一丸切，平，桓韻，影。ㄨㄢ

見"帵子"。

【帵子】布帛剪裁後剩下的零頭。廣韻："帵子，裁餘。"宋洪邁容齋隨筆五筆一俗語有出："采帛鋪謂剪截之餘曰帵子。"

帡 píng ㄆㄧㄥˊ

同"帲"。見"帲"。

帳 zhàng 知亮切，去，漾韻，知。ㄓㄤˋ

㊀帳幔，帷幕。急就篇三："蒲蒻藺席帳帷幢。"注："自上而覆謂之帳，帳者張也。"後漢書四〇下班彪傳附固班東都賦："乃盛禮樂供帳，置乎雲龍之庭。"㊁帳册，錢物出入的記錄。魏書釋老志："元象元年秋，詔曰：'……且城中舊寺及宅，並有定帳，其新立之徒，悉從毀廢。'"參閱清李調元童山文集四諸家藏書畫簿序。㊂見"帳具"。

【帳天】帳額，帳簷。宋宋祁景文集二十海棠詩："長衾繡作地，密帳錦爲天。"原注："吳人語帟覆爲帳天。"

【帳司】官名。宋史三二八蒲宗孟傳："時三司新置提舉帳司官，祿豐地要，人人欲得之。"

【帳具】張設酒肴食器。帳，通"張"。史記一〇七魏其武安侯傳附灌夫："請語魏其侯帳具，將軍旦日蚤臨。"新唐書百官志一："皇親三等以上喪，舉哀，有司帳具給食。"

【帳飲】在郊野張設帷帳，宴飲餞別。文選南朝梁江文通（淹）別賦：“至若龍馬銀鞍，朱軒繡軸，帳飲東都，送客金谷。”晉書石崇傳：“崇有別館在河陽之金谷，一名梓澤，送者傾都帳飲於此焉。”淹賦卽用石崇事爲典故。一作“張飲”。見該條。

【帳御】帷帳衣服等用具。史記九一黥布傳：“出就舍，帳御飲食從官如漢王居，布又大喜過望。”

【帳落】牧民以帳幕聚居的地方。宋史三二六蔣偕傳：“焚帳落，獲馬牛羊千計。”

【帳殿】古代皇帝出行，休息時以帳幕爲行宫，稱帳殿。北周庾信庾子山集一三月三日華林園馬射賦序：“止立行宫，裁舒帳殿。”唐宋之問集下奉和晦日幸昆明池應制詩：“春豫靈池會，滄波帳殿開。”

【帳幔】帷幕。三國志吳孫堅傳：“施帳幔於城東門外，祖道送（公仇）稱，官屬並會。”

【帳額】俗稱帳簷。上有繪畫或刺繡，用爲牀帳的裝飾。唐盧照鄰幽憂子集二長安古意詩：“生憎帳額繡孤鸞，好取門簾帖雙燕。”

【帳鏁】帳鉤。鏁，同“鈎”。西京雜記六：“復入一户，亦石扉，開鑰，得石牀，方七尺，石屏風、銅帳鏁一具。”

【帳簿】登記賬目的簿册。新唐書百官志三：“丞四人，從六品上。掌判寺事。……以一人主左、右藏署帳，凡在署爲簿，在寺爲帳，三月一報金部。”古代只稱簿。後相沿稱日用的款目爲帳，合稱帳簿。

【帳籍】分項登記的簿册。新唐書百官志一：“户部郎中、員外郎，掌户口、土田、賦役、貢獻、蠲免、優復、姻婚、繼嗣之事，以男女之黄、小、中、丁、老爲之帳籍。”

【帳下吏】軍中官佐。因行軍多居帳中，故稱。三國志魏樂進傳：“容貌短小，以膽烈從太祖，爲帳下吏。”

【帳下兒】猶言兵士。三國志吳張昭傳“權素服臨弔”注引典略：“余曩聞劉荆州（表）嘗自作書欲與孫伯符（策），以示禰正平（衡），正平蚩之，言：‘如是爲欲使孫策帳下兒讀之邪，將使張子布（昭）見乎？’”

帾

1. dǔ ㄉㄨˇ 當古切，上，姥韻，端。

㊀標記物放置的地方，見廣韻。清王念孫謂“帾之言題署也”。見廣雅疏證七下釋器。

2. chǔ ㄔㄨˇ

㊁覆棺的赤色布。通“褚”。荀子禮論：“無帾、絲歶、縷翣、其貆以象菲帷幬尉也。”注：“帾與褚同。”

帴

1. jiǎn ㄐㄧㄢˇ 卽淺切，上，獮韻，精。

㊀狹窄。周禮考工記鮑人：“若苟自急者先裂，則是以博爲帴也。”注：“帴，讀爲翦。謂以廣爲狹也。”

2. jiān ㄐㄧㄢ 則前切，平，先韻，精。

㊁墊席。晉書張方傳：“於是軍人便亂入宫閣，争割流蘇武帳而爲馬帴。”

帢

qià ㄑㄧㄚˋ 苦洽切，入，洽韻，溪。

同“帢”。晉書輿服志：“漢儀，立秋日獵，服緗幘。及江左，哀帝從博士曹弘之等議，立秋御讀令，改用素白帢。”

帷

wéi ㄨㄟˊ 洧悲切，平，脂韻，于。

帳幕。釋名釋牀帳：“帷，圍也。所以自障圍也。”戰國策齊一：“臨淄之途，……連衽成帷，舉袂成幕，揮汗成雨。”

【帷房】指婦女居住的内室。文選晉趙景真（至）與嵇茂齊書：“翱翔倫黨之間，弄姿帷房之裏。”宋書后妃傳論：“且愛止帷房，權無外授。”

【帷宫】張設帷幔作爲臨時宫殿。周禮天官掌舍：“爲帷宫，設旌門。”宋書禮志一：“皇后采桑壇在蠶室西，帷宫中門之外，桑林在其東。”

【帷冒】婦女的蓋頭。新唐書車服志：“初，婦人施羃䍦以蔽身，永徽中，始用帷冒，施裙及頸，坐檐以代乘車。”參見“帷帽”。

【帷扆】扆，畫有斧紋的屏風。皇帝背扆南面而立，因以帷扆指帝座。文選南朝梁沈休文（約）齊故安陸昭王碑文：“獻替帷扆，實掌喉脣。”參見“負扆”。

【帷荒】覆蓋在棺上的布幕。禮喪服大記：“士布帷布荒”注：“荒，蒙也。在旁曰帷，在上曰荒，皆所以衣柳也。……大夫以上，有褚以襯覆棺，乃加帷荒於其上。”北魏王誦妻元貴妃墓誌：“帷荒早駕，哀挽在庭。”（漢魏南北朝墓誌集釋圖版二六六）也作“帷幌”。北魏伏夫人昝雙仁墓誌：“帷幌合綺，旌柳分光。”（同上圖版二四七）

【帷堂】古行喪禮用帷幕設於堂上以分隔内外。禮檀弓上：“曾子曰：‘尸未設飾，故帷堂，小斂而徹帷。’”

【帷帳】㊀帳幕。史記秦始皇紀：“乃令咸陽之旁二百里内宫觀二百七十復道甬道相連，帷帳鐘鼓美人充之。”漢書文帝紀贊：“所幸愼夫人衣不曳地，帷帳無文繡。”㊁軍帳，幕府。史記高祖紀：“夫運籌策帷帳之中，決勝於千里之外，吾不如子房。”漢書高帝紀下作“帷幄”。

【帷幄】㊀軍中的帳幕。韓非子喻老：“天下無道，攻擊不休，相守數年不已，甲冑生蟣蝨，燕雀處帷幄，而兵不歸。”史記一三〇太史公自序：“運籌帷幄之中，制勝於無形。”㊁宫室的帷幕。漢書九七下孝成趙皇后傳：“前皇太后與昭儀俱侍帷幄，姊弟專寵錮寢。”

【帷帽】用黑紗縫於帽緣四周以防風沙之帽。宋郭若虛圖畫見聞誌一論衣冠異制：“至如閻立本圖昭君妃虜，戴帷帽以據鞍。”注：“帷帽，如今之席帽，周回垂網也。”宋周煇清波雜志二：“婦女步通衢，以方幅紫羅障蔽半身，俗謂之蓋頭，蓋唐帷帽之制也。”

【帷鼎】參與帷幄之謀，身居台鼎之位。指三公等國家的重臣。南朝梁江淹江文通集七蕭驃騎讓封第二表：“而私臣以闈廟，寵臣以帷鼎，位兼文武，職總内外。”

【帷蓋】車的帷幔和頂蓋。禮檀弓下：“敝帷不棄，爲埋馬也；敝蓋不棄，爲埋狗也。”漢書七十陳湯傳谷永上書：“夫犬馬有勞於人，尚加帷蓋之報，况國之功臣者哉！”

【帷幕】㊀帳幕。周禮天官幕人：“掌帷、幕、幄、帟、綬之事。”注：“在旁曰帷，在上曰幕，……帷幕皆以布爲之，四合象宫室曰幄。”㊁軍中的帳幕。漢蕩陰令張遷表：“在帷幕之内，決勝負千里之外。”（金石萃編十八）文選南朝宋傅季友（亮）爲宋公求加贈劉前軍表：“若乃忠規密謨，潛慮帷幕。”

【帷裳】㊀古代朝祭的服裝。用整幅布製成，不加剪裁。論語鄉黨：“非帷裳，必殺之。”殺，衣旁開斜縫。㊁車旁的布幔。詩衛風氓：“淇水湯湯，漸車帷裳。”傳：“帷裳，婦人之車也。”疏：“以帷障車之傍如裳，以爲容飾。”

【帷薄】帷，帳幔；薄，草簾。禮曲禮上：“帷薄之外不趨。”呂氏春秋必己：“張毅好恭，門閭帷薄，聚居衆，無不趨。”參見“帷薄不修”。

【帷薄不修】帷，薄，都作障隔内外之用。古人對家庭生活淫亂者，婉稱爲“帷薄不修”。漢書四八賈誼傳陳政事疏：“古者大臣有……坐汚穢淫亂、男女亡別者，不曰污穢，曰'帷薄不修'。"

九畫

幂 mì 集韻 莫狄切，入，錫韻。
ㄇㄧˋ
通"冪"、"䍥"、"幎"。㊀覆蓋，罩。周禮天官冪人："祭祀，以疏布巾冪八尊，以畫布巾冪六彝。"㊁巾。儀禮鄉飲酒禮："尊綌冪，賓至徹之。"注："冪，覆尊巾。"參見"冪"。

幝 kūn 古渾切，平，魂韻，見。
ㄎㄨㄣ
内衣，褌。同"褌"。世説新語任誕："劉伶恒縱酒放達，或脱衣裸形在屋中，人見譏之。伶曰：'我以天地爲棟宇，屋室爲幝衣。'"又夙惠："韓康伯數歲，家酷貧，至大寒，止得襦。母殷夫人自成之，令康伯捉熨斗，謂康伯曰：'且箸襦，尋作複幝。'"

幅 1. fú 方六切，入，屋韻，幫。
ㄈㄨˊ
㊀布帛的寬度。左傳襄二八年："且夫富，如布帛之有幅焉。"漢書食貨志下："布帛廣二尺二寸爲幅。"引申指地面或書畫面的廣狹。如篇幅。參見"幅員"。㊁量詞。唐韓愈昌黎集三桃源圖詩："流水盤迴山百轉，生綃數幅垂中堂。"

2. bī 彼側切，入，職韻，幫。
ㄅㄧ
㊂以幅帛斜纏於脛，自足至膝，似今之綁腿，古稱行縢。左傳桓二年："帶、裳、幅、舄。"唐李賀歌詩編二黄家洞："綵布纏踍幅半斜，溪頭簇隊映葛花。"

【幅巾】古代男子用絹一幅束髮，稱爲幅巾。後漢書二九鮑永傳："悉罷兵，但幅巾與諸將及同心客百餘人詣河内。"注："幅巾謂不著冠，但幅巾束首也。"三國志魏武帝紀"建安二十五年"注引傅子："漢末王公，多委王服，以幅巾爲雅，是以袁紹、崔豹之徒，雖爲將帥，皆著縑巾。"

【幅尺】㊀寬度。陳書後主紀："……及布帛幅尺短狹輕疎者，並傷財廢業，尤成蠹患。"㊁較量，計算。明王鏊王文恪公集二三愧齋先生傳："爲人古貌古心，於世故細碎，米鹽筐篋，殊若無所幅尺。"

【幅利】求利有節制。左傳襄二八年："夫民生厚而用利，於是乎正德以幅之，使無黜嫚，謂之幅利。利過則爲敗，吾不敢貪多，所謂幅也。"文苑英華七七五唐孫逖唐濟州刺史裴公德政頌："幅利以儉，葆光以和。"

【幅員】廣狹稱幅，周圍稱員，故稱疆域爲幅員。詩商頌長發："幅隕既長。"注："隕當作圓，圓，謂周也。"諸書作"圓"、"圓"、"員"不一。唐柳宗元柳先生集二六嶺南節度使饗軍堂記："内之幅員萬里，以就秩拱玉稽，時聽教命。"參閱清王引之經義述聞七幅隕。

【幅裂】如布帛的分幅裂開。漢應劭風俗通序："今王室大壞，九州幅裂。"宋書武帝紀中詔："曩者永嘉不綱，諸夏幅裂，終古帝居，淪胥戎虜。"

【幅隕】見"幅員"。

幃 wéi 雨非切，平，微韻，于。
ㄨㄟˊ
㊀佩帶的香囊。楚辭屈原離騷："蘇糞壤以充幃兮，謂申椒其不芳。"㊁帳。通"帷"。史記文帝紀十七年："所幸慎夫人，令衣不得曳地，幃帳不得文繡，以示敦朴。"㊂裙的正面一幅。國語鄭："褻流于庭，不可除也；王使婦人不幃而譟之。"注："裳正幅曰幃。"

【幃帟】㊀設於内室的帷幕。也借喻爲内室。同"帷帟"。後漢書皇后紀序"莫不定策帷帟"注："周禮幕人掌幃帟幄幕之事。"㊁軍中的帳幕。魏書李孝伯傳附李豹子："況先臣在蒙委任，運籌幃帟，勳著於中，聲傳於外。"

【幃幙】同"帷幕"。晏子春秋諫下："且合升斞之微以滿倉廩，合疏縷之綈以巾幃幕，太山之高，非一日也，累卑然後高。"

【幃箔】幃，帳幕；箔，簾。同"帷薄"。宋曾慥類説十六張師正倦遊雜録："時侯叔獻死，其妻幃箔不修，丞相表其事而斥去。"參見"帷薄不修"。

帲 píng
ㄆㄧㄥˊ
同"屏"。唐元稹長慶集九江陵三夢詩："分張碎針線，襵疊故帲幃。"

【帲宫】五代後蜀孟知祥晚年用畫屏七十張，紐接成寢所的屏風，稱爲帲宫。見宋陶穀清異録居室。

幄 wò 於角切，入，覺韻，影。
ㄨㄛˋ
篷帳。左傳襄二四年："二子在幄。"周禮天官幕人："掌帷、幕、幄、帟、綬之事。"注："帷幕皆以布爲之，四合象宫室，曰幄。"

【幄殿】張帷幕而成的臨時宫殿。宋梅堯臣宛陵集三二金明池遊詩："津樓金間采，幄殿錦文窠。"宋史太宗紀一太平興國五年："十二月甲戌，大閱，遂宴幄殿。"

【幄幕】軍中的營幕。左傳昭十三年："遂合諸侯于平丘，子産、子太叔相鄭伯以會，子産以幄幕九張行。"

幀 zhèng 集韻 豬孟切，去，映韻。
ㄓㄥˋ
㊀畫幅。明湯顯祖牡丹亭寫真："偶成一詩，暗藏春色，題於幀首之上，何如？"㊁量詞。正字通："今人以一幅爲幀。"

帽 mào 莫報切，去，号韻，明。
ㄇㄠˋ
㊀冠。説文作"冃"。凡蓋在頭上的都叫帽。後漢書十九耿弇傳附耿秉："安得惶恐，走出門，脱帽，抱馬足降。"參閱宋書禮志五。㊁形狀或用途似帽的物品。聊齋志異口技："折紙戢戢然，拔筆擲帽丁丁然。"指筆套。

【帽憑】盛滿貌。淮南子脩務："發憤而成仁，帽憑而爲義。"注："帽憑，盈滿積思之貌。"一説猶言忼慨。清王念孫讀書雜志十五帽憑："'帽'當爲'惛'，字之誤也。'惛憑而爲義'，猶言忼慨而爲義耳。"

【帽簷】帽緣，帽沿。唐李商隱李義山詩集六飲席代官妓贈兩從事："新人橋上着春衫，舊主江邊側帽簷。"

十畫

幏 jià 古牙切，平，麻韻，見。
ㄐㄧㄚˋ 古訝切，去，禡韻，見。
我國漢代西南地區少數民族所織的布名。後漢書八六南蠻傳："其民户出幏布八丈二尺，雞羽三十鍭。"注："俗本幏作'蒙'，鍭作'鏃'者，並誤也。"文選晉左太沖（思）魏都賦："賨幏積墆，琛幣充切。"

幪 méng 莫紅切，平，東韻，明。
ㄇㄥˊ 莫弄切，去，送韻，明。
同"幪"。見"幪"。

幎 mì 莫狄切，入，錫韻，明。
ㄇㄧˋ
㊀幕。説文："幎，幔也。从巾，冥聲。周禮有幎人。"今周禮作"冪人"。㊁覆蓋。淮南子原道："夫道者，……舒之幎於六合，卷之不盈於一握。"注："幎，覆也。"㊂均勻貌。周禮考工記輪人："望而眡其輪，欲其幎爾而下迆也。"注："幎，均致貌也。"

【幎目】覆蓋死者面部的巾。儀禮士喪禮："幎目用緇，方尺二寸，䞓裏，著組繫。"注："幎目，覆面者也。"

【幎歷】模糊，迷離。文選晉潘安仁（岳）射雉賦："鬬悶蘙薈，幎歷乍見。"唐李周翰注："幎歷然乍隱乍見。"清郝懿行爾雅義疏釋詁覭髳："幎歷，猶迷離也。"

嵰 lián 力鹽切，平，鹽韻，來。
ㄌㄧㄢ

㊀帷幔，門簾。通作"簾"。急就篇三："承塵户嵰條繢總。"注："户嵰，户上之幔也。字或作'簾'。"㊁細密的絹。通"縑"。宋書禮志五："傅玄子曰：漢末王公名士多委王服，以幅巾爲雅。是以袁紹崔豹之徒，雖爲將帥，皆著嵰巾。"

㡧 máng 音韻闕微 模昂切，平，陽韻，明。
ㄇㄤ

説文作"帨"。見"帨氏"。

【㡧氏】 漂絲設色的工匠。周禮考工記㡧氏："㡧氏湅絲以涚水，漚其絲七日。"又總序："設色之工：畫、績、鍾、筐、㡧。"

幌 huǎng 胡廣切，上，蕩韻，匣。
ㄏㄨㄤ

㊀帷幔，窗簾。文選晉張景陽(協)七命："重殿疊起，交綺對幌。"注："文字集略曰：幌，以帛明牕也。"晉書張協傳作"榥"。樂府詩集三二南朝宋謝靈運燕歌行："對酒不樂淚沾纓，闢窗開幌弄秦筝。"㊁酒店的招子。唐陸龜蒙甫里集十一和初冬偶作詩："小壚低幌還遮掩，酒滴灰香似去年。"㊂搖晃。西遊記三："那猴王惱起性來，耳躲〔朵〕中掣出寶貝，幌一幌，碗來粗細。"今通作"晃"。

【幌子】 ㊀酒帘。古時酒店用以招徠顧客的招牌。參見"望子"、"酒帘"。㊁外露的標誌或痕迹。紅樓夢二六："薛蟠見他面上有些青傷，便笑道：'這臉上又和誰揮拳來，掛了幌子了。'"

幐 téng 徒登切，平，登韻，定。
ㄊㄥ 徒亘切，去，嶝韻，定。

香囊。楚辭屈原離騷"蘇糞壤以充幃兮"漢王逸注："幃謂之幐。幐，香囊也。"也泛指盛物的布袋。戰國策趙一："嬴幐負書擔橐。"

十一畫

幕 1. mù 慕各切，入，鐸韻，明。
ㄇㄨ

㊀帳幕，篷帳。左傳莊二八年："諜告曰：'楚幕有烏。'"㊁帷。在上曰幕，在旁曰帷。淮南子説山："針成幕，蔂成城。"宋歐陽修文忠集一三二蝶戀花詞九："庭院深深深幾許？楊柳堆煙，簾幕無重數。"㊂殼。宋書天文志一虞聳穹天論："天形穹隆如雞子幕，其際周接四海之表，浮乎元氣之上。"㊃"幕府"的簡稱。參見該條。也指以幕友爲業的，如游幕、習幕。宋蘇軾經進東坡文集事略二七謝館職啟："是以一參賓幕，輒蹈危機。"㊄古代作戰用的臂甲或腿甲。史記六九蘇秦傳説韓宣王："當敵則斬堅甲鐵幕。"索隱引劉氏："謂以鐵爲臂脛之衣。"㊅覆蓋。易井："井收，勿幕。"莊子則陽："(柏矩)至齊，見辜人焉，推而强之，解朝服而幕之。"

2. mò
ㄇㄛ

㊆沙漠。通"漠"。史記一一〇匈奴傳："(趙)信教單于益北絶幕。"又一一一霍去病傳："常以爲漢兵不能度幕輕留。"索隱："幕卽沙漠。"

3. màn
ㄇㄢ

㊇錢幣的背面。通"漫"。漢書九六上西域傳罽賓國："以金銀爲錢，文爲騎馬，幕爲人面。"

【幕人】 周官名。周禮天官幕人："幕人掌帷、幕、幄、帟、綬之事。"

【幕友】 原指將帥幕府中的參謀、書記等，後用爲地方軍政官延聘辦理文書、刑名、錢穀等佐理人員的通稱。清汪輝祖佐治藥言檢點書吏："幕友之爲道，所以佐官而檢吏也。……唯幕友則各有專司，可以察吏之弊。"

【幕₂北】 卽漠北。史記一一〇匈奴傳："單于聞之，遠其輜重，以精兵待於幕北。"

【幕府】 將帥在外的營帳。軍旅無固定住所，以帳幕爲府署，故稱幕府。史記一〇九李廣傳："大將軍使長史急責廣之幕府對簿。"也作"莫府"。史記八一李牧傳："以便宜置吏，市租皆輸入莫府。"後也稱衙署爲幕府。後漢書四十上班彪傳上附班固奏記於東平王："竊見幕府新開，廣延羣俊。"唐杜甫杜工部草堂詩箋二二宿府："清秋幕府井梧寒，獨宿江城蠟炬殘。"

【幕客】 幕府的僚屬。唐黄滔黄御史公集陳侍御新居："幕客開新第，詞人遍有詩。"

【幕₂南】 卽漠南。史記一一〇匈奴傳："是後匈奴遠遁，而幕南無王庭。"文選南朝梁陸佐公(倕)石闕銘："幕南罷鄣，河西無警。"

【幕席】 ㊀以天爲幕，以地爲席。比喻胸襟曠達。唐白居易長慶集五二和(微之)新樓北園偶集……詩："天地爲幕席，富貴如泥沙。"㊁在幕府任職。同"幕職"。五代後梁夏侯龜符九龍廟述："龜符叨口幕席，提筆求知。"(八瓊室金石補正七九)

【幕庭】 帳前庭階。左傳哀八年："微虎欲宵攻王舍，私屬徒七百人，三踊於幕庭。"

【幕₂庭】 指漢北少數民族所居之地。全唐詩一三七儲光羲哥舒大夫頌德："韓魏多鋭士，蹶張在幕庭。"

【幕₂朔】 沙漠以北之地。漢書一〇〇下敍傳："龍荒幕朔，莫不來庭。"注："龍，匈奴祭天龍城。……朔，北方也。"

【幕殿】 帳幕圍成的宫室。宋史輿服志六："中興後，以事天尚質，屢詔郊壇不得建齋宫，惟設幕屋而已。其制，架木而以葦爲障，上下四旁周以幄帟，以象宫室，謂之幕殿。"

【幕賓】 幕友。唐封演封氏聞見記九遷善："(劉)位曰：判官是幕賓，使主無受拜之禮。"唐黄滔黄御史公集三喜侯舍人蜀中新命詩之二："錦里幸爲丹鳳闕，幕賓徵出紫微郎。"

【幕幕】 覆蓋周密貌。後漢書五九張衡傳思玄賦："建罔車之幕幕兮，獵青林之芒芒。"注："罔車，畢星也。幕幕，罔貌。"

【幕僚】 地方軍政長官衙署中參謀、書記、顧問之類的官佐。宋孫光憲北夢瑣言三："李太師光顏……愛女未聘，幕僚謂其必選佳婿。"

【幕燕】 築巢於帷幕上的燕子。比喻處境危險。語出左傳襄二九年："夫子之在此也，猶燕之巢於幕上。"唐杜甫杜工部草堂詩箋一對雨書懷走邀許十一簿公："震雷翻幕燕，驟雨落河魚。"

【幕職】 地方長官的屬吏，因在幕府任事，故稱幕職。如南北朝時的參軍、主簿，唐宋州郡的録事參軍等皆是。宋王闢之澠水燕談録一帝德："興國中張觀樂史鎖廳合格，不得進士第，止以爲幕職官。"參閲宋趙昇朝野類要二幕職、文獻通考六三職官十七。

【幕府山】 山名。在江蘇南京市北。晉元帝渡江後，丞相王導建幕府於此，因而得名。山北臨大江，形勢險要，南北朝時爲軍事重地。南朝梁末陳霸先曾與北齊軍大戰於此。山上多石，居人煅石取灰，故又名石灰山。明初，常遇春伏兵於山側邀擊陳友諒兵，卽此。參閲嘉慶一統志七三江寧府一。

【幕阜山】 湖南湖北江西三省的界山。在今江西修水縣西。亦稱天岳山天柱山昌江山。相傳三國吴太史慈爲建昌都尉，於此置營幕，以拒劉表從子槃，故名。山中盛産茶，名雙井茶。參閲太平寰宇記一〇六洪州、湖南通志二二山川十。

【幕天席地】 以天爲幕，以地爲席，比喻高曠。文選晉劉伯倫(伶)酒德頌:"行無轍迹,居無室廬,幕天席地,縱意所如。"又見晉書劉伶傳。

幛 zhàng ㄓㄤˋ

舊時作爲慶弔禮物之布帛。如喜幛、壽幛之類,皆題字置其上而懸之。字本作"障"。

幘 zé 側革切,入,麥韻,莊。ㄗㄜˊ

㊀包頭巾。初爲民間所服,至西漢末上下通行。急就篇二:"冠幘簪簧結髮紐。"注:"幘者韜髮之巾,所以整嫧髮也。常在冠下,或但單著之。"參閱後漢書輿服志下、隋書禮儀志七。㊁齒整齊上下相切。通"齰"。左傳定九年:"晳幘而衣貍製。"釋文:"説文作'齰'。"

【幘巾】卽頭巾。方言四:"覆結謂之幘巾,或謂承露,或謂之覆㡇,皆趙魏之間通語也。"

【幘梁】束髮巾。儀禮士冠禮"緇布冠"漢鄭玄注:"纚,今之幘梁也。……纚一幅,長六尺,足以韜髮而結之矣。"

幔 màn 莫半切,去,换韻,明。ㄇㄢˋ

帳幕。墨子非攻下:"幔幕帷蓋,三軍之用。"後漢書皇甫嵩傳:"每軍行頓止,須營幔修立,然後就舍帳。"

【幔亭】用帳幕圍成的亭子。雲笈七籤九六讚頌歌次清虛真人歌二章之二:"武夷君,地官也。相傳每於八月十五日大會村人於武夷山,上置幔亭,化虹橋通山下。"相傳武夷山的幔亭峰因此得名。參閱清缺名武夷紀勝幔亭峰。

【幔室】以繒帛圍繞作室。宋史禮志四明堂:"舊禮,明堂五帝位,皆爲幔室。今旁帷上幕,宜用青繒朱裏,四户八牖。"

【幔城】張幔圍繞如城,故稱"幔城"。藝文類聚二九南朝梁庾肩吾應令詩:"別筵開帳殿,離舟卷幔城。"

幗 guó 古對切,去,隊韻,見。ㄍㄨㄛˊ 古獲切,入,麥韻,見。

婦女覆於髮上的首飾。字也作"簂"(後漢書九十烏桓傳)、"䰎"(儀禮士冠禮"緇布冠"疏)。參見"巾幗"。

幓 shēn 集韻 疏簪切,平,侵韻。ㄕㄣ

㊀旌旗的旒。史記一一七司馬相如傳大人賦:"垂旬始以爲幓兮,抴彗星而爲髾。"集解引漢書音義:"旬始氣如雄雞,縣於葆下以爲旒也。"㊁見"幓頭"。

【幓頭】束髮巾。東觀漢紀十六周黨:"建武中徵,黨著短布單衣,穀皮幓頭待見。"

【幓纚】車飾下垂貌。漢書八七上揚雄傳甘泉賦:"蠖略蕤綏,灕虖幓纚。"文選作"襂纚"。

十二畫

幣 bì 毗祭切,去,祭韻,並。ㄅㄧˋ

㊀本爲繒帛。古時以束帛爲祭祀或贈送賓客的禮物,曰幣。周禮天官大宰:"及祀之日,贊玉幣爵之事。"後來稱其他聘享的禮物,如車馬玉帛等,亦曰"幣"。儀禮士相見禮:"凡執幣者不趨,容彌蹙以爲儀。"清胡培翬正義:"散文則玉亦稱幣,小行人合六幣是也;對文則幣爲束帛、束錦、皮馬及禽摯之屬是也。"㊁財物。管子國蓄:"以珠玉爲上幣,以黃金爲中幣,以刀布爲下幣。"㊂錢,貨幣。史記一〇六吳王濞傳:"亂天下幣。"漢書武帝紀元狩六年六月詔:"日者有司以幣輕多姦。"㊃壞。通"敝"。管子輕重乙:"器以時靡幣。"參閱清王引之經義述聞八幣餘之賦。

【幣帛】㊀繒帛,古人用以饋贈或祭祀的禮物。左傳襄八年:"敬共幣帛,以待來者,小國之道也。"墨子尚同中:"其事鬼神也,……珪璧幣帛,不敢不中度量。"㊁泛指財物。禮月令季春之月:"開府庫,出幣帛,周天下。"後漢書百官志三:"中藏府令一人,……掌中幣帛金銀諸貨物。"

【幣馬】作饋贈禮物的馬匹。周禮夏官校人:"飾幣馬,執扑而從之。"孫詒讓正義引吳廷華云:"謂以馬爲幣,蓋馬爲小行人六幣之一,故亦稱幣。"

【幣貢】玉馬皮帛等貢物。周禮天官大宰:"以九貢致邦國之用,……四曰幣貢。"

【幣財】禮物,財貨。左傳昭二六年:"以道之不通,先入幣財。"

【幣號】玉帛等祭祀禮物的專有名稱。周禮春官大祝:"辨六號:……六曰幣號。"注:"幣號,若玉云嘉玉,幣云量幣。"

【幣餘】物之殘餘。猶後來的"回殘"。幣,通"敝"。周禮天官大宰:"以九賦斂財賄,……九曰幣餘之賦。"參見"回殘"。

【幣器】贈給喪家的奠儀及隨葬器物。周禮天官宰夫:"凡邦之弔事,掌其戒令,與其幣器財用,凡所共者。"注:"幣,所用賻也;器,所致明器也。"

【幣重言甘】禮厚言甜。以指誘惑。左傳僖十年:"幣重而言甘,誘我也。"

幢 1. chuáng 宅江切,平,江韻,澄。ㄔㄨㄤˊ

㊀古代作儀仗用的以羽毛爲飾的一種旗幟。漢書九九中王莽傳:"帥持幢,稱五帝之使。"㊁佛教的經幢。在長筒圓形綢繖上寫經的叫經幢;刻經於石柱上的叫石幢。大日經疏九:"梵云馱嚩若,此翻爲幢。梵云計都,此翻爲旗,其相稍異。幢但以種種雜綵幖幟莊嚴,計都相亦大同,而更加旒旗密號,如兵家作龜龍鳥獸等種種類形,以爲三軍節度。"唐碑從"巾"的字多誤從"心"。"幢"往往寫作"憧"。宋以後,"幢"或寫作"⿰石童"、"⿸㫃童"。見清葉昌熾語石四經幢。㊂軍隊編制名。見"幢將"。

2. zhuàng 直絳切,去,絳韻,澄。ㄓㄨㄤˋ

㊃張掛於舟車上的帷幕。後漢書四十上班彪傳附班固西都賦:"撫鴻幢,御矰繳。"文選西都賦"幢"作"罿"。隋書禮儀志五:"皇后重翟車,……其箱飾以重翟羽,青油幢朱裏。"㊄量詞。用於房屋,如一幢房屋。

3. tóng ㄊㄨㄥˊ

㊅見"幢₃幢₃"。

【幢牙】旌幢的牙旗。唐柳宗元柳先生集二六嶺南節度使饗軍堂記:"幢牙茸纛,金節析羽,旂旗旟旐,咸飾于下。"

【幢主】㊀南北朝時領禁軍的主將。南齊書陳顯達傳:"宋孝武世,(顯達)爲張永前軍幢主。"唐張説張説之集十開元樂章光皇帝室長發之舞一章:"魏推幢主,周贈司空。"參見"幢將"。㊁建立經幢的人。如開元十五年新泰縣經幢,每面上造像,旁有幢主姓名。見清葉昌熾語石四經幢。

【幢容】車帷。周禮春官巾車"皆有容蓋"漢鄭玄注引漢鄭司農(衆):"容謂幨車,山東謂之裳幃,或曰幢容。"詩衛風氓"漸車帷裳"唐孔穎達疏:"以帷障車之傍如裳以爲容飾,故或謂之幃裳,或謂之幢容。"

【幢將】南北朝禁衛軍的將領。魏書來大千傳:"遷内幢將,典宿衛禁旅。"資治通鑑一二一宋元嘉七年"賜(豆)代田爵井陘侯,加散騎常侍、右衛將軍,領内都幢將"注:"百人爲幢,幢有帥,柔然之法也。魏幢將主三郎衛士,直宿禁中者,自侍中已下,中散已上皆統之。"參閱魏書官氏志。

【幢棨】旌與戟。漢書七六韓延壽傳:

"建幢棨，植羽葆。"注："幢，麾也。棨，有衣之戟也，其衣以赤黑繒爲之。"

【幢隊】行軍時舉旗先導的隊伍。南史梁武陵王紀傳附蕭圓正："九日講武，躬領幢隊。"

【幢節】㊀旗幟儀仗。唐齊己白蓮集九寄金陵幕中李郎中詩："久待尊罍臨鐵瓮，又從幢節鎮金陵。"新唐書一八五韋昭度傳："拜昭度兼行營招撫使，乃建幢節行城下。"㊁符信之類，用以傳命。新唐書一六五鄭餘慶傳："自至德後，方鎮除拜，必遣内使持幢節就第。"

【幢蓋】旌旗和傘蓋。文選晉潘安仁(岳)馬汧督誄序："聖朝疇咨，進以顯秩，殊以幢蓋之制。"注："幢蓋，將軍刺史之儀也。兵書曰：'軍主長服赤幢。'"

【幢麾】旗幟儀仗之類。後漢書四七班超傳："拜超爲將兵長史，假鼓吹幢麾。"三國志吳周魴傳與曹休牋："并乞請幢麾數十，以爲表幟。"

【幢幢】形容羽飾的繁盛。文選漢張平子(衡)東京賦："蕤鼓路鼗，樹羽幢幢。"

【幢₃幢₃】搖曳貌。三國志魏管輅傳："有飄風高三尺餘，從申上來，在庭中幢幢回轉，息以復起，良久乃止。"全唐詩四一五元稹聞樂天授江州司馬："殘燈無焰影幢幢，此夕聞君謫九江。"元氏長慶集二十作"憧憧"。古韻東、冬、江本通用。

幟

zhì 昌志切，去，志韻，穿。
ㄓ 式吏切，去，志韻，審。

本作"識"。後來"識"專作記識、知識字，遂改旗識字從巾，作"幟"。㊀旗幟。史記九二淮陰侯傳："趙見我走，必空壁逐我，若疾入趙壁，拔趙幟，立漢赤幟。"㊁標記。後漢書五八虞詡傳："又潛遣貧人能縫者，傭作賊衣，以采綖縫其裾爲幟。"

幩

fén 集韻 符分切，平，文韻。
ㄈㄣ

馬飾，裝在馬口旁鐵上用以扇汗。一名扇汗，又名排沫。詩衛風碩人："四牡有驕，朱幩鑣鑣。"傳："幩，飾也。人君以朱纏鑣扇汗，且以爲飾。"

㡞

sǎn 蘇旱切，上，旱韻，心。
ㄙㄢ

同"繖"、"傘"。晉書輿服志："功曹吏、主簿並騎從，㡞扇幢麾各一騎。"

幜

jǐng 玉篇 居永切。
ㄐㄧㄥ

以帛製成的大衣，古代貴族婦女出行時所服。隋書禮儀志四："後齊皇帝納后之禮，……皇后服大嚴繡衣，帶綬珮，加幜。"

幝

chǎn 昌善切，上，獮韻，穿。
ㄔㄢ

見"幝幝"。

【幝幝】形容破舊。詩小雅杕杜："檀車幝幝，四牡痯痯，征夫不遠。"韓詩作"緂"，古音義同。

幞

pú 房玉切，入，燭韻，並。
ㄆㄨ

頭巾。詳"幞頭"。

【幞頭】包頭軟巾。有四帶，二帶繫腦後垂之，二帶反繫頭上，令曲折附頂。也稱四脚、折上巾。相傳始於北周武帝。初用軟帛垂脚，隋時以桐木爲骨子，使頂高起。唐始以羅代繒。皇帝用硬脚上曲，人臣下垂。五代漸變平直。至宋，幞頭有直脚、局脚、交脚、朝天、順風等多種式樣。直脚的貴賤通服，皇帝或服上曲。參閱唐封演封氏聞見記五巾幞、宋沈括夢溪筆談一故事、宋史輿服志五、三才圖會衣服二、清俞正燮癸巳存稿十幞。

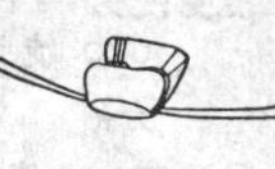
幞頭

幡

fān 孚袁切，平，元韻，滂。
ㄈㄢ

㊀旗幟。通"旛"。史記一一七司馬相如傳大人賦："垂絳幡之素蜺兮，載雲氣而上浮。"漢書七二鮑宣傳："博士弟子濟南王咸舉幡太學下，曰：'欲救鮑司隸者會此下。'"㊁簿册。呂氏春秋觀表："綠圖幡薄，從此生矣。"注："幡亦薄也。"薄，通"簿"。㊂變動，反覆。通"翻"。荀子大略："君子之學如蛻，幡然遷之。"注："與'翻'同。"

【幡布】古時兒童在木塊上學寫字，寫後用布抹拭，俗稱幡布，謂其反覆可用。後也稱抹布。南唐徐鍇說文解字繫傳巾部幡："觚，八棱木，於其上學書已，以布拭之。晉人云：'不見酒家幡布乎？用久則爛。'"參見"抹布"。

【幡刹】僧寺在高竿上懸掛旗幡，其竿稱刹竿。故泛稱寺院爲幡刹。宋鄭文寶南唐近事："(馮)僎一夕夢登崇孝寺幡刹極高處打方響。"

【幡信】以幡傳命，猶符節之類。漢書藝文志："六體者，古文、奇字、篆書、隸書、繆篆、蟲書，皆所以通知古今文字，摹印章，書幡信也。"

【幡校】軍中掌管旗幡的校尉。漢書成帝紀元延二年"從胡客大校獵"注引如淳："合軍聚衆，有幡校擊鼓也。"晉書夏統傳："(賈充)欲耀以文武鹵簿，覬其來觀，因而謝之。遂命建朱旗，舉幡校，分羽騎爲隊，軍伍肅然。"

【幡紙】古代無紙，用縑帛寫字，裁剪成適用的規格，叫幡紙。見初學記二一引漢記、王隱晉書。

【幡勝】即綵勝。唐宋時每逢立春日，用金銀箔羅綵剪作飾物或小旛，戴在頭上或繫在花下，用以歡慶春日來臨，並互相遺贈，叫作幡勝。宋蘇軾分類東坡詩六次韻曾仲錫元日見寄："蕭索東風兩鬢華，年年幡勝剪宫花。"又虞儔尊白堂集三和宋宰立春雨詩："三月鶯花勞問訊，幾家幡勝帶能迴。"參見"旛勝"、"綵勝"。

【幡蓋】幢幡華蓋之類。南齊書高帝紀上："至是又上表禁民間華僞雜物：不得以金銀爲箔，……不得用紅色爲幡蓋衣服。"唐岑參岑嘉州詩一登千福寺楚金禪師法華院多寶塔："焚香如雲屯，幡蓋珊珊垂。"

【幡幟】旗幟。後漢書二四馬援傳附馬防："防乃別使兩司馬將數百騎，……去臨洮十餘里爲大營，多樹幡幟，揚言大兵且當進。"也作"幡織"。漢書七十陳湯傳："望見單于城上立五采幡織。"注："織讀曰幟。"

【幡幡】㊀翻動貌。詩小雅瓠葉："幡幡瓠葉，采之亨之。"又引申爲反覆義。詩小雅巷伯："捷捷幡幡，謀欲譖言。"㊁輕率不莊重貌。詩小雅賓之初筵："曰既醉止，威儀幡幡。"

【幡纚】飛揚貌。史記一一七司馬相如傳上林賦："垂條扶於，落英幡纚。"集解引郭璞："幡纚，偏幡也。"偏幡，即翩翻。

幠

hū 荒烏切，平，模韻，曉。
ㄏㄨ

㊀覆蓋。儀禮士喪禮："士喪禮：死于適室。幠用斂衾。"㊁大。詩小雅巧言："無罪無辜，亂如此幠。"本也作"憮"；幠，假借字。㊂怠慢。禮投壺："魯令弟子辭曰：'毋幠毋敖。'"

十三畫

幦

mì 莫狄切，入，錫韻，明。
ㄇㄧ

蓋在車軾上遮蔽風塵的帷席。軾，車前横木。公羊傳昭二五年："以幦爲席。"注："幦，車覆笭。"禮少儀："拖諸幦。"疏："幦，車覆闌〔闌〕也。"

幧

qiāo 七遥切，平，宵韻，清。
ㄑㄧㄠ 七刀切，平，豪韻，清。

見"幧頭"。

【幧頭】束髮的巾。方言四："絡頭，帞頭也……自河以北，趙魏之間曰幧頭。"玉臺新詠一日出東南隅行："少年見羅敷，脫帽著幞頭。"

幨 chān 處占切,平,鹽韻,穿。
ㄔㄢ 昌豔切,去,豔韻,穿。

同"襜"。㊀車帷。元熊忠古今韻會舉要十平聲下十四:"以帷障車旁如裳,爲容飾,其上有蓋,四旁垂而下,謂之幨。"㊁衣襟。管子揆度:"列大夫豹幨。"

【幨幌】帷幔。樂府詩集二八南朝宋謝靈運日出東南隅行:"晨風拂幨幌,朝日照閨軒。"

十四畫

幫 bāng 博旁切,平,唐韻,幫。
ㄅㄤ

也作"幇"、"幚"、"帮"。㊀鞋的邊緣部分。集韻:"幫,治履邊也。"宋蔣捷竹山詞柳梢青遊女:"柳雨花風,翠鬆裙褶,紅膩鞵幫。"㊁幫助。水滸七四:"李逵道:'……我見你獨個來,放心不下,不曾對哥哥說知,偷走下山,特來幫你。'"㊂從旁攔住。水滸十九:"阮小二便去幫住杜遷,阮小五便幫住宋萬,阮小七幫住朱貴。"㊃量詞。伙,羣。清阮元揅經室二集八瀛舟書記序:"其時閩浙海盜,……鳳尾、水澳、蔡牽三幫,各六七十艘。"

【幫手】從旁出力協助的人。孤本元明雜劇明缺名王矮虎大鬧東平府一:"着徐寧爲幫手,入城中,不可遲。"古今雜劇本作"幇"。

【幫助】贊助。宋宗澤忠簡集一乞回鑾疏(第十四次):"凡勤王人,例遭斥逐,未嘗有所犒賞,未嘗有所幫助,饑餓流離,困厄道路。"

【幫閑】侍候官僚富豪消閑作樂。元曲選(蕭德祥)殺狗勸夫四:"你倆個幫閑的賊子,好生無禮。"水滸二:"俺道是甚麼高殿帥,却正是原來東京幫閑的圓社高二!"

【幫襯】幫忙,贊助。吳騷合編南呂二高深甫鬧情大研鼓:"那知事事空幫襯,到頭敗露總虛文。"明袁于令鷫鸘裘記上盟心:"翩雲向感厚恩,自然極力幫襯,成此美事。"

【幫閑鑽懶】逢迎湊趣。元王實甫西廂記三本二折:"直待我拄著拐幫閑鑽懶,縫合脣送暖偷寒。"孤本元明雜劇元秦簡夫陶母剪髮待賓三:"幫閑鑽懶爲活計,脫空說謊作營生。"

幬 1. chóu 直由切,平,尤韻,澄。
ㄔㄡˊ

㊀牀帳。文選戰國楚宋玉神女賦:"褰余幬而請御兮,願盡心之惓惓。"㊁車帷。史記禮書:"大路之素幬也。"路,通"輅"。

2. dào 徒到切,去,号韻,定。
ㄉㄠˋ

㊂覆蓋。左傳襄二十九年:"如天之無不幬也,如地之無不載也。"釋文:"幬,徒報反。"後漢書四三朱穆傳引左傳幬作"燾",古通用。參閱清俞樾俞樓雜纂七禮記異文箋。

幪 1. méng 莫紅切,平,東韻,明。
ㄇㄥˊ 莫弄切,去,送韻,明。

㊀巾。公羊傳襄二十九年疏引尚書大傳:"唐虞之象刑,上刑,赭衣,不純;中刑,雜屨;下刑,墨幪。"㊁覆蓋。唐霍宏泰造浮圖銘:"俱幪有累,咸覆無明。"(八瓊室金石補正五十)宋趙師俠坦庵詞點絳脣和翁子西:"幪香帕,倩風扶下,碎玉殘妝卸。"參見"幪巾"、"帡幪"。

2. měng 集韻母總切,上,董韻。
ㄇㄥˇ

㊂見"幪₂幪₂"。

【幪巾】傳說舜時以巾蒙犯人的面,作爲墨刑的象刑。太平御覽六四五引慎子:"有虞之誅,以幪巾當墨。"

【幪₂幪₂】茂盛貌。詩大雅生民:"禾役穟穟,麻麥幪幪。"

十五畫

幭 miè 莫結切,入,屑韻,明。
ㄇㄧㄝˋ

以帷或虎皮覆於車前橫木之上,叫幭。也作"幦"、"幎"。詩大雅韓奕:"鞹鞃淺幭,鞗革金厄。"箋:"鞹,革也。鞃,軾中也。淺,虎皮淺毛也。幭,覆式也。"

十六畫

幰 xiǎn 虛偃切,上,阮韻,曉。
ㄒㄧㄢˇ

車前的帷幔。與車頂平而稍仰。文選晉潘安仁(岳)藉田賦:"微風生於輕幰,纖埃起於朱輪。"隋書禮儀志五:"今犢車通幰,自王公已下,至五品已上,並給乘之。……六品已下不給,任自乘犢車,弗許施幰。"

【幰車】設有障幔的車子。南史鮑泉傳:"後爲通直侍郎,常乘高幰車。"唐白居易長慶集五六和春深詩之十九:"賓拜登華席,親迎障幰車。"

【幰弩】儀仗所用的弩,因外加幔罩,故名。唐宋制,王公大臣出行時,儀仗都有幰弩。見新唐書儀衛志下、宋史儀衛志六鹵簿儀服。

干 部

干 gān 古寒切,平,寒韻,見。
ㄍㄢ

㊀盾。古代作戰時用以衛身抵禦兵刃的武器。書牧誓:"稱爾戈,比爾干。"方言九:"盾,自關而東或謂之瞂,或謂之干。"見圖。

干

㊁岸,水畔。詩魏風伐檀:"坎坎伐檀兮,寘之河之干兮。"㊂干犯,抵觸。左傳文四年:"君辱貺之,其敢干大禮以自取戾。"㊃求取。書大禹謨:"罔違道以干百姓之譽。"荀子議兵:"兼是數國者,干賞蹈利之兵也。"㊄關涉。唐宋諸賢絕妙詞選宋李易安鳳凰臺上憶吹簫:"非干病酒,不是悲秋。"㊅箇,若干。問數或數量未定。禮曲禮下:"始服衣若干尺矣。"㊆通"榦"。十干,也作"十幹"。詳"干支"。㊇通"乾"。後漢書八一范冉傳遺令:"氣絕便斂,斂畢便穿,穿畢便埋。其明堂之奠,干飯寒水,飲食之物,勿有所下。"㊈俗假爲"千"字。見"一干一方"。㊉姓。左傳昭二一年有宋大夫干犨。晉有干寶。

【干山】山名。在上海市松江縣西北。相傳春秋時吳干將鑄劍於此,故名。又以山形似馬,亦名天馬山。參閱嘉慶一統志八二松江府一山川。

【干木】㊀木名。爾雅釋木:"棧木,干木。"注:"殭木也,江東呼木觡。"㊁段干木,戰國魏文侯師。漢應劭風俗通十反:"干木息偃以藩魏,包胥重繭而存郢。"詳"段干木"。

【干支】古人用以紀年月日的十干十二支的合稱。甲乙丙丁戊己庚辛壬癸爲十干,也稱天干。子丑寅卯辰巳午未申酉戌亥爲十二支,也稱地支。取義於樹木的幹枝。順次以天干配地支,如甲子、乙丑、戊戌、辛亥等，六十年重複一次，俗稱六十花甲子。古人本用干支紀日，用歲陽、歲陰名目紀年，如歲在甲子，就稱爲閼逢、困敦，在辛亥則稱重光、大淵獻。以後干支又用以紀年月。參閱清顧炎武日知錄用日干支、趙翼陔餘叢考三四干支。爾雅釋天、史記曆書都記歲陽歲陰，但名目有異同，表列如下：

歲陽表			歲陰表		
十干＼書名	爾雅	史記	十二支＼書名	爾雅	史記
甲	閼逢	焉逢	子	困敦	同
乙	旃蒙	端蒙	丑	赤奮若	同
丙	柔兆	游兆	寅	攝提格	同
丁	强圉	彊梧	卯	單閼	同
戊	著雍	徒維	辰	執徐	同
己	屠維	祝犂	巳	大荒落	大芒落
庚	上章	商横	午	敦牂	同
辛	重光	昭陽	未	協洽	同
壬	玄黓	横艾	申	涒灘	同
癸	昭陽	尚章	酉	作噩	同
			戌	閹茂	淹茂
			亥	大淵獻	同

【干戈】㊀干，盾。戈，戟。干戈爲古代戰爭常用兵器，故也用爲兵器的通稱。書說命中："惟衣裳在笥，惟干戈省厥躬。"禮檀弓下："能執干戈以衛社稷。"㊁指戰爭。史記一一二主父偃傳："乃使劉敬往結和親之約，然後天下忘干戈之事。"㊂古代武舞。禮文王世子："春夏學干戈，秋冬學羽籥，皆於東序。"清孫希旦集解："干戈，武舞。羽籥，文舞也。"

【干世】迎合世俗，以求功名。舊題晉王嘉拾遺記四秦始皇："(張儀蘇秦)嘗息大樹之下，假息而寐。有一先生(鬼谷先生)……教以干世出俗之辯。"宋王安石王文公集六一寶應二三進士見送乞詩："少喜功名盡坦涂，那知干世最崎嶇。"

【干羽】干楯、羽扇，都是舞者所執的舞具。武舞執干，文舞執羽。書大禹謨："帝乃誕敷文德，舞干羽于兩階。"後用以泛稱廟堂舞蹈。唐獨孤及毘陵集一季冬自嵩山赴洛道中詩："寶鼎歆景雲，明堂舞干羽。"

【干休】作罷，了事。元王實甫西廂記二本一折："限你每三日內將鶯鶯獻出來與俺將軍成親，萬事干休。"古今雜劇元缺名包待制智賺生金合一："罷罷罷，怎干休，難分訴！"

【干犯】觸犯。三國志魏蘇則傳："乃明爲禁令，有干犯者輒戮。"後漢書二七郅惲傳附郅壽："三輔素聞壽在冀州，皆懷震竦，各相檢敕，莫敢干犯。"

【干城】干，盾；城，城郭。都起捍禦防衛作用。也用以比喻捍衛者或禦敵立功的將領。詩周南兔罝："赳赳武夫，公侯干城。"漢蔡邕蔡中郎集八薦皇甫規："論其武勞，則漢室之干城；課其文德，則皇家之腹心。"

【干冒】觸犯。周禮秋官士師"四者犯邦令"漢鄭玄注："干冒王教令者。"魏書顯祖紀和平六年詔："今制刺史守宰到官之日，仰自舉民望忠信，以爲選官，不聽前政共相干冒。"

【干係】關係，責任。明戚繼光練兵實紀雜集四登壇口授："你這鼓手，……這號令一些差不得，你的干係非細。"

【干紀】違犯法紀。孔子家語七五刑："有坐干國之紀者，不謂之干國之紀，則曰行事不請。"南朝陳徐陵徐孝穆集二陳公九錫文："象恭無赦，干紀必誅。"

【干涉】㊀干預，過問。後漢書八五東夷傳濊："其俗重山川，山川各有部界，不得妄相干涉。"㊁牽連，關係。宋胡太初晝簾緒論事上："縣道賦入，自有定數，率見輸之郡家，本自無甚干涉。"水滸二二："他與老漢水米無交，並無干涉。"

【干旄】旌旗的一種。干，通"竿"；旄，犛牛尾。用犛牛尾裝飾旗竿，樹於車後作爲儀仗。詩鄘風干旄："孑孑干旄，在浚之郊。"北周庾信庾子山集八代人乞致仕表："出擁干旄，入參衡鏡。"

【干時】㊀求合於時。干，求取。管子小匡："寡人欲修政，以干時於天下。"㊁違背時勢。干，抵觸。漢蔡邕蔡中郎集二陳太丘碑："不徼訐以干時，不遷怒以臨下。"

【干旌】用鳥羽飾於竿首的旗幟。詩鄘風干旌："孑孑干旌，在浚之城。"

【干掫】左傳襄二五年："陪臣干掫有淫者，不知二命。"注："干掫，行夜。"疏："夜扞寇盜，手有所擊，故以干掫爲行夜官名也。"本指夜間巡邏戒備。泛指捍衛。清詩別裁十彭定求五人墓："重看俎豆登鄉社，尚想干掫衛黨魁。"

【干戚】盾與斧，皆古兵器。古武舞有操之而舞者，稱干戚之舞。見禮樂記。參見"干戚舞"。

【干將】古劍名。相傳春秋時吳人干將與妻莫邪善鑄劍。鑄有二劍，鋒利無比，一名干將，一名莫邪，獻給吳王闔閭。事見吳越春秋闔閭內傳四。後來因以干將爲利劍的代稱。戰國策齊五："今雖干將莫邪，非得人力，則不能割劌矣。"史記一一七司馬相如傳子虛賦："曳明月之珠旗，建干將之雄戟。"

【干欲】猶干求。後漢書六九竇武傳附胡騰："自是肅然，莫敢妄有干欲，騰以此顯名。"

【干進】謀求進身爲官。楚辭屈原離騷："既干進而務入兮，又何芳之能祗。"

【干祿】㊀求福。詩大雅旱麓："豈弟君子，干祿豈弟。"㊁求官。祿，官吏的俸祿。論語爲政："子張學干祿。"也稱入仕爲干祿。梁書明山賓傳："兄仲璋嬰痼疾，家道屢空，山賓乃行干祿。"

【干遂】地名。春秋吳邑，吳王夫差兵敗爲越王勾踐所擒之處。地在今江蘇吳縣西北。呂氏春秋知分："荆有次非者，得寶劍于干遂。"淮南子道應作"干隊"，戰國策秦四、史記七八春申君傳作"干隧"。遂、隊、隧，形義相同。參閱清王念孫廣雅疏證八上釋器。

【干越】㊀春秋時二國名，卽吳與越。干卽邗，與吳爲敵國，後爲吳所併。莊子刻意："夫有干越之劍者，柙而藏之，不敢用也。"唐成玄英疏："干，吳也；言吳越二國並出名劍，因以爲名。"荀子勸學："干越夷貉之子，生而同聲，長而異俗。"注："干越猶言吳越。"參閱清俞樾曲園雜纂三一通李。㊁亭名。在江西餘江縣東南。全唐詩四九四施肩吾宿干越亭："琵琶洲上人行絶，干越亭中客思多。"參閱讀史方輿紀要八五江西饒州府引宋類苑。

【干預】㊀强行參與、過問別人的事。三國志魏楊俊傳注引魏略："車駕南巡，未到宛，有詔，百官不得干預郡縣。"晉書王衍傳："衍妻郭氏……剛愎貪戾，聚斂無厭，好干預人事。"世說新語規箴作"干豫"。㊁關係。宋朱熹朱子全書一學一爲學之方："大柢爲己之學，於他人無一豪干預。"

【干舞】古代武舞的一種。舞者手執干(盾)。周禮春官樂師："凡舞：有帗舞，有羽舞，有皇舞，有旄舞，有干舞，有人舞。"注："干舞者，兵舞。"參見"干戚舞"。

【干請】有所求而請託於人。梁書蕭昱傳上表："然量己揆分，且知者審陳力就列，寧敢空言。是以常願一試，屢成干請。”唐杜甫杜工部草堂詩箋三七早發：“艱危作遠客，干請傷直性。”

【干蔗】甘蔗的别名。見晉嵇含南方草木狀上諸蔗。

【干澤】乞求恩澤。孟子公孫丑下：“識其不可，然且至，則是干澤也。”

【干謁】對人有所求而請見。北史酈道元傳：“(弟道約)好以榮利干謁，乞丐不已，多爲人所笑弄。”唐杜甫杜工部草堂詩箋六自京赴奉先縣詠懷五百字：“以兹誤生理，獨恥事干謁。”

【干闌】以樹幹爲欄的木閣樓。梁書林邑國傳：“其國俗：居處爲閣，名曰干闌，門户皆北向。”也作“干欄”。舊唐書一九七陀洹國傳：“俗皆樓居，謂之干欄。”

【干擾】侵犯，騷擾。三國志吳陸遜傳：“其所生得，皆加營護，不令兵士干擾侵侮。”

【干證】指訴訟雙方的有關證人。宋陳襄州縣提綱二察監繫人：“二競干證俱至，即須剖決。”二競，即原告被告。宋史刑法志二：“紹興十六年詔：諸鞫獄追到干證人，無罪遣還者，每程給米一升半，錢十五文。”

【干櫓】小盾爲干，大盾爲櫓。字也作“樐”。禮儒行：“禮義以爲干櫓。”

【干寶】晉新蔡人。字令升。元帝時以佐著作郎領修國史，著晉紀二十卷。原書已佚，清人有輯本。撰有搜神記二十卷，爲魏晉志怪小説代表作。書中多述神仙鬼怪故事，雜以宗教迷信之説，但保存了許多古代傳説和民間故事。原書至南宋已失傳。今本二十卷爲後人綴輯，多有附益，已非原貌。參見“搜神記”。

【干譽】追求名譽。宋史三四三鄧潤甫傳：“論邮民力，則疑其違道干譽；論補法度，則疑其同乎流俗。”

【干黷】冒犯。宋書顏延之傳自陳表：“是以腆冒愆非，簡息干黷。”也作“干瀆”。紅樓夢三：“(賈雨村)又問：不知令親大人現居何職，只怕晚生草率，不敢驟然入都干瀆。”

【干戚舞】樂舞的一種。古時舞樂有文武之分。文舞執羽旄，武舞執干戚。禮樂記：“執其干戚，習其俯仰詘伸，容貌得莊焉。行其綴兆，要其節奏，行列得正焉。”又：“王者功成作樂，治定制禮，其功大者其樂備，其治辯者其禮具。干戚之舞，非備樂也。”

【干名采譽】以不正當手段獵取名譽。漢書六四下終軍傳：“而直矯作威福，以從民望，干名采譽，此明聖所必加誅也。”參見“干譽”。

【干卿何事】謂事不干己而愛管閒事。詳“吹皺一池春水”。

【干禄字書】唐顏元孫撰。一卷。專爲官吏書寫公文時辨别字體而作，故名“干禄”。以四聲隸字，又以二百六部分韻編排，辨别每字的俗、通、正三體，於研究古今字書，校定古籍，有一定的價值。其姪顏真卿官湖州時，曾親爲書寫刻石。開成間，楊漢公於湖州、南宋時宇文時中在成都，都重行摹刻於石。

【干雲蔽日】形容樹木參天，高及雲際，蔭可蔽日。後漢書三七丁鴻傳：“干雲蔽日之木，起於葱青。”

【干隔澇漢子】干，同“乾”；隔澇，疥瘡。猶言不乾不凈、不三不四的人。水滸二：“他平生專好惜客養閒人，招納四方干隔澇漢子。”

二畫

平 1. píng ㄆㄧㄥˊ 符兵切，平，庚韻，並。

㊀平坦。易泰：“无平不陂，无往不復。”㊁公正。詩小雅節南山：“赫赫師尹，不平謂何？”荀子榮辱：“夫是之謂至平。”㊂平定。詩小雅常棣：“喪亂既平，既安且寧。”㊃整治，治理。書大禹謨：“地平天成。”傳：“水土治曰平。”公羊傳隱元年：“公將平國而反之桓。”注：“平，治也。”㊄齊一，均等。易乾：“雲行雨施，天下平也。”疏：“言天下普得其利，而均平不偏陂。”㊅講和。春秋宣十五年：“宋人及楚人平。”㊆平常，普通。見“平素”、“平凡”。㊇豐年。漢書食貨志上：“再登曰平，餘六年食；三登曰泰平，二十七歲，遺九年食。”㊈平色。舊衡量標準之一。如指庫平，漕平。見“平色”。㊉四聲之一。見“平聲”。⑪姓。漢有丞相平當。見漢書七一本傳。

2. pián ㄆㄧㄢˊ 房連切，平，仙韻，並。

⑫見“平$_2$平$_2$”、“平$_2$章”。

【平一】平定，統一。史記秦始皇紀會稽刻石：“皇帝休烈，平一宇内，德惠脩長。”

【平土】平原之地。孟子滕文公下：“險阻既遠，鳥獸之害人者消，然後人得平土而居之。”漢陸賈新語道基：“去高險，處平土。”

【平川】廣濶平坦的陸地。川，陸地。古文苑十四漢揚雄幽州牧箴：“蕩蕩平川，惟冀之别。”唐杜甫杜工部草堂詩箋三十秋日夔府詠懷奉寄鄭監李賓客一百韻：“有時驚疊嶂，何處見平川？”

【平山】㊀山名。1. 在山西臨汾縣西。又名壺口山姑射山，平水發源地。見元和郡縣志十二晉州臨汾縣。2. 在福建閩侯縣東南。傳説南宋末少帝浮海曾駐兵於此。見讀史方輿紀要九六福建二福州府侯官縣釣臺山。3. 在湖南常德縣境。又名武山太和山武陵山。水經注三七沅水：“沅水又東，逕平山西，南臨沅水，寒松上蔭，清泉下注。”參閲嘉慶一統志三四三常德府山川。㊁縣名。屬河北省。春秋晉蒲邑地。隋開皇十六年分蒲吾縣置房山縣。唐天寶末，改爲平山縣。參閲太平寰宇記六一鎮州、資治通鑑二八〇後晉天福元年注。

【平文】散文。宋沈括夢溪筆談十四藝文一：“往歲士人，多尚對偶爲文，穆修、張景輩始爲平文，當時謂之古文。”

【平心】除去成見，用心公平。荀子大略：“是非疑，則度之以遠事，驗之以近物，參之以平心。”抱朴子窮達：“或信此之庸猥，而不能遣所念之近情；或識彼之英異，而不能平心於至公。”

【平反】糾正原來的錯誤判處。輕重適中叫平，推翻舊案叫反。漢書七一雋不疑傳：“每行縣録囚徒還，其母輒問不疑：‘有所平反，活幾何人？’”時不疑爲京兆尹。

【平仄】平聲和仄聲。詩文聲律用字，以四聲中平聲字稱平，上去入三聲爲仄。舊體詩詞和駢偶文章用字講求平仄交替，使聲調諧協，有一定格式。宋陳鵠西塘集耆舊續聞四：“近代聲律尤嚴，或乖平仄，則謂之失黏。”

【平日】平時。漢書五十汲黯傳：“大將軍(衛青)聞，愈賢黯，……遇黯加於平日。”史記黯傳作“平生”。

【平水】水名。在山西臨汾縣西南。水經注六汾水“又南過平陽縣東”晉郭璞注：“汾水南與平水合，水出平陽縣西壺口山。”金時於平陽府設經籍所，有官吏主持，印行書籍，所刻書籍稱“平水版”。參閲清錢大昕潛研堂文集二七跋平水新刊韻略。

【平午】正午。宋蘇舜欽蘇學士集五丙子仲冬紫閣寺聯句詩：“日光平午見，霧氣半天蒸。”

【平允】公正適當。後漢書五八虞詡傳：“祖父經，爲郡縣獄吏，案法平允，務存寬恕。”

【平平】一般，普通。後漢書四七班超

傳:"(任)尚私謂所親曰:'我以班君當有奇策,今所言平平耳。'"世說新語賢媛:"王右軍(羲之)郗夫人謂二弟司空(愔)中郎(曇)曰:'王家見二謝(安萬),傾筐倒庋;見汝輩來,平平爾,汝可無煩復往。'"

【平$_2$平$_2$】 形容治理有序。書洪範:"無黨無偏,王道平平。"傳:"言辯治。"釋文:"平平,婢緜反。"詩小雅采菽:"平平左右,亦是率從。"左右,指連屬之國。釋文:"平,婢延反。韓詩作便便,云閑雅之貌。"

【平世】政治清明的時代。孟子離婁下:"禹稷當平世,三過其門而不入。"宋陳師道後山詩注七何郎中出示黃公草書:"妙手不爲平世用,高懷猶有故人知。"

【平民】老百姓。平,齊一,一般。書呂刑:"蚩尤惟始作亂,延及于平民。"傳疏注釋平民爲平善之人。

【平旦】清晨。孟子告子上:"平旦之氣。"史記一〇九李將軍傳:"平旦,李廣乃歸其大軍。"

【平生】㊀平時,平素。論語憲問:"久要不忘平生之言,亦可以爲成人矣。"史記九二淮陰侯傳:"龍且曰:'吾平生知韓信爲人,易與耳。'"㊁一生,此生。唐黃滔黃御史集二遊東林寺詩:"平生愛山水,下馬虎溪時。"

【平丘】地名。春秋衞地。春秋昭十三年:"秋,公會劉子、晉侯……于平丘。"注:"平丘在陳留長垣縣西南。"故地在今河南長垣縣。

【平白】平空,無緣無故。宋袁甫蒙齋集七論會子劄子:"若每貫作五貫折支,則在官之數,未免平白折陷。"中州集二元邊元鼎閱見詩之一:"君居淄右妾河陽,平白相逢惹斷腸。"參見"白地"。

【平江】㊀縣名。屬湖南省。古羅子國,漢長沙郡羅縣地。後唐置平江。參閱太平寰宇記一一三岳州平江縣。㊁府名。今江蘇蘇州市。五代吳越置中吳軍。宋太平興國三年,改爲平江軍,政和三年,升爲府。元改路。明洪武初仍改蘇州。參閱讀史方輿紀要二四蘇州府。

【平安】㊀平靜安定。韓非子解老:"人無愚智,莫不有趨舍。恬淡平安,莫不知禍福之所由來。"㊁安吉無事。晉人帖中多用"平安"作爲問候的套語。唐岑參岑嘉州詩七逢入京使:"馬上相逢無紙筆,憑君傳語報平安。"

【平交】㊀平等的交往。南朝陳徐陵徐孝穆集六梁貞陽侯重與裴之橫書:"雖復李廣麾下,莫不封侯;衞青故人,多懷彼此,豈有文辭簡略,禮等平交?"唐李白李太白詩六少年行:"府縣盡爲門下客,王侯皆是平交人。"㊁平日的交誼。全唐詩六九二杜荀鶴訪蔡融因題:"每見苦心修好事,未嘗開口怨平交。"

【平州】地名。1.周爲幽州,漢屬右北平郡。東漢末,公孫度割據遼東,自號平州牧。三國魏分置平州,治所在襄平,即今遼寧遼陽市。不久撤銷,併入幽州,晉初復置。北魏改爲營州。參閱晉書地理志上。2.春秋齊地。在山東萊蕪縣西。春秋宣元年:"公會齊侯于平州。"注:"平州,齊地,在泰山牟縣西。"

【平色】平指銀量的輕重,色指銀質的高下,合稱銀的質量。舊時用生銀買賣兌換,必須兼計平色。

【平仲】木名。文選晉左太沖(思)吳都賦:"平仲桾櫏。"注:"平仲之木,實如白銀。"本草綱目三十果部銀杏引此注,疑卽銀杏。

【平行】安全行進。漢書六一李廣利傳:"自此而西,平行至宛城。"注:"平行,言無寇難。"

【平決】評定決斷。漢書九九上王莽傳:"自今以來,非[惟]封爵乃以聞。他事,安漢公、四輔平決。"後漢書四六陳寵傳:"掌天下獄訟。其所平決,無不厭服衆心。"

【平沙】謂廣漠的沙原。南朝梁何遜何記室集慈姥磯詩:"野岸平沙合,連山遠霧浮。"文苑英華一〇〇〇唐李華弔古戰場文:"浩浩兮平沙無垠,敻不見人。"

【平沈】㊀根據物體入水的深淺以定其輕重。周禮考工記輪人:"揉輻必齊,平沈必均。"疏:"重者沈多,輕者沈淺,沈重者更去之,則平而輕重等也。"㊁漸漸沈下。宋陸游劍南詩稿六十行飯暮歸:"霜風盡脫千林葉,雲氣平沈一面山。"此謂雲氣下沈,掩沒山巒。

【平均】齊一。荀子王霸:"出若入若,天下莫不平均,莫不治辨。"詩曹風鳲鳩"其子七兮"漢毛亨傳:"鳲鳩之養其子,朝從上下,莫從上下,平均如一。"

【平步】平常之舉步。比喻輕易。唐白居易長慶集十七潯陽歲晚寄元八郎中……詩:"虛懷事僚友,平步取公卿。"

【平坐】㊀不分尊卑地就坐。穆天子傳五:"天子賜許男駿馬十六,許男降,再拜空首,乃升平坐。"儒林外史二:"你若同他拱手作揖,平起平坐,這就是壞了學校規矩。"㊁古代建築名詞。卽複道,閣道。也叫隥道、飛陛、鼓坐。宋李誡營造法式九小木作制度四佛道帳:"天宮樓閣:……下層爲副階,中層爲平坐,上層爲腰檐。"其圖所繪平坐,與後世樓前的望臺相同,外設闌干。

【平谷】縣名。屬北京市。漢置,屬漁陽郡。晉廢。金於此置平谷縣。元初併入漁陽縣,至元十三年復置。因在盤山之西,故又稱盤陰;四面環山,中爲平地,因名平谷。參閱明蔣一葵長安客話五、清孫承澤天府廣記二州縣治。

【平利】縣名。屬陝西省。漢爲長利縣,屬漢中郡。唐武德元年改爲平利。元廢。明復置。見舊唐書地理志四、寰宇通志九九漢中府金州平利縣。

【平身】行跪拜禮後起立站正爲"平身"。元史禮樂志一元正受朝儀:"通贊贊曰:'……曰拜,曰興,曰平身。'"

【平治】㊀公正而有序。荀子性惡:"凡古今天下之所謂善者,正理平治也;所謂惡者,偏險悖亂也。"㊁治理,整治。孟子公孫丑下:"如欲平治天下,當今之世,舍我其誰也?"淮南子脩務:"隨山刊木,平治水土。"㊂秉公處理。新唐書九七魏徵傳:"七年,爲侍中。尚書省滯訟不決者,詔徵平治。"

【平定】㊀平暴定亂。史記秦始皇紀:"今陛下興義兵,誅殘賊,平定天下。"㊁公正審定。後漢書四六陳寵傳:"宜令三公、廷尉平定律令。"㊂縣名。屬山西省。春秋時晉地。漢爲上艾縣,屬常山國。唐爲樂平縣。宋太平興國四年改爲平定縣。參閱太平寰宇記五十大通監。

【平武】縣名。屬四川省。漢爲剛氐道,屬廣漢郡。晉太康元年改名平武。隋改爲平武郡。唐貞觀八年廢。明萬曆十八年復置。參閱嘉慶一統志三九九龍安府。

【平昔】舊時,往日。世說新語德行:"殷仲堪既爲荊州……每語弟子云:'勿以我受任方州,云我豁平昔時意,今我處之不易!'"北齊顏之推顏氏家訓序致:"追思平昔之指,銘肌鏤骨。"

【平林】㊀平原上的樹林。詩小雅車舝(轄):"依彼平林,有集維鷮。"唐李白李太白詩五菩薩蠻:"平林漠漠烟如織,寒山一帶傷心碧。"㊁地名。本漢隨縣地。漢王莽地皇三年,平林人陳牧廖湛等率衆起義,號平林兵,卽此。晉置平林縣。唐武德五年廢。地在今湖北隨縣東北。參閱水經注三一溳水、讀史方輿紀要七七隨州。

【平門】㊀漢時未央宮宮門。與長安城南出第三門西安門相對。也稱便門。古"平"、"便"通。見三輔黃圖一都城十二門。參見"便門"。㊁春秋吳國城門名。吳王闔閭建城,四面八門(即後來蘇州城的原始),北面爲齊平二門。相傳吳伍子胥伐齊,軍隊由此出發,故稱平門。見舊題唐陸廣微吳地記、宋范成大吳郡志三城郭。

【平居】猶言平時,平素。戰國策齊五:"此夫差平居而謀王,强大而喜先天下之禍也。"唐杜甫杜工部草堂詩箋三二秋興之四:"魚龍寂寞秋江冷,故國平居有所思。"注:"言故國平時之事。"

【平阿】舊縣名。戰國齊邑。漢置縣,屬沛郡。晉永嘉後廢。故地在安徽懷遠縣北。南朝梁又僑置平阿縣。後周廢。故地在江蘇高郵縣與天長縣間。參閱讀史方輿紀要二一鳳陽府懷遠縣、二三高郵州北阿鎮。

【平明】㊀天剛亮的時侯。荀子哀公:"君昧爽而櫛冠,平明而聽朝,日昃而退。"史記項羽紀:"(項王)直夜潰圍南出,馳走。平明,漢軍乃覺之。"㊁公正明察。三國志蜀諸葛亮傳出師表:"若有作姦犯科及爲忠善者,宜付有司,論其刑賞,以昭陛下平明之理。"

【平易】㊀平和簡易。管子霸言:"其立之也以整齊,其理之也亦平易。"史記魯周公世家:"夫政不簡不易,民不有近;平易近民,民必歸之。"㊁指性情温和寧静。莊子刻意:"聖人休休焉,則平易矣。平易則恬淡矣。"也指和藹可親。新唐書一六六杜佑傳:"爲人平易遜順,與物不違忤,人皆愛重之。"㊂指地勢平坦開闊。漢書六九趙充國傳:"今留步士萬人屯田,地勢平易,多高山遠望之便,……以逸待勞,兵之利者也。"㊃指語言淺近通俗。宋程頤伊川文集七明道先生行狀:"先生之言,平易易知。"

【平固】舊縣名。三國吳分贛縣地,置平陽縣。晉太康元年,改名平固,屬南康郡。晉元興二年,桓玄稱帝,廢安帝爲平固王。至隋縣廢。故地在今江西興國縣境。參閱讀史方輿紀要八八贛州府興國縣平固城。

【平和】㊀寧静温和,不偏激。禮樂記:"感條暢之氣,而滅平和之德。"㊁指健康正常。唐白居易長慶集三九答裴垍讓中書侍郎平章事表:"宜加調攝,速就平和。"㊂縣名。屬福建省。漢冶縣地。明正德十四年置縣。見明史地理志六。

【平周】地名。戰國魏邑。漢置縣,屬西河郡。東漢末廢。故地在山西介休縣境。參閱嘉慶一統志一四四汾州府古迹。

【平流】㊀平静的流水。初學記二二晉徐廣釣賦:"投芳餌於纖絲,灑長綸於平流。"㊁緩緩而流。唐白居易長慶集五八府中夜賞詩:"白粉牆頭花半出,緋紗燭下水平流。"㊂平常的人。對高門貴族而言。新唐書一一六章嗣立傳:"貴閥後生以僥倖升,寒族平流以替業去。"

【平津】地名。故地在河北鹽山縣南。漢武帝時,公孫弘爲丞相,封爲平津侯,封地是高成的平津鄉。漢代凡非列侯爲丞相者,必封侯爵,自此始。見漢書五八公孫弘傳、太平寰宇記六五滄州鹽山縣。

【平亭】斟酌定奪,使得其平。漢書五九張湯傳:"是時,上方鄉文學,湯決大獄,欲傅古義,乃請博士弟子治尚書春秋,補廷尉史,平亭疑法。"注:"李奇曰:'亭亦平也。'(顏)師古曰:'亭,均也,調也。言平均疑法及爲讞疑奏之。'"

【平郊】平曠的原野。唐杜甫杜工部草堂詩箋二一春寒:"霧隱平郊樹,風含廣岸波。"

【平度】㊀正常的準則。文選漢班叔皮(彪)北征賦:"夫何陰曀之不陽兮,嗟久失其平度。"㊁縣名。屬山東省。春秋齊地。漢膠東國地,東漢置縣,屬東萊郡。明洪武二十一年置平度州。公元1913年改縣。參閱寰宇通志七六萊州府平度州。

【平勃】漢相陳平和周勃。平勃協謀,剷除呂后勢力,維護劉氏政權。後來詩文中因以平勃並舉,作爲大臣同心協力共謀國事的典故。宋書張永傳張暢與永書:"方藉羣賢,共康時難,當遠慕廉藺在公之德,近效平勃忘私之美。"廉藺,戰國廉頗、藺相如。

【平城】舊縣名。漢縣,屬雁門郡。漢高祖七年出擊韓王信至平城,爲匈奴包圍,即此。北魏天興元年定都於此,孝昌二年廢。其地在今山西大同市東。參閱讀史方輿紀要四四大同府大同縣。

【平泉】㊀縣名。屬河北省。漢右北平郡平剛縣地。金爲大定府,元爲大寧路,府治、路治都在大定縣。清乾隆間改爲平泉州。公元1913年改爲縣。參閱嘉慶一統志四二承德府一。㊁古迹。平泉莊,唐李德裕別墅。在洛陽。李文饒集別集九有平泉山居草木記,唐白居易長慶集六有醉遊平泉詩。

【平衍】平坦廣闊。穆天子傳二:"丁未,天子大朝于平衍之中,乃命六師之屬休。"文選漢張平子(衡)南都賦:"上平衍而曠蕩,下蒙籠而崎嶇。"

【平浦】平坦的水濱。唐王勃王子安集一春思賦:"桃花萬騎喧長薄,蘭葉千旗照平浦。"

【平素】往昔,生平。三國志蜀費詩傳諸葛亮與孟達書:"適與李鴻會於漢陽,慨然永歎,以存足下平素之志。"文選潘安仁(岳)寡婦賦:"耳傾想於疇昔兮,目仿佛乎平素。"

【平夏】宋代城名。本唐石門關。宋紹興四年渭州知府章楶築城於石門峽江口好水河南,防禦西夏,名平夏城。大觀二年升爲懷德軍。明景泰中撤銷。參閱宋史三二八章楶傳、讀史方輿紀要五八平涼府鎮原縣。

【平原】㊀廣闊平坦的原野。左傳桓元年:"秋,大水。凡平原出水爲大水。"㊁地名。1.郡名。戰國齊地。後屬秦齊郡。漢高祖六年置平原郡。轄十九縣。晉爲平原國。南朝宋仍稱平原郡。隋開皇三年改名德州。以後時廢時復。至唐乾元元年復稱德州。直至清末。公元1913年改稱德縣。參閱太平寰宇記六四德州。2.縣名。屬山東省。本漢舊縣,爲平原郡附郭。故城在今縣南。

【平剛】舊縣名。漢置,屬右北平郡。東漢郡治遷至土垠縣,遂廢。故地在河北平泉縣。參閱清吳卓信漢書地理志補注七二。

【平圃】山名。山海經西山經:"又西三百二十里曰槐江之山,……其陽多丹粟,其陰多采黃金銀,實惟帝之平圃。"晉郭璞注:"即玄圃也。"清郝懿行箋疏:"穆天子傳'玄圃'作'縣圃',……蓋玄、縣聲同,古通用。"清畢沅校注以爲即甘肅張掖縣北之雞山。

【平秩】分別次序。書堯典:"寅賓日出,平秩東作。"傳:"平均次序東作之事,以務農也。"史記五帝紀作"便程東作",尚書大傳一作"辯秩東作"。平、便、辯,古字通假。平秩,意是辨次耕作的先後。參閱清王引之經義述聞三尚書上平秩東作、孫星衍尚書今古文注疏一。

【平皋】水邊平地。皋,水岸。史記一一七司馬相如傳哀二世文:"汩淢噏習以永逝兮,注平皋之廣衍。"三國魏嵇康嵇中散集一兄秀才公穆入軍贈詩之十五:"流磻平皋,垂綸長川。"

【平脈】正常的脈象。晉王叔和脈經扁鵲

脈法:"平和之氣，不緩不急，不滑不澀，不存不亡，不短不長，不俛不仰，不從不橫，此謂平脈。"

【平涼】㊀郡名。春秋秦地。漢爲北地郡。東晉前秦置平涼郡，至北周廢。宋時爲平涼軍節度。元以後爲平涼府，府治平涼縣。公元 1913 年裁府留縣。參閱嘉慶一統志二五八平涼府一。㊁縣名。漢朝那縣。隋大業二年改爲平涼縣。公元 1958 年劃入甘肅平涼市。參閱太平寰宇記一五一渭州。

【平淡】平常自然。南朝梁鍾嶸詩品晉宏農太守郭璞詩:"憲章潘岳，文體相輝，彪炳可玩，始變永嘉平淡之體。"也作"平澹"。唐韓愈昌黎集五送無本師歸范陽詩:"姦窮怪變得，往往造平澹。"此皆言詩文質樸。也指人品性淡泊。晉書郗鑒傳:"道韻平淡，體識沖粹。"

【平章】㊀商量處理。北齊顏之推顏氏家訓風操:"近在議曹，共平章百官秩祿。"㊁品評。宋辛棄疾稼軒長短句三水調歌頭淳熙己亥……席上留別:"在家貧亦好，此語試平章。"又陸游劍南詩稿三自笑:"平章春韭秋菘味，拆補天吳紫鳳圖。"㊂官名。唐時以尚書、中書、門下三省長官爲宰相，因其官位隆重，不常設置，由其他官員代行職務，稱爲同中書門下平章事，省稱同平章事。宋沿襲，而以參知政事爲副職。位更高者則稱平章軍國重事，在宰相之上。元代中書省和行中書省，皆置平章，中書省平章爲宰相的副職，行中書省平章爲地方高級長官。明初沿襲，不久卽廢。

【平$_2$章】辨別明白。書堯典:"九族既睦，平章百姓。"傳:"百姓，百官。言化九族而平和章明。"史記五帝紀作"便章百姓"，後漢書三九劉愷傳注引尚書作"辯章百姓"。平、便、辯，古字通假，義爲辨別。參閱清王引之經義述聞三平章百姓、孫星衍尚書今古文注疏一。

【平郭】舊縣名。漢置，屬遼東郡。晉撤銷。故城在今遼寧蓋平縣南。參閱嘉慶一統志六十奉天府二古迹。

【平望】㊀三國魏宮觀名。明帝(曹叡)太和三年改名聽訟觀。在穀水以北。見三國志魏明帝紀太和三年、水經注十六穀水。㊁鎮名。在江蘇吳江縣南。舊爲控接嘉湖的要道。元末張士誠派水師屯駐平望，卽此。參閱讀史方輿紀要二四蘇州府吳江縣。

【平康】㊀平安。書洪範:"平康正直。"傳:"世平安，用正直治之。"㊁唐長安丹鳳街有平康坊，是妓女聚居的地方，也作平康里。因地近北門，又稱北里。舊時因以"平康"、"北里"作爲妓女所居的泛稱。清孔尚任桃花扇訪翠:"盛誇李香君妙齡絕色，平康第一。"參閱唐孫棨北里志海論三曲中事、五代後周王仁裕開元天寶遺事上風流藪澤。

【平視】對面直看。禮曲禮下"大夫衡視"漢鄭玄注:"衡，平也。平視，謂視面也。"三國志魏劉楨傳注引典略:"其後太子(曹丕)嘗請諸文學，酒酣坐歡，命夫人甄氏出拜。坐中衆人咸伏，而楨獨平視。"

【平理】㊀評斷是非。後漢書二五魯恭傳:"訟人許伯等爭田，累守令不能決，恭爲平理曲直，皆退而自責，輟耕相讓。"㊁秉公處理。陳書王沖傳:"累遷侍中南郡太守，習於法令，政在平理。"㊂有條不紊。南史齊紀上論:"機事平理，職貢有恒，府藏內充，人鮮勞役。"南朝宋鮑照鮑氏集十飛白書勢銘:"絲縈髮垂，平理端密。"

【平都】山名。又名酆都山。在四川豐都縣東北。道家有洞天福地之說，附會爲仙人陰長生得道之地，稱爲七十二福地之一。見舊題晉葛洪神仙傳四、雲笈七籤二七洞天福地。

【平晝】正午。戰國策趙二:"武靈王平晝閒居，肥義侍坐。"

【平陸】㊀平坦的陸地。孫子行軍:"平陸處易，而右背高，前死後生，此處平陸之軍也。"㊁縣名。屬山西省。漢大陽縣地。唐天寶元年(舊唐書地理志一作天寶三載)，陝郡太守李齊物鑿三門山路，以利漕運，得古鐵戟，上有古篆"平陸"二字，因改縣名爲平陸。見太平寰宇記六陝州。㊂古厥國。戰國齊邑。孟子公孫丑下"孟子之平陸"，卽此。漢置東平陸縣，屬東平國。因西河郡另有平陸，故加東字。唐天寶元年改中都縣。故地在今山東汶上縣北。參閱元和郡縣志十鄆州。

【平陵】舊縣名。1. 漢昭帝死，葬平陵，因置平陵縣。至三國魏黃初中改爲始平。故地在今陝西興平縣東北。參閱元和郡縣志二京兆下。 2. 相傳殷帝乙所都。春秋爲譚國地，被齊吞併。漢置東平陵縣，屬濟南郡。因右扶風有平陵，故加東字。南朝宋改爲平陵縣。至唐貞觀十七年廢。參閱太平寰宇記十九歷城縣。

【平陰】㊀縣名。屬山東省。古肥子國。春秋齊邑。漢爲肥城縣，屬泰山郡。隋開皇十四年，於今縣西北置榆山縣，大業二年改名平陰。見元和郡縣志十鄆州。㊁舊縣名。春秋晉陰地，陰戎所居。因在平城之南，故名平陰。漢置平陰縣，屬平原郡。三國魏改爲河陰。晉廢。故城在今河南孟津縣東。參閱水經注四河水引地理風俗記。

【平常】㊀日常，常時。漢王充論衡正說:"失平常之事，有怪異之說。"後漢書光武紀上:"又不敢爲伯升服喪，飲食言笑如平常。"伯升，光武兄劉縯字。㊁普通，尋常。南朝宋鮑照鮑氏集八松柏篇詩:"家世本平常，獨有亡者劇。"

【平冕】卽平天冠。晉書輿服志:"平冕，王公卿助祭於郊廟服之。"詳"平天冠"。

【平國】㊀守成之國。周禮秋官大司寇:"二曰刑平國，用中典。"注:"平國，承平守成之國也。用中典者，常行之法。"疏:"謂先君受封，後君承前平安守持成立之國。"㊁治理國家。公羊傳隱元年:"公將平國而反之桓。"注:"平，治也。"

【平移】舊時官府同級官員之間往來公文書名。如知縣與州同、州判，州同、州判與儒學等往來的文書，稱平移。

【平脱】古代漆器工藝品，把鏤成花紋圖案的金銀薄葉，用膠漆貼在所製器物表面，重行上漆，加工細磨，使花紋脱露，這種工藝稱爲平脱。唐代最盛。唐段成式酉陽雜俎一忠志:"安祿山恩寵莫比，錫賚無數，其所賜品目有:……金銀平脱隔餛飩盤，平脱着足疊子。"

【平進】按照資歷進升。文選晉庾元規(亮)讓中書令表:"向使西京七族，東京六姓，皆非姻黨，各以平進，縱不悉全，決不盡敗。"宋書蔡興宗傳:"吾素門平進，與主上甚疎，未容有患。"

【平紬】厚重光潔的絲織物。急就篇二"綈絡縑練素帛蟬"唐顏師古注:"綈，厚繒之滑澤者也。重三斤五兩，今謂之平紬。"

【平湖】縣名。屬浙江省。明宣德五年由海鹽縣東北武原等鄉所分置。見讀史方輿紀要九一嘉興府。

【平棊】承塵，天花板。宋李誡營造法式平棊:"山海經圖作平橑，云今之平棊也。"注:"以方椽施版，謂之平闇，以平版貼華，謂之平棊。俗亦呼爲平起者，語訛也。"

【平畫】㊀評議謀劃。平，通"評"。商君書更法:"孝公平畫，公孫鞅、甘龍、杜摯三大夫御於君，慮世事之變，討正法之本，求民之道。"㊁壁畫。宋郭若虛圖畫見聞誌四:"馮清,陝郡閺鄉人。善畫稾馳,兼工平畫。景靈宫北廊牆壁道經變相,乃清之筆。"

【平陽】㊀相傳古帝堯所都。因其地在平水之陽,故名。春秋屬晉,戰國屬魏。秦置河東郡。三國魏正始八年,分河東的汾北十縣置平陽郡。宋政和六年升爲平陽府。明以來府治在臨汾縣。公元 1911 年裁府留縣。今屬山西省。參閱讀史方輿紀要四一平陽府、嘉慶一統志一三八平陽府。㊁縣名。屬浙江省。晉太康四年置始陽縣,後改名横陽,五代後梁乾化四年,吴越改今名。參閱讀史方輿紀要九四温州府。

【平舒】地名。1. 戰國趙地。漢置縣,屬代郡。史記趙世家:"趙與燕易土,……燕以葛、武陽、平舒與趙。"正義引括地志:"在蔚州靈丘縣北九十三里。"故城在山西廣靈縣境。 2. 在陝西華陰縣西北。史記秦始皇紀三十六年:"使者從關東夜過華陰平舒道。"正義引括地志:"平舒故城在華州華陰縣西北六里。"

【平等】佛教語。佛教認爲宇宙本質皆同一體,一切法、一切衆生本無差別,故稱平等。涅槃經三:"如來善修,如是平等。"景德傳燈録二九梁寳誌大乘讚:"慈心一切平等,真如菩提自現。"

【平無】山名。卽彭亡山。詳"彭亡"。

【平復】㊀恢復平靜。史記梁孝王世家:"太后聞之,立起坐飡,氣平復。"㊁病愈復原。韓詩外傳十:"諸扶輿而來者,皆平復如故。"三國志魏華陀傳:"病若在腸中,便斷腸湔洗,縫腹膏摩,四五日差,不痛,人亦不自寤,一月之間,卽平復矣。"

【平鄉】縣名。屬河北省。春秋時邢國,爲趙所滅。秦置鉅鹿郡和縣。秦二世二年,章邯北渡河,命王離圍趙王歇於鉅鹿,卽此。北魏景明三年改名平鄉。參閱元和郡縣志十五邢州。

【平準】㊀古代官府轉輸物資、平抑物價的措施。史記平準書:"大農之諸官盡籠天下之貨物,貴卽賣之,賤則買之。如此,富商大賈無所牟大利,則反本,而萬物不得騰踊。故抑天下之物,名曰平準。"㊁官名。漢承秦制,大司農屬官有平準令丞,掌管平準的工作。見漢書百官公卿表上、宋書百官志下。

【平話】宋、元以來民間伎藝的一種。以講述歷史故事或短篇小説爲主。因用口語講述,故稱爲平話,也作"評話"。相當於後來的説書。講話底稿稱爲話本。現存宋元話本約有百種,以宋人缺名五代史平話爲最早。

【平遠】縣名。屬廣東省。明嘉靖四十二年,分福建武平、上杭,江西安遠,惠州府興寧四縣地設置,因接連武平、安遠,故名。見讀史方輿紀要一〇三廣東四潮州府。

【平楚】楚,叢木。登高遠望,見樹梢齊平,故稱平楚。文選南齊謝玄暉(朓)郡内登望詩:"寒城一以眺,平楚正蒼然。"唐李商隱李義山詩集三訪隱:"月從平楚轉,泉自上方來。"參閱明楊愼丹鉛總録二十平楚。

【平當】㊀公平恰當。三國志蜀楊戲傳:"職典刑獄,論法決疑,號爲平當。"宋書武三王義恭傳劉裕誡義恭書:"宜深自砥礪,思而後行,開布誠心,厝懷平當。"㊁公元前?—前 5 年。漢平陵人。字子思。成帝認爲他對尚書禹貢有研究,派他去整治黄河,主持河隄工程。哀帝時,官至丞相。漢書有傳。

【平署】聯名簽署。署,簽名。後漢書六七李膺傳:"及遭黨事,當考實膺等。案經三府,太尉陳蕃卻之。曰:'今所考案,皆海内人譽,……豈有罪名不章而致收掠者乎?'不肯平署。"

【平遥】縣名。屬山西省。漢爲平陶縣。北魏因太武帝名拓跋燾,陶、燾同音,避諱改名平遥。見元和郡縣志十三汾州。

【平臺】古迹名。在河南商丘縣東北。相傳魯襄公十七年宋皇國父築平臺。漢梁孝王與鄒陽枚乘等文士遊於平臺之上,卽此。南朝宋謝惠連在此作雪賦,故又名雪臺。唐李白李太白詩七梁園吟:"天長水闊厭遠涉,訪古始及平臺間。"又杜甫杜工部草堂詩箋二一玉臺觀之二:"浩劫因王造,平臺訪古遊。"參閱元和郡縣志七宋州。

【平調】㊀均勻調和。後漢書四一宋意傳:"今諸國之封,並皆膏腴,風氣平調,道路夷近,朝聘有期,行來不難。"㊁樂曲的一種,以宫爲主。有長歌行短歌行猛虎行君子行燕歌行從軍行鞠歌行七曲。樂器有笙、笛、筑、瑟、琴、箏、琵琶七種。見樂府詩集三十平調曲引陳釋智匠古今樂録。

【平餘】清制於徵收正賦正額以外的多收部分。清初各省凡交解正餉,每千兩額外加徵耗羨銀二十五兩,意謂平色的多餘部分,故稱平餘。因民怨沸騰,雍正八年明令減免一半。乾隆三年命令把平餘留在各省司庫,遇事奏請動用,此制直至清末。州縣也巧立名目,額外勒徵。參閱清文獻通考四一國用三。

【平魯】縣名。屬山西省。本漢中陵縣,屬雁門郡。明正統三年,置平魯衞。清雍正三年改爲縣。見嘉慶一統志一四八山西朔平府。

【平樂】㊀和平安樂。史記一一〇匈奴傳漢文帝與匈奴書:"願寢兵休士卒養馬,除前事,復故約,以安邊民,使少者得成其長,老者安其處,世世平樂。"㊁縣名。屬廣西僮族自治區。漢蒼梧郡荔浦富川二縣地。三國吴甘露元年,置平樂縣,取縣南平樂溪爲名。宋置平樂郡,元以後改平樂府,都在縣設治。公元 1913 年裁府留縣。參閱元和郡縣志三七昭州、嘉慶一統志四六七平樂府一。

【平頭】㊀光頭。玉臺新詠九南朝梁武帝河中之水歌:"珊瑚掛鏡爛生光,平頭奴子擎履箱。"宋陸游劍南詩稿五五冗坐久散步野舍:"赤脚春畬粟,平頭拾澗柴。"㊁頭巾名。新唐書車服志:"(隋文帝時)文官又有平頭小様巾,百官常服同於庶人。"㊂舊詩八病之一。詳"八病"。㊃十、百、千、萬等不帶零頭的整數。今又稱齊頭數。唐白居易長慶集十九登龍尾道南望憶廬山舊隱詩:"青山舉眼三千里,白髮平頭五十人。"又五八除夜詩:"火銷燈盡天明後,便是平頭六十人。"俗稱六十歲爲平頭甲子,本此。㊄車名。宋時載物的車子,上面有箱無蓋,如太平車而小。見宋孟元老東京夢華録三般載雜賣。又宫車"平輦"也稱平頭輦。詳"平輦"。

【平蕪】雜草繁茂的原野。唐高適高常侍集八田家春望詩:"出門何所見,春色滿平蕪。"宋歐陽修六一詞踏莎行:"平蕪盡處是春山,行人更在春山外。"

【平盧】唐方鎮名。唐於邊境分置節度使、經略使。玄宗開元五年,於營州設置平盧軍使,七年升爲平盧軍節度使,統領盧龍軍一、榆關守捉十一。安史之亂後,改領淄青齊棣登萊六州,都在今山東省東部。參閱新唐書六六方鎮表三、清吴廷燮唐方鎮年表三平盧。

【平縣】普通的縣分。漢代根據一縣政務的繁簡,分爲劇縣和平縣。後漢書安帝紀永初元年九月詔:"自今長吏被考竟未報,自非父母喪無故輒去職者,劇縣十歲,平縣五歲以上,乃得次用。"參見"劇縣㊁"。

【平曉】天初亮。初學記十三隋盧思道駕出圜丘詩:"平曉禁門開,隱隱乘輿出。”

【平衡】本指衡器兩端所承受重量相等而處於水平狀態。後泛指兩種以上事物所處位置相當或事物得以均等。禮曲禮下:“執天子之器則上衡,國君則平衡。”指所執之器與胸相平。荀子大略:“平衡曰拜,下衡曰稽首,至地曰稽顙。”此指拜時頭與腰相平。漢書律曆志上:“準正則平衡而鈞權矣。”此用本義。

【平襄】地名。春秋襄戎邑。漢置縣,屬天水郡。北魏廢。故城在今甘肅通渭縣。參閱太平寰宇記一五〇秦州大潭縣。

【平聲】漢語四聲之一。聲調平出而無低昂的稱爲平聲。玉篇附唐釋神珙四聲五音九弄反紐圖:“平聲者,哀而安。”現代漢語北方話又按聲母清濁分爲陰平陽平兩類。參見“四聲”。

【平輿】縣名。屬河南省。春秋沈子國,後爲楚所滅。漢置縣,爲汝南郡治。元裁入汝南縣。參閱太平寰宇記十一蔡州、讀史方輿紀要五十汝陽縣。解放後由汝南縣分置,屬河南信陽專區。

【平繇】均衡調配力役。漢書溝洫志:“令吏民勉農,盡地利,平繇行水,勿使失時。”注:“平繇者,均齊渠堰之力役,謂俱得水利也。繇讀曰徭。”

【平藥】性質平和的藥劑。周書姚僧垣傳:“梁元帝嘗有心腹疾,乃召諸醫議治療之方,咸謂至尊至貴,不可輕脱,宜用平藥,可漸宣通。”

【平疇】平坦的田地。晉陶潛陶淵明集三癸卯歲始春懷古田舍詩之二:“平疇交遠風,良苗亦懷新。”

【平羅】縣名。屬寧夏回族自治區。位於黄河西岸。本唐靈州北境。清雍正二年改置平羅縣。參閱嘉慶一統志二六四寧夏府一。

【平穩】安全妥帖。唐杜甫杜工部草堂詩箋二七秋清:“十月江平穩,輕舟進所如。”又釋齊己白蓮集四送周秀赴峽詩:“明年期此約,平穩至荆門。”

【平議】㊀公平論斷。後漢書四八霍諝傳:“有人誣諝舅宋光於大將軍梁商者,……諝時年十五,奏記於商曰:‘將軍天覆厚恩,愍舅光冤結,前者温教,許爲平議。’”㊁商量討論。平通“評”。三國志魏鍾繇傳:“此大事,公卿羣僚善共平議。”晉書裴楷傳:“賈充改定律令,……詔楷於御前執讀,平議當否。”

【平露】瑞木名。古時迷信,謂官位得人即生平露。見白虎通三上封禪。一本作“平路”。

【平糴】官府於豐年以平價購存糧食,以備荒年平價出售,稱爲平糴。漢書食貨志上:“是故善平糴者,必謹觀歲有上中下孰(熟)。”參見“和糴”。

【平糶】官府於荒年將存糧平價出售。史記一二九貨殖傳:“平糶齊物,關市不乏,治國之道也。”

【平上幘】魏晉時武官所戴的頭巾,因幘上平如屋頂,故名。三國志魏賈逵傳注引魏略李孚傳:“及到梁淇,使從者斫問事杖三十枚,繫著馬邊,自著平上幘,將三騎,投暮詣鄴下。”晉書輿服志:“冠惠文者,宜短耳,今平上幘也。始時各隨所宜,遂因冠爲別。介幘服文吏,平上幘服武官也。”

【平山堂】古蹟。在今江蘇揚州市西北瘦西湖北蜀岡上。宋慶曆八年郡守歐陽修所建,因登堂可以望見江南諸山,故以平山爲名。見宋葉夢得避暑録話上、鄭興裔鄭忠肅奏議遺集下平山堂記。

【平天冠】古代帝王百官祭祀時都戴冠冕,以冠冕的梁數和旒(禮帽前後的玉串)的多少作爲識別。皇帝戴平冕,也叫平天冠,垂白玉珠十旒。又叫通天冠、平頂冠。見漢蔡邕獨斷下、宋書禮志五、宋洪邁容齋隨筆三筆二平天冠。

【平水韻】宋以前韻書,依據切韻分韻爲二百零六部,爲了便於作詩叶韻,在二百零六部中或注獨用、同用等字。宋淳祐間江北平水劉淵增修壬子新刊禮部韻略,始盡併同用之韻爲一百零七部。其書今已不存,但元初黄公紹韻會舉要即據此分韻。同時金人王文郁有新刊平水禮部韻略,併上聲“迥”、“拯”爲一百零六部。爲元以來作近體詩者押韻的依據,沿用至今。舊稱平水韻。舊時不少字書、辭書以平水韻分韻編次,如佩文韻府。參閲清江永古韻標準例言、錢大昕潛研堂文集二七跋平水新刊韻略。附平水韻韻部表:

平聲:東、冬、江、支、微、魚、虞、齊、佳、灰、真、文、元、寒、删、先、蕭、肴、豪、歌、麻、陽、庚、青、蒸、尤、侵、覃、鹽、咸。

上聲:董、腫、講、紙、尾、語、麌、薺、蟹、賄、軫、吻、阮、旱、潸、銑、篠、巧、皓、哿、馬、養、梗、迥、有、寢、感、儉、豏。

去聲:送、宋、絳、寘、未、御、遇、霽、泰、卦、隊、震、問、願、翰、諫、霰、嘯、效、號、箇、禡、漾、敬、徑、宥、沁、勘、豔、陷。

入聲:屋、沃、覺、質、物、月、曷、黠、屑、藥、陌、錫、職、緝、合、葉、洽。

【平生歡】素來交好。漢書三二張耳陳餘傳:“上使泄公持節問之箯輿前,(貫高)仰視泄公,勞苦如平生歡。”史記作“平生驩”。

【平安火】唐代,邊塞之地大約隔三十里設一烽火報警點。每日初夜,放煙一炬,稱爲平安火。唐元稹長慶集十五遣行詩之九:“迎候人應少,平安火莫驚。”才調集九姚合窮邊詞之二:“沿邊千里渾無事,唯見平安火入城。”

【平安信】報平安的使者。唐段成式酉陽雜俎十六羽:“波斯舶上多養鴿,能飛,行數千里,輒放一隻至家,以爲平安信。”後來信指書信,也作“平安字”。元曲選缺名桃花女楔子:“想我河南人出外經商的,可也不少,怎生平安字稍(捎)不得一箇回來?”

【平宋録】元劉敏中撰。三卷。又名丙子平宋録。記述至元十三年元將伯顔(巴顔)攻下宋都臨安及宋幼主被俘至北的經過。與元史所載相合,但下卷所收詔表,元史未著録。

【平肩輿】有槓以人肩擡的轎子。晉書謝萬傳:“萬嘗衣白綸巾,乘平肩輿,徑至聽事前。”北齊書王琳傳:“琳乘平肩輿,執鉞而麾之,擒(侯)安都、(周)文育。”

【平津館】漢公孫弘爲丞相,封平津侯,起客館,開東閣,以招待士人。見漢書本傳。後常用爲高級官僚延納賓客的典故。北周庾信庾子山集十五周大將軍懷德公吳明徹墓誌:“歸平津之館,時聞櫪馬之嘶;舍廣城之傳,裁見諸侯之客。”也作“平津邸”。文選南齊陸韓卿(厥)奉答内兄希叔詩:“出入平津邸,一見孟嘗君。”清孫星衍任山東督糧道時,治所即在公孫弘所封平津故地,因名其書齋爲平津館,所刊叢書名平津館叢書。

【平型關】地名。也作平刑關。在山西繁峙縣東北。本名瓶形寨,因縣有瓶形梅迴等鎮,與瓶形相近,故名。舊爲長城重要關口。參閱讀史方輿紀要四十代州繁峙縣。

【平面子】矮桌。宋盛度爲翰林學士,仁宗命在殿中草詔,度曰:“臣體肥,不能伏地作字,乞賜一平面子。”見宋朱弁曲洧舊聞一。

【平原君】公元前?—前251年。原名趙勝。戰國趙武靈王子,惠文王弟,封於東武城,號平原君。三任趙相。相傳有食客三千人,與齊孟嘗君(田文)、魏信陵君(魏無忌)、楚春申君(黄歇)稱爲四公子。惠文王九年,秦圍趙都邯鄲,平原君用毛遂計與楚訂立盟約，求救於魏，破秦存趙。見史記本傳。

【平頂冠】見"平天冠"。

【平陵東】樂府相和曲名。相傳爲漢翟義門客所作。王莽立孺子嬰爲帝，自稱假皇帝，後故丞相翟方進子東郡太守義起兵，事敗爲莽所殺，義門客爲作哀歌。原辭見樂府詩集二八相和曲下。參閱晉崔豹古今注中音樂、唐吳兢樂府古題要解上。

【平陽侯】漢曹壽（武帝姊陽信長公主之夫）封號。武帝夜間改裝出行，常稱平陽侯。見漢書六五東方朔傳。全唐詩一四三王昌齡春宮曲："平陽歌舞新承寵，簾外春寒賜錦袍。"指漢武帝寵幸平陽主歌者衞子夫故事。見漢書九七上孝武衞皇后傳。

【平等會】佛家語。即無遮大會。南史梁武帝紀中大同二年："帝幸同泰寺，設平等法會。"詳"無遮大會"。

【平等覺】佛家語。即如來的正覺，指對事物真實所得的感覺。佛家認爲正覺無高下深淺的差別，故稱平等覺。後漢三藏支婁迦讖譯有無量清淨平等覺經四卷。

【平復帖】晉陸機所寫的書札。宋宣和書譜十四著録。爲現存最古的名人墨蹟。今藏北京故宮博物院。

【平靖關】地名。在河南信陽縣西南。爲古九塞的黽阨。地形險要，貫通南北，魏晉以來常爲兵家必爭之地。南北朝西魏大統十七年，在此設平靖關，駐兵防守，因古平靖縣得名。一説此關依山爲障，不用城壕，故以平靖爲名。宋時或名行者坡，或名行者關，又訛爲恨這關。參閱元和郡縣志二七安州應山縣、宋王應麟通鑑地理通釋一義陽三關、讀史方輿紀要四六重險黽阨、又七七德安府應山縣。

【平樂觀】漢代宮觀名。漢高祖時始建，武帝增修，在上林苑中未央宮北，周圍十五里。東漢都洛陽，明帝永平五年於長安迎取飛廉銅馬，置於西門外，築平樂觀，也作爲閱兵地方。在今河南洛陽市故洛陽城西。見三輔黃圖五、後漢書靈帝紀中平五年、資治通鑑十八漢元光五年"馳逐平樂觀"注。

【平齋詞】宋洪咨夔撰。一卷。咨夔字舜俞，號平齋，嘉泰二年進士，累官至刑部尚書、翰林學士、知制誥。其詞風格似辛棄疾劉過。清毛晉刊入宋六十名家詞。

【平心定氣】使心情平和，態度冷靜。宋呂本中官箴："又如監司郡守嚴刻過當者，須平心定氣，與之委曲，使之相從而後已。"（説郛六九）又作"平心易氣"。朱子語類一一八："公看文字子細，卻是急性太忙迫都亂了，又是硬鑽鑿求道理，不能平心易氣看。"今多作"平心靜氣"。

【平地青雲】地位突然提高。舊多指科舉中式。唐曹鄴杏園宴呈同年詩："一旦公道開，青雲在平地。"（元辛文房唐才子傳七曹鄴）金元好問遺山集十送端甫西行詩："渭城朝雨三年別，平地青雲萬里程。"也稱"平步青雲"。元丁鶴年集四題王大使望雲思親圖詩："達官愛雲雲作侶，平步青雲稱高舉。"

【平地風波】比喻突然發生意外事故。全唐詩六九三杜荀鶴將過湖南經馬當山廟因書三絶之二："祇怕馬當山下水，不知平地有風波。"宋蘇轍欒城後集三思歸詩之一："兒言世情惡，平地風波起。"又作"平地波瀾"。唐劉禹錫劉夢得集九竹枝詞之七："長恨人心不如水，等閒平地起波瀾。"

【平沙落雁】琴曲名。又名"雁落平沙"。是我國流傳很廣的古典標題樂曲。最早見於古琴正宗。諸譜多載此曲，分段雖異，音節略同。描寫沙灘上羣雁起落的情景。一説首段皆泛音起，左手指法，有痕無跡，如雁落平沙。見清高士奇蓬山密記。

【平流緩進】唐白居易長慶集五三汎小艑詩："船緩進，水平流，一莖竹篙剔船尾，兩幅青幕幅船頭。"本指平水行船徐徐緩進，後比喻穩步前進。

【平原督郵】比喻劣酒。詳"青州從事"。

【平淮西碑】碑名。唐元和十二年平定淮西藩鎮，詔韓愈撰平淮西碑，歸功於宰相裴度。時唐鄧節度使李愬先入蔡州，自居首功，對此不平。愬妻出入禁中，訴説碑辭不實，詔令磨去韓文，另命翰林學士段文昌重撰刻石。事見舊唐書一六〇韓愈傳、新唐書二一四吳元濟傳。宋政和中，知州陳珦又磨去段文，再刻韓文。韓文見昌黎集三十，段文見唐文粹五九。

【平陽公主】㊀漢武帝姊封陽信長公主，爲平陽侯曹壽妻，時稱平陽公主。後嫁衞青。參閱漢書五五衞青傳。㊁公元？—623年。唐高祖李淵第三女，柴紹妻。隋大業十三年，柴紹往太原隨李淵起兵反隋，她在鄠縣（今屬陝西）散家資，置幕府，發展至七萬人。時稱"娘子軍"。見舊唐書五八柴紹傳附、新唐書八三諸帝公主傳。

【平地一聲雷】平地突發巨響。舊時多喻人考中科舉，聲名驟然提高。花間集三五代韋莊喜遷鶯詞："鳳銜金牓出門來，平地一聲雷。"元曲選馬致遠薦福碑四："都則爲平地一聲雷，今日對文武兩班齊。"

【平津館叢書】叢書名。清孫星衍輯。四十二種，二百四十八卷。所輯之書，門類繁多，其中諸子雜史多據善本，並加校勘。後經戰亂，原版盡毀，光緒十年吳縣朱記榮重爲校刊印行。

【平原十日飲】見"十日飲"。

三畫

幵 jiān 古賢切，平，先韻，見。

㊀漢時我國少數民族羌族部族名。漢書六九趙充國傳："先零、罕、幵乃解仇作約。"注："罕、幵，羌之別種也。"㊁山名。見"幵頭"。

【幵頭】山名。在今甘肅平涼市西。詳"雞頭㊀"。

年 nián 奴顛切，平，先韻，泥。

㊀年成，五穀熟曰年。春秋宣十六年："冬，大有年。"㊁歲。指地球環繞太陽運行一周的時間。爾雅釋天："夏曰歲，商曰祀，周曰年。"疏："年者，禾熟之名，每歲一熟，故以爲歲名。"㊂年齡，壽命。書高宗肜日："惟天監下，典厥義，降命有永有不永。"左傳襄九年："公送晉侯，晉侯以公宴于河上，問公年。"㊃姓。明史有年富。

【年力】年歲與精力。文選南朝宋范蔚宗（曄）樂游應詔詩："聞道雖已積，年力互頹侵。"南朝陳徐陵徐孝穆集一爲王儀同致仕表："年力方强，不能辭退。"

【年少】年輕。戰國策趙二："寡人年少，蒞國之日淺。"後稱少年爲年少。三國志魏董昭傳："竊見當今年少，不復以學問爲本，專更以交游爲業。"世説新語賞譽下："阮光禄（裕）云：王家有三年少：右軍（羲之）、安期（王承）、長豫（王悦）。"

【年世】猶言年代。古以三十年爲一世。後漢書三三朱浮傳與彭寵書："六國之時，其埶各盛，廓土數千里，勝兵將百萬，故能據國相持，多歷年世。"文選作"年所"。文選南朝梁任彥昇（昉）爲卞彬謝脩卞忠貞墓啟："忠遘身危，孝積家禍，名教同悲，隱淪惆悵，而年世貿遷，孤裔淪塞。”

【年兄】唐宋以來，科舉考試同榜登科者稱同年，互相尊稱爲年兄。衆妙集唐李端聞蟬寄友人詩：“因垂數行淚，書寄十年兄。”宋馬永卿嬾真子五：“紹興六年夏，僕與年兄何元章會於錢塘江上。”後也尊稱同學爲年兄。

【年矢】謂時光如箭之迅速易逝。猶言光陰似箭。南朝梁周興嗣千字文：“年矢每催，曦暉朗曜。”

【年光】時光，年華。南朝梁何遜何水部集渡連圻詩之二：“客子行行倦，年光處處華。”唐白居易長慶集二十新秋病起詩：“一葉落梧桐，年光半又空。”

【年忌】古代迷信，謂人從七歲起，每隔九年爲一大忌，稱年忌。見靈樞經九陰陽二十五人。

【年伯】指與父同年登科的長輩。明以後，泛稱父輩，不問是否同年，都稱年伯。聊齋志異小梅：“年伯黄先生，位尊德重。”參閱清王應奎柳南隨筆二。

【年庚】古代用干支紀年。年庚，指該年的天干屬庚，卽歲在庚年。宋羅泌路史發揮三論恒星不見：“矧復年庚日甲，無一者之可合邪？”又舊時以人出生的年、月、日、時，用干支八字表示，謂之年庚。也稱“八字”。

【年夜】除夕。舊俗稱農曆除夕爲大年夜，其前一夕爲小年夜。唐缺名輦下歲時記竈燈：“都人至年夜，請僧道看經，備酒果送神。”

【年表】按年編排記述史事或人物事迹的表。史記有十表，如十二諸侯年表、六國年表等。如因年代久遠，事迹不詳，不能按年紀述，而以世排列的，則稱世表，如三代世表。或歷時短而事迹多，因此以月記述的，則稱月表。如秦漢之際月表。

【年事】㊀人事因年而增，因稱年事。南朝梁何遜何記室集贈族人秣陵兄弟詩：“遊宦疲年事，來往厭江濱。”㊁年紀與資歷。北齊書邢邵傳：“(邵)與濟陰温子昇爲文士之冠，世論謂之温邢。鉅鹿魏收，雖天才艷發，而年事在二人之後，故子昇死後，方稱邢魏焉。”唐白居易長慶集六七四年春詩：“時輩推遷年事到，往還多是白頭人。”

【年命】壽命。漢書刑法志：“功成事立，則受天禄而永年命。”三國魏曹植曹子建集一又感節賦：“匪榮德之累身，恐年命之早零。”

【年例】㊀每年如此。唐孟浩然集一早梅詩：“園中有早梅，年例犯寒開。”㊁明正統以後，政府補給各邊郡的年度費用稱年例。見明史食貨志六。

【年所】年次，年數。書君奭：“故殷禮陟配天，多歷年所。”文選漢朱叔元(浮)與彭寵書：“六國之時，其勢各盛，……故能據國相持，多歷年所。”後漢書三三朱浮傳作“年世”。

【年祚】㊀立國的年數。南史梁陶宏景傳附僧寶誌：“時有沙門釋寶誌者，……梁武帝尤深敬事，嘗問年祚遠近。”㊁人的壽命。晉書王沈傳：“彈琴詠典，以保年祚。”

【年首】一年的首月。史記封禪書：“於是秦更名河曰德水，以冬十月爲年首。”

【年姪】明清科舉，同榜登科者稱同年；同年之子則稱年姪。參閱清顧炎武亭林文集一生員論中。

【年紀】㊀年數。史記晉世家：“靖侯以來，年紀可推。”宋書謝靈運傳山居賦：“爰暨山棲，彌歷年紀。”㊁年齡。後漢書光武紀下建武十五年：“詔下州郡檢覈墾田頃畝及户口年紀。”抱朴子極言：“恃年紀之少壯，體力之方剛者，自役過差，百病兼結。”

【年勞】指任職的年歲及勞績。爲封建王朝銓選官吏的主要根據。北齊書文襄帝紀：“魏自崔亮以後，選人常以年勞爲制，文襄乃釐改前式，銓擢唯在得人。”新唐書選舉志下：“凡居官必四考，四考中中，進年勞一階敍。”

【年華】年歲，時光。古華、光二字常通用，如日光也稱日華，韶光也稱韶華。南齊謝朓謝宣城集三冬緒羇懷示蕭諮議田曹劉江二常侍詩：“客念坐嬋媛，年華稍菴薆。”北周庾信庾子山集一竹杖賦：“潘岳秋興，嵇生倦遊，桓譚不樂，吴質長愁，竝皆年華未暮，容貌先秋。”

【年菜】北京舊俗，自農曆正月初一至十五日，商店照例停業半月，里巷小肆休息五天。在這五天中，居民無從購物，故必須於舊歲年底預先製備肴饌，供此五日之用，稱爲年菜。見震鈞天咫偶聞十瑣記。

【年幾】年歲。猶言年紀。玉臺新詠九古詞東飛伯勞歌：“女兒年幾十五六，窈窕無雙顔如玉。”北史魏荀濟傳：“自傷年幾摧頽，恐功名不立。”

【年號】封建帝王爲紀在位之年而立的名號。在漢武帝以前，紀年用甲子，帝王均無年號。自武帝卽位，稱建元元年，始有年號。年號一般用兩字，間也有用四字的，如北魏拓跋燾(太武帝)稱太平真君，唐武后稱萬歲登封、萬歲通天，宋趙匡義(太宗)稱太平興國等。參見“改元”。

【年壽】壽數。楚辭屈原大招：“窮身永樂，年壽延只。”莊子天道：“憂患不能處，年壽長矣。”

【年貌】年齡與相貌。列子力命：“北宫子言世族，年貌、言行與予竝，而賤貴、貧富與予異。”

【年誼】科舉時代，同年登科者互稱年家，相互間的友誼謂之年誼。

【年穀】謂一年穀物的收穫。管子小問：“年穀熟，糴貸賤。”國語晉八：“國無道，而年穀龢熟，鮮不五稔。”

【年輩】年齡與行輩。唐李肇國史補上：“陸長源以舊德爲宣武軍司馬，韓愈爲巡官，同在使幕，或譏其年輩相遼。”

【年齒】年歲，年齡。楚辭漢東方朔七諫沈江：“終不變而死節兮，惜年齒之未央。”漢書七一彭宣傳上書：“臣資性淺薄，年齒老眊。”

【年德】年齡與德望。禮禮運：“合男女，頒爵位，必當年德。”三國志魏曹爽傳：“初，爽以宣王(司馬懿)年德並高，恒父事之。”

【年邁】年高。文選晉郭景純(璞)遊仙詩之四：“臨川哀年邁，撫心獨悲吒。”

【年顔】年歲與容顔。唐白居易長慶集十五途中感秋詩：“節物行摇落，年顔坐變衰。”

【年譜】按年記載人物的生平事蹟、經歷、著述等，叫年譜。多爲門生故吏所作。始於宋，後來範圍漸廣，多由後人爲前人作譜，較早的如宋吕大防杜甫年譜、洪興祖韓愈年譜等。

【年關】舊時農曆年底，債務人應向債權人清償債務，過年如過關，故稱年底爲年關。

【年臘】佛教語。年，生年。臘，指僧人受戒以後的年歲。後泛稱僧齡爲“年臘”。唐白居易長慶集十三送文暢上人東遊詩：“貌依年臘老，心到夜禪空。”

【年齡】年紀，歲數。北周庾信庾子山集十五周驃騎大將軍開府侯莫陳道生墓誌銘：“伉儷云匹，年齡並故，趙瑟秦聲，同爲丘墓。”

【年鬢】年齡與容顔。年老則鬢髮漸白，故常用以表示衰老。北周庾信庾子山集三擬詠懷詩之三：“自憐才智盡，空傷年鬢秋。”

【年家子】科舉時，稱同年登科者的後

輩爲年家子。宋王質雪山集十三送陶茂安赴湖南詩之二:"飄泊年家子,依歸父執尊。"

【年羹堯】公元?—1725年。清漢軍鑲黃旗人。字亮工。康熙三十九年進士。累官至川陝總督撫遠大將軍,行軍所至,殺戮甚衆。爲胤禛(雍正)心腹,曾助其奪得帝位。後爲胤禛疑忌,諷羣臣劾以大逆諸罪凡九十二款,於雍正三年下獄,迫令自殺。

【年高德卲】年長德尊。卲,也作"劭",美好之意。漢揚雄法言孝至:"吾聞諸傳,老則戒之在得;年彌高而德彌卲者是孔子之徒與。"宋周必大益公題跋一跋金給事彥亨文集:"是秋某以起居郎中書舍人同在後省,見公直諒多聞,年高而德卲。"

【年頭月尾】㊀年首與月末。宋林光朝艾軒集一癡頑不識字歌:"年頭月尾無一是,咄咄癡頑不識字。"此指時間推移。㊁新唐書一三〇楊瑒傳:"瑒奏:'有司帖試明經,不質大義,乃取年頭、月尾、孤經、絕句,……請帖平文以存學家。'"此指春秋三傳首尾辭句,斷章取義。

五 畫

幷 1. bìng 畀政切,去,勁韻,幫。ㄅㄧㄥˋ

㊀兼併。戰國策中山:"魏幷中山。"㊁合一,具備。漢書藝文志小學:"漢興,閭里書師合倉頡爰歷博學三篇,……幷爲倉頡篇。"文選南朝宋謝靈運擬魏太子鄴中集詩序:"天下良辰美景賞心樂事,四者難幷。"㊂專。禮檀弓下:"行幷植於晉國。"注:"幷,猶專也。"㊃排除。通"屏"、"摒"。莊子天運:"至貴,爵國幷焉。"

2. bīng 府盈切,平,清韻,幫。ㄅㄧㄥ

㊄古州名。見"幷$_2$州"。㊅見"幷$_2$閭"。

【幷$_2$刀】見"幷$_2$州剪"。

【幷力】合力。戰國策趙二:"六國幷力爲一,西面而攻秦。"幷,也作"併"。漢書三一項籍傳:"陳餘悉三縣兵,與齊(王)併力擊常山,大破之。"史記項羽紀作"幷力"。

【幷介】文選三國魏嵇叔夜(康)與山巨源絕交書:"吾昔讀書,得幷介之人,或謂無之,今乃信其真有耳。"注:"幷,謂兼善天下也;介,謂自得無悶也。"幷介,意指不論窮達都能耿介自守。

【幷$_2$州】古州名。1.相傳禹治洪水,分域內爲九州。幷州爲九州之一。見周禮夏官職方氏。其地包括今河北保定、正定,山西太原、大同等地。2.漢置幷州。其地當今內蒙古、山西大部及河北之一部。東漢時併入冀州。三國魏復置。地約當今山西汾水中游地區。唐開元十一年改爲太原府,宋太平興國復改爲州。參閱通典一七九州郡九、太平寰宇記四十河東道一。

【幷夾】古代習射時從箭靶上取箭的用具。周禮夏官射鳥氏:"射則取矢,矢在侯高,則以幷夾取之。"注:"矢著侯高,人手不能及,則以幷夾取之。幷夾,鍼箭具。"文選漢張平子(衡)東京賦:"幷夾既設,儲乎廣庭。"

幷夾

【幷吞】兼并侵吞。史記秦始皇紀論引賈誼:"囊括四海之意,幷吞八荒之心。"

【幷命】㊀齊心協力地拚命。三國志吳張紘傳"從征合肥"注引吳書:"合肥城久不拔,紘進計曰:'古之圍城,開其一面,以疑衆心。今圍之甚密,攻之又急,誠懼幷命勠力。'"㊁同死。北齊顏之推顏氏家訓兄弟:"(王玄紹)爲兵所圍,二弟爭共抱持,各求代死,終不得解,遂幷命爾。"

【幷封】神話中獸名。山海經海外西經:"幷封在巫咸東,其狀如彘,前後皆有首,黑。"清郝懿行箋疏謂卽逸周書王會之"鼈封"。又叫"屏蓬"。卽傳說中的"兩頭鹿"。

【幷$_2$閭】木類。卽椶櫚。史記一一七司馬相如傳子虛賦:"留落胥餘,仁頻幷閭。"集解引郭璞:"幷閭,椶也,皮可作索。"參閱政和證類本草十四椶櫚。

【幷$_2$州剪】古代幷州所産的剪刀,以鋒利著稱。唐杜甫杜工部草堂詩箋八戲題王宰畫山水圖歌:"焉得幷州快剪刀,剪取吳松半江水。"省作幷刀。宋陸游劍南詩稿六三對酒之一:"閑愁剪不斷,剩欲借幷刀。"

【幷$_2$州歌】古雜歌謠辭。相傳晉汲桑在幷州,對百姓極爲殘酷,後爲當地人田蘭薄盛所殺,州人奔走相賀而作此歌。見樂府詩集八五引樂府廣題。

【幷日而食】兩日吃一日糧,喻家貧食不能飽。禮儒行:"儒有一畝之宮,環堵之室,篳門圭窬,蓬户甕牖,易衣而出,幷日而食。"後漢書五十陳敬王羨傳:"幷日而食,轉死溝壑者甚衆。"

幸 xìng 胡耿切,上,耿韻,匣。ㄒㄧㄥˋ

㊀逢凶化吉。左傳僖十五年:"韓簡退曰:'吾幸而得囚。'"㊁幸運。論語述而:"丘也幸,苟有過,人必知之。"荀子議兵:"故以桀詐桀,猶巧拙有幸焉。"㊂慶幸,幸虧。史記越王句踐世家:"長男卽自入室取金持去,獨自歡幸。"南朝宋鮑照鮑氏集五秋夜詩之一:"幸承天光轉,曲景入幽堂。"㊃希望。楚辭戰國楚宋玉九辯:"霜露慘悽而交下兮,心尚幸其弗濟。"漢書五二灌夫傳:"(竇)嬰乃使昆弟子上書言之,幸得召見。"㊄封建時代稱皇帝親臨爲幸。如臨幸、巡幸。史記孝文紀:"帝初幸甘泉。"爲帝王所寵愛也稱幸。史記項羽紀:"范增說項羽曰:'沛公(劉邦)居山東時,貪於財貨,好美姬。今入關,財物無所取,婦女無所幸,此其志不在小。'"漢書九三佞幸傳序:"此兩人非有材能,但以婉媚貴幸。"㊅通"倖"。見"幸生"。㊆姓。晉有幸靈,唐有幸南容。見通志二九氏族五。

【幸民】㊀僥倖苟生而怠惰的人。左傳宣十六年:"善人在上,則國無幸民。諺曰:'民之多幸,國之不幸也。'"㊁幸福之民。宋黃庭堅豫章集九同子瞻韻和趙伯充團練詩:"醉鄉乃是安身處,付與升平作幸民。"

【幸生】僥倖於苟且生存。荀子王制:"朝無幸位,民無幸生。"一作"倖生"。國語晉三:"國斯無刑,偷居倖生。"

【幸臣】爲君主寵信的臣。韓非子姦劫弒臣:"必將以曩之合己,信今之言,此幸臣之所以得欺主成私者也。"

【幸舍】戰國時期,貴族供門下食客食宿的地方。客有上中下之分,舍也分傳舍、幸舍、代舍。馮驩投齊孟嘗君,初住傳舍,旋轉幸舍,後遷代舍。見史記七五孟嘗君傳。

【幸酒】嗜好飲酒。漢書成帝紀:"(太子)其後幸酒,樂燕樂,上不以爲能。"

【幸草】幸生之草,指火燒未盡的草。漢王充論衡幸偶:"火燔野草,車轢所致,火所不燔,俗或喜之,名曰幸草。"

【幸災樂禍】對他人遭災罹禍不同情反引以爲慶幸。左傳僖十四年:"冬,秦饑,使乞糴于晉,晉人弗與。慶鄭曰:'背施無親,幸災不仁。'"北齊顏之推顏氏家訓誡兵:"若居承平之世,睥睨宮閫,幸災樂禍,首爲逆亂,詿誤善良。"

十 畫

幹 1. gàn 古案切,去,翰韻,見。ㄍㄢˋ

㊀體，軀體。易乾：“貞者，事之幹也。”楚辭戰國楚宋玉招魂：“魂兮歸來！去君之恒幹，何爲四方些？”㊁草木的莖。文選晉左太沖(思)蜀都賦：“擢脩幹，竦長條。”㊂做器物的材料。周禮考工記弓人：“凡爲弓，冬析幹而春液角。”㊃辦理，主治。後漢書二六伏湛傳：“光武卽位，知湛名儒舊臣，欲令幹任內職，徵拜尙書。”參見“幹事”。㊄辦事人員。三國志魏梁習傳“官至九卿，封列侯”注引魏略苛吏傳：“(劉類)夜使幹廉察諸曹，復以幹不足信，又遣鈴下及奴婢使轉相檢驗。”

2. hán ㄏㄢ 集韻 河干切，平，寒韻。

㊅井上木欄。通“韓”。莊子秋水：“出跳梁乎井幹之上，入休乎缺甃之崖。”

【幹吏】州郡衙門中的辦事人員。漢王充論衡程材：“幼爲幹吏，以朝庭爲田畝，以刀筆爲耒耜，以文書爲農業。”後漢書五七欒巴傳：“雖幹吏卑末，皆課令習讀。”

【幹局】辦事的才能、氣度。三國志蜀李嚴傳評：“李嚴以幹局達，魏延以勇略任。”南齊書呂安國傳：“宋大明末，安國以將領見任，隱重有幹局，爲劉勔所稱。”

【幹事】易乾：“利物足以和義，貞固足以幹事。”本指能圓滿地辦好事情。後稱幹練的辦事能力爲幹事。後漢書五八臧洪傳：“父旻，有幹事才。”晉書賀循傳：“陸機上疏薦循曰：‘前烝陽令郭訥風度簡曠，器識朗拔，通濟敏悟，才足幹事。’”宋元後又逕以辦事爲幹事。古今雜劇元關漢卿錢大尹智勘緋衣夢二：“這妮子好不幹事也，那早晚去了，這早晚不見來，着我憂心也呵。”

【幹枝】見“干支”。

【幹時】濟世治事。文選晉潘安仁(岳)西征賦：“思夫人之政術，實幹時之良具。”指漢韓延壽。

【幹略】辦事才能和謀略。三國志蜀先主傳評：“機權幹略，不逮魏武(曹操)，是以基宇亦狹。”晉書王雅傳：“(殷)仲堪雖謹於細行，以文義著稱，亦無弘量，且幹略不長。”

【幹當】承辦，管理。文獻通考十三職役二歷代鄉黨版籍職役：“寧宗慶元五年，右諫議大夫張奎言乞行下州縣，保正止許幹當本都賊盜、鬬毆、煙火、公事，不許非泛科配。”參見“句當”、“勾當”。

【幹練】熟練勝任。漢蔡邕蔡中郎集四太傅安樂鄉文恭侯胡公碑：“幹練機事，綢繆樞極。”

【幹辦】㊀官名。宋制，凡大都督府、制置、宣諭諸使，皆設幹辦官，或幹辦公事，以備差遣，無定員。參閱文獻通考六二職官十六。㊁精幹能辦事。金史章宗紀明昌四年：“今之察舉官吏者，多責近效，以幹辦爲上。”

【幹器】才具，才能。晉常璩華陽國志十一後賢志：“(柳)伸子純，字偉淑，有名德幹器，舉秀才，巴郡、宜都、建平太守。”

【幹濟】幹練的辦事能力。梁書劉坦傳：“爲南郡王國常侍，遷南中郎録事參軍，所居以幹濟稱。”北齊書唐邕傳：“邕善書計，强記默識，以幹濟見知。”

【幹蠱】㊀易蠱：“幹父之蠱，有子考无咎，厲終吉。”注：“以柔巽之質，幹父之事，能承先軌，堪其任者也。”蠱，惑亂；惑亂則必生事，故也以蠱稱事。幹蠱謂能矯正父母之過而處事有材能。北齊顔之推顔氏家訓治家：“婦主中饋，唯事酒食衣服之禮耳。國不可使預政，家不可使幹蠱。”此指主事。全唐詩二〇八包何相里使君第七男生日：“他時幹蠱聲名著，今日懸弧宴樂酣。”㊁幹練有才。唐白居易長慶集二五唐揚州倉曹參軍王府君誌銘：“行己以清廉聞，莅事以幹蠱聞。”

幺 部

幺 yāo ㄧㄠ 於堯切，平，蕭韻，影。

也作“么”。㊀小，細。漢蔡邕蔡中郎集外傳短人賦：“其餘尫幺，劣厥僂窶。”文選晉陸士衡(機)文賦：“猶絃幺而徽急，故雖和而不悲。”㊁數詞“一”的別稱。清顧炎武日知録三二幺：“一爲數之本，故可以大名之。……又爲數之初，故可以小名之，骰子之謂一爲幺是也。”

【幺貝】西漢末王莽時貨幣名。漢書食貨志下：“幺貝二寸四分以上，二枚爲一朋，直三十。”

【幺豚】最後出生的小豬。見爾雅釋獸“幺，幼”注。

【幺絃】琵琶的第四絃。因其最細，故稱。唐劉禹錫劉夢得集二三潡上人文集：“世之言詩僧，多出江左。……如幺絃孤韻，瞥入人耳，非大樂之音。”宋辛棄疾稼軒詞一賀新郎：“愁爲倩，幺絃訴。”參閱清凌廷堪燕樂考原五羽聲七調。

【幺麽】微小。多指微不足道的人。鶡冠子六道端：“無道之君，任用幺麽，動卽煩濁。”注：“幺，細人；俊雄之反。”三國志吳孫權傳：“而叡幺麽，尋丕凶蹟。”丕，曹丕。叡，曹丕子。

【幺鳳】鳥名。羽毛五色，形狀像傳説中的鳳鳥而體型較小，故名。又因其常於桐花開時來集桐上，也稱桐花鳳。宋蘇軾分類東坡詩十三異鵲：“家有五畝園，幺鳳集桐花。”又十四次韻李公擇梅花：“故山亦何有，桐花集幺鳳。”參見“桐花鳳”。

【幺錢】漢王莽所鑄錢名。徑七分，重三銖，文曰幺錢，值小錢一十。見漢書食貨志下。

【幺麿】同“幺麽”。漢書一〇〇上敍傳班彪王命論：“又況幺麿，尚不及數子，而欲闇奸天位者虖！”注：“幺、麿，皆微小之稱也。幺音一堯反。麿音莫可反。”後漢紀五、文選引王命論皆作“幺麽”。

一 畫

幻 huàn ㄏㄨㄢ 胡辨切，去，襇韻，匣。

㊀詐惑，惑亂。書無逸：“民無或胥譸張爲幻。”㊁假而似真，虛而不實。如幻境、幻影等。㊂變化。文選漢張平子(衡)西京賦：“奇幻儵忽，易貌分形。”

【幻人】能作幻術的人，猶後來的魔術師。後漢書五一陳禪傳：“永寧元年，西南夷撣國王獻樂及幻人，能吐火，自支解，易牛馬頭。”

【幻化】卽變化。列子周穆王：“因形移易者，謂之化，謂之幻。……知幻化之不異生死也，始可與學幻矣。”後來婉稱人死爲幻化。

【幻世】宗教徒及宿命論者把現世稱作虛幻的世界。唐白居易長慶集五七想東遊五十韻詩：“幻世春如夢，浮生水上漚。”

【幻法】幻化的法術。景德傳燈録二不

如密多:"時梵志聞言,不勝其怒,卽以幻法化大山於尊者頂上。"

【幻泡】卽"夢幻泡影"。喻世事空虛。唐白居易長慶集十九春憶二林寺舊遊……詩:"清静久辭香火伴,塵勞難索幻泡身。"也作"幻漚"。宋方夔富山遺稿八次韻胡柳塘夏自然春遊詩:"歸來散步斜陽下,休笑浮雲等幻漚。"參見"夢幻泡影"。

【幻師】善作幻術的人。無量壽經上:"譬如幻師,現衆異像。爲男爲女,無所不變。"

【幻術】幻化的法術,魔術。舊題漢劉歆西京雜記三:"余所知有鞠道龍,善爲幻術。……立興雲霧,坐成山河。"太平廣記由二八四卷到二八七卷所輯皆記幻術之事。

【幻塵】佛敎把人間看成虛幻的塵世,稱爲幻塵。圓覺經上:"幻身滅故,幻心亦滅。幻心滅故,幻塵亦滅。"

【幻境】虛假的境界。詩文中多用來比喻世事變化無常。文苑英華八五五唐李嶠宣州大雲寺碑:"蒙埃塵於夢幻之境,隔視聽於神明之域。"宋陸游劍南詩稿四十秋晚:"幻境槐安夢,危機竹節灘。"

【幻影】虛幻的影像。宋蘇軾分類東坡詩二五登州海市:"心知所見皆幻影,敢以耳目煩神工。"

二 畫

幼 1. yòu 伊謬切,去,幼韻,影。ㄧㄡ

㊀年少。書呂刑:"伯父、伯兄、仲叔、季弟、幼子、童孫,皆聽朕言。"㊁小孩。晉陶潛陶淵明集五歸去來兮辭:"攜幼入室,有酒盈罇。"㊂慈愛。孟子梁惠王上:"幼吾幼,以及人之幼。"㊃蠶眠。宋陸游劍南詩稿四三幽居初夏:"婦喜蠶三幼,兒誇雨一犂。"自注:"鄉中謂蠶眠爲幼。"

2. yào 集韻 一笑切,去,笑韻。ㄧㄠ

㊄見"幼$_2$妙"、"幼$_2$眇"。

【幼艾】㊀泛指少年男女。艾,美好。楚辭屈原九歌少司命:"竦長劍兮擁幼艾,蓀獨宜兮爲民正。"戰國策趙三:"今爲天下之工,……而王乃不以與工,乃與幼艾。"㊁猶言老少。艾,老。唐劉禹錫劉夢得集二十汝州謝上表:"伏蒙聖澤,救此天災,疲羸再蘇,幼艾同感。"

【幼色】美貌少年。大戴禮用兵:"疎遠國老,幼色是與。"注:"言疎遠老成而與幼色者,若楚恭王遠申叔時而用子反也。"

【幼$_2$妙】微妙曲折。同"幼$_2$眇"。文選漢司馬長卿(相如)長門賦:"案流徵以却轉兮,聲幼妙而復揚。"參見"幼$_2$眇"。

【幼$_2$眇】㊀微妙曲折。文選漢揚子雲(雄)長楊賦:"抑止絲竹晏衍之樂,憎聞鄭衛幼眇之聲。"漢書五三中山靖王劉勝傳:"今臣心結日久,每聞幼眇之聲,不知涕泣之橫集也。"參閱元李治敬齋古今黈三。㊁美好。漢書九七上孝武李夫人傳:"念窮極之不還兮,惟幼眇之相羊。"注:"幼眇,猶窈窕也。"

【幼風】指國君寵信少男的風氣。大戴禮用兵:"殀替天道,逆亂四時,禮樂不行,而幼風是御。"注:"任童幼之人,使專政。"一說幼風是指幼眇的音樂,屬於亂世的靡靡之音。見清王樹枏校正孔氏大戴禮記補注十一。

【幼海】卽少海。山海經東山經:"至于無皋之山,南望幼海。"注:"卽少海也。"詳"少$_2$海㊀"。

【幼弱】㊀指七歲以下的幼童。周禮秋官司刺:"壹赦曰幼弱,再赦曰老旄,三赦曰惷愚。"參閱漢書刑法志注。㊁年小無力。左傳昭十六年:"君幼弱,六卿彊而奢傲。"

【幼稚】年紀小。漢劉向說苑建本:"人之幼稚童蒙之時,非求師正本,無以立身全性。"也指兒童。晉陶潛陶淵明集五歸去來兮辭序:"余家貧,耕植不足以自給,幼稚盈室,缾無儲粟。"後來也用以指知識及經驗不足。

【幼錢】西漢末王莽所鑄錢名。徑八分,重五銖,文曰幼錢二十。見漢書食貨志下。

【幼學】禮曲禮上:"人生十年曰幼學。"注:"名曰幼,時始可學也。"注:"內則曰:十年出外就傅,居宿於外,學書計。"後因稱十歲爲幼學之年。又初入學的也稱幼學。宋陸游劍南詩稿四社日:"幼學已忘那用忌,微聾自樂不須醫。"

六 畫

幽 1. yōu 於虯切,平,幽韻,影。ㄧㄡ

㊀昏暗,深暗。易困:"幽,不明也。"㊁隱蔽,隱微。荀子正論:"上幽險,則下漸詐矣。"注:"幽,隱也。"㊂沉静,安閒。唐杜甫杜工部草堂詩箋十八江村:"清江一曲抱村流,長夏江村事事幽。"㊃拘禁。呂氏春秋驕恣:"於是厲公遊于匠麗氏,欒書中行偃劫而幽之。"㊄宗教徒所指的陰間、地下。見"幽冥"、"幽都㊁"。㊅州名。見"幽州"、"幽并"。

2. yǒu 集韻 於糾切,上,黝韻。ㄧㄡˇ

㊆黑色。通"黝"。詩小雅隰桑:"隰桑有阿,其葉有幽。"毛傳:"幽,黑色也。"禮玉藻:"一命緼韍幽衡,再命赤韍幽衡。"注:"幽讀爲黝,黑謂之黝。"

【幽人】隱士。易履:"履道坦坦,幽人貞吉。"文選南齊孔稚圭(德璋)北山移文:"或歎幽人長往,或怨王孫不遊。"

【幽仄】指隱居未仕之人。宋書恩倖傳:"非論公侯之世,鼎食之資,明揚幽仄,唯才是與。"也作"幽側"。唐杜甫杜工部草堂詩箋二一奉寄章十侍御……將赴朝廷:"朝覲從容問幽側,勿云江漢有垂綸。"

【幽田】道家經書謂耳神字幽田。雲笈七籤十一黃庭內景經至道:"耳神空閑字幽田。"注:"空閑幽静,聽物則審,神之所居,故曰田也。"

【幽囚】拘禁。戰國策秦三范雎說秦王:"使臣得進謀如伍子胥,加之以幽囚,終身不復見,是臣說之行也,臣何憂乎?"

【幽宅】墳墓,墓穴。儀禮士喪禮:"度兹幽宅,兆基無有後艱。"

【幽州】㊀古代十二州之一。傳說舜分冀州東北爲幽州。爾雅釋地:"燕曰幽州。"卽今河北省北部及遼寧省一帶。㊁周漢皆置幽州。周幽州兼有山東部分地區。漢幽州爲武帝所置十三州之一。東漢州治在薊(今北京市大興縣),晉州治在涿(今河北涿縣)。唐幽州領郡時有變遷,天寶中爲范陽郡,乾元後又爲幽州。五代廢。參閱通典一七八州郡八、文獻通考三一六輿地二。

【幽并】卽幽州和并州,古代燕趙之地,居民以慷慨悲歌、尚氣任俠著名,故多並稱。三國魏曹植曹子建集六白馬篇詩:"借問誰家子?幽并遊俠兒。"金史元德明傳附元好問:"歌謠慷慨,挾幽并之氣。"

【幽沈】㊀低沉。孔叢子記義:"嚮也夫子之音,清澈以和,淪入至道,今也更爲幽沈之聲。"㊁退隱。唐柳宗元柳先生集四三讀書詩:"幽沈謝世事,俛默窺唐虞。"

【幽谷】深谷。易困:"臀困于株木,入于幽谷。"詩小雅伐木:"出自幽谷,遷于喬木。"

【幽宗】祭星的壇。禮祭法:"幽宗,祭星也。"疏:"祭星,壇名也。幽,闇也。宗,當爲禜。禜，壇域也。星至夜而出，故曰幽也。爲營域而祭之，故曰幽禜也。”

【幽房】㊀深邃的居室。文選晉張茂先(華)情詩：“清風動帷簾，晨月照幽房。”㊁墓室。文選晉潘安仁(岳)哀永逝文：“撫靈櫬兮訣幽房，棺冥冥兮埏窈窈。”

【幽芥】植物名。即蕪菁中細小的一種。亦名“辛芥”。見方言三。

【幽軋】象聲詞。宋書樂志四引魏陳思王(曹植)鼙舞歌孟冬篇：“乘輿啟行，鸞鳴幽軋。”指車聲。樂府詩集九四唐劉禹錫堤上行之一：“日莫行人爭渡急，槳聲幽軋滿中流。”指槳聲。唐温庭筠詩集一常林歡歌：“幽軋鳴機雙燕巢，馬聲特特荆門道。”指織機聲。

【幽居】㊀隱居。禮儒行：“篤行而不倦，幽居而不淫。”晉陶潛陶淵明集二答龐參軍詩：“我實幽居士，無復東西緣。”㊁幽靜的居處。文選南朝宋謝靈運石門新營所住四面高山……詩：“躋險築幽居，披雲卧石門。”

【幽昌】傳説似鳳的神鳥。居於北方，鋭目小頭，大身細足，脛如鱗葉。見説文“鷫”、後漢書五行志二“五鳳皆五色”注引樂叶圖徵。

【幽明】㊀泛指有形和無形的物象。易繫辭上：“仰以觀於天文，俯以察於地理，是故知幽明之故。”㊁天地。大戴禮曾子天圓：“天道曰圓，地道曰方；方曰幽而圓曰明。”㊂晝夜，陰陽。禮祭義：“祭日於壇，祭月於坎，以別幽明，以制上下。”注：“幽明者，謂日照晝，月照夜。”史記五帝紀：“幽明之占，死生之説。”正義：“幽，陰；明，陽也。”㊃善惡，賢愚。書舜典：“三載考績，三考黜陟幽明。”㊄舊稱人鬼的界域。地下爲陰，故稱幽；人間爲陽，故稱明。文選南朝宋顏延年(延之)和謝監靈運詩：“人神幽明絶，朋好雲雨乖。”

【幽室】㊀昏暗的房間。禮仲尼燕居：“譬如終夜有求於幽室之中，非燭何見？”地下的墓室，因不見天日，也稱作幽室。晉陶潛陶淵明集四擬輓歌辭之三：“幽室一已閉，千年不復朝。”㊁風景幽美的山林。南朝宋謝靈運謝康樂集二登永嘉緑嶂山詩：“裹糧杖輕策，懷遲上幽室。”㊂道家經書稱腎爲幽室。雲笈七籤十一黄庭内景經上有章：“幽室内明照陽門。”注：“幽室，腎也。”

【幽客】㊀隱居的人。文選南齊謝玄暉(朓)和伏武昌登孫權故城詩：“幽客滯江皋，從賞乖纓弁。”㊁宋人品評花卉的稱謂。蘭花和山礬，都有幽客之稱。見宋姚寬西溪叢語上，程棨三柳軒雜識花客。參見“十客㊀”。

【幽冥】㊀暗昧。淮南子原道：“幽兮冥兮，應無形兮。”漢書三六劉歆傳移讓太常博士書：“若立辟雍封禪巡狩之儀，則幽冥而莫知其原。”㊁舊稱地下、陰間。漢冀州從事郭君碑：“悼君短折，永歸幽冥。”(隸續十九)。文選三國魏曹子建(植)王仲宣誄：“嗟乎夫子，永安幽冥。”

【幽契】暗合，默契。晉書慕容儁載記附韓恒：“受命之初，有龍見於都邑城，龍爲木德，幽契之符也。”唐王勃王子安集六與員四等宴序：“惜芳辰者，停鶴軫于風衢；懷幽契者，佇鸞觴於月徑。”

【幽若】杜若的别名。三國魏曹植曹子建集九七啟：“緄佩綢繆，或彫或錯，薰以幽若，流芳肆布。”參見“杜若”。

【幽眇】精深微妙。唐韓愈昌黎集二十荆潭唱和詩序：“鏗鏘發金石，幽眇感鬼神。”宋蘇軾東坡集前集四十書楞伽經後：“楞伽義趣幽眇，文字簡古，讀者或不能句。”也作“幽妙”。宋朱熹朱文公集十題沈公雅卜居圖詩：“言論覈幽妙，理亂窮端由。”

【幽昧】昏暗不明。楚辭屈原離騷：“惟夫黨人之偷樂兮，路幽昧以險隘。”

【幽思】㊀深思，沉思。史記八四屈原傳：“屈平疾王聽之不聰也，……故憂愁幽思而作離騷。”文選晉左太沖(思)蜀都賦：“幽思絢道德，摛藻掞天庭。”㊁鬱結的情思。南朝梁鍾嶸詩品上：“晉步兵阮籍詩，其源出於小雅，無雕蟲之功；而詠懷之作，可以陶性靈，發幽思。”

【幽咽】形容聲音低沉、微弱。初學記十五辛氏三秦記：“隴頭流水，鳴聲幽咽。”指水聲。唐杜甫杜工部草堂詩箋十三石壕吏：“夜久語聲絶，如聞泣幽咽。”指哭泣聲。

【幽香】清芬的香氣。唐齊己白蓮集六早梅詩：“風遞幽香去，禽窺素豔來。”

【幽幽】㊀深遠貌。詩小雅斯干：“秩秩斯干，幽幽南山。”㊁深暗貌。唐韓愈昌黎集一琴操之一將歸操詩：“狄之水兮，其色幽幽。”

【幽流】地溝中的流水。文選漢張平子(衡)東京賦：“陰池幽流，玄泉冽清。”三國吴薛綜注：“幽流，謂伏溝從地下流通於河也。”

【幽荒】㊀邊遠地方。文選漢張平子(衡)東京賦：“惠風廣被，澤洎幽荒。”㊁指隱居山野的人。後漢書六十上馬融傳廣成頌：“登俊桀，命賢良；舉淹滯，拔幽荒。”

【幽真】隱居修道的人。宋王安石臨川集十三張氏静居院詩：“南堂棲幽真，晨起瞻像圖。”

【幽致】幽静雅致。唐王勃王子安集十六廣州寶莊嚴寺舍利塔碑：“紫蘿山徑，居藏勝緣。青松磵户，坐諧幽致。”宋王明清揮塵録後録：“觀書館之幽致，擅著古之佳名。”

【幽殺】㊀拘禁殺害。史記呂后紀：“帝廢位，太后幽殺之。”㊁猶言陰乾。三國魏曹植曹子建集三迷迭香賦：“既經時收而采兮，遂幽殺以增芳。”本草綱目十四草迷迭香：“收采幽殺，摘去枝葉，入袋佩之，芳香甚烈。”

【幽淪】淪於幽冥。指人去世。三國志吴張昭傳：“違逆盛旨，自分幽淪，長棄溝壑。”唐白居易長慶集十一哭諸故人因寄元八詩：“偉卿既長往，質夫亦幽淪。”

【幽情】㊀深遠、高雅的感情。後漢書四十上班固傳西都賦：“願賓攄懷舊之蓄念，發思古之幽情。”晉書王羲之傳蘭亭詩序：“雖無絲竹管絃之盛，一觴一詠，亦足以暢叙幽情。”㊁鬱結隱祕的感情。文選晉陸士衡(機)歎逝賦：“幽情發而成緒，滯思叩而興端。”

【幽執】囚禁。漢書五行志七下之上：“劉向以爲龍貴象而困於庶人井中，象諸侯將有幽執之禍。”

【幽都】㊀指北方極遠的地方。舊稱日没於此，萬象陰暗，故名幽都。書堯典：“申命和叔，宅朔方，曰幽都。”傳：“北稱幽，則南稱明，從可知也。都，謂所聚也。”參閱宋蔡沈集傳。㊁舊稱地下城府。楚辭宋玉招魂：“魂兮歸來，君無下此幽都些。”注：“地下幽冥，故稱幽都。”㊂即幽州。莊子在宥：“流共工於幽都。”釋文：“李(頤)云：即幽州也。尚書作幽州，北裔也。”㊃舊縣名。唐建中二年置，遼開泰元年改名宛平縣。原屬河北省，公元 1952 年併入北京市。參閱嘉慶一統志八順天府三。

【幽莠】狗尾草。戰國策魏一：“夫物多相類而非也：幽莠之幼也似禾，驪牛之黄也似虎，白骨疑象，武夫類玉；此皆似之而非者也。”本草綱目十六草部狗尾草：“莠草秀而不實，故字從秀。穗形象狗尾，故俗名狗尾。”

【幽閉】㊀囚禁。三國志蜀秦宓傳：“先主既稱尊號，將東征吴，宓陳天時必無其利，坐下獄幽閉，然後貸出。”又有封閉之義。見“幽菽”。㊁古代毁壞女性生殖器官的酷刑。書呂刑“宫辟疑赦”漢孔安國傳:"宫,淫刑也。男子割勢,婦人幽閉,次死之刑。"

【幽陵】即幽州。楚辭大招:"北至幽陵,南交阯只。"注:"幽陵,猶幽州也。"史記五帝紀:"帝顓頊高陽者,……北至于幽陵。"參見"幽州"。

【幽堂】㊀深邃的堂屋。文選晉張景陽(協)七命:"幽堂晝密,明室夜朗。"㊁墓室。唐韓愈昌黎集二七劉統軍碑:"有謚有誄,有幽堂之銘。"

【幽國】政治昏暗之國。禮禮運:"祝嘏辭説,藏於宗祝巫史,非禮也,是謂幽國。"

【幽婚】魏晉志怪小説中有人鬼結婚的故事。如搜神記十六記范陽盧充經過崔少府墓,與崔氏亡女成婚,時稱幽婚。後也指非人間的匹配。宋蘇軾分類東坡詩十四花落復次松風亭下梅花盛開韻:"人間草木非我對,奔月偶桂成幽昏。"昏,通"婚"。

【幽款】誠意,真心。文苑英華六六二唐温庭筠上裴舍人啟:"一笈徘徊,九門深阻,敢持幽款,上訴隆私。"

【幽期】祕密的期約。宋書謝靈運傳撰征賦:"石幽期而知賢,張揣景而示信。"石,指黄石公。張,指張良。後多指男女間的私約。宋曾覿海野詞傳信玉女:"幽期密約,暗想淺顰輕笑,良時莫負,玉山傾倒。"

【幽棲】隱居。文選南朝宋謝靈運鄰里相送方山詩:"資此永幽棲,豈伊年歲別。"

【幽陽】初出的太陽。日初升時,光微弱,故稱幽陽。唐陳子昂陳伯玉集一感遇詩之一:"微月生西海,幽陽始化昇。圓光正東滿,陰魄已朝凝。"參閲明楊慎丹鉛總録二十幽陽。

【幽會】在幽勝之地聚會。樂府詩集五一南朝梁武帝(蕭衍)上雲樂方丈曲:"三雲金書發,幽會君簡吐。"唐白居易長慶集十三酬王十八李大見招遊山詩:"自憐幽會心期阻,復愧嘉招書信頻。"後多指男女的私相約會。宋孫光憲北夢瑣言九白蓮女惑蘇昌遠:"以莊爲幽會之所。"

【幽經】即相鶴經。因出於道家,故稱幽經。文選南朝宋鮑明遠(照)舞鶴賦:"散幽經以驗物,偉胎化之仙禽。"注:"相鶴經者,出自浮丘公,公以自授王子晉。崔文子者,學仙於子晉,得其文,藏於嵩高山石室。及淮南八公採藥得之,遂傳於世。"初學記五北魏孝文帝祭嵩高山文:"唯中挺神,祥契幽經。"

【幽滯】猶幽淪。也指失意不得仕進的人。後漢書七二董卓傳:"幽滯之士,多所顯拔。"晉書魯褒傳錢神論:"是故忿爭非錢不勝,幽滯非錢不拔。"

【幽夢】隱隱約約的夢境。唐李商隱李義山詩集五銀河吹笙:"重衾幽夢他年斷,別樹羈雌昨夜驚。"又杜牧樊川集一郡齋獨酌詩:"尋僧解幽夢,乞酒緩愁腸。"

【幽廢】囚禁廢黜。漢書五行志上:"(漢)惠帝崩,嗣子立,有怨言,太后廢之,更立吕氏子弘爲少帝。賴大臣共誅諸吕而立文帝,惠后幽廢。"

【幽憤】鬱結於心的悲憤。漢書六二司馬遷傳贊:"既陷極刑,幽而發憤。"後漢書五二崔駰傳附崔寔政論:"斯賈生之所以排於絳、灌,屈子之所以攄其幽憤者也。"

【幽厲】西周厲王、幽王的合稱。厲王暴虐,爲國人放逐於彘。幽王爲犬戎擊敗,死於驪山下。孟子離婁上:"暴其民,甚則身弒國亡;不甚則身危國削,名之曰幽厲,雖孝子慈孫,百世不能改也。"逸周書謚法解説幽、厲都是惡謚。

【幽憂】㊀深重的憂勞。莊子讓王:"雖然我適有幽憂之病,方且治之,未暇治天下也。"疏:"幽,深也。憂,勞也。"宋蘇軾分類東坡詩二二借前韻賀子由生第四孫斗老:"今日散幽憂,彈冠及新沐。"㊁唐盧照鄰別號幽憂子,後人輯其詩文稱幽憂子集。參見"盧照鄰"。

【幽篁】深邃陰暗的竹林。楚辭屈原九歌山鬼:"余處幽篁兮終不見天,路險難兮獨後來。"唐王維王右丞集十三竹里館詩:"獨坐幽篁裏,彈琴復長嘯。"

【幽輵】象聲詞。漢書八七上揚雄傳校獵賦:"皇車幽輵,光純天地。"注:"幽輵,車聲也。"

【幽默】静寂無聲。楚辭屈原九章懷沙:"眴兮杳杳,孔静幽默。"史記八四屈原傳作"幽墨"。唐李白李太白詩七鳴皋山送岑徵君:"魂獨處此幽默兮,愀空山而愁人。"今謂有趣而意味深長爲幽默。

【幽澀】幽寂,冷落。唐李賀歌詩編三房中思:"月軒下風露,曉庭自幽澀。"

【幽竁】墓穴。竁,窟穴。宋樓鑰攻媿集四錢清王千里得王大令保母磚刻爲賦長句詩:"煩君更爲護幽竁,或恐意如猶有知。"李意如,磚上刻記王獻之的保母名。

【幽鴳】傳説中的獸名。山海經北山經:"(邊春之山)有獸焉,其狀如禺,而文身善笑,見人則卧,名曰幽鴳,其名自呼。"注:"鴳音遏。"也作"幽頞"。晉郭璞山海經圖讚:"幽頞似猴,俾愚作智。觸物則笑,見人佯睡。好用小慧,終是嬰縶。"

【幽闕】道經稱腎爲幽闕。雲笈七籤十二黄庭内景經五行章:"伏牛幽闕羅品列。"注:"伏牛,腎之象,腎爲幽闕。"

【幽關】㊀幽,深;關,門閂。比喻深邃的道法。文選南齊王簡棲(中)頭陁寺碑文"於是玄關幽揵,感而遂通"注引晉戴逵棲林賦:"幽關忽其離揵,玄風暖以雲頹。"也用以比喻内心。又南朝梁沈休文(約)齊故安陸昭王碑文:"虚懷博納,幽關洞開。"注:"胸中豁其洞開。"㊁道經稱兩腎之間爲幽關。見雲笈七籤十一黄庭内景經黄庭章"玄泉幽關高崔巍"注。

【幽壤】指地下。晉書禮志上:"若埋之幽壤,於情理未必咸盡。"

【幽蘭】㊀蘭花。俗稱草蘭。楚辭屈原離騷:"户服艾以盈要兮,謂幽蘭其不可佩。"㊁古琴曲名。古文苑二宋玉諷賦:"乃更於蘭房之室,止臣其中,中有鳴琴焉,臣援而鼓之,爲幽蘭白雪之曲。"唐白居易長慶集五六聽幽蘭詩:"琴中古曲是幽蘭,爲我慇懃更弄看。"

【幽靈】指死者的靈魂。後漢書五一橋玄傳曹操祭玄文:"國念明訓,士思令謨。幽靈潛翳,邈哉緬矣!"也泛指鬼神。晉書佛圖澄傳:"將軍天挺神武,幽靈所助。"

【幽豔】文静秀美。唐詩紀事四二劉言史買花謡:"幽豔凝花春景曙,採夫移得將何處。"宋王安石臨川集二三次韻答平甫詩:"長樹老陰欺夏日,晚花幽豔敵春陽。"

【幽怪録】見"玄怪録"。

【幽閨記】傳奇劇名。傳爲元施惠撰。惠字君美。元鍾嗣成録鬼簿卷下謂惠以填詞和曲爲事,有古今砌話一集,而未言此書。近人考證惠有南戲拜月亭,原本已佚,明人又改編爲幽閨記。有明李贄評本。

【幽閒鼓吹】唐張固撰。一卷,二十五條。固生平不詳。所記皆中晚唐軼聞,以宣宗事爲較多。新、舊唐書多加採納。

九畫

幾 1. jī 居依切,平,微韻,見。
ㄐㄧ 渠希切,平,微韻,羣。
其既切,去,未韻,羣。

㊀隱微,細微。易繫辭上:"夫易,聖人之所以極深而研幾也。"㊁事的跡兆。易繫辭下:"君子見幾而作,不俟終日。"㊀㊁

兩義，先秦以後多通作“機”。㊂危險。書顧命：“嗚呼！疾大漸，惟幾。”左傳宣十二年：“利人之幾，而安人之亂。”注：“幾，危也。”㊃考察。禮玉藻：“御瞽幾聲之上下。”注：“幾，猶察也。”㊄時期。詩小雅楚茨：“卜爾百福，如幾如式。”㊅副詞，幾乎。易小畜：“月幾望。”莊子盜跖：“疾走料虎頭，編虎須，幾不免虎口哉！”㊆多餘，零頭。通“奇”。唐范陽令楊政本妻韋氏墓志：“卅有幾，卽喪所天。”(八瓊室金石補正三九)

2. jǐ 居狶切，上，尾韻，見。
ㄐㄧˇ

㊇多少。疑問詞。左傳僖二三年：“其人能靖者與，有幾？”孟子離婁上：“子來幾日矣？”

3. jì
ㄐㄧˋ

㊈希望。通“冀”。左傳哀十六年：“國人望君，如望歲焉，日月以幾。”釋文：“幾，音冀，本或作冀。”

4. qí
ㄑㄧˊ

㊉器物上的凹凸紋。禮郊特牲：“丹漆雕幾之美。”注：“幾，謂漆飾沂鄂也。”參見“沂鄂”。

5. qǐ
ㄑㄧˇ

⑪豈止。通“豈”。荀子榮辱：“幾直夫芻豢稻粱之縣糟糠爾哉？”注：“幾，讀爲豈。”

【幾₂多】多少。詢問數量。唐李商隱李義山詩集三柳：“動春何限葉，撼曉幾多枝？”草堂詩餘後集下南唐李後主(煜)虞美人：“問君都有幾多愁，恰似一江春水向東流。”

【幾初】猶言事情的開頭。後漢書二一邳彤傳論：“凡言成事者，以功著易顯；謀幾初者，以理隱難昭。”注：“幾者，事之先見者也。”

【幾社】明末夏允彝杜麐徵周立勳徐孚遠彭賓陳子龍等人所創立。夏等稱幾社六子。入社者多爲師生子弟，最盛時達百人，以會文爲主。明亡，夏允彝陳子龍起兵抗清，事敗被殺。徐孚遠逃到臺灣，成立海外幾社。後因清朝嚴禁結社，至康熙初已解體。

【幾希】無幾，甚少。孟子盡心上：“舜之居深山之中，與木石居，與鹿豕遊，其所以異於深山之野人者，幾希。”注：“希，遠也。”

【幾₂何】㊀若干，多少。詩小雅巧言：“爲猶將多，爾居徒幾何？”左傳僖二七年：“靖諸內而敗諸外，所獲幾何？”㊁研究物體形狀、大小與位置間相互關係的數學。明徐光啟譯爲“幾何”。萬曆年間，光啟與意大利傳教士利瑪竇曾合譯古希臘數學家歐幾里得所撰幾何原本前六卷，爲我國第一部介紹西洋數學之譯本。至清咸豐七年李善蘭又與英國傳教士偉烈亞大將原書其餘九卷譯完。

【幾事】機密的事。易繫辭上：“幾事不密則害成。”疏：“幾，謂幾微之事，當須密慎，預防禍害。”

【幾₂所】幾許，多少。漢書七一疏廣傳：“數問其家金餘尚有幾所，趣賣以共具。”注：“幾所猶言幾許也。”

【幾₂許】若干，多少。疑問代詞。文選古詩十九首之十：“河漢清且淺，相去復幾許。”唐韓愈昌黎集三桃源圖詩：“當時萬事皆眼見，不知幾許猶流傳。”

【幾微】細微。後漢書四六陳寵傳：“陳寵奉事先帝，深見納任，……今不蒙忠能之賞，而計幾微之故，誠傷輔政容貸之德。”

【幾諫】對尊長婉言規勸。論語里仁：“事父母幾諫。”集解：“包(咸)曰：‘幾者，微也。當微諫納善言於父母。’”

【幾賾】細微精深。賾，深。梁書昭明太子傳王筠哀册文：“辯究空微，思探幾賾。”

广 部

广 yǎn 魚檢切，上，琰韻，疑。
ㄧㄢˇ 魚埯切，上，儼韻，疑。

㊀因巖架成之屋。唐韓愈昌黎集二陪杜侍御遊湘西兩寺獨宿有題詩：“剖竹走泉源，開廊架崖广。”㊁小屋。元袁桷清容居士集五次韻瑾子過梁山濼三十韻詩：“土屋危可緣，草广突如峙。”

二 畫

庀 pǐ 匹婢切，上，紙韻，滂。
ㄆㄧˇ

㊀具備。左傳襄五年：“季文子卒，……宰庀家器，爲葬備。”㊁治理。國語魯下：“內朝，子將庀季氏之政焉。”

【庀工】具備動工條件，開始動工。元虞集道園學古錄八中書省檢校官廳壁記：“是年冬庀工，明年五月成。”

三 畫

庄 zhuāng
ㄓㄨㄤ

“莊”的異體字。京本通俗小說、三國志平話等舊刊本“莊”均作“庄”，或作“庒”。

四 畫

床 chuáng 士莊切，平，陽韻，牀。
ㄔㄨㄤˊ

同“牀”。見“牀”。

庋 guǐ 過委切，上，紙韻，見。
ㄍㄨㄟˇ 居綺切，上，紙韻，見。

也作“庪”。㊀置放，收藏。禮內則“大夫七十而有閣”注：“閣以板爲之，庋食物也。”釋文本作“庪”。新唐書一三三牛仙客傳：“前後錫與，緘庋不敢用。”㊁置放器物的架子。宋洪邁夷堅志丁志十一蔡河秀才：“見床內小板庋上，烏紗帽存。”

【庋寘】收藏，置放。元柳貫柳待制文集一尊經堂詩：“經尊道則尊，有合嚴庋寘。”

【庋縣】見“庪縣”。

庌 yǎ 五下切，上，馬韻，疑。
ㄧㄚˇ

正房兩側的小屋，馬棚。周禮夏官圉師：“夏庌馬。”注：“(鄭)玄謂庌，廡也。廡，所以庇馬者也。”

【庌舍】供過往賓客歇宿的房舍。周禮地官遺人“候館有積”唐賈公彥疏：“漢時野路候迎賓客之處，皆有庌舍，與廬相似。”

序 xù 徐吕切，上，語韻，邪。
ㄒㄩˋ

㊀隔開正堂東西夾室的牆。大戴禮王言:"曾子懼,退負序而立。"清孔廣森補注:"序,東西牆也。堂上之牆曰序,堂下之牆曰壁,室中之牆曰墉。"又東西兩廂亦謂之序。見書顧命"西序東嚮"傳。㊁鄉學之名。孟子滕文公上:"設爲庠序學校以教之,……夏曰校,殷曰序,周曰庠。"㊂次序。荀子君子:"長幼有序。"㊃按次第排列。詩大雅行葦:"序賓以賢。"參見"序齒"。㊄季節。見"四序"。㊅評介作品內容的文字。通"敍"。如詩序、晉皇甫謐三都賦序。唐宋以來,送別贈言之文也稱序。如唐韓愈送孟東野序、柳宗元送薛存義序。㊆姓。禮射義:"序點揚觶而語。"疏:"序,姓;點,名也。"

【序班】官名。明置,屬鴻臚寺。掌管侍班、齊班、糾儀與傳贊等儀節。清因之。見明史職官志三、歷代職官表三三。

【序跋】序文與題跋的合稱。序,也作"敍"。一般序在書前,跋在書尾。但古代序多列於書末,如史記太史公自序,漢書敍傳。清姚鼐古文辭類纂分文章爲十三類,中有"序跋類"。

【序傳】作者自敍的傳記。也作"敍傳"。漢司馬遷著史記,有太史公自序。班固撰漢書沿用其體,始稱"敍傳"。參閱唐劉知幾史通九序傳。

【序論】在正文前總括全文要旨的議論文字。宋書范曄傳獄中與諸甥姪書:"至於循吏以下及六夷諸序論,筆勢縱放,實天下之奇作。"

【序齒】按年齡長幼定先後次序。禮中庸:"燕毛,所以序齒也。"宋史三一三文彥博傳:"與富弼司馬光等十三人,用白居易九老會故事,置酒賦詩相樂,序齒不序官,爲堂繪像其中,謂之洛陽耆英會。"

【序讚】敍述他人的生平簡歷,末加讚語,稱序讚。北魏李仲尚撰有前漢功臣序讚,見魏書本傳。

庇

bì ㄅㄧˋ 必至切,去,至韻,幫。

遮蓋,掩護。左傳文七年:"葛藟猶能庇其本根,故君子以爲比,況國君乎?"唐杜甫杜工部詩史補遺二茅屋爲秋風所破歌:"安得廣廈千萬間,大庇天下寒士俱歡顏。"

【庇廕】覆蓋,保護。左傳文七年:"公族,公室之枝葉也。若去之,則本根無所庇廕矣。"廕,本又作"蔭"。國語晉九:"木有枝葉,猶庇蔭人,而況君子之學乎?"

五畫

庚

gēng ㄍㄥ 古行切,平,庚韻,見。

㊀天干的第七位。㊁道路。見"夷庚㊀"。㊂年齡。見"同庚"。㊃賠償。禮檀弓下:"季子皋葬其妻,犯人之禾,申祥以告,曰:'請庚之。'"注:"庚,償也。"㊄更替。通"更"。見"庚郵"。㊅姓。唐有太常博士庚季良。見廣韻。

【庚子】東晉列國西涼李暠(太祖)年號。公元400—404年。

【庚甲】㊀舊時星相術士算命,把人的出生年、月、日、時,用干支八字表示,謂之年庚。也稱庚甲。宋岳珂桯史五大小寒:"又爲日者,弊帽持扇過其旁,遂邀使談庚甲。"㊁年歲的代稱。宋洪邁容齋隨筆四筆三實年官年:"至公卿任子,欲其早列仕籍,或正在童孺,故率增擡庚甲有至數歲者。"元楊弘道小亨集一齒搖詩:"齒搖眼始暗,庚甲到知非。"

【庚伏】卽三伏。三伏以農曆夏至後第三個庚日開始,故名。宋朱熹朱文公集三次韻秀野署中詩:"病隨庚伏盡,尊向晚涼開。"宋史職官志四祕書省:"祕書監歲於仲夏曝書,則給酒食費……遇庚伏則前期遣中使諭旨,聽以早歸。"參閱初學記四伏日。

【庚辰】神名。神話傳說,夏禹治水,命庚辰降服淮渦水神無支祁,把它鎖在淮陰的龜山下,使淮水安然流入海。參閱太平廣記四六七李湯引戎幕閑談。

【庚庚】堅强貌。史記孝文紀:"卜之龜,卦兆得大横,占曰:'大横庚庚,余爲天王,夏啟以光。'"釋名釋天:"庚,猶更,堅强貌也。"

【庚帖】舊時訂婚帖,寫訂婚人出生的年、月、日、時,故曰庚帖。庚,年庚。元高明琵琶記六丞相教女:"合婚問卜若都好,有鈔;只怕假做庚帖被人告,喫拷。"

【庚癸】春秋時吳王夫差與晉魯等國會盟,吳大夫申叔儀向魯大夫公孫有山氏乞糧,答曰:"粱則無矣,麤(粗)則有之,若登首山以呼,曰:'庚癸乎?'則諾。"因軍中缺糧,故用隱語乞糧。庚,西方,主穀;癸,北方,主水。見左傳哀十三年傳及注。後因稱向人告貸爲"呼庚呼癸"或"庚癸之呼"。唐柳宗元柳先生集十安南都護張公墓誌銘:"儲偫委積,師旅無庚癸之呼。"宋范成大石湖集二六丙午新正書懷詩之二:"一飽但蘄庚癸諾,百年甘守甲辰雌。"

【庚郵】更替驛遞。庚,通"更"。宋鄭登龍梅屋吟送表兄趙奏院赴南外知宗詩:"丙枕或思前夜席,庚郵寧肯後鋒車。"

【庚桑楚】莊子篇名。篇中稱庚桑楚爲老子弟子,戰國時楚人。也作亢桑子。是虛構的代表老莊思想的至人。參閱史記六三莊子傳"畏累虛、亢桑子之屬"索隱。

【庚申外史】明權衡撰,用編年體,記元朝末代皇帝順帝(妥歡帖木兒)從卽位到逃亡漠北,共三十六年間的大事。順帝生於延祐七年,爲庚申年,故稱庚申君。書中記載當時朝廷中尖鋭的內部矛盾、腐朽的生活,以及各地農民起義的情況。清萬斯同著有庚申君遺事。

【庚子消夏記】清孫承澤撰,八卷。記晉唐至明書畫,三卷;古石刻,四卷,均爲其所自藏。末卷記所見諸家收藏之物。因書成於順治十七年庚子四五六月,故以庚子消夏爲名。古學彙刊中有清何焯庚子銷夏記校文一卷。

店

diàn ㄉㄧㄢˋ 都念切,去,㮇韻,端。

㊀商店,鋪子。晉崔豹古今注上都邑:"店,所以置貨鬻之物也。"南齊書劉休傳:"明帝令休於宅後開小店,使王氏親賣掃箒皂莢以辱之。"店與"邸"通,店、邸雙聲。漢謂之邸,晉以來始曰店。參見"邸店"。㊁旅館,客棧。唐岑參岑嘉州集三漢川山行呈成少尹詩:"山店雲迎客,江村犬吠船。"參見"店家㊀"。

【店舍】宿客兼售貨的客店。隋書李諤傳:"邳公蘇威以臨道店舍,乃求利之徒,事業污雜,非敦本之義。遂奏高祖,約遣歸農。"唐元稹長慶集二四連昌宮詞:"初過寒食一百六,店舍無煙宮樹綠。"

【店面】商店的門面。宋吳自牧夢粱錄十六茶肆:"今杭城茶肆亦如之,插四時花,挂名人畫,裝點店面。"

【店家】㊀客店,旅館。宋陸游劍南詩稿八雙流旅舍:"孤市人稀冷欲冰,昏昏一盞店家燈。"㊁商店,鋪子。宋吳自牧夢粱錄十六酒肆:"蓋因五代時郭高祖遊幸汴京,茶樓酒肆俱如此裝飾,故至今店家倣傚成俗也。"㊂舊時把酒館、店鋪的老板或伙友稱爲"店家"。水滸二三:"店家去裏面切出二斤熟牛肉,做一大盤子,將來放在武松面前。"

【店埠】鎮名。在安徽合肥市東。宋紹興十一年楊沂中敗金人於店埠,卽此。參閱嘉慶一統志一二三廬州府二。宋史高宗紀六作"店步"。

【店肆】商店。樂府詩集四六讀曲歌:"家貧近店肆,出入引長事。"魏書肅宗紀正光三年:"詔中尉端衡,肅厲威風,以見事糾劾。七品、六品,禄足代耕,亦不聽錮貼店肆,争利城市。"

【店鋪】商店。唐封演封氏聞見記六飲茶:"自鄒齊滄棣,漸至京邑城市,多開店鋪,煎茶賣之。"

【店頭】路旁貨攤聚集處。宋范成大石湖集十二大寧河:"荆箱擾擾攔街賣,紅皺黄團滿店頭。"自注:"北人謂道上聚落爲店頭。"

【店宅務】宋官署名。屬太府寺。掌管官屋及邸店買賣租賃及修建之事。見宋史職官志五太府寺。

庙

miào ㄇㄧㄠˋ

"廟"的異體字。舊本京本通俗小説、古今雜劇多作"庙"或"庿"。

庖

páo ㄆㄠˊ 薄交切,平,肴韻,並。

㊀廚房。詩小雅車攻:"大庖不盈。"孟子梁惠王上:"庖有肥肉。"㊁廚師。莊子養生主:"良庖歲更刀,割也。"

【庖丁】廚師。莊子養生主:"庖丁爲文惠君解牛。"唐成玄英疏:"庖丁,謂掌廚丁役之人,今之供膳是也。亦言:丁,名也。"

【庖人】掌膳食之官。周禮天官庖人:"庖人,掌共六畜、六獸、六禽,辨其名物。"孟子萬章下:"其後廩人繼粟,庖人繼肉,不以君命將之。"後泛指廚師。文苑英華一三九李蟾烹小鮮賦:"力刀之任,庖人是司。"

【庖正】掌管膳食的官。左傳哀元年:"逃奔有虞,爲之庖正,以除其害。"注:"庖正,掌膳羞之官。"

【庖代】猶代庖。莊子逍遥遊:"庖人雖不治庖,尸祝不越樽俎而代之矣。"庖人,掌庖廚;尸祝,掌祭祀時執祭板對神主而祝;各有職責。如庖人不盡其職,尸祝亦不代之宰烹。後因稱越權辦事或代作别人的事情爲庖代、代庖。參見"代庖"。

【庖鼎】廚房里的鼎鑊。鼎鑊,烹煮器。相傳伊尹曾當過有莘氏的廚師,負鼎以説商湯。湯舉爲三公。見墨子尚賢下、史記殷記。後因以庖鼎指賢臣。宋書前廢帝紀景和元年:"每結夢庖鼎,瞻言板築。"

【庖廚】廚房。孟子梁惠王上:"見其生,不忍見其死;聞其聲不忍食其肉;是以君子遠庖廚也。"

【庖犧】即伏羲。詳該條。

府

fǔ ㄈㄨˇ 方矩切,上,麌韻,幫。

㊀國家儲藏財物或文書的地方。禮曲禮下:"在官言官,在府言府,在庫言庫,在朝言朝。"注:"府,謂寶藏貨賄之處也。"漢書郊祀志上:"史書而臧之府。"注:"府,臧書之處。"㊁掌財幣百物之官皆曰府。如周禮天官有内府、外府及玉府,地官有泉府,皆爲掌財貨之官。㊂官署的通稱。周禮天官大宰:"以八法治官府。"注:"百官所居曰府。"㊃稱官僚貴族的住宅或尊稱别人的住宅。北周庾信庾子山集一哀江南賦:"誅茅宋玉之宅,穿徑臨江之府。"㊄舊時行政區劃之名。大抵是漢叫郡,唐叫州,惟建都之地乃稱府。至宋凡大郡皆升爲府。元代則省級以下,大抵以路領府,府領州,州領縣。清代,省以下,以府領州,州領縣。參閲清顧炎武日知録八府,清文獻通考二六九輿地一。㊅謂聚集之處。如學府、怨府。㊆臟腑。通"腑"。素問九熱論:"五藏已傷,六府不通。"㊇通"俯"。荀子非相:"府然若渠匽檃栝之於己也。"注:"府與俯同。"㊈姓。漢有司徒掾府悝。見通志二九氏族五上聲引風俗通。

【府尹】官名。漢京師置京兆尹。唐西都、東都、北都等,各置府尹,從三品,掌宣教令,歲巡所屬縣,觀風俗,訊囚等。明應天、順天也置府尹,掌京府的政令。清襲明制,於順天、奉天置府尹。參閲新唐書百官志四下,明史職官志三、四。

【府公】六朝時稱權貴府第的主人爲府公。晉書賈充傳附賈謐:"果見充行至一府舍,侍衛甚盛。府公南面坐,聲色甚厲。"唐五代時,官府幕僚沿舊習,稱節度觀察使爲府公。唐劉禹錫劉夢得集六送王司馬之陝州詩:"府公既有朝中舊,司馬應容酒後狂。"後以泛稱官府的長官。資治通鑑二九〇後周廣順二年七月:"(孫欽)往辭承丕,承丕邀與俱見府公。"注:"府公,謂郭延鈞也。公者,人之尊稱;一府所尊,故謂之府公。"

【府主】佐吏、幕僚對所屬長官的尊稱。文選晉潘安仁(岳)閑居賦序:"今天子諒闇之際,領太傅主簿。府主誅,除名爲民;俄而復官,除長安令。"府主,指晉太傅楊駿。北齊書王昕傳:"太尉汝南王悦辟騎兵參軍,……卧閑室,頻召不至,悦乃自詣呼之,曰:'懷其才而忽府主,可謂仁乎?'"

【府州】㊀府與州。宋書謝晦傳:"況彼府州文武,並列王職。"㊁州名。五代後唐天祐八年,以麟州東北河濱之地置。宋稱永安軍,又改靖康軍。元仍名府州,尋改府谷縣。今屬陝西省。參閲資治通鑑二八四後晉開運元年"由是府州刺史折從遠亦北屬"注、讀史方輿紀要五七葭州。

【府寺】漢代郡國設置屬官,亦如公府,故稱郡國官署爲府寺。寺,官舍。漢書七九馮奉世傳:"攻隴西府寺,燔燒置亭。"後漢書七七樊曄傳涼州歌:"寧見乳虎穴,不入冀府寺。"

【府丞】㊀府中的佐吏。東漢羊續爲南陽太守,府丞嘗獻生魚,續受而懸於庭。見後漢書三一羊續傳。文苑英華二四七梁陸倕以詩代書别後寄贈:"詎知亭長肉,寧挂府丞魚。"㊁官名。明順天府應天府皆有府丞,以佐府尹。清因之。又宗人府也有府丞,掌校理漢文册籍。參閲明史職官志三、四,歷代職官表一。

【府君】㊀漢魏時太守自辟僚屬如公府,因尊稱太守爲府君。如後漢書高獲傳,獲稱太守鮑昱;朱暉傳,暉稱太守阮況;華佗傳,佗稱太守陳登;三國志魏華歆傳注引吴歷,孫策稱太守華歆;皆曰府君。自唐以後,不論爵秩,碑版通稱死者爲府君。唐韓愈昌黎集二六魏博節度觀察使沂國公先廟碑銘:"曾祖都水使者府君祭初室,祖安東司馬贈襄州刺史府君祭二室,兵部府君祭東室。"參閲清王芑孫碑版文廣例七通稱府君例。㊁漢魏以來對人的敬稱。世説新語言語:"(李膺)爲司隸校尉,詣門者皆儁才清稱及中表親戚乃通。文舉(孔融)至門謂吏曰:'我是李府君親。'"

【府谷】縣名。詳"府州㊁"。

【府兵】兵制名。創建於西魏大統年間。其制以六柱國統十二大將軍,每一大將軍統二開府,共二十四開府。開府各領一軍,共二十四軍。兵士屬於軍府,不編入郡縣户籍。北周及隋,所設置軍府增多,制度也有變革。隋開皇十年,士兵始編入郡縣籍。唐因隋制,全國共置六百三十四府,府置折衝都尉及果毅都尉統率。兵士征行及上長安宿衛,皆以遠近分番。在宿衛時,分别隸屬於諸衛。出征時,由臨時任命的主將統率。戰争結束,則將歸於朝,兵散於府。至天寶間,府兵制僅存虚名。參閲北史李弼等傳論、新唐書兵志。

【府河】水名。1.在河北省。即清苑河。古爲盧水,也稱沈水、沈苑泊。發源於滿城縣，東流經保定市南一段稱府河，匯合唐河，注入白洋淀。參閱嘉慶一統志十二保定府二、畿輔通志五九山川三。2.在四川彭山縣東北。自雙流縣流入，與赤水合流，故也稱赤水。參閱嘉慶一統志四一〇眉州府河。

【府治】明清時知府兼轄數縣，所駐在之縣叫首縣，也稱府治。

【府庫】官府儲存財物兵甲的倉庫。孟子梁惠王下："凶年饑歲，君之民老弱轉乎溝壑，壯者散而之四方者幾千人矣，而君之倉廩實，府庫充。"文選漢張平子(衡)東京賦："因秦宮室，據其府庫。"注："府庫，謂官吏所止爲府，車馬器械所居曰庫。"

【府尊】明清時尊稱知府爲府尊，猶知州稱州尊、知縣稱縣尊或邑尊。明朱權荆釵記傳奇會講："明日府尊堂試，他時大比，未知若何？"

【府朝】六朝以前侯國郡守得徵聘僚屬，同於公府；其治所也稱朝，因稱府朝。文選晉盧子諒(諶)贈劉琨書："遂去左右，收迹府朝。"梁書范雲傳："竟陵王(蕭)子良爲會稽太守，雲始隨王。……會遊秦望，使人視刻石文，時莫能識，雲獨誦之。王悦，自是寵冠府朝。"

【府奥】世説新語賞譽下："王司州(胡之)與殷中軍(浩)語，嘆云：'己之府奥，蚤已傾寫，而見殷陳勢浩汗，衆源未可得測。"指胸中所有。

【府學】明洪武二年命各府州縣皆設立學校，屬於府者稱府學。設教授一員、訓導四員、生員四十人。公家給費者稱廩膳生，額外入學者稱增廣生。清承明制，至光緒末年改學制始罷。參閱續文獻通考五十學校四、清文獻通考六三——七六學校。

【府藏】㊀官府儲存貨物之所。史記一二三大宛傳："令外國客徧觀名〔各〕倉庫府藏之積，見漢之廣大。"㊁同"腑臟"。後漢書馬融傳廣成頌："先王所以平和府藏，頤養精神，致之無疆。"

底 1. dǐ ㄉㄧ 都體切，上，薺韻，端。

㊀最下的部分。文選戰國楚宋玉高唐賦："不見其底，虛聞松聲。"文選晉左太沖(思)蜀都賦："楩楠幽藹於谷底，松柏蓊鬱於山峯。"㊁器物下端的承受部分。詩大雅公劉"于橐于囊"唐陸德明釋文："無底曰囊，有底曰橐。"㊂草稿，原稿。見"底本"。㊃盡頭，終極。如年底、月底。參見"底極"。㊄停滯。國語晉四："今戾之矣，戾久將底。"參見"底滯"。㊅何，什麽。樂府詩集四四子夜四時歌秋歌："寒衣尚未了，郎喚儂底爲？"唐杜甫杜工部草堂詩箋二二寄邛州崔録事："久待無消息，終朝有底忙？"參閱唐顔師古匡謬正俗六底。㊆猶"的"。結構助詞。省指人或物。景德傳燈録十四圓智禪師："(潙山)曰：'有幾人病？'師曰：'有病底，有不病底。'曰：'不病底莫是智頭陀否？'"宋楊萬里誠齋集二五玉井亭觀白蓮詩之一："紅芙蕖雜白芙蕖，紅底終稠白底疎。"㊇質地柔細的磨刀石。通"砥"。見"底厲"。

2. zhǐ ㄓ

㊈引致，達到。左傳昭元年："底禄以德。"注："底，致也。"文選漢楊子幼(惲)報孫會宗書："惲才朽行穢，文質無所底。"清阮元謂經典中當"致"講的"底"，皆應作"厎"，之爾切，見十三經注疏校勘記孟子七下。

【底下】猶低下。三國志魏武帝紀建安十五年"冬，作銅雀臺"注引魏武故事乙亥令："求底下之地，欲以泥水自蔽，絶賓客往來之望，然不能得如意。"藝文類聚五一三國魏曹植謝妻改封表："其才質底下，謬同受私。"

【底₂平】猶底定。書禹貢："大野既豬，東原底平。"謂水已平服，可以耕種。

【底本】唐五代宋時樞密院發布文書之底稿。公家文書之稿，中書謂之草，樞密院謂之底，三司謂之檢。宋時尚存五代梁宣底二卷，今亡。底卽底本。見宋宋敏求春明退朝録下。參見"宣底"。今凡抄本或刊印本所依據之原本均稱底本。

【底死】㊀竭力，拚死。宋黄庭堅山谷詩注外集補一送蘇太祝歸石城："僕夫結束底死催，馬翻玉勒嘶歸鞅。"參見"抵死"。㊁終究，分外。宋柳永樂章集滿江紅詞之三："不會得都來些子事，甚恁底死難拚棄！"

【底₂定】達到平定。底，一作"厎"。書禹貢："三江既入，震澤底定。"釋文："底，之履反，致也。史記音致。"南史齊高帝紀："信宿之間，宣陽底定，此又公之功也。"

【底事】何事，何以。唐白居易長慶集十八放言詩之一："朝真暮僞何人辨，古往今來底事無。"宋辛棄疾稼軒詞四南歌子山中夜坐："試問清溪，底事未能平？"

【底突】頂撞，衝激。梁書江革傳蕭衍覺意詩："惟當勤精進，自强行勝脩，豈可作底突，如彼必死囚。"

【底₂柱】同"厎柱"。見該條。

【底细】内情，詳細的底裏。紅樓夢三："看其外貌，最是極好，卻難知其底細。"

【底極】終極，盡頭。後漢書四九仲長統傳昌言理亂："澶漫彌流，無所底極。"

【底裏】㊀内心的真情。古文苑十漢揚雄答劉歆書："謹歸誠底裏，不敢違信。"後漢書十三竇融傳上書："書不足以深達至誠，故遣劉鈞口陳肝膽。自以底裏上露，長無纖介。"㊁裏邊，指深藏不顯露之處。宋楊萬里誠齋集五題薦福寺詩："千山底裏着樓臺，半夜松風萬岳哀。"㊂内部實況。紅樓夢七五："老賢甥，你不知我們邢家的底裏。"

【底₂綏】安定。書盤庚上："紹復先王之大業，底綏四方。"魏王粲王侍中集蕤賓鐘銘："底綏六合，纂定庶邦。"

【底滯】㊀停滯，閉塞。國語楚下："夫民，氣縱則底，底則滯，滯久而不振，生乃不殖。"注："底，著也。滯，廢也。"文選晉陸士衡(機)文賦："及其六情底滯，志往神留，兀若枯木，豁若涸流。"㊁困阨，稽留。藝文類聚五九三國魏王粲初征賦："逢屯否而底滯兮，忽長幼以羈旅。"唐韓愈昌黎集三六送窮文："子無底滯之尤，我有資送之恩，子等有意於行乎？"㊂平庸。魏書廣陽王建閭傳附拓跋深："自定鼎伊洛，邊任益輕，惟底滯凡才出爲鎮將，轉相模集，專事聚斂。"

【底厲】磨鍊。同"砥礪"。漢書五一枚乘傳："磨礱底厲，不見其損，有時而盡。"又四九鼂錯傳："和輯士卒，底厲其節。"

【底₂豫】由不歡到歡樂。底，致；豫，樂。孟子離婁上："舜盡事親之道，而瞽瞍底豫。"

【底蘊】㊀心裏話，内心蘊藏的見識。新唐書九七魏徵傳："徵亦自以不世遇，乃展盡底蘊無所隱。"㊁内情，底細。宋史三三七范祖禹傳論："其開陳治道，區別邪正，辨釋事宜，平易明白，洞見底蘊。"

六畫

庠 xiáng ㄒㄧㄤ 似羊切，平，陽韻，邪。

古代鄉學名。禮王制："耆老皆朝於庠。"注："此庠，謂鄉學也。"舊時稱府學爲郡庠，縣學爲邑庠。

【庠生】明清稱府、州、縣學的生員爲庠生。明朱權荆釵記傳奇會講："家無儋石，忝列庠生之數。"

【庠序】㊀古代地方所設的學校，與帝王的辟雍、諸侯的泮宮等大學相對而言。

後泛指學校。孟子梁惠王上:"謹庠序之教。"注:"庠序者,教化之宫也。殷曰序,周曰庠。"漢陸賈新語至德:"於是賞善罰惡而潤色之,興辟雍庠序而教誨之。"㊁舉動安詳肅穆。後漢書六一左雄傳:"行有佩玉之節,動有庠序之儀。"唐敦煌變文太子成道經:"或見一人,削髮染衣,威儀庠序,真似象王。"

庤 zhì ㄓˋ 直里切,上,止韻,澄。

儲備。通"偫"。詩周頌臣工:"命我衆人,庤乃錢鎛。"

度 1. dù ㄉㄨˋ 徒故切,去,暮韻,定。

㊀計量長短的標準。書舜典:"同律、度、量、衡。"釋文:"度,如字,丈尺也。"晉書律曆志上:"度以爲尺,相傳謂之漢官尺。"㊁限度。左傳昭二十年:"徵斂無度,宫室日更,淫樂不違。"國語周下:"用物過度妨於財。"㊂法制。書大禹謨:"罔失法度。"左傳昭四年:"度不可改。"㊃器量,胸懷。史記高帝紀:"常有大度,不事家人生産作業。"㊄量詞。次,回。易晉"晝日三接"唐孔穎達疏:"言非惟蒙賜蕃多,又被親寵頻數,一晝之間,三度接見也。"㊅過。通"渡"。漢書四八賈誼傳陳政事疏:"若夫經制不定,是猶度江河,亡維楫。"唐李白李太白詩三蜀道難:"黄鶴之飛尚不得過,猿猱欲度愁攀援。"㊆使人離俗出家。新唐書食貨志一:"又於關輔諸州,納錢度道士僧尼萬人。"㊇通"鍍"。南齊書高帝紀上:"不得以金銀爲箔,馬乘具不得金銀度。"㊈姓。漢有度尚。後漢書有傳。

2. duó ㄉㄨㄛˊ 徒落切,入,鐸韻,定。

㊉量,計算。左傳隱十一年:"山有木,工則度之。"漢書律曆志上:"度者,分、寸、尺、丈、引也,所以度長短也。"㊀揣測,考慮。詩小雅巧言:"他人有心,予忖度之。"史記一〇九李將軍傳:"其射,見敵急,非在數十步之内,度不中不發,發即應弦而倒。"

【度₂支】㊀規劃計算。三國志魏高堂隆傳上疏:"而度支經用,更每不足,牛肉小賦,前後相繼。"㊁官名。掌管全國財賦的統計和支調,故名度支。漢有計相掌財務。魏文帝設度支尚書寺,晉及南朝宋齊、北朝北魏北齊均設度支尚書,領度支、金部、倉部、起部四曹。隋初設度支尚書,開皇三年改稱民部。唐避太宗李世民諱,改民部爲户部,下有度支郎中。宋有户部使、度支使及鹽鐵使,總領國内財賦,稱三司,度支使下設副史、判官。元明不設三司,事權仍歸户部。清末改户部爲度支部。參閲通典二三職官五、文獻通考五二職官六户部尚書。

【度厄】舊時迷信,謂人有災難,可以禳除逃過,叫作度厄。舊題晉葛洪神仙傳一老子:"人生各有厄會,到其時,若易名字,以隨元氣之變,則可以延年度厄。"隋時民間也有度厄之俗。隋杜臺卿玉燭寶典一:"元日至於月晦,民並爲酺食渡水,士女悉湔裳酹酒於水湄,以爲度厄。"厄,一作"戹"。

【度日】過日子。晉書沮渠蒙遜載記:"清濁共流,能否相雜。人無勸競之心,苟爲度日之事。"宋柳永樂章集戚氏詞:"孤館度日如年,風露漸變,悄悄至更闌。"

【度世】出世,脱離世間。楚辭屈原遠遊:"欲度世以忘歸兮,意恣睢以擔撟。"補注:"度世,謂仙去也。"漢王充論衡道虚:"老子之術以恬淡無欲,延壽度世者,復虚也。"

【度古】蟲名。長二尺餘,形似書帶,色類蚯蚓,頭如鏟。有毒,雞食之即死。俗稱土蟲。見唐段成式酉陽雜俎前集十七廣動植蟲。

【度外】㊀心意計慮之外。即不必介懷之意。東觀漢紀世祖光武皇帝建武六年:"天下悉定,惟獨公孫述隗囂未平,帝曰:'取此兩子置度外。'"又見後漢書十三隗囂傳。㊁法度之外。即不按常規。三國志魏楊阜傳:"曹公有雄才遠略,決機無疑,法一而兵精,能用度外之人,所任各盡其力,必能濟大事者也。"

【度₂地】測量土地。禮王制:"司空執度度地。"釋文:"度,上如字,丈尺也。下大洛反,量也。"管子有度地篇。

【度₂曲】㊀製曲。漢書元帝紀贊:"元帝多材藝,善史書,鼓琴瑟,吹洞簫,自度曲,被歌聲,分刌節度,窮極幼眇。"注:"應劭曰:'自隱度作新曲,因持新曲以爲歌詩聲也。"參閲清胡鳴玉訂譌雜録一度曲。㊁按曲譜歌唱。文選漢張平子(衡)西京賦:"度曲未終,雲起雪飛,初若飄飄,後遂霏霏。"

【度紀】延年益壽。後漢書五二崔駰傳附崔寔政論:"呼吸吐納,雖度紀之道,非續骨之膏。"注:"度紀,猶延年也。"

【度朔】傳説東海有度朔山,上住神荼鬱律二神。見漢王充論衡亂龍、蔡邕獨斷上。文選漢張平子(衡)東京賦:"度朔作梗,守以鬱壘。神荼副焉,對操索葦。"參見"神荼鬱壘"。

【度索】㊀山名。同"度朔"。初學記二八晉傅玄桃賦:"望海島而懷慨兮,懷度索之靈山。"參見"度朔"。㊁神名。又稱度索君。北魏賈思勰齊民要術十李:"列異傳曰:袁本初時,有神出河東,號度索君,人共立廟。"

【度矩】法度,規則。三國志魏鍾繇傳:"靖恭夙夜,匪遑安處。百寮師師,楷兹度矩。"

【度梅】南方春末夏初梅黄熟時,多陰雨。度過梅天季節稱度梅。唐元稹長慶集十酬翰林白學士代書詩:"度梅衣色漬,食稗馬蹄羸。"自注:"南方衣服經夏,謂之度梅,顔色盡涴。"

【度脱】宗教迷信説法,謂使人解脱人世的苦難,到達仙佛境界爲度脱。法華經序品:"最後天中天,號曰然燈佛。諸仙之導師,度脱無量衆。"南史闍婆達國傳:"轉尊法輪,度脱衆生。"

【度越】超過。漢書八七下揚雄傳贊:"今揚子之書文義至深,而論不詭於聖人,若使遭遇時君,更閲賢知,爲所稱善,則必度越諸子矣。"

【度量】㊀測量長短多少的器具。周禮夏官合方氏:"同其數器,壹其度量。"注:"尺丈釜鍾,不得有大小。"㊁借指法度,法制。管子權修:"地之生財有時,民之用力有倦,而人君之欲無窮,以有時與有倦養無窮之君,而度量不生於其間,則上下相疾也。"韓非子難言:"故度量雖正,未必聽也;義理雖全,未必用也。"㊂器量,胸懷。史記一一七司馬相如傳喻巴蜀檄:"人之度量相越,豈不遠哉。"三國志蜀馬忠傳:"忠爲人寬濟有度量,但詼啁大笑,忿怒不形於色。"

【度遼】漢時將軍名號。漢昭帝初置度遼將軍,以范明友任之。後漢亦置度遼將軍,吴棠皇甫規橋玄等皆先後爲度遼將軍。參閲漢書九四匈奴傳上、後漢書八九南匈奴傳。

【度牒】僧尼出家,由官府發給憑證。有牒的得免地税、徭役。唐宋僧尼簿籍,歸祠部掌管,由祠部發放度牒。官府可出售度牒,以充軍政費用。唐天寶間,楊國忠遣御史崔衆至太原納錢度僧尼道士,旬日得萬緡。宋治平四年賜陝西轉運司度牒千件,糴穀賑濟。皆爲鬻度牒之例。南渡後,軍費大增,度牒收入成爲官府收入的一項重要來源。參閲唐會要四九僧尼所隸、宋釋贊寧僧史略下度僧規、李心傳舊聞證誤二、文獻通考二三國用一。

【度門寺】在湖北當陽縣玉泉山東。唐釋神秀曾住江陵當陽山，武則天召赴都，供養於内道場，特加敬禮，於當陽山建度門寺。唐孟浩然集二陪張丞相祠紫蓋山途經玉泉詩："聞鐘度門近，照膽玉泉清。"卽此寺。參閱宋高僧傳八唐荆州當陽山度門寺神秀傳、湖北通志十八古蹟四。

【度₂長絜大】比較長短大小。文選漢賈誼過秦論："試使山東之國與陳涉度長絜大，比權量力，則不可同年而語矣。"

【度₂德量力】衡量自己的德行和能力。左傳隱十一年："度德而處之，量力而行之。"釋文："度，待洛反。"漢應劭風俗通一五伯："（宋）襄公不度德量力，慕名而不綜實。"

庢 zhì 陟栗切，入，質韻，知。ㄓ

㊀阻礙。文選漢枚叔（乘）七發："發怒庢沓，清升踰跇。"㊁水曲。通"厔"。見"盩厔"。

庛 cì 七賜切，去，寘韻，清。ㄘ

耒木下端穿插鐵耜的部分。周禮考工記車人："車人爲耒，庛長尺有一寸。"注引鄭衆謂庛爲耒下岐；鄭玄謂庛爲耒下前曲接耜。

庥 xiū 許尤切，平，尤韻，曉，ㄒㄧㄡ

庇蔭。爾雅釋言："庇、庥，廕也。"注："今俗語呼樹廕爲庥。"唐柳宗元柳先生集二九石渠記："其側皆詭石怪木奇卉怪箭，可列坐而庥焉。"

【庥命】光寵嘉美之命。同"休命"。明張居正張文忠集三謝賞樓額名並賜命疏："遂令一介之末蹤，獲沾九重之庥命。"參見"休命"。

七 畫

庫 kù 苦故切，去，暮韻，溪。ㄎㄨ

藏兵甲戰車的屋舍。禮曲禮下："在府言府，在庫言庫。"注："庫，謂車馬兵甲之處也。"後泛指儲藏財物的屋舍。如書庫、金庫。

【庫平】清康熙時撰律吕新義，以古十二銖爲當時錢二錢五分，十錢爲兩，十六兩爲斤，三十斤爲鈞，四鈞爲石。後編訂度量衡表，取金屬的立方寸爲衡制標凖，名庫平，官府出納皆以此爲凖。庫平一兩合公制 37.301 公分。

【庫車】縣名。屬新疆維吾爾自治區。漢爲龜兹，治所在延城。唐置安西都護府。宋時爲回鶻所有。清光緒九年置庫車直隸廳，二十八年改直隸州。1913 年改縣。參閱舊唐書地理志三、續文獻通考三二一輿地十七。

【庫門】古代傳説帝王的宫室有五門：路門、應門、皋門、雉門、庫門；諸侯三門，無應門、皋門。庫門，宫最外之門。禮郊特牲："獻命庫門之内，戒百官也。"注："庫門，在雉門之外，入庫門則至廟門外矣。"參見"五門"。

【庫部】三國魏有庫部郎。晉宋因之。隋初爲庫部侍郎。唐置庫部郎中，爲兵部之屬司，掌軍器、儀仗及乘輿等。明稱武庫清吏司郎中。清因之，掌兵籍、武器、鄉會試武科及編發戍軍等事。參閱通典二三職官五兵部尚書、歷代職官表十二兵部表。

【庫婁】星名。也稱庫樓。楚辭漢王褒九懷思忠："抽庫婁兮酌醴，援瓟瓜兮接糧。"按庫婁形似酌酒之器，故名。參見"庫樓㊁"。

【庫樓】㊀武庫之樓。後漢書八二楊由傳："爲郡文學掾。時有大雀夜集於庫樓上。"㊁星名。晉書天文志上："庫樓十星，六大星爲庫，南四星爲樓。"續古文苑三隋李播天文大象賦："望南門之峻闕，覩庫樓之城府。"也作"庫婁"。

【庫緞】舊時質地最優良的緞子。產於浙江杭州、江蘇江寧等處，爲清代貢品。因入户部緞疋庫，故名。

【庫藏】庫中所儲藏。列子楊朱："行年六十，氣幹將衰，棄其家事，都散其庫藏珍寶車服妾媵，一年之中盡焉。"後漢書三一張堪傳："成都既拔，堪先入據其城，檢閱庫藏，收其珍寶。"

【庫莫奚】我國古民族名。東胡族。北魏時曰庫真奚，省稱奚。參閱北史奚傳。參見"奚㊂"。

【庫路真】漆器名。唐襄州襄陽郡土貢有庫路真。見新唐書地理志四。也作"庫露真"。唐皮日休皮子文藪十誚虚器詩："襄陽作髹器，中有庫露真。"

【庫爾喀喇烏蘇】地名。漢爲烏孫城國。晉屬鐵勒高車。唐貞觀後屬庭州，天寶中爲清海軍。清乾隆二十八年在庫爾河濱築遂城堡，四十六年又在舊堡建慶綏城，光緒十二年改爲庫爾喀喇烏蘇直隸廳。1913 年改爲烏蘇縣，屬新疆。參閱嘉慶一統志五一八庫爾喀喇烏蘇、清續文獻通考三二一輿地十七。

庯 bū 博孤切，平，模韻，幫。ㄅㄨ

見"庯峭"。

【庯峭】屋勢曲折貌。也作"峬峭"、"逋峭"、"波俏"、"波峭"。宋宋祁宋景文公筆記上："今造屋勢有曲折者，謂之庯峻，齊魏間以人有儀矩可喜者，謂之庯峭，蓋庯峻也。"參閱元周密齊東野語八庯峭。

庮 yóu 以周切，平，尤韻，喻。ㄧㄡ 與久切，上，有韻，喻。

朽木的惡臭味。周禮天官内饔："辨腥臊羶香之不可食者，牛夜鳴則庮。"注："鄭司農（衆）云：庮，朽木臭也。"禮内則："牛夜鳴則庮。"注："庮，惡臭也。春秋傳曰：'一薰一庮。'"今左傳僖四年作"一薰一蕕"。

庪 guǐ 過委切，上，紙韻，見。ㄍㄨㄟ 居綺切，上，紙韻，見。

也作"庋"。㊀埋藏。見"庪縣"。㊁五架之屋，中脊爲棟。棟南北各兩架，與棟相接之架爲楣。楣前接簷之架爲庪。儀禮鄉射禮："序則物當棟，堂則物當楣。"注："是制五架之屋也，正中曰棟，次曰楣，前曰庪。"

【庪縣】古時祭山，把祭物埋在地下叫庪，把牲幣挂在山上叫縣。縣，同"懸"。爾雅釋天："祭山曰庪縣。"參閱清郝懿行爾雅義疏。

庬 máng ㄇㄤ

同"厖"。見"厖"。

座 zuò 徂卧切，去，過韻，從。ㄗㄨㄛ

㊀坐位。文選三國魏吴季重（質）答東阿王書："塤篪激於華屋，靈鼓動於座右。"㊁器物的底托。元史一三一忙兀台傳："至沙洋堡，立砲座十有二。"㊂量詞。如一座山，兩座塔。

【座主】唐代進士稱主考官爲座主。唐張籍張司業集二寄蘇州白二十三使君："登第早年同座主，題詩今日異州人。"白二十三，白居易。張籍是貞元十五年進士，白居易爲次年進士，座主都是高郢。參閱唐李肇國史補下、清顧炎武日知録十七座主門生。

【座前】舊時書信中對尊長的敬詞。唐李匡乂資暇集中座前："身卑致書於宗屬近戚，必曰座前，降几前之一等。案座者，座於牀也。言卑末之使，不當授受，置其書於所座牀之前，俟隙而發，不敢直進之意。"

【座師】猶"座主"。明清科舉的舉人、進

士，稱主考官或總裁官爲座師。參閱清顧炎武亭林文集一生員論中。

【座右銘】訓戒文字的一種。古人作銘文置於座右，用爲警戒，故稱座右銘。東漢崔瑗有座右銘，見文選。南朝梁釋慧皎高僧傳四支遁："僧衆百餘，時或有墮(惰)者，遁乃著座右銘以勗之，曰：'勤之勤之，至道非彌，……'"

庭 1. tíng 特丁切，平，青韻，定。ㄊㄧㄥˊ

㊀堂前之地。詩魏風伐檀："不狩不獵，胡瞻爾庭有縣貆兮！"㊁廳堂。禮檀弓上："孔子哭子路於中庭。"注："寢中庭也。"㊂朝廷。通"廷"。易夬："揚于王庭。"疏："王庭，是百官所在之處。"後說法庭、開庭，都由此義引申。㊃挺伸，筆直。詩小雅大田："播厥百穀，既庭且碩。"傳："庭，直也。"

2. tìng 集韻 他定切，去，徑韻。ㄊㄧㄥˋ

㊄見"逕庭"。

【庭午】同"亭午"。指日、月正當天空中央。全唐詩五五四項斯憶朝陽峰前居："雪殘猿到閣，庭午鶴離松。"宋孫覿鴻慶居士集四華亭朱師實中大燕超堂詩："高卧水國秋，静憩月庭午。"參見"亭午"。

【庭氏】官名。周禮秋官之屬，掌射殺都城附近的鴟鴞、狼、狐之類夜間鳴叫的鳥獸。見周禮秋官司寇。

【庭宇】泛指屋室庭院。庭，堂前階下；宇，屋邊。後漢書六六陳蕃傳："蕃年十五，嘗閑處一室，而庭宇蕪穢。"也用以指一定的境界、範圍。又六十下蔡邕傳釋誨："槃旋乎周孔之庭宇，揖儒墨而與爲友。"

【庭州】州名。1.東漢車師後王之地，後爲西突厥所居。唐貞觀十四年以其地置庭州，長安二年改爲北庭都護府，肅宗上元後爲吐蕃所有。即今新疆烏魯木齊縣地。參閱舊唐書地理志三、文獻通考三二二輿地八。2.宋大觀元年在河池縣地置庭州，改縣稱懷德，後州廢。即今廣西河池縣地。參閱續文獻通考二三三輿地五。

【庭爭】在朝廷上爭論是非曲直。同"廷爭"。史記一一二公孫弘傳："每朝會議，開陳其端，令人主自擇，不肯面折庭爭。"

【庭決】當堂判決。北史隋周羅睺傳："獄訟庭決，不關吏手。"

【庭長】古代貴族宴飲時，掌糾察飲酒不如儀者。禮投壺："司射、庭長及冠士立者，皆屬賓黨。"注："庭長，司正也。"

【庭訓】論語季氏記孔子在庭，其子伯魚(鯉)趨而過之，孔子教以學詩禮。後因稱父教爲庭訓。抱朴子自敍："年十有三，而慈父見背，夙失庭訓。"晉書孫盛傳："時盛年老還家，性方嚴有軌憲，雖子孫班白，而庭訓愈峻。"參見"趨庭"。

【庭辱】同"廷辱"。見該條。

【庭除】庭前階下，院內。除，階。文選晉曹顏遠(攄)思友人詩："密雲翳陽景，霖潦淹庭除。"唐孫樵集三書褒城驛壁詩："庭除甚蕪，堂廡甚淺。"

【庭堅】古代傳說中"八愷"之一。左傳文五年："臧文仲聞六與蓼滅，曰：皋陶、庭堅不祀，忽諸！"文選南朝梁劉孝標(峻)辯命論："仲容、庭堅耕耘於巖石之下。"有人認爲庭堅即皋陶的字。見左傳文十八年"庭堅"注。參見"八愷"。

【庭參】屬吏在公庭謁見長官的禮節。宋陸游劍南詩稿五十送子龍赴吉州掾："庭參亦何辱，負職乃可恥。"宋史四七六李全傳上："及庭趨，(許)國端坐納全拜，不爲止。全退，怒曰：'庭參亦常禮，全歸本朝拜人多矣，但恨汝非文臣，本與我等。'"參閱宋史禮志二一百官相見儀制。

【庭萬】朝庭、宗廟的樂舞。萬，舞的總稱。詩邶風簡兮："碩人俁俁，公庭萬舞。"南朝梁劉勰文心雕龍二樂府："逮於晉世，則傅玄曉音，創定雅歌，以詠祖宗；張華新篇，亦充庭萬。"

【庭實】周禮，諸侯國之間互相訪問，或謁見周天子、參與聘、覲和享禮時，把禮物或貢物陳列在中庭，稱庭實。左傳宣十四年："孟獻子言於公曰：'臣聞小國之免於大國也，聘而獻物，於是有庭實旅百。'"儀禮覲禮："四享皆束帛加璧，庭實唯國所有。"參閱後漢書四十班彪傳附班固、新唐書禮樂志六。

【庭誥】家庭的訓教文字。南史宋顏延之傳："(延之)閑居無事，爲庭誥之文以訓子弟。"

【庭燎】庭中照明的火炬。詩小雅庭燎："夜如何其？夜未央，庭燎之光。"周禮秋官司烜氏："凡邦之大事，共墳燭庭燎。"注："(鄭)玄謂：墳，大也。樹於門外曰大燭，於門內曰庭燎，皆所以照衆爲明。"

【庭趨】趨庭參拜。宋史四七六李全傳上："全上謁，賓贊戒全曰：'節使當庭趨，制使必免禮。'及庭趨，(許)國端坐納全拜，不爲止。"參見"庭參"。

【庭闈】文選晉束廣微(晳)補亡詩南陔："眷戀庭闈，心不遑安。"注："庭闈，親之所居。"後借指父母。唐杜甫杜工部詩史補遺二送韓十四江東覲省："我已無家尋弟妹，君今何處訪庭闈？"

八畫

庱 chēng 丑升切，平，蒸韻，徹。ㄔㄥ 丑拯切，上，拯韻，徹。

見下。

【庱亭】地名。在江蘇丹陽縣東、武進縣西。三國吳孫權曾射虎於此。晉咸和三年郗鑒守丹徒，築庱亭壘以抵抗叛將蘇峻。參閱三國志吳吳主傳、元和郡縣志二五丹陽縣。

庶 1. shù 商署切，去，御韻，審。ㄕㄨˋ

㊀衆多。詩大雅卷阿："君子之車，既庶且多。"論語子路："子適衛，冉有僕，子曰：庶矣哉！"㊁百姓，平民。左傳昭三二年："三后之姓，於今爲庶。"唐杜甫杜工部草堂詩箋二十丹青引贈曹將軍霸："將軍魏武之子孫，於今爲庶爲清門。"參見"庶人㊁"、"庶民"。㊂與嫡相對的旁支、支族。左傳文十八年："殺適立庶。"適，通"嫡"。參見"庶子㊀"、"庶孫"、"庶孽"。㊃將近，差不多。左傳昭十六年："宣子喜曰：'鄭其庶乎！'"注："庶幾於興盛。"㊄副詞。表示希望。詩大雅江漢："四方既平，王國庶定。"

2. zhù ㄓㄨˋ

㊅見"庶$_{2}$氏"。

【庶人】㊀春秋時期的農業勞動者。左傳襄九年："其士競於教，其庶人力於農穡。"管子君臣上："務四支之力，修耕農之業，以待令者，庶人也。"㊁古稱官府的吏役等爲庶人。書胤征："嗇夫馳，庶人走。"疏："庶人走，蓋是庶人在官者，謂諸侯胥徒也。"儀禮喪服："庶人爲國君。"疏："庶人，謂府史、胥徒。"㊂泛指無官爵的平民、百姓。論語季氏："天下有道，則庶人不議。"國語周上："庶人工商，各守其業。"

【庶士】㊀多士，衆士。書泰誓："王曰：'嗟我友邦冢君，越我御事庶士，明聽誓。'"疏稱庶士爲治事衆士，謂國君以外卿大夫及士諸掌事者。詩召南摽有梅："求我庶士，迨其吉兮。"㊁軍士。荀子正論："庶士介而夾道。"注："庶士，軍士也。"

【庶子】㊀妾所生之子。禮内則："適子，庶子，見於外寢。"注："庶子，妾子也。"又，妻所生之子除長子得爲嫡子外，其餘的也稱庶子。儀禮喪服："大夫之庶子爲適昆弟。"又，庶出之女也稱庶子。儀禮喪服："大夫之妾爲庶子適人者。"注："君之庶子,女子也。"㊁官名。古有庶子之官。周禮夏官稱"諸子"。掌諸侯、卿大夫之庶子的教養訓戒等事。秦漢置中庶子、庶子員。晉以後遂爲太子官屬。隋改爲左右庶子。唐時分掌左右春坊事。歷代相沿，清末始廢。參閱通典三十職官十二、歷代職官表二六詹事府。㊂戰國秦魏等國，家臣也稱庶子。商君書境內："其有爵者乞無爵者以爲庶子，級乞一人。其無役事也,其庶子役其大夫月六日,其役事也，隨而養之。"戰國策魏一："公叔痤對曰：'痤有御庶子公孫鞅，願王以國事聽之也。'"

【庶女】㊀平民之女。淮南子覽冥："庶女叫天,雷電下擊。"㊁庶出之女。詳"庶子㊀"。

【庶尹】百官之長。書益稷："庶尹允諧。"傳："尹,正也。"

【庶₂氏】官名。周禮秋官庶氏："庶氏掌除毒蠱。"注："毒蠱，蟲物而病害人者。"釋文："庶,章預反。"

【庶正】衆官之長。猶庶尹。詩大雅雲漢："鞫哉庶正，疚哉冢宰。"又："何求爲我,以戾庶正。"

【庶功】書益稷："敷納以言,明庶以功。"疏："明顯衆人所能，當以功之大小。"後稱各種事功爲庶功。淮南子主術："姦邪滅迹,庶功日進。"

【庶民】平民,衆民。詩大雅靈臺："庶民攻之，不日成之。"又小雅節南山："弗躬弗親,庶民弗信。"

【庶母】父之妾。爾雅釋親："父之妾爲庶母。"清郝懿行義疏："庶者，衆也；庶母,猶言諸母也。"

【庶老】士之老者。也稱庶人老。貴族退職的老年人則稱國老。也指在官的庶人。禮王制記虞夏殷周四代於學中養國老、庶老之制。參閱王制疏。

【庶邦】諸侯衆國。書武成："既生魄,庶邦冢君暨百工受命于周。"

【庶官】衆官，百官。書周官："推賢讓能,庶官乃和。"

【庶長】㊀庶出的長子。漢班固白虎通姓名："適長稱伯,伯禽是也。庶長稱孟,魯大夫孟氏是也。"㊁春秋秦官爵名。商鞅爲秦制爵二十級，其第十級爲左庶長，十一級爲右庶長，十七級爲駟車庶長,十八級爲大庶長。大庶長位最高，掌軍政大權。史記秦紀："三年，衛鞅説孝公變法修刑……居三年，百姓便之。乃拜鞅爲左庶長。"漢承秦制，也置庶長。參閱漢書百官公卿表上。

【庶事】衆事，諸事。書益稷："庶事康哉!"漢書郊祀志贊："漢興之初，庶事草創。"

【庶物】衆物，萬物。易乾："首出庶物,萬國咸寧。"孟子離婁下："舜明於庶物,察於人倫。"

【庶姓】異姓，對天子或諸侯國君之同姓言。就異姓中别之，又以異姓之無親者爲庶姓。左傳隱十一年："薛，庶姓也。"注："庶姓,非周之同姓。"

【庶政】各種政務。易賁："君子以明庶政,无敢折獄。"國語魯下："晝講其庶政,夕序其業。"

【庶威】書呂刑："惟時庶威奪貨，斷制五刑,以亂無辜。"傳："惟是衆爲威虐者,任之以奪取人貨，所以爲亂。"清孫星衍謂指恃勢奪取他人財物的人。見尚書今古文注疏二七。

【庶羞】多種佳肴。羞,同"饈"。儀禮公食大夫禮："士羞庶羞皆有大。"注："羞,進也。庶，衆也。進衆珍味可進者也。"清胡培翬謂肴美曰羞，品多曰庶。見儀禮正義。

【庶草】衆草，百草。書洪範："庶草蕃廡。"呂氏春秋功名："庶草茂則禽獸歸之。"

【庶孫】庶出之孫。也包括嫡子所生的子女。嫡子如在,則無嫡孫；嫡子死,則立嫡子的長子爲嫡孫，與庶孫相區别。史記一一一衛青傳："將軍韓説，弓高侯庶孫也。"儀禮喪服"有適子者無適孫"漢鄭玄注："周之道,適子死,則立適孫……長子在,則皆爲庶孫耳。"適,通"嫡"。

【庶務】國家的各種政務。文選晉陸士衡(機)辯亡論下："故百官苟合，庶務未遑。"宋書謝景仁傳附謝述載劉裕與子義康書："汝始親庶務,而任重事殷,宜寄懷羣賢，以盡弼諧之美。"後專指行政管理的各種雜務。

【庶常】書立政："庶常吉士。"庶,衆;常,祥。總括文中前舉各官，言在官者皆爲有德善人。明置庶吉士，清於翰林院設庶常館,皆取此爲義。參見"庶吉士"。

【庶國】衆國。漢桓寬鹽鐵論論儒："文學曰：天下不平，庶國不寧，明王之憂也。"

【庶婦】嫡子的衆妾,庶子的妻、妾,都稱庶婦。爾雅釋親："子之妻爲婦，長婦爲嫡婦,衆婦爲庶婦。"儀禮士昏禮："庶婦,則使人醮之。"注："庶婦,庶子之婦也。"

【庶幾】幾,音jī。㊀也許可以。表示希望或推測之詞。莊子人間世："醫門多疾,願以所聞思其則,庶幾其國有瘳乎。"孟子梁惠王下："王庶幾改之，予日望之!"㊁相近，差不多。孟子梁惠王下："王之好樂甚,則齊國其庶幾乎?"㊂易繫辭下："顏氏之子，其殆庶幾乎。"正義："言聖人知幾,顏子亞聖,未能知幾，但殆近庶慕而已。"幾，微也。知幾即察微。後遂以庶幾指好學而可以成材的人。漢王充論衡别通："夫孔子之門，講習五經,五經皆習，庶幾之才也。"三國志吴張昭傳附張承："勤於長進,篤於物類,凡在庶幾之流，無不造門。"參閱元李治敬齋古今黈逸文一。

【庶彙】猶庶物。唐李商隱李義山文集五爲安平公謝除兗海觀察使表："鈞陶庶彙,亭毒萬方。"

【庶僚】衆官。文選漢張平子(衡)思玄賦："戒庶僚以夙會兮，僉供職而並訝。"也作"庶寮"。初學記十一南朝梁沈約齊太尉文惠王公墓誌銘："微言永謝，庶寮誰仰。"

【庶獄】各種獄訟之事。書立政："今文子文孫，孺子王矣，其勿誤於庶獄，惟有司之牧夫。"晉書武帝紀："先帝深愍黎元,哀矜庶獄,乃命羣后,考正典刑。"

【庶徵】某事發生前的許多迹象、徵候。多指以晴雨冷熱等徵驗年歲的豐歉。書洪範："念用庶徵。"舊唐書天文志上："是故古之哲王,法垂象以施化,考庶徵以致理。"

【庶績】各種事功。書堯典："允釐百工,庶績咸熙。"文選晉潘安仁(岳)西征賦："納旌弓於鉉台，讚庶績於帝室。"

【庶類】衆多的物類。國語鄭："夏禹能單平水土，以品處庶類者也。"文選漢班孟堅(固)典引："沈浮交錯,庶類混成。"

【庶孽】妾生之子。猶樹有孽生，故稱。韓非子難三："夫分勢不二,庶孽卑,寵無藉,雖處耄老,晚置太子可也。"史記六八商君傳："商君者,衛之諸庶孽公子也。"

【庶人風】戰國楚宋玉景差侍楚襄王游於蘭臺宫，有風颯然而至，楚王開襟稱快，謂此風可與庶人共享。宋玉因作風賦，以諷王之驕妄。賦中有大王之風爲雄風，庶人之風爲雌風的比喻。見文選風賦。參見"大₂王風"。

【庶吉士】官名。明洪武初採尚書立政"庶常吉士"之義，置庶吉士，六科及中書皆有之,永樂二年始專隸於翰林院,以進士之擅長文學及書法者任之,清因之,設庶常館，進士殿試後朝考前列者，得選用爲庶吉士。肄業三年期滿再經考試，按等第而分別授職，謂之散館。二甲進士授編修，三甲授檢討，不入選者，內用六部主事、內閣中書，外用知縣。參閱續文獻通考五四職官四、清福格聽雨叢談六、清文獻通考八三職官七。

庹 1. tuǒ ㄊㄨㄛˇ

㊀量詞。成人兩臂平伸的長度。見字彙補。

2. tuó ㄊㄨㄛˊ

㊁姓。明萬曆有庹五常。見萬姓統譜。

庲 lái ㄌㄞˊ 集韻 郎才切，平，咍韻。

㊀房子。見廣雅釋宮。㊁見"庲降"。

【庲降】地名。在雲南曲靖縣境。三國蜀置益州郡庲降都督屯。章武元年和建興九年，李恢張翼曾先後任庲降都督。晉泰和時分爲寧州。參閱三國志蜀李恢傳、張翼傳。

庵 1. ān ㄢ 烏含切，平，覃韻，影。

㊀圓形草屋。也作"菴"。釋名釋宮室："草圓屋曰蒲。蒲，敷也；總其上而敷下也。又謂之庵。庵，奄也；所以自覆奄也。"後漢書六五皇甫規傳："軍中大疫，死者十三四，規親入菴廬，巡視將士，三軍感悅。"㊁小廟。多指尼姑所居。紅樓夢九三："且說水月庵中小女尼女道士等，初到庵中，沙彌與道士原係老尼收管，日間教他些經懺。"㊂舊時文人也有把自己的書齋稱庵的。如宋米芾題其所居爲米老庵，陸游有老學庵。㊃見"庵婪"。

2. yǎn ㄧㄢˇ

㊄忽然。通"奄"。漢衛尉衡方碑："受任浹旬，庵離寢疾。"(隸釋八)

【庵婪】泛泛之意。晉書王沈傳釋時論："庵婪者以博納爲通濟，眡瞡者以難入爲凝清。"庵，殿本作"菴"，點校本作"痷"，眡瞡作"眡眡"。

【庵羅】木名。詳"菴羅"。

康 1. kāng ㄎㄤ 苦岡切，平，唐韻，溪。

㊀安樂，安寧。詩唐風蟋蟀："無已大康，職思其居。"㊁豐盛。淮南子天文："故三歲而一饑，六歲而一衰，十二歲一康。"注："康，盛也。"參見"康年"。㊂廣大。爾雅釋宮："五達謂之康，六達謂之莊。"參見"康莊"、"康衢"等。㊃褒揚，贊美。禮祭統："康周公，故以賜魯也。"注："康，猶褒大也。"㊄空虛。假借爲"空"。詩小雅賓之初筵："酌彼康爵。"箋訓空，集傳訓安。穀梁傳襄二四年："四穀不升謂之康。"㊅姓。衛康叔之後，以謚爲姓。見通志二八氏族四。

2. kàng ㄎㄤˋ

㊆舉。通"亢"、"抗"。見"康₂圭"。

【康了】舊時考試落第的隱語。相傳宋秀才柳冕應舉，多忌諱，尤忌"落"字，改安樂爲安康。榜出，僕人看榜回報說："秀才康了也。"見説郛三二宋范正敏遯齋閑覽諧噱應舉忌落字。後因以"康了"稱落第。聊齋志異一葉生："頻居康了之中，則鬚髮之條條可醜；一落孫山之外，則文章之處處皆疵。"

【康乂】安治。書康誥："若保赤子，惟民其康乂。"漢蔡邕蔡中郎集九九祝辭："萬國和同，兆民康乂。"

【康山】山名。1. 在江蘇江都縣城東南。山上築堂，有明董其昌題"康山草堂"額。參閱揚州府志五康山。2. 廬山又名匡山。宋開寶中，避太祖諱，改名爲康山。參閱讀史方輿紀要八三江西一。3. 在江西樂平縣東，又名東山。參閱嘉慶一統志三一一饒州府一。4. 卽康郎山。見該條。

【康平】康樂平安。漢書宣帝紀黃龍元年："是以上下和洽，海內康平。"

【康₂圭】古代賓主相見，將賓客所奉獻的圭玉，舉於土臺之上。康，舉起。禮明堂位："崇坫、康圭、疏屏、天子之廟飾也。"注："康，讀爲亢龍之亢。又爲高坫亢所受圭，奠于上焉。"

【康回】古代神話中的人物，卽共工。楚辭屈原天問："康回馮怒，地何故以東南傾？"注："康回，共工名也。淮南子言共工與顓頊爭爲帝，不得，怒而觸不周之山，天維絶，地柱折，故東南傾也。"又見淮南子天文。

【康年】豐年，五穀豐熟之年。詩周頌臣工："明昭上帝，迄用康年。"

【康伯】豆豉的一種。北堂書鈔一四六博物志："外國有豉法，以苦酒溲豆，暴令極燥，以麻油蒸訖，復暴三過，擣椒屑合之，中國謂之康伯。"

【康定】㊀縣名，屬四川省。相傳諸葛亮用兵西南，遣將郭達造箭於此。清雍正七年置打箭鑪廳，光緒三十四年改爲康定府。1913年改縣。參閱清續文獻通考三二二輿地十八。㊁宋趙禎(仁宗)年號。公元1040—1041年。

【康居】古西域城國名。東臨烏孫大宛，南接大月氏安息，西與奄蔡交界。最盛時有今中亞細亞錫爾河北方吉利吉思草原一帶之地。漢成帝時，其王遣子入漢。唐武后時，曾授其大首領篤婆鉢提爲康國王，拜左驍衛大將軍，子孫累世册拜爲王。參閱漢書九六上西域傳康居國、舊唐書一九八西戎傳康國。

【康叔】周武王(姬發)少弟，名封，初封於康，故稱康叔。周公旣誅武庚，分殷之遺民，封康叔於衛，爲衛國的始祖。成王親政，舉之爲周司寇。尚書有康誥篇，相傳爲命封康叔的教令。見史記衛康叔世家。

【康阜】安樂富庶。宋史樂志八熙寧祀皇地祇亞終獻儀安："何以格之，永爾康阜。"

【康哉】書益稷載舜君臣作歌，有"元首明哉，股肱良哉，庶事康哉"之語，稱頌君明臣良，諸事安寧。後因以"康哉"爲贊頌時勢安寧之詞。文選三國魏何平叔(晏)景福殿賦："家懷克讓之風，人詠康哉之詩。"晉書段灼傳陳時宜疏："朝廷詠康哉之歌，山藪無伐檀之人，此固天下所視望者也。"

【康侯】安國家之侯。爲帝王贊美臣下之詞。易晉："康侯用錫馬蕃庶，晝日三接。"疏："康者，美之名也。侯，謂昇進之臣也。"全唐詩二四五韓翃送康洗馬歸滑州："青絲玉勒康侯馬，孟(一作白)水金堤滑伯城。"

【康浪】水名。在山東益都縣東。水經注二六巨洋水："巨洋水又東北合康浪水，水發(劇)縣西南峴山。"相傳春秋齊甯戚扣牛角而歌"康浪之水白石粲，中有鯉魚長尺半"，卽此。見太平寰宇記十八青州臨淄縣康浪水引三齊記。藝文類聚四三齊甯戚扣牛角歌"康浪"作"滄浪"。

【康海】公元1475—1540年。明陝西武功人。字德涵，號對山、沜東漁夫。弘治十五年殿試第一，授翰林院修撰。工詩文，善製曲，與李夢陽何景明等稱七才子。正德間宦官劉瑾亂政被誅，海名列瑾黨，被免職。著作傳世者有對山集及雜劇中山狼散曲沜東樂府。明史附李夢陽傳。

【康時】㊀安寧的時世。藝文類聚一南朝宋顏延之請立渾天儀表："精測尚矣，則七晷運變，無匪康時。"㊁匡時，治世。唐王勃王子安集十六常州刺史平原郡開國公行狀:"是以山川倒徙,太階懷息亂之臣;天地離乖,元首佇康時之具。"

【康娛】安樂。楚辭屈原離騷:"日康娛而自忘兮,厥首用夫顛隕。"唐韓愈昌黎集一復志賦:"伏門下而默默兮,竟歲年以康娛。"

【康梁】沉迷於安樂。淮南子要略:"紂爲天子,賦歛無度,殺戮無止,康梁沉湎,宮中成市。"注:"康梁,耽樂也。"

【康莊】四通八達的大道。爾雅釋宫:"五達謂之康,六達謂之莊。"晏子春秋內篇問下:"異日,君過於康莊,聞甯戚歌,止車而聽之。"史記七四騶奭傳:"自如淳于髡以下皆命曰列大夫,爲開第康莊之衢。"

【康瓠】空壺,破瓦器。爾雅釋器:"康瓠謂之甈。"注:"瓠,壺也。"史記八四賈誼傳弔屈原賦:"斡棄周鼎兮而寶康瓠。"

【康陵】墓名。1. 漢劉衎(平帝)陵。在陝西咸陽市西北。2. 東漢劉隆(殤帝)陵。在河南洛陽市東。3. 明朱厚照(武宗)陵。在北京市昌平縣北。爲明十三陵之一。

【康國】㊀使國家安寧。後漢書百官志贊:"程是師徒,寧民康國。"㊁唐時西域城國名。爲昭武九姓之一。永徽時以其地爲康居都督府。其地當在今中亞撒馬爾罕北。舊唐書音樂志有康國樂,即胡旋樂。參閱舊唐書一九八西戎傳、新唐書二二一下西域傳。㊂西遼耶律大石(德宗)年號,公元1134—1143年。

【康健】安康强健。宋邵雍伊川擊壤集十梅花詩:"況復筋骸粗康健,那堪時節正芳菲。"

【康勝】健康安吉。南朝陳徐陵徐孝穆集七與王吳郡僧智書:"比青要已戒,白露方溥,體中何如,願保康勝。"

【康熙】清玄燁(聖祖)年號。公元1662—1722年。

【康寧】平安,無疾病患難。書洪範:"五福:一曰壽,二曰富,三曰康寧,四曰攸好德,五曰考終命。"

【康歌】虞舜以天下治平,作歌歸功其臣禹臯陶等,有"股肱良哉,庶事康哉"之語。見書益稷。後因以康歌爲稱頌太平之詞。三國志魏曹植傳陳審舉疏:"冀聞康哉之歌,偃武行文之美。"北齊書崔伯謙傳:"遷瀛州別駕,世宗以爲京畿司馬,勞之曰:'卿騁足瀛部,已著康歌;督府務殷,是用相授。'"

【康樂】㊀安樂。禮樂記:"嘽諧、慢易、繁文、簡節之音作,而民康樂。"㊁舞曲名。史記孔子世家:"於是選齊國中女子好者八十人,皆衣文衣而舞康樂。"㊂縣名。1. 三國吳分建成縣地置陽樂縣,屬豫章郡。晉太康元年改名康樂縣。隋省。南朝宋謝靈運襲封康樂公,即此地。故城在江西萬載縣東。參閱嘉慶一統志三二六袁州府。2. 屬甘肅省。宋熙寧六年置康樂寨,金時升爲縣,屬臨洮府。參閱嘉慶一統志二五三蘭州府二。

【康彊】康樂强健。彊,同"强"。書洪範:"身其康彊,子孫其逢吉。"後漢書和帝紀:"今(鄧)彪聰明康彊,可謂老成黄耇矣。"

【康濟】㊀安民濟衆。書蔡仲之命:"康濟小民。"傳:"汝爲政,當安小民之居,成小民之業。"晉書武帝紀泰始三年詔:"兢兢祇畏,懼無以康濟寓內。"㊁調復健康。宋李光莊簡集十四與趙元鎮書:"有病固當攻以藥石,然不若調飲食,使日中二餐如意,乃康濟上策也。"

【康爵】大酒器。詩小雅賓之初筵:"酌彼康爵,以奏爾時。"清馬瑞辰謂康義爲大,酌彼康爵,猶云酌彼大斗。見毛詩傳箋通釋二二。或謂康爵是空的酒器。箋:"康,虛也。"疏:"酌彼空虛之爵,以進汝之此時心中所尊敬者。"

【康衢】四通八達的大路。爾雅釋宫:"四達謂之衢,五達謂之康。"列子仲尼:"堯治天下五十年,微服遊於康衢。"

【康老子】樂府曲名。相傳唐時長安有富家子康老子,酷愛聲樂,家産因之蕩盡。偶以賤價購得一舊錦褥,有波斯商識是冰蠶絲所織,給價千萬。康得錢後仍與樂人尋歡作樂,不經年錢盡,落魄而死。樂人嗟嘆,爲製此曲。也名得至寶。見唐段安節樂府雜録。

【康成婢】東漢鄭玄(康成)家的詩婢。世説新語文學:"鄭玄家奴婢皆讀書,嘗使一婢不稱旨,將撻之。方自陳説,玄怒,使人曳著泥中。須臾,復有一婢來,問曰:'胡爲乎泥中?'答曰:'薄言往愬,逢彼之怒。'"問句出自詩邶風式微,答句出自詩邶風柏舟。

【康郎山】在江西餘干縣西北鄱陽湖中。今稱康山。相傳有康姓居此,故名。也稱抗浪山,謂能與風濤相抗,訛爲康郎。明初太祖(朱元璋)率舟師救南昌,與陳友諒戰於此。參閱嘉慶一統志三一一饒州府一。

【康濟録】清陸曾禹撰,原名救饑譜,六卷。吏科給事中倪國璉爲檢擇精要,分爲四卷。乾隆又命內值諸臣删潤其詞,改名康濟録,鏤板印行。全書分爲四門:前代救援之典、先事之政、臨事之政、事後之政。並附録備觀、賑粥、捕蝗、社倉四事,論述救荒之政頗詳。

【康衢歌】相傳春秋齊甯戚飯牛,叩車傍木而歌於康衢,辭曰:"南山矸,白石爛,生不遭堯與舜禪。短布單衣適至骭,從昏飯牛薄夜半,長夜曼曼何時旦?"桓公與語,舉以爲大夫。事見淮南子道應、漢劉向説苑尊賢。歌辭見史記八三鄒陽傳集解、文選晉成公子安(綏)嘯賦注、藝文類聚四三歌,但所引文詞有出入。後漢書六十上馬融傳廣成頌:"目矖鼎俎,耳聽康衢。"唐駱賓王文集六上吏部侍郎帝京篇啟:"觀梁父之曲,識卧龍於孔明。聽康衢之歌,得飯牛於甯戚。"

【康衢謠】古童謠。相傳堯治天下五十年,不知天下治否,乃微服游於康衢,聞兒童謠曰:"立我蒸民,莫匪爾極。不識不知,順帝之則。"堯喜問曰:"誰教爾爲此言?"兒童曰:"我聞之大夫。"問大夫,大夫曰:"古詩也。"見列子仲尼。謠詞前兩句出自詩周頌思文,後兩句出自大雅皇矣。

【康熙字典】清代官修的字典。張玉書陳廷敬等編撰。根據字彙正字通二書增訂而成。體例亦相沿用。康熙五十五年印行。首列總目、檢字、辨似、等韻,末附補遺、備考。分十二集,共收47035字(外附古文字1995字),按214個部首排列。每字均先列諸韻書的反切,後釋字義,有别音别義的,則依次列舉。字有古體的,即列在本字之下;重文、别體、俗書、譌字,則附於注後。補遺一卷,專收冷僻字;備考一卷,專收有音無義,或音義全無的字。該書所列音義,多堆砌引文,不加抉擇。引書錯誤甚多。體例也不完善。清道光年間,王引之奉命作字典考證,改正該書引書訛誤2588條。

【康齋文集】明吳與弼(康齋)撰。初刻僅四卷。明崇禎時陳維新刻本,分詩七卷,奏疏書雜著一卷,序一卷,記一卷,月録一卷,跋、贊、銘、啟、墓志、墓表、祭文一卷,共十二卷。參見"吳與弼"。

庸 yōng 餘封切,平,鍾韻,喻。ㄩㄥ

㊀用。常與弗、勿、無等否定詞連用。書大禹謨:"無稽之言勿聽,弗詢之謀勿庸。"㊁功勞。書益稷:"明庶以功,車服以庸。"國語晉七:"無功庸者不敢居高位。"注:"國功曰功,民功曰庸。"㊂日常。見"庸言"、"庸行"。引申爲平凡、不高

明。國語齊:"(齊桓公)使鮑叔爲宰，辭曰:'臣君之庸臣也。……若必治國家者，非臣之所能也。'"㊃勞動力，受僱傭的勞動者。通"傭"。韓非子外儲左上:"夫賣庸而播耕者，主人費家而美食。"又五蠹:"澤居苦水者，買庸而決竇也。"史記周勃世家:"庸知其盜買縣官器。"㊄隋、唐時代替力役的賦稅。隋開皇三年，規定男子二十一歲成丁，每年服力役二十日，"不役者收庸"。唐德宗建中元年廢。見北史隋文帝紀，舊唐書德宗紀、一一八楊炎傳。參見"租庸調"。㊅副詞。1. 豈，難道。左傳宣十二年:"其君能下人，必能信用民矣，庸可幾乎?"漢書九五兩粤傳:"雖王之國，庸獨利乎!"2. 乃。書益稷:"帝庸作歌曰:勑天之命，惟時惟幾。"㊆古國名。商之侯國。曾隨周武王伐紂，春秋時爲楚所滅。左傳文十六年:"庸人帥羣蠻以叛楚。"注:"庸，今上庸縣，屬楚之小國。"參見"上庸"。㊇城。通"墉"。詩大雅崧高:"因是謝人，以作爾庸。"傳:"庸，城也。"釋文:"庸，本亦作墉，音容。"參閱明楊慎升庵經說十四庸字解。㊈大鐘。通"鏞"。詩商頌那:"庸鼓有斁，萬舞有奕。"釋文:"庸，如字。依字作鏞，大鐘也。"㊉姓。古有庸國，以國爲姓。漢有庸光。見通志二六氏族二以國爲氏。

【庸人】平庸、沒有作爲的人。戰國策趙三:"始以先生爲庸人，吾今日而知先生爲天下之士也。"又見史記八三魯仲連傳。

【庸才】才能平庸、低下的人。文選南朝梁任彥昇(昉)爲齊明皇帝作相讓宣城郡公第一表:"臣本庸才，智力淺短。"注引三國魏毌丘儉表:"禹离之朝，不畜庸才。"晉書李特載記:"至劍閣，箕踞太息，顧盼險阻曰:'劉禪有如此之地而面縛於人，豈非庸才邪!'"

【庸夫】㊀平庸的人。漢王符潛夫論勸將:"節士無所勸慕，庸夫無所貪利。"㊁僱工。漢桓寬鹽鐵論救匱:"衣若僕妾，食若庸夫。"

【庸次】更遞相代。左傳昭十六年:"昔我先君桓公，與商人皆出自周，庸次比耦，以艾殺此地。"參閱漢揚雄方言三。

【庸劣】平凡低劣。指無真才實學。藝文類聚八五南朝梁沈約謝立皇太子賜絹表:"幣帛嘉貺，猥班庸劣。"此爲自謙之詞。

【庸回】信用邪佞之人。左傳文十八年:"少皞氏有不才子，毀信廢忠，崇飾惡言，靖譖庸回，服讒蒐慝，以誣盛德。"注:"靖，安也。庸，用也。回，邪也。"

【庸行】日常的行爲。易乾:"庸言之信，庸行之謹。"荀子不苟:"庸言必信之，庸行必慎之。"注:"庸，常也。謂言常信，行常慎。"

【庸言】日常的言語。詳"庸行"。

【庸作】受僱傭爲人作工。韓非子外儲左上:"取庸作者進美羹。"漢書八一匡衡傳:"家貧庸作，以供資用。"史記九六張丞相傳附匡衡作"傭作"。

【庸狗】駡人的話。後漢書七二董卓傳:"(呂)布曰:'有詔討賊臣。'卓大駡曰:'庸狗敢如是邪!'"

【庸保】受僱被役使的人。史記八六荆軻傳:"高漸離變姓名爲人庸保，匿作於宋子。"漢書五七上司馬相如傳:"相如身自著犢鼻褌，與庸保雜作，滌器於市中。"

【庸俗】平凡鄙陋。抱朴子窮達:"庸俗之夫，闇於別物，不分朱紫，不辯菽麥。"也指平凡鄙陋的人。又論仙:"且常人之所愛，乃上士之所憎；庸俗之所貴，乃至人之所賤也。"

【庸部】地名。漢王莽改益州爲庸部，史熊李畢皆曾爲庸部牧。見漢書九五西南夷傳及唐顏師古注、漢書九九下王莽傳。

【庸庸】㊀報酬有功勞的人。書康誥:"庸庸、祗祗、威威，顯民。"荀子大略:"庸庸、勞勞，仁之殺也。"注:"庸，功也。庸庸、勞勞，謂稱其功勞，以報有功勞者。"㊁平庸。漢書九七下趙皇后傳耿育疏:"豈當世庸庸斗筲之臣所能及哉!"漢王充論衡答佞:"庸庸之主，無高材之人也。"㊂微小貌。漢書六七梅福傳上書:"書曰:'毋若火，始庸庸。'"注:"庸庸，微小貌也。"今書洛誥作"無若火，始燄燄。"

【庸虛】庸，言身無所能；虛，言胸中無所有。自謙之詞。隋書庾季才傳:"(楊堅)嘗夜召季才而問曰:'吾以庸虛，受兹顧命，天時人事，卿以爲何如?'"

【庸渠】水鳥名。漢書五七上司馬相如傳上林賦:"煩鶩庸渠，箴疵鵁盧。"注:"郭璞曰:'庸渠似鳧，灰色而雞脚，一名章渠。'庸渠，即今之水雞也。"史記作"鷛鸈"。

【庸詎】怎麼，何以。莊子齊物論:"庸詎知吾所謂知之非不知邪? 庸詎知吾所謂不知之非知邪?"也作"庸遽"。淮南子齊俗:"今吾雖欲正身而待物，庸遽知世之所自窺我者乎?""庸詎"、"庸遽"、"何渠"、"何遽"，義均相近。參見"何渠"。

【庸違】行爲背謬，即言行不符。書堯典:"帝曰:'吁，静言庸違，象恭滔天。'"傳:"静，謀。滔，漫也。言共工自爲謀言，起用行事而違背之。"疏:"共工險僞之人，自爲謀慮之言皆合於道，及起用行事而背違之。言其語是而行非也。"

【庸暗】平凡，愚昧。晉書惠帝紀:"不有亂常，則多庸暗。"梁書劉孝綽傳謝東宮啟:"無文虚謗，不相信於宸明；在縲嬰纆，幸得蠲於庸暗。"

【庸貨】見"傭貨"。

【庸瑣】平庸不識大體。抱朴子博喻:"才遠而任近，則英俊與庸瑣比矣。"此指人言。

【庸豎】見識淺陋、卑賤的人。鄙夷之詞。藝文類聚七五南朝梁陶弘景肘後百一方序:"孰若便探之枕笥，則可庸豎成醫。"

【庸遽】見"庸詎"。

【庸器】㊀銘記功勳之器。周禮春官典庸器:"掌藏樂器、庸器。"注:"庸器，伐國所獲之器，若崇鼎貫鼎及以其兵器所鑄銘也。"南朝梁劉勰文心雕龍銘箴:"呂望銘功於昆吾，仲山鏤績於庸器，計功之義也。"㊁平常的材具。文選南朝宋江文通(淹)雜體詩感交:"大廈須異材，廊廟非庸器。"注:"非凡常之器也。"宋夏竦文莊集十三進策議選調:"能材且患於循資，庸器自安於久次。"

【庸蹇】庸劣。文苑英華六五五唐胡曾謝賜錢啟:"朝乏半千，夕盈五萬。豈期庸蹇，勿忝遭逢。"

【庸績】功績。晉書桓豁傳讓征西大將軍疏:"尸素積載，庸績莫紀。"魏書苟頽傳:"歷奉四朝，庸績彌遠。"

【庸醫】醫術不高明的醫生。宋蘇軾蘇東坡集十八應詔集一策略:"其言語飲食起居動作固無以異於常人，此庸醫之所以爲無足憂，而扁鵲倉公之所望而驚也。"宋陸游劍南詩稿二十春殘:"庸醫司性命，俗子議文章。"

【庸人自擾】舊唐書八八陸象先傳:"象先清淨寡欲，不以細務介意。……嘗謂人曰:'天下本自無事，祇是庸人擾之，始爲繁耳。'"唐劉肅大唐新語識量作"愚人擾之"。宋梅堯臣宛陵集二四李舍人淮南提刑詩:"天下本無事，自爲庸人擾。"後作"庸人自擾"，意指本來無事而庸人自爲驚擾。

【庸中佼佼】指一般人中比較突出的。詳"鐵中錚錚"。

庾

yǔ 以主切，上，麌韻，喻。ㄩˇ

㊀露天的穀倉。詩小雅楚茨:"我倉既

盈，我庾維億。"傳："露積曰庾。"史記孝文紀："發倉庾以振貧民。"集解引胡廣："在邑曰倉，在野曰庾。"㊁量名。十六斗爲一庾。左傳昭二六年："粟五千庾。"㊂見"庾弓"。㊃姓。以官命氏。見元和姓纂六麌。

【庾弓】射力較弱宜於近射之弓。周禮夏官司弓矢："夾弓、庾弓，以授射豻侯鳥獸者。"注："豻侯五十步，及射鳥獸，皆近射也。近射用弱弓。"釋文："庾，師儒相傳讀庾。"考工記弓人"夾臾之屬"，臾，即庾弓。參閱孫詒讓周禮正義司弓矢。

【庾亮】公元289—340年。東晉潁川鄢陵人。字元規。好老莊，善談論。歷仕東晉元帝明帝成帝三朝。成帝初，以帝舅爲中書令，掌握朝政。鎮將蘇峻祖約反，亮出奔，推荆州刺史陶侃爲盟主，擊滅峻約。陶侃死，代鎮武昌，擬北伐，爲郗鑒等所阻未果。謚文康。晉書有傳。

【庾郎】南齊庾杲之爲尚書駕部郎，家清貧，食唯有韮菹、瀹韮、生韮、雜菜。任昉戲之曰："誰謂庾郎貧？食鮭常有二十七種。"三九二十七，音諧三韮。事見南齊書庾杲之傳。唐陸龜蒙甫里集十四中酒賦："周子之菘向晚，庾郎之薤初春。"薤，韮類。

【庾信】公元513—581年。北周南陽新野人。字子山。善宮體詩，文章綺麗，與徐陵齊名，時稱徐庾體。初仕南朝梁，奉使西魏，被留不放還。西魏亡，仕北周，官至驃騎大將軍，開府儀同三司。信雖居高位，然懷念南朝，常有鄉土之思，晚年之作遂趨沉鬱，風格與在南時迥異，以哀江南賦爲最著。唐杜甫詠懷古跡詩曾贊賞說："庾信平生最蕭瑟，暮年詩賦動江關。"今傳庾開府集庾子山集，均爲後人所輯。其中清倪璠庾子山集注十六卷，附有年譜、世系圖、本傳及庾集總釋等，較它本爲詳。北史周書有傳。

【庾塵】世說新語輕詆："庾公(亮)權重，足傾王公(導)。庾在石頭，王在冶城坐，大風揚塵。王以扇拂塵曰：'元規塵汙人。'"元規，亮字。導惡亮權勢逼人，故有此語。後因以"庾塵"比喻高官的勢燄、鄙俗。宋蘇軾蘇文忠詩合注十八過淮三首贈景山兼寄子由："何時桐柏水，一洗庾公塵。"金元好問中州集六金馮璧和希顏詩："虎守天門未易通，庾塵無扇障西風。"

【庾樓】即庾公樓。唐元稹長慶集二十憑李忠州寄書樂天詩："傷心最是江頭月，莫把書將上庾樓。"參見"庾公樓"。

【庾積】露天積聚的穀物。國語周中："野有庾積，場功未畢。"

【庾嶺】即大庾嶺。一名梅嶺。爲五嶺之一。唐鄭谷鄭守愚集一咸通十四年府試木向榮詩："庾嶺梅先覺，隋堤柳暗驚。"參見"大庾嶺"。

【庾公樓】樓名。晉庾亮嘗爲江荆豫州刺史，治武昌，曾與僚吏殷浩王胡之等登南樓賞月，談詠竟夕。事見世說新語容止及晉書本傳。後江州州治移潯陽，好事者遂於此建樓名爲庾公樓。唐白居易已有"潯陽欲到思無窮，庾亮樓南湓口東"詩，蓋承誤已久。參閱宋陳舜俞廬山記總敍山水、陸游渭南文集四五入蜀記三。

【庾肩吾】南朝梁新野人。字子慎，庾信父。初爲晉安王蕭綱常侍，與劉孝威江伯搖等被任抄寫羣書，稱高齋學士。蕭綱即帝位，任度支尚書。工詩賦，善書法，著有書品流傳。南史梁書皆有傳。明張溥輯有庾度支集。

【庾開府】庾信。信仕北周，官至驃騎大將軍，開府儀同三司，故稱。唐杜甫杜工部草堂詩箋二春日憶李白："清新庾開府，俊逸鮑參軍。"參見"庾信"。

庳

1. bēi 便俾切，上，紙韻，並。ㄅㄟ

㊀低下。左傳襄三一年："僑聞文公之爲盟主也，宮室卑庳，無觀臺榭。"國語周下："陂塘汙庳。"㊁矮，短。周禮地官大司徒："五曰原隰，……其民豐肉而庳。"注："庳，猶短也。"

2. bì 集韻 毗至切，去，至韻。ㄅㄧ

㊂見"有庳"。

3. pí ㄆㄧ

㊃輔佐。通"毗"。荀子宥坐引詩："四方是維，天子是庳。"注："庳讀爲毗，輔也。"今詩小雅節南山作"毗"。

九畫

廋

sōu 音韻闡微師優切，平，尤韻，審。ㄙㄡ

同"廋"。見"廋"。

廊

láng 魯當切，平，唐韻，來。ㄌㄤ

室外有頂的過道。史記一一七司馬相如傳上林賦："高廊四注，重坐曲閣。"

【廊房】明永樂初年。官府於北京四門鐘鼓樓等處，建房一批，招民商居住，謂之廊房。分等收租，解内府天財庫，備宴賞支用。今北京有廊房胡同，即沿此名。

【廊腰】廊的轉折處。唐杜牧樊川集一阿房宮賦："廊腰縵迴，簷牙高啄。"宋陸游劍南詩稿十七初夏夜賦："廊腰得風遠，樹罅見星疎。"

【廊廟】廊，殿四周的廊；廟，太廟。都是古代帝王和大臣用以議論政事的地方，後因稱朝廷爲廊廟。孫子九地："厲於廊廟之上，以誅其事。"戰國策秦："今君相秦，計不下席，謀不出廊廟，坐制諸侯。"

【廊廡】堂前廊屋。史記一〇七竇嬰傳："所賜金，陳之廊廡下，軍吏過，輒令財取爲用，金無入家者。"漢書本傳注："廊，堂下周屋也。廡，門屋也。"

【廊餐】唐五代時，每日常朝百官，於朝退後，皇帝賜食於廊下，謂之廊餐。也叫廊下餐、常食。參閱五代會要六常朝、廊下餐、文獻通考一〇七王禮二開延英儀。

【廊廟材】㊀建築廊廟的木材。慎子知忠："故廊廟之材，蓋非一木之枝也；粹白之裘，蓋非一狐之皮也。"㊁比喻能爲朝廷肩負重任的大臣。唐白居易長慶集六三雪中晏起偶詠所懷……詩："上無皋陶伯益廊廟材，既不能匡君輔國活生民。"材，也作"才"。宋書裴松之傳："裴松之廊廟之才，不宜久尸邊務，今召爲世子洗馬。"

【廊廟器】古代稱能爲朝廷負担重任的人才。三國志蜀許靖傳評："許靖夙有名譽，……雖行事舉動，未悉允當，蔣濟以爲'大較廊廟器也'。"唐岑參岑嘉州詩一潼關鎮國軍句覆使院早春寄王同州："何爲廊廟器，至今居外藩。"

廇

miào 眉召切，去，笑韻，明。ㄇㄧㄠ

同"廟"。說文廟古文。儀禮士冠禮："筮于廇門。"後又省作"庙"。

廂

xiāng 息良切，平，陽韻，心。ㄒㄧㄤ

㊀正房兩側的房屋。古作"相"、"箱"，後加"广"作"廂"。玉臺新詠一古樂府詩之二相逢狹路間："音聲何噰噰，鶴鳴東西廂。"儀禮公食大夫禮："公揖退於箱。"史記九六張蒼傳附周昌："呂后側耳於東箱聽。"索隱小顏曰："正寢之東西室皆號曰箱。言似箱篋之形。"今俗稱廂房。參閱宋王楙野客叢書一東箱、清鄭珍說文新附考四"廂"。㊁靠近城鎮的地區。唐宋有左右廂、四廂等禁軍的制度，因稱城治的區域爲坊廂、城廂。清法式善陶廬雜錄五："明洪武十四年，令天下編黃册，在城曰坊，近城曰廂，鄉都曰里。"參閱文

獻通考一五二兵四。㊂邊，旁。如那廂、這廂、兩廂。多見於宋元以來語體文學作品。元王實甫西廂記二本一折："耳邊廂金鼓連天震，征雲冉冉，土雨紛紛。"西遊記三："果然那廂有座城池，六街三市，大小人家，甚是熱鬧。"又與邊、壁連用，涵義相同。㊃鑲嵌。通"鑲"。說郛八七明曹昭格古論蠟子："古云：'蠟重一錢，價值千萬。'可廂嵌釗鐲碗盞戒指用。"

【廂兵】宋諸州的鎮兵。宋趙匡胤（太祖）鑒於唐末藩鎮跋扈之弊，於建隆初詔令選州兵壯勇者送京師充禁軍。其餘留本城，不加訓練，只充勞役，稱爲廂兵。趙禎（仁宗）時始訓練部分廂兵以備戰守。參閱宋史兵志三廂兵、文獻通考一五二兵四。

【廂官】宋趙恒（真宗）大中祥符元年將京城都門外居民區劃爲若干廂，設左右廂公事幹當官四人，簡稱廂官，掌覆檢推問。凡民間鬬訟事件，情節輕者可直接判決。南宋沿以爲例，在臨安也設廂官。參閱宋史職官志六、文獻通考六三都廂。

【廂使】宋代侍衞親軍，於殿前司下設有四廂都指揮使，簡稱廂使。真宗時，田敏曾夜襲契丹主營帳。契丹主問撻覽曰："今日戰者誰？"撻覽曰："所謂田廂使者。"見宋史職官志六、三二六田敏傳。

【廂軍】即廂兵。唐制，諸軍分左右廂統之。後梁朱温以方鎮建國，於京師行鎮軍之制。京師兵有四廂，諸軍兩廂。其廂使掌城郭烟火之事，於是漸有廂軍之名。宋初正式稱全國鎮兵爲廂軍。參閱宋王應麟玉海一三九兵制四宋朝四廂軍、文獻通考一五二兵四。參見"廂兵"。

【廂邏】城廂巡邏兵。宋史三一二王珪傳附王琪："徙知江寧。先是府多火災，或託以鬼神，人不敢救。琪召令廂邏，具爲作賞捕之法。未幾，得姦人誅之，火患遂息。"

廁 cè ㄘㄜˋ 初吏切。去，志韻，初。

㊀廁所。左傳成十年："（晉侯）將食，張，如廁，陷而卒。"㊁猪圈。漢書六三燕剌王劉旦傳："廁中豕羣出。"注："廁，養豕圂也。"㊂雜置，參加。史記八十樂毅傳報燕惠王書："先王過舉，廁之賓客之中，立之羣臣之上不謀父兄，以爲亞卿。"

集韻 札色切，入，職韻。

㊃旁邊。通"側"。史記一二〇汲黯傳："大將軍（衞）青侍中，上踞廁而視之。"集解："廁，牀邊側。"㊄歪邪。見"廁足"。

【廁足】側足，傾斜其足。莊子外物："天地非不廣且大也，人之所用容足耳。然則廁足而墊之，致黃泉，人尚有用乎？"後用爲插足、置身之意。魏書宗欽傳："竊名華省，廁足丹墀。"

【廁棗】魏晉豪門於廁中置乾棗，入廁時用以塞鼻。世說新語紕漏："王敦初尚主，如廁，見漆箱盛乾棗，本以塞鼻。王謂廁上亦下果，食遂至盡。"

【廁跡】插足，置身。新唐書二十高（儉）竇（威）傳贊："高竇雖緣外戚姻家，然自以才猷結天子，廁跡名臣，垂榮無窮。"

【廁牏】史記一〇三萬石君傳："（石）建爲郎中令，每五日洗沐歸謁親，入子舍，取親中帬廁牏，身自浣滌。"也見漢書。舊注解說各異。漢書注謂爲近身的小衫，即內衣。清王先謙漢書補注則謂廁訓爲"側"，牏當作"窬"。廁牏，指旁室門牆邊的水溝。石建取其父親之中裙，隱身側近窬邊，自浣洗之。

【廁籌】大便後用以拭穢之具。北齊楊愔雖爲宰相，而爲高洋進廁籌。見北史齊文宣帝紀。也稱"廁簡"。五代南唐後主與周后親爲僧徒削廁簡。見宋馬令南唐書浮屠傳、龍衮江南野録後主好佛（曾慥類說十八）。又稱"廁篦"。東晉譯摩訶僧祇律三四明威儀法："（廁）屋中應安隔，使兩不相見，邊安廁篦。"

廇 yù ㄩˋ 牛具切，去，遇韻，疑。

同"寓"。說文"寓"的或體。詳"寓"。

廋 1. sōu ㄙㄡ 所鳩切，平，尤韻，山。

也作"庾"。㊀隱藏。論語爲政："視其所以，觀其所由，察其所安，人焉廋哉！人焉廋哉！"㊁搜索。通"搜"。見"廋索"、"廋疏"。㊂官名。見"廋人"。

2. sǒu ㄙㄡˇ

㊃彎曲之處。通"藪"。楚辭漢劉向九嘆憂苦："遵野莽以呼風兮，步從容於山廋。"注："廋，隈也。……廋，一作庾，一作藪。"

【廋人】官名。周禮夏官之屬，爲帝王掌馬廄之政。見周禮夏官司馬。

【廋伏】伏兵。新唐書一五三段秀實傳："秀實曰：'賊出羸師，餌我也，請大索。'悉得其廋伏。"

【廋索】搜索。廋，通"搜"。漢書七六趙廣漢傳："直突入其門，廋索私屠酤。"注："廋讀與搜同，謂入室求之也。"

【廋疏】搜索。後漢書六十上馬融傳廣成頌："或輕訬趬悍，廋疏嶁領，犯歷嵩巒。"

【廋語】隱語。猶廋辭。新五代史李業傳："而帝方與業及聶文進、後贊、郭允明等狎昵，多爲廋語相誚戲，放紙鳶於宮中。"宋孫覿鴻慶集二何嘉會寺丞嫁遣侍兒韈明有詩次韻："廋語尚傳黃絹婦，多情好在紫髯翁。"

【廋蔽】隱匿。新唐書一二五蘇瓌傳："時十道使括天下亡戶，而不立籍，人畏搜括，即流入比縣旁州，更相廋蔽。"

【廋辭】隱語。國語晉五："有秦客廋辭於朝，大夫莫之能對也。"注："廋，隱也。謂以隱伏譎詭之言問於朝也。"元周密齊東野語："古之所謂廋辭，即今之隱語，而俗所謂謎。"

十畫

廆 1. guī ㄍㄨㄟ 集韻 姑回切，平，灰韻。

㊀山名。山海經中山經："（縞羝山）又西十里曰廆山。"注："音如瓌偉之瓌。"清郝懿行謂"魏、廆音同"，廆山卽魏山。又名谷口山，在河南洛陽市西南。見嘉慶一統志二〇五河南府一。

2. wěi ㄨㄟˇ 集韻 五賄切，上，賄韻。

㊁人名用字。晉有慕容廆。

廉 lián ㄌㄧㄢˊ 力鹽切，平，鹽韻，來。

㊀堂的側邊。漢書四八賈誼傳："廉遠地，則堂高。"注："廉，側隅也。"㊁棱角，鋒利。老子下："是以聖人方而不割，廉而不劌。"吕氏春秋孟秋："其器廉以深。"參見"廉隅"。㊂不苟取。與"貪"相對。孟子離婁下："可以取，可以無取，取傷廉。"㊃清白高潔。楚辭屈原卜居："吁嗟默默兮，誰知吾之廉貞？"㊄儉約，便宜。淮南子原道："夫得其得者，不以奢爲樂，不以廉爲悲。"注："廉，猶儉也。"宋王禹偁小畜集十七黃州新建小竹樓記："竹工破之，刳去其節，用代陶瓦，比屋皆然，以其價廉而工省也。"㊅考察，查訪。漢書八六何武傳："（戴聖）行治多不法，……武使從事廉得其罪。"後漢書二五魯恭傳："河南尹袁安聞之，疑其不實，使仁恕掾肥親往廉之。"參閱清黃生字詁"廉"。㊆姓。戰國趙有廉頗。

【廉士】舊稱有氣節、不苟取的人。孟子滕文公下："陳仲子豈不誠廉士哉！"注：

“陳仲子，齊一介之士，窮不苟求者。”莊子刻意：“衆人重利，廉士重名。”

【廉川】 古城名。晉太元二十年南涼禿髮烏孤(烈祖)築廉川堡爲都城。隆安三年烏孤徙樂都，使從弟洛回鎮廉川。北魏廢。故址在今青海民和縣西北。參閱讀史方輿紀要六四西寧鎮。

【廉水】 ㊀水名。源出陝西南鄭縣境，注入漢水。一名廉津，又稱廉泉。今稱濂水。參閱嘉慶一統志二三七漢中府一。㊁縣名。北魏延昌中置，屬褒中郡。梁大同時廢。宋紹興四年復置，嘉定時廢。故址在今陝西南鄭縣西南。參閱讀史方輿紀要五六漢中府武鄉城。

【廉介】 清廉不苟取。三國志 魏 管輅傳“故人多愛之而不敬也”注引輅別傳：“廉介細直，士之浮飾，不足爲務也。”

【廉公】 ㊀ 廉正公平。後漢書二四馬援傳誡兄子書：“龍伯高敦厚周慎，口無擇言，謙約節儉，廉公有威。”㊁指廉頗。文選晉潘安仁(岳)西征賦：“入屈節於廉公，若四體之無骨。”又晉盧子諒(諶)覽古詩：“廉公何爲者，負荆謝厥譽。”參見“廉頗”。

【廉正】 清廉正直。漢書六七朱雲傳：“今御史大夫禹絜白廉正，經術通明，有伯夷、史魚之風，海内莫不聞知。”後漢書四十下班彪傳附班固：“嗜欲之原滅，廉正之心生，莫不優游而自得，玉潤而金聲。”

【廉石】 本稱鬱林石。相傳漢末吳郡陸績爲鬱林太守，歸舟輕，難以渡海，因於岸上取巨石鎮之。至吳，棄於婁門之野。唐陸龜蒙居臨頓里，門有巨石，卽此。明弘治十年巡按樊祉，移至察院左側，建亭覆蓋，題名廉石。清康熙間，陳鵬年守蘇州，修葺郡學，將石移至郡學内，爲蘇州古蹟之一。參閱明侯甸西樵野記鬱林太守石、清朱象賢聞見偶錄廉石。

【廉江】 ㊀ 水名。卽南流江。源出廣西容縣大容山，南流至合浦縣注入北部灣。參閱嘉慶一統志四五〇廉州府。㊁縣名。屬廣東省。漢合浦縣地。唐武德五年置石城縣，天寶初改爲廉江縣。宋復名石城。1914年因與江西省縣名重複，復稱廉江縣。參閱嘉慶一統志四四九高州府。

【廉州】 府名。漢合浦郡。唐貞觀八年改爲廉州，天寶初稱合浦郡，乾元初復稱廉州，屬嶺南道。宋太平興國八年廢州，置太平軍。咸平初復置廉州合浦郡，屬廣南西路。元改路。明清爲府，屬廣東省。1911年廢府。故治卽今廣西合浦縣。參閱嘉慶一統志四五〇廉州府。

【廉吏】 不貪贓枉法的官吏。史記一二六優孟傳：“念爲廉吏，奉法守職，竟死不敢爲非。”

【廉直】 ㊀ 廉潔正直。國語晉八：“夫陽子行廉直於晉國，不免其身。”注：“廉直，剛而無計。”計，詭計。史記平準書：“(顏)異爲濟南亭長，以廉直稍遷爲九卿。”㊁廉價。直，通“值”。宋何薳春渚紀聞一賈父馬譴：“因就廉直，取此馬以代步。”

【廉使】 ㊀唐景龍二年置十道按察使，巡察各道吏治。開元二十二年置十道採訪處置使，後改爲觀察處置使。省稱“廉使”。唐 劉長卿 劉隨州集二送李摯赴延陵令詩：“明君加印授，廉使託惸嫠。”㊁元改按察使爲肅政廉訪使，明清稱提刑案察司，相沿省稱爲廉使。亦稱臬使。參閱明環中迂叟(陳士元)俚言解二省城廉使。

【廉范】 東漢京兆杜陵人。字叔度。任雲中太守。匈奴不敢犯。建初中，遷蜀郡太守。當地舊制禁止百姓夜作，以防火災，民衆遂相隱蔽，火災更多。范廢除前令，只嚴格要求家家儲水。百姓稱便，作歌：“廉叔度，來何暮，不禁火，民安作，平生無襦今五袴。”後漢書有傳。參見“虔廉”。

【廉苫】 纖細貌。猶廉纖。晉書索靖傳草書狀：“舉而察之，又似乎和風吹林，偃草扇樹。枝條順氣，轉相比附，窈嬈廉苫，隨體散布。”

【廉按】 查訪，追究。唐大詔令集一〇〇蘇頲洗滌官吏負犯制：“比歲或使者廉按，或憲司繩糾，未能發明大體，頗亦委曲小疵。”新唐書一九九郎餘令傳：“有爲浮圖者，積薪自焚，……(裴)煚試廉按，果得其姦。”

【廉泉】 ㊀ 泉名。在江西贛州市内。相傳南朝宋元嘉中，一夕暴雷雨，忽涌地成泉。當時郡守有廉名，因名廉泉。宋蘇軾分類東坡詩二廉泉：“君看此廉泉，五色爛摩尼。”㊁水名。詳“廉水㊀”。

【廉悍】 峻峭猛烈。唐韓愈昌黎集三二柳子厚墓誌銘：“儁傑廉悍，議論證據今古，出入經史百子，踔厲風發，率常屈其座人。”此指人風格、品性峻厲。元柳貫柳待制集二龍門詩：“乞山或澍雨，湍張輒廉悍。”此指水勢迅猛。

【廉恥】 廉潔與知恥。荀子修身：“偷儒憚事，無廉恥而嗜乎飲食，則可謂惡少者矣。”

【廉俸】 清制，文武官員正俸之外，另給養廉銀，合稱爲廉俸或俸廉。清續文獻通考七三國用 十一 俸餉：“所有奉省督撫、學政養廉，均給實銀外，餘如副都統、五部侍郎廉俸，原額本少，皆准八成實放，不必迭爲折扣。”

【廉倨】 廉潔而倨傲。史記一二二張湯傳：“(趙)禹爲人廉倨。爲吏以來，舍毋食客。公卿相造請禹，禹終不報謝。”漢書九十趙禹傳作“廉裾”。注：“裾亦傲也。讀與倨同。”

【廉訪】 視察。宋趙希鵠洞天清祿集古琴辯：“昔吳越錢忠懿王(俶)能琴，遣使以廉訪爲名，而實物色良琴。”

【廉問】 察問。史記秦始皇紀三十五年：“諸生在咸陽者，吾使人廉問，或爲訞言，以亂黔首。”漢書高帝紀：“且廉問有不如吾詔者，以重論之。”注：“廉，察也。”

【廉隅】 棱角。比喻人的行爲、品性端方不苟。禮儒行：“近文章，砥厲廉隅。”漢書八七上揚雄傳：“不修廉隅以徼名當世。”

【廉廉】 瘦削狀。藝文類聚七五晉摯虞疾愈賦：“饋食纖纖而日尠，體貌廉廉而轉損。”

【廉裾】 見“廉倨”。

【廉察】 查訪。後漢書四一第五倫傳附第五種：“永壽中，以司徒掾清詔使冀州，廉察災害。”

【廉頗】 戰國趙將。趙惠文王時，頗率師破齊，取晉陽，拜爲上卿。與藺相如結爲刎頸之交。長平之役，堅壁固守三年，使秦師老無功。後趙中秦反間計，以趙括代廉頗，秦遂大敗趙軍，於長平坑趙卒四十五萬。趙孝成王十五年，頗又領兵大破燕軍於鄗，封信平君，任相國。悼襄王時，獲罪奔魏。後趙數困於秦兵，欲復用頗，頗亦思趙，又爲人讒沮，未果。由魏至楚，爲將無功，病死壽春。史記有傳。

【廉潔】 公正、不貪污。管子明法：“如此，則愨愿之人失其職，而廉潔之吏失其治。”漢王充論衡非韓：“案古篡畔之臣，希清白廉潔之人。”

【廉鍔】 鋒利的刀刃。史記九七酈生傳“(項王)爲人刻印，刓而不能授”集解引三國魏孟康：“刓斷無復廉鍔也。”此指印章之棱角。南朝梁劉勰文心雕龍五封禪：“義吐光芒，辭成廉鍔。”此指言辭銳利。

【廉謹】 潔身謹慎。史記九六申屠嘉傳：“及今上時，柏至侯許昌……等爲丞相，皆以列侯繼嗣，娖娖廉謹，爲丞相備員而已。”

【廉藺】指戰國時趙國的廉頗與藺相如。藺爲趙相，廉不服，欲與爲難；藺以將相不和，危及國家，故往往相避。廉終於悔悟，肉袒負荆到藺處請罪，遂結爲刎頸之交。見史記八一廉頗藺相如傳。後漢書七十孔融傳操與融書：“昔廉藺小國之臣猶能相下。”宋書張永傳張暢與永書：“方藉羣賢，共康時難，當遠慕廉藺在公之德，近效平勃忘私之美。”

【廉纖】細微，纖細。唐韓愈昌黎集九晚雨詩：“廉纖晚雨不能晴，池岸草間蚯蚓鳴。”宋黄庭堅山谷詩外集補三次韻賞梅：“微風拂掠生春絲，小雨廉纖洗暗妝。”也以“廉纖”代細雨。宋詩鈔十二葉夢得建康集鈔爲山亭晚卧：“泉聲分寂歷，草色借廉纖。”

【廉叔度】見“廉范”。

【廉訪使】元至元二十八年，改諸道提刑按察司爲肅政廉訪司。肅政，唐御史臺別名。司置使一人，副使二人，僉事四人。以分司一人監臨各路。參閱續文獻通考六十職官十。

【廉遠堂高】比喻君主的位高勢尊。漢書四八賈誼傳陳政事：“人主之尊譬如堂，羣臣如陛，衆庶如地。故陛九級上，廉遠地，則堂高；陛亡級，廉近地，則堂卑。高者難攀，卑者易陵，理勢然也。”晉書劉寔傳：“夫堂高級遠，主尊相貴。”本此。

盍 hé 安盍切，入，盍韻，影。ㄏㄜˊ

㊀山側洞穴。唐顔真卿顔魯公集十三鮮于氏離堆記：“其右有小石盍焉，亦可蔭可跂據矣。”㊁隱藏。漢揚雄太玄經六䦧：“輔其折，盍其缺。……輔折盍缺，猶可善也。”㊂見“盍藥”。

【盍藥】藥名。政和證類本草八唐陳藏器本草拾遺：“盍藥，味鹹，温，無毒。主折傷、内損、瘀血、生膚、止痛，主産後血病……似乾茅，黄赤色。”

廈 1. shà 胡雅切，上，馬韻，匣。ㄕㄚˋ

也作“厦”。㊀房屋。古作“夏”。夏有大義，故稱大屋爲夏屋。後加“广”，以别於華夏字。漢揚雄太玄三彊：“柱不中，梁不隆，大廈微。”㊁兩廂，廊。見玉篇。

2. xià ㄒㄧㄚˋ

㊂見“廈₂門”。

【廈₂門】市名。屬福建省。古稱嘉禾嶼。也稱鷺嶼。明洪武二十七年築城，移永寧衛中左千户所於此。永曆元年鄭成功據此城抗清，十一年改中左所爲思明州。清改爲廈門廳。公元1913年改爲思明縣，1933年改設廈門市。參閱嘉慶一統志四二八泉州府山川關隘。

【廈屋】高大的房屋。文選晉左太沖（思）魏都賦：“廈屋一揆，華屏齊榮。”參見“夏屋㊀”。

廌 zhì 池爾切，上，紙韻，澄。ㄓˋ 宅買切，上，蟹韻，澄。

“豸”的本字。見“解廌”。

廇 liù 力救切，去，宥韻，來。ㄌㄧㄡˋ

中庭。楚辭漢劉向九歎愍命：“刜讒賊於中廇兮，選吕管於榛薄。”宋洪興祖補注：“廇，中庭也。”參見“中廇”。

十一畫

廓 kuò 苦郭切，入，鐸韻，溪。ㄎㄨㄛˋ

㊀大，廣闊。詩大雅皇矣：“上帝耆之，憎其式廓。”傳：“廓，大也。憎其用大位，行大政。”㊁空。楚辭宋玉九辯：“悲憂窮戚兮獨處廓。”㊂開拓。荀子修身：“狹隘褊小，則廓之以廣大。”㊃外部，外周。唐王度古鏡記：“辰畜之外，又置二十四字，周遶輪廓，文體似隸。”

【廓土】開拓土地。後漢書三三朱浮傳責彭寵書：“六國之時，其勢各盛，廓土數千里，勝兵將百萬，故能據國相持，多歷年數。”

【廓州】州名。1.漢崞縣地，屬雁門郡。東魏置廓州。北齊改爲北顯州。北周廢。隋大業初復爲崞縣。故址在今山西忻縣地區。參閱讀史方輿紀要四十代州崞縣。2.北周武帝（宇文邕）以吐谷渾地置洮河郡，兼置廓州。隋大業初廢州，置澆河郡。唐復置廓州。宋大觀後廢。北周州治在今青海貴德縣。參閱通典一七四州郡四、文獻通考三二二輿地八、嘉慶一統志五四六青海厄魯特。

【廓清】肅清，澄清。晉書桓温傳哀帝詔：“知欲躬率三軍，蕩滌氛穢，廓清中畿，光復舊京。”宋書王僧達傳求解職表：“幸屬聖武，剋復大業，宇宙廓清，四表靖晏。”

【廓處】獨居。南朝梁何遜何記室集秋夕歎白髮詩：“宵長壁立静，廓處謝歡愉。”

【廓開】開展。三國志吴魯肅傳孫權謂肅曰：“今卿廓開大計，正與孤同。”

【廓落】㊀空曠，空寂。楚辭宋玉九辯：“廓落兮羈旅而無友生。”㊁寬宏，曠達。晉書姚萇載記：“少聰哲，多權略，廓落任率，不修行業。”㊂鬆散，不整飭。舊題晉葛洪神仙傳王遠：“遠有書與陳尉，其書廓落，大而不工。”

【廓填】書法用語之一。字經雙鈎之後，再一筆一筆填滿。宋姜夔續書譜：“雙鈎之法，須得墨暈不出字外，或廓填其内，或朱其背，正肥瘦之本體。”

【廓廓】空曠貌。新唐書八四李密傳：“衆附兵强，然後東向，指撝豪桀，天下廓廓無事矣。”金元好問遺山集二題張右丞家范寬秋山横幅詩：“梯雲欄干峻，廓廓清眺展。”

厫 áo 字彙 五牢切，音敖。ㄠˊ

糧倉。俗作“厫”。文獻通考二一市糴二社倉：“凡十有四年，得息米造成倉厫，及以元數六百石還府。”

廑 1. jǐn 正字通 音僅。ㄐㄧㄣˇ

㊀纔，只。又作“厪”。通“僅”。漢書四八賈誼傳：“諸公幸者，乃爲中涓，其次廑得舍人。”注：“廑與僅同。廑，劣也。言纔得舍人。”

2. qín 集韻 渠巾切，平，欣韻。ㄑㄧㄣˊ

㊁勤勞，殷勤。漢書八七下揚雄傳長楊賦：“三旬有餘，其廑至矣。”注：“廑，古勤字。”

【廑₂身】勤勞己身。漢書文帝紀十三年：“農，天下之本，務莫大焉。今廑身從事，而有租税之賦，是謂本末者無以異也。”史記孝文紀作“勤身”。

【廑₂注】殷切注念。也作“廑念”。舊時書札中多用之。如：祈釋廑注。

廣 1. guǎng 古晃切，上，蕩韻，見。ㄍㄨㄤˇ

㊀寬闊，廣大。詩周南漢廣：“漢之廣矣，不可泳思。”㊁擴大，廣泛地。荀子王制：“論禮樂，正身行，廣教化，……辟公之事也。”明史一三六朱升傳：“高築牆，廣積糧，緩稱王。”㊂寬心，寬慰。史記八四賈誼傳：“自以爲壽不得長，傷悼之，乃爲賦以自廣。”㊃古廣州之省稱。樂府詩集七三焦仲卿妻：“雜綵三百疋，交廣市鮭珍。”參見“廣州㊀”。

2. guàng ㄍㄨㄤˋ

㊄春秋時楚國軍制，兵車十五乘爲廣。左傳宣十二年：“其君之戎，分爲二廣。”又：“楚子爲乘，廣三十乘，分爲左右。”參

見"二廣"。㈥橫,見"廣₂輪"。

3. kuàng 正字通音曠。ㄎㄨㄤˋ

㈦荒廢,躭擱。通"曠"。漢書五行志中之上:"師出過時玆謂廣,其旱不生。"注:"李奇曰:'廣音曠。'韋昭曰:'謂怨曠也。'"

【廣土】㈠廣大之土地。孟子盡心上:"廣土衆民。"㈡擴大土地。漢書七五夏侯勝傳:"武帝雖有攘四夷廣土斥境之功,然多殺士衆竭民財力,奢泰亡度,天下虛耗,百姓流離物故者半。"

【廣川】㈠寬闊的河流。國語周下:"夫周,高山廣川大藪也,故能生是良材。"㈡西漢王國。漢景帝二年封彭祖爲廣川王,改信都國爲廣川國。宣帝甘露三年復稱信都。見漢書景帝紀、地理志下信都國注。㈢縣名。漢置,屬信都國。因城中有長河,故名。東晉列國後燕慕容垂曾於此置廣川郡。至北齊廢。故城在河北棗強縣東北。參閱通典一七八州郡八信都郡、嘉慶一統志四九冀州。

【廣文】唐天寶九年,在國子監增開廣文館,設博士、助教等職,領國子學生中修進士業者。鄭虔曾任廣文博士,時人視爲冷官。唐杜甫杜工部草堂詩箋三醉時歌贈廣文館學士鄭虔:"諸公衮衮登臺省,廣文先生官獨冷。甲第紛紛厭粱肉,廣文先生飯不足。"明清以來泛指儒學教官。清黃丕烈士禮居藏書題跋記續下吳都文粹:"歙程易疇(瑤田)先生,今之老宿也,向爲嘉定廣文,後即辭官去。"參閱五代王定保唐摭言一、新唐書二〇二鄭虔傳、百官志三。

【廣元】縣名。屬四川省。漢爲葭萌縣地。三國爲漢壽縣地。西魏改爲利州。元至元十四年改利州都元帥府爲廣元路。明洪武七年稱廣元府,不久,改府爲州,十四年降爲縣,屬保寧府。清因之。參閱嘉慶一統志三九〇保寧府。

【廣内】漢代内廷藏書之府。漢書藝文志"於是建藏書之策"唐顏師古注引如淳:"劉歆七略曰:外則有太常、太史、博士之藏,内則有延閣廣内祕室之府。"後泛稱帝王書庫。南朝梁何遜何水部集七召佃遊:"馳騁傷仁,好殺非勇,幸廣内之豐樂,何禽荒之足重。"

【廣平】㈠府名。秦邯鄲郡地。漢景帝時分置廣平郡,五鳳二年改爲廣平國。東漢封吳漢爲廣平侯,即此地。建武十三年併入鉅鹿郡。三國魏黃初二年復置郡。元至元十五年改路。明清爲府。公元1913年廢。明時府治永年,即今河北永年縣東南。參閱讀史方輿紀要十五廣平府、嘉慶一統志三二廣平府一。㈡縣名。屬河北省。金大定七年置,屬洺州。元屬廣平路。明清屬廣平府。見嘉慶一統志三二廣平府一。

【廣斥】廣闊的鹹地。地鹹叫斥。書禹貢:"海濱廣斥。"疏:"海畔迥闊,地皆斥鹵,故云廣斥。"史記夏紀作"廣潟",斥、潟文異義同。又作"廣舄"。文選晉木玄虛(華)海賦:"襄陵廣舄,䆊濄浩汗。"

【廣安】㈠縣名。屬四川省。漢巴郡地。宋開寶二年置廣安軍。元至元十五年廢軍,二十年置廣安府。明洪武四年改爲廣安州,屬順慶府。清因之。公元1913年改縣。參閱嘉慶一統志三九三順慶府一。㈡年號。1.北魏時葛榮。公元526—528年。2.南詔大理段廉義(上德帝)。公元1077—1080年。

【廣州】㈠州名。秦南海郡地。漢置交州。三國吳永安七年分交州置廣州,治番禺。至宋分屬廣南東、西二路。有今兩廣除舊廉州瓊州兩府以外之地。參閱文獻通考三二三輿地九。㈡府名。秦漢爲南海郡。三國吳置廣州。晉爲廣州南海郡。唐復置廣州。五代爲南漢國都,改興王府。宋復稱廣州中都督府,爲廣南東路治。元改爲廣州路。明清均爲廣州府。公元1912年裁府。即今廣東廣州市地。參閱太平寰宇記一五七廣州、嘉慶一統志四四一廣州府。

【廣西】㈠省、自治區名。春秋時爲百越地。秦置桂林象郡。漢元鼎六年改置蒼梧鬱林二郡。唐初屬嶺南道,咸通三年分置嶺南西道。宋至道三年置廣南西路。元置廣西兩江道宣慰使司和嶺南廣西道肅政廉訪司,屬湖廣行省。明置廣西布政使司。清因之,爲廣西省。今爲廣西壯族自治區。參閱嘉慶一統志四六〇廣西統部。㈡州名。漢益州牂牁二郡地。元至元十二年置廣西路,屬雲南行省。明初改爲府。清乾隆三十五年降爲直隸州。公元1913年改縣,即今雲南瀘西縣。參閱嘉慶一統志四九一廣西州。

【廣車】大車。韓非子喻老:"知伯將襲仇由,遺之以廣車。"戰國策西周:"昔智伯欲伐厹由,遺之大鐘,載以廣車,因隨入以兵。"

【廣₂車】兵車。左傳襄十一年:"鄭人賂晉侯以……廣車、軘車、淳十五乘,甲兵備。"周禮春官有車僕,掌五戎,其一爲廣車。參見"五戎㈡"。

【廣坐】衆人聚會的場所。戰國策趙三:"自是之後,衆人廣坐之中,未嘗不言趙人之長者也,未嘗不言趙俗之善者也。"

【廣宗】縣名。1.原漢鉅鹿郡堂陽縣地。東漢章帝分置廣宗縣,永元五年置廣宗國,不久廢爲縣。黃巾起義軍領袖張角曾在此先後抗擊盧植、皇甫嵩軍。隋仁壽初改爲宗城縣。元復稱廣宗縣。故址在今河北威縣地。參閱後漢書孝靈帝紀、讀史方輿紀要十五順德府。2.屬河北省。東漢初置經縣。隋以後爲平鄉縣地。蒙古汗國蒙哥(憲宗)五年,分平鄉縣置廣宗縣。明清屬順德府。參閱嘉慶一統志三十順德府一。

【廣武】㈠郡名。原漢金城郡枝陽縣地。晉分置廣武郡。地在今甘肅永登縣。參閱嘉慶一統志二六七涼州府一。㈡縣名。西漢置,屬太原郡。東漢屬雁門郡,爲郡治所在。隋開皇十八年避太子楊廣諱,改爲雁門縣。故城在今山西代縣西。參閱元和郡縣志十四雁門縣、嘉慶一統志一五一代州。㈢地名。在今河南滎陽縣東北。汴水自三室山(又名三皇山、敖鄗山)廣武澗中東南絕流,山隔澗各有城塹,名東西廣武城。秦末楚漢兩軍隔廣武而陣,劉邦項羽相與臨廣武而語,即此。故東廣武稱楚王城,西廣武稱漢王城。晉阮籍曾登廣武,觀楚漢交戰處,嘆曰:"時無英雄,使豎子成名!"參閱後漢書郡國志一河南尹、讀史方輿紀要四七河陰縣、晉書阮籍傳。

【廣東】省名。戰國時百越地。秦置南海郡。漢元鼎六年置南海蒼梧合浦珠崖儋耳等郡。唐武德四年置廣州總管府,貞觀元年置嶺南道,咸通三年分爲嶺南東道。宋置廣南東路。元置廣東道宣慰司和海北廣東道肅政廉訪司,屬江西行中書省。明洪武初置廣東行省,九年改置廣東承宣布政使司,治廣州府。清因之,爲廣東省。參閱嘉慶一統志四四〇廣東統部。

【廣昌】縣名。1.漢置,屬代郡。東漢改屬中山國。晉廢。北周復置。隋仁壽初改爲飛狐。明洪武初復爲廣昌縣。清雍正十一年改屬易州。即今河北淶源縣。參閱嘉慶一統志四七易州一。2.屬江西省。漢豫章郡南城縣地。三國吳太平二年置南豐縣。宋紹興八年析置廣昌縣。以道通二廣,而屬建昌,故名。元屬建昌路。明清屬建昌府。參閱嘉慶一統志三二〇建昌府一。

【廣明】年號。1.唐李儇(僖宗)。公元

880—881 年。2.南詔大理段素英(昭明帝)。公元 986 年。

【廣固】古城名。水經注二六淄水:"東北流逕廣固城西,城在廣縣西北四里,四周絶澗,阻水深隍,晉永嘉中,東萊人曹嶷所造也。"城有大澗甚廣固,易守禦,故名。東晉列國南燕慕容德在此建都。故城在今山東益都縣西北。參閲元和郡縣志十青州。

【廣阿】㊀縣名。漢置,屬鉅鹿郡。更始二年,光武帝與鄧禹登城樓披閲境内輿圖,即此。不久縣廢。北魏太和中復置。隋改象城。唐改昭慶。宋改隆平。故城在今河北隆堯縣東。參閲元和郡縣志十七昭慶縣、嘉慶一統志五一趙州一。㊁澤名。即大陸澤。詳該條。

【廣牧】㊀遼闊的郊野。管子小匡:"平原廣牧,車不結轍,士不旋踵。"㊁縣名。漢置,屬朔方郡,爲東部都尉治。東漢末廢。故城在今内蒙古伊克昭盟境内。參閲漢書地理志下、嘉慶一統志五四三鄂爾多斯。

【廣政】五代十國後蜀孟昶(楚恭孝王)年號。公元 938—965 年。

【廣南】㊀路名。即唐嶺南道。宋分置廣南東路、廣南西路。包括今廣東、廣西地區。見宋史地理志六廣南東路、廣南西路。㊁府名。漢牂牁郡地。元置廣南西路宣撫司。明洪武十七年改府。清因之。故治在今雲南廣南縣。參閲嘉慶一統志四八二廣南府。

【廣眉】寬闊的畫眉。太平御覽四九五三國吳謝承後漢書:"長安語曰:'城中好高髻,四方且一尺;城中好廣眉,四方畫半額。'"後漢書馬廖傳作"四方且半額。"

【廣信】㊀府名。漢屬豫章郡。唐乾元元年於上饒縣置信州。元改路。明洪武二年改爲廣信府。清因之。公元1912年裁府爲縣。故治在今江西上饒市。參閲嘉慶一統志三一四廣信府一。㊁縣名。漢元鼎六年置,爲蒼梧郡治。隋開皇十年改爲蒼梧縣。唐武德四年置梧州,爲州治。即今廣西梧州市。參閲元和郡縣志三七嶺南道四梧州、讀史方輿紀要一〇八梧州府。

【廣衍】㊀寬廣綿長。墨子非攻中:"今萬兼之國,虚數於千,不勝而入,廣衍數於萬,不勝而辟。"文選漢張平子(衡)西京賦:"爾乃廣衍沃野,厥田上上。"㊁擴延散布。漢書五七上司馬相如傳子虛賦:"離靡廣衍,應風披靡。"晉書裴秀傳附裴頠崇有論:"而虚無之言,日以廣衍,衆家扇起,各列其説。"㊂縣名。漢置,屬西河郡。見漢書地理志八下。㊃倉名。元至元二十九年置。見元史百官志一。

【廣夏】見"廣廈"。

【廣通】縣名。漢益州郡地。唐武德四年置尹州。南詔蒙氏置路睒縣。元至元十二年改廣通,屬南安州。明清屬楚雄府。公元1960年併入雲南祿豐縣。參閲嘉慶一統志四八〇楚雄府。

【廣袤】寬廣。東西曰廣,南北曰袤。周髀算經上:"天地之廣袤。"漢趙君卿注:"袤,長也。東西南北謂之廣長。"史記楚世家:"(張儀)謂楚將軍曰:'子何不受地?從某至某,廣袤六里。'"戰國策秦二作"廣從"。

【廣都】㊀傳説爲后稷葬地。山海經海内西經"后稷之葬,山水環之"晉郭璞注:"在廣都之野。"清郝懿行箋疏:"廣都,海内經作都廣是。"參見"都廣"。㊁縣名。漢置,屬蜀郡。三國時與新都成都並稱三都。劉備以蔣琬爲廣都長,諸葛亮謂琬非百里之才,即此。隋避楊廣(煬帝)諱,改爲雙流。唐分雙流縣部分地區復置廣都縣,屬成都府。元廢。漢縣在今四川成都市東南,一説在今雙流縣。唐縣在今雙流縣東南。參閲元和郡縣志三一廣都縣、嘉慶一統志三八五成都府二。

【廣莫】遼闊空曠。左傳莊二八年:"狄之廣莫,於晉爲都。"莊子逍遥遊:"今子有大樹,患其無用,何不樹之於無何有之鄉,廣莫之野。"釋文:"無何有之鄉、廣莫之野,謂寂絶無爲之地也。"也作"廣漠"。楚辭漢王襃九懷思忠:"歷廣漠兮馳騖,覽中國兮冥冥。"

【廣戚】縣名。漢置,屬沛郡。東漢屬彭城國。晉因之。南朝宋廢。縣西北二十里有灌城,相傳爲漢將灌嬰所築。廣戚故城在今江蘇沛縣東北。參閲讀史方輿紀要二九徐州。

【廣陵】㊀郡名。戰國楚廣陵邑。秦屬九江郡。漢爲廣陵國,東漢改郡,均治廣陵。三國魏移郡治於淮陰。東晉復以廣陵縣爲郡治。隋改稱揚州,又以避楊廣(煬帝)諱改爲江都郡。唐天寶元年復名廣陵郡。明清均爲揚州府。郡治故城在今江蘇揚州市東北。參閲宋鄭興裔鄭忠肅奏議遺集下廣陵誌序、嘉慶一統志九六揚州府一。㊁縣名。秦置,屬九江郡。漢元狩三年爲廣陵國治。東漢爲郡治。隋初改邗江,又改江陽。五代南唐復名廣陵。宋併入江都,南朝宋鮑照有蕪城賦,文選注説他登廣陵故城,即此。故城在今江蘇揚州市東北。參閲嘉慶一統志九六揚州府一江都縣、九七揚州府二廣陵故城。

【廣畤】祭地的壇。漢書郊祀志下:"宜令地祇稱皇地后祇,兆曰廣畤。"兆,祭壇的界域。

【廣淵】廣大深遠。書微子之命:"嗚呼,乃祖成湯,克齊聖廣淵。"

【廣運】㊀廣大深遠。書大禹謨:"帝德廣運,乃聖乃神,乃文乃武。"傳:"廣謂所覆者大,運謂所及者遠。"㊁指土地面積的寬長。國語越上:"勾踐之地,南至于句無,北至于禦兒,東至于鄞,西至于姑蔑,廣運百里。"注:"東西爲廣,南北爲運。"㊂唐樂舞名。舊唐書音樂志:"寶應二年六月,有司奏:玄宗廟樂,請奏廣運之舞。"㊃年號。1.南朝梁蕭琮(後主)。公元 586—587 年。2.五代北漢劉繼元(彭城王)。公元974—979年。3.西夏李元昊(景宗)。公元1034—1036年。4.南詔後理段和譽(憲宗)。公元 1140?—1147年。

【廣賁】高亢激越的樂聲。禮樂記:"粗厲、猛起、奮末、廣賁之音作,而民剛毅。"注:"賁,讀爲憤。憤,怒氣充實也。"疏:"廣賁,謂樂聲廣大,憤氣充滿,如此音作而民感之,則性氣剛毅也。"

【廣雅】三國魏張揖撰。原三卷,共一萬八千一百五十字。其書體例篇目依爾雅,字按意義分别部居,釋義多沿用同義相釋的方法。因博采漢代經書箋注及三蒼方言説文等字書增廣補充,故名廣雅。周秦兩漢文的古義,可據以參證,爲研究古漢語詞彙和訓詁的重要著作。隋曹憲作音釋,始分十卷。因避楊廣(煬帝)諱,更名博雅。至今二名並稱。其書屢經傳刻,錯漏較多。清王念孫撰廣雅疏證爲之補正訛脱錯亂,繁徵博引,頗多創見。

【廣廈】大屋。韓詩外傳五:"天子居廣廈之下,帷帳之内,旃茵之上。"唐杜甫杜工部詩史補遺二茅屋爲秋風所破歌:"安得廣厦千萬間,大庇天下寒士俱歡顔,風雨不動安如山。"也作"廣夏"。漢書七二王吉傳上疏:"夫廣夏之下,細旃之上,……其樂豈徒銜橛之間哉。"

【廣陽】㊀郡名。漢初爲燕國,元鳳元年改爲廣陽郡,本始元年改爲廣陽國。東漢建武十三年併入上谷郡,永元八年復置廣陽郡,治薊縣,即今北京市大興縣。參閲太平寰宇記六九幽州、嘉慶一統志六順天府一。㊁縣名。1.漢置,屬廣陽國,也稱小廣陽。北齊併入薊縣。唐爲良鄉縣地。故城在今北京市房山縣東北。參閱嘉慶一統志六順天府一及八順天府三。2.漢上艾縣。唐天寶元年改爲廣陽縣。宋太平興國四年改置平定軍。故地在今山西和順縣西北。參閱元和郡縣志十三河東道二、嘉慶一統志一四九平定州。㊂水名。又名義河。在今北京市房山縣東。自良鄉南流，與鹽溝河合於忙牛河，流入拒馬河。參閱水經注十二聖水、嘉慶一統志七順天府二。

【廣順】㊀州名。漢牂牁郡地。元置金竹府。明萬曆四十年置廣順州，屬貴陽府。清因之。公元1913年改縣。公元1942年併長寨縣爲長順縣，卽今貴州長順縣。參閱嘉慶一統志五〇〇貴陽府。㊁五代後周郭威（太祖）年號。公元951—953年。

【廣義】推廣其原意。禮曲禮下"（祭）夫曰皇辟"唐孔穎達疏:"此更爲神設尊號，亦廣其義也。"後來注疏家闡發原著思想的著作，都稱作廣義。如清王夫之說文廣義、紀昭毛詩廣義。

【廣嗣】繁育後代。漢書六十杜周傳附杜欽說大將軍王鳳:"禮壹娶九女，所以極陽數，廣嗣重祖也。"

【廣漢】㊀郡名。漢高祖六年分巴郡置，治繩鄉。東漢移治涪縣，後治雒縣。隋開皇初廢。雒縣，在今四川廣漢縣地。參閱華陽國志三。㊁縣名。1.漢置，屬廣漢郡。因與郡同名，故又稱小廣漢。水經注漾水涪水梓潼水諸篇，都作小廣魏。南齊改名小漢縣。隋以後改爲方義縣。宋改爲小溪縣。明清稱遂寧縣。屬四川省。參閱嘉慶一統志四〇六、四〇七潼川府一、二。2.屬四川省。漢爲廣漢郡雒縣。唐以後改稱漢州。公元1913年改爲廣漢縣。

【廣漠】見"廣莫"。

【廣寧】縣名。1.漢置，屬上谷郡。晉太康中置廣寧郡，縣併入下洛。故城在今河北宣化縣西北。參閱晉書地理志、嘉慶一統志四十宣化府三。2.漢爲無慮縣，屬遼東郡。遼置顯州奉先軍。金改爲廣寧府。元初立總管府，至元十五年改爲路。明洪武十三年改衛。清康熙三年改爲縣。公元1914年改爲北鎮縣。今屬遼寧省。參閱嘉慶一統志六四錦州府一。3.屬廣東省。漢南海郡四會縣地。明嘉靖三十八年分四會縣置，屬肇慶府。清因之。參閱嘉慶一統志四四七肇慶府一。

【廣₃廣₃】猶言曠曠，空曠貌。莊子天道:"廣廣乎其無不容也，淵乎其不可測也。"漢書六三劉旦傳自歌曰:"歸空城兮，狗不吠，雞不鳴，橫術何廣廣兮，固知國中之無人！"

【廣漾】水寬闊蕩漾貌。文選漢張平子（衡）西京賦:"前開唐中，彌望廣漾。"唐中，漢建章宮內池名。

【廣潟】見"廣斥"。

【廣₂輪】寬長，猶言廣袤，指土地面積。周禮地官大司徒:"以天下土地之圖，周知九州之地域，廣輪之數。"疏引馬融:"東西爲廣，南北爲輪。"

【廣德】㊀縣名。屬安徽省。漢爲丹陽郡鄣縣。東漢末分置廣德縣。隋廢。唐至德二年重置。宋太平興國四年置廣德軍。元至元十四年升爲路。明改州廢縣。清因之。參閱嘉慶一統志一三二廣德州。㊁年號。1.唐李豫（代宗）。公元763—764年。2.南詔大理段思聰（廣慈帝）。公元954?—967年。

【廣樂】㊀古城名。在今河南虞城縣西。東漢建武三年，吳漢率軍與蘇茂戰於廣樂，卽此。隋避楊廣（煬帝）諱，改稱長樂。參閱後漢書光武紀上、嘉慶一統志一九四歸德府二。㊁傳說天上的一種樂曲。樂，音 yuè。穆天子傳一:"天子乃奏廣樂。"史記一〇五扁鵲傳:"與百神遊於鈞天，廣樂九奏萬舞，不類三代之樂，其聲動心。"

【廣濟】㊀縣名。屬湖北省。漢蘄春尋陽二縣地。唐武德四年分置永寧縣，天寶元年改爲廣濟縣。宋元因之。明清屬黃州府。參閱嘉慶一統志三四〇黃州府一。㊁水名。卽菏水，濟水的分支。已湮沒。因河身廣五丈，故又稱五丈河。宋開寶六年改稱廣濟河。參閱元和郡縣志十兗州、宋晁載之續談助二引王瓘北道刊誤志。

【廣豐】縣名。屬江西省。漢豫章郡餘汗縣地。隋爲弋陽縣。唐乾元元年分置永豐縣，屬信州。元和七年併入上饒。宋熙寧七年復置永豐縣。清雍正九年改爲廣豐縣，屬廣信府。參閱嘉慶一統志三一四廣信府一。

【廣韻】宋陳彭年邱雍等人根據切韻系統的韻書增訂而成，全名大宋重修廣韻。成書於大中祥符四年（公元1011年）。分五卷。平聲兩卷，上、去、入各一卷。分韻二〇六。共二萬六千一百九十四字。字下注反切、義訓。注文十九萬一千六百九十二字。廣韻對切韻的增訂以增字加注爲主，韻數和韻目次序雖然也有所調整，但反切系統基本未動。是今存完整的切韻增訂本之一，爲研究漢語史的重要資料。學者多據此上推古音，下證今音。有詳注本，爲陳邱原著；略注本，爲元人據宋本刪削而成。參見"切韻"。

【廣騷】漢揚雄哀屈原不遇於世，作離騷投江而死，因作反離騷以弔屈原。又依離騷原意作廣騷。反離騷見漢書八七上雄本傳。廣騷已佚。宋蘇軾蘇文忠詩合注三二謝曹子芳惠新茶:"南州山水能爲助，更有英辭勝廣騷。"

【廣饒】縣名。屬山東省。漢置，屬齊郡。漢武帝元鼎元年，封菑川靖王子劉國爲廣饒侯，卽此。後爲縣。北齊廢。隋移置千乘縣於此。金改樂安。公元1914年又改爲廣饒。故城在今縣東北。參閱嘉慶一統志一七〇樂安縣、一七一廣饒故城。

【廣靈】縣名。屬山西省。漢置平舒縣。北齊併入靈丘縣。唐至德二年爲興唐縣地。五代後唐分置廣陵縣。金改爲廣靈縣，屬蔚州。清改屬大同府。參閱嘉慶一統志一四六大同府。

【廣成子】傳說黃帝時人，居崆峒山中。莊子在宥:"黃帝立爲天子十九年，令行天下，聞廣成子在於空同（山）之上，故往見之。"釋文、唐成玄英疏謂卽老子的別號。舊題晉葛洪神仙傳老子:"（老子）黃帝時爲廣成子，顓頊時爲赤精子。"唐李白李太白詩二古風之二五:"歸來廣成子，去入無窮門。"

【廣成苑】東漢宮苑名。爲皇帝狩獵之所。在今河南臨汝縣西。也稱廣成澤。東漢馬融作廣成頌，描寫狩獵之事，卽指此苑。見後漢書六十馬融傳。參閱元和郡縣志六汝州梁縣。

【廣利王】北海神名。太公金匱謂南海之神名祝融，於北東西三神中地位最高。唐天寶時册尊南海神爲廣利王，由廣州刺史於每年立夏日致祀。見唐韓愈昌黎集三十南海神廟碑。

【廣長舌】佛教謂佛有三十二相，第二十七爲廣長舌相，言舌葉廣長。法華經六如來神力品:"現大神力，出廣長舌，上至梵世。"後用爲能言善辯之喻。宋朱熹朱文公集五後洞山口晚賦詩:"從教廣長舌，莫盡此時心。"

【廣柳車】載運棺柩的大車。柳爲棺車之飾。史記一〇〇季布傳:"迺髡鉗季布，衣褐衣，置廣柳車中。"一說爲大牛車、運轉大車。參閱集解、索隱。簡作"廣柳"。晉陸機陸士衡集七挽歌:"龍慌被廣柳，前驅矯輕旗。”

【廣通渠】 運河名。隋開皇四年，因渭水淤淺，漕運不便，命宇文愷率工鑿渠引渭水，自大興城(今西安市)東至潼關，全長三百餘里，稱廣通渠。見隋書食貨志。

【廣都紙】 紙名。產於蜀之廣都。有假山南、假榮、冉村、竹絲等名目，皆以楮樹皮制成。見元費著牋紙譜。

【廣莫門】 晉洛陽城北門名。文選晉劉越石(琨)秋風歌：“朝發廣莫門，莫宿丹水山。”

【廣莫風】 北風。八風之一。淮南子天文：“不周風至四十五日，廣莫風至。”漢班固白虎通八風：“四十五日，廣莫風至。廣莫者，大莫也，開陽氣也。……廣莫風至，則萬物伏。”參見“八風”。

【廣陵散】 琴曲名。散，曲類名稱，如操、弄、序、引之類。三國魏嵇康善鼓琴，景元三年被殺，臨刑索琴奏廣陵散，曲終，嘆曰：“袁孝尼(準)嘗從吾學廣陵散，吾每固之不與，廣陵散於今絶矣！”見三國志魏王粲傳“(嵇康)至景元中，坐事誅”注引康别傳。世説新語雅量“(嵇中散曰)廣陵散於今絶矣”注引文士傳稱康臨終所奏爲太平引，嘆曰：“太平引於今絶也！”現存廣陵散譜最早者見於神奇祕譜，其題解稱所録爲隋宫所收，後流傳於民間。後稱人事凋零或事成絶響爲廣陵散。北齊書徐之才傳：“次子同卿，太子庶子，之才以其無學術，每歎云：‘終恐同廣陵散矣！’”參閲宋鄭興裔鄭忠肅奏議遺集下廣陵散辨。

【廣寒宫】 舊題漢郭憲洞冥記：“冬至後月養魄於廣寒宫。”(曾慥類説五)舊題唐柳宗元龍城録明皇夢遊廣寒宫：“頃見一大宫府，榜曰：廣寒清虚之府。”本爲虚構，後遂以爲月中仙宫名。唐鮑溶詩六宿水亭：“夜深星月伴芙蓉，如在廣寒宫裏宿。”

【廣運潭】 在陝西長安縣東北。唐長安令韋堅主持修浚漢隋運渠，起關門，抵長安，引灞滻水東至永豐倉，與渭水合，以通江淮租賦。又於長樂坡瀕苑牆望春樓下鑿潭，名廣運潭，爲東來糧舶停泊之處。見新唐書食貨志三。

【廣惠倉】 倉名。宋仁宗嘉祐二年置。由各路官府撥出一部分沒收充公的田地，募民承佃，以所收租另倉貯存，作爲社會救濟之用，故名。參閲文獻通考二六國用四。

【廣川書跋】 宋董逌撰。十卷。所載多古器款識，及漢唐以來碑帖(末附宋人數帖)，並加論斷考證。逌又有廣川畫跋六卷，記所見名畫一百三十四幅，多爲考證之文。逌以賞鑒考據著名，因於靖康末効力於張邦昌，爲時人所鄙。

【廣弘明集】 唐釋道宣撰。三十卷。其書繼南朝梁僧祐弘明集而撰，但體例稍異，於選輯古今人文章外，並多作者的敍述及辯論語，故書名稱廣而不稱續。分歸正辨惑佛德法義僧行慈濟戒功啟福悔罪統歸十篇，篇各有小序。旨在宣揚佛教，排斥儒、道。書中選輯的詩賦文章，多有漢魏散佚之文。共收作者一百三十四人。明馮惟訥古詩紀、梅鼎祚古文紀、張溥漢魏六朝百三家集、清嚴可均全上古三代秦漢三國六朝文多取材於此書。

【廣西通志】 清謝啟昆等纂修。二百八十卷，分訓典、表、略、録、傳五大類。書成於嘉慶六年，當時以載録詳明，體例整齊著稱。阮元修廣東通志，其體例多本此書。今存廣西志書，尚有明嘉靖時林富黄佐等纂修本六卷，萬曆時蘇濬纂修本四十二卷，清雍正時金鉷等纂修本一百二十八卷。

【廣東通志】 清阮元等纂修。三百三十四卷。廣東志書，最早爲明嘉靖十四年戴璟所撰，四十卷。其後又有黄佐、郭棐、謝肇淛、張雲翼及清康熙間劉秉權所撰本，但皆病簡率。雍正七年，巡撫郝玉麟重輯六十四卷，又體例不一，文辭冗蔓。嘉慶二十三年阮元爲總督，乃規劃重修，延聘陳昌齊、劉彬華、江藩等分任纂校，至道光二年成書。分訓典、表、略、録、列傳五大類共二十六門，内容較前書詳備。

【廣東新語】 清屈大均撰。二十八卷。自序謂於廣東通志略其舊而詳其新，故稱“新語”。每卷自爲一類，天地人物，各以類從。記載事物，間附考證。原書刊行於康熙三十九年。屈爲明末遺臣，所作多有反清思想，乾隆時均列爲禁書。

【廣雅書院】 清光緒十三年兩廣總督張之洞創辦，在廣州城西北。分經、史、理學、經濟四門。調兩廣生徒選修。并彙刻清人經解。參閲清續文獻通考一〇一學校八。

【廣開言路】 指政府鼓勵國人言事，以爲施政的參考。明俞汝楫禮部志略六五建言永樂元年癸丑禮部尚書李至剛上言：“皇上卽位以來，悉遵成憲，廣開言路，博采羣謀，凡有可行，無不聽納。”

【廣羣芳譜】 清康熙(玄燁)二十四年命汪灝等參照明王象晉羣芳譜加以改編、刊正、增益而成。康熙四十七年成書，全名爲御定佩文齋廣羣芳譜。一百卷。分天時穀桑麻蔬茶花果木竹卉藥十一譜。以羣芳譜略於種植而詳於療治之法及典故藝文，體例也不够謹嚴，故加擴充增補，分併門類，先釋名狀，次徵據事實，標目爲“匯考”；前人有關詩文，標目爲“集藻”；製作移植諸法，則標目爲“别録”。删正、增益的文字，用“增”字標明。

【廣大教化主】 唐張爲撰詩人主客圖，將唐代詩人按作品内容、風格分爲六類，各以一人爲主。白居易主“文章合爲時而著，歌詩合爲事而作”，其新樂府多爲諷諭時事，暴露民生疾苦之作，流傳甚廣，爲人所推崇，故張尊之爲詩人之首，稱爲廣大教化主。參閲宋顧文薦負暄雜録詩人主客圖。參見“詩人主客圖”。

【廣百川學海】 叢書名。舊題明馮可賓輯。其書於正續百川學海之外，選取説部各書以增廣之，故名。分甲至癸十集，共一百三十二種，十之八九爲明人著作。四庫全書總目以其所載皆正續説郛所有，版本也相同，疑爲書商僞託。因乙集内有建州考、夷俗記、北征録、北征後録等，被清朝列爲抽毁禁書。

【廣武將軍碑】 全稱前秦廣武將軍孫□產碑。前秦碑刻。分書。額題“立界山石祠”五字，故也稱立界山石祠碑。東晉列國前秦建元四年立。記述□產仕歷功績事。因碑石風化，姓氏無法辨認。清張澍考爲張毦之孫，後來卽題爲張產碑；毦本姓弓，故或又題爲弓產。吴士鑑考張毦封上黨公，在建元之後，苻丕之時。碑陰胡性等題名及碑兩側部衆題名，俱分書。前人著録誤以爲在陝西宜君縣，遂傳已佚；一九二〇年訪得於白水縣史官村山麓倉聖廟中，今移存西安市碑林。參閲清張澍養素堂文集十九、金石萃编二五、吴士鑑九鐘精舍金石跋尾甲编。

廜 tú ㄊㄨˊ 同都切，平，模韻，定。

見“廜蘇”。

【廜蘇】 ㊀草屋。卽“屠蘇”。廣雅釋宫：“廜蘇，庵也。”庵，草舍。元袁桷清容居士集十五次韻繼學途中竹枝詞之四：“土屋苫草成廜蘇，前床翁媪後小姑。”㊁酒名。卽屠蘇酒。古時元旦日常飲用。見廣韻。

廖 1. liào ㄌㄧㄠˋ 力救切，去，宥韻，來。

㊀姓。左傳昭二九年有飂叔安。漢書古

今人表既作"廖"。

2. liáo ㄌㄧㄠ 落蕭切,平,蕭韻,來。

㊀空曠。通"寥"。見"廖₂琫"。

【廖井】相傳晉臨沅廖氏家有丹砂井,水色紅,飲之可益壽,稱爲廖井。見抱朴子仙藥。宋蘇軾東坡集續集三和讀山海經詩之八:"廖井窖丹砂,紅泉湧尋常。"

【廖化】公元?—264年,三國襄陽人。字元儉,本名淳。爲蜀將關羽主簿。羽敗,爲吳所俘,後詐死逃歸蜀。劉備以爲宜都太守,官至右車騎將軍,兼并州刺史。魏咸熙元年,蜀亡,遷洛陽安置,病死於途。見三國志蜀宗預傳。

【廖₂琫】空曠貌。古文苑五漢劉歆遂初賦:"天烈烈以厲高兮,廖琫窻以梟窂。"

廕 yìn ㄧㄣˋ 於禁切,去,沁韻,影。

也作"蔭"。㊀覆蓋,庇護。文選南朝宋謝靈運擬魏太子鄴中集詩應瑒:"列坐廕華榱,金樽盈清醑。"一本作"蔭"。參見"廕庇"。㊁封建時代因祖先的官職、功勞而得官曰廕。新唐書九八韋挺傳附韋武:"年十一,廕補右千牛,累遷長安丞。"元史選舉志三詮法中:"職官用廕,各止一名。"參見"蔭"。

【廕生】清制,因祖先的官職、功勞而得進國子監讀書的叫廕生。意謂藉祖宗的餘廕。有恩廕、難廕兩種。凡官員遇慶典,文職在京四品以上,在外三品以上,武職二品以上,送一子進國子監讀書三年,期滿録用,叫恩廕。凡官員因公死亡的,照本官應升品級加贈,並得送一子進國子監讀書六月,期滿録用,叫難廕。見清會典事例一四四吏部廕敘。

【廕庇】覆蓋,保護。戰國策趙四:"昔者堯見舜於草茅之中,席隴畝而廕庇桑,陰移而授天下傳。"漢王充論衡指瑞:"夫孔甲之入民室也,偶遭雨而廕庇也。"參見"庇廕"。

【廕敍】封建時代因祖先官職、功勞而得到朝廷的敍用。唐缺名李林甫外傳:"自後以廕敍累官至贊善大夫,不十年,遂爲相矣。"元明清都有廕敍制度。參閱元史選舉志三詮法中、續文獻通考四十選舉七任子。參見"廕生"。

廙 yì ㄧˋ 羊吏切,去,志韻,喻。 與職切,入,職韻,喻。

㊀可搬動的房子。説文:"廙,行屋也。"清段玉裁謂行屋即所謂"幄",乃帳之有梁柱可移徙者,如蒙古包之類。見説文解字注。㊁恭敬。通"翼"。見"廙廙"。

【廙廙】恭敬貌。同"翼翼"。晉書樂志上荀勗食舉樂東西厢歌:"廙廙大君,民之攸墍。"

廔 lóu ㄌㄡˊ 落侯切,平,侯韻,來。

㊀説文:"廔,屋麗廔也。"麗廔,透明貌。參閱五代南唐徐鍇説文繫傳。也作"離樓",參見該條。㊁播種用的農具。通"耬",見該字。

廎 qǐng ㄑㄧㄥˇ 集韻 犬潁切,上,静韻。 棄挺切,上,迥韻。

小廳堂。"高"的或體。見説文。

廄 jiù ㄐㄧㄡˋ 居祐切,去,宥韻,見。

馬棚。也作"廏"、"厩"。詩小雅鴛鴦:"乘馬在廄,摧之秣之。"後泛指牲口棚。

【廄人】養馬的人。韓詩外傳二:"顔淵退,俄而廄人以東野畢馬佚聞矣。"

【廄律】有關牛馬管理、税收的法律。漢初蕭何承秦法,定九章律,其一爲廄律。晉把牧事合到廄律中,稱廄牧律。隋又加上庫事,稱廄庫律。宋明清律因之。參閱唐律疏義十五廄庫。

【廄將】官名。史記留侯世家:"沛公(劉邦)將數千人,略地下邳西,(張良)遂屬焉。沛公拜良爲廄將。"

【廄置】驛站。史記九四田横傳:"田横迺與其客二人,乘傳詣雒陽,未至三十里,至尸鄉廄置。"集解:"廄置,置馬以傳驛也。"

【廄騶】掌馬的騎士。漢書一〇〇下敍傳:"舞陽鼓刀,滕公廄騶。"後漢書三四梁冀傳:"(桓帝)使黄門令具瑗將左右廄騶、虎賁、羽林、都侯劍戟士,合千餘人,與司隸校尉張彪共圍冀第。"

廏 jiù ㄐㄧㄡˋ 居祐切,去,宥韻,見。

馬棚。同"廄"。周禮夏官校人:"六繫爲廏,廏一僕夫。"詳"廄"。

十二畫

廚 chú ㄔㄨˊ 直誅切,平,虞韻,澄。

㊀廚房。孟子梁惠王上:"是以君子遠庖廚也。"㊁櫃子。世説新語巧藝"謝太傅云顧長康畫有蒼生來所無"南朝梁劉孝標注引續晉陽秋:"(顧)愷之尤好丹青,妙絶於時,曾以一廚畫寄桓玄。"

【廚珍】珍美的食品。宋黄庭堅豫章集四謝景叔惠冬笋雍酥水梨三物詩:"玉人憐我長蔬食,走送廚珍不自嘗。"

【廚娘】女廚師。宋洪巽暘谷漫録:"京都中下之户,不重生男,每生女則愛護如捧璧擎珠,甫長成則隨其姿質,教以藝業,用備士大夫採拾娛侍,名目不一。……就中廚娘最爲下色,然非極富貴家不可用。"(説郛七三)

【廚蓮】傳説生在堯帝廚房中的一種瑞草,搖動生風,使食物不腐。蓮,音 shà。見白虎通封神、論衡是應。文苑英華三五一南朝梁昭明太子七契:"廚蓮挺茂,堦冥比芳。"唐張九齡曲江集十五謝賜御書喜雪篇狀:"雖廚蓮每搖,而野芹徒獻,豈云堯禹之膳,冀達臣子之情。"也作"蓮甫"、"蓮脯"。參見各該條。

【廚傳】即驛站。廚,指供應過客飲食。傳,指供應過客車馬、住處。漢書宣帝紀元康二年詔:"或擅興繇役,飾廚傳。"又九九中王莽傳:"不持(布錢)者,廚傳勿舍,關津苛留。"注:"廚,行道飲食處。傳,置驛之舍也。"宋程大昌謂以好飲食招待過客爲飾廚,供應車馬人役爲飾傳。本爲二事,後合而爲一,僅指豐盛的飲食。見演繁露九廚傳。宋蘇軾分類東坡詩二十戲謝毛正仲惠茶:"繆爲淮海帥,每愧廚傳缺。"

【廚下兒】炊事工。三國志吳甘寧傳:"寧廚下兒曾有過,走投呂蒙。"

【廚養臣】爲帝王掌管廚房的臣僕。漢劉向説苑臣術:"晏子侍於景公。朝寒,請進熱食。對曰:'嬰非君之廚養臣也,敢辭。'"嬰,晏子名。

廝 sī ㄙ 息移切,平,支韻,心。

㊀古時幹粗雜活的奴隸或僕役。見"廝役"、"廝徒"等。㊁輕蔑的稱呼,猶言奴才。京本通俗小説錯斬崔寧:"原來我的丈夫也吃這廝殺了。"㊂相,互相。宋歐陽修文忠集一三二漁家傲詞之九:"蓮子與人長廝類,無好意,年年苦在中心里。""廝打"、"廝摸"均用此義。㊃分開。史記河渠書:"乃廝二渠,以引其河。"漢書溝洫志作"灑"。新唐書二〇三李頻傳:"按故道廝水溉田。"

【廝下】地位低賤。世説新語任誕:"出自廝下,不願名器,少苦執鞭,恒患不得快飲酒。"

【廝勾】㊀相接近。唐宋諸賢絶妙詞選六宋趙令時清平樂:"春風依舊,着意隋堤柳。搓得鵝兒黄欲就,天氣清明廝勾。"言時近清明。勾,也作"句"。陽春白雪六譚宣子謁金門詞:"門外東風吹綻柳,海棠花廝句。"言海棠花接柳花而開。也作"廝够"。元張可久張小山小令上落梅風西園春暮："繞西園旋呼花下酒。海棠飛，牡丹廝够。"㈡相親，暱愛。宋黃庭堅山谷詞歸田樂引："看承幸廝勾，又是尊前眉峯皺。"元吳昌齡西遊記雜劇九得勝令："他想我，須臾害。我因他，廝勾死。"

【廝打】相打。水滸三八："戴宗埋冤李逵道："我教你休來討魚，又在這裏和人廝打。"

【廝乩】古代用羊骨占卜的人。宋沈括夢溪筆談十八技藝："西戎用羊卜，謂之跋焦，卜師謂之廝乩。"

【廝役】幹粗雜活的奴隸。後泛指爲人驅使的奴僕。公羊傳宣十二年："廝役扈養，死者數百人。"戰國策燕："馮几據杖，眄視指使，則廝役之人至。"

【廝波】宋時稱無正當職業侍奉人的閒漢。宋孟元老東京夢華録二飲食果子："又有向前換湯斟酒歌唱，或獻果子香藥之類，客散得錢，謂之'廝波'。"宋吳自牧夢粱録十九閒人："更有一等不本色業藝，專爲探聽妓家賓客，趕趁唱喏，買物供過，及遊湖酒樓飲宴所在，以獻香送歡爲由，乞覓贍家財，謂之'廝波'。"

【廝炒】互相爭吵。宋曾慥類說五七宋王直方詩話潘邠老詩："潘邠老（大臨）詩，多犯老杜。爲之不已，老杜亦難爲存活。使老杜復生，則須共潘十廝炒。"宋朱熹朱文公集四五答楊子直書："見自無事，不要似此尋事廝炒，使旁觀指目。"

【廝舍】僕役的住處。後漢書桓帝紀建和三年詔："今京師廝舍，死者相枕。"

【廝併】相拚。水滸三四："秦明見說了，怒氣攢心，欲待要和宋江等廝併。"古今小說三七梁武帝累修歸極樂："說道大秦犂韃王催促條枝國，興起拾萬人馬，海船千艘，精兵猛將，都過大海，要來廝併。"

【廝殺】㈠相殺，相搏鬬。宋陳規守城録三："其人言：'恁也不出來共俺廝殺，我也打恁城不破。'"㈡分減，減弱。新唐書一一七李昭德傳："昭德始累石代柱，鋭其前，廝殺暴濤，水不能怒，自是無患。"

【廝徒】猶廝役。戰國策韓一："料大王之卒，悉之不過三十萬，而廝徒負養在其中矣。"淮南子人間："張毅好恭，過宫室廊廟必趨，見門閭聚衆必下，廝徒馬圉皆與伉禮。"

【廝留】分離，滯留。漢書九六下西域傳渠犂："朕發酒泉驢橐駝負食，出玉門迎軍。吏卒起張掖，不甚遠，然尚廝留甚衆。"注："廝留，言其前後離廝，不相逮及也。"

【廝够】見"廝勾㈠"。

【廝說】互相說長道短。宋莊季裕雞肋編上："浙西諺曰：'蘇杭兩浙，春寒秋熱，對面廝啜，背地廝說。'言其反覆如此。"廝啜，同吃喝。

【廝養】猶廝役。史記九二淮陰侯傳："夫隨廝養之役者，失萬乘之權，守儋石之祿者，闕卿相之位。"吳子治兵："教戰之令，……弱者給廝養，智者爲謀主。"

【廝趕】相追逐。指結伴。新編五代史評話上："咱願隨李罕芝、霍存、白守信等三人，廝趕去投黃巢。"明朱有燉清河縣繼母大賢一："無錢淡淡相看，有鈔朝朝廝趕。"

【廝臺】幹雜事勞役的奴僕。後漢書六七黨錮傳序："舉中於理，則强梁褫氣；片言違正，則廝臺解情。"臺，通"儓"。

【廝撲】相撲。兩人相角，近似摔跤的一種傳統賽武運動。五燈會元二十善真禪師："德安雲夢人，初參妙喜。……喜曰：'我聞你安州人善廝撲，是否？'"

【廝賴】㈠圖賴。宋趙令畤侯鯖録四："宋韓子華（絳）宴客，有姬人魯生舞罷，爲游蜂所螫；旋持扇向蘇東坡（軾）乞詩。坡書云：'窗摇細浪魚吹日，舞罷花枝蜂遶衣'云云。上句記姓，下句書蜂事。坡謂：'惟恐他姬廝賴，故云耳。'"㈡抵賴。清洪昇長生殿見月："鵲橋河畔，姮娥在，如何廝賴！"

【廝濫】低賤。北齊書元文遥傳："齊因魏朝，宰縣多用廝濫，至於士流，恥居百里。"北史齊穆提婆傳："提婆雖庸品廝濫，而性乃和善，不甚害物。"

【廝輿】打柴、駕車的人。管子治國："關市之租，府庫之徵，粟什一，廝輿之事，此四時亦當一倍貸矣。"漢書六四嚴助傳："廝輿之卒有一不備而歸者，雖得越王之首，臣猶竊爲大漢羞之。"注："廝，析薪者。輿，主駕車者。此皆言賤役之人。"

【廝羅】㈠供盥洗用的器具。唐段成式酉陽雜俎續集三支諾皋下："淅米匠人蘇潤，本是王家炊人。……言宅南有一井，每夜沸湧有聲。晝窺之，或見銅廝羅，或見銀熨斗者，水腐不可飲。"也作"廝鑼"、"鈔鑼"。參見"廝鑼"、"鈔鑼"。㈡古國名。宋程大昌說，新羅國，一名斯羅，多銅；聲訛轉爲廝羅。見演繁露一斯羅。㈢糾纏。元曲選蕭德祥殺狗勸夫三："我時常有命如無命，怎好又廝羅，惹無情，做有情。"

【廝攪】胡鬧，搗亂。宋歐陽修文忠集一四九謝梅聖俞簡："家人見誚，好時節將詩去人家廝攪，不知吾輩用以爲樂。"

【廝鑼】同"廝羅㈠"。宋趙彥衛雲麓漫鈔九："今人呼洗爲砂鑼，又曰廝鑼。……究其說，軍行不暇持洗，以鑼代之。又中原人以擊鑼爲篩鑼，今南方亦有言之者。篩、沙音相近，篩之爲廝，又小轉也。"

廣 guǎng ㄍㄨㄤˇ

同"廣"。見"廣"。

廟 miào ㄇㄧㄠˋ 眉召切，去，笑韻，明。

也作"庿"、"庙"。㈠舊時供祀祖宗的屋舍。詩大雅思齊："雝雝在宫，肅肅在廟。"㈡供祀神佛的屋舍。史記封禪書："而雍有日、月、參、辰、……諸布、諸嚴、諸逑之屬，百有餘廟。"㈢王宫的前殿、朝堂。見"廟堂"、"廊廟"。㈣廟號的略稱。魏書太宗紀三："帝（拓跋嗣）崩於西宫……上謚曰明元皇帝，葬於雲中金陵，廟稱太宗。"明朱國禎湧幢小品十八志録集："牛僧孺撰玄怪録，楊用修（慎）改爲幽怪録。因世廟時重玄字，用修不敢不避。"世廟，指朱厚熜（世宗）。

【廟社】宗廟社稷。魏書廣陵王傳："遷都議定，詔羽兼太尉，告於廟社。"也指國家朝廷。宋史三六四韓世忠傳："性戇直，勇敢忠義，事關廟社，必流涕極言。"

【廟見】㈠到宗廟參拜祖先。史記秦始皇紀："令子嬰齋，當廟見，受王璽。"㈡古婚禮，婦到夫家，次日天明，始見夫之父母；若夫之父母已死，則於三月後到廟中參拜，稱廟見，然後擇日而祭。禮曾子問："三月而廟見，稱來婦也。"

【廟祝】廟中管香火的人。宋陸游渭南文集四六入蜀記四："至富池昭勇廟。……祭享之盛，以夜繼日，廟祝歲輸官錢千二百緡。"

【廟食】指死後得立廟，享受祭祀。史記一二六優孟傳："廟食太牢，奉以萬户之邑。"後漢書三四梁統傳附梁竦："（竦）嘗登高遠望，歎息言曰：'大丈夫居世，生當封侯，死當廟食。'"

【廟堂】宗廟明堂。莊子秋水："吾聞楚有神龜，死已三千歲矣，王巾笥而藏之廟堂之上。"古代帝王遇大事，告於宗廟，議於明堂，故也以廟堂指朝廷。呂氏春秋召類："夫脩之於廟堂之上，而折衝乎千里之外者，其司城子罕之謂乎！"

【廟略】朝廷對國家大事的謀略。晉陸機陸士衡集十晉平西將軍孝侯周處碑："式揚廟略，克清天步。"北周庾信庾子山集一哀江南賦："宰衡以干戈爲兒戲，縉紳以清談爲廟略。"

【廟朝】古代帝王、諸侯皆有三朝，即外

朝、中朝、內朝。宗廟在中朝之左，聘享、命官等事俱在此舉行，與朝廷出政令並重，故合稱廟朝。戰國策秦三：“臣今見王獨立於廟朝矣。”唐韓愈昌黎集十九送李愿歸盤谷序：“坐於廟朝，進退百官，而佐天子出令。”

【廟策】猶廟略。指朝廷對國家大事的謀略。後漢書四七班超傳附班勇上議：“孝明皇帝深惟廟策，乃命虎臣，出征西域。”

【廟勝】指臨戰前朝廷定克敵制勝的謀略。漢書六九趙充國傳：“誠恐它夷卒有不遇之變，相因並起，爲明主憂，誠非素定廟勝之册。”晉書孫楚傳爲石苞遺孫晧書：“廟勝之筭，應變無窮；獨見之鑒，與衆絶慮。”

【廟號】帝王死後，在太廟立室奉祀，並追尊以某祖、某宗的名號，稱廟號。始於殷代，如太甲稱太宗，太戊稱中宗，武丁稱高宗。漢承其制，惠帝尊高帝廟爲太祖廟，景帝尊孝文帝廟爲太宗廟。宣帝尊武帝廟爲世宗廟。均見漢書。其後歷代封建帝王，都有廟號。參閱漢書文帝紀“作顧成廟”注、宋高承事物紀原二廟號。

【廟會】舊時在寺廟內或附近的定期集市。也稱廟市。清富察敦崇燕京歲時記過會：“過會者，……耍獅子之類，如遇城隍出巡及各廟會等，隨地演唱。”又小藥王廟：“小藥王廟……自正月起，每朔日、望日有廟市，市皆婦女零用之物，無甚可觀。”

【廟寢】古宗廟制，前曰廟，後曰寢。周禮夏官隸僕“掌五寢之埽除糞洒之事”漢鄭玄注：“五寢，五廟之寢也。周天子七廟，唯祧無寢。”晉書賀循傳立廟議：“殷之盤庚，不序陽甲；漢之光武，不繼成帝；別立廟寢，使臣下祭之。”參見“寢廟”。

【廟貌】宗廟中所供的祖先形像。釋名釋宮室：“廟，貌也。先祖形貌所在也。”唐柳宗元柳先生集五唐故特進……南府君睢陽廟碑序：“廟貌斯存，碑表攸託。”

【廟算】由朝廷制定的克敵謀略。孫子計：“夫未戰而廟算勝者，得算多也。未戰而廟算不勝者，得算少也。”唐杜牧注：“廟算者，計算於廟堂之上也。”也作“廟筭”。鄧析子無厚：“廟筭千里，帷幄之奇，百戰百勝，黄帝之師。”

【廟論】朝廷上對政事的議論。宋歐陽修文忠集九一謝參知政事表：“贊貳國鈞，參聞廟論。”

【廟謀】朝廷對國事的計謀。文選南朝宋范蔚宗（曄）後漢書光武紀贊：“明明廟謀，赳赳雄斷。”後漢書作“廟謨”。唐杜甫杜工部草堂詩箋八白水縣崔少府十九翁高齋：“猛將紛塡委，廟謀蓄長策。”

【廟諱】已死皇帝的名字。魏書崔玄伯傳：“崔玄伯清河東武城人也，名犯高祖廟諱。”舊唐書職官二：“郎中、員外郎之職，掌祠祀、享祭、天文、漏刻、國忌、廟諱、卜筮之事。”

【廟戰】朝廷所擬定的作戰方案。淮南子兵略：“故廟戰者帝，神化者王。”又：“凡用兵者，必先自廟戰。”參見“廟算”。

【廟謨】猶廟謀。見“廟謀”。

【廟議】㈠朝廷的謀議。三國志吳孫權傳黄武元年曹丕書：“廊廟之議，王者所不得專。”㈡爲已死帝王立廟之議。新唐書一九八朱子奢傳：“子奢建言：漢丞相韋玄成奏立五廟，劉歆議當七。鄭玄本玄成，王肅宗歆，於是歷代廟議不能一。”

【廟灣】地名。在江蘇淮安縣東北。射陽湖會諸水由此入海，有廟灣鎮，爲近海要地。元代歲漕江南之粟，由揚州北運，經廟灣入海。明末李遂令副使劉景留平江北倭寇於廟灣，卽此地。參閱讀史方輿紀要二二淮安府山陽縣、嘉慶一統志九三淮安府一。

【廟垣鼠】宗廟垣牆之鼠。比喻帝王身邊得勢的小人。新唐書一二二魏元忠傳：“君側之人，衆所畏懼，所謂騖頭之蠅，廟垣之鼠者也。”

【廟堂碑】原稱孔子廟堂之碑。唐代碑刻。武德九年虞世南撰文並正書。記述孔子後裔孔德倫重修孔廟經過。貞觀間碑隨廟燬。武后長安三年再刻，相王李旦篆額，冠以“大周”二字。大中四年琢去，僅存“孔子廟堂之碑”六字。後佚。宋初王彦超又重刻。明嘉靖時地震，石斷爲三。今在陝西西安市孔廟，俗稱西廟堂碑。元至元間山東城武縣摹刻一石，俗稱東廟堂碑。山東曲阜、江西饒州錦江書院均有摹刻。世傳唐石原拓，僅臨川李氏舊藏一本（中有陝本配補），有影印本。參閱金石萃編四一。

【廟堂器】陳列在廟堂里的鼎彝之類禮器。用以比喻有治理國事才能的人。唐李白李太白詩九贈華州王司士：“知君先負廟堂器，今日還須贈寶刀。”

【廟制圖考】清萬斯同撰。一卷。根據經史，考證自秦漢至元明歷代太廟制度，繪成示意圖，附有文字說明。書中尊崇王肅而貶斥鄭玄。

廇

liù ㄌㄧㄡˋ

同“霤”。見“霤”。

廢

fèi ㄈㄟˋ 方肺切，去，廢韻，幫。

㈠崩壞，倒塌。淮南子覽冥：“往古之時，四極廢，九州裂。”㈡敗壞，衰敗。禮學記：“此六者，教之所由廢也。”孟子離婁上：“國之所以廢興存亡者亦然。”凡物毁壞無用、殘缺不全的都叫廢。引申爲無用之意。如：廢人、廢物。㈢墜落，跌下。左傳定三年：“（邾子）滋怒，自投于牀，廢于鑪炭，爛，遂卒。”㈣廢除，停止。詩小雅楚茨：“廢徹不遲。”老子：“大道廢，有仁義。”㈤放置。莊子徐无鬼：“於是爲之調瑟，廢一於堂，廢一於室。”釋文：“廢，置也。”㈥發賣，賣出。古“廢”“發”音近通用。見“廢居”。㈦殘廢。見“廢疾”。㈧無足的器皿。見“廢敦”、“廢爵”。

【廢人】無用的人。國語晉二：“抑撓志以從君，爲廢人以自利也。”北齊書韓軌傳：“廢人飲美酒，對名勝，安能作刀筆吏，返披故紙乎？”

【廢立】㈠帝王廢置諸侯，或大臣廢舊君立新君，都叫廢立。史記太史公自序：“漢興以來，至于太初百年，諸侯廢立分削，譜紀不明。”後漢書安帝紀：“（永初元年）司空周章密謀廢立，策免，自殺。”㈡廢棄或存置。梁釋慧皎高僧傳十一論：“而所制輕重，時或不同，開遮廢立，不無小異。”

【廢市】停止買賣。世說新語雅量“殷荆州有所識作賦”南朝梁劉孝標注引文士傳：“（束）晳博學多識，問無不對，……三十九歲卒，元城爲之廢市。”

【廢丘】地名。卽犬丘。周懿王建都於此。秦改名廢丘。秦末，項羽立章邯爲雍王，轄咸陽以西，以廢丘爲王都，卽此。漢高祖三年改名槐里。故址在今陝西興平縣境。參閱史記項羽紀、漢書地理志上右扶風。

【廢弛】敗壞，鬆弛。漢書九九上王莽傳：“朝政崩壞，綱紀廢弛，危亡之禍，不隧（墜）如髮。”宋書臧燾傳劉裕與燾書：“頃學尚廢弛，後進頹業，衡門之內，清風輟響。”

【廢居】㈠囤積居奇，賤買貴賣。廢，出賣；居，囤積。史記越王句踐世家：“（范蠡）復約要父子耕畜，廢居，候時轉物，逐什一之利。”後漢書四九仲長統傳：“船車賈販，周於四方，廢居積貯，滿於都城。”參見“廢著”。㈡倒塌荒蕪的住宅。唐元稹長慶集十四夜雨詩：“水怪（怪）潛幽草，江雲擁廢居。”㈢罷官居家。新唐書一〇六楊弘禮傳附楊纂："（纂）坐玄感近屬，廢居蒲城。"

【廢物】無用之物。吳越春秋王僚使公子光傳："不能報仇，畢爲廢物。"

【廢帝】被廢黜的皇帝。有在位時被廢的，有死後被追廢的。廢帝之名，始見於宋書，有前廢帝（劉子業）、後廢帝（劉昱）。

【廢疾】神經不健全或肢體殘廢。也作"癈疾"。周禮地官鄉師："辨其老幼貴賤癈疾。"禮王制："廢疾非人不養者，一人不從政。"注："廢，廢於人事。"世說新語賞譽下："庾子躬（琮）有廢疾，甚知名。"

【廢格】停止，擱置。漢律有廢格罪，指對詔令擱置，行之不力。史記平準書："自公孫弘以春秋之義繩臣下取漢相，張湯用峻文決理爲廷尉，於是見知之法生，而廢格沮誹窮治之獄用矣。"又一一八淮南王安傳："廢格明詔，當弃市。"

【廢淹】久被廢棄不用的人。國語晉七："逮鰥寡，振廢淹。"注："振，起也。淹，久也。"參見"廢滯㊀"。

【廢國】㊀損害國家。國語晉一："廢國而向己，不可謂禮。"㊁滅亡的國家。禮中庸："繼絕世，舉廢國。"

【廢敦】無足的瓦敦。古代盛黍稷之器。儀禮士喪禮："新盆、槃、瓶、廢敦、重鬲，皆濯造於西階下。"注："廢敦，敦無足者。"疏："凡物無足稱廢。"

【廢替】沒落，衰敗。漢王符潛夫論賢難："屈原放逐，賈誼貶黜，鍾離廢替，何敞束縛。"魏書肅宗紀："子孫廢替，淪爲凡民。"

【廢著】囤積居奇，賤買貴賣。也作"廢舉"。史記一二九貨殖傳："子贛既學於仲尼，退而仕於衛，廢著鬻財於曹魯之間。"又六七仲尼弟子傳："子貢好廢舉，與時轉貨貲。"參見"廢居"。

【廢業】㊀放棄正業。禮檀弓上："大功廢業。"指放棄學業。後漢書二七王丹傳："每歲農時，輒載酒肴於田間，候勤者而勞之。……其輕黠游蕩廢業爲患者，輒曉其父兄使黜責之。"此指不積極勞動。㊁荒廢衰落的事業。後漢書八二上許楊傳："明府今興立廢業，富國安民。"

【廢置】㊀罷免和任用。周禮天官大宰："三曰：廢置，以馭其吏。"㊁廢黜和擁立。公羊傳文十四年："大夫之義，不得專廢置君也。"㊂撤銷和設立。宋史兵志三："厥後廢置損益，隨時不同。"㊃廢棄，擱置。北齊顏之推顏氏家訓勉學："二十之外，所誦經書，一月廢置，便至荒蕪矣。"

【廢滯】㊀被廢棄不用的人。猶廢淹。左傳成十八年："始命百官，施舍已責，逮鰥寡，振廢滯。"晉書景帝紀："（魏嘉平四年）命百官舉賢才，明少長，卹窮獨，理廢滯。"㊁停頓，中途廢止。淮南子兵略："故鼓鳴旗麾，當者莫不廢滯崩阤，天下孰敢厲威抗節而當其前者。"晉書禮志上何琦論修五嶽祠："良由頃國家多難，日不暇給，草建廢滯，事有未遑。"

【廢墟】曾爲城市或鄉鎮，後遭戰亂破壞而荒涼寥落的地方。宋黃庭堅豫章集四次韻答秦少章乞酒詩："步出城東門，野鳥吟廢墟。"

【廢錮】罷官並禁止再任職。漢書四五息夫躬傳："躬同族親屬素所厚者，皆免，廢錮。"注："終身不得仕。"

【廢舉】見"廢著"。

【廢爵】無足的酒爵。爵，古代酒器。儀禮士虞禮："主人洗廢爵，酌酒酳尸，尸拜受爵。"注："爵無足曰廢爵。"

【廢蓼莪】三國魏末王儀爲司馬昭所殺，儀子裒以父死非命，終身不仕。每讀詩蓼莪篇至"哀哀父母，生我劬勞"，輒痛哭不止，門人爲之廢蓼莪而不講。又南齊顧歡，早孤，也有類似的故事。見晉書、南齊書本傳。

【廢書而歎】放下書本而歎息。史記七四孟子荀卿列傳："太史公曰：余讀孟子書，至梁惠王問'何以利吾國'，未嘗不廢書而歎也。"

【廢然而反】怒氣消失，恢復常態。莊子德充符："我怫然而怒，而適先生之所，則廢然而反。"反，也作"返"。世說新語文學"劉伶著酒德頌，意氣所寄"南朝梁劉孝標注引竹林七賢論："（劉伶）嘗與俗士相忤。其人攘袂而起，欲必築之。伶和其色曰：'鷄肋豈足以當尊拳？'其人不覺廢然而返。"

【廢寢忘餐】專心致志，連吃飯睡覺都忘記。文選南齊王元長（融）三月三日曲水詩序："澤普氾而無私，法含弘而不殺。猶且具明廢寢，昃晷忘餐。"元曲選喬孟符兩世姻緣二："若將這脈來憑，多管是廢寢忘餐病症。"也作"廢寢忘食"。北齊顏之推顏氏家訓勉學："（梁）元帝在江荊間，復所愛習，召置學生，親爲教授，廢寢忘食，以夜繼朝。"

廠 chǎng 昌兩切，上，養韻，穿。
ㄔㄤˇ 尺亮切，去，漾韻，穿。

㊀露舍，棚屋。北魏賈思勰齊民要術六養雞："別築牆匡，開小門，作小廠，令雞避雨日。"又稱有空地可存放貨物的店舖。明曹學佺粵西詩載十二桂林風謠之八："廣南商販到，鹽廠雪盈堆。"㊁製造器物的工場。明史食貨志五："正德十四年，廣州置鐵廠。"㊂明時稅收機構之一。明史食貨志六："水陸行數十里，卽樹旗建廠，視商賈懦者肆爲攘奪，沒其貲。"㊃明代的一種特務機構。見"廠衛"。

【廠甸】地名。在北京市和平門外。遼時名海王村。因其地有琉璃窰，也稱琉璃廠。爲出售書籍、字畫、古玩、文具等商店聚集處。舊時每年正月初一至十五日，列市半月，除文物之外，兼賣雜貨，稱爲廠甸兒。參閱清潘榮陛帝京歲時紀勝琉璃廠店、富察崇敦燕京歲時記廠甸兒。

【廠衛】明代東廠、西廠與錦衣衛的合稱。明洪武時，錦衣衛兼掌刑獄。永樂間始立東廠於東安門北，主管緝訪，派太監領其事，與錦衣衛均權勢。成化十三年，又別設西廠，權勢尤出錦衣衛之上。廠、衛都是明代的特務機構，關係密切，殺人如草，罪行纍纍，故常並稱。參閱明史刑法志三。

廛 chán 直連切，平，仙韻，澄。
ㄔㄢˊ

㊀古稱一家所居的房地。荀子王制："順州里，定廛宅。"注："廛謂市內百姓之居，宅謂邑內居也。"參見"一廛"。㊁公家所建供商人存儲貨物的房舍。禮王制："市，廛而不稅。"注："廛，市物邸舍，稅舍不稅其物。"㊂束。通"纏"。詩魏風伐檀："不稼不穡，胡取禾三百廛兮。"參閱清俞樾羣經評議九胡取禾三百廛兮。

【廛人】周代掌管市場收稅的官。見周禮地官廛人。

【廛布】市內貨倉稅。周禮地官廛人："廛人，掌斂市絘布、緫布、質布、罰布、廛布，而入于泉府。"廛，存儲貨物的屋舍，卽後世的棧房；布，錢幣。古代市廛，都是官府建造的，所以商人存放貨物，須納捐稅。參閱孫詒讓周禮正義。

【廛里】住宅、市肆區域的通稱。周禮地官載師："以廛里任國中之地。"孫詒讓謂廛里皆居宅之稱，分言之，則庶人、農、工、商等所居謂之廛；士大夫等所居謂之里。見周禮正義。文選晉傅季友（亮）爲宋公至洛陽謁陵表："廛里蕭條，雞犬罕音。"

【廛閈】猶廛里。文選南朝宋鮑明遠（照）蕪城賦："廛閈撲地，歌吹沸天。"

廞 1. xīn 許金切，平，侵韻，曉。
ㄒㄧㄣ

㊀陳列。周禮春官司服："廞衣服。"㊁陳

述，興作。周禮春官大師："大喪，帥瞽而廞，作匶謚。"注："廞，興也，興言王之行。謂諷誦其治功之詩。"㊂淤塞。新唐書一七二于頔傳："部有湖陂，異時溉田三千頃，久廞廢。"參見"廞淤"。㊃奮怒貌。見"振廞"。

2. qián ㄑㄧㄢ

㊄深貌。舊唐書二〇〇上史思明傳："姿瘦，少鬚髮，鳶肩傴背，廞目側鼻。"

【廞車】喪車。周禮春官司常："置旌門大喪共銘旌，建廞車之旌，及葬亦如之。"

【廞淤】淤塞。新唐書一四九劉晏傳："河汴自寇難以來，不復穿治，崩岸滅木，所在廞淤。"按"廞淤"之"廞"，古用"淫"字，周禮考工記匠人："善防者水淫之。"注："鄭司農(衆)云：'淫讀爲廞，謂水淤泥土留著，助之爲厚。'"

【廞飾】陳列的服飾。唐杜甫杜少陵集二五唐故萬年縣君京兆杜氏墓誌："其所廞飾，咸遵儉素。"舊時輓幛款，或書廞次字，即陳列之意。

廡 1. wǔ ㄨˇ 文甫切，上，麌韻，明。

㊀堂下周圍的走廊、廊屋。史記一〇七魏其武安侯傳："所賜金，陳之廊廡下。"吴子治兵："冬則温廐，夏則涼廡。"㊁酒器。同"甒"。荀子禮論："甕廡虛而不實。"

2. wú ㄨˊ 集韻微夫切，平，虞韻。

㊂草木茂盛貌。書洪範："各以其敍，庶草蕃廡。"國語晉四："黍不爲黍，不能蕃廡。"注："廡，豐也。"

【廡金】漢代竇嬰把皇帝賜給他的金銀，放在走廊，讓官兵任意取用。見史記一〇七魏其武安侯傳。後來用"廡金"作爲輕財好施的典故。文苑英華四五七唐陸扆授朱崇節河陽節度使制："廡金咸佇於竇嬰，竹馬思迎於郭伋。"

十三畫

廩 lǐn ㄌㄧㄣˇ 力稔切，上，寑韻，來。

㊀糧倉。詩周頌豐年："豐年多黍多稌，亦有高廩，萬億及秭。"荀子富國："垣窌倉廩，財之末也。"注："穀藏曰倉，米藏曰廩。"㊁糧食。管子問："問死事之寡，其餼廩何如？"㊂儲藏，儲積。管子山國軌："民之且所用者，君已廩之矣。"素問皮部論："廩於腸胃。"㊃通"凜"。見"廩秋"、"廩廩"。

【廩人】古官名。周禮地官司徒之屬有廩人，掌管糧食出入。孟子萬章下："其後廩人繼粟，庖人繼肉，不以君命將之。"國語周中："廩人獻餼。"

【廩生】明洪武二年令府、州、縣皆置學，府學生員四十人，州、縣以次減十，人月給廩米六斗。後來名額增多，食廩者謂之廩膳生員，省稱廩生；增多者謂之增廣生員，省稱增生，無廩米；後來名額再增，稱附學生員。清沿明制，廩生名額及待遇視州、縣大小而異，月給廩餼銀四兩。經歲、科兩試成績優秀者，增生可依次升廩生，稱補廩，廩生可依次升國子監學生，稱歲貢。童生應試，例須見廩生具保無冒籍頂替匿喪等情，稱廩保。廩生往往借此索賄。參閱明史選舉志一。

【廩丘】地名。春秋時齊邑。左傳襄二六年："齊烏餘以廩丘奔晉。"即此。漢置縣，屬東郡。三國時移兖州治於此。晉屬濮陽國。後魏改爲沭陽。隋屬鄆州，大業初併入鄆城縣。故城在今河南范縣境。參閱讀史方輿紀要三四濮州范縣廩丘城。

【廩君】古代巴郡南郡的一個氏族。有巴、樊、瞫、相、鄭五姓，分布於夷水巴漢一帶(今湖北清江流域和四川東部)。相傳始立爲首領者巴氏子務相，稱廩君，故以此名其族。參閱後漢書八六南蠻傳、文獻通考三二八四裔廩君種。

【廩食】㊀官府供給糧食。韓非子內儲上："南郭處士請爲王吹竽，(齊)宣王説之，廩食以數百人。"也指官府供給的糧食。漢書五四蘇武傳："武既至海上，廩食不至，掘野鼠去草實而食之。"㊁積儲糧食。管子國蓄："一人廩食，十人得餘；十人廩食，百人得餘；百人廩食，千人得餘。"

【廩秋】寒秋。楚辭宋玉九辯："皇天平分四時兮，竊獨悲此廩秋。"文選作"凜秋"。

【廩粟】倉中的糧食。韓非子外儲右上："發廩粟以賦衆貧，散府餘財以賜孤寡。"

【廩廩】㊀戒懼貌。廩，通"凜"。漢書食貨志上賈誼説上曰："可以爲富安天下，而直爲此廩廩也。"㊁漸近貌。史記孝文紀："漢興至孝文四十有餘載，德至盛也，廩廩鄉改正服封禪矣，謙讓未於今。"漢書八九循吏傳序："(王成等)所居民富，所去見思，生有榮號，死見奉祀，此廩廩庶幾德讓君子之遺風矣。"唐顏師古注以廩廩爲有風采。

【廩餼】同"廩食㊀"。南史臨川靜惠王宏傳附蕭正德梁武帝詔："今當宥汝以遠，無令房累自隨，敕所在給汝廩餼。"唐杜牧樊川集十四禮部尚書崔公行狀："建立儒宫，置博士，設生徒，廩餼必具。"

【廩贍】糧餉給養。宋史二六六錢若水傳："許召勇敢之士爲隨身部曲，廩贍不充，則官爲支給。"

【廩犧】漢官名。屬左馮翊。廩主藏穀，犧主養牲，以供祭祀。東漢廩犧令屬於河南尹，秩六百石，掌祭祀犧牲雁鶩之屬。下有丞一人，三百石，員吏四十人。見漢書百官公卿表上、後漢書百官志三。

廜 jǐn ㄐㄧㄣˇ 集韻渠吝切，去，稕韻。

僅，只。同"僅"。禮射義："又揚觶而語曰：好學不倦，好禮不變，旄期稱道不亂者，不在此位也。蓋廜有存者。"釋文："廜，音勤，又音覲，少也。"

廧 1. qiáng ㄑㄧㄤˊ 在良切，平，陽韻，從。

㊀垣牆。同"牆"。墨子經説上："廧外之利害，未可知也。"管子地員："地潤數毀，難以立邑置廧。"㊁築牆，屏障。戰國策趙一："公宮之垣，皆以狄蒿苫楚廧之。"又楚一："請効列城五，請悉楚國之衆也，以廧於齊。"㊂見"廧咎如"。

2. sè ㄙㄜˋ

㊃通"嗇"。戰國策東周有廧夫空。廧夫，即嗇夫，官名。

【廧咎如】春秋時赤狄的分支。隗姓。左傳僖二三年："狄人伐廧咎如，獲其二女：叔隗季隗。"公羊傳成三年"廧"作"將"，穀梁傳作"牆"。

廥 kuài ㄎㄨㄞˋ 古外切，去，泰韻，見。

堆積秣草的房舍。韓非子內儲下："昭奚恤之用荆也，有燒倉廥窌者而不知其人。"史記趙世家："(孝成王十二年)邯鄲廥燒。"

【廥積】星名。史記天官書："胃爲天倉，其南衆星曰廥積。"

廨 xiè ㄒㄧㄝˋ 古隘切，去，卦韻，見。

官舍，官署。漢王充論衡感虛："星之在天也，爲日月舍，猶地有郵亭，爲長吏廨也。"也指官府營建的房舍。南史竟陵文宣王子良傳："子良開倉振救貧病不能立者，於第北立廨收養，給衣及藥。"

【廨宇】官舍。南史蔡凝傳："及將之郡，更令左右修中書廨宇。"唐孟浩然集二同獨孤使君東齋作詩："廨宇宜新霽，田家賀有秋。"

【廨舍】官吏辦事及居住的處所。晉書范汪傳附范甯陳時政："且牽曳百姓，營起廨舍，東西流遷，人人易處，文書簿籍，少有存者。"也作"解舍"。晉書鳩摩羅什傳："爾後不住僧坊，別立解舍，諸僧多效之。"

【廨署】官府，官舍。文選晉左太沖(思)吳都賦："屯營櫛比，廨署棋布。"世說新語賞譽下"庾公爲護軍"南朝梁劉孝標注引徐江州本事："(桓彝)上岸消摇，見一空宇，有似廨署，彝訪之，云興縣廨也。"

【廨錢】隋初官府用以放高利貸的公款，所收利息作官吏供費。通典三五職官十七："隋文帝開皇中，以百僚供費不足，咸置廨錢，收息取利。"參閱隋書蘇孝慈傳。

十六畫

廬 lú ㄌㄨˊ 力居切，平，魚韻，來。

㊀房屋。詩小雅信南山："中田有廬。"指田中小屋。周禮地官遺人："凡國野之道，十里有廬，廬有飲食。三十里有宿，宿有路室。"指郊野接待賓客的房屋。荀子禮論："齊衰，苴杖，居廬，食粥，席薪，枕塊，所以爲至痛飾也。"此指守墓用的小屋，又叫"倚廬"。漢書六八金日磾傳："日磾小疾卧廬。"注："殿中所止曰廬。"指官員值班時的住處。參閱明楊慎升庵經說四廬有五義。參見"直廬"。㊁寄居。詩大雅公劉："京師之野，于時處處，于時廬旅。"廬旅，給旅客安排住房。國語齊："衛人出廬於曹。"㊂諸侯國名。國語周中："廬由荆嬀。"注："廬，嬀姓之國。"㊃古代兵器矛、戟等的柄。通"籚"。周禮考工記："秦無廬。"注引鄭司農(衆)："廬讀爲纑，謂矛戟柄，竹欑柲。或曰摩鐧之器。"釋文："廬，魯吴反。……本或作蘆。"

【廬人】攻木之工官，造戈戟等兵器之柄者。見周禮考工記。

【廬山】在江西九江市南，北靠長江，東南傍鄱陽湖。古稱南障山。相傳秦末有匡俗兄弟七人廬居此山。因而得名。一說以廬江而名。也稱匡山、廬阜，總名匡廬。或說卽尚書禹貢之敷淺原。史記河渠書中司馬遷自稱南登廬山。可見漢時已有此名。其山九十餘峯，蜿蜒連接，以大漢陽峯最高，其他如五老峯香爐峯含鄱口仙人洞白鹿洞三疊泉等，皆爲著名勝迹。參閱宋陳舜俞廬山記一總敍山，寰宇通志三九南康府、又四九九江府山川廬山。

【廬井】古代井田制，八家共一井，故稱八家的廬舍爲廬井。左傳襄三十年："田有封洫，廬井有伍。"參見"廬舍"。

【廬江】㊀郡名。見"廬州"。㊁縣名。屬安徽省。春秋時舒國。漢初置舒縣，爲廬江郡治。隋開皇初廢郡，稱廬江縣。明清屬廬州府。參閱嘉慶一統志一二二廬州府一。㊂古水名。山海經海内東經："廬江出三天子都，入江彭澤西。"楚辭宋玉招魂："路貫廬江兮左長薄。"廬江郡、廬江縣均因廬江而得名。

【廬州】府名。周舒巢國地。秦屬九江郡。漢爲九江廬江二郡地。晉屬淮南廬江二郡。隋開皇初於合肥縣置廬州，大業初改爲廬江郡，治合肥。唐武德三年改爲廬州，天寶元年改爲廬江郡，乾元元年又改爲廬州。元改路。明清爲府。治所在今安徽合肥市。參閱嘉慶一統志一二二廬州府一。

【廬君】秦末廬俗字君孝，本姓匡，爲百越之君。其父東野王與吳芮助漢定天下，陣亡。漢八年封俗爲鄡陽男，食邑豫章，印曰廬君。後來，漢武帝又追封他爲大明公。東晉釋慧遠撰廬山記，始附會爲殷周間人。參閱世說新語規箴"遠公在廬山中"注引豫章舊志及廬山記，水經注三九廬江水。參見"廬山"、"匡廬"。

【廬舍】簡陋的小屋。周禮天官宮正："大喪，則授廬舍。"注："廬，倚廬也。舍，堊室也。親者貴者居倚廬，疏者賤者居堊室。"漢書食貨志上："井方一里，是爲九夫。八家共之，各受私田百畝，公田十畝，是爲八百八十畝，餘二十畝以爲廬舍。"注："廬，田中屋也。春夏居之，秋冬則去。"後泛指一般房屋。後漢書三二樊宏傳："父重，字君雲，世善農稼，好貨殖。……其所起廬舍，皆有重堂高閣。"

【廬兒】奴僕，侍從。漢書七八蕭望之傳："(王仲)翁出入，從蒼頭廬兒。"注："皆官府之給賤役者也。"唐韋應物韋江州集九長安道詩："既請列侯封部曲，還將金印授廬兒。"

【廬阜】卽廬山。南朝梁釋慧皎高僧傳六釋慧遠："自遠卜屋廬阜，三十餘年，影不出山，迹不入俗。"唐孟浩然集三夜泊廬江聞故人在東林寺以詩寄之："江路經廬阜，松門入虎溪。"

【廬柳】古城名。春秋晉地。魯僖公二十四年，秦送在外流亡的重耳回晉，圍令狐，晉軍屯廬柳，卽此。見左傳僖二四年、國語晉四。故城在今山西臨猗縣北。參閱讀史方輿紀要四一蒲州猗氏縣。

【廬陵】㊀郡名。東漢興平元年分豫章郡置。三國時郡治在高昌。晉改治石陽。故城在今江西吉水縣境。隋開皇初郡廢，改置吉州，大業初復置廬陵郡。唐又改爲吉州。宋改爲吉州廬陵郡。元改爲吉安路。明清改爲府。參閱後漢書郡國志四豫章郡、嘉慶一統志三二七吉安府。㊁縣名。漢置，屬豫章郡。三國改置高昌縣，爲廬陵郡治。梁併高昌入石陽。隋改石陽爲廬陵。唐移還故廬陵縣爲吉州治所。明清爲吉安府治。故城在今江西吉安縣境。參閱嘉慶一統志三二七吉安府廬陵縣。

【廬帳】帳棚。帳幕做的房子。類似蒙古包。後漢書八八西域傳蒲類國："廬帳而居，逐水草，頗知田作。"

【廬落】院子，院落。後漢書二八馮衍傳與鮑永書："廬落丘墟，田疇蕪穢。"

【廬墓】古禮遇君父、尊長之喪，就墓旁築小屋居住，稱廬墓。見周禮天官宮正。水經注二五泗水："今泗水南有夫子冢……卽子貢廬墓處也。"參見"廬㊀"。

【廬器】戈、戟、殳、矛等兵器的柄。周禮考工記："廬人爲廬器。"

【廬徼】設舍駐兵，巡查戒備。新唐書七八河間王孝恭傳："欲以威重夸遠俗，乃築第石頭城，陳廬徼自衞。"

【廬山真面目】宋蘇軾分類東坡詩七題西林壁："横看成嶺側成峯，遠近高低無一同。不識廬山真面目，只緣身在此山中。"江西廬山峯巒起伏，形態萬千，人在山中，不易見其真貌。後人因以廬山真面目喻事物的真相，或人的本來面目。

廯 sū ㄙㄨ 素姑切，平，模韻，心。

見"廜廯"。

十七畫

廮 yǐng ㄧㄥˇ 於郢切，上，静韻，影。

見下。

【廮陶】縣名。漢置，屬鉅鹿郡。後漢書孝桓帝紀："渤海王悝謀反，降爲廮陶王。"其封地卽此。晉爲鉅鹿國治所。北魏永安二年於此置廮遥縣。隋開皇六年復改爲廮陶縣。唐天寶元年改稱寧晉縣。故城在今河北寧晉縣境。參閱太平寰宇記六十趙州寧晉縣、嘉慶一統志五一趙州一。

【廮遥】縣名。詳"廮陶"。

十八畫

廱 yōng 於容切，平，鍾韻，影。ㄩㄥ

㊀和樂。見"廱廱"。㊁辟廱。見"辟雍"。㊂阻塞。通"壅"。漢書五行志下之上："成公五年夏，梁山崩。穀梁傳曰：'廱河三日不流。'"今本穀梁傳成五年作"壅遏"。

【廱偃】阻塞。後漢書八十杜篤傳論都賦："置列汧隴，廱偃西戎。"

【廱廱】和樂貌。同"雍雍"。爾雅釋訓："廱廱優優，和也。"一説和諧的鳴聲。楚辭宋玉九辯："雁廱廱而南遊兮，鵾雞啁哳而悲鳴。"

二十二畫

廳 tīng 他丁切，平，青韻，透。ㄊㄧㄥ

㊀堂屋。古作"聽"。古代官府辦公的地方，叫"聽事"。簡稱"聽"。魏晉以來加"广"作"廳"。後私宅的堂屋也稱廳。唐劉禹錫劉夢得集二六鄭州刺史東廳壁記："古諸侯之居，公私皆曰寢，其他室曰便坐。今凡視事之所皆曰廳，其他室以辨方爲稱。"㊁清制在府下設州、縣，有的又設廳，由知府的佐貳官同知、通判管理。其所管地區，也叫廳。有直隸廳和散廳之別。參見清續文獻通考一三五府廳。

【廳事】官府辦公的地方。古作"聽事"，魏晉以來作"廳事"。三國志吳諸葛恪傳："出行之後，所坐廳事屋棟中折。"後私宅的堂屋也稱廳事。魏書夏侯道遷傳附夏侯夬："忽夢見征虜將軍房世寶來至其家，直上廳事，與其父坐，屏人密語。"參見"聽事"。

廴 部

廴 yǐn 余刃切，上，軫韻，喻。ㄧㄣˇ

部首。説文："廴，長行也。从彳引之。"凡引長之義本此，後用引弓之"引"而廴廢。參閲清段玉裁説文解字注。

四 畫

廷 tíng 特丁切，平，青韻，定。ㄊㄧㄥˊ 徒徑切，去，徑韻，定。

㊀朝廷。帝王布施政令、接受朝見之所。莊子漁父："廷無忠臣，國家昏亂。"韓非子有度："數至能人之門，不壹至主之廷。"又地方官吏辦事的地方也稱廷，如縣廷、郡廷。墨子號令："符傳疑，若無符，皆詣縣廷言，請問其所使。"㊁院子。通"庭"。詩唐風山有樞："子有廷內，弗洒弗埽。"

【廷孔】前陰穴。素問骨空論："督脈者，起於少腹以下骨中央，女子入繫廷孔。"

【廷平】官名。見"廷尉平"。

【廷折】謂在朝廷上當衆辯駁、指斥。多指對帝王强諫。陳書後主紀："欲聽昌言，不疲痒足，若逢廷折，無憚批鱗。"新唐書一一二柳澤傳附柳範載，唐侍御史柳範爲彈治吳王恪事，以直言諫太宗，太宗怒謂之曰："何廷折我！"

【廷杖】封建帝王在朝廷上杖打大臣。漢明帝隋文帝唐玄宗等都有廷杖屬官之事。明太祖時，永嘉侯朱亮祖父子、工部尚書夏祥均死於杖下。明代末葉尤甚。大臣受廷杖爲常事，去衣當廷杖死者不少。參閲明史刑法志三、明朱國禎湧幢小品十二廷杖、清顧炎武日知録二八職官受杖。

【廷爭】在朝廷上向皇帝諫諍。史記呂太后紀："陳平絳侯曰：'於今面折廷爭，臣不如君。夫全社稷，定劉氏之後，君亦不如臣。'王陵無以應之。"漢書外戚恩澤侯表序："是以高后欲王諸呂，王陵廷爭。"高后，卽呂太后，其時臨朝執政，故亦稱廷爭。

【廷辱】在朝廷上當面侮辱人。史記一〇一袁盎傳："宦者趙同以數幸，常害袁盎，袁盎患之。盎兄子種爲常侍騎，持節夾乘，説盎曰：'君與鬭，廷辱之，使其毀不用。'"

【廷寄】清代朝廷給各省高級官員諭旨，有明發、廷寄的區別。自雍正以來，凡屬誥誡臣下，指示方略，查核政事，責問刑罰不當等機要文書，爲防泄露，不便由內閣明發，由軍機大臣專辦，發出時密封，蓋軍機處銀印，交兵部加封，用四百里或六百里文書遞往各省，叫廷寄。參閲清趙翼簷曝雜記一。

【廷理】春秋時楚官名，掌刑法。韓非子外儲説右上："荆莊王有茅門之法，曰：羣臣大夫諸公子入朝，馬蹄踐霤者，廷理斬其輈，戮其御。"漢劉向説苑至公："凡立廷理者，將以司犯王令，而察觸國法也。"

【廷推】明代任用高級官員，除特旨任命外，有廷推、部推、會選等法。凡由大臣推薦，經皇帝批准任用的，叫廷推。京官內閣大學士、九卿侍郎以下及祭酒等，外官如督撫等均由廷推。內閣大學士及吏部尚書，間亦有由特旨任命的。此制到清康熙年間廢。參閲明史選舉志三。

【廷尉】官名。秦始置，九卿之一，掌刑獄。漢承秦制，秩中二千石。漢景帝中元六年更名大理，武帝建元四年復稱廷尉。北齊至明清均稱大理寺卿。參閲漢書百官公卿表上，續文獻通考一二七職官十三、歷代職官表二大理寺。

【廷評】卽廷尉平，又名廷平。隋以後稱大理寺評事，但詩文中仍常稱評事爲廷評。唐姚合姚少監集二送獨孤焕評事赴豐州詩："東門攜酒送廷評，結束從軍塞上行。"參見"廷尉平"。

【廷試】科舉時代的殿試，又稱廷試。宋陸游老學庵筆記九："(張子韶)及廷試唱名，亦冠多士。"清代新科進士在引見前舉行朝考，也稱廷試。參見"殿試"。

【廷魁】科舉廷試第一名。卽狀元。宋王林燕翼貽謀録二："舊制，進士首選同唱第，人皆自備錢爲鞍馬費，……雖號廷魁，與衆無以異也。"

【廷對】㊀在朝廷中當衆對答。後漢書二一邳彤傳："彤廷對曰：'議者之言皆非也。'"㊁科舉時代，皇帝殿試亦稱廷對。宋張方平樂全集三六大宋……謚文定李公神道碑："賓興至都，士皆目屬之。禮部奏公第居下。及廷對，天子擢居第一。"

【廷論】在朝廷上辯論。史記一〇七魏其武安侯傳："上怒內史曰：'公平生數言魏其、武安長短，今日廷論，局趣效轅下駒，吾并斬若屬矣。'"

【廷尉平】漢官名。廷尉屬官，宣帝地節三年置廷尉平四人，稱左右平，秩六百石。東漢光武省右平，僅有左平一人，掌平決詔獄事。又稱"廷平"、"廷評"或"廷尉評"。參閲漢書百官公卿表上、後漢書百官志二。

延 yán 以然切,平,仙韻,喻。
丨ㄢ 予線切,去,線韻,喻。

㊀引伸,伸展。書大禹謨:"罰弗及嗣,賞延於世。"左傳成十三年:"君亦悔禍之延。"㊁引進,接待。書顧命:"逆子釗於南門之外,延入翼室。"釗,周康王名。韓非子說林下:"衛將軍文子見曾子,曾子不起,而延於坐席。"㊂蓋在冕板上的黑布。通"綖"。禮玉藻:"天子玉藻,十有二旒,前後邃延。"釋文:"字林作'綖'。"㊃通"埏"。見"延道"。㊄姓。東漢有延篤,後漢書有傳。

【延川】縣名。屬陝西省。秦漢高奴膚施兩縣地。西魏置文安縣,又置文安郡。隋開皇初郡廢,因境內有吐延川,改縣名爲延川。唐屬延州。宋金明清屬延安府。參閱元和郡縣志三延州、嘉慶一統志二三三延安府一延川縣。

【延水】㊀縣名。西魏置安人縣。唐神龍元年改爲延水縣。宋熙寧八年併入延川縣,爲延水鎮。參閱舊唐書地理志一、讀史方輿紀要五七延安府。㊁水名。源出安塞縣西北蘆關嶺,流經延安府城東門外,過延長縣入黃河。一名濯筋水。今名延河。參閱讀史方輿紀要五七延安府延水、嘉慶一統志二三三延安府一。

【延平】㊀府名。晉改南平縣爲延平,屬建安郡。唐武德三年置延平軍,上元元年改爲劍州。宋稱南劍州。元改爲延平路。明洪武元年改延平府。清因之。府治在今福建南平市地。境內地勢險峻,與邵武府相倚,舊有銅延平、鐵邵武之稱。參閱讀史方輿紀要九七延平府、嘉慶一統志四三〇延平府。㊁津名。也稱建溪東溪。在今福建南平市東南,爲閩江上游。傳說爲晉雷煥寶劍墮水化龍處,故又名劍潭龍潭劍溪劍津龍津。參閱晉書張華傳、嘉慶一統志四三〇延平府。㊂年號。1. 東漢劉隆(殤帝)。公元106年。2. 東晉列國後燕慕容麟(趙王)。公元397年。

【延安】㊀府名。秦漢上郡高奴縣地。北魏置東夏州。西魏改爲延州。隋改置延安郡。唐武德元年復爲延州,天寶元年改爲延安郡,乾元元年又改爲延州。宋元祐四年升爲延安府。元爲延安路。明清皆爲府。府治膚施縣。公元1913年廢府留縣。1935年後改爲延安縣。1972年以延安縣部分行政區域設立延安市。屬陝西省。參閱嘉慶一統志二三三延安府一。㊁縣名。詳"延長㊁"。

【延州】州名。見"延安㊀"

【延吉】府名。清初爲琿春南荒圍場地,光緒二十八年置延吉廳,宣統元年升爲府。公元1913年改縣。屬吉林省。解放後調整區劃,置延吉市。參閱清續文獻通考三〇七輿地三。

【延地】即"沿地",到處的意思。也作"延地裏"。西遊記七七:"你這獃子口敞,延地裏就對人說,我們是爬牆頭的和尚了。"

【延光】東漢劉祜(安帝)年號。公元122—125年。

【延企】伸頸舉踵,喻遠望。三國魏曹植曹子建集二閑居賦:"登高丘以延企,時薄暮而起予。"也喻殷切盼望。藝文類聚三七晉辛曠與皇甫謐書:"諮覲未因,而西望延企。"

【延年】㊀延長壽命。荀子致士:"得衆動天,美意延年。"漢王充論衡道虛:"道家或以服食藥物,輕身益氣,延年益世,此又虛也。"㊁古代祭典。漢書郊祀志下:"登之罘,浮大海,用事八神延年。"注認爲"延年"即"迎年",是一種祈求長壽的迷信活動。

【延初】前秦苻崇(末主)年號。公元394年。

【延佇】久立等待。楚辭屈原離騷:"時曖曖其將罷兮,結幽蘭而延佇。"佇,也作"竚"。又九歌大司命:"結桂枝兮延竚,羌愈思兮愁人。"佇,又作"眝"。漢書九七外戚傳孝武李夫人悼夫人辭:"飾新宮以延眝兮,泯不歸乎故鄉。"注:"眝與佇同。佇,待也。"

【延延】長貌。墨子親士:"分議者延延,而支苟者詻詻。"楚辭漢王逸九思哀歲:"黿鼉兮欣欣,鱣鮎兮延延。"後漢書五行志一:"桓帝之末,京都童謡曰:'白蓋小車何延延,河間來合諧。'"

【延長】㊀引長。漢書禮樂志郊祀歌華曄曄:"神嘉虞,申貳觴,福滂洋,邁延長。"又七五翼奉傳:"天道終而復始,窮則反本,故能延長而亡窮也。"㊁縣名。屬陝西省。秦漢高奴縣地,西魏置廣安縣。隋仁壽初名延安縣,不久廢。唐廣德二年改名延長縣。明清因之。屬延安府。參見嘉慶一統志二三三延安府。

【延昌】年號。1. 北魏元恪(宣武帝)。公元512—515年。2. 高昌麴乾固。公元561—601年。

【延和】年號。1. 北魏拓跋燾(太武帝)。公元432—434年。2. 唐李旦(睿宗)。公元712年。3. 高昌麴伯雅。公元602—613年。

【延津】㊀水名。古黃河流經河南延津縣,又東北至滑縣,通稱爲延津;其間又有靈昌津棘津石濟津延壽津等名。宋以後黃河改道,俱湮。參閱水經注五河水。㊁縣名。屬河南省。春秋鄭廩延邑地。秦置酸棗郡。宋政和七年改爲延津。金貞祐三年升爲延州,屬河南路。元至元九年復爲延津縣。明清因之。見嘉慶一統志一九九衛輝府一。

【延祐】元愛育黎拔力八達(仁宗)年號。公元1314—1320年。

【延首】伸頸遠望。常用以形容殷切想望。藝文類聚八三國魏文帝(曹丕)濟川賦:"永號長吟,延首相望。"

【延促】長短。文苑英華七八唐謝偃聽歌賦序:"短不可續,長不可去。延促合度,舒縱有所。"

【延竚】見"延佇"。

【延納】接納。文選三國魏吳季重(質)在元城與魏太子箋:"前蒙延納,侍宴終日。"後漢書十四北海靖王興傳:"睦少好學,博通書傳,光武愛之,數被延納。"

【延袤】南北長曰袤。延袤即連綿,伸展之意。史記八八蒙恬傳:"築長城,……起臨洮,至遼東,延袤萬餘里。"宋史九四种世衡傳附种諤:"橫山延袤千里,多馬宜稼。"

【延康】年號。1. 後漢劉協(獻帝)。公元220年。2. 隋末沈法興。公元619—620年。

【延接】接見,接待。後漢書五八蓋勳傳:"帝方欲延接勳,而蹇碩等心憚之,並勸從(張)溫奏,遂拜京兆尹。"唐陸贄陸宣公集十二奉天論奏當今所切務狀:"臣謂宜因文武羣官入參之日,陛下特加延接,親與敍言。"

【延陵】㊀地名。春秋吳季札封邑。時人因稱札爲延陵季子。其地爲今江蘇武進縣。參閱穀梁傳襄二九年、史記吳太伯世家。㊁鎮名。在今江蘇丹陽縣南。漢毗陵縣地。晉太康二年分曲阿之延陵鄉置延陵縣。宋熙寧五年改爲鎮。參閱宋書州郡志一、嘉慶一統志九一鎮江府二。㊂漢成帝(劉驁)墓名。見三輔黃圖六陵墓。在今陝西咸陽市西北。

【延眺】擡頭遠望。新唐書二五韋弘機傳:"天子乃登洛北絶岸,延眺良久,嘆其美;詔即其地營宮,所謂上陽者。"

【延道】入墓穴的地道。延,通"埏"。左傳隱元年"隧而相見"晉杜預注:"隧,若今延道。"又僖二五年"(晉侯)請隧"釋文:"隧音遂,今之延道。"

【延喜】緯書謂夏禹治水,開龍門,導積石,得玄圭,上刻"延喜之玉"。見藝文類聚十一引尚書琁璣鈐。後來詩文中因用"延喜"代表美玉,作爲宣揚帝王瑞應的典故。文選梁王元長(融)三月三日曲水詩序:"昭華之珍既徙,延喜之玉攸歸。"

【延期】延長期限,緩期。漢王充論衡異虛:"(殷)高宗見妖改政,安能除禍?除禍且不能,況能招致六國,延期至百年乎?"這指延長王朝統治的年限。

【延載】唐武曌(則天)年號。公元694年。

【延熙】年號。1. 三國蜀劉禪(後主)。公元238—257年。2. 後趙石弘(海陽王)。公元333—334年。

【延路】㊀漫長的道路。南朝梁沈約沈隱侯集内典序:"以寸陰之短晷,馳永劫之延路。"㊁民間歌曲名。淮南子人間:"夫歌采菱,發陽阿,鄙人聽之,不如此延路陽局。"文選漢馬季長(融)長笛賦作"延露"。

【延綏】明代九鎮之一。詳"九邊"。

【延滯】拖延,躭擱。唐姚合姚少監集七題貞女祠詩:"我來方謝雨,延滯失歸期。"

【延壽】㊀延長壽命。常用爲祝頌詞。史記封禪書:"新垣平使人持玉杯,上書闕下獻之……刻曰'人主延壽'。"㊁年號。高昌麴文泰。公元624—640年。

【延閣】㊀漢宮廷藏書處。漢書藝文志"於是建藏書之策"注引劉歆七略:"外則有太常、太史、博士之藏,内則有延閣廣内祕室之府。"後泛指帝王藏書處。藝文類聚十六南朝梁簡文帝(蕭綱)上昭明太子集別傳等表:"謹撰昭明太子別傳文集,請備之延閣,藏諸廣内。"㊁從屬於主體建築的閣室。唐柳宗元柳先生集二八永州龍興寺東丘記:"因其曠,雖增以崇臺延閣,迴環日星,臨瞰風雨,不可病其敞也。"

【延獎】接待並加稱贊。宋史四四〇柳開傳:"王祐知大名,開以文贄,大蒙賞激;楊昭儉盧多遜並加延獎。"

【延慶】㊀縣名,屬北京市。本秦上谷郡地。漢置居庸縣。唐末爲縉山縣。元延祐三年升爲龍慶州。明永樂二年改置隆慶衛,十二年置隆慶州,直隸京師。隆慶元年改名延慶州。清屬宣化府。公元1913年改爲延慶縣。參閱明史地理志一延慶州、嘉慶一統志三八宣化府一。㊁西遼耶律大石(德宗)年號。公元1124—1133年。

【延駐】㊀邀請留住。唐李中碧雲集甲子歲罷吉水縣過鍾陵……:"公侯延駐暫踟躕,況值風光三月初。"㊁道家所謂長生不老。延,延年。駐,駐顏,保持青春。雲笈七籤六三金丹訣:"(大丹)可治疾,並無延駐之功。"

【延蔓】延續,擴展。文選漢司馬長卿(相如)上林賦:"布濩閎澤,延蔓太原。"史記一一七司馬相如傳作"延曼"。漢書九九下王莽傳:"朝廷忽略,不輒督責,遂至延曼連州。"曼,與"蔓"通。

【延樓】高樓。淮南子本經:"延樓棧道,雞棲井榦。"

【延緣】順沿,循行。莊子漁父:"(漁父)乃刺船而去,延緣葦間。"

【延熹】東漢劉志(桓帝)年號。公元158—167年。

【延歷】延長壽命。歷,通"曆",指年壽。後漢書五二崔寔傳政論:"夫熊經鳥伸,雖延歷之術,非傷寒之理。"

【延踵】跕起脚跟,形容殷切盼望。魏書盧淵傳:"吳會之民,延踵皇澤。"參見"延頸舉踵"。

【延興】年號。1. 北魏元宏(孝文帝)。公元471—476年。2. 南齊蕭昭文(海陵王)。公元494年。

【延齡】同"延年"。舊題晉王嘉拾遺記十岱輿山謂有遥香草,其子如意中實,久食延齡萬歲。

【延譽】播揚名譽。國語晉七:"使張老(晉大夫張孟)延君譽於四方。"文選晉陸士衡(機)辨亡論上:"奉使則趙咨沈珩以敏達延譽。"世說新語言語:"劉琨謂溫嶠曰:'……今晉祚雖衰,天命未改,吾欲立功於河北,使卿延譽於江南,子其行乎?'"

【延露】古代民間歌曲名。也作"延路"。抱朴子知止:"輕體柔聲,清歌妙舞,宋蔡之巧,陽阿之妍,口吐采菱延露之曲,足躡淥水七槃之節。"參見"延路㊁"。

【延屬】㊀連綿不斷。漢書八七上揚雄傳甘泉賦:"封巒石關,施靡虖延屬。"㊁伸頸屬望,表示殷切盼望。後漢書六十下蔡邕傳幽冀二州刺史久缺不補疏:"闕職經時,吏人延屬,而三府選舉,踰月不定。"

【延攬】招納。後漢書十六鄧禹傳:"於今之計,莫若延攬英雄,務悅民心。"也作"攬延"。三國志吳孫權傳注引吳書:"攬延英俊,獎勵將士,則天下可圖矣。"

【延州來】春秋吳季札本封延陵,後復封州來,故稱延州來。見左傳昭二七年"使延州來季子聘于上國"注、疏。延陵,今江蘇武進縣;州來,故址在今安徽壽縣北。或省作"延州"。世說新語賞譽"張華見褚陶"注引褚氏家傳:"司空張華與陶書曰:'二陸龍躍於江漢,彥先鳳鳴於朝陽,自此以來,常恐南金已盡,而復得之於吾子。故知延州之德不孤,淵岱之寶不匱。'"

【延芳淀】湖名。在北京市通縣西南,卽舊漷陰縣西。湖廣多鵝鶩,遼時每年春季皇室貴族弋獵於此。參閱遼史地理志四。

【延胡索】藥草名。又名玄胡索。最早著錄於開寶本草。產於我國北方,每年寒露後栽,立春後生苗,葉象竹葉,根叢生如芋卵狀,立夏掘起。藥用塊莖。見本草綱目十三草延胡索。

【延秋門】城門名。1. 三國魏鄴都禁城端門之外,東有長春門,西有延秋門。文選晉左太沖(思)魏都賦:"西闢延秋,東啟長春。"2. 唐長安禁苑西面二門,其南爲延秋門。唐杜甫杜工部草堂詩箋九哀王孫詩:"長安城頭頭白烏,夜飛延秋門上呼。"參閱宋程大昌雍錄一漢唐要地參出圖。

【延清室】又名延清堂,卽清涼殿。詳"清涼殿"。

【延壽客】菊花的別名。也稱延齡客。見宋吳自牧夢粱錄五九月。

【延壽帶】宋真宗時下詔定每年七月一日爲先天節,十二月二十四日爲降聖節。君臣之間以延壽帶、續命縷、保生壽酒相贈送。帶用金銀羅繒織成,裝飾珠玉。見宋史禮志十五嘉禮三、宋會要輯稿禮五七先天節。

【延壽堂】佛教安置老病僧人之所。年老者送安樂堂,病者送延壽堂。宋釋淨重禪林寶訓二山堂小參:"高庵住雲居,聞衲子病移延壽堂,咨嗟嘆息,如出諸己。"僧死稱涅槃,故亦稱涅槃堂。參閱明釋大建禪林寶訓音義延壽堂。

【延平答問】宋朱熹編,一卷,附錄一卷。載李侗答朱熹問儒家經義的一些信札。附錄爲熹門人集熹平日論李侗的語言、祭文及行狀等。李侗,福建延平人,與熹父松同爲羅從彥門生,從彥師事楊時,時師事程頤,傳程氏之學。

【延年益壽】延長壽命。文選戰國楚宋玉高唐賦:"九竅通鬱,精神察滯,延年益壽千萬歲。"舊時多用作祝頌詞。古代瓦當及其他器皿上常書刻此四字。

【延嗣寧國】西夏趙諒祚(毅宗)年號。公元1049年。

【延頸舉踵】伸長脖子踮起脚跟，形容殷切盼望。莊子胠篋：“今遂至使民延頸舉踵曰：‘某所有賢者，贏糧而趣之。’”也作“延頸企踵”。文選漢揚子雲(雄)劇秦美新：“海外遐方，信延頸企踵，回面内嚮，喁喁如也。”

六 畫

建 jiàn 居萬切，去，願韻，見。ㄐㄧㄢ

㊀建立，設置。易比：“比，先王以建萬國，親諸侯。”書武成：“建官惟賢，位事惟能。”㊁直立。尚書大傳略説：“九十杖而朝，見君建杖。”㊂立議。漢書五一鄒陽傳：“(梁孝)王又嘗上書，願賜容車之地徑至長樂宮，……爰盎等皆建以爲不可。”㊃建築。水經注三九廬江水：“其水歷澗，逕龍泉精舍南，太元中，沙門釋慧遠所建也。”㊄北斗星斗柄所指叫建。斗柄旋轉所指的十二辰叫十二月建，如農曆正月叫建寅，二月叫建卯等。月分有大小，則稱大建、小建。㊅星名。禮月令仲春之月：“日在奎，昏弧中，旦建星中。”注：“建星在斗上。”斗卽斗宿，今稱人馬座，建星屬之。㊆姓。漢有建公。見漢書九八元后傳。

【建子】㊀周代以子月(農曆十一月)爲歲首，稱建子。晉書律曆志下：“欲使當今國之典禮，凡百制度，皆韜合往古，郁然備足，乃改正朔，更曆數，以大呂之月爲歲首，以建子之月爲曆初。”㊁十一月的代稱。我國古代以十二斗建稱十二個月，建子爲十一月。宋張虙月令解十一：“仲冬者斗建子之辰也。”唐杜甫杜工部詩史補遺二草堂卽事：“荒村建子月，獨樹老夫家。”參見“建㊄”。

【建文】明朱允炆(惠帝)年號。公元1399—1402年。

【建元】㊀每歲紀曆的開始。淮南子天文：“天維建元，常以寅始。”夏正建寅，殷正建丑，周正建子，三代分別以農曆正月、十二月、十一月爲歲首。自漢武帝以來，我國農曆紀曆都以正月爲歲首。㊁年號。1.漢劉徹(武帝)。公元前140—前135年。2.東晉列國前趙劉聰(烈宗)。公元315年—316年。3.晉司馬岳(康帝)。公元343年—344年。4.東晉列國前秦苻堅(世祖)。公元365年—385年。5.南齊蕭道成(太祖)。公元479—482年。

【建木】㊀神話木名。木高百仞無枝，日中無影，衆天神由此上下。見山海經海内南經、海内經，呂氏春秋有始，淮南子地形。㊁高木。後漢書六十上馬融傳廣成頌：“珍林嘉樹，建木叢生。”注：“建木，長木也。”

【建牙】牙，軍前大旗。古代出兵，在軍前樹立大旗稱建牙。後來也稱興兵建幕府或武將出鎮爲建牙。晉書楊佺期傳：“佺期内懷忿懼，勒兵建牙，聲云援洛，欲與(殷)仲堪襲(桓)玄。”唐劉長卿劉隨州集九(獻淮寧軍節度李相公)詩：“建牙吹角不聞喧，三十登壇衆所尊。”參閱唐封演封氏聞見記五公牙。

【建丑】㊀殷商以丑月(農曆十二月)爲歲首，稱建丑。禮月令“季冬之月，日在婺女”漢鄭玄注：“季冬者，日月會於玄枵，而斗建丑之辰。”㊁十二月的代稱。我國古代從十二斗建稱十二個月，建丑爲十二月。參見“建㊄”。

【建中】唐李适(德宗)年號。公元780—783年。

【建水】縣名。屬雲南省。漢益州郡貢古縣地。唐元和間，南詔蒙氏於此築城，名惠歷，漢語稱建水。元改爲州。清乾隆三十五年改縣，爲臨安府治。參閱寰宇通志一一二臨安府建水州、嘉慶一統志四七九臨安府。

【建平】㊀郡名。三國吳置。隋開皇初廢郡，改爲巫山縣。今屬四川省。參閱隋書地理志上巴東郡、嘉慶一統志三九七夔州府一。㊁縣名。1.卽今安徽郎溪縣。宋端拱元年以廣德縣之郎步鎮升置建平縣，屬廣德軍。明清都屬廣德州。公元1914年因與舊直隸省縣名重複改名浪溪。參閱宋史地理志四江南東路、續文獻通考二三二輿地四。2.屬遼寧省。清光緒三十年置縣，屬直隸朝陽府。參閱清續文獻通考三〇五輿地一。㊂年號。1.漢劉欣(哀帝)。公元前6—前3年。2.東晉列國後趙石勒(高祖)。公元330—333年。3.東晉列國西燕慕容瑤。公元386年。4.東晉列國後燕慕容盛(中宗)。公元398年。5.東晉列國南燕慕容德(世宗)。公元400—405年。6.南朝宋劉義宣。公元454年。7.北魏白亞栗斯、劉虎。公元415年。8.北魏元愉(文景帝)。公元508年。

【建世】西漢末農民起義軍赤眉軍劉盆子年號。公元25—27年。

【建弘】東晉列國西秦乞伏熾磐(太祖)年號。公元420—428年。

【建白】陳述意見。建，建議。白，説明。漢書六八霍光傳：“(田)延年曰：‘將軍爲國柱石，審此人不可，何不建白太后，更選賢而立之？’”

【建安】㊀郡名，縣名。漢爲會稽郡冶縣地，建安初分置建安縣。三國吳永安三年於冶地南部置建安郡，郡治建安縣。隋大業初移郡治閩州(卽今福州市)。唐武德初置建州，天寶初復稱建安郡，乾元初又改爲建州。南宋紹興二十三年改爲建寧府。元爲路。明清皆爲府。公元1913年廢府，併建安甌寧二縣爲今之建甌縣，屬福建省。參閱嘉慶一統志四三一建寧府、四二五福州府一。㊁年號。1.東漢劉協(獻帝)。公元196—220年。2.南詔大理段正明。北宋元祐間。

【建州】㊀州名。1.見“建安㊀”。2.秦漢爲上黨郡地。晉太元中分置建興郡。北魏永安中改爲建州。隋改爲澤州。故址在今山西晉城縣東北。參閱嘉慶一統志一四五澤州府。3.唐昌黎縣地。遼太祖置建州，治永霸縣。金仍舊。故址在今遼寧錦州市東。參閱遼史地理志三、嘉慶一統志四三承德府二建州故城。㊁衞名。明成祖永樂元年於女真族所居地區置建州衞，地在今吉林省東南一帶。永樂十年初又置建州左衞。正統三年後建州衞移至竈突山(今遼寧新賓縣附近)，七年增置建州右衞。統稱建州三衞。

【建光】年號。1.東漢劉祜(安帝)。公元121—122年。2.東晉列國後燕翟遼。公元388—391年。

【建初】年號。1.東漢劉炟(章帝)。公元76—84年。2.東晉列國成漢李特(始祖)。公元303—304年。3.東晉列國後秦姚萇(太祖)。公元386—394年。4.東晉列國西涼李暠(太祖)。公元405—417年。

【建炎】宋趙構(高宗)年號。公元1127—1130年。

【建武】年號。1.東漢劉秀(光武帝)。公元25—56年。參見“建武中元”。2.晉司馬衷(惠帝)。公元304年。3.晉司馬睿(元帝)。公元317—318年。4.東晉列國後趙石虎(太祖)。公元335—348年。5.東晉列國西燕慕容忠。公元386年。6.南齊蕭鸞(明帝)。公元494—498年。7.北魏元顥(北海王)。公元529年。

【建昌】㊀水名。詳“盱江”。㊁府名。1.漢爲越嶲郡。唐時巂州地。南詔蒙氏置建昌府。元至元十二年置建昌路。明洪武十五年復爲建昌府，又置建昌衞。淸初亦稱建昌衞，雍正六年罷衞，改置寧遠府，府治西昌縣。公元 1913 年裁府留縣。卽今四川西昌縣。參閱嘉慶一統志四〇〇寧遠府一。2.漢豫章郡地。宋太平興國四年置建昌軍。元至元十四年改路。明初稱肇昌府，不久改爲建昌府。淸依舊。府治卽今江西南城縣。參閱嘉慶一統志三二〇建昌府一。㊂縣名。1.漢海昏縣，屬豫章郡。東漢分置建昌縣。元元貞元年升爲建昌州。明淸仍爲縣，屬南康府。公元1914年改爲永修縣，屬江西省。參閱舊唐書地理志三、嘉慶一統志三一六南康府一。2.淸置，屬承德府，乾隆三年置塔子溝廳，四十三年改置建昌縣。公元1914年因與江西省縣名重複，改爲凌源縣。屬遼寧省。參閱嘉慶一統志四二承德府。㊃年號。1.北朝柔然豆羅伏跋豆伐可汗。公元 508—520 年。2.北朝高昌麴寶茂。公元 555—560 年。

【建明】東晉列國西燕慕容顗年號。公元 386 年。

【建和】年號。1.東漢劉志（桓帝）。公元 147—149 年。2.東晉列國南涼禿髮利鹿孤(康王)。公元 400—402 年。

【建始】㊀縣名。屬湖北省。漢南郡巫縣地。晉置建始縣，屬建平郡。明屬四川夔州府。淸乾隆元年改屬湖北施南府。參閱嘉慶一統志三五一施南府。㊁年號。1.漢劉驁(成帝)。公元前 32—前 29 年。2.晉司馬倫。公元 301 年。3.東晉列國後燕慕容詳。公元 397 年。4.東晉列國後燕慕容熙。公元 407 年。

【建昭】漢劉奭(元帝)年號。公元前 38—前 34 年。

【建瓴】"高屋建瓴" 的略語。喻居高臨下，勢不可遏，發展迅速。北周庾信庾子山集十三周上柱國齊王憲神道碑："自爾卽爲前鋒，横行入鄴，……莫不如彼建瓴，同斯破竹。"唐柳宗元柳先生集三六上權德輿補闕温卷決進退啟："言爲建瓴，晨發夕被，聲馳而響溢，風振而草靡。"參見"高屋建瓴"。

【建寅】㊀夏以寅月爲歲首，稱建寅。寅月卽農曆正月。㊁正月的代稱。我國古代按北斗星斗柄在一年中的移動位置，分爲十二辰，稱斗建。建子爲十一月，建丑爲十二月，建寅爲正月，餘類推。國語魯上"土蟄發"三國韋昭注："土蟄發，謂孟春建寅之月，蟄始震也。"參見"夏正"。

【建章】漢宫名。漢武帝太初元年建，位於未央宫西。故址在今陝西長安縣西。見漢書武帝紀、郊祀志下、三輔黃圖二漢宫、宋宋敏求長安志三建章宫。後泛指宫闕。全唐詩二三五賈至早朝大明宫："千條弱柳垂青瑣，百囀流鶯繞建章。"

【建設】設置。禮祭義："建設朝事。"朝事，謂旦朝祭祀的事。漢書一〇〇下敍傳："建設藩屏，以强守圉，吳楚合從，賴(賈)誼之慮。"後來也指興建營造。藝文類聚六二東漢李尤闕銘："國都攸處，建設端闈，表樹兩觀，雙闕巍巍。"

【建康】㊀郡名。晉表氏縣地。前涼分置建康郡。唐證聖元年置建康軍，天寶後廢。明景泰七年置高臺所。淸改爲高臺縣，屬肅州。其地卽今甘肅高臺縣。參閱嘉慶一統志二七八肅州。㊁縣名。漢秣陵縣。三國吳改爲建業。晉初仍稱秣陵，太康三年分秣陵水北之地爲建業，又改業爲鄴。司馬鄴(愍帝)卽位，以避諱改爲建康。東晉及南朝諸帝建都於此。其地在今江蘇南京市。參閱晉書地理志下、宋書州郡志一。㊂年號。1.東漢劉保(順帝)。公元 144 年。2.晉司馬保(晉王)。公元 319—320 年。

【建陵】縣名。漢侯國。北魏置建陵縣。後周廢。故城在今江蘇沭陽縣西北建陵山下。參閱嘉慶一統志一〇五海州。

【建國】㊀建立國家。周禮天官冢宰："惟王建國。"㊁北魏拓跋什翼犍(昭成帝)年號。公元 338—376 年。

【建極】㊀書洪範說治理政事的大道有九，稱九疇。其五爲"建用皇極"。傳："皇，大。極，中也。凡立事當用大中之道。"指令天下之人，各得其中，不失其所。後世詩文中常用作頌揚帝王立法以治國的套語。晉陸雲陸士龍集二贈顧驃騎後二首詩之六："惟皇建極，緝熙淸曜。"㊁南詔世隆(景莊帝)年號。公元 860—？年。

【建陽】縣名。屬福建省。漢冶縣地，建安十年分置建平縣。晉太元四年改爲建陽。隋開皇十年併入建安。唐復置。宋景定元年改爲嘉禾。元復稱建陽。明淸屬建寧府。參閱嘉慶一統志四三一建寧府。

【建隆】宋趙匡胤（太祖）年號。公元 960—963 年。

【建策】出謀獻策。漢書八七下揚雄傳解嘲："婁敬委輅脫輓，掉三寸之舌，建不拔之策，舉中國徙之長安。"文選漢班孟堅(固)西都賦："奉春建策，留侯演成。"婁敬封奉春侯，曾勸高祖都長安。

【建侯】分封諸侯。易豫："豫，利建侯行師。"漢王符潛夫論思賢："三代開國建侯，所以傳嗣百世，歷載千數者也。"

【建溪】水名。閩江上游。詳"延平㊀"。

【建福】北遼耶律淳(宣宗)年號。公元 1122 年。

【建義】㊀樹立義旗。晉書諸葛長民傳："及劉裕建義，與之定謀，爲揚武將軍。"㊁年號。1.東晉列國西秦乞伏國仁（烈祖)。公元 385—388 年。2.南朝宋楊難當。公元 436—442 年。3.南朝齊雍道晞。公元 500 年。4.北魏元子攸（孝莊帝)。公元 528 年。

【建鼓】㊀古樂器。儀禮大射："建鼓在阼階西。"卽指此鼓。其形制：以大鼓穿徑爲方孔，貫柱其中而樹之，柱上施華蓋，頂飾金鸞，柱下有四足，飾以卧獅。也稱應鼓。參閱淸文獻通考一六二樂八。㊁古代作召集或發號令用的鼓。淮南子兵略："建鼓不出庫，諸侯莫不慴㥄沮膽其處。"漢書七七何並傳："拔刀剥其建鼓。"注："建鼓一名植鼓。……縣有此鼓者，所以召集號令，爲開閉之時。"

【建熙】東晉列國前燕慕容暐（幽帝）年號。公元 360—370 年。

【建置】㊀扶助。左傳昭七年："吾子取州，是免敝邑於戾，而建置豐氏也。"㊁設置。漢書六三武五子傳贊："後遂命將出征，略取河南，建置朔方。"朔方，郡名。

【建業】㊀建立功業。漢荀悅荀侍中集高祖贊："非德無以建業，非命無以定衆。"㊁東晉及南朝宋齊梁陳等帝王建都之地，故址在今江蘇南京市。詳"建康㊁"。

【建節】執持符節。節，符節，古代使臣執此以示徵信。史記一一七司馬相如傳："乃拜相如爲中郎將，建節往使。"後漢書十六寇恂傳："使君建節銜命，以臨四方。"

【建寧】㊀府名。見"建安㊀"。㊁郡名。漢益州郡地。蜀漢改置建寧郡，治味縣。晉時屬寧州。明洪武十五年改爲曲靖軍民府。故治在今雲南曲靖縣。參閱讀史方輿紀要一一四曲靖軍民府。㊂縣名。屬福建省。三國吳將樂縣地，晉置綏安縣，義熙初改稱綏城。南唐分置建寧縣。明淸屬邵武府。參閱寰宇通志四七邵武府建寧縣。㊃東漢劉宏(靈帝)年號。公元 168—172 年。

【建窯】古瓷窑。窯同窑、窰。在福建，有二：1.宋時窰設建安縣，後遷建陽縣。(今福建建甌縣水吉鎮、建陽縣)所造以甆盌之茶盞爲上品。蹩，取其易乾不留滓。色紺黑，坯微厚，有花紋如鷓鴣斑、兔毫，世多稱建安兔毫盞。其盞鬭試爲勝；茶色白，入黑盞，水痕易驗。兔毫盞，茶具，或以盛鵝兒酒，見宋蘇軾分類東坡詩十三送南屏謙師。2. 窰在德化縣，産白瓷，明清以精製佛像聞名，又稱德化瓷。建窰址甚多，近年發現尤夥。參閲宋蔡襄茶録茶盞、宋陶穀清異録、清朱琰陶説建窰建安兔毫盞鷓鴣盞等。

【建麾】建，樹立；麾，指揮調度的旗幟。古時建大麾以封藩國。周禮春官巾車："建大麾以田，以封蕃國。"後因稱出任地方長官爲建麾。文選南朝梁沈休文(約)齊故安陸昭王碑文："建麾作牧，明德攸在。"

【建德】㊀縣名。1. 屬浙江省。漢富春縣地。三國吴黄武四年分置建德縣。隋併入金華縣。唐武德四年復置。宋爲建德府治。明清爲嚴州府治。參閲嘉慶一統志三〇二嚴州府一。2. 唐初秋浦縣地，至德二年分置至德縣，因名號爲名。五代吴改爲建德。宋至清均照舊。公元1914年改爲秋浦，1932年改爲至德，1960年與東流縣合併爲東至縣，屬安徽省。參閲寰宇通志十二池州府建德縣。㊁年號。1. 北周宇文邕（武帝）。公元572—578年。2. 南詔大理段正興（景宗）。公元？—1171年。

【建樹】建立。書康王之誥："乃命建侯樹屏，在我後之人。"陳書衡陽獻王昌傳："欽若姬漢，建樹賢戚。"都指分封諸侯。

【建鄴】見"建康㊀"。

【建興】㊀郡名。詳"建州㊀2"。㊁年號。1. 三國蜀劉禪（後主）。公元223—237年。2. 三國吴孫亮(會稽王)。公元252—253年。3. 東晉列國成漢李雄(武帝)。公元304—306年。4. 晉司馬鄴(愍帝)。公元313—317年。5. 東晉列國後燕慕容垂（武帝）。公元386—396年。6. 唐渤海大仁秀(宣王)。公元819—830年。

【建衡】三國吴孫晧（末帝）年號。公元269—271年。

【建櫜】將兵器包裹收藏。禮樂記："倒載干戈，包之以虎皮，將帥之士，使爲諸侯，名之曰建櫜。"注："建，讀爲鍵，字之誤也。兵甲之衣曰櫜。鍵櫜言閉藏兵甲也。"釋文："建，依注讀爲鍵，徐(邈)：其偃反。"一説本作"建皋"。皋，皋比，卽虎皮。參閲左傳莊十年"蒙皋比而先犯之"疏。

【建議】提出主張。漢書六四下賈捐之傳："諸縣更叛，連年不定，上與有司議大發軍，捐之建議，以爲不當擊。"梁書賀瑒傳："瑒悉理舊事，時高祖方創定禮樂，瑒所建議，多見施行。"

【建中湯】中藥方劑名。有大建中湯、小建中湯之别。一般指小建中湯。建中，健脾之意。爲中醫常用的温中散寒劑。見漢張仲景金匱要略上小建中湯、傷寒論三小建中湯。

【建安骨】"建安風骨"的略稱。指漢末建安時，曹操父子和建安七子詩文的風骨。他們的詩文，"志深而筆長"、"梗概而多氣"。見南朝梁劉勰文心雕龍九時序。唐李白李太白詩十八宣州謝朓樓餞别校書叔雲詩："蓬萊文章建安骨，中間小謝又清發。"也稱"漢魏風骨"。唐陳子昂陳伯玉集一修竹篇詩序："漢魏風骨，晉宋莫傳。"參見"七子㊁"。

【建安體】漢末建安間，曹操父子及建安七子善詩文，繼承漢樂府民歌傳統，並能創新，不少作品反映了當時社會動亂和人民流離失所的痛苦生活，後人稱之爲建安體。北齊邢邵邢特進集廣平王碑文："方見建安之體，復聞正始之音。"唐王維王右丞集四别綦毋潛："盛得江左風，彌工建安體。"

【建除家】古占卜迷信派别之一。相傳漢武帝時，曾召集各派占卜者，詢問娶婦日之吉凶，諸家説法，各不相同。其中有建除家。建除，以十二地支定方位歲月，以占吉凶。十二方位之首二字爲"建、除"，故名。見史記一二七日者傳褚先生言。參見"建除十二神"。

【建除體】古詩體之一。南朝宋鮑照有建除詩，全詩十二聯二十四句，各聯開頭分别冠以建、除、滿、平、定、執、破、危、成、收、開、閉等字。後人稱之爲建除體。見宋嚴羽滄浪詩話詩體。參見"建除十二神"。

【建華冠】古代樂人的帽子。祭天地、五郊及明堂育命舞時才戴。漢制：以鐵爲柱卷，串大銅珠九枚，形似縷鹿，飾以鷸羽。晉陳如漢制。左傳僖二十四年記鄭子臧好聚鷸冠，或以爲此卽建華冠。參閲後漢書輿服志下。

【建業水】三國吴建都建業（今南京市江寧縣）至孫晧遷徙武昌。江東百姓泝流供給，以爲患苦。當時有童謡説："寧飲建業水，不食武昌魚。"見三國志吴陸凱傳。後引作懷念故鄉的典故。藝文類聚二八陳江總秋日登廣州城南樓詩："徒懷建鄴水，復思洛陽宫。"建業，晉時改稱建鄴。

【建中靖國】宋趙佶(徽宗)年號。公元1101年。

【建安七子】見"七子㊁"。

【建武中元】漢劉秀(光武帝)年號。公元56—57年。後漢書光武帝紀下作中元，同書祭祀志上作建武中元，當係本紀簡稱或傳寫脱誤。參閲資治通鑑四四漢中元元年注、隸釋四蜀郡太守何君閣道碑。

【建康實録】唐許嵩撰，二十卷。以編年體記述六朝事迹，起三國吴孫權，至陳後主，而以後梁附之。六朝皆都建康，故以爲名。其書除興廢大事外，對山川古迹、異事逸聞記載甚詳。

【建除十二神】卽建、除、滿、平、定、執、破、危、成、收、開、閉十二辰。占卜迷信者，將其與十二地支相配，附會以定日辰的吉凶。又稱"建除十二辰"，簡稱"建除"。淮南子天文："寅爲建，卯爲除，辰爲滿，巳爲平，主生；午爲定，未爲執，主陷；申爲破，主衡；酉爲危，主杓；戌爲成，主少德；亥爲收，主大德；子爲開，主太歲；丑爲閉，主太陰。"

【建炎以來朝野雜記】宋李心傳撰。分甲、乙兩集，各二十卷。取宋南渡後高孝光寧四帝時史料，分門編類。甲集有上德、郊廟、典禮、制作、朝事、時事、故事、雜事、官制、取士、財賦、兵馬、邊防十三門。乙集惟少"郊廟"一門。此書材料豐富，兼國史與會要之用，可與建炎以來繫年要録互爲補充，並補文獻通考及宋史之所缺。

【建炎以來繫年要録】宋李心傳撰。二百卷。述南宋高宗時三十六年間事。仿通鑑編年體，欲與李燾續資治通鑑長編相續。以國史、日曆爲主，參考稗官野史、家乘誌狀、案牘、奏議、百司題名，詳定月日。此書重史實，遇異説則並採置各條下，以備後世評定。

廻 huí ㄏㄨㄟˊ

通"回"。本作"迴"。史記八三鄒陽傳："邑號朝歌而墨子廻車。"一本廻作"回"。詳"迴"。

廾 部

廾 gǒng 九容切,平,鍾韻,見。ㄍㄨㄥˇ 居悚切,上,腫韻,見。

兩手捧物。說文:"廾,竦手也。……揚雄說,廾,从兩手。"今字作"拱"。

一 畫

廿 niàn 人執切,入,緝韻,日。ㄋㄧㄢˋ

二十。也作"廾"。唐石經二十皆作"廾"。

【廿二史劄記】清趙翼撰,三十六卷。作者自序稱多就各史紀傳表志,相互勘校,對古今風氣的變遷、政事變化和治亂興衰的原因,都隨所見而有所論述。其特點爲以本書證本書,或以一史證他史,可供治史者參考。此書內容遍及二十四史,因當時舊唐書舊五代史尚未列爲正史,故以廿二史爲名。

二 畫

弁 1. biàn 皮變切,去,線韻,並。ㄅㄧㄢˋ

㊀冠名。古代男子穿禮服時所戴的冠稱弁。吉禮之服用冕,通常禮服用弁。弁,又分皮弁、爵弁;皮弁用於田獵戰伐,爵弁用於祭祀。書金縢:"王與大夫盡弁,以啓金縢之書。"㊁古代男子加冠稱弁。詩齊風甫田:"婉兮孌兮,總角丱兮。未幾見兮,突而弁兮。"㊂武官服皮弁,因稱武官曰弁,如兵弁、將弁。清代專稱低級武官爲弁,如弁目、馬弁。清會典事例五四五兵部官制:"二十六年察哈爾設都統一人。……所有該處弁兵,毋庸京師八旗都統兼轄。"㊃急。禮玉藻:"弁行,剡剡起屨。"疏:"弁,急也。既是疾趨,宜急行也。"㊄以手搏鬬。漢書七十甘延壽傳:"試弁,爲期門,以才力愛幸。"注:"弁,手搏。"㊅驚懼貌。漢書九九下王莽傳:"乃壬午餔時,有烈風雷雨發屋折木之變,予甚弁焉,予甚栗焉,予甚恐焉。"注:"一曰弁,撫手,言驚懼也。"又九十嚴延年傳:"卽收送獄。夜入,晨將至市論殺之,先所按者死,吏皆股弁。"注:"股戰若弁。弁,謂撫手也。"謂兩腿因恐懼發抖,有如手相撞擊。

2. pán 集韻蒲官切,平,桓韻。ㄆㄢˊ

㊆歡樂。通"昪"、"般"。詩小雅小弁:"弁彼鸒斯,歸飛提提。"傳:"弁,樂也。"

【弁山】山名。在浙江長興縣東南。以其形如冠弁,故名。一名卞山。宋葉夢得罷官後居弁山,卽此。元趙孟頫松雪齋文集五次韻李秀才見贈詩:"何當便理南歸棹,呼酒登樓看弁山。"參閱浙江通志十二山川四弁山。

【弁目】清代低級武官的通稱。言其爲兵弁的頭目。清史稿一三六兵七:"弁目等咨選海軍衙門送兵部帶領引見。"

【弁言】序言。以其冠於篇卷之首,故名。清顏光敏顏氏家藏尺牘一林處士璐:"向拙刻另刪定,付梓未成,曾許弁言,謬託椽筆。"

【弁辰】古國名。詳"三韓"。

【弁師】官名。周禮夏官之屬,掌王之冕服及等制。參閱孫詒讓周禮正義六十。

【弁冕】弁、冕皆古代男子冠名。吉禮之服用冕,通常禮服用弁。穀梁傳僖八年:"朝服雖敝,必加於上;弁冕雖舊,必加於首。"唐元稹長慶集六和樂天贈吳丹詩:"弁冕徒挂身,身外非所寶。"

【弁絰】弔喪時所戴加麻布的素冠。周禮春官司服:"凡弔事,弁絰服。"注:"弁絰者,如爵弁而素,加環絰。"疏:"今言環絰……謂以麻爲體,又以一股麻爲體,糾而橫纏之,如環然。故謂之環絰。"參見"環絰"。

【弁髦】弁,緇布冠;髦,幼童垂於眉際的頭髮。古代男子成人,行冠禮,先加緇布冠,次加皮弁,後加爵弁,三加之後卽不再用緇布冠,並剃去垂髦,理髮爲髻。後因以弁髦比喻棄置無用之物。左傳昭九年:"文武成康之建母弟,以蕃屏周,亦其廢隊是爲,豈如弁髦,而因以敝之。"

【弁韓】古國名,原名弁辰,漢時朝鮮南部三韓之一。詳"三韓"。

【弁服釋例】清任大椿撰,共八卷。此書解釋三禮弁服所用之例,分爵弁服、韋弁服、皮弁服、朝弁服、玄端等門,共一百四十餘事。每門先列條目,次引經文注疏,後加按語解說。大椿另撰有深衣釋例。

三 畫

异 yì 羊吏切,去,志韻,喻。ㄧˋ

㊀推擧。說文:"异,擧也。"書堯典:"岳曰:'异哉,試可乃已。'"釋文引徐邈謂鄭玄音"異",去聲;孔安國王肅音怡,平聲。傳:"异,已;已,退也。"與說文不同。㊁奇異。通"異"。列子楊朱:"重囚纍梏,何以异哉。"注:"异,異也,古字。"

四 畫

弃 qì 詰利切,去,至韻,溪。ㄑㄧˋ

拋棄。"棄"的異體字。左傳隱三年:"若弃德不讓,是廢先君之擧也。"參見"棄"。

【弃市】處死刑。禮王制:"刑人於市,與衆弃之。"史記一一八淮南王傳:"長當弃市,臣請論如法。"漢書作"棄市"。

弄 1. nòng 盧貢切,去,送韻,來。ㄋㄨㄥˋ

㊀玩弄,遊戲。左傳僖九年:"夷吾弱不好弄。"注:"弄,戲也。"㊁欺侮,作弄。左傳襄四年:"愚弄其民,而虞羿于田。"㊂奏樂或樂一曲。史記一一七司馬相如傳:"及飲卓氏,弄琴。"世說新語任誕"舊聞桓子野善吹笛"注引續晉陽秋:"帝令(桓)伊吹笛,伊神色無忤,既吹一弄,乃放笛。"琴曲有梅花三弄。㊃扮演或表演。如唐代有"弄參軍"、"弄假婦人"。見唐段安節樂府雜錄俳優。㊄方言謂作事。章炳麟新方言釋言:"廬之合肥,黃之蘄州,皆謂作事爲舞,長沙及揚越,多言弄。"

2. lòng ㄌㄨㄥˋ

㊅巷,衖。南史齊廢帝鬱林王紀:"蕭諶領兵先入宮,……(帝)出西弄,遇弑。"

【弄口】㊀進讒言,挑唆。漢書四七文三王傳:"讒臣在其間,左右弄口,積使上下不和,更相眄伺。"㊁巧辯。梁書王亮傳任昉奏彈范縝:"曲學諛聞,未知去代;弄口鳴舌,祗足飾非。"

【弄丸】㊀古雜技名。取衆丸投空,以手相接,使不墮地。莊子徐无鬼:"市南宜僚弄丸,而兩家之難解。"㊁蜣螂別名。晉崔豹古今注中魚蟲:"蜣螂,能以土苞糞,推轉成丸。……一曰轉丸,一曰弄丸。"參見"蜣螂"。

【弄瓦】詩小雅斯干:"乃生女子,載寢之地,載衣之裼,載弄之瓦。"瓦,紡塼,古婦女紡織所用。後因稱生女曰弄瓦。北魏王夫人元華光墓誌:"藻心垂悦之年,慕潔抃(弄)瓦之歲。"(漢魏南北朝墓誌集釋圖版八六)元方回桐江續集四五月旦抵舊隱詩:"長男近弄瓦,累重詎足賀。"

【弄月】欣賞月色。初學記一南朝宋謝靈運怨曉月賦:"卧洞房兮當何悦,滅華燭兮弄曉月。"樂府詩集三五陳後主(叔寶)三婦艷詩之六:"小婦春妝罷,弄月當宵楹。"

【弄玉】相傳爲春秋秦穆公之女,蕭史之妻。唐李白李太白詩一鳳臺曲:"曲在身不返,空餘弄玉名。"詳"蕭史"。

【弄田】漢未央宮有弄田,供皇帝宴遊之地。漢書昭帝紀始元元年:"己亥,上耕于鉤盾弄田。"注:"弄田爲宴游之田,天子所戲弄耳。"鉤盾,官署名,職掌宮廷田地池苑。參閱三輔黃圖三。

【弄印】漢書四二周昌傳:"高祖持御史大夫印弄之,曰:'誰可以爲御史大夫者?'孰視(趙)堯曰:'無以易堯。'遂拜堯爲御史大夫。"後來詩文中因以弄印爲任命御史大夫的典故。文苑英華三九三唐蘇頲授尹思貞御史大夫制:"宜承弄印之榮,式允登車之志。"

【弄臣】爲帝王所親近狎玩之臣。史記九六申屠嘉傳:"文帝度丞相已困(鄧)通,使使者持節召通,而謝丞相曰:'此吾弄臣,君釋之。'"

【弄兵】動干戈,武裝起事。漢書八九龔遂傳:"海瀕遐遠,不霑聖化,其民困於饑寒而吏不恤,故使陛下赤子盜弄陛下之兵於潢池中耳。"唐杜牧樊川集四詠歌聖德遠懷天寶因題關亭長句四韻詩:"君王若悟治安論,安史何人敢弄兵?"

【弄法】玩弄法律,營私舞弊。史記一二九貨殖傳:"吏士舞文弄法,刻章僞書,不避刀鋸之誅者,没於賂遺也。"

【弄花】清明寒食時花工栽接整治牡丹,稱弄花。宋陸游渭南文集四二天彭牡丹譜風俗記:"栽接剔治,各有其法,謂之弄花。其俗有'弄花一年,看花十日'之語。"

【弄兒】供人玩弄的幼童。漢書六八金日磾傳:"日磾子二人皆愛,爲帝弄兒,常在旁側。"又九八元后傳:"太后旁弄兒病,在外舍。"

【弄姿】修飾容貌。文選晉趙景真(至)與嵇茂齊書:"翱翔倫黨之間,弄姿帷房之裏。"參見"搔頭弄姿"。

【弄₂唐】小巷。明祝允明前聞記:"今人呼屋下小巷爲弄。"注:"俗又呼弄唐,唐亦路也。"按爾雅釋宮:"廟中路謂之唐。"今通寫作"弄堂"或"衖堂"。

【弄孫】哄孫子。舊題北魏崔鴻十六國春秋後趙録石虎:"但抱子弄孫,日爲樂耳。"宋詩鈔戴敏東皋詩抄鄰公家:"弄孫時擲果,留客旋煎茶。"參見"含飴弄孫"。

【弄蛇】玩蛇。古代雜戲。文選漢張平子(衡)西京賦:"蟾蜍與龜,水人弄蛇。"五代何光遠鑑戒録十攻雜詠引陳裕金剛詩:"禍福豈由泥捏漢,燒香供養弄蛇人。"

【弄筆】㊀舞文弄墨。漢王充論衡佚文:"天文人文,文豈徒調墨弄筆爲美麗之觀哉?"晉書赫連勃勃載記:"我今未死,汝猶不以我爲帝王,吾死之後,汝輩弄筆,當置吾何地?"㊁謂執筆寫字。才調集五元稹閨晚詩:"調絃不成曲,學書徒弄筆。"

【弄潮】在江河水面作戲,如泅水、競渡等。宋蘇轍樂城集十一競渡詩:"父老不知招屈恨,少年争作弄潮游。"南宋臨安風俗,八月觀潮,少年百十爲羣,執旗泅水上,稱弄潮之戲。見宋吳自牧夢粱録四觀潮。

【弄璋】詩小雅斯干:"乃生男子,載寢之牀,載衣之裳,載弄之璋。"璋謂圭璋,寶玉;祝其成長後爲王侯執圭璧。後因稱生男曰弄璋,本此。北魏元誘墓誌:"殊異表於卞(弄)璋,崑岸聳於負劒。"(漢魏南北朝墓誌集釋圖版一三六)唐白居易長慶集五三崔侍御……因以二絶和之詩:"弄璋詩句多才思,愁殺無兒老鄧攸。"

【弄諠】故弄玄虛,耍花招。西遊記六:"我也曾見廟宇,更不曾見一個旗竿豎在後面的。斷是這畜生弄諠!"諠,也作"喧"。又八十:"他是個妖精,弄喧兒,騙我們哩!"

【弄翰】執筆寫作。古代以羽翰爲筆,故稱筆爲翰。文選晉左太沖(思)詠史詩一:"弱冠弄柔翰,卓犖觀羣書。"宋范仲淹范文正公集蘇軾敍:"其於仁義忠信孝悌,蓋如飢渴之於飲食,欲須臾忘而不可得,……雖弄翰戲語,率然而作,必歸於此。"

【弄濤】即弄潮。宋王應麟通鑑地理通釋五浙江注:"每年八月十八日,數百里士女共觀,舟人漁子泝濤觸浪,謂之弄濤。"

【弄優】古代稱能作諧戲之人。即俳優。漢桓寬鹽鐵論取下:"耳聽五音,目視弄優者,不知蒙流矢、距敵方外之死者也。"

【弄麞】舊唐書一〇六李林甫傳:"林甫舅子(姜)度妻誕子,林甫手書慶之曰:'聞有弄麞之慶。'客視之掩口。"按璋爲美玉,麞乃野獸名。林甫誤璋爲麞。宋蘇軾東坡集五賀陳述古弟生子詩:"甚欲去爲湯餅客,惟愁錯寫弄麞書。"參見"弄璋"。

【弄權】玩弄權勢。漢書三六劉向傳:"患苦外戚許、史在位放縱,而中書宦官弘恭石顯弄權。"唐元稹長慶集二四連昌宮詞:"弄權宰相不記名,依稀憶得楊與李。"指楊國忠李林甫。

【弄參軍】謂扮演參軍戲。唐段安節樂府雜録俳優:"開元中黃幡綽、張野狐弄參軍,始自後漢館陶令石躭。躭有贓犯,和帝惜其才,免罪,每宴樂即令衣白夾衫,命優伶戲弄辱之,經年乃放,後爲參軍誤也。"

【弄精魂】耗費心思。宋朱熹朱文公集四八答吕子約書:"會得活潑潑地,不會得時,只是弄精魂。"

【弄潮兒】㊀篙師舵工。以朝夕與潮水周旋,故稱。樂府詩集二六唐李益江南曲:"早知潮有信,嫁與弄潮兒。"㊁唐宋時盛行錢塘觀潮。善泅少年,往往以大綵旗、紅緑小傘、彩緞等繫於竹竿上,伺潮出海門,即百十爲羣,執旗泅於水上,稱爲弄潮之戲,以此博取觀潮者的賞賜。這一類少年稱爲弄潮兒。參閱宋吳自牧夢粱録四觀潮。

【弄癡人】裝癡取笑的俳優。北齊書皇甫玉傳:"顯祖(高洋)既即位,試玉相術,故以帛布袜其眼,而使歷摸諸人,……至石動統,曰:'此弄癡人。'"又作"弄癡大"。唐張鷟朝野僉載六:"敬宗時,高崔嵬善弄癡大。"

【弄巧成拙】謂本欲取巧反而敗事。宋邵雍伊川擊壤集二十首尾吟之四八:"弄巧既多翻作拙,堯夫非是愛吟詩。"續傳燈録三一智深禪師:"旁人冷眼看來,大似弄巧成拙。"

【弄假成真】宋邵雍伊川擊壤集九弄筆吟:"弄假像真終是假,將勤補拙總輸勤。"本爲以假作真之意。後來謂原意想作假而結果竟成爲事實。元曲選缺名隔江鬭智二:"那一個掌親的怎知道弄假成真,那一個説親的早做了藏頭露尾。"

弅 fěn ㄈㄣˇ 房吻切,上,吻韻,並。

高起貌。莊子知北遊:"登隱弅之丘。"釋文:"李(頤)云:隱,出;弅,起;丘貌。"

五畫

弆 jǔ 居許切,上,語韻,見。
ㄐㄩˇ 羌舉切,上,語韻,溪。

藏。左傳昭十九年"紡焉以度而去之"唐孔穎達疏:"去,卽藏也。字書去作'弆',羌莒反。"

六畫

弈 yì 羊益切,入,昔韻,喻。
ㄧˋ

㊀圍棋。論語陽貨:"不有博弈者乎?爲之猶賢乎已。"左傳襄二五年:"今甯子視君,不如弈棋。"㊁通"奕"。"弈"與"奕"音同義異,但古籍常混同。

【弈秋】古代善弈棋的人。見孟子告子上。

【弈律】明王思任撰。一卷。戲按明代法律條文,比照用於弈棋。以律文列前,按所犯分笞、杖、徒三等處罰,共四十二條。

弇 1. yǎn 古南切,平,覃韻,見。
ㄧㄢˇ 依儉切,上,琰韻,影。

㊀覆蓋,遮蔽。墨子耕柱:"是猶弇其目而祝於叢社也。"㊁承襲。荀子賦篇:"法禹湯而能弇迹者邪?"㊂深。吕氏春秋仲冬:"其器宏以弇。"㊃狹。見"弇中"。

2. yān
ㄧㄢ

㊄山名。見"弇₂山"。

【弇中】狹道。爲山東臨淄至萊蕪縣的狹谷。左傳襄二五年:"行及弇中,將舍。"釋文:"弇,於檢反,又於廉反。"參閲讀史方輿紀要三五青州府臨淄縣弇中峪。

【弇₂山】㊀山名。1.在今甘肅省,又名崦嵫山弇兹山。穆天子傳三:"天子遂驅,升於弇山,乃紀丌迹於弇山之石,而樹之槐,眉曰:'西王母之山。'"參閲山海經西山經。2.在今山東莘縣。見讀史方輿紀要三四東昌府莘縣弇山。㊁園名。明王世貞在江蘇隆福寺(在今太倉縣)西所築,中疊三峯,上弇、中弇、下弇。見嘉慶一統志一〇三太倉州古蹟。

【弇汗】馬身防汗之具,也稱防汗,古稱"韐"。漢桓寬鹽鐵論散不足:"罽繡弇汗,垂珥胡鮮。"

【弇州】㊀地名。淮南子地形有九州,正西爲弇州。㊁山名。山海經大荒西經:"有弇州之山,五彩之鳥,仰天名曰鳴鳥,爰有百樂歌舞之風。"

【弇兹】㊀神名。山海經大荒西經:"西海陼中有神,人面鳥身,珥兩青蛇,踐兩赤蛇,名曰弇兹。"㊁山名。卽弇山。見該條。

【弇山堂別集】明王世貞撰。一百卷。載明代典故,分盛事、異典、奇事、史乘考誤、帝系帝歷帝統及表、考六類。可補明代實録之闕。世貞所著詩文另有弇山堂集,故稱別集。

十二畫

弊 1. bì 毗祭切,去,祭韻,並。
ㄅㄧˋ

字本作獘,亦作"斃"。"獘",又變爲"弊"。㊀仆,向前倒下。周禮夏官大司馬:"羣吏以旗物鼓鐸鐲鐃,各帥其民而致,質明弊旗。"㊁破,敗壞。莊子山木:"衣弊履穿。"戰國策秦一:"黑貂之裘弊,黄金百斤盡。"㊂疲困。國語鄭:"公曰:'周其弊乎?'對曰:'殆於必弊者也!'"注:"弊,敗也。"後漢書十九耿弇傳:"時軍士疲弊,遂大敗奔還。"㊃弊陋,弊害。宋洪邁容齋隨筆十六并韶:"夫用門地族望爲選舉低昂,乃晉宋以來弊法。"㊄裁斷,決定。周禮天官大宰:"八曰官計,以弊邦治。"㊅蒙蔽。通"蔽"。韓非子姦劫弑臣:"爲姦利以弊人主。"

2. bá
ㄅㄚˊ

㊆見"弊₂撥"。

【弊衣】㊀破舊之衣。漢賈誼新書三屬遠:"淮南窳民貧鄉也,繇使長安者,……彊提荷弊衣而至。"顔氏家訓治家:"籍其家產,麻鞋一屋,弊衣數庫。"㊁短褲。後唐馬縞中華古今注中裩:"裩,三代不見所述,周文王所製裩,長至膝,謂之弊衣。"裩,同"褌"、"絝"。

【弊袴】破舊之袴。韓非子内儲上七術:"韓昭侯使人藏弊袴。侍者曰:'君亦不仁矣,弊袴不以賜左右而藏之。'"宋陸游劍南詩稿四六五月十日曉寒甚聞布谷鳴有感:"弊袴久當脱,短褐竟未送。"

【弊₂撥】混雜。淮南子俶真:"獨浮游無方之外,不與物相弊撥。"注:"弊撥,猶雜揉。弊音跋涉之跋,撥讀楚人言殺。"

【弊屣】破舊之鞋,喻微賤之物。同"敝屣"。太平御覽六九八引孟子:"舜視棄天下猶弊屣也。"注疏本孟子盡心上作"敝蹝"。

【弊弊】辛苦疲憊貌。莊子逍遥遊:"以爲一世蘄乎亂,孰弊弊焉以天下爲事。"釋文:"司馬(彪)本作'蔽蔽'。"

【弊竇】發生弊害的漏洞。明王一鶚總督四鎮奏議十薦舉庶職疏:"東鹿縣丞石弘道除姦不避權豪,理訟克清弊竇。"明史選舉志二:"科場弊竇既多,議論頻數。"

【弊躧】破草鞋,喻物之至賤者。躧,草履。戰國策燕一:"則燕趙之棄齊也,猶釋弊躧。"鮑彪本作"敝躧"。

【弊車羸馬】破車瘦馬,喻家境貧窮。三國志吴劉繇傳"繇伯父寵爲漢太尉"注:"(劉)寵前後歷二郡,八居九列,四登三事。家不藏賄,無重寶器,……弊車羸馬,號爲窶陋。"

【弊帚千金】文選魏文帝(曹丕)典論論文:"是以各以所長,相輕所短。里語曰:'家有弊帚,享之千金。'斯不自見之患也。"言人各自以其所有爲貴。後也作"弊帚自珍"。宋陸游劍南詩稿五一秋思:"遺簪見取終安用,弊帚雖微亦自珍。"

【弊絶風清】見"風清弊絶"。

弋部

弋 yì 與職切,入,職韻,喻。
ㄧˋ

㊀小木樁。今作"杙"。爾雅釋宫:"雞棲於弋爲榤。"㊁以繩繫箭而射。詩鄭風女曰雞鳴:"將翺將翔,弋鳧與雁。"疏:"謂以繩繫矢而射也。"㊂取。書多士:"非我小國,敢弋殷命。"傳:"弋,取也。"釋文:"弋,徐(邈)音翼,馬(融)本作翼,義同。"㊃黑色。通"黓"。見"弋綈"。㊄姓。卽姒姓。詩鄘風桑中:"云誰之思?美孟弋矣。"明史列傳有弋謙。

【弋陽】㊀縣名。1.屬江西省。漢豫章郡餘干縣地。三國吴置葛陽縣。陳以地有弋水,改名爲弋陽。見寰宇通志四三廣信府弋陽縣。2.漢縣,屬汝南郡。三國魏置弋陽郡,縣爲郡治。北魏分置南北弋陽縣。北齊廢北弋陽縣,併入定城縣。至元省入光州。故城在今河南潢川縣西。參閱嘉慶一統志二二二光州一、讀史方輿紀要五十汝寧府光州。㊁江名。信江在江西弋陽縣的一段爲弋陽江。詳"信江"。㊂山名。又名光山浮光山。在河南光山縣西北。另有浮弋扶光山弋山濮公山諸名。參閱讀史方輿紀要五十汝寧府。

【弋綈】黑色粗厚的絲織物。漢書文帝紀贊:"身衣弋綈。"注:"弋,黑色也;綈,厚繒。"

【弋獲】射而得禽。詩大雅桑柔:"如彼飛蟲,時亦弋獲。"舊時官府文告稱緝獲在逃罪犯常用弋獲字樣。

【弋陽腔】戲劇曲調名。簡稱"弋腔"。起源於元末明初江西省弋陽縣,流傳至北京南京湖南廣東福建等地。演時以金鼓鐃鈸等打擊樂器隨腔按拍,唱詞的尾段或尾句由後場幫腔。弋陽腔與各地民間曲調結合,又稱爲高腔。參閱明徐渭南詞敍録。

【弋人何篡】見"鴻飛冥冥"。

三畫

式 shì 賞職切,入,職韻,審。ㄕ

㊀規格,榜樣。書微子之命:"世世享德,萬邦作式。"後漢書二四馬援傳:"援好騎,善別名馬,於交阯得駱越銅鼓,乃鑄爲馬式。"㊁用。詩小雅南有嘉魚:"君子有酒,嘉賓式燕以樂。"㊂車前扶手橫木。通"軾"。周禮冬官輿人:"輿人爲車,……參分其隧,一在前,二在後,以揉其式。"注:"兵車之式,深尺四寸三分寸之二。"疏:"式,謂人所馮依而式敬。"㊃古人立而乘車,低頭撫式,以示敬意,也叫式。儀禮士喪禮:"主人不哭,辟君式之。"注:"古者立乘,式謂小俛以禮主人也。"參見"式閭"。㊄發語詞。詩大雅蕩:"式號式呼,俾晝作夜。"

【式序】按次第敍録功勞。詩周頌時邁:"明昭有周,式序在位。"後漢書七八呂強傳:"故太尉段熲,武勇冠世,習於邊事,……陛下既已式序,位登臺司,而爲司隸校尉陽球所見誣脅,一身既斃,而妻子遠播。"

【式遏】詩大雅民勞:"式遏寇虐,憯不畏明,柔遠能邇,以定我王。"本指使惡人不得爲虐作惡。世説新語棲逸:"戴安道(逵)既屬操東山,而其兄(逯)欲建式遏之功。"此指作官建立事功。

【式微】式,發語辭。微,衰落。詩邶風式微:"式微式微,胡不歸?"式微,天將暮的意思。後來泛稱事物由盛而衰曰式微。

【式閭】式,車前橫木,通"軾"。閭,里門。車至里門,人立車中,俯憑車前橫木,用以表示敬意。書武成:"釋箕子囚,封比干墓,式商容閭。"後常指登門拜訪。梁書何胤傳:"太守衡陽王元簡深加禮敬,月中常命駕式閭,談論終日。"

【式穀】式,用;穀,善、福禄。詩小雅小宛:"教誨爾子,式穀似之。"言用善道以教子,使之爲善。詩小雅小明:"神之聽之,式穀以女。"此謂與汝以福禄。

【式樣】模樣,格式。宋歐陽修文忠集十七與薛少卿書:"奉告作鞍,……相次專人附銀去,式樣一依官品可也。"

【式璧】用璧作招聘的禮物。管子輕重甲:"鵠鶡之所在,君請式璧而聘之。"

【式怒蛙】相傳越王勾踐將伐吳,出,見怒蛙,勾踐俯憑車前橫木爲敬。從者問其故。勾踐説:"蛙見敵而有怒氣,故爲之軾。"用意借以激勵士卒的鋭氣。見吳越春秋勾踐伐吳外傳。也作"式蛙"。三國魏曹植曹子建集五矯志詩:"螳螂見嘆,齊士輕戰;越王軾蛙,國從死獻。"軾,同"式"。

【式道候】漢官名。屬中尉。有左右中候三人,六百石。掌皇帝車駕出,在前清道,駕還,持麾至宫門,門始開。後漢僅一人,不常置。見漢書百官公卿表上、後漢書百官志四。

九畫

弒 shì 式吏切,去,志韻,審。ㄕ

舊謂臣殺君、子殺父母曰弒。易坤:"臣弒其君,子弒其父,非一朝一夕之故,其所由來漸矣。"

弓部

弓 gōng 居戎切,平,東韻,見。ㄍㄨㄥ

㊀射箭的武器。以堅韌之木爲幹,內附以角,外附以筋,以絲爲弦,張而射之。弓把曰弣,弓梢曰弰,兩端架弦之處曰峻,弣兩旁曲處曰弓淵,亦謂之隈。㊁支撐車蓋的弓形木架。周禮考工記輪人:"弓鑿廣四枚。"注:"弓,蓋橑也。"疏:"漢世名蓋弓爲橑子也。"㊂彎曲。見"弓腰"。㊃舊時丈量地畝的工具和計算單位。五尺爲一弓,即一步。三百六十弓爲一里,二百四十方弓爲一畝。唐陸龜蒙甫里集十六送小雞山樵人序:"自冢至麓,凡二百弓。"宋史藝文志四農家類有王居安經界弓量法一卷。㊄姓。漢有光禄勳弓祉。參閱通志二八氏族四以名爲氏。

【弓人】造弓的人。見周禮考工記弓人。

【弓父】造弓的人。同"弓人"。後漢書六十下蔡邕傳釋誨:"弓父畢精於筋角,佽非明勇於赴流。"注:"弓父,弓工也。"

【弓手】㊀習射的兵卒。宋元州郡皆有弓手之名,又號弓箭手,主要負責緝捕之事。宋梅堯臣宛陵集七田家語詩序:"庚辰詔書,凡民三丁籍一,立校與長,號弓箭手。"參閱宋史食貨志上五、役法上、元史兵志四弓手。㊁古代丈量地畝持步弓的人。清黃六鴻福惠全書十清丈部責經手:"丈地弓制不真,責之弓手。"

【弓月】㊀半月,形狀似弓,故稱。樂府詩集三二隋明餘慶軍行:"劍花寒不落,弓月曉逾明。"㊁唐代西突厥部落名,故地在今新疆焉耆回族自治縣西北。參閱舊唐書七七韋待價傳、新唐書高宗紀龍朔三年。

【弓矢】弓和箭。書費誓:"備乃弓矢,鍛乃戈矛。"詩大雅公劉:"弓矢斯張,干戈戚揚,爰方啟行。"

【弓衣】裝弓的袋,古也稱韔。韔,音chàng。禮檀弓下"赴車不載櫜韔"漢鄭玄注:"韔,弓衣。"北周庾信庾子山集五詠畫屏風詩之十四:"弓衣濕濺水,馬足亂橫波。"

【弓冶】禮學記:"良冶之子必學爲裘,良弓之子必學爲箕。"後用弓冶比喻父子世傳的事業。北齊功曹李琮墓銘:"君擢自朱藍,學因弓治(冶)。"(八瓊室金石補正二二)唐白居易長慶集五八阿崔詩:"弓冶將傳汝,琴書勿墜吾。"參見"箕裘"。

【弓兵】元置,屬巡檢司,明因之。負責地方緝捕之事。參閱明田汝成西湖游覽志餘六版蕩凄凉、明史兵志民壯土兵三、明律兵律。

【弓長】張的隱語。南朝宋明帝劉彧以王景文外戚貴盛，張永屢有戰功，將來難制，因編歌謡曰："一士不可親，弓長射殺人。"一士，王字，指王景文；弓長，張字，指張永。參閲宋書王景文傳。

【弓招】古代聘士，以弓爲信物。左傳莊二二年引逸詩："翹翹車乘，招我以弓。"注："古者聘士以弓。"又昭二十年："旃以招大夫，弓以招士，皮冠以招虞人。"北史邢巒傳附邢卲："設官分職，各有司存。丞相不問闘人，虞官弓招不進。"

【弓弦】也作"弓絃"。弓上的弦。管子形勢："射者，弓弦發矢也。"越絶書八越絶外傳記越地傳："句踐欲伐吳，種麻以爲弓絃。"

【弓高】縣名。漢置，屬河間國。漢文帝封韓頽爲弓高侯。晉省。故址在今河北阜城縣西南。隋唐也置弓高縣，五代周廢入滄州，故城在今河北東光縣西。參閲嘉慶一統志二二河間府二。

【弓珧】用貝殼裝飾的弓。文選晉左太沖(思)魏都賦："弓珧解檠，矛鋌飄英。"唐劉良注："以蛤骨飾弓曰珧。"

【弓馬】騎射，武事。後漢書五一陳龜傳："家世邊將，便習弓馬，雄於北州。"三國志吳韓當傳："韓當……以便弓馬，有膂力，幸於孫堅。"

【弓旌】古代徵聘之禮，用弓招士，用旌招大夫。見左傳昭二十年、孟子萬章下。後來遂以弓旌作爲延聘之意。古文苑十九三國魏邯鄲淳後漢鴻臚陳君碑："初平之元，禁網蠲除，四府並辟，弓旌交至。"文選南朝梁任彥昇(昉)宣德皇后令："爰在弱冠，首應弓旌。"參見"弓招"。

【弓蛇】誤認弓影爲蛇影，比喻人對事物的錯覺。元謝應芳龜巢稿九顧仲瑛臨濠惠書詞甚忼慨詩以代簡："酒盃已辨弓蛇悞，藥杵無勞玉兔將。"參見"杯弓蛇影"。

【弓裘】同"弓冶"。唐高適高常侍集七古樂府飛龍曲留上陳左相詩："相門連戶牖，卿族嗣弓裘。"唐白居易長慶集三八除薛平鄭滑節度判："秉吏道之刀尺，襲將門之弓裘，可以爲三軍之帥，可以理千乘之賦。"

【弓腰】舞時向後彎腰如弓形。梁書羊侃傳："又有孫荆玉能反腰貼地，銜得席上玉簪。"即弓腰。唐段成式酉陽雜俎前集十四諾臯記上，謂有士人醉卧，見婦人踏歌曰："舞袖弓腰渾忘却，蛾眉空帶九秋霜。"其中雙鬟者問如何是弓腰？歌者笑曰："汝不見我作弓腰乎？"乃返首髻及地，腰勢如規。

【弓箕】義同"弓冶"、"弓裘"。唐陸龜蒙甫里集一襲美先輩以龜蒙所獻五百言……詩："少小不好弄，逡巡奉弓箕。"

【弓鞋】弓形的鞋，舊時婦女所穿。宋黄庭堅山谷詞滿庭芳之四："直待朱幡去後，從伊便窄襪弓鞋。"元王實甫西廂記四本一折："下香階，懶步蒼苔，動人處弓鞋鳳頭窄。"

【弓影】㊀弓的影子。唐駱賓王駱丞集三送鄭少府入遼詩："滿月臨弓影，連星入劍端。"㊁"杯弓蛇影"的省略語。明劉炳劉彥炳集鄱城歸舟詩："弓影浮杯疑老病，雞聲牽夢動離愁。"詳"杯弓蛇影"。

【弓劍】㊀弓和劍。禮曲禮上："受弓劍者以袂。"㊁神話傳説黄帝騎龍仙去，小臣攀附欲上，致墮帝弓；又黄帝葬橋山，山崩，棺空，僅存劍、鞋。見史記封禪書、五帝紀"黄帝崩"正義。後因以弓劍爲對皇帝寄託哀思之詞。宋書黄回傳齊王劾回表："先朝輿服，猶有二輿，弓劍遺思，尚在軍府。"唐景淨景教流行中國碑："龍髯雖遠，弓劍可攀。"(金石萃編一〇二)

【弓韔】裝弓的袋。宋史二五八曹彬傳附曹瑋："瑋以宿將爲(丁)謂所忌，即日上道，從弱卒十餘人，不以弓韔矢箙自隨。"

【弓鞬】弓袋，馬上盛弓箭的器具。漢書七六韓延壽傳："騎士從者帶弓鞬羅後。"

【弓韣】弓袋。禮月令仲春之月："乃禮天子所御，帶以弓韣，授以弓矢，于高禖之前。"注："天子所御，謂今有娠者。……帶以弓韣，授以弓矢，求男之祥也。"宋王安石臨川集五八賀生皇子表："宅師無競，芫簟之寢既安；傳類有祥，弓韣之祠屢應。"

【弓子鋪】遼行軍駐紮，不設營塹，每到一處，只折樹梢爲弓，圍成軍營馬舍；又諸國使來，道旁插置樹梢弓，以充欄柵。統謂之弓子鋪。參閲遼史國語解兵衛志弓子鋪。

【弓箭社】北宋邊地人民的自衛武裝組織。北宋河朔西路，遼與西夏時時侵擾，邊軍廢弛，不能抵禦，於是民間自動組織弓箭社，戶出一人，自相推擇衆所服者爲社頭、社副、録事，謂之頭目，皆勇武能戰。熙寧間廢罷，但民間依舊保存。參閲宋蘇軾東坡集奏議集十四乞增修弓箭社條約狀。

一畫

弖 juǎn ㄐㄩㄢˇ

同"卷"，也作"𢎨"。北魏鄭羲下碑："遂乘閑述作，注諸經論，撰話林數弖。"(八瓊室金石補正十四)按説文𢎨，讀爲書卷之卷，道書以一卷爲一弖，卽草書"𢎨"字，非从弓从二。南朝梁陶弘景真誥(道藏本)中也稱一卷爲"一弖"。參閲元陶宗儀輟耕録二弖字、清錢大昕十駕齋養新録四𢎨。

【弖舒】同"卷舒"。打開圖籍，引申爲閲覽。隋徐智竦墓誌："弖舒圖史，遨遊儒默。"(漢魏南北朝墓誌集釋圖版六〇七之二)

引 yǐn 余忍切，上，軫韻，喻。
ㄧㄣˋ 羊晉切，去，震韻，喻。

㊀開弓。莊子田子方："列御寇爲伯昏无人射，引之盈貫。"㊁延長。易繫辭上："引而伸之。"詩小雅楚茨："子子孫孫，勿替引之。"㊂拉，牽。墨子雜守："其事急者，引而上下之。"㊃引導，帶領。管子法法："引而使之，民不敢轉其力。"史記七七魏公子傳："公子引侯生坐上坐。"㊄正，劃定。左傳昭元年："引其封疆。"㊅引進，推薦。後漢書十三隗囂傳："王莽國師劉歆引囂爲士。"㊆引用。魏書刑罰志："今引以盜律之條，處以和掠之罪，原情究律，實爲乖當。"㊇長度單位。古以十丈爲一引。見漢書二一上律曆志一上。又重量單位。元有茶引、明清有鹽引，每引規定斤數，歷代不同。見續文獻通考二十征榷三、二二征榷五。參見"引鹽"。㊈引車軸的皮帶，同"靷"。荀子王霸："綿綿常以結引馳外爲務。"又指柩車的繩索。禮檀弓下："弔於葬者必執引。"後因稱出殯爲發引。參見"發引"。㊉樂曲體裁之一，有序曲之意。文選漢馬季長(融)長笛賦："故聆曲引者，觀德於節奏。"漢蔡邕琴操上序首有烈女引等九引。⑪文體名。唐以後始有此體，大略如序而稍爲簡短。如唐王勃王子安集五滕王閣序："敢竭鄙誠，恭疏短引。"劉禹錫有九華山歌并引、泰娘歌并引等。宋蘇洵父名序，故洵文諱"序"爲引。後人亦有沿用者。⑫路引，通行證。明唐玉翰府紫泥全書六託人給引："某欲他往，煩給一引，使奔四方關津處所得無留難。"

【引人】宮門司閽。周禮天官宮正"幾其出入"唐賈公彥疏："有門籍及引人，皆得出入也。”

【引子】㊀戲曲的開始部分。南曲各折的前面，多有引子，和北曲的楔子相類似。但楔子也有在各折之中的。元高則誠琵琶記二高堂稱慶有正宮引子 瑞鶴仙 曲。㊁中醫開完藥方，末尾又加一二味作爲藥引，也叫引子。梨園樂府下元缺名快活三過朝天子曲之三：“若得我病了，除非是見他，藥引子舌尖上唾。”

【引文】官府派租單。宋趙汝鐩野谷詩稿六隴首：“農家説縣催科急，留我茅簷看引文。”今指從其他書籍、文件引來的文句。

【引分】分，音fèn。㊀猶言引決，自殺。漢書文帝紀十年“將軍薄昭死”唐顏師古注引鄭氏：“昭殺漢使者，文帝不忍加誅，使公卿從之飲酒，欲令自引分。”㊁猶言引咎，自責。唐韓愈昌黎集六瀧吏詩：“官不自謹慎，宜卽引分往。”

【引手】弓箭手。宣和遺事元集：“宋江天曉卻將文字呈押，差董平引手三十人至石碣村根捕。”

【引去】退出，引退。三國志魏典韋傳：“(呂)布衆退。會日暮，太祖乃得引去。”宋蘇軾東坡集四次韻錢越州見寄詩：“欲息波瀾須引去，吾儕豈獨坐無言。”

【引布】牽引喪車的白布。古時，挽喪車的索叫紼，或叫引。後用整匹白布結在槓的兩端，柩行，引布前導。禮記所謂執引、執紼，卽此。有服親屬送喪皆在引布之內，死者之子在最後。見清吳榮光吾學錄十七。

【引羊】舊時祭祀進少牢(一羊一豕，或只一羊)，用黄旗前導，一羊在前稱引羊。引羊終身豢養，專充祭祀引導之用，不屠宰。見清王士禎居易錄十四。

【引地】指官鹽之行銷區域。也稱引岸，因鹽法規定鹽商請引行鹽，均有指定口岸。清會典事例二二七戶部鹽法：“其引地行銷於廣東之潮州、嘉應，福建之汀州者，爲大河。”參見“引鹽”。

【引年】㊀古禮選擇年老而賢明者加以尊養。禮王制：“凡三王養老，皆引年。”後官吏年老告退，也稱引年。唐白居易長慶集三九答高郢請致仕第二表：“授禮引年，遺榮致政。”宋劉延世孫公談圃：“王德用世號黑王相公。……德用在朝，屢引年，仁宗惜其去，兩爲減年。”(説郛六七)㊁延年。唐韓愈昌黎集十二進學解：“若夫商財賄之有亡，計班資之崇庳，……是所謂詰匠氏之不以杙爲楹，而訾醫師以昌陽引年，欲進其豨苓也。”

【引決】自裁，自殺。漢書六二司馬遷傳報任安書：“此人皆身至王侯將相，聲聞鄰國，及罪至罔加，不能引決自財，在塵埃之中。”注：“財與‘裁’同，古通用字。”文選晉潘安仁(岳)西征賦：“激義誠而引決，赴丹爛以明節。”也作“引訣”。周書宣帝楊皇后傳：“帝大怒，遂賜后死，逼令引訣。”

【引却】引退，退却。新唐書一三六李光弼傳：“(李)抱玉出奇兵夾擊，俘虜過當，賊帥周摯引却。”

【引見】㊀古代禮制，皇帝接見下臣、少數民族首領和賓客，由有關大臣引導入見，稱引見。漢書七二龔勝傳：“徵爲諫大夫，引見。”又八二王商傳：“河平四年，單于來朝，引見白虎殿。”清制，京官五品以下，外官四品以下，授官時，文官由吏部，武官由兵部引見。參閲清朝通典五二禮。㊁接見。後漢書七九張玄傳：“時右扶風琅邪徐業，亦大儒也，聞玄諸生，試引見之。”梁書袁昂傳：“(王)儉時爲京尹，經於後堂獨引見昂。”

【引吭】伸頸放聲。晉張華禽經：“搏則利嘴，鳴則引吭。”也指吟詩或歌唱。唐韓愈昌黎集四燕河南府秀才詩：“怒起簸羽翮，引吭吐鏗轟。”

【引身】動身，抽身。文選戰國楚宋玉神女賦：“歡情未接，將辭而去，遷延引身，不可親附。”唐韓愈昌黎集外集十順宗實錄五：“豈可如此自毁壞，擺袖引身而去。”

【引伸】由本義推延而及他義。易繫辭上：“引而申之，觸類而長之，天下之能事畢矣。”清江藩國朝漢學師承記二惠周惕附惠松崖：“精覃三十年，引伸觸類，始得貫通其旨。”也作“引申”。清江沅説文解字注後敍：“本義明而後餘義明，引申之義亦明。”

【引河】史記河渠書：“滎陽下引河東南爲鴻溝。”又：“朔方西河河西酒泉皆引河及川谷以溉田。”都指人工開掘的黄河支流。後來也泛稱人工開掘的支流。清張紹南孫淵如先生年譜下：“凡堵築決口，須合龍後開放引河，則水疾下而無停淤。”

【引枕】耳枕，枕頭中有方穴，側卧時可以置耳。紅樓夢六：“炕上大紅條氈，靠東邊板壁立著一個鎖子錦的靠背和一個引枕。”

【引岸】舊時鹽商納税後，取得售鹽專利的口岸和地區。也稱“銷岸”、“引地”。清會典事例二二二戶部鹽法長蘆二：“今擬除津武口岸並永平七屬，均近灘坨不計外，其餘直隸各引岸，並蘆鹽所行引岸，請每包於向定斤兩之外，酌加二十斤，令其補傷耗。”參見“引鹽”。

【引服】認罪，服罪。資治通鑑一〇〇晉穆帝升平二年：“(慕容)儁收段氏及(高)弼下大長秋、廷尉考驗。……(慕容)垂愍之，私使人謂段氏曰：‘人生會當一死，何堪楚毒如此，不若引服。’”也作“引伏”。宋桂萬榮棠陰比事揚牧笞巫：“(解)慶賓悵然失色，(李)崇乃攝而問之，卽自引伏。”

【引咎】承認過失。吳越春秋十勾踐伐吳外傳：“勾踐乃選吳越將士，西渡河以攻秦，軍士苦之。會秦怖懼，逆自引咎，越乃還軍。”

【引首】擡頭，伸長頸子。宋歐陽修文忠集一四四與韓忠獻王書之十八：“欣歡鼓舞，而引首北望，惟恐來朝之緩也。”宋沈括夢溪筆談二十神奇：“祭之日，既酌酒，蛇乃自奩中引首吸之。”

【引退】㊀退却。戰國策秦一：“軍乃引退，并於李下。”㊁自請辭職。宋書謝莊傳與大司馬江夏王義恭箋：“前以聖道初開，未遑引退，及此諸夏事寧，方陳微請。”

【引重】㊀載運重物。易繫辭下：“服牛乘馬，引重致遠，以利天下。”㊁推重，標榜。史記一〇七魏其武安侯傳：“灌夫亦倚魏其而通列侯宗室爲名高，兩人相爲引重。”集解引張晏：“相薦達爲聲勢。”

【引疾】託病辭官。新唐書一七三裴度傳：“大和四年數引疾，不任機重，願上政事。”

【引起】起身。漢書一〇〇上敍傳：“(張)放等不懌，稍自引起更衣，因罷出。”後漢書十五來歷傳：“乃各稍自引起，歷獨守闕，連日不肯去。”

【引氣】猶運氣。漢董仲舒春秋繁露十六循天之道：“天氣常下施於地，是故道者亦引氣於足。”此指方士煉氣。文選三國魏文帝典論論文：“譬諸音樂，……至於引氣不齊，巧拙有素，雖在父兄，不能以移子弟。”此指吹奏者用氣。

【引訣】見“引決”。

【引票】運鹽的憑證。清會典事例二二一戶部鹽法長蘆：“(乾隆)五十三年議准，長蘆各引票通行直隸河南，鹽價每斤加制錢二文，以資轉運。”

【引接】接待。宋書彭城王義康傳：“府門每旦常有數百乘車，雖復位卑人微，皆被引接。”

【引過】自認過失。後漢書光武帝紀上:“會伯升爲更始所害,……司徒官屬迎弔光武,光武難交私語,深引過而已。”光武,劉秀。伯升,秀兄縯。

【引紼】執紼送葬。紼,牽引靈柩的繩索。呂氏春秋節喪:“引紼者左右萬人以行之。”參見“引布”。

【引道】㊀上路,出發。後漢書十八吴漢傳:“每當出師,朝受詔,夕即引道。”㊁引路,帶路。唐敦煌變文維摩詰經講經文:“作俗中引道之師,爲世上照人之鏡。”

【引喻】援引例證以説明事理。三國志蜀諸葛亮傳出師表:“不宜妄自菲薄,引喻失義,以塞忠諫之路也。”

【引喤】古代官吏出行,侍從在前高聲喝道。也叫“騶唱”。南朝梁尚書令、僕、御史中丞,各給威儀十人,其七人唱呼入殿,引喤至階。見隋書百官志上、宋龐元英文昌雜録四。參見“騶唱”。

【引税】鹽税。鹽税以引計算,故名。清會典事例二二三户部鹽法兩淮:“今永順永綏增設引目,原議照吉安一例納課行銷,吉安口岸並無引税之例,免其輸納税銀。”參見“引鹽”。

【引勝】失去勝利機會。孫子謀攻:“三軍既惑且疑,則諸侯之難至矣。是謂亂軍引勝。”宋梅堯臣注:“自亂其軍,自去其勝也。”

【引路】㊀起程,動身。周書李弼傳:“弼每率兵征討,朝受令,夕便引路,不問私事,亦未嘗宿於家。”㊁帶路,導行。唐劉禹錫劉夢得集外集五答張侍御賈喜再登科……詩:“又被時人寫姓名,春風引路入京城。”宋孫光憲北夢瑣言十二崔從事爲廟神賜藥:“悉遭殺戮,唯(崔)外郎於倉惶中忽有人引路獲免。”

【引罪】伏罪。南史宋紀上:“引罪,仰藥而死。”宋蘇軾東坡集三三陳公弼傳:“遂自引罪坐廢。”

【引愆】自認罪過。愆,罪過。後漢書和熹鄧皇后紀:“克己引愆,顯揚仄陋。”三國志蜀諸葛亮傳:“詔策亮曰:‘街亭之役,咎由馬謖,而君引愆,深自貶抑。’”

【引嫌】爲防嫌疑,自請迴避。宋徐度却掃編中:“近歲,中書舍人當制,而兄弟有除授,多引嫌,俾以次官行。”宋史三五五賈易傳:“遷左司諫,論呂陶不争張舜民事,與陶交攻,遂劾陶黨附蘇軾兄弟,……蘇轍爲中丞,易引前嫌求避,改度支員外郎。”

【引滿】㊀注酒滿杯。漢書一〇〇上敍傳:“皆引滿舉白,談笑大噱。”晉陶潛陶淵明集二遊斜川詩:“提壺接賓侶,引滿更獻酬。”㊁拉弓至滿。南史齊高帝紀:“(蒼梧王)立帝於室内,畫腹爲射的,自引滿,將射之。”帝,指蕭道成。

【引誘】勸導。宋書廬陵王義真傳:“選保傅於舊老,求四友於髦俊,引誘情性,導達聰明。”後多用作貶義詞,指誘使他人爲非作歹。清傳山紅羅鏡傳奇三:“只個又不同幫閒,引誘良家敗子。”

【引對】帝王召見臣僚詢問對答曰引對。舊唐書德宗紀上貞元元年:“十二月戊辰詔延英視事日,令常參官七人引對,陳時政得失。”唐王建詩八宫詞之七:“延英引對碧衣郎,江硯宣毫各別牀。”

【引領】㊀伸頸遠望。喻盼望殷切。左傳成十三年呂相絶秦:“及君之嗣也,我君景公引領西望曰:‘庶撫我乎!’”漢賈誼新書一過秦下:“天下莫不引領而觀其亡。”㊁帶領。水滸二:“董將士使個人將着書簡,引領高俅逕到學士府内。”㊂宋金時訂立契約,作證人者稱引領。相當於後世的中人。金真清觀牒置買地土文契後有引領人王守玅(金石萃編一五八)。或疑爲行會頭目。宋吴自牧夢粱録十九雇覓人力謂雇倩人力,各有行老、引領,也有官私、牙嫂及引置等人。公元1974年陝西省臨潼出土銀鋌,其上除刻打造店户名外,尚有引領石灝、引領閻太等名。

【引課】舊時販賣鹽茶,皆以若干斤爲一引,按引課税,稱爲引課。清會典事例二二一户部鹽法長蘆:“直隸省宣化東西兩城、深井堡三處,將額引除去,聽民自行煎鹽,包納引課。”又二四二户部雜賦茶課:“直隸河南均無茶課,向不頒引;惟茶商到境,各由經過關口輸税,不科引課。”

【引導】㊀引領。晉書職官志:“太常博士……掌引導乘輿。”妙法蓮華經四法師品:“引導諸衆生,集之令聽法。”㊁古代官員外出,在前傳呼開路的人。明會要二三輿服上百官儀從:“凡京官出外:四品以上,引導三對。……七品以上引導二對。”㊂同導引,道家養生法。漢王充論衡自紀:“適輔服藥引導,庶冀生命可延,斯須不老。”

【引慝】自認錯誤、罪過。慝,罪過。書大禹謨:“帝初于歷山,往于田,日號泣于旻天,于父母,負罪引慝。”唐柳宗元柳先生集八唐故秘書少監陳公行狀:“天子加惠羣臣而引慝焉,德至厚也。”

【引綫】拉釣絲。唐韓愈昌黎集三贈侯喜詩:“舉竿引綫忽有得,一寸纔分鱗與鬐。”後稱介紹、告密及引路捕人者爲引綫。明唐玉翰府紫泥全書三託兩姨(爲媒):“誼屬連襟,姻資引綫。”

【引邁】啟行,登程。玉臺新詠一漢秦嘉贈婦詩之三:“清晨當引邁,束帶待雞鳴。”

【引彊】㊀挽拉强弓。後漢書四一第五倫傳:“有賊,輒奮厲其衆,引彊持滿以拒之。”㊁官名。史記絳侯周勃世家:“材官引彊。”漢書周勃傳作“引强”。注引服虔:“能引强弓弩官也。”又引孟康:“如今挽强司馬也。”

【引避】㊀讓路,躲避。後漢書章帝紀元和三年:“勑侍御史、司空曰:‘方春,所過無得有所伐殺。車可以引避,引避之。’”新唐書一二三蕭至忠傳:“至忠少與友期諸路,會雨雪,人引避。至忠曰:‘寧有與人期可以失信?’卒友至,乃去。”㊁引退迴避。宋歐陽修文忠集九二乞出第三劄子:“而臣以顧惜國體,既不當更與(呂)誨等辯正,便合引避去位。”

【引翼】引導扶持。詩大雅行葦:“黄耇台背,以引以翼。”箋:“以禮引之,以禮翼之,在前曰引,在旁曰翼。”文苑英華八唐李程衆星拱北辰賦之二:“瞻夫攝提引翼,鉤陳邐迤。”

【引戲】宋金戲曲脚色名。宋吴自牧夢粱録二十妓樂:“且謂雜劇中末泥爲長,每一場四人或五人,……末泥色主張,引戲色分付,副淨色發喬,副末色打諢,或添一人,名曰裝孤。”明陶宗儀輟耕録二五院本名目:“國朝院本、雜劇,始釐而二之;院本則五人:曰副淨,……曰副末,……曰引戲,一曰末泥,一曰孤裝,又謂之五花爨弄。”

【引觴】持杯。晉陶潛陶淵明集五歸去來兮辭:“引壺觴以自酌,眄庭柯以怡顔。”唐柳宗元柳先生集二九始得西山宴遊記:“引觴滿酌,頹然就醉。”

【引證】援引前人事例或著作爲證據。南史宋王曇首傳附王儉:“每博議引證,先儒罕有其例。”宋邵博聞見後録十四:“老蘇公(洵)云:‘學者于文用引證,猶訟事之用引證也。’”

【引鏡】持鏡照面。文選南齊王元長(融)三月三日曲水詩序:“引鏡皆明目,臨池無洗耳。”注引譙周考史:“公孫述竊位於蜀,蜀人任永乃託目盲。及述誅,永澡盥引鏡自照曰:‘時清則目明也。’”後來詩文中因以引鏡作爲由亂而治、時世清明的典故。金元好問遺山集九贈張文舉御史詩：“無窮白日青天在，會有先生引鏡年。”

【引騶】官吏出行時前導的騎從。梁書王僧孺傳：“僧孺幼貧，其母鬻紗布以自業，嘗擕僧孺至市，道遇中丞鹵簿，驅迫溝中。及是拜日，引騶清道，悲感不自勝。”

【引籍】引人及門籍。漢制，宮門有禁，無引人及門籍者不得妄入。引人，卽門使；籍，用三尺竹牒，記載出入者的年齡、名字、相貌，懸於宮門，以備查對。核對無誤，始得入內。史記外戚世家：“武帝已立，王太后獨在。而韓王孫名嫣素得幸武帝，承閒白言太后有女在長陵也。……武帝乃自往迎取之。……詔副車載之，迴車馳還，而直入長樂宮。行詔門著引籍，通到謁太后。”正義：“武帝道上詔令通名狀於門使，引入至太后所。”參閱周禮天官宮正“幾其出入”漢鄭玄疏、晉崔豹古今注下問答釋義。

【引鹽】明清制以鹽若干斤爲一引，每引納稅若干；引與稅之輕重，各地不同。銷鹽的地域稱引地，經營鹽業者爲引商。引商納引稅後，在其地界內有專賣之權。凡已納引稅的鹽爲官鹽，未納者爲私鹽。其甲引地的鹽妄入乙引地銷售者爲占銷，其罪與私鹽等同。參閱續文獻通考二十征榷三鹽鐵、清會典事例二二一戶部鹽法盛京。

【引光奴】引火物，類似今之火柴，但不能磨擦自燃。宋陶穀清異錄器具：“夜中有急，苦於作燈之緩。有智者批杉條，染硫黃，置之待用。一與火遇，得燄穗然，既神之，呼引光奴。今遂有貨者，易名火寸。”

【引進使】接待外賓的官吏。五代置客省使、引進使，宋沿其制，客省使掌接待外使朝會宴賜之事，引進使、副使各二人，掌外使進奉禮物之事。參閱宋史職官志六客省引進、續通典三十職官八。

【引龍直】宋代皇帝出巡時前導的樂隊。太平興國三年，詔籍軍中的善樂者，稱引龍直，皇帝每巡省遊幸，則騎導車駕而奏樂。淳化四年，改名爲鈞容直，取鈞天廣樂之義。參閱宋王闢之澠水燕談錄八事志。

【引雛詩】賀生男詩。全唐詩四五八白居易 談氏外孫生三日……兼戲呈夢得：“明日貧翁具雞黍，應須酬賽引雛詩。”自注：“前年談氏外孫女初生，夢得有賀詩云：‘從此引鷄雛。’今幸是男，前言似有徵，故云。”夢得，劉禹錫。

【引人入勝】世說新語任誕：“王衛軍(薈)云：‘酒正自引人箸〔著〕勝地。’”意卽把人帶到優美的境地。後遂以“引人入勝”形容風景名勝或美妙文章等能引人進入佳境。

【引而不發】引，拉弓；發，射箭。孟子盡心上：“君子引而不發，躍如也。”意指善於教射箭的人，拉滿弓，不發箭，只作躍躍欲射的姿態，以便學者觀摩領會。後比喻善於引導，或指作好準備，待機行事。

【引狼入室】比喻把壞人引進自己內部。元曲選張國寶羅李郎楔子：“我不是引的狼來屋裏窩，尋的蚰蜒鑽耳朵。”

【引商刻羽】商生羽、羽生角是合乎樂律的正聲。引商刻羽，指掌握嚴正的樂律。文選戰國楚宋玉對楚王問：“引商刻羽，雜以流徵，國中屬而和者不過數人而已；是其曲彌高，其和彌寡。”漢劉向新序引作“引商刻角”。

【引經據古】引用經史古籍中的文句或故事。宋樓鑰攻媿集三三再乞致仕第二劄：“萬一顛沛于郊廟壇壝之前，有汙大儀，則臣死不足以塞責，是以不復更敢引經據古；直述情素，投告君父。”後多作引經據典。

【引駕大師】唐時僧職。貞觀中，封天台宗六祖智威爲引駕大師。引駕大師其員有四，故又稱四大師。見宋釋志磐佛祖統紀七。

【引類呼朋】呼引同類。多用作貶義。宋歐陽修文忠集十五憎蒼蠅賦：“奈何引類呼朋，搖頭鼓翼，聚散倏忽，往來絡繹。”

【引錐刺股】喻勤學。詳“刺股”。

【引繩排根】謂互相合力，排斥异己。漢書五二灌夫傳：“及竇嬰失勢，亦欲依夫引繩排根生平慕之後棄者。”注：“言嬰與夫共相提挈，有人生平慕嬰夫，後見其失職而頗慢弛，如此者，共排退之，不復與交。譬如相對挽繩而根格之也。今吳楚俗猶謂牽引前卻爲根格也。”史記一〇七魏其武安侯傳作“引繩批根”。根，报的假借字。參閱朱子語類一三四。

弔 1. diào ㄉㄧㄠ 多嘯切，去，嘯韻，端。

也作“吊”。㊀對有喪事或受到災禍的人表示哀悼、慰問。莊子至樂：“莊子妻死，惠子弔之。”左傳莊十一年：“秋，宋大水，公使弔焉。”㊁悲傷，憐憫。詩檜風匪風：“顧瞻周道，中心弔兮。”㊂善。詩小雅節南山：“不弔昊天，不宜空我師。”箋：“不善乎昊天，愬之也。”左傳昭二六年：“帥羣不弔之人以行亂於王室。”㊃取。詳“弔名”、“弔取”。㊄懸掛。如弔打、上弔。本字作丄(了的倒體)。參閱清俞樾右臺仙館筆記六。㊅舊時錢一千文叫一弔。明何良俊四友齋叢說八：“是日十三位道長，每一箇馬上人要錢一弔，一弔者千錢也。”清孫點歷下志遊：“尋常用錢，率用蚨票，以五百錢爲一千，謂之京錢一弔。”

2. dì ㄉㄧ 都歷切，入，錫韻，端。

㊆至，來。書盤庚下：“非廢厥謀，弔由靈。”傳：“弔，至。靈，善也。”釋文：“弔，音的，或如字。”詩小雅天保：“神之弔矣，詒爾多福。”釋文：“弔，都歷反，至也。”

【弔文】文體名。追悼死者，致辭表示感慨，稱弔文。太平御覽五九六晉束晳弔衞巨山文序：“作弔文一篇，以告其柩。”文選文體分類有弔文，選錄漢賈誼弔屈原文、晉陸機弔魏武帝文兩篇。參閱南朝梁劉勰文心雕龍三哀弔。

【弔古】憑弔古迹，感懷舊事。御覽詩李端送友人：“聞説湘川路，年年弔古多。”宋蘇軾蘇文忠詩合注十八遊惠山：“弔古泣舊史，疾讒歌小旻。”

【弔名】求取聲名。漢王充論衡自紀：“不鬻智以干祿，不辭爵以弔名。”

【弔取】提取。宋吳自牧夢粱錄二諸州府得解士人赴省闈：“却于謄錄所弔取真卷點對，批取定奪。”

【弔客】㊀弔喪的賓客。三國志吳虞翻傳“又爲老子、論語、國語訓，皆傳於世”注引翻別傳：“生無可與語，死以青蠅爲弔客，使天下一人知己者，足以不恨。”㊁舊時迷信謂歲之凶神，主疾病哀泣之事。見協紀辨方書三義例一弔客。

【弔祠】弔唁祭祀。史記秦紀五：“昭襄王卒，子孝文王立。……韓王衰絰入弔祠，諸侯皆使將相來弔祠，視喪事。”後漢書皇后紀下：“使司徒持節，大長秋奉弔祠。”

【弔唁】哀悼死者稱弔，安慰死者家屬稱唁。漢劉向説苑修文：“斬衰裳，苴絰杖，立于喪次，賓客弔唁，無不哀者。”也作“弔喭”。世說新語任誕：“阮步兵(籍)喪母，裴令公(楷)往弔之。阮方醉，散髮坐牀，箕踞不哭。裴至，下席於地，哭，弔喭畢，便去。”

【弔桶】提取井水的桶。水滸一：“搶出一條弔桶大小、雪花也似蛇來。”也作“吊桶”。元曲選楊顯之酷寒亭一：“這吊桶常落在井裏。”

【弔鳥】山名。水經注三七葉榆河:"(益州)郡有葉榆縣,縣西北八十里有弔鳥山,衆鳥千百,爲羣共會,嗚呼啁哳。……俗言鳳凰死於此山,故衆鳥來弔,因名弔鳥。"

【弔窗】可以推開弔起的窗扇。宣和遺事亨集徽宗宿李師師家:"打起綠油弔窗,看修竹湖山之景。"

【弔場】傳統戲劇,凡場上其他角色都已下場,獨留一人在場表演、道白,叫弔場。清洪昇長生殿禊游:"小生、淨先下,丑弔場叫介。"

【弔喪】至喪家弔唁。禮禮運上:"諸侯非問疾弔喪,而入諸臣之家,是謂君臣爲謔。"後漢書八十下禰衡傳:"文若可借面弔喪。"注引典略:"衡見荀儀容,但有貌耳,故可弔喪。"文若,荀彧字。

【弔詭】怪誕,奇異。同"恢詭"。莊子齊物論:"丘也與女皆夢也,予謂女夢,亦夢也。是其言也,其名爲弔詭。"釋文:"弔如字,又音的,至也;詭,九委反,異也。"又齊物論"恢恑憰怪"之"恢",釋文謂梁簡文本作"弔"。後來因稱言行詭異爲弔詭矜奇。

【弔會】會葬弔喪。後漢書二四馬援傳:"賓客故人莫敢弔會。"

【弔慶】弔唁和慶賀,即紅白喜事。唐韓愈昌黎集二送文暢師北遊詩:"長安多門户,弔慶少休歇。"引申爲問候。宋歐陽修歐陽永叔集五述懷詩:"歸來見親識,握手相弔慶。"

【弔影】對影自憐。極言孤獨。文選南齊謝玄暉(朓)拜中軍記室辭隋王牋:"輕舟反溯,弔影獨留。"注引曹植責躬表:"形影相弔,五情愧赧。"又南朝梁江文通(淹)恨賦:"拔劍擊柱,弔影慙魂。"

【弔橋】舊時架設在城壕上可以起落的橋。城外有警時,從城上拉起,隔斷入城之路。宋陳規守城錄一靖康朝野僉言後序:"壕上作橋,橋中作弔橋,暫時隔敵則可,若出兵則不能無礙。"明湯顯祖牡丹亭御淮:"風喇喇,陣旗飄,叫開城,下弔橋。"亦作"釣橋"。見該條。

【弔鶴】晉宋人傳說,晉陶侃母死,墓下有二客來弔,既退,化爲雙鶴飛去。見世說新語賢媛南朝梁劉孝標注引陶侃別傳。後來詩文中因以弔鶴喻弔客。北周庾信庾子山集十五周車騎大將軍贈小司空宇文顯墓誌銘:"室進巢鴛,門通弔鶴。"也作"吊鶴"。唐駱賓王集十樂大夫挽辭詩之四:"寧知荒隴外,吊鶴自徘徊。"

【弔鐘花】花名。又名鈴兒花。春初花開,狀如弔鐘,色紅白,花落葉發,産於廣東山澤間,以高要縣爛柯山所産九鐘者最著名。見清吳其濬植物名實圖考三十鈴兒花、張心泰粤遊小志四。

【弔比干文】原稱孝文皇帝弔殷比干墓文。北魏碑刻。額篆書,陽文。太和十八年立石。記孝文帝南巡經比干墓撰文憑弔樹碑事。原碑久佚,宋元祐五年吳處厚重立,劉士亨摹刻。碑陰列從官題名,正書;又宋吳處厚撰碑陰記,林舍正書。碑左側宋元符二年石采(或釋棌)等題名;右側金泰和甲子范構等題名,均正書。在今河南汲縣。參閲金石萃編二七。

【弔民伐罪】撫慰人民,討伐有罪。孟子梁惠王下:"誅其君而弔其民。"宋書索虜傳:"弔民伐罪,積後己之情。"簡稱"弔伐"。晉書慕容垂載記:"弔伐之義,先代常典。"參見"伐罪弔民"。

【弔死問生】弔念死者,慰問生者。戰國策燕一:"燕王弔死問生,與百姓同其甘苦,二十八年,國殷富,士卒樂佚輕戰。"

【弔死問疾】弔念死者,慰問病者,引申爲關心人民羣衆疾苦。淮南子脩務:"布德施惠,以振困窮;弔死問疾,以養孤孀。"史記六六伍子胥傳:"(越王)句踐食不重味,弔死問疾,且欲有所用之也。"

【弔拷綳扒】用繩索捆綁身體,弔起拷打。古今雜劇關漢卿竇娥冤四:"不由分説將你孩兒拖到官中,你兒怎當他三考六問,弔拷綳扒,那時他打死也不認。"

二畫

弗 fú ㄈㄨˊ 分勿切,入,物韻,幫。

㊀不,不可。書堯典:"九載績用弗成。"莊子秋水:"至德者,火弗能熱,水弗能溺,寒暑弗能害,禽獸弗能賊。"㊁除去不祥。通"祓"。詩大雅生民:"生民如何?克禋克祀,以弗無子。"箋:"弗之言祓也。……以祓除其無子之疾,而得其福也。"㊂憂悶。通"怫"。詳"弗鬱"。

【弗弗】㊀疾貌。詩小雅蓼莪:"南山律律,飄風弗弗。"傳:"弗弗,猶發發也。"又"飄風發發"傳:"發發,疾貌。"㊁違逆。猶言否否。墨子親士:"君必有弗弗之臣。"注:"弗讀爲咈。説文口部云:'咈,違也。'"廣韻云:"戾也。"

【弗豫】猶不豫。豫,安樂。書金縢:"王有疾,弗豫。"

【弗鬱】憂,不樂。同"怫鬱"。漢書溝洫志:"吾山平兮鉅野溢,魚弗鬱兮柏冬日。"注:"弗鬱,憂不樂也。"清王念孫謂弗鬱讀爲沸渭,沸渭猶汾沄,魚衆多之貌。與此異。見讀書雜志四漢書七弗鬱。

弘 hóng ㄏㄨㄥˊ 胡肱切,平,登韻,匣。

通"宏"。㊀大。書君牙:"弘敷五典。"詩小雅節南山:"喪亂弘多。"㊁擴大。論語衛靈公:"人能弘道,非道弘人。"㊂姓。春秋衛有大夫弘演,漢有宦者弘恭。參閲漢書九三石顯傳、元和姓纂五登。

【弘山】恆山。尚書大傳虞夏傳:"幽都弘山祀。"注:"弘山,恆山也。"參見"恆山㊀"。

【弘化】㊀推廣教化。書周官:"少師、少傅、少保曰三孤。貳公弘化,寅亮天地,弼予一人。"梁釋慧皎高僧傳五釋僧先:"先乃與(法)汰等南遊晉平,講道弘化,後還襄陽,遇疾而卒。"此指傳布佛教。㊁郡名。隋大業二年改慶州爲弘化郡。李淵(唐高祖)嘗爲弘化留守。唐至德元年改順化。宋至清爲慶陽府。郡治即今甘肅慶陽縣。參閲隋書地理志上、元和郡縣志三慶州、讀史方輿紀要五七慶陽府。

【弘光】南明朱由崧(福王)年號。公元1644—1645年。

【弘休】猶言洪福。漢書武帝紀:"上帝博臨,不異下房,賜朕弘休。"也作"洪休"。宋史樂志:"豐融垂佑,以永洪休。"

【弘忍】公元602—675年。唐代僧人,佛教禪宗稱爲東土第五祖,蘄州黄梅縣人。俗姓周,七歲遇四祖道信禪師,遂出家,盡傳其法。咸亨二年,傳法於六祖慧能。上元二年卒。謚大滿禪師。參閲宋高僧傳八、景德傳燈録三。

【弘治】明朱祐樘(孝宗)年號。公元1488—1505年。

【弘昌】東晉列國南涼禿髮傉檀(景王)年號。公元402—404年。

【弘始】東晉列國後秦姚興(文桓帝)年號。公元399—416年。

【弘道】唐李治(高宗)年號。公元683年。

【弘量】㊀大度量。世説新語品藻:"(諸葛)瑾在吳,吳朝服其弘量。"㊁大酒量。唐韋應物韋江州集一扈亭西陂燕賞詩:"有酒今滿盈,願君盡弘量。"

【弘農】㊀郡名。漢元鼎四年置,設有鐵官。轄境相當於今河南内鄉、宜陽縣以西，黃河、華山以南，陝西柞水縣以東。治弘農縣。王莽改爲右隊。北魏因避拓跋宏諱，改名恒農，唐貞觀八年廢。㊁縣名。漢置，爲弘農郡治。宋至道三年改名虢略。元至元八年廢。故城在今河南靈寶縣北。參閱漢書地理志上、讀史方輿紀要四八河南府靈寶縣恒農城。

【弘演】春秋衞大夫，懿公臣。懿公好鶴而虐民，翟人攻衞，殺懿公，盡食其肉，獨舍其肝。弘演見而號，因自殺，先出己之五臟，然後納懿公肝入己腹內。事見呂氏春秋忠廉、韓詩外傳七、劉向新序節士。封建社會常用爲忠君之典。三國志魏陳矯傳："本國倒縣，本奔走告急，縱無申胥之效，敢忘弘演之義乎？"

【弘誓】佛教語。宏大的誓願。梵名僧那。無量壽經上："發斯弘誓，建此願已，一向專志莊嚴妙土。"廣弘明集十五南朝宋謝靈運和從弟惠連無量壽頌："願言四十八，弘誓拯羣生。"

【弘獎】大力勸勉、獎勵。文選南朝梁任彥昇(昉)王文憲集序："自非可以弘獎風流，增益標勝，未嘗留心。"梁書裴子野傳范縝上表："且(子野)章句洽悉，訓故可傳，脫置之膠序，以弘獎後世，庶一夔之辯可尋，三豕之疑無謬矣。"

【弘毅】剛强果斷。論語泰伯："士不可以不弘毅，任重而道遠。"三國志蜀後主傳注引諸葛亮集載劉禪詔："諸葛丞相弘毅忠壯，忘身憂國。先帝託以天下，以勖朕躬。"

【弘濟】廣泛救助，使得解脫危難。書顧命："用敬保元子釗，弘濟于艱難。"後漢書三十下郎顗傳條便宜七事："率土之人，豈無貞賢，未聞朝廷有所賞拔，非所以求善贊務，弘濟元元。"

【弘願】佛教語。宏大的心願。如阿彌陀佛的四十八願卽是，見大阿彌陀佛經四十八願分。唐王勃王子安集十五梓州郪縣兜率寺浮圖碑："某年月日鄉望等兆基弘願，繼發淨因。"

【弘文館】唐武德四年門下省設修文館，九年改爲弘文館。館置學士，掌管校正圖書、教授生徒，並參議朝廷制度禮儀的沿革。明洪武初，也曾設弘文館，不久卽廢。參閱唐六典八門下省弘文館、新唐書百官志二、明史職官志二。

【弘明集】南朝梁僧祐編，全書十四卷，輯錄自東漢至梁宣傳佛教的論著、書啟，也收入極少數非難佛教的文章。共錄作者百人，又僧十九人，今無專集流傳者，賴此以存。序稱"道以人弘，教以文明"，弘道明教，故名弘明集。唐釋道宣所輯的廣弘明集三十卷，爲本書的續編，但體例稍有不同。

【弘德殿】在舊北京紫禁城乾清宮門之西，是清代諸帝聽受講學的地方。

三畫

弛 chí shǐ 施是切，上，紙韻，審。
ㄔˊ ㄕˇ

㊀放鬆弓弦。說文："弛，弓解也。"禮曲禮上："張弓尚筋，弛弓尚角。"引申爲解除，緩和。左傳昭三二年："弛周室之憂，徼文武之福。"㊁鬆懈。商君書靳令："物多末衆，農弛奸勝，則國必削。"㊂延緩。見"弛期"。㊃減弱。史記八五呂不韋傳："吾聞之，以色事人者，色衰而愛弛。"㊄丟開，忘卻。禮坊記："君子弛其親之過而敬其美。"注："弛，猶棄忘也。"㊅廢，毀壞。國語魯上："文公欲弛孟文子之宅。"㊆脫落。淮南子說林："懸垂之類，有時而隧；枝格之屬，有時而弛。"注："弛，落也。"

【弛刑】解除枷鎖的刑徒。漢書宣帝紀神爵元年："發三輔、中都官徒弛刑，及應募佽飛射士……詣金城。"注："弛刑，若今徒囚但不枷鎖而責保散役之耳。"唐李商隱李義山詩集四哭虔州楊侍郎虞卿："如何大丞相，翻作弛刑徒。"

【弛易】㊀弛慢。荀子君道："天下之變，境內之事，有弛易齵差者矣，而人主無由知之，則是拘脅蔽塞之端也。"㊁變動，更換。韓非子內儲上七術："王曰：必弛易之矣。"

【弛張】張，拉緊弓弦；弛，放鬆弓弦。喻興廢、寬嚴、勞逸等。韓非子解老："故萬物必有盛衰，萬事必有弛張。"文選晉夏侯孝若(湛)東方朔畫贊："弛張而不爲邪，進退而不離羣。"參見"一張一弛"、"張弛"。

【弛惰】懈怠。南史宋孝武帝紀中："憑几惛睡，若大醉者。或外有奏事，便肅然整容，無復酒色。外內服其神明，莫敢弛惰。"也作"弛墮"。新唐書一六九韋貫之傳："比詔下閱月，有司弛墮不力。"

【弛期】緩期，延期。呂氏春秋開春："魏惠王死，葬有日矣。天大雨雪，……羣臣多諫於太子者……請弛期更日。"

【弛禁】解除禁令。三國志蜀諸葛亮傳"領司隸校尉"南朝宋裴松之注："法正諫曰：'……願緩刑弛禁，以慰其望。'"元陳元靚歲時廣記十弛禁夜引唐西京新記："京師街衢有金吾，曉暝傳呼，以禁夜行。唯正月十五日夜，敕許金吾弛禁，前後各一日，以看燈。"

【弛縱】放縱。後漢書蔡邕傳陳政要七事疏："或有抱罪懷瑕，與下同疾，綱網弛縱，莫相舉察。"百衲本、點校本作"弛縱"。

四畫

弟 1. dì 徒禮切，上，薺韻，定。
ㄉㄧˋ 特計切，去，霽韻，定。

㊀同輩後生的男子，對兄而言。史記五帝紀："帝摯立，不善；而弟放勳立，是爲帝堯。"㊁泛稱同輩年幼於己者。見"仁弟㊁"。㊂指門生、學生。參見"弟子㊁"。㊃妹。孟子萬章上："彌子之妻與子路之妻兄弟也。"史記陳丞相世家："樊噲，帝之故人也，功多，且又乃呂后弟呂須之夫，有親且貴。"㊄連詞。卽使，假使。史記一〇六吳王濞傳："今大王與吳西鄉，弟令事成，兩主分爭，患乃始結。"㊅副詞。只管，儘管；暫且。弟、但音近，假借爲但。史記一〇一袁盎傳："君弟去，臣亦且亡，辟吾親，君何患！"也作"第"。史記九六張丞相傳附申屠嘉："文帝曰：'汝第往，吾今使召若。'"㊆次第。通"第"。如"第一"、"第二"也作"弟一"、"弟二"。說文："弟，韋束之次第也。从古字之象。"呂氏春秋原亂："亂必有弟。"注："弟，次也。"第宅之"第"，漢書多作"弟"。㊇姓。宋有弟邦杰。見宋史四〇八王霆傳。

2. tì
ㄊㄧˋ

㊈弟順從兄。通"悌"。禮曲禮上："僚友稱其弟也。"荀子王制："能以事親謂之孝，能以事兄謂之弟。"

3. tuí 類篇 徒回切。
ㄊㄨㄟˊ

㊉見"弟$_3$靡"。

【弟子】㊀年幼的人。易師："長子帥師，弟子輿尸，貞凶。"也泛指子弟。論語學而："弟子入則孝，出則悌。"㊁學生。論語雍也："哀公問曰：'弟子孰爲好學？'"學生視師如父兄，故稱弟子。見儀禮士相見"與老者言，言使弟子"疏。又，親受業者爲弟子，轉相傳授者爲門生。見宋歐陽修文忠集一三五後漢孔宙碑陰題名。㊂戲劇演員。唐玄宗開元二年置左右教坊，又選樂工數百人，自教法曲於梨園，謂之皇帝梨園弟子。後遂稱伶人爲弟子。參閱宋程大昌演繁露六樂營將弟子。㊃宋元稱妓女也叫弟子。元曲選關漢卿謝天香一："賣弄的有伎倆，賣弄的有艷姿，則落的臨老來呼弟子。”參閱宋朱彧萍洲可談三。

【弟父】上古醫師名。見韓詩外傳十。漢劉向說苑辨物作“苗父”。詳該條。

【弟布】漢錢幣名，王莽鑄布貨十品之一。參閱漢書食貨志四下。參見“十布”。

【弟₂長】仁愛。墨子非命上：“是以入則孝慈於親戚，出則弟長於鄉里。”

【弟₃靡】困窮，萎靡不振，隨波逐流。同“頹靡”。莊子應帝王：“因以爲弟靡，因以爲波流。”釋文引徐邈，弟，音頹，文回反。

【弟子員】漢代稱太學生爲弟子員。弟子員由太常或各郡國選送，教授以經學爲主。漢書武帝紀元朔五年夏：“丞相(公孫)弘請爲博士置弟子員，學者益廣。”見漢書儒林傳。明清稱縣學生員爲弟子員。

【弟子職】管子篇名。分學則、蚤作、受業、對客、饌饋、乃食、灑掃、執燭、退習等節，均記弟子事先生之禮。清洪亮吉箋釋序、莊述祖集解序都以爲古塾師相傳教弟子之法。近人謂此篇當是齊稷下學官的學則，故被收入管子書中。參閱郭沫若等管子集校下弟子職篇。

【弟子孩兒】罵人語。謂娼妓所生之子。元曲習用。元王實甫西廂記五本三折：“這樁事都是那長老禿驢，弟子孩兒，我明日慢慢的和他說話。”

弝 bà ㄅㄚˋ 必駕切，去，禡韻，並。

㊀弓中央手執處。漢焦延壽易林一乾之明夷：“弓矢俱張，弝彈折弦。”㊁柄。唐李賀歌詩編二申胡子觱篥歌：“朔客騎白馬，劍弝懸蘭纓。”也作“靶”。唐王維王右丞集六出塞作詩：“玉靶角弓珠勒馬，漢家將賜霍嫖姚。”

弞 shěn ㄕㄣˇ 式忍切，上，軫韻，審。

㊀微笑。同“哂”。宋書王弘傳上表：“昔孫叔未進，優孟見弞，展喜在下，臧文貽譏。”㊁見下。

【弞杻】木名。山海經中山經：“又西七十里曰丙山，其木多梓檀，多弞杻。”清郝懿行箋疏：“方言云：‘弞，長也。東齊曰弞。’郭(璞)注云：‘弞，古矧字’。然則弞杻，長杻也。杻爲木多曲少直，見陸璣詩疏。”

五 畫

弦 xián ㄒㄧㄢˊ 胡田切，平，先韻，匣。

㊀弓弦。儀禮鄉射禮：“有司左執弣，右執弦而授弓。”㊁樂器上用以發聲的絲線。通作“絃”。禮樂記：“昔者舜作五弦之琴，以歌南風。”㊂月半圓時，狀如弓弦，故謂之弦。漢王充論衡四諱：“猶八日月中分謂之弦。”農曆初七八日爲上弦，二十二三日爲下弦。㊃算術中圓弧兩端聯結的直線叫弦。又直角三角形的斜線也叫弦，直角兩邊短的叫勾，長的叫股。周禮考工記磬氏“倨句一矩有半”漢鄭玄注：“必先度一矩爲句，一矩爲股，而求其弦。”周髀算經句股圓方圖漢趙君卿注：“句股各自乘，併之爲實弦，開方除之，卽弦。”㊄中醫謂病人脈象急者曰弦。史記一〇五倉公傳：“脈法曰：‘脈長而弦，不得代四時者，其病主在於肝。’”㊅古國名。左傳僖五年：“楚人滅弦，弦子奔黃。”注：“弦國在弋陽軑縣東南。”釋文：“軑，音犬。”在今湖北浠水縣西。㊆姓。春秋鄭有弦高。見左傳僖三三年。

【弦月】卽半邊月。月成半圓形如弦，故稱弦月。初學記四七月七日南朝宋謝靈運七夕詠牛女詩：“火逝首秋節，新明弦月夕。”

【弦吹】絃管樂之代稱。文選南朝宋顏延年(延之)拜陵廟作詩：“萬紀載弦吹，千載記旒旌。”舊唐書一九〇溫庭筠傳：“能逐弦吹之音，爲側艷之詞。”

【弦直】喻正直。後漢書五行志一：“順帝之末，京都童謠曰：‘直如弦，死道邊；曲如鉤，反封侯。’”又六三李固傳贊：“燮同趙孤，世載弦直。”燮，李固子。

【弦柱】樂器綰絲之柱。魏書李彪傳：“恐閨門既異，出入生疑；弦柱既易，善者或謬。”也作“絃柱”。宋史樂志琴律：“革爲燥濕所薄，絲有絃柱，緩急不齊，故二者其聲難定。”

【弦韋】弦，弓弦；韋，獸皮。弦緊皮軟，以喻急緩不同。古人佩弦以自警性緩，佩韋以自警性急，後來遂把弦韋比喻朋友的規勸。世說新語方正“孫興公作庾公誄”注引孫綽誄文：“虛中納是，吐誠悔非，雖實不敏，敬佩弦韋。”參見“佩弦”。

【弦高】春秋鄭商人。秦穆公派兵襲鄭，中途爲弦高所見，遂稱奉鄭伯之命，以十二頭牛犒勞秦師；並使人急告鄭，秦師見鄭有備，遂退兵。見左傳僖三三年。淮南子人間稱弦高與蹇他相謀而行之。

【弦索】各種絲弦樂器的總稱。全唐詩六三七顧雲池陽醉歌贈匡廬處士姚巖傑詩：“弦索緊快管聲脆，急曲碎拍聲相連。”金元以來，北方戲曲多以絲弦樂器伴奏，後人因以弦索爲北曲的代稱。如金董解元西廂記諸宮調也稱爲“弦索西廂”。明沈寵綏著有弦索辨訛三卷。

【弦圃】見“弦蒲”。

【弦章】春秋齊人。卽賓胥無，字子旗。桓公用爲大司理(理獄之官)。見管子小匡、呂氏春秋勿躬。韓非子外儲左下作“弦商”，商，通“章”。漢劉向新序四雜事作“弦寧”，卽“弦章”之誤。

【弦望】弦，半月；望，滿月。漢書律曆志上：“宦者淳于陵渠復覆太初曆晦朔弦望，皆最密，日月如合璧，五星如連珠。”漢王充論衡四諱：“猶八日，月中分謂之弦；十五日，日月相望謂之望。”

【弦誦】弦歌和誦讀。禮文王世子：“春誦、夏弦。”注：“誦，謂歌樂也；弦，謂以絲播詩。”後因以此稱學校教學。晉書儒林傳：“東序西膠，未聞於弦誦。”序、膠，古學校名。

【弦蒲】澤藪名。周禮夏官職方氏：“正西曰雍州，其山鎮曰嶽山，其澤藪曰弦蒲。”注：“弦，或爲汧；蒲，或作浦。”水經注十七渭水：“水出汧縣之蒲公鄉弦中谷，決爲弦蒲藪。”說文藪作“弦圃”。在今陝西隴縣西。參見“九藪”。

【弦歌】又作“絃歌”。㊀以琴瑟伴奏而歌。禮樂記：“正六律，和五聲，弦歌詩頌。”疏：“謂以琴瑟之弦，歌此詩頌也。”㊁論語陽貨記孔子學生子游任武城宰，以弦歌爲教民之具。後來詩文中因以弦歌爲出任邑令的典故。宋書陶潛傳：“復爲鎮軍、建威參軍，謂親朋曰：‘聊欲弦歌，以爲三逕之資，可乎？’執事者聞之，以爲彭澤令。”

【弦管】絲竹樂器。宋書樂志一：“尋廟祠，依新儀注，登哥人上殿，弦管在下。”也作“絃管”。唐李白李太白詩二十九日：“地遠松石古，風揚絃管清。”

【弦上箭】㊀喻迅疾。文苑英華二〇七李益遊子吟：“君看白日馳，何異弦上箭。”㊁太平御覽五九七引魏書：“太祖(曹操)平鄴，謂陳琳曰：‘君昔爲本初(袁紹)作檄書，但罪孤而已，何乃上及父祖乎？’琳謝曰：‘矢在弦上，不得不發。’”後來因以弦上箭喻身不由自主。唐李賀歌詩編四休洗紅：“封侯早歸來，莫作弦上箭。”

弨 chāo ㄔㄠ 尺招切，平，宵韻，穿。尺沼切，上，小韻，穿。

㊀解鬆弓弦。詩小雅彤弓：“彤弓弨兮，受言藏之。”傳：“弨，弛貌。”㊁弓。唐韓愈昌黎集七雪後寄崔二十六丞公詩：“腦

脂遮眼卧壯士,大弨挂壁無由彎。"

弢 tāo 土刀切,平,豪韻,透。ㄊㄠ

㊀弓袋。左傳成十六年:"(楚共)王召養由基,與之兩矢,使射呂錡,中項,伏弢。"㊁掩藏。通"韜"。文選晉陸士衡(機)漢高祖功臣頌:"彭越觀時,弢迹匿光。"引左傳杜預注:"韜,藏。弢與韜古字通也。"㊂古兵書有六韜。韜,也作"弢"。莊子徐无鬼:"横説之則以詩書禮樂,從説之則以金板六弢。"釋文引司馬(彪)崔(譔):"金板六弢皆周書篇名。"

【弢光】弢迹匿光的省語。謂隱藏光采、才能,不使外露。弢,通"韜"。清王夫之薑齋詩集憶得九礪之一:"雌劍不弢光,摩娑氣益壯。"

㢮 chí shǐ 集韻 賞是切,上,紙韻。ㄔˊ ㄕˇ

放鬆弓弦。同"弛"。管子戒:"管仲隰朋朝,(桓)公望二子,㢮弓脱釬而迎之。"參見"弛"字各條。

弣 fǔ 芳武切,上,麌韻,滂。ㄈㄨˇ

弓把中部。禮曲禮上:"凡遺人弓者,……右手執簫,左手承弣。"注:"弣,把中。"弣,也作"拊"。禮少儀:"弓則以左手屈韣執拊。"

弤 dǐ 都禮切,上,薺韻,端。ㄉㄧˇ

彫弓,朱漆之弓。孟子萬章上:"干戈朕,琴朕,弤朕。"注:"弤,彫弓也。"

弧 hú 户吳切,平,模韻,匣。ㄏㄨˊ

㊀木弓。易繫辭下:"弦木爲弧,剡木爲矢。"㊁張旗的竹弓。禮明堂位:"是以魯君孟春乘大路,載弧韣。"疏:"弧,以竹爲之,其形爲弓,以張縿之幅。"㊂違戾,歪曲。楚辭漢東方朔七諫謬諫:"邪説飾而多曲兮,正法弧而不公。"㊃星名。楚辭漢王逸九思守志:"彀天弧兮射姦。"參見"弧矢㊁"。㊄圓周的任何一段。形如弓形,故稱弧。弧矢之法始於元郭守敬授時歷草,明顧應祥著有弧矢算術二卷。

【弧矢】㊀弓箭。易繫辭下:"弧矢之利,以威天下。"㊁星名。共有九星,位於天狼星東南。因形似弓箭,故名。史記天官書:"廁下一星曰天矢。……其東有大星曰狼。……下有四星曰弧,直狼。"正義:"弧九星,在狼東南,天之弓也。以伐叛懷遠,又主備賊盗之知姦邪者。"後來詩文中因以比喻戰亂。唐杜甫杜工部草堂詩箋十七鐵堂峡:"生涯抵弧矢,盗賊殊未滅。"又二二草堂:"弧矢暗江海,難爲遊五湖。"

【弧刺】彎斜不正的弓。漢桓寬鹽鐵論申韓:"是以聖人審於是非,察於治亂,故設明法,陳嚴刑,防非矯邪,若隱括(栝)輔檠之正弧刺也。"也作"狐刺"。又非鞅:"狐刺之鑿,雖公輸子不能善其枘。"清盧文弨羣書拾補子以弧爲"佤"字之誤。佤刺卽歪斜。

【弧旌】繪有弧星圖形的軍旗,以象徵天討。周禮考工記輈人:"弧旌枉矢,以象弧也。"疏:"弧旌者,弧弓也。旌旗有弓,所以張縿幅,故曰弧旌也。"文選漢張平子(衡)西京賦:"弧旌枉矢,虹旃蜺旄。"唐呂延濟注:"弧旌枉矢,皆星名,畫以飾幟也。"

【弧張】捕捉猛獸的羅網。周禮秋官冥氏:"掌設弧張,爲阱擭以攻猛獸。"注:"弧張,罿罦之屬,所以扃絹禽獸。"孫詒讓正義謂弧,木弓,機弩之類;張,網羅。爲二物。

弩 nǔ 奴古切,上,姥韻,泥。ㄋㄨˇ

㊀用機械發射的弓,也叫窩弓,力强可以及遠。其種類很多,大者或用脚踏,或用腰開,有數矢並發者稱連弩。宋時有神臂弓、克敵弓等,都是弩。周禮夏官司馬下司弓矢分弩爲四種:夾、庾、唐、大弩。六韜豹韜林戰:"弓弩爲表,戟楯爲裏。"史記六五孫武傳附孫臏:"於是令齊軍善射者萬弩,夾道而伏。"㊁書法用語。通"努"。詳"努"。

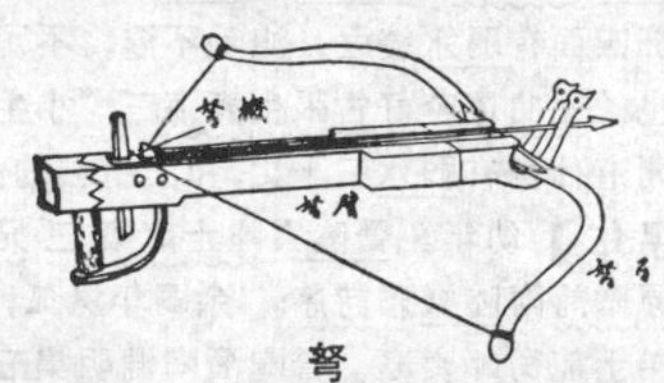

弩

【弩牙】㊀弩上發矢機。書太甲上"若虞機張"漢孔安國傳:"機,弩牙也。"南齊書東昏侯紀永元三年:"金銀鏤弩牙,瑇瑁帖箭。"㊁山名。在今四川平武縣東南,因山形似弩牙,故名。參閱太平寰宇記八四龍州江油縣。

【弩父】秦漢制,地方十里一亭,設亭長一人,求盗一人。求盗又名弩父,專管捕盗賊。方言三:"楚東海之間,亭父謂之亭公,卒謂之弩父。"注:"主擔幔弩導幨,因名云。"

【弩手】習弩射者,猶弓手。宋書索虜傳:"又募天下弩手,不問所從。"宋史兵志四鄉兵一:"荆湖南北有弩手、土丁。"

【弩砲】發射石塊的弩機。宋史兵志一禁軍上:"岢嵐軍別置床子弩砲手。"

【弩渝】歌曲名。也作"弩俞"。三國魏王粲以古舞曲矛渝本歌曲、安弩渝本歌曲等四首,其辭既古,莫能曉其句度,乃改創其詞。一名弩渝新福歌曲。見晉書樂志上。

【弩臺】發射臺。1.太平寰宇記九四湖州烏程縣石城山:"昔烏程豪族嚴白虎於山下壘石爲城,與呂蒙戰所。今山上有弩臺、烽火樓之跡猶存。"在今浙江吳興縣西南。2.南朝宋沈慶之攻竟陵王誕所築的弩臺。後陳將吳明徹圍北齊東,廣州刺史敬子猷增築之,號吳公臺。在今江蘇江都縣西北。參閱太平寰宇記一二三揚州江都縣。

【弩團】以射箭爲主的軍隊。宋史兵志五鄉兵二:"(熙寧)六年,諸路行保甲,司農寺請令全邵二州土丁、弩手、弩團與本村土人共爲保甲。"

【弩機】弩的部件,青銅製,裝置在弩的木臂後部。呂氏春秋察微:"夫弩機差以米則不發。"

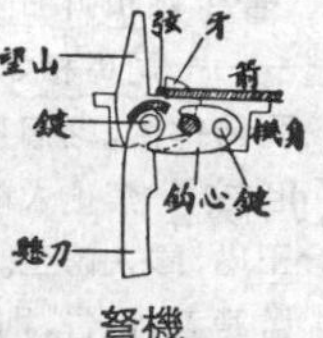

弩機

【弩張劍拔】喻情勢緊張,一觸卽發。明豐道生真賞齋賦:"弩張劍拔,虎跳龍盤。"參見"劍拔弩張"。

六畫

弮 quān 丘圓切,平,仙韻,溪。ㄑㄩㄢ

弩弓。漢書六二司馬遷傳報任安書:"張空弮,冒白刃,北首争死敵。"漢書五四李陵傳、文選漢司馬子長(遷)報任少卿(安)書作"拳"。漢書顏注謂弮與"絭"同。參閱清朱珔説文假借義證弮。

弭 mǐ 綿婢切,上,紙韻,明。ㄇㄧˇ

㊀弓的兩端。詩小雅采薇:"四牡翼翼,象弭魚服。"箋:"弭,弓反末彆者,以象骨爲之。"㊁没有裝飾的弓。左傳僖二三年:"若不獲命,其左執鞭弭,右屬櫜鞬,以與君周旋。"爾雅釋器:"弓有緣者謂之弓,無緣者謂之弭。"㊂停止。左傳襄二五年:"自今以往,兵其少弭矣。"又成十六年:"若之何,憂猶未弭。"㊃安定,順服。史記四六田敬仲完世家:"夫治國家而弭人民,皆在其中。"後漢書十八吳漢傳:"北州震駭,城邑莫不望風弭從。"注:"弭,猶服也。"㊄姓。王莽時有弭彊。見通志二九氏族五上聲引三輔決録。

【弭口】住口。戰國策秦二:"楚王不聽,曰:'吾事善矣,子其弭口無言,以待吾事。'"

【弭耳】猶帖耳。六韜武韜發啟:"猛獸將搏,弭耳俯伏,聖人將動,必有愚色。"淮南子精神:"(禹)視龍猶蝘蜓,顏色不變,龍乃弭耳掉尾而逃。"

【弭忘】停止忘却。意卽難忘。詩小雅沔水:"心之憂矣,不可弭忘。"疏:"不可止而忘之。"南朝宋謝靈運謝康樂集二郡東山望溟海詩:"非徒不弭忘,覽物情彌遒。"

【弭兵】息兵,停止戰爭。左傳襄二七年:"宋向戌善於趙文子(趙武),又善於令尹子木(屈建),欲弭諸侯之兵以爲名。"又:"弭兵以召諸侯,而稱兵以害我,吾庸多矣,非所患也。"

【弭節】駐車。弭,止;節,行車進退之節。又說節訓策,爲馬鞭。楚辭屈原離騷:"吾令羲和弭節兮,望崦嵫而勿迫。"史記一一七司馬相如傳子虛賦:"於是楚王乃弭節徘徊,翱翔容與。"

【弭謗】禁止人的非議。國語周上:"厲王虐,國人謗王。……王怒。得衛巫,使監謗者,以告,則殺之;國人莫敢言,道路以目。王喜,告召公曰:'吾能弭謗矣。'"注:"弭,止也。"唐李商隱李義山詩集四哭虔州楊侍郎虞卿:"本矜能弭謗,先議取非辜。"

【弭翼】收斂翅膀。楚辭漢東方朔七諫:"梟鴞既以成羣兮,玄鶴弭翼而屏移。"借喻爲退隱。晉陸機陸士衡集九漢高祖功臣頌:"怡顏高覽,弭翼鳳戢。"文選作"彌翼"。

【弭轍】猶言絶迹。言拉車之馬奔馳極快,不見車輪的痕迹。淮南子道應:"若此馬者,絶塵弭轍。"

七畫

弱 ruò ㄖㄨㄛˋ 而灼切,入,藥韻,日。

㊀强的反面。如盛爲强,衰爲弱;勝爲强,敗爲弱;優爲强,劣爲弱;剛爲强,柔爲弱;有餘爲强,不足爲弱;等等。荀子義兵:"治者强,亂者弱,是强弱之本也。"㊁年少。左傳文十二年"趙有側室曰穿,…… 有寵而弱。"注:"弱,年少也。"㊂喪失。左傳昭三年:"二惠競爽猶可,又弱一個焉,姜其危哉!"㊃不足,略少。晉書天文志上儀象:"黃道日之所行也。……與赤道東交於角五少弱。"㊄示弱,懼怕。古今小說二一臨安里錢婆留發跡:"別人弱他官府,我却不弱他,便對一局,打甚緊。"

【弱力】力量單薄,能力不强。後漢書四九仲長統傳損益:"至使弱力少智之子,被穿帷敗,寄死不斂,冤枉窮困,不敢自理。"北史薛彪子傳附薛琡:"瑚璉任重,豈寄之以弱力?"

【弱水】㊀古人稱水淺或地僻不通舟楫者爲弱水,意謂水弱不能勝舟,輾轉傳譌,遂有力不能負芥或不勝鴻毛之說。古籍所載弱水甚多,重要的有:1.書禹貢:"導弱水至於合黎,餘波入於流沙。"卽今甘肅的張掖河,俗稱黑河。詳"張掖河"。2.山海經西山經:"北五十里曰勞山,……弱水出焉,而西流注於洛。"指今陝西北洛河上游支流。3.山海經大荒西經:"西海之南,流沙之濱,……有大山名曰崑崙之邱,……其下有弱水之淵環之。"史記一二三大宛傳:"安息長老傳聞條枝有弱水、西王母,而未嘗見。"後漢書西域傳大秦國:"或云其國西有弱水流沙,近西王母所居處,幾於日所入也。"都指西方絶遠處。4.漢書地理志下金城郡臨羌:"西北至塞外,……有弱水、昆侖山祠。"晉書乞伏熾磐載記:"使征西孔子討吐谷渾覓地於弱水南,大破之。"所指疑卽青海。5.舊唐書東女國傳:"其王所居名康延川,中有弱水南流,用牛皮爲船以渡。"當在今青海或西藏境內。6.新唐書二一九奚傳:"以阿會部爲弱水州。"當在今內蒙古境內。㊁小說戲曲中水名。舊題漢東方朔十洲記:"鳳麟洲在西海之中央……洲四面有弱水繞之,鴻毛不浮,不可越也。"元曲選李好古張生煮海三:"小生曾聞這仙境有弱水三千丈,可怎生去的?"

【弱年】幼年。晉陸雲陸士龍集三兄平原贈詩附陸機贈詩序:"余弱年夙孤,與弟士龍銜邺喪庭。"晉陶潛陶淵明集三有會而作詩:"弱年逢家乏,老至更長飢。"

【弱行】行走不便。左傳昭七年:"孟縶之足不良,弱行。"

【弱足】跛足。左傳昭七年:"弱足者居。"注:"跛則偏弱,居其家,不能行。"

【弱冠】古時男子二十成人,初加冠,體還未壯,故稱弱。禮曲禮上:"二十曰弱,冠。"後沿稱年少爲弱冠。漢書一〇〇下敍傳:"賈生矯矯,弱冠登朝。"文選晉左太沖(思)詠史詩之一:"弱冠弄柔翰,卓犖觀羣書。"

【弱思】猥瑣雜念。引申爲生活瑣事。文選南朝梁江文通(淹)雜體詩謝光祿郊遊:"行光自容裔,無使弱思侵。"唐張銑注:"弱思謂俗事。"

【弱約】柔弱,柔順。大戴禮勸學:"夫水者……弱約危通,似察。"也作"綽約"、"淖約"。孔子家語三恕:"綽約微達,此似察。"荀子宥坐:"淖約微達,似察。"注:"淖約當爲綽約,弱也;綽約,柔弱也。"參見"綽約"。

【弱息】稱自己的子女。南史周盤龍傳:"弱息不爲世子,便爲孝子。"文苑英華九九九南朝梁簡文帝大同哀辭:"云誰之悲,悲予弱息。"

【弱毫】筆。晉陶潛陶淵明集二答龐參軍詩:"物新人唯舊,弱毫多所宣。"

【弱累】猶俗言兒女債。宋蘇軾東坡集續集二憶江南寄純如詩之五:"弱累已償俗盡,老身將伴僧居。"

【弱湍】和緩的水流。晉陶潛陶淵明集二遊斜川詩:"弱湍馳文魴,閑谷矯鳴鷗。"

【弱喪】謂幼遭喪亂,失其故居。喪,音sàng。莊子齊物論:"予惡乎知說生之非惑邪?予惡乎知惡死之非弱喪而不知歸者邪?"廣弘明集十五南朝梁沈約佛記序:"行迷復路,弱喪知歸。"

【弱植】軟弱無能,扶不起來。植,立。左傳襄三十年:"鄭子產如陳涖盟,歸復命,告大夫曰:'陳,亡國也,……其君弱植。'"文選南朝宋顏延年(延之)和謝監靈運詩:"弱植慕端操,窘步懼先迷。"後引申爲根底不深。南朝梁劉勰文心雕龍體性:"輕靡者,浮文弱植,縹緲附俗者也。"

【弱歲】少年。梁書庾承先傳:"弱歲受學於南陽劉虬,强記敏識,出於羣輩。"晉書姚泓載記論:"景國弱歲英奇,見方孫策。"景國,姚襄字。

【弱緆】細布。淮南子齊俗:"有詭文繁繡,弱緆羅紈。"注:"弱緆,細布也。"也作"弱折"。古文苑四漢揚雄蜀都賦:"其布則細都弱折,緜繭成衽。"

【弱翰】毛筆。古文苑十漢揚雄答劉歆書:"雄常把三寸弱翰,齎油素四尺,以問其異語。"晉陸雲陸士龍集三答大將軍祭酒顧令文詩之五:"企予朔都,非子孰念。豈無弱翰,才不克贍。"

【弱顏】見人忸怩自羞,俗言臉嫩。楚辭宋玉招魂:"弱顏固植,謇其有意些。"注:"言美女內多廉恥,弱顏易媿。"北齊書祖珽傳:"珽自分疏,並云:'與(高)元海素相嫌,必是元海譖臣。'帝弱顏不能諱,曰:'然。'"

【弱齡】少年。晉陶潛陶淵明集三始作

鎮軍參軍經曲阿詩:"弱齡寄事外,委懷在琴書。"南朝陳姚最續畫品序:"但事有否泰,人經盛衰,或弱齡而價重,或壯齒而聲遒。"

【弱不好弄】左傳僖九年:"夷吾弱不好弄。"謂自幼不好嬉戲之事。文選南朝宋顏延年(延之)陶徵士誄:"弱不好弄,長實素心。"

【弱不勝衣】極言人瘦弱,連衣服都承受不起。紅樓夢三:"(黛玉)身體面貌雖弱不勝衣,卻有一段風流態度。"

【弱不禁風】形容弱得經不起風吹。唐杜甫杜工部詩史補遺七江雨有懷鄭典設:"亂波分披已打岸,弱雲狼藉不禁風。"後常用弱不禁風形容人體質虛弱。

【弱肉强食】言弱者常爲强者所併吞。唐韓愈昌黎集二十送浮屠文暢師序:"夫獸深居而簡出,懼物之爲已害也。猶且不能脫焉。弱之肉,彊之食。"元胡天游傲軒吟稿聞李帥逐寇復州治詩:"惜哉士卒多苦暴,弱肉强食鵰鶚同。"明劉基誠意伯集十秦女休行詩:"有生不幸遭亂世,弱肉强食官無誅。"

䎗 shāo 所交切,平,肴韻,山。ㄕㄠ

弓的末端。北周庾信庾子山集三擬詠懷詩之十五:"輕雲飄馬足,明月動弓䎗。"

㢏 juān 烏玄切,平,先韻,影。許緣切,平,仙韻,曉。ㄐㄩㄢ

鑲角的弓。說文:"㢏,角弓也。洛陽名弩曰㢏。"清段玉裁注:"角弓,謂弓之傅角者也。"

八畫

弶 jiàng 其亮切,去,漾韻,羣。ㄐㄧㄤ

捕取鳥獸的器械。晉竺法護鹿母經:"有一鹿母,懷妊獨逝,被逐飢疲,失侶悵怏。時生二子,捨行求食,煢悸失措,墮獵弶中。"

張 1. zhāng 陟良切,平,陽韻,知。ㄓㄤ

㊀拉緊弓弦,開弓。與"弛"相對。詩小雅吉日:"既張我弓,既挾我矢。"引申爲緊,緊張。荀子禮論:"琴瑟張而不均。"意謂琴瑟之弦過緊,聲音就不調和。禮雜記下:"張而不弛,文武弗能也。"㊁大,使强大。詩大雅韓奕:"四牡奕奕,孔脩且張。"左傳昭十四年:"臣欲張公室也。"注:"張,强也。"㊂展開,擴大。老子:"將欲歙之,必固張之。"荀子議兵:"代翕代張,代存代亡。"㊃陳設,打開。楚辭宋玉招魂:"蒻阿拂壁,羅幬張些。"注:"張,施也。"史記六八商君傳:"勞不坐乘,暑不張蓋。"㊄設網捕捉。公羊傳隱五年:"百金之魚,公張之。"後漢書八二王喬傳:"於是候鳬至,舉羅張之。"㊅窺望。水滸四:"(兩個門子)只在門縫裏張時,見智深搶到山門下……把拳頭擂鼓也似敲門。"㊆量詞。左傳昭十三年:"子產以幄幕九張行。"後漢書五十陳敬王羨傳附劉寵:"寵有彊弩數千張,出軍都亭。"㊇星命,二十八宿之一。史記律書:"西至於張。"㊈姓。見通志二七氏族三以字爲氏晉人字。

2. zhàng 集韻 知亮切,去,漾韻。ㄓㄤ

㊉帳幕。通"帳"。荀子正論:"居則設張容,負依而坐。"㊀肚內膨脹。通"脹"。左傳成十年:"(晉侯)將食,張,如廁。"釋文:"張,中亮反。腹滿也。"㊁自大。左傳桓六年:"隨張,必棄小國。"釋文:"張,豬亮反。自侈大也。"

【張大】顯揚。唐韓愈昌黎集二一送楊少尹序:"而太史氏又能張大其事爲傳繼二疏蹤跡否?"

【張女】古曲調名。文選晉潘安仁(岳)笙賦:"輟張女之哀彈,流廣陵之名散。"唐張銑注:"張女,彈曲名也。其聲哀。"樂府詩集七七南朝陳江總雜曲之二:"曲中唯聞張女曲,定有同姓可憐人。"

【張₂王】壯盛。王,通"旺"。唐韓愈昌黎集十和侯協律詠笋詩:"得時方張王,挾勢欲騰騫。"注:"莊子所謂'王長其間'是也。並去聲讀。"唐劉禹錫劉夢得集九蒲萄歌:"移來碧墀下,張王日日高。"

【張丑】人名。1. 戰國時人。在燕當人質,燕王欲殺之,用計逃脫。見戰國策燕三。2. 公元1577—1643年。明崑山人,字青父,號米庵,自嘉定徙居長洲。愛好名書畫,精鑒藏。著有清河書畫舫十二卷、真迹日錄七卷。參閱清朱彝尊明詩綜六七。

【張本】預爲後來之地。也用以指寫文章設伏筆。左傳莊二六年"秋,虢人侵晉。冬,虢人又侵晉"晉杜預注:"爲傳明年晉將伐虢張本。"唐白居易長慶集六九詩題:"歲暮夜長,病中燈下,聞盧尹夜飲,以詩獻之,且爲來日張本也。"宋李心傳建炎以來朝野雜記甲集十四東南折帛錢:"東南折帛錢者,張本於建炎,而加重於紹興。"

【張目】㊀睜大眼睛。史記八一藺相如傳:"相如張目叱之,左右皆靡。"後漢書八三嚴光傳:"良久,乃張目熟視。"㊁壯聲勢。文選三國魏曹子建(植)與吳季重書:"足下好伎,值墨翟迴車之縣,想足下助我張目也。"

【張仙】舊時民間流傳有張仙像,張弓挾彈。其人爲誰,說法不一。1. 明人謂宋平後蜀,蜀宮花蕊夫人没入宋宮,攜有蜀主孟昶張弓挾彈圖,託名張仙,詭稱祀之能令人有子。其後傳於民間,迷信者作爲祈子之祀。見明陸深金臺紀聞、郎瑛七修類稿二六。2. 清朱彝尊曝書亭集六九有重修張仙祠碑,謂張名惡子,越嶲人,晉末後秦姚萇曾遇於梓潼嶺,於是立廟嶺上。3. 清趙翼陔餘叢考三五張仙據蘇老泉集張仙贊(今本嘉祐集未載),謂張名遠霄,五代時眉山人,入青城山學道。各說皆本傳聞,未必可信。

【張耒】公元1054—1114年。宋楚州淮陰人,字文潛。熙寧進士,徽宗時官至太常少卿,出知潁汝二州,坐黨籍落職。曾從蘇軾遊,與秦觀晁補之黃庭堅稱蘇門四學士。詩效白居易體,樂府效張籍。晚年益務平淡。著有兩漢決疑詩說宛丘集等。宋史有傳。

【張耳】公元前?—前202年。漢大梁人。初爲信陵君客,仕魏爲外黃令。秦統一六國,耳與陳餘俱亡命。陳涉起義後,勸說立六國後,耳與陳餘從武臣北定趙地。又慫恿武臣背叛陳涉自立爲趙王,耳爲右丞相,陳餘爲大將軍。與餘爲刎頸交。後有隙,耳投漢,與韓信共破趙軍,殺陳餘,漢封耳爲趙王。史記、漢書均有傳。

【張旭】唐吳人,字伯高。曾任左率府長史,故又稱張長史。精楷法,尤善草書。嗜酒,每大醉,呼叫狂走,乃下筆,或以頭濡墨而書,時稱張顛,又稱"草聖"。傳附新唐書李白傳。所寫碑刻,正書有尚書省郎官石記。今石已佚,有宋拓及影印本傳世。草書散見於歷代集帖中。參閱唐張懷瓘書斷張旭。

【張弛】開弓曰張,鬆弓曰弛。以喻事物之興廢、起落。楚辭屈原九章悲回風:"氾潏潏其前後兮,伴張弛之信期。"此指潮之漲落。後漢書五二崔駰傳達旨:"道無常稽,與時張弛。"此指事之興廢。弛,同"弛"。參見"一張一弛"。

【張先】宋人名。1. 公元990—1078年。湖州烏程人,字子野,張維子。天聖八年進士。曾任吳江縣知縣。晏殊爲京兆尹,辟爲通判。官至尚書都官郎中。長於詩詞,因其詞中有"心中事"、"眼中淚"、"意中人"，時稱"張三中"；而自謂應稱"張三影"，以所作有"雲破月來花弄影"、"簾壓捲花影"、"墮風絮無影"等句。也稱三影郎中。著有安陸集。參閱宋胡仔苕溪漁隱叢話前集三七張子野、元周密齊東野語十五張氏十咏圖。 2. 公元992—1039年。開封人，字子野。張遜孫。天聖二年進士。曾任著作郎、祕書丞及閬中鹿邑知縣等。宋史有傳。參閱宋歐陽修文忠集二七張子野墓誌銘。

【張巡】公元709—757年。唐鄧州南陽人。開元末舉進士，官真源令。時楊國忠當政，或勸巡謁楊，以圖顯用，巡堅拒。安祿山起兵，巡與許遠合兵守睢陽，拜御史中丞。堅守數月，因援絶糧盡，城陷被殺。新、舊唐書均有傳。

【張良】公元前？—前189年。漢韓人，字子房。家五世相韓，秦滅韓，良結納刺客，椎擊秦始皇於博浪沙，未遂，逃匿下邳。秦末，陳勝吴廣領導農民起義，劉邦乘機起兵，良爲謀士，佐漢滅秦楚，因功封留侯。參見史記留侯世家及漢書本傳。

【張芝】公元？—約192年。東漢敦煌酒泉人，父奂，徙家弘農華陰。字伯英。與弟昶並善草書，尤長章草。相傳其臨池學書，池水盡黑，家之衣帛，必書而後漂煮。三國魏韋誕稱之爲"草聖"。晉王羲之於漢魏書迹，惟推重鍾繇張芝兩家，王氏父子草書，也深受張芝影響。見後漢書張奂傳、唐張彦遠書法要録八張懷瓘書斷中。

【張角】東漢末黄巾起義軍領袖。詳"黄巾"。

【張狂】㊀ 猶猖狂。漢焦延壽易林二噬嗑之賁："智不別揚，張狂妄行。"㊁慌張。古今雜劇元關漢卿救風塵二："一個個眼張狂，似漏了網的游魚。"

【張炎】公元1248—？年。宋臨安（一説山陰）人，字叔夏，號玉田，又號樂笑翁，高宗時大將張俊五世孫。工詞，精於聲律。以春水詞得名，人稱張春水。其論詞主意境清空。所作往往失諸雕琢，偏重形式。宋亡，不仕。縱遊浙東西，落拓而卒。著有山中白雲詞八卷、詞源二卷、樂府指迷一卷。

【張果】唐方士。久隱中條山，往來汾晉間，自言生於堯丙子年。武后時，遣使召果，果詐死；後有人在恆州山中見之。常倒騎白驢。開元中遣使迎至東都，不久還山，賜號通玄先生。宋元之際有八仙傳説，果被列爲八仙之一，稱張果老。參閱唐鄭處誨明皇雜録下，新、舊唐書本傳。

【張洽】公元1161—1237年。宋清江人，字元德。嘉定元年進士。累官著作佐郎。從朱熹學。標榜治學以"敬"，以"主一"名其書齋。著有春秋集注春秋集傳續資治通鑑長編事略歷代郡縣地理沿革表文集等。宋史有傳。參閱宋元學案六九滄州諸儒學案上。

【張軍】陳兵，部署軍隊。管子七法："是故張軍而不能戰，圍邑而不能攻，得地而不能實，三者見一焉，則可破毁也。"韓非子初見秦："悉其士民，張軍數十百萬。"

【張范】㊀指東漢張劭范式，兩人友情篤厚。南朝梁江淹江文通集二傷友人賦序："雖乏張范通靈之感，庶同嵇尚篤徒之哀。"張劭范式交友事見後漢書八一獨行傳。㊁指南朝宋張永、梁范懷約，皆善於書法。南朝梁庾肩吾書品中論："敬人清舉，致畏逼之詞。張范逢時，俱東南之美。"㊂指漢張良、春秋越范蠡。兩人都善謀，且能功成勇退。唐白居易長慶集六七寄獻北都裴公四十韻："公雖慕張范，帝未捨伊皋。"

【張英】公元1637—1708年。清桐城人。字敦復，號樂圃。康熙六年進士，官至文華殿大學士兼禮部尚書，歷充國史一統志淵鑑類函政治典訓總裁官。謚文端。著有篤素堂集聰訓齋語易書衷論等。見清李桓國朝耆獻類徵九。

【張飛】公元？—221年。東漢末涿郡人。字益德，也作翼德。少與關羽同事劉備，雄壯威猛，曾以二十騎立當陽長坂以拒曹操追兵，敵不敢近。魏將程昱等稱之爲萬人敵。劉備定江南，以飛爲宜都太守。章武元年，升爲車騎將軍。後隨劉備伐吴，臨行，爲其部下所殺。謚桓侯。三國志蜀志有傳。

【張昭】公元156—236年。三國吴彭城人，字子布。東漢末渡江，任孫策長史、撫軍中郎將。策臨死，以弟權託昭。官至輔吴將軍，封婁侯，卒謚文。著有春秋左氏傳解論語注。今佚。三國志吴志有傳。

【張秋】地名。在山東東阿縣西南，運河所經，與壽張陽穀二縣接界。參閱讀史方輿紀要三三東阿縣安平鎮。

【張皇】㊀ 擴大，張狂。書康王之誥："張皇六師。"唐柳宗元柳先生集四三三良詩："霸基弊不振，晉楚更張皇。"㊁驚慌，慌張。唐陸贄陸宣公集十五興元論解蕭復狀："今蕭復勸朕令（臨）幸江陵，表狀之中，張皇頗甚。"宋司馬光涑水記聞五："（王）素入白有卒告都虞侯欲爲變者，執政欲收捕搜治。（文）彦博曰：'如此則張皇驚衆。'"參閱清胡文英吴下方言考二。

【張禹】公元前？—前5年。漢河内軹人，字子文。從施讎受易，從王陽庸生受論語，明習經學，應試爲博士。元帝時授太子論語，遷光禄大夫。成帝時爲相，封安昌侯。禹性奢侈，廣置産業，買田多至四百頃。時外戚王氏專權，禹以帝師之尊，唯諾逢迎，但求保有富貴。漢書有傳。參見"張侯論"。

【張俊】公元1068—1154年。宋成紀人。字伯英。出身行伍。高宗時任御營前營統制、江淮路招討使，抗金屢立功。又因鎮壓各地農民起義軍，授樞密使。與韓世忠劉錡岳飛並稱抗金名將。秦檜欲與金謀和，先收諸將兵權，俊首納兵柄，又助檜製造僞證陷害岳飛。晚年封清河郡王，拜太師，居西湖，聚斂財貨。死後追封循王。宋史有傳。

【張浚】公元1097—1164年。宋綿竹人。字德遠，號紫巖居士。徽宗時進士。高宗時曾任知樞密院事，出爲川陝京西諸路宣撫處置使，力主抗金，於諸將重用岳飛、韓世忠。秦檜主和議，被貶在外近二十年。孝宗時重起，督師江淮間，封魏國公。符離之戰，爲金兵所敗。後視師江淮，被主和派排擠去職。謚忠獻。著易解及雜説十卷、文集十卷、奏議二十卷。宋史有傳。

【張₂容】屏風之類。荀子正論："居則設張容，負依而坐。"注："爾雅云：'容謂之防。'郭璞云：'如今牀頭小曲屏風。'"

【張栻】公元1133—1180年。宋綿竹人，遷於衡陽。張浚子。字敬夫，號南軒。青年時從父參贊軍務。後官至吏部侍郎、右文殿修撰。曾從胡宏學，與朱熹呂祖謙等爲講學之友，時稱"東南三賢"，宣揚"禮者天之理"、"明理居敬"等理學觀點。著有論語孟子説太極圖説經世編年南軒集等。宋史有傳。參閱清黄宗羲宋元學案五十南軒學案。

【張致】模樣，樣子。貶詞。水滸二四："那婦人做出許多奸僞張致。"也作"張志"。永樂大典一三九九一小孫屠戲文："這般閑争甚巴臂，傍人聽是何張志？"引申爲有派頭。也作"張智"。元曲選范康竹葉舟一："你看中間一個老秃厮，左邊一個牛鼻子，右邊一個窮秀才，攀今攬古的，比三教聖人還張智哩！”

【張宿】二十八宿之一，也稱鶉尾。在天之南方，朱鳥七宿的第五宿，有六星。參見“二十八宿”。

【張₂設】帳幕設備。金史世宗紀中大定十三年：“太子詹事劉仲誨請增東宮牧人及張設，上曰：‘東宮諸司局人自有常數，張設已具，尚何增益？’”

【張掖】㊀郡名。漢元鼎六年置。漢官儀謂取“張國臂掖”爲名，治所在觻得。東晉列國時北涼沮渠蒙遜曾建都於此。參閲後漢書明帝紀永平十七年注。㊁縣名。屬甘肅省。漢置觻得縣，爲張掖郡郡治。隋大業二年改今名。清爲甘州府治。爲內地通往西北的交通要衝。參閲漢書地理志下、嘉慶一統志二六六甘州府張掖縣。

【張陵】張道陵本名。見“張道陵”。

【張湯】公元前?—前115年。漢杜陵人。武帝時拜太中大夫，與趙禹共定律令。爲廷尉，遷御史大夫。治獄嚴峻。曾建議造白金及五銖錢，國家專賣鹽鐵，以限制富商大賈，出告緡令（商賈自報財物納税，匿不報者，人得告發，以没入財物之半給告者），摧抑豪富兼併之家。後爲朱買臣等所陷，自殺。史記、漢書皆有傳。

【張詠】公元946—1015年。宋濮州鄄城人，字復之。太平興國五年進士，官至禮部尚書，出知陳州。謚忠定。剛方自任，爲治嚴酷，自號乖崖，以爲乖則違衆，崖不利物。有乖崖集十卷。宋史有傳。

【張禄】卽范雎，戰國魏人。雎得罪魏相，潛逃入秦，爲秦相，更姓名曰張禄。魏人以爲雎已死。其後魏使須賈至秦，雎敝衣往見，賈取綈袍爲贈。事見史記范雎傳。唐李白李太白詩十七送魯郡劉長史遷弘農長史：“他日見張禄，綈袍懷舊恩。”參見“范雎”。

【張華】公元232—300年。晉范陽方城人。字茂先。官至司空。華强記默識，博學多聞，當時推爲第一。誘進人物不倦，士有一善輒爲之推譽。因贊伐吴有功，封廣武縣侯。後趙王倫謀廢賈后，華不從，被殺。著有博物志。其詩辭藻華麗，原有集，後散佚。文集亦失傳。後人有輯本張茂先集。晉書有傳。

【張揚】聲張宣揚。三國演義一〇三：“陸遜整肅部伍，張揚聲勢，望襄陽進發。”

【張揖】三國魏清河人。字稚讓。明帝太和中爲博士。著埤倉 古今字詁 廣雅。現僅存廣雅一書。又擅長書法。參見魏書江式傳、唐張彥遠書法要録一南朝宋王愔文字志下目。

【張敞】漢河東平陽人。字子高。早年官太僕丞，宣帝時爲太中大夫、京兆尹、冀州刺史等，敢直言，嚴賞罰。嘗爲妻畫眉，時長安有“張京兆眉憮”之説，後來成爲夫妻恩愛的典故。漢書有傳。

【張單】竈，古爲五祀之一。古代夏季祀竈，至漢有臘日祀竈之舉。後又附會竈神姓張名單，字子郭。常於每月晦日上天白人罪狀，與後來傳説每年十二月二十三日上天一次有異。參閲唐段成式酉陽雜俎前集十四諾臯記上。

【張遇】五代易水人。善製墨，墨面多龍紋，宫中用來畫眉，稱爲畫眉墨。宋蔡襄説世間以歙州李廷珪墨爲第一，張遇爲第二。見元陸友墨史上。金元好問遺山集九賦南中楊生玉泉墨詩：“涴袖秦郎無藉在，畫眉張遇可憐生。”

【張₂飲】設幕帳以飲宴。史記高祖紀：“高祖復留止，張飲三日。”集解引張晏：“張，帷帳。”新唐書二一〇田承嗣傳附田悦：“悦與（孔）巢父張飲，門階皆徹衞。”也作“帳飲”。見該條。

【張解】張大其辭，以爲解說。後漢書八七西羌傳虞詡上疏：“今三郡未復，園陵單外，而公卿選懦，容頭過身，張解設難，但計所費，不圖其安。”

【張溥】公元1602—1641年。明太倉人。字天如。崇禎四年進士，改庶吉士。與同里張采齊名，號“婁東二張”。曾集郡中文士，結文社名復社。自稱繼承東林，敢於評議時政，爲權貴所惡。里人陸文聲要求入社，被拒，因向朝廷告發溥興黨禍，至溥死，案猶未結。著有七録齋集十二卷、詩三卷；又輯漢魏六朝百三名家集。明史有傳。

【張載】人名。㊀晉安平人。字孟陽。博學善文。撰濛汜賦，爲傅玄所賞，爲之延譽。官至中書侍郎，領著作。與弟協亢都以文學知名，時稱“三張”。集已失傳。明人輯有張孟陽集。晉書有傳。㊁公元1020—1077年。宋鳳翔郿縣橫渠鎮人。字子厚。嘉祐二年進士。熙寧初爲崇文院校書。不久，退居南山下，教授諸生，學者稱橫渠先生。因是關中人，故其學派稱爲關學。過去嘗以周（敦頤）、程（顥、頤）、張（載）、朱（熹）並稱。但載反對以“理”爲萬物的本源，提出虛空卽氣，主張氣爲充塞宇宙的實體。由於氣的聚散變化，形成各種事物現象。承認物質先於精神而存在，具有樸素的唯物主義因素。著有正蒙西銘易説經學理窟及語録等，後人編爲張子全書。參閲宋史本傳、近思録集注附説、清黄宗羲宋元學案十七橫渠先生學案。

【張楚】秦末農民起義領袖陳勝國號，取張大楚國之意。史記陳涉世家：“陳涉乃立爲王，號爲張楚。”

【張説】公元667—730年。唐河南洛陽人。字道濟，一字説之。武后永昌元年策賢良方正，説對第一。歷任鳳閣舍人、兵部侍郎同中書門下平章事、左丞相等官職，封燕國公。説善爲文，尤長於碑文墓誌。朝廷述作，多出其手。與蘇頲（封許國公）齊名，人稱燕許大手筆。有張燕公集二十五卷。新、舊唐書皆有傳。

【張蒼】公元前256—前152年。漢陽武人。初仕秦爲御史，因罪亡歸。從劉邦起兵，以攻臧荼有功，封北平侯。蒼精律曆，通曉圖書計籍，任計相，以列侯居相府，主郡國上計事宜，後升爲御史大夫。文帝時爲丞相十餘年，定律曆，以病免。史記、漢書都有傳。

【張緒】公元422—489年。南朝齊吴郡吴人。字思曼。美風姿，清簡寡欲，口不言利。長於周易，官至太常卿，領國子祭酒。武帝植蜀柳於靈和殿前，嘗贊嘆説：“此楊柳風流可愛，似張緒當年時。”南齊書有傳，南史附張裕傳。

【張綱】公元108—143年。東漢犍爲武陽人。字文紀。順帝時，任御史，上書諫縱任宦官。漢安元年奉令與杜喬周舉等八人徇行風俗，其他七人赴任，綱獨埋車輪於洛陽都亭下，曰：“豺狼當道，安問狐狸！”遂上書奏劾大將軍梁冀及其弟梁不疑罪行，京師震動。後任廣陵太守，招降農民起義軍張嬰等衆。後漢書附張晧傳。

【張澍】公元1781—1847年。清甘肅武威人。字時霖，又字伯瀹，號介侯介白。嘉慶四年進士，任玉屏瀘溪等縣知縣。能文，留心西北地理及有關文獻。著有姓氏五書續黔書養素堂集，又輯刊二酉堂叢書。錢儀吉爲撰墓誌銘。見衎石齋記事續稿九。

【張遼】公元171—221年。三國魏雁門馬邑人。字文遠。先後事丁原 董卓 呂布。布敗，歸曹操，拜中郎將。數有戰功，遷裨將軍。曾鎮守合肥，以八百人破孫權十萬衆，拜征東將軍。謚剛侯。三國志魏志有傳。

【張儀】公元前？—前309年。戰國時魏人。縱橫家。相傳與蘇秦同師事鬼谷子，蘇秦遊說六國合縱以抗秦。張儀相秦惠王，以連衡之策說六國，使六國背縱約而共同事秦。秦惠王死，武王立，六國諸侯聞儀不爲武王所信任，皆復合縱以抗秦。儀離秦去魏，爲魏相一年而卒。史記有傳。

【張儉】公元115—198年。東漢山陽高平人。字元節。桓帝時，舉劾中常侍侯覽罪惡，請誅之，覽乃誣儉私結朋黨。儉被迫亡命，望門投止，人重其名行，往往破家相容。後止東萊李篤家，篤說外黃令毛欽送儉出塞。中平元年黨事解，得還鄉里。後漢書有傳。參見"望門投止"。

【張魯】東漢沛國豐人。字公祺。張陵之孫，世爲天師道教主。初爲益州牧劉焉督義司馬，與張脩同擊漢中太守蘇固，魯又襲殺脩，併其衆，遂割據漢中，自號"師君"，推行天師道，從者甚多。雄據巴漢近三十年。後降曹操，封閬中侯。三國志魏志有傳。

【張樂】奏樂。史記一一七司馬相如傳上林賦："置酒乎昊天之臺，張樂乎轇輵之宇。"文選南齊謝玄暉(朓)新亭渚別范零陵詩："洞庭張樂地，瀟湘帝子遊。"

【張翰】晉吳郡吳人。字季鷹。善屬文。齊王司馬冏召爲大司馬東曹掾。時政事混亂，翰爲避禍，急欲南歸，乃託辭見秋風起，思故鄉菰菜、蓴羹、鱸魚膾，辭官歸吳。有文集，已失傳。晉書有傳。後來詩文中常以鱸膾蓴羹作爲退休的典故。宋辛棄疾稼軒長短句五水龍吟登建康賞心亭："休說鱸魚堪膾，儘西風，季鷹歸未？"

【張橐】納賄。橐，無底袋。南史宋明帝紀泰豫元年："中書舍人胡母顥專權，奏無不可。時人語曰：'禾絹閉眼諾，胡母大張橐。'"禾絹，指明帝。

【張燕】東漢常山真定人。本姓褚，黃巾起義，聚衆響應，衆至萬餘人。與張牛角義軍合攻廮陶，牛角中飛矢死，衆推燕爲帥，改姓張；因作戰勇敢迅捷，稱飛燕。與常山、趙郡等各路起義軍，號黑山軍。後降漢，被封爲平難中郎將。三國志魏志有傳。

【張機】東漢末名醫，南陽郡涅陽人。字仲景。學醫於同郡張伯祖，盡得其傳。靈帝時舉孝廉。建安中官長沙太守。時大疫流行，因傷寒而死者十居其七，乃博采衆方，著傷寒論十卷，又著金匱玉函要略三卷，漢魏以來，中醫奉爲經典，與素問難經並重。

【張穆】㊀公元1607—？年。清東莞人。字穆之，號鐵橋。畫山水有生氣，又善畫馬，能詩，有鐵橋山人稿。參閱國朝耆獻類徵四七四。㊁公元1805—1849年。清平定人，字石洲，號㐅齋。道光優貢生，任白旗漢教習。博覽能文，精訓詁篆籀，通天文、算術，尤精西北地理。著有蒙古遊牧記延昌地形志顧亭林年譜閻百詩年譜㐅齋居士集等。參閱清史列傳何秋濤傳附張穆。

【張衡】公元78—139年。東漢南陽西鄂人。字平子。少善屬文，通五經、天文、曆算、機械製作。安帝時拜爲郎中，再遷太史令。永和初爲河間相，拜尚書。嘗作渾天儀，又作候風地動儀，爲世界最早測候地動的機械裝置。著有靈憲算罔論，闡述渾天說。文學著作今傳者有西京賦，見文選。原有集，已佚，明人輯有張河間集。後漢書有傳。

【張膽】放膽，鼓足勇氣。史記八九張耳陳餘傳："將軍瞋目張膽，出萬死不顧一生之計，爲天下除殘也。"宋書垣護之傳諫到彥之回師書："且昔人有連年攻戰，失衆乏糧者，猶張膽向前，莫肯輕退。"

【張顛】唐張旭善草書，常飲醉揮毫大呼，以頭投水墨中，時人呼爲張顛。見唐張懷瓘書斷張旭。唐杜甫杜工部詩史補遺八李潮八分小篆歌："吳郡張顛誇草書，草書非古空雄壯。"參見"張旭"。

【張羅】㊀設羅網捕鳥。戰國策東周："譬之如張羅者，張於無鳥之所，則終日無所得矣。"後用以喻搜捕罪犯。後漢書十六寇恂傳附寇榮："張羅海內，設置萬里。"㊁料理，籌劃。朝野新聲太平樂府二金元遺山(好問)驟雨打新荷曲："窮通前定，何用苦張羅？"元王實甫西廂記二本四折："省人情的妳妳忒慮過，恐怕張羅。"

【張騫】公元前？—前114年。漢漢中成固人。建元二年以郎應募出使月支，經匈奴，被拘留十多年，後逃回；又以校尉從大將軍衛青擊匈奴，因騫知沙漠中水草所在，使軍隊不致困乏，有功封博望侯。元鼎二年又以中郎將出使烏孫，分遣副使使大宛康居月支大夏等國，烏孫報謝，西北諸國始通於漢，使中原鐵器、絲織品等傳入西域，西域的音樂、葡萄等傳入中原。漢書有傳。

【張籍】公元765—約830年。唐吳郡人，寓和州烏江。字文昌。貞元十五年進士。歷任太常寺太祝、水部員外郎，國子司業等職。工詩，尤長樂府，與王建並稱張王樂府。元和中張籍白居易孟郊所作歌詞，爲當時所尊崇，稱爲元和體。其樂府詩，對封建壓迫下的農民和婦女頗寄予同情。有張司業集。舊唐書有傳，新唐書附韓愈傳。

【張九成】公元1092—1159年。宋錢塘人。字子韶。遊京師，從楊時學。紹興二年中進士第一。累官著作郎、宗正少卿、權禮部侍郎兼侍講。因反對與金議和，爲秦檜所嫉恨，謫居南安軍十四年。檜死，起知溫州，辭歸卒。著有橫浦集。其學混雜儒佛兩家之說，稱橫浦學派。宋史有傳。

【張九齡】公元673—740年。唐韶州曲江人。字子壽，一名博物。長安二年進士，官右拾遺。開元二十一年任中書侍郎同中書門下平章事，主張不循資格用人，設十道采訪史，後遷中書令。玄宗生日，進金鏡錄，言前古興廢之道。每極言得失，並請殺安祿山。後爲李林甫所忌，罷相家居，諡文獻。著有曲江集二十卷。新、舊唐書皆有傳。

【張三丰】㊀宋代技擊家。也作張三峯。本武當丹士，精拳法。其法主禦敵，非遇困危不發，發則必勝。明嘉靖時張松溪也傳此拳法。三丰事見寧波府志三一藝術張松溪。㊁明代道士，遼東懿州人。名全一，一名君寶，號三丰。以其不修邊幅，又號張邋遢。曾居武當山，行踪飄忽，太祖成祖使人覓之皆不遇。英宗時贈通微顯化真人。明史有傳。

【張之洞】公元1833—1909年。清直隸南皮人。字孝達，一字香濤，號壺公、無競居士。同治二年進士，授編修。光緒初，喜言事。後歷任湖北、四川學政、翰林院侍讀、侍講及內閣學士。光緒七年授山西巡撫。自光緒十年起，先後任兩廣、兩江、湖廣總督近三十年。任湖廣總督期間，創辦京漢鐵路、漢陽鐵廠、萍鄉煤礦、湖北織布局等。光緒末爲軍機大臣，體仁閣大學士。諡文襄。之洞講洋務，倡中學爲體，西學爲用，反對維新變法。著有輶軒語、勸學篇、書目答問、廣雅堂集等。其奏議文書有張宮保政書十二卷，並有張文襄公全集行世。

【張三世】春秋公羊家把春秋時魯國十二君主分三段，稱三世。哀定昭三世爲所見世；襄成宣文爲所聞世；僖閔莊桓隱爲所傳聞世。張三世者，於所見微其辭，於所聞痛其禍，於所傳聞殺其恩。見公羊傳原目疏、隱公元年"何以不日"注疏、漢董仲舒春秋繁露楚莊王。張,闡明。參見"三世"。

【張三影】宋詞人張先的別稱。詳"張先"。

【張士誠】公元1321—1367年。元末泰州白駒場人。小字九四。初販鹽以業,至正十三年起兵反元,據有泰州高郵等地,自稱誠王,國號周,建元天祐。十六年遷都平江,次年降元。二十三年,復自立爲吳王。後爲明將徐達常遇春擒送金陵,自縊死。明史有傳。

【張文虎】公元1808—1885年。清南匯人。字嘯山孟彪,號天目山樵。貢生。通經學、小學、曆算、樂律,旁及子史。精校勘,曾校守山閣叢書小萬卷叢書,時稱善本。著有舒藝室雜著詩存隨筆古今樂律考史記札記春秋朔閏考等。

【張天師】漢張道陵後裔的封號。宋真宗賜其裔信州龍虎山道士張正隨號真靜先生。元至元十三年命其三十六代孫張宗演爲輔漢天師。明洪武元年革去舊號,封其後裔張正常爲正一嗣教護國闡祖通誠崇道宏德大真人,秩二品。清初沿明制,乾隆十七年革去其封襲,部議改爲正五品。參閱明沈德符萬曆野獲編補遺四釋道張天師之始,清俞正燮癸巳存稿十三張天師舊事。

【張元素】金易州人。字潔古。應進士試,因犯廟諱下第,乃學醫,曾治愈名醫劉完素病,自此顯名。治病不用古方,以爲運氣不齊,古今異軌,古方不能治新病。其弟子有李杲,最著名。著有病機氣宜保命集潔古珍珠囊醫學啟元等書。金史有傳。

【張介賓】公元1563—1640年。明山陰人。字景岳會卿,別號通一子。年十四,從金英(夢石)學醫,盡得其傳。醫法宗李杲薛己,以扶元氣爲主,喜用熟地,人呼爲張熟地。著有類經,綜覈百家,剖析微義,歷四十年始成。又著景岳全書。參閱清黃宗羲南雷集九張景岳傳。

【張公梨】梨的一種。文選晉潘安仁(岳)閑居賦:"張公大谷之梨,梁侯烏椑之柿。"注:"廣志曰:洛陽北芒山有張公夏梨甚甘。海内唯有一樹。"

【張仁愿】唐華州下邽人。本名仁亶,避睿宗(李旦)諱改仁愿。神龍中爲左屯衛大將軍兼檢校洛州長史。任朔方軍總管時,曾於河北築三受降城,置烽候一千八百所,六旬而就。新、舊唐書皆有傳。參見"三受降城"。

【張玉書】公元1642—1711年。清丹徒人。字素存,號潤甫。順治十八年進士,官至文華殿大學士兼吏部尚書。曾屢次視察黃河運河工程,多所建議;又曾諫止封禪。爲相二十年,以小心奉職,深得康熙倚重。謚文貞。著有文貞集。參閱清李元度國朝先正事略七。

【張世傑】公元?—1279年。南宋范陽人。由小校累官至黃州武定諸軍都統制。元軍大舉南侵,進兵閩廣,世傑駐兵厓山,爲元將張弘範所破。陸秀夫負帝昺投海死。世傑復欲求趙氏後,別圖恢復,向海上撤退時,遇颶風,舟覆溺死。宋史有傳。

【張弘範】公元1238—1279年。元定興人。字仲疇。至元十五年爲蒙古漢軍都元帥,率兵侵宋。南下閩廣,執文天祥於潮陽五坡嶺,破張世傑陸秀夫於厓山,宋遂亡。著有淮陽集。參閱元史本傳。

【張安世】公元前?—前62年。漢杜陵人。字子孺,張湯子。少因其父得任爲郎,後擢尚書令,遷光祿大夫。昭帝時封富平侯。與大將軍霍光定策廢昌邑王,立宣帝,以功拜大司馬,領尚書事。見漢書五九張湯傳附張安世。

【張仲師】古代傳說的矮人。梁書劉杳傳:"(沈)約又云:'何承天纂文奇博,其書載張仲師及長頸王事,此何出?'杳曰:'仲師長尺二寸,唯出論衡。'"太平御覽三七八短中國人引纂文:"潁川張仲師長二尺二寸。"按今本論衡齊世:"建武年中,潁川張仲師長一丈二寸。""丈"字疑誤。

【張仲景】見"張機"。

【張仲簠】周代青銅器。張仲,人名。宋劉敞於長安得簠。宋歐陽修集古録有考釋。清阮元曾據宋王厚之集鐘鼎款識宋拓本考定釋文,見積古齋鐘鼎彝器款識七。參閱孫詒讓古籀拾遺中。

【張好好】唐歌女。初嫁沈述師,其後漂泊至洛陽。杜牧曾贈以詩,見樊川集一。牧親筆麻紙書詩卷,原稿墨迹現藏故宮博物院。

【張邦昌】公元1081—1127年。北宋東光人。字子能。以進士累官太宰。曾與趙構(康王)同質於金。靖康元年,金軍圍汴京,任河北路割地使,力主投降。次年金兵攻入汴京,册立邦昌爲楚帝。金兵退,避位。建炎元年貶至潭州,賜死。見宋史叛臣傳上。

【張志和】唐婺州金華人。字子同,初名龜齡。年十六擢明經,肅宗時待詔翰林,授左金吾衛録事參軍。曾被貶爲南浦尉,赦還後不復仕,隱居江湖,自稱烟波釣徒。著玄真子,也以此自號。善歌詞,能書畫、擊鼓、吹笛。與顏真卿陸羽等友善。參閱新唐書本傳、唐顏真卿顏魯公文集九浪迹先生玄真子張志和碑、唐張彥遠歷代名畫記十。

【張孝祥】公元1132—1170年。南宋歷陽烏江人。字安國,號于湖居士。高宗朝進士第一。曾被秦檜誣陷入獄。檜死後,任建康留守,荆南湖北路安撫使等職。著于湖詞于湖集于湖居士樂府等,詩文皆追蹤蘇軾,其詞多感慨憂國憂時,風格豪邁。水調歌頭和六州歌頭最有名。

【張廷玉】公元1672—1755年。清桐城人。字衡臣,一字硯齋。張英次子。康熙三十九年進士,官至保和殿大學士兼吏部尚書。雍正中設軍機處,與鄂爾泰同爲軍機大臣,乾隆倚任尤專,曾先後纂康熙雍正實録,並充明史、國史館、清會典等總裁官。謚文和。著有澄懷園全集。參閱清李元度國朝先正事略十三、清史列傳本傳。

【張伯行】公元1651—1725年。清儀封人。字孝先,號敬庵。康熙二十四年進士,累官福建江蘇巡撫、禮部尚書。曉河務,曾督修黃河堤岸二百里。其學以程(頤)朱(熹)理學爲主,門徒數千人。謚清恪。著有正誼堂文集續集困學録續録。又輯刻正誼堂全書。參閱清李元度國朝先正事略十。

【張表碑】東漢碑刻,全稱漢冀州從事張表碑。記述漢張表的官職及守黎陽時政績。分書,額篆書陽文,建寧元年立。舊在河北冀縣,原石已失。有翻刻本。碑文見宋洪适隸釋八。

【張居正】公元1525—1582年。明江陵人。字叔大,號太岳。嘉靖二十六年進士,隆慶時與高拱並相,萬曆初代拱爲首輔。居正鋭意革新,整頓吏治;清丈土地,行一條鞭法;用戚繼光等爲將,增强邊防;任潘季馴等浚治黃河淮河。前後主政十年,勇於任事,卒謚文忠。死後爲中官張誠及不滿居正的守舊外官所攻,籍其家。著有書經直解太岳集等。明史有傳。

【張昌宗】公元?—705年。唐定州義豐人。與兄易之同仕於武后朝,出入宮中,爲武后的寵臣。人稱易之爲五郎,昌宗爲六郎。武則天年邁,政事多委昌宗兄弟。神龍元年,中宗復位,與兄易之同被張柬之等所殺。新、舊唐書附張行成傳。

【張易之】見"張昌宗"。

【張柬之】公元?—706年。唐襄州襄陽人。字孟將。中進士後,歷任合蜀二州刺史、荊州大都督府長史。以狄仁傑姚崇薦,授鳳閣鸞臺平章事,不久,遷鳳閣侍郎,仍主持政事。神龍元年,武后病重,柬之首謀迫后歸政,殺張易之兄弟等,復中宗帝位。因功擢天官尚書,封漢陽郡公。後爲武三思誣陷,貶爲新州司馬,又流瀧州,憂憤而死。新、舊唐書皆有傳。

【張侯論】論語流傳至漢,有魯論語齊論語古文論語三種,各有師傳。成帝時,安昌侯張禹本受魯論,兼講齊説,定爲一本,稱張侯論。東漢包咸、周氏爲之章句,列於學官,熹平石經即用此本刻石。鄭玄又合張侯論及古論,成爲今本論語。參閲魏何晏論語序、唐陸德明經典釋文一論語。

【張紅紅】唐大曆中宮人。少與父歌於衢路乞食。將軍韋青納爲姬。嘗潛聽樂工新曲,以小豆數盒記其節拍,即能歌之,一聲不誤。後召入宜春院,爲才人。宮中號記曲娘子。見唐段安節樂府雜録歌。

【張家口】市名,在河北省。爲外長城要口。明宣德四年築張家口堡,清置張家口路,設參將駐防。參閲嘉慶一統志四十宣化府三。

【張家灣】地名。在北京市通縣南。因元時萬户張瑄督海運至此得名。舊時爲南北水陸交通匯集點,盧溝河與白河會流處,東南漕運至此,乃運入通州,因在此設倉儲糧。明嘉靖三十一年築城,清於此設糧運通判及都司。參閲讀史方輿紀要十一順天府通州、嘉慶一統志九順天府四。

【張掖河】水名。即禹貢中的弱水、漢書地理志的羌谷水。古代還有鮮水、合黎水等名稱。今稱黑河,在甘肅省。發源於祁連山下,經張掖縣西北流,至鼎新合北大河,至綠園又分東西兩河,分别流入蘇克諾爾和嘎順諾爾二湖,即古代的居延海。參閲嘉慶一統志二六六甘州府山川。

【張道陵】原名陵,東漢沛國豐人。天師道的創始者。曾爲江州令。順帝時客居蜀,學道鶴鳴山中,作道書二十四篇,並以符水咒法治病。從學者出米五斗,時稱五斗米道。其子衡、孫魯皆奉其道。魯自號師君,故又稱天師道。後漢書附劉焉傳。參見"張天師"。

【張惠言】公元1761—1802年。清武進人。字皋文。嘉慶四年進士,官翰林院編修。於易專治漢虞翻説,於禮主鄭玄説。擅長古文,與惲敬同爲陽湖派之首。又工詞,爲常州詞派的開創者。兼善篆書。著有周易虞氏義虞氏消息儀禮圖茗柯文茗柯詞等;並編有詞選七十家賦鈔。參閲清惲敬大雲山房文稿初集四張皋文墓誌銘。

【張煌言】公元1620—1664年。明浙江鄞縣人。字玄箸,號蒼水,崇禎十五年舉人。明末清兵破南京,俘福王,煌言與同郡錢肅樂等倡議尊奉魯王監國,以右僉都御史監張名振軍,抗清軍。清軍攻破舟山,魯王入閩依鄭成功。煌言勸鄭成功攻取南京,自崇明入江,所向克捷。煌言先移師上游,直取九江,克皖二十餘城。後鄭軍在鎮江,兵敗後撤,煌言乃遣散餘部,隱居懸嶴島(在今浙江象山縣南),不久爲清兵所執,不屈而死。著有張蒼水集。參閲清黄宗羲南雷文約一兵部左侍郎蒼水張公墓誌銘。

【張義潮】公元?—872年。唐沙州敦煌人。安史亂後,河西隴右諸州爲吐蕃貴族所攻占,唐宣宗大中初,潮乘吐蕃内亂,起兵占領沙州。五年,唐王朝授爲沙州防禦使;同年冬,又發兵略定瓜伊西甘肅蘭鄯河岷廓等十州地。唐於沙州置歸義軍,以潮爲節度使並十一州觀察使。參閲新唐書二一六吐蕃傳下、資治通鑑二四九。

【張爾岐】公元1612—1677年。明末諸生。山東濟陽人。字稷若,號蒿菴。入清隱居不仕,教授鄉里終其生。精通三禮,顧炎武自以爲不如。著有儀禮鄭注句讀周易説略詩説略老子説略蒿菴集蒿菴閒話等。參閲碑傳集一三〇錢載張處士爾岐墓表。

【張僧繇】南朝梁畫家。吴人,一作吴興人。天監中爲武陵王國侍郎,直祕閣、知畫事,歷右軍將軍、吴興太守。善畫山水、人物肖像。南朝梁武帝迷信佛教,崇飾佛寺,多命其畫壁。兼擅畫龍,有"畫龍點睛,破壁飛去"的傳説。參閲唐張彦遠歷代名畫記七。

【張遷碑】原稱漢故穀城長蕩陰令張君表頌。東漢碑刻。分書,額篆書。中平三年立。爲其故吏韋萌等稱述張遷任谷城長時政績而立。碑陰有韋叔珍等題名,分書,明代出土,都穆金薤琳琅始著録,今在山東東平縣。參閲金石萃編十八。

【張儀舌】張儀,戰國時縱横家,曾從楚相宴飲,楚相亡璧,疑爲張儀所盜,笞撻數百,不服,乃釋。儀歸家,謂其妻曰:"視吾舌尚在否?"妻曰:"舌在。"儀曰:"足矣。"見史記七十張儀傳。後遂以張儀舌喻能言善辯。唐李白李太白詩九贈崔侍御:"笑吐張儀舌,愁爲莊舄吟。"

【張懷瓘】唐海陵人。曾任率府兵曹、鄂州長史。開元中翰林院供奉。善真、行、小篆、八分。著書斷三卷,評書藥石論一卷。尚有書估二王等書録書議文字論等。見新唐書藝文志一小學類、佩文齋書畫譜二七引明陶宗儀書史會要。

【張麗華】公元?—589年。南朝陳後主妃,以美色見寵。後主荒淫厚斂,國力衰微,隋兵入陳,與後主自投入宮内景陽井中,爲隋軍搜出,被殺。陳書附後主沈皇后傳。

【張獻忠】公元1606—1646年。明末農民起義領袖。延安衛人。字秉吾,號敬軒。崇禎三年在米脂起義,號八大王。與李自成進攻山陝河南安徽等地,後取武昌,下湖南,入四川,破成都,建立政權,稱大西國王,改元大順。大順三年,與清兵戰,在西充鳳凰山中箭,被俘死。明史有傳。

【張釋之】漢南陽堵陽人。字季。以貲爲騎郎。後爲公車令,曾奏劾太子(景帝)與梁王共車入朝,不下司馬門,受到文帝的重用。後爲廷尉,稱爲平恕。景帝時,以舊嫌出爲淮南相,不久病卒。史記漢書皆有傳。

【張三李四】假設姓名,泛指某甲某乙。景德傳燈録三十道吾和尚樂道歌:"暢情樂道過殘生,張三李四渾忘却。"宋王安石臨川集三擬寒山拾得詩之十四:"莫嫌張三惡,莫愛李四好。"

【張王李趙】本皆爲姓,後用以泛指某些人或一般人。南朝梁范縝神滅論有張甲王乙李丙趙丁之語,見梁書范縝傳。宋朱弁曲洧舊聞七:"俚語有張王李趙之語,猶言是何等人,無足掛齒牙之意也。"

【張牙舞爪】形容野獸的兇相。古今雜劇明缺名拔宅飛昇二:"混海翻江作浪潮,張牙舞爪出波濤。"後多用以形容惡人猖狂兇暴的樣子。

【張甲李乙】假設姓名,泛指某人,猶言某甲某乙。藝文類聚二三漢張奐誡兄子書:"不自克責,反云張甲謗我,李乙怨我,我無是過,爾亦已矣。"三國志魏王修傳注引魏略曹操與修書："張甲李乙，尚猶先之，此主人意待之不優之效也。"

【張冠李戴】喻名實不符，弄錯對象。明田藝衡留青日札二二張公帽賦："俗諺云：'張公帽掇在李公頭上。'"清孫承澤天府廣記三二錦衣衛引崇禎十一年諭："彼卑官小卒，以衙門爲活計，惟知嗜利，鮮有良心，……甚至張冠李戴，增少爲多，或久禁暗處，或苦打屈服。"

【張眉努眼】舒眉瞪眼、招搖做作之態。朱子語類四四論語二六："而今人所以知於人者，都是兩邊作得來，張眉努眼，大驚小怪。"又："若似其他人撑眉弩眼恁地叫喚去做時，人卻便知，但聖人却不恁地，只是就平易去就。"

【張$_2$脈僨興】血脈膨脹而表面緊張。左傳僖十五年："亂氣狡憤，陰血周作，張脈僨興，外彊中乾。"注："氣狡憤於外，則血脈必周身而作，隨氣張動。"

【張猛龍碑】北魏碑刻。全稱魏魯郡太守張府君清頌之碑。正光三年立。王盆生作碑文，正書，記魯郡太守張猛龍興起學校，郡人立碑事。碑陰有爰考伯等題名，正書。書法雄健險勁，開唐歐陽詢虞世南風氣之先。碑陰所書尤恣肆。碑在今山東曲阜縣孔廟。參閱金石萃編二九。

【張丘建算經】張丘建撰，三卷。算經十書之一。有北周甄鸞注經，唐李淳風注釋，劉孝孫撰細草。書内有等級差數，二次方程、不定方程等，共九十二題，設爲問答，條理精密。新唐書藝文志三著録。

【張公喫酒李公醉】唐武后時張易之兄弟當權，李氏王室大權旁落，曾有"張公喫酒李公醉"之謠；民間唱曲作"張公喫酒李公顛"。見唐張鷟耳目記、孫棨孫内翰北里志張住住。後因以喻一方取得實益，一方徒負虛名。宋韋居安梅礀詩話上："(陳)亞登第，人皆賀其舅，亞有詩云：'張公喫酒李公醉，自古人言信有之。'"也比喻由於誤會而代人受過。宋郭朏夜出爲醉人所誣，太守詰問，朏笑曰："張公喫酒李公醉者，朏是也。"太守令作張公喫酒李公醉賦。見宋范正敏遯齋閒覽。

強 1. qiáng 巨良切，平，陽韻，羣。ㄑㄧㄤ

亦作"强"。㊀蟲名。説文："強，蚚也。从虫，弘聲。"爾雅釋蟲："強，蚚。"注："即強醜捋。"疏："強，蟲名也，一名蚚。好自摩捋者，蓋蠅類。"古籍多借爲"彊"。㊁壯健，有力。與"弱"相對。禮曲禮："四十曰強而仕。"疏："強有二義：一則四十不惑是智慮強，二則氣力強也。"荀子勸學："螾無爪牙之利，筋骨之強。"㊂強盛。孟子梁惠王上："晉國天下莫強焉。"荀子富國："觀國之強弱貧富有徵。"㊃勝過，優越。宋蘇軾經進東坡文集事略二四上神宗皇帝書："宣宗收燕趙，復河隍，力強於憲武矣；銷兵而龐勛之亂起。"㊄堅決。戰國策齊一："七日，謝病強辭。"注："強猶固。"㊅有餘，略多。唐杜甫杜工部草堂詩箋十八春水生二絶之二："一夜水高二尺強，數日不可更禁當。"㊆姓。左傳莊十六年有強鉏。

2. qiǎng 集韻 巨兩切，上，養韻。ㄑㄧㄤˇ

㊇勉力，勉強。孟子滕文公下："強而後可。"㊈強迫。見"強$_2$匄"。㊉通"襁"。見"強$_2$葆"。

3. jiàng ㄐㄧㄤˋ

⑪固執，不順。世説新語文學："殷仲堪云：三日不讀道德經，便覺舌本間強。"清李玉清忠譜傳奇創祠："一頓老拳頭，幾個兇巴掌，打得我好一似落湯雞，弗敢強。"

【強丁】壯丁。梁書昭明太子(蕭統)傳："今征戍未歸，強丁疏少。"

【強人】㊀宋代鄉兵的一種。宋史兵志四："河北陝西強人砦户、強人弓手，名號不一。咸平四年募河北民諳契丹道路、勇鋭可爲間伺者充強人，置都頭指揮使。無事散處田野，寇至追集，給器甲口糧食錢，遣出塞，偷斫賊壘。"㊁強盜。宋宣和遺事亨集宋江得天書三十六將名："是時筵會已散，各人統率強人略州劫縣放火殺人。"

【強立】㊀善於獨立思考，果斷。禮學記："九年知類通達，強立而不反。"㊁強大，屹立。孫臏兵法見威王："戰勝而強立，故天下服矣。"

【強半】過半。唐白居易長慶集六六冬夜對酒寄皇甫十："十月苦長夜，百年強半時。"又杜牧樊川集三題池州貴池亭詩："蜀江雪浪西江滿，強半春寒去却來。"

【強$_2$匄】仗勢勒索。匄，同"丐"。左傳昭六年："楚公子棄疾如晉，……不抽屋，不強匄。"

【強白】能幹清廉。唐白居易長慶集三一張徹宋申錫可並監察御史制："今御史中丞(牛)僧孺奏，某官張徹某官宋申錫皆方直強白，可中御史。"

【強仕】禮曲禮上："四十曰強而仕。"謂男子年四十，智慮氣力皆強盛，可以出仕。後以強仕爲四十歲之代稱。梁書張緬傳蕭統與緬弟纘書："且年甫強仕，方申才力，摧苗落穎，彌可傷惋！"

【強死】死於非命。左傳文十年："初，楚范巫矞似謂成王與子玉、子西曰：'三君皆將強死。'"疏："強，健也，無病而死，謂被殺也。"又昭七年："匹夫匹婦強死。"注："強死，不病也。"

【強良】同"強梁"。北魏元茂墓誌："復使強良淪化，無禮移風。"(漢魏南北朝墓誌集釋圖版五七六)參見"強梁㊀"。

【強近】強盛親近。文選晉李令伯(密)陳情事表："外無朞功強近之親，内無應門五尺之僮。"隋書許善心傳梁史序傳："而單宗少強近，虛室類原顏。"

【強宗】豪門，有權勢之家。後漢書三一郭伋傳："強宗右姓，各擁衆保營，莫肯先附。"

【強戾】强横兇暴。晉書趙王倫傳："荂淺薄鄙陋，馥、虔闇很強戾，詡愚嚚輕訬，而各乖異，互相憎毁。"四人皆倫之子。

【強$_2$食】同"強飯"。漢書八一匡衡傳："專精神，近醫藥，強食自愛。"又八四翟方進傳："君其自思，強食慎職。"參見"強$_2$飯"。

【強姦】以暴力逼姦婦女。漢書王子侯表下膚鳌侯談："侯端嗣，永光二年，坐強姦人妻，會赦，免。"

【強$_2$記】記憶力強。孔叢子一嘉言："洽聞強記，博物不窮。"文選晉潘安仁(岳)楊荆州誄："多才豐藝，強記洽聞。"參見"博聞彊識"。

【強$_2$起】㊀強迫人出來作官。晉書郭翻傳："安西將軍庾翼以帝舅之重，躬往造翻，欲強起之。"㊁勉強起身。宋詩鈔趙師秀清苑齋集扶欄："強起扶欄立，新寒陡見侵。"

【強$_2$笑】勉強歡笑。唐李白李太白詩二三金陵江上遇蓬池隱者："空言不成歡，強笑惜日晚。"宋歐陽修歸田録二："田元均爲人寬厚長者，其在三司，深厭干請者，……每温顔強笑以遣之。"

【強梁】㊀強横，強悍果決。老子："強梁者不得其死。"莊子應帝王："有人於此，嚮疾強梁，物徹疏明，學道不勸，如是者可比明主乎？"㊁古代神話中食鬼之神。後漢書禮儀志中："強梁、祖明共食磔死寄生。"參見"彊良"。

【強$_2$孰】在温室裏培養蔬果，促使成熟。孰，同"熟"。後漢書和熹鄧皇后紀永初七年正月詔："凡供薦新味，多非其節，或鬱養強孰。"資治通鑑四九列於永初六年。

【強梗】強橫梗阻。唐韓愈昌黎集十一原道："爲之政以率其怠勧，爲之刑以鋤其強梗。"

【強圉】㊀強壯多力。楚辭屈原離騷："澆身被服強圉兮，縱欲而不忍。"注："強圉，多力也。"㊁強暴。漢書一〇〇下敍傳："曾是強圉，掊克爲雄。"㊂天干中丁的別稱。爾雅釋天："太歲……在丁曰強圉。"史記曆書作"彊梧"。

【強健】身體健康。漢王充論衡命禄："加勉力之趨，致強健之勢。"唐白居易長慶集五八六十拜河南尹詩："幸遇芳菲日，猶當強健時。"

【強項】性格剛強而不肯低首下人。項，頸後部。後漢書五四楊震傳附楊奇："(靈)帝嘗從容問奇曰：'朕何如桓帝？'對曰：'陛下之於桓帝，亦猶虞舜比德唐堯。'帝不悦曰：'卿強項，眞楊震子孫。'"奇，震曾孫。參見"彊項"。

【強陽】㊀運動貌。莊子寓言："彼來則我與之來，彼往則我與之往，彼強陽則我與之強陽，強陽者又何以有問乎？"㊁陽氣。宋蘇軾經進東坡文集事略二四上神宗皇帝書："厭上藥而用下品，伐眞氣而助強陽。"

【強$_{2}$飯】努力加餐，勉強進食。漢武帝時平陽主送衞子夫入宮。子夫上車，主拊其背曰："行矣！強飯勉之，卽貴，願無相忘。"參閱漢書九七上孝武衞皇后傳。史記外戚世家作"彊飯"。

【強$_{2}$葆】背嬰兒用的背帶和蓋嬰兒的被。同"襁褓"。史記魯周公世家："其後武王既崩，成王少，在強葆之中。"正義："強，闊八寸，長八尺，用約小兒於背而負行；葆，小兒被也。"參見"襁褓"。

【強幹】有才能，辦事幹練。北史十五魏諸宗室："(拓跋志)少清辯強幹，歷覽書傳，頗有文才。"

【強蛘】米蟲名。爾雅釋蟲："蛄螿，強蛘。"注："今米穀中蠹，小黑蟲是也。建平人呼爲蛘子。"清郝懿行義疏："今按此蟲大如黍米，赤黑色，呼爲牛子，音如甌子，登萊人語也；廣東人呼米牛，紹興人呼米象，並因形以爲名。"

【強對】勁敵。宋陳師道後山詩注八和鄭戶部寶集文室詩之二："向隅有知音，闔門接強對。"參見"彊對"。

【強毅】剛強堅定。禮儒行："愼靜而尚寬，強毅以與人。"又作"彊毅"。見該條。

【強暴】強橫兇暴。荀子富國："事強暴之國難，使強暴之國事我易。"

【強辨】善辯，有力的辯論。後漢書六七劉祐傳："閑練故事，文札強辨。每有奏議，應對無滯，爲僚類所歸。"也作"強辯"。北史張彫武傳："遍通五經，尤明三傳，弟子遠方就業者以百數。諸儒服其強辯。"北齊書張雕傳作"強辨"。今謂強詞奪理爲強辯。

【強$_{2}$諫】下對上力進忠言。左傳僖二年："宮之奇之爲人也，懦而不能強諫。"戰國策趙四："太后不肯，大臣強諫。"

【強$_{3}$嘴】強辯，頂嘴。古今雜劇元高文秀好酒趙元遇上皇："好也，你還強嘴里！每日價醉而復醒，醒而復醉，倒街卧巷，今番務要和你見個好歹。"

【強$_{2}$澀】艱深，不流利。舊唐書九四徐彥伯傳："自晚年屬文，好爲強澀之體，頗爲後進所效焉。"

【強禦】㊀強盛。國語周中："是有五勝也，有辭一也，得民二也，軍帥強禦三也，行列治整四也，諸侯輯睦五也。"㊁橫暴有勢力者。後漢書六七黨錮傳序："天下模楷李元禮(膺)，不畏強禦陳仲舉(蕃)。"參見"強圉㊀"。

【強$_{2}$顏】㊀厚顏，謂不知羞恥。文選漢司馬子長(遷)報任少卿書："及以至是，言不辱者，所謂強顏耳，曷足貴乎？"漢書六二司馬遷傳作"彊顏"。劉向新序雜事二："此天下強顏之女子也。"又見列女傳六齊鍾離春。㊁勉強表示歡欣。清李玉一捧雪傳奇勢索："曲背逢迎，強顏歡笑。"

【強$_{2}$韻】生僻少用的韻。梁書王筠傳："筠爲文能壓強韻，每公宴並作，辭必妍美。"唐陸龜蒙甫里集十三皮日休寒夜文宴聯句："清言聞後醒，強韻壓來艱。"

【強$_{3}$口馬】烈性馬。世說新語文學："孫安國(盛)往殷中軍(浩)許共論，往反精苦，客主無閒。……殷乃語孫曰：'卿莫作強口馬，我當穿卿鼻。'孫曰：'卿不見決鼻牛，人當穿卿頰。'"此以烈性馬譬盛之執拗。

【強團練】宋時杭諺謂有傲骨、不肯在人前低頭的人爲強團練。宋袁褧楓窗小牘下："臨安有諺語，凡見人不下禮，呼曰強團練。余不知其所自來，後得之長老云：錢氏有國時攻常州，執其團練使趙仁澤以歸，見王不拜。……丞相元德昭救解云：'此強團練，宥之足以勸忠也。'……故至今以爲美諺。"

【強文假醋】喻假裝斯文。元曲選缺名來生債："他出來的不誠心，無實行，一個個強文假醋。"

【強$_{2}$死強$_{2}$活】極言勉強。紅樓夢六三："大家來敬探春，探春哪里肯飲？却被湘雲、香菱、李紈等三四個人，強死強活，灌了一鍾纔罷。"

【強弩之末】見"彊弩之末"。

【強$_{2}$詞奪理】無理強辯。三國演義四三："座上一人忽曰：'孔明所言，皆強詞奪理，均非正論，不必再言。'"也作"強詞奪正"。元曲選關漢卿金線池三："但酒醒硬打掙強詞奪正，則除是醉時酒淘眞性。"

【強$_{2}$聒不舍】人不欲聽仍喧談不休。莊子天下："見侮不辱，救民之鬬；禁攻寢兵，救世之戰；以此周行天下，上說下教，雖天下不取，強聒而不舍者也。"

【強中更有強中手】喻藝能無止境，不要自滿自大。古今雜劇元缺名狄青復奪衣襖車一："他若是相持廝殺統戈矛，端的是強中更有強中手。"也作"強中自有強中手"。古今雜劇元缺名隋何賺風魔蒯徹三："哎！你箇蕭何休誇蒯徹舌，這的是強中自有強中手。"

【強將手下無弱兵】喻能人手下無弱者。宋蘇軾東坡題跋六題連公壁："俗語云'強將下無弱兵'，眞可信。"宋周遵道豹隱紀談引栗齋詩話："死人身邊有活鬼，強將手下無弱兵。"

【強龍不壓地頭蛇】比喻雖有能者亦難於對付盤據當地的惡勢力。西遊記四五："行者道：'你也忒自重了，更不讓我遠鄉之僧。——也罷，這正是強龍不壓地頭蛇。'"也作"惡龍不鬬地頭蛇"。醒世恒言七："常言道，惡龍不鬬地頭蛇，你的從人雖多，怎比得坐地的，有增無減。"

弸 pēng 薄萌切，平，耕韻，並。
ㄆㄥ 普耕切，平，耕韻，滂。

㊀強勁的弓。漢揚雄太玄經六止："絶弸破車，終不偃。"㊁充滿。廣雅釋詁一："弸，滿也。"見"弸中彪外"。㊂見"弸彋"。

【弸彋】風吹帷帳聲。文選漢揚子雲(雄)甘泉賦："帷弸彋其拂汨兮，稍暗暗而靚深。"

【弸中彪外】弸，充滿；彪，文采。謂人之品德佳者，文采自然外露。漢揚雄法言君子："或問君子言則文，動則成德，何以也？曰：以其弸中而彪外也。"後省作"弸彪"。元王逢梧溪集一奉寄王丁二御史詩："其中弸彪兩柱史，飯蔬日飲清溪水。"

九　畫

弼 bì 房密切,入,質韻,並。ㄅㄧˋ

㊀輔正。書益稷:"予違汝弼,汝無面從,退有後言。"傳:"我違道,汝當以義輔正我。"也指輔佐之人。書説命上:"夢帝賚予良弼。"㊁違背。漢書七三韋賢傳引韋孟在鄒詩:"其夢如何？夢争王室。其争如何？夢王我弼。"注:"弼,戾也。言夢争王室之事,王違戾我言也。"

【弼直】用正直的人爲輔佐。書益稷:"惟幾惟康,其弼直。"疏:"其輔弼之臣,必用正直之人。"

【弼亮】輔佐。書畢命:"弼亮四世,正色率下。"傳:"輔佐文武成康四世爲公卿。"宋樓鑰攻媿集二送張定叟尚書鎮襄陽詩:"功高歸未晚,會見登弼亮。"

【弼教】輔佐教化。書大禹謨:"明于五刑,以弼五教。"唐文粹十九上釋一行起義堂頌:"天輔皐繇,明刑弼教。"

【弼違】矯正過失。書益稷:"予違汝弼,汝無面從,退有後言。"晉書武帝紀泰始二年詔:"今之侍中常侍,實處此位,擇其能正色弼違,匡救不逮者,以兼此選。"

【弼諧】輔佐協和。書皐陶謨:"允廸厥德,謨明弼諧。"疏:"以輔弼和諧其政。"文選晉盧子諒(諶)贈劉琨詩:"弼諧靡成,良謨莫陳。"宋書謝景仁傳附謝述載劉裕與子義康書:"汝始親庶務,而任道事殷,宜寄懷羣賢,以盡弼諧之美。"

强 qiáng ㄑㄧㄤˊ

同"強"。見"強"。

弸 yuān 集韻 縈玄切,平,先韻。ㄩㄢ

弓兩端叫簫,中央叫弣,簫弣之間叫弸。見釋名釋兵。

十　畫

彀 gòu 古候切,去,候韻,見。ㄍㄡˋ

㊀張滿弓弩。孟子告子上:"羿之教人射,必志於彀。"也指射手。史記八一廉頗藺相如傳附李牧:"彀者十萬人。"㊁以弓弩的張滿喻事物的範圍、程式。見"入彀"、"彀中"。㊂足用。通"够"。元明雜劇元王實甫呂蒙正風雪破窰記三:"你駡得我彀也!"

【彀中】弓弩射程所及的範圍。莊子德充符:"遊於羿之彀中。"後以喻掌握之中。五代王定保唐摭言一述進士上:"(唐太宗)嘗私幸端門,見新進士綴行而出,喜曰:'天下英雄入吾彀中矣!'"

【彀率】弓弩張開的程度。率,音lǜ。孟子盡心上:"大匠不爲拙工改廢繩墨,羿不爲拙射變其彀率。"

【彀當】事情。同"句當"。古雜劇元喬夢符金錢記三:"老夫待你非輕,……你又做下這等彀當!"參見"勾$_2$當㊀"。

【彀騎】持弓弩的騎兵。史記一〇二馮唐傳:"選車千三百乘,彀騎萬三千。"文選晉左太沖(思)吳都賦:"輶軒蓼擾,彀騎煒煌。"也作"彀馬"。新唐書一一一蘇定方傳:"從李靖襲突厥頡利於磧口,率彀馬二百爲前鋒。"

十 一 畫

彄 kōu 恪侯切,平,侯韻,溪。ㄎㄡ

㊀弓弩兩端鈎弦處。漢蔡邕蔡中郎集一黄鉞銘:"馬不帶鈌,弓不受彄。"㊁環屬。見"彄環"。㊂筆管。禮内則"右佩玦、捍、管"漢鄭玄注:"管,筆彄也。"

【彄環】指環之類。舊題漢劉歆西京雜記一:"戚姬以百鍊金爲彄環,照見指骨。"

彃 bì 卑吉切,入,質韻,幫。ㄅㄧˋ

射。楚辭屈原天問:"羿焉彃日？烏焉解羽？"

十 二 畫

彈 1. dàn 徒案切,去,翰韻,定。ㄉㄢˋ

㊀彈弓。莊子山木:"蹇裳躩步,執彈而留之。"漢劉向説苑善説:"彈之狀如弓,而以竹爲弦,則知乎？"㊁彈丸。圓形,用彈弓發射。南朝陳徐陵徐孝穆集一紫騮馬詩:"角弓連兩兔,珠彈落雙鴻。"

2. tán 徒干切,平,寒韻,定。ㄊㄢˊ

㊂用彈弓發射彈丸。左傳宣二年:"晉靈公不君,厚斂以彫牆,從臺上彈人,而觀其辟丸也。"㊃彈奏,彈擊。禮檀弓上:"孔子既祥,五日彈琴而不成聲。"戰國策齊四:"(馮諼)倚柱彈其劍。歌曰:'長鋏歸來乎,食無魚。'"㊄用手指撥弄。見"彈$_2$琴"。㊅彈劾。漢書八四翟方進傳:"方進特立後起,十餘年間至宰相,據法以彈(陳)咸等,皆罷退之。"參見"彈$_2$劾"。

【彈$_2$力】彈射的力量。唐段成式酉陽雜俎前集五詭習:"張芬曾爲韋南康親隨行軍,曲藝過人,力舉七尺碑,定雙輪水磑。常於福感寺趯鞠,高及半塔,彈力五斗。"

【彈子】彈射用的小丸,卽彈丸。宋錢易洞微志:"有術士於腕間出彈子三丸,皆白色。"

【彈$_2$子】牽引船隻用的繩索。元周密齊東野語二十舟人稱謂有據:"每聞舟子呼造帆曰歡,以牽船之索曰彈子。"

【彈丸】㊀供彈弓射擊用的丸。韓詩外傳十:"黄雀方欲食螳蜋,不知童子挾彈丸在下,迎而欲彈之。"㊁比喻狹小。戰國策趙三:"誠知秦力之不至,此彈丸之地,猶不予也。"

【彈弓】發射彈丸的弓。吳越春秋勾踐陰謀外傳記載,古代人死後,用白茅裹尸,投於野地,其子作彈看守,以防被鳥獸所食。五代蜀馬鑑續事始(説郛本)以爲這是彈弓的起源。唐白居易長慶集十二和大觜鳥詩:"主人憎慈烏,命子削彈弓,……數粒米入口,一丸已中胸。"

【彈$_2$弓】彈棉花的用具。元王楨農書二一農器圖譜十九纊絮門附木棉:"木棉彈弓,以竹爲之,長可四尺許,上一截頗長而彎,下一截稍短而勁,控以繩絃,用彈棉英,如彈氈毛法,務使結者開,實者虚。"

【彈$_2$冰】以指撥弦,彈奏出清脆的聲音。宋高觀國竹屋癡語喜遷鶯詞:"寶瑟彈冰,玉臺窺月。"元詩別裁八薩都剌贈彈箏者:"銀甲彈冰五十絃,海門風急雁行偏。"

【彈$_2$舌】指誦經念咒。全唐詩七二三李洞送三藏歸西天國:"十萬里程多少磧,沙中彈舌授降龍。"自注:"奘公彈舌念梵語心經,以授流沙之龍。"

【彈$_2$兑】舊時用天平稱量銀子,須將天平彈正,使兩面高下如一,故稱彈兑。見六部成語註解户部彈兑。

【彈$_2$治】用彈壓手段治理。漢書七六張敞傳:"梁國大都,吏民凋敝,且當以柱後惠文彈治之耳。"秦漢法吏戴柱後惠文冠,意指欲以嚴刑峻法治梁。

【彈$_2$劾】檢舉官吏的過失、罪狀。北齊書魏收傳:"又收父老,合解官歸侍,南臺將加彈劾,賴尚書辛雄爲言於中尉綦儁,乃解。"

【彈$_2$事】彈劾官吏的奏疏。也稱彈章。六朝時特指御史中丞的劾奏。文選有梁沈約任昉彈事文。南朝梁劉勰文心雕龍五奏啟:"後之彈事,迭相斟酌。"魏書孫惠蔚傳:"(崔)光以惠蔚書呈宰輔,乃召惠蔚與邢巒庭議得失,尚書令王肅又助蠻，而蠻理終屈，彈事遂寢。”

【彈$_2$弦】彈奏弦樂器。漢書地理志下：“女子彈弦跕躧，游媚富貴，徧諸侯之後宮。”也作“彈絲”。文苑英華一七九南朝陳江總宴樂修堂應令詩：“彈絲命琴瑟，吹竹動笙簧。”

【彈$_2$糾】奏劾糾察。晉書范甯傳陳時政：“又方鎮去官，皆割精兵器仗，以爲送故，半布之屬，不可稱計，監司相容，初無彈糾。”

【彈$_2$冠】㊀用指彈去冠上灰塵。文選戰國楚屈平(原)漁父：“吾聞之，新沐者必彈冠，新浴者必振衣。”漢王逸注：“拂土芥也。”㊁整潔其冠，喻將出來作官。漢書七二王吉傳：“吉與貢禹爲友，世稱‘王陽在位，貢公彈冠’，言其取舍同也。”吉，字子陽。梁書沈約傳郊居賦：“或辭祿而反耕，或彈冠而來仕。”

【彈$_2$指】㊀彈擊手指。佛教儀，以手作拳，屈食指，以大拇指捻彈作聲，表示許諾、憤怒、贊嘆或告戒等意。行事鈔下三計請設則篇：“增一云：如來許請，或默然，或儼頭，或彈指。”世說新語政事：“公(王導)因便還到過任(顒)邊，云：‘君出，臨海便復無人。’任大喜說，因過胡人前，彈指云：‘蘭闍蘭闍。’羣胡同笑，四座並懽。”㊁一彈指的省略語。極言時間的短暫。唐王維王右丞集二五能禪師碑銘：“彈指不留，水流燈焰。”唐司空圖司空表聖詩集二偶書之四：“平生多少事，彈指一時休。”參見“一彈指”。

【彈$_2$骨】指古代我國北方民族盟約法，即置酒於人頭骨中，互飲以示信守。淮南子齊俗：“故胡人彈骨，越人契臂，中國歃血也。所由各異，其於信一也。”

【彈$_2$珠】彈丸如珠，故稱以丸彈射爲彈珠。樂府詩集二三南朝陳張正見洛陽道：“蘇合彈珠罷，黄間負翳歸。”

【彈射】以彈丸射擊。漢書宣帝紀元康三年六月詔：“其令三輔毋得以春夏擿巢探卵，彈射飛鳥。”唐陸龜蒙甫里集二練瀆詩：“彈射盡高鳥，杯觥醉潛魚。”

【彈$_2$射】用言語指責。文選漢張平子(衡)西京賦：“街談巷議，彈射臧否，剖析毫釐，擘肌分理。”三國志蜀孟光傳：“吾好直言，無所回避，每彈射利病，爲世人所譏嫌。”

【彈$_2$淚】彈灑眼淚，形容心情悲痛。宋楊萬里誠齋集二五羅溪望夫嶺詩：“豈有心情管風雨，向人彈淚繞天流。”

【彈$_2$章】彈劾官吏的章疏。清黃遵憲人境廬詩草箋九姓漁船曲：“敢掔阿嬌貯金屋，彈章自劾滿朝驚。”參見“彈$_2$事”。

【彈$_2$詞】一種把故事編成韻語，有白有曲，以弦索樂器伴唱的說唱文學。流行於南方。宋末有西廂傳奇，只譜詞曲，尚無說白；至金董解元作西廂搊彈詞(又稱西廂記諸宮調)，始有白有曲。明楊慎有二十一史彈詞。清代更爲盛行，如天雨花筆生花再生緣鳳雙飛珍珠塔等，都是分成章回的大部彈詞。參閱清毛奇齡西河詞話。

【彈$_2$棊】漢魏時博戲。棊，棋的本字。舊題漢劉歆西京雜記二及世說新語巧藝注引晉傅玄彈棋賦序謂彈棋起於漢成帝時。後漢書三四梁統傳附梁冀：“能挽滿、彈棊、格五、六博、蹴鞠、意錢之戲。”注引藝經：“彈棊，兩人對局，白黑棊各六枚，先列棊相當，更先彈也。其局以石爲之。”至魏改用十六棊，唐又增爲二十四棊。見唐柳宗元柳先生集二四序棊。其術至宋已失傳。也作“彈碁”。文選三國魏文帝(曹丕)與朝歌令吳質書：“彈碁間設，終以六博。”

【彈歌】古代歌名。吳越春秋勾踐陰謀外傳：“范蠡復進善射者陳音，音曰：臣聞弩生於弓，弓生於彈，彈起於古之孝子。越王曰：孝子彈者奈何？音曰：孝子不忍見父母爲禽獸所食，故作彈以守之，故歌曰：斷竹續竹，飛土逐宍(肉)之謂也。”清沈德潛古詩源收“斷竹續竹，飛土逐宍”詩，題爲“彈歌”。宍亦作“宊”。

【彈$_2$墨】彈劾官吏的奏章。宋史三六〇趙鼎傳：“薦舉之人，除命甫下，彈墨已行。”

【彈$_2$鋏】彈擊劍把。鋏，劍把。戰國齊孟嘗君食客馮諼彈鋏而歌：“長鋏歸來乎！食無魚。”見戰國策齊四。史記孟嘗君傳作“馮驩”。後來用以比喻有所希求於人。南朝梁陶弘景陶隱居集答趙英才書：“不肯掃門覓仕，復懶彈鋏求通。”

【彈$_2$劍】彈劍作響。唐李白李太白詩三行路難之二：“彈劍作歌奏苦聲，曳裾王門不稱情。”又李商隱李義山詩集四詠懷寄祕閣舊僚二十韻：“糲食空彈劍，亨衢詎置錐。”兩詩都用戰國齊孟嘗君客馮諼(驩)彈鋏故事。參見“彈$_2$鋏”。

【彈$_2$擊】㊀彈奏樂器。晉書律曆志上：“講肄彈擊，必合律呂。”㊁彈劾抨擊。晉書傅玄傳論：“及乎位居三獨，彈擊是司，遂能使臺閣生風，貴戚斂手。”

【彈$_2$壓】制服，鎮壓。淮南子本經：“乘太一者，牢籠天地，彈壓山川，含吐陰陽，伸曳四時，紀綱八極，經緯六合。”舊唐書一六五柳公綽傳附柳仲郢：“輦轂之下，彈壓爲先；郡邑之治，惠養爲本。”

【彈$_2$徽】張絃彈奏。楚辭漢劉向九歎愍命：“破伯牙之號鍾兮，挾人箏而彈緯。”文選晉潘安仁(岳)笙賦“況齊瑟與秦箏”注引楚辭作“彈徽”。

【彈$_2$鑷】彈鑷作聲。鑷，拔除毛髮的小鉗。宋黃庭堅豫章集九陳留市隱詩：“時時能舉酒，彈鑷送飛鴻。”參閱清梁同書日貫齋塗說。

【彈子渦】海邊的卵石。宋蘇軾分類東坡詩八取彈子渦石養石菖蒲序：“文登蓬萊閣下，石壁千丈，爲海浪所戰，時有碎裂，淘灑歲久，皆圓熟可愛，土人謂此彈子渦也。”參見“彈$_2$子窩”。

【彈子蛇】毒蛇名。形如石彈子，大如雞蛋，兩頭有細竅，首尾藏細竅內，周圍五色彩紋。齧人立死。見於福建漳泉等地。見清施鴻保閩雜記。

【彈子窩】因長期受水沖激而形成圓孔或圓窩的石塊，產於太湖，可採爲飾玩品。見宋杜綰雲林石譜上太湖石。也簡稱“彈窩”。元詩選宋无翠寒集詠石得天字：“雨攻繩眼斷，浪擊彈窩圓。”

【彈丸黑子】形容地方狹小。北周庾信庾子山集一哀江南賦：“地惟黑子，城猶彈丸。”宋史二五六趙普傳：“因與普計下太原，普曰：‘太原當西北二面，太原旣下，則我獨當之，不如姑俟削平諸國，則彈丸黑子之地，將安逃乎？’”

【彈$_2$冠相慶】喻因即將作官而互相慶賀。多用於貶義。宋蘇洵嘉祐集八管仲論：“一日無仲，則三子者可以彈冠相慶矣。”三子，指豎刁易牙開方三人。參見“彈$_2$冠㊁”。

十三畫

彊 1. qiáng 巨良切，平，陽韻，羣。ㄑㄧㄤˊ

通“強”。㊀強勁有力的弓。說文：“彊，弓有力也。从弓，畺聲。”史記絳侯周勃世家：“材官引彊。”㊁壯健堅實，強盛有力。書洪範：“身其康彊。”詩周頌載芟：“侯彊侯以。”也用作動詞，指加強。管子國蓄：“則君彊本趣耕，而自爲鑄幣而無已。”㊂有餘。樂府詩集二五木蘭詩：“策勳十二轉，賞賜百千彊。”

2. qiǎng 其兩切，上，養韻，羣。ㄑㄧㄤˇ

㊃勉強，勉力。管子牧民：“不求不可得者，不彊民以其所惡也。”淮南子脩務：“名可務立，功可彊成。”㊄姓。前秦有將

軍彊求。參閱通志二九氏族略五。

3. jiàng ㄐㄧㄤˋ 居良切,去,漾韻,見。

㊅倔強,不隨和。史記絳侯周勃世家:"勃爲人木彊敦厚。"自㊀至㊅都通"強",參見"強"字各條。

4. jiāng ㄐㄧㄤ

㊆見"彊₄彊₄"。

【彊力】強壯有力。管子牧民:"兵甲彊力,不足以應敵。"宋歐陽修文忠集六贈沈遵詩:"我時四十猶彊力,自號醉翁聊戲客。"

【彊₂力】勉力。呂氏春秋離俗:"彊力忍詢。"文選三國魏文帝(曹丕)典論論文:"而人多不彊力,貧賤則懾於饑寒,富貴則流於逸樂。"一本作"強力"。

【彊₂中】強作中間人。漢王符潛夫論斷訟:"又貞絜寡婦,……遭值不仁世叔,無義兄弟,或利其娉幣,或貪其財賄,或私其兒子,則彊中欺嫁,處迫脅遣送。"

【彊仕】四十歲稱彊仕之年。同"強仕"。後漢書四四胡廣傳上書:"甘奇顯用,年乖彊仕;終賈揚聲,亦在弱冠。"參見"強仕"。

【彊臣】擅權的大臣。史記六七仲尼弟子傳:"是君上無彊臣之敵,下無民人之過。"也作"強臣"。晉書閻纘傳:"強臣專制,姦邪矯詐。"

【彊良】古代神話中的神名。山海經大荒北經:"大荒之中有山,……又有神銜蛇操蛇,其狀虎首人身,四蹄長肘,名曰彊良。"清郝懿行箋疏謂"彊良"疑即"強梁",古字通。參見"強梁㊀"。

【彊₂志】強於記憶,即記憶力很強。國語晉七:"其壯也,彊志而用命,守業而不淫。"史記八四屈原傳:"博聞彊志,明於治亂,嫺於辭令。"

【彊直】剛强正直。左傳襄三十年:"國之禍難,誰知所敝,或主彊直,難乃不生。"晉書傅玄傳論:"傅玄體彊直之姿,懷匪躬之操。"點校本作"強直"。

【彊果】堅強果敢。世說新語識鑒:"劉越石(琨)云:'華彥夏(軼)識能不足,彊果有餘。'"

【彊固】強盛堅固。荀子王霸:"彼持國者必不可以獨也,然則彊固榮辱,在於取相矣。"史記禮書:"治辨之極也,彊固之本也。"

【彊₂記】同"強₂記"。史記七四孟子傳:"淳于髡,齊人也。博聞彊記,學無所主。"參見"博聞彊識"。

【彊₂勉】努力,勉勵。漢書五六董仲舒傳:"彊勉學問,則見博而知益明;彊勉行道,則德日起而大有功。"也作"強勉"。宋蘇軾東坡集續集四與范夢得書之六:"舊句奇偉,試當強勉繼作。"

【彊梁】兇暴。同"強梁"。宋書晉平剌王休祐傳:"休祐狠戾彊梁,前後忤上非一。"點校本作"強梁"。參見"強梁㊀"。

【彊執】意志堅强。漢書七十鄭吉傳:"吉爲人彊執,習外國事。"注:"彊力而有執志者。"

【彊梧】天干中"丁"的別稱。同"強圉"。參見"強圉㊁"。

【彊健】同"強健"。三國志魏華佗傳:"卿今彊健,我欲死,何忍無急去藥,以待不祥?"

【彊項】同"強項"。東漢董宣爲洛陽令,殺湖陽公主蒼頭。光武帝大怒,令小黄門挾持董宣,使叩頭謝主。宣兩手據地,終不肯俯首,光武敕"彊項令出"。見後漢書七七董宣傳。參見"強項"。

【彊對】相抗衡的强敵,勁敵。三國志吳陸遜傳:"劉備天下知名,曹操所憚,今在境界,此彊對也。"宋蘇軾分類東坡詩十和蘇州太守王規父侍太夫人觀燈之什……之二:"安排詩律追彊對,蹭蹬歸期爲惡賓。"

【彊横】强暴兇横。後漢書二九鮑永傳:"示誅彊横而鎮撫其餘,百姓安之。"

【彊₄彊₄】鳥羣飛相隨貌。詩鄘風鶉之奔奔:"鶉之奔奔,鵲之彊彊。"釋文:"彊音姜。"

【彊濟】精强幹練。宋書庾登之傳:"登之少以彊濟自立。"周書尉遲運傳:"少彊濟,志在立功。"

【彊禦】強暴逞勢者。詩大雅烝民:"不侮矜寡,不畏彊禦。"左傳昭元年:"且夫以千乘去其國,彊禦已甚。"清王引之謂"禦"和"彊"同義。參閱經義述聞七。

【彊₂顏】同"強₂顏㊀"。見該條。

【彊檃】堅固板結的土壤。周禮地官草人:"凡糞種,……彊檃用蕡。"釋文:"檃,本又作壂。"

【彊₂識】强於記憶。同"彊志"。文選漢枚叔(乘)七發:"獨宜世之君子,博見彊識。"三國志吳朱桓傳:"兼以彊識,與人一面,數十年不忘。"

【彊本弱末】加强根本,削弱支末。史記九九劉敬傳:"臣願陛下徙齊諸田,楚昭、屈、景,燕、趙、韓、魏後,及豪桀名家居關中。……此彊本弱末之術也。"

【彊本節用】加强根本,節省開支。本,多指農業生產。荀子天論:"彊本而節用,則天不能貧。"史記太史公自序司馬談論六家要指:"要曰彊本節用,則人給家足之道也。此墨子之所長,雖百家弗能廢也。"

【彊弩之末】比喻雖原來強勁,今已氣衰力竭,不能爲用。史記一〇八韓安國傳:"且彊弩之極,矢不能穿魯縞。"漢書作"彊弩之末"。三國志蜀諸葛亮傳:"曹操之衆,遠來疲弊,聞追豫州,輕騎一日一夜行三百餘里,此所謂'彊弩之末,勢不能穿魯縞'者也。"也省作"強弩末"。宋陸游劍南詩稿二九老境:"文章雖自力,亦已強弩末。"

【彊幹弱枝】史記漢興以來諸侯王年表序:"大國不過十餘城,小侯不過數十里,……以蕃輔京師。而漢郡八九十,形錯諸侯間,犬牙相臨,秉其阸塞地利,彊本幹,弱枝葉之勢,尊卑明而萬事各得其所矣。"本幹,喻京師;枝葉,喻地方。後漢書四十上班彪傳附班固西都賦:"三選七遷,充奉陵邑,蓋以彊幹弱枝,隆上都而觀萬國。"

彋 hóng ㄏㄨㄥˊ 户萌切,平,耕韻,匣。户盲切,平,庚韻,匣。

見"硼彋"。

十四畫

彌 1. mí ㄇㄧˊ 武移切,平,支韻,明。

㊀遍及,滿。周禮春官大祝:"國有大故天烖,彌祀社稷禱祠。"史記一一七司馬相如傳上林賦:"於是乎離宮別館,彌山跨谷。"㊁終,極盡。詩大雅卷阿:"豈弟君子,俾爾彌爾性。"注:"彌,終也。"文選漢張平子(衡)西京賦:"橦末之伎,態不可彌。"注:"彌,猶極也。"㊂久,遠。逸周書謚法:"彌,久也。"見"彌甥"。㊃蓋,補合。見"彌封"、"彌縫"。㊄副詞。益,更加。老子:"其出彌遠,其知彌少。"論語子罕:"仰之彌高,鑽之彌堅。"㊅姓。春秋衛有彌子瑕,以其祖公孫彌牟之字爲氏。參閱通志二七氏族三以字爲氏。

2. mǐ ㄇㄧˇ

㊆止息,消除。通"弭"。周禮春官小祝:"彌烖兵,遠辠疾。"

【彌久】久遠。史記八六荊軻傳:"太傅之計,曠日彌久,心惛然,恐不能須臾。"

【彌天】滿天,言其廣大。太平御覽八三四三國魏應璩報東海相梁季然書:"足下頓彌天之網，收萬仞之魚。」晉書習鑿齒傳：「時有桑門釋道安，……與鑿齒初相見，道安曰：『彌天釋道安。』鑿齒曰：『四海習鑿齒。』時人以爲佳對。」此喻氣勢豪邁。

【彌日】整天。世說新語文學：「張（憑）遂詣劉，……眞長延之上坐，清言彌日，因留宿至曉。」眞長，劉惔字。

【彌月】㊀胎兒足月。詩大雅生民：「誕彌厥月，先生如達。」指姜嫄懷后稷，滿十月之期卽順利誕生。後稱小孩出生或結婚滿月爲彌月。唐陸海空寂寺大福和上碑：「誕厥彌月，其目猶閉。」（八瓊室金石補正六七）明陸弼酒家傭傳奇姊弟式廬：「不若擇吉成親，彌月之後，同去展墓更好。」㊁整月。唐韋應物韋江州集五答貢士黎逢詩：「彌月曠不接，公門但驅馳。」

【彌亘】連綿不斷。後漢書二四馬援傳附馬防：「又大起第觀，連閣臨道，彌亘街路。」三國志蜀蔣琬傳：「多張旗幟，彌亘百餘里。」

【彌年】經年。後漢書八三戴良傳：「舉孝廉，不就。再辟司空府，彌年不到。」

【彌旬】滿十日。唐杜甫杜工部草堂詩箋二二贈王二十四侍御契四十韻：「追隨不覺晚，款曲動彌旬。」

【彌牟】㊀細。新唐書地理志六：「漢州德陽郡，……土貢：交梭，雙紃，彌牟紵布衫……」明方以智通雅三七：「彌牟言細也。或曰：牟爲纏首者。」㊁複姓。春秋衛公孫彌牟之後。見宋鄧名世古今姓氏書辯證三。

【彌陀】阿彌陀佛的簡稱。廣弘明集二八上北齊盧思道遼陽山寺願文：「願西遇彌陀，上征兜率。」參見「阿彌陀佛」。

【彌姐】複姓。晉書姚興載記下有遼東侯彌姐亭地，周書文帝記上有都督彌姐元進。

【彌封】科舉時代，爲防止舞弊，考生試卷寫姓名處，由彌封官反轉折疊，用紙釘固，糊名彌封，上蓋關防。至試官閱文取中，塡寫榜文時，始拆封檢視姓名。唐武后時，吏部選人多不實，令考生自糊姓名。至宋景德、祥符年間，彌封之法有定制，到淸末廢科舉前，一直沿用。參閱宋高承事物紀原三學校貢舉部封彌引國史異纂、王闢之澠水燕談錄六貢舉、吳自牧夢粱錄二諸州府得解士人赴省闈。

【彌留】病久不愈。書顧命：「病日臻，既彌留。」宋蔡沈集傳：「病日至，既彌甚而留連。」後謂病重瀕死爲彌留。文選南齊王仲寶（儉）褚淵碑文：「景命不永，大漸彌留。」也作「彌流」。漢博陵太守孔彪碑：「而疾彌流，乃碩乃□。」（金石萃編十四）

【彌望】滿眼。文選漢張平子（衡）西京賦：「前開唐中，彌望廣潒。」文選晉潘安仁（岳）西征賦：「黃壤千里，沃野彌望。」

【彌勒】㊀佛名。彌勒是姓，爲慈氏；字阿逸多，義爲無勝。見彌勒下生成佛經、菩薩處胎經二。參閱隋釋慧遠維摩義記二末、唐釋湛然維摩經略疏五。㊁縣名。屬雲南紅河哈尼族彝族自治州，漢屬牂牁郡地，唐宋時爲彌勒部。元置州，明因之，清改縣。參閱嘉慶一統志四九一廣西直隸州彌勒縣。

【彌渡】縣名，屬雲南省。清爲彌渡市，後改州，公元 1913 年改縣。相傳諸葛亮曾築城於此。參閱嘉慶一統志四七八古蹟白崖故城。

【彌甥】外甥之子。左傳哀二三年：「以肥之得備彌甥也。」注：「彌，遠也。康子父之舅氏，故稱彌甥。」宋李曾伯可齋雜藁二六挽吳總幹詩：「夙託彌甥列，常懷范叔寒。」

【彌₂節】停息。古代官吏出行時所用的旌節。彌節，猶駐節。漢書五四李廣傳：「將軍其率師東轅，彌節白檀。」參見「弭節」。

【彌滿】充足。後漢書二一任光傳：「世祖……使騎各持炬火，彌滿澤中，光炎燭天地。」

【彌漫】布滿，充滿。三國志吳徐盛傳：「後魏文帝大出，有渡江之志。盛建計從建業築圍，……文帝到廣陵，望圍愕然，彌漫數百里，而江水盛長，便引軍退。」文選晉潘安仁（岳）西征賦：「其池則湯湯汗汗，滉瀁彌漫，浩如河漢。」

【彌綸】㊀包羅，統括。易繫辭上：「易與天地準，故能彌綸天地之道。」疏：「彌謂彌縫補合，綸謂經綸牽引。」清王引之經義述聞二彌綸天地之道謂綸爲「論」之通假，訓知；彌綸卽遍知之意。㊁同「彌縫」，彌補縫合。宋朱熹朱文公集二五答張敬夫書：「竊恐未然之間，卒有事變，而名義不正，彌綸又疎，無復有着手處也。」

【彌澥】紛紜雜沓。古文苑四漢揚雄蜀都賦：「羅員彌澥，蔓蔓沕沕。」

【彌縫】彌補縫合。左傳僖二六年：「（齊）桓公是以糾合諸侯而謀其不協，彌縫其闕，而匡救其災。」又昭二年：「敢拜子之彌縫敝邑，寡君有望矣。」後來稱設法掩飾不法行爲爲彌縫。周書周惠達傳：「及至，（蕭）寶夤反形已露，不可彌縫，遂用惠達爲光祿勳、中書舍人。」

【彌彌】漸漸。漢書七三韋賢傳引韋孟諫詩：「彌彌其失，岌岌其國。」注引應劭：「彌彌猶稍稍也，罪過滋甚也。」後漢書八四楊震傳疏：「臣伏念方今災害發起，彌彌滋甚，百姓空虛，不能自贍。」

【彌襟】滿懷。晉陶潛陶淵明集一停雲詩序：「願言不從，歎息彌襟。」

【彌羅】布滿。南朝梁陶弘景眞誥十六闡幽微二：「彌羅四海，誅暴整亂。」宋范成大石湖集三二白玉樓步虛詞之一：「梵氣彌羅融萬象，玉樓十二倚清空。」

【彌子瑕】春秋衛靈公的幸臣。曾僞託君命駕衛君車，又食桃而甘，以其半奉衛君。兩事俱爲衛君稱贊，後又以此得罪。見左傳定六年，韓非子說難、內儲上、難四，淮南子泰族。

十五畫

彍 kuò ㄎㄨㄛˋ 古博切，入，鐸韻，見。虛郭切，入，鐸韻，曉。

同「彉」。拉滿弓。孫子勢：「勢如彍弩，節如發機。」唐韓愈昌黎集三六送窮文：「駕塵彍風，與電爭先。」

【彍騎】唐代宿衛兵名。唐高宗武后時，府兵制逐漸敗壞，宿衛兵大量逃亡。玄宗開元十一年，宰相張說建議召募壯士充宿衛，優予待遇，一歲兩番（換班）。乃取京兆蒲同岐華府兵及白丁，加潞州長從兵，共十二、三萬人，號「長從宿衛」。次年更號曰彍騎。天寶以後，彍騎之法始廢。參閱舊唐書張說傳、新唐書兵志。

十九畫

彎 wān ㄨㄢ 烏關切，平，删韻，影。

㊀開弓。史記一一七司馬相如傳上林賦：「彎繁弱，滿白羽。」繁弱，夏時良弓名。唐駱賓王駱臨海集二途中有懷詩：「涸鱗驚照轍，墜羽怯虛彎。」㊁灣。北周庾信庾子山集四應令詩：「望別非新館，開舟卽舊彎。」㊂彎曲。宋張耒張右史集八西山寒溪詩：「午登西山去，路作九曲彎。」

【彎弓】拉弓。史記秦始皇紀論引賈誼語：「胡人不敢南下而牧馬，士不敢彎弓而報怨。」也作「貫弓」、「關弓」。

【彎碕】㊀三國吳昭明宮東門名。文選晉左太沖（思）吳都賦：「左稱彎碕，右號臨硎。」注：「吳後主起昭明宮於太初之東，開彎碕、臨硎二門，彎碕，宮東門；臨硎，宮西門。」㊁彎曲的河岸。宋王安石臨川集二七初夏卽事詩：「石梁茅屋有彎碕，流水㶁㶁度兩陂。"

【彎環】半圓，弓月形。唐李賀歌詩編一十二月樂詞十月："金鳳刺衣著體寒，長眉對月鬭彎環。"

【彎彎】彎曲貌。唐張籍張司業集七樵客吟："日西待伴同下山，竹擔彎彎向身曲。"宋趙彥衛雲麓漫鈔記吳中舟師歌："月子彎彎照九州，幾家歡樂幾家愁。"

二十畫

彏 jué ㄐㄩㄝˊ 居縛切，入，藥韻，見。許縛切，入，藥韻，曉。

急張弓。漢書八七上揚雄傳河東賦："掉奔星之流旃，彏天狼之威弧。"注："彏，急張也。音钁。"

彐部

彐 jì ㄐㄧˋ 居例切，去，祭韻，見。

本作"彑"。說文："彑，豕之頭，象其銳而上見也。"今作"彐"，部首字。

六畫

彖 tuàn ㄊㄨㄢˋ 通貫切，去，換韻，透。

周易中統括一卦之辭。易履"彖曰"注："凡彖者，言乎一卦之所以爲主也。"易乾疏："案褚氏莊氏並云，彖，斷也，斷定一卦之義，所以名爲彖也。"參見"彖辭"、"彖傳"。

【彖傳】周易有上彖下彖兩篇，相傳爲孔子所作。本自成篇，附於經後，與象繫說卦等稱易之十翼。今通行注疏本附於經下，凡卦內"彖曰"皆是，如乾用九下"彖曰:大哉乾元"至"萬國咸寧"一段。參閱易乾"彖曰"疏。

【彖辭】易卦辭。如乾下"元亨利貞"四字卽彖辭。漢鄭衆、賈逵等附會爲周文王所作。見左傳昭二年"見易象與魯春秋"疏。亦有稱彖傳爲彖辭者，見易乾"彖曰"疏。參見"彖傳"。

八畫

彗 huì ㄏㄨㄟˋ 徐醉切，去，至韻，邪。suì ㄙㄨㄟˋ 祥歲切，去，祭韻，邪。

㊀掃帚。也作"篲"。禮曲禮上："國中以策彗卹勿驅，塵不出軌。"史記七四孟子傳附騶衍："如燕，昭王擁彗先驅。"㊁掃。後漢書四十下班彪傳附班固東都賦："元戎竟野，戈鋋彗雲。"㊂星名。公羊傳文十四年："孛者何？彗星也。"參見"彗星"。㊃曝曬。六韜文韜守土："日中不彗，是謂失時。"

【彗星】亦稱孛星，俗名掃帚星。以曳長尾如彗，故名。爲繞太陽運行之一種天體。春秋文十四年："有星孛入於北斗。"爲世界歷史上最早關於彗星的記錄。楚辭屈原九歌少司命："孔蓋兮翠旍，登九天兮撫彗星。"

【彗氾畫塗】比喻極其容易。漢書六四下王褒傳聖主得賢臣頌："及至巧冶鑄干將之樸，清水焠其鋒，越砥斂其咢，水斷蛟龍，陸剸犀革，忽若彗氾畫塗。"注："如以帚埽氾灑之地，以刀畫泥中，言其易。"文選彗作"篲"。

九畫

彘 zhì ㄓˋ 直例切，去，祭韻，澄。

㊀豬。孟子盡心上："五母雞，二母彘。"方言八："豬，……關東西或謂之彘。"㊁地名。國語周上："三年，乃流(厲)王於彘。"彘，晉地。漢置縣，屬河東郡，後漢改永安。隋改爲霍邑。故址在今山西霍縣東北。參閱漢書地理志上、後漢書郡國志一。㊂姓。春秋士會支子士魴，食邑於彘，爲彘恭子，後以爲氏。參閱國語晉七、元和姓纂八祭。

【彘首】草名。即天名精。又叫活鹿草、彘顱。梁書沈約傳郊居賦："其陸卉則紫鼈綠葹，天著山韭，雁齒麋舌，牛脣彘首。"參閱本草綱目十五草天名精。參見"天名精"。

十畫

彙 huì ㄏㄨㄟˋ 于貴切，去，未韻，于。

㊀同類。漢揚雄太玄經一周："陽氣周神而反乎始，物繼其彙。"㊁繁盛。漢書一〇〇上敍傳幽通賦："形氣發于根柢兮，柯葉彙而靈茂。"注："彙，盛也。"㊂刺蝟。"蝟"本字。爾雅釋獸："彙，毛刺。"注："今蝟，狀如鼠。"

【彙征】連類同進。易泰："初九，拔茅茹，以其彙，征吉。"疏："彙，類也，以類相從。……征，行也。"後因稱能進用賢者爲彙征。周書文帝紀與侯莫陳悅書："故將軍降遷高之志，篤彙征之理，乃申啟朝廷，薦君爲隴右行臺。"

【彙刻書目】清顧修撰，朱學勤補。二十卷。所收均爲合刻書，備列細目，便於查檢。其後續補頗多。周毓邠撰二編十卷，傅雲龍撰續彙刻書目十二卷，胡俊章撰補遺一卷，羅振玉撰續彙刻書目十卷，劉聲木撰續補彙刻書目三十卷。參閱清邵懿辰增訂四庫簡目標注八史部目錄。

十五畫

彝 yí ㄧˊ 以脂切，平，脂韻，喻。

㊀古代青銅祭器的通稱。左傳襄十九年："且夫大伐小，取其所得以作彝器。"注："彝，常也，謂鐘鼎爲宗廟之常器。"自宋以來，以古銅器中侈口圈足兩耳者爲彝，以斂口、口有蓋、兩耳或有方座者爲敦。清陳介祺簠齋尺牘以爲古無彝名，彝即是敦。爾雅釋器："彝、卣、罍，器也。"注："皆盛酒尊，彝其總名。"參閱王國維觀堂集林三說彝。㊁常道，常法。詩大雅烝民："民之秉彝，好是懿德。"

彝

【彝良】縣名，屬雲南省。公元 1913 年以舊鎮雄州之彝良"州同"轄地設置。見續雲南通志。

【彝酒】經常飲酒。書酒誥："文王誥教小子，有正有事，無彝酒。"韓非子說林上："彝酒者，常酒也。常酒者，天子失天下，匹夫失其身。"

【彝訓】日常的訓誡。書酒誥："聽聽祖考之彝訓。"藝文類聚五一南齊謝朓爲齊明帝讓封宣城公表："鑒臣匪躬，共申彝訓。"

【彝倫】天地人之常道。書洪範："我不知其彝倫攸敍。"史記宋微子世家引作"常倫所序"。後漢書四十下班彪傳附班固典引："懸象暗而恒文乖，彝倫斁而舊章缺。"參閱清顧炎武日知錄經義彝倫。

【彝章】常典。文選南朝梁任彥昇(昉)爲范尚書讓吏部封侯第一表:“矜臣所乞,特迴寵命,則彝章載穆,微物知免。”唐律疏議長孫無忌進律疏表:“虞帝納麓,皋陶創其彝章。”注:“彝,常;章,典也。”

【彝量】標準量器。通典一四四樂四權量:“魏初杜夔造斛,即周禮所謂嘉量也。……晉氏播遷,亡其彝量。”

【彝準】經常的法則。魏書高祖紀上延興二年十二月庚戌詔:“著之於令,永爲彝準。”

【彝憲】經常大法。書冏命:“永弼乃后于彝憲。”唐張九齡曲江集十七祭張燕公文:“跡既拘於彝憲,情未展於哀款。”

【彝器】古代青銅祭器,如鐘鼎尊俎之類。左傳襄十九年:“且夫大伐小,取其所得以作彝器。”又定四年:“備物典策,官司彝器。”參見“彝㊀”。

二十三畫

彠 huò 胡麥切,入,麥韻,匣。
ㄏㄨㄛˋ 憂縛切,入,藥韻,影。
一虢切,入,陌韻,影。

尺度,用以度量長短。說文“蒦”之或體。同“矱”。楚辭屈原離騷:“曰勉陞降以上下兮,求榘矱之所同。”注:“矱,一作彠。”文選漢馬季長(融)長笛賦:“挑截本末,規摹彠矩。”注:“彠,亦矱字。”

彡部

彡 1. shān 所銜切,平,銜韻,山。
ㄕㄢ 息廉切,平,鹽韻,心。

㊀毛飾。見說文。

2. xiǎn 集韻 纖琰切,上,琰韻。
ㄒㄧㄢˇ

㊁姓。漢有彡姐。見漢書七九馮奉世傳、後漢書八七西羌傳。

四畫

彣 wén 無分切,平,文韻,明。
ㄨㄣˊ

“文”本字。見“文”。

形 xíng 戶經切,平,青韻,匣。
ㄒㄧㄥˊ

本作“形”,今通作“形”。㊀形象,形體。易繫辭上:“在天成象,在地成形,變化見矣。”禮檀弓上:“斂首足形。”注:“形,體。”疏:“斂於首足,形體不令露見。”㊁形狀,容貌。墨子旗幟:“凡所求索旗名不在書者,皆以其形名爲旗。”荀子非相:“故相形不如論心,論心不如擇術。”㊂形勢,地勢。戰國策西周:“周君形不小利事秦,而好小利。”宋鮑彪注:“形,勢也。”史記秦紀:“問其地形與其兵勢盡晉。”㊃顯露,表現。荀子勸學:“故聲無小而不聞,行無隱而不形。”戰國策趙三:“趙王不悅,形於顏色。”㊄對照。如“相形見絀”。㊅盛羹的瓦器。通“鉶”。史記秦始皇紀:“飯土熘,啜土形。”李斯傳作“啜土鉶”。㊆模子。通“型”。左傳昭十二年:“形民之力,而無醉飽之心。”注:“言國之用民,當隨其力任,如金冶之器,隨器而製形。”㊇刑罰。通“刑”。荀子成相:“衆人貳之,讒夫弃之,形是詰。”注:“形當爲刑,無德化,唯刑戮是詰。”

【形天】古代傳說的無首神名。山海經海外西經:“奇肱之國在其北,……形天與帝至此爭神,帝斷其首,葬之常羊之山。乃以乳爲目,以臍爲口,操干戚以舞。”淮南子地形作“形殘”。唐顏師古等慈塔記銘:“念形天之魂,久淪長夜。”(金石萃編四二)清桂馥謂“形天”當作“形夭”,“形夭”即“形殘”。參閱札樸七匡謬形天。參見“刑天”。

【形兆】迹象,徵兆。漢王充論衡明雩:“況雨無形兆,深藏高山,人君雩祭,安耐得之?”文選南朝梁江文通(淹)雜體張廷尉綽詩:“太素既已分,吹萬著形兆。”

【形式】外形,式樣。通典九食貨九錢幣下:“(南朝宋)廢帝景和二年鑄二銖錢,文曰‘景和’,形式轉細。”

【形名】㊀形與名。形,事物實體;名,名稱。莊子天道:“古之語大道者,五變而形名可舉,九變而賞罰可言也。”韓非子揚權:“不知其名,復脩其形。形名參同,用其所生。二者誠信,下乃貢情。”形名,爲我古代思想家討論事物概念、一般與特殊的關係時常用的術語。㊁旌旗、金鼓。孫子勢:“鬭衆如鬭寡,形名是也。”漢曹操注:“旌旗曰形,金鼓曰名。”

【形色】外貌與容色。莊子天道:“故視而可見者,形與色也。聽而可聞者,名與聲也。悲夫,世人以形色名聲,爲足以得彼之情。”

【形似】外貌相似。世說新語排調:“桓豹奴(嗣)是王丹陽(混)外生,形似其舅,桓甚諱之。”宋書謝靈運傳論:“相如巧爲形似之言,班固長於情理之說。”文選班固作二班,謂班彪班固父子。

【形役】爲形骸所拘束、役使,多指爲功名利祿所束縛。晉陶潛陶淵明集五歸去來兮辭:“既自以心爲形役,奚惆悵而獨悲。”唐杜甫杜工部草堂詩箋十四立秋後題:“罷官亦由人,何事拘形役。”

【形狀】人、物的狀態。荀子非相:“相人之形狀、顏色,而知其吉凶、妖祥……學者不道也。”此指人。宋文同丹淵集九中秋夜試院寄子平詩:“漸見輪中物,依稀吐形狀。”此指物。

【形制】㊀據有利地形以制服對方。史記九七酈食其傳:“願足下急復進兵,收取滎陽,據敖倉之粟,塞成皋之險,杜大行之道,距蜚狐之口,守白馬之津,以示諸侯效實形制之勢,則天下知所歸矣。”㊁按規定的製作式樣。同“形製”。晉書輿服志:“皁輪車,駕四牛,形制猶如犢車。”

【形迹】行動迹象。文選晉陶淵明(潛)始作鎮軍參軍經曲阿作詩:“真想初在衿,誰謂形迹拘。”梁書江革傳:“(江)祏時權傾朝右,以革才堪經國,令參掌機務,詔誥文檄,皆委以具。革防杜形迹,外人不知。”

【形相】㊀形狀、相貌。荀子非相:“術正而心順之,則形相雖惡而心術善,無害爲君子也。”相,音 xiàng。㊁端詳,相度。花間集一唐溫庭筠南歌子詞之一:“偷眼暗形相,不如從嫁與,作鴛鴦。”唐羅隱甲乙集五堠子詩:“雅旨逾千里,高文近兩行。君知不識字,第一莫形相。”相,音 xiāng。

【形便】㊀形勢便利。戰國策秦一:“大王之國,……沃野千里,蓄積饒多,地勢形便,此所謂天府,天下之雄國也。”注:“攻之不可得,守之不可壞,故曰形便也。”㊁形勢發展的有利機會。三國志吳陸遜傳:“(呂)蒙對曰:‘陸遜意思深長,才堪負重,……若用之,當令外自韜隱,內察形便,然後可克。’”

【形容】㊀形象。易繫辭上:“聖人有以見天下之賾,而擬諸其形容,象其物宜。”

㊁容貌。韓非子姦劫弒臣:"豫讓乃自黔劓,敗其形容。"唐杜甫杜工部草堂詩箋三三冬至:"江上形容吾獨老,天涯風俗自相親。"㊂摹擬,描述。唐白居易長慶集七十畫彌勒上生幀記:"以丹素金碧形容之,以香火花果供養之。"金元好問中州集四金李純甫雪後詩:"翩翾作穗大如手,千奇萬巧難形容。"

【形埒】㊀界域。淮南子原道:"是故疾而不搖,遠而不勞,四支不動,聰明不損,而知八紘九野之形埒者何也?"三國志蜀郤正傳釋譏:"管闚筐舉,守厥所見,未可以言八紘之形埒,信萬事之精練也。"㊁迹兆。淮南子繆稱:"道之有篇章形埒者,非至者也。"注:"形埒,兆朕也。"

【形勝】㊀地勢優越便利。荀子彊國:"其固塞險,形埶便,山林川谷美,天材之利多,是形勝也。"漢書高帝紀下六年:"秦,形勝之國也。"注:"張晏曰:'得形勢之勝便也。'"㊁風景優美。魏書馮亮傳:"世宗給其工力,令與沙門統僧暹、河南尹甄琛等,周視嵩高形勝之處,遂造閑居佛寺。"唐元結元次山集四遊右溪勸學者詩:"小溪在城下,形勝堪賞愛。"

【形象】人、物的相貌形狀。書說命"得諸傅巖"漢孔安國傳:"使百官以所夢之形象,經營求之於外野,得之於傅巖之谿。"後漢書二六蔡茂傳:"大殿者,官府之形象也。"也作"形像"。唐杜甫杜工部草堂詩箋二六寄董卿嘉榮十韻:"雲臺畫形像,皆爲掃氛妖。"

【形勢】㊀地理形勢。漢書五九張湯傳附張延壽:"還,謁大將軍(霍)光。問(張)千秋戰鬭方略,山川形勢,千秋口對兵事,畫地成圖。"宋宗澤宗忠簡公集五蚤發詩:"眼中形勢胸中策,緩步徐行靜不譁。"㊁軍事陣勢。漢書藝文志:"形勢者,雷動風舉,後發而先至,離合背鄉,變化無常,以輕疾制敵者也。"㊂權力地位。荀子正論:"爵列尊,貢祿厚,形埶勝。"注:"形埶,謂埶位也。"唐韓愈昌黎集十九送李愿歸盤谷序:"伺候於公卿之門,奔走於形勢之途。"㊃形體,架勢。唐會要三五書法:"我今臨古人之書,殊不學其形勢,惟在求其骨力;及得骨力,而形勢自生耳。"今多指事物發展的情況。

【形解】㊀形體鬆懈,失魂落魄貌。莊子田子方:"吾形解而不欲動,口鉗而不欲言。"㊁形體解脫。舊時方士以爲修仙者死去,靈魂超脫形體,升天成仙。同"尸解"。史記封禪書:"而宋毋忌正伯僑充尚羨門高最後皆燕人,爲方僊道,形解銷化,依於鬼神之事。"文選南朝宋顏延年(延之)五君詠嵇中散詩:"形解驗默仙,吐論知凝神。"

【形語】用手勢代替言語來表達意思。宋蘇軾東坡集前集二三怪石供:"海外有形語之國,口不能言,而相喻以形;其以形語也捷於口。"

【形壽】壽命,生存之日。廣弘明集二八上南朝梁簡文帝爲諸寺檀越願疏:"今願爲武當山太平寺并此鎮望楚白塔同安習善延明頭陀上鳳林下鳳林廣巖等寺,皆盡形壽,永爲檀越。"

【形貌】人的身形相貌。墨子大取:"以形貌命者,必智是之某也。"漢書五四蘇建傳附蘇武:"上思股肱之美,乃圖畫其人於麒麟閣,法其形貌,署其官爵姓名。"

【形態】形狀神態。唐張彥遠歷代名畫記九:"(馮紹正)尤善鷹鶻雞雉,盡其形態,觜眼脚爪毛彩俱妙。"

【形製】形體,狀態。南齊謝赫古畫品錄劉項:"筆跡困弱,形製單省。"宋郭若虛圖畫見聞誌六應天三絕:"(孫)位有道術,兼工書畫,曾於成都應天寺門左壁畫坐天王暨部從鬼神,筆鋒狂縱,形製詭異,世莫之與比。"

【形模】模型。左傳昭十二年"形民之力"唐孔穎達疏:"若用民力,當隨其所能而製其形模。"宋陸游劍南詩稿二九賽神曲:"束草作官但形模,刻木爲吏無文書。"

【形魄】軀殼。禮郊特牲:"魂氣歸于天,形魄歸于地。"藝文類聚三七晉庾闡郭先生神論:"夫天地者,陰陽之形魄;變化者,萬物之遊魂。"

【形骸】人的形體,軀殼。莊子德充符:"今子與我遊於形骸之內,而子索我於形骸之外,不亦過乎?"文選晉何敬祖(劭)贈張華詩:"奚用遺形骸,忘筌在得魚。"

【形聲】㊀形體與聲音。漢書五六董仲舒傳舉賢良對策三:"夫善惡之相從,如景鄉之應形聲也。"㊁六書之一。合二形爲一字,半爲義,半標聲。如"江"、"河",從水取義,而以"工"、"可"分標其聲。漢許慎說文解字叙:"三曰形聲。形聲者,以事爲名,取譬相成,'江'、'河'是也。"漢書藝文志作"象聲",鄭衆作"諧聲"。參見"六書㊀"。

【形藏】身形臟腑。素問六節藏象論:"故形藏四,神藏五,合爲九藏,以應之也。"注:"形藏四者:一頭角,二耳目,三口齒,四胸中也。形分爲藏,故以名焉。"

【形穢】形態惡俗。自謙之詞。世說新語容止:"(王濟)見(衛)玠,輒歎曰:'珠玉在側,覺我形穢。'"南朝陳徐陵徐孝穆集七答李顒之書:"披素清顏,但覺形穢。"

【形體】身體。管子水地:"鳥獸得之,形體肥大,羽毛豐茂。"漢陸賈新語道基:"闢土殖穀以用養民,種桑麻致絲枲以蔽形體。"

【形鹽】製成某種形狀,供祭祀、接待賓客所用之鹽。周禮天官籩人:"朝事之籩,其實麷、蕡、白、黑、形鹽、膴、鮑魚、鱐。"又鹽人:"賓客,共其形鹽、散鹽。"左傳僖三十年:"王使周公閱來聘,饗有昌歜、白、黑、形鹽。"漢鄭衆以形鹽爲築鹽成虎形;漢鄭玄及晉杜預皆謂鹽似虎形者爲形鹽。

【形方氏】官名。周禮夏官形方氏:"形方氏掌制邦國之地域,而正其封疆。"

【形而上】易繫辭上:"形而上者謂之道,形而下者謂之器。"道,指精神;器,指物質。宋理學家程頤朱熹有理氣之說,以形而上者爲理,形而下者爲氣,理在氣先,爲程朱理學的基礎。參閱朱熹朱子語類一太極天地上、五性理二。

【形形色色】列子天瑞:"故有生者,有生生者;有形者,有形形者;有聲者,有聲聲者;有色者,有色色者。"形形,謂生此形;色色,謂生此色。後稱品類衆多爲形形色色。

【形格勢禁】爲形勢所阻。史記六五孫武傳附孫臏:"夫解雜亂紛糾者不控捲,救鬭者不搏撠,批亢擣虛,形格勢禁,則自爲解耳。"意思是扼住爭鬭者的要害,鬭者因形勢限制,不得不解。後以喻事情阻於形勢,無法進行。

【形單影隻】形容孤單。唐韓愈昌黎集二三祭十二郎文:"吾少有三兄,皆不幸早世,承先人後者,在孫惟汝,在子惟吾,兩世一身,形單影隻。"

【形影相弔】形容隻身孤立。三國志魏陳思王植傳朝京都上疏:"形影相弔,五情愧赧。"文選晉李令伯(密)陳情事表:"外無期功强近之親,內無應門五尺之童,煢煢獨立,形影相弔。"也作"形影相親"。南朝梁何遜何記室集贈族人秣陵兄弟詩:"羈旅無儔匹,形影自相親。"

彤 tóng ㄊㄨㄥˊ 徒冬切,平,冬韻,定。

㊀朱紅色。國語周下:"夫宮室不崇,器無彤鏤,儉也。"注:"彤,丹也。"㊁彤管(筆)的簡稱。文選南朝齊王元長(融)三月三日曲水詩序:"書篘珥彤,紀言事於仙室。"參見"彤管㊁"。㊂姓。史記夏紀論:

"禹爲姒姓,其後分封,用國爲姓,有……彤城氏。"索隱:"周有彤伯,蓋彤城氏之後。"參閱通志二六氏族二以國爲氏。

【彤弓】朱紅色的弓。古代帝王以賜有功諸侯者。書文侯之命:"彤弓一,彤矢百。"傳:"諸侯有大功,賜弓矢,然後專征伐。彤弓以講德習射,藏示子孫。"詩小雅有彤弓篇。

【彤史】㊀古代女官名。掌記載宮闈起居事。唐宮官,尚儀局有彤史二人,正六品。明也有彤史之名。參閱唐六典宮官、明蔣之翹天啟宮詞"彤史更環似有情"注。㊁官史。關於宮闈生活的記載。晉書后妃傳序:"永言彤史,大練之範逾微;緬視青蒲,脱珥之猷替矣。"新唐書七六后妃傳序:"關雎之風行,彤史之化脩。"參見"彤管㊀"。

【彤矢】朱紅色的箭。參見"彤弓"。

【彤彤】通紅。文選漢王文考(延壽)魯靈光殿賦:"彤彤靈宮,巋嵬穹崇。"

【彤庭】漢皇宮以朱色漆中庭,稱彤庭。文選漢班孟堅(固)西都賦:"於是玄墀釦砌,玉階彤庭。"注引漢書:"昭陽舍中庭彤朱。"又漢張平子(衡)西京賦:"金戺玉階,彤庭煇煇。"後泛指皇宮。唐杜甫杜工部草堂詩箋六自京赴奉先詠懷五百字:"彤庭所分帛,本自寒女出。"參閱三輔黃圖未央宮。

【彤珠】燒紅的鐵球。文選晉潘安仁(岳)馬汧督誄:"彤珠星流,飛矢雨集。"注:"彤珠星流,謂冶鐵以灌敵。司馬兵法曰:'火攻有五,斯爲一焉。'"

【彤魚】古國名。國語晉四:"黃帝之子二十五人,……唯青陽與夷鼓皆爲己姓。青陽,方雷氏之甥也;夷鼓,彤魚氏之甥也。"注:"彤魚,國名。"史記五帝紀索隱引皇甫謐云黃帝妃有彤魚氏。漢書古今人表作"彤魚氏"。

【彤雲】㊀紅雲。文選晉陸士衡(機)漢高祖功臣頌:"彤雲晝聚,素靈夜哭。"注:"彤,丹色也。"又孫興公(綽)遊天台山賦:"彤雲斐亹以翼櫺,皦日炯晃於綺疏。"㊁陰雲。唐宋之問集下奉和春日玩雪應制詩:"北闕彤雲掩曙霞,東風吹雪舞山家。"水滸十:"正是嚴冬天氣,彤雲密佈,朔風漸起,却早紛紛揚揚捲下一天大雪來。"

【彤管】㊀詩邶風靜女:"靜女其孌,貽我彤管。"傳:"古者后夫人必有女史彤管之法。"箋:"彤管,筆赤管也。"後來相沿稱女史記事所用的赤管筆爲彤管。後漢書皇后紀序:"女史彤管,記功書過。"㊁漢制,尚書丞、尚書郎月賜赤管大筆一雙,隃麋墨一丸。其筆也叫彤管。晉書夏侯湛傳抵疑:"入閶闔,躡丹墀,染彤管,吐洪煇,干當世之務,觸人主之威,有效矣。"又劉琨傳:"臣等祖考以來,世受殊遇,入侍翠幄,出簪彤管。"參閱晉崔豹古今注下問答釋義、宋書百官志上。

【彤墀】卽丹墀。指宮廷中的臺階。全唐詩六一四皮日休送羊振文先輩往桂陽歸覲:"桂陽新命下彤墀,彩服行當欲雪時。"參見"丹墀"。

【彤盧】紅、黑色弓矢。書文侯之命:"彤弓一,彤矢百;盧弓一,盧矢百。"傳:"彤,赤。盧,黑也。"抱朴子名實:"投彤盧而不彎,非繁弱之不勁也,坐莫賞焉。"參閱公羊傳定四年"挾弓而去楚"注。

【彤闈】指宮中。闈,宮旁門,塗朱色,故稱彤闈。文選南齊謝玄暉(朓)酬王晉安詩:"拂霧朝青閣,日旰坐彤闈。"

【彤騶】古代貴官出行時前導開路的朱衣騶卒。唐制,親王鹵簿有清道六人,一品四人,二至四品二人;武弁、朱衣、革帶;都是騎卒,故叫彤騶。文苑英華二四一唐褚亮和御史書大夫喜霽之作詩:"白簡光朝憲,彤騶出禁中。"唐駱賓王集十樂大夫挽辭之三:"彤騶朝帝闕,丹旐背王畿。"參閱新唐書儀衛志下。

六 畫

彥 yàn ㄧㄢˋ 魚變切,去,線韻,疑。

美士,才德傑出的人。書太甲上:"旁求俊彥,啓迪後人。"傳:"美士曰彥。"詩鄭風羔裘:"彼其之子,邦之彥兮。"

【彥士】賢士。三國志魏徐胡二王傳評:"可謂國之良臣,時之彥士矣。"

形 xíng ㄒㄧㄥˊ

同"形"。見"形"。

七 畫

彧 yù ㄩˋ 於六切,入,屋韻,影。

㊀茂盛貌。說文作"戫"。見"彧彧㊀"。㊁生長貌。尚書大傳虞夏傳:"夏伯之樂舞謾彧。"注:"彧,長貌。言象物之滋曼彧然也。"

【彧彧】㊀茂盛貌。詩小雅信南山:"疆埸翼翼,黍稷彧彧。"㊁多文彩貌。文選三國魏何平叔(晏)景福殿賦:"羌瓌瑋以壯麗,紛彧彧其難分。"

八 畫

彬 bīn ㄅㄧㄣ 府巾切,平,真韻,幫。

見"彬彬"。說文作"份"。參見"份㊀"。

【彬彬】文質兼備貌。論語雍也:"文質彬彬,然後君子。"史記太史公自序:"叔孫通定禮儀,則文學彬彬稍進,詩書往往間出矣。"

【彬蔚】文彩華盛。文選晉陸士衡(機)文賦:"頌優遊以彬蔚,論精微而朗暢。"晉書文苑傳序:"逮乎當塗基命,文宗鬱起,……彬蔚之美,競爽當年。"

彪 biāo ㄅㄧㄠ 甫烋切,平,幽韻,幫。

㊀虎身斑紋。借喻文彩。漢揚雄法言君子:"以其弸中而彪外也。"㊁虎。北周庾信庾子山集一枯樹賦:"熊彪顧盼,魚龍起伏。"彪,一本作"虎"。㊂喻身體魁偉。北史斛律金傳附斛律光:"馬面彪身,神爽雄傑。"水滸六三:"此人生的面如鍋底,……彪形八尺。"㊃光彩顯明。詳"彪列"。㊄隊。水滸六十:"只見柳林中飛出一彪人馬來,約有七八百人。"㊅姓。春秋時衛有大夫彪傒。見左傳昭三二年。

【彪口】虎口。比喻險境。南史袁湛傳附袁顗:"今日之行,本願生出彪口。"

【彪列】顯著排列。漢書禮樂志郊祀歌景星:"景星顯見,信星彪列。"注:"謂彰著而爲行列也。"

【彪休】怒貌。文選三國魏嵇叔夜(康)琴賦:"觸巖觝隈,鬱怒彪休。"

【彪炳】文彩煥發貌。文選晉左太沖(思)蜀都賦:"符采彪炳,暉麗灼爍。"也作"彪昺"。抱朴子行品:"文彪昺而備體,獨澄見以入神者,聖人也。"

【彪煥】光彩燦爛。文苑英華三五一南朝梁蕭統七契:"璇題昭晰,珠簾彪煥。"

【彪蒙】彪,文彩蒙,幼稚無知。謂變愚蒙爲明智。易蒙"九二包蒙"釋文引漢鄭玄:"苞當作彪,彪,文也。"漢蔡邕蔡中郎集二處士圂叔則銘:"童蒙來求,彪之用文。"又九司徒袁公夫人馬氏碑銘:"義方之訓,如川之流,俾我小子,蒙昧以彪。"參閱清王引之經義述聞一苞蒙。

【彪蔚】文彩華盛貌。南朝梁劉勰文心雕龍書記:"清美以惠其才,彪蔚以文其響,蓋牋記之分也。"

【彪縯】文彩繽紛。漢酸棗令劉熊碑:"動履規繩,文彰彪縯。"(隸釋五)

彩 cǎi ㄘㄞˇ 倉宰切,上,海韻,淸。

通"采"。㊀光彩，色彩。藝文類聚八六晉傅玄李賦："潛實内結，豐彩外盈。"文選南朝梁江文通（淹）別賦："日下壁而沈彩，月上軒而飛光。"也指顏色美麗的裝飾品。隋書音樂中："車輅垂彩，旒袞騰輝。"㊁文彩，風度。宋書顏延之傳："延之與陳郡謝靈運俱以詞彩齊名。"藝文類聚五一南朝宋謝莊爲尚書八座封皇子郡王奏："第某皇弟等器彩明敏，令識穎悟。"㊂競賽中贏得的物品或賭博得勝所獲的賭注。唐元稹長慶集十三春六十韻詩："偏霑打毬彩，頻得鑄錢銅。"又李白李太白詩十七送外甥鄭灌從軍之一："大博爭雄好彩來，全盤一擲萬人開。"㊃好運氣。見"彩頭"。

【彩勝】剪綵所作的首飾。宋蘇軾蘇東坡集前集十七葉公秉王仲至見和次韻答之詩："强鑷霜須簪彩勝，蒼顏得酒尚能韶。"

【彩霓】彩虹。宋司馬光司馬温公集十三范景仁傳："召試學士院，詩用'彩霓'字。學士以沈約郊居賦'雌霓連蜷'，讀'霓'爲入聲，謂景仁爲失韻。"明楊愼升菴集二十詠端溪硯井韻示兒詩："綺思生松黛，訛音辯彩霓。"

【彩頭】㊀遭遇，運氣。明湯顯祖牡丹亭旅寄："我陳最良爲求館衝寒到此，彩頭兒恰遇着弔水之人，且由他去。"㊁指競賽贏得的物品。紅樓夢十七："人人都說你才那些詩比衆人都强，今兒得了彩頭，該賞我們了。"

【彩鷁】鷁，一種水鳥。古時常在船頭畫鷁形。見淮南子本經"龍舟鷁首"注。南朝梁劉孝綽劉秘書集釣竿篇："釣舟畫彩鷁，漁子服冰紈。"樂府詩集十八引作"采鷁"。後來詩文中因稱船爲彩鷁或畫鷁。參見"畫鷁"、"鷁首"。

【彩選格】唐宋時的一種博戲。類似後來的陞官圖。相傳起於唐李郃。宋趙明遠尹師魯（洙）等加以改造，依當時官制爲升降等級。劉（攽）取西漢官秩升黜次第爲之，又取本傳有關升黜之語注其下。局終，可以類次其語爲一傳。見宋徐度却掃編下。宋侯寘嬾窟詞鵲橋仙和蔡子周："不須惆悵夢中身，這彩選輸贏誰省？"參閱"陞官圖"。

【彩鳳隨鴉】比喻女子嫁給才貌遠不如自己的人。明湯顯祖紫釵記四六哭收釵燕："那裡有彩鳳去隨鴉，老鵲戲彈牙。"

彫 diāo ㄉㄧㄠ 都聊切，平，蕭韻，端。

㊀雕刻。莊子大宗師："覆載天地，刻彫衆形而不爲巧。"㊁修飾。左傳宣二年："晉靈公不君，厚斂以彫牆。"也用以比喻人修飾言行。三國志魏陳思王植傳："而植任性而行，不自彫勵。"㊂彫殘，零落。通"凋"。論語子罕："歲寒然後知松柏之後彫也。"左傳昭八年："今宮室崇侈，民力彫盡。"㊃見"彫琢"。

【彫弓】彫畫文飾之弓。荀子大略："天子彫弓，諸侯彤弓，大夫黑弓，禮也。"也作"雕弓"。文選漢司馬長卿（相如）子虛賦："左烏號之雕弓，右夏服之勁箭。"又作"彫弧"。見該條。

【彫本】刻本。也作"雕本"。清江藩國朝漢學師承記一閻若璩附張弨："爲（顧）炎武寫廣韻及音學五書，今世傳彫本是也。"

【彫弧】卽彫弓。弧，木弓。唐王維王右丞集一少年行之三："一身能擘兩彫弧，虜騎千重只似無。"

【彫胡】菰米。古文苑二宋玉諷賦："爲臣炊彫胡之飯，烹露葵之羹，來勸臣食。"舊題漢劉歆西京雜記一："太液池邊，皆是彫胡、紫蘀、綠節之類。菰之有米者，長安人謂爲彫胡。"參見"菰"。

【彫啄】鳥食貌。文選晉左太冲（思）吳都賦："彫啄蔓藻，刷盪漪瀾。"

【彫琢】雕刻琢磨。孟子梁惠王下："今有璞玉於此，雖萬鎰，必使玉人彫琢之。"漢王充論衡量知："夫儒生之所以過文吏者，學問日多，簡練其性，彫琢之材也。"也作"彫斲"。北史周武帝紀建德六年五月詔："彫斲之物，並賜貧人。"參見"雕琢"。

【彫萃】凋傷憔悴。荀子子道："故勞苦彫萃而能無失其敬，災禍患難而能無失其義。"也作"彫瘁"、"彫顇"、"彫悴"。三國志蜀譙周傳："于時軍旅數出，百姓彫瘁。"宋陸游渭南文集十三答劉主簿書："耗心疲力，彫顇齒髮而爲之，豈可易哉。"顇，一本作"悴"。

【彫喪】死亡。文選晉陸士衡（機）門有車馬行："親友多零落，舊齒皆彫喪。"

【彫殘】㊀彫弊傷殘。三國志魏蘇則傳"賜爵關內侯"注引魏名臣奏："則到官，內撫彫殘，外鳩離散。"㊁衰微，零落。文選晉劉越石（琨）答盧諶詩并書："國破家亡，親友彫殘。"

【彫敝】衰敗。史記禮書："故大路越席，皮弁布裳，……所以防其淫侈，救其彫敝。"漢書八八循吏傳序："民用彫敝，姦軌不禁。"也作"彫弊"。三國志魏高堂隆傳上疏："況今天下彫弊，民無儋石之儲，國無終年之畜。"參見"凋弊"。

【彫瘁】見"彫萃"。

【彫零】凋謝，零落。指草木，也喻人事。抱朴子用刑："融風扇則枯瘁攄藻，白露凝則繁英彫零。"宋寇準忠愍詩集中洛陽道中感懷："漢庭舊友彫零盡，獨擁雙旌入武關。"參見"凋零"。

【彫瑑】刻鏤，琢磨。漢書八七下揚雄傳長楊賦："卻翡翠之飾，除彫瑑之巧。"

【彫落】㊀草木凋謝。詩小雅天保"如松柏之茂"漢鄭玄箋："如松柏之葉，新故相承代，常無彫落。"引申爲人的死亡。三國志魏文帝紀"帝好文學"注引魏書載與王朗書："疫癘數起，士人彫落。"㊁芟除，廢退。漢書一〇〇下敍傳："孝哀彬彬，克攬威神，彫落洪支，底剭鼎臣。"注引服虔："彫落洪支，廢退王氏也。"

【彫飾】刻鏤，文飾。三國志魏高堂隆傳："帝愈增崇宮殿，彫飾觀閣。"也喻人的修飾。文選南朝梁江文通（淹）雜體詩劉文學感遇："丹彩既已過，敢不自彫飾。"

【彫傷】猶彫敝、傷殘。後漢書四八翟酺傳："帑藏單盡，民物彫傷，卒有不虞，復當重賦百姓，怨叛既生，危亂可待也。"也作"凋傷"。唐杜甫杜工部草堂詩箋三二秋興："玉露凋傷楓樹林，巫山巫峽氣蕭森。"

【彫蓬】草名。爾雅釋草："齧，彫蓬。"本草綱目二三穀部菰米謂彫蓬爲菰米的別名。通志七五昆蟲草木謂彫蓬卽米茭。清郝懿行爾雅義疏謂蓬乃蒿類，即秋蓬，與茭菰別。葉似松杉，秋枯根拔，風卷飛揚，所謂孤蓬自振者卽指此。參閱本草綱目二三菰米。

【彫篆】"彫蟲篆刻"的略稱。語本漢揚雄法言吾子。本指雕刻文飾，喻小技。後爲稱自已文章的謙詞。文選南齊王簡棲（屮）頭陁寺碑文："敢寓言於彫篆，庶髣髴於衆妙。"參見"彫蟲"。

【彫薄】冷漠輕薄。後漢書六三李固傳對策："而今長吏，多殺伐致聲名者必加遷賞，其存寬和無黨援者輒見斥逐，是以淳厚之風不宣，彫薄之俗未革。"

【彫蟲】喻文章小技。漢揚雄法言吾子："或問吾子少而好賦？曰：'然。童子雕蟲篆刻。'俄而曰：'壯夫不爲也。'"周書儒林傳序："彫蟲是貴，魏道所以陵夷；玄風既興，晉網於焉大壞。"

【彫章鏤句】謂對文章字句着意修飾。唐白居易長慶集四八議文章："今褒貶之文無覈實，則懲勸之道缺矣；美刺之詩不稽政，則補察之義廢矣；雖彫章鏤句，將焉用之？」

九 畫

彭 1. péng ㄆㄥˊ 薄庚切，平，庚韻，並。

㊀古國名。書牧誓："王曰：嗟我友邦冢君……及庸蜀羌髳微盧彭濮人，稱爾戈，比爾干，立爾矛，予其誓。"㊁春秋時地名。詩鄭風清人："清人在彭，駟介旁旁。"傳："彭，衞之河上，鄭之郊也。"又，水名。見"彭水㊁"。㊂見"彭亨㊀"。㊃姓。參閱通志二六氏族二以國爲氏。

2. bāng ㄅㄤ 集韻 逋旁切，平，唐韻。

㊄見"彭$_2$彭$_2$"。

3. páng ㄆㄤˊ 集韻 蒲光切，平，陽韻。

㊅旁，近。易大有："九四，匪其彭，无咎。"疏："匪，非也；彭，旁也。"釋文："彭，步郎反，子夏作'旁'。"墨子備穴："若彭有水濁非常者，此穴土也。"清王念孫謂彭與"旁"通。見讀書雜志墨子六。㊆笞擊。通"搒"。見"彭$_3$考"。

4. pēng ㄆㄥ

㊇見"彭$_4$湃"。

【彭亡】山名。也稱彭模平模平無平望彭望。在四川彭山縣東，山上有彭祖祠，下有彭祖冢。東漢建武十一年岑彭攻公孫述至武陽，宿營於此，述遣刺客殺彭。事後改彭亡爲平無。參閱後漢書郡國志五犍爲郡、十七岑彭傳，晉常璩華陽國志五公孫述，蜀中廣記十二上川南道彭山縣。

【彭尸】道家謂人體內有三尸蟲，上尸名彭倨，好寶物；中尸名彭質，好五味；下尸名彭矯，好色欲；均有害於人體，因合稱爲彭尸。宋范成大石湖集一不寐詩："彭尸不得去，罡騎無行色。"參閱雲笈七籤八二、八三庚申部。

【彭山】㊀縣名。屬四川省。漢置武陽縣。北周以境內有鼎鼻山，地形隆起，置隆山郡。隋開皇三年改郡爲縣。唐先天元年，以避玄宗（李隆基）諱改爲今名。宋以後廢置不常。參閱元和郡縣志三二眉州、寰宇通志六七眉州彭山縣。㊁山名。在河南魯山縣。水經注五溵水："（彭）水出魯陽縣南彭山蠓塢東麓。"

【彭水】㊀縣名。屬四川省。漢巴郡涪陵縣地。隋開皇十三年置。參閱嘉慶一統志四一七酉陽州。㊁水名。1. 在湖北房縣。左傳桓十二年："伐絞之役，楚師分涉於彭。"注："彭水在新城昌魏縣。"參閱讀史方輿紀要七九湖廣五鄖陽府。2. 在河南魯山縣。水經注五溵水："溵水東逕應城南，……彭水注之。俗謂小溵水。"

【彭$_3$考】笞擊拷問。後漢書八一戴就傳："每上彭考，因止飯食不肯下，肉焦毀墮地者，掇而食之。"注："彭即旁（搒）也。"

【彭亨】㊀脹滿。詩大雅蕩"女炰烋于中國"漢毛亨傳："炰烋，猶彭亨也。"太平御覽七二〇東魏高湛養生論："尋常飲食，每令得所，多飡令人彭亨短氣，或致暴疾。"也作"膨脝"。參閱清陳啟源毛詩稽古編蕩（清經解本十五）。參見該條。㊁古國名。在馬來西亞馬來亞東部。明洪武永樂年間與中國往來密切，鄭和曾數次出使其國。元汪大猷島夷誌略作彭坑。清楊炳南海錄作邦項。參閱明史三二五外國傳六。

【彭門】山名。在四川彭縣西北。後漢書郡國志五蜀郡"湔氐道"南朝梁劉昭注引蜀王本紀："縣前有兩石對如闕，號曰彭門。"也稱天彭門天彭闕。參閱晉常璩華陽國志三蜀志、水經注三三江水。參見"天彭闕"。

【彭宣】漢淮陽陽夏人，字子佩。事帝師張禹，禹傳施氏（讐）易，宣又傳禹之學。宣以禹力，入爲右扶風，遷廷尉。哀帝時官至大司空，封長平侯。後以忤王莽罷歸里。漢書有傳。

【彭祖】傳說顓頊帝玄孫陸終氏的第三子，姓籛名鏗，堯封之於彭城，因其道可祖，故謂之彭祖。籛鏗在商爲守藏史，在周爲柱下史。年八百歲。見舊題漢劉向列仙傳上、晉葛洪神仙傳一、干寶搜神記一。參閱莊子逍遥遊"而彭祖乃今以久特聞"唐成玄英疏及釋文引世本。

【彭郎】江西彭澤縣有大、小孤山，在大江中，後來語訛，轉"孤"爲"姑"；江側有一石磯，謂之澎浪磯，遂轉爲彭郎磯，云彭郎爲小姑婿。見宋歐陽修歸田錄二。宋蘇軾分類東坡詩十一李思訓畫長江絕島圖："舟中賈客莫漫狂，小姑前年嫁彭郎。"參閱宋王象之輿地紀勝三十江州古蹟澎浪磯。

【彭城】㊀郡、國名。漢地節元年改楚國爲彭城郡，黃龍元年復稱楚國。東漢章和二年改稱彭城國。南朝宋永初二年改郡。隋初廢，大業及唐天寶又曾改徐州爲彭城郡。治所在今江蘇銅山縣。參閱嘉慶一統志一〇〇、一〇一徐州府一、二。㊁地名。古大彭氏國。春秋宋邑，春秋成十八年："宋魚石復入于彭城。"即此。秦置縣。西楚項羽曾都於此。元廢。故址在今江蘇銅山縣。

【彭咸】傳說爲殷大夫。楚辭屈原離騷："雖不周於今之人兮，願依彭咸之遺則。"楚辭中屢言彭咸，離騷外又見抽思思美人悲回風等篇，事實無可考。離騷王逸注說諫君不聽自投水死，因屈賦而附會，不足信。參閱清俞樾俞樓雜纂二四讀楚辭。

【彭侯】古代迷信謂木之精名彭侯，狀如無尾黑狗。見太平御覽八八六引搜神記又白澤圖。

【彭涓】指彭祖涓子，均爲古代傳說中的仙人，長生不老。晉書郭璞傳客傲："不壽殤子，不夭彭涓。"南朝梁陶弘景陶隱居集尋山誌："仰彭涓兮弗遠，必長年兮可期。"

【彭原】㊀郡名。唐天寶初置，治定安。乾元初改爲寧州，即今甘肅寧縣。新唐書肅宗紀至德元年十月："癸未，次彭原郡。"即此。參閱嘉慶一統志二六一慶陽府一。㊁地名。北魏徙置彭陽縣，隋開皇十八年改爲彭原縣，蒙古汗國至元七年廢。故城在今甘肅慶陽縣。參閱嘉慶一統志二六二慶陽府二。

【彭聃】彭祖與老聃，都是古代傳說中的長壽者。藝文類聚二三晉嵇紹贈石季倫詩："遠希彭聃壽，虛心處沖默。"

【彭$_3$排】盾牌。釋名釋兵："彭排，彭，旁也。在旁排敵禦攻也。"宋書謝靈運傳自理表："彭排馬槍，斷截衢巷。"又朱超石傳："高祖（劉裕）先命超石馳往赴之，並齎大弩百張，一車益二十人，設彭排於轅上。"也作"旁排"、"傍牌"。見各該條。

【彭$_4$湃】同"澎湃"。波浪衝擊。漢書五七上司馬相如傳上林賦："沸乎暴怒，洶涌彭湃。"史記作"滂濞"。

【彭越】㊀公元前？—前196年。漢初昌邑人。字仲。常漁鉅野澤中。秦末聚衆起兵，漢高祖二年春，歸劉邦，略定梁地，多建奇功，封爲梁王，都定陶。後被人告謀反，夷三族。史記、漢書皆有傳。㊁蟹的一種。彭蜞，吳人呼爲彭越，足上無毛，可食。唐白居易長慶集五六和微之春日投簡陽明洞天詩："鄉味珍彭越，時鮮貴鷓鴣。"參閱唐劉恂嶺表錄異下。

【彭$_2$彭$_2$】㊀盛多貌。詩齊風載驅："汶水湯湯，行人彭彭。"又小雅出車："出車彭彭，旂旐央央。"㊁行進貌。詩大雅烝民:"四牡彭彭,八鸞鏘鏘。"

【彭陽】地名。1.漢置,屬安定郡。漢書九四上匈奴傳:"孝文十四年,匈奴單于十四萬騎入朝那蕭關,殺北地都尉卬,虜人民畜産甚多,遂至彭陽。"即此。晉廢。故城在今甘肅鎮原縣東。2.北魏置,隋改爲彭原。故城在今甘肅慶陽縣。見"彭原㊀"。3.北宋太平興國中改豐義縣爲彭陽縣。蒙古汗國至元七年併入鎮原州。故城在今甘肅鎮原縣東南。以上均參閱嘉慶一統志二七二涇州一。

【彭衙】春秋秦邑名。在今陝西白水縣東北。春秋文二年:"晉侯秦師戰於彭衙。"即此。漢於此置衙縣,晉廢。唐杜甫杜工部草堂詩箋十有彭衙行。參閱後漢書孝安帝紀永初五年"上郡徙衙"注、嘉慶一統志二四四同州府二。

【彭觥】象聲詞。唐韓愈昌黎集七記夢詩:"側身上視溪谷盲,杖撞玉版聲彭觥(觥)。"

【彭蜞】蟹的一種,體小。同"蟚蜞"。晉書蔡謨傳:"謨初渡江,見彭蜞,大喜曰:'蟹有八足,加以二螯。'令烹之。既食,吐下委頓,方知非蟹。"

【彭窰】元時戧金匠工彭均寶仿宋定窰燒製的瓷器。也稱"新定"。色欠滋潤,質亦鬆脆。見明曹昭新增格古要論七。

【彭殤】猶言壽夭。彭,彭祖,古之長壽者。殤,未成年而死。莊子齊物論:"莫壽於殤子,而彭祖爲夭。"晉書王羲之傳蘭亭序:"固知一死生爲虚誕,齊彭殤爲妄作。"

【彭₂魄】㊀廣大貌。即磅礴。漢揚雄太玄經一中"昆侖旁薄幽"晉范望注:"旁薄,猶彭魄也,地之形也。幽,隱也。"㊁象聲詞。宋詩鈔方岳秋崖小藁鈔扣角:"東家打麥聲彭魄,西家繅絲雪能白。"疊用作"彭彭魄魄"。宋張舜民畫墁集一打麥詩:"打麥打麥,彭彭魄魄,聲在山南應山北。"

【彭澤】縣名。屬江西省。西漢高帝時置,以地有彭蠡澤而得名。故城在今江西湖口縣東。東漢建安十四年孫權於此置彭澤郡,不久即廢。晉陶潛曾爲彭澤令,即此。隋開皇初,改置龍城縣於此,十八年仍改爲彭澤。五代南唐昇元初移治屬江州。境內名勝有小孤山。參閱漢書地理志八上、讀史方輿紀要八五九江府、嘉慶一統志三一八九江府一。

【彭縣】縣名。屬四川省。周彭國地,秦爲蜀郡繁縣,漢晉因之。唐垂拱二年置彭州,明洪武十年改縣。清康熙七年併入新繁縣,雍正六年復置。參閱讀史方輿紀要六七成都府、嘉慶一統志三八四成都府一。

【彭₂濞】蘊積貌。淮南子俶真:"譬若周雲之蘢蓯,遼巢彭濞而爲雨。"北堂書鈔一五〇、太平御覽八引均作"彭薄"。清王念孫謂本作"彭薄",後人據道藏本"薄"之誤字"潷"而改爲"濞"。見讀書雜志淮南内篇二彭濞。

【彭鏗】㊀即彭祖。楚辭屈原天問:"彭鏗斟雉,帝何饗?受壽永多,夫何久長?"參見"彭祖"。㊁象聲詞。宋蘇軾分類東坡詩三和蔡景繁海州石室:"徑尋我語覓餘聲,拄杖彭鏗叩銅鼓。"

【彭蠡】㊀湖名。在江西省。書禹貢:"彭蠡既豬,陽鳥攸居。"史記夏紀"彭蠡既都"唐張守節正義引括地志:"彭蠡湖在今江州潯陽縣東南五十二里。"隋時因湖接鄱陽山,故又名鄱陽湖。參閱嘉慶一統志三〇八南昌府一。㊁彭蠡戍,在今江西都昌縣西北,爲古代軍事要地。唐武德五年置鎮,景龍元年復爲戍。參見太平寰宇記一一一江南西道九。

【彭城集】宋劉攽撰,四十卷。攽學問廣博,尤長治史,著作甚多,現僅存詩話東漢刊誤芍藥譜;彭城集六十卷亦久散佚。今本爲清四庫館臣自永樂大典輯出,分爲四十卷,存賦二卷,詩十六卷,制誥五卷,奏疏、表、書啓八卷,其他九卷。

十一畫

彰 zhāng ㄓㄤ 諸良切,平,陽韻,照。

顯明。書皋陶謨:"彰厥有常,吉哉!"注:"彰,明;吉,善也。"莊子齊物論:"是非之彰也,道之所以虧也。"

【彰武】縣名,屬遼寧省。清初名息養牧場,光緒二十八年置縣。

【彰明】㊀表明,揭露。司馬法上仁本:"徧告於諸侯,彰明有罪。"㊁地名。屬四川。漢廣漢郡涪縣地。西魏爲昌隆縣。唐先天元年以避玄宗李隆基諱,改爲昌明。後唐改彰明,宋至清因之。公元1958年與江油縣合併爲江彰縣,公元1959年改名爲江油縣。參閱太平寰宇記八三綿州。

【彰施】明施。書益稷:"以五采彰施於五色,作服,汝明。"傳:"以五采明施於五色,作尊卑之服。"文選魏何平叔(晏)景福殿賦:"命共工使作繢,明五采之彰施。"

【彰偟】驚慌惶惑貌。同"倉皇"。抱朴子正郭:"彰偟不定,載肥載臞。"

【彰義】唐方鎮名。1.涇州,唐置涇寧節度使於此,昭宗大順初改曰彰義軍。治所在今甘肅涇川縣北。2.蔡州,唐置淮西節度使於此,後改爲彰義軍。治所在今河南汝南縣。參閱讀史方輿紀要五八涇州、五十汝寧府。

【彰彰】明白,顯著。漢嚴遵道德指歸論五萬物之奧:"照察察以熒熒,顯的的以彰彰。"吳越春秋越王無余外傳:"其德彰彰若斯,豈可忘乎?"

【彰德】府、路名。漢魏郡地。唐爲相州、鄴郡,金明昌四年改爲彰德府,治所在今河南安陽縣。蒙古汗國至元二年爲彰德路。明初仍爲府,公元1913年廢。參閱嘉慶一統志一九六彰德府一。

【彰明較著】明白顯著。史記六一伯夷傳:"此其尤大彰明較著者也。"省作"彰著"。後漢書十五來歙傳策文:"憂國忘家,忠孝彰著。"

【彰善癉惡】表彰爲善者,憎恨爲惡者。書畢命:"旌別淑慝,表厥宅里。彰善癉惡,樹之風聲。"也作"章善癉惡"。禮緇衣:"有國者章善癉惡,以示民厚,則民情不貳。"

彯 1. piāo ㄆㄧㄠ 撫招切,平,宵韻,滂。

㊀飄帶。唐張濬李元諒頌:"乃剔鏤鼓爲兵,撤氈彯爲甲。"(金石萃編一〇三)㊁飄捲。通"飄"。文選晉木玄虛(華)海賦:"彯沙礐石,蕩颾島濱。"

2. biāo ㄅㄧㄠ

㊂見"彯搖"。㊃拋棄。通"摽"。文選南朝宋袁陽源(淑)效曹子建樂府白馬篇詩:"彯節去函谷,投珮出甘泉。"注:"公羊傳曰:曹子摽劍而去之。劉兆曰:摽,辟也。彯與摽字同。"辟,捐棄。

【彯組】組,綬帶。彯猶飄。彯組,指在朝廷作官。文選南朝梁劉孝標(峻)廣絶交論:"彯組雲臺者摩肩,趨走丹墀者疊迹。"也作"彯纓"。纓,冠帶。梁書張充傳與王儉書:"彯纓天閣,既謝廊廟之華;綴組雲臺,終慚衣冠之秀。"

【彯搖】輕捷貌。通"嫖姚"。文選南齊王元長(融)三月三日曲水詩序:"褰帷斷裳,危冠空履之吏;彯搖武猛,扛鼎揭旗之士。"

【彯彯】輕颺,飄飛。文選晉左太沖(思)魏都賦:"增搆峩峩,清塵彯彯。"晉書摯虞傳思遊賦:"形彯彯而遂遐兮,氣亹亹而愈新。"

【彯撇】微動,輕飄。文選南朝梁劉孝標

(峻) 廣絶交論:"若衡重錙銖,纊微影撇。"注引侯瑾箏賦:"微風影擎,冷氣輕浮。"

十二畫

影 yǐng 於丙切,上,梗韻,影。

㊀因擋光產生的陰影,或光線反射的虛像。莊子漁父:"人有畏影惡迹而去之走者,……走愈疾,而影不離身。"後漢書三三朱浮傳與彭寵書:"引鏡窺影,何施眉目?"㊁日晷。呂氏春秋功名:"猶表之與影,若呼之與響。"注:"影,晷也。"上㊀㊁古作"景"。自晉葛洪字苑始收"影"字,音於景反。參閱北齊顏之推顏氏家訓書證。㊂像,圖像。南史梁長沙宣武王懿傳附蕭猷:"與楚王廟神交飲,至一斛,每酹祀,盡歡極醉,神影亦有酒色,所禱必從。"紅樓夢三一:"老太太和舅母那日想是纔拜了影回來。"㊃隱藏,隱現。水滸十六:"只見對面松林裏影着一個人,在那裏舒頭探腦價望。"㊄臨摹。見"影本"、"影鈔"。

【影本】影刊、影寫、影印的書籍碑帖。如明汲古閣刊𢽾經音辨、影抄宋紹興寧化縣學刻本;商務印書館所刊四部叢刊、百衲本二十四史,皆據宋元以來善本影印。

【影占】隱没,隱藏。唐李德裕李文饒集三討回鶻制:"其回鶻及摩尼等莊宅錢物,並委功德使與御史臺京兆府各差精強幹事官點檢收録,不得容諸色職掌人及坊市富人輒有影占。"元曲選鄭庭玉後庭花:"快離了此郡門,向他州尋遠親,往鄉中投近隣,向山中影占身。"

【影表】即圭表,古代測日影的天文儀器,俗稱量天尺。文獻通考一三三樂六隋志言歷代度量衡之制審度:"出爲司馬,法梁朝刻其度於影表,以測影。按,此即奉朝請祖暅所算造銅圭影表者也。"宋史天文志一:"沈括上渾儀、浮漏、影表三儀。"參見"土圭"。

【影事】佛教認爲世界一切事物,虛幻如影,皆非真實。楞嚴經一:"縱滅一切見聞覺知,内守幽閑,猶爲法塵分別影事。"宋范成大石湖集二六次韻李子永見訪詩之一:"有爲皆影事,無念即生涯。"

【影附】如影附身。比喻歸順、服從。漢應劭風俗通五十反汝南范滂孟博:"京師歸德,四方影附。"文選漢蔡伯喈(邕)郭有道碑文:"望形表而影附,聆嘉聲而響和者,猶百川之歸巨海,鱗介之宗龜龍也。"

【影迹】事迹。宋書謝靈運傳撰征賦:"據左史之攸徵,胡影迹之可量。"

【影神】㊀道家謂人影從一數至九,九影各有影神,如一名右皇,二名魍魎之類。見唐段成式酉陽雜俎前集十一廣知。㊁祖先畫像。元曲選石君寶秋胡戲妻一:"莫不我成親的時分,下車來衝着歲君,拜先靈背了影神。"

【影柱】測日影的表柱。即圭表。文子十守守無:"無爲者即無累,無累之人,以天下爲影柱。"也作"景柱"。景,通"影"。淮南子俶真:"提挈天地而委萬物,以鴻濛爲景柱,而浮揚乎無畛崖之際。"參見"圭表"。

【影射】㊀朦混,捉弄。明高則誠琵琶記義倉賑濟:"不問倉實倉虛,假饒清官廉吏,被我影射片時。"明律户律田宅:"則以高作下,減瞞糧額,及詭寄田糧,影射差役,并受寄者,罪亦如之。"㊁借此説彼,暗指某人某事。醒世恒言九陳多壽生死夫妻:"把一團美意看做不良之心,捉雞罵狗,言三語四,影射的發作了一場。"後對仿製近似物品或牌號,炫人利己者也叫影射。

【影堂】㊀家廟的别稱。宋范仲淹范文正公集尺牘上與中舍:"影堂在此,已買好木事,造只三小間,但貴堅久也。"懸掛先人遺像的靈堂,也稱影堂。古今小説二四楊思温燕山逢故人:"門上有牌面寫道:'韓國夫人影堂'。"㊁僧寺中安放佛祖真影之室。全唐詩五一八雍陶宿大徹禪師故院:"秋磬數聲天欲曉,影堂斜掩一燈深。"唐釋齊己白蓮集二題東林白蓮詩:"秋風明月下,齋日影堂前。"

【影鈔】依原式摹寫宋元舊版書。清莫友芝宋元舊本書經眼録附録一元遺山詩集:"其于原本漫縮數處皆摹其狀,故知爲影鈔也。"

【影殿】寺院中供奉神佛之所。唐宋之問集下遊韶州廣界寺詩:"影殿臨丹壑,香臺隱翠霞。"參見"影堂㊁"。

【影寫】摹擬,仿作。南朝梁劉勰文心雕龍六通變:"暨楚之騷文,矩式周人。漢之賦頌,影寫楚世。"宋朱弁續骫骳説:"宗婦曹夫人善丹青,作臨平藕花圖,人争影寫。"(説郛三八)

【影摹】依原樣摹寫。清莫友芝宋元舊本書經眼録三東坡先生物類相感志十八引陳鱣跋:"今從鮑氏知不足齋影摹姚氏茶夢菴舊本,裝潢成册。"

【影質】北史徐遵明傳:"遵明講學於外,二十餘年,……頗好聚斂,與劉獻之張吾貴皆河北聚徒教授,懸納絲粟,留衣物以待之,名曰影質。"謂生徒入門受教,須預付財物作抵押。

【影燈】燃火取影的彩燈,如後來的走馬燈。唐馮贄雲仙雜記四上元影燈引影燈記:"洛陽人家上元以影燈多者爲上,其相勝之辭曰'千影萬影'。"宋范成大吳郡志二風俗:"上元影燈巧麗,它郡莫及,有萬眼羅及琉璃毬者,尤妙天下。"

【影壁】㊀有浮雕的牆壁。宋郭熙見唐楊惠之塑山水壁,又出新意,令匠人以手槍泥於壁,或凹或凸,乾後以墨隨其形跡,塑成峰巒林壑、樓閣人物等,謂之影壁。見宋鄧椿畫繼九雜説論遠。㊁建築中的照牆。古今雜劇元關漢卿望江亭二:"轉過這影壁觀窺,可怎生獨自箇死臨侵地。"唐萬齊融阿育王寺常住田碑:"影壁空存,摇落青園之寺。"(金石萃編一〇八)

【影戲】用紙或皮剪成人物形象,以燈光映於帷幕上表演的戲劇。宋孟元老東京夢華録五京瓦伎藝有"弄喬影戲"。宋耐得翁都城紀勝瓦舍衆伎:"凡影戲乃京師人初以素紙雕鏃,後用彩色裝皮爲之。其話本與講史書者頗同,大抵真假相半,公忠者雕以正貌,姦邪者與之醜貌。"清代北京竹枝詞李聲振百戲竹枝詞影戲序:"剪紙爲之,透機械於小牕上,夜演一劇,亦有生致。"

【影嚮】同"影響㊀"。荀子議兵:"明道而分鈞之,時使而誠愛之,下之和上也如影嚮。"韓詩外傳四作"影響"。南朝梁徐勉始興忠武王蕭憺碑:"出屯西壘,影嚮南平。"見清莫友芝宋元舊本書經眼録附録二。

【影響】㊀比喻感應迅捷。書大禹謨:"惠迪吉,從逆凶,惟影響。"傳:"吉凶之報,若影之隨形,響之應聲,言不虛。"也作"景嚮"。"景"、"影"古今字。荀子富國:"三德者誠乎上,則下應之如景嚮。"後常指對人或事所起的作用。北齊書高乾傳:"北受幽州刺史劉靈助節度,共爲影響。"㊁比喻不實、無根據。明計六奇明季北略十五鄭鄤本末:"以事屬影響,言出謗忌。"㊂消息。清黄宗羲南雷文定前集二萬里尋兄記:"商於外,踰十年不歸,府君魂祈夢請,卜之瓊茅蚌殼之間,茫然不得影響。"

【影娥池】池名。三輔黃圖四池沼記漢武帝於望鵠臺西建俯月臺，臺下穿池，月影入池中，使宮人乘舟弄月影，因名影娥池。又見舊題漢郭憲洞冥記三。初學記二唐上官儀詠雪詩："花明棲鳳閣，珠散影娥池。"

【影影綽綽】若隱若現，模模糊糊。金瓶梅六二："我不知怎的，但没人在房裏，心中只害怕，恰似影影綽綽有人在我跟前一般。"醒世姻緣六一："我影影綽綽的記得論語裏有兩句話説道……"

十三畫

彧 yù 集韻 乙六切，入，屋韻。ㄩˋ

㊀有文彩貌。説文："戫，有彣彰也。"清段玉裁注："彧，古多假或字爲之。或者，戫之隸變。今本論語'郁郁乎文哉'，古多作'彧彧'。"㊁見"彧汩"。

【彧汩】疾速貌。後漢書五九張衡傳思玄賦："彧汩飂戾沛以罔象兮，爛漫麗靡藐以迭遏。"注："彧，音一六反。汩，音于筆反。……並疾皃也。"

十九畫

彲 chī 丑知切，平，支韻，徹。ㄔ

獸名。傳説爲無角之龍。同"螭"。史記齊太公世家："所獲非龍非彲，非虎非羆；所獲霸王之輔。"參見"螭"。

彳 部

彳 chì 丑亦切，入，昔韻，徹。ㄔˋ

小步。見説文。文選晉潘安仁(岳)射雉賦"彳亍中輟"注引漢張衡舞賦："蹇兮宕往，彳兮中輟。"

【彳亍】小步走，欲行又止貌。文選晉潘安仁(岳)射雉賦："彳亍中輟，馥焉中鏑。"唐柳宗元柳先生集三二答周君巢書："彳亍而無所趨，拳拘而不能肆。"

三 畫

彴 1. zhuó 之若切，入，藥韻，照。ㄓㄨㄛˊ

㊀獨木橋。初學記七廣志："獨木之橋曰榷，亦曰彴。"唐劉禹錫劉夢得集一裴祭酒尚書見示春歸城南青松塢別墅……命同作詩："野彴渡春水，山花映巖扉。"參見"略彴"。

2. báo 集韻 弼角切，入，覺韻。ㄅㄠˊ

㊀見"彴₂約"。

【彴₂約】流星。爾雅釋天："奔星爲彴約。"釋文："彴，蒲屋切。約，音藥。"廣韻"彴"、開元占經七一引爾雅注皆作"彴約"。彴，廣韻音市若切。

四 畫

彷 1. fǎng 妃兩切，上，養韻，滂。ㄈㄤˇ

㊀見"彷佛"。

2. páng 步光切，平，唐韻，並。ㄆㄤˊ

㊀見"彷₂洋"等。

【彷佛】大概相似。同"仿佛"、"髣髴"。楚辭宋玉九辯："顔淫溢而將罷兮，柯彷佛而萎黃。"唐李白李太白詩十贈崔郎中之金陵："登高望浮雲，彷佛如舊丘。"

【彷₂洋】同"仿佯"。新唐書一二三盧藏用傳："與兄徵明偕隱終南少室二山，學練氣，爲辟穀，登衡廬，彷洋岷峨。"參見下條。

【彷₂徉】徘徊，遊蕩貌。同"仿佯"。文選戰國楚宋玉招魂："彷徉無所倚，廣大無所極些。"史記一〇六吴王濞傳："故吴王欲内以鼂錯爲討，外隨大王後車，彷徉天下。"漢書三五荆燕吴傳作"方洋"。參見"仿佯"。

【彷₂徨】㊀徘徊。莊子逍遥遊："彷徨乎无爲其側，逍遥乎寢卧其下。"文選三國魏文帝(曹丕)雜詩："展轉不能寐，披衣起彷徨。"也作"仿偟"、"徬徨"、"傍偟"、"旁皇"、"方皇"。見各該條。㊁蟲名。莊子達生："野有彷徨，澤有委蛇。"釋文本作"方皇"，又引司馬彪："方皇，狀如蛇，兩頭五采文。"

彸 zhōng 職容切，平，鍾韻，照。ㄓㄨㄥ

見"征彸"。

役 yì 營隻切，入，昔韻，喻。ㄧˋ

㊀服兵役，戍守邊疆。詩王風君子于役："君子于役，不知其期。"國語晉一："棄政而役。"注："役，服戎役也。"也指服戎役之人，即士卒。詩小雅漸漸之石序："乃命將率東征，役久病於外。"傳："役，謂士卒也。"㊁勞役。莊子人間世："上有大役，則支離以有常疾不受功。"㊂事。國語晉五："國有大役。"特指戰爭。左傳昭五年："鄖之役，楚無晉備，以敗於鄢。"㊃僕役。左傳定元年："季孫使役如闞。"南史陶潛傳："家貧無役。"又特指門徒弟子。莊子庚桑楚："老聃之役，有庚桑楚者，偏得老聃之道，以北居畏壘之山。"釋文："司馬(彪)云：役，學徒弟子也。"㊄驅使。荀子正名："夫是之謂以己爲物役矣。"㊅排成行列。詩大雅生民："禾役穟穟。"箋："役，列也。"

【役心】㊀養心。國語鄭："正七體以役心。"注："役，營也。"㊁用心。文選晉成公子安(綏)嘯賦："是故聲不假器，用不借物，近取諸身，役心御氣。"

【役夫】供人役使的人。剝削階級鄙視勞動，故又以役夫爲賤者之稱。荀子性惡："不恤是非，不論曲直，以期勝人爲意，是役夫之知也。"左傳文元年："江芊怒曰：'呼，役夫！宜君王之欲殺女而立職也。'"

【役志】用心，謀慮於心。書洛誥："惟不役志于享。"

【役兵】服勞役勤務之兵。宋制，軍有禁兵、廂兵、役兵、民兵之别；役兵以游民充任，專事一業，如給漕輓，修河防，養國馬等。見宋陳傅良歷代兵志八、玉海一三九慶曆兵録。

【役役】㊀勞作不息貌。莊子齊物："終身役役，而不見其成功。"又："衆人役役，聖人愚芚。"㊁奔走鑽營。唐白居易長慶集七閑關詩："迴顧趨時者，役役塵壤間。"

【役物】役使外物，使物爲我用。荀子正名："故無萬物之美而可以養樂，……夫是之謂重己役物。"漢書刑法志："夫人……爪牙不足以供耆欲，趨走不足以避利害，無毛羽以禦寒暑，必將役物以爲養，任智而不恃力。"

【役使】驅使，使唤。管子輕重丁："故智者役使鬼神，而愚者信之。"也指供役使之人。漢書七五李尋傳："日且入，爲妻妾役使所營。"注："營，謂繞也。"

【役徒】服勞役的人。左傳桓十二年："明日，絞人爭出，驅楚役徒於山中。"又襄十八年:"楚師多凍,役徒幾盡。"

【役滿】清制: 各衙門書吏供職滿五年,得分別情況,或考或免,謂之役滿,相當於京官之俸滿。役滿人員由吏部銓定選用。參閱清會典十銓政。

【役調】服勞役,徵户税。三國志蜀趙雲傳"以雲爲翊軍將軍"注引(趙)雲別傳:"益州人民初罹兵革,田宅皆可歸還,令安居復業,然後可役調。"

【役屬】役使而臣屬之。史記一一三南越傳:"(尉)佗因此以兵威邊,財物賂遺閩越、西甌、駱,役屬焉。"

五 畫

往 1. wǎng ㄨㄤˇ 于兩切,上,養韻,于。

㊀去。易繫辭下:"寒往則暑來,暑往則寒來。"莊子秋水:"子往矣!"㊁昔,過去。易繫辭下:"夫易,彰往而察來。"荀子解蔽:"不慕往,不閔來。"注:"往,古昔也。"㊂以後,以下。易繫辭下:"過此以往,未之或知也。"論語八佾:"禘自既灌而往者,吾不欲觀之矣。"㊃死,死者。左傳僖九年:"送往事居。"注:"往,死者;居,生者。"㊄送。三國魏曹植曹子建集九與楊德祖書:"今往僕少小所著辭賦一通相與。"

2. wàng ㄨㄤˋ 集韻 于放切,去,漾韻。

㊅朝,向。穀梁傳莊三年:"其曰王者,民之所歸往也。"史記四七孔子世家贊:"雖不能至,然心嚮往之。"

【往世】㊀過去。莊子人間世:"來世不可待,往世不可追也。"㊁前世,前生。唐白居易長慶集六八自解詩:"房傳往世爲禪客,王道前生應畫師。"

【往古】古昔。韓非子難言:"時稱詩書,道法往古,則見以爲誦。"漢書四八賈誼傳:"驗之往古,按之當今之務。"

【往生】佛教謂去娑婆世界,往彌陀如來之極樂淨土,謂之往;化生於彼土七寶蓮華中,謂之生。佛教有往生咒,謂念咒可以使死者超生投胎爲人身。無量壽經下:"無量壽佛與諸大衆現其人前,即隨彼佛往生其國,便於七寶華中自然化生。"

【往初】古昔。史記一一七司馬相如傳封禪書:"德侔往初,功無與二。"

【往者】過去的,往時。論語微子:"往者不可諫,來者猶可追。"漢書三六劉歆傳:"往者博士書有歐陽,春秋公羊,易則施、孟。"

【往事】過去的事。荀子成相:"觀往事以自戒。"史記太史公自序:"故述往事,思來者。"

【往往】㊀常常。史記五帝紀論:"至長老皆各往往稱黃帝、堯、舜之處,風教固殊焉。"漢書高帝紀下:"上居南宮,從復道上見諸將往往耦語。"㊁處處。史記一〇六吳王濞傳:"寡人金錢在天下者往往而有,非必取於吳。"

【往哲】前賢,先哲。文選南朝梁丘希範(遲)與陳伯之書:"夫迷塗知反,往哲是與;不遠而復,先典攸高。"

【往教】老師前往門徒處施教。禮曲禮上:"禮聞來學,不聞往教。"韓詩外傳三:"孟嘗君請學於閔子,使車往迎閔子,閔子曰:'禮有來學,無往教。……'於是孟嘗君曰:'敬聞命矣。'明日祛衣請受業。"

【往復】出入,往返。素問六微旨大論:"故氣有往復,用有遲速。"也指言辭的往來。晉書向秀傳:"又與(嵇)康論養生,辭難往復,蓋欲發康高致也。"

【往鑒】可資借鑒的往事。漢徐幹中論貴言:"故凡道蹈之既難,錯之益不易,是以君子慎諸己,以爲往鑒焉。"

【往體】㊀弓體的外撓部分。周禮考工記弓人:"往體多,來體寡,謂之夾臾之屬。"孫詒讓正義:"往體,謂弓體外撓;來體,謂弓體內向;凡弓必兼往來兩體,而後有張弛之用。"㊁古體詩。汲古閣所藏宋版唐陸龜蒙松陵集,每卷標題下,標有往體詩或今體詩若干首。宋趙崇鉘有往體三首,見江湖小集。

【往亡日】凶日名。也叫天門日。舊曆每月都有,或在寅日,或在巳日。舊時迷信,是日諸多禁忌,如忌出軍。資治通鑑一一五晉義熙六年二月:"丁亥,劉裕悉衆攻城,或曰:'今日往亡,不利行師。'"注:"曆書:二月以驚蟄後十四日爲往亡日。"參閱宋許洞虎鈐經十一出軍日、協紀辨方書六往亡。

征 zhēng ㄓㄥ 諸盈切,平,清韻,照。

㊀遠行。詩小雅小宛:"我日斯邁,而月斯征。"注:"邁、征,皆行也。"左傳襄十三年:"先王卜征五年。"注:"征,謂巡守征行。"㊁出兵征討。荀子議兵:"以守則固,以征則強,令行禁止,王者之事畢矣。"㊂取,抽税。孟子梁惠王下:"關市譏而不征。"所征之税也叫征。左傳文十一年:"宋公於是以門賞耏班,使食其征。"注:"門,關門。征,税也。"㊃見"征伀"、"征營"。㊄見"征鐘"。

【征人】遠行或出征的人。樂府詩集二一南朝梁車𣪌隴頭水:"隴頭征人別,隴水流聲咽。"唐韓偓玉山樵人集見別離者因贈之詩:"征人草草盡戎裝,征馬蕭蕭立路傍。"

【征夫】㊀行人,旅人。詩小雅皇皇者華:"駪駪征夫,每懷靡及。"注:"征夫,行人也。"文選晉陶淵明(潛)歸去來兮辭:"問征夫以前路,恨晨光之熹微。"㊁從役之人。詩小雅何草不黃:"哀我征夫,獨爲匪民。"箋:"征夫,從役者也。"

【征衣】旅外遠人所穿的衣服。唐杜甫杜工部草堂詩箋十八桔柏渡:"連笮動嫋娜,征衣颯飄颻。"杜牧樊川集別集秋夢詩:"又寄征衣去,迢迢天外心。"

【征戍】遠行屯守邊境。文選南朝宋顏延年(延之)還至梁城作詩:"眇默軌路長,憔悴征戍勤。"

【征帆】指遠行之舟。南朝梁何遜何記室集贈諸遊舊詩:"無由下征帆,獨與暮潮歸。"國秀集上盧僎稍秋曉坐閣遇舟東下揚州即事寄上族父江陽令詩:"歸流赴淮海,征帆下揚州。"

【征車】遠行者所乘之車,猶言征輪。唐韓偓玉山樵人集驛步詩:"暫息征車病眼開,況穿松竹入樓臺。"

【征伀】驚惶失措貌。文選漢王子淵(褒)四子講德論:"百姓征伀,無所措其手足。"參見"征忪"、"怔忪"。

【征役】㊀徵税與力役。周禮地官小司徒:"掌建邦之教法,……凡征役之施舍,與其祭祀飲食喪紀之禁令。"疏:"征謂税之,役謂繇役。"㊁行役。文選晉潘安仁(岳)西征賦:"俾萬乘之盛尊,降遐思於征役。"

【征衫】指旅人遠行的衣服。宋樓鑰攻媿集七水漲乘小舟詩:"一番凍雨洗郊丘,冷逼征衫四月秋。"

【征和】漢劉徹(武帝)年號。公元前92—前89年。

【征袍】出征將士穿的衣裳。唐李白李太白詩六子夜吳歌之四:"明朝驛使發,一夜絮征袍。"明楊基眉菴集九桂林與蔣張二指揮觀兵詩:"大字青旗寫豹韜,連環金鎖束征袍。"

【征旆】古代官吏遠行所持的仗旗。旆,旗幟。唐陳子昂陳伯玉集二東征至淇門答宋參軍之問詩:"西林改微月,征旆空自持。"又張九齡曲江集二酬趙二侍御使西軍贈兩省舊寮詩:"使車經隴月,征旆繞河風。"

【征馬】㊀遠行的馬。文選南朝梁江文

通(淹)別賦:"乃有劍客慚恩,少年報士,……驅征馬而不顧,見行塵之時起。"㊁戰馬。資治通鑑二四一唐長慶元年:"(劉總)又獻征馬萬五千匹。"

【征途】旅途。初學記二四唐李百藥秋晚登古城詩:"日落征途遠,悵然臨古城。"也作"征塗"。唐杜甫杜工部草堂詩箋二龍門:"相閱征塗上,生涯盡幾迴。"又作"征路"。唐高適高常侍集二自淇涉黄河途中作詩之一:"去帆帶落日,征路隨長山。"

【征鳥】長途遠飛的鳥。呂氏春秋季冬:"征鳥厲疾。"注:"征,猶飛也。厲,高也。言是月羣鳥飛行,高且疾也。"禮月令季冬之月"征鳥厲疾"注謂征鳥爲題肩,齊人曰擊征,或名鷹。文選南朝梁沈休文(約)宿東園詩:"驚麏去不息,征鳥時相顧。"參閱爾雅釋鳥"鷹隼醜"疏、清俞樾茶香室經說九征鳥。

【征棹】指遠行之舟,猶言征帆。北周庾信庾子山集六應令詩:"浦喧征棹發,亭空送客還。"

【征徭】賦稅和徭役。後漢書十三隗囂傳論:"區區兩郡,以禦堂堂之鋒,至使窮廟策,竭征徭,身歿衆解,然後定之。"

【征塵】旅途上的風塵。含有勞碌辛苦的意思。唐王勃王子安集三別人詩之一:"自然堪下淚,誰忍望征塵。"宋陸游劍南詩稿三劍門道中遇微雨:"衣上征塵雜酒痕,遠遊無處不消魂。"

【征蓋】蓋,車蓋。征蓋,指遠行之車。唐杜甫杜工部草堂詩箋三八送盧十四弟侍御護韋尚書靈櫬歸上都二十韻:"眼冷看征蓋,兒扶立釣磯。"

【征蓬】猶言飄蓬。喻經常遠行的人。藝文類聚三二南朝梁吳均閨怨詩之一:"胡笳屢悽斷,征蓬未肯還。"

【征廛】征,貨物稅。廛,貨物屯放堆棧的稅。周禮地官司關:"司貨賄之出入者,掌其治禁,與其征廛。"疏:"征謂稅,廛謂邸舍,二事雙言也。"參閱孫詒讓正義二八。

【征輪】指遠行的車。唐李中碧雲集中晚春客次偶吟詩:"暫駐征輪野店間,悠悠時節又春殘。"

【征鞍】指旅行者所乘的馬。唐張九齡曲江集四初入湘中有喜詩:"征鞍窮郢路,歸棹入湘流。"

【征榷】征謂商人貨物過境所征的稅,榷爲官府專賣。文獻通考有征榷考六卷,記征商官賣之事。

【征營】惶惑。後漢書四一鍾離意傳諫築北宮疏:"比受厚賜,喜懼相并,不勝愚戇征營,罪當萬死。"注:"征營,不自安也。"也作"怔營"、"正營"。見各該條。

【征鴻】遠飛的大雁。南朝梁江淹江文通集四赤亭渚詩:"遠心何所類,雲邊有征鴻。"唐羅隱甲乙集四夏州胡常侍詩:"征鴻過盡邊雲闊,戰國閑來塞草秋。"

【征鎮】魏晉以來,將軍、大將軍的稱號,有征東、鎮東、征西、鎮西之類,監臨軍事,守衞地方,總稱征鎮。三國志魏高貴鄉公髦紀詔:"今羣公卿士,股肱之輔,四方征鎮宣力之佐,皆積德累功,忠勤帝室。"後來詩文中即以征鎮稱地方方面長官。晉書懷帝紀:"帝謂使者曰:'爲我語諸征鎮,若今日尚可救,後則無逮矣。'時莫有至者。"

【征繕】征稅以備治甲兵。左傳僖十五年:"君子愛其君,而知其罪,不憚征繕以待秦命,曰:'必報德,以死無二。'"

【征鐘】小袴。宋書五行志二:"桓玄時民謠語云:'征鐘落地,桓迸走。'征鐘,至穢之服。桓,四體之下稱。"

【征驂】指旅人遠行的車。驂,駕車的馬。唐王勃王子安集六春夜桑泉別王少府序:"高林靜而霜鳥飛,長路曉而征驂動。"

佛

fú ㄈㄨˊ 敷勿切,入,物韻,滂。

見"彷佛"。

彼

bǐ ㄅㄧˇ 甫委切,上,紙韻,幫。

代詞。㊀那,那個。"此"的對稱。易小過:"公弋取彼在穴。"詩小雅十月之交:"彼月而微,此日而微。"㊁他。莊子寓言:"彼來則我與之來,彼往則我與之往。"

【彼此】雙方,大家。三國志吳陸遜傳:"當使寵秩有差,彼此得所,上下獲安。"唐杜甫杜工部草堂詩箋九哀江頭:"清渭東流劍閣深,去住彼此無消息。"

【彼岸】佛教語。梵語"波羅"的意譯。佛教以有生有死的境界,譬曰此岸;煩惱苦難,譬曰中流;超脫生死,即涅槃的境界,譬曰彼岸。智度論十二:"彼以生死爲此岸,涅槃爲彼岸。"唐白居易長慶集十八和李澧州題韋開州經藏詩:"聞君登彼岸,捨筏復何如。"

【彼蒼】詩秦風黄鳥:"彼蒼者天,殲我良人。"蒼,天色。後因以彼蒼爲天的代稱。後漢書七四董祀妻(蔡琰)傳悲憤詩:"彼蒼者何辜,乃遭此戹禍。"

【彼哉彼哉】對人表示鄙視之詞。論語憲問:"或問子產,子曰:'惠人也。'問子西,曰:'彼哉彼哉!'"注:"彼哉彼哉,言無足稱。"漢桓寬鹽鐵論雜論:"車丞相即周魯之列,當軸處中,括囊不言,容身而去,彼哉彼哉!"

【彼一時,此一時】言時勢不同。孟子公孫丑下:"彼一時,此一時也。"文選漢東方曼倩(朔)答客難:"是故非子之所能備,彼一時也,此一時也,豈可同哉。"

徂

cú ㄘㄨˊ 昨胡切,平,模韻,從。

㊀往,到。詩豳風東山:"我徂東山,慆慆不歸。"又大雅桑柔:"自西徂東,靡所定處。"㊁死亡。通"殂"。史記六一伯夷傳:"于嗟徂兮,命之衰矣!"㊂開始。見"徂暑"。㊃見"徂徠"。

【徂川】流逝的河水。也喻逝去的歲月。唐李白李太白詩十三月夜江行寄崔員外宗之:"歸路方浩浩,徂川去悠悠。"宋朱熹朱文公集四復用前韻敬別機仲詩:"終憐賢屈惜往日,亦念聖孔悲徂川。"

【徂年】已往的歲月。後漢書二四馬援傳贊:"徂年已流,壯情方勇。"初學記十八南朝陳江總別袁昌州詩:"徂年驚若電,別日歎成秋。"也作"徂歲"。宋書謝靈運傳撰征賦:"謂徂歲之悠闊,結幽思之方根。"

【徂征】㊀前往征討。書大禹謨:"惟時有苗弗率,汝徂征。"㊁遠行。文選晉陸士衡(機)於承明作與士龍詩:"牽世嬰時網,駕言遠徂征。"

【徂徠】山名。在今山東泰安市東南。詩魯頌閟宮、水經注汶水作"徂來"。又名尤來尤崍尤徠。東漢初赤眉軍樊崇嘗駐此山。宋石介曾築室其下,人稱徂徠先生。參閱清顧棟高毛詩類釋三徂來、山東通志二三泰安縣。

【徂暑】詩小雅四月:"四月維夏,六月徂暑。"箋:"徂,猶始也。四月立夏矣,至六月乃始盛暑。"周曆四月爲夏曆六月。後稱盛暑爲徂暑。唐杜甫杜工部草堂詩箋二九七月三日亭午已後較熱退……戲呈元二十一曹長:"密雲雖聚散,徂暑經衰歇。"

【徂落】㊀死亡。同"殂落"。書舜典:"帝乃殂落。"孟子萬章上作"放勳乃徂落"。放勳,堯名。漢書八七上揚雄傳校獵賦:"萬物權輿於內,徂落於外。"六臣注文選作"殂落"。㊁衰敗,凋零。唐陳子昂陳伯玉集一感遇詩之十三:"青春始萌達,朱火已滿盈。徂落方自此,感歎何時平。"

【徂遷】遷移，變化。文選晉陸士衡(機)飲馬長城窟行：“戎車無停軌，旌旆屢徂遷。”南朝陳江總江令君集勞酒賦：“顧曲私之亭育，遞寒暑而徂遷。”

【徂謝】㊀死亡。同“徂落”。文選南朝宋謝靈運廬陵王墓下作詩：“徂謝易永久，松柏森已行。”㊁消失，凋零。南朝梁何遜何水部集臨行公車詩：“平生多意緒，懷抱皆徂謝。”唐韋應物韋江州集一西郊燕集詩：“盛時易徂謝，浩思坐飄颻。”

【徂徠集】宋石介撰。共二十卷。介論文推重柳開，力排楊億，其所爲文亦質樸勁直。初居徂徠山下，人稱徂徠先生，因以名集。宋史藝文志作石介集，清張伯行選其文爲二卷，題石徂徠集，刊入正誼堂叢書。

六畫

徉 yáng 與章切，平，陽韻，喻。ㄧㄤˊ

見“彷徉”、“徜徉”。

待 dài 徒亥切，上，海韻，定。ㄉㄞˋ

㊀等待。左傳隱元年：“多行不義，必自斃，子姑待之。”㊁準備。左傳宣十二年：“內官序當其夜，以待不虞。”㊂對待，款待。論語微子：“以季孟之間待之。”穀梁傳桓九年：“以待人父之道待人之子。”㊃寬容。國語晉九：“以其五賢陵人，而以不仁行之，其誰能待之？”㊄須。史記天官書：“至天道命，不傳；傳其人，不待告；告非其人，雖言不著。”㊅將，要。水滸三：“(金老)便待出門，店小二攔住道：‘金公，那裏去？’”

【待旦】㊀等候天明。常用以形容勤於政事。書太甲上：“先王昧爽丕顯，坐以待旦。”宋書孝武帝紀詔：“夙宵寅想，永懷待旦。”㊁宋以前以黎明爲五更終了，宋宮中改爲天明前十刻更終，稱爲待旦。見宋陸游老學庵筆記七。

【待字】禮曲禮上：“女子許嫁，笄而字。”字，表字。古代女子成年許嫁始命字，後遂稱女子未許嫁爲待字。

【待年】三國志魏武帝紀建安十八年：“天子聘公三女爲貴人，少者待年於國。”本指留住於國，以待年長。後因稱女子待嫁爲待年。文選南朝宋顏延之(延年)宋文皇帝元皇后哀策文：“爰自待年，金聲夙振。”

【待制】㊀制，皇帝詔令。待制，等候詔令。後漢書六十下蔡邕傳：“侍中祭酒樂松、賈護多引無行趣埶之徒，並待制鴻都門下。”㊁唐太宗時，命京官五品以上，輪值中書、門下兩省，以備訪問。永徽中，命弘文館學士一人，日待制於武德殿西門。永泰時，勳臣罷節制、無職事，皆待制於集賢門。至宋，於各殿閣皆置待制之官，如龍圖閣天章閣待制之類，爲典守文物之官，位在直學士之下。金於翰林院置待制，位也在直學士之下。元明因之。參閱新唐書百官志二、宋史職官志二、金史百官志一、元史百官志三、明史職官志二。

【待物】待人接物的省稱。晉書元帝紀：“容納直言，虛己待物。”

【待詔】㊀詔，皇帝詔書。待詔，猶言候命。漢時以才技徵召未有正官者，使之待詔，有待詔公車、待詔金馬門等名目(漢書五八公孫弘傳、四三叔孫通傳)。唐初，凡文辭經學之士及醫卜等有專長者均值於翰林院，以備待詔；玄宗時遂以待詔名官，稱翰林待詔，負責四方表疏批答，應和文章等事(文獻通考五四職官八學士院)。遼有翰林畫待詔(遼史百官志三翰林院)。明清於翰林院中仍置有待詔，但地位低微(明史職官志二、清通典二三職官一)。㊁宋代民間尊稱手工藝人爲待詔。如京本通俗小說碾玉觀音中稱裱褙工及碾玉工爲待詔，水滸四魯智深稱鐵工爲待詔。

【待遇】接待，對待。史記一二三大宛傳：“而立宛貴人之故待遇漢使善者名昧蔡以爲宛王。”三國志魏曹植傳“帝嘉其辭義，優詔答勉之”注引魏氏春秋：“是時待遇諸國法峻。”

【待賈】等待善價。賈，通“價”。喻自擡身價，以待在上者的賞識。論語子罕：“子貢曰：‘有美玉於斯，韞匵而藏諸？求善賈而沽諸？’子曰：‘沽之哉！沽之哉！我待賈者也。’”

【待罪】㊀封建時代大臣對帝王陳奏時自謙之詞，意謂身居其職而力不勝任，必將獲罪，故稱待罪。史記一〇〇季布傳：“季布因進曰：‘臣無功竊寵，待罪河東。’”後來宰輔上奏，往往有“待罪政府”之語。參閱宋趙升朝野類要四。㊁等待被治罪。漢書八一匡衡傳：“衡子昌爲越騎校尉，醉殺人，繫詔獄。越騎官屬與昌弟且謀篡昌。事發覺，衡免冠徒跣待罪，天子使謁者詔衡冠履。”

【待漏】漏，古代的計時器。百官清早入朝，準備朝拜皇帝，稱爲待漏。東觀漢紀一一樊梵傳：“每當直(值)事，常晨駐馬待漏。”唐元和初置待漏院，爲朝臣晨集之所。見唐李肇國史補中。國秀集上沈佺期酬蘇員外夏晚寓直省中見贈詩：“冠劍無時釋，軒車待漏飛。”

律 lǜ 呂卹切，入，術韻，來。ㄌㄩˋ

㊀用竹管或金屬管作成的定音或候氣的儀器。書舜典：“聲依永，律和聲。”禮月令：“律中大蔟。”注：“律，候氣之管，以銅爲之。”參見“六律”、“十二律”。㊁法令，通稱法律、法則。易師：“師出以律。”漢書刑法志：“於是相國蕭何攈摭秦法，取其宜於時者，作律九章。”㊂爵命的等級。禮王制：“有功德於民者，加地進律。”㊃以篦梳髮。荀子禮論：“不沐則濡櫛三律而止。”注：“律，理髮也。”㊄約束。唐李商隱李義山詩集一驕兒：“抱持多反倒，威怒不可律。”㊅律詩。如五律、七律、排律。詳“律詩”。㊆戒律。梵語毗尼，意譯爲律，也譯作“離行”、“滅惡”。參閱唐慧琳一切經音義五九四分律一律藏。

【律切】切合格律。唐元稹長慶集五六唐故工部員外郎杜君墓係銘序：“效齊梁則不逮於魏晉，工樂府則力屈於五言；律切則骨格不存，閑暇則纖穠莫備。”又：“至若鋪陳終始，排比聲韻，大或千言，次猶數百，詞氣豪邁，而風調清深，屬對律切，而脫棄凡近。”

【律尺】調音律用的尺度，度本起於黃鍾的管長，算管長的方法有三：以黍粒橫排，其長爲一百分；縱排爲八十一分；斜排爲九十分。相傳黃帝命伶倫造律之尺，一黍之縱長，命爲一分，九分爲一寸，共計八十一分爲一尺，是爲律尺。見明朱載堉律呂精義十審度。參見“律度”。

【律令】法令。史記蕭相國世家：“沛公至咸陽，……何獨先入收秦丞相御史律令圖書藏之。”太平御覽六四一晉杜預律序：“律以正罪名，令以存事制。”

【律呂】樂律的統稱。古代樂律有陽律、陰律各六，合爲十二律。陽六曰律，爲黃鍾、太蔟、姑洗、蕤賓、夷則、無射；陰六曰呂，爲大呂、夾鍾、仲呂、林鍾、南呂、應鍾，合稱律呂。漢書律曆志上：“登降運行，列爲十二，而律呂和矣。”後來論樂之書，多有以律呂爲名者，如律呂新書律呂精義律呂正義等。參見“十二律”。

【律谷】山名。即黍谷。在今北京密雲縣西南。相傳其地寒，不生五穀，戰國鄒衍吹律而地溫，因名其地爲律谷。見文選南朝宋謝希逸(莊)宋孝武宣貴妃誄“律谷罷煖”注引漢劉向別錄。律爲陽聲，故傳說吹律可以使地暖。參見"黍谷"。

【律宗】佛教派别名。唐釋道宣所創，以四分律爲宗。道宣自撰四分行事鈔三卷，謂戒律是佛教之根本，解脱之要道，故稱律宗。道宣於終南山創立戒壇，號南山大師，故又稱南山宗。

【律例】刑法的正條及其成例。律是法律的本文，例是補充律文不足而設的條例或例案。如唐律，律外還有隨時頒佈的法令、格式；明律，有問刑條例、明條法事類纂等；清律有新修律例統纂集成等皆是。

【律度】㊀度指長短，卽分、寸、尺、丈、引。古代計度，皆出於黄鍾之律，故稱律度。廣言之，也包括計算容積、重量。左傳文六年："著之話言，爲之律度。"㊁音律的法度標準。漢書一〇〇上敍傳答賓戲："夫啾發投曲感耳之聲，合之律度，淫䩕而不可聽者，非韶夏之樂也。"

【律科】法令條文。南史齊廢帝東昏侯紀永泰元年："冬十月己未，詔删省律科。"南齊書東昏侯紀作"科律"。

【律律】高大貌。詩小雅蓼莪："南山律律，飄風弗弗。"

【律座】佛教講解戒律人的講席。唐歐陽詹歐陽行周集二同諸公過福先寺律院宣上人房詩："律座下朝講，晝門猶掩關。"唐白居易長慶集六十大唐泗洲……明遠大師塔碑銘："先後臨戒壇者八，登律座者十有五。"

【律師】㊀佛教稱善解説戒律的人爲律師。涅槃經三金剛身品："如是能知佛法所作，善能解說，是名律師。"㊁唐時道士的稱號。唐六典四祠部郎中："而道士修行有三號：其一曰法師，其二曰威儀師，其三曰律師。"

【律詩】唐代初期形成的格律詩，平仄、押韻、句數、對仗等都有一定的格律，不能任意改變，故稱律詩；對古詩而言，又稱近體詩。有絶句、律詩二種。律詩又分五言律詩、七言律詩。共八句，雙句押韻，第一句亦可押韻，每句有一定的平仄格式，中間兩聯使用對仗。十句以上的，稱爲排律。參閲明徐師曾文體明辨近體律詩、胡震亨唐音癸籤一。

【律魁】高大貌。猶魁偉。楚辭漢劉向九嘆憂苦："偓促談於廊廟兮，律魁放乎山間。"清王念孫謂"律魁"爲"魁壘"之轉，皆高大之意。見讀書雜志十六楚辭律魁放乎山間。

【律賦】古賦雖用排偶，但不甚嚴格，自六朝以後，强調音韻諧和、對偶工整，賦體益趨整齊，稱爲律賦。宋洪邁容齋隨筆四筆七黄文江賦："晚唐士人作律賦，多以古事爲題，寓悲傷之旨。"

【律藏】佛書有經、律、論。關於戒律的著作均屬律藏。藏，猶言知識的總集。如小乘以四分律、五分律、十誦律等爲律藏。大乘以梵網經等爲律藏。參見"三藏"。

【律格詩】唐人稱近體詩，以絶句、五律、七律及排律爲律詩，五、七言古體詩爲格詩，合稱律格詩。唐詩紀事四九項斯："始張水部籍爲律格詩，惟朱慶餘親授其旨。"參見"律詩"、"格詩"。

【律曆志】舊史篇名。記載一代樂律和曆法的沿革。史記律書、曆書各爲一篇。班固漢書始併律、曆爲一志。其後後漢書晉書魏書隋書宋史均有此志。

【律學館】講授刑事法律的學館。内置律學博士若干人。隋屬大理寺，唐屬國子監。宋稱律學館，亦屬國子監。凡命官學人皆可自報入學。參閲新唐書百官志三、宋史職官志五。參見"律學博士"。

【律呂正義】清康熙五十二年官修。五卷，分三編。上編二卷爲正律審音，下編二卷爲和聲定樂，各有圖說。續編一卷爲協均度曲，紀述葡萄牙人徐日升、意大利人德里格所講音律節奏，以考證古法；亦有圖說。又後編百二十卷，乾隆十一年官修，分祭祀樂、朝會樂、宴饗樂、導引樂、行幸樂等十類，多清宫音樂史料。

【律呂新書】宋蔡元定撰。二卷。上卷爲律呂本源，下卷爲律呂辨證，均據古人成法加以折衷。蔡爲朱熹弟子，四庫提要稱此書是朱蔡師生合作之書。

【律呂新論】清江永撰。二卷。古人皆以管定律，此書大旨則以琴音立說，於轉絃合調之法，論之極詳，故能發前人所未發，成一家言。

【律呂精義】明朱載堉撰。分内外篇，各十卷。爲所著樂律全書之首二種。另著有律呂正論四卷，爲精義初稿；又著律呂質疑辨惑，爲精義的節本。載堉論律，主實算，自疏新說，較律呂新書之尚空談者有見地。

【律學博士】官名。始於晉，爲講授律令之官，屬廷尉。南朝梁稱爲胄子律博士，亦屬廷尉。南朝陳、北魏、北齊均設有律學博士，隋爲大理寺屬官，唐因之，移屬國學，宋仍名爲律學博士，屬國子監。參閲通典二七職官九國子監、宋史職官五國子監。

很 hěn ㄏㄣˇ 胡墾切，上，很韻，匣。

㊀違，逆，不聽從。莊子漁父："見過不更，聞諫愈甚，謂之很。"國語吴："今王將很天而伐齊。"注："很，違也。"㊁兇暴。通"狠"。左傳襄二六年："大子痤美而很。"注："貌美而心很戾。"㊂爭訟。禮曲禮上："很毋求勝。"㊃副詞。甚。紅樓夢六："劉老老只聽見咯當咯當的響聲，很似打羅篩麵的一般。"

【很石】江蘇鎮江市北固山甘露寺，舊有石，狀如伏羊，稱很石。相傳孫權、劉備曾坐此石，共論曹操。唐羅隱題詩云："紫髯桑蓋兩沉吟，很石空存事莫尋。"宋元符時寺經火，詩板不存，石亦殘毁。見宋胡仔苕溪漁隱叢話前集二四羅隱。

徊 huí ㄏㄨㄟˊ huái ㄏㄨㄞˊ 户恢切，平，灰韻，匣。

環繞，旋轉。通"回"、"迴"。文選戰國楚宋玉神女賦："徊腸傷氣，顛倒失據。"

【徊翔】鳥盤旋飛行。梁書徐勉傳論喪疏："故屬纊纔畢，灰釘已具，忘狐鼠之顧步，愧燕雀之徊翔。"也以喻仕途之升降遷徙。唐杜牧樊川集四寄内兄和州崔員外十二韻詩："進退無非道，徊翔必有名。"宋王禹偁小畜集十贈衛尉宋卿二十二丈詩之二："謫宦歸來鬢更斑，徊翔猶在寺卿間。"也作"回翔"、"迴翔"。參見各該條。

【徊徨】彷徨，憂思貌。同"回徨"。文選漢揚子雲（雄）甘泉賦："徒徊徊以徨徨兮，魂眇眇而昏亂。"廣弘明集二九上梁武帝（蕭衍）孝思賦："晨孤立而縈結，夕獨處而徊徨。"參見"回徨"。

徇 1. xùn ㄒㄩㄣˋ 辭閏切，去，稕韻，邪。

㊀向衆宣示。史記六四司馬穰苴傳："遂斬莊賈以徇三軍。"㊁奪取。史記項羽紀："廣陵人召平於是爲陳王徇廣陵，未能下。"㊂迅疾。見"徇通"、"徇齊"。㊃爲達到某種目的而獻身。通"殉"。漢書六二司馬遷傳報任安書："常思奮不顧身以徇國家之急。"㊄巡行。通"巡"。書泰誓中："王乃徇師而誓。"釋文："徇，似俊反。字詁云：徇，巡也。"

2. xún ㄒㄩㄣˊ 集韻松倫切，平，諄韻。

㊅使。莊子人間世："夫徇耳目内通，而外於心知。"釋文："辭俊反。徐（邈）：辭倫反。"㊆環繞。後漢書四十上班固傳西都賦："徇以離殿别寢，承以崇臺閒館。"㊇順從，曲從。左傳文十一年："郰大子

朱儒自安於夫鍾，國人弗徇。"注:"徇，順也。"史記項羽紀:"今不恤士卒而徇其私，非社稷之臣也。"徇，又讀 xùn。

【徇地】攻佔土地。史記陳涉世家:"當此之時，諸將之徇地者，不可勝數。"

【徇名】捨身爲名。史記八四賈生傳服鳥賦:"貪夫徇財兮，烈士徇名。"集解:"(薛)瓚曰:以身從物曰徇。"

【徇$_2$私】猶言營私。徇，曲從。北史(隋)煬帝紀大業元年三月詔:"其民下有知州縣官人政理苛刻，侵害百姓，背公徇私，不便於民者，聽詣朝堂封奏。"

【徇通】猶敏達。墨子公孟:"身體强良，思慮徇通。"孫詒讓閒詁:"説文人部云:'侚，疾也。'徇卽侚之譌。"

【徇節】守節至死不變。三國志魏龐德傳:"昔先軫喪元，王蠋絶脰，隕身徇節，前代美之。"

【徇齊】敏慧。史記五帝紀:"黄帝者，……弱而能言，幼而徇齊。"集解:"(裴)駰案:徇，疾。齊，速也。言聖德幼而疾速也。"索隱:"孔子家語及大戴禮並作'叡齊'，一本作'慧齊'。史記舊本亦有作'濬齊'。蓋古字假借徇爲濬，濬，深也，義亦並通。"羣書治要和説文繫傳引都作"侚齊"。

【徇難】爲國難獻身。南史齊高帝紀:"公投袂徇難，超然奮發。"南齊書作"殉難"。

後 hòu 胡口切，上，厚韻，匣。
ㄏㄡˋ 胡遘切，去，候韻，匣。

㊀位置在後。與"前"相對。論語子罕:"瞻之在前，忽焉在後。"㊁時間較晚。與"先"相對。左傳定八年:"臣聞命後。"荀子修身:"遲彼止而待我，我行而就之，則亦或遲或速，或先或後，胡爲乎其不可以同至也!"㊂後代，子孫。詩大雅瞻卬:"無忝皇祖，式救爾後。"國語周上:"其君必無後。"㊃落後。荀子富國:"急不傷力，緩不後時。"㊄助詞。表示語氣，猶呵或啊。全唐詩七六五王周問春:"把酒問春因底意，爲誰來後爲誰歸。"

【後人】㊀子孫後代。書西伯戡黎:"非先王不相我後人。"傳:"非先祖不助子孫。"㊁後世之人。宋書律曆志下:"劉向以爲後人所造，此可疑之據二也。"㊂落後，居於人後。左傳昭二一年:"先人有奪人之心，後人有待其衰。"史記一〇九李廣傳:"而諸部校尉以下，才能不及中人，然以擊胡軍功取侯者數十人，而廣不爲後人，然無尺寸之功以得封邑者，何也?"

【後天】㊀與"先天"相對。參見"先天㊀"。㊁胎兒在母體中時稱先天，出生後稱後天。明張介賓景岳全書十七雜證謨脾胃:"凡先天之有不足者，但得後天培養之力，則補天之功亦可居其强半。"

【後夫】㊀後來者，後人。夫，助詞。易比:"不寧方來，後夫凶。"疏:"夫，語辭也，或以夫爲丈夫。謂後來之人。"樂府詩集十九南朝宋何承天雍離:"歸德戒後夫，賈勇尚先鳴。"㊁再婚之夫。北齊顔之推顔氏家訓後娶:"凡庸之性，後夫多寵前夫之孤，後妻必虐前妻之子。"

【後日】㊀猶言他日、日後。書盤庚上:"自今至于後日，各恭爾事，齊乃位，度乃口。"唐韓愈昌黎集三李花贈張十一署詩:"祇今四十已如此，後日更老誰論哉。"㊁今日以後的第三天。

【後主】㊀封建王朝繼嗣前王的君主。史記一二二杜周傳:"前主所是著爲律，後主所是疏爲令，當時爲是，何古之法乎?"㊁舊史稱封建王朝的末代皇帝爲後主，如三國蜀劉禪、南朝陳叔寶、五代南唐李煜，都稱後主。

【後生】㊀後代子孫。詩商頌殷武:"壽考且寧，以保我後生。"㊁後輩，後一代。論語子罕:"後生可畏，焉知來者之不如今也。"唐李白李太白詩九上李邕:"宣父猶能畏後生，丈夫未可輕年少。"㊂少年，小伙子。南朝宋鮑照鮑氏集三代少年時至衰老詩:"寄語後生子，作樂當及時。"水滸二:"王進卻不打下來，將棒一掣，卻望後生懷裏直搠將來。"

【後母】稱父繼娶之妻。史記一一二平津侯傳:"養後母孝謹。"樂府詩集六一三國魏阮瑀駕出北郭門行:"親母舍我殁，後母憎孤兒。"

【後年】明年，次年。晉書杜預傳:"預處分既定，乃啓請伐吴之期。帝報待明年方欲大舉，預表陳至計曰:'……若當須後年，天時人事不得如常，臣恐其更難也。"今稱明年的次年爲後年。

【後言】背後議論。書益稷:"予違汝弼，汝無面從，退有後言。"晉書崔洪傳:"人之有過，輒面折之，而退無後言。"

【後車】㊀副車，侍從之車。詩小雅緜蠻:"命彼後車，謂之載之。"孟子盡心下:"驅騁田獵，後車千乘。"㊁後繼之車。漢書四八賈誼傳:"鄙諺……又曰:前車覆，後車誡。"

【後身】迷信稱來世所生之身，卽舊時所謂轉胎。白孔六帖二一引裴氏語林:"此二人(張衡蔡邕)才貌相類，時人云:邕是衡之後身。"唐李白李太白詩十九答湖州迦葉司馬問白是何人:"湖州司馬何須問，金粟如來是後身。"

【後房】舊時富家姬妾所居住的內室。史記一〇七武安侯傳:"前堂羅鐘鼓，立曲旃;後房婦女以百數。"也作爲姬妾的代稱。晉書石崇傳:"後房百數，皆曳紈繡，珥金翠，絲竹盡當時之選。"

【後事】㊀未來的事。戰國策趙一張孟談曰:"前事之不忘，後事之師。"語亦見史記秦始皇紀論引賈誼。㊁死後之事。三國志魏明帝紀景初二年:"太尉宣王(司馬懿)還至河内，帝驛馬召到，執其手，謂曰:'吾疾甚，以後事屬君，君其與(曹)爽輔少子。'"㊂善後、後方事宜。晉書賈充傳:"帝登壘以勞充。帝先歸洛陽，使充統後事。"

【後妻】再娶之妻。史記五帝紀:"舜父瞽叟盲，而舜母死，瞽叟更娶妻而生象，象傲。瞽叟愛後妻子，常欲殺舜。"

【後門】比喻謀事不成預設的退路，或營私作弊的門路。宋羅大經鶴林玉露十六:"今若直前，萬一蹉跌，退將安託?要須留後門，則庶幾進退有據。"明王一鶚總督四鎮奏議十舉劾四鎮將領疏:"占工匠六十餘名，各色營造而私開後門，物議沸騰。"

【後昆】後代子孫。書仲虺之誥:"垂裕後昆。"漢書一〇〇下敍傳:"景征吴楚，武興師旅，後昆承平，亦猶有紹。"點校本作"亦有紹土"。

【後命】後來的命令。對"前命"而言。左傳僖九年:"王使宰孔賜齊侯胙，……齊侯將下拜。孔曰:'且有後命。'"

【後周】王朝名。1. 公元 557—581 年。卽北周。詳"北周"。2. 公元 951—960 年。五代之一。郭威滅後漢，建號爲周。史稱後周，以别於三代之周。都汴(開封)，有今河南山東陝西甘肅湖北及河北南部、安徽北部之地。顯德七年，趙匡胤在陳橋舉行兵變，廢周建立宋王朝。

【後帝】㊀後嗣帝王，猶言後主。隋書高祖紀下仁壽四年:"自古哲王，因人作法，前帝後帝，沿革隨時。"參見"後主㊀"。㊁魏晉以來迷信稱廁神爲後帝。見南史沈慶之傳、太平廣記三二二陶侃引南朝宋劉敬叔異苑。

【後勁】殿後的精兵。左傳宣十二年:"軍行右轅，左追蓐，前茅慮無，中權後勁。"注:"中軍制謀，後以精兵爲殿。"

【後重】部隊後行的輜重。漢書七〇陳湯傳:"(康居)從後與漢軍相及，頗寇盜後重。"注:"重謂輜重也。"

【後宮】宮中妃嬪所居,猶言後庭、內宮。史記八七李斯傳上書諫逐客:"必秦國之所生然後可,則是夜光之璧不飾朝廷,犀象之器不爲玩好,鄭衞之女不充後宮,而駿良駃騠不實外廐。"也借指妃嬪、姬妾。史記田敬仲完世家:"田常乃選齊國中女子長七尺以上爲後宮,後宮以百數。"

【後效】後來的成效。後漢書孝安帝紀元初五年詔:"而有司惰任,訖不奉行。秋節既立,鷙鳥將用,且復重申,以觀後效。"後也用以指後來的表現。

【後唐】公元 923—936 年。五代之一。唐末李克用子存勗滅後梁,稱帝,建號唐,都大梁(開封),後遷洛(洛陽)。史稱後唐,以別於李淵父子建立的唐王朝。清泰三年爲後晉石敬瑭所滅。

【後庭】猶後宮。戰國策秦五:"君之駿馬盈外廐,美女充後庭。"

【後悔】事後懊悔。詩召南江有汜:"不我以,不我以,其後也悔。"史記七十張儀傳:"懷王後悔,赦張儀,厚禮之如故。"

【後秦】公元 384—417 年。東晉列國之一。羌族姚萇於太元九年稱王,次年殺秦苻堅,太元十一年稱帝於長安,建號秦。史稱後秦,以別於苻氏王朝之秦(前秦)。義熙十三年爲東晉劉裕所滅。

【後起】後來興起。戰國策齊五:"夫後起者藉也,而遠怨者時也,是以聖人從事,必藉於權而務興於時。"

【後晉】公元 936—946 年。五代之一。清泰三年石敬瑭引契丹兵滅後唐,自稱帝,建號晉,都汴(開封),史稱後晉,以別於司馬炎所建立的晉王朝。開運三年爲契丹所滅。

【後涼】公元 386—403 年。東晉列國之一。氐族呂光於太元十一年據涼州,稱酒泉公,建號涼,建都姑臧(甘肅武威)。後改稱三河王,又改稱涼天王。史稱後涼。以別於張軌所建立的前涼政權。元興二年爲後秦所滅。

【後梁】王朝名。1. 公元 555—587 年。南朝梁岳陽王蕭詧降西魏,封梁王,次年被立爲梁帝,都江陵(湖北江陵),爲北朝的附庸。史稱後梁,也稱北梁。禎明元年,爲隋所滅。2. 公元 907—923 年。五代之一。唐末朱全忠(温)廢唐王朝,自稱帝,建號梁,都汴(開封),史稱後梁。以別於南朝梁。龍德三年爲後唐所滅。

【後曹】漢制,尚書及地方輔佐的官員曰曹。負責法令、刑獄者爲賊曹、決曹,也稱後曹。漢書七八蕭育傳:"後爲茂陵令,會課,育第六。而漆令郭舜殿,見責問,育爲之請。扶風怒曰:'君課第六,裁自脫,何暇欲爲左右言?'及罷出,傳召茂陵令詣後曹,當以職事對。"

【後患】日後的禍害。詩周頌小毖:"予其懲,而毖後患。"三國志魏武帝紀建安五年:"劉備,人傑也,今不擊,必爲後患。"

【後進】指先仕後學習者。一說指後仕者。論語先進:"後進於禮樂,君子也。"也用以泛指後輩。管子宙合:"是故聖人著之簡筴,傳以告後進。"三國志蜀許靖傳:"靖雖年逾七十,愛樂人物,誘納後進,清談不倦。"

【後期】㊀晚於所約定的時間始至,遲到。史記六四司馬穰苴傳:"入行軍勒兵,申明約束。約束既定,夕時,莊賈乃至。穰苴曰:'何後期爲?'"㊁後會之期。唐白居易長慶集六十祭中書韋相公文:"靈鷲山中,既同前會;兜率天上,豈無後期?"

【後援】在後支援。三國志吳周瑜傳"權曰:'……此天以君授孤也'"注引江表傳:"(孫)權撫(瑜)背曰:……卿與子敬(魯肅)程公(普)便在前發,孤當續發人衆,多載資糧,爲卿後援。"

【後距】後援部隊。漢書九六上西域傳:"時漢軍正任文將兵屯玉門關,爲貳師後距。"

【後裔】後代子孫。書微子之命:"功加於時,德垂後裔。"

【後福】日後的幸福。後漢書六一左雄傳虞詡薦表:"臣見方今公卿以下,類多拱默,以樹恩爲賢,盡節爲愚,至相戒曰:'白璧不可爲,容容多後福。'"

【後葉】後世。三國志蜀呂凱傳答雍闓檄:"曩者將軍先君雍侯,造怨而封;竇融知興,歸志世祖;皆流名後葉,世歌其美。"

【後蜀】王朝名。1. 公元 303—347 年。東晉列國之一。氐族李雄據蜀,稱帝,建號大成。咸康四年又改號爲漢,史稱成漢,以別於三國之蜀,又稱後蜀。永和三年爲東晉桓温所滅。參見"成漢"。2. 公元 934—965 年。五代十國之一。後唐西川節度使孟知祥據蜀稱帝,建號蜀。史稱後蜀,以別於唐末王建之蜀。乾德三年爲宋所滅。

【後嗣】後世,後代。書伊訓:"俾輔于爾後嗣。"左傳莊二三年:"君舉必書,書而不法,後嗣何觀。"

【後漢】王朝名。1. 公元 25—220 年。劉秀所建王朝。詳"東漢"。2. 公元 221—263 年。漢末劉備所建王朝,以據蜀地,又稱蜀漢。詳"蜀漢"。3. 公元 947—950 年。五代之一。劉知遠臣事契丹,不久稱帝,建號漢。爲別於東西漢,史稱後漢。乾祐三年爲後周所滅。

【後塵】車輛前馳,塵土後起。比喻追隨別人之後。文選晉張景陽(協)七命:"余雖不敏,請尋後塵。"注:"應瑗與桓元則(範)書曰:'敢不策馳,敬尋後塵。'"唐杜甫杜工部詩史補遺一戲爲六絕句:"竊攀屈宋宜方駕,恐與齊梁作後塵。"

【後趙】公元 319—351 年。東晉列國之一。羯族石勒滅匈奴族劉曜的趙王朝(前趙),稱帝,都襄國(今河北邢臺市西南),後遷鄴(今河北臨漳縣西南)。建號也稱趙。史稱後趙,以別於前趙。永和七年爲魏(冉魏)所滅。

【後圖】後來的計劃、打算。左傳桓六年:"以爲後圖。"淮南子氾論:"不顧後圖,豈有此霸功哉!"

【後鄭】東漢鄭玄,經學家稱之爲後鄭,以別於先鄭(鄭興、鄭衆父子)。詳"先鄭"。

【後輩】㊀後進的人。後漢書六十下蔡邕傳陳政事七事:"又前至得拜,後輩被遺。"㊁晚輩。唐許渾丁卯集上贈桐廬房明府先輩詩:"闕下書功無後輩,卷中文字掩前賢。"

【後燕】公元 384—407 年。東晉列國之一。淝水之戰後,鮮卑族慕容垂脫離前燕自立,稱燕王,不久稱帝,都中山(今河北定縣)。史稱後燕,以別於前燕。義熙三年爲北燕所滅。

【後學】後進的學者。後漢書四四徐防傳:"宜爲章句,以悟後學。"後來也用爲對前輩而言的自謙之稱。唐元結朝陽巖銘碑後題"零邑後學田山玉書石"(金石萃編九九)。

【後魏】公元 386—534 年。北朝之一。鮮卑族拓跋珪於太元十一年自立爲代王,同年稱帝,改國號爲魏,都平城(今山西大同市)。史稱北魏或後魏,以別於三國之魏。至永明十一年拓跋宏(孝文帝)遷都洛陽,改姓元,史或稱元魏。後分裂爲東、西魏,分別爲北齊高洋、北周宇文覺所廢。參見"北周"、"北齊"。

【後覺】經啟示或誘導而後有知。與先覺相對。孟子萬章下:"天之生斯民也,使先知覺後知,使先覺覺後覺。"晉書伏滔傳正淮下:"仲恭接刃,成之於後覺也。"

【後山集】宋陳師道撰，門人魏衍編次，二十四卷。師道受業於曾鞏，學詩於黄庭堅，爲江西詩派詩人。詩學杜甫、韓愈，間似黄庭堅，以古體爲工。文亦簡潔。又有南宋初任淵注本十二卷，按時編次，多詳本事，兼釋詞藻。

【後庭花】㊀唐教坊曲名。南朝陳叔寶(陳後主)與倖臣按曲造詞，詩稱宫人美色，男女唱和，輕蕩而其音甚哀，名玉樹後庭花。唐杜牧樊川集四泊秦淮詩："商女不知亡國恨，隔江猶唱後庭花。"即此。㊁詞調名，雙調四十四字，也可四十六字，仄韻。又爲曲牌名，屬北曲仙吕宫。在套曲中亦用爲小令。㊂雜劇名。元鄭庭玉作，因劇中人劉義慶與翠鸞有唱和後庭花詞，故名。見元曲選。㊃植物名。即雁來紅。舊時多種於人家園圃中，故稱。參閲農政全書五九救荒本草後庭花、清吳其濬植物名實圖考十二雁來紅。又爲吳蜀雞冠花的一種。參閲宋王灼碧雞漫志後庭花。

【後漢紀】晉袁宏撰。三十卷。宏以諸家漢書雜亂煩穢，唯張璠漢紀(三十卷，今亡)所紀較詳，因採摭諸家材料，仿編年體漢紀，自出鑒裁，作後漢紀，比諸家爲精密。唐劉知幾極推崇此書，與范曄後漢書並稱。按范書採集甚富，袁紀少有出范書以外者，惟袁書屬編年體，查閲較便。

【後漢書】今本一百二十卷。其中本紀十卷、列傳八十卷，南朝宋范曄撰，唐李賢等注；志三十卷，晉司馬彪撰，梁劉昭注。在范曄以前，記東漢一代的史書，有官修的東觀漢紀、三國吳謝承後漢書、晉薛瑩後漢記、晉司馬彪續漢書、晉華嶠後漢書、晉謝沈後漢書、晉張瑩後漢南紀、晉袁山松後漢書等(見隋書經籍志)。曄以諸家多未善，乃以東觀漢紀爲藍本，兼摘取諸家，自撰後漢書。後因獲罪被處死，志未寫成。北宋乾興初，孫奭建議校勘後漢書，以劉昭注司馬彪續漢書之志併入曄書，成今本一百二十卷的後漢書。此書史實豐富，文筆精鍊流暢，雖因襲史記漢書體例，但獨創了黨錮、獨行、逸民、列女等類傳，爲以後紀傳體史書所沿用。後漢書無表，宋熊方有補後漢書年表十卷。

【後山詩話】舊題宋陳師道撰。一卷。宋陸游疑爲僞託，謂師道或原有舊稿，南渡後多散佚，好事者以意補之。論詩居多，間加考證。

【後山談叢】宋陳師道撰。四卷。雜記北宋時朝野見聞，間附讀書考證。宋洪邁容齋隨筆續筆曾舉其失實之處，但稱其文筆力高健。

【後生可畏】論語子罕："後生可畏，焉知來者之不如今也。"畏是敬畏佩服的意思，後來多用以稱贊有志氣有作爲的年青人。世説新語文學"何晏爲吏部尚書"注引王弼别傳："吏部尚書何晏甚奇之，題之曰：'後生可畏，若斯人者可與言天人之際矣。'"

【後來之秀】猶言傑出的後輩。晉郭舒、王忱當時皆有"後來之秀"之稱。見世説新語賞譽下，晉書郭舒、王忱本傳。今多作"後起之秀"。

【後來居上】史記一二〇汲黯傳："故黯時丞相史皆與黯同列，或尊用過之。黯褊心，不能無少望，見上，前言曰：'陛下用羣臣如積薪耳，後來者居上。'"原謂新進之人位居於舊人之上。後多泛指新舊交替，後者勝於前者。

【後村詩話】宋劉克莊撰。前集、後集各二卷，續集四卷，新集六卷。其書統論漢魏以下詩作，而以唐宋居多，所載宋人諸集，今多不傳，賴此得略見其面目。新集用唐詩紀事例，詳論唐人詩，往往連録全篇，品評優劣。克莊爲南宋詩人，論詩多有獨見，不同於通行的諸家詩話。

【後進領袖】後進中的最傑出者。西晉裴秀、胡毋彦國(輔之)、南齊劉繪皆負才名，當時有"後進領袖"之稱。見世説新語賞譽上、晉書南齊書本傳。

【後浪催前浪】江水奔流，前後相繼。借喻人事更迭，新陳代謝。宋釋文珦潛山集五過苕溪詩："祇看後浪催前浪，當悟新人换舊人。"孤本元明雜劇元闕漢卿關大王獨赴單刀會三："長江今經幾戰場，却正是後浪催前浪。"今多以喻後者推動前者，繼續前進。

七畫

徒 tú ㄊㄨˊ 同都切，平，模韻，定。

㊀步行。易賁："舍車而徒。"㊁步兵。詩魯頌閟宫："公徒三萬。"左傳隱九年："彼徒我車，懼其侵軼我也。"㊂服勞役的人。春秋時叔夷鐘銘："造鐵徒四千爲汝敵寮。"周禮天官冢宰："胥十有二人，徒百有二十人。"㊃衆。書仲虺之誥："簡賢附勢，實繁有徒。"㊄同類之人。左傳宣十二年："知季曰，原屏咎之徒也。"注："徒，黨也。"墨子所染："其友皆好仁義，淳謹畏令，……則段干木禽子傅説之徒是也。"㊅弟子，門人。論語微子："是魯孔丘之徒與？"㊆刑罰名。見"徒刑"。㊇副詞。1.但，僅。莊子徐无鬼："非徒知具茨之山；又知大隗之所存。"孟子離婁上："徒善不足以爲政，徒法不能以自行。"2.空，徒然。玉臺新詠一古詩爲焦仲卿妻作："妾不堪驅使，徒留無所施。"

【徒手】空手，謂無所憑藉。唐柳宗元柳先生集十四設漁者對智伯："鯽之從魚之大者，幸而啄食之，臣亦徒手得焉，猶以爲小。"宋蘇轍欒城集五西湖二詠觀捕魚詩："藕梢菱蔓不容網，箔作長圍徒手得。"皆謂捉魚。

【徒刑】刑罰名。拘禁罰使勞作之刑。周禮秋官司圜："司圜掌收教罷民。凡害人者，弗使冠飾而加明刑焉，任之以事而收教之。能改者，上罪三年而舍，中罪二年而舍，下罪一年而舍。"此即以後的徒刑。圜爲圜土的省稱，即後來的監獄。徒刑之名，始於後周，其後各代因之，刑等、刑期則歷代有所不同。明清皆本唐制。參閲唐律疏議一徒刑五、文獻通考一六八刑七徒流。

【徒行】步行。論語先進："以吾從大夫之後，不可徒行也。"

【徒弟】從師受業者，即門徒、弟子。唐釋齊己白蓮集四自遣詩："免有諸徒弟，時來弔石頭。"釋氏要覽上弟子："即因學者以父兄事師，得稱弟子。又云徒弟，謂門徒弟子略之也。"後來也稱從師學習技藝的徒工爲徒弟。

【徒杠】可步行通過的木橋。孟子離婁下："歲十一月，徒杠成。"參閲清焦循孟子正義。

【徒步】步行。墨子魯問："匹夫徒步之士用吾言，行必脩。"古時平民出行無車，故亦以徒步爲平民之代稱。漢書五八公孫弘傳："弘自見爲舉首，起徒步，數年至宰相封侯。"

【徒坐】閒坐。禮玉藻："徒坐不盡席尺。"疏："徒，空也。空坐，謂非飲食及講問時也。"

【徒兵】步兵。左傳隱四年："諸侯之師，敗鄭徒兵。"注："時鄭不車戰。"又僖二八年："(晉)獻楚俘于王，駟介百乘，徒兵千。"

【徒役】指服勞役的人，或服事師長的門徒弟子。墨子尚賢中："不肖者抑而廢之，貧而賤之，以爲徒役。"周禮天官宫伯："掌其政令，行其秩敍，作其徒役之事。"上皆指隸役。韓非子顯學："藏書策，習談論,聚徒役,服文學而議說。"此指門徒弟子。

【徒河】縣名。漢置,屬遼西郡。魏晉併入昌黎郡。晉太康十年,鮮卑族慕容廆遷徒河之青山,復置縣,即其地。北魏太平真君八年併入廣興縣。故城在今遼寧錦縣西北。參閱嘉慶一統志六五錦州府二古蹟。

【徒附】依附於豪强世家的人口。後漢書四九仲長統傳昌言理亂:"豪人之家,連棟數百,膏田滿野,奴婢千羣,徒附萬計。"注:"徒,衆也。附,親也。"

【徒涉】徒步渡水。爾雅釋訓:"馮河,徒涉也。"疏:"李巡曰:無舟而渡水曰徒涉。"唐白居易長慶集三新豐折臂翁詩:"大軍徒涉水如湯,未過十人二三死。"

【徒裎】見"徒裼"。

【徒勞】空費心力。玉臺新詠十南朝梁武帝春歌:"不見佳人來,徒勞心斷絶。"唐高適高常侍集六使青夷軍入居庸詩之三:"遠行今若此,微禄果徒勞。"

【徒然】㊀僅此,只是如此。史記七八春申君傳:"非徒然也,君貴用事久,多失禮於王兄弟,兄弟誠立,禍且及身,何以保相印江東之封乎?"㊁謂空無所據。後漢書二三竇融傳:"毀譽之來,皆不徒然,不可不思。"㊂枉然。文選南朝梁任彥昇(昉)爲范始興作求立太宰碑表:"瞻彼景山,徒然望慕。"

【徒衆】猶人衆,衆人。穀梁傳隱元年:"何以不言殺?見段之有徒衆也。"段,鄭伯(莊公)弟。北齊顏之推顏氏家訓誡兵:"或聚徒衆,違棄素業,徼幸戰功。"此指兵衆。漢書八八申公傳:"申公卒以詩春秋授,而瑕丘江公盡能傳之,徒衆最盛。"此指門徒。

【徒御】輓車者與駕車者。詩小雅車攻:"徒御不驚,大庖不盈。"注:"徒,輦也。御,御馬也。"文選漢張平子(衡)西京賦:"徒御悦,士忘疲。"

【徒裼】赤足露身。韓非子初見秦:"聞戰,頓足徒裼,犯白刃,蹈鑪炭,斷死於前者,皆是也。"又見戰國策秦一。也作"徒裎"。戰國策韓一:"山東之卒,被甲冒胄以會戰,秦人捐甲徒裎以趨敵。"史記張儀傳作"徒裼"。

【徒搏】空手搏鬬。後漢書四十上班彪傳附班固兩都賦:"脱角挫脰,徒搏獨殺。"注:"徒,空也,謂空手搏殺之也。爾雅曰:'暴虎,徒搏也。'"

【徒跣】赤足步行。戰國策齊六:"田單免冠,徒跣、肉袒而進,退而請死罪。"史記蕭相國世家:"是日,使使持節赦出相國,相國年老,素恭謹,入,徒跣謝。"

【徒歌】無樂器伴奏的歌唱。文選南朝宋顏延年(延之)直東宮答鄭尚書詩:"跂予旅東館,徒歌屬南墉。"南、北朝樂府如子夜、鳳將雛、前溪、阿子、歡聞、團扇、督護等曲,其初都是徒歌。參見宋書樂志一。

【徒爾】猶徒然。舊題南朝梁任昉述異記鄴中銅駝鄉引古詩:"石犬不可吠,銅駝徒爾爲。"唐王維王右丞集六不遇詠詩:"濟人然後拂衣去,肯作徒爾一男兒?"

【徒維】歲陽名,即天干第五位戊的異名。史記曆書:"徒維敦牂天漢元年。"索隱:"徒維,戊也。敦牂,午也。"正義:"天漢元年,戊午歲也。"也作"屠維"。參見"干支"、"屠維"。

【徒隸】服勞役的罪犯,服賤役的人。管子輕重乙:"今發徒隸而作之,則逃亡而不守。"漢書六二司馬遷傳報任安書:"見獄吏則頭槍地,視徒隸則心惕息。"

【徒屬】徒衆,屬衆。墨子非儒下:"其徒屬弟子,皆效孔某。"孫詒讓閒詁:"徒屬猶言黨友。"史記陳涉世家:"(陳勝吳廣)召令徒屬曰:'公等遇雨,皆已失期。'"

【徒驥】步兵和騎兵。用作動詞意謂陳兵。莊子徐无鬼:"君亦必無盛鶴列於麗譙之間,無徒驥於錙壇之宮。"王先謙集解:"徒驥猶言步騎。"

【徒駭河】水名。1.古代九河之一。爾雅釋水:"徒駭、太史、……鬲津,九河。"疏引李巡:"徒駭者,禹疏九河,以徒衆起,故曰徒駭。"漢書溝洫志:"許商以爲古説九河之名,有徒駭、胡蘇、鬲津,今見在成平、東光、鬲界中。"成平,今河北交河縣,其河道久已湮廢。參見"九河㊀"。2.在山東北部,與黄河平行,東北流至舊黄河口,入渤海,俗名小土河。舊説卽古累水下流,或云卽屯氏別河。參閱嘉慶一統志一六二濟南府一山川、山東通志二八山川齊河縣。

𢓊 wú ㄨˊ

古"吾"字。古文苑一秦惠文王詛楚文:"述取𢓊邊城新郢。"又:"以偪𢓊邊競〔境〕。"

徑 jìng 古定切,去,徑韻,見。ㄐㄧㄥˋ

㊀小路。論語雍也:"有澹臺滅明者,行不由徑。"史記高祖紀:"前有大蛇當徑,……(高祖)乃前,拔劍擊斬蛇,蛇遂分爲兩,徑開。"㊁直徑。周髀算經上:"其徑者圓中之直者也。"參見"徑輪"。㊂捷速,直接。荀子修身:"凡治氣養心之術,莫徑由禮,莫要得師,莫神一好。"三國志吴孫策傳"江淮間人咸向之"注引江表傳:"策徑到壽春見袁術。"㊃走過。通"經"。史記高祖紀:"高祖被酒,夜徑澤中,令一人行前。"㊄即,就。史記一二六淳于髡傳:"執法在傍,御史在後,髡恐懼俯伏而飲,不過一斗徑醉矣。"

【徑山】山名。在浙江餘杭縣西北,爲天目山的東北峰,因有路徑通天目山,故名。山有東西二徑,盤旋迂迴而上,各高十里。參閱宋蘇軾分類東坡詩二三遊徑山詩王十朋注、浙江通志十山川二。

【徑行】任性而行。猶直行。禮檀弓下:"禮有微情者,有以故興物者,有直情而徑行者。"

【徑廷】㊀度越,穿行。文選漢張平子(衡)西京賦:"重閨幽闥,轉相踰延,望窈窱以徑廷,眇不知其所返。"㊁偏激。文選南朝梁劉孝標(峻)辯命論:"如使仁而無報,奚爲脩善立名乎?斯徑廷之辭也。"

【徑直】一直,直向。西遊記七二:"八戒抖擻精神,歡天喜地,舉着釘鈀,拽開步,徑直跑到那裏。"

【徑易】簡捷平易。荀子正名:"名有固善,徑易而不拂,謂之善名。"注:"徑疾平易。"

【徑情】任意。鶡冠子著希:"夫義,節欲而治;禮,反情而辨者也。故君子弗徑情而行也。"

【徑復】往復縈迴。楚辭宋玉招魂:"川谷徑復,流潺湲些。"注:"徑,過也。復,返也。"

【徑路】㊀小路。易説卦:"艮爲山,爲徑路。"宋書樂志三魏武帝苦寒行北上:"迷惑失徑路,暝無所宿棲。"㊁匈奴神祠名。漢書郊祀志下:"雲陽有徑路神祠,祭休屠王也。"注:"徑路神,本匈奴之祠也。"又寶刀名。漢書九四匈奴傳下:"單于以徑路刀、金留犁撓酒。"注:"徑路,匈奴寶刀也。"王先謙謂徑路爲休屠王名,死而爲神,故匈奴祠之。其神遺有寶刀,因名徑路刀。見漢書地理志上左馮翊"雲陽有休屠、金人及徑路神祠三所"補注。

【徑輪】指直徑和圓周。文選漢張平子(衡)西京賦:"於是量徑輪,考廣袤。"注:"南北爲徑,……鄭玄曰:'輪,縱也。'"

【徑寸地】指心。子華子北宮子仕:"人中虛圓不徑寸,神明舍焉。事物交滑,如理亂棼，如涉驚浸，……而徑寸之地如炎如冰矣。"

【徑寸珠】 直徑一寸的大珠。史記田敬仲世家："梁王曰：若寡人國小也，尚有徑寸之珠照車前後各十二乘者十枚。"

【徑一周三】 我國古代用以指直徑與圓周長度的近似比。也作周三徑一。後來漢劉歆、張衡，三國劉徽等，各設新率，至南朝宋祖冲之求得圓周率值在：3.1415926和3.1415927之間，是世界上第一個計算圓周率數值準確到七位小數的人。參閱周髀算經上、九章算術一方田、隋書律曆志上備數。

徐 xú ㄒㄩˊ 似魚切，平，魚韻，邪。

㊀緩慢。左傳昭二十年："清濁大小，短長疾徐……以相濟也。"戰國策趙四："(觸讋)入而徐趨，至而自謝曰：'老臣病足，曾不能疾走。'"觸讋，馬王堆漢墓出土帛書作觸龍。㊁穩重，溫和。爾雅釋訓："其虛其徐，威儀容止也。"注："雍容都雅之貌。"國語越下："安徐而重固。"㊂通"俱"。公羊傳成十五年："魯人徐傷歸父之無後也。"注："徐者，皆共之辭也，關東語。"㊃古諸侯國名。相傳周穆王封徐偃王子宗爲徐子，其封國爲徐。春秋莊二六年："秋……齊人伐徐。"又昭三十年："冬十有二月，吳滅徐。徐子章羽奔楚。"即此。故址在今安徽泗縣。參閱太平御覽一六〇泗州引郡城記、讀史方輿紀要二一鳳陽府泗州。㊄姓。見通志二六以國爲氏。

【徐市】 秦方士，齊人，上書秦始皇，言海中有三神山，曰蓬萊、方丈、瀛洲，仙人居之。於是始皇遣市，發童男女數千人，入海求仙。見史記秦始皇紀二八年。史記一一八淮南王安傳及正義引括地志均作"徐福"。清梁玉繩謂"市"與"芾"同，即"黻"字，音轉又爲"福"，非徐有兩名。見史記志疑三四。

【徐水】 ㊀水名。今稱漕河，在河北省。源出易縣五迴嶺，東南流，經安新縣注入白洋淀。參閱水經注十一滱水，讀史方輿紀要十二保定府清苑縣徐河。㊁縣名，屬河北省。漢中山國北新成縣地。宋置安肅軍，宣和七年廢軍爲安肅縣，明清因之。公元1914年改稱爲徐水縣，以徐水經其南，故名。參閱嘉慶一統志十二保定府一。

【徐甲】 道家傳說中人物，謂老子雇用徐甲，甲將死，老子授太玄清生符生之。見舊題晉葛洪神仙傳老子。唐李商隱李義山詩集五贈華陽宋真人兼寄清都劉先生："不因杖屨逢周史，徐甲何曾有此身。"即指此事。老子爲周柱下史，故稱周史。

【徐州】 ㊀古九州之一。書禹貢："海岱及淮惟徐州。"傳："東至海，北至岱，南及淮。"爾雅釋地："濟東曰徐州。"海，黃海。岱，泰山。淮，淮河。濟，濟水。跨地約今江蘇山東安徽的部分地區。㊁地名。竹書紀年記梁惠王三十年下邳遷於薛，改曰徐州。漢以後各代皆置徐州，轄地多有變更，大致在今淮北一帶，多以彭城(今江蘇徐州市)或下邳(今江蘇邳縣)爲治所。參閱元和郡縣志九徐州，嘉慶一統志一〇〇徐州府一、一二五鳳陽府一、一六五兗州府一。

【徐枋】 公元1622—1694年。清長洲人。字昭法，號俟齋。明崇禎十五年舉人。工書畫，書仿孫過庭，畫宗巨然，兼法倪黃。善詩文，有居易堂集二十卷。明亡，父汧投河死，即居鄉賣畫授徒自給，自號秦餘山人，不仕清，終身不入城市。

【徐松】 公元1781—1848年。清大興人。字星伯。嘉慶十年進士。官至榆林知府。松長於地理，任湖南學政時，曾以坐事謫戍伊犁，遂遍歷天山南北，悉心考察，著有西域水道記五卷、新疆志略十卷。又有唐兩京城坊考五卷、漢書西域傳補注二卷、新疆賦二卷等著作。

【徐岳】 東漢東萊人。字公河。靈帝時受曆學於會稽都尉劉洪。著數術記遺一卷，今世傳本爲北周甄鸞注。參閱晉書律曆志中、清阮元疇人傳四徐岳。

【徐勉】 公元466—535年。南朝梁東海郯人。字修仁。官至左僕射中書令。爲蕭衍掌書記，梁朝朝章儀制，皆參與其議。嘗與客夜坐，有求官者，勉正色曰："今夕止可談風月，不宜及公事。"家無蓄積，自稱遺子孫以清白。梁書、南史有傳。

【徐徐】 ㊀遲疑、安穩貌。易困："來徐徐，困于金車。"釋文："徐徐，疑懼貌。馬(融)云安行貌。子夏作荼荼，翟(牧)同。荼，音圖，云內不定之意。王肅作余余。"莊子應帝王："泰氏其臥徐徐，其覺于于。"㊁緩緩。孟子盡心上："是猶或紾其兄之臂，子謂之姑徐徐云爾。"世說新語文學："王(廞)敍致作數百語……支(遁)徐徐謂曰：'身與君別多年，君義言了不長進。'"

【徐娘】 南史后妃傳下："徐娘雖老，猶尚多情。"指梁元帝(蕭繹)妃徐氏。後稱年老而尚有風韻的婦女爲徐娘，本此。

【徐庶】 三國時潁川人。字元直，原名福。少好任俠，後致力學問。東漢末客荊州，與諸葛亮友善，薦亮於劉備。庶因母居曹操處，辭備歸操，仕魏至右中郎將、御史中丞。見三國志蜀諸葛亮傳"(徐庶)遂詣曹公"注引魏略。

【徐堅】 公元659？—729年。唐湖州長城人。字元固。少好學，遍覽經史，舉進士。累官集賢院學士，封東海郡公。爲文典實，與其父徐齊聃俱以文學著稱。曾參修三教珠英(已佚)，又與韋述等合撰初學記。新、舊唐書皆有傳。

【徐陵】 公元507—583年。南朝陳東海郯人。字孝穆。仕梁爲通直散騎常侍，入陳官至尚書，當時詔策誥命，多出其手。陵文章綺豔，與庾信齊名，時稱徐庾體，但所作以奏議爲多，文學成就不及信。著有徐孝穆集，又選輯玉臺新詠。陳書南史皆有傳。

【徐渭】 公元1521—1593年。明山陰人。字文長，別號天池生，晚年號青藤道人。諸生，曾爲總督胡宗憲幕客。工詩文。中年學畫花卉，重寫意神似。亦善草書，淵源蘇軾米芾，圓渾奔放而勁挺。宗憲下獄，渭懼禍發狂，隆慶元年以殺妻罪繫獄論死。因里人力救，萬曆元年獲釋。乃浪遊二京及諸邊阨塞以終。有文長集三十卷，逸稿二十四卷。明史有傳。

【徐達】 公元1332—1385年。明濠人。字天德，世業農。初爲郭子興部將。後助朱元璋起兵，與常遇春屢建戰功。朱元璋在南京即位，徐達率兵北定中原，入燕京，滅元。爲明開國功臣。累官中書右丞相，封魏國公。死後追封中山王。明史有傳。

【徐階】 公元1503—1583年。明松江華亭人。字子升。嘉靖二年進士。歷官禮部尚書、建極殿大學士等職。當時嚴嵩爲首輔，專權橫行。階善於逢迎，外事嵩甚謹，內深自結於神宗，使御史鄒應龍進行彈劾，逐嚴嵩父子，代嵩爲首輔。後爲給事中張齊所劾，請歸。卒謚文貞。著有世經堂集。明史有傳。

【徐無】 ㊀山名，在河北玉田縣。東漢末，田疇避公孫瓚入此山，營深險平敞地而居，百姓歸之，至五千餘家。後曹操伐烏桓，亦由此道。見三國志魏田疇傳。參閱讀史方輿紀要十一順天府玉田縣。㊁地名。漢置縣，屬右北平郡。北周省入無終縣，唐爲玉田縣。故城在今河北遵化縣境。參閱漢書地理志下右北平郡及王先謙補注。

【徐鄉】縣名。漢置,屬東萊郡。因徐市(福)入海求三神山而名。東漢時併入黄縣。故城在今山東黄縣境。參閲漢書地理志上及王先謙補注。

【徐溝】縣名。漢榆次縣地,隋置清源縣,屬并州。金大定二十九年,析平晉榆次清源三縣地置徐溝縣。清乾隆二十八年又以清源縣省入。地今爲山西清徐縣。參閲嘉慶一統志一三六太原府一。

【徐福】㊀漢茂陵人。因多次上書言霍光驕侈,宜早防止,爲時人所稱。後霍氏既誅滅,論功行賞,不及於福。有人以曲突徙薪爲喻,言於宣帝。乃賜福帛十疋,後以爲郎。見漢書六八霍光傳。參見"曲突徙薪"。㊁見"徐市"。

【徐幹】㊀東漢扶風平陵人。字伯張。善章草書。爲班超軍司馬,隨從出使西域。見後漢書四七班超傳、唐張彦遠法書要録九。㊁公元170—217年。三國時北海人。字偉長。官司空軍謀祭酒掾屬、五官將文學。以文學著稱。爲"建安七子"之一。著有中論傳世。參閲三國志魏王粲傳。

【徐照】公元?—1211年。南宋永嘉人。字道暉,一字靈暉。工詩,與徐璣、翁卷、趙師秀並稱永嘉四靈。著有芳蘭軒集。其詩以近體爲多,措詞平易,但境界不高,寫景流於瑣屑。參閲宋葉適水心集十七徐道暉墓誌銘。

【徐鉉】公元917—992年。宋廣陵人。字鼎臣。初仕吴,又仕南唐,官至吏部尚書。入宋,爲太子率更令。精小學,與句中正葛湍等重校説文解字。又參與編纂文苑英華。與其弟鍇齊名,時號二徐,鉉稱大徐,鍇稱小徐。有徐文公集三十卷。宋史有傳。

【徐熙】五代南唐鍾陵人。善寫生,常遊園圃間,遇景輒留,故傳寫物態富有生意。長於花果蟲鳥。落墨自然,不以傅色暈淡細碎爲功。宣和畫譜著録有二百四十九件之多,對後世花鳥畫影響頗大。參閲宋郭若虚圖畫見聞誌四、宣和畫譜十七花鳥三。

【徐聞】縣名。屬廣東省。漢置徐聞縣,屬合浦郡。南齊置樂康縣,隋改爲隋康,唐仍稱徐聞。宋開寶五年併入海康縣,乾道七年復置。參閲太平寰宇記一六九雷州、嘉慶一統志四五一雷州府。

【徐璣】公元1162—1214年。南宋永嘉人。字致中,號文淵,又稱靈淵。曾官建安主簿、龍溪縣丞等。善詩,以清苦爲工。與徐照趙師秀翁卷並稱永嘉四靈。有二薇亭集傳世。參閲宋葉適水心集二一徐文淵墓誌銘。

【徐穉】公元97—168年。東漢南昌人。字孺子。家貧,躬耕而食。朝廷多次徵聘,不仕。陳蕃爲太守,不接賓客,惟穉來,特爲之設一榻,去則懸之。後漢書有傳。參見"下榻"。

【徐鍇】公元920—974年。南唐廣陵人。字楚金。能文,善小學,與其兄鉉齊名,世稱小徐。累官内史舍人。宋兵下江南,卒於圍城中。著有説文解字繫傳四十卷、説文解字篆韻譜五卷。

【徐大椿】公元1693—1771年。清吴江人。又名大業,字靈胎,晚號洄溪老人。於百家諸子、星經、地志、音律、武技等無不研究,尤精醫學,爲清代名醫。著有難經經釋、慎疾芻言、洄溪脈學、蘭臺軌範、神農本草經百種録、洄溪道情、樂府傳聲等。參閲碑傳集一四七儒林郎徐君大業墓誌銘。

【徐无鬼】莊子篇名,以人名篇。經典釋文莊子音義説徐无鬼是戰國時魏隱士,緡山人。一説是魏王的幸臣。

【徐光啟】公元1562—1633年。明上海人。字子先,號玄扈。萬曆三十二年進士。崇禎初,官至禮部尚書兼東閣大學士,入參機務。早年從羅馬耶穌會士利瑪竇等學習研究西方近代科學,爲我國最早介紹西方科學知識的人物之一。對治曆、鹽屯、農業、火攻、漕河等皆有研究。曾與利瑪竇合譯幾何原本前六卷;又撰農政全書六十卷,其水利九卷,兼參西法。明史有傳。

【徐宏祖】公元1586—1641年。明江陰人。字振之,號霞客。幼年博覽圖經地志,見明末黨争劇烈,不肯入仕,刻意遠遊。自二十二歲始,歷時三十餘年,足跡至十六省,對所至山川地貌,作了認真的考察研究。著有徐霞客遊記。參見"徐霞客遊記"。

【徐長卿】草名。根可入藥。神農本草經入上品。辛温無毒。傳説有人名徐長卿,以此藥治瘟病,因以爲名。參閲本草綱目十三徐長卿。

【徐庾體】南朝梁時,徐摛、徐陵及庾肩吾、庾信父子等,詩文浮豔,當時稱爲徐庾體。庾信後來出使西魏,被留在北方,晚年頗多沈鬱悲涼之作。

【徐乾學】公元1631—1694年。清崑山人。字原一,號健菴。顧炎武甥。康熙九年進士,官至刑部尚書。以文學爲康熙所信用。曾充明史總裁官,兼總纂一統志、清會典及古文淵鑑等書。所著有讀禮通考、憺園集等。藏書極富,有傳是樓書目,納蘭容若刊通志堂經解,其原本皆爲傳是樓藏書。

【徐崇嗣】宋江寧人。與其弟崇勳崇矩等並傳其祖徐熙畫法。善畫花木禽魚,不勾勒輪廓,直接用彩色點染而成,稱没骨畫。參閲宣和畫譜十七花鳥三。參見"没骨畫"。

【徐偃王】相傳周穆王時徐國國君。周穆王巡狩,諸侯共尊偃王,穆王令楚出兵滅其國。漢書古今人表作徐隱王。參閲荀子非相,史記秦紀"徐偃王作亂"集解、正義,水經注濟水等。

【徐偃筆】古代傳説周穆王時徐偃王有筋無骨。見史記秦紀"徐偃王作亂"集解引尸子。後因稱書法柔弱不挺曰徐偃,筆之柔韌應手者曰徐偃筆。晉書王羲之傳制:"子雲近出,擅名江表,然僅得成書,無丈夫之氣,行行若縈春蚓,字字如綰秋蛇;卧王濛於紙中,坐徐偃於筆下。"子雲,梁蕭子雲。王濛,晉人。均善書。宋蘇軾東坡題跋五書魯直所藏徐偃筆:"魯直出衆工筆,使僕試之,筆鋒如著鹽曲蟮,詰曲紙上。魯直云:'此徐偃筆也。'"魯直,宋黄庭堅字。曲蟮,即蚯蚓。

【徐禎卿】公元1479—1511年。明吴縣人。字昌國,一字昌穀。弘治十八年進士。官國子博士。工詩歌,少與祝允明、唐寅、文徵明齊名,號吴中四才子。後與李夢陽、何景明、邊貢、康海、王九思、王廷相合稱前七子,主張復古,謂"文必秦漢,詩必盛唐"。所作詩初學白居易、劉禹錫,後改趨漢、魏、盛唐。有迪功集。明史有傳。

【徐壽輝】元末羅田人,又名真一,紅巾軍領袖。布販出身。至正十一年,與彭瑩玉、鄒普勝等利用白蓮教組織農民起義,被擁立爲帝,建都蘄水,國號天完,年號治平。後爲其部將陳友諒殺害於采石磯。參閲明史一二三徐壽輝傳。

【徐夢莘】公元1126—1207年。宋臨江人。字商老。紹興二十四年進士。官至直祕閣。夢莘以親見北宋王朝覆滅,欲究其始末,乃網羅舊聞,薈萃異同,編成三朝北盟會編,内容起政和七年至紹興三十一年共四十五年,爲研究宋金歷史的重要資料。宋史有傳。參閲宋樓鑰攻媿集一〇八直祕閣徐公墓誌銘。參見"三朝北盟會編"。

【徐鴻儒】明山東鉅野人。農民起義領

袖。天啟二年，以白蓮教爲號召，聯合景州于宏志、曹州張世佩、艾山劉永明等舉行起義，攻下鉅野、鄒縣、滕縣等地，切斷漕河糧道。後遭鎭壓，被俘犧牲。參閱明史紀事本末七十平徐鴻儒。

【徐霞客遊記】明徐宏祖著。以遊記體裁，按日記述在旅遊途中對自然地理諸現象的觀察所得，特別是對我國西南地區的石灰巖地貌、分佈、類型和成因，有詳細的記述，是世界最早的有關石灰巖地貌研究的寶貴文獻。原稿大部分已經散失，今本四十餘萬言，僅及宏祖當時日記的六分之一。參見"徐宏祖"。

後 qūn ㄑㄩㄣ 字彙 七倫切，音逡。

遵循。漢書九九上王莽傳陳崇頌莽功德疏奏："增修雅素，以命下國；後儉隆約，以矯世俗。"注："後，退也。……音千旬反，其字從彳。"清王引之以爲後讀遵(zūn)，後、遵古字通，意卽遵循，非退。見王念孫讀書雜志漢書十五後儉。

八 畫

徘 pái ㄆㄞ 薄回切，平，灰韻，並。

也作"俳"。見"徘徊"。

【徘徊】往返回旋貌。荀子禮論："則必徘徊焉，鳴號焉。"注："徘徊，回旋飛翔之貌。"文選戰國楚宋玉風賦："徘徊於桂椒之間，翱翔於激水之上。"史記呂太后紀："欲爲亂，殿門弗得入，徘徊往來。"漢書作"俳佪"。

【徘倡】徘，雜戲；倡，樂人。同"俳倡"。前漢紀昭帝紀："引納昌邑樂人，鼓吹徘倡歌舞。"漢書六八霍光傳作"俳倡"。

【徘徊菊】菊花之一種。淡白色，瓣黃。初開時，一邊先開三、四花瓣，至十天左右，花瓣開滿，花頭乃見團圓，故名徘徊。明王象晉羣芳譜著錄。參閱廣羣芳譜四八菊花一。

【徘徊輿】裝機關可以轉動的乘輿。晉大司馬桓溫好畋遊，體肥大不便乘馬，乃作此輿。見晉書本傳。

徛 jì ㄐㄧˋ 渠綺切，上，紙韻，羣。居義切，去，寘韻，見。

石橋。說文："徛，舉脛有渡也。"爾雅釋宮："石杠謂之徛。"注："聚石水中，以爲步渡彴也。"疏引廣雅："彴，步橋也。一云或曰今之石橋。"

徠 1. lái ㄌㄞˊ 洛哀切，平，咍韻，來。

㊀古文"來"字。楚辭大招："魂魄歸徠，無遠遙只。"漢書禮樂志郊祀歌天馬："天馬徠，從西極。"參見"招徠"。㊁見"徂徠"。

2. lài ㄌㄞˋ 洛代切，去，隊韻，來。

㊂慰勞。通"勑"。隋書律曆志中："於是高祖引(劉)孝孫、(張)冑玄等，親自勞徠。"詳"勞來"。

徜 cháng ㄔㄤˊ 市羊切，平，陽韻，禪。

見"徜徉"。

【徜徉】徘徊，彷徨。淮南子人間："鴻(鵠)翱翔乎忽荒之上，徜徉乎虹蜺之間。"文選漢張平子(衡)思玄賦："會帝軒之未歸兮，悵徜徉而延佇。"六臣注本作"倘佯"，後漢書張衡傳作"相佯"。參見"倘佯"、"相羊"。

徙 xǐ ㄒㄧˇ 斯氏切，上，紙韻，心。

說文作"辿"，隸變作"徙"。㊀遷，移。論語述而："聞義不能徙。"史記秦始皇紀："徙天下豪富於咸陽十二萬户。"㊁謫戍。見"徙邊"。㊂古國名。史記一一六西南夷傳："自巂以東北，君長以什數，徙、筰都最大。"

【徙木】戰國秦商鞅變法，恐民不信，乃先在國都南門立三丈之木，募民能徙置北門者賜十金。民怪之，莫敢徙。又下令，能徙者賜五十金。後有一人徙之，卽賜五十金，以示不欺。於是頒布新法，令行於民。見史記六八商君傳。唐劉禹錫劉夢得集十四答饒州元使君書："徙木之信必行，則民不惑，此政之先也。"

【徙月】越月。第二個月。禮檀弓上："祥而縞，是月禫，徙月樂。"注："言禫明月可以用樂。"

【徙宅】傳說孟子母曾三遷其宅，以教育其子。後來詩文中用此爲典，以徙宅爲母教的通稱。漢王充論衡率性："由此言之，迫近君子，而仁義之道數加于身，孟母之徙宅，蓋得其驗。"唐白居易長慶集四十與嚴礪詔："秩貴冬官，以表過庭之訓；封榮石窌，用旌徙宅之賢。"參見"三遷"。

【徙迤】卻退貌。文選漢王子淵(褒)洞簫賦："遷延徙迤，魚瞰雞睨。"

【徙倚】㊀留連徘徊。楚辭屈原遠遊："步徙倚而遙思兮，怊惝怳而乖懷。"文選三國魏王仲宣(粲)登樓賦："步棲遲以徙倚兮，白日忽其將匿。"㊁站立。文選漢司馬長卿(相如)長門賦："間徙倚於東廂兮，觀夫靡靡而無窮。"唐呂向注："徙倚，立也。"世說新語忿狷："王令(獻之)詣謝公(安)，值習鑿齒已在坐，當與并榻，王徙倚不坐。"

【徙貫】遷地居住，改變籍貫。新唐書一三〇李尚隱傳："其先出趙郡，徙貫萬年。"舊唐書作"徙家京兆之萬年"。

【徙邊】把犯罪的人流放到邊遠地區服勞役。漢書七十陳湯傳："湯前有討郅支單于功，其免湯爲庶人，徙邊。"後漢書孝安帝紀永元四年二月："乙亥，詔自建初以來，諸祅言它過坐徙邊者，各歸本郡。"

【徙靡】搖擺飄蕩貌。文選戰國楚宋玉高唐賦："徙靡澹淡，隨波闇藹。"注："徙靡，言枝往來靡靡然。"

【徙宅忘妻】古代寓言，喻致力於次要的而忘了主要的。孔子家語賢君："寡人聞忘之甚者，徙而忘其妻，有諸？"

倬 chuò ㄔㄨㄛˋ 集韻 敕此切，去，效韻。

㊀超。同"趠"。見集韻。㊁見"倬菜"。

【倬菜】菜名。卽綽菜。唐劉恂嶺表録異下："南人多買蝦之細者，生切綽菜、蘭香、蓼等。"注："案字林等書，倬菜，辛菜也。南方草木狀作綽菜，蓋刊寫訛異。"參見"綽菜"。

得 dé ㄉㄜˊ 多則切，入，德韻，端。

㊀取得，獲得。詩周南關雎："求之不得，寤寐思服。"孟子告子上："求則得之，舍則失之。"㊁貪得。論語季氏："戒之在得。"㊂滿意，得意。史記六二晏嬰傳："意氣揚揚，甚自得也。"㊃合適。莊子繕性："四時得節，萬物不喪。"漢書六四王褒傳聖主得賢臣頌："聚精會神，相得益章。"㊄能，可。韓詩外傳二："不能勤苦，焉得行此。"漢書昭帝紀元鳳二年詔："三輔、太常郡得以叔(菽)粟當賦。"㊅必須。紅樓夢九四："這件事還得你去才弄的明白。"得，今讀 děi。㊆通"德"。孟子告子上："爲宮室之美，妻妾之奉，所識窮乏者得我與？"

【得一】一爲數之始，又爲物之極。得一，純正之意。老子："昔之得一者，天得一以清，地得一以寧，……侯王得一以天下爲正。"楚辭屈原遠遊："奇傅說之託辰星兮，羨韓衆之得一。"注："喻古先聖獲道純也。"

【得力】得到助力。史記一二九貨殖傳："使之逐漁鹽商賈之利，……終得其力，起富數千萬。"後漢書十明德馬皇后傳："然貴而少子，若養它子者，得力乃當踰於所生。"後常指能幹、有所作爲。

【得中】得居於中。易同人:"柔得位、得中,而應乎乾,曰同人。"又節:"剛柔分而剛得中。"引申爲適中、合適,恰到好處。文選三國魏曹子建(植)洛神賦:"穠纖得中,脩短合度。"

【得手】㊀猶言得心應手。宋邵雍伊川擊壤集六思山吟之二:"果然得手情性上,更肯埋頭利害間。"參見"得心應手"。㊁明葉子奇草木子四下雜俎:"元朝末年,官貪吏污,……其問人討錢,各有名目,……見得錢多曰得手。"後來泛稱順利或達到目的曰得手。儒林外史四九:"馬二哥是我同盟的弟兄,怎麼不認得?他如今進京去了,他進了京,一定是就得手的。"

【得月】謂得觀賞月色。唐李白李太白詩十一經亂離後天恩流夜郎憶舊遊書懷贈江夏韋太守良宰:"窺日畏銜山,促酒喜得月。"明李鶚翀書齋名得月樓,即取義於此。

【得巧】㊀得其巧妙。唐韓愈昌黎集三汴泗交流贈張僕射詩:"發難得巧意氣麤,讙聲四合壯士呼。"㊁舊俗農曆七月七日夜,婦女向月光穿中七孔針或九尾鍼,謂之得巧。才調集八祖詠七夕詩:"向月穿針易,臨風整線難。不知誰得巧,明月試看看。"後又有以小蜘蛛安盒子內,次早觀其結網,若網絲圓正,謂之得巧。參閱五代後周王仁裕開元天寶遺事下蛛絲卜巧、宋孟元老東京夢華錄八七夕、明陶宗儀元氏掖庭記。參見"乞巧"。

【得失】事之成敗、損益或優劣等皆稱得失。詩周南關雎序:"國史明乎得失之迹,傷人倫之廢,哀刑政之苛。"指成敗。漢書宣帝紀元康四年:"循行天下,……察吏治得失。"指當否。列子力命:"然農有水旱,商有得失,工有成敗。"指損益。唐杜甫杜工部草堂詩箋三一偶題:"文章千古事,得失寸心知。"指優劣。

【得色】得意的神態。宋陸游老學庵筆記五:"帥爲發怒頳面,而通判欣然有得色。"

【得志】償其志願或得其所欲。易賁:"白賁無咎,上得志也。"左傳襄十四年:"衛有君矣,伐之,未可以得志。"文選漢賈誼弔屈原文:"闒茸尊顯兮,讒諛得志。"

【得君】得到君主的信任。孟子公孫丑上:"管仲得君,如彼其專也。"

【得宜】合適,得其所宜。史記秦始皇紀二十八年刻石:"治道運行,諸產得宜,皆有法式。"漢書四四淮南厲王傳薄昭書:"上下得宜,海內常安。"

【得幸】㊀得上之寵信,多指受帝王的恩幸。漢書六八霍光傳:"(衛)少兒女弟子夫得幸於武帝,立爲皇后。"㊁謙詞。表示以得到信任爲幸。莊子盜跖:"丘得幸於季,願望履幕下。"

【得果】佛教言得成正果。大智度論十七記有月分國王太子得果故事,爲佛教宣揚信佛而得正果的寓言。南朝梁到溉佞佛,死時顏色如恒,手屈二指,迷信者稱爲得果。見南史本傳。

【得所】得到適宜的處所。詩魏風碩鼠:"樂土樂土,爰得我所。"國語晉四:"離違而得所,久約而無釁。"

【得計】㊀猶言如願,合乎願望。莊子徐无鬼:"於魚得計,於羊棄意。"唐白居易長慶集六八山中五絕句洞中蝙蝠詩:"遠害全身誠得計,一生幽暗又如何。"㊁合算。宋歐陽修文忠集一〇九論修河第三狀:"故道六塔皆不可爲,惟治堤順水爲得計。"

【得政】當政,或參與國政。國語晉一:"君盍老而授之政,彼得政而行其欲,得其所索,乃其釋君。"新唐書一六八柳宗元傳:"及得政,引內禁近,與計事,擢禮部員外郎,欲大進用。"

【得時】適合時宜。淮南子原道:"禹之趨時也,……非爭其先也,而爭其得時也。"晉陶潛陶淵明集五歸去來兮辭:"善萬物之得時,感吾生之行休。"

【得眼】盲而重見光明。晉釋法顯佛國記謂佛爲五百盲人說法,盲人眼悉得見,植杖於地,遂成爲林,因名得眼林。後遂以得眼比喻由迷昧而得醒悟。宋黄庭堅山谷詞漁家傲之三:"三十年來無孔竅,幾回得眼還迷照。"

【得得】㊀自然任意。南朝梁何遜何水部集西州直示同員詩:"誓將收飲啄,得得任心神。"㊁特特,特地。唐陸龜蒙甫里集十七丁隱居歌序:"別業在深山中,非得得行不可適。"又釋貫休禪月集二十陳情獻蜀皇帝詩:"一瓶一鉢垂垂老,萬水千山得得來。"

【得道】㊀符合道義。孟子公孫丑下:"得道者多助,失道者寡助。"㊁佛教、道教謂信教而成佛成仙爲得道。南史謝靈運傳:"孟顗事佛精懇,而爲靈運所輕,嘗謂顗曰:'得道應須慧業,丈人生天當在靈運前,成佛必在靈運後。'"抱朴子金丹:"上士得道,昇爲天官;中士得道,棲集崑崙;下士得道,長生世間。"

【得閒】㊀得有間隙可乘。閒,讀jiàn。管子幼官:"障塞不審,不過八日,而外賊得閒。"史記呂太后紀:"太后欲殺之,不得閒。"後來亦稱得解爲得閒,猶言會心、領悟,如說讀書得閒。㊁得閒暇。閒,讀xián。楚辭屈原九歌山鬼:"君思我兮不得閒。"唐韓愈昌黎集四東都遇春詩:"得閒無所作,貴欲辭視聽。"

【得無】莫非,能不,該不會。也作"得亡"、"得毋"。論語顏淵:"爲之難,言之得無訒乎?"戰國策趙四:"日食飲得無衰乎?"漢書六九趙充國傳:"我告漢軍先零所在,兵不往擊,得亡效五年時不分別人而并擊我?"漢紀作"得無"。

【得勝】㊀取得勝利。淮南子詮言:"能成霸王者,必得勝者也。"㊁用金環以裹冠巾,雙繫其帶,名得勝環。宋蘇軾東坡集十三謝陳季常惠一揞巾詩:"好帶黄金雙得勝,可憐白紵一生酸。"

【得意】因如願以償而感到滿意。韓非子飾邪:"趙代先得意於燕,後得意於齊。"唐孟郊孟東野集三登科後:"春風得意馬蹄疾,一日看盡長安花。"參見"得意忘言"。

【得當】㊀適得其當,適可。易噬嗑:"貞厲無咎,得當也。"疏:"位雖不當,而用刑得當。"㊁得有適當的機會。漢書五四李廣傳附李陵:"彼之不死,宜欲得當以報漢也。"王先謙補注:"當,謂適可也,謂欲得適可之事會而動。"

【得罪】獲罪。詩小雅雨無正:"云不可使,得罪於天子。"莊子徐无鬼:"其得罪於君也,將弗久矣。"後也用作客氣話,表示對不起、失禮之意。清孔尚任桃花扇鬧丁:"得罪得罪!我說的是那沒體面的相公們,老先生是正人君子,豈有偷嘴之理。"

【得微】同"得無"。莊子盜跖:"今者闕然數日不見,車馬有行色,得微往見跖邪?"唐成玄英疏:"微,無也。"

【得解】㊀獲釋。三國志魏武帝紀:"出關,過中牟,爲亭長所疑,執詣縣,邑中或竊識之,爲請得解。"㊁有所領悟。藝文類聚七六南朝梁王筠國師草堂寺智者約法師碑:"隨類得解,俱會真如。"㊂得薦舉。指經州試合格,得州長官具解文薦舉赴禮部應試。宋史一五六選舉志二:"乃詔轉運司,令舉人具元符以後得解升貢戶。貫三代治經,置籍於禮部,以稽考焉。"參閱文獻通考三十選舉三。

【得實】得其實情。史記五帝紀:"皋陶爲大理,平,民各伏得其實。"周書明帝紀武成元年:"自周有天下以來,雖經赦宥,而事跡可知者，有司宜即推窮。得實之日，但免其罪，徵備如法。」

【得職】㊀稱職，勝任。漢書九六上西域傳：「漢使西域者益得職。」資治通鑑二一漢太初四年注：「得職者，不失其職也。」㊁各得其所。史記齊悼惠王世家：「朱虛侯年二十，有氣力，忿劉氏不得職。」漢書七六趙廣漢傳：「爲京兆尹廉明，威制豪彊，小民得職。」注：「得職，各得其常所也。」

【得籌】㊀博奕中獲得的籌箸，泛指有所獲得。淮南子詮言：「行由其理，雖不必勝，得籌必多。」㊁金代監稅官加强剝削，倍增稅課者，謂之得籌，得一籌者轉一官。見宋洪皓松漠紀聞補遺。

【得髓】㊀謂得理義的精髓。達摩死前命門人各言所得。達摩謂：道副得吾皮，尼摠持得吾肉，道育得吾骨；最後慧可禮拜，依位而立。師曰：「汝得吾髓。」見景德傳燈錄三菩提達摩。㊁得鳳凰之髓。鳳髓指文章的精華。唐杜牧樊川集二讀韓杜集詩：「天外鳳凰誰得髓，無人解合續弦膠。」按唐張鷟兒時夢五色赤文之鳳，後著有龍筋鳳髓判一書傳世。見新唐書一六一張薦傳。

【得體】㊀謂身分相稱。禮仲尼燕居：「官得其體。」疏：「體謂容體，謂設官分職，各得其尊卑之體。」後以行事恰如其分謂之得體。宋蘇象先丞相魏公譚訓六：「祖父（蘇頌）與王岐公（王珪）同年，王每相訪，祖父必拜之，王逡巡引避，時以爲得體。」㊁得體歌。詳該條。

【得壹錢】唐史思明所鑄錢名。徑一寸三分，重十三銖。新唐書食貨志四作「得一元寶」，宋洪遵泉志四、清馮雲鵬等金石索四泉刀之屬並據實物，作「得壹元寶」。

【得勝褂】馬褂。對襟方袖，出門時穿。清傳恒喜其便捷，軍中或平時經常穿着，名得勝褂。後來成爲上層人士的常服。見徐珂清稗類鈔四六服飾對襟馬褂。

【得霜鷹】唐武后時蘇味道王方慶同爲鳳閣侍郎。張元一稱蘇爲「九月得霜鷹」，王爲「十月被凍蠅」，鷹得霜而愈見其俊逸，蠅至冬而遲鈍不靈。事見唐張鷟朝野僉載四。後因以霜後鷹喻才俊捷悟之人。宋陳與義簡齋集三書懷示友詩之二：「張子霜後鷹，眉骨非凡曹。」

【得寶歌】唐樂曲名。唐陝縣尉崔成甫翻得體鉢那歌爲得寶歌，集官伎女子唱之。又名得寶子、得鞛子。樂府詩集八六新歌謠辭有得寶歌。元王惲秋澗先生大全集十通漕引詩：「休說春潭得寶歌，長笑韋郎空侈麗。」即指此歌。參閱唐段安節樂府雜錄、新唐書一三四韋堅傳、明胡震亨唐音癸籤十三唐曲得寶歌。

【得體歌】樂曲名。唐天寶以前，民間戲唱得體鉢那歌。至開元末，陝縣尉崔成甫乃翻此歌詞爲得寶歌。得體歌詞見樂府詩集八六新歌謠辭。

【得心應手】謂心手相應，運用自如。本作得手應心。莊子天道：「不徐不疾，得之於手而應於心。」關尹子三極作「得之心，符之手」，義同。宋歐陽修文忠集七三書梅聖俞稿後：「樂之道深矣。故工之善者，必得於心，應於手，而不可述之言也。」清趙翼甌北詩話十查初白：「氣足則調自振，意深則味有餘，得心應手，無一字不穩愜。」

【得天獨厚】具有特殊優越的條件。指自然、資質或社會條件等等。清洪亮吉北江詩話二：「辛酉年三月十五日在舍間看牡丹詩：『得天獨厚開盈尺，與月同圓到十分。』」

【得不償失】所得不足以補償所失。亦言得不補失，得不酬失。三國志吳陸遜傳：「（孫）權遂征夷州，得不補失。」後漢書八八西羌傳論：「故得不酬失，功不半勞。」宋蘇軾東坡詩十六和子由除日見寄：「感時嗟事變，所得不償失。」明徐樹丕識小錄一孫過庭：「昔人謂看孫過庭書譜，如食多骨魚，得不償失，以草書難讀故也。」

【得未曾有】從來未有過。楞嚴經一：「法筵清衆，得未曾有。」唐萬齊融阿育王寺常住田碑：「何寶塔之莊嚴，得未曾有。」（金石萃編一〇八）也作「得未嘗有」。宋蘇軾東坡集續集七與郭功甫書之一：「昨辱寵臨，久不聞語，殊出意表，蓋所謂得未嘗有也。」

【得江山助】唐張說善文章，長於碑誌，既謫官岳州，詩多悽婉，較前爲進，人謂得江山助。見新唐書本傳。

【得過且過】苟且偷安，敷衍了事，或勉强度日。元曲選關漢卿魯齋郎四：「你那裏問我爲何受寂寞。我得過時且自隨緣過。」永樂大典戲文小孫屠：「孩兒，我聽得道你要出外打旋，怕家中得過且過，出去做甚的。」

【得魚忘荃】荃，也作「筌」。荃，香草，可爲魚餌。筌，捕魚的竹器。比喻達到目的後就忘記了原來的憑藉。莊子外物：「荃者所以在魚，得魚而忘荃。」文選晉左太沖（思）吳都賦、三國魏嵇叔夜（康）贈秀才入軍詩、晉盧子諒（諶）贈劉琨詩注引莊子，荃皆作「筌」。

【得勝陀碑】原稱大金得勝陀頌。金代碑刻，趙可撰，孫侯正書，黨懷英篆額。大定二十五年立石，在今黑龍江雙城縣拉林河與松花江合流處附近。記金完顏雍（世宗）東行追述阿骨打（太祖）功德事。碑陰刻女真文。碑文見清薩英額吉林外記九。

【得勝頭迴】宋元說書人在開講正書前先說一段小故事作引子，叫得勝頭迴。京本通俗小說錯斬崔寧：「且先引下一個故事來，權做個得勝頭迴。」參見「入話」。

【得意忘形】㊀把心思放在所得上而忘記了自己所處的地位。莊子山木：「覩一蟬方得美蔭而忘其身，螳螂執翳而搏之，見得而忘其形；異鵲而利之，見利而忘其形。」㊁因高興而物我兩忘。晉書阮籍傳：「嗜酒能嘯，善彈琴。當其得意，忽忘形骸。」㊂取其精神而捨其形式。宋歐陽修文忠集一三〇試筆李邕書：「余雖因邕書得筆法，然爲字絶不相類，豈得其意而忘其形者邪？」

【得意忘言】既得其本意，就不必煩文言說。莊子外物：「言者所以在意，得意而忘言。」晉書傳咸傳：「得意忘言，言未易盡，苟明公有以察其悾款，言豈在多。」今多轉用爲彼此默契之義。

【得隴望蜀】東觀漢紀二三隗囂傳劉秀（光武）敕岑彭書：「西城若下，便可將兵南擊蜀虜。人苦不知足，既平隴，復望蜀。」也見後漢書十七岑彭傳。後因以得隴望蜀泛指貪心不足。唐李白李太白詩二古風之二三：「物苦不知足，得隴又望蜀。」明何良俊四友齋叢說十八雜記：「（李開先）宦資雖厚，然不入府縣，別無調度，與東南士夫求田問舍得隴忘蜀者，未知孰賢？」

【得饒人處且饒人】指做事不要做絶，須留有餘地。宋俞文豹唾玉集常談出處：「蔡州褒信縣有道人工棊，常饒人先，其詩曰：『……自出洞來無敵手，得饒人處且饒人。』」（說郛四九）西遊記八一：「三藏扯住（行者）道：『徒弟，常言說得好：遇方便時行方便，得饒人處且饒人。』」

從 1. cóng 疾容切，平，鍾韻，從。
ㄘㄨㄥˊ 疾用切，去，用韻，從。

㊀跟隨，追隨。論語微子：「子路從而後。」左傳莊十年：「可以一戰，戰則請從。」釋文：「從，才用反。」亦讀 zòng。㊁聽從，歸順。左傳莊十年：「小惠未徧，民

弗從也。”㊂參與其事。見“從政”、“從事”、“從軍”。㊃介詞。自，由。詩小雅何人斯：“伊誰云從。”箋：“譖我者是言從誰生乎？”左傳宣二年：“晉靈公不君，……從臺上彈人，而觀其辟丸也。”

2. zòng 集韻 似用切，去，用韻。
ㄗㄨㄥˋ

㊄同一宗族次於至親者叫從。見“從$_2$兄弟”、“從$_2$伯”、“從$_2$叔”。又次者，叫再從、三從。見“從$_2$祖祖父”等。㊅共犯，主謀的人爲首，隨從者爲從。唐律疏議五名例共犯罪造意爲首條：“共犯罪者謂二人以上共犯，以造意者爲首，餘並爲從。”㊆次副。官品有正從。如從一品至從九品。魏書官氏志：“前世職次皆無從品，魏氏始置之，亦一代之別制也。”㊇隨從者。書冏命：“其侍御僕從，罔匪正人。”釋文：“從，才用反。”今亦讀cóng。㊈放縱。通“縱”。禮曲禮上：“欲不可從。”漢書七二王吉傳：“其後復放從自若。”注：“從，子用反。”

3. zōng 集韻 將容切，平，鍾韻。
ㄗㄨㄥ

㊉蹤跡。通“蹤”。史記八六聶政傳：“士固爲知己者死，今乃以妾尙在之故，重自刑以絕從。”參見“從$_3$迹”。⑪直。南北曰從，東西曰橫。通“縱”。詩齊風南山：“蓺麻如之何，衡從其畝。”參見“從$_3$橫”、“合從”。從，也讀zòng。

4. cōng 七恭切，平，鍾韻，清。
ㄘㄨㄥ

⑫見“從$_4$容”、“從$_4$淵”。

5. sǒng
ㄙㄨㄥˇ

⑬見“從$_5$容”。

6. zǒng 集韻 祖動切，上，董韻。
ㄗㄨㄥˇ

⑭見“從$_6$從$_6$”。

【從$_3$人】主張合從的人。史記七十張儀傳：“夫從人飾辯虛辭，高主之節，言其利不言其害，卒有秦禍，無及爲已。”漢書一〇〇上敘傳：“及至從人合之，衡人散之，亡命漂說，羇旅騁辭。”參見“從$_3$橫㊀”。

【從$_2$子】姪。伯父叔父爲從父，故稱姪爲從子。後漢書五七謝弼傳：“中常侍曹節從子紹爲東郡太守。”三國志魏夏侯尙傳：“字伯仁，淵從子也。”

【從$_2$女】姪女。晉書束晳傳：“晳博學多聞，與兄璆俱知名，……璆娶石鑒從女。”

【從心】隨心。論語爲政：“七十而從心所欲，不踰矩。”後遂以從心爲七十歲的代稱。太平廣記二七八辛賁遜（野人閑話）：“年逾從心，猶多著述。”

【從$_2$父】伯父叔父的通稱。儀禮喪服：“從父昆弟。”三國志蜀諸葛亮傳：“亮早孤，從父玄爲袁術所署豫章太守，玄將亮及亮弟均之官。”

【從化】㊀順從歸化。漢書八一匡衡傳：“得其序，則海內自修，百姓從化。”㊁縣名。屬廣州市，在廣州市東北。明弘治間析番禺、增城二縣地置，屬廣州府，淸因之。參閱讀史方輿紀要一〇一廣州府。

【從$_3$目】目直豎。同“縱目”。楚辭宋玉招魂：“豺狼從目，往來侁侁些。”注：“從，豎也。”

【從$_2$史】漢官名。隨官僚辦事，無專職。史記一〇一袁盎傳：“袁盎自其爲吳相時，嘗有從史。”漢書五八兒寬傳：“時張湯爲廷尉，廷尉府盡用文史法律之吏，而寬以儒生在其間，見謂不習事，不署曹，除爲從史。”注：“從史者，但只隨官僚，不主文書。”

【從$_2$母】姨母。爾雅釋親：“母之姊妹爲從母。”儀禮喪服“從母”疏：“母之姊妹與母一體，從於己母而有此名，故曰從母。”

【從戎】從軍。文選三國魏曹子建（植）雜詩之二：“類此遊客子，捐軀遠從戎。”唐岑參岑嘉州詩一送祁樂歸河東：“天子不召見，揮鞭遂從戎。”

【從$_2$吉】居喪二十七月畢，脫去喪服，穿上吉服，叫從吉。晉書孟陋傳：“喪母，毀瘠殆於滅性，不飲酒食肉十有餘年。親族迭謂之曰：‘……若使毀性無嗣，更爲不孝也。’陋感此言，然後從吉。”舊時居喪期內若有慶賀他人書簡，署名例書從吉。參閱唐律疏議一名例十惡不孝“釋服從吉”疏議、宋趙升朝野類要五從吉、淸翟灝通俗編三。

【從$_2$吏】幕僚屬員。史記曹相國世家：“相舍後園近吏舍，吏舍日飲歌呼，從吏惡之，無如之何。”

【從良】㊀封建社會奴婢皆有籍，被釋或贖身爲平民，叫從良。唐張鷟朝野僉載三章桃符：“隋開皇中，京兆韋衮有奴曰桃符。……衮至左衛中郎，以桃符久從驅使，乃放從良。”太平廣記四八七蔣防霍小玉傳：“長安有媒鮑十一娘者，故薛駙馬家青衣也，折券從良，十餘年矣。”㊁舊時妓女屬樂籍，出籍嫁人，稱從良。宋王闢之澠水燕談録十：“子瞻（蘇軾）通判錢塘，嘗權領州事。新太守至，營妓陳狀詞以年乞出籍從良。”

【從祀】陪祭。晉陳壽益都耆舊傳：“漢武帝時，蜀張寬爲侍中，從祀甘泉。”

【從$_2$坐】同案犯人主謀者爲首，隨從者爲坐；因參與或牽連而處罪叫從坐。隋書郎方貴傳：“（縣官）案問其狀，以方貴爲首，當死；（從父弟）雙貴從坐，當流。”參閱唐律疏議二名例“若從坐減”疏議。

【從$_2$伯】父親的從父兄弟，年長於父者稱從伯。晉書王羲之傳：“（羲之）尤善隸書，爲古今之冠，……深爲從伯敦、導所器重。”

【從$_2$官】㊀部下僚屬官吏。史記八九張耳陳餘傳：“王姊醉，不知其將，使騎謝李良。李良素貴，起，慙其從官。”㊁皇帝的侍從官。史記孝武紀：“三月，（武帝）遂東幸緱氏，禮登中嶽太室。從官在山下聞若有言‘萬歲’云。”後來稱在皇帝周圍以備顧問的文學近臣爲從官，也叫侍從官。參閱宋洪邁容齋隨筆續筆一侍從官。㊂星名。晉書天文志上：“五帝坐北一星曰太子，帝儲也。太子北一星曰從官，侍臣也。”

【從$_3$長】同“從$_3$約長”。史記燕召公世家：“蘇秦始來見，說文公。文公予車馬金帛以至趙，趙肅侯用之。因約六國，爲從長。”

【從$_2$者】隨從的人。論語衛靈公：“（孔子）在陳絕糧，從者病，莫能興。”

【從事】㊀辦事，處理事務。詩小雅十月之交：“黽勉從事，不敢告勞。”史記七十張儀傳：“今王地小民貧，故臣願先從事於易。”㊁官名。漢制，州刺史之佐吏如別駕、治中、主簿、功曹等，均稱爲從事史。又有部郡國從事史，每郡各一人，主管文書，察舉非法。漢魏之際增設祭酒文學從事員，晉有武猛從事員。皆由州自行任免，也叫州從事。歷代職官，名義相襲，雖有變易，大體不異。至宋以後廢。參閱後漢書百官志四司隸校尉、通典三二職官十四州郡上。

【從來】㊀由來。大戴禮禮察：“猶防之塞水之所從來也。”史記封禪書：“自禹興而修社祀，后稷稼穡，故有稷祠，郊社所從來尚矣。”㊁歷來，向來。御覽詩楊凝送客往鄜州：“近喜扶陽係戎相，從來衛霍笑長纓。”

【從$_2$叔】父親的從父兄弟，年幼於父者稱從叔。晉書王沈傳：“沈少孤，養於從叔司空昶，事昶如父。”

【從命】依從命令。荀子臣道：“從命而利君謂之順，從命而不利君謂之諂。”

【從物】順應外物。管子內業：“是故聖人與時變而不化，從物而不移。”荀子哀公：“日選擇於物，不知所貴；從物如流，不知所歸。」注：「爲外物所誘蕩而不返也。」

【從服】歸附。荀子非十二子：「通達之屬，莫不從服。」

【從₂服】按封建宗法，爲姻親規定的服喪之制。禮大傳：「服術有六，……六曰從服。」注：「從服，若夫爲妻之父母，妻爲夫之黨服。」

【從₂姑】從祖姑的簡稱。即父親的堂姊妹。晉書皇甫謐傳：「城陽太守梁柳，謐從姑子也。」參見「從₂祖姑」。

【從₃迹】即蹤跡。漢書四四淮南王安傳：「王使人上書告相，事下廷尉治。從迹連王，王使人候司。」又五九張湯傳：「上問：『變事從迹安起。』」注並云：「從，讀曰蹤。」

【從軍】參軍，從戎。史記一一四東越傳：「(劉福)舊從軍無功，以宗室故侯。」漢書高帝紀上：「關中卒從軍者，復家一歲。」文選三國魏王仲宣(粲)從軍詩：「從軍有苦樂，但問所從誰。」

【從政】執政。論語微子：「已而已而，今之從政者殆而！」左傳定元年：「晉之從政者新。」

【從風】㊀即風從。喻跟隨得迅速。戰國策楚一：「韓必入臣於秦，韓入臣，魏則從風而動。」史記九二淮陰侯傳：「燕已從，使諠言者東告齊，齊必從風而服。」參見「風從」。㊁順風。文選漢張平子(衡)南都賦：「芙蓉含華，從風發榮。」國秀集上張鼎江南遇雨詩：「出户愁爲聽，從風灑客衣。」

【從俗】㊀依從風俗習慣。禮曲禮上：「禮從宜，使從俗。」北齊劉晝劉子下隨時：「故易貴隨時，禮尚從俗，適時而行也。」㊁迎合時俗。楚辭屈原離騷：「委厥美以從俗兮，苟得列乎衆芳。」又九章惜美人：「欲變節以從俗兮，媿易初而屈志。」

【從₃約】戰國時蘇秦説服六國訂立盟約，共同抗秦，稱爲從約。從，通「縱」。史記六九蘇秦傳：「乃投從約書於秦，秦兵不敢闚函谷關十五年。」

【從流】從水飄流。楚辭屈原離騷：「固時俗之從流兮，又孰能無變化？」此言隨波逐流。補注本作「流從」。藝文類聚七南朝梁吴筠與朱元思書：「風煙俱淨，天山共色；從流飄蕩，任意東西。」

【從₃酒】恣意飲酒。從，通「縱」。晏子春秋雜下：「田桓子曰：『何謂從酒？』晏子曰：『無客而飲，謂之從酒。今若子者，晝夜守尊(樽)，謂之從酒也。』」

【從₄容】㊀安逸舒緩，不慌不忙。書君陳：「寬而有制，從容以和。」釋文：「從，七容反。」莊子秋水：「儵魚出遊從容，是魚之樂也。」㊁舉動。禮緇衣：「長民者衣服不貳，從容有常。」疏：「正義曰：從容有常者，從容，謂舉動有其常度。」楚辭屈原九章懷沙：「重華不可遻兮，孰知余之從容。」注：「從容，舉動也。」參閱清王念孫廣雅疏證六釋訓。㊂調解，斡旋。漢書四三酈陸朱劉叔孫傳贊：「(陸賈)從容(陳)平、(周)勃之間，附會將相以彊社稷。」注：「從，音七容反。」

【從₅容】同慫慂。史記一一八衡山王傳：「日夜從容王密謀反事。」漢書作「縱臾」。

【從₂恣】放肆，無節制。也作「縱恣」。漢書七六張敞傳：「此言尊貴所以自斂制，不從恣之義也。」漢桓寬鹽鐵論散不足：「口腹從恣，魚肉之蠹也。」

【從₂孫】兄弟的孫子。國語周下：「共之從孫，四嶽佐之。」注：「共，共工。從孫，昆季之孫也。」

【從從】㊀車行時的鈴聲。楚辭宋玉九辯：「前輊輬之鏘鏘兮，後輜乘之從從。」集注：「鏘鏘從從，皆其鸞聲也。」㊁獸名。有六足，其狀如犬。見山海經東山經。

【從₆從₆】高貌。禮檀弓上：「爾毋從從爾。」注：「從從謂大高。」釋文：「從音總，高也。一音崇。又仕江反。」

【從₄淵】湖名。古代傳説舜沐浴處。山海經注謂從，音騘馬之「騘」。見山海經大荒南經。

【從閒】近日。後漢書順烈梁皇后傳和平元年詔：「朕素有心下結氣，從閒以來，加以浮腫，逆害飲食，寝以沈困，比使內外勞心請禱。」

【從禽】田獵時追逐禽獸。易屯：「即鹿無虞，以從禽也。」三國志魏高堂隆傳棧潛諫文帝：「若逸于遊田，晨出昏歸，以一日從禽之娛，而忘無垠之釁，愚竊惑之。」

【從₄然】安逸舒緩。莊子至樂：「從然以天地爲春秋，雖南面王，樂不能過也。」釋文：「從然，七容反，從容也；李(軌)徐(邈)子用反，縱逸也。」

【從₄頌】從容不迫。史記八三魯仲連傳：「世以鮑焦爲無從頌而死者，皆非也。」索隱：「從頌者，從容也。」

【從₂舅】母親的叔伯兄弟稱從舅。爾雅釋親：「母之昆弟爲舅，母之從父昆弟爲從舅。」世説新語巧藝：「鍾會是荀濟北(勗)從舅。」

【從₅諛】奉承慫慂。史記一二〇汲黯傳：「天子置公卿輔弼之臣，寧令從諛承意，陷主於不義乎？」晉書陸機傳豪士賦序：「心玩居常之安，耳飽從諛之説。」參見「從₅容」。

【從₃横】也作「縱横」。㊀即合縱連横。韓非子忠孝：「故世人多不言國法而言從横。」史記九七酈生傳：「酈生(食其)因言六國從横時。沛公喜，賜酈生食。」㊁横直交叉，交錯雜陳。楚辭屈原天問：「天式從横，陽離爰死？」後漢書七四董祀妻(蔡琰)傳悲憤詩：「白骨不知誰，從横莫覆蓋。」㊂馳騁，横衝直撞。漢書五行志下之下：「中國既亂，夷狄並侵，兵革從横。」文選晉陸士衡(機)五等諸侯論：「一夫從横，則城池自夷。」㊃奔逸，奔放。後漢書六一周舉傳：「周舉字宣光，……博學洽聞，爲儒者所宗，故京師爲之語曰：『五經從横周宣光。』」唐杜甫杜工部詩史補遺一戲爲六絶：「庾信文章老更成，凌雲健筆意縱横。」

【從₃親】合從相親。戰國策楚一：「蘇秦爲趙合從，説楚威王曰：『……故爲王至計，莫若從親以孤秦。』」史記六九蘇秦傳論：「夫蘇秦起閭閻，連六國從親，此其智有過人者。」

【從龍】易乾文言：「同聲相應，同氣相求，水流溼，火就燥，雲從龍，風從虎。」唐李白李太白詩十九江上答崔宣城：「水流知入海，雲去或從龍。」舊以龍爲君象，故稱從帝王創業開國爲從龍。四庫提要史部別史類存目有明李澤長編集之從龍譜，書名取此爲義。

【從₃衡】合縱連横。韓非子五蠹：「故羣臣之言外事者，非有分於從衡之黨。……從者，合衆弱以攻一强也；而衡者，事一强以攻衆弱也。」參見「縱横」、「從₃横㊀」。

【從聲】古五音以宫、商、角爲從聲，徵、羽爲變聲。從謂律從律，吕從吕；變謂以律從吕，以吕從律。見宋沈括夢溪筆談五樂律一。

【從繩】照繩墨取直。書説命上：「惟木從繩則正。」引申爲按照一定的準則辦事。文苑英華二一二唐朱灣詠拍板詩：「赴節心長在，從繩道可觀。」

【從₂屬】隨從者。史記絳侯周勃世家：「壁門士吏謂從屬車騎曰：『將軍(周亞夫)約，軍中不得驅馳。』於是天子乃按轡徐行。」

【從₂兄弟】同祖兄弟，即從父兄弟的略稱。也稱堂兄弟。史記一〇七魏其武安侯傳：「魏其侯竇嬰者，孝文后從兄子也。」又一〇九李將軍傳：「廣從弟李蔡亦爲郎。"合稱曰從兄弟。北齊顏之推顏氏家訓風操:"世父叔父,則稱從兄弟門中。"

【從₂表姪】從表兄弟的兒子,稱從表姪。宋朱熹在祭汪尚書文中自稱從表姪。見朱文公集八七。

【從軍行】樂府平調曲名。唐吳兢樂府古題要解下:"從軍行,皆述軍旅苦辛之詞也。"三國魏建安二十年三月曹操出師西征張魯,侍中王粲作五言從軍詩五首,詩見文選。南朝陳伏知道有從軍五更轉,唐李益有從軍有苦樂行,皆以王詩首句"從軍有苦樂"爲名。又晉陸機樂府十七首中也有從軍行,見陸士衡集六。北周王褒的遠征人,唐鮑溶的苦哉遠征人,戎昱的苦哉行,皆以陸詩首句爲名。參閱樂府詩集三二、三三相和歌辭。

【從₂祖父】父親的堂伯叔。也省稱從祖。爾雅釋親:"父之從父晜(昆)弟爲從祖父。"

【從₂祖母】父親的堂伯叔母。爾雅釋親:"父之兄妻爲世母,父之弟妻爲叔母,父之從父晜(昆)弟之妻爲從祖母。"禮檀弓下"敬姜"注:"敬姜者,康子從祖母。"疏:"康子祖穆伯,是康子祖之兄弟,敬姜是穆伯之妻,故云康子從祖母也。"

【從₂祖姑】父親的同堂姑輩,稱從祖姑。爾雅釋親:"父之姊妹爲姑,……父之從父姊妹爲從祖姑。"清郝懿行義疏:"父之從父姊妹爲從祖姑,其義與父之從父晜(昆)弟爲從祖父同。"

【從₃約長】戰國時楚齊燕韓魏趙六國盟約之長。史記六九蘇秦傳:"於是六國從合而幷力焉。蘇秦爲從約長,幷相六國。"

【從₂孫甥】姊妹的孫子。左傳哀二五年:"其弟期,太叔疾之從孫甥也。"注:"姊妹之孫爲從孫甥。"疏:"男子謂兄弟之孫爲從孫,故謂姊妹之孫爲從孫甥。"

【從一而終】易恒:"婦人貞吉,從一而終也。"疏:"從一而終者,謂用心貞一,從其貞一而自終也。"本指用情始終如一。後來成爲宣揚夫死不得再嫁的封建教條。

【從天而下】喻出於意外,突然出現。漢書四十周亞夫傳:"直入武庫,擊鳴鼓。諸侯聞之,以爲將軍從天而下也。"注:"不意其猝至。"

【從₂父兄弟】同祖兄弟,卽堂兄弟。儀禮喪服:"從父昆弟。"注:"世父叔父之子也。"參閱漢賈誼新書六術。

【從₂表兄弟】中表兄弟的兒子,相稱爲從表兄弟。如稱祖父姊妹的孫或祖母兄弟姊妹的孫爲從表兄弟。宋缺名愛日齋叢鈔一:"張正素先生子厚,名垕,東萊公從表兄也。"宋朱熹在祭劉共父樞密文中自稱從表弟。參閱朱文公集八七。

【從₂祖王母】伯祖母、叔祖母。也稱從祖祖母。卽父親的伯母叔母。爾雅釋親:"父之從父晜(昆)弟之母,爲從祖王母。"又:"父之世母、叔母爲從祖祖母。"參閱清郝懿行爾雅義疏釋親。

【從₂祖兄弟】同曾祖而不同祖父的兄弟。參閱漢賈誼新書六術、通典七三禮三三五宗。

【從₂祖祖父】祖父的兄弟。卽伯祖、叔祖。爾雅釋親:"父之世父叔父爲從祖祖父。"參閱清郝懿行爾雅注疏釋親。

【從₂祖祖母】祖父兄弟的妻子。卽伯祖母、叔祖母。見"從₂祖王母"。

【從₃理入口】古時相士認爲人面部有豎紋達口角者,主餓死。史記絳侯周勃世家:"許負指其(周亞夫)口曰:'有從理入口,此餓死法也。'"

【從善如流】意謂能隨時聽從善言,或擇善而從。左傳成八年:"晉侵沈,獲沈子揖,初從知、范、韓也。君子曰:'從善如流,宜哉!'"是指欒書能聽從知莊子、范文子、韓獻子的計謀,取得戰功。又昭十三年:"從善如流,下善齊肅。"

【從善如登】謂爲善如登山,喻其難。國語周下:"諺曰:從善如登,從惡如崩。"注:"如登喻難,如崩喻易。"

【從惡如崩】謂爲惡如山崩,喻其易。參見"從善如登"。

【從諫如流】指帝王能隨時聽取臣屬的勸諫。漢書一〇〇上敍傳班彪王命論:"從諫如順流,趣時如嚮(響)赴。"唐韓愈昌黎集十四爭臣論:"使四方後代知朝廷有直言骨鯁之臣,天子有不僭賞從諫如流之美。"

【從₂兄弟門中】稱已死的伯叔。詳"從兄弟"、"門中"。

徛 zhì 直里切,上,止韻,澄。
ㄓ

儲,具。見廣韻。同"偫"。見"偫"。

九畫

徧 biàn 方見切,去,線韻,幫。
ㄅㄧㄢ

同"遍"。㊀全面,遍及。書舜典:"望于山川,徧于羣神。"詩邶風北門:"我入自外,室人交徧讁我。"釋文:"徧,古遍字。"秦漢古籍,徧、辯字常通用。參閱清惠棟九經古義九儀禮古義上。㊁量詞,表示動作完畢的次數。三國志魏王肅傳"亦歷注經傳,頗傳於世"注引魏略:"人有從學者,(董)遇不肯教,而云'必當讀百徧',言讀書百徧而義自見。"

假 1. jià ㄐㄧㄚˋ 集韻 舉下切,上,馬韻。
gé ㄍㄜˊ 各額切,入,陌韻。

㊀到。方言一:"假,狢,……至也。"古籍中用"假"字訓至者,多爲"徦"的叚借。見清段玉裁說文解字注"徦"。

2. xiá ㄒㄧㄚˊ 集韻 何加切,平,麻韻。

㊁遠。通"遐"。漢書禮樂志郊祀歌皇后:"沇沇四塞,假狄合處。"

御 1. yù ㄩˋ 牛倨切,去,御韻,疑。

㊀駕馭車馬。論語子罕:"執御乎?執射乎?"駕馭車馬的人也稱御。詩小雅車攻:"徒御不驚。"㊁治理,統治。書大禹謨:"御衆以寬。"國語周上:"百官御事。"㊂侍奉。書五子之歌:"厥弟五人,御其母以從。"商君書更法:"孝公平畫,公孫鞅甘龍杜摯三大夫御於君。"㊃進用,奉進。楚辭屈原九章涉江:"腥臊并御,芳不得薄兮。"禮曲禮上:"御食於君。"注:"勸侑曰御。"㊄女官,侍從的近臣。國語周上:"王御不參一族。"注:"御,婦官也。"又吳語:"一介嫡男,奉槃匜,以隨諸御。"注:"御,近臣宦御之屬。"㊅封建社會指與皇帝有關的事物。見"御書"、"御製"。㊆抵禦。通"禦"。詩邶風谷風:"我有旨蓄,亦以御冬。"史記五帝紀:"乃流四凶族,遷于四裔,以御螭魅。"

2. yà ㄧㄚˋ

㊇迎接。詩召南鵲巢:"之子于歸,百兩御之。"釋文:"御,五嫁反。本作訝,又作迓,同。王肅:魚據反。"

【御刀】㊀帝王佩用之刀。後漢書百官志三:"尚方令一人,六百石。本注曰:掌上手工作御刀劍諸好器物。"㊁儀仗所執之刀。晉宋以來稱御刀,後魏稱長刀,隋稱儀刀。梁書高帝紀上:"我若總荆雍之兵,掃定東夏,韓白重出,不能爲計,況以無算之昏主,役御刀應敕之任哉!"參閱玉海一五一兵制刀。參見"儀刀"。

【御人】㊀侍女。左傳莊二八年:"御人以告子元。"注:"御人,夫人之侍人。"㊁控制人。漢書五九張湯傳:"(趙)禹旨在奉公孤立,而湯舞知以御人。"㊂駕車的人。南史江夷傳:"牛餓,御人求草。"

【御女】㊀宮內侍女。也名"女御"、"御

妻”。淮南子時則:“東宮御女青色,衣青采,鼓琴瑟。”參見“女御”、“御妻”。㊁星名。星經上:“御女四星,在鉤陳北,主天子八十一御女妃也。”晉書天文志上作女御星。

【御内】男女交合。三國志魏華佗傳:“尚虛,未得復,勿爲勞事,御内即死。”

【御正】㊀控制,糾正。管子戒:“御正六氣之變,禁止聲色之淫。”㊁北周官名。北周依周禮改官制,武成元年,增置御正四人,掌王言,在皇帝左右,位上大夫。參閲北史盧辯傳、資治通鑑一六八南朝陳天嘉二年“周使御正殷不害來聘”注。

【御世】統治世間。晉王羲之帖:“古之御世者,乃志小天下。”見唐張彥遠法書要録十右軍書記。

【御札】帝王的詔令。新五代史唐明宗紀天成三年:“三月丁未朔,御札求直言。”宋制,中書省掌宣奉命令,如布告、登封、郊祀、宗祀及大號令,用御札。見宋史職官志一中書省。明徐師曾文體明辨列有御札一類。

【御史】官名。春秋戰國列國都有御史,爲諸侯王親近之職,掌文書及記事。秦置御史大夫,職副丞相,位甚尊,並以御史監郡,遂有彈劾糾察之權。漢以後御史職銜累有變化。唐有侍御史、殿中侍御史和監察御史。至明清僅存監察御史,分道行使糾察。參閲通典二四職官六御史臺、明史職官志二、續通典二八職官六御史臺。

【御仗】皇帝所用儀仗。隋書百官志中:“其御仗屬官,有御仗正副都督,御仗五職,御仗等員。”唐李商隱李義山詩集四有感之二:“御仗收前殿,見〔兇〕徒劇背城。”

【御冬】抵禦冬天的饑寒。御,通“禦”。詩邶風谷風:“我有旨蓄,亦以御冬。”晉陶潛陶淵明集四雜詩之八:“御冬足大布、麄絺以應陽。”

【御用】舊稱爲皇帝所用者爲御用。元史一二五鐵哥傳:“計粳米一石,僅得圓米四斗,請自今非御用,止給常米。”

【御宇】指帝王統治國土。晉書武帝紀制:“武皇承基,誕膺天命,握圖御宇,敷化導民。”唐白居易長慶集十二長恨歌:“漢皇重色思傾國,御宇多年求不得。”也作“御寓”。南朝梁劉勰文心雕龍四詔策:“皇帝御寓,其言也神。”寓,“宇”之籀文。見説文。

【御米】㊀供皇帝宫廷食用的米。後漢書百官志:“導官令一人,六百石。本注曰:王春御米,及作乾糒。”㊁罌子粟。一名米囊。因可供御用,又名御米。見政和證類本草二六、本草綱目二三罌子粟注。

【御戎】掌馭兵車。也指掌馭兵車的官員。左傳桓三年:“韓萬御戎,梁弘爲右。”國語晉三:“以家僕徒爲右,步揚御戎。”注:“御戎,御公戎車。”引申爲統帥軍旅。北史齊宗室諸王傳上:“帝親御戎,六軍進止,並令取叡節度,而使段孝先總焉。”

【御李】㊀東漢李膺有重名,荀爽往見,爲李駕車,引以爲榮,並謂人曰:“今日得御李君矣!”事見後漢書六七李膺傳。後因以“御李”爲敬慕名人,或得名人青睞之詞。明楊珽龍膏記傳奇開閣:“我涼才未達,名愧諸生,自喜登龍成飾,御李生輝。”㊁李的一種,樹大者高丈餘,實大如櫻桃,紅黄色,熟最早。相傳漢獻帝遷許昌,食此李,故號御李子。參閲唐丁用晦芝田録、宋寇宗奭本草衍義十八李核仁。

【御伯】北周官名。北周依古改官制,天官府置御伯中大夫二人,掌皇帝出入侍從。武帝保定四年改爲納言,相當於歷代侍中之職。參閲唐六典八門下省侍中、通典二一職官三侍中。

【御河】㊀即衛河。隋煬帝時於衛縣(今河南汲縣)因淇水開運河,東北行,叫御河,也叫永濟渠、南運河。見初學記六河三。又據隋書食貨志載,“又自板渚引河,達於淮海,謂之御河”,此御河應是通濟渠。㊁北京的玉泉(一名玉河),源出玉泉山,流經皇城,入大通河,稱爲御河。見讀史方輿紀要十一順天府宛平縣沙河。㊂桑乾河上游的支流。源出内蒙古豐鎮縣北,東南流經山西大同附近,注入桑乾河。見讀史方輿紀要四四大同府如渾水。

【御者】㊀駕馭車馬的人。孟子滕文公下:“御者且羞與射者比。”㊁侍從。儀禮既夕禮:“御者四人,皆坐持體。”注:“御者,今時侍從之人。”

【御妻】古代宫内女官,位在世婦之下。也叫“女御”、“御女”。禮昏義:“古者,天子后立六宫,三夫人,九嬪,二十七世婦,八十一御妻;以聽天下之内治。”參閲周禮天官序官女御注。參見“女御”、“御女㊀”。

【御門】清制有御門聽政之典,初在太和門太和殿,後改乾清殿,通常爲十日一舉(每月初五、十五、廿五日),凡六部上官及司員,均得侍班,凡題本奏事、大除授、引見,皆在此降旨。參閲清通典五二禮嘉二、清文獻通考一二八王禮四。

【御前】㊀皇帝座位之前,因指帝王所在之處。史記八八蒙恬傳:“蒙毅位至上卿,出則參乘,入則御前。”㊁官名。明内官有御前近侍。清制有御前大臣、御前侍衛,並掌護衛之職,無定員。見明史職官志三、清通典三一職官九。

【御風】乘風而行。莊子逍遥遊:“夫列子御風而行,泠然善也。”宋蘇軾東坡集前集十九赤壁賦:“浩浩乎如馮虛御風,而不知其所止。”

【御容】皇帝的畫像。宋史仁宗紀天聖元年:“二月丁巳,奉安太祖、太宗御容於南京鴻慶宫,……三月甲戌,奉安真宗御容於西京應天院。”

【御羞】漢宫苑名。漢書百官公卿表上水衡都尉屬官有御羞令、丞。所在有二説:1.如淳謂御羞,地名,在藍田;其土肥沃,多出御物可進者。揚雄傳謂之御宿。2.顏師古謂御宿不在藍田,而在長安城南御宿川。羞、宿音近,故有二名。羞謂珍羞所出,宿爲止宿之義。清何焯義門讀書記前漢書二以如淳説爲是,而以顏注爲非。周壽昌補注以爲在御宿川的御宿苑,别是一苑。

【御書】㊀進呈於帝王的書。左傳哀三年:“司鐸火,……南宫敬叔至,命周人出御書,俟於宫。”注:“御書,進於君者也。”後也稱帝王所有的書爲御書。㊁指皇帝所書寫的字。唐張説張説之集二端午三殿侍宴應制詩:“甘露垂天酒,芝花捧御書。”

【御氣】㊀運用氣息。文選晉成公子安(綏)嘯賦:“近取諸身,役心御氣。”㊁猶御風。文選南齊王元長(融)三月三日曲水詩序:“時乘既位,御氣之駕翔焉。”也作“馭氣”。唐白居易長慶集十二長恨歌:“排空馭氣奔如電,升天入地求之遍。”㊂宫苑園圃的景色風光。唐杜甫杜工部草堂詩箋三二秋興之六:“花萼夾城通御氣,芙蓉小苑入邊愁。”

【御師】御醫。爲帝王治病的醫師。南齊書海陵王紀:“十一月,稱王有疾,(明帝蕭鸞)數遣御師占視,乃殞之。”

【御宿】漢宫苑名,也作“御羞”。在陝西西安市南。漢書八七上揚雄傳:“武帝廣開上林,南至宜春、鼎胡、御宿、昆吾。”三輔黄圖四苑囿:“御宿苑在長安城南御宿川中,漢武帝爲離宫别館,禁禦人不得入,往來遊觀,止宿其中,故曰御宿。”參見“御羞”。

【御麥】玉蜀黍别名。因其曾經進御,故名御麥。參閲廣羣芳譜九玉蜀黍。

【御極】謂帝王登位。南朝梁劉勰文心雕龍九時序:"逮(晉)明帝秉哲,雅好文會,升儲御極,孳孳講藝。"

【御街】京城中皇帝巡行的街道。也稱天街。晉書苻堅載記上:"(徐統)執其手曰:'苻郎,此官之御街,小兒敢戲於此,不畏司隸缚邪?'"

【御溝】流入宫内的河道。也稱楊溝、羊溝。三輔黄圖六雜録:"長安御溝,謂之楊溝,謂植高楊於其上也。"樂府詩集二十南齊謝朓入朝曲:"飛甍夾馳道,垂楊蔭御溝。"參見"楊溝"、"羊溝"。

【御窯】窯,也作"窰"。指舊時江西景德鎮有專造宫廷所用瓷器的窯。元時有御土窯,每歲差官監造器皿以貢。明洪武二年,在鎮之珠山設御窯廠。清因之。製器精美,世稱御窯。見元孔齊静齋至正直記二饒州御土、清藍浦景德鎮陶録一。

【御龍】複姓。傳説夏時劉累學養龍,以事孔甲,孔甲賜姓爲御龍氏。見左傳昭二九年、史記夏紀。

【御膳】帝王的飲食。漢書九九上王莽傳:"陛下春秋尊,久衣重練,減御膳,誠非所以輔精氣,育皇帝,安宗廟也。"

【御瞽】侍奉帝王的樂工,以盲人爲之。禮玉藻:"御瞽,幾聲之上下。"注:"瞽,樂人也。"疏:"御者,侍也。以瞽人侍側,故云御瞽。"

【御醫】宫廷醫師,也稱太醫。晉書齊王攸傳:"攸知(荀)勗、(馮)紞構己,憤怨發疾,乞守先后陵,不許。帝遣御醫診視。"參見"太醫"。

【御覽】皇帝所閲覽。歷代供皇帝閲覽、因以御覽爲書名的,北齊有玄洲苑御覽(又名聖壽堂御覽),三百六十卷,今佚。唐有令狐楚御覽詩一卷,又名元和御覽選進集。宋修太平御覽一千卷,搜羅甚富,省稱御覽。參見"太平御覽"。

【御史牀】漢末虞翻任孫策功曹,爲策所重,特給牀爲坐。後來詩文中遂用御史牀爲禮賢的典故。藝文類聚二六南朝梁元帝(蕭繹)玄覽賦:"御史之牀猶在,督護之門不修。"參閲太平寰宇記九六越州會稽縣。

【御史娘】樂曲名。唐貞元中,宫中御史娘子田順郎,以善歌聞。唐劉禹錫劉夢得集五與歌童田順郎詩:"天下能歌御史娘,花前月底奉君王。"後亦用爲曲名。參閲唐段安節樂府雜録歌、明胡震亨唐音癸籤十三唐曲。

【御史臺】官署名。漢御史所居官署爲御史府,東漢以來改稱御史臺,又名蘭臺寺,專司彈劾之職。唐一度改稱肅政臺,後又恢復舊稱。明洪武十五年改都察院,清因之,御史臺之名遂廢。參閲通典二四職官六御史臺、明會要三三職官五。

【御史驄】東漢桓典爲侍御史,執法嚴正,無所回避。典常乘驄馬。當時京都洛陽流行歌謡曰:"行行且止,避驄馬御史。"見後漢書本傳。後來遂以御史驄爲贊揚御史執法不苟的典故。唐杜甫杜工部詩史補遺五陪章留後侍御宴南樓詩:"屢食將軍第,仍騎御史驄。"

【御仙帶】繡有御仙花的佩帶。宋趙安仁既罷參知政事。真宗命賜御仙花帶與繡韉。後來中書省、樞密院罷官者及學士、散官通服御仙帶,遂爲故事。參閲宋歐陽修歸田録二、宋敏求春明退朝録中。

【御林軍】皇帝的禁衛軍。三國演義八三:"乃引御林軍直至猇亭,大會諸將,分軍八路,水陸俱進。"

【御馬監】明内廷官署名。掌御廐馬匹,有掌印、監督、提督太監等官。清因之。見明史職官志三宦官十二監、清史稿一一八職官志五内務府。

【御稻米】稻種名。色微紅,粒長,氣香而味厚。農曆六月成熟。清康熙(玄燁)自稱於豐澤園中得此種。當時供内膳進用。見康熙幾暇格物編下御稻米、畿輔通志八宸章一御稻米。

【御營使】南宋官名。建炎元年置。在皇帝出巡時總攝軍政,故以宰相兼領,仍以執政官兼副使。後遂專兵權,統轄諸將。四年罷御營使,兵權仍歸樞密院。參閲宋陸游老學庵筆記一、李心傳建炎以來繫年要録三二、宋史職官志二。

【御史大夫】官名。秦置。其位僅次於丞相。主管彈劾、糾察以及掌管圖籍祕書。漢沿之,與丞相(大司徒)、太尉(大司馬)合稱三公。後改稱大司空、司空。晉以後多不置。唐復置。明廢。參閲漢書百官公卿表上、續通典二八職官六、西漢會要三一職官一。

【御史中丞】官名。漢以御史中丞爲御史大夫之佐,亦稱御史中執法。外督部刺史,内領侍御史十五人,受公卿奏事,舉劾案章,其權頗重,御史大夫轉爲大司空,爲御史臺率,即御史大夫之任。北魏爲御史中尉,督司百僚。唐復爲御史大夫之貳。參閲通典二四職官六、續通典二八職官六。

復 fù 扶富切,去,宥韻,並。
ㄈㄨˋ 房六切,入,屋韻,並。

㊀卦名。☳☷,震下坤上。㊁還,返回。易泰:"无往不復。"㊂恢復。史記七六平原君傳:"三去相,三復位。"㊃古代迷信,人病或死後招其魂歸來叫復。禮檀弓下:"復,盡愛之道也。"㊄告,回答。書説命上:"説復於王。"㊅報復。左傳定四年:"(伍員)謂申包胥曰:'我必復楚國。'"注:"復,報也。"㊆反覆。詩小雅蓼莪:"顧我復我,出入腹我。"指迴轉而反覆地看。㊇免除賦税或勞役。荀子議兵:"中試,則復其户,利其田宅。"史記六八商君傳:"僇力本業,耕織致粟帛多者復其身。"㊈通"複"。史記秦始皇紀:"爲復道,自阿房渡渭,屬之咸陽。"㊉再,又一次。左傳僖五年:"晉侯復假道於虞以伐虢。"⑪姓。春秋時楚國有復遂。見左傳文十年。

【復土】掘穴下棺,以所出土覆於棺上爲墳。史記秦始皇紀:"會上崩,罷其作者,復土酈山。"指暫時停止建造阿房宫,而在酈山建陵。參閲周禮小司徒"大喪,帥邦役,治其政教"注疏。

【復元】經歷一個週期,又從頭開始。漢書律曆志上:"参天九,兩地十,是爲會數。参天數二十五,兩地數三十,是爲朔望之會,以會數乘之,則周於朔旦冬至,是爲會月,九會而復元。"注:"孟康曰:'會月,二十七章之月數也,得朔旦冬至日與歲復。'又謂'四千六百一十七歲之月數也,所謂元月。'"

【復古】恢復古代的制度或習俗。詩小雅車攻序:"車攻,宣王復古也。"公羊傳昭五年:"舍中軍者何,復古也。"疏:"今還依古禮,舍司馬不復,令作將軍。"

【復旦】既夜而復明。尚書大傳一卿雲歌:"日月光華,旦復旦兮。"唐白居易長慶集九曲江早秋:"我年三十六,冉冉昏復旦。"

【復次】又,再次。後漢書八二徐登傳:"登乃禁溪水,水爲不流;(趙)炳復次禁枯樹,樹即生荑。"

【復州】州名。1.北周置,治所在建興(今湖北沔陽縣西)。隋改沔陽郡。唐又爲復州,天寶初改爲竟陵郡。宋仍曰復州。元爲復州路,升沔陽府。明清改爲州。公元1913年廢州改爲沔陽縣。參閲讀史方輿紀要七七安陸府沔陽州。2.遼置,治所在永寧(今遼寧復縣)。元廢,以其地屬蓋州。明復置復州衛,清仍爲州。公元1913年改爲縣。今屬遼寧旅大市。

參閱嘉慶一統志五九奉天府。

【復社】明末以江南地主階級士大夫爲代表的結社之一。天啓年間，太倉人張溥等先組成應社，崇禎六年又召集南北諸省若干文社，會於蘇州虎邱，成立復社，繼東林黨以講學批評時政。南明弘光時，馬士英阮大鋮當權，對之屢加迫害，時溥已死，乃逮捕復社主盟者陳貞慧等人。清軍南下，復社主要人物吳應箕陳子龍等參加抗清殉難。清廷嚴禁民間結社，順治九年復社解散。參閱清吳偉業梅村家藏稿二四復社紀事。

【復作】漢刑律名。指按刑律服勞役的婦女。犯者不服刑具，刑期三月至一年。史記孝武紀元封元年："其赦天下，……行所過毋有復作。"漢書宣帝紀"使女徒復作"注引孟康："復音服，謂弛刑徒也。有赦令詔書去其鉗釱赭衣。更犯事，不從徒加，與民爲例，故當復爲官作，滿其本罪年月日，律名爲復作也。"參閱漢衛宏漢官舊儀下。

【復卒】免服兵役或免納算賦。漢書食貨志上："今令民有車騎馬一匹者，復卒三人。車騎者，天下武備也，故爲復卒。"注："如淳曰：'復三卒之算錢也。或曰，除三夫不作甲卒也。'"又："當爲卒者，免其三人；不爲卒者，復其錢耳。"

【復育】蟬的幼蟲。漢王充論衡論死："蟬之未蛻也，爲復育；已蛻也，去復育之體，更爲蟬之形。"參閱唐段成式酉陽雜俎前集十七廣動植蟲。

【復命】㊀指完成使命後回報。論語鄉黨："賓退，必復命曰：'賓不顧矣。'"㊁還復本性。老子："夫物芸芸，各復歸其根，歸根曰静，是謂復命。"河上公注："言安静者，是爲復還性命，使不死也。"

【復逆】指臣民上書告請。一說復逆分言，皆指臣民的奏事。連言，則復爲臣下奏事，即以事報告於王；逆謂王得奏事，下其奏而行之。周禮天官宰夫："敍羣吏之治，以待賓客之令，諸臣之復，萬民之逆。"又夏官太僕："掌諸侯之復逆。"參閱孫詒讓周禮正義六、五九。

【復政】歸還政權。書咸有一德："伊尹既復政厥辟，將告歸，乃陳戒于德。"謂還政於太甲。

【復思】即罘罳。見該條。

【復胙】正祭後的第二天又再祭，稱復胙。胙，祭肉。商人稱肜，周人稱繹。見爾雅釋天。

【復除】指免除徭役。漢書元帝紀永光三年："以用度不足，民多復除，無以給中外繇役。"後漢書五七劉瑜傳上書陳事："臣瑜自念東國鄙陋，得以豐沛枝胤，被蒙復除，不給卒伍。"

【復陶】㊀用毛羽織成的禦雨雪的外衣。左傳昭十二年："雨雪，王皮冠，秦復陶，翠被，豹舄。"㊁官名。左傳襄三十年："辭以老，與之田，使爲君復陶。"注："復陶，主衣之官。"

【復道】同"複道"。史記秦始皇紀："乃令咸陽之旁二百里内，宫觀二百七十，復道甬道相連。"又留侯世家："上在雒陽南宫，從復道望見諸將往往相與坐沙中語。"參見"複道"。

【復辟】古史記商太甲嗣位暴虐，伊尹放之桐宫，自己攝行政事。三年，太甲悔過，伊尹又將政權歸還。書咸有一德："伊尹既復政厥辟。"辟，君主。後因稱帝王恢復王位重新掌權爲復辟。明史英宗後紀贊："乃復辟而後，猶追念不已，抑何其惑溺之深也。"今泛指被推翻的統治者重新上臺，或指恢復舊制度。

【復業】恢復常業。晉書桓温傳："温進至霸上，……居人皆安堵復業。"

【復蘇】回復，蘇醒。楚辭漢王逸九思逢尤："仰長歎兮氣餶結，悒殟絶兮咶復蘇。"南史姚察傳："將别之際，絶而復蘇。"

【復讎】報仇。孟子滕文公下："非富天下也，爲匹夫匹婦復讎也。"

【復古編】宋張有撰。分上、下卷。書成於大觀政和之間。以説文解字爲依據，辨俗體之僞。所收字按四聲分類，正體用篆書，别體俗體則附載注中。下卷入聲後附有辨證六篇。其書辨别字體正僞甚嚴，不免拘泥。參閱宋樓鑰攻媿集五三復古編序。

【復陂謠】歌謡名。漢書八四翟方進傳："王莽時，常枯旱，郡中追怨方進。童謡曰：'壞陂誰？翟子威，飯我豆食羹芋魁！反乎覆，陂當復，誰云者？兩黄鵠。'"宋范成大石湖集二八圍田歎詩之四："安得能言兩黄鵠，爲君重唱復陂謡。"

徨 huáng 胡光切，平，唐韻，匣。ㄏㄨㄤ

㊀見下。㊁見"徬徨"。

【徨徨】心神不安。漢書八七上揚雄傳甘泉賦："徒回回以徨徨兮，魂固眇眇而昏亂。"樂府詩集三六魏武帝（曹操）秋胡行："徨徨所欲，來到此間。"

循 xún 詳遵切，平，諄韻，邪。ㄒㄩㄣ

㊀依照，順着。左傳昭七年："循牆而走。"㊁遵守。禮射義："卿大夫以循法爲節。"㊂巡視。漢書宣帝紀地節四年："遣使者循行郡國，問民所疾苦。"㊃撫摩。通"插"。淮南子原道："是故視之不見其形，聽之不聞其聲，循之不得其身。"漢書五四李廣傳附李陵："以此言微動之，陵墨不應，孰視而自循其髮。"

【循分】安守本分。宋曾鞏元豐類稿三六明州到任謝兩府啟："錙銖勵謹於成規，毫髮敢萌於私見，以兹循分，庶獲寡尤。"

【循化】地名。本名一公城，宋崇寧二年改爲循化城。清乾隆二十八年設循化廳，屬甘肅蘭州府。公元1913年改爲縣。今爲青海循化撒拉族自治縣。參閱讀史方輿紀要六十臨洮府講朱城、嘉慶一統志二五三蘭州府二。

【循吏】奉職守法的官吏。史記太史公自序："奉法循理之吏，不伐功矜能，百姓無稱，亦無過行，作循吏列傳第五十九。"

【循行】巡視。禮月令季春之月："時雨將降，下水上騰，循行國邑，周視原野，修利隄防，道達溝瀆，開通道路，毋有障塞。"

【循良】奉公守法。北史房謨傳論："房謨忠勤之操，始終若一；恭懿循良之風，可謂世有人矣。"恭懿，房謨子。也指奉公守法之官吏。唐柳宗元柳先生集三八柳州謝上表："常以萬邦共理，必藉於循良，一物不遺，尚延於愚竅。"

【循咡】食後以手拭口。管子弟子職："既食乃飽，循咡覆手。"

【循便】權宜行事。戰國策齊三："秦破馬服君（趙括）之師，圍邯鄲，……公子無忌（信陵君）爲天下循便計，殺晉鄙，率魏兵以救邯鄲之圍。"

【循俗】從俗。戰國策趙二："今王易初不循俗，胡服不顧世，非所以教民而成禮也。"淮南子氾論："故聖人法與時變，禮與俗化，衣服器械，各便其用，法度制令，各因其宜，故變古未可非，循俗未足多也。"

【循常】㊀遵守常道。後漢書四九仲長統傳法誡："又中世之選三公也，務於清慤謹慎，循常習故者。是婦女之檢柙，鄉曲之常人耳。"㊁尋常，普通。後漢書三九劉愷傳："有司不原樂善之心，而繩以循常之法。"

【循階】官吏按資歷逐級晉升。南史伏曼容傳附伏暅："暅自以名輩素在（何）遠前，爲吏俱稱廉白，遠累見擢，暅循階而已，意望不滿。”梁書作“遷階”。

【循資】官吏按年資逐級提升。唐歐陽詹歐陽行周集十上鄭相公書：“四門助教，限以四考，格以五選，十年方易之官也。自兹循資歷級，然得太學助教。”

【循蜚】十紀中的第七紀。也作“循飛”。詳“十紀”。

【循撫】猶安撫。戰國策齊六：“內牧百姓，循撫其心。”後漢書光武紀下：“二千石勉加循撫，無令失職。”

【循默】緘默無言。資治通鑑一〇九晉隆安元年：“(王)珣一旦失勢，循默而已。”注：“循默者，循常而無一言也。”

【循環】往復回旋。指事物運動，周而復始。戰國策燕二：“此必令其言如循環，用兵如刺蜚繡。”史記高祖紀贊：“三王之道若循環，終而復始。”

【循牆】沿牆，靠牆。左傳昭七年：“及正考父佐戴武宣，三命茲益共；故其鼎銘云：‘一命而僂，再命而傴，三命而俯，循牆而走。’”循牆而走，表示恭慎。

【循資格】唐開元時選官制度，以年資爲擢用官吏的條件，相當於北魏之停年格。參閱通典十五選舉三、新唐書選舉志下。

【循名責實】就其名而求其實，就其言而觀其行，考察是否名副其實。韓非子定法：“因任而授官，循名而責實。”淮南子主術：“故有道之主，……循名責實，使有司任而弗詔，責而弗教。”也作“循名督實”。鄧析子無厚：“上循名以督實，下奉敎而不違。”

【循規蹈矩】遵守常規。宋朱熹朱文公集五六答方賓王書：“循塗守轍，猶言循規蹈矩云爾。”紅樓夢五六：“皆因看的你們是三四代的老媽媽，最是循規蹈矩，原該大家齊心顧些體統。”

【循循善誘】論語子罕：“夫子循循然善誘人。”循循，有次序貌。誘，勸導。後來稱敎導有方爲循循善誘。文選南朝梁劉孝標(峻)辯命論：“循循善誘，服膺儒行。”後漢書八十下趙壹傳“失恂恂善誘之德”注引論語作“恂恂”。恂恂，恭順貌。清阮元謂作“循”者古論，作“恂”者魯論，見論語注疏校勘記子罕。

十　畫

徬 1. pàng 蒲浪切，去，宕韻，並。ㄆㄤˋ

㊀依附。通“傍”。周禮地官牛人：“共其兵車之牛，與其牽徬，以載任器。”注：“牽徬，在轅外輓牛也。人御之，居其前曰牽，居其旁曰徬。”

2. páng 字彙 蒲光切，音旁。ㄆㄤˊ

㊀見“徬₂徨”。

【徬₂徨】徘徊不定貌。同“彷徨”、“傍偟”。文選漢班孟堅(固)西都賦：“既懲懼於登望，降周流以徬徨。”後漢書班固傳作“彷徨”。

徆 xiè 集韻 先結切，入，屑韻。ㄒㄧㄝˋ

見“徽徆”。

微 wēi 無非切，平，微韻，明。ㄨㄟ

㊀小，細，少。書大禹謨：“道心惟微。”荀子非相：“葉公子高微小短瘠，行若將不勝其衣然。”禮祭義：“雖有奇邪而不治者則微矣。”注：“微，猶少也。”㊁衰敗。詩邶風式微：“式微式微，胡不歸。”史記高祖功臣年表六：“始未嘗不欲固其根本，而枝葉稍陵夷衰微也。”㊂卑賤。書舜典：“虞舜側微。”注：“爲庶人，故微賤。”史記曹相國世家：“參始微時，與蕭何善。”㊃幽深，精妙。易繫辭下：“君子知微知彰，知柔知剛。”漢書九四下匈奴傳揚雄上書：“臣聞六經之治，貴於未亂；兵家之勝，貴於未戰；二者皆微。”㊄隱蔽，藏匿。左傳哀十六年：“白公奔山而縊，其徒微之。”注：“微，匿也。”㊅伺察。史記八一廉頗藺相如傳附李牧：“李牧不受命，趙使人微捕得李牧，斬之。”漢書九二郭解傳：“(郭)解使人微知賊處。”㊆暗暗地。史記七七魏公子傳：“侯生下見其客朱亥，俾倪故久立，與其客語，微察公子。”㊇非，無。詩小雅伐木：“寧適不來，微我弗顧。”論語憲問：“微管仲，吾其被髮左衽矣。”㊈脚脛潰瘍。通“黴”、“癥”。詩小雅巧言：“既微且尰，爾勇伊何？”傳：“骭瘍爲微。”

【微子】㊀商紂王庶兄，名啟。因數諫紂不聽，去國。周滅商，稱臣於周。周公旦既殺紂子武庚，乃以微子統率殷族，封於宋，爲宋國的始祖。尚書有微子篇，相傳爲記述微子與父師(箕子)、少師(比干)問答之語。參閱史記宋微子世家。㊁舊稱非正妻所生、寄養於外之子。相傳唐末詩人杜荀鶴爲杜牧之微子。見唐詩紀事六五杜荀鶴。

【微山】㊀山名。在山東滕縣南微山縣境，接江蘇沛縣界。山下爲微山湖，傳說山上有留侯(張良)墓。見山東通志二四兗州府滕縣。㊁湖名。詳“昭陽”。

【微文】隱約諷喻之文。文選漢班孟堅(固)典引序：“司馬遷著書成一家之言，揚名後世，至以身陷刑之故，反微文刺譏，貶損當世，非誼士也。”

【微生】複姓。春秋魯有微生高。漢書古今人表作尾生高。論語憲問有微生畝。參見“微生高”。

【微至】車輪正圓，着地之處少。周禮考工記序：“凡察車之道，欲其樸屬而微至。不樸屬，無以爲完久也；不微至，無以爲戚速也。”注：“微至，謂輪至地者少，言其圜甚，著地者微耳。著地者微，則易轉，故不微至，無以爲戚速。”

【微旨】隱微的旨意。漢書九三石顯傳：“顯爲人巧慧習事，能探得人主微旨。”三國志吳趙達傳：“(達)治九宮一算之術，究其微旨，是以能應機立成，對問若神。”也作“微指”。漢書七六趙廣漢傳：“廣漢心知微指。”注：“識天子意也。”

【微行】㊀小徑。詩豳風七月：“遵彼微行，爰求柔桑。”傳：“微行，牆下徑也。”㊁不使人知其尊貴的身分，便裝出行。史記秦始皇紀三一年：“始皇爲微行咸陽。”集解：“若微賤之所爲，故曰微行也。”㊂佛家謂修道者微妙之法行。隋智顗觀無量壽佛經疏：“可謂微行妙觀，至道要術者哉。”

【微言】㊀精微之言。文選漢劉子駿(歆)移書讓太常博士：“及夫子没而微言絕，七十子卒而大義乖。”㊁猶密謀，密商。呂氏春秋精喻：“白公問於孔子曰：‘人可與微言乎？’孔子不應。”注：“微言，陰謀密事也。”史記一〇七武安侯田蚡傳：“籍福說武安侯曰：‘……太尉、丞相尊等耳，又有讓賢名。’武安侯乃微言太后風(諷)上。”此謂祕密進言。

【微忱】謙詞，謂微薄的心意。本作“微誠”。文選晉陸士衡(機)謝平原內史表：“臣之微誠，不負天地。”後通作“微忱”。明劉基誠意伯集十三贈周宗道六十四韻詩：“螻蟻有微忱，抑塞無由揚。”

【微步】㊀輕步。三國魏曹植曹子建集三洛神賦：“凌波微步，羅襪生塵。”㊁不暴露身分，便裝出行。南史王鎮之傳附王晏：“及明帝謀廢立，……蕭諶兄弟握兵權，遲疑未決，晏頻三夜微步詣諶議。”

【微妙】精微深奧。老子：“古之善爲士者，微妙玄通，深不可識。”楚辭漢王逸離騷序：“雖未能究其微妙，然大指之趣，略可見矣。”

【微的】嬰兒目能初見。的，說文作旳，明見。韓詩外傳一：“故人生而不具者五：目無見，不能食，不能行，不能言，不能施化，三月徹的而後能見，七月而生齒而後能食。"大戴禮本命作"徹昫"，說苑辨物作"達眼"。

【微服】爲隱蔽身分而更換平民服裝，使人不識。孟子萬章上："孔子不悅於魯衛，遭宋桓司馬，將要而殺之，微服而過宋。"三國志魏武宣卞皇后傳："及董卓爲亂，太祖(曹操)微服東出避難。"

【微指】見"微旨"。

【微眇】㊀精微深奧。管子水地："心之所慮，非特知於粗粗也，察於微眇，故修要之精。"㊁輕微，低微。史記孝文紀二年："朕獲保宗廟，以微眇之身，託于兆民君王之上。"漢書宣帝紀："朕微眇時，御史大夫丙吉，……皆與朕有舊恩。"

【微禹】左傳昭元年："美哉，禹功！明德遠矣，微禹，吾其魚乎！"本爲頌禹治水功績，意謂如無禹治水，人皆將成爲魚。後來詩文中摘取"微禹"二字作爲頌人功德的套語。陳書衡陽獻王昌傳蕭沆等上表："故以功深於微禹，道大於惟堯，豈直社稷用寧，斯乃黔黎是賴。"參見"微管㊀"。

【微素】㊀不顯達。水經注二四睢水"東過睢陽縣南"注："城北五六里，便得漢太尉橋玄墓……(曹)操本微素，嘗候於玄。"㊁微小誠樸的見解。謙詞。文苑英華四九一唐姜公輔對直言極諫策："夏蟲不覩於春冰，曲士寧知於天道，欲申微素，進退憂惶。"

【微茫】隱約模糊。唐陳子昂陳伯玉集一感遇詩之二七："巫山綵雲沒，高丘正微茫。"唐李白李太白詩一惜餘春賦："試登高而望遠，極雲海之微茫。"

【微時】未顯達之時。史記呂后紀："又呂太后者，高祖微時妃也。"又五四曹相國世家："(曹)參始微時，與蕭何善。"

【微細】輕微細小。漢賈誼新書八六術："數度之始，始于微細。"引申爲地位低下。史記九九叔孫通傳論："夫高祖起微細，定海內，謀計用兵，可謂盡之矣。"

【微意】㊀微薄的心意。謙詞。漢曹操魏武帝集與諸葛亮書："今奉雞舌香五斤，以表微意。"㊁微妙的用意。後漢書五一龐參傳："參思其微意，良久曰：'棠是欲曉太守也。水者，欲吾清也。……'"

【微微】㊀渺小，輕微。漢書七三韋賢傳自劾詩："赫赫顯爵，自我隊之；微微附庸，自我招之。"晉陶潛陶淵明集二和胡西曹……詩："重雲蔽白日，閑雨紛微微。"㊁幽靜貌。文選漢張平子(衡)南都賦："章陵鬱以青葱，清廟肅以微微。"注："微微，幽靜貌。"唐陳子昂陳伯玉集二酬暉上人秋夜山亭有贈詩："皎皎白林秋，微微翠山靜。"

【微塵】佛教語，指極細小的物質。大智度論九四："譬如積微塵成山，難可得移動。"北齊書樊遜傳對問釋道兩教："法王自在，變化無窮，置世界於微塵，納須彌於黍米。"

【微管】㊀春秋時，管仲相齊桓公，霸諸侯，一匡天下，故論語憲問有"微管仲，吾其被髮左衽矣"之語。六朝人遂稱管仲爲"微管"，作爲頌揚功勳卓著的大臣的套語。宋書謝靈運傳："靈運罪釁累仍，誠合盡法。但謝玄勳參微管，宜宥及後嗣，可降死一等。"文選南齊謝玄暉(朓)和王著作八公山詩："阽危賴宗衮，微管寄明牧。"㊁謙詞，言見識狹小。宋書彭城王義康傳扶令育上表："臣以頑昧，獨獻微管，所以勤勤懇懇，必訴丹誠者，實恐義康年窮命盡，奄忽于南，遂令陛下有棄弟之責。"

【微蔑】㊀細小。古文苑二宋玉小言賦："纖於毳末之微蔑，陋於茸毛之方生。"㊁出身卑賤。後漢書七七陽球傳："案(樂)松、(江)覽等皆出於微蔑，斗筲小人，依憑世戚，附託權豪，俛眉承睫，徼進明時。"

【微薄】單薄，簡陋。漢書三六楚元王傳："其葬君親骨肉，皆微薄矣。"

【微辭】隱晦的批評。公羊傳定元年："定、哀多微辭。"文選戰國楚宋玉登徒子好色賦："蓋徒以微辭相感動，精神相依憑。"此謂委婉之辭。

【微驗】暗中偵察。史記九一黥布傳："請繫(賁)赫，使人微驗淮南王。"漢書三四英布傳注："微驗，不顯言其事。"

【微生高】春秋魯人，以守信聞名於當時。微生，複姓。漢書古今人表有尾生高，顏師古注："即微生高。"莊子盜跖："尾生與女子期於梁下。女子不來，水至不去，抱梁柱而死。"其事並見論語公冶長、戰國策燕一、淮南子氾論、說林等書。

【微塵子】即水蝨。詳"水蝨"。

【微文深詆】深文周納，誣人入罪。漢書九十咸宣傳："稍遷至御史及〔中〕丞，使治主父偃及淮南反獄，所以微文深詆，殺者甚衆。"

傜 yáo 字彙 餘招切，音姚。
ㄧㄠ

勞役。說文作"傜"，从人，䍃聲。隸變爲傜。或假作"繇"。

【傜役】勞役，力役。後漢書光武紀上建武五年："詔復齊陽二年傜役。"百衲本、點校本作"傜"。引申爲服力役的人。漢書三一陳勝項籍傳："異時諸侯吏卒傜役屯戍過秦中，秦中遇之多亡狀。"

傒 xī 胡雞切，平，齊韻，匣。
ㄒㄧ 胡禮切，上，薺韻，匣。

㊀等待。書五子之歌："傒于洛之汭。"㊁小路。通"蹊"。見"傒徑"。

【傒后】書仲虺之誥："傒予后，后來其蘇。"言待我君來，使我民得以蘇息安定。後來以"傒后"表示對明君的盼望。唐李白李太白詩二六爲宋中丞請都金陵表："橫制八極，克復兩京，俗畜來蘇之歡，人多傒后之望。"

【傒徑】小路。禮月令孟冬之月："謹關梁，塞傒徑。"疏："傒徑，細小狹路。"

【傒隧】小道。漢書九一貨殖傳："鷹隼未擊，矰弋不施於傒隧。"注："傒隧，徑道也。"

十二畫

徹 chè 丑列切，入，薛韻，徹。
ㄔㄜˋ 直列切，入，薛韻，澄。

㊀通，穿，透。莊子外物："目徹爲明，耳徹爲聰。"左傳成十六年："潘尪之黨與養由基蹲甲而射之，徹七札焉。"㊁完了，結束。唐元稹長慶集二六琵琶歌："逡巡彈得六幺徹，霜刀破竹無殘節。"㊂遵循。詩小雅十月之交："天命不徹。"注："徹，道也。"箋云："不道者，言王不循天之政教。"㊃治，開發。詩大雅公劉："度其隰原，徹田爲糧。"又江漢："徹我疆土。"㊄周代的田稅制度。論語顏淵："哀公問於有若曰：'年饑，用不足，如之何？'有若對曰：'盍徹乎？'"注："周法十一而稅，謂之徹。"孟子滕文公上："周人百畝而徹。"㊅剝取。詩豳風鴟鴞："徹彼桑土，綢繆牖戶。"傳："徹，剝也；桑土，桑根也。"㊆除去。通"撤"。詩小雅十月之交："徹我牆屋，田卒汙萊。"左傳宣十二年："且雖諸侯相見，軍衛不徹，警也。"㊇清澄。通"澈"。初學記一南朝宋謝靈運怨曉月賦："握除兮鏡鑒，廊櫳兮澄徹。"謝康樂集作"房櫳兮澄徹"。

【徹夜】通宵。初學記十五隋薛道衡和許給事善心戲場轉韻詩："竟夕魚負燈，徹夜龍銜燭。"宋朱熹朱文公集一〇一戲贈勝私老友詩："乞得山田三百畝，青燈徹夜課農書。"

【徹底】通透到底，自始至終。玉臺新詠五南朝梁江淹西洲曲詩："置蓮懷袖中，蓮心徹底紅。」

【徹侯】秦漢時爵位名。秦廢古五等爵，立爵自一級公士起，至二十級徹侯止。徹，通，言其爵位上通於皇帝，位最尊，漢因之，金印紫綬。後避武帝諱，改曰通侯。漢書四八賈誼傳陳政事疏：“令(韓)信(彭)越之倫列爲徹侯而居，雖至今存可也。”參閱漢書百官公卿表上。

【徹席】死的委婉說法。文苑英華八九七唐李絳兵部尚書王紹神道碑：“享齡七十有二，徹席于長安永樂里之私第。”

【徹骨】深透入骨，極言深刻。唐劉禹錫劉夢得集五西山蘭若試茶歌詩：“悠揚噴鼻宿酲散，清峭徹骨煩襟開。”宋陸游劍南詩稿九漣漪亭賞梅：“寫真絶妙橫窗影，徹骨清寒蘸水枝。”

【徹頭】幹到底。新五代史契丹傳：“(耶律)德光謂(石)敬瑭曰：‘吾三千里赴義，義當徹頭。’乃築壇晉城南，立敬瑭爲皇帝。”

【徹縣】古時國君、卿、大夫遇到災患疾病時，即撤去懸掛的樂器，表示警省。禮喪大記：“疾病，外內皆埽，君大夫徹縣，士去琴瑟。”也作“徹懸”。縣，古懸字。資治通鑑一一八晉元熙元年西涼張顯上疏：“今入歲已來，陰陽失序，風雨乖和；是宜減膳徹懸，側身脩道。”

【徹上徹下】貫通上下。宋朱熹近思録集注四存養：“居處恭，執事敬，與人忠，此是徹上徹下語。”

【徹底澄清】謂十分廉潔清白。北齊書宋世良傳：“及代至，傾城祖道，有老人丁金剛泣而前，謝曰：‘己年九十，記三十五政，君非唯善治，清亦徹底。’”明高則誠琵琶記牛氏規奴：“今後，方信你徹底澄清。”也喻案件已查清。清夏綸杏花村傳奇下代狩：“着即巡按浙江等處地方，尅期赴任，務期徹底澄清，以昭平允。”

【徹頭徹尾】從頭到尾，自始至終；徹底。宋朱熹朱文公集五一答胡季隨書：“近日學者説得太高了，意思都不確實，不曾見理會得一書一事，徹頭徹尾。”

德 dé ㄉㄜˊ 多則切，入，德韻，端。

㊀道德。易乾文言：“君子進德脩業。”㊁恩惠。書盤庚上：“汝克黜乃心，施實德於民。”左傳成三年：“無怨無德，不知所報。”㊂感激。左傳僖二四年：“王德狄人。”㊃福，利。禮哀公問：“君之及此言也，百姓之德也。”㊄五行之説稱四季中的旺氣。禮月令孟春之月：“某日立春，盛德在木。”

【德人】有德的人。莊子天地：“德人者，居无思，行无慮，不藏是非美惡。”史記八四賈誼傳服鳥賦：“德人無累兮，知命不憂。”

【德士】宋政和間，道士林靈素建議以僧爲德士，使加冠巾，宣和元年因詔佛改號大覺金僊，餘爲仙人大士，僧爲德士。見宋史徽宗紀。參閱宋吳曾能改齋漫録十一僥德操自號倚松道人。

【德山】㊀山名。也稱善德山、枉山，爲道家所稱七十二福地之一，在今湖南常德縣。參閱雲笈七籤二七洞天福地、讀史方輿紀要八十常德府。㊁唐佛教禪宗宣鑒禪師別名。參見“德山棒”。

【德水】㊀黄河的別名。史記秦始皇紀二十六年：“更名河曰德水，以爲水德之始。”又見封禪書。㊁八功德水。廣弘明集十六南朝梁簡文帝(蕭綱)奉阿育王寺錢啟：“難遇者乃如來真形舍利，照景蜜瓶，浮光德水。”參見“八功德水”。

【德化】㊀以德感人。韓非子難一：“舜其信仁乎！乃躬藉處苦而民從之。故曰聖人之德化乎。”㊁縣名。1.屬福建省。漢冶縣地，五代閩分置德化縣，宋至清因之。參閱寰宇通志四六泉州府德化縣。2.在江西省。本漢柴桑尋陽二縣地，隋初廢柴桑，改置尋陽縣，爲江州治。開皇十八年，改縣曰彭蠡。大業二年，又改曰湓城，爲九江郡治。唐武德四年，改曰潯陽，爲江州治。明爲九江府治。清因之。公元1914年改爲九江縣。參閱嘉慶一統志三一八九江府一。

【德平】縣名。在山東省德州市東。漢置平昌縣，屬平原郡。五代後唐改爲德平。明清皆屬濟南府。公元1956年撤銷，劃歸德縣、臨邑、商河、樂陵諸縣。德縣於公元1958年撤銷，併入平原縣及德州市。參閱寰宇通志七一濟南府德州德平縣。

【德宇】氣度，器量。國語晉四：“今君之德宇，何不寬裕也。”世説新語賞譽上“王汝南(湛)既除所生服”注引晉陽秋：“(王)濟有人倫鑒識，其雅俗是非，少有優潤，見湛歎服其德宇。”也作“德寓”。文選漢張平子(衡)東京賦：“德寓天覆，輝烈光燭。”

【德安】㊀縣名。屬江西省。漢歷陵縣地。五代吳順義七年置，宋至清因之。參閱寰宇通志四九九江府德安縣、讀史方輿紀要八五九江府德安縣。㊁府名。本漢江夏郡地，唐曰安州，宋宣和元年置德安府，元至清因之；治所在今湖北省安陸縣。公元1912年廢。參閱嘉慶一統志二六七德安府。

【德行】道德，品行。易節：“君子以制數度，議德行。”疏：“德行謂人才堪任之優劣。”

【德色】自以爲有恩於人而形於顏色。漢書四八賈誼傳陳政事疏：“借父耰鉏，慮有德色。”

【德車】乘用的車。別於兵車、田車而言。禮曲禮上：“兵車不式，武車綏旌，德車結旌。”注：“德車，乘車。”

【德性】儒家指人的自然稟性。禮中庸：“故君子尊德性而道問學。”

【德門】封建時代謂循守禮教之家。晉陸機陸士衡文集五爲陸思遠婦作詩：“潔己入德門，終遠母與兄。”南史謝晦傳論：“然謝氏自晉以降，雅道相傳，……可謂德門者矣。”

【德昌】北齊高延宗(安德王)年號。公元576年。

【德兒】杏仁的別名。見宋陶穀清異録藥引五代後唐侯寧極藥譜。

【德音】㊀善言。詩邶風谷風：“德音莫違，及爾同死。”後成爲對別人言辭的敬稱。文選舊題漢李少卿(陵)答蘇武書：“時因北風，復惠德音。”㊁唐宋時的一種恩詔。如唐建元二年原免囚徒德音，見唐大詔令集八四政事。宋端拱二年敵人退後放河北沿邊州府殘欠稅物德音，見宋大詔令集一八五蠲復上。㊂歌功頌德的音樂。禮樂記：“天下大定，然後正六律，和五聲，弦歌詩頌，此之謂德音，德音之謂樂。”㊃美好的聲譽。詩豳風狼跋：“公孫碩膚，德音不瑕。”

【德施】道德恩澤。易乾：“見龍在田，德施普也。”

【德祐】宋趙㬎(恭帝)年號。公元1275—1276年。

【德政】舊指好的政令或政績。左傳隱十一年：“政以治民，刑以正邪，既無德政，又無威刑，是以及邪。”

【德星】㊀指景星、歲星等。史記天官書：“天精而見景星。景星者，德星也。其狀無常，常出於有道之國。”又武帝紀：“陛下建漢家封禪，天其報德星云。”索隱：“德星，歲星也。歲星所在有福，故曰德星也。”歲星即木星。有時又指一種極光或彗星、流星等，參閱宋史天文志五。㊁比喻賢士。東漢陳寔從諸子姪造荀淑父子，於時德星聚，太史奏：“五百里內有賢人聚。”見南朝宋劉敬叔異苑四。周書韋夐傳：“(周)弘正仍贈詩曰：‘德星(指韋夐)猶未動，真車詎肯來。'"

【德家】詩召南鵲巢序有"夫人之德也"及"夫人起家而居有之"等句，故以"德家"爲鵲巢篇的别稱。見列女傳八班婕妤。漢書九七下班倢伃傳誤作"德象"。

【德瓶】佛教語。又稱賢瓶、善瓶、如意瓶、吉祥瓶等。謂人祈天神而感得此瓶，凡有所需，皆如意自瓶中出。大智度論十三:"持戒之人，無事不得；破戒之人，一切皆失。譬如有人常供養天，……欲令心之所願，一切皆得，天與一器，名曰德瓶，而語之言，所須之物，復此瓶出。"

【德配】德行堪與匹配。漢焦延壽易林六賁之解:"德配唐虞，天命爲子。"漢李翊夫人碑:"節行絜静，德配古之聖母。"(隸釋十二)後尊稱别人的妻爲德配，本此。

【德清】縣名。屬浙江省。漢烏程縣地，晉爲武康縣地，唐天授二年析置武源縣，天寶元年改德清，五代至清因之。公元1958年將武康縣併入。參閲嘉慶一統志二八九湖州府一。

【德望】德行和名望。世説新語規箴"陸玩拜司空"注引玩别傳:"是時王導郗鑒庾亮相繼薨殂，朝野憂懼，以玩德望，乃拜司空。"

【德問】道德聲望。世説新語雅量:"郗嘉賓(超)欽崇釋道安德問，餉米千斛，修書累紙，意寄殷勤。"

【德陵】1.金完顔珣(宣宗)墓，在北京市房山縣西北大房山。見金史宣宗紀下。2.明朱由校(熹宗)墓，在北京市昌平縣天壽山的檀子峪。見讀史方輿紀要十一順天府昌平州天壽山。

【德惠】德澤恩惠。史記秦始皇紀三十七年會稽刻石:"平一宇内，德惠脩長。"

【德陽】㊀宗廟名。漢書景帝紀:"(中)四年春三月，起德陽宫。"注引臣瓚:"是景帝廟也。帝自作之，諱不言廟，故言宫。"㊁縣名。1.東漢置，北周廢。故治在今四川遂寧縣。參閲太平寰宇記八七遂州。2.屬四川省。本漢綿竹縣地，唐武德三年改德陽，元升爲州，不久復爲縣，明清因之。公元1959年將羅江縣大部分地區併入。參閲嘉慶一統志四一四綿州。

【德禽】指雞。舊説雞有五德，故稱德禽。詳"五德㊁"。

【德勝】㊀黄河古渡名。五代後梁貞明四年十二月，晉王李存勗攻取濮陽，軍至德勝渡。五年正月晉將李存審於德勝南北築兩城以守，稱爲夾寨。北城故址即今河南濮陽縣治，南城在宋時爲澶州治所，後被水冲塌。五代時屢爲争戰之地。參閲資治通鑑二七〇後梁紀、讀史方輿紀要十六大名府開州。㊁城門名，在北京市北。明正統末，也先兵臨京師城下，于謙率兵於德勝門外抗擊，即此。見明史一七〇于謙傳、清吴長元宸垣識略一建置。

【德意】善意，恩惠。周禮秋官掌交:"道王之德意志慮，使咸知王之好惡。"宋蘇軾分類東坡詩六次韻秦少游王仲至元日立春詩之三:"詞鋒雖作楚騷寒，德意還同漢詔寬。"

【德業】德行和事業。後漢書五四楊震傳:"自震至彪，四世太尉，德業相繼。"

【德壽】元末農民起義領袖陳友諒死，其子陳理建都武昌，年號爲德壽。公元1363—1364年。

【德稱】德望，名望。後漢書和熹鄧皇后紀:"陰后見后德稱日盛，不知所爲。"

【德慶】㊀縣名。屬廣東省。漢端谿縣地，唐爲康州，宋紹興元年升爲德慶府，明洪武九年降爲州，清因之。公元1912年改縣。參閲嘉慶一統志三四五肇慶府。㊁地名。在西藏拉薩市東南，拉薩河中游南岸。公元1960年與達孜、拉木、邦堆合併爲達孜縣。

【德興】㊀縣名。屬江西省。漢餘汗縣地，唐爲樂平縣，五代南唐改德興。參閲嘉慶一統志三一一饒州府一。㊁府名。遼奉聖州，金大安元年升爲德興府，元改保安州。見金史地理志上、元史地理志一。今爲河北涿鹿縣。㊂北遼蕭德妃年號。公元1122年。

【德澤】德化和恩惠。韓非子解老:"有道之君，外無怨讎於鄰敵，而内有德澤於人民。"淮南子主術:"德澤兼覆而不偏，羣臣勸務而不怠。"

【德操】品德操守。荀子勸學:"生乎由是，死乎由是，夫是之謂德操。"

【德機】生機。莊子應帝王:"鄉吾示之以地文，萌乎不震不正，是殆見吾杜德機也。"列子黄帝作"德幾"。

【德縣】縣名。在山東省。漢鬲縣地，北齊廢。隋分置將陵縣，唐屬德州，元置陵州。明降爲縣，後徙置德州於此，清因之。公元1913年改縣。1958年撤銷，併入平原縣及德州市。參閲嘉慶一統志一六二濟南府一。

【德山棒】佛教禪宗主明心見性，不立文字，對來學者隨機觸發，俟其自悟，至有開口便駡，動手即打者。禪宗大師臨濟(義玄)善喝，德山(宣鑑)則以棒打爲教，故稱臨濟喝、德山棒。參閲景德傳燈録十三省念禪師。參見"棒喝"。

【德政碑】舊時頌揚官吏政績的碑刻。水經注八濟水:"(昌邑)西北有東太山成人班孟堅碑，建和十年尚書右丞拜沇州刺史從事秦閏等刊石頌德政碑咸列焉。"唐白居易長慶集四青石詩:"不願作官家道傍德政碑，不鐫實録鐫虚辭。"

【德厚流光】謂道德高厚，影響深遠。穀梁傳僖十五年:"故德厚者流光，德薄者流卑。"疏:"光，猶遠也。卑，猶近也。"流，猶言影響。

【德薄能鮮】謂德行淺薄，才能不足。自謙之辭。宋歐陽修文忠集二五瀧岡阡表:"既又載我皇考崇公之遺訓，太夫人之所以教而有待於修者，並揭于阡；俾知夫小子修之德薄能鮮，遭時竊位，而幸全大節不辱其先者，其來有自。"

【德護長者】佛書人名。王舍城長者，受外道誘惑，於家門内造火坑，於食中設毒，欲謀害佛。佛至其家，現大神力，長者懺悔，佛因爲説法，長者一門皆歡喜奉行。見隋譯佛説德護長者經。

徶 biè ㄅㄧㄝ 集韻 蒲結切，入，屑韻。

見下。

【徶徆】飄動貌。史記一一七司馬相如傳上林賦:"媥姺徶徆，與世殊服。"集解:"衣服婆娑貌。"漢書、文選作"便姍嫳屑"。

徵 1. zhēng ㄓㄥ 陟陵切，平，蒸韻，知。

㊀徵召。戰國策楚四:"於是使人發騶卒徵莊辛於趙。"史記周紀:"幽王舉烽火徵兵，兵莫至。"㊁徵聘。儀禮士婚禮:"納徵。"注:"徵，成也。使使者納幣以成昏禮。"參閲清俞樾茶香室經説七納徵。㊂求。史記一二九貨殖傳:"故物賤之徵貴，貴之徵賤，各勸其業，樂其事。"索隱:"徵者，求也。謂此處物賤，求彼貴賣之。"㊃徵收。左傳僖四年:"包茅不入，王祭不共，無以縮酒，寡人是徵。"㊄迹象。荀子富國:"觀國之强弱貧富有徵。"史記項羽紀:"兵未戰而先見敗徵，此可謂知兵矣。"㊅證明，證驗。書胤征:"聖有謨訓，明徵定保。"論語八佾:"夏禮，吾能言之；杞，不足徵也。"㊆姓。三國吴有徵崇。見三國志吴程秉傳。

2. zhǐ ㄓ 陟里切，上，止韻，知。

㊇五音之一。禮月令孟夏之月:"其蟲

羽，其音徵。"

3. chéng ㄔㄥˊ

㊈懲戒。通"懲"。荀子正論："凡刑人之本，禁暴惡惡，且徵其未也。"注："徵，讀爲懲。未，謂將來。"

【徵士】不就朝廷徵聘之士。後漢書三九周磐傳："周磐字堅伯，汝南安城人，徵士燮之宗也。"文選蔡伯喈(邕)陳太丘碑文："徵士陳君，稟嶽瀆之精，苞靈曜之純。"參閱清趙翼陔餘叢考三六徵君徵士。

【徵文】㊀取證於文。晉書刑法志："主者唯當徵文據法，以事爲斷耳。"㊁徵求他人的詩文。唐白居易長慶集十三與諸同年賀座主侍郎新拜太常同宴蕭尚書亭子詩："寵新卿典禮，會盛客徵文。"

【徵引】㊀推薦選拔。魏書肅宗紀熙平二年詔："門才術藝，應於時求者，自別徵引，不在斯列。"㊁引證。宋楊億景德傳燈錄序："誘導後學，敷暢玄猷，而捃摭之來，徵引所出，糟粕多在，油素可尋。"

【徵比】徵發考核。周禮地官縣正："各掌其縣之政令徵比。"注："徵，召也；比，案比。"清詩別裁二九陳景鐘縲絏曲："明朝抱入城中去，已值官糧徵比時。"

【徵召】徵求召集。漢書元帝紀建昭五年："今不良之吏，覆案小罪，徵召證案，興不急之事，以妨百姓。"南史隱逸傳上："希林少守家業，徵召一無所就，卒。"此指徵召授予官職。

【徵用】徵召起用。史記一二一儒林傳序："孝惠呂后時，皆武力有功之臣，孝文時頗徵用(諸儒)。"

【徵兆】事先顯示的迹象。漢書八五谷永傳："畏此上天之威怒，深懼危亡之徵兆。"

【徵求】㊀徵收。史記一六〇吳王濞傳："徵求滋多，誅罰良善，日以益甚。"唐杜甫杜工部草堂詩箋三十又呈吳郎："已訴徵求貧到骨，正思戎馬淚盈巾。"㊁尋求，收集。後漢書八六西南夷傳："先以詔書告示三郡，密徵求武士。"

【徵君】徵士的敬稱。後漢書五三黃憲傳："友人勸其仕，憲亦不拒之，暫到京師而還，竟無所就。年四十八終，天下號曰'徵君'。"參見"徵士"。

【徵兵】㊀要求出兵支援。史記九一黥布傳："項王往擊齊，徵兵九江，九江王布稱病不往，遣將將數千人行。"㊁徵集百姓服兵役。唐李白李太白詩二古風之三十四："借問此何爲？答言楚徵兵。"唐白居易白香山集三新豐折臂翁詩："無何天寶大徵兵，戶有三丁點一丁。"

【徵役】調集軍隊。左傳襄三十年："子張怒，退而徵役，子產奔晉。"也指徵集人民服兵役或勞役。後漢書四六陳忠傳："徵役無度，老弱相隧，動有萬計。"

【徵事】漢官名。丞相官屬，比六百石。故吏二千石不以贓罪免者，得爲丞相徵事。漢昭帝有徵事任宮，獻帝時有徵事邴原王烈。見漢書七昭帝紀元鳳元年、三國志魏邴原傳。

【徵₂招】古樂章名。孟子梁惠王下："召太師曰：'爲我作君臣相說之樂'，蓋徵招角招是也。"宋政和間，大晟府雅樂補徵招、角招二調。徵招曲有歌頭、中腔。其中腔曰徵招調中腔。參閱宋史樂志四、詞譜十一、二四。

【徵科】徵收賦稅。唐韓愈昌黎集外集九順宗實錄四："上考功第，(陽)城自署第曰：'撫字心勞，徵科政拙，考下下。'"

【徵信】考核證實。唐柳宗元柳先生集二懲咎賦："再徵信乎策書兮，謂炯然而不惑。"

【徵祥】吉祥的預兆。漢劉向說苑善說："天瑞並至，徵祥畢見。"三國志吳華覈傳："驗之天地，無有他變，而徵祥符瑞前後屢臻。"

【徵逐】招呼追隨，指朋友間來往之密切。唐韓愈昌黎集三二柳子厚墓誌銘："今夫平居里巷相慕悅，酒食遊戲相徵逐，詡詡然强笑語以相下。"

【徵書】徵召的文書。後漢書三十下郎顗傳："聞徵書到，夜縣(懸)印綬於縣廷而遁去，遂終身不仕。"世說新語賢媛："徵書朝至夕發。"

【徵庸】召試進用。同"徵用"。書舜典："舜生三十徵庸。"漢王充論衡氣壽引書作"徵用"。

【徵象】驗證。南朝宋鮑照鮑參軍集二河清頌序："臣聞善談天者，必徵象於人；工言古者，先考績於今。"

【徵發】官府徵集動用民間的人力和物資。史記平準書："兵革數動，民多買復及五大夫，徵發之士益鮮。"漢書刑法志："及至孝武即位，外事四夷之功，內盛耳目之好，徵發煩數，百姓貧耗。"

【徵聘】㊀徵召諸侯聘問。左傳宣九年："春，王使來徵聘。夏，孟獻子聘於周，王以爲有禮，厚賄之。"㊁招聘，聘請。後漢書四六陳忠傳："忠以爲臨政之初，宜徵聘賢才，以宣助風化。"

【徵辟】徵召未仕的士人爲官。或稱朝廷詔聘爲徵，三公以下請召爲辟。後漢書七九蔡玄傳："學通五經，門徒常千人，其著錄者萬六千人。徵辟并不就。"晉書王裒傳："於是隱居教授，三徵七辟皆不就。"

【徵歌】招歌者唱歌。唐李白李太白詩五宮中行樂詞之二："選妓隨雕輦，徵歌出洞房。"

【徵調】徵集調遣。後漢書三一杜詩傳："舊制發兵，皆以虎符，其餘徵調，竹使而已。"

【徵₂調】樂調名。唐元稹長慶集二四五絃彈："趙璧五絃彈徵調，徵聲巉絕何清峭。"

【徵舉】徵召舉薦。後漢書三九劉愷傳："愷性篤古，貴處士，每有徵舉，必先巖穴。"

【徵攝】跟蹤偵緝。世說新語方正："(郭)淮妻，太尉王凌之妹，坐凌事當并誅。使者徵攝甚急，淮使戒裝，克日當發。"

【徵驗】證據，證明。漢書三六楚元王傳附劉歆移書讓太常博士："且此數家之事，皆先帝所親論，今上所考視，其古文舊書，皆有徵驗，外內相應，豈苟而已哉！"三國志蜀先主傳："二祖受命，圖書先著，以爲徵驗。"

十三畫

徺 zhǎi ㄓㄞˇ

見"徺徲"。

【徺徲】豪强貌。北史崔辯傳："楷性嚴烈，能摧挫豪强，時人語曰：'莫徺徲，付崔楷。'"也作"獡徲"。參見該條。

徼 1. jiào ㄐㄧㄠˋ 古弔切，去，嘯韻，見。

㊀巡察，巡邏。漢書五八趙敬肅王彭祖傳："常夜從走卒行徼邯鄲中。"漢書十九百官公卿表上："中尉，秦官，掌徼循京師。"㊁邊界。史記一一七司馬相如傳："南至牂柯爲徼。"㊂見"徼妙"。

2. jiǎo ㄐㄧㄠˇ 集韻 吉了切，上，篠韻。

㊃同"僥"。見"徼₂幸"。

3. jiāo ㄐㄧㄠ 古堯切，平，蕭韻，見。

㊄抄襲。論語陽貨："惡徼以爲知者。"

4. yāo ㄧㄠ 集韻 伊消切，平，宵韻。

㊅招致，要求。通"邀"。荀子儒效："小人則日徼其所惡。"左傳昭三年："徼福於大公、丁公。"㊆遮，攔截。史記一一七司馬相如傳封禪書："然後囿騶虞之珍羣，

徼麋鹿之怪獸。」

【徼₄功】同「邀功」。後漢書六五皇甫規傳上自效疏：「軍士勞怨，困於猾吏，進不得快戰以徼功，退不得溫飽以全命。」三國志吳全琮傳：「分兵捕民，得失相半，……如或邂逅虧損非小，與其獲罪，琮寧以身受之，不敢徼功以負國也。」

【徼外】境外，塞外。史記一二五鄧通傳：「人有告鄧通盜出徼外鑄錢。」

【徼巡】巡迴檢查。新唐書百官志四上：「左右街使，掌分察六街徼巡。」

【徼妙】微妙。老子：「故常無欲以觀其妙；常有欲以觀其徼。」唐獨孤及毘陵集十八對詔策：「至如希微大體，徼妙玄鍵，陛下得黃帝之遺珠久矣。」

【徼₂幸】同「儌倖」。左傳哀十六年：「以險徼幸者，其求無饜。」也作「徼倖」。韓非子五蠹：「事敗而弗誅，則游說之士，孰不爲用矰繳之說，而徼倖其後？」參見「儌₂倖」。

【徼亭】設於境上的驛亭。戰國策韓一：「料大王之卒，悉之不過三十萬，……爲除守徼亭鄣塞，見(現)卒不過二十萬而已矣。」

【徼₃訐】揭發別人陰私並加攻擊。論語陽貨：「惡徼以爲知者，……惡訐以爲直者。」漢蔡邕蔡中郎集二陳太丘碑：「不徼訐以干時，不遷怒以臨下。」

【徼₄谻】待其疲倦而加以攔截、捕捉。史記一一七司馬相如傳子虛賦：「徼谻受詘，殫睹衆物之變態。」集解引徐廣：「谻音劇。」又引郭璞：「谻，疲極也。詘，盡也。言獸有倦游者，則徼而取之。」

【徼道】巡行警戒的道路。徼，巡察。漢書九六下西域傳：「(龜茲王)後數來朝賀，樂漢衣服制度，歸其國，治宮室，作徼道周衛，出入傳呼，撞鐘鼓，如漢家儀。」後漢書四十上班彪傳附班固西都賦：「周廬千列，徼道綺錯。」

【徼循】巡查。漢書六四下東方朔傳：「乃使右輔都尉徼循長楊以東。」也作「徼巡」。又八九黃霸傳「始霸少爲陽夏游徼」唐顏師古注：「游徼，主徼巡盜賊者也。」

【徼₄福】要福，求福。左傳僖四年：「君惠徼福於敝邑之社稷，辱收寡君，寡君之願也。」後漢書七五袁術傳：「術問曰：『……今孤以土地之廣，士人之衆，欲徼福於齊桓，擬迹於高祖，可乎？』」

徻 xiè ㄒㄧㄝ

同「㣯」。見「徻徻」。

十四畫

徾 cè ㄘㄜˋ 初戢切，入，緝韻，初。 ㄘㄜˋ 蘇合切，入，合韻，心。

行貌。見說文、廣韻。

【徾𦒼】聲音紛繁。也作「𦒼𦒼」。文選三國魏嵇叔夜(康)琴賦：「飛纖指以馳騖，紛徾𦒼以流漫。」指琴聲。又晉左太冲(思)吳都賦：「徾𦒼衆夥，交貿相競，諠譁喤呷，芬葩蔭映。」指言語。

黴 méi ㄇㄟˊ

見「黴黴」。

【黴黴】相隨貌。楚辭漢王逸九思怨上：「鴛鴦兮噰噰，狐狸兮黴黴。」宋洪興祖補注：「黴，釋文音眉。」

徽 huī ㄏㄨㄟ 許歸切，平，微韻，曉。

㊀美、善。書舜典：「愼徽五典，五典克從。」傳：「徽，美也，善也。」㊁標志，符號。如國徽。見「徽號㊀」。㊂琴徽，繫弦的繩。漢書八七下揚雄傳解難：「今夫弦者，高張急徽。」注：「徽，琴徽也，所以表發撫抑之處。」後稱七弦琴琴面十三個指示音節的標誌爲徽。㊃繩索。見「徽纆」。㊄束，繫。文選漢揚子雲(雄)解嘲：「徽以糾墨，製以鑕鈇。」唐劉良注：「徽，繫也。」㊅彈奏。通「揮」。淮南子主術：「鄒忌一徽，而威王終夕悲，感於憂。」

【徽州】地名。1. 宋宣和三年改歙州置。元升爲路。明清改府。公元 1912 年廢。治所舊址在今安徽歙縣。參閱嘉慶一統志一一二徽州府一。2. 蒙古汗國至元元年改南鳳州置。詳「徽縣」。

【徽車】有標誌的車。漢書八七上揚雄傳校獵賦：「徽車輕武，鴻絧緁獵。」注：「徽車，有徽幟之車也」又文選漢揚雄羽獵賦注引晉灼：「徽，疾貌也。」

【徽音】㊀猶德音。詩大雅思齊：「大姒嗣徽音，則百斯男。」箋：「嗣大任之美音，謂續行其善教令。」也以喻音信，猶言嘉訊。文選南朝宋謝靈運登臨海嶠初發彊中作……詩：「儻遇浮丘公，長絕子徽音。」參見「德音㊀」。㊁美好的樂聲。文選三國魏王仲宣(粲)公讌詩：「管絃發徽音，曲度清且悲。」

【徽容】美容。南朝宋鮑照鮑氏集五數詩：「九族共瞻遲，賓友仰徽容。」

【徽索】捆綁罪犯，俘虜的繩索。漢書八七下揚雄傳解謿：「范雎，魏之亡命也，折脅拉髂，免於徽索。」唐韓愈昌黎集八征蜀聯句：「逆頸盡徽索，仇頭恣髡鬅。」

【徽烈】美好的業績。文選南朝梁劉孝標(峻)廣絕交論：「想惠莊之清塵，庶羊左之徽烈。」惠，惠施；莊，莊周；羊，羊角哀；左，左伯桃。

【徽章】㊀旌旗。戰國策齊一：「秦假道韓魏以攻齊，齊威王使章子將而應之，……章子爲變其徽章以雜秦軍。」文選南朝宋謝希逸(莊)宋孝武宣貴妃誄：「崇徽章而出寰甸，照殊策而去城闉。」今也稱佩戴的證章曰徽章。參閱徐珂清稗類鈔服飾類徽章。㊁美好的詩篇。藝文類聚八二南朝梁昭明太子(蕭統)芙蓉賦：「初榮夏芬，晚花秋曜。興澤陂之徽章，結江南之流調。」

【徽陵】五代後唐李亶(明宗)墓。在今河南洛陽縣，一說在新安縣東北。參閱舊五代史唐書明宗紀十、嘉慶一統志河南府三。

【徽紵】麻布，麻綫。三國吳陸璣毛詩草木鳥獸蟲魚疏上可以漚紵：「紵，亦麻也，……荆揚之間，一歲三收，今官園種之，歲再割，割便生剥之，以鐵若竹刮其表，厚皮自脫，但得其裏韌如筋者謂之，用緝，謂之徽紵。」

【徽猷】高明的謀略。詩小雅角弓：「君子有徽猷，小人與屬。」文選晉盧子諒(諶)贈劉琨詩：「加其忠貞，宣其徽猷。」

【徽號】㊀旗幟上的標志。指圖、式、顏色。作爲新朝或某一帝王新政的標志之一。禮大傳：「改正朔，易服色，殊徽號。」㊁美好的稱號。多指加於帝后尊號上的歌功頌德的套語。舊五代史唐明宗紀：「八月戊申，帝被袞冕，御明堂殿受册，徽號曰：『聖明神武廣運法天文德恭孝皇帝。』」也作綽號解。明吳炳西園記傳奇鬧訃：「日日街頭尋人鬧，滿城與我加徽號。」

【徽調】劇種名。源出於漢調，初流行於湖北安徽江蘇等省，後盛行於安徽桐城、休寧一帶，遂變爲徽調。主要腔調爲吹腔、二簧，也唱西皮、高腔及崑腔。清乾隆時四喜、三慶、春臺、嵩祝四大徽班相繼入京，道光咸豐間與漢調融合而演變爲京劇。京劇盛而徽調衰落。解放後地方戲獲得發展，定名爲徽劇。參閱徐珂清稗類鈔戲劇徽調戲。

【徽墨】安徽舊徽州府(今歙縣)所產的墨。古人製墨，大都用松烟。晉代墨材多取諸廬山，唐則取自易州上黨，自李超徙歙，張谷徙黟，世代以製墨爲業，於是始有徽墨。參閱徐珂清稗類鈔物品類徽墨。

【徽幟】標志，多指旗幟。漢書九九上王莽傳："殊徽幟，異器制。"

【徽嫿】奔馳貌。後漢書六十馬融傳廣成頌："徽嫿霍奕，別騖分奔。"

【徽縣】縣名。屬甘肅省。漢河池縣，屬武都郡，宋開寶五年屬鳳州。蒙古汗國至元元年改徽州，清雍正七年改州爲縣。參閱嘉慶一統志二七四秦州一。

【徽徽】㊀美善。漢揚雄太玄經二從："從徽徽，後得功也。"注："從善故有功者也。"㊁燦爛。文選晉陸士衡(機)文賦："文徽徽以溢目，音泠泠以盈耳。"

【徽識】古代軍士所佩帶的符號。識，通"誌"。左傳昭二一年："揚(揚)徽者，公徒也。"注："徽，識也。"疏："則徽識制如旌旗，書其所任之官與姓名於上，被之於背，以備其死知是誰之尸也。"

【徽繩】同"徽索"。指捆綁罪人的繩索。也喻囚禁。梁書王僧孺傳辭府牋："下官不能避溺山隅，而正冠李下，既貽疵辱，方致徽纆。"時僧孺爲湯道愍所訟告下獄。

【徽纆】繩索。易坎："係用徽纆。"釋文："劉(表)云：三股曰徽，兩股曰纆，皆索名。"引申爲捆綁，囚禁。後漢書西羌傳論："壯悍則委身於兵場，女婦則徽纆而爲虜。"梁書王亮傳任昉奏范縝："顧望縱容，無至公之議；惡直醜正，有私訐之談。宜置之徽纆，肅正國典。"

【徽纏】繩索，也用以比喻生活中的各種束縛，牽累。宋王安石臨川集八一日不再飯詩："筋骸徽纏束，肺腑鼎鐺煎。"

十七畫

徾 xiāng 息良切，平，陽韻，心。
ㄒㄧㄤ

見"徾徉"。

【徾徉】徘徊。也作"襄羊"、"相羊"、"相佯"。楚辭屈原離騷："折若木以拂日兮，聊逍遥以相羊。"注："相羊猶徘徊也。"玉篇引作："聊逍遥以徾徉。"

二十畫

㣤 qué 丘縛切，入，藥韻，溪。
ㄑㄩㄝ

行貌。亦作"躩"。漢揚雄太玄六養："燕食扁扁，其志㣤㣤，利用征賈。"集韻"㣤"引太玄作"其志㣤㣤"。

心 部

心 xīn 息林切，平，侵韻，心。
ㄒㄧㄣ

㊀心臟。中醫稱心、肝、脾、肺、腎爲五臟，心爲人體器官的主宰。素問靈蘭秘典論："心者，生之本、神之變也。"又："心者，君主之官也，神明出焉。"舊時習慣稱心爲思維的器官。孟子告子上："心之官則思。"㊁思想、意念、感情的通稱。易繫辭上："二人同心，其利斷金。"詩小雅巧言："他人有心，予忖度之。"㊂心所在的部位，泛指胸部。禮曲禮下："凡奉(捧)者當心，提者當帶。"㊃中央，中心。如掌心、江心、核心。晉干寶搜神記十一韓馮妻："日出當心。"㊄木的尖刺，花蕊。詩邶風凱風："凱風自南，吹彼棘心。"花間集六五代蜀毛文錫紗窗恨之二："雙雙蝶翅塗鉛粉，咂花心。"㊅星宿名。二十八宿之一。見"心宿"。

【心力】心思與能力。書大禹謨："爾尚一乃心力，其克有勳。"左傳昭十九年："盡心力以事君。"

【心火】㊀ 指内心的激動或煩惱。中醫有心在地爲火之説，故稱心火。見素問陰陽應象大論。唐白居易長慶集十八感春詩："憂喜皆心火，榮枯是眼塵。"㊁心宿的大火星。晉書孫惠傳："夫心火傾移，喪亂可必。"

【心心】㊀佛教語。指前後的思想欲念。仁王經下奉持品："斷諸功用，心心寂滅。"㊁彼此間的情意。唐孟郊孟東野集一結愛詩："心心復心心，結愛務在深。"

【心王】佛教語。指阿賴耶識而言，因其爲心之主宰，故稱心王。猶言心君。涅槃經一壽命品："頭爲殿堂，心王居中。"景德傳燈録二九南朝梁寶誌十四科頌事理不二："心王自在翛然，法性本無十纏。"參閱翻譯名義集六心意識法篇阿賴耶。

【心孔】猶心竅。唐杜甫杜工部草堂詩箋六奉先劉少府新畫山川障歌："小兒心孔開，貌得山僧及童子。"元詩百一鈔四成庭珪夜過吴江聖壽寺宿復中行方丈："對牀聽法語，心孔愈惺惺。"

【心目】心與眼，泛指内心。文選三國魏文帝(曹丕)與吴質書："追思昔遊，猶在心目。"

【心田】佛教語。即心。廣弘明集二十南朝梁蕭綱(簡文帝)上大法頌表："澤雨無偏，心田受潤。"唐白居易長慶集七一狂吟七言十四韻詩："性海澄渟平少浪，心田灑掃淨無塵。"

【心史】宋鄭思肖撰。七卷。多記載宋亡時雜事。舊無傳本，明崇禎十一年，於蘇州承天寺浚井時發現，故也稱井中心史；因有鐵函封緘，内題稱"大宋孤臣鄭思肖百拜封"，故又稱鐵函心史。明張國維爲之刻印流傳。參閱清顧炎武亭林詩集五井中心史歌序。

【心印】㊀佛教禪宗主張不用語言文字，而直接以心相印證，頓悟成佛，稱爲心印。六祖大師法寶壇經頓漸："師(六祖慧能)曰：'吾傳佛心印，安敢違於佛經。'"唐劉禹錫劉夢得集七送宗密上人歸南山草堂寺……詩："自從七祖傳心印，不要三乘入便門。"㊁拆字術。宋郭若虛圖畫見聞誌一論氣韻非師："且如世之相押字之術，謂之心印。本自心源，想成形跡，跡與心合，是之謂印。爰及萬法，緣慮施爲，隨心所合，皆得名印。"

【心安】心有寄託，安適無憾。國語齊："其幼者言悌，少而習焉，其心安焉。"文選晉潘安仁(岳)楊仲武誄："而孤貧守約，心安陋巷。"

【心交】知心朋友。唐鮑溶詩集外詩送蕭世秀才："心交別我西京去，愁滿春魂不易醒。"

【心衣】兜肚。釋名釋衣服："心衣，抱腹而施鉤肩，鉤肩之間，施一襠以奄心也。"奄，一本作"掩"。

【心冰】佛教語。指心中疑惑不解有如冰結。因明入正理論疏上："嗟去聖之彌遠，慨心冰之未釋。"

【心地】㊀ 佛教語。佛教認爲，三界唯心，心如滋生萬物的大地，能隨緣生一切諸法，故稱心地。大乘本生心地觀經八："衆生之心，猶如大地，五穀五果從大地生。……以是因緣，三界唯心，心名爲地。"唐釋齊己白蓮集九移居西湖作詩之一："只待秋聲滌心地，衲衣新洗健形容。"宋儒也謂心性存養爲心地。朱子語類輯略二持守："自古聖賢，皆以心地爲本。"㊁猶心願。唐司空圖司空表聖詩集三偶詩之五："甘得寂寥能到老，一生心地亦應平。”㊂猶內心、心裏。唐韓偓玉山樵人集殘春旅舍詩：“旅舍殘春宿雨晴，恍然心地憶咸京。”

【心灰】㊀佛教語。心中的塵埃，喻世俗雜念。南朝梁蕭統昭明太子集二講解將畢賦三十韻詩依次用詩：“器月希留影，心灰庶方撲。”㊁謂心如死灰。極言消極。唐白居易長慶集十八冬至夜詩：“心灰不及爐中火，鬢雪多於砌下霜。”元喬吉喬夢符小令玉交枝閑適二曲：“不是我心灰意懶，怎陪伴愚眉肉眼？”

【心匠】獨特的構思、設計。唐白居易長慶集七十白蘋洲五亭記：“大凡地有勝境，得人而後發；人有心匠，得物而後開。”宋李格非洛陽名園記富鄭公園：“亭臺花木，皆出其目營心匠。”

【心死】指心情沮喪、意志消沉至不能自拔。莊子田子方：“夫哀莫大於心死，而人死亦次之。”南朝梁江淹江文通集一別賦：“金石震而色變，骨肉悲而心死。”道家指心無雜念，達到無我的境界。列子湯問：“唯黃帝與容成子居空峒之上，同齋三月，心死形廢。”

【心吕】脊梁骨。吕，同“膂”。心、吕都是人體最重要部分，因以喻親信或骨幹。廣韻語吕：“太嶽爲(夏)禹心吕之臣，故封吕侯。”參見“心膂”。

【心曲】內心深處。詩秦風小戎：“言念君子，温其如玉。在其板屋，亂我心曲。”文選晉張景陽(協)雜詩之一：“感物多所懷，沈憂結心曲。”後也稱心中委曲之事或難以吐露的情懷爲心曲。宋范成大石湖集十送嚴子文通判建康詩：“人誰可與話心曲，天忽遣來同里居。”

【心折】㊀猶心碎。喻傷感到極點。南朝梁江淹江文通集一別賦：“有別必怨，有怨必盈，使人意奪神駭，心折骨驚。”㊁衷心信服。清趙翼甌北詩話三韓昌黎詩：“(韓愈)所心折者，惟孟東野一人。”

【心君】古人以心爲人身的主宰，故稱心爲心君。荀子天論以耳目鼻口形爲天官，以心爲天君。宋陸游劍南詩稿七二夏日雜詠之四：“省事心君静，忘情眼界平。”

【心肝】㊀猶言內心。文選三國魏王仲宣(粲)七哀詩之一：“悟彼下泉人，喟然傷心肝。”㊁猶言肝膽。比喻真摯的情意。唐杜甫杜工部草堂詩箋十彭衙行：“誰肯艱難際，豁達露心肝。”㊂心肝是人體重要器官，因以喻親愛的人。晉書劉曜載記隴上歌：“隴上壯士有陳安，軀幹雖小腹中寬，愛養將士同心肝。”㊃理智。南史陳後主紀：“隋文帝曰：叔寶全無心肝。”

【心兵】㊀猶心事。心感物而動，如應外敵，故曰心兵。唐韓愈昌黎集一秋懷詩之十：“詰屈避語穽，冥茫觸心兵。”㊁黷武之心。明胡翰胡仲子集十擬古詩之三：“單于方威格，中帳起心兵。”

【心法】㊀佛教稱佛經經典文字以外，以心相傳授的佛法爲心法。文苑英華八六一唐李華潤州天鄉寺故大德雲禪師碑：“自菩提達摩降及大照禪師，七葉相承，謂之七祖，心法傳示，爲最上乘。”㊁泛指佛法。唐劉禹錫劉夢得集三十袁州萍鄉縣楊岐山故廣禪師碑：“心法東行，羣迷丕變。”㊂宋儒指傳心養性的方法。宋朱熹中庸章句：“此篇乃孔門傳授心法，子思恐其久而差也，故筆之於書，以授孟子。”

【心宗】佛教心宗的略稱，卽禪宗。禪源諸詮下：“所傳心宗，實通三學。”參見“禪宗”。

【心疚】內心愧悔不安。詩小雅大東：“既往既來，使我心疚。”南朝梁江淹江文通集九遣大使巡詔：“故以情深危薄，心疚夙夜矣。”

【心府】猶心中。南朝梁釋慧皎高僧傳六釋道融：“迄至立年，才解英絶，內外經書，闇遊心府。”

【心性】㊀心情，心理。唐杜甫杜工部詩史補遺七愁：“盤渦鷺浴底心性，獨樹花發自分明。”底，何，什麽。㊁佛教稱不變的心體爲心性。空宗與性宗認爲心與性有別；禪宗則認爲並無區別。黃檗傳心法要：“心性不異，卽性卽心。”又：“諸佛菩薩與一切蠢動含靈，同此大涅槃性。性卽是心，心卽是佛。”

【心事】心中所思慮或期望的事。文選南朝宋謝靈運擬魏太子鄴中集詩徐幹序：“(徐幹)少無宦情，有箕潁之心事，故仕世多素辭。”又南齊謝玄暉(朓)新亭渚別范零陵詩：“心事俱已矣，江上徒離憂。”

【心花】佛教語。喻清静之心。圓覺經：“若善男子，於彼善友，不起惡念，卽能究竟成就正覺，心花發明，照十方刹。”廣弘明集十九南朝梁蕭綱(簡文帝)又請御講啟：“俾兹含生，凡厥率土，心花成樹，共轉六塵。”後來多用以比喻心情開朗愉快，如言“心花怒放”。明王徵遠西奇器圖說序：“第專屬奇器之圖之說者，不下千百餘種，……種種巧用，令人心花開爽。”參閱清顧張思土風録九心花。

【心肯】衷心願意，許可。清李漁蜃中樓傳奇幻因：“心肯處，四偶相俱。”

【心忿】忿懑不平。史記七張儀傳：“今以大王之力，舉巴蜀，并漢中，包兩周，遷九鼎，守白馬之津，秦雖僻遠，然而心忿含怒之日久矣。”

【心計】心算。史記平準書：“(桑弘羊)以心計，年十三侍中。”漢書食貨志下注：“不用籌算。”文選南朝梁劉孝標(峻)廣絶交論：“巧歷所不知，心計莫能測。”後也泛指謀劃。唐白居易長慶集二答四皓廟詩：“亦有陳平心，心計將何爲？”

【心迹】存心與行事。也作“心跡”。文選南朝宋謝靈運齋中讀書詩：“矧乃歸山川，心跡雙寂寞。”唐杜甫杜工部詩史補遺三屏跡之一：“杖藜從白首，心迹喜雙清。”後來僅稱存心爲心迹，變成偏義詞。清孔尚任桃花扇閧丁：“我正爲暴白心跡，故來與祭。”

【心度】胸懷，度量。國語晉二：“杜原款將死，使小臣圉告于申生曰：‘款也不才，……不能深知君之心度。’”

【心神】㊀心思與精力。莊子在宥：“解心釋神，莫然無魂。”北周庾信庾子山集八代人乞致仕表：“心神已弊，晷刻增悲。”㊁心情與精神。三國志蜀關羽傳：“初曹公(操)壯羽爲人，而察其心神，無久留之意。”文選晉左太沖(思)招隱詩之二：“前有寒泉井，聊可瑩心神。”

【心契】㊀心中領會，默契。文選南朝宋謝靈運登石門最高頂詩：“心契九秋幹，目翫三春荑。”唐張彥遠法書要録四張懷瓘文字論：“可以心契，非可言宣。”㊁指朋友志同道合。宋張鎡南湖集六送趙季言知撫州詩：“同寅心契每難忘，林野投閒話最長。”

【心思】思考，思考能力。孟子離婁上：“既竭心思焉，繼之以不忍人之政，而仁覆天下矣。”後漢書七九下何休傳：“休爲人質朴訥口，而雅有心思，精研六經，世儒無及者。”

【心香】佛教語。比喻虔誠的心意，如供佛之焚香。藝文類聚七六南朝梁蕭綱(簡文帝)相宮寺碑銘：“膍舒意蘂，室度心香。”唐韓偓玉山樵人集仙山詩：“一炷心香洞府開，偃松皺澀半莓苔。”

【心風】㊀紛擾的意念。廣弘明集二八上南朝梁蕭綱(簡文帝)八關齋制序：“業動心風，情漂愛飲。”㊁病名，屬外感證。素問上風論：“以夏丙丁傷於風者爲心風。”注：“夏丙丁火，心主之。”又癲證也稱心風。宋魏泰東軒筆録七：“王介性輕率，語言無倫，時人以爲心風。”

【心很】心腸兇暴。很,同"狠"。國語晉九:"宵之很在面,瑶之很在心,心很敗國,面很不害。"很,一本作"佷"。

【心紅】純紅的硃砂。也指印泥。清官署用品有心紅、紙張一項。心紅,即印泥。見六部成語二户部。

【心病】因心中憂慮而引起的疾病。易說卦:"坎爲水,……爲加憂,爲心病。"景德傳燈録二八:"若與空王爲弟子,莫教心病最難醫。"今稱難以告人的思想負擔爲心病。

【心疾】㊀心勞所引起的病。春秋秦醫和所稱六疾之一。左傳昭元年:"陰淫寒疾,……明淫心疾。"注:"思慮煩多,心勞生疾。"也泛稱各種心病。韓非子十過:"令人召司馬子反,司馬子反辭以心疾。"參見"六疾"。㊁神經病。唐李肇國史補中:"初,劉闢有心疾,人自外至,輒如吞噬之狀。"㊂心存嫉妬。疾,通"嫉"。靈樞經通天:"見人有榮,乃反愠怒,心疾而無恩,此少陰之人也。"

【心素】内心的情愫。唐李白李太白詩二五寄遠之八:"空留錦字表心素,至今緘愁不忍窺。"

【心珠】佛教語。比喻人的心地純潔如珠。藝文類聚七七南朝梁蕭綱(簡文帝)釋迦文佛像銘:"心珠可瑩,智流方普。"景德傳燈録三僧那禪師:"既不墮有無處所,則心珠獨朗,常照世間而無一塵許間隔,未嘗有一刹那頃斷續之相。"

【心馬】佛教語。比喻内心動盪不安如奔馬。觀心論:"不知問觀心,心馬終不調。"法苑珠林九九六度述意:"豈可放縱心馬,不加轡勒,馳騁情猴,都無制鎖。"參見"心猿意馬"。

【心虔】内心虔誠。藝文類聚七六南朝梁蕭衍(武帝)遊鍾山大愛敬寺詩:"始得展身敬,方乃遂心虔。"

【心悒】内心不快。詩大雅桑柔"如彼遡風,亦孔之僾"注引三國魏孫炎:"心悒也。"爾雅釋言"僾悒"注:"口不言而心寫嗚咽也。"

【心氣】中醫稱心臟的生理功能。靈樞經脈度:"心氣通於舌,心和則舌能知五味矣。"又天年:"六十歲,心氣始衰,苦憂悲,血氣懈惰,故好卧。"唐白居易長慶集十雨夜有念詩:"以道治心氣,終歲得晏然。"

【心秤】比喻公正之心。太平御覽四二九三國蜀諸葛亮書:"吾心如秤,不能爲人作輕重。"唐黄滔莆陽黄御史集七與南海韋尚書啟:"將以鏘履聲而朝紫殿,擴心秤而啟洪鈞。"

【心胸】㊀心中。後漢書十三隗囂傳:"今孺卿當成敗之際,遇嚴兵之鋒,可爲怖慄,宜斷之心胸,參之有識。"文選南朝宋謝靈運酬從弟惠連詩:"心胸既云披,意得咸在斯。"㊁抱負。唐李白李太白詩十五魏郡别蘇明府因北遊:"何時更杯酒,再得論心胸。"

【心宿】二十八宿之一,蒼龍七宿的第五宿,有星三顆。其主星也叫商星、鶉火、大火、大辰。宋史天文志三:"心宿三星,天之正位也。"

【心寄】衷心信託。魏書彭城王勰傳:"安六軍、保社稷者,捨汝而誰?何容方便請人,以違心寄!"

【心許】㊀默許。漢王充論衡祭意:"季子曰:'前已心許之矣,可以徐君死故負吾心乎?'"文選南朝宋謝靈運廬陵王墓下作詩:"延州協心許,楚老惜蘭芳。"延州爲春秋吴季札封地,借代季札。㊁賞識,贊許。宋陸游劍南詩稿四五先少師宣和初有贈晁公以道詩……泣而足之:"遠聞佳士輒心許,老見異書猶眼明。"

【心旌】戰國策楚一:"楚王曰:'……寡人卧不安席,食不甘味,心摇摇如懸旌而無所終薄。'"意謂心中不安如旌旗摇曳。後遂以心旌指心情、心意。宋王安石臨川集二一次韻酬宋中散詩之一:"風流今見佳公子,投老心旌一片降。"

【心情】情緒,心思。梁書徐勉傳答客喻:"普通五年春二月丁丑,余第二息晉安内史悱喪之問至焉,舉家傷悼,心情若隕。"唐羅隱甲乙集九七夕詩:"時人不用穿針待,没得心情送巧來。"

【心曹】心中煩亂憂愁。宋趙德麟侯鯖録八:"愁,憂也。集韻:揚雄有伴牢愁,音曹。今人言心中不快爲心曹,當用此愁字,卽憂也。"

【心虚】指捐除成見,謙虚不自滿。老子:"虚其心,實其腹。"淮南子原道:"故得道者,志弱而事强,心虚而應當。"北堂書鈔九八晉謝尚談賦:"理玄旨遠,辭簡心虚。"後多指理虧氣餒爲心虚,如云"作賊心虚"。

【心眼】㊀心與眼。玉臺新詠六南朝梁王僧孺夜愁(一本作夜愁示諸賓)詩:"誰知心眼亂,看朱忽成碧。"㊁見識與眼力。唐李羣玉詩集上贈方處士兼以寫别:"所知心眼大,别自開户牖。"宋鄧椿畫繼九:"元章(米芾)心眼高妙,而立論有過中處。"後來也指胸懷氣度、心地、心意、機智。㊂佛教語。謂心如眼,能洞察領悟諸法。觀無量壽經:"爾時大王雖在幽閉,心眼無障,遥見世尊。"

【心略】心中的謀劃。文選漢枚叔(乘)七發:"觀其所駕軼者、所拔擢者,……雖有心略辭給,固未能縷形其所由然也。"唐李周翰注:"心略,心計也。"

【心動】㊀指心跳,突感不安。戰國策趙一:"襄子如廁,心動,執問塗者,則豫讓也。"史記高祖紀:"高祖之東垣,過柏人,趙相貫高等謀弑高祖,高祖心動,因不留。"㊁受引誘而動心。金董解元西廂三:"紅娘,我對你不是打閧,你且試聽一弄,休道你姐姐,遮莫是石頭人也心動。"

【心術】思想和心計。莊子天道:"此五末者,須精神之運,心術之動,然後從之者也。"唐成玄英疏:"術,能也。心之所能,謂之心術也。"荀子非相:"故相形不如論心,論心不如擇術……術正而心順之,則形相雖惡,而心術善,無害爲君子也。"宋朱熹朱文公集五八答宋容之書:"大抵科舉之學,誤人知見,壞人心術,其技愈精,其害愈甚。"

【心得】内心有所領會。吕氏春秋先己:"心得而聽得,聽得而事得。"今指領會所得。

【心遊】㊀指心神遊移不定。詩小雅頍弁"憂心奕奕"唐孔穎達疏:"憂則心遊不定。"㊁猶心馳。南朝梁蕭統文選序:"歷觀文囿,泛覽辭林,未嘗不心遊目想,移晷忘倦。"遊,也作"游"。文選晉陸士衡(機)文賦:"精騖八極,心游萬仞。"

【心裁】心中的設計、籌劃。多指詩文、工藝的構思。南朝梁劉勰文心雕龍一原道:"心裁文章,研神理而設教。"清章學誠文史通義五申鄭:"(鄭樵)獨取三千年來遺文故册,運以别識心裁,蓋承通史家風,而自爲經緯,成一家言者也。"

【心期】謂兩相期許。南史向柳傳:"柳曰:'我與士遜(顔峻)心期久矣,豈可一旦以勢利處之?'"唐白居易長慶集六九和夢得洛中早春見贈詩:"何日同宴遊,心期二月二。"也指心中所期許的人。文選南朝梁任彦昇(昉)贈郭桐廬出谿口見候……詩:"客心幸自弭,中道遇心期。"

【心喪】舊時師死,弟子守喪,不穿喪服,只在心中悼念,稱爲心喪。禮檀弓上:"事師無犯無隱,左右就養無方,服勤至死,心喪三年。"史記孔子世家:"孔子葬魯城北泗上,弟子皆服三年。三年心喪畢,相訣而去。"

【心畫】文字能表達人的心意,故稱文字

爲心畫。漢揚雄法言問神:"故言，心聲也；書，心畫也。聲畫形，君子小人見矣。"宋朱熹朱文公集八三跋司馬文正公薦賢帖:"竊惟文正公（司馬光）薦賢之公,心畫之正,皆其盛德之支流餘裔。"參見"心聲"。

【心焦】謂心中煩躁苦惱有如火灼。三國魏阮籍阮步兵集詠懷詩之三三:"終身履薄冰,誰知我心焦。"

【心幾】猶心計、心機。後漢書七八鄭衆傳:"（衆）爲人謹敏有心幾。"資治通鑑四八漢永元四年:"謹敏有心幾。"注:"幾，事也。心幾，謂心事也。今人謂人胸中有城府者爲有心事。"

【心意】意向,心情。莊子讓王:"余立於宇宙之中,……日出而作，日入而息，逍遙於天地之間而心意自得。"史記八七李斯傳諫逐客書:"所以飾後宮充下陳娛心意説耳目者,必出於秦然後可,則是宛珠之簪,傅璣之珥,阿縞之衣,錦繡之飾不進於前。"

【心遠】心情超逸,胸懷曠達。文選三國魏嵇叔夜（康）琴賦:"體清心遠，邈難極兮。"晉陶潛陶淵明集三飲酒詩之五:"問君何能爾,心遠地自偏。"

【心照】㊀猶肝膽相照。謂朋友相處以誠。文選晉潘安仁（岳）夏侯常侍誄:"心照神交,惟我與子。"㊁用心關照。儒林外史四:"湯父母容易不大喜會客，却也凡事心照。"後謂彼此心裏明白，不言而合叫心照,如"心照不宣"。

【心跡】同"心迹"。見該條。

【心與】以心相許。文選漢枚叔（乘）七發:"雜裾垂髾,目窕心與。"

【心傳】宋儒宣揚道統，謂尚書大禹謨"人心惟危,道心惟微,惟精惟一,允執厥中"十六字爲堯舜禹傳授心法，稱"十六字心傳"。後因稱師弟相傳爲心傳。金元好問遺山集十三感興詩之二:"詩印高提教外禪，幾人針芥得心傳。"參閱清陳宏謀大學衍義輯要一堯舜禹湯文武之學。

【心腸】猶衷情,心地。文選戰國楚宋玉神女賦:"性和適,宜侍旁;順序卑,調心腸。"樂府詩集三六三國魏曹丕（文帝）善哉行:"妍姿巧笑，和媚心腸。"宋蘇軾東坡集前集十八次韻曹輔寄壑源試焙新芽詩:"要知玉雪心腸好，不是膏油首面新。"

【心腹】㊀猶衷情。書盤庚下:"今予其敷心腹腎腸，歷告爾百姓于朕志。"漢書七六蒯通傳:"臣願披心腹,墮肝膽。"㊁喻親信。韓詩外傳三:"夫重臣羣下者，人主之心腹支體也。"晉書陸機傳辯亡論:"周瑜陸公魯肅呂蒙之疇,入爲心腹,出作股肱。"㊂比喻要害。左傳哀十一年:"越在我,心腹之疾也。"後漢書十三隗囂傳:"乃詔囂當從天水伐蜀，因此欲以潰其心腹。"

【心解】心領意會。禮學記"雖終其業，其去之必速"漢鄭玄注:"學不心解,則亡之易。"

【心猿】佛教語。比喻心之浮躁有如猿猴。維摩經香積佛品:"以難化之人,心如猿猴,故以若干種法，制御其心，乃可調伏。"唐司空圖司空表聖文集九爲東都敬愛寺講律僧惠確化莫雕刻律疏:"風波未息,橫智鷁而難超;繩墨可遵，制心猿而有漸。"參見"心猿意馬"。

【心經】佛經般若波羅蜜多心經的簡稱。原爲大般若經，因卷數太多，内容龐雜，故撮取其旨要而成此經;以心爲名，言其最重要，如同人之有心。歷代譯本有七種,最早本爲東晉列國後秦鳩摩羅什譯,名摩訶般若波羅蜜大明呪經，通行者爲唐玄奘譯本，兩本皆删去經前原有序及舍利子問語及後佛出定讚等，惟宋施護譯佛説聖佛母般若波羅蜜多經，首尾完全。

【心膂】㊀膂,脊骨。心和膂都是人體重要部分,因以喻親信應作爲骨幹的人。書君牙:"今命爾予翼，作股肱心膂。"三國志吳周瑜傳諸葛謹等疏:"臣竊以瑜昔見寵任,入作心膂,出爲爪牙,銜命出征，身當矢石,盡節用命,視死如歸。"㊁猶心力。樂府詩集十九晉張華勞還師歌:"將士齊心膂,感義忘其私。"

【心慵】心意懶散。唐白居易長慶集七白雲期詩:"年長識命分，心慵少營爲。"

【心境】心情,心意。全唐詩四張説清遠江峽山寺:"静默將何貴，惟應心境同。"張説之集作"心鏡"。紅樓夢三三:"只是這賊官,隨機應答，謹慎老成，甚合我老人家的心境。"

【心酸】謂心中悲痛。樂府詩集五九漢蔡琰胡笳十八拍之十七:"十七拍兮心鼻酸,關山脩阻行路難。"唐李商隱李義山詩集三離思:"氣盡前溪舞，心酸子夜歌。"

【心領】心知其意。唐杜甫杜工部草堂詩箋七渼陂西南臺:"懷新目似擊，接要心已領。"後多作謝却餽贈的婉辭，表示雖未接受餽贈,而心中已領受其情意。

【心算】運心籌算。文選晉潘安仁（岳）楊荆州誄:"目睇毫末，心算無垠。"南史施文慶傳:"文慶聰敏強記,明閑吏職,心算口占,應時條理。"今稱不借助運算工具或筆算而在心中計算爲心算。俗稱口算。

【心緒】猶心情。隋書孫萬壽傳贈京邑知友詩:"心緒亂如絲,空懷疇昔時。"

【心醉】莊子應帝王:"鄭有神巫曰季咸,知人之生死存亡,禍福壽夭,……列子見之而心醉。"此指迷惑。後來轉指傾倒、佩服。世説新語賞譽上"山公（濤）舉阮咸爲吏部郎"注引名士傳:"太原郭弈見之心醉,不覺歎服。"

【心賞】有契於心,欣然自得。文選南朝宋鮑明遠（照）白頭吟:"心賞固難恃，貌恭豈易憑?"又南齊謝玄暉（朓）京路夜發詩:"文奏方盈前,懷人去心賞。"

【心儀】中心歸向。漢書九七上外戚傳:"公卿議更立皇后，皆心儀霍將軍（光）女。"

【心燈】佛教語。猶言心靈。謂雖處於静默中而神思明亮如燈。廣弘明集十六南朝梁蕭綱（簡文帝）與廣信侯書:"豈止心燈夜炳，亦乃意蕊晨飛。"慈恩寺三藏法師傳九:"智皎心燈,定凝意水。"

【心頭】即心上。唐白居易長慶集五一寄皇甫賓客詩:"食飽摩挲腹，心頭無一事。"才調集八杜荀鶴旅館遇雨:"半夜燈前十年事,一時隨雨到心頭。"

【心蕩】心震悸不寧。左傳莊四年:"楚武王荆尸,授師孑焉,以伐隨,將齊,入告夫人鄧曼曰:'余心蕩'。"北齊劉晝劉子清神:"神躁則心蕩,心蕩則形傷。"

【心樹】佛教語。指意念,謂其滋生如樹木。法苑珠林二十念佛:"能使身田被潤,即吐無上之芽;心樹既榮，便茂不凋之葉。"

【心機】心思,謀慮。初學記三十南朝梁何遜窮鳥賦:"雖有知於理會，終失悟於心機。"唐張籍張司業集四寄梅處士詩:"擾擾人間是與非,官閑自覺省心機。"

【心學】宋明理學的一個流派，即所謂良知之學。以人心爲宇宙的本體。其代表人物，宋爲陸九淵（象山),明爲王守仁（陽明）。

【心齋】排除一切思慮與欲望,保持心境的清淨純一。莊子人間世:"若一志，無聽之以耳而聽之以心；無聽之以心而聽之以氣。聽止於耳，心止於符，氣也者，虚而待物者也。唯道集虚，虚者心齋也。"宋蘇軾分類東坡詩二三泛舟城南會者五人分韻賦詩……之二:"苦熱誠知處處皆,何嘗危坐學心齋。”

【心聲】言語。漢揚雄法言問神:“故言,心聲也;書,心畫也。聲畫形,君子小人見矣。”南朝梁劉勰文心雕龍八夸飾:“然飾窮其要,則心聲鋒起;夸過其理,則名實兩乖。”

【心顏】心情與臉色。文選南朝梁任彥昇(昉)爲范尚書讓吏部封侯第一表:“奉命震驚,心顏無措。”唐李白李太白詩十五夢遊天姥吟留别:“安能摧眉折腰事權貴,使我不得開心顏。”

【心證】佛教語。言心與佛相印證。唐釋皎然集四送清涼上人詩:“花空覺性了,月静知心證。”

【心繭】喻心思紛亂糾結如繭。唐温庭筠集六開成五年……隆冬自傷因書懷奉寄……四友人一百韻詩:“夢梭抛促織,心繭學蜘蛛。”

【心鏡】佛教謂人心明淨如鏡,能照萬物,故稱心鏡。圓覺經:“慧目肅清,照曜心鏡。”也泛指心。晉書王湛等傳論:“(王)國寶檢行無聞,坐升彼相,混暗識於心鏡,開險路於情田。”

【心競】㊀務德盡忠。左傳襄二六年:“師曠曰:‘公室懼卑,臣不心競而力爭。’”又見國語晉八。㊁暗自爭勝。晉書殷浩傳:“浩少與(桓)温齊名而每心競。”

【心靈】㊀思想與感情。也泛指心。宋書顏延之傳庭誥:“幸有心靈,義無自惡。”梁書鍾嶸傳詩評:“凡斯種種,感蕩心靈,非陳詩何以展其義,非長歌何以釋其情?”㊁佛教指人的意識、精神。楞嚴經一:“汝之心靈,一切明了。”

【心字香】香名。宋楊萬里誠齋集十九有謝胡子遠郎中惠蒲大韶墨報以龍涎心字香詩。蔣捷竹山詞一翦梅舟過吳江:“何日歸家洗客袍,銀字笙調,心字香燒。”明李日華謂心字香乃用香末繞成,作心字形。見紫桃軒又綴三。

【心頭肉】喻愛不忍捨之物。唐文粹十六下聶夷中傷田家詩:“二月賣新絲,五月糶新穀,醫得眼前瘡,剜却心頭肉。”

【心心相印】不藉言語,以心相印證。唐裴休集黄檗山斷際禪師傳心法要:“自如來付法迦葉已來,心心印心,心心不異。”又圭峯定慧禪師碑:“但心心相印,印印相契,使自證知光明受用而已。”(金石萃編一一四)後也指意氣相投爲心心相印。清尹會一健餘先生尺牘一答劉古衡書:“數年相交,久已心心相印。”

【心手相應】猶言得心應手。多用以稱贊技藝精熟。南史豫章文獻王嶷傳附蕭子雲:“帝嘗論書曰:‘筆力勁駿,心手相應。’”

【心平氣和】不急躁,態度温和。二程文集宋程顥明道先生行狀:“荆公(王安石)與先生道不同,而嘗謂先生忠信,先生每與論事,心平氣和。”也作“心和氣平”。宋陽枋字溪集五與趙明遠書:“伏領賜翰,句句謙卑自牧,想判府作此書時,心和氣平,融然天理之流暢,更有甚人間富貴爵禄在方寸乎?”

【心正筆正】舊時認爲書法的優劣與書者的品性有關,因有“用筆在心,心正則筆正”的説法。見舊唐書一六五柳公權傳。

【心悦誠服】謂由衷信服。孟子公孫丑上:“以力服人者,非心服也,力不贍也。以德服人者,中心悦而誠服也。”宋陳亮龍川集十九與王丞相淮書:“獨亮之於門下,心悦誠服而未嘗自言,丞相亦不得而知之。”

【心堅石穿】相傳南朝有傅先生,少好道,以木鑽五尺厚的石盤,積四十七年,石穿得丹。後因以“心堅石穿”比喻意志的堅强。參閲南朝梁陶弘景真誥五、宋王楙野客叢書二八心堅石穿。

【心勞日拙】謂費盡心力反而越弄越糟。多用作貶義詞。書周官:“作德,心逸日休;作僞,心勞日拙。”

【心閑手敏】指技藝嫻熟,得心應手。文選三國魏嵇叔夜(康)琴賦:“於是器冷絃調,心閑手敏。”注:“閑,習也。”

【心無二用】言心一時只能專注於一事。北齊劉晝劉子專學:“使左手畫方,右手畫圓,令一時俱成,雖執規矩之心,迴剟劂之手,而不能者,由心不兩用,則手不並運也。”後多言心無二用。

【心煩意亂】心意紛擾不定。文選戰國楚屈原卜居:“心煩意亂,不知所從。”

【心腹之患】也作“心腹之疾”。指體内致命的疾病。多用來比喻嚴重的隱患。左傳哀十一年:“越在,我心腹之疾也。”後漢書六六陳蕃傳:“今寇賊在外,四支之疾;内政不理,心腹之患。”

【心猿意馬】喻心神不定,如猿馬之難以控制。唐敦煌變文維摩詰經菩薩品:“卓定深沉莫測量,心猿意馬罷顛狂。”宋道潛參寥子詩集十二贈賢上人:“心猿意馬就羈束,肯逐萬境爭馳驅。”

【心領神會】深刻領會。明李東陽麓堂詩話:“律者規矩之謂,而其爲調則有巧存焉;苟非心領神會,自有心得,雖日提耳而教之,無益也。”又吳海聞過齋集一送傅德謙還臨川序:“讀書有得,冥然感於中,心領神會,端坐若失。”

【心廣體胖】言心中坦然無憾,則身體舒泰安適。禮大學:“富潤屋,德潤身,心廣體胖。”

【心慕手追】心所仰慕,追隨仿效。晉書王羲之傳制:“翫之不覺爲倦,覽之不識其端,心慕手追,此人而已。”

【心醉魂迷】形容内心傾倒,仰慕之極。北齊顏之推顏氏家訓慕賢:“所值名賢,未嘗不心醉魂迷,向慕之也。”

【心曠神怡】謂心情暢快。宋范仲淹范文正公集七岳陽樓記:“登斯樓也,則有心曠神怡,寵辱偕忘,把酒臨風,其喜洋洋者矣。”

【心織筆耕】唐王勃能文,有盛名,所至人多請託爲文,所獲金帛滿几。時人稱之爲心織筆耕。見唐馮贄雲仙雜記八、李肇翰林志。

【心驚膽戰】形容極度驚恐。古今雜劇元關漢卿魯齋郎一:“我恰便是履深淵,把不定心驚膽戰,有這場死罪愆。”戰,也作“顫”。古今雜劇元賈仲名昇仙夢三:“過京華山遥路遠怎去他,交我心驚膽顫怕。”

一畫

必 bì ㄅㄧˋ 卑吉切,入,質韻,幫。

㊀固執。論語子罕:“毋意,毋必,毋固,毋我。”㊁組索,繫物的絲條。周禮考工記玉人:“天子圭中必。”注:“必,……謂以組約其中央,爲執之以備失隊。”㊂堅決做到。韓非子五蠹:“是人君不明乎公私之利,不察當否之言,而誅罰不必其後也。”㊃副詞。1.一定。詩邶風旄丘:“何其久也,必有以也。”2.如果。史記八一藺相如傳:“王必無人,臣願奉璧往使。”

【必方】火神名。法苑珠林五八審察引白澤圖:“又火之精名曰必方,狀如鳥,一足,以其名呼之則去。”也作“畢方”。參見“畢方”。

【必先】唐代應試舉子互稱之詞。唐鄭光業入試,一同人突入試鋪,欲求相容,纔又託爲取水,煎茶,屢呼其爲“必先”。見五代王定保唐摭言十二輕佻。參閲明胡震亨唐音癸籤十八進士科故實。

【必律不剌】象聲詞。狀説話又快又亂。元曲選孫仲章勘頭巾二:“他口裏必律不剌説了半日,我不省的一句。”也作“必力不剌”。又李行道灰闌記二:“這婦人會説話,想是個久慣打官司的,口裏必力不剌說上許多,我一些也不懂的。"

【必傳之作】漢書八七下揚雄傳:"時大司空王邑、納言嚴尤聞雄死,謂桓譚曰:'子嘗稱揚雄書,豈能傳於後世乎?'譚曰:'必傳,顧君與譚不及見也。'"後稱有長遠價值的著作爲必傳之作,本此。

二 畫

忉 dāo 都牢切,平,豪韻,端。ㄉㄠ

㊀憂心貌。見廣韻。詳"忉忉㊀"。㊁煩絮。詳"忉忉㊁"、"忉怛㊁"。

【忉忉】㊀憂思貌。詩齊風甫田:"無思遠人,勞心忉忉。"唐白居易長慶集六七司徒令公分守東洛移鎭北都……寄獻以抒下情詩:"動人名赫赫,憂國意忉忉。"㊁囉嗦,嘮叨。宋歐陽修文忠集一四六與王懿敏公書:"客多,偷隙作此簡,鄙懷欲述者多,不覺忉忉。"

【忉怛】㊀悲痛。楚辭漢王逸九思怨上:"佇立兮忉怛,心結骨兮折摧。"文選三國魏王仲宣(粲)登樓賦:"心悽愴以感發兮,意忉怛而憯惻。"㊁囉嗦,嘮叨。朱子語類八三春秋:"要之聖人只是直筆據見在而書,豈有許多忉怛。"

【忉利天】佛經稱欲界六天中之第二。忉利,梵語正云怛唎耶、怛利奢。怛唎耶爲三,怛利奢爲卅,即三十三天。在須彌山頂,四方各有八大城,當中有一大城,帝釋所居,總數有三十三處,故從處立名。參閱唐釋慧琳一切經音義二一大方廣佛華嚴經十五忉利天、李師政法門名義集世界品二十八天、翻譯名義集二八部。參見"三十三天"。

忞 yì 魚肺切,去,廢韻,疑。ㄧ

懲治。詩周頌小毖"予其懲而"漢鄭玄箋"懲,艾也"釋文:"艾音刈,字或作忞。"晉書地理志上:"始皇初併天下,懲忞戰國,削罷列侯,分天下爲三十六郡。"古籍中多用乂、艾字,音義皆同。

三 畫

忘 wàng 巫放切,去,漾韻,明。ㄨㄤ

㊀忘記。詩小雅隰桑:"中心藏之,何日忘之。"㊁遺失,遺漏。通"亡"。詩大雅假樂:"不愆不忘,率由舊章。"漢劉向說苑建本引詩作"不亡"。㊂與"其"連用,作連詞。抑或,還是。通"亡"。戰國策趙二:"不識三國之憎秦而愛懷邪?忘其憎懷而愛秦邪?"參見"亡其"。

【忘八】又稱"王八"。駡人的話。元明以來戲曲小說中常見。稱忘八之由,說法不一。後來多指妻有外遇的人。元施惠幽閨記傳奇三九:"咳!這個天殺的老忘八。"參閱明謝肇淛五雜俎人部四、陸噓雲世事通考一人物、清趙翼陔餘叢考三八王八。

【忘反】出而忘歸。反,通"返"。孟子梁惠王下:"從流而忘反謂之流。"楚辭屈原九章哀郢:"羌靈魂之欲歸兮,何須臾而忘反。"

【忘本】忘其根本。禮樂記:"慢易以犯節,流湎以忘本。"疏:"淫酗肆虐,是流湎以忘根本也。"

【忘言】指心領神會,無須用言語來表達。莊子外物:"言者所以在意,得意而忘言。"晉陶潛陶淵明集三飲酒詩之五:"此中有真意,欲辯已忘言。"參見"得意忘言"。

【忘形】忘了自己的形體。莊子讓王:"故養志者忘形,養形者忘利,致道者忘心矣。"後指朋友相交脫略形迹。唐杜甫杜工部草堂詩箋三醉時歌贈廣文館學士鄭虔:"忘形到爾汝,痛飲真吾師。"參見"得意忘形"。

【忘我】超乎自我。莊子齊物論"今者吾喪我"晉郭象注:"吾喪我,我自忘矣;我自忘矣,天下有何物足識哉。"後多以公而忘私爲忘我。晉書王坦之傳:"成名在乎無私,故在當而忘我。"

【忘食】謂專心致志而忘了飲食。論語述而:"發憤忘食,樂以忘憂。"晉陶潛陶淵明集五五柳先生傳:"好讀書,不求甚解,每有會意,便欣然忘食。"

【忘情】對於喜怒哀樂之事,不動感情,淡然若忘。世說新語傷逝記王戎喪兒,悲不自勝,有人相勸,戎曰:"聖人忘情,最下不及情,情之所鍾,正在我輩。"晉書王衍傳作爲王衍事。唐杜甫杜工部草堂詩箋三三寫懷之一:"全命甘留滯,忘情任榮辱。"

【忘筌】忘卻捕魚的器具。筌,也作"荃"。喻事成後就忘了原來的憑藉。唐杜甫杜工部草堂詩箋三十秋日夔州寄鄭監李賓客:"風流俱善價,愜當久忘筌。"莊子外物:"荃者所以在魚,得魚而忘荃。"參見"得魚忘荃"。

【忘憂】排遣憂愁。論語述而:"樂以忘憂。"左傳昭二八年:"諺曰:唯食忘憂。"

【忘機】忘却計較或巧詐之心。指自甘恬淡與世無爭。唐李白李太白詩二十下終南山過斛斯山人宿置酒:"我醉君復樂,陶然共忘機。"

【忘餐】指心專於一事至於忘記飲食。文選三國魏曹子建(植)洛神賦:"華容婀娜,令我忘餐。"唐李善本作"忘飡"。參見"廢寢忘餐"。

【忘歸】㊀忘返。楚辭屈原九歌山鬼:"東風飄兮神靈雨,留靈脩兮憺忘歸。"唐白居易長慶集十二琵琶行:"忽聞水上琵琶聲,主人忘歸客不發。"㊁箭名。文選三國魏嵇叔夜(康)贈秀才入軍詩之一:"左攬繁弱,右接忘歸。"注:"新序曰:'楚王載繁弱之弓,忘歸之矢,以射兕於雲夢。'"參閱宋孫奕履齋示兒編十五人物通稱。

【忘懷】不介意。晉陶潛陶淵明集五五柳先生傳:"嘗著文章自娛,頗示己意,忘懷得失,以此自終。"

【忘年交】指不拘年歲輩分,而成爲莫逆之交。史傳相傳甚多,如東漢孔融與禰衡(後漢書衡傳),南朝梁張纘與裴子野、范雲與何遜(梁書纘傳、遜傳),北齊李神儁與邢邵(北齊書邵傳),北周裴尼與李際盧誕(周書尼傳),唐張鎰與陸贄(舊唐書贄傳),宋錢惟演與梅堯臣(宋史堯臣傳)等都有忘年交之稱。

【忘形友】脫略形迹,不分你我的好友。唐白居易長慶集五效陶潛體詩之七:"我有忘形友,迢迢李與元。"也作"忘形交"。新唐書一七六孟郊傳:"郊性介,少諧合,(韓)愈一見爲忘形交。"

【忘憂物】指酒。晉陶潛陶淵明集三飲酒詩之七:"汎此忘憂物,遠我遺世情。"

【忘憂草】萱草的別名。太平御覽九九六引本草經:"萱,一名忘憂。"又引述異記:"萱草,一名紫萱,又名忘憂草,吳中書生謂之療愁。"參閱晉崔豹古今注下問答釋義。

【忘歸草】即忘憂草。文選晉陸士衡(機)贈從兄車騎詩:"感彼歸途艱,使我怨慕深。安得忘歸草,言樹背與襟。"

【忘恩負義】忘掉人對自己的恩德,作出背信棄義的事情。明畢魏三報恩傳奇十四冷誼:"總他嫌暮境衰年,我誓不學忘恩負義。"

忙 máng 莫郎切,平,唐韻,明。ㄇㄤ

㊀慌忙,急迫。樂府詩集二五木蘭詩:"出門看火伴,火伴皆驚忙,同行十二年,不知木蘭是女郎。"唐李咸用披沙集三題陳正字山居詩:"幾日憑欄望,歸心自不忙。"參見"忙忙"、"怱忙"。㊁事多。唐白居易長慶集一觀刈麥詩:"田家少閑

月，五月人倍忙。」

【忙人】事務繁忙的人。唐白居易長慶集十七閑意詩：「漸老漸諳閑氣味，終身不擬作忙人。」

【忙工】明清時地主僱用的勞力，長期者稱長工，一般至少以一年爲期；短期者稱短工；農忙時臨時僱用者稱忙工。參閱明都卬三餘贅筆（四庫本）。

【忙月】舊時農户每年自立夏節後一百二十天内，農事大忙，稱爲忙月。舊唐書一〇五宇文融傳：「仍每至雨澤之後，種穫忙月，州縣常務，一切停減。」新唐書食貨志五：「（門夫）番上不至者，閒月督課，爲錢百七十；忙月，二百。」

【忙忙】事務繁亢不得空閒。漢王充論衡書解：「使著作之人，總衆事之凡，典國境之職，汲汲忙忙，或〔何〕暇著作？」唐李中碧雲集下獻中書潘舍人詩：「忙忙罹險阻，往往耗精神。」

【忙忙碌碌】忙碌，疊用作「忙忙碌碌」。明王元壽景園記傳奇十五：「看渠忙忙碌碌，到羅里去。」

【忙裏偸閒】在繁忙中抽出餘暇。宋黄庭堅山谷外集補三和答趙令同前韻詩：「人生政自無閒暇，忙裏偸閒得幾回。」又陸游劍南詩稿四暮春：「忙裏偸閒慰晚途，春來日日在東湖。」

忓 1. gān ㄍㄢ 古寒切，平，寒韻，見。

㊀觸犯，干擾。通「干」。國語魯下：「（公父）文伯曰：『以歜之家，而主猶績，懼忓季孫之怨〔怒〕也。』」古列女傳魯季敬姜作「干」。唐白居易長慶集十四和夢遊春詩：「危言詆閽寺，直氣忓鈞軸。」

2. hàn ㄏㄢ

㊁妍麗，美好。見方言一「秦晉之故都曰妍」注。

忖 cǔn ㄘㄨㄣ 倉本切，上，混韻，清。

㊀揣度，思量。漢書律曆志上：「分者，自三微而成著，可分別也。寸者，忖也。」文選漢禰正平（衡）鸚鵡賦：「忖陋體之腥臊，亦何勞於鼎俎。」參見「忖度」。㊁切割。通「刌」。禮玉藻「瓜祭上環」漢鄭玄注：「上環頭，忖也。」疏：「忖，切。謂切瓜頭，切去疐。」忖，一本作「刌」。疐，同「蔕」。㊂姓。齊有忖乙，管仲誅之。見通志略氏族五上聲。

【忖度】揣測，估量。詩小雅巧言：「他人有心，予忖度之。」後漢書順烈梁皇后紀：「私自忖度，日夜虛劣，不能復與羣公卿士共相終竟。」

【忖量】思量，考慮。唐杜牧樊川集十三投知己書：「自十年來，行不益進，業不益修，中夜忖量，自愧於心。」

【忖勢】揣度情勢。三國志吳孫晧傳「齎書……以申喻晧」南朝宋裴松之注引漢晉春秋荀勖爲司馬昭與孫晧書：「夫料力忖勢，度資量險，……屈己以寧四海者，仁哲之高致也。」

【忖留神】古代神像。秦始皇於渭水南北兩岸分別修建長樂宮和咸陽宮，架橋於渭水之上，稱爲渭橋，也名横橋，又稱石柱橋。橋北舊有忖留神像。見水經注十九渭水下引三輔黄圖。長樂宮，史記文帝紀「至高陵休止」正義引三輔舊事作興樂宮。

忕 1. shì ㄕ 時制切，去，祭韻，禪。

也作「伕」、「忲」。㊀習慣。管子小匡：「曹孫宿其爲人也，小廉而荷忕。」注：「忕〔伕〕，習也。」荷，一作「苛」。史記漢興以來諸侯王年表：「諸侯或驕奢，忕邪臣計謀爲淫亂。」百衲本作「忕」。

2. tài ㄊㄞ 他蓋切，去，泰韻，定。

㊁驕奢。同「忲」。廣韻：「忕，奢也。」見「忲」。

伋 jí ㄐㄧ 居立切，入，緝韻，見。

急速，迫切。同「急」。淮南子繆稱：「伋於不已知者，不自知也。」注：「伋，急也。」又：「誠中之人，樂而不伋。」清莊逵吉校本：「急字從及下心，此作心旁及，字本同耳。」

【伋伋】急速貌。漢賈誼新書匈奴：「人人伋伋，唯恐其後來至也。」注：「伋伋與急急同。」

忔 1. qì ㄑㄧ 許訖切，入，迄韻，曉。

㊀喜也。見廣韻。㊁壯勇貌。通「仡」、「屹」。史記周紀：「弃爲兒時，忔如巨人之志。」

2. yì ㄧ 音韻闡微義乙切，入，物韻，疑。

㊂心不欲，不想。史記一〇五倉公傳：「病得之少〔心〕憂，數忔食飲。」索隱：「忔者，風痹忔然不得動也。」

【忔登】突地。樂府羣珠三劉庭信折桂令憶別曲：「忔登的人在心頭，没揣的愁來枕上，契抽的恨接眉梢。」

【忔憎】可愛貌。宋黄庭堅山谷詞好事近：「思量模樣忔憎兒，惡又怎生惡？」宋吕居仁軒渠録：「窟賴兒娘，傳語窟賴兒爺，窟賴兒自爺去後，直是忔憎兒。」元曲選關漢卿智賞金線池二：「這廝鬧散了雖離我眼底，忔憎着又在心頭。」重疊詞爲「忔憎憎」。宋劉過龍川詞清平樂贈妓：「忔憎憎地一捻兒年紀。」

【忔戲】可喜。宋趙長卿惜香樂府二探春令早春詞：「幡兒勝兒都姑婦，戴的更忔戲。」金董解元西廂一：「千方百計，無由得見意中人；喪盡身心，終是難逢忔戲種。」

忑 tè ㄊㄜ 五音集韻他得切，入，德韻，透。

見「忐忑」。

志 zhì ㄓ 職吏切，去，志韻，照。

㊀志向，立志。書舜典：「詩言志，歌永言。」論語爲政：「吾十有五而志於學。」㊁準的。書盤庚上：「若射之有志。」㊂記識事物。通「識」、「誌」。莊子逍遥遊：「齊諧者，志怪者也。」記事的書或文章也叫志。周禮春官小史：「掌邦國之志。」後代的地方志、天文志、墓志、人物志等，即沿此稱。㊃旗幟，通「幟」。史記九六張丞相傳：「沛公以周昌爲職志。」參見「職志」。㊄通「痣」。梁書沈約傳：「約左目重瞳子，腰有紫志。」

【志士】有遠大志向的人。孟子滕文公下：「志士不忘在溝壑，勇士不忘喪其元。」參見「志士仁人」。

【志行】易升象：「南征吉，志行也。」本意是得行其志，後多指志向與操守。管子八觀：「金玉貨財商賈之人，不論志行，而有爵禄也。」國語越上：「寡人聞古之賢君，不患其衆之不足也，而患其志行之少恥也。」

【志局】志向與度量。三國志魏荀彧傳「（荀）詵弟顗，咸熙中爲司空」注引晉陽秋：「何劭爲粲傳曰：『功名者，志局之所獎也。然則志局自一物耳，固非識之所獨濟也。』」世説新語企羨「孟昶未達時，家在京口」注引晉安帝紀：「（昶）矜嚴有志局，少爲王恭所知，豫義旗之勳，遷丹陽尹。」

【志怪】記述怪異之事。莊子逍遥遊：「齊諧者，志怪者也。」晉書祖台之傳：「撰志怪書行於世。」

【志林】書名。1. 晉虞喜撰。三十篇。見晉書本傳。隋書經籍志三作志林新書，三十卷。已佚，有玉函山房輯佚本一卷。2. 宋蘇軾撰。五卷。陳振孫書録解題、文獻通考經籍考著録東坡手澤三卷，振孫謂即志林。原爲軾隨筆所記零星瑣事，後人輯録成書，有所增補。

【志書】記事的書。周禮春官小史"掌邦國之志"漢鄭玄注："志謂記也，春秋傳所謂周志，國語所謂鄭書之屬是也。"後專把記述地方疆域沿革、古蹟險要及人物物産風俗的書，叫作志書。有縣志、府志、一省的通志；記載全國的，叫一統志。又有專記一地、一單位、一事物的志書，如長安志、西湖志、内閣小志、泉志等。

【志氣】禮孔子閒居："志氣塞乎天地。"原意是説國君施給人民的恩澤，象氣體充滿天地。志與氣本分開來説，後合稱指人的志向和氣量。後漢書十七賈復傳："賈君之容貌志氣如此，而勤於學，將相之器也。"

【志乘】猶志書。春秋時，諸侯國各有國史，魯叫春秋，晉叫乘。志乘之名本此。清章學誠文史通義和州志政略序例："夫州縣志乘，比於古者列國史書，尚矣。"參見"史乘"。

【志略】志向才略。後漢書四七班超傳："家貧，常爲官傭書以供養，久勞苦，嘗輟業投筆歎曰：'大丈夫無它志略，猶當效傅介子張騫立功異域以取封侯，安能久事筆研間乎？'"

【志趣】志向和情趣。趣，趨向。三國志吴駱統傳："常勸(孫)權以尊賢接士，勤求損益，饗賜之日，可人人别進，問其燥濕，加以密意，誘諭使言，察其志趣。"世説新語方正"夏侯玄既被桎梏"南朝梁劉孝標注引名士傳："初，玄以鍾毓志趣不同，不與之交。"

【志操】志向操守。三國志吴劉繇傳王朗與孫策書："正禮元子，致有志操，想必有以殊異。"正禮，繇字。北齊書陸卬傳："卬母魏上庸公主，初封藍田，高明婦人也，甚有志操。"

【志學】立志於學問。論語爲政："吾十有五而志於學。"後因以"志學"爲十五歲的代稱。三國魏曹植曹子建集九武帝誄："年在志學，謀過老成。"也作"志學之年"。唐孫過庭書譜："余志學之年，留心翰墨，味鍾張之餘烈，挹羲獻之成規。"

【志願】志向願望。文選三國魏嵇叔夜(康)與山巨源絶交書："今但願守陋巷，教養子孫；時與親舊叙闊，陳説平生，濁酒一杯，彈琴一曲，志願畢矣。"

【志士仁人】有節操，公而忘私的人。論語衛靈公："志士仁人，無求生以害仁，有殺身以成仁。"漢書六五東方朔傳非有先生論："故卑身賤體，説色微辭，愉愉呴呴，終無益於主上之治，則志士仁人不忍爲也。"

【志大才疏】志向大而才能低。後漢書七十孔融傳："融負其高氣，志在靖難，而才疏意廣，迄無成功。"也作"才疏志大"。宋陸游劍南詩稿九大風登城："才疏志大不自量，西家東家笑我狂。"

【志同道合】志願、理想、意見都相合。三國志魏陳思王植傳陳審舉疏："(伊尹吕望)及其見舉於湯武、周文，誠道合志同，玄謨神通。"宋陳亮龍川集十九與吕伯恭正字書之二："志同道合，便能引其類。"

【志高氣揚】志氣高昂而自得。史記九六蘇秦傳："家殷人足，志高氣揚。"戰國策齊一作"家殷而富，志高而揚。"

忒

tè ㄊㄜˋ 他德切，入，德韻，透。

㊀變更，差錯。易豫："天地以順動，故日月不過，而四時不忒。"詩魯頌閟宫："春秋匪解，享祀不忒。"㊁太，過甚。宋楊萬里誠齋集三七題張垣夫腴莊圖詩之二："不分腴莊最無賴，一時奄有忒傷廉。"

【忒煞】太，過於。草堂詩餘後集上宋辛幼安(棄疾)金菊對芙蓉重陽詞："追念景物無窮，歎少年胸襟，忒煞英雄。"也作"忒噋"。宋劉過龍洲詞竹香子同郭季端訪舊不遇有作："匆匆去得忒噋，這鏡兒也不曾蓋。"

忌

jì ㄐㄧˋ 渠記切，去，志韻，羣。

㊀猜忌，嫉妒。書秦誓："惟古之謀人，則曰未就予忌。"左傳僖九年："忌則多怨，又焉能克？"㊁顧忌，忌憚。書多方："爾尚不忌於凶德。"左傳成十二年："諸侯貪冒，侵欲不忌。"㊂禁忌，忌諱。易夬："君子以施禄及下，居德則忌。"國語越下："子將助天爲虐，不忌其不祥乎？"㊃忌日。詳"忌日"。㊄助詞。詩鄭風大叔于田："叔善射忌，又良御忌。"

【忌口】因病或其他原因禁食油膩葷腥等物。景德傳燈録十九從展禪師："聞説和尚不解忌口。"宋歐陽修文忠集一五二與陳比部力書之四："住娘近日頗肯忌口，亦漸向安。"

【忌日】㊀舊俗父母死亡之日禁飲酒作樂，叫忌日。禮祭義："君子有終身之喪，忌日之謂也。"後漢書五三申屠蟠傳："(蟠)九歲喪父，哀毁過禮。……每忌日，輒三日不食。"後凡祖先生日、死日，統叫忌日。皇帝、皇后死亡之日也叫忌日。參閲新唐書禮樂志四、清俞樾春在堂隨筆七三老碑。㊁迷信稱不利行事的日子。漢書九九中王莽傳天鳳元年："冠以戊子爲元日，昏以戊寅之旬爲忌日。"注："昏謂娶妻也。"北魏賈思勰齊民要術一種穀："凡九穀有忌日，種之不避其忌，則多傷敗。"

【忌月】㊀父母死亡之月。晉書禮志下："穆帝納后，欲用九月。九月是忌月。"穆帝之父康帝死於建元二年九月，故稱九月爲忌月。六朝有忌月之説，但非古制。參閲清趙翼陔餘叢考三二忌日忌月。㊁佛教語。指農曆正月、五月、九月。在此三月，素食，戒屠宰，故稱忌月。也稱三長月。參見"三長月"。

【忌克】忌人之能，而欲居人之上。左傳僖九年："無好無惡，不忌不克之謂也。今其言多忌克，難哉！"三國志魏武帝紀："吾知(袁)紹之爲人，志大而智小，色厲而膽薄，忌克而少威。"也作"忌刻"。晉書王濟傳："然外雖弘雅而内多忌刻。"也作"忌尅"。北史房法壽傳附房彦謙："主上性多忌尅，不納諫諍。"

【忌辰】猶忌日。唐白居易長慶集二二繡阿彌陀佛贊序："繡西方阿彌陀佛一軀，女弟子京兆杜氏奉，爲妣范陽縣太君盧夫人八月十一日忌辰所造也。"

【忌刻】見"忌克"。

【忌妻】妒婦。梁書劉峻傳："敬通(馮衍)有忌妻，至於身操井臼；余有悍室，亦令家道轗軻。"

【忌前】妒忌别人的才能聲望超過自己。舊唐書一九〇賈曾傳："契苾何力沉毅持重，有統御之才，然頗有忌前之癖。"子華子下晏子問黨："植黨與而護其所同，忌前而排孤，……公不能禁也。"

【忌憚】有所顧慮懼怕而不敢妄爲。禮中庸："小人之〔反〕中庸也，小人而無忌憚也。"漢書諸侯王表："是故王莽知漢中外殫微，本末俱弱，亡所忌憚，生其姦心。"

【忌諱】避忌某些言語或舉動。老子："天下多忌諱而民彌貧。"史記秦始皇紀論引賈誼過秦論："然所以不敢盡忠拂過者，秦俗多忌諱之禁也。"也泛指避忌。史記一一七司馬相如傳上林賦："鄙人固陋，不知忌諱，乃今日見教，謹聞命矣。"

【忌破五】舊俗農曆年初一至初五，不以生米爲炊，叫作忌破五。見清張燾津門雜記上歲時風俗。

忍

rěn ㄖㄣˇ 而軫切，上，軫韻，日。

㊀忍耐，容忍。書湯誥："爾萬方百姓，罹其凶害，弗忍荼毒。"論語八佾："是可忍也，孰不可忍也？"㊁克制。荀子儒效："志忍私，然後能公；行忍性情，然後能脩。"㊂殘酷，忍心。漢賈誼新書八道術："惻隱憐人謂之慈，反慈爲忍。"唐杜甫杜工部草堂詩箋二十丹青引贈曹將軍霸："幹惟畫肉不畫骨，忍使驊騮氣凋喪！"幹，韓幹。

【忍人】殘忍的人。左傳文元年："且是人也，蠭目而豺聲，忍人也。"史記越王句踐世家："(太宰嚭)因讒子胥曰：'伍員貌忠而實忍人，其父兄不顧，安能顧王？'"

【忍土】佛教語。指娑婆世界。娑婆，梵語，義譯爲"忍"，又譯爲"堪忍世界"。佛家謂其土衆生安於十惡，不肯出離，以人名其土，故稱爲忍土。藝文類聚七六南朝梁蕭繹(元帝)光宅寺大僧正法師碑："轉金輪於忍土，策紺馬於閻浮。"參閱翻譯名義集三世界。參見"娑婆世界"。

【忍心】㊀生性殘忍。猶狠心。詩大雅桑柔："維彼忍心，是顧是復。"㊁耐心。唐白居易長慶集六七酬皇甫十早春對雪見贈詩："忍心三兩日，莫作破齋人。"

【忍冬】藥草名。藤生，凌冬不凋，故名忍冬。三四月開花，氣甚芬芳。初開蕊瓣俱色白，經二三日變黃；新舊相參，黃白相映，故又名金銀花。參閱政和證類本草七忍冬、本草綱目十八草忍冬、農政全書五三救荒本草金銀花。

【忍死】指臨死掙扎，有所期待。三國志魏明帝紀注引魏氏春秋："帝執宣王(司馬懿)手，目太子曰：'死乃復可忍，朕忍死待君，君其與(曹)爽輔此。'"

【忍忍】猶不忍。後漢書八十崔琦傳："將軍令吾要子，今見君賢者，情懷忍忍，可亟自逃，吾亦於此亡矣。"

【忍性】克制性情。孟子告子下："所以動心忍性，曾益其所不能。"莊子列禦寇："忍性以視民，而不知不信。"

【忍垢】㊀忍受恥辱。也作"忍詢"、"忍詬"。莊子讓王："湯曰：'伊尹何如？'(瞀光)曰：'强力忍垢。'"呂氏春秋離俗作"忍詢"。荀子解蔽："彊鉗而利口，厚顏而忍詬。"㊁忍受不潔。宋黃庭堅豫章集十戲答荆州王充道烹茶詩之二："何須忍垢不濯足，苦學梁州陰子春。"

【忍草】見"忍辱草"。

【忍淚】猶含淚。唐杜甫杜工部草堂詩箋十奉送郭中丞……充隴右節度使三十韻："漸衰那此別，忍淚獨含情。"也作"忍涕"。宋史理宗紀一："朱揚祖林拓朝謁八陵回，以圖進。上問諸陵相去幾何，及陵前澗水新復，揚祖悉以對，上忍涕太息。"

【忍詢】見"忍垢㊀"。

【忍詬】見"忍垢㊀"。

【忍辱草】涅槃經二七引師子吼菩薩，說雪山有草，名爲忍辱，牛若食之，則成醍醐(酥乳)。本是比喻的說法，後詩文中引爲釋典，省作"忍草"。唐宋之問集下遊法華寺詩："晨行踏忍草，夜誦得靈花。"

【忍辱鎧】佛教語。指袈裟。佛教徒以袈裟能防一切外界災難，故以忍辱爲喻。法華經四勸持品："濁劫惡世中，多有諸恐怖；……我等敬信佛，當著忍辱鎧。"後因稱袈裟爲忍辱鎧。唐段公路北户錄二米麰"袈裟爲緣"注引南朝梁簡文帝謝賚納袈裟啟之四："蒙賚鬱金泥細納袈裟一緣，忍辱之鎧，安施九種。"又稱忍辱衣。南朝陳江總江令君集攝山棲霞寺碑："整忍辱之衣，入安禪之室。"

【忍尤攘詬】謂暫時忍受恥辱，以待洗雪之時。楚辭屈原離騷："屈心而抑志兮，忍尤而攘詬。"注："尤，過也；攘，除也；詬，恥也。言己所以能屈案心志，含忍罪過而不去者，欲以除去恥辱。"

【忍俊不禁】謂熱中於某事而不能克制自己。唐趙璘因話錄五："(周戎)戲作考詞狀：當有千有萬，忍俊不禁考上下。"也作"忍雋不禁"。唐崔致遠桂苑筆耕集十一答徐州時溥書："足下去年，忍雋不禁，求榮頗切。"後多謂忍不住要笑爲忍俊不禁。聯燈會要十六法演禪師："山僧昨日入城，見一棚傀儡。……仔細看時，元來青布幔裏有人，山僧忍俊不禁。"

【忍辱負重】謂能容忍恥辱勞怨而肩負重任。三國志吳陸遜傳："國家所以屈諸君使相承望者，以僕有尺寸可稱，能忍辱負重故也。"

【忍氣吞聲】指受了氣而强自忍受，不敢作聲。京本通俗小說菩薩蠻："錢都管到焦躁起來，……罵了一頓，走開去了。張老只得忍氣吞聲回來，與女兒說知。"古今雜劇元關漢卿魯齋郎一："你不如休和他爭，忍氣吞聲罷！"

忐 tǎn ㄊㄢˇ

見"忐忑"。

【忐忑】㊀心神不定。清洪昇長生殿偵報："那祿山見了此本呵，也不免脚兒跌，口兒嗟，意兒中忐忑，心兒裏怯。"㊁誠懇之意。讀如懇到。太上三元賜福赦罪解厄消災延生保命妙經："心心忐忑，盡一皈正。"(續道藏)

四畫

忞 mín ㄇㄧㄣˊ 武巾切，平，真韻，明。

㊀自强。說文引周書立政："在受德忞。"今尚書立政忞作"暋"。㊁見"忞忞"。

【忞忞】蒙昧貌。不明瞭。漢揚雄法言問神："著古昔之㖧㖧，傳千里之忞忞者，莫如書。"注："忞忞，心所不了也。"

忭 biàn ㄅㄧㄢˋ 皮變切，去，線韻，並。

喜樂。說文作"昪"。初學記二六南朝宋謝莊謝賜貂裘表："臣歡忭自歌，而同委衾之澤。"參閱清雷浚說文外編十二。

【忭躍】歡欣踊躍。文苑英華五九四唐符載謝賜藥方表："仰天忭躍，踢地兢惶，惟兩曜以鑒誠，何百年之可報。"

忼 kāng ㄎㄤ 苦朗切，上，蕩韻，溪。

慷慨。見說文。

【忼慨】意氣風發，或心情激動。同"慷慨"。楚辭屈原九章哀郢："憎慍惀之脩美兮，好夫人之忼慨。"史記項羽紀："於是項王乃悲歌忼慨。"參見"慷慨"。

【忼愾】同"忼慨"。三國志魏蔣濟傳詔："卿兼資文武，志節忼愾，常有超越江湖吞吳會之志，故復授將率之任。"

忱 chén ㄔㄣˊ 氏任切，平，侵韻，禪。

㊀忠誠。說文"忱"引詩"天命匪忱"，今詩大雅蕩作"其命匪諶"。書湯誥："尚克時忱，乃亦有終。"㊁信賴。詩大雅大明："天難忱斯，不易維王。"

【忱威】南朝梁鼓吹曲名。樂府詩集二十鼓吹曲辭梁鼓吹曲錄其辭，題沈約撰。南朝宋齊時鼓吹並用漢曲十六曲，梁蕭衍(高祖)去其四曲，更製新歌，宣揚功德，其第五漢曲擁離，改爲忱威。見隋書音樂志上。

【忱辭】至誠之辭。書大誥："天棐忱辭，其考我民。"疏："釋詁云：棐，輔。忱，誠。"

忨 wán ㄨㄢˊ 五丸切，平，桓韻，疑。
五換切，去，換韻，疑。

貪愛，苟安。通"翫"、"玩"。說文："忨，貪也。从心，元聲。春秋傳曰：'忨歲而潵日。'"今左傳昭元年作"翫歲而愒日"。國語晉八："今忨日而潵歲，怠偷甚矣。"漢書五行志中之上作"玩歲而愒日"。

忮 zhì ㄓˋ 支義切，去，寘韻，照。

㊀嫉恨。詩邶風雄雉："不忮不求，何用不臧？"傳："忮，害。"荀子榮辱："快快而亡者怒也，察察而殘者忮也。"㊁固執。漢書九十周陽由傳："汲黯爲忮，司馬安之文惡，俱在二千石列，同車未嘗敢均茵馮。"注："忮，意堅也。"

【忮心】猜忌之心。莊子達生："雖有忮心者，不怨飄瓦。"釋文："忮，害也。字書云：'佷也。'"淮南子詮言："方船濟乎江，有虛船從一方來，觸而覆之，雖有忮心，必無怨色。"

【忮佷】嫉忌狠毒。漢書九七外戚傳下："宦吏忮佷，必欲自勝。"佷，也作"很"。新唐書一七五竇羣傳："羣引呂溫羊士諤爲御史，(李)吉甫以二人躁險，持不下。羣忮很，反怨吉甫。"

【忮辯】强辯。晉陶潛陶淵明集五讀史述韓非："巧行居災，忮辯召患，哀矣韓生，竟死說難。"

忦 qiā ㄑㄧㄚ 苦加切，平，麻韻，溪。

見"⿰犭翏忦"。

忳 1. tún ㄊㄨㄣˊ 徒渾切，平，魂韻，定。

㊀憂傷苦悶。楚辭屈原離騷："忳鬱邑余侘傺兮，吾獨窮困乎此時也！"

2. zhūn ㄓㄨㄣ

㊀見"忳₂忳₂"。

【忳忳】憂傷貌。楚辭屈原九章惜誦："申侘傺之煩惑兮，中悶瞀之忳忳。"

【忳₂忳₂】專一貌。楚辭宋玉九辯："紛忳忳之願忠兮，妬被離而鄣之。"補注本"忳忳"作"純純"。

忲 tài ㄊㄞˋ 集韻 他蓋切，去，泰韻。

奢侈。文選漢張平子(衡)西京賦："有憑虛公子者，心奓體忲，雅好博古。"三國吳薛綜注："心志奓溢，體安驕泰也。"晉書何曾傳："劉毅等數劾奏曾侈忲無度，帝以其重臣，一無所問。"

忕 shì ㄕˋ 集韻 時制切，去，祭韻。

見"忕㊀"。

快 kuài ㄎㄨㄞˋ 苦夬切，去，夬韻，溪。

㊀快樂，暢快。孟子梁惠王上："抑王興甲兵，危士臣，構怨於諸侯，然後快於心與？"文選戰國楚宋玉風賦："有風颯然而至，王乃披襟而當之，曰：'快哉此風！'"㊁放肆。荀子大略："賤師而輕傅，則人有快；人有快，則法度壞。"㊂迅速。晉書王湛傳："此馬雖快，然力薄不堪苦行。"㊃鋒利。唐杜甫杜工部草堂詩箋八戲題王宰畫山水圖歌："焉得并州快剪刀，剪取吳松半江水。"㊄能，善於。唐白居易長慶集五一有感詩之二："馬肥快行走，妓長能歌舞。"金董解元西廂三："只喚做先生解經理，解的文義，羞爭知快打燈謎。"㊅猶言好。元曲選缺名漁樵記三："他把那四村上下姑姑、姨姨、嬸子、伯娘、兄弟、妹子都問道好麼，我說都快。"㊆舊時州縣地方擔任緝捕的役卒，如捕快、馬快之類。明歸有光震川集三備倭事略："但見官司紛紛抽點壯丁及原役民快，皆素不教練之民。"㊇姓。漢有快欽。見宋邵思姓解十六心。

【快人】豪放直爽的人。三國志魏明帝紀太和二年注引魏略："(明帝)詔嘉(郝)昭善守，賜爵列侯。及還，帝引見慰勞之，顧謂中書令孫資曰：'卿鄉里乃有爾曹快人！'"景德傳燈錄六南源道明禪師："快馬一鞭，快人一言。"

【快士】豪爽的人。三國志蜀黃權傳："宣王(司馬懿)與諸葛亮書曰：'黃公衡，快士也，每坐起，歎述足下，不去口實。'"公衡，權字。

【快心】快意。多指意氣用事，只圖一時痛快。戰國策中山："大王若不察臣愚計，必欲快心於趙，以致臣罪，此亦所謂勝一臣而爲天下屈者也。"又燕三："今君厚受位於先王以成尊，輕棄寡人以快心，則掩邪救過，難得於君矣。"

【快手】㊀快射的士兵。宋書建平王宏傳附劉景素："景素左右勇士數十人，並荆楚快手，自相要結。"南史黃回傳："(戴)明寶啓帝使回募江西楚人，得快手八百。"宋書黃回傳作"快射手"。㊁衙署掌緝捕、行刑等職事的差役。宋司馬光涑水記聞六："及期，里正白不能督，(胡)順之乃使快手繼之，又白不能。"明湯顯祖牡丹亭勸農："俺天生的快手賊無過，衙舍裏消消沒的睃。"

【快牛】負重善行的健牛。世說新語汰侈："彭城王有快牛，至愛惜之。"後多以喻有才能而無檢束的人。東晉時，石虎好馳獵遊蕩，多次以彈傷人，軍中大以爲害，其從父勒欲殺之，勒母王曰："快牛爲犢子時，多能破車，汝當小忍之。"見魏書石虎傳、晉書石季龍載記上。

【快吏】敏捷能幹的屬吏。北齊陳元康頗涉文史，機敏有才幹，能在暗夜寫字，高季式稱他爲快吏。此指書吏。見北史陳元康傳。

【快果】梨的別名。政和證類本草二三梨引南朝梁陶弘景名醫別錄："梨種復殊多，並皆冷利，俗人以爲快果，不入藥用，食之，多損人也。"宋朱熹朱文公集三食梨詩："啖餘更檢桐君錄，快果知非浪得名。"

【快兒】箸，筷子。快，通"筷"。相傳"箸"吳音與"住"相近，俗行舟諱住，因稱爲快。後又加"竹"爲筷。見明陸容菽園雜記一。

【快活】快樂。北齊書和士開傳："陛下宜及少壯，恣意作樂，縱橫行之，即是一日快活敵千年。"唐白居易長慶集五六快活詩："誰知將相王侯外，別有優游快活人。"

【快壻】稱心的女婿。北朝魏博士郭瑀欲爲女擇婿，聲言欲見一快女壻。弟子劉昞自薦說："向聞先生欲求快女壻，昞其人也。"瑀因將女配昞。見魏書劉昞傳。又晉王羲之爲太尉郗鑒東牀佳婿。見晉書王羲之傳。詳"東牀"。後代詩文引用，多作"東牀快壻"。宋樓鑰攻媿集十四陳夫人輓詞："奇男已南省，快壻更東牀。"

【快飲】猶言暢飲、痛飲。漢王充論衡別通："飽食快飲，慮深求卧，腹爲飯坑，腸爲酒囊。"晉陶潛陶淵明集三飲酒詩之二十："若復不快飲，空負頭上巾。"

【快然】喜悅舒暢貌。後漢書四二東平憲王蒼傳："得王深策，快然意解。"晉書王羲之傳蘭亭修禊序："快然自足，不知老之將至。"

【快意】㊀謂恣心所欲。猶言快心。國語晉三："夫君政刑是以治民，不聞命而擅進退，犯政也；快意而喪君，犯刑也。"㊁舒適，稱心。史記八七李斯傳上書："今棄擊甕叩缻而就鄭衛，退彈箏而就昭虞，若是者何也？快意當前，適觀而已矣。"

【快樂】喜悅，高興。漢焦延壽易林乾之履："空拳握手，倒地更起，富饒豐衍，快樂無已。"宋梅堯臣宛陵集十四依韻和永叔見寄詩："誠知豪俠自快樂，東郊南陌競鬬雞。"

【快活三】㊀宋時方言，稱體胖者爲快活三。宋張知甫張氏可書："鄧知剛任待制，守軍器監，形貌魁偉，每以橫金衒衆，未嘗衣衫。京師諺曰：'不著涼衫，好箇金稜快活三。'蓋一時目肥人爲快活三也。"又周密記宋時舞隊大小全棚傀儡有快活三郎，快活三娘之名。見武林舊事二。㊁曲調名。見曲譜二。

【快活湯】 酒麴名。宋陶穀清異錄酒漿："當塗一種酒麴，皆發散藥，見風卽消，既不久醉，又無腹滯之患，人號曰快活湯，士大夫呼君子觴。"

【快哉亭】 亭名。㊀在湖北黃岡縣南。宋張夢得謫居時建，蘇軾名之曰"快哉"。見宋蘇轍欒城集二四黃州快哉亭記。㊁在江蘇銅山縣東南，俗稱捞角樓。本唐薛能陽春亭故址，宋李邦直改建，郡守蘇軾題名"快哉"。見圖書集成考工一二四亭引江南通志。

【快蟹船】 清咸豐同治時水師戰船的一種。其式仿廣東船，裝火礮七門，傍設短槳各十四，三十九人駕駛。督官領之。以快蟹、長龍、三板各十爲一營。後裁汰快蟹，以長龍八、三板二十二爲一營。參閱清續文獻通考二三二船政水師船。

【快活三郎】 對唐李隆基(玄宗)的俗稱。宋羅大經鶴林玉露六引魏了翁天寶遺事詩："'紅錦繃盛河北賊，紫金盞酌壽王妃。弄成晚歲郎當曲，正是三郎快活時。'俗所謂快活三郎者，卽明皇也。"參見"三郎㊁"。

【快馬加鞭】 比喻快上加快。景德傳燈錄六南源道明禪師："上堂云：快馬一鞭，快人一言，有事何不出頭來，無事各自珍重。"宋王安石臨川集二四送純甫如江南詩："此去還知苦相憶，歸時快馬亦須鞭。"明徐昭殺狗記上十七："其妻答曰：'何不快馬加鞭，逕趕至蒼山，求取伯伯。'"

【快雪堂帖】 清馮銓所刻叢帖之一。銓以晉王羲之書快雪時晴帖墨迹，摹刻爲第一帖，並築堂儲石，題堂名爲快雪，帖名爲快雪堂帖。銓爲涿州人，其初拓墨本稱卽涿拓。後其石刻轉賣給閩人黃可潤，乾隆時又由閩督楊景素購入獻於朝廷。弘曆(高宗)命築堂爲廊以嵌石，仍名其堂爲快雪。黃可潤爲閩人，故次拓本名建拓；再次者曰內拓。見清歐陽輔集古求真十三。參閱六藝之一錄三〇三古今書論。參見"快雪時晴帖"。

【快刀斬亂麻】 比喻以果斷迅捷的手段，解決紛繁糾葛的事情。北齊書文宣紀："高祖(高歡)嘗試觀諸子意識，各使治亂絲，帝(高洋)獨抽刀斬之，曰：'亂者須斬！'"古常以絲麻並舉，後多稱快刀斬亂麻。

【快雪時晴帖】 晉王羲之行書問慰諸帖中，一帖有"快雪時晴，佳想安善"句，因名快雪時晴帖，省稱快雪帖。參閱宣和書譜十五、清梁章鉅退庵金石書畫跋五舊拓快雪帖跋。

忸

niǔ 女六切，入，屋韻，娘。
ㄋㄧㄡˇ

㊀慚愧，不好意思。通"恧"。見集韻。參見"忸怩"。㊁慣習。荀子議兵："忸之以慶賞，鰌之以刑罰。"注："忸與狃同，串習也。"漢書刑法志引作"狃"。

【忸忕】 慣習。後漢書十七馮異傳："虜兵臨境，忸忕小利，遂欲深入。"注："忸忕，猶慣習也，謂慣習前事而復爲之。"宋書何承天傳安邊論："且今春踰濟，既獲其利，乘勝忸忕，未虞天誅。"

【忸怩】 羞愧貌。書五子之歌："鬱陶乎予心，顏厚有忸怩。"疏："羞不能言，心慚之狀。"

忡

chōng 敕中切，平，東韻，徹。
ㄔㄨㄥ

憂慮不安貌。詩邶風擊鼓："不我以歸，憂心有忡。"

【忡忡】 ㊀憂愁貌。詩召南草蟲："未見君子，憂心忡忡。"也作"憧憧"。楚辭屈原九歌東皇太一："思夫君兮太息，極勞心兮憧憧。"㊁飾物下垂貌。詩小雅蓼蕭："既見君子，鞗革忡忡。"箋："忡忡，垂飾貌。"

份

fēn
ㄈㄣ

紛亂。列子黃帝："份然而封戎。"注："份，音紛。"莊子應帝王作"紛而封哉"。釋文："紛，芳云反。崔云：亂貌。"

忪

1\. zhōng 職容切，平，鍾韻，照。
ㄓㄨㄥ

㊀心動貌。見廣韻。

2\. sōng
ㄙㄨㄥ

㊁見"惺忪"。

【忪憹】 惶遽貌。惶恐失措。晉書涼武昭王傳述志賦："哀餘類之忪憹，邈靡依而靡仰。"

忤

wǔ 五故切，去，暮韻，疑。
ㄨˇ

牴觸，不順從。淮南子人間："故聖人先忤而後合，衆人先合而後忤。"漢書七八蕭望之傳："望之以爲中書政本，宜以賢明之選，……白欲更置士人，繇是大與(史)高、(弘)恭、(石)顯忤。"

【忤耳】 逆耳。韓非子難言："且至言忤於耳而倒於心，非賢聖莫能聽。"猶言忠言逆耳。

【忤物】 與人不和，得罪人。唐李翱李文公集六答皇甫湜書："言無所益，衆亦未信，衹足以招謗忤物，於道無明，故不言也。"新唐書二〇一崔信明傳："揚州錄事參軍鄭世翼者，亦驁倨，數恌輕忤物。"

【忤逆】 ㊀背犯，違反。淮南子齊俗："是故入其國者從其俗，入其家者避其諱，不犯禁而入，不忤逆而進。"㊁不孝順父母。元明雜劇一元王實甫破窰記四："狀元郎謩恨記在心懷，忤逆女將爺娘不認睬。"水滸二二："(宋江)又恐連累父母，教爹娘告了忤逆，出了籍册，各户另居。"

【忤視】 逆視，抗視。戰國策燕三："燕國有勇士秦舞陽，年十三，殺人，人不敢與忤視。"又見史記八六荊軻傳。國策校注本忤作"捂"。

炊

xiān 音韻闡微 希淹切，平，鹽韻，曉。
ㄒㄧㄢ

適意，高興。唐韋應物韋江州集三寄二嚴詩："絲竹久已懶，今日遇君炊。"樂府羣玉二喬吉嘲少年曲："性兒神羊也似善，口兒蜜鉢也似甜，火塊兒也似情炊。"

【炊睡】 舒舒服服的睡。宋沈端節克齋詞如夢令："乍報一番秋，晚簟秋涼如水。炊睡，炊睡。窗在芭蕉葉底。"

忻

xīn 許斤切，平，欣韻，曉。
ㄒㄧㄣ

㊀開導，啟發。說文："忻，闓也。从心，斤聲。司馬法曰：'善者忻民之善，閉民之惡。'"㊁心喜。通"欣"。史記周紀："姜原出野，見巨人跡，心忻然說，欲踐之，踐之而身動如孕者。"

【忻忻】 欣喜得意貌。淮南子覽冥："斬艾百姓，殫盡大半，而忻忻然常自以爲治。"

【忻悚】 喜與懼。唐韓愈昌黎集十八與孟尚書書："得吾兄二十四日手書數番，忻悚兼至。"

【忻慕】 高興，羨慕。史記六二管晏傳論："假令晏子而在，余雖爲之執鞭，所忻慕焉。"

【忻縣】 縣名。屬山西省。西漢陽曲縣地，屬太原郡。隋開皇十年改稱秀容縣，十八年爲忻州治，因界內有忻川水而名。明洪武初年併入忻州。至清爲直隸州。公元 1912 年改爲忻縣。參閱寰宇通志七八太原府忻州、讀史方輿紀要四十太原府。

【忻翹】 悦服，仰慕。向人表示敬仰的套話。宋文鑑一二一李淑賀司空呂相公啓："企戀忻翹，叢集丹悃。"

忞

ài 烏代切，去，代韻，影。
ㄞˋ

"愛"的本字。見"愛"。

忠 zhōng 陟弓切,平,東韻,知。ㄓㄨㄥ

忠誠。論語學而:"爲人謀而不忠乎?"荀子大略:"比干子胥忠而君不用。"

【忠言】忠直之言。荀子致仕:"忠言忠說,……莫不明通。"韓非子外儲左上:"忠言拂於耳,而明主聽之。"參見"忠言逆耳"。

【忠良】忠誠善良。書冏命:"昔在文武,聰明齊聖,大小之臣,咸懷忠良。"也指忠誠善良的人。書泰誓上:"焚炙忠良,刳剔孕婦。"

【忠告】真誠勸告。論語顏淵:"忠告而善道之,不可則止,毋自辱焉。"

【忠果】㊀忠誠而果斷。文選漢孔文舉(融)薦禰衡表:"忠果正直,志懷霜雪。"㊁橄欖的別名。見本草綱目三一果橄欖引記事珠。

【忠客】葵的別稱。葵花常向太陽,故名。見宋姚寬西溪叢語上張敏叔十客圖。

【忠厚】忠實厚道。荀子禮論:"故事生不忠厚不敬文,謂之野;送死不忠厚不敬文,謂之瘠。"後漢書七三劉虞公孫瓚傳論:"劉虞守道慕名,以忠厚自牧。"

【忠貞】忠誠堅貞。國語晉二:"昔君問臣事君於我,我對以忠貞……力有所能無不爲,忠也;葬死者,養生者,死人復生不悔,生人不媿,貞也。"

【忠泉】東漢耿恭在金蒲城被南匈奴圍困,水源斷絕。恭在城內掘井十五丈不得水,乃向井拜求,適遇泉水涌出,士卒皆呼萬歲,遂得解圍。見後漢書十九本傳。後來詩文中以"忠泉"爲頌揚將帥竭忠守節的典故。北周庾信庾子山集十三周太子少保步陸碑:"忠泉暗涌,孝笋寒生。"

【忠烏】烏的別名。元楊維禎鐵厓古樂府鐵厓逸編三丈人烏詩:"丈人愛爾烏,獻忠不獻諛,命爾曰忠烏。"按唐杜甫杜工部詩史補遺四奉贈射洪李四丈詩有"丈人屋上烏,丈好烏亦好"二句,楊詩本此。

【忠款】真誠。列女傳二齊桓衛姬頌:"齊桓衛姬,忠款誠信。"三國志蜀郤正傳釋譏:"時獻一策,偶進一言,釋彼官責,慰此素飡,固未能輸竭忠款,盡瀝胸肝,排方入直,惠彼黎元,俾吾徒草鄙,並有閑焉也。"

【忠誠】真誠,無二心。荀子堯問:"忠誠盛於內,賁於外,形於四海。"楚辭屈原九章惜誦:"竭忠誠而事君兮,反離羣而贅肬。"

【忠經】舊題漢馬融撰,鄭玄注。一卷。其文仿孝經寫成十八章。清丁晏尚書餘論以此書"民"字都作"人","治"都作"理",是避唐太宗、高宗名諱,疑作者爲編寫絳囊經的唐人馬雄,非漢人所作。宋史藝文志始著録。玉海四一引中興館閣書目與舊題同,又引宋國史藝文志有海鵬忠經一卷,當是另一書。

【忠實】忠誠老實。史記一〇九李將軍(廣)傳:"(李)及死之日,天下知與不知,皆爲盡哀。彼其忠實心誠信於士大夫也。"

【忠諫】忠誠的勸諫。莊子至樂:"忠諫不聽,蹲循勿爭。"三國志蜀諸葛亮傳出師表:"不宜妄自菲薄,引喻失義,以塞忠諫之路也。"

【忠縣】縣名。屬四川省。周時巴國地,漢置臨江縣,屬巴郡。唐爲忠州,宋改爲咸淳府。元明清都稱忠州。公元 1913 年改縣。參閱嘉慶一統志四一六忠州。

【忠鯁】忠誠鯁直。世說新語規箴"孫晧問丞相陸凱"注引吳録:"遜族子(凱),忠鯁有大節,篤志好學。"晉書劉頌傳論:"逮元康之間,賊臣專命,舉朝戰慄,苟避俎醢,頌以此時,忠鯁不撓。"

【忠藎】竭忠盡心。三國志蜀董和傳注:"(胡濟)爲(諸葛)亮主簿,有忠藎之效,故見褒述。"宋范仲淹范文正公集十八除樞密副使召赴闕陳讓第五狀:"伏望聖慈,察臣等忠藎之懇,素有本末,實不以內外之職,輕重於心。"

【忠孝帶】清代官吏冠服均繫忠孝帶,清會典二九禮部稱爲素巾,也叫手巾。其帶比常服帶闊而短,或謂用以代替馬絡帶;或謂爲隨駕時供捆綁衝犯儀仗衛隊者之用;或謂皇帝賜死時,臣子用以自盡,故名。參閱徐珂清稗類鈔九一服飾。

【忠貞録】明李維樾林增志合編。三卷,附録一卷。正編是爲編者同鄉建文帝舊臣卓敬而作。卷一爲遺詩遺文,卷二、卷三爲後人題詠。附卷敍述卓敬門人黃養正及鄉人陳茂烈的遺事。

【忠靖冠】明嘉靖七年定冠服制,仿古玄端製。冠頂方形,中間微起,三梁及邊用金線纏,名曰忠靖冠。又仿古玄端,改用深青紵絲紗羅爲忠靖服。明史作"忠静"。忠靖冠服取"進思盡忠,退思補過"之義。參閱明俞汝楫禮部志稿十八忠靖冠服、明史輿服志三。

忠靖冠

【忠愍集】宋李若水撰。宋史藝文志著録十卷。原本已散失,清館臣從永樂大典中輯出,共三卷。若水,字清卿。金兵圍攻宋都開封,隨宋欽宗往金營,被拘,不屈而死。其詩有風度,文章亦饒有氣勢。宋史有傳。

【忠言逆耳】謂正直的規勸,聽起來不順耳。韓非子安危:"聖人之救危國也,以忠拂耳。……拂耳,故小逆在心,而久福在國。"忠,指忠言。楚辭漢東方朔七諫沈江:"痛忠言之逆耳兮,恨申子之沈江。""忠言逆耳"常與"良(毒)藥苦口"對稱。史記留侯世家:"且忠言逆耳利於行,毒藥苦口利於病。"鹽鐵論國疾:"夫藥酒苦於口而利於病,忠言逆於耳而利於行。"說苑正諫、孔子家語六本均以"良藥"與"忠言"對稱。

【忠肝義膽】猶赤膽忠心。宋遺民録十一汪元量浮丘道人招魂歌:"忠肝義膽不可狀,要與人間留好様。"

念 niàn 奴店切,去,㮇韻,泥。ㄋㄧㄢ

㊀思念,考慮。詩秦風小戎:"言念君子,温其如玉。"史記九二淮陰侯傳:"先生且休矣,吾將念之。"引申爲愛憐。唐白居易長慶集七弄龜羅詩:"物情少可念,人意老多慈。"㊁誦讀。漢書八一張禹傳:"諸儒爲之語曰:'欲爲論,念張文。'"清周壽昌漢書注校補四六:"念訓若倍(背)誦,猶今云讀書爲念書也。今俗書作唸。"㊂念頭,想法。晉陶潛陶淵明集六閑情賦:"惆悃不寐,衆念徘徊。"㊃二十。或寫作"廿"。清顧炎武金石文字記三開業寺碑:"碑陰多宋人題名,有曰:'……元祐辛未陽月念五日題。'以廿爲念,始見於此。"

【念一】思念專一,謂篤信真道。道家有守一、抱一之說。水經注六涑水:"是以緇服思玄之士,鹿裘念一之夫,代往遊焉。"宋蘇轍欒城集後集五抱一頌:"眞人告我,晝夜念一。……與一爲一,入火不然,入水不溺,是謂念一。"

【念奴】唐天寶時著名女藝人,善歌,出入宮禁。其事蹟見唐元稹長慶集二四連昌宮詞樂府及自注、北周王仁裕開元天寶遺事上。

【念念】指極短的時間,起滅連續不斷。維摩詰所說經上方便品:"是身如電,念念不住。"梵語刹那,譯爲念。念念,猶言刹那刹那。北齊顏之推顏氏家訓歸心:"若有天眼,鑒其念念隨滅,生生不斷,豈可不怖畏邪?"參見"念念不忘"。

【念珠】佛教徒念佛時計誦經次數的串珠，又稱佛珠或數珠。一般由一百零八顆珠子組成一串，故又名百八丸。舊唐書一八四李輔國傳："輔國不茹葷血，常爲僧行，視事之隙，手持念珠。"參見"百八丸"。

【念秧】一種騙術。布設圈套，誘人上當，以詐取財物。聊齋志異四念秧："乃又有萍水相逢，甘言如醴，其來也漸，其入也深。悞認傾蓋之交，遂罹喪資之禍。隨機設阱，情狀不一；俗以其言辭浸潤，名曰念秧。"

【念經】指誦讀佛經。六祖壇經機緣："師曰：'吾不識文字，汝試取經誦一遍，吾當爲汝解說。'法達卽高聲念經至譬喻品。"唐釋齊己白蓮集三和鄭谷郎中幽棲之什詩："相對惟溪寺，初宵聞念經。"

【念酸】嫉妒。宋馬令南唐書二二舒雅傳："(韓)熙載性懶，不拘禮法，常與雅易服燕戲，猱雜侍婢，入末念酸，以爲笑樂。"後有拈酸弄醋、拈酸吃醋等語，本此。念，或作捻、撚、拈。

【念頭】心思，心中的打算。元陳鎰午溪集十次韻吳學録春日山中雜興詩之四："功名老去念頭輕，盡日看山眼倍明。"

【念舊】懷念故舊。宋徐度却掃編中："宣和間，先公守南都，……一歲中撫問者至十數，故嘗有謝表曰：'天閑夢回，必有感恩之淚；日邊人至，常聞念舊之言。'"先公，指徐度父徐處仁。日邊，指京都。

【念心兒】紀念品。紅樓夢六九："這是他家常繫的，你好生替我收着，做個念心兒。"也作"念信兒"。兒女英雄傳三七："這准還是舅舅個念信兒呢。"

【念奴嬌】㊀詞調名。念奴，唐天寶年間著名歌者，因取爲調名。此調别名甚多：蘇軾赤壁懷古詞，有"大江東去"、"一尊還酹江月"句，因名大江東去或酹江月；曾覿詞，名壺中天慢等等。大體上都是一百字左右，雙調，分平韻、仄韻兩種，句讀也大同小異。參閱詞譜二八、詞律十六。㊁曲牌名。屬大石調，字數與詞調前半闋同。南北曲均有，南曲作引子，北曲用於套曲中。另外，北曲大石調有百字令，别名念奴嬌，用作小令。參閱曲譜一、六。

【念珠曹】户部官，京兆户曹的異名。也稱"版曹"。宋錢易南部新書戊："京兆户曹，月俸一百八索，故謂之念珠曹。"按念珠凡一百零八顆，與户曹月俸數合，故名。

【念菴集】明羅洪先撰。二十二卷。洪先之學出於王守仁，又雜以禪宗之說。其文初學李夢陽，後來改學唐順之，晚年自成一格。

【念念不忘】常常思念，總忘不了。明王世貞鳴鳳記傳奇忠佞異議："你念念不忘嚴府，恐被他人笑罵。"

【念兹在兹】書大禹謨："帝念哉！念兹在兹，釋兹在兹。"兹，此。疏及宋蔡沈集傳都解釋爲：兹，指皋陶，禹要舜思念他，不要忘記。後來泛指念念不忘。晉陶潛陶淵明集一命子詩："温恭朝夕，念兹在兹。"

忿 fèn 敷粉切，上，吻韻，敷。
ㄈㄣˋ 匹問切，去，問韻，滂。

憤怒，怨恨。書君陳："爾無忿疾於頑，無求備於一夫。"戰國策韓一："韓王忿然作色，攘臂按劍。"又秦五："伯主約而不忿。"注："忿，怨也。"

【忿言】含怒的話。禮祭義："是故惡言不出於口，忿言不反於身。"

【忿兵】因忿怒而輕率興兵。漢書七四魏相傳："争恨小故，不忍憤怒者，謂之忿兵，兵忿者敗。"

【忿戾】火氣大，蠻橫不講理。論語陽貨："古之矜也廉，今之矜也忿戾。"韓非子外儲左下："夔者忿戾惡心，人多不説喜也。"

【忿争】憤怒争執。韓非子解老："重生者雖入軍無忿争之心，則無所用救害之備。"也作"憤諍"。梁書陸襄傳："又有彭李二家，先因忿諍，遂相誣告。"

【忿忿】憤怒不平。漢書六三戾太子傳："獨冤結而亡告，不忍忿忿之心。"文選漢阮元瑜(瑀)爲曹公作書與孫權："以是忿忿，懷慙反側。"

【忿毒】極度忿恨。三國志蜀先主傳許靖等上書："曹丕篡弑，湮滅漢室，竊據神器，劫迫忠良，酷烈無道。人鬼忿毒，咸思劉氏。"

【忿疾】忿怒憎惡。書君陳："爾無忿疾于頑。"傳："人有頑嚚不喻，汝當訓之，無忿怒疾之。"後漢書六七黨錮傳序："於是天子震怒，班下郡國，逮捕黨人，布告天下，使同忿疾。"

【忿悁】怨怒，憤恨。悁、忿同義。戰國策趙二："秦雖辟遠，然而心忿悁，含怒之日久矣。"史記八三魯仲連傳遺燕將書："立終身之名，棄忿悁之節，定累世之功。"

【忿恚】怒恨。戰國策齊六："故去忿恚之心，而成終身之名；除感忿之耻，而立累世之功。"史記陳涉世家："將尉醉，廣故數言欲亡，忿恚尉，令辱之，以激怒其衆。"此謂使尉怒恨。

【忿發】發怒。史記一二〇汲黯傳："(汲黯)忿發駡曰：'天下謂刀筆吏不可以爲公卿，果然！'"

【忿懥】發怒。禮大學："身有所忿懥，則不得其正。"注："懥，怒貌也。"

【忿纇】蠻橫。同"忿戾"。左傳昭二八年："生伯封，實有豕心，貪惏無饜，忿纇無期，謂之封豕。"

【忿鷙】殘忍兇狠。漢書九四下匈奴傳揚雄上書："何者，外國天性忿鷙，形容魁健，負力怙氣。"注："鷙，佷也。"後漢書三一杜詩傳上疏："昔湯武善御衆，故無忿鷙之師。"注："鷙，擊也。"

忩 cōng
ㄘㄨㄥ

"怱"、"悤"的異體字。見"悤"。

忝 tiǎn 他玷切，上，忝韻，透。
ㄊㄧㄢˇ

羞辱，有愧於。詩小雅小宛："夙興夜寐，無忝爾所生。"書堯典："否德，忝帝位。"後多用作自謙之詞。後漢書五四楊賜傳上疏："臣受恩偏特，忝任師傅，不敢自同凡臣，括囊避咎。"

【忝私】猶言承蒙給以情誼。文選晉潘正叔(尼)贈陸機出爲吳王郎中令詩："昔子忝私，貽我蕙蘭；今子徂東，何以贈旃？"

【忝官】愧居官位。多作自謙之詞。唐元結有忝官引詩。見元次山集三。

【忝累】猶言不稱職，失職。初學記十二晉傳咸御史中丞箴："余承先君之蹤，竊位憲臺，懼有忝累垂翼之責，且造斯箴，以自勗勵。"

忽 hū 呼骨切，入，没韻，曉。
ㄏㄨ

㊀忽略，不經意。書周官："蓄疑敗謀，怠忽荒政。"韓非子存韓："願陛下幸察愚臣之計，毋忽。"㊁迅速，突然。左傳莊十一年："桀紂罪人，其亡也忽焉。"唐白居易長慶集十二琵琶行："忽聞水上琵琶聲，主人忘歸客不發。"㊂絶滅。詩大雅皇兮："是伐是肆，是絶是忽。"㊃古代極小的度量單位名。孫子算經上："度之所起，起於忽，欲知其忽，蠶吐絲爲忽。十忽爲一絲，十絲爲一毫，十毫爲一釐，十釐爲一分。"漢書一〇〇下叙傳："產氣黄鍾，造計秒忽。"

【忽地】忽然。唐王建詩八華清宮前柳："楊柳宮前忽地春，在先驚動探春人。"宋徐鉉徐公文集二柳枝辭之四："歌聲不出長條密，忽地風迴見綵舟。"

【忽忽】㊀倏忽。形容時間過得很快。楚辭屈原離騷:"欲少留此靈瑣兮，日忽忽其將暮。"㊁迷惑，恍忽，失意貌。文選戰國楚宋玉高唐賦:"悠悠忽忽，怊悵自失。"漢書六二司馬遷傳報任安書:"雖累百世，垢彌甚耳，是以腸一日而九回，居則忽忽若有亡，出則不知所如往。"又梁孝王世家:"歸國，意忽忽不樂。"㊂模糊不清。文選漢司馬長卿(相如)子虛賦:"眇眇忽忽，若神仙之髣髴。"㊃不經意。漢劉向說苑談叢:"忽忽之謀，不可為也。"

【忽炭】地名。今新疆和田縣。漢爲于闐城國。唐於此置毗沙都督府。元秘史作兀丹。元史作忽炭，又作斡端擴端五端，皆音近。參閱元耶律楚材西遊錄"高昌西三四千里，有五端城，卽唐之于闐國"清李文田注、清洪鈞元史譯文證補二六忽炭。

【忽律】鰐。唐張士貴幼年爲盜，攻略城邑，人號爲"忽峍賊"。見舊唐書八三本傳。水滸有旱地忽律朱貴。參見"忽雷㊁"。

【忽荒】形容混沌未分的元氣，泛指天空。淮南子人間:"翱翔乎忽荒之上，徜徉乎虹蜺之間。"史記八四賈誼傳服鳥賦:"寥廓忽荒兮，與道翱翔。"也作"忽怳"。文選晉潘安仁(岳)寡婦賦:"意忽怳以遷越兮，神一夕而九升。"

【忽略】不經心，不重視。書周官"蓄疑敗謀，怠忽荒政"漢孔安國傳:"怠情忽略，必亂其政。"世說新語文學:"袁宏始作東征賦，都不道陶公(侃)。胡奴(陶範，侃子)誘之狹室中，臨以白刃，曰:'先公勳業如是，君作東征賦，云何相忽略?'"

【忽雷】㊀琵琶名。唐段安節樂府雜錄琵琶:"文宗朝有內人鄭中丞善胡琴。內庫有二琵琶，號大小忽雷。鄭嘗彈小忽雷。"㊁鰐魚的別名。太平廣記四六四唐鄭常洽聞記:"鰐魚別號忽雷。"

【忽微】極言細微。忽、微，極細的計量單位。漢書律曆志上:"及黃鐘爲宮，則太族、姑洗、林鐘、南呂皆以正聲應，無有忽微。"注引孟康:"忽微，若有若無，細於髮者也。"新五代史伶官傳序:"夫禍患常積於忽微，而智勇多困於所溺，豈獨伶人也哉。"

【忽漫】忽而，偶然。唐杜甫杜工部詩史補遺四送路六侍御入朝:"更爲後會知何地，忽漫相逢是別筵。"古逸叢書本作"忽慢"。

【忽諸】突然斷絕。諸，助詞。左傳文五年:"臧文仲聞六與蓼滅，曰:'皋陶庭堅不祀，忽諸。'"注謂忽諸卽忽然而亡。文選晉潘安仁(岳)西征賦:"德不建而民無援，仲雍之祀忽諸。"唐劉良注:"雍之後忽然絕祀。"梁書儒林傳序:"廢之多歷世祀，其棄也忽諸。"

【忽必烈】元世祖名。見"元世祖"。

【忽汗州】地名。在今吉林敦化縣境。新唐書二一九渤海傳:"睿宗先天中，遣使拜(乞乞)祚榮爲左驍衞大將軍、渤海郡王，以所統爲忽汗州，領忽汗州都督，自是始去靺鞨號，專稱渤海。"

【忽雷駮】唐初名將秦瓊(叔寶)駿馬名。見唐段成式酉陽雜俎十二語資。曲海總目提要三八有缺名呼雷駮一劇，演段志玄事。劇中稱李如珪在吐蕃得駿馬，名呼雷駮，遣卒送給秦叔寶。呼雷駮卽忽雷駮。

【忽剌巴兒】突然。紅樓夢十六:"鳳姐聽了笑道:'我說呢，姑媽知道你二爺來了，忽剌巴兒的打發個屋裏人來!原來是你這蹄子鬧鬼。'"

五畫

怭 bì 毗必切，入，質韻，並。ㄅㄧˋ

見下。

【怭怭】輕佻，不莊重。詩小雅賓之初筵:"曰既醉止，威儀怭怭。"傳:"怭怭，媟嫚也。"

怦 pēng 普耕切，平，耕韻，滂。ㄆㄥ

心急。見玉篇。今形容心跳爲"怦然心動"。見"怦怦㊁"。

【怦怦】㊀忠謹貌。楚辭宋玉九辯:"私自憐兮何極，心怦怦兮諒直。"㊁心跳貌。清江藩國朝漢學師承記七汪中:"容甫以勞心故病怔忡，聞更鼓雞犬聲，心怦怦動，夜不成寐。"容甫，汪中字。

怔 1. zhēng 諸盈切，平，清韻，照。ㄓㄥ

㊀見"怔忡"、"怔忪"。

2. zhèng ㄓㄥˋ

㊁發呆，發愣。紅樓夢一:"那丫鬟倒發了個怔。"又三二:"林黛玉聽了，怔了半天。"

【怔忡】㊀心悸。宋楊億天貺殿碑:"伏紙怔忡。"(金石萃編一二七)明湯顯祖牡丹亭鬧喜:"聲息兒恁怔忡，把門兒偷瞥。"㊁病名。患者的心臟加速、加劇跳動。見明方隅醫林繩墨三怔忡。

【怔忪】惶恐，驚懼。也作"征伀"、"征忪"。漢王符潛夫論救邊:"旬時之間，虜復爲害，軍書交馳，羽檄狎至，乃復怔忪如前。"文選漢王子淵(褒)四子講德論:"百姓征伀，無所措其手足。"

【怔₂怔₂】發呆貌。紅樓夢三二:"只是半個字也不能吐出，只管怔怔的瞅着他。"

【怔營】惶恐不安貌。後漢書三十下郎顗傳上章:"怔營惶怖，靡知厝身。"晉陶潛陶淵明集四詠荊軻詩:"圖窮事自至，豪主正怔營。"

怯 qiè 去劫切，入，業韻，溪。ㄑㄧㄝˋ

㊀膽小，畏縮。商君書去強:"怯民使以刑必勇，勇民使以賞則死。"史記七九范雎傳:"民怯於私鬬而勇於公戰，此王者之民也。"㊁害怕。元曲選吳昌齡東坡夢一:"你不怯我師父，我師父也不怯你。"㊂虛弱。見"怯症"。

【怯劣】懦弱。晉書劉隗傳附劉波上疏:"古者爲百姓立君，使之司牧;今者以百姓卹君，使之蠶食，至乃貪汙者謂之清勤，慎法者謂之怯劣。何反古道一至於此!"

【怯耎】懦弱，畏縮。耎，同"軟"。漢書六二司馬遷傳報任安書:"僕雖怯耎欲苟活，亦頗識去就之分矣。何至自湛溺累紲之辱哉!"文選作"怯懦"。

【怯症】虛癆。言體質虛弱。古今小說一蔣興哥重會珍珠衫:"這病又是鬱症，又是相思症，也帶些怯症。"也作"怯疾"。警世通言一俞伯牙摔琴謝知音:"且則採樵負重，暮則誦讀辛勤，心力耗廢，染成怯疾。"

【怯弱】㊀膽小，儒弱。漢焦延壽易林十蹇之需:"哀公怯弱，風氏復比。"也指懦夫。韓非子守道:"故設柙非所以備鼠也，所以使怯弱能服虎也。"㊁虛弱。紅樓夢十六:"秦鍾本自怯弱，又帶病未痊，受了笞杖。"

【怯懦】膽小怕事。韓非子說難:"略事陳意，則曰怯懦而不盡。"也作"怯愞"。晉書蘇峻傳:"溫嶠怒曰:'諸君怯愞，乃是譽賊。'"

【怯薛】蒙古成吉思汗時設置的宿衞軍。蒙古語稱番直宿衞爲"怯薛"。分四番，每番三晝夜，輪流值班。成吉思汗的功臣博爾忽博爾朮木華黎赤老溫，當時號稱"掇里班曲律"，猶言四傑。成吉思汗命其世領怯薛之長。謂之四怯薛。元張憲玉笥集三怯薛行:"怯薛兒郎年十八，手中弓箭無虛發。」參閱明陶宗儀輟耕録一雲都赤、元史兵志二宿衛四怯薛。

【怯懾】膽小怕事。韓非子六反:「重命畏事,尊上之民也,而世少之曰怯懾之民也。」唐陸龜蒙甫里集四紀夢游甘露寺詩:「怯懾不敢前,荷襟汗霑霢。」

【怯憐戶】見「惰民」。

【怯防勇戰】小心防禦,勇敢出戰。梁書馮道根傳:「初到阜陵,修城隍,遠斥候,有如敵將至者,衆頗笑之。道根曰:『怯防勇戰,此之謂也。』」

怵 1. chù ㄔㄨˋ 丑律切,入,術韻,徹。

㊀恐懼。莊子田子方:「今女怵然有恂目之志,爾於中也殆矣夫!」文選晉陸士衡(機)文賦:「雖杼軸於予懷,怵他人之我先。」㊁悲傷。禮祭統:「心怵而奉之以禮。」

2. xù ㄒㄩˋ 集韻 雪律切,入,術韻。

㊂利誘。通「訹」。史記六九蘇秦傳:「臣竊量大王之國不下楚。然衡人怵王交彊虎狼之秦以侵天下。」

【怵₂迫】被利誘和驅迫。管子心術上:「是以君子不怵乎好,不迫乎惡。」史記八四賈誼傳服鳥賦:「怵迫之徒兮,或趨西東。」

【怵惕】戒懼,驚懼。書冏命:「怵惕惟厲,中夜以興,思免厥愆。」孟子公孫丑上:「今人乍見孺子將入於井,皆有怵惕惻隱之心。」唐杜甫杜工部草堂詩箋十一北征:「拜辭詣闕下,怵惕久未出。」也作「怵愁」。漢書八二王商傳:「於是退(周)勃使就國,卒無怵愁憂。」注:「愁,古惕字。」

【怵臭】奔走。史記一一七司馬相如傳大人賦:「綢繆偃蹇,怵臭以梁倚。」集解引漢書音義:「怵臭,走也。」

【怵心劌目】猶言驚心動目。宋葛立方韻語陽秋一:「陶潛謝朓詩皆平淡有思致,非後來詩人怵心劌目雕琢者所爲也。」

怲 bǐng ㄅㄧㄥˇ 兵永切,上,梗韻,幫。ㄅㄧㄥˋ 陂病切,去,映韻,幫。

見下。

【怲怲】憂甚貌。詩小雅頍弁:「未見君子,憂心怲怲。」元詩選吳師道禮部集目疾謝柳道傳張子長惠藥:「惟茲二三友,爲我憂怲怲。」

怙 hù ㄏㄨˋ 侯古切,上,姥韻,匣。

依靠,倚仗。詩小雅蓼莪:「無父何怙,無母何恃。」左傳宣十五年:「(酆舒)怙其儁才而不以茂德,茲益罪也。」

【怙恃】㊀憑恃。左傳襄十八年:「齊環(靈公)怙恃其險,負其衆庶,棄好背盟,陵虐神主。」㊁詩小雅蓼莪有「無父何怙,無母何恃」之句,後因取怙恃爲父母的代稱。唐韋縝下邽丞韋端妻王氏墓誌:「夫人少喪怙恃,終鮮昆弟。」(八瓊室金石補正六四)

【怙終】仗恃姦邪而終不悔改。書舜典:「眚災肆赦,怙終賊刑。」史記五帝紀「怙終賊刑」集解:「終,一作衆。鄭玄曰:怙其姦邪,終身以爲殘賊,則用刑之。」

【怙亂】謂乘亂取利。左傳僖十五年:「無始禍,無怙亂。」注:「恃人亂爲己利。」又哀十七年:「怙亂滅國者無後。」

【怙寵】恃寵而驕。後漢書四三朱暉傳附朱穆上疏:「凶狡無行之徒,媚以求官;恃勢怙寵之輩,漁食百姓。」

【怙惡不悛】堅持作惡,不肯改悔。語本左傳隱六年:「長惡不悛,從自及也。」後漢書四三朱穆傳:「諱惡不悛,卒至亡滅。」

怖 bù ㄅㄨˋ 普故切,去,暮韻,滂。

說文作「悑」。㊀惶恐,驚懼。韓非子喻老:「昔者紂爲象箸而箕子怖。」淮南子詮言:「福至則喜,禍至則怖。」㊁恐嚇。後漢書四一第五倫傳:「其巫祝有依託鬼神,詐怖愚民,皆案論之。」

【怖栗】恐懼顫抖。漢書七六尹翁歸傳:「翁歸至,論弃(許)仲孫市,一郡怖栗,莫敢犯禁。」又作「怖慄」。後漢書十三隗囂傳王遵與牛邯書:「今孺卿當成敗之際,遇嚴兵之鋒,可爲怖慄,宜斷之心胸,參之有識。」孺卿,邯字。

【怖頭】因貌變而驚恐。宋蘇軾東坡集續集十次韻張甥棠美述志詩:「我今已習驚子定,猶復晨朝怖頭走。」注:「楞嚴經:演若達多忽於晨朝,以鏡照面,愛鏡中頭,眉目可見。瞋責己頭,不見面目,以爲魑魅,無狀狂走。」宋晁無咎雞肋集十四也有次韻棠美述志詩。當有一集是誤收。

【怖鴿】涅槃經二八、大智度論十一言有一鴿爲鷹追逐,佛以自己身影,遮蔽鴿身,消除了鴿子的恐怖。詩文中常用怖鴿作爲窮無所歸的典故。藝文類聚六六南朝梁簡文帝謝賜錢啓:「方使怖鴿獲安,窮魚永樂。」唐孟浩然集三夜泊廬江聞故人在東林寺以詩寄之:「石鏡山精怯,禪林怖鴿棲。」

【怖懼】惶恐。後漢書十七馮異傳上書:「誠冀以謹勑,遂自終始。見所示臣章,戰慄怖懼。」文選晉李令伯(密)陳情事表:「臣不勝犬馬怖懼之情,謹拜表以聞。」

怴 yuè ㄩㄝˋ 許聿切,入,術韻,曉。

狂。公羊傳桓五年:「正月甲戌、己丑,陳侯鮑卒。曷爲以二日卒之?怴也。」注:「怴者,狂也。齊人語。」今本作「怞」,誤。見清阮元校勘記。

怫 1. fú ㄈㄨˊ 符弗切,入,物韻,並。

㊀見「怫鬱」。㊁忿貌。莊子天地:「謂己道人,則勃然作色;謂己諛人,則怫然作色。」

2. fèi ㄈㄟˋ 扶沸切,去,未韻,並。

㊂見「怫₂愲」。

3. bèi ㄅㄟˋ

㊃違反,悖逆。通「悖」。見「怫₃異」。

【怫₃戾】叛逆。新唐書一五八韋皋傳:「禮讓行於殊俗,則怫戾者化。」

【怫悅】難出貌。文選晉陸士衡(機)文賦:「於是沉辭怫悅,若遊魚銜鉤而出重淵之深。」此言吐辭艱澀。

【怫恚】忿怒。新唐書七六則天武皇后傳:「太后方怫恚,一日,召羣臣廷讓曰:『朕於天下無負,若等知之乎?』」

【怫₃異】違反,詭異。史記太史公自序:「五家之文怫異,維太初之元論。」索隱:「怫音悖,……怫亦悖也。言金木水火土五家之文,各相悖異不同也。」

【怫₂愲】㊀忼慨。古文苑十二漢班固車騎將軍竇北征頌:「師横騖而庶御,士怫愲以争先。」㊁鬱積不暢貌。文選三國魏嵇叔夜(康)琴賦:「怫愲煩冤,紆餘婆娑。」注「怫愲煩冤,縕積不安貌。」

【怫鬱】憤懣,心情不舒暢。漢書五一鄒陽傳:「今爰盎事即窮竟,梁王恐誅。如此,則太后怫鬱泣血,無所發怒,切齒側目於貴臣矣!」文選魏武帝(曹操)苦寒行:「我心何怫鬱,思欲一東歸。」也作「沸鬱」。史記河渠書:「吾山平兮鉅野溢,魚沸鬱兮柏冬日。」

怩 ní ㄋㄧˊ 女夷切,平,脂韻,娘。

見「忸怩」。

怊 chāo ㄔㄠ 敕宵切,平,宵韻,徹。

心無所依。失意貌。莊子天地:「怊乎若嬰兒之失其母也,儻乎若行而失其道也。」釋文:「怊音超。字林云:悵也。徐

(邈)尺遙反。郭(象)音條。"清鄭珍說文新附考謂即"惆"的俗別字。

【怊怊】悵惘貌。楚辭漢王逸九思守志:"烏鵲驚兮啞啞,余顧瞻兮怊怊。"魏書陽尼傳附陽固演賾賦:"心怊怊而惕惕兮,志惘惘而綿綿。"

【怊悵】猶惆悵。失意感傷貌。文選戰國楚宋玉高唐賦:"悠悠忽忽,怊悵自失。"

怪 guài ㄍㄨㄞˋ 古懷切,去,怪韻,見。

㊀奇異,罕見。莊子齊物論:"故爲是舉莛與楹,厲與西施,恢詭譎怪,道通爲一。"也指鬼、妖等或奇特的事物。論語述而:"子不語怪、力、亂、神。"㊁責備,埋怨。荀子正論:"今世俗之爲說者,不怪朱象而非堯舜,豈不過甚矣哉?"唐溫庭筠集四過陳琳墓詩:"莫怪臨風倍惆悵,欲將書劍學從軍。"㊂很,非常。紅樓夢十九:"寶玉笑道:'我怪悶的,來瞧瞧你作什麽呢。'"㊃姓。炎帝臣有怪義。見路史後紀三注引春秋元命苞。

【怪人】性行奇特古怪的人。宋葉夢得避暑録話下:"范文正公(仲淹)初數以言事動朝廷,當權者不喜,每目爲怪人。"

【怪石】玉一般的石頭。書禹貢:"岱畎絲、枲、鉛、松、怪石。"傳:"怪,異。好石似玉者。"後來也稱形狀怪異的石頭。唐柳宗元柳先生集二九始得西山宴游記:"幽泉怪石,無遠不到。"

【怪民】指精神失常的人。周禮天官閽人:"奇服怪民不入宮。"注:"怪民,狂易。"唐柳宗元柳先生集三十與蕭翰林俛書:"謗語轉侈,囂囂嗷嗷,漸成怪民。"

【怪迂】怪異脱離實際。史記孝武紀:"天子益怠厭方士之怪迂語矣,然終羈縻弗絶,冀遇其真。"也指怪異荒誕之說。漢桓寬鹽鐵論散不足:"及秦始皇覽怪迂,信禨祥,使盧生求羨門高、徐市等入海求不死之藥。"

【怪物】奇異之物。禮祭法:"山林川谷丘陵能出雲,爲風雨,見怪物,皆曰神。"唐韓愈昌黎集十八應科目時與人書:"天池之濱,大江之濆,曰有怪物焉,蓋非常鱗凡介之品彙匹儔也。"又俗稱性情怪僻的人爲怪物。

【怪哉】傳說出於獄中的蟲名。赤色,具頭目鼻狀。見太平御覽九四四廣五行記。

【怪草】奇異希見之草。後漢書四三何敞傳:"今異鳥翔於殿屋,怪草生於庭際,不可不察。"晉干寶搜神記十四:"舌埵山帝之女死,化爲怪草,其葉鬱茂,其華黄色,其實如兎絲。故服怪草者,恒媚於人焉。"

【怪特】奇異特別。唐柳宗元柳先生集二九始得西山宴遊記:"以爲凡是州之山水有異態者,皆我有也,而未始知西山之怪特。"中州集六金雷淵會善寺怪松:"物生自有常,怪特物之病。"

【怪異】㊀奇特,奇異。唐李肇國史補上:"絳州有碑篆字,與古文不同,頗爲怪異。"㊁猶變異。古代常指不常見的自然現象。漢書五六董仲舒傳賢良對策:"國家將有失道之敗,而天乃先出災害以譴告之。不知自省,又出怪異以警懼之,尚不知變,而傷敗乃至。"

【怪偉】奇特壯偉。宋詩鈔四王庭珪盧溪集鈔觀徐明叔畫湘西磨崖圖:"況公文章善敍事,大字怪偉宜鑱鐫。"

【怪鳥】奇異罕見的鳥。山海經南山經:"又東四百里,至於旄山之尾,其南有谷曰育遺,多怪鳥,凱風自是出。"注引廣雅:"鵾離、鵃朋、爰居、鵾雀,皆怪鳥之屬也。"晉書孫盛傳與桓溫牋:"進無威鳳來儀之美,退無鷹鸇搏擊之用,徘徊湘川,將爲怪鳥。"後來譏孤僻的人爲怪鳥,本此。

【怪誕】離奇荒誕。唐韓愈昌黎集四遊青龍寺贈崔大補闕詩:"忽驚顏色變韶稚,却信靈仙非怪誕。"柳宗元柳先生集四辯晏子春秋:"其言問棗及古冶子等,尤怪誕。"

【怪愕】驚異,害怕。魏書任城王傳:"及見,直往登牀,捧手抗禮,王公先達,莫不怪愕,而(曹)順辭吐傲然,若無所覩。"

【怪石供】以形狀詭異的石頭作成的案頭擺設。宋蘇軾曾從齊安江上得各色美石近三百枚,透明似玉,上有螺紋,盛於古銅盆,注入水,因作前、後怪石供二篇。見經進東坡文集事略六十。

怗 1. tiē ㄊㄧㄝ 他協切,入,帖韻,透。

㊀貼伏,平服。公羊傳僖四年:"桓公救中國而攘夷狄,卒怗荆。"注:"怗,服也。"釋文:"一本作貼。"㊁妥貼。南齊書劉係宗傳:"百姓安怗。"參見"妥怗"。

2. zhān ㄓㄢ 處占切,平,鹽韻,穿。

㊂見"怗懘"。

【怗怗】閒静貌。唐元稹長慶集八高荷詩:"不學着水荃,一生長怗怗。"

【怗₂懘】不和諧。禮樂記:"宮爲君,商爲臣,角爲民,徵爲事,羽爲物,五者不亂,則無怗懘之音矣。"史記樂書作"惉懘"。

怛 dá ㄉㄚˊ 當割切,入,曷韻,端。

㊀悲傷,慘痛。詩檜風匪風:"顧瞻周道,中心怛兮。"三國志魏高貴鄉公髦紀甘露五年:"哀怛痛恨,五内摧裂,不知何地可以隕墜。"㊁驚愕。列子黄帝:"怛然内熱,惕然震悸矣。"宋蘇軾分類東坡詩六夜夢:"怛然悸寤心不舒,坐起有如挂鈎魚。"參見"怛化"。㊂恐嚇。唐柳宗元柳先生集十九三戒臨江之麋:"羣犬垂涎,揚尾皆來,其人怒,怛之。"㊃恐懼。唐獨孤及毘陵集三代書寄上李廣州詩:"推誠魚鼈信,持正魑魅怛。"㊄見"怛怛"。

【怛化】莊子大宗師:"俄而子來有病,喘喘然將死,其妻子環而泣之。子犂往問之,曰:'叱!避,無怛化。'"意謂不要驚動垂死之人。後因稱死亡爲"怛化"。唐冉元一薛剛墓誌:"而積善無徵,俄驚怛化。"(八瓊室金石補正四五)

【怛怛】憂勞貌。詩齊風甫田:"無思遠人,勞心怛怛。"唐杜甫杜工部草堂詩箋三十秋日夔府詠懷奉寄鄭監李賓客一百韻:"別離憂怛怛,伏臘涕漣漣。"

【怛咤】驚痛。後漢書八四董祀妻(蔡琰)傳悲憤詩:"煢煢對孤景,怛咤糜肝肺。"

【怛傷】傷感。楚辭屈原九章抽思:"悲夷猶而冀進兮,心怛傷之憺憺。"

怚 1. jǔ ㄐㄩˇ 將預切,去,御韻,精。慈吕切,上,語韻,從。

㊀驕傲自滿。說文有怚,嫭,皆訓驕。

2. cū ㄘㄨ 集韻 聰徂切,平,模韻。

㊁粗暴。同"粗"。史記七三王翦傳:"夫秦王怚而不信人。"集解引徐廣:"怚一作粗。"

怞 1. chōu ㄔㄡ 直由切,平,尤韻,澄。

㊀擾動,不平静。說文"怞"引詩:"憂心且怞。"今詩小雅鼓鐘作"妯"。

2. yóu ㄧㄡˊ 集韻 夷周切,平,尤韻

㊁見"怞怞"。

【怞怞】憂愁貌。楚辭漢王褒九懷危俊:"卒莫有兮纖介,永余思兮怞怞。"

怏 yàng ㄧㄤ 於亮切,去,漾韻,影。於兩切,上,養韻,影。

不服氣,不滿意。戰國策趙三:"辛垣衍怏然不悦,曰:'嘻!亦太甚矣先生之言也!'"又見史記八三魯仲連傳。

【怏怏】不服氣,不樂意。也作"鞅鞅"。史記七三白起傳:"秦昭王與應侯(范睢)羣臣議曰:'白起之遷,其意尚怏怏不服,

有餘言。'"又絳侯世家:"此怏怏者,非少主臣也。"漢書四十周亞夫傳作"鞅鞅"。

【怏悒】心中抑鬱不樂。唐杜甫杜工部詩史補遺四早發射洪縣南途中作:"汀州稍疎散,風景開怏悒。"

怳 huǎng 許昉切,上,養韻,曉。ㄏㄨㄤˇ

通"恍"。㊀失意貌。楚辭屈原九歌少司命:"望美人兮未來,臨風怳兮浩歌。"㊁模糊不清。文選戰國楚宋玉登徒子好色賦:"於是處子怳若有望而不來,忽若有來而不見。"㊂忽然。晉書劉伶傳酒德頌:"兀然而醉,怳爾而醒。"文選怳作"豁"。

【怳怳】心神不定。文選漢司馬長卿(相如)長門賦:"登蘭臺而遥望兮,神怳怳而外淫。"唐白居易長慶集七登香鑪峰頂詩:"同遊三四人,兩人不敢上。上到峰之頂,目眩神怳怳。"

【怳忽】也作"怳惚"、"恍忽"、"慌忽"。㊀模糊不清。老子:"道之爲物,惟怳惟忽。"淮南子原道:"游微霧,騖怳忽。"注:"怳忽,無之象也。"㊁心神不定,糊塗。文選戰國楚宋玉神女賦序:"晡夕之後,精神怳忽,若有所喜。"重言作"怳怳忽忽"。六韜龍韜選將:"有湛湛而無誠者,……有怳怳忽忽而反忠實者。"㊂指極短的時間。文選南朝宋鮑明遠(照)升天行:"翩翻類迴掌,怳惚似朝榮。"唐呂延濟注:"翩翻怳惚,謂須臾間也。"

恓 xì 集韻 許異切,去,志韻。ㄒㄧˋ

㊀忻,喜悦。見集韻。㊁休息。同"呬"。文選漢張平子(衡)思玄賦:"恓河林之蓁蓁兮,偉關睢之戒女。"後漢書五九張衡傳作"呬"。唐段成式寂照和上碑:"大和二年來延唐寺,數乎菩提,恓乎禪那。"(金石萃編一〇八)

怜 1. líng 郎丁切,平,青韻,來。ㄌㄧㄥˊ

㊀機靈。見廣韻。參見"怜悧"。

2. lián 落賢切,平,先韻,來。ㄌㄧㄢˊ

㊁愛惜。同"憐"。太平御覽九〇五續搜神記:"晉太和中廣陵人楊生養狗,甚怜愛之,行止與俱。"宋書傅亮傳感物賦:"怜鳴蜩之應節,惜落景之懷東。"點校本怜作"憐"。

【怜悧】聰明,機靈。宋朱淑真斷腸詩集十自責之二:"添得情懷轉蕭索,始知怜悧不如癡。"元曲選關漢卿竇娥冤二:"説的來藏頭蓋脚多怜悧,道著難曉,做出纔知。"也作"伶俐"、"伶利"。見各該條。

性 xìng 息正切,去,勁韻,心。ㄒㄧㄥˋ

㊀人的本性。論語陽貨:"性相近也,習相遠也。"荀子正名:"生之所以然者謂之性。"㊁事物的本質,特點。孟子告子上:"是豈水之性哉?"引申爲形態。淮南子脩務:"不待脂粉芳澤而性可説者,西施陽文也。"注:"性,猶姿也。"㊂生命,生機。左傳昭八年:"怨讟並作,莫保其性。"呂氏春秋本生:"靡曼皓齒,鄭衛之音,務以自樂,命之曰伐性之斧。"㊃性情,脾氣。韓非子觀行:"西門豹之性急,故佩韋以自緩。"

【性天】謂人得之於自然的本性。明洪應明菜根譚概論:"性天中有化育,觸處都魚躍鳶飛。"又:"性天澄澈,即飢湌渴飲,無非康濟身心。"

【性分】天性。唐徐寅釣磯文集十蝴蝶詩之二:"鳴蟬性分殊違闊,空解三秋噪夕陽。"新唐書一三〇李尚隱傳:"遷廣州都督,五府經略史,及還,人或袖金以贈。尚隱曰:'吾自性分不可易,非畏人知也。'"

【性行】禀性與行爲。文選晉張平子(衡)思玄賦:"旌性行以製佩兮,佩夜光與瓊枝。"又三國志蜀諸葛亮傳出師表:"將軍向寵,性行淑均,曉暢軍事。"

【性命】易乾:"乾道變化,各正性命。"疏:"性者天生之質,若剛柔遲速之別;命者人所禀受,若貴賤夭壽之屬是也。"後統稱人的生命爲性命。史記秦始皇紀引賈誼過秦論:"既元元之民冀得安其性命。"三國志蜀諸葛亮傳出師表:"苟全性命於亂世,不求聞達於諸侯。"

【性相】佛教語。性,指事物本質;相,指外象。大智度論三一:"性言其體,相言可識。……如火,熱是其性,煙是其相。"文選南齊王簡棲(屮)頭陀寺碑文:"名言不得其性相,隨迎不見其終始。"

【性海】佛教指真如的理性,深廣如海。唐敬播大唐西域記序:"廓羣疑於性海,啟妙覺於迷津。"唐白居易長慶集七一狂吟七言十四韻:"性海澄渟平少浪,心田洒掃淨無塵。"

【性真】佛教稱人的本性。楞嚴經三:"性真圓融,皆如來藏,本無生滅。"

【性根】猶言根性。指人的本性。文苑英華八一九唐李紳壽州法華院石經堂記:"如來以萬門萬行普示羣生,隨其性根,用假方便。水月觀像,萬泉俱鑒。"

【性格】性情品格。唐李中碧雲集中獻張拾遺詩:"官資清貴近丹墀,性格孤高世所稀。"

【性氣】性情脾氣。元王實甫西廂記一本二折:"小姐年紀小,性氣剛。"

【性情】人的禀賦和氣質。易乾:"利貞者,性情也。"莊子繕性:"然後民始惑亂,無以反其性情而復其初。"唐杜甫杜工部草堂詩箋二二贈王二十四侍御契四十韻:"由來意氣合,直取性情真。"

【性理】㊀情緒和理智。世説新語文學:"(習鑿齒)後至都,見簡文,宣武(桓溫)問見相王何如。答云:'一生不曾見此人!'從此忤旨,出爲衡陽郡,性理遂錯。"㊁指宋儒的性命理氣之學。宋張方平樂全集三李少傅俟老亭詩:"天倪希柱史,性理問能公。"元王實甫西廂記五本三折:"他憑着講性理齊論魯論,作詞賦韓文柳文。"

【性術】性情和它的表現方式。禮樂記:"聲音動靜,性術之變,盡於此矣。"漢王充論衡本性:"或仁或義,性術乖也。"

【性善】戰國時孟子的學説。認爲人有生之初,其本性是善良的。此乃先驗的人性論。見孟子滕文公上、告子上。參見"性惡"。

【性惡】戰國時荀子提出的哲學觀點,認爲人性本惡,必須以禮義刑罰治之,纔能使人改惡從善。此與孟子主張的性善説,同屬先驗的人性論。見荀子性惡。

【性質】品性,素質。荀子性惡:"夫人雖有性質美而心辯知,必將求賢師而事之,擇良友而友之。"新唐書一六三柳公綽傳:"幼孝友,性質嚴重,起居皆有禮法。"今多指一種事物區别於其他事物的特徵。

【性識】思想意識。廣弘明集二二南朝梁沈約神不滅論:"其愚者則不辨菽麥,悖者則不知愛敬,自斯已上,性識漸弘。"

【性體】本性,品質。北齊書杜弼傳:"詔又問曰:'説者皆言法性寬,佛心狹,寬狹既别,非二如何?'弼又對曰:'在寬成寬,在狹成狹,若論性體,非寬非狹。'"舊唐書太宗紀下貞觀四年:"雖非性體仁明,亦勵精之主也。"

【性靈】㊀性情。泛指精神生活。宋書顔延之傳庭誥:"含生之氓,同祖一氣,等級相傾,遂成差品。遂使業習移其天識,世服没其性靈。"北齊顔之推顔氏家訓文章:"夫文章者,……至於陶冶性靈,從容諷諫,入其滋味,亦樂事也。"㊁聰慧。唐段安節樂府雜録琵琶:"武宗初,朱崖李太尉有樂吏廉郊者，師於曹綱，盡綱之能。綱嘗謂儕流曰：'教授人亦多矣，未曾有此性靈弟子也。'"

【性禾善米】漢董仲舒春秋繁露深察名號："善如米，性如禾，禾雖出米，而禾未可謂米也；性雖出善，而性未可謂善也。"古代有性善、性惡之說，此則調和二說，主張性無善無不善，脫離社會實踐，同樣是一種先驗的人性論。

【性理大全】明永樂年間，命胡廣等編撰，共七十卷。採宋儒之說共一百二十家，雜湊成書，與五經四書大全同頒於兩京、六部、國子監及國門府州縣學。後來清康熙命李光地等節編爲性理精義十二卷。

怢 tū ㄊㄨ 集韻 他骨切，入，没韻。

忽忘，忽略。文選漢王子淵(褒)四子講德論："故美玉蘊於碔砆，凡人視之，怢焉。"後漢書五二崔駰傳附崔寔政論："凡天下所以不理者，常由人主承平日久……習亂安危，怢不自覩。"

怍 zuò ㄗㄨㄛˋ 在各切，入，鐸韻，從。

慚愧。論語憲問："其言之不怍，則爲之也難。"莊子讓王："行修於內者，無位而不怍。"也作"怎"。荀子儒效："卒然起一方，則舉統類而應之，無所儗怎。"

怐 gòu ㄍㄡˋ 古候切，去，候韻，見。kòu ㄎㄡˋ 苦候切，去，候韻，溪。

見"怐愗"。

【怐愗】愚昧貌。楚辭宋玉九辯："然潢洋而不遇兮，直怐愗而自苦。"也作"溝瞀"。荀子儒效："其愚陋溝瞀，而冀人之以己爲知也。"又作"區霿"。漢書五行志："劉歆以爲又逆臧釐伯之諫，貪利區霿，以生贏蟲之孽也。"

怕 1. pà ㄆㄚˋ 普駕切，去，禡韻，滂。

㊀畏懼。唐元稹長慶集二三俠客行："俠客不怕死，怕死事不成。"㊁豈，難道。元曲選關漢卿趙氏孤兒一："那屠岸賈若見這孤兒呵！怕不就連皮帶筋撚成齏粉。"㊂表示疑慮或猜測。猶言恐怕。儒林外史二二："只怕弟一出去，船就要開，不得奉候。"

2. bó ㄅㄛˊ 普伯切，入，陌韻，滂。

㊃恬淡。"泊"本字。文選漢司馬長卿(相如)子虛賦："怕乎無爲，憺乎自持。"史記一一七司馬相如傳怕作"泊"，憺作"澹"。

【怕不】恐怕，莫非。元武漢臣老生兒四："那廝每言而無信，凡事惹人嗔，怕不關親怎將俺不瞅問？"西遊記十八："既是遠來的和尚，怕不真有些手段，他如今在那裏？"

【怕婦】怕老婆。唐中宗(李顯)受制於韋后。御史大夫裴談畏其婦如嚴父。一日內宴，有優人唱迴波詞曰："迴波爾時栲栳，怕婦也是大好，外邊祇有裴談，內裏無過李老。"李老指顯。見唐孟棨本事詩嘲戲。

【怕臊】害羞。紅樓夢五二："我還不怕臊呢，你倒握起臉來了。"

【怕不待】難道不，豈不。元王實甫西廂記四本三折："眼前茶飯怕不待要吃，恨塞滿愁腸。"元曲選關漢卿魯齋郎三："怕不待打迭起千憂百慮，怎支吾這短嘆長吁。"

【怕癢花】紫薇花別名。四五月始花。開謝接續，可至八九月，故又名百日紅。傳說以手爪其膚，即徹頂搖動，因名怕癢花，或稱不耐癢樹。一名猴刺脫。參閱宋朱弁曲洧舊聞三、廣羣芳譜三八紫薇。

【怕硬欺軟】指怕强欺弱。元曲選關漢卿竇娥冤三："天地也，做得箇怕硬欺軟，却元來也這般順水推船。"

怡 yí ㄧˊ 與之切，平，之韻，喻。

㊀和悅。國語晉九："(新稚)狗之事大矣，而主之色不怡，何也？"㊁喜樂。楚辭屈原九章哀郢："心不怡之長久兮，憂與愁其相接。"國語周下："晉國有憂，未嘗不戚；有慶，未嘗不怡。"㊂姓。北周有怡峯，周書有傳。

【怡目】快意於所見，悅目。宋書謝靈運傳撰征賦："眷北路以興思，看東山而怡目。"

【怡色】面色和悅。禮內則："父母有過，下氣怡色，柔聲以諫。"

【怡志】怡悅心志。三國魏嵇康嵇中散集一兄秀才公穆入軍贈詩："長寄靈岳，怡志養神。"

【怡怡】和順貌。論語子路："朋友切切偲偲，兄弟怡怡。"後因以指兄弟的情誼。三國志魏陳思王植傳求存問疏："願陛下沛然垂詔，使諸國慶問，四節得展，以敍骨肉之歡恩，全怡怡之篤義。"

【怡神】怡悅心神。隋書劉炫傳自贊："退反初服，歸骸故里，翫文史以怡神，閱魚鳥以散慮。"唐陸龜蒙甫里集一奉和襲美二遊詩任詩："即此自怡神，何勞謝公展。"

【怡悅】取悅，喜悅。三國志魏文德郭皇后棧潛疏："桀奔南巢，禍階末喜；紂以炮烙，怡悅妲己。"梁陶弘景陶隱居集詔問山中何所有賦詩以答："山中何所有？嶺上多白雲；只可自怡悅，不堪持贈君。"

【怡養】安適保養。唐元稹長慶集五春餘遣興詩："置酒奉親賓，樹萱自怡養。"

【怡懌】快樂。文選漢傅武仲(毅)舞賦："嚴顏和而怡懌兮，幽情形而外揚。"

【怡蕩】怡悅放蕩。文選漢傅武仲(毅)舞賦序："餘日怡蕩，非以風民也。"

【怡豫】安逸。三國志吳諸葛恪傳與弟融書："近漢之世，燕、蓋交遘，有上官之變，以身值此，何敢怡豫耶？"

【怡聲】語聲柔和。詳"下氣怡聲"。

【怡顏】容色和悅。晉陸機陸士衡集九漢高祖功臣頌："怡顏高覽，弭翼鳳戢。"晉陶潛陶淵明集五歸去來兮辭："引壺觴以自酌，眄庭柯以怡顏。"

【怡情理性】使心情快樂舒暢。漢徐幹中論治學："學也者，所以疏神達思，怡情理性，聖人之上務也。"又作"怡情悅性"。紅樓夢十七："如今上了年紀，且案牘勞煩，于這怡情悅性的文章上更生疏了。"

怓 náo ㄋㄠˊ 女交切，平，肴韻，娘。

心亂。見廣韻。參見"怓怓"、"惛怓"。

【怓怓】形容諠譁爭吵。同"呶呶"。詩大雅民勞"以謹惛怓"唐孔穎達疏："惛怓者，其人好鄙爭，惛惛然，怓怓然。"參見"惛怓"。

怫 1. bì ㄅㄧˋ 房密切，入，質韻，並。

㊀輔助。同"弼"，或作"佛"。見玉篇。

2. fú ㄈㄨˊ

㊁通"髴"。漢書禮樂志郊祀歌："靈之至，慶陰陰，相放怫，震澹心。"注："放怫，猶髣髴也。"

思 1. sī ㄙ 息兹切，平，之韻，心。

㊀思考，想問題。論語爲政："學而不思則罔，思而不學則殆。"荀子勸學："吾嘗終日而思矣，不如須臾之所學也。"㊁思慕，想念。詩鄭風褰裳："子惠思我，褰裳涉溱。"史記魏世家："家貧則思良妻，國亂則思良相。"㊂悲感。文選晉張茂先(華)勵志詩："吉士思秋，實感物化。"注："思，悲也。"三國魏曹植曹子建集幽思賦："仰清風以嘆息，寄余思於悲絃。"㊃助詞。用於語首，詩魯頌泮水："思樂泮水，薄采其芹。"用於語中，詩小雅桑扈：

"兕觥其觩，旨酒思柔。"用於語末，詩周南漢廣："漢之廣矣，不可泳思。"參閱宋項安世項氏家説四詩中思字。㊄姓。明有麓川宣慰使思倫發。見明史雲南土司傳二麓川。

2. sì ㄙˋ 相吏切，去，志韻，心。

㊅心緒，情思。漢書八七上揚雄傳甘泉賦："惟夫所以澄心清魂，儲精垂思，感動天地。"唐柳宗元柳先生集四二登柳州城樓寄漳汀封連四州詩："城上高樓接大荒，海天愁思正茫茫。"

3. sāi ㄙㄞ 集韻桑才切，平，咍韻。

㊆通"顋"。見集韻。參見"于思"。

【思力】思惟能力。梁書徐勉傳修五禮表："兼勒成之初，未遑表上，寔由才輕務廣，思力不周。"又王筠傳沈約報書："覽所示詩……思力所該，一至乎此，歎服吟研，周流忘念。"

【思士】㊀思戀異性的男子。列子天瑞："思士不妻而感，思女不夫而孕。"注："大荒經曰：'有思幽之國，思士不妻，思女不夫，精氣潛感，不假交接而生子也。'"㊁深思善感的文人。宋蘇轍欒城集二四黃州快哉亭記："連山絶壑，長林古木，……此皆騷人思士之所以悲傷憔悴而不能勝者，烏覩其爲快也哉？"

【思凡】佛、道二教都以人世爲塵凡，故稱神仙或僧道想念人間爲思凡。元曲選吳昌齡張天師四："你何不遵守天條，却去迷惑秀士，犯此思凡之罪。"

【思女】思戀異性的女子。見"思士㊀"。

【思文】㊀詩周頌篇名。相傳爲周公追念后稷，功能配天而有文德，因以名篇。㊁明末唐王朱聿鍵帝號，即隆武帝。清闕名撰有思文大紀八卷，曾印入痛史。

【思王】三國魏曹植封陳思王，也簡稱思王。唐元稹長慶集十代曲江老人百韻詩："班女恩移趙，思王賦感甄。"

【思古】懷念往昔。文選漢班孟堅（固）西都賦："願賓攄懷舊之蓄念，發思古之幽情。"

【思次】古代聽治訟事的市亭。周禮地官司市："上旌于思次以令市，市師涖焉，而聽大治大訟。"注："思次，若今市亭也。……鄭司農（衆）云：'思，辭也；次，市中候樓也。'……（鄭）玄謂思當爲司字，聲之誤也。"

【思忖】考慮。明史槃鸚釵記四："依你説將起來，一個也不中你的意，待我再思忖來。"紅樓夢一："空空道人聽如此説，思忖半晌。"

【思存】存想，意想所寄託。詩鄭風出其東門："出其東門，有女如雲，雖則如雲，匪我思存。"文選南朝梁沈休文（約）和謝宣城詩："神交疲夢寐，路遠隔思存。"

【思牢】竹名。也作"簹篣"。唐李商隱李義山詩集二射魚曲："思牢弩箭磨青石，繡額蠻渠三虎力。"段公路北户録二斑皮竹笋："南中有以竹爲刀錯子者，錯子即簹篣竹皮爲之。"參見"簹篣"。

【思念】思考，懷念。漢書六六楊惲傳報孫會宗書："竊自思念，過已大矣。"詩周南卷耳序："朝夕思念，至於憂勤也。"

【思服】想念。詩周南關雎："求之不得，寤寐思服。"傳："服，思之也。"後漢書章帝紀贊："思服帝道，弘此長懋。"

【思茅】地名。本名思茅村，在雲南省。清雍正七年移普洱府通判駐此；尋裁通判，置思茅廳。公元 1913 年改廳爲縣。1960 年撤銷，併入普洱縣。參閱嘉慶一統志四八六普洱府。

【思恩】地名。在今廣西僮族自治區。1. 唐置思恩州，宋元因之。明正統五年改爲府。治所屢更。嘉靖中葉以後移治今武鳴縣北思恩鄉。公元 1913 年改爲武鳴縣。參閱嘉慶一統志四六五思恩府。2. 唐貞觀十二年置思恩縣，歷代因之。公元 1951 年與宜北縣合併爲環江縣。參閱寰宇通志一〇八慶遠府思恩縣。

【思索】思考探索。荀子勸學："故誦數以貫之，思索以通之。"宋朱熹朱文公集三九答范伯崇："良由務以智力探取，全無涵養之功，所以至此，可以爲戒，然其思索精到處，亦何可及也。"

【思致】思想意趣。世説新語品藻："時人道阮思曠（裕）骨氣不及右軍（王羲之）……思致不如淵源（殷浩），而兼有諸人之美。"宋書殷景仁傳："景仁學不爲文，敏有思致，口不談義，深達理體。"

【思惟】思想，思量。惟，思。漢書五六董仲舒傳舉賢良對策二："思惟往古，而務以求賢。"三國志魏荀攸傳："我每有所行，反覆思惟，自謂無以易；以咨公達，輒復過人意。"公達，攸字。今稱進行分析、綜合、推理等高級思想活動爲思惟。惟也作"維"。

【思理】指思辨能力。晉書戴若思傳陸機薦若思書："思理足以研幽，才鑒足以辯物。"抱朴子勗學："才性有優劣，思理有脩短，或有夙知而早成，或有提耳而後喻。"

【思陵】古帝皇墓。1. 金完顏亶（熙宗）墓。在北京房山縣峨眉峪。見金史熙宗紀。2. 宋趙構（高宗）墓，稱永思陵，簡稱思陵。在浙江紹興縣。見宋史高宗紀九。宋人常以思陵爲高宗的代稱。宋樓鑰攻媿集七一跋王岐公立英宗詔草："思陵以壽王爲皇子。"壽王即孝宗。3. 明朱由檢（思宗）墓。在北京昌平縣。見明史莊烈帝紀二。

【思過】反省自己的過失。漢書七六韓延壽傳："民有昆弟相與訟田自言，延壽大傷之……是日移病不聽事，因入卧傳舍，閉閤思過，一縣莫知所爲。"

【思婦】㊀懷念丈夫遠行的婦人。宋書樂志三三國魏曹丕燕歌行："慊慊思婦戀故鄉，君何淹留寄他方。"文選作"思歸"。文選晉陸士衡（機）爲顧彥先贈婦詩之二："東南有思婦，長歎充幽闥。"㊁鳥名。文選戰國楚宋玉高唐賦："姊歸思婦，垂雞高巢，其鳴喈喈。"注："思婦，亦鳥名也。"

【思量】㊀意志和器量。三國志蜀黃權傳評："黃權弘雅思量，李恢公亮志業……咸以所長，顯名發迹。"晉書魏舒傳詔："司徒劇陽子舒體道弘粹，思量佳遠，忠肅居正，在公盡規。"㊁想念，考慮。晉書王豹傳司馬冏令："得前後白事，具意，輒別思量也。"貞觀政要二納諫："貞觀四年，詔發卒修洛陽之乾元殿，以備巡狩。給事中張元素上書諫。……太宗歎曰：'我不思量，遂至於此！'"

【思結】㊀我國少數民族部族名。敕勒諸部之一。見新唐書回鶻傳上。㊁複姓，回紇九姓之一。新唐書一三三王君㚟傳有盧山都督思結歸國。

【思想】思量，想念。三國魏曹植曹子建集六盤石篇詩："仰天長太息，思想懷故邦。"三國志蜀許靖傳注引魏略王朗與靖書："時聞消息於風聲，託舊情於思想。"

【思路】思維的條理脈絡。清周亮工尺牘新鈔七俞琬綸答友人書："凡不得意文，皆思路不開時所作。"又趙翼甌北詩鈔七言古五寄題法梧門祭酒詩龕圖："眼光直洞重垣退，思路迴裊層霄清。"

【思緒】思想的頭緒。初學記二四南朝陳釋洪偃遊故苑詩："悵望傷遊目，辛酸思緒多。"才調集一唐白居易初與元九別後忽夢見之……詩："桐花詩八首，思緒一何深。"

【思摩】竹名。晉嵇含南方草木狀下："思摩竹，如竹大，而筍生其節。筍既成竹，春而筍復生節焉。交廣所在有之。"

【思慕】思念，愛慕。大戴禮盛德："春秋

祭之不絶，致思慕之心也。”三國魏曹子建集五贈王粲詩：“思慕延陵子，寶劍非所惜。”

【思慮】思索考慮。荀子哀公：“思慮明通而辭不爭。”國語周下：“聽言昭德則能思慮純固。”

【思舊】懷念舊友。晉向秀與嵇康交好，康被殺，秀作思舊賦以寄哀思。見晉書本傳。

【思鱸】晉吳郡張翰，受齊王司馬冏辟爲大司馬東曹掾。因見秋風起，思吳中菰菜、蓴羹、鱸魚膾，遂命駕歸。不久冏敗，人謂翰有先見之明。見晉書本傳。後來詩文常以思鱸作爲抽身歸隱的典故。宋陸游劍南詩稿枕上作：“采若未能浮楚澤，思鱸猶欲釣吳松。”

【思人樹】古史周召公奭在甘棠樹下聽訟，後人追念他，也聯帶思其樹。史記燕召公世家：“太史公曰：‘召公奭可謂仁矣！甘棠且思之，况其人乎？’”後來稱因樹而寄託對人的思念，爲思人樹。唐柳宗元柳先生集四二種柳戲題：“好作思人樹，慚無惠化傳。”

【思子宮】宮名。漢武帝太子據以巫蠱事自殺，後武帝知其寃，因作思子宮，并建歸來望思之臺於湖縣。見漢書六三戾太子傳、三輔黃圖三。臺舊址在今河南靈寶縣境。

【思士操】琴曲名，相傳爲周姬昌（文王）所作。昌得姜尚於渭陽，載與俱歸，遂以爲師，號太公望。文王援琴而鼓，自敍思士之意。見漢蔡邕琴操下文王思士。

【思美人】楚辭九章篇名。戰國楚屈原放逐江南時作。美人，喻楚頃襄王。舊注謂喻楚懷王，誤。此作言思念君王，望其能翻然改悟，發憤圖强。

【思惟樹】相傳釋迦牟尼在菩提樹下沉思坐化成佛。佛藏有貝多樹下思惟經。後因以思惟樹爲菩提樹或貝多樹的别名。見唐段成式酉陽雜俎前集十八木篇、太平御覽九六〇引魏王花木志。

【思勞香】香名。宋范成大桂海虞衡志志香：“思勞香，出日南，如乳香，瀝青黃褐色，氣如楓香，交趾人用以合和諸香。”（說郛五十）

【思無邪】詩魯頌駉：“思無邪，思馬斯徂。”論語爲政：“詩三百，一言以蔽之，曰：思無邪。”思，漢鄭玄箋、宋朱熹集傳訓爲思想。毛公無傳，論語集解包咸注只釋“無邪”，以思爲語辭。駉篇中八思字都是語辭，思無邪即無邪。參閱清俞樾曲園雜纂二八說項詩中思字。

【思煙臺】臺名。相傳春秋晉文公焚林求介子推，有白鵶繞煙鳴噪，晉人因於其處築高臺，名思煙臺。見初學記二五、舊題晉王嘉拾遺記三魯僖公。

【思賢苑】漢苑名。相傳是劉恒（文帝）所建。西京雜記三：“文帝爲太子立思賢苑以招賓客，苑中有堂隍六所。客館皆廣廡高軒，屏風帷褥甚麗。”

【思親操】琴曲名。相傳舜遊歷山，見鳥飛，思親，作此。見樂府詩集五七引古今樂録。

【思辨録】清陸世儀撰。劄記師友問答及平生見聞。原本卷帙繁重，張伯行删削爲輯要三十五卷，分十四門。其學尊崇二程（程顥程頤）、朱熹，宣揚宋儒之理學。

【思歸引】琴曲名。相傳春秋時邵王聘衛侯女，未至而王死，太子留之，不聽，拘於深宫，思歸不得，作此曲，自縊死。亦名離物操。見漢蔡邕琴操上思歸引、文選晉石季倫（崇）思歸引序。

【思歸樂】㊀杜鵑鳥别名。俗謂杜鵑鳴聲近似“不如歸去”，故名。唐元稹長慶集一思歸樂詩：“山中思歸樂，盡作思歸鳴。”也指其鳴聲。白居易長慶集二和思歸樂詩：“山中獨栖鳥，夜半聲嚶嚶，似道思歸樂，行人掩泣聽。”花間集二温庭筠河瀆神詞之二：“暮天愁聽思歸樂，早梅香滿山郭。”㊁曲調名。唐會要三三諸樂載太常梨園别教院教法曲樂章十二章，中有思歸樂一章。宋柳永樂章集有思歸樂詞。參閲明田藝蘅留青日札三一姊規。

【思不出位】思慮不出於職分之外。易艮：“兼山艮，君子以思不出其位。”注：“各止其所，不侵官也。”魏書任城王傳：“故陳平不知錢穀之數，邴吉不問僵道之死，當時以爲達治，歷代用爲美談。但宜各守其職，思不出位，潔己以利時，靖恭以致節。”

【思如湧泉】極言文思充沛。舊唐書八八蘇瓌傳附蘇頲：“機事填委，文誥皆出頲手，中書令李嶠歎曰：‘舍人思如涌泉，嶠所不及也。’”唐劉肅大唐新語一匡贊作“思如泉涌”。

【思深憂遠】計慮深遠。左傳襄二九年：“吳公子札來聘……爲之歌唐，曰：‘思深哉，其有陶唐氏之遺民乎？不然，何憂之遠也！’”又作“憂深思遠”。史記吳太伯世家王餘祭四年“不然，何憂之遠也”集解引杜預：“晉本唐國，故有堯之遺風，憂深思遠，情發於聲也。”

【思婦病母】因思婦而託言母病，喻作僞。三國志魏梁習傳“（王）思亦能吏，……封列侯”注引魏略：“（王思）爲大司農，年老目瞑，瞋怒無度。……時有吏父病篤，近在外舍，自白求假。思疑其不實。發怒曰：‘世有思婦病母者，豈此謂乎？’遂不與假。”

怎 zěn ㄗㄣˇ

如何，怎麽。宋李清照漱玉詞聲聲慢秋情：“梧桐更兼細雨，到黃昏點點滴滴，這次第，怎一箇愁字了得！”參閲清黃生字詁怎咱波叵。

【怎生】㊀如何，怎樣。草堂詩餘前集上歐陽永叔（修）瑞鶴仙春情：“問因循過了青春，怎生意穩？”柳永樂章集臨江仙詞：“還經歲，問怎生禁得如許無聊？”㊁務須，無論如何。元王實甫西廂記二本三折：“小娘子怎生可憐見小生，將此意伸與小姐，知小生之心。”

【怎地】怎樣，怎麽。也作“怎的”。京本通俗小説碾玉觀音下：“好個玉觀音，怎地脱落了鈴兒？”又錯斬崔寧：“我從丈人家借辦得幾貫錢來養身活命，不爭你偷了我的去，却是怎的計結？”

【怎麽】如何。五代南唐劉崇遠金華子下：“怎麽人家夫人娘子，喫得如許多飯食？”元曲選馬致遠漢宫秋一：“御怎麽這顔色不加搽，點得這一寸秋波玉有瑕？”

怤 fū ㄈㄨ 芳無切，平，虞韻，滂。

㊀想。見説文。㊁喜悦。見玉篇。

【怤愉】喜悦貌。方言十二：“怤愉，悦也。”清戴震疏證：“案怤亦作敷。”漢瑟調曲隴西行：“好婦出迎客，顔色正敷愉。”敷愉雙聲，形容之辭。”參見“敷愉”。

怱 cōng ㄘㄨㄥ

“悤”的别體。見“悤”。

急 jí ㄐㄧˊ 居立切，入，緝韻，見。

㊀疾速。與緩慢相對。荀子彊國：“非不以此爲務也，疾養緩急之有相先者也。”史記秦始皇紀二世皇帝三年：“項羽急擊秦軍。”㊁緊急，迫切。管子正世：“故事莫急於當務，治莫貴於得齊。”孟子滕文公下：“未嘗聞仕如此其急。”㊂急需。韓非子和氏：“夫珠玉人主之所急也。”南史梁本紀：“夫人之大欲，在乎飲食男女，至於軒冕殿堂，非有切身之急。”㊃危急，困難。左傳宣十五年：“宋人使樂嬰齊告急於晉，晉侯欲救之。”穀梁傳莊二八年：

"國無九年之畜曰不足，無六年之畜曰急。"㊄急躁，着急。韓非子觀行："西門豹之性急，故佩韋以自緩。"儒林外史六："把個趙氏在屏風後急得像熱鍋上螞蟻一般。"㊅緊，緊縮。三國志魏呂布傳："遂生縛布，布曰：'縛太急，小緩之。'"北魏賈思勰齊民要術種桃柰："桃性皮急。"㊆休假。晉令，急假者一月五急，一年之中，以六十日爲限。見初學記二十假。宋書謝靈運傳："出郭游行，或一日百六七十里，經旬不歸，既無表聞，又不請急。"

【急人】救人危難。漢書地理志下："其俗愚悍少慮，輕薄無威，亦有所長，敢於急人。"注引如淳："赴人之急，果於赴難也。"

【急切】急迫，不可緩。後漢書五二崔駰傳附崔寔政論："不彊人以不能，背急切而慕所聞也。"注："背當時之急切而慕所聞之事，則非濟時之要。"

【急足】指急行送信的人。古稱健步。也作"急脚子"、"快行子"。宋范仲淹范文正公集尺牘上與中舍："某拜聞中舍三哥，急足還領書，承尊候已安，只是少力。"歐陽修文忠集一五三與大寺丞書之二："今專遣急脚子去勾當將來山陵發引排祭一事，汝宜用心，速與問，當早令回報。"

【急刻】嚴峻苛刻。漢書食貨志下："義縱、尹齊、王溫舒等用急刻爲九卿。"

【急拍】急速的音樂節拍。全唐詩五九〇李郢醉送："江梅冷豔酒清光，急拍繁弦醉畫堂。"

【急客】突然來到的客人。東漢蔡順以孝著稱，一次出外打柴，有客突然到家，其母見順不歸，乃咬自己手指，順心動，馳歸問其故，母曰："有急客來，吾噬指以悟汝耳。"見後漢書三九周磐傳附蔡順。

【急風】狂風。也喻聲勢猛烈。北周庾信庾子山集三從駕觀講武詩："急風吹戰鼓，高塵擁貝裝。"

【急淚】臨時驟下的眼淚。宋書劉懷慎傳附德愿："(世祖)又令醫術人羊志哭殷氏，志亦嗚咽。他日有問志：'卿那得此副急淚？'"

【急帶】束緊腰帶。南齊書張融傳："王敬則見融革帶垂寬，殆將至骼(髀)，謂之曰：'革帶太急。'融曰：'既非步吏，急帶何爲？'"

【急務】急須辦理的事務。漢書五七下司馬相如傳："夫拯民於沈溺，奉至尊之休德，反衰世之陵夷，繼周氏之絶業，天子之急務也。"

【急絃】節奏急速的弦樂。文選南朝宋謝靈運擬魏太子鄴中集詩之一魏太子："急絃動飛聽，清歌拂梁塵。"

【急湍】急流。藝文類聚七南朝梁吳均與朱元思書："急湍甚箭，猛浪若奔。"唐杜甫杜工部草堂詩箋三七小寒食舟中作："娟娟戲蝶過閑幔，片片輕鷗下急湍。"

【急就】㊀速成。史記八七李斯傳："今急而不急就，諸侯復彊，相聚約從，雖有黄帝之賢，不能并也。"㊁古代字書名。詳"急就篇"。

【急遍】指樂曲中節拍加快的樂段。唐詩紀事五二張祜悖拏兒舞："春風南內百花時，道調涼州急遍吹。"

【急景】急促的光陰。景，同"影"。唐曹鄴曹祠部詩集金井怨："西風吹急景，美人照金井。"宋樓鑰攻媿集一次韻翁處度同遊北山詩："我攜舊紀訪陳迹，止恐急景不得延。"

【急須】煎茶茶具，暖酒器名。宋黄裳演山集一龍鳳茶寄照覺禪師詩："寄向仙廬引飛瀑，一簇蠅聲急須腹。"自注："急須，東南之茶器。"明都卬三餘贅筆急須僕憎："吳人呼暖酒器爲急須。……急須者，以其應急而用。"

【急義】急公好義的省語。宋張擴東窗集四悼子平姪詩："夜半憂時常抱膝，生平急義幾傾囷。"

【急裝】㊀迅速整裝。漢書六九趙充國傳讓充國書敕："將軍急裝，因天時，誅不義。"㊁武裝。因束縛緊峭，故稱急裝。宋書沈慶之傳："及(劉)湛之被收之夕，上開門召慶之，慶之戎服履靺縛袴入。上見而驚曰：'卿何意乃爾急裝？'"

【急節】㊀疾速的樂曲節奏。文選漢傅武仲(毅)舞賦："及至迴身還入，迫於急節。"引申爲急促、匆迫。北周庾信庾子山集三夜聽擣衣詩："秋砧調急節，亂杵變新聲。"文選三國魏曹子建(植)與吳季重(質)書："然日不我與，曜靈急節，面有逸景之速，别有參商之闊。"㊁慌張，急忙。元曲選關漢卿玉鏡臺三："則見他無發付氳氳惡氣，急節裏不能勾步步相隨。"

【急遞】快速的驛遞，專用於傳送緊急文書。宋王灼碧雞漫志荔枝香引脞說："(楊)太真妃好食荔枝，每歲忠州置急遞上進，五日至都。"(說郛十八)

【急管】節奏急速的樂曲。南朝宋鮑照鮑氏集三代白紵曲之一："古稱綠水今白紵，催絃急管爲君舞。"參見"急管繁絃"。

【急熱】猶言打得火熱。唐杜牧樊川集一感懷詩："急熱同手足，唱和如宫徵。"新唐書二一一李寶臣傳："(寶臣)與薛嵩田承嗣李正己梁崇義相姻嫁，急熱爲表裏。"

【急遽】緊急，匆忙。宋歐陽修文忠集九六回潁州通判楊虞部書："急遽之至，先以惠音。"

【急徽】扭緊琴弦。徽，繫弦之繩。漢書八七下揚雄傳解難："今夫弦者，高張急徽，追趨逐耆(嗜)，則坐者不期而附矣。"

【急觴】急飲，連飲。文選南朝宋謝靈運擬魏太子鄴中集詩之三陳琳："哀哇動梁埃，急觴盪幽默。"唐杜甫杜工部草堂詩箋九蘇端薛復筵簡薛華醉歌："垂老惡聞戰鼓悲，急觴爲緩憂心擣。"注："急觴者，謂以鳥羽致之酒上，羽沈則罰，以示其急飲。"

【急難】急人之難。詩小雅常棣："脊令(鶺鴒)在原，兄弟急難。"傳："急難，言兄弟之相救於急難。"新唐書八一睿宗諸子傳李憲："帝(玄宗)遽止，謂力士曰：'王(憲)於我可謂有急難也。不然，且誤殺(衛)士。'"

【急響】節拍很快的樂聲。元詩選壬馬臻霞外集湖中春遊曲："箜篌急響如相惱，岸頭折盡忘憂草。"

【急變】事關重大的緊急情況。漢書六六車千秋傳："千秋上急變訟太子冤。"注："所告非常，故云急變也。"

【急三臺】唐時一種節拍急促的曲調名。樂府詩集七五雜曲歌辭引樂苑："唐天寶中羽調曲有三臺，又有急三臺。"參見"三臺㊃"。

【急口令】即吃口令。詩話總龜七評論三引王直方詩話："潘邠老作洪氏勵殼軒云：'封胡羯末謝，龜駒玉鴻洪。千載望四謝，四洪天壤同。'爲龜父駒父玉父鴻父也。時人以爲急口令。"參見"吃口令"。

【急先鋒】喻衝鋒在前的人。水滸十三："梁中書看時，不是別人，却是大名府留守司正牌軍索超。爲是他性急，撮鹽入火，爲國家面上，只要爭氣，當先廝殺，以此人都叫他做急先鋒。"

【急性子】中藥鳳仙花種子的别名。見本草綱目十七鳳仙。

【急就章】即"急就篇"。見該條。後借喻匆促完成的文章或工作。清李漁奈何天傳奇籌餉："不能勾(够)從容細繪流民狀，只好在馬上封題急就章。"

【急就篇】漢元帝時黃門令史游作。也稱急就章。爲蒙童識字課本。今本三十四章、二千一百四十四字（末一百二十八字爲漢以後人所加），按姓名、衣服、飲食、器用等分類，成三言、四言、七言韻語。首句有"急就"二字，因以名篇。一說如遇難字，緩急可就而求焉，故名。見宋晁公武郡齋讀書志後志一小學類。流傳之本，有三國吳皇象章草書石刻本三十一章，唐顏師古注、宋王應麟補注本四卷。

【急煎煎】焦急貌。元王實甫西廂記四本四折："急煎煎好夢兒應難捨。"元曲選關漢卿竇娥冤一："長則是急煎煎按不住意中焦。"

【急腳遞】宋代快速軍郵制。分步遞、馬遞、急脚遞三等。急脚遞最快，日行四百里，只在戰時使用。熙寧中，又有金字牌急脚遞，如同古代羽檄，日行五百餘里，直接傳送從皇帝處發出的緊急軍務文件。見宋沈括夢溪筆談十一官政一。

【急遞鋪】金元明的驛站。十里或十五里、二十五里設一鋪，每鋪設鋪司一人，鋪兵四、五人至十人。凡遇官府公文至鋪，隨即遞送，不分晝夜，風雨無阻。金章宗時設都提控急遞鋪官。參閱金史章宗紀四泰和六年、元史兵志四急遞鋪兵、明實錄太祖洪武實錄二五。

【急於星火】比喻十分緊迫。晉書李密傳陳情事疏："詔書切峻，責臣逋慢，郡縣逼迫，催臣上道，州司臨門，急於星火。"也作"急如星火"。宋王明清揮麈錄二："竭澤而漁，急如星火。"

【急則計生】猶言急中生智。唐白居易長慶集五二和微之詩二十三首序："今足下果用所長，過蒙見窘，然敵則氣作，急則計生，四十二章麾掃並畢，不知大敵以爲如何？"

【急流勇退】本指船在急流中迅速退出，借喻官吏在得意時引退，明哲保身。相傳宋陳摶見錢若水曰："是無仙骨，但急流中能勇退耳！"見宋張耒張右史集四八書錢宣靖遺事後。五朝名臣言行錄二之二也有類似記載。宋蘇軾分類東坡詩二四贈善相程傑："火色上騰雖有數，急流勇退豈無人。"

【急脈緩灸】喻以和緩的方法應付急事。也借喻詩文在進行中，故意放鬆一筆，以造成抑揚頓挫之勢。紅樓夢七六："黛玉道：'對句不好，合掌。下句推開一步，倒還是急脈緩灸法。'"

【急張拘諸】局促不安、緊張慌亂貌。元曲選康進之李逵負荆二："他這般急張拘諸的立。"也作"急章拘諸"、"急獐拘豬"、"急張拒逐"。又孟漢卿魔合羅一："我與你便急章拘諸慢行的赤留出律去。"又張國賓薛仁貴三："諕的我心兒膽兒急獐拘豬的自昏迷。"又李直夫虎頭牌一："爲甚麽獐獐狂狂，便待要急張拒逐的褪？"

【急景凋年】光陰速逝，年歲將盡。文選南朝宋鮑明遠（照）舞鶴賦："於是窮陰殺節，急景凋年。"唐白居易長慶集五二和自勸詩之二："急景凋年急於水，念此攬衣中夜起。"後用此指歲暮。

【急景流年】形容光陰易逝。宋晏殊珠玉詞蝶戀花："急景流年都一瞬，往事前歡，未免縈方寸。"

【急管繁絃】形容樂曲的節拍急促、音色豐富。唐白居易長慶集五一憶舊遊詩："脩蛾慢臉燈下醉，急管繁絃頭上催。"也作"急竹繁絲"。宋詩鈔翁卷葦碧軒詩鈔白紵詞："急竹繁絲互催逼，吳娘嬌濃玉無力。"

【急來抱佛脚】本指平時不爲善，到臨難時在佛前求救。唐孟郊孟東野集九讀經詩已有"垂老抱佛脚"之語。宋劉攽貢父詩話："王曰：'投老欲依僧是古一句。'客亦曰：'急則抱佛脚是俗諺。'"明沈璟一種情傳奇香兆："外：'如今事已急矣，且燒起香來，看神仙有何判斷？'老旦：'有理，這樣叫閒時不燒香，急來抱佛脚。'"

【急急如律令】漢代公文常以"如律令"或"急急如律令"結尾，意卽要求立卽按照法律命令辦事，相當於後來宋朝公文書末的"符到奉行"。後來道家咒語或符籙文字也襲用此語，意爲勒令鬼神按符令照辦。唐白居易長慶集二三祭龍文："若三日之內，一雨滂沲，是龍之靈，亦人之幸。禮無不報，神其聽之！急急如律令！"參閱唐李匡乂資暇集中急急如律令、宋趙彥衞雲麓漫鈔七。

【急驚風撞着慢郎中】患急病遇到慢性醫師，喻緩不濟急。二刻拍案驚奇三三："此時富家子正是急驚風撞着了慢郎中。"

怨 1. yuàn ㄩㄢˋ 於袁切，平，元韻，影。
ㄩㄢˋ 於願切，去，願韻，影。

㊀不滿意，埋怨。詩衞風氓："及爾偕老，老使我怨。"商君書戰法："王者之政，勝而不驕，敗而不怨。"㊁恨。荀子堯問："禄厚者民怨之，位尊者君恨之。"史記一〇七魏其武安侯傳附灌嬰："武安由此大怨灌夫魏其。"也作仇恨解。孟子梁惠王上："搆怨於諸侯。"

2. yùn ㄩㄣˋ

㊂積蓄。通"蘊"。荀子哀公："富有天下而無怨財。"注："怨讀爲蘊。言雖富有天下，而無蘊蓄私財也。"

【怨女】已到婚齡而没有合適配偶的女子。孟子梁惠王下："內無怨女，外無曠夫。"韓非子外儲右下："宮中有怨女，則民無妻。"

【怨尤】埋怨，不滿。怨、尤同義。呂氏春秋誣徒："人之情惡異於己者，此師徒相與造怨尤也。"漢王充論衡自紀："浩然恬忽，無所怨尤。"參見"怨天尤人"。

【怨言】怨恨不滿的話。論語憲問："（管仲）奪伯氏駢邑三百，飯疏食，没齒無怨言。"

【怨府】衆怨歸聚之所。左傳昭十二年："吾不爲怨府。"國語魯上："少德而多寵，位下而欲上政，無大功而欲大祿，皆怨府也。"注："怨之所聚也，故曰府。"

【怨刺】怨恨諷刺。漢書禮樂志："周道始缺，怨刺之詩起。"唐李商隱李義山文集三獻侍郎鉅鹿公啟："推李杜則怨刺居多，效沈宋則綺靡爲甚。"

【怨咎】埋怨，責備。左傳昭八年："小人之言，僭而無徵，故怨咎及之。"南史徐湛之傳上疏："初通其謀，爲誘引之辭，（范）曄等並見怨咎，規相禍陷。"

【怨咨】嗟歎，怨恨。書君牙："夏暑雨，小民惟曰怨咨；冬祁寒，小民亦惟曰怨咨。"唐白居易長慶集五效陶潛體詩之四："西家荷鋤叟，雨來亦怨咨。"

【怨軍】遼軍名。金史郭藥師傳："遼國募遼東人爲兵，使報怨于女直，號曰'怨軍'，藥師爲其渠帥。"

【怨毒】怨恨，憎惡。戰國策趙一："今足下功力，非數痛加於秦國，而怨毒積惡非曾深凌於韓也。"史記六六伍子胥傳論："怨毒之於人甚矣哉！"

【怨思】埋怨，懷念。詩王風揚之水序："（周平王）不撫其民，而遠屯戍於母家，周人怨思焉。"文選漢班孟堅（固）西都賦序："西土耆老，咸懷怨思。"

【怨骨】抱恨而死者。晉書劉曜載記游子遠諫厚葬："下無怨骨，上無怨人。"

【怨家】仇人。史記八九張耳傳："漢九年，貫高怨家知其謀，乃上變告之。"

【怨疾】不滿，憎恨。荀子致士："用其終爲始，則政令不行而上下怨疾，亂所以自作也。"

【怨恚】怨恨。漢書九九上王莽傳:"傅太后聞之,大怒,不肯會,重怨恚莽。"

【怨氣】不滿情緒。管子禁藏:"夫公之所加罪雖重,下無怨氣。"史記一一八淮南王安傳:"當今諸侯無異心,百姓無怨氣。"

【怨望】心懷不滿。史記六八商君傳:"商君相秦十年,宗室貴戚多怨望者。"又九二淮陰侯傳:"(韓)信由此日夜怨望,居常鞅鞅,羞與絳灌等列。"

【怨鳥】即杜鵑,一名子規。見宋陸佃埤雅九釋鳥杜鵑。

【怨婦】失偶的婦人。文苑英華二一一唐吳少微怨歌行:"城南有怨婦,含愁傍芳叢。"

【怨痛】怨恨,哀痛。國語周上:"民神怨痛,無所依懷。"魏書宋翻傳附道璵:"臨死,作詩及挽歌詞,寄之親朋,以見怨痛。"

【怨碑】傳說秦始皇建墓,盡閉工人於內。工人怨憤,於墓中刻石,寄託怨憤,後發墓見石,人稱爲怨碑。見舊題晉王嘉拾遺記五前漢上。

【怨隙】嫌隙,不和。後漢書五八臧洪傳:"將吏皆垂泣曰:'明府之於袁氏(紹),本無怨隙,今爲郡將之故,自致危困,吏人何忍當捨明府去也?'"

【怨嫉】怨恨。北史崔挺傳附季舒:"時勳貴多不法,文襄無所縱捨,外議以季舒及崔暹等所爲,甚被怨嫉。"

【怨誹】怨恨,非議。莊子刻意:"高論怨誹,爲亢而已矣。"釋文引李頤:"非世無道,怨己不遇也。"史記八四屈原傳:"小雅怨誹而不亂。"也作"怨非"。荀子解蔽:"百姓怨非而不用,賢良退處而隱逃。"

【怨慕】怨恨,思慕。孟子萬章上:"萬章問曰:'舜往于田,號泣于旻天,何爲其號泣也?'孟子曰:'怨慕也。'"文選晉陸士衡(機)贈從兄車騎詩:"感彼歸塗艱,使我怨慕深。"

【怨耦】不和睦的夫妻。也作"怨偶"。左傳桓二年:"嘉耦曰妃,怨耦曰仇。"也以指敵對的雙方。後漢書三三鄭弘傳贊:"鄭(弘)竇(憲)怨偶,代相爲仇。"

【怨謗】怨恨,指責。漢書五行志中:"君炕陽而暴虐,臣畏刑而拑口,則怨謗之氣發於謌謠,故有詩妖。"北史畢衆敬傳附義雲:"齊文襄(高洋)作相,以爲稱職,令普勾僞官,專以車輻考掠,所獲甚多,然大起怨謗。"

【怨懟】怨望,不滿。漢書八二王商傳:"章下有司,商私怨懟。"後漢書五四楊震傳:"自趙騰死後,深用怨懟。"

【怨曠】怨恨別離之久。詩邶風雄雉序:"軍旅數起,大夫久役,男女怨曠。"三國志魏武帝紀建安十四年七月辛未軍令:"家室怨曠,百姓流離。"文選漢陳孔璋(琳)爲袁紹檄豫州文:"又(曹)操軍吏士……咸怨曠思歸,流涕北顧。"唐呂延濟注:"怨,別。曠,久也。言皆怨別鄉之久,而北顧思歸也。"後特指女無夫,男無妻。參見"怨女"、"曠夫"。

【怨讎】仇敵。韓非子亡徵:"外藉敵國,內困百姓,以攻怨讎。"

【怨讟】怨恨,毁謗。左傳宣十二年:"昔歲入陳,今茲入鄭,民不罷(疲)勞,君無怨讟,政有經矣。"注:"讟,謗也。"也作"怨黷"。三國志吳諸葛恪傳:"由此衆庶失望,而怨黷興矣。"

【怨詩行】也作"怨歌行"。樂府楚調曲名。舊傳春秋楚卞和獻玉遭刑,作怨歌行;或以爲漢班婕妤失寵,託辭於紈扇而作。已無可考。怨詩行古辭今存"天德悠且長"一篇。三國魏曹植有擬作,首句爲"明月照高樓"。其後南朝梁武帝等擬作,都以此標題。參閱樂府詩集四一、四二。

【怨入骨髓】極言怨恨之深。史記秦紀:"(晉)文公夫人,秦女也,爲秦三囚將(蹇叔子、西乞術、白乙丙)請曰:'繆公之怨此三人入於骨髓,願令此三人歸,令我君得自快烹之。'"又一〇六吳王濞傳遺諸侯書:"楚元王子、淮南三王或不沐洗十餘年,怨入骨髓,欲一有所出之久矣。"

【怨天尤人】論語憲問:"不怨天,不尤人。"後來指不自責而推之命運曰怨天尤人。宋書謝晦傳悲人道:"苟成敗其有數,豈怨天而尤人。"唐崔湜御史臺精舍碑:"傳曰:'禍福無門,惟人所召。'則蹈網罟,嬰徽纆,聯桁楊,貫桎梏,可怨天尤人哉?"(金石萃編七四)

【怨家債主】佛教指與我結冤仇的人。唐孔思義造像記:"業道受苦及怨家債主悉願布施歡喜。"(八瓊室金石補正三二)

【怨聲載道】形容怨恨者多,到處都是怨恨的聲音。京本通俗小說拗相公:"民間怨聲載道,天變迭興。"紅樓夢五六:"凡有些餘利的一概入了官中,那時裏外怨聲載道,豈不失了你們這樣人家的大體?"

怠 1. dài ㄉㄞˋ 徒亥切,上,海韻,定。

㊀鬆懈,懶惰。書大禹謨:"無怠無荒,四夷來王。"商君書弱民:"民畏死,事亂而戰,故兵農怠而國弱。"㊁疲倦。史記一一七司馬相如傳子虛賦:"怠而後發,游於清池。"

2. yí ㄧˊ

㊀通"怡"。易雜卦:"謙輕,而豫怠也。"釋文:"怠,漢虞(翻)作怡。"

【怠放】怠惰放縱。後漢書和帝紀永元十一年秋七月辛卯詔:"吏民踰僭,厚死傷生,……有司不舉,怠放日甚。"

【怠沓】簡慢輕視。國語鄭:"唯謝郟之間,其冢君侈驕,其民怠沓其君,而未及周德。"

【怠忽】怠惰玩忽。書周官:"蓄疑敗謀,怠忽荒政。"漢書六十杜周傳:"刺戒者至迫近,而省聽者常怠忽。"

【怠荒】懶惰放蕩。書大禹謨:"無怠無荒,四夷來王。"史記秦始皇紀二八年琅邪臺刻石:"細大盡力,莫敢怠荒。"

【怠倦】懶惰疲沓。墨子非命下:"彼以爲强必治,不强必亂;强必寧,不强必危;故不敢怠倦。"

【怠息】因疲倦而休息。漢書七一于定國傳:"君相朕躬,不敢怠息,萬方之事,大録于君。"唐韓愈昌黎集二六烏氏廟碑銘:"四方其平,士有怠息。"

【怠敖】怠惰敖遊。孟子公孫丑上:"今國家閒暇,及是時,般樂怠敖,是自求禍也。"

【怠偷】怠惰苟且。國語晉八:"今忨日而潵歲,怠偷甚矣。"注:"怠,懈也。偷,苟也。"

【怠惰】懶惰。商君書墾令:"怠惰之民不游,費資之民不作。"也作"怠墮"。史記一一七司馬相如傳喻巴蜀檄:"常效貢職,不敢怠墮。"

【怠散】鬆懈渙散。後漢書七九儒林傳序:"自安帝覽政,薄於蓺文,博士倚席不講,朋徒相視怠散。"

【怠遑】懶散偷閒。詩商頌殷武:"不僭不濫,不敢怠遑。"左傳襄二六年引詩作"怠皇"。文選漢張平子(衡)東京賦:"荷天下之重任,匪怠皇以寧靜。"

【怠隙】因懈怠而使敵人有隙可乘。三國志蜀霍峻傳:"(劉璋帥萬餘人)攻圍峻,且一年,不能下。峻城中兵纔數百人,伺其怠隙,選精鋭出擊,大破之。"

【怠傲】怠忽傲慢。荀子儒效:"以是尊賢畏法而不敢怠傲,是雅儒者也。"也作"怠慠"。韓非子備內:"故爲人臣者,窺覘其君心也無須臾之休，而人主怠慠處其上，此世所以有劫君弒主也。"也作"怠驁"。漢書五二田蚡傳："嬰失竇太后，益疏不用，無勢，諸公稍自引而怠驁，唯灌夫獨否。"注："驁與傲同。"

【怠棄】怠惰荒廢。書甘誓："有扈氏威侮五行，怠棄三正。"國語周下："吾周官之於災備也，其所怠棄者多矣。"

【怠業】荒廢本職事業。國語周上："我先王不窋用失其官，而自竄于戎狄之間，不敢怠業，時序其德，纂修其緒。"

【怠慢】㊀懶散放蕩。墨子尚同中："分財不敢不均，居處不敢怠慢。"㊁簡慢、不恭敬。史記九六張蒼傳附申屠嘉："是時丞相入朝，而(鄧)通居上傍，有怠慢之禮。"也作"怠嫚"。漢書郊祀志上："始未嘗不肅祗，後稍怠嫚也。"

【怠疑】痴呆貌。同"佁儗"。莊子山木："侗乎其无識，儻乎其怠疑。"注："無所趣也。"參見"佁儗㊀"。

【怠廢】懶散荒廢職務。宋曾鞏元豐類稿三十移滄州過闕上殿劄子："蓋歌其善者，所以興其嚮慕興起之意，防其怠廢難久之情。"

【怠懈】懶惰鬆懈。漢書高帝紀上："不如因其怠懈擊之。"也作"怠解"。漢書九九下王莽傳地皇二年："正月，以州牧位三公，刺舉怠解。"解，通"懈"。

【怠戲】怠惰嬉戲。漢陸賈新語資質："凡人莫不知善之爲善、惡之爲惡，莫不知學問之有益於己、怠戲之無益於事也。"

【怠驁】同"怠傲"。見該條。

怒 nù ㄋㄨˋ 奴古切，上，姥韻，泥。乃故切，去，暮韻，泥。

㊀發怒，動氣。詩邶風柏舟："薄言往愬，逢彼之怒。"引申爲譴責。禮內則："若不可教而後怒之。"㊁形容氣勢强盛、猛烈。莊子外物："春雨日時，草木怒生。"漢書溝洫志："鐫之裁没水中不能去，而令水益湍怒，爲害盛於故。"唐杜甫杜工部詩史補遺二茅屋爲秋風所破歌："八月秋高風怒號，卷我屋上三重茅。"㊂奮發。莊子逍遥遊："(鵬)怒而飛，其翼若垂天之雲。"

【怒火】形容極其强烈的憤怒。宋王邁臞軒集十六再呈趙倅詩："虛舟相觸何心在，怒火雖炎一餉空。"

【怒目】張目怒視。史記八六荆軻傳："與蓋聶論劍，蓋聶怒而目之。"文選晉劉伯倫(伶)酒德頌："乃奮袂攘襟，怒目切齒，陳說法禮，是非鋒起。"

【怒江】水名。一名潞江。發源於青藏邊境唐古拉山南麓。水色深黑，蒙語呼爲喀喇烏蘇，即禹貢之黑水。入雲南境，谷深流急，波濤洶涌，故有怒江之名(一說因流經怒族地區得名)。入緬甸境稱薩爾温江。參閱嘉慶一統志四八五麗江府山川。

【怒馬】㊀指健壯神駿的馬。馬王堆漢墓帛書相馬經："陰或壹絶者，良馬也；再絶者，良怒馬也。"後漢書四一第五倫傳："蜀地肥饒，人吏富實，掾史家貲多至千萬，皆鮮車怒馬，以財貨自達。"㊁奮馬。宋蘇軾東坡集三三方山子傳："方山子怒馬獨出，一發得之。"

【怒氣】憤怒的氣色。漢趙曄吳越春秋勾踐伐吳外傳："今鼃蟲無知之物，見敵而有怒氣，故爲之軾。"形容十分憤怒曰怒氣衝天。元曲選楊顯之瀟湘雨四："只落的嗔嗔忿忿，傷心切齒，怒氣衝天。"參見"怒蛙"。

【怒特】指狀貌怒張的大牛。傳說秦文公伐南山梓木，有青牛奔出自投入豐水，遂奉爲神而祀之。晉時武都郡立怒特祠。見史記秦紀文公二七年"伐南山大梓，豐大特"正義引括地志。梁書張纘傳南征賦："訊會骸之詭狀，云怒特之來奔。"

【怒張】指氣勢壯盛。宋王安石臨川集十四送張宣義之官越幕詩之一："唯有西興渡，靈胥或怒張。"指波濤之洶湧。胥，伍子胥。宋米芾海岳名言："筋骨之說出於柳(公權)，世人但以怒張爲筋骨，不知不怒張自有筋骨焉。"指書法筆力之雄健。

【怒蛙】有怒氣之蛙。蛙，古作鼃。韓非子內儲上七術："越王慮伐吳，欲人之輕死也，出見怒鼃乃爲之式(軾)。……御者曰：'何爲式！'王曰：'鼃有氣如此，可無爲式乎！'"抱朴子廣譬："是以晉文回輪於勇蟲而壯士雲赴，句踐曲躬於怒鼃而戎卒輕死。"

【怒潮】洶湧的潮水。宋蘇舜欽蘇學士集八詩僧則暉求詩："好約長吟處，霜天看怒潮。"

【怒濤】指洶湧澎湃的波濤。文選晉郭景純(璞)江賦："激逸勢以前驅，乃鼓怒而作濤。"唐杜甫杜工部草堂詩箋三六憶昔行："憶昔北尋小有洞，洪河怒濤過輕舸。"

【怒移蟹】晉趙王司馬倫、孫秀與解系有宿怨，既殺張華等，並收捕系兄弟。梁王肜欲救之，倫怒曰："我於水中見蟹且惡之，況此人兄弟輕我邪！此而可忍，孰不可忍！"解姓與"蟹"同音，因恨解而遷怒於蟹。見晉書解系傳。後謂遷怒於人爲怒移蟹。宋蘇軾分類東坡詩八故周茂叔先生濂谿："怒移水中蟹，愛及屋上烏。"

【怒猊渴驥】比喻書法之道勁迅疾。新唐書一六〇徐浩傳："嘗書四十二幅屏，八體皆備，草隸尤工。世狀其法曰'怒猊抉石，渴驥奔泉'云。"

【怒髮衝冠】誇張描述盛怒之狀。史記八一藺相如傳："相如因持璧卻立倚柱，怒髮上衝冠。"舊題宋岳飛滿江紅詞："怒髮衝冠，憑欄處，蕭蕭雨歇。"

【怒從心上起，惡向膽邊生】形容憤怒已極，膽子就大起來，什麽事也幹得出。五代史平話梁："朱温未聽得萬事俱休，才聽得後，怒從心上起，惡向膽邊生，'卻不叵耐這黄巢欺負咱每忒甚！'"又見永樂大典戲文三種張協狀元。

六畫

恔 xiào ㄒㄧㄠˋ 集韻 後教切，去，效韻。

滿意。孟子公孫丑下："且比化者，無使土親膚，於人心獨無恔乎？"注："恔，快也。"

恲 pēng ㄆㄥ 撫庚切，平，庚韻，敷。

亦作"怦"。㊀流露。淮南子齊俗："故禮因人情而爲之節文，而仁發恲以見容。"㊁慷慨。文選漢王仲宣(粲)從軍詩之二："夙夜自恲性，思逝若抽縈。"㊂見"恲恲"。

【恲恲】忠直貌。楚辭漢東方朔七諫怨世："思比干之恲恲兮，哀子胥之慎事。"

恗 hài ㄏㄞˋ 胡槩切，去，代韻，匣。

愁苦。韓非子存韓："秦之有韓，若人之有腹心之病也，虛處則恗然，若居濕地，著而不去，以極走則發矣。"

恇 kuāng ㄎㄨㄤ 去王切，平，陽韻，溪。

㊀怯弱貌。素問通評虛實論："尺虛者行步恇然。"㊁恐懼。禮禮器"衆不匡懼"，釋文本作"恇懼"。宋書武三王傳張約之疏："遠近恇然失圖，士庶杜口，人爲身計。"

【恇怯】懦弱，膽小。三國志魏董卓傳"其後(牛)輔營兵有夜叛出者"注引王沈魏書："輔恇怯失守，不能自安，常把辟兵符，以鈇鑕致其旁，欲以自彊。"

【恇恇】恐懼貌。後漢書八三梁鴻傳適

吳詩:"口嚚嚚兮余訕，嗟恇恇兮誰留。"

【恇撓】膽小怕事。南史蔡廓傳:"義恭素性恇撓，阿順(戴)法興。"宋書蔡廓傳作"恇橈"，義同。

【恇駭】驚慌。宋書武帝紀中韓延之報書:"承親率戎馬，遠履西畿，闔境士庶，莫不恇駭。"

【恇擾】恐懼慌張。宋書袁粲傳:"(劉)秉、(任)侯伯等並赴石頭，本期夜發，其日秉恇擾不知所爲。"

【恇攘】恐懼慌亂。唐顏真卿顏魯公文集四李光弼碑銘:"天寶末造，河朔恇攘。"也作"匡攘"、"劻勷"。參見各該條。

【恇懼】恐慌不安。後漢書十二張步傳附王閎:"時國無嗣主，內外恇懼。"

恃 shì 時止切，上，止韻，禪。ㄕˋ

㊀依賴，憑藉。莊子列禦寇:"河上有家貧恃緯蕭而食者。"晉書張載傳:"興實由德，險亦難恃。"㊁詩小雅蓼莪:"無父何怙，無母何恃？"後來詩文中因以怙恃爲父母的代稱，父死稱失怙，母死稱失恃。參見"怙恃"。

【恃愛】仗人之愛。玉臺新詠十梁武帝(蕭衍)子夜歌:"恃愛如欲進，含羞未肯前。"後來書信中常用爲自謙的套語。宋王之道相山集二五與無爲宰李廷吉書:"古人有言，士詘於不知己而伸於知己之道，故敢恃愛，肆所欲言而忘其交淺言深之戒。"

【恃才傲物】自負其才而藐視別人。梁書蕭子恪傳附蕭子顯:"及葬請謚，手詔:'恃才傲物，宜謚曰驕。'"

恜 chì 恥力切，入，職韻，徹。ㄔˋ

見下。

【恜恜】憂慮不安。北齊顏之推顏氏家訓雜藝:"古者卜以决疑，今人生疑於卜。何者？守道信謀，欲行一事，卜得惡卦，反令恜恜。"

恅 lǎo 盧皓切，上，皓韻，來。ㄌㄠˇ

見"㦖恅"。

恓 xī ㄒㄧ

見下。

【恓恓】同"栖栖"。惶惶不安貌。漢王充論衡指瑞:"聖人恓恓憂世，鳳皇、騏驎亦宜率教。"一本作"栖栖"。唐白居易長慶集二傷友詩:"陋巷孤寒士，出門苦恓恓。"

【恓惶】煩惱不安貌。唐高適高常侍集四同羣公題鄭少府田家詩:"鄭侯應恓惶，五十頭盡白。"又韋應物韋江州集三簡盧陟詩:"恓惶戎旅下，蹉跎淮海濱。"參見"栖遑"。

恢 huī 苦回切，平，灰韻，溪。ㄏㄨㄟ

㊀廣大，寬廣。荀子非十二子:"恢然如天地之苞萬物。"㊁擴大。左傳襄四年:"武不可重，用不恢于夏家。"漢書一〇〇下敍傳:"恢我疆宇，外博四荒。"㊂完備。呂氏春秋君守:"有識則有不備矣，有事則有不恢矣。"注:"恢亦備也。"

【恢弘】也作"恢宏"。㊀發揚，擴張。書序:"典謨訓誥誓命之文凡百篇，所以恢弘至道，示人主以軌範也。"三國志蜀諸葛亮傳出師表:"誠宜開張聖聽，以光先帝遺德，恢弘志士之氣。"㊁廣闊。宋蘇軾分類東坡詩二三次韻程正輔遊碧落洞:"胸中幾雲夢，餘地多恢宏。"

【恢台】廣大貌。楚辭宋玉九辯:"收恢台之孟夏兮，然欿傺而沈藏。"補注引黃魯直(庭堅):"恢，大也。台，卽胎也。言夏氣大而育物。"也作"恢胎"。後漢書六十馬融傳廣成頌:"徒觀其坰場區宇，恢胎曠蕩。"

【恢拓】擴大。後漢書二三竇憲傳班固封燕然山銘序:"上以攄高文之宿憤，光祖宗之玄靈；下以安固後嗣，恢拓境宇，振大漢之天聲。"唐柳宗元柳先生集三一與友人論爲文書:"古今號文章爲難，足下知其所以難乎？非謂比興之不足，恢拓之不遠，鑽礪之不工，頗纇之不除也，得之爲難，知之愈難耳。"

【恢奇】壯偉特出。史記一一二平津侯傳:"(公孫)弘爲人恢奇多聞，常稱以爲人主病不廣大，人臣病不儉節。"

【恢卓】寬宏，高明。漢桓寬鹽鐵論刺復:"春秋曰，其政恢卓，恢卓可以爲卿相；其政察察，察察可以爲匹夫。"

【恢恢】寬闊廣大貌。老子:"天網恢恢，疏而不失。"唐柳宗元柳先生集三四答韋中立論師道書:"吾子行厚而辭深，凡所作皆恢恢然有古人形貌。"

【恢炱】同"恢台"。文選漢傅武仲(毅)舞賦:"舒恢炱之廣度兮，闊細體之苛縟。"注:"恢炱，廣大之貌，炱與台字通。"

【恢郭】寬闊的外城。公羊傳文十五年:"郛者何？恢郭也。"

【恢張】擴展，張大。文選晉皇甫士安(謐)三都賦序:"自時厥後，綴文之士，不率典言，並務恢張，其文博誕空類，大者罩天地之表，細者入毫纖之內。"唐白居易長慶集二一賦賦:"賦者古詩之流也，始草創於荀(卿)宋(玉)，漸恢張於賈(誼)馬(司馬相如)。"

【恢達】寬宏開闊。世說新語賢媛"山公與嵇阮"注引晉陽秋:"濤雅性恢達，度量弘遠，心存世外而與時俛仰。"

【恢復】文選漢班孟堅(固)東都賦:"茂育羣生，恢復疆宇。"恢，大；復，還原。後來凡失而復得，或回復原狀，皆稱恢復。新五代史南唐世家李景:"苟不能恢復內地，申畫邊疆，便議班旋，真同戲劇。"

【恢誕】浮誇怪誕。漢應劭風俗通二正失:"然(東方)朔所以名過其實，以其恢誕多端，不名一行。"文選晉袁彥伯(宏)三國名臣序贊:"景山(徐邈)恢誕，韻與道合，形器不存，方寸海納。"

【恢廓】㊀闊大，寬宏。文選漢鄒陽於獄中上書自明:"今欲使天下恢廓之士，……回面汙行，以事諂諛之人，而求親近於左右，則士有伏死堀穴巖藪之中耳。"㊁擴張，發展。漢書六四吾丘壽王傳:"至於陛下，恢廓祖業，功德愈盛。"

【恢恢有餘】莊子養生主:"彼節者有間，而刀刃者無厚。以無厚入有間，恢恢乎其於遊刃必有餘地矣。"謂庖丁技藝純熟，宰牛時運刀於骨節之間而有餘地。後以恢恢有餘表示綽綽有餘之義，本此。

【恢恑憰怪】離奇神異。莊子齊物論:"恢恑憰怪，道通爲一。"易睽疏引莊子作"恢詭譎怪"。

恆 1. héng 胡登切，平，登韻，匣。ㄏㄥˊ

亦作"恒"。㊀長久，經常。詩小雅小明:"無恆安處。"晉書陶潛傳:"性嗜酒，而家貧不能恆得。"㊁恆心。論語子路:"人而無恆，不可以作巫醫。"㊂平常，普通。莊子大宗師:"是恆物之大情也。"漢王充論衡恢國:"微病，恒醫皆巧；篤劇，扁鵲乃良。"㊃姓。世本:"恆氏，楚大夫恆思公之後。"

2. gèng 集韻居鄧切，去，嶝韻。ㄍㄥˋ

㊄上弦月漸趨盈滿。詩小雅天保:"如月之恆，如日之升。"箋:"月上弦而就盈。"㊅遍及。詩大雅生民:"恆之秬秠，是獲是畝。"注:"恆，徧。"謂遍種秬秠。㊆連續。通"亘"。漢書一〇〇上敍傳答賓戲:"溍神默記，恆以年歲。"謂前後相接。

【恆士】平常的人。戰國策秦二:"甘茂，賢人，非恆士也。"

【恆山】㊀山名。五嶽中的北嶽。也名常山。主峯在河北曲陽縣西北。書禹貢:"太行恆山,至于碣石,入于海。"卽此。歷代王朝皆祀北嶽於曲陽。明定山西渾源的玄嶽爲恆山。清雍正十七年改於渾源行嶽祭。參閱清通典四四。㊁郡名。漢置。治所在今河北元氏縣。以避文帝劉恆諱,改常山郡。五代以後爲正定府。參閱讀史方輿紀要十四真定府。

【恆心】持久不變的意志。孟子梁惠王上:"無恆產而有恆心者,惟士爲能;若民,則無恆產,因無恆心。"

【恆矢】古代射禮用的箭,與習射用的痺矢,皆以骨爲箭頭,不用以殺人。周禮夏官司弓矢:"恆矢,痺矢,用諸散射。"注:"恆矢,安居之矢也。"參閱孫詒讓正義六一。

【恆州】漢常山郡。北周宣政元年於郡置州,隋開皇初廢郡爲州。宋爲真定府。清雍正元年改名正定府,府治在正定縣。公元1913年裁府留縣。卽今河北正定縣。參閱嘉慶一統志二七正定府一。

【恆沙】"恆河沙數"的省稱。言多至不可勝數。金剛經一體同觀分:"是諸恆河所有沙數,佛世界如是,寧爲多不?"初學記二三南朝梁沈約千佛贊:"前佛後佛,跡同轉車,……能達斯者,可類恆沙。"或喻極微小。唐李商隱李義山詩集二安平公:"仰看樓殿撮清漢,坐視世界如恆沙。"

【恆言】常用語。孟子離婁上:"人有恆言,皆曰天下國家。"

【恆河】河名。發源於喜馬拉雅山南麓,流經印度、孟加拉,匯入孟加拉灣。我國佛經或譯爲恒水、恆伽、强伽、殑伽。參閱梁書中天竺國傳、唐釋慧琳一切經音義二二華嚴經四二十定品三恆伽河,又七十玄應音達磨俱舍論十一殑伽河。

【恆姿】經常的狀態。南朝梁劉勰文心雕龍十物色:"然物有恆姿,而思無定檢,或率爾造極,或精思愈疎。"

【恆星】指位置比較固定的星。春秋莊七年:"夏四月辛卯夜,恆星不見。"注:"謂常見之星。"今言恆星,指自己能發光的星,以别於行星、衛星。

【恆娥】月神名。同"姮娥"、"嫦娥"。淮南子覽冥:"譬若羿請不死之藥於西王母,恆娥竊以奔月。"

【恆產】指土地、田園、房屋等不動產。

【恆常】常規。史記秦始皇紀三七年刻石:"初平法式,審别職任,以立恆常。"

【恆幹】指人的軀體。楚辭宋玉招魂:"去君之恆幹,何爲四方些?"注:"恆,常也。幹,體也。"

【恆舞】長時間的舞蹈。書伊訓:"敢有恆舞于宮,酣歌于室,時謂巫風。"舊題晉王嘉拾遺記九晉時事:"(石)崇常擇美容姿相類者十人,……結袖繞楹而舞,晝夜相接,謂之恆舞。"

【恆醫】普通的醫生。漢王充論衡恢國:"是故微病,恆醫皆巧;篤劇,扁鵲乃良。"

【恆言錄】清錢大昕撰。六卷。搜集通行成語方言八百餘條。分十九類。每條追溯源流,注明出處,引證詳密。經張鑑阮常生爲之補注,充實引證。可供研究漢語語源、構詞法及詞義辨析的參考。解放後商務印書館將此書與清陳鱣撰恆言廣證(六卷)合併刊行。

【恆產瑣言】清張英撰。一卷。英於康熙時官至文華殿大學士禮部尚書,極爲玄燁所寵信。此書宣揚處世哲學,告誡子孫知止知足,以長遠保持,爲封建官僚地主教育其子弟的讀物。

恒 héng ㄏㄥˊ

同"恆"。見"恆"。

恨 hèn ㄏㄣˋ 胡艮切,去,恨韻,匣。

㊀怨恨,仇視。荀子堯問:"處官久者士妒之,祿厚者民怨之;位尊者君恨之。"國語周下:"今財亡民罷,莫不怨恨。"㊁後悔,遺憾。史記六八商君傳:"梁惠王曰:'寡人恨不用公叔痤之言也。'"漢王充論衡齊世:"語稱上世之人重義輕身,遭忠義之事,得己所當赴死分明也,則必赴湯趨鋒,死不顧恨。"

【恨人】失意抱恨的人。文選南朝梁江文通(淹)恨賦:"於是僕本恨人,心驚不已。"

【恨事】遺憾之事。唐劉禹錫劉夢得集八三閣詞:"不應有恨事,嬌甚却成愁。"

【恨恨】抱恨不已。文選晉陸士衡(機)謝平原内史表:"肝血之誠,終不一聞。所以臨難慷慨,而不能不恨恨者,惟此而已。"玉臺新詠一古詩爲焦仲卿妻作:"生人作死别,恨恨那可論!"

【恨毒】惱恨。後漢書六五張奐傳論:"而張奐見欺豎子,揚戈以斷忠烈。雖恨毒在心,辭爵謝咎,詩云:'啜其泣矣,何嗟及矣!'"

【恨望】猶怨望。資治通鑑九八晉永和五年:"中書令孟準、左衛將軍王鸞勸(石)遵稍奪(石)閔兵權,閔益恨望。"晉書石季龍載記附石遵作"益有恨色"。

【恨賦】南朝梁江淹撰。描述李陵、馮敬通、昭君等人懷才不遇,在一定程度上反映了封建時代士大夫對現實的不滿。文見文選、江文通文集一。唐李白李太白詩一有擬恨賦。恨均爲憾之意。

【恨相知晚】指朋友交誼深厚,以相識太遲爲憾。史記四七魏其武安侯傳:"灌夫亦倚魏其而通列侯宗室爲名高。兩人相爲引重,其遊如父子然。相得驩甚,無厭,恨相知晚也。"後漢書四一第五倫傳:"倫始以營長詣郡尹鮮于褒,褒見而異之,署爲吏。後褒坐事左轉高唐令,臨去,握倫臂訣曰:'恨相知晚。'"

【恨鐵不成鋼】責備、埋怨自己所期望的人,含有惋惜、遺憾的意思。紅樓夢九六:"只爲寶玉不上進,所以時常恨他,也不過是'恨鐵不成鋼'的意思。"

【恨不相逢未嫁時】謂女方已嫁,相逢恨晚。唐張籍張司業集一節婦吟:"知君用心如日月,事夫誓擬同生死。還君明珠雙淚垂,何不相逢未嫁時?"後人引用,多作"恨不相逢未嫁時"。

協 xié ㄒㄧㄝˊ 音韻闡微 檄牒切,入,葉韻,匣。

和。說文:"協,同心之和。从劦,从心。"與"協"、"勰"各異字,亦或通用。

恍 huǎng ㄏㄨㄤˇ 集韻 虎晃切,上,蕩韻。

見下。

【恍忽】見"恍惚"。

【恍惚】也作"恍忽"、"慌忽"、"怳忽"。㊀隱約不清,難以捉摸和辨認。老子:"道之爲物,唯怳唯惚。"韓非子忠孝:"恍惚之言,恬淡之學,天下之惑術也。"史記一一七司馬相如傳上林賦:"於是乎周覽泛觀,瞋盼軋沕,芒芒恍忽,視之無端,察之無崖。"漢書作"怳忽"。㊁神志不清。文選戰國楚宋玉神女賦:"精神怳忽,若有所喜。"後漢書八四董祀妻(蔡琰)傳悲憤詩:"見此崩五内,恍惚生狂癡。"

【恍然】㊀猛然領悟。宋朱熹中庸章句序:"一旦恍然,似有以得其要領者。"㊁好像,仿佛。宋范成大吴船録下:"丙寅,發常州。平江親戚故舊來相迓者,陸續於道,恍然如隔世焉。"

恫 1. tōng ㄊㄨㄥ 他紅切,平,東韻,透。

㊀哀痛,痛苦。也作"痌"。詩大雅思齊:"神罔時怨,神罔時恫。"釋文:"恫,音通,痛也。"㊁見"呻恫"。

2. dòng ㄉㄨㄥˋ

㊂見"恫$_2$恐"、"恫$_2$喝"等。

【恫矜】痛苦,疾苦。後漢書和帝紀永元八年詔:"朕寤寐恫矜,思弭憂釁。"矜,音 guān,通“瘝”。參見“恫瘝”。

【恫₂怨】恐懼怨恨。戰國策燕一:“國事皆決於子之,三年,燕國大亂,百姓恫怨。”史記燕召公世家作“恫恐”。

【恫₂恐】恐懼。史記燕召公世家:“因搆難數月,死者數萬,衆人恫恐,百姓離志。”

【恫₂喝】虚聲恐嚇。見“恫₂疑虚喝”。

【恫瘝】病痛,疾苦。同“恫矜”。書康誥:“恫瘝乃身。”傳:“恫,痛。瘝,病。治民務除惡政,當如痛病在汝身,欲去之。”後稱關懷人民羣衆的疾苦如同身受爲“恫瘝在抱”,本此。

【恫₂疑虚喝】虚張聲勢,恐嚇威脅。史記六九蘇秦傳:“秦雖欲深入,則狼顧,恐韓魏之議其後也。是故恫疑虚喝,驕矜而不敢進。”戰國策齊一作“虚猲”。

恛 huí 集韻 胡隈切,平,灰韻。ㄏㄨㄟ

見下。

【恛恛】昏亂貌。漢揚雄太玄經五疑:“疑恛恛,失貞矢。”晉范望解:“貞,正也。矢,直也。……執志不固,恛恛然從人,故失正直之道也。”

【恛惶】惶恐不安。也作“回皇”、“回徨”。唐柳宗元柳先生集三七禮部爲百官上尊號表第二表:“陛下確違羣願,固守謙沖,此臣等所以兢惕失圖,恛惶無措。”

恉 zhǐ 職雉切,上,旨韻,照。ㄓ

旨意,目的。通作“旨”。漢許慎說文解字敍:“究洞聖人之微恉。”

恌 tiāo 吐彫切,平,蕭韻,透。ㄊㄧㄠ

苟且,輕薄。同“佻”。詩小雅鹿鳴:“視民不恌,君子是則是傚。”左傳昭十年、說文、玉篇引詩皆作“佻”。

恡 lìn ㄌㄧㄣ

鄙嗇。同“吝”、“悋”。逸周書寤敬:“不驕不恡,時乃無敵。”

【恡惜】同“吝惜”。三國志魏荀彧傳:“公以至仁待人,推誠心不爲虚美,行己謹儉,而與有功者無所恡惜。”

恰 qià 苦洽切,入,洽韻,溪。ㄑㄧㄚ

適合,正好。六朝前無此字。唐人詩常用。唐杜甫杜工部草堂詩箋十九南鄰:“秋色纔深四五尺,野航恰受兩三人。”敦煌曲子詞集上浪濤沙:“滿眼風波多陜〔閃〕灼,看山恰似走來迎。”參閱清鄭珍說文新附考五“恰”。

【恰好】正好。唐白居易長慶集五七勉閑遊詩:“唯有分司官恰好,閑遊雖老未能休。”

【恰恰】自然,和諧。唐詩紀事四王績春日詩:“年光恰恰來,滿甕營春酒。”杜甫杜工部詩草堂詩箋十八江畔獨步尋花之六:“留連戲蝶時時舞,自在嬌鶯恰恰啼。”白居易長慶集六遊悟真寺詩:“欒櫨與户牖,恰恰金碧繁。”後人據杜詩以恰恰爲鳥啼聲,非。參閱清翁方綱石洲詩話一。

恬 tián 徒兼切,平,添韻,定。ㄊㄧㄢ

㊀安靜。書梓材:“引養引恬。”傳:“能長養民,長安民。”莊子繕性:“古之治道者,以恬養知。”㊁安然,淡然。荀子富國:“進事長功,輕非譽而恬失民。”注:“恬,安也。言不顧下之毁譽,而安然忘於失民也。”晉書謝鯤傳:“莫不服其遠暢,而恬于榮辱。”

【恬波】平息波瀾。舊題晉王嘉拾遺記一軒轅黄帝:“變乘桴以造舟楫,水物爲之祥踴,滄海爲之恬波。”宋書孝武帝紀大明五年詔:“今息警夷嶂,恬波河渚,棧山航海,鄉風慕義。”

【恬忽】指内心平静,對外界干擾毫不在意。漢王充論衡自紀:“浩然恬忽,無所怨尤。”

【恬退】淡泊,安於退讓。世說新語文學“羊孚作雪贊”注引中興書:“(桓)胤少有清操,以恬退見稱。”又見晉書桓胤傳。

【恬酒】卽甜酒。周禮天官酒正“二曰醴齊”漢鄭玄注:“醴,猶體也。成而汁滓相將,如今恬酒矣。”恬爲“甜”之借字。汁滓相將,指酒汁與酒糟相雜,如今之酒釀。參閱孫詒讓正義九。

【恬泰】安逸舒適。唐白居易長慶集五二閒秋光詩:“身心轉恬泰,烟景彌淡泊。”

【恬淡】淡泊,安静閒適。莊子天道:“夫虚静恬淡,寂漠無爲者,天地之平,而道德之至。”又刻意:“平易恬惔,則憂患不能入,邪氣不能襲,故其德全而神不虧。”惔,通“淡”。後多稱不慕榮利爲恬淡。漢王充論衡自紀:“充性恬淡,不貪富貴。”

【恬逸】安閒,愉快。國語吴:“今大夫老,而又不自安恬逸,而處以念惡。”

【恬愉】安逸,快樂。莊子盜跖:“慘怛之疾,恬愉之安,不監於體。”荀子王霸:“萬乘之國可謂廣大富厚矣,加有治辨強固之道焉,若是則恬愉無患難矣。”

【恬然】安閒貌。荀子強國:“觀其朝廷,其閒聽決百事不留,恬然如無治者,古之朝也。”

【恬漠】安静,淡漠。墨子非儒下:“恬漠待問而後對。”漢書四八賈誼傳服鳥賦:“真人恬漠,獨與道息。”史記作“淡漠”。

【恬熙】安樂。元王逢梧溪集四寬周左丞伯温拜御史扈從集詩:“遊豫循常度,恬熙屬累朝。”

【恬澹】安静閒適。同“恬淡”。漢王符潛夫論勸將:“太古之民,淳厚敦朴,上聖撫之,恬澹無爲。”

【恬謐】安静。唐歐陽詹歐陽行周集七唐天志:“求諸吹蕩則常風,求諸恬謐則常寧。”

【恬曠】安静閒散。文選晉張茂先(華)答何劭詩之一:“恬曠若不足,煩促每有餘。”唐白居易長慶集六昭國閑居詩:“平生尚恬曠,老大宜安適。”

【恬瀾】平静的波瀾。比喻風平浪静的處境。宋王安石臨川集十一答陳正叔詩:“利行有阨軌,勢涉無恬瀾。”

【恬不知恥】安然處之,不以爲恥。明吕維祺四譯館增定館則十五:“乃邇來玩日愒月,託病請假,紛紛不已,甚至一季不到館者有之,虚糜素餐,恬不知恥,殊爲可厭。”

【恬而不怪】安然處之,不以爲怪。漢書四八賈誼傳:“至於俗流失,世壞敗,因恬而不知怪。”又禮樂志:“至於風俗流溢,恬而不怪。”也作“恬不爲怪”。宋唐庚眉山唐先生文集二三上監司書:“比來州縣削弱,紀綱棄壞,上下習熟,恬不爲怪。”

恂 xún 相倫切,平,諄韻,心。ㄒㄩㄣ

㊀誠信,相信。書立政:“迪知忱恂于九德之行。”列子周穆王:“且恂士師之言可也。”㊁恐懼貌。莊子徐无鬼:“吴王浮于江,登乎狙之山,衆狙見之,恂然棄而走。”㊂通達。見“恂達”。㊃通“眴”、“瞬”,音 shùn。見“恂目”。

【恂目】眨眼,眼睛轉動。莊子田子方:“今汝怵然有恂目之志,爾於中也殆矣夫。”釋文:“恂,李(頤)又作眴。”列子黄帝“今汝怵然有恂目之志”注引南朝宋何承天纂文:“吴人呼瞬目爲恂目。”

【恂恂】㊀恭順貌。論語鄉黨:“孔子於鄉黨,恂恂如也,似不能言者。”漢書五四李廣傳贊:“李將軍恂恂如鄙人。”又作“悛悛”。見該條。㊁心有顧慮貌。唐柳宗元柳先生集十六捕蛇者説:"吾恂恂而起,視其缶,而吾蛇尚存,則弛然而卧。"㊂循序。後漢書趙壹傳報皇甫規書:"豈悟君子,自生怠倦,失恂恂善誘之德,同亡國驕惰之意。"

【恂達】通達。莊子知北遊:"四肢彊,思慮恂達,耳目聰明。"

【恂慄】嚴謹貌。禮大學:"瑟兮僩兮者,恂慄也。"注:"恂字或作峻,讀如嚴峻之峻,言其容貌嚴栗也。"

【恂蒙】庇護。大戴禮衛將軍文子:"詩云:受小共大共,爲下國恂蒙。"注:"恂,信也。言下國信蒙其富。"詩商頌長發作"駿厖"。傳:"駿,大。厖,厚。"荀子榮辱引詩作"駿蒙"。清馬瑞辰謂恂蒙爲正讀,庇覆之意。見毛詩傳箋通釋三二長發。

㤚 xiōng 許容切,平,鍾韻,曉。ㄒㄩㄥ

憂恐。唐張籍張司業集八會合聯句:"京游步方振,謫夢意猶㤚。"

【㤚㤚】紛擾不安貌。同"匈匈"、"詾詾"。唐張濛李元諒頌:"賊泚憂敗,躬率全軍,駈其㤚㤚之徒,拒我堂堂之衆。"(金石萃編一〇三)參見"匈匈"、"詾詾"。

【㤚懼】震動恐懼。北齊書清河王岳傳附高勱:"太后還至鄴,周軍續至,人皆㤚懼,無有闘心。"

恤 xù 辛聿切,入,術韻,心。ㄒㄩˋ

也作"卹"。㊀憂慮,顧惜。詩小雅小弁:"我躬不閲,遑恤我後。"戰國策秦五:"戰勝宜陽,不恤楚交,忿也。"注:"恤,顧。"㊁救濟。周禮地官大司徒:"二曰六行:孝、友、睦、婣、任、恤。"注:"恤,振憂貧者。"禮月令孟冬之月:"恤孤寡。"北史魏世祖太武帝紀太平真君元年:"是歲,州鎮十五飢,詔開倉振恤之。"㊂安置。漢書七三韋賢傳附韋玄成:"不遂我遺,恤我九列。"注:"恤,安也。九列,卿之位。"㊃喪事,葬儀。南史顧覬之傳附顧憲之:"俗諺云:會稽打鼓送恤,吴興步擔令史。"參見"國恤㊀"。㊄姓。春秋魯有恤由。見宋邵思姓解一引風俗通。

【恤功】書呂刑:"乃命三后,恤功于民。"恤,憂;功,事。謂爲民事而思慮勤苦。詩譜序:"以爲勤民恤功,昭事上帝,則受頌聲。"

【恤刑】慎用刑法。書舜典:"欽哉欽哉,惟刑之恤哉!"謂審判公正,用刑不濫。晉書劉波傳:"法苛政亂者,恤刑不赦。"此謂減輕刑罰。也作"卹刑"。文選南齊王元長(融)永明九年策秀才文:"敬法卹刑,虞書茂典。"明初設恤刑官,分遣御史治各道囚犯。正統時復行之,成化以後,遂成定制。參閲明史刑法志二、清王引之經義述聞三惟刑之卹哉。

【恤孤】撫養孤兒。禮大學:"上恤孤而民不倍(背)。"也作"卹孤"。新唐書一七六韓愈傳贊:"至進諫陳謀,排難卹孤,矯拂媮末,皇皇於仁義,可謂篤道君子矣。"

【恤恤】憂貌。左傳昭十二年:"南蒯之將叛也,其鄉人或知之,過之而歎,且言曰:'恤恤乎!湫乎攸乎!'"注:"恤恤,憂患。湫,愁隘。攸,懸危之貌。"唐韓愈昌黎集十六上宰相書:"恤恤乎飢不得食,寒不得衣。"

【恤嫠】救濟貧苦的寡婦。嫠,寡婦。清張燾津門雜記中:"恤嫠會,專養寒苦孀居,月給口糧。"

【恤緯】"嫠不恤緯"之省。寡婦不憂其織事,而憂國家的危難。後來指憂國之心。宋李曾伯可齋雜藁二六贈李尉歸雲川詩:"佩弦示良規,恤緯寓憂抱。"參見"嫠不恤緯"。

【恤禮】春秋時諸侯之間,一國遭受戰亂,他國遣使來,表示同情慰問,謂之恤禮。周禮春官大宗伯:"以恤禮哀寇亂。"參閲疏及孫詒讓正義三四。

恪 kè 苦各切,入,鐸韻,溪。ㄎㄜˋ

㊀恭敬。詩商頌那:"温恭朝夕,執事有恪。"㊁姓。晉有郎中令恪啟。見廣韻。

【恪固】堅守。舊題周程本子華子上晏子:"今夫人之常情,爲,惡其毀也;成,惡其虧也;於其所愛焉者,則必有恪固之心。"

【恪敏】勤謹而敏捷。新唐書一二七源乾曜傳:"乾曜性謹重,其始仕已四十餘,歷官皆以清慎恪敏得名。"

【恪尊】我國古代鮮卑等少數民族可汗之妻稱恪尊。周書吐谷渾傳:"伏連籌死,子夸吕立,始自號爲可汗,……號其妻爲恪尊。"

【恪慎】恭敬而謹慎。書微子之命:"恪慎克孝,肅恭神人。"新唐書一一四豆盧欽望傳附崔元綜:"性恪慎,坐政事堂,束帶,終日不休偃。"

【恪勤】恭謹勤懇。國語周上:"(不窋)不敢怠業,時序其德,纂修其緒,修其訓典,朝夕恪勤,守以敦篤,奉以忠信,奕世載德,不忝前人。"

㑥 chǐ shì 承紙切,上,紙韻,禪。ㄔˇ ㄕˋ 尺氏切,上,紙韻,穿。諸氏切,上,紙韻,照。

依賴。荀子非十二子:"儉然,㑥然。"注:"㑥然,恃尊長之貌。"清雷浚説文外編九謂㑥即説文土部"垑"字。俞樾諸子平議荀子一謂爲"姼"之假字,義訓美好貌。

恑 guǐ 過委切,上,紙韻,見。ㄍㄨㄟˇ

變詐。通"詭"。莊子齊物論:"恢恑憰怪,道通爲一。"

恈 móu 莫浮切,平,尤韻,明。ㄇㄡˊ

見"恈恈"。

【恈恈】貪欲貌。荀子榮辱:"猛貪而戾,恈恈然唯利之見,是賈盜之勇也。"

恙 yàng 餘亮切,去,漾韻,喻。ㄧㄤˋ

㊀憂慮。史記一一二平津侯主父傳:"君不幸罹霜露之病,何恙不已。"漢書五八公孫弘傳"何恙不已"注:"言何憂於疾不止也。"㊁災禍,疾病。戰國策齊四:"威后問使者曰:'歲亦無恙耶?民亦無恙耶?王亦無恙耶?'"宋秦觀淮海集六次韻答張文潛病中見寄詩:"君其專精神,微恙不足論。"參閲唐慧琳一切經音義三二玄應音度集經二無恙、清俞樾曲園雜纂三三訂胡何恙不已。

恣 1. zì 資四切,去,至韻,精。ㄗˋ

㊀放縱,聽任。孟子滕文公下:"聖王不作,諸侯放恣。"荀子成相:"吏敬法令莫敢恣。"

2. cī ㄘ

㊁見"恣₂睢"。

3. cì ㄘˋ

㊂更迭。通"佽"。詳"恣₃作"。

【恣₃作】更迭而作。方言三:"庸、恣、比、侹、更、佚,代也。"注:"今俗亦名更代作爲恣作也。"清戴震疏證:"恣當作佽。説文:'佽,遞也。遞,更易也。'"

【恣毒】肆虐,殘酷。宋書何承天傳上表:"貪禍恣毒,無因自返,恐烽燧之警,必自此始。"

【恣情】任意,放縱。北史段榮傳附段孝言:"孝言雖黷貨無厭,恣情酒色。"唐白居易長慶集一八喜山石榴花開詩:"但知爛熳恣情開,莫怕南賓桃李妬。"

【恣意】放肆,任意。漢書六十杜周傳:"曲陽侯(王)根前爲三公輔政,知趙昭儀殺皇子,不輒白奏,反與趙氏比周,恣意妄行。"

【恣肆】㊀放肆無忌。新唐書一九二張巡傳:"更調真源令。土多豪猾,大吏華南金樹威恣肆,邑中語曰:'南金口,明府手。'"㊁指文章、言論或書法氣勢豪放。宋曾鞏元豐類稿三八祭王平甫文:"至若操紙爲文,落筆千字,徜徉恣肆,如不可窮。"

【恣睢】㊀狂妄、凶暴貌。荀子非十二子:"縱情性,安恣睢,禽獸行。"又解蔽:"無正而恣睢,妄辨而幾利。"戰國策燕一:"若恣睢奮擊,呴藉叱咄,則徒隸之人至矣。"㊁自在、無拘束貌。莊子大宗師:"夫堯既已黥汝以仁義,而劓汝以是非矣,汝將何以遊夫遙蕩恣睢轉徙之塗乎?"釋文:"恣,七咨反。又如字。"

【恣縱】放任不羈,任意而行。莊子天下:"莊周聞其風而悅之,以謬悠之說,荒唐之言,無端崖之辭,時恣縱而不儻,不以觭見之也。"後漢書十二王昌傳論:"若數子者,豈有國之遠圖哉!因時擾攘,苟恣縱而已耳。"

恝 jiá 集韻 訖黠切,入,黠韻。
ㄐㄧㄚˊ
無愁貌。孟子萬章上:"夫公明高以孝子之心,爲不若是恝。"說文引孟子作"忦"。淡然忘之而不介意曰"恝置"。

恚 huì 於避切,去,寘韻,影。
ㄏㄨㄟˋ
發怒,怨恨。淮南子主術:"故夫養虎、豹、犀、象者,爲之圈檻,供其嗜欲,適其飢飽,違其怒恚。"漢書六五東方朔傳:"舍人恚曰:'朔擅詆欺天子從官,當棄市。'"

【恚目】怒目。管子地員:"其種櫑葛,赨莖、黄秀、恚目。"注:"謂穀實怒開也。"狀粒實飽滿,如人張目而視。

【恚恨】憤怒,怨恨。漢王充論衡死僞:"呂后恚恨,後鴆殺趙王(如意)。"

【恚望】怨恨。後漢書五四楊震傳:"乃請大將軍耿寶奏震大臣不服罪,懷恚望。"

【恚憤】憤怒。後漢書十三隗囂傳:"囂病且餓,出城餐糗糒,恚憤而死。"藝文類聚七四三國魏應瑒弈勢:"瞋目恚憤,覆局崩潰。"

【恚礙】憤怒抵觸。廣弘明集二七下南朝梁蕭子良凈住子大忍惡對:"忍惡罵,無恥辱;忍撾打,無恚礙。"

恥 chǐ 敕里切,上,止韻,徹。
ㄔˇ
㊀羞愧,羞辱。論語子路:"行己有恥。"指羞惡的感情。呂氏春秋順民:"越王苦會稽之恥。"指受辱之事。㊁侮辱,羞辱。動詞。周禮地官司救:"恥諸嘉石,役諸司空。"

【恥辱】羞恥侮辱。論語學而:"恭近於禮,遠恥辱也。"荀子法行:"故君子苟能無以利害義,則恥辱亦無由至矣。"

恐 1. kǒng 丘隴切,上,腫韻,溪。
ㄎㄨㄥˇ 區用切,去,用韻,溪。
㊀懼怕。左傳僖二六年:"室如縣罄,野無青草,何恃而不恐?"又見國語魯上。㊁恫嚇。漢書八十宣元六王淮陽王欽傳:"(舅張博)令弟光恐(王)云王遇大人益解,博欲上書爲大人乞骸骨去。"注:"恐,謂怖動也。"㊂恐怕。表示擔心。論語季氏:"吾恐季孫之憂不在顓臾,而在蕭牆之內也。"

2. gòng
ㄍㄨㄥˋ
㊃共同,一起。通"共"。楚辭屈原離騷:"惟此黨人之不諒兮,恐嫉妒而折之。"注:"共嫉妒我正直。"

【恐怖】極度恐懼。三國志魏管輅傳:"此郡官舍,連有變怪,使人恐怖。"

【恐悚】畏懼。唐溫庭筠集六開成五年秋……兼呈袁郊苗紳李逸四友人一百韻詩:"兕觥增恐悚,杯水失錙銖。"

【恐脅】恫嚇威脅。梁書賀琛傳責琛勑:"更相恐脅,以求財帛,足長禍萌,無益治道。"

【恐悸】恐懼。唐柳宗元柳先生集十八乞巧文:"鬼神恐悸,聖智危慄。"

【恐愒】見"恐猲"。

【恐惶】驚慌恐懼。吳越春秋勾踐伐吳外傳河梁詩:"陣兵未濟秦師降,諸侯怖懼皆恐惶。"

【恐猲】恫嚇,威脅。戰國策趙二:"是故横人日夜務以秦權,恐猲諸侯,以求割地。"史記六九蘇秦傳作"恐愒"。漢盜律有恐猲律,見漢書王子侯表。也作"恐喝"。唐律疏議十九恐喝取人財物:"恐喝者,謂知人有犯,欲相告訴恐喝以取財物者。"

【恐嚇】要挾或威脅別人。朱子語類七一易七:"湯武豈不能出以恐嚇(桀)紂,且使其悔悟脩省,然道理去不得,必須放伐而後已。"

【恐慴】恐懼,震怖。三國志吳周瑜傳"此天以君授孤也"注引江表傳:"及會罷之夜,瑜請見曰:'諸人徒見(曹)操書,言水步八十萬,而各恐慴,不復料其虛實。'"

【恐懼】畏懼。易震象:"君子以恐懼脩省。"荀子修身:"偶視而先俯,非恐懼也。"

恭 gōng 九容切,平,鍾韻,見。
ㄍㄨㄥ
㊀肅敬,有禮貌。書皋陶謨:"愿而恭。"史記夏紀引作"愿而共"。禮曲禮上:"是以君子恭敬撙節。"疏引何胤:"在貌爲恭,在心爲敬。"㊁恭順。詩大雅皇矣:"密人不恭,敢距大邦。"㊂奉,奉行。書甘誓:"今予惟恭行天之罰。"

【恭人】㊀謙恭之人。詩小雅小宛:"溫溫恭人,如集于木。"㊁古代婦人的封號。宋制,中散大夫以上官員之母與妻封恭人。元制六品以上、明清四品以上官員之母與妻封恭人。參閱永樂大典二九七二山堂考索、續通典三八職官一六內官、清會典事例一四三吏部封贈品秩。㊂宋元時對官吏妻的敬稱。水滸三二:"我看這娘子說來,是個朝廷命官的恭人。"

【恭士】恭謹之士。漢劉向說苑敬慎:"魯有恭士,名曰机氾,行年七十,其恭益甚。"

【恭己】指帝王以端正嚴肅的態度約束自己。論語衞靈公:"無爲而治者,其舜也與?夫何爲哉?恭己正南面而已矣。"本謂任官得其人,故無爲而治,惟恭己以臨朝。後稱帝王不問政事或大權旁落爲恭己。資治通鑑五六漢建安十年:"時政在曹氏,天子恭己。"注:"後世遂以政在强臣,己無所預爲恭己。"

【恭奴】即匈奴。漢王莽天鳳二年改號匈奴爲恭奴、單于爲善于。見漢書匈奴傳下。

【恭命】猶言奉命。書甘誓:"左不攻于左,汝不恭命。右不攻于右,汝不恭命。御非其馬之正,汝不恭命。"史記夏紀引作"共命"。

【恭恪】恭敬而謹慎。國語楚上:"自卿以下至于師長,苟在朝者無謂我老耄而舍我,必恭恪於朝,朝夕以交戒我。"南史劉懷肅傳附劉懷慎:"雖名位轉優,而恭恪愈至。"

【恭城】縣名。屬廣西壯族自治區。漢富川縣地,三國吳以後爲平樂縣地,唐武德四年析置恭城縣。元明清均屬平樂府。參閱嘉慶一統志四六七平樂府一。

【恭惟】自謙之詞。猶言敬思、竊意。文選晉王子淵(褒)聖主得賢臣頌:"恭惟春秋法王始之要,在乎審己正統而已。"也作"恭維"。舊時信牘多用此爲頌揚的起語,後面接加尊敬之詞。

【恭帶】腰帶。藝文類聚三九南朝宋謝

莊侍東耕詩："肅鑣奉晨發，恭帶前朝聞。"

【恭陵】陵墓名。1.東漢劉祜(安帝)陵。在河南洛陽市東北。見後漢書安帝紀。2.北周宇文衍(静帝)陵。所在地失考。3.唐李弘(孝敬皇帝)陵。在河南偃師縣南。俗稱太子陵。按李弘爲李治(高宗)太子，早死，追謚孝敬皇帝。參閱舊唐書八六孝敬皇帝弘傳、太平寰宇記五河南府緱氏縣。4.金完顏晟(太宗)陵。在北京市房山縣西北大房山。見金史太宗紀。

【恭敬】謙恭有禮貌。荀子修身："體恭敬而心忠信，述禮義而情愛人。"國語晉四："賈佗公族也，而多識以恭敬。"

【恭默】恭敬而沈静不言。書説命上："恭默思道。"三國志蜀劉巴傳："又自以歸附非素，懼見猜嫌，恭默守静，退無私交，非公事不言。"

【恭館】古時帝王收藏策書的地方。文選漢班孟堅(固)典引："啓恭館之金縢，御東序之祕寶，以流其占。"注："恭館，宗廟金縢之所在。"

【恭謹】恭敬謹慎。史記蕭相國世家："相國年老，素恭謹。"

【恭顯】東漢宦官弘恭石顯。漢書三六劉向傳："未白而語泄，遂爲許、史及恭、顯所譖愬，堪、更生下獄。"堪，周堪。更生，劉向。文選晉潘安仁(岳)西征賦："當(王)音、(王)鳳、恭、顯之任勢也，乃熏灼四方，震耀都鄙。"

【恭世子】春秋晉獻公太子申生，爲驪姬陷害而自縊死，人稱恭世子。按謚法，執事堅固曰恭，也作"共"。見左傳僖四年、禮檀弓上。

【恭敬不如從命】謙詞。從命，猶言遵命。古今雜劇元秦簡夫東堂老楔子："便好道，恭敬不如從命，他是箇有病的人，我依着他則便了。"

恧 ㄋㄩˋ nǜ 女六切，入，屋韻，娘。ㄋㄧˋ 女力切，入，職韻，娘。

慚愧。史記一一七司馬相如傳封禪書："以登介丘，不亦恧乎？"漢書九九上王莽傳："敢爲激發之行，處之不慙恧。"

【恧怩】慚愧。南朝宋鮑照鮑氏集三代貧賤愁苦行詩："俄頃不相酬，恧怩面已赤。"

【恧縮】慚愧而畏縮。新唐書一三一李石傳："方是時，宦寺氣盛，陵暴朝廷，每對延英，而仇士良等往往斥(李)訓以折大臣。石徐謂曰：'亂京師者訓、(鄭)注也，然其進，孰爲之先？'士良等恧縮不得對，氣益奪。"

恩 ㄣ ēn 烏痕切，平，痕韻，影。

㊀德惠。孟子梁惠王上："今恩足以及禽獸，而功不至於百姓者，獨何與？"荀子大略："推恩而不理不成仁，遂理而不敢不成義。"㊁情愛。詩豳風鴟鴞："恩斯勤斯，鬻子之閔斯。"㊂姓。後燕有東庠祭酒恩茂。見宋鄧名世古今姓氏書辨證七痕。

【恩分】恩惠，情分。唐李白李太白詩三行路難二："劇辛樂毅感恩分，輸肝剖膽效英才。"

【恩化】恩惠，教化。後漢書四一宋均傳："客授潁川，而東海吏民思均恩化，爲之作歌。"三國志魏鍾會傳上言："臣輒奉旨詔命，導揚恩化，復其社稷，安其閭伍，舍其賦調，弛其征役。"

【恩平】縣名。屬廣東省。漢合浦郡高涼縣。唐至德二年改爲恩平縣。宋省入陽江。明成化十四年析陽江新興新會三縣地復置恩平縣。參閱太平寰宇記一五八恩州、讀史方輿紀要一〇一肇慶府。

【恩田】佛教三福田之一，謂父母爲恩田。俱舍論十八："謂害父母是棄恩田。如何有恩？身生本故。"

【恩光】恩寵的光輝，指皇帝的恩惠。文苑英華二〇六唐裴憲伯朱鷺詩："所歎恩光歇，不得久聯翩。"唐柳宗元柳先生集三八爲武中丞謝賜櫻桃表："盈背而外被恩光，適口而中含渥澤。"

【恩私】指皇帝的私情恩寵。北齊書王晞傳："帝欲以晞爲侍中，苦辭不受，或勸晞勿自疏。晞曰：'……且性實疏緩，不堪時務，人主恩私，何由可保，萬一披猖，求退無地。非不愛作熱官，但思之爛熟耳。'"

【恩波】指帝王的恩澤。文選南朝梁丘希範(遲)侍宴樂遊苑送張徐州應詔詩："參差別念舉，肅穆恩波被。"唐劉長卿劉隨州集九獄中聞收東京有赦詩："持法不須張密網，恩波自解惜枯鱗。"

【恩門】舊時科舉應試者登第稱主考官。文苑英華二八一唐趙嘏送同年鄭祥先輩歸漢南詩："家去恩門四千里，只應從此夢旌旗。"

【恩典】原指帝王對臣民的恩惠。宋韓琦韓魏公集四謝除使相判相州表："被恩典之特優，顧人言而甚愧。"後泛指恩惠。紅樓夢三七："憑他給誰剩的，到底是太太的恩典。"

【恩施】縣名。屬湖北省。漢爲巫縣地，三國吳分置沙渠縣。隋開皇五年改置清江縣。明改爲施州衞。清雍正六年改爲恩施縣。參閱嘉慶一統志三五一施南府。

【恩科】宋時科舉，承五代後晉之制，凡士子於鄉試合格後，禮部試或廷試多次不録取者，遇皇帝親試士時，得別立名册以奏，經特許附試，謂之特奏名。凡特奏名者，一般皆能得中，故稱恩科。清於尋常科舉外，遇朝廷慶典，特開科考試，也稱恩科。若正科與恩科合併舉行，則稱恩正併科。參閱宋趙升朝野類要二恩科、宋史選舉志一、清會典事例三五四、三五五、三五六禮部貢舉、顧炎武日知録十七恩科。

【恩信】㊀恩德、信義。漢書七六韓延壽傳："延壽恩信周徧二十四縣，莫復以辭訟自言者。"㊁猶言寵信。南史蕭思話傳附惠基："袁粲、劉彦節起兵之夕，高帝以彦節是惠基妹夫，惠基時值在省，遣王敬則觀其指趣，見惠基安静，不與彦節相知，由是益加恩信。"

【恩紀】恩情。後漢書七十孔融傳曹操與融書："孤與文舉既非舊好，又於鴻豫亦無恩紀，然願人之相美，不樂人之相傷，是以區區思協歡好。"文舉，融字。鴻豫，郗慮字。三國志吳朱治傳："治乃使人於曲阿迎太妃及(孫)權兄弟，所以供奉輔護，甚有恩紀。"

【恩貢】明清科舉制度，規定每年由府、州、縣選送廩生入京都國子監肄業，稱爲歲貢。凡遇皇帝登極或其他慶典頒布"恩詔"之年，除歲貢之外，加選一次，稱爲恩貢。參閱清文獻通考六五學校三太學、清會典事例三八四禮部學校恩貢事宜。

【恩除】指朝廷任命官員。除，授予官位。全唐詩二七李洞送盧少府之任鞏洛："從知東甸尉，銓注似恩除。"

【恩倖】指君主寵幸的近臣。漢書有外戚恩澤表，又有佞幸傳。南朝梁沈約撰宋書，始立恩倖傳，南史北史等因之，專門記載被寵幸近臣之事。

【恩寄】指交誼深厚足以託付。南朝陳徐陵徐孝穆集六梁貞陽侯重與王太尉書："僶俛恩寄，號靦惟深。"南史何遠傳："遠與恢素善，在府盡其志力，知無不爲。恢亦推心仗之，恩寄甚密。"

【恩情】恩惠，情誼；深摯的感情。文選漢班婕妤怨歌行："棄捐篋笥中，恩情中道絶。"又三國魏阮元瑜(瑀)爲曹公作書與孫權："離絶以來，於今三年，無一日而忘前好，亦猶姻媾之義，恩情已深。」

【恩眷】受皇帝恩遇、寵愛。魏書李彪傳上表：「案臣彪昔於凡品，特以才拔，等望清華，司文東觀，綢繆恩眷，繩直憲臺。」

【恩赦】指封建王朝遇皇帝登極或其他大典而赦免罪犯。唐白居易長慶集四二奏閿鄉縣禁囚狀：「前後兩遇恩赦，今春又降德音。」

【恩魚】相傳漢武帝鑿昆明池，夜夢有魚銜索，求去其鉤。次日，武帝遊於池，果見大魚銜索，乃去其鉤放之，後於池邊得明珠一雙。見太平廣記一一八漢武帝引三秦記。文苑英華一七六唐沈佺期奉和晦日幸昆明池應制詩：「戲鷁逢時志，恩魚望幸來。」全唐詩七三蘇頲龍池樂章：「恩魚不入昆明釣，瑞鶴長如太液仙。」

【恩詔】指帝王降恩的詔書。文選晉羊叔子(祜)讓開府表：「伏聞恩詔，拔臣使同臺司。」藝文類聚十五晉左九嬪(芬)武帝納后頌：「霈然洪赦，恩詔遐震。」

【恩惠】稱他人給予的好處、照顧。漢書宣帝紀元康三年：「及故掖庭令張賀輔導朕躬，修文學經術，恩惠卓異，厥功茂焉。」

【恩遇】恩惠知遇。後漢書十七賈復傳：「是時列侯唯高密(鄧禹)、固始(李通)、膠東(復)三侯與公卿參議國家大事，恩遇甚厚。」文選南朝梁劉孝標(峻)廣絕交論：「銜恩遇，進款誠，援青松以示心，指白水而旌信，是曰賄交。」

【恩意】恩愛的情意。後漢書二五卓茂傳：「人嘗有言部亭長受其米肉遺者。茂辟左右問之曰：『亭長爲從汝求乎？爲汝有事囑之而受乎？將平居自以恩意遺之乎？』」

【恩義】恩情道義。淮南子人間：「或有功而見疑，或有罪而益信，何也？則有功者離恩義，有罪者不敢失仁心也。」漢書五四蘇建傳附蘇武：「武罵(衛)律曰：『女爲人臣子，不顧恩義，畔主背親，爲降虜於蠻夷，何以女爲見？』」

【恩勤】詩豳風鴟鴞：「恩斯勤斯，鬻子之閔斯。」後來即以詩中恩勤爲辭，指父母撫育子女的慈愛與辛勞。明歸有光震川集三十招張貞女辭：「父母恩勤，養我身兮；修容婷質，徒悲辛兮。」

【恩愛】深切的恩誼、情愛。韓非子六反：「明主知之，故不養恩愛之心，而增威嚴之勢。」後漢書襄楷傳上書：「浮屠不三宿桑下，不欲久生恩愛，精之至也。」

【恩廕】見「廕生」。

【恩榮】恩惠光寵，特指受皇帝恩寵的光榮。唐李白李太白詩五鼓吹入朝曲：「濟濟雙闕下，歡娛樂恩榮。」唐杜甫杜工部草堂詩箋十二端午日賜衣：「宮衣亦有名，端午被恩榮。」

【恩榜】科舉時代於正科以外，另行考試的中式名單。宋曾慥類說五五大酒清話：「孫山末綴得解，……後以恩榜成名。」又金章宗大定二十九年令，凡禮部試五次不錄者，特向皇帝奏名考試，以文章高下定名次，不再行黜落，稱恩榜。見金史選舉志一、二。

【恩綸】猶恩詔。宋蘇軾東坡集續集二被命南遷途中寄定武同僚詩：「適見恩綸臨定武，忽遭分職赴英州。」

【恩賜】帝王對臣下的恩遇、賞賜。後漢書十四安成孝侯賜傳：「數蒙讌私，時幸其第，恩賜特異。」

【恩澤】恩惠。謂恩惠像雨露之能沾潤作物。詩小雅六月序：「蓼蕭廢則恩澤乖矣。」漢書有外戚恩澤侯表，如帝舅后父等，都不是以功受爵，而出於皇帝私恩，故稱恩澤侯，以別於功臣侯。唐劉禹錫劉夢得集三經伏波神祠詩：「自負霸王略，安知恩澤侯。」

【恩縣】地名。漢東陽縣地，金移恩州治此，明初改爲縣，屬山東東昌府，清因之。1956年撤銷，劃入平原夏津武城三縣。參閱讀史方輿紀要三四東昌府。

【恩禮】指帝王對臣僚的禮遇。如賞賜、讌見、存問等。後漢書二五魯恭傳：「遷侍中，數召讌見，問以得失，賞賜恩禮寵異焉。」

【恩舊】故交世好。後漢書七十孔融傳：「融欲觀其人，故造(李)膺門。語門者曰：『我是李君通家子弟。』門者言之。膺請融，問曰：『高明祖父嘗與僕有恩舊乎？』」南朝宋鮑照鮑氏集三代白頭吟詩：「人情賤恩舊，世議逐衰興。」

【恩寵】謂帝王對臣下的優遇和寵愛。後漢書四十上班彪傳附班固：「朝庭有大議，使難問公卿，辯論於前，賞賜恩寵甚渥。」

【恩榮宴】科舉時代，殿試後，由皇帝親臨宣布登第名次，隨即設宴招待新進士，稱恩榮宴。宋設宴於瓊林苑，元於翰林院，明清於禮部，由大臣主席，預試各官均參加。參閱元史選舉志一科目、清會典事例三六二禮部貢舉。

㤋 suō ㄙㄨㄛ 蘇禾切，平，戈韻，心。

古「莎」字。漢有㤋題縣，屬清河郡。見漢書地理志上。故地在今河北棗强縣南。

悆 xì ㄒㄧˋ 音韻闕微 希揖切，入，緝韻，曉。

合。漢揚雄太玄四廓：「陰氣悆而念之，陽猶恢而廓之。」

息 xī ㄒㄧ 相即切，入，職韻，心。

㊀氣息，呼吸，喘息。莊子逍遙遊：「野馬也，塵埃也，生物之以息相吹也。」唐成玄英疏：「天地之間，生物氣息更相吹動。」㊁歇止，休息。詩召南殷其靁：「何敢違斯，莫敢遑息。」易乾：「天行健，君子以自强不息。」㊂滅。易明夷：「箕子之貞，明不可息也。」莊子逍遙遊：「日月出矣，而爝火不息。」㊃繁殖。周禮地官司徒：「以保息六養萬民。」注：「保息，謂安之使蕃息也。」漢書高惠高后文景功臣表：「流民既歸，户口亦息。」㊄子息。戰國策趙四：「老臣賤息舒祺最少，不肖，而臣衰，竊愛憐之。」㊅利息。周禮地官泉府：「凡民之貸者，與有司辨而授之，以國服爲之息。」史記七五孟嘗君傳：「歲餘不入，貸錢者多不能與其息，客奉將不給。」㊆慰勞。儀禮鄉飲酒禮：「乃息司正。」注：「息，勞也。」㊇周諸侯國名。本作「鄎」。公元前680年爲楚所滅。左傳隱十一年「息侯伐鄭」注：「息國，汝南新息縣。」㊈姓。息國滅後，子孫以國爲氏。見元和姓纂十職。

【息土】㊀肥沃的田地。大戴禮易本命：「息土之人美。」盧辯注：「息土，謂衍沃之田。」㊁即息壤。淮南子地形：「禹乃以息土填洪水，以爲名山。」詳「息壤」。

【息女】親生女。史記高祖紀：「高祖竟酒，後。呂公曰：『……臣有息女，願爲季箕帚妾。』」正義：「息，生也。謂所生之女也。」季，劉邦字。

【息心】排除雜念。晉袁宏後漢紀孝明皇帝紀：「沙門者，漢言息心，蓋息意去欲，而歸於無爲也。」金元好問中州集三劉迎晚到八達嶺下達旦乃上：「息心固安分，尚氣或被指。」

【息夫】複姓。漢有息夫躬，漢書有傳。參閱風俗通姓氏下、通志二九氏族五以國爵爲氏。

【息甲】解除盔甲。停戰之意。宋書武帝紀中：「公至彭城，解嚴息甲。」

【息交】停止人事交接往來。文選晉陶淵明(潛)歸去來兮辭：「歸去來兮，請息交以絕游。」又陶淵明集二和郭主簿詩：「息交遊閑業，卧起弄書琴。」

【息肉】贅肉。息，通「瘜」。靈樞經邪氣

藏府病形:“若鼻息肉不通。”説文:“腥,星見食豕,令肉中生小息肉也。”

【息男】 親生兒子。三國魏曹植曹子建集八封二子爲公謝恩章:“詔書封臣息男苗爲高陽鄉公,志爲穆鄉公,……流汗反側,洪恩罔極。”

【息肩】 ㊀卸去負擔。左傳襄二年:“鄭成公疾,子駟請息肩於晉。”指鄭欲依靠晉國以解除楚國所加於鄭的勞役負擔。後漢書光武帝紀中元二年:“初,帝在兵閒久,厭武事,且知天下疲耗,思樂息肩。”㊁棲身,立足。清王夫之尚書引義召誥:“則周之僅以存者,雒邑爲息肩之地。”又多方:“是故戰戰栗栗,畢其一生而無息肩之地。”

【息迹】 莊子漁父:“人有畏影惡迹而去之走者,舉足愈數而迹愈多,走愈疾而影不離身,……不知處陰以休影,處靜以息迹,愚亦甚矣。”人行有影迹,靜休則影迹不見,後來因稱靜止不活動曰息迹。

【息宴】 見“息偃”。

【息悒】 歎息憂鬱。文選漢司馬長卿(相如)長門賦:“舒息悒而增欷兮,蹝履而彷徨。”注:“息,嘆息也。悒,於悒也。”

【息耗】 ㊀消長。指事物的生長與虧損,發展與衰落。耗,也作“秏”。韓非子解老:“治鄉治邦莅天下者,各以此科適觀息耗,則萬不失一。”漢王充論衡辨祟:“家人治産,貧富息耗,壽命長短,各有遠近。”㊁指情況好壞。後漢書竇皇后紀:“家既廢壞,數呼相公問息耗。”注:“薛氏韓詩章句曰:‘耗,惡也。息耗,猶言善惡也。’”㊂音訊,消息。魏書王肅傳:“肅還京師,世宗臨東堂引見勞之,又問:‘江左有何息耗?’”宋歐陽修文忠集一五三熙寧四年與大寺丞書:“至今已八九日,並無息耗,不免憂疑。”

【息息】 呼吸,氣息出入相續。山海經海外北經:“鍾山之神,名曰燭陰,……不飲不食,不息息爲風。”宋蘇軾分類東坡詩二五沐浴啟聖僧舍與趙德麟邂逅:“酒清不醉休休暖,睡穩如禪息息勻。”

【息脈】 脈息。中醫切脈診病,以呼吸爲標準,定遲速。故曰息脈。漢桓寬鹽鐵論輕重:“扁鵲撫息脉而知疾所由生,陽氣盛則損之而調陰,寒氣盛則損之而調陽。”脉,同“脈”。

【息偃】 安息。詩小雅北山:“或息偃在牀,或不已于行。”也作“息宴”。文選漢班孟堅(固)西都賦:“乘茵步輦,惟所息宴。”

【息婦】 子婦。後來通作媳婦。見宋吳曾能改齋漫録五息婦新婦。參見“媳婦”。

【息賁】 中醫病名。1. 急喘如奔。素問陰陽別論:“其傳爲風消,其傳爲息賁者,死不治。”注:“大腸病甚,傳入於肺,爲喘息而上賁。”2. 肺壅喘咳。難經五十六:“肺之積,名曰息賁,在右脇下,覆大如杯,久不已,令人洒淅寒熱,喘咳發,肺壅。”

【息景】 停止活動,喻退職隱居。景,同“影”。文選晉謝靈運遊南亭詩:“逝將候秋水,息景偃舊崖。”唐白居易長慶集十六香鑪峯下新卜山居草堂初成……詩之一:“喜入山林初息影,厭趨朝市又勞生。”

【息嬀】 見“息夫人”。

【息慎】 ㊀我國東北地區古族名。也作“肅慎”、“稷慎”。竹書紀年上舜二五年:“息慎氏來朝,貢弓矢。”史記周紀四:“成王既伐東夷,息慎來賀。”㊁古代傳説大陸有八,稱八陵。南方大陸名息慎。見爾雅釋地。

【息債】 附帶利息的債務。舊唐書武宗紀會昌二年:“又赴選官人,多京債,到任填還,致其貪求,罔不由此。今年三銓,於前件州府得官者,許連狀相保,户部各備兩月加給料錢,至支時折下。所冀初官到任,不帶息債,衣食稍足,可責清廉。”

【息駕】 停車。駕,套馬的車。文選三國魏曹子建(植)美女篇:“行徒用息駕,休者以忘餐。”

【息幣】 積壓貨物。史記一二九貨殖傳:“積著之理,務完物,無息幣。”索隱:“毋息幣,久停息貨物則無利。”

【息影】 見“息景”。

【息燕】 休息,宴會。燕,通“宴”。周禮考工記梓人:“張獸侯,則王以息燕。”侯,箭靶。

【息機】 擺脱世務,停止活動。唐韋應物韋江州集七秋夕西齋與僧神靜遊詩:“息機非傲世,于時乏嘉聞。”附秦系奉呈郎中使君詩:“久卧雲間已息機,青袍忽著狎鷗飛。”

【息縣】 縣名,屬河南省。春秋息國地。漢置息縣,後徙於東,爲新息縣。元以新息縣省入州,屬汝寧路。明廢州改息縣。清因之。參閱寰宇通志八七汝寧府光州息縣。

【息錢】 放債所得的利錢。史記七五孟嘗君傳:“馮驩……辭行,至薛,召取孟嘗君錢者皆會,得息錢十萬。”唐杜牧樊川集十八上宰相求湖州第二啟:“某有屋三十間,去元和末,酬償息錢,爲人所有。”

【息壤】 ㊀古代傳説謂能生長不已的土壤。山海經海内經:“洪水滔天,鯀竊帝之息壤,以堙洪水。”注:“息壤者,言土自長息無限,故可以塞洪水也。”明朱國禎湧幢小品息壤辯謂壤指耕治之地,桑土稻田,可以生息,故曰息壤。山海經文,指鯀不順水性,力與水爭,決耕桑之地以遏阻洪水。㊁地名。秦邑。戰國秦武王三年使甘茂約魏以伐韓,茂恐王中悔,乃與王盟於息壤以爲信。見戰國策秦二、史記七一甘茂傳。其地所在無考。後以息壤爲信誓盟約之言,本此。

【息饗】 歲終休息飲宴。文選南朝宋顏延年(延之)應詔觀北湖田收詩:“息饗報嘉歲,通急戒無年。”唐呂向注:“息人宴饗以報豐歲,通人之急以備饑年。”

【息夫人】 息嬀,春秋時息侯的夫人。嬀姓。楚文王滅息,以息嬀歸,生堵敖及成王。傳説以國亡夫死之痛,與文王不通言語,見左傳莊十四年。漢劉向列女傳謂楚王滅息,虜獲息君夫婦,兩人皆自殺。與左傳説不同。清詩別裁十二鄧漢儀題息夫人廟:“千古艱難惟一死,傷心豈獨息夫人。”鄧有慎墨堂集,見清代禁書總目。

【息雞草】 北方牧草名。見新五代史四夷附録二。唐段成式酉陽雜俎續集十支植下作“席箕”。一名塞蘆。

【息交絶遊】 停止交遊活動。文選晉陶淵明(潛)歸去來兮辭:“歸去來兮,請息交以絶遊。”宋王明清揮麈録後録八:“劉斯立……屏居東平,在門却掃,息交絶遊,人罕識其面。”

【息事寧人】 不多事,使人民得安寧。後漢書章帝紀元和二年春詔:“方春生養,萬物孚甲,宜助萌陽,以育時物。其令有司,罪非殊死且勿案驗,及吏人條書相告不得聽受,冀以息事寧人,敬奉天氣。”後來也泛指盡量平息人事糾紛。

【息黥補劓】 莊子大宗師:“許由曰:‘而奚爲來軹?夫堯既已黥汝以仁義,而劓汝以是非矣,汝將何以遊夫遙蕩恣睢轉徙之塗乎?’意而子曰:‘……庸詎知夫造物者之不息我黥而補我劓,使我乘成以隨先生邪?’”黥,刺面。劓,割鼻。這兩種刑罰都破壞人的自然面目。息黥補劓,喻回復本來面目。後泛用爲改正缺點之義。宋蘇軾東坡集前集二七登州謝兩府啓:“策蹇磨鉛,少答非常之遇;息黥補劓,漸收無用之身。過此以還,未知所措。”

恁 1. rèn 如林切,平,侵韻,日。

ㄖㄣˋ 如甚切,去,寢韻,日。

㊀思,念。後漢書四十下班彪傳附班固典引:"宜亦勤恁旅力,以充厥道。"㊁這樣,如此。宋歐陽修六一詞玉樓春:"已去少年無計奈,且願芳心長恁在。"宋黄機竹齋詩餘水龍吟:"恨荼蘼吹盡,櫻桃過了,便只恁成孤負。"

2. nín ㄋㄧㄣˊ

㊂通"您"。元王實甫西廂記二本楔子:"我從來斬釘截鐵常居一,不似恁惹草拈花没掂三。"

【恁地】㊀如此。宋魏泰臨漢隱居詩話:"(晏殊)後嘗語人曰:'裴度也曾宴賓客,韓愈也會做文章,……却不曾恁地作鬧。'"宋辛棄疾稼軒詞四清平樂再賦木犀:"恁地十分遮護,打窗早有蜂兒。"㊁如何,怎的。京本通俗小説碾玉觀音下:"崔寧認得像是秀秀的聲音,趕將來又不知恁地,心下好生疑惑。"也作"恁的"。碾玉觀音上:"又不曾瀉燭澆油,直恁的烟飛火猛!"

【恁2每】您們。明人太常續考一敕諭太常寺官:"恁每宜十分警省,常存敬謹,纖毫不要怠忽。"又:"恁每職事奉祀太廟,一應事務,須用竭誠盡敬,親自打點。"

【恁時】那時。宋柳永樂章集受恩深詞:"待宴賞重陽,恁時盡把芳心吐。"

【恁般】這樣。金董解元西廂三:"恁般閑言語,教人怎地信?"也作"恁的般"。元王實甫西廂記三本三折:"恁的般受怕擔驚,又不圖甚浪酒閒茶。"

【恁麽】那麽,這麽樣。景德傳燈録十四惟儼禪師:"問曰:'汝在遮裏作麽?'曰:'一切不爲。'石頭曰:'恁麽即閑坐也。'"宋辛棄疾稼軒詞鷓鴣天三山道中:"此身已覺渾無事,却教兒童莫恁麽。"

恕 shù 商署切,去,御韻,審。

ㄕㄨˋ

㊀寬容。論語衛靈公:"其恕乎,己所不欲,勿施於人。"楚辭屈原離騷:"羌内恕己以量人兮,各興心而嫉妒。"㊁幾乎,差不多。通"庶"。文選三國魏嵇叔夜(康)養生論:"若此以往,恕可與羨門比壽,王喬爭年,何爲其無有哉?"

【恕直】寬厚正直。周書楊紹傳:"四年,出爲鄜城郡守。紹性恕直,兼有威惠,百姓安之。"

【恕宥】寬假,饒恕。唐韓愈昌黎集一南山詩:"勃然思拆裂,擁掩難恕宥。"

【恕思】以寬厚之心去周密考慮。左傳襄二四年:"恕思以明德,則令名載而行之。"三國志魏袁渙傳:"爲政崇教訓,恕思而厚行,外温柔而内能斷。"

七畫

悢 1. liàng 力讓切,去,漾韻,來。

ㄌㄧㄤˋ

㊀惆悵。文選晉趙景真(至)與嵇茂齊書:"臨書悢然,知復何云。"㊁眷念。見"悢悢㊁"。

2. lǎng 集韻 里黨切,上,蕩韻。

ㄌㄤˇ

㊂恚恨。見"慷悢"。

【悢悢】㊀惆悵。文選漢李少卿(陵)與蘇武詩之三:"徘徊蹊路側,悢悢不得辭。"文選三國魏嵇叔夜(康)與山巨源絶交書:"女年十三,男年八歲,未及成人,況復多病,顧此悢悢,如何可言!"㊁眷念。後漢書六六陳蕃傳蕃上疏:"天之於漢,悢悢無已。"注:"悢悢,猶眷眷也。"

悌 tì 徒禮切,上,薺韻,定。

ㄊㄧˋ

㊀敬愛兄長。古通"弟"。墨子兼愛下:"友兄悌弟。"㊁見"愷悌"。

悅 yuè 弋雪切,入,薛韻,喻。

ㄩㄝˋ

㊀喜歡,愉快。古通"説"。莊子徐无鬼:"武侯大悦而笑。"又玄集王維題破山寺後院詩:"光山悦鳥性,潭影空人心。"㊁姓。後燕慕容格有司馬悦希。見宋鄧名世古今姓氏書辨證三八薛。

【悅目】好看,美觀。漢劉向説苑脩文:"衣服容貌者,所以悦目也。"韓詩外傳一作"説目"。文選晉陸士衡(機)演連珠:"臣聞音以比耳爲美,色以悦目爲歡。"

【悅耳】好聽。漢劉向説苑脩文:"聲音應對者,所以悦耳也。"三國志魏衛覬傳上疏:"今議者多好悦耳,其言政治則比陛下於堯舜,其言征伐則比二虜(吴蜀)於狸鼠,臣以爲不然。"

【悅服】心悦誠服。書武成:"大賚于四海,而萬姓悦服。"三國志魏荀彧傳:"太祖欲遂取徐州,還乃定(呂)布。彧曰:'……將軍本以兗州首事,平山東之難,百姓無不歸心悦服,……不可以不先定。'"

【悅校】安舒美好。荀子禮論:"凡禮始乎棁,成乎文,終乎悦校。"

【悅澤】光潤悦目。參同契上:"薰蒸達四肢,顔色悦澤好。"

【悅懌】高興愉快。詩邶風静女:"彤管有煒,説懌女美。"説,通"悦"。漢王充論衡驗符:"零陵泉陵女子傅寧宅土中忽生芝草五本,……太守沈酆遣門下掾衍盛奉獻,皇帝悦懌,賜錢衣食。"

【悅豫】喜樂。文選漢班孟堅(固)兩都賦序:"内設金馬石渠之署,外興樂府協律之事,以興廢繼絶,潤色鴻業,是以衆庶悦豫,福應尤盛。"也作"悦念"。念,古"豫"字。文選三國魏嵇叔夜(康)琴賦:"若和平者聽之,則怡養悦念,淑穆玄真。恬虚樂古,棄事遺身。"

【悅跋城】地名。即代來城。在今内蒙古達拉特旗界。晉太元十六年,北魏拓跋珪破劉衛辰子,進軍抵其所居悦跋城,即此。參閲讀史方輿紀要六一陝西榆林鎮。

【悅近來遠】使近者悦服,遠者來歸。論語子路:"近者説,遠者來。"韓非子難三:"不紹葉公之明,而使之悦近而來遠。"魏書楊播傳上書:"是以先朝居之於荒服之間者,正欲悦近來遠,招附殊俗,亦以別華戎,異内外也。"省作"悦來"。文選南齊王簡栖(屮)頭陁寺碑文:"它徒揆日,各有司存,於是民以悦來,工以心競。"

悈 1. jiè 古拜切,去,怪韻,見。

ㄐㄧㄝˋ

㊀警戒。説文:"悈,飾也。从心,戒聲。司馬法曰:'有虞氏悈於中國。'"今本司馬法上天子之義悈作"戒"。

2. jí 紀力切,入,職韻,見。

ㄐㄧˊ

㊁急。與"亟"、"棘"、"革"同義。爾雅釋言:"悈,褊,急也。"參閲清惠棟九經古義六毛詩古義下、郝懿行爾雅義疏。

悖 1. bèi 蒲昧切,去,隊韻,並。

ㄅㄟˋ

説文作"誖"。㊀違反,逆亂。易頤:"十年勿用,道之大悖也。"禮中庸:"道並行而不相悖。"㊁謬誤。荀子王霸:"不能治近,又務治遠;不能察明,又務見幽;不能當一,又務正百;是悖者也。"戰國策秦二:"故曰計有一二者,難悖也。"注:"悖,誤也。"㊂惑。史記一三〇太史公自序:"愍學者之不達其意而師悖。"正義:"悖,惑。"㊃掩蔽。莊子胠篋:"故上悖日月之明,下爍山川之精,中墮四時之施。"

2. bó 蒲没切,入,没韻,並。

ㄅㄛˊ

㊄盛貌。通"勃"。左傳莊十一年:"禹湯罪己,其興也悖焉。"吕氏春秋當染、後漢書六六陳蕃傳注引並作"勃"。

【悖逆】違亂忤逆。禮祭義:"致義,則上

下不悖逆矣。」後統稱抗命叛逆之事爲悖逆。史記一一〇匈奴傳:「高后時單于書絶悖逆。」文選三國魏陳孔璋(琳)檄吳將校部曲文:「(吳王)濞之罵言未絶於口,而丹徒之刃以陷其身,何則?天威不可當而悖逆之罪重也。」

【悖畔】背叛。畔,通「叛」。漢書九九下王莽傳地皇四年:「妄流言惑衆,悖畔天命。」

【悖異】抵觸,不一致。史記一三〇太史公自序:「言金、木、水、火、土五家之文,各相悖異不同也。」

【悖耄】老邁昏庸。宋書劉湛傳:「(劉)敬文遽往謝湛曰:『老父悖耄,遂就殷鐵干祿!』」

【悖惑】謬亂。漢書九九上王莽傳居攝元年張竦爲劉嘉作奏曰:「而安衆侯(劉)崇乃獨懷悖惑之心,操畔逆之慮,興兵動衆,欲危宗廟。」漢王充論衡定賢:「故世不危亂,奇行不見,主不悖惑,忠節不立。」

【悖慠】狂悖傲慢。三國志魏齊王芳紀嘉平六年太后令:「恭孝日虧,悖慠滋甚。」也作「悖驁」。唐柳宗元柳先生集四駁復讎議:「讎天子之法,而戕奉法之吏,是悖驁而凌上也。」

【悖亂】惑亂。荀子性惡:「無禮義,則悖亂而不治。」韓非子難言:「此十數人者,皆世之仁賢忠良,有道術之士也,不幸而遇悖亂闇惑之主而死。」

【悖慢】違逆傲慢。後漢書八九南匈奴傳:「而單于驕踞,自比冒頓,對使者辭語悖慢。」

【悖繆】荒謬。措施失當。荀子彊國:「若是其悖繆也,而求有湯、武之功名可乎?」也作「悖謬」。淮南子泰族:「治由文理,則無悖謬之事矣。」

【悖拏兒】唐宮人名。唐詩紀事五二張祜悖拏兒舞:「春風南內百花時,道調涼州急遍吹。揭手便拈金椀舞,上皇驚笑悖拏兒。」按在張祜詩中,與此詩並列的還有邠娘羯鼓耍娘歌等,皆以宮人名爲題。

【悖入悖出】禮大學:「貨悖而入者,亦悖而出。」後因稱財物得來不以正道、又被人巧奪或浪費以盡者爲悖入悖出。

悚 sǒng 息拱切,上,腫韻,心。ㄙㄨㄥˇ

恐懼。同「竦」。漢王符潛夫論慎微:「人君聞此,可以悚思。」思,古文「懼」。南朝宋鮑照鮑氏集九謝隨恩被原表:「魚愕雞睨,且悚且慙。」

【悚怛】驚懼。三國志吳張溫傳上章:「臣自遠境,及即近郊,頻蒙勞來,恩詔輒加,以榮自懼,悚怛若驚。」

【悚悚】恐懼貌。文選漢王文考(延壽)魯靈光殿賦:「魂悚悚其驚斯,心猥猥而發悸。」

【悚息】惶恐喘息。三國志吳周魴傳密表:「謹拜表以聞,并呈牋草,懼於淺局,追用悚息。」宋人尺牘中常用「悚息再拜」一語。

【悚慄】恐懼戰慄。後漢書六六王允傳:「(董)卓怒,召將殺之,衆人悚慄,而(趙)戩辭貌自若。」

【悚懼】恐懼。韓非子內儲上七術:「吏以(韓)昭侯爲明察,皆悚懼其所而不敢爲非。」漢王符潛夫論慎微:「人君聞此,可以悚思。」思,古文「懼」。

悟 wù 五故切,去,暮韻,疑。ㄨˋ

㊀覺醒,理解。書顧命:「今天降疾殆,弗興弗悟。」㊁啟發,使之感悟。後漢書五二崔駰傳達旨:「唐且華顛以悟秦,甘羅童牙而報趙。」注:「唐且,即唐睢;華顛,謂白首也。」㊂逆,不順從。通「忤」。呂氏春秋蕩兵:「國無刑罰,則百姓之悟相侵也立見。」㊃對。通「晤」。見「悟言」。

【悟人】佛教語,謂參悟入道。法華經方便品:「欲令衆生悟佛知見故、出現於世,欲令衆生入佛知見道故、出現於世。」唐宗密禪源諸詮集都序下一:「就人有教授方便之頓漸,根性悟入之頓漸。」

【悟主】使主上覺悟。唐溫庭筠集四過五丈原詩:「下國臥龍空寤主,中原逐鹿不由人。」寤,通「悟」。

【悟言】相遇談話。文選南朝宋謝惠連泛湖歸出樓中翫月詩:「悟言不知罷,從夕至清朝。」一本作「晤言」。悟,通「晤」。

【悟門】佛教以覺悟爲入門徑,故曰悟門。唐杜荀鶴唐風集贈臨上人詩:「不計禪兼律,終須入悟門。」宋魏慶之詩人玉屑下詩眼評子厚:「識文章者,當如禪家有悟門。」

【悟對】聚會。悟,通「晤」。文選南朝宋謝靈運酬從弟惠連詩:「悟對無厭歇,聚散成分離。」

【悟禪】参悟禪理。全唐詩一二九苑咸酬王維:「蓮花梵字本從天,華省仙郎早悟禪。」

【悟真篇】宋張伯端撰。宋翁葆光注,元戴啓宗疏,三卷。附直指詳說一卷。以詩詞百篇,演説道家金丹之旨。與參同契互相發明。

悄 qiǎo 親小切,上,小韻,清。ㄑㄧㄠˇ

㊀憂愁貌。詩陳風月出:「月出皎兮,佼人僚兮,舒窈糾兮,勞心悄兮。」㊁寂靜貌。唐白居易長慶集十二琵琶行:「東船西舫悄無言,唯見江心秋月白。」㊂完全,簡直。唐劉禹錫劉夢得集六送李策秀才還湖南詩:「悄如促柱絃,掩抑多不平。」

【悄切】猶凄切。文選晉潘安仁(岳)笙賦:「訣厲悄切,又何磬折。」注:「悄切,憂貌。」

【悄悄】㊀憂愁貌。詩邶風柏舟:「憂心悄悄,慍于羣小。」㊁寂靜貌。唐韋應物韋江州集六曉至園中憶諸弟崔都水詩:「山郭恒悄悄,林月亦娟娟。」才調集五元稹會真詩三十韻:「更深人悄悄,晨會雨濛濛。」

【悄愴】憂傷,寂寞。南朝梁江淹江文通集哀千里賦:「既而悄愴成憂,憫默自憐。」唐柳宗元柳先生集二九至小丘西小石潭記:「坐潭上,四面竹樹環合,寂寥無人,凄神寒骨,悄愴幽邃。」

悍 hàn 侯旰切,去,翰韻,匣。ㄏㄢˋ

㊀勇猛,勇敢。史記一二四郭解傳:「解爲人短小精悍。」㊁蠻橫。荀子富國:「不威不强之不足以禁暴勝悍也。」韓非子説林下:「有與悍者鄰,欲賣宅而避之。」㊂猛烈,急劇。淮南子兵略:「故水激則悍,矢激則遠。」史記八四賈誼傳作「水激則旱」。㊃抵制。通「捍」。莊子大宗師:「彼近吾死而我不聽,我則悍矣,彼何罪焉。」

【悍人】剛强執拗的人。戰國策三秦:「秦王與中期爭論,不勝,秦王大怒,……或爲中期説秦王曰:『悍人也。中期適遇明君故也,向者遇桀紂,必殺之矣。』秦王因不罪。」

【悍吏】凶暴的官吏。唐柳宗元柳先生集十六捕蛇者説:「悍吏之來吾鄉,叫囂乎東西,隳突乎南北,譁然而駭者,雖雞狗不得寧焉。」

【悍戾】凶暴,横蠻。舊唐書一六四楊於陵傳:「會監軍使許遂振悍戾貪恣,干撓軍政,於陵奉公潔己,遂振無能奈何,乃以飛語上聞。」

【悍室】蠻横之妻。梁書劉峻傳自序:「自比馮敬通,敬通有忌妻,至於身操井臼。余亦有悍室,亦令家道轗軻。」

【悍梗】强悍而固執。宋史二九〇曹利用傳:「利用性悍梗少通,力裁僥倖。」

【悍婦】潑婦。唐白居易長慶集一讀張

籍古樂府詩："讀君商女詩，可感悍婦仁。"

【悍藥】烈性藥。史記一〇五倉公傳："論曰'陽疾處內，陰形應外者，不加悍藥及鑱石。'夫悍藥入中，則邪氣辟矣，而宛氣愈深。"

悝 1. kuī ㄎㄨㄟ 苦回切，平，灰韻，溪。lǐ ㄌㄧˇ 良士切，上，止韻，來。

㊀病，憂。見廣韻。也作"里"、"瘇"。詩大雅雲漢："瞻卬昊天，云如何里"釋文："里，如字，憂也。本亦作'瘇'，爾雅作'悝'，並同。"

2. huī ㄏㄨㄟ

㊁嘲謔。通"詼"。文選漢張平子(衡)東京賦："由余以西戎孤臣而悝繆公於宮室。"

3. kuī ㄎㄨㄟ

㊂人名。春秋衛有孔悝，戰國魏有李悝。

悒 yì ㄧˋ 於汲切，入，緝韻，影。

憂鬱，不安。楚辭屈原天問："武發殺殷何所悒？載尸集戰何所急？"

【悒怏】憂鬱不樂。元王實甫西廂記一："聽說罷心懷悒怏，把一天愁都撮在眉尖上。"

【悒悒】憂悶，不舒暢。大戴禮曾子制言中："故君子無悒悒於貧，無勿勿於賤，無憚憚於不聞。"素問十刺瘧："數便，意恐懼，氣不足，腹中悒悒。"注："悒悒，不暢之貌。"

【悒憤】憂鬱，憤怒。藝文類聚二一三國魏應瑒報龐惠恭書："雖萱草樹背，皋蘇在側，悒憤不逞，祇以增毒。"

悁 1. juān ㄐㄩㄢ 於緣切，平，仙韻，影。

㊀忿怒。戰國策趙六："秦雖僻遠，然而心忿悁含怒之日久矣。"㊁憂愁。元袁桷清容居士集四觀圖書次韻景尹詩："感彼傳甎數，寸心獨悲悁。"

2. juàn ㄐㄩㄢˋ

㊂急躁。見"悁急"。

【悁邑】憂鬱。邑，通"悒"。後漢書八十下邊讓傳蔡邕薦讓書："邕竊悁邑，怪此寶鼎未受犧牛大羹之和，久在煎熬臠割之間。"文選三國魏吳季重(質)答東阿王書："凡此數者，乃質之所以憤積於胸臆，懷眷而悁邑者也。"

【悁忿】忿怒。韓非子亡徵："變褊而心急，輕疾而易動發，心悁忿而不訾前後者，可亡也。"唐杜牧樊川集十三上池州李使君書："足下氣俊，胸臆間不以悁忿是非貯之，邪氣不能侵。"

【悁急】躁急。南史王准之傳："准之究識舊儀，問無不對。……然寡風素，情悁急，不爲時流所重。"

【悁悒】同"悁邑"。楚辭漢王逸九思憫上："思怫鬱兮肝切剝，忿悁悒兮孰訴告。"

【悁悁】㊀憂悶貌。詩陳風澤陂："寤寐無爲，中心悁悁。"傳："悁悁，猶悒悒也。"楚辭漢劉向九嘆思古："悲余心之悁悁兮，目眇眇而遺泣。"㊁忿怒貌。漢書六四下賈捐之傳："今陛下不忍悁悁之忿，欲驅士衆擠之大海之中，快心幽冥之地，非所以救助飢饉，保全元元也。"

【悁悶】漢魏時戲具名。太平御覽七五五藝經："悁悶者，先布本位，以十二時相從。文曰：'同有文章，虎不如龍。豕者何爲，來入苑宮。王孫晝卜，乃造黃鍾。大〔犬〕往就馬，非類相從。羊奔蛇穴，牛入雞籠。'"

悞 wù ㄨˋ 五故切，去，暮韻，疑。

錯，謬。同"誤"。周書寇儁傳："惡木之陰，不可暫息；盜泉之水，無容悞飲。"參見"誤"。

悃 kǔn ㄎㄨㄣˇ 苦本切，上，混韻，溪。

誠懇，誠實。說文："悃，愊也。"玉篇："志純一曰悃。"參見"悃誠"。

【悃愊】至誠。漢書三六劉向傳詔："河東太守(周)堪，……發憤悃愊，有憂國之心。"漢王充論衡明雩："禮之心悃愊，樂之意歡忻，悃愊以玉帛效心，歡忻以鍾鼓驗意。"

【悃款】誠懇，忠實。楚辭屈原卜居："吾寧悃悃款款朴以忠乎？將送往勞來斯無窮乎？"省作"悃款"。唐柳宗元柳先生集十九弔樂毅文："仁夫對趙之悃款兮，誠不忍其故耶。"

【悃誠】誠懇。楚辭漢劉向九歎愍命："親忠正之悃誠兮，招貞良與明智。"漢書六四下王褒傳聖主得賢臣頌："昔賢者之未遭遇也，圖事揆策則君不用其謀，陳見悃誠則上不然其信。"

【悃愊無華】誠樸不浮華。後漢書章帝紀元和二年詔："安靜之吏，悃愊無華，日計不足，月計有餘。"

悂 pī ㄆㄧ 匹夷切，平，脂韻，滂。邊兮切，平，齊韻，幫。

錯誤。同"紕"。文選漢揚子雲(雄)解嘲："故有造蕭何之律於唐虞之世，則悂矣。"又晉左太沖(思)魏都賦："兼重悂以賥繆，偭辰光而罔定。"注："言既重其悂，而又累其繆也。"

悕 xī ㄒㄧ 香衣切，平，微韻，曉。

悲傷。公羊傳成十六年："晉人執季孫行父，舍之于招丘。執未有言舍之者，此其言舍之何？仁之也。曰：'在招丘悕矣。'"注："悕，悲也。"

悇 tú ㄊㄨˊ 他胡切，平，模韻，透。羊洳切，去，御韻，喻。抽攄切，去，御韻，徹。

見下。

【悇憛】憂苦悲傷。楚辭漢東方朔七諫謬諫："心悇憛而煩冤兮，蹇超搖而無冀。"宋洪興祖補注："悇，他胡切；憛，他闇切。一曰禍福未定。"後漢書二八下馮衍傳："並日夜而幽思兮，終悇憛而洞疑。"

悔 huǐ ㄏㄨㄟˇ 呼罪切，上，賄韻，曉。荒內切，去，隊韻，曉。

㊀後悔，改過。詩召南江有汜："不我以，其後也悔。"楚辭屈原離騷："亦余心之所善兮，雖九死其猶未悔。"㊁災禍。公羊傳襄二九年："飲食必祝，曰：'天苟有吳國，尚速有悔於予身。'"㊂易卦有六爻，上三爻統稱爲"悔"。書洪範："曰貞曰悔。"說文卜部作"𠧪"。

【悔亡】悔恨消失。易咸："九四，貞吉悔亡。"注："吉然後乃得亡其悔也。"

【悔尤】悔恨，過失。唐韓愈昌黎集一秋懷詩之五："庶幾遺悔尤，即此是幽屏。"又白居易長慶集四四忠州刺史謝上表："及移秩宮寮，卑冗疎賤，不能周慎，自取悔尤。"

【悔吝】猶言悔恨。吝，恨惜。易繫辭上："悔吝者，憂虞之象也。"三國志魏王昶傳戒子書："患人知進而不知退，知欲而不知足，故有困辱之累，悔吝之咎。"

【悔氣】倒霉，壞運氣。也作"晦氣"。元曲選關漢卿竇娥冤二："不如聽咱勸你，認箇自家悔氣。"又缺名陳州糶米三："兩眼梭梭跳，必定悔氣到，若有清官來，一准屋梁吊。"

【悔過】悔改所犯的錯誤。孟子萬章上："三年，太甲悔過，自怨自艾，於桐處仁遷義。"漢王充論衡無形："傳稱高宗有桑穀之異，悔過反正，享福百年，是虛也。"

【悔禍】追悔所造成的禍亂。左傳隱十一年："若寡人得没于地，天其以禮悔禍于許，無寧兹許公，復奉其社稷。"唐柳宗元柳先生集十八逐畢方文："祝融悔禍兮,回祿屏氣。”

【悔不當初】追悔當初的錯誤,有悔之已晚之意。元曲選李文蔚燕青博魚三:“也不是我病僧勸患僧,有一日押向雲陽市上行,只等得高叫開刀和那聲,方纔道悔不當初,你可便恁時節省。”又缺名舉案齊眉二:“早知如此掛人心,悔不當初莫相識。”

【悔讀南華】唐詩紀事五四溫庭筠:“令狐綯曾以舊事訪於庭筠,對曰:‘事出南華,非僻書也。或冀相公燮理之暇,時宜覽古。’綯益怒,奏庭筠有才無行,卒不登第。庭筠有詩曰:‘因知此恨人多積,悔讀南華第二篇。’”南華經即莊子。後人詩文中即以“悔讀南華”指學問高深而不爲人容的典故。宋陸游劍南詩稿十九懷鏡中故廬:“從宦只思乘下澤,忤人常悔讀南華。”

悗 1. mán ㄇㄢ 母官切,平,桓韻,明。

㊀迷惑。呂氏春秋審分:“夫說以智通,而實以過悗。”㊁煩悶。靈樞經五亂:“清濁相干,亂于胷中,是謂大悗。”

2. mèn ㄇㄣ 集韻 母本切,上,混韻。

㊂心不在焉。莊子大宗師:“悗乎忘其言也。”

【悗₂密】無動於衷,安靜。韓非子忠孝:“古者黔首悗密蠢愚,故可以虛名取也。”

悛 1. quān ㄑㄩㄢ 此緣切,平,仙韻,清。

㊀悔改,停止。左傳隱六年:“長惡不悛,從自及也。”㊁次序。左傳哀三年:“蒙葺公屋,自大廟始,外內以悛。”

2. xún ㄒㄩㄣ 集韻 須倫切,平,諄韻。

㊂通“恂”。見“悛₂悛₂”。

【悛心】悔改之心。書泰誓上:“惟受罔有悛心,乃夷居弗事上帝神祇,遺厥先宗廟弗祀。”宋書王僧達傳:“僧達屢經狂逆,上以其終無悛心,因高闍事陷之。”

【悛改】悔改。後漢書七九孔僖傳上書自訟:“假使所非實是,則固應悛改。”南齊書王晏傳:“朕以信必由中,義無與貳,推誠委任,覬能悛改,而長惡易流,構扇彌大。”

【悛革】悔改。宋書顏延之傳荀赤松奏:“延之昔坐事屏斥,復蒙抽進,而曾不悛革,怨誹無已。”

【悛容】悔改的表情。左傳襄七年:“孫子無辭,亦無悛容。”

【悛₂悛₂】謹厚貌。史記一〇九李將軍傳:“余睹李將軍悛悛如鄙人,口不能道辭。”索隱:“(悛)音七旬反。漢書作‘恂恂’,音荀。”

悊 zhé ㄓㄜ 陟列切,入,薛韻,知。

㊀敬。說文:“悊,敬也。”㊁明智,有智慧。同“哲”。漢書刑法志:“聖人既躬明悊之性,必通天地之心。”又五行志上引書:“知人則悊能官人。”今書皋陶謨作“哲”。

悀 yǒng ㄩㄥ 余隴切,上,腫韻,喻。

㊀勇氣,勇敢。說文作“勈”。“勇”之古文。㊁“慫慂”,也作“慫悀”。見“慫慂”。

患 huàn ㄏㄨㄢ 胡慣切,去,諫韻,匣。

㊀憂慮,厭恨。論語季氏:“不患寡而患不均。”國語晉五:“靈公虐,趙宣子驟諫,公患之。”㊁災禍,憂患。書說命中:“惟事事乃其有備,有備無患。”荀子富國:“使百姓無凍餒之患,則是聖君賢相之事也。”㊂疾病,生病。魏書裴駿傳附裴宣:“永平四年,(宣)患篤,世宗遣太醫令馳驛就視,并賜御藥。”

【患毒】痛恨。宋書蕭思話傳:“侵暴隣曲,莫不患毒之。”

【患苦】㊀憎惡,厭恨。漢書三六劉向傳:“患苦外戚許、史在位放縱,而中書宦官弘恭、石顯弄權。”㊁疾苦。晉書涼武昭王(李暠)傳誡諸子手令:“賞勿漏疏,罰勿容親。耳目人間,知外患苦。”謂知悉民間疾苦。

【患惙】病重。魏書任城王雲傳附元澄:“臣誠怯弱,不憚是輩,雖復患惙,豈敢有辭。”

【患難】危險艱苦的處境。荀子王霸:“萬乘之國,可謂廣大富厚矣,加有治辨彊固之道焉,若是則恬愉無患難矣。”史記越王句踐世家:“越王爲人長頸鳥喙,可與共患難,不可與共樂。”

【患臘】臘,冬至後第三個戌日,舊俗臘日殺豬祭神。韓非子說林下:“三蝨食彘,相與訟。一蝨過之,曰:‘訟者奚說?’三蝨曰:‘爭肥饒之地。’一蝨曰:‘若亦不患臘之至而茅之燥耳,若又奚患?’於是乃相與聚嘬其身而食之。彘臞,人乃弗殺。”

【患得患失】未得,怕不能得;既得,又怕失去。指斤斤計較個人得失。論語陽貨:“鄙夫可與事君也與哉?其未得之也,患得之;既得之,患失之。苟患失之,無所不至矣。”明王守仁王文成公全書二五徐昌國墓誌:“此與世之謀聲利、苦心焦勞,患得患失,逐逐終其身,耗勞其神氣,奚啻百倍。”

悉 xī ㄒㄧ 息七切,入,質韻,心。

㊀全,都。書盤庚上:“王命衆悉至于庭。”韓非子初見秦:“臣願悉言所聞,唯大王裁其罪。”㊁知道,熟悉。後漢書七七周紆傳:“乃密問守門人曰:‘悉誰載藁入城者?’”魏書韋閬傳附韋珍:“車駕南討,珍上便宜,并自陳在邊歲久,悉其要害,願爲前驅。”㊂姓。見“悉諸”。

【悉力】全力。漢書六五東方朔傳客難:“今子大夫修先王之術,慕聖人之義,諷誦詩書百家之言,不可勝數,……然悉力盡忠以事聖帝,曠日持久,官不過侍郎,位不過執戟,意者尚有遺行邪?”

【悉心】盡心,全心。史記秦紀:“子其悉心雪恥,毋怠。”漢書八十淮陽憲王(劉)欽傳:“臣欽願悉心自新,奉承詔策。”

【悉諸】古代傳說神農之師。見呂氏春秋尊師、漢書古今人表。

【悉數】一一盡述,全部。禮儒行:“遽數之,不能終其物;悉數之,乃留。更僕未可終也。”宋蘇洵嘉祐集八管仲論:“雖桓公幸而聽仲,誅此三人,而其餘者,仲能悉數而去之邪?”

【悉曇】也作“悉檀”。㊀梵語字母。梵語由母韻與子韻合切一字。悉曇是梵語字母的譯音。義譯是成就的意思。唐釋玄應一切經音義二文字品:“案西域悉曇章本是婆羅賀磨天所作,自古迄今,更無異書,但點畫之間微有不同耳。悉曇此云成就,論中悉檀者,亦悉曇也。”㊁普遍施舍。翻譯名義集四衆善行法悉檀:“華、梵兼稱。悉是華言,檀是梵語;悉之言徧,檀翻爲施。佛以四法徧施衆生,故名悉檀。”

【悉達多】㊀梵語,智慧的意思。法苑珠林十五游學部:“竊聞一切種智,號悉達多。”㊁天竺淨飯王太子釋迦牟尼的本名。也作“悉達陀”。大智度論二:“父母名字悉達陀,秦言成利,得道時,知一切諸法故,是名爲佛。”參閱翻譯名義集一釋尊別名。

【悉索敝賦】謂傾全國的兵力。古代按田賦出兵車、甲士,故稱兵爲“賦”。敝,謙詞。左傳襄八年:“敝邑之人,不敢寧處,悉索敝賦,以討于蔡。”一作“悉帥弊賦”。國語魯下:“我先君襄公不敢寧處,使叔孫豹悉帥弊賦,踦跂畢行,無有處人。”也作“悉索薄賦”。淮南子要略:“武王繼文王之業，用太公之謀，悉索薄賦，躬擐甲胄，以伐無道而討不義。」後泛稱盡其所有以相供給爲悉索敝賦。

悠 yōu 以周切，平，尤韻，喻。ㄧㄡ

㊀憂思。詩周南關雎：「悠哉悠哉，輾轉反側。」㊁遠，長。詩周頌訪落：「於乎悠哉，朕未有艾。」晉書涼武昭王（李暠）傳：「江山悠隔，朝宗無階。」㊂閒適貌。晉陶潛陶淵明集三飲酒詩之五：「採菊東籬下，悠然見南山。」㊃飄揚貌。文選漢張平子（衡）東京賦：「建辰旒之太常，紛焱悠以容裔。」注：「紛，盛也；悠，從風貌；容裔，高低之貌；焱，火花也。言風鼓動旌旗，紛紜盛亂，如火花之飛起。」

【悠久】長久。禮中庸：「博厚配地，高明配天，悠久無疆。」唐李商隱李義山文集三上兵部相公啟：「扶持固在于神明，悠久必同于天地。」

【悠長】長遠。漢書一〇〇上敍傳班固幽通賦：「道悠長而世短兮，敻冥默而不周。」

【悠忽】輕忽，放蕩。常指消磨歲月。淮南子脩務：「彼并身而立節，我誕謾而悠忽。」疊用作「悠悠忽忽」。文選戰國楚宋玉高唐賦：「悠悠忽忽，怊悵自失。」世說新語容止：「劉伶身長六尺，貌甚醜顇，而悠悠忽忽，土木形骸。」

【悠悠】㊀深思，憂思。詩邶風終風：「莫往莫來，悠悠我思。」後漢書章帝紀元和元年詔：「中心悠悠，將何以寄？」㊁遙遠，無窮盡。詩唐風鴇羽：「悠悠蒼天，曷其有極？」楚辭宋玉九辯：「去白日之昭昭兮，襲長夜之悠悠。」河嶽英靈集中崔顥黃鶴樓詩：「黃鶴一去不復返，白雲千載空悠悠。」㊂安閒靜止貌。詩小雅車攻：「蕭蕭馬鳴，悠悠旆旌。」唐王勃王子安集二滕王閣詩：「閒雲潭影日悠悠，物換星移幾度秋。」㊃周流貌。史記孔子世家：「桀溺曰：『悠悠者天下皆是也。』」論語微子注疏本作「滔滔」。引申爲衆人、常人。宋書劉穆之傳：「（諸葛長民）乃屛人謂穆之曰：『悠悠之言，皆云太尉與我不平，何以至此？』」㊄庸俗。晉書王導傳：「悠悠之談，宜絕智者之口。」晉陶潛陶淵明集三飲酒詩之十二：「擺落悠悠談，請從余所之。」

【悠揚】㊀飛揚，飄忽起伏。唐劉禹錫劉夢得集二秋螢引詩：「夜空寂寥金氣淨，千門九陌飛悠揚。」又錢起錢考功集八送鍾評事應宏詞下第東歸詩：「世事悠揚春夢裏，年光寂寞旅愁中。」也作「悠颺」。金元好問遺山集十聽姨女喬夫人鼓風入松：「瀟灑寒松度虛籟，悠颺飛絮攪青冥。」㊁日入貌。藝文類聚八一南朝梁蕭子暉冬草賦：「日悠揚而少色，天陰霖而四下。」也作「悠陽」。文選晉潘安仁（岳）秋興賦：「天晃朗以彌高兮，日悠陽而浸微。」

【悠短】長短。漢童子逢盛碑：「命有悠短，無可奈何！」（隸釋十）

【悠遠】長遠，久遠。詩小雅漸漸之石：「山川悠遠，維其勞矣。」禮中庸：「故至誠無息，不息則久，久則徵，徵則悠遠，悠遠則博厚，博厚則高明。」

【悠爾】自得貌。唐柳宗元柳先生集十七梓人傳：「彼將樂去固而就圮也，則卷其術，默其智，悠爾而去，不屈吾道。」

【悠緬】同「悠遠」。晉書庾闡傳弔賈誼賦：「大庭既邈，玄風悠緬。」唐顏眞卿顏魯公集四與蔡明遠帖：「江路悠緬，風濤浩然，行李之間，深宜尚慎。」

【悠闇】神祕莫測。荀子議兵：「善用兵者，感忽悠闇，莫知其所從出。」注：「悠闇，遠視不分辨之貌。」

【悠闊】悠遠。晉書九八桓溫傳上疏：「今江河悠闊，風馬殊邈，故向義之徒，覆亡相尋，而建節之士，猶繼踵無悔。」

【悠邈】遙遠，久遠。晉陶潛陶淵明集一停雲詩之一：「良朋悠邈，搔首延佇。」唐司馬貞史記索隱序：「始變左氏之體，而年載悠邈，簡冊闕遺，勒成一家，其勤至矣。」

【悠曠】遙遠。晉陸機陸士衡集一思親賦：「悲桑梓之悠曠，愧蒸嘗之弗營。」

【悠悠蕩蕩】飄忽無定。雍熙樂府六王廷秀粉蝶兒怨別：「則見南梧葉兒滴溜溜飄，悠悠蕩蕩，紛紛揚揚下溪橋。」

㤰 zuò 集韻 疾各切，入，鐸韻。ㄗㄨㄛˋ

慚愧。同「怍」。荀子儒效：「卒然起一方，則舉統類而應之，無所儗㤰。」漢賈誼新書官人：「脩身正行，不㤰於鄉曲。」

您 nín ㄋㄧㄣˊ

你。古典小說、傳統戲曲中常見。永樂大典四八五忠傳春秋齊晏嬰：「（崔杼）殺牲對神道說誓，說您衆人有不知俺兩家同心的，著他便死。」陽春白雪後集二元不忽木仙呂點絳唇辭朝曲：「則待看山明水秀，不戀您市曹中物穰人稠。」後用爲「你」之敬稱。

悤 cōng 倉紅切，平，東韻，清。ㄘㄨㄥ

也作「匆」、「怱」。㊀急遽。見「悤悤㊀」。㊁聰明。通「聰」。漢書郊祀志下：「陛下聖德，悤明上通。」

【悤忙】迫促忙碌。唐杜甫杜工部草堂詩箋十三新婚別：「暮婚晨告別，無乃太悤忙。」

【悤卒】匆促。宋歐陽修文忠集六六上范司諫書：「即欲爲一書以賀，多事悤卒未能也。」

【悤悤】㊀急遽貌。史記一二八漢褚少孫補龜策傳：「悤悤疾疾，通而不相擇。」晉書王廙傳附王彪之：「無故忩忩，先自猖蹶。」點校本作「無故悤悤」。㊁明白。呂氏春秋下賢：「悤悤乎其心之堅固也。」注：「悤悤，明貌。」

【悤遽】倉猝。南齊書東昏侯紀：「比起就會，悤遽而罷。」點校本作「怱遽」。

㦗 tì 他歷切，入，錫韻，透。ㄊㄧˋ

敬畏，戒懼。同「惕」。漢書八二王商傳：「於是退（周）勃使就國，卒無怵㦗憂。」參見「惕」。

【㦗㦗】憂懼。同「惕惕」。楚辭屈原九章悲回風：「吾怨往昔之所冀兮，悼來者之㦗㦗。」

悃 lǔn 盧本切，上，混韻，來。ㄌㄨㄣˇ

見下。

【悃子】方言，對體胖者的戲稱。見明楊愼俗言一悃、方以智通雅諺原。

八畫

惉 zhān 集韻 處占切，平，鹽韻。ㄓㄢ

見下。

【惉懘】弊敗，聲音不和諧。史記二四樂書：「宮爲君，商爲臣，角爲民，徵爲事，羽爲物。五者不亂，則無惉懘之音矣。」集解：「惉懘，弊敗不和之貌。」禮樂記作「怗懘」。也作「惉滯」。全唐文六二五呂溫齊人歸女樂賦：「感煩音之惉滯，成正聲之踳駮。」

悹 guǎn 古滿切，上，緩韻，見。ㄍㄨㄢˇ
古丸切，平，桓韻，見。
古玩切，去，換韻，見。

㊀擔憂。漢賈誼新書匈奴：「天子不怵，人民悹之。」也作「悺」。見玉篇。㊁見「悹悹」。

【悹悹】愁悶。廣韻：「悹悹，憂無告也。詩傳云：『悹悹無所依。』」按今詩大雅板作「管管」。宋梅堯臣宛陵集三十鴨雛詩：「泛然去中流，雞呼心悹悹。」

惌 1. yuān ㄩㄢ 於袁切,平,元韻,影。

㊀恚恨。同"怨"、"冤"。

2. wǎn ㄨㄢ 於阮切,上,阮韻,影。

㊁小孔貌。周禮考工記函人:"凡察革之道,眡其鑽空,欲其惌也。"参閲清武億授堂文鈔二釋甲。

惢 1. suǒ ㄙㄨㄛ 蘇果切,上,果韻,心。

㊀心疑。見説文。㊁委瑣。文選晉左太沖(思)魏都賦:"有覛萅容,神惢形茹。"六臣本作"蘂"。

2. ruǐ ㄖㄨㄟ

㊂花蕊。字亦作"蘂"、"蘃",省作"蕊"。

悾 kōng ㄎㄨㄥ 苦紅切,平,東韻,溪。苦江切,平,江韻,溪。苦貢切,去,送韻,溪。

見下。

【悾悾】誠慤貌。論語泰伯:"狂而不直,侗而不願,悾悾而不信,吾不知之矣。"後漢書五七劉瑜傳上書:"臣悾悾推情,言不足採。"

【悾款】誠懇。晉書傅玄傳附傅咸:"得意忘言,言未易盡,苟明公有以察其悾款,言豈在多。"

悰 cóng ㄘㄨㄥ 藏宗切,平,冬韻,從。

歡樂。漢書六三廣陵厲王胥傳:"何用爲樂心所喜,出入無悰爲樂亟。"文選南朝齊謝玄暉(朓)游東田詩:"戚戚苦無悰,攜手共行樂。"

惋 wǎn ㄨㄢ 烏貫切,去,換韻,影。

怨恨,歎惜。韓非子亡徵:"外内悲惋,而數行不法者,可亡也。"戰國策秦二:"受欺於張儀,王必惋之。"

【惋恨】悵恨。唐韓愈昌黎集五贈劉師服詩:"虞翻十三比豈少,遂自惋恨形於書。"

【惋惋】恨惜。文子原道:"其爲樂忻忻,其於憂不惋惋。"

【惋惜】可惜,引以爲憾。世説新語汰侈:"(王)愷以(珊瑚)示(石)崇,崇視訖,以鐵如意擊之,應手而碎,愷既惋惜,又以疾己之寶,聲色甚厲。"

【惋愕】悵歎驚詫。晉書桓温傳上疏:"軍次武昌,獲撫軍大將軍、會稽王(司馬)昱書,説風塵紛紜,妄生疑惑,辭旨危急,憂及社稷。省之惋愕,不解所由。"

【惋愴】歎惜悲痛。藝文類聚三七南朝梁簡文帝徵君何先生墓誌:"知與不知,并懷惋愴。"

惇 dūn ㄉㄨㄣ 都昆切,平,魂韻,端。章倫切,平,諄韻,照。

㊀敦厚,篤實。書舜典:"柔遠能邇,惇德允元。"國語晉四:"(郤縠)行年五十矣,守學彌惇。"㊁崇尚,重視。書武成:"惇信明義,崇德報功。"漢書成帝紀河平元年詔:"惇任仁人,退遠殘賊。"㊂勸勉。通"諄"。見"惇誨"。

【惇大】敦厚寬大。書洛誥:"明作有功,惇大成裕。"新唐書一二七源乾曜傳:"務爲寬平惇大,故鮮咎悔。"

【惇史】有德行之人的言行記録。禮内則:"凡養老,五帝憲,三王有乞言。養氣體而不乞言,有善則記之爲惇史。"疏:"言老人有善德行則記録之,使衆人法則,爲惇厚之史。"三國志魏高貴鄉公紀甘露三年詔:"乞言納誨,著在惇史。"

【惇物】山名。書禹貢:"終南惇物,至于鳥鼠。"傳:"惇物,山名。"漢書地理志上右扶風武功:"太乙山,古文以爲終南;垂山,古文以爲惇物。皆在縣東。"漢武功即今陝西郿縣。或説惇物指終南山高廣而物産豐厚,非山名。見宋程大昌雍録五。

【惇厚】敦厚純樸。漢書成帝紀河平四年詔:"舉惇厚有行能直言之士。"也作動詞用。指厚意相待。史記七九蔡澤傳:"然則君之主慈仁任忠,惇厚舊故,其賢智與有道之士爲膠漆,義不倍功臣,孰與秦孝公、楚悼王、越王乎?"

【惇惇】純厚貌。後漢書四一第五倫傳贊:"省其奏議,惇惇歸諸寬厚。"

【惇敍】按照次序,使之敦睦。書皋陶謨:"惇敍九族,庶明勵翼。"也作"惇序"。漢書九九中王莽傳:"書不云乎?'惇序九族。'"

【惇惠】樸實寬厚。國語晉七:"欒伯(武子)請公族大夫,公曰:'荀家惇惠,荀會文敏,黶也果敢,無忌鎮靖,使茲四人者爲之。'"

【惇睦】篤愛和睦。後漢書四十班彪傳附班固:"躬奉天經,惇睦辯章之化洽。"唐白居易長慶集二五唐故會王墓誌銘序:"皇帝厚惇睦之恩,深友悌之愛。"

【惇誨】殷勤教導。文選漢班孟堅(固)西都賦:"又有天禄石渠典籍之府,命夫惇誨故老,名儒師傅,講論乎六藝,稽合乎同異。"後漢書四十班固傳作"諄誨"。

【惇樸】惇厚樸素。漢書十成帝紀永始三年詔:"臨遣大中大夫嘉等循行天下,……其舉部刺史舉惇樸有遜讓有行義者各一人。"

【惇篤】淳厚篤實。國語晉四:"能惇篤者,不忘百姓也。"

【惇學】勤學。漢書七五翼奉傳:"治齊詩,與蕭望之、匡衡同師。三人經術皆明,衡爲後進,望之施之政事,而奉惇學不仕,好律曆陰陽之占。"

【惇謹】樸實謹慎。漢書五八公孫弘傳:"其後李蔡、嚴青翟、趙周、石慶、公孫賀、劉屈氂繼踵爲丞相,……唯(石)慶以惇謹,復終相位,其餘盡伏誅云。"

悴 cuì ㄘㄨㄟ 秦醉切,去,至韻,從。

㊀憂傷。文子上德:"有榮華者,必有愁悴。"㊁衰弱,疲萎。晉書郭璞傳:"支離其神,蕭悴其形。"也作動詞用。文選三國魏曹子建(植)朔風詩:"繁華將茂,秋霜悴之。"

【悴容】憔悴的面容。樂府詩集三十南朝宋謝靈運長歌行:"朽貌改鮮色,悴容變柔顔。"

【悴䌦】象聲詞,指衣服摩擦聲。列女傳八班女倢仔賦:"感帷裳兮發紅羅,紛悴䌦兮紈素聲。"漢書六七下班倢仔傳作"綷縩",文選三國魏嵇叔夜(康)琴賦注作"翠粲"。

【悴賤】衰弱微賤。南朝宋鮑照鮑氏集九謝隨恩被原表:"由臣悴賤,可悔可誣。"

【悴薄】衰薄。玉臺新詠五南朝梁沈約少年新婚爲之詠詩:"自顧雖悴薄,冠蓋曜城隅。"

惓 1. quán ㄑㄩㄢ 音韻闡微 渠員切,平,先韻,羣。

㊀見"惓惓"。

2. juàn ㄐㄩㄢ 集韻 逵眷切,去,綫韻。

㊁危急。淮南子人間:"患至而後憂之,是猶病者已惓,而索良醫也。"

【惓惓】懇切貌。猶"拳拳"。文選戰國楚宋玉神女賦:"褰余幬而請御兮,願盡心之惓惓。"漢書三六劉向傳上封事:"欲終不言,念忠臣雖在甽畝,猶不忘君,惓惓之義也,况重以骨肉之親,又加以舊恩未報乎?"

惔 1. tán ㄊㄢ 徒甘切,平,談韻,定。

㊀火燒。詩小雅節南山:"憂心如惔,不敢戲談。"

2. dàn ㄉㄢ 徒濫切,去,闞韻,定。

㊁安静。通"淡"。莊子刻意:"虛无恬惔,乃合天德。"

【惔₂怕】恬静寡欲。同"淡泊"。北齊劉碑造像銘:"惔怕無相,非有心能知。"(金石萃编三三)

【惔焚】形容大旱如火燒。詩大雅雲漢:"旱魃爲虐,如惔如焚。"全唐文七八一李商隱賽城隍神文:"果成飄注,以救惔焚。"

悷

lì 郎計切,去,霽韻,來。ㄌㄧˋ

悲傷。見"悽悷"。

悱

fěi 敷尾切,尾韻,滂。ㄈㄟˇ

想説而不能恰當説出之貌。論語述而:"不憤不啟,不悱不發。"

【悱惻】憂思抑鬱。文苑英華七四二南朝梁裴子野雕蟲論:"若悱惻芳芬,楚騷爲之祖。"

【悱發】有所不通,而待人啟導。宋書雷次宗傳與子姪書:"于時師友淵源,務訓弘道,外慕等夷,内懷悱發,於是洗氣神明,玩心墳典,勉志勤躬,夜以繼日。"

【悱憤】憂思鬱結。文選晉成公子安(綏)嘯賦:"舒蓄思之悱憤,奮久結之纏緜。"

情

qíng 疾盈切,平,清韻,從。ㄑㄧㄥˊ

㊀感情,情緒。荀子正名:"性之好、惡、喜、怒、哀、樂謂之情。"引申爲事物的本性。孟子滕文公上:"夫物之不齊,物之情也。"㊁愛情。後漢書九十烏桓傳:"其嫁娶則先略女通情。"唐白居易長慶集十二長恨歌:"唯將舊物表深情,鈿合金釵寄將去。"㊂真情。管子君臣下:"稱德度功,勸其所能,若稽之以衆風,若任以社稷之任,若此則士反於情矣。"㊃情況,實情。左傳莊十年:"小大之獄,雖不能察,必以情。"莊子人間世:"吾未至乎事之情。"㊄情態,姿態。唐盧照鄰幽憂子集二長安古意詩:"鴉黄粉白車中出,含嬌含態情非一。"㊅趣味。唐段成式集題谷隱蘭若詩之二:"鳥啄靈雛戀落暉,村情山趣頓忘機。"

【情人】㊀故人,舊友。文選南朝宋鮑明遠(照)翫月城西門廨中詩:"迴軒駐輕蓋,留酌待情人。"唐李白李太白詩十三春日獨坐寄鄭明府:"情人道來竟不來,何人共醉新豐酒?"㊁戀人。樂府詩集四四晉樂府子夜歌:"情人不還卧,冶遊步明月。"明湯顯祖牡丹亭寫真:"也有美人自家寫照,寄與情人。"

【情文】㊀質文。猶言内容與形式。荀子禮論:"故至備,情文俱盡;其次,情文代勝。"注:"情謂禮意,喪主哀、祭主敬之類;文謂禮物威儀也。"㊁情思與文采。世説新語文學:"孫子荆(楚)除婦服,作詩以示王武子(濟)。王曰:'未知文生於情,情生於文,覽之悽然,增伉儷之重。'"後來評論詩文所用"情文相生"或"情文並茂",本此。

【情天】唐李賀歌詩編二金銅仙人辭漢歌:"衰蘭送客咸陽道,天若有情天亦老。"後來因稱愛情的境界爲情天。紅樓夢五:"轉過牌坊,便是一座宫門,上横書四個大字,道是'孽海情天'。"

【情分】親友間的情感。宋侯寘孏窟詞鷓鴣天送田簿秩滿還霅川:"只有梅花是故人,歲寒情分更相親。"此以梅花喻人。明史槃鶼釵記三一:"他與你同年同官,有多少情分在内。"

【情巧】真僞,指軍事上的真真假假的機謀。文選漢阮元瑜(瑀)爲曹公作書與孫權:"夫水戰千里,情巧萬端,……江河雖廣,其長難衛也。"

【情田】禮禮運:"故聖王脩義之柄,禮之序,以治人情。故人情者,聖王之田也。"情感出於内心,後因借用爲心地、心田。晉書王湛傳論:"(王)國寶檢行無聞,坐升彼相。混暗識於心境,開險路於情田。"唐釋齊己白蓮集六喻吟:"江花與芳草,莫染我情田。"

【情由】事情的經過和原由。元曲選(蕭德祥)殺狗勸夫四:"這便是情由終始,有甚的過犯公私?"

【情交】謂以情相交。南朝梁劉勰文心雕龍定勢:"色糅而犬馬殊形,情交而雅俗異勢。"

【情地】㊀親族地位。晉書哀帝紀皇太后令:"琅玡王丕,中興正統,明德懋親。……今義望情地,莫與爲比,其以王奉大統。"㊁指所處的境地。宋書毛脩之傳上表:"臣聞在生所以重生,實有生理可保,臣之情地,生途已竭。"

【情死】㊀心以爲死。莊子大宗師:"且彼有駭形而無損心,有旦宅而無情死。"注:"以形骸之變,爲旦宅之日新耳,其情不以爲死。"㊁傷心而死。世説新語任誕:"王長史(廞)登茅山,大慟哭曰:'琅邪王伯輿終當爲情死!'"伯輿,廞字。後來常指男女因婚姻不遂而死爲情死。

【情好】㊀心之所好。好,hào。史記禮書:"情好珍善,爲之琢磨圭璧以通其意。"㊁交誼,感情。好,hǎo。三國志蜀諸葛亮傳:"(先主)於是與亮情好日密。"又魏孫禮傳:"禮與盧毓同郡時輩,而情好不睦。"

【情況】情勢狀況。隋□墮暨妻趙氏墓誌:"君幼而穎悟,早歲不羣。情況遒明,智調英迥。"(漢魏南北朝墓誌集釋圖版四五七)。宋李新跨鼇集五重九詩:"欲傳此情況,行客在天涯。"

【情形】狀況,情況。後漢書八八西域傳論:"莫不備寫情形,審求根實。"

【情志】感情志趣。詩周南關雎"窈窕淑女,琴瑟友之"唐孔穎達疏:"以琴瑟相和,似人情志,故以友言之。"文選古詩十九首之十二:"蕩滌放情志,何爲自結束。"

【情性】本性。荀子性惡:"故順情性則不辭讓,辭讓則悖於情性矣。"韓非子五蠹:"人之情性,莫先於父母,皆見愛而未必治也。"漢班固白虎通有情性篇。

【情取】落得,取得。金董解元西廂三:"我圖着情取個從今後爲伊瘦。"元曲選馬致遠任風子二:"撇下這砧刀什物,情取那經卷藥葫蘆。"爲加重語氣,也作"穩情取"。穩,有把握。元曲選鄭德輝王粲登樓楔子:"憑着我高才和這手,穩情取談笑覓封侯。"

【情事】情況,事實。莊子天地:"畢見其情事,而行其所爲。"陳書沈炯傳:"奏訖,其夜炯夢見有宫禁之所,兵衛甚嚴,炯便以情事陳訴。"

【情味】情趣。三國魏劉劭人物志九徵:"故其剛柔明暢貞固之徵,著乎形容,見乎聲色,發乎情味,各如其象。"也指友情氣味相投。宋書王誕傳:"乃説(盧)循曰:'……本非戎旅,在此無用。本與劉鎮軍(裕)所識,情味不淺,若得北歸,必蒙任寄,公私際會,思報厚恩,愈於停此,空移歲月。'"

【情狀】情形,狀態。易繫辭上:"精氣爲物,遊魂爲變,是故知鬼神之情狀。"三國志魏胡質傳:"書吏李若見問而色動,遂窮詰情狀。若卽自首,罪人斯得。"

【情受】承受。元曲選關漢卿竇娥冤一:"想着俺公公置就,怎忍教張驢兒情受。"

【情知】明知。唐駱賓王文集二豔情代郭氏答盧照鄰詩:"情知唾井終無理,情知覆水也難收。"又劉餗隋唐嘉話中:"你情知此漢獰,何須犯他百姓?"

【情客】丁香的别名。見宋姚寬西溪叢語上。

【情郎】情人。指男方。唐韓偓香奩集哭花落詩:"書中説却平生事,猶疑未滿情郎意。"

【情面】因熟識而徇私關護。清李玉人獸關牝誑:"他是非故非親,你休要少容情面。"

【情思】想念。三國志蜀蔣琬傳答鍾會書:"聞命感愴,以增情思。"唐韓愈昌黎集九風折花枝詩:"春風也是多情思,故揀繁枝折贈君。"

【情素】衷誠,本心。戰國策秦三:"竭智能,示情素。"史記八三鄒陽傳獄中上書自明:"披心腹,見情素。"

【情核】實情。後漢書三八張宗傳論"膚受之言互及"唐李賢注:"膚受,謂得皮膚之言而受之,不深知其情核者也。"

【情致】意趣風致。世說新語文學:"其夜清風朗月,聞江渚間估客船上有詠詩聲,甚有情致。"北齊顏之推顏氏家訓文章:"詩云:'蕭蕭馬鳴,悠悠旆旌。'毛傳云'言不諠譁也'。吾每歎此解有情致。"

【情條】情緒紛亂。文選南朝宋王僧達祭顏光祿文:"心悽目泫,情條雲互。"

【情理】㊀人情與事理。三國志吳滕胤傳注引吳書:"胤每聽辭訟,斷罪法,察言觀色,務盡情理。"唐會要十七廟災變:"歷檢故事,不見百官奉慰之儀,然上既素服避殿,百官奉違,亦合情理。"㊁風致與道理。宋書關康之傳:"晉陵顧悅之難王弼易義四十餘條,康之申王難顧,遠有情理。"世說新語賞譽下"王劉聽林公講"注引高逸沙門傳:"(支遁)正在高坐上,每舉麈尾,常領數百言,而情理俱暢,預坐百餘人,皆結舌注耳。"

【情累】感情上的牽累。易夬:"君子夬夬。"注:"君子處之,必能棄夫情累,決之不疑,故曰夬夬也。"文選晉陸士衡(機)弔魏武帝文序:"若乃繫情累於外物,留曲念於閨房,亦賢俊之所宜廢乎!"

【情欲】欲望,欲念。莊子天下:"以禁攻寢兵爲外,以情欲寡淺爲內。"漢王充論衡道虛:"夫草木無欲,壽不踰歲;人多情欲,壽至於百。"也作"情慾"。詩檜風隰有萇楚序:"國人疾其君之淫恣,而思無情慾者也。"

【情僞】㊀真假。易繫辭上:"聖人立象以盡意,設卦以盡情僞。"左傳僖二八年:"晉侯在外十九年矣,……民之情僞,盡知之矣。"㊁猶情弊,弄虛作假。管子七法:"言實之士不進,則國之情僞不竭於上。"三國志蜀楊洪傳:"丞相(諸葛)亮北住漢中,欲用張裔爲留府長史,問洪何如?洪對曰:'……不如留向朗,朗情僞差少。'"

【情款】情意誠摯融洽。玉臺新詠一漢枚乘雜詩之七:"願言追昔愛,情款感四時。"宋書陶潛傳:"先是,顏延之爲劉柳後軍功曹,在尋陽,與潛情款。後爲始安郡,經過,日日造潛,每往必酣飲致醉。"

【情場】指男女間的愛情關係。清洪昇長生殿傳概:"今古情場,問誰箇真心到底?"

【情景】景況。紅樓夢十八:"母女姊妹深敍些久別情景及家務私情。"

【情慉】心情,情愫。三國志蜀許靖傳注引魏略王朗與靖書:"久闊情慉,非夫筆墨所能寫陳。"

【情愫】本心。宋李新跨鼇集三行路難詩:"百年誓擬同灰塵,醉指青松表情愫。"

【情話】知心話。晉陶潛陶淵明集五歸去來兮辭:"悅親戚之情話,樂琴書以消憂。"宋詩鈔張元幹蘆川歸來集鈔次韻趙元功贈李季言之什:"兩公秉燭還相對,情話從渠半醉中。"

【情義】人情與義理。玉臺新詠一古詩爲焦仲卿妻作:"今日違情義,恐此事非奇。"

【情勢】情狀和形勢。三國志蜀譙周傳注引孫盛:"且屈伸有會,情勢代起。"舊五代史閻寶傳:"凡決勝料勢,決戰料情,情勢已得,斷在不疑。"

【情感】感情,有所觸動而起的心理狀態。晉陸雲陸士龍集十與陸典書:"且念親各爾分析,情感復結,悲嘆而已。"

【情愛】情誼。宋書何尚之傳:"父叔度,恭謹有行業。姨適沛郡劉璩,與叔度母情愛甚篤。"

【情節】㊀節操。文選晉殷仲文解尚書表:"名義以之俱淪,情節自茲兼撓。"㊁事情的內容委曲。明戚繼光練兵實紀雜集三將官到任寶鑑:"凡有大事,申報上司,于文書之外,仍附以揭帖,備言其事之始末情節,利害緣由。"

【情實】㊀真心。管子形勢解:"與人交,多詐僞無情實。"史記一一二公孫弘傳:"汲黯廷詰弘曰:'齊人多詐而無情實。'"㊁實情,真相。韓非子外儲左下:"主不審其情實,坐而患之。"史記八五呂不韋傳:"於是秦王下吏治,具得情實,事連相國呂不韋。"

【情語】感情與言語。宋梅堯臣宛陵集十八依韻和原甫昭君辭:"情語既不通,豈止腸九回。"

【情貌】感情與面貌。荀子禮論:"君者,治辨之主也,文理之原也,情貌之盡也。"文選晉陸士衡(機)文賦:"信情貌之不差,故每變而在顏。"

【情種】感情特別豐富的人。清鄭方坤五代詩話一李後主引花草蒙拾:"鍾隱入汴後,春花秋月諸詞,與'此中日夕只以眼泪洗面'一帖,同是千古情種。"

【情態】情形,態度。韓非子二柄:"人主欲見,則羣臣之情態得其資矣。"詩小雅賓之初筵序"沈湎淫液"箋:"淫液者,飲酒時情態也。"

【情緒】指纏綿的情意,有如絲緒。南朝梁江淹江文通集一泣賦:"闃寂以思,情緒留連。"後轉指心境。唐韓偓香奩集春閨詩之一:"醒來情緒惡,簾外正黃昏。"

【情誼】交情。唐韓愈昌黎集十七與崔羣書:"與足下情誼,寧須言而後自明耶。"清李玉人獸關窘謁:"咳!向日許多情誼安在哉!難道把婚姻之約,亦付之東流了。"

【情調】情意,情味。唐杜牧樊川集四初春雨中舟次和州横江裴使君……詩:"江南仲蔚多情調,悵望春陰幾首詩。"宋晁補之琴趣外篇三臨江仙呈祖禹十六叔詞之二:"莫道尊前情調減,衰顏得酒能紅。"

【情趣】㊀志趣,志向。後漢書五七劉陶傳:"所與交友,必也同志,好尚或殊,富貴不求合;情趣苟同,貧賤不易意。"㊁意味。陳姚最續畫品沈粲:"專工綺羅屏障,所圖頗有情趣。"

【情賞】猶心賞。梁書徐勉傳誡子崧書:"中年聊於東田閒營小園者,非在播藝以要利入,正欲穿池種樹,少寄情賞。"

【情弊】作弊情況。明沈自晉望湖亭傳奇十九:"着你每督率修圩,其中情弊,仔細說來。"紅樓夢六十:"探春聽了,雖知情弊,亦知他們皆是一黨,本皆淘氣異常,便只答應,也不肯據此爲實。"

【情數】情況。後漢書四七班超傳上疏:"臣前與官屬三十六人奉使絕域,……於今五載,胡夷情數,臣頗識之。"

【情禮】情誼與禮節。文選晉袁彥伯(宏)三國名臣序贊:"敬授既同,情禮兼到。"晉書顧和傳詔:"昔先朝政道休明,中夏隆盛,山賈諸公皆釋服從時,不獲遂其情禮,況今日艱難,百王之弊?"

【情鍾】指情之所聚,即富於感情的意思。世說新語傷逝:"王戎傷兒萬子,山簡往省之,王悲不自勝。簡曰:'孩抱中物,何至於此!'王曰:'聖人忘情,最下不及情;情之所鍾,正在我輩。'"宋陸游劍南詩稿八十讀唐人愁詩戲作之四:"我輩情鍾不自由，等閑白却九分頭。”

【情膽】猶心膽。南朝梁江淹江文通集六建平王讓鎮南徐州刺史啟：“神乖意失，音影何地，吞悲茹號，情膽載絕。”

【情懷】心情。唐杜甫杜工部草堂詩箋十一北征：“老夫情懷惡，嘔泄卧數日。”元曲選關漢卿竇娥冤一：“越覺的情懷冗冗，心緒悠悠。”

【情願】㊀志願，意趣。晉書劉頌傳上疏：“然人心繁常，不累十年。好惡未改，情願未移。”文選晉陸士衡（機）擬青青陵上柏詩：“遨遊放情願，慷慨爲誰歎。”㊁願意。漢書元帝紀：“骨肉相附，人情之願也。”唐六典五兵部尚書：“於諸色征行人内及客户中召募取丁壯情願充健兒長住邊軍，每年加常例給賜。”唐李羣玉詩集後集五龍安寺佳人阿最歌之三：“若教親玉樹，情願作蒹葭。”

【情竇】禮禮運：“故禮義也者，……所以達天道、順人情之大竇也。”疏：“孔穴開通，人之出入；禮義者亦是人之所出入，故云‘達天道，順人情之大竇也。’”後多指情意的發生或男女愛情的萌動。宋郭印雲溪集十次韻正紀見貽之什詩：“情竇欲開先自窒，心田已淨弗須鋤。”明張居正張文忠集一請皇太子出閣講學疏：“蓋人生八歲，則知識漸長，情竇漸開。”

【情急了】鳥名，卽秦吉了。見元伊世珍瑯環記上引謝氏詩源。參見“秦吉了”。

【情盡橋】唐代陽安橋名。因送別止此，故名。唐雍陶改爲折柳橋，並題詩曰：“從來只有情難盡，何事名爲情盡橋？自此改名爲折柳，任他離恨一條條。”見唐詩紀事五六雍陶。

【情不自禁】感情激動不能克制。初學記四南朝梁劉遵七夕穿針詩：“步月如有意，情來不自禁。”紅樓夢十五：“寶玉情不自禁，然身在車上，只得眼角留情而已。”

【情至意盡】謂對人的情意已到極點。詩大雅板“老夫灌灌”唐孔穎達疏：“我老夫教諫汝，其意乃款款然情至意盡，何爲汝等而未知。”

【情投意合】感情融洽，彼此同心莫逆。明史槃鸛釵記三一：“聽他笑語如百和，想是情投意合。”

【情見乎辭】易繫辭下：“爻象動乎内，吉凶見乎外，功業見乎變，聖人之情見乎辭。”指在言辭之中流露出情意。文選杜預春秋左氏傳序：“若夫制作之文，所以彰往考來，情見乎辭。”也作“情見乎言”。三國志蜀諸葛亮傳“謂爲信然”注：“夫其高吟俟時，情見乎言，志氣所存，既已定於其始矣。”

【情見勢屈】謂真情暴露，又處於劣勢地位。見，同“現”。史記九二淮陰侯傳：“今將軍欲舉倦弊之兵，頓之燕堅城之下，欲戰恐久力不能拔，情見勢屈，曠日糧竭，而弱燕不服，齊必距境以自彊也。”漢書二四韓信傳作“情見力屈”。也作“情見勢竭”。三國志魏荀彧傳報曹操書：“公以十分居一之衆，畫地而守之，扼其喉而不得進，已半年矣！情見勢竭，必將有變，此用奇之時，不可失也。”

【情隨事遷】感情隨事物的變化而變遷。晉書王羲之傳蘭亭序：“及其所之既倦，情隨事遷，感慨係之矣。”

悵

chàng 丑亮切，去，漾韻，徹。ㄔㄤˋ

失意，惱恨。禮問喪：“心悵焉愴焉。”文選戰國楚屈原九歌山鬼：“怨公子兮悵忘歸，君思我兮不得閒。”

【悵怳】恍惚。文選晉潘安仁（岳）悼亡詩：“悵怳如或存，周遑忡驚惕。”

【悵恨】惆悵惱恨。史記四八陳涉世家：“輟耕之壟上，悵恨久之。”文選晉劉越石（琨）答盧諶詩并書：“天下之寶，固當與天下共之，但分析之日，不能不悵恨爾。”

【悵惋】感歎惋惜。晉書許孜傳：“明日忽見鹿爲猛獸所殺，置於所犯栽下，孜悵惋不已。”

【悵悵】失意、惆悵貌。文選晉潘安仁（岳）哀永逝文：“悵悵兮遲遲，遵吉路兮凶歸。”南朝梁江淹江文通集四冬盡難離和丘長史詩：“閑居深悵悵，颸寒拂中闈。”

【悵惘】失意迷惘貌。晉干寶搜神記十七：“家見（張）漢直，謂其鬼也，悵惘良久。”

【悵望】悵然想望。文選南齊謝玄暉（朓）新亭渚別范零陵詩：“停驂我悵望，輟棹子夷猶。”唐杜甫杜工部草堂詩箋三一詠懷古迹之二：“悵望千秋一灑淚，蕭條異代不同時。”

【悵然】失意貌。文選戰國楚宋玉神女賦序：“罔兮不樂，悵然失志。”史記一二七日者傳：“宋忠、賈誼忽而自失，芒乎無色，悵然噤口不能言。”

悻

xìng 集韻下耿切，上，耿韻。ㄒㄧㄥˋ

見“悻悻”。

【悻直】固執，任性。晉書秦秀傳：“秀性悻直，與物多忤。”

【悻悻】忿恨不平貌。孟子公孫丑下：“諫於其君而不受，則怒，悻悻然見於其面。”

惏

líng 力膺切，平，蒸韻，來。ㄌㄧㄥˊ

驚怖。鶡冠子下備知：“昔之登高者，下人代之惏，手足爲之汗出。”宋陸佃注：“惏，怖也。”

【惏遽】驚怖慌張。文選漢張平子（衡）西京賦：“百禽惏遽，騤瞿奔觸。”三國吴薛綜注：“惏，猶怖也；遽，促也；騤瞿，走貌；奔觸，唐突也。”

惜

xī 思積切，入，昔韻，心。ㄒㄧ

㊀可惜，哀傷。論語顏淵：“惜乎！夫子之説君子也，駟不及舌。”楚辭漢賈誼惜誓：“惜余年老而日衰兮，歲忽忽而不反。”㊁愛惜，珍視。南朝宋鮑照鮑氏集三代貧賤愁苦行：“貧年忘日時，黯顏就人惜。”晉書摯虞傳上表：“臣聞昔之聖明，不愛千乘之國而惜桐葉之信，所以重至尊之命而達於萬國之誠也。”㊂吝，捨不得。文選舊題漢李少卿（陵）答蘇武書：“子卿視陵，豈偷生之士而惜死之人哉？”

【惜吝】卽吝惜。史記四一越王勾踐世家：“至如少弟者，生而見我富，乘堅驅良逐狡兔，豈知財所從來，故輕棄之，非所惜吝。”

【惜別】不忍離別。唐岑參岑嘉州詩一冬宵家會餞李郎司兵赴同州：“惜別冬夜短，務歡桮行遲。”又李白李太白詩十六單父東樓秋夜送族弟沈之秦：“絲桐感人絃亦絕，滿堂送君皆惜別。”

【惜春】惋惜春光。唐詩紀事五二裴潾詩：“長安豪貴惜春殘，爭賞先開紫牡丹。”

【惜陰】愛惜光陰。文苑英華二唐楊發太陽合朔不虧賦：“遂使皆仰之人，既無虞於薄蝕；惜陰之士，咸有望於再中。”參見“分陰”。

【惜閔】惋惜。漢書三六劉歆傳移書讓太常博士：“此乃有識者之所惜閔，士君子之所嗟痛也。”文選作“歎愍”。

【惜誦】楚辭九章篇名。戰國楚屈原作。以其首句的前二字“惜誦”名篇。惜是悼惜，誦是稱述往事。言以悼惜的心情，稱述過去的事實。自陳對楚王、楚國的忠誠而被讒見疏，内容與離騷前半部分相似。

【惜誓】楚辭篇名。作者不詳，或謂漢賈

誼作。原文擬屈原離騷語氣自抒悲感，歎惜楚懷王背信約而不用己，故名"惜誓"。

【惜寸陰】極言珍惜時間。初學記六臧榮緒晉書："陶侃語人曰：'大禹聖人，乃惜寸陰，至於衆人，當惜分陰。'"又見晉書陶侃傳。唐鄭谷鄭守愚集三贈咸陽王主簿詩："登科未足酬多學，積業猶聞惜寸陰。"

【惜千千】宋時戲具名。明方以智通雅三五戲具："惜千千，轉輪戲也。南宋市肆記載京瓦兒戲之場有惜千千，蓋如京師之放空鐘、抽陀螺乎？形扁丸，有臍，以繩卷而放之，其轉不已，謂之千千，或其遺稱。"

【惜分陰】見"惜寸陰"。

【惜抱軒】清姚鼐齋名。鼐字姬傳，安徽桐城人。著有惜抱軒十種。參見"姚鼐"。

【惜往日】楚辭九章篇名。戰國楚屈原作。以首句的前三字"惜往日"而名篇。篇中綜述生平，因讒言所害，理想主張未能實現，於是不得不以一死而冀頃襄王有所悔悟。有人認爲此篇可能是屈原的絕筆。

【惜春鳥】鳥名。宋葉廷珪海錄碎事二二上飛鳥門惜春鳥："惜春鳥大不踰燕，其聲曰'莫摘花果'，人謂之護山鳥。"

【惜薪司】明內官四司之一。掌宮內所用薪炭之事。舊址在今北京市西城區西安門大街北口。四司謂惜薪、鐘鼓、寶鈔、混堂。參閱續文獻通考五六職官六內侍省。

【惜玉憐香】喻對女子的温情愛護。元張可久小山樂府續集普天樂收心曲一："鬪心三月春，開口千金笑，惜玉憐香何時了。"古今雜劇元尚仲賢柳毅傳書四："全不肯惜玉憐香，則他那古敝性尚然强。"

【惜春御史】官名，唐穆宗所置。唐馮贄雲仙雜記一惜春御史引玉塵集："穆宗每宮中花開，則以重頂帳蒙蔽欄檻，置惜春御史掌之，號曰栝香。"

【惜指失掌】喻因小失大。南史阮佃夫傳："廬江何恢有妓張耀華美而有寵，(恢)爲廣州刺史，將發，要佃夫飲，設樂，見張氏，悅之，頻求。恢曰：'恢可得，此人不可得也。'佃夫拂衣出戶，曰：'惜指失掌邪？'遂諷有司以公事彈恢。"

【惜香樂府】宋趙長卿撰。十卷。其詞隨意成文，不事雕章琢句，有淡遠蕭疎之致。

【惜烏先生】喻蠶。北魏賈思勰齊民要術十桑引括地圖："惜烏先生避世於芒尚山，其子居焉，化民食桑，三十七年，以絲自裹，九年生翼，九年而死，其桑長千仞，蓋蠶類也。"

【惜墨如金】指不輕易下筆。宋費樞釣磯立談："李營丘(成)惜墨如金。"(順治刊本説郛三一)

【惜陰軒叢書】清李錫齡輯。錫齡，字孟熙，陝西三原人。道光時官中書。藏書九萬餘卷，取世不恒見之宋元善本彙刻叢書，以其書齋惜陰軒爲名。叢書共收三十四種，三〇三卷；續編一種，二一卷；偏重於經説、金石、醫學，校讎頗精。

悽 qī ㄑㄧ 七稽切，平，齊韻，清。

悲傷。莊子漁父："客悽然變容曰：'甚矣，子之難悟也！'"楚辭屈原遠遊："意荒忽而流蕩兮，心愁悽而增悲。"

【悽切】悽涼悲哀。文選三國魏嵇叔夜(康)與山巨源絶交書："吾新失母兄之歡，意常悽切。"

【悽戾】悲涼，辛酸。南朝梁鍾嶸詩品中："晉太尉劉琨、晉中郎盧諶詩，其源出於王粲，善爲悽戾之詞，自有清拔之氣。"

【悽其】感傷貌。其，助詞。文選南朝宋謝靈運初發石首城詩："欽聖若旦暮，懷賢亦悽其。"

【悽洏】傷感流涕。晉陶潛陶淵明集二形贈影詩："但餘平生物，舉目情悽洏。"

【悽怨】悲怨。南朝宋鮑照鮑氏集六採菱歌之三："暌闊逢暄新，悽怨值妍華。"

【悽惋】悲傷婉轉。世説新語賢媛"桓宣武(温)平蜀"注引妒記："(温妻郡主)見李(勢妹)在窗梳頭，姿貌端麗，徐徐結髮，斂手向主，神色閑正，辭甚悽惋。"也作"悽婉"。宋陳允平日湖漁唱續補遺逸佛閣詞："天外漸覺，歸雁聲遠。離思悽婉，重懷執手，東風翠蘋岍。"

【悽悽】㊀悲傷貌。關尹子三極："人之善琴者，有悲心則聲悽悽然。"文選南朝宋謝靈運道路憶山中詩："悽悽明月吹，惻惻廣陵散。"㊁飢病貌。後漢書五三申屠蟠傳贊："悽悽碩人，陵阿窮退。"

【悽惘】傷感悵惘，若有所失。世説新語言語："袁彥伯(宏)爲謝安南(奉)司馬，都下諸人送至瀨鄉，將別，既自悽惘，歎曰：'江山遼落，居然有萬里之勢！'"

【悽戚】悲哀。文選南朝宋謝靈運南樓中望所遲客："即事怨睽攜，感物方悽戚。"

【悽唳】哀鳴。文選晉潘安仁(岳)笙賦："夫其悽唳辛酸，嚶嚶關關，若離鴻之鳴子也。"

【悽惻】悲傷。文選晉陸士衡(機)歎逝賦："步寒林以悽惻，玩春翹而有思。"又南朝梁江文通(淹)別賦："是以行子腸斷，百感悽惻。"

【悽惶】悲傷恐懼。唐羅隱甲乙集一投所思詩："浮生七十今三十，從此悽惶未可知。"金董解元西廂四："兩口兒合是成間別，天教受此悽惶苦。"

【悽愴】悲感。楚辭宋玉九辯："中憯惻之悽愴兮，長太息而增欷。"禮祭義："霜露既降，君子履之，必有悽愴之心，非其寒之謂也。"後因以形容寒冷。漢書六四下王褒傳聖主得賢臣頌："服絺綌之涼者，不苦盛暑之鬱燠；襲貂狐之煖者，不憂至寒之悽愴。"

【悽楚】悽慘痛苦。梁書張緬傳附張纘南征賦："聽寡鶴之偏鳴，聞孤鴻之慕侶。在客行而多思，獨傷魂而悽楚。"

【悽慘】悲傷慘痛。北周庾信庾子山集三擬詠懷詩之二六："蕭條亭障遠，悽慘風塵多。"

【悽酸】悲傷心酸。唐韓愈昌黎集一秋懷詩之八："其言有感觸，使我復悽酸。"

【悽厲】悲傷哀痛。世説新語言語："(簡文)帝因誦庾仲初(闡)詩曰：'志士痛朝危，忠臣哀主辱。'聲甚悽厲。"

【悽斷】悲痛欲絶。北周庾信庾子山集三夜聽擣衣詩："風流響和韻，哀怨聲悽斷。"唐陳子昂陳伯玉集二送殷大入蜀詩："送君一爲别，悽斷故鄉情。"也作"淒斷"。唐駱賓王集二在江南贈宋五之問詩："寂寥傷楚奏，淒斷泣秦聲。"

【悽豔】哀感綺麗。唐沈亞之沈下賢集九序詩送李膠秀才："余故友李賀善擇南北朝樂府故詞，其所賦亦多怨鬱悽豔之巧。"

惏 1. lán ㄌㄢ 盧含切，平，覃韻，來。

㊀貪殘。同"婪"。左傳昭二八年："貪惏無饜，忿纇無期，謂之封豕。"釋文："惏，力耽反。方言云：楚人謂貪爲惏。"大戴禮保傅："飽而强，飢而惏。"

2. lín ㄌㄧㄣ 集韻犂針切，平，侵韻。

㊀見下。

【惏₂悷】悲傷貌。文選戰國楚宋玉高唐賦："於是調謳，令人惏悷憯悽，脅息增欷。"

【惏₂慄】㊀寒貌。文選戰國楚宋玉風賦：

"故其風中人，狀直憯悽惏慄，清涼增欷。"㊁形容聲音淒厲。文選漢王子淵(褒)洞簫賦："惏慄密率，掩以絶滅。"

【惏₂露】秋雨。宋費袞梁谿漫志七方言入詩："吳中以八月露下而雨，謂之惏露；九月霜降而雲，謂之護霜。竹坡周少隱(紫芝)有句云：'雨細方惏露，雲疎欲護霜。'"

愜 jí 紀力切，入，職韻，見。ㄐㄧˊ

急。列子力命："譴愜凌誶。"注："譴，吃也。愜，急也。謂語急而吃。"

惙 chuò 陟劣切，入，薛韻，知。ㄔㄨㄛˋ

㊀憂愁。見"惙惙"。㊁疲乏。淳化閣帖十晉王獻之阿姑帖："獻之遂不堪暑，氣力恒惙。"唐柳宗元柳先生集三八爲戶部王叔文陳情表："忽患喑風發動，狀候非常，今雖似退，猶甚虛惙。"㊂停止。通"輟"。莊子秋水："孔子遊於匡，宋人圍之數匝，而絃歌不惙。"釋文："惙，本又作輟。"

【惙怛】憂傷。後漢書八三梁鴻傳適吳詩："心惙怛兮傷悴，志菲菲兮升降。"

【惙惙】憂鬱貌。詩召南草蟲："未見君子，憂心惙惙。"

【惙頓】疲乏勞累。淳化閣帖三南朝宋孔琳之書："近服散未覺益，惙頓何賴。"

惝 chǎng 集韻 齒兩切，上，養韻。ㄔㄤˇ

㊀悵惘。莊子則陽："客出，而君惝然若有亡焉。"釋文："惝音敞。字林云：惘也。又吐蕩反。"㊁寬闊。通"敞"。漢書八七上揚雄傳甘泉賦："正瀏濫以弘惝兮，指東西之漫漫。"

【惝怳】㊀失意貌。楚辭屈原遠遊："步徙倚而遥思兮，怊惝怳而乖懷。"㊁模糊不清。楚辭屈原遠遊："視儵忽而無見兮，聽惝怳而無聞。"也作"惝恍"。史記一一七司馬相如傳："視眩眠而無見兮，聽惝恍而無聞。"漢書五七下相如傳作"敞怳"。

悼 dào 徒到切，去，號韻，定。ㄉㄠˋ

㊀傷感。詩衛風氓："静言思之，躬自悼矣！"㊁恐懼，顫抖。莊子山木："振傷悼慄。"三國志魏文帝紀漢帝禪位册注引(魏)王令曰："心慄手悼，書不成字，辭不宣心。"㊂追念死者。漢書九七孝成許皇后傳："元帝悼傷母恭哀后居位日淺而遭霍氏之辜，故選(許)嘉女以配皇太子。"魏書世祖紀："時宣城公李孝伯疾篤，傳者以爲卒也。帝聞而悼之。"㊃指年幼者。禮曲禮："八十九十曰耄，七年曰悼。悼與耄，雖有罪，不加刑焉。"

【悼亡】晉潘岳妻死，賦悼亡詩三首，後因稱喪妻爲悼亡。文選南朝宋顏延年(延之)宋文皇帝元皇后哀策文："撫存悼亡，感今懷昔。"文苑英華三一〇唐孫逖故程將軍妻南陽郡夫人樊氏挽歌："白日期偕老，幽泉忽悼亡。"

【悼心】傷心。文館詞林六六二西晉武帝(司馬炎)伐吳詔："死亡流離，傷害和氣，朕每惻然悼心。"

【悼屈】爲懷才不遇的人深感不平。唐韓愈昌黎集十五上兵部李侍郎書："伏以閤下……尚賢而興能，哀窮而悼屈。"宋王安石臨川集九杜甫畫像詩："傷屯悼屈止一身，嗟時之人我所羞。"

【悼恩】懷念舊恩。文選南朝梁任彥昇(昉)王文憲集序："瞻棟宇而興慕，撫身名而悼恩。"

【悼慄】恐懼戰慄。莊子山木："危行側視，振動悼慄。"文選漢張平子(衡)西京賦："將乍往而未半，怵悼慄而聳兢。"

【悼齔】童年。唐杜昱大智禪師義福塔記："爰在悼齔，遊不狎羣。"(八瓊室金石補正五五)

【悼心失圖】謂因悲痛而失去主張。左傳昭七年："嘉惠未至，唯襄公之辱臨我喪，孤與其二三臣悼心失圖。"三國志魏管寧傳上疏："光寵並臻，優命屢至。怔營竦息，悼心失圖。"

惘 wǎng 文兩切，上，養韻，明。ㄨㄤˇ

失意貌。文選晉潘安仁(岳)西征賦："惘輟駕而容與，哀武安以興悼。"

【惘惘】失意，迷惘。莊子庚桑楚："若規規然，若喪父母，揭竿而求諸海也。女亡人哉！惘惘乎。"楚辭屈原九章悲回風："撫珮衽以案志兮，超惘惘而遂行。"

【惘然】失意貌，不知所以。漢王充論衡謝短："問之曰：'曉知其事，當能究達其義，通見其意否？'文吏必將惘然。"南朝梁江淹江文通集三無錫縣歷山集詩："酒至情蕭瑟，憑樽還惘然。"也作"罔然"。罔，通"惘"。文選漢張平子(衡)東都賦："罔然若酲，朝疲夕倦。"五臣本作"惘"。

倎 tiǎn 他典切，上，銑韻，透。ㄊㄧㄢˇ

慚愧。方言六："倎、恧，慙也。荆揚青徐之間曰倎。"宋曾鞏元豐類稿二八代皇子延安郡王謝皇太后表："宜兼獎渥，屬在親賢，誤及幼冲，倍深兢倎。"

【倎墨】羞愧色變。文選晉左太冲(思)魏都賦："弛氣離坐，倎墨而謝。"唐李周翰注："倎墨，面色變墨而慙也。"

惈 guǒ 古火切，上，果韻，見。ㄍㄨㄛˇ

果敢。廣韻："蒼頡篇果敢作此惈。"

愓 tì 他歷切，入，錫韻，透。ㄊㄧˋ

㊀警惕，戒懼。左傳襄二二年："無日不愓，豈敢忘職。"㊁疾速。國語吳："一日愓，一日留，以安步王志。"注："愓，疾也；留，徐也。"

【愓息】不敢喘息，形容極其恐懼。漢書六二司馬遷傳報任安書："當此之時，見獄吏則頭槍地，視徒隸則心愓息。"漢書八七下揚雄傳長楊賦："皆稽顙樹領，扶服蛾伏，二十餘年矣，尚不敢愓息。"

【愓愓】憂懼。國語晉四："君若恣志以用重耳，四方諸侯，其誰不愓愓以從命！"文選枚叔(乘)七發："愓愓怵怵，卧不得瞑。"

【愓號】戒懼呼號。號，音 háo。易夬："愓號，莫夜有戎，勿恤。"

【愓厲】心存戒慎。易乾："君子終日乾乾，夕愓若厲，無咎。"後漢書明德馬皇后紀："今雖已老，而後戒之在得，故日夜愓厲，思自降損，居不求安，食不念飽。"

【愓慮】敬畏思慮。全唐文二二四張説對詞摽文苑科策一："猶或愓慮推濤，勞謙馭朽。"唐孟郊孟東野集四石淙詩之九："恆懷雖已多，愓慮未能整。"

【愓隱】遼官名。掌管宗室事務，即宗正。也叫"梯里已"。契丹語的音譯。見遼史太祖紀上二年、百官志一、國語解。

【愓懼】戒懼。吕氏春秋慎大："湯乃愓懼，憂天下之不寧。"

怐 hù 集韻 後五切，上，姥韻。ㄏㄨˋ

依恃。同"怙"。漢揚雄太玄經二爭："蟖河之腥，何可怐也？"

悸 jì 其季切，去，至韻，羣。ㄐㄧˋ

㊀驚懼，心跳。楚辭漢王逸九思悼亂："惶悸兮失氣，踊躍兮距跳。"後漢書五十梁節王暢傳暢上疏："肌慄心悸，自悔無所復及。"㊁病名，怔忡。通"痵"。漢書九十田延年傳："(霍)光因舉手自撫心曰：'使我至今病悸！'"㊂帶下垂貌。詩衛風芄蘭："容兮遂兮，垂帶悸兮。"傳："垂其紳帶，悸悸然有節度。"清陳喬樅韓詩遺説考三垂帶萃兮謂悸爲"萃"的借字。

【悸病】精神失常。即怔忡。南史何尚之傳附何偃:"及偃代(顏)竣領選，竣逾憤懣，與偃遂隙。竣時權傾朝野，偃不自安，遂發悸病，意慮乖僻。上表解職，告靈不仕。"

【悸悸】㊀驚懼貌。北周衛元嵩元包經少陰小過:"下怫怫，上悸悸。"唐蘇源明傳:"下怫怫，愎其上也；上悸悸，懼其下也。"㊁見"悸㊁"。

惆 chóu 丑鳩切，平，尤韻，徹。ㄔㄡˊ

㊀失意貌。荀子禮論:"案屈然已，則其於志意之情者惆然不嗛。"㊁悲痛。文選晉陸士衡(機)歎逝賦:"雖不寤其可悲，心惆焉而自傷。"

【惆悵】因失意而傷感、懊惱。楚辭宋玉九辯:"廓落兮羈旅而無友生，惆悵兮而私自憐。"後漢書二八下馮衍傳顯志賦:"風波飄其並興兮，情惆悵而增傷。"

惚 hū 呼骨切，入，没韻，曉。ㄏㄨ

見"惚恍"、"恍惚"。

【惚恍】隱約不清，游移不定，不可捉摸。也作"忽恍"。老子:"惚兮恍兮，其中有象，恍兮惚兮，其中有物。"又:"是謂無狀之狀，無物之象，是爲忽恍。"文選晉潘安仁(岳)西征賦:"古往今來，邈矣悠哉，寥廓惚恍，化一氣而甄三才。"參見"恍惚"。

惟 wéi 以追切，平，脂韻，喻。ㄨㄟˊ

古籍惟、唯、維通用。書多作"惟"，詩作"維"，左傳作"唯"。㊀思考，謀慮。詩大雅生民:"載謀載維，取蕭祭脂。"楚辭屈原九章抽思:"數惟蓀之多怒兮，傷余心之慢慢。"㊁是。書益稷:"萬邦黎獻，共惟帝臣。"又多方:"非我有周秉德不康寧，乃惟爾自速辜。"㊂介詞。以，由於。書盤庚:"亦惟汝故，以丕從厥志。"㊃副詞。唯獨，只有。孟子梁惠王上:"無恆産而有恆心者，惟士爲能。"㊄連詞。與，和。書多方:"告爾四國多方，惟爾殷侯尹民。"㊅語首助詞。書泰誓:"惟十有一年，武王伐殷。"㊆雖。史記九二淮陰侯傳:"惟信亦爲大王不如也。"

【惟一】專一。文苑英華二一唐李邕春賦:"邁惟一之德，究吹萬之性。"後也稱獨一無二爲惟一。

【惟肖】相似。書説命上:"説築傅巖之野，惟肖。"全唐文王季友鑒止水賦:"得懲躁之爲誡，知飾容之惟肖。"成語有"惟妙惟肖"，本此。

【惟度】思量，揣度。三國志魏陳思王植傳求自試表:"竊自惟度，終無伯樂、韓國之舉，是以於邑而竊自痛者也。"

【惟惟】順從貌。荀子大略:"惟惟而亡者，誹也。"注:"惟讀爲唯，聽從貌。"

【惟利是圖】一心只爲利。抱朴子勤求:"內抱貪濁，惟利是圖。"左傳成十三年:"余雖與晉出入，余惟利是視。"義同。

【惟我獨尊】續傳燈録三二宗元庵主:"一日舉:世尊生下，一手指天，一手指地云:'天上天下，惟我獨尊。'"本爲推崇佛陀之詞，後專指狂妄自大，目中無人。

【惟命是聽】絶對服從。左傳宣十二年:"孤不天，不能事君，使君懷怒，以及敝邑，孤之罪也，敢不惟命是聽。"又襄二八年:"小國將君是望，敢不惟命是聽。"也作"惟命是從"。晉書景帝紀正元元年:"今日之事，惟命是從。"

【惟精惟一】精心一意。書大禹謨:"惟精惟一，允執厥中。"

惛 1. hūn 呼昆切，平，魂韻，曉。ㄏㄨㄣ 呼悶切，去，慁韻，曉。

也作"惽"。㊀神智不清。莊子知北遊:"惛然若亡而存。"孟子梁惠王上:"吾惛，不能進於是矣。"校勘記謂石經作"惽"。㊁見"惛惛㊁"。

2. mèn ㄇㄣˋ

㊂愁悶，煩惱。吕氏春秋本生:"下爲匹夫而不惛。"注:"惛，讀憂悶之悶，義亦然也。"

【惛怓】讙亂，争吵。詩大雅民勞:"無縱詭隨，以謹惛怓。"傳:"惛怓，大亂也。"箋:"惛怓，猶讙譁也，謂好争訟者也。"

【惛眊】老眼昏花，形容人衰老。眊，目不明貌。文苑英華六〇三唐上官儀爲太僕卿劉弘基請致仕表:"但犬馬之齒，甲子已多；風雨之疾，惛眊日甚。"

【惛耄】年老神智不清。宋書范泰傳上封事:"實欲盡心竭誠，少報萬分，而惛耄已及，百疾互生。"

【惛惛】㊀迷糊不清。管子四時:"五漫漫，六惛惛，孰知之哉?"注:"惛惛，謂陰陽四時，其理微暗。"㊁静默，專一。莊子至樂:"壽者惛惛，久憂不死。"荀子勸學:"無惛惛之事者，無赫赫之功。"㊂沉悶。楚辭宋玉九辯:"遭翼翼而無終兮，忳惛惛而愁約。"

【惛憊】昏暗，疲困。也作"昏憊"。荀子賦:"往來惛憊而不可固塞者與!"注:"憊，困也。人困，目亦昏暗，故惛憊爲晦暝也。"此指晦冥、陰暗。列子周穆王:"晝則呻呼而即事，夜則昏憊而熟寐。"此指昏迷、疲勞。

【惛懵】迷糊不清。宋書謝莊傳與大司馬江夏王義恭牋:"眼患五月來便不復得夜坐，恆閉帷避風日，晝夜惛懵，爲此不復得朝謁諸王，慶弔親屬，唯被敕見，不容停耳。"

悲 bēi 府眉切，平，脂韻，幫。ㄅㄟ

㊀哀痛，傷心。有聲無淚曰悲。詩豳風七月:"女心傷悲，殆及公子同歸。"文選古詩十九首之五:"上有絃歌聲，音響一何悲。"㊁眷顧，悵念。史記高祖紀十二年:"謂沛父兄曰:'游子悲故鄉。吾雖都關中，萬歲後吾魂魄猶樂思沛。'"㊂慈悲，憐憫。大智度論二七:"大悲憐愍衆生苦，……慈悲是佛道之根本。"唐柳宗元柳先生集十六捕蛇者説:"余悲之，且曰:'若毒之乎?'"

【悲心】哀戚之心。關尹子極:"人之善琴者，有悲心，則聲悽悽然。"史記一〇五倉公傳:"此悲心所生也，病得之憂也。"

【悲切】極其悲哀。文苑英華二八七唐王昌齡岳陽別李十七越賓詩:"杉上秋雨聲，悲切蒹葭夕。"宋岳飛岳忠武王集滿江紅詞:"莫等閒白了少年頭，空悲切。"重言作"悲悲切切"。紅樓夢二六:"獨立牆角邊花陰之下，悲悲切切，嗚咽起來。"

【悲田】佛家以施濟貧困爲三福田之一。謂以悲憫之心施恩於貧困之人，則得無量之福，故名悲田。隋釋灌頂智者大師別傳:"所獲檀嚫各六十種，一時迴施悲、敬兩田，使福德增多。"舊唐書武宗紀會昌五年:"十一月甲辰，敕:'悲田養病坊，緣僧尼還俗，無人主持，恐殘疾無以取給，兩京量給寺田賑濟。'"

【悲辛】悲傷辛酸。南朝宋鮑照鮑氏集二野鵝賦:"捨水澤之驩逸，對鍾鼓之悲辛。"唐李白李太白詩五門有車馬客行:"呼兒掃中堂，坐客論悲辛。"

【悲吟】哀歎。文選漢張平子(衡)南都賦:"寡婦悲吟，鵾雞哀鳴。"後漢書八四董祀妻(蔡琰)傳悲憤詩:"且則號泣行，夜則悲吟坐。"

【悲壯】悲哀雄壯，多指歌詩樂曲言。後漢書八〇下禰衡傳:"聲節悲壯，聽者莫不慷慨。"唐杜甫杜工部詩史補遺六閣夜:"五更鼓角聲悲壯，三峽星河影動摇。"

【悲谷】淮南子天文:"(日)至于悲谷，是謂餔時。"注:"悲谷，西南方之大壑，言其深峻，臨其上令人悲思，故曰悲谷。"晉陸雲陸士龍集一歲暮賦:"仰悲谷之方中兮,顧懸車而日昃。"參見"悲泉"。

【悲角】號角。以其聲悲壯,故稱悲角。唐杜甫杜工部草堂詩箋二七上白帝城:"老去聞悲角,人扶報夕陽。"

【悲雨】悲淚如雨。隋陳常墓誌:"故朋悲雨,朝野悽傷。"(漢魏南北朝墓誌集釋圖版四七一之二)

【悲哀】傷心痛苦。老子:"殺人之衆,以悲哀泣之。"唐杜牧樊川集別集寓題詩:"假如三萬六千日,半是悲哀半是愁。"

【悲苦】悲哀愁苦。玉臺新詠一漢繁欽定情詩:"望君不能坐,悲苦愁我心。"

【悲咽】悲傷嗚咽。宋文鑑二一陳襄通判國博命賦假山詩:"我時過之不忍顧,往往悲咽胸填委。"

【悲秋】對秋景而傷感。語出楚辭宋玉九辯"悲哉秋之爲氣也"。唐杜甫杜工部詩十二登高:"萬里悲秋常作客,百年多病獨登臺。"

【悲泉】古代傳說水名。淮南子天文:"(日)至於悲泉,爰止其女,爰息其馬,是謂縣車。"後用以形容泉聲之如悲泣者。南朝宋鮑照鮑氏集一舞鶴賦:"嚴嚴苦霧,皎皎悲泉。"

【悲怨】悲傷怨恨。孔叢子雜訓:"毀不居之室,以賜窮民;奪嬖寵之祿,以振困匱。無令人有悲怨,而後世有聞見,抑亦可乎?"

【悲風】淒厲的寒風。文選古詩十九首之十四:"白楊多悲風,蕭蕭愁殺人。"唐李白李太白詩二古風之三二:"天寒悲風生,夜久衆星沒。"

【悲栗】樂器名。即觱篥,類似笳,一名葭管。以蘆爲首,竹爲管,其聲悲,故名悲栗。本龜茲國樂。見唐段安節樂府雜錄觱篥。也作"悲篥"。見通典一四四樂四竹八。又作"悲慄"。見明徐應秋玉芝堂談薈二八悲慄。參見"觱篥"。

【悲涼】悲傷悽涼。漢班固白虎通崩薨:"黎庶殞涕,海內悲涼。"文選南朝宋謝靈運廬陵王墓下作詩:"道消結憤懣,運開申悲涼。"

【悲惋】悲痛惋惜。韓非子亡徵:"婢妾之言聽,愛玩之智用,外內悲惋,而數行不法者,可亡也。"南朝宋鮑照鮑氏集八擬行路難之八:"西家思婦見悲惋,零淚霑衣撫心歎。"

【悲商】商爲古樂五音之一,禮月令謂於時爲秋。悲商指悽涼的秋聲,爲肅殺之音。晉陶潛陶淵明集六閑情賦:"悲商叩林,白雲依山。"

【悲梗】悲傷梗咽。全唐詩五六七崔櫓過蠻溪渡:"身隨遠道徒悲梗,詩賣明時不直錢。"也作"悲哽"。宋陸游渭南文集二七跋朝制要覽:"先君捐館舍三十有四年,統得此於故廬,伏讀悲哽,敬識卷末。"

【悲戚】悲痛憂傷。後漢書十七馮異傳:"自伯升之敗,光武不敢顯其悲戚。"伯升,劉縯,光武長兄。也作"悲慼"。魏書高允傳徵士頌:"同徵之人,凋殲殆盡;在者數子,然復分張。往昔之忻,變爲悲慼。"

【悲笳】笳,古代軍中號角。其聲悲壯,故曰悲笳。文選三國魏文帝(曹丕)與朝歌令吳質書:"清風夜起,悲笳微吟。"唐杜甫杜工部草堂詩箋六後出塞之二:"悲笳數聲動,壯士慘不驕。"

【悲惻】悲痛。唐張彥遠法書要錄十右軍書記:"汝當須過殯還,恒有悲惻。"梁書孔休源傳高祖(蕭衍)詔:"奄然永逝,倍用悲惻。"

【悲惶】悲哀恐懼。晉書溫嶠傳:"承問悲惶,精魂飛散。"

【悲啼】㊀哀泣。唐李白李太白詩三夜坐吟:"冰合井泉月入閨,金釭青凝照悲啼。"㊁嗥叫。唐韓愈昌黎集六猛虎行:"誰云猛虎惡,中路正悲啼。"

【悲筑】筑,古樂器,形如琴,其聲悲,故名悲筑。晉陶潛陶淵明集四詠荊軻詩:"漸離擊悲筑,宋意唱高聲。"

【悲智】佛教語。慈悲與智慧。智謂上求菩提,屬於自利;悲謂下化衆生,屬於利他。唐釋善導法事讚上:"乃至今時釋迦諸佛皆乘弘誓,悲智雙行。"宋余靖武溪集七韶州開元寺新建浴室記:"釋氏之爲道也,……以悲智爲脩者也。悲之爲言,仁之端也。……智之爲言,介之徒也。"

【悲絲】悲哀的絃樂聲。唐杜甫杜工部草堂詩箋十四促織詩:"悲絲與急管,感激異天真。"又溫庭筠集一蔣侯神歌:"巫娥傳意託悲絲,鐸語琅琅理雙髩。"

【悲愴】悲傷。唐白居易長慶集五一有感詩之三:"往事勿追思,追思多悲愴。"

【悲感】悲痛傷感。漢書七九孝武李夫人傳:"又不得就視,上愈益相思悲感。"晉書習鑿齒傳與桓祕書:"吾以去五月三日,來達襄陽,觸目悲感,略無懽情,痛惻之事,故非書言之所能具也。"

【悲傷】悲哀感傷。漢書三六楚元王傳附劉向:"書奏,天子召見向,歎息悲傷其意。"晉書羊祜傳:"自有宇宙便有此山,由來賢達勝士,登此遠望,如我與卿者多矣。皆湮沒無聞,使人悲傷。"

【悲端】可悲的情事。梁書明山賓傳昭明太子與殷芸令:"追憶談緒,皆爲悲端,往矣如何!"

【悲酸】悲痛辛酸。唐張彥遠法書要錄十右軍書記十七帖:"仁祖日往言尋,悲酸如何可言。"又韓偓香奩集寄遠詩:"空牀展轉懷悲酸,銅壺漏盡開金鸞。"

【悲歌】㊀因悲而歌。史記項羽紀:"於是項王乃悲歌忼慨。"㊁悲壯的歌聲。文選三國魏曹子建(植)七啟之五:"長裙隨風,悲歌入雲。"

【悲摧】哀傷。玉臺新詠一古詩爲焦仲卿妻作:"蘭芝慙阿母,兒實無罪過。阿母大悲摧。"

【悲緒】悲傷的心緒。南朝宋謝靈運謝康樂詩集二長歌行:"覽物起悲緒,顧已識憂端。"

【悲懣】憂傷煩悶。新唐書九七魏徵傳:"帝親問疾,……後復與太子至徵第,徵加朝服,拖帶。帝悲懣,拊之流涕。"

【悲願】佛教語。指慈悲之誓願。唯識論四:"或依悲願,相應善心。"

【悲響】悲哀的音調。玉臺新詠二三國魏文帝(曹丕)清河詩:"絃歌發中流,悲響有餘音。"

【悲觀】佛教語。五觀之一。法華經八普門品:"悲觀及慈觀,常願常瞻仰。"注:"以大悲心觀衆生苦,拔其患難,名曰悲觀。"今指消極失望。

【悲田院】唐開元二十三年置病坊收容乞丐,後改悲田養病坊。見五代蜀馬鑑續事始病坊及舊唐書武宗紀會昌五年。按佛家以供養父母爲恩田,供佛爲敬田,施貧爲悲田。後因泛稱救養院爲悲田院,也訛作卑田院。元曲選張國賓合汗衫四:"哎喲天哪,只俺兩口兒叫化在這悲田院。"

【悲回風】楚辭九章篇名。戰國楚屈原作。以首句"悲回風之搖蕙兮"前三字爲篇名。回風即旋風,喻世事之多變。通篇憂鬱憤懣,表達了寧死而不隨俗的決心。

【悲染絲】喻人易受習俗所影響,如素絲易受染色一般。淮南子說林:"墨子見練絲而泣之,爲其可以黃,可以黑。"三國魏阮籍阮步兵集詠懷詩之二十:"楊朱泣岐路,墨子悲染絲。"

【悲哉行】樂府雜曲歌名。三國魏明帝曹叡作。後來晉陸機、南朝宋謝靈運等所作,則多記客遊感物之思。參閱樂府詩集六二雜曲歌辭。

【悲歡離合】指人世間悲與歡、聚與散的遭遇。宋蘇軾東坡樂府箋水調歌頭:"人有悲歡離合,月有陰晴圓缺,此事古難全。"

惠 huì ㄏㄨㄟˋ 胡桂切,去,霽韻,匣。

㊀恩惠。書蔡仲之命:"惟惠之懷。"國語晉四:"未報楚惠而抗宋,我曲楚直。"㊁仁愛,寬厚。書皋陶謨:"安民則惠,黎民懷之。"傳:"惠,愛也。"詩邶風北風:"惠而好我,攜手同行。"㊂柔順,賢惠。詩邶風燕燕:"終溫且惠,淑慎其身。"傳:"惠,順也。"疏:"又終當顏色溫和,且能恭順,善自謹慎其身。"㊃賜,贈。宋書庾悅傳:"豈能以殘炙見惠?"古代詩文書信中也常用作敬詞。如稱人來信曰惠函,稱人光臨曰惠臨等。㊄兵器名。即三棱矛。書顧命:"二人雀弁執惠。"㊅通"慧"。聰慧之慧,古籍多作"惠"。漢書六三昌邑哀王髆傳附劉賀:"察故王衣服言語跪起,清狂不惠。"㊆通"蟪"。見"蟪蛄"。㊇姓。戰國有惠施。參閱通志二八氏族四。

【惠人】有恩惠加於人者。論語憲問:"或問子產,子曰:惠人也。"荀子大略:"子產惠人也,不如管仲。"

【惠山】即"慧山"。見該條。

【惠心】善良的心地。易益:"有孚惠心,勿問元吉。"後漢書郭后紀論:"及至移意愛,析嬿私,雖惠心妍狀,愈獻醜焉。"

【惠化】舊時任地方官,有被人稱道的政績和教化。三國志魏盧毓傳:"遷安平、廣平太守,所在有惠化。"唐李白李太白詩九贈徐安宜:"清風動百里,惠化聞京師。"

【惠民】縣名。屬山東省。秦厭次縣地。明爲武定州。清雍正十二年升爲武定府,以惠民縣爲府治。1913年裁府留縣。參閱嘉慶一統志一七六武定府。

【惠生】北魏僧。熙平元年(公元516年)奉詔出使西域收集佛經。正光三年(公元522年)回國,得佛經論一百七十部。見魏書釋老志。嚈噠國傳作慧生。隋書經籍志二有慧生行傳一卷,已失傳。

【惠安】縣名。屬福建省。漢冶縣地。晉以後爲晉安縣。隋稱南安縣。唐稱晉江縣。宋太平興國六年,分其北部爲惠安縣,屬泉州。參閱太平寰宇記一〇二泉州。

【惠州】地名。秦南海郡地。梁置梁化郡。隋唐爲循州。五代南漢改稱禎州(湞州)。宋天禧五年避仁宗諱改稱惠州。明清爲惠州府,治所在歸善縣。1913年裁府,並改名惠陽縣,屬廣東省。參閱嘉慶一統志四四五惠州府。

【惠休】南朝宋僧人,原名湯休,人稱休上人。善作詩文,辭采綺豔,時與鮑照齊名。後還俗,官至揚州從事史。現存詩十餘首,散見藝文類聚、初學記、玉臺新詠等書。參閱南朝梁鍾嶸詩品下。

【惠育】以仁愛撫育。後漢書六一左雄傳上封事:"今之墨綬,猶古之諸侯,拜爵王庭,輿服有庸,而齊於匹豎,叛命避負,非所以崇憲明理,惠育元元也。"

【惠叔】複姓。系出姬姓。春秋魯大夫孟惠叔難後。以謚氏爲氏。東漢有尚書郎惠叔儉。參閱宋鄧名世古今姓氏書辨證三十、通志二九氏族五以謚氏爲氏。

【惠果】公元746—806年。唐時僧。本京兆府昭應縣人,姓馬。初,師事大照禪師,後從不空三藏受密教。代宗時,爲內道場護持僧,住長安青龍寺。歷德宗順宗時,爲三朝國師。門徒甚衆。日本僧空海來唐,曾從受不空所傳密藏。著有阿閦黎大曼荼羅灌頂儀軌金剛界金剛密號等。

【惠音】㊀和諧之音。晉陸機陸士衡集六擬東城一何高詩:"閑夜撫鳴琴,惠音清且悲。"㊁敬稱友人的來信。又陸士衡集五贈馮文羆詩:"夫子茂遠猷,款誠寄惠音。"

【惠施】戰國時宋人。名家代表人物之一。主張"合同異"説,認爲一切事物的差別、對立是相對的。由於過分誇大事物的同一性,結果往往流於詭辯。惠施曾見魏王,勸魏聯合齊楚以抗秦,欲破張儀連橫之計,爲儀所逐。莊子天下篇稱"惠施多方,其書五車"。漢書藝文志名家著録惠子一篇,今佚。

【惠風】㊀和風。文選三國魏嵇叔夜(康)琴賦:"清露潤其膚,惠風流其間。"晉書王羲之傳蘭亭序:"是日也,天朗氣清,惠風和暢。"㊁比喻仁愛、恩惠。文選漢張平子(衡)東京賦:"惠風廣被,澤洎幽荒。"

【惠連】㊀柳下惠和少連,都是古代傳説的隱士。文選晉左太沖(思)招隱詩之二:"惠連非吾屈,首陽非吾仁。"㊁南朝宋謝惠連能文,爲族兄謝靈運所賞識。後來詩文中因以惠連作爲從弟的美稱。唐李白李太白詩二七春夜宴從弟桃花園序:"羣季俊秀,皆爲惠連。"

【惠能】僧名。即"慧能"。見該條。

【惠陵】㊀三國蜀劉備(昭烈帝)墓。在四川舊華陽縣西南。㊁唐李憲(讓帝)墓。在陝西蒲城縣西北。㊂清愛新覺羅載淳(穆宗)墓。在河北省遵化縣西。

【惠蛄】蟲名。莊子逍遙遊:"朝菌不知晦朔,惠蛄不知春秋。"釋文:"惠本作'蟪'。"

【惠渥】恩惠深厚。文選晉潘安仁(岳)寡婦賦:"承慶雲之光覆兮,荷君子之惠渥。"唐李白李太白詩十贈崔司户文昆季:"才微惠渥重,讒巧生緇磷。"

【惠棟】公元1697—1758年。清江蘇吳縣人。字定宇,號松崖。士奇次子。對諸經多所探究,於易鑽研尤深。但一味推崇漢儒舊説,不論是非,墨守信從,厚古薄今。著有易漢學古文尚書考九經古義松崖文鈔松崖筆記等書。

【惠貺】稱人餽贈的敬詞。文選三國魏吳季重(質)答東阿王書:"信到,奉所惠貺。"

【惠遠】㊀城名。清乾隆年間築,光緒八年另築新城。在今新疆綏定縣東南,伊犁河北岸。參閱嘉慶一統志五一七伊犁。㊁僧名。即"慧遠"。見該條。

【惠愛】恩惠慈愛,恩遇。韓非子姦劫弒臣:"哀憐百姓,不忍誅罰者,此世之所謂惠愛也。"唐杜甫杜工部詩史補遺十送趙十七明府之縣:"惠愛南翁悦,餘波及老身。"

【惠綏】㊀駕車相迎。綏,挽以上車之索。文選古詩十九首之十六:"良人懷古懽,枉駕惠前綏。"㊁猶安撫。唐大詔令集三三張元晏封雅王禛等制:"固安萬邦,惠綏羣品。"

【惠澤】恩澤,德澤。文選三國魏曹子建(植)七啟之八:"惠澤播於黎苗,威靈震乎無外。"唐李白李太白詩十二獻從叔當塗宰陽冰:"惠澤及飛走,農夫盡歸耕。"

【惠鮮】施恩惠於貧乏之者。書無逸:"懷保小民,惠鮮鰥寡。"宋蔡沈集傳:"惠鮮云者,鰥寡之人,垂首喪氣,賚予賙給之,使之有生意也。"漢書谷永傳引作"惠于鰥寡"。

【惠顧】關懷照顧。左傳成十三年:"君若惠顧諸侯,矜哀寡人,而賜之盟,則寡人之願也。"三國志吳魯肅傳:"君既惠顧,何以佐之?"後來多作敬詞,意即光臨照顧。

【惠士奇】公元1671—1741年。清江蘇吳縣人。字仲儒,一字天牧,號半農居士;因家有紅豆齋,人稱紅豆先生。康熙五十年進士,官至侍讀學士。治經承其父士㑥之學，説宗漢儒，考證加密。於諸經皆有論著。有易説禮説春秋説等書。

【惠文冠】見"武冠"。

【惠民河】古運河。宋建隆元年貫通閔河蔡河二河，起自河南尉氏縣，經祥符縣入京城開封。長九十里。開寶六年改稱惠民河。元時爲黄河決流所吞没。參閲宋晁載之續談助二王瓘北道刊誤志、嘉慶一統志一九一陳州府一蔡水。

【惠濟河】水名。起自河南杞縣，經栢城至鹿邑，與渦河相會，入安徽亳州（今亳縣）達於淮河。見嘉慶一統志一九三歸德府一。

【惠而不費】施利於人而無所耗費。論語堯曰："因民之所利而利之，斯不亦惠而不費乎？"文選漢王子淵（襃）洞簫賦："可謂惠而不費兮，因天性之自然。"後來泛指順水人情。

【惠然肯來】詩邶風終風："終風且霾，惠然肯來。"箋："肯，可也，有順心，然後可以來至我旁。"後多用作對客人表示歡迎之詞。

惡 1. è ㄜˋ 烏各切，入，鐸韻，影。

㊀罪過。與"善"相對。易大有："君子以遏惡揚善，順天休命。"㊁凶暴，凶險。墨子七患："故時年歲善，則民仁且良；時年歲凶，則民吝且惡。"史記一〇五倉公傳："君之病惡。"㊂醜，劣。與"美"、"好"相對。左傳昭二八年："昔賈大夫惡，取妻而美。"漢書九九上王莽傳："惡衣惡食，陋車駑馬。"㊃壞人。書康誥："元惡大憝。"㊄疾病。左傳成六年："郇瑕氏土薄水淺，其惡易覯。"注："惡，疾疢也。"㊅污穢。左傳成六年："有汾、澮以流其惡。"吳越春秋句踐入臣外傳："大宰嚭奉溲惡以出。"指糞溺。㊆副詞。甚，很。常用於詩詞曲中。宋楊萬里誠齋集三見周子充舍人敍懷詩："公今貧賤庸非福，我更清愁惡似公。"

2. wù ㄨˋ 烏路切，去，暮韻，影。

㊇憎恨，討厭。與"好"（hào）相對。左傳隱三年："周鄭交惡。"㊈誹謗，詆毁。戰國策燕一："人有惡蘇秦於燕王者，曰：'武安君，天下不信人也。'"武安君，蘇秦封號。

3. wū ㄨ 哀都切，平，模韻，影。

㊉疑問代詞。怎，如何，何。墨子經説下："則是智，是之不智也，惡得爲一？"戰國策趙三："先生又惡能使秦王烹醢梁王？"參見"惡₃許"。㊀嘆詞。孟子公孫丑上："惡，是何言也！"

4. hū ㄏㄨ

㊁見"惡₄池"。

【惡人】㊀壞人。易睽："見惡人，無咎。"漢揚雄法言修身："修其善則爲善人，修其惡則爲惡人。"㊁形貌醜陋的人。莊子德充符："衛有惡人焉，曰哀駘它。"注："惡，貌醜。"

【惡叉】樹名。一枝結三子，三子同一蒂。佛教用來比喻惑、業、苦。楞嚴經一："佛告阿難：'一切衆生，從無始來，種種顛倒，業種自然，如惡叉聚。"參閲翻譯名義集三五果。

【惡子】無賴子弟。猶言惡少。漢書九十尹賞傳："雜舉長安中輕薄少年惡子，……悉籍記之。"

【惡口】㊀惡毒的言語。六韜龍韜："多言多語，惡口惡舌。"（羣書治要本）。漢書七六王尊傳："（楊輔）素行陰賊，惡口不信，好以刀筆陷人於法。"㊁佛教以惡口爲十惡行之一。四十二章經四善惡並明："衆生以十事爲善，亦以十事爲惡。何等爲十？身三、口四、意三。……口四者，兩舌、惡口、妄言、綺語。"

【惡心】㊀壞念頭。國語魯下："逸則淫，淫則忘善，忘善則惡心生。"又晉四："公懼，遽出見之，曰：豈不如女言，然是吾惡心也。"指怨恨之心。㊁惡劣的心境。元王實甫西廂記三本二折："分明是你過犯，没來由把我摧殘，使別人顛倒惡心煩。"

【惡少】無賴少年。荀子修身："偷儒憚事，無廉恥而嗜乎飲食，則可謂惡少者矣。"也稱惡少年。史記一二三大宛傳："發屬國六千騎及郡國惡少年數萬人，以往伐宛。"

【惡月】古代迷信稱五月爲惡月。太平御覽二二東漢董勛問禮俗："五月俗稱惡月。俗多六齋放生。"南朝宋王鎮惡以五月五日生，故其祖猛名之爲"鎮惡"。見宋書本傳。

【惡札】拙劣的書簡。多指書法不善。宋米芾海岳題跋跋顔平原帖："大抵顔、柳挑踢，爲後世醜怪惡札之祖。"也用爲自書的謙稱。宋樓鑰攻媿集七八跋所書卞公祠堂記："兹乃幸得以惡札託名于不朽，故謹書之。"又作"惡劄"。宋孫光憲北夢瑣言十二柳大夫不受潤筆："惡劄固無所憾，若以潤筆先賜，即不敢聞命。"

【惡₄池】水名。即滹沱河。禮禮器："晉人將有事於河，必先有事於惡池。"周禮職方并州作虖池。古文苑一秦惠文王詛楚文作亞駝。墨子兼愛作嘑池。戰國策秦作呼池。參見"滹沱"。

【惡言】無禮、中傷一類的話。禮祭義："是故惡言不出於口，忿言不反於身。"後漢書二五卓茂傳："舉善而教，口無惡言，吏人親愛而不忍欺之。"

【惡戾】兇横。史記齊悼惠王世家："齊王母家駟鈞，惡戾，虎而冠者也。"駟鈞，齊王舅父。

【惡來】商紂王之臣。蜚廉之子。有力，善讒。周武王伐紂時被殺。見史記殷紀。

【惡阻】腸胃消化不良，不思飲食。宋陳郁話腴："朝來不喜餐，必惡阻也。"

【惡金】鐵。在發明煉鋼之前，古人以鐵不能製作上等兵器，故稱之爲惡金，稱青銅爲美金。管子小匡："美金以鑄戈劍矛戟，試諸狗馬；惡金以鑄斤斧鉏夷鋸欘，試諸木土。"又見國語齊。

【惡客】㊀不嗜酒的客人。唐元結元次山集三將船何處去詩之二："有時逢惡客，還家亦少酣。"自注："非酒徒即爲惡客。"後來轉稱酗酒者爲惡客。參閲宋吕祖謙詩律武庫後集二惡客。㊁不懷好意的客人。宋黄庭堅豫章集四便糴王丞送碧香酒用子瞻韻戲贈鄭彦能詩："重門著關不爲君，但備惡客來仇餉。"㊂宋姚伯聲以客名花，得三十客，曼陀羅爲惡客，牡丹爲貴客。見宋姚寬西溪叢語上。伯聲，寬之兄。

【惡逆】古代刑律十惡大罪之一。指毆打及謀殺祖父母、父母，殺死伯叔父母、姑、兄、姊、外祖父母、夫、夫之祖父母、父母的人。見唐律疏議一名例。

【惡限】猶言厄運。元曲選缺名賺蒯通二："再休想吉祥如意，多管是你惡限臨逼。"水滸六一："吳用道：員外貴造一向都行好運，獨今年時犯歲君，正交惡限。"

【惡疾】指痛苦難治的疾病。公羊傳昭二十年："何疾爾？惡疾也。"注："惡疾謂瘖、聾、盲、癘、禿、跛、傴，不逮人倫之屬也。"釋文："惡，烏路反。"舊讀 wù。宋李昌齡樂善録劉貢父："晚年得惡疾，鬚眉墮落，鼻梁斷壞，苦不可言。"

【惡徒】壞人，歹徒。唐劉知幾史通浮詞："躬爲逆上，名隸惡徒。"

【惡₃許】何處。同"何許"。墨子非樂上："古者聖王，亦嘗厚措斂乎萬民，以爲舟車。既已成矣，曰：'吾將惡許用之？'"

【惡終】猶言不得好死，遭横禍而死。書畢命："驕淫矜侉，將由惡終。"魏書韋閬傳附韋雋:"爲(于)忠所惡,故及於難。臨終,……雋歎曰:'吾一生爲善,未蒙善報;常不爲惡,今爲惡終。'"

【惡₂寒】畏寒。文選漢東方曼倩(朔)答客難:"天不爲人之惡寒而輟其冬,地不爲人之惡險而輟其廣。"又中醫稱人體發熱前作劇冷爲惡寒。漢張仲景傷寒論辨脈法:"病有灑淅,惡寒而復發熱者,何?"

【惡報】佛教語。謂行惡事而自食惡果。廣弘明集三十南朝梁武帝(蕭衍)斷酒肉文:"行十惡者,受於惡報;行十善者,受於善報。"

【惡₂惡】憎恨邪惡。國語晉一:"吾聞君子好好而惡惡,樂樂而安安,是以能有常。"新唐書九七魏徵傳:"然後善善而惡惡,審罰而明賞,無爲之化何遠之有!"

【惡棍】歹徒,作惡多端的人。清吳榮光吾學錄初編二二刑律一:"凡惡棍索詐官民,或張貼揭帖,或捏告各衙門,……此等情罪重大。"

【惡笄】古代女子服喪時所用的榛木笄。也稱榔笄。禮喪服小記:"齊衰,惡笄以終喪。"疏:"惡笄者,榛木爲笄也。"參閱清孫希旦集解、清翟灝通俗編二五骨笄。

【惡發】發怒。續傳燈錄二七宗杲禪師:"喚爾作菩薩便歡喜,喚爾作賊漢便惡發,依前只是舊時人。"宋莊季裕雞肋編中:"紹興四年,大饗明堂,更修射殿以爲饗所,其基即錢氏時握髮殿。吳人語訛,乃云惡發殿。謂錢王怒即升此殿也。"錢王,五代吳越錢鏐。事亦見宋陸游老學庵筆記二。西遊記五八:"當面說出,恐妖精惡發。"

【惡溪】水名。1. 即今浙江省好溪。舊傳說其中多水怪,唐段成式爲刺史時,水怪絕,乃改稱好溪。見新唐書地理志五處州麗水。2. 即今廣東省韓江。唐元和中韓愈爲潮州刺史,以惡溪有鱷魚,食民畜産,乃設祭,撰祭鱷魚文。見昌黎集三六鱷魚文、新唐書一七六韓愈傳。

【惡詩】拙劣的詩。唐李肇國史補中:"杜太保在淮南,進崔叔清詩百篇。德宗謂使者曰:'此惡詩,焉用進?'時呼爲'准敕惡詩。'"也用以謙稱自己的詩作。唐白居易長慶集五五想歸田園詩:"千首惡詩吟過日,一壺好酒醉銷春。"

【惡業】㊀佛教語。指出於身、口、意三者的壞事、壞話、壞心等。華嚴經四十普賢行願品:"我昔所造諸惡業,皆由無始貪瞋癡。"㊁不正當的職業。史記一二九貨殖傳:"博戲,惡業也,而桓發用之富。"

【惡歲】荒年,凶歲。越絕書十三越絕外傳枕中:"夫陰陽錯繆,即爲惡歲。"唐柳宗元柳先生集二六興州江運記:"屬當惡歲,府庾甚虛,器備甚殫。"

【惡₂嫌】討厭。宋周邦彥片玉詞上木蘭花令:"惡嫌春夢不分明,忘了與伊相見處。"

【惡賓】不能屈從主人之意的賓客。舊題漢劉歆西京雜記二:"公孫弘起家徒步,爲丞相。故人高賀從之;弘食以脫粟飯,覆以布被。……賀告人曰:'公孫弘內服貂蟬,外衣麻枲,內廚五鼎,外膳一肴,豈可以示天下!'於是朝廷疑其矯焉。弘嘆曰:'寧逢惡賓,不逢故人。'"

【惡實】牛蒡果。因其狀惡而多刺鉤,故名惡實。見廣羣芳譜九六牛蒡。

【惡趣】佛教語。也稱惡道。指地獄、餓鬼、畜生三道。無量壽經下:"但作衆惡,不修善本,皆悉自然入諸惡趣。"

【惡劇】開玩笑,惡作劇。宋蘇軾東坡集後集四白水山佛遺岩詩:"山靈莫惡劇,微命安足賭。"又范成大石湖集二六立春大雪招親友共春盤坐上作詩:"化兒任惡劇,歡伯有奇懷。"參見"惡作劇"。

【惡德】品德不良,也指品德不良的人。書說命中:"爵罔及惡德,惟其賢。"

【惡燋】相傳東海中山名。藝文類聚八玄中記:"惡燋者,山名也,在東海南,方三萬里。"文選晉郭景純(璞)江賦作沃焦。

【惡錢】古代私鑄之錢,質料薄劣者稱惡錢。隋書趙綽傳:"時上禁行惡錢,有二人在市以惡錢易好者,武侯執以聞,上令悉斬之。"參閱文獻通考八錢幣一歷代錢幣之制。

【惡聲】㊀邪惡之聲。孟子萬章下:"伯夷目不視惡色,耳不聽惡聲。"晉書祖逖傳:"中夜聞荒雞鳴,蹴(劉)琨覺,曰:'此非惡聲也。'因起舞。"㊁辱罵之聲。莊子山木:"一呼而不聞,再呼而不聞,於是三呼邪,則必以惡聲隨之。"史記八十樂毅傳報燕惠王書:"臣聞古之君子,交絕不出惡聲。"

【惡魔】佛家指外道的惡煞凶神。圓覺經:"無令惡魔及諸外道惱其身心。"西遊記五二:"遇着一個惡魔頭,名唤兕大王,神通廣大。"

【惡躁】可憎。元曲選馬致遠黃粱夢三:"天㖿,這雪住一住可也好,越下的惡躁了。"西遊記三六:"這個和尚,比那個和尚不同:生得惡躁,沒脊骨。"

【惡露】婦女産後瘀血。法苑珠林八六道諸天引折服羅漢經:"其母挽身,又無惡露。"

【惡作劇】開玩笑,恣意戲弄。唐段成式酉陽雜俎九盜俠:"韋生移家汝州,中路逢一僧,……韋知其盜也,乃彈之,正中其腦。……僧始捫中處,徐曰:'郎君莫惡作劇。'"一本作"作惡劇"。宋楊萬里誠齋集十三宿潭石步詩:"天公嚇客惡作劇,不相關白出不測。"

【惡草具】粗劣的飲食。史記陳丞相世家:"(劉邦)爲太牢具,舉進。見楚使,卽佯驚曰:'吾以爲亞父使,乃項王使。'復持去,更以惡草具進楚使。"

【惡精神】精神飽滿。花草粹編五宋陳瑩中(瓘)了齋詞鷓鴣天:"宜笑宜顰掌上身,能歌能舞惡精神。"元曲選缺名小尉遲四:"鬭起我,美良川,狠氣勢,榆科園,惡精神。"

【惡叉白賴】無理取鬧,耍無賴。古今雜劇元鄭德輝㑳梅香二:"我本將摑破你個小賤人的口來,又道我是個女孩兒家惡叉白賴。"亦作"惡茶白賴"。又關漢卿金綫池三:"那裏也惡茶白賴尋爭競。"

【惡貫滿盈】極言作惡之多。書泰誓上:"商罪貫盈,天命誅之。"傳:"紂之爲惡,一以貫之,惡貫已滿,天畢其命。"唐陸贄陸宣公集二十議汴州逐劉士寧事狀:"伏以劉士寧昏荒暴慢,惡貫久盈。"元曲選缺名硃砂擔四:"你今日惡貫滿盈,有何理說?"

【惡₂惡從短】公羊傳昭二十年:"君子之善善也長,惡惡也短,惡惡止其身,善善及子孫。"本謂貶人之惡,罪止其身。後因謂譴責人之罪過適可而止曰惡惡從短。

【惡₂紫奪朱】厭惡用紫色取代紅色。古代以朱色爲正色,喻正統。論語陽貨:"惡紫之奪朱也。惡鄭聲之亂雅樂也。惡利口之覆邦家者。"後用以比喻邪惡勝過正義,或異端冒充真理。陽春白雪後三元劉時中端正好十二月:"不是我論黃數黑,怎禁他惡紫奪朱。"

【惡₂醉強酒】怕醉而偏暴飲。比喻明知故犯。孟子離婁上:"今惡死亡而樂不仁,是由惡醉而強酒。"

【惡₂濕居下】討厭潮濕,却又居於低洼之地。比喻明知故犯。孟子公孫丑上:"仁則榮,不仁則辱。今惡辱而居不仁,是猶惡濕而居下也。"

【惡向膽邊生】見"怒從心上起,惡向膽邊生"。

惎

jì ㄐㄧˋ 渠記切,去,志韻,羣。

㊀毒害。見"惎間"。㊁憎恨。左傳哀元年:"惎澆能戒之。"又哀二七年:"知伯不悛,趙襄子由是惎知伯。"㊂教。左傳宣十二年:"晉人或以廣隊不能進,楚人惎之脫扃。"㊃啟發,教導。文選漢張平子(衡)西京賦:"天啓其心,人惎之謀。"又梁陸佐公(倕)石闕銘序:"雖革命殊乎因襲,揖讓異於干戈,而晷緯冥合,天人啟惎,……其揆一也。"

【惎悔】教人悔悟。文選晉陸士衡(機)弔魏武帝文:"援貞吝以惎悔,雖在我而不臧。"

【惎間】毒亂。左傳定四年:"管蔡啓商,惎間王室。"

【惎構】誣陷謀害。新唐書九九崔湜傳:"時桓彥範等當國,畏武三思惎構,引湜使陰汋其姦。"

悳 dé ㄉㄜˊ 多則切,入,德韻,端。

"德"的古字。漢書地理志上平原郡有縣名安悳。悳,古德字。清朱駿聲說文通訓定聲:"外得于人者,恩悳之悳;內得于己者,道悳之悳。經傳皆以'德'爲之。"參見"德"。

惑 huò ㄏㄨㄛˋ 胡國切,入,德韻,匣。

㊀疑惑,使人不解。論語顏淵:"既欲其生,又欲其死,是惑也。"荀子解蔽:"治則復經,兩疑則惑矣。"㊁蠱惑,使之迷亂。漢書五行志下之上:"天戒若曰,勿取齊女,將生淫惑篡弒之禍。"㊂煩惱。文選南朝梁王簡栖(屮)頭陁寺碑文:"存軀者惑,理勝則惑亡。"

【惑志】猶疑心。論語憲問:"夫子固有惑志於公伯寮也。"文選漢班孟堅(固)東都賦:"今將語子以建武之治,永平之事,監于太清,以變子之惑志。"後漢書四十下班彪傳附班固作"或志"。

【惑易】精神失常。韓非子內儲下六微:"燕人其妻有私通於士,其夫早自外而來,士適出。夫曰:'何客也?'其妻曰:'無客。'問左右,左右言無有,如出一口。其妻曰:'公惑易也。'"

【惑疾】迷惑之病,指精神失常。左傳襄二四年:"不然,其有惑疾,將死而憂也。"又昭元年:"晦淫惑疾,明淫心疾。"

【惑術】迷亂人心的道術。韓非子忠孝:"恍惚之言,恬淡之學,天下之惑術也。"

【惑衆】㊀惑亂衆人。漢書七十陳湯傳:"(王)商聞此語,白湯惑衆,下獄治。"又:"丞相御史奏'湯惑衆不道,妄稱詐歸異於上'。"㊁受迷惑的羣衆。廣弘明集十五南朝梁簡文帝菩提樹頌序:"涅槃寶棹,接惑衆於背流;慈悲光明,照羣迷於未曉。"

【惑惑】迷惑,盲從。漢書四八賈誼傳服鳥賦:"衆人惑惑,好惡積意。"注引李奇:"惑惑,東西也。"史記作"或或"。漢劉向說苑敬慎:"衆人惑惑,我獨不從。"

【惑亂】迷惑,蠱惑。左傳昭元年:"趙孟曰:'何謂蠱?'對曰:'淫溺惑亂之所生也。'"史記秦始皇紀三三年:"今諸生不師今而學古,以非當世,惑亂黔首。"

【惑眢】昏惑,迷亂。淮南子齊俗:"以有〔有以〕自見也,則不失物之情;無以自見,則動而惑眢。"

【惑蠱】迷惑。左傳哀二六年:"太尹(向魋)惑蠱其君而專其利。"國語晉二:"將以驪姬之惑蠱君而誣國人,讒羣公子而奪之利,使君迷亂,信而亡之。"

悶 1. mèn ㄇㄣˋ 莫困切,去,慁韻,明。

㊀煩憂,憤懣。易乾:"遯世无悶,不見是而无悶。"古文苑三漢賈誼旱雲賦:"湯風至而含熱兮,羣生悶滿而愁憒。"㊁見"悶悶㊀"。

2. mēn ㄇㄣ 集韻 謨奔切,平,魂韻。

㊂沉默貌。不出聲或聲音不響亮。莊子德充符:"悶然而後應。"㊃不爽貌,氣不通暢。素問風論:"風者,善行而數變,腠理開則洒然寒,閉則熱而悶。"

【悶吐】氣悶欲吐。水經注三六若水:"瀘峯最爲傑秀,……水之左右,馬步之徑裁通,而時有瘴氣,三月四月逕之必死,非此時猶令人悶吐。"

【悶悶】㊀愚昧,渾噩貌。老子:"俗人察察,我獨悶悶。"又:"其政悶悶,其民淳淳。"㊁抑鬱不樂。宋岳珂桯史七吳畏齋謝贄啓:"已不勝賈生痛哭之私,矧欲致臧宮鳴劍之議。試捻悶悶,毋謂平平。"金董解元西廂四:"守著窗兒悶悶地坐。"

【悶絕】暈倒。左傳定四年"由于徐蘇而從"晉杜預注:"以背受戈,故當時悶絕。"

【悶瞀】心煩意亂貌。楚辭屈原九章惜誦:"申佗傺之煩惑兮,中悶瞀之忳忳。"素問玉機真藏論:"脈盛,皮熱,腹脹,前後不通,悶瞀,此謂五實。"

【悶₂默】靜默。宋梅堯臣宛陵集二四史尉還烏程詩:"閉門陋巷中,悶默閱書史。"

【悶₂癢】悶熱發癢。文選三國魏嵇叔夜(康)與山巨源絕交書:"頭面常一月十五日不洗,不大悶癢,不能沐也。"

【悶弓兒】猶悶葫蘆,猜不透的事。元曲選鄭德輝倩女離魂四:"不肯能盼得音書至,倒揣與我箇悶弓兒。"又缺名抱粧盒三:"兀的不是箇難開難解悶弓兒,娘娘也,甚意兒?怎揣與我這該敲該剮罪名兒!"

【悶答孩】悶悶無聊。金董解元西廂四:"悶答孩似吃着没心草,越越的哭到月兒落。"古今雜劇元白仁甫梧桐雨四:"悶答孩和衣臥倒,軟兀剌方纔睡着。"元曲選本作"悶打頦"。

【悶葫蘆】㊀玩具。元曲選孟漢卿魔合羅一:"他有那乞巧的泥媳婦,消夜的悶葫蘆。"㊁比喻難猜難解之事。元曲選紀君祥趙氏孤兒四:"好着我沉吟半晌無分訴,這畫的是俫倖殺我也悶葫蘆。"

惄 nì ㄋㄧˋ 奴歷切,入,錫韻,泥。

憂思。詩小雅小弁:"我心憂傷,惄焉如擣。"又周南汝墳:"未見君子,惄如調飢。"

怛 dá ㄉㄚˊ 當割切,入,曷韻,端。

哀傷。同"怛"。漢書七二王吉傳上疏引詩:"顧瞻周道,中心怛兮。"注:"怛,古怛字,傷也。"今詩檜風匪風作"怛"。唐段行琛碑:"身寄有涯之生,遷化而無怛。"(金石萃編一〇一)

悀 yǒng ㄩㄥˇ

俗"慂"字。見"慂"、"慫慂"。

九 畫

愙 kè ㄎㄜˋ 苦各切,入,鐸韻,溪。

同"恪"。古鐘鼎有愙鼎、愙敦。漢司隸校尉魯峻碑、魏修孔子廟碑皆作"恪"(隸釋九、十九)。

【愙齋集古録】清吳大澂撰。大澂因得愙鼎、愙敦,遂名其書室曰愙齋。此書以所集金文拓本編輯而成,凡商周吉金文十一卷,秦漢各一卷,漢以後一卷,共十四卷。其子訥士重加修整,分爲二十六卷,各繫子目,凡收鐘、鼎、敦、尊等共一千一百四十四器。

意 1. yì ㄧˋ 於記切,去,志韻,影。

㊀意思。易繫辭上:"書不盡言,言不盡意。"引申爲意味。唐宋諸賢絕妙詞選南唐李煜浪淘沙:"簾外雨潺潺,春意闌珊。"㊁願望,意圖。管子君臣下:"明君在上,便辟不能食其意。"食,音 sì,偵伺。

楚辭屈原卜居:"用君之心,行君之意。"㊂料想,猜測。孫子計篇:"攻其無備,出其不意。"韓非子顯學:"今乃欲審堯舜之道於三千歲之前,意者其不可必乎?"㊃或者。通"抑"。墨子明鬼下:"豈女爲之與,意鮑爲之與?"

2. yī 丨

㊄歎詞。通"噫"。莊子在宥:"意!甚矣哉,其無愧而不知恥也。"

【意下】㊀心中。新編五代史平話唐上:"(黃巢)睡醒後,意下思量李克用諱名李鴉兒,諸軍皆着黑衣。"㊁意見,主張。京本通俗小說志誠張主管:"不知員外意下如何?"

【意可】香名。相傳吳越王宮中有香,命宮人宜愛掌之,因名爲宜愛香。宋黃庭堅以爲香殊不凡而名有脂粉氣,改名爲意可。見宋葉廷珪海錄碎事六意可香、曾慥類說五九香譜。

【意田】猶心田。佛家語。謂產生思念的來處。唐張說張說之集十七唐故高內侍碑:"仁爲德本,義爲行先,禮爲身宅,信爲意田。"文苑英華八六六唐呂溫南嶽彌陀寺承遠和尚碑:"花座踴於意田,寶月懸於眼界。"

【意外】意料之外。世說新語賞譽上:"後聊試問近事,(王湛)答對甚有音辭,出濟意外。濟極惋愕。"濟,湛侄。魏書耿玄傳:"今既貴矣,更何所求而復卜也,欲望意外乎?"

【意而】㊀傳說中的古代賢人。見莊子大宗師。㊁燕子的別名。也作鷾鴯。見元伊士珍瑯嬛記。

【意匠】作文繪畫時的精心構思。晉陸機陸士衡集一文賦:"辭程才以效伎,意司契而爲匠。"唐杜甫杜工部草堂詩箋二十丹青引贈曹將軍霸:"詔謂將軍拂絹素,意匠慘澹經營中。"

【意旨】見"意指"。

【意向】意圖,心意之所向。南齊書庾杲之傳:"(王)儉謂人曰:'昔袁公作衞軍,欲用我爲長史,雖不獲就,要是意向如此。'"也作"意嚮"。宋曾鞏元豐類稿十六答李沿書:"辱示書及所爲文,意嚮甚大。"

【意色】神色。世說新語雅量:"謝公(安)與人圍棋,俄而謝玄淮上信至,看書竟,默然無言,徐向局。客問淮上利害,答曰:'小兒輩大破賊!'意色舉止,不異於常。"

【意似】似是而非。三國志蜀譙周傳仇國論:"是故智者不爲小利移目,不爲意似改步,時可而後動,數合而後舉。"

【意行】謂隨意而行,猶信步。管子內業:"見利不誘,見害不懼,寬舒而仁,獨樂其身,是謂雲氣 意行似天。"唐劉禹錫劉夢得集八蠻子歌:"腰斧上高山,意行無舊路。"宋陸游劍南詩稿四五山家之二:"意行無定處,猿鳥共忘形。"

【意志】思想,志向。商君書定分:"夫微妙意志之言,上知之所難也。"抱朴子自敘:"既性闇善忘,又少文,意志不專,所識者甚薄。"

【意忌】同猜忌。史記陳丞相世家:"大王誠能捐數萬斤金,行反間,閒其君臣,以疑其心,項王爲人意忌信讒,必內相誅。"又一一二公孫弘傳:"弘爲人意忌,外寬內深。諸嘗與弘有卻者,雖詳與善,陰報其禍。"

【意見】見解,主張。後漢書四九王充等傳論:"夫遭運無恒,意見偏雜,故是非之論,紛然相乖。"魏書任城王傳附子澄:"高祖曰:'衆人紛紜,意見不等,朕莫知所從。'"

【意況】概要。魏書殷紹傳上四序堪輿表:"法穆時共(釋曇)影爲臣開述九章數家雜要,披釋章次意況大旨。"

【意表】意外。晉陶潛陶淵明集三飲酒詩之十一:"裸葬何必惡,人當解意表。"陳書袁憲傳:"憲常招引諸生,與之談論,每有新議,出人意表,同輩咸嗟服焉。"

【意者】抑或,料想。墨子公孟:"今吾事先生久矣,而福不至。意者先生之言,有不善乎?"韓非子顯學:"今乃欲審堯舜之道於三千歲之前,意者其不可必乎?"

【意林】唐馬總編。五卷。南朝梁庾仲容取周秦以來諸家雜記一百零七家,摘錄其要語,輯爲三十卷,名子鈔。總以爲繁略失當,加以增删,名意林。此書久無刊本,輾轉傳鈔,多有佚脫,現僅存七十一家,其中兩家有目無書。所選錄者,或原書今已失傳,或與今本不同,皆可資考證。

【意味】意境,趣味。宋河南程氏遺書十九伊川先生語五:"讀之愈久,但覺意味深長。"又羅大經鶴林玉露天集三記夢詩:"只一字之差,意味天淵奠別。"

【意狀】情景,情況。三國志魏張遼傳:"文帝引遼會建始殿,親問破吳意狀。"南朝宋謝靈運謝康樂集一夢贊:"意狀盈眼前,好惡迭萬變。"

【意念】想法,念頭。南朝梁江淹江文通集四悼室人詩之八:"意念每失乖,徒見四時虧。"

【意制】故意做作。南史張融傳:"至融風止詭越,坐常危膝,行則曳步,翹身仰首,意制甚多。見者驚異,聚觀成市,而融了無慚色。"

【意度】㊀揣測。韓非子解老:"先物行先理動之謂前識,前識者,無緣而忘意度也。"度,音 duò。㊁見識與度量。舊題東漢郭憲洞冥記二:"郭瓊東郡人也,形貌醜劣而意度過人。"度,音 dù。㊂風格,風度。元夏文彥圖繪寶鑒二:"能脫去筆墨畦町,自成一種意度。"度,音 dù。

【意故】緣故。三國志魏司馬芝傳:"每上官有所召問,常先見掾吏,爲斷其意故,教其所以答塞之狀,皆如所度。"水滸二九:"你家小管營,今日如何只將肉食出來請我,卻不多將些酒出來與我吃,是甚意故?"

【意指】意之所在。史記一二二杜周傳:"君爲天子決平,不循三尺法,專以人主意指爲獄。"也作"意旨"。史記九七陸賈傳:"令尉他去黃屋稱制,令比諸侯,皆如意旨。"

【意思】㊀思想,心思。漢王充論衡變動:"欲之甚者,至或當風鼓篷,向日燃爐,而天終不爲冬夏易氣,寒暑有節,……況自刑賞,意思欲求寒温乎?"三國志魏杜夔傳:"漢鑄鐘工柴玉巧有意思,形器之中,多所造作。"㊁意義,意味。唐韓愈昌黎集十七與馮宿論文書:"辱示初筮賦,實有意思。"又白居易長慶集六九送王卿使君赴任蘇州……詩:"鶯入故宮含意思,花迎新使生光彩。"

【意怠】鳥名。莊子山木:"東海有鳥焉,其名曰意怠。"宋劉敞公是集七寓言詩:"東海有意怠,飛飛何所求。"明陳懋仁庶物異名疏二四羽部上謂爲玄鳥。按莊子山木另有鷾鴯,鷾鴯即玄鳥(燕),意怠恐是別一種鳥。

【意料】揣度。新編五代史平話唐下:"不擬一旦變生意料之外,禍起肘腋之間。"

【意珠】佛教徒用的如意珠。常用來比喻智慧。唐劉禹錫劉夢得集三十大唐曹溪第六祖大鑒禪師第二碑:"自達摩六傳至大鑒,如貫意珠,有先後而無同異。"宋蘇軾東坡集續集二次韻參寥寄少游詩:"素與晝公心印合,每思秦子意珠圓。"參閱楞嚴經四。

【意格】指詩文的意境與格調。宋魏慶之詩人玉屑一詩法:"意格欲高,句法欲響,只求工於句字,亦末矣。"

【意致】神情姿態。南朝陳徐陵徐孝穆集三與李那書："至於披文相質，意致縱横，才壯風雲，義深淵海。"

【意氣】㊀意志與氣概。管子心術下："是故意氣定然後反正。"史記一〇九李將軍(廣)傳："會日暮，吏士皆無人色，而廣意氣自如。"㊁情誼，恩義。漢書六二司馬遷傳報任安書："曩者辱賜書，教以愼於接物，推賢進士爲務，意氣勤勤懇懇。"玉臺新詠一皚如山上雪："男兒重意氣，何用錢刀爲！"㊂志趣。唐杜甫杜工部草堂詩箋二二贈王二十四侍御契四十韻："由來意氣合，直取性情眞。"㊃指饋送財禮。漢王符潛夫論愛日："百姓廢農桑，而趨府庭者，非朝晡不得通，非意氣不得見。"

【意造】憑主觀想像而造作。藝文類聚七六南齊王融懺悔三業門頌："業資意造，事假言筌。"梁書曹景宗傳："景宗爲人自恃尚勝，每作書，字有不解，不以問人，皆以意造焉。"宋蘇軾分類東坡詩三石蒼舒醉墨堂："我書意造本無法，點畫信手煩推求。"

【意₂烏】怒叱聲。漢書三四韓信傳："項王意烏猝嗟，千人皆廢。"史記九二淮陰侯傳作"喑噁"。

【意望】願望，希望。三國志魏武帝紀初平十五年"冬，作銅雀臺"注引魏武故事載曹操己亥令："身爲宰相，人臣之貴已極，意望已過矣。"梁書伏暅傳："暅自以名輩素在(何)遠前，爲吏俱稱廉白，而遠累見擢，暅遷階而已，意望不滿，多託疾家居。"

【意略】謀略。宋書王鎮惡傳："頗讀諸子兵書，論軍國大事，騎乘非所長，關弓亦甚弱，而意略縱橫，果決能斷。"

【意得】意願已償。史記秦始皇紀三五年："始皇爲人，天性剛戾自用，起諸侯，并天下，意得欲從，以爲自古莫及己。"宋陳師道後山集四捕狼詩："意得無前敵，時乖闕後防。"

【意智】猶智慧。後漢書九十鮮卑傳引蔡邕議鮮卑事："自匈奴遁逃，鮮卑强盛，據其故地，稱兵十萬，才力勁健，意智益生。"三國志蜀先主傳章武三年"先主殂于永安宮，時年六十三"注引諸葛亮集載先主遺後主敕："可讀漢書、禮記，閒暇歷觀諸子及六韜、商君書，益人意智。"

【意象】㊀意思與形象。漢王充論衡亂龍："夫畫布爲熊麋之象，名布爲侯，禮貴意象，示義取名也。"南朝梁劉勰文心雕龍六神思："然後使玄解之宰，尋聲律而定墨；獨照之匠，闚意象而運斤。"㊁心情與容貌。宋陸游劍南詩稿一病起寄曾原伯兄弟："意象殊非昨，筋骸劣自持。"

【意義】㊀內容，含義。後漢書律曆志上："至元始中，博徵通知鍾律者，考其意義。"唐韓愈昌黎集十六答侯繼書："僕少好學問，自五經之外，百氏之書，未有聞而不求，得而不觀者，然其所志，惟在其意義所歸。"㊁意思，思想。舊題晉葛洪神仙傳五薊子訓："常閒居讀易，小小作文，皆有意義。"晉書繆播傳："播才思清辯，有意義。"

【意筭】筭，同"算"。㊀計謀。後漢書六五皇甫規傳："規爲人多意筭，自以連在大位，欲退身避第，數上病，不見聽。"㊁運算。魏書律曆志上崔光表："臣職預其事，而朽惰已甚，既謝運籌之能，彌愧意算之藝，由是多歷年世，茲業弗成。"

【意會】內心領會。南朝梁蕭統昭明太子集三答湘東王求文集及詩苑英華書："觀汝諸文，殊與意會，至於此書，彌見其美。"宋樓鑰攻媿集二題范寬秋山小景詩："畫家雖雲烟，惝恍徒意會。"

【意解】指原來的存心，如憂忿等，解釋消除。晉書樂廣傳："廣乃告其所以，客豁然意解，沈痾頓愈。"南史蕭思話傳："我每有所忿，見卿輒意解，何也？"

【意説】憑個人的意見立説。後漢書四四徐防傳上疏："伏見太學試博士弟子，皆以意説，不修家法。"又："今不依章句，妄生穿鑿，以遵師爲非義，意説爲得理。"

【意境】指文藝創作中的情調、境界。明朱承爵存餘堂詩話："作詩之妙，全在意境融徹，出音聲之外，乃得真味。"

【意奪】意志消沉。南朝梁江淹江文通集一別賦："有別必怨，有怨必盈，使人意奪神駭，心折骨驚。"

【意稱】好名譽。美稱。意，通"懿"。漢書高帝紀下十一年："其有意稱明德者，必身勸，爲之駕，遣詣相國府。"文選南齊王元長(融)三月三日曲水詩序"興廉舉孝"注引漢書作"懿稱"。

【意態】神情姿態。漢書五三廣川惠王越傳："榮姬視瞻，意態不善。"唐杜甫杜工部草堂詩箋七天育驃騎歌："是何意態雄且傑，駿尾蕭梢朔風起。"

【意緒】㊀心情。玉臺新詠四南齊王融詠琵琶詩："絲中傳意緒，花裏寄春情。"㊁思想脈絡。唐柳宗元柳先生集四辯文子："凡孟管輩數家，皆見剽竊，嶢然而出其類，其意緒文辭叉牙相抵而不合。"

【意網】喻妄念。指妄念如網，束縛人的本性。文苑英華八六〇唐李華杭州餘杭縣龍泉寺故大律師碑："裂除意網，磨拂心鏡。"

【意趣】思想與旨趣。宋書胡藩傳："桓玄意趣不常，每怏怏於失職。"又蕭惠開傳："初爲祕書郎著作，並名家年少，惠開意趣多與人不同，比肩或三年不共語。"

【意慮】思考，考慮。南史何尚之傳："(顏)竣時權傾朝野，(何)偃不自安，遂發悸病，意慮乖僻。"

【意興】感情，意境。宋魏慶之詩人玉屑二詩評："詩有詞理意興。南朝人尚詞而病於理，本朝人尚理而病於意興。"

【意樹】佛教認爲一切善果、惡果皆由人的意念所生，故以意樹比喻意念。藝文類聚七六南朝梁蕭統參講席將訖詩："意樹發空花，心蓮吐輕馥。"法苑珠林十三七佛述意："不生意樹，未敀心燈。"

【意錢】一種博戲。後漢書三四梁統傳附梁冀："(冀)能挽滿、彈棊、格五、……意錢之戲。"樂府詩集七七唐張仲素春遊曲之二："林間踏青去，席上意錢來。"唐李匡乂資暇集中錢戲認爲即後世的攤錢，清郝懿行宋瑣語言詮認爲是猜拳賭錢。

【意識】㊀意向見解。漢王充論衡實知："衆人闊略，寡所意識，見賢聖之名物，則謂之神。"北齊書王晞傳邢子良與晞兄書："賢弟彌郎，意識深遠，曠達不羈。"㊁佛教語。佛教所説的六識之一，即由意根而起之識。廣弘明集三七南朝梁武帝(蕭衍)淨業賦序："除此二障，意識稍明，内外經書，讀便解悟。"

【意中人】心中思戀的人。晉陶潛陶淵明集二示周續之祖企謝景夷三郎詩："藥石有時閒，念我意中人。"後多指戀愛中的情人。宋晏殊珠玉詞訴衷情之一："東城南陌花下，逢著意中人。"

【意在言外】謂語意含蓄，不在字面表現。宋歐陽修文忠集一二八詩話："聖俞(梅堯臣)常語予曰：'……必能狀難寫之景，如在目前，含不盡之意，見於言外；然後爲至。'"又胡仔苕溪漁隱叢話後集十五杜牧之："此絶句極佳，意在言外，而幽怨之情自見，不待明言之也。"

【意在筆先】謂構思在落筆之前。也作"意在筆前"、"意存筆先"。唐張彥遠法書要録一晉王右軍(羲之)題衛夫人筆陣圖後："夫欲書者，先乾研墨，凝神靜思，預想字形大小、偃仰、平直、振動，令筋脈相連；意在筆前，然後作字。"又歷代名畫記二論顧陸張吳用筆："顧愷之之迹，……意存筆先，畫盡意在，所以全神氣也。"唐歐陽詢書法救應："凡作字，一筆纔落，便當思第二、三筆，如何救應，如何結裹，書法所謂意在筆先，文向後思是也。"

【意馬心猿】謂意如奔馬，心似躁猿。比喻心意不定。唐（李□襲）信法寺碑："猶驚意馬，未靜心猿。"（金石萃編六五）宋朱翌灊山集三睡軒詩之一："意馬心猿不用忙，睡鄉深處解行裝。"

愔 yīn 挹淫切，平，侵韻，影。ㄧㄣ

見下。

【愔愔】和悅貌，安閒貌。左傳昭十二年："祈招之愔愔，式昭德音。"文選三國魏嵇叔夜（康）琴賦："愔愔琴德，不可測兮。"宋陸游劍南詩稿四一十一月四日夜半枕上口占："小室愔愔夜向分，幽人殘睡帶殘醺。"

【愔嫕】安靜貌。文選戰國楚宋玉神女賦："澹清靜其愔嫕兮，性沈詳而不煩。"

【愔翳】同"愔嫕"。唐柳宗元柳先生集二夢歸賦："質舒解以自恣兮，息愔翳而愈微。"

惲 yùn 於粉切，上，吻韻，影。ㄩㄣ

㊀渾厚之"渾"本字。見清段玉裁說文解字注。㊁姓。參閱明陳士元姓觿十二吻引姓考。

【惲冰】清江蘇武進縣人。畫家惲壽平族曾孫女。字清于，號浩如。嫁毛鴻調。善寫生，尤長用粉，所畫花朵，彷彿閃灼有光。參閱清李兆洛武進志三一人物列女。

【惲敬】公元1757—1817年。清江蘇武進縣陽湖人。字子居，號簡堂。乾隆四十八年舉人。累官吳城同知。以古文著名，世稱陽湖派。著有大雲山房文稿。

【惲壽平】公元1633—1690年。清江蘇武進人。本名格，以字行。又字正叔，號南田。早年曾在靈隱寺爲僧，後還俗。詩畫皆工。所畫花卉創"沒骨體"一派，畫中多自題識。莊令輿徐永宣選刊其詩爲南田詩鈔五卷。道光中蔣生沐又廣輯爲甌香館集，凡詩十卷，題識二卷，補遺一卷。參閱武進陽湖縣志二六人物藝術。

惼 biǎn 方典切，上，銑韻，幫。ㄅㄧㄢ

狹隘，急躁。通"褊"。詳"惼心"。

【惼心】心胸狹隘、急躁。莊子山木："方舟而濟於河，有虛船來觸舟，雖有惼心之人，不怒。"

愜 qiè 苦協切，入，帖韻，溪。ㄑㄧㄝ

說文作"㥦"。㊀快心，滿意。戰國策燕二樂毅報燕惠王書："先王以爲愜其志，以臣爲不頓命，故裂地而封之。"校注本"愜其志"作"順乎其旨"。漢王充論衡藝增："故譽人不增其美，則聞者不快其意；毀人不益其惡，則聽者不愜於心。"㊁恰當。晉書四八李重傳論："李重言因革之利，駮田產之制，詞愜事當。"㊂見"愜愜"。

【愜心】快意，快心。後漢書五四楊震傳附楊彪："光和中黃門令王甫使門生於郡界辜榷官物七千餘萬。彪發其姦，言之司隸。司隸校尉陽球因此奏誅甫，天下莫不愜心。"文選晉陸士衡（機）文賦："故夫夸目者尚奢，愜心者貴當。"

【愜志】快心，滿意。愜，本作"㥦"。漢書文帝紀元年詔："朕既不德，上帝神明未歆饗也，天下人民未有㥦志。"

【愜情】㊀合乎情理。南史顧覬之傳附顧憲之臨終與子敕："常謂中都之制，允理愜情。衣周於身，示不違禮；棺周於身，足以蔽臭。"㊁稱心，滿意。唐張九齡曲江集四使還湘水詩："于役已彌歲，言旋今愜情。"

【愜愜】憂懼。文選晉潘安仁（岳）馬汧督誄："愜愜窮城，氣若無假。"注："王逸楚辭曰：'愜愜，畏懼患禍者也。'"

【愜意】稱心，滿意。唐韓偓玉山樵人集卜隱詩："世亂豈容長愜意，景清還覺易忘機。"

【愜當】恰如其分，合情合理。北齊顏之推顏氏家訓文章："一事愜當，一句清巧，神厲九霄，志凌千載。"北史高構傳："我讀卿判數徧，詞理愜當，意所不能及也。"

【愜懷】稱心，滿意。唐孟郊孟東野集四石淙詩之九："愜懷雖已多，惕慮未能整。"

愊 bì 芳逼切，入，職韻，滂。ㄅㄧ

㊀誠懇。後漢書章帝紀："安靜之吏，悃愊無華。"新唐書一八二劉瑑傳："諫罷武宗方士，言多懇愊。"㊁見"愊抑"、"愊億"。

【愊抑】悲哀鬱結於心。文選晉潘安仁（岳）夏侯常侍誄："愊抑失聲，迸涕交揮。"

【愊億】見"愊憶"。

【愊憶】憤懣鬱結。後漢書二八下馮衍傳顯志賦："講聖哲之通論兮，心愊憶而紛紜。"注："愊憶，猶鬱結也。"也作"愊億"。漢書七十陳湯傳："策慮愊億，義勇奮發。"

憮 wǔ 文甫切，上，麌韻，明。ㄨ
莫補切，上，姥韻，明。
武夫切，平，虞韻，明。

撫愛。見爾雅釋詁下、說文。

愖 1. chén 氏任切，平，侵韻，禪。ㄔㄣ

㊀斟愖，遲疑。後漢書二八下馮衍傳顯志賦："意斟愖而不澹兮，俟回風而容與。"

2. dān 集韻都含切，平，覃韻。ㄉㄢ

㊁逸樂。通"媅"、"妉"、"湛"。大戴禮少閒："優以繼愖，政出自家門，此之謂失政也。"

惵 dié 徒協切，入，帖韻，定。ㄉㄧㄝ

恐懼。也作"慄"。後漢書四十班固傳東都賦："（西都賓）惵然意下，捧手欲辭。"

【惵息】謂因畏懼而屏息。後漢書竇后紀："竇后……陷（梁）竦，竦坐誅，貴人姊妹以憂卒。自是宮房惵息，后愛日隆。"

【惵惵】恐懼貌。後漢書四一第五倫等傳贊："惵惵楚黎，寒君（朗）爲命。"也作"慄慄"。文選漢張平子（衡）東京賦："慄慄黔首，豈徒跼高天蹐厚地而已哉，乃救死於其頸。"

【惵懼】害怕。逸周書官人："導之以利而心遷移，臨懾以威而氣惵懼。"

愅 gé 集韻各核切，入，麥韻。ㄍㄜ

變更。本作"諽"。見"愅詭"。

【愅詭】變動貌。荀子禮論："祭者，志意思慕之情也。愅詭悒僾，而不能無時至焉。"注："愅，變也。詭，異也。皆謂變異感動之貌。"

惰 duò 徒臥切，去，過韻，定。ㄉㄨㄛ
徒果切，上，果韻，定。

本作"憜"，省作"惰"。古文作"媠"，也作"嫷"、"㜁"。㊀懈怠，懶惰。書益稷："元首叢脞哉，股肱惰哉，萬事墮哉。"荀子非十二子："佚而不惰，勞而不優。"㊁不敬。左傳哀三一年："滕成公來會葬，惰而多涕。"注："惰，不敬也。"㊂衰敗。通"墮"、"隳"。墨子脩身："雄而不脩者，其後必惰。"

【惰民】元明時浙江境內受歧視的一部分平民。也稱"墮民"。元滅宋後，將俘虜和罪犯集中於紹興等地，稱之爲"怯憐戶"，後人稱之爲"惰民"。明編戶籍，統列爲"丐戶"，長期被視爲"賤民"，世充賤役，不許與平民通婚、應科舉。清雍正時改變其户籍，和平民同列。一說宋將焦光瓚率部降金，宋人引以爲恥，貶其部爲"惰民"。參閱明徐渭青藤書屋文集十八會稽縣志諸論風俗論、沈德符敝帚軒剩語下丐户，清顧炎武日知錄十三降臣、鄞縣志二風俗引墮民猥編。

【惰容】精神不振，面有懈怠之色。後漢書二七張湛傳："光武臨朝，或有惰容，湛輒陳諫其失。"

【惰貧】明代浙江奉化地區受歧視的一部分平民。參閱明祝允明猥談丐户。參見"惰民"。

【惰偷】懶惰。宋陸游渭南文集二三道官謝雨疏："由官吏之惰偷，致政刑之疵癘。"

【惰游】謂懶散不事生產。禮玉藻："垂緌五寸，惰游之士也。"

【惰慢】輕薄下流。禮樂記："惰慢邪辟之氣，不設於身體。"荀子禮論："其立聲樂恬愉也，不至於流淫惰慢。"參見"媠$_2$謾"。

【惰窳】懶惰苟且。漢王充論衡禍虛："惰窳之人，不力農勉商以積穀貨，遭歲饑饉，腹餓不飽。"北魏賈思勰齊民要術序："蓋以庸人之性，率之則自力，縱之則惰窳耳。"

愞 nuò 而兗切，上，獮韻，日。
ㄋㄨㄛˋ 乃臥切，去，過韻，泥。

軟弱，怯懦。同"懦"。漢書武帝紀："（天漢三年）秋，匈奴入鴈門，太守坐畏愞棄市。"

愇 wěi 于鬼切，上，尾韻，于。
ㄨㄟˇ

是。漢書一〇〇上敍傳幽通賦："豈余身之足殉兮，愇世業之可懷。"注："愇字與韙同。韙，是也；懷，思也。愇音于匪反。"文選作"違"。參閱王先謙漢書補注。

惛 hūn 集韻 呼昆切，平，魂韻。
ㄏㄨㄣ

說文作"惛"。詳"惛"。

慨 kǎi 苦蓋切，去，代韻，溪。
ㄎㄞˇ

㊀感慨。禮檀弓下："既葬，慨焉若不及其反而息。"文選漢張平子（衡）東京賦："望先帝之舊墟，慨長思而懷古。"㊁激昂，憤激。後漢書六七范滂傳："滂登車攬轡，慨然有澄清天下之志。"

【慨慷】感慨，激動。文選晉成公子安（綏）嘯賦："時幽散而將絕，中矯厲而慨慷。"又左太沖（思）雜詩："壯齒不恒居，歲暮常慨慷。"

【慨歎】感慨歎息。晉書祖逖傳："中流擊楫而誓曰：'祖逖不能清中原而復濟者，有如大江！'辭色壯烈，衆皆慨歎。"唐詩紀事二四王昌齡代扶風主人答："主人就我飲，對我還慨歎。"

【慨濊】悲憤。宋書南郡王義宣傳劉義恭與義宣書："臨書慨濊，不識次第。"

【慨當以慷】猶言感慨。文選魏武帝（曹操）短歌行："慨當以慷，憂思難忘。何以解憂，唯有杜康。"也作"慨以慷"。元袁桷清容集三再次韻伯生兼簡仲章詩之一："相期慎素業，載歌慨以慷。"

惻 cè 初力切，入，職韻，初。
ㄘㄜˋ

㊀憂傷，悲痛。易井："井渫不食，爲我心惻。"漢書成帝紀鴻嘉四年詔："關東流亢者衆，青幽冀尤劇，朕甚痛焉。未聞在位有惻然者，孰當助朕憂之！"㊁見"惻惻㊁"。

【惻怛】憂傷。禮問喪："惻怛之心，痛疾之意。"漢書文帝紀二年詔："今朕夙興夜寐，勤勞天下，憂苦萬民，爲之惻怛不安，未嘗一日忘於心。"

【惻惐】傷痛。文選漢王子淵（褒）洞簫賦："悲愴怳以惻惐兮，時恬淡以綏肆。"也作"惻減"。文選晉潘安仁（岳）笙賦："愀愴惻減，虺韡煜熠。"

【惻惻】㊀傷痛。文選晉潘安仁（岳）寡婦賦："庶浸遠而哀降兮，情惻惻而彌甚。"唐杜甫杜工部草堂詩箋十四夢李白之一："死別已吞聲，生別常惻惻。"㊁懇切。後漢書四五張酺傳："誾誾惻惻，出於誠心，可謂有史魚之風矣。"

【惻愴】悲傷。漢荀悅漢紀文帝紀論："夫賈誼過湘水，弔屈原，惻愴慟懷，豈徒忿怨而已哉！"

【惻隱】㊀同情。孟子公孫丑上："今人乍見孺子將入於井，皆有怵惕惻隱之心。"㊁隱痛。楚辭漢劉向九歎憂苦："外彷徨而遊覽兮，内惻隱而含哀。"

愓 1. dàng 徒朗切，上，蕩韻，定。
ㄉㄤˋ

㊀放蕩。通"蕩"。詳"愓悍"。

2. shāng 集韻 尸羊切，平，陽韻。
ㄕㄤ

㊀見"愓$_2$愓$_2$"。

【愓悍】放蕩兇暴。荀子榮辱："愓悍憍暴，以偷生反側於亂世之間。"

【愓$_2$愓$_2$】形容走路身直而步快。禮玉藻："凡行容愓愓。"

惺 xīng 桑經切，平，青韻，心。
ㄒㄧㄥ 息井切，上，靜韻，心。

㊀領會。詳"惺悟"。㊁清醒。詳"惺惺㊀"。

【惺忪】蘇醒。明湯顯祖牡丹亭鬧殤："不隄防你後花園閑夢銃，不分明再不惺忪。"

【惺愡】見"惺憁"。

【惺悟】領會。同"醒悟"。抱朴子極言："至於問安期以長生之事，安期答之允當，始皇惺悟，信世間之必有仙道。"

【惺惺】㊀清醒，機靈。唐玄覺禪宗永嘉集奢摩他頌："惺惺寂寂是，無記寂寂非。"宋曾布曾公遺錄八："上諭，皇子……雖三歲未能行，然能語言，極惺惺。"又朱敦儒樵歌中憶帝京詞："只爲太惺惺，惹盡閒煩惱。"㊁聰明機警之人。詳"惺惺惜惺惺"。

【惺憁】憁，俗作"愡"。㊀象聲詞。唐元稹長慶集十三春六十韻："鸎巢纔點綴，鸎舌最惺憁。"宋陸游劍南詩稿一初夏道中："桑間葚熟麥齊腰，鸎語惺憁野雉驕。"㊁警覺。二刻拍案驚奇二一："店主張善聽得屋上瓦響，他是個做經紀的人，常是提心吊膽的，睡也睡得惺憁，口不做聲，默默静聽。"

【惺鬆】㊀輕快，靈活。宋辛棄疾稼軒詞鵲橋仙贈人詞："風流標格，惺鬆言語，真個十分奇絕。"㊁清醒。宋楊萬里誠齋集十三再登垂虹亭詩："宿酲作惱未惺鬆，一對湖光酒病空。"

【惺惺惜惺惺】聰明人愛重聰明人，意謂同類相憐。樂府羣珠四關漢卿（？）普天樂崔張十六事酬和情詩曲："五言詩語句清，兩下裏爲媒證，遇着風流知音性，惺惺的便惜惺惺。"古今雜劇元喬夢符玉簫女兩世姻緣二："即度間小曲兒編捏成，端的是剪雪裁冰，惺惺的自古惜惺惺。"

愲 wèi 于貴切，去，未韻，于。
ㄨㄟˋ

㊀不安貌。見玉篇。參見"怫愲㊀"。㊁慷慨。見廣雅釋訓。參見"怫愲㊁"。

愒 1. qiè 去例切，去，祭韻，溪。
ㄑㄧㄝˋ 丘謁切，入，薛韻，溪。

㊀休息。古"憩"字。詩大雅民勞："民亦勞止，汔可小愒。"傳："愒，息。"釋文："愒，起例反。"

2. kài 苦蓋切，去，泰韻，溪。
ㄎㄞˋ

㊀曠廢。見"愒日"。㊁急。廣韻引"公羊傳云：'不及時而葬曰愒。'"今本公羊傳隱三年"愒"作"渴"。

3. hè
ㄏㄜˋ

㊃嚇。史記六九蘇秦傳:"是故夫衡人日夜務以秦恐愒諸侯,以求割地。"集解:"愒音呼曷反。"

【愒₂日】曠廢時日。左傳昭元年:"主民翫歲而愒日,其與幾何?"國語晉八作"今忨日而潵歲"。

【愒₂陰】暮年。周書王褒傳周弘讓復書:"吾已愒陰,弟非茂齒,禽尚之契,各在天涯,永念生平,難爲胸臆。"陳書虞寄傳諫陳寶應書:"將軍待以上賓之禮,申以國士之眷,……而寄沉痼彌留,愒陰將盡,常恐卒塡溝壑,涓塵莫報。"

愕 è ㄜˋ 五各切,入,鐸韻,疑。

㊀驚訝。戰國策燕三:"荆軻逐秦王,秦王還柱而走。羣臣驚愕,卒起不意,盡失其度。"㊁直言。通"諤"。文選晉袁彥伯(宏)三國名臣序贊:"神情所涉,豈徒蹇愕而已哉!"參見"愕愕"。

【愕眙】驚視。後漢書四十上班彪傳附班固西都賦:"雖輕迅與僄狡,猶愕眙而不敢階。"新唐書一九二張巡傳:"俄而絙士復登陴,賊皆愕眙,乃按甲不出。"

【愕視】驚視。文苑英華四八唐李華含元殿賦:"四墉旣列,大階如截,下上相嶔,愕視沉沉。"

【愕愕】直言貌。同"諤諤"。管子白心:"愕愕者不以天下爲憂。"注:"守正者忘天下,故不憂。"漢桓寬鹽鐵論國疾:"萬里之朝,日聞唯唯,而後聞諸生之愕愕,此乃公卿之良藥鍼石。"

惴 1. zhuì ㄓㄨㄟˋ 之睡切,去,寘韻,照。

㊀恐懼。孟子公孫丑上:"自返而不縮,雖褐寬博,吾不惴焉。"

2. chuǎn ㄔㄨㄢˇ

㊁見"惴₂耎"。

【惴₂耎】蟲蠕動貌。莊子胠篋:"惴耎之蟲,肖翹之物,莫不失其性。"釋文:"惴,本亦作蝙,又作喘,川兗切。向(秀)音揣。"

【惴恐】恐懼。史記項羽紀:"楚戰士無不一以當十,楚兵呼聲動天,諸侯軍無不人人惴恐。"

【惴惴】恐懼貌。詩小雅小宛:"惴惴小心,如臨于谷。"

【惴慄】恐懼,顫栗。詩秦風黃鳥:"臨其穴,惴惴其慄。"莊子齊物論:"木處則惴慄恂懼,猨猴然乎哉?"

㥔 zōng ㄗㄨㄥ 集韻 祖叢切,平,東韻。

壅塞。莊子天地:"且夫失性有五:……三曰五臭薰鼻,困㥔中顙。"

愉 1. yú ㄩˊ 羊朱切,平,虞韻,喻。

亦作"愉"。㊀快樂。莊子在宥:"使天下瘁瘁焉,人苦其性,是不愉也。"參見"愉愉"。

2. tōu ㄊㄡ 集韻 他侯切,平,侯韻。

通"偷"。㊁盗取。詩唐風山有樞:"宛其死矣,他人是愉。"箋:"愉讀曰偷,偷取也。"㊂苟且,懶惰。周禮地官大司徒:"俗教民,則民不愉。"

【愉色】和顏悦色。禮祭義:"有和氣者,必有愉色;有愉色者,必有婉容。"

【愉快】快樂,從容適意。史記一二二酷吏傳序:"非武健嚴酷,惡能勝其任而愉快乎!"漢書作"媮快"。

【愉佚】安逸。荀子榮辱:"爲堯禹則常愉佚,爲工匠農賈則常煩勞。"也作"愉逸"。南朝梁江淹江文通集四顏特進侍宴詩:"測恩躋愉逸,沿牒慚淺賤。"

【愉悦】歡喜。南朝梁江淹江文通集一水上神女賦:"神飄覆而愉悦,志離合而感傷。"

【愉敖】遊樂。後漢書五九張衡傳思玄賦:"愁蔚蔚以慕遠兮,越印州而愉敖。"

【愉愉】㊀和顏悦色。論語鄉黨:"私覿,愉愉如也。"禮祭義:"齊齊乎其敬也,愉愉乎其忠也。"㊁心情舒暢。文選漢張平子(衡)東京賦:"我有嘉賓,其樂愉愉。"

【愉₂飽】謂偷取一飽。漢桓寬鹽鐵論非鞅:"(商鞅)雖以獲功見封,猶食毒肉,愉飽而罹其咎也。"參閱淸俞樾曲園雜纂二一讀鹽鐵論。

【愉₂綎】謂懈怠遲緩。呂氏春秋勿躬:"百官愼職而莫敢愉綎。"淸王念孫謂愉卽"安肆日偷"之"偷";綎,當作"綖"。見讀書雜志餘編上莫敢愉綎。

【愉舞】戲樂。淮南子泰族:"員中規,方中矩,動成獸,止成文;可以愉舞而不可以陳軍。"

【愉樂】歡樂。管子七臣七主:"從主之所欲也,而況愉樂音聲之化乎。"楚辭屈原九章思美人:"吾將蕩志而愉樂兮,遵江夏以娛憂。"

【愉豔】歡樂華美。南朝宋鮑照鮑氏集五詠採桑詩:"衞風古愉豔,鄭俗舊浮薄。"

愉 yú ㄩˊ

同"愉"。見"愉"。

愎 bì ㄅㄧˋ 符逼切,入,職韻,並。

任性,執拗。左傳哀二七年:"知伯貪而愎,故韓魏反而喪之。"

【愎戾】執拗乖僻。舊唐書二〇〇安禄山傳:"以崔乾祐爲天下兵馬使,權領中外兵,乾祐性愎戾,士卒不附。"新唐書作"愎悍"。

【愎佷】固執,乖戾。逸周書謚法:"愎佷遂過曰刺。"注:"去諫曰愎,反是曰佷。"

【愎諫】一意孤行,不聽規勸。左傳僖十五年:"戰于韓原,晉戎馬還濘而止。公號慶鄭。鄭曰:'愎諫違卜,固敗是求,又何逃焉?'遂去之。"

愀 qiǎo 親小切,上,小韻,淸。ㄑㄧㄠˇ 在久切,上,有韻,從。

憂懼貌。荀子修身:"見不善,愀然必以自省也。"

【愀愴】憂傷。文選三國魏嵇叔夜(康)琴賦:"是故懷戚者聞之,莫不憯懍慘悽,愀愴傷心。"

惸 qióng ㄑㄩㄥˊ 渠營切,平,淸韻,羣。

同"煢"。㊀指無兄弟的人,或孤苦無依的人。周禮秋官大司寇:"凡遠近惸、獨、老、幼之欲有復於上,而其長弗達者,立於肺石,三日。"宋岳珂玉楮集附録經進百韻詩:"岳陽還舊號,嶺表返諸惸。"此指遺孤。參見"惸獨"。㊁憂愁。唐韓愈昌黎集八城南聯句:"猛毙牛馬樂,妖殘梟鴝惸。"參見"惸惸"。

【惸惸】愁思貌。詩小雅正月:"憂心惸惸,念我無禄。"

【惸嫠】無兄弟與無丈夫的人,引申爲孤苦伶仃的人。唐岑參岑嘉州詩一過梁州奉贈張尚書大夫公:"百堵創里閭,千家恤惸嫠。"

【惸獨】孤苦伶仃的人。詩小雅正月:"哿矣富人,哀此惸獨。"

【惸鰥】無兄弟與無妻子的人,引申爲孤苦伶仃的人。唐柳宗元柳先生集四二酬韶州裴曹長史君……詩:"在亡均寂寞,零落間惸鰥。"

惶 huáng ㄏㄨㄤˊ 胡光切,平,唐韻,匣。

恐懼。見下。

【惶汗】恐懼流汗。太平廣記二九八李播(廣異記):"(李播)謂(劉)仁軌曰:'(泰山)府君薄怪相公不拜,令左右録此人名,……'仁軌惶汗久之。"

【惶沮】恐懼喪氣。新唐書一九一呂子臧傳:"乘賊新敗,上下惶沮,一戰可禽。"

【惶怖】恐懼。漢書八三朱博傳:"王卿得敕惶怖,親屬失色。"

【惶悚】惶恐不安。南朝宋鮑照鮑氏集九謝假啓之二:"執啓涕結,伏追惶悚。"

【惶急】恐懼慌忙。史記八六荊軻傳:"秦王方環柱走,卒惶急,不知所爲,左右乃曰:'王負劍!'"

【惶恐】恐懼。史記一〇三萬石君傳:"(石)建爲郎中令,書奏事,事下,建讀之,曰:'誤書!馬者與尾當五,今乃四,不足一。上譴死矣!'甚惶恐。"

【惶悸】驚恐。楚辭漢王逸九思悼亂:"惶悸兮失氣,踊躍兮距跳。"

【惶惑】疑懼。漢書八六王嘉傳舉直言復奏封事:"使者護視,發取市物,百賈震動,道路讙譁,羣臣惶惑。"

【惶惶】同"皇皇"。㊀恐懼不安貌。世説新語言語:"(魏文)帝曰:'卿面何以汗?'(鍾)毓對曰:'戰戰惶惶,汗出如漿。'"唐柳宗元柳先生集三三與楊誨之疏解義第二書:"到永州七年矣,蚤夜惶惶,追思咎過。"㊁匆遽貌。宋歐陽修文忠集七三記舊本韓文後:"而孔孟惶惶於一時,而師法於千萬世。"

【惶遽】恐懼慌忙。三國志吳魯肅傳:"(肅)比至南郡,而(劉)表子琮已降曹公,(劉)備惶遽奔走。"

【惶恐灘】贛江十八灘之一。在江西萬安縣境。宋蘇軾分類東坡詩一八月七日初入贛過惶恐灘:"山憶喜懽勞遠夢,地名惶恐泣孤臣。"宋文天祥文山別集指南後録一過零丁洋詩:"惶恐灘頭説惶恐,零丁洋内歎零丁。"

愧 kuì 俱位切,去,至韻,見。ㄎㄨㄟˋ

羞慚。本字作"媿"。詩大雅抑:"相在爾室,尚不愧于屋漏。"唐石經作"媿"。史記趙世家:"死者復生,生者不愧。"

【愧心】慚愧之心。左傳昭二十年:"其祝史薦信,無愧心矣。"

【愧汗】因羞愧而流汗。形容羞愧之極。唐李商隱李義山詩集四送千牛李將軍赴闕五十韻:"靈衣沾媿汗,儀馬困陰兵。"一本作"愧汗"。宋詩鈔鄭清道鄉詩鈔潛亨既見和再作此贈之:"牆東牆西過高馬,往往愧汗面發頳。"

【愧色】羞愧的臉色。莊子讓王:"子貢逡巡而有愧色。"

【愧怍】慚愧。聊齋志異雲翠仙:"我又不能御窮,分郎憂衷,豈不愧怍?"

【愧服】對人佩服,自慚不如。新唐書八九尉遲敬德傳:"帝嘗問:'奪矟與避矟孰難?'對曰:'奪矟難。'試使與齊王戲,少選,王三失矟,遂大愧服。"

【愧恨】因羞愧而懷恨。吳越春秋三王僚使公子光傳:"光心氣怏怏,常有愧恨之色,不可不慎。"

【愧恧】慚愧。南史江智深傳:"見傳詔馳來,知當呼已,聳動愧恧,形於容貌,論者以此多之。"

【愧赧】因羞愧而面紅耳赤。三國志魏陳思王植傳上疏:"竊感相鼠之篇,無禮遄死之義,形影相弔,五情愧赧。"

【愧郯録】宋岳珂撰。十五卷。記載宋朝典章文物制度,其中有些篇章還作了歷史沿革的論述。書名"愧郯",是取左傳昭十七年昭公問郯子少皞氏以鳥名官之事,表示通博不如古人。

惱 nǎo 奴晧切,上,晧韻,泥。ㄋㄠˇ

㊀憤怒,怨恨。大智度論四釋初中菩薩:"我心歡喜,不惱不没。"唐李从用披沙集一塘上行:"却把金釵打緑荷,懊惱露珠穿不得。"㊁引逗,撩撥。唐杜甫杜工部草堂詩箋十二奉陪鄭駙馬韋曲之一:"韋曲花無賴,家家惱殺人。"宋王安石臨川集三一夜直詩:"春色惱人眠不得,月移花影上欄干。"唐人用"惱",常作戲謔義。如杜甫有春日戲題惱郝使君兄詩,李商隱有寄惱韓同年及縣中惱飲席詩。

【惱亂】煩擾。唐白居易長慶集五八和微之十七與君別及隴月花枝之詠詩:"別時十七今頭白,惱亂君心三十年。"

慈 cí 疾之切,平,之韻,從。ㄘˊ

㊀愛。左傳文十八年:"宣慈惠和。"疏:"慈者愛,出於心,恩被於物也。"多指父母愛撫子女。國語吳:"老其老,慈其幼,長其孤。"㊁慈母的簡稱。見"慈訓"。㊂指對父母的孝敬供養。禮内則:"父子皆異宫,昧爽而朝,慈以旨甘。"注:"慈,愛敬進之。"㊃通"磁"。見"慈石"。㊄姓。漢殽阬君神祠碑有慈仁(隸釋二)。

【慈天】佛教諸天之一。法苑珠林六日月三之一星宿:"西方第一之宿,其名曰房,屬於慈天,姓阿藍婆耶尼。"

【慈父】慈祥的父親。莊子天地:"孝子操藥,以修慈父。"後來多用於對父親的敬稱。文選晉李令伯(密)陳情事表:"臣以險釁,夙遭閔凶,生孩六月,慈父見背。"

【慈氏】佛教菩薩名,即彌勒佛。彌勒,梵語,義釋爲慈。南朝梁釋惠皎高僧傳五竺僧輔:"後憇荊州上明寺,單蔬自節,禮懺翹懃,誓生兜率,仰瞻慈氏。"

【慈石】礦物名。即磁石。俗稱吸鐵石。管子地數、淮南子説山、覽冥、漢書藝文志醫經家都有慈石和慈石引鐵的記載。參見"磁石"。

【慈兄】慈愛之兄。後漢書光武帝紀下建武七年詔:"其布告天下,令知忠臣、孝子、慈兄、悌弟薄葬送終之義。"

【慈母】對母親的尊稱。韓非子解老:"慈母之於弱子,務致其福。"唐孟郊孟東野集一遊子吟:"慈母手中線,遊子身上衣。"又古禮中也稱撫育自己成長的庶母或保母爲慈母。見儀禮喪服、禮記内則、梁書司馬筠傳。

【慈幼】愛護幼兒。周禮地官大司徒:"以保息六養萬民,一曰慈幼。"注:"慈幼,謂愛幼少也。産子三人與之母,六人與之餼,十四以下不從征。"宋淳祐七年於京畿各郡置慈幼局。見元鄭元祐遂昌山樵雜録激賞慈幼(説郛十九)。

【慈竹】竹名。又名義竹、慈孝竹、子母竹。叢生,一叢或多至數十百竿,根窠盤結,四時出筍,竹高至二丈許。新竹舊竹密結,高低相倚,若老少相依,故名。唐王勃王子安集二有慈竹賦,唐元稹長慶集七有和李相公慈竹詩。參閲元李衎竹譜詳録三竹品慈竹、廣羣芳譜八二竹譜。

【慈孝】孝敬父母。國語吳:"爲義好學,慈孝於父母。"

【慈利】縣名,屬湖南省。漢零陽縣地,屬武陵郡。隋開皇十八年改置慈利縣。元初升爲州,明清復爲縣。參閲讀史方輿紀要七七湖廣三慈利縣。

【慈明】宋時僧名。原名楚圓,居潭州石霜山崇勝寺,爲汾陽昭禪師臨濟門下六世孫,法號慈明。見禪林僧寶傳二、續傳燈録三。

【慈和】㊀慈愛和睦。國語周下:"慈和能惠。"注:"慈,愛;和,睦;故能惠也。"史記周紀:"至於文王、武王,昭前之光明,而加之以慈和。"㊁指慈母的容顏。金元好問遺山集十祖唐臣母挽章:"白髮承平一夢過,怡然冠帔見慈和。"

【慈姑】㊀婦對夫母的稱呼。文選晉潘安仁(岳)哀永逝文:"嫂侄兮慞惶,慈姑兮垂矜。"㊁植物名。也作茨菰、慈菰。唐白居易長慶集五八履道池上作詩:"樹暗小巢藏巧婦,渠荒新葉長慈姑。"明李時珍謂慈姑一根歲生十二子,如慈姑的愛育諸子,故名。可作食用和藥用。又一種名山慈姑。參閲政和證類本草十一果部、本草綱目三三果。

【慈訓】母親的教訓。文選南朝齊謝玄暉(朓)齊敬皇后哀策文:"閔予不祐,慈訓早違。"注引晉中興書:"肅祖太妃荀氏薨,顯宗詔曰:'朕少遭閔凶,慈訓無禀。'"

【慈祥】和藹安善。儀禮士相見禮:"與衆言,言忠信慈祥。"注:"祥,善也。"宋黄庭堅豫章集二六書陶淵明責子詩後:"觀淵明之詩,想見其人豈弟慈祥。"

【慈恩】㊀慈愛有恩。三國志蜀劉琰傳:"慈恩含忍,不致之於理。"㊁佛教指佛的慈悲恩惠。無量壽經下:"蠕動之類,皆蒙慈恩,解脱憂苦。"㊂唐時僧名。公元632—682年。名窺基,字洪道。長安人,俗姓尉遲。闡述唯識因明要旨,爲我國佛教法相宗的第二祖。爲玄奘高弟,助玄奘譯經,注疏佛經達百部,故稱百部疏主。以居大慈恩寺,又稱慈恩大師。所著有因明入正理論疏、成唯識論述記等。參閲宋高僧傳四。

【慈航】佛教稱佛以慈悲之心度人,使脱離苦海,有如航船之濟衆。南朝梁蕭統昭明太子集二開善寺法會詩:"法輪明暗室,慧海度慈航。"唐白居易長慶集十五渭村退居寄禮部崔侍郎翰林錢舍人詩一百韻:"斷癡求慧劍,濟苦得慈航。"

【慈烏】烏鴉的一種。也稱慈鴉、孝烏、寒鴉。相傳烏能反哺其母,故稱慈烏。舊題晉王嘉拾遺記稱胸部白色的烏爲慈烏。唐白居易長慶集一慈烏夜啼詩:"慈烏失其母,啞啞吐哀音。……聲中如告訴,未盡反哺心。"

【慈湖】水名。在浙江慈溪縣東北。唐開元中縣令房琯開鑿,用以灌田。以其近普濟寺,名普濟湖。又因縣名慈,故稱慈湖。參閲嘉慶一統志二九一寧波府慈湖。

【慈善】仁慈善良。北史崔光傳:"光寬和慈善,不忤於物,進退沈浮,自得而已。"

【慈惠】慈愛優惠。管子勢第:"故賢者誠信以仁之,慈惠以愛之。"韓非子内儲上:"王曰,慈惠,行善也。"

【慈雲】㊀佛家稱佛以慈悲爲懷,如大雲之覆蓋世界。廣弘明集二二唐太宗(李世民)三藏聖教序:"引慈雲於西極,注法雨於東陲。"㊁公元?—1032年。宋僧遵式,字知白,天台寧海人。傳天台宗佛學。真宗(趙恒)賜號慈雲。著有往生淨土懺儀、金光明懺法等書,世稱慈雲懺主。參閲佛祖統紀十。

【慈悲】佛教稱慈愛和悲憫爲慈悲。大智度論二七釋初品大慈大悲義:"大慈與一切衆生樂,大悲拔一切衆生苦。"唐王維王右丞集六鸞子禽禪師詩:"救世多慈悲,卽心無行作。"

【慈壼】對皇帝母親的敬稱。壼,音kǔn,宮中小巷,泛指宮闈。宋范大成石湖集二七丙午東宮壽詩:"晨昏兩慈壼,詩禮一賢王。"

【慈葱】葱的一種,供食用和藥用。明李時珍謂其柔細而香,可以經冬,也稱凍葱、冬葱。見本草綱目二六菜葱、廣羣芳譜十三蔬譜。

【慈睦】親愛和睦。禮祭義:"教以慈睦,而民有親。"

【慈愛】仁慈愛人。國語楚上:"明慈愛以道之仁,明昭利以道之文。"漢王符潛夫論德化:"其次躬道德而敦慈愛,美教訓而崇禮讓。"

【慈誨】指長輩的教誨。景德傳燈録四杭州烏窠道林禪師:"有侍者會通,忽一日欲辭去,師問曰:'汝今何往?'對曰:'會通爲法出家,以和尚不垂慈誨,今往諸方學佛法去。'"

【慈鴉】卽慈烏。唐杜甫杜工部草堂詩箋二五題桃樹:"簾户每宜通乳燕,兒童莫信打慈鵶。"鵶,同"鴉"。

【慈親】慈愛的父母。吕氏春秋執一:"慈親不能傳於子,忠臣不能入於君。"後來多指母親。元王惲秋澗集七七壽李夫人曲之六:"慈親康健説誰家,李氏人難亞。"

【慈禧】公元1835—1908年。姓葉赫那拉氏,也稱西太后。清奕詝(文宗)之妃,載淳(穆宗)之母。載淳卽位,被尊爲聖母皇太后,徽號慈禧,通稱慈禧太后。同治光緒兩朝獨攬大權達四十七年。曾命曾國藩李鴻章等殘酷鎮壓太平天国和捻軍起義。光緒二十四年,載湉(德宗)任用康有爲譚嗣同等改革舊制,行新法,慈禧發動政變,囚禁載湉,殺害譚嗣同等六人,破壞維新變法。自義和團運動失敗後,以慈禧爲核心的權貴集團一意媚外,屈從於帝國主義的侵略。死謚孝欽。

【慈谿】㊀水名。在浙江慈溪縣南,源出餘姚縣太平山。上流卽姚江。自餘姚縣東流經慈溪縣南,至鄞縣合於甬江。參閲讀史方輿紀要九二寧波府慈谿縣前江。㊁縣名,屬浙江省。唐爲鄮縣,開元二十六年析置慈溪縣,以境内有慈水而得名,屬明州。宋因之。明永樂中改溪爲"谿"。參閲讀史方輿紀要九二寧波府慈谿縣、浙江通志十二山川五。

【慈顏】慈詳和藹的容顏。多指母親而言。文選晉潘安仁(岳)閑居賦:"稱萬壽以獻觴,咸一懼而一喜,壽觴舉,慈顏和。"魏書陽尼傳演賾賦:"養慈顏於婦子兮,競獻壽而薦甘。"

【慈孝竹】卽慈竹。見"慈竹"。

【慈侍下】封建時代,書履歷需敍述三代,母存父亡者自稱慈侍下。父存母亡者稱嚴侍下。見明陸容菽園雜記一。

【慈姥山】山名。又名慈姆山,在安徽當塗縣北,江蘇江寧縣西南。以山有慈姥廟而得名。相傳山産竹,可爲簫管,故又稱鼓吹山。山下有慈姥溪。宋梅堯臣宛陵集三三有慈姥山石崖竹鞭詩。參閲太平寰宇記九十昇州江寧縣、讀史方輿紀要二〇江寧府。

【慈恩寺】古蹟名。舊寺在陝西長安東南曲江北,宋時已燬,僅存雁塔。今寺爲近代新建,在陝西西安市南郊。唐貞觀二十八年李治(高宗)爲太子時,就隋無漏寺舊址爲母后長孫氏建立,故名慈恩寺。唐玄奘自印度學佛歸國,曾住該寺翻經院,從事佛經翻譯工作達八年之久,並倡議在寺旁建雁塔,用以收藏從印度帶回來的經像。全盛時寺有十餘院,室一千八百九十七,僧三百人。神龍以來,進士登科,皇帝賜宴曲江上,題名雁塔。唐詩人杜甫、岑參、白居易等均有慈恩寺詠懷詩。參閲唐會要四八寺、舊唐書一九一玄奘傳。

【慈恩宗】佛教宗派之一。古印度佛教有瑜伽行宗。在中國,也稱法相宗,創始人爲唐代玄奘及其弟子窺基。主張以三相(依他起相、遍計所執相、圓成實相)解釋宇宙萬物,故又稱三相宗。它把世界一切現象歸結爲"識"的作用,不承認有離開識的客觀物質世界存在。因玄奘窺基住慈恩寺,又號慈恩宗,窺基稱慈恩大師。慈恩宗的主要經典爲華嚴經、解深密經、瑜伽師地論、成唯識論。參見"法相宗"。

【慈湖遺書】宋楊簡撰。十八卷,續集二卷,補編一卷,增附録一卷,年譜二卷,著述攷一卷。簡爲陸九淵弟子,九淵以儒家思想,吸收佛教禪宗的學説,構成心學思想體系。簡更推揚師説,發明本心,全入於禪。參閲宋元學案七四慈湖學案。

惷

chǔn 尺尹切,上,準韻,穿。ㄔㄨㄣˇ

通"蠢"。㊀動亂。見"惷惷"。㊁愚笨。淮南子氾論:"存亡之迹若此其易知也,愚夫惷婦皆能論之。"參見"惷愚"。

【惷惷】動亂貌。說文"惷"字引春秋傳:"王室日惷惷焉。"今本左傳昭二四年作"蠢蠢"。

【惷愚】笨拙。韓非子忠孝:"古者黔首悗密惷愚,故可以虚名取也。"戰國策魏一:"寡人惷愚,前計失之。"元吳師道注:"惷,愚也。書容、抽江、丑用、陟降四反;義並同。"

愿 qiè 苦葉切,入,怗韻,溪。ㄑㄧㄝ

滿意。也作"愜"。漢書文帝紀元年詔:"天下人民,未有愿志。"

惹 rě 人者切,上,馬韻,日。ㄖㄜˇ 而灼切,入,藥韻,日。

㊀沾染。南朝梁何遜何水部集九日侍宴樂游苑詩:"晴軒連瑞氣,同惹御香芬。"唐岑參岑嘉州詩三寄左省杜拾遺:"曉隨天仗入,暮惹御香歸。"㊁招引,牽扯。唐白居易長慶集二十晚歲詩:"惹愁諳世網,治苦賴空門。"又羅隱甲乙集六春思詩:"蕩蕩春風淥似波,惹情搖恨去傞傞。"㊂如此。通"偌"。明高則誠琵琶記二本十一折:"媒婆挑着惹多東西做甚麽?"

【惹惹】輕盈貌。唐韓偓玉山樵人集閒步詩:"莊南縱步遊荒野,獨鳥寒煙輕惹惹。"

【惹是招非】即招惹是非。京本通俗小說志誠張主管:"娘道:孩兒,你許多時不行這條路,如今去端門看燈,從張員外門前過,又去惹是招非。"

【惹草拈花】謂到處留戀。多指男子挑逗、引誘女子。元王實甫西廂記二本二折:"我從來斬釘截鐵常居一,不似恁惹草拈花没掂三。"

想 xiǎng 息兩切,上,養韻,心。ㄒㄧㄤˇ

㊀思索,思考。楚辭屈原九章悲回風:"入景響之無應兮,聞省想而不可得。"呂氏春秋知度:"故有道之主,因而不爲,責而不詔,去想去意,静虚以待。"㊁懷念,思慕。文選漢李少卿(陵)答蘇武書:"望風懷想,能不依依!"史記孔子世家太史公曰:"余讀孔氏書,想見其爲人。"㊂希望,料想。文選晉劉越石(琨)勸進表:"四海想中興之美,羣生懷來蘇之望。"又答盧諶詩並書:"久廢則無次,想必欲其一反。"㊃像,如。唐李白李太白詩五清平調之一:"雲想衣裳花想容,春風拂檻露華濃。"杜甫杜工部草堂詩箋三二東屯月夜:"數驚聞雀躁,暫睡想猿蹲。"

【想望】思念,思慕。後漢書和帝紀:"寤寐歎息,想望舊京。"又八十下趙壹傳:"名動京師,士大夫想望其風采。"

【想像】猶想見。楚辭屈原遠遊:"思舊故以想像兮,長太息而掩涕。"文選三國魏曹子建(植)洛神賦:"遺情想像,顧望懷愁。"

【想頭】奔頭,指望。明史可法史忠正公集三家書八:"如京中有名醫,可令他用心下藥,包好,重重謝他百金,醫有想頭,自然用心。"紅樓夢六:"那劉老老先聽見告艱苦,只當是没想頭了。"

【想夫憐】曲調名。"相府蓮"的訛稱。見唐李肇國史補下。明楊維禎鐵崖先生復古詩集三去妾詞:"傳來馬上曲,獨唱想夫憐。"參見"相府蓮"。

【想當然】憑主觀以爲如此。後漢書七十孔融傳:"融乃與(曹)操書,稱'武王伐紂,以妲己賜周公。'操不悟,後問出何經典。對曰:'以今度之,想當然耳。'"宋蘇軾作試刑賞忠厚之至論,中有"臯陶曰:'殺之三。'堯曰:'宥之三。'"梅堯臣問出何書,軾答曰:"想當然耳。"見宋龔頤正芥隱筆記殺之三宥之三。

【想入非非】楞嚴經有非想非非想語,後來因指深思苦索,追索事物究竟爲想入非非。清趙翼甌北詩鈔七言古五題洞庭尉程前川三百首梅花詩本詩:"妙想入非非,消寒遍九九。"現轉指異想天開,含貶義。

㥑 yōu 集韻 於求切,平,尤韻。ㄧㄡ

"憂"本字。說文:"㥑,愁也。从心,从頁。"又別有"憂"字。後"憂"通行而"㥑"遂廢。參見"憂"。

感 1. gǎn 古禫切,上,感韻,見。ㄍㄢˇ

㊀感應,影響。易咸:"天地感而萬物化生。"㊁感動。書大禹謨:"至誠感神,矧茲有苗。"禮樂記:"樂也者聖人之所樂也,而可以善民心,其感人深。"㊂觸着。莊子山木:"感周之顙,而集於栗林。"㊃感慨,感觸。南朝梁江淹江文通集一別賦:"是以行子腸斷,百感悽惻。"㊄感激,感謝。文選晉張茂先(華)答何劭詩:"是用感嘉貺,寫出心中誠。"

2. hàn 集韻 胡紺切,去,勘韻。ㄏㄢˋ

㊅動搖。通"撼"。詩召南野有死麕:"舒而脱脱兮,無感我帨兮。"釋文:"感如字,又胡坎反。"㊆通"憾"。左傳昭十一年:"王貪而無信,唯蔡於感。"釋文:"感,户暗反。"㊇見"感$_2$忽"。

【感化】用言行去勸導人,使之感動而轉化。後漢書四一陳禪傳:"單于隨使還郡。禪於學行禮,爲說道義以感化之,單于懷服。"

【感刻】謂深深感激。宋蘇軾東坡集續集六與張元明書:"遠辱專人惠書,輔以藥物,極濟所乏,衰疾有賴矣,感刻,感刻。"

【感$_2$忽】恍忽,不可捉摸。荀子議兵:"善用兵者,感忽悠闇,莫知其所從出。"注:"感忽,悠闇,皆謂倏忽之間也。感忽,恍忽也。"清郝懿行謂感讀如撼,撼、撼古今字。感忽,搖疾之意。見補注上。

【感悦】感動,心悦誠服。後漢書十六鄧禹傳:"禹所止,輒停車住節,以勞來之,父老童穉,垂髮戴白,滿其車下,莫不感悦。"

【感悟】有所感而覺悟。漢書三六劉向傳:"上感悟,下詔賜(蕭)望之爵關内侯。"也作"感寤"。史記六二晏子傳:"方吾在縲紲中,彼不知我也。夫子既已感寤而贖我,是知己。知己而無禮,固不如在縲紲之中。"

【感通】此有所感而通於彼。易繫辭上:"易無思也,無爲也,寂然不動,感而遂通,天下之故,非天下之至神,其孰能與於此。"三國志魏陳思王傳:"王援古喻義,備悉矣,何言精誠不足以感通哉?"

【感恩】㊀感懷恩惠。三國志吳駱統傳:"饗賜之日,可人人別進,問其燥濕,加以密意,誘諭使言,察其志趣,令其感恩戴義,懷欲報之心。"㊁縣名。屬廣東省。漢儋耳縣地,隋因感恩水析置感恩縣。解放後併入海南行政區昌江縣。參閱寰宇通志一〇六瓊州府崖州感恩縣。

【感情】觸動情感。漢金鄉長侯承碑:"昆嗣切剥,哀慟感情。"(隸釋八)文選晉劉伯倫(伶)酒德頌:"不覺寒暑之切肌,利欲之感情。"後稱由外界事物的刺激而引起的喜怒哀樂等心理反應爲感情。

【感荷】感謝。南朝宋鮑照鮑氏集九侍郎上疏:"憂愧增灼,不勝感荷屏營之情。"唐韓愈昌黎集五贈張籍詩:"感荷君子德,恍若乘朽棧。"

【感動】觸動人的感情。荀子樂論:"使其曲直、繁省、廉肉、節奏,足以感動人之善心。"史記九二淮陰侯傳:"齊人蒯通知天下權在韓信,欲爲奇策而感動之。"

【感慨】㊀心有所感觸而慨歎。史記一〇〇季布欒布傳論:"夫婢妾賤人感慨而自殺者,非能勇也,其計畫無復之耳。”漢書三七季布傳贊慨作“槩”。文選三國魏阮嗣宗(籍)詠懷詩之六:“感慨懷辛酸,怨毒常苦多。”㊁意氣,指感情激越。唐韓愈昌黎集二十送董邵南序:“燕趙古稱多感慨悲歌之士。”

【感遇】感激恩遇。晉書庾亮傳請骸骨疏:“且先帝謬顧,情同布衣,既今恩重命輕,遂感遇忘身。”參見“感遇詩”。

【感愾】同“感慨”、“感槩”。文選南朝梁江文通(淹)雜體詩陸平原機:“遊子易感愾,躑躅還自憐。”

【感甄】相傳三國魏曹植感曹丕甄后事,作感甄賦,至丕子曹叡諱其事,改爲洛神賦。見文選洛神賦題注。唐元稹長慶集十代曲江老人百韻詩:“班女恩移趙,思王賦感甄。”

【感槩】同“感慨”。漢書三七季布傳贊:“夫婢妾賤人,感槩而自殺,非能勇也。”唐韓愈昌黎集五送陸暢歸江南序:“感槩都門別,丈夫酒方醺。”參閱清胡鳴玉訂譌雜録五感槩。

【感傷】因有所感觸而悲傷。詩陳風澤陂序:“言靈公君臣淫於其國,男女相説,憂思感傷焉。”文選晉張孟陽(載)七哀詩:“哀人易感傷,觸物增悲心。”

【感慟】感傷悲慟。後漢書六六王允傳:“(李)傕乃收允及(宋)翼(王)弘並殺之。……天子感慟,百姓喪氣。”

【感銘】感激不忘,銘刻於心。也作“銘感”。宋陳師道後山集十答陳先輩書:“書問見遺,感銘心切。”

【感慕】感動而愛慕。三國志吳陸遜傳:“其所生得,皆加營護,……若亡其妻子者,即給衣糧,厚加慰勞,發遣令還,或有感慕相攜而歸者。”宋書臨川王道規傳詔:“豐恩慈訓,義深情切,永惟仁範,感慕纏懷。”

【感歎】有所感而慨歎。魏書劉昶傳:“自陳家國滅亡,蒙朝庭慈覆,辭理切至,聲氣激揚,涕泗橫流,三軍咸爲感歎。”歎,也作“嘆”。唐李白李太白詩二二峴山懷古:“感嘆發秋興,長松鳴夜風。”

【感篆】感恩不忘,銘刻心中。義同感銘。宋呂頤浩忠穆集六賀建康張龍圖啓:“愧尺牘之未修,辱緘縢之遠逮,永言感篆,曷罄敷陳。”

【感激】感動,激發。漢書四四淮南王安傳:“其羣臣賓客,江淮間多輕薄,以厲王遷死感激安。”三國志蜀諸葛亮傳出師表:“先帝不以臣卑鄙,猥自枉曲,三顧臣於草廬之中,諮臣以當世之事,由是感激,遂許先帝以驅馳。”今言感激乃衷心感謝之意。

【感奮】感動振奮。新唐書一七〇朱忠亮傳:“吏白耄卒不任戰者可罷,答曰:‘古於老馬不棄,況戰士乎?’聞者莫不感奮。”

【感謝】因感激表示謝意。宋書庾登之傳:“登之與(謝)晦俱曹氏婿,名位本同,一旦爲之佐,意甚不愜。到廳牋,唯云‘即日恭到’,初無感謝之言。”

【感應】㊀互相感動影響。易咸:“柔上而剛下,二氣感應以相與。”漢書禮儀志:“書云:‘擊石拊石,百獸率舞’,鳥獸且猶感應,而況於人乎?況於鬼神乎?”㊁佛教謂衆生以其精誠感動神明,而神明應之,故曰感應。道藏有太上感應篇。參閱三藏法數三七。

【感戴】感激愛戴。三國志吳朱桓傳:“桓分部良吏,隱親醫藥,飧粥相繼,士民感戴之。”

【感舊】懷念舊情。三國志魏荀彧傳:“今車駕旋軫,義士有存本之思,百姓感舊而增哀。”

【感懷】有感於懷。漢王粲王仲宣集二弔夷齊文:“心於悒而感懷,意惆悵而不平。”古今詩人多用作詩題,意謂有感而作。

【感觸】因接觸外界事物而引起的感情。北齊顏之推顏氏家訓風操:“見似目瞿,聞名心瞿,有所感觸,惻愴心眼。”

【感冒假】宋時館閣每夜輪校官一人值宿,如因故不能值宿,在名下寫腸肚不安,可免宿。陳鵠爲太學諸生,請假外宿,在簿上寫“感風”。見所撰西塘耆舊續聞十。清代官員每月辦完公事請假休息,例稱感冒假,本此。

【感皇恩】詞調名。本唐教坊曲名。天寶十三載,改金風調蘇莫遮爲感皇恩。宋史樂志十七:“龜茲部其曲二,皆雙調。一曰宇宙清,二曰感皇恩。”其曲有六十五字、六十六字、六十七字、六十八字諸體。以毛滂詞六十七字爲正體。見詞譜十五。

【感恩多】詞調名。本唐教坊曲名。唐李羣玉詩後集三留別馬使君:“唯有管絃知客意,分明吹出感恩多。”歌舞曲名也有感恩多。見明王圻稗史彙編一四五音樂樂舞。詞爲雙調,有三十九字、四十字二體。見詞譜三。

【感天動地】感動天地。景德傳燈録二六義柔禪師:“僧問諸佛出世,説法度人,感天動地,和尚出世,有何祥瑞?”元關漢卿有感天動地竇娥冤雜劇。

慗 mào 莫候切,去,候韻,明。ㄇㄠˋ

愚蠢。見“怐慗”。

愍 mǐn 眉殞切,上,軫韻,明。ㄇㄧㄣˇ

㊀憂傷。楚辭屈原九章惜誦:“惜誦以致愍兮,發憤以抒情。”㊁哀憐。三國志蜀郤正傳:“嗟道義之沈塞,愍生民之顛沛。”文選晉李令伯(密)陳情表:“祖母劉愍臣孤弱,躬親撫養。”㊂禍亂。漢書一〇〇上敍傳引班固幽通賦:“巨滔天而泯夏兮,考遘愍以行謡。”巨,王莽字巨君。文選幽通賦注引曹大家:“考,父也,言父遭亂,猶行歌謡。”

【愍凶】憂患,父母之喪。同“閔凶”、“憫凶”。三國志魏武帝紀建安十八年對策魏公命:“朕以不德,少遭愍凶,越在西土,遷於唐衞。”朕,漢獻帝自稱。文選晉李令伯(密)陳情表:“臣以險釁,夙遭閔凶,生孩六月,慈父見背。”

【愍忌】死者的誕辰。即“生忌”。也作“憫忌”。詳“憫忌”。

【愍惜】憐惜。漢書一〇〇上敍傳:“會(班)伯病卒,年三十八,朝廷愍惜焉。”

【愍惻】可憐,同情。世説新語識鑒:“江州(王彬)當人彊盛時,能抗同異,此非常人所行,及覩衰厄,必興愍惻。”

【愍憐】憐憫,痛惜。楚辭屈原九章悲回風:“傷太息之愍憐兮,氣於邑而不可止。”

【愍隸】從事苦役的奴隸。以生活可哀憐,故稱愍隸。漢書高惠高后文功臣表序:“生爲愍隸,死爲轉屍。”

愚 yú 遇俱切,平,虞韻,疑。ㄩˊ

㊀蠢笨,無知。詩大雅抑:“人亦有言,靡哲不愚。”韓非子顯學:“故明據先王,必定堯舜者,非愚則誣也。”㊁欺騙。見“愚弄”。㊂自稱的謙詞。史記九九劉敬傳:“愚以爲匈奴不可擊也。”

【愚人】㊀蠢笨無知的人。詩小雅鴻雁:“維彼愚人,謂我宣驕。”㊁漢書古今人表分人爲九等,以可與爲惡,不可與爲善之人,如飛廉惡來等爲下下愚人。

【愚公】人名。㊀春秋時人。見漢書古今人表、漢劉向説苑政理。參見“愚公谷”。㊁見“愚公移山”。

【愚弟】唐杜甫杜工部草堂詩箋四十短歌行贈四兄:“與兄行年校一歲,賢者是兄愚者弟。”舊時同輩往來自稱愚弟,本此。

【愚弄】欺騙玩弄。左傳襄四年："(寒)浞行媚于內而施賂于外，愚弄其民而虞羿于田。"注："欺罔之。"

【愚見】愚昧的見解。自謙之詞。晉書王渾傳上書："私慕魯女存國之志，敢陳愚見，觸犯天威。"宋書鄭鮮之傳上表："伏思聖略深遠，臣之愚管無所措其意，然臣愚見，竊有所懷。"

【愚芚】無知貌。莊子齊物論："衆人役役，聖人愚芚。"芚，釋文引司馬彪："渾沌不分察也。"

【愚直】論語陽貨："古之愚也直。"列子力命："巧佞愚直，婩斫〔姸〕便辟。"指愚而耿直。後多用作自謙之詞。北齊書孟業傳："崔暹問業曰：'君往在定州，有何政績，使劉西兗(仁之)如此欽歎？'答曰：'稟性愚直，唯知自修，無他長也。'"

【愚忠】盡忠而不明事理。管子七臣七主："重賦斂，多兌道以爲上，使身見憎而主受其謗，故記稱之曰愚忠讒賊，此之謂也。"也用作臣子上言於帝王的自謙之詞。戰國策趙二："臣故敢獻其愚，効愚忠。"

【愚昧】無知，不明白。藝文類聚九七晉郭璞蚍蜉賦："伊斯蟲之愚昧，乃先識而似悊。"魏書王叡傳上疏："仰恃皇造宿眷之隆，敢陳愚昧管窺之見。"

【愚泉】泉名。在湖南零陵縣愚溪東北。詳"愚溪"。

【愚溪】水名。在今湖南零陵縣西南。本名冉溪。唐柳宗元謫居於此，改其名曰愚溪。又名其東北小泉爲愚泉。其意謂己之愚及於溪水、泉水。見唐柳宗元柳先生集二四愚溪詩序、愚溪對。宋蘇軾分類東坡詩八故周茂叔先生濂溪："應同柳州柳，聊使愚溪愚。"參閱讀史方輿紀要八一永州府零陵縣。

【愚意】謙稱自己的意見。戰國策燕三："故使使者陳愚意，君試論之。"

【愚蒙】愚昧不學。漢書六六楊惲傳："足下哀其愚蒙，賜書教督以所不及。"注："蒙，蔽也。"文選漢楊子幼(惲)報孫會宗書蒙作"矇"。唐張銑注："矇，暗也。"

【愚鄙】笨拙淺陋。唐吳兢貞觀政要十愼終貞觀十三年魏徵上疏："臣誠愚鄙，不達事機，略擧所見十條，輒以上聞聖聽。"

【愚惷】癡呆。後漢書四五張酺傳上疏："臣實愚惷，不及大體。"

【愚魯】愚笨遲鈍。論語先進："柴(子羔)也愚，(曾)參也魯。"唐柳宗元柳先生集四十爲韋京兆祭杜河中文："余弟宗卿，獲芘仁宇，忘其愚魯，假以羽翼，俾之騫翥。"

【愚騃】無知，不明事理。魏書昭成子孫傳附拓跋昭："高祖將爲齊郡王蘭擧哀，而昭乃作宮懸，高祖大怒，詔曰：'阿倪愚騃，誰引爲郎？'"阿倪，昭小字，時爲殿中郎。

【愚闇】愚昧無知。荀子成相："世之殃，愚闇愚闇墮賢良。"也作"愚暗"。漢王充論衡辨祟："驚惑愚暗，漁富偷貧，愈非古法度聖人之至意也。"

【愚鯁】愚戇耿直。宋胡仔苕溪漁隱叢話後集二二迂叟："獨樂園子呂直者，性愚鯁，故公以直名之。"

【愚戇】愚昧不明事理。管子水地："故其民愚戇而好貞，輕疾而易死。"戇，也省作"贛"。韓非子南面："是以愚贛窳情之民，苦小費而忘大利也。"

【愚公谷】地名。在山東臨淄縣西。漢劉向說苑政理："齊桓公出獵逐鹿而走入山谷之中，見一老公而問之曰：'是爲何谷？'對曰：'爲愚公之谷。'"參閱水經注二六淄水。後借喻爲隱居之地。北周庾信庾子山集一小園賦："名爲野人之家，是謂愚公之谷。"也作"愚谷"。南史隱逸傳序："藏景窮巖，蔽名愚谷。"

【愚公移山】古代寓言。北山愚公，年近九十。因屋前太行、王屋兩座大山阻礙出入，決心把山剷平。智叟笑他愚蠢。愚公說：我死有子，子又有孫，孫又生子，而山不加增，何苦而不平？每天挖山不止。上帝爲之感動，派夸蛾氏二子把山揹走。見列子湯問。後用以比喻有志竟成，人定勝天。

慍 yùn ㄩㄣˋ

同"慍"。見"慍"。

愛 ài ㄞˋ 烏代切，去，代韻，影。

說文作"㤅"。㊀喜愛，愛好。詩小雅隰桑："心乎愛矣，遐不謂矣。"莊子德充符："所愛其母者，非愛其形也，愛使其形者也。"也指所表示的深摯的喜愛感情。與"憎"、"惡"相對。論語陽貨："夫三年之喪，天下之通喪也，(宰)予也有三年之愛於其父母乎！"禮禮運："何謂人情？喜、怒、哀、懼、愛、惡、欲。"㊁親愛，親愛的人。左傳隱三年："兄愛弟敬。"韓非子主道："誠有過，則雖近愛必誅。"㊂愛護，加惠。商君書更法："法者所以愛民也。"莊子徐无鬼："我欲愛民而爲義偃兵，其可乎？"㊃吝嗇。老子："甚愛必大費，多藏必厚亡。"孟子梁惠王上："百姓皆以王爲愛也。"㊄稱別人的女兒。唐裴同良清和郡夫人張氏墓誌："夫人張氏，府君賈秀曾孫，游擊利休之愛。"(八瓊室金石補正六七)㊅隱藏，蔭蔽。通"薆"、"僾"。詩邶風靜女："愛而不見，搔首踟躕。"禮禮運："故天不愛其道，地不愛其寶，人不愛其情。"參閱清馬瑞辰毛詩傳箋通釋四靜女。

【愛力】愛惜人力 物力。新唐書一二二魏元忠傳袁楚客規元忠書："古者茅茨採椽，以儉約遺子孫，所以愛力也。"

【愛心】愛慕喜悅之心。禮樂記："其愛心感者，其聲和以柔。"史記律書："喜則愛心生，怒則毒螫加，情性之理也。"

【愛火】佛教以愛火比喻情欲。法苑珠林九二邪淫訶欲引正法念經偈："薪火雖熾然，人皆能捨離，愛火燒世間，纏綿不可捨。"藝文類聚七七南朝梁元帝(蕭繹)梁安寺刹下銘："苦流長汎，愛火恒然。"

【愛日】㊀愛惜時日。大戴禮曾子立事："君子愛日以學，及時以行。"後漢書四九王符傳潛夫論愛日："聖人深知力者民之本，國之基也，故務省徭役，使之愛日。"㊁漢揚雄法言孝至："不可得而久者，事親之謂也，孝子愛日。"後因稱子奉侍父母之日爲愛日。論語里仁"父母之年不可不知也"宋朱熹集注："而於愛日之誠，自有不能已者。"㊂生物賴陽光以滋生，因稱太陽爲愛日。唐李商隱李義山詩集三江村題壁："傾壺真得地，愛日靜霜砧。"也用以比喻恩德。唐駱賓王集二在江南贈宋五之問詩："溫輝凌愛日，壯氣驚寒水。"

【愛水】佛教把情欲比作江河，故以愛水喻情欲。楞嚴經八："因諸愛染，發起妄情，情積不休，能生愛水。"廣弘明集二五唐太宗三藏聖教序："濕火宅之乾燄，共拔迷途；朗愛水之昏波，同臻彼岸。"

【愛末】謂所愛極不足道。管子心術下："貨者愛之末也，刑者惡之末也。"舊時書信中常用愛末作爲自謙之詞。

【愛好】喜愛。三國志魏高貴鄉公髦傳甘露二年詔："吾以暗昧，愛好文雅，廣延詩賦，以知得失。"

【愛身】貪生怕死，苟全性命。左傳僖九年："吾與先君言之矣，不可以貳，能欲復言而愛身乎？"唐杜甫杜工部詩史補遺三奉送嚴公入朝十韻："公若登台輔，臨危莫愛身。"

【愛河】佛教以情欲爲害，如河水之可以

溺人，因稱愛河。楞嚴經四：“愛河乾枯，令汝解脫。”廣弘明集四敍梁武帝捨事道法：“登長樂之高山，出愛河之深際。”

【愛幸】喜愛寵信。韓非子內儲下六微：“共立少見愛幸，長爲貴卿。”史記呂后紀：“及高祖爲漢王，得定陶戚姬，愛幸。”

【愛服】心悅誠服。南朝梁陶弘景華陽陶隱居集上與武帝論書啟一：“臣心本自敬重，今者彌增愛服，俯仰悅豫。”

【愛染】佛教謂人性本來潔淨，因受外界感染而生情欲，如布帛之染色。唐譯楞嚴經八：“一切衆生，實本真淨，因彼妄見，有妄習生，……即是衆生內分，因諸愛染，發起妄情。”唐王維王右丞集六偶然作詩：“愛染日已薄，禪寂日已固。”

【愛海】佛教用以比喻情欲。海，極言其深。唐譯華嚴經六七：“若有衆生得見我身聞我法者，……必能消竭諸愛欲海。”廣弘明集十九南齊蕭子良與荊州隱士劉虬書：“高踰愛海，比策禪衢。”

【愛惜】珍惜。後漢書五四楊震傳附楊賜上奏：“老臣過受師傅之任，數蒙寵異之恩，豈敢愛惜垂沒之年，而不盡其慺慺之心哉！”

【愛國】熱愛自己的國家。戰國策西周：“周君豈能無愛國哉！”

【愛著】佛教謂迷戀於情欲，執著不能解脫。大寶積經一二〇：“如蠅見於吐，而生愛著心。”廣弘明集二七上南朝梁蕭子良淨住子淨行法門訶詰四大門：“反復橫起，種種愛著。”

【愛惠】慈愛，恩惠。韓非子姦劫弒臣：“吾是以明仁義愛惠之不足用，而嚴刑重罰之可以治國也。”南朝陳徐陵徐孝穆集六陳武帝下州郡璽書：“愛惠以撫孤貧，威刑以禦强猾。”

【愛琿】見“璦琿”。

【愛網】佛教謂人受情欲束縛，如墜羅網中。出曜經二十愛品三：“其有衆生墮於愛網者，必敗正道，不至究竟，是故說愛網覆也。”河嶽英靈集上劉昚虛登廬山峯頂詩：“徒知真機靜，尚與愛網并。”

【愛憐】疼愛。戰國策趙四：“丈夫亦愛憐其少子乎？”

【愛慕】敬仰嚮往。後漢書二五卓茂傳：“性寬仁恭愛，鄉黨故舊，雖行能與茂不同，而皆愛慕欣欣焉。”

【愛樂】喜愛。史記一〇九李將軍傳：“（廣）寬緩不苛，士以此愛樂爲用。”三國志蜀許靖傳：“靖雖年逾七十，愛樂人物，誘納後進。”

【愛樹】愛其人而及於其物，意指推愛。傳說周初召伯有善政，常在甘棠樹下聽訟，死後，百姓對此樹加意愛護，不肯砍伐。見詩周南甘棠。左傳定九年：“思其人猶愛其樹，況用其道而不恤其人乎？”文選晉潘安仁（岳）馬汧督誄：“思人愛樹，甘棠勿翦。”

【愛戴】敬愛尊重。唐權德輿權載之集十七唐尚書度支郎中贈尚書左僕射正平節公裴公神道碑銘序：“公以廉平頌詔條，以慘怛撫痍傷，四封愛戴，如熱斯濯。”

【愛餤】猶愛火。佛教用以喻情欲。廣弘明集二八上南朝梁簡文帝（蕭綱）八關齋制序：“業動心風，情漂愛餤。”

【愛護】愛惜保護。北齊顏之推顏氏家訓治家：“借人典籍，皆須愛護。”

【愛蠶】我國古代南方一年可養蠶八次，各有特定名稱，第五次叫愛蠶，取蚖蠶之卵，選種培育而成。見北魏賈思勰齊民要術五種桑柘。

【愛憎格】指詩句中愛與憎對照成文的對仗法。宋韋居安梅磵詩話上：“唐人詩云：‘蛇蝎性靈生便毒，蕙蘭根異死猶香。’詩人玉屑許此一聯爲愛憎格。”

【愛人以德】按照道德標準去愛護和幫助人。禮檀弓上：“君子之愛人也以德，細人之愛人也以姑息。”三國志魏荀彧傳：“董昭等謂太祖（曹操）宜進國公，九錫備物，以彰殊勳。彧以爲太祖本興義兵，……君子愛人以德，不宜如此。”

【愛日精廬】清張金吾藏書室名。張爲道光時諸生，江蘇昭文人，收藏古今圖書八萬餘卷。著有愛日精廬藏書志。

【愛毛反裘】愛惜其毛，把皮袍反過來穿。漢劉向新序二雜事：“魏文侯出遊，見路人反裘而負芻，文侯曰：‘胡爲反裘而負芻？’對曰：‘臣愛其毛。’文侯曰：‘若不知其裏盡而毛無所恃邪？’”後遂以愛毛反裘比喻不重根本，無濟於事。魏書高祖紀上六年十二月詔：“去秋淫雨，洪水爲災，百姓嗷然，朕用嗟愍，故遣使者循方賑恤。而牧守不思利民之道，期於取辦。愛毛反裘，甚無謂也。”

【愛妾換馬】樂府雜曲歌詞名。樂府詩集七三樂府解題謂舊說淮南王作，今佚。後來擬作者有南朝梁簡文帝（蕭綱）、庾肩吾等，詞見樂府詩集。換馬故事，或謂出三國魏曹彰，見唐李冗獨異志中。唐時也有鮑生以妾換馬事，張祜爲作愛妾換馬詩，見唐詩紀事五二張祜。

【愛屋及烏】愛其人而推愛及於與之有關的人或物。尚書大傳牧誓大戰：“愛人者，兼其屋上之烏。”又見韓詩外傳三、漢劉向說苑貴德。孔叢子連叢子下：“若夫顧其遺嗣，得與羣臣同受釐福，此乃陛下愛屋及烏，惠下之道。”

【愛莫能助】詩大雅烝民：“維仲山甫舉之，愛莫助之。”箋：“愛，惜也。仲山甫能獨舉此德而行之，惜乎莫能助之者。”宋陽枋字溪集一上淮閫趙信菴論時政書：“未能一見君子顏色，乃欲摭簡編中古人陳爛兵法，冒瀆高明，多見其不知量，姑以致愛莫能助之之意云爾。”後來成語“愛莫能助”轉爲對別人雖然同情，却限於條件無從幫助。警世通言三王安石三難蘇學士：“（蘇）子瞻左遷黃州，乃聖上主意，老夫愛莫能助。”

【愛新覺羅】清皇族姓。滿語，“愛新”義譯爲金，“覺羅”義譯爲族。覺羅族不限於王室，也有平民，其族人口衆多，故又冠以地名，如伊爾根覺羅。參閱清通志一氏族略一國姓。

愈 yù ㄩˋ 以主切，上，麌韻，喻。

㊀更加。詩小雅小明：“曷云其還，政事愈蹙。”左傳昭六年：“國人愈懼。”㊁勝過。論語公冶長：“子謂子貢曰：‘女與回也孰愈？’”孟子告子下：“白圭曰：‘丹之治水也愈於禹。’”㊂病好轉，痊癒。通“癒”、“瘉”。孟子公孫丑下：“昔日疾，今日愈。”㊃愉快。通“愉”。荀子君子：“天子也者執至重，形至佚，心至愈，志無所詘，形無所勞，尊無上矣。”

【愈昨】勝過往日。淮南子說山：“聖人無止，無以歲賢昔、日愈昨也。”

【愈飢】充飢。漢劉向說苑建本：“人皆知以食愈飢，莫知以學愈愚。”

【愈愈】益甚。極言其甚。詩小雅正月：“憂心愈愈，是以有侮。”傳：“愈愈，憂懼也。”集傳：“愈愈，益甚之意。”

愁 chóu ㄔㄡˊ 士尤切，平，尤韻，牀。

㊀憂慮。左傳襄二九年：“哀而不愁，樂而不荒。”㊁悲哀。左傳襄八年：“民死亡者，非其父兄，即其子弟；夫人愁痛，不知所庇。”唐陳子昂陳伯玉集一宿襄河驛浦詩：“卧聞塞鴻斷，坐聽峽猿愁。”㊂慘淡。古文苑三漢班婕妤擣素賦：“佇風軒而結睇，對愁雲之浮沈。”

【愁城】愁苦的境地。宋陸游劍南詩稿二二山園：“狂吟爛醉君無笑，十丈愁城要解圍。”

【愁眉】㊀畫成細而曲折的眉粧。東漢梁冀妻孫壽善爲妖態，作愁眉、嗁妝，墮馬髻、折腰步、齲齒笑。見後漢書五行志一、又三四梁統傳附梁冀及注引風俗通。㊁發愁時皺眉頭。唐白居易長慶集六晚春沽酒詩:"不如貧賤日,隨分開愁眉。"

【愁思】憂愁的思緒。楚辭天問漢王逸序:"仰見圖畫,因書其壁,何而問之,以渫憤懣,舒瀉愁思。"唐柳宗元柳先生集四二登柳州城樓寄漳汀封連四州詩:"城上高樓接大荒,海天愁思正茫茫。"

【愁紅】謂經風雨摧殘的花,也以喻女子的愁容。唐李賀歌詩編二黃頭郎:"南浦芙蓉影,愁紅獨自垂。"唐溫庭筠集五元處士池上詩:"愁紅一片風前落,池上秋波似五湖。"

【愁海】愁深似海。唐孟郊孟東野集四招文士飲詩:"醒時不可過,愁海浩無涯。"

【愁悴】憂愁憔悴。呂氏春秋順民:"困窮顏色愁悴不贍者,必身自食之。"楚辭天問漢王逸序:"屈原放逐,憂心愁悴。"

【愁絕】極端憂愁。唐李白李太白詩十七灞陵行送別:"正當今夕斷腸處,黃鸝愁絕不忍聽。"

【愁蛾】古代女子流行細眉,形如蠶蛾的觸鬚,因稱女子發愁時皺眉爲愁蛾。唐溫庭筠金奩集清平樂詞之一:"上陽春晚,宮女愁蛾淺。"又古時女子以青黛畫眉,故也作"愁黛"。全唐詩十吳融玉女廟:"愁黛不開山淺淺,離心長在草萋萋。"

【愁愁】憂慮重重貌。楚辭漢劉向九歎逢紛:"聲哀哀而懷高丘兮,心愁愁而思舊邦。"

【愁腸】憂思縈繞的心腸。藝文類聚一晉傅玄雲歌詩:"青雲徘徊,爲我愁腸。"唐柳宗元柳先生集四二與浩初上人同看山寄京華親故詩:"海畔尖山似劍鋩,秋來處處割愁腸。"

【愁緒】憂愁的心緒。緒,言如絲之棼亂而多端。唐杜甫杜工部草堂詩箋四十客舊館:"無由出江漢,愁緒月冥冥。"又李頻梨嶽詩集長安寓居寄柏侍郎:"霜輕兩鬢欲相侵,愁緒無端不可尋。"

【愁霖】久雨。三國魏曹植曹子建集三有愁霖賦。文選南朝梁江文通(淹)雜體詩張黃門協:"有弇興春節,愁霖貫秋序。"

【愁懃】憂苦勤勞。懃,通"勤"。楚辭漢東方朔七諫自悲:"居愁懃其誰告兮,獨永思而憂悲。"

【愁黛】見"愁蛾"。

【愁魔】指愁如魔,糾纏不得解脫。宋蘇軾蘇文忠詩合注十一子玉家宴用前韻見寄復答之:"詩病逢春轉深痼,愁魔得酒暫奔忙。"

【愁眉錦】前蜀軍中隱語,指旗幟。見宋陶穀清異錄武器小逡巡(說郛六一)。

【愁婦草】相思草。詳"相思草"。

【愁眉苦臉】形容憂思重重,神色悲苦。儒林外史四七:"成老爹氣的愁眉苦臉,只得自己走出去回那幾個鄉裏人去了。"

【愁紅慘緑】殘花敗葉。宋辛棄疾稼軒詞九鷓鴣天賦牡丹:"愁紅慘緑今宵看,恰似吳宮教陣圖。"

惣 zǒng 作孔切,上,董韻,精。 ㄗㄨㄥˇ

"總"的異體字。也作"惣"。漢王符潛夫論考績:"三公惣統,典和陰陽。"一本作"總"。

愆 qiān 去乾切,平,仙韻,溪。 ㄑㄧㄢ

㊀罪過,過失。書伊訓:"惟茲三風十愆,卿士有一于身,家必喪。"㊁超過。書牧誓:"今日之事,不愆于六步七步,乃止齊焉。"㊂喪失。左傳昭二六年:"王昏不若,用愆厥位。"㊃患惡疾。左傳昭二六年:"至于夷王,王愆于厥身。"

【愆尤】過失。文選漢張平子(衡)東京賦:"卒無補於風規,祇以昭其愆尤。"唐李白李太白詩二古風之十八:"功成身不退,自古多愆尤。"

【愆伏】氣候失常,多指大旱或酷暑。宋書王弘傳遜位疏:"荏苒推遷,忽及三載,遂令負乘之釁,彰著幽明;愆伏之災,患纏氓庶。"宋秦觀淮海集後集上喜雨得城字詩:"一氣或錯繆,愆伏相寇兵。"

【愆序】謂次序失調。南史宋文帝紀:"(元嘉)五年春正月乙亥詔:以陰陽愆序,求讜言。"宋書文帝紀詔文作"違序"。

【愆忒】過失,差誤。藝文類聚四九漢揚雄太常箴:"匪愆匪忒,君子攸宜。"

【愆位】失職。左傳昭二七年:"夫鄢將師矯子之命,以滅三族,國之良也,而不愆位。"

【愆面】久不見面,久違。舊題漢班固漢武帝內傳:"天事勞我,致以愆面。"

【愆殃】過失,惡果。三國魏曹植曹子建集二九愁賦:"謂內思而自策,算乃昔之愆殃。以忠言而見黜,信毋負於時王。"

【愆家】指失治家之道。晉書禮志上:"叔代澆訛,王風陵謝。事睽光國,禮亦愆家。"南史孝義傳序:"至於風漓化薄,禮違道喪。忠不樹國,孝亦愆家。"

【愆期】誤期,失期。易歸妹:"歸妹愆期,遲歸有時。"詩衛風氓:"匪我愆期,子無良媒。"

【愆陽】古人用陰陽之說解釋天氣變化。愆陽,陽氣過盛。多指天旱或酷熱。左傳昭四年:"夫冰以風壯,而以風出,其藏之也周,其用之也徧,則冬無愆陽,夏無伏陰。"注:"愆,過也,謂冬溫。"唐白居易長慶集二三祈皋亭神文:"去秋愆陽,今夏少雨;實憂災沴,重困杭人。"

【愆晴】久雨未晴。明文徵明太史詩集雨中雜述之三:"雨從四月晦,數日尚愆晴。"(文氏五家集)

【愆痾】古時稱疫癘等流行性疾病。南朝梁陶弘景真誥七:"復使愆痾塡籍,憂哀塞抱。"

【愆義】違反道義。左傳定十年:"於德爲愆義,於人爲失禮。"晉陸機陸士衡集一文賦:"苟傷廉而愆義,亦雖愛而必捐。"

【愆罪】罪過。後漢書四二楚王英傳與國相書:"託在蕃輔,過惡累積,歡喜大恩,奉送縑帛,以贖愆罪。"

【愆滯】耽誤。三國志蜀費禕傳"代蔣琬爲尚書令"注引禕別傳:"董允代禕爲尚書令,欲斅禕之所行,旬日之中,事多愆滯。"

【愆謬】過失,錯誤。新唐書一〇〇閻立德傳:"曾孫用之……初爲彭州參軍,嘗攝錄事,一日糾愆謬不法數十事,太守以爲材。"

愡 còng 千弄切,去,送韻。清。 ㄘㄨㄥˋ

愡恫。見廣韻。亦作"憁"。參見"憁"。

十畫

慂 yǒng 余隴切,上,腫韻,喻。 ㄩㄥˇ

"恿"的異體字。

慉 xù 許竹切,入,屋韻,曉。 ㄒㄩˋ

㊀喜愛,愛眷。詩邶風谷風:"不我能慉,反以我爲讎。"釋文引毛傳:"慉,興也。"清馬瑞辰謂慉與"讎"對,當讀如"畜好"之"畜";不我慉,即不我好。見毛詩傳箋通釋四。參閱清錢大昕十駕齋養新錄四畜有好音。㊁聚,蓄積。靈樞經五周痹:"其慉痛之時,不及定治,而痛已止矣。"後漢書六十上馬融傳廣成頌:"疏越蘊慉,駭恫底伏。"注:"慉與畜通。"

【慉結】憂鬱。藝文類聚九三三國魏應德璉(瑒)慜驥賦:"牽縶轡而增制兮,心慉結而梁紆。"

慊 1. qiǎn 苦簟切,上,忝韻,溪。ㄑㄧㄢˇ

㊀嫌疑。漢書六九趙充國傳:"媮得避慊之便。"注:"慊亦嫌字。"㊁嫌恨,不滿足。孟子公孫丑下:"彼以其爵,我以吾義,吾何慊乎哉?"注:"慊,少也。"按嫌疑字本作"慊";慊恨字本作"嫌",古籍多通用。參閱清俞樾俞樓雜纂七禮記異文箋。

2. qiè 集韻 詰叶切,入,帖韻。ㄑㄧㄝˋ

㊀滿意。莊子天運:"彼必齕齧挽裂,盡去而後慊。"注:"慊,苦牒反。足也。"

【慊慊】心不滿足貌。後漢書五行志一:"永樂(太后)雖積金錢,慊慊常苦不足。"文選三國魏文帝(曹丕)燕歌行:"慊慊思歸戀故鄉,何爲淹留寄他方?"唐張銑注:"慊慊,心不足貌。"

愫 sù 集韻 蘇故切,去,暮韻。ㄙㄨˋ

真誠,實情。情素,也作"情愫"。見"情愫"。

慌 1. huǎng 呼晃切,上,蕩韻,曉。ㄏㄨㄤˇ

㊀見"慌忽"、"慌惚"。

2. huāng ㄏㄨㄤ

㊀急迫,恐懼。如言慌忙、恐慌。參見"慌₂張"。

【慌忽】不明白,不真切。同"怳惚"、"恍惚"。文選戰國楚屈平(原)九歌湘夫人:"慌忽兮遠望,觀流水兮潺湲。"楚辭作"荒忽"。梁書武帝紀上策文:"皇雄、大庭之辟,赫胥、尊盧之后,斯並龍圖鳥跡以前,慌忽杳冥之世,固無得而詳焉。"

【慌惚】同"慌忽"。後漢書明德馬皇后紀:"兄客卿敏惠早夭,母藺夫人悲傷發疾慌惚。"指神志不清。唐韓愈昌黎集三一南海神廟碑:"海之百靈祕怪,慌惚畢出。"指形象不真切。

【慌₂張】恐懼,忙亂。古今雜劇元鄭德輝伊尹耕莘一:"他每都急急言情狀,語句意慌張。"也作"慌慌張張"。元曲選張國賓薛仁貴三:"驀聽的人言馬嘶,威風也那猛勢,諕的我戰戰兢兢,慌慌張張,只待要哭哭啼啼。"

慒 cǎo 采老切,上,晧韻,清。ㄘㄠˇ

見"慒恅"。

【慒恅】㊀寂静。文選漢王子淵(褒)洞簫賦:"慒恅瀾漫,亡耦失疇。"注:"埤蒼曰:嘈嘐,寂靜也。嘈嘐與慒恅音義同。"㊁廣韻晧:"慒恅,心亂。"

慄 lì 力質切,入,質韻,來。ㄌㄧˋ

恐懼。詩秦風黃鳥:"臨其穴,惴惴其慄。"傳:"慄,懼也。"

【慄慄】㊀畏懼貌。書湯誥:"慄慄危懼,若將隕於深淵。"㊁寒冷貌。宋王禹偁小畜集十二和馮中允爐邊偶作詩:"春日雨絲暖融融,人日雪花寒慄慄。"

慎 shèn 時刃切,去,震韻,禪。ㄕㄣˋ

㊀謹慎,小心。書益稷:"禹曰:都!帝,慎乃在位。"㊁千萬。表示禁戒。史記一〇六吳王濞傳:"高帝召濞相之……告曰:'……然天下同姓爲一家也,慎無反!'"㊂姓。戰國有慎到。

【慎子】戰國慎到撰,一卷,四十二篇。漢書藝文志列入法家。唐以後散失三十多篇,今存五篇。清錢熙祚嚴可均又從羣書治要中輯出慎子所著知忠君臣二篇,增爲七篇。參見"慎到"。

【慎火】草名。又名景天。或種於屋上以防火,故名慎火。政和證類本草七草部:"景天,一名戒火,一名慎火。"參閱太平御覽九六〇(又九九八)引沈懷遠南越志、清屈大均廣東新語二七草語慎火。

【慎到】戰國趙人。齊宣、湣王時,與鄒衍、淳于髡、接子、環淵等爲齊稷下學士。其著作大部已散失,學説僅見於諸子所述及尚存諸篇中,大抵以齊萬物爲首,循自然而立法,而法之行,賴於統治者的威勢。有威勢,始能令行禁止,而達於至治。其重勢之説,爲韓非所吸收繼承。

【慎重】謹慎持重。新五代史安彥威傳:"彥威未嘗以爲言,及卒,太妃臨哭,人始知同宗也,當時益稱其慎重。"

【慎密】謹慎保密。易繫辭上:"幾事不密則害成,是以君子慎密而不出也。"世説新語德行:"長豫與丞相語,恒以慎密爲端。"長豫,王導長子王悦字。

【慎終】謹慎小心,始終到底。書太甲下:"慎終于始。"參見"慎終追遠"。

【慎微】警惕於事物細微之處。淮南子人間:"聖人敬小慎微,動不失時。"漢陸賈新語上、王符潛夫論皆有慎微篇。

【慎潰】複姓。春秋魯有慎潰氏。見荀子儒效。

【慎獨】在獨處時能謹慎不苟。禮中庸:"莫見乎隱,莫顯乎微,故君子慎其獨也。"三國魏曹植曹子建集九卞太后誄:"祗畏神明,敬惟慎獨。"

【慎刑司】清官署名。屬内務府,掌府屬審訊之事。初名尚方司,康熙十六年改名慎刑司。有郎中、員外郎、主事筆帖式等。凡讞獄、笞杖皆決之,徒以上則咨刑部。太監犯罪,亦由慎刑司處斷。見清通志六六職官三、清會典九五内務府。

【慎終追遠】謂對父母的喪事,要辦得謹慎合理;祖先雖遠,須依禮追祭。論語學而:"曾子曰:慎終追遠,民德歸厚矣。"集解:"孔(安國)曰:慎終者喪盡其哀,追遠者祭盡其敬。"

愵 nì 奴歷切,入,錫韻,泥。ㄋㄧˋ

憂愁。通"惄"。詩周南汝墳"惄如調饑"唐陸德明釋文:"惄,韓詩作愵,音同。"唐元結元次山集五招太靈詩:"久愵兮恍恍,招捃搖兮呼風。"

慅 sāo 蘇遭切,平,豪韻,心。ㄙㄠ 采老切,上,晧韻,清。

㊀騷動。見"慅慅㊀"。㊁憂愁。詩陳風月出:"勞心慅兮。"釋文:"慅,七老反,憂也。"㊂見"慅嬰"。

【慅慅】㊀動蕩不安。同"騷騷"。隋書李德林傳:"軍中慅慅,人情大異。"㊁煩憂。唐李賀歌詩編三春歸昌谷詩:"天網信崇大,矯士常慅慅。"

【慅嬰】古代罪犯冠上加草帶,以示羞辱。慅,"草"的假借字。嬰,同"纓"。荀子正論:"治古無肉刑而有象刑,墨黥、慅嬰。"北堂書鈔四四、太平御覽六四五引慎子作"草纓當劓"。正論楊倞注引禮"緦冠澡纓"(今本禮雜記上作"緦冠繰纓"),與"慅嬰"都是"草纓"二字音近通假。

愲 gǔ 古忽切,入,没韻,見。ㄍㄨˇ

同"緭"。見"結緭"。

愷 kǎi 苦亥切,上,海韻,溪。ㄎㄞˇ

㊀安樂。莊子天道:"中心物愷,兼愛無私。"釋文引司馬(彪):"愷,樂也。"唐成玄英疏:"忠誠之心,願物安樂。"㊁通"凱"。左傳僖二八年:"振旅,愷以入于晉。"參見"愷樂"、"愷歌"。

【愷風】南風。見"凱風"。

【愷悌】和樂簡易。左傳僖十二年:"愷悌君子,神所勞矣。"注:"愷,樂也;悌,易也。"詩大雅旱麓作"豈弟"。又作"愷弟"。漢書八一張禹傳:"(彭)宣爲人恭儉有法度,而(戴)崇愷弟多智。"

【愷歌】軍隊戰勝歸來時所唱的歌。同"凱歌"。周禮春官樂師:"凡軍大獻,教愷歌，遂唱之。」參見「凱歌」。

【愷樂】㊀慶祝作戰勝利的軍樂。同「凱樂」。周禮春官大司樂：「王師大獻，則令奏愷樂。」注：「愷樂，獻功之樂。」又夏官大司馬：「若師有功，則左執律，右秉鉞以先，愷樂獻於社。」㊁見「豈樂」。

慆 tāo 土刀切，平，豪韻，透。ㄊㄠ

㊀喜悅。尚書大傳大誓：「師乃慆，前歌後舞。」㊁隱藏。左傳昭三年：「君日不悛，以樂慆憂。」㊂懷疑。左傳昭二七年：「天命不慆久矣，使君亡者，必此衆也。」㊃過，逝。詩唐風蟋蟀：「今我不樂，日月其慆。」

【慆淫】享樂過度。書湯誥：「無從匪彝，無即慆淫。」國語魯下：「夜儆百工使無慆淫而後即安。」注：「慆，慢也。」

【慆慆】㊀長久。詩豳風東山：「我徂東山，慆慆不歸。」傳：「慆慆，久也。」㊁紛亂貌。文選漢班孟堅(固)幽通賦：「安慆慆而不萉兮，卒隕身乎世禍。」

【慆慢】怠慢。三國志吳吳主傳：「違貳不協，慆慢天命。」

愴 chuàng 初亮切，去，漾韻，初。ㄔㄨㄤ 初兩切，上，養韻，初。

㊀悲傷。見說文。㊁見「愴怳」。

【愴怳】失意貌。楚辭宋玉九辯：「愴怳懭悢兮，去故而就新。」文選漢王子淵(褒)洞簫賦：「悲愴怳以惻惐兮，時恬淡以綏肆。」

【愴悢】悲傷。文選漢班叔皮(彪)北征賦：「遊子悲其故鄉兮，心愴悢以傷懷。」

【愴惻】悲傷。文選晉潘安仁(岳)寡婦賦：「思纏綿以瞀亂兮，心摧傷以愴惻。」

【愴愴】憂傷悲痛。楚辭漢王褒九懷思忠：「感余志兮慘慄，心愴愴兮自憐。」

【愴囊】紛亂貌。同「搶攘」。莊子在宥：「乃始臠卷愴囊而亂天下也。」釋文謂本作「獊囊」，崔譔本作「戕囊」。參見「搶攘」。

愾 1. kài 苦愛切，去，代韻，溪。ㄎㄞ

㊀歎息。詩曹風下泉：「愾我寤歎，念彼周京。」㊁憤怒。左傳文四年：「諸侯敵王所愾而獻其功。」

2. xì 許既切，去，未韻，曉。ㄒㄧ

㊂到。通「迄」。禮哀公問：「身以及身，子以及子，妃以及妃，君行此三者，則愾乎天下矣。」釋文：「愾，許乞反，又許氣反，至也。」

【愾憤】猶言同仇敵愾。唐文粹五七常袞馬公神道碑銘：「由是愾憤邊戎，徘徊孤劍。遂西至絶域，以奇功累授裨將。」

慥 zào 七到切，去，号韻，清。ㄗㄠ

㊀誠實貌。見「慥慥」。㊁猝然。越絶書七越絶內傳陳成恒：「越王慥然避位，曰：『在子。』」

【慥慥】誠實貌。禮中庸：「言顧行，行顧言，君子胡不慥慥爾。」注：「慥慥，守實，言行相應之貌。」

㥮 zhòu ㄓㄡ

固執，剛愎。也作「㑳」。金董解元西廂記三：「奈老夫人情性㥮，非草草。」

【㥮㦍】固執，剛愎。金董解元西廂記二：「白馬將軍飲了一杯，道君瑞何須恁般㥮㦍。」

㥋 yì 於計切，去，霽韻，影。ㄧ

㊀安靜，深邃。說文作「瘱」。文選漢王子淵(褒)洞簫賦：「其妙聲則清靜厭㥋。」參閱清錢大昕十駕齋養新録四㥋。㊁隱匿。通「翳」。漢揚雄太玄經三晬：「冥駮冒晬，中自㥋也。」注：「㥋，隱也。」又四廓：「陰氣㥋而念之。」

愬 sù 桑故切，去，暮韻，心。ㄙㄨ

㊀告訴，訴說。說文「訴」的或體。詩邶風柏舟：「薄言往愬，逢彼之怒。」㊁誹謗。論語憲問：「公伯寮愬子路於季孫。」說文引論語作「訴」。

山責切，入，麥韻，山。

㊂向着。通「遡」。文選晉潘安仁(岳)西征賦：「愬黃巷以濟潼。」六臣本作「遡」。㊃恐慌。公羊傳宣六年：「靈公望見趙盾，愬而再拜。」注：「愬者，驚貌。」參見「愬愬」。

【愬愬】恐懼貌。易履：「九四，履虎尾，愬愬，終吉。」釋文：「愬愬，山革反。子夏傳云：恐懼貌。馬(融)本作『虩虩』，音許逆反。云：恐懼也。說文同。」按古「愬」與「虩」通。參閱清丁壽昌讀易會通。

愨 què 苦角切，入，覺韻，溪。ㄑㄩㄝ

樸實，謹慎。也作「慤」。荀子非十二子：「其容愨。」注：「謹敬也。」

【愨士】誠謹之士。荀子不苟：「庸言必信之，庸行必慎之；畏法流俗而不敢以其所獨甚，若是則可謂愨士矣。」注：「端愨不貳。」

愿 yuàn 魚怨切，去，願韻，疑。ㄩㄢ

樸實，善良。書皋陶謨：「愿而恭。」疏：「愿者，愨謹良善之名。」

【愿愨】謹慎樸實。荀子君道：「材人，愿愨拘録，計數纖嗇而無敢遺喪，是官人史吏之材也。」

愻 xùn 蘇困切，去，慁韻，心。ㄒㄩㄣ

謙恭，順從。同「遜」。說文「愻」引書「五品不愻」。今書舜典作「五品不遜」。漢劉向說苑臣術：「君親而近之，致敏以愻，貌而疏之，則恭而無怨色。」

慁 hùn 胡困切，去，慁韻，匣。ㄏㄨㄣ

㊀驚動，打擾。左傳昭六年：「舍不爲暴，主不慁賓。」史記十九范睢傳：「先生乃幸辱至於此，是天以寡人慁先生而存先王之宗廟也。」㊁混亂。南朝梁劉勰文心雕龍五議對：「煩而不慁者，事理明也。」

慇 yīn 於斤切，平，欣韻，影。ㄧㄣ

通「殷」。㊀憂傷貌。見「慇慇」。㊁懇切。見「慇懃」。

【慇慇】憂傷貌。詩小雅正月：「念我獨兮，憂心慇慇。」又大雅桑柔：「憂心慇慇，念我土宇。」羣書治要本作「殷殷」。參見「殷殷㊀」。

【慇懃】情意懇切。文選漢司馬子長(遷)報任少卿書：「趣舍異路，未嘗銜盃酒，接慇懃之餘懽。」六臣注本作「殷勤」。也作「慇勤」。史記八三鄒陽傳獄中上書：「何則？慈仁慇勤，誠加於心，不可以虛辭借也。」參見「殷勤」。

態 tài 他代切，去，代韻，透。ㄊㄞ

㊀狀態，容貌。楚辭屈原離騷：「寧溘死以流亡兮，余不忍爲此態也。」又宋玉招魂：「容態好比，須彌代些。」㊁情狀。文選漢司馬長卿(相如)上林賦：「睨部曲之進退，覽將帥之變態。」㊂見「態臣」。

【態臣】姦詐之臣。態，「慝」的假借字。荀子臣道：「內不足使一民，外不足使距難，百姓不親，諸侯不信，然而巧敏佞說，善取寵乎上，是態臣者也。」唐楊倞謂「以佞媚爲容態」，態讀本字。

【態度】㊀人之狀貌舉止。荀子修身：「容貌、態度、進退、趨行，由禮則雅，不由禮則夷固僻違，庸衆而野。」呂氏春秋去尤：「人有亡鈇者，意其鄰之子，視其……動作態度，無爲而不竊鈇也。」又見列子說符。㊁姿態。宋陸游渭南文集二九跋臨帖：“此書用筆靄靄多態度，如雙鉤鍾（繇）王（羲之）書，可寶藏也。”

慍 yùn ㄩㄣˋ 於問切，去，問韻，影。

亦作“愠”。惱怒。詩邶風柏舟：“憂心悄悄，慍于羣小。”傳：“慍，怒也。”國語楚下：“夫民心之慍也，若防大川焉，潰而所犯必大矣。”注：“慍，怒也。”

【慍色】面有怨怒之色。論語公冶長：“令尹子文三仕爲令尹，無喜色；三已之，無慍色。”文選漢司馬子長（遷）報任少卿書：“草創未就，會遭此禍，惜其不成，是以就極刑，而無慍色。”

【慍見】面帶憤憤不平之色而入見。論語衛靈公：“子路慍見曰：‘君子亦有窮乎？’”晉陶潛陶淵明集四詠貧士詩之二：“閒居非陳阨，竊有慍見言。”

【慍怒】惱怒。史記一〇九李將軍傳：“廣不謝大將軍而起行，意甚慍怒而就部。”

【慍容】怒形於色。列子黃帝：“既而狎侮欺詒，攩㧙挨扰，亡所不爲，商丘開常無慍容。”

【慍惀】心鬱結而積憤。楚辭屈原九章哀郢：“憎慍惀之修美兮，好夫人之忼慨。”補注：“慍，紆粉切，心所慍積也。惀，力允切，思求曉知謂之惀。”

【慍羝】人體腋下惡臭。俗稱狐臭。唐崔令欽教坊記：“范漢女大娘子，亦是竿木家。開元二十一年出內，有姿媚，而微慍羝。”參閱明陶宗儀輟耕錄十七。

【慍懟】惱怒怨恨。資治通鑑一〇八晉太元二一年：“（燕主慕容寶）立妃段氏爲皇后，策爲皇太子，……策年十一，素惷弱，（清河公慕容）會聞之，心慍懟。”惷，愚蠢。

十一畫

慞 zhāng ㄓㄤ 諸良切，平，陽韻，照。

見下。

【慞惶】慌張，忙亂。文選晉潘安仁（岳）哀永逝文：“嫂姪兮慞惶，慈姑兮垂矜。”六臣注本作“章偟”。參見“章皇”、“慞偟”、“慞遑”。

慷 kāng ㄎㄤ 呼郎切，平，唐韻，曉。

說文作“忼”。見下。

【慷慨】㊀意氣風發，情緒激昂。也作“忼慨”。楚辭宋玉九辯：“憎慍惀之脩美兮，好夫人之慷慨。”文選漢司馬長卿（相如）長門賦：“貫歷覽其中操兮，意慷慨而自卬。”三國志魏臧洪傳：“洪辭氣慷慨，涕泣横下，聞其言者，雖卒伍廝養，莫不激揚，人思致節。”㊁大方，不吝嗇。水滸五：“魯智深見李忠、周通不是個慷慨之人，作事慳吝，只要下山。”

【慷愾】同“慷慨”。三國志吳步騭傳周昭論：“女配太子，受禮若弔，慷愾之趨，惟篤人物，成敗得失，皆如所慮，可謂守道見機，好古之士也。”梁書張緬傳附張纘南征賦：“臨赤崖而慷愾，摧雄圖於魏武。”

【慷慨激昂】意氣風發，情緒熱烈。唐柳宗元柳先生集三六上權德輿補闕温卷決進退啟：“今將慷慨激昂，奮攘布衣，縱談作者之筵，曳裾名卿之門，……狂狷愚妄，固不可爲也。”

【慷他人之慨】利用他人財物來作人情或裝飾場面。明梁辰魚浣紗記傳記下採蓮：“主公，平日曉得伯嚭做人的，是這等風自己之流，慷他人之慨的。”明李贄焚書四寒燈小話三：“况慷他人之慨，費別姓之財，於人爲不情，於己甚無謂乎？”

慵 yōng ㄩㄥ 蜀庸切，平，鍾韻，審。

懶惰，懶散。古本“庸”字，漢以後始加心旁作“慵”。唐白居易長慶集六詠慵詩：“有琴慵不彈，亦與無弦同。”參閱清鄭珍說文新附考五“慵”。

【慵困】倦怠。絕妙好詞四宋樓采好事近：“應是繡牀慵困，倚鞦韆斜立。”唐宋諸賢絕妙詞選九宋釋仲殊（張揮）夏雲峰：“連宵慵困，起來韶華都盡。”

【慵惰】懶惰。唐韓愈昌黎集二合江亭詩：“淹滯樂閑曠，勤苦勸慵惰。”也作“慵墮”。唐白居易長慶集十九妻初授邑號告身：“倚得身名便慵墮，日高猶睡綠窗中。”

【慵懶】懶散，懶惰。唐白居易長慶集六六晚春酒醒尋夢得詩：“獨出雖慵懶，相逢定喜懽。”

【慵來粧】相傳漢成帝妃趙合德卷髮作新髻，施薄眉，號遠山黛；施小朱者，號慵來粧。見舊題漢伶玄飛燕外傳。唐詩紀事六九羅虬比紅兒詩之六四：“輕梳小髻號慵來，巧中君心不用媒。”也作“慵粧髻”。紅樓夢五八：“晴雯因走過去拉了他（芳官），替他洗淨了髮，用手巾擰的乾鬆鬆的，挽了一個慵粧髻。”

慠 ào ㄠˋ 集韻魚到切，去，号韻。

驕傲。同“傲”。呂氏春秋侈樂：“勇者凌怯，壯者慠幼，從此生矣。”

【慠佷】驕傲兇狠。後漢書五五河間孝王開傳：“政慠佷，不奉法憲。”三國志魏樂陵王茂傳：“茂性慠佷，少無寵於太祖。”

【慠誕】傲慢放縱。晉書謝萬傳：“（謝安）謂萬曰：‘汝爲元帥，諸將宜數接對，以悅其心，豈有慠誕若斯而能濟事也！’”

慓 piào ㄆㄧㄠˋ 撫招切，平，宵韻，滂。符少切，上，小韻，並。匹妙切，去，笑韻，滂。

急疾，輕捷。通“僄”、“剽”。見“慓悍”。

【慓悍】輕疾勇猛。也作“僄悍”、“剽悍”。漢書高帝紀上：“項羽爲人，慓悍禍賊。”注：“慓，疾也；悍，勇也。”史記高祖紀作“僄悍”。三國志魏王基傳：“毌丘儉文欽作亂，……議者咸以儉欽慓悍，難與爭鋒。”

慱 tuán ㄊㄨㄢˊ 度官切，平，桓韻，定。

見下。

【慱慱】憂勞不安貌。詩檜風素冠：“庶見素冠兮，棘人欒欒兮，勞心慱慱兮。”文選漢張平子（衡）思玄賦：“志慱慱以應懸兮，誠心固其如結。”注引詩作“勞心團團”。參閱清雷浚說文外編四“慱”。

慚 cán ㄘㄢˊ 昨甘切，平，談韻，從。

同“慙”。見“慙”。

慬 1. jìn ㄐㄧㄣˋ 集韻巨靳切，去，焮韻。

㊀纔，僅僅。通“僅”。公羊傳定八年：“既駕，公斂處父帥師而至，慬然後得免。”

2. qín jǐn ㄑㄧㄣˊ ㄐㄧㄣˇ

㊀勇。列子說符：“吾不侵犯之，而乃辱我以腐鼠，此而不報，無以立慬於天下。”注：“慬，勇。”唐柳宗元柳先生集五睢陽廟碑序：“所以出奇以恥敵，立慬以怒寇。”注：“慬，勤謹二字。勇也。”

慲 mán ㄇㄢˊ 母官切，平，桓韻，明。

糊塗，不明事理。通“顢”。淮南子俶真：“於是萬民乃始慲觟離跂，各欲行其知僞，以求鑿枘於世。”

慳 qiān ㄑㄧㄢ 苦閑切，平，山韻，溪。

㊀省儉，吝嗇。宋書王玄謨傳：“劉秀之儉吝，常呼爲老慳。”㊁缺少。唐韓愈昌黎集七山南鄭相公樊員外……詩：“辭慳義卓闊，呀豁疚掊掘。”宋陸游劍南詩稿

二八懷昔："澤國氣候晚，仲冬雪猶慳。"

【慳吝】吝嗇。水滸五："這兩個人好生慳吝，見放着有許多金銀，却不送與俺。"

【慳錢】質料薄劣的錢幣。宋羅大經鶴林玉露九好錢："今江湖間俗語，謂錢之薄惡者曰慳錢。"

【慳澀】吝嗇，缺少。宋朱淑貞斷腸詞三雨中寫懷："東風吹雨苦生寒，慳澀春光不放寬。"宋蘇軾東坡集續集五與徐得之書之五："來日離此，水甚慳澁，不知趁得十五日上否？"澁，同"澀"。

【慳囊】撲滿。儲錢器，口小，錢易入不易出，故稱慳囊。宋范成大石湖集三催租行："牀頭慳囊大如拳，撲破正有三百錢。"宋李之儀姑溪居士集後集八次韻見問詩："近免竹筒拘月費，主人時亦破慳囊。"後來諷刺吝嗇的人被迫出錢爲破慳囊。

慼 qì ㄑㄧ 倉歷切，入，錫韻，清。

悲傷。同"慽"。漢書八二王商傳："居喪哀慼。"世説新語方正："魏文帝（曹丕）受禪，陳羣有慼容。"參見"慽"。

憀 liáo ㄌㄧㄠ 落蕭切，平，蕭韻，來。力求切，平，尤韻，來。

㊀依賴。淮南子兵略："上下不相寧，吏民不相憀。"注："憀，賴。"花間集一唐温庭筠菩薩蠻："時節欲黃昏，無憀獨倚門。"㊁悲思。唐陸龜蒙甫里集十一自遣詩："誰使寒鴉意緒嬌，雲晴山晚動情憀。"

【憀亮】清徹響亮。同"寥亮"、"嘹亮"。宋書樂志三三國魏文帝（曹丕）善哉行朝遊："樂極哀情來，憀亮摧肝心。"文選三國魏嵇叔夜（康）琴賦："進御君子，新聲憀亮，何其偉也。"注："憀亮，聲清徹貌。"

【憀慄】悽愴貌。也作"憭慄"。文選晉潘安仁（岳）秋興賦："颾瑟兮草木搖落而變衰，憀慄兮若在遠行。"

【憀賴】依託。指感情或生活上有所着落。同"聊賴"。宋穆修河南穆公集一殘春病醒詩："欲爲風光輕賦別，正無憀賴染江毫。"

慴 zhé dié ㄓㄜˊ ㄉㄧㄝˊ 徒協切，入，怗韻，定。之涉切，入，葉韻，照。

恐懼。同"慑"。莊子達生："死生驚懼，不入乎其胸中，是故遻物而不慴。"戰國策燕三："北蠻夷之鄙人，未嘗見天子，故振慴。"

【慴伏】因畏懼而屈服。也作"慴服"。史記項羽紀："籍所擊殺數十百人，一府中皆慴伏，莫敢起。"又："項羽晨朝上將軍宋義，即其帳中斬宋義頭，……當時諸將皆慴服，莫敢枝梧。"

【慴息】因恐懼不敢出氣。南史茹法珍傳："奄人王寶孫，年十三四，號爲倀子，最有寵，參預朝政，……乃至騎馬入殿，詆訶天子，公卿見之，莫不慴息。"

【慴惴】恐懼，憂慮。唐杜牧樊川詩集一感懷："屯田數十萬，隄防常慴惴。"

慢 màn ㄇㄢˋ 謨晏切，去，諫韻，明。

㊀傲慢，怠慢。易繫辭上："上慢下暴，盜思伐之矣。"史記九二淮陰侯傳："王素慢無禮，今拜大將如呼小兒耳。"㊁輕忽。商君書墾令："上不費粟，民不慢農，則草必墾矣。"㊂遲緩。説文作"�"。詩鄭風大叔于田："叔馬慢忌，叔發罕忌。"傳："慢，遲……田事且畢，則其馬行遲。"㊃唐宋雜曲曲調名。以曲詞舒緩而得名，如聲聲慢木蘭花慢等。參閱明楊慎升庵全集六三慢字爲樂曲名。㊄塗抹。"墁"之假借字。莊子徐无鬼："郢人堊慢其鼻端，若蠅翼，使匠石斲之。"初學記十六，文選三國魏嵇叔夜（康）贈秀才入軍詩注引莊子並作"墁"。

【慢火】文火，微火。唐王建詩三隱者居："何物中長食，胡麻慢火熬。"朱子語類五九孟子九："今初求須猛勇作力，如煎藥初用猛火，既沸之後，方用慢火養之，久之便自熟也。"

【慢世】玩世不恭。世説新語品藻："王子猷（徽之）、子敬（獻之）兄弟，共賞高士傳人及贊。子敬賞井丹高潔，子猷云未若長卿（司馬相如）慢世。"注引三國魏嵇康高士傳司馬相如贊："長卿慢世，越禮自放。"

【慢易】㊀怠忽，輕侮。管子內業："思索生知，慢易生憂。"史記八九張耳傳："高祖從平城過趙，趙王朝夕袒韝蔽，自上食，禮甚卑，有子壻禮。高祖箕踞詈，甚慢易之。"㊁樂聲緩慢平和。禮樂記："是故志微，噍殺之音作，而民思憂。嘽諧、慢易、繁文、簡節之音作，而民康樂。"

【慢物】待人接物時態度傲慢。後漢書八十下禰衡傳："少有才辯，而尚氣剛傲，好矯時慢物。"

【慢怠】傲慢，懶散。同"怠慢"。三國志魏明帝紀青龍二年詔："鞭作官刑，所以糾慢怠也，而頃多以無辜死。其減鞭杖之制，著于令。"

【慢侮】輕視侮辱。史記留侯世家："四人者年老矣，皆以爲上慢侮人，故逃匿山中。"漢書五行志中之下："時王馳騁無度，慢侮大臣，不敬至尊。"

【慢砲】明代一種定時爆炸的砲彈。淵鑑類函武攻部八火攻三置慢砲注："兵畧纂聞曰：曾銑在邊，置慢砲法。砲圓如斗，中藏機巧，火線至一、二時纔發，外以五彩飾之，敵拾得者，駭爲異物，聚觀傳玩者牆擁，須臾藥發，死傷甚衆。"

【慢遊】浪蕩遨遊。書益稷："無若丹朱傲，惟慢遊是好。"太平廣記四五五唐皇甫枚三水小牘張直方："直方至東京，既不自新，而慢遊愈極。洛陽四旁，翥者走者，見皆識之，必羣噪長嗥而去。"

【慢傲】怠慢，驕傲。漢王符潛夫論四述赦："輕薄慢傲，凶悍無辨。"晉書裴楷傳："長水校尉孫季舒嘗與（石）崇酣讌慢傲過度，崇欲表免之。"

【慢慆】傲慢，放肆。楚辭屈原離騷："椒專佞以慢慆兮，樧又欲充夫佩幃。"注："慆，淫也。"

【慢罵】隨口辱罵。新唐書一二七張嘉貞傳："嘉貞銜（張）説不已，於坐慢罵説，源乾曜、王晙共平解，乃得去。"

【慢辭】侮辱人的話。新唐書一五五渾瑊傳："（朱）泚方據乾陵下瞰城，翠翟紅袍，左右宦人趨走，宴賜拜舞，又縱慢辭戲斥天子，以爲勝在景刻。"

【慢騰騰】緩慢貌。宋周邦彥片玉詞紅窗迥："情性兒慢騰騰地，惱得人又醉。"也作"慢滕滕"。朱子語類一二一朱子十八："看公來此，逐日只是相對默坐無言，恁地慢滕滕，如何做事！"

【慢條斯理】慢騰騰，不慌不忙。儒林外史一："翟買辦道：'老爺在這裏傳你家兒子說話，怎的慢條斯理！'"也作"慢條絲禮"、"慢條廝理"、"慢條斯禮"，見金瓶梅十一、十二、三十。

【慢藏誨盜】因保管疏忽而招致盜竊。易繫辭上："慢藏誨盜，冶容誨淫。"疏："若慢藏財物，守掌不謹，則教誨於盜者，使來取此物。"後漢書五二崔駰傳附崔篆慰志賦作"嫚臧"。

慺 lóu ㄌㄡˊ 落侯切，平，侯韻，來。

見下。

【慺誠】恭敬。抱朴子尚博："於是以其所不解者爲虛誕，慺誠以爲爾，未必違情以傷物也。"注："慺，敬也。"

【慺慺】勤懇、恭謹。後漢書五四楊震傳附楊賜上奏："老臣過受師傅之任，數蒙寵異之恩，豈敢愛惜垂没之年，而不盡其慺慺之心哉。"注："慺慺，猶勤勤也。"

慣 guàn 古患切,去,諫韻,見。ㄍㄨㄢˋ

習慣。本作"貫"。說文作"遦"。宋書宗慤傳:"(庾業)謂客曰:'宗軍人,慣噉麤食。'"引申爲縱容,放任。宋晏幾道小山詞鷓鴣天:"夢魂慣得無拘檢,又踏楊花過謝橋。"元曲選武漢臣老生兒二:"劉九兒云:'從小裏慣了孩兒也。'"

【慣習】熟練。抱朴子勖學:"夫斲削刻畫之薄伎,射御騎乘之易事,猶須慣習,然後能善。"

慟 tòng 徒弄切,去,送韻,定。ㄊㄨㄥˋ

㊀極其悲痛。論語先進:"顏淵死,子哭之慟。"㊁痛哭。世說新語傷逝:"郗嘉賓(超)喪,左右白郗公(愔)郎喪。……公往臨殯,一慟幾絕。"

【慟哭】痛哭。世說新語棲逸:"阮步兵(籍)嘯聞百步"注引魏氏春秋:"阮籍常率意獨駕,不由徑路,車跡所窮,輒慟哭而反。"唐李白李太白詩二古風之三七:"燕臣昔慟哭,五月飛秋霜。"

憁 còng 音韻闡微 措甕切,去,送韻,清。ㄘㄨㄥˋ

同"愡"。見下。

【憁恫】也作"愡恫"。㊀鹵莽,無知貌。南朝梁劉勰文心雕龍十程器:"仲宣(王粲)輕脆以躁競,孔璋(陳琳)憁恫以麤疎。"晉書齊王冏傳河間王顒上表:"張偉憁恫,擁停詔可;葛旟小豎,維持國命。"㊁奔走,鑽營。抱朴子自敍:"憁恫官府之間,以窺掊尅之益。"

慘 cǎn 七感切,上,感韻,清。ㄘㄢˇ

㊀狠毒,厲害。荀子議兵:"楚人鮫革犀兕以爲甲,鞈如金石,宛鉅鐵鉇,慘如蠭蠆。"㊁悲痛,悽慘。楚辭屈原九章哀郢:"慘鬱鬱而不通兮,蹇侘傺而含慼。"唐文粹三三下李華弔古戰場文:"日光寒兮草短,月色苦兮霜白,傷心慘目,有如是耶。"㊂喪事。晉書王忱傳:"婦父嘗有慘,忱乘醉弔之。"㊃憂愁貌。通"懆"。見"慘慘㊀"。㊄顏色暗淡。通"黲"。見"慘慘㊁"。㊅曾經。左傳昭二十年引詩:"慘不畏明。"今本詩大雅民勞作"憯不畏明"。傳:"憯,曾也。"

【慘切】形容心情悽切。後漢書章帝紀建初五年:"又久旱傷麥,憂心慘切。"也指天氣蕭瑟淒厲。南朝梁江淹江文通集三效阮公詩之八:"仲冬正慘切,日月少精華。"

【慘沮】傷心喪氣。宋詩鈔石介徂徠詩鈔過魏東郊:"瓦石固無情,爲我亦慘沮。"

【慘怛】憂傷,悲痛。莊子盜跖:"慘怛之疾,恬愉之安,不監於體。"史記八四屈原傳:"人窮則反本,故勞苦倦極,未嘗不呼天也;疾痛慘怛,未嘗不呼父母也。"

【慘服】喪服。多指期功(一年、九月、五月)等淺色的喪服。舊唐書睿宗紀:"(景雲)三年春正月辛未朔,親謁太廟。癸酉,上始釋慘服,御正殿受朝賀。"睿宗爲中宗母弟,時服中宗之喪。

【慘恤】喪事。唐顏真卿顏魯公集四開府儀同三司……宋公神道碑銘:"後有慘恤,二豎來弔。"二豎,指唐張易之張昌宗兄弟二人。宋史二八二王旦傳:"旦以慘恤,不赴會。"

【慘毒】㊀虐害。漢書八四翟方進傳:"所居者皆尚殘賊酷虐,苛刻慘毒以立威。"㊁強烈的怨憤。文選三國魏曹子建(植)求通親親表:"竊不願於聖代使有不蒙施之物,必有慘毒之懷。"

【慘虐】暴虐殘酷。三國志蜀郤正傳釋譏:"姬衰道缺,霸者翼扶;嬴氏慘虐,吞嚼八區。"北齊顏之推顏氏家訓後娶:"其後假繼,慘虐孤遺,離間骨肉,傷心斷腸者,何可勝數!"

【慘急】嚴刻峻急。史記平準書:"長吏益慘急而法令明察。"

【慘烈】㊀苛重。抱朴子君道:"贍藻麗之采粲,則慮賦斂之慘烈。"㊁氣候嚴寒或景象淒厲。文選漢張平子(衡)西京賦:"雨雪飄飄,冰霜慘烈,百卉具零,剛蟲搏摯。"三國吳薛綜注:"慘烈,寒也。"唐高適高常侍集二酬李少府詩:"一登薊丘上,四顧何慘烈。"

【慘淡】淒涼的景象。也作"慘澹"。漢董仲舒春秋繁露治水五行:"金用事,其氣慘淡而白。"唐岑參岑嘉州集二白雪歌送武判官歸京詩:"瀚海闌干百尺冰,愁雲慘淡萬里程。"又白居易長慶集十南湖晚秋詩:"慘淡老容顏,冷落秋懷抱。"參見"慘澹"。

【慘悸】淒切恐懼。三國志蜀郤正傳釋譏:"合不以得,違不以失,得不克詘,失不慘悸。"新唐書二一二劉總傳:"晚年益慘悸,請剔髮。"

【慘陰】慘淡陰森。唐李賀歌詩編四出城別張又新酬李漢:"慘陰地自光,寶馬踏曉昏。"

【慘惻】悲痛傷感。晉陸機陸士衡集二愍思賦序:"銜恤哀傷,……故作此賦,以紓慘惻之感。"

【慘裂】指土地因極寒冷乾燥而裂開。文選漢李少卿(陵)答蘇武書:"胡地玄冰,邊土慘裂。"

【慘紫】淺淡的紫色。資治通鑑二〇三唐光宅元年:"自是太后常御紫宸殿,施慘紫帳以視朝。"注:"紫色之淺者爲慘紫。"一說暗色曰黲。慘與"黲"古字通。見文選漢王仲宣(粲)登樓賦"天慘慘而無色"注引通俗文。

【慘舒】指心情憂悒和舒暢。文選漢張平子(衡)西京賦:"夫人在陽時則舒,在陰時則慘,此牽乎天者也。"三國吳薛綜注:"陽謂春夏,陰謂秋冬。"也指嚴峻和寬舒。北周庾信庾子山集五奉和永豐殿下言志十首之一:"未論驚寵辱,安知係慘舒。"

【慘慄】㊀謂悲痛之極。楚辭漢王褒九懷思忠:"感余志兮慘慄,心愴愴兮自憐。"㊁極寒。慄,通"冽"。文選古詩十九首之十七:"孟冬寒氣至,北風何慘慄。"

【慘愴】淒楚悲傷。文選漢司馬子長(遷)報任少卿書:"見主上慘愴怛悼,誠欲效其款款之愚。"

【慘腹】刺激腸胃,肚痛。列子楊朱:"昔人有美戎菽甘枲莖芹萍子者,對鄉豪稱之。鄉豪取而嘗之,蜇於口,慘於腹,衆哂而怨之。"宋晁補之雞肋集六次韻四弟以道……詩之二:"文詞如苦李,慘腹人莫食。"

【慘慘】㊀憂悶貌。詩小雅正月:"憂心慘慘,念國之爲虐。"㊁昏暗貌。文選三國魏王仲宣(粲)登樓賦:"風蕭瑟而並興兮,天慘慘而無色。"注:"通俗文曰,暗色曰黲。慘與黲古字通。"晉陶潛陶淵明集一答龐參軍:"慘慘寒日,肅肅其風。"

【慘酷】苛刻殘忍。史記一二二酷吏傳論:"然此十人中,其廉者足以爲儀表,其污者足以爲戒,……雖慘酷,斯稱其位矣。"

【慘獄】苛刻的刑獄。後漢書章帝紀論:"章帝素知人,厭明帝苛切,事從寬厚。感陳寵之義,除慘獄之科。"

【慘綠】淺淡綠色。太平廣記一五七李敏求引唐缺名河東記:"又過西廡下一橫門,門外多是著黃衫慘綠衫人。"唐張固幽閑鼓吹、宋錢易南部新書已、王讜唐語林三識鑒並有慘綠少年杜黃裳事之記敍。參閱"慘綠少年"。

【慘憒】狀心情煩亂之極。晉書后妃傳上左貴嬪離思賦:"意慘憒而無聊兮,思纏綿以增慕。"

【慘慼】悲傷。晉陸雲陸士龍集十答車

茂安書:"尊堂憂灼，賢姊涕泣，上下愁苦，舉家慘慼。"唐李白李太白詩五北上行:"慘慼冰雪裏，悲號絶中腸。"

【慘澹】同"慘淡"。世説新語言語:"道壹道人……經吳中，已而會雪下，未甚寒。諸道人問在道所經，壹公曰:'風霜固所不論，乃先集其慘澹，郊邑正自飄瞥，林岫便已皓然。'"唐杜甫杜工部草堂詩箋十送從弟亞赴安西判官:"踴躍常人情，慘澹苦士志。"參見"慘淡"。

【慘懍】陰冷貌。文選漢揚子雲(雄)甘泉賦:"下陰潛以慘懍兮，上洪紛而相錯。"漢書八七上揚雄傳甘泉賦作"慘廩"。也作"慘凜"。宋陸游劍南詩稿二三紹熙辛亥九月四日雨後:"鬓毛慘凜誰復支,性命么微不禁嚇。"

【慘顇】憔悴。世説新語言語:"衛(玠)洗馬初欲渡江,形神慘顇。"也作"慘悴"。南史袁湛傳:"(竟陵王)子良世子昭胄時年八歲，見武帝而形容慘悴,帝問其故,昭胄流涕曰:'臣舅負罪,今在尚方,臣母悲泣不食已積日,臣所以不寧。'"

【慘礉】用法苛刻。史記六三老子韓非傳論:"韓子引繩墨,切事情,明是非,其極慘礉少恩。"集解:"用法慘急而鞠礉深刻。"

【慘緑少年】唐張固幽閑鼓吹:"潘孟陽初爲户部侍郎,……客至,夫人垂簾視之,既罷會,喜曰:'皆尔之儔也,不足憂矣,末座慘緑少年何人也?'答曰:'補闕杜黄裳。'"宋錢易南部新書已、王讜唐語林三識鑒都記有慘緑少年杜黄裳事。本謂穿淡緑衣服的少年,後稱喜愛打扮、講究裝飾的青年男子爲"慘緑少年",木此。

【慘緑愁紅】經風雨摧殘的敗葉殘花。宋柳永樂章集定風波詞:"自春來,慘緑愁紅,芳心是事可可。"也作"愁紅慘緑"。宋辛棄疾稼軒詞九鷓鴣天賦牡丹:"愁紅慘緑今宵看,恰似吳宫教陣圖。"

【慘澹經營】作畫前,先用淺淡顔色勾勒輪廓,苦心構思,經營位置。南齊謝赫古畫品録以經營位置爲繪畫六法之一。唐杜甫杜工部草堂詩箋二十丹青引贈曹將軍霸:"詔謂將軍拂絹素,意匠慘澹經營中。"後泛稱盡心規畫爲"慘澹經營"。宋樓鑰攻媿集三它山堰詩:"想得慘澹經營時,下上山川應飽看。"

慶

1. qìng ㄑㄧㄥˋ 丘敬切,去,映韻,溪。

㊀祝賀。國語周中:"晉既克楚于鄢,使郤至告慶于周。"㊁獎賞。詩小雅裳裳者華:"維其有章矣,是以有慶矣。"韓非子二柄:"殺戮之謂刑,慶賞之謂德。"㊂幸福。易履:"元吉在上,大有慶也。"又坤:"積善之家,必有餘慶。"㊃善。書吕刑:"一人有慶,兆民賴之。"㊄姓。春秋時齊有慶封,晉有慶鄭。見元和姓纂九映。

2. qiāng ㄑㄧㄤ 集韻 墟羊切,平,陽韻。

㊅發語辭,通"羌"。漢書一〇〇上敍傳幽通賦:"恐罔蝸之責景兮,慶未得其云已。"注:"慶,發語辭,讀與羌同。"參閲宋洪邁容齋隨筆七羌慶同音。

3. qīng ㄑㄧㄥ

㊆通"卿"。見"慶₃士"。

【慶₃士】卿、大夫、士的泛稱。同"卿士"。禮祭統:"作率慶士,躬恤衛國。"參見"卿士"。

【慶元】㊀宋趙擴(寧宗)年號。公元1175—1200年。㊁縣名。漢回浦縣地,唐爲龍泉縣。宋慶元三年置,以紀年爲名。公元1958年併入浙江龍泉縣。參閲嘉慶一統志三〇五處州府。

【慶弔】賀喜叫慶,唁喪叫弔。後漢書四九王充傳:"以爲俗儒守文,多失其真,乃閉門潛思,絶慶弔之禮,户牖牆壁,各置刀筆。"

【慶父】春秋魯莊公弟共仲。莊公死,子般立。慶父殺子般立閔公,後又殺閔公而奔莒。齊大夫仲孫湫去魯弔問,回來對人説:"不去慶父,魯難未已。"魯釐公立,賄賂莒國送還慶父。慶父回魯後畏罪自殺。見左傳閔元年、史記魯周公世家。後常以慶父泛言禍根。晉書李密傳:"出爲温令,而憎疾從事,嘗與人書曰:'慶父不死,魯難未已。'"

【慶州】1.隋開皇十六年置。大業初改弘化郡,唐恢復爲州。宋宣和七年改爲慶陽府。明清相沿。公元1913年廢府改爲慶陽縣。屬甘肅省。參閲元和郡縣志三慶州、讀史方輿紀要五七慶陽府。2.遼置,城内有遼行宫,元廢。故地在今遼寧巴林右旗西北西拉木倫河旁。蒙古名插漢城。參閲嘉慶一統志五三六巴林。

【慶成】古代皇帝祭祀,封禪禮畢,慶賀成功。宋史七真宗紀:"(大中祥符)二年春,……以封禪慶成,賜宗室輔臣襲衣金帶器幣。"宋曾鞏元豐類稿六有郊祀慶成詩。

【慶抃】因喜慶而鼓掌。舊文書表示祝賀的套語。唐劉禹錫劉夢得集一六謝冬衣表:"慶抃失圖,捧戴相賀。"

【慶忌】㊀春秋吳王僚之子,以勇武著名。吳公子光(闔閭)遣專諸刺僚,奪取王位,時慶忌在衛,光以爲患,使要離刺殺之。參閲吳越春秋闔閭内傳。㊁神話中水怪名。相傳爲涸澤之精。舊時西湖有慶忌塔,以鎮水患。參閲管子水地、太平御覽八八六白澤圖、明田汝成西湖遊覽志八北山勝蹟。

【慶幸】因可慶之事而欣喜。宋曾鞏元豐類稿三六賀韓相公啓:"入膺典册,首秉鈞衡。凡在生靈,孰不慶幸。"

【慶典】慶祝典禮。宋史樂志鼓吹下:"層闈慶典年年舉,千古播徽音。"

【慶削】古代稱人書簡爲慶削,也稱良書。見明彭大翼山堂肆考四一羽集文史。

【慶卿】即荆軻。衛人稱爲慶卿,燕人稱爲荆卿。詳"荆軻"。

【慶都】人名。相傳爲堯之母。古成陽(山東濮縣)有堯陵,堯陵南有慶都陵。見尚書序正義引帝王世紀、水經注二四瓠子河。

【慶問】祝賀通問。晉常璩華陽國志劉後主志:"吳主孫權稱尊,(後主)遣衛尉陳震慶問,吳與蜀約分天下。"晉陸雲陸士龍集二贈顧驃騎:"惠風往敬,慶問來尋。"

【慶陵】㊀後周柴榮(世宗)墓,在河南新鄭縣北。㊁遼耶律隆緒(聖宗)墓,又耶律宗真(世宗)墓,又耶律洪基(道宗)宣懿皇后墓,見遼史興宗紀、道宗紀、天祚紀。墓地都在原慶州之北。㊂明朱常洛(光宗)墓。明十三陵之一。在北京昌平縣。

【慶符】縣名。漢置漢陽縣,唐爲開邊縣地。宋置慶符縣,屬敍州府,元屬敍州路。明清仍屬敍州府。公元1960年撤銷,併入四川高縣。參閲嘉慶一統志三九五敍州府。

【慶雲】㊀五色雲。也作"景雲"、"卿雲"。古以爲祥瑞之氣。漢書禮樂志郊祀歌:"甘露降,慶雲集。"又天文志:"若煙非煙,若雲非雲,郁郁紛紛,蕭索輪囷,是謂慶雲。喜氣也。"參見"景雲"、"卿雲"。㊁比喻顯位或長輩。楚辭漢王褒九懷思忠:"貞枝抑兮枯槁,枉車登兮慶雲。"注:"慶雲喻尊顯也。"文選晉潘安仁(岳)寡婦賦:"承慶雲之光覆兮,荷君子之惠渥。"注:"慶雲喻父母也。"㊂縣名。屬河北省。漢信陽縣地。隋開皇十六年,析置無棣縣。明永樂初,避成祖諱,改名慶雲。參閲讀史方輿紀要十三河間府。

【慶賀】慶祝。周禮秋官小行人:"若國有福事,則令慶賀之。"

【慶陽】縣名。屬甘肅省。漢爲郁郅縣，屬北地郡。隋唐改爲慶州。宋又改爲慶陽府，轄安化合水彭原三縣。明清因之，公元1913年廢府，改安化爲慶陽縣。參閱嘉慶一統志二六二慶陽府二。

【慶廉】指後漢的慶鴻和廉范兩人。後漢書三一廉范傳："初，范與洛陽慶鴻爲刎頸交。時人稱曰：'前有管鮑，後有慶廉。'"後常以"慶廉"比喻知交。

【慶煙】彩色的雲煙。宋書謝莊傳舞馬賦："騑騑翼翼，泛修風而浮慶煙；肅肅雍雍，引八神而詔九仙。"參見"慶雲㊀"。

【慶裔】易有"積善之家，必有餘慶"語。封建社會遂以慶裔爲敬稱他人家庭門第的套語。文苑英華七二五唐于邵送從叔南遊序："叔父乃相國東海公猶子之慶裔。"

【慶遠】府名。唐置粵州，改稱宜州。宋宣和元年置慶遠軍。咸淳初升爲慶遠府。元改爲路。明清仍爲府。公元1913年廢。地在今廣西宜山縣。參閱嘉慶一統志四六四慶遠府。

【慶會】喜慶的宴會。南史劉穆之傳："穆之少時家貧，……好往妻兄家乞食，多見辱，不以爲恥。其妻江嗣女，甚明識，每禁不令往。江氏後有慶會，屬令勿來，穆之猶往。"

【慶緒】美好的事業。魏書李騫傳釋情賦："既公侯之必復，亦慶緒之所融。"北周庾信庾子山集七周宗廟歌皇夏："慶緒千重秀，洪源萬里長。"

【慶霄】猶慶雲。文選南朝宋謝宣遠(瞻)張子房詩："明兩燭河陰，慶霄薄汾陽。"唐權德輿權載之集四二答楊湖南書："蒙惠寄制集序，發函煥然，盈耳溢目，宏麗博厚，坦夷章明，如黃鍾大玉，慶霄天籟，奇采正聲，鏗鏘照燿。"

【慶賞】㊀猶獎賞。管子牧民："開必得之門者，信慶賞也。"晏子春秋三："好兵而忘民，肅于罪誅而慢于慶賞。……亡國之行也。"㊁猶欣賞。太平樂府七元睢景臣六國朝催拍子："六橋雲錦，十里風花，慶賞無厭。"

【慶曆】宋趙禎(仁宗)年號。公元1041—1048年。

【慶靈】慶雲，靈芝。古代以爲祥瑞。宋書謝靈運傳山居賦："表神異於緯牒，驗感應於慶靈。"

【慶氏學】漢慶普字孝公，受禮於后蒼，由是禮有慶氏之學，東漢有曹充父子傳其學。漢以後佚。參閱漢書八八孟卿傳、清朱彝尊經義考一三八禮記一。

【慶忌冠】武冠之一種。又名大冠。一說卽古之惠文冠，爲趙惠文王所造；一說爲涸澤之神慶忌所用，故名慶忌冠。見晉書輿服志。

【慶元黨案】宋寧宗慶元年間，韓侂冑執政。宗室趙汝愚、待制朱熹等人攻擊侂冑竊弄威福。侂冑命右丞相京鏜、同知樞密院事何澹等人指斥朱熹倡導的理學爲僞學，貶逐趙汝愚、朱熹、彭龜年等五十九人。舊史稱慶元黨案。永樂大典一一八八七引有宋樵叟撰慶元黨案一卷。參閱宋史四七四韓侂冑傳、清黃宗羲宋元學案九七慶元黨案。

慧 huì ㄏㄨㄟˋ 胡桂切，去，霽韻，匣。

㊀聰明，有才智。左傳成十八年："周子有兄而無慧，不能辨菽麥。"注："不慧，蓋世所謂白癡。"㊁狡黠。三國志蜀董允傳："(黃)皓便僻佞慧。"㊂梵語"般若"，意譯爲"慧"。破惑證真爲慧。隋慧遠大乘義章二十："所言慧者，據行方便觀達名慧。就實以論，真心體明，自心無闇，目之爲慧。"參閱翻譯名義集四示三學法。

【慧力】佛教語。五力之一，說佛的智慧有袪除煩惱的力量。文苑英華二三五唐皇甫曾題普門上人房詩："慧力堪傳教，禪功久伏魔。"

【慧山】亦名惠山、九龍山。在今江蘇無錫縣西。相傳西域僧人慧照居此，故名。山東麓有慧山泉。參閱太平寰宇記九二常州府、嘉慶一統志八六常州府一。

【慧文】北齊僧。俗姓高，東魏北齊時傳教於北地，發揚龍樹智度論中觀論的主旨，爲佛教天台宗第一祖。慧文授南嶽慧思，再傳爲隋智者大師智顗，創立天台宗。參見"天台宗"。

【慧心】心思聰慧。三國魏嵇康嵇中散集五聲無哀樂論："器不假妙瞽而良，籥不因慧心而調。"慧或作"惠"。

【慧日】佛教語。謂佛之智慧有如太陽普照世間。法華經七普門品："無垢清淨光，慧日破諸暗，能伏災風火，普明照世間。"南朝梁蕭統昭明太子集一遊鍾山大愛敬寺詩："以茲慧日照，復見法雨垂。"

【慧可】公元487—593年。北魏僧人，俗姓姬，洛陽人。又名僧琛。禪宗第二祖。依寶靜禪師出家，改名神光，徧學大小乘。後師事嵩山少林寺禪宗創始者達摩大師，又名慧可，受達摩衣鉢，繼禪宗法統。卒謚正宗普覺大師。參閱景德傳燈錄三慧可法師。

【慧目】佛教謂佛眼能看到過去和未來，故稱慧目。楞嚴經二："伏願弘慈，施大慧目，開示我等覺心明淨。"

【慧光】佛教所謂智慧之光。無量壽經下："慧光明淨，超踰日月。"

【慧典】卽佛經。廣弘明集十九南齊竟陵王解講疏之一："肅萃僧英，敬敷慧典。"

【慧命】僧人的尊稱。四分律行事鈔下："下座稱上座爲尊者，上座稱下座爲慧命。"

【慧海】佛教語。言智慧深廣如海。南朝梁蕭統昭明太子集二開善寺法會詩："法輪明暗室，慧海度慈航。"

【慧根】佛教語。五根之一。破除迷惑、認識真理爲慧，慧能生道，故名根。隋慧遠大乘義章四二十二根義七門分別："言慧根者，於法觀達，目之爲慧，根同前釋。"唐劉禹錫劉夢得集七送宗密上人歸南山草堂寺……詩："宿習修來得慧根，多聞第一却忘言。"

【慧能】公元638—713年。唐代僧人。佛教禪宗第六祖。俗姓盧，新州人。師事五祖弘忍禪師，承受衣鉢。弘忍死後，慧能住韶州曹溪廣果寺，倡"頓悟"成佛說，成禪宗的南宗，傳承甚廣，後爲禪宗的正統。其弟子集其語錄編爲六祖大師法寶壇經。唐玄宗開元元年卒。憲宗時謚爲大鑒禪師。唐柳宗元、劉禹錫集都有曹溪第六祖賜謚大鑒禪師碑。

【慧眼】佛教所說五眼之一。猶慧目。長阿含經四遊行經："慧眼無限量，甘露滅名稱。"無量壽經："慧眼見真，能度彼岸。"今泛指敏銳的眼力。

【慧琳】唐僧人。俗姓裴，疏勒人。唐玄宗憲宗年間，住長安大興寺，以二十五年之力撰成大藏一切經音義一百卷。簡稱慧琳音義。見宋高僧傳五釋惠琳。參見"一切經音義"、"慧琳音義"。

【慧遠】僧名。1.公元334—416年。東晉雁門樓煩人。俗姓賈。也稱廬山慧遠。師事名僧道安。太元九年入廬山，居東林寺，與劉遺民宗炳慧永等十八人結白蓮社。在山三十餘年，淨土宗推尊爲初祖。著有法性論、匡山集。參閱高僧傳六釋慧遠、元普度廬山蓮宗寶鑑四遠法師事實。2.公元523—592年。隋敦煌人。俗姓李。也稱敦煌慧遠。著有大乘義章及法華經、維摩經、華嚴經等經疏多種。參閱續高僧傳八。

【慧業】佛教指生來賦有智慧的業緣。維摩詰經上菩薩品四："知一切法，不取不捨，入一相門，起於慧業。"宋書謝靈運傳："太守孟顗事佛精懇，而爲靈運所輕，嘗謂顗曰：'得道應須慧業文人，生天當在靈運前，成佛必在靈運後。'顗深恨此言。"

【慧劍】佛教喻智慧如利劍，能斬斷一切煩惱。維摩詰所説經下菩薩行品第十一："以智慧劍，破煩惱賊，出陰界入，荷負衆生，永使解脱。"唐白居易長慶集十五渭村退居……一百韻詩："斷癡求慧劍，濟苦得慈航。"

【慧藏】佛教稱經、律、論爲三藏，也稱慧藏。廣弘明集二十梁簡文帝莊嚴旻法師成實論義疏序："四種圍陀，在家必習；三品慧藏，入道彌通。"參見"三藏"。

【慧黠】機智靈巧。北史馮淑妃傳："名小憐……慧黠能彈琵琶，工歌舞。"

【慧覺】佛教語。謂佛的智慧能自覺覺人。藝文類聚七七梁劉孝綽棲隱寺碑："公卿貴仕，賢哲偉人，莫不嚴事招提，歸仰慧覺，欲使法燈永傳，勝因長久。"

【慧山泉】也名惠山泉。在江蘇無錫縣慧山白石隖下。有上中下三池。水清味醇，用以釀酒，稱慧泉酒。唐陸羽、元趙子昂稱爲天下第二泉。參閲嘉慶一統志八六常州府一。

【慧琳音義】唐釋慧琳大藏一切經音義之簡稱。慧琳姓裴氏，疏勒人，唐大興寺僧。撰一切經音義一百卷，依開元釋教錄始於大般若經，終護命放生經共五千餘卷，於經字引韻英、考聲切韻以釋其音，引説文字林玉篇字統古今正字開元文字音義以釋其義，並兼採諸經史之説。自建中末年撰至元和二年成書，前後二十五年。其書在五代時已散佚，國外有高麗海印寺版，其版亦亡。日本曾重刊，清末傳入我國。參見"一切經音義"。

惷 chōng ㄔㄨㄥ 書容切，平，鍾韻，審。
丑江切，平，江韻，徹。
丑用切，去，用韻，徹。

愚笨。見説文。

【惷愚】愚蠢。禮哀公問："寡人惷愚冥煩，子志之心也。"戰國策魏一："魏王曰：寡人惷愚，前計失之。"

慹 1. zhí ㄓ 之入切，入，緝韻，照。
秦入切，入，緝韻，從。

㊀畏懼。莊子齊物論："喜怒哀樂，慮嘆變慹，姚佚啓態。"

2. zhé ㄓㄜˊ 之涉切，入，葉韻，照。
奴協切，入，怗韻，泥。

㊁不動貌。通"蟄"。莊子田子方："老聃新沐，方將被髮而乾，慹然似非人。"

【慹服】懾服，因畏懼而屈服。漢書八三朱博傳："懷詐不稱，誅罰輒行，以是豪强慹服。"

慤 què ㄑㄩㄝˋ 苦角切，入，覺韻，溪。

同"愨"。見"愨"。

慝 tè ㄊㄜˋ 他德切，入，德韻，透。

㊀過差。詩鄘風柏舟："之死矢靡慝。"與"忒"音義皆同。參閲清馬瑞辰毛詩傳箋通釋五柏舟。㊁邪惡。書大禹謨："(舜)負罪引慝，祇載見瞽瞍。"注："慝，惡也。"㊂陰氣。左傳莊二五年："唯正月之朔，慝未作。"㊃災害。國語晉八："蠱之慝，穀之飛，實生之。"

【慝作】姦惡之人乘機而起。左傳昭二五年："爲之徒者衆矣，日入慝作，弗可知也。"三國志蜀郤正傳釋譏："故(商)鞅法窮而慝作，(李)斯義敗而姦成。"

慙 cán ㄘㄢˊ 昨甘切，平，談韻，從。

羞愧。同"慚"。易繫辭下："將叛者其辭慙。"吕氏春秋勸學："上至於天子，朝之而不慙。"

【慙色】羞愧的臉色。史記九七陸賈傳："(漢)高帝不懌而有慙色。"

【慙忸】羞愧，不好意思。唐白居易長慶集六三春寒詩："省躬念前哲，醉飽多慚忸。"慚，同"慙"。

【慙沮】因慚愧而罷休。文選南朝宋謝靈運擬魏太子鄴中集詩應瑒："調笑輒酬答，嘲謔無慙沮。"唐吕向注："沮，止也。"

【慙怍】慚愧。漢王符潛夫論斷訟："高負千萬，不肯償責，小民守門，號哭啼呼，曾無怵惕慙怍哀矜之意。"

【慙恧】慚愧。漢書九九上王莽傳："敢爲激發之行，處之不慙恧。"

【慙悸】慚愧，害怕。新唐書一七六韓愈傳謝表："加以罪犯至重，所處遠惡，憂惶慚悸，死亡無日。"慚，同"慙"。

【慙赧】因慚愧而臉紅。後漢書六四延篤傳與李文德書："上交不諂，下交不黷，從此而歿，下見先君遠祖，可不慙赧。"注："色愧曰赧。"

【慙惶】慚愧而惶恐不安。隋書三六煬帝蕭皇后傳述志賦："雖沐浴於恩光，内慙惶而累息。"

【慙愧】也作慚愧。㊀羞愧。國語齊："是故大國慙愧，小國附協。"高誘注本作"慙媿"。漢書九九上王莽傳："臣見諸侯面言事於前者，未嘗不流汗而慙愧也。"㊁難得，有幸喜、僥倖的意思。唐元稹長慶集二一杏花："慚愧杏園行在景，同州園裏也先開。"元曲選白仁甫牆頭馬上一："慚愧！這一場喜事，非同小可。"

【慙德】因行事有缺點而内愧於心。書仲虺之誥："成湯放桀于南巢，惟有慙德，曰：'予恐來世以台爲口實。'"

【慙懅】慚愧。後漢書二十王霸傳："光武令霸至市中募人，將以擊(王)郎，市人皆大笑，舉手邪(揶)揄之，霸慙懅而退。"注："懅，亦慙也。"

【慙顔】面有愧色。樂府詩集三六南齊王融秋胡行："彼美復來儀，慙顔變欣矚。"南齊書豫章文獻王傳沈約答樂藹牋："聞命慙顔，已不覺汗之沾背也。"

【慙鳧企鶴】鳧脚短，鶴脚長。比喻對自己的短處感到慚愧，而羡慕别人的長處。南朝梁劉勰文心雕龍九養氣："若夫器分有限，智用無涯，或慙鳧企鶴，瀝辭鐫思。"用莊子駢拇鳧脛短、鶴脛長之語。參見"續鳧"、"鳧脛"。

慕 mù ㄇㄨˋ 莫故切，去，暮韻，明。

㊀思慕，向往。孟子萬章上："人少則慕父母。"荀子議兵："故近者親其善，遠方慕其德，兵不血刃，遠邇來服。"㊁姓。宋時開封有慕氏。見宋鄧名世古今姓氏書辨證三十。

【慕化】向往並接受教化。漢書七八蕭望之傳："前單于慕化鄉善稱弟，遣使請求和親，海内欣然。"

【慕古】㊀仰慕古人。後漢書六二鍾皓傳："皓兄子瑾……好學慕古，有退讓風。"㊁糊塗。元曲選關漢卿蝴蝶夢二："包龍圖往常斷事曾着數，今日爲官忒慕古。"

【慕光】飛蛾的别名。飛蛾性喜趨光，故名。見晉崔豹古今注中魚蟲、五代後唐馬縞中華古今注下飛蛾。

【慕名】猶言好名。漢書八二王商傳贊："陽平之王多有材能，好事慕名。"後也稱仰慕他人的美名爲慕名。

【慕容】鮮卑族複姓。漢桓帝時，鮮卑分其地爲中東西三部，中部大帥有慕容等。參閲晉書慕容廆載記、通志二九氏族五代北複姓、資治通鑑八一晉武帝太康二年注。

【慕效】羡慕模仿。漢書九九上王莽傳："莽因上書，願出錢百萬，獻田三十頃，付大司農助給貧民。於是公卿皆慕效焉。"

【慕義】仰慕正道。史記九四田儋傳論："田横之高節，賓客慕義而從横死，豈非至賢！"

【慕勢】趨附權勢。戰國策齊四:"(顔)斶對(齊宣王)曰:'夫斶前爲慕勢,王前爲趨士,與使斶爲慕勢,不如使王爲趨士。'"

【慕輿】鮮卑族複姓。十六國春秋前燕録有將軍慕輿虎、領軍慕輿根、御史中丞慕輿千等。

【慕羶】比喻因愛嗜而爭相附集。莊子徐无鬼:"羊肉不慕蟻,蟻慕羊肉。羊肉,羶也。舜有羶行,百姓悦之。故三徙成都,至鄧之虚,而十有萬家。"唐韓偓玉山樵人集感事三十四韻詩:"鴛鷺皆迴席,皋夔亦慕羶。"

【慕藺】史記一一七司馬相如傳:"相如既學,慕藺相如之爲人,更名相如。"後因稱慕賢爲慕藺。唐李白李太白詩九贈饒陽張司户燧:"慕藺豈曩古,攀嵇是當年。"嵇,指嵇康。

【慕容垂】公元326—396年。東晉列國前燕慕容皝第五子。字道明。小字阿六敦。初封爲吳王,爲慕容評所忌惡,垂恐受誅,投奔前秦苻堅。苻堅命爲冠軍將軍,封賓都侯。淝水之戰,苻堅失敗,垂遂叛秦,稱帝於中山,爲後燕。參閲晉書慕容垂載記。

【慕容廆】公元269—333年。字奕落瓌,昌黎棘城人,鮮卑族。初自稱鮮卑大單于,晉愍帝時,拜鎮軍將軍,昌黎遼東二國公。及子皝自稱帝,廟號高祖。參閲晉書慕容廆載記、魏書徒河慕容廆傳、十六國春秋前燕録。

【慕容儁】公元319—360年。慕容皝第二子,字宣英,小字賀賴拔。皝死後繼位爲燕王。永和八年稱帝,都鄴,廟號烈祖。舊史稱前燕。參閲晉書慕容儁載記、魏書慕容廆傳、十六國春秋前燕録。

【慕容德】公元336—405年。慕容皝幼子,封范陽王。北魏攻佔後燕國都中山,慕容德率衆從鄴南遷至滑臺自稱燕王,後都廣固。隆安三年稱帝,爲南燕。參閲晉書慕容德載記。

【慕容皝】公元297—348年。字元真,小字萬年。慕容廆之子。廆死,襲位爲遼東公。東晉成康三年自稱燕王,後遷都龍城。子儁稱帝,追尊廟號太祖。參閲晉書慕容皝載記、十六國春秋前燕録。

懘

dì ㄉㄧˋ 特計切,去,霽韻,定。
丑例切,去,祭韻,徹。
丑犗切,去,夬韻,徹。

見下。

【懘芥】鯁刺,比喻想不通。唐劉知幾史通自序:"自法言已降,迄于文心而往,以納諸胸中,曾不懘芥者矣。"參見"懘葪"。

【懘葪】鯁刺。即蒂芥。後也比喻想不通,或心懷嫌隙。史記八四賈誼傳服鳥賦:"細故懘葪兮,何足以疑!"漢書十八賈誼傳作"蔕芥"。

慼

qì ㄑㄧˋ 倉歷切,入,錫韻,清。

憂愁,悲傷。同"慽"。書盤庚上:"盤庚遷于殷,民不適有居,率籲衆慼,出矢言。"

【慼慼】憂慮貌。唐韋應物韋蘇州集四送楊氏女詩:"永日方慼慼,出門復悠悠。"

憂

yōu ㄧㄡ 於求切,平,尤韻,影。

㊀憂慮,擔心。詩大雅瞻卬:"人之云亡,心之憂矣。"論語述而:"發憤忘食,樂以忘憂。"㊁疾病。禮曲禮下:"君使士射,不能,則辭以疾,言曰:'某有負薪之憂。'"孟子公孫丑下:"有采薪之憂,不能造朝。"注:"憂,病也。"㊂居父母之喪。書説命上:"王宅憂,亮陰三祀。"疏:"言王居父憂。"梁書劉杳傳:"自居母憂,便長斷腥羶,持齋蔬食。"參閲清顧炎武日知録十五期功喪去官。

【憂心】憂愁的心。詩邶風柏舟:"憂心悄悄,愠于羣小。"

【憂天】擔心天塌下來,喻多餘的憂慮。詳"杞人憂天"。

【憂世】爲世事而憂慮。莊子駢拇:"今世之仁人,蒿目而憂世之患。"唐杜甫杜工部詩史補遺六西閣曝日詩:"胡爲將暮年,憂世心力弱。"

【憂危】憂慮戒懼。書君牙:"心之憂危,若蹈虎尾,涉于春冰。"晉書元帝紀大興元年詔:"朕以不德,統承洪緒,夙夜憂危,思改其弊。"

【憂色】憂愁的面色。荀子堯問:"楚莊王謀事而當,羣臣莫逮,退朝而有憂色。"

【憂灼】憂愁焦急。三國志吳華覈傳上疏:"屢遷不可,留則有嫌,此乃愚臣所以夙夜爲憂灼也。"晉陸雲陸士龍集十答車茂安書:"尊堂憂灼,賢姊涕泣,上下愁苦,舉家慘慼。"

【憂邑】愁悶不樂。宋書張暢傳:"(李)孝伯曰:'魏主言太尉、鎮軍並皆年少,分闊南信,殊當憂邑。'"世説新語賞譽下"庾公(亮)爲護君"注引徐江州本事:"(桓)彝)至廣陵尋親舊,遇風停浦中累日,在船憂邑,上岸消遥。"晉書桓彝傳作"憂悒"。

【憂怖】擔憂害怕。三國志吳孫奮傳諸葛恪牋:"大司馬呂岱親受先帝詔勅,輔導大王,既不承用其言,令懷憂怖,……聞此之日,大小驚怪,莫不寒心。"

【憂服】父母死,居憂服喪。也指喪服。禮檀弓下:"雖吾子儼然在憂服之中,喪亦不可久也。"疏:"在憂戚喪服之中。"晉書顧和傳:"古人或有釋其憂服以祇王命,蓋以才足幹時,故不得不體國徇義。"

【憂恤】憂苦。詩大雅桑柔:"告爾憂恤,誨爾序爵。"箋:"恤,亦憂也。"國語吳:"昔周室逢天之降禍,遭民之不祥,余心豈忘憂恤,不唯下士之不康靖。"

【憂苦】憂愁苦悶之意。史記孝文紀十七年:"今朕夙興夜寐,勤勞天下,憂苦萬民,爲之怛惕不安,未嘗一日忘於心。"三國志魏曹爽傳:"二祖亦屬臣以後事,此自陛下所見,無所憂苦。"

【憂思】憂愁的思緒。禮儒行:"雖危,起居竟信其志,猶將不忘百姓之病也,其憂思有如此者。"文選三國魏武帝(曹操)短歌行:"慨當以慷,憂思難忘。"

【憂悒】見"憂邑"。

【憂恚】憂愁憤恨。三國志魏袁術傳"術奪(馬)日磾節,拘留不遣"注引獻帝春秋:"(日磾)既以失節屈辱,憂恚而死。"

【憂悸】因憂懼而心驚膽戰。新唐書九一皇甫無逸傳:"太宗命馳驛召還承問,憂悸不能食,道病卒。"

【憂戚】憂慮煩惱。莊子讓王:"君固愁身傷生,以憂戚不得也。"漢書五一路温舒傳上書:"往者昭帝即世而無嗣,大臣憂戚,焦心合謀,皆以昌邑尊親,援而立之。"

【憂患】猶患難。易繫辭下:"作易者其有憂患乎?"孟子告子下:"入則無法家拂士,出則無敵國外患者,國恒亡。然後知生於憂患而死於安樂也。"

【憂國】憂念國事。戰國策齊四:"寡人憂國愛民,固願得士以治之。"後漢書二十祭遵傳:"其後會朝,帝每歎曰:'安得憂國奉公之臣如祭征虜者乎?'"

【憂愠】憂鬱惱怒。漢書八五谷永傳:"慰釋皇太后之憂愠,解謝上帝之譴怒。"唐杜牧樊川集一雪中書懷詩:"憤悱欲誰語,憂愠不能持。"

【憂勞】憂患勞苦。管子牧民四順:"民惡憂勞,我佚樂之。"史記魯周公世家:"三王(太王、王季、文王)之憂勞天下久矣,於今而後成。"

【憂尋】深憂。淮南子繆稱:"文王聞善如不及宿,不善如不祥,非爲日不足也,其憂尋推之也。"

【憂閔】憂慮哀憐。漢書八六王嘉傳上封事:"共皇寢廟比比當作,憂閔元元,用度不足,以義割恩,輒且止息,今始作治。"

【憂嗟】愁嘆。越絶書越絶外傳本事:"猶詩人失職,怨恨憂嗟作詩也。"

【憂結】憂慮鬱積。藝文類聚五一三國魏武帝(曹操)上書讓增封:"無非常之功,而受非常之福,是用憂結。"

【憂慄】猶憂懼。文選南朝宋謝靈運擬魏太子鄴中集詩徐幹:"摇蕩箕濮情,窮年迫憂慄。"

【憂勤】憂愁而勞苦。史記一一七司馬相如傳難蜀父老:"且夫王事固未有不始於憂勤,而終於佚樂者也。"唐白居易長慶集一賀雨詩:"憂勤不遑寧,夙夜心忡忡。"

【憂虞】憂慮。易繫辭上:"悔吝者,憂虞之象也。"南朝宋鮑照鮑氏集八松柏篇:"明發靡怡念,夕歸多憂虞。"

【憂傷】憂愁感傷。詩檜風羔裘:"豈不爾思,我心憂傷。"文選古詩十九首之五:"同心而離居,憂傷以終老。"

【憂憤】憂愁憤恨。後漢書六七何顒傳:"顒以它事爲(董)卓所繫,憂憤而卒。"

【憂憒】憂慮煩悶。唐張彥遠法書要録十右軍書記晉王羲之帖:"疾久憂憒,當思平理也。"

【憂慮】憂愁顧慮。三國志蜀杜微傳諸葛亮書:"猥以空虛,統領貴州,德薄任重,慘慘憂慮。"晉陶潛陶淵明集四雜詩之五:"值歡無復娛,每每多憂慮。"

【憂謔】用可憂的事來開玩笑。詩大雅板:"匪我言耄,爾用憂謔。多將熇熇,不可救藥。"注:"乃告女(汝)用可憂之事,而女反如戲謔。"

【憂懣】愁悶。漢書六三燕剌王旦傳:"王憂懣,置酒萬載宫,會賓客羣臣妃妾坐飲。"注:"懣音滿,又音悶。"也作"憂滿"。又九三石顯傳:"顯與妻子徙歸故郡,憂滿不食,道病死。"注:"滿讀曰懣,音悶。"

【憂闕】官吏丁憂回家所留的官闕。宋錢易南部新書壬:"杜佑自户部侍郎判度支,爲盧杞所惡,出爲蘇刺,時佑母在,杞以憂闕授之,佑不行,换饒州。"

【憂懷】猶憂思。文選南朝梁沈休文(約)齊故安陸昭王碑文:"世祖日夜憂懷,備盡寬譬。"

【憂鬱】憂傷鬱結。管子內業:"憂鬱生疾,疾困乃死。"

【憂心忡忡】憂愁的樣子。忡忡,憂愁貌。詩召南草蟲:"未見君子,憂心忡忡。"

慰 wèi ㄨㄟˋ 於胃切,去,未韻,影。

安慰。詩邶風凱風:"有子七人,莫慰母心。"

【慰存】撫慰存問。孔叢子三抗志:"子思自齊反衛,衛君館而問曰:'先生魯國之士,然不以衛之褊小,猶步玉趾而慰存之,願有賜於寡人也。"

【慰志】寬慰自己的心情。後漢崔駰臨終作慰志賦以自悼,見後漢書五二本傳。南朝梁劉勰文心雕龍三雜文:"自對問以後,東方朔效而廣之,名爲客難,託古慰志,疎而有辨。"

【慰勉】慰問勉勵。三國志魏杜畿傳:"班下屬縣,舉孝子、貞婦、順孫,復其繇役,隨時慰勉之。"

【慰唁】安慰,慰勉。元袁桷清容居士集三車行二十八韻詩:"詩成記勞勤,旅次時慰唁。"亦指對遭喪者之慰問。

【慰問】安慰問候。後漢書四一宋均傳:"均自扶輿詣闕謝恩,帝使中黄門慰問,因留養疾。"

【慰勞】慰問犒勞。後漢書六五段熲傳:"詔遣大鴻臚,持節慰勞於鎬。"

【慰諭】用好話慰解。漢書六五東方朔傳:"朔因著論,設客難己,用位卑以自慰諭。"也作"慰喻"。三國志魏張魯傳:"(曹操)又以魯本有善意,遣人慰喻。"

【慰薦】親切安撫。義同"慰藉"。漢書九四下匈奴傳:"既服之後,慰薦撫循。"也作"尉薦"。漢書七六趙廣漢傳:"廣漢爲二千石,以和顏接士,其尉薦待遇吏,殷勤甚備。"

【慰藉】盡意撫慰。後漢書十三隗囂傳:"(建武)三年,囂乃上書詣闕。光武素聞其風聲,報以殊禮,言稱字,用敵國之儀,所以慰藉之良厚。"

【慰譬】安慰曉諭。後漢書四七梁慬傳:"及至姑臧,羌大豪三百餘人詣慬降,並慰譬遣還故地,河西四郡復安。"

【慰情勝無】晉陶潛陶淵明集二和劉柴桑詩:"弱女雖非男,慰情良勝無。"按劉程元爲柴桑令,有女無男,故潛以此詩慰之。後泛用爲自我寬慰之義。

慮 1. lǜ ㄌㄩˋ 良倨切,去,御韻,來。

㊀思考,謀劃。書太甲下:"弗慮胡獲,弗爲胡成。"商君書更法:"君亟定變法之慮,殆無顧天下之議之也。"㊁心思,意念。論語衛靈公:"人無遠慮,必有近憂。"楚辭屈原卜居:"心煩慮亂,不知所從。"㊂憂愁。銀雀山漢墓竹簡孫臏兵法十問:"兵强人衆自固,三軍之士皆勇而無慮。"唐杜甫杜工部草堂詩箋十一羌村之二:"蕭蕭北風勁,撫事煎百慮。"㊃大概。粗計大數曰"亡慮"、"無慮",省作"慮"。漢書四八賈誼傳上疏陳政事:"若此諸王,雖名爲臣,實皆有布衣昆弟之心,慮亡不帝制而天子自爲者。"注:"慮,大計也。"參見"亡₂慮"、"無慮"。㊄用繩結綴。莊子逍遥遊:"今子有五石之瓠,何不慮以爲大樽,而浮乎江湖。"注:"慮,猶結綴也。"㊅姓。左傳昭十四年有慮癸。

2. lú ㄌㄨˊ 集韻 龍珠切,平,虞韻。

㊆地名。見"慮₂虒"。

3. lù ㄌㄨˋ

㊇通"録"。見"慮₃囚"。

【慮₃囚】訊察記録囚犯的罪狀。前、後漢書作"録囚"。唐書五代史作"慮囚"。漢書七一雋不疑傳:"每行縣,録囚徒還。"注:"省録之,知其情狀有寃滯與不也。今云慮囚,本録聲之去者耳。"舊唐書職官志:"凡禁囚,五日一慮。"參閱宋王觀國學林三慮囚、黄朝英緗素雜記(説郛九)。

【慮事】對事情考慮籌劃。左傳宣十一年:"令尹蔿艾獵城沂,使封人慮事,以授司徒。"

【慮₂虒】縣名。漢置,屬太原郡。晉省。後魏太和中復置驢夷縣。隋大業初改名五臺。故城在今山西五臺縣東北。參閱嘉慶一統志一五一代州。

【慮無】古代軍中前衛部隊所持的旗幟,用以報警。左傳宣十二年:"前茅慮無。"注:"慮無,如今軍行前有斥候蹹伏,皆持以絳及白爲幡,見騎賊舉絳幡,見步賊舉白幡,備慮有無也。"

慾 yù ㄩˋ 余蜀切,入,燭韻,喻。

慾望,嗜好。論語公冶長:"棖也慾,焉得剛?"呂氏春秋仲冬:"去聲色,禁嗜慾。"

【慾海】佛教謂情慾使人迷失本性,如沉淪於大海,故稱慾海。北齊邑義主一百人等造靈塔記:"三塗無樂,慾海多難。"(金石萃編三四)法苑珠林唐李儼序:"導迷生於慾海,情塵共心垢同消;引窮子於慈室,衣寶與髻珠雙至。"

【慾壑】比喻人的貪欲象壑谷一樣深,難於滿足。清許思湄秋水軒尺牘下覆牛雲洋:"冀得一中人產,飽其慫慂。"

慫 sǒng 息供切,上,腫韻,心。 ㄙㄨㄥˇ

㊀見"慫兢"。㊁見"慫慂"。

【慫慂】從旁勸說鼓動。方言十:"慫慂,勸也。南楚凡己不欲喜,而旁人說之,不欲怒,而旁人怒之,謂之食閻,或謂之慫慂。"宋王安石臨川集五和吳沖卿雪詩:"填空忽汗漫,造物誰慫慂?"也作"慫恿"、"慫恖"。唐劉秀涼州衛大雲寺碑:"乃慫恿司馬等簉議裝嚴於北面化十善十惡。"(金石萃編六九)宋王邁臞軒集十二簡同年刁時中俊卿詩:"君言雖慫恖,帥意竟縮瑟。"

【慫兢】驚慌。文選漢張平子(衡)西京賦:"將乍往而未半,怵悼慄而慫兢。"

十二畫

憲 xiàn 許建切,去,願韻,曉。 ㄒㄧㄢˋ

㊀法令。書說命下:"監于先王成憲,其永無愆。"管子立政:"憲既布,有不行憲者,謂之不從令,罪死不赦。"㊁效法。詩大雅崧高:"王之元舅,文武是憲。"㊂布告。周禮地官鄉大夫:"正歲,令羣吏攷法于司徒以退,各憲之於其所治國。"㊃封建社會屬吏稱上司爲憲,如稱"大憲"、"憲臺"。

【憲司】㊀魏晉以來御史的別稱。宋書劉穆之傳附孫瑀:"明年,遷御史中丞。瑀使氣尚人,爲憲司甚得志。"唐封演封氏聞見記三風憲:"唐興,宰輔多自憲司登鈞軸,故謂御史爲宰相。"㊁宋官名,卽諸路提點刑獄公事,景德四年置,負責調查疑難未決的案件,勸課農桑,和代表王室考核官吏等事,卽後世按察司之職。也簡稱"憲"。宋劉斧青瑣高議三瓊奴記:"父爲淮南憲,所至不避官勢。"參閱文獻通考六一職官十五提刑、歷代職官表五二司道。

【憲令】法令。管子權修:"然後申之以憲令,勸之以慶賞,振之以刑罰。"史記八四屈原傳:"懷王使屈原造爲憲令。"

【憲臣】指御史。新唐書一七四元稹傳:"宰相以稹年少輕樹威,失憲臣體,貶江陵士曹參軍。"

【憲法】國法,根本大法。國語晉九:"賞善罰姦,國之憲法也。"管子七法:"有一體之治,故能出號令,明憲法矣。"

【憲府】指御史的職位。唐柳宗元柳先生集四二同劉二十八院長述舊言懷感時書事……詩:"憲府初收迹,丹墀共拜嘉。"時柳爲監察御史。

【憲典】法律,法典。三國志魏高柔傳曹操令:"掾清識平當,明于憲典,勉恤之哉!"抱朴子自敍:"國家方欲明賞必罰,以彰憲典。"

【憲則】法則。國語晉八:"宜其德行,順其憲則,使越乎諸侯。"舊唐書刑法志武德七年詔:"思所以正本澄源,式清流末,永垂憲則,貽範後昆。"

【憲章】㊀典章制度。後漢書七四上袁紹傳:"觸情放慝,不顧憲章。"晉書刁協傳:"于時朝廷草創,憲章未立,朝臣無習舊儀者。"㊁效法。禮中庸:"仲尼祖述堯舜,憲章文武。"梁鍾嶸詩品中梁左光祿沈約:"詳其文體,察其餘論,固知憲章鮑明遠(照)也。"

【憲禁】法律的禁令。漢王符潛夫論衰制:"故政令必行,憲禁必從,而國不治者,未嘗有也。"

【憲節】舊時廉訪使、巡按等巡察各地所持的符節,作爲代表帝王的憑信。元史三四和尚傳:"(子千奴)前後七持憲節,剛正不撓。"

【憲臺】漢御史府,後漢改稱憲臺。與尚書(中臺)謁者(外臺)合稱三臺。以後遂以憲臺爲御史官職的通稱。後漢書七四上袁紹傳上書:"臣以負薪之資,拔於陪隸之中,奉職憲臺,擢受戎校。"紹先爲侍御史,後爲佐軍校尉。初學記十二晉傅咸御史中丞箴:"余承先君之蹤,竊位憲臺。"

【憲綱】法紀。後漢書和帝紀永元十一年詔:"市道小民,但且申明憲綱,勿因科令,加虐羸弱。"宋書孔琳之傳奏劾徐羨之:"斯道或替,則憲綱其頹。"

【憲網】法網。比喻法律的制裁。宋書孔琳之傳論議復肉刑:"夫三代風純而事簡,故罕蹈刑辟;季末俗巧而務殷,故動陷憲網。"新唐書一二四姚崇傳:"比來壬佞冒觸憲網,皆得以寵自解,臣願法行自近,可乎?"

【憲憲】㊀歡樂貌。詩大雅板:"天之方難,無然憲憲。"㊁光盛貌,高尚貌。禮中庸:"詩曰:'嘉樂君子,憲憲令德。'"詩大雅假樂作"顯顯令德"。顯、憲雙聲通假。唐柳宗元柳先生集五箕子碑:"憲憲大人,顯晦不渝。"參閱清馬瑞辰毛詩傳箋通釋二五假樂。

憝 duì 徒對切,去,隊韻,定。 ㄉㄨㄟˋ

㊀怨恨。書康誥:"暋不畏死,罔弗憝。"㊁惡,亂。逸周書世俘:"武王遂征四方,凡憝國九十有九國。"注:"憝,惡也。"

【憝獠】罵人的話,猶言蠢才、笨蛋。新五代史南漢世家:"(劉)思潮等死,陳道庠懼,不自安,其友鄧伸以荀悅漢紀遺之,道庠莫能曉;伸罵曰:'憝獠!韓信誅而彭越醢,皆在此書矣!'道庠悟,益懼。"

憞 duì 徒對切,去,隊韻,定。 ㄉㄨㄟˋ

㊀憎惡,怨恨。同"憝"。漢揚雄法言重黎:"漢屈羣策,羣策屈羣力,楚憞羣策而自屈其力。"參見"憝"。㊁見"憞溷"。

【憞溷】煩亂貌。文選戰國楚宋玉風賦:"故其風中人,狀直憞溷鬱邑,毆溫致濕。"

憧 1. chōng 尺容切,平,鍾韻,穿。 ㄔㄨㄥ

㊀見"憧憧"。

2. zhuàng 直絳切,去,絳韻,澄。 ㄓㄨㄤˋ

㊀愚昧,昏庸。史記三王世家:"臣(莊)青翟、臣(張)湯等宜奉義遵職,愚憧而不逮事。"

【憧憧】㊀往來不絕貌。易咸:"憧憧往來,朋從爾思。"唐白居易長慶集七望江樓上作詩:"驛路使憧憧,關防兵草草。"㊁搖曳不定。漢桓寬鹽鐵論刺復:"方今爲天下腹居郡,諸侯並臻,中外未然,心憧憧若涉大川,遭風而未薄。"晉書后妃傳上左貴嬪雜思賦:"夜耿耿而不寐兮,魂憧憧而至曙。"參見"幢"。

憱 cù 字彙 初救切。 ㄘㄨˋ

不悅貌。韓非子外儲左下:"及獄決罪定,公憱然不悅,形於顏色。"戰國策楚四:"汗明憱焉,曰:'明願有問君而恐固,不審君之聖孰與堯也?'"鮑彪注本"憱"作"蹙"。

憦 lào 集韻 郎到切,去,号韻。 ㄌㄠˋ

見"懊憦"。

憐 lián 落賢切,平,先韻,來。 ㄌㄧㄢˊ

㊀憐惜,同情。商君書兵守:"壯男壯女過老弱之軍,則老使壯悲,弱使強憐,悲憐在心,則使勇民更慮,而怯民不戰。"吳越春秋闔閭內傳河上歌:"同病相憐,同憂相救。"㊁愛慕,喜愛。莊子秋水:"夔憐蚿,蚿憐蛇。"文選晉歐陽堅石(建)臨終詩:"下顧所憐女,惻惻心中酸。"

【憐才】愛惜人才。唐杜甫杜工部詩史補遺二不見:"世人皆欲殺,吾意獨憐才。"自注:"近無李白消息。"

【憐惜】愛惜。唐白居易長慶集五八晚桃花："春深欲落誰憐惜，白侍郎來折一枝。"宋秦觀淮海集長短句下品令："每每秦樓相見，見了無限憐惜。"

【憐愍】同情，哀憐。漢書武帝紀元狩元年詔："朕嘉孝弟力田，哀夫老眊孤寡鰥獨或匱於衣食，甚憐愍焉。"也作"憐閔"。漢書高惠高后文功臣表："聖朝憐閔，詔求其後。"

【憐愛】疼愛。史記趙世家："左師公曰：'老臣賤息舒祺最少，不肖，而臣衰，竊憐愛之。'"又見戰國策趙四。

【憐香惜玉】唐徐夤釣磯文集十蝴蝶詩："防患每憂雞雀口，憐香遍遶綺羅衣。"金元好問元遺山集三荆棘中杏花詩："京師惜花如惜玉，曉擔賣徹東西家。"原以香、玉可供玩賞，使人起憐愛之心。在詩詞、傳統戲曲、小說中，常以憐香惜玉喻男子對情人的憐愛。明湯顯祖牡丹亭驚夢："咱花神專掌惜玉憐香，竟來保護他。"

憎 zēng 作滕切，平，登韻，精。ㄗㄥ

厭惡。詩齊風雞鳴："會且歸矣，無庶予子憎。"禮曲禮上："愛而知其惡，憎而知其善。"

【憎惡】厭惡。荀子大略："故塞而避所短，移而從所仕，疏知而不法，察辨而操辟，勇果而亡禮，君子之所憎惡也。"

【憎嫉】厭惡妒忌。北史郎茂傳："(張)元預兄弟，本相憎嫉，又坐得罪，彌益其忿。"隋書作"憎疾"。

【憎嫌】憎恨嫌棄。唐韓愈昌黎集二縣齋有懷詩："指摘兩憎嫌，睢盱互猜訝。"

【憎蠅】憎惡蒼蠅。舊時常用蒼蠅比喻讒邪卑鄙之人。宋歐陽修文忠集十五有憎蒼蠅賦。宋陸游劍南詩稿四十遣興之三："幽徑有風偏愛竹，虛堂無暑不憎蠅。"

憢 xiāo 許幺切，平，蕭韻，曉。ㄒㄧㄠ

㊀害怕。說文"嘵"之又體。㊁見"憢悍"。

【憢悍】勇猛。同"驍悍"。淮南子兵略："其後驕溢縱欲，距諫喜諛，憢悍遂過，不可正喻。"注："憢，勇急也。"

憘 xī ㄒㄧ

歎聲。通"嘻"、"譆"。後漢書六十蔡邕傳："客有彈琴於屏，邕至門，試潛聽之，曰：'憘！以樂召我而有殺心，何也？'遂反。"

【憘憘】和樂貌。大戴禮四曾子立事："兄弟憘憘，朋友切切。"

憤 fèn 房吻切，上，吻韻，並。ㄈㄣˋ

㊀忿懣，怨恨。楚辭屈原九章惜誦："惜誦以致愍兮，發憤以抒情。"㊁懣悶，鬱積。論語述而："不憤不啓，不悱不發。"

【憤心】怒意。晉書宣帝紀論："既而擁衆西舉，與諸葛相持。抑其甲兵，本無鬭志，遺其巾幗，方發憤心。"

【憤王】魏晉時吳興有項羽廟，當地人稱羽爲憤王。見南史蕭琛傳。

【憤切】非常憤恨。南朝陳徐陵徐孝穆集二陳公九錫文："眷言桑梓，公私憤切。"

【憤世】憤恨世事的不平。漢書五一鄒陽傳獄中上書："今人主沈諂諛之辭，牽帷廧之制，使不羈之士與牛驥同阜，此鮑焦所以憤於世也。"唐韓愈昌黎集十一雜說之三："將憤世嫉邪，長往而不來者之所爲乎？"

【憤邑】憤恨抑鬱。後漢書四八應劭傳上漢儀奏："又集駁議三十篇，……豈緊自謂必合道衷，心爲憤邑，聊以藉手。"

【憤咤】憤恨發怒。三國志蜀廖立傳："人有言國家兵衆簡練，部伍分明者，立舉頭視屋，憤咤作色曰：'何足言！'"

【憤毒】猶言憤恨。後漢書七四袁紹傳："董卓欲議廢立，謂紹曰：'天下之主，宜得賢明，每念靈帝，令人憤毒。董侯似可，今當立之。'"

【憤悁】憤恨。楚辭漢劉向九歎逢紛："腸憤悁而念怒兮，志遷蹇而左傾。"

【憤恚】痛恨。後漢書五四楊賜傳："賜仰天而歎，謂(曹)節等曰：'吾每讀張禹傳，未嘗不憤恚歎息。'"三國志吳陸遜傳："(孫)權累遣中使責讓遜，遜憤恚致卒。"

【憤盈】充溢，積滿。國語周上："陽癉憤盈，土氣震發。"注："憤，積也。盈，滿也。"後漢書八四董祀妻蔡琰傳悲憤詩之二："心吐思兮匈憤盈，欲舒氣兮恐彼驚，含哀咽兮涕沾頸。"

【憤怨】憤怒怨恨。文選漢班孟堅(固)漢書述高紀贊："項氏畔换，黜我巴漢，西土宅心，戰士憤怨。"

【憤惋】悲憤惋惜。吳越春秋七勾踐入臣外傳："去我國兮心摇，情憤惋兮誰識？"宋史三六五岳飛傳："一日奉十二金字牌，飛憤惋泣下，東向再拜曰：'十年之力，廢於一旦！'"

【憤悱】論語述而："不憤不啟，不悱不發。"後來以憤悱二字形容冥思苦想而言語不能表達。唐杜牧樊川集一雪中書懷詩："憤悱欲誰語，憂慍不能持。"

【憤慨】憤憤不平。三國志魏袁紹傳"太祖乃還救譚，十月至黎陽"注引漢晉春秋審配與袁譚書："且三軍憤慨，人懷私怒，我將軍辭不獲已，以及館陶之役。"世說新語仇隙："右軍遂稱病去郡，以憤慨致終。"

【憤厥】氣逆的病。列子湯問："吳楚之國，有大木焉，其名爲櫾(柚)。碧樹而冬生，實丹而味酸，食其皮汁，已憤厥之病。"

【憤發】發奮振作。史記秦楚之際月表："故憤發其所爲天下雄，安在無土不王。"文選三國魏阮元瑜(瑀)爲曹公作書與孫權："夫似是之言，莫不動聽，因形設象，易爲變觀，示之以禍難，激之以恥辱，大丈夫雄心，能無憤發！"

【憤愾】氣憤不平。同"憤慨"。晉書范弘之傳與王珣書："每讀其事，未嘗不臨文痛歎，憤愾交懷，以今況古，乃知一揆耳。"

【憤隔】積憤。後漢書七四下袁紹傳審配與袁譚書："聞此言者，莫不悼心揮涕，使太夫人憂哀憤隔，我州君臣監寐悲歎。"三國志魏袁紹傳"太祖乃還救譚，十月至黎陽"注引漢晉春秋作"憤懣"。

【憤嫉】憤恨痛惡。五代史伶官傳："諸伶人出入宮掖，侮弄縉紳，羣臣憤嫉，莫敢出氣。"

【憤憤】憤恨不平貌。後漢書十四齊武王(劉)縯傳："自王莽篡漢，常憤憤，懷復社稷之慮。"三國魏曹植曹子建集六當牆欲高行詩："讒言三至，慈母不親，憤憤俗間，不辨僞真。"

【憤激】憤怒而心情激動。後漢書五八傅燮傳："憤激思奮，未失人臣之節。"樂府詩集六七晉張華壯士篇："壯士懷憤激，安能守虛沖。"

【憤薄】鬱結，充溢。文選晉潘安仁(岳)寡婦賦："氣憤薄而乘胸兮，涕交橫而流枕。"注："丁儀妻寡婦賦：氣憤薄而交縈，撫素枕而歔欷。"

【憤懣】鬱悶，怨恨。文選漢司馬子長(遷)報任少卿書："恐卒然不可爲諱，是僕終已不得舒憤懣以曉左右，則長逝者魂魄私恨無窮。"楚辭天問漢王逸序："仰見圖畫，因書其壁，何而問之，以渫憤懣，舒瀉愁思。"

憓 huì 胡桂切，去，霽韻，匣。ㄏㄨㄟˋ

順從。同"譓"。史記一一七司馬相如傳

封禪文:"陛下仁育羣生，義征不憓。"漢書作"不譓"。文選晉左太冲(思)魏都賦:"荆南懷憓，朔北思韙。"

憛 tán 他紺切,去,勘韻,透。
ㄊㄢˊ 集韻 徒南切,平,覃韻。

㊀憛悇，懷憂。見廣韻。㊁見下。

【憛悇】愛好，貪圖。淮南子脩務:"則雖王公大人有嚴志頡頏之行者，無不憛悇癢心,而悦其色矣。"注:"憛悇，貪欲也。"

【憛憛】貪競貌。梁書裴子野傳范縝上表:"棲遲下位，身賤名微，而性不憛憛，情無汲汲,是以有識嗟推,州閭歎伏。"

憯 cǎn 七感切,上,感韻,清。
ㄘㄢˇ 青忝切,上,忝韻,清。

㊀慘痛。通"慘"。馬王堆漢墓帛書老子:"禍莫大于不知足，咎莫憯于欲得。"莊子庚桑楚:"兵莫憯於志，鏌鋣爲下。"㊁助詞。曾,乃。詩小雅節南山:"民言無嘉,憯莫懲嗟。"

【憯怛】憂傷痛苦。禮表記:"中心憯怛，愛人之仁也。"楚辭漢嚴忌哀時命:"邪氣襲子之形體兮,疾憯怛而萌生。"

【憯毒】殘酷狠毒。管子形勢:"紂之爲主也,……冤暴之令加於百姓,憯毒之使施於天下。"

【憯悽】㊀悲痛。楚辭宋玉九辯:"憯悽增欷兮，薄寒之中人。"㊁殘酷。韓詩外傳五:"紂之爲主，勞民力,冤酷之令加於百姓,憯悽之惡施於大臣。"

【憯惻】悲傷。楚辭宋玉九辯:"中憯惻之悽愴兮，長太息而增欷。"文選三國魏王仲宣(粲)登樓賦:"心悽愴以感發兮，意忉怛而憯惻。"

【憯痛】悲痛。漢班固白虎通崩薨:"書'殂落'死者矣,各自見義。堯皆憯痛之，舜見終各一也。"文苑英華七四九五代後唐牛希濟刑論:"毀其父母之遺體，罔不憯痛於心"。

【憯酷】殘忍刻毒。漢書五六董仲舒傳對策:"又好用憯酷之吏，賦斂亡度，竭民則力,百姓散亡。"

【憯憯】愁苦貌。詩小雅雨無正:"曾我暬御，憯憯日瘁。"箋:"憯憯憂之。"唐石經作"慘慘日瘁。"

【憯懍】哀傷畏懼。三國魏嵇康嵇中散集二琴賦:"是故懷戚者聞之，莫不憯懍慘悽，愀愴傷心。"

憭 1. liǎo 力小切,上,小韻,來。
ㄌㄧㄠˇ

㊀明白。三國吳韋昭國語解敍:"其所發明,大義略舉,爲已憭矣。"

2. liáo 落蕭切,平,蕭韻,來。
ㄌㄧㄠˊ

㊁見"憭$_2$慄"。

【憭$_2$慄】淒涼貌。楚辭宋玉九辯:"憭慄兮若在遠行，登山臨水兮送將歸。"也作"憀慄"。文選晉潘安仁(岳)秋興賦:"憀慄兮若在遠行,登山臨水送將歸。"

㦎 hùo 呼麥切,入,麥韻,曉。
ㄏㄨㄛˋ

㊀暗昧不明。南史范泰傳:"(曄)在獄爲詩:'……在生已可知,來緣㦎無識,好醜共一丘,何足異枉直。'"㊁斯文,文静。通"嫿"。三國志蜀王平傳:"(王平)遵履法度,言不戲謔,從朝至夕,端坐徹日,㦎無武將之體。"

【㦎㦎】謬戾。北齊顏之推顏氏家訓文章:"何遜詩實爲清巧，……劉(孝綽)甚忌之，生平誦何詩,云:'蘧居響北阙,㦎㦎不道車。'""蘧居響北闕",是何遜早朝車中聽望詩句，劉譏諷他用"居"字而不用"車"字。

憫 mǐn 眉殞切,上,軫韻,明。
ㄇㄧㄣˇ

説文作"閔"。㊀憤懣。孟子公孫丑上:"阨窮而不憫。"㊁哀憐。全唐詩七二八周曇公子無忌:"能憐鈍拙誅豪俊，憫弱摧强真丈夫。"

【憫忌】舊俗指亡母的生日。後來又轉指母親去世之日。見清韓泰無事爲福齋隨筆下。

【憫恤】憐恤。唐柳宗元柳先生集二五謝李中丞安撫崔簡戚屬啟:"儻非至仁厚德,深加憫恤,則流散轉死,期在須臾。"

【憫惻】哀憐。文苑英華六六四唐顧雲代人上路相公啟:"咨嗟生業，憫惻羇危。"

【憫默】憂鬱不言。南朝梁江淹江文通集一哀千里賦:"既而悄愴成憂，憫默自憐。"又慧皎高僧傳六釋慧持:"乃以晉隆安三年辭(慧)遠入蜀,遠苦留不止,……於是兄弟收淚憫默而别。"

憪 1. xián 户閒切,平,山韻,匣。
ㄒㄧㄢˊ

㊀安閒自適。唐柳宗元柳先生集四二酬韶州裴曹長使君詩:"循省誠知懼，安排祗自憪。"

2. xiàn 下赧切,上,潸韻,匣。
ㄒㄧㄢˋ

㊁寬大。見廣韻。㊂不安貌。史記文帝紀二年:"朕既不能遠德,故憪然念外人之有非,是以設備未息。"

惝 chǎng 昌兩切,上,養韻,穿。
ㄔㄤˇ

失意貌。列子湯問:"(周穆王)既反周室,慕其國,惝然自失。"

【惝怳】迷惘,恍惚。文選晉潘安仁(岳)寡婦賦:"怛驚悟兮無聞，超惝怳兮慟懷。"怳,也作"恍"。唐白居易長慶集五二和酬鄭侍御東陽春悶放懷追越遊見寄詩:"流年惝恍不饒我，美景鮮妍來爲誰?"

【惝惘】失意貌。文選漢張平子(衡)思玄賦:"仰矯首以遥望兮，魂惝惘而無儔。"

憬 jǐng 俱永切,上,梗韻,見。
ㄐㄧㄥˇ

遠行貌。詩魯頌泮水:"憬彼淮夷，來獻其琛。"説文釋爲覺悟貌。參閱清馬瑞辰毛詩傳箋通釋三一、陳奐詩毛氏傳疏二九。

憒 kuì 古對切,去,隊韻,見。
ㄎㄨㄟˋ

昏亂。戰國策齊四:"(孟嘗君)謝曰:'文倦於事,憒於憂，而性懧愚，沉於國家之事,開罪於先生。'"

【憒眊】昏亂糊塗。漢書四五息夫躬傳:"軍書交馳而輻湊，羽檄重迹而押至，小夫愞臣之徒憒眊不知所爲。"又九九中王莽傳:"又好變改制度，政令煩多,……前後相乘,憒眊不渫。"

【憒亂】昏亂,煩亂。漢書食貨志下:"百姓憒亂，其貨不行。"金史世宗紀下大定二七年:"以所進御膳味不調適，有旨問之。尚食局直長言:'臣聞老母病劇，私心憒亂,如喪魂魄，以此有失嘗視，臣罪萬死。'"

【憒憒】㊀昏亂不安。素問至真要大論:"厥陰之勝,耳鳴頭眩，憒憒欲吐。"莊子大宗師:"彼又惡能憒憒然爲世俗之禮,以觀衆人之耳目哉。"㊁糊塗。三國志蜀蔣琬傳:"督農楊敏曾毁琬曰:'作事憒憒,誠非及前人。'"

憚 1. dàn 徒案切,去,翰韻,定。
ㄉㄢˋ

㊀畏懼。論語學而:"過則勿憚改。"㊁形容威嚴之盛。同"僤"。戰國策秦四:"王之威亦憚矣。"參閱清王念孫讀書雜志戰國策一憚。㊂勞苦。通"癉"。詩小雅小明:"心之憂矣,憚我不暇。"

2. dá 集韻 當割切,入,曷韻。
ㄉㄚˊ

㊃震驚。通"怛"。周禮考工記下矢人:"則雖有疾風,亦弗之能憚矣。"

【憚人】勞苦的人。詩小雅大東:"契契寤歎,哀我憚人。"釋文:"字亦作癉。"

【憚煩】怕麻煩。左傳昭三年:"唯懼獲戾,豈敢憚煩。"孟子滕文公上:"何許子之不憚煩?"

【憚漫】縱逸貌。文選漢王子淵(褒)洞簫賦:"其奏歡娛,則莫不憚漫衍凱,阿那腲腇者已。"

【憚赫】聲勢威盛貌。莊子外物:"(大魚)騖揚而奮鬐,白波若山,海水震蕩,聲侔鬼神,憚赫千里。"唐韓愈昌黎集十五至鄧州北寄上襄陽于相公書:"故其文章言語與事相侔,憚赫若雷霆,浩汗若河漢。"

【憚憚】㊀憂懼。大戴禮四曾子立事:"君子終身,守此憚憚。"注:"憚憚,憂惶也。"㊁荀子王覇:"故國者,世所以新者也,是憚憚,非變也,改王改行也。"唐楊倞注謂憚與"坦"通,憚憚猶言坦坦。清郝懿行荀子補注謂憚是"幝"字之譌,幝幝,敝壞貌。或謂憚是"禪"字之誤。句應作"是禪,禪,非變也",禪禪不連讀,禪爲輪番更迭。參閱近人梁啟雄荀子簡釋。

憣 fān
ㄈㄢ

同"翻"。見下。

【憣校】變易。列子周穆王:"老成子……深思三月,遂能存亡自在,憣校四時,冬起雷,夏造冰。"唐殷敬順釋文:"顧野王讀作'翻交四時'。"

憮 wǔ 文甫切,上,麌韻,明。
ㄨˇ

㊀茫然自失。論語微子:"夫子憮然曰:'鳥獸不可以同羣,吾非斯人之徒與而誰與?'"三國志魏鄧艾傳:"憮然不樂。"㊁媚好貌。漢書七六張敞傳:"又爲婦畫眉,長安中傳張京兆眉憮。"

憍 jiāo 舉喬切,平,宵韻,溪。
ㄐㄧㄠ

驕傲,驕矜。大戴禮六武王踐阼:"觴豆之銘曰:'……戒之憍,憍則逃。'"楚辭屈原九章抽思:"憍吾以其美好兮,覽余以其脩姱。"

憔 qiáo 昨焦切,平,宵韻,從。
ㄑㄧㄠˊ

見"憔悴"。

【憔悴】瘦弱萎靡貌。也泛指折磨困苦。楚辭屈原漁父:"顏色憔悴,形容枯槁。"孟子公孫丑上:"民之憔悴於虐政,未有甚於此時者也。"也作"憔瘁"或"憔顇"。戰國策燕一:"民憔瘁,士罷弊。"三國志魏于禁傳:"鬚髮皓白,形容憔顇。"

【憔慮】苦思。後漢書三一蘇不韋傳:"不韋毀身憔慮,出於百死,冒觸嚴禁,陷族禍門。"一本作"燋慮"。

憑 píng 扶冰切,平,蒸韻,並。
ㄆㄧㄥˊ

古作"凴"。㊀靠。書顧命:"相被冕服憑玉几。"㊁依仗,倚託。唐杜甫杜工部草堂詩箋二三至後詩:"愁極本憑詩遣興,詩成吟咏轉凄涼。"㊂證據。見"憑據"。㊃充滿。楚辭屈原離騷:"衆皆競進以貪婪兮,憑不猒乎求索。"注:"楚人名滿曰憑。"㊄任,隨。紅樓夢三十:"你要打要罵,憑你怎麽樣,千萬別不理我。"

【憑弔】懷舊;觸景傷情,思念往昔。元范梈范德機集五奉酬段御史登岳陽樓之作……詩:"憑高弔古落日紫,領客置酒開雲屏。"清王士禎帶經堂詩話十三考證遺蹟上:"房(次律)公彈琴處舊有竹亭,李衛公(德裕)劉賓客(禹錫)賦詩憑弔之地,不可識矣。"

【憑由】證明所有權或身份的官文書。舊五代史周太祖紀三廣順三年:"應有客户元佃繫省莊田、桑土、舍宇,便賜逐户充爲永業,仍仰縣司給與憑由。"宋范仲淹范文正公集八上執政書:"其京師寺觀多招四方之人,宜給本貫憑由,乃許收録。"

【憑仗】依靠,依賴。北周庾信庾子山集十四周車騎大將軍賀婁公神道碑:"少習邊將,憑仗智勇。"北齊書祖珽傳:"(和士開)與陸媼言於帝曰:'……孝徵心行雖薄,奇略出入,緩急真可憑仗。'"孝徵,珽字。

【憑肩】以手靠在別人肩上。唐白居易長慶集三新豐折臂翁詩:"玄孫扶向店前行,左臂憑肩右臂折。"也作"凭肩"。宋范成大石湖集二五題趙昌四季花圖海棠梨花詩:"阿環不可招,空寄凭肩語。"凭肩語,親暱密語。

【憑依】依據。水經注一一易水:"方外之士,尚憑依舊居,取暢林木。"憑,古作"凴"。

【憑恃】依仗。三國志魏武帝紀建安十八年册魏公命:"袁紹逆亂天常,謀危社稷,憑恃其衆,稱兵内侮。"

【憑信】據以爲信。北齊顏之推顏氏家訓下書證:"吾嘗笑許(慎)純儒不達文章之體,如此之流,不足憑信。"

【憑高】臨高處。唐李白李太白詩二一天台曉望:"憑高登遠覽,直下見溟勃。"

【憑祥】州名。宋爲憑祥峒。明洪武十八年置憑祥鎮。永樂二年升爲縣。清嘉慶十八年升爲州。屬廣西太平府。公元1912年改縣。今爲廣西憑祥市。參閱嘉慶一統志四七二太平府。

【憑陵】侵凌,進逼。左傳襄二五年:"今陳忘周之大德,……介恃楚衆,以憑陵我敝邑。"釋文本作"凴陵"。唐李白李太白詩一大鵬賦:"燀赫乎宇宙,憑陵乎崐崙。"

【憑眺】臨高遠望。唐張九齡曲江集二登樂遊春望書懷詩:"憑眺茲爲美,離君方獨愁。"

【憑準】準則。宋辛棄疾稼軒詞三蝶戀花元日立春詞:"今歲花期消息定,只愁風雨無憑準。"

【憑霄】㊀神話中鳥名。見舊題晉王嘉拾遺記一虞舜。㊁凌空。唐駱賓王集九破設蒙儉露布:"崇巒切漢,若登藏寶之山;絶壑憑霄,似瞰封泥之谷。"

【憑賴】仰仗,依靠。三國志蜀楊戲傳季漢輔臣贊:"吳越憑賴,望風請盟,挾巴跨蜀,庸漢以并。"

【憑據】依據,證據。文苑英華七六一唐顏師古封禪議:"委巷浮説,不足憑據。"唐白居易長慶集四三論姚文秀打殺妻狀:"況阿王已死,無以辨明,姚文秀自云相爭,有何憑據?"

【憑險】憑藉險要的地勢。南史梁武帝紀封梁公策:"憑險作守,兵食兼資,風激電駭,莫不震疊。"

【憑噫】憤懣鬱抑。文選漢司馬長卿(相如)長門賦:"心憑噫而不舒兮,邪氣壯而攻中。"注:"憑噫,氣滿貌。"參閱清王引之經義述聞六我庚維億。

【憑藉】依靠,恃賴。文選南朝梁沈休文(約)恩倖傳論:"州都郡正,以才品人,而舉世人才,升降蓋寡。徒以憑藉世資,用相陵駕。"宋書作"凴藉"。

【憑證】證據。元曲選缺名鴛鴦被三:"分明那白紙上教我畫着黑字兒,是怎生倒留做他家憑證。"

【憑虛公子】古代寓言的假設人名。漢張衡作西京賦,賦内假設憑虛公子與安處先生相爲問答。憑,依託;虛,無;謂本無此人,與司馬相如子虛賦中的子虛、亡是公、烏有先生同一意義。西京賦見文選。

憙 xǐ 虛里切,上,止韻,曉。
ㄒㄧˇ 許記切,去,志韻,曉。

喜歡,喜好。荀子堯問:"楚莊王以憂,而君以憙!"漢書地理志下:"憙爲商賈,不好仕宦。"

憨 hān 呼談切,平,談韻,曉。ㄏㄢ

傻氣,嬌痴。南朝梁劉勰文心雕龍十程器:“文舉(孔融)傲誕以速誅,正平(彌衡)狂憨以致戮。”唐詩紀事四虞世南應詔嘲司花女詩:“學畫鴉黄半未成,垂肩嚲袖太憨生。”

【憨山】公元1546—1623年。明代僧人,名德清,全椒人,俗姓蔡。年十二,在金陵古長干寺出家,遍遊名山。萬曆二十三年因事戍廣東雷州,後於曹溪興建道場,宣揚禪宗教旨。天啟三年卒於曹溪。著有憨山集、顧愚語録等。

【憨皮】頑皮。紅樓夢三十:“他們是憨皮慣了的,早已恨的人牙癢癢。”

【憨笑】痴笑,無故而笑。金元好問元遺山集十二杏花詩:“只嫌憨笑無人管,鬧簇枯枝不肯勻。”

【憨寢】熟睡。宋釋惠洪冷齋夜話六鍾山賦詩:“(余)四更……還合妙齋,月戾虛幌,淨几兀然,童僕憨寢甫軒。”

憖 yìn 魚覲切,去,震韻,疑。ㄧㄣˋ

㊀願,寧。左傳昭二八年:“憖使吾君聞(祁)勝與(鄔)臧之死也,以爲快。”國語楚上:“不穀雖不能用,吾憖寘之於耳。”㊁損傷。左傳文十二年:“秦行人夜戒晉師曰:‘兩君之士皆未憖也。’”㊂笑貌。文選漢張平子(衡)思玄賦:“戴勝憖其既歡兮,又誚余之行遲。”㊃見“憖憖”。

【憖遺】詩小雅十月之交:“不憖遺一老,俾守我王。”不憖,猶言寧不、何不。漢魏碑文多用“天不憖遺”爲語,如夏承碑、楊著碑、平輿令碑等作爲哀悼大臣之辭。舊唐書一三三李晟傳:“喪我賢哲,虧我股肱,天不憖遺,痛惜何極!”参閱清承培元説文引經證例。

【憖憖】㊀驚疑貌。唐柳宗元柳先生集十九三戒黔之驢:“(虎)稍出近之,憖憖然莫相知。”㊁强悍貌。宋岳珂桯史八逆亮辭怪:“(金主亮)好爲詩詞,語出輒崛彊憖憖,有不爲人下之意。”

憋 bié 并列切,入,薛韻,幫。ㄅㄧㄝˊ 芳滅切,入,薛韻,滂。

急躁。後漢書七二董卓傳:“敝腸狗態。”注:“續漢書‘敝’作‘憋’。方言云:‘憋,惡也。’郭璞曰:‘憋忲,急性也。’”列子力命篇有假設人名曰“憋憋”,注謂急速的樣子。今謂悶氣爲憋,讀 biē。

憩 qì 去例切,去,祭韻,溪。ㄑㄧˋ

休息。也作“愒”、“憇”。詩召南甘棠:“蔽芾甘棠,勿翦勿敗,召伯所憩。”

【憩息】休息。唐劉知幾史通暗惑:“嚴備供具,憩息有所。”唐杜甫杜工部詩史補遺六客堂詩:“平生憩息地,必種數竿竹。”

憊 bèi 蒲拜切,去,怪韻,並。ㄅㄟˋ

疲乏,困頓。説文作“㦧”。易既濟:“三年克之,憊也。”莊子讓王:“七日不火食,藜羹不糝,顔色甚憊。”

【憊色】憔悴的顔色。唐元稹長慶集十二獻滎陽公詩:“憊色秋來草,哀吟雨後蟬。”

【憊賴】調皮,不順從。元曲選關漢卿竇娥冤一:“美婦人我見過萬千向外,不似這小妮子生得十分憊賴。”儒林外史四十:“新娘人物倒生得標致,只是樣子覺得憊賴,不是個好惹的。”也作“憊懶”。西遊記十九:“你這個弼馬温,着實憊懶。”

十三畫

憶 yì 於力切,入,職韻,影。ㄧˋ

㊀想念。關尹子六匕:“心憶者猶忘飢,心忿者猶忘寒。”唐杜甫杜工部草堂詩箋十四夢李白詩:“故人入我夢,明我長相憶。”㊁記憶。梁書昭明太子傳:“讀書數行並下,過目皆憶。”㊂回憶。北周庾信庾子山集四奉和永豐殿下言志詩之八:“還思建鄴水,終憶武昌魚。”

【憶王孫】㊀詞牌名。宋秦觀詞有“萋萋芳草憶王孫”句,因以爲名。别名頗多,如梅苑詞名獨脚令;謝克家詞名憶君王;吕渭老詞名豆葉黄;陸游詞名畫蛾眉;張輯詞名闌干萬里心。有單調、雙調。單調三十一字,平韻;雙調五十四字,仄韻。参閱詞律二憶王孫。㊁曲牌名。即一半兒。詳“一半兒”。

【憶江南】詞牌名。唐段安節樂府雜録謂此調是李德裕爲亡妓謝秋孃所撰,本名謝秋孃,後因白居易詞改今名。别名頗多,如白居易詞又名江南好;劉禹錫詞名春去也;温庭筠詞名望江樓;皇甫松詞名夢江口,又名夢江南;李煜詞名望江梅。唐時皆單調,二十七字;至宋有作雙調者,五十四字。参閱詞律一憶江南。

【憶秦娥】詞牌名。唐李白詞有“秦娥夢斷秦樓月”句,故名。又名秦樓月。自唐以來,體裁不一,名亦因詞而異,有雙荷葉、蓬萊閣、碧雲深、花深深等名。雙調有三十七字、三十八字、四十字、四十一字、四十六字諸體。参閱明胡震亨唐音癸籤十三唐曲、詞譜五。

懍 lǐn 力稔切,上,寢韻,來。ㄌㄧㄣˇ

危懼。書五子之歌:“予臨兆民,懍乎若朽索之馭六馬。”荀子議兵:“殺戮無時,臣下懍然莫必其命。”注:“懍然,悚栗之貌。”字也作“凜”。

【懍坎】失意,遭遇不順利。唐劉長卿劉隨州集五北遊酬孟雲卿見寄詩:“行行無定止,懍坎難歸來。”参見“坎廩”。

【懍厲】惶恐。廣弘明集八敍周武帝集道俗議滅佛法事:“僧皆懍厲,莫不訝帝之微行也。”

【懍懍】㊀危懼貌。書泰誓中:“百姓懍懍,若崩厥角。”南史宋紀下:“禁中懍懍,若踐刀劍。”㊁嚴正貌。後漢書六六陳蕃傳論:“及遭際會,協策竇武,自謂萬世一遇也。懍懍乎伊望之業矣。”世説新語品藻:“庾道季(龢)云:‘廉頗藺相如雖千載上死人,懍懍恒如有生氣。’”

懂 dǒng ㄉㄨㄥˇ

明白。古今小説四十:“老門公故意道:‘你説的是甚麽説話,我一些不懂。’”

憾 hàn 胡紺切,去,勘韻,匣。ㄏㄢˋ

㊀仇恨,怨恨。左傳隱五年:“郕人告於鄭曰:‘請君釋憾於宋,敝邑爲道。’”㊁遺憾,不滿意。左傳襄二九年:“見舞象箾南籥者,曰:‘美哉,猶有憾。’”論語公冶長:“願車馬,衣輕裘,與朋友共,敝之而無憾。”

【憾恨】不滿,怨恨。管子版法解:“衆無鬱怨之心,無憾恨之意。”淮南子本經:“各致其愛,而無憾恨其間。”

懅 jù 强魚切,平,魚韻,羣。ㄐㄩ

羞愧,惶恐。後漢書二十王霸傳:“市人皆大笑,舉手邪(耶)揄之,霸慚懅而還。”又八二下徐登傳:“(趙)炳乃故升茅屋梧鼎而爨,主人見之驚懅。”

憹 nāo 集韻 奴刀切,平,豪韻。ㄋㄠ

見“懊憹”。

懆 cǎo 采老切,上,皓韻,清。ㄘㄠˇ

見“懆懆”。

【懆懆】憂愁貌。詩小雅白華:“念子懆懆,視我邁邁。”釋文謂亦作“慘慘”。参見“慘慘”。

懌 yì 羊益切,入,昔韻,喻。ㄧˋ

歡喜，快樂。詩小雅頍弁："既見君子，庶幾説懌。"史記八一藺相如傳："於是秦王不懌，爲一擊缻。"

懁 juàn 古縣切，去，霰韻，見。ㄐㄩㄢˋ

性急。莊子列禦寇："人者厚貌深情，故有貌愿而益，有長若不肖，有順懁而達。"

【懁急】急躁。史記一二九貨殖傳："中山地薄人衆，……民俗懁急。"參見"狷急"。

憴 shéng 食陵切，平，蒸韻，神。ㄕㄥˊ

見下。

【憴憴】戒慎。爾雅釋訓三："兢兢，憴憴，戒也。"

憸 xiān 息廉切，平，鹽韻，心。ㄒㄧㄢ 七廉切，平，鹽韻，清。七漸切，上，琰韻，清。

奸邪。書盤庚上："相時憸民，猶胥顧于箴言。"唐韓愈昌黎集四苦寒詩："賢能日登御，黜彼傲與憸。"

【憸人】小人，奸邪的人。書冏命："爾無昵於憸人，充耳目之官。"

【憸壬】諂媚卑鄙的人。新唐書七六后妃傳上論："險言似忠，故受而不詰；醜行已效，反狃而爲好。左右附之，憸壬慭之。"

【憸巧】諂媚，逢迎弄巧。新唐書一六七韋渠牟傳："渠牟爲人佻躁，……特用憸巧中帝意。"

【憸邪】奸猾。新唐書一七七高釴傳附高銖："文宗得李訓，驟拜侍講學士，銖率諫官伏閤言訓素行憸邪，不可任，必亂天下。"

【憸佞】諂媚奸邪。新唐書一六九杜黄裳傳："於是，夏綏銀節度使韓全義憸佞無功，因其來朝，白罷之。"

【憸態】奸邪之態。舊唐書一三五裴延齡傳："奸威既沮於四方，憸態復行於内府。"

憺 dàn 徒敢切，上，敢韻，定。ㄉㄢˋ 徒濫切，去，闞韻，定。

㊀安然，澹泊。楚辭屈原九歌東君："羌聲色兮娱人，觀者憺兮忘歸。"文選漢司馬長卿(相如)子虛賦："怕乎無爲，憺乎自持。"史記一一七司馬相如傳怕作"泊"，憺作"澹"。㊁畏懼。通"憚"。漢書五四李廣傳："是以名聲暴於夷貉，威稜憺乎鄰國。"㊂憂慮。楚辭宋玉九辯："心煩憺兮忘食事。"注："憺，徒濫切，憂也。"

【憺畏】畏懼。新唐書一一〇黑齒常之傳："凡涖軍七年，吐蕃憺畏，不敢盜邊。"封燕國公。"

【憺憺】安静。楚辭屈原九章抽思："悲夷猶而冀進兮，心怛傷之憺憺。"

懈 xiè 古隘切，去，卦韻，見。ㄒㄧㄝˋ

鬆弛，懈怠。孝經引詩："夙夜匪懈，以事一人。"今本詩大雅烝民懈作"解"。淮南子脩務："勞形盡慮，爲民興利除害而不懈。"

【懈弛】鬆散，懈怠。三國志魏田疇傳："今虜將以大軍當由無終，不得進而退，懈弛無備。"弛，亦作"施"。後漢書和帝紀永元十年詔："隄防溝渠，所以順助地理，通利壅塞。今廢慢懈弛，不以爲負。"

【懈沮】懈怠，精神沮喪。後漢書五一龐參傳上鄧騭書："然後畜精鋭，乘懈沮，出其不意，攻其不備，則邊人之仇報，奔北之恥雪矣。"

【懈怠】懶散。韓非子八姦："是以賢者懈怠而不勸，有功者隳而簡其業，此亡國之風也。"吕氏春秋音律："趣農收聚，無敢懈怠。"

【懈惰】懶惰。淮南子脩務："侯王懈惰，後世無名。"懈，同"懈"。後漢書二六趙憙傳："憙内典宿衛，外幹宰職，正身立朝，未嘗懈惰。"

懊 1. ào 烏晧切，上，晧韻，影。ㄠˋ 烏到切，去，号韻，影。

㊀悔恨。宋書顧覬之傳："(子綽)悉出諸文券一大廚與覬之，覬之悉焚燒，……綽懊歎彌日。"唐韓愈昌黎集薦士詩："善善不汲汲，後時徒悔懊。"

2. yù 於六切，入，屋韻，影。ㄩˋ

㊁見"懊₂咿"。

【懊₂咿】内心悲傷。文選三國魏嵇叔夜(康)琴賦："含哀懊咿，不能自禁。"注引字林："懊咿，内悲也。"

【懊喪】懊惱沮喪。世説新語言語下："支公(道林)好鶴，住剡東岇山，有人遺其雙鶴，少時翅長欲飛，支意惜之，乃鎩其翮。鶴軒翥不復能飛，乃反顧翅，垂頭視之，如有懊喪意。"

【懊惱】悔恨，煩惱。樂府詩集四六懊儂歌之十四："懊惱奈何許，夜聞家中論，不得儂與汝。"百喻經二雇借瓦師喻："此弊惡驢，須臾之頃，盡破我器，是故懊惱。"

【懊悔】後悔。明吴炳療妬羹傳奇賢風："殷勤也願扶紅袖，只恐怕懊悔終須賦白頭。"

【懊憹】後悔。見集韻去聲号韻"憹"。今吴語方言事後追悔叫懊憹。

【懊憹】煩悶。素問六元正紀大論："目赤心熱，甚則瞀悶懊憹。"也作"懊儂"。憹，儂皆讀猱老反。參閲唐釋慧琳一切經音義七四僧伽羅刹集下懊惱。

【懊儂曲】歌曲名，即懊憹歌。南齊書王敬則傳："(王)仲雄於御前鼓琴，作懊儂曲，歌曰：'常歎負情儂，郎今果行許。'"參見"懊憹歌"。

【懊憹歌】樂府吴聲歌曲名，也作"懊儂歌"、"懊惱歌"。產生於南朝江南民間，抒寫男女愛情受到挫折的苦惱。現存歌詞十四首，其中"絲布澀難縫"一首，相傳爲晉石崇妾緑珠所作；其餘多數是隆安初民間流傳的歌曲。參閲晉書五行志中、樂府詩集四六。

【懊惱澤家】鷓鴣啼聲。才調集三唐韋莊鷓鴣詩："懊惱澤家非有恨，年年長憶鳳城歸。"自注："懊惱澤家，鷓鴣之音也。"

懙 yú 集韻羊諸切，平，魚韻。ㄩˊ 演女切，上，語韻。

同"悆"。見下。

【懙懙】安詳貌。漢書一〇〇下敍傳："長倩懙懙，覿霍不舉。"長倩，蕭望之字；霍，霍光。

憿 1. jiǎo jiāo 古堯切，平，蕭韻，見。ㄐㄧㄠˇ ㄐㄧㄠ

㊀僥倖的"僥"本字。參閲清段玉裁説文解字注。

2. jì 集韻吉歷切，入，錫韻。ㄐㄧˋ

㊁疾速。見集韻。

【憿₂絶】迅疾貌。唐韓愈昌黎集二七清河郡公房公墓碣銘："遷萬年令，果辨憿絶。"

【憿₂糴】疾速貌。文選晉潘安仁(岳)笙賦："劚憿糴以奔邀，似將放而中匱。"注："憿糴，疾貌。"

應 1. yīng 於陵切，平，蒸韻，影。ㄧㄥ

㊀應當。詩周頌賚："文王既勤止，我應受之。"傳："應，當。"引申爲料想理當如此。玉臺新詠八南朝陳徐孝穆(陵)走筆戲事應令詩："秋來應瘦盡，偏自著腰身。"㊁受。管子小匡："應公之賜，殺之黄泉，死且不朽。"㊂副詞。即時。三國志吴朱桓傳："桓督諸將周旋赴討，應皆平定。"㊃春秋國名，也作姓。相傳爲周武王子應叔封地，故址在今河南魯山縣東。左傳僖二四年："邘晉應韓，武之穆也。"參閲清劉文淇春秋左氏傳舊注疏證。

2. yìng 於證切,去,證韻,影。

㊄答應，許諾。莊子列禦寇:"或聘於莊子,莊子應其使曰:'子不見夫犧牛乎?'"玉臺新詠一古詩爲焦仲卿妻作:"以我應他人,君還何所望。"㊅應和,應付。易乾文言:"同聲相應,同氣相求。"㊆相應,適合。世説新語雅量:"亂兵相剥掠，射誤中柂工,應絃而倒。"參見"得心應手"。㊇小鼓。詩周頌有瞽:"應田縣鼓，鞉磬柷圉。"傳:"應,小鞞;田,大鼓也。"參見"應鼓"。㊈樂器。長五尺六寸。其中有椎,擊以應樂。周禮春官笙師:"笙師掌教龡竽、笙、塤、籥、簫、篪、篴、管,舂牘、應、雅,以教祴樂。"見圖。㊉星名。見"應星"。

應

【應山】縣名，屬湖北省。春秋應國，漢爲隨縣，隋開皇十八年改爲應山。參閲嘉慶一統志三四三德安府。

【應$_2$天】㊀舊府名。1.北宋初爲宋州，景德三年升爲應天府，大中祥符七年建爲南京。金天會八年改爲歸德府。歷代相沿。公元1913年裁撤。故治在今河南商丘縣南。參閲嘉慶一統志一九三歸德府。2.宋爲建康府，元爲集慶路。朱元璋建明王朝,建都於此,升爲應天府。正統六年，定爲南京。清改爲江寧府，府治卽今南京市。參閲嘉慶一統志七三江寧府。㊁年號。1.唐史思明。公元759年。2.唐朱泚。公元783年。3.五代後梁劉守光。公元911—913年。4.西夏趙安全(襄宗)。公元1206—1209年。

【應$_2$手】隨手。三國志魏典韋傳:"韋手持十餘戟,大呼起,所抵無不應手倒者。"藝文類聚五八晉傅玄筆賦:"動應手而從心,焕光流而星布。"

【應$_2$用】適應需要，以供使用。宋書袁豹傳上議:"器以應用，商以通財。"宋張侃拙軒集五跋陳後山再任校官謝啟:"駢四儷六,特應用文耳,前輩直曰世間一種苛禮，過爲謹細。"

【應$_2$卯】舊時官吏每日清晨卯時到官府去聽候點名，叫應卯。也借作"照例行事"或"敷衍了事"之詞。紅樓夢九:"妙在薛蟠如今不大上學應卯了。"也作"畫卯"。水滸二四:"次日武松清早出去縣裏畫卯，直到日中未歸。"

【應$_2$州】地名。戰國趙地，秦屬雁門郡。五代後唐明宗置應州。因州北有龍首，南有雁門，二山相應，故名。遼以後沿置。元屬大同路，明清屬大同府，公元1912年改爲縣，即今山西應縣。參閲寰宇通志八一大同府應州。

【應$_2$求】應和，響應。易乾:"同聲相應，同氣相求。"後來用於指響應徵召。魏書高祖紀太和十七年詔:"孝悌廉義,文武應求者,皆以名聞。"

【應劭】漢末汝南南頓人。字仲遠。父應奉。靈帝時，舉孝廉，曾任泰山太守。後依袁紹，卒於鄴。博學多識,平生著作十一種，一百三十六卷。現存者有漢官儀、風俗通義等。唐顏師古注漢書,徵引頗多。後漢書有傳。

【應$_2$身】佛教指佛隨宜顯現爲多種形象不同的佛身。也稱報身。參閲合部金光明經一三身分别品。

【應$_2$官】謂應選。唐李商隱李義山詩集五無題二首之一:"嗟余聽鼓應官去，走馬蘭臺類轉蓬。"

【應奉】東漢汝南南頓人。字世叔。博聞强記。累官武陵太守。延熹中，爲司隸校尉。黨錮事起，借病辭官。追愍屈原,作感騷三十篇,不傳。後漢書有傳。

【應門】王宫的正門。詩大雅緜:"迺立應門,應門將將。"禮明堂位:"九采之國,應門之外,北面東上。"疏:"爾雅釋宫:'正門謂之應門。'李巡云:'宫中南嚮大門,應門也。'應是當也，以當朝正門，故謂之應門。"參見"五門"。

【應$_2$門】候門。莊子讓王:"原憲華冠縰履，杖藜而應門。"文選晉李令伯(密)陳情表:"外無期功强近之親，内無應門五尺之童。"

【應$_2$昌】地名。在今内蒙古克什克騰旗西北。蒙古汗國至元七年建應昌府。元至元二十三年改爲應昌路。明洪武三年，李文忠自開平進兵，元妥讙帖睦耳(順帝)死於此。永樂中改爲清平鎮。參閲嘉慶一統志五三九克什克騰古蹟、明史一二六李文忠傳。

【應$_2$制】唐宋人詩文有以應制爲標題的,皆爲應皇帝之命而作,内容多半是歌功頌德，蹈襲陳言。如唐上官昭容有駕幸三會寺應制詩、宋歐陽修有應制賞花釣魚詩、宋蘇軾有應制舉上兩制書等。後世把這類詩文稱爲應制體。

【應$_2$物】適應事物變化。莊子知北遊:"其用心不勞,其應物無方。"史記太史公自序:"與時遷移，應物變化，立俗施事，無所不宜。"後也稱待人接物爲應物。晉書王濛傳:"晚節始克己勵行，有風流美譽,虚己應物,恕而後行,莫不敬愛焉。"

【應$_2$城】縣名。屬湖北省。漢安陸縣地，南朝宋置應城縣,隋改爲應陽縣,明又稱應城縣，清沿用。參閲嘉慶一統志三四三德安府。

【應星】星名。即歲星(木星)。史記天官書:"歲星一曰攝提,曰重華,曰應星,曰紀星。"唐人常以喻官員。文苑英華三九二唐崔嘏授李渾比部員外郎等制:"方承綵服之榮，共許應星之美。"

【應$_2$真】佛家羅漢的别稱。以其能上應乎真道，故名。文選晉孫興公(綽)遊天臺山賦:"王喬控鶴以冲天，應真飛錫以躡虚。"

【應$_2$時】㊀適應時勢的變化。荀子天論:"望時而待之，孰與應時而使之。"㊁隨時。文選三國魏曹子建(植)與楊德祖書:"世人著述，不能無病。僕常好人譏彈其文,有不善者,應時改定。"

【應$_2$教】漢魏六朝太子諸王之令稱教。應令而作的詩文常以"應教"爲標題。六朝作家，常有應教之詩。文選有南朝梁沈休文(約)鍾山詩應西陽王教一首。

【應$_2$乾】五代南漢劉晟(中宗)年號。公元943年。

【應$_2$接】㊀應酬接待。後漢書十六寇恂傳:"長安道里居中，應接近便。"晉書桓石秀傳:"嘗獨處一室,簡於應接,時人方之庾純。"㊁呼應，照應。唐歐陽詢書法:"字之點畫欲其互相應接，兩點者如小八,小自相應接。"

【應$_2$敕】南北朝時在帝王左右傳達旨意命令的人。梁書武帝紀上:"我若總荆雍之兵,掃定東夏,韓白重出,不能爲計。況以無算之昏主,役御刀應敕之徒哉?"

【應$_2$副】供給。宋范仲淹范文正公集奏議下奏爲陝西路入中糧草及支移二税:"至於轉運司經畫財利，應副邊上，每年亦無定額。"

【應$_2$詔】應帝王之命。魏晉以來稱應帝王之命而作的詩文爲應詔。也稱應制。三國魏曹植有應詔詩，南朝宋范曄有樂遊應詔詩，皆見文選。參見"應制"。

【應$_2$運】㊀謂順應天的氣數。東漢荀悦前漢紀三十:"實天生德,應運建主。"㊁北宋農民起義領袖李順所建大蜀國的年號。公元994年。

【應$_2$道】南詔尋閣勸年號。公元809年。

【應$_2$援】接應救援。舊題三國蜀諸葛亮心書擊勢:"四鄰和睦,大國應援。"

【應$_2$景】點綴敷衍。紅樓夢六二:"當下又值寶玉生日已到。……姐妹中皆隨便——或有一扇的,或有一字的,或有一畫的,或有一詩的,聊爲應景而已。"

【應$_2$答】答問，對答。漢書藝文志:"論語者，孔子應答弟子時人及弟子相與言而接聞於夫子之語也。”

【應₂順】 五代後唐李從厚（閔帝）年號。公元934年。

【應瑒】 公元？—217年。漢末汝南人。字德璉，應劭從子。曹操徵爲丞相掾屬，後爲五官將文學。與孔融、陳琳、王粲、徐幹、阮瑀、劉楨齊名，稱建安七子。有集，已不傳。明張溥輯有應德璉集。三國志魏有傳。

【應₂募】 響應招募。史記一二三大宛傳：“漢方欲事滅胡，聞此言，因欲通使，道必更匈奴中。乃募能使者。（張）騫以郎應募，使月氏。”

【應₂鼓】 小鼓。堂上擊拊，堂下擊鼓以應，故名應鼓。禮禮器：“縣鼓在西，應鼓在東。”注：“小鼓謂之應。”

【應₂酬】 交際，應付。宋陸游劍南詩稿二三晚秋農家：“老來萬事懶，不獨廢應酬。”

【應₂閨】 南朝宋宮內女官名。七品，置六人。見宋書后妃傳。

【應₂對】 對答。論語子張：“子夏之門人小子，當灑掃應對進退，則可矣。”韓非子説疑：“進退不肅，應對不恭者斬於前。”世説新語言語“諸名士共至洛水戲”注引晉陽秋：“世祖（武帝司馬炎）嘗問漢事及建章千門萬户，（張）華畫地成圖，應對如流，張安世不能過也。”又見晉書張華傳。

【應₂選】 應官方選拔授官。後漢書順帝紀陽嘉元年：“辛卯，初令郡國舉孝廉，限年四十以上，諸生通章句，文吏能牋奏，乃得應選。”梁書何思澄傳：“天監十五年，敕太子詹事徐勉舉學士入華林撰徧略，勉舉思澄等五人以應選。”

【應劉】 三國魏應瑒劉楨，皆以能文著名當時，爲曹丕曹植兄弟所禮遇。後來詩文中常以“應劉”爲賓客才人的泛稱。唐杜甫杜工部詩史補遺九哭李尚書重題：“還瞻魏太子，賓客減應劉。”全唐詩六九九韋莊過樊川舊居：“應劉去後苔生閣，嵇阮來時雪滿頭。”嵇，嵇康。阮，阮籍。

【應₂龍】 ㊀古代神話，有翼的龍。龍五百年爲角龍，又千年爲應龍。相傳禹治洪水時，有應龍以尾畫地，於是成了江河，使水流入大海。楚辭屈原天問：“河海應龍，何畫何歷？鯀何所營？禹何所存？”史記一一七司馬相如傳大人賦：“駕應龍象輿之蠖略逶麗兮，驂赤螭青虯之蛐蟉蜿蜒。”㊁神名。山海經大荒東經：“大荒東北隅中，有山名曰凶犁土丘。應龍處南極，殺蚩尤與夸父。”史記五帝紀“遂禽殺蚩尤”索隱引皇甫謐云：“黃帝使應龍殺蚩尤于凶黎之谷。”

【應₂諾】 答應，承諾。禮文王世子：“（文王）命膳宰曰：‘末有原。’應曰：‘諾。’然後退。”三國志吳顧雍傳“其以雍次子裕襲爵爲醴陵侯，以明著舊勳”注引吳書：“（顧）悌每得父書……拜跪讀之，每句應諾，畢，復再拜。”

【應₂機】 適應時機。三國志蜀郤正傳釋譏：“辯者馳説，智者應機。”文選三國魏陳孔璋（琳）答東阿王牋：“拂鐘無聲，應機立斷，此乃天然異稟，非鑽仰者所庶幾也。”

【應₂曆】 遼耶律璟（穆宗）年號。公元951—969年。

【應₂舉】 參加科舉考試。唐白居易長慶集五八自勸詩：“憶昔羇貧應舉年，脱衣典酒曲江邊。”

【應璩】 公元190—252年。三國魏汝南人。字休璉，應瑒之弟，官至侍中，典著作。作百一詩，譏刺時政。原有集，已失傳。明張溥輯應休璉集。三國志魏有傳。

【應₂聲】 ㊀隨聲。史記一一七司馬相如傳子虛賦：“弓不虛發，應聲而倒。”㊁琴瑟的絃聲互相配應。宋沈括夢溪補筆談：“琴瑟絃皆有應聲。宮絃則應少宮，商弦卽應少商，其餘皆隔四相應。”

【應₂鼙】 卽應鼓。儀禮大射：“建鼓在阼階西，南鼓；應鼙在其東，南鼓。”注：“應鼙，應朔鼙也。先擊朔鼙，應鼙應之。鼙，小鼓也。”參見“應鼓”。

【應₂鐘】 古樂十二律中的第十二律，以十二律應十二月，應鐘應十月。國語周下：“六閒應鐘，均利器用，俾應復也。”參閱漢書律曆志上、宋沈括夢溪筆談五樂律一。參見“十二律”。

【應₂變】 應付事變。荀子非相：“居錯遷徙，應變不窮。”吳子有應變篇，論用兵料敵，隨機應變之術。

【應₂天曆】 曆法名。宋初沿用周顯德欽天曆，因自唐以來的漏刻漸差，太祖建隆二年，詔司天少監王處訥等別造新曆，四年曆成，名應天，次年頒行，止於太宗太平興國七年，共二十一年。應天曆將每夜分爲五更，每更分爲五點。更以擊鼓爲節，點以擊鐘爲節，更點之法自此始。參閱宋史律曆志一至三。

【應₂帝期】 魏鼓吹曲名。曹丕建魏王朝後，改漢曲朱鷺等十二曲，使繆襲作詞，附會天命，宣揚曹氏功德。其中有所思改爲應帝期，謂曹丕以聖德受命，順應運期。參閱晉書樂志下。

【應₂聲蟲】 唐人傳説，有人患怪病，腹中生蟲，人説話，腹內卽有小聲應之。有道士謂此爲應聲蟲，宜讀本草，遇蟲所不應者，當取服之。讀至“雷丸”，蟲忽無聲，乃頓服數丸，遂愈。見唐張鷟朝野僉載、宋范正敏遯齋閒覽應聲蟲。後以應聲蟲借喻己無主見，隨聲附和的人。明田藝蘅留青日札摘抄四：“己無特見，一一隨人之聲而和之，譬之應聲蟲焉。”

【應₂天三絶】 唐僖宗年間，孫位在成都應天寺左壁畫坐天王及其部從鬼神像。後三十餘年，五代後蜀景焕又在右壁畫天王像，與之相對。當時的詞人歐陽炯作長歌以詠之，僧夢歸善草書，書此歌於壁。因畫、詩、書法三者俱佳，時人稱“應天三絶”。參閱宋郭若虛圖畫見聞志六應天三絶。

【應₂天順人】 易革：“天地革而四時成，湯武革命，順乎天而應乎人，革之時大矣哉。”後來封建王朝更迭，自稱適應天命，順從人心，習用應天順人之語。文選漢班叔皮（彪）王命論：“雖其遭遇異時，禪代不同，至于應天順人，其揆一焉。”也作“應天順民”。三國志魏鍾會傳：“高祖文皇帝應天順民，受命踐阼。”

【應₂天書院】 卽應天府書院。宋代四大書院之一。在今河南商丘縣。宋真宗大中祥符二年，應天府曹誠造舍一百五十間，聚書數千卷，廣招生徒，講習甚盛，府奏其事，詔題應天府書院。商丘舊名睢陽，故亦稱睢陽書院。後晏殊知應天府時，范仲淹曾講學於此。參閱文獻通考四六學校七。

【應有盡有】 應該有的都有。宋書江智淵傳：“人所應有盡有，人所應無盡無者，其江智淵乎。”

【應₂接不暇】 世説新語言語：“從山陰道上行，山川自相映發，使人應接不暇。”本指美景甚多，來不及徧賞。後也指人事繁忙，窮於應付。金元好問元遺山集二三故河南路課税所長官兼廉訪使楊公神道之碑：“河朔士（大）夫舊熟君名，想聞風采，又被三接文衡，有在所過求見者，應接不暇。”

【應₂圖受籙】 圖，河圖。籙，符命。都是祥瑞之徵。古代統治者宣揚神權，自稱是應河圖、受符命來統治天下。易緯乾鑿度下：“二十九年伐崇侯，作靈臺，改正朔，布王號於天下，受籙應河圖。”舊唐書禮儀志三開元十二年制：“物極而復，大祚我唐，武、文二后，應圖受籙。”也作“應籙受圖”。晉書樂志下：“改上邪爲大晉承運期，言聖皇應籙受圖，化象神明也。"

懃 qín 巨斤切,平,欣韻,羣。ㄑㄧㄣˊ

同"勤"。㊀盡力不懈。逸周書芮良夫:"今爾執政小子惟以貪諛爲事,不懃德以備難。"韓非子存韓:"夫進而擊趙,不能取;退而攻韓,不能拔;則陷鋭之卒,懃於野戰,負任之旅,罷於内攻。"㊁殷勤,懇切。文選晉潘安仁(岳)西征賦:"心翹懃以仰止,不加敬而自祗。"參見"懃懃懇懇"。㊂愁苦。楚辭漢東方朔七諫自悲:"居愁懃其誰告兮,獨永思而憂悲。"

【懃恪】勤勞謹慎。宋書荀伯子傳:"莅職懃恪,有匪躬之稱,立朝正色,外内憚之。"

【懃懃懇懇】殷勤懇切。文選漢司馬子長(遷)報任少卿書:"曩者辱賜書,教以順於接物,推賢進士爲務,意氣懃懃懇懇,若望僕不相師,而用流俗人之言,僕非敢如此也。"漢書司馬相如傳作"勤勤懇懇"。

憼 jǐng 居影切,上,梗韻,見。ㄐㄧㄥˇ 居兩切,上,養韻,見。

戒備。同"儆"。荀子賦:"無私罪人,憼革貳兵。"

懋 mào 莫候切,去,候韻,明。ㄇㄠˋ

㊀勉勵。書舜典:"汝平水土,惟時懋哉!"㊁盛大,褒美。通"楙"、"茂"。書大禹謨:"予懋乃德,嘉乃丕績。"後漢書章帝紀論:"嗚呼懋哉!"㊂喜悦。文選漢張平子(衡)東京賦:"尊赤氏之朱光,四靈懋而允懷。"㊃通"貿"。見"懋遷"。

【懋功】縣名。屬四川省。明代名金川,後分爲大、小金川。清乾隆四十八年置懋功廳。公元1914年改縣。公元1953年改名小金縣。參閱嘉慶一統志四二三懋功廳。

【懋戒】勉勵戒慎。書胤征:"其爾衆士懋戒哉。"

【懋官】授官以示勉勵。書仲虺之誥:"德懋懋官,功懋懋賞。"傳:"勉於德者,則勉之以官;勉於功者,則勉之以賞。"

【懋典】盛典。梁書昭明太子傳王筠哀册文:"傳聲華於懋典,觀德業於徽謚。"

【懋庸】獎勵功績。隋書李安傳高祖詔:"朕每念誠節,嘉之無已。懋庸册賞,宜不逾時。"

【懋遷】猶貿易。書益稷:"懋遷有無化居。"懋,通"貿"。化,通"貨"。居,囤積。宋書孔琳之傳論:"雖懋遷之道,通用濟乏;龜貝之益,爲功蓋輕。"

【懋賞】見"懋官"。

【懋勳】大功勞。晉書王導傳哀册:"蓋高位以酬明德,厚爵以答懋勳。"

【懋績】大功勞。晉書王湛傳論:"(王湛子安期)英姿挺秀,籍甚一時。……雖崇勳懋績,有闕於旂常,素德清規,足傳於汗簡矣。"

【懋穡】勉勵農耕。猶言勸農。國語晉:"懋穡勸分,省用足財。"

【懋勤殿】清代宫殿名。在北京故宫博物院内乾清宫西南,與端凝殿相對。清代皇帝常在此讀書、批閱奏本及鑒賞書畫,今院藏書畫每有"懋勤殿鑒賞章"。參閱清會典事例八六二工部宫殿。

懇 kěn 康很切,上,很韻,溪。ㄎㄣˇ

㊀誠懇,忠誠。文苑英華二九八唐薛逢題籌筆驛詩:"出師表上留遺懇,猶自千年激壯夫。"參閱清鄭珍説文新附考五"懇"。㊁請求。見正字通。

【懇切】誠摯。漢應劭風俗通五十反:"夫人雖有懇切之教,蓋子不以從令爲孝。"後漢書四二東平憲王蒼傳:"帝優詔不聽,其後數陳乞,辭甚懇切。"

【懇至】懇切周到。後漢書七九上楊政傳:"政每共言論,常切磋懇至,不爲屈撓。"三國志魏桓階傳:"階數陳文帝德優齒長,宜爲儲副,公規密諫,前後懇至。"

【懇到】誠懇周到。猶懇至。後漢書八一諒輔傳:"今郡太守改服責己,爲民祈福,精誠懇到,未有感徹。"貞觀政要二納諫:"披露腹心,非常懇到。"

【懇款】誠摯懇切。顏氏家藏尺牘四顏司馬伯珣:"昨子書來,勸以留心舉業,極爲懇款。"

【懇悃】猶懇切。新唐書一八二劉瑑傳:"入遷左拾遺,諫罷武宗方士,言多懇悃。"

【懇惻】誠懇痛切。後漢書六一黄瓊傳:"瓊辭疾讓封六七上,言旨懇惻,乃許之。"

【懇諫】誠懇規諫。三國志魏袁紹傳:"田豐説紹……紹不從,豐懇諫,紹怒甚,以爲沮衆,械繫之。"

【懇懇】㊀誠懇貌。三國志魏武帝紀"省昌慮郡"注引魏書:"斯實君臣懇懇之求也。"參見"懃懃懇懇"。㊁急切貌。後漢書五六王暢傳張敞奏記:"愚以爲懇懇用刑,不如行恩;孳孳求姦,未若禮賢。"

懙 yú yǔ 以諸切,平,魚韻,喻。ㄩˊ ㄩˇ 余吕切,上,語韻,喻。

"懊"的異體字。見"懙懙"。

【懙懙】舉止安詳貌。唐韓愈昌黎集五送陸暢歸江南詩:"懙懙江南子,名以能詩聞。"今本訛作"舉舉"。

十四畫

懣 1. mèn 莫困切,去,慁韻,明。ㄇㄣˋ 模本切,上,混韻,明。莫旱切,上,緩韻,明。

㊀煩悶,憤怒。禮問喪:"悲哀志懣氣盛,故袒而踊之。"漢書六八霍光傳:"(昌邑王)即位,行淫亂,光憂懣。"

2. mén ㄇㄣˊ

㊁輩。猶今言"們"。宋何薳春渚紀聞五隴州鸚歌:"娘子懣更各自好將息。"宋樓鑰攻媿集七二跋姜氏上梁文稿:"在敕局時,見元豐中獲盜推賞,刑部例皆節元案,不改俗語。有陳棘云:'我部領你懣廝逐去深州邊。'吉云:'我隨你懣去。'懣,本音悶,俗音門,猶言輩也。"

【懣懣】煩悶。宋陸游劍南詩稿六五簡蘇邵叟:"湖邊酒樓無十步,胸次懣懣思同澆。"

懘 zhì zhǐ 尺制切,去,祭韻,穿。ㄓˋ ㄓˇ 尺氏切,上,紙韻,穿。

敗壞,不和諧。見"怗懘"。

懧 nuò ㄋㄨㄛˋ

懦弱。戰國策齊四:"(孟嘗君)謝曰:'文倦於事,憒於憂,而性懧愚,沉於國家之事,開罪於先生。'"宋鮑彪注:"懧當爲懦。集韻:弱也。"

懠 qí jì 徂奚切,平,齊韻,從。ㄑㄧˊ ㄐㄧˋ 在詣切,去,霽韻,從。

憤怒。詩大雅板:"天之方懠,無爲夸毗。"

懩 yǎng 集韻 以兩切,上,養韻。ㄧㄤˇ

癢。集韻:"懩,心所欲也。"文選潘安仁(岳)射雉賦:"徒心煩而技懩。"參見"技癢"。

懦 nuò 人朱切,平,虞韻,日。ㄋㄨㄛˋ 集韻 奴卧切,去,過韻。

㊀畏怯軟弱。左傳僖二年:"宫之奇之爲人也,懦而不能强諫。"韓非子難四:"君明而嚴則羣臣忠,君懦而闇則羣臣詐。"㊁柔軟。藝文類聚九二晉夏侯湛玄鳥賦:"拾柔草以自藉,採懦毛以爲蓐。"

【懦夫】軟弱無所作爲的男子。孟子萬章下:"故聞伯夷之風者,頑夫廉,懦夫有立志。"唐李白李太白詩一二陳情贈友人詩:"懦夫感達節,壯士激青衿。"

【懦弱】軟弱。左傳昭二十年:"夫火烈,民望而畏之,故鮮死焉。水懦弱,民狎而翫之,則多死焉。"抱朴子君道:"或詧私以亂朝廷矣,或懦弱以敗庶事矣,……器小任大,遂及於禍。"

【懦孱】畏怯軟弱。宋陸游渭南文集六謝內翰啟:"性本懦孱,輒妄希於骨鯁;仕由資蔭,乃深惡於膏粱。"

【懦鈍】軟弱無力。梁書庾於陵傳附庾肩吾引太子與湘東王書:"比見京師文體懦鈍殊常,競學浮疏。"

【懦響】低沉之音。晉陸機陸士衡集六猛虎行:"急絃無懦響,亮節難爲音。"

懥 zhì 陟利切,去,至韻,知。ㄓ

憤怒。禮大學:"身有所忿懥,則不得其正。"

懛 dāi 丁來切,平,咍韻,端。ㄉㄞ

笨拙,癡呆。明陸容菽園雜記十二:"蘇州人謂無智術者爲獃,杭州以爲懛。"

懤 chóu 直由切,平,尤韻,澄。ㄔㄡˊ 都晧切,上,晧韻,端。

見下。

【懤懤】憂愁貌。楚辭漢王褒九懷危俊:"泱莽莽兮究志,懼吾心兮懤懤。"

懞 méng 集韻 謨蓬切,平,東韻。ㄇㄥˊ

㊀謹愼樸實。管子五輔:"敦懞純固,以備禍亂。"㊁昏昧不明。詳"懞懂"。

【懞漢】糊塗人。唐封演封氏聞見記十狂譎:"(王嚴光)自稱釣鰲客,巡歷郡縣,求麻鐵之資,云造釣具,有不應者,輒録姓名,藏於書笈中。人問將此何用?答曰:'釣鰲之時,取此懞漢以充鰲餌。'"

【懞懂】昏昧,糊塗。元陳元靚歲時廣記五元旦上賣懞懂引宋呂原明歲時雜記:"元日五更初,猛呼他人,他人應之,即告之曰:'賣與爾懞懂,'賣口吃亦然。"

懜 1. měng 武亘切,去,嶝韻,明。ㄇㄥˇ

㊀不明。通"瞢"。元詩選吳師道禮部集目疾謝柳道傳張子長惠藥詩:"積毒根胃腸,標表發昏懜。"懜,一本作"瞢"。

2. méng 莫中切,莫紅切,平,東韻,明。ㄇㄥˊ

㊀昏昧,無知。通"儚"、"懵"。漢賈誼新書道術:"行充其宜謂之義,反義爲懜。"

懨 yān ㄧㄢ

同"懕"。見正字通。

【懨煎】精神萎靡。燕子箋傳奇寫箋:"二三春月日長天,往常時兀自懨煎。"

【懨懨】精神不振貌。宋歐陽修六一詞定風波:"把酒送春惆悵甚,長恁,年年三月病懨懨。"元王實甫西廂記二本一折:"懨懨瘦損,早是傷神,那值殘春。"

懝 ài 五溉切,去,代韻,疑。ㄞ

恐懼。漢揚雄太玄經九文:"高明足以覆照,制刻足以竦懝。"

懕 yān 一鹽切,平,鹽韻,影。ㄧㄢ

安,滿足。見下。

【懕懕】安詳貌。說文:"懕,安也。从心,厭聲。詩曰:懕懕夜飲。"今詩小雅湛露作"厭厭"。

懟 duì 直類切,去,至韻,澄。ㄉㄨㄟˋ 徒對切,去,隊韻。

怨恨。詩大雅蕩:"彊禦多懟,流言以對。"穀梁傳莊三一年:"財盡則怨,力盡則懟。"

【懟恨】怨恨。廣弘明集二七下淨住子在家從惡門十:"加以憍慢放逸,貢高懟恨,靜訟邪命,詐現異相。"

【懟險】凶惡。三國志蜀楊戲傳季漢輔臣贊:"於是世主感而慮之,初自燕、代則仁聲洽著,行自齊、魯則英風播流,……然而姦凶懟險,天征未加,猶孟津之翔師,復須戰於鳴條也。"

懖 miǎo 莫角切,入,覺韻,明。ㄇㄧㄠˇ

同"懇"。見"懇"。

懡 mǒ 亡果切,上,果韻,明。ㄇㄛˇ

見下。

【懡㦬】㊀羞慚。宋趙叔向肯綮録:"羞慚曰懡㦬。"(說郛二四)。宋王明清揮麈後録九:"(王)世修以劄子具陳其事,張浚不納,世修懡㦬而退。""懡㦬"即"懡㦬"。㊁稀少。宋楊萬里誠齋集十五小溪至新田詩之一:"人煙懡㦬不成村,溪水微茫劣半分。"

十五畫

懭 kuǎng 集韻 苦晃切,上,蕩韻。ㄎㄨㄤˇ

見下。

【懭悢】失意悵惘。楚辭宋玉九辯:"愴怳懭悢兮,去故而就新。"又漢劉向九歎惜賢:"心懭悢以冤結兮,情舛錯以曼憂。"

懬 kuàng 苦朗切,去,蕩韻,溪。ㄎㄨㄤˋ

空。通"曠"。說文:"懬,闊也。一曰廣也,大也。一曰寬也。"漢書元帝紀初元五年四月詔:"衆僚久懬,未得其人。"

懱 miè 莫結切,入,屑韻,明。ㄇㄧㄝˋ

㊀輕侮。同"蔑"。見說文。㊁見"懱爵"。

【懱爵】鳥名,卽鷦鷯。方言八:"桑飛,自關而東謂之工爵,……自關而西,謂之桑飛,或謂之懱爵。"

懮 1. yǒu 於柳切,上,有韻,影。ㄧㄡˇ

㊀見"懮受"。

2. yōu 集韻 於求切,平,尤韻。ㄧㄡ

㊀通"憂"。見"懮₂懮₂"。

【懮受】體態苗條。詩陳風月出:"舒懮受兮,勞心慅兮。""懮受"與本詩第一章"窈糾"、三章"夭紹"同義。

【懮₂懮₂】憂愁貌。楚辭屈原九章抽思:"數惟蓀之多怒兮,傷余心之懮懮。"

懪 báo 蒲角切,入,覺韻,並。ㄅㄠˊ

見下。

【懪懪】煩悶。爾雅釋訓:"懪懪,邈邈,悶也。"

懫 zhì 陟利切,去,至韻,知。ㄓˋ 之日切,入,質韻,照。

忿戾,違抗。書多方:"亦惟有夏之民叨懫,日欽劓割夏邑。"

懰 1. liǔ 力久切,上,有韻,來。ㄌㄧㄡˇ

㊀美好。詩陳風月出:"月出皓兮,佼人懰兮。"

2. liú 力求切,平,尤韻,來。ㄌㄧㄡˊ

㊀見"懰₂慄"。㊁宿留。文選晉潘安仁(岳)笙賦:"懰檄糴以奔邀,似將放而中匱。"注引埤蒼:"懰,宿留也。"

【懰₂慄】憂傷,悲愴。漢書九七上孝武李夫人傳武帝悼李夫人賦:"懰慄不言,倚所恃兮。"楚辭漢王褒九懷昭世:"志懷逝兮心懰慄,紆余轡兮躊躇。"

懯 fū 集韻 芳無切,平,虞韻。ㄈㄨ

懯懯,急速貌。見集韻。

懲 chéng 直陵切,平,蒸韻,澄。ㄔㄥˊ

㊀懲罰,警戒。詩魯頌閟宮:"戎狄是膺,荆舒是懲。"漢書八四翟方進傳附翟義:"於是乎有京觀以懲淫慝。"也指自己受創而知戒。見"懲前毖後"。㊁升騰。文選漢張平子(衡)思玄賦:"屬箕伯以函風

兮，懲洟泬而爲清。"注："懲，騰也。"㊂苦。列子湯問："（愚公）懲山北之塞，出入之迂也，聚室而謀曰：'吾與汝畢力平險，指通豫南，達于漢陰，可乎？'"

【懲乂】被懲創而戒懼，也指從失敗中吸取教訓。後漢書三三竇融傳："其後匈奴懲乂，稀復侵寇。"也作"懲艾"、"懲忞"。乂、艾、忞，皆音 yì。史記樂書："成王作頌，推己懲艾。"晉書地理志上："始皇初併天下，懲忞戰國，削罷列侯，分天下爲三十六郡。"

【懲戒】以過去的失敗作爲教訓。漢書諸侯王表二："漢興之初，海內新定，同姓寡少，懲戒亡秦孤立之敗，於是剖裂疆土，立二等之爵。"也指懲罰以示警戒。漢蔡邕蔡中郎集一故太尉喬公廟碑："禁錮終身，没入財賂非法之物，以充帑藏，懲戒羣下。"

【懲創】懲戒，警惕。書呂刑"罰懲非死，人極于病"唐孔穎達疏："言聖人之制刑罰，所以懲創罪過，非要使人死也。"唐韓愈昌黎集二岳陽樓別竇司直詩："生還真可喜，剋己自懲創。"

【懲罰】懲戒，責罰。魏書西域傳于闐國："其刑法，殺人者死，餘罪各隨輕重懲罰之。"

【懲辦】懲罰治罪。清會典事例七五八刑部户律倉庫："至積年光棍在倉滋事，仍照打攪倉場本例懲辦。"

【懲難】以過去的禍難爲鑑戒。文選潘元茂（勗）册魏公（曹操）九錫文："其在周成，管蔡不靖，懲難念功，乃使邵康公錫齊太公履，……五侯九伯，實得征之。"文選三國魏嵇叔夜（康）幽憤詩："懲難思復，心焉内疚。"

【懲勸】責罰和獎勵。後漢書四九仲長統傳昌言損益："嚴禁令以防僭差，信賞罰以驗懲勸。"晉書劉毅傳上疏："進者無功以表勸，退者無惡以成懲，懲勸不明則風俗汙濁。"

【懲警】警戒。晉書王恭傳："（庾楷）遣子鴻説恭曰：尚之兄弟，專弄相權，欲假朝威，貶削方鎮，懲警前事，勢轉難測，及其議未成，宜早圖之。"

【懲一警百】謂懲罰一人以警戒衆人。漢書七六尹翁歸傳："翁歸治東海明察，……其有所取也，以一警百，吏民皆服，恐懼改行自新。"清薛福成庸盦筆記一成豐季年三奸伏誅："用特懲一儆百，期於力振頹靡。"儆，同"警"。

【懲忿窒欲】謂戒止憤怒，杜塞情欲。易損："君子以懲忿窒欲。"省作"懲窒"。宋朱熹朱文公集五感尚子平事詩："我亦近來知損益，只將懲窒度餘生。"

【懲前毖後】懲，受創知戒；毖，小心謹慎。謂從以往的失敗中吸取教訓，使以後不至再犯。詩周頌小毖："予其懲而毖後患。"明張居正張文忠公集書牘九答河道吳自湖計河漕："頃丹陽淺阻，當事諸公畢智竭力，僅克有濟，懲前毖後，預爲先事之圖可也。"

【懲惡勸善】貶斥壞人，獎勵好人。左傳成十四年："春秋之稱微而顯，志而晦……懲惡而勸善。"唐劉知幾史通忤時："春秋之義也，以懲惡勸善爲先。"

【懲羹吹虀】虀，細切的冷肉菜。懲羹吹虀，人曾被熱湯燙過，以後吃冷菜也要吹一下。比喻戒懼過甚或矯枉過正。楚辭屈原九章惜誦："懲於羹者而吹虀兮，何不變此志也？"虀，同"虀"。晉書汝南王亮等傳序："漢祖勃興，爰革斯弊。於是分王子弟，列建功臣，……然而矯枉過直，懲羹吹虀，土地分疆，踰越往古。"虀，同"虀"。省作"懲羹"。宋虞儔尊白堂集三喜晴詩："半菽驚魂猶未定，老農那得不懲羹。"

十六畫

懷 huái 户乖切，平，皆韻，匣。厂ㄨㄞ

㊀想念。詩周南卷耳："嗟我懷人，寘彼周行。"引申爲留戀，愛惜。楚辭屈原九歌東君："長太息兮將上，心低佪兮顧懷。"三國魏曹植曹子建集六白馬篇："棄身鋒刃端，性命安可懷？"㊁胸前，懷抱。詩小雅谷風："將恐將懼，寘予于懷。"論語陽貨："子生三年，然後免於父母之懷。"引申爲心意，胸襟。玉臺新詠一古詩爲焦仲卿妻作："新婦謂府吏，感君區區懷。"㊂懷藏。禮曲禮上："賜果於君前，其有核者懷其核。"漢書八四翟方進傳："此三人皆内懷姦猾，國之所患。"㊃包圍。書堯典："蕩蕩懷山襄陵。"㊄歸向。書大禹謨："黎民懷之。"引申爲來到。詩齊風南山："既曰歸止，曷又懷止？"㊅安撫。詳"懷遠"。㊆至，極其。詩小雅鼓鐘："淑人君子，懷允不忘。"㊇姓。三國吳有尚書郎懷敍。見三國志吳顧雍傳。

【懷土】論語里仁："小人懷土。"本爲安於所處之意，後引申爲懷念故鄉。漢書一〇〇上敍傳班彪王命論："寤戍卒之言，斷懷土之情。"謂劉邦遷都長安。

【懷仁】縣名。1. 屬山西省。遼置。因遼主阿保機和晉王李克用曾在此會面，取懷想仁人之義而命名。元至清因之。參閲遼史地理志五西京道、嘉慶一統志一四六大同府。2. 在江蘇省。北朝東魏武定七年置。因縣有懷仁山而名。金大定七年改贛榆。參閲嘉慶一統志一〇五海州。3. 在遼寧省。清置。公元 1914 年改桓仁。

【懷玉】比喻懷才。唐駱賓王集四鏤雞子："誰知懷玉者，含響未吟晨。"

【懷古】思念古昔。文選漢張平子（衡）東京賦："望先帝之舊墟，慨長思而懷古。"晉陶潛陶淵明集二和郭主簿詩之一："遥遥望白雲，懷古一何深。"

【懷民】㊀懷德歸順之民。漢書一〇〇下敍傳："割據河山，保此懷民。"㊁安撫人民。文選漢張平子（衡）東京賦："慕天乙之弛罟，因教祝以懷民。"

【懷生】㊀安於生計。左傳僖二七年："於是乎出定襄王，入務利民，民懷生矣。"㊁愛惜生命。吳子論將："果者，臨敵不懷生。"㊂有生命之物。史記一一七司馬相如傳封禪書："懷生之類，霑濡浸潤。"

【懷安】㊀貪圖安逸。左傳襄十八年："君王其謂午懷安乎！"㊁舊稱人民懷念帝王之德政而安居樂業。史記景帝紀論："漢興，孝文施大德，天下懷安。"㊂縣名。屬河北省。唐末置，明初改懷安衛。清康熙三二年又改爲縣。參閲嘉慶一統志三八宣化府一。

【懷羊】草名。爾雅釋草："蘪，懷羊。"文選漢張平子（衡）西京賦："草則……王芻、茵臺、戎葵、懷羊。"

【懷州】州名。北魏天安二年置。治所在野王，即今河南沁陽縣。金天會六年改名南懷州，不久又恢復舊名。蒙古汗國蒙哥五年改爲懷孟路。明改爲懷慶府，清因之。參閲讀史方輿紀要四九懷慶府。參見"懷慶"。

【懷冰】㊀喻人清高，像冰一樣瑩潔。文選晉陸士衡（機）漢高祖功臣頌："周苛慷慨，心若懷冰。"也比喻嚴峻。南史陸慧曉傳："盧江何點常稱……王思遠恒如懷冰，暑月亦有霜氣。"㊁形容酷冷。文選晉張茂先（華）雜詩："重衾無暖氣，挾纊如懷冰。"引申爲懔慄戒懼。宋書鄭鮮之傳舉謝絢表："夙夜懷冰，敢忘其懼。"

【懷沙】楚辭九章篇名。戰國楚屈原作。相傳爲屈原的絶命詞。懷沙，指懷抱沙石自沉。近人有認爲沙是古長沙的簡稱，爲屈原被放後懷念長沙的詩。

【懷身】懷孕。樂府詩集三二從軍行序

引三國魏左延年苦哉篇:“五子遠鬬去,五婦皆懷身。”

【懷空】趁空,乘便。元曲選武漢臣天賜老生兒一:“俺先與妳妳說,則說小梅配絨線去,懷空走了也。”

【懷抱】㊀胸前。後漢書四六陳寵傳附陳忠上疏:“夫父母於子,同氣異息,一體而分,三年乃免於懷抱。”文選晉潘安仁(岳)寡婦賦:“鞠稚子於懷抱兮,羌低徊而不忍。”㊁心意,胸襟。後漢書二八上馮衍傳“由是爲諸王所聘請”注引衍與陰就書:“衍年老被病,恐一旦無禄,命先犬馬,懷抱不報,竇恨入冥。”晉書王羲之傳蘭亭序:“或取諸懷抱,悟言一室之內。”㊂懷藏。後漢書三五曹褒傳:“寢則懷抱筆札,行則誦習文書。”

【懷刺】刺,名片。懷藏名片,準備有所謁見。後漢書八十下禰衡傳:“建安初,來遊許下,始達潁川,乃陰懷一刺,既而無所之適,至於刺字漫滅。”魏書景穆十二王元順傳:“順曾懷刺詣(高)肇門,門者以其年少,……不肯爲通。”

【懷來】㊀招來。漢陸賈新語道基:“附遠寧近,懷來萬邦。”㊁來意。史記一一七司馬相如傳難蜀父老:“於是諸大夫芒然喪其所懷來,而失厥所以進。”㊂縣名。屬河北省。秦沮陽縣,爲上谷郡治。遼改今名。参閱嘉慶一統志三八宣化府一。

【懷居】留戀安逸。論語憲問:“士而懷居,不足以爲士矣。”

【懷刷】懷藏理髮用具。此爲親信侍從之事,喻親近得寵。韓非子内儲下六微:“靖郭君相齊,與故人久語,則故人富;懷左右刷,則左右重。久語懷刷,小資也,猶以成富,況於吏勢乎?”也作“懷刷”。北齊書顏之推傳觀我生賦:“祇夜語之見忌,寧懷刷之足恃?”

【懷金】懷揣金印。比喻顯貴。南朝宋鮑照鮑參軍集六擬古詩之一:“魯客事楚王,懷金襲丹素。”参見“懷金垂紫”。

【懷衽】懷抱。韓非子初見秦:“出其父母懷衽之中,生未嘗見寇耳。”也作“懷袵”。後漢書五五清河孝王慶傳建初七年詔:“皇子肇保育皇后,承訓懷袵。”

【懷恨】銜恨在心。漢王充論衡十刺孟:“已命不當平治天下,不浩然安之於齊,懷恨有不豫之色,失之矣。”後漢書二四馬援傳朱勃上書:“惟陛下留思豎儒之言,無使功臣懷恨黄泉。”

【懷春】謂少女思婚嫁。詩召南野有死麕:“有女懷春,吉士誘之。”文選晉陸士衡(機)演連珠:“臣聞遯世之士,非受匏瓜之性;幽居之女,非無懷春之情。”

【懷南】鷓鴣的别名。傳說此鳥飛必向南,故名懷南。見禽經。

【懷柔】㊀招來安撫。詩周頌時邁:“懷柔百神,及河喬嶽。”國語周中:“謂君其何德之布以懷柔之。”後稱統治者籠絡外國或國内兄弟民族爲“懷柔”,本此。三國志吴孫權傳建安二十五年曹丕封孫權吴王策命:“君宣導休風,懷柔百越,是用錫君朱户以居。”㊁縣名。屬北京市。漢漁陽縣地,唐貞觀六年置懷柔縣,金明昌六年改温陽,明洪武十三年復稱懷柔。公元 1958 年由河北省劃歸北京市。参閱嘉慶一統志六順天府一。

【懷風】㊀苜蓿的别名。見“光風㊁”。㊁玉臺新詠四南齊王元長(融)詠琵琶詩:“抱月如可明,懷風殊復清。”本形容琵琶的聲音,南朝陳後主(叔寶)、孔貴嬪因以懷風名琵琶。見唐馮贄南部烟花記琵琶。

【懷保】招撫安置。書無逸:“徽柔懿恭,懷保小民。”後漢書四十下班彪傳附班固典引:“巡靖黎蒸,懷保鰥寡之惠浹。”

【懷姙】懷胎。漢王充論衡奇怪:“堯、高祖之母適欲懷姙,遭逢雷龍載雲雨而行,人見其形,遂謂之然。”也作“懷妊”。晉書何曾傳:“(毌丘甸妻)荀所生女芝,……以懷妊繫獄。”

【懷海】公元 720—814 年。唐僧名。福州長樂人。住洪州百丈山,因稱百丈禪師。著有禪門規式,後稱百丈清規。提倡“一日不作,一日不食”,以勵禪僧戒行。参閱景德傳燈録六洪州百丈山懷海禪師。

【懷被】周洽,遍及。多指恩惠、德澤。後漢書七三劉虞傳:“虞以恩厚得衆,懷被北州。”

【懷袖】㊀懷抱。文選南齊謝玄暉(朓)齊敬皇后哀策文:“方年冲藐,懷袖靡依。”㊁懷藏。唐李白李太白詩十九訓崔十五見招:“爾有鳥跡書,相招琴溪飲。……長吟字不滅,懷袖且三年。”

【懷朔】古軍鎮名。北魏六鎮之一。孝昌中改爲州。故址在今内蒙古包頭市東北。参閱魏書地形志上朔州。

【懷素】公元 725—785 年。唐代僧人,玄奘弟子。字藏真,俗姓錢。長沙人,遷居京兆。相傳其種芭蕉萬餘株,以蕉葉代紙寫字。因名所居曰緑天庵。勤學苦練,秃筆成冢。以狂草出名,繼承張旭筆法,自謂得草書三昧,世稱“顛張狂素”。其字帖現存者有自敍苦筍千字文等。参閱宣和書譜十九唐釋懷素。

【懷荒】古軍鎮名。北魏六鎮之一。永安中併禦夷鎮改爲蔚州。故址在今河北張北縣境。参閱魏書地形志上蔚州。

【懷挾】攜帶,包藏。戰國策東周:“夫鼎者,非效醯壺醬甀耳,可懷挾提挈以至齊者。”漢書九七下孝成許皇后傳成帝報后書:“雖使其懷挾邪意,猶不足慮,又況其無乎?”後專指應考時挾帶書籍。五代王定保唐摭言十四:“密旨令内人於門,搜索懷挾,至於巾屨,靡有不至。”宋歐陽修文忠集一一一條約舉人懷挾文字劄子:“竊聞近年舉人公然懷挾文字,皆是小紙細書,抄節甚備。”

【懷恩】懷念恩德。漢書一〇〇上敍傳:“伯至,請問耆老父祖故人有舊恩者,迎延滿堂,……諸所賓禮皆名豪,懷恩醉酒。”

【懷躭】懷胎。元曲選闞漢卿蝴蝶夢三:“十月懷躭,乳哺三年。”又李直夫虎頭牌三:“俺兩口兒雖不曾十月懷躭,也曾三年乳哺。”

【懷禄】留戀爵位。晏子春秋問上:“盡忠不豫交,不用不懷禄。”漢書六六楊敞傳附楊惲報孫會宗書:“懷禄貪勢,不能自退。”

【懷惠】貪戀小惠。論語里仁:“君子懷刑,小人懷惠。”晉書文六王齊王攸傳上議:“考績黜陟,畢使嚴明,畏威懷惠,莫不自厲”。

【懷集】㊀招來。漢書七十鄭吉傳:“鎮撫諸國,誅伐懷集之。”文選三國魏阮元瑜(瑀)爲曹公作書與孫權:“蕩平天下,懷集異類。”㊁縣名。屬廣東省。漢四會縣地,晉置懷化縣,南朝宋元嘉中改今名。公元 1952 年由廣西劃歸廣東。参閱嘉慶一統志四六九梧州府。

【懷遠】㊀安撫遠方之人。左傳僖七年:“招攜以禮,懷遠以德。”淮南子泰族:“大足以容衆,德足以懷遠。”㊁縣名。1. 屬安徽省。漢沛郡地。宋置懷遠軍。元改縣,明清沿置。参閱嘉慶一統志一二五鳳陽府一。2. 屬廣西。宋置,元至清沿襲。公元 1914 年改名三江縣。今爲三江侗族自治縣。参閱寰宇通志一〇七柳州府懷遠縣。3. 屬陝西。明置懷遠堡,清改縣。公元 1914 年改名横山縣。公元 1958 年撤銷,分别劃歸榆林米脂二縣。公元 1961 年恢復。参閱嘉慶一統志二三九榆林府一。

【懷貳】有貳心,不忠。後漢書六四劉表傳:“及(韓嵩)還,盛稱朝廷曹操之德,勸遣子入侍。表大怒,以爲懷貳。”

【懷寧】縣名。屬安徽省。漢廬江郡皖縣地，晉安帝時改今名。參閱寰宇通志十八安慶府懷寧縣。

【懷疑】心有所疑，不相信。三國志吳孫堅傳："是時，或間堅於(袁)術，術懷疑，不運軍糧。"

【懷慶】府名。春秋晉南陽地，戰國屬魏，元延祐六年改懷慶路，明清改府，府治河南縣。公元 1913 年廢府留縣，更名沁陽縣，卽今河南沁陽縣。參閱嘉慶一統志二〇二懷慶府一。

【懷甎】比喻勢利，翻面無情。北魏李延實授青州刺史，莊帝謂曰："懷甎之俗，世號難治，舅宜好用心。"當時楊寬在帝側，不知"懷甎"含義，私問舍人溫子昇。溫說："齊土之民，風俗淺薄。……太守初欲入境，皆懷甎叩首，以美其意；及其代下還家，以甎擊之，言其向背速於反掌。"見北魏楊衒之洛陽伽藍記二城東秦太上君寺。

【懷慝】心懷惡念。三國志魏武帝紀漢獻帝策命魏公文："吏無苛政，民無懷慝。"

【懷慕】愛慕。文選三國魏王仲宣（粲）贈蔡子篤詩："慨我懷慕，君子所同。"

【懷遲】迂迴曲折貌。同"逶迤"、"威夷"。南朝宋謝靈運謝康樂集二登永嘉綠嶂山詩："裹糧杖輕策，懷遲上幽室。"

【懷德】㊀以德行感召人。詩大雅板："懷德維寧，宗子維城。"㊁懷念恩德。國語周上："使務利而避害，懷德而畏威。"

【懷輯】招來。同"懷集㊀"。漢書四十周勃傳附周亞夫："吳王素富，懷輯死士久矣。"

【懷橘】漢末，陸績六歲，於九江見袁術，績在座私取橘三枚於懷。及拜辭，橘墮地，術問故，績答謂欲歸遺其母。事見三國志吳陸績傳。後詩文中常以懷橘爲愛親、孝親之典。唐駱賓王集九疇昔篇詩："茹荼空有歎，懷橘獨傷心。"

【懷縣】舊縣名。本戰國魏懷邑，漢置縣，爲河內郡治，隋大業初併入安昌縣，唐武德初復置，貞觀元年又併入武陟縣。故城在今河南武陟縣西南。參閱元和郡縣志十六河北道一懷州、嘉慶一統志二〇三懷慶府二懷縣故城。

【懷襄】"懷山襄陵"的省略語。指水勢很大。書堯典："湯湯洪水方割，蕩蕩懷山襄陵。"傳："懷，包；襄，上也。"卽淹沒山陵之意。

【懷霜】喻高潔。後漢書八十禰衡傳孔融薦禰衡疏："忠果正直，志懷霜雪。"文選晉陸士衡(機)文賦："心懍懍以懷霜，志眇眇而臨雲。"

【懷舊】思古，念舊。後漢書四十上班彪傳附班固西都賦："願賓攄懷舊之蓄念，發思古之幽情。"唐杜甫杜工部詩史補遺十奉贈蕭二十使君："結歡隨過隙，懷舊益霑巾。"

【懷璧】左傳桓十年："周諺有之：匹夫無罪，懷璧其罪。"注："人利其璧，以璧爲罪。"後因以喻懷才遭忌。文苑英華二九〇唐崔湜至桃林塞作詩："懷璧常貽訓，捐金詎得隣。"

【懷寶】比喻懷才不用。文選漢王子淵（褒）四子講德論："幸遭聖主平世而久懷寶，是伯牙去鍾期，而舜禹遁帝堯也。"唐陳子昂集六府君有周居士文林郎陳公墓誌文："嗚呼我君，懷寶不試，孰知其深廣兮！"

【懷讓】人名。公元 677—744 年。唐代僧人，俗姓杜，金州安康人，禪宗南宗始祖慧能的弟子。宣揚頓悟，不主張坐禪。住南嶽，故稱南嶽懷讓。參閱宋高僧傳九唐南嶽觀音臺懷讓傳、景德傳燈錄五南嶽懷讓禪師。

【懷方氏】官名。周禮夏官之屬。掌管招來遠方之民，致方貢之物，以及迎送款待等事。

【懷玉山】山名。在江西玉山縣北。相傳夜間山上有異光，又其高勢連接北斗，故又名輝山、玉斗山。當吳楚閩越之交，與仙霞黟山二山脈相連結。山中之水，西出者入江，東出者入浙，爲浙江江西二省的分水嶺。參閱讀史方輿紀要八三江西一名山。

【懷清臺】臺名。在今四川長壽縣南。秦始皇爲巴蜀寡婦清所築。參閱史記一二九貨殖傳、嘉慶一統志三八八重慶府二。

【懷夢草】神話傳説中草名。出種火山，似蒲，色紅，晝縮夜出，懷之可以夢見所想念之人。見舊題漢郭憲洞冥記三。

【懷金垂紫】金，金印；紫，繫印的紫色絲帶。懷金垂紫，比喻貴顯。後漢書二八下馮衍傳："衍少事名賢，經歷顯位，懷金垂紫，揭節奉使。"

【懷鉛提槧】鉛，石墨筆；槧，木簡。皆爲古代書寫工具。懷鉛提槧，謂經常攜帶筆簡，以備隨時記述。指好學。舊題漢劉歆西京雜記三："揚子雲好事，常懷鉛提槧，從諸計吏，訪殊方絕域四方之語。"也作"懷鉛吮墨"或"懷鉛握槧"。南朝梁鍾嶸詩品上魏陳思王植："俾爾懷鉛吮墨者，抱篇章而景慕，映餘暉以自燭。"唐劉知幾史通採撰："自古探穴藏山之士，懷鉛握槧之客，何嘗不徵求異說，採摭羣言。"

【懷瑾握瑜】瑾、瑜，都是美玉。懷瑾握瑜，比喻人有高貴的品德和才能。楚辭屈原九章懷沙："懷瑾握瑜兮，窮不知所示。"

【懷麓堂集】明李東陽撰，一百卷，其中詩稿二十卷，文稿三十卷，詩後稿十卷，文後稿三十卷，雜記十卷。其文力求平正典雅，詩則宗法杜甫，爲前後七子文學復古運動的先聲。

【懷寶迷邦】寶，喻才德。懷寶迷邦，喻懷才而不願作官。論語陽貨："懷其寶而迷其邦，可謂仁乎？"陳書後主紀太建十四年三月癸亥詔："豈以食玉炊桂，無因自達？將懷寶迷邦，咸思獨善。"

懶 1. lǎn ㄌㄢˇ 落旱切，上，旱韻，來。

同"嬾"。㊀怠惰。宋書范曄傳曄獄中與諸甥姪書："吾少懶學問，晚成人。"唐杜甫杜工部草堂詩箋九晦日尋崔戢李封詩："興來不暇懶，今晨梳我頭。"

2. lài ㄌㄞˋ 集韻落蓋切，去，太韻。

㊀嫌惡。見集韻。

【懶几】讀書時用來托書的架。卽懶架。宋黃庭堅豫章集二七題校書圖後："唐右相閻君(立本)粉本北齊校書圖，士大夫十二員，……投壺一、琴二、懶几三……其一仰負懶几，左右手開書。"

【懶放】猶懶散。唐白居易長慶集六適意詩之一："寒來彌懶放，數日一梳頭。"

【懶版】安置在牀上的靠背。宋蘇軾晚年北歸途經儀真，得暑疾，氣上逆，不能臥，陸元光贈懶版，縱橫三尺，安放牀上以靠背。見宋費袞梁谿漫志四東坡懶版。

【懶架】讀書時用來托書的架，可省手持之勞。宋高承認爲懶架的制造，起源於三國魏曹操的欹架。見事物紀原八懶架。宋詩鈔林逋和靖詩鈔春日懷歷陽後園遊兼寄宣城天使："一榻竹風橫懶架，半軒花月倒傾盆。"

【懶婦】㊀蟋蟀的別名。蟋蟀又名促織或趨織。漢時民諺有"趨織鳴，懶婦驚"之語（太平御覽九四九"趨"作"趣"），後來因以懶婦爲蟋蟀的別名。參閱三國吳陸璣毛詩草木鳥獸蟲魚疏下蟋蟀在堂、晉崔豹古今注中魚蟲、唐馬縞中華古今注下蟋蟀。㊁獸名。宋范成大桂海虞衡志志獸:"懶婦,如山豬而小,喜食禾,田夫以機軸織絍之器掛田所,則不復近。"㊂魚名。見"懶婦魚"。

【懶惰】不勤快。晉陶潛陶淵明集三責子詩:"阿野已二八,懶惰故無匹。"

【懶散】不振作。宋蘇軾分類東坡詩九徐大正閒軒:"君看東坡翁,懶散誰比數。"又呂南公灌園集四和次道村田歌:"老翁踞坐抵掌談,獎贊專勤譏懶散。"

【懶殘】㊀猶言衰殘。宋楊萬里誠齋集三七秋涼晚酌詩:"寄老山林度懶殘,新秋又是一年年。"㊁唐釋明瓚的别稱。明瓚居衡山,性疏懶,常食衆僧吃剩的飯菜,故時人稱爲懶殘。曾煨芋給李泌吃,並說:"慎勿多言,領取十年宰相。"參閱宋高僧傳十九唐南嶽山明瓚傳。宋蘇軾分類東坡詩七次韻毛滂法曹感雨:"他年記此味,芋火對懶殘。"

【懶慢】懶惰散漫。唐白居易長慶集十三春中與盧四周諒華陽觀同居詩:"性情懶慢好相親,門巷蕭條稱作鄰。"

【懶婦魚】鯇魚之别名。傳說是懶婦楊氏溺水所化,多脂膏,可燃燈,照酒食博戲則明,照紡績則暗。參閱舊題南朝梁任昉述異記上,明楊愼升菴全集八一饞燈。

【懶婦箴】草名。舊題南朝梁任昉述異記下懶婦箴:"桂林有睡草,見之則令人睡,一名醉草,亦呼爲懶婦箴。"

懵 1. měng 莫孔切,上,董韻,明。ㄇㄥˇ

同"懜"。㊀不明。文選南朝宋謝希逸(莊)月賦:"昧道懵學,孤奉明恩。"弘明集十馬元和答釋法雲與王公朝貴書:"弟子庸乏,懵于至道。"㊁欺詐。品花寶鑑三:"你瞧他南邊人老實,不懂你那懵勁兒,你就懵開了。"

2. méng 集韻 謨蓬切,平,東韻。ㄇㄥˊ

㊂無知貌。唐白居易長慶集二八與元九書:"除讀書屬文外,其他懵然無知。"

【懵憒】心中暗昧不明。漢王符潛夫論夢列:"本所謂之夢者,困不了察之稱,而懵憒冒名也。"

【懵懂】不明了,糊塗。雍熙樂府十七元汪元亨醉太平曲:"且達時知務暗包籠,權粧箇懵懂。"也作"懵憧"、"懵董"。宋僧重顯祖英集下風幡競辨之二:"如今懵憧癡禪和,謾道玄玄爲獨脚。"宋許月卿先天集八上程丞相元鳳書:"人望頓輕,明主增喟,懵董之號,道傍揶揄。"

【懵蔽】糊塗。抱朴子彈禰:"許下人物之海也,文舉(孔融)爲之主任,荷之足爲至到,於此不安,已可知矣。……而復走投荆楚間,終陷極害,此乃(禰)衡懵蔽之效也。"

【懵懵】模糊不清貌。南朝梁江淹江文通集三貽袁常侍詩:"爍爍霧上景,懵懵雲外山。"也作"瞢瞢"。唐岑參岑嘉州詩一青城龍溪奐道人:"五嶽之丈人,西望青瞢瞢。"

【懵₂懵₂】無知貌。文苑英華九一唐岑參感舊賦:"上帝懵懵,莫知我冤。"

【懵騰】醉態,朦朧迷糊。唐韓偓香奩集馬上見詩:"去帶懵騰醉,歸因困頓眠。"朝野新聲太平樂府六元喬夢符賞花時曲:"簇花暈了懵騰醉眼,見非霧非煙簾影間。"

懻 jì 几利切,去,至韻,見。ㄐㄧˋ

强直。見玉篇。雲笈七籤三五禁忌篇:"遠行不疾步,耳不極聽,目不極視,坐不至疲,卧不至懻。"

【懻忮】强直剛愎。史記一二九貨殖傳:"種、代,石北也,地邊胡,數被寇。人民矜懻忮,好氣,任俠爲姦,不事農商。"

懿 yì 集韻 乙冀切,去,至韻。ㄧˋ

同"懿"。見該條。

懸 xuán 胡涓切,平,先韻,匣。ㄒㄩㄢˊ

本作"縣"。㊀弔掛。易繫辭上:"縣象著明,莫大乎日月。"孟子公孫丑上:"民之悦之,猶解倒懸也。"引申爲懸空,無所依傍。見"懸腕"。㊁牽掛。詳"懸心"。㊂遥遠。南齊書陸厥傳與沈約書:"一人之思,遲速天懸。"引申爲久延不決。宋王欽若禪社首壇頌:"齋居議刑,弛懸決獄。"(金石萃編一二七)㊃懸掛鐘磬等樂器的架。文選漢馬季長(融)長笛賦:"瓠巴聑柱,磬襄弛懸。"也指律吕、音樂。南朝梁劉勰文心雕龍二樂府:"荀勗改懸,聲節哀急。"

【懸刀】㊀弩牙下部的零件。見釋名釋兵。文選晉潘安仁(岳)射雉賦:"捩懸刀,騁絶技。"注:"懸刀,弩牙後刀也,一名機。"㊁皂莢的别名。見本草綱目三五皂莢。

【懸心】掛念。本作"縣心"。三國志蜀許靖傳與曹操書:"迫於袁術方命圮族,扇動羣逆,津塗四塞,雖縣心北風,欲行靡由。"梁書昭明太子傳高祖敕:"我比更無餘病,正爲汝如此,胸中亦圮塞成疾。故應强加饘粥,不使我恆爾懸心。"

【懸火】古代用來守城禦敵或打獵時焚林用的火把。也作"縣火"。墨子備梯:"適人除火而復攻,縣火復下,適人甚病,故引兵而去。"楚辭宋玉招魂:"青驪結駟兮齊千乘,懸火延起兮玄顔烝。"

【懸水】瀑布。孔子家語致思:"孔子自衛反魯,息駕于河梁而觀焉,有懸水三十仞,圜流九十里。"

【懸欠】久欠未清的虧空。舊唐書宣宗紀大中二年魏扶奏:"兵部侍郎、判户部事魏扶奏:'天下州府錢物、斛㪷、文簿,並委録事參軍專判,仍與長史通判,至交代時具數申奏,如無懸欠,量與減選注擬。'"

【懸車】㊀掛車。卽停車。國語齊:"至于石枕,懸車束馬,踰太行與辟耳之谿拘夏。"㊁古代記時,指黄昏前的一段時間。淮南子天文:"至于悲谷,爰止其女,爰息其馬,是謂縣車,至于虞淵,是謂黄昏。"晉陶潛靖節先生集二於王撫軍坐送客詩:"晨鳥暮來還,懸車斂餘暉,"㊂古人年七十辭官家居,廢車不用,故曰懸車。漢班固白虎通二下致仕:"臣年七十懸車致仕者,臣以執事趨走爲職,七十陽道極,耳目不聰明,跂踦之屬,是以退老去避賢路者,所以長廉遠恥也。"文選漢蔡伯喈(邕)陳太丘碑文序:"時年已七十,遂隱丘山,懸車告老。"因稱七十歲爲懸車之年。唐權德輿權載之集二九故銀青光禄大夫……贈司空李公(揆)謚議:"及逾懸車之年,奉絶域之使。受命卽路,視險若夷。"

【懸肘】寫字時臂肘懸空,不著几案。清梁巘評書帖執筆歌:"懸腕懸肘力方全,用力如抱嬰兒圓。"

【懸兵】孤軍深入敵境。同"懸軍"。南朝梁江淹江文通集十自序:"懸兵數千里而無同惡相濟,五敗也。"

【懸法】古代公布的法令,都懸掛在宫闕,故稱懸法。懸,本作"縣"。周禮地官大司徒:"乃縣教象之法于象魏,使萬民觀教象,挾日而斂之。"文選南齊陸佐公(倕)石闕銘:"或以聽窮省冤,或以布化懸法。"參見"懸書"。

【懸河】㊀指瀑布。水經注清水:"瀑布乘巖,懸河注壑,二十餘丈。"㊁喻論辯不絶或文辭流暢奔放。隋書裴藴傳:"藴亦機辯,所論法理,言若懸河。"參見"懸河瀉水"。

【懸門】古時城門所設的門閘,平時掛起,有警時則放下,以便加衞固守。左傳襄十年："偪陽人啓門，諸侯之士門焉。縣門發，郰人紇抉之，以出門者。"縣，古懸字。漢桓寬鹽鐵論毀學："無仁義之德而有富貴之祿，若蹈坎穽，食於懸門之下。"舊唐書一五二馬璘傳："鳳翔節度使孫志直方閉城自守，璘乃持滿外向，突入懸門，不解甲，背城出戰。"

【懸弧】古代風俗，家生男於門左掛弓一張。見禮內則、郊特牲。後因稱生男爲懸弧，稱男子生日爲懸弧令旦。全唐詩二〇八包何相里使君第七男生日："他時幹蠱聲名著，今日懸弧宴樂酣。"明唐玉翰府紫泥全書六求壽文："是月某日乃懸弧之辰，可以文矣。"

【懸金】猶懸賞。史記八五呂不韋傳："呂不韋乃使其客人人著所聞，……號曰呂氏春秋，布咸陽市門，懸千金其上，延諸侯游士賓客有能增損一字者予千金。"後漢書六七黨錮傳序："班下郡國，逮捕黨人，……或有逃遁不獲，皆懸金購募。"

【懸知】預知，料想。北周庾信庾子山集五和趙王看伎詩："懸知曲不誤，無事畏周郎。"唐王維王右丞集二和太常韋主簿五郎溫湯寓目詩："聞道甘泉能獻賦，懸知獨有子雲才。"

【懸疣】疣，皮膚上的贅生物。懸疣，比喻無用之物。莊子大宗師："彼以生爲附贅縣疣。"縣，同"懸"。宋陸游劍南詩稿八三秋興："此世極知同逆旅，吾身亦自是懸疣。"

【懸度】㊀地名。以其地多山，以繩索相引而度，故名。後漢書章帝紀元和二年詔："跋涉懸度。"注："西域傳曰：懸度者，石山也。溪谷不通，以繩索相引而度，去陽關五千八百五十里。"參閱水經注一河水、文獻通考三三九四裔十六渴槃陀。㊁唐羈縻州名，屬隴右道脩鮮都督府，在今新疆境內。參閱新唐書地理志七下。

【懸軍】深入敵境的孤軍。宋書王鎮惡傳："鎮惡懸軍遠入，轉輸不充，與賊相持久，將士乏食。"也作"懸師"。後漢書六五皇甫規傳上疏："懸師之費，且百億計。"

【懸首】殺人後將頭懸掛示衆。逸周書世俘："武王在祀，太師負商王紂，懸首白旂；妻二首，赤旂。"

【懸封】不築墓道，將棺材直接放入墓穴埋葬。這是一種薄葬。後漢書三九周磐傳："斂形懸封，濯衣幅巾。"

【懸枯】懸掛枯魚，喻爲官廉潔。陳書宗元饒傳劾陳裒贓汙奏："求粟不厭，愧王沉之出賑；徵魚無限，異羊續之懸枯。"詳"懸魚㊁"。

【懸思】㊀揣想。北周庾信庾子山集十五故周大將軍趙公(廣)墓銘："月內桂樹，切問能訓。石上木生，懸思卽悟。"㊁掛念。唐釋齊己白蓮集四送林上人歸永嘉舊居詩："東越常懸思，山門在永嘉。"思，音 sì。

【懸炭】懸掛木炭。㊀古代方士的厭勝法，一種巫術。漢王充論衡調時："假令歲月食西家，西家懸金；歲月食東家，東家懸炭。"㊁古代預測夏至冬至的方法。魏書律曆志下司馬子如等上表："測影清臺，懸炭之期或爽。"參見"縣炭"。

【懸泉】㊀指計時的銅壺滴漏。晉陸機陸士衡集四漏刻賦："激懸泉以遠射，跨飛途而遥集。"㊁指懸空而下的瀑布。唐韋應物韋江州集七尋簡寂觀瀑布詩："磻石攲危過急澗，攀崖迢遞弄懸泉。"

【懸流】瀑布。文選晉郭景純(璞)江賦："淵客築室於巖底，鮫人構館於懸流。"

【懸案】長期拖延未能解決的案件或事情。清會典事例七五二刑部戶律戶役乾隆三十八旨："似此積弊相沿，非特承追時之浮蹤無定，懸案難稽；而籍貫混淆，亦乖戒欺覈實之道。"

【懸記】佛教語。謂遥記未來之事，卽預言。大唐西域記三迦濕彌羅國："如來寂滅之後第五十年，阿難弟子末田底迦羅漢者得六神通，具八解脱，聞佛懸記，心自慶悦，便來至此。"

【懸珠】像掛着的珍珠一様明亮。多用以形容美目。漢書六五東方朔傳："目若懸珠，齒若編貝。"

【懸殊】差別很大。唐劉知幾史通五行志雜駮："案遂之立宣殺子赤也，此乃文公末代，輒謂僖公暮年，世寔懸殊，言何倒錯。"

【懸書】㊀張貼文書。呂氏春秋介立："懸書公門而伏於山下。"㊁猶懸法。公佈法令。文選南朝梁陸佐公(倕)石闕銘："懸書有附，委篋知歸。"注："周禮曰：'正月，乃懸治象之法於象魏，使萬民觀治象，浹日而斂之。'懸書則懸法也，委篋則藏書也。"

【懸圃】山名。傳説爲崑崙山頂，也泛指仙境。楚辭漢嚴忌哀時命："願至崑崙之懸圃兮，采鍾山之玉英。"也作"縣圃"、"玄圃"。見各該條。

【懸峯】陡絶如懸掛在空中的高峯。藝文類聚九七晉郭璞蜜蜂賦："吮瓊液於懸峯，吸赮津乎晨景。"唐宋之問集上高山引："攀雲窈窕兮上躋懸峯，長路浩浩兮此去何從。"

【懸梁】㊀拴頭髮於屋梁上，以防入睡。指苦學。太平御覽六一一晉張方楚國先賢傳："(漢)孫敬好學，時欲寤寐，懸頭至屋梁以自課。"藝文類聚三一南朝梁任昉答陸倕感知己賦："時坐睡而懸梁，裁據梧而錐幄。"梁書陸倕傳引作"梁懸"。㊁自縊。金董解元西廂四："譬如往日害相思，爭如今夜懸梁自盡，也勝他時憔悴死。"

【懸旌】懸掛旌旗。㊀喻心神不定。戰國策楚一："寡人卧不安席，食不甘味，心搖搖如懸旌，而無所終薄。"㊁喻進軍。抱朴子廣譬："故秦始(皇)築城遏胡而禍發幃幄，漢武(帝)懸旌萬里而變起蕭牆。"

【懸耜】閒置的農具。國語周中："民無懸耜，野無奧草。"注："言常用也。"

【懸匏】有柄的匏瓜。文選晉潘安仁(岳)笙賦："河汾之寶，有曲沃之懸匏焉。"注引崔豹古今注："匏，瓠也。有柄曰縣匏，可爲笙，曲沃者尤善。"

【懸瓠】㊀有柄的瓠瓜。見晉崔豹古今注下草木。㊁古城名。也作"縣瓠"。以城北汝水屈曲，形如垂瓠，故名。爲南北朝軍爭要地，常屯兵置戍。唐爲蔡州治所，元和十一年李愬曾在此城擒吳元濟。舊址在今河南汝南縣。參閱水經注二一汝水、元和郡縣志九河南道五蔡州、新唐書一五四李晟傳附李愬。

【懸處】對不到案的罪犯判罪，卽缺席裁判。北史宋隱傳："文殊父子懼而逃遁，鞫無反狀，以文殊亡走，懸處大辟。"

【懸帳】相傳曹操愛梁鵠書法，常掛帳中，或釘壁上。後因以懸帳形容書法精妙。晉書王羲之傳論："伯英臨池之妙，無復餘蹤；師宜懸帳之奇，罕有遺跡。"參閱唐張彥遠法書要録八張懷瓘書斷中妙品梁鵠。

【懸崖】高陡的山崖。南朝宋鮑照鮑氏集七岐陽守風詩："廣岸屯宿陰，懸崖棲歸月。"唐劉長卿劉隨州集十望龍山懷道士許法稜詩："懸崖絶壁幾千丈，緑蘿嫋嫋不可攀。"

【懸魚】㊀上鉤的魚。抱朴子廣譬："懸魚惑以芳餌，檻虎死於籠狐。"㊁後漢書三一羊續傳："府丞嘗獻其生魚，續受而懸於庭；丞後又進之，續乃出前所懸者以杜其意。"後因以懸魚比喻廉潔。宋詩鈔徐積節孝詩鈔和路朝奉新居之六："愛士主人新置榻，清身太守舊懸魚。"㊂佩帶魚符。唐韓愈昌黎集七示兒詩:"不知官高卑,玉帶懸金魚。"遼史禮志一吉儀祭山儀:"皇帝服金文金冠,白綾袍,絳帶,懸魚。"㊃鈴柄飾物。太平御覽三三八引風俗通:"鈴柄施懸魚,魚者,欲君臣沉靜,如魚之入水,不可復得聞見耳。"

【懸渡】地名。唐段成式酉陽雜俎前集四境異:"烏秅西有懸渡國,山溪不通,引繩而渡,朽索相引二千里。"參見"懸度㊀"。

【懸琴】春秋魏師經鼓琴,魏文侯起舞,賦曰:"使我言而無見違。"師經援琴而撞文侯。文侯欲烹之。師經曰:"昔堯、舜之爲君也,唯恐言而人不違。桀、紂之爲君也,唯恐言而人違之。臣撞桀、紂,非撞吾君也。"文侯於是免師經罪,並懸琴於城門以爲鑒戒。見漢劉向説苑君道。後因以懸琴爲人君能接納直言之典。

【懸壺】後漢書七二下費長房傳:"市中有老翁賣藥,懸一壺於肆頭。"後因稱行醫賣藥爲懸壺。元張昱可閒老人集一拙逸詩:"賣藥不二價,懸壺無姓名。"參見"壺公"。

【懸棒】漢末曹操任洛陽北部尉,造五色棒懸門左右,各十餘條,有犯禁者,不避豪强,皆棒殺之。見三國志魏武帝紀"除洛陽北部尉,遷頓丘令"注引曹瞞傳。後詩文中因以懸棒作地方官執法嚴正之典。唐韋應物韋江州集二示從子河南尉班詩:"立政思懸棒,謀身類觸藩。"

【懸棟】屋下重梁。文選漢王文考(延壽)魯靈光殿賦:"爾乃懸棟結阿,天窗綺疏。"唐張銑注:"懸棟,謂屋下更爲重梁。"

【懸景】指日月。文選魏曹子建(植)朔風詩:"四氣代謝,懸景運周。"謂日月運行,周而復始。又晉陸士衡(機)演連珠之三三:"懸景東秀,則夜光與珷玞匿耀。"

【懸鈎】㊀形容缺月。國秀集中唐康定之詠月詩:"臺前疑挂鏡,簾外似懸鈎。"㊁山莓。也叫沿鈎子、樹莓。以其莖上有刺如懸鈎,故名。廣弘明集三七南朝梁宣帝遊七山寺賦:"枳椇列植而爲藪,懸鈎觸草而徘徊。"宋陸游劍南詩稿五一閒詠園中草木:"一樹山櫻鳥啄殘,懸鈎半含亦甘酸。"參閱本草綱目十八懸鈎子。

【懸飲】中醫病名。水飲留於脅肋,似滲出性胸膜炎一類的病。金匱要略方論中痰飲欬嗽病脈證並治:"其人素盛今瘦,水走腸間,瀝瀝有聲,謂之痰飲;飲後水流在脅下,欬唾引痛,謂之懸飲。"

【懸腕】謂寫字時手腕懸空。宋趙希鵠洞天清祿集古翰墨真蹟辯:"山谷(黄庭堅)乃懸腕書,深得蘭亭風韻,然行不及真,真不及草。"

【懸象】懸,古作"縣"。㊀天象。易繫辭上:"縣象著明,莫大乎日月。"文選漢班孟堅(固)典引:"懸象暗而恆文乖,彝倫斁而舊章缺。"㊁宣布法令。周禮地官大司徒:"乃縣教象之法于象魏,使萬民觀教象,挾日而斂之。"北周庾信庾子山集三正旦上司憲府詩:"一知懸象法,誰思垂釣竿。"

【懸絶】相差極遠。漢王充論衡知實:"聖賢之實同而名號殊,未必才相懸絶,智相兼倍也。"

【懸溜】瀑布。晉陶潛陶淵明集八祭從弟敬遠文:"淙淙懸溜,曖曖荒林。"廣弘明集二四南朝梁劉孝標(峻)東陽金華山栖志:"懸溜瀉於軒甍,激湍迴於階砌。"雨水自屋檐注下,形似瀑布,也叫懸溜。宋陸游劍南詩稿三九喜雨:"幽人睡覺夜未央,四簷懸溜聲浪浪。"

【懸想】㊀掛念。淳化閣帖釋文二漢張芝與府君書:"前比得書,不遂西行,望遠懸想,何日不懃?"㊁猜想。聊齋志異水莽草:"又出指環,兼述女子情狀,某懸想曰:'此必寇三娘也。'"

【懸隔】相隔很遠或相差很大。梁書伏挺傳與徐勉書:"況復恩隆世親,義重知己,道庇生人,德弘覆蓋。而朝野懸隔,山川邈殊,雖咳唾時沾,而顔色不覿。"北史封懿傳:"太子少師邢邵……與孝琬年位懸隔,晚相逢遇,分好遂深。"也作縣隔。史記高祖紀:"縣隔千里,持戟百萬。"

【懸解】道家語。意指對哀樂得失無動於心。莊子大宗師:"且夫得者時也,失者順也,安時而處順,哀樂不能入也,此古之所謂縣解也。"懸,古作"縣"。文選晉左太沖(思)吳都賦:"否泰之相背也,亦猶帝之懸解,而與桎梏疏屬也。"引申爲解倒懸,卽在困境中得救。後漢書六六王允傳論:"若王允之推董卓而引其權,伺其間而敝其罪,當此之時,天下懸解矣。"

【懸旗】比喻心神不定。同"懸旌㊀"。南朝宋鮑照鮑氏集四紹古辭之二:"離心壯爲劇,飛念如懸旗。"也作"懸旆"。隋書孫萬壽傳贈京邑知友詩:"迴輪常自轉,懸旆不堪摇。"

【懸榻】後漢書五三徐穉傳:"(陳)蕃在郡不接賓客,惟穉來,特設一榻,去則縣之。"縣,同"懸"。後因以懸榻比喻禮待賢士。北周庾信庾子山集四園庭詩:"倒徙〔屣〕迎懸榻,停琴聽解嘲。"

【懸談】佛教講經的人在講經文前先概述要義綱領稱懸談。宋釋元照盂蘭盆疏記下:"未入經文,義章先説,故曰懸談。懸即先也。"

【懸論】空談。宋書劉穆之傳:"此事既大,非可懸論,便暫入朝,共盡同異。"

【懸調】預支。周書武帝紀上天和五年:"降有罪人,並免逋租懸調等,以皇女生故也。"

【懸熟】食品名。北堂書鈔一四五引食經:"作懸熟,以豬肉和米三升,豉五升,調味而蒸之。"

【懸遲】猶言久仰。後漢書八十下趙壹傳報皇甫規書:"沐浴晨興,昧旦守門,實望仁兄昭其懸遲,以貴下賤,握髮垂接。"注:"懸心遲仰之。"

【懸賞】出具賞格。漢陸賈新語道基:"好利惡難,避勞就逸,於是皋陶乃立獄制罪,懸賞設罰。"漢桓寬鹽鐵論除狹:"懸賞以待功,序爵以俟賢。"

【懸黎】美玉名。戰國策秦三:"臣聞周有砥厄,宋有結緑,梁有懸黎,楚有和璞。"史記七九范睢傳作"縣藜"。後用來泛稱美玉。唐蘇鶚杜陽雜編上:"元載末年造蕓輝堂於私第,……内設懸黎屏風、紫綃帳。"

【懸磬】見"懸罄"。

【懸頭】把頭髮拴在屋梁上。指苦學。太平御覽六一一晉張方楚國先賢傳:"(漢)孫敬好學,時欲寤寐,懸頭至屋梁以自課。"唐李商隱李義山詩集四詠懷寄秘閣舊僚:"懸頭曾苦學,折臂反成醫。"

【懸錢】㊀以物抵押貸款。南史梁臨川靜惠王宏傳:"宏都下有數十邸出懸錢立券,每以田宅邸店懸上文券,期訖便驅券主,奪其宅。"㊁出具賞格。同"懸賞"。南史邵陵攜王綸傳:"帝懸錢百萬購賊。"

【懸衡】㊀懸秤,即天平。也作"縣衡"。荀子解蔽:"故無欲無惡,無始無終,無近無遠,無博無淺,無古無今,兼陳萬物而中縣衡也。"淮南子説林:"循繩而斲則不過,懸衡而量則不差。"引申爲輕重相等,勢均力敵。戰國策秦三:"楚破秦,不能與齊縣衡矣。"㊁公佈法度。漢書五一鄒陽傳上書吳王:"臣聞秦倚曲臺之宫,懸衡天下,畫地而不犯。"注引如淳:"衡猶稱之衡也,言其懸法度於其上也。"

【懸罄】形容空無所有,喻極貧。左傳僖二六年:"室如縣罄,野無青草,何恃而不恐。"國語魯上作"縣磬"。世説新語賢媛:

"陶公(侃)少有大志，家酷貧。……于時冰雪積日，侃室如縣磬。"縣，懸之本字。

【懸磴】凌空的石橋。文選晉孫興公(綽)遊天臺山賦："跨穹隆之懸磴，臨萬丈之絕冥。"

【懸邈】相距很遠。玉臺新詠二晉張華情書之四："君居北海陽，妾在南江陰，懸邈脩途遠，山川阻且深。"

【懸膽】㊀猶嘗膽。比喻刻苦自勵。吳越春秋八勾踐歸國外傳："愁心苦志，懸膽於戶，出入嘗之，不絕於口。"參見"嘗膽"。㊁形容人的相貌好，鼻子直垂而圓如膽囊。紅樓夢二五："那和尚是怎的模樣？鼻如懸膽兩眉長，目似明星有寶光。"

【懸輿】謂辭官家居。同"懸車"。漢王充論衡自紀："章和二年，罷州家居，年漸七十，時可懸輿。"

【懸斷】憑空臆斷。唐柳宗元柳先生集三四復杜溫夫書："凡生十卷之文，吾已略觀之矣，吾性騃滯，多所未甚諭，安敢懸斷是且非耶？"

【懸瀨】瀑布。南朝梁陶弘景陶隱居集水仙賦："絕壁飛流，萬丈懸瀨。"南朝梁劉勰新論殊好："懸瀨碧潭，瀾波洶湧。"

【懸識】預先認識。南朝梁劉勰文心雕龍附會："夫能懸識湊理，然後節文自會。"

【懸鶉】鵪鶉毛斑尾禿，像襤褸的衣服，因以懸鶉形容衣服破爛。荀子大略："子夏貧，衣若縣鶉。"縣，同"懸"。北周庾信庾子山集九擬連珠："蓋聞懸鶉百結，知命不憂；十日一炊，無時何恥。"

【懸懸】㊀掛念。樂府詩集五九漢蔡琰胡笳十八拍之十四："身歸國兮兒莫知隨，心懸懸兮長如飢。"唐韓愈昌黎集十五與孟東野書："與足下別久矣，以吾心之思足下，知足下懸懸於吾也。"㊁遙遠。漢焦延壽易林九晉之坎："懸懸南海，去家萬里。"

【懸癰】中醫病名，也叫騎馬癰。生於前陰之後，後陰之前，屏翳穴，即會陰穴處。不及時治癒，容易形成瘡漏。見醫宗金鑑六九外科下部懸癰。

【懸風槌】嘲笑人坐而假睡、東倒西歪之狀。南史到彥之傳附到溉："溉特被(梁)武帝賞接，每與對棊，從夕達旦。或復失寢，加以低睡。帝詩嘲之曰：'狀若喪家狗，又似懸風槌。'"

【懸針篆】書體的一種。後漢章帝時曹喜用此體題五經篇目。見唐韋續墨藪五十六種書。初學記二一王愔文字志："懸針，小篆體也。字必垂畫細末，細末纖直如懸針，故謂之懸針。"

【懸麻雨】密集的大雨。元曲選孟漢卿魔合羅一："穿着這單布衣服，怎避這懸麻雨。"

【懸腸草】一名思子蔓，南中呼爲離別草。見舊題南朝梁任昉述異記。詩文中常用爲思兒或惜別的比興。唐李賀歌詩編二老夫採玉歌："村寒白屋思嬌嬰，古臺石磴懸腸草。"

【懸河瀉水】河水傾瀉直下，比喻說話滔滔不絕或寫文章流暢奔放。北堂書鈔九八談講"懸河瀉水"注引語林："王太尉(衍)問孫興公(綽)曰：'郭象何如人？'答曰：'其辭清雅，奕奕有餘，吐章陳文，如懸河瀉水，注而不竭。'"又見世說新語賞譽下。也作"懸河注水"。舊唐書一九〇上楊炯傳："楊盈川文思如懸河注水，酌之不竭。既優於盧(照鄰)，亦不減王(勃)。"

【懸崖勒馬】行至陡壁，勒馬不進。比喻面臨險境，翻然悔悟。景德傳燈錄二十真禪師有"直須懸崖撒手"語。元曲多作"臨崖勒馬"。元明雜劇元鄭德輝智勇定齊三："呀，你如今船到江心補漏遲，抵多少臨崖勒馬纔收騎，尚兀自追趕着爭持。"臨崖，後也作"懸崖"。清紀昀閱微草堂筆記八："書生懸崖勒馬，可謂大智慧矣。"

【懸腸掛肚】掛念，擔心。水滸傳四二："宋江道：'小可兄弟，只爲父親這一事，懸腸掛肚，坐卧不安。'"

【懸駝就石】比喻用力多而得益少。古時有人得一死駝，剝皮嫌刀鈍。樓上有磨石，便上樓磨刀，下樓剝皮。如是上下往還，不勝其煩。於是懸駝上樓，就石磨刀。他人以爲笑柄。見法苑珠林六六愚癡磨刀引百喻經。

【懸羊頭賣狗肉】比喻用招牌騙人，名實不符。晏子六靈公好婦人："君使服之於內，而禁之於外，猶懸牛首於門，而賣馬肉於內也。"後漢書百官志三尚書令史注："懸牛頭，賣馬脯。"後改"牛首"爲"羊頭"，"馬肉"爲"狗肉"。續景德傳燈錄三一曇華禪師："從此卸却干戈，隨分著衣喫飯，二十年來坐曲彔床，懸羊頭賣狗肉，知它有甚憑據？"今俗作"掛羊頭賣狗肉"。

懇 miǎo 集韻 墨角切，入，覺韻。
ㄇㄧㄠˇ

同"懇"。㊀美也。見說文。㊁陵越。後漢書二八下馮衍傳顯志賦："泪先聖之成論兮，懇名賢之高風。"㊂遙遠。通"邈"。後漢書五一橋玄傳曹操祭玄墓文："幽靈潛翳，懇哉緬矣。"

十七畫

懹 ràng 人樣切，去，漾韻，日。
ㄖㄤˋ

畏憚。方言七："憎、懹，憚也。陳曰懹。"唐元結元次山集五引極思元極："思不從兮空自傷，心慅悍兮意惶懹。"此讀平聲。

懺 chàn 楚鑒切，去，鑑韻，初。
ㄔㄢˋ

㊀自陳懊悔。梵語懺摩。南齊蕭子良竟陵王集二淨住子修理六根門："前已懺其重惡，則三業俱明。"晉書佛圖澄傳："(弟子法)佐愕然愧懺。"參閱唐慧琳一切經音義二二大方廣佛華嚴經音義二五懺除。㊁僧道爲人禮禱懺悔。梁書庾詵傳："宅內立道場，環繞禮懺，六時不輟。"所誦之經也叫懺。如梁皇懺玉皇懺等。

【懺法】禮懺的儀制。南朝梁武帝爲妃郗氏製慈悲道場懺法。見宋釋本覺釋氏通鑑五。

【懺悔】佛教語。梵名懺摩。即悔過，請人忍恕之義。弘明集十三晉郗超奉法要："每禮拜懺悔，皆當至心歸命，并慈念一切衆生。"法苑珠林一〇一懺悔篇："積罪尤多，今既覺悟，盡誠懺悔。"自陳改悔之文叫懺悔文。如廣弘明集二八下悔罪篇沈約懺悔文。參閱翻譯名義集四衆善行法。

【懺除】改悔。唐譯華嚴經二五(八十卷本)十迴向品："以懺除一切諸業重障。"

【懺禮】懺悔禮拜。南史郭祖深傳上封事："比來慕法，普天信向，家家齋戒，人人懺禮。"

十八畫

懾 shè 之涉切，入，葉韻，照。
ㄕㄜˋ 集韻 失涉切，入，葉韻。

㊀恐懼，喪氣。逸周書九太子晉解："吾年甚少，見子而懾，盡忘吾其度。"銀雀山漢墓竹簡孫臏兵法延氣："氣不厲則懾。"㊁威脅，使懾服。淮南子氾論："威動天地，聲懾海內。"

【懾服】畏懼威勢而屈服。戰國策秦三："趙楚懾服不敢攻秦者，白起之勢也。"也作"懾伏"。戰國策趙二："大王之威，行於天下山東，敝邑恐懼懾伏。"

【懾氣】猶懾息。唐趙璘因話錄二："坊市姦偷宿猾，懾氣屏跡。"

【懾息】因恐懼而屏息。南史茹法珍傳：

"奄人王寶孫，年十三四，號爲假子，最有寵，參預朝政，……乃至騎馬入殿，詆訶天子，公卿見之，莫不懾息。"

【懾慴】因恐懼而失去勇氣。史記一一一霍去病傳："驃騎將軍率戎士……歷五王國，輜重人衆懾慴者弗取。"漢書作"攝讋"。

【懾憚】畏懼。三國志魏武帝紀建安十八年命曹操爲魏公策："袁術僭逆，肆於淮南，懾憚君靈，用丕顯謀。"後漢書六三李固傳："自胡廣、趙戒以下，莫不懾憚之。"

【懾懾】恐懼。司馬法定爵："驕驕懾懾，吟曠虞懼，事悔，是謂毀折。"

懽 1. huān 呼官切，平，桓韻，曉。ㄏㄨㄢ

㊀同"歡"。莊子盜跖："怵惕之恐，欣懽之喜，不監於心。"

2. guàn 古玩切，去，換韻，見。ㄍㄨㄢˋ

㊀見"懽$_2$懽$_2$"。

【懽伯】酒的別名。同"歡伯"。金元好問遺山集二留月軒："三人成邂逅，又復得懽伯。"參見"歡伯"。

【懽迎】喜其來而迎之。金國偶玉虛觀記："遮道懽迎，不令他適。"（八瓊室金石補正一二八）

【懽娛】快樂。古文苑五漢劉歆遂初賦："長恬淡以懽娛，固聖賢之所喜。"文選南朝梁沈休文（約）遊沈道士館詩："懽娛人事盡，情性猶未充。"

【懽聚】歡樂團聚。多指家庭言。宋趙師俠坦庵詞永遇樂重明節："希夷高蹈，壽康長保，五世祖孫懽聚。"

【懽懌】喜悅。唐韋應物韋江州集二西郊遊宴寄贈邑僚李巽詩："高宴闕英僚，衆賓寡懽懌。"

【懽噱】喜笑。梁書張緬傳附張纘南征賦："俟高熢以巧笑，佇長星而懽噱。"

【懽$_2$懽$_2$】憂懼無所訴。爾雅釋訓："懽懽愮愮，憂無告也。"

懼 1. jù 其遇切，去，遇韻，羣。ㄐㄩˋ

㊀恐懼。詩小雅谷風："將恐將懼，維予與女。"

2. qú 集韻 權劬切，平，虞韻。ㄑㄩˊ

㊀驚惶失措貌。通"瞿"。莊子庚桑楚："南榮趎懼然顧其後。"漢書惠帝紀贊："聞叔孫通之諫則懼然，納曹相國之對而心說。"注："懼讀曰瞿。瞿然，失守貌。"

【懼内】舊時稱妻爲内，因謂怕妻爲懼内。古今小説二二木綿庵鄭虎臣報寃："賈涉平昔有個懼内的毛病，今日唐氏見丈夫娶了小老婆，不勝之怒，日逐在家淘氣。"明沈德符萬曆野獲編五勳戚有懼内一則。

【懼思】因有所戒懼而深思遠慮。左傳文三年："孟明之臣也，其不解也，能懼思也。"

【懼選】恐怕得罪。左傳昭元年："秦后子有寵於桓，如二君於景。其母曰：'弗去懼選。'"注："選，數也。恐景公數其罪而加戮。"

𢥞 chōng 徒冬切，平，冬韻，定。ㄔㄨㄥ

同"忡"。見下。

【𢥞𢥞】憂心貌。楚辭屈原九歌雲中君："思夫君兮太息，極勞心兮𢥞𢥞。"楚辭漢嚴忌哀時命："魂眇眇而馳騁兮，心煩寃之𢥞𢥞。"

𢤱 xié 户圭切，平，齊韻，匣。ㄒㄧㄝˊ

離貳，二心。國語晉一："𢤱民，國移心焉。"一本作"攜"。又楚語下："古者民神不雜，民之精爽不𢤱貳者，而又能齊肅衷正，……如是則明神降之。"

㦼 sǒng 所江切，平，江韻，山。ㄙㄨㄥˇ 集韻 筍勇切，上，腫韻。

㊀恐懼。說文作"愯"。同"悚"。漢書刑法志："故悔之以忠，㦼之以行。"左傳昭六年作"聳之以行"。㊁聳立。宋劉敞公是集五雪意詩："林林㦼羣木，栗栗抱寒魄。"

【㦼懼】震驚恐懼。唐韓愈昌黎集外集六順宗實錄一："至陸贄張滂李充等以毀譴，朝臣㦼懼。"

懿 yì 乙冀切，去，至韻，影。ㄧˋ

同"懿"。㊀美，美德。易小畜："君子以懿文德。"文選南朝宋王僧達祭顏光祿文："惟君之懿，早歲飛聲。"魏晉以後多用爲婦女的美稱。㊁深。見"懿筐"、"懿濞"。㊂歎聲。通"噫"。詩大雅瞻卬："懿厥哲婦，爲梟爲鴟。"箋："懿，有所痛傷之聲也。"疏："懿與噫，字雖異，音義同。"㊃通"抑"。見"懿戒"。

【懿士】有美德的人。世說新語排調："鍾毓爲黃門郎，有機警，在景王（司馬師）坐，……景王曰：'皋繇何如人？'對曰：'古之懿士。'"毓父名繇，師父名懿，皆以對方父名爲戲。

【懿旨】封建時代稱皇太后或皇后的命令爲懿旨。三國演義三："黃門傳懿旨云：'太后特宣大將軍，餘人不許輒入。'"

【懿行】猶言善行。新唐書一六三柳公綽傳附柳玭述家訓："實藝懿行，人未必信；纖瑕微累，十手爭指矣。"

【懿戒】詩篇名。春秋衞武公作。國語楚上："昔衞武公年數九十有五矣，猶箴儆於國，……於是乎作懿戒以自儆也。"懿戒，即詩大雅抑。

【懿事】美善之事。三國志吳孫權傳曹丕封孫權吳王策命："近漢高祖受命之初，分裂膏腴，以王八姓，斯則前世之懿事，後王之元龜也。"

【懿望】美好的聲望。三國志魏華歆傳"議論持平，終不毀傷人"南朝宋裴松之注："臣（裴）松之以爲邴根矩（原）之徽猷懿望，不必有愧華公。"

【懿戚】皇帝的親族或外戚。晉書苻登載記論："王猛以宏材緯軍國，苻融以懿戚贊經綸。"苻融，苻堅弟。魏書南安王楨傳："南安王楨，以懿戚之貴，作鎮關右，不能潔己奉公。"

【懿筐】深筐。詩豳風七月："女執懿筐，遵彼微行，爰求柔桑。"

【懿範】美好的風範。晉陸雲陸士龍集二贈顧驃騎後二首有皇詩之二："思我懿範，萬民來服。"唐王勃王子安集五秋日登洪府滕王閣餞別序："宇文新州之懿範，襜帷暫駐。"後多用以贊美婦女的好品德。唐白居易長慶集四十祭故贈婕妤孟氏文："方資懿範，以茂嘉猷。"宋朱熹朱文公集十挽董安人詩之一："閫門傳懿範，湯沐盛恩私。"

【懿德】美德。詩大雅烝民："民之秉彝，好是懿德。"又周頌時邁："我求懿德，肆于時夏，允王保之。"

【懿親】至親。左傳僖二四年："如是則兄弟雖有小忿，不廢懿親。"也指皇室宗親。三國志魏陳思王植傳求存問親戚疏："昔周公弔管蔡之不咸，廣封懿親，以藩屏王室。"

【懿濞】深邃貌。文選漢王文考（延壽）魯靈光殿賦："屹鏗瞑以勿罔，屑黶翳以懿濞。"

【懿懿】㊀芳香貌。楚辭漢劉向九歎離世："芳懿懿而終敗兮，名靡散而不彰。"㊁樸實醇美貌。古文苑十三漢班固十八侯銘太尉絳侯周勃："懿懿太尉，惇厚朴誠。"

【懿鑠】美盛。後漢書四十下班彪傳附班固典引："亦以寵靈文武，貽燕後昆，覆以懿鑠。"漢蔡邕蔡中郎集五太尉汝南李公碑："懿鑠之美，昭登于上。"

十九畫

儸 luǒ 來可切，上，哿韻，來。
ㄌㄨㄛˇ
見"儻儸"。

戁 nǎn 奴板切，上，潸韻，泥。
ㄋㄢˇ 人善切，上，獮韻，日。
恐懼。詩商頌長發："不戁不竦，百祿是總。"

戀 liàn 力卷切，去，線韻，來。
ㄌㄧㄢˋ
愛慕不捨，想念不忘。三國魏嵇康嵇中散集一思親詩："日遠邁兮思予心，戀所生兮淚不禁。"後漢書五三姜肱傳："及各娶妻，兄弟相戀，不能別寢。"也指思念的人、物或情意。梁書張緬傳附張纘南征賦："捨域中之常戀，慕遊仙之靈族。"唐李白李太白詩十七杭州送裴大澤……："去割辭親戀，行憂報國心。"

【戀土】留戀鄉土。後漢書八七西羌傳："百姓戀土，不樂去舊。"

【戀主】依戀主人。多作爲章奏文字中的套語。三國魏曹植曹子建集八上責躬詩表："踊躍之懷，瞻望反側，不勝犬馬戀主之情。"

【戀本】留戀鄉土。文選晉潘安仁(岳)在懷縣作詩之一："寵辱易不驚，戀本難爲思。"晉書荀勖傳："又分割郡縣，人心戀本，必用嗷嗷。"

【戀豆】留戀祿位。同"戀棧"。宋蔡伸友古詞蓦山溪之四："區區戀豆，豈足甘牛後。"參見"戀棧"。

【戀皁】貪戀馬槽。宋蘇軾分類東坡詩二四哭刁景純："華堂不見人，瘦馬空戀皁。"

【戀枕】貪睡懶起。元詩選張養浩雲莊類藁晨起："戀枕嫌多夢，開簾曙色迷。"

【戀朐】貪戀肉食。喻淺見。朐，脯。漢桓寬鹽鐵論非鞅："此二子者，知利而不知害，知進而不知退，故果身死而衆敗，此所謂戀朐之智，而愚人之計也。"

【戀情】依戀之情。文選三國魏王仲宣(粲)從軍詩之二："征夫懷親戚，誰能無戀情？"

【戀棧】喻貪戀祿位。三國志魏曹爽傳"乃通宣王奏事"注引干寶晉紀："(蔣)濟曰：'(桓)範則智矣，駑馬戀棧豆，爽必不能用也。'"宋陸游劍南詩稿七三題舍壁："尚憎駑戀棧，肯羨鶴乘軒？"

【戀羣】依戀同羣。全唐詩四八一李紳憶放鶴："好風順舉應摩日，逸翮將成莫戀羣。"摩日，唐詩百名家集本作"麾羽"。

【戀愛】留戀所愛。宋劉斧青瑣高議後集三小蓮記："公將行，小蓮泣告某有所屬，不能侍從，懷德戀愛，但自感恨！"今謂男女互相愛慕爲戀愛。

【戀嫪】依戀愛念。唐韓愈昌黎集二薦士詩："念將決焉去，感物增戀嫪。"宋王之道相山集一送張仲甫赴江西參議詩："無繇挽晝鷁，此意增戀嫪。"

【戀慕】愛慕留戀。三國志魏滿寵傳："汝南兵民戀慕，大小相率，奔隨道路，不可禁止。"

【戀舊】留戀故土。東漢董卓欲遷都長安，黄琬楊彪力爭不得。伍瓊周珌又極力勸阻。卓殺瓊珌。彪、琬恐懼，向卓謝罪曰："小人戀舊，非欲沮國事也。"見後漢書七二董卓傳。唐劉長卿劉隨州集三赴宣州使院夜宴寂上人留辭前蘇州韋使君詩："戀舊爭趨府，臨危欲負戈。"

【戀闕】依戀宮闕。指身雖在外，而念念不忘於君。文苑英華二九〇唐崔湜至桃林塞作詩："丹心恆戀闕，白首更辭親。"唐白居易長慶集四十與韓弘詔："歷展勤王之効，累陳戀闕之誠。"

【戀戀】顧念，依依不捨。史記七九范睢傳："然公之所以得無死者，以綈袍戀戀，有故人之意，故釋公。"後漢書六九何進傳："今當遠離宮殿，情懷戀戀。"

二十畫

戃 tǎng 他朗切，上，蕩韻，透。
ㄊㄤˇ
同"惝"。見下。

【戃慌】恍惚、失意貌。楚辭漢劉向九歎逢紛："心戃慌其不我與兮，躬速速其不吾親。"唐韓愈昌黎集六瀧吏詩："胡爲此水邊，神色久戃慌。"也作"戃怳"、"惝怳"。宋陸游劍南詩稿五六夜寒起坐待旦："戃怳不成寐，攬衣寒夜中。"參見"惝怳"。

戄 jué 具籰切，入，藥韻，羣。
ㄐㄩㄝˊ 許縛切，入，藥韻，曉。
震驚貌。戰國策魏三："秦王戄然曰：'國有事，未澹下兵也。'"史記六二晏嬰傳："越石父請絕。晏子戄然，攝衣冠謝。"

二十四畫

戇 zhuàng 陟降切，去，絳韻，知。
ㄓㄨㄤˋ 呼貢切，去，送韻，曉。
剛直而愚。荀子大略："悍戇好鬬，似勇而非。"史記一二〇汲黯傳："甚矣，汲黯之戇也。"

【戇士】耿直而愚蠢的人。漢王符潛夫論務本："愚夫戇士，從而奇之。"

【戇直】剛直。宋史三六四韓世忠傳："性戇直，勇敢忠義，事關廟社，必流涕極言。"

【戇冥】愚昧。宋文鑑六五呂誨蘄州謝上表："伏念臣戇冥所賦，忠朴是存。篤於愛君，惟知盡道。"

戈部

戈 gē 古禾切，平，戈韻，見。
ㄍㄜ
㊀我國青銅器時代的主要兵器，盛行於殷周，秦以後逐漸消失。其向前部分名援，援上下皆刃，用以橫擊、鈎殺。見圖。春秋戰國的戈多有三至四穿的，同時，援變得狹長而揚起，象雞鳴，故漢代也稱戈爲雞鳴。參閱周禮考工記冶氏"戈廣二寸"注、禮曲禮上"進戈者前其鐏，後其刃"疏。書牧誓："稱爾戈，比爾干。"引申

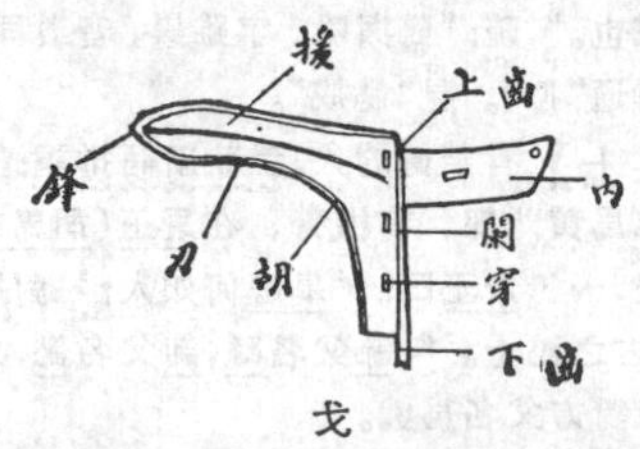

戈

爲戰爭的代稱。後漢書一三公孫述傳："偃武息戈，卑辭事漢。"唐杜甫杜工部草堂詩箋十五秦州之十九："鳳林戈未息，魚海路常難。"㊁古國名。左傳襄四年："處澆于過，處豷于戈。"注："過、戈皆國名。……戈在宋鄭之間。"㊂姓。禹之後，分封于戈，以國爲姓。見姓譜。

【戈船】㊀古戰船的一種。越絕書八越絕外傳記地傳："句踐伐吳，霸關東，……死士八千人，戈船三百艘。"舊題漢劉歆西京雜記六："戈船，上建戈矛，四角悉垂幡旄旍葆麾蓋。"一說船下安戈戟，以除蛟鼉水蟲之害。見漢書武帝紀"歸義越

侯嚴爲戈船將軍”注。㊁漢時將軍的名號。漢書武帝紀:“歸義越侯嚴爲戈船將軍。”參閱宋王觀國學林三戈船。

【戈腔】傳統戲劇曲調的一種,用笛和唱。又名戈調或戈陽梆子秧腔。俗稱揚州梆子。疑卽昔之弋陽腔,戈,爲“弋”之誤。參見“弋陽腔”。

【戈脚】漢字書法,筆形斜鈎向右稱戈。形如垂足,因稱戈脚。唐李世民(太宗)書師虞世南,嘗患戈脚不工。偶作“戩”字,空其落戈,令世南補足,以示魏徵,徵曰:“今窺聖作,惟‘戩’字戈法逼真。”見宣和書譜一唐太宗。

【戈壁】蒙語。荒漠的一種,地面主要由礫石構成。

【戈什哈】滿語。清代高級官員的侍從護衛,簡稱“戈什”。清薛福成庸盦筆記一蓋臣憂國:“有合肥人,劉姓,嘗在胡文忠公麾下爲戈什哈。”

一畫

戊 mòu wù 莫候切,去,候韻,明。ㄇㄡˋ ㄨˋ

天干的第五位。詩小雅吉日:“吉日維戊,旣伯旣禱。”爾雅釋天:“太歲……在戊曰著雍。”或謂戊,本音茂,五代梁朱温(太祖)避其曾祖茂琳諱,改“戊”字爲“武”字,後人因讀戊爲武音。參閱舊五代史梁太祖紀三開平元年。

【戊地】古西域地名。唐時昭武九姓之一。見新唐書二二一西域傳下康。大唐西域記一作“伐地”。

【戊夜】五更時。梁書武帝紀下:“少而篤學,洞達儒玄。雖萬機多務,猶卷不輟手,燃燭側光,常至戊夜。”參見“五夜”。

【戊己芝】黄精的别名。見本草綱目十二草一黄精。

【戊申録】舊時指陰間記録人在世上所行善惡的簿册。唐段成式酉陽雜俎前集二玉格:“乃命先過戊申録,録如人間詞狀,首冠人生辰,次言姓名年紀,下注生月日,别行横布六旬甲子,所有功過,日下具之,如無,卽書無事。”

【戊部候】漢官名。屬戊己校尉。後漢書八八西域傳:“復置戊己校尉,領兵五百人,居車師前部高昌壁,又置戊部候,居車師後部候城,相去五百里。”

【戊己校尉】漢代官名。掌管西域屯田事務。漢書百官公卿表上:“戊己校尉,元帝初元元年置。”注:“甲乙丙丁庚辛壬癸皆有正位,唯戊己寄治耳。今所置校尉亦無常居,故取戊己爲名也。有戊校尉,有己校尉。一說戊己居中,鎮覆四方,今所置校尉亦處西域之中,撫諸國也。”東漢時因與西域的關係斷續不常,戊己校尉亦時置時廢。也簡稱戊己。泛指邊區軍事長官。唐柳宗元柳先生集十安南都護張公墓誌銘:“繕完板幹,控帶兼戊己之任。”

戉 yuè 王伐切,入,月韻,于。ㄩㄝˋ

㊀古兵器名,即大斧。同“鉞”。書牧誓:“王左杖黄鉞。”釋文:“鉞音越,本又作戉。”㊁星名。漢書天文志:“東井西曲星曰戉。”

二畫

戍 shù 傷遇切,去,遇韻,審。ㄕㄨˋ

㊀防守,守邊。左傳莊八年:“齊侯使連稱、管至父戍葵丘。”㊁守邊的士兵。左傳定元年:“城三旬而畢,乃歸諸侯之戍。”㊂邊防區域的營壘,城堡。晉書庾亮傳附庾翼表:“其謝尚、王愆期等,悉令還據本戍。”北齊書武成帝紀河清二年:“詔司空斛律光督五營軍士築戍於軹關。”

【戍人】古代守邊官兵的通稱。左傳僖二五年:“秦取析矣,戍人反矣。”

【戍卒】守邊的士兵。史記秦始皇紀論引賈誼:“然陳涉以戍卒散亂之衆數百,奮臂大呼,不用弓戟之兵,鉏櫌白梃,望屋而食,横行天下。”

【戍客】離開家鄉守邊的人。唐李白李太白詩四關山月:“戍客望邊色,思歸多苦顔。”

【戍傜】戍役和勞役。史記八七李斯傳:“賦斂愈重,戍傜無已。”傜,同“徭”。

【戍鼓】邊防駐軍的鼓聲。南朝梁劉孝綽劉秘書集夕逗繁昌浦詩:“隔山聞戍鼓,傍浦喧棹謳。”

【戍漕】水運邊防軍需品。史記一一二主父偃傳:“偃盛言朔方地肥饒,外阻河,蒙恬城之以逐匈奴,内省轉輸戍漕,廣中國,滅胡之本也。”

【戍樓】邊防駐軍的瞭望樓。初學記六梁元帝登堤望水詩:“旅泊依村樹,江槎擁戍樓。”北周庾信庾子山集三和宇文内史春日遊山詩:“戍樓侵嶺路,山村落獵圍。”

【戍邊】駐守邊疆。唐杜甫杜工部草堂詩箋二兵車行:“去時里正與裹頭,歸來頭白還戍邊。”

戌 xū 辛聿切,入,術韻,心。ㄒㄩ

㊀十二地支的第十一位。爾雅釋天:“太歲……在戌曰閹茂。”㊁十二時辰之一。即晚七時至九時。

【戌削】㊀形容衣服裁製合身。也作“邺削”。史記一一七司馬相如傳上林賦:“扡獨繭之褕袘,眇閻易以戌削。”集解引徐廣:“戌削,言如刻畫作之。”㊁清瘦貌。唐李白李太白詩三上雲樂:“巉巖容儀,戌削風骨。”

戎 róng 如融切,平,東韻,日。ㄖㄨㄥˊ

㊀兵器的總稱。詩大雅常武:“整我六師,以脩我戎。”參見“五戎”。㊁軍隊、士兵的代稱。易同人:“伏戎於莽。”又特指戰車。詩小雅六月:“元戎十乘,以先啟行。”㊂戰争,征伐。書說命中:“惟甲胄起戎。”又泰誓中:“戎商必克。”㊃大,擴大。詩周頌烈文:“念兹戎功,繼序其皇之。”漢蕩陰令張遷表:“蓋其繵縺,纘戎鴻緒。”(金石萃編十八)㊄你,你們。詩大雅民勞:“戎雖小子,而式弘大。”又崧高:“周邦咸喜,戎有良翰。”㊅相助。詩小雅常棣:“每有良朋,烝也無戎。”箋:“猶相助己者。”晉和南朝宋時人多稱從弟爲阿戎。參見“阿戎”。㊆古代泛指我國西部的少數民族。禮王制:“西方曰戎。”史記八三鄒陽傳獄中上梁孝王書:“是以秦用戎人由余而霸中國。”㊇古國名。春秋時屬曹地。在今山東荷澤縣西南。春秋隱二年:“公會戎于潛。”㊈姓。漢書高惠高后文功臣表有柳丘齊侯戎賜。

【戎士】將士。左傳成二年:“臣辱戎士,敢告不敏,攝官承乏。”古文苑十二漢班固車騎將軍竇北征頌:“親率戎士,巡撫疆域。”

【戎弓】大弓。穀梁傳定八年:“盜竊寶玉大弓。寶玉者,封圭也;大弓者,武王之戎弓也。”注:“是武王征伐之弓。”

【戎心】指敵國侵略野心。國語晉一:“疆埸無主,則啟戎心。”

【戎公】大事。詩大雅江漢:“肇敏戎公,用錫爾祉。”傳:“戎,大;公,事也。”後漢書二六宋弘傳引詩作“戎功”。

【戎右】古官名。左傳桓八年:“鬬丹獲其戎車,與其戎右少師。”周禮夏官戎右:“戎右掌戎車之兵革使。”疏:“戎右者,與君同車,在車之右,執戈盾,備制非常,并充兵中使役。”也泛指軍中職務。唐司空圖司空表聖文集六故鹽州防御使王縱追述碑:"欲紹家聲,遂參戎右。"

【戎州】㊀古代大九州之一。西南曰戎州。詳"大九州"。㊁春秋戎人己氏聚居的州邑名,在衛都近郊。左傳哀十七年:"初,公登城以望,見戎州。"一說春秋衛邑名,古戎國。參閱清沈欽韓春秋左氏傳地名補注、讀史方輿紀要三三曹州曹縣。㊂州名。漢犍爲郡,南朝梁大同十年改爲戎州,治所在僰道(今四川宜賓市西南)。宋政和四年改爲敍州。參閱通典一七六州郡六戎州、續通典一二八州郡八敍州。

【戎衣】軍服。書武成:"一戎衣,天下大定。"傳:"衣,服也。一著戎服而滅紂。"文苑英華二四九唐杜審言贈蘇味道詩:"邊聲亂羌笛,朔氣卷戎衣。"參見"一戎衣"。

【戎戎】茂盛貌。詩召南何彼穠矣傳:"穠,猶戎戎也。"古文苑五漢張衡冢賦:"乃樹靈木,靈木戎戎。"

【戎行】軍隊,行伍。左傳成二年:"韓厥曰:'……下臣不幸,屬當戎行,無所逃隱。'"三國志吴魯肅傳注引江表傳周瑜與孫權牋:"瑜以凡才,昔荷討逆(孫策)殊特之遇,委以腹心,遂荷榮任,統御兵馬,志執鞭弭,自効戎行。"

【戎車】兵車。詩小雅六月:"六月棲棲,戎車既飭。"也泛指軍隊。文選三國魏鍾士季(會)檄蜀文:"今鎮西奉辭銜命,攝統戎車。"時會爲鎮西將軍。

【戎事】戰爭,軍事。左傳僖十五年:"今乘異産以從戎事,及懼而變,將與人易。"文選三國魏劉公幹(楨)贈五官中郎將詩之三:"壯士遠出征,戎事將獨難。"

【戎服】軍服。左傳襄二五年:"鄭子産獻捷于晉,戎服將事。"宋書沈慶之傳:"及(劉)湛被收之夕,上開門召慶之,慶之戎服履韎縛袴入,上見而驚曰:'卿何意乃爾急裝?'"

【戎首】㊀戰爭的主謀,發動戰爭的人。禮檀弓下:"毋爲戎首,不亦善乎?"注:"爲兵主來攻伐曰戎首。"文選三國魏鍾士季(會)檄蜀文:"叛主讎賊,還爲戎首。"也指挑起爭端者。晉書向雄傳:"劉河内(毅)於臣不爲戎首,亦已幸甚,安復爲君臣之好?"㊁軍隊主帥。晉書謝安傳附謝玄上疏:"復命臣荷戈前驅,董司戎首。"

【戎政】軍政。文選晉潘安仁(岳)西征賦:"掩細柳而撫劍,快孝文之命帥,周受命以忘身,明戎政之果毅。"周,周亞夫。

【戎帥】軍中的主帥。唐韓愈昌黎集二四清邊郡王楊燕奇碑文:"其父爲之請於戎帥,遂率諸將校之子弟各一人,開道趨闕,變服詭行,日倍百里。"

【戎疾】大病。詩大雅思齊:"肆戎疾不殄,烈假不遐。"

【戎旅】軍中,兵間。三國志吴孫瑜傳:"是時諸將皆以軍務爲事,而瑜好樂墳典,雖在戎旅,誦聲不絶。"北齊書王懷傳:"少好弓馬,頗有氣尚,值北邊喪亂,早從軍旅。"

【戎旃】軍旗。常借喻軍旅、主帥。文選南齊謝玄暉(朓)拜中軍記室辭隋王箋:"契闊戎旃,從容讌語。"唐元結元次山集四賊退示官吏詩:"忽然遭世變,數歲親戎旃。"也作"戎旆"。唐韓愈昌黎集九奉酬振武胡十二丈大夫詩:"戎旆暫停辭社樹,里門先下敬鄉人。"

【戎馬】㊀軍馬。老子:"天下無道,戎馬生於郊。"漢書刑法志:"戎馬四萬匹,兵車萬乘。"又借指戰爭、軍事。北齊顏之推顏氏家訓風操:"汝曹生於戎馬之間,視聽之所不曉,故聊記録,以傳示子孫。"㊁胡地所出之馬。文選漢司馬子長(遷)報任少卿書:"且李陵提步卒不滿五千,深踐戎馬之地。"注:"胡地出馬,故曰戎馬。"

【戎索】戎人之法。索,法。左傳定四年:"啟以夏政,疆以戎索。"注:"大原近戎而寒,不與中國同,故自以戎法。"

【戎軒】兵車。文選晉陸士衡(機)漢高祖功臣頌:"戎軒肇跡,荷策來附。"也泛指軍事。樂府詩集二一唐魏徵出關:"中原還逐鹿,投筆事戎軒。"

【戎寄】以軍務相委託。魏書邢巒傳上表:"臣以不才,屬當戎寄,内省文吏,不以軍謀自許;指臨漢中,惟規保疆守界。"

【戎略】軍事謀略。宋書沈慶之傳詔:"或盡誠謀初,宣綜戎略,……皆忠國忘身,義高前烈,功載民聽,誠簡朕心。"

【戎菽】大豆。詩大雅生民:"蓺之荏菽。"傳:"荏菽,戎菽也。"箋:"戎菽,大豆也。"一説爲胡豆。管子戒:"(齊)北伐山戎,出冬蔥與戎叔,布之天下。"注:"山戎有冬蔥戎菽,……戎叔,胡豆。"一説即豌豆。參閱本草綱目二四穀豌豆。

【戎御】兵車的駕馭人。國語晉七:"知欒糾之能御,以和于政也,使爲戎御。"注:"戎御,御公戎車。"

【戎葵】蜀葵。爾雅釋草:"菺,戎葵。"注:"今蜀葵也。"宋黄庭堅豫章集四次韻文潛休沐不出詩之二:"戎葵一笑粲,露井百尺深。"

【戎路】兵車。左傳莊九年:"秋,師及齊師戰于乾時,我師敗績,公喪戎路,乘傳而歸。"也作"戎輅"。左傳僖二八年:"賜之大輅之服,戎輅之服。"

【戎裝】軍裝。魏書楊大眼傳:"至於攻陳遊獵之際,大眼令妻潘戎裝,或齊鑣戰場,或並驅林壑。"唐韋應物韋江州集八始建射侯詩:"賓客時事畢,諸將備戎裝。"

【戎幕】軍府。北齊書皮景和傳論:"皮景和等爰自霸基,策名戎幕,……位高望重,咸遂本願,亦各遇其時也。"唐杜甫杜工部草堂詩箋二二到村:"老去參戎幕,歸來散馬蹄。"

【戎僕】周官名。掌管兵車。見周禮夏官戎僕。

【戎醜】大衆。詩大雅緜:"迺立冢土,戎醜攸行。"傳:"戎,大;醜,衆也。"也指戎人。宋楊億石保興碑:"公于出征,屢折戎醜。"(金石萃編一二九)

【戎機】指戰爭。樂府詩集二五木蘭詩:"萬里赴戎機,關山度若飛。"也指軍事。唐杜甫杜工部草堂詩箋二一遣憤:"自從收帝里,誰復總戎機。"

【戎盧】漢西域城國名。治卑品城,在今新疆洛甫縣東。參見漢書九六西域傳上。

【戎器】兵器。易萃:"君子以除戎器,戒不虞。"明史職官志一兵部:"武庫掌戎器、符勘、尺籍、武學、薪隸之事。"

【戎韜】軍事謀略。唐李賀歌詩編一南園之四:"橋頭長老相哀念,因遺戎韜一卷書。"

【戎鹽】即巖鹽。因産於戎地,故名。周禮天官鹽人"王之膳羞共飴鹽"注:"飴鹽,鹽之恬者,今戎鹽有焉。"本草綱目十一戎鹽引陶弘景名醫别録:"戎鹽生胡鹽山及西羌北地,酒泉福禄城東南角。"又:"其形作塊片,或如雞鴨卵,或如菱米,色紫白,味不甚鹹,口嘗氣臭。"

【戎蠻】春秋時國名。爲楚所滅。故地在今河南臨汝縣西南。參閱左傳哀四年、讀史方輿紀要一戎蠻。

【戎政尚書】明代官名。永樂初,置協理京營戎政,掌京營操練之事,由尚書或侍郎、右都御史兼管。嘉靖二十年,始命尚書劉天和罷其部務,另給關防,專理戎政,轄五軍、神樞、神機三大軍營,名戎政尚書。參閱明史職官志一兵部、清孫承澤天府廣記十九戎政府。

成 chéng 是征切,平,清韻,禪。

㊀成就，完成。詩大雅靈臺："庶民攻之，不日成之。"㊁變成，成爲。易繫辭上："在天成象，在地成形，變化見矣。"荀子勸學："積土成山，風雨興焉。"㊂成熟，茂盛。吕氏春秋明理："五穀萎敗不成。"又先己："松柏成，而塗之人已蔭矣。"注："成，盛。"引申爲肥碩。孟子滕文公下："犧牲不成，粢盛不絜。"注："不成，不實肥腯也。"㊃和解。講和。詩大雅緜："虞芮質厥成。"左傳桓六年："楚武王侵隨，使薳章求成焉。"㊄平服，平定。春秋桓二年："公會齊侯、陳侯、鄭伯于稷，以成宋亂。"注："成，平也。"㊅必，定。國語吳："夫一人善射，百夫決拾，勝未可成也。"又："吳楚爭長未成。"㊆併。儀禮既夕禮："俎二以成，南上。"引申爲整。見"成數"。㊇重，層。爾雅釋丘："丘一成爲敦丘，再成爲陶丘。"㊈樂曲一終爲一成。書益稷："簫韶九成，鳳凰來儀。"㊉計要，統計的文簿。禮王制："司會以歲之成，質於天子。"⑪古時田土區劃名稱。左傳哀元年："有田一成，有衆一旅。"注："方十里爲成。"周禮地官小司徒"井牧其田野"漢鄭玄注引司馬法：井十爲通，通十爲成，成十爲終，十終爲同。今稱十分之一爲一成，十分之七爲七成。⑫通"誠"。詩小雅我行其野："成不以富，亦祇以異。"⑬東晉列國之一。詳"成漢"。⑭姓。漢有成信，見漢書九十成宣傳。

【成丁】 可服户役的成年男子。成年的規定，歷代不同。隋開皇三年始令人以二十一成丁；唐天寶三年更民二十三以上成丁。見北史隋文帝紀、新唐書食貨志。參見"丁中"、"丁老"。

【成人】 ㊀德才兼備的人，猶言完人。論語憲問："子路問成人。子曰：'若臧武仲之知，公綽之不欲，卞莊子之勇，冉求之藝，文之以禮樂，亦可以爲成人矣'。"㊁成年。儀禮喪服："未嫁者，其成人而未嫁者也。"注："成人，謂年二十已笄禮者也。"禮冠義："已冠而字之，成人之道也。"也指成年人。史記趙世家："今趙武既立，爲成人，復故位。"

【成山】 山名。在山東半島榮城東北，其角伸入黃海，稱成山角。史記封禪書："成山斗入海，最居齊東北隅。"又名榮成山。史記秦始皇紀"三十七年，自瑯邪北至榮城山"正義："即成山也。"

【成心】 偏見，成見。莊子齊物論："夫隨其成心而師之，誰獨且無師乎？"晉郭象注："夫心之足以制一身之用者謂之成心。"唐成玄英疏："夫域情滯著，執一家之偏見者，謂之成心。"今也謂故意爲成心。

【成王】 複姓。本羋姓，楚成王之後。漢有中郎成王弼。見通志二九氏族五以爵謚爲氏。

【成仁】 成就仁德。論語衛靈公："志士仁人，無求生以害仁，有殺身以成仁。"後因稱爲正義事業而犧牲生命曰成仁。

【成公】 複姓。本姬姓，衛成公之後。三國魏有成公英，晉有成公綏。參閲通志二九氏族五以爵謚爲氏。

【成化】 明朱見深（憲宗）年號。公元1465—1487年。

【成立】 ㊀成就。後漢書十六鄧禹傳："禹進説曰：'四方分崩離析，形埶可見，明公（指劉秀）雖建藩輔之功，猶恐無所成立，於今之計，莫如延攬英雄，務悦民心。"㊁成長自立。文選晉李令伯（密）陳情事表："臣少多疾病，九歲不行，零丁孤苦，至於成立。"北齊顏之推顏氏家訓養生："成立之年，便增妻孥之累。"

【成功】 ㊀成就事業。書禹貢："禹錫玄圭，告厥成功。"㊁收穫。左傳襄四年："邊鄙不聳，民狎其野，穡人成功。"

【成本】 生產產品的費用。清包世臣中衢一勺五小倦游閣雜説三："善治淮鹺者，必反其道而用之。先結清前案，截斷衆流，然後講求言利之方，釐剔成本，使六省之民，皆食賤鹽以暢銷路。"

【成安】 縣名。屬河北省。春秋晉乾侯邑。秦末趙封陳餘爲成安君，即此。漢爲斥丘縣，北齊改置成安縣。唐天祐二年又改斥丘，五代後唐復稱成安。宋至清因之。參閲嘉慶一統志三二廣平府一。

【成交】 已成交易。元周密癸辛雜識續集上海井："此物我實不識，今已成交得錢，決無悔理，幸以告我。"

【成衣】 製成衣服。淮南子説山："先針而後縷，可以成帷；先縷而後針，不可以成衣。"

【成列】 布置成行列。左傳僖二二年："宋公及楚人戰於泓。宋人既成列，楚人未既濟，司馬曰：'彼衆我寡，及其未既濟也，請擊之。'"唐文粹二一王維京兆尹張公德政碑頌："動則兩驂如舞，坐則五鼎成列。"

【成全】 圓滿無缺。史記七九蔡澤傳："夫人之立功，豈不期於成全邪？身與名俱全者上也。"後稱幫助別人完成事業或心願爲"成全"。水滸六："教頭今日既到這裏，一發成全了他亦好。"

【成竹】 見"胸有成竹"。

【成名】 ㊀樹立名聲。論語子罕："大哉孔子！博學而無所成名。"㊁生子三月父爲之命名。周禮地官媒氏："凡男女自成名以上，皆書年月日名焉。"注引鄭衆："成名謂子生三月父名之。"㊂猶言定名。荀子正名："後王之成名，刑名從商，爵名從周，文名從禮。"㊃盛名。荀子非十二子："成名況乎諸侯，莫不願以爲臣。"清俞樾謂成通"盛"。見諸子評議十二荀子一。㊄舊時科舉中式叫成名。唐黃滔有放牓日詩，題注："從此成名後作。"又有成名後呈同年詩。見黃御史集三、四。唐羅隱甲乙集八偶題詩："我未成名君未嫁，可能俱是不如人。"

【成色】 金屬貨幣或器物中所含之金屬純度。大明律附例七："凡收受諸色課程變賣物貨，起解金銀，須要足色。如成色不及分數，提調官吏人匠，各笞四十。"

【成言】 訂約，成議。左傳襄二七年："楚公子黑肱先至，成言於晉。"楚辭屈原離騷："初既與余成言兮，後悔遁而有他。"

【成均】 古之大學。周禮春官宗伯："大司樂掌成均之法，以治建國之學政，而合國之子弟焉。"注："（鄭）玄謂董仲舒云：'成均，五帝之學。'"後爲官設學校的泛稱。宋王之道相山集三奉送果上人住開先寺詩："我昔遊成均，年少心猶童。"

【成見】 對人或事物有預定的主觀看法。清黃宗羲南雷文案三與友人論學書："潘用微議論某曾駁之於姜定庵書。或某執成見，惡其詆毁先賢，未畢其説，便逆而拒之。"

【成佛】 佛教徒謂學佛得證正果。添品法華三授記品："當復供養二百萬億諸佛，亦復如是，當得成佛。"宋書謝靈運傳："太守孟顗事佛精懇而爲靈運所輕。嘗謂顗曰：'得道應須慧業文人，生天當在靈運前，成佛必在靈運後。'"

【成事】 ㊀成功，特指戰勝。左傳宣十二年："其爲先君宫，告成事而已。"㊁成就事業。史記高祖紀："劉季固多大言，少成事。"㊂已成的事。論語八佾："成事不説，遂事不諫，既往不咎。"戰國策趙二："愚者闇於成事，智者見於未萌。"

【成固】 地名。漢縣，屬漢中郡。見漢書地理志上漢中郡。即今陝西城固縣。參見"城固"。

【成命】 ㊀已定的天命。詩周頌昊天有成命："昊天有成命，二后受之。"二后，文王武王。㊁既定的策略。左傳宣十二年："鄭人勸戰，弗敢從也；楚人求成，弗能好也。師無成命,多備何爲?”㊂已發布的命令。宋樓鑰攻媿集三二辭免除顯謨閣直學士知婺州狀:“伏望皇帝陛下俯鑒忱衷,特回成命。”

【成服】㊀舊時喪禮大斂後,死者親屬按同死者關係的親疏,穿着應持的喪服,叫作成服。儀禮士喪禮:“三日,成服。”參見“五服㊂”。㊁製成衣服。三國志魏高堂隆傳上疏:“是以帝耕以勸農,后桑以成服。”

【成周】卽西周的東都洛邑。書洛誥:“召公既相宅,周公往營成周。”本營之以遷殷民,在瀍水之東,與王城相去十八里。平王東遷,居王城;敬王避王子朝之亂,遷都成周。故址傳説在今河南洛陽市東郊白馬寺之東。參閲清顧棟高毛詩類釋二王。

【成例】猶先例。周書蕭大圜傳:“昔漢明爲世祖紀,章帝爲顯宗紀,殷鑒不遠,足爲成例。”

【成相】荀子篇名。共三首,每首都冠以“請成相”三字。是一種三言、四言、七言互用的韻文。論君臣治亂之事,間雜歷史故事。漢書藝文志載有成相雜辭十一篇,今已佚。參閲明方以智通雅三、清俞樾諸子平議十五荀子四。

【成俗】㊀已成的風俗,舊俗。荀子臣道:“言其所長,不稱其所短,以爲成俗。”史記禮書:“而況中庸以下漸漬於失教,被服於成俗乎?”㊁形成風俗。禮學記:“君子如欲化民成俗,其必由學乎。”

【成紀】㊀成其紀綱,合乎法度。文選南朝宋顔延年(延之)宋文皇帝元皇后哀策文:“發音在詠,動容成紀。”㊁地名。傳説伏羲生於成紀。漢置縣,屬天水郡。唐宋爲秦州治所,元明併入秦州。故城在今甘肅秦安縣北。參閲讀史方輿紀要五九鞏昌府成紀廢縣。㊂複姓。唐有將軍成紀慕仁。見續通志八八氏族八。

【成家】㊀成立家室,娶妻。吳越春秋越王無余外傳:“成家成室,我造彼昌。”㊁持家,興家。遼史景宗睿智皇后蕭氏傳:“(后)北府宰相思温女,早慧。思温嘗觀諸女掃地,惟后潔除,喜曰:‘此女必能成家。’”㊂安家。唐韓愈昌黎集三桃源圖詩:“初來猶自念鄉邑,歲久此地還成家。”㊃東漢公孫述起成都,自立爲帝,號成家。見後漢書本傳。

【成案】已辦好的公文案卷。唐韓愈昌黎集十三藍田縣丞廳壁記:“文書行,吏抱成案詣丞。”也指訴訟中已判定的案件。明劉基誠意伯集七書蘇伯脩御史斷獄記後:“斷大獄必視成案,苟無其隙,不得而更焉。”

【成效】事物已見的功效。漢王充論衡非韓:“夫道無成效於人,成效者,須道而成。”也指成績。三國志吳薛綜傳上疏論交州刺史人選:“假其威寵,借之形勢,責其成效,庶幾可補復。”

【成連】春秋時著名琴師。傳説伯牙曾從成連學琴,三年不能精通。成連因與伯牙同往東海中蓬萊山,使聞海水激蕩、林鳥悲鳴的聲音,伯牙情致專一,得到啟發,終於成爲天下妙手。見唐吳兢樂府古題要解下水仙操。

【成荆】春秋齊國的勇士。戰國策韓二:“勇哉!氣矜之隆,是其軼(孟)賁、(夏)育而高成荆矣。”成荆,又作成覸、成睍、成慶。參閲清段玉裁説文解字注“覸”、淮南子齊俗“孟賁成荆,無所行其威”注。

【成皋】地名。在今河南滎陽縣汜水鎮西。春秋鄭時名虎牢,後改成皋。戰國屬韓,後獻於秦。劉邦項羽兩軍曾相持於此。漢置縣,屬河南郡,隋開皇十八年改名汜水。參閲後漢書郡國志一河南尹成皋注、元和郡縣志五河南府。

【成章】樂竟爲一章。故事物發展到一定階段或具有一定規模,俱稱成章。國語周中:“夫王公諸侯之有飫也,將以講事成章。”呂氏春秋大樂:“陰陽變化,一上一下,合而成章。”

【成規】㊀前人制定的規章制度。三國志蜀蔣琬費禕傳評:“蔣琬方整有威重,費禕寬濟而博愛,咸承諸葛之成規,因循而不革。”㊁既定的計劃。三國志吳丁奉傳:“悉許、洛兵大舉而來,必有成規。”

【成都】㊀縣名。戰國秦惠王置,治所在今四川成都市,歷代因之。三國蜀漢及五代前蜀、後蜀皆建都於此。北宋李順起義軍曾在此建都,國號大蜀。明末張獻忠起義軍也在此建立大西國,稱西京。公元1952年撤銷。㊁府名。唐至德二年改蜀郡,置成都府,治所在今成都市。宋嘉祐五年改成都府路,元初改成都路,明初復爲府,公元1913年廢。參閲嘉慶一統志三八四成都府一。㊂郡名。晉懷帝時割南郡的華容州陵監利三縣別立豐都,合四縣置成都郡。愍帝建興中併還南郡。故城在今湖北監利縣西北。參閲晉書地理志下荆州。

【成國】大國。左傳襄十四年:“成國不過半天子之軍,周爲六軍,諸侯之大者,三軍可也。”疏:“方四百里以上爲成國。”

【成婚】結婚。左傳桓三年:“會於嬴,成昏於齊也。”昏,古昏字,通“婚”。玉臺新詠一古詩爲焦仲卿妻作:“今已二十七,卿可去成婚。”也指結成姻親。三國志魏呂布傳附張邈:“沛相陳珪恐(袁)術、(呂)布成婚,則徐、揚合從,將爲國難。”

【成湯】商開國之君。契的後代,子姓,名履,又稱天乙。夏桀無道,湯伐之,遂有天下,國號商,都於亳(今河南商丘縣一帶)。傳十七代,三十一王,至紂爲周所滅。參閲史記殷紀。

【成童】年齡稍大的兒童。有二説:1. 八歲以上爲成童。見穀梁傳昭十九年“羈貫成童”注。2. 十五歲以上爲成童。見禮内則“成童舞象”注。

【成就】作出成績,完成。漢書八六王嘉傳:“今諸大夫有才能者甚少,宜豫畜養可成就者,則士赴難不愛其死。”漢孟郁修堯廟碑:“赫如屋赭,蘭然成就。”(隸釋一)屋,通“渥”。蘭,通“爛”。

【成勞】成功。國語吳:“今天王既封植越國,以明聞於天下,而又刈亡之,是天王之無成勞也。”

【成喪】㊀成人的喪禮。禮曾子問:“祭成喪者必有尸,尸必以孫。”㊁具備守喪之禮。禮喪大記:“五十不成喪。”注:“成,猶備也。所不能備,謂不致毁、不散送之屬也。”㊂猶成敗。後漢書十三隗囂傳論:“回成喪而爲其議者,或未聞焉。”

【成陽】㊀縣名。漢置。1. 屬濟陰郡,北齊廢。傳説堯及母慶都葬於此。宋洪适隸釋有漢成陽靈臺碑記其事。故城在今山東曹縣東北。參閲讀史方輿紀要三三曹州。2. 屬汝南郡,爲成陽侯國。東漢廢。故城在今河南信陽縣東北。參閲漢書地理志上汝南郡。㊁複姓。漢有安陽護軍成陽恢。見通志二七氏族三以地爲氏。

【成漢】朝代名。東晉時十六國之一。公元303—347年。氐族李特在蜀地起義,其子李雄據成都,稱成都王,後稱帝,建號成。雄侄李壽又改號爲漢,舊史稱成漢。有今四川及陝西南部,雲南貴州北部之地。傳五帝,歷四十五年。爲東晉桓温所滅。

【成説】㊀成議,定約。詩邶風擊鼓:“死生契闊,與子成説。”後把事已説定,叫作已有成説。㊁寫定的著作。元史一九〇牟應龍傳:“於諸經皆有成説,惟五經音致盛行於世。”

【成語】習用的古語,以及表示完整意思的定型詞組或短句。紅樓夢二八:“酒底要席上生風,一樣東西,——或古詩、舊對、四書、五經、成語。”

【成誦】讀書熟能背誦。文選漢楊德祖(脩)答臨淄侯牋:“又嘗親見執事,握牘持筆,有所造作,若成誦在心,借書於手。”

【成瑨】東漢弘農人,舉孝廉,桓帝時爲南陽太守,信任功曹岑晊。當時民謠有:“南陽太守岑公孝,弘農成瑨但坐嘯。”公孝,晊字。見後漢書六七黨錮傳序。

【成算】已定的計劃。隋書柳彧傳彧上表:“至於鎭撫國家,宿衞爲重。俱禀成算,非專已能。”唐白居易長慶集三九與希朝詔:“伐謀而事有成筭,剋日而動不愆期。”筭,同“算”。

【成窰】明成化年間景德鎭官窰燒製的瓷器。以彩釉瓷最爲突出,胎盤細膩純潔,白釉瑩潤如脂,彩色柔和,造型輕靈秀美,表裏精緻如一。參閱清谷應泰博物要覽新舊饒窰成窰。

【成熟】指五穀瓜果成長到可收穫的程度。漢焦延壽易林一泰小過:“桃李花實,累累日息,長大成熟,甘美可食。”後比喻事物發展到可收效果的階段。漢王充論衡量知:“學士簡練於學,成熟於師,身之有益,猶穀成飯,食之生肌腴也。”唐韓愈昌黎集十八答呂毉山人書:“又自周後文弊,百子爲書,各自名家,亂聖人之宗,後生習傳,雜而不貫,故設問以觀吾子,其已成熟乎,將以爲友;其未成熟乎,將以講去其非而趨是耳。”

【成數】整數。唐孔穎達周易正義序:“至若復卦云:‘七日來復’,……舉其成數言之,而云‘七日來復。’”

【成德】㊀盛德,全德。書伊訓:“伊尹乃明言烈祖之成德,以訓于王。”㊁成年人應有的品德。儀禮士冠禮:“棄爾幼志,順爾成德。”㊂唐代方鎭名。寶應元年設置,管轄恒定易趙深五州,治所在恒州(今河北正定縣)。見新唐書方鎭表三。㊃地名。漢置成德縣,屬九江郡。故城在今安徽壽縣東南。參閱漢書地理志上九江郡。

【成樂】㊀成育萬物使之樂生。國語鄭:“虞幕能聽協風,以成樂物生者也。”㊁地名。西漢設置成樂縣,爲定襄郡治所。東漢時,屬雲中郡,東漢末廢。故址在今內蒙古和林格爾縣。參閱漢書地理志下定襄郡、後漢書郡國志五雲中郡。

【成憲】舊定的法律。書說命下:“監于先王成憲,其永無愆。”

【成親】結婚。宣和遺事後集肅王女爲番官妻見太后:“遂將奴奴嫁與他,今成親六日矣。”

【成縣】縣名。1. 屬甘肅省。原爲西魏成州,明改爲縣,屬鞏昌府,清屬階州,今屬武都地區。參閱寰宇通志九七鞏昌府成縣。2. 西漢置,屬涿郡,爲侯國,東漢廢。在今河北保定市境。參閱漢書地理志上涿郡。

【成器】㊀製成的器物。易繫辭上:“備物致用,立成器以爲天下利,莫大乎聖人。”管子七法:“成器不課不用,不試不藏。”㊁美好的器物。禮王制:“錦文珠玉成器,不粥於市。”注:“成猶善也。”後比喻有作爲的人。世說新語品藻:“冀州刺史楊淮二子喬與髦,俱總角爲成器。”

【成積】成見與舊習。荀子解蔽:“一家得周道,舉而用之,不蔽於成積也。”注:“成積,舊習也。”

【成禮】㊀使禮完備。左傳莊二二年:“酒以成禮,不繼以淫,義也。”㊁行禮完畢。史記六四司馬穰苴傳:“景公與諸大夫郊迎,勞師成禮,然後反歸寢。”㊂完婚。南齊書公孫僧遠傳:“兄姊未婚嫁,乃自賣爲之成禮。”

【成績】已著功效的業績。書洛誥:“萬邦咸休,惟王有成績。”宋司馬光涑水紀聞六:“使他人往,必矜其聰明,多所變置,敗壞(曹)瑋之成績。”也指工作學習上的收穫或成就。宋書吳喜傳:“喜昔隨沈慶之,屢經軍旅,性既勇決,又習戰陣,若能任之,必有成績。”

【成議】定議,成約。文選三國魏阮元瑜(瑀)爲曹公作書與孫權:“遂齎見薄之決計,秉翻然之成議。”

【成公綏】公元231—273年,晉東郡白馬人。字子安。初召爲博士,後升中書郎,擅長辭賦。嘯賦是他的代表作,被選入文選。原集失傳,明張溥輯有成公子安集。晉書有傳。

【成功舞】五代後晉雅舞名。詳“昭德舞㊀”。

【成無已】金聊攝人,生於宋嘉祐治平年間。精於醫道,爲注釋傷寒論的第一人,著有注解傷寒論十卷、傷寒明理論三卷。前書是現存最早的傷寒論的全注本。

【成實宗】佛教宗派之一。是印度小乘中最後所立的一宗,卽空宗。因以訶梨跋摩的成實論爲依據,故名成實宗。東晉列國後秦鳩摩羅什首次介紹傳入我國,南北朝時講習頗盛行,到唐漸衰。

【成實論】佛經名。訶梨跋摩著,東晉列國後秦鳩摩羅什譯,十六卷。成是成立,實是實義,卽成立真實之義。在小乘論中,說我空,兼說法空。是向大乘空宗過渡的著作。

【成人之美】助人爲善。論語顏淵:“君子成人之美,不成人之惡。”省作“成美”。史記夏紀:“有能成美堯之事者使居官。”後因稱成全他人的好事爲成人之美。

【成仁取義】宋文天祥文山集十自贊:“孔曰成仁,孟曰取義,惟其義盡,所以仁至。……而今而後,庶幾無愧。”後稱爲正義事業而犧牲爲成仁取義。參見“成仁”。

【成吉思汗】見“元太祖”。

【成唯識論】佛經名。簡稱唯識論。唐玄奘編譯,共十卷。論述世界萬物皆爲人的八識(耳、目、口、鼻、身、意、神識、靈性)所變現,以精神爲自然的本質,並敍及悟入此理的次第,是瑜伽一宗的重要理論著作。

【成也蕭何,敗也蕭何】漢蕭何初薦韓信爲大將,後又助呂后設計殺信,故宋時有“成也蕭何,敗也蕭何”之俗語。見宋洪邁容齋隨筆續筆八蕭何紿韓信、陳善捫蝨新語。後比喻出爾反爾,反復無常。元曲選缺名賺蒯通一:“這非是我成也蕭何敗也蕭何,故恁的反覆勾當。”

【成人不自在,自在不成人】諺語。卽人要有所成就,必須刻苦努力,不可放任自流。宋羅大經鶴林玉露九引宋朱熹小簡:“諺云:‘成人不自在,自在不成人。’此言雖淺,然實切至之論,千萬勉之!”元曲選蕭德祥殺狗勸夫一:“天那!我正是成人不自在,自在不成人。”

三 畫

戒 jiè ㄐㄧㄝ 古拜切,去,怪韻,見。

㊀防備,準備。易萃:“君子以除戎器,戒不虞。”詩小雅大田:“既種既戒,既備乃事。”㊁警戒,警告。詩小雅采薇:“豈不日戒,玁狁孔棘。”荀子富國:“備官職,漸慶賞,嚴刑罰,以戒其心。”又大略:“敬戒無怠。”㊂戒除。論語季氏:“少之時血氣未定,戒之在色。”莊子人間世:“無適而非君也,無所逃於天地之間,是之謂大戒。”此作名詞。㊃命令,告請。儀禮聘禮:“既圖事,戒上介亦如之。”又士冠禮:“主人戒賓,賓禮辭許。”㊄齋戒。莊子達生:“十日戒,三日齊。”齊,同“齋”。㊅佛教的戒律。梵名尸羅、三波羅,禁制之義。唐釋玄應一切經音義十四四分律一說戒:“戒,亦律之別義也。梵言三婆羅,此譯云禁戒者,亦禁義也。”參閱釋氏要覽

上戒法。㊉文體之一。南朝梁蕭統文選序:“次則箴興於補闕,戒出於弼匡。”㊇至,到。通“屆”。詩商頌烈祖:“亦有和羹,既戒既平。”箋:“戒,至。”㊈界限,分界。通“界”。新唐書天文志一:“而一行以爲天下山河之象,存乎兩戒。”

【戒刀】僧人的佩刀。爲出行所攜用具之一,供割切三衣(袈裟)用,不得用以殺生,故稱戒刀。參閱宋釋贊寧僧史略上、道成釋氏要覽中戒刀。

【戒方】舊時對學童施行體罰的木尺。清王譽昌崇禎宮詞“一堂歌誦肅章程”注:“(宮人)有犯老師,批本監提督責處,輕則學長以戒方打掌,重則罰跪于聖人前。”

【戒心】警惕,防備之心。孟子公孫丑下:“當在薛也,予有戒心。”管子君臣下:“戒心形於內,則容貌動於外矣。”

【戒尺】㊀佛教戒師向僧徒說戒時的用具。兩塊長方形小木,一仰一俯,仰木在下稍大,用俯木敲擊發聲。元釋德輝百丈清規五沙彌得度:“設戒師座几,與住持分手,几上安香燭、手爐、戒尺。”㊁舊時塾師對學童施行體罰所用的小木板。即“戒方”。也作“戒飭”。儒林外史七:“本該考居極等,姑且從寬,取過戒飭來,照例責罰!”參見“戒方”。

【戒石】五代後蜀孟昶有戒飭官吏的令箴,廣政四年頒於郡縣,共四言二十四句。宋平蜀,太宗摘錄其中“爾俸爾祿,民脂民膏,下民易虐,上天難欺”四句頒於州縣,更名爲戒石銘。碑南向刻“公生明”三字,北向刻銘文十六字,歷代相沿。參閱宋張唐英蜀檮杌、張端義貴耳集、明田藝蘅留青日札摘抄二戒石。

【戒旦】告戒天將明。文選晉趙景真(至)與嵇茂齊書:“雞鳴戒旦,則飄爾晨征;日薄西山,則馬首靡託。”注:“陳琳武庫賦:‘啟明戒旦,長庚告昏。’”

【戒行】佛教指恪守戒律的操行。梁釋慧皎高僧傳六釋道祖:“又有法幽道恒道授等百有餘人,或義解深明,或匡拯衆事,或戒行清高,或禪思深入,並振名當世,傳業于今。”北魏楊衒之洛陽伽藍記四法雲寺:“京師沙門好胡法者,皆就摩羅受持之,戒行真苦,難可揄揚。”

【戒具】古代祭祀、朝覲等事應備的陳設器具。周禮天官小宰:“以法掌祭祀、朝覲、會同、賓客之戒具。”注:“戒具,戒官有事者所當共。”

【戒指】指環。明曹昭格古論蠟子:“性堅,有紅蠟、白蠟,……可廂嵌釧鐲碗盞戒指用。”(說郛八七)參閱明都卬三餘贅筆戒指、清顧張思土風録五戒指。

【戒香】佛教說戒時熏點的香。隋張公禮龍藏寺碑:“戒香恒馥,法輪常轉。”(金石萃編三八)唐司空圖司空表聖文集九爲東都敬愛寺講律僧惠確化募雕刻律疏:“啟祕藏而演毗尼,熏戒香以消煩惱。”

【戒律】佛、道教徒所遵守的法規。佛教有五戒、十戒、二百五十戒等類。梵名毗奈耶。東漢建寧三年安世高首出義決律,次有比丘諸禁律;三國魏嘉平中曇摩迦羅與曇諦譯四分羯磨及僧祇戒心圖記,爲中國戒律之始。見僧史略上譯律。道教也有五戒、十戒、一百八十戒等類。參閱雲笈七籤三八、三九說戒。

【戒珠】佛教語。比喻戒律精潔。法華經一序品:“精進持淨戒,猶如護明珠。”東魏中岳嵩陽寺碑:“高足大沙門統遵法師忘懷體道,戒珠皎潔。”(全石萃編三十)

【戒書】㊀自我警戒的文字。大戴禮武王踐阼:“王聞書之言,惕若恐懼,退而爲戒書。”注:“託於物以自警戒也。”㊁漢代皇帝命令四種之一,用以戒敕刺史、太守及三邊營官。文前例爲“有詔敕某官”語。見漢蔡邕獨斷上。也作“誡敕”。參見該條。

【戒朝】天將明。文選晉潘安仁(岳)哀永逝文:“聞雞鳴兮戒朝,咸驚號兮撫膺。”

【戒備】警戒準備。國語晉三:“日考而習,戒備畢矣。”

【戒塗】出發,籌備登程。藝文類聚三七南朝梁任昉爲庾杲之與劉虯書:“且凌雪戒塗,非滅跡之郊;鴻鐘在御,豈銷聲之道。”也作“戒途”。周書文帝紀上:“秣馬戒途,志不俟旦。”

【戒牒】僧尼受戒的憑證,也稱度牒。唐會要四九僧尼所隸:“(會昌)六年五月制:……所度僧尼,令祠部給牒。”宋馬永卿嬾真子二:“今之僧尼戒牒云知月黑白大小及結、解夏之制,皆五印度之法也。”月生至滿爲白月,月虧至晦爲黑月。參閱宋釋贊寧僧史略中祠部牒附。

【戒裝】出發以前,準備行裝。世說新語方正:“(郭)淮妻太尉王淩之妹,坐淩事當并誅,使者徵攝甚急,淮使戒裝,克日當發。”

【戒壇】佛教僧徒傳戒之壇。梵語曼陀羅。始於三國魏嘉平正元中(宋高承事物紀原七釋教三六戒壇),或謂始於南朝宋求那跋摩三藏(僧史略)。唐白居易長慶集六十大唐泗州開元寺……明遠大師塔碑銘序:“十九從泗州靈穆律師受具戒,五夏通四分律俱舍論,乃升講座,乃登戒壇。”

【戒嚴】在戰時或其他非常情況下,所採取的嚴密防備措施。三國志魏賈逵傳“太祖(曹操)心善逵,以爲丞相主簿”注引魏略:“太祖(曹操)欲征吳而大霖雨,三軍多不願行。太祖知其然,恐外有諫者,教曰:‘今孤戒嚴,未知所之,有諫者死。’”晉書褚裒傳:“及石季龍死,裒上表請伐之,即日戒嚴,直指泗口。”

【戒臘】僧人受戒的年數。寺院僧衆坐次,依戒臘的長短而定。元釋德輝百丈清規七節臘:“僧不序齒而序臘,以別俗也。……凡禪誦行坐,以受戒先後爲次。……所謂雨安居者,因地隨時,惟適之安。或曰坐夏,或曰坐臘。戒臘之義始此。”參見“戒蠟”。

【戒蠟】即戒臘。僧徒結夏時,造蠟人一具,重量和本人相等。至解夏時,體重保持與蠟人相等(或說重于蠟人),說明念定而無妄想;反之,精神不一,血氣損耗,必輕于蠟人。以可以測定僧人的戒行,故稱戒蠟。參閱明田汝成西湖遊覽志餘十四方外玄蹤、明張萱疑耀五戒蠟。

【戒體】佛教指受戒的人不受邪惡侵染的本性。又名苾芻性。苾芻,梵語,即比丘。唐白居易長慶集五一題道宗上人十韻詩:“精潔霑戒體,閑澹藏禪味。”參閱釋氏要覽上戒法、戒體。

【戒火草】草名。本草名景天。南朝梁宗懍荆楚歲時記:“春分日,民並種戒火草於屋上。”參見“慎火”。

【戒定慧】佛教指防非止惡曰戒,息慮靜緣曰定,破惑證真曰慧。楞嚴經六:“所謂攝心爲戒,因戒生定,因定發慧,是則名爲三無漏學。”宋蘇軾分類東坡詩二四贈虔州術士謝晉臣:“死後人傳戒定慧,生時宿直斗牛箕。”

【戒珠寺】在今浙江紹興縣東北蕺山,相傳爲晉王羲之的故宅。羲之捨爲寺。前有鵝池,爲羲之養鵝處。參閱嘉慶一統志二九四紹興府一寺觀。

【戒晨鼓】古代報晨昏的鼓。水經注十三㶟水:“魏神瑞三年,又建白樓,樓甚高竦,……後置大鼓於其上,晨昏伐以千椎,以爲城里諸門啟閉之候,謂之戒晨鼓。”

【戒菴漫筆】明李詡撰。八卷。內容大部記朝野典故及詩文瑣語。詡字厚德,江陰人,自號戒庵老人,因以名書。

我 wǒ ㄨㄛˇ 五可切,上,哿韻,疑。

㊀自稱。自已,自已的。詩邶風柏舟:"我心匪鑒,不可以茹。"又小雅采薇:"昔我往矣,楊柳依依;今我來思,雨雪霏霏。"也泛指己方。春秋隱八年:"庚寅,我入祊。"㊁自以爲是。論語子罕:"毋意,毋必,毋固,毋我。"㊂姓。戰國時有我子,見漢書古今人表。又藝文志有我子一篇。

【我生】㊀我的作爲。易觀:"觀我生進退。"北齊顏之推有觀我生賦,備記一生遭遇經過。文見北齊書本傳。㊁生我者。後漢書五二崔駰傳引崔篆慰志賦:"豈無熊僚之微介兮?悼我生之殲夷。"注:"我生謂母也。"

【我見】佛教語。又名"身見"。指固執主觀,以身爲實體的觀點。成唯識論四:"我見者,謂我執,於非我法妄計爲我,故名我見。"

【我每】我們。元曲選缺名陳州糶米三:"若是不容咱,我每則一跑。"

【我法】佛教語。對同道者言佛法爲我法。楞嚴經一:"佛告阿難,汝我同氣;情均天倫,當初發心;於我法中,見何勝相。"

【我相】佛教語。四相之一。指把輪迴六道的自體當做真實存在的觀點。金剛經:"若菩薩有我相、人相、衆生相、壽者相,即非菩薩。"宋范成大石湖集二四藻姪比課五言詩因吟病中十二首示之之六:"捫蝨天機動,驅蚊我相生。"

【我曹】我輩,我們。東觀漢紀十五張堪傳:"堪守蜀郡,公孫述遣擊之。堪有同心之士三千人,相謂曰:'張君養我曹,爲今日也。'"

【我輩】我等,我們。世説新語任誕:"阮籍嫂嘗還家,籍見與別。或譏之,籍曰:'禮豈爲我輩設也。'"晉書石苞傳:"(許)允謂苞曰:'卿是我輩人,當相引在朝廷,何欲小縣乎?'"

【我儂】江浙一帶方言,自稱我儂。唐司空圖司空表聖詩集五力疾山下吳村看杏花之七:"王老小兒吹笛看,我儂試舞爾儂看。"宋釋文瑩湘山野錄中錢鏐山歌:"你輩見儂底歡喜,別是一般滋味子,永在我儂心子裏。"

【我行我素】禮中庸:"君子素其位而行,不願乎其外。素富貴行乎富貴,素貧賤行乎貧賤,素夷狄行乎夷狄,素患難行乎患難。君子無入而不自得焉。"後因稱凡自行其是、不以環境爲轉移或不受人影響者爲我行我素。

【我見猶憐】晉桓溫平蜀,收蜀主李勢女爲妾,溫妻南康長公主甚妒,持刀欲殺李。及見李容貌端麗,辭色悽惋,於是擲刀抱李曰:"我見汝亦憐,何況老奴!"見世説新語賢媛及注引南朝宋虞通之妒記。後形容女子姿態美麗楚楚動人曰我見猶憐,本此。

【我醉欲眠】南朝梁蕭統陶淵明傳:"貴賤造之者,有酒輒設。淵明若先醉,便語客:'我醉欲眠,卿可去。'其真率如此。"見陶淵明集十。唐李白李太白詩二三山中與幽人對酌:"我醉欲眠卿且去,明朝有意抱琴來。"後因用"我醉欲眠"狀人的自然真率。

【我黼子佩】喻夫妻同享富貴。漢揚雄琴清英:"祝牧與妻偕隱,作琴歌云:'天下有道,我黼子佩;天下無道,我負子戴。'"(玉函山房輯本)意謂世治則作官,世亂則隱居。

四 畫

或 1. huò ㄏㄨㄛˋ 胡國切,入,德韻,匣。

㊀代詞。有人,有的。詩豳風鴟鴞:"今女(汝)下民,或敢侮予。"論語爲政:"或謂孔子曰:'子奚不爲政?'"指人。史記陳丞相世家:"奇計或頗祕,世莫能聞也。"指事。漢書八一張禹傳:"篇第或異。"指物。㊁有。詩召南殷其靁:"何斯違斯,莫敢或遑。"書五子之歌:"有一于此,未或不亡。"㊂又。詩小雅賓之初筵:"既立之監,或佐之史。"㊃或者,也許,有時。易繫辭上:"君子之道,或出或處,或默或語。"左傳宣三年:"天或啟之,必將爲君。"㊄語氣助詞。詩小雅天保:"如松柏之茂,無不爾或承。"㊅迷惑。通"惑"。孟子告子上:"無或乎王之不智也。"漢書五五霍去病傳:"而前將軍(李)廣、右將軍(趙)食其軍別從東道,或失道。"注:"或,迷也。"

2. yù ㄩˋ 集韻 越逼切,入,職韻。

㊆"域"之本字。見説文、集韻。

【或人】泛指某人。漢揚雄法言問神:"或問經之艱易,曰:'存亡。'或人不諭。曰:'其文存則易,亡則艱。'"

【或或】迷惑。或,通"惑"。史記八四賈生傳服鳥賦:"衆人或或兮,好惡積意。"文選作"惑惑"。

戓 kān ㄎㄢ 口含切,平,覃韻,溪。

㊀殺,平定。説文:"戓,殺也。……商書曰:'西伯既戓黎。'"今書西伯戡黎作"戡"。㊁"堪"之古字。漢書五行志下之上引左傳:"今鍾摦矣,王心弗戓,其能久乎?"注引孟康:"(戓)古堪字。"左傳昭二一年注疏本作"堪"。

戔 1. cán ㄘㄢˊ 昨干切,平,寒韻,從。

㊀傷,殘。通"殘"。周禮地官稾人"掌豢祭祀之犬"漢鄭玄注:"雖其潘瀾戔餘,不可褻也。"釋文:"戔,本亦作殘。"

2. jiān ㄐㄧㄢ 音韻闡微 即烟切,平,先韻,精。

㊁見下。

【戔戔】㊀衆多貌。易賁:"賁於丘園,束帛戔戔。"疏:"衆多也。"釋文:"子夏傳作殘殘。"唐白居易長慶集二秦中吟詩:"灼灼百朵紅,戔戔五束素。"㊁顯現。南朝梁江淹江文通集十劉僕射東山集學騷:"木瑟瑟兮氣芬蒀,石戔戔兮水成文。"㊂少貌。聊齋志異小官人:"戔戔微物,想太史亦當無所用,不如即賜小人。"

戕 qiāng ㄑㄧㄤ 在良切,平,陽韻,從。

殘害,殘殺。書盤庚中:"汝共作我畜民,汝有戕則在乃心。"傳:"戕,殘也。"春秋宣十八年:"邾人戕鄫子于鄫。"

【戕忍】殘忍。唐南卓羯鼓錄:"此人大逆戕忍,不日間兼即抵法。"

【戕虐】殘暴。新唐書二二五上史思明傳:"(史)朝清喜田獵,戕虐似思明,淫酗過之。"

【戕風】暴風。文選晉木玄虛(華)海賦:"決帆摧橦,戕風起惡。"

【戕賊】殘害。孟子告子上:"子能順杞柳之性而爲桮棬乎?將戕賊杞柳而後以爲桮棬也!"宋歐陽修文忠集十五秋聲賦:"念誰爲之戕賊,亦何恨乎秋聲?"

六 畫

戙 dòng ㄉㄨㄥˋ 徒弄切,去,送韻,定。

船板木。見玉篇。駕船用具。五代王周詩集誌峽船具詩序:"峽水湍浚,激石忽發者謂之濆,淹洑而漩者謂之腦。岸石壁立,濆之忽作,篙力難制,以其木之堅韌竿直,戟其首以竹納護之者謂之戙。……戙與篙,狀殊而用一也。"又戙詩:"篙之小難制,戙之獨有力。猗嗟戙之爲,彬彬堅且直。"

七　畫

戞 jiá ㄐㄧㄚˊ 古黠切，入，黠韻，見。

㊀戟。一説長矛。文選漢張平子(衡)東京賦：“立戈迤戞，農輿輅木。”㊁常禮，常法。書康誥：“不率大戞，矧惟外庶子訓人。”疏：“戞，猶楷也，言爲楷模之常。”爾雅釋言：“戞，禮也。”㊂打擊。見“戞擊”。㊃槩，刮。文選晉木玄虛(華)海賦：“戞巖嶅，偃高濤。”唐李周翰注：“戞，歷刮也。”㊄象聲詞。見“戞然㊀”。

【戞玉】敲擊玉片，形容聲音清脆動聽。唐崔致遠桂苑筆耕集二十石峯詩：“點酥寒影粧新雪，戞玉清音噴細泉。”

【戞戞】㊀象聲詞，物相擊聲。關尹子一宇：“戞戞乎闘也。”文苑英華一三六唐李邕鶻賦：“吻戞戞而雄厲，翅翩翩而勁逸。”吻，一作“聲”。㊁形容困難而費力。唐韓愈昌黎集十六答李翊書：“當其取於心而注於手也，惟陳言之務去，戞戞乎其難哉！”後常以“戞戞獨造”形容介然特立或藝文之别創一格。

【戞雲】上摩雲霄。唐白居易長慶集二六草堂記：“有古松老杉，……修柯戞雲，低枝拂潭。”

【戞然】㊀象聲詞。唐白居易長慶集二二畫鵰贊：“軒然將飛，戞然欲鳴。”宋蘇軾經進東坡文集事略一後赤壁賦：“適有孤鶴，横江東來，翅如車輪，元裳縞衣，戞然長鳴，掠余舟而西焉。”㊁止住。“戞然而止”的省略。明李昌祺剪燈餘話五賈雲華還魂記：“夫人笑曰：‘才爲兄妹，便鍾友愛之情，郎君豈得戞然乎？’”

【戞擊】敲打。書益稷：“戞擊鳴球，搏拊琴瑟以詠。”疏：“樂之初，擊柷以作之；樂之將末，戞敔以止之。”柷、敔，皆樂器名。

【戞羹】漢劉邦(高祖)常與客至嫂處就食。釜中雖有餘羹，嫂故意用勺刮釜，作出響聲，表示羹盡。劉邦由是怨嫂。既爲帝，封嫂之子信爲羹頡侯。後因謂嫂不賢爲戞羹之嫂。參閱史記楚元王世家、書言故事禮集人道部嫂戞釜羹。

【戞玉敲冰】形容聲音清脆。唐白居易長慶集五六聽田順兒歌詩：“戞玉敲冰聲未停，嫌雲不遏入青冥。”指歌聲。也作“戞玉鏘金”。宋王邁臞軒集十一祭海陽縣林礌叡先生文：“先生之學，涵古茹今；先生之文，戞玉鏘金。”指文章的音節。

戚 1. qì ㄑㄧˋ 倉歷切，入，錫韻，清。

㊀古兵器名。似大斧，一説即斧，也用於樂舞。詩大雅公劉：“弓矢斯張，干戈戚揚。”傳：“戚，斧也。”禮明堂位：“朱干玉戚，冕而舞大武。”圖爲銅戚。見清馮雲鵬金石索金索二。㊁憂患，悲哀。詩小雅小明：“心之憂矣，自詒伊戚。”論語八佾：“喪，與其易也寧戚。”㊂警惕，不安。國語吳：“夫越王之不忘敗吳於其心也，戚然服士以伺吾閒。”清汪遠孫考異謂戚爲“伓”的誤字。後漢書四一鍾離意傳明帝策詔：“朕戚然慙懼，思獲嘉應。”㊃親近，親屬。書盤庚上：“率籲衆戚出矢言。”史記殷紀訓“衆戚”爲諸侯大臣。孟子梁惠王下：“國君進賢也，如不得已，將使卑踰尊，疏踰戚，可不慎與？”㊄古地名。春秋文元年：“公孫敖會晉侯於戚。”注：“戚，衞邑。”故址在今河南濮陽縣北。㊅姓。衞大夫孫林父食邑於戚，其後以食邑爲氏。見宋鄧名世古今姓氏書辯證四十。

戚

2. cù ㄘㄨˋ 集韻 趨玉切，入，燭韻。

㊆疾速。通“促”。見“戚₂速”。

【戚里】㊀帝王外戚聚居之處。史記一〇三萬石君(石奮)傳：“於是高祖召其姊爲美人，以奮爲中涓，受書謁，徙其家長安城中戚里。”索隱：“於上有姻戚者居之，故名其里爲戚里。”後因借指外戚。後漢書二六張霸傳贊：“霸貴知止，辭交戚里。”㊁泛指親戚鄰里。聊齋志異新郎：“初村人有爲子娶婦者，新人入門，戚里畢賀。”

【戚串】即親戚、親串。

【戚朏】敗壞，破爛。漢揚雄太玄四禮：“次八，冠戚朏，履全履。”注：“戚朏，以喻敗也。冠雖敗，宜加之首；履雖全，宜踐之足。”

【戚施】駝背。也用以比喻諂諛獻媚的人。詩邶風新臺：“燕婉之求，得此戚施。”傳：“戚施，不能仰者。”箋：“戚施，面柔，下人以色，故不能仰也。”國語晉四：“戚施不可使仰。”

【戚促】迫促。唐李白李太白詩五空城雀：“嗷嗷空城雀，身計何戚促。”

【戚₂速】疾速。周禮考工記序官：“凡察車之道，欲其樸屬而微至。……不微至，無以爲戚速也。”注：“齊人有名疾爲戚者。”謂非車輪甚圜而著地少，則不能極速。

【戚眷】親眷。聊齋志異胡四娘：“適三郎完婚，戚眷登堂爲餪。”

【戚戚】㊀相親。詩大雅行葦：“戚戚兄弟，莫遠具爾。”㊁憂懼。論語述而：“君子坦蕩蕩，小人長戚戚。”㊂心動貌。孟子梁惠王上：“夫子言之，於我心有戚戚焉。”

【戚揚】古兵器，即斧鉞。詩大雅公劉：“弓矢斯張，干戈戚揚。”傳：“戚，斧也；揚，鉞也。”

【戚晼】外戚親貴。宋史二五七李處耘傳論：“處耘於創業之始，功參締構，……幸聯戚晼之貴，秉旄繼世。”

【戚愛】親屬和親愛者。呂氏春秋舉難：“且師友也者公可也，戚愛也者私安也。”又求人：“故賢主之於賢者也，物莫之妨，戚愛習故不以害之。”

【戚豎】外戚豎子。晉陶潛陶淵明集六感士不遇賦：“屈雄志於戚豎，竟尺土之莫及。”戚豎，指漢衞青。謂李廣受衞青的排擠。

【戚醮】煩惱，憔悴。莊子盜跖：“財積而無用，服膺而不舍，滿心戚醮，求益而不止，可謂憂矣。”釋文：“戚醮……李(頤)云：顦顇也。”疏：“戚醮，煩惱也。”

【戚舊】親戚故舊。宋書袁淑傳防御索虜議：“足以安民紓國，救災恤患，則宜拔過寵貴之上，褒升戚舊之右。”

【戚屬】親屬。漢賈誼新書六術：“人之戚屬，以六爲法。”漢書九九下王莽傳地皇四年三月詔：“大司空隆新公，宗室戚屬。”

【戚夫人】漢高祖妾，趙王如意母。高祖屢欲廢太子，立如意，爲呂后所深忌。高祖死，呂后毒死趙王，截斷戚夫人手足，挖眼熏耳，飲以啞藥，置於廁中，名曰“人彘”。見史記呂后紀、漢書外戚傳上。

【戚繼光】公元1528—1587年。明山東蓬萊人。字元敬，號南塘，晚號孟諸。青年時襲父職任登州衞指揮僉事。嘉靖中調浙江任參將，抵抗倭寇。編建新軍，加强訓練，紀律嚴明，將士無不用命，所率之軍聞名當時，人稱“戚家軍”，成爲抗倭主力。後以功升總兵官。隆慶初，調鎮薊州昌平保定，在鎮十六年，因守禦得力，邊境平靖無事。萬曆間調鎮廣東。著有紀效新書練兵紀實等書。明史有傳。

八　畫

戟 jǐ ㄐㄧˇ 几劇切，入，陌韻，見。

㊀古兵器名。合戈矛爲一體，可以直刺和横擊。詩

戟

秦風無衣："脩我矛戟，與子偕作。"㊁刺激。唐柳宗元柳先生集三二與崔饒州論石鍾乳書："食之使人偃蹇壅鬱，泄火生風，戟喉癢肺。"

【戟户】㊀顯貴之家。同"戟門"。唐高適高常侍集七同郭十題楊主簿新廳詩："向風扃戟户，當署近棠陰。"㊁軍營。新唐書一七〇任迪簡傳："身居戟户，踰月，軍中感其公，請安卧内。"

【戟手】用食指中指指點，其形如戟。左傳哀二五年："褚師出，公戟其手，曰：'必斷而足！'"唐段成式酉陽雜俎一天咫："王姥戟手大罵曰：'何用識此僧！'"僧，指一行。以上形容指斥怒罵時情狀。文選漢張平子(衡)西京賦："袒裼戟手，奎踽盤桓。"此形容勇武之狀。

【戟吻】刺口。宋俞德鄰佩韋齋集六富安田舍詩之二："戟吻苦茶連葉煮，膠牙酸酒帶糟餔。"指茶味苦澀，刺激口吻。

【戟門】周禮天官掌舍"爲壇壝宮棘門"漢鄭玄注："鄭司農(衆)云：棘門，以戟爲門。"唐制，官、階、勳俱三品得立戟於門，因稱顯貴之家爲戟門。唐白居易長慶集十五裴五詩："莫怪相逢無笑語，感今思舊戟門前。"參閱清顧張思土風録四戟門。

九畫

戡 kān 口含切，平，覃韻，溪。ㄎㄢ 張甚切，上，寑韻，知。

殺，克，平定。義同"戓"。書西伯戡黎："西伯既戡黎。"

【戡夷】征服，平定。三國魏曹植曹子建集九武帝誄："神武震發，羣雄戡夷。"

【戡亂】平定叛亂。隋書音樂志下圜丘武舞辭："成功戡亂，順時經國。"

戣 kuí 渠追切，平，脂韻，羣。ㄎㄨㄟ

古兵器名，戟之屬。書顧命："一人冕執戣，立于東垂。"

戢 jí 阻立切，入，緝韻，莊。ㄐㄧˊ

㊀收斂。詩小雅鴛鴦："鴛鴦在梁，戢其左翼。"㊁收藏。詩周頌時邁："載戢干戈，載櫜弓矢。"㊂止息。左傳隱四年："夫兵，猶火也，弗戢，將自焚也。"陳書虞荔傳附虞寄與陳寶應書："願將軍少戢雷霆，賒其晷刻。"㊃聚集。通"輯"。孟子梁惠王下："思戢用光。"今詩大雅公劉戢作"輯"。國語周上："夫兵戢而時動，動則威。"注："戢，聚也。"㊄姓。春秋楚有盧大夫戢黎。見國語楚上。

【戢兵】息兵。左傳宣十二年："夫武，禁暴、戢兵、保大、定功、安民、和衆、豐財者也。"文苑英華二七六唐薛稷奉和送金城公主適西蕃應制詩："天道能殊俗，深仁乃戢兵。"

【戢枻】停船。晉陶潛陶淵明集三庚子歲五月中從都還阻風於規林詩之一："凱風負我心，戢枻守窮湖。"

【戢載】收集裝運。古文苑十二漢班固車騎將軍竇北征頌："戢載連百兩，散數累萬億。"

【戢孴】衆多貌。文選漢王文考(延壽)魯靈光殿賦："芝栭攢羅以戢孴，枝掌杈枒而斜據。"注："戢孴，衆貌。"孴，讀nǐ。

【戢戢】㊀聚集貌。唐杜甫杜工部詩史補遺三又觀打魚："小魚脱漏不可記，半死半生猶戢戢。"㊁整齊貌。唐張籍張司業集一採蓮曲："青房圓實齊戢戢，争前競折漾微波。"

【戢影】匿迹。初學記三十晉傅成螢火賦："當朝陽於戢景兮，必宵昧而是征。"景，通"影"。也比喻退休閒居。文苑英華六〇七唐李嶠爲某官等請預陪告廟獻捷表："或叨恩獎擢，謬隨州縣之班；或收拙罷歸，行戢丘園之影。"

【戢翼】斂翅，止飛。吴越春秋勾踐歸國外傳："猛獸將擊，必餌〔弭〕毛帖伏；鷙鳥將搏，必卑飛戢翼。"藝文類聚五三國魏劉楨大暑賦："獸喘氣於玄景，鳥戢翼於高危。"也借喻退隱。文選南朝梁任彦昇(昉)宣德皇后令："在昔晦明，隱鱗戢翼。"

【戢鱗】斂鱗，静止不游。初學記三十南朝梁張率詠躍魚應詔詩："戢鱗隱繁藻，頒首承淥漪。"也比喻蓄志待時。晉書宣帝紀論："和光同塵，與時舒卷；戢鱗潛翼，思屬風雲。"

戥 děng ㄉㄥˇ

本作"等"。用來稱量金銀藥物等的小型桿秤。清吴榮光吾學録八權量："權之屬曰法馬，曰秤，曰戥。"也作動詞用，指用戥子稱量物品。

【戥子】本作"等子"。一種用以稱量微量物品的小型桿秤。紅樓夢五一："麝月便拏了一塊銀，提起戥子來問寶玉：'那是一兩的星麽？'"

【戥耗】用戥子稱量的差額，舊時税收上額外索取的一種。清會典事例二三九户部關税禁令一："(雍正)八年題准，天津關向來收税一兩，加戥耗一分八釐；船料一兩，加戥耗五分八釐。著永行禁革。"

戤 gài ㄍㄞˋ

㊀抵押。明許自昌水滸記傳奇六："老身情願把親生女兒或戤在押司那裏，或就賣與押司做妾，但憑押司的主意就是。"參見"戤典"。㊁倚靠。清蘧園負曝閑談四："黄樂材一時不得勁兒，趕忙把手裏的雨傘往紅木炕床旁邊牆角上一戤。"參見"戤米囤餓殺"。㊂舊時工商業中冒牌圖利的稱爲"戤"。

【戤典】抵押。初刻拍案驚奇三一："後面園子既賣與賈家，不若將前面房子再去戤典他幾兩銀子來殯葬大郎，他必不推辭。"

【戤米囤餓殺】倚着米囤挨餓，喻守財自苦。二刻拍案驚奇一："相傳此經值價不少。徒然守着他，救不得饑餓，真是戤米囤餓殺了。"

十畫

截 jié 昨結切，入，屑韻，從。ㄐㄧㄝˊ

本作"截"。㊀割斷。史記六九蘇秦傳："韓卒之劍戟，……皆陸斷牛馬，水截鵠鴈。"㊁整齊，整治。詩商頌殷武："有截其所，湯孫之緒。"箋："更自敕整，截然齊壹。"詩大雅常武："截彼淮浦，王師之所。"㊂阻擋，阻攔。穆天子傳四："截春山以北。"後漢書九十烏桓鮮卑傳："烏桓寇雲中，遮截道上商賈車牛千餘輛。"㊃直渡。文選晉郭景純(璞)江賦："鼓帆迅越，趠漲截洞。"㊄量詞，段。朱子語類六性理三："譬如水，若一些子凝，便成兩截。"

【截没】攔截吞没。魏書谷渾傳附谷洪："洪性貪奢，……時顯祖舅李峻等初至京師，官給衣服，洪輒截没。"

【截取】清制，根據官員食俸年限及科分名次，按其截止日期，由吏部核定選用，稱截取。又凡舉人於中式後經三科，由本省督撫咨赴吏部候選也稱截取。參閱清會典事例四六吏部漢員銓選科道郎中截取。

【截肪】切開的脂肪，喻色質白潤。文選三國魏文帝(曹丕)與鍾大理(繇)書："竊見玉書，稱美玉白如截肪，黑譬純漆。"

【截流】㊀横渡。唐孟浩然集三和李侍御渡松滋江："截流寧假楫，挂席自生風。"㊁堵截流水。明徐宏祖徐霞客遊記楚遊記："水自西南來，流入洞内。截流之後，循洞右行，路復平曠，洞愈洪闊。"

【截留】留下應解往他處的款項或人員、

物資。宋葉夢得石林奏議一奏截留福建槍杖手第二狀:“曾權截留邵武軍槍杖手八百二十五人,相兼使用。”清會典事例一九九户部漕運:“康熙三十三年題准,截留武清、永平等處漕米。”

【截然】界限分明。唐韓愈昌黎集十四鄆州谿堂詩序:“其後,幽鎮魏不悦於政,相扇繼變,……惟鄆也,截然中居,四鄰望之。若防之制水,恃以無恐。”

【截截】巧辯貌。書秦誓:“惟截截善諞言。”疏:“截截猶察察,明辯便巧之意。”公羊傳文十二年作“惟諓諓善竫言”。參閲清惠棟九經古義四尚書古義下。

【截頭】古天竺國名。南朝宋釋法顯佛國記:“有國名竺刹尸羅,竺刹尸羅,漢言截頭也。佛爲菩薩時,於此處以頭施人,故因以爲名。”

【截長補短】截取有餘,以補不足。宋度正性善堂稿六條奏便民五事:“臣今打量軍城周圍,計九百四十三丈,高一丈五尺,址厚一丈六尺,……舊城堙廢之餘,截長補短,可得十之五,爲工約二萬餘工,爲緡約五千餘緡,而城可成矣。”

【截趾適屨】足大屨小,截趾强使適合。喻本末倒置,勉强求合。後漢書六二荀爽傳對策:“傳曰:‘截趾適屨,孰云其愚?何與斯人,追欲喪軀。’誠可痛也。”參見“削足適履”。

【截髮留客】晉陶侃少時家貧,鄱陽孝廉范逵嘗投宿於侃,倉促無以待客,侃母湛氏密截髮賣與鄰人,以治饌款之。逵聞之歎曰:“非此母不生此子。”見世説新語賢媛注引晉陽秋及王隱晉書、晉書九六陶侃母湛氏傳。後因以截髮留客爲稱頌賢母的典故。

【截斷衆流】指識見超羣,語中要旨。宋葉夢得石林詩話上:“禪宗論雲門有三種語:其一爲隨波逐浪句,謂隨物應機,不主故常;其二爲截斷衆流句,謂超出言外,非情識所到;其三爲函蓋乾坤句,謂泯然皆契,無間可伺。其深淺以是爲序。予嘗戲謂學子言,老杜詩亦有此三種語。……以‘百年地僻柴門迥,五月江深草閣寒’爲截斷衆流句。”

【截鐙留鞭】宋曾慥類説二一引五代後周王仁裕開元天寶遺事:“姚元崇牧荆州,受代日,闔境民吏泣擁馬首,截鐙留鞭,以表瞻戀。”後用爲對離職官吏表示挽留惜别的套語。宋蘇軾分類東坡詩十六罷徐州往南京馬上走筆寄子由之一:“紛紛等兒戲,鞭鐙遭割截。”

戫 yù 集韻 越逼切,入,職韻。ㄩˋ

疾貌。見集韻。

【戫汩】疾速貌。文選漢張平子(衡)思玄賦:“戫汩飂淚沛以罔象兮,爛漫麗靡藐以迭逷。”後漢書五九張衡傳作“繊汩”。

戩 jiǎn 即淺切,上,獮韻,精。ㄐㄧㄢˇ

㊀福,吉祥。爾雅釋詁下:“戩,福也。”隋書音樂志下誠夏:“方憑戩福,佇詠豐年。”參見“戩穀”。㊁滅除。説文引詩:“實始戩商。”今詩魯頌閟宫作“翦”。

【戩穀】福禄。詩小雅天保:“天保定爾,俾爾戩穀。”傳:“戩,福;穀,禄。”詩集傳訓戩爲盡,以戩穀爲具備諸善之義。唐張説張説之集二二恒州刺史張府君墓誌:“君受天戩穀,傳家業藝。”

戧 1. chuāng 集韻 初良切,平,陽韻。ㄔㄨㄤ

㊀傷。古“創”字。見玉篇。

2. qiāng ㄑㄧㄤ

㊁逆,反方向。清郁永河海上紀略:“故遇紅毛追襲,即當轉舵,隨風順行,可以脱禍,若仍行戧風,鮮不敗者。”㊂衝突,決裂。儒林外史五四:“兩個人説戧了,揪着領子,一頓亂打。”

3. qiàng ㄑㄧㄤˋ

㊃推動,支撑。清焦循雕菰集十九神風蕩寇後記:“時夜半,風浪並怒,不得登,賊船隨浪戧出。”參見“戧₃柱”。㊄填充。通“鎗”。在器物上填嵌金銀等飾物。古今名劇元鄭光祖王粲登樓三:“扶侍着萬萬歲,當今帝,則願的穩坐蟠龍戧金椅。”

【戧₃金】漆器上雕刻圖案,填嵌赤金。也作“鎗金”。樂府羣珠一元馬九皋(薛昂夫)山坡羊苦雨之一:“銷金鍋在,湧金門外,戧金船少欠西湖債。”參閲明陶宗儀輟耕録三十鎗金銀法。

【戧₃柱】支柱。水滸五六:“牆裏望見兩間小巧樓屋,側首卻是一根戧柱。”

【戧₂戧₂】短而硬的樣子。水滸傳三:“那打鐵的看見魯智深腮邊新剃暴長短鬚,戧戧地好慘瀨人。”

十一畫

⿰庸戈 yōng 餘封切,平,鍾韻,喻。ㄩㄥ

古兵器名,戟屬。見玉篇。

⿰者戈 shuàng 色絳切,去,絳韻,山。ㄕㄨㄤˋ

一種固定船隻的用具。廣韻:“⿰者戈,捍船木也。”清翟灝通俗編三六雜字:“⿰者戈,……今江船所用以代纜,住則下、行則起者是也。”

戮 lù 力竹切,入,屋韻,來。ㄌㄨˋ

㊀殺,懲罰。書甘誓:“用命賞于祖,弗用命戮于社。”荀子王制:“防淫除邪,戮之以五刑。”㊁陳尸示衆。國語魯下:“昔禹致羣神於會稽之山,防風氏後至,禹殺而戮之。”注:“陳尸爲戮也。”㊂侮辱,罪責。左傳文六年:“夷之蒐,賈季戮臾駢。”國語晉八:“夫戮出於身,實難;自他及之,何害!”上㊀㊁㊂義通“僇”。㊃并,勉。通“勠”。見“戮力”。

【戮人】罪人。商君書算地:“刑人無國位,戮人無官任。”也作“僇人”。參見“僇₂人”。

【戮力】并力,勉力。書湯誥:“聿求元聖,與之戮力。”左傳成十三年:“昔逮我獻公,及穆公相好,戮力同心,申之以盟誓,重之以昏姻。”

【戮尸】古代酷刑,即斬戮死者的尸體。左傳襄二八年:“求崔杼之尸,將戮之。”晉書王敦傳:“有司議曰:‘王敦滔天作逆,有無君之心,宜依崔杼王淩故事,剖棺戮尸,以彰元惡。’”

【戮民】受刑辱之人,罪人。管子立政服制:“刑餘戮民,不敢服絻。”莊子大宗師:“孔子曰:‘丘,天之戮民也。’”也作“僇民”。清龔自珍定盦文集補古今體詩上寒月吟之四:“八十罹饑寒,雖生猶僇民。”參見“僇₂人”。

【戮辱】刑辱。漢書四八賈誼傳上疏陳政事:“廉恥節禮以治君子,故有賜死而亡戮辱。”

【戮笑】恥笑。公羊傳莊三二年:“不從吾言,而不飲此,則必爲天下戮笑。”

【戮餘】罪戮之餘。左傳襄二一年:“若棄書之力,而思黶之罪,臣戮餘也,將歸死於尉氏,不敢還矣。”書,欒武子;黶,欒桓子。

十二畫

戰 zhàn 之膳切,去,線韻,照。ㄓㄢˋ

㊀作戰,戰爭。書甘誓:“大戰于甘。”商君書畫策:“以戰去戰,雖戰可也。”引申爲比優劣,角勝負。全唐詩六四八方干送喻坦之下第還江東:“文戰偶未勝,無

令移壯心。”宋陶穀清異録果瓜戰：“錢氏子弟逃暑，取一瓜，各言子之的數，言定剖觀，負者張宴，謂之瓜戰。”㊁恐懼，發抖。通“顫”。呂氏春秋審應：“公子沓相周，申向説之而戰。”漢揚雄法言吾子：“見豺而戰。”南朝宋法顯佛國記：“寒暴起，人皆噤戰。”㊂姓。漢有戰兢。見通志二九氏族五去聲。

【戰士】士兵，戰鬭者。荀子富國：“其耕者樂田，其戰士安難。”史記秦紀：“孝公於是布惠，振孤寡，招戰士，明功賞。”

【戰夫】泛指軍人。關尹子六七：“漁夫習水則沉，戰夫習馬則健。”

【戰汗】恐懼出汗。唐柳宗元柳先生集三五上西川武元衡相公謝撫問啟：“輕冒威重，戰汗交深。”

【戰地】作戰的地區，戰場。孫子虛實：“凡先處戰地而待敵者佚，後處戰地而趨戰者勞。”漢桓寬鹽鐵論未通：“其後師旅數發，戎馬不足，牸牝入陣，故駒犢生於戰地。”

【戰伐】作戰，攻伐。吳越春秋勾踐歸國外傳：“子胥力於戰伐，死於諫議。”三國志魏辛毗傳：“連年戰伐，而介冑生蟣蝨。”

【戰爭】國家或集團之間的武裝鬭爭。史記秦始皇紀三四年：“以諸侯爲郡縣，人人自安樂，無戰爭之患。”

【戰色】敬畏的神色。論語鄉黨：“執圭，鞠躬如也，如不勝。上如揖，下如授，勃如戰色，足蹜蹜，如有循。”

【戰灼】恐懼焦急。晉書王濬傳上書自理：“中詔謂臣忽棄明制，專擅自由。伏讀嚴詔，驚怖悚慄，不知軀命當所投厝。豈唯老臣獨懷戰灼，三軍上下咸盡喪氣。”

【戰車】古代作戰用的車輛。殷代已有，盛行於春秋戰國。每輛戰車配有一定數量的將士。古時以戰車數量計算兵力，衡量國家大小强弱。戰國策秦一：“戰車萬乘，奮擊百萬。”

【戰角】軍中號角。唐皇甫冉詩集下送袁郎中破賊北歸：“萬里長聞隨戰角，十年不得偃郊扉。”

【戰法】作戰的方法。司馬法定爵：“凡戰之道，既作其氣，因發其政，假之以色，道之以辭，因懼而戒，因欲而事，蹈敵制地，以職命之，是謂戰法。”商君書有戰法篇。

【戰骨】戰死者的骸骨。唐高適高常侍集上酬裴員外以詩代書：“行人無血色，戰骨多青苔。”

【戰袍】古代軍大衣。唐孟棨本事詩情感：“開元中，頒賜邊軍纊衣，製於宫中，有兵士於短袍中得詩曰：‘沙場征戍客，寒苦若爲眠。戰袍經手作，知落阿誰邊。’”

【戰栗】恐懼，發抖。論語八佾：“周人以栗，曰使民戰栗。”也作“戰慄”。戰國策楚四：“襄王聞之，顔色變作，身體戰慄。”重言爲“戰戰栗栗”。漢書宣帝紀神爵元年：“朕承宗廟，戰戰栗栗。”

【戰格】戰時所設置的防御栅。唐杜甫杜工部草堂詩箋十三潼關吏：“連雲列戰格，飛鳥不能踰。”資治通鑑二五七唐光啟三年：“羅城西南隅守者焚戰格以應(畢)師鐸。”注：“戰格，列木爲之，漢人謂之笓格，今謂之排杈。”

【戰陣】作戰的陣法，也指兩軍陣地。陳，“陣”本字。左傳成七年：“教之戰陳。”後漢書五二崔駰傳：“吾聞伐國不問仁人，戰陳不訪儒士。”也作“戰陣”。韓非子難一：“戰陣之間，不厭詐僞。”

【戰略】作戰的謀略。唐高適高常侍集二自淇涉黄河途中作詩之六：“當時無戰略，此地即邊戍。”

【戰國】㊀從事戰爭的國家。管子霸言：“戰國衆，後舉可以霸；戰國少，先舉可以王。”㊁時代名。舊史以自周威烈王二十三年(公元前403年)，韓趙魏三家分晉，列爲諸侯，與秦楚燕齊共爲七國起，至秦始皇二十六年(公元前221年)統一中國止，爲戰國時代。現在多以公元前475年(周元王元年)至公元前221年爲戰國時代。當時各諸侯大國連年交戰，被稱爲戰國，因而得名。

【戰船】作戰用的船隻。通典一四九兵二：“(魏武帝)船戰令曰：‘雷鼓一通，吏士皆嚴。再通，什伍皆就船。……鼓三通鳴，大小戰船以次發。’”

【戰術】作戰的方法計謀。唐李隱瀟湘録馬舉：“叟曰：方今正用兵之時也，公何不求兵機戰術，而將禦寇讎？”

【戰竦】恐懼。韓非子初見秦：“棄甲兵弩，戰竦而卻。”也作“戰悚”。晉書羊祜傳：“夙夜戰悚，以榮爲憂。”

【戰裙】古時軍人用以保護兩腿的裝具。明周暉續金陵瑣事戰裙：“秀才鄧武津寧河王孫也。余過其家，出王之戰裙，命着之，上至胸，下拂地。夫余之身，人皆以頎異之，尚不能勝，若是，則王之壯偉可想矣。”明詩別裁五何景明胡人獵圍歌：“白髮老胡黄戰裙，抽箭仰視天山雲。”參閲宋吳曾能改齋漫録二。

【戰場】交戰的地區。戰國策秦一：“綴甲厲兵效勝於戰場。”也比喻試場。唐李山甫詩集下第獻所知之三：“十年磨鏃事鋒鋩，始逐朱旗入戰場。”

【戰棚】古代城堡攻守戰中使用的活動裝置。新唐書一五六韓游瓌傳：“(朱)泚兵奪門，游瓌殊死戰，乃解。泚大治戰棚、雲橋，士皆懼。”宋沈括夢溪筆談十一官政一：“邊城守具中有戰棚，以長木抗於女牆之上，大體類敵樓，可以離合，設之，頃刻可就，以備倉卒，城樓摧壞，或無樓處受攻，則急張戰棚以臨之。”

【戰備】猶軍備。荀子王霸：“鄉方略，審勞佚，謹畜積，修戰備，齺然上下相信，而天下莫之敢當。”左傳哀十六年：“吳人伐慎，白公敗之，請以戰備獻，許之。”

【戰筆】顫動的筆法。唐張彦遠歷代名畫記八隋孫尚子：“善爲戰筆之體，甚有氣力。衣服手足，木葉川流，莫不戰動。”宋米芾畫史：“江南周文矩士女，面一如(周)昉，衣紋作戰筆，此蓋布文也。”

【戰慴】恐懼，猶戰慄。晉書桓温傳：“又勑尚書(謝)安等於新亭奉迎，百僚皆拜於道側，當時豫有位望者，咸戰慴失色。”也作“戰讋”。藝文類聚五四南朝梁簡文帝謝邵陵王禁錮啓：“仰負慈嚴，心顔戰讋。”

【戰兢】恐懼戒慎貌。“戰戰兢兢”的省稱。後漢書和熹鄧皇后紀：“恭肅小心，動有法度。承事陰后，夙夜戰兢。”抱朴子詰鮑：“夫戰兢則彝倫斁，怠荒則姦宄作。”

【戰機】用兵作戰的時機。唐李昌符詩集秋中夜坐：“爲應金門策，多應説戰機。”也泛指戰爭。五代前蜀韋莊浣花集四題淮陰侯廟詩：“能扶漢代成王業，忍見唐民陷戰機。”

【戰戰】恐懼顫抖。書仲虺之誥：“小大戰戰，罔不懼于非辜。”傳：“言商家小大憂危，恐其非罪見滅。”

【戰艦】戰船。梁書馮道根傳：“及淮水長，道根乘戰艦，攻斷魏連橋數百丈。”北周庾信庾子山集一哀江南賦：“排青龍之戰艦，鬭飛燕之船樓。”

【戰讋】見“戰慴”。

【戰鬭】争鬭，戰伐。左傳昭二五年：“哀有哭泣，樂有歌舞，喜有施舍，怒有戰鬭。”國語晉四：“戰鬭直爲壯，曲爲老。”

【戰武牢】唐鐃歌鼓吹曲名。柳宗元撰。述太宗擊敗王世充竇建德，擒建德於武牢事。武牢即虎牢，避唐諱改“虎”爲“武”。見唐柳宗元柳先生集一唐鐃歌鼓吹曲十二篇之三。

【戰城南】 漢鐃歌曲名。寫戰場傷亡景象,哀悼陣亡士卒。南朝梁吳均、陳張正見、唐盧照鄰李白等均有此作。見樂府詩集十六漢鐃歌上。

【戰國策】 書名。簡稱國策。漢劉向編訂戰國時諸國史料成書,定名爲戰國策。內容多述當時遊說之士的言論活動。分十二國,共三十三篇。通行的有漢高誘注本三十三卷。至宋鮑彪以西周爲正統所在,移於卷首,定爲十卷,元吳師道作補注。

【戰兢兢】 恐懼貌,顫抖。元王實甫西廂記三本四折:"凍得來戰兢兢說甚知音?"也作"戰欽欽"。古今名劇白仁甫梧桐雨三:"諕的我戰欽欽遍體寒毛乍。"

【戰滎陽】 三國魏鼓吹曲名。晉書樂志下:"及魏受命,改其十二曲,使繆襲爲詞,述以功德代漢。……改思悲翁爲戰滎陽,言曹公也。"

【戰篤速】 發抖。篤速,猶哆嗦。元曲選石君寶秋胡戲妻三:"桑園裏只待强逼做歡娛,諕的我手兒脚兒滴羞蹀躞戰篤速。"

【戰戰兢兢】 恐懼戒愼貌,顫抖。詩小雅小旻:"戰戰兢兢,如臨深淵,如履薄冰。"傳:"戰戰,恐也;兢兢,戒也。"

十 三 畫

戲 1. xì 香義切,去,寘韻,曉。ㄒㄧˋ

㊀ 角力,競賽體力的强弱。國語晉九:"少室周爲趙簡子之右,聞牛談有力,請與之戲,弗勝,致右焉。"注:"戲,角力也。"清俞樾謂"戲"之本義爲角力。見兒笘錄四。㊁開玩笑,嘲弄。論語陽貨:"前言戲之耳。"國語晉九:"智襄子戲韓康子而侮段規。"㊂遊戲,逸樂。史記孔子世家:"孔子爲兒嬉戲,常陳俎豆,設禮容。"三國志魏蘇則傳:"今陛下方隆唐堯之化,而以獵戲多殺羣吏,愚臣以爲不可。"㊃歌舞,雜技。史記孔子世家:"齊有司趨而進曰:'請奏宮中之樂。'……優倡侏儒爲戲而前。"漢書九六下西域傳贊:"作巴俞都盧、海中碭極、漫衍魚龍、角抵之戲以觀視之。"㊄姓。東漢有戲志才。見後漢書七十荀彧傳。

2. xī 許羈切,平,支韻,曉。ㄒㄧ

㊅通"羲"。"伏羲"也作"伏戲"。荀子成相:"基必施,辨賢罷,文武之道同伏戲。"㊆險峻。通"巇"。楚辭漢東方朔七諫怨世:"何周道之平易兮,然蕪穢而險戲。"㊇古地名。國語魯上:"幽滅于戲。"參見"戲₂亭"。

3. huī 集韻 吁爲切,平,支韻。ㄏㄨㄟ

㊈大將之旗。通"麾"。引申爲指揮。漢書五二灌夫傳:"(竇)嬰去,戲夫。……(田)蚡乃戲騎縛夫置傳舍。"兩"戲"字史記皆作"麾"。參見"戲₃下"。

4. hū 荒烏切,平,模韻,曉。ㄏㄨ

㊉通"呼"。嗚呼,亦作"於戲"。

【戲₃下】 謂在主將大旗之下。也引申爲部下。同"麾下"。史記九二淮陰侯傳:"不至十日,而兩將之頭可致於戲下。"又:"及項梁渡淮,信仗劍從之,居戲下,無所知名。"

【戲文】 即南戲。宋元時南方流行的戲曲。元夏庭芝青樓集青樓集誌:"宋之戲文,乃有唱念,有諢。"明沈德符顧曲雜言:"自北有西廂,南有拜月,雜劇變爲戲文,以至琵琶,遂演爲四十餘折,幾十倍雜劇。"參見"南戲"。

【戲₂水】 水名。在今陝西臨潼縣東。源出驪山,北流經古戲亭東,又北入渭。秦二世時,陳涉起義,遣周章等領兵西至戲,即此。參閱史記秦始皇紀二世二年、讀史方輿紀要五三西安府臨潼縣。

【戲曲】 我國傳統的舞臺表演的藝術形式。由演員扮演故事,綜合文學、音樂、舞蹈、武術等各種藝術而成。明陶宗儀輟耕錄二五院本名目:"唐有傳奇,宋有戲曲、唱諢、詞說,金有院本、雜劇、諸宮調。院本、雜劇,其實一也。"又二七雜劇曲名:"稗官廢而傳奇作,傳奇作而戲曲繼。"

【戲₃竹】 指揮奏樂的用具。元史禮樂志五宴樂之器:"戲竹,制如籈,長二尺餘,上繫流蘇香囊,執而偃之,以止樂。"清通典六六樂四:"戲竹一對,二人執之,立丹陛上,舉以作樂,偃以止樂。其制始見於元史禮樂志,言長二尺餘,明制則長一丈一尺二寸,朝會導迎皆用之。"

【戲言】 ㊀玩笑的話。史記晉世家:"成王曰:'吾與之戲耳。'史佚曰:'天子無戲言。'"㊁開玩笑地說。唐元稹長慶集九三遣悲懷詩之二:"昔日戲言身後意,今朝皆到眼前來。"

【戲判】 用遊戲的筆法、詼諧的詞語來批寫公文。五代後蜀何光遠鑒誡錄六戲判作:"王蜀宋開府(光嗣)僥忝樞衡,紊亂時政,所爲妖媚,下筆縱橫,凡斷國章,多爲戲判。用三軍爲兒戲,將萬機爲詭隨,取笑四方,結怨上下。"

【戲弄】 玩弄,調戲。漢書六二司馬遷傳報任安書:"文史星曆,近乎卜祝之間,固主上所戲弄,倡優畜之,流俗之所輕也。"元王實甫西廂記三本二折:"我是相國的小姐,誰敢將這簡帖來戲弄我!"

【戲車】 ㊀在車上表演雜技。史記一〇三衛綰傳:"綰以戲車爲郎。"漢書七六韓延壽傳:"又使騎士戲車弄馬盜驂。"㊁供表演雜技的車。文選漢張平子(衡)西京賦:"爾乃建戲車,樹脩旃,侲僮程材,上下翩翻,突倒投而跟絓,譬隕絶而復聯。"

【戲法】 一種用熟練的手法變化各種物件的技藝。明吳炳畫中人傳奇玩畫:"人都說他有些法術,不免拖了庾長明同去,要他演些戲法耍子。"

【戲玩】 遊戲玩樂。唐韓愈昌黎集三九論佛骨表:"今聞陛下令羣僧迎佛骨於鳳翔……爲京都士庶設詭異之觀,戲玩之具耳。"

【戲具】 ㊀賭具和各種遊戲用具的總稱。三國志吳孫綝傳:"敗壞藏中矛戟五千餘枚,以作戲具。"明胡應麟少室山房筆叢四十莊嶽委談上:"今之戲具與古同,而盛行於世者,圍碁、象戲、握槊而已。彈碁、樗蒲、打馬、打彄、采選、葉子等俱不傳。"㊁演戲用的道具。明張岱陶庵夢憶金山夜戲:"余呼小僕攜戲具,盛張燈火大殿中,唱韓蘄王、金山及長江大戰諸劇。"

【戲狎】 輕浮嬉戲。史記一一九子產傳:"爲相一年,豎子不戲狎,斑白不提挈。"北史裴文舉傳:"文舉以選與諸公子游,雅相欽敬,未嘗戲狎。"

【戲₂亭】 地名。在今陝西臨潼縣東北戲水西岸。一名幽王城。傳說周幽王寵褒姒,舉烽火戲弄諸侯,後被犬戎擊敗,身死於此。參閱後漢書郡國志一京兆新豐、讀史方輿紀要五三西安府臨潼縣戲亭。

【戲面】 猶今假面具。宋范成大桂海虞衡志志器:"戲面,桂林人以木刻人面,窮極工巧,一枚或值萬錢。"

【戲侮】 猶戲弄。漢書九三淳于長傳:"戲侮許后,嫚易無不言。"又:"長具服戲侮長定宮。"注:"侮,古侮字。"

【戲₂皇】 伏羲的別稱。漢應劭風俗通皇霸三皇:"尚書大傳說:遂人爲遂皇,伏羲爲戲皇,神農爲農皇也。"

【戲怠】 逸樂怠惰。書盤庚下:"無戲怠,懋建大命。"

【戲馬】馳馬取樂。晉書劉毅傳附劉邁："(桓)玄曾於(殷)仲堪廳前戲馬，以矟擬仲堪。"

【戲笑】㊀嬉笑。管子輕重丁："戲笑超距，終日不歸。"㊁譏笑。漢書三四英布傳："人有聞者，共戲笑之。"

【戲殺】因遊戲而失手殺人。如角力拳棒致死一類。唐律疏議二三鬪訟三戲殺傷人："諸戲殺傷人者，減鬪殺傷二等。"注："謂以力共戲至死和同者。"

【戲娛】遊戲娛樂。宋王安石臨川集十二有感詩："憶昔與胡子，戲娛西城幽。"

【戲啁】嘲弄。三國志蜀李譔傳："然體輕脫，好戲啁，故世不能重也。"

【戲婦】舊時於結婚時戲弄新婦，即鬧新房。抱朴子疾謬："俗間有戲婦之法，於稠衆之中，親屬之前，問以醜言，責以慢對，其爲鄙黷，不可忍論。"

【戲場】表演雜技戲曲的場所。隋書音樂志下："每歲正月，萬國來朝，留至十五日，於端門外，建國門內，綿亙八里，列爲戲場。百官起棚夾路，從昏達旦，以縱觀之。"宋陸游劍南詩稿五九出遊之四："雲烟古寺聞僧梵，燈火長橋見戲場。"

【戲₃戟】有旗的戟。漢書九四下匈奴傳："賜安車鼓車各一，黃金千斤，雜繒千匹，戲戟十。"

【戲₂陽】㊀春秋晉邑名。故城在今河南內黃縣北。左傳昭九年："晉荀盈如齊逆女，還，六月，卒于戲陽。"㊁複姓。春秋衞有戲陽速。見宋邵思姓解二虎引風俗通。

【戲筆】隨意戲作的詩文書畫。宋釋德洪石門題跋一題墨梅山水圖："華光老人，眼中閱煙雨，胸次有丘壑，故戲筆和墨，即江湖雲石之趣，便足春色，不可收畜也。"

【戲綵】也作"戲彩"。傳說老萊子年七十着五彩衣，裝作嬰兒嬉戲，引逗父母高興。見藝文類聚二十列女傳。後因以戲綵作爲宣揚孝道的典故。宋真德秀有室題名戲綵堂。元詩選郭鈺靜思集贈彭將軍："座上衣冠戲綵日，窗前燈火讀春秋。"參見"老萊子"、"萊衣"。

【戲慢】輕侮怠慢。新唐書一六九韋貫之傳附韋溫："溫性剛峻，人望見無敢戲慢者。"

【戲談】嬉笑言談。詩小雅節南山："憂心如惔，不敢戲談。"清王引之謂談亦戲，戲談猶言戲謔。見經義述聞六不敢戲談。

【戲劇】㊀由演員表演故事的藝術形式，猶戲曲。㊁兒戲，開玩笑。唐杜牧樊川集三西江懷古詩："魏帝縫囊真戲劇，苻堅投箠更荒唐。"宋蘇軾分類東坡詩七次韻王郎子立風雨有感："願君付一笑，造物亦戲劇。"

【戲墨】隨意戲作的詩文書畫。宋朱熹朱文公集七楞伽院李氏山房詩："餘事亦騷雅，戲墨仍風霜。"

【戲嘲】嘲笑。北齊書陽休之傳："時有人士戲嘲休之云：'有觸藩之羝羊，乘連錢之驄馬，從晉陽而向鄴，懷屬書而盈把。'"也作"戲謿"。唐韓愈昌黎集遺文晝月詩："嗟汝下民或敢侮，戲謿盜視汝目瞽。"

【戲謔】玩笑。詩衞風淇奧："善戲謔兮，不爲虐兮。"文選南朝宋謝靈運齋中讀書詩："懷抱觀古今，寢食展戲謔。"

【戲頭】宋時戲曲中的主要角色名。明胡應麟少室山房筆叢四一莊嶽委談下："宋世雜劇名號，惟武林舊事足徵。每一甲，有八人者，有五人者。八人者，有戲頭，有引戲。……所謂戲頭，即生也。"

【戲豫】玩樂安逸。詩大雅板："敬天之怒，無敢戲豫。"

【戲₂戲₂】險峻貌。文選漢枚叔(乘)七發："險險戲戲，崩壞陂池。"

【戲馬臺】古蹟名。1.在江蘇銅山縣南。即項羽掠馬臺。晉義熙中劉裕曾大會賓僚賦詩於此。見水經注二五泗水、嘉慶一統志一〇一徐州府二。2.在河北臨漳縣西。也叫閱馬臺。東晉列國後趙石虎所築。虎從臺上施放響箭，作爲軍騎出入的信號。見水經注十濁漳水。3.在江蘇江都縣。臺下有路，叫玉鈎斜，是隋代埋葬宮女的地方。見嘉慶一統志九七揚州府二吳公臺。

【戲螞蟻】舊時稱組合戲班之人，即班主。清李斗揚州畫舫錄五新城北錄下："團班之人，蘇州呼爲戲螞蟻。"

【戲文子弟】戲曲演員。明陸容菽園雜記十："嘉興之海鹽，紹興之餘姚，寧波之慈溪，臺州之黃巖，溫州之永嘉，皆有習爲倡優者，名曰戲文子弟。"

【戲魚堂帖】即臨江帖。見"臨江帖"。

【戲鴻堂帖】明董其昌所刻叢帖名，堂名取南朝梁袁昂古今書評"飛鴻戲海"語義。摹刻平生所見晉唐以來法書，十六卷。初爲木刻，後毀於火，重摹刻石。故所傳拓本有兩種。

十四畫

戴 dài ㄉㄞˋ 都代切，去，代韻，端。

㊀加在頭上，或用頭頂着。莊子讓王："於是夫負妻戴，攜子以入於海，終身不反也。"㊁尊奉，推崇。書大禹謨："衆非元后何戴？后非衆罔與守邦。"㊂值，當。參見"戴丘"。㊃棺束，棺飾之一種。以其數目與顏色表示喪者的地位，始於周。禮喪服大記："士戴，前纁後緇，二披用纁。"周禮夏官司士"作六軍之事執披"漢鄭玄注："披，柩車行所以披持官者，有紐以結之謂之戴。"㊄春秋時國名。故址在今河南蘭考縣一帶。春秋隱十年："宋人、蔡人、衞人伐戴，鄭伯伐取之。"㊅姓。戰國宋有戴不勝。見孟子滕文公下。

【戴干】奇異的相貌。竹書紀年上"帝顓頊高陽氏"南朝梁沈約注："生顓頊於若水，首戴干戈。"春秋元命苞："帝嚳戴干，是謂清明。"指頭部有肉突起如角。漢班固白虎通聖人："顓頊戴午。"清盧文弨校本謂"午"字是"干"字之誤。

【戴山】㊀以首負山。楚辭屈原天問："鼇戴山抃，何以安之？"一說"以背負山"。參閱東漢王逸楚辭章句三。㊁山名。在今浙江桐廬縣東。南朝宋戴顒曾隱居於此。見嘉慶一統志三〇二嚴州府一。

【戴日】㊀值日之下。爾雅釋地："岠齊州以南，戴日爲丹穴。"㊁敬奉太陽。清屈大均廣東新語一天語戴日："蓋南人最事日，以日爲天神之主，炎州所司命。故凡處山者，登羅浮以賓日；處海者，臨扶胥以浴日，所謂戴日之人也。"

【戴目】翻目仰望。漢書五一賈山傳至言："使天下之人戴目而視，傾耳而聽。"注："戴目者，言常遠視，有異志也。"

【戴白】頭戴白髮，形容人老。漢書六四嚴助傳淮南王安上書："戴白之老，不見兵革。"後漢書十六鄧禹傳："父老童稚，垂髮戴白，滿其車下，莫不感悅。"後用爲老人的代稱。宋陸游劍南詩稿四七新涼書懷之三："鄰曲今年又有年，垂髫戴白各欣然。"

【戴良】人名。1.東漢汝南慎陽人。字叔鸞。高才尚奇論，舉孝廉不就，隱居江夏山中。見後漢書八三逸民傳。2.公元1317—1383年。元浦江人。字叔能，號九靈山人。通經史百家及醫卜釋老學說，長於詩文。曾任江北行省儒學提舉。元亡，隱居四明山。明洪武十五年徵入京，欲官之，良以老疾固辭，忤帝旨，下獄死。著有九靈山房集。見明史文苑傳、清朱彝尊曝書亭集六三戴良傳。

【戴肩】謂聳肩如負戴。漢王充論衡七

道虛:"盧敖……至於蒙穀之上,見一士焉: 深目玄準,雁頸而戴肩,浮上而殺下。"

【戴星】㊀頂着星宿,喻晚歸或早出。唐王績東皋子集下答馮子華處士書:"或時與舟人漁子方潭並釣,俛仰極樂,戴星而歸。"宋蘇軾分類東坡詩一將至筠先寄遲适遠三猶子:"對床欲作連夜語,念汝還須戴星起。"㊁呂氏春秋察賢:"(魯)巫馬期治單父,以星出,以星入。日夜不居,以身親之,而單父亦治。"後因以戴星爲稱揚吏治或能吏之典。唐羅隱甲乙集八夜泊義興戲呈邑宰詩:"溪畔維舟問戴星,此中三害在圖經。"㊂馬名。詩秦風車鄰"有馬白顚"疏:"額有白毛,今之戴星馬也。"㊃魚名。太平御覽九四〇臨海水土記:"戴星魚,狀如鳶魚,背上有兩白璫如指大,因名之云。"㊄穀精草之別名。花白而小,圓似星,故名戴星。見政和證類本草十一穀精草。

【戴氣】黄氣居太陽之上爲戴氣。唐元稹長慶集三五辨日旁瑞氣狀:"伏以五色慶雲,蓋是小瑞;戴氣抱珥,所謂殊祥。"參閱宋史五二天文志五七曜。

【戴粒】比喻負戴輕微。太平御覽九四七符子:"東海有鼇焉,冠蓬萊而浮游於滄海,……羣蟻曰:'彼之冠山,何異乎我之戴粒,逍遥封壤之巓,伏乎窟穴也。'"

【戴逵】公元326?—396年。字安道。晉譙郡銍縣人。後移居會稽剡縣。善鼓琴。武陵王司馬晞曾召他鼓琴,逵對使者摔碎其琴,曰:"戴安道不能爲王門伶人。"又善鑄佛像及雕刻,曾爲山陰靈寶寺造丈六無量佛木像及菩薩像,三年乃成。信奉佛教,但反對因果報應説,著釋疑論。參閱晉書本傳、唐張彦遠歷代名畫記五。

【戴笠】戴斗笠,比喻貧賤。唐駱賓王集八初秋於竇六郎宅宴序:"雖忘筌戴笠,興交態於靈臺;而搦管操觚,叶神心於勝氣。"宋孔平仲送張天覺詩:"萬世倏忽如疾風,莫以君車輕戴笠。"參見"乘車戴笠"。

【戴琫】清代西藏總理兵丁的官名,四品。見清會典事例九七七理藩院設官西藏官制。嘉慶一統志五四七西藏風俗作"代布木"。

【戴陽】因下焦虛寒而面赤體熱、下虛寒而上假熱的證候。傷寒論辨厥陰病脈證并治:"下利脈沉而遲,其人面少赤,身有微熱,下利清穀者,必鬱冒,汗出而解。病人必微厥,所以然者,其面戴陽,下虛故也。"

【戴筐】星名。漢書天文志:"斗魁戴筐六星,曰文昌宫。"注引晉灼:"似筐,故曰戴筐。"

【戴勝】㊀古代神話人物西王母的服飾。山海經西山經:"西王母其狀如人,豹尾、虎齒,而善嘯,蓬髮戴勝。"注:"蓬頭亂髮。勝,玉勝也。"後也指西王母。文選張平子(衡)思玄賦:"戴勝慭其既歡兮,又誚余之行遲。"注:"戴勝謂西王母也。"㊁鳥名。狀似雀,頭有冠,五色,如方勝,故名。禮月令季春之月:"鳴鳩拂其羽,戴勝降于桑。"爾雅釋鳥作"戴鵀"。方言八作"戴鳻"、"戴南"。

【戴聖】漢梁人。字次君。戴德兄子。宣帝時爲博士,曾參加評定五經同異於石渠閣,官至九江太守。曾刪定禮記四十九篇,卽今禮記。世稱小戴。參見"戴德"。

【戴熙】公元1801—1860年。清錢塘人。字醇士,號蒓溪、鹿床、榆庵、井東居士等。道光十二年進士,官至兵部右侍郎。詩書畫並有名於時,山水師王翬,尤爲世重。著有粵雅集、習苦齋畫絮。清史稿、碑傳集補等皆有傳。

【戴嵩】唐代畫家。韓滉鎮浙時,署嵩爲巡官。畫以韓滉爲師,尤善水牛,窮其野性筋骨之妙。與韓幹畫馬齊名,世稱"韓馬戴牛"。所繪田野風景亦有逸致。參閱唐朱景玄唐朝名畫録、張彦遠歷代名畫記十。

【戴震】公元1723—1777年。清安徽休寧人。字東原。乾隆舉人。少時從學婺源江永。深通天文、曆算、史地、音韻、訓詁、考據等學。創古音九類二十五部之説,及陰陽入對轉的理論,對經學、語言學有卓越貢獻。曾任四庫全書纂修官。一生著述甚多,有原善、孟子字義疏證、聲韻考、勾股割圜記、屈原賦注等二十餘種。後人彙編爲戴氏遺書。所校大戴禮記、水經注、算經十書,皆稱精核。參閱清錢大昕潛研堂文集三九、李元度國朝先正事略三五。

【戴德】漢梁人。字延君。任信都太傅。與侄聖同師后倉學禮。德稱大戴,聖稱小戴。德刪禮記爲八十五篇,稱大戴禮記;聖又刪爲四十九篇,稱小戴禮記,即今本禮記。參閱漢書八八孟卿傳、宋韓元吉大戴禮記序。

【戴憑】東漢汝南平興人。字次仲。習京氏易。光武時任侍中。建中二年正旦,百官朝賀,帝令羣臣説經互難,義有不通,即奪其席以予通者,憑重坐五十餘席。時有"解經不窮戴侍中"之語。參閱後漢書七九儒林傳上。參見"奪席"。

【戴頭】比喻剛正不畏强暴,不怕殺頭。唐白孝德守邠寧,用段秀實爲都虞候。郭晞屯兵邠州,縱部下入市搶酒,刺殺酒翁,毁壞釀器。秀實派兵捉拿凶犯,斬首示衆。晞全營鼓譟,盡披甲。秀實笑入晞營曰:"殺一老卒,何甲也?吾戴頭來矣。"見新唐書一五三段秀實傳。

【戴鵀】鳥名。即戴勝。初學記三漢蔡邕月令章句:"季春戴鵀降於桑。"呂氏春秋季春作"戴任"。參見"戴勝㊁"。

【戴顒】公元378—441年。南朝宋譙郡銍縣人。字仲若,逵子。初與兄勃隱居桐廬。勃死後,遊江浙一帶,傳其父琴書雕塑繪畫之藝,首創佛教雕塑藻繪,張彦遠稱其"範金賦彩,動有楷模"。瓦官寺丈六金像成後,衆人嫌面瘦,顒謂:"非面瘦,乃臂胛肥。"因削減臂胛,像乃相稱。著有逍遥論及禮記中庸篇注。參閱宋書隱逸傳、唐張彦遠歷代名畫記五。

【戴名世】公元1653—1713年。清安徽桐城人。字田有,號褐夫,別號憂庵。康熙四十八年進士。任翰林院編修。擅長古文,留心明代史實,廣泛搜集史料。著南山集,宣稱明末弘光等年號不可廢,又採方孝標滇黔紀聞所載永曆事,康熙五十年爲左都御史趙申喬參劾,以"大逆"罪被殺。著述盡被毁禁。此案株連數百人之多,爲著名的"文字獄"。參閱碑傳集補八蕭穆戴憂庵先生事略。參見"南山集"。

【戴表元】公元1244—1310年。元奉化人。字帥初,一字曾伯。宋末咸淳進士,入元時任信州教授。曾從王應麟、舒岳祥受業,博學能文,有剡源集三十卷行世。元史有傳。

【戴叔倫】公元732—789年。唐潤州金壇人。字幼公。貞元進士。曾任撫州刺史、容管經略使。有詩二卷,部分作品反映勞動人民疾苦。原詩集已散佚。明人輯有戴叔倫集。新唐書有傳。

【戴高帽】北史熊安生傳:"(宗)道暉好著高翅帽、大屐。州將初臨,輒服以謁見,仰頭舉肘,拜於屐上,自言學士比三公。"後因謂妄自張大,喜人稱讚曰好戴高帽。而以吹捧、恭維別人爲給人戴高帽。參閱清翟灝通俗編二五服飾好戴高帽。

【戴雲山】一名佛嶺。在今福建德化縣西北,綿延於閩江支流尤溪與雙溪間,横跨五、六十里。山頂有池,名龍潭,水極深,分九派而下,稱九溪。南流者二,東流者五,北流者二。爲福建的分水嶺。參閲嘉慶一統志四三八永春州。

【戴帽餳】比喻柔弱無能。隋梁彦光初爲相州刺史時,主張"以静鎮之",無所作爲,當地人稱之爲"戴帽餳"。意謂雖戴帽如人,但柔軟似飴糖。見隋書梁彦光傳。

【戴復古】公元 1167—？年。南宋天台黄巖人。字式之。居南塘石屏山,因號石屏。曾登陸游之門,其詩清健輕快,自成一家,亦工詞。著有石屏詩集石屏詞。參閲宋詩鈔石屏詩鈔小傳。

【戴天履地】頂天立地,猶言生於世間。後漢書四八翟酺傳上疏:"臣荷殊絶之恩,蒙值不諱之政,豈敢雷同受寵,而以戴天履地。"

【戴盆望天】比喻手段與目的相反。漢書六二司馬遷傳報任安書:"僕以爲戴盆何以望天?"漢焦延壽易林十六小過之蠱:"戴盆望天,不見星辰。"後漢書四一第五倫傳上疏:"戴盆望天,事不兩施。"爲漢時諺語。

【戴圓履方】戴天立地,猶言生於世間。淮南子本經:"戴圓履方,抱表懷繩,内能治身,外能得人。"注:"圓天方地,表正繩直。"

【戴髮含齒】指人。列子黄帝:"戴髮含齒,倚而趣者謂之人,而人未必無獸心,雖有獸心,以狀而見親矣。"也作"含齒戴髮"。魏書韓子熙傳上書:"(劉騰)遂乃擅廢太后,離隔二宫,拷掠胡定,誣王行毒,含齒戴髮,莫不悲惋。"

【戴頭識臉】指有面子,有身分。水滸十六:"你這客人好不君子相!戴頭識臉的,也這般囉唣!"

【戴雞佩豚】雄雞野豬皆好鬬,古時以冠帶象其形,表示好勇。史記六七仲尼弟子傳:"子路性鄙,好勇力,冠雄雞,佩豭豚。"漢王充論衡率性:"世稱子路無恒之庸人,未入孔門時,戴雞佩豚,勇猛無禮。"

戳 chuō 字彙 側角切。
ㄔㄨㄛ

㊀用尖端觸擊,刺。宋史刑法志:"熙寧元年,蘇州民張朝之從兄,以一槍戳死朝父,逃去。"後引申爲刺激。紅樓夢六十:"一句話戳了他娘的心。"㊁豎立。見"戳燈"。㊂印章。清黄六鴻福惠全書四蒞任酬答書札:"如發回書,即于前件下註某日發回書訖,上用銷號小戳。"

【戳子】印章。儒林外史四五:"他自己做稿子,你替他謄真,用個戳子。"

【戳燈】長柄有底座,可以豎立在地上的燈。紅樓夢十四:"兩邊一色戳燈,照如白晝。"

【戳包兒】流氓騙子用壞物换人好物。即掉包。古今雜劇元鄭廷玉金鳳釵三:"我想那戳包兒賊漢,栽排下不義之財。"

十八畫

戵 qú 其俱切,平,虞韻,羣。
ㄑㄩˊ

古兵器。廣韻:"戵,戟屬,古謂四出矛爲戵。"通"瞿"。書顧命:"一人冕執瞿,立于西垂。"疏引鄭玄云:"瞿,蓋今三鋒矛。"

户部

户 hù 侯古切,上,姥韻,匣。
ㄏㄨˋ

㊀單扇門。一扇爲户,兩扇爲門。詩小雅斯干:"築室百堵,西南其户。"論語雍也:"誰能出不由户?"㊁住户,一家謂一户。易訟:"人三百户,無眚。"荀子議兵:"中試則復其户,利其田宅。"㊂洞穴,出入口。禮月令仲春之月:"是月也,日夜分,雷乃發聲,始電,蟄蟲咸動,啓户始出。"㊃阻止。左傳宣十二年:"王見右廣,將從之乘。屈蕩户之,曰:'君以此始,亦必以終。'"今本作"尸",誤。見校勘記。漢書八六王嘉傳:"以明經射策甲科爲郎,坐户殿門失闌免。"參閲清顧炎武左傳杜解補正宣十二年(清經解一)。㊄酒量。唐白居易長慶集十九久不見韓侍郎戲題四韻以寄之詩:"户大嫌甜酒,才高笑小詩。"參見"大户"、"小户"。㊅姓。漢有户尊。

【户丁】家中的成年男子。元史世祖紀中統三年三月:"庚申,括北京鷹房等户丁爲兵,蠲其賦,令趙炳將之。"

【户下】㊀門邊。左傳莊八年:"見公之足於户下,遂弑之。"㊁户主的屬下,多指奴婢或門客而言。初學記十九漢王褒僮約:"資中男子王子泉,從成都安志里女子楊惠買夫時户下髯奴便了。"

【户口】計家曰户,計人曰口。史記高祖功臣侯者年表:"漢興,功臣受封者百有餘人。天下初定,故大城名都散亡户口可得而數者十二三。"又蕭相國世家:"漢王所以具知天下阸塞,户口多少,彊弱之處,民所疾苦者,以(蕭)何具得秦圖書也。"

【户穴】洞穴,洞口。文選南朝宋謝靈運登石門最高頂:"長林羅户穴,積石擁基階。"六臣注本作"户庭"。唐孟浩然集二初軍樂城館中卧疾懷歸詩:"蟄蟲驚户穴,巢鵲眄庭柯。"

【户主】一户之主。宋書蔣恭傳:"收恭及兄協赴獄治罪,……協列協是户主,延制所由,有罪之日,關協而已,求遣弟恭。"唐制,户主都由家長充任。見通典七丁中、文獻通考十户口一。

【户伯】五人之長。同"伍伯"。詳"伍伯㊀"。

【户者】守門人。史記九五樊噲傳:"先黥布反時,高帝嘗病甚,惡見人,卧禁中,詔户者無得入羣臣。"

【户帖】登記每户人口的册子。唐宋都有户帖名目。明制,每户由官府發給户帖,載明籍貫、丁口、名歲、産業等。官府所存底本名户籍,登計民數,又爲徵收賦役的根據。參閲舊唐書食貨志上、文獻通考十九征榷六、明實録十一洪武實録五八。

【户版】登記居民的册子,即户籍。周禮天官宫伯"凡在版者"漢鄭玄注:"版,名籍也。以版爲之,今時鄉户籍謂之户版。"新唐書一〇六盧承慶傳:"帝問歷代户版,承慶敍夏、商至周、隋增損曲折,引據該詳,帝嗟賞。"

【户限】門檻。晉書謝安傳:"(謝)玄等既破(苻)堅,有驛書至,安方對客圍棋,……既罷,還内,過户限,心喜甚,不覺屐齒之折,其矯情鎮物如此。"成語有"户限爲穿",形容門庭進出者之多。參見"鐵門限"。

【户律】關於户籍、賦役及其他民事的法令。漢蕭何承秦六篇律,加廄、興、户三篇,作律九章。户篇稱户律。北齊附以婚事而稱婚户律。北周分婚姻及户禁兩篇。隋開皇以後改稱户婚律,唐因之。見唐律疏議十二户婚上。大明律、清會典仍稱户律。

【户庭】猶門庭、家門。易繫辭上:"不出户庭，无咎。"晉陶潛陶淵明集二歸園田居詩之一:"户庭無塵雜，虛室有餘閑。"

【户馬】民户所養的馬。宋慶曆中詔民户養馬,養户可免除飼養保甲馬的負擔。熙寧五年以後,王安石實行新法,有保馬法、户馬法。參閱文獻通考一六〇兵考馬政二。參見"保馬法"。

【户部】朝廷掌管户口、財賦的官署。周禮爲地官大司徒之職。秦爲治粟内史。兩漢爲大農令,又有尚書民曹,亦户部之職。三國至唐爲度支、左民、右民、户曹、民部。唐永徽初,因避李世民(太宗)諱,改爲户部。五代至清因之。光緒末，改爲度支部，管田賦、關税、鳌金、公債、貨幣及銀行等事。參閱通典二三職官五户部尚書。

【户曹】掌管民户、祀祠、農桑的官署。三國魏以下有户曹掾。北齊與功曹同。隋有户曹參軍。唐諸府稱户曹，在州曰司户。户曹掌管籍帳、婚姻、田宅、雜徭、道路等事。清户部司員也稱户曹，府、廳、州、縣管民户的官署,稱户房。參閱文獻通考六三職官十七録事參軍司户。

【户尉】門神。道家稱門神左者爲門丞，右者爲户尉。參閱明馮應京月令廣義二十十二月令日次三十日門神、清翟灝通俗編十九神鬼門神。

【户税】按户徵收的税。漢制按人徵，東漢末曹操平袁紹,定每户徵收絹二匹、綿二斤，爲户税之始。晉司馬炎(武帝)又增其賦，稱爲户調。見文獻通考三田賦三歷代田賦之制。

【户説】挨户進行宣傳告諭。楚辭屈原離騷:"衆不可户説兮，孰云察予之中情。"韓非子難勢:"無慶賞之勸，刑罰之威,釋勢委法,〔使〕堯、舜户説而人辯之,不能治三家。"

【户調】户口租調,即按户徵收的賦税。詳"户税"。

【户牖】㊀門窗。老子:"鑿户牖以爲室，當其無，有室之用。"三國志吴趙達傳:"當迴算帷幕,不出户牖以知天道，而反晝夜暴露以望氣祥，不亦難乎!"引申爲學術上的各種流派。南朝梁劉勰文心雕龍四諸子:"夫自六國以前,去聖未遠,故能越世高談，自開户牖。"㊁春秋時宋國地名,在河南蘭考縣境。左傳哀十三年:"(吴人)遂囚(景伯)以還，及户牖。"注:"户牖,陳留外黄縣西北東昏城。"即此。漢初功臣陳平,即陽武户牖鄉人。

【户頭】猶户主。隋書食貨志開皇三年:"大功以下,兼令析籍,各爲户頭,以防容隱。"

【户籍】登記居民户口的簿册。管子禁藏:"户籍田結者，所以知貧富之不訾也。"注:"謂每户置籍,每田結其多少,則貧富不依訾限者可知也。"三國志魏崔琰傳:"(曹操)領冀州牧,辟琰爲别駕從事,謂琰曰:'昨案户籍,可得三十萬衆,故爲大州也。'"參見"户版"。

【户口使】官名。掌管稽核田畝、户口、徭役等事。唐玄宗以宇文融兼租地安輯户口使，以王鉷爲户口色役使。均見新唐書一三四本傳。

【户告人曉】挨户曉諭，使人人知道。漢劉向列女傳五梁節姑姊:"梁國豈可户告人曉也?被不義之名,何面目以見兄弟國人哉!"也作"户辯家説"。淮南子泰族:"四海之内，莫不仰上之德，象主之指,……非户辯而家説之也,推其誠以施之天下而已矣。"

【户樞不蠹】經常轉動的門軸不會被蛀蝕。比喻經常運動可以不受外物侵蝕。吕氏春秋盡數:"流水不腐,户樞不螻,動也。"唐馬總意林二引作"户樞不蠹"。文苑英華一缺名天行健賦:"緜緜若存，户樞不蠹,較之則火井易滅,當之則金柅難固。"也作"户樞不朽"。三國志魏吴普傳:"動摇則骨氣得消,血脈流通,病不得生，譬户樞不朽是也。"

一畫

戹 è 於革切,入,麥韻,影。ㄜ

㊀狹隘，險要。説文:戹，隘也。从户,乙聲。"今作"阨"。㊁困苦,災難。後漢書質帝紀本初元年詔:"方春戒節，賑濟乏戹，掩骼埋胔之時。"又六六陳蕃傳上疏:"夫安平之時，尚宜有節，況當今之世,有三空之戹哉!"㊂受困，爲難。孟子盡心下:"君子之戹於陳蔡之間，無上下之交也。"史記一〇〇季布傳:"丁公爲項羽逐窘高祖彭城西，短兵接，高祖急，顧丁公曰:'兩賢豈相戹哉!'於是丁公引兵而還。"㊁㊂今多作"厄"。

【戹運】不幸的遭遇。同"厄運"。後漢書六十馬融傳廣成頌:"伏見元年以來，遭值戹運。"注:"戹運謂地震、大水、雨雹之類。"

【戹屯歌】東漢趙岐因與唐玹有嫌，逃難四方,隱姓埋名,賣餅北海市中，安丘孫嵩遊市見岐,察非常人，遂以俱歸，藏岐複壁中數年，岐作戹屯歌二十三章。今不傳。見後漢書六四趙岐傳。

三畫

戺 shì 鉏里切,上,止韻,牀。ㄕˋ

也作"启"。㊀門軸。爾雅釋宫:"樞達北方謂之落時,落時謂之启。"參見"落時"。㊁堂前階石的兩端。書顧命:"四人綦弁，執戈上刃夾兩階戺。"清程瑤田謂戺爲階的兩旁。自堂至庭地,斜接一石,兩階有四戺,四人執戈夾之,二人夾於東階之二戺，二人夾於西階之二戺。見釋宫小記夾兩階戺圖説。

四畫

戽 hù 侯古切,上,姥韻,匣。ㄏㄨˋ 呼古切,上,姥韻,曉。荒故切,去,暮韻,曉。

也作"滸"。以戽斗或龍骨車汲水。唐貫休禪月集六宿深村詩:"黄昏見客合家喜，月下取魚戽塘水。"宋陸游劍南詩稿七八村舍之四:"山高正對燒畬火，溪近時聞戽水聲。"

【戽斗】汲水灌田之器。宋陸游劍南詩稿二七喜雨:"水車罷踏戽斗藏，家家買酒歌時康。"參閲明徐光啟農政全書十七灌溉圖譜。

房 1. fáng 符方切,平,陽韻,並。ㄈㄤˊ

㊀住室。古代堂的内中爲正室，左右爲房，後泛指住室。左傳定六年:"孟孫立於房外。"㊁家族的分支。魏書肅宗紀熙平二年詔:"揚州硤石荆山新淮鄭城兵士戰没者，追給斂財復一房五年。"新唐書宰相世系表李氏分隴西趙郡二支，隴西有四房，趙郡有六房。參見"大房㊁"、"房分"。㊂官署單位名。唐制政事堂列吏房、樞機房、兵房、户房、刑禮房等。見新唐書百官志一。㊃物體分成間隔狀的各個部分。淮南子氾論:"而蜂房不容鵠卵，小形不足以包大體也。"唐杜甫杜工部草堂詩箋三二秋興之七:"波漂菰米沉雲黑，露冷蓮房墜粉紅。"㊄見"填房"。㊅星名。見"房宿"。㊆姓。唐有房玄齡房琯。

2. páng 步光切,平,唐韻,並。ㄆㄤˊ

㊇見"房$_2$皇"。㊈阿房,宫名。見廣韻。

【房下】對人謙稱自己的妻子。宋蘇軾西樓帖致大哥書:"軾房下四月四日添一男，頗易養，名似叔。"又:"本令此子般小兒子房下來此，今又丁憂，亦災滯中一撓也。"此指其兒媳。

【房子】縣名。也作"防子"。戰國趙邑。漢置縣，屬常山郡。在今河北高邑縣西南。史記趙世家："(敬侯)十年，與中山戰于房子。"正義："趙州房子縣是。"參見"防子"。

【房山】㊀山名。1.在今河北平山縣西北。後漢書章帝紀元和三年："庚辰，祠房山於靈壽。"注："房山在今恒州房山縣西北，俗名王母山。"2.在今湖北房縣西。元和郡縣志二一山南道二房陵縣："房山在(房陵)縣西南四十三里，其山西南有石室似房，因以爲名。"㊁縣名。漢置良鄉縣，屬涿郡。唐屬幽州。元至元二十七年以地有房山，改名房山縣，屬涿州。清屬順天府。今屬北京市。參閲嘉慶一統志六順天府房山縣。

【房分】舊時指家族的分支。魏書廣陽王傳："然其往世房分，留居京者得上品通官，在鎮者便爲清途所隔。"儒林外史十七："我有個房分兄弟，行三，人都叫他潘三爺。"

【房生】植物開花、受粉、結果的一種形態。三國吳陸璣毛詩草木鳥獸蟲魚疏："河内人謂木蓼爲櫟，椒椴之屬也，其子房生爲球，木蓼子亦房生。"

【房老】舊稱婢妾年老色衰者爲房老或房長。舊題晉王嘉拾遺記九："石季倫(崇)愛婢名翔鳳……石崇受譖潤之言，即退翔鳳爲房老，使主羣少。"參閲明王志堅表異録三。

【房杜】唐宰相房玄齡杜如晦的合稱。唐孫樵集二與高錫望書："大丈夫當一時寵遇，皆欲齊政房杜，躋佐太平。"參見"房謀杜斷"。

【房官】科舉時代，鄉會試的同考官。分房批閲考卷，稱房考官，簡稱房官。見元史選舉志一。參見"同考官"、"房師"。

【房卧】卧房。也指房内卧被等妝奩。後漢書七八宦者傳序"出入卧内，受宣詔命"唐李賢注："宦豎傳近房卧之内，交錯婦人之間。"京本通俗小説西山一窟鬼："却有一頭好親在這裏，一千貫錢房卧，帶一個從嫁。"

【房俎】玉飾有脚的祭器。俎，祭器。禮明堂位："周以房俎。"注："房，謂足下跗也，上下兩間有似於堂房。"後漢書六十上馬融傳廣成頌："山罍常滿，房俎無空。"

【房$_2$皇】徘徊，猶豫。同"方皇"、"徬徨"。史記禮書論："房皇周浹。"索隱："房音旁。旁皇猶徘徊也。"荀子禮論作"方皇"。

【房烝】古祭祀時，用牲的半體升於大俎。烝，升。國語周中："禘郊之事，則有全烝，王公立飫，則有房烝。"注："房，大俎也。"詩魯頌閟宫"籩豆大房"箋："大房，半體之俎也。"清陳奂認爲"房"即"旁"，全烝爲全體之俎，房烝爲半體之俎。見詩毛氏傳疏。參見"大房㊀"。

【房師】明清科舉制度，録取的生員尊稱分房閲卷的同考官爲房師。清顧炎武亭林文集一生員論中："生員之在天下，近或數百千里，遠或萬里，語言不同，姓名不通，而一登科第，則有所謂主考官者謂之座師，有所謂同考官者謂之房師。"

【房宿】房星。二十八宿之一，蒼龍七宿的第四宿，有星四顆。見甘公石申星經上房宿。

【房陵】古郡縣名。屬湖北省。本春秋時麇國防渚地。戰國屬楚。漢置房陵縣，屬漢中郡。建安末置房陵郡。三國魏爲新城郡治。唐爲房州治。明洪武八年，降州爲縣，屬襄陽府；成化十二年，劃歸鄖陽府。清因之。秦始皇時，先後徙嫪毐等四千餘家及趙王遷、吕不韋家於房陵，即此。漢時，宗室大臣有罪者也多徙於此。參閲讀史方輿紀要七九湖廣五鄖陽府、嘉慶一統志三四九湖北鄖陽府。

【房累】指家屬，家眷。南史梁宗室上臨川靖惠王宏傳附蕭正德詔："今當宥汝以遠，無令房累自隨。敕所在給汝稟餼。王新婦、見理等當停大尉間，汝餘房累悉許同行。"

【房琯】公元697—763年。唐河南人，字次律。玄宗(李隆基)奔蜀，官文部尚書，同中書門下平章事。肅宗(李亨)立，多參與決斷朝中機密事務。琯有重名，而疏闊好大言，至德元年自請領兵討安禄山，戰於陳濤斜，全軍覆没。後因虚言浮誕，貶爲邠州刺史。寶應二年，召拜刑部尚書，死於途中。新、舊唐書有傳。

【房駟】即房星。爾雅釋天："天駟，房也。"注："龍爲天馬，故房四星謂之天駟。"金元好問元遺山集三書馬爲邢將軍賦："將軍此紙何處得，便覺房駟無光芒。"參見"房宿"。

【房樂】房中樂的省稱。宋書文帝袁皇后傳顔延之哀策："壼政穆宣，房樂昭理。"參見"房中樂"。

【房縣】見"房陵"。

【房錢】租屋的租金。宋王栐燕翼貽謀録五放官司房錢："至和元年二月乙未，因大雨雪，詔天下長吏，詳酌公私房錢，與放三日。"元周密浩然齋雅談："小小園林矮矮屋，一日房錢一貫足。"

【房櫳】窗户。漢書九七下班倢伃傳作賦自傷悼："廣室陰兮帷幄暗，房櫳虚兮風泠泠。"注："櫳，疏檻也。"文選晉左太沖(思)吳都賦："房櫳對櫎，連閣相經。"

【房露】古曲名。文選南朝宋謝希逸(莊)月賦："徘徊房露，惆悵陽阿。"注："房露蓋古曲也。……房與防古字通。"

【房子緜】古房子縣出産的絲綿。文選晉左太沖(思)魏都賦："緜纊房子，縑緫清河。"注："房子出御緜，清河出縑緫。"古文苑十三國魏曹公卞夫人與楊太尉夫人袁氏書："故送衣服一籠，文絹百匹，房子官錦百斤。"宋王應麟認爲"官錦"爲"官綿"之誤。見困學紀聞二十。

【房中術】漢書藝文志方技略著録房中八家，爲容城陰道二十六卷，黄帝三王養陽方二十卷，三家内房有子方十七卷等書，今皆佚。後世方士，迎合剥削階級糜爛生活的要求，有所謂運氣、逆流、采戰之類，曰房中術。省稱房術。見明陶宗儀輟耕録十四。

【房中樂】樂歌名。儀禮燕禮："若與四方之賓燕，……有房中之樂。"注："弦歌周南召南之詩，而不用鍾磬之節也。謂之房中者，後夫人之所諷誦，以事其君子。"漢書禮樂志："周有房中樂，至秦名曰壽人。……高祖樂楚聲，故房中樂楚聲也。孝惠二年，使樂府令夏侯寬備其簫管，更名曰安世樂。"漢安世房中歌見樂府詩集八郊廟歌辭。

【房公湖】湖名。相傳唐房琯爲刺史時所鑿，又名西湖或房公池。宋熙寧中，奏墾爲田，湖遂堙塞。故址在今四川廣漢縣西南。唐杜甫杜工部草堂詩箋二一答楊梓州："悶到房公池水頭，坐逢楊子鎮東州。"參閲讀史方輿紀要六七四川二漢州。

【房玄齡】公元578—648年。唐齊州臨淄人。名喬。以字顯。年十八舉進士，仕隋爲隰城尉，因事除名。秦王李世民(唐太宗)起兵，至渭北，玄齡謁於軍門，隨太宗征伐，在秦府十餘年。太宗稱帝，爲中書令，任宰相十五年，與杜如晦共管朝政，史稱房杜。新、舊唐書有傳。

【房謀杜斷】唐太宗時宰相房玄齡杜如晦共掌朝政，房多謀，杜善斷，舊史有房謀杜斷之稱。舊唐書六六房玄齡杜如晦傳論："房知杜之能斷大事，杜知房之善建嘉謀。"新唐書九六杜如晦傳："如晦長於斷，而(房)玄齡善謀，兩人深相知，故能同心濟謀，以佐佑帝。"

戾 1. lì 郎計切，去，霽韻，來。ㄌㄧˋ

㊀乖張，違反。荀子榮辱："果敢而振，猛貪而戾。"注："戾，乖背也。"淮南子覽冥："舉事戾蒼天，發號逆四時。"注："戾，反也。"㊁罪惡，暴行。左傳文四年："今陪臣來繼舊好，君辱貺之，其敢干大禮以自取戾。"注："戾，罪也。"荀子儒效："殺管叔，虛殷國，而天下不稱戾焉。"注："戾，暴也。"㊂勁疾，猛烈。文選晉潘安仁(岳)秋興賦："庭樹槭以灑落兮，勁風戾而吹帷。"注："戾，勁疾之貌。"㊃安定。詩大雅桑柔："民之未戾，職盜爲寇。"傳："戾，定也。"書康誥："今惟民不靜，未戾厥心。"傳："假令天下民不安，未定其心。"㊄到達。詩大雅旱麓："鳶飛戾天，魚躍于淵。"又小雅采菽："優哉游哉，亦是戾矣。"傳："戾，至也。"㊅風乾。禮祭義："桑于公桑，風戾以食之。"

2. liè 練結切，入，屑韻，來。ㄌㄧㄝˋ

㊆扭轉。通"捩"。文選晉潘安仁(岳)射雉賦："戾翳旋把，縈隨所歷。"注："戾，轉也。力結切。"

【戾止】來到。詩周頌有瞽："我客戾止，永觀厥成。"後來因稱客人來臨爲戾止。宋朱熹朱文公集九乙卯八月晦日浮翠亭次叔通韻詩："羣賢亦戾止，共此一日閑。"

【戾2契】曲折傾斜。契，通"㽈"。唐韓愈昌黎集二八試大理評事王君墓誌銘："好讀書，懷奇負氣，不肯隨人後舉選，見功業有道路可指取，有(一本作"而")名節可以戾契致。"

【戾家】非行家，不是正途出身。宋張端義貴耳集上："掖垣非有出身不除。……三十年間，詞科又罷，兩制皆不是當行，京諺云戾家是也。"宋灌圃耐得翁都城紀勝四司六局："凡四司六局人祇應慣熟，便省賓主一半力，故常諺曰：燒香點茶，掛畫插花，四般閑事，不許戾家。"

【戾蟲】老虎。虎性貪暴，故名。戰國策秦二："有兩虎諍人而鬬者，管莊子將刺之，管與止之曰：虎者，戾蟲。"注："戾，貪也。"

【戾太子】公元前128—前91年。漢武帝太子劉據的諡號。江充同據有隙，以巫蠱事誣陷據，據恐，舉兵斬充，與丞相劉屈氂等戰於長安，兵敗逃亡，自殺。後武帝知據受冤，乃族滅江充家。後太子孫病已嗣立，爲孝宣帝，追諡太子爲"戾"，史稱戾太子。見漢書六三武五子傳。

所 suǒ 疎舉切，上，語韻，山。ㄙㄨㄛˇ

㊀處所。詩鄭風叔于田："襢裼暴虎，獻于公所。"㊁量詞。計房屋之數。文選漢班孟堅(固)西都賦："離宮別舘，三十六所。"㊂可以。史記九二淮陰侯傳："必欲爭天下，非信無所與計事者。"漢書韓信傳作"可"。㊃假若。詩鄘風牆有茨："所可道也，言之醜也。"左傳僖二四年："所不與舅氏同心者，有如白水！"㊄助詞。1.無義。書無逸："君子所其無逸，先知稼穡之艱難。"2.表被動。禮檀弓："世子申生爲驪姬所譖。"3.構成名詞性結構。樂府詩集二五木蘭詩之一："問女何所思，問女何所憶。"㊅不定之詞，表約數。通"許"。史記留侯世家："良殊大驚，隨目之。父去里所，復還。"㊆姓。春秋有所俠。見穀梁傳隱九年。

【所子】過繼之子，即養子。漢書宣帝紀："封賀所子弟子侍中中郎將彭祖爲陽都侯。"注："如淳曰：賀，張安世兄，有一子早死，故以彭祖爲子。(顏)師古曰：所子者，言養弟子以爲子。"

【所天】在封建社會裏君權、族權、夫權高於一切，故詩文中常以"所天"指帝王、父或夫。後漢書三四梁統傳附梁竦(樊調妻嫕上書自訟)："(竇)憲兄弟姦惡，既伏辜誅，海內曠然，各獲其宜。妾得蘇息，拭目更視，乃敢昧死自陳所天。"此指皇帝。漢中常侍樊安碑："嗣子遷以幼弱夙紱王爵，而喪所天，禮備復位。"(隸釋六)此指父。文選晉潘安仁(岳)寡婦賦序："少喪父母，適人，而所天又殞。"此指丈夫。

【所不】誓詞。左傳僖二四年："公子曰：'所不與舅氏同心者，有如白水！'"又襄二五年："慶封爲左相，盟國人於大宮，曰：'所不與崔慶者！'"參閱清臧庸拜經日記二。

【所司】㊀管轄的事。左傳成二年："唯器與名，不可以假人，君之所司也。"㊁主管部門或主管官吏。舊唐書玄宗紀下天寶五載："天下山水，名稱或同，義且不經，多因於里諺，宜令所司各據圖籍改定。"

【所由】㊀經過，由來。論語爲政："視其所以，觀其所由，察其所安。"文選漢司馬長卿(相如)封禪文："然無異端，慎所由於前，謹遺教於後耳。"㊁見"所由官"。

【所生】㊀生身父母。詩小雅小宛："夙興夜寐，毋忝爾所生。"疏："故當早起夜卧行之，無辱爾所生之父祖已。"晉陶潛陶淵明集三庚子歲五月中從都還阻風於規林詩之二："久游戀所生，如何淹在兹？"㊁出生地。漢應劭風俗通義五十反："是故伯夷讓國以採薇，展禽(柳下惠)不去於所生。"

【所在】㊀處所。左傳定五年："(子西)聞王所在，而後從王。"後漢書章帝紀建初七年："詣邊戍，妻子自隨，占着所在，父母同產，欲相隨者，恣聽之。"㊁處處，到處。後漢書六六陳蕃傳上疏："今二郡之民，亦陛下赤子也，致令赤子爲害，豈非所在貪虐，使其然乎？"三國志蜀諸葛亮傳："軍資所出，國以富饒。"注："漢晉春秋曰：亮至南中，所在戰捷。"

【所所】砍樹之聲。通"許許"。說文"所"引詩："伐木所所。"今本詩小雅伐木作"許許"。清馬瑞辰毛詩傳箋通釋十七："'許''所'古同聲通用，凡言何許猶何所也，幾所猶幾許也。"

【所思】所想念的人或事。詩鄘風載馳："百爾所思，不如我所之。"楚辭屈原九歌山鬼："被石蘭兮帶杜衡，折芳馨兮遺所思。"

【所欽】謂所欽佩的人。三國魏嵇康嵇中散集一兄秀才公穆入軍贈詩之十三："感寤馳情，思我所欽。"晉陸機陸士衡集五贈馮文羆詩："慷慨誰爲感，願言懷所欽。"參閱宋葛立方韻語陽秋十。

【所歡】情人。文選三國魏劉公幹(楨)贈五官中郎將詩之三："涕泣灑衣裳，能不懷所歡？"樂府詩集四六吳聲歌曲華山畿之二三："風吹窗簾動，言是所歡來。"

【所由官】主管官吏。猶言有關官吏。唐以來多指地方小吏或差役。省作"所由"，也作"所繇"。梁書高祖丁貴嬪傳有司奏："婦人無閫外之事，賀及問訊牋什，所由官報聞而已。"資治通鑑二四三唐敬宗寶曆二年："丞相不應許所由官呫囁耳語。"注："京尹任煩劇，故唐人謂府縣官爲所由官。項安世家說曰：'今坊市公人謂之所由。'"又二四二唐穆宗長慶二年："令所由將鹽就村糶易。"注："所由，綰掌官物之吏也。事必經由其手，故謂之所由。"

【所見世】公羊家說，春秋分三世爲三等，昭定哀三公爲親身或父代所及見之世，稱所見世。參見"三世㊀"。

【所聞世】公羊家說，春秋分三世爲三等，文宣成襄四公爲祖父之世，聞而知之，稱所聞世。參見"三世㊀"。

【所向無敵】所到之處，沒有敵手。三

國志吳周瑜傳"以中護軍與長史張昭共掌衆事"注引江表傳:"士風勁勇,所向無敵。"

【所傳聞世】公羊家說,春秋分三世爲三等,隱桓莊閔僖五公爲曾祖高祖之世,稱所傳聞世。參見"三世㈠"。

五 畫

扂 diàn 徒玷切,上,忝韻,定。ㄉㄧㄢ

門閂。古文作"扆",又作"扉"。唐韓愈昌黎集十二進學解:"欂櫨侏儒,根闑扂楔。"注:"扂,門關牡。"

扁 1. biǎn 方典切,上,銑韻,幫。ㄅㄧㄢ 符善切,上,獮韻,並。

㈠扁額。也作"楄"、"匾"。宋楊萬里誠齋集七三真州重建壯觀亭記:"米元章嘗官發運司,追暇則裴回其上,爲之賦,且大書其扁。"㈡物體寬而薄。後漢書八五東夷傳:"兒生欲令其頭扁,皆押之以石。"

2. piān 芳連切,平,仙韻,滂。ㄆㄧㄢ

㈢小。見"扁$_2$舟"。㈣通"翩"。見"扁$_2$扁$_2$"。

3. biàn 字彙 婢免切。ㄅㄧㄢ

㈤通"徧"、"遍"。荀子修身:"扁善之度,以治氣養生,則身後彭祖。"清王念孫說:"'扁'讀爲'徧','辨'、'辯'皆爲'徧'字,徧善者,無所往而不善也。"參閱王先謙荀子集解。

【扁舟】编列衆舟爲船。猶言方舟、維舟。三國魏徐幹中論脩本:"乘扁舟而濟者,其身也安。"參閱清俞樾曲園雜纂二四讀中論。

【扁$_2$舟】小船。也作"偏舟"。史記一二九貨殖傳:"范蠡既雪會稽之恥,……乃乘扁舟浮於江湖。"後漢書十三隗囂傳作"偏舟"。宋蘇軾經進東坡文集事略一前赤壁賦:"駕一葉之扁舟,舉匏樽以相屬。"

【扁青】青色之石。生山谷間,形扁作片而色淺青,可入藥。見政和證類本草三玉石部、本草綱目十石類下。

【扁表】製匾加以表彰。後漢書百官志五縣鄉:"三老掌教化。凡有孝子順孫貞女義婦,讓財救患,及學士爲民法式者,皆扁表其門,以興善行。"

【扁$_2$扁$_2$】喜悦的樣子。詩小雅巷伯"緝緝翩翩"唐陸德明經典釋文:"音篇,……字又作扁。"孟子離婁下"施施從外來"漢趙岐注:"施施,猶扁扁,喜悦之貌。"

【扁食】餃子。清王譽昌崇禎宫詞上注:"翊坤宫近侍劉某善治扁食,進御者必其手造也。"

【扁倉】扁鵲倉公的合稱。扁鵲,戰國時名醫;倉公,漢文帝時名醫。史記一〇五有扁鵲倉公傳。參見"扁鵲"、"倉公"。

【扁牓】以大字書寫的題額。同"扁額"。宋樓鑰攻媿集八五先兄嚴州行狀:"下筆輒工,好事者爭求扁牓,流傳甚多。"

【扁諸】劍名。東漢趙曄吳越春秋五夫差内傳:"吳師皆文犀長盾,扁諸之劍,方陣而行。"注:"闔廬既鑄成干將、莫耶二劍,餘鑄得三千,並號扁諸之劍。"又見越絶書二越絶外傳記吳地傳。

【扁額】卽匾額。以大字題額,懸掛在門頭、堂室、亭園等處。舊時多刻木爲之。宋岳珂桯史十劉蘊古:"初吳山有伍員祠,瞰闤闠,都人敬事之,有富民捐貲爲扁額,金碧甚侈。"

【扁鵲】戰國時名醫。原名秦越人,勃海郡鄭人。家於盧國,又名盧醫。受禁方於長桑君,歷遊齊趙。入秦,秦太醫令李醯自知醫術不如,使人刺殺之。扁鵲吸取前人的經驗,創造切脈醫術,精通内科、婦科、五官科、小兒科等。漢書藝文志有扁鵲内經九卷、外經十二卷,不傳。史記有傳。

扃 1. jiōng 古螢切,平,青韻,見。ㄐㄩㄥ

㈠自外關閉門户用的門栓。禮曲禮上:"將入户,必視下,入户奉扃,視瞻毋回。"參閱清王筠說文句讀扃。㈡門户。文選南齊孔德璋(稚珪)北山移文:"雖情投於魏闕,或假步於山扃。"㈢關閉。文選南朝宋顏延年(延之)陽給事誄:"金柝夜擊,和門晝扃。"㈣兵車前固定軍旗的橫木。左傳宣十二年:"楚人惎之脱扃。"釋文引服虔注:"扃,車前横木也。"文選漢張平子(衡)西京賦:"旗不脱扃,結駟方蘄。"注:"扃,關也,謂建旗車上,有關制之,令不動摇曰扃。"㈤貫通鼎上兩耳的舉鼎横木。儀禮公食大夫禮:"甸人陳鼎七,當門南面西上,設扃鼏。"注:"扃,鼎扛,所以舉之者也。"

2. jiǒng 集韻 犬迥切,上,迥韻。ㄐㄩㄥ

㈥明察。通"炯"。見"扃$_2$扃$_2$"。

【扃$_2$扃$_2$】形容明亮。通"炯炯"。左傳襄五年:"詩曰:周道挺挺,我心扃扃。"注:"逸詩也。挺挺,正直也;扃扃,明察也。"

【扃緝】拘禁。周禮秋官冥氏"掌設弧張"漢鄭玄注:"弧張,罿罦之屬,所以扃絹禽獸。"孫詒讓周禮正義說:"扃,關;緝,繫。扃緝,謂關扃而縮繫之。"

【扃鍵】門户關鎖。新唐書七六和思趙皇后傳:"妃既囚,扃鍵牢謹,日給飼料。"

【扃鐍】加在門窗或箱篋上的鎖。莊子胠篋:"將爲胠篋探囊發匱之盜而爲守備,則必攝緘縢,固扃鐍。"唐成玄英疏:"扃,關鈕也;鐍,鎖鑰也。"唐韓愈昌黎集十二守戒:"宅於都者,知穿窬之爲盜,則必峻其垣牆,而内固扃鐍以防之。"

六 畫

扆 yǐ 於豈切,上,尾韻,影。ㄧ

户牖間畫有斧形的屏風。荀子儒效:"周公屏成王而及武王,履天下之籍,負扆而坐,諸侯趨走堂下。"漢王充論衡書虛:"户牖之間曰扆,南面之坐位也。負扆南面鄉坐,扆在後也。"參見"依㈧"、"斧扆"。

【扆座】君主的座位,猶言御座。禮明堂位:"天子負斧依南鄉而立。"釋文:"依,本又作扆。"南朝陳徐陵徐孝穆集五梁貞陽侯答王太尉書:"未有居稱扆座,行日乘輿,遂無五尺之童,高謝千人之長。"

【扆帷】猶言屏帷之内。梁書元帝紀王僧辯勸進第二表:"農山圯下之策,金匱玉鼎之謀,莫不定算扆帷,決勝千里。"藝文類聚十四引此表作陳沈炯爲羣臣勸進梁元帝第二表。

扇 1. shàn 式戰切,去,線韻,審。ㄕㄢ

㈠竹類編製的門、箄簾。也泛指門。禮月令:"是月也,耕者少舍,乃脩闔扇,寢廟畢備。"注:"用木曰闔,用竹箄曰扇。"資治通鑑一六一梁武帝太清二年:"賊又以長柯斧斫東掖門,門將開,羊侃鑿扇爲孔,以槊刺殺二人,斫者乃退。"注:"扇,門扇也。"吕氏春秋知接:"蒙衣袂而絶乎壽宫,蟲流出於户,上蓋以楊門之扇。"注:"扇,屏也。"㈡障塵蔽日的用具。南史梁宗室下鄱陽忠烈王恢傳附蕭泰:"泰至州,便編發人丁,使檐腰輿扇繖等物,不限士庶。"㈢扇子。用以拂塵取涼等。世說新語輕詆:"大風揚塵,王(導)以扇拂塵。"晉書王導傳作"常遇西風塵起,舉扇自蔽。"參閱清錢泳履園叢話三扇。㈣布巾。文選晉潘安仁(岳)射雉賦:"候扇舉而清叫,野聞聲而應媒。"注:"扇,布也,形如手巾。"㈤量詞。唐白居易長慶集十一長恨歌:"唯將舊物表深情,鈿合金釵寄將去。釵留一股合一扇,釵擘黄金合分鈿。"京本通俗小説碾玉觀音:"只見兩扇門關着,一把鎖鎖着。"㈥通"騸"。見"扇馬"。

2. shān 式連切,平,仙韻,審。
ㄕㄢ

㈦搖動生風。通"搧"。淮南子人間:"武王蔭暍人於樾下,左擁而右扇之,而天下懷其德。"㈧熾盛。通"煽"。漢書八五谷永傳:"閻妻驕扇,日以不臧。"注:"扇,熾也。"文選晉張景陽(協)七命之四:"豐隆奮椎,飛廉扇炭。"

【扇市】以出售扇子等夏季用品爲主的季節性市場。唐李淖秦中歲時記:"端午前兩日,東市謂之扇市,車馬特盛。"(類説六、説郛七四)

【扇汗】纏在馬口所銜的鐵鑣旁的飾巾,漢人名扇汗。詩衛風碩人"四牡有驕,朱幩鑣鑣"漢毛亨傳:"幩,飾也,人君以朱纏鑣扇汗,且以爲飾。"釋文:"鑣,馬銜外鐵也,一名扇汗。"漢制,皇帝乘輿象鑣赤扇汗,王公列侯朱鑣絳扇汗,卿以下有騑者緹扇汗。參見"幩"。

【扇車】猶今之風車。急就篇三"碓磑扇隤舂簸揚"唐顔師古注:"扇,扇車也;隤,扇車之道也。……隤之言墜也,言既扇之且令墜下也。"

【扇拂】拂塵的扇子。宋陸佃埤雅七孔雀:"雌者不冠,尾短,無金翠,人採其尾,以飾扇拂。"

【扇₂拂】用扇揚拂。方言十二"吹、扇,助也"晉郭璞注:"吹嘘扇拂,相佐助也。"又見廣雅釋詁。後因以指揄揚薦引。

【扇馬】閹割過的公馬。扇,通"騸"。新五代史郭崇韜傳:"侯主上千萬歲後,當盡去宦官,至於扇馬,亦不可騎。"舊五代史作"騸馬不可復乘"。

【扇₂動】鼓動,慫恿。三國志蜀許靖傳與曹操書:"迫於袁術方命圮族,扇動羣逆,津塗四塞,雖縣心北風,欲行靡由。"

【扇₂惑】煽動蠱惑。晉書石季龍載記上:"安定人侯子光,弱冠美姿儀,自稱佛太子,從大秦國來,當王小秦國,……(爰)赤眉信敬之,妻以二女,轉相扇惑。"

【扇₂揚】㈠鼓動張揚。文選三國魏阮元瑜(瑀)爲曹公作書與孫權:"加劉備相扇揚,事結疊連,推而行之,想暢本心,不願於此也。"㈡宣揚,傳布。唐柳宗元柳先生集九國子司業陽城遺愛碣:"昔公之來,仁風扇揚,暴傲革面,柔軟有立。"

【扇搋】梵語。意爲無生殖能力的男子。也作"般叱"、"茶迦"、"黄門"。參閲唐玄應一切經音義二三對法論八扇搋半擇迦、翻譯名義集二人倫。參見"半擇迦"。

【扇₂暍】傳説有周武王照顧中暑的人(暍人),替他扇風取涼的故事,見淮南子人間。後因以扇暍爲頌揚德政之詞。廣弘明集二十南朝梁簡文帝(蕭綱)大法頌序:"解網放禽,穿泉掩胔,起泣辜之澤,行扇暍之慈。"參見"暍人"。

【扇筤】古儀仗中繖的曲蓋。宋制,皇帝出行,老内臣馬上抱駕頭前行。輦後張曲蓋,稱爲筤,兩扇夾心,並由内臣馬上執之,通謂之扇筤。是古華蓋的遺制。參閲宋沈括夢溪筆談一故事一、王應麟玉海八十乾德儀仗名物。

【扇₂構】煽動陷害。晉書謝安傳:"時會稽王道子專權,而姦諂頗相扇構,安出鎮廣陵之步丘,築壘曰新城以避之。"

【扇翣】古代儀仗中用以障塵蔽日的大掌扇。多用鳥類羽毛編成。晉崔豹古今注上輿服:"雉尾扇,……周制以爲王后夫人之車服。輿車有翣(shà),卽緝雉羽爲扇翣,以障翳風塵也。"

【扇對】詩中第一句對第三句,第二句對第四句,稱爲扇對,又稱隔句對。見宋嚴羽滄浪詩話詩體扇對、胡仔苕溪漁隱叢話九。

【扇篓】扇子。漢揚雄方言五:"扇,自關而東謂之篓(shà),自關而西謂之扇。"注:"今江東亦通名扇爲篓。"宋王明清揮麈後録二引宋徽宗艮嶽記:"清虚爽塏,使人有物外之興,而忘扇篓之勞。"

【扇舞】舞名。古有扇舞,南朝梁有鞞扇舞。參閲宋書樂志一、通典一四五樂五舞。

【扇₂枕温席】漢黄香、晉王延皆有事親夏扇枕、冬温席事,舊時用爲宣揚孝道的典故。後遂以"扇枕温席"或"扇枕温被"爲事親盡孝的典故。參閲太平御覽七〇七引東觀漢紀、晉書王延傳。

扅

yí 弋支切,平,支韻,喻。
ㄧ

見"扊扅"。

七畫

扈

hù 侯古切,上,姥韻,匣。
ㄏㄨ

㈠古國名。在今陝西户縣(原作鄠縣)。左傳昭元年"夏有觀扈"注:"觀國今頓丘衛縣;扈在始平鄠縣。"㈡地名。春秋時鄭邑。左傳莊二三年:"公會齊侯盟于扈。"注:"扈,鄭地,在滎陽卷縣西北。"㈢姓。相傳夏朝有扈氏,姒姓,國亡,子孫以國爲姓。見通志二六氏族二夏商以前國。㈣隨從,侍從。見"扈從"、"扈駕"。㈤養馬的僕役。見"扈養"。㈥披,帶。楚辭屈原離騷:"扈江離與辟芷兮,紉秋蘭以爲佩。"注:"扈,被也。楚人名被爲扈。"㈦制止。左傳昭十七年:"九扈爲九農正,扈民無淫者也。"注:"扈,止也。"㈧廣大。見"扈冶"、"扈扈㈠"。㈨一種候鳥。通"鳸"、"雇"。詳"九扈"。

【扈冶】廣大。淮南子要略:"若劉氏之書,觀天地之象,通古今之事,……以儲與扈冶,玄眇之中,精搖靡覽。"注:"儲與,猶攝業也。扈冶,廣大也。"

【扈倫】明海西女真烏拉哈達輝發葉赫四部的合稱。也稱呼倫。原爲黑龍江女真部落,姓那拉氏。居住在今吉林松花江以西、遼寧遼河以東之地。烏拉在北,哈達在西,葉赫在東,輝發在南。明末先後爲建州所併。參閲清史稿太祖紀。

【扈扈】㈠廣大,寬闊。禮檀弓上:"南宫縚之妻之姑之喪,夫子誨之髽,曰:'爾毋從從爾,爾毋扈扈爾。'"注:"從從,謂大高;扈扈,謂大廣。"疏:"女造髽時無得從從而大高,又無得扈扈而大廣。"詩邶風簡兮"碩人俁俁",韓詩作"扈扈"。參見"俁俁"。㈡鮮明貌。史記一一七司馬相如傳上林賦:"煌煌扈扈,照耀鉅野。"後漢書二八下馮衍傳顯志賦:"光扈扈而煬燿兮,紛郁郁而暢美。"

【扈帶】佩帶。文選晉左太沖(思)吳都賦:"危冠而出,竦劍而趨,扈帶鮫函,扶揄屬鏤。"注:"楚人謂被爲扈。"

【扈從】隨從,侍從。史記一一七司馬相如傳上林賦:"孫叔奉轡,衛公驂乘,扈從横行,出乎四校之中。"宋書王弘之傳:"時瑯邪殷仲文還姑孰,祖送傾朝,(桓)謙要弘之同行,答曰:'凡祖離送别,必在有情,下官與殷,風馬不接,無緣扈從。'"後來詩文中往往特指隨從帝王出巡。唐李白李太白詩五東武吟:"乘輿擁翠蓋,扈從金城東。"參閲唐封演封氏聞見記五鹵簿。

【扈業】漁具名。初學記八南朝梁顧野王輿地志:"扈業者,海濱漁捕之名,插竹列於海中,以繩編之,向岸張兩翼,潮上卽没,潮落卽出,魚隨潮礙竹不得去,名之云扈。"宋高似孫緯略五蟹斷引晉張勃吳都記:"江濱漁者,插竹繩編之以取魚,謂之扈業。"

【扈養】服雜役的人,僕從。公羊傳宣十

二年：“南郢之與鄭，相去數千里，諸大夫死者數人，廝役扈養死者數百人。”注：“養馬者曰扈，炊亨者曰養。”參閱清陳立公羊義疏。

【扈駕】隨從帝王的車駕。也作“扈蹕”。唐詩紀事六二鄭嵎津陽門：“五王扈駕夾城路，傳聲校獵渭水湄。”唐大詔令集六四光化元年九月賜韓建鐵券文：“畢力扈駕，衛我出居，克奉行朝，更無遺事。”參見“扈蹕”。

【扈魯】葫蘆。漢書五七上司馬相如傳子虛賦“東蘠彫胡，蓮藕觚盧”注：“張晏曰：觚盧，扈魯也。”史記一一七司馬相如傳作“菰蘆”。

【扈蹕】同“扈駕”。蹕，帝王出行時止行清道。泛指帝王的車駕。初學記六唐韋嗣立奉和三日祓禊渭濱詩：“乘春祓禊逐風光，扈蹕陪鑾渭渚旁。”唐杜甫杜工部草堂詩箋三三贈李八祕書別三十韻：“往時中補右，扈蹕上元初。”

八畫

扊 yǎn 以冉切，上，琰韻，喻。ㄧㄢˇ

見下。

【扊扅】門栓。也作“剡移”。唐陸龜蒙甫里集一襲美先輩以龜蒙所獻五百言既蒙見和……用伸訓謝詩：“輕若脫鉗釱，豁如抽扊扅。”宋陸游劍南詩稿四七苦貧戲作：“兒能解事甘藜藿，婢苦無心睨扊扅。”參見“剡移”。

【扊扅豆】扁豆的別名。本草綱目二四穀部稱藊豆，俗名沿籬豆。明趙宧光說文長箋謂一名扊扅豆。

【扊扅歌】古琴歌名。相傳百里奚在楚爲奴，爲人牧牛。秦繆公以五羊之皮贖之，擢爲秦相。其故妻傭浣入宮，堂上作樂，婦自言知音，因鼓琴撫弦而歌。詞曰：“百里奚，五羊皮，憶別時，烹伏雌，炊扊扅，今日富貴忘我爲！”言當時在家窮困，以門扇爲炊。參閱北齊顏之推顏氏家訓書證、北堂書鈔一〇六撫弦悲歌引風俗通、宋吳曾能改齋漫錄七炊扊扅。

扉 fēi 甫微切，平，微韻，幫。ㄈㄟ

門扇。左傳襄二八年：“子尾抽桷擊扉三。”注：“扉，門闔也。”按爾雅釋宮：“闔謂之扉。”疏：“闔，門扇也，一名扉。”

手　部

手 shǒu 書九切，上，有韻，審。ㄕㄡˇ

㊀人體上肢的總名，一般指腕以下持物的部分。左傳隱元年：“仲子生而有文在其手，曰爲魯夫人。”詩邶風擊鼓：“執子之手，與子偕老。”㊁表示手的動作。1.取。詩小雅賓之初筵：“賓載手仇，室人入又。”2.執持。公羊傳莊十三年：“莊公升壇，曹子手劍而從之。”3.打擊。漢書五七司馬相如傳子虛賦：“手熊羆，足壄羊。”㊂親手。晉書紀瞻傳：“好讀書，或手自抄寫。”也指親手所爲的痕迹。漢書郊祀志上：“言此牛腹中有奇。殺視得書，書言甚怪。天子識其手，問之，果爲書。”注：“手謂所書手迹。”㊃專精一藝或專司某業的人。北齊書崔季舒傳：“季舒大好醫術，天保中，於徒所無事，更銳意研精，遂爲名手。”宋書黃回傳：“明寶啟太宗使回募江西楚人，得快射手八百。”唐代有角手、弩手、胡食手、宰手、御書手、楷書手等各種執事人員。見唐大詔令集七十寶曆元年正月南郊赦。後也用以泛指擔任某事或參加某種行動的人。如“凶手”、“打手”等。

【手力】㊀親手勞作。三國志魏常林傳“於是咸共嘉之”注引魏略：“雖貧，自非手力，不取之於人。”㊁官府擔任雜役的小吏。宋書孔琳之傳奏劾尚書令徐羨之：“尚書令省事倪宗又牽威儀手力，擊臣下人。”唐六典三戶部尚書：“內外百官家口應合遞送者，皆給人力車牛。一品手力三十人，車七乘，馬十四，驢十五頭。”

【手下】指所屬的人，猶部下。三國志吳甘寧傳：“(孫)權特賜米酒衆殽，寧乃料賜手下百餘人食。”京本通俗小說拗相公：“(荆公)分付手下：‘只取沸湯一甌來，你們自去吃飯。’”

【手工】手工藝人。三國志吳孫休傳：“(孫)諝先是科郡上手工千餘人送建業。”

【手刃】㊀親手殺之。後漢書七二董卓傳：“越騎校尉汝南伍孚忿卓凶毒，志手刃之，乃朝服懷佩刀以見卓。”㊁持刀。三國志蜀費禕傳：“禕歡飲沉醉，爲(郭)循手刃所害。”

【手巾】㊀擦手揩臉用的巾。太平御覽七一六引漢名臣奏：“王莽斥出王閎，太后憐之，閎伏泣失聲，太后親自以手巾拭閎泣。”漢國三老袁良碑：“今特賜……繡文印衣，無極手巾各一。”(隸釋六) ㊁見“忠孝帶”。

【手文】手上的紋理。周禮考工記弓人：“合灂若背手文。”後漢書十三公孫述傳：“又自言手文有奇，及得龍輿之瑞。”

【手本】㊀狀詞。南朝梁鍾嶸詩品下齊釋寶月：“行路難是東陽柴廓所造。寶月嘗憩其家，會廓亡，因竊而有之。廓子賫手本出都，欲訟此事，乃厚賂止之。”㊁公文。明張居正張文忠公集三明制體以重王言疏：“凡官員應給誥勅，該部題奉欽依手本到閣，撰述官先具稿，送臣等看詳改定，謄寫進呈，經批紅發下，撰述官用關防掛號，然後發中書舍人寫軸用寶，此定制也。”㊂明清時下屬見上司或門生見座師所用的名帖。一般以棉紙六頁摺成，外加底殼。又分紅稟、白稟。紅稟爲初次謁見與慶賀時用，白稟爲報告事情時用。古今小說二九月明和尚度柳翠：“柳府尹遂將參見人員花名手本，逐一點過不缺。”參閱清劉鑾五石瓠三手本名帖。

【手札】手書，親筆信。唐杜甫杜工部草堂詩箋三八暮秋枉裴道州手札率爾遣興寄遞呈蘇渙侍御：“道州手札適復至，紙張要自三過讀。”又白居易長慶集九初與元九別後忽夢見之……詩：“開緘見手札，一紙十三行。”

【手民】以手藝爲業者。古時僅指木工。宋陶穀清異錄人事手民：“木匠總號運金之藝，又曰手民、手貨。”後指雕板排字工人。清黃景仁兩當軒集汪昉序：“今先生之家孫婦志述之室吳孺人，愴然念先澤之就湮，……亟爲鳩工，集手民於廳事，自治饌具以供億之，命其子執武朝夕監視，幾及一年，剞劂完竣。”

【手册】記事小册。明張芹備遺錄兵部尚書齊公：“(齊泰)嘗被召問邊將姓名，泰歷數無遺；又欲考諸圖籍，泰出袖中手册以進。”今也稱各種專業資料或一般知識性小册子爲手册。

【手印】㊀手指的痕迹。唐段成式酉陽雜俎前集十四諾皐記上：“商言南天竺國娑陁婆恨王有宿願，每年所賦細絲，並重疊積之，手染鬱金拓於絲上，千萬重手印悉透。”後來契券、供詞及其他文件上按指紋爲證，也叫手印。清平山堂話本快嘴李翠蓮記：“今朝隨你寫休書，搬去粧奩莫要怨。手印縫中七個字：‘永不相逢不見面。’”參閱清葉名灃橋西雜記手印。㊁佛教語。誦呪時以手指所構成的各種手形。陀羅尼集經二：“誦呪有身印等種種印法，若作手印誦諸呪法，易得成驗。”

【手技】㊀手藝。漢書五九張湯傳附張安世：“家童七百人，皆有手技作事。”㊁百戲雜技。亦作“手伎”。宋孟元老東京夢華録五京瓦伎藝：“張臻妙、温奴哥、真箇强、没勃臍、小掉刀，筋骨上索雜手伎。渾身眼、李宗正、張哥，毬杖踢弄。”

【手足】㊀比喻關係的親密。孟子離婁下：“君之視臣如手足，則臣視君如腹心。”全唐詩六一三皮日休吳中言情寄魯望：“愛酒有情如手足，除詩無計似膏肓。”㊁指兄弟。梁書邵陵王綸傳與世祖書：“豈可手足肱支自相屠害？”宋蘇轍欒城集四七爲兄軾下獄上書：“臣竊哀其志，不勝手足之情，故爲冒死一言。”

【手作】手工業各種行業。元曲選岳伯川鐵拐李一：“你問他，開鋪席、爲經商，可也做甚手作？”

【手法】方法技巧。唐王琚射經有前後手法。宋詩鈔徐璣二薇亭詩鈔酒：“才傾一盞碧澄澄，自是山妻手法成。不遣水多防味薄，要令麴少得香清。”

【手卷】只能卷舒而不能懸掛的書畫長卷。元曲選紀君祥趙氏孤兒四：“我如今將從前屈死的忠臣良將，畫成一個手卷。”

【手刺】舊時官場所用親手寫的名帖。宋陸游老學庵筆記三：“元豐後，又盛行手刺。前不具銜，上云某謹上謁某官，某月日，結銜姓名。刺或云狀，亦或不結銜，止書郡名，然皆手書。”

【手板】即笏。古代官吏上朝或謁見上司時所執，備記事用。宋書禮志五：“笏者，有事則書之。……手板，則古笏矣。”亦作“手版”。周禮天官序官司書唐賈公彦疏：“若在君前，以笏記事，後代用簿，簿今手版。”世説新語雅量“桓公(温)伏甲設饌”注引宋明帝文章志：“(桓温)呼(謝)安及(王)坦之，欲於坐殺之。王入失措，倒執手版，汗流霑衣。”

【手帖】手寫的字帖。宋董逌廣川書跋七虞世南別帖：“虞伯施手帖，論儒學不使一日失業，恐子弟墜其家聲，且戒之使其不息也。”

【手帕】手絹。三家宮詞唐王建宮詞之四七：“緉得紅羅手帕子，中心細畫一雙蟬。”紅樓夢十九：“(襲人)拈了幾個松瓤，吹去細皮，用手帕托着給他(寶玉)。”

【手版】見“手板”。

【手命】手書。文選三國魏吳季重(質)答魏太子箋：“奉讀手命，追亡慮存，恩哀之隆，形於文墨。”

【手迹】㊀親手寫的墨迹。北齊顏之推顏氏家訓慕賢：“(丁覘)殊工草隸，……吾雅愛其手迹，常所寶持。”也作“手跡”。後漢書二三竇融傳附竇章“與馬融崔瑗同好，更相推薦”唐李賢注：“融集與竇伯向書曰：‘孟陵奴來，賜書，見手跡，歡喜何量，見於面也。’”㊁親手作事物。後漢書八四曹世叔妻傳女誡：“晚寢早作，勿彈夙夜，執務私事，不辭劇易，所作必成，手迹整理，是謂執勤也。”

【手面】場面，排場。官場現形記二六：“黑八哥見他叔叔推頭没有工夫見賈大少爺，生怕出來被賈大少爺瞧他不起，説來連這點手面都没有，面子上落不下去。”

【手拜】手先至地的跪拜禮。即周禮春官大祝的“空首拜”。禮少儀：“婦人吉事，雖有君賜，肅拜。爲尸坐則不手拜，肅拜。”疏：“此手拜之法，先以手至地，而頭來至手。”參見“空首”。

【手段】辦事的方法、本領。宋蘇軾東坡集續集七與循守周文之書之二：“鄭君知其俊敏，篤問學，觀所爲詩文，非止科場手段也。”續傳燈録三二無著妙總禪師：“設使用移星換斗底手段，施攙旗奪鼓底機關，猶是空拳，豈有實義。”

【手記】㊀手書，親筆信。後漢書十三公孫述傳：“詔書手記，不可數得。”也指筆記、日記之類。元史一九〇宇文公諒傳：“嘗挾手記一册，識其編首曰：‘晝有所爲，暮則書之，其不可書，即不敢爲，天地鬼神，實聞斯言。’”㊁指環，戒指。參閱詩邶風靜女“貽我彤管”傳、明劉元卿賢奕編四閒鈔下。參見“指環”。

【手勑】見“手詔”。

【手書】㊀字迹，筆迹。史記封禪書：“天子識其手書，問其人，果是僞書。”㊁親筆書信。漢書八三薛宣傳與楊湛書：“不忍相暴章，故密以手書相曉。”也用作動詞，謂親筆作書。三國志魏劉馥傳注引晉陽秋：“(劉弘)每有興發，手書郡國，丁寧款密。”

【手理】手紋。同“手文”。韓非子詭使：“今戰勝攻取之士勞而賞不霑，而卜筮視手理狐蟲〔蠱〕爲順辭於前者日賜。”左傳隱元年“仲子生而有文在其手”晉杜預注：“以手理自然成字，有若天命，故嫁之於魯。”

【手械】手銬。隋書刑法志：“死罪將決，乘露車，著三械加壺手，至市，脱手械及壺手焉。”

【手脚】喻動作、舉止。太平廣記一七五韋莊逢李氏弟兄詩：“巡街趁蝶衣裳破，上屋探雛手脚輕。”指動作敏疾。元曲選白仁甫牆頭馬上三：“手脚麤狂去不迭。”謂舉止慌張。

【手眼】手段，謀略。宋楊光富順中巖題刻十二段避暑詩：“伽陀坐斷碧巖陰，手眼無非利物心。”(八瓊室金石補正一一三)。西遊記八四：“衆賊道：‘走江湖的人，都有手眼。’”

【手滑】喻任意放手行事。資治通鑑二四六唐會昌元年：“乙未，賜(劉)弘逸、(薛)季稜死，遣中使就潭、桂州誅(楊)嗣復及(李)珏。户部尚書杜悰奔馬見李德裕曰：‘天子年少，新即位，兹事不宜手滑。’”

【手詔】帝王親自寫的詔書。後漢書五八蓋勳傳：“勳雖在外，每軍國密事，帝常手詔問之。”也作“手勑”。宋書謝弘微傳：“書皆是太祖手勑。”

【手戟】小戟。釋名釋兵：“手戟，手所持擿之戟也。”三國志魏呂布傳：“(董卓)嘗小失意，拔手戟擲布，布拳捷避之。”晉張協有手戟銘。見太平御覽三五三。

【手畫】指頭畫。唐張璪用禿筆或以手摸絹素成畫，畢宏問張璪所受，璪曰：“外師造化，中得心源。”見唐張彦遠歷代名畫記十。

【手畢】見“手簡”。

【手牌】㊀盾的一種。用白楊木或輕松木製。戰時挽於左手，用以抵禦敵箭。見武備志一〇四手牌。㊁罪犯名牌。清孔尚任桃花扇三三會獄：“淨扮獄官執手牌，雜扮校尉四人點燈提繩急上。”

【手策】手段。金董解元西廂二：“倚仗着他家有手策，欲反唐朝世界。”

【手筆】㊀猶手書、手迹。後漢書八十下趙壹傳報皇甫規書：“仁君忽一匹夫，於德何損，而遠辱手筆，追路相尋，誠足愧也。”三國志吳張紘傳“紘著詩賦銘誄十餘篇”南朝宋裴松之注：“(孔)融遺紘書曰：‘前勞手筆，多篆書。’”㊁指詩文或詩文的寫作。晉陸雲陸士龍集八與平原書：“令送君苗登臺賦，爲佳手筆。”舊唐書一三七李賀傳:"手筆敏捷,尤長於歌篇。"㊂排場。官場現形記五九:"這是二舍妹,他自小手筆就闊,氣派也不同。"

【手鈔】親手鈔錄。新唐書一六三柳公綽傳附柳仲郢:"仲郢嘗手鈔六經。"清江藩國朝漢學師承記四朱笥河先生:"手鈔默誦,雞鳴不已。"

【手勢】㊀彈琴的手法。魏書裴叔業傳附柳諧:"善鼓琴,以新聲手勢,京師士子翕然從學。"㊁以手作勢示意,猜拳行酒令。唐皇甫崧醉鄉日月有手勢篇。參見"手勢令"。

【手搏】徒手搏擊。漢書哀帝紀贊"時覽卞射武戲"注引蘇林:"手搏爲卞,角力爲武戲也。"孔叢子問答:"骨騰肉飛,手搏鵰獸。"

【手罩】手持的帶罩燈盞。紅樓夢七五:"賈蓉媳婦帶了丫鬟媳婦,也都秉着羊角手罩,接出來了。"

【手實】唐制每三年編造户籍一次。地方平時每年把人口實況造册,名手實再據手實編成計帳,送州申尚書省作爲全國户籍的底本。見新唐書食貨志一、唐會要八五團貌。

【手語】㊀指彈奏琴箏一類絃樂器。唐李白李太白詩三春日行:"佳人當窗弄白日,絃將手語彈鳴箏。"㊁作手勢示意。五代南唐馮延巳昆侖奴傳:"知郎君穎悟,必能默識,所以手語耳。"

【手摺】隨手記事或稟陳公事的摺子。明戚繼光練兵實紀雜集三將官到任寶鑑:"乃將錢糧兵馬城池地里各文册,于案牘中擇出,粗涉一過,先取大數,抄爲手摺,常在袖中。"舊時商家往來記數的小摺,也叫手摺。

【手談】下圍棋。世説新語巧藝:"王中郎(坦之)以圍棊是坐隱,支公(遁)以圍棊爲手談。"南史齊武陵昭王曄傳:"嘗於武帝前與竟陵王子良圍棊,子良大北。及退,豫章文獻王謂曄曰:'汝與司徒手談,故當小相推讓。'"

【手熟】手法熟練。宋歐陽修文忠集一二六歸田録一:"陳康肅公(堯咨)善射,……嘗射於家圃,有賣油翁釋擔而立睨之,久而不去,見其發矢十中八九,但微頷之。康肅問曰:'汝亦知射乎?吾射不亦精乎!'翁曰:'無他,但手熟爾。'"

【手模】按在契券、供狀及其他文件上的指紋。元曲選馬致遠任風子三:"將手帕鋪在田地,就着這水渠中,插手在青泥内,打與你箇泥手模,便當休離。"也作"手摹"。宋黄庭堅涪翁雜説:"不然,則今婢券不能書者,畫指節,及江南田宅契亦用手摹也。"

【手墨】親手寫的書札、墨迹。新唐書九三李靖傳附李彦芳:"家故藏高祖太宗賜靖詔書數函,……皆太宗手墨。"靖,彦芳五世祖。

【手澤】猶言手汗。禮玉藻:"父没而不能讀父之書,手澤存焉爾。"後通稱先人或前輩的遺墨、遺物爲手澤。唐劉禹錫劉夢得集二三唐故相國贈司空令狐公集:"(嗣子緘)來謁,泣曰:'先正司空與丈人爲顯交,撤懸之前五日所賦詩寄友,非他人也,今手澤尚存。'"

【手翰】親筆書札。唐韓愈昌黎集十九與鄂州柳中丞書之二:"是以前狀,輒述鄙誠,眷惠手翰還答,益增欣悚。"

【手戰】㊀徒手搏鬥。淮南子脩務:"爲此棄干將、鏌邪而以手戰,則悖矣。"㊁親身作戰。漢王充論衡定賢:"羣臣手戰,其猶狗也;蕭何持重,其猶人也。"㊂手顫抖。唐杜甫杜工部草堂詩箋三五元日示宗武:"汝啼吾手戰,吾笑汝身長。"

【手戲】百戲雜技的一種。晉傅玄傅鶉觚集正都賦:"手戲絶倒,凌虚寄身。跳丸擲堀,飛劍舞輪。"

【手藁】作者手寫的原稿。宋邵博聞見後録二三:"予舊從司馬氏得文正公熙寧年辭樞筦出帥長安日手藁密疏。公尋自免,絶口不復言天下事矣。"

【手簡】書牘。宋陸游老學庵筆記三:"予淳熙末還朝,則朝士乃以小紙高四五寸闊尺餘相往來,謂之手簡。"也叫"手畢"。爾雅釋器:"簡,謂之畢。"明方以智通雅三一器用書札:"宋子京(祁)以手簡爲手畢。"後泛稱信札爲手簡。

【手藝】手工技能。唐柳宗元柳先生集十七梓人傳:"彼將捨其手藝,專其心智,而能知體要者歟?"宋蔡絛鐵圍山叢談六:"手藝之有稱者,棋則劉仲甫,琴則梵如,……教坊琵琶則有劉繼安,舞有雷中慶,……笛有孟水清。"

【手爐】㊀暖手用的小爐。元伊世珍瑯嬛記中引采蘭雜志:"馮小憐有足爐曰辟邪,手爐曰鳧藻,冬天頃刻不離,皆以其飾得名。"㊁和尚、道士作法事時所執的有柄香爐。參閲釋氏要覽中道具手爐、明王三聘古公事物考八道釋手爐。

【手力錢】給予手力的工錢。文苑英華九五七唐李翺河南府司録參軍盧君墓誌銘:"司録豈不自有手力錢耶,用此贓何爲?"也作"手力資"。唐李肇翰林志:"度支月給手力資四人,人錢三千五百。"

【手痕碑】在山西省靈石縣。傳説唐僕固懷恩女没入宫,大曆四年封爲崇徽公主,出嫁回紇可汗,道經汾州靈石,以手掌托石壁,遂有手痕,稱爲手痕碑。參閲全唐詩六四三李山甫陰地關崇徽公主手跡、宋董逌廣川書跋七崇徽公主手痕碑。

【手勢令】以手作各物之勢爲酒令。資治通鑑二八九五代後漢乾祐三年:"王章置酒會諸朝貴,酒酣,爲手勢令。"注:"會飲而行酒令以佐歡,唐末之俗也。類説曰:'亞其虎膺',謂手掌。'曲其松根',謂指節。'以蹲鴟間虎膺之下',蹲鴟,大指也。'以鉤戟差玉柱之旁',鉤戟,頭指;玉柱,中指也。'潛虯闊玉柱三分',潛虯,無名指也。'奇兵闊潛虯一寸',奇兵,小指也。'死其三洛',謂觶其腕也。'生其五峯',五峯,通呼五指也。謂之招手令。蓋亦手勢令之類也乎哉!"

【手實法】宋熙寧中,王安石呂惠卿行新法,有手實法。其法制五等丁産簿,官爲定立物價,使民自供手實。各以田畝、屋宅、資貨、畜産,隨價自占,隱匿者許告。五等既定;乃參會通縣役錢本額,而定所當輸錢。參閲宋史食貨志上五、呂惠卿傳。

【手影戲】以手向燈取影,作出種種手式的雜技表現。宋洪邁夷堅志三七普照明顛:"(僧惠明)嘗遇手影戲者,人請之占頌,即把筆書云:'三尺生綃作戲臺,全憑十指逞詼諧,有時明月燈窗下,一笑還從掌握來。'"

【手不釋卷】形容好學勤讀。三國志魏文帝紀評注引典論自敍:"上雅好詩書文籍,雖在軍旅,手不釋卷。"上,指曹操。

【手忙脚亂】形容遇事慌張,不知如何是好。宋陳亮龍川集二十壬寅答朱元晦祕書書之二:"祕書不可不早爲婺州地,臨期不知所委,徒自手忙脚亂耳。"

【手足重繭】淮南子脩務:"昔者楚欲攻宋,墨子聞而悼之,自魯趍而十日十夜,足重繭而不休息。"後稱奔波勞瘁爲手足重繭,本此。聊齋志異勞山道士:"道士呼王去,授一斧,使隨衆採樵。王謹受教,過月餘,手足重繭,不堪其苦,陰有歸志。"

【手足異處】謂被殺。越絶書七越絶内傳陳成恒:"孤雖要領不屬,手足異處,四支布陳,爲鄉邑笑,孤之意出焉。"

【手足無措】手脚無安放處。喻動輒得咎,不知所從。論語子路:"刑罰不中,則民無所措手足。"後也用以形容慌急無計。警世通言二四玉堂春落難逢夫:"急得家人王定手足無措，三回五次催他回去。"

【手帕姊妹】舊時妓女結爲姊妹者，稱爲手帕姊妹。清孔尚任桃花扇五訪翠:"相公不知，這院中名妓，結爲手帕姊妹，就象香火兄弟一般。"明代中葉以後，南京舊院妓女，往往二三十人結成深交，稱爲手帕姊妹。見清姚之駰元明事類鈔十七妓女、余懷板橋雜記附録盒子會。

【手揮目送】見"目送手揮"。

【手零脚碎】手脚不乾净，比喻小偷小摸。元曲選楊顯之瀟湘雨四:"怎肯便手零脚碎竊金貲，這都是崔通來妄指。"

【手舞足蹈】㊀形容喜極的情狀。孟子離婁上:"樂則生矣，生則惡可已也。惡可已，則不知足之蹈之，手之舞之。"紅樓夢四一:"當下劉老老聽見這般音樂，且又有了酒，越發喜得手舞足蹈起來。"㊁形容朝儀樂奏，臣下拜舞的光景。唐詩紀事九李迥秀安樂公主山莊詩:"手舞足蹈方無已，萬年千歲奏熏琴。"

才 cái 昨哉切，平，咍韻，從。ㄘㄞˊ

㊀才能，有才能。詩魯頌駉:"思無期，思馬斯才。"傳:"才，多材也。"論語先進:"才不才，亦各言其志也。"也指具有某種品質的人。論語子路:"赦小過，舉賢才。"晉書劉元海載記:"(成都王司馬)穎不用吾言，逆自奔潰，真奴才也。"㊁資質，品質。通"材"。孟子告子上:"富歲子弟多賴，凶歲子弟多暴，非天之降才爾殊也。"㊂方始，僅只。通"纔"。晉書夏侯湛傳昆弟誥:"惟正月才生魄。"晉書謝安傳附謝混:"才小富貴，便豫人家事。"㊃裁奪。通"裁"。戰國策趙一:"今有城市之邑七十，願拜内之於王，唯王才之。"㊄姓。明有才寬。見明過廷訓本朝分省人物考三。

【才人】㊀有才能的人，有才華的文人。漢王充論衡書解:"故才人能令其行可尊，不能使人必法己。"古文苑九南齊王融雜體報范通直詩:"三楚多秀士，江上復才人。"㊁宫中女官名，多爲妃嬪的稱號。史記淮南厲王長傳文帝制:"令故美人才人得幸者十人從居。"自晉至明多沿置。晉代才人爵視千石以下。唐杜甫杜工部草堂詩箋九哀江頭:"輦前才人帶弓箭，白馬嚼嚙黄金勒。"參閱宋書后妃傳序、舊唐書五一后妃傳上序。㊂宋元稱編撰雜劇話本的作者或説話藝人爲才人。古今雜劇元缺名藍采和一:"俺路岐每怎敢自專，這的是才人書會剗新編。"宦門子弟錯立身戲文，下標"古杭才人新編"。

【才力】㊀才能，能力。三國魏曹植曹子建集八求自試表之一:"志或鬱結，欲逞其才力，輸能於明君也。"㊁實力。同"材力"。文選南朝宋鮑明遠(照)蕪城賦:"才力雄富，士馬精妍。"

【才士】有才德之士。莊子盜跖:"今先生，世之才士也。"

【才子】古指德才兼備的人。左傳文十八年:"昔高陽氏有才子八人，……齊聖廣淵，明允篤誠，天下之民謂之八愷。"後多指有才華的人。文選晉潘安仁(岳)西征賦:"終童山東之英妙，賈生洛陽之才子。"指終軍、賈誼。

【才地】才能與門地。世説新語識鑒:"王忱死，而鎮未定，朝貴人人有望。……王(珣)自計才地，並應在己。"北齊書陽休之傳:"休之多識故事，諳悉氏族，凡所選用，莫不才地俱允。"

【才名】才華名聲。三國志魏賈詡傳:"是時，文帝爲五官將，而臨菑侯植才名方盛，各有黨與，有奪宗之議。"唐杜甫杜工部草堂詩箋三戲贈鄭廣文(虔):"才名四十年，坐客寒無氈。"

【才伐】才能門望。北史王昕傳:"自恃才伐，鬱鬱於官，每負氣陵傲，忽略時人。"

【才性】㊀才能稟賦。荀子修身:"彼人之才性之相縣也，豈若跛鼈之與六驥足哉?"世説新語文學"鍾會撰四本論"南朝梁劉孝標注:"魏志曰:會論才性同異傳於世。四本者，言才性同、才性異、才性合、才性離也。"㊁才華性情。元王實甫西廂記二本三折:"據相貌，憑才性，我從來心硬，一見了也留情。"

【才具】才能器局。三國志蜀彭羕傳:"(馬)超問羕曰:'卿才具秀拔，主公相待至重。'"又魏明帝紀注引世語:"居數日，獨見劉曄。……曄既出，問何如，曄曰:'秦始皇漢孝武之儔，才具微不及耳。'"

【才客】㊀有才能的人。唐盧照鄰幽憂子集一秋霖賦:"别有東國儒生，西都才客，屋滿鉛槧，家虚儋石。"㊁指酴醾花。見宋姚寬西溪叢語上。

【才則】剛纔。續前漢書平話中:"戚夫人曰:'才則太后至此，言妾等我王萬歲之後，要將俺子母每徒〔屠〕之。'"

【才思】才氣與思路。後漢書八十下禰衡傳:"(劉)表嘗與諸文人共草章奏，並極其才思。"世説新語文學:"桓南郡(玄)與殷荆州(仲堪)共談，每相攻難，年餘後但一兩番，桓自歎才思轉退，殷云:'此乃是君轉解。'"

【才俊】才能卓越的人。南史王誕傳附王亮:"齊竟陵王子良開西邸，延才俊，以爲士林館。"唐杜牧樊川集四題烏江亭詩:"江東子弟多才俊，卷土重來未可知。"也作"才儁"。晉書嵇康傳:"汲郡山中見孫登，康遂與之遊。……康臨去，登曰:'君性烈而才儁，其能免乎?'"

【才格】才能的程度。唐杜甫杜工部草堂詩箋三六壯遊:"吾觀鴟夷子，才格出尋常。"鴟夷子，指范蠡。

【才能】才智與能力。史記秦始皇紀引漢賈誼過秦論:"才能不及中人。"文選過秦論作"材能"。漢王充論衡定賢:"夫賢者，才能未必高也而心明。"

【才氣】才能氣概。史記項羽紀:"籍長八尺餘，力能扛鼎，才氣過人。"又一〇九李將軍傳:"李廣才氣，天下無雙。"三國志吴諸葛恪傳評:"諸葛恪才氣幹略，邦人所稱。"

【才望】才能名望。晉書和嶠傳:"(弟郁)才望不及嶠，而以清幹稱。"

【才情】才思，才華。世説新語賞譽下:"許玄度(詢)送母始出都，人問劉尹(惔):'玄度定稱所聞不?'劉曰:'才情過於所聞。'"

【才略】才能與謀略。後漢書四四胡廣傳史敞等薦廣書:"廣才略深茂，堪能撥煩。"

【才華】才美之表現於外者，多指文才。文選晉夏侯孝若(湛)東方朔畫贊題注引臧榮緒晉書:"(夏侯湛)美容儀，才華富盛，早有名譽。"

【才畯】同"才俊"。唐韓愈昌黎集十九送李愿歸盤谷序:"才畯滿前，道古今而譽盛德。"注:"畯，或作俊。"

【才筆】文才。北堂書鈔七一南朝宋何法盛晉中興書瑯琊王録:"(王)鑒少以文學才筆著稱。"魏書裴延儁傳:"涉獵墳史，頗有才筆。"

【才幹】猶才能。後漢書十三公孫述傳:"程烏李育以有才幹，皆擢用之。"三國志蜀先主傳"嫌隙始構矣"注引益部耆舊雜記:"(張)松爲人短小，放蕩不治節操，然識達精果，有才幹。"

【才語】運用詞藻典故的言語。南朝宋彭城王劉義康素無術學。嘗問袁淑年歲，淑答曰:"鄧仲華拜袞之歲。"又曰:"陸機入洛之年。"義康曰:"身不讀書，君無爲作才語見向。」見南史宋彭城王義康傳。

【才調】猶才氣。多指文才。晉書王接傳論：「王接才調秀出，見賞知音，惜其夭枉，未申驥足。」隋書許善心傳：「陵上父友徐陵，陵大奇之，謂人曰：『才調極高。』」

【才盡】謂文思枯竭。南朝宋鮑照以明帝(劉彧)不欲人居上，故撰文故意多鄙言累句，當時謂爲才盡。又南朝梁江淹晚年才思微退。時人亦謂之才盡。見宋書臨川王義慶傳附鮑照、梁書江淹傳。唐杜甫杜工部草堂詩箋三九送顧八分文學適洪吉州：「才盡傷形體，病渴污官位。」參見「江淹」。

【才數】猶才略。三國志魏鍾會傳：「及壯，有才數技藝。」

【才質】才能品性。晉書賈充傳：「(荀)勖因言充女才質令淑，宜配儲宮。」

【才器】才能與器局。後漢書四六郭躬傳附郭鎮：「(趙興)子峻，太傅，以才器稱。」

【才識】才能與見識。宋史三四〇劉摯傳：「人才難得，能否不一。性忠實而才識有餘，上也。才識不逮而忠實有餘，次也。」

【才難】謂人才難得。論語泰伯：「才難，不其然乎？」集注：「才難，蓋古語，而孔子然之也。」

【才藻】才思文采。三國志魏王粲傳附阮瑀：「瑀子籍才藻豔逸，而倜儻放蕩。」太平御覽二四六南朝宋何法盛晉中興書：「(陸)機(陸)雲雖有才藻，清望不及(顧)榮也。」

【才辯】指富於才而善辯。後漢書八十禰衡傳：「少有才辯，而尚氣剛傲，好矯時慢物。」

【才觀】才能與儀表。三國志魏劉曄傳：「(孟)達有容止才觀，文帝甚器愛之。」

【才調集】五代前蜀韋穀所編唐詩集，十卷。每卷録詩百首，共一千首。所選取法晚唐，偏重閨情，風格尚穠豔。

【才子佳人】稱有才貌的男女。太平廣記三四四唐李隱瀟湘録呼延冀：「君不以妾不可奉蘋蘩，遂以禮娶妾，妾既與君四偶，諸鄰皆謂之才子佳人。」宋晁補之琴趣外編六鷓鴣天詞：「夕陽芳草本無恨，才子佳人自多愁。」

【才疏意廣】謂才略疏淺而抱負甚大。後漢書七十孔融傳：「融負其高氣，志在靖難，而才疏意廣，迄無成功。」

一畫

扎 1. zhā 側八切，入，黠韻，莊。
ㄓㄚ

㊀拔。孔子家語觀周：「毫末不扎，將尋斧柯。」㊁刺。金董解元西廂二：「不問箇是和非，覷僧人便扎。」指鎗戳。紅樓夢二四：「黛玉和香菱坐了，談講些這一個綉的好，那一個扎的精。」指刺繡。㊂張開。見「扎手㊀」、「扎煞」。㊃象聲詞。見「扎扎」。

2. zhá
ㄓㄚˊ

㊄手寫。宋米芾魯公仙跡記：「即扎書付之。」(金石萃編一四〇) ㊅建立，駐紮。水滸二：「如今近日上面添了一伙强人，扎下一個山寨。」又八三：「其餘大隊人馬，都隨盧先鋒在京師屯扎。」㊆停住。紅樓夢十四：「賈珍急命前面執事扎住。」

3. zā
ㄗㄚ

㊇捆紮。水滸三三：「家家門前，扎起燈棚，賽懸燈火。」㊈量詞。張開的拇指和中指或食指兩端間的距離。吳騷合編四元藍楚芳粉蝶兒思情曲：「我則見窄弓弓藕芽兒剛半扎。」

【扎扎】象聲詞。唐白居易長慶集四繚綾詩：「絲細繰多女手疼，扎扎千聲不盈尺。」指織布機聲。

【扎手】㊀張開手。紅樓夢四一：「只見劉老老扎手舞脚的仰卧在床上。」㊁棘手。喻事難辦。醒世姻緣四三：「好個扎手的人！剛纔不是偺們這些人，也擄不動他。」

【扎$_2$掙】挣扎。紅樓夢四七：「薛蟠先還要扎挣起來，被(柳)湘蓮用脚尖點了一點，仍舊跌倒。」

【扎$_3$掂】結束停當，準備。水滸八三：「傳令教番兵扎掂已了，來日出密雲縣，與宋江交鋒。」

【扎煞】張開，撒開。元曲選康進之李逵負荆二：「抖擻着黑精神，扎煞開黃髭髯。」紅樓夢四七：「縱有幾個錢來，隨手就光的。不如趁空兒留下這一分，省的到了跟前扎煞手。」也作「奓沙」、「渣沙」。古今雜劇元缺名博望燒屯一醉中天：「你將這環眼睜圓瞅定誰？奓沙起黃髭髯。」又明缺名僧尼共犯一六么序：「四天王火性齊發，八金剛怒髮渣沙。」

【扎撒】法律名詞，即條法。蒙語。宋鄭思肖心史下大義略敘：「又有三段刻殺，彼曰扎撒，此曰條法，彼曰大扎撒者，大條法也。」朝野新聲太平樂府八喬夢符(吉)一枝花套雜情感皇恩曲：「麗春園扎撒，鳴珂巷南衙。」

【扎$_3$縛】捆紮。水滸三三：「去土地大王廟前扎縛起一座小鰲山，上面結彩懸花，張掛五六百碗花燈。」

【扎$_3$火囤】設騙局詐取財物。明沈鯨鮫綃記傳奇求乞：「是你盤算小民，扎人火囤。」

【扎$_3$筏子】找藉口，借題發揮。紅樓夢六十：「快把這兩件事抓着理，扎個筏子，我幫着你作證見。」

【扎窩子】攪得家翻宅亂。一說躲在家裏或聚在一處不散。紅樓夢四五：「還有那邊大老爺，雖然淘氣，也没象你這扎窩子的樣兒，也是天天打。」

【扎$_2$寨夫人】同「壓寨夫人」。指强盜首領的妻。清平山堂話本三楊温攔路虎傳：「公公、員外，在此無可相待，略吃三五碗酒，一道慶賀扎寨夫人。」參見「壓寨夫人」。

二畫

打 dǎ 都挺切，上，迥韻，端。
ㄉㄚˇ 德冷切，上，梗韻，端。

㊀撞擊。魏書張彝傳：「以瓦石擊打公門。」唐杜甫杜工部詩史補遺一漫興九絶：「啣泥點污琴書内，更接飛蟲打着人。」㊁攻打，毆打。梁書侯景傳：「我在北打賀拔勝，破葛榮。」梁釋慧皎高僧傳一安清(世高)：「至便入市，正值市中有亂，相打者誤着高頭，應時殞命。」㊂某些動作的代稱。如打水、打傘。宋歐陽修文忠集一二七歸田録：「至於造舟車者曰打船打車，網魚曰打魚，汲水曰打水。」宋吳曾辨誤録下打字從手從丁：「丁者，當也。打字從手從丁，以手當其事者也，觸事謂之打。」㊃自，從。元曲選(蕭德祥)殺狗勸夫二：「我打這背巷裏去，也略避些風雪。」

【打千】清代男子見人通行之禮，垂右手，屈左膝，上身微前俯。紅樓夢八：「獨有一個買辦，名唤錢華，因他多日未見寶玉，忙上來打千兒請寶玉的安。」

【打火】行人在旅途中做飯或吃飯。水滸一：「『你母子二位敢未打火？』叫莊客安排飯來。」元曲選馬致遠黃粱夢一：「老身黃化店人氏王婆是也，我開着這個打火店，我燒的這湯鍋熱着。」

【打手】舊時指有武技而受僱於官紳豪富供驅使廝打的人。明史二一一沈希儀傳：「其首楊留者無所歸，率黨千餘人詣賓州，應募爲打手。」清魏禧兵跡七華人编打手："四方行教者，技藝悉精，並諸殺法，名曰打手。"

【打本】拓本。清龔自珍全集四說衛公虎大敦："道光辛巳，龔子在京師，過初彭齡尚書之故居，始得讀大敦之打本。"

【打包】行脚僧人所背的包裹。宋陳與義簡齋詩集十七題繼祖蟠室之二："萬卷吾今一字無，打包隨處野僧如。"宋鄭克折獄龜鑑五俞獻卿："按僧之富者必不能出遊，出遊也，則必治裝告別，亦不能如打包僧翩然往也。"後也泛稱長途旅行爲打包。見清梁章鉅浪跡續談八通用字。

【打尖】旅途中休息或進飲食。紅樓夢十五："那時秦鍾正騎着馬隨他父親的轎，忽見寶玉的小廝跑來請他去打尖。"

【打仰】㊀身朝後仰。西遊記二三："三藏坐在上面，好便似雷驚的孩子，雨淋的蝦蟆，只是呆呆掙掙，翻白眼兒打仰。"㊁翻悔。西遊記八一："你夜來說都在你身上，如何打仰？"

【打行】明代備豪紳富户僱用作護衛的打手行幫。清代胥吏稱爲"打降"。清顧公燮消夏閒記摘鈔上打降："善拳勇者爲首，少年無賴，屬其部下，聞呼即至，如開行一般，故謂之打行。"行，音háng。參閱清褚人穫堅瓠九集二打行。

【打劫】㊀唐杜荀鶴詩集觀碁："得勢侵吞遠，乘危打劫贏。"此爲襲擊、劫奪之意。後用作圍棋術語。劫，也作"結"。紅樓夢九二："馮紫英道：'這盤總吃虧在打結裏頭，老伯結少，就便宜了。'"㊁劫奪人家財物。參見"打家劫舍"。

【打扮】妝飾，裝束。宋盧炳烘堂詞少年遊："繡羅褄子間金絲，打扮好容儀。"京本通俗小說碾玉觀音上："見兩個着皂衫的，一似虞候、府幹打扮，入來鋪裏坐地。"

【打坐】僧道盤腿閉目而坐，使心入定，稱爲打坐。宋李曾伯可齋雜藁西江月宜興山間即事詞："竟日蒲團打坐，有時藜杖閑行。"元方回桐江續集十四寄許太初詩："句容破店無卧榻，一夜打坐如禪僧。"

【打抹】示意。水滸二一："你倒不攛掇押司來我屋裏，顛倒打抹他去。"今拂拭也稱打抹。

【打花】㊀採花。古今小說三三張古老種瓜娶文女："六合縣裏有兩個撲花的，一個喚做王三，一個喚做趙四，各把着大蒲簍來，尋張公打花。"㊁開玩笑。西遊記八四："三藏喝道：'不要打花，且幹正事！'"㊂打漩渦。西遊記六："打花的魚兒，似鯉魚，尾巴不紅。"

【打乖】使弄聰明。宋邵雍伊川擊壤集九安樂窩中好打乖吟："安樂窩中好打乖，打乖年紀合挨排。"

【打迭】見"打疊"。

【打併】收拾，準備。宋楊萬里誠齋集三六曉起探梅詩之二："打併人間名利心，萬山佳處一溪深。"水滸十七："你便和劉唐……先去阮家安頓了，却來旱路上接我們，我和公孫先生兩個打併了便來。"也作"打并"。古今小說三九汪信之一死救全家："一時手中又值空乏，打并得五十兩銀子，分送與二人。"

【打脊】鞭背，宋元時肉刑的一種。因又作爲罵人語。金董解元西廂三："誰知道打脊老嫗許不與？"警世通言十三三現身包龍圖斷寃："王興罵道：'打脊賤人！你若不去時，打斷你一隻脚！'"

【打春】舊制，府縣官表示勸耕，於立春前一日，迎春牛置署前，次日以紅綠綵鞭打牛身，謂之打春。宋晁沖之晁具茨先生詩集八立春："自慚白髮嘲吾老，不上譙門看打春。"參閱宋孟元老東京夢華録六立春。參見"土牛"、"春牛"。

【打砌】開玩笑。見"打趣"。

【打降】㊀即打行。清顧公燮消夏閒記摘鈔上打降："康熙年間，男子聯姻，如貧不能娶者，邀同原媒糾集打降，徑入女家搶親。……又許訟者，兩造各有生員具公呈，聽審之日，又各有打降保護。"參見"打行"。㊁打架。清郝懿行證俗文六打降："俗謂手搏械鬬爲打降。降，下也，打之使降服也。方語不同，字音遂變，或讀爲打架，蓋降聲之轉也。一讀爲打將，亦降之訛語耳。"

【打牲】北方稱打獵爲打牲。清代設打牲總管，管理打牲户屬。見清文獻通考二七一輿地三盛京。

【打鬼】㊀兒童遊戲名。舊時正月十六日，兒童集羣遊戲，一童扮鬼，腰部結繩，由羣兒共牽之，相去丈餘。羣兒輪次躍前出其不意，急擊一拳而去，名爲打鬼。若爲扮鬼者抓住，由被抓者接替，名爲替鬼。見明沈滂宛署雜記十七民風一。㊁喇嘛教禮。北京黄寺、黑寺、雍和宫等寺院喇嘛，於每年正月十五、二十三、三十等宗教日，扮演諸天神將，驅除魔鬼，執棒舞蹈，繞寺而走，謂之跳步(一作"布")扎，俗稱打鬼。參閱清潘榮陛帝京歲時紀勝正月喇嘛打鬼、清富察敦崇燕京歲時記打鬼。

【打馬】即打雙陸。雙陸棋子稱馬，故也稱打馬。宋李易安打馬圖經打馬賦："打馬爰興，樗蒱遂廢。實博奕之上流，乃深閨之雅戲。"(説郛十九)。宋陸游渭南文集四九烏夜啼詞："冷落鞦韆伴侶，闌珊打馬心情。"

【打耗】宋時湖州土俗，歲十二月，人家多設鼓而亂擊之，晝夜不停，至來年正月半方止，名打耗。迷信傳說是藉此驅除鬼祟。見宋程大昌演繁露六臘鼓。參見"臘鼓"。

【打捏】交易，利益。元曲選關漢卿望江亭三："俺則是一撒網，一蓑衣，一箬笠，先圖些打捏。只問那肯買的哥哥，照顧俺也些些。"

【打桃】遼金舊俗五月有射柳擊毬之戲，舉行比賽。桃形似毬，所以也叫打桃。金董解元西廂四："也不愛耽花戀酒，也不愛打桃射柳。"參閱金史禮志八拜天。參見"射柳"。

【打躬】屈身作揖行禮。明李素甫元宵鬧三："主帥在忠義堂，不免上前打躬：主帥、軍師請了。"又作"打恭"。又李贄焚書四雜述因記往事："平居無事，只解打恭作揖，終日匡坐，同於泥塑。"

【打掙】㊀掙扎。元曲選關漢卿金線池三："但酒醒硬打掙强詞奪正，則除是醉時節酒淘真性。"㊁盡力設法。古今雜劇元鄭廷玉金鳳釵三："我道你不是受貧的人，我還打掙頭間房你安下。"

【打埽】舊時河工上搶護險工稱打埽。參見"埽㊁"。

【打勘】刑訊。古今小說三五簡帖僧巧騙皇甫妻："山前行山定看着小娘子，生得恁地瘦弱，怎禁得打勘，怎地訊問他？"

【打麥】兒童拍掌的遊戲。舊唐書一五八武元衡傳："先是，長安謡曰：'打麥，麥打，三三三。'"宋高承事物紀原九博弈嬉戲打麥："今俗兒戲有打麥，鼓掌作打麥聲，後必三拍之，抑緣此也。"

【打毬】㊀即蹴鞠。見南朝梁宗懍荆楚歲時記。參見"蹴鞠"。㊁馬上打球之戲。自唐至明均流行。唐封演封氏聞見記六打毬："開元天寶中，玄宗數御樓觀打毬爲事，能者左縈右拂，盤旋宛轉，殊可觀。然馬或奔逸，時致傷斃。"

【打魚】捕魚。唐杜甫杜工部詩史補遺三有觀打魚歌。宋詩鈔汪元量水雲詩鈔湖州歌之十七："手中明鏡抛船上，半揭篷窗看打魚。"

【打場】收穫農作物後在場地曬乾脫粒。清鄭燮鄭板橋全集三滿江紅田家四時苦樂歌："雲淹風高，送鴻雁一聲淒楚，最怕是打場天氣，秋陰和雨。"

【打散】㊀曲藝雜技。水滸五一："每日有那一般打散，或是戲舞，或是吹彈，或是歌唱，賺得那人山人海價看。"㊁即散福。舊指祭奠後將供品分與衆人。儒林外史二十："老和尚煮了一頓粥，打了一二十斤酒，買些麵筋、豆腐乾、青菜之類到菴，央及一個鄰居燒鍋。老和尚自已安排停當，先捧到牛布衣柩前奠了酒，拜了幾拜，便拿到後邊與衆人打散。"

【打揲】㊀爭鬬。太平御覽四九六石勒別傳："(李)陽性剛愎，每輕勒，與爭漚麻池，共相打揲，互有勝負。"㊁收拾，安排。同"打疊"。宋蘇軾東坡集續集六答潘彥明書之二："雪堂如要偃息，且與打揲相伴，使忘遷謫之意，亦諸君風義也。"參閱宋吳曾能改齋漫錄一打揲。

【打量】㊀測量，端詳。宋歐陽修文忠集一一三論牧馬草地劄子："臣今欲乞令差去官只據見在草地，逐段先打量的實頃畝。"又度正性善堂稿六條奏便民五事："臣今打量軍城周圍，計九百四十二丈，高一丈五尺，……爲工約二萬餘工，爲緡約五千餘緡而城可成矣。"㊁估計，以爲。宋范成大石湖集十四甘雨應祈詩之三："說與東江津吏道，打量今晚漲痕來。"紅樓夢二十："你們瞞神弄鬼的，打量我都不知道呢！"

【打圍】㊀成圈。宋范成大石湖集十五大望州詩："峽江微茫細如帶，江外千峰青打圍。"㊁打獵。獵時合圍，故曰打圍。新五代史四夷附錄一契丹："(遼德光)謂其宣徽使高勳曰：'我在上國，以打圍食肉爲樂，自入中國，心常不快，若得復吾本土，死亦無恨！'"宋王質雪山集十五上虞相行春口號之二："馳上平岡小打圍，相公自控紫絲韁。"

【打話】對話。宋陳規守城錄三："二十日方遣人至齊安門下，高聲呼城上人，且不要放箭防禦，教來打話。當時城上人問打甚話？"又趙雄韓蘄王碑："相持黄天蕩四十有八日，兀朮窘甚，求打話，王酬答如響。"(金石萃編一五〇)

【打碑】拓碑。宋張耒張右史集八讀中興頌碑詩："君不見荒涼浯水棄不收，時有游人打碑賣。"

【打當】㊀準備，收拾。猶打疊。清平山堂話本二快嘴李翠蓮記："豈兒米麥滿床上，仔細思量像甚樣，公婆性兒又莽撞，只道新婦不打當。"元曲選紀君祥趙氏孤兒五："早把手脚兒十分打當，看那廝怎做隄防。"㊁餽送財物以求方便。猶打點。宋史四九〇高昌傳："凡二日，至都囉囉族，漢使過者遺以財貨，謂之打當。"㊂指賣草藥兼行醫者。元關漢卿拜月亭雜劇二："怕不大傾心吐膽盡筋竭力把個牙推請，則怕小處盡是打當。"牙推，醫生。

【打暖】打得火熱。指男女間親密相好，多指偷情。宣和遺事元集："御見故人閻婆惜又與吳偉打暖，更不保耆。"清平山堂話本一柳耆卿詩酒翫江樓記："在京師與三個出名上行首打暖。"

【打號】即喊號子。宋高承事物紀原九博弈嬉戲杵歌："今人舉重出力者，一人倡則爲號頭，衆皆和之，曰打號。"醒世恒言二八吳衙内鄰舟赴約："衆水手齊聲打號子起錨，早把吳衙内、賀小姐驚醒。"

【打慘】驚怔，發呆。金董解元西廂四："打慘了多時，癡呆了半晌。"

【打緊】㊀要緊。元典章工部二船隻："海道裏官糧交運將大都裏來的最打緊的勾當。"㊁緊急時。儒林外史二："打緊又被這瞎眼的亡人在路上打個前失，把我跌了下來。"㊂實在。水滸三三："打緊這婆娘極不賢，只是調撥他丈夫行不仁的事。"

【打踅】走動。初刻拍案驚奇三四："元來那王尼有一身奢遮本事：第一件一張花嘴，數黄道白，指東話西，專一在官宦人家打踅。"

【打彄】即藏鈎之戲。唐段成式酉陽雜俎前集六藝絕："山人石旻猶妙打彄，與張又新兄弟善，暇夜會客，因試其意彄，注之必中。張遂賓鈎於巾襞中，旻曰：'盡張空拳，左有頃眼，鈎在張君幞頭左翅中。'其妙如此。"參見"藏鈎"。

【打睡】睡倒。宋釋文珦潛山集九辛巳仲冬二月冬至孟冬晦日偶成詩："打睡工夫到，潛踪計策良。"參閱宋劉昌詩蘆浦筆記三打字、清劉獻廷廣陽雜記五。

【打算】㊀清算，結算。元史一五七劉秉忠傳上書："今宜打算官民所欠債負，若實爲應當差發所借，宜……一本一利，官司歸還。"㊁計劃，準備。紅樓夢八一："我原打算去告訴老太太，接二姐姐回來，誰知太太不依。"

【打頦】助詞。也作"打孩"、"答孩"。元曲選白仁甫梧桐雨四："悶打頦和衣臥倒，軟兀剌方纔睡着。"

【打趣】取笑。紅樓夢三四："這又奇了，他要這半新不舊的兩條手帕子？他又要惱了，說你打趣他。"也作"打砌"。金董解元西廂二："法師笑道休打砌，我見春了幾升陳米，煮下半甕黄虀。"

【打蔟】北朝遊戲的一種。北史尒朱榮傳附尒朱文暢："自魏氏舊俗以正月十五日夜爲打蔟戲，能中者即時賞帛。"蔟，通"簇"。資治通鑑梁紀十五、北齊書神武紀下均作"打簇"。北齊書尒朱文暢傳作"打竹簇"。

【打標】猶奪標。宋馬令南唐書後主書開寶八年："保大中，許郡縣村社競渡，每歲端午，官給綵段，俾兩兩較其遲速，勝者加以銀椀，謂之打標。"

【打稿】作詩文起草。元王實甫西廂記三本一折："我則道拂花牋打稿兒，元來他染霜毫不勾思。"引申爲計劃，想主意。醒世恒言三賣油郎獨占花魁："挑了擔子，一路走，一路的肚中打稿。"

【打稽】攔路搶劫。隋書刑法志："劫賊亡命，咸於王家自匿，薄暮塵起，則剝掠行路，謂之打稽。"

【打諢】詼諧取笑。宋曾慥類說五七王直方詩話："作詩如雜劇，山谷作詩云，如作雜劇，初時布置，臨了須打諢，方是出場。"也作"打顐"、"打渾"。宋朱翌猗覺寮雜記下："優伶打顐，亦起於唐。"宋袁文甕牖閒評八："内宴優伶打渾，惟御史大夫不預。"

【打錢】擲錢爲戲，賭博的一種。唐司空圖司空表聖詩集三游仙之一："仙曲教成慵不理，玉階相簇打金錢。"才調集四趙光遠詠手之二："慢籠彩筆閑書字，斜指瑶階笑打錢。"

【打點】㊀安排，料理。清平山堂話本二快嘴李翠蓮記："我兒可收拾早睡休，明日須半夜起來打點。"明人太常續考一勅諭太常寺官："恁每職專奉祀太廟，一應事務，須用竭誠打點，都照洪武年間刊行。"㊁指行賄託情。元曲選鄭廷玉看錢奴四："若告我，我拚的把這金銀官府上下打點使用，我也不見的便輸與他。"

【打糧】㊀發給糧餉。宋歐陽修文忠集一九七歸田錄二："兵士給衣糧曰打衣糧。"㊁搜求糧食，搶掠財物。宋員興宗九華集二四西陲筆略官軍巧於取秦："先是敵軍戍秦者正卒三千，前二日就傍郡打糧，弱者守室，壯者未返，遂至於敗云。"

【打斷】即判決。斷，斷獄。京本通俗小說菩薩蠻："次日，郡王將封筒子去臨安府，即將可常新荷量輕打斷。"

【打醮】道教爲人設壇作法事祈福消災。紅樓夢二九："於是接二連三，都聽見賈府打醮，女眷都在廟裏，凡一應遠親近友，世家相與，都來送禮。"

【打疊】收拾,安排。宋蘇軾東坡集續集四與滕達道書之十二:"晚景若不打疊此事,則大錯。"又李光莊簡集十五與姜山嗣老書:"若師真有退閒之志,便令小兒打疊方丈,迎請歸庵。"也作"打迭"。古今雜劇元鄭德輝㑳梅香騙翰林風月三:"教你收拾書箱,打迭行裝,便赴科場。"

【打攪】打擾,擾亂。元曲選李壽卿伍員吹簫三:"不知是那裏來的一個大漢,常來打攪俺每。"水滸二四:"你却不可躁暴,便去動手動脚;打攪了事,那時我不管你。"

【打十三】宋代杖刑分五等,最輕者打十三下。後因泛稱打人爲打十三。元曲選孟漢卿魔合羅楔子:"你若無事到他家裏去,我一准拏來打十三。"參閱宋史刑法志一。

【打交道】言彼此來往。宋王明清揮麈後録二:"惟婺州永康縣有一傑黠老農鼓帥鄉民,不令稱貸,且云:'官中豈可打交道邪?'"簡作"打交"。京本通俗小說西山一窟鬼:"逐月却與幾個小男女打交。"

【打灰堆】宋代吳中風俗,除夕夜將曉,雞鳴以前,持杖擊糞壤,祝告祈福,名打灰堆。此本彭澤湖青洪君廟中如願故事,吳中沿用成俗。見宋范成大石湖集三十臘月村田樂府詩序。參見"打如願"。

【打如願】神話傳說彭澤湖青洪君有婢名如願,廬陵歐明見青洪君,求得攜歸,所願輒得,因以致富。見初學記十八引録異傳。宋代吳中風俗,新年求吉利稱"打如願"。宋范成大石湖集三十打灰堆詞:"除夜將闌曉星爛,糞掃堆頭打如願。"參見"如願"。

【打油詩】俳諧體詩。唐人有張打油作雪詩:"江山一籠統,井上黑窟籠。黃狗身上白,白狗身上腫。"見明楊慎升菴詩話十一覆窠俳體打油釘鉸。中原音韻作詞十法謂張爲元人,汴行省掾。後因稱滑稽通俗的詩爲打油詩。京本通俗小說馮玉梅團圓:"簾捲水西樓,一曲新腔唱打油。"

【打夜狐】舊唐書敬宗紀寶曆二年:"帝好深夜自捕狐狸,宮中謂之'打夜狐'。"後引申爲跳鬼驅祟,訛爲"打野胡"。宋趙彥衛雲麓漫鈔九:"世俗歲將除,鄉人相率爲儺,俚語謂之打野胡。"宋孟元老東京夢華録十十二月:"自入此月,即有貧者三數人爲一火,裝婦人神鬼,敲鑼擊鼓,巡門乞錢,俗呼爲打夜胡,亦驅祟之道也。"

【打抽豐】即"打秋風"。明楊珽龍膏記羅織:"且把衙門掩上,如有星相求見與鄉里來打抽豐的,不可放進。"又陸噓雲世事通考上商賈:"打抽豐,因人豐富而抽索之,故曰打抽豐,俗語謂之打秋風者是也。"參見"打秋風"。

【打剌孫】酒。古今雜劇元缺名小尉遲將鬭將將鞭認父二:"去來買一瓶打剌孫喫着耍。"元曲選本作"打剌酥"。又明缺名呂純陽點化度黃龍一:"我師父昨日晚夕,喫的打剌孫多了,害酒哩。"

【打柭柭】兒童遊戲名。明劉侗于奕正帝京景物略二春場:"小兒以木二寸,製如棗核,置地而棒之,一擊令起,隨一擊令遠,以近爲負,曰打柭柭。"

【打秋風】舊稱拉關係藉口求財曰打秋風。五代王定保唐摭言十五賢僕夫:"當今北面官人,入則內貴,出則使臣,到所在打風打雨,你何不從之。"明沈德符萬曆野獲編二四京城俗對亦有"打秋風對撞太歲"之語。儒林外史四:"張世兄屢次來打秋風,甚是可厭。"亦作"打抽豐"。見該條。

【打草穀】女真初起時,凡民十五以上,五十以下,皆隸兵籍。人馬不給糧草,日遣騎四處抄掠,以供所需,稱打草穀。見新五代史四夷附録一、遼史兵衛志上。

【打酒坐】即劄客。又名禮客。宋代酒店中,有女妓不呼自來筵前歌唱,歌竟,索取錢物,曰打酒坐。參閱宋孟元老東京夢華録二飲食果子、又吳自牧夢粱録十六分茶酒店。

【打旋磨】周旋奉承。紅樓夢九:"你那姑媽只會打旋磨兒,給我們璉二奶奶跪着借當頭,我眼裏就看不起他那樣主子奶奶。"

【打旋羅】舊時小販賣焦䭔,正月十六日以竹架子出青傘上,裝綴梅紅縷金小燈籠,架子前後也設燈籠,敲鼓應拍,團團轉走,謂之打旋羅。參閱宋孟元老東京夢華録六十六日。

【打饑荒】應付糾紛或困難。紅樓夢七二:"這會子說着好聽,到了有錢的時節,你就摞在脖子後頭了,誰和你打饑荒去?"此指應付債務。又九七:"若真明白了,將來不是林姑娘,打破了這個燈虎兒,那饑荒才難打呢!"此指應付婚後的麻煩事。

【打毷氉】唐時舉子不捷而醉飽,謂之打毷氉。義爲祛除煩悶。見唐李肇國史補下、五代王定保唐摭言一述進士下。初刻拍案驚奇二九:"原許乘龍須及第,未曾經打毷氉。"

【打骸垢】發抖。西遊記二五:"他兩個果又到園中,只見那樹倒枒開,果無葉落,諕得清風脚軟跌根頭,明月腰酥打骸垢。"

【打箭爐】地名,在四川省。相傳三國諸葛亮曾於此地安爐打箭,故名。唐爲黎雅二州邊外地;清雍正間置打箭爐廳,隸雅州府;光緒間升爲直隸廳,又改爲康定府;即今甘孜藏族自治州康定縣。參閱嘉慶一統志四〇二雅州府一。

【打頭風】逆風。唐白居易長慶集五四小舫詩:"黃柳影籠隨棹月,白蘋香起打頭風。"又鄭谷鄭守愚集一江上阻風詩:"聞道漁家酒初熟,夜來翻喜打頭風。"打,舊讀若"頂",與今俗語相同。

【打擂臺】設臺比武。也作"打摞臺"。元曲選高文秀黑旋風雙獻功一:"那泰安山神廟有一等打摞臺賭本事的,要與人廝打。"古今雜劇明缺名王矮虎大鬧東平府二:"俺這城中來日是十四日,鼓樓之下,有個關西哨子呂彥彪要與人爭籌打擂哩。"引申爲較量手段。紅樓夢五三:"我纔看那單子上,今年你這老貨又來打擂臺來了。"

【打齋飯】僧道沿門索食稱打齋飯。宋洪邁夷堅志支志丁六阿徐入冥:"我問伯何事受苦如此?曰:'我做行者時,緣化施主錢修造鐘樓,隱瞞入己;又將打回齋飯歸家,所以受罪未脫。'"後亦訛爲"打盞飯"。參閱清俞樾曲園雜纂三六小繁露打齋飯。

【打髀殖】一種遊戲。剔麞鹿的腿前骨,灌以銅錫,堆在地上擊之。擊中者,盡取所堆。元曲選李壽卿伍員吹簫一:"我如今着我大的孩兒費得雄,他也是箇好漢,常在教場中和小的們打髀殖耍子。"也作"打髀石"。元朝秘史三:"帖木真十一歲於斡難河冰上打髀石時……"清李文田注謂打髀石乃漠北舊俗,雖壯者亦爲之,流行於我國東北一帶。滿語作"噶什哈"。參閱清楊賓柳邊紀略四。

【打成一片】不同的部分合在一起。朱子語類一二三陳君舉:"今來伯恭(呂祖謙)門人却亦有同父(陳亮)之說者,二家打成一片。"佛教亦習用此語喻貫通純熟。續傳燈録二九馮楫濟川居士偈:"梵語唐言,打成一塊,咄哉俗人,得些三昧。"五燈會元二十慶元府育王佛照德光禪師:"耳聽不聞,眼覷不見,苦樂順逆,打成一片。"

【打牙打令】說唱調笑。金董解元西廂四:"怎禁當衙門外打牙打令諢,匹似閑啪哨。”打牙指嘲戲，打令指唱小曲。

【打家劫舍】聚衆成夥，搶掠財物。水滸五：“近來山上有兩個大王，扎了寨栅，聚集着五七百人，打家劫舍。”

【打草蛇驚】情事相類，甲受到懲處，使乙感到恐慌。宋鄭文寶南唐近事：“王魯爲當塗宰，瀆物爲務，會部民連狀訴主簿貪，魯乃判曰：‘汝雖打草，吾已蛇驚。’”（類說二一）。又朱熹朱文公集二九答黄仁卿書：“但恐見黄商伯狼狽後，打草蛇驚，亦不敢放手做事耳。”也作“打草驚蛇”。比喻作事不密，使對方得以警戒預防。水滸二九：“等明日先使人去那裏探聽一遭，若是本人在家時，後日便去；若是那廝不在家時，卻再理會。空自去打草驚蛇，倒吃他做了卻是不好。”

【打情罵趣】指男女間調情。明楊珽龍膏記二三砥節：“駙馬爺，打情罵趣，他肯罵你，是有口風了。”也作“打情罵俏”。官場現形記二九：“齊巧這兩天糖葫蘆又没有去，王小四子便打情罵俏起來。”

【打鴨驚鴛鴦】喻懲甲驚乙。宋梅堯臣宛陵集四三打鴨詩：“莫打鴨，打鴨驚鴛鴦。”宋宣城守吕士隆眷客妓麗華，一日欲杖營妓，妓曰：“某不敢避杖，但恐新到某人者，不安此耳。”某指麗華。梅詩即指此事。見宋趙令畤侯鯖錄八。後來也指殃及無辜。宋李石方舟集五扇子詩：“不爲求蛇熏老鼠，翻成打鴨驚鴛鴦。”

【打破沙鍋璺到底】喻追根究底。璺，陶瓷裂痕，以音同借用爲“問”。元曲選吴昌齡東坡夢四：“葛藤接斷老婆禪，打破沙鍋璺到底。”也作“打破沙鍋”。明高則誠琵琶記幾言諫父：“你直待要打破沙鍋，是你招災攬禍。”

扐 lè 盧則切，入，德韻，來。ㄌㄜˋ

㊀手指之間。古代筮法，數蓍草以卜吉凶，每次數剩零餘挂在指間稱扐。易繫辭上：“歸奇於扐以象閏，五歲再閏，故再扐而後挂。”亦指零數。玉篇上：“凡數之餘謂之扐。”㊁漢代地名。故址在今山東平原縣南。漢書三八高五王傳：“濟南王辟光以扐侯立。”注引服虔：“扐，平原縣也。”㊂通“勒”。見“扐掯”。

【扐掯】要挾脅迫。扐，借作“勒”。兒女英雄傳二四：“倒不是送禮，我今日是扐掯你娘兒們來了。”

扔 1. rèng rēng 而證切，去，證韻，日。ㄖㄥˋ ㄖㄥ 如乘切，平，蒸韻，日。

㊀牽引，拉。老子：“上禮爲之而莫之應，則攘臂而扔之。”㊁摧毁。後漢書六十馬融傳廣成頌：“竄伏扔輪，發作梧轄。”注引聲類曰：“扔，摧也。”

2. rēng ㄖㄥ

㊂抛擲。紅樓夢九三：“（賈璉）便從鞾掖兒裏頭拿出那個揭帖來，扔與他瞧。”㊃丢棄。紅樓夢八：“早起高興，只寫了三箇字，扔下筆就走了。”

【扔₂崩】形容突然丢開。紅樓夢一一九：“劉老老道：‘這有什麽難的呢：一個人也不叫他們知道，扔崩一走就完了事了。’”

扑 pū 普木切，入，屋韻，滂。ㄆㄨ

也作“撲”。㊀擊，打。戰國策楚一：“吾將深入吴軍，若扑一人，若捽一人。”史記八六荆軻傳：“（高漸離）舉筑扑秦皇帝，不中。”㊁全身猛然向前壓上去。儒林外史三八：“又盡力往上一扑，離郭孝子只得一尺遠。”㊂戒尺，鞭子。書舜典：“扑作教刑。”傳：“扑，榎楚也。”左傳文十八年：“二人（邴歜閻職）浴于池。歜以扑抶職。”注：“扑，箠也。”㊃傾倒。通“仆”。史記周紀：“秦破韓魏，扑師武。”集解引徐廣：“扑，一作仆。”

【扑罰】笞打，周代市刑之重者。周禮地官司市：“市刑，小刑憲罰，中刑徇罰，大刑扑罰。”注：“扑，撻也。”參見“市刑”。

【扑擊】打擊。吕氏春秋安死：“於是乎聚羣多之徒，以深山廣澤林藪，扑擊遏奪。”謂攔路打劫。

扒 1. bā 博怪切，去，怪韻，幫。ㄅㄚ

㊀刨挖。北周衛元嵩元包經孟陰巽：“拔戶扒氏。”唐蘇源明傳：“拔戶扒氏，轉石伐木也。”氏，樹根。㊁攀援。明朱京藩風流院傳奇投羅：“我傻待了他，他明朝就扒在我頭上來哩。”古今雜劇明缺名玉通和尚：“又像俺們寶塔上的階梯，從一二層扒將八九，不知有幾多般的跌撞蹭蹬。”

2. pá ㄆㄚˊ

㊂撥動。西遊記十四：“你小時不曾在我面前扒柴？”㊃伏地而行。通“爬”。古今雜劇明徐渭漁陽三弄：“不想道屈身軀，扒出他們胯。”

【扒₂手】從人身上摸取財物的小偷。也作“扒爯”。參閱清稗類鈔盜賊類賊之類别。

【扒₂灰】謂與兒媳發生不正當的關係。明馮夢禎快雪堂漫録書王文旦事：“俗呼聚麀爲扒灰。”清李元復謂即“污媳”二字之隱語，以“膝”與“媳”同音，謂爬行灰上則膝污。見常談叢録八汙膝。

【扒₂沙】爬行。宋曾鞏元豐類稿七離齊州後詩之二：“畫船終日扒沙行，已去齊州一月程。”元曲選李好古張生煮海三：“則見錦鱗魚活潑剌波心跳，銀脚蟹亂扒沙在岸上藏。”也作“扒扠”。古今雜劇缺名十探子二：“不知你從那裏扒扠將來，我如今就拿你去着酒餞着。”

【扒₂桿】船名。清劉獻廷廣陽雜記三：“錢唐江中之舟，類湘中之扒桿，大抵灘行皆此類也。”

【扒₂犁】雪橇。清楊賓柳邊紀略四：“扒犁，土人曰法喇，以木爲之，犂而有架，車而無輪，轅長而軟，雪中運木者也。駕以牛。”又五寧古塔雜詩之十三：“雪積扒犂出，燈殘獵馬歸。”

【扒₂船】廣東廣西的舢板船，俗稱扒船。宋朱輔溪蠻叢笑有重午競渡用船名爬船之語，爬，同“扒”。清稗類鈔飲食類吸鴉片謂粵洋往來交土之船曰扒龍艇，亦舢板之類。

【扒頭】元曲選楊顯之酷寒亭三：“又無那小扒頭濃妝豔裹。”清李玉清忠譜傳奇二書鬧：“人人認得老扒頭，年幼。（白）自家姑蘇城外有名的周老男周文元的便是。少年無賴，獨霸一方。”原批：“吴人方言以壯年未包網巾者曰扒頭。”

三 畫

扞 1. hàn 侯旰切，去，翰韻，匣。ㄏㄢˋ

亦作“捍”。㊀護衛，遮擋。左傳文六年“親帥扞之，送致諸竟。”荀子議兵：“若手臂之扞頭目而覆胸腹也。”㊁抵禦。史記一〇八韓長孺傳：“吴楚反時，（梁）孝王使（韓）安國及張羽爲將，扞吴兵於東界。”㊂臂衣，古代射者所著之皮質袖套。韓非子説林下：“羿執鞅〔玦〕持扞。”參見“釬”。㊃觸犯。史記一二四游俠傳序：“雖時扞當世之文罔，然其私義廉絜退讓，有足稱者。”㊄勇猛。通“悍”。詳“扞將”。

2. gǎn 集韻 古旱切，上，旱韻。ㄍㄢˇ

㊅使物舒展，碾壓。“擀”的異體。見集韻。説文：“碪，以石扞繒也。”新方言釋器：“研麪謂之扞麪。”

【扞戍】守衛。後漢書八九南匈奴傳：“南單于既居西河，亦列置諸，助爲扞戍。”

【扞拒】抵禦。漢書七四丙吉傳："吉扞拒大難，不避嚴刑峻法。"

【扞城】保衛，保衛疆土的人。左傳成十二年："此公侯之所以扞城其民也。"疏："所以蔽扞其民若如城然。"晉書明帝紀詔："諸方嶽征鎮，刺史將守，皆朕扞城，推轂于外，雖事有內外，其致一也。"

【扞格】格格不入。禮學記："發然後禁，則扞格而不勝。"注："格讀如凍洛之洛，扞(格)，堅不可入之貌。"

【扞將】勇猛的將領。後漢書八九南匈奴傳論："及關東稍定，隴蜀已清，其猛夫扞將，莫不頓足攘手，爭言衛霍之事。"

【扞衛】防衛。國語晉八："此行也，以藩爲軍，攀輦即利而舍，候遮扞衛不行。"後漢書二八上馮衍傳："與上黨太守田邑等繕甲養士，扞衛并土。"

【扞蔽】猶屏藩。韓非子存韓："韓事秦三十餘年，出則爲扞蔽，入則爲席薦。"史記田敬仲完世家："且趙之於齊楚，扞蔽也。"

【扞禦】抵禦。左傳僖二四年："扞禦侮者，莫如親親。"後漢書八九南匈奴傳："於是款五原塞，願永爲蕃蔽，扞禦北虜。"

【扞關】古關名。故址在今湖北省長陽縣西。史記楚世家肅王四年："蜀伐楚，取茲方，於是楚爲扞關以距之。"亦作"捍關"。參閱後漢書郡國志五巴郡、讀史方輿紀要七八荊州府長陽縣古捍關。

扜 1. yū 憶俱切，平，虞韻，影。
ㄩ 況于切，平，虞韻，曉。

本作"扝"。㊀指揮。見說文。㊁播揚。方言十二："扜，擯，揚也。"㊂引，張。山海經大荒南經蜮山："有人方扜弓射黃蛇，名曰蜮人。"

2. wū
ㄨ

㊃見"扜₂彌"。

【扜₂彌】我國古代西域城國名。漢書九六上西域傳："扜彌國，王治扜彌城。……今名寧彌。"史記一二三大宛傳作"扜罙"。後漢書八八西域傳作"拘彌"。故址在今新疆于田(闐)縣東北。

扛 1. gāng 古雙切，平，江韻，見。
ㄍㄤ

㊀擡舉重物。後漢書八二下費長房傳："又令十人扛之，猶不舉。"今稱用肩承物爲扛，讀 káng。

2. gàng
ㄍㄤˋ

㊁硌，碰損。後西遊記二六："好妖精！你想要吃我們哩！吃倒好吃，只怕有些扛牙。"

【扛鼎】舉鼎。史記項羽紀："力能扛鼎，才氣過人。"後以形容力大。文選南齊王元長(融)三月三日曲水詩序："衮帷斷裳，危冠空履之吏；影搖武猛，扛鼎揭旗之士。"

【扛幫】結成幫派。明俞汝楫禮部志稿二四學校學規萬曆三年："若有糾衆扛幫，聚至十人以上罵詈官長肆行無禮，爲首者照例問遣，其餘不問人數，盡行黜退爲民。"

扤 wù 五忽切，入，沒韻，疑。
ㄨˋ 魚厥切，入，月韻，疑。

動，搖。詩小雅正月："天之扤我，如不我克。"文選漢司馬長卿(相如)上林賦："揚翠葉，扤紫莖。"史記一一七司馬相如傳作"杌"。

扡 1. chǐ
ㄔˇ

㊀順木紋剖析。詩小雅小弁："伐木掎矣，析薪扡矣。"傳："析薪者隨其理。"釋文："扡，勑氏反。"

2. tuō 集韻 湯何切，平，戈韻。
ㄊㄨㄛ

㊁曳，引。同"拖"。禮少儀："僕者右帶劍，負良綏，申之面，扡諸幦。"

扠 chā 集韻 初加切，平，麻韻。
ㄔㄚ

㊀用叉刺取。通"叉"。唐柳宗元柳先生集四二同劉二十八院長述舊言懷感時書事……詩："野鶩行看弋，江魚或恐扠。"㊁打，交手較量。水滸二："俺經了七八個有名的師父，我不信倒不如你？你敢和我扠一扠麼？"㊂交叉。西遊記二："(悟空)扠手道：'師父，這就是飛舉騰雲了。'"㊃刺魚鼈之具。通"杈"。周禮天官鼈人"以時簎魚鼈龜蜃凡貍物"注引鄭衆："簎謂以扠刺泥中搏取之。"㊄樹枝。唐韓偓玉山樵人集香奩集詠手詩："後園笑向同行道，摘得蘼蕪又一扠。"

【扠枒】參差不齊。文選漢王文考(延壽)魯靈光殿賦："芝栭攢羅以戢孴，枝牚扠枒而斜據。"一本作"杈枒"。

扱 1. chā 楚洽切，入，洽韻，初。
ㄔㄚ

㊀插。禮問喪："親始死，雞斯徒跣，扱上衽。"㊁舉，引。漢劉向說苑政理："夫扱綸錯餌，迎而吸之者，陽橋也。"

2. xī 集韻 迄及切，入，緝韻。
ㄒㄧ 逆及切，入，緝韻。

㊂斂取。禮曲禮上："其塵不及長者，以箕自鄉而扱之。"注："扱讀曰吸，謂收糞時也。"

3. jí 集韻 逆及切，入，緝韻。
ㄐㄧˊ

㊃拜手至地。通"及"。儀禮士昏禮："婦拜扱地。"

【扱免】扱衽免袒。管子四時："令禁扇去笠，毋扱免。"

扣 kòu 苦候切，去，候韻，溪。
ㄎㄡˋ 苦后切，上，厚韻，溪。

㊀敲擊，碰撞。本作"敂"。通"叩"。荀子法行："扣以其聲清揚而遠聞。"㊁牽持。呂氏春秋愛士："晉梁由靡已扣繆公之左驂矣。"㊂綑綁。醒世恒言三六蔡瑞虹忍辱報仇："把兩個人一齊扣下船來，跪於軍柱邊。"㊃除去。醒世恒言三賣油郎獨占花魁："從明日爲始，逐日將本錢扣出，餘下的積攢起來。"儒林外史一："那知縣時仁發出二十四兩銀子來，翟買辦扣剋了十二兩，只拿十二兩銀子送與王冕。"㊄結子。元王實甫西廂記五本一折："紐結丁香，掩過芙蓉扣。"㊅量詞。如文書一套曰一扣。

【扣刀】拔刀微出鞘。資治通鑑一二四宋元嘉二二年："許曜侍帝，扣刀目(范)曄，曄不敢仰視。"

【扣布】土製棉布。清稗類鈔物品類扣布："蓋以金仁山論麻冕云：'三十升布則爲筘一千二百目。筘，布筘也。所以扣布經者。'扣布之得名當以此。筘，也作簆。"

【扣角】敲打牛角。相傳春秋衛人甯戚家貧，在齊，飯牛車下，適遇桓公，因擊牛角而歌。桓公聞而知其善，命管仲迎之，拜爲上卿。"扣角"遂成爲求仕之典。抱朴子廣譬："九九顯而扣角之俊至，枯骨掩而參分之仁洽。"金元好問遺山集八除夜詩："折腰真有陶潛興，扣角空傳甯戚歌。"參見"叩角"。

【扣門】敲門。淮南子齊俗："扣門求人莫弗與者，所饒足也。"晉陶潛陶靖節集二乞食詩："行行至斯里，扣門拙言辭。"也作"扣户"。宋蘇軾蘇文忠詩合註二一杭州故人信至齊安詩："朝來聞好語，扣户得吴餉。"

【扣馬】牽馬使停。左傳襄十八年："齊侯駕，將走郵棠，大子與郭榮扣馬。"也作"叩馬"。史記六一伯夷傳："武王載木主，號爲文王，東伐紂，伯夷、叔齊叩馬而諫曰：……"

【扣問】詢問，請教。宋魏了翁鶴山題跋三跋楊司理德輔之父紀問辯曆："吾鄉楊君爲問辯曆，以質諸師，此最得爲學之要。後生初學，哆然自是，恥於扣問者，視此亦可以少警矣。”

【扣舷】敲擊船幫爲歌唱打拍子。唐杜甫杜工部草堂詩箋三十秋日夔府詠懷奉寄鄭監李賓客一百韻：“東郡時題壁，南湖日扣舷。”宋蘇軾經進東坡文集事略一前赤壁賦：“於是飲酒樂甚，扣舷而歌之。”

【扣絃】以指彈絃。唐段安節樂府雜録琵琶：“曹綱善運撥，若風雨，而不事扣絃。”太平御覽五八三作“彈絃”。

【扣發】啟發，提出主張。宋書蔡興宗傳：“(王)玄謨責所親故吏郭季產、女壻韋希真等曰：‘當艱難時，周旋輩無一言相扣發者。’”

【扣跋】碰撞，排擊。文選晉張景陽(協)七命：“甄林蹶石，扣跋幽叢。”唐李善注：“毛萇詩傳：跋，蹴也。扣跋，或謂刦伏也。”又呂向注：“扣跋，擊排也。”

【扣頭】以頭扣地。同“叩頭”。漢王充論衡儒增：“夫人之扣頭，痛者血流，雖忿恨惶恐無碎首者，非首不可碎，人力不能自碎也。”

【扣額】叩頭。唐李賀歌詩編一綠章封事爲吴道士夜醮作：“青霓扣額呼宫神，鴻龍玉狗開天門。”

【扣邊】至邊關求見。猶“叩關”。宋史二八八程琳傳：“夏人……以五百户驅牛羊扣邊請降。”

【扣關】敲關門以求通。同“叩關”。後漢書八八西域傳序引陳忠上疏：“西域内附日久，區區東望，扣關者數矣。”亦泛指敲門。參見“叩關”。

【扣盤捫燭】宋蘇軾經進東坡文集事略五七日喻説：“生而眇者不識日，問之有目者。或告之曰：‘日之狀如銅盤。’扣盤而得其聲。他日聞鐘，以爲日也。或告之曰：‘日之光如燭。’捫燭而得其形。他日揣籥，以爲日也。”後因以“扣盤捫燭”喻不經實踐，不能得到真知。

扦

qiān ㄑㄧㄢ 正字通 倉先切，音千。

㊀插。本作“搴”。見正字通。元周密癸辛雜識續集下白蠟：“樹葉類茱萸葉，生水傍，可扦而活。”㊁用以通物或剔垢的細長針狀物。如扦子。見“扦子手”。

【扦子手】舊稱關卡上持扦子查驗貨物的人。二十年目覩之怪現狀十：“原來外面扦子手查着了一船私貨，争着來報。”

扢

1. gǔ ㄍㄨˇ 古忽切，入，没韻，見。
户骨切，入，没韻，匣。
居乙切，入，迄韻，見。

㊀摩，擦拭。漢書禮樂志郊祀歌五神：“扢嘉壇，椒蘭芳。”注：“謂摩拭其壇，加以椒蘭之芳。”

2. qì ㄑㄧˋ 集韻 許訖切，入，迄韻。
魚迄切，入，迄韻。

㊁奮舞貌。莊子讓王：“子路扢然執干而舞。”太平御覽三五一引莊子作“仡”。

3. gē ㄍㄜ

㊂通“疙”。見“扢₃秃”。㊃象聲詞。見“扢₃扠”。

【扢₃扠】象聲詞。形容東西斷裂的聲音。西遊記十：“扢扠一聲刀過處，龍頭因此落虚空。”也作“扢咋”、“扢揸”。西遊記三十：“把一個彈琵琶的女子抓將過來，扢咋的把頭咬了一口。”又三二：“那八戒丢倒頭正睡着哩，被他照嘴唇上扢揸的一下。”

【扢₃秃】突起的頭瘡。扢，通作“疙”。淮南子齊俗：“親母爲其子治扢秃，而血流至耳，見者以爲其愛之至也。”

【扢₃搭】㊀忽地。元王實甫西廂記二本三折：“急攘攘因何，扢搭地把雙眉鎖納合。”㊁結子，同“疙瘩”。紅樓夢三一：“説着，拿出絹子來，挽着一個扢搭。”

【扢₃皺】皺眉。元王實甫西廂記三本二折：“厭的早扢皺了黛眉。”

【扢₃扎幫】突然地。原係形容聲音，也借以形容動作迅捷。元王實甫西廂記三本二折：“小生是猜詩謎的社家，風流隋何，浪子陸賈，到那裏扢扎幫便倒地。”

托

tuō ㄊㄨㄛ 集韻 闥各切，入，鐸韻。

㊀用手掌附着或承着。唐韓偓玉山樵人集香奩集詠手詩：“悵望昔逢褰繡幔，依稀曾見托金車。”後引申爲墊襯，托裱。唐韓偓玉山樵人集香奩集屐子詩：“六寸膚圓光緻緻，白羅繡屧紅托裏。”㊁承托物品的器皿。宋程大昌演繁露十五托子：“托始於唐，前世無有也。崔寧女飲茶，病盞熱熨指，取楪子融蠟，象盞足大小，而環結其中，寘盞於蠟，無所傾側，因命工髹漆爲之，寧喜其爲，名之曰托，遂行於世。”㊂寄託，假借。晉陶潛陶淵明集四讀山海經詩之一：“衆鳥欣有托，吾亦愛吾廬。”㊃囑託，託付。宋辛棄疾稼軒詞二瑞鶴仙賦梅：“瑶池舊約，鱗鴻更仗誰托。”

【托大】大意。清平山堂話本雨窗集錯認屍：“你可小心伏侍，不可托大。”水滸四：“你從今日難比往常，凡事自宜省戒，切不可托大。”

【托子】承托盞碗的盤狀器具。景德傳燈録八松山和尚：“一日命龐居士喫茶，居士舉起托子云：‘人人盡有分，因什麽道不得？’”參閲唐李匡乂資暇集下茶托子。

【托生】舊時迷信，指人死後轉生。元曲選(蕭德祥)殺狗勸夫一：“俺燒一陌紙與祖宗，願你都好處托生去咱。”

【托托】跳動貌。宋毛滂東堂詞惜分飛之四：“恰則心頭托托地，放下了日多縈係。”

【托名】假借名義。明沈德符萬曆野獲編一列朝武宗托名：“武宗南征，托名威武大將軍、太師鎮國公、後軍都督府。”

【托庇】托人福庇。舊時客套語。儒林外史十：“因問：‘令祖老先生康健嗎？’蘧公孫答道：‘托庇粗安。’”參見“託庇”。

【托跋】北魏姓。詳“拓跋”。

【托鉢】佛教僧人赴齋堂吃飯或向施主家求布施，均手托鉢盂，故名。聯燈會要二一福州雪峰義存禪師：“師在德山作飯頭，一日飯遲，師曬飯巾次，見德山托鉢至法堂前。”後亦泛指貧困求人爲托鉢。清周亮工尺牘新鈔五清張鹿徵與程端伯先生書：“邇來落魄無似，托鉢東牟。”

【托克托】地名。清置廳。公元1912年改縣。在今内蒙古烏蘭察布盟南部，呼和浩特盆地中部。參閲嘉慶一統志五四八歸化城土默特。

【托塔天王】佛經中四天王之一。即北方多聞天王。梵名毗沙門。在佛教中爲護法天神，兼施福之神。主領夜叉羅刹。右手托塔或持傘，故俗稱托塔天王。參閲法苑珠林五諸天會名。清俞樾曲園雜纂三六小繁露：“元史輿服志有東南西北天王旗，並繪神人，武士冠，衣錦甲，緋裲襠，右手執戟，左手奉塔，履石。今世俗有托塔天王之説，有所本。”水滸十四有托塔天王晁蓋，則借作綽號。封神演義又有托塔天王李靖。

四畫

抖

dǒu ㄉㄡˇ 當口切，上，厚韻，端。

㊀振動。詳“抖擻”。㊁抖擻着向外倒出。元張憲玉笥集九讀戰國策詩：“抖盡祖龍囊底智，咸陽回首亦成塵。”㊂哆嗦。水滸四一：“躺公戰抖抖的道：小人去説。”

【抖擻】㊀抖動，振動。唐白居易長慶集十八咨州民詩：“官情抖擻隨塵去，鄉思銷磨逐日無。”㊁振作，奮發。續傳燈録十八清滿禪師：“昨日熱，今日寒，抖擻精神着力看，著力看。”清龔自珍定盦文集補已亥雜詩：“我勸天公重抖擻，不拘一格降人才。”㊂佛教語。頭陀的别稱。法苑珠林一〇一頭陀：“西云頭陀，此云抖擻，能行此法，卽能抖擻煩惱，去離貪著，如衣抖擻，能去塵垢，是故從喻爲名。”

【抖空竹】雜技名。清李虹若朝市叢載六時尚：“抖空竹。每逢廟集，以繩抖響，拋起數丈之高，仍以繩承接，演習各樣身段。”空竹，又名空鐘。參見“空鐘”。

抃 biàn 皮變切，去，線韻，並。
ㄅㄧㄢ

鼓掌，表示歡欣。吕氏春秋古樂：“帝嚳乃令人抃。”三國志魏鍾繇傳“文帝在東宮，賜繇五熟釜”注引魏略太子（曹丕）與繇書：“近見南陽宗惠叔稱君侯昔有美玦，聞之驚喜，笑與抃俱。”

【抃牛】力挽兩牛相擊。喻有超人的勇力。漢揚雄法言淵騫：“秦悼武、烏獲、任鄙，扛鼎抃牛，非絶力邪？”

【抃手】鼓掌，歡慶。南朝宋鮑照鮑氏集九謝永安令解禁止啟：“洗膽明目，抃手太平。”

【抃悦】拍手喜悦。南朝宋鮑照鮑氏集九征北世子誕育上疏：“凡在氓隸，莫不抃悦。”

【抃賀】鼓掌慶賀。宋王禹偁小畜集九南郊大禮詩之五：“嚴禋禮退一陽生，抃賀歡呼動四溟。”

【抃掌】拍手。同“抃手”。宋書少帝紀景平二年皇太后令：“親與左右執綍歌呼，推排梓宫，抃掌笑謔，殿省備聞。”參見“抃手”。

【抃踊】拍手跳躍，猶言手舞足蹈，興高采烈的樣子。宋書武帝紀中元熙二年六月甲子晉帝策：“億兆抃踊，傾佇惟新。”也作“抃躍”。南朝梁江淹江文通集七蕭驃騎讓太尉增封第三表：“雖蹈庇戾，猶深抃躍。”

【抃舞】鼓掌舞蹈，形容喜極。文選三國魏嵇叔夜（康）琴賦：“其康樂者聞之，則欨愉懽釋，抃舞踊溢。”注引説文：“欨，笑貌也。”列子湯問：“（韓）娥還復爲曼聲長歌，一里老幼喜躍抃舞，弗能自禁。”

【抃瓦盧珠】兒童投擲瓦片石子之戲。唐段成式酉陽雜俎前集五怪術：“因（陟屺）寺中大齋會，人衆數千，術士忽曰：‘余有一伎，可代抃瓦盧珠之歡也。’”

【抃風儛潤】比喻契合。宋書孔覬傳：“直山淵藏引，用不遐棄，故得抃風儛潤，憑附彌年。”儛，同“舞”。潤，指雨。

抗 kàng 苦浪切，去，宕韻，溪。
ㄎㄤ　胡郎切，平，唐韻，匣。

㊀捍衛，救。國語晉四：“未報楚惠而抗宋，我曲楚直。”㊁違抗。詳“抗命”。㊂高出，相敵。史記秦始皇紀論引賈誼過秦論：“適戍之衆，非抗於九國之師。”南史謝瞻傳：“瞻文章之美，與從叔混、族弟靈運相抗。”㊃舉。詩小雅賓之初筵：“大侯既抗，弓矢斯張。”㊄收藏。周禮夏官服不氏：“賓客之事，則抗皮。”注引鄭司農（衆）：“謂賓客來朝，聘布皮帛者，服不氏主舉藏之。”㊅高。淮南子説山：“申徒狄負石自沈於淵，而溺者不可以爲抗。”注：“抗，高也。”㊆姓。後漢有抗徐。見後漢書三八度尚傳。

【抗木】古葬具。在棺之上，加席，用以禦塵土，故名。儀禮既夕禮：“抗木横三縮二，加抗席三。”

【抗手】舉手。漢書八七上揚雄傳校獵賦：“是以旃裘之王，胡貉之長，移珍來享，抗手稱臣。”文選三國魏曹子建（植）七啟：“乃使北宫東郭之疇，生抽豹尾，分裂貙肩。形不抗手，骨不隱拳。”唐李善注：“抗，禦也。”又李周翰注：“抗，當也。”後稱對手曰抗手。

【抗行】㊀高尚的行爲。楚辭屈原九章哀郢：“彼堯舜之抗行兮，瞭杳杳而薄天。”也指堅持高尚的操行。漢書一〇〇上敍傳答賓戲：“若迺夷抗行於首陽，惠降志於辱仕。”夷，伯夷；惠，柳下惠。㊁並行，抗衡，不相上下。唐張彦遠法書要録一晉王右軍（羲之）自論書：“吾書比之鍾張，當抗行。”鍾，鍾繇；張，張芝，皆書法家。

【抗言】㊀高聲而言。後漢書七二董卓傳：“卓又抗言曰：‘……有敢沮大議，皆以軍法從之。’”唐柳宗元柳先生集九故御史周君碣：“在天寶年，有以謟諛至相位，賢臣放退，公爲御史，抗言以白其事，得死於墀下。”㊁對面交談。晉陶潛陶淵明集二移居詩之一：“鄰曲時時來，抗言談在昔。”

【抗志】堅持平素志向，不動摇不屈服。六韜文韜上賢：“士有抗志高節，以爲氣勢，外交諸侯不重其主者，傷王之威。”後漢書五三申屠蟠傳黄忠與蟠書：“經過二載，而先生抗志彌高，所尚益固。”

【抗兵】指對戰的兩軍。老子：“故抗兵相加（一作若），哀者勝矣。”

【抗直】坦率耿直。史記八三魯仲連鄒陽傳論：“鄒陽辭雖不遜，然其比物連類，有足悲者，亦可謂抗直不橈矣。”

【抗命】拒不執行命令。荀子臣道：“有能抗君之命，竊君之重，反君之事，以安國之危，除君之辱，功伐足以成國之大利，謂之拂。”

【抗迹】特立獨行。楚辭屈原九章悲回風：“望大河之洲渚兮，悲申徒之抗迹。”文選晉何敬祖（劭）遊仙詩：“抗迹遺萬里，豈戀生民樂。”

【抗首】昂首。漢書六七朱雲傳：“有薦雲者，召入，攝齋登堂，抗首而請，音動左右。”注：“抗，舉也。”

【抗章】同“抗疏”。宋李心傳建炎以來繫年要録九建炎元年九月乙巳引宗澤請車駕還京師表：“昔奉春委輅逮策，猶止洛陽之都；張禹驛馬抗章，尚返金陵之駕。”奉春，奉春君，漢婁敬封號。參見“抗疏”。

【抗莊】四通八達的大道。同“康莊”。管子輕重丁：“决瓁洛之水，通之杭莊之間。”清戴望校正：“杭，當爲抗。抗，古讀若康，抗莊卽康莊。”

【抗疏】上書直言。漢書八七下揚雄傳解嘲：“獨可抗疏，時道是非。”唐杜甫杜工部草堂詩箋三二秋興之三：“匡衡抗疏功名薄，劉向傳經心事違。”

【抗節】堅持節操。漢書六七朱雲傳：“時中書令石顯用事，與（五鹿）充宗爲黨，百僚畏之。唯御史中丞陳咸年少抗節，不附顯等。”

【抗論】㊀直言不阿屈。後漢書八十趙壹傳報皇甫規書：“下則抗論當世，消弭時災。”㊁争論而不相上下。晉書孫盛傳：“于時殷浩擅名一時，與抗論者惟盛而已。”陳書孫瑒傳：“時興皇寺朗法師該通釋典，瑒每造請筵，時有抗論，法侣莫不傾心。”

【抗厲】振奮激厲。後漢書二三竇融傳：“今關東盗賊已定，大兵今當悉西，將軍其抗厲威武，以應期會。”

【抗墜】高低抑揚。墜，本作“隊”。禮樂記：“故歌者上如抗，下如隊。”南朝梁劉勰文心雕龍七章句：“譬舞容迴環，而有綴兆之位；歌聲靡曼，而有抗墜之節也。”

【抗邁】高超不凡。晉書王湛傳：“濟才氣抗邁，於湛略無子姪之敬。”濟，湛姪。

【抗衡】猶對抗。史記九七陸賈傳：“今足下……欲以區區之越與天子抗衡爲敵國，禍且及身矣。”索隱引崔浩：“抗，對也。衡，車扼上横木也。抗衡，言兩衡相對拒，言不相避下。”漢書作“伉衡”。

【抗禮】行對等之禮。史記八六荆軻傳：“舉坐客皆驚，下與抗禮，以爲上客。”又九九劉敬傳："豈嘗聞外孫敢與大父抗禮者哉？"

【抗聲】高聲，大聲。北史李義深傳："幼廉抗聲曰：'李幼廉結髮從宦，誓不曲意求人！'"

【抗顏】面色莊嚴不屈。唐柳宗元柳先生集三四答韋中立論師道書："獨韓愈奮不顧流俗，犯笑侮，收召後學，作師說，因抗顏而爲師。"宋蘇軾經進東坡文集事略四四上劉侍讀書："抗顏高議，自以無前，而天下不以爲無讓。"

【抗議】直言反對意見。後漢書六四盧植傳："(董卓)大會百官於朝堂，議欲廢立，羣僚無敢言，植獨抗議不同。"今稱表示强烈反對爲抗議。

【抗髒】高亢正直。後漢書八十下趙壹傳刺世疾邪賦："伊優北堂上，抗髒倚門邊。"注："抗髒，高亢婞直之貌也。"

【抗心希古】謂高尚其志，以古人自期許。文選三國魏嵇叔夜(康)幽憤詩："抗心希古，任其所尚。"

【抗塵走俗】文選南朝齊孔德璋(稚圭)北山移文："焚芰製而裂荷衣，抗塵容而走俗狀。"謂以污濁之面容，奔走於世俗之中。指熱中於營求名利。宣和書譜十一勸君詩："(張徐州)不以利名芥蔕於胸次，……故其胸中流出而見於筆畫者，無復有抗塵走俗之狀。"

抆 wěn 武粉切，上，吻韻，明。
ㄨㄣˇ 亡運切，去，問韻，明。

拭，揩。見下。

【抆拭】揩，擦。漢書八三朱博傳："馮翊欲洒卿恥，抆拭用禁，能自效不？"禁，人名，姓尚方。王先謙補注謂"禁"字乃"卿"字之誤。

【抆淚】拭淚。楚辭屈原九章悲回風："孤子唫而抆淚兮，放子出而不還。"

扰 1. dǎn 都感切，上，感韻，端。
ㄉㄢˇ 以主切，上，麌韻，喻。

㊀推。列子黃帝："既而狎侮欺詒，攩、㧙、挨、扰，亡所不爲。"

2. yǒu 以周切，平，尤韻，喻。
ㄧㄡˇ

㊁舀。周禮地官司徒："女舂扰二人。"注："女舂扰，女奴能舂與扰者。扰，抒臼也。"

抎 yǔn 云粉切，上，吻韻，于。
ㄩㄣˇ

㊀亡失，墜落。通"隕"。墨子天志下："國家滅亡，抎失社稷。"說文抎引春秋傳："抎子辱矣。"今本左傳成二年抎作"隕"。㊁敲擊。漢揚雄法言先知："籩豆不陳，玉帛不分，琴瑟不鏗，鐘鼓不抎，則吾無以見聖人矣。"

扶 1. fú 防無切，平，虞韻，並。
ㄈㄨˊ 甫無切，平，虞韻，幫。

㊀攙扶，支持。論語季氏："危而不持，顛而不扶。"荀子勸學："蓬生麻中，不扶而直。"㊁支援，幫助。戰國策宋衞："若扶梁伐趙，以害趙國，則寡人不忍也。"㊂攀緣，沿着。參見"扶盧㊀"。㊃旁。淮南子人間："夫鵲先識歲之多風也，去高木而巢扶枝。"注："扶，旁也。"㊄古度法，併四指的寬度爲一扶。通"膚"。禮投壺："籌，室中五扶，堂上七扶，庭中九扶。"參見"扶寸"。㊅姓。漢有廷尉扶嘉。見通志二九氏族五平聲。

2. pú 集韻 蓬逋切，平，模韻。
ㄆㄨˊ

㊆通"匍"。參見"扶₂伏"。

【扶寸】古代長度單位，鋪四指爲扶，一指爲寸，形容甚小。韓非子揚權："故上失扶寸，下得尋常。"文選三國魏應休璉(璩)與從弟君苗君胄書："扶寸肴脩，味踰方丈。"也作"膚寸"。見該條。

【扶木】㊀傳說中的神木。即榑木、扶桑。山海經大荒東經："大荒之中，有山名曰孽搖頵羝，上有扶木，柱三百里，其葉如芥。"晉陶潛陶淵明集四讀山海經詩之六："逍遥蕪皐上，杳然望扶木。"㊁古國名。即扶桑。呂氏春秋爲欲："會有一欲，則北至大夏，……東至扶木，不敢亂矣。"參見"扶桑㊁"。

【扶正】舊稱妻爲正室，妾爲側室，妻死後以妾作妻稱扶正。儒林外史五："王氏道：'何不向你爺說，明日我若死了，就把你扶正做個填房？'"

【扶老】㊀扶持老人。戰國策齊四："民扶老攜幼，迎君道中。"㊁笻竹的別名。晉戴凱之竹譜："竹之堪杖，莫尚於笻，……一曰扶老，名實縣同。"因也稱手杖爲扶老。晉陶潛陶淵明集五歸去來兮辭："策扶老以流憩，時矯首而遐觀。"㊂禿鶖的異名。見晉崔豹古今注鳥獸。

【扶丞】扶助。漢書九三淳于長傳："會大將軍王鳳病，長侍病，晨夜扶丞左右，甚有甥舅之恩。"

【扶光】扶桑之光，日光。文選南朝宋謝希逸(莊)月賦："日以陽德，月以陰靈。擅扶光於東沼，嗣若英於西冥。"又謝宣遠(瞻)九日從宋公戲馬臺集孔令詩："扶光迫西汜，歡餘讌有窮。"

【扶乩】舊時的一種巫術。詳"扶鸞"。

【扶竹】㊀邛竹。山海經中山經中次十二經："又東南一百三十里曰龜山，……多扶竹。"注："邛竹也。高節實中，中杖也，名之扶老竹。"㊁駢生的竹子。明楊慎丹鉛總録四花木類扶竹："武林山西舊有雙竹院，中所産脩篁嫩篠，皆對抽並胤，王子敬竹譜所謂'扶竹'，譬猶海上之桑，兩兩相比，謂之扶桑也。扶竹之筍，名曰合歡。"並胤，謂同生於一本。

【扶₂伏】伏地爬行。同"匍匐"。左傳昭二一年："扶伏而擊之，折軫。"

【扶扶】幼小貌。漢揚雄太玄經一礥："赤子扶扶，元貞有終。"宋司馬光集注："扶扶，扳援依慕之意。"

【扶助】扶持幫助。漢書九十嚴延年傳："其治務在摧折豪彊，扶助貧弱。"

【扶身】管子輕重甲："桓公終北舉事於孤竹離枝，越人果至，隱曲蔷以水齊。管子有扶身之士五萬人，以待戰於曲蔷，大敗越人。"清戴望謂"蔷"爲"菑"之誤。何如璋謂"扶身"當作"扶舟"，言齊有水軍五萬待戰於曲菑。參閲郭沫若等管子集校。

【扶於】疎密有姿。同"扶疏"。史記一一七司馬相如傳上林賦："垂條扶於，落英幡纚。"也形容舞姿。淮南子脩務："今鼓舞者，……扶於猗那，動容轉曲。"

【扶拔】獸名。後漢書章帝紀章和元年："月氏國遣使獻扶拔、師子。"注："扶拔，似麟無角。"也作"符拔"。參見"符拔"。

【扶牀】謂年幼剛能及床。玉臺新詠一古詩爲焦仲卿妻作："新婦初來時，小姑始扶牀；今日被驅遣，小姑如我長。"唐元稹長慶集九答友封見贈詩："扶牀小女君先識，應爲些些似外翁。"

【扶₂服】伏地爬行。同"匍匐"。禮檀弓下："詩云：'凡民有喪，扶服救之。'"今詩邶風谷風作"匍匐"。參閲清俞樾俞樓雜纂七禮記異文箋。

【扶持】㊀攙扶。禮內則："以適父母舅姑之所，……出入則或先或後而敬扶持之。"㊁幫助。孟子滕文公上："守望相助，疾病相扶持。"㊂傳說神農樂名。亦名下謀。見文獻通考一二八樂一引孝經援神契。

【扶南】南海古國名。始王曰混塡。扶南盛時，奄有湄公湄南二河下游諸地。三國吳曾遣康泰朱應出使扶南，其後與我國常有往還。爲真臘所滅。南海寄歸內法傳作跋南。參閲梁書扶南國傳、新唐書扶南傳。

【扶柳】戰國時中山屬邑，後屬趙。漢置縣，屬信都國。縣有扶澤，澤中多柳，故名。北齊省入信都。故城在今河北省冀縣西北。參閱戰國策趙四、漢書地理志下、水經注十濁漳水、讀史方輿紀要十四真定府冀州。

【扶胥】㊀樹木名。見"扶蘇㊀"。㊁兵車左右的盾。六韜虎韜軍用:"武衛大扶胥三十六乘。……武翼大櫓予戟扶胥七十二具。……三軍拒守木螳蜋劍刃扶胥,……一名行馬。"參閱明茅元儀武備志五兵訣評六韜虎韜軍用。㊂鎮名。在廣東番禺縣東南三江口。唐韓愈昌黎集三一南海神廟碑:"在今廣州治東南海道八十里,扶胥之口,黄木之灣。"即此。參閱元豐九域志九廣南路東路。

【扶風】㊀疾風。淮南子覽冥:"陰陽交争,降扶風,雜凍雨。"㊁郡名。三國魏改漢右扶風置。北魏兼置岐州,隋開皇三年郡廢;隋大業及唐天寶時又曾改岐州爲扶風郡。故址當在今陝西省鳳翔縣等地。參閱嘉慶一統志二三五鳳翔府一。參見"右扶風㊀"。㊂縣名。屬陝西省。唐初爲湋川縣,貞觀八年置扶風縣。爲古代周部落聚居地周原的一部分。參閱新唐書地理志一、寰宇通志九四鳳翔府扶風縣。

【扶病】支持病體。禮問喪:"身病體羸,以杖扶病也。"後以稱帶病工作或行動。唐劉禹錫劉夢得集六送裴處士應制舉詩:"老大希逢舊鄰里,爲君扶病到方山。"也作"扶疾"。漢王充論衡問孔:"輔之於人,猶杖之扶疾也。"也作"扶痾"。宋王安石臨川集二再用前韻寄蔡天啟詩:"扶痾歸未久,吾見喜寧帖。"

【扶桑】㊀神木名,傳説日出其下。楚辭屈原離騷:"飲余馬於咸池兮,總余轡乎扶桑。"淮南子天文:"日出于暘谷,浴于咸池,拂于扶桑,是謂晨明。"㊁植物名。明李時珍謂爲木槿别種,也稱"佛桑"、"朱槿"。葉卵形,花有紅、白、黄色。參閱梁書扶桑國傳、本草綱目三六扶桑。㊂古國名。梁書扶桑國傳:"扶桑在大漢國東二萬餘里,地在中國之東,其土多扶桑木,故以爲名。"按其方向、位置約相當於日本,故後來沿用爲日本的代稱。

【扶疏】分披貌。即"扶疏"。漢揚雄太玄經一疏:"陽氣彊内而弱外,物咸扶疏而進乎大。"

【扶留】藤。文選晉左太沖(思)吳都賦:"石帆水松,東風扶留。"注:"扶留,藤也,緣木而生,味辛可食。"

【扶婁】傳説古代國名。舊題晉王嘉拾遺記二周:"南陲之南有扶婁之國。其人善能機巧變化,異形改服,……神怪欻忽,衒麗於時。"參見"婆猴技"。

【扶將】扶持,攙扶。漢董仲舒春秋繁露深察名號:"弗扶將則顛陷猖狂,安能善?"樂府詩集二五木蘭詩:"爺孃聞女來,出郭相扶將。"

【扶₂匐】同"匍匐"。南齊書王敬則傳:"夜著青衣,扶匐道路,爲太祖聽察蒼梧去來。"

【扶植】扶持培植。宋謝枋得疊山集二初到建寧賦詩:"雪中松柏愈青青,扶植綱常在此行。"

【扶揄】揚舉。文選晉左太沖(思)吳都賦:"扈帶鮫函,扶揄屬鏤。"注引秦零陵令上書:"荆軻挾匕首卒刺陛下,陛下以神武扶揄長劍以自救。"屬鏤,劍名。

【扶疏】㊀繁茂分披貌。韓非子揚榷:"爲人君者,數披其木,毋使木枝扶疏。"也作"扶疎"。晉陶潛陶淵明集四讀山海經詩之一:"孟夏草木長,遶屋樹扶疎。"㊁舞貌。淮南子脩務:"援豐條,舞扶疏。"㊂唐釋湛然止觀義例上:"況所以用義旨,以法華爲宗骨,以智論爲指南,以大經爲扶疏,以大品爲觀法。"大經指涅槃經,謂以涅槃經爲扶助法華經的義疏。

【扶溝】縣名。屬河南省。漢置,歷代相沿。故城在今河南扶溝縣東北。以小扶亭有洧水之溝,故名。見讀史方輿紀要四七開封府。

【扶義】仗義。史記太史公自序:"秦既暴虐,楚人發難,項氏遂亂,漢乃扶義征伐。"漢書高帝紀上:"不如更遣長者扶義而西。"注:"扶,助也,以義自助也。扶字或作'杖',杖亦倚任之意。"

【扶搖】㊀盤旋而上的暴風。莊子逍遥遊:"鵬之徙於南冥也,水擊三千里,摶扶搖而上者九萬里。"後也用來形容盤旋而上。唐李白李太白詩九上李邕:"大鵬一日同風起,扶搖直上九萬里。"㊁神話傳説中的木名。莊子在宥:"雲將東遊,過扶搖之枝,而適遭鴻蒙。"釋文:"李(頤)云:扶搖,神木也,生東海。"

【扶養】撫育。列女傳一魏芒慈母頌:"芒卯之妻,五子後母,慈惠仁義,扶養假子。"

【扶摶】乘風盤旋直上,喻得意。元薩都刺薩天錫詩集前集山中懷友之三:"高林容偃蹇,衆翼避扶摶。"元柳貫柳待制文集三載酒堂詩:"咄哉愷悌神所勞,雲路矯首看扶摶。"

【扶箕】見"扶鸞"。

【扶輪】扶翼車輪,在側擁進之意。南齊書樂志南郊歌辭:"月御案節,星驅扶輪。"唐高彦休闕史序:"皇朝濟濟多士,聲名文物之盛,兩漢纔足以扶輪捧轂而已。"

【扶餘】㊀古國名。也作夫餘。位於松花江流域。地宜五穀,居民務農。東漢時,與中原交往頗密,晉太康六年,爲慕容廆所破,其王依慮自殺。參閱後漢書夫餘傳、晉書夫餘國傳。㊁府名。渤海國以扶餘國故地置,治所在今吉林農安縣。公元 926 年契丹滅渤海,後改名黄龍府。參閱新唐書渤海傳、遼史太祖紀下天顯元年、又地理志二東京道龍州黄龍府。㊂複姓。唐有司稼正卿扶餘隆。見唐贈泰師孔宣公碑陰乾封祭文(金石萃編五五)。

【扶樂】地名。東漢侯國,隋開皇十六年置縣,唐貞觀元年省入太康縣。故城在今河南扶溝縣東南。參閱後漢書郡國志二陳國、隋書地理志中淮陽郡、新唐書地理志二陳州。

【扶盧】㊀古雜技的一種,攀緣矛戟之柄爲戲。國語晉四:"侏儒扶盧。"注:"扶,緣也。盧,矛戟之柲,緣之以爲戲。"㊁山名。在廣東四會縣東,山上有湖。傳説禪宗六祖唐釋慧能嘗隱於此山。能,盧姓,故名。山下有能墓。見廣東通志一〇七山川八。太平寰宇記一五七作"芙蘆"。

【扶翼】㊀護持。莊子則陽:"夫靈公有妻三人,同濫而浴,史鰌奉御而進所,搏幣而扶翼。"晉書佛圖澄傳:"朝會之日,引之升殿,常侍以下,悉助舉輿,太子諸公,扶翼而上。"㊁輔佐。三國志魏臧洪傳:"今王室衰弱,無扶翼之意,欲因際會,希冀非望。"也作"翼扶"。又蜀郤正傳釋譏:"姬衰道缺,霸者翼扶。"

【扶輿】形容盤旋而上,猶扶搖。楚辭漢王褒九懷昭世:"登羊角兮扶輿,浮雲漠兮自娱。"清黄生謂"扶輿"即"彷徉"之音轉。參閱字詁扶輿。

【扶蘇】㊀枝葉繁茂的樹木。詩鄭風山有扶蘇:"山有扶蘇,隰有荷華。"傳:"扶蘇,扶胥,小木也。"釋文本"木"上無"小"字。一説爲大木。㊁古代戰備用具。周禮夏官司戈盾"設藩盾"漢鄭玄注:"藩盾,盾可以藩衛者,如今之扶蘇與。"孫詒讓正義謂"扶蘇"即"扶胥",設於兵車之上。㊂人名。秦始皇長子。曾諫阻坑殺諸儒生,始皇怒,使北監蒙恬軍。始皇死,趙高李斯矯命賜死。見史記秦始皇紀。

【扶鸞】舊時迷信，假借神鬼名義，兩人合作以箕插筆，在沙盤上劃字，以卜吉凶，或與人唱和，藉之詐錢。因傳說神仙來時均駕風乘鸞，故名。警世通言十五金令史美婢酬秀童："後有人於徽商家扶鸞，(張)皮雀降筆，自稱原是天上苟元帥。"也叫扶乩、扶箕。起於唐代，明清盛行於士大夫間。明俞如楫禮部志稿四五馬文升覆奏四事疏："宜令各該巡城監察御史及五城兵馬司並錦衣衛巡捕官，逐一捜訪，但有扶鸞禱聖驅雷喚雨捉鬼耳報，一切邪術人等及無名之人，俱限一月內盡逐出京。"參閱宋岳珂愧郯録六仙釋異教之禁、洪邁夷堅志三志壬三沈承務紫姑、清俞樾曲園雜纂三六小繁露扶箕。

【扶南蔗】扶南國産的甘蔗。藝文類聚七二南朝梁吳均食移："扶南甘蔗，一丈三節。白日炙便銷，清風吹即折。"

【扶荔宮】漢代宮殿名。武帝元鼎六年築，在上林苑中，以園內植荔而名。參閱三輔黃圖三、丹鉛總録四花木類扶荔宮。

【扶頭酒】易醉之酒。唐白居易長慶集五三早飲湖州酒寄崔使君詩："一榼扶頭酒，泓澄瀉玉壺。"省作"扶頭"。唐姚合姚少監集九答友人招游詩："賭棋招敵手，沽酒自扶頭。"草堂詩餘三李易安(清照)念奴嬌春情詞："險韻詩成，扶頭酒醒，別是閒滋味。"

【扶東倒西】比喻隨人意轉移，自無主見。二程語錄十一："與學者語，正如扶醉人，東邊扶起卻倒向西邊，西邊扶起，卻倒向東邊，終不得他卓立中途。"朱子語類一三一中興至今日人物上："張魏公(浚)才極短，雖大義極分明而全不曉事，扶得東邊，倒了西邊；知得這裏，忘了那裏。"

抏

wán 五丸切，平，桓韻，疑。
ㄨㄢ

㊀消耗。史記一一七司馬相如傳上林賦："若夫終日暴露馳騁，勞神苦形，罷車馬之用，抏士卒之精。"㊁通"玩"。荀子王霸："齊桓公閨門之內，縣樂奢泰游抏之脩，于天下不見謂脩。"

【抏弊】猶凋敝。史記平準書："百姓抏弊以巧法。"索隱："按：抏者，耗也，消耗之名。言百姓貧弊，故行巧抵之法也。"也作"抏敝"。漢書六四上吾丘壽王傳："海內抏敝，巧詐並生。"

技

jì 渠綺切，上，紙韻，羣。
ㄐㄧˋ

㊀技藝，本領。書秦誓："人之有技，若己有之。"禮王制："凡執技以事上者，祝、史、射、御、醫、卜及百工。"㊁工匠。荀子富國："故百技所成，所以養一人也。"注："技，工也。"

【技巧】㊀精練的藝能。商君書外內："苟能令商賈技巧之人無繁，則欲國之無富，不可得也。"也指武藝或作戰技術。漢書藝文志兵技巧："技巧者，習手足，便器械，積機關，以立攻守之勝者也。"㊁智變詐僞。漢陸賈新語道基："民棄本趨末，技巧橫出，用意各殊。"一本作"伎巧"。

【技和】雜劇散段。宋灌圃耐得翁都城紀勝瓦舍衆伎："雜扮或名雜旺，又名紐元子，又名技和，乃雜劇之散段。"

【技能】技術才能。管子形勢解："善治其民，度量其力，審其技能，故立功而民不困傷。"唐韓愈昌黎集四贈崔立之評事詩："時命雖乖心轉壯，技能虛富家逾窘。"

【技術】技藝方術。史記一二九貨殖傳："醫方諸食技術之人，焦神極能，爲重糈也。"漢書藝文志方技："漢興有倉公，今其技術晻昧。"

【技擊】擊刺之術。荀子議兵："齊人隆技擊。"注："技，材力也。齊人以勇力擊斬敵者，號爲技擊。"漢書刑法志："齊愍以技擊彊。"注："孟康曰：'兵家之技巧。技巧者，習手足，便器械，積機關，以立攻守之勝。'"後多指武術。

【技癢】擅長某種技藝，急欲有所表現。喻懷才思逞。唐杜甫杜工部草堂詩箋二四八哀詩鄭虔："貫穿無遺恨，薈蕞何技癢。"金元好問遺山集十一論詩三十首之三十："撼樹蚍蜉自覺狂，書生技癢愛論量。"參見"伎癢"。

抪

pō 普活切，入，末韻，滂。
ㄆㄛ

推，擊。淮南子説林："游者以足蹷，以手抪。"

【抪摀】暴戾橫行。猶"跋扈"。晉皇帝三臨辟雍皇太子再莅盛德頌："西嵎抪摀，揚越內侵。"(希古樓金石萃編九)

找

1. huá 集韻 胡瓜切，平，麻韻。
ㄏㄨㄚˊ

㊀撥槳推船前進。通"划"。見集韻。

2. zhǎo
ㄓㄠˇ

㊀退有餘，補不足。明焦竑俗書刊誤十一俗用雜字："補其不足之數曰找。"紅樓夢四三："等不彀了，我再找給你。"㊁尋覓。明沈榜宛署雜記十七民俗二方言："尋取曰找。"紅樓夢三一："這可丟了！往那裏找去？"

【找₂帳】補足欠項。清李玉清忠譜傳奇創祠："若是少一缺二，也好轉去與他找帳。"

抔

póu 芳杯切，平，灰韻，滂。
ㄆㄡˊ 薄侯切，平，侯韻，並。

以雙手捧物。禮禮運："汙尊而抔飲。"注："抔飲，手掬之也。"

【抔土】一掬之土，極言其少。金元好問遺山集二學東坡移居詩之四："得損不相償，抔土塡巨壑。"參見"一抔土"。

扼

è 集韻 乙革切，入，麥韻。
ㄜˋ

㊀掐住。詳"扼虎"。㊁據守。文苑英華六四七唐樊衡爲幽州長史薛楚玉破契丹露布："或遣奔迸脱，扼據峻嶺，聚徒嘯侶，擬欲鳴吠。"㊂欹器。漢揚雄法言重黎："或問持滿？曰：'扼。'"注："扼，欹器，在魯桓公廟者。欲人推心，當如此器戒之。"欹器，滿則覆。㊃駕於牛馬頸項之木。通"軛"。莊子馬蹄："夫加之以衡扼，齊之以月題，而馬知介倪闉扼鷙曼，詭銜竊轡。"

【扼吭】㊀氣逆於喉。宋陸游南唐書劉仁贍傳："朱元、朱仁裕、孫璘皆降周，仁贍聞之，扼吭憤鯁。"㊁猶扼要。凡地之衝要者曰"扼吭之地"。

【扼虎】掐死猛虎。漢書五四李廣傳附李陵："力扼虎，射命中。"

【扼要】扼制要衝，抓住要點。新唐書一〇七高崇文傳："鹿頭山南距成都百五十里，扼二川之要。"

【扼昧】暗害。韓非子備內："此鴆毒扼昧之所以用也。"注："扼昧，謂暗中絞縊也。"一説扼昧，即"曖昧"。

【扼腕】手握其腕，表示激怒、振奮或惋惜。戰國策燕三："樊於期偏袒扼腕而進曰：'此臣日夜切齒拊心也。'"史記荊軻傳作"搤捥"。文選晉左太沖(思)蜀都賦："劇談戲論，扼腕抵掌。"聊齋志異王成："經宿往窺，則一鶉僅存。因告主人，不覺涕墮。主人亦爲扼腕！"

【扼襟】控制要害。宋文鑑七周邦彥汴都賦："扼襟控咽，屏藩表裏。名城池爲金湯，役諸侯爲奴隸。"

【扼喉撫背】指控制要害，制敵死命。文苑英華六四五隋盧思道爲北齊檄陳文："江都壽春之域，扼喉撫背之兵。"新唐書二〇三吳武陵傳與吳元濟書："前鋒扼喉，後陣撫背，左排右掖，其幾何而不踣邪？"

抒 shū 神與切,上,語韻,神。
ㄕㄨ

㊀表達,發泄。墨子小取:"以名舉實,以辭抒意。"漢書六四下王褒傳聖主得賢臣頌:"敢不略陳愚而抒情素!"㊁解除,清除。通"紓"。左傳文六年:"有此四德者,難必抒矣。"

【抒臼】從臼中清除出舂過的穀物。詩大雅生民"或舂或揄,或簸或蹂"漢毛亨傳:"揄,抒臼也。"

【抒情】表達情思。楚辭屈原九章惜誦:"惜誦以致愍兮,發憤以抒情。"抒,一本作"杼"。元趙孟頫松雪齋集二詠懷詩之四:"抒情作好歌,歌竟意難任。"

【抒廁】清掃廁所。資治通鑑二八八後漢乾祐二年:"西京留守同平章事王守恩性貪鄙,專事聚斂,……下至抒廁行乞之人,不免課率。"

【抒意】表達思想、意見。墨子小取:"以名舉實,以辭抒意。"

抉 jué 古穴切,入,屑韻,見。
ㄐㄩㄝ 於決切,入,屑韻,影。

㊀挖,挑出。莊子盜跖:"比干剖心,子胥抉眼。"引申爲托舉、撬開。左傳襄十年:"縣門發,郰人(叔梁)紇抉之,以出門者。"參見"抉闔"。㊁戳,穿。左傳襄十七年:"(臧堅)以杙抉其傷而死。"㊂古時射箭用具。也作"決"、"玦"。參見"抉拾"。

【抉目】挖出眼睛。漢劉向說苑雜言:"昔者吳王夫差不聽伍子胥盡忠極諫,抉目而辜。"也作"抉眼"。史記吳太伯世家:"(吳王)賜子胥屬鏤之劍以死,將死,曰:'……抉吾眼置之吳東門,以觀越之滅吳也。'"楚辭漢劉向九嘆惜賢:"吳申胥之抉眼兮,王子比干之橫廢。"

【抉拾】古時射箭用具。抉卽扳指,用棘或骨製成,戴右拇指上,用以鉤弦;拾,以革製成,着于左臂,用以護臂。周禮夏官繕人:"掌王之用:弓弩、矢箙、矰弋、抉拾。"參閱孫詒讓正義。

【抉剔】搜求挑取。唐杜牧樊川集裴延翰序:"其抉剔挫偃,敢斷果行,若誓牧野,前無有敵。"宋蘇舜欽蘇學士集二和韓三謁歐陽九之作:"抉剔雖强成,徒使腸胃沸。"

【抉摘】選取,挑剔。唐陸龜蒙甫里集十六甫里先生傳:"探六籍,識大義,就中樂春秋,抉摘微旨。"也作"抉擿"。資治通鑑七二魏太和六年:"尙書郎樂安廉昭以才能得幸,好抉擿羣臣細過,以求媚於上。"

【抉闔】托舉、撬開闔門。新唐書一三六李光弼傳附李國臣:"力能抉闔,以折衝從收魚海五城,遷中郎將。"

【抉瑕摘釁】尋求缺點毛病,含有故意挑剔之意。後漢書三六陳元傳議立左氏疏:"遺脫纖微,指爲大尤;抉瑕擿釁,掩其弘美;所謂小辯破言,小言破道者也。"

扭 niǔ 女久切,上,有韻,娘。
ㄋㄧㄡ 陟柳切,上,有韻,知。

㊀擰,轉動。元王實甫西廂記五本一折:"倘或水侵雨溼休便扭,我則怕乾時節熨不開褶皺。"水滸十三:"楊志聽得弓弦響,扭回身,就鞍上把那枝箭只一綽,綽在手裏。"㊁違拗。水滸九:"自此途中被魯智深要行便行,要歇便歇,那裏敢扭他?"㊂抓執,揪住。明戚繼光練兵實紀一車兵:"如有前項損失,卽扭前班之人赴該營查究。"㊃手銬。後漢書六十下蔡邕傳論:"當伯喈抱鉗扭,徙幽裔。……其意豈及語平日倖全人哉!"

【扭別】卽別扭,不自然。也作"扭彆"。紅樓夢八一:"各人有各人的脾氣,新來乍到,自然要有些扭別的。"

【扭捏】身體擺動貌。元王實甫西廂記一本四折:"扭捏著身子兒百般做作,來往向人前,賣弄俊俏。"借以形容言語動作裝腔作勢。宋朱熹朱文公集五三答劉季章書之二:"雖未相見,然覺得多是不曾寬著心胸,細玩義理,便要扭捏造作,務爲切己。"也指人工造作。明屠隆文具雅編筆屏:"有大理舊石,方不盈尺,儼狀山高月小者,東山月上升者,萬山春靄者,皆是天生,初非扭捏。"

【扭捜】擠。西遊記三九:"哭有幾樣:若乾着口喊謂之嚎;扭搜出些眼淚兒來謂之啕。"

【扭解】押解。古今小說四十沈小霞相會出師表:"着錦衣衛扭解來京問罪。"

【扭扭捏捏】身體擺動,多形容羞羞答答或裝腔作勢。明朱有燉黑旋風仗義疎財雜劇二:"他那裏會衆賓鼓樂聲將花紅滿徑,你看我便扭扭捏捏的騎鞍驀鐙。"也作"扭扭屹屹"。警世通言四十旌陽宮鐵樹鎮妖:"有化作蚯蚓,在水田中扭扭屹屹走的。"

把 1. bǎ 搏下切,上,馬韻,幫。
ㄅㄚˇ

㊀執,握住。戰國策秦四:"(商人)無把銚推耨之勞,而有積粟之實。"又燕三:"臣左手把其袖,右手揕其胸,然則將軍之仇報,而燕國見陵之恥雪矣。"㊁物一握叫一把。孟子告子上:"拱把之桐梓,人苟欲生之,皆知所以養之者。"注:"拱,合兩手也;把,以一手把之也。"㊂看守。宋楊萬里誠齋集三六松關詩:"竹林行盡到松關,分付雙松爲把門。"㊃將,以。唐杜甫杜工部詩史補遺二贈別鄭鍊師赴襄陽:"把君詩過日,念此別驚神。"宋蘇軾分類東坡詩十飲湖上初晴後雨:"欲把西湖比西子,淡粧濃抹總相宜。"㊄量詞。三國志吳陸遜傳:"乃敕各持一把茅,以火攻拔之。"㊅表示約數。儒林外史二:"李老爹這幾年在新任老爺手裏着實跑起來了,怕不一年要尋千把銀子。"㊆給。京本通俗小說拗相公:"轎夫只許你兩個,……卻要把四個人的夫錢。"㊇被。元曲選(蕭德祥)殺狗勸夫二:"這明明是天賜我兩個橫財,不取了他的,倒把別人取了去。"㊈姓。見廣韻。

2. bà 音韻闡微 布亞切,去,禡韻,幫。
ㄅㄚˋ

㊉柄。隋書五行志上:"鄴中又有童謠曰:'金作掃帚玉作把,淨掃殿屋迎西家。'"

3. pá 集韻 蒲巴切,平,麻韻。
ㄆㄚˊ

㊉㊀刨開,搔。通"爬"。見集韻。後漢書八一戴就傳:"以大鍼刺指爪中,使以把土,爪悉墮落。"文選三國魏嵇叔夜(康)與山巨源絶交書:"性復多蝨,把搔無已。"

【把子】箭的。卽靶子。明戚繼光紀效新書十三射法:"凡射,或對賊對把,站定觀把子或賊人,不許看扣。"

【把手】㊀握手。表示親暱。三國志魏張邈傳:"呂布之捨袁紹從張揚也,過邈,臨別把手共誓。"唐錢起錢考功集七山下別杜少府詩:"把手意難盡,前山日漸低。"㊁器物上供手執握之處稱把手。

【把守】守衛。宋吳自牧夢粱録八大内:"内後門名和寧,……把守衛士嚴謹。"

【把似】也作"把如"。㊀與其。宋邵雍伊川擊壤集七先幾吟:"把似衆中呈醜拙,爭如靜裏且談諧。"金董解元西廂四:"鄭恒打慘道:'把如吃恁摧殘廝合燥,不出衙門,見個身亡却是了。'"㊁假如,譬作。宋辛棄疾稼軒詞四浪淘沙送吳子似縣尉:"西風雁過鎖山臺,把似倩他書不到,好與同來。"又劉克莊後村集六乍歸詩之六:"把如爲客看,還得似家無?"㊂不如。金董解元西廂一:"先生本待觀景致,把似這裏閑行隨喜。"又三:"把如休教請俺去,及至請得我這裏來,却教我眼受苦。"

【把卷】持卷。唐杜牧樊川集別集酬許

十三秀才兼依來韻詩："煩君把卷侵寒燭，麗句時傳畫戟門。"指看書。唐杜荀鶴集入關因別舍弟詩："莫愁寒族無人薦，但願春官把卷看。"指持考卷。

【把玩】持玩，賞玩。文選三國魏陳孔璋(琳)爲曹洪與魏文帝書："得九月二十日書，讀之喜笑，把玩不猒。"也作"把翫"。唐柳宗元柳先生集三十與李翰林建書："復所得者，其不足把翫，亦已審矣。"

【把袂】握袖，表示親暱。南朝梁何遜何水部集贈江長史別詩："餞道出郊坰，把袂臨洲渚。"

【把持】㊀掌握，拿。漢王充論衡效力："諸有鋒刃之器，所以能斬斷割削者，手能把持之也，力能推引之也。"㊁專攬，不許他人參與。漢班固白虎通號："迫脅諸侯，把持其政。"三國志吴諸葛瑾傳："自古至今，安有四五人把持刑柄而不離刺轉相蹄齧者也。"

【把柄】能對人進行要挾的證據。紅樓夢二一："平兒手裏拿着頭髮笑道：'這是一輩子的把柄兒，好便罷，不好，咱們就抖出這個來。'"

【把酒】手持酒盃。唐孟浩然集四過故人莊詩："開筵面場圃，把酒話桑麻。"

【把捉】㊀糾結。唐齊己白蓮集十靈松歌："老鱗枯節相把捉，踉蹡立在青崖前。"㊁攔截緝拿。唐韓愈昌黎集四十論變鹽法事宜狀："優恤糧料，嚴加把捉，如有漏失、私糶等，並準條處分者。"㊂掌握，執著不放。宋陳亮集二十又甲辰秋與朱元晦書："曹孟德本領一有蹺欹，便把捉天地不定，成敗相尋，更無着手處。"

【把笏】執笏。指作官。金元好問遺山集五送王亞夫舉家歸許昌詩："前途兀兀黑於漆，昨日把笏今扶犂。"

【把淺】宋馬令南唐書劉仁贍傳："每歲淮水淺涸，分兵屯守，謂之把淺。"指防備敵人乘水淺時渡河襲擊。後因以比喻事之須嚴加戒備者。宋詩鈔方岳秋崖小藁鈔感風謝客："畏風甚防秋，畏酒甚把淺。"

【把麻】唐宋時，凡封王及任免將相等重大事件，均用白麻紙書詔。宣詔時，指定專人在旁提示，稱爲把麻。太平廣記一八七吕温引嘉話録："通事舍人宣詔，舊命拾遺團句把麻者。蓋謁者不知書，多失句度，故用拾遺低聲摘句以助之。"宋陸游老學庵筆記十引蘇子容詩："起草才多封卷速，把麻人衆引聲長。"

【把握】㊀一握。國語楚下："郊禘不過繭栗，烝嘗不過把握。"指祭祀所用的牛，其角大小不過一握。㊁握，拿。淮南子原道："微而不可得把握也。"今謂可靠爲有把握。㊂握手。子華子神氣："今世之人，其平居把握，附耳呫呫，相爲然約而自保，其固曾膠漆之不如也。"

【把勢】也作"把式"。㊀行家，内行。古今小說三九汪信之一死救全家："自小學得些鎗棒拳法在身，那時抓縛衣袖，做箇把勢模樣，逢着馬頭聚處，使幾路空拳……一般有人喝采。"西遊記三二："那魔是幾年之魔，怪是幾年之怪？是個把勢，還是個雛兒？"㊁武藝。醒世姻緣六七："誰知觸怒了凶神，什麼把勢還待使得起來。"參閱清梁同書直語補證瞎打把勢。

【把盞】見"把醆"。

【把鼻】憑據。明沈孚中綰春園傳奇失詩："我與你縱是後會有期，將什麼做個把鼻？"

【把醆】舉盃勸飲。唐韓愈昌黎集二二祭河南張員外文："把醆相飲，後期有無？"醆，也作"盞"。唐羅隱甲乙集七雪中懷友人詩："所思誰把盞，端坐恨無航。"

【把臂】㊀握人手臂，表示親密。越絶書十記吴王占夢："(公孫聖)伏地而書，既成篇，即相與把臂而決。"㊁憑據。同"把鼻"。醒世恒言八："誰知孩兒命薄，臨做親，却又患病起來。……萬一有些山高水低，有甚把臂，那原聘還了一半，也算是他們忠厚了。"

【把戲】㊀遊戲，雜技。元史祭祀志六："祥和署掌雜把戲。"㊁喻手段，詭計，花招。金董解元西廂四："十個指頭兒，自來不孤你，這一回看你把戲。"西遊記一："他走近前，弄個把戲，妝個夔虎，嚇得那些人丢筐棄網，四散奔跑。"

【把總】官名。明清各地總兵屬下以及明駐守京師三大營、清京師巡捕五營皆設有把總，爲低級武官。清代雲南土司也設有土把總。參閱明史職官志五、歷代職官表四六、五八、七二。

【把穩】處事審慎，務求穩妥。資治通鑑一〇七晉太元十六年"陛下將牢太過耳"元胡三省注："將牢，謂先自固而不妄動也，猶今人之言把穩也。"

【把都兒】勇士。蒙語。也作"拔突"、"阿禿兒"、"巴圖魯"。元曲選馬致遠漢宫秋三："把都兒，將毛延壽拿下，解送漢朝處治。"

【把臂入林】世說新語賞譽："謝公(安)道：'豫章(謝鯤)若遇七賢，必自把臂入林。'"七賢，竹林七賢。後因稱與友偕隱爲把臂入林。北齊書祖鴻勛傳與陽休之書："若能翻然清尚，解佩捐簪，則吾於兹，山莊可辦，一得把臂入林，……斯亦樂矣，何必富貴乎？"

㧄 yá 集韻 牛加切，平，麻韻。
ㄧㄚˊ

見"扠㧄"。

抄 chāo 楚交切，平，肴韻，初。
ㄔㄠ 初教切，去，效韻，初。

㊀掠取，搶劫。後漢書三一郭伋傳："時匈奴數抄郡界，邊境苦之。"㊁斜行而出其前。謂從側面走近路。見"抄襲㊁"。㊂用匙箸取食物。唐杜甫杜工部草堂詩箋八與鄠縣源大少府宴渼陂詩："飯抄雲子白，瓜嚼水精寒。"㊃没收，搜查。見"抄扎"。㊄謄寫。通"鈔"。抱朴子論仙："夫作金皆在神仙集中，淮南王抄出以作鴻寶中書。"世説新語巧藝："戴安道(逵)就范宣學，視范所爲，范讀書亦讀書，范抄書亦抄書。"㊅古量名。孫子算經："十撮爲一抄，十抄爲一勺，十勺爲一合，十合爲一升。"㊆姓。元有抄思，元史有傳。

【抄扎】搜查没收。清平山堂話本附雨窗集錯認屍："凶身俱以身死，將家私抄扎入官。"

【抄化】零星募求財物。古今雜劇元秦簡夫趙禮讓肥一："他每都村村沿道將榆皮剮，他每都人人逸户皆抄化。"清平山堂話本雨窗集花燈轎蓮女成佛記："有人道：'能仁寺長老惠光禪師引衆僧來抄化齋糧，因此鬧熱。'"

【抄本】照原本抄寫的書本。唐以前多稱寫本，唐以後多稱抄本。清顧炎武亭林文集餘集與潘次耕札："寄去文集一本，僅十之三耳，然與向日抄本不同也。"

【抄胥】舊時官署專管抄寫的書吏。清龔自珍全集與吴虹生書十二："有憶虹生之詩，有過袁浦紀奇遇之詩，刻無抄胥，然必欲抄一全分寄君讀之。"

【抄敚】敚，古"奪"字。見"抄奪"。

【抄掠】搜劫財物。後漢書四一宋均傳附宋意："臣察鮮卑侵伐匈奴，正是利其抄掠。"

【抄掇】摘録編集。南史陸杲傳附陸罩："初，簡文在雍州，撰法寶聯璧，罩與羣賢並抄掇區分者數歲。"

【抄奪】搶劫。後漢書七三劉虞傳："虞所賚賞典當胡夷，瓚數抄奪之。"又作"抄敚"。敚，古"奪"字。南齊書張敬兒傳："百姓既相抄敚，敬兒至江陵，誅攸之親黨，没入其財物數十萬，悉以入私。"

【抄撮】㊀摘録。三國志魏曹爽傳"於是

收爽"注引魏略:"範嘗抄撮漢書中諸雜事,自以意斟酌之,名曰世要論。"㊁超拔。太平御覽四四七晉郭澄之郭子:"王子敬問謝公:'嘉賓何如道季?'答云:'道季(庾龢)誠抄撮清悟,嘉賓(郗超)故自勝。'"世説新語品藻作"鈔撮"。㊂微細。北齊劉晝劉子從化:"故權衡雖正,不能無毫釐之差;鈞石雖平,不能無抄撮之較。"

【抄録】抄寫。南史王曇首傳附王筠:"余少好抄書,老而彌篤,……未嘗倩人假手,並躬自抄録,大小百餘卷。"

【抄襲】㊀繞到敵後或敵側進行突擊。晉書閻鼎傳:"流人謂北道近河,懼有抄襲。"也作"抄截"。晉書庾龢傳與叔父翼書:"東西互出,首尾俱進,則廪糧有抄截之患,遠略乏率然之勢。"㊁剽竊他人著作以爲己作。紅樓夢八四:"那些童生都讀過前人這篇,不能自出心裁,每多抄襲。"

扯 chě 正字通 昌者切,車上聲。ㄔㄜˇ

同"撦"。見正字通。㊀撕裂。陽春白雪後集二元楊果仙呂翠裙腰曲:"把一封寄來書都扯做紙條兒。"㊁拉,牽。宋華岳翠微南征録十田家詩之四:"良人猶恐催耕早,自扯蓬窗看曉星。"元曲選關漢卿魯齋郎三:"休把我衣服扯住,情知咱冰炭不同鑪。"㊂作無意義的談話。參見"扯淡"。

【扯大】大意,不在乎。同"托大"。二刻拍案驚奇十一:"焦大郎本是個慷慨心性,愈加扯大,道是靠着女兒女壻,不憂下半世不富貴了。"

【扯直】拉平,有餘與不足相抵。醒世恒言十八施潤澤灘闕遇友:"如若有本錢的,他拚這賬生意扯直,也還不在心上。"

【扯淡】説無意義的話。明畢魏三報恩傳奇閨歎:"一發扯淡,那裏説起。"引申爲無聊,沒意思。明紀振倫三桂聯芳記征途:"思量做這官兒,真個叫做扯淡。一連餓了三日,不嘗半口湯飯。"

【扯頭】帶頭。醒世姻緣三八:"程樂宇也因要歲考,扯頭的先讀起書來,徒弟們怎好不讀。"

【扯臊】胡説,胡扯。紅樓夢七:"鳳姐啐道:呸!扯臊!他是'哪吒'我也要見見。"

【扯葉兒】做作。古今雜劇明缺名張翼德單戰吕布一:"你休扯葉兒,喫了罷。"

扫 hú 户骨切,入,没韻,匣。ㄏㄨˊ

㊀發掘。荀子堯問:"深扫之,而得甘泉焉。"㊁翻攪使渾濁,引申爲亂。吕氏春秋本生:"夫水之性清,土者扫之,故不得清;人之性壽,物者扫之,故不得壽。"注:"扫,亂也,亂之使夭折也。"扫,也讀 gǔ。

批 pī 四迷切,平,齊韻,滂。ㄆㄧ

㊀手擊。左傳莊十二年:"(宋萬)遇仇牧于門,批而殺之。"玉篇引傳作"搋"。㊁排除。戰國策秦三:"正亂批患,折難廣也。"㊂削,薄切。唐杜甫杜工部草堂詩箋一房兵曹胡馬:"竹批雙耳峻,風入四蹄輕。"宋孟元老東京夢華録四肉行:"生熟肉從便索換,闊切、片批、細末、頓刀之類。"㊃觸。見"批逆鱗"。㊄批示。唐黄滔黄御史集四寄獻梓橦山侯侍郎詩:"賜衣僧脱去,奏表主批還。"㊅評判。元姚桐壽樂郊私語:"(楊廉夫)遂運筆批選,止取鮑恂張翼顧文煜金炯四首。"㊆事物分批相次。新方言釋言:"或言事有先後第次則曰一批一批。"今作量詞。如:一批貨。

【批子】支取銀錢的字條。醒世恒言三一鄭節使立功神臂弓:"張員外道:'沒在此間,把批子去我宅中質。'"

【批反】批示答覆。宋沈括夢溪補筆談三雜誌:"前世風俗,卑者致書於所尊,尊者但批紙尾答之曰反,故人謂之批反。如官司批狀、詔書批答之類。故紙尾多作'敬空'字,自謂不敢抗敵,但空紙尾以待批反耳。"

【批扞】惡。墨子脩身:"批扞之聲,無出之口。"也作"批捍"。漢焦延壽易林十睽之賁:"批捍之言,我心不快。"

【批判】評論是非。朱子語類一太極天地上:"而今説天有箇人在那裏批判罪惡,固不可;説道全無主之者,又不可。"金牛本寂少林寺西堂法和塔銘:"評論先代是非,批判未了公案。"(八瓊室金石補正一二四)

【批把】即琵琶。漢應劭風俗通六聲音批把:"謹按此近世樂家所作,不知誰也。以手批把,因以爲名。長三尺五寸,法天地人與五行,四絃象四時。"也作"枇杷"、"琵琶"。參閲釋名釋樂器、太平御覽五八三樂部。

【批抵】排擠。後漢書十六寇恂傳附寇榮上書:"陛下統天理物,爲萬國覆,……而臣兄獨以無辜爲專權之臣所見批抵,青蠅之人所共構會。"

【批紅】明舊制,羣臣奏進文書,由皇帝親批數本,其餘由司禮監官按閣票所擬字樣照録,或奉旨更改,用硃筆批之,稱爲批紅。清代,内閣進本擬簽,經皇帝定後,學士照簽以硃筆批於本面。參閲明張居正張文忠集三明制禮以重王言疏、清葉名灃橋西雜記絲綸簿。

【批發】批示發落。清會典事例十三内閣職掌順治十七年諭:"今後各衙門及科道各官本章,……候朕披覽,次日發下擬旨,以便詳閲批發。"今也稱大宗出售貨物曰批發。

【批答】文體名。唐玄宗初置翰林待詔,掌四方表疏批答。宋時執政以上有章奏請,則降批答,以下則降詔。見新唐書百官志序、宋趙升朝野類要四文書批答。參閲明徐師曾文體明辨批答。

【批較】猶比較。舊時官府命屬吏限期完成差使,到期不完成即加杖責,稱比較。古今小説四十沈小霞相會出師表:"只苦得批較差人張千、李萬,一連批了十數限,不知打了多少竹批。"

【批頰】㊀打耳光。新唐書一〇三蘇世長傳附蘇良嗣:"遇薛懷義于朝,懷義偃蹇,良嗣怒,叱左右批其頰,曳去。"㊁鳥名,即鵯鶋。唐詩紀事六五盧延讓冬夜:"樹上諮諏批頰鳥,窗間壁駁叩頭蟲。"參閲明楊慎丹鉛總録二十詩話批頰。

【批點】評論文字,加以圈點。明楊慎丹鉛總録二十詩話劉須溪:"世以劉須溪爲能賞音,爲其於選詩李杜諸家,皆有批點也。"也借指褒貶人或事物。醒世恒言三賣油郎獨占花魁:"做娘的擡舉你一分,你也要與他争口氣兒,莫要反討衆丫頭們批點。"

【批本處】官署名。清初鑒於明代秉筆太監之弊,特設批本處,專司批發。凡本章經内閣票擬進覽決定後,交批本處批示,付内閣録旨發鈔,俗稱紅本。見清會典事例十三内閣職掌。

【批逆鱗】傳説龍喉下有逆鱗徑尺,有觸之者必怒而殺人,因以喻觸怒帝王。戰國策燕三:"(鞠)武對曰:'秦地遍天下,威脅韓魏趙氏,則易水以北,未有所定也,奈何以見陵之怨,欲批其逆鱗哉!'"批,一本作"排"。參閲韓非子説難。

【批亢擣虛】抓住敵人的要害乘虛而入。亢,咽喉。史記六五孫武傳附孫臏:"夫解雜亂紛糾者不空捲,救鬬者不搏撠,批亢擣虛,形格勢禁,則自爲解耳。"

【批風抹月】猶吟風弄月。元喬吉綠么遍自述曲:"烟霞狀元,江湖醉仙,笑談便是編修院,留連,批風抹月四十年。"參見"抹月批風"。

【批紅判白】謂嫁接花木。宋李格非洛

陽名園記李氏仁豐園:"今洛陽良工巧匠,批紅判白,接以它木,與造化爭妙,故歲歲益奇且廣。"

【批郤導窾】莊子養生主:"批大郤,導大窾。"注謂有際之處,因而批之令離;節解窾空,就導令殊。郤,隙。批開骨節銜接之處,其他部分就隨而分解。比喻處事貴在得間中肯,就可以順利解決。

扮 1. fěn 房吻切,上,吻韻,並。ㄈㄣˇ 方吻切,上,吻韻,幫。府文切,平,文韻,幫。

㊀握,并。戰國策魏二:"恐其伐秦之疑也,又身自醜於秦,扮之,請焚天下之秦符者,臣也。"宋鮑彪注:"扮,并也,握也,言合諸國。"

2. bàn 晡幻切,去,襇韻,幫。ㄅㄢˋ

㊀打扮,裝扮。元王實甫西廂記二本二折:"夜來老夫人說,著紅娘來請我,……我打扮着等他。"明陸弼等酒家傭傳奇文姬憶弟:"埋名隱姓喬裝扮,便欲寄音書難上難。"引申爲扮演。古今雜劇缺名漢鍾離度脫藍采和:"你道我誆人錢,胡將這傳奇扮。"

扴 jiá 古黠切,入,黠韻,見。ㄐㄧㄚˊ

揩,刮。唐韓愈昌黎集八征蜀聯句:"公歡鐘晨撞,室宴絲曉扴。"絲,琴瑟。注:"扴音戛,說文:刮也。"

抛 pāo ㄆㄠ

同"拋"。見"拋"。

投 1. tóu 度侯切,平,侯韻,定。ㄊㄡˊ

㊀擲,扔。詩小雅巷伯:"取彼譖人,投畀豺虎。"左傳文十八年:"投諸四裔,以禦螭魅。"㊁投入。莊子讓王:"(北人無擇)因自投清泠之淵。"㊂投贈。詩衛風木瓜:"投我以木瓜,報之以瓊琚。"㊃投奔。文選晉張景陽(協)雜詩之八:"述職投邊城,羈束戎旅間。"㊄投送,呈遞。見"投劾"。㊅投合。楚辭大招:"二八接舞,投詩賦只。"宋王安石臨川集十六得書知二弟附陳師道舟上汴詩:"兒童聞太丘,邂逅兩心投。"㊆到,臨。宋王明清揮麈錄餘話二王俊首岳侯狀:"張太尉道:'必不敢來趕我。投他人馬來到這裏時,我已到襄陽府了也。'"又唐庚眉山唐先生文集一湖上詩:"湖邊得二友,夜語投三更。"㊇骰子。古文苑十七班固奕旨:"夫博懸於投,不專在行。"注:"投,今作骰。"也泛指賭博。史記七九蔡澤傳:"或欲大投。"集解:"投,投瓊也。"㊈姓。漢有投調。見廣韻。

2. dòu 集韻 大透切,去,候韻。ㄉㄡˋ

㊉通句讀之"讀"。文選漢馬季長(融)長笛賦:"聆曲引者,觀法於節奏,察度於句投。"

【投子】賭具。相傳起於三國魏曹植。初只二顆,玉製,後改用骨,增爲六顆。唐人多稱爲骰子。參閱唐李匡乂資暇集下投子、後蜀馬鑑續事始骰子。參見"骰子"。

【投心】誠心歸附。三國志魏毌丘儉傳:"儉以計厚待(文)欽,情好歡洽。欽亦感戴,投心無貳。"文選晉潘安仁(岳)楊荊州誄:"投心魏朝,策名委身。"

【投戈】棄戈,放下武器。漢書八七下揚雄傳解嘲:"叔孫通起於枹鼓之間,解甲投戈,遂作君臣之儀,得也。"

【投止】投奔託足。後漢書六七張儉傳:"儉得亡命,困迫遁走,望門投止,莫不重其名行,破家相容。"

【投分】志向相合,相知,定交。分,讀fèn,情誼。文選晉潘安仁(岳)金谷集作詩:"投分寄石友,白首同所歸。"注:"阮瑀爲魏武與劉備書:'披懷解帶,投分託意。'分猶志也。"東觀漢紀十五王丹傳:"司徒侯霸欲與丹定交。丹被徵,霸遣子昱候。昱道遇丹,拜於車下,丹答之。昱曰:'家君欲與君投分,何以拜子孫耶!'"

【投化】投誠,歸順。魏書王肅傳:"其從肅行者,六品已下聽先擬用,然後表聞;若投化之人,聽五品已下先即優授。"

【投老】到老,臨老。後漢書七六仇覽傳:"母守寡養孤,苦身投老,奈何肆忿於一朝,欲致子以不義乎?"唐張彥遠法書要錄十右軍書記:"實望投老得盡田里骨肉之歡。"

【投死】効死。後漢書光武紀上更始二年:"蕭王推赤心置人腹中,安得不投死乎!"三國志魏武帝紀建安十五年注引魏武故事乙亥令:"及至袁紹據河北,兵勢彊盛,孤自度勢,實不敵之,但計投死爲國,以義滅身,足垂於後。"

【投至】到,等到。古今名劇元馬致遠薦福碑二:"恨天涯空流落,投至到玉關外,我則怕老了班超。"也作"投到"。元曲選關漢卿魯齋郎二:"投到安伏下兩個小的,收拾了家私,四更出門,急急走來,早五更過了也。"

【投足】踏步。呂氏春秋古樂:"投足以歌八闋。"

【投卵】以石投卵,喻易於取勝,或形勢極爲危險。淮南子人間:"大之與小,強之與弱也,猶石之投卵,虎之啗豚。"三國志吳周魴傳與曹休箋之二:"豈圖頃者中被橫譴,禍在漏刻,危於投卵。"

【投劾】呈遞引罪自責的辭呈。東觀漢紀十六崔篆傳:"太保甄豐舉爲步兵校尉,篆辭曰:'吾聞伐國不問仁人,戰陳不訪儒士,此舉奚至哉!'遂投劾歸。"後漢書六七范滂傳:"滂覩時方艱,知意不行,因投劾去。"

【投杼】曾參居費邑,有與同姓名者殺人,人告曾母曰:"曾參殺人!"母不信,織如故。至第三人來告,母懼,投杼踰牆而走。故事見戰國策秦二。杼,織具。比喻傳聞可以動搖原來的信心。漢王充論衡累害:"夫如是市虎之訛,投杼之誤不足怪,則玉變爲石,珠化爲礫,不足詭也。"

【投刺】刺,名帖。㊀遞名帖求見。梁書諸葛璩傳江祏薦璩書:"璩安貧守道,悅禮敦詩,未嘗投刺邦宰,曳裾府寺。"㊁拋棄名帖,表示棄官歸隱之意。廣弘明集二九上南朝梁武帝(蕭衍)孝思賦序:"便投刺解職,以遵歸路。"

【投果】見"擲果"。

【投版】版,即笏。喻棄官。後漢書六七范滂傳:"滂執公議詣(陳)蕃,蕃不止之。滂懷恨,投版棄官而去。"

【投命】捨命。吳子勵士:"是以一人投命,足懼千夫。"後漢書四九仲長統傳損益:"財賂自營,犯法不坐,刺客死士,爲之投命。"

【投供】清制:候選官應按吏部所定日期,赴部投供驗到,以待銓選。供,指本人親書的履歷。參閱清會典事例四三吏部漢員銓選。

【投迹】止步不前。漢書八七下揚雄傳解嘲:"欲談者宛舌而固聲,欲行者擬足而投迹。"

【投袂】揮袖,甩袖,表示立即行動。左傳宣十四年:"楚子聞之,投袂而起。"文選晉陸士衡(機)門有車馬客行:"投袂赴門塗,攬衣不及裳。"

【投契】意氣相合。聊齋志異任秀:"任建之……途中逢一人,自言申竹亭,宿遷人,話言投契,盟爲弟昆。"

【投香】晉吳隱之爲廣州刺史,自番禺歸,其妻攜有沉香一斤,隱之見之,投於湖亭之水,以示清操。見晉書本傳。後因以投香爲頌揚官吏廉潔之典。唐李商隱李義山文集二爲尚書渤海公舉人自代狀:"某官崔龜從……隱之清節，無愧於投香;江革歸賢，唯聞于單舸。"廣東南海縣東北有沉香浦，也稱投香浦，卽以吳隱之投香事得名。見太平寰宇記一五七廣州。

【投竿】猶言垂釣。莊子外物:"投竿東海，旦旦而釣。"唐李白李太白詩十二贈錢徵君少陽:"秉燭唯須飲，投竿也未遲。"

【投酒】再釀之酒，同"酘酒"。舊唐書音樂志二南朝梁簡文帝樂府歌烏栖曲:"宜城投酒今行熟，停鞍繫馬暫棲宿。"玉臺新詠九引作"醞酒"。

【投效】自請效力。清代有投効軍營、投効河工等例。清會典事例六〇〇兵部議敍通例:"捐職人員投效軍營，立有功績……均令軍營大臣等自行奬賞。"

【投荒】貶謫、流放至荒遠之地。唐獨孤及毘陵集十九爲明州獨孤使君祭員郎中文:"公負讜投荒，予亦左衽異域。"唐柳宗元柳先生集四二別舍弟宗一詩:"一身去國六千里，萬死投荒十二年。"

【投狹】古雜技名，相當於後來的鑽刀圈。抱朴子辨問:"使之跳丸弄劍，踰鋒投狹。"列子説符"又有蘭子又能燕戲者"晉張湛注:"如今之絶倒投狹者。"也作"透狹"。宋書武三王(義恭)傳有司奏:"正冬會不得鐸舞、杯柈舞。長蹻、透狹、舒丸劍、博山、緣大橦、升五案，自非正冬會奏舞曲，不得舞。"參見"衝狹"。

【投射】投機取利。三國志魏田豫傳:"賊悉衆大舉，非徒投射小利，欲質新城以致大軍耳。"晉書孔坦傳奏議:"是爲肅法奉憲者失分，僥倖投射者得官。"

【投宿】進住。楚辭漢劉向九歎逢紛:"平明發兮蒼梧，夕投宿兮石城。"

【投梭】㊀謂織造。全唐詩二八王周采桑女之二:"採桑知蠶饑，投梭惜夜遲。"㊁晉謝鯤挑逗鄰家女，女方織，以梭投之，折鯤兩齒。見世説新語賞譽下"謝公道豫章"注引江左名士傳、晉書本傳。後因稱婦女抗拒男子挑誘爲投梭。太平廣記四八八元稹鶯鶯傳:"君子有援琴之挑，鄙人無投梭之拒。"㊂喻疾速。宋蘇軾分類東坡詩十百步洪之一:"長洪斗落生跳波，輕舟南下如投梭。"

【投晚】向暮，傍晚。南史何思澄傳:"每宿昔作名一束，曉便命駕，朝賢無不悉狎，……投晚還家，所賷名必盡。"

【投壺】古人宴會時的遊戲。設特製之壺，賓主以次投矢其中，中多者爲勝，負者飲。見禮投壺。左傳昭十二年:"晉侯以齊侯宴，中行穆子相，投壺。"

投壺

【投閒】㊀乘隙。後漢書六四延篤傳與李文德書:"百家衆氏，投閒而作。"注:"言誦經典之餘，投射閒隙而翫百氏也。"㊁置身於閒散。元方回桐江續集九憇老詩:"憇老千山裏，投閒五年餘。"

【投策】㊀猶後世的拈鬮、抽籤。愼子威德:"夫投鉤以分財，投策以分馬，非鉤策爲均也。使得美者不知所以德，使得惡者不知所以怨。此所以塞怨望也。"㊁棄杖。策，杖。山海經海外北經:"夸父與日逐走，入日，渴欲得飲，飲於河渭，河渭不足，北飲大澤。未至，道渴而死，棄其杖化爲鄧林。"文選晉張景陽(協)七命:"陽烏爲之頓羽，夸父爲之投策。"㊂揚鞭。文選晉陶淵明(潛)始作鎮軍參軍經曲阿作詩:"投策命晨旅，暫與園田疎。"

【投筆】擲筆。後漢書四七班超傳:"(超)家貧，常爲官傭書以供養。久勞苦，嘗輟業投筆歎曰:'大丈夫無他志略，猶當效傅介子、張騫立功異域，以取封侯，安能久事筆硯間乎?'"後因以投筆喻棄文就武。唐魏徵魏鄭公集詩集述懷:"中原初逐鹿，投筆事戎軒。"

【投幾】同"投機"。見"投機"。

【投誠】誠心歸服。唐李商隱李義山文集三爲同州任侍御憲上崔相公啓:"感恩撫己，誓志投誠。"

【投隙】尋求時機。列子説符:"投隙抵時，應事無方，屬乎智。"宋陸游劍南詩稿七四雀啄粟:"乘時投隙自謂才，苟得未必爲汝福。"

【投鉤】猶後世的拈鬮。荀子君道:"探籌投鉤者，所以爲公也。"東觀漢紀十六甄宇傳:"時博士祭酒議欲殺羊，稱分其肉，宇曰不可。又欲投鉤，宇復恥之，宇因先自取其最瘦者，由是不復有爭訟。"

【投傳】謂棄官。傳，符信。後漢書六六陳蕃傳:"以諫爭不合，投傳而去。"注:"投，棄也。傳謂符也。"

【投閣】王莽以符命事殺甄豐及其子尋，流放劉歆子棻。時揚雄校書天祿閣，恐被株連，乃從閣上自投下，幾死。後事白得免，時人語曰:"惟寂寞，自投閣;爰清靜，作符命。"見漢書八七下揚雄傳贊。雄曾作解嘲，有清靜寂寞自守之語，故時人以此譏其言行不一。唐李白李太白詩二古風之八:"投閣良可歎，但爲此輩嗤。"卽指其事。

【投韍】棄韍，比喻棄官。韍，古代作祭服的蔽膝，爲士大夫的服飾。晉書王獻之傳頌謝安疏:"及至載宣威靈，强猾消殄，功勳既融，投韍高讓。"

【投蜺】降虹。蜺，通"霓"。古人稱蜺形的虹爲蜺。一說認爲虹有雌雄，雌者爲蜺。後漢書五四楊賜傳:"案春秋讖曰:'天投蜺，天下怨。'"注引春秋演孔圖:"失度，投霓見。"宋蘇軾分類東坡詩二五自笑:"醉筆得天全，宛宛如投蜺。"形容醉時所書筆劃屈曲如降虹。

【投暮】垂暮，傍晚。漢書九二原涉傳:"投暮，入其里宅，因自匿不見人。"

【投靠】賣身於豪門爲奴僕。明張居正張文忠公全集書牘八答應天巡撫宋陽山:"優免核，則投靠自減;投靠減，則賦役自均。"二刻拍案驚奇二二:"(你)既已投靠，就要隨我使用。"後稱充當反動勢力工具的人爲"賣身投靠"。

【投霓】降虹。見"投蜺"。

【投機】㊀迎合時機。新唐書八九張公謹傳贊:"投機之會，間不容穟，公謹所以抵龜而決也。"機，殿本作"幾"。資治通鑑九十晉太興元年"僥倖投射者得官"注:"投射，謂投機而射利也。"㊁佛教語。徹悟，合於佛祖心機爲投機。續傳燈録十四法光禪師:"使言言相副，句句投機。"也泛稱見解相同、意見一致、氣味相合。金董解元西廂一:"傾心地正説到投機處，聽，啞得門開。"古今雜劇缺名漢鍾離度脫藍采和三:"爲甚麽勾闌裏看的十分少，則你那話不投機一句多。"㊂蟲名。莎雞，又名樗雞、天雞、絡緯、促織，以其聲如急織，又名投機。見晉崔豹古今注中魚蟲、宋陸佃埤雅釋蟲莎雞。

【投轄】漢書九二陳遵傳:"遵耆酒，每大飲，賓客滿堂，輒關門，取賓客車轄投井中，雖有急，終不得去。"轄，車廂兩端的鍵，去轄則車不能行。後來詩文中常以投轄爲主人留客的典故。唐杜甫杜工部草堂詩箋三八晚秋長沙蔡五侍御飲筵……:"甘從投轄飲，肯作置書郵!"又高適高常侍集七陪竇侍御泛靈雲池詩:"乘興宜投轄，邀歡莫避驄。"

【投醪】呂氏春秋順民:"越王苦會稽之恥，……下養百姓以來其心，有甘脆，不足分，弗敢食，有酒，流之江，與民同之。"注:"投醪，同味。"後因以投醪比喻與軍民同甘苦。三國志蜀先主傳"今人歸吾，吾何忍棄去"注引習鑿齒文:"觀其所以結物情者，豈徒投醪撫寒、含蓼問疾而已哉。”參閱文選晉張景陽(協)七命“單醪投川”注引黄石公記。

【投簪】丢下固冠用的簪子，比喻棄官。文選南齊孔德璋(稚珪)北山移文:“昔聞投簪逸海岸，今見解蘭縛塵纓。”注:“摯虞徵士胡昭贊曰:‘投簪卷帶，韜聲匿跡。’”

【投繯】結繩爲圈，投圈自縊。後漢書六四吳祐傳:“(毌丘長)因投繯而死。”也作“投環”。聊齋志異黄九郎:“公懼，自經。夫人亦投環死。”

【投體】下拜。猶言五體投地。文苑英華七八一唐梁肅藥師琉璃光如來畫像讚:“投體膜拜，而不知其粉繪也。”參見“五體投地”。

【投籥】擲去開門的鑰匙。表示拒絶的意思。戰國策趙三:“齊閔王將之魯，……魯人投其籥，不果納。”

【投瓊】㊀擲骰。瓊，古之骰子，用玉石作成。史記七九蔡澤傳“或欲大投”南朝宋裴駰集解:“投，投瓊也。”宋范成大石湖集二三上元紀吳中節物……詩:“酒壚先疊鼓，燈市蚤投瓊。”㊁詩衛風木瓜:“投我以木瓜，報之以瓊琚。”後因以投瓊爲稱人贈遺的敬詞。北周庾信庾子山集三將命至鄴酬祖正員詩:“投瓊實有慰，報李更無蹊。”

【投金瀨】水名。即今江蘇溧陽縣西北的溧水。一名瀨水。東流爲永陽江。江上有渚，名瀨渚，相傳爲春秋時伍子胥乞食投金處，故又名投金瀨。參閱吳越春秋闔閭内傳、嘉慶一統志九十鎮江府一。

【投腦酒】酒名，和肉豆脯、葱椒煮食。元曲選缺名陳州糶米三:“俺兩個在此接待包老，不知怎麽，則是眼跳，纔則喝了幾碗投腦酒，壓一壓膽，慢慢的等他。”

【投石超距】習武遊戲名。史記七三王翦傳:“王翦使人問軍中戲乎？對曰:‘方投石超距。’”索隱:“超距，猶跳躍也。”也作“投石拔距”。漢書七十甘延壽傳:“投石拔距，絶於等倫。”注引應劭:“投石，以石投人也。”參閱王先謙漢書補注。

【投穽下石】見“落穽下石”。

【投桃報李】詩大雅抑:“投我以桃，報之以李。”後以“投桃報李”比喻相互贈答或禮尚往來。

【投閑置散】居於閒散不重要的職位。唐韓愈昌黎集十二進學解:“動而得謗，名亦隨之，投閑置散，乃分之宜。”

【投鼠忌器】比喻欲除惡而有所顧忌。漢書四八賈誼傳陳政事疏:“里諺曰:‘欲投鼠而忌器。’此善諭也。鼠近於器，尚憚不投，恐傷其器，況於貴臣之近主乎!”北齊書樊遜傳對問:“至如投鼠忌器之説，蓋是常談；文德懷遠之言，豈識權道。”

【投隙抵巇】指故意挑眼。宋李光莊簡集十四與張德遠書:“懷不能已，時時妄言，投隙抵巇者，因肆無根，雖一時宴譚嬉笑之語，無不聞者，自度禍至無日矣。”

【投鞭斷流】比喻軍旅衆多。前秦苻堅將攻晉，石越以爲晉有長江之險，不宜動師。堅曰:“以吾之衆旅，投鞭於江，足斷其流。”見晉書苻堅載記下。

抈

yuè 魚厥切，入，月韻，疑。
ㄩㄝ

㊀折斷。漢揚雄太玄經一羨:“車軸折，其衡抈。”㊁動揺。國語晉八:“其爲德也深矣，其置本也固矣，故不可抈也。”

抑

yì 於力切，入，職韻，影。
ㄧ

㊀按，捺。老子:“高者抑之，下者舉之。”㊁克制。書無逸:“厥亦惟我周太王王季，克自抑畏。”史記八四屈原傳懷沙:“撫情效志兮，俛詘以自抑。”㊂遏止。荀子成相:“禹有功，抑下鴻。”戰國策秦一:“約縱散横，以抑强秦。”㊃貶退。墨子尚賢中:“不肖者抑而廢之。”㊄俯，低下。戰國策韓二:“公仲且抑首而不朝。”㊅冤枉。國語晉九:“乃斷獄之日，叔魚抑邢侯。”㊆連詞。1. 表示轉折，相當於“則”、“然”。左傳莊六年:“若不從三臣，抑社稷實不血食，而君焉取餘。”又昭元年:“子晳信美矣，抑子南夫也。”2. 表示選擇，相當於“或”。論語學而:“夫子至於是邦也，必聞其政，求之與，抑與之與？”㊇助詞，用在句首，無義。詩鄭風大叔于田:“抑磬控忌，抑縱送忌。”左傳昭十三年:“抑齊人不盟，若之何？”㊈嘆詞。表示讚美。通“噫”。詩小雅十月之交:“抑此皇父，豈曰不時!”

【抑抑】㊀謙謹貌。詩小雅賓之初筵:“其未醉止，威儀抑抑。”又大雅假樂:“威儀抑抑，德音秩秩。”清王引之謂抑通“懿”。抑抑，美貌。參閱經義述聞五抑若揚兮。㊁屈抑，不舒暢。宋陳傅良止齋集二寄題陳同甫抱膝亭詩:“此意太勞勞，此身長抑抑。”

【抑制】約束，遏制。漢劉向説苑權謀:“乃上書言霍氏奢靡，陛下即愛之，宜以時抑制，無使至於亡。”晉書桓宣傳附桓伊:“時謝安女壻王國寶，專利無檢行，安惡其爲人，每抑制之。”

【抑首】低頭。晏子春秋諫下:“(景)公曰:‘昔仲父之霸何如？’晏子抑首而不對。”史記九九叔孫通傳:“諸侍坐殿上，皆伏抑首。”

【抑配】强行攤徵税物。唐大詔令集七十陸贄貞元九年南郊大赦天下制:“已後官司應有市糴者，各須先付價直，不得賒取抑配。”宋歐陽修文忠集一一四言青苗錢第一劄子:“欲乞先罷提舉管勾等官，不令催督，然後可以責州縣不得抑配。”

【抑揚】㊀高低起伏。藝文類聚四四漢蔡邕琴賦:“然後哀聲既發，秘弄乃開，左手抑揚，右手徘徊。”此指指法。文選晉成公子安(綏)嘯賦:“響抑揚而潛轉，氣衝鬱而熛起。”此指聲音。㊁浮沈，進退。漢書藝文志儒家:“儒家者流，……然惑者既失精微，而辟者又隨時抑揚，違離道本，苟以譁衆取寵。”㊂褒貶。晉書張華傳:“故仲由以兼人被抑，冉求以退弱被進；漢高八王以寵過夷滅，光武諸將，由抑塞克終；非上有仁暴之殊，下有愚智之異，蓋抑揚與奪使之然耳。”

【抑遏】壓制。文選三國魏阮元瑜(瑀)爲曹公作書與孫權:“抑遏劉馥，相厚益隆。”

【抑塞】阻塞，屈滯。多指仕宦的挫折失意。宋書謝方明傳:“守宰不明，與奪乖舛，人事不至，必被抑塞。”唐杜甫杜工部詩史補遺八短歌行贈王郎司直:“王郎酒酣拔劍斫地歌莫哀，我能拔爾抑塞磊落之奇才。”

【抑搔】按摩抓搔。禮内則:“疾痛苛癢，而敬抑搔之。”

【抑損】㊀謙卑，不自滿。史記六二晏嬰傳:“(御者)妻曰:‘……今子長八尺，乃爲人僕御，然子之意自以爲足，妾是以求去也。’其後，夫自抑損。”㊁限制，減少。漢書八五谷永傳:“抑損椒房玉堂之盛寵，毋聽後宫之請謁。”

【抑糴】壓價收購糧食。宋史食貨志上三和糴:“元符以後，有低價抑糴之弊，詔禁止之。”

【抑鬱】憤懣。憂憤鬱結。漢書六一司馬遷傳報任安書:“顧自以爲身殘處穢，動而見尤，欲益反損，是以抑鬱而無誰語。”文選作“鬱悒”。又谷永傳與平阿侯譚書:“故抑鬱於家，不得舒憤。”

【抑揚頓挫】高低起伏，停頓轉折。多用以形容音調和文章氣勢。初學記十六晉鈕滔母孫氏瓊箜篌賦:“或拂搦以飄沉，或頓挫以抑揚。”宋陳亮龍川集十九復杜伯高書:“兩賦反覆不能去手，意廣而調高，節明而語妥，鋪敍端雅，抑揚頓挫，而卒歸於質重。」

拺 1. xī　玉篇 星歷切。ㄒㄧ

㊀分離。通「析」。漢揚雄太玄經七玄攡：「常變錯，故百事拺。」注：「四時雜亂，故曰百事分拺。」

2. zhé ㄓㄜˊ

㊀折散。通「折」。北周衛元嵩元包經一太陽剝：「輿之拺。」唐蘇源明傳：「輿之拺，車之脫也。」

抾 jié　集韻 子結切，入，屑韻。ㄐㄧㄝˊ

梳髮。同「櫛」。莊子庚桑楚：「簡髮而抾，數米而炊。」釋文：「抾，莊筆反。又作『櫛』，亦作『柳』，皆同。」

抍 zhěng　集韻 蒸上聲，拯韻。ㄓㄥˇ

㊀上舉。見說文。㊁賑濟。周禮天官職幣「振掌事者之餘財」漢鄭玄注：「振，猶抍也。」唐賈公彥疏：「以財與之謂之抍。」

抵 zhǐ　諸氏切，上，紙韻，照。ㄓˇ

㊀擊，拍。見「抵掌」。㊁拋擲。文選漢張平子(衡)東京賦：「藏金於山，抵璧於谷。」㊂病。見「抵國」。

【抵國】病國。管子國蓄：「前有萬乘之國，而後有千乘之國，謂之抵國。」抵，今本作「抵」。清段玉裁說文解字注謂抵字今多譌作抵，其音義皆殊。

【抵掌】擊掌。戰國策秦一：「(蘇秦)見說趙王於華屋之下，抵掌而談，趙王大悅。」宋鮑彪注：「集韻：抵，側擊也。」後漢書十三隗囂傳王遵與牛邯書：「而王之將吏，羣居穴處之徒，人人抵掌，欲爲不善之計。」也作「抵掌」。見「抵掌」。

【抵節】見「抵節」。

折 1. zhé　旨熱切，入，薛韻，照。ㄓㄜˊ　常列切，入，薛韻，禪。

㊀折斷。詩鄭風將仲子：「無折我樹杞。」荀子勸學：「鍥而舍之，朽木不折；鍥而不舍，金石可鏤。」㊁曲，彎下。禮玉藻：「周還中規，折還中矩。」史記一一七司馬相如傳子虛賦：「橫流逆折，轉騰潎冽。」㊂屈。史記呂太后紀：「於今面折廷爭，臣不如君。」㊃挫敗。文選漢班叔皮(彪)北征賦：「降几杖於藩國兮，折吳濞之逆邪。」㊄毀掉。後漢書三二樊宏傳論：「若乃樊重之折契止訟，其庶幾君子之富乎！」㊅虧損。易林十三艮之恒：「買市無盈，折亡爲患。」㊆判斷。詳「折獄」。㊇抵當，折合。宋洪邁容齋隨筆續筆十六宋齊丘引許載吳唐拾遺錄：「吳順義年中，……宋齊丘時爲員外郎，上策乞虛擡時價，而折紬絹綿本色。」㊈封土爲祭處。禮祭法：「瘞埋於泰折，祭地也。」㊉古代葬具。儀禮既夕禮：「陳明器於乘車之西，折橫覆之。」注：「折猶庋也，方鑿連木爲之。」疏：「窆事畢，加之壙上，承抗席也。」⑪元雜劇劇本結構的一個段落。每戲大都四折，每折用同一宮調的若干曲牌聯成一個整套，一韻到底。⑫姓。後漢書八二方術傳有折像。

2. tí　杜溪切，平，齊韻，定。ㄊㄧˊ

⑬見「折₂折₂」。

【折中】調和二者，取其中正，無所偏頗。管子小匡：「決獄折中，不殺不辜，不誣無罪，臣不如賓胥無。」史記孔子世家：「自天子王侯，中國言六藝者折中於夫子。」也作「折衷」。見該條。

【折丹】神話中神名。見山海經大荒東經。

【折本】賠本。宋俞文豹吹劍錄：「丘殿撰(岳)每言秀才不可做越分事，士大夫不可做折本道路。」古今雜劇元馬致遠青衫淚一：「稍似閒有些錢，抵死裏無多債，權做這場折本買賣。」折，讀 shé。

【折札】見「折簡」。

【折伏】制服，謂使之屈服。楞嚴經一：「我是如來最小之弟，蒙佛慈愛，雖今出家，猶恃憍憐，所以多聞未得無漏，不能折伏娑毘羅呪，爲彼所轉，溺於婬舍。」

【折色】明清漕糧，多徵實物，有時折價改徵銀鈔，謂之折色。明初百官俸給，皆支米石，後部分折付錢鈔，也稱折色。參閱明王瓊雙溪雜記、清續文獻通考七五國用十三。

【折兑】折算調換。宋蘇軾經進東坡文集事略二四上神宗皇帝書：「且東南買絹，本用見錢，陝西糧草，不許折兑。」

【折折】㊀明亮貌。管子內業：「折折乎如在於側，忽忽乎如將不得。」㊁曲折貌。唐李賀歌詩編四日出行：「折折黃河曲，日從中央轉。」

【折₂折₂】安舒貌。同「提提」。禮檀弓上：「喪事欲其縱縱爾，吉事欲其折折爾。」參見「提提」。

【折杖】㊀斷竹木等作杖。晉書苻登載記：「(姚)萇死，登聞之喜曰：『姚興小兒，吾將折杖以笞之。』」㊁刑法名。宋初規定各等流刑、徒刑、杖刑、笞刑責杖之數，以及杖、笞之尺寸，稱爲折杖之制。見宋史刑法志一。

【折足】「折足覆餗」的略語。指帝王公卿統治者不能勝任而敗事。文選漢班叔皮(彪)王命論：「而苟昧權利，越次妄據，外不量力，內不知命，則必喪保家之主，失天年之壽，遇折足之凶，伏斧鉞之誅。」參見「折足覆餗」。

【折角】漢元帝命五鹿充宗與諸家論易。充宗貴幸，有口才，諸儒皆稱病不敢會。獨朱雲與論難，屢譏充宗，諸儒爲之語曰：「五鹿嶽嶽，朱雲折其角。」見漢書六七朱雲傳。折角，言斷其角。後用以形容有口才。宋文鑑七周邦彥汴都賦：「雖有注河之辯，折角之口，終日危坐抵掌而譚，猶不能既其萬一。」

【折券】毀棄債券，不再索償。古用竹札書，故可折。史記高祖紀：「高祖每酤留飲，酒讎數倍。及見怪，歲竟，此兩家常折券棄責。」

【折枝】㊀孟子梁惠王上：「爲長者折枝，語人曰：『我不能。』是不爲也，非不能也。」折枝有三說：1. 按摩。見漢趙岐注、後漢書張皓傳注引劉熙。2. 折取樹枝。見疏引陸善經、宋朱熹集注。3. 折腰，拜揖。枝，通「肢」。見文獻通考經籍考引陸筠翼孟。皆以喻輕而易舉。㊁花卉畫法之一，畫花卉不帶根故名。唐韓偓香奩集已涼詩：「碧闌干外繡簾垂，猩色屏風畫折枝。」

【折牀】唐如會禪師，初謁徑山，後參大寂，學徒既衆，僧堂內床榻爲之陷折，時稱折牀會。見景德傳燈錄七湖南東寺如會禪師。後用以比喻佛會參與者人數衆多。宋余靖武溪集七廣州南海縣羅漢院記：「四方之來，折牀而忽拒。」

【折衷】同「折中」。漢王充論衡自紀：「上自黃唐，下臻秦漢而來，折衷以聖道，析理於通材。」參見「折中」。

【折柳】㊀三輔黃圖六橋：「霸橋在長安東，跨水作橋，漢人送客至此橋，折柳贈別。」後因以折柳爲送別之詞。唐雍陶折柳橋詩：「從來只有情難盡，何事名爲情盡橋？自此改名爲折柳，任他離恨一條條。」見唐詩紀事五六雍陶。㊁古樂曲名。樂府詩題有折楊柳，多懷念在邊征人之作，詩文中引作折柳，以爲惜別的典故。文苑英華一二六南朝梁元帝(蕭繹)玄覽賦：「已寤歌於折柳，復行吟而採蓮。」唐李白李太白詩二五春夜洛城聞笛：「此夜曲中聞折柳，何人不起故園情。」參見「折楊柳」。

【折威】星名，屬亢宿。晉書天文志上：「亢南七星曰折威，主斬殺。」

【折俎】帝王士大夫宴禮時,將牲體解節折盛於俎,稱折俎。俎,盛犧牲的禮器。儀禮士冠禮:"咸加爾服,肴升折俎。"左傳宣十六年:"王享有體薦,宴有折俎。"

【折骨】斷骨。左傳哀二年:"敢告無絶筋,無折骨,無面傷,以集大事。"後漢書六三李固傳:"霍光憂愧發憤,悔之折骨。"此喻悔恨之極。

【折桂】晉郤詵舉賢良對策列最優,自謂"猶桂林之一枝,崑山之片玉"。見晉書郤詵傳。故後稱登科爲折桂。唐白居易長慶集五六和春深詩之十:"折桂名慙郄,收螢志慕車。"郄,同"郤",即指郤詵。車,車胤。參閱宋葉夢得避暑録話下。

【折辱】屈辱,侮辱。史記項羽紀:"及秦軍降諸侯,諸侯吏卒乘勝多奴虜使之,輕折辱秦吏卒。"

【折屐】晉謝安與客下棋,聞其姪玄等破苻堅,不露喜色,局終入内,過門限,心喜甚,不覺屐齒之折。見晉書謝安傳。故後以折屐比喻狂喜。宋蘇軾分類東坡詩十七自徑山回得呂察推詩用其韻招之宿湖上:"新詩到中路,令我喜折屐。"

【折倒】㊀南唐後主大起佛寺,廣聚僧徒,日設齋供,食如不盡,明日再具,稱折倒。後謂有物而盡取之,亦曰折倒。參閱宋馬令南唐書浮屠傳小長老、清王應奎柳南續筆三折倒。㊁折磨。元曲選尚仲賢柳毅傳書一:"每日早起夜眠,日炙風吹,折倒的我憔瘦了也。"

【折納】唐時實行兩稅法,初貨重錢輕,折價交納綾絹,其後物價愈下,所納愈多,而官吏復抑價徵收,加重剥削,稱爲折納。宋時以產業償還官欠,也稱折納。見新唐書食貨志二、宋蘇軾東坡集奏議集七應詔論四事狀。

【折乾】明嘉靖中衛卒向軍官納銀行賄,以免除輪番戍役,叫折乾。見明史兵志二班軍。又泛指用金錢代替禮物行賄。明蘇漢英黄粱夢境記傳奇十仇隙:"哥兒戴帽人垂盼,府縣趨迎請一餐,到處關津都有折乾。"

【折捶】折斷策馬的杖。後漢書十六鄧禹傳:"吾折捶笞之,非諸將憂也。"謂用短杖即可制敵,比喻取勝之易。也作"折箠"。南史侯景傳:"請帶甲入朝,……武帝聞之,笑曰:'是何能爲,吾以折箠笞之。'"宋黄庭堅豫章集四和游景叔月報三捷詩:"真成折箠禽胡月,不是黄榆牧馬秋。"

【折愧】挫辱。後漢書二四馬援傳:"季孟嘗折愧子陽(公孫述)而不受其爵。"注:"愧,猶辱也。"

【折笄】春秋晉士會(范武子)怒其子燮(文子)不遜讓長者,擊之以杖,折委笄。委,冠名;笄,結冠之簪。見國語晉五。後因用折笄作訓子的典故。南朝陳徐陵徐孝穆集三謝兒報坐事付治中啓:"老臣過庭之訓,多謝古賢;折笄之杖,有愧前達。"

【折搶】船在逆風中揚帆側行。搶,也作"槍"。見清鮑鉁裨勺搶字、清韓泰華無事爲福齋隨筆上。

【折節】㊀屈己下人,降低身份。管子霸言:"折節事彊以避罪,小國之形也。"㊁改變平日志向;謂强自克制。史記一二四郭解傳:"及解年長,更折節爲儉,以德報怨,厚施而薄望。"

【折腳】㊀斷足。宋書朱脩之傳:"脩之後墜車折脚。"㊁宋太學考試,升補内舍校定者,一年只有兩試,一試中則又試兩試,若一年兩試俱失,叫折脚,不再試第三試。如三試不中則當退舍。見元周密癸辛雜識後集成均舊規。

【折腰】㊀彎腰。舊題漢劉歆西京雜記一:"(戚)夫人善爲翹袖折腰之舞。"㊁晉陶潛爲彭澤令,郡遣督郵至,吏告當束帶迎謁,潛嘆曰:"吾不能爲五斗米折腰,向鄉里小人!"見晉書陶潛傳。後因稱屈身事人爲折腰。唐李白李太白詩十五夢遊天姥吟留別:"安能摧眉折腰事權貴,使我不得開心顏。"杜甫杜工部草堂詩箋五官定後戲贈……:"不作河西尉,淒涼爲折腰。"

【折漕】漕糧折銀徵收,謂之折漕。明弘治五年,以蘇松諸府連歲荒歉,定折漕之制。清末,除江蘇浙江兩省仍行漕運外,其他各省皆行折漕。參閱續文獻通考三一漕運。

【折墌】城名。在今甘肅涇川縣東北。西魏涇州刺史乙弗貴所築。隋末,薛舉屯據此城,也叫薛舉城。見元和郡縣志三關内道涇州。

【折蒲】晉王育少孤貧,爲人傭牧羊,空閒時即折蒲學書。同郡許子章給其衣食,使與子同學,遂博通經史。見晉書王育傳。後因以折蒲爲家貧苦學的典故。

【折箠】見"折捶"。

【折獄】斷獄,判案。易賁:"君子以明庶政,无敢折獄。"書呂刑:"非佞折獄,惟良折獄。"

【折閱】減低售價。閱,賣。荀子修身:"故良農不爲水旱不耕,良賈不爲折閱不市。"後多稱財物虧損爲折閱。宋朱彧萍洲可談二:"(當十大錢,秤重三小錢)乃一切改爲當三,……是時内帑藏錢無算,折閱萬億計。"

【折齒】受挫折斷牙齒。史記八三鄒陽傳獄中上書:"范睢摺脅折齒於魏,卒爲應侯。"晉書謝鯤傳:"鄰家高氏女有美色,鯤嘗挑之,女投梭,折其兩齒。時人爲之語曰:'任達不已,幼輿折齒。'"幼輿,鯤字。

【折箭】㊀北魏吐谷渾族阿豺、元祖先朶奔篾兒干之妻阿闌豁阿,都曾以一箭易斷,多箭難折爲喻,教育諸子同心協力。見魏書吐谷渾傳、元秘史一。㊁忠於誓約的表示。宋岳珂桯史十四二將失律:"虜既得(田)俊邁,折箭爲誓,啟門以出二將。"

【折衝】㊀使敵人的戰車後撤,即擊退敵軍。衝,戰車的一種。呂氏春秋召類:"夫脩之於廟堂之上,而折衝乎千里之外者,其司城子罕之謂乎?"後也借指外交談判。宋蘇洵嘉祐集十四送石昌言使北引:"丈夫生不爲將,得爲吏,折衝口舌之間足矣。"㊁官名。隋禁衛軍有折衝、果毅及武勇、雄武等郎將官。唐有折衝都尉,全國各州置折衝府。見通典二九職官十一折衝府。

【折徵】清時稱實物賦税折價收銀爲折徵。清會典事例一九七漕運:"各省漕耗銀米,……如遇折徵之年,該督撫因時調劑徵收,以資辦公。"

【折盤】舞時轉側盤旋貌。文選漢張平子(衡)南都賦:"結九秋之增傷,怨西荆之折盤。"注:"西荆,即楚舞也。折盤,舞貌。"

【折膠】膠爲製弓材料之一,喜燥惡溼,至秋季則勁而可折,故以折膠喻秋天弓弩可用,利於作戰。漢書四九鼂錯傳:"欲立威者,始於折膠。"注引蘇林:"秋氣至,膠可折,弓弩可用,匈奴常以爲候而出軍。"後因以折膠指秋天。北周庾信庾子山集三擬詠懷詩之十五:"壯冰初開地,盲風正折膠。"盲風,秋季疾風。宋夏竦文莊集三和太師相公秋興詩:"原上西風馬力生,折膠時候正淒清。"

【折磨】指精神或身體上受打擊。唐白居易長慶集六八春晚詠懷贈皇甫朗之詩:"多中更被愁牽引,少裏兼遭病折磨。"

【折馘】割取左耳。古代戰爭中,割取敵人左耳計數計功。左傳宣十二年:"吾聞致師者,右入壘,折馘,執俘而還。"參見"馘"。

【折檻】漢成帝時,槐里令朱雲請斬安昌

侯張禹。帝怒，欲誅雲，雲攀殿檻，檻折。左將軍辛慶忌諫，帝意解。後命保存原檻，只作修補，以表彰朱雲直諫。見漢書六七朱雲傳。唐杜甫杜工部詩史補遺六折檻行："千載少似朱雲人，至今折檻空嶙峋。"即詠其事。後用爲朝臣敢於直諫的典故。全唐詩六七九崔塗寄舅："致君期折檻，舉職在埋輪。"宋洪邁謂後世宮殿正中一間橫檻，獨不施欄杆，謂之折檻。自漢以來，相傳如此。見宋洪邁容齋隨筆續筆三朱雲陳元達。

【折簡】古人以竹簡作書，簡長二尺四寸，短者半之。漢制，簡長二尺，短者半之。單執一札謂之簡；折簡者，折半之簡，言其禮輕，隨便。三國志魏王淩傳"淩至項，飲藥死"注引魏略："淩知見外，乃遥謂太傅(司馬懿)曰：'卿直以折簡召我，我當敢不至邪？'"也作"折札"。札，小木簡。後漢書七九下儒林傳論："至如張温皇甫嵩之徒，……猶鞠躬昏主之下，狼狽折札之命，散成兵，就繩約而無悔心。"也作"折柬"。明朱孟震玉笥詩談上："先生折柬招與共飲，自日午洗酌，燒燈竟夕。"

【折證】對證，辯白。元曲選(蕭德祥)殺狗勸夫三："我將這個死屍埋在這幽僻去處，我記下者，久以後有個折證。"又高文秀黑旋風一："再不和他親折證，我只是吞聲忍氣，匿跡潛形。"

【折變】㊀宋時賦稅，徵收實物，按值折合，改徵他物，謂之折變。宋史二四七趙善俊傳："又奏，和買已是白科，從而折變，益加靡費，其數反重於正絹。"參閱宋史食貨志上二、文獻通考四田賦四。㊁出賣財産，換取現款。紅樓夢一："只得將田地都折變了，攜了妻子與兩個丫鬟，投他岳丈家去。"

【折上巾】冠名。東漢梁冀改易輿服之制，作折上巾。袁紹爲曹操敗於官渡，幅巾渡河，人因遞相仿效，初用全幅皁絹，裹髮向後，謂之幞頭。北周時爲四脚，也稱折上巾。隋唐時貴賤通用。宋時爲皇帝及皇太子常服。參閱後漢書三四梁統傳附梁冀、又六四上袁紹傳、唐劉肅大唐新語十、舊唐書輿服志、宋史輿服志三。

【折足鐺】見"折脚鐺"。

【折角巾】東漢郭泰，字林宗，名重一時。曾遇雨，巾一角沾濕而折疊，時人慕而效之，故意折巾一角，稱爲"林宗巾"。見後漢書六八郭泰傳。後稱折角巾，指文士之冠。唐李賀歌詩編集外詩南園："方領蕙帶折角巾，杜若已老蘭苕春。"

【折帛錢】南宋以上供和買紬絹改爲納錢，所納之錢稱折帛錢。參閱宋李心傳建炎以來繫年要録二一、宋史食貨志上三布帛。

【折帶皴】表示物體脈理及陰陽向背的一種畫法。繪山石有平行裂痕的，常多用此法。參閱清方薰山静居畫論上皴法。參見"皴法"。

【折釵股】草書筆法。謂轉角之筆畫圓勁而力均，如釵之屈折。參閱宋黄庭堅山谷題跋四題絳本法帖、姜夔續書譜用筆。

【折楊柳】古橫吹曲名。晉太康末，京洛有折楊柳之歌，其曲多言軍中辛苦及戰爭斬獲之事。樂府詩集所集六朝梁、陳及唐人折楊柳曲二十餘首，大部爲傷別之辭，而尤多懷念征人之作。曲爲五言，惟唐人所作有七言者。參閱宋書五行志二、舊唐書音樂志二、樂府詩集二二橫吹曲辭折楊柳。

【折腰句】七言律詩詩句通常爲上四下三格，如有上三下四格者，即謂之折腰句。如唐白居易長慶集五四答客問杭州詩"大屋簷多裝鴈齒，小航船亦畫龍頭"，即是"折腰句"。見宋韋居安梅磵詩話上。

【折腰吏】晉陶潛爲彭澤令，曾言"吾不能爲五斗米折腰"，因自解職。後來詩文中因稱地方低級官員爲折腰吏。唐韋應物韋江州集二贈王侍御詩："自歎猶爲折腰吏，可憐驄馬路傍行。"吏，本又作"客"。參見"折腰"。

【折腰步】東漢元嘉中，梁冀妻孫壽作愁眉、啼妝、墮馬髻、折腰步、齲齒笑等，京師婦女爭相仿效，成爲風尚。見後漢書五行志一服妖、三四梁統傳附梁冀。

【折脚鐺】斷足之鍋。景德傳燈録二八汾州大達無業國師："茆茨石室，向折脚鐺子裏煮飯，喫過三十二十年，名利不干懷，財寶不爲念，大忘人世，隱跡巖叢。"也作"折足鐺"。宋蘇軾分類東坡詩四贈月長老："子有折足鐺，中容五合陳。"合，一本作"尺"。

【折慢幢】折伏傲慢的標識。幢，刻有經文的石柱。唐僧法達禮其祖師慧能(禪宗六祖)，頭不至地。師呵曰："禮不投地，何如不禮！"又述一偈曰："禮本折慢幢，頭奚不至地？"見景德傳燈録五法達禪師。後因以示敬服之意。宋王安石臨川集二一次韻酬宋中散詩之一："時聞正論除疑網，每讀高辭折慢幢。"

【折足覆餗】易鼎："鼎折足，覆公餗。"餗(sù)，盛於鼎中之食物。古時帝王公卿列鼎而食，後因以折足覆餗比喻執政者不能勝任以致敗事。後漢書五七謝弼傳上封事："今之四公，唯司徒劉寵斷斷首善，餘皆素餐致寇之人，必有折足覆餗之凶。"也作"折鼎覆餗"。梁書武帝紀上："(江)祏怯而無斷，(劉)暄弱而不才，折鼎覆餗，翹足可待。"

【折長補短】取有餘以補不足。韓非子初見秦一："今秦地折長補短，方數千里。"也作"斷長補短"。禮王制："凡四海之內，斷長補短，方三千里。"

【折楊皇荂】古俗曲名。莊子天地："大聲不入於里耳，折楊皇荂則嗑然而笑。"荂，同"華"。

【折獄龜鑑】宋鄭克撰。八卷。五代和凝有疑獄集，其子㠓續爲三卷六十七條。所記皆平反冤濫、辨別陷誣之事。克又采集舊聞，補充所缺，分爲二十門，凡二百七十六條，三百九十五事。見宋陳振孫直齋書録解題四。

【折槁振落】折枯枝，吹落葉，言輕易不費力。淮南子人間："於是陳勝起於大澤，奮臂大呼，天下席卷而至於戲，劉項興義兵隨而定，若折槁振落。"

【折衝尊俎】譬喻不以武力而在宴會談判中制勝對方。衝，戰車；折衝，指擊退敵軍；尊俎，酒杯與盛肉之器，皆宴會上用品。後多泛指外交談判爲折衝尊俎。晏子春秋雜上："夫不出尊俎之間，而折衝於千里之外，晏子之謂也。"文選晉張景陽(協)雜詩之七："折衝樽俎間，制勝在兩楹。"樽，同"尊"。

【折臂三公】晉羊祜墜馬折臂，後位至公，故有折臂三公之稱。事見世說新語術解、晉書本傳。後來因用折臂三公爲大官墜馬的典故。唐劉禹錫劉夢得集四秘書崔少監墜馬長句因而和之詩："上軍著作應來問，折臂三公定送方。"

扳

1. bān ㄅㄢ 布還切，平，刪韻，幫。

㊀挽，引。公羊傳隱元年："隱長又賢，諸大夫扳隱而立之。"元曲選武漢臣玉壺春三："扳下頦，撞腦袋，自行殘害。"㊁背轉，扭轉。新唐書七六后妃傳上則天武皇后傳："后城宇深，痛柔屈不恥，以就大事，帝謂能奉己，故扳公議立之。"

2. pān ㄆㄢ 普班切，平，刪韻，滂。

通"攀"。㊂攀登。莊子馬蹄："可攀援而窺。"釋文："攀，本又作扳。"㊃攀折。明高則誠琵琶記三："香徑裏扳殘草色，雕闌畔折損花容。"

【扳指】古時稱決、抉或玦，以骨或象牙

製，著右手大拇指上，爲射箭時拉弓弦用具。周禮夏官繕人"矰戈抉拾"孫詒讓正義："禮經'抉'字並作'决'。鄉射禮'司射適堂西袒决遂'注云：'决猶闓也，以象骨爲之，著右大擘指，以鉤弦闓體也。'……段玉裁、胡培翬並謂卽今之扳指是也。"後也稱"搬指"、"班指"，改以翠、玉爲之，成爲一般飾物。

【扳₂連】牽制。水經注十七渭水引三國蜀諸葛亮與兄瑾書："今使前軍斫治此道，以向陳倉，足以扳連賊勢，使不得分兵東行者也。"

【扳₂留】挽留。清李玉清忠譜傳奇就逮："苦扳留，無非這回。"

【扳₂援】援引。史記一〇七魏其武安侯傳附灌夫"與長孺共一禿老翁，何爲首鼠兩端"集解引漢書音義："禿老翁，言（竇）嬰無官位扳援也。"此指人事。唐韓愈昌黎集十六荅崔立之書："扳援古昔，辭義高遠。"此指經典。

【扳₂談】拉扯閒談。卽攀談。聊齋志異小髻："長山居民某，暇居，輒有短客來，久與扳談。"

【扳₂緣】攀高爬上。新唐書一〇七高崇文傳："士扳緣上，矢石如雨。"

【扳₂親】議婚，聯姻，攀親。清李玉人獸關傳奇牝証："倘我功名成就，怕沒有一樣戴紗帽的與我扳親，何必性急？"

【扳₂聯】援引，攀附。唐韓愈昌黎集十三釋言："愈之族親鮮少，無扳聯之勢於今。"又孫樵集十罵僮志："親朋扳聯，聲光爛然。"

【扳₂纏】糾纏。南朝宋謝靈運謝康樂集二還舊園作見顏范二中書詩："感深操不固，質弱易扳纏。"文選作"版纏"。注："版纏，猶牽引也。"

【扳罾法】書法的一種，謂執筆如漁人之扳罾。罾，魚網。明解縉春雨雜述書學詳說："又有扳罾法，食指拄上甚正而奇健。"

【扳₂龍附鳳】道家謂御空升仙。宋書樂志四白鳩篇："陵雲登臺，浮游太清，扳龍附鳳，日望身輕。"參見"攀龍附鳳"。

抓 zhāo zhuā 側交切，平，肴韻，莊。
ㄓㄠ ㄓㄨㄚ 側絞切，上，巧韻，莊。
側教切，去，效韻，莊。

㊀用手或爪取物。文選漢枚叔（乘）上書諫吳王："夫十圍之木，始生而櫱，足可搔而絕，手可擢而抓。"注引字林："抓，壯交切。"漢書五一枚乘傳抓作"拔"。㊁搔。唐杜牧樊川集二讀韓杜集詩："杜詩韓集愁來讀，似倩麻姑癢處抓。"㊀㊁兩義，古俱讀 zhāo。㊂逮捕，捉。明更生氏雙紅記傳奇服暴："净：'何人擊鼓？'衆：'薛爺差官。'净：'抓進來！'"

【抓週】舊俗，父母於兒女週歲時，陳列各種物品，聽任抓取，以爲可預測其將來的志向及愛好，叫抓週。兒女英雄傳十九："這年正是你的週歲，我去給你父母道喜。那日你家父母在炕上擺了許多的針線刀尺，脂粉釵環，筆墨書籍，戥子算盤，以至金銀錢物之類，又在廟上買了許多耍貨，邀我進去，一同看你抓週兒。"

【抓尖兒】搶先討好。紅樓夢六五："或有好事，他（鳳姐）就不等別人去說，他先抓尖兒。"

【抓耳撓腮】形容心思浮躁，焦急不安。也形容歡喜。西遊記二："孫悟空在旁聞講。喜得他抓耳撓腮，眉花眼笑。"

承 1. chéng ㄔㄥˊ 署陵切，平，蒸韻，禪。

㊀奉，捧着。左傳成十六年："使行人執榼承飲。"㊁順從，奉承。詩大雅抑："子孫繩繩，萬民靡不承。"㊂接受，擔任。國語齊："小白，余敢承天子之命，曰：'爾無下拜。'"藝文類聚五一南朝宋謝靈運謝封康樂侯表："豈臣尫弱，所當忝承？"㊃接續，繼承。詩小雅天保："如松柏之茂，無不爾或承。"箋："如松柏之枝葉常茂盛，青青相承，無衰落也。"三國志吳魯肅傳："孤承父兄餘業，思有桓文之功。"㊄次第，順序。左傳昭十三年："及盟，子產爭承。"疏："承者，奉上之語，後承前，下承上，故以承爲次。"㊅制止，抵禦。一說欺凌。通"乘"。詩魯頌閟宮："戎狄是膺，荆舒是懲，則莫我敢承。"參閱清朱駿聲說文通訓定聲。㊆美大。通"烝"。詩周頌清廟："駿奔走在廟，不顯不承。"墨子尚賢引周頌："若山之承，不昕不明。"㊇輔佐。通"丞"。左傳哀十八年："使帥師而行，請承。"㊈懲戒。通"懲"。左傳哀四年："諸大夫恐其又遷也，承。"㊉漢縣名，屬東海郡。王莽時稱承治。見漢書地理志上。⑪姓。東漢有承宮。後漢書有傳。

2. zhěng ㄓㄥˇ 集韻 蒸之上聲，上，拯韻。

⑫援救。通"拯"。列子黄帝："使弟子並流而承之。"注："音拯。方言'出溺爲承'，諸家直作拯。"

【承天】㊀承奉天道。易坤："至哉坤元，萬物資生，乃順承天。"後漢書三十郎顗傳薦黄瓊李固書："夫求賢者，上以承天，下以爲人。"㊁唐代樂舞名。見新唐書禮樂志十一。㊂府名。1. 明興獻王朱祐杬封於安陸，子朱厚熜入繼帝位，嘉靖十年改安陸州爲承天府，治所在今湖北鍾祥縣。參閱明史世宗紀一。2. 公元 1661 年鄭成功置，號爲東都。公元 1663 年其子鄭經改爲東寧省。清康熙二二年改置臺灣府，屬福建省。治所在今臺灣省臺南市。參閱嘉慶一統志四三七臺灣府。

【承乏】謙辭，表示所任職位一時無適當人選，暫由自己充數。左傳成二年："敢告不敏，攝官承乏。"注："言欲以己不敏，攝承空乏。"晉書應詹傳與陶侃書："吾承乏幸會，來忝此州。"時詹爲江州刺史。

【承玄】東晉列國北涼沮渠蒙遜年號。公元 428—431 年。

【承平】㊀太平，治平相承。漢書食貨志上："今累世承平，豪富吏民訾數鉅萬，而貧弱俞困。"㊁年號。1. 東晉列國北涼沮渠无諱。公元 443—444 年。又沮渠安周。公元 444—460 年。2. 北魏南安王拓跋余。公元 452 年。

【承安】㊀猶承平。漢王充論衡自然："舜禹承安繼治，任賢使能。"㊁金完顏璟（章宗）年號。公元 1196—1200 年。

【承衣】隋時女官名。見隋書后妃傳序。

【承吏】佐吏。管子問："官承吏之無田餼而徒理事者幾何人。"注："承吏，謂攝官無餼而空理事。"清張佩綸謂"承吏"當作"丞吏"。丞，佐。參閱郭沫若等管子集校。

【承光】㊀漢代臺名。文選漢張平子（衡）西京賦："枍詣承光，睽罛庨豁。"注："枍詣承光，皆臺名。"㊁年號。1. 東晉列國夏赫連昌。公元 425—428 年。2. 北齊幼主高恒。公元 577 年。

【承旨】㊀逢迎意旨。後漢書二三竇融傳附竇憲："由是朝臣震懾，望風承旨。"㊁官名。1. 屬翰林院。唐憲宗元和元年，命鄭絪爲翰林學士承旨，位在諸學士上。凡大詔令、大廢置、重要政事，皆得專對。宋元因其制。元初，趙孟頫曾爲此官，世稱趙承旨。明廢。參閱唐元稹長慶集五一翰林承旨學士記、又李肇翰林志。2. 屬樞密院。五代置樞密院承旨、副承旨，以諸衛將軍充任；宋時又增置都承旨、副承旨，不常置。見宋孫逢吉職官分紀都承旨、文獻通考五八職官十二樞密院都副承旨。

【承休】㊀承受吉慶。史記封禪書："今鼎至甘泉，光潤龍變，承休無疆。"㊁漢侯國名。屬潁川郡。元帝初元五年以周子南君姬延年爲周承休侯。故城在今河南臨汝縣東北。見漢書元帝紀。㊂縣名。

隋大業初改汝原縣置，唐貞觀元年改爲梁縣。即今河南臨汝縣。參閱隋書地理志中襄城郡、新唐書地理志二汝州臨汝郡。

【承序】順序繼承。國語楚上："若子方壯，能經營百事，倚相將奔走承序。"注："承受事業次序。"漢書王子侯表序："後嗣承序，以廣親親。"

【承祀】承奉祭祀，指繼帝位。詩魯頌閟宮："龍旂承祀，六轡耳耳。"漢書七三韋賢傳附韋玄成元帝詔："世世承祀，傳之無窮。"

【承局】官府差役。宋尤袤梁谿遺稿補遺淮民謠："青衫兩承局，暮夜連句呼。"又朱熹朱文公集三四答呂伯恭書："承局回，承書，得聞比日尊侯萬福。"

【承泣】㊀經穴名。在目下七分目胞陷中，上直瞳子之處。見晉皇甫謐針灸甲乙經三面凡二十九穴。㊁馬目下的旋毛。見北魏賈思勰齊民要術六養牛馬驢騾。

【承奉】㊀承旨奉行。後漢書和帝紀永元五年三月戊子詔："而宣布以來，出入九年，二千石曾不承奉，恣心從好。"㊁官名。隋文帝於吏部別置通議、朝議、朝請、朝散、給事、承奉、儒林、文林等八郎。見通典三四職官十六光祿大夫以下。

【承事】奉行職務。左傳成十二年："百官承事，朝而不夕。"特指弔喪、奉祀之事。禮檀弓下："弔曰：'寡君承事。'"漢書七三韋賢傳附韋玄成："立廟京師之居，躬親承事，四海之內各以其職來助祭。"

【承弦】弓弩的副弦。漢簡："大黃承弦一。"大黃，弩名。承，繼、副。弦必有副，以備折絕。見王國維流沙墜簡考釋器物類。

【承明】㊀古代天子左右路寢稱承明，因承接明堂之後，故名。見漢劉向說苑脩文。參見"路寢"。㊁漢代殿名。在未央宮中。見"承明廬"。㊂北魏元宏（孝文帝）年號。公元 476 年。

【承受】㊀接受。左傳隱八年："寡君聞命矣，敢不承受君之明德。"㊁宋宣和中，除三省、樞密院、學士院外，皆遣內侍官，稱承受，長官決事，皆聽其意旨。如梁師成爲祕書省承受，坐於長貳之上。見宋陸游老學庵筆記三。

【承舍】衙役，差役。醒世恒言三六蔡瑞虹忍辱報仇："諸事俱已停妥，備細寫下一封家書，差個得力承舍，賫回家中，報知瑞虹。"

【承命】接受命令。左傳僖十五年："苟列定矣，敢不承命。"唐岑參嘉州詩一酬成少尹駱谷見行呈："何幸承命日，得與夫子俱。"

【承制】秉承皇帝旨意。後漢書十八吳漢傳："（韓）鴻徇河北……鴻召見漢，甚悅之，遂承制拜爲安樂令。"又十三隗囂傳："於是（鄧）禹承制遣使持節命囂爲西州大將軍。"

【承宣】㊀承奉宣揚。漢書八一匡衡傳衡上疏："繼體之君，心存於承宣先王之德而褒大其功。"㊁官名。五代晉天福五年改樞密院承旨爲承宣。參閱舊五代史晉高祖紀五。

【承差】公差。清代書吏也稱承差。明史可法史忠正公集三家書九："尹舅聞在太平，已差承差汪思誠去接。"清洪昇長生殿傳奇驛備："怕的是公吏承差，嚇的是徒犯驛卒。"

【承前】㊀繼續前者，如前。文選三國魏吳季重（質）在元城與魏太子牋："初至承前，未知深淺。"注："言每事承前，無所改易也。"㊁以前。資治通鑑二一四唐開元二九年正月丁酉制："承前諸州饑饉，皆待奏報。"注："承前，猶今言從前也。"

【承政】官名。清天聰五年設六部，各部置承政、參政與啟心郎。順治元年改承政爲尚書，參政爲侍郎。見清朝通志六四職官一吏部。

【承重】承受喪祭與宗廟的重任。儀禮喪服"適（嫡）孫"唐賈公彥疏："此謂適子死，其適孫承重者，祖爲之期。"封建宗法制度，本身及父俱係嫡長而父先死，於祖父母喪亡時，稱承重孫；如祖父及父均先死，於曾祖父母喪亡時，稱承重曾孫。凡承重者，皆服喪三年。

【承風】接受教化。楚辭屈原遠遊："聞赤松之清塵兮，願承風乎遺則。"史記秦始皇紀會稽刻石文："天下承風，蒙被休經。"

【承家】承繼家業。易師："開國承家，小人勿用。"南朝陳徐陵徐孝穆集四與王僧辯書："未有膺籙圖以建國，御鳳邸以承家。"

【承祧】承奉祖廟的祭祀。祧，遠祖廟。藝文類聚十六引南朝梁沈約立太子詔："自昔哲后，降及近代，莫不立儲樹嫡，守器承祧。"後亦稱嗣子爲承祧子。

【承務】卽承務郎。本爲隋唐及宋時官名，後沿用爲地主富豪的通稱，與"朝奉"、"員外"等相似。古今小說十七單符郎全州佳偶："乃遣人密訪之，果邢知縣之弟，號爲四承務者。"參閱歷代職官表五。

【承恩】㊀蒙受恩澤。史記一二五佞幸傳贊："冠鵕入侍，傳粉承恩。"㊁漢館名。漢書六八霍光傳："築神道，北臨昭靈，南出承恩。"注引服虔："昭靈承恩，皆館名也。"

【承康】東晉列國後涼呂光年號。公元 399 年。

【承望】料想，指望。元王實甫西廂記二本三折："當日所望無成；誰承望──緘書倒爲了媒證。"又四本二折："我則道神鍼法灸，誰承望燕侶鶯儔。"

【承教】受教，接受教令。孟子梁惠王上："寡人願安承教。"戰國策趙二："承教而動，循法無私，民之職也。"

【承接】承上接下，承前接後，多指應酬、交際。後漢書章德竇皇后紀："后性敏給，傾心承接，稱譽日聞。"宋書謝弘微傳："親戚中表，素不相識，率意承接，皆合禮衷。"

【承運】承受天命。古代帝王自稱受命於天，因用爲稱頌帝王的套語。文選晉孫子荆（楚）爲石仲容與孫皓書："太祖承運，神武應期。"明清詔書前頭均稱"奉天承運皇帝詔曰"。

【承雲】㊀古樂名。楚辭屈原遠游："張樂咸池奏承雲兮，二女御九韶歌。"注："承雲，卽雲門，黃帝樂也。"竹書紀年上帝顓頊高陽氏："二十一年作承雲之樂。"㊁衣領。見元龍輔女紅餘志。

【承華】㊀漢馬廄名。西漢太僕屬官有承華等五監長丞。東漢以遠近獻馬者多，置承華廄令，秩六百石。文選漢張平子（衡）東京賦："駙承華之蒲梢，飛流蘇之騷殺。"參閱漢書百官公卿表上、後漢書順帝紀漢安元年。㊁太子宮門名，後因用爲太子宮或太子的代稱。梁書元帝紀王僧辯勸進表："嗣后升遐，龍輴未殯；承華掩曜，梓宮莫測。"承華，指簡文帝的太子大器，時爲侯景所殺。元王惲有承華事略六卷，輯記歷代太子的事蹟。

【承間】趁機會。間，空隙。楚辭屈原九章抽思："願承間而自察兮，心震悼而不敢。"

【承筐】地名。春秋時宋邑。春秋文十一年："叔仲彭生會晉郤缺于承筐。"公羊傳作"承匡"。故址在今河南睢縣西。

【承順】順從。史記秦始皇紀之罘刻石："宇縣之中，承順聖意。"

【承福】㊀受福。漢書宣帝紀神爵四年二月詔："上帝嘉嚮，海內承福。"㊁古人觀測日下有黃氣，謂之承福。晉書天文志中十煇："日下有黃氣，三重若抱，名曰承福。"

【承聖】南朝梁蕭繹（元帝）年號。公元552—555年。

【承落】見"承霤"。

【承當】擔當，擔認。宋曾慥類説五七王直方詩話："王君卿云：'疎影橫斜水清淺，暗香浮動月黃昏。此林逋詠梅，然杏與桃李，皆可用也。'坡（蘇軾）云：'可，則是杏花桃李，不敢承當。'"

【承業】㊀奉命辦事。國語晉七："辱君之允令，敢不承業。"注："承，奉也。業，事也。"㊁繼承事業。漢桓寬鹽鐵論憂邊："爲人子者，致孝以承業。"

【承睫】㊀三國志蜀郤正傳"雍門援琴而挾説"注引漢桓譚新論："於是孟嘗君喟然太息，涕淚承睫而未下。"猶言含着眼淚。㊁看人眼色，形容逢迎。後漢書七七陽球傳奏罷鴻都文學："（樂松江覽）依憑世戚，附託權豪，俛眉承睫，徼進明時。"

【承嗣】㊀墨子尚賢上："故士者所以爲輔相承嗣也。"孫詒讓閒詁引孔廣森："承，丞也。……嗣，當讀爲'司'。丞司者，官之偏貳。"㊁嫡長子。大戴禮曾子立事："使子猶使臣也，使弟猶使承嗣也。"注："承嗣，謂冢子也。"㊂承繼。漢蔡邕蔡中郎集四太傅祠前銘："子子孫孫，承嗣無彊〔疆〕。"

【承塵】㊀懸掛在牀上承接塵土的小帳幕。也名帟。急就篇三："承塵户幭絛繢總。"注："承塵，施於牀上，以承塵土，因爲名也。"㊁藻井，天花板。北堂書鈔一三二引謝承後漢書："豫章雷義，字仲公，嘗濟人死罪，人後以金二斤謝之，不受，候義不在，投金囊於承塵之上。"又見後漢書八一雷義傳。

【承影】寶劍名。列子湯問記孔周有三劍，二曰承影。文苑英華九一一唐許敬宗唐并州都督鄂國公尉遲恭碑銘："蛟分承影，雁落忘歸。"

【承漿】下脣中央部下方的凹陷處。又穴位名，位於承部的正中央。釋名釋形體："口下曰承漿。漿，水也。"晉皇甫謐鍼灸甲乙經三面凡二十九穴："承漿，一名天池，在頤前脣之下，足陽明任脈之會。"

【承德】㊀承受德澤。書周官："六服羣辟，罔不承德。"㊁地名。1.縣名。清康熙三年置，爲奉天府治所。公元1913年改瀋陽縣。卽今遼寧瀋陽市。參閱嘉慶一統志五九奉天府一。2.州、府名。清雍正十一年改熱河廳爲承德州，乾隆七年仍改熱河廳，四十三年改設承德府，公元1913年改縣。今分設市、縣，屬河北省。參閱同上書四二承德府一。

【承盤】承托器物之盤。周禮春官司尊彝"皆有舟"注引鄭衆："舟，尊下臺，若今時承槃。"槃同"盤"。宋高承謂盤盞卽由周時的舟彝和漢時的承盤演進而來。見事物紀原八什物器用盤盞。

【承澤】㊀蒙受恩澤。淮南子脩務："絶國殊俗，僻遠幽閒之處，不能被德承澤，故立諸侯以教誨之。"㊁寶扇。三國魏繆襲尤射腆致："我報以承澤二。"

【承學】轉承師説而進行學習。自謙之辭。漢書五六董仲舒傳舉賢良對策三："今陛下幸加惠，留聽於承學之臣。"

【承徽】南朝宋梁女官名。參閱宋書、南史后妃傳序。

【承顏】承接顏色。漢書七一雋不疑傳："聞暴公子威名舊矣，今乃承顏接辭。"世説新語賞譽上"有問秀才吳舊姓何如"注引蔡洪集與刺史周俊書："一日侍坐，言及吳士，詢于芻蕘，遂見下問，造次承顏，載辭不舉，敕令條列名狀。"

【承霤】屋簷下承接雨水的槽。古以木或銅製成。禮檀弓上"池視重霤"漢鄭玄注："如堂之有承霤也。承霤以木爲之，用行水，亦宮之飾也。……今宮中有承霤，云以銅爲之。"也作"承落"。宋俞琰席上腐談上："古之承霤，以木爲之，用行水，卽今之承落也。"

【承藉】憑藉。隋書長孫覽傳附長孫晟："今若得尚公主，承藉威靈。"

【承寵】蒙受恩寵。後漢書四五袁安傳贊："惟德不忘，延世承寵。"全唐詩一四三王昌齡春宮曲："平陽歌舞新承寵，簾外春寒賜錦袍。"

【承籍】承繼先人的仕籍。玉臺新詠一古詩爲焦仲卿妻作："説有蘭家女，承籍有宦官。"

【承繼】承接，承襲。後漢書百官志序："漢之初興，承繼大亂。"晉書賀循傳："殷之盤庚，不序陽甲，漢之光武，不繼成帝，別立廟寢，使臣下祭之，此前代之明典，而承繼之著義也。"

【承露】㊀承接甘露。後漢書四十上班彪傳附班固西都賦："抗仙掌與承露，擢雙立之金莖。"參見"承露盤"。㊁幘巾，頭巾。方言四："覆結謂之幘巾，或謂承露，或謂之覆髮，皆趙魏之間通語也。"

【承襲】繼承，沿襲。北周庾信庾子山集八功臣不死王事請門襲封表："愚謂生有其勞，死非王事，雖在支庶，並聽承襲。"指爵秩。宣和書譜一唐宣宗："故諸宗承襲太宗之學，皆以翰墨流傳。"指學術。

【承歡】迎合人意，博取歡心。楚辭屈原九章哀郢："外承歡之汋約兮，諶荏弱而難持。"唐白居易長慶集十一長恨歌："承歡侍宴無閑暇，春從春遊夜專夜。"特指侍奉父母。唐駱賓王集七上廉使啟："冀塵跡丘中，絶漢機於俗網；承歡膝下，馭潘輿於家園。"又孟浩然集三送張參明經舉兼向涇州省覲詩："十五綵衣年，承歡慈母前。"

【承攬】包接。京本通俗小説碾玉觀音上："便將崔寧到宅裏，相見官人承攬了玉作生活。"

【承天命】三國吳鼓吹曲名。韋昭改漢芳樹曲製。見晉書樂志下。

【承明廬】㊀漢承明殿旁屋，侍臣值宿所居之屋爲廬。後因以入承明廬爲入朝或在朝爲官的典故。漢書六四上嚴助傳武帝賜書："君厭承明之廬，勞侍從之事，懷故土，出爲郡吏。"注引張晏："承明廬在石渠閣外。"㊁三國魏曹丕（文帝）以建始殿朝羣臣，門曰承明，朝臣止息之所，亦稱承明廬。文選三國魏應休璉（璩）百一詩："問我何功德？三入承明廬。"又曹子建（植）贈白馬王彪詩："謁帝承明廬，逝將歸舊疆。"

【承宣使】宋初沿唐制，藩鎮置節度觀察留後，政和七年，改爲承宣使，位在節度使之次，無定員職任，僅備武官的遷轉。參閱文獻通考五九職官十三承宣使。

【承晏墨】五代南唐墨工李承晏所製墨。宋晁沖之晁具茨先生詩集三復以承晏墨贈僧法一："我聞江南墨官有諸奚，老超尚不如廷珪。後來承晏復秀出，喧然父子名相齊。"按李超，本姓奚，後賜姓李。子廷珪廷寬，廷寬子承晏。世爲南唐墨工，所製墨自宋以來推爲第一。參閱元陸友墨史上。

【承發吏】清代吏部及地方書吏名。掌發送文書，執行判法，並民刑事件的通知等。參閱清會典事例一四七吏部書吏經制額缺。

【承露盤】漢武帝迷信神仙，於神明臺上作承露盤，立銅仙人舒掌以接甘露，以爲飲之可以延年。漢書郊祀志上："其後又作柏梁、銅柱、承露僊人掌之屬矣。"注引蘇林曰："仙人以手掌擎盤承甘露。"又三輔故事云："建章宮承露盤高二十丈，大七圍，以銅爲之，上有仙人掌承露，和玉屑飲之。"三國魏明帝仿武帝，於芳林園置承露盤。參閱三輔黄圖三、三國魏曹植曹子建集七承露盤銘。

【承露囊】唐開元十七年定玄宗生日八月初五爲千秋節。是日，百官獻承露囊，囊以絲結成。民間也仿製爲節日禮品，互相遺贈。唐杜牧樊川集二過勤政樓詩："千秋佳節名空在，承露絲囊世已無。"參閱唐封演封氏聞見記四降誕、唐會要二九節日。

【承上起下】承接前者，引出後者，多指文章内容的轉折。禮曲禮上"故君子戒慎"唐孔穎達疏："故，承上起下之辭。"

【承顏候色】看人顔色，逢迎不敢立異的意思。魏書寇治傳："畏避勢家，承顔候色，不能有所執據。"陳書後主紀魏徵曰："佞諂之倫，承顔候色。"

五畫

抪 tuō ㄊㄨㄛ 託何切，平，歌韻，透。徒可切，上，哿韻，定。

㊀牽引。"拖"的本字，也作"拕"。漢書六四上嚴助傳："輿轎而隃領，抪舟而入水。"㊁剝奪。通"褫"。易訟："終朝三褫之。"周易集解本褫作"抪"。參閲清惠棟九經古義一周易上。

拌 1. pān pàn ㄆㄢ ㄆㄢˋ 普官切，平，桓韻，滂。集韻 普半切，去，换韻。

㊀捨棄。方言十："拌，棄也。楚凡揮棄物謂之拌。"㊁放出，表露。唐李商隱李義山詩集三又效江南曲："乖期方積思，臨醉欲拌嬌。"玉谿生詩箋註本作"拚"，注引陳凡："拚嬌，如諺云放嬌也。"放嬌，猶言撒嬌。

2. pàn ㄆㄢˋ

㊂分開，剖割。通"判"。吕氏春秋古樂："瞽叟乃拌五弦之瑟，作以爲十五弦之瑟，命之曰大章。"史記一二八漢褚少孫補龜策傳："鐫石拌蚌，傳賣於市。"

3. bàn ㄅㄢˋ

㊃攪和。宋朱肱北山酒經上："著水無多少，拌和黍麥，以勻爲度。"㊄見"拌$_3$嘴"。

【拌命】拚命。朱子語類一一六："如兩軍廝殺，兩邊擂起戰鼓了，只得拌命前進，有死無二，方有箇生路。"

【拌$_3$嘴】口角，爭吵。金瓶梅二四："兩箇正拌嘴，被小玉兒請的月娘來，把三箇都喝開了。"

拉 lā ㄌㄚ 盧合切，入，合韻，來。

㊀摧折。史記齊太公世家："齊襄公與魯君飲，醉之，使力士彭生抱上魯君車，因拉殺魯桓公。"晉書苻堅載記："(王)猛曰：'……臣奏陛下神筭，擊垂亡之虜，若摧枯拉朽，何足慮也。'"㊁牽挽，招引。唐劉禹錫劉夢得集外集二花下醉中聯句詩："誰能拉花住，爭換得春回。"全唐詩六九二杜荀鶴李昭象云與二三同人見訪有寄："得君書後病顔開，云拉同人訪我來。"

【拉朽】摧毀腐朽之物，比喻輕而易舉。晉書孫惠傳："況履順討逆，執正伐邪，是烏獲摧冰，賁育拉朽。"烏獲、賁育，皆古勇士。參見"摧枯拉朽"。

【拉枯】猶拉朽。晉書劉元海載記："今見衆十餘萬，皆一當晉十，鼓行而摧亂晉，猶拉枯耳！"參見"摧枯拉朽"。

【拉閑】閒聊。西遊記九五："八戒道：'拉閑散悶耍子而已。'"

【拉答】遲鈍貌，不靈活。晉書王沈傳釋時論："拉答者有沉重之譽，嗛閃者得清勦之聲。"也作"拉搭"。明高則誠琵琶記十春宴杏園："餓老鴟全然拉搭，雁翅板一發彫零。"

【拉瑟】象聲詞。宋蘇軾東坡集續集二偶於龍井辯才處得歙硯甚奇作小詩："午窗睡起人初静，時聽西風拉瑟聲。"

【拉颯】穢雜，零亂。宋書五行志二："太元末，京口謡曰：'黄雌雞，莫作雄父啼，一旦去毛衣，衣被拉颯栖。'"金元好問遺山集五游龍山詩："惡木拉颯棲，直幹比指稠。"

【拉縴】本指船工於岸上拉船前進，喻撮合、拉攏。紅樓夢十五："鳳姐又道：'我比不得他們扯篷拉縴的圖銀子。這三千兩銀子不過是給打發去説的小廝作盤纏，使他賺幾個辛苦錢。"

【拉雜】㊀拉，折斷。雜，碎。拉雜，折碎。宋書樂志四漢鼓吹曲辭鐃歌有所思："何用問遺君？雙珠瑇瑁簪，用玉紹繚之。聞君有他心，拉雜摧燒之。"㊁今指没有條理，雜亂。

【拉薩】地名。即今西藏自治區拉薩市。在雅魯藏布江右岸。唐時稱邏些或邏娑，爲吐蕃都城。清時爲西藏首府，也稱拉撒、喇薩，皆藏語聖地之意。參閲舊唐書一九六上吐蕃、新唐書二一六吐蕃、清續文獻通考輿地考二六西藏。

【拉攦】崩塌之聲。同"拉攞"。詳該條。

【拉攞】崩塌，斷裂。世説新語任誕："任愷既失權勢，不復自檢括。或謂和嶠曰：'卿何以坐視元裒敗而不救？'和曰：'元裒如北夏門，拉攞自欲壞，非一木所能支。'"元裒，愷字。

【拉雜變】喻堆砌雜湊的辭賦。宋蘇軾東坡題跋一書拉雜變："司馬長卿(相如)作大人賦，武帝覽之，飄飄然有凌雲之氣。近時學者作拉雜變，便自謂長卿。長卿固不汝嗔，但恐覽者渴睡落床，難以凌雲耳。"參見"變文"。

【拉三扯四】指談話或議論亂牽扯無關的人和事。紅樓夢四六："愿意不愿意，你也好説，犯不着拉三扯四的。"

拄 zhǔ ㄓㄨˇ 知庾切，上，麌韻，知。

㊀支撑。戰國策齊六："大冠若箕，修劍拄頤。"㊁抗，譏刺，折服。漢書六七朱雲傳："既論難，連拄五鹿君。"注："拄，刺也，距也。"五鹿，即五鹿充宗，習梁丘易，諸儒莫敢與抗，朱雲折之。

【拄杖】㊀扶杖。樂府詩集二八魏武帝(曹操)陌上桑："食芝英，飲醴泉，拄杖桂枝佩秋蘭。"㊁手杖。唐段公路北户録三方竹杖："又海晏出蘆，堪爲拄杖。"唐詩紀事七四僧棲白李洞贈白上人詩："淨瓶光照客，拄杖朽生蟲。"

【拄頰】以手或他物支頰，形容人有所思之神態。世説新語豪爽："陳(逵)以如意拄頰，望雞籠山歎曰：'孫伯符(策)志業不遂！'"唐韓偓玉山樵人集雨中詩："鳥濕更梳翎，人愁方拄頰。"

【拄笏看山】晉王子猷(徽之)爲桓沖參軍，沖謂王曰："卿在府久，比當相料理。"初不答，直高視，以手版拄頰云："西山朝來，致有爽氣。"見世説新語簡傲、晉書本傳。手版，即笏。後以"拄笏看山"喻雖在官而有閒情雅致。宋蘇軾分類東坡詩十九次韻胡完夫："老去上書還北闕，朝來拄笏看西山。"

㧙 bì ㄅㄧˋ 集韻 薄必切，入，質韻。集韻 蒲結切，入，屑韻。

擊刺，推擊。方言十："㧙、抌，推也。南楚凡相推搏曰㧙。"文選漢張平子(衡)西京賦："義族之所擻捎，徒搏之所撞㧙。"列子黄帝："攩㧙挨抌，亡所不爲。"

抨 1. pēng ㄆㄥ 披耕切，平，耕韻，滂。

㊀拍，拂過。梁書沈約傳郊居賦："翅抨流而起沫，翼鼓浪而成珠。"㊁彈。唐杜甫杜工部草堂詩箋二一自閬州領妻子却赴蜀山行之三："轉石驚魑魅，抨弓落狖鼯。"

2. bēng ㄅㄥ 集韻 悲萌切，平，耕韻。

㊂遣派，支使。漢書八七上揚雄傳反離騷："抨雄鴆以作媒兮，何百離而曾不壹耦？"

【抨按】彈劾。猶抨彈。新唐書一二八許景先傳："宋璟蘇頲擇殿中侍御史，久不補，以授景先，時議僉惬，抨按不避近彊。"

【抨彈】彈劾。指糾舉他人過惡。漢書五九杜周傳贊"(杜)業因勢而抵陒"唐顏師古注引服虔："(抵陒，)謂罪敗而復抨彈之。"宋樓鑰攻媿集九十侍御史……王公行狀："既居敢言之地，遇事輒發，抨彈所及，動涉仇怨，無少分顧忌意。"

抹 1. mǒ ㄇㄛˇ 莫撥切，入，末韻，明。

㊀搽，塗抹。唐杜甫杜工部草堂詩箋十一北征："學母無不爲，曉粧隨手抹。"唐蘇鶚杜陽雜編上："上試制科於宣政殿，或有詞理乖謬者，卽濃筆抹之至尾。"㊁掃，閃過。宋蘇軾東坡詞玉樓春次歐公西湖韻："佳人猶唱醉翁詞，四十三年如電抹。"㊂割，切。見"抹月批風"。

2. mò ㄇㄛˋ

㊃輕按。奏絃樂的一種指法。唐白居易長慶集十二琵琶行詩："輕攏慢撚抹復挑，初爲霓裳後綠腰。"㊄用手按着移動。西遊記五二："你看他更不取下，轉往上抹了兩抹，緊緊的勒在肐膊上。"此義，今讀 mā。㊅緊貼。見"抹₂胸"。

【抹布】㊀擦拭器物的抹布。明陸容菽園雜記一："民間俗諱，各處有之，而吳中爲甚，如舟行諱住，諱翻，以箸爲快兒，幡布爲抹布。"今讀 mā。㊁大帶。清秦蘭徵天啓宮詞上："飛元光獨承恩寵，抹布刀兒賜御前。"注："抹布，黃綾大帶也。"

【抹₂利】見"抹₂麗"。

【抹剌】怠慢。宋富弼韓國華神道碑銘："視詔抹剌，不奉以虔。"(金石萃編一三五)也作"抹撘"。元曲選鄭德輝倩女離魂二："休想我半星兒意差，一分兒抹撘。"

【抹殺】見"抹摋"。

【抹₂胸】胸間小衣，俗稱兜肚。古稱袙服，一名襪腹。京本通俗小説西山一窟鬼："側手從抹胸裏取出一個帖子來。"

【抹撘】見"抹剌"。

【抹摋】掃滅，勾銷。唐韓愈昌黎集二九貞曜先生墓誌："唯其大翫於詞而與世抹摋，人皆劫劫，我獨有餘。"摋 sà。後多作抹殺。明文在九五沈明臣少保胡公誄："抹殺鴻鉅，指索纖薄；謂功爲罪，移清以濁。"

【抹₂厲】見"抹₂麗"。

【抹₂額】束額巾，也稱抹頭。古時武士多用之。唐杜牧樊川集十二上宣州高大夫書："婁侍中師德亦進士也，……以紅抹額應猛士詔，躬衣皮袴，率士屯田。"又李賀歌詩編三畫角東城："水花沾抹額，旗鼓夜迎潮。"

【抹₂麗】花名，即茉莉。宋張邦基墨莊漫録七："閩廣多異花，悉清芬郁烈，而末利爲衆花之冠。嶺外人或云抹麗，謂能掩衆花也。"也稱抹利。宋楊萬里誠齋集十五宴客夜歸六言詩："月在荔支稍上，人行抹利花間。"又名抹厲。見宋李格非洛陽名園記。

【抹月批風】謂用風月當菜餚，是文人表示家貧無可待客的戲言。細切叫抹，薄切叫批。宋蘇軾分類東坡詩十八和何長官六言次韻之五："貧家何以娛客，但知抹月批風。"楊萬里誠齋集二一寄題喻叔奇國博郎中園亭二十六詠詩亦好亭："客來莫道無供給，抹月批風當八珍。"

抾 qū ㄑㄩ 去其切，平，之韻，溪。
qiè ㄑㄧㄝˋ 丘之切，平，之韻，溪。
去劫切，入，業韻，溪。

執取。漢書八七上揚雄傳校獵賦："抾靈蠵。"後漢書六十上馬融傳廣成頌："獄䶂熊，抾封狶。"注："抾音刦，古字通。"

拒 1. jù ㄐㄩˋ 其呂切，上，語韻，羣。

説文作"歫"。㊀拒絶，抵禦。論語子張："可者與之，其不可者拒之。"荀子君道："將內以固城，外以拒難。"

2. jǔ ㄐㄩˇ 集韻 果羽切，上，噳韻。

㊁方陣。通"矩"。左傳桓五年："鄭子元請爲左拒，以當蔡人衛人；爲右拒，以當陳人。"

【拒冬】中藥。卽續隨子。以其秋種冬長，春秀夏實，故名。實入藥。見政和證類本草十一續隨子引圖經。參見"續隨子"。

【拒₂折】方正貌。淮南子齊俗："越王勾踐，劗髮文身，無皮弁搢笏之服，拘罷拒折之容。"注："拘罷，圜也；拒折，方也。"

【拒後】阻擊敵軍，保障大軍安全轉移。三國志蜀先主傳："先主(劉備)聞曹公(操)卒至，棄妻子走，使(張)飛將二十騎拒後。"

【拒馬】古代防禦戰具，用來布陣立營、拒險塞要，使人馬不得奔突，故名拒馬。唐時有拒馬槍，以木爲架，貫槍於橫木，用以阻塞城中門巷要路。明時有拒馬木，以木或竹交竿相貫，竿首均有刃，貫處以鐵索相互勾聯，用以佈陣阻塞。參閱衛公兵法輯本下攻守戰具、明茅元儀武備志一〇六。

【拒捕】抗拒逮捕。唐律疏議二八被毆擊姦盜捕法："持仗拒捍，其捕者得格殺之，……其拒捕不拒捕，並同上條捕格之法。"元明律捕亡篇都有拒捕條。

【拒捍】抵禦。三國志蜀先主傳"(建安)十九年夏，雒城破"注引益部耆舊雜記："劉璋遣張任、劉璝率精兵拒捍先主於涪，爲先主所破，退與璋子循守雒城。"也作"距捍"。參見"距捍"。

【拒絶】不接受，不答應。後漢書四六陳寵傳："自在樞機，謝遣門人，拒絶知友，唯在公家而已。"又五十陳敬王羨傳："後袁術求糧於陳而(駱)俊拒絶之，術忿恚，遣客詐殺俊及寵，陳由是破敗。"

【拒霜】木芙蓉花的異名。又名木蓮、華木。冬凋夏茂，仲秋開花，耐寒不落，故名。宋蘇軾分類東坡詩十四和陳述古拒霜花："千株掃作一番黃，只有芙蓉獨自芳，喚作拒霜知未稱，細思却是最宜霜。"參見"木芙蓉"。

【拒馬河】在河北省。源出淶源縣北，東北流至張坊分南北二河，北拒馬河東流與琉璃河合，南拒馬河南流入大清河。水經注十二作巨馬河，謂即古淶水，也叫渠水。東漢末，公孫瓚追擊袁紹別將崔巨業於巨馬水，卽此水。參閱嘉慶一統志七順天府二。

【拒諫飾非】拒絶別人的規勸，掩飾自己的錯誤。荀子成相："拒諫飾非，愚而上同，國必禍。"也作"距諫飾非"。參見"距諫飾非"。

拑 qián ㄑㄧㄢˊ 巨淹切，平，鹽韻，羣。

夾持。通"鉗"、"箝"。墨子魯問："夫鬼神豈唯擢季拑肺之爲欲哉！"清王念孫謂"季"爲"黍"之譌，祭有黍有肺，故云擢黍拑肺。見讀書雜志墨子第四。朱駿聲認爲以手拑叫拑，以竹篇拑叫箝，以鐵鑽拑叫鉗。見説文通訓定聲。

【拑口】因有所顧忌而閉口不言。也作"箝口"、"鉗口"。史記秦始皇紀論引賈誼(過秦論)："秦俗多忌諱之禁，忠言未卒於口而身爲戮沒矣。故使天下之士，傾耳而聽，重足而立，拑口而不言。"

【拑馬】以木銜馬口，不使馬食。公羊傳宣十五年："圍者，柑馬而秣之，使肥者應客，是何子之情也。"校勘記謂"柑"當作"拑"。北周庾信庾子山集一哀江南賦：

"徒思拑馬之秣,未見燒牛之兵。"

抴 yè 羊列切,入,薛韻,喻。
丨ㄝ

㊀拉,拖。也作"拽"。晉常璩華陽國志蜀志:"見一大蛇入穴中,一人攬其尾掣之,不禁,至五人相助,大呼抴蛇。"㊁檠枻,矯正弓弩之器。一説短槳,船工也用以接引乘客登舟。通"枻"。荀子非相:"故君子之度己則以繩,接人則用抴。"注:"抴,牽引也。……或曰抴當作枻;枻,檝也。言如以檝櫂進舟船也。"

拔 1. bá 蒲八切,入,黠韻,並。
ㄅㄚˊ 蒲撥切,入,末韻,並。

㊀抽取,拔除。易泰:"拔茅茹,以其彙。"國語楚下:"接誠拔取以獻具,爲齊敬也。"㊁選擢,提拔。漢王充論衡累害:"夫采玉者破石拔玉,選士者棄惡取善。"漢書七五李尋傳:"閉絶私路,拔進英雋。"㊂攻克。莊子則陽:"(孫)衍請受甲二十萬,爲君攻之,……然後拔其國。"韓非子初見秦:"乃復悉士卒以攻邯鄲,不能拔也。"㊃移動,改變。易乾:"樂則行之,憂則違之,確乎其不可拔。"㊄超特。孟子公孫丑上:"出乎其類,拔乎其萃。"南史江夷傳附江總:"爾神采英拔,後之知名,當出吾右。"㊅迅疾,猝然。禮少儀:"毋拔來,毋報往。"注:"拔、報,皆疾也。"史記九一黥布傳贊:"身被刑法,何其拔興之暴也!"索隱:"拔,白曷反,疾也。"㊆括,箭的末端。詩秦風駟驖:"公曰左之,舍拔則獲。"

2. bèi 集韻 蒲蓋切,去,泰韻。
ㄅㄟˋ

㊇草木生枝葉。詩大雅緜:"柞棫拔矣,行道兑矣。"

【拔山】舉山。形容力大。史記項羽紀:"於是項王乃悲歌忼慨,自爲詩曰:'力拔山兮氣蓋世,時不利兮騅不逝!'"

【拔尤】選拔超衆的人材。尤,特異。唐韓愈昌黎集二一送温處士赴河陽軍序:"東都雖信多才士,朝取一人焉,拔其尤,暮取一人焉,拔其尤。"元許有壬圭塘小藁送馬明初教授南歸一十韻詩:"公道先揚善,真才自拔尤。"

【拔白】破曉。古今雜劇元馬致遠青衫淚一:"從天未拔白,酒旗挑在歌樓外。"

【拔地】聳出地面,形容特出超羣。唐孫樵集二與王霖秀才書:"嚮玉川子月蝕詩、楊司成華山賦、韓吏部進學解、馮常侍清河壁記,莫不拔地倚天,句句欲活。"宋楊萬里誠齋集二五題無訟堂屏上袁安卧雪圖詩:"拔地排瑶松,倚天立銀嶂。"

【拔身】脱身。晉書周訪傳附周虓:"孝武帝詔曰:'虓厲志貞亮,無愧古烈,未及拔身,奄殞厥命。'"

【拔河】雙方各執繩一端進行角力的體育活動。南朝梁宗懍荊楚歲時記謂之"牽鈎"、或作"拔絙"。參閱唐封演封氏聞見記六拔河、唐缺名景龍文館記(宋曾慥類説六)。

【拔舍】除草平地,以爲息宿之處。也作"茇舍"。左傳僖十五年:"秦獲晉侯以歸,晉大夫反首拔舍,從之。"注:"反首,亂頭髮下垂也;拔草舍止,壞形毁服。"釋文:"拔,蒲末反。"參見"茇舍"。

【拔剌】象聲詞。1.張弓發矢聲。文選漢張平子(衡)思玄賦:"彎威弧之拔剌兮,射嶓冢之封狼。"後漢書張衡傳作"撥剌"。2.魚躍聲。同"潑剌"。唐白居易長慶集一放魚詩:"傾籃寫地上,拔剌長尺餘。"3.鳥飛聲。唐岑參岑嘉州詩一至大梁却寄匡城主人:"仲秋蕭條景,拔剌飛鵝鴿。"

【拔茅】指推薦引進。宋王禹偁小畜集九留別仲咸詩之一:"頭白忽拋攀桂伴,道消休話拔茅心。"參見"拔茅連茹"。

【拔俗】超越流俗。文選晉潘安仁(岳)夏侯常侍誄:"誰能拔俗,生盡其養?孰是養生,而薄其葬?"世説新語言語"向子期舉郡入洛"注引向秀別傳:"少爲同郡山濤所知,又與譙國嵇康、東平吕安友善,並有拔俗之韻。"

【拔涉】同"跋涉"。漢武都太守耿勳碑:"經營拔涉,草止露宿。"(隸續十一)。參見"跋涉"。

【拔貢】即明之選貢。清制,自乾隆七年定每十二年(逢酉年)由學臣於府、州、縣學廩生内,選拔文行優秀者,與督撫彙考核定,貢入京師,稱爲拔貢生。先赴會考,擇優者再赴朝考。入選者一等任七品京官,二等任知縣,三等任教職;更下者罷歸,謂之廢貢。與歲貢、恩貢、副貢、優貢合稱五貢。參閱清福格聽雨叢談五、清史稿選舉志一。

【拔扈】同"跋扈"。文選漢張平子(衡)西京賦:"緹衣韎韐,睢盱拔扈。"注:"拔與跋古字通。"參見"跋扈"。

【拔都】㊀蒙語,勇敢之意。元時用以稱勇士。元史一二三趙阿哥潘傳:"阿哥潘率壯士逆戰,手殺數十百人,……賜黄金五十兩,名曰拔都。"也稱"拔突"、"拔都兒"。參閱清俞正燮癸巳類稿七拔都還音義。參見"巴圖魯"。㊁即完者拔都。蒙古汗國成吉思汗之孫,朮赤子。曾奉窩闊台命進軍歐洲,直至多瑙河。窩闊台卒,還師。後建帳於浮而嘎河(伏爾加河)下游薩萊,名阿勒泰斡爾朵,譯爲金頂帳,也稱欽察汗國或金帳汗國。元史、新元史俱有傳。

【拔距】古代練習武功的活動。漢書七十甘延壽傳:"投石拔距,絶於等倫。"注:"拔距者,有人連坐相把據地,距以爲堅而能拔取之,皆言其有手掣之力。……今人猶有拔爪之戲,蓋拔距之遺法。"漢應劭謂訓練跳躍,唐顏師古謂訓練腕力。參閱王先謙漢書補注。

【拔萃】㊀孟子公孫丑上:"出乎其類,拔乎其萃。"後因稱才能出衆爲拔萃。後漢書六十下蔡邕傳釋誨:"曾不能拔萃出羣,揚芳飛文。"㊁唐制,選官有一定年限,期限未滿,試判三條,合格入官的謂之拔萃。如唐白居易於貞元十六年以拔萃選及第,授校書郎;陸贄以拔萃授渭南尉。參閱新唐書選舉志下。

【拔葵】見"拔葵去織"。

【拔撥】分散。文選漢王子淵(褒)洞簫賦:"或雜遝以聚斂兮,或拔撥以奮棄。"注:"拔,扶割切。撥,蘇割切。"

【拔羣】超出衆人。晉書夏侯湛傳抵疑:"進不能拔羣出卒,却不能抗排當世。"

【拔解】唐科舉制,應進士第,不經外府考試,直接送禮部考試者謂之拔解。見唐李肇國史補下。參閱明胡震亨唐音癸籤十八進士科故實。

【拔幟】漢將韓信與張耳擊趙,背水陳兵以誘趙兵,另選輕騎二千,各持一赤幟,從間道隱蔽山後以待。趙出營與戰,漢軍佯敗,棄鼓旗而走,趙空營往追;漢輕騎疾入趙營,拔趙幟,立漢幟。趙軍不勝,還,見皆已漢幟,兵驚亂,遂爲漢所破。見史記九二淮陰侯傳。後來以拔幟喻戰勝,以拔幟易幟喻取而代之。

【拔親】舊時指乘新喪而娶。也稱白親。見清顧炎武日知錄十五喪娶引楊寧注。

【拔擢】選拔提升。文選漢揚子雲(雄)劇秦美新:"數蒙渥恩,拔擢倫比,與羣賢並。"又晉李令伯(密)陳情事表:"過蒙拔擢,寵命優渥。"

【拔薤】東漢龐參爲漢陽太守,到郡先拜候隱者任棠,棠不與言,但以薤一大株,水一盂置户屏前,抱孫伏於户下。參悟其意,謂棠曰:"棠是欲曉太守也。水者,欲吾清也。拔大本薤者,欲吾擊强宗也。抱兒當户,欲吾開門恤孤也。"見後漢書五一龐參傳。後來詩文中因以拔薤爲鋤除豪强的典故。全唐詩六八四吳融和峽州馮使君題所居:"三年拔薤成仁政，一日誅茅葺所居。"

【拔篲】掃帚。莊子達生:"(田)開之操拔篲以倚門庭,亦何聞於夫子。"

【拔心草】卷葹的别名。相傳此草拔心不死，故名。見爾雅釋草。唐駱賓王文集二艷情代郭氏答盧照鄰詩:"芳沼徒遊比目魚,幽徑還生拔心草。"

【拔釘錢】五代時趙在禮在宋州，横徵暴斂,已而罷去,宋民喜而相謂曰:"眼中拔釘,豈不樂哉!"不久又受詔復職,在禮勒令管轄之内每口出錢一千,自號曰"拔釘錢"。見新五代史本傳。後來用以指巧立名目的苛捐雜税。清趙翼甌北詩鈔七言律二奉命回粤途次口占:"昔到曾憐懸磬室,再來忍斂拔釘錢。"

【拔野古】古代鐵勒諸部之一，也作拔野固、拔曳固、拔也古。貞觀二十一年内屬，置幽陵都督府。見通典一九九邊防十五。

【拔達嶺】山名。即今新疆烏什縣西北的巴達里山口。唐時爲通西域要道。大唐西域記一跋祿迦國作凌山。參閱新唐書地理志七下。

【拔軸法】古代建築打地基的一種方法。沙地鬆散易崩塌，謂之抽沙。掘去抽沙，填以炭末黏土，用作建築地基，稱拔軸法。參閱宋魏泰東軒筆録八、宋史三一一呂夷簡傳附呂公弼。

【拔短籌】古代計數用籌，籌上刻有數目，數目少的稱短籌。聚賭時，人一贏錢,不待局終，抽身便走，叫拔短籌。也比喻短命、夭亡。元曲選關漢卿竇娥冤一:"我從三歲母親身亡後，七歲與父分離久,嫁的箇同住人他可又拔着短籌。"

【拔十得五】三國志蜀龐統傳:"每所稱述，多過其才，時人怪而問之，統答曰:'……今拔十失五，猶得其半，而可以崇邁世數,使有志者自勵，不亦可乎?'"後來用拔十得五以比喻寬於推薦。文選晉任彦昇(昉)爲范尚書讓吏部封侯第一表:"拔十得五，尚曰比肩。"

【拔丁抽楔】比喻解決困難。丁，同"釘"。古今名劇元缺名月明和尚度柳翠四:"大衆恐有不能了達,心生疑惑者，請垂下問,我與他拔丁抽楔。"

【拔刀相助】常語有"路見不平，拔刀相助",多指見義勇爲，打抱不平。元曲選缺名連環計四:"連李肅也不忿其事，因此拔刀相助。"

【拔本塞原】喻毁滅根本。本，樹根。原，水源。左傳昭九年:"伯父若裂冠毁冕,拔本塞原，專棄謀主，雖戎狄其何有余一人。"

【拔宅上昇】道家謂因修道而全家昇天成仙。參閱太平廣記十四許真君引十二真君傳。

【拔舌地獄】佛教謂人生前毁謗佛法，死後將進入受拔舌刑罰的地獄。法苑珠林八七:"今身言無慈愛，讒謗毁辱，惡口離亂,死即當墮拔舌、烊銅、犂耕地獄。"宋惟白集建中靖國續燈録二承古禪師:"若不悟去,老僧與爾入拔舌地獄。"參見"地獄"。

【拔來報往】速來速往。禮少儀:"毋拔來，毋報往。"注:"報，讀爲赴疾之赴。拔、赴，皆疾也。"後也指往來頻繁。聊齋志異阿纖:"拔來報往,蹀躞甚勞。"

【拔茅連茹】易泰:"拔茅茹，以其彙。"注:"茅之爲物，拔其根而相牽引者也;茹，相牽引之貌也。"疏:"以其彙者，彙，類也，以類相從。"後因以拔茅連茹比喻同道者相互引進。

【拔犀擢象】比喻提拔特出人材。犀、象皆爲巨形獸。比喻特異人物。宋王洋東牟集九與丞相論鄭武子(克)狀:"敕局數人,其間固有拔犀擢象見稱一時者,然而析理精微，旁通注意，鮮如克。"

【拔新領異】創立新意，提出獨特見解。世説新語文學:"王逸少(羲之)作會稽，初至，支道林(遁)在焉。孫興公(綽)謂王曰:'支道林拔新領異，胸懷所及乃自佳，卿欲見不?'"

【拔葵去織】漢書五六董仲舒傳:"故公儀子(休)相魯,之其家見織帛，怒而出其妻，食於舍而茹葵，慍而拔其葵，曰:'吾已食祿,又奪園夫紅女利虖!'"後以拔葵去織或拔葵爲居官者不與民爭利的典故。宋書謝莊傳:"臣愚，謂大臣在祿位者，尤不宜與民爭利，不審可得在此詔不?拔葵去織，實宜深弘。"宋楊萬里誠齋集四六謝賜御書表:"嚙雪飲冰，勉企拔葵之潔。"

【拔樹尋根】喻追究到底。孤本元明雜劇缺名淫奔記一:"我恰待饒舌調唇，怎當他拔樹尋根。"

拓 1. zhí ㄓˊ 之石切,入,昔韻,照。

㊀拾取。同"摭"。後漢書五九張衡傳思玄賦:"躔建木於廣都兮，拓若華而躊躇。"注:"拓，猶折也。"拓，文選作"摭"。

2. tuò ㄊㄨㄛˋ 他各切,入,鐸韻,透。

㊁舉，推。列子説符:"孔子之勁，能拓國門之關，而不肯以力聞。"㊂擴展。漢書八七上揚雄傳甘泉賦:"拓迹開統。"㊃見"拓$_2$落"㊄見"拓$_2$跋"。

3. tà ㄊㄚˋ

㊅用紙摹印金石器物上的文字、花紋。通"搨"。隋書經籍志一:"其相承傳拓之本，猶在祕府。"

【拓$_3$本】覆紙於金石器物的銘刻上，鋪氈捶擊，然後用綿包蘸墨，打印爲墨本，稱拓本。也作"搨本"。用白宣紙蘸濃墨拓印深黑有光的，稱爲金拓;用薄紙以淡墨輕拓的，稱蟬衣拓。用朱色打拓的叫朱拓。傳世拓本以敦煌石室所出之唐初拓温泉銘及化度寺邕禪師塔銘爲最早，都有影印本。

【拓$_2$地】擴張領土。後漢書八十杜篤傳論都賦:"(孝武)拓地萬里，威震八荒。"

【拓提】梵語"拓鬬提奢"的簡稱。義爲四方。傳寫省去"鬬""奢"兩字。又誤寫拓爲"招"，作"招提"。詳"招提"。

【拓$_2$跋】也作"托跋"。北魏皇族的姓。北魏自稱黄帝之後，受封北土。謂黄帝以土德王，鮮卑語稱土爲拓，稱后爲跋，故以拓跋爲氏。拓跋宏(孝文帝)遷都洛陽,以周易元者萬善之始，改姓元氏。參閱魏書序紀、元和姓纂十鐸。

【拓$_2$裹】襯墊器物的裹層或底層。舊五代史馬殷傳附馬希範"故鑄銅柱以繼之"注引五代史補:"(高郁)常以所居之井不甚清澈，思所以澄汰之，乃用銀葉護其四方，自内至外皆然，謂之拓裹。"

【拓$_2$落】㊀失意，不得志。漢書八七下揚雄傳解嘲:"今子幸得遭明盛之世，……然而位不過侍郎，擢纔給事黄門。意者玄得毋尚白乎?何爲官之拓落也?"注:"拓落，不耦也。拓音托。"文選注:"拓落，猶遼落，不諧偶也。"也作"落拓"。晉葛洪抱朴子外篇疾謬:"然落拓之子無骨骾而隨俗者，以通此者爲親密，距此者爲不恭。"㊁寬廣貌。文選晉左太沖(思)魏都賦:"原隰畇畇，墳衍斥斥，或嵬罍而複陸，或黋朗而拓落。"此指地勢寬廣。三國志魏杜畿傳附杜恕"恕奏議論駁皆可觀"注引晉諸公讚:"阮武者，亦拓落大才也。"此指人胸懷寬廣。

【拓$_2$邊】開擴邊疆。舊唐書一八〇李可舉傳:"茂勳善騎射，性沉毅，(張)仲武器之,常遣拓邊。"茂勳，可舉父。

抪 1. bū ㄅㄨ 博孤切,平,模韻,幫。

㊀散布。漢書五三中山靖王勝傳:"塵埃

拺覆，昧不〔見〕泰山。”

2. pó
ㄆㄛ

㊀見下。

【拺₂搥】强横。同“跛扈”。漢成陽令唐扶頌：“夷粵拺搥，忮强難化。”(隸釋五)

抛 pāo 匹交切，平，肴韻，滂。
ㄆㄠ 匹貌切，去，效韻，滂。

古作“抱”字，玉篇始有“抛”字。㊀丢棄。後漢書十四安成孝侯賜傳：“賜與(兄)顯子信賣田宅，同抛財産，結客報吏。”㊁投，擲。唐李群玉詩集後集五讀賈誼傳：“卑濕長沙地，空抛出世才。”參見“抛車”。

【抛車】發石車，軍中用以投石擊敵。車以大木爲床，下安四輪，上建雙陛，中立獨木，首端以窠盛石，人挽而投之，可達一里以外。也稱抛雷、霹靂車。參閱通典一六〇兵十三、衛公兵法輯本下攻守戰具、後漢書七四上袁紹傳。

【抛荒】已墾田地因天災人禍而廢棄不種。明童冀尚絅齋集三荒田行詩：“荒田積草如人長，熟田近年亦抛荒。”

【抛閃】丢下。元曲選馬致遠青衫淚二：“夫乃歸之夭，抛閃殺我也少年。”明屠隆綵毫記傳奇下妻子哭別：“只吾家抱向隅，悲遠謫，去邊陲，抛閃下孤兒空慟哭，牽衣還執袂，浮生逐馬蹄。”

【抛堶】古有擊壤，以抛擲磚塊爲戲。宋時寒食有抛堶之俗，也稱飛堶。堶，磚塊。宋梅堯臣宛陵集六有奉陪覽秀亭抛堶詩。宋張侃拙軒集四代吳兒作小至後九九詩八解詩：“五五三三抛堶忙，柳絲深處映陂塘。”也作“抛垛”。清趙翼甌北詩鈔七律之七春興：“自笑童心除未盡，拔河抛垛尚能嬉。”參閱明楊慎俗言抛堶。參見“擊壤”、“飛堶”。

【抛棄】捨去，扔掉。清平山堂話本五戒禪師私紅蓮記：“五戒禪師差了念頭，……把多年清行直抛棄。”

【抛躲】撇棄，迴避。宋柳永樂章集定風波詞：“鎮相隨，莫抛躲，針綫閑拈伴伊坐。”躲也作“趓”、“朶”。元王實甫西廂記二本三折：“有意訴衷腸，争奈母親側坐，成抛趓，咫尺間如閒闊。”

【抛擲】丢棄。唐白居易長慶集七一寄黔州馬常侍詩：“可惜風情與心力，五年抛擲在黔中。”

【抛青春】酒名。唐人多以春名酒。唐韓愈昌黎集三感春詩之四：“百年未滿不得死，且可勤買抛青春。”參閱詩話總龜二八引百斛明珠。

【抛家髻】婦女髮式。唐末京師婦女梳髮，以兩鬢抱面，狀如椎髻，名之曰抛家髻。見新唐書五行志一。桃花扇傳奇傳歌：“重點檀唇臙脂膩，匆匆挽個抛家髻。”

【抛毬樂】曲調名。酒筵中抛毬爲令時所唱。唐劉禹錫劉賓客集九抛毬樂詞之二：“幸有抛毬樂，一杯君莫辭。”

【抛塼引玉】相傳唐人趙嘏有詩名，至吳，常建欲得其詩，知其必遊靈巖寺，乃先題二句於壁，嘏遊寺見詩，爲補成一絶，人謂建乃抛塼引玉。按常建爲玄宗開元時進士，趙嘏於武宗會昌二年進士及第，建已早卒，謂建先題句以待嘏補成，其謬顯然。習以抛塼引玉爲用淺拙以引出高明之謙詞。景德傳燈録十從諗禪師：“師云：‘比來抛塼引玉，却引得箇墼子。’”太平樂府七元貫雲石鬬鵪鶉佳偶曲：“他道是抛磚引玉，俺却道因禍致福。”

拂 1. fú 敷勿切，入，物韻，滂。
ㄈㄨˊ

㊀撣，除去塵垢。儀禮士昏禮：“主人拂几授校。”也指撣塵之具，即拂塵。北堂書鈔一三六服飾五引東漢秦嘉與婦書：“今奉犛牛尾拂一枚，可拂塵垢。”㊁掠過。楚辭屈原大招：“長袂拂面，善留客只。”淮南子天文：“日出于暘谷，浴于咸池，拂于扶桑，是謂晨明。”㊂擊，斫。史記楚世家：“若夫泗上十二諸侯，左縈而右拂之，可一旦而盡也。”漢劉向説苑雜言：“干將、鏌鎁，拂鍾不錚，……然以之補履，曾不如兩錢之錐。”㊃振動。文選晉郭景純(璞)江賦：“鯈鱅拂翼而掣耀，神蜧蝹蜦以沉遊。”㊄逆，違背。詩大雅皇矣：“四方以無拂。”國語吳：“吾將許越成，而無拂吾慮。”㊅農具名。唐以後稱“連枷”。漢書九九中王莽傳：“予之北巡，必躬載拂。”注：“拂音佛，所以擊治禾者也，今謂之連枷。”

2. bì 音韻闡微陛逸切，入，質韻，並。
ㄅㄧˋ

㊆矯正。通“弼”。荀子臣道：“書曰：從命而不拂，微諫而不倦。”書，逸書。又：“有能抗君之命，竊君之重，反君之事，以安國之危，除君之辱，功伐足以成國之大利，謂之拂。”

【拂₂士】能够直諫矯正君主過失的人。拂，通“弼”。孟子告子下：“入則無法家拂士，出則無敵國外患者，國恒亡。”

【拂衣】提衣，振衣。表示某種情感。左傳襄二六年：“(叔向)曰：‘[illegible]以事君者，吾所能御也！’拂衣從之。”注：“拂衣，褰裳也。”表示激動。漢書六六楊惲傳：“拂衣而喜，奮袖低卬。”表示喜悦。後漢書五四楊震傳附楊彪：“(孔融曰：)孔融魯國男子，明日便當拂衣而去，不復朝矣！”表示決絶之意。後因稱隱居謂拂衣。文選南朝宋謝靈運述祖德詩之二：“高揖七州外，拂衣五湖裏。”

【拂耳】逆耳，刺耳。韓非子安危：“聖人之救危國也，以忠拂耳。刺骨故小痛在體，而長利在身；拂耳故小逆在心，而久福在國。”

【拂汩】風吹動貌。漢書八七上揚雄傳甘泉賦：“惟弸彋其拂汩兮，稍暗暗而靚深。”

【拂戾】不和順。文選漢馬季長(融)長笛賦：“牢剌拂戾，諸賁之氣也。”諸賁指專諸孟賁，皆勇士。

【拂拂】㊀風吹動貌。唐李賀歌詩編一河南府試十二月樂辭并閏月七月：“曉風何拂拂，北斗光闌干。”㊁散布貌。唐白居易長慶集四紅線毯詩：“綵絲茸茸香拂拂，線軟花虚不勝物。”

【拂拭】除去塵垢。漢劉向新序雜事二：“(無鹽女)於是乃拂拭短褐，自詣宣王願一見。”引申爲器重、提拔。唐李白李太白詩九駕去温泉宫後贈楊山人：“一朝君王垂拂拭，剖心輸丹雪胸臆。”又劉長卿劉隨州集四雜詠古劍詩：“儻遇拂拭恩，應知剸犀利。”

【拂袖】㊀甩動衣袖。五代南唐李中碧雲集下送圖上人歸廬山詩：“蓮宫舊隱塵埃外，策杖臨風拂袖還。”後多表示生氣或不滿。宋葉紹翁四朝聞見録丙集賢良：“吾於書無所不讀，平生不喜孟子，故不之讀。是必出孟子，拂袖而出。”㊁謂歸隱。宋李曾伯可齋雜藁二九送周晒仲大卿歸江西詩：“歷階而上公卿易，拂袖以歸章布然。”

【拂晨】黎明。猶言拂曉。唐白居易長慶集十六東南行一百韻寄通州之九侍御……詩：“承明連夜直，建禮拂晨趨。”

【拂₂過】輔導糾正别人的過失。拂，通“弼”。史記秦始皇紀論引賈誼：“然所以不敢盡忠拂過者，秦俗多忌諱之禁，忠言未卒於口，而身爲戮没矣。”

【拂菻】古西域地名，指東羅馬帝國及西亞地中海沿岸地區。也作拂壈(法苑珠林引梁貢職圖)、拂懔(大唐西域記)、拂臨(往五天竺傳)、佛朗(島夷誌略)、富浪(元史郭侃傳)、佛郎(元史順帝紀)。參閱舊唐書拂菻傳、文獻通考三三九[illegible]

【拂塵】㊀揮去塵埃。樂府詩集五五舞曲歌辭晉白紵舞歌詩："制以爲袍餘作巾，袍以光軀巾拂塵。"也指用以拂除塵埃的器具。紅樓夢十八："又有執事太監捧着香巾、繡帕、漱盂、拂塵等物。"㊁設宴慰勞遠客。古今雜劇元鄭德輝王粲登樓一："這盃酒當與王粲拂塵，王粲，近前接酒。"

【拂舞】雜舞名。以拂子爲舞器，起於江左，舊云吳舞。晉書樂志下載拂舞歌詩有白鳩篇等五首。參閱晉書樂志下、宋書樂志一。

【拂曉】天將明時。唐徐夤釣磯文集補初夏戲作詩："長養薰風拂曉吹，漸開荷芰落薔薇。"宋王安石臨川集二三春寒詩："春風滿地月如霜，拂曉鐘聲到景陽。"

【拂曙】同"拂曉"。北周庾信庾子山集一對燭賦："蓮帳寒檠牕拂曙，筠籠熏火香盈絮。"初學記四隋蕭愨奉和元日詩："帝宮通夕燎，天門拂曙看。"

【拂廬】吐蕃普贊及貴族所居的大氈帳，可容數百人。平民所居者稱小拂廬。唐杜甫杜工部草堂詩箋十送楊六判官西蕃："草肥蕃馬健，雪重拂廬乾。"參閱舊唐書一九六上吐蕃傳、馬鑑續事始拂廬帳(說郛十)。

【拂鬚】宋丁謂出於寇準之門，官至參政，事準甚謹。一日，會食中書，羹污準鬚，謂起爲準拂鬚，準笑曰："參政國之大臣，乃爲官長拂鬚耶？"事見宋史二八一寇準傳。後來因以拂鬚爲僚屬諂事長官之典。宋李洪芸菴類藁一新交行詩："若非大夫嘗便客，亦是丞相拂鬚人。"

【拂雲堆】唐時朔方軍北接突厥，以河爲界，河北岸有拂雲堆神祠，突厥如有行軍之事，必先往祠祭酹求福。張仁愿既定漠北，於河北築三受降城，以拂雲堆築中受降城。地在今內蒙古五原縣。唐杜牧樊川集四題木蘭廟詩："幾度思歸還把酒，拂雲堆上祝明妃。"

披 1. pī 敷羈切，平，支韻，滂。
ㄆㄧ 匹靡切，上，紙韻，滂。

㊀劈開，披露。史記五帝紀："披九山，通九澤。"漢書五一枚乘傳奏書諫吳王濞："臣乘願披腹心而效愚忠。"引申爲翻開，翻閱。後漢書四十班固傳兩都賦白雉詩："啟靈篇兮披瑞圖。"梁書張纘傳："兄緬有書萬餘卷，晝夜披讀，殆不輟手。"㊁分，分散。左傳昭五年："殺適立庶，又披其邑。"㊂覆蓋或搭衣於肩背。文選三國魏文帝(曹丕)雜詩："展轉不能寐，披衣起彷徨。"㊃裂，披折。戰國策秦三："木實繁者披其枝，披其枝者傷其心。"史記一〇七灌夫傳："此所謂'枝大於本，脛大於股，不折必披'。"

2. bì 集韻 彼義切，去，寘韻。
ㄅㄧˋ

㊄古喪具。用帛做成，用來牽挽柩車，防其傾覆。儀禮既夕禮："設披。"禮檀弓上："孔子之喪，公西赤爲志，飾棺牆，置翣，設披，周也。"注："披，柩行夾引棺者。"

【披心】剖心以示人。喻推誠。三國魏曹植曹子建集六當牆欲高行詩："憤憤俗間，不辨僞真，願欲披心自說陳。"也指剖取物之中心。唐錢起錢考功集三瑪瑙杯歌："瑶溪碧岸生奇寶，剖質披心出文藻。"

【披泄】宣洩，發泄。資治通鑑二五七唐僖宗光啟三年："(畢)師鐸始亦望(高)駢舊將勞問，得以具陳(呂)用之姦惡，披泄積憤。"

【披肩】㊀覆於肩上。全唐詩六九二杜荀鶴空閑二公遞以禪律相鄙因而解之："念珠在手隳禪衲，禪衲披肩壞念珠。"㊁服飾名。清文武品官衣大禮服時所用，加於項，覆於肩，形如菱，上繡蟒。八旗命婦亦用之。見清稗類鈔九一服飾。

【披卷】開卷，看書。宋書孝武文穆王皇后傳缺名爲江斅作讓婚表："至於夜步月而弄琴，晝拱袂而披卷，一生之內，與此長乖。"

【披拂】㊀拂動，吹拂。莊子天運："風起北方，一西一東，有上彷徨，孰噓吸是？孰居无事而披拂是？"漢王褒王諫議集責髯奴文："因風披拂，隨風飄飄。"㊁分披，撥開。文選南朝宋謝靈運石壁精舍還湖中作詩："披拂趨南徑，愉悅偃東扉。"此指分開擋路的草木。

【披披】㊀飄動貌。楚辭屈原九歌大司命："靈衣兮披披，玉佩兮陸離。"一說長貌。一本作"被被"，義同。㊁散亂貌。漢劉向九歎思古："髮披披以鬤鬤兮，躬劬勞而瘏悴。"

【披帛】婦女服飾名。始於秦，以縑帛爲之，漢時用羅。一說始於唐開元中，限於宮中女官及嬪妃服用。又舊俗婚娶，不論男婦，皆披絳帛。後世慶功也有披紅之事，即古之披帛。參閱五代後唐馬縞中華古今注中女人披帛、宋陳元靚事林廣記後集十服用原始霞帔、清虞兆漋天香樓偶得披帛。參見"披紅"。

【披剃】披僧衣，剃髮，指出家爲僧尼。景德傳燈錄十二志閑禪師："幼從柏巖禪師披剃，二十受具。"也作"披削"。又十三宗密禪師："唐元和二年將赴貢舉，遇造圓和尚法席，欣然契會，遂求披削。"

【披風】披在肩上的沒有袖子的外衣。明馬佶人十錦塘傳奇四："隨分什麽綢紗綿襖、白綾背褡、青羊絨襪子、潞紬披風，一總拏出來，任憑和相公揀中意的穿。"後也泛指斗篷。紅樓夢二十："就拿今日天氣比，分明冷些，怎麽你倒脫了青肷披風呢？"

【披紅】舊俗結婚時，新人及贊禮者身披紅帛，謂之披紅。古也稱披帛。紅樓夢九七："儐相請了新人出轎，寶玉見新人幪著蓋頭，喜娘披紅扶著。"參閱清虞兆漋天香樓偶得披帛。

【披涉】猶涉獵，披覽。抱朴子金丹："余考覽養性之書，鳩集久視之方，曾所披涉，篇卷以千計矣。"又自敍："大義多所不通，但貪廣覽，……曾所披涉，自正經諸史百家之言，下至短雜文章近萬卷。"

【披掛】穿戴盔甲。水滸十二："梁中書叫取一匹戰馬來，教甲仗庫隨應官吏應付軍器，教楊志披掛上馬，與周謹比武。"

【披猖】㊀猖狂。北齊書平鑒傳："高祖(高歡)謂鑒曰：'……今尒朱披猖，又能去逆從善，搖落之時，方識松筠。'"唐韓愈昌黎集二此日足可惜一首贈張籍詩："紛紛百家起，詭怪相披猖。"㊁決裂，分裂。北齊書王昕傳附王晞："帝欲以晞爲侍中，苦辭不受，或勸晞勿自疏，晞曰：'……人主恩私，何由可保，萬一披猖，求退無地。非不愛作熱官，但思之爛熟耳。"㊂分散，飛揚。唐唐彥謙鹿門集續補遺春深獨行馬上有作詩："日裂風高野草香，百花狼籍柳披猖。"

【披膊】古時作戰所著之甲分爲三部分，上部用以保護頸項肩膊者，稱披膊。參閱宋范成大桂海虞衡志志器。

【披緇】僧尼披緇衣，故稱出家爲披緇。唐齊己白蓮集七夏日寓居寄友人詩："披緇影迹堪藏拙，出世身心合向閒。"太平廣記四八七唐蔣防霍小玉傳："妾便捨棄人事，翦髮披緇，夙昔之願，於此畢矣。"

【披寫】傾吐，抒發。詩小雅何人斯"爲鬼爲蜮"唐孔穎達疏："汝寧不披寫汝情，不與我盟詛乎？"唐杜甫杜工部詩史補遺十奉送魏六丈佑少府之交廣："心事披寫間，氣酣達所爲。"

【披綿】肥，脂厚。宋蘇軾分類東坡詩二十送牛尾狸與徐使君："通印子魚猶帶骨，披綿黃雀漫多脂。"

【披膽】竭盡真誠。唐韋應物韋江州集

四送李十四山東遊詩:"聖朝有遺逸,披膽謁至尊。"

【披襟】㊀敞開衣襟。多喻舒暢心懷。文選戰國楚宋玉風賦:"有風颯然而至,王迺披襟而當之曰:'快哉此風!'"唐韋應物韋江州集七雨夜宿清都觀:"曠歲恨殊跡,兹夕一披襟。"㊁猶披心,謂推誠相與。晉書周顗傳:"王敦曰:'伯仁總角於東宮相遇,一面披襟,便許之三事,何圖不幸自貽王法。'"伯仁,顗字。也作"披衿"。藝文類聚五五梁王僧孺臨海伏府君集序:"與君道合神遇,投分披衿。"

【披瀝】竭盡。指竭盡忠言。全唐文一五五上官儀爲盧岐州請致仕表:"披瀝丹愚,諒非矯飾。"又劉蕡對賢良方正直言極諫策:"臣請披瀝肝膽,爲陛下别白而重言之。"參見"披肝瀝膽"。

【披靡】謂草木隨風倒伏。史記一一七司馬相如傳上林賦:"應風披靡,吐芳揚烈。"也以喻軍隊驚慌潰敗,如隨風倒伏。又項羽紀:"令四面騎馳下,期山東爲三處,於是項王大呼馳下,漢軍皆披靡。"也作"靡披"。後漢書八十上杜篤傳論都賦:"師之攸向,無不靡披。"

【披離】分散貌。文選戰國楚宋玉風賦:"至其將衰也,被麗披離,衝孔動楗。"指風。又三國魏嵇叔夜(康)琴賦:"豐融披離,斐韡奐爛。"指琴聲。後多用以形容草木枝葉披紛。初學記二八南朝梁吳均共賦韻同詠庭中桐詩:"華暉實掩映,細葉能披離。"

【披懷】敞開胸懷,比喻誠心相待。文選晉潘安仁(岳)金谷集作詩"白首同所歸"注引三國魏阮瑀爲魏武與劉備書:"披懷解帶,投分託意。"又晉陸士衡(機)辯亡論:"卑宮菲食,以豐功臣之賞;披懷虛己,以納謨士之筭。"

【披攘】屈服,倒伏。三國志魏陳思王植傳責躬詩:"朱旗所拂,九土披攘。"唐柳宗元柳先生集十八憎王孫文:"好踐稼蔬,所過狼藉披攘。"

【披露】㊀顯示,表白。後漢書三十下郎顗傳上章:"臣生長草野,不曉禁忌,披露肝膽,書不擇言。"今多用爲公布、發表之意。㊁暴露。唐柳宗元柳先生集二七零陵三亭記:"宿蠹藏姦,披露首服。"

【披覽】翻閱圖書或文章。文選三國魏陳孔璋(琳)答東阿王箋:"昨加恩辱命,并示龜賦,披覽粲然。"也作"披閱"。梁書陶弘景傳:"雖在朱門,閉影不交外物,唯以披閱爲務。"

【披耶西】紫寶石名。也稱披霞、碧披霞、砒碬。錫蘭國(即今斯里蘭卡)產,色深紫如葡萄,晶瑩光潤,有重至五六兩一塊者。參閱清谷應泰博物要覽六。

【披香殿】宮殿名。1. 漢時後宮的殿名,在長安。後漢書四十上班彪傳附班固兩都賦:"披香、發越"即指此。故址在今陝西西安市西北長安故城。參閱三輔黃圖三。2. 六朝殿名。在臺城(今江蘇南京市)後宮。見宋張敦頤六朝事迹編類上披香殿。

【披麻皴】中國畫山石皴法的一種。也叫麻皮皴,用以表現出山峯的脈理和陰陽向背。因所繪山石脈理如披麻,故名。創始於唐王維,爲中國畫南宗的畫法。參閱清釋道濟苦瓜和尚畫語錄皴法、清方薰山靜居畫論上。

【披雲霧】雲開霧散。比喻人之風神朗澈。世說新語賞譽上:"衛伯玉(瓘)爲尚書令,見樂廣與中朝名士談議,奇之。……命子弟造之,曰:'此人,人之水鏡也,見之若披雲霧,覩青天。'"也作"披霧"。南史孔休源傳:"侍中范雲一與相深遇,加褒賞,曰:'不期忽覿清顏,頓袪鄙吝,觀天披霧,驗之今日。'"

【披心瀝血】比喻竭盡忠誠。梁書袁昂傳謝啟:"推恩及罪,在臣實大,披心瀝血,敢乞言之。"

【披毛索黶】故意挑剔毛病。黶,痣。抱朴子接疏:"明者舉大略細,不忮不求,故能取威定功,成天平地,豈肯稱薪而爨,數粒乃炊,并瑕棄璧,披毛索黶哉。"也作"披毛求疵"。舊唐書九十崔元綜傳:"雖外示謹厚,而情深刻薄,每受制鞫獄,必披毛求疵,陷於重辟。"參見"吹毛求疵"。

【披毛戴角】指牲畜。景德傳燈錄二十跉跰和尚:"問:'學人不負師機,還免披毛戴角也無?'"

【披沙簡金】沙裏淘金,比喻多中取精。簡,揀選。梁鍾嶸詩品上晉王門郎潘岳詩:"謝混云:'潘詩爛若舒錦,無處不佳;陸(機)文如披沙簡金,往往見寶。'"世說新語文學引作"排沙簡金",並謂此乃孫綽語。也作"披沙揀金"。唐劉知幾史通直書:"然則歷考前史,徵諸直詞,雖古人糟粕,真僞相亂,而披沙揀金,有時獲寶。"

【披肝瀝膽】比喻竭誠相見,盡所欲言。漢書五一路温舒傳上書:"故大將軍受命武帝,股肱漢國,披肝膽,決大計,黜亡義,立有德,輔天而行,然後宗廟以安,天下咸寧。"宋司馬光温公集四十體要疏:"雖訪問所不及,猶將披肝瀝膽,以効其區區之忠。"

【披星帶月】形容早出晚歸或連夜奔波,備極辛勞。元曲選缺名冤家債主一:"這大的箇孩兒披星帶月,早起晚眠,這家私多虧了他。"

【披麻帶孝】服重孝。元曲選缺名冤家債主二:"你也想着一家兒披麻帶孝爲何由。"也作"披麻帶索"。明高則誠琵琶記四蔡公逼試:"老賊,你年紀八十餘歲也不識做孝,披麻帶索便喚做孝。"

【披堅執銳】披堅甲,執鋒利的武器。宋書武帝紀上:"高祖常披堅執銳,爲士卒先,每戰輒摧鋒陷陣。"也作"被堅執鋭"。戰國策楚一:"吾被堅執鋭,赴强敵而死,此猶一卒也,不若奔諸侯。"

【披雲見日】比喻重見光明。漢徐幹中論審大臣:"文王之識(姜太公)也,灼然若披雲而見日,霍然若開霧而觀天。"也作"開雲見日"。後漢書七四上袁紹傳公孫瓚與紹書:"趙太僕(岐)以周邵之德,銜命來征,宣揚朝恩,示以和睦,曠若開雲見日,何喜如之!"

【披裘負薪】相傳春秋吳季子出遊,見路有遺金。時當夏五月,有披裘打柴者。季子呼之拾金,打柴者瞋目拂手而言曰:"吾當夏五月,披裘而薪,豈取金者哉?"見韓詩外傳十、漢王充論衡書虛、晉皇甫謐高士傳上披裘公。後因以披裘負薪爲高人隱逸之典。唐王績東皋子集上遊北山賦:"忽據梧而策杖,亦披裘而負薪。"參見"五月披裘"。

【披榛採蘭】比喻選拔人才。晉書皇甫謐傳上疏:"陛下披榛採蘭,并收蒿艾,是以皋陶振褐,不仁者遠。"

招 1. zhāo ㄓㄠ 止遥切,平,宵韻,照。

㊀以手示意,或用某種方式召之使來,引致。書說命下:"旁招俊乂。"荀子勸學:"登高而招,臂非加長也,而見者遠。"㊁自取,引起。書大禹謨:"滿招損,謙受益。"㊂供認罪行。舊唐書哀帝紀:"乙未,勅僞稱官階人泉州晉江縣應鄉貢明經陳文巨招伏罪款,付河南府決殺。"㊃覊絆,牽繫。孟子盡心下:"如追放豚,既入其苙,又從而招之。"注:"苙,欄也。招,罥也。"㊄射之的,箭靶。吕氏春秋本生:"萬人操弓,共射其一招,招無不中。"㊅姓。漢有招猛。見通志二八氏族略四以名爲氏。

2. qiáo ㄑㄧㄠ 集韻祁堯切,平,宵韻。

㊆揭示,提出。莊子駢拇:"自虞氏招仁

義以撓天下也，天下莫不奔命於仁義。」國語周下：「立於淫亂之國，而好盡言以招人過，怨之本也。」

3. sháo 集韻 時饒切，平，宵韻。
ㄕㄠˊ

㊇樂名。通「韶」。史記五帝紀虞舜：「於是禹乃興九招之樂。」索隱：「招音韶，即舜樂簫韶。九成，故曰九招。」㊈見「招₃搖」。

【招子】招貼，告白。永樂大典宦門子弟錯立身戲文：「今早掛了招子，不免叫孩兒出來，商量明日雜劇。」警世通言五：「王氏生下一個孩子，小名喜兒，方纔六歲，跟鄰舍家兒童出去看神會，夜晚不回。夫妻兩個煩惱，出了一張招子，街坊上叫了數日，全無影響。」

【招引】招致，引進。宋書謝莊傳：「時北中郎將新安王子鸞有盛寵，欲令招引才望，乃使子鸞板莊爲長史。」梁書昭明太子傳：「招引名僧，談論不絕。」

【招册】記錄犯人供詞的册子。清會典事例八四六刑部刑律斷獄：「每年朝審、秋審，先期細覽招册。」

【招安】舊指封建統治者勸說武裝反抗集團或起義農民投降歸順。新五代史李愚傳：「潞王反，犯京師，愍帝夜出奔。……愚欲至中書候太后進止，(馮)道曰：『潞王已處處張牓招安，今即至矣，何可俟太后旨也？』」古今雜劇元缺名大婦小妻還牢末：「他二人有心待要上梁山泊來，爭奈不曾差人招安去。」

【招招】以手示意使來。詩邶風匏有苦葉：「招招舟子，人涉卬否。」傳：「招招，號召之貌。」一說招招與調調、刁刁聲同，指舟子鼓檝時身體屈申動搖之貌。南齊謝朓謝宣城集三始之宣城郡詩：「招招漾輕檝，行行趨嚴趾。」參閱聞一多詩經通義。

【招呼】呼喚，號召。詩小雅鹿鳴「呦呦鹿鳴，食野之苹」漢毛亨傳：「鹿得苹，呦呦然鳴而相呼，懇誠發乎中。以興嘉樂賓客，當有懇誠相招呼以成禮也。」三國志魏諸葛誕傳：「後毌丘儉、文欽反，遣使詣誕，招呼豫州士民。」

【招要】邀約。文選南朝宋謝惠連泛湖歸出樓中翫月詩：「輟策共駢筵，並坐相招要。」唐杜甫杜工部草堂詩箋五贈特進汝陽王二十韻：「招要恩屢至，崇重力難勝。」也作「招邀」。唐李白李太白詩十四寄上吳王之三：「灑掃黃金臺，招邀青雲客。」

【招降】招使歸附。後漢書七三公孫瓚傳：「瓚志埽滅烏桓；而劉虞欲以恩信招降，由是與虞相忤。」

【招架】㊀承認。京本通俗小說菩薩蠻：「先前說過的話，如何賴得？他若欺心不招架時，左右做我不着。」㊁答理，招呼。醒世恒言二七李玉英獄中訟冤：「玉英是聰明女子，見(禁子)話兒說得蹊蹺，已明白是個不良之人，留心提防，便不十分招架。」㊂抵擋。如言招架不住。

【招致】招來，收羅。荀子君道：「人主欲得善射，射遠中微者，縣貴爵重賞以招致。」縣，通「懸」。史記七八春申君傳：「是時齊有孟嘗君，趙有平原君，魏有信陵君，方爭下士，招致賓客，以相傾奪。」

【招展】飄蕩，搖曳。三國演義七一：「法正見曹兵倦怠，銳氣已墮，多下馬坐息，乃將紅旗招展。」也作「招颭」。又六六：「一面紅旗風中招颭，顯出一個大關字來。」清洪昇長生殿無盤：「盤旋跌宕，花枝招颭柳枝揚，鳳影高騫鸞影翔。」

【招徠】招之使來。漢書食貨志下：「(武帝)即位數年，嚴助、朱買臣等招徠東甌，事兩粵，江淮之間蕭然煩費矣。」史記平準書作「招來」。舊時商人招攬顧客也叫招徠。

【招揮】見「招麾㊁」。

【招提】梵語拓鬬提奢，義爲四方。後省作拓提，誤爲招提。四方之僧稱招提僧，四方僧之住處稱招提僧房。北魏太武造伽藍，創招提之名，後遂爲寺院的別稱。宋書謝靈運傳山居賦：「建招提於幽峯，冀振錫之息肩。」自注：「招提，謂僧不能常住者，可持作坐處也。」唐杜甫杜工部草堂詩箋一遊龍門奉先寺：「已從招提遊，更宿招提境。」此以招提直名寺僧。參閱唐玄應一切經音義十六大比邱威儀上、翻譯名義集七寺塔壇幢篇。

【招牌】寫有商店字號或經營業務作爲商店標誌的牌子。京本通俗小說碾玉觀音上：「只見車橋下一個人家，門前出着一面招牌，寫着『璩家裝裱古今書畫』。」元李有古杭雜記引宋張任國柳梢青詞：「掛起招牌，一聲喝采，舊店新開。」(說郛四)

【招集】㊀招延聚集。漢書七三韋玄成傳：「又招集天下賢俊，與協心同謀，興制度，改正朔。」也作「招輯」。漢書一〇〇上敍傳：「時隗囂據壟擁衆，招輯英俊。」注：「輯與集同。」㊁猶招撫。三國志魏高柔傳：「西有韓遂、馬超，謂爲已舉，將相扇動作逆，宜先招集三輔，三輔苟平，漢中可傳檄而定也。」

【招遠】縣名。屬山東省。漢曲成縣地。隋、唐、宋爲掖縣羅峯鎮地。金時劉豫析置，屬萊州。元因之。明清屬登州府。見嘉慶一統志一七三登州府。

【招募】招集人員。多指招兵。後漢書光武紀上：「(王莽)選練武衛，招募猛士，旌旗輜重，千里不絕。」唐缺名鄴侯家傳：「舊制，(府兵)三年而代，後以勞於路途，乃募能更住三年者，賜物二十段，謂之招募。遂令諸君皆募，謂之健兒。」

【招搖】㊀張揚。史記孔子世家：「靈公與夫人同車，宦者雍渠參乘，出，使孔子爲次乘，招搖市過之。」後來以行事張揚惹人注目曰招搖過市。明許自昌水滸記邂逅：「你不惜目挑心招，無俟招搖過市。」㊁山名。山海經南山經：「南山經之首曰䧿山，其首曰招搖之山。」呂氏春秋本味：「陽樸之薑，招搖之桂。」注：「招搖，山名，在桂陽。」桂陽，在今湖南郴州專區。㊂星名。在北斗杓端。禮曲禮上：「招搖在上，急繕其怒。」釋文：「北斗第七星。」

【招₃搖】㊀逍遙貌。史記一一七司馬相如傳上林賦：「招搖乎襄羊，降集乎北紘。」漢書作「消搖」。文選作「消搖」。㊁搖動貌。漢書禮樂志郊祀歌天門：「飾玉梢以舞歌，體招搖若永望。」注：「招搖，申動之貌。……招音韶。」

【招魂】㊀召喚死者的靈魂。古喪禮謂之復。儀禮士喪禮「復者一人」漢鄭玄注：「復者，有司招魂復魄也。」古人迷信，認爲將死者之衣升屋，北面三呼，即可招回死者之魂。也作「招復」。後漢書三九趙咨傳：「招復含斂之禮，殯葬宅兆之期。」參見「招魂葬」。㊁楚辭篇名。戰國楚屈原作。屈原深痛楚懷王之客死而招其魂，並諷諫楚頃襄王之宴安淫樂。漢王逸以爲戰國楚宋玉作，招屈原之魂。

【招潮】蟹的一種。又名招潮子。唐劉恂嶺表錄異下：「招潮子，亦蟛蜞之屬。殼帶白色。海畔多潮，潮欲來，皆出坎舉螯如望，故俗呼招潮也。」宋黃庭堅山谷內集十七又借答送蟹韻見意詩：「招潮瘦惡無永味，海鏡纖毫只强顏。」

【招麾】㊀指揮。荀子成相：「武王誅之，呂尚招麾，殷民懷。」注：「招麾，指揮也。」㊁召喚，徵辟。宋陸游劍南詩稿二八村居之一：「是中堪送老，高枕謝招麾。」也作「招揮」。又七五題幽居壁之二：「聲利場中偶解圍，悠然高枕謝招揮。」

【招撫】招使歸順而慰撫之。後漢書八八西域傳：「敦煌太守曹宗患其暴害，元初六年，乃上遣行長史索班，將千餘人屯伊吾以招撫之，於是車師前王及鄯善王來降。”北史崔挺傳附崔孝偉：“郡經葛榮離亂後，……招撫遺散，先恩後威，一周之後，流户大至。”

【招賢】招求賢者。戰國策燕一：“燕昭王收破燕後，即位，卑身厚幣以招賢者。”漢書成帝紀鴻嘉二年：“朕既無以率道，帝王之道日以陵夷，意乃招賢選士之路鬱滯而不通與，將舉者未得其人也？”

【招箭】習射時查看箭靶的人。宋史禮志十七大射儀：“苑中皆有射棚，畫暈的，射則用招箭班三十人，服緋紫繡衣，帕首，分立左右，以唱中否。”元史刑法志四殺傷：“諸軍士習射，招箭者不謹，致被傷而死，射者不坐。”

【招邀】見“招要”。

【招贅】招女婿。元施惠幽閨記三五：“昨蒙聖恩，憐俺無嗣，着俺招贅文武狀元爲婿。”

【招隱】㊀徵召隱士出仕。楚辭有招隱士篇。南朝宋文帝爲隱士雷次宗築招隱館於鍾山。見宋書本傳。唐高適高常侍集五留別鄭三韋九兼洛下諸公詩：“幸逢明聖多招隱，高山大澤徵求盡。”㊁招人歸隱。晉左思陸機均有招隱詩，詠隱居之樂。見文選。唐駱賓王集四酬思玄上人林泉詩之一：“聞君招隱地，髣髴武陵春。”

【招簣】床上墊塞架柱的方形小木。淮南子説山：“死而棄其招簣，不怨人取之。”注：“招簣，死者浴牀上之楄也。簣讀功績之績也。”

【招攜】㊀招撫背離的人。左傳僖七年：“招攜以禮，懷遠以德，德禮不易，無人不懷。”注：“攜，離也。”㊁招喚相偕。文選南朝宋謝惠連擣衣詩：“美人戒裳服，端飾相招攜。”

【招權】猶言攬權。荀子仲尼：“招權於下，以妨害人。”後謂求權貴而倚仗其勢。史記一〇〇季布傳：“楚人曹丘生，辯士，數招權顧金錢。”漢書季布傳注：“言招求貴人威權，因以請託，故得他人顧金錢也。”

【招攬】㊀招引，收羅。文選晉陸士衡（機）辯亡論上：“長沙桓王（孫策）逸才命世，弱冠秀發，招攬遺老，與之述業。”㊁沾惹。儒林外史十一：“但説到舉業上，（蘧）公孫總不招攬。”

【招文袋】放文件或財物的口袋。水滸二十：“宋江把那封書——就取了一條金子和這書包了，插在招文袋内。”

【招討使】官名。掌招撫討伐事務。唐時置軍事招討使，兵罷即廢。五代有行營南面招討使、北面招討使，又置都招討使。宋以大臣充任，不常置。元招討使多置於邊防要地。明代爲土官武職。參閲舊唐書職官志三，續通志一三一職官二、一三六職官七。

【招涼珠】傳説燕昭王得黑蚌之珠，時當隆暑，置之懷中，體自輕涼，因號曰消暑招涼之珠。見舊題晉王嘉拾遺記四。

【招魂葬】古時遇人死不得其尸，即用死者生前所穿戴的衣冠招魂而葬，名曰招魂葬。自漢魏以來行之。如東漢光武帝（劉秀）姊元，嫁鄧晨，死於戰亂。劉秀即位，追封爲新野公主。後晨卒，帝命招元魂與晨合葬。見後漢書十五鄧晨傳。唐張籍張司業集一征婦怨：“萬里無人收白骨，家家城下招魂葬。”參閲通典一〇三禮六三，續通典八三禮三九。

【招魂旛】舊時喪葬於柩側或屋外懸掛的小旗稱招魂旛。見宋趙彦衛雲麓漫鈔四。

【招隱山】山名。一名獸窟山。在今江蘇丹徒縣。山上有招隱寺。相傳爲南朝宋戴顒隱居處。一説梁昭明太子蕭統曾在此山讀書。參閲元和郡縣志二五江南道一潤州、太平寰宇記八九江南東道一潤州。

【招寶山】山名。在浙江鎮海縣東北。本名候濤山，因他國來華船舶停泊於此，故改名招寶。形勢險要，明嘉靖間築有城堡守禦。見嘉慶一統志二九一寧波府一。

【招拉筆洞】山名。在西藏拉薩市西南。山勢起伏相連，中嶺鑿斷，接砌石塔，中通大道。山上有招拉筆洞寺，舊時業醫喇嘛居之。見衛藏通志三山川、六寺廟。

【招風惹雨】喻招惹是非。醒世姻緣四二：“這監生不惟遮不得風，避不得雨，且還要招風惹雨。”也作“招風惹草”。紅樓夢三四：“薛蟠道：‘你只會怨我顧前不顧後，你怎麽不怨寶玉外頭招風惹草的呢？’”

【招風攬火】喻招惹是非。古今小説一蔣興哥重會珍珠衫：“地方輕薄子弟不少，你又生得美貌，莫在門前窺瞰，招風攬火。”

【招摇撞騙】假借名義，虛張聲勢，進行詐騙。清會典事例七四八刑部吏律職制：“學臣應用員役，儻有招摇撞騙及受賄傳遞等弊，提調官不行訪拿究治者，亦交部議處。”

担

1. jiē ㄐㄧㄝ 集韻 丘傑切，入，薛韻。

㊀高舉。詳“担撟”。

2. dǎn ㄉㄢˇ 多旱切，上，旱韻，端。

㊁擊。見廣雅釋詁。㊂拂。見玉篇。

3. dān ㄉㄢ

㊃負擔。通“擔”。

【担撟】高舉，放縱，引申爲所願高遠。楚辭屈原遠遊：“欲度世以忘歸兮，意恣睢以担撟。”注：“縱心肆志，所願高也。”也作“揭驕”。參見“揭驕”。撟，一作橋，又作矯。

押

1. yā ㄧㄚ 烏甲切，入，狎韻，影。

㊀在文書、字畫、契據上署名或畫記號，以爲憑信。三國志魏齊王紀嘉平六年注引世語及魏氏春秋，稱優人雲午等唱“青頭雞”促曹芳押詔書殺司馬師。青頭雞爲鴨，取與“押”同音，是三國時已有此稱。南北朝時稱畫敕。唐張彦遠法書要録四章述敍書録：“（陸）元悌等又割去前代名賢押署之跡，惟以己之名氏代焉。”㊁督率，拘管。南齊書高帝紀下建元元年詔：“若四州士庶，本鄉淪陷，簿籍不存，尋校無所，可聽州郡保押，從實除奏。”册府元龜九八七：“是月殿直崔處納押契丹僞定州刺史羽厥律以下一百七十人至。”㊂掌管。新唐書百官志：“以（中書舍人）六員分押尚書六曹，佐宰相判案。”㊃抵押，典當。紅樓夢七二：“叫平兒把我那兩個金項圈拿出去，暫且押四百兩銀子。”㊄詩賦用韻。宋晏幾道小山詞六幺令之一：“昨夜詩有回紋，韻險還慵押。”㊅鎮簾之物。陳徐陵玉臺新詠序：“玉樹以珊瑚作枝，珠簾以玳瑁爲押。”參見“簾押”。㊆上加重力。通“壓”。後漢書八五韓國傳：“兒生，欲令其頭扁，皆押之以石。”

2. xiá ㄒㄧㄚˊ

㊇接連。漢書四五息夫躬傳上疏：“軍書交馳而輻湊，羽檄重迹而押至。”注引文穎：“押音狎習之狎。”師古曰：“押至，言相因而至也。”㊈通“匣”。太平御覽六九二魏略曹丕與鍾繇書：“鄴騎既到，寶玦初至，捧押跪發，五内震駭。”

【押牙】同“押衙”。見“押衙”。

【押司】宋時地方官屬吏，辦理案牘、官司等事務。由當地有産業人户中差選。水滸十八：“今日縣里不知是那個押司直日?"參閱宋趙彦衛雲麓漫鈔十二。

【押字】唐太宗令羣臣上奏，任用真草，但署名不得草書，後人遂以草名爲花押，以其形體稍花，故名。後來漸用草書，宋人進呈文字或與人書牘，紙尾不書名，只押字，故謂之押字，或謂草字。今稱爲簽名或簽字。參閱宋黄伯思東觀餘論上記與劉無言論書、元周密癸辛雜識後集押字不書名。

【押赤】古烏蠻都城，在雲南滇池旁。參閱元史一二一速不台傳附兀良合台。

【押尾】署名於文書契約的末尾。詳"押縫"。

【押角】唐制中書門下兩省官上事日，宰相臨送。四相共坐一榻，各據一角，謂之押角。也作"壓角"。參閱宋洪邁容齋隨筆三典章輕廢。

【押宴】掌管宴會。宋歐陽修文忠集附録五修子發等述事迹:"先公奉使契丹，契丹使其貴臣陳留郡王宗愿……來押宴，曰:'此非常例，以卿名重。'"清宫廷有管燕大臣，掌宴會事，當爲其遺制。也稱"押伴"。宋李心傳建炎以來繫年要録一〇八紹興七年正月:"詔江東宣撫使張俊特賜御筵，令入内侍省都知一員押伴。"

【押班】朝會時領班。唐制，凡朝會奏事，以監察御史二人押班。宋制，由参知政事、宰相分日押班，餘官隨班升政事堂朝謁。參閱新唐書百官志三、宋史四十吕端傳。

【押番】宋時專管緝捕的衙役。水滸五十:"側首坐着孔目，下面一個押番幾個虞候。"

【押解】押送犯人或俘虜。明實録英宗實録三九:"(正統三年)即今清理軍伍，起解數多，而押解之人，亦動以萬計。"

【押衙】唐宋時官名，管領儀仗侍衛。衙，本作"牙"。軍中對立兩旗爲牙旗，後世遂置牙門將，竪牙旗於門。典總牙兵者爲押牙，其府爲牙門，後牙作"衙"。唐有古押衙，後晉石敬瑭留守北京，以劉智遠爲押衙。宋有左右押衙教練使。參閱唐李匡乂資暇集中、清俞樾茶香室四鈔十八押衙。

【押縫】署名於文書、契據的兩紙縫間或末尾。宋黄伯思東觀餘論上記與劉無言論書:"魏晉以來法書，至梁御府藏之，皆是朱异……等題名於首尾紙縫間，故或謂之押縫，或謂之押尾，衹是謂書名耳。"

【押韻】詩詞歌賦爲使聲韻和諧，在句末用同韻的字相押，謂之押韻。一般用於偶句句尾。也稱"韻脚"。押，也作"壓"。宋陳善捫蝨新話一:"韓退之(愈)詩，世謂押韻之文爾，然自有一種風韻。"

【押寨夫人】舊小説戲曲中稱緑林首領的妻子。水滸三五:"燕順便問道:'劉高的妻，今在何處?'王矮虎答道:'今番須與小弟做個押寨夫人。'"參見"壓寨夫人"。

抽 chōu ㄔㄡ 丑鳩切，平，尤韻，徹。

㊀引，拔出，拔除。詩鄭風清人:"左旋右抽，中軍作好。"傳:"右抽，抽矢以射。"詩小雅楚茨:"楚楚者茨，言抽其棘。"㊁植物發芽。文選晉束廣微(晳)補亡詩由庚:"木以秋零，草以春抽。"㊂提拔。後漢書六七范滂傳:"顯薦異節，抽拔幽陋。"㊃從全部中提取一部分。唐元稹長慶集二三織婦詞:"今年絲税抽徵早。"㊄抽打。元王實甫西廂記四本一折:"今日箇嫩皮膚倒將麁棍抽。"

【抽分】宋與海外互市，根據外貨的粗細，定不同税率，謂之抽解。元承宋制，除抽外來商貨外，也抽土貨税。至元二十年，始定抽分法。按值抽取商税若干分之幾。明設抽分廠，科收竹木柴薪税。參閱元史食貨志二市舶、明史食貨志五商税、市舶。

【抽沙】沙地松散，容易崩塌，俗稱抽沙。見宋魏泰東軒筆録八。參見"拔軸法"。

【抽身】引退，脱身。唐劉禹錫劉夢得集外集二刑部白侍郎謝病長告……以詩贈别:"洛陽舊有衡茅在，亦擬抽身伴地仙。"又白居易長慶集五八和微之春日投簡陽明洞天詩:"白首青山約，抽身去得無?"

【抽毫】作書以前先去筆套。猶抽筆。唐白居易長慶集四紫毫筆詩:"搦管趨入黄金闕，抽毫立在白玉除。"

【抽替】即抽屜。宋岳珂寶真齋法書贊十四黄魯直(庭堅)書簡帖下:"彼有木工，爲作一抽替藥羅，長尺一、闊六寸許便可。"警世通言三二杜十娘怒沉百寶箱:"(杜)十娘取鑰開鎖，内皆抽替小箱。"

【抽演】抽取而加以引申。晉書潘岳傳附潘尼釋奠頌:"抽演微言，啓發道真。"

【抽箕】淮南子齊俗:"故有大路龍旂，……則必有穿窬拊楗、抽箕踰備之姦。"漢高誘注:"抽，握也。"清王念孫認爲抽箕是扣墓之誤，"扣"與"抽"、"墓"與"基"都是形似而誤。"基"又聲誤爲"箕"。"扣"通"掘"，扣墓即掘墓、盗墓。見讀書雜志十三淮南内篇第十一。

【抽頭】㊀脱身。宋蘇軾蘇東坡集續集六與辯才禪師:"某幸於鬧中抽頭，得此閑郡，雖未能超然遠引，亦退老之漸也。"又黄裳演山集八送林君錫宣德詩:"最喜君來寫我憂，羣情忙處獨抽頭。"㊁設局邀人聚賭抽取頭錢，唐宋時稱乞頭。圖書集成經濟祥刑六一律令四七一:"開場之人，在家存留賭博之人，將自己銀錢放頭抽頭之人，各枷號三個月。"也指商品交易中的回扣。清艾衲居士豆棚閑話十:"凡是賣字畫骨董物件的，俱要抽頭，先來與他説通方成交易。"

【抽豐】舊稱找關係走門路向人求取財物。明馬佶人荷花蕩傳奇下八:"小生只因會試進京，路過揚州，此間司理是我座師，政欲抽豐一番，以作進京資斧之計。"參見"秋風"、"打抽豐"。

【抽簪】簪，冠笄，連冠於髮者，仕宦所用。故稱棄官引退爲抽簪。文選晉張景陽(協)詠史詩:"抽簪解朝衣，散髮歸海隅。"注引鍾會遺榮賦:"散髮抽簪，永絶一丘。"抱朴子知止:"鑒彭韓之明鏡，而念抽簪之術;覩越種之闇機，則識金象之貴。"

【抽籤】㊀削竹爲籤，配以詩語，於神前抽掣以占吉凶的迷信活動。唐宋居白幸蜀記:"初，(王)衍禱張惡之廟，抽籤得'逆天者殃'四字。"(説郛五四) ㊁掣籤以决事，猶拈鬮。朱子語類一〇六外任潭州:"在潭州時，詣學陞堂，以百數籤抽八齋，每齋一人出位講大學一章。"清姚之駰元明事類鈔八吏部抽籤注缺:"萬曆注略:孫丕揚爲吏部，更定選法，親自抽籤，時人嘲銓部爲籤部。"

【抽心舍】前後兩廳間聯絡之屋，如今之穿堂。唐制非常参官不得造抽心舍。見説郛九七稽古定制唐制。

【抽抽搭搭】低聲哭泣。紅樓夢二十:"黛玉見了，越發抽抽搭搭的哭個不住。"一本作"抽抽噎噎"。

【抽簡禄馬】占算星命吉凶。抽簡，占算。禄，禄存。馬，天馬。都是舊時星命家算命用的術語。二刻拍案驚奇三三:"因爲能與人抽簡禄馬，川中起他一個混名叫做楊抽馬。"

拐 guǎi ㄍㄨㄞ 求蟹切，上，蟹韻，羣。

㊀手杖。宋釋惠洪冷齋夜話八劉跛子説二范詩:"劉跛子，青州人，拄一拐，每歲必一至洛中看花。"㊁瘸，跛行。西遊記一:"猴王縱身跳起，拐呀拐的走了兩遍。"㊂轉彎，轉過。清平山堂話本簡貼和尚:"從裏面交〔教〕拐將過來，兩個獄

子押出一個罪人來。」㊃誘騙人口錢財。古今雜劇元關漢卿魯齋郎一："推整壺缾生巧計，拐他妻子走如飛。"

【拐子】騙子手。明缺名桃林賺傳奇上詩技："京城裏還有神出鬼没蓋様拐子來，他移星换斗，易日偷天，巧計偏奇。"

【拐孤】乖僻，古怪。紅樓夢七："他雖靦腆，却脾氣拐孤，不大隨和兒。"

【拐騙】誘騙人口財物。明王元壽異夢記傳奇十一："一身別無活計，全憑拐騙爲生。"

【拐子馬】宋代西北方面行營之制，選精騎爲大隊之左右翼，相互支援，以禦契丹弓騎奔突。金人襲用其名，又稱鐵浮屠。猶言精鋭騎兵部隊。建炎以來繫年要録一三六及宋史等謂金人聯鎖馬足，一馬仆，二馬不能行，非。參閲大金國志熙宗三、清趙翼陔餘叢考二十拐子馬不始於女真、許宗彦鑑止水齋集武經總要跋。

拈 1. niān ㄋㄧㄢ 奴兼切，平，添韻，泥。

㊀用手指取物。唐杜甫杜工部詩史補遺一漫興九絶之八："舍西柔桑葉可拈，江邊細麥復纖纖。"

2. diān ㄉㄧㄢ

㊀用手估量輕重。見"拈₂敠"。

【拈香】撮香而焚之。祖庭事苑八雜志："是以釋氏之作佛事，未嘗不以拈香爲先者，是所以記香而表信。"後多謂禮佛爲拈香。元王實甫西廂記一本二折："這齋供道場都完備了。十五日請夫人、小姐拈香。"

【拈酒】取酒而飲。唐杜甫杜工部草堂詩箋二三宴戎州楊使君東樓："重碧拈春酒，輕紅擘荔枝。"又元稹長慶集二二酬復言長慶四年元日郡齋感懷見寄詩："羞看稚子先拈酒，悵望平生舊採薇。"

【拈₂敠】以手估量輕重。也作"拈掇"、"敁敠"。景德傳燈録十二義玄禪師："黄蘗將钁钁地曰：'我遮钁，天下人拈敠不起，還有人拈得起麽？'"

【拈鬮】卽抓鬮。遇難決之事時，以標有記號的紙片或紙團，抽取其一，以作決定。明俞汝楫禮部志稿八九罪納賄度僧："（景泰三年）時天下僧童數萬赴京度，有詔兩京各度一千名，各府四十名，各州三十名，縣二十名，不必查勘稽留。左闡教清讓等令各僧童拈鬮定數，逼取銀萬餘兩，事覺，命法司擒治。"

【拈₂斤播兩】喻過分計較。古今雜劇明缺名大劫牢一："也不索晝夜思量心内想，也不索拈斤播兩顯耀我這英雄猛將。"也作"掂斤播兩"。參見該條。

【拈花微笑】相傳釋迦牟尼在靈山會上，拈花示衆，是時衆皆默然，惟迦葉破顔微笑。佛曰："吾有正法眼藏，涅槃妙心，實相無相，微妙法門，不立文字，教外别傳，付囑摩訶迦葉。"見五燈會元一迦葉佛。此謂禪宗以心傳心。後因以拈花微笑比喻心心相印。

拙 zhuō ㄓㄨㄛ 職悦切，入，薛韻，照。

㊀笨。與"巧"相對。書周官："作僞，心勞日拙。"老子："大直若屈，大巧若拙，大辯若訥。"㊁粗劣。常用作謙詞。見"拙刻"、"拙荆"。

【拙目】謂見識淺陋。晉陸機陸士衡集一文賦："雖濬發於巧心，或受吹（嗤）於拙目。"也稱"拙眼"。宋陸游劍南詩稿五二雜興十首以貧堅志士節病長高人情爲韻之六："觀人如觀玉，拙眼喜譏評。"

【拙生】謂不善於謀生。晉陶潛陶淵明集四雜詩之八："人皆盡獲宜，拙生失其方。"

【拙劣】笨拙而無能。唐白居易長慶集十五渭村退居……一百韻詩："拙劣才何用，龍鍾分自當。"

【拙行】猶言不在行，不善於某種技藝。行音 háng。宋書范曄傳附孔熙先："熙先藉嶺南遺財，家甚富足，始與（謝）綜諸弟共博，故爲拙行，以物輸之。"此指故作外行。資治通鑑一二四宋文帝元嘉二二年"故爲拙行"注："拙行者，僞爲不能也。"

【拙作】稱自己作品的謙詞。明張居正張文忠集書牘九答石麓李相公："承以老伯隧碑見委，弟雖不文，素辱同氣之愛，敢不敬承。……拙作俟秋冬間呈上也。"

【拙宦】舊時官僚自稱不善爲官，仕途不順。唐宋之問集下酬李丹徒見贈之作詩："以予慚拙宦，期子遇良媒。"又岑参岑嘉州詩一虢中酬陝西甄判官贈："微才棄散地，拙宦慙清時。"

【拙荆】對人稱自己妻子的謙詞。宋陽枋字溪集五通燮守田都統劄子："未稔學生可乞假一會涪上否？蓋拙荆未祔先塋，欲議歸藏，此願才畢，當伏謁戟轅，致九頓之謝。"

【拙訥】才拙口訥，多用作謙詞。文選南朝宋謝靈運初去郡詩："伊余秉微尚，拙訥謝浮名。"

【拙鳥】鳩的别名。鳩性拙，不善營巢，故名。詳"拙鳩"。

【拙魚】嘉魚的别名。北堂書鈔一五八晉任豫益州記："嘉魚生内穴，蜀人謂之拙魚，從石孔隨泉出，大者五六尺。"參見"嘉魚㊂"。

【拙筆】破敗的毛筆。南齊書王僧虔傳："孝武欲擅書名，僧虔不敢顯跡。大明世，常用拙筆書，以此見容。"宋陸游劍南詩稿四九省事："興發舊醅何害醉，詩成拙筆亦堪書。"後常用作指自己作品的謙詞。

【拙誠】雖愚鈍而樸實真誠。韓非子説林上："故曰巧詐不如拙誠。樂羊以有功見疑，秦西巴以有罪益信。"

【拙鳩】傳説鳩性笨拙，不善做巢，取它鳥巢居之，故稱拙鳩。也稱拙鳥。見禽經。後用以比喻不善於謀生的人。唐李羣玉詩集上滄州："賤子跡未安，謀身拙如鳩。"

【拙薄】謙詞，謂自己性拙才薄。南朝梁何遜何水部集臨行公車："道勝多增榮，拙薄終難化。"唐李白李太白詩十九答從弟幼成過西園見贈："拙薄謝明時，棲閒歸故園。"

【拙政園】我國著名園林建築，爲全國重點文物保護單位。在江蘇蘇州市。園址本爲唐陸龜蒙故宅。元爲大宏寺。明嘉靖中，御史王獻臣因寺遺址建别墅，以自託潘岳閑居賦序"拙者之爲政也"，題名拙政。清初爲海寧陳之遴所得。陳流放塞外，宅籍没入官，改爲駐防將軍府。後歸王永寧，尋復没入官。康熙十八年，改爲蘇松常道署，裁撤，散爲民居。乾隆間，蔣誦先重加修葺，改名復園。咸豐間，太平天国占领蘇州，於此建忠王府。清重占蘇州後，於此設八旗奉直會館，恢復舊名。解放後，全部重修，與滄浪亭、獅子林、留園稱爲蘇州四大名園。明文徵明有拙政園圖記，清吳偉業有拙政園山茶歌。參閲清錢泳履園叢話二十園林。

【拙軒集】金王寂撰。六卷。寂另著有北遷録，已佚。元好問中州集所選寂詩亦僅有數首，惟永樂大典所載尚多。清人輯入四庫全書。

【拙口鈍腮】指不善言辭。西遊記四三："沙僧道：'二哥，你和我一般，拙口鈍腮，不要惹大哥熱擦。'"又八八："師父，我等愚鹵，拙口鈍腮，不會説話。"

拇 mǔ ㄇㄨˇ 莫厚切，上，厚韻，明。

手或足的大指。易咸："咸其拇。"疏："拇是足大指也。”國語楚上：“有首領股肱，至于手拇毛脈。”注：“拇，大指也。”

【拇指】手或足的大指。素問骨空論：“膝痛，痛及拇指，治其膕。”

【拇陣】飲酒猜拳，互争勝負有如戰陣。清趙翼甌北詩鈔五言古律三新春招程霖巖湯蓉溪二丈……小集詩：“老拳轟拇陣，謎語鬭鬮戲。”

【拇動】管子小問：“謬然豐滿，而手足拇動者，兵甲之色也。”注：“中勇，外形必應，故手足拇動也。”後因謂躍然欲試曰拇動。

【拇戰】即搳拳，猜拳。明王徵福有拇戰譜，專記搳拳令辭。清江藩漢學師承記四朱笥河先生：“拇戰分曹，雜以諧笑。”

拎 líng 郎丁切，平，青韻，來。ㄌㄧㄥ

以手提物。玉篇：“拎，手懸捻物也。”明路惠期鴛鴦絛三二遣妁：“老身只用一隻手拎着他眼扎毛，就順手牽羊一般牽將來了，那怕他執拗。”

抮 zhěn 呼典切，上，銑韻，曉。ㄓㄣˇ 集韻 止忍切，上，軫韻。

旋轉。淮南子原道：“目觀掉羽武象之樂，耳聽滔朗奇麗激抮之音。”

【抮抱】㊀互相絞纏轉動。淮南子原道：“扶搖抮抱羊角而上。”注：“抮抱，引戾也。”引戾，一本作“了戾”，謂二物屈曲絞纏。一說扶搖、羊角皆風，此句當作“抮扶搖抱羊角而上”，“抮抱”非連文。見清俞樾諸子平議二九。㊁鳥類以體解卵。淮南子精神：“雖天地覆育，亦不與之抮抱矣。”方言八：“伏雞曰抱。”清錢繹方言箋疏：“抮抱，嫗伏之意。”

抶 chì 丑栗切，入，質韻，徹。ㄔˋ

鞭打。左傳文十年：“命夙駕載燧，宋公違命，無畏抶其僕以徇。”

拖 tuō 吐邏切，去，箇韻，透。ㄊㄨㄛ

㊀曳引。同“拕”、“扡”。論語鄉黨：“東首加朝服拖紳。”唐石經作“扡”。㊁奪取。淮南子人間：“秦牛缺徑於山中而遇盜……拖其衣被。”㊂拖延。見“拖欠”。

【拖欠】負債久延不還。宋歐陽修文忠集一一四言青苗錢第一劄子：“若連遇三兩料水旱，則青苗錢積壓拖欠數多，若纔遇豐熟却須一併催納，則農民永無豐歲矣。”

【拖延】延長時間，不加處理。宋蘇轍欒城集三七乞廢忻州馬城鹽池狀：“仍乞取問蔡碩等建議害民及虞部官吏希合權要，故作拖延情罪，依法施行。”

【拖沓】不爽利。清朱彝尊曝書亭集四四夢粱録跋：“歲辛巳，寓居昭慶僧樓，取而卒讀之，嫌其用筆拖沓，不知所裁。”

【拖逗】撩撥，勾引。元曲選康進之李逵負荊一：“待不吃呵，又被這酒旗兒將我來相拖逗。”也作“拖鬬”、“迤逗”。又缺名小尉遲三：“我見他遮截得來省氣力，倒拖鬬的我氣喘狼藉。”又石君寶秋胡戲妻四：“誰着你戲弄人家妻兒，迤逗人家婆娘。”

【拖鈎】即拔河。唐張說張燕公集一奉和觀拔河應制詩：“今歲好拖鈎，横街敞御樓，長繩繫日住，貫索挽河流。”參見“拔河”。

【拖雷】公元 1193—1232 年。蒙古汗國成吉思汗第四子。成吉思汗死，暫任監國，迎立兄窩闊台爲大汗。屢率兵攻金侵宋，盡滅金兵精鋭。不久病死。子蒙哥繼貴由爲大汗。元王朝建立後，追尊爲睿宗。元史有傳。

【拖沙魚】比目魚的别名。太平廣記四六四比目魚引唐劉恂嶺表録異：“比目魚，南人謂之鞋底魚，江淮謂之拖沙魚。”

【拖狗皮】比喻幫閑吃白食。古今雜劇元馬致遠薦福碑四：“見放着傍州例，我則去那菜饅頭處拖狗皮。”又缺名氣英布：“我不認得恁劉沛公，放二四拖狗皮是不回席。”

【拖腸鼠】鼠名。亦名唐鼠、易腸鼠。相傳其腹邊有物如腸，時亦脱落，故名。宋王禹偁小畜集八謫居感事詩：“兀兀拖腸鼠，悠悠曳尾龜。”道家傳説許遜得道，雞犬昇天，鼠不潔不得上，乃吐易其腸。王詩中稱“拖腸”，謂不能變易，依然故我。參閲太平廣記四四〇鼠引異苑。參見“唐鼠”。

【拖綉毬】宋時百戲之一。一人騎馬抱紅綉毬，繫以紅錦索，抛擲於地，數騎追射之，謂之拖綉毬。見宋孟元老東京夢華録七駕登寶津樓諸軍呈百戲。

【拖人下水】喻誘人同流合污。明儒學案六賀欽言行録：“渠以私意干我，我却以正道勸之；渠是拖人下水，我却是救人上岸。”明李素甫元宵鬧傳奇二五：“這是娘子拖人下水，與我什麽相干？”

【拖泥帶水】喻不乾脆利落。五燈會元十五惟簡禪師：“師（獅）子翻身，拖泥帶水。”此指動作拖沓。宋嚴羽滄浪詩話詩法：“語貴脱洒，不可拖泥帶水。”此指語言文章不簡潔。

拃 zhà ㄓㄚˋ

壓。“搾”之别體。通“榨”。新唐書二二一上西域傳摩揭它：“太宗遣使取熬糖法，即詔揚州上諸蔗，拃瀋如其劑。”

抱 bào 薄浩切，上，晧韻，並。ㄅㄠˋ

説文作“褢”。㊀以臂合圍持物。詩召南小星：“抱衾與裯，寔命不猶。”莊子天地：“抱甕而出灌。”㊁扶持，撫育。公羊傳成十五年：“公子遂謂叔仲惠伯曰：‘君幼，如之何？願與子慮之。’叔仲惠伯曰：‘吾子相之，老夫抱之。’”元曲選楊文奎兒女團圓二：“虧我抱的他這般大。”㊂持守。禮儒行：“抱義而處。”㊃懷抱，胸懷。文選晉盧子諒（諶）贈劉琨一首並書：“謹貢詩一篇，抑不足以揄揚弘美，亦以攄其所抱而已。”宋書范曄傳孔熙先獄中上書：“然區區丹抱，不負夙心。”㊄環繞。文選漢張平子（衡）西京賦：“抱杜含鄠，欱澧吐鎬。”唐杜甫杜工部草堂詩箋十八江村：“清江一曲抱村流，長夏江村事事幽。”㊅兩臂合圍之距稱抱。史記一一七司馬相如傳子虛賦：“楩柟木蘭，豫章女貞，長千仞，大連抱。”㊆禽鳥孵卵。見方言八。㊇姓。北魏有抱嶷。見魏書本傳。

【抱一】道家謂道生於一，故稱精思固守爲抱一。老子：“曲則舍，枉則直，窪則盈，敝則新，少則得，多則惑，是以聖人抱一爲天下式。”抱朴子明本：“儒者汲汲於名利，而道家抱一以獨善。”後來泛指固守一種信仰爲抱一。弘明集六南齊張融答周顒書：“勤務唯佛，專氣抱一，無謹於道乎？”

【抱冰】吳越春秋勾踐歸國外傳：“越王念復吳讎非一旦也。苦身勞心，夜以接日，目卧則攻之以蓼，足寒則漬之以水，冬常抱冰，夏還握火。愁心苦志，懸膽於户，出入嘗之。”唐元稹長慶集二三冬白紵詩：“共笑越王窮惴惴，夜夜抱冰寒不睡。”後因以抱冰喻刻苦自厲。

【抱告】原告得委託親屬或家人代理出庭，稱抱告。明制，洪武二年立卧碑不許生員直言時政利病，如有本人有關切己事情，許家人抱告。清制，現任官員或宗室覺羅婦女遇事控訴，得委任親屬或僕人代表出庭。參閲明俞汝楫禮部志稿二四學校學規、清袁枚隨園隨筆下抱告。

【抱柱】莊子盜跖記尾生與女子期於梁下，女子不來，水至不去，抱梁柱而死。後因用抱柱爲堅守信約的典故。晉書石崇傳上表："是以雖董司直繩，不能不深其文；抱柱含謗，不得不輸其理。"玉臺新詠一古詩八首之八："安得抱柱信，皎日以爲期。"參見"尾生"。

【抱負】㊀手抱肩負。後漢書七九上儒林傳序："自是莫不抱負墳策，雲會京師。"引申爲扶持。漢書九七孝成趙皇后傳："少主幼弱則大臣不使，世無周公抱負之輔，恐危社稷。"㊁志向。宋陸游劍南詩稿十四哀北："抱負雖奇偉，没齒不得伸。"

【抱怨】心懷怨恨。晉書四五劉毅傳："諸受枉者抱怨積直，獨不蒙天地無私之德，而長壅蔽於邪人之銓。"後多謂心有不滿而責怪他人曰抱怨。紅樓夢一："那封肅雖然每日抱怨，也無可奈何了。"

【抱愧】心中有愧，負疚。新唐書九六房玄齡傳："上含怒意決，羣臣莫敢諫，吾而不言，抱愧没地矣。"

【抱廈】圍繞堂屋後面的側室。紅樓夢三："由後廊往西，出了角門，是一條南北甬路，南邊是倒座三間小小抱廈廳。"

【抱罪】因犯過錯而負疚。後漢書六十蔡邕傳上封事："或有抱罪懷瑕，與下同疾，綱網弛縱，莫相舉察。"三國志魏陳思王植傳責躬詩："常懼顛沛，抱罪黄壚。"後來信札中多用作謙詞，表示内心不安。

【抱蜀】謂抱持祠器。蜀，祠器。管子形勢："抱蜀不言，而廟堂既修。"一説"蜀"爲"獨"之誤。參閲郭沫若等管子集校形勢。

【抱腹】㊀内衣名。猶如兜肚。釋名釋衣服："抱腹，上下有帶，抱裹其腹，上無襠者也。"㊁山名。在今山西靈石縣東。五代後漢郭無爲曾居是山，因號抱腹山人。參閲新五代史東漢世家、嘉慶一統志一五三霍州。

【抱槧】執持木簡。指寫作。槧，古代用以書寫文字的木簡。宋梅堯臣宛陵集四十正仲見贈依韻和答詩："平生好書詩，一意在抱槧。"

【抱膝】手抱膝而坐。有所思貌。三國志蜀諸葛亮傳"惟博陵崔州平、潁川徐庶元直與亮友善"注引魏略："(亮)每晨夜從容，常抱膝長嘯。"文選晉劉越石(琨)扶風歌："慷慨窮林中，抱膝獨摧藏。"

【抱磨】謂持名版，查點執紼人數。磨，即"適歷"，古代送葬時記執紼人姓名的版。周禮地官遂師："大喪，使帥其屬以幄帟先，道野役，及窆抱磨，共丘籠及蜃車之役。"

【抱璞】㊀春秋楚人和氏得玉璞楚山中，獻於厲王，王以爲石，謂和誑騙而斷其左足。武王時復獻之，又以爲石而斷其右足。文王即位，和抱璞而哭，王使玉人剖其璞，得寶玉，是謂和氏之璧。見韓非子和氏。後因以抱璞喻懷才不遇。楚辭漢東方朔七諫謬諫："和抱璞而泣血兮，安得良工而剖之？"晉書應詹傳薦韋泓表："四門開闢，英彦鳧藻，收春華於京輦，採秋實於巖藪，而泓抱璞荆山，未剖和璧。"㊁戰國齊宣王欲用顔斶，斶辭曰："夫玉生於山，制則破焉，非弗寶貴矣，然大璞不完；士生乎鄙野，推選則祿焉，非不尊遂也，然而形神不全。斶願得歸，……歸反璞，則終身不辱。"見戰國策齊四。後因以抱璞指保其本色，不爲爵祿所惑。後漢書六十蔡邕傳釋誨："僕不能參跡於若人，故抱璞而優游。"

【抱樸】守其本真，不爲物欲所誘惑。老子："見素抱樸，少私寡欲。"也作"抱朴"。南朝宋謝靈運謝康樂集二過白岸亭詩："未若長疏散，萬事恒抱朴。"

【抱甕】莊子天地："子貢南遊於楚，反於晉，過漢陰，見一丈人方將爲圃畦，鑿隧而入井，抱甕而出灌，搰搰然，用力多而見功寡。"後多以抱甕比喻淳樸的生活。初學記七晉孫楚〔井〕賦："抱甕而汲，不設機引，絶彼淫飾，安此璞慎。"唐李白李太白詩九贈張公洲革處士："抱甕灌秋蔬，心閑遊天雲。"

【抱牘】捧持文案。宋黄庭堅豫章集三僧景宗相訪寄法王航禪師詩："抱牘稍退鳧鶩行，倦禪時作橐駝坐。"後來幕府僚屬常自稱抱牘依人，意即爲長官掌管案牘。

【抱釁】猶負罪。三國志魏陳思王植傳上(責躬詩)疏："臣自抱釁歸藩，刻肌刻骨，追思罪戾，晝分而食，夜分而寢。"

【抱不平】見不平事而感到義憤，挺身主持公道。明姚子翼遍地錦傳奇智勸："我每在地方上，慣要無風起浪，小事成大，抱不平，硬出頭。"

【抱朴子】晉葛洪著。洪自號抱朴子，因以名其書。分兩篇，内篇二十卷，外篇五十卷。内篇論神仙、鍊丹、符籙等事，爲道家言；外篇論時政得失、人事臧否。内篇中有關鍊丹等内容，對研究我國古代化學、藥物學有一定參攷價值。

【抱佛脚】唐孟郊孟東野集九讀經："垂老抱佛脚，教妻讀黄經。"謂年老方信佛，以求佛佑，有臨渴掘井之意。後因稱事急無準備而臨時張羅爲抱佛脚。宋劉攽貢父詩話："王曰：'投老欲依僧'是古一句。客亦曰：'急則抱佛脚'是俗諺。"

【抱官囚】指貪戀祿位的人。宋黄庭堅豫章集八四休居士詩："富貴何時潤髑髏，守錢奴與抱官囚。"

【抱香履】抱木香而柔韌，可製履，稱抱香履。夏日穿之可禦蒸濕之氣。參閲晉嵇含南方草木狀中抱香履、明陳子壯陳文忠公遺集三和逢永水松詩序。

【抱節君】竹勁直有節，詩文中擬人稱竹爲抱節君。宋蘇軾分類東坡詩十此君亭："寄語庵前抱節君，與君到處合相親。"

【抱犢山】山名。1. 在河北獲鹿縣西。也稱革山。相傳北魏時百姓遭遇戰亂，依山抱犢而死，故名。參閲元和郡縣志十七河北道二恒州。2. 在山西壺關縣東南。東北去恒山。道家稱爲福地，高七十丈。見太平寰宇記四五潞州壺關縣。3. 在山東棗莊市東北。也稱抱犢崮、豹子谷。山頂寬而有水，相傳有隱士抱犢墾種其上，故名。見元和郡縣志十一河南道七沂州。4. 在河南盧氏縣東南。也名抱犢寨。四周險絶，頂平可耕，昔人多避兵其上。見讀史方輿紀要四八盧氏縣。

【抱冰公事】舊時官場所謂清苦的差使。宋陶穀清異録上官志抱冰公事："蒙州立山縣丞晁覺民，自中原避兵南來，因仕霸朝，食料衣服，皆市于鄰邑，一吏專主之；既回，物多毫末，皆置諸獄。當其役者曰：'又管抱冰公事也。'"

【抱殘守缺】指好古的人保守殘缺，泥古守舊。清江藩漢學師承記八顧炎武："二君以瓌異之質，負經世之才，……豈若抱殘守缺之俗儒，尋章摘句之世士也哉。"參見"保殘守缺"。

【抱槧書生】界尺的别名。古文人好事者以文房用品擬人稱爲十八學士，並爲其命名，題號。界尺爲司直，並加名號。宋林洪文房圖贊："黎司直，(名)仝，(字)季方，(號)抱槧書生。"

【抱蔓摘瓜】順藤摸瓜，指案情擴大，株連無辜。清詩别裁一錢謙益臨城驛壁見方侍御孩未題："抱蔓摘瓜餘我在，破巢完卵似君稀。"

【抱頭鼠竄】形容狼狽逃避之狀。宋蘇軾經進東坡文集事略五八擬侯公説項羽辭："夫陸賈天下之辯士，吾前日遣之，智窮辭屈，抱頭鼠竄，顛狽而歸。"參見"奉頭鼠竄"。

【抱薪救火】比喻欲除禍害而反使之擴大。戰國策魏三："以地事秦，譬猶抱薪而救火也，薪不盡而火不止。"也見史記魏世家。漢書五六董仲舒傳賢良對策:"法出而姦生,令下而詐起,如以湯止沸,抱薪救火,愈其亡益也。"

【抱關擊柝】守門打更的小吏。孟子萬章下:"辭尊居卑,辭富居貧,惡乎宜乎?抱關擊柝。"荀子榮辱:"故或祿天下而不自以爲多,或監門御旅,抱關擊柝,而不自以爲寡。"注:"抱關,門卒也;擊柝,擊木所以警夜者。"

拘 1. jū ㄐㄩ 舉朱切,平,虞韻,見。

㊀逮捕,拘禁。易隨:"拘係之乃從。"書酒誥:"盡執拘以歸于周。"㊁限制,拘泥。莊子漁父:"故聖人法天貴真,不拘於俗。"商君書更法:"三代不同禮而王,五霸不同法而霸,故知者作法,而愚者制焉;賢者更禮,而不肖者拘焉。"

2. gōu ㄍㄡ 集韻 居侯切,平,尤韻。

㊂取。禮曲禮上:"若僕者降等,則撫僕之手,然則自下拘之。"注:"自下拘之,由僕手下取之也。"釋文:"拘,古侯反,又音俱。"㊃遮蔽。禮曲禮上:"必加帚於箕上。以袂拘而退,其塵不及長者。"釋文:"拘,古侯反,徐音俱。"㊄曲,痙攣、不能伸直。淮南子泰族:"夫指之拘也,莫不事申也。"

【拘文】拘泥於成法。史記一一七司馬相如傳難蜀父老書:"且夫賢君之踐位也。豈特委瑣握齪,拘文牽俗,循誦習傳,當世取說云爾哉!"

【拘介】廉正自守。晉書王沉傳:"今使教命班下,示以賞勸,將恐拘介之士,或憚賞而不言;貪賕之人,將慕利而妄舉。"

【拘束】受約束限制。梁鍾嶸詩品中宋光祿大夫顏延之詩:"又喜用古事,彌見拘束。"北齊書馮偉傳:"(趙郡)王將舉秀才,固辭不就,歲餘請還。王知其不願拘束,以禮發遣。"

【拘忌】拘束畏忌。漢荀悅前漢紀五惠帝六年:"故秦得擅其海內之勢,無所拘忌,肆行奢淫,暴虐天下。"三國志魏王昶傳戒子書:"東平劉公幹,博學有高才,誠節有大意,然性行不均,少所拘忌,得失足以相補。"

【拘泥】固執不知變通。宋朱熹朱文公集三六答陸子靜書:"若實見得,即說有說無,或先或後,都無妨礙。今必如此拘泥,强生分别,曾謂不尚空言,專務事實而反如此乎?"

【拘₂拘₂】拳曲不伸。莊子大宗師:"夫造物者,將以予爲此拘拘也。"釋文:"拘拘,郭(象)音駒,司馬(彪)云:體拘攣也。"

【拘刷】㊀收繳。金史食貨志二:"(大定)二十七年,隨處官豪之家多請占官地,轉與它人種佃,規取課利。命有司拘刷見數,以與貧難無地者。"㊁拘捕。元曲選李致遠還牢末一:"將普天下小婦每拘刷來一搭裏,砧刀上剁做肉汁,大鍋裏熬做汗。"

【拘扃】拘謹,局促。三國魏劉邵人物志上九徵:"清介廉潔,節在儉固,失在拘扃。"

【拘持】要挾,挾制。漢書七六韓延壽傳:"(蕭)望之自奏,職在總領天下,聞事不敢不問,而爲延壽所拘持。上由是不直延壽。"

【拘耆】梵語。鳥名。法苑珠林九五瞋恚引證引赤嘴烏喻經:"昔有烏名曰拘耆,遊在叢林。"注:"梁言赤嘴烏。"也作"拘耆羅"。唐玄應一切經音義十地持論二:"彌陀羅國拘耆羅。"注:"或作拘翅羅,梵言轉也,譯云好聲鳥,此鳥聲好而形醜,從聲爲名也。"

【拘留】扣留。漢書九四下匈奴傳贊:"單于亦輒拘留漢使,以相報復。"

【拘牽】受束縛,牽制。漢書元帝紀初元三年:"百姓仍遭凶阨,無以相振,加以煩擾虖苛吏,拘牽乎微文,不得永終性命,朕甚閔焉。"唐白居易長慶集五七酬别微之詩:"博望自來非棄置,承明重入莫拘牽。"

【拘票】拘捕人犯之公文,猶今之逮捕證。清陳貞慧書事防亂公揭本末:"初見其拘票,首予,次吳應箕,次仲馭(周鑣)弟周鍒。"

【拘虛】莊子秋水:"井鼃不可以語於海者,拘於虛也。"虛,同"墟",指所居之地。後遂以拘虛喻人孤居一隅,見聞不廣。清趙翼甌北詩鈔五古一古詩十九首之十一:"俗儒識拘墟,硜硜守故紙。"參閱清王念孫讀書雜志十六拘於虛。

【拘絜】束身自潔。絜,同"潔"。後漢書四九仲長統傳損益:"得拘絜而失才能,非立功之實也。"注:"拘絜謂自拘束而絜其身者,即隱逸之人也。"

【拘閡】妨礙。閡,同"礙"。後漢書五八虞詡傳:"今其衆新盛,難與爭鋒。兵不猒(厭)權,願寬假轡策,勿令有所拘閡而已。"

【拘領】古人衣上的曲領,用以繞頸。荀子哀公:"古之王者,有務而拘領者矣。其政好生而惡殺焉。"注:"務讀爲冒,拘與句同,曲領也,言雖冠衣拙樸而行仁政也。"

【拘儜】拘束。唐韓愈昌黎集八城南聯句:"始知樂名教,何用苦拘儜。"

【拘儒】㊀迂闊的儒生。漢桓寬鹽鐵論復古:"故未違扣扃之義,而録拘儒之論。"又王充論衡須頌:"方今天下太平矣,頌詩樂聲,可以作未?傳者不知也,故曰拘儒。"㊁猶褊狹。後漢書六一左雄傳論:"於是處士鄙生,忘其拘儒,拂巾衽褐,以企旌車之招矣。"

【拘録】猶劬勞、勤勞。荀子君道:"材人,愿愨拘録,計數纖嗇,而無敢遺喪,是官人使吏之材也。"也作"劬録"(淮南子主術)、"軥録"(荀子榮辱)。參見各該條。

【拘縻】束縛。宋釋惠洪石門文字禪七次韻過醴陵驛詩:"此生一寄耳,夢幻相拘縻。"

【拘禮】爲禮法所拘,言不能通權達變。淮南子氾論:"拘禮之人,不可使應變。"

【拘檢】檢束。後漢書六一左雄傳:"虛誕者獲譽,拘檢者離毀。"唐韋應物韋江州集七南園陪王卿遊矚詩:"形跡雖拘檢,世事澹無心。"

【拘彌】漢時西域城國之一。本作扜彌,治寧彌城。故地在今新疆和田縣東。參閱後漢書八八西域傳。

【拘攣】㊀痙攣。肌肉神經性收搐。莊子大宗師"夫造物者,將以予爲此拘拘也"釋文引司馬(彪):"體拘攣也。"唐白居易長慶集六遊悟真寺詩:"野麋斷羈絆,行走無拘攣。"㊁拘束。文選漢鄒陽獄中上書自明:"秦信左右而亡,周用烏集而王,何則?以其能越拘攣之語,馳域外之義,獨觀於昭曠之道也。"後漢書三五曹褒傳:"帝知羣寮拘攣,難與圖治。"

【拘那夷】夾竹桃的異名。又名俱那衛。詳"俱那衛"。

【拘幽操】琴曲名。相傳文王爲崇侯虎所譏,商紂囚之於羑里,申憤而作此曲。見漢蔡邕琴操上拘幽操。

【拘盧舍】梵語。長度名。也作"俱盧舍"、"一牛吼地"。毗曇論以四肘爲一弓,五百弓爲一拘盧舍。一弓長八尺,一拘盧舍合四百丈。又雜寶藏經一拘盧舍以五里計。參閱法苑珠林三時節。參見"俱盧舍"、"一牛吼地"。

拊 1. fǔ ㄈㄨˇ 芳武切,上,麌韻,滂。

㊀拍,輕擊。書益稷:"予擊石拊石,百獸率舞。"左傳襄二五年:"公拊楹而歌。"㊁

撫摸。通“撫”。公孫龍子堅白論:“視不得其所堅,而得其所白者,無堅也;拊不得其所白,而得其所堅〔者〕,無白也。”㊂撫育,撫慰。詩小雅蓼莪:“拊我畜我。”左傳宣十二年:“王巡三軍,拊而勉之。”㊃樂器。即拊搏。周禮春官小師:“大祭祀,登歌擊拊。”參見“拊搏”。㊄柄,器把。禮少儀:“刀卻刃授穎,削受拊。”此指刀柄。又:“弓則以左手屈韣執拊。”此指弓中央把手處。字亦作“弣”。

2. fū ㄈㄨ 集韻 風無切,平,虞韻。

㊅黃帝時有醫者俞拊。見漢書藝文志經方類泰始黃帝扁鵲俞拊方注。

【拊心】撫胸,拍胸。莊子讓王:“子列子入,其妻望之而拊心曰:‘……今有飢色,君過而遺先生食,先生不受,豈不命邪!’”

【拊手】拍手。史記趙世家:“趙盾在時,夢見叔帶持要而哭,甚悲;已而笑,拊手且歌。”

【拊育】撫養。同“撫育”。三國志吳孫和何姬傳:“何姬曰:‘若皆從死,誰當養孤?’遂拊育晧,及其三弟。”參見“撫育”。

【拊背】輕拍肩背。史記外戚世家衞皇后:“子夫上車,平陽主拊其背曰:‘行矣,彊飯,勉之!即貴,無相忘。’”子夫,衞后字,初爲平陽公主謳者。全唐詩四三李百藥妾薄命:“羞聞拊背入,恨說舞腰輕。”

【拊掌】拍手。三國志吳太史慈傳“果如期而反”注引江表傳:“(孫)策拊掌大笑,乃有兼并之志矣。”玉臺新詠一古詩爲焦仲卿妻作:“阿母大拊掌,不圖子自歸。”

【拊循】撫慰,安撫。荀子富國:“垂事養民,拊循之,唲嘔之。”淮南子泰族:“聖人之治天下,非易民性也,拊循其所有滌蕩之,故因則大,化則細矣。”引申爲訓練和調度之意。史記九二淮陰侯傳:“且信非得素拊循士大夫也。”也作“拊巡”。文選南朝宋顏延年(延之)陽給事誄:“勉慰痍傷,拊巡饑渴。”

【拊搏】樂器,又名搏拊,或單稱拊、相。禮明堂位:“拊搏、玉磬、揩擊、大琴、大瑟、中琴、小瑟,四代之樂器也。”注:“拊搏,以韋爲之,充之以糠,形如小鼓,揩擊謂柷敔,皆所以節樂者也。”參閱禮樂記“治亂以相”注。參見“搏拊”。

【拊楗】搖動門户之楗,指盜竊。楗,鎖門之木插。淮南子齊俗:“故有大路龍旂羽蓋垂緌,結駟連騎,則必有穿窬拊楗抽箕踰備之姦。”也作“拊鍵”。漢揚雄法言重黎:“賢者司禮,小人司幟,況拊鍵乎?”

【拊髀】以手拍股,表示振奮。漢書五十馮唐傳:“上既聞廉頗李牧爲人,良說,乃拊髀曰:‘嗟乎!吾獨不得廉頗李牧爲將,豈憂匈奴哉!’”史記一〇二馮唐傳作“搏髀”。也作“拊脾”。莊子在宥:“鴻蒙方將拊脾雀躍而遊。”釋文:“脾,本又作髀,音陛。”

【拊膺】拍胸。多表示哀痛、悲憤。三國志魏袁紹傳“遂殺之”注引先賢行狀:“紹軍之敗也,土崩奔北,師徒略盡,軍皆拊膺而泣曰:‘向令田豐在此,不至於是也!’”藝文類聚二六三國魏阮籍詠懷詩:“臨觴拊膺,對食忘餐。”

【拊翼】擊拍翅膀,喻將奮起。漢書一〇〇下敍傳:“張(耳)陳(餘)之交,斿如父子,攜手遂秦,拊翼俱起。”注:“遂,古遯字也。拊翼,以雞爲喻,言知將旦,則鼓擊其翼而鳴也。”

【拊譟】拍手歡呼,喜悅之意。文選漢馬季長(融)長笛賦:“聞之者,莫不張耳鹿駭,熊經鳥伸,鴟視狼顧,拊譟踊躍。”五臣本“拊”作“附”。魏大饗碑:“是以士有拊譟之驩,民懷惠康之德。”(隸釋十九)。也作“鼓譟”,轉作“鳧藻”。參見各該條。

【拊背扼喉】史記九九劉敬傳:“夫與人鬬,不搤其亢,拊其背,未能全其勝也。”亢,喉嚨。後以拊背扼喉喻控制要害之處。舊唐書一八五上薛大鼎傳:“義旗初建,於龍門謁高祖,因說:‘請勿攻河東,從龍門直渡,據永豐倉,傳檄遠近,則足食足兵。既總天府,據百二之所,斯亦拊背扼喉之計。’”

拍 1. pāi ㄆㄞ 普伯切,入,陌韻,滂。

㊀輕擊。韓非子功名:“一手獨拍,雖疾無聲。”文選晉郭景純(璞)遊仙詩之二:“左挹浮丘袖,右拍洪崖肩。”㊁樂曲的音節。如東漢蔡琰有胡笳十八拍。唐南卓羯鼓録:“樂工多言(宋)沇不解聲律,不審節拍,兼有聵疾。”㊂樂器。用紫檀板四片,以絃合三片爲一束,執一片拍之。見清通典六六樂四。參見“拍板”。㊃古時投擲石塊或火種的攻堅武器。陳書侯瑱傳:“將戰,有微風至自東南,衆軍施拍縱火。”參見“拍車”。

2. bó ㄅㄛˊ

㊄肩胛。周禮天官醢人:“饋食之豆,其實葵菹,……豚拍,魚醢。”注:“鄭大夫杜子春皆以拍爲膊,謂脅也。”

【拍刀】兩刃長刀。新唐書九二杜伏威傳附闞稜:“善用兩刃刀,其長丈,名曰拍刀。”舊唐書作“拍刃”。殿本作“陌刀”。參見“拍髀”。

【拍序】唐代法曲中序始加拍,稱爲拍序。唐白居易白香山集五一霓裳羽衣歌:“散序六奏未動衣,陽臺宿雲慵不飛,中序擘騞初入拍,秋竹竿裂春冰折。”注:“凡法曲之初,衆樂不齊,唯金石絲竹次第發聲,霓裳序初,亦復如此。散序六徧無拍,故不舞也,中序始有拍,亦名拍序。”參見“法曲”。

【拍車】戰車之類,可以投石或拋擲火種,用於攻堅。陳書黃法𣰋傳:“(太建)五年,大舉北伐,都督吳明徹出秦郡,以法𣰋爲都督,出歷陽,……大破齊軍,盡獲人馬器械。於是乃爲拍車及步艦,豎拍以逼歷陽。”

【拍花】指舊時歹徒用迷藥誘拐兒童。清李虹若朝市叢載七人事拍花:“拍花擾害遍京城,藥末迷人任意行。多少兒童藏户內,可憐散館衆先生。”

【拍板】樂器。用堅木數片,以繩串聯,用以擊節。周禮春官笙師有舂牘、應雅,皆爲節樂之器。魏晉以來有拍板。景德傳燈録二七善慧大士:“大士登坐,執拍板唱經,成四十九頌。”參閱宋高承事物紀原二拍板、清文獻通考一六七樂十三。

【拍浮】浮水,游泳。世說新語任誕:“畢茂世(卓)云:‘一手持蟹螯,一手持酒杯,拍浮酒池中,便足了一生。’”宋蘇軾分類東坡詩十七莫笑銀杯小答喬太博:“萬斛船中着美酒,與君一生長拍浮。”

【拍張】雜技名。表演者伸臂從空中接刀爲戲。南齊書王敬則傳:“年二十餘,善拍張。補刀戟左右。景和使敬則跳刀,高與白虎幢等,如此五六,接無不中。”景和,南朝宋前廢帝劉子業年號。

【拍掌】擊掌。兩人各出一手相拍,表示約定,信守不移。警世通言三二杜十娘怒沉百寶箱:“老身年五十一歲了,又奉十齋,怎敢說謊?不信時與你拍掌爲定。”

【拍彈】唐時一種有表情動作的演唱。唐蘇鶚杜陽雜編下:“(李)可及善轉喉舌,對至尊(指唐懿宗李漼)弄媚眼,作頭腦,連聲作詞,唱新聲曲,須臾即百數方休,時京城不調少年相效,謂之拍彈。”注:“(彈)去聲。”明本大字應用碎金技樂技藝以拍彈與飛梡、射隙、椀珠、㘭腰等並列,疑指另一技藝。

【拍髀】佩刀,帶時拍髀旁,故名。見釋名釋兵。漢書九六上西域傳婼羌“兵有弓、矛、服刀、劍、甲"注引劉德:"服刀,拍髀也。"清惲敬謂此刀甚長,懸佩之則拍至髀,卽五代時的拍刀。見大雲山房雜記一。

抵 1. dǐ 都禮切,上,薺韻,端。ㄉㄧˇ

㊀排擠。漢書八七下揚雄傳解謿:"范睢,魏之亡命也,……激卬萬乘之主,界涇陽,抵穰侯而代之,當也。"㊁抵賴。漢書九十田延年傳:"丞相議奏延年主守盜三千萬,不道。……延年抵曰:'本出將軍之門,蒙此爵位,無有是事。'"㊂價值相當。周禮地官泉府:"買者各從其抵。"唐杜甫杜工部草堂詩箋九春望:"烽火連三月,家書抵萬金。"㊃拜謁,投靠。吕氏春秋無義:"續經與之俱如衞,抵公孫與。"注:"抵,主也。"唐李白李太白詩二六與韓荆州書:"十五好劍術,徧干諸侯。三十成文章,歷抵卿相。"㊄至,到達。史記秦始皇紀:"三十五年,除道,道九原,抵雲陽,塹山堙谷,直通之。"㊅觸犯。見"抵死㊀"。㊆抵償。見"抵誅"、"抵罪"。㊇擲,扔。後漢書八十禰衡傳:"(劉)表嘗與諸文人共草章奏,並極其才思。時衡出,還見之,開省未周,因毁以抵地。"㊈如何,什麽。猶"底"。唐溫庭筠詩集三西州詞:"去帆不安幅,作抵使西風?"宋百家詩存賀鑄提壺引:"金龜寶貂家所無,持抵可過黄公壚?"

2. zhǐ 集韻 掌氏切,上,紙韻。ㄓˇ

㊉擊。本作"抵"。見"抵₂陒"、"抵₂掌"等。

【抵死】㊀冒死。漢書文帝紀詔:"此細民之愚,無知抵死,朕甚不取。"㊁分外,格外。宋王安石臨川集二十與微之同賦梅花得香字詩之三:"向人自有無言意,傾國天教抵死香。"宋陸游劍南詩稿六花時遍遊諸家園之二:"爲愛名花抵死狂,只愁風日損紅芳。"㊂竭力,堅持。宋蘇軾東坡詞滿庭芳之四:"思量能幾許,憂愁風雨,一半相妨,又何須抵死説短論長。"又楊萬里誠齋集七梅熟小雨詩:"留許枝間慰愁眼,兒童抵死打黄梅。"一本"眼"作"根"。㊃終究,總是。宋柳永樂章集傾杯樂:"如何媚容豔態,抵死孤歡偶。"又辛棄疾稼軒詞沁園春帶湖新居將成:"甚雲山自許,平生意氣,衣冠人笑,抵死塵埃。"

【抵法】依法受刑。猶伏法。漢書六十杜延年傳:"或丞相、御史除用,滿歲以狀聞,或抵其罪法,常與兩府及廷尉分章。"注:"抵,至也。言事之人有姦妄者,則致之於罪法。"唐南卓羯鼓録:"此人大逆戕忍,不日間兼卽抵法。"

【抵₂陒】乘人之危而攻擊之。漢書六十杜周傳贊:"(杜)業因勢而抵陒,稱朱博,毁師丹,愛憎之議可不畏哉!"注引服虔曰:"抵音紙。陒音羲。謂罪敗而復抨彈之。"

【抵冒】觸犯,冒犯。漢書六九趙充國傳:"是後,羌人旁緣前言,抵冒渡湟水,郡縣不能禁。"又禮樂志:"習俗薄惡,民人抵冒。"注:"抵,忤也;冒,犯也。言無廉恥不畏懼也。"

【抵梧】抵觸,矛盾。漢書六二司馬遷傳贊:"至於采經摭傳,分散數家之事,甚多疏略,或有抵梧。"漢紀孝武紀五引作"抵忤"。南朝宋裴駰史記集解序引作"抵捂"。

【抵₂掌】擊掌。戰國策秦一:"(蘇秦)見説趙王於華屋之下,抵掌而談,趙王大悦。"也作"抵掌"。參見"抵掌"。

【抵誅】因犯罪而被處死刑。吕氏春秋分職:"若是,則受賞者無德,而抵誅者無怨矣。"注:"抵,當也。"

【抵瑕】獲罪。瑕,過錯。唐柳宗元柳先生集十五答問:"而僕乃蹇淺窄僻,跳浮嘐喈,抵瑕陷厄,固不足以趑趄批捩而追其跡。"

【抵當】㊀抗拒,抗禦。朱子語類一三〇自熙寧至靖康用人:"張孝純靖康間守太原,虜人圍其城,凡抵當半年,守得極好。"當,音dǎng。㊁抵押。宋劉安世盡言集五論章惇强買朱迎等田産事:"右臣伏見蘇州崑山縣百姓朱迎、徐宗、唐遂、諸育四人經户部陳狀,各稱有田産,元係抵當市易官錢,後來連值災傷,不能如期結絶。"也指抵押品。宋史三二七王安石傳:"市易之法,聽人賒貸縣官貨財,以田宅或金帛爲抵當,出息十分之二。"當,音dàng。

【抵罪】抵償其應負的罪責。韓非子内儲下六微:"是將以濟陽君抵罪於齊矣。"史記高祖紀:"殺人者死,傷人及盜抵罪。"索隱:"抵,當也。謂使各當其罪。"

【抵₂節】猶擊節。節,樂器名。也名拊。古時音樂演奏開始時,先擊拊、鼓。南朝宋鮑照鮑氏集八擬行路難歌之一:"願君裁悲且減思,聽我抵節行路吟。"

【抵賴】拒不承認。清平山堂話本曹伯明錯勘贓記:"謝小桃抵賴,不肯招認。"

【抵₂巇】鬼谷子抵巇:"巇始有朕,可抵而塞,可抵而却,可抵而息,可抵而匿,可抵而得,此謂抵巇之理也。"題注:"抵,擊實也;巇,釁隙也。牆崩因隙,器壞因釁,而擊實之,則牆器不敗。"後因稱鑽營爲抵巇。唐韓愈昌黎集十三釋言:"不能奔走乘機抵巇,以要權利。"宋穆脩河南穆公集一和秀才江墅幽居詩之五:"抵巇非我事,大笑引蘇錐。"

【抵觸】冒突,頂撞。漢書八七揚雄傳校獵賦:"亶觀夫票禽之紲踰,犀兕之抵觸。"漢王充論衡辨祟:"抵觸縣官,罹麗刑法。"

【抵讕】拒不承認。漢書四七文三王傳梁王立:"王陽病抵讕,置辭驕嫚。"

拆 chāi 集韻 恥格切,入,陌韻。ㄔㄞ

㊀分裂,裂開。通"坼"。詩大雅生民:"不拆不副,無菑無害。"㊁打開,拆散。唐韓愈昌黎集五寄皇甫湜詩:"拆書放牀頭,涕與淚垂四。"元方回桐江續集三廢宅嘆詩:"窗户半拆卸,髹漆留餘光。"

【拆字】舊時一種占卜之法。術士令求占者任舉一字,加以分合增減,隨機附會,解釋吉凶。也稱測字、相字、破字。春秋以人十四心爲"德",後漢書以貨泉爲白水真人,宋書以黄頭小人爲"恭",皆爲拆字性質。至宋代以來盛行,用之附會人事。隋書經籍志三曆數類有破字要訣一卷。參閲宋何薳春渚紀聞二、清翟灝通俗編識餘、藝術。

【拆號】科舉時代會試,閲文取中之後,定期各按號數拆閲試卷彌封,將中試姓名填寫於榜上,謂之拆號。見六部成語註解吏部。

【拆字詩】宋劉一止苕溪集有山中作拆字語寄江子我郎中詩:"日月明朝昏,山風嵐自起,石皮破仍堅,古木枯不死。可人何當來,意若重千里,永言詠黄鶴,志士心未已。"詩中拆字爲句,後人稱爲拆字詩。見清趙翼陔餘叢考二四拆字詩。

【拆白道字】用拆字法説話表意的一種文字遊戲。盛行於宋元。如宋黄庭堅兩同心詞:"你共人女邊著子,争知我門裏挑心。"卽拆"好悶"二字爲句。見山谷詞。元曲選關漢卿救風塵一:"俺孩兒拆白道字,頂真續麻,無般不曉,無般不會。"也作"拆牌道字"。西遊記十:"行令猜拳頻遞盞,拆牌道字漫傳鍾。"

挖 è 於革切,入,麥韻,影。ㄜ

把,握住。"搹"之或體。見説文。漢書郊祀志下:"元鼎元封之際,燕齊之間方士瞋目挖擊,言有神僊祭祀致福之術者以萬數。"後漢書三十班彪傳附班固兩都賦:"掎僄狡,挖猛噬。"

拚 1. biàn ㄅㄧㄢˋ 皮變切,去,線韻,並。

㊀拊手,鼓掌。同"抃"。宋書何承天傳:"宜其歌拚就路,視遷如歸。"點校本作"抃"。

2. fèn ㄈㄣˋ 方問切,去,問韻,幫。

㊁掃除。禮少儀:"埽席前曰拚。"釋文:"拚,弗運反,又作擯。"

3. fān ㄈㄢ 集韻 孚袁切,平,元韻。

㊂通"翻"。見"拚₃飛"。

4. pān pīn ㄆㄢ ㄆㄧㄣ

㊃捨棄。見"拚₄命"。

【拚₄命】豁出性命。宋章定名賢氏族言行類稿二六章惇:"嘗與蘇軾同遊南山,抵仙遊潭,潭下臨絶壁萬仞,岸甚狹。……子厚履險而下。……軾拊子厚之背曰:'子厚異日得志,必能殺人。'子厚曰:'何也?'軾曰:'能自拚命者能殺人也。'子厚大笑。"子厚,惇字。

【拚₃飛】飛行輕捷的樣子。同"翻飛"。詩周頌小毖:"肇允彼桃蟲,拚飛維鳥。"韓詩作"翻飛"。

抬 1. chī ㄔ 集韻 超之切,平,之韻。

㊀用鞭、杖抽打。同"笞"。

2. tái ㄊㄞˊ

本作"擡"。㊁舉,以肩承舉。西遊記三:"猴王漸覺酒醒,忽抬頭觀看,那城上有一鐵牌,牌上有三個大字,乃'幽冥界'。"京本通俗小説碾玉觀音:"叫兩個當直的轎番,抬一頂轎子。"

【抬₂頭】舊時行文,凡涉及尊長時,要按照一定格式,提格或提行書寫,稱爲抬頭。清洪亮吉北江詩話五:"若貴州則入試者僅三千人,其科歲試皆在三名以前者,平日能文可知。所擯者,八韻詩、五道策,或抬頭不諳禁例,及有平仄失粘等病耳。"

【抬₂舉】舉薦,提拔。太平廣記三〇二華嶽神女(廣異記):"君素貧士,我相抬舉,今爲貴人,此亦於君不薄,何故使婦家書符相間?"

拗 1. ǎo ㄠˇ 於絞切,上,巧韻,影。

也作"抝"。㊀折斷。尉繚子制談:"拗矢折矛抱戟。"樂府詩集二五梁橫吹曲辭折楊柳枝歌:"上馬不捉鞭,反拗楊柳枝。"

2. ào ㄠˋ 音韻闡微 倚教切,去,效韻,影。

㊁不順口,違拗。唐元稹長慶集九哭女樊四十韻詩:"和蠻歌字拗,學妓舞腰輕。"自注:"乙教反。"㊂見"拗₂峭"。

3. yù ㄩˋ 集韻 乙六切,入,屋韻。

㊃抑制。詳"拗₃怒"。

【拗₃怒】抑制憤怒。後漢書四十上班彪傳附班固兩都賦:"踩蹸其十二三,乃拗怒而少息。"注:"拗,猶抑也。音於六反。"

【拗₂峭】出乎常格而勁直有力。明楊慎升庵詩話十杜牧之:"宋人評其詩,豪而豔,宕而麗,於律詩中特寓拗峭,以矯時弊,信然。"

【拗₂彆】倔强,不順從。初刻拍案驚奇十七:"親生的,正在乎知疼着熱,纔是兒子。却如此拗彆攪炒,不如没有他到乾淨。"

【拗攏】酒籌的異名。飲酒時用以計數。明陳懋仁庶物異名疏十三器用上拗攏引均(韻)藻:"拗攏,三蒼云:籌也,酒律也。案酒律即今酒籖。"

【拗₂口令】卽吃口令、急口令。詳"吃口令"。

【拗₂項橋】唐時尚書省東南角有小橋,相傳稱爲拗項橋。言侍御史及殿中諸郎,久未升遷者,路過此橋,必回首而望南宮,故名。見唐趙璘因話録五。後因以拗項喻士大夫期望高官厚禄。宋陸游劍南詩稿五六對食戲作之二:"白鹽赤米了朝餔,拗項何妨煮瓠壺。"

【拗₂體詩】律詩或絶句全首不依平仄常格的,叫做拗體詩;其中一聯不依常格的,謂之拗句格。唐人王維杜甫等律詩多用古體,不拘平仄,中唐以後,李商隱、趙嘏等爲律、絶,别創拗體,以第三第五字平仄互易,如"溪雲初起日沉閣,山雨欲來風滿樓"之類。金元人詩有拗在第五、六字者,如金元好問"來時珥筆誇健訟,去日攀車餘淚痕"之類。參閱宋王楙野客叢書十九拗句格、清趙翼陔餘叢考二三拗體七律。

拜 bài ㄅㄞˋ 博怪切,去,怪韻,幫。

説文作"𢫶"。㊀表示恭敬的一種禮節。古之拜,惟拱手彎腰而已,如今之揖。後來指屈膝頓首、兩手着地或叩頭及地爲拜。荀子大略:"平衡曰拜。"也用作行禮的通稱,如周禮春官大祝通稱稽首、肅拜等爲"九拜"。參閱宋項安世項氏家説五肅拜。參見"拜手"、"九𢫶"。㊁拜訪,拜謝。論語陽貨:"孔子時其亡也,而往拜之。"㊂授官。史記九二淮陰侯傳:"至拜大將,乃韓信也,一軍皆驚。"通過某種儀式結成一定的關係,也叫拜,如"拜師"、"拜盟"、"結拜"。㊃拔。詩召南甘棠:"蔽芾甘棠,勿翦勿拜。"廣韻引詩拜作"扒"。參閱清馬瑞辰毛詩傳箋通釋三甘棠。㊄植物名。也稱"灰藋"。爾雅釋草:"拜,蔏藋。"疏:"此亦似藜,而葉大者名拜,一名蔏藋。"

【拜斗】道家禮拜北斗星的儀式。也稱禮斗、朝斗。宋蘇軾東坡志林二記朝斗:"紹聖二年五月望日,……請羅浮道士鄧守安,拜奠北斗真君。"漢書藝文志雜占類有禳祀天文十八卷。參閱清翟灝通俗編二十拜星斗。

【拜手】跪拜禮的一種。跪後兩手相拱至地,俯首至手。周禮春官大祝稱"空首"。書益稷:"皋陶拜手稽首。"唐王維王右丞集五送陸員外詩:"拜手辭上官,緩步出南宮。"一本作"拜首"。

【拜石】宋米芾擅書畫,知無爲軍。州治有立石頗奇,芾見之大喜,曰:"此足以當吾拜",便具衣冠拜之,呼石爲兄。世稱"米顛拜石"。參閲宋費衮梁溪漫志六米元章拜石、葉夢得石林燕語十、宋史本傳。

【拜母】古時友誼深厚者,相訪時常以升堂拜母爲禮。舊史記載甚多,如後漢范式之於張劭,三國魏王惠陽之於王朗,吳孫策之於周瑜張昭等皆是。參見"升堂拜母"。

【拜年】農曆正月初,舊俗親友登門互拜,稱拜年。最早行於明時京師,士庶各拜親友,朝官往來,不問識與不識,皆望門投刺,亦有不下馬或不至其門而令人送名帖者。至清已遍及城鄉各地。參閱明陸容菽園雜記五、陳士元俚言一拜年。

【拜匣】放置柬帖或禮品的小長方木匣。二刻拍案驚奇三:"此病惟有前門棋盤街定神丹一服立效,恰好拜匣中帶得在此。"也叫"拜帖匣"。明王驥德韓夫人題紅記傳奇十八:"書童,……取我拜帖匣裏筆硯過來。"

【拜官】授官。魏書禮志二:"皇太子妃雖未山塋,臨軒拜官,舊不爲礙。"唐劉長卿劉隨州集七瓜洲驛奉餞張侍御公……時侍御先在淮南幕府詩:"楊葉頻推中,芸香早拜官。"宋沈括夢溪筆談一故事一:"唐制,丞郎拜官,卽籠門謝。今三司副使已上拜官，則拜舞於階上，百官拜於階下而不舞蹈，此亦籠門故事也。”

【拜表】上奏章。三國魏曹植曹子建集八上責躬詩表：“謹拜表，并獻詩二首。”唐劉禹錫劉夢得集四洛下初冬拜表有懷上京故人詩：“鳳樓南面控三條，拜表郎官早渡橋。”

【拜門】㊀登門拜謝。孟子滕文公下：“大夫有賜於士，不得受於其家，則往拜其門。”㊁舊時新官到任，入署前，例須先拜儀門，謂之拜門。㊂新婚夫婦往拜岳家。宋孟元老東京夢華録五娶婦：“婿往參婦家，謂之拜門。”

【拜命】㊀感謝有所使命。左傳莊十一年：“孤實不敬，天降之災，又以爲君憂，拜命之辱。”注：“謝辱厚命。”㊁受命。多指拜官任職。陳書歐陽頠傳：“尋授郢州刺史，欲令出嶺，蕭勃留之，不獲拜命。”唐岑參岑嘉州詩一送顏平原：“吾兄鎮河朔，拜命宣皇猷。”

【拜首】跪後兩手相拱至地，俯首至手。即“拜手”。周禮春官大祝謂之空首拜。宋釋道誠釋氏要覽中禮數：“拜首，謂以頭至手，即(周禮)第三空首拜也。”參見“九拜”。

【拜春】舊俗以立春日爲春朝，此日人家互相慶賀，叫作拜春。見清顧禄清嘉録一拜春。

【拜城】縣名。屬新疆維吾爾自治區。漢爲姑墨地，唐爲阿悉言城。清光緒九年置縣，隸新疆溫宿府。參閱清續文獻通考三二一輿地十七。

【拜泉】縣名。屬黑龍江省。清光緒三十二年置，隸海倫廳。以縣有泉曰巴拜，故名。參閱清續文獻通考三〇八輿地四。

【拜容】參拜祖先遺像。遼史禮志一吉儀：“告廟謁廟，皆曰拜容。”

【拜除】授官。取授新除舊之義。後漢書四一第五倫傳：“其刺史太守以下，拜除京師及道出洛陽者，宜皆召見，可因博問四方，兼以觀察其人。”

【拜時】古制婚有六禮，自納采、問名至親迎。若遇非常之時，急於嫁娶，也可臨時變通。其制以紗縠蒙新婦首，至夫家，夫揭去蒙紗，因拜舅姑，便成夫婦，名爲拜時，新婦稱拜時婦。參閱通典五七禮十九。

【拜章】㊀拜受慰問表彰。國語魯下：“‘四牡’，君之所以章使臣之勤也，敢不拜章。”四牡，詩小雅篇名，相傳爲勞問使臣之作。㊁上奏的章表。拜而上之，故稱拜章。梁書蕭子恪傳附蕭子雲：“年十二，齊建武四年封新浦縣侯，自製拜章，便有文彩。”

【拜衮】拜授三公之職。衮，三公所服。南史宋彭城王義康傳：“袁淑嘗詣義康，義康問其年，答曰：‘鄧仲華拜衮之歲。’”東漢鄧禹，字仲華，年二十四時，光武拜爲大司徒。

【拜掃】上墳，掃墓。北史薛辯傳附薛孝通：“及(蕭)寶夤將有異志，孝通悟其萌，託以拜掃求歸。”唐柳宗元柳先生集三十寄許京兆孟容書：“近世禮重拜埽，今已闕有四年矣。”埽，同“掃”。古無墓祭，拜掃之俗，起自東漢，而盛於唐以後。參閱宋高承事物紀原八拜埽。

【拜教】拜受教誨。國語魯下：“皇皇者華，君教使臣曰：每懷靡及，諏謀度詢，必咨於周。敢不拜教。”皇皇者華，詩小雅篇名，相傳爲文王教使臣而作。

【拜堂】古代婚禮儀式之一。唐王建詩二失釵怨：“雙杯行酒六親喜，我家新婦宜拜堂。”唐宋以後，特指新婦於堂上參拜舅姑及新夫婦行交拜禮。參閱唐封演封氏聞見記五花燭、宋孟元老東京夢華録五娶婦、清趙翼陔餘叢考三一拜堂。

【拜疏】進章奏。唐韓愈昌黎集一赴江陵途中寄贈……翰林三學士詩：“拜疏移閤門，爲忠寧自謀。”

【拜牌】清制，各省府州縣，遇慶典及規定節日，於公所正中設龍牌，官員依次行禮，謂之拜牌。參閱清顧禄清嘉録一拜牌、清會典三十禮部“凡各省官，三大節則拜龍牌而慶賀”注。

【拜節】節日親友相互拜賀，稱拜節。宋吳自牧夢粱録一正月：“正月朔日，謂之元旦，……士夫皆交相賀，細民男女，亦皆鮮服往來拜節。”元馬臻霞外詩集三客中長至日偶成：“鄰家聚飲分冬酒，稚子來須拜節錢。”

【拜塵】晉初潘岳石崇等諂事賈謐，每遇其出，岳等輒望塵而拜。見晉書潘岳傳。後來詩文中因以“拜塵”爲諂事權貴的貶詞。唐劉禹錫劉夢得集十一望賦：“不作渭濱垂釣臣，羞爲洛陽拜塵友。”

【拜嘉】拜受贊美。左傳襄四年：“鹿鳴，君所以嘉寡君也。敢不拜嘉。”鹿鳴，詩小雅篇名，贊美嘉賓之作。後來用作拜受賞賜、餽贈之詞。唐柳宗元柳先生集四二同劉二十八院長述舊言懷感時書事奉寄澧州張員外使君……詩：“惠府初收跡，丹墀共拜嘉。”

【拜親】拜見朋友的父母。表示關係親密。晉書荀崧傳：“父頵，……與王濟、何劭爲拜親之友。”梁書到洽傳：“樂安任昉有知人之鑒，與洽兄沼溉並善。嘗訪洽於田舍，見之，歎曰：‘此子日下無雙！’遂申拜親之禮。”

【拜爵】授予爵位。史記平準書：“於是募民能輸及轉粟於邊者拜爵，爵得至大庶長。”

【拜懺】僧尼爲信徒誦經懺悔的儀式。南朝梁武帝以郗皇后歿，因集佛經經句爲梁皇懺十卷。相傳爲佛寺拜懺之始。明吳炳畫中人傳奇下旅襯：“不須另請男衆，小尼原會拜懺的。”

【拜見錢】元時官吏勒索錢財的名目。向初次拜見者所索之錢稱拜見錢。見元楊瑀山居新話、明葉子奇草木子四下雜俎。

【拜家慶】唐人稱歸家省親爲拜家慶。全唐詩六孟浩然夕次蔡陽館：“明朝拜家慶，須著老萊衣。”孟浩然集三作“拜嘉慶”。參閱宋葛立方韻語陽秋十。參見“家慶”。

【拜奧禮】遼制，凡納后，於族中選尊者一人當奧而坐，以主其禮，謂之奧姑。送后者拜而致敬，故云拜奧禮。室西南隅曰奧，尊者居之，也爲祭神之位。見遼史國語解景宗聖宗紀拜奧禮。

【拜經堂】清人臧庸家之廳堂。南齊臧榮緒著拜五經序論，常於孔子生日，陳五經而拜之。庸慕其爲人，每歲除夕，陳所讀書而拜，因自字拜經，著有拜經日記等，並與其高祖琳所著書合刊爲拜經堂叢書。

【拜經樓】清海寧人吳騫藏書樓名。騫藏書不下五萬卷，曾自題其居爲“千元十架”，謂有元版書千部，刊有愚谷叢書。光緒間，吳縣朱記榮重輯爲拜經樓叢書，凡十種。騫子壽照集藏書中有騫手跋者，合刊爲拜經樓題跋記。參見“千元十架室”。

拏 ná 女加切，平，麻韻，娘。ㄋㄚˊ

㊀牽引。説文：“拏，牽引也。从手，奴聲。”文選漢馬季長(融)長笛賦：“挼拏捘臧，遞相乘遭。”注：“蒼頡篇曰：拏，捽也，引也。奴家切。”㊁握，執持。通“拿”。警世通言三七萬秀娘仇報山亭兒：“婆婆不問事由，拏起一條拄杖，看着尹宗落夾背便打。”㊂拘捕。京本通俗小説菩薩蠻：“教人分付臨安府差人去靈隱寺拏可常和尚。”㊁㊂兩義通“拿”。

【拏雲】猶凌雲。比喻志向高遠。文苑

英華三三六唐李賀致酒行:"少年心事當拏雲,誰念幽寒坐嗚呃。"

【拏攫】 搏鬭。唐張彥遠法書要錄四唐張懷瓘文字論:"以筋骨立形,以神情潤色,雖跡在塵壤而志出雲霄,靈變無常,務於飛動,或若擒虎豹有强梁拏攫之形,執蛟螭見蚴蟉盤旋之勢。"

【拏訛頭】 敲詐勒索,訛騙錢財。清顧炎武日知錄三二訛:"泰昌元年八月,御史張潑言,京師奸宄叢集,游手成羣,有謂之把棍者,有謂之拏訛頭者。"注:"偵知一人作奸,則尾隨其後,陷人於罪,從而嚇詐金錢,謂之拏訛頭,卽漢律所謂恐愒受財。"參閱清趙翼陔餘叢考四三拏訛頭。

【拏雲攫石】 形容古樹高聳入雲、盤根錯節的姿態。清李斗揚州畫舫錄二草河錄下:"廳前多古樹,有拏雲攫石之勢。"

六畫

拳

1. quán ㄑㄩㄢ 巨員切,平,仙韻,羣。

㊀拳頭。後漢書七一皇甫嵩傳:"雖僮兒可使奮拳以致力,女子可使褰裳以用命。"㊁力氣。詩小雅巧言:"無拳無勇,職爲亂階。"注:"拳,力也。"㊂拳法,拳術。北史齊高祖紀:"元子幹攘臂擊之,謂(孫)騰曰:'語爾高王,元家兒拳正如此。'"㊃屈曲。通"蜷"。莊子人間世:"擎跽曲拳,人臣之禮也。"漢書九七孝武鉤弋趙倢伃傳:"女兩手皆拳。"㊄見"拳拳"。

2. quān ㄑㄩㄢ

㊅弓弩。通"桊"。漢書五四李陵傳:"士張空拳,冒白刃,北首爭死敵。"又六二司馬遷傳拳作"桊"。

【拳曲】 屈曲,彎曲。莊子人間世:"仰而視其細枝,則拳曲而不可以爲棟梁。"晉嵇含南方草木狀:"(榕樹)葉如木麻,實如冬青,樹幹拳曲,是不可以爲器也。"

【拳局】 局促不得伸展。世說新語排調"頭責秦子羽云"注引張敏集:"嗟乎子羽,何異檻中之熊,深穽之虎,石間饑蟹,竇中之鼠,事力雖勤,見功甚苦,宜其拳局剪蹙,至老無所希也。"也作"拳跼"。唐李白李太白詩十九答王十二寒夜獨酌有感:"驊騮拳跼不能食,蹇驢得志鳴春風。"

【拳法】 徒手搏擊的一種武術。明戚繼光紀效新書十四拳經捷要:"拳法似無預於大戰之技,然活動手足,慣勤肢體,此爲初學入藝之門也。"

【拳勇】 勇力,武勇。管子小匡:"於子之鄉,有拳勇股肱之力,筋骨秀出於衆者,有則以告。"文選晉左太沖(思)吳都賦:"覽將帥之拳勇,與士卒之抑揚。"

【拳拳】 懇切、忠謹貌。禮中庸:"回之爲人也,擇乎中庸,得一善,則拳拳服膺而弗失之矣。"漢書六二司馬遷傳報任安書:"拳拳之忠,終不能自列。"

【拳馬】 猜枚的計數用具。清翟灝通俗篇二六籌馬:"今俗猜枚之物,謂之拳馬。賭博者以物衡錢,謂之馬子;交易者以銅爲法,衡銀輕重,謂之法馬;皆屬計數之意。"

【拳捷】 勇武迅捷。後漢書七五呂布傳:"(董)卓拔手戟擲之,布拳捷得免。"南齊書桓康傳:"(王)宜興拳捷,善舞刀楯,(黃)回嘗使十餘人以水交灑,不能著。"

【拳菜】 卽蕨。爾雅釋草"蕨虌"清郝懿行義疏:"按今蕨菜全似貫衆而差小,初出如小兒拳,故曰拳菜。其莖紫色,故名紫蕨。"參閱清屈大均廣東新語二七草語蕨粉。

【拳跼】 見"拳局"。

【拳夫人】 相傳漢武帝姬鉤弋趙倢伃,兩手皆拳,經武帝披之而始伸,因號拳夫人。見漢書九七上外戚傳。

【拳毛騧】 唐太宗所乘六駿馬之一。唐杜甫杜工部詩史補遺五韋諷錄事宅觀曹將軍畫馬圖:"昔日太宗拳毛騧,近時郭家師子花。"騧,也作"䯄"。全唐文十太宗六馬圖贊:"拳毛䯄,黃馬黑喙。"

【拳中掿沙】 手中握沙,捏合不住。比喻不融洽。元曲選張國賓合汗衫二:"好家私水底納瓜,親父子在拳中的這掿沙。"也省作"掿沙"。參見"掿沙"。

【拳頭上走得馬,臂膊上立得人】 比喻清白,光明磊落。元曲選李文蔚燕青博魚三:"我是個拳頭上站的人,胳膊上走得馬,不帶頭巾男子漢,丁丁當當響的老婆。"明缺名白兔記七:"我拳頭上走得馬,臂膊上立得人,清清白白的,你說甚麽?"

挈

1. qiè ㄑㄧㄝ 苦結切,入,屑韻,溪。

㊀懸持,提起。墨子兼愛中:"譬若挈太山越河濟也。"㊁舉出。荀子富國:"有掎挈伺詐,權謀傾覆,以相顛倒,以靡敝之。"注:"挈,舉其過。"㊂提攜,率領。公羊傳襄二七年:"公子鱄挈其妻子而去之。"㊃缺,絕。史記一一七司馬相如傳言封禪事:"挈三神之驩,缺王道之儀,羣臣恧焉。"

2. qì ㄑㄧ 集韻詰計切,去,霽韻。

㊄刻。通"栔"、"契"、"鍥"。漢書一〇〇上敍傳幽通賦:"旓巢姜於孺筮兮,旦算祀于挈龜。"注:"挈,刻也。詩大雅緜緜之篇曰'爰挈我龜',言刻開之,灼而卜之。挈音口計反。"詩邶風擊鼓"死生契闊"、大雅緜"爰契我龜"釋文俱云契,亦作挈。㊅契約,書契。通"契"。漢書溝渠志:"今內史稻田租挈重,不與郡同,其議減。今吏民勉農,盡地利。"注:"租挈,收田租之約令也。"三國魏衛覬魏受禪表:"書挈所錄帝王遺事,義莫顯於禪德,美莫盛於受終。"(隸釋十九)

【挈₂令】 刻於木板上的法令。漢書五九張湯傳:"奏讞疑,必奏先爲上分別其原,上所是,受而著讞法,廷尉挈令,揚主之明。"後漢書四八應劭傳作"廷尉板令"。清段玉裁謂"挈令"之"挈"當作"栔",刻也。見說文解字注"織"字注。

【挈杆】 有提梁的盛水器。宋王黼等博古圖二一漢挈杆:"是器形如罌,純素無紋,連貫以提梁,便于將挈也。"

【挈皋】 懸空便於焚柴的架子。其狀略如汲水用的桔槔。文選漢揚子雲(雄)甘泉賦"燎薰皇天,皋搖泰壹"注引如淳:"皋,挈皋也。積柴於挈皋頭,置牲玉於其上,舉而燒之,欲近天也。"

【挈貳】 蜺的別名。爾雅釋天:"蜺爲挈貳。"注:"蜺,雌虹也;見離騷。挈貳,其別名;見尸子。"

【挈缾】 左傳昭七年:"雖有挈缾之知,守不假器,禮也。"缾,同"瓶"。謂雖僅有汲水的知識,亦能謹守其汲器,不借給別人。後以挈瓶比喻知識淺薄。文選晉陸士衡(機)文賦:"患挈瓶之屢空,病昌言之難屬。"魏書律曆志上高閭表:"近在鄴見(公孫)榮,臣先以其聰敏精勤,有挈瓶之智,雖非經國之才,頗長推考之術,故臣舉以爲樂。"

【挈領】 ㊀提起衣領。比喻作事抓住綱要。荀子勸學:"若挈裘領,詘五指而頓之,順者不可勝數也。"參見"提綱挈領"。㊁執持脖頸。意謂引頸受戮。戰國策秦三:"臣戰,載主契國,以與王約,必無患矣。若有敗之者,臣請挈領。"宋鮑彪注:"領,項也。言欲請誅,持其項以受鈇鉞。"

【挈榼】 木名。詳"槃迷"、"楔榼"。

【挈囊】 指自漢以來,尚書攜帶的紫色袷囊。梁書劉杳傳:"尚書官著紫荷囊,相傳云'挈囊'。"漢書六九趙充國傳"(趙)卬家將軍以爲(張)安世本持橐簪筆事孝武帝數十年"注引張晏:"橐,契囊也。近臣負橐簪筆,從備顧問,或有所紀也。"契囊,卽挈囊。

【挈壺氏】官名。周禮夏官之屬,主挈壺水以爲漏。自唐至清皆有挈壺正之官。參閱歷代職官表三五欽天監。

挐 gǒng ㄍㄨㄥˇ 居悚切,上,腫韻,見。

㊀抱持。見廣韻。㊁拱出。通"拱"。詳"挐畫"。

【挐畫】清王士禛香祖筆記二:"鈕玉樵(琇)云:有王秋山者,工爲挐畫,凡人物、樓臺、山水、花木,皆於紙上用指甲及細針挐出,設色濃淡,布境淺深,一法古名畫。按挐當作巩,音築。字書:以手挐物也。"

按 àn ㄢˋ 烏旰切,去,翰韻,影。

㊀抑,向下壓。管子霸言:"按彊助弱。"水滸三一:"那婦人被按壓在地上。"㊁撫,摸。史記六七蘇秦傳:"於是韓王勃然作色,攘臂瞋目,按劍仰天太息。"㊂遏止,止住。詩大雅皇矣:"以按徂旅,以篤于周祜。"此處"按"又讀安葛反。見釋文。參見"按兵"。㊃依照。禮月令孟冬之月:"命工師效功,陳祭器,按度程,毋或作爲淫巧,以蕩上心。"參見"按圖索驥"。㊄擊。文選戰國楚宋玉招魂:"陳鐘按鼓,造新歌些。"唐劉良注:"按,猶擊也。"㊅巡行。史記一一一衛青傳:"遂西定河南地,按榆谿舊塞。"參見"按部㊁"。㊆審查,查驗。漢書四八賈誼傳:"驗之往古,按之當今之務。"後來言"按語"者本此。也作"案"。㊇見"按堵"。

【按比】核定戶籍時檢查年貌。後漢書三九江革傳:"每至歲時,縣官按比。"注:"按驗以比之,猶今皃閱也。"

【按行】巡行。世說新語賞譽下:"丞相(王導)治揚州廨舍,按行而言曰:'我正爲次道(何充)治此爾。'何少爲王公所重,故屢發此歎。"

【按兵】止兵,屯兵。戰國策齊二:"然則是君自爲燕東兵,爲燕取地也。故爲君計者,不如按兵勿出。"呂氏春秋召類:"趙簡子將襲衛,使史默往睹之。……其佐多賢也,趙簡子按兵而不動。"也作"案兵"。見"案兵"。

【按酒】㊀下酒。孤本元明雜劇元劉唐卿降桑椹蔡順奉母頭折:"我早間分付下興兒,着他買些新鮮的按酒稀奇菓品,不知停當了不曾?"㊁下酒的食品。又降桑椹蔡順奉母頭折:"早間夫人分付,着我買些新鮮的按酒。"

【按脈】中醫用手指切按病人動脈的寸口部,探查脈象的變化。素問陰陽應象大論:"善診者,察色按脈,先別陰陽,審清濁而知部分……。"

【按部】㊀見"按部就班"。㊁巡查部屬。明高啟高太史集十四過野寺次韻徐廉使琰舊題詩:"使節城東按部迴,曾將從吏到香臺。"

【按堵】安居,安定。同"安堵"。漢書高帝紀元年:"吏民皆按堵如故。"注:"應劭曰:'按,按次第;堵,牆堵也。'師古曰:'言不遷動也。'"參見"安堵"。

【按問】審查訊問。漢書八二王商傳:"初,大將軍鳳連昏楊肜爲琅邪太守,其郡有災害十四,已上,商部屬按問。"

【按摩】中醫治療法之一種。按摩人體以治病。素問血氣形志:"形數驚恐,經絡不通,病生於不仁,治之以按摩醪藥。"漢書藝文志有黃帝岐伯按摩十卷。唐太醫署有按摩博士、按摩師,掌教導引之法以除疾。見新唐書百官志三。唐慧琳一切經音義十八十輪經二按摩:"凡人自摩自捏,申縮手足,除勞去煩,名爲導引。若使別人握身體,或摩或捏,卽名按摩也。"

【按蹻】按摩,導引。素問金匱真言論:"故冬不按蹻,春不鼽衄。"注:"按,謂按摩。蹻,謂如蹻捷者之舉動手足,是所謂導引也。"

【按轡】扣緊馬韁,使馬慢步前行。史記絳侯周勃世家附周亞夫:"亞夫乃傳言開壁門,壁門士吏謂從屬車騎曰:'將軍約,軍中不得驅馳。'於是天子乃按轡徐行。"

【按鷹】試鷹。卽縱鷹行獵。新五代史安重誨傳:"夏州李仁福進白鷹,重誨却之。……明宗陰遣人取之以入。佗日,按鷹于西郊,戒左右:'無使重誨知也。'"宣和畫譜一有隋展子虔按鷹圖。

【按出虎】水名。卽今黑龍江阿城縣的阿什河。遼金之際稱按出虎水。

【按察使】官名。唐景龍二年置十道按察使,分察各地。開元二十二年改稱採訪處置使,後又改爲觀察處置使。宋以諸路轉運使兼按察,專主巡察,別有提點刑獄官。元置提刑按察使,後改爲肅政廉訪司。明仍建提刑按察使司,以按察使爲一省司法長官。清因之。又名臬司。俗名臬臺、廉訪。清末改爲提法使。參閱文獻通考六一職官十五。

【按部就班】本指安排文義,組織章句。文選晉陸士衡(機)文賦:"觀古今於須臾,撫四海於一瞬。然後選義按部,考辭就班。"後引申爲循序漸進或按一定的規矩辦事。三俠五義九四:"只好是按部就班慢慢敍下去,自然有個歸結。"

【按圖索驥】按照圖象以尋求駿馬。也作"按圖索駿"。明楊慎藝林伐山七相馬經:"伯樂相馬經有隆顙蚨日,蹄如累麴之語。其子執馬經以求馬,出見大蟾蜍,謂其父曰:'得一馬略與相同,但蹄不如累麴爾。'伯樂知其子之愚,但轉怒爲笑曰:'此馬好跳,不堪御也。'所謂按圖索駿也。"比喻拘泥成法,不知變通。元袁桷清容居士集十示從子詩:"隔竹引龜心有想,按圖索驥術難靈。"也用以指循綫索以求事物。元周密癸辛雜識後集向氏書畫:"酒酣,劉(瑄)索觀書畫,則出畫目二大籍示之。……遂按圖索駿,凡百餘品,皆六朝神品。"

挖 wā ㄨㄚ

掘,掏。本作"穵"。明湯顯祖牡丹亭回生:"敢太歲頭上動土,向小姐脚跟挖窟。"

【挖耳當招】見別人舉手挖耳,誤認爲招呼自己。比喻期待迫切時的誤會。醒世恆言二八:"早上賀司戶相邀,正是挖耳當招,巴不能到他船中,希圖再得一覷。"

挍 jiào ㄐㄧㄠˋ 戒孝切,去,效韻,見。

同"校",經典多作"校"。明人避朱由校(熹宗)諱,省作"挍"。清錢大昕十駕齋養新錄三陸氏釋文多俗字:"按說文手部無挍字,漢碑木旁字多作手旁,此隸體之變,非別有挍字。"

拼 1. pīn ㄆㄧㄣ 北萌切,平,耕韻,幫。

㊀連合,貼近。如拼湊。水滸二三:"把虎皮縫做衣裳,緊緊拼在身上。"㊁不顧一切地幹。通"拚"。二十年目睹之怪現狀十八:"你老子是發了財的人,你今天沒有,就拼一個你死我活。"

2. pēng ㄆㄥ

㊀彈。通"抨"。見唐釋慧琳一切經音義五二玄應音長阿含經十九拼之。

持 chí ㄔˊ 直之切,平,之韻,澄。

㊀執着,握住。莊子秋水:"莊子持竿不

顧。"引申爲制約，挾制。荀子正名:"以正道而辨姦，猶引繩以持曲直。"史記一二二寧成傳:"寧成者，……致產數千金，爲任俠，持吏長短，出從數十騎。"㈡支拄，扶助。莊子漁父:"左手據膝，右手持頤以聽。"荀子解蔽:"鮑叔寧戚隰朋仁知且不蔽，故能持管仲，而名利福祿與管仲齊。"注:"持，扶翼也。"㈢守，主持。韓非子五蠹:"夫仁義辯智，非所以持國也。"㈣矜持，持重。文選戰國楚宋玉神女賦:"頩薄怒以自持兮，曾不可犯干。"注:"捉顏色而自矜持也。"㈤相持不下，勢均力敵。左傳昭元年:"子與子家持之。"疏:"持其兩端無所取與，是持之也。弈棋謂不能相害爲持，意亦同於此也。"㈥奉侍，侍候。荀子榮辱:"父子相傳，以持王公。"

【持久】維持長久，長期對峙。戰國策楚一:"兵不如者，勿與挑戰；粟不如者，勿與持久。"

【持平】主持公平，不偏不倚。淮南子主術:"使人主執正持平，如從繩準高下，則羣臣以邪來者，猶以卵投石，以水投火。"漢書六十杜周傳附杜延年:"延年論議持平，合和朝廷，皆此類也。"

【持正】主持公道，無所偏倚。漢書五四蘇武傳:"武罵(衛)律曰:'女爲人臣子，不顧恩義，畔主背親，爲降虜於蠻夷，何以女爲見？且單于信女，使決人死生，不平心持正，反欲鬬兩主，觀禍敗。'"

【持行】持守佛法戒律，精勤修行。南史吳達之傳:"(何)幼璵末好佛法，翦落長齋，持行精苦。"

【持牢】把穩，固守。淮南子泰族:"故勇者可令進鬬，而不可令持牢，重者可令填固而不可令凌敵。"三國志魏袁紹傳"簡精卒十萬，騎萬匹，將攻許"注引獻帝傳:"監軍之計，計在持牢，非見時知機之變也。"

【持戒】佛教指嚴守戒律。法華經譬喻品:"持戒清潔，如淨明珠。"南朝梁釋慧皎高僧傳三曇無竭:"幼爲沙彌，便修苦行，持戒誦經，爲師僧所重。"

【持更】打更，值更守衛。新唐書百官志四:"捉鋪持更者，晨夜有行人必問，不應則彈弓而嚮之，復不應則旁射，又不應則射之。"

【持身】立身處世。列子説符:"子列子學於壺丘子林，壺丘子林曰:'子知持後，則可言持身矣。'"

【持法】執行法令。漢書八九黃霸傳:"霸持法平，召以爲廷尉正。"唐王維王右丞集六被出濟州詩:"執政方持法，明君無(一作照)此心。"

【持服】穿喪服，守孝。魏書石文德傳:"真君初，縣令黃宣在任喪亡。宣單貧無朞親，文德祖父苗以家財殯葬，持服三年。"

【持盈】保守成業。國語越下:"夫國家之事，有持盈，有定傾，有節事。"注:"持，守也。盈，滿也。"

【持重】㈠掌握重權。史記一〇七魏其武安侯傳:"魏其者，沾沾自喜耳，多易。難以爲相持重。"㈡慎重，穩重固守。史記一〇八韓長孺傳:"吳楚反時，孝王使安國及張羽爲將，扞吳兵於東界。張羽力戰，安國持重，以故吳不能過梁。"㈢封建宗法制規定，承繼主持宗廟祭祀爲持重。儀禮喪服:"持重於大宗者，降其小宗也。"清胡培翬正義:"持重，謂主持宗廟祭祀之重。"

【持家】㈠保守家業。三國志魏王昶傳:"覽往事之成敗，察將來之吉凶，未有干名要利，欲而不厭，而能保世持家，永全福祿者也。"㈡主持、料理家務。宋戴復古石屏集二春日懷家:"客遊兒廢學，身拙婦持家。"

【持寄】以物寄贈友人。南朝梁陶弘景陶隱居集詔問山中何所有賦詩以答:"只可自怡悅，不堪持寄君。"

【持掩】古代賭博的一種。後漢書四九王符傳浮侈:"或以謀姦合任爲業，或以游博持掩爲事。"注:"博，謂六博；掩，謂意錢也。"

【持祿】保持祿位。墨子七患:"仕者持祿，游者憂〔愛〕佼。"史記秦始皇紀:"始皇爲人，天性剛戾自用，……天下畏罪持祿，莫敢盡忠。"參見"持祿養交"。

【持戟】手執武器。孟子公孫丑下:"子之持戟之士，一日而三失伍，則去之否乎？"因以指戰士。史記高祖紀:"秦，形勝之國，帶河山之險，縣隔千里，持戟百萬，秦得百二焉。"

【持勝】保持優勝地位，持盈保泰的意思。列子説符:"勝非其難者也，持之其難者也。賢主以此持勝，故其福及後世。"

【持循】遵循。漢書四八賈誼傳:"此業壹定，世世常安，而後有所持循矣。"注:"執持而順行之。"

【持節】古使臣出使，必持節以作憑證。節，符節。漢書五四蘇武傳:"武帝嘉其義，迺遣武以中郎將使持節送匈奴使留在漢者。"魏晉後以持節爲官名。有使持節、持節、假持節等，其權力大小有別，皆爲刺史總軍戎者。唐初，諸州刺史加號持節，總管則加使持節，然實無節，但頒銅魚符。後有節度使，持節之稱亦廢去。參閱宋書百官志上、舊唐書職官志、新唐書百官志。

【持滿】㈠保守成業。猶言持盈。荀子宥坐:"孔子喟然而歎曰:'吁！惡有滿而不覆者哉！'子路曰:'敢問持滿有道乎？'"淮南子氾論:"此所以三十六世而不奪也，周公可謂能持滿矣。"㈡拉滿弓弦。史記九五夏侯嬰傳:"嬰固徐行，弩皆持滿外向，卒得脱。"

【持複】武技名。舞雙戟之類。三國志魏文帝紀評注引魏文帝典論自敍:"余少曉持複，自謂無對；俗名雙戟爲坐鐵室，鑲楯爲蔽木户。後從陳國袁敏學，以單攻複，每爲若神，對家不知所出。"

【持養】㈠保養，將養。墨子天志中:"內有以食飢息勞，持養其萬民。"文子守弱:"聖人持養其神，和弱其氣，平夷其形，而與道浮沈。"㈡奉承，迎合。呂氏春秋長見:"申侯伯善持養吾意，吾所欲，則先我爲之。"

【持論】立論，提出主張。漢書八八瑕丘江公傳:"武帝時，江公與董仲舒並。仲舒通五經，能持論，善屬文。"

【持質】劫人作抵押，要挾對方出錢財贖回。三國志魏夏侯惇傳:"乃著令，自今已後有持質者，皆當并擊，勿顧質。"

【持操】保持節操。文選南朝宋謝靈運登池上樓詩:"持操豈獨古，無悶徵在今。"元馬臻霞外詩集六歲暮偶成:"燕情傷局促，松節感持操。"

【持衡】拿秤稱物。衡，爲稱量物品輕重的器具。新唐書一三一李石傳:"天下之勢猶持衡然，此首重則彼尾輕矣。"引申爲評量人才。唐杜甫杜工部草堂詩箋五上韋左相二十韻:"持衡留藻鑑，聽履上星辰。"

【持齋】佛教徒持守戒律而素食。佛教原以過正午不食曰齋，後來多指不殺生而素食。梁書劉杳傳:"自居母憂，便長斷腥膻，持齋蔬食。"參閱釋氏要覽上中食。

【持螯】謂食蟹。蟹有螯，故云。晉畢卓(茂世)嗜酒，曾説:"一手持蟹螯，一手持酒栝，拍浮酒池中，便足了一生。"見世説新語任誕。宋詩鈔汪元量水雲詩鈔長沙:"傍岸買魚仍問米，登樓呼酒更持螯。"

【持兩端】動搖不定，懷二心。史記七七魏公子傳:"魏王使將軍晉鄙將十萬衆救趙。……魏王恐，使人止晉鄙，留軍壁鄴，名爲救趙，實持兩端以觀望。"又鄭世家："晉聞楚之伐鄭，發兵救鄭，其來持兩端，故遲。"

【持之有故】立論有根據。荀子非十二子："縱情性，安恣睢，禽獸行，不足以合文通治。然而其持之有故，其言之成理，足以欺惑愚衆。"注："妄稱古之人亦有如此者，故曰持之有故。又其言論能成文理，故曰言之成理。"

【持粱齒肥】食用肥美的食物。史記七九蔡澤傳："吾持粱刺齒肥，躍馬疾驅。"索隱："持粱，謂作粱米飯而持其器以食也。按：刺齒二字字誤，當爲'齧'字也。齧肥謂食肥肉也。"

【持祿養交】謂結交權貴以保持祿位。管子明法："小臣持祿養交，不以官爲事，故官失其能。"荀子臣道："不卹君之榮辱，不卹國之臧否，偷合苟容以持祿養交而已耳，謂之國賊。"

【持衡擁璇】比喻掌握國家權柄。北齊書文宣帝紀："昔放勳馭世，沉璧屬子；重華握曆，持衡擁璇。"衡、璇，北斗七星中的二星名。參見"璿璣玉衡"。

【持籌握算】籌劃。文選漢枚叔(乘)七發："孔老覽觀，孟子持籌而算之，萬不失一。"後稱管理財務爲持籌握算。

挂 guà 古賣切，去，卦韻，見。
ㄍㄨㄚˋ

㊀懸掛。同"掛"。儀禮少牢饋食禮："實于左袂，挂于季指。"世說新語任誕："阮宣子(脩)常步行，以百錢挂杖頭。"㊁觸礙，牽阻。荀子榮辱："胠於沙而思水，則無逮矣；挂於患而欲謹，則無益矣。"三國魏曹植曹子建集五責躬詩："舉挂時網，動亂國經。"㊂別，區分。淮南子氾論："伯余之初作衣也，緂麻索縷，手經指挂，其成猶網羅。"㊃鉤取。莊子漁父："變更易常以挂功名謂之叨。"㊄登記。詳"挂名"。

【挂口】言及，談到。宋蘇軾分類東坡詩二十送劉攽倅海陵："君不見阮嗣宗臧否不挂口，休誇舌在牙齒牢，是中唯可飲醇酒。"

【挂名】登記姓名。宋蘇軾分類東坡詩十二次韻范純父涵星硯月石風林屏："上書挂名豈待我，獨立自可當雷霆。"後也稱虛列其名而不做實際工作或無實權的爲挂名。

【挂車】山名。在安徽桐城縣西。縣有挂車鎮，即因此山而得名。三國吳朱桓曾獻計於夾石挂車兩道伏兵擊破魏曹休軍，即此。參閱嘉慶一統志一〇九安慶府一。

【挂冠】後漢書八三逢萌傳："時王莽殺其子宇，萌謂友人曰：'三綱絕矣！不去，禍將及人。'即解冠挂東都城門，歸將家屬浮海，客於遼東。"後因稱辭官爲挂冠。唐孟浩然集一遊雲門寺寄越府包戶曹徐起居詩："遲爾同攜手，何時方挂冠？"

【挂席】行舟揚帆。文選晉木玄虛(華)海賦："於是候勁風，揭百尺，維長綃，挂帆席。"注："隨風張幔曰帆，或以席爲之，曰帆席也。"又南朝宋謝靈運遊赤石進帆海詩："揚帆采石華，挂席拾海月。"

【挂單】見"掛單"。

【挂搭】遊方僧人於所至寺院歇住居留。也作"掛搭"、"掛褡"。五燈會元十三佛日本空禪師："參夾山，纔入門見維那，那曰：'此間不著後生。'師曰：'某甲不求挂搭，暫來禮謁和尚。'"

【挂漏】謂舉此而漏彼。猶遺漏。元詩選庚下周伯琦近光集自順寧府歷坳兒嶺晚宿雷家驛："紀勝猶挂漏，觀風能宣旬。"參見"挂一漏萬"。

【挂閡】牽掣，觸礙。世說新語排調："王文度(坦之)在西州，與林法師(支遁)講，……林公理每欲小屈，孫興公(綽)曰：'法師今日如著弊絮在荊棘中，觸地挂閡。'"

【挂齒】談及，提到。史記九九叔孫通傳："此特羣盜鼠竊狗盜耳，何足置之齒牙間。"宋陸游劍南詩稿五十送子龍赴吉州掾："汝但問起居，餘事勿挂齒。"

【挂劍】史記吳太伯世家："季札之初使，北過徐君。徐君好季札劍，口弗敢言。季札心知之，爲使上國，未獻。還至徐，徐君已死，於是乃解其寶劍，繫之徐君冢樹而去。"後用挂劍比喻心許亡友、生死不變的意思。唐杜甫杜工部詩史補遺九哭李尚書："欲挂留徐劍，猶迴憶戴船。"

【挂瓢】見"掛瓢"。

【挂錫】懸挂錫杖。僧人遠出，必持錫杖，至室內，不得著地，必挂於壁牙上。故僧人遊方曰飛錫，止宿稱挂錫。全唐詩話三裴休贈黃蘗山僧希運："挂錫十年棲蜀水，浮杯今日渡江濆。"參閱釋氏要覽下。

【挂膽】三國蜀將姜維被魏兵殺死後，剖尸，見其膽如斗大。見三國志蜀姜維傳"殺會及維"注。後稱敵將伏誅爲挂膽。梁書元帝紀徐陵勸進表："前驅効命，元惡斯殲。既挂膽於西州，方燃臍於東市。"

【挂懷】放在心上，介意。唐韓愈昌黎集二送靈師詩："靈師不挂懷，冒涉道轉延。"三國演義六二："(劉備)請龐統謝罪曰：'昨日酒醉，言語觸忤，幸勿挂懷！'"

【挂星查】古代神話：堯登位三十年，有巨查浮於西海，查上有光，夜明晝滅，海人望其光乍大乍小，好像星月出沒，故名貫月查，又稱挂星查。查，也作"楂"，水中浮木。見舊題晉王嘉拾遺記一唐堯。

【挂牌兒】南宋都城(臨安)豪富子弟在茶樓會聚，學習樂器或唱叫之類，叫做挂牌兒。見宋灌圃耐得翁都城紀勝茶坊。

【挂龍雨】伴有旋風的暴雨。宋釋惠洪石門文字禪十一大風夕懷道夫敦素詩："方收一霎挂龍雨，忽作千林攧鶻風。"

【挂鐙錢】清戶部寶泉局於每年十二月，例精鑄制錢若干緡送進宮廷，叫做挂鐙錢。見清鮑康大錢圖錄。

【挂一漏萬】謂顧此失彼，所舉甚少，而遺漏甚多。唐韓愈昌黎集一南山詩："團辭試提挈，挂一念萬漏。"宋吳泳鶴林集三十答嚴子韶書："對客之暇，隨筆疏去，未免挂一漏萬，有疑不妨再指教。"

拮 1. jié 古屑切，入，屑韻，見。
ㄐㄧㄝˊ 居質切，入，質韻，見。

㊀見"拮据"。

2. jiá 集韻訖黠切，入，黠韻。
ㄐㄧㄚˊ

㊀欺壓，逼迫。通"戛"。戰國策秦三："大夫種爲越王墾草剏邑，辟地殖穀，率四方〔之〕士，〔專〕上下之力，以禽勁吳，成霸功，勾踐終拮而殺之。"宋鮑彪注："拮，戛同，擽也，蓋逼之。"拮，高誘本作"棓"。姚宏本作"掊"。

【拮据】本指鳥之築巢，口足勞苦。詩豳風鴟鴞："予手拮据。"傳："拮据，撠挶也。"箋引韓詩云："口足爲事曰拮据。"後以喻艱難困頓，或境況窘迫。唐杜甫杜工部草堂詩箋二七秋日荊南送石首薛明府："文物陪巡狩，親賢病拮据。"箋："謂皇子流離多辛苦也。"

拷 kǎo 集韻苦浩切，上，晧韻。
ㄎㄠˇ

打。魏書高祖紀太和十一年詔："自今月至來年孟夏，不聽拷問罪人。"北史尉古真傳："染干疑古真泄其謀，乃執拷之。"

【拷掠】鞭打。泛指刑訊。北齊書薛琡傳："有犯法者，未加拷掠，直以辭理窮覈，多得其情。"

拱 gǒng 居悚切，上，腫韻，見。
ㄍㄨㄥˇ

㊀抱拳，斂手。論語微子："子路拱而

立。"漢書三四英布傳:"今撫萬人之衆,無一人渡淮者,陰拱而觀其孰勝。"㊁兩手合圍。詳"拱木"、"拱把"。㊂環繞,環衛。樂府詩集五三晉傅玄明君篇:"羃目統在綱,衆星拱北辰。"㊃執,持。國語吳:"擁鐸拱稽。"注:"拱,執也。"㊄用身體頂動,撞開。唐杜甫杜工部草堂詩箋十一北征:"鴟鳥鳴黄桑,野鼠拱亂穴。"西遊記六七:"(八戒)伏之于地,把嘴拱開土,埋在地下,却如釘了釘一般。"㊅隆起,彎曲。西遊記三十:"八戒低着頭,拱着嘴。"又六十:"座上衆精聞言,都拱身對老龍作禮。"㊆建築物成弧形的。如拱門、拱橋等。㊇姓。明有拱廷臣。見續通志八七氏族七。

【拱木】㊀可用兩手圍抱的樹。國語晉八:"拱木不生危,松柏不生埤。"㊁左傳僖三二年:"爾何知!中壽,爾墓之木拱矣。"後因稱墓旁的樹木爲拱木,或婉指死亡。文選南朝梁江文通(淹)恨賦:"試望平原,蔓草縈骨,拱木斂魂。"唐白居易長慶集六六六十六詩:"交遊成拱木,婢僕見曾孫。"

【拱手】㊀兩手沓合以示敬意。古九拜必皆拱手。男子吉拜尚左,女子吉拜尚右。凶拜反之。禮曲禮上:"遭先生於道,趨而進,正立拱手。"㊁謂閑適,容易。戰國策秦一:"大王拱手以須,天下徧隨而伏,伯王之名可成也。"又秦四:"齊之右壤,可拱手而取也。"

【拱化】西夏趙諒祚(毅宗)年號。公元1063—1067年。

【拱北】同"拱辰"。全唐詩二七三戴叔倫贈徐山人:"針自指南天窅窅,星猶拱北夜漫漫。"參見"拱辰㊀"。

【拱辰】㊀環衛北辰。北辰,即北極星。論語爲政:"爲政以德,譬如北辰,居其所,而衆星共(拱)之。"後因以喻四方歸附。宋史四八七高麗傳:"載推柔遠之恩,式獎拱辰之志。"㊁古軍中樂器名。宋沈括夢溪筆談五樂律一:"鼓吹部有拱辰管,即古之叉手管也。"

【拱把】兩手合圍或一手滿握。指樹木的大小。孟子告子上:"拱把之桐梓,人苟欲生之,皆知所以養之者。"注:"拱,合兩手也。把,以一手把之也。"莊子人間世:"其拱把而上者,求狙猴之杙者斬之。"疏:"兩手曰拱,一手曰把……拱把之木,其材非大。"

【拱極】猶言拱辰。舊唐書禮儀志二:"叶台耀以分輝,契編珠而拱極。"

【拱鼠】鼯鼠的別名。一名禮鼠、黄鼠。關尹子三極:"聖人師蜂立君臣,師蜘蛛立網罟,師拱鼠制禮,師戰蟻置兵。"南朝宋劉敬叔異苑三:"拱鼠形如常鼠,行田野中,見人即拱手而立。人近欲捕之,跳躍而去。秦川有之。"參見"鼯"。

【拱默】拱手而默無所言。漢書七二鮑宣傳:"以苟容曲從爲賢,以拱默尸祿爲智。"也作"共默"。漢王符潛夫論賢難:"此智士所以鉗口結舌,括囊共默而已者也。"

【拱璧】大璧。左傳襄二八年:"與我其拱璧。"疏:"拱,謂合兩手也。此璧兩手拱抱之,故爲大璧。"後泛稱珍貴之物。太平御覽七五五象戲:"王褒爲象經序曰:'……片善崇於拱璧,一言踰於華袞。'"

【拱辰橋】在浙江杭州市北。明末建,後坍塌。清雍正年間重建。西湖苕溪諸水,匯流於此。參閱嘉慶一統志二八四杭州府二。

【拱揖指揮】從容安舒,指揮若定。荀子富國:"上下一心,三軍同力,名聲足以暴炙之,威强足以捶笞之,拱揖指揮,而强暴之國莫不趨使。"又議兵作"拱挹指麾"。淮南子兵略作"拱揖指撝"。麾、撝,通"揮"。

挋

zhèn 章刃切,去,震韻,照。ㄓㄣˋ

㊀拭去。禮喪大記:"浴用絺巾,挋用浴衣。"注:"挋,拭也。"㊁賑濟。通"振"、"賑"。參閱清桂馥説文義證。

拭

shì 賞職切,入,職韻,審。ㄕˋ

擦,揩。儀禮聘禮:"賈人北面坐,拭圭。"注:"拭,清也。"

【拭目】擦亮眼睛,表示期望殷切,急欲看到。漢書七六張敞傳:"天下莫不拭目傾耳,觀化聽風。"後漢書六一黄瓊傳上疏:"陛下初從藩國,爰升帝位,天下拭目,謂見太平。"

挃

zhì 陟栗切,入,質韻,知。ㄓˋ

擣,撞。淮南子兵略:"夫五指之更彈,不若捲手之一挃。"注:"挃,擣也。"

【挃挃】象聲詞。收割作物的聲音。詩周頌良耜:"穫之挃挃,積之栗栗。"

挎

kū 苦胡切,平,模韻,溪。ㄎㄨ

㊀執持。儀禮鄉飲酒禮:"挎越内弦,右手相。"注:"挎,持也。"疏:"瑟底有孔越,以指深入,謂之挎也。"㊁剖分而挖空。通"刳"。易繫辭下:"刳木爲舟。"疏:"舟必用大木,刳鑿其中,故云刳木也。"釋文本作"挎"。

拫

hén 户恩切,平,痕韻,匣。ㄏㄣˊ

排斥,排擠。唐柳宗元柳先生集三十與裴塤書:"又不幸早嘗與遊者,居權衡之地,十薦賢幸乃一售,不得者譸張排拫,僕可出而辯之哉!"

【拫抑】排斥,排擠。新唐書一七三裴度傳:"始,議者謂度無援奥,且久外,爲姦憸拫抑,慮帝未能其忠。"

拯

zhěng 蒸上聲,上,拯韻,照。ㄓㄥˇ

㊀説文作"抍"。舉起。易艮:"艮其腓,不拯其隨。"隨,趾;止其腓,其趾不舉。淮南子氾論:"至其溺也,則捽其髮而拯。"注:"拯,升也。"㊁援救。左傳宣十二年:"目於眢井,而拯之。"孟子梁惠王下:"民以爲將拯己於水火之中也。"

【拯救】挽救,救濟。漢荀悦前漢紀三十平帝紀:"陛下聖德拯救,國命復延。"宋書嚴世期傳:"同里張邁三人,妻各産子,時歲飢儉,慮不相存,欲棄而不舉。世期聞之,馳往拯救,分食解衣,以贍其乏,三子並得成長。"

【拯弊】救正弊病。晉陶潛陶淵明集六感士不遇賦:"(王)商盡規以拯弊,言始順而患入。"

搚

xié 虚業切,入,業韻,曉。ㄒㄧㄝˊ

同"擠"。見"擠"。

捽

zǔ 集韻租毒切,入,沃韻。ㄗㄨˇ

收早熟禾。見集韻。

拽

yè 羊列切,入,薛韻,喻。ㄧㄝˋ

拉,拖帶。也作"抴"。唐李商隱李義山詩集二韓碑:"長繩百尺拽碑倒,麄砂大石相磨治。"宋歐陽修六一詞御帶花:"拽香摇翠,稱執手行歌,錦街天陌。"

【拽扎】細紮。收拾。京本通俗小説錯斬崔寧:"番身入房,取了十五貫錢,扯條單被包裹得停當,拽扎得爽俐,出門,拽上了門就走。"元曲選喬孟符揚州夢一:"打迭起翰林中猛性子捉,拽扎起太學内體樣兒傷。"元王實甫西廂記三本一折:"他拽扎起面皮來,查得誰的言語你將來。"此謂板起臉孔。

【拽白】㊀宋史河渠志一黄河上:"水猛驟移,其將澄處,望之明白,謂之拽白,亦謂之明灘。"㊁考試交白卷。參見"拽帛"、"曳白"。

【拽帛】謂交白卷。也作"拽白"、"曳白"。

五代王定保唐摭言十五没用處:"御史中丞張倚之子奭,手持試紙,竟日不上一字,時人謂之拽帛。"

【拽剌】契丹語,走卒,衙役。同"曳剌"。遼史百官志二:"走卒謂之拽剌。"參見"曳剌"。

挏 tóng dòng 徒紅切,平,東韻,定。ㄊㄨㄥˊ ㄉㄨㄥˋ 徒揔切,上,董韻,定。

推引,拌動。漢書禮樂志:"給大官挏馬酒。"注引李奇:"以馬乳爲酒,撞挏乃成也。"

【挏馬】官名。漢太僕屬官有家馬令,武帝太初元年更名爲挏馬,有令一人,丞五人,尉一人。掌管乳馬,取其乳汁挏治爲馬酒,因以名官。見漢書百官公卿表上。

【挏馬酒】馬奶酒。挏馬,官名,後來誤作酒名。省作"挏酒"。元張昱可閒老人集二塞上謠之三:"漭然路失龍沙西,挏酒中人軟似泥。"參閱宋王觀國學林三挏馬。

指 zhǐ 職雉切,上,旨韻,照。ㄓˇ

㊀手指。一巨指,二食指,三將指,四無名指,五小指。莊子胠篋:"毀絶鉤繩,而棄規矩,攦工倕之指,而天下始人有其巧矣。"㊁用手指點。楚辭屈原離騷:"指九天以爲正兮,夫唯靈脩之故也。"㊂指斥,指責。漢書八六王嘉傳:"里諺曰:千人所指,無病而死。"㊃指向,趨向。史記天官書:"攝提者,直斗杓所指,以建時節。"後漢書十七岑彭傳:"自引兵乘利直指墊江,攻破平曲。"㊄直立,豎起。吕氏春秋必已:"中河,孟賁瞋目而視船人,髮植,目裂,鬢指。"㊅意旨,意向。通"指"。書盤庚上:"王播告之脩,不匿厥指。"參閱清薛傳均說文答問疏證一。㊆美好。通"旨"。荀子大略:"不時宜,不敬交,不驩欣,雖指,非禮也。"

【指尺】古時以中指中節的長度爲一寸,十寸爲尺,以指爲度而量,故稱指尺。宋朱熹家禮一通禮深衣制度:"裁用白細布,度用指尺。"注:"中指中節爲寸。"參閱宋章如愚山堂羣書考索五三律曆門律吕類王制言古尺。

【指日】規定日期,即日。三國魏曹植曹子建集五應詔詩:"弭節長騖,指日遄征。"唐韓愈昌黎集五送進士劉師服東歸詩:"還家雖闕短,指日親晨飧。"

【指分】清代外官分發,由吏部抽籤以定省分。自經捐納以後,候補官可以出錢納捐,自請分發到某省某衙門,稱指分。見六部成語注解補遺吏部指分。

【指月】佛教語,以指譬教,以月譬法。楞嚴經二:"如人以手指月示人,彼人因指,當應看月,若復觀指,以爲月體,此人豈唯亡失月輪,亦亡其指。"明瞿汝稷集錄佛教語三十二卷,名曰指月錄,即用此意。

【指示】指出,指而使知。史記蕭相國世家:"夫獵,追殺獸兔者狗也;而發蹤指示獸處者人也。今諸君徒能得走獸耳,功狗也。至如蕭何,發蹤指示,功人也。"今多指上級對下級或長輩對晚輩的訓示、教誨。

【指目】手指而目視之。史記陳涉世家:"旦日,卒中往往語,皆指目陳勝。"

【指斥】㊀指名直呼。漢蔡邕獨斷上:"謂之陛下者,羣臣與天子言,不敢指斥,故呼在陛下者而告之,因卑達尊之意也。"㊁指名斥責。晉書范汪傳附范甯:"甯指斥朝士,直言無諱。"

【指佞】晉張華博物志四:"堯時有屈軼草生於庭,佞人入朝,則屈而指之,一名指佞草。"後因稱識别奸僞爲指佞。明黎民表瑤石山人詩稿十丁戊山人謁先君墓有述答:"指佞尚餘階下草,將歸空有壁間琴。"參見"屈軼"。

【指事】六書之一。古時造字,對無形可象的事物,則用符號表示其義。如於"刀"上加"丶"爲"刃",以示刀口之所在。漢許慎說文解字敍:"指事者,視而可識,察而可見,上(二)下(二)是也。"周禮地官保氏注引鄭衆說作"處事",漢書藝文志作"象事"。參見"六書"。

【指囷】三國志吳魯肅傳:"周瑜爲居巢長,將數百人故過候(魯)肅,並求資糧。肅家有兩囷米,各三千斛。肅乃指一囷與周瑜。"後因以"指囷"比喻慷慨資助朋友。唐李咸用披沙集二古意論交詩:"見義必許死,臨危當指囷。"

【指使】㊀指事使人,支使人。禮曲禮上:"六十曰耆,指使。"戰國策燕一:"馮几據杖,眄視指使,則廝役〔役〕之人至。"聊齋志異鳳陽士人:"汝嗚嗚促我來,甫能消此心中惡,又護男兒怨弟兄,我不慣與婢子供指使。"㊁出計謀叫别人去做某事。三國志吳孫策傳:"策騎士有罪,逃入(袁)術營,隱於内廄,策指使人就斬之。"

【指迷】指點使不迷途。宋歐陽修文忠集五再和聖俞見答詩:"嗟哉我豈敢知子,論詩賴子初指迷。"

【指奏】即旨趣。淮南子齊俗:"故百家之言,指奏相反,其合道一體也。"又要略:"其言有小有巨,有微有粗,指奏卷異,各有爲語。"參閱清黄生義府下指奏。

【指南】比喻指導或指導者。文選漢張平子(衡)東京賦:"鄙哉予乎!習非而遂迷也,幸見指南於吾子。"三國志蜀許靖傳宋仲子與王商書:"文休倜儻瑰瑋,有當世之具,足下當以爲指南。"文休,靖字。參見"指南鍼"。

【指要】要旨,要義。北齊書邢邵傳:"博覽文籍,無不通曉,晚年尤以五經章句爲意,窮其指要。"周書齊煬王憲傳:"憲常以兵書繁廣,難求指要,乃自刊定爲要略五卷。"也作"旨要"。見"旨要"。

【指省】清代捐納制,没有補授實缺的官員在吏部候選後,不等吏部抽籤分發,而由自己出錢指定到某省去聽候委用,稱爲指省。參見"指分"。

【指海】叢書名。清道光間錢熙祚輯刊。初刻十二集,九十五種,係據張海鵬借月山房彙鈔之殘版校訂增補而成。熙祚死後,其子培讓培杰續刻八集,四十九種,以古代撰述佚而僅存、短篇著作易於散佚、有關政治風俗的近人著述爲多。

【指射】宋代設立八路定差制度。即川峽閩廣荆南等邊遠地區,允許中州及土著在選的官員隨意就差,名曰指射。見宋史選舉志五。

【指望】期望。水滸三:"魯達尋思道:'俺只指望痛打這廝一頓,不想三拳真個打死了他。'"

【指教】指點教導。宋朱熹朱文公集三八答趙提舉書:"易學未蒙指教,乃有簡易之褒,令人踧踖。"

【指揞】古時縫紉,用皮革作成箍,套在手指上以防針刺,叫做指揞,類似後來的頂針。說文:"揞,縫指揞也。一曰韜也。"

【指陳】指明陳述。後漢書五四楊震傳:"尋有河間男子趙騰詣闕上書,指陳得失。"

【指揮】㊀荀子富國:"拱揖指揮,而强暴之國莫不趨使。"宋台州本作"指麾"。本指手的動作,引申爲發令調遣。三國志魏高貴鄉公髦紀甘露三年注引楚國先賢傳:"謂卿曹本是善人,素無惡心,當思反善,何爲受其指揮?"唐杜甫杜工部草堂詩箋三一詠懷古跡之五:"伯仲之間見伊吕,指揮若定失蕭曹。"㊁唐宋時詔、勅、命令的統稱,公文多用之。唐黄滔黄御史公集附錄唐昭宗實錄:"今年新及第進士張貽憲等二十五人並指揮取今月九日於武德殿祇候，委中書門下准此處分，仍付所司。”宋蘇軾東坡集奏議集七應詔論四事狀：“前項指揮請詳朝旨施行。”㊂官名。唐中葉後有都指揮使，本方鎮軍校之名稱。自五代後梁起宣武軍，乃以其鎮兵因襲舊號，置在京馬步軍都指揮使。後唐後周及宋，咸沿其名，遂爲禁衛之官。宋殿前司及侍衛親軍均有都指揮使、副都指揮使。元代親軍諸衛亦置之。明內外諸衛皆置指揮使等官，並建都指揮使司，又有都指揮同知、都指揮僉事。清惟京城有兵馬司指揮，是爲坊官，與宋明之制不同。參閱新唐書兵志、續通志一三一職官二、明史職官志五。

【指撝】同“指揮㊀”、“指麾”。淮南子兵略：“脩正廟堂之上，而折衝千里之外；拱揖指撝，而天下響應；此用兵之上也。”後漢書七一皇甫嵩傳：“指撝足以振風雲，叱咤可以興雷電。”注：“撝即‘麾’字，古通用。”

【指畫】㊀指點規劃。禮玉藻：“凡有指畫於君前，用笏。”三國志魏鄧艾傳：“每見高山大澤，輒規度指畫軍營處所，時人多笑焉。”㊁指頭畫。指畫是用指頭、指甲和手掌蘸水墨、顏色在紙絹上作畫。創於唐張璪。清高其佩以指畫擅名，其姪孫高秉著有指頭畫說。

【指掌】指其手掌。1.比喻事理淺近而易明。論語八佾：“‘知其説者之於天下也，其如示諸斯乎？’指其掌。”三國志蜀彭羕傳：“指掌而譚，論治世之務，講霸王之業。”2.比喻事情容易辦。三國志魏鍾會傳：“文王（司馬昭）笑曰：‘……蜀爲天下作患，使民不得安息，我今伐之，如指掌耳。’”

【指意】意旨，意向。史記七四孟子荀卿傳：“（慎到田駢等）皆學黄老道德之術，因發明序其指意。”漢書六五東方朔傳：“指意放蕩，頗復詼諧，辭數萬言，終不見用。”

【指摘】指出，挑出缺點錯誤。三國志蜀孟光傳：“延熙九年秋，大赦，光於衆中責大將軍費禕，……光之指摘痛癢，多如是類。”又吳張昭傳“以漢書授登”注引吳書：“休進授，指摘文義，分別事物，並有章條。”休，昭少子。

【指麾】同“指揮㊀”。荀子議兵：“湯武之誅桀紂也，拱挹指麾，而强暴之國莫不趨使，誅桀紂若誅獨夫。”史記九二淮陰侯傳：“雖有舜禹之智，吟而不言，不如瘖聾之指麾也。”

【指趣】宗旨，意義。同“旨趣”。漢王充辯論案書：“六略之録，萬三千篇，雖不盡見，指趣可知。”藝文類聚五七東漢張衡七辯：“予雖蒙蔽，不敏指趣，敬授教命，敢不是務。”

【指橋】柔弱貌。史記一一七司馬相如傳大人賦：“掉指橋以偃蹇兮，又旖旎以招搖。”集解引漢書音義：“指橋，隨風指靡。”

【指環】戒指。以金、銀、寶石等物製成環，戴在手指上，以爲飾品。太平御覽七一八引拾遺録：“吳王潘夫人以火齊指環挂石榴枝上。”也作“指鐶”。晉書大宛傳：“其俗娶婦先以金同心指鐶爲娉。”參見“戒指”。

【指擿】㊀以手指抓搔。列子黄帝：“指擿無痟癢。”㊁同“指摘”。後漢書六三李固傳對：“陛下宜開石室，陳圖書，招會羣儒，引問失得，指擿變象，以求天意。”新唐書一五九吳湊傳：“湊叩鞍一視，凡指擿，盡中其弊。”

【指臂】手指與臂膀。比喻助手。唐杜牧樊川文集十七裴休除禮部尚書裴諗除兵部侍郎等制：“夫宰相佐天子，公卿助宰相，股肱指臂，任同一身。”

【指點】㊀指出，點示。唐李白李太白詩六相逢行：“金鞭遥指點，玉勒近遲回。”㊁指説，指責。唐白居易長慶集十六東南行一百韻寄通州元九侍御等詩：“時遭人指點，數被鬼揶揄。”㊂指導，點撥。唐白居易長慶集五一小童薛陽陶吹觱篥歌：“指點之下師授聲，含嚼之間天與氣。”

【指歸】意旨，意向。三國志吳諸葛瑾傳：“與（孫）權談説諫喻，未嘗切愕，微見風彩，粗陳指歸，如有未合，則捨而及他。”晉郭璞爾雅序：“夫爾雅者，所以通詁訓之指歸，敍詩人之興詠，揔絶代之離詞，辯同實而殊號者也。”

【指蹤】發蹤指示的省略語。比喻指揮謀劃。三國志魏荀彧傳“復增彧邑千户”注引彧別傳曹操請增封表：“是以先帝貴指蹤之功，薄搏獲之賞；古人尚帷幄之規，下攻拔之捷，前所賞録，未副彧巍巍之勳。”參見“發蹤指示”。

【指顧】㊀手指目視。漢書律曆志：“指顧取象，然後陰陽萬物靡不條鬯該成。”㊁一指一瞥之間，形容短暫。文選漢班孟堅（固）東都賦：“指顧倏忽，獲車已實。”唐王勃王子安集十三彭州九隴縣龍懷寺碑：“陽開陰闔，[illegible]於俯仰，蛟動螟飛，起雷霆於指顧。”

【指月録】全名水月齋指月録，明瞿汝稷著。三十二卷。彙輯禪宗師徒相承的機緣、語録，起七佛至道川禪師，共六百五十人。

【指甲花】㊀木名。晉嵇含南方草木狀：“其樹高五六尺，枝條柔弱，葉如嫩榆。……自大秦國移植于南海，而此花極繁細，纔如米粒許。”㊁見“鳳仙花”。

【指巡胡】古時飲宴，刻木爲胡人狀，底鋭，置於盤中，推之欹側摇擺使舞，視其所指者飲酒。也稱酒胡。唐元稹長慶集十五指巡胡詩：“遣悶多憑酒，公心只仰胡，挺身唯直指，無意獨欺愚。”參見“酒胡”。

【指南車】相傳黄帝與蚩尤戰於涿鹿之野，蚩尤作大霧，將士皆迷四方，黄帝遂造指南車以指方向。又周初越裳氏來朝，使者迷其歸路，周公賜輧車以指南。東漢張衡、魏馬鈞、南齊祖沖之都有造指南車之事，其法不傳。唐元和中典作官金公立上指南車、記里鼓，製法又絶。宋天聖五年燕肅創意造車，大觀元年吳德隆也獻製車之法。漢以後皇帝車駕鹵簿，皆用指南車爲前導。宋岳珂愧郯録十三指南記里鼓車記此車的形制甚詳。參閲晉崔豹古今注上輿服、宋書禮志五、晉書輿服志。也稱“司南車”，參見該條。

【指南鍼】羅盤内所裝置的鍼，用以指定南北方向，爲我國古代重要發明之一。稱別人的指導爲指南或南鍼，卽取此意。

【指星木】古代神話：東方朔折指星之木以授漢武帝，帝以木指彗星，星隨之而没。見舊題漢郭憲洞冥記三。

【指天畫地】漢應劭風俗通三皇：“指天畫地，神化潛通。”三國志魏管輅傳“年四十八”注引華長駿語：“使指天畫地，舉手四向，自當得之。”本指手的動作，引申爲放言無忌的神態。漢陸賈新語懷慮：“惑學者之心，移衆人之志，指天畫地，是非世事。”

【指天誓日】指天、日發誓，表白心迹。唐韓愈昌黎集三二柳子厚墓誌銘：“指天日涕泣，誓生死不相背負，真若可信。”

【指手劃脚】形容説話時放肆無忌或得意忘形的樣子。也比喻亂加指點、批評。水滸七五：“見這李虞候張幹辦在宋江前面指手劃脚，你來我去，都有心要殺這廝。”也作“指手畫脚”。紅樓夢二二：“一語未了，只見寶玉跑至圍屏燈前，指手畫脚，信口批評。”

【指東劃西】比喻論事時有意避開主題，東拉西扯。聯燈會要二三道閑禪師：“莫只這邊那邊，迶得些言句，到處揷語，指東劃西，舉古舉今。”也作“指東畫西”。續傳燈錄三三德用禪師：“際山今日去却之乎者也，更不指東畫西。”

【指桑罵槐】 比喻明指此而暗罵彼。紅樓夢五九：“鶯兒忙道：‘那是我們編的，你別指桑罵槐的。’”又六九：“除了平兒，衆丫頭媳婦無不言三語四，指桑罵槐，暗相譏刺。”

【指鹿爲馬】 史記秦始皇紀：“趙高欲爲亂，恐羣臣不聽，乃先設驗，持鹿獻於二世，曰：‘馬也。’二世笑曰：‘丞相誤邪？謂鹿爲馬。’問左右，左右或默，或言馬以阿順趙高。或言鹿〔者〕，高因陰中諸言鹿者以法。後羣臣皆畏高。”後因以“指鹿爲馬”比喻故意顛倒是非，擅作威福。周書文帝紀上傳檄方鎮：“今聖明御運，天下清夷，……而(高)歡威福自己，生是亂階，緝構南箕，指鹿爲馬，包藏凶逆，伺我威權。”省作“指鹿”。宋蘇軾分類東坡詩七驪山絶句之三：“幾變雕牆幾變灰，舉烽指鹿事悠哉。”

【指雁爲羹】 比喻以不落實的東西來自慰。古今雜劇元關漢卿調風月三：“終身無，簸箕星，指雲中，雁作羹。”雍熙樂府一醉花陰趕蘇卿套：“當初指雁爲羹，似充飢畫餅，道無情却有情。”

【指腹割衿】 舊時包辦婚姻，雙方父母給胎中子女預訂婚約，稱“指腹”。割男女幼兒的衣衿以訂婚約，稱“割衿”。元史刑法志二戶婚：“諸男女議婚，有以指腹割衿爲定者，禁之。”又作“指腹裁襟”。明湯顯祖牡丹亭硬拷：“我女已亡故三年，不說道納采下茶，便是指腹裁襟，一些没有。”

【指樹爲姓】 道家傳說，老子生於李樹下，因以李爲姓。見晉葛洪神仙傳一老子。文苑英華八四八隋薛道衡老氏碑：“老君感星載誕，莫測受氣之由；指樹爲姓，未詳吹律之本。”

挑 1. tiāo 吐彫切，平，蕭韻，透。ㄊㄧㄠ

㊀挖取。淮南子人間：“夫鵲先識歲之多風也，去高木而巢扶枝，大人過之則探鷇，嬰兒過之則挑其卵。”晉干寶搜神記十四：“高辛氏有老婦人，居於王宮，得耳疾。歷時，醫爲挑治。”㊁揀選。紅樓夢二五：“你不嫌不好，挑兩塊去就是了。”㊂用肩擔。宋陸游劍南詩稿四九自題傳神：“擔挑雙草履，壁倚一烏藤。”㊃偷薄，輕薄。通“佻”。荀子彊國：“入境，觀其風俗，其百姓樸，其聲樂不流汙，其服不挑。”注：“挑，偷也。不爲奇異之服。”

2. tiǎo 徒了切，上，篠韻，定。ㄊㄧㄠˇ

㊄撥動。彈奏絃樂器的一種指法。順手下撥叫抹，反手回撥叫挑。唐白居易長慶集十二琵琶引：“輕攏慢撚抹復挑，初爲霓裳後六么。”㊅挑逗，打動。韓非子說難：“貴人有過端，而說者明言禮義以挑其惡，如此者身危。”史記一一七司馬相如傳：“是時卓王孫有女文君新寡，好音，故相如繆與令相重，而以琴心挑之。”參見“挑₂戰”。㊆懸掛。古今雜劇元馬致遠岳陽樓一：“今日早晨間，我將這鏇鍋兒燒的熱了，將酒望兒挑起來，招過客，招過客。”

3. tāo 土刀切，平，豪韻，透。ㄊㄠ

㊇見“挑₃達”。

【挑刀】 舞刀。晉書張昌傳：“挑刀走戟，其鋒不可當。”參閱資治通鑑八五晉太安二年“挑刀走戟”注。

【挑耳】 搔耳孔。抱朴子備闕：“挑耳則棟梁不如鷦鷯之羽。”

【挑₂剔】 ㊀撥動。唐姚合姚少監集七天竺寺殿前立石詩：“苔粘月眼風挑剔，塵結雲頭雨磕敲。”後謂苛求疵病爲挑剔。㊁書法中的一種筆劃。宋姜夔續書譜真：“挑剔者，字之步履，欲其沉實。晉人挑剔，或帶斜拂，或橫引向外。至顏柳始正鋒爲之。正鋒則無飄逸之氣。”㊂闡述，發揮。五燈會元六郢州桐泉山禪師：“住後，僧問：‘如何是相傳底事？’師曰：‘龍吐長生水，魚吞無盡漚。’曰：‘請師挑剔。’師曰：‘擂鼓轉船頭，棹穿波裏月。’”

【挑₃達】 往來自由貌。詩鄭風子衿：“挑兮達兮，在城闕兮。”傳：“挑達，往來相見貌。”宋朱熹集傳：“挑，輕儇跳躍之貌。達，放恣也。”後多用爲輕薄義。晉干寶搜神記五：“蔣子文者，廣陵人也，嗜酒，好色，挑達無度。”

【挑₂撥】 ㊀挑動撩撥。南唐李昇詠燈：“主人若也勤挑撥，敢向尊前不盡心。”(全五代詩二四)宋王之道相山集四秋日苦雨和子厚弟韻詩：“烟鬱濕薪費挑撥，可堪餘瀝濺如潑。”㊁搬弄是非，以破壞雙方關係。水滸二十：“是誰挑撥你？我娘兒兩箇下半世過活，都靠着押司。外人說的閒是閒非，都不要聽他，押司自做箇主張。”

【挑燈】 撥動燈芯使燈增明；點燈。唐李白李太白詩二五閨情：“織錦心草草，挑燈淚斑斑。”

【挑₂戰】 挑動敵人出戰。左傳宣十二年：“趙旃求卿未得，且怒於失楚之致師者，請挑戰，弗許；請召盟，許之。”國語晉三：“公令韓簡挑戰。”注：“先挑敵求戰。”

【挑菜節】 唐代風俗，農曆二月初二日曲江拾菜，士民遊觀其間，謂之挑菜節。唐劉禹錫劉夢得集八淮陰行之五：“無奈挑菜時，清淮春浪軟。”又鄭谷鄭守愚集一蜀中春雨詩：“和暖又逢挑菜日，寂寥未是探花人。”宋張耒張右史集三四有二月二日挑菜節大雨不能出詩。參見“花朝”。

拴 shuān ㄕㄨㄢ

㊀結，綁。古今雜劇元孫仲章勘頭巾二：“我下馬來，把馬拴在樹下，我去那柳陰下且歇息咱。”㊁上門。元王實甫西廂記三本二折：“我將這角門兒也不曾牢拴。”也指門閂。水滸四：“門子只得捻脚捻手把拴拽了，飛也似閃入房裏躲了。”

拾 1. shí 是執切，入，緝韻，禪。ㄕ

㊀拾取，撿起。莊子盜跖：“晝拾橡栗，暮棲木上，故命之曰有巢氏之民。”㊁收，斂。漢王充論衡別通：“蕭何入秦，收拾文書。”㊂射韝，古代射箭時用的護袖，用皮革製成，射者著於左臂。又稱“捍”、“遂”。詩小雅車攻：“決拾既佽，弓矢既調。”㊃“十”的大寫。唐白居易長慶集四三論行營狀請勒魏博等四道兵馬却守本界事：“況其軍一月之費，計實錢貳拾柒捌萬貫。”

2. jié 集韻 極業切，入，業韻。ㄐㄧㄝˊ

㊄更遞，輪流。禮投壺：“左右告矢具，請拾投。”注：“拾，更也。”

3. shè 集韻 實攝切，入，葉韻。ㄕㄜˋ

㊅躡足而上。詳“拾₃級”。

【拾没】 即“什麼”。見集韻上聲果“没”。

【拾青】 撿取青紫。謂博取官位。青紫，指貴官印綬或服飾的顏色。唐駱賓王文集八秋日餞尹大往京序：“尹大官三冬懸暢，指蘭臺而拾青；薛六郎四海情深，飛桂樽而舉白。”唐高適高常侍集三奉酬北海李太守丈人夏日平陰亭詩：“從此日閑放，焉能懷拾青。”

【拾芥】 撿取地上的草芥。比喻取之極易。漢書七五夏侯勝傳：“勝每講授，常謂諸生曰：‘士病不明經術。經術苟明，其取青紫，如俛拾地芥耳。’”文苑英華七五一隋盧思道北齊興亡論：“取晉陽如拾芥，攻鄭宫猶振槁。”

【拾$_3$級】逐級登階。禮曲禮上：“拾級聚足，連步以上。”注：“拾當爲涉，聲之誤也。級，等也，涉等聚足，謂前足躡一等，後足從之併。”唐顔師古匡謬正俗三：“拾者猶言一一拾取，而鄭康成讀拾爲涉，近乎穿鑿。”

【拾掇】採集，拾取。唐陸龜蒙甫里集十四杞菊賦序：“前後皆樹以杞菊，春苗恣肥，日得以採擷之以供左右盃案。及夏五月，枝葉老梗，氣味苦澀，且暮猶責兒童輩拾掇不已。”宋王令廣陵詩鈔原蝗：“寒禽冬饑啄地食，拾掇穀種無餘遺。”

【拾唾】拾人涕唾。金元好問遺山集十三自題中州集後詩之二：“北人不拾江西唾，未要曾郎借齒牙。”也作“拾唾餘”。清袁枚小倉山房詩集三六再示兒：“書經動筆裁提要，詩怕隨人拾唾餘。”參見“拾人涕唾”。

【拾得】唐貞觀時詩僧。本孤兒，天台國清寺僧豐干拾而養之，故名拾得。與寒山子友善，其詩附寒山子詩集後。參閲景德傳燈録二七天台拾得。參見“寒山㊀”。

【拾菜】唐人習俗，二月二日於曲江拾菜，士民遊觀甚盛。見宋曾慥類説六秦中歲時記。參見“挑菜節”。

【拾紫】博取官位。義同“拾青”。唐駱賓王文集五敍寄員半千詩：“釣名勞拾紫，隱迹自談玄。”參見“拾青”。

【拾塵】傳説顔淵燒飯，炊灰落甑中，恐飯食不凈，用手抓食之，孔子見而誤以爲顔淵竊食。見吕氏春秋任數、漢王充論衡知實。後遂以拾塵喻誤會而致疑。晉陸機陸士衡集六君子行：“掇蜂滅天道，拾塵惑孔顔。”

【拾翠】文選三國魏曹子建（植）洛神賦：“或采明珠，或拾翠羽。”初學記二四梁紀少瑜遊建興苑詩：“踟躕憐拾翠，顧步惜遺簪。”都指拾取翠鳥羽毛以爲首飾，後以指婦女春日嬉遊的景象。唐杜甫杜工部草堂詩箋三二秋興之八：“佳人拾翠春相問，仙侣同舟晚更移。”

【拾遺】㊀撿取他人遺失的東西爲己有。荀子正論：“風俗之美，男女自不取於涂，而百姓羞拾遺。”也用以比喻容易。漢書六七梅福傳：“是以舉秦如鴻毛，取楚若拾遺。”㊁補録缺漏。史記太史公自序：“序略，以拾遺補蓺，成一家之言。”梁謝綽有宋拾遺録，爲採録遺聞佚事的書。㊂糾正帝王的過失。史記一二〇汲黯傳：“臣願爲中郎，出入禁闥，補過拾遺，臣之願也。”㊃官名。唐武則天時置左右拾遺，掌供奉諷諫。宋改爲左右正言。後隨設隨罷。參閲續通典二五職官三。參見“左右拾遺”。

【拾穗】撿取他人收穫時遺下的禾穗。詩小雅大田：“彼有遺秉，此有滯穗，伊寡婦之利。”列子天瑞：“子貢曰：先生少不勤行，長不競時，老無妻子，死期將至，亦有何樂而拾穗行歌乎？”唐杜甫杜工部草堂詩箋三三暫往白帝復還東屯：“築場憐穴蟻，拾穗許村童。”

【拾瀋】撿取汁水。比喻事情不可能辦到。左傳哀三年：“無備而官辦者，猶拾瀋也。”注：“瀋，汁也。言不備而責辦不可得。”

【拾櫨】木名。也名無患。舊時迷信傳説拾櫨爲衆鬼所畏懼，取爲器用，可以制邪鬼。見晉崔豹古今注下問答釋義。

【拾襲】珍重收藏。宋王邁臞軒集十三墨歌寄林明叔詩：“昔我得之於異人，使我拾襲藏爲珍。”參見“什襲”。

【拾翠洲】在廣東南海縣西南，古有津亭，明建華節亭於此。唐陸龜蒙甫里集九和送李明府之任南海詩：“居人愛近沈珠浦，候吏多來拾翠洲。”參閲嘉慶一統志四四一廣州府一。

【拾遺記】志怪小説集名。舊題晉王嘉撰，十卷。南朝梁蕭綺曾加整理，並附所論於後，稱爲“録”。明胡應麟認爲書即蕭綺所撰，而託名王嘉。前九卷記自上古庖犧神農至東晉時異聞，末卷記昆侖蓬萊等靈境仙山。着重宣揚神仙方術，多荒誕不經，但舊時詩文常徵引以爲典故。

【拾人涕唾】拾取他人的涕零唾餘。比喻蹈襲他人的意見、言論。宋嚴羽滄浪詩話答出繼叔臨安吳景僊書：“僕之詩辨，乃斷千百年公案，……是自家閉門鑿破此片田地，即非傍人籬壁，拾人涕唾得來者。”也作“拾人唾涕”、“拾人唾餘”、“拾人牙慧”。明胡震亨唐音癸籤三二集録三：“劉貢父滑稽渠率，王直方拾人唾涕。”

括 kuò ㄎㄨㄛˋ

古活切，入，末韻，見。

㊀結紮，捆束。莊子寓言：“向也括，而今也被髮。”參見“括囊㊀”。㊁約束，包容。文選晉劉越石（琨）答盧諶詩：“昔在少壯，未嘗檢括。”又漢賈誼過秦論：“有席卷天下，包舉宇内，囊括四海之意，并吞八荒之心。”㊂搜求。北史孫搴傳：“時大括人爲軍士，逃隱者，身及主人、三長、守、令，罪以大辟，没其家。”隋書高祖紀下開皇十八年：“其江南諸州，人間有船長三丈已上，悉括入官。”㊃到來，會合。詩王風君子于役：“日之夕矣，羊牛下括。”傳：“括，至也。”又小雅車舝：“匪飢匪渴，德音來括。”傳：“括，會也。”㊄箭的末端。通“筈”。書太甲上：“若虞機張，往省括于度，則釋。”疏：“括，謂矢末。”

【括州】地名。隋置處州，開皇十二年改稱括州，因括蒼山而取名。唐大曆十四年復稱處州。故城在今浙江麗水縣東南括蒼山麓。參閲嘉慶一統志三〇五處州府。

【括香】見“惜春御史”。

【括髮】束髮。禮檀弓上：“主人既小斂，袒括髮。”此謂因行喪禮而束髮。漢書八六王嘉傳：“大臣括髮關械，裸躬就笞，非所以重國襃宗廟也。”此謂因受刑而束髮。

【括蒼】㊀山名。在浙江省東南部。山多括木（本作“栝”），故名括蒼。其主峰在仙居縣東南，也名蒼嶺，或名天鼻山，唐天寶中改名真隱山。道書以爲十大洞天福地之一。參閲雲笈七籤二七十大洞天、讀史方輿紀要八九浙江一。㊁縣名。隋開皇九年析松陽縣地置括蒼縣，唐大曆十四年更名麗水，即今浙江麗水縣。參閲嘉慶一統志三〇五處州府。

【括囊】㊀閉束袋口。易坤：“六四，括囊，无咎无譽。”疏：“括，結也。囊所以貯物，以譬心藏知也。閉其知而不用，故曰括囊。”後因以比喻閉口不言。漢桓寬鹽鐵論雜記：“車丞相即周魯之列，當軸處中，括囊不言，容身而去，彼哉！彼哉！”㊁包羅。猶言囊括。後漢書三五鄭玄傳論：“鄭玄括囊大典，網羅衆家，删裁繁誣，刊改漏失。”梁書昭明太子傳王筠哀册文：“括囊流略，包舉藝文，遍該緗素，殫極丘墳。”

【括糴】宋哲宗元符元年因糧儲缺乏，遂搜括民間存糧，酌留其所用，餘盡糴入官，謂之括糴。參閲文獻通考二一市糴二括糴。

【括地志】唐代分道計州的地志。又名坤元録。魏王（李泰）命著作郎蕭德言、祕書郎顧胤等撰。五百五十卷，序略五卷。原書已佚，有清王謨孫星衍輯本。參閲新唐書八十濮王泰傳及藝文志二。參見“坤元録”。

挌 1. gé ㄍㄜˊ

古伯切，入，陌韻，見。盧各切，入，鐸韻，來。

㊀擊，打。通“格”。漢荀悦前漢紀十五武

帝紀:"主人公挌鬬死。"

2. hé ㄏㄜˊ

㊀堅硬。通"垎"。管子地員:"五粟之土,乾而不挌。"注:"挌,謂堅𥔿也。"

拸 1. chí ㄔˊ 集韻 陳知切,平,支韻。

㊀離棄。見"拸畫"。

2. yí ㄧˊ 集韻 余支切,平,支韻。

㊀加。廣雅釋詁:"拸,加也。"清王念孫疏證:"拸之言移也。移,加之也。"

【拸畫】莊子庚桑楚:"介者拸畫,外非譽也。"注:"畫所以飾容貌也。刖者之貌,既以虧殘,則不復以好醜在懷,故拸而棄之。"拸,此謂離棄;畫,修飾容貌之物。一本拸作"移"。釋文引崔譔:"移畫,不拘法度也。"

拶 1. zá ㄗㄚˊ 姊末切,入,末韻,精。

㊀逼迫,壓迫。唐韓愈昌黎集五辛卯年雪詩:"崩騰相排拶,龍鳳交橫飛。"

2. zǎn ㄗㄢˇ

㊀舊時酷刑,用繩聯小木棍五根,套入手指而緊收,稱拶指或拶。其刑具叫拶或拶子。二刻拍案驚奇十二:"就用嚴刑拷他,討拶來拶指。"

拲 gǒng ㄍㄨㄥˇ 居悚切,上,腫韻,見。居玉切,入,燭韻,見。

兩手共械。周禮秋官掌囚:"凡囚者,上罪梏拲而桎。"注引鄭司農(衆):"拲者,兩手共一木也。"漢書刑法志"上罪梏拲而桎"注謂拲卽"拱"字。

挚 zì ㄗˋ 疾智切,去,寘韻,從。奇寄切,去,寘韻,羣。

積儲。說文引詩:"射夫既同,助我舉挚。"今詩小雅車攻挚作"柴"。魯詩作"胔"。參閱清陳喬樅韓詩遺說考七助我舉挚(續經解一五九)。

拿 ná ㄋㄚˊ

"拏"的異體字。㊀執持。宋王之道相山集十二春雪和袁望回詩:"老夫僵不掃,稚子走争拿。"㊁逮捕,擒捉。醒世恒言十三勘皮靴單證二郎神:"又着落緝捕使臣,拿下任一郎問過,事已張揚。"㊂表示矜持,裝腔。見"拿大"、"拿老"、"拿腔作勢"。㊃把,以。介詞。紅樓夢二十:"就拿今日天氣比,分明冷些。"

【拿大】自大,擺架子。紅樓夢六:"他家的二小姐,着實爽快會待人的,倒不拿大。"

【拿老】擺老資格。賣弄老一套。儒林外史四一:"差人道:'沈姑娘,你也太拿老了!……都像你這一毛不拔,我們喝西北風!'"

【拿班】擺架子,裝腔作勢。元曲選關漢卿望江亭一:"非是我要拿班,只怕他將咱輕慢。"儒林外史五:"過了幾日,整治一席酒,請二位舅爺來致謝。兩個秀才拿班做勢,在館裏又不肯來。"

【拿捏】㊀故意刁難。西遊記四三:"他又在我海內遇着你的差人,奪了請帖,徑入水晶宮,拿捏我父子們。"㊁矜持,故作穩重狀。紅樓夢八四:"寶玉答應了個'是',只得拿捏著,慢慢的退出。"

【拿訛頭】乘機勒索敲詐。明劉侗等帝京景物略四嵇山會館唐大士像:"勒脅曰拿訛頭。"也作"拿囮頭"。儒林外史四一:"地方上幾個喇子想來拿囮頭。"

【拿粗挾細】比喻尋事生非。元曲選缺名陳州糶米楔子:"俺兩個全仗俺父親的虎威,拿粗挾細,揣歪捏怪,那一個不知我的名兒。"

【拿腔做勢】裝模作樣。紅樓夢二五:"那賈環便來到王夫人炕上坐着,命人點了蠟燭,拿腔做勢的抄寫。"

挐 1. rú ㄖㄨˊ 女余切,平,魚韻,娘。女加切,平,麻韻,娘。

㊀糾纏,紛亂。楚辭宋玉九辯:"葉菸邑而無色兮,枝煩挐而交橫。"注:"挐,柯條糾錯而崩嶷也。"淮南子本經:"巧僞紛挐以相摧錯。"注:"挐讀如上谷茹縣之茹。"㊁雜糅。文選戰國楚宋玉招魂:"稻粢穱麥,挐黃粱些。"

2. ráo ㄖㄠˊ

㊀船槳。通"橈"。莊子漁父:"方將杖挐而引其船。"釋文:"挐,……司馬(彪)云:'橈也,音饒。'"

3. ná ㄋㄚˊ

㊃執,持。通"拏"、"拿"。見"挐₃攫"。

【挐首】猶蓬頭。髮亂如蓬。淮南子覽冥:"美人挐首墨面而不容。"注:"挐首,亂頭也。草與髮并編爲挐首,不脩容飾也。"

【挐₃攫】張牙舞爪,相搏鬬之狀。漢書八七上揚雄傳校獵賦:"熊羆之挐攫,虎豹之凌遽。"注:"挐,牽引也。攫,搏持之也。"文選作"拏攫"。文選漢張平子(衡)西京賦:"熊虎升而挐攫,猨狖超而高援。"注:"挐攫,相搏持也。"

七 畫

捖 wán ㄨㄢˊ 胡官切,平,桓韻,匣。

刮摩。周禮考工記"刮摩之工五"漢鄭玄注:"刮作捖。鄭司農(衆)云……捖摩之工謂玉工也。"

挱 1. suō ㄙㄨㄛ 素何切,平,歌韻,心。

㊀也作"挲㊀"。見"摩挱"。

2. shā ㄕㄚ 集韻 師加切,平,麻韻。

㊀見"挓挱"。

拚 pān pīn ㄆㄢ ㄆㄧㄣ

捨棄,不顧一切。"拌"的俗體字。花間集四五代前蜀牛嶠菩薩蠻詞之七:"須作一生拚,盡君今日歡。"宋梅堯臣宛陵集四一昭亭潭上別弟詩:"須拚一日醉,便作數年期。"參見"拚㊃"。

【拚命】猶拚命,不顧性命。宋楊萬里誠齋集十四慶長叔招飲……詩之三:"老子那知鬢脚凋,忍寒拚命看珠跳。"

捝 1. tuō ㄊㄨㄛ 他括切,入,末韻,透。徒活切,入,末韻,定。

㊀解脫。通"脫"。㊁捶打。穀梁傳宣十八年:"邾人戕繒子于繒。戕,猶殺也,捝殺也。"注:"捝謂捶打殘賊而殺。"

2. shuì ㄕㄨㄟˋ 集韻 輸芮切,去,祭韻。

㊀拭,擦。儀禮鄉飲酒禮:"坐捝手,遂祭酒。"注:"捝,拭也。"

挵 lòng ㄌㄨㄥˋ 集韻 盧貢切,去,送韻。

把玩,戲耍。同"弄"。

捄 1. jū ㄐㄩ 舉朱切,平,虞韻,見。

㊀盛土於器。詩大雅緜:"捄之陾陾,度之薨薨。"

2. qiú ㄑㄧㄡˊ 巨鳩切,平,尤韻,羣。

㊀曲貌。詩小雅大東:"有饛簋飧,有捄棘匕。"

3. jiù ㄐㄧㄡˋ

㊀拯救。通"救"。戰國策秦五:"諸侯必懼,懼而相捄,則從事可成。"詩小雅谷風"匍匐救之"、漢書八五谷永傳引詩救作"捄"。

【捄₃世】同"救世"。漢王符潛夫論述赦:"今日捄世,莫〔急〕乎此意。"

【捄₃荒】救濟災荒。宋史三一六趙抃傳:

"知越州，吳越大饑，疫死者過半。抃盡救荒之術，療病埋死，而生者以全。"

捇 1. huò 呼麥切，入，麥韻，曉。ㄏㄨㄛˋ

㊀掘土。見廣韻。

2. chì 集韻 七迹切，入，昔韻。ㄔˋ

㊁除撥。同"赤"。詳"捇₂拔"。

【捇₂拔】除去。周禮序官"赤犮氏"注："赤犮，猶言捇拔也。主除蟲豸自埋者。"疏："在此言'赤拔猶言捇拔'者，拔除去之也。"

捕 bǔ 薄故切，去，暮韻，並。ㄅㄨˇ

㊀捕捉，捉拿。莊子秋水："騏驥驊騮，一日而馳千里，捕鼠不如狸狌，言殊技也。"史記一〇七灌夫傳："遣吏分曹逐捕諸灌氏支屬，皆得弃市罪。"㊁舊時捕役的簡稱。參見"捕書"。㊂姓。漢泰山都尉孔宙碑陰門生故吏名有"鉅鹿廣宗捕巡字升臺"(隸釋七)。

【捕生】捕捉生物，如漁獵。新五代史梁太祖紀下乾化二年："降死罪以下囚，罷役徒，禁屠及捕生。"

【捕快】舊時州縣官署捕人的差役。清李玉永團圓傳奇恩撫："一聞台教，即着捕快同台使緝獲去了。"

【捕風】捉風。喻難以實現。唐韋應物韋江州集十難言詩："持索捕風幾時得？將刀斫水幾時斷？"宋蘇軾經進東坡文集事略二四上神宗皇帝書："君臣宵旰，幾一年矣，而富國之效，茫如捕風。"

【捕書】清代地方衙門專管捕人的書吏。清黃六鴻福惠全書十三刑名部監禁："直宿刑書與捕書，分班直宿。"

【捕景】喻虛幻。景，同"影"。淮南子說林："鬼神之貌，不著於目；捕景之説，不形於心。"文選晉陸士衡(機)演連珠之二五："是以重光發藻，尋虛捕景，大人貞觀，探心昭忒。"言日月發光，到處現影，無法藏形之意。

【捕醉仙】行令勸酒的用具，似玩具中的不倒翁。宋竇苹酒譜酒令："今之世，酒令其類尤多。有捕醉仙者，爲禺人，轉之以指席者。"(說郛六六)

【捕蟬令】宋宋守約爲殿帥，夏日令軍校十數人輪流捕蟬，不得使蟬鳴，否則重笞。謂軍中以號令爲先，時當承平，無所信其號令，故以捕蟬訓練士兵。見宋葉夢得石林燕語十。

【捕風捉影】喻虛幻不實或無事生非。朱子語類八學二："若悠悠地似做不做，如捕風捉影，有甚長進。"明張居正張文忠公集八乞鑒別忠邪以定國是疏："若被黜者一一求其所以得罪之故，捕風捉影，捏造流言，以掎齕當事之人，則將來司考察之柄者，將鉗口斂臂而不敢輕動一人。"

【捕魚兒海】湖名。1.達來諾爾。一名達里諾爾，在今遼寧昭烏達盟克什克騰旗西北，因水質較淡，盛產魚類得名。參閱嘉慶一統志五三九克什克騰山川。2.貝爾湖。在今黑龍江呼倫貝爾盟。明藍玉擊敗元順帝孫脫古思帖木兒於捕魚兒海，即此。見明史十三藍玉傳。

【捕影繫風】喻有求不得或無事生非。梁書劉孝綽傳謝啟："但雕朽杇糞，徒成延奬；捕影繫風，終無効答。"宋史□□釣磯立談："於是連兵十許年，國削民乞，渺然視太平之象，更若捕風繫影。"

挪 yé 集韻 余遮切，平，麻韻。ㄧㄝˊ

同"揶"。見"揶揄"。

挾 1. xié 胡頰切，入，帖韻，匣。ㄒㄧㄝˊ

㊀夾持。國語齊："時雨既至，挾其槍刈耨鎛，以旦暮從事於田野。"注："在腋曰挾。"儀禮鄉射禮："取弓于階西，兼挾乘矢。"疏謂：挾，持矢于二指之間。引申爲脅持。見"挾天子以令諸侯"。㊁擁有，懷抱。史記八三鄒陽傳獄中上梁孝王書："挾伊管之辯，懷龍逢比干之意。"㊂從旁鉗住。後漢書四十上班固傳西都賦："挾酆霸，據龍首。"注："在旁曰挾，在上曰據也。"文選三國魏王仲宣(粲)登樓賦："挾清漳之通浦兮，倚曲沮之長洲。"㊃倚仗，恃以自重。孟子盡心上："挾貴而問，挾賢而問，挾長而問……皆所不答也。"

2. jiā 集韻 吉協切，入，帖韻。ㄐㄧㄚ

㊄夾取。通"夾"。新五代史盧文紀傳："以筯挾之，首得文紀。"㊅私藏，夾帶。宋沈氏三先生文集五五沈遼雲巢編四德相惠新茶……詩："函封趣北道，驛使互防挾。"㊆箸。通"梜"。管子弟子職："左執虛豆，右執挾匕。"㊇通達，周匝。通"浹"。詩大雅大明："天位殷適，使不挾四方。"荀子王霸："制度以陳，政令以挾。"注："挾讀爲浹，治也。"參閱清鄭珍說文新附考五浹。

【挾尺】古時相馬，以胸脯寬廣一尺以上者，名曰挾尺，能久走。梁書張率傳舞馬賦："而其挾尺縣蹄之辨，附蟬伏兔之別，十形五觀之姿，三毛八肉之勢，臣何得而稱焉，固已詳於前製。"參閱北魏賈思勰齊民要術六養牛馬驢騾。

【挾₂日】古以干支計日，從甲至癸凡十日，謂之挾日。挾，通"浹"，周匝。周禮天官大宰："乃縣治象之法于象魏，使萬民觀治象，挾日而斂之。"參見"浹日"、"浹辰"。

【挾₂治】通體皆治。荀子儒效："曷謂神？曰：盡善挾治之謂神。"注："挾，讀爲浹。浹，周治也。"

【挾制】抓住對方弱點，強使服從。紅樓夢七九："(夏金桂)先時不過挾制薛蟠，後來倚嬌作媚，將及薛姨媽，後將至寶釵。"

【挾恨】懷恨。魏書毛脩之傳："(崔)浩乃與論曰：'承祚(陳壽)之評(諸葛)亮，乃有故義過美之譽，案其迹也，不爲負之，非挾恨之矣。'"

【挾怨】心懷怨恨。宋李心傳建炎以來繫年要録二建炎元年二月："黃時偁、段光遠遺金人書，言(藍)忻等皆前日倖濫渠魁，今挾怨生事，罪不可赦。"

【挾策】手持簡册。策，寫書的竹簡。喻勤奮讀書。莊子駢拇："臧與穀二人相與牧羊而俱亡其羊。問臧奚事？則挾筴讀書；問穀奚事？則博塞以遊。"釋文："筴，字又作策。"明歸有光震川集二九書齋銘序："挾策而居者，自項脊生始。"

【挾輈】以手挾持車轅。左傳隱十一年："公孫閼與潁考叔爭車，潁考叔挾輈以走，子都拔棘以逐之。"後以喻勇捷力大。梁書元帝紀告四方檄："挾輈曳牛之侶，拔距磔石之夫，騎則逐日追風，弓則吟猿落雁。"

【挾₂輔】左右相佐，輔佐。挾，通"夾"。後漢書五七劉陶傳上疏陳事："(朱穆李膺)實中興之良佐，國家之柱臣也，宜還本朝，挾輔王室。"

【挾₂藏】私藏。挾，通"夾"。墨子號令："有匿不言人所挾藏在禁中者斷。"

【挾纊】披着綿衣。比喻因受撫慰而感到溫暖。左傳宣十二年："申公巫臣曰：'師人多寒。'王巡三軍，拊而勉之，三軍之士，皆如挾纊。"注："纊，綿也。言説(悅)以忘寒。"文選晉潘安仁(岳)馬汧督誄："霑恩撫循，寒士挾纊。"

【挾書律】秦始皇所頒佈的藏書禁令。漢書惠帝紀四年："除挾書律。"注："應劭曰：'挾，藏也。'張晏曰：'秦律，敢有挾書者族。'"參見"焚書坑儒"。

【挾劍豆】即刀豆。[illegible]六前漢下宣帝地節元年："樂浪之東，有背明之國，來貢其方物……有挾劍豆，其莢形似人挾劍，橫斜而生。”參見“刀豆”。

【挾山超海】比喻困難或不可能辦到的事。孟子梁惠王上：“挾太山以超北海，語人曰：‘我不能。’是誠不能也。”明盧象昇盧忠肅公書牘與某書：“某以一身肩荷七省，何異挾山超海之難！”

【挾長挾貴】自恃年長或尊貴。孟子萬章下：“不挾長，不挾貴，不挾兄弟而友。”

【挾細拿粗】尋是非，找麻煩。元曲選關漢卿魯齋郎三：“誰敢向他行挾細拿粗？這刁頑全不想他妻我婦。”參見“拿粗挾細”。

【挾天子以令諸侯】挾制皇帝，以其名義號令諸侯。戰國策秦一：“據九鼎，按圖籍，挾天子以令天下，天下莫敢不聽。”三國志蜀諸葛亮傳隆中對：“今(曹)操已擁百萬之衆，挾天子而令諸侯，此誠不可與爭鋒。”後喻假借名義，發號施令。宋嚴羽滄浪詩話詩評：“子美不能爲太白之飄逸，太白不能爲子美之沉鬱。……詩以李杜爲準，挾天子以令諸侯也。”

振 1. zhèn ㄓㄣˋ 章刃切，去，震韻，照。

㊀舉起，舉拔。國語晉七：“逮鰥寡，振廢淹。”注：“振，起也。”廢淹，以小罪而久見廢者。文選漢賈誼過秦論：“振長策而御宇內。”㊁搖動，抖動。詩豳風七月：“六月莎雞振羽。”楚辭屈原漁父：“新沐者必彈冠，新浴者必振衣。”㊂奮起。詩周頌振鷺：“振鷺于飛，于彼西雝。”禮月令孟春之月：“東風解凍，蟄蟲始振。”㊃開放。左傳文十六年：“自廬以往，振廩同食。”注：“振，發也。”文心雕龍七情采：“夫水性虛而淪漪結，木體實而花萼振，文附質也。”㊄救濟。通“賑”。禮月令季春之月：“命有司發倉廩，賜貧窮，振乏絕。”參閱唐顏師古匡謬正俗七振。㊅整頓。見“振旅”。㊆消除。左傳昭十八年：“祓禳於四方，振除火災。”注：“振，棄也。”㊇震動。通“震”。戰國策燕三：“燕王誠振畏，慕大王之威，不敢興兵以拒大王。”史記七七魏公子傳：“當是時，公子威振天下。”㊈見“振古”。㊉見“振振”。

2. zhēn ㄓㄣ 集韻 之人切，平，真韻。

⑪見“振₂振₂”。

3. zhěn ㄓㄣˇ

⑫單衣。通“袗”。禮玉藻：“振絺綌不入公門。”

【振子】童男女。振，通“侲”。詳“侲子”。

【振女】童女，幼女。史記一一八淮南王安傳：“以令名男子若振女與百工之事，即得之矣。”參見“侲子”。

【振主】猶暴君。管子七臣七主：“振主喜怒無度，嚴誅無赦。”注：“動發威嚴，謂之振也。”

【振古】從古，往昔。詩周頌載芟：“匪且有且，匪今斯今，振古如茲。”注：“振，自也。”文選晉左太沖(思)魏都賦：“是以兆朕振古，萌柢疇昔。”

【振衣】抖衣去塵。楚辭屈原漁父：“新沐者必彈冠，新浴者必振衣。”文選晉陸士衡(機)赴洛道中作之二：“撫几不能寐，振衣獨長想。”

【振州】漢珠崖郡地，唐武德五年置振州，宋改爲崖州。故治在今廣東崖縣崖城公社。參閱讀史方輿紀要一〇五廣東六崖州、郭沫若校訂崖州志。

【振武】奮發武力。指用兵。國語晉六：“吾聞之，君人者刑其民，成而後振武於外，是以內和而外威。”

【振拔】舉擢。漢書一〇〇上敘傳：“振拔洿塗，跨騰風雲。”

【振刷】振作，奮起而更新。唐劉禹錫劉夢得集二一上杜司徒啟：“況承慶宥，期以振刷。”宋史四二〇馬天驥傳：“周世宗當天下四分五裂之餘，一念振刷，猶能轉弱爲强。”

【振恤】救濟。呂氏春秋懷寵：“求其孤寡而振恤之。”也作“振邮”。文選南朝宋顏延年(延之)陽給事誄序：“振邮遺孤，以慰存亡。”

【振容】古代一種飾棺之幡。禮喪服大記：“飾棺，君龍帷、三池、振容、黼荒。”疏：“振，動也；容，飾也。謂以絞繒爲之，長丈餘，如幡。畫幡上爲雉，縣於池下爲容飾。車行則幡動，故曰振容。”

【振旅】整頓部隊。書大禹謨：“班師振旅。”傳：“兵入曰振旅，言整衆。”左傳隱五年：“三年而治兵，入而振旅。”

【振振】㊀鳥羣飛貌。詩魯頌有駜：“振振鷺，鷺于下。”㊁高亢貌。公羊傳僖九年：“葵丘之會，桓公震而矜之，叛者九國。震之者何？猶曰振振然。”注：“亢陽之貌。”

【振₂振₂】㊀盛貌。威武貌。左傳僖五年：“均服振振，取虢之旂。”文選晉潘安仁(岳)閑居賦：“服振振以齊玄，管啾啾而並吹。”㊁信實仁厚貌。詩周南麟之趾：“振振公子。”注：“振振，信厚也。”參閱清馬瑞辰毛詩傳箋通釋二螽斯。

【振救】㊀援助。左傳昭二六年：“且爲後人之迷敗傾覆，而溺入于難，則振救之。”㊁周濟，賑濟。國語周下：“古者天災降戾，於是乎量資幣，權輕重，以振救民。”也作“振捄”。漢書八五谷永傳：“存邺振捄困乏之人以弭遠方。”注：“捄，古救字也。”

【振動】㊀震動。莊子山木：“及其得柘棘枳枸之間也，危行側視，振動悼慄。”荀子正論：“通達之屬，莫不振動從服以化順之。”㊁古九拜之一。儀禮稱揖厭，猶後來的打躬連拱手。周禮春官大祝：“辨九㩻：一曰稽首，二曰頓首，三曰空首，四曰振動……”注：“鄭大夫云：‘動讀爲董，書亦或爲董。振董，以兩手相擊也……玄謂振動，戰栗變動之拜。’”

【振祭】古時九祭之一。周禮春官大祝：“五曰振祭。”注：“重肺賤肝，故初祭絕肺以祭，謂之絕祭。至祭之末，禮殺之後，但擩肝鹽中振之，擬之若祭狀弗祭，謂之振祭。”參見“九祭”。

【振揚】激勵。漢書九九上王莽傳張竦頌功德：“盱衡厲色，振揚武怒。”晉書謝琰傳：“强賊在海，伺人形便，宜振揚仁風，開其自新之路。”

【振筆】奮筆。謂揮筆疾書。漢桓寬鹽鐵論取下：“東向伏几，振筆如調文者，不知木索之急，棰楚之痛者也。”

【振慄】顫抖。史記六四司馬穰苴傳：“於是遂斬莊賈以徇三軍。三軍之士皆振慄。”素問至真要大論：“心痛鬱冒，不知人，迺洒淅惡寒，振慄譫妄。”

【振槁】㊀搖落枯葉。喻事極易成。荀子議兵：“然而秦師至而鄢郢舉，若振槁然。”注：“振，擊也；槁，枯葉也。”文苑英華七五一隋盧思道北齊興亡論：“舉晉陽如拾芥，攻鄴宮猶振槁。”㊁使枯樹復蘇。宋陳巖肖庚溪詩話上引宋趙構(高宗)春賦：“穆然若東風之振槁，灑然若膏雨之萌芽。”

【振綺】言輕而易舉，不費力。綺，有花紋的絲織品。唐李白李太白詩十六送王屋山人魏萬還王屋：“十三弄文史，揮筆如振綺。”

【振厥】震怒。漢揚雄太玄經三衆：“虎虓振厥。”注：“振厥，盛怒貌也。”

【振暴】張揚暴露。史記七十張儀傳：“然世惡蘇秦者，以其先死，而儀振暴其短以扶其說，成其衡道。”索隱：“暴音步卜反，振謂振揚而暴露其短。”

【振錫】僧人持錫杖，行則振動有聲，故謂僧人出行爲振錫。宋書謝靈運傳山居賦:“建招提於幽峯,冀振錫之息肩。”

【振臂】揮臂,以示振奮、激勵。文選漢李少卿(陵)答蘇武書:“然陵振臂一呼,創病皆起。”宋蘇轍欒城集十七黃樓賦:“戰馬成羣,猛士成林,振臂長嘯,風動雲興。”

【振贍】救濟。漢書溝洫志:“滿昌師丹等數言百姓可哀,上數遣使者處業振贍之。”

【振懾】㊀震動恐懼。抱朴子行品:“被抑枉而自誣,事無苦而振懾者,怯人也。”㊁以威力服人,因恐懼而屈服。水經注三河水:“肅清帝道,振懾四荒。”

【振鐸】古代宣布政教法令時,卽振鐸以警衆。文事用木鐸,武事用金鐸。鐸,有舌的大鈴。周禮夏官大司馬:“司馬振鐸,羣吏作旗,車徒皆作鼓行。”國語吳:“王乃秉枹,親就鳴鐘鼓、丁寧、錞于,振鐸。”後引申爲從事教職的代稱。明章懋楓山集三與沈副使仲律:“近見湖南錄,始知先生繼文定胡公之舊職,而振鐸於濂溪之鄉。”

【振纓】㊀猶“濯纓”,謂隱居。文選晉夏侯孝若(湛)東方朔畫贊:“臨世濯足,希古振纓。”注:“臨世而隱如古之漁父濯足振纓也……振,亦濯也。”㊁猶彈冠,謂出仕。藝文類聚三八南朝陳沈炯祭梁吳郡袁府君文:“日者明德世彦,振纓王室。”

【振鷺】詩周頌有振鷺篇,本以鷺之潔白,比喻客之容貌修整。後因以振鷺喻操行純潔的賢人。文選漢揚子雲(雄)劇秦美新:“振鷺之聲充庭,鴻鸞之黨漸階。”注:“振鷺,鴻鸞,喻賢也。”後漢書六十下蔡邕傳釋誨:“鴻漸盈階,振鷺充庭。”

【振奇人】特出、非凡的人。隋王通中說上天地:“或問揚雄張衡,子曰:‘古之振奇人也,其思苦,其言艱。’”

【振綺堂】清乾隆嘉慶間,浙江錢塘汪氏藏書堂名。汪氏自汪憲及其子璐、孫誠、曾孫遠孫四世均富藏書。憲有振綺堂書目,一卷。參閱清丁申武林藏書錄下振綺堂。

【振聾發聵】比喻喚醒糊塗麻木的人。清袁枚隨園詩話補遺一:“梁昭明太子與湘東王書云:‘未聞吟咏性情,反擬內則之篇;操筆寫志,更摹酒誥之作。’此數言,振聾發聵,想當時必有迂儒曲士以經學談詩者。”

捂 wù 五故切,去,暮韻,疑。
ㄨˋ

㊀逆,對面。儀禮既夕禮:“若無器,則捂受之。”注:“謂對相授,不委地。”㊁抵觸。南朝宋裴駰史記集解序:“人心不同,聞見異辭,班氏所謂‘疏略抵捂’者,依違不悉辯也。”㊂支捂,撐持。朱子語類一〇八論治道:“到得這家計壞了,更支捂不住。”參見“枝梧”。

挪 nuó 諾何切,平,歌韻,泥。
ㄋㄨㄛˊ

㊀揉搓。㊁移動。本作“那”。宋歐陽修文忠集一一七乞放行牛皮膠鰾:“兼更使用不足,須至減料那融。”宋李心傳建炎以來繫年要錄六九紹興三年十月:“本路歲用和買本錢七十三萬餘緡,悉是無可挪撥。”

【挪移】指以某項專款移作他用。宋李心傳建炎以來繫年要錄九八紹興六年二月:“尚書右僕射張浚言,所用錢糧……自來多是互相占吝,不肯公共挪移,因致闕乏。”

挶 jú 居玉切,入,燭韻,見。
ㄐㄩˊ

㊀執,持。漢書八七揚雄傳下解難“則不能撠膠葛”唐顏師古注:“撠,挶也。”㊁運土的器具。左傳襄九年:“陳畚挶,具綆缶。”注:“挶,土轝。”㊂耳疾。呂氏春秋盡數:“精不流則氣鬱,……處耳則爲挶爲聾。”

捃 jùn 居運切,去,問韻,見。
ㄐㄩㄣˋ

採,拾取。同“攈”、“攟”。漢劉向說苑至公:“楚文王伐鄧,使王子革、王子靈共捃菜。”太平御覽八三八晉袁山松後漢書:“范丹……使兒捃麥,得五斛。”

【捃拾】拾取,採集。東觀漢紀十六桓榮傳:“初,榮遭倉卒困厄時,嘗與族人桓元卿俱捃拾,投閒輒誦詩。”指撿取遺穀。隋書音樂志上梁沈約奏答:“案漢初典章滅絕,諸儒捃拾溝渠牆壁之間,得片簡遺文與禮事相關者,卽編次以爲禮。”指搜集文字。

【捃華】採取精華。北史序傳李延壽上南北史表:“除其冗長,捃其菁華。”清周嘉猷有南北史捃華八卷。

【捃摭】拾取。史記十二諸侯年表:“及如荀卿、孟子、公孫固、韓非之徒,各往往捃摭春秋之文以著書,不可勝紀。”

捎 1. shāo 所交切,平,肴韻,山。
ㄕㄠ

㊀拂掠。[illegible]司馬相如傳上林賦:“拂翳鳥,捎鳳皇。”㊁芟,殺。史記一二八漢褚少孫補龜策傳:“以夜捎兔絲去之。”文選漢張平子(衡)東京賦:“捎魑魅,斮獝狂。”㊂見“撟捎”。㊃順便帶寄。孤本元明雜劇白仁甫東牆記三:“我臨來時,他又與了箇簡帖來捎與姐姐哩。”

2. xiāo 相邀切,平,宵韻,心。
ㄒㄧㄠ

㊄消除。周禮考工記輪人:“以其圍之防捎其藪。”

【捎雲】㊀雲氣之狀。漢書天文志:“捎雲精白者,其將悍,其士怯。”㊁拂雲,形容極高。初學記二八南朝梁劉孝先詠竹詩:“竹生荒野外,捎雲起百尋。”又唐虞世南賦得臨池竹:“葱翠捎雲質,垂彩映清池。”

挸 jiǎn 古典切,上,銑韻,見。
ㄐㄧㄢˇ

拭,擦。同“撊”。見玉篇廣韻。今俗稱拭布曰挸布。

捍 1. hàn 侯旰切,去,翰韻,匣。
ㄏㄢˋ 下赧切,上,潸韻,匣。

㊀保衛,抵禦。通“扞”。商君書賞刑:“千乘之國,若有捍城者,攻將凌其城。”禮祭法:“能捍大患則祀之。”國語魯上作“扞”。㊁堅實貌。管子地員:“壤土之次曰五浮,五浮之狀,捍然如米。”注:“捍,堅貌,其土屑碎如米。”㊂古代射者所著的一種革製袖套,又名拾、遂。禮內則:“右佩玦、捍、管、遰、大觿、木燧。”注:“捍謂拾也,言可以捍弦也。”㊃勇猛,強悍。通“悍”。史記貨殖傳:“而民雕捍少慮。”索隱:“人雕悍。言如雕性之捷捍也。”

2. gǎn
ㄍㄢˇ

㊄碾壓。通“擀”。清平山堂話本二快嘴李翠蓮記:“你可急急走出門,饒你幾下捍麵杖。”

【捍索】桅杆兩邊的繩索。宋蘇軾分類東坡詩一慈湖峽阻風之一:“捍索桅竿立嘯空,篙師酣寢浪花中。”

【捍塞】防堵。魏書常景傳:“又詔景山中嶮路之處,悉令捍塞。”

【捍撥】護撥的飾物。撥,撥動琵琶等琴絃索的器具。唐李賀歌詩編集外詩春懷引:“蟾蜍碾玉挂明弓,捍撥裝金打仙鳳。”又元稹長慶集二六琵琶歌:“淚垂捍撥朱絃溫,冰泉嗚咽流鶯澀。”參閱宋葉廷珪海錄碎事十六音樂部琵琶。

【捍衛】保護,保衛。新唐書八九秦瓊傳:“(李)密與宇文化及戰黎陽,中矢墮馬,濱死,追兵至,獨叔寶捍衛得免。”叔寶,瓊字。

【捍禦】防禦,抵禦。列子楊朱:“人者,

爪牙不足以供守衛，肌膚不足以自捍禦。"後漢書八三逢萌傳："行至勞山，人果相率以兵弩捍禦。"

【捍海堰】濱海防潮堤名。1.在今江蘇連雲港市東雲台山麓。有東西二堰：西堰長六十三里，隋開皇九年張孝徵造；東堰長三十九里，隋開皇十五年元暧造。見太平寰宇記二二海州東海縣。2.在今江蘇鹽城縣、東臺縣串場河東岸。唐大曆中李承築。宋天聖初范仲淹重修，故又名范公堤。後屢圮屢築，并續有增展。明景泰三年又重修。南北綿亙數百里。參閱宋史河渠志七、讀史方輿紀要二二淮安府鹽城縣。

【捍海塘】海塘堤名。1.在今浙江海寧縣一帶。始築年代無考，唐開元元年重築，長一百二十四里。見新唐書地理志五杭州鹽官。2.在今浙江杭州市。五代梁開平中，吳越王錢鏐築，在候潮門外。參閱宋史河渠志七、讀史方輿紀要九十浙江二錢塘江。

揑 niē 奴結切，入，屑韻，泥。ㄋㄧㄝ

㊀用手指將軟的東西捻成一定形狀。唐馮贄雲仙雜記七團沙揑成睡嵇康引童子通神録："房琯少時，曾至洲渚上，團沙揑成睡嵇康，甚有標態。"㊁握。古今雜劇元鄭德輝㑳梅香一："俺揑住這玉佩慢慢的行將去。"㊂一種按摩手法。唐慧琳一切經音義十八十輪經二按摩："人自摩自揑，申縮手足，除勞去煩，名爲導引。"㊃虛構，僞造。晉干寶搜神記二："刺史陰謀欲奪我馬，私揑人訴，意欲殺我。"宋宋慈宋提刑洗冤集録頒降新例："州縣司吏，通行揑合虛套，元告詞，因唆賺元告絕詞文狀。"

【揑合】㊀捻聚，湊和。唐李畋該聞録蔣貽恭題金剛詩："揚眉努目惡精神，揑合將來却是真。"(類説十九)引申爲牽强附會。宋朱熹朱文公集四九答陳膚仲書之四："但終是平日不曾做得工夫，今旋揑合，恐未必能有益耳。"㊁虛構、編造僞證。宋宋慈宋提刑洗冤集録頒降新例："初檢官吏因而作弊，揑合已死之人，作自縊或投井、火燒、自傷、殘害身死。"

【揑舌】説閒話，造謡言。元曲選李文蔚燕青博魚三："不要走的響了，着人聽見，又揑舌也。"

【揑告】架詞誣告。明鄭國軒劉漢卿白蛇記傳奇下："你朦朧揑告叔身喪，到官司拷打難當，婆婆你真個是歹心腸。"

【揑素】塑像。唐顔真卿顔魯公集十三東方先生畫贊碑陰記："先生形像，今則揑素爲之。"也作"揑塑"。元王實甫西廂記一本二折："頭直上只少箇圓光，卻便似揑塑來的僧伽像。"

【揑造】編造。明張居正張文忠集四請申舊章飭學政以振興人才疏："若有平日不務學業，囑託公事，或揑造歌謡，興滅詞訟……卽行革退。"

【揑結】清制州縣審理案件，不能依法辦結，本管道、府徇私庇護，串通揑報結案者，與原員同受參處。吏部公文中習用"徇庇揑結"字樣。見六部成語注解吏部。

【揑飾】造假掩飾。清江藩國朝漢學師承記四王蘭泉先生："回至荆州，方家淵堤工尚未修補，乃具奏(張)方理草率揑飾，落其職。"

【揑膿】編造假話。西遊記四二："他問我甚麼家長禮短，少米無柴的話説，我也好信口揑膿答他。"

【揑怪排科】爲難，搗亂。元曲選缺名百花亭一："任從些打草驚蛇，儘教他揑恠排科廝間諜。"恠，同怪。

挹 1. yì 伊入切，入，緝韻，影。ㄧ

㊀舀，酌取。詩小雅大東："維北有斗，不可以挹酒漿。"㊁牽引，援引。文選晉郭景純(璞)遊仙詩之三："左挹浮丘袂，右拍洪崖肩。"新唐書二〇三李頻傳："(姚)合大加奬挹，以女妻之。"㊂抑制，謙下。通"抑"。荀子宥坐："富有四海，守之以謙，此所謂挹而損之之道也。"文選漢朱叔元(浮)爲幽州牧與彭寵書："(耿)俠遊謙讓，屢有降挹之言。"

2. yī ㄧ

㊃作揖。通"揖"。荀子議兵："拱挹指麾，而彊暴之國莫不趨使。"又富國"挹"作"揖"。

【挹注】詩大雅泂酌："泂酌彼行潦，挹彼注兹。"本指取彼器之水傾入他器，後來泛指財物的挪移通融。宋陳傅良止齋集一哭吕伯恭郎中舟行寄諸友詩："挹注隘溟渤，扶攜薄穹昊。"

【挹退】謙抑。晉書殷浩傳簡文(司馬昱)答浩書："足下沈識淹長，思綜通練，起而明之，足以經濟。若復深存挹退，苟遂本懷，吾恐天下之事，於此去矣。"

【挹婁】㊀我國古代東北地區少數民族名。周至西漢稱肅慎，東漢稱挹婁。西南連扶餘，南接北沃沮，東濱大海。在今黑龍江烏蘇里江流域。北魏時稱勿吉，隋唐時稱靺鞨，宋時稱女真。參閱後漢書東夷傳。㊁舊縣名。遼置興州中興軍，治常安縣。金大定二九年改爲挹婁縣，元廢。明訛爲懿路城，清爲懿路站。故址在今遼寧鐵嶺縣南。參閱嘉慶一統志六十奉天府二。

【挹損】減少，貶抑。管子輕重乙："國貧而用不足，請以平價取之，子皆案囷窌而不能挹損焉。"漢書八五杜鄴傳贊："及欽欲挹損鳳權，而鄴附會音、商，永陳三七之戒，斯爲忠焉。"

捌 bā 百鎋切，入，鎋韻，幫。ㄅㄚ 博拔切，入，黠韻，幫。

㊀農具名。急就篇三："捃穫秉把插捌杷。"注："無齒爲捌，有齒爲杷。"㊁破，用手分開。通"扒"。漢崔寔政論："若遂不治，因而乘之，摧拉捌裂，亦無可奈何矣。"(羣書治要四五)參見"捌格"。㊂"八"之大寫。唐白居易長慶集四三論行營狀請勒魏博等四道兵馬却守本界事："況其軍一月之費，計實錢貳拾柒捌萬貫。"數字大寫，唐武后所改。參閱清顧炎武金石文字記三岱嶽觀造像記。

【捌格】分解。淮南子説林："晉陽處父伐楚以救江，故解捽者不在於捌格，在於批扤。"注："批，擊也。扤，推擊其要也。"言不在支分節解，而在擊其要害。

捐 juān 與專切，平，仙韻，喻。ㄐㄩㄢ

㊀捨棄。莊子山木："吾願君去國捐俗，與道相輔而行。"史記一〇七灌夫傳："魏其侯曰：'侯自我得之，自我捐之，無所恨。'"㊁除去。孟子萬章上："父母使舜完廩，捐階。"史記六五吳起傳："明法審令，捐不急之官。"㊂捐助，獻納。史記貨殖傳："唯無鹽氏出捐千金貸。"㊃賦稅。清會典事例二四一户部釐税："(同治)二年，江北設立釐捐總局。"㊄車環。爾雅釋器："環謂之捐。"注："著車衆環。"清郝懿行義疏三："捐與肙音義同。肙，空也，環中空以貫轡，故謂之捐。"

【捐甲】脱去盔甲，以示勇敢。戰國策韓一："秦人捐甲徒裎以趨敵。"徒裎，史記七十張儀傳作"徒裼"。

【捐生】捨棄生命。文選晉潘安仁(岳)寡婦賦："感三良之殉秦兮，甘捐生而自引。"

【捐灰】棄灰。戰國秦商鞅立法，棄灰於道者有刑。文選晉潘安仁(岳)西征賦："寄苛制於捐灰，矯扶蘇於朔邊。"

【捐命】㊀猶捐生。史記八七李斯傳："吾聞之，明君知臣，明父知子，父捐命，不封諸子，何可言者！"㊁放棄使命。漢應劭風俗通過譽汝南陳茂："鮑宣州牧行部，多宿下亭，司直舉劾，以爲輕威捐命，坐之刑黜。"

【捐例】清納錢授官的章程。最初由於補充軍餉或興辦工程需要，准富民獻納款項，因加獎敍，後遂列爲正項收入，明訂章程及價格，如"河工捐例"、"海防捐例"等。清龔自珍定盦集中西域置行省議："大官非不憂，主上非不諮，而不外乎開捐例、加賦、加鹽價之議。"參閱清稗類鈔爵秩類捐例花樣。參見"捐納"。

【捐毒】漢西域城國名。東連疏勒，西鄰休循，北與烏孫接壤。人口千餘，逐水草而居。在今新疆克孜勒蘇柯爾克孜自治州烏恰縣境。參閱漢書西域傳上。

【捐背】棄去。謂死亡。文選晉潘安仁(岳)寡婦賦："榮華曄其始茂兮，良人忽以捐背。"

【捐班】清代選拔官吏，由科舉出身者稱正途。由捐納出身者稱捐班。清會典事例七六吏部除授："候補候選改入捐班人員，其官階班次業經更易，仍俟該員赴選文結或註册呈結到部後，扣限銓選。"

【捐納】封建時代政府准予士民捐資納粟以得官之法。秦始皇四年，因蝗災大疫，准百姓納粟千石，拜爵一級。捐納之例始此。歷代多沿襲，清中葉後尤濫，以致官職成爲商品，加劇吏治貪污腐化，成爲一大弊政。參閱史記秦始皇紀、清會典事例七六吏部除授捐納候選。

【捐悶】古數學的一種計算方法。漢徐岳數術記遺："世人言三不能比兩，乃云捐悶與四維。"北周甄鸞注："徐援稱捐悶乃是奇兩之術。"

【捐棄】遺棄，罷黜。楚辭漢王褒九懷株昭："瓦礫進寶兮，捐弃隨和。"後漢書二七鄭均傳："物盡可復得，爲吏坐臧(贓)，終身捐棄。"

【捐監】指明清科舉時代納資入國子監爲監生。明景泰時，因邊餉不足，乃定捐監之制，最初僅限於生員，後來擴大及於平民，都可按例納款爲監生，稱爲例監。參閱明黃瑜雙槐歲鈔九援例入監。

【捐瘠】飢餓而死。瘠，通"胔"。漢書食貨志上引鼂錯論貴粟疏："故堯舜有九年之水，湯有七年之旱，而國亡捐瘠者，以畜積多而備先具也。"

【捐駒】謂廉潔。文選南朝梁任彥昇(昉)王文憲集序："挂服捐駒，前良取則；卧轍棄子，後予胥怨。"注引王隱晉書："王遵，字茂仙，爲上洛太守。遵在郡，有私馬生駒，私牛生犢，悉留以付郡，云是爲郡所產，以還官也。"

【捐館】見"捐館舍"。

【捐軀】爲國家、爲正義而死稱捐軀。越絕書越絕外傳紀策攷："子胥至直，不同邪曲，捐軀切諫，虧命爲邦。"三國魏曹植曹子建集六白馬篇："捐軀赴國難，視死忽如歸。"

【捐館舍】捨棄所居之屋舍，爲死亡之婉稱。戰國策趙二："奉陽君妒，大王不得任事，……今奉陽君捐館舍，大王乃今然後得與士民相親。"宋鮑彪注："禮，婦人死曰捐館舍，蓋亦通稱。"省作"捐館"。唐白居易長慶集二六養竹記："此(關)相國之手植者，自相國捐館，他人假居，繇是筐篚者斬焉，篲箒者刈焉。"

【捐金抵璧】指不以金璧財貨爲重。抱朴子安貧："上智不貴難得之財，故唐虞捐金而抵璧。"唐吳兢貞觀政要十愼終魏徵十漸不克終疏："陛下貞觀之初，動遵堯舜，捐金抵璧，反朴還淳。"

捉 zhūo 側角切，入，覺韻，莊。ㄓㄨㄛ

㊀握，持。漢書六四王褒傳聖主得賢臣頌："昔周公躬吐捉之勞，故有圄空之隆。"注："一飯三吐飡，一沐三捉髮。"三國志蜀宗預傳："孫權捉預手涕泣而別。"引申爲掌管，把住。新唐書食貨志五："(貞觀)二十二年，置京諸司公廨本錢，捉以令史、府史、胥士。"水滸十六："(楊志)爬將起來，兀自捉脚不住。"㊁捕拿。三國志蜀馬超傳："超負其多力，陰欲突前捉曹公。"宋趙令時侯鯖錄六引楊朴妻詩："今日捉將官裏去，這回斷送老頭皮。"㊂趁。京本通俗小說錯斬崔寧："當下權且歡天喜地，並無他說。明日捉個空，便一遥到臨安府前叫起屈來。"㊃捉弄。金董解元西廂七："道張珙新來受了別人家捉。"

【捉刀】㊀世說新語容止："魏武(曹操)將見匈奴使，自以形陋不足雄遠國，使崔季珪(琰)代，帝自捉刀立牀頭。既畢，令間諜問曰：'魏王何如？'匈奴使答曰：'魏王雅望非常，然牀頭捉刀人，此乃英雄也。'"唐劉知幾辨其非事實，見史通暗惑。後稱代人作文字爲捉刀。聊齋志異十一張鴻漸："趙以巨金納大僚，諸生坐結黨被收，又追捉刀人。"㊁衛士。資治通鑑一三六齊永明二年十月："舊制：諸王在都，唯得置捉刀左右四十人。"注："捉刀，執刀以衛左右者也。"

【捉手】握手。三國志蜀趙雲傳"雲遂隨從，爲先主主騎"注引雲別傳："雲以兄喪，辭(公孫)瓚暫歸，先主知其不反，捉手而別。"宋王安石臨川集五送張拱微出都詩："捉手共笑語，顧瞻中河舟。"

【捉月】相傳唐詩人李白在當塗采石因醉泛舟，俯身取江中月影，遂溺死。故其地有捉月臺。又宋喬仲常曾畫李白捉月圖，見宋鄧椿畫繼四。宋洪邁據唐李陽冰作太白草堂集序及李華作墓志紀白臨終時事，辨捉月之說不足信。見容齋隨筆三李太白。

【捉生】抓活俘虜。唐盟吐蕃碑："或有猜阻捉生，問事□給以衣糧放歸。"(八瓊室金石補正七一)。舊唐書二〇〇上安祿山傳："張守珪爲幽州節度。……令與鄉人史思明同捉生，行必剋獲。"

【捉弄】玩弄，戲耍。紅樓夢二八："我不來，別算我，這竟是捉弄我呢。"

【捉掐】刁鑽，作弄人。猶促狹。西遊記三二："你罷軟的老和尚，捉掐的弼馬溫，面弱的沙和尚！"

【捉筆】執筆。三國志蜀許靖傳"文多故不載"注引魏略王朗與靖書："捉筆陳情，隨以喜笑。"

【捉裾】猶牽衣。裾，衣襟。三國魏許允妻爲阮共女，有才德而貌醜。成婚時交禮畢，桓範勸允入內，一見即欲出，婦捉裾停之，以理服允，遂相敬重。見世說新語賢媛。

【捉搦】㊀戲弄。南朝梁樂府有捉搦歌，凡四曲，皆男女嘲謔語。見樂府詩集二五。㊁拘捕。唐大詔令集八一蘇頲禁斷女樂敕："睠茲女樂，事切驕淫，傷風害政，莫斯爲甚。……仍令御史金吾，嚴加捉搦，如有犯者，先罪長官。"㊂抓，握。唐孫樵集二與王霖秀才書："讀之如赤手捕長蛇，不施控騎生馬，急不得暇，莫可捉搦。"

【捉摸】揣測之意。宋趙長卿惜香樂府八滿江紅詞："人心險，天又怎生捉摸？"

【捉鼻】不屑貌。世說新語排調："初，謝安在東山居布衣時，兄弟已有富貴者，翕集家門，傾動人物。劉夫人戲謂安曰：'大丈夫不當如此乎？'謝乃捉鼻曰：'但恐不免耳。'"

【捉髮】手持其髮。形容忙迫，不暇整治。左傳僖二八年："叔武將沐，聞君至，喜，捉髮走出。"淮南子氾論："當此之時，一饋而十起，一沐而三捉髮，以勞天下之民。"

【捉錢】也名"公廨本錢"、"月料錢"。唐代官府的高利貸和商業資本。唐初，設置公廨本錢，由官督貿易取息，計員多少爲月料。貞觀十二年罷，十五年復置。由諸司令史掌管，號捉錢令史。每人以公款五萬錢以下作本金，交市肆販易，月收息錢四千。重利盤剝，甚爲民患。參閱新唐書食貨志五、唐會要九一、文獻通考十九征榷六。

【捉顫】發抖。水滸二：“當時洪太尉聽罷，渾身冷汗，捉顫不住。”

【捉生將】唐五代軍官稱號，言其能活捉敵人。唐張守珪爲范陽節度使，以安祿山史思明爲捉生將（唐姚汝能安祿山事蹟上）。又劉沔從李光顏討淮西吳元濟，宋張思鈞從向訓東征，爲捉生將（舊唐書一六一劉沔傳、宋史二八〇張思鈞傳）。又有捉生指揮使，如梁馬全節（新五代史本傳）、楚秦彥暉（路振九國志十一本傳）。

【捉冷眼】趁旁人没看見。古今小說二一臨安里錢婆留發跡：“鍾明有心，捉個冷眼，取來藏於袖中。”

【捉事人】捕役，緝拿犯人的衙吏。宣和遺事元集孫立等奪楊志往太行山落草：“當有捉事人王平到五花營前村。”

【捉迷藏】蒙目相捉的游戲。又名摸盲盲。才調集五唐元稹雜憶詩之三：“憶得雙文朧月下，小樓前後捉迷藏。”唐玄宗與楊太真恒於月下以錦帕裹目，互相捉戲，謂之捉迷藏，見元伊世珍瑯嬛記中引致虛閣雜俎。

【捉鵝頭】有意尋人過失，乘機敲詐勒索。鵝頭與“訛頭”諧音。清李玉一捧雪傳奇遣遲：“混名番子手，專會捉鵝頭。”

【捉班做勢】擺架子，裝腔作勢。醒世恒言三賣油郎獨占花魁：“只是尋得主顧來，你却莫要捉班做勢。”

【捉賊捉贓】比喻處理問題須有真憑實據。宋胡太初晝簾緒論治獄：“諺曰：‘捉賊須捉贓，捉姦須捉雙。’此雖俚言，極爲有道。”也作“捉賊見贓”。清平山堂話本一簡貼和尚：“捉賊見贓，捉奸見雙，又無證佐，如何斷得他罪？”

【捉襟肘見】謂衣不蔽體，形容貧窮。莊子讓王：“曾子居衛……三日不舉火，十年不製衣，正冠而纓絕，捉襟而肘見，納屨而踵決。”也作“捉衿見肘”。唐李商隱李義山文集三上尚書范陽公啟之三：“捉襟見肘，免類于前哲；製裳裹踵，無取于昔人。”也簡作“捉衿”，借喻辦事才短，照顧不周。清尹會一健餘先生尺牘一答趙長公書：“僕以菲才，量移劇郡，覆餗堪虞，捉衿可笑。”

【捉雞罵狗】比喻借此罵彼，猶言“指桑罵槐”。醒世恒言九陳多壽生死夫妻：“把一團美意，看做不良之心，捉雞罵狗，言三語四，影射的發作了一場。”

捆 kǔn ㄎㄨㄣˇ 集韻 苦本切，上，混韻。

㊀叩擊使牢固。孟子滕文公上：“其徒數十人，皆衣褐，捆屨、織席以爲食。”注：“捆，猶叩椓也。織屨欲使堅，故叩之也。”㊁織具，猶後來之梭。漢劉向列女傳一魯季敬姜：“持交而不失，出入不絕者，捆也。”㊂捆綁、束縛。紅樓夢七：“賈蓉忍不得便罵了幾句，叫人捆起來。”㊃量詞。如一捆柴。

捋 lūo ㄌㄨㄛ 郎括切，入，末韻，來。

㊀以手握物，順移脱取，或順手撫摩。詩周南芣苢：“采采芣苢，薄言捋之。”玉臺新詠一古樂府日出東南隅行：“行者見羅敷，下擔捋髭鬚。”捋，今讀 lǚ，或讀 lè。㊁低劣。朝野新聲太平樂府九元睢玄明要孩兒詠鼓曲：“這廝則嫌樂器低，却不道本事捋。”

【捋虎鬚】撩撥强有力者，喻擔冒風險。三國志吳朱桓傳“臣疾當自愈”注引吳録：“（孫）權馮几前席，桓近前捋鬚曰：‘臣今日真可謂捋虎鬚也。’”唐韓偓玉山樵人集安貧詩：“謀身拙爲安蛇足，報國危曾捋虎鬚。”

【捋鬚錢】南唐張崇帥廬州，貪縱不法。明年至江都入覲，盛傳罷官，廬民不敢明言，以崇多鬚，捋鬚相慶。崇歸，聞其事，徵捋鬚錢。見宋鄭文寶江南餘載上、唐宋遺史（類說二七）。清吳任臣十國春秋吳九張崇傳作“捋髭錢”。參見“渠伊錢”。

捊 póu 薄侯切，平，侯韻，並。
ㄆㄡˊ 薄交切，平，肴韻，並。

引聚。同“裒”。詳“捊治”。

【捊治】聚土耕種。禮禮運“人情以爲田”漢鄭玄注：“田，人所捊治也。”疏：“捊，謂以手捊聚，即耕種耘鋤也。”

挼 1. ruó ㄖㄨㄛˊ 集韻 奴禾切，平，戈韻。

㊀揉搓。以兩手相切摩。晉書劉毅傳：“（劉裕）因挼五木久之，……四子俱黑，其一子轉躍未定，裕厲聲喝之，即成盧焉。”

2. huī ㄏㄨㄟ 集韻 翾規切，平，支韻。

㊁見“挼$_2$祭”。

【挼挲】見“挼莎”。

【挼莎】搓摩。唐元稹長慶集十八酬孝甫見贈詩之三：“十歲荒狂任博徒，挼莎五木擲梟盧。”也作“挼挲”。宋楊萬里誠齋集十一凍蠅詩：“隔窗偶見負暄蠅，雙脚挼挲弄曉晴。”指蠅停落時脚抖動貌。

【挼$_2$祭】尸未食前之祭。儀禮特牲饋食禮：“祝命挼祭。”注：“命，詔尸也。挼祭，祭神食也。”一作“墮祭”。參閱清凌廷堪禮經釋例九祭例上。

捈 tú 他胡切，平，模韻，透。
ㄊㄨˊ 同都切，平，模韻，定。

引，抒。漢揚雄法言問神：“捈中心之所欲，通諸人之嚍嚍者，莫如言。”

挫 1. cuò ㄘㄨㄛˋ 則卧切，去，過韻，精。

㊀摧折，折斷。周禮考工記輪人：“凡揉牙，外不廉而內不挫。旁不腫，謂之用火之善。”注：“廉，絕也。挫，折也。”㊁屈辱，受挫折。孟子公孫丑上：“（北宮黝）思以一毫挫於人，若撻之於市朝。”管子五輔：“是以小者兵挫而地削，大者身死而國亡。”㊂打擊。後漢書六四史弼傳：“弼爲政，特挫抑彊豪。”

2. zuò ㄗㄨㄛˋ 集韻 徂卧切，去，過韻。

㊃捏起，提起。老子：“或挫或隳。”釋文：“挫，作卧反，搦也。”一本作“載”。楚辭宋玉招魂：“挫糟凍飲，酎清涼些。”注：“挫，捉也。”謂提去其糟，只飲清醇之酒。

【挫折】失利，失敗。漢桓寬鹽鐵論誅秦：“控弦之民，旃裘之長，莫不沮膽，挫折遠遁。”後漢書十九耿弇傳：“弇凡所平郡四十六，屠城三百，未嘗挫折。”

【挫辱】折辱，凌辱。韓非子亡徵：“挫辱大臣而狎其身，刑戮小民而逆其使，懷怒思恥而專習則賊生，賊生者，可亡也。”

【挫衄】挫折，失敗。多指作戰。吳越春秋夫差內傳：“欲以妖孽挫䘐吾師，賴天降哀，齊師受服。”漢應劭風俗通六國：“且有彊兵良謀，雜襲繼踵，每輒挫䘐，亦足以袪蔽啓蒙矣。”䘐，同“衄”。

【挫頓】謂挫折損傷。荀子王制：“材技股肱健勇爪牙之士，彼將日日挫頓竭之於仇敵，我今將來致之、并閲之、砥礪之於朝廷。”

【挫傷】傷折，失敗。淮南子原道：“秋風下霜，倒生挫傷。”注：“挫傷者，彫落也。”後漢書六五皇甫規傳：“天下擾擾，從亂如歸，故每有征戰，鮮不挫傷，官民並竭，上下窮虛。”

【挫$_2$鍼】捉針，捏針。謂縫衣。莊子人間世：“挫鍼治繲，足以餬口。”挫，釋文引崔（譔）云：“案也。”案，同“按”字。釋文引司馬彪:"挫鍼,縫衣也。"

捁 jiǎo 集韻 吉巧切,上,巧韻。
ㄐㄧㄠˇ

擾亂。同"攪"。後漢書六〇上馬融傳廣成頌:"散毛族,梏〔捁〕羽羣。"注:"案字書,梏從手,即古文攪字,謂攪擾也。"唐韓愈昌黎集二八曹成王碑:"蒞隨光化,捁其州。"

挺 1. tǐng 徒鼎切,上,迥韻,定。
ㄊㄧㄥˇ

㊀拔出,引拔。戰國策魏四:"挺劍而起。"漢書八六師丹傳:"乃者以挺力田議改幣章示君。"注:"挺,引拔也。謂特拔異力田之人,優寵之也。"㊁撐直,伸直。荀子勸學:"木直中繩,輮以爲輪,其曲中規,雖有槁暴不復挺者,輮使之然也。"㊂特出,突出。三國志蜀呂凱傳:"今諸葛丞相英才挺出,深覩未萌。"㊃不屈服。元曲選孟漢卿魔合羅三:"將你個賽隨何、欺陸賈、挺曹司、翻舊案,赤瓦不剌海猢猻頭,嘗我那明晃晃勢劍銅鍘。"㊄寬待。禮月令仲夏之月:"挺重囚,益其食。"注:"挺,猶寬也。"㊅動搖。呂氏春秋忠廉:"雖名爲諸侯,實有萬乘,不足以挺其心矣。"注:"挺,猶動也。"㊆量詞。儀禮鄉飲酒禮:"薦脯五挺。"釋文:"本亦作脡。"唐韓愈昌黎集十三藍田縣丞廳壁記:"南牆鉅竹千挺,儼立若相持。"

2. tīng tǐng 特丁切,平,青韻,定。
ㄊㄧㄥ ㄊㄧㄥˇ

㊇舊縣名。在今山東萊陽縣南。參閱嘉慶一統志一七三登州府。

【挺秀】秀異突出,猶言傑出。晉書潘尼傳釋奠頌:"篤生上嗣,繼期挺秀。"南朝梁劉勰文心雕龍四諸子贊:"大夫處世,懷寶挺秀。"

【挺身】㊀挺直身軀,勇毅貌。三國志魏龐淯傳"刊石表閭"注引皇甫謐烈女傳:"(龐)娥親迺挺身奮手,左抵其額,右樁其喉。"㊁引身,脱身。漢書九劉屈氂傳:"屈氂挺身逃,亡其印綬。"

【挺拔】高出於衆。南朝梁劉勰文心雕龍二明詩:"袁孫已下,遂各有雕采,而辭趣一揆,莫與爭雄,所以景純仙篇,挺拔而爲俊矣。"此指文章。唐杜甫杜工部草堂詩箋五奉贈太常張卿均二十韻:"友于皆挺拔,公望各端倪。"此指人物。

【挺挺】正直貌。左傳襄五年:"周道挺挺,我心扃扃。"新唐書九七魏徵傳贊:"䜣之論議挺挺,有祖風烈,詩所謂'是以似之'者歟!"䜣,徵五世孫。

【挺率】卓絶特出。世説新語賞譽下"桓宣武(温)表云"注引温集平洛表:"鎮西將軍、豫州刺史(謝)尚神懷挺率,少致人譽,是以入贊百揆,出蕃方司。"

【挺節】堅守節操,不屈不撓。新唐書二〇一杜審言傳附杜甫:"數嘗寇亂,挺節無所汙。"

【挺撞】頂撞,直言駁斥對方。多用於下對上。明史磐夢磊記傳奇下月夜遇婢:"只爲朝廷差個官兒出來,要取高大的石頭,那官兒看上了老爺花園内這一塊大石,因夫人不肯,又頂撞着他,故此拿去。"

【挺而走險】見"鋌而走險"。

挴 měi 武罪切,上,賄韻,明。
ㄇㄟˇ

貪求。詳"㧡挴"。

捔 1. jué 古岳切,入,覺韻,見。
ㄐㄩㄝˊ

㊀競力。法苑珠林十六千佛遊學:"如因果經云:太子至年十歲,與兄弟捔力。"㊁暗昧。淮南子説林:"膺燭捔,膏燭澤也。"注:"燭光捔澤,喻光明有明昧也。"

2. zhuó 士角切,入,覺韻,牀。
ㄓㄨㄛˊ

㊂刺取。文選漢張平子(衡)西京賦:"叉簇之所攙捔,徒搏之所撞拯。"注:"攙捔,皆貫刺之。"

挽 wǎn 無遠切,上,阮韻,明。
ㄨㄢˇ

㊀拉,牽引。莊子天運:"今取猨狙而衣以周公之服,彼必齕齧挽裂,盡去而後慊。"新唐書二二五安禄山傳:"晚益肥,腹緩及膝,奮兩肩若挽牽者乃能行。"㊁捲起,打結。宋蘇軾分類東坡詩二一送周朝議守漢州:"召還當有詔,挽袖謝鄰里。"參見"挽眉毛"。㊂哀悼死者。同"輓"。新唐書八二承天皇帝倓傳:"(李)泌爲挽詞二解,追述倓志,命挽士唱。"

【挽回】使之好轉或恢復原狀。宋蘇軾東坡詞南柯子之十九:"流年回首付東流,憑仗挽回潘鬢莫教秋。"元曲選缺名隔江鬬智二:"也只爲哥哥做下主意,斷然挽回不得。"

【挽郎】牽引靈柩唱挽歌的少年。宋書禮志二:"有司又奏依舊選公卿以下六品子弟六十人爲挽郎。"也作"挽僮"。藝文類聚十六晉左九嬪(芬)萬年公主誄:"挽僮齊唱,悲音激摧。"參見"挽歌"。

【挽留】留住。宋曾幾茶山集三春晴詩:"青春挽留渠不住,白髮拋去吾安能?"宋趙蕃淳熙稿十八梅落詩之一:"我欲挽留無上策,戲拈落蘂薦芳醅。"

【挽强】拉硬弓。漢書四十周勃傳"勃以織薄曲爲生,常以吹簫給喪事,材官引强"唐顔師古注:"服虔曰:'能引强弓弩官也。'孟康曰:'如今挽强司馬也。'"宋陸游老學庵筆記五:"姚福進者……以挽强名於秦隴間,至今西人謂其族爲姚硬弓家。"也作"挽彊"。唐杜甫杜工部草堂詩箋五前出塞之六:"挽弓當挽彊,用箭當用長。"

【挽滿】拉滿弓。後漢書三四梁統傳附梁冀:"性嗜酒,能挽滿彈棊、格五、六博、蹴鞠、意錢之戲。"注:"挽滿,猶引強也。"

【挽歌】即"輓歌"。古人送葬,執紼挽喪車前行的人,所唱哀悼死者的詩歌,如薤露蒿里之屬。後漢書五行志一服妖"其後天下大亂"南朝梁劉昭注補引漢應劭風俗通:"酒酣之後,續以挽歌。……挽歌,執紼相偶和之者。"晉陸機陶潛、南朝宋鮑照皆有晚年自作的挽歌。參閱晉崔豹古今注中音樂。

【挽轂】拉車前進。比喻提拔推舉人材。新唐書一三二沈傳師傳:"時給事中許孟容、禮部侍郎權德輿樂挽轂士,號權許。"

【挽眉毛】眉毛打結,即皺眉。古今小説十滕大尹鬼斷家私:"假如你生於窮漢之家,分文没得承受,少不得自家挽起眉毛,掙扎過活。"

挻 shān 式連切,平,仙韻,審。
ㄕㄢ

㊀揉和。也作"埏"。老子:"埏埴以爲器。"釋文本作"挻"。淮南子説山:"譬猶陶人爲器也,揲挻其土,而不益厚,破乃愈疾。"清朱駿聲説文通訓定聲:"凡柔和之物,引之使長,搏之使短,可析可合,可方可圓,謂之挻。"參見"埏埴"。㊁延伸。梁書高帝紀上移檄京邑:"皇家不造,遘此凶昏,禍挻動植,虐被人鬼。"㊂篡取,奪取。漢書四八賈誼傳上疏陳政事:"故見利則逝,見便則奪,主上有敗,則因而挻之矣。"

捘 zùn 子寸切,去,慁韻,精。
ㄗㄨㄣˋ 七倫切,平,諄韻,清。
子對切,去,隊韻,精。

㊀擠,推。左傳定八年:"將歃,涉佗捘衛侯之手及捥。"注:"捘,擠也。血至捥。"㊁捏。宋楊无咎逃禪詞永遇樂梅子:"折一枝釵頭未插,應把手捘頻嗅。"㊂搓,團弄。西遊記三九:"是那裏土塊捘的,這等容易?"

【捘搣】按抑。文選漢馬季長(融)長笛賦:"挼挲捘搣,遯相乘邅。"

挨 1. ǎi 於駭切,上,駭韻,影。
ㄞ 於改切,上,海韻,影。
㊀擊,推。列子黃帝:"既而狎侮欺紿,攩拯挨扰,亡所不爲。"注:"挨,烏駭反,推也。"

2. āi
ㄞ
㊁靠着。宋王禹偁小畜集九新秋卽事詩之二:"石挨苦竹旁抽筍,雨打戎葵卧放花。"㊂依次。明實録五六洪熙實録六下:"内外文職官離家年久者,許明白具奏,挨次給假回還原籍,省親祭祖。"

3. ái
ㄞ
㊃遭受,忍受。元曲選張國賓合汗衫三:"也是俺注定的合受這饑寒債,我如今無舖無蓋,教我冷難挨。"㊄拖延。朱子語類一〇八論治道:"今世士大夫惟以苟且逐旋挨去爲事,挨得過時且過。"

【挨排】接近。宋董嗣杲廬山集四欲脫捿司東歸詩:"津津誰染鵝黄柳,想可挨排醉緑陰。"元方回桐江續集六錢塘人來詩:"道途奔走動千里,時節挨排聊一杯。"

【挨肩擦背】形容人衆擁擠。清平山堂話本雨窗集錯認屍:"當日鬧動城裏城外人都得知,男子婦人,挨肩擦背,不計其數,一齊來看。"

八畫

控 1. kòng 苦貢切,去,送韻,溪。
ㄎㄨㄥˋ
㊀引弓,開弓。見說文。唐白居易長慶集二一宣州試射中正鵠賦:"在乎矢不虛發,弓不再控。"㊁控制,操縱。詩鄭風大叔于田:"抑磬控忌,抑縱送忌。"傳:"止馬曰控。"穀梁傳僖五年:"桓控大國,扶小國。"桓,齊桓公。㊂赴,走告。詩鄘風載馳:"控于大邦,誰因誰極。"傳:"控,引。"參閱清陳喬樅韓詩遺說考三(續經解一五九)。㊃投。莊子逍遙遊:"我決起而飛,搶榆枋,時則不至而控於地而已矣,奚以之九萬里而南爲?"

2. qiāng 苦江切,平,江韻,溪。
ㄑㄧㄤ
㊄打。莊子外物:"儒以金椎控其頤。"

【控引】猶控制。文選晉左太沖(思)魏都賦:"白藏之藏,富有無隄;同賑大内,控引世資。"宋吕南公灌園集五夢寐詩:"别恨不堪詩控引,高情猶賴酒分張。"

【控告】赴告,上告。左傳襄八年:"翦焉傾覆,無所控告。"漢王符潛夫論三式:"細民寃結,無所控告。"今指向司法機關提出控訴爲控告。

【控身】彎腰致敬。紅樓夢二九:"賈珍到賈母跟前,控身陪笑,說道:'張爺爺進來請安。'"

【控弦】拉弓。引申稱士兵。史記九九劉敬傳:"冒頓爲單于,兵彊,控弦三十萬。"漢書六四下嚴安傳上書:"今天下鍛甲摩劍,矯箭控弦,轉輸軍糧,未見休時,此天下所共憂也。"

【控制】駕御,限制使在一定範圍内。魏書司馬叡傳:"(司馬)聃安西將軍桓溫率所統七千餘人伐蜀,拜表輒行。聃威力微弱,不能控制也。"北齊書祖珽傳:"(祖)士開(元)文遇(趙)彥深等專弄威權,控制朝廷,與吏部尚書尉瑾,内外交通,共爲表裏。"

【控捲】握拳,捲,通"拳"。史記六五孫子傳附孫臏:"夫解雜亂紛糾者不控捲。"索隱:"按:謂解雜亂紛糾者,當善以手解之,不可控捲而擊之。捲,卽拳也。"

【控馭】見"控御"。

【控御】控制,指使人就範。晉書劉琨傳:"琨善於懷撫,而短於控御,一日之中,雖歸者數千,去者亦以相繼。"也作"控馭"。北周庾信庾子山集一三拓跋儉神道碑:"控馭五十州,風行數千里。"

【控摶】引持,把握。史記八四賈生傳服鳥賦:"忽然爲人兮,何足控摶。"索隱:"控摶,謂引持而玩弄,貴生之意也。"漢書四八賈誼傳作"控揣"。宋陸游劍南詩稿六五夢中作:"世事何由可控摶,故山歸卧有餘歡。"

【控臨】登臨。宋范成大石湖集六次韻知郡安撫九日南樓宴集詩之一:"控臨縹緲疑無地,指點虛無欲馭風。"

【控總】束縛,迫促。梁書賀琛傳陳奏:"雖是處彫流,而關外彌甚,郡不堪州之控總,縣不堪郡之衰削,更相呼擾,莫得治其政術,惟以應付徵斂爲事。"

【控鶴】㊀道家傳說仙人常騎鶴,故以控鶴指升仙。文選晉孫興公(綽)遊天台山賦:"王喬控鶴以沖天,應真飛錫以躡虛。"㊁宿衛近侍之稱。唐武后聖曆二年置控鶴府,以張易之爲監。後改爲奉宸府。尋廢。其後皇帝宿衛兵有以控鶴爲稱的,如唐末昭宗廢殿後四軍,留三十人爲控鶴排馬官。五代後唐有控鶴軍。元世祖成宗武宗英宗均置控鶴軍。

【控名責實】由名以求實,使名與實相符。漢書六二司馬遷傳司馬談論六家要旨:"名家苛察繳繞,使人不得反其意,剸決於名時人情,故曰使人儉而善失真,若夫控名責實,參伍不失,此不可不察也。"史記一三〇太史公自序作"正名實"。

捾 wò 烏括切,入,末韻,影。
ㄨㄛˋ
用手掐物。義與"抉"略同,相當於"剜",通作"挖"。參閱清段玉裁說文解字注。

捥 wàn 烏貫切,去,換韻,影。
ㄨㄢˋ
同"腕"。卽手腕。說文作"掔"。左傳定八年:"涉佗捘衛侯之手及捥。"史記八六荊軻傳:"樊於期偏袒搤捥而進。"索隱:"捥,古腕字。"

掊 1. póu 薄侯切,平,侯韻,並。
ㄆㄡˊ 縛謀切,平,尤韻,並。
薄交切,平,肴韻,並。
㊀用手扒土。史記封禪書:"見地如鉤狀,掊視得鼎。"㊁掬,以手捧物。通"抔"。漢王充論衡調時:"河決千里,塞以一掊之土,能勝之乎?"一掊,猶言一握。參見"一抔土"。㊂搜括,聚斂。明陶宗儀輟耕録十七引元錢霖哨遍曲:"虧心事,儘意爲;不義財,儘力掊。"

2. pǒu 方垢切,上,厚韻,幫。
ㄆㄡˇ
㊃擊破,打擊。莊子逍遙遊:"吾爲其無用而掊之。"又胠篋:"掊擊聖人,縱舍盜賊,而天下始治矣。"

3. bó
ㄅㄛˊ
㊄倒覆。通"踣"。史記吕后紀:"乃顧麾左右執戟者掊兵罷去。"

【掊克】以苛税搜刮民財。也指搜刮民財的人。詩大雅蕩:"曾是彊禦,曾是掊克。"孟子告子下:"遺老失賢,掊克在位。"也作"掊尅"。抱朴子自敍:"惚惘官府之間,以窺掊尅之益,内以誇妻妾,外以釣名位。"又作"掊刻"。新唐書一二六韓滉傳:"德宗立,惡滉掊刻,徙太常卿。"

【掊怨】積怨。新唐書一〇〇封倫傳:"(楊)素營仁壽宮,……(隋)文帝怒曰:'素殫百姓力,爲吾掊怨天下。'"

【掊聚】搜括。宋史食貨志下八:"以及五季諸國,益務掊聚財貨以自贍,故征算尤繁。"

【掊斂】猶聚斂。舊五代史李金全傳:"天成中,授涇州節度使,在鎮數年,以掊斂爲務。"又武漢球傳:"漢球雖出自行伍,然長於撫理,常以掊斂爲戒,民懷其惠。"

【掊斗折衡】謂毁棄斗和秤。莊子胠篋:"掊斗折衡,而民不争。"

接 1. jiē 卽葉切,入,葉韻,精。ㄐㄧㄝ

㊀交接，接觸。孟子梁惠王上:"兵刃既接，棄甲曳兵而走。"呂氏春秋知接:"瞑士未嘗照,故未嘗見,瞑者目無由接也。"㊁接近。儀禮聘禮:"公揖入,立于中庭,賓立接西塾。"注:"接,猶近也。"㊂接待。孟子萬章下:"其交也以道，其接也以禮。"史記八四屈原傳:"出則接遇賓客,應對諸侯。"㊃會合。國語吳:"兩君偃兵接好，日中爲期。"注:"接,合也。"㊄承受。如接受，接收。禮曲禮上:"由客之左，接下承弣。"疏:"接客左手之下而取弓。"㊅連續，繼承。儀禮聘禮:"接聞命。"注:"接猶續也。"史記平準書:"漢興，接秦之獘。"㊆縛。見"反接"。㊇姓。漢有接昕，晉有接禮。參閱通志二九氏族五接氏。

2. jié 集韻 疾葉切,入,葉韻。ㄐㄧㄝˊ

㊈迅速。荀子大略:"先事慮事謂之接，接則事優成。"注:"接讀爲捷，速也。"㊉通"倢"。見"接₂給"。

【接手】㊀兩手相交。戰國策趙四:"馮忌接手俛首，欲言而不敢。"㊁攜手。文選南朝宋謝惠連雪賦:"馳遥思於千里，願接手而同歸。"

【接引】㊀接待,引進。宋書張邵傳附張敷:"少有盛名,高祖(劉裕)見而愛之,以爲世子中軍參軍，數見接引。"世説新語輕詆:"苻弘叛來歸國，謝太傅(安)每加接引。"㊁佛教謂佛引導衆生入西方淨土爲接引。觀無量壽經:"(觀世音菩薩)其光柔輭,普照一切,以此寶手,接引衆生。"

【接生】道教稱長生爲接生,言與生氣相連接。黄庭内經高奔:"腰帶虎籙佩金璫,駕欻接生宴東蒙。"

【接見】會見。儀禮喪服:"諸侯之大夫,以時接見乎天子。"注:"接,猶會也。"

【接足】佛教敬禮。仰兩手捧接尊者的足。觀無量壽經:"韋提希見無量壽佛已,接足作禮。"廣弘明集二十南朝梁簡文帝(蕭綱)大法頌:"天子降雕輦之貴，行接足之禮，頂拜金山，歸依月面。"

【接余】水草名。卽荇菜。也稱莕。見爾雅釋草。詳"荇菜"。

【接武】細步徐行。武,足跡;行路足跡前後相接，卽所謂細步。禮曲禮上:"堂上接武，堂下步武。"後泛指人或事前後相接。文心雕龍十物色:"古來辭人，異代接武，莫不參伍以相變，因革以爲功。"

【接物】㊀接觸外物。淮南子氾論:"今夫盲者行於道,人謂之左則左,謂之右則右,……何則?目無以接物也。"㊁與人交際;接待人物。漢書六二司馬遷傳報任安書:"曩者辱賜書,教以愼於接物,推賢進士爲務。"

【接界】兩地相接之處。戰國策齊一:"且夫韓魏之所以畏秦者，以與秦接界也。"漢王充論衡詰術:"民間之宅，與鄉亭比屋相屬,接界相連。"

【接風】設宴招待遠來親友賓客。猶言洗塵。元曲選石子章竹塢聽琴一:"便安排酒餚，與孩兒接風去來。"水滸五四:"宋江吳用等出寨迎接，各施禮罷，擺了接風酒,敍問間闊之情。"

【接茶】舊時男女訂婚，男家聘禮必備茶,女家接聘允親名接茶。也稱受茶。二刻拍案驚奇九:"須得説是老孺人的親外甥,就在孺人家裏接茶出嫁的,方有門當户對的來。"

【接淅】接取已淘的米。孟子萬章下:"孔子之去齊,接淅而行。"注:"淅,漬米也。"疏:"言孔子之去齊急速,但漬米,不及炊而卽行。"宋朱熹集注:"接,猶承也;淅,漬米水也;漬米將炊,而欲去之速,故以手承水,取米而行,不及炊也。"説文"滰"字下引孟子作"滰淅而行"。後用以指行色匆忙。宋蘇軾東坡詞歸朝歡:"此生長接淅,與君同是江南客。"

【接軫】車輛相銜接而行。比喻接近。史記一一七司馬相如傳上疏諫獵:"是胡越起於轂下,而羌夷接軫也。"

【接₂給】敏捷。同"捷給"。大戴禮保傅:"博聞强記,接給而善對者,謂之承。"參閱清惠棟九經古義十二禮記古義下。參見"捷給"。

【接腳】㊀緊跟着走。醒世恒言三六蔡瑞虹忍辱報仇:"(朱源)道罷起身，衆人接腳隨去，議了一百兩財禮。"㊁接腳夫的省稱。詳"接腳夫"。

【接煞】舊時迷信,喪家於人死後若干日内,請術士招死者之魂還家,謂之接煞。參閱清翟灝通俗編九儀節接煞。

【接境】地界相連。戰國策楚一:"今秦之與楚也,接境壤界,固形親之國也。"史記晉世家:"當此時,晉彊,西有河西,與秦接境。"

【接膝】促膝。指彼此坐得很近。晉陶潛陶淵明集六閒情賦:"激清音以感余,願接膝以交言。"參見"促膝"。

【接踵】足跟相接,連續不斷之意。戰國策秦四:"王既無重世之德於韓魏,而有累世之怨矣,韓魏父子兄弟,接踵而死於秦者百世矣。"

【接濟】支援,救助。唐崔致遠桂苑筆耕集十一答江西王尚書書:"實欲親謀歃血,方寫痛心,若能接濟師徒,粗得振揚聲勢。"宋蘇軾蘇東坡奏議集六論葉温叟分擘度牒不公狀:"又緣杭州自來土産米穀不多,全仰蘇湖常秀等州般運,斛㪷接濟。"

【接應】呼應支援。元曲選紀君祥趙氏孤兒四:"到明日小主人必然擒拿這老賊,我須隨後接應去來。"三國演義四九:"喚呂蒙領三千兵去烏林接應甘寧,焚燒曹操寨柵。"

【接輿】傳説爲春秋時楚國隱士,佯狂避世。因其迎孔子的車而歌,故稱接輿。其名見於論語微子、莊子逍遥遊人間世應帝王、楚辭九章涉江等。至晉皇甫謐撰高士傳始稱其姓陸名通,字接輿。唐陸羽隱居苕溪,人稱"今接輿"。見新唐書一九六陸羽傳。

【接壤】地界相連。漢書武帝紀元狩元年:"日者淮南、衡山,脩文學,流貨賂,兩國接壤,怵於邪説。"

【接響】謂聲音連續不斷。文選南朝梁沈休文(約)齊故安陸昭王碑:"男女老幼,大臨街衢,接響傳聲,不踰時而達於四境。"宋陳師道后山詩注九早起:"鄰雞接響作三鳴,殘點連聲作五更。"

【接籬】帽名。世説新語任誕:"山季倫(簡)爲荆州,時出酣暢,人爲之歌曰:'山公時一醉,逕造高陽池。日莫倒載歸,茗艼無所知。復能乘駿馬,倒箸白接籬。'"籬,也作"䍦"。唐李白李太白詩七襄陽歌:"落日欲没峴山西,倒著接䍦花下迷。"

【接腳夫】舊指婦女夫死後,在家再招之夫。宋袁采袁氏世範一收養義子當絶爭端:"娶妻而有前夫之子,接腳夫而有前妻之子,欲撫養不欲撫養,尤不可不早定。"也稱接腳壻。元周密癸辛雜識别集上林喬:"旋登徐元杰之門,……既而元杰家爲伐柯。一村豪家爲接腳壻。"省稱接脚。古今雜劇元關漢卿竇娥冤二:"老漢自從來到蔡婆婆家做接腳,誰想婆婆一向染病。"

【接腳夫人】舊指人顯貴後所娶之妻。太平廣記一八四白敏中:"敏中始婚也,已朱紫矣,嘗戲其妻爲'接腳夫人'。"

探 tān tàn 他含切,平,覃韻,透。ㄊㄢ ㄊㄢˋ

㊀摸取。書多方:"則惟爾多方,探天之威,我則致天之罰。"淮南子人間:"夫鵲先識歲之多風也,去高木而巢扶枝,大人

過之探轂，嬰兒過之則挑卵。"㊁試探。穀梁傳隱元年："已探先君之邪志，而遂以與桓。"㊂尋求。漢書五六董仲舒傳賢良對策："春秋深探其本，而反自貴者始。"㊃看望。參見"探望"。

【探丸】摸取彈丸。猶抓鬮。漢書九十尹賞傳："長安中姦猾浸多，閭里少年，羣輩殺吏，受賕報仇，相與探丸爲彈，得赤丸者斫武吏，得黑丸者斫文吏，白者主治喪。"唐盧照鄰幽憂子集二長安古意詩："挾彈飛鷹杜陵北，探丸借客渭橋西。"

【探取】猶今言預支。晉書愍懷太子傳："東宮舊制，月請錢五十萬，備於衆用，太子恆探取二月，以供嬖寵。"資治通鑑八三晉惠帝元康九年十一月注："探取，預取也。"

【探刺】暗中偵察。後漢書皇后紀下安思閻皇后："乃風有司奏（耿）寶及其黨與……更相阿黨，互作威福，探刺禁省，更爲唱和。"參見"刺探"。

【探花】科舉時代稱殿試一甲第三名。唐時進士曲江杏園初宴，稱探花宴，以進士少俊者二人爲探花使。探花之名始此。宋代又名探花郎。至南宋乃專稱殿試一甲第三名爲探花。此後，元明清三代沿襲不變。參閱清趙翼陔餘叢考二八狀元榜眼探花。參見"探花使㊀"、"探花郎"。

【探春】唐宋風俗，都城士女在正月十五日收燈後，爭先至郊外宴游，叫探春。見五代王仁裕開元天寶遺事下探春、元周密武林舊事三西湖游幸。

【探急】猶請急，即請給假。陳書江總傳："（劉）之遴嘗酬總詩，其略曰：'……探急共遨遊，休沐忘退食。'"參見"請急"。

【探討】㊀指訪尋山水，窮極幽隱。唐孟浩然集一登龍門山懷古詩："探討意未窮，迴艫夕陽晚。"宋趙蕃淳熙稿六贈于革去非詩："西山南浦飫搜尋，武陵桃源暫探討。"㊁指深入研究學問。唐貫休禪月集五上顧大夫詩："斯文如未精，歸來更探討。"宋穆脩河南穆公集一送定師李游詩："憐師獨異羣，儒藝知探討。"宋曾鞏元豐類稿四秋夜露坐偶作詩："恨無同聲人，詩義與探討。"

【探湯】探沸水則把手燙傷。比喻戒懼之意。論語季氏："見善如不及，見不善如探湯，吾見其人矣，吾聞其語矣。"

【探源】索求本源。宋詩鈔張九成橫浦詩鈔辛未閏四月即事之三："相馬須相骨，探水須探源。"

【探鉤】猶抓鬮。"探籌投鉤"的省語。北齊劉晝劉子去情："使信士分財，不如投策探鉤。"參見"探籌"。

【探騎】擔任偵察任務的騎兵。唐張籍張司業集一關山月："軍中探騎暮出城，伏兵暗處低旌戟。"

【探籌】猶今抽簽。荀子君道："探籌投鉤者，所以爲公也。"後漢書四四胡廣傳："順帝欲立皇后，而貴人有寵者四人，莫知所建，議欲探籌，以神定選。"

【探囊】㊀指盜竊，剽竊。莊子胠篋："將爲胠篋探囊發匱之盜，而爲守備，則必攝緘縢，固扃鐍。"南朝梁劉勰文心雕龍九指瑕："若排人美辭，以爲己力，寶玉大弓，終非其有；全寫則揭篋，傍採則探囊。"㊁比喻事極其輕易。唐杜牧樊川集一郡齋獨酌詩："謂言大義小不義，取易卷席如探囊。"參見"探囊取物"、"囊中物"。

【探鬮】古時遊戲。暗中取物以比勝負。宋司馬光投壺新格序："世傳投壺格圖，皆以奇雋難得者爲右，是亦投瓊探鬮之類耳。"（宛委山堂本說郛一〇一）後也把拈鬮叫"探鬮"。

【探官繭】唐宋時官僚家庭於正月製作的麵食，在餡中放置寫有官品的紙簽或木片，各人自取，以卜將來官位的高下。立春日製作的，名探春繭。五代王仁裕開元天寶遺事下探官："都中每至正月十五日，造麪繭，以官位帖子，卜官位高下。"宋范成大石湖詩集十一兩頭纖纖之一："兩頭纖纖探官繭，半白半黑鶴髦緣。"參閱宋陳元靚歲時廣記九造麵繭引呂原明歲時雜記。

【探花使】㊀唐代稱進士中最年少者。唐制，宴進士於杏花園，初會稱探花宴，以少俊二人爲探花使。見唐李淖秦中歲時記（說郛七四）。本非貴重之稱，至南宋以後始稱殿試一甲第三名爲探花。㊁鳥名。即桐花鳳。

【探花郎】宋時進士探花使的別名。宋魏泰東軒筆錄六："進士及第後，例期集一月，……又選最年少者二人爲探花，使賦詩，世謂之探花郎。自唐以來，榜榜有之。"

【探花紅】荔枝名。福建莆田縣東北部烏石山出產的佳品。見清陳鼎荔枝譜。

【探竿影草】探竿、影草，都是漁民聚魚然後下網撈捕的方法。佛教禪宗借以喻傳授教理，隨宜施予方便。唐釋慧照禪師臨濟錄："有時一喝，如探竿影草。"人天眼目二臨濟門庭："探竿者，探爾有師承無師承，有鼻孔無鼻孔。影草者，欺瞞做賊，看爾見也不見。"

【探賾索隱】窺探幽深，求索隱微。易繫辭上："探賾索隱，鉤深致遠，以定天下之吉凶，成天下之亹亹者，莫大乎蓍龜。"疏："探謂闚探求取，賾謂幽深難見，…索謂求索，隱謂隱藏。"

【探囊取物】伸手到袋中取東西。比喻極容易辦到的事。新五代史南唐世家："取江南如探囊中物爾。"三國演義二五："百萬軍中取上將之頭，如探囊取物耳。"

【探驪得珠】古代寓言說深淵中有驪龍，頷下有千金之珠，欲得之甚難。見莊子列禦寇。後謂詩文能得命題精蘊爲探驪得珠。古今詩話探驪得珠："元稹劉禹錫韋楚客同會樂天舍，各賦金陵懷古，劉詩先成，白曰：'四人探驪，子先獲珠，所餘鱗角何用？'三公乃遂罷作。"參見"驪珠"。

掠 lüè 離灼切，入，藥韻，來。
ㄌㄩㄝ 力讓切，去，漾韻，來。

㊀笞擊，拷問。禮月令仲春之月："毋肆掠，止獄訟。"注："掠，謂捶治人。"後漢書章帝紀元和元年詔："律云：'掠者唯得榜、笞、立。'"注引蒼頡篇："掠，問也。"參閱清鄭珍說文新附考六掠。㊁擄掠，奪取。通"略"。也作"剠"。左傳襄十一年："納斥候，禁侵掠。"㊂砍伐。穆天子傳五："命虞人掠林除藪，以爲百姓材。"㊃拂過。唐韓愈昌黎集九戲題牡丹詩："雙燕無機還拂掠，游蜂多思正經營。"宋蘇軾經進東坡文集事略一後赤壁賦："適有孤鶴橫江東來，……掠予舟而西也。"㊄梳理。宋辛棄疾稼軒詞五瑞鶴仙賦梅："溪奩照梳掠，想含香弄粉，豔妝難學。"金董解元西廂三："鏡兒裏不住照，把鬢鬢掠了重掠。"㊅書法長撇。明潘之淙書法離鉤五六掠："左下爲掠。柳子厚云：掠左出而鋒輕。"

【掠子】一種梳理頭髮的用具。即篦子。明羅頎物原器原："軒轅作鏡鑷剃刀，少康作掠子。"參閱明周祈名義考十二梳枇。

【掠彴】獨木橋。景德傳燈錄十從諗禪師："久嚮趙州石橋，到來只見掠彴。"參見"略彴"。

【掠考】拷打。後漢書章帝紀元和元年詔："自往者大獄已來，掠考多酷，鉆鑽之屬，慘苦無極。"又六七范滂傳："獄吏將加掠考，滂以同囚多嬰病，乃請先就格。"

【掠治】拷打訊問。史記一二二張湯傳："湯掘窟得盜鼠及餘肉，劾鼠掠治。"漢書六六陳萬年傳附陳咸："於是石顯微伺知之，白奏咸漏泄省中語，下獄掠治。"

【掠美】奪取他人之美以爲己有。左傳

昭十四年："己惡而掠美爲昏，貪以敗官爲墨，殺人不忌爲賊。"唐白居易長慶集五十景領縣府無蓄廩無儲……判："既爽奉公之節，宜甘掠美之科。"

【掠理】拷打。後漢書八一戴就傳："就據地答(薛安)言：'太守剖符大臣，當以死報國，卿雖銜命，固宜申斷冤毒，奈何誣枉忠良，强相掠理？'"同"掠治"。唐人避高宗(李治)諱，治字常作"理"。

【掠掇】盤算，計劃。醒世姻緣一："枕頭邊兩個彼此掠掇將起來，晁大舍次早起身，便日日料理打圍的事務。"

【掠鹵】擄掠。史記一〇八韓長孺傳："(單于)未至馬邑百餘里，行掠鹵。"

【掠奪】搶劫，强取。漢荀悦申鑒政體："偷竊則民備之。備之而不得，則暴迫而取之，謂之掠奪。"後漢書七二董卓傳："其宫女皆爲(李)傕兵所掠奪，凍溺死者甚衆。"

【掠頭】篦子。元曲選關漢卿金線池一："有幾箇打踅客旅輩丢下些刷牙掠頭，問妳妳要盤纏家去。"

【掠虚漢】指腹内空虚、拾人唾餘的人。景德傳燈録十九文偃禪師："若是一般掠虚漢，食人涎唾，記得一堆一擔骨董(董)，到處逞驢脣馬嘴。"

捽 zuó ㄗㄨㄛˊ 昨没切，入，没韻，從。慈邺切，入，術韻，從。

㊀揪住。戰國策楚一："吾將深入吴軍，若扑一人，若捽一人，以與大心者也，社稷其庶幾乎。"宋鮑彪注："捽，持髮也。"淮南子氾論："至其溺也，則捽其髮而拯。"㊁抵觸，衝突。國語晉："戎夏交捽。"注："捽，交對也。"莊子列禦寇："齊人之井，飲者相捽也。"㊂拔。漢書七二貢禹傳："農夫父子暴露中野，不避寒暑，捽屮(草)杷土，手足胼胝。"

【捽胡】揪住頭頸。漢書六八金日磾傳："日磾捽胡投(莽)何羅殿下，得禽縛之。"注引晉灼："胡，頸也，捽其頸而投殿下也。"唐詩紀事五七段成式詠醉毆妓："捽胡雲彩落，疻面月痕消。"

【捽茹】拔野菜。喻貧窮。漢揚雄法言修身："閭閻在上，簞瓢捽茹，亦山雌也，何其臞？"

【捽搏】揪打。荀子正論："詈侮捽搏，捶笞臏脚，斬斷枯磔，藉靡舌縪，是辱之由外至者也，夫是之謂執辱。"注："捽，持頭也；搏，手擊也。"漢書七六王尊傳："(楊)輔常醉過尊大奴利家，利家捽搏其頰。"

掂 1. diān ㄉㄧㄢ 字彙丁廉切，點平聲。

㊀量物輕重。樂府羣玉二元喬吉水仙子爲友人作曲："税錢比茶船上欠，斤兩去等秤上掂。"紅樓夢五一："麝月聽了，便放下戥子，揀了一塊，掂了一掂。"㊁計較。紅樓夢五五："鳳姐兒笑道：'你這小蹄子兒，要掂多少過兒纔罷！'"㊂跌落，跌斷。元曲選白仁甫牆頭馬上三："呀！珰叮噹掂做了兩三截，有鸞膠難續玉簪折。"

2. diǎn ㄉㄧㄢˇ

㊃以脚尖着地。同"踮"。元曲選岳伯川鐵拐李四："有德行的吾師恰到來，我這裏掂脚舒腰拜。"

【掂折】跌斷。朝野新聲太平樂府五元喬吉醉太平題情："髻鬆釵落鳳凰金，險掂折玉簪。"

【掂詳】端詳，打量。金董解元西廂四："掂詳了這厮趨蹌身分，便活脱下鍾馗一二三。"元曲選白仁甫牆頭馬上三："相公把拄杖掂詳，院公把掃箒支吾。"

【掂斤播兩】較量輕重，也用以比喻品評優劣或計較瑣事。元王實甫西廂記一本二折："儘着你説短論長，一任待掂斤播兩。"也作"掂斤抹兩"、"掂斤估兩"。古今雜劇明朱有燉小桃紅一："他更有截長補短的釘人釘，掂斤抹兩的稱人秤。"醒世姻緣二六："雖是那主人家黑汗白流挣了來，自己掂斤估兩的不捨得用，你却這樣撒潑，也叫是罪過。"

掖 1. yè ㄧㄝˋ 羊益切，入，昔韻，喻。

㊀挾持，拉人手臂。左傳僖二五年："二禮從國子巡城，掖以赴外，殺之。"㊁扶持。引導。詩陳風衡門序："故作是詩以誘掖其君也。"藝文類聚五一遜讓封魏武帝上書讓封："遠録先臣扶掖之節，採臣在戎犬馬之用。"㊂胳肢窩。通"腋"。史記六八商君傳："千羊之皮，不如一狐之掖。"引申爲兩旁。見"掖門"、"掖庭"。㊃袖。通"袪"。禮儒行："丘少居魯，衣逢掖之衣。"注："逢猶大也。大掖之衣，大袂禪衣也。"

2. yē ㄧㄝ

㊄掩藏，塞進。雍熙樂府四元鄧玉賓村里迓古仕女圓社氣毬雙關曲："蹺跟兒掩映着真圈套，裹勾兒藏掖着深窟窱。"紅樓夢五一："你來把我這邊的被掖掖罷。"

【掖門】㊀宫中的旁門。漢書高后紀八年："(劉)章從(周)勃請卒千人，入未央宫掖門。"注："非正門而在兩旁，若人之臂掖也。"元河南志二掖門："漢制，内至禁者爲殿門，外出大道爲掖門。應劭曰：'掖者，言在司馬門之旁掖也。'"㊁星名。史記天官書："南四星，執法；中，端門；門左右，掖門。"

【掖垣】㊀宫殿圍牆。文選三國魏劉公幹(楨)贈徐幹詩："誰謂相去遠，隔此西掖垣。"㊁唐代指門下省(左掖)、中書省(右掖)。唐杜甫杜工部草堂詩箋十二春宿左省："花隱掖垣暮，啾啾棲鳥過。"左省，門下省。新唐書一六五權德輿傳："德輿獨直兩省，數旬一還舍，乃上書言：'左右掖垣，承天子詰命，……要重之司，不宜久廢。'"

【掖省】唐時門下、中書兩省在宫中左右掖，故稱門下爲左掖、左省，中書爲右掖、右省。也統稱掖省。新唐書一〇六劉祥道傳上疏陳六事："且掖省崇峻，王言祕密，尚書政本，人物所歸。"

【掖庭】㊀宫中旁舍，妃嬪居住的地方。後漢書四十上班彪傳附班固兩都賦："後宫則有掖庭、椒房，后妃之室。"注引漢官儀："婕妤以下皆居掖庭。"也作"掖廷"、"液廷"。漢書六十杜周傳附杜延年："時宣帝養於掖廷，號皇曾孫。"漢書九九王莽傳上："莽既尊重，欲以女配帝爲后，以固其權，奏言：'皇帝即位三年，長秋宫未建，液廷媵未充。'"注："液與掖同音通用。"㊁宫中官署名。掌宫人事。秦名永巷，漢武帝太初元年改爲掖廷，有令丞，由宦官充任。見漢書宣帝紀、百官公卿表上。

【掖縣】縣名，屬山東省。春秋萊國地，戰國齊夜邑，漢置掖縣，屬東萊郡。以東南有掖水而名。唐以後爲萊州治，明清爲萊州府治。參閲嘉慶一統志一七四萊州府一。

捩 1. liè ㄌㄧㄝˋ 練結切，入，屑韻，來。

㊀拗折，扭轉。晉書安平獻王孚傳附司馬威："惠帝反正，曰：'阿皮捩吾指，奪吾璽綬，不可不殺。'阿皮，威小字也。"唐杜甫杜工部草堂詩箋十三義鶻行："斗上捩孤影，嗷哮來九天。"

2. lì ㄌㄧˋ 郎計切，去，霽韻，來。

㊀琵琶的撥子。玉臺新詠七南朝梁簡文帝(蕭綱)詠内人晝眠詩："攀鉤落綺障，插捩舉琵琶。"

【捩手】扭轉手。唐韓愈昌黎集三六送窮文："捩手覆羹，轉喉觸諱。"指動輒得咎。

掮 qián ㄑㄧㄢˊ

用肩扛東西。明李素甫元宵閙傳奇四:"他是個啞道童,有些蠻力,故爾用他掮些行頭。"

捲 1. juǎn ㄐㄩㄢˇ 居轉切,上,獮韻,見。

㊀把東西捲成筒狀,收起。同"卷"。北周庾信庾子山集五詠畫屏風詩之十二:"玉柙珠簾捲,金鉤翠幔懸。"

2. quán ㄑㄩㄢˊ 巨員切,平,仙韻,羣。

㊀通"拳"。卽拳頭。史記六五孫子傳附孫臏:"夫解雜亂紛糾者不控捲。"索隱:"捲卽拳也。"

【捲地】形容氣勢迅猛浩大。宋范成大石湖集六次韻知郡安撫九日南樓宴集之二:"碧城香霧連天暝,黃葉霜風捲地涼。"清李玉一捧雪傳奇許發:"那里許多人馬捲地而來。"

【捲舌】猶結舌,噤口不語。明張居正張文忠公集書牘十二答雲南巡撫言沐鎭守安士司事:"昔也受賄之人,皆袖手捲舌,莫一言爲之辯釋。"參見"卷₂舌㊀"。

【捲伴】誘拐或劫奪人妻,移逃他地共居。見宋范成大桂海虞衡志雜志捲伴。

【捲₂捲₂】勤苦用力貌。莊子讓王:"捲捲乎后之爲人,葆力之士也。"淮南子人間:"今捲捲然守一節,推一行,雖以毁碎滅沉,猶且弗易者,此察於小好而塞於大道也。"

【捲堂】全堂盡散伙。宋俞文豹吹劍録四録:"武諭劉靖之等狀,今月十三日,武學生員爲臨安府擅將柯子沖盧德宣撻逐,捲堂而去。"此指全堂罷課。水滸四:"滿堂僧衆大喊起來,都去櫃中取了衣鉢要走,此亂喚做'捲堂大散'。"此指僧侶全散去。

【捲帳】新郎就婚女家,三日後夫婦攜帶妝奩回男家,稱捲帳。古今小說十五史弘肇龍虎君臣會:"柴夫人就孝義店嫁了郭大郎,却捲帳回到家中,住了幾時。"

【捲握】積聚,掌握。淮南子要略:"所以洮汰滌蕩至意,使之無凝竭底滯,捲握而不散也。"後漢書三一張堪傳:"前公孫述破時,珍寶山積,捲握之物,足富十世。"捲握之物,指珠玉珍寶之類。

【捲腦】折捲書脊。皆讀書的惡習。明王志堅表異録十五藝文:"趙松雪(孟頫)書跋曰:'勿捲腦,勿折角。'"參見"書腦"。

【捲地皮】舊時比喻官吏貪污。唐盧仝玉川子集一蕭宅二三子贈答詩客謝井詩:"揚州惡百姓,疑我卷地皮。"卷,同"捲"。五代南唐徐知訓帥宣州,貪婪苛暴。會徐入覲,賜宴。伶人戲作緑衣大面,自稱宣州土地神,曰:"徐知訓入覲,和地皮捲來,因得至此。"見明彭大翼山堂肆考徵集二五技藝伶人引南唐遺事。徐誤作"王"。

【捲土重來】比喻失敗後傾其全力,再圖恢復。明孟稱舜二胥記傳奇駕旋:"遙望山川相黯然,重來捲土是何年!"清黃宗羲撰杖集翰林院庶吉士子一魏先生墓誌銘:"而導之興獄者阮大鋮傅槐,方改頭換面,捲土重來。"參見"卷₂土重來"。

【捲旗息鼓】比喻停止進攻,罷休。清孫郁繡幃燈傳奇公討:"須等那不賢之婦親口道允,我等纔捲旗息鼓,暫寬一時。"參見"偃旗息鼓"。

掞 1. shàn ㄕㄢˋ 舒贍切,去,豔韻,審。

㊀發舒,鋪張。文選晉左太沖(思)蜀都賦:"幽思絢道德,摛藻掞天庭。"

2. yǎn ㄧㄢˇ

㊀銳利。通"剡"。淮南子俶真:"擢掞挺挏世之風俗。"注:"掞,利也。"易繫辭下:"剡木爲楫。"集解本作"掞"。

3. yàn ㄧㄢˋ

㊀光芒。通"焰"。漢書禮樂志二郊祀歌天地:"長麗前掞光燿明,寒暑不忒況皇章。"注引晉灼:"掞卽光炎字也。"又引臣瓚:"長麗,靈鳥也。"

【掞₃天】光芒照天。初學記十四南朝梁庾肩吾侍宴宣猷堂應令詩:"副君德將聖,陳王才掞天。"唐宋之問集下扈從登封途中作詩:"扈從良可賦,終乏掞天材。"

【掞張】浮誇。三國志蜀鄧芝傳孫權與諸葛亮書:"丁厷掞張,陰化不盡;和合二國,唯有鄧芝。"注:"孫權蓋謂丁厷之言多浮豔也。"

【掞₃麗】浮豔華麗。新唐書七六韋后傳附上官昭容:"有所制作若素構,自通天以來,內掌詔命,掞麗可觀。"

【掞藻】抒發詞藻。梁書昭明太子傳王筠哀册文:"摛文掞藻,飛觴汎醳。"文苑英華六七八唐蕭穎士贈韋司業書:"今朝野之際,文場至廣,掞藻飛聲,森然林植。"

捧 pěng ㄆㄥˇ 敷奉切,上,腫韻,滂。

㊀兩手承托。古多作"奉"。莊子達生:"則捧其首而立。"後漢書三三朱浮傳:"此猶河濱之人捧土以塞孟津,多見其不知量也。"㊁擁戴,奉承。見"捧日"、"捧腳"。㊂扶擁。太平廣記四八八唐元稹鶯鶯傳:"俄而紅娘捧崔氏而至。"

【捧心】兩手抱着胸口,表示病態。莊子天運:"故西施病心而矉其里,其里之醜人,見而美之,歸亦捧心而矉其里。"後因用效顰(矉)比喻拙劣的摹仿。宋陸游劍南詩稿七五遣興之二:"得酒不妨開口笑,學人難作捧心顰。"參見"東施效顰"。

【捧日】舊時以日喻帝王。因以捧日指擁戴。三國志魏程昱傳"表昱爲東平相,屯范"注引魏書:"昱少時常夢上泰山,兩手捧日。"文苑英華八四四引唐李嶠大周降禪碑:"末光幸煦,長傾捧日之心;僊石徒攀,終愧陵雲之筆。"

【捧手】猶拱手。表示敬佩。後漢書四十下班彪傳附班固東都賦:"慄然意下,捧手欲辭。"又六八符融傳:"(李)膺性高簡,每見融,輒絕它賓客,聽其言論,融幅巾奮褎(袖),談辭如雲,膺每捧手歎息。"

【捧腳】捧托別人的腳。比喻幫腔助勢。隋書王劭傳:"(隋文帝)夢欲上高山而不能得,崔彭捧腳,李盛扶肘得上。……劭曰:'此夢大吉。'"後譏諷奉承諂媚爲"捧臭腳",本此。

【捧腹】兩手抱着肚子,形容大笑時的形態。史記一二七日者傳:"司馬季子捧腹大笑。"後因稱大笑爲捧腹。唐柳宗元柳先生集二二送邠寧獨孤書記赴辟命序:"則曳裾戎幕之下,專弄文墨,爲壯夫捧腹,甚未可也。"

【捧擁】簇擁。形容從人衆多。唐杜甫杜工部草堂詩箋二十山寺:"使君騎紫馬,捧擁從西來。"

【捧檄】謂奉命就任。檄,官符,猶後來的委任狀。唐駱賓王集三渡瓜步江詩:"捧檄辭幽徑,鳴榔下貴洲。"參見"奉₂檄色喜"。

【捧頭鼠竄】形容狼狽逃跑。宋陸游劍南詩稿十六聞虜酋遁歸漠北:"天威在上賊膽破,捧頭鼠竄吁可哀!"參見"奉₂頭鼠竄"。

掛 guà ㄍㄨㄚˋ 古賣切,去,卦韻,見。

同"挂"。㊀懸挂。易繫辭上:"分而爲二以象兩,掛一以象三。"三國志魏裴楷傳注引魏略:"又潛爲兗州時,嘗作一胡牀,及其去也，留掛柱。”㊁登記。見“掛號”。

【掛心】關心，懸念。文苑英華二〇六南朝梁沈君攸雙燕離詩：“翩翩桂水不忍度，懸目掛心思越路。”

【掛冠】棄官而去。即挂冠。南齊書杜京産傳張融薦京產表：“泰始之朝，掛冠辭世，遁捨家業，隱于太平。”參見“挂冠”。

【掛席】猶揚帆。唐高適高常侍集二東平路中遇大水詩：“指塗適汶陽，掛席經廬州。”參見“挂席”。

【掛單】佛教語。指僧人投寺院寄住。單，指僧堂裏的名單，把衣鉢掛在名單之下，故稱掛單。也作“掛褡”、“掛搭”。宋劉克莊後村集六真隱寺詩：“奴敲小店牢扃户，僧借虛堂徑掛單。”

【掛搭】猶掛單。宋洪邁夷堅志乙志十七蒸山羅漢：“前一夕，行者劉普因，夢十餘僧持學録書來求掛搭。”

【掛號】按次序登記。明張居正張文忠公集奏疏三明制體以重王言疏：“凡官員應給誥勅，該部題奉欽依手本到閣，撰述官先具稿，送臣等看詳改定，謄寫進呈，候批紅發下，撰述官用關防掛號，然後發中書舍人寫軸用寶，此定制也。”

【掛漏】“掛一漏萬”的省稱。指事多而疏忽遺漏。宋李昴英文溪集九寶祐甲寅宗正卿上殿奏劄：“事事掛漏，色色窮空，症候轉危，景象愈蹙。”

【掛綠】廣東荔枝品種名。清陳鼎荔枝譜廣東：“廣州荔亦最盛，以掛綠爲第一品，實碩大，味甘香，核細如菀豆。其殼上赤如丹砂，下綠如澄波，故名掛綠。”

【掛劍】借指内心以物許人而不變易。同“挂劍”。宋缺名釋常談：“心許人物而不更移者謂之掛劍。”詳“挂劍”。

【掛燈】舊時一種迷信行爲。資治通鑑二九二後周顯德二年：“禁僧俗捨身、斷手足、煉指、掛燈、帶鉗之類幻惑流俗者。”注：“掛燈者，裸體，以小鐵鉤徧鉤其膚，凡鉤，皆掛小燈，圈燈盞，貯油而燃之，俚俗謂之燃肉身燈。”

【掛轂】謂車轂相撞擊。形容車輛之多。轂，車輪插軸的圓孔。太平御覽七七六漢桓譚新論：“楚之郢都，車掛轂，民摩肩，市路相交，號爲朝衣新而暮衣弊。”參見“肩摩轂擊”。

【掛瓢】太平御覽七六二琴操：“許由無杯器，常以手捧水。人以一瓢遺之。由操飲畢，以瓢掛樹。風吹樹，瓢動，歷歷有聲。由以爲煩擾，遂取捐之。”後遂以掛瓢爲隱居清高的典故。唐錢起錢考功集八謁許由廟詩：“松上掛瓢枝幾變，石間洗耳水空流。”

【掛錫】錫是僧人所持的行杖。僧人投宿寺院，也稱挂錫。宋寇準寇萊公詩集中秋寄江上吟僧：“掛錫在荆楚，杜門無往還。”參見“挂錫”。

【掛甲錢】五代後晉出帝時，軍隊出發作戰，有賞賜，曰掛甲錢。及班師，又加賞勞，曰卸甲錢。見新五代史李守貞傳。

【掛搭燈】唐宋時定制，元宵節准於京師及各都放燈三夜（正月十四日至十六日）。宋張詠（乖崖）帥蜀，增十三日一夜燈，不敢明言四夜燈，謂之掛搭燈。參閱元陳元靚歲時廣記十三夜燈、四夜燈、五夜燈。

【掛印將軍】明制，各省、各鎮的鎮守總兵、副總兵，由五軍都督府的左右都督、都督同知、都督僉事及公、侯、伯充任。遇大戰事，則掛諸號將軍或大將軍、前將軍、副將軍印，統兵而出，事畢納還，稱掛印將軍。參閱明史職官志五五軍都督府、續文獻通考六一職官十一諸路將軍。

【掛羊頭賣狗肉】見“懸羊頭賣狗肉”。

捷 1. jié ㄐㄧㄝˊ 疾葉切，入，葉韻，從。

㊀勝利。詩小雅采薇：“豈敢定居？一月三捷。”戰勝所得的戰利品也稱捷。春秋莊三一年：“齊侯來獻戎捷。”㊁成功。左傳宣十二年：“事之不捷，惡有所分。”㊂敏疾，迅速。吕氏春秋貴卒：“吴起之智，可謂捷矣。”韓非子難言：“捷敏辯給，繁於文采，則見以爲史。”㊃抄行便道。左傳成五年：“待我，不如捷之速也。”注：“捷，邪出。”㊄及。漢書八七上揚雄傳反離騷：“鳳皇翔於蓬陼兮，豈駕鵝之能捷！”注引晉灼：“捷，及也。”㊅養。吕氏春秋論威：“其藏於民心，捷於肌膚也，深痛執固。”注：“捷，養也。”㊆古重量單位。小爾雅廣衡：“二十四銖曰兩，兩有半曰捷。”㊇姓。見元和姓纂十。

2. giè ㄑㄧㄝˋ 集韻七接切，入，葉韻。

㊈見“捷₂捷₂”。

【捷口】利口。能言善辯。三國志吴陸凱傳上疏：“明王聖主取士以賢，不拘卑賤，……非求顏色而取好服、捷口、容悦者也。”

【捷剟】傳説爲黄帝之臣。淮南子人間：“故黄帝亡其玄珠，使離朱捷剟索之，而弗能得之也。”注：“離朱明目，捷剟疾利搏，善拾于物，二人皆黄帝臣也。”

【捷書】軍事捷報。梁書蔡道恭傳武帝詔：“奇謀間出，捷書日至。”唐杜甫杜工部草堂詩箋十一洗兵馬：“中興諸將收山東，捷書夕奏清晝同。”

【捷徑】逕直近便的小路。用以比喻作事不循正軌但求速成。楚辭屈原離騷：“何桀紂之猖披兮，夫唯捷徑以窘步。”宋范成大石湖集八送汪聖錫侍郎帥福唐：“道義平生無捷徑，風波隨處有虚舟。”也作“捷逕”。宋司馬光司馬温公詩話引宋劉子儀堠子詩：“空呈厚貌臨官道，大有人從捷逕過。”參見“終南捷徑”。

【捷捷】㊀舉動敏疾貌。詩大雅烝民：“四牡業業，征夫捷捷。”㊁貪。孔子家語五儀解：“事任於官，無取捷捷。……捷捷，貪也。”

【捷₂捷₂】巧辯貌。詩小雅巷伯：“捷捷幡幡，謀欲譖言。”

【捷報】報告勝利消息的文書。唐杜牧樊川集四少年行詩：“捷報雲臺賀，公卿拜壽巵。”舊時科舉考中的喜報也稱捷報。明唐玉翰府紫泥全書二中舉：“秋風捷報，來日南都。”

【捷給】應對敏疾，辯才無礙。管子大匡：“隰朋聰明捷給，可令爲東國。”史記一〇二張釋之傳：“夫絳侯、東陽侯稱爲長者，此兩人言事曾不能出口，豈斅此嗇夫諜諜利口捷給哉！”也作“捷急”。後漢書二六韋彪傳上疏：“宜簡嘗歷州宰素有名者，雖進退舒遲，時有不逮，然端心向公，奉職周密，宜鑒嗇夫捷急之對，深思絳侯木訥之功也。”

【捷嶫】高貌。梁書沈約傳郊居賦：“千櫨捷嶫，百拱相持。”

【捷黠】敏疾靈巧。儀禮大射“參見鵠於干”漢鄭玄注：“正、鵠，皆鳥之捷黠者。”

【捷獵】㊀參差相接貌。文選漢王子淵（褒）洞簫賦：“鄰菌繚糾，羅鱗捷獵。”注：“捷獵，參差也。”㊁高顯貌。文選晉左太沖（思）吴都賦：“抗神龍之華殿，施榮楯而捷獵。”

【捷疾鬼】佛道二教都有捷急鬼之説。見元釋覺岸釋氏稽古略一共和。後用譏諷善於奔走鑽營的人。宋徐夢莘三朝北盟會編：“金人欲立張邦昌，令吴幵、莫儔傳道意旨，往返數四，京師人謂之捷疾鬼。”（宋人軼事彙編十四引）

【捷足先得】因行動迅速而先達到目的。清孔尚任桃花扇傳奇迎駕：“自古道：‘中原逐鹿，捷足先得’，我們不可落他人之後。”也作“捷足先登”。清葉稚斐吉慶圖傳奇會赴：“所謂秦人失鹿，捷足先登。"參見"疾足先得"。

掚 liǎng ㄌㄧㄤˇ 集韻 里養切,上,養韻。

㊀整飾。通"兩"。左傳宣十二年"御下,兩馬掉鞅而還" 釋文引徐邈:"或作'掚'"。周禮夏官環人"掌致師"注引春秋傳作"掚馬"。㊁技倆。通"倆"。明徐渭南詞敍録:"技掚,本事也。"

掫 zōu ㄗㄡ 子侯切,平,侯韻,精。側九切,上,有韻,莊。

㊀巡夜打更。左傳昭二十年:"賓將掫,主人辭。"周禮夏官掌固"夜三鼜以號戒"注作"賓將趣"。清汪中經義知新記説卽"鼜"字。參見"干掫"。㊁地名。後漢書十一劉玄傳:"更始使王匡、陳牧、成丹、趙萌屯新豐,李松軍掫以拒之。"注:"續漢志曰:'新豐有鴻門亭。'掫城卽此也。"

措 1. cuò ㄘㄨㄛˋ 倉故切,去,暮韻,清。

通"錯"。也作"厝"。㊀安放。論語子路:"刑罰不中,則民無所措手足。"莊子田子方:"措杯水其肘上。"㊁施與,施行。易繫辭上:"舉而措之天下之民,謂之事業。"禮中庸:"故時措之宜也。"注:"時措,言得其時而用也。"㊂置辦。如言措辦,籌措。㊃棄置。禮中庸:"有弗學,學之弗能,弗措也。"疏:"措,置也,言學不至於能,不措置休廢。"㊄交錯,夾雜。史記燕世家論:"燕外迫蠻貉,內措齊晉。"索隱:"措,交雜也。又作錯。劉氏云:'争錯也。'"

2. zé ㄗㄜˊ 集韻 側格切,入,陌韻。

㊅擠,夾住。通"笮"。史記梁孝王世家:"平王襄及任王后遮止,閉門,李太后與争門,措指。"索隱:"謂爲門扇所笮。"也指追逼。漢書九九下王莽傳:"又詔……納言將軍嚴尤……亟進所部州郡兵凡十萬衆,迫措前隊醜虜,明告以生活丹青之信。"

【措大】舊指貧寒失意的讀書人。唐張鷟朝野僉載:"江陵號衣冠藪澤,人言琵琶多於飯甑,措大多於鯽魚。"(類説四十) 宋劉斧青瑣高議別集七異夢記:"高祖(朱温)起顧敬翔曰:'若如君言,不敢相忘,交你措大作宰相!'"按唐盧言盧氏雜説(類説四九)、陸長源辨疑志(太平廣記二四二蕭穎士)鄭懷古博異志等,皆有措大一詞。至於何以稱爲措大,唐人已說法不一,無可考。參閱唐李匡乂資暇集下措大。

【措手】着手處理。唐韓愈昌黎集三八進撰平淮西碑文表:"使臣撰平淮西碑文者,聞命震駭,心識顛倒,非其所任,爲愧爲恐,經涉旬月,不敢措手。"

【措身】安身,置身。逸周書官人:"事變而能治,效窮而能達,措身立方而能遂,曰有知者也。"

【措意】注意,着意。文選漢王子淵(褒)四子講德論:"願二子措意焉。"世説新語賞譽下"王夷甫語樂令"注引王澄別傳:"從兄戎,兄夷甫(衍),名冠當年。四海人士,一爲澄所題目,則二兄不復措意,云已見平子,其見重如此。"

【措置】安放,處理。後漢書四二東平憲王蒼傳:"每會見,跛蹐無所措置,此非所以章示羣下,安臣子也。"又六九何進傳:"諸常侍小黄門皆詣進謝罪,惟所措置。"

【措辭】指談話爲文時選用詞句。逸周書官人:"自順而不讓,措辭而弗遂。"漢王充論衡刺孟:"見彼之問,則知其措辭所欲之矣。"也作"措詞"。唐劉知幾史通敍事:"邦國初基,皆云草昧;帝王世跡,必號龍飛;斯並理兼諷諭,言非指斥,異乎游夏措辭,南董顯書之義也。"

【措手不及】事出意外,來不及應付。古今雜劇元缺名千里獨行:"我則殺他一箇措手不及。"水滸七二:"楊太尉倒喫了一驚,措手不及,兩交椅打翻地上。"

掝 1. huó ㄏㄨㄛˊ 呼麥切,入,麥韻,曉。集韻 忽域切,入,職韻。

㊀裂。見廣雅釋詁。清王念孫疏證:"掝,玉篇音呼麥切,集韻又音洫。(禮)樂記:'卵生者不殈。'鄭(玄)注云:'殈,裂也。'徐邈音洫。殈與掝通。"

2. huò ㄏㄨㄛˋ 字彙 穫北切,音或。

㊁迷惑。通"惑"。見"掝₂掝₂"。

【掝₂掝₂】迷惑。荀子不苟:"其誰能以己之潐潐,受人之掝掝者哉?"

掗 1. yǎ ㄧㄚˇ 集韻 倚下切,上,馬韻。

㊀摇,揮動。水滸十三:"掗着金蘸斧,立馬在陣前。"㊁推開。金董解元西廂四:"朱扉半掗,驀覩伊向西廂下。"

2. yà ㄧㄚˋ 字彙 依架切,音亞。

㊂强以物與人,强人接受。醒世恒言三賣油郎獨占花魁:"美娘道:'說那裏話!'將銀子掗在秦重袖內,推他轉身。"㊃把持。見"掗₂靶"。㊄用力壓。清黄六鴻福惠全書三一庶政部河隄歲修:"若用手摇磨,針孔掗緊,水可良久不消。"

【掗₂托】强買。宋朱熹朱文公集十八奏鹽酒課及差役利害狀:"買撲之害,在買人有消折本柄、破壞家產之患;在衆人有掗托抑勒、捕捉欺凌之擾。"

【掗₂派】硬派,强迫命令。明西湖居士鬱輪袍傳奇應試:"氣力雖大,冒來掗派。要戴紗帽,還相腦袋。"

【掗₂賈】强賣。清吳任臣十國春秋三十南唐盧绛傳:"又持摧貨,掗賈於山中。"

【掗₂靶】把持。同"掗₂擺"。明高則誠琵琶記幾言諫父:"不想道相掗靶,這做作難禁架。"明徐復祚投梭記傳奇鬻女:"爲甚的賣向他方,將他掗靶?"

【掗₂賣】强賣。明孫柚琴心記傳奇茂陵春色:"我嘆一聲呵,分明掗賣海棠嬌。"

【掗₂擺】把持。明 徐渭 南詞敍録:"掗擺,把持也。今人云'掗擺不下',卽此二字。"

【掗₂相知】强要與人結交。古今小説一蔣興哥重會珍珠衫:"婆子道:'大娘不嫌蒿惱,老身慣是掗相知的,只今晚就取鋪陳過來,與大娘作伴,何如?'"

捱 1. ái ㄞˊ 集韻 宜佳切,平,佳韻。

㊀熬,遭受。元周密浩然齋雅談下章謙亨守歲詞:"團欒小酌醺醺醉,厮捱著没人肯睡。"元曲選蕭德祥殺狗勸夫一:"把我趕在破瓦窰中捱凍餒。"又四:"公廳上捱杖子,胡攀亂指。"㊁拖延。朱子語類三九論語二一:"曾子魯鈍難曉,只是他不肯放過,直是捱得到透徹了方住。"㊂見"捱牌"。

2. āi ㄞ

通"挨"。㊃依次。平妖傳四:"(嚴)半仙捱次流水般看去,一面口中說方,一面家僮取藥。"㊄挪動。古今雜劇元賈仲名荆楚臣重對玉梳三:"盼郵亭,巴堠子,一步捱一步。"

【捱₂查】訪查,尋查。明徐復祚投梭記二四:"取了銀子,摇着船,往江湖上做生意,那裏來捱查?"

【捱牌】禦敵的戰具,盾牌。武備志一〇四軍資乘器械三牌:"捱牌,亦用白楊木爲之。每面長五尺,闊一尺五寸,上頭比下略小四五分。"

【捱₂三頂四】形容人多,接連不斷。平妖傳四:"(嚴)半仙到柵欄門首下馬,也不進宅,逕在堂中站着,衆人捱三頂四,簇擁將來,一個個伸出手來,求太醫看脈。"也作"捱三頂五"。醒世恒言三賣油郎獨占花魁:"覆帳之後,賓客如市,捱三頂五,不得空閒。"

【捱₂風緝縫】鑽營。醒世恒言二九盧太學詩酒傲王侯：“别個秀才要去結交知縣，還要捱風緝縫，央人引進，拜在門下，認爲老師。”也作“挨風緝縫”。又七錢秀才錯占鳳凰儔：“但是有一二分才貌的，那一個不挨風緝縫，央媒説合。”

捺 nà ㄋㄚˋ 奴曷切，入，曷韻，泥。

㊀向下按。唐張文成遊仙窟：“先須捺後腳，然後勒前腰。”太平廣記二四九引唐張鷟朝野僉載高崔嵬：“唐散樂高崔嵬善弄癡，太宗命給使捺頭向水下。”㊁漢字向右斜下的筆劃。宋董逌廣川書跋八陰符經序：“尖如錐，捺如鑿，不得出，只得卻。”

【捺多】香名。見“和羅㊀”。

【捺拳】形容禾穗肥碩。宋詩鈔韓琦安陽集鈔觀稼：“便晴惟恐禾生耳，將熟偏宜穀捺拳。”又觀稼回北園席上：“嘗酒管弦先社集，捺拳禾黍極雲齊。”

【捺瑟】拍板的别名。見清厲荃事物異名録十一音樂拍板引合璧事類。

捺瑟

【捺鉢】契丹語，相當於漢語行在。指遼代國君的行營。遼史營衛志上：“有遼始大，設制尤密。居有宮衛，謂之斡魯朶；出有行營，謂之捺鉢；分鎮邊圉，謂之部族。”也作“納鉢”。明朱有燉元宮詞之六：“納鉢北來天氣冷，只宜栽種牡丹花。”參閲宋王易重編燕北録、龐元英文昌雜録捺鉢。

掎 jǐ ㄐㄧˇ 居綺切，上，紙韻，見。
卿義切，去，寘韻，溪。
居宜切，平，支韻，見。

㊀拖住。周禮秋官翨氏：“掌攻猛鳥，各以其物爲媒而掎之。”注：“置其所食之物於絹中，鳥來下則掎其腳。”漢書一〇〇上敍傳：“昔秦失其鹿，劉季逐而掎之。”注：“掎，偏持其足也。”引申爲牽制。後漢書七四袁紹傳上討曹操檄：“大軍汎黃河以角其前，荆州下宛葉而掎其後。”㊁發射。後漢書四十上班彪傳附班固兩都賦：“機不虛掎，弦不再控。”㊂支撑。通“倚”。詩小雅小弁：“伐木掎矣，析薪扡矣。”疏：“掎者，倚也。謂以物倚其巔峯也。”

【掎止】從後截獲。國語魯下：“使叔孫豹悉帥敝賦，……與邯鄲勝擊齊之左，掎止晏萊焉。”注：“從後曰掎，止，獲也。”

【掎角】左傳襄十四年：“譬如捕鹿，晉人角之，諸戎掎之。”角，抓角；掎，拖腿。後因稱分兵牽制或夾擊敵人爲掎角。三國志魏陳留王奂紀：“初，自平蜀之後，吳寇屯逼永安，遣荆、豫諸軍掎角赴救。”又吳陸遜傳：“掎角此寇，正在今日。”

【掎拔】引出，挺起。文選晉木玄虛（華）海賦：“掎拔五嶽，竭涸九州。”晉書慕容垂等載記論：“掎拔而傾山嶽，騰嘯而御風雲。”

【掎挈】指摘。同“掎摭㊀”。荀子富國：“有掎挈伺詐，權謀傾覆，以相顛倒，以靡敝之，百姓曉然皆知其污漫暴亂而將大危亡也。”也作“掎契”。荀子議兵：“掎契司詐、權謀傾覆，未免盗兵也。”

【掎掣】挾制。新唐書一〇九祝欽明傳：“時左僕射韋巨源助后掎掣帝，奪政事。”

【掎摭】㊀指摘。三國魏曹植曹子建集九與楊德祖書：“劉季緒才不逮於作者，而好詆訶文章，掎摭利病。”㊁摘取。唐韓愈昌黎集五石鼓歌：“孔子西行不到秦，掎摭星宿遺羲娥。”

【掎齕】攻擊排擠。也作“齮齕”。明張居正張文忠公全集奏疏八乞鑒别忠邪以定國是疏：“若被黜者，一一求其所以得罪之故，捕風捉影，捏造流言，以掎齕當事之人，則將來司考察之柄者，將緘口斂臂，而不敢輕動一人。”參見“齮齕”。

【掎裳連襼】牽裙連袖，形容人多。文選晉潘安仁（岳）藉田賦：“躡踵側肩，掎裳連襼。”也作“掎裳連袂”。宋劉從乂重修開元寺行廊功德碑：“袨服靚粧，繼日而掎裳連袂。”（金石萃編一二三）

掩 yǎn ㄧㄢˇ 衣儉切，上，琰韻，影。

㊀遮蔽，遮蓋。荀子解蔽：“掩耳而聽者，聽漠漠而以爲哅哅，埶亂其官也。”左傳僖三三年：“且吾不以一眚掩大德。”㊁隱匿，包庇。左傳文十八年：“毁則爲賊，掩賊爲藏。”注：“掩，匿也。”㊂關閉。南史袁粲傳：“席門常掩，三徑裁通。”㊃盡，遍及。淮南子主術：“故先王之法，畋不掩羣。”注：“掩，猶盡也。”漢書一〇〇下敍傳述高五王：“掩有東土，自岱徂海。”㊄乘其不備而襲取之。史記九十彭越傳：“於是上使使掩梁王，梁王不覺，捕梁王，囚之雒陽。”

【掩口】㊀以手捂口。禮曲禮上：“（長者）負劍辟咡詔之，（童子）則掩口而對。”疏：“掩口，恐氣觸人。”㊁沉默不言。史記武帝紀：“不死之藥可得，僊人可致也。臣恐效文成，則方士皆掩口，惡敢言方哉？”封禪書作“奄口”。

【掩心】護胸甲。資治通鑑二七八五代後唐長興四年：“（白）從榮大驚，命取鐵掩心擐之，坐調弓矢。”注：“甲在胸前者謂之掩心。”

【掩衣】僧衣袈裟的别名。一切有部律中名僧腳崎，唐云掩腋衣，簡稱掩衣，又名無垢衣。僧服三衣，恐有污染，因先以此衣掩右腋，交絡於左肩上，然後再披着三衣。參閲唐釋慧琳一切經音義四一六波羅密多經十絡掖衣、北齊書王紘傳。

【掩至】乘其不備而至。三國志魏王淩傳：“大軍掩至百尺逼淩。”也作“奄至”。資治通鑑一九三唐貞觀四年：“行軍副總管張寶相帥衆奄至沙鉢羅營，俘頡利。”

【掩抑】低沉。唐白居易長慶集十二琵琶引：“絃絃掩抑聲聲思，似訴平生不得意。”

【掩泣】掩面而泣。文選南朝梁任彦昇（昉）王文憲集序：“有識銜悲，行路掩泣。”

【掩袂】以衣袖遮面。藝文類聚二九南朝梁劉孝綽侍離宴詩：“掩袂望征雲，銜杯惜餘景。”

【掩茂】地支中戌的别稱，古用以紀年。淮南子天文：“掩茂之歲，歲小饑。”注：“掩，蔽；茂，冒也，言萬物皆蔽冒。”漢書天文志：“太歲在戌曰掩茂。”也作“閹茂”。見該條。

【掩映】遮掩襯托。醒世恒言二九盧太學詩酒傲王侯：“朱欄畫檻相掩映，湘簾繡幙兩交輝。”清詩别裁五錢中諧白雁：“閑共雲烟相掩映，偶逢鷗鷺不驚猜。”

【掩涕】掩面垂涕而哭泣。楚辭屈原離騷：“長太息以掩涕兮，哀民生之多艱。”又遠游：“思舊故以想像兮，長太息而掩涕。”

【掩掩】形容香氣濃郁。文選戰國楚宋玉高唐賦：“芳草羅生，……越香掩掩。”清王念孫廣雅疏證釋訓謂掩通“晻”。

【掩羣】偷襲捕取獸羣。禮曲禮下：“國君春田不圍澤，大夫不掩羣。”疏：“羣謂禽獸共聚也，羣聚則多，不可掩取之。”

【掩飾】掩蓋文飾。水滸四三：“這沂水縣是個小去處，如何掩飾得過？”

【掩鼻】㊀捂鼻。孟子離婁下：“西子蒙不潔，則人皆掩鼻而過之。”㊁相傳魏王以美人遺楚王。楚王愛妾鄭袖謂美人曰：大王惡汝之鼻。美人因掩鼻見楚王。袖又對楚王曰：美人惡聞王之臭。楚王怒，割美人鼻。見韓非子六微、戰國策楚四。後因以掩鼻作爲因嫉妒而陰謀相害的典故。樂府詩集四二南朝梁簡文帝（蕭綱）怨歌行：“蛾眉本多嫉，掩鼻特成虚。”唐韓偓玉山樵人集故都詩：“掩鼻計成終不學，馮歡〔煖〕無路斅雞鳴。"

【掩覆】遮蓋，袒護。三國志魏中山恭王袞傳勅令："事兄以敬，恤弟以慈，兄弟有不良之行，當造膝諫之。……其微過細故，當掩覆之。"

【掩關】閉門。唐錢起錢考功集四歲初歸舊山酬寄皇甫侍御詩："求仲應難見，殘陽且掩關。"宋范成大石湖集八次韻馬少伊木犀："歸來掩關卧，冰炭交愁腸。"

【掩襲】乘人不備，突然襲擊。三國志袁紹傳"(劉)備奔紹"注引魏氏春秋檄州郡文："往歲伐鼓，北征公孫瓚，彊禦桀逆，拒圍一年，操因其未破，陰交書命，欲託助王師，以相掩襲。"又見文選三國魏陳孔璋(琳)爲袁紹檄豫州。

【掩目捕雀】比喻人之自欺。三國志魏王粲傳附陳琳："易稱即鹿無虞，諺有掩目捕雀，夫微物尚不可欺以得志，況國之大事，其可以詐立乎？"又見後漢書六九何進傳。

【掩耳盜鈴】喻自欺。本作"盜鐘"。呂氏春秋自知："范氏之亡也，百姓有得鐘者，欲負而走，則鐘大不可負，以椎毀之，鐘況然有音，恐人聞之而奪己，遽揜其耳。"又見淮南子說山。唐劉知幾史通書志："掩耳盜鐘，自云無覺，詎知後生可畏，來者難誣者邪！"宋以後多作"掩耳偷鈴"或"掩耳盜鈴"。元曲選缺名舉案齊眉四："却元來是晏平仲善與人交，難道他掩耳偷鈴，則待要見世生苗。"紅樓夢九："賈政說道：'那怕再念三十本詩經，也是掩耳盜鈴，哄人而已。'"

【掩惡揚善】稱人之善，以掩蓋人之惡。國語越下："所不掩子之惡，揚子之美者，使其身無終沒於越國。"漢班固白虎通謚："天子崩，大臣至南郊謚之者何？以爲人臣之義，莫不欲褒稱其君，掩惡揚善者也。"

【掩骼埋胔】收葬暴露的尸骨。禮月令孟春之月："毋聚大衆，毋置城郭，掩骼埋胔。"注："骨枯曰骼，肉腐曰胔。"三國志魏崔琰傳："今道路暴骨，民未見德，宜勑郡縣，掩骼埋胔，示憯怛之愛。"

掾 zhuó 竹角切，入，覺韻，知。
ㄓㄨㄛˊ

㊀擊，推。見廣韻。㊁挑撥。呂氏春秋慎行："慶封又欲殺崔杼而代之相，於是掾崔杼之子，令之爭後。"

据 1. jū ㄐㄩ 九魚切，平，魚韻，見。

㊀手病。見"拮据"。

2. jù ㄐㄩˋ

㊁依據。通"據"。漢書九十酷吏傳贊："趙禹据法守正。"㊂傲慢。通"倨"。見"据$_2$傲"。

【据$_2$傲】傲慢。呂氏春秋懷寵："子之在上無道据傲，荒怠貪戾，虐衆恣睢自用也。"

【据$_2$慢】傲慢。戰國策齊四："据慢驕奢，則兇從之。"

掘 1. jué ㄐㄩㄝˊ 其月切，入，月韻，羣。衢物切，入，物韻，羣。

㊀挖。易繫辭下："斷木爲杵，掘地爲臼。"㊁竭盡。老子："虛而不掘，動而愈出。"掘，河上本作"屈"。漢揚雄太玄九文："是以聖人仰天則常窮神，掘變極物窮情。"㊂特起。通"崛"。漢書八七上揚雄傳甘泉賦："洪臺掘其獨出兮，掞北極之嶟嶟。"文選作"崛"。㊃直傲不屈。通"倔"，見"掘強"。

2. kū ㄎㄨ 集韻 苦骨切，入，没韻。

㊄洞穴。通"窟"。戰國策秦一："且夫蘇秦特窮巷掘門桑户棬樞之士耳。"元吳師道補注："掘即'窟'，古字通。"

3. wù ㄨˋ

㊅静止而獃滯貌。通"兀"。莊子田子方："向者先生形體掘若槁木，似遺物離人，而立於獨也。"

4. zhuō ㄓㄨㄛ

㊆愚笨。通"拙"。史記一二九貨殖傳："田農，掘業，而秦揚以蓋一州。"集解引徐廣："古'拙'字亦作'掘'也。"

【掘強】直傲，倔犟。掘，通"倔"。後漢書十二盧芳傳論："因時擾攘，苟恣縱而已耳，然猶以附假宗室，能掘強歲月之間。"

【掘窖】猶掘藏。宋蘇軾仇池筆記下盤遊飯谷董羹："江南人好作盤遊飯，鮓脯膾炙無不有，埋在飯中，里諺曰'掘得窖子'。羅浮穎老取凡飲食雜烹之，名谷董羹。詩人陸道士出一聯云：'投醪谷董羹鍋內，掘窖盤遊飯盌中。'"

【掘筆】禿筆。太平御覽七四八引唐張懷瓘書斷："齊王僧虔善書，孝武欲擅書名，僧虔不敢顯迹，大明之世，常用掘筆書，以此見容。"宋黃伯思東觀餘論下跋瘞鶴銘後："石頑難刊，且爲水泐，故字無鋒穎，若掘筆書。"

【掘閱】謂昆蟲始生穿穴而出。詩曹風蜉蝣："蜉蝣掘閱，麻衣如雪。"閱，通"穴"。

【掘藏】發掘埋藏之物，謂意外得財。淮南子人間："夫再實之木根必傷，掘藏之家必有殃。"注："掘藏，謂發冢得伏藏，無功受財。"清翟灝通俗編貨財引採蘭雜志："吳俗遷居，預作飯，米下置豬臟共煮之。及進宅，使婢以箸掘之，名曰掘藏。"

【掘子軍】挖掘地道的士兵。三國演義一一三："鄧艾却喚副將鄭倫，引五百掘子軍，於當夜二更，逕從地道至左營，於帳後地下擁出。"

【掘頭船】最簡陋、頭尾不顯著的小船。樂府詩集八三唐張志和漁父歌之五："釣車子，掘頭船，樂在風波不用仙。"宋陸游劍南詩稿六四初寒："拾薪椎髻僕，賣菜掘頭船。"

【掘室求鼠】喻因小失大。淮南子說山："壞塘以取龜，發屋而求狸，掘室而求鼠，割脣而治齲，桀跖之徒，君子不與。"

掇 1. duó ㄉㄨㄛˊ 丁括切，入，末韻，端。陟劣切，入，薛韻，知。

㊀拾取。詩周南芣苢："采采芣苢，薄言掇之。"引申爲摘、選取。漢書五六董仲舒傳："掇其切當世、施朝廷者著于篇。"㊁端起。宋楊萬里誠齋集四十火閣午睡起負暄詩之一："覺來一陣寒無奈，自掇胡床負太陽。"㊂抄掠，奪取。史記七十張儀傳附犀首："中國無事，秦得燒掇焚杅君之國。"索隱："謂焚燒而侵掠也。"㊃見"攛掇"。㊄折轉，回轉。明王世貞鳴鳳記傳奇忠佞異議："那時我就掇身轉來，就如奉承嚴家一般奉承他了。"㊅削。通"剟"。漢書八六王嘉傳："上於是定(息夫)躬、(孫)寵告東平(王雲)本章，掇去宋弘，更言因董賢以聞。"注："掇讀曰剟。剟，削也，削去其名也。"參見"剟"。

2. zhuō ㄓㄨㄛ 集韻 朱劣切，入，薛韻。

㊆短。通"䂐"。莊子秋水："知量無窮，證曏今故，故遥而不悶，掇而不跂。"

3. chuò ㄔㄨㄛˋ

㊇止。通"輟"。文選晉左太沖(思)魏都賦："剞劂罔掇，匠斲積習。"

【掇皮】去其皮，謂情真無掩飾，猶言赤裸裸。世說新語賞譽下："謝公(安)稱藍田(王述)掇皮皆真。"又排調："范啓與郗嘉賓書曰：'子敬(王獻之)舉體無饒縱，掇皮無餘潤。'"宋樓鑰攻媿集十二真率會次適齋韻詩："閒暇止應開口笑，詼諧尤稱掇皮真。"

【掇芹】科舉時代謂考取秀才。聊齋志

異狐諧：“（萬福）行年二十有奇，尚不能掇一芹。”又神女：“一婢馳馬來，以裹物授生，曰：‘娘子言，今日學使之門如市，贈白金二百，爲進取之資。’生辭曰：‘娘子惠我多矣，自分掇芹非難，重金所不敢受。’”

【掇送】㊀慫慂。宋張鎡南湖集十昭君怨園池夜汎詞：“雲被歌聲摇動，酒被詩情掇送。”㊁打發。宋曾慥樂府雅詞拾遺上李彌遜聲聲慢木犀詞：“更被秋光掇送，微放些月照，着陣風吹。”㊂催，推送。宋姜夔白石道人歌曲二點絳唇丁未冬過吳松作詞之二：“月落潮生，掇送劉郎老。”

【掇拾】採摘，拾取。水經注十一滱水：“孌婉丱童，及弱年崽子，或單舟採菱，或疊舸折芰，長歌陽春，愛深緑水，掇拾者不言疲，謡詠者自流響。”唐韓愈昌黎集十四鄆州谿堂詩序：“而公承死亡之後，掇拾之餘，剥膚椎髓，公私掃地赤立，新舊不相保持，萬目睽睽，公於此時，能安以持之，其功爲大。”

【掇蜂】周尹吉甫後妻爲誣前妻之子伯奇，取毒蜂在自已衣領上，令伯奇掇之。吉甫遥見，誤以爲伯奇對後母有欲心，怒而放逐伯奇於野。見漢蔡邕琴操上履霜操、太平御覽一。後因以“掇蜂”爲離間骨肉的典故。文選晉陸士衡（機）君子行：“掇蜂滅天道，拾塵惑孔顔。”晉書愍懷太子傳贊：“掇蜂搆隙，歸胙生災，既罹凶忍，徒望歸來。”

【掇賺】哄騙，誘騙。水滸六十：“久聞梁山泊行仁義之道，所過之處，並不擾民，因此特來拜投，如何故來掇賺將軍？”

【掇臀捧屁】形容諂媚者的下流醜態。醒世恒言二五獨孤生歸途鬧夢：“白長吉自捱進了身子，無一日不來掇臀捧屁。”

掃 sǎo 蘇老切，上，晧韻，心。
ㄙㄠˇ 蘇到切，去，号韻，心。

說文作“埽”。㊀掃除塵穢。詩唐風山有樞：“子有廷內，弗洒弗掃。”明監本、汲古本作“掃”，注疏本作“埽”。引申爲清除，消滅。文選漢張平子（衡）東京賦：“掃項軍於垓下，紲子嬰於軹塗。”㊁畫，抹。唐杜甫杜工部草堂詩箋四十虢國夫人：“却嫌脂粉涴顔色，淡掃蛾眉朝至尊。”㊂掠過。唐李白李太白詩一大獵賦：“千騎飈掃，萬乘雷奔。”㊃盡其所有。史記項羽紀：“且國兵新破，王坐不安席，埽境內而專屬於將軍，國家安危，在此一舉。”新唐書一八八楊行密傳：“（李）神福曰：‘（孫）儒掃境[illegible]，利[illegible]。’”㊄[illegible]。唐白居易長慶集五七天壇峰下贈杜録事詩：“他日藥成分一粒，與君先去掃天壇。”

【掃地】㊀清除地上塵土。孔子家語致思：“使弟子掃地，將以享祭。”㊁比喻破壞無餘。文選漢揚子雲（雄）羽獵賦：“軍驚師駭，刮野掃地。”注：“言殺獲皆盡，野地似乎掃刮也。”晉書律曆志上：“及元帝南遷，皇度草昧，禮容樂器，掃地皆盡。”㊂盡數，全部。隋書食貨志：“時（煬）帝將事遼碣，增置軍府，掃地爲兵。”

【掃門】漢魏勃欲見齊相曹參，乃早夜掃齊相舍人門外，因得見參，薦爲齊國內史。見史記齊悼惠王世家。後因以掃門作求謁權貴的典故。唐王維王右丞集二重酬苑郎中詩：“仙郎有意憐同舍，丞相無私斷掃門。”

【掃眉】畫眉。唐司空圖司空表聖詩集五鐙花之二：“明朝鬬草多應喜，翦得鐙花自掃眉。”

【掃星】彗星。俗稱掃帚星，以後拖曳長尾如掃帚，故名。舊時迷信説掃星主掃除，見則有戰禍，或天災。參閱晉書天文志中。掃星之掃，今讀 sào。

【掃拜】掃墓祭祖。魏書高陽王傳：“又任事之官，吉凶請假，定省掃拜，動歷十旬。”

【掃除】打掃，清除塵穢。國語齊：“恐宗廟之不掃除，社稷之不血食。”引申爲廓清。漢書五六董仲舒傳賢良對策：“聖王之繼亂世也，埽除其迹而悉去之，復修教化而崇起之。”埽，同“掃”。

【掃雪】獸名，貂屬。似貂而小，長不及五六寸，毛短而勻，腹純白，産西北口外。相傳有貂之地，必有掃雪，貂之出入，以掃雪爲前導，經過之處皆無殘雪，故名掃雪。見清孟瑢樾豐暇筆談掃雪鼠。

【掃街】夜間拾取街市上的遺物。南宋都臨安（今杭州），春節燈市，元夜尤盛，夜深燈罷，常有人持小燈照路檢拾遺物，謂之掃街。見元周密武林舊事二元夕。

【掃跡】㊀天然無痕跡。玉臺新詠二晉左思嬌女詩：“明朝弄梳臺，黛眉類掃跡。”㊁掃去足跡，指謝絶賓客。文選南齊孔德璋（稚珪）北山移文：“或飛柯以折輪，乍低枝而掃跡。”也作“掃迹”。宋陸游劍南詩稿三一山園雜詠之三：“俗客年來真掃迹，清樽日暮獨忘歸。”

【掃塵】掃清塵土。淮南子原道：“令雨師灑道，使風伯掃塵。”也喻掃蕩、清除殘敵。文選漢李少卿（陵）答蘇武書：“滅跡掃塵，斬其梟帥。”

【掃墓】祭掃墳墓。文選南朝梁劉孝標（峻）辯命論：“且于公高門以待封，嚴母掃墓以望喪，此君子所以自彊不息也。”參見“墓祭”。

【掃榻】拂去床上塵土。表示歡迎賓客。宋陸游劍南詩稿二一寄題徐載叔秀才東莊：“南臺中丞掃榻見，北門學士倒屣迎。”參見“下榻”。

【掃箒】㊀清除灰土用的竹帚。南齊書劉休傳：“休妻王氏亦妬，（明）帝聞之，賜休妾，敕與王氏二十杖，令休於宅後開小店，使王氏親賣掃箒皂莢以辱之。”掃箒之掃，今讀 sào。㊁草藥地膚的別名。見本草綱目十六地膚。

【掃興】遇不如意事而情緒低落。明湯顯祖牡丹亭傳奇旅寄：“離船過嶺，早是暮冬，不隄防嶺北風嚴，感了寒疾，又無掃興而回之理。”又田汝成西湖遊覽志餘二五委巷叢談：“（杭人）又有諱本語而巧爲俏語者，如……有謀未成曰掃興。”

【掃蕩】掃除，蕩滌。晉書劉琨傳元帝令：“庶以克服聖主，掃蕩讎恥。”唐李白李太白詩十五留別金陵諸公：“黃旗一掃蕩，割壤開吳京。”也作“掃盪”。文選南朝宋謝靈運擬魏太子鄴中集詩王粲：“雲騎亂漢南，紀郢皆掃盪。”

【掃黛】畫眉。唐李商隱李義山詩集三又效江南曲：“掃黛開宮額，裁裙約楚腰。”

【掃廳】打掃廳堂，表示敬意。唐詩紀事三九牛僧孺：“或云：僧孺登第，與同輩登政事堂，宰相曰：‘掃廳奉候。’”

【掃凡馬】唐杜甫杜工部草堂詩箋二十丹青引：“斯須九重真龍出，一掃萬古凡馬空。”一本掃作“洗”。宋人取其語，稱詩文警句爲掃凡馬。見宋張表臣珊瑚鈎詩話二。

【掃市舞】曲調名。唐楊虞卿善歌此詞，虞卿死後，白居易作哭師皐詩，有“何日重聞掃市歌”之句。見長慶集六三、唐詩紀事四六楊虞卿。宋潘閬謫信州，戲作掃市舞詞。見明胡震亨唐音癸籤十三樂通二唐曲。

【掃地夫】清潔工。唐王建詩八宮詞之六九：“宮人拍手笑相呼，不識堦前掃地夫。”

【掃泥米】集取遺留在地的米粒。宋程俱北山小集一郎事戲作詩之二：“有人挾箒掃泥待作粥。”自注：“數日門外輸苗，遺粒狼戾，黃雀喧集，貧家小兒争掃去，謂之掃泥米。”

【掃晴娘】舊俗相傳，久雨連陰，婦女剪紙爲女形，手持一帚，懸簷下以祈求天晴，謂之掃晴娘。也作“掃晴婦”。元詩選李俊民莊靖先生集掃晴婦：“卷袖搴裳手持帚，挂向陰空便摇手。”又遇天乾旱時，也用以祈雨。參閲明劉侗于奕正帝京景物略二春場、清趙翼陔餘叢考三三掃晴娘。

【掃愁帚】指酒。宋蘇軾分類東坡詩二十洞庭春色：“要當立名字，未用問升斗。應呼釣詩鈎，亦號掃愁帚。”宋林敏功注：“李後主（煜）中酒詩：‘莫言滋味惡，一篴掃閑愁。’”蘇詩蓋用其意。洞庭春色，酒名。

【掃眉才子】稱有文學才能的女子。五代後蜀何光遠鑒誡録十蜀才婦引唐胡曾贈薛濤詩：“掃眉才子知多少，管領春風總不如。”（一説爲唐王建作，詩題爲寄蜀中薛濤校書。）明詩别裁十程嘉燧閶門訪舊作：“掃眉才子何由見，一訊橋邊女校書。”

捫 mén ㄇㄣˊ 莫奔切，平，魂韻，明。

㊀持，握。詩大雅抑：“莫捫朕舌，言不可逝矣。”㊁撫摸。史記高祖紀：“項羽大怒，伏弩射中漢王。漢王傷匈，乃捫足曰：‘虜中吾指！’”

【捫心】手摸胸口，反省之意。文苑英華二二五北齊顔之推神仙詩：“鏡中不相識，捫心徒自憐。”唐白居易長慶集十四和夢遊春詩：“捫心無愧畏，騰口有謗讟。”

【捫天】摸天，形容極高。楚辭屈原九章悲回風：“據青冥而攄虹兮，遂儵忽而捫天。”

【捫舌】握舌不使説話。詩大雅抑：“莫捫朕舌，言不可逝矣。”宋蘇舜欽蘇學士集二檢書詩：“古也當貽言，在予可捫舌。”

【捫搎】摸索。聊齋志異章阿端：“忽有人以手探被，反復捫搎。”

【捫蝨】摸捉蝨子，形容放達任性，毫無拘束。初學記五北魏崔鴻前燕録：“王猛隱華山，桓温入關，猛被褐而詣之，一面説當代之事，捫蝨而言，傍若無人。”又見晉書苻堅載記下附王猛。也作“捫虱”。唐李商隱李義山詩集四詠懷寄祕閣舊僚：“悔逐遷鶯伴，誰觀捫虱時。”

【捫膝】撫摸其膝，表示不屈。宋喻汝礪聞金人立張邦昌，捫其膝曰：“不能爲賊臣屈。”遂挂冠去。自號捫膝居士。見宋史四五三孫逢傳、清陸心源宋史翼八喻汝礪傳。

【捫骨相】相術的一種，也叫揣骨相。北齊黄甫玉善相，以布巾蒙眼摸人。見北齊書本傳。唐貞元末有相骨山人，瞽雙目，人求相，以手摸人骨格而言休咎。見太平廣記七六相骨人引嘉話録。

【捫燭扣盤】見“扣盤捫燭”。

排 1. pái ㄆㄞˊ 步皆切，平，皆韻，並。

㊀推移，排擠。墨子貴義：“爲義而不能必無排其道，譬若匠人之斲，而不能無排其繩。”莊子在宥：“人心排下而進上，上下囚殺。”㊁批，分開。漢書四八賈誼傳陳政事疏：“屠牛坦一朝解十二牛，而芒刃不頓者，所排擊剥割，皆衆理解也。”㊂疏通。孟子滕文公上：“决汝漢、排淮泗而注之江。”㊃調解，排除。戰國策趙：“所貴於天下之士者，爲人排患釋難、解紛亂而無所取也。”三國魏阮籍阮步兵集詠懷詩之三七：“人情有感慨，蕩漾焉能排？”㊄推擠，編次。漢書六四上朱買臣傳：“坐中驚駭，白守丞，相推排陳列中庭拜謁。”唐白居易長慶集十六編集拙詩成一十五卷……詩：“莫怪氣麤言語大，新排十五卷詩成。”㊅排演，張設。宋釋文瑩湘山野録上：“頃有眉守初視事，三日，大排，樂人獻口號。”大排謂大合樂。朝野新聲太平樂府四金元好問喜春來春宴曲：“春宴排，齊唱喜春來。”㊆兵器，卽盾牌。周書劉雄傳：“（齊）營外先有長壍，大將軍韓歡與（齊將段）孝先戰不利，雄身負排，率所部二十餘人，據壍力戰，孝先等乃止。”參見“旁排”。

2. bài ㄅㄞˋ

㊇鼓風吹火的工具。通“鞴”、“韛”。後漢書三一杜詩傳：“造作水排，鑄爲農器。”注：“排，音蒲拜反。冶鑄者爲排以吹炭，今激水以鼓之也。”參見“水排”。

【排山】㊀喻勢極盛。晉書禿髮傉檀載記：“吕氏以排山之勢，王有西夏。”參見“排山倒海”。㊁地名。又名排成山。在湖南祁陽縣境内。明代於此設湘江市巡檢司。見明史地理志五湖廣永州府祁陽、讀史方輿紀要八一四望山。

【排方】腰帶的一種裝飾。宋王得臣麈史上禮儀：“今帶止用九胯，四方五圓，乃九環之遺制。胯且留一眼，號曰古眼，古環象也。……至和皇祐間爲方胯，無古眼；其稀者目曰稀方，密者目曰排方。”宋周邦彦片玉詞下訴衷情之三：“當時選舞萬人長，玉帶小排方。”參閲宋史輿服志五帶。

【排户】推門。晉書光逸傳：“屬（胡毋）輔之……閉室酣飲已累日。逸將排户入，守者不聽。”

【排日】連日。宋陸游劍南詩稿四九小飲梅花下作：“排日醉過梅落後，通宵吟到雪殘時。”

【排比】依次排列，使相連比。唐白居易長慶集五一六年春贈分司東都諸公詩：“花教鶯點檢，柳付風排比。”元稹長慶集五六唐故工部員外郎杜君墓係銘序：“至若鋪陳終始，排比聲韻，……則李（白）尚不能歷其藩翰，況堂奥乎？”

【排斥】排擠、斥逐。後漢書六七范滂傳：“有不合者，則見排斥。”唐韓愈昌黎集六贈别元十八協律詩之四：“勢要情所重，排斥則埃塵。”

【排字】指結構板滯的書法。宋米芾對徽宗評論宋代名家書法，謂“蔡京不得筆，蔡卞得筆而乏逸韻，蔡襄勒字，沈遼排字。”見海嶽名言。

【排列】順次序安排。宋盧炳烘堂詞念奴嬌白蓮：“西國夫人空裏墜，圓蓋亭亭排列。”

【排行】㊀排列成行。宋陳與義簡齋集十三蠟梅四絶詩之三：“奕奕金仙面，排行立曉晴。”㊁兄弟姐妹依長幼排列的次序。古今雜劇元孫仲章勘頭巾一：“自家姓王，排行第二，人順口都叫我王小二。”也以名字相排。双名以上一字或下一字相同爲排行。如春秋有長狄兄弟四人，僑如焚如榮如簡如；晉有司馬德宗德文。單名以偏旁相同爲排行。如東漢末有劉琦劉琮，三國魏有應璩應瑒。參閲清顧炎武日知録黄汝成集釋二三排行。

【排抵】排斥，攻擊。後漢書二八桓譚傳：“性嗜倡樂，簡易不修威儀，而憙非毁俗儒，由是多見排抵。”注：“抵，擊也，音紙。”

【排抑】排擠，壓抑。魏書廣陽王建閭傳附子深言城陽王徽構隙狀：“若計此而論功，亦何負於秦楚；但以嫉臣之功，便欲望風排抑。”唐劉知幾史通曲筆：“遂高自標舉，比桑乾於姬漢之國；曲加排抑，同建業於蠻貊之邦。”

【排沫】馬銜兩旁的鐵，馬嚼子。也稱鑣。唐人稱排沫。詩衛風碩人：“朱幩鑣鑣。”釋文：“鑣，表驕反，馬銜外鐵也。一名扇汗，又曰排沫。”參見“幩”、“扇汗”。

【排空】凌空，升空而行。南朝梁何遜何記室集贈韋記室黯别詩：“無因生羽翰，千里暫排空。”唐白居易長慶集十二長恨歌：“排空馭氣奔如電，昇天入地求之遍。”

【排迮】困迫。後漢書二三竇融傳上書：“國家當其前，臣融促其後，緩急迭用，首尾相資，(隗)嚻勢排迮，不得進退，此必破也。"注："排迮謂蹙迫也。"

【排搒】擠壓。唐韓愈昌黎集五辛卯年雪詩："崩騰相排搒，龍鳳交橫飛。"

【排律】律詩之一體。凡五、七言律詩中間對偶句在三聯以上者稱排律，也稱長律。起源於南朝宋顏延之謝瞻諸人；唐人省試應制用排律，但六韻而止，見文苑英華載唐初諸家詩。至杜甫元稹白居易等始有增益，有多至百韻者，但無排律之稱。自元楊士弘編唐音，始列排律一目；明高棅唐詩品彙因之。參閱明徐師曾文體明辨排律詩。

【排家】挨家挨户。水滸十一："只因官司追捕甚緊，排家搜捉。"

【排班】依等第或班次排立。唐姚合姚少監集九和東都令狐留守相公詩："拜表出時傳七刻，排班衙日有三公。"

【排草】香草名。宋范成大桂海虞衡志志香："排草出日南，狀如白茅，香芬烈如麝香，亦用以合香，諸草香無及之者。"參見"排草香"。

【排戛】互相擠壓。唐李賀歌詩編三春歸昌谷："幽幽太華側，老柏如建纛，龍皮相排戛，翠羽更蕩掉。"

【排詆】排斥詆毀。北史元諧傳："諧拜寧州刺史，頗有威惠。然性剛愎，好排詆，不能取媚於左右。"

【排遍】唐宋樂曲名詞，又名疊遍。遍，即"變"，一個樂曲唱完後，另換一個樂曲之意。每套大曲(唐宋樂曲之一種)有十餘至數十遍，分散序、中序、破三段。中序的第一遍稱排遍，又叫歌頭。宋王灼碧雞漫志三："凡大曲有散序、靸、排遍、攧、正攧、入破、虛催、實催、衮遍、歇指、殺衮，始成一曲，此謂大遍。"散序和靸，屬三段中的散序；排遍、攧、正攧，屬中序；入破、虛催、實催、衮遍、歇指、殺衮，屬入破。

【排雲】高聳入雲。唐徐夤釣磯文集八西華詩："五千仞有餘神秀，一一排雲入泬寥。"

【排場】㊀場面鋪張。宋史禮志十六嘉禮四宴饗："凡大宴，有司預於殿庭設山樓排場，爲羣僊隊仗，六番進貢，九龍五鳳之狀。"儒林外史二四："你看老爹這個體統，豈止像知府告老回家，就是尚書、侍郎回來，也不過像老爹這個排場罷了！"㊁身分。元曲選關漢卿謝天香二："量妾身則是箇妓女排場，相公是當代名儒。"㊂戲場舞台；劇中情節。梨園按試樂府新聲上元商政叔(衜)一枝花嘆秀英曲："忍恥包羞排場上坐，念詩執板，打和開呵。"明馬佶人荷花蕩傳奇下八："末："王司徒是也。交割排場，緊做慢唱。'"也指登場表演。清曹寅題敦誠琵琶行："白傳詩靈應喜甚，定教蠻素鬼排場。"見敦誠鷦鷯庵筆麈。㊃責備，數落。猶排揎。紅樓夢六三："這位奶奶那里吃了一杯來，嘮三叨四的，又排場了我們一頓去了。"

【排揎】斥責，數落。紅樓夢二十："便知是李嬷嬷老病發了，……排揎寶玉的丫頭。"又五八"那婆子便說：'一日叫娘，終身是母'，他排揎我，我就打得。"

【排奡】矯健貌，指詩文風格剛勁有力。唐韓愈昌黎集二薦士詩："橫空盤硬語，妥貼力排奡。"

【排悶】借事解悶。唐杜甫杜工部詩史補遺一江亭："故林歸未得，排悶强裁詩。"

【排間】排擠離間。後漢書二八上馮衍傳："帝將召見，……(王)護等懼之，卽共排間，衍遂不得入。"

【排單】清代軍機處遞送公文，沿途驛站填寫的單子。清會典事例七〇二兵部郵政郵遞嘉慶十五年奏准："軍機處發交公文，各省州縣驛站接遞時，將限行里數、接到日時及有無擦損拆動之處，於排單內註明，傳至末站，繳部查覈。"參見"信牌㊀"、"火票"。

【排窠】窠，界格；排窠，指界格勻整的印紋。唐白居易長慶集十九妻初授邑號告身詩："花牋印了排窠濕，錦褾裝來耀手紅。"

【排當】帝王宮中佈置飲宴稱排當。宋武衍適安藏拙餘稿乙卷宮中詞："聖主憂勤排當少，犀椎魚撥總成閒。"元周密武林舊事二賞花："大抵内宴賞，初坐、再坐、插食、盤架者，謂之排當，否則但謂之進酒。"後來也泛指家庭料理飯菜。清詩別裁二二惠士奇除夕寫懷："今夕復何夕，洗手調羹湯，辛盤與椒酒，一一親排當。"

【排遣】排除，消散。唐杜牧樊川集十六上宰相求湖州第三啟："近者累得書，告以羈旅困乏，聞於他人，可爲酸鼻，況於某心，豈易排遣！"宋陸游劍南詩稿三十遣懷："不道渾無排遣處，病觀周易悶梳頭。"

【排解】調解糾紛。明張居正張文忠集書牘十二答雲南巡撫言沐鎮守安土司事："自僕當事，明目張膽，爲之排解，十餘年成案，一朝削除。"也指排除疑難。紅樓夢四六："人家有爲難的事，拿着你們當做正經人，告訴你們，與我排解排解。"

【排衙】舊時長官升座，陳設儀仗，僚屬依次參見，分立兩旁，叫排衙。唐白居易長慶集十四雨晴放朝因懷微之詩："不知雨雪江陵府，今日排衙得免無？"也用來形容物之排列有序。宋詩鈔陳造江湖長翁詩鈔山行寄程帥："雜樹暝煙森立槊，亂峰迎客儼排衙。"

【排調】嘲戲調笑。世說新語有排調篇，多收嘲戲調笑之詞。

【排墜】被排擠，貶斥。三國志吳賀邵傳："自頃年以來，朝列紛錯，……佞諛之徒，拊翼天飛，干弄朝威，盜竊榮利，而忠良排墜，信臣被害。"

【排辦】安排，準備。宋趙鼎建炎筆錄上建炎三年十二月十五日："聞杭州之報，上擐甲坐小殿，排辦出城。"元周密武林舊事二賞花："禁中賞花非一。先期，後苑及修内司分任排辦。"

【排擠】排斥，對人不相容，使不安於位。史記一二二張湯傳："已而湯爲廷尉，治淮南獄，排擠莊助。"漢書八三薛宣傳："王氏擅朝，排擠宗室。"

【排擯】排斥，擯除。史記一一二主父偃傳："遊齊諸生間，莫能厚遇也，齊諸生相與排擯，不容於齊。"又一二四游俠傳序："至於閭巷之俠，脩行砥名，聲施於天下，莫不稱賢，然儒墨皆排擯不載。"擯，漢書六四上主父偃傳作"儐"。

【排檄】輔正弓弩的器具。荀子性惡："繁弱鉅黍，古之良弓也；然而不得排檄，則不能自正。"

【排闔】推開門扇。禮少儀："排闔說屨於户内者，一人而已矣。"說，通"脫"。

【排簫】管樂器。用十六根竹管編排而成。無旁出孔，陰陽各八。自左而右列二倍律，六正律；自右而左列二倍吕，六正吕。用木爲櫝，中凹而虛以受管。管的下端參差不齊，兩旁長，中央短，皆插於格内。元史禮樂志二登歌樂器竹部："簫二，編竹爲之。每架十有六管，闊尺有六分。……架以木爲之，高尺有二寸，亦號排簫。"

排簫

【排闥】推門，撞開門。史記九五樊噲傳："高祖嘗病甚，惡見人，卧禁中，……十餘日，噲乃排闥直入。"宋王安石臨川集二九書湖陰先生壁詩之一："一水護田將綠遶，兩山排闥送青來。”

【排₂囊】革製的大袋。後漢書三八楊琁傳:“琁乃特製馬車數十乘，以排囊盛石灰於車上。”注:“排囊，卽今囊袋也。排音蒲拜反。”

【排牙石】羅列成行而峭拔之石。也作“排衙石”。宋杜綰雲林石譜上排牙石:“臨安府府署之側，一山甚高，名拜郊臺。……山巔險峻處兩邊各有列石數十塊，從地生出者，峰巒巉巖，穿眼委曲，翠潤而堅，謂之排牙石。”又蘇氏排衙石:“鎭江蘇仲恭留臺家有石如蹲獅子，或如睡鵝鷺，羅列八九株，太守梅知勝目之爲蘇氏排衙石。”參閱宋張淏雲谷雜記壽山艮嶽。

【排草香】草藥名。本草綱目十四排草香:“排草香出交趾，今嶺南亦或蒔之。草根也，白色，狀如細柳根。”

【排馬牒】舊時驛站乘馬的證明文件。明王志堅表異録十一國制:“羅希奭自青州如嶺南，所過殺遷謫者，排馬牒至宜春，……如今起馬牌是也。”

【排山倒海】比喻聲勢浩大，壓倒一切。宋楊萬里誠齋集四二六月二十四日病起喜雨聞鶯……之二:“病勢初來敵頗强，排山倒海也難當。”清詩別裁二沈用濟黃河大風行:“大風一起天茫茫，排山倒海不可當。”

【排沙簡金】喻於蕪雜中選取精華。詳“披沙簡金”。

【排難解紛】戰國時，秦圍趙邯鄲，魏使辛垣衍勸趙尊秦爲帝。魯仲連以大義責衍，衍詞窮。秦將聞之，退兵五十里。時魏兵救趙，邯鄲圍解。趙欲封仲連。連辭曰:“所貴於天下之士者，爲人排患釋難、解紛亂而無所取也。”見戰國策趙三、史記八三魯仲連傳。後因謂爲人解圍曰排難解紛。清李漁意中緣傳奇設計:“況且排難解紛是我輩的常事，何足爲奇?”

搁

gāng 古郎切，平，唐韻。見。
ㄍㄤ

㊀舉。古代兩手對舉曰搁。通“扛”。文選晉潘安仁(岳)閑居賦“太夫人乃御版輿”注引周遷輿服雜事記:“步輿，方四尺，素木爲之，以皮爲襻搁之。”參閱唐顏師古匡謬正俗六剛扛。㊁頂住。西遊記五六:“獃子慌了，往山坡下築了有三尺深，下面都是石脚石根，搁住耙齒。”

【搁鼓】小鼓。上有蓋，長三尺，奏樂時常先敲擊以引大鼓。隋大駕鼓吹有之。見文獻通考一三六樂九搁鼓。隋書音樂志下作“棡鼓”。

掍

hùn 胡本切，上，混韻，匣。
ㄏㄨㄣˋ

混同。文選漢班孟堅(固)西都賦:“凌隥道而超西墉，掍建章而連外屬。”又漢王子淵(褒)洞簫賦:“帶以象牙，掍其會合。”注:“言以象牙飾其會合之際，言巧密也。”今衣服滚邊，滚本作“掍”。

【掍成】天然成就。漢書八七上揚雄傳甘泉賦:“乘雲閣而上下兮，紛蒙籠以掍成。”注:“掍成，言其有若自然也。”

捆

zhào 集韻 直紹切，上，小韻。
ㄓㄠˋ

㊀刺。通“趙”。周禮冬官考工記“粤無鎛”注引詩:“其鎛斯捆。”按今詩周頌良耜作“趙”。

捵

1\. chēn tiǎn 集韻 癡鄰切，平，真韻。
ㄔㄣ ㄊㄧㄢˇ 丑忍切，上，準韻。
他典切，上，銑韻。

㊀用手把東西拉長。集韻:“捵，手伸物也。”古有 chēn、chěn、tiǎn 三讀。今作“抻”，惟音 chēn。

2\. tiǎn
ㄊㄧㄢˇ

㊀挺出。元張養浩雲莊樂府中呂朱履曲:“捵着胸登要路，睁着眼履危機。”㊁推，撐。古今小説二一臨安里錢婆留發跡:“(錢鏐)將頭巾望上一捵，二十餘人一齊發作。”水滸三七:“三個連忙跳上船去，……一個公人便將水火棍捵開了船。”㊃撥。醒世恒言三賣油郎獨占花魁:“專等女兒出門，捵開鎖鑰，翻箱倒籠取個罄空。”㊄掩，輕手輕脚而入。水滸五六:“看看天色黑了，時遷捵入班門裏面。”

【捵₂竊】撥鎖竊物。明陸采明珠記傳奇驚破:“伊今去，行裝好生打疊，謹避兇徒，防人捵竊。”

掉

diào 徒弔切，去，嘯韻，定。
ㄉㄧㄠˋ 徒了切，上，篠韻，定。
女角切，入，覺韻，娘。

㊀搖擺。國語楚上:“譬之如牛馬，處暑之既至，蝱蠁之既多，而不能掉其尾。”漢書四五蒯通傳:“酈生一士，伏軾掉三寸舌，下齊七十餘城。”也指顫動。宋蘇洵嘉祐集十四送石昌言使北引:“及明，視道上馬跡，尚心掉不自禁。”㊁交替。三國志魏典韋傳:“太祖夜襲，比明破之，未及還，會(呂)布救兵至，三面掉戰。”㊂正。見“掉鞅”。㊃拋棄，落下。唐韓愈昌黎集一元和聖德詩:“掉棄兵甲，私集簋簠。”宋黃庭堅豫章集十五贈劉靜翁頌之二:“艱難常向途中覓，掉却甜桃摘醋梨。”㊄回轉。紅樓夢八五:“這裏襲人已掉背臉往裏回去了。”㊅在動詞後，表示動作完成。元曲選秦簡夫東堂老二:“付與他錢鈔，他那裏去做甚麼買賣，多喒又被那兩個光棍弄掉了。”

【掉刀】古代戰刀的一種。劍首兩刃，上闊下狹，長柄施鐏，與他刀形制異。見明茅元儀武備志一〇三軍資乘器械二。

【掉文】譏笑人説話愛用文言。明缺名四賢記傳奇解綬:“這官兒到會掉文，且起來作揖。”

【掉包】暗中替換。清李玉意中人傳奇誘娶:“爲不敢求親相府，且掉包嫁我嬌娥。”

【掉羽】羽舞。淮南子原道:“目觀掉羽武象之樂，耳聽滔朗奇麗激抮之音。”

【掉舌】鼓動其舌。㊀指遊説。新唐書一七五柏耆傳:“(耆)且言願得天子一節，馳入(王承宗)鎭，可掉舌下之。”宋蘇舜欽文集一蜀士詩:“掉舌滅西寇，畫地收幽燕。”㊁謂覓食。宋釋惠洪石門文字禪十六東坡羹詩:“東坡鐺内相容攝，乞與饞禪掉舌尋。”

【掉花】打穀農具。明何孟春餘冬序録五十:“打稻具，古謂之佛，今吳人謂之連枷，楚人謂之掉花。”

【掉栗】抖動，顫抖。也作“掉慄”。漢劉向新序雜事二:“而襄王大懼，形體掉栗。”又雜事五:“及其在枳棘之中也，恐懼而掉慄，危視而蹟行。”

【掉柴】笞杖。宋史刑法志二:“或斷薪爲杖，掊擊手足，名曰掉柴。”

【掉眩】肢體顫動，頭目暈眩。素問至真要大論:“諸風掉眩，皆屬於肝。”

【掉搶】頂風行船。明楊愼俗言掉搶:“吳楚謂帆上風曰搶，謂借左右使向前也。楊都賦:‘艇子搶風，榜人逸浪。’今舟人曰掉搶是也。或作‘艙’，又作‘槍’。”

【掉鞅】掉正馬絡頭，以示閒暇。左傳宣十二年:“吾聞致師者，左射以菆，代御執轡，御下兩馬，掉鞅而還。”注:“掉，正也，鞅，羈也，示閒暇。”後用以形容才力有餘，從容不迫。唐柳宗元柳先生集二二送苑論登第後歸覲詩序:“觀其掉鞅於術藝之場，遊刃乎文翰之林，……左右環視，朋儕拱手，甚可壯也。”

【掉頭】㊀搖頭，表示否定。莊子在宥:“鴻蒙拊脾雀躍掉頭曰:‘吾弗知。’”㊁轉頭。表示不顧而去。唐杜甫杜工部草堂詩箋二送孔巢父謝病歸遊江東兼呈李白:“巢父掉頭不肯住，東將入海隨煙霧。”

【掉磬】躁急厭煩。禮内則“舅姑若使介婦，毋敢敵耦於冢婦”漢鄭玄注:“雖有勤勞，不敢掉磬。”釋文：“隱義云：‘齊人以相絞訐爲掉磬。’崔云：‘北海人謂相激事爲掉磬也。’”磬，也作“罄”。新唐書一〇〇權萬紀傳：“萬紀與侍御史李仁發既以言得進，頗掉罄自肆，衆情慄慄。”

【掉謊】撒謊。二刻拍案驚奇一：“他又不化我們東西，何故掉謊，敢是真的？”

【掉臂】摇動手臂。1.表示不願而去。史記七五孟嘗君傳：“日暮之後，過市朝者掉臂而不顧。”索隱：“言日暮物盡，故掉臂不顧也。”2.奮起貌。唐司空圖司空表聖詩集五力疾山下吳村看杏花之一：“掉臂只將詩酒敵，不勞金鼓助橫行。”

【掉書袋】譏人喜引用古書，賣弄淵博。宋馬令南唐書二五彭利用傳：“對家人稚子、下逮奴隸，言必據書史，斷章破句，以代常談，俗謂之掉書袋。”宋劉克莊後村題跋二跋劉叔安感秋八詞：“近歲放翁稼軒一掃纖豔，不事斧鑿，高則高矣；但時時掉書袋，要是一癖。”也作“掉書語”。宋洪邁夷堅志四一南城毛道人：“吾藜莧之腸，何能陪膏粱之腹，與讀書人掉書語哉！”

【掉罨子】指耍手段，玩花樣。元曲選喬吉金錢記三：“都只爲掉罨子鸞交鳳友，到做了個脱稍兒燕侶鶯儔。”

【掉以輕心】輕視，不經意。唐柳宗元柳先生集三四答韋中立論師道書：“故吾每爲文，未嘗敢以輕心掉之，懼其剽而不留也。”

掯 kèn ㄎㄣˋ

卡，扣，留難。宋朱熹朱文公集十七延和奏劄三：“若府州只據見米掯定人口抄劄糶濟，則所及不廣，必致人口流離，餓殍上勞聖慮。”古今雜劇元李文蔚燕青博魚二：“你將俺這小本經紀來掯。”

【掯勒】勒索，留難。大明律附例七：“各處司府州縣並各鈔關，解到布絹錢鈔等項，赴部給文，送甲字等庫驗收，若有指稱權貴名色，掯勒解户誆詐財物者，……挐送法司究問。”警世通言二四玉堂春落難逢夫：“以後米麪柴薪菜蔬等項，須是一一供給，不許掯勒短少。”也作“勒掯”。京本通俗小説錯斬崔寧：“我自半路遇見小娘子，偶然伴他行一程，路途上有甚皁絲麻線，要勒掯我同去？”

搭 tà ㄊㄚˋ 徒合切，入，合韻，定。

見“搭搭”。

授 shòu ㄕㄡˋ 承呪切，去，宥韻，禪。

㊀給予，付與。國語魯上：“爲我予之邑，今日必授，無逆命矣。”㊁數。左傳僖二八年：“獻俘授馘，飲至大賞。”注：“授，數也。”特指除官，任命。漢書八四翟方進傳附翟義：“遣使者持黄金印，赤韍縌、朱輪車，即軍中拜授。”㊂教，傳授。史記六七仲尼弟子傳：“子夏居西河教授，爲魏文侯師。”漢書八八儒林傳序：“自魯商瞿子木受易孔子，以授魯橋庇子庸。子庸授江東馯臂子弓。”㊃姓。漢有授異衆。見正字通。

【授手】授人以手。1.指投降。左傳襄二五年：“陳知其罪，授手于我。”2.猶援手，援救的意思。後漢書五二崔駰傳達旨：“於是乎賢人授手，援世之災，跋涉赴俗，急斯時也。”

【授衣】古代九月製備冬衣，稱授衣。詩豳風七月：“七月流火，九月授衣。”傳：“九月霜始降，婦功成，可以授冬衣矣。”唐杜甫杜工部草堂詩箋三二雨之三：“多病久加飯，衰容新授衣。”

【授兵】古代藏兵器於宗廟，打仗時先祭告，然後把兵器拿出來發給軍士，稱授兵。左傳隱十一年：“鄭伯將伐許，五月甲辰，授兵於大宫。”

【授受】給予和接受，猶交接。孟子離婁上：“男女授受不親，禮也。”後漢書二二朱祐傳論：“若乃王道既衰，降及霸德，猶能授受惟庸，勳賢皆序。”

【授命】獻出生命。論語憲問：“見利思義，見危授命，久要不忘平生之言，亦可以爲成人矣。”也指拚命。國語吳：“夫謀必素，見成事焉而後履之，不可以授命。”注：“授命，猶鬬命。”

【授室】禮郊特牲：“舅姑降自西階，婦降自阼階，授之室也。”謂把家事交付給新婦。後稱爲子娶婦曰授室。宋朱熹朱文公集三三答吕伯恭書之三八：“此兒長大，鄙意欲早爲授室。”

【授首】指投降或被殺。戰國策秦四：“秦楚合而爲一，以臨韓，韓必授首。”宋鮑彪注：“言其服而請誅。”文選漢潘元茂(勗)册魏公九錫文：“蘄陽之役，橋蕤授首。”

【授政】繼承帝位。史記六一伯夷傳：“(舜禹)典職數十年，功用既興，然後授政。”

【授記】佛教語。梵語“和伽那”。佛對發心修行的人授與將來成果作佛的預記。添品妙法蓮華經四五百弟子授記品：“爾時五百阿羅漢於佛前得授記已歡喜踊躍。”文苑英華八五七唐岑勛西京千佛寺多寶佛塔感應碑：“純如之心，當後佛之授記。”

【授時】書堯典：“乃命羲和，欽若昊天，厤象日月星辰，敬授人時。”謂敬記天時以授人，如同後世的頒行曆書。漢桓寬鹽鐵論有授時篇。

【授堂】講授學業的堂室。漢成陽令唐扶頌：“依陵亳廟，造立授堂，四逺(遠)童冠，摳衣受業。”(隸釋五)

【授意】把自己的意圖告訴别人，讓人照辦。醒世恒言二九盧太學詩酒傲王侯：“有一巡按御史樊某憐其寃枉，開招釋罪。汪給事知道，授意與同科官，劾樊巡按一本，説他得了賄賂，賣放重囚。”

【授業】㊀傳授學業。漢書五六董仲舒傳：“下帷講誦，弟子傳以久次相授業，或莫見其面。”㊁給予産業。宋史四八七高麗傳：“國無私田，民計口授業。”

【授經】教授經書。漢書八一孔光傳：“霸亦治尚書，……以選授皇太子經。”新唐書選舉志上：“及太宗即位，益崇儒術。……雖七營飛騎，亦置生，遣博士爲授經。”

【授館】爲賓客安排行館。國語周中：“定王使單襄公聘於宋，遂假道於陳，……膳宰不致餼，司里不授館。”周禮秋官環人：“掌送逆邦國之通賓客，……舍則授館。”

【授衣月】農曆九月。詩豳風七月：“七月流火，九月授衣。”宋陸游劍南詩稿三八立冬日作：“方過授衣月，又遇始裘天。”參見“授衣”。

【授衣假】唐代國子學生每年五月有田假，九月有授衣假。唐張籍張司業集二和左司元郎中秋居之九：“初當授衣假，無吏挽門鈴。”參閲新唐書選舉志上。

【授時曆】曆法名。元初許衡王恂郭守敬等創制。其法以365.2425日爲一歲，距近代觀測值365.2422僅差26秒。每月爲29.530593日，以無中氣之月爲閏月。明初頒行的大統曆，大部沿行其法。參閲元史曆志一。

【授時通考】清鄂爾泰等撰。從舊文獻中輯録有關農業資料，分類編成。内分天時土宜穀種功作勸課蓄聚農餘蠶桑八門，共七十八卷。引書甚廣，并附有圖。

採 cǎi ㄘㄞˇ 倉宰切，上，海韻，清。

同“采”。㊀摘取，發掘。史記一一九孫叔敖傳：“秋冬則勸民山採。”宋蘇軾東坡集奏議集一上皇帝書：“今三十六冶，冶各百餘人，採礦伐炭，多飢寒亡命、强力𢙃忍之民也。”㊁選擇，搜集。後漢書四五周榮傳陳忠薦周興疏：“屬文著辭，有可觀採。”㊂拔，扯。清平山堂話本二快嘴李翠蓮記：“若是惱咱性兒起，揪住耳朵採頭髮。”元曲選缺名陳州糶米四：“張千，將楊金吾採上前來。”㊃答理，理會。同“睬”。北齊書後主穆后傳：“后既以陸(大姬)爲母，提婆爲家，更不採輕霄。”

【採生】見“採生折割”。

【採拾】㊀打柴拾穀。後漢書三九江革傳：“革負母逃難，備經阻險，常採拾以爲養。”㊁收錄。晉書謝尚傳：“尚於是採拾樂人，并製石磬，以備太樂。”

【採珠】入水取珠。晉書陶璜傳：“又以合浦郡土地磽确，無有田農，百姓唯以採珠爲業。”唐元稹長慶集二三採珠行：“海波無底珠沉海，採珠之人判死採。”

【採桑】樂府相和曲名。與陌上桑出於同一故事。南朝宋鮑照、梁簡文帝、陳後主等均有相和曲採桑。見樂府詩集二八相和歌辭。

【採清】清除路上穢惡。荀子王制：“脩採清，易道路。”注：“採，謂採去其穢；清，謂使之清潔。皆謂除道路穢惡也。”清俞樾稱“採”是“埰”字之誤。并據方言、説文謂埰爲冢，清爲圊，指清除墓圊間積聚的穢惡。見諸子評議十三荀子二。

【採訪】採集訪問。晉干寶搜神記序：“若使採訪近世之事，苟有虛錯，願與先賢前儒分其譏謗。”

【採掇】採取，採集。宋書徐耕傳：“氓黎飢餒，採掇存命。”唐李白李太白詩八酬殷明佐見贈五雲裘歌：“凝毫採掇花露容，幾年功成奪天造。”

【採摭】擇取掇拾。漢孔安國尚書序：“博考經籍，採摭羣言。”

【採芝操】琴曲名。相傳漢初商山四皓所作。見樂府詩集五八引琴集。

【採芹人】科舉時代稱考入縣學的生員爲採芹人。卽秀才。初刻拍案驚奇十：“他日必爲攀桂客，目前尚作採芹人。”參見“采芹”。

【採香徑】江蘇吳縣西南有香山，相傳春秋吳王遣美人採香於此，因名。宋洪芻香譜下採香徑引郡國志：“吳王闔閭起響屧廊、採香徑。”也作“採薌徑”。宋高觀國竹屋癡語酬江月靈巖弔古詞：“響屧廊空，採薌徑古，塵土成遺跡。”參閱嘉慶一統志七七蘇州府一香山。

【採桑子】詞牌名。也作“采桑子”。唐教坊曲有楊下採桑，調名本此。始見於五代人詞。見詞譜五。

【採桑度】樂府西曲歌名。一名採桑。樂府詩集四八採桑度序引梁簡文帝烏棲曲：“採桑渡頭礙黃河，郎今欲度畏風波。”又西曲歌中引古今樂錄：“採桑度，舊舞十六人，梁八人。”則此曲梁以前卽有之。舊説梁時作，非。

【採訪使】官名。晉石崇曾爲交阯採訪使。唐開元二十一年分全國爲十五道，每道置採訪處置使，簡稱採訪使，掌管檢查刑獄和監察州縣官吏，略同於漢之刺史。天寶九年，改爲但考課官吏，不得干預他政。乾元以後，各地兵起，廢採訪使而置防禦使。參閱通典三二職官十四總論州佐、文獻通考六一職官十五採訪處置使、宋趙彥衛雲麓漫鈔八。

【採菱曲】樂府曲名。南齊王融王寧朔集採菱曲：“荊姬採菱曲，越女江南謳。”梁武帝製江南弄七曲，五卽採菱曲。見樂府詩集五十引古今樂錄。

【採蓮曲】樂府曲名。梁武帝製江南弄七曲之三。又梁羊侃性豪侈，善音律，有舞人張静婉能掌上舞，侃嘗自製採蓮棹歌兩曲，樂府稱爲張静婉採蓮曲。並見樂府詩集五十。

【採薇操】琴曲名。原爲徒歌，相傳爲伯夷所作。伯夷叔齊反對武王伐紂。武王克殷，二人不食周粟，隱於首陽山，採薇而食，及餓且死，作歌曰：“登彼西山兮，采其薇矣。以暴易暴兮，不知其非矣。”見史記伯夷傳。後人譜爲琴曲，叫採薇操。也叫晨遊高舉。見樂府詩集五七引琴集及樂府解題。

【採生折割】舊時迷信的一種罪惡行爲。歹徒殘害人命，折割生人肢體，採取其耳目臟腑之類，用來合藥，以欺騙病人。明清刑律對於犯者皆處以極刑。見大明律附則一流囚家屬、清會典事例八〇四刑部刑律人命。也稱“採割生靈”。二刻拍案驚奇十八：“眼見得喫狗肉、喫人肉慣的，是一夥方外採割生靈做歹事的强盜。”

【採薪之憂】指生病。元王實甫西廂記二本二折：“奈何至河中府普救寺，忽值採薪之憂，不及逕造。”參見“采薪”。

掙 zhèng 字彙 側迸切，音静。
ㄓㄥˋ

㊀用力支持或擺脱。明湯顯祖牡丹亭婚走：“俺强掙作軟咍咍，重嬌養起這嫩孩孩。”西遊記六九：“那呆子左掙右掙，掙不得脱手，被行者拿定多時。”㊁修飾。金董解元西廂二：“梳裏箱兒裏取明鏡，把臉兒掙得光瑩。”㊂發怔。金董解元西廂一：“瞥然一見如風的，有甚心情更待隨喜？立掙了渾身森地！”㊃撑開。元曲選缺名陳州糶米一：“你掙着口袋，我量與你麽。”

【掙扎】用力支持。水滸二三：“且掙扎下岡子去，明早却來理會。”今音 zhēng。

【掙挫】猶言掙扎。陽春白雪前集四元關漢卿雙調碧玉簫曲：“醉魂兒難掙挫，精彩兒强打捱。”

【掙氣】發憤圖强。猶争氣。明吳炳綠牡丹傳奇倩筆：“偏我小姐掙氣，……端的飽學秀才考他不過。”

【掙揣】㊀猶掙扎。金董解元西廂二：“奈何使刀的人困馬乏，欲待掙揣些英雄，不如起撒。”㊁奪取。元王實甫西廂記四本三折：“到京師休辱末〔没〕了俺孩兒，掙揣一箇狀元者。”

【掙捷】俊美，漂亮。陽春白雪後集五元關漢卿雙調新水令曲：“比月裏嫦娥，媚媚孜孜，那更掙捷。”

【掙鬬】㊀掙扎。京本通俗小説菩薩蠻：“可常推病不得，只得掙鬬起來，隨着公人到臨安府廳上跪下。”㊁上進，争取。古今雜劇元吳昌齡張天師斷風花雪月二：“他不肯去筆尖上掙鬬個名和利。”

【掙攢】趕做。水滸八十：“看看天色漸晚，月色光明，衆匠人大半尚兀自在那裏掙攢未辦的工程。”

捻 niē niǎn 奴協切，入，怗韻，泥。
ㄋㄧㄝ ㄋㄧㄢˇ

㊀以指搓轉。通“撚”。如捻綫。北魏賈思勰齊民要術四種李：“作白李法，用夏李，色黃便摘取，於鹽中挼之，鹽入汁出，然後合鹽曬令萎，手捻之，令褊。”用紙或布、麻等搓成的條狀物也叫捻。如“紙捻”、“藥捻”。㊁拈取。唐杜牧樊川集一杜秋娘詩：“金階露新重，閑捻紫簫吹。”㊂按，捏。文苑英華七一南朝梁簡文帝箏賦：“照瓊環而俯捻，度玉爪而徐牽。”㊃閉塞。晉書五行志中：“王恭鎮京口，舉兵誅王國寶。百姓謡云：‘昔年食白飯，今年食麥麩。天公誅謫汝，教汝捻嚨喉。’……捻嚨喉，氣不通，死之祥也。”㊄修飾，漂亮。金董解元西廂四：“身分卽村，衣服兒忒捻。”㊅把。量詞。宋毛滂東堂詞粉蝶兒：“裩羅衣楚腰一捻。”㊆皖北方言，稱成羣的人爲捻(niǎn)。特指清嘉慶道光以來的農民組織和反清的農民起義，如稱捻子、捻軍。參見“捻子”。

【捻子】“捻”本爲河南安徽交界一帶的方言，聚合成股之意。“捻”或“捻子”是清中葉以後在安徽江蘇北部和山東河南湖北的邊境府縣發展起來的貧苦農民的反封建團體。鴉片戰爭後，特别是太平天国革命期間日益發展。咸豐五年八月，各路"捡頭"在安徽亳州雉河集(今安徽渦陽縣治)會盟，共推張樂行爲大漢盟主，製訂《行軍條例》十九條，確定紅黄藍白黑五旗軍制。咸豐七年捡軍與太平軍陳玉成會攻霍邱，接受太平天国領導，太平天国封張樂行爲成天義，後又封爲沃王。此後捡軍轉戰河南安徽江蘇山東各省，屢敗清軍；同治二年抗擊清軍失敗，張樂行在安徽蒙城西洋集被俘遇害。同治四年各路捡軍又推太平天国遵王賴文光與張樂行之姪張宗禹爲領袖，在山東曹州擊斃清軍統帥僧格林沁。爲抗擊清兵圍剿，捡軍決定分兵東西兩路，賴文光率東路捡軍轉戰湖北河南安徽山東之間，張宗禹率西路捡軍至陝西，轉戰山西直隸進入山東北部，皆以衆寡懸殊，最後失敗。參閱中國近代史資料叢刊捡軍。

【捡泛】暗示。水滸二一："押司不要使這科分，這唐牛兒捡泛過來，你這精賊也瞞老娘！"

【捡煩】打攪。西游記六九："行者道：'無事不敢捡煩，請你來助些無根水與國王下藥。'"

【捡鼻】捏鼻，不屑之態。世說新語容止："謝車騎(玄)道謝公(安)遊肆，復無乃高唱，但恭坐捡鼻顧睞，便自有寢處山澤間儀。"

【捡頭】㊀按住頭。清傳山紅羅鏡雜劇三："只個又不同幫閒，引誘良家敗子，要捡頭打棒，成就了到也是場好事。"㊁食物名，即寒具。捡其頭，故名。見本草綱目二五寒具。參見"寒具㊀"。

【捡神捡鬼】形容驚慌害怕的樣子。警世通言二一趙太祖千里送京娘："(公子)與婆婆作揖道：'婆婆休訝，俺是過路客人，……喫了飯就走的。'婆婆捡神捡鬼的叫噤聲！"

捦 qín　巨金切，平，侵韻，羣。
ㄑㄧㄣ

捉。同"擒"。唐釋玄應一切經音義十一增一阿含經三一引三蒼："捦，手捉物也。"又引埤蒼："捦，捉也。今皆作擒也。"

捨 shě　書冶切，上，馬韻，審。
ㄕㄜˇ

同"舍"。㊀放棄，丢開。三國志魏明帝紀青龍三年"雖不能聽，常優容之"注引魏略張茂諫書："自衰亂以來，四五十載，馬不捨鞍，士不釋甲。"宋書殷淳傳："愛好文義，未嘗違捨。"古籍中多通作"舍"。㊁施捨。梁書到溉傳："初與弟洽共居一齋，洽卒後，便捨爲寺。"

【捨手】放下。宋魏衍後山詩注集記："初先生學於曾公，譽望甚偉，及見豫章黄公庭堅詩，愛不捨手，卒從其學。"

【捨生】爲正義事業捨棄生命。文選晉盧子諒(諶)覽古詩："捨生豈不易？處死誠獨難。"參見"舍生取義"。

【捨身】佛教徒爲宣揚佛法，或爲布施，自加苦行，稱爲捨身。六朝時此風最盛。如梁武帝、陳武帝皆有捨身爲奴，而命公卿臣僚出錢爲奴之事。見梁書武帝紀下、隋書五行志。

【捨壽】佛教稱尼姑死叫捨壽。唐濟度寺尼蕭法愿墓志："粤以龍朔三年八月廿六日捨壽於濟度寺之别院，春秋六十三。"(金石萃编五四)

【捨身崖】泰山有捨身崖，舊時信佛男女出於宗教狂熱，投身崖下，妄稱可擺脱諸罪，而登彼岸。明王越有詩云："捨身崖下深難測，每怪輕生世上人。"見明俞弁山樵暇語五。

【捨本逐末】放棄根本，追求末節。比喻作事不抓主要問題，而專顧細微末節。抱朴子自叙："又患獘俗，捨本逐末，交游過差。"本，指農業；末，指工商。

【捨身飼虎】佛教故事。傳説古印度一國王摩訶羅陁的幼子摩訶薩埵，在山林中見到七只初生的小虎圍着一只瘦弱的母虎，母虎正爲飢餓所逼，王子遂生大慈悲心，因捨己身以喂餓虎。見金光明最勝王經十捨身品、賢愚經一摩訶薩埵以身施虎品。

掄 1. lún　力迍切，平，諄韻，來。
ㄌㄨㄣˊ　盧昆切，平，魂韻，來。

㊀選擇，選拔。國語晉八："君掄賢人之後，有常位於國者而立之。"

2. lūn
ㄌㄨㄣ

㊀用力揮動。如掄刀、掄拳。朝野新聲太平樂府七曾瑞卿鬭鵪鶉風情曲："掄的柄銅鍬分外里險。"㊁屈指計算。元曲選王曄桃花女一："我這孩兒也説道會起課，常常在手兒上掄掄掐掐、胡言亂話的。"

【掄材】選擇木材。周禮地官山虞："凡邦工入山林而掄材，不禁。"後借指選拔人才。唐崔致遠桂苑筆耕集七吏部裴瓚尚書一："昔年掌貢，搜海嶽以皆空；今日掄材，酌淄澠而不混。"

【掄魁】中狀元。古今小説十一趙伯升茶肆遇仁宗："功名着意來掄魁，一字爭差不得歸。"也泛指榜首。聊齋志異阿寶："生以是掄魁。明年舉進士，授詞林。"

捶 chuí　之累切，上，紙韻，照。
ㄔㄨㄟˊ

㊀棒打，拳擊。荀子正論："詈侮捽搏，捶笞臏脚。"漢王充論衡變動："張儀游於楚，楚相掠之，被捶流血。"㊁舂，擣。禮內則："欲乾肉，則捶而食之。"㊂鍛，鍊。通"錘"。莊子大宗師："夫无莊之失其美，據梁之失其力，黄帝之亡其知，皆在鑪捶之間耳。"釋文："捶，本又作錘。"唐成玄英疏："鑪，竈也；錘，鍛也。"㊃杖，鞭。通"箠"。莊子天下："一尺之捶，日取其半，萬世不竭。"

【捶丸】古代用以强身怡神的一種球類游戲。以木爲丸，以杖擊之。元寧志老人著有丸經二卷，序稱："捶丸，古戰國之遺策也。"宋徽宗金章宗皆愛捶丸。

【捶句】錘鍊文句。唐劉知幾史通敘事隱晦："其爲文也，大抵編字不隻，捶句皆雙，脩短取均，奇偶相配。"

【捶表】綴有標誌的木製物，立於邊界，於其處蓋有房舍，供傳遞文書的人住宿。原稱郵表畷，後省稱郵表。墨子雜守："守表者三人，更立捶表而望。"捶表，即郵表。參閱清俞樾諸子平議十一。

【捶陁】據險攻擊。漢書九九中王莽傳："命尉睦侯王嘉曰：'羊頭之陁，北當燕趙。女作五威後關將軍，壺口捶陁，尉睦于後。'"

【捶勒】猶控制。明劉侗于奕正帝京景物略序："都燕陵燕，前萬世未破斯荒，後萬世無窮斯利，捶勒九邊，橐篋四海。"

【捶策】馬鞭。韓非子奸劫弑臣："無捶策之威，銜橛之備，雖造父不能服馬。"

【捶楚】用杖或板打。指杖刑。晉書劉隗傳上奏："捶楚之下，無求不得，囚人畏痛，飾辭應之。"唐杜甫杜工部草堂詩箋四送高三十五書記："脱身簿尉中，始與捶楚辭。"

【捶鉤】打鍛帶鉤。帶鉤，猶今之皮帶扣。莊子知北遊："大馬之捶鉤者，年八十矣，而不失豪芒。"唐成玄英疏："捶，打鍛也；鉤，腰帶也。大司馬家有工人，少而善鍛鉤，行年八十而捶鉤彌巧，專行凝慮，故無豪芒之差失也。"又見淮南子道應。

【捶撻】用棍子、鞭子痛打。北齊顔之推顔氏家訓教子："驕慢已習，方復制之，捶撻致死而無威，忿怒日隆而增怨，逮于成長，終爲敗德。"

捼 ruó　乃回切，平，灰韻，泥。
ㄖㄨㄛˊ　奴禾切，平，戈韻，泥。
儒佳切，平，脂韻，日。

挼搓。通"挼"。元王惲秋澗集十二番禺杖詩："靈壽輕無賴，梅條皺可挼。"

【挼莎】兩手摩搓，指洗手。禮曲禮上"共飯不澤手"漢鄭玄注："澤謂挼莎也。"疏："古之禮，飯不用箸，但用手；既與人共飯，手宜絜淨，不得臨食始挼莎手乃食，恐爲人穢也。"

捺

tiàn ㄊㄧㄢ

㊀本作"栝"。原指撥燈火用的小棍。見廣韻去聲㮇韻。後來轉作撥動，改從手旁作"捺"。明劉侗帝京景物略三胡家村："跡聲所縷發而穴斯得。乃捺以尖草，不出，灌以筒水，(蟋蟀)躍出矣。"㊁拖筆蘸墨。西遊記三："那判官慌忙捧筆，飽捺濃墨。悟空拿過簿子，把猴屬之類，但有名者，一概勾去。"

【捺子】開鎖的器具。西遊記二五："八戒笑道：'好本事！就是叫小爐兒匠使捺子，便也不像這等爽利。'"

掤

bīng 筆陵切，平，蒸韻，幫。ㄅㄧㄥ

箭筒蓋。詩鄭風大叔于田："抑釋掤忌，抑鬯弓忌。"傳："掤，所以覆矢。"疏謂掤爲箭筒蓋，覆矢之物。

掬

jū 居六切，入，屋韻，見。ㄐㄩ

雙手捧取。左傳宣十二年："桓子不知所爲鼓於軍中曰：'先濟者有賞。'中軍、下軍爭舟，舟中之指可掬也。"注："兩手曰掬。"唐白居易長慶集十四和夢遊詩："秀色似堪餐，穠華如可掬。"也用作量詞。一作"匊"。猶一捧。小爾雅廣量："一手之盛謂之溢，兩手謂之掬。"注："掬，半升也。"唐杜甫杜工部草堂詩箋十六佳人："摘花不插髮，采柏動盈掬。"宋晏殊珠玉詞漁家傲之五："一掬蕊黃霑雨潤，天人乞與金英嫩。"

掏

tāo 徒刀切，平，豪韻，定。ㄊㄠ

㊀挖。唐釋玄應一切經音義七如來興顯經三引通俗文："掐出曰掏。"唐顏真卿顏魯公集九浪跡先生玄真子張志和碑："閉竹門，十年不出，吏人嘗呼爲掏河夫，執畚就役，曾無忤色。"㊁探取。元曲選張國賓薛仁貴一："則去摸螃蚱，摸螃蟹，掏蛐蜓。"參見"掏摸"。

【掏摸】探取財物。指偷竊。京本通俗小説錯斬崔寧："日間賭輸了錢，沒處出豁，夜間出來掏摸些東西。"明高則誠琵琶記拐兒紿誤："自家脫空爲活計，掏摸作生涯。"

掐

qiā 苦洽切，入，洽韻，溪。ㄑㄧㄚ

㊀抓，用指甲刺入。世説新語雅量："以爪掐掌，血流沾褥。"㊁摘，用指甲切斷。北齊顏之推顏氏家訓風操："居家唯以掐摘供廚。"㊂拊，用手指輕按。三國志魏蘇則傳："侍中傅巽掐則曰：'不謂卿也。'"宋書蔡廓傳附蔡興宗："(劉道隆)掐興宗手曰：'蔡公！勿多言。'"㊃用拇指點別指，暗記或計算。宋晏幾道小山詞六幺令之一："新翻曲妙，暗許閒人帶偷掐。"元張可久小山樂府滿庭芳金華道中之一："數前程掐得箇婦藏卦，夢到山家。"㊄比喻數量之微。宋曾覿海野詞鵲橋仙："溫柔伶俐總天然，沒半掐教人看破。"元曲選喬吉金錢記一："這嬌娃是誰家？尋包彈，覓破綻，敢則無纖掐。"

【掐牙】衣服上滾邊內再加一條極細滾條稱掐牙。紅樓夢三："只見一個穿紅綾襖青紬掐牙背心的一個丫鬟走來，笑道：'太太說請林姑娘到那邊坐罷。'"

【掐把】折磨。醒世姻緣十五："我生平是這樣的性子，該受人掐把的去處，咱就受人的掐把；人該受咱掐把的去處，咱就要變下臉來，掐把人個彀！"

【掐膺】捶胸，表示哀痛。國語魯下："無洵涕，無掐膺。"注："掐，叩也；膺，胸也。"

【掐尖落鈔】搶先奪利，乘機中飽。元曲選武漢臣老生兒楔子："我那伯娘當住，則與我一百兩鈔，着我那姐夫張郎與我，他從來有些掐尖落鈔，我數一數，……則八十兩鈔。"

【掐鼻灸眉】舊時治病的一種方法。晉書王戎傳附郭舒："(王)敦曰：'平子以卿病狂，故掐鼻灸眉頭，舊疾復發邪！'"平子，王澄字。

推

tuī 他回切，平，灰韻，透。ㄊㄨㄟ

㊀以手向外擠物移動。左傳襄十四年："夫二子者，或輓之，或推之，欲無入得乎？"莊子漁父："孔子推琴而起。"㊁遷移，移動。易繫辭下："寒暑相推而歲成焉。"㊂排去。詩大雅雲漢："旱既太甚，則不可推。"㊃辭讓，拒絕。世説新語方正："遂送樂器，紹推却不受。"㊄舉薦，尊崇。書周官："推賢讓能，庶官乃和。"南史任昉傳："其爲士友所推如此。"㊅推算，追問。淮南子本經："星月之行，可以曆推得也。"三國志魏管寧傳附王烈"未至，卒於海表"注引先賢行狀："遂使人推之，乃昔時盜牛人也。"㊆推託。宋辛棄疾稼軒詞臨江仙簪花屢墮戲作："一枝簪不住，推道帽簷長。"

【推刃】以刀一進一却。喻仇恨極深。公羊傳定四年："父受誅，子復讎，推刃之道也。"三國志魏臧洪傳："惜洪力劣，不能推刃爲天下報仇。"

【推方】謂齊頭並進。後漢書六五段熲傳："熲士卒飢渴，乃勒衆推方，奪其水。"注："推方，謂方頭競進也。"

【推引】㊀手推器具向前。管子禁藏："推引銚耨，以當劍戟。"㊁推薦引進。唐韓愈昌黎集三七與汝州盧郎中論薦侯喜狀："盧公，天下之賢刺使也，未聞有所推引，蓋難其人而重其事。"

【推分】猶言守分自安。晉書王導傳："及劉隗用事，導漸見疏遠，任真推分，澹如也。有識咸稱導善處興廢焉。"唐錢起錢考功集六山園棲隱詩："守靜信推分，灌園樂在茲。"

【推伏】推重，佩服。晉書劉毅傳："深自矜伐，不相推伏。"唐黃滔黃御史集上潁川陳先生集序："十七爲詞賦，作蘇武謁漢武帝陵廟賦，便爲作者推伏。"參見"推服"。

【推究】推求研究。北史蘇綽傳詔書六："欲使察獄之官，精心悉意，推究根源。"

【推步】推算天文曆法之學。後漢書三八馮緄傳："緄弟允，……善推步之術。"注："推步，謂究日月五星之度，昏旦節氣之差。"元史十三郭守敬傳："遂以守敬與王恂率南北日官，分掌測驗推步於下，而命文謙與樞密張易爲之主領，裁奏於上。"

【推官】官名。唐代節度使、觀察使、團練使、防禦使之屬官。其後，諸州、府皆置有推官。如金代官品，正七品的有諸總管府推官、諸府推官。元明時各府也置推官一人，專管一府刑獄，俗稱刑廳。清初仍沿置，不久即廢。清代的布政司理問、都事、按察司知事等，即唐推官之職。見歷代職官表五二司道表。參閱宋高承事物紀原六撫字長民部推官。

【推劾】追究其罪狀。梁書何敬容傳："時河東王譽爲領軍將軍，敬容以書解(妾弟費)慧明，譽即封書以奏。高祖大怒，付南司推劾。"

【推奉】擁戴。魏書北海王傳："顥至汲郡，屬尒朱榮入洛，推奉莊帝，詔授顥太傅。"晉書王導傳："導知天下已亂，遂傾心推奉，潛有興復之志。"

【推事】㊀推論事理。南齊書張岱傳："太祖欲以恕爲晉陵郡。……岱曰：'若以家貧賜祿，此所不論；語功推事，臣門之恥。'"恕，岱弟。㊁官名。宋代大理寺推丞、評事的省稱。元豐官制，大理寺置卿、少卿、正、推丞、斷丞、評事等官，管理折獄、詳刑、鞫讞等事項。自少卿以下，凡職務均分爲左右，左曰斷刑，右曰治獄，職掌也有異。參閱宋史職官志五。

【推委】推卸責任。宋書徐湛之傳詔："(尚書)令僕治務所寄，不共求體當，而互相推委，糾之是也。"也作"推諉"。明張居正張文忠集一陳六事疏："一切奏章，務從簡切，是非可否，明白直陳，毋得彼此推諉，徒託空言。"

【推服】推許佩服。同"推伏"。世說新語賞譽下："王平子(澄)邁世有儁才，少所推服，每聞衛玠言，輒歎息絕倒。"

【推食】史記九二淮陰侯傳："漢王授我上將軍印，予我數萬衆，解衣衣我，推食食我，言聽計用，故吾得以至於此。"推食食我即分食與我，極言恩厚之意。後多省爲推食。唐劉禹錫劉夢得集二二代杜相公謝就宅賜食："光榮曲被，猥承推食之恩。"

【推重】爲人所推許尊重。三國志蜀孟光傳"光祿勳河東裴儁等"注引傅暢裴氏家記："既長知名，爲蜀所推重也。"世說新語輕詆："王太尉(衍)問眉子(王玄)：'汝叔(王澄)名士，何以不相推重？'眉子曰：'何有名士，終日妄語！'"

【推挽】前拉曰挽，後送曰推。挽，也作"輓"。比喻推薦扶植後進。唐韓愈昌黎集三二柳子厚墓志銘："(子厚)既退，又無相知有氣力得位者推挽，故卒死於窮裔。"

【推託】㊀推舉屬託。漢徐幹中論譴交："推託恩好，不較輕重。"㊁謂對不願作的事，設辭推卸拒絕。元王實甫西廂記三本一折："夫人失信，推託別詞。"也作"推托"。元周密癸辛雜識別集上祖傑："此事我已供了，奈何推托。"

【推挹】推重尊敬。梁書任昉傳："昉雅善屬文，尤長載筆，才思無窮。……一代詞宗，深所推挹。"

【推恩】施恩惠於他人。孟子梁惠王上："故推恩足以保四海，不推恩無以保妻子。"史記一一二主父偃傳："願陛下令諸侯得推恩分子弟，以地侯之。"

【推寄】猶推誠，推心置腹。宋書武帝紀中義熙十一年韓延之報劉裕書："推寄相與之懷，正當如此？"

【推許】推重贊許。南齊書王儉傳："少有宰相之志，物議咸相推許。"

【推問】推究審問。漢應劭風俗通義四過譽："將軍夫人云：'不潔清，當亟推問。'"三國志魏荀攸傳："衞宿，乃推問，果殺人亡命。"

【推崇】擁戴，敬重。宋書劉湛傳："義康擅勢專朝，威傾內外，湛愈推崇之，無復人臣之禮，上稍不能平。"

【推移】變遷，轉易。莊子秋水："夫不爲頃久推移，不以多少進退，此亦東海之大樂也。"楚辭屈原漁父："聖人不凝滯於物，而能與世推移。"

【推尊】推舉尊崇。中州集六金麻九疇跋范寬秦川圖詩："山水人傳范家筆，畫史推尊爲第一。"

【推誠】以誠意相待。淮南子主術："塊然保真，抱德推誠，天下從之，如響之應聲，景之像形。"三國志蜀譙周傳："體貌素朴，性推誠不飾。"

【推解】推食解衣，指施恩惠。聊齋志異丁前溪："僕來時，米不滿升。今過蒙推解，固樂；妻子如何矣！"參見"推食"。

【推敲】相傳唐代詩人賈島，騎驢賦詩，吟得"鳥宿池中樹，僧敲月下門"之句。初擬用推字，又思改爲敲字，在驢上引手作推敲之勢，不覺衝撞京尹韓愈。愈詢其故，島具言所以，韓立馬良久思之，謂島曰："敲字佳矣。"遂並轡共論詩道。見五代何光遠鑑戒録八賈忤旨、宋胡仔苕溪漁隱叢話。後因謂對詩文詞賦的字句反復斟酌爲推敲。宋樓鑰攻媿集十三蔣慈谿鵷輓詞詩："推敲詩益鍊，駢儷語尤工。"後又引申爲對某種情狀或思想意圖的反覆分析研究。明吳炳畫中人傳奇十之任："(小旦)問他也總是不明白的。枉費推敲，喉間格格渾難了。"清孔尚任桃花扇傳奇十一投轅："你的北來意費推敲。"

【推廣】擴大，擴充。文選南朝梁蕭統文選序："若其紀一事，詠一物，風雲草木之興，魚蟲禽獸之流，推而廣之，不可勝載矣。"唐李靖唐太宗李衛公問對中："今人習孫子者，但誦空文，鮮克推廣其義。"

【推奬】推崇鼓勵。唐杜甫杜工部草堂詩箋二四八哀詩故著作郎貶台州司户滎陽鄭公虔："詞場竟疏闊，平昔濫推奬。"另本作"吹奬"。

【推論】推求論述。三國志魏王肅傳"歷注經傳，頗傳於世"注引魏略："(薛夏)黃初中爲祕書丞，帝每與夏推論書傳，未嘗不終日也。"孔子家語致思："賜(子貢)著縞衣白冠，陳說其間，推論利害。"

【推遷】㊀推移，變遷。晉陶潛陶淵明集一榮木序："日月推遷，已復九夏。總角聞道，白首無成。"㊁拖延時間。宋書劉湛傳："及至丁艱，謂所親曰：'今年必敗，常日正賴口舌爭之，故得推遷耳。今既窮毒，無復此望，禍至其能久乎！'"

【推鋒】手持兵器向前，指衝鋒。史記秦紀："三百人者聞秦擊晉，皆求從，從而見繆公窘，亦皆推鋒爭死，以報食馬之德。"漢書九五南粵傳："樓船將軍以推鋒陷堅爲將梁侯。"

【推激】推崇贊賞。唐杜甫杜工部草堂詩箋七夜聽許十一誦詩愛而有作："陶謝不枝梧，風騷共推激。"

【推擇】推舉選拔。史記九二淮陰侯傳："始爲布衣時，貧無行，不得推擇爲吏。"

【推轂】比喻助人成事，或推薦人才，如助人推車轂，使之前進。轂，車輪軸。史記荊燕世家："今呂氏雅故本推轂高帝就天下，功至大。"又一〇七魏其武安侯傳："魏其武安俱好儒術，推轂趙綰爲御史大夫，王臧爲郎中令。"

【推避】託故迴避。唐劉知幾史通惑經："危行言遜，吐剛茹柔，推避以求全，依違以免禍。"金董解元西廂二："相國夫人教邀足下，是必休教推避。"

【推棨】在旁推觸，提醒。三國志魏倉慈傳"咸爲良二千石"注引魏略："顏斐字文林。有才學。……時長安典農與斐共坐，以爲斐宜謝，乃私推棨斐。斐不肯謝。"

【推戴】推奉擁戴。三國志魏曹爽傳："初，爽以宣王(司馬懿)年德並高，恒父事之，不敢專行。及(何)晏等進用，咸共推戴，說爽以權重不宜委之於人。"

【推薦】推舉引薦。漢書九九上王莽傳："交結將相卿大夫甚衆，故在位更推薦之。"後漢書四三朱穆傳："穆居家數年，在朝諸公，多有相推薦者。"

【推舉】引薦。史記一〇八韓長孺傳："所推舉皆廉士，賢於己者也。"

【推鞫】審問。北史裴蘊傳："蘊知上意，遣張行本奏(蘇)威罪惡，帝付蘊推鞫之。"

【推類】以同類相推，猶言類推。墨子經下："推類之難，說在〔名〕之大小。"漢王充論衡實知："婦人之知，尚能推類以見方來，況聖人君子才高智明者乎？"

【推辭】表示拒絕。唐白居易長慶集五五送敏中歸豳寧幕詩："前路加湌須努力，今宵盡醉莫推辭。"

【推體】猶言委身。戰國策中山："主折節以下其臣，臣推體以下死士。"宋鮑彪本在秦策。注："推體猶委質。"

【推背圖】宋史藝文志五行類有推背圖一卷，不著撰人。相傳唐李淳風與袁天緯共作圖讖，預言歷代變革之事，至六十圖，袁推李背止之，故名。宋太祖即位，詔禁讖書，以此圖已傳數百年，民間多有藏本，不復可禁絕。乃命取舊本，紊其次序而雜書之。在流傳中又多所附益，其詞若明若暗，多兩可之詞，便於附會。參閱宋岳珂桯史一藝祖禁讖書。

【推排法】宋景定五年所行釐正田稅之法。其法以縣統都，以都統保，選任富户，釐訂田稅，載於圖册。以民有定産，産有定稅，稅有定籍爲名，加强搜刮，尺地寸土，莫不有稅，民力愈困。見宋史食貨志上一農田。

【推三阻四】用各種借口推諉拒絶。元缺名隔江鬬智一："我如今並不的推三阻四，任哥哥自主之。"（曲叢本）。明朱權荆釵記傳奇九："你爹娘俱已應承，問姪女緣何不肯？恁推三阻四，莫不是行濁言清。"

【推心置腹】指以至誠待人。後漢書光武紀上："降者更相語曰：蕭王推赤心置人腹中，安得不投死乎？"唐白居易長慶集三七德舞詩："功成理定何神速？速在推心置人腹。"也作"推心致腹"。宋王禹偁小畜集二二請撰大行皇帝實録表："故得百萬之師，如臂使指，億兆之衆，推心致腹。"

【推波助瀾】南朝宋鮑照鮑氏集二觀漏賦："既河源之莫壅，又吹波而助瀾。"瀾，大波，本指水勢洶猛。後來用推波助瀾比喻不但不能消弭其事，反而助長其聲勢。隋王通中説問易："真君建德之事，適足推波助瀾，縱風止燎耳。"真君，魏太武年號；建德，後周武帝年號，二武俱毁佛法，至隋時而佛教益盛，故云。

【推陳出新】穀倉儲穀米，每當新穀登場，即將陳米推去，换儲新米，叫做推陳出新。後引申指一切事物的除舊更新。宋費袞梁谿漫志九張文潛粥記引東坡帖："吴子野勸食白粥，云能推陳致新，利膈養胃。"清方薰山静居詩話："詩固病在窠臼，然須知推陳出新，不至流入下劣，此慈溪葉丈鳳占之論也。"

【推潭僕遠】漢時音譯少數民族的詞語，義譯爲甘美酒食。見東觀漢紀二外裔傳莋都夷遠夷樂德歌詩。又後漢書八六西南夷傳莋都夷"甘美酒食"注作"推潭僕遠"，即本東觀漢紀。舊時飲食舖有用此四字作爲市招的。

【推燥居溼】指把乾處讓給幼兒，自己睡在濕處，極言撫育幼兒的辛勞。後漢書五四楊震傳上疏："阿母王聖出自賤微，得遭千載，奉養聖躬，雖有推燥居溼之勤，前後賞惠，過報勞苦。"王聖，安帝乳母。

【推襟送抱】比喻彼此輸誠相與。猶言推心置腹。襟、抱，指心意。南史張充傳與王儉書："是以披聞見，掃心胸，述平生，論語默。所以通夢交魂，推襟送抱者，惟丈人而已。"梁書作"推衿送抱"。衿，同"襟"。

掜 1. nǐ ㄋㄧˇ 研啟切，上，薺韻，疑。

㊀比擬，模擬。漢揚雄太玄九玄掜："掜，擬也，圖象也。"又："掜擬之晷刻，一明一幽，跌剛跌柔。"

2. yì ㄧˋ 集韻 研計切，去，霽韻。

㊁捉，拳曲。莊子庚桑楚："（兒子）終日握而手不掜，共其德也。"

3. niè ㄋㄧㄝˋ

㊂編造，捏造。雍熙樂府十七元汪元亨醉太平警世曲之三："安樂窩養拙，但新詞雅曲閑編掜，且粗衣淡飯權掤拽。"明王一鶚總督四鎮奏議五條陳薊鎮未盡事宜疏："據其壯貌，似若精强，稽其貫籍，多屬詭掜。"

捭 1. bǎi ㄅㄞˇ 北買切，上，蟹韻，幫。

㊀兩手排擊。文選晉左太沖（思）吳都賦："莫不衂鋭挫芒，拉捭摧藏。"

2. bò ㄅㄛˋ

㊁分開。撕裂。通"擘"。禮禮運："其燔黍捭豚。"疏："或捭析豚肉，加於燒石之上而孰之，故云捭豚。"或説古無"焷"字，借用作捭，置於火上。參閱清朱彬禮記訓纂九。

【捭闔】猶言開合，戰國縱横家遊説之術言捭闔，指分化或拉攏。鬼谷子捭闔："捭闔者，道之大化，説之變也。必豫審其變化。"

掀 xiān ㄒㄧㄢ 虚言切，平，元韻，曉。

㊀舉起。左傳成十六年："乃掀公以出於淖。"㊁翻動。唐李咸用披沙集四廬山詩："有覺南方重，無疑厚地掀。"㊂鍬屬，鏟土工具。通"杴"。元曲選張國賓合汗衫三："誰肯着半掀兒家土埋，老業人眼見的便撇在這荒郊外。"

【掀天】翻天，極言聲勢之大。唐白居易長慶集十七風雨晚泊詩："青苔撲地連春雨，白浪掀天盡日風。"又釋齊己白蓮集十贈琴客詩："此境此聲誰更愛，掀天羯鼓滿長安。"

【掀㕦】喧鬧。宋蘇軾分類東坡詩二十送蔡冠卿知饒州："吾觀蔡子與人遊，掀㕦笑語無不可。"也作"喧㕦"。參見該條。

【掀掀】高聳貌。唐韓愈昌黎集十和侯協律詠笋詩："戈矛頭戢戢，蛇虺首掀掀。"

【掀髯】笑時開口張鬚貌。宋蘇軾分類東坡詩十九次韻劉景文見寄："細看落墨皆松瘦，想見掀髯正鶴孤。"也作"掀鬚"。朱松韋齋集六洗兒詩之二："舉子三朝壽一壺，百年歌好笑掀鬚。"

【掀簸】翻騰。唐韓愈昌黎集六瀧吏詩："颶風有時作，掀簸真差事。"也作"掀播"。元吳萊淵穎集四王滹南太山石室詩："我將呼巨鰲，滄海欲掀播。"

【掀轟】形容聲音之大。唐陸龜蒙甫里集十三開元寺樓看雨聯句詩："海上風雨來，掀轟雜飛電。"

【掀騰】㊀騰達。宋趙長卿惜香樂府九朝中措上錢知鼙符主管朱知録詞之二："早歲掀騰膴仕，如公富貴難并。"㊁張揚，鬧騰。元曲選缺名陳州糶米一："他若是將嗗刁蹬，休道我不敢掀騰。"

【掀攪】折騰，翻擾。宋蘇軾東坡集續集六與王元直書："某爲權倖所疾久矣，然捃摭無獲，徒勞掀攪，取笑四方耳。"

【掀天揭地】猶言翻天覆地。寇忠愍詩集宋辛斅後序："萊公兩朝大臣，勳業之盛，掀天揭地。"萊公，寇準。又作"掀天斡地"。宋馮時行縉雲文集一遺夔門故舊詩："蜀江迸出岷山來，翻濤鼓浪成風雷，掀天斡地五千里，争赴東海相喧㕦。"

掔 1. qiān ㄑㄧㄢ 苦閑切，平，山韻，溪。苦堅切，平，先韻，溪。

㊀堅固。説文："讀若詩'赤舄掔掔'。"按今詩豳風狼跋作"几几"。墨子迎敵祠："令命昏緯狗纂馬，掔緯。"㊁挽引。通"牽"。史記鄭世家襄公七年："鄭以城降楚，楚王入自皇門，鄭襄公肉袒掔羊以迎。"㊂引去，除去。莊子徐无鬼："君將黜耆欲，掔好惡，則耳目病矣。"

2. wàn ㄨㄢˋ

㊃手腕。通"腕"。墨子大取："斷指以存掔。"漢書郊祀志下："元鼎、元封之際，燕齊之間方士瞋目扼掔，言有神僊祭祀致福之術者以萬數。"史記孝武紀作"腕"。

掌 zhǎng ㄓㄤˇ 諸兩切，上，養韻，照。

㊀手心。論語八佾:"其如示諸斯乎，指其掌。"也指動物之足。孟子告子上:"魚我所欲也，熊掌亦我所欲也。"㊁以掌打擊。漢書八七上揚雄傳校獵賦:"蹶松柏,掌疾棃。"㊂職掌，主管，主持。墨子迎敵祠:"設守門,二人掌右閹,二人掌左閹。"國語晉七:"使掌公族大夫。"㊃拿，忍。紅樓夢六十:"你自已掌不起，但凡掌的起來,誰還不怕你老人家。"又四三:"寶玉聽他没説完，便掌不住笑了。"㊄水停處，澤。釋名釋水:"水泆出所爲澤曰掌。水停處如手掌中也。今兗州人謂澤曰掌也。"㊅姓。晉有掌同，宋有掌禹錫。見通志二八氏族四以族爲氏。

【掌子】周代管理家事的臣僕。周禮秋官蠻隸:"閩隸掌役畜養鳥，而阜蕃教擾之，掌子則取隸焉。"注:"(鄭)玄謂掌子者,王立世子,置臣使掌其家事，而以閩隸役之。"

【掌判】周禮地官媒氏:"掌萬民之判。"注:"判,半也。得耦爲合,主合其半，成夫婦也。"後因稱媒人爲掌判。書言故事書集五吉禮部媒人王如水眉批:"小兒欲求伉儷，匪媒不得，足下言重九鼎，敢以掌判之任拜之。"

【掌武】唐人稱太尉爲掌武。見宋洪邁容齋隨筆四筆十五官稱别名。

【掌固】官名。1.周禮夏官之屬,掌修城郭溝池樹渠之固。2.漢代太常屬官，同"掌故"。文選漢班孟堅(固)兩都賦序"太常孔臧"唐李善注:"孔安國射策爲掌固，遷侍御史。"唐李商隱李義山詩集四贈送前劉五經映:"縲囚爲學切，掌固受經忙。"參見"掌故㊁"。3.唐代中央尚書省屬官有掌固，主守當倉庫及陳設。見新唐書百官志一。

【掌舍】周代官名,管理王室行道及館舍之事。周禮天官掌舍:"掌王之會同之舍,設陛枑再重,設車宫轅門。"文選晉潘安仁(岳)藉田賦:"封人壝宫，掌舍設枑。"

【掌客】周代官名。周禮秋官掌客:"掌四方賓客之牢禮餼獻，飲食之等數與其政治。"

【掌故】㊀國家的故事,即舊制舊例。史記一二八龜策傳:"孝文、孝景因襲掌故,未遑講試。"後泛指一國的典章制度或鄉里人物等故實。明王世貞弇州山人四部稿一三一題三吳墨妙:"右三吳墨妙一卷……留山房中，異日便堪作吾鄉掌故,皃輩其寶存之。"清龔自珍定盦文集補破戒草暮春以事詣圓明園……詩之四:"掌故吾能説，雍乾溯以還。"㊁漢代官名。掌禮樂制度等故事。史記一〇一鼂錯傳:"以文學爲太常掌故。……太常遣錯受尚書伏生所。"索隱引漢舊儀:"太常博士弟子試射策，中甲科補郎，中乙科補掌故也。"

【掌窌】管理倉廩的官吏。荀子議兵:"若是,則必發夫掌窌之粟以食之。"一説掌爲"稟"之訛;稟,古"廩"字。掌窌卽"廩窌"。

【掌記】㊀掌管記載國家大事。後漢書百官志二:"太史令一人……凡國有瑞應、災異，掌記之。"㊁唐代官名。1.節度使屬官掌書記的簡稱，負責草擬箋奏。唐賈島長江集二送張校書季霞詩:"掌記試校書,未稱高詞華。"2.宫官的屬官。見新唐書百官志二。㊂防備遺忘的記事紙片。宋周必大益公題跋七御筆掌記跋:"(上)每臨朝以方寸紙作掌記,微偃兩旁而中摺之，寘在御手。若内殿則留香案上。"

【掌扇】㊀舊時儀仗的一種,作大扇形，有長柄，一人擎之以行。參閱宋程大昌演繁露十五障扇。參見"障扇"。㊁織機上的物件名稱。明宋應星天工開物上乃服經具:"凡絲既籰之後,牽經就織,以直竹竿穿眼二十餘，透過篾圈,名曰溜眼。竿横架柱上，絲從圈透過掌扇,然後纏繞經耙之上。"

掌扇

【掌珠】極言珍愛。也作"掌中珠"、"掌上明珠"。初學記二七南朝梁吳均碎珠賦:"又聞珩璧之獨照，不見掌上之明珠。"因以比喻兒女或親愛的人。廣弘明集二九下南朝梁江淹傷愛子賦:"曾憫憐之慘悽，痛掌珠之愛子。"樂府詩集三十晉傅玄短歌行:"昔君視我，如掌中珠;何意一朝，棄我溝渠。"唐白居易長慶集五八哭崔兒詩:"掌珠一顆兒三歲，鬢雪千莖父六旬。"

【掌徒】掌管徒役的人。三國魏曹植曹子建集五應詔詩:"命彼掌徒，肅我征旅。"

【掌教】掌管教授。後漢書祭祀志中"靈堂未用事"注引蔡邕明堂論:"知掌教國子，與易傳保傅王居明堂之禮參相發明，爲四學焉。"南唐昇元中建白鹿洞學館，以本道爲洞主，掌教授。明清因稱府、縣學教官及書院主講爲掌教。明湯顯祖牡丹亭腐嘆:"杜太爺要請箇先生教小姐，掌教老爹開了十數名去，都不中，説要老成的。"參閱文獻通考四六學校七。

【掌握】在手掌中。比喻在所控制的範圍之内。史記九二淮陰侯傳:"且漢王不可必，身居項王掌握中數矣，項王憐而活之。"作動詞用,猶言把持、控制。宋趙師俠坦庵詞訴衷情莆中酌獻白湖靈惠妃之二:"專掌握，雨暘權，屬豐年。"

【掌節】㊀掌握節令。三國魏曹植曹子建集三大暑賦:"炎帝掌節，祝融司方。"㊁掌守符節。唐杜甫杜工部草堂詩箋二冬日洛城北謁玄元皇帝廟……:"守祧嚴具禮，掌節鎮非常。"㊂官名。周禮地官之屬,掌符節之吏。秦漢有符節令，魏晉南北朝皆因之。隋有符璽郎，唐改符寶郎。見通典二一職官三侍中。

【掌管】店中掌櫃、管事的人。警世通言六俞仲舉題詩遇上皇:"樓下掌管、師工、酒保、打雜人等,都上樓來。"

【掌盤】舊時稱强盜頭領。醒世恒言三十李汧公窮邸遇俠客:"且又讓你做個掌盤,何等快活散誕!"

【掌憲】㊀掌管風紀法制。國秀集上盧僎稍秋曉坐閣遇舟東下揚州卽事寄上族父江陽令詩:"掌憲時持節，爲邦邈海頭。"㊁都御史的别稱。見清梁章鉅稱謂録十四都御史古稱。

【掌燈】㊀唐代内官。掌門閣燈燭。見新唐書百官志二尚寢局。㊁點燈。明范受益尋親記傳奇八:"不免去叫娘子掌燈出來,與他些熱湯水吃,救他一命，卻不是好。"

【掌疆】周代官名。掌守國家的疆界。見周禮夏官序官。

【掌嘴】打嘴。明湯顯祖牡丹亭硬拷:"這賊閒管,掌嘴掌嘴。"

【掌櫃】商店中總攬一切事務的人。明史槃櫻桃記傳奇四贈金:"淨:'怎麼没有掌櫃的?'老旦:'老奴丈夫亡過了，止有一男一女，尚未長成。'"

【掌瘳】舊説掌夢之官。楚辭宋玉招魂:"巫陽對曰掌瘳。上帝其難從。"注:"言天帝難從掌瘳之官，欲使巫陽招之也。"一説瘳卽雲夢之簡稱，爲楚國具有代表性的名山大川;掌夢是掌管雲夢之人，指楚王。

【掌上舞】傳説漢元帝后趙飛燕能在手掌上舞蹈，極言其體態輕盈。見白孔六帖六一舞雜舞。舞，亦作"儛"。南史羊侃傳:"儛人張淨琬腰圍一尺六寸，時人咸推能掌上儛。"梁書作"掌中儛"。

【掌中芥】傳説卓石。謂良工能職业

也叫蹋空草。見舊題漢郭憲洞冥記三、唐段成式酉陽雜俎前集十九草。

【掌書記】唐節度使屬官，位在判官之下，相當於六朝時的記室參軍。如高尚爲安祿山掌書記，李渥爲鄭從讜掌書記。見資治通鑑二一六唐天寶十載、舊唐書一五八鄭餘慶傳。

掣 1. chè ㄔㄜˋ 尺制切，去，祭韻，穿。昌列切，入，薛韻，穿。

說文作"瘳"。㊀拉牽，抽取。文選晉潘安仁(岳)西征賦："纖經連白，鳴榔厲響，貫鰓䲛尾，掣三牽兩。"晉書王獻之傳："工草隸，善丹青，七八歲時學書，羲之密從後掣其筆不得。"

2. jī ㄐㄧ

㊁獸角一仰一伏。說文作"觢"。通"畸"。易睽："其牛掣。"參見"畸"。

【掣曳】牽引。玉臺新詠九南朝梁沈約披褐守山東詩："掣曳寫流電，奔飛似白虹。"爾雅釋訓"掣曳"宋邢昺疏："掣曳者，從旁牽挽之言。"

【掣肘】比喻使人作事而故意留難牽制。戰國時宓子賤治亶父，請魯君派近臣兩人同往，至亶父，邑吏皆朝，宓子賤令吏二人書，吏方書，宓子賤便從旁掣搖其肘，吏書之不善，則怒。吏歸報魯君，魯君謂："宓子以此諫寡人之不肖也。"事見呂氏春秋具備、漢劉向新序二雜事。梁書賀琛傳："縱有廉平，郡猶掣肘。"

【掣電】形容迅疾如電光之一閃。唐杜甫杜工部草堂詩箋七高都護驄馬行："長安壯兒不敢騎，走過掣電傾城知。"

【掣頓】牽掣，强奪。漢桓寬鹽鐵論散不足："小者亡逃，大者藏匿，吏捕索掣頓，不以道理。"史記一二六滑稽傳褚少孫補："當此之時，公卿大臣皆敬重乳母。乳母家子孫奴從者橫暴長安中，當道掣頓人車馬，奪人衣服。"

【掣鯨】唐杜甫杜工部詩史補遺一戲爲六絕之四："或看翡翠蘭苕上，未掣鯨魚碧海中。"鯨體龐大，力能制鯨，比喻才大氣雄，超羣絕倫。按莊子外物敍任公子爲大鉤巨緇，以五十牛爲餌，投竿東海，釣得大魚，波湧如山，聲震千里。杜詩掣鯨，語意本此。金元好問遺山集九晨起詩："掣鯨莫倚平生手，只有東溪把釣竿。"參見"任公子"。

【掣籤】抽籤。明代吏部選授遷除，初用拈鬮法。萬曆二二年孫丕揚爲吏部尚書，改爲候選者自行掣籤。清代沿襲此法，外省官吏分散任用，由吏部掣籤決定分發何省。參閱明史選舉志三、又二二四孫丕揚傳。

【掣驗】清時官府對鹽商販運的鹽進行抽查，檢視是否超過定額，叫作掣驗。參閱清會典事例二二三戶部鹽法兩淮。

【掣掣洩洩】隨風移動貌。文選晉木玄虛(華)海賦："或掣掣洩洩於裸人之國，或汎汎悠悠於黑齒之邦。"注："掣掣洩洩，任風之貌。"

九畫

揨 pèng ㄆㄥˋ 字彙 蒲孟切，去聲。

揨撞，猝然相遇。見說文"𣪠"字清段玉裁注。

捘 sōu ㄙㄡ 所鳩切，平，尤韻，山。

同"搜"。說文："詩曰：'束矢其捘。'"詩魯頌泮水，今本作"搜"。參見"搜"。

揎 xuān ㄒㄩㄢ 須緣切，平，先韻，心。

捋袖出臂。唐詩紀事六三路德延小兒詩："頭衣蒼鶻裹，袖學柘枝揎。"宋蘇軾分類東坡詩六四時詞之二："玉腕半揎雲碧袖，樓前知有斷腸人。"

【揎拳擺袖】捋袖露臂。元曲選武漢臣生金閣三："他看着我揎拳擺袖，舒着拳頭要打我。"也作"揎拳裸袖"、"揎拳攞袖"。明張祿輯詞林摘豔三元白仁甫李克用箭射雙雕粉蝶兒曲："你這般揎拳裸袖打阿誰，我甘不過你。"紅樓夢六三："湘雲笑着，揎拳攞袖的伸手掣了一根出來，大家看時，一面畫着一枝海棠，題着'香夢沉酣'四字。"

揢 kè ㄎㄜˋ 苦格切，入，陌韻，溪。

手把着。見廣韻。

揥 1. tì ㄊㄧˋ 丑例切，去，祭韻，徹。

㊀可作篦髮用的首飾。詩鄘風君子偕老："玉之瑱也，象之揥也。"釋名釋首飾："揥，摘也，所以摘髮也。"

2. dì ㄉㄧˋ 集韻 丁計切，去，霽韻。他計切，去，霽韻。

㊁捐棄。文選晉陸士衡(機)文賦："心牢落而無偶，意徘徊而不能揥。"

揮 huī ㄏㄨㄟ 許歸切，平，微韻，曉。

㊀舞動。文選三國魏陳孔璋(琳)爲曹洪與魏文帝書："彼有精甲數萬，臨高守要，一人揮戟，萬夫不得進。"㊁抛灑，甩出。左傳僖二三年："奉匜沃盥，既而揮之。"注："揮，湔也。"㊂散發。易說："發揮於剛柔而生爻。"文選晉張景陽(協)詠史詩："揮金樂當年，歲暮不留儲。"㊃旗，幡。通"徽"。文選三國魏陳孔璋(琳)爲袁紹檄豫州文："登高岡而擊鼓吹，揚素揮以啟降路。"注："廣雅曰：'徽，幡也。''徽'與'揮'古通用。"

【揮手】㊀擺手惜別。文選晉劉越石(琨)扶風歌："揮手長相謝，哽咽不能言。"又南朝宋謝靈運過始寧墅詩："揮手告鄉曲，三載期歸旋。"㊁揮指彈琴。南史戴顒傳："父善琴書，顒並傳之。凡諸音律，皆能揮手。"唐李白李太白詩二四聽蜀僧濬彈琴："爲我一揮手，如聽萬壑松。"

【揮斥】奔放。莊子田子方："夫至人者，上闚青天，下潛黃泉，揮斥八極，神氣不變。"

【揮忽】飄忽，倏忽。謂瞬息即逝。玉臺新詠五南朝梁何子朗和繆郎視月詩："佳人復千里，餘影徒揮忽。"

【揮染】謂作畫。宋張世南游宦紀聞六："每入定觀，率意揮染，皆其真容，非世間相。"

【揮涕】拭淚。文選三國魏王仲宣(粲)七哀詩："顧聞號泣聲，揮涕獨不還。"

【揮毫】運筆。謂書寫。唐杜甫杜工部草堂詩箋二飲中八僊歌："張旭三盃草聖傳，脫帽露頂王公前，揮毫落紙如雲煙。"

【揮犀】猶揮麈。宋歐陽修文忠集十一送前巫山宰吳殿丞詩："高文落筆妙天下，清論揮犀服坐中。"參見"揮麈㊀"。

【揮楚】行杖，揮杖行刑。楚，荊杖。資治通鑑一七七隋開皇十年："每於殿庭棰人，一日之中或至數四，嘗怒問事揮楚不甚，即命斬之。"

【揮綽】傳播廣遠。莊子天運："其聲揮綽，其名高明。"疏："揮，動也，綽，寬也。同雷霆之震動，其聲寬也。"

【揮麈】揮動麈尾。㊀晉人清談時，每執麈尾揮動，以爲談助，後人因稱談論爲揮麈。宋蘇軾分類東坡詩十五贈治易僧智周："斷絃掛壁知音喪，揮麈空山亂石聽。"㊁謂驅逐蚊蠅。宋歐陽修文忠集五二和聖俞聚蚊詩："抱琴不暇撫，揮麈無由停。"

【揮霍】㊀輕捷迅疾貌。文選漢張平子(衡)西京賦："跳丸劍之揮霍，走索上而相逢。"㊁豪奢，任意花錢。唐李肇國史補中："會冬至，(趙)需家致宴揮霍。"聊齋志異道士："野人新至，無交游。聞居士揮霍，深願求飲焉。"㊂灑脫，無拘束。紅樓夢一："只見那邊來了一僧一道:那僧癩頭跣足,那道跛足蓬頭,瘋瘋癲癲,揮霍談笑而至。"

【揮翰】猶揮毫。晉書虞溥傳語文:"若乃含章舒藻,揮翰流離,稱述世務,探賾究奇,……亦惟才所居,固無常人也。"

【揮灑】㊀揮筆灑墨。形容運筆自如。唐杜甫杜工部詩史補遺八寄薛三郎中據:"賦詩賓客間,揮灑動八垠。"指寫詩。又杜工部草堂詩箋六奉先劉少府新畫山川障歌:"自有兩兒郎,揮灑亦莫比。"指作畫。㊁猶瀟灑。紅樓夢三三:"全無一點慷慨揮灑的談吐,仍是葳葳蕤蕤的。"

【揮麈録】南宋王明清撰。前録四卷,後録十一卷,三録三卷,餘話二卷。所記北宋末南宋初事,多可補史缺。餘話兼載詩文碑銘,亦有文獻價値。其内容在南宋時,即已爲人采用。百川學海本題楊萬里撰;歷代小史本題王清臣撰;皆誤。

【揮戈反日】見"魯陽揮戈"。

【揮汗成雨】形容人多。晏子春秋雜下六:"臨淄三百閭,張袂成陰,揮汗成雨。"又見戰國策齊一、史記六九蘇秦傳。

揃 jiǎn ㄐㄧㄢˇ 卽淺切,上,獮韻,精。

㊀剪下。也作"鬋"。儀禮士喪禮:"蚤揃如他日。"史記魯周公世家:"初,成王少時,病,周公乃自揃其蚤沈之河,以祝於神。"㊁分割。史記一一六西南夷傳:"西夷後揃,剽分二方,卒爲七郡。"㊂翦滅。魏書明亮傳:"卿欲爲朕拓定江表,揃平蕭衍,揃平拓定,非勇武莫可。"㊃見"揃搣"。

【揃搣】漢史游急就篇三:"沐浴揃搣寡合同。"注:"揃搣,謂鬋拔眉髮也,蓋去其不齊整者。"清段玉裁謂"揃搣"爲摩其頰旁,類乎按摩,是道家的一種養生方法。見説文解字注。

撝 huī ㄏㄨㄟ

同"撝"。見"撝"。

揍 1. còu ㄘㄡˋ 集韻 千候切,去,候韻。

㊀皮膚之間。同"腠"。淮南子兵略:"發必中銓,言必合數,動必順時,解必中揍。"注:"揍理也。"揍理卽"腠理"。㊁聚集,補足。同"湊"。宋朱熹朱文公集十七奏救荒事宜畫一狀:"奏爲本路災傷,已蒙聖慈支降錢三十萬貫,更乞揍作二百萬貫。"

2. zòu ㄗㄡˋ

㊂打。官場現形記四九:"要是有人説話,標下亦不答應他,一定揍他。"

揳 1. xiè ㄒㄧㄝˋ

㊀揣度,計量。通"絜"。荀子非相:"故事不揣長,不揳大,不權輕重,亦將志乎爾。"注:"'揳'與'絜'同,約也。謂約計其大小也。"

2. jiá ㄐㄧㄚˊ 集韻 訖黠切,入,黠韻。

㊁打擊。通"戛"。楚辭宋玉招魂:"鏗鍾搖簴,揳梓瑟些。"史記一二九貨殖傳:"今夫趙女鄭姬,設形容,揳鳴琴,揄長袂,躡利屣。"

揀 jiǎn ㄐㄧㄢˇ 古限切,上,產韻,見。
ㄌㄧㄢˋ 郎甸切,去,霰韻,來。

選擇。吳越春秋闔閭内傳:"後三月,揀練士卒,遂之吳。"三國志吳賀齊傳:"揀其精健爲兵,次爲縣户。"

【揀發】清制,各省督撫因本省人員不敷差遣,得奏請於候選人員中,揀選人地相宜者,分發若干員,歸該省委用,謂之揀發。見清通典二一選舉四武選。

【揀選】猶選擇。漢蔡邕蔡中郎集六幽冀二州刺史久缺疏:"三公明知二州尤宜揀選,當越禁取能。"又清制,滿蒙族人之專缺,須明習滿蒙禮俗者,皆由吏部奏請揀選。如嘉慶九年議定,滿洲司蒙古司主事均有定缺,缺時令各該堂官揀選題補等。見清會典事例三四吏部滿洲銓選各衙門留缺。

【揀擇】挑選。吳越春秋九勾踐陰謀外傳:"越王粟稔,揀擇精粟,而蒸還於吳。"三國志魏袁紹傳"自安以下四世居三公位,由是勢傾天下"注引魏書:"自安以下,皆博愛容衆,無所揀擇。"安,紹高祖父袁安。

【揀佛燒香】比喻厚此薄彼。唐寒山子詩集寒山詩之一五九:"擇佛燒好香,揀僧歸供養。"明吳炳療妬羹傳奇上遊湖:"青娘可謂揀佛燒香矣。"

【揀精揀肥】比喻挑剔苛刻。儒林外史二七:"像娘這樣費心,還不討他説個是,只要揀精揀肥,我也犯不着要効他這個勞。"

揶 yé ㄧㄝˊ

同"揶"。見"揶揄"。

【揶揄】耍笑,嘲弄。東觀漢紀十王霸:"上令霸至市口募人,將以擊(王)郎。市人皆大笑,舉手揶揄之,霸慚而去。"後漢書二十王霸傳作"邪揄"。世説新語任誕"襄陽羅友有大韻"注引晉陽秋:"出門於中路逢一鬼,大見揶揄,云:'我只見汝送人作郡,何以不見人送汝作郡?'"太平御覽八八三引作"耶揄"。又作"揶歈"。唐白居易長慶集十六東南行:"時遭人指點,數被鬼揶歈。"

揕 zhèn ㄓㄣˋ 知鴆切,去,沁韻,知。

擊刺。史記八六荆軻傳:"因左手把秦王之袖,而右手持匕首揕之。"索隱:"揕,謂以劍刺其胸也。"又見戰國策燕三。

描 miáo ㄇㄧㄠˊ 武瀌切,平,宵韻,明。

依樣摹寫。唐白居易長慶集五一小童薛陽陶吹觱篥歌:"緩聲展引長有條,有條直直如筆描。"

【描摸】㊀摹寫。元周密草窗詞下杏花天昭君:"丹青自是難描摸,不是當初畫錯。"㊁捉摸。中興以來絶妙詞選宋劉克莊憶秦娥感舊:"古來成敗難描摸,而今卻悔當初錯。"

【描寫】摹寫。宋梅堯臣宛陵集五四和楊直講夾竹花圖:"年深粉剥見墨縱,描寫工夫始驚俗。"

掿 nuò ㄋㄨㄛˋ 字彙 奴各切,音搦。

捏,握持。清平山堂話本一簡貼和尚:"皇甫殿直掿得拳頭没縫,去頂門上屑那廝一搡。"七國春秋平話上:"手掿宣花月斧,腰懸打將鐵鞭。"

【掿沙】"拳中掿沙"的省語,比喻意見相左,格格不入。雍熙樂府六粉蝶兒春夜歸思曲:"恩情似掿沙,清苦似嚼蠟。"

揢 gé ㄍㄜˊ 集韻 各核切,入,麥韻。

更改。漢揚雄太玄經太玄數:"逢遭並合,揢繫其名而極命焉。"注:"革,更也。手有所改更,故字從手也。"

揠 yà ㄧㄚˋ 烏黠切,入,黠韻,影。

拔起。小爾雅廣物:"拔心曰揠。"參見"揠苗助長"。

【揠苗助長】孟子公孫丑上:"宋人有閔其苗之不長而揠之者,芒芒然歸,謂其人曰:'今日病矣,予助苗長矣。'其子趨而往視之,苗則槁矣。……助之長者,揠苗者也,非徒無益,而又害之。"後因以"揠苗"或"揠苗助長"喻强求速成,無益反而有害。宋呂本中紫微雜説:"學問工夫,全在浹洽涵養蘊蓄之久,左右採擇,一旦冰釋理順,自然逢源矣,非如世人强勉取之,揠苗助長,苦心極力,卒無所得也。"

揲 1. shé ㄕㄜˊ 食列切,入,薛韻,神。
徒協切,入,帖韻,定。
與涉切,入,葉韻,喻。

㊀以蓍草卜卦,用蓍草五十,先取其一,餘四十九分爲兩疊,然後四根一數,以定陽爻或陰爻。易繫辭上:"揲之以四,以象四時。"㊁取。史記四五扁鵲傳:"揲荒爪幕,湔浣腸胃。"索隱:"揲音舌。荒,膏荒也。"㊂積。見"揲貫"。㊃折疊。樂府詩集四二劉駕長門怨:"閒揲舞衣歸未得,夜來砧杵六宮秋。"

2. yè ㄧㄝˋ

㊄葉。通"葉"。管子弟子職:"執其膺揲,厥中有帚。"此指箕舌。㊅椎之使薄。通"鍱"。淮南子說山:"譬猶陶人爲器也,揲挻其土而不益厚,破乃愈疾。"

【揲貫】猶言積累。淮南子俶眞:"若然者,下揆三泉,上尋九天,横廓六合,揲貫萬物,此聖人之游也。"

揸 zhā ㄓㄚ

抓,撮。水滸三八:"李逵見了,也不謙讓,大把價揸來只顧喫,撚指間把這二斤羊肉都喫了。"明湯顯祖牡丹亭九:"令史們將我揸,祇候們將我搭,狠燒刀險把我嫩盤腸生灌殺。"

揳 ruò ㄖㄨㄛˋ 如劣切,入,薛韻,日。

染,浸。儀禮特牲饋食禮:"尸左執觶,右取菹㨎于醢,祭于豆間。"注:"揳醢者,染於醢。"按說文無"揳"字,清段玉裁注改"擩"爲"揳"。參見"擩"。

摡 1. gài ㄍㄞˋ 古代切,去,代韻,見。

㊀洗滌。通"溉"。周禮天官世婦:"帥女宮而濯摡。"說文引詩"摡之釜鬵",今本詩檜風匪風作"溉"。

2. xì ㄒㄧˋ 許既切,去,未韻,曉。

㊁取。玉篇引詩:"摽有梅,傾筐摡之。"今本詩召南摽有梅作"塈"。

摒 bìng ㄅㄧㄥˋ 畀政切,去,勁韻,幫。

㊀拔除,排除。通"屏"。如"摒絕妄念"、"摒之門外"。參見"屏㊅"。㊁見"摒當"。

【摒當】收拾,料理。同"屏當"。也作"摒擋"。清張潮虞初新志十八鈕琇(玉樵)海天行記:"衆曰:'貢期已迫,臣等細閱此舟,制度暗合渾儀,以達天衢,允宜利涉,且復寬大新潔,若將貢物摒擋,俟到王宮,以次陳設,似無不可。'"

揟 xū ㄒㄩ 相居切,平,魚韻,心。

取水具。見廣韻。

【揟次】古縣名。漢置,屬武威郡。北周廢。三國魏張既攻盧水胡,潛由且次出武威,且次即揟次。晉書張駿傳作揖次。故城在今甘肅古浪縣北。參閱嘉慶一統志二六七涼州府一。

揉 róu ㄖㄡˊ 耳由切,平,尤韻,日。

㊀使木變形,直木使曲,曲木使直,皆爲揉。易繫辭下:"斲木爲耜,揉木爲耒。"漢書五八公孫弘傳:"臣聞揉曲木者不累日。"注:"揉謂矯而正之也。"㊁順服。詩大雅崧高:"揉此萬邦,聞于四國。"箋:"揉,順也。"㊂以手擦摩。唐王建詩三照鏡:"暖手揉雙目,看圖引四肢。"㊃雜亂。通"糅"。楚辭宋玉九辯"惟其紛糅而將落兮"漢王逸注:"糅,一作揉。"宋文鑑一錢惟演春雪賦:"繽袞袞而紛揉,更霏霏而交錯。"

【揉搓】作踐,折磨。紅樓夢一〇九:"可憐一位如花似月之女,結縭年餘,不料被孫家揉搓,以致身亡。"

【揉輪】屈木製車輪。管子七法:"不明於化,而欲變俗易教,猶朝揉輪而夕欲乘車。"

【揉雜】錯亂。世說新語文學:"于時始雪,五處俱賀,五版並入。(桓)玄在聽事上,版至,即答版後,皆粲然成章,不相揉雜。"

揆 kuí ㄎㄨㄟˊ 求癸切,上,旨韻,羣。

㊀測度,度量。詩鄘風定之方中:"揆之以日,作于楚室。"傳:"揆,度也。"㊁籌度,管理。左傳文十八年:"以揆百事,莫不時序。"又因宰相管理百事,故也稱宰相職位曰揆。晉書禮志上:"桓溫居揆,政由己出。"參見"百揆"。㊂尺度,準則。孟子離婁下:"先聖後聖,其揆一也。"

【揆度】揣度,估量。文選漢東方曼倩(朔)非有先生論:"圖畫安危,揆度得失。"淮南子兵略:"能治五官之事者,不可揆度者也。"

【揆席】百揆之位。謂宰相。文苑英華三〇二唐李乂哭僕射鄂公楊再思詩:"端揆凝邦績,台階闡國猷。"全唐詩本作"揆席"。明張居正張文忠集書牘七答河道徐鳳竹:"大功克成,當虛揆席以待。"

【揆敍】書舜典"百揆時敍",本指百事合宜,後用爲總述之意。漢趙岐孟子題辭:"包羅天地,揆敍萬類。"

揵 1. qián ㄑㄧㄢˊ 渠焉切,平,仙韻,羣。
居偃切,上,阮韻,見。

㊀舉起。史記一一七司馬相如傳上林賦:"揵鰭擢尾,振鱗奮翼。"㊁豎立。後漢書二八下馮衍傳:"揵六枳而爲籬兮,築蕙若而爲室。"㊂用肩扛。通"掮"。後漢書輿服志上:"揵弓韣九鞬。"

2. jiàn ㄐㄧㄢˋ

㊃閉塞,堵塞。通"楗"。莊子庚桑楚:"夫外韄者不可繁而捉,將內揵;內韄者不可繆而捉,將外揵。"疏:"揵者,關閉之目。"漢書溝渠志:"上乃使汲仁、郭昌發卒數萬人塞瓠子決河。……是時東郡燒草,以故薪柴少,而下淇園之竹以爲揵。"注:"樹竹塞水決之口,……謂之揵。"㊄建立封界。漢書四八賈誼傳上疏:"梁起於新鄭以北,著之河;淮陽包陳以南,揵之江。"注:"揵謂立封界也,或曰,揵,接也。"

【揵芝】謂豎立車上的小蓋。後漢書五九張衡傳思玄賦:"左青琱以揵芝兮,右素威以司鉦。"

【揵陟】悉達太子(釋迦牟尼)的馬名。相傳釋迦騎此馬夜半踰城離王宮出家。普曜經四告車匿被馬品:"佛星適現,知時可出。即勑車匿,起被白馬揵陟。"參閱翻譯名義集三帝王聞釋迦。

【揵馬牌】古代防禦敵人衝擊的戰具。以拒馬爲陣,陣前刻木爲獸牌,加綵色,作攫拏狀,號揵馬牌。見宋陸游南唐書劉彥貞傳、宋史四八四李重進傳。

握 wò ㄨㄛˋ 於角切,入,覺韻,影。

㊀執持,攥。詩小雅小宛:"握粟出卜,自何能穀。"㊁拳手,曲手。莊子庚桑楚:"終日握而手不掜,共其德也。"釋文:"李(頤)云:捲手曰握。"㊂掌握。文苑英華七四唐李子卿功成作樂賦:"我高祖神堯皇帝歷數在躬,鈞樞初握。"㊃一把之量或大小長短,均曰握。詩陳風東門之枌:"視爾如荍,貽我握椒。"禮王制:"祭……宗廟之牛,角握。"注:"握謂長不出膚。"疏:"四指曰扶,扶則膚也。"穀梁傳昭八年:"流旁握。"注:"握,四寸也。"㊄見"握齱"、"握齺"。

【握手】㊀執手,拉手。古於分別、會晤或有所囑託時,皆握手以示親近。文選漢蘇子卿(武)詩之三:"握手一長歎,淚爲生別滋。"後漢書二四馬援傳:"援素與

(公孫)述同里閈，相善，以爲既至，當握手歡如平生。"三國志魏曹爽傳:"爽以支屬,世蒙殊寵,親受先帝握手遺詔，託以天下。"㊁古時死者斂衣之一種。以布帛縫合如囊,套於兩手,故名握手。儀禮士喪禮:"握手,用玄,纁裏,長尺二寸,廣五寸，牢中旁寸，著組繫。"參閱禮士喪禮、清胡培翬儀禮正義。

【握汗】謂因驚駭而手出汗。猶言捏一把汗。元史一五九趙璧傳:"憲宗即位，召璧問曰:'天下何如而治?'對曰:'請先誅近侍之尤不善者。'憲宗不悦。璧退，世祖曰:'秀才,汝渾身是膽耶?吾亦爲汝握兩手汗也。'"

【握君】如意的別名。見宋陶穀清異録薰燎握君:"僧繼顒住五臺山，手執香如意，……每接僧，則頂帽，具三衣，假比丘，秉此揮談，名爲握君。"

【握河】水經注一河水:"後堯壇于河，受龍圖，作握河記。"後用爲帝王祭河的典故。文選南齊王元長(融)三月三日曲水詩序:"方握河沈璧，封山紀石。"注引晉皇甫謐帝王世紀:"堯與羣臣沈璧於河，乃爲握河記，今尚書候是也。"

【握遞】兩手相拱著而不能伸。指殘疾。管子入國:"所謂養疾者，凡國都皆有掌養疾，聾盲、喑啞、跛躄、偏枯、握遞，不耐自生者，上收而養之疾，官而衣食之，殊身而後止。"

【握槊】古博戲,"雙陸"之一類。魏書術藝傳:"趙國李幼序、洛陽丘何奴並工握槊。此蓋胡戲，近入中國，云胡王有弟一人遇罪,將殺之,弟從獄中爲此戲以上之，意言孤則易死也。"北齊書和士開傳:"世祖性好握槊，士開善於此戲。"唐劉禹錫劉夢得集二五觀博:"初，主人執握槊之器，……其制用骨,觚稜四均，鏤以朱墨，耦而合數，取應春月，視其轉止，依以争道。"參閱明方以智通雅三五器用。

【握管】執筆。宋書謝靈運傳山居賦:"伊昔齠齔，實愛斯文，援紙握管，會性通神。"

【握髮】韓詩外傳三:"成王封伯禽於魯,周公誡之曰:'……吾於天下，亦不輕矣，然一沐三握髮,一飯三吐哺,猶恐失天下之士。'"史記魯周公世家作"捉髮"。後以"握髮"比喻爲國事勤勞、求才殷切。三國魏曹植曹子建集六君子行:"周公下白屋，吐哺不及餐，一沐三握髮，後世稱聖賢。"唐錢起錢考功集十送任先生任唐山丞詩:"上公頻握髮，才子共垂帷。"參見"吐哺"、"吐握"。

【握篆】掌握官印。舊指任正職長官。因印皆篆刻，故以篆指印。聊齋志異局詐:"副將軍某，負貲入都,將圖握篆，苦無階。"

【握齱】器量局狹貌。同"齷齪"。史記一一七司馬相如傳難蜀父老:"且夫賢君之踐位也，豈特委瑣握齱，拘文牽俗，循誦習傳，當世取説云爾哉!"

【握齺】同"握齱"。史記九七酈食其傳:"酈生聞其將皆握齺，好苛禮自用，不能聽大度之言。"

【握奇經】兵書名。也作握機經、幄機經。舊題軒轅臣風后撰、漢公孫弘解、晉馬隆述讚，一卷。漢書藝文志、隋書及新、舊唐書經籍藝文諸志均不載，宋史藝文志始著録，考其内容，似依託唐獨孤及八陣圖記而爲之。宋高似孫子略稱馬隆本作"握機",握,通"幄",帳也,大將所居。因係軍機要地,故稱"幄機"。

【握金釵】詞牌名。梅苑無名氏詞，名戛金釵。雙調六十四字，前後段各七句或六句，四仄韻。見詞譜十四。

【握雪礜】中藥名，即礬石。古代有人誤認爲是化公石或石腦，明李時珍駁其非是。性甘温，多食令人熱，治大風瘡。見本草綱目十。

【握髮殿】五代吳越都臨安(杭州)，有握髮殿，民間訛稱爲"惡發殿"。宋人南渡，紹興四年於其故基更修射殿。見宋莊季裕雞肋編中。

【握炭流湯】握熾炭，下沸湯，極言悍勇。文選南朝梁陸佐公(倕)石闕銘:"於是流湯之黨，握炭之徒，守似藩離，戰同枯朽。"注引六韜:"紂之卒，握炭流湯者十八人。"

【握拳透爪】比喻死有餘烈。晉卞壼拒蘇峻，父子戰死。其後盜發壼墓，尸僵，而兩手握拳，爪甲穿透手背。見晉書本傳。也作"握拳透掌"。宋蘇軾東坡題跋一偶書:"張睢陽(巡)生猶罵賊，嚼齒穿齦;顏平原(真卿)死不忘君，握拳透掌。"顏爲李希烈所殺。參閱唐鄭綮開天傳信記。

【握蛇騎虎】喻處境極其險惡。魏書彭城王傳:"咸陽王禧疑勰爲變，……謂勰曰:'汝非但辛勤，亦危險至極。'勰恨之，曰:'兄識高年長，故知有夷險，彥和握蛇騎虎，不覺艱難。'"彥和，勰字。

揾 wèn 於粉切，上，吻韻，影。
ㄨㄣˋ 烏困切，去，慁韻，影。

亦作"搵"。㊀按，沒。唐李肇國史補上:"(張)旭飲酒輒草書，揮筆而大叫，以頭揾水墨中而書之。"㊁拭。宋辛棄疾稼軒詞二水龍吟旅次登樓作:"倩何人喚取，紅巾翠袖，揾英雄淚。"

提 1. tí 杜奚切，平，齊韻，定。
ㄊㄧˊ

㊀垂手拿着。國語越下:"范蠡乃左提鼓，右援枹，以應使者。"㊁引起。凡攜帶前進、引之向上都叫提。見"提撕"、"提拔"、"提挈"。㊂舉，舉出。周禮夏官田僕:"凡田，王提馬而走，諸侯晉，大夫馳。"注:"提，猶舉也。"史記九一黥布傳:"大王提空名以鄉楚，而欲厚自託，臣竊爲大王不取也。"㊃舊時凡屬提調、領官的文武職官，常以提稱，如提學、提刑、提督。㊄擲擊。戰國策燕三:"是時侍醫夏無且以藥囊提(荆)軻。"㊅鼓名。周禮夏官大司馬:"師帥執提。"注:"謂馬上鼓。"㊆姓。春秋時晉有提彌明。見左傳宣二年。

2. shí 是支切，平，支韻，禪。
ㄕˊ

㊇見"提$_2$月"、"提$_2$提$_2$"等。

【提$_2$月】古稱月晦日、月邊爲提月。初學記四南朝梁宗懍荆楚歲時記:"提月，晦日。公羊傳曰:'提月，六鷁退飛過宋都。提月者何?僅逮是月晦日也。'何休注曰:'提月，邊也，魯人語也，在是月之幾盡。'"今本公羊傳僖十六年作"是月"。注"是月之幾盡"作"正月之幾盡"。疏謂晦日乃在正月之欲盡。參閱清陳立公羊義疏。

【提$_2$母】藥用植物。知母之異名，也作"蝭母"，蝭，音匙，或音提。參閱政和證類本草九草部。

【提刑】官名。宋淳化二年置，全稱提點刑獄官，省稱提刑，掌察所轄獄訟及舉刺官吏。明清置提刑按察使，掌管一省司法。清末改爲提法使。參閱宋史職官志七提點刑獄、續通志一三六職官略七明官制下、清史稿職官六。

【提耳】指懇切教訓。後漢書一〇六劉矩傳:"民有争訟，矩常引之於前，提耳訓告，以爲忿恚可忍，縣官不可入，使歸更尋思。"

【提牢】官名。掌管刑部牢獄，稽核罪囚等事。明清皆以刑部主事充任，稱提牢主事。其官署稱提牢廳。參閱明會典一七八刑部二十提牢、清通典二五職官三刑部提牢主事、明史職官一。

【提拔】謂拔提升。晉書范弘之傳與會稽王道子牋:"王珣以下官議殷浩謚，不宜暴揚桓溫之惡，感其提拔之恩，懷其入幙之遇，託以廢黜昏暗，建主聖明，自謂此事足以明其忠貞之節。"唐白居易長慶集十七除忠州寄謝崔相公詩："提拔出泥知力竭，吹噓生翅見情深。"

【提封】㊀通共。謂舉其總數言之。漢書刑法志："一同百里，提封萬井。"注引李奇："提，舉也，舉四封之内也。"王先謙補注引王念孫："廣雅曰：'提封，都凡也。'都凡者，猶今人言大凡、諸凡也，……都凡與提封一聲之轉，皆是大數之名。提封萬井，猶言通共萬井耳。"㊁指管轄的封疆。舊唐書一九九上東夷傳："魏晉以前，近在提封之内，不可許以不臣。"

【提要】摘其要領之謂。唐韓愈昌黎集十二進學解："記事者必提其要，纂言者必鉤其玄。"清康熙時修佩文韻府，以此語標立提要一目；乾隆中開四庫全書館，館臣於經史子集各書，每一種皆將書中要點及其得失，加以評論，撰成四庫全書提要。

【提孩】㊀幼兒，孩童。唐韓愈昌黎集六符讀書城南詩："兩家各生子，巧相如提孩。"參見"孩提"。㊁撫育。唐陳集原龍龕道場銘："皆所以安樂羣生，提孩衆品。"(八瓊室金石補正四四)

【提挈】㊀帶領，攜帶。墨子兼愛下："奉承親戚，提挈妻子。"戰國策東周："夫鼎者，非效醯壺醬甀耳，可懷挾提挈以至齊者。"㊁扶持，汲引。史記八九張耳陳餘傳："夫以一趙尚易燕，況以兩賢王左提右挈，而責殺王之罪，滅燕易矣。"文選南朝梁任彥昇(昉)到大司馬記室牋："昔承嘉宴，屬有緒言，提挈之旨，形乎善謔，豈謂多幸，斯言不渝。"

【提倡】佛教禪宗說法唱說宗要名曰提唱。亦作"提倡"。宋周葵宏智禪師妙光塔碑："其退能仁，受長蘆之請，適游雲居，圜悟勁禪師見其提倡，以偈送之。"(八瓊室金石補正一一四)後多謂推動事機、倡始發起爲提倡。

【提婆】㊀梵語，譯爲天。翻譯名義集二八部："提婆，此云天。"㊁人名。迦那提婆的省稱，南天竺國人，龍樹菩薩的弟子。主張大乘空論，其所著現存有百論百字論度百論等。東晉列國後秦鳩摩羅什譯有提婆菩薩傳一卷。參閱景德傳燈錄二第十五祖迦那提婆。

【提梁】器物上供人提舉用的鋬。宋范成大吳船錄上："郫筒，……上有蓋，以鐵爲提梁，或朱或黑，或不漆，大率挈酒竹筒耳。"

【提控】㊀掌管，管理。金史章宗紀一："敕有司，京、府、州、鎮設學校處，其長貳幕内各以進士官提控其事。"又："命參知政事移剌履提控刊修遼史。"㊁金元時對管事人或衙役的稱呼。元曲選李直夫虎頭牌三："差幾個曳剌勾追，兀那老提控來也未？"太平樂府九要孩兒拘刷行院套："提控有小朱，權司是老劉，更有那些隨從村禽獸。"

【提掖】提取，提拔。漢書九六下西域傳："且匈奴得漢降者，常提掖搜索，問以所聞。"也作"提腋"。新唐書一六二許孟容傳："孟容方勁有禮學，每所折衷，咸得其正，好提腋士，天下清議上之。"舊唐書作"好推轂樂善拔士"。

【提掇】提攜。明高則誠琵琶記上："正是今日得君提掇起，免教身在污泥中。"初刻拍案驚奇二五："妾也不甘久處風塵，但得君一舉成名，提掇了妾身出去，相隨終身。"

【提琴】胡琴之一種。以圓木爲槽，上冒蟒皮而空腹，竹柄貫槽中，柄端刻木爲龍首，柄有小環，貫四弦於其中。槽面正平，設柱以承弦，竹片爲弓，馬尾雙弦，夾四弦間而軋之。見清朝通典六六樂四。

【提壺】鳥名。唐劉禹錫劉夢得集外集六和蘇郎中尋豐安里舊居寄主客張郎中詩："池看科斗成文字，鳥聽提壺憶獻酬。"

【提提】安舒貌。詩魏風葛屨："好人提提，宛然左辟。"釋文："提提，徒兮反，安諦也。"楚辭漢東方朔七諫怨世"西施媞媞"注引詩作"好人媞媞"。管子白心："爲善乎？毋提提，爲不善乎？將陷於刑。"注："提提，謂有所揚舉也。"參閱郭沫若等管子集校。

【提₂提₂】羣飛貌。詩小雅小弁："弁彼鸒斯，歸飛提提。"釋文："提提，是移反，羣飛貌。"

【提腕】漢字書法運腕之法，作書時以肘著案，虛提手腕而書。也稱"懸腕"。元陳繹曾翰林要訣第一執筆法提腕："肘著案而虛提手腕。"

【提₂福】安福。史記一一七司馬相如傳難蜀父老："遐邇一體，中外提福，不亦康乎？"集解："徐廣曰：提作禔，音支。"漢書文選皆作"禔福"。

【提塘】官名。清代各省督撫，選派武職一人駐京，專司投遞本省與在京衙門往來文報，其職隸於兵部。參閱清會典五一兵部駐京提塘官。

【提督】官名。明時有提督京營戎政諸職，多以勛戚大臣及太監充任。清代於重要省分設提督，職掌軍政，統轄諸鎮，爲地方武職最高長官，其不設者由巡撫兼。福建省另設水師提督一人。別稱提臺、軍門。提督之名也施於武職以外的官員，如明尚有提督會同館主事、提督四夷館少卿，清尚有提督學政、提督四夷館等職。惟專用提督二字爲官名，則專指武職而言。參閱明史職官志五京營、清通典三八職官十六提督、歷代職官表十一禮部會同四譯館、五六提督。

【提僈】弛緩怠惰。荀子修身："凡用血氣志意知慮，由禮則治通，不由禮則勃亂提僈。"提僈二字義同，與勃亂對文。

【提綱】㊀舉綱。唐杜甫杜工部詩史補遺三又觀打魚："蒼江魚子清晨集，設網提綱萬魚急。"注："綱，大繩也，持以取網。"引申爲列舉大要。宋史職官志五軍器監："是後戎所作坊，已備官于下；宥府起部，並提綱於部。"參見"提綱振領"。㊁唐宋委官運送貨物及賦稅於京師，謂之綱，如言茶綱、馬綱、花石綱之類。管領其事謂之提綱。文苑英華二八〇唐方干送婺州許錄事詩："曙星沒盡提綱去，暝角吹殘鎖印歸。"

【提調】㊀官名。元至元九年改千户所爲兵馬司，隸大都路，以刑部尚書一員提調司事，其職在承上旨以處理指揮事務，提調之名始此。明正統元年設提調學校官員。清代辦理軍機處内繙書房有提調官、協辦提調官各二人。又鄉會試或開館辦理志書等事時，由上司派一委員，專管一切雜務，亦稱提調。參閱元史百官志六、明實錄正統實錄十七、清會典三、六部成語注解吏部。㊁指揮，總管。水滸五六："次後，且叫湯隆打起一把鉤鐮鎗做樣，卻叫雷橫提調監督。"

【提撕】扯拉，提引。詩大雅抑"匪面命之，言提其耳"漢鄭玄箋："我非但對面語之，親提撕其耳。"引申爲提醒、振作。北齊顏之推顏氏家訓序致："業以整齊門内，提撕子孫。"唐韓愈昌黎集七南内朝賀歸呈同官詩："所職事無多，又不自提撕。"

【提學】宋置提舉學事司，掌一路州縣學政，每歲巡視所部，考查師生勤惰優劣。明時提刑按察使司有提學，巡察各省學政。清改爲提督學政，掌全省學校生徒考課黜陟之事，三年一任，大省以四品以上大員充任，較小省分以翰林院編修充任。參閱宋史職官志七、明史職官志四、清通典三五職官十三學政。

【提衡】持物平衡，引申爲相對、相等。管子輕重乙："以是與天子提衡爭秩於諸侯。"注："提，持也；合衆弱以事一強者謂之提衡。"韓非子有度："貴賤不相踰，愚智提衡而立，治之至也。"注："智愚各得其所，故提衡而立。"也作"提珩"。漢桓寬鹽鐵論論功："七國之時，皆據萬乘，南面稱王，提珩爲敵國累世，然終不免俯首係虜于秦。"

【提舉】㊀提拔，提攜。唐白居易長慶集五五姚侍御見過戲贈詩："東臺御史多提舉，莫按金章繫布裘。"㊁官名。宋時樞密院編修敕令所有提舉，宰相兼；同提舉，執政兼。又有提舉常平倉、提舉茶鹽、提舉水利等官。元明多沿其制。清亦有提舉之職，如文淵閣設提舉閣事，領閣事，以內務府大臣充任。參閱文獻通考六一職官十五提舉、清文獻通考八十職官四文淵閣。㊂掌管。宋吳自牧夢粱錄二三月："佑聖觀侍奉香火，其觀係屬御前去處，內侍提舉觀中事務。"

【提轄】官名。1. 宋代州郡多設置提轄，或由守臣兼任，專管統轄軍隊，訓練教閱，督捕盜賊。水滸三："客官要尋王教頭，只問這個提轄，便都認得。"此指經略府提轄魯智深。參閱宋史職官志七經制邊防財用司。2. 宋制，榷貨務都茶場、雜買務雜賣場、文思院、左藏東西庫，皆置提轄官領之。見宋李心傳建炎以來朝野雜記乙集十三四提轄、文獻通考六十職官十四。

【提點】官名。宋時各路設置提點刑獄官，又設提點開封府界諸縣鎮公事，掌司法、刑獄及河渠等事。遼內侍省所屬內庫有都提點，內藏庫有提點。金近侍局官有提點。明則光祿寺尚飲局、尚食局皆有提點大使之職。提點，寓提舉、檢點之意。參閱宋史職官七提點刑獄、續文獻通考五六職官六內侍省及宣徽院。

【提攜】牽扶。禮曲禮上："長者與之提攜，則兩手奉長者之手。"引申爲提拔、扶植。三國志魏牽招傳"嘉與晉司徒李胤同母，早卒"注引荀綽冀州記："(牽)秀……於太康中爲衛瓘崔洪石崇等所提攜，以新安令博士爲司空從事中郎。"

【提法使】官名。宋設提點刑獄，明清設提刑按察使，清光緒時改稱提法使。爲管理各省司法行政事務之官，辛亥革命後廢。見清續文獻通考一三三職官十九提法使及提法使官制

【提壺蘆】卽提壺鳥。也作提葫、提胡蘆。宋歐陽修文忠集三啼鳥詩："獨有花上提壺蘆，勸我沽酒花前醉。"宋王質林泉結契一："提壺蘆，身麻斑，如鴿而小，嘴彎，聲清重，初稍緩，已乃大激烈。"

【提羅迦】木名。其花稱提羅花。唐段成式酉陽雜俎三貝編："提羅迦樹花，見日光卽開。"全唐詩六一三皮日休開元寺佛鉢："拘律樹邊齋散後，提羅花下洗來時。"

【提心弔膽】形容担心、害怕。二刻拍案驚奇二一："店主張善……他是個經紀的人，常是提心弔膽的，睡也睡得惺憁。"

【提督操江】官名。明都察院設提督操江一人，以副僉都御史任之，領上下江防之事。見明史職官志四。

【提綱振領】提網之綱，振衣之領。比喻扼其要領。南齊書顧歡傳上表："臣聞舉網提綱，振裘持領，綱領既理，毛目自張。"五代梁匡國節度使馮行襲德政碑："□本尋源，提綱振領。"(金石萃編一一九)。也作"提綱舉領"。見景德傳燈錄二六遇安禪師。後多言"提綱挈領"。清李漁奈何天傳奇憂嫁："要曉得婦德雖多，提綱挈領，只在一個順字。"

揖 1. yī ㄧ 伊入切，入，緝韻，影。

㊀古時拱手禮。公羊傳僖二年："獻公揖而進之。"注："以手通指曰揖。"㊁辭讓。漢書九九上王莽傳："公惟國家之統，揖大福之恩，事事謙退，動而固辭。"注："揖謂讓而不當也。"

2. jí ㄐㄧˊ 集韻 卽入切，入，緝韻。

㊂會集。通"輯"。史記秦始皇紀二十八年琅邪臺刻石："普天之下，摶心揖志。"參見"揖₂揖₂"。

【揖客】㊀平揖不拜之客。謂足與主人分庭抗禮者。史記一二〇汲黯傳："人或說黯曰：'自天子欲羣臣下大將軍，大將軍尊重益貴，君不可以不拜。'黯曰：'夫以大將軍有揖客，反不重邪？'大將軍聞，愈賢黯。"大將軍謂衛青。㊁對客行揖禮，禮賢下士之意。文選漢揚子雲(雄)解嘲："當今縣令不請士，郡守不迎師，羣卿不揖客，將相不俛眉，……是以欲談者卷舌而同聲，欲步者擬足而投跡。"

【揖₂揖₂】謂會聚，衆多。詩周南螽斯："螽斯羽，揖揖兮。"傳："揖揖，會聚也。"宋歐陽修文忠集四別後奉寄聖俞二十五兄詩："我年雖少君，白髮已揖揖。"

【揖讓】㊀賓主相見的禮儀。也以比喻文德。荀子樂論："故樂者，出所以征誅也，入所以揖讓也。……出所以征誅，則莫不聽從；入所以揖讓，則莫不從服。"㊁謂讓位於賢，對征誅而言。文選晉袁彥伯(宏)三國名臣序贊："揖讓之與干戈，文德之與武功，莫不宗匠陶鈞，而羣才緝熙。"注："孔叢子：曾子謂子思曰：'舜禹揖讓，湯武用師，非相詭，乃時也。'"

揚 yáng ㄧㄤˊ 與章切，平，陽韻，喻。

也作"敭"。通"颺"。㊀飛起，升高。詩小雅沔水："鴥彼飛隼，載飛載揚。"禮曲禮上："將上堂，聲必揚。"㊁舉起，掀播。莊子外物："鶩揚而奮鬐。"楚辭屈原漁父："舉世皆濁，何不淈其泥而揚其波？"㊂傳播，稱頌，使之彰顯。書堯典上："明明揚側陋。"荀子不苟："君子崇人之德，揚人之美，非諂諛也。"㊃指眉毛及其上下部分。詩齊風猗嗟："美目揚兮。"傳："好目，揚眉。"疏："蓋以眉毛揚起，故名眉爲揚。"又鄘風君子偕老："揚且之晳也。"傳："揚，眉上廣。"㊄見"揚揚"。㊅鉞的別稱。詩大雅公劉："弓矢斯張，干戈戚揚。"傳："揚，鉞也。"㊆古九州之一。詳"揚州"。㊇姓。漢有揚雄。

【揚子】㊀古津渡名。在江蘇江都縣南，有揚子橋，自古爲江濱津要處。今距江已遠，僅通運河。隋開皇十年，楊素帥舟師自揚子津入，擊朱莫問於京口；宋建炎初南渡，金人追至揚子橋而還，皆卽此處。參閱嘉慶一統志九七揚州府二。㊁縣名。漢江都縣地，隋末杜伏威曾置戍守於此，名揚子鎮。唐永淳元年析置揚子縣。五代南唐改爲永貞縣。宋復舊名，明廢。故城在今江蘇儀徵縣東南。參閱嘉慶一統志九七揚州府二。㊂江名。漢水出嶓冢山，至漢口與岷江合流，東流至揚州，爲揚子江。以揚子津揚子縣得名。近也通稱長江爲揚子江。

【揚白】眼睛露白。南史陳宗室諸王新安王伯固傳："新安王伯固字牢之，文帝第五子也。生而龜胸，目通睛揚白。"

【揚州】㊀古九州之一。書禹貢："淮海惟揚州。"傳："北據淮，南距海。"爾雅釋地："江南曰揚州。"㊁漢置，爲十三刺史部之一，東漢爲廣陵郡。歷代治所屢有變更。東漢治歷陽，或壽春，或曲阿。中原自魏至周爲壽春或合肥。江左自吳至陳爲建業或會稽。隋唐五代爲廣陵。宋因之。元爲路，明爲府，清因之，公元1912年廢。今江蘇揚州市卽其舊治。參閱宋秦觀淮海集三九揚州集序、嘉慶一統志九六揚州府一。

【揚帆】張帆。謂行船。文選南朝宋謝靈運遊赤石進帆海詩："揚帆采石華，挂席拾海月。"

【揚名】傳播名聲。孝經開宗明義："立身行道，揚名於後世。"漢王符潛夫論浮侈："以爲褒君顯夫，不在聚則，揚名顯祖，不在車馬。"

【揚言】㊀大言，誇大其辭。逸周書官人："飾貌者不静，假節者不平，多私者不義，揚言者寡信，此之謂揆德。"㊁以不實不盡之言故意對外宣揚。戰國策秦四："楚王揚言與秦遇，魏王聞之，恐，効上洛於秦。"漢書七九馮奉世傳："莎車遣使揚言北道諸國已屬匈奴矣。"

【揚波】翻起波濤。楚辭屈原九歌少司命："與女遊兮九河，衝風至兮水揚波。"也用來比喻動亂、動蕩。文選晉袁彥伯(宏)三國名臣序贊："火德既微，運纏大過，洪飈扇海，二溟揚波。"注："揚波，喻亂也。"

【揚長】大模大樣。金瓶梅二三："來興兒道：'你燒不燒隨你，交與你，我有勾當去。'説着，揚長出去了。"

【揚馬】指漢代著名文人揚雄和司馬相如。唐李白李太白詩二古風之一："正聲何微茫，哀怨起騷人。揚馬激頹波，開流蕩無垠。"

【揚荷】古楚歌曲名。楚辭宋玉招魂："涉江采菱，發揚荷些。"也作"揚阿"、"陽阿"。又大招："謳和揚阿，趙簫倡只。"

【揚揚】得意貌。荀子儒效："呼先王以欺愚者，而求衣食焉，得委積足以揜其口，則揚揚如也。"史記六二晏嬰傳："其夫爲相御，擁大蓋，策駟馬，意氣揚揚，甚自得也。"

【揚雄】公元前53—公元18年。西漢蜀郡成都人。字子雲，少好學，長於辭賦，多仿司馬相如。成帝時以大司馬王音薦，獻甘泉河東羽獵長楊四賦，拜爲郎。王莽時爲大夫，校書天祿閣。以事被株連，投閣自殺，幾死。雄博通羣籍，多識古文奇字。仿易經論語作太玄法言。又編字書訓纂篇方言。訓纂篇久佚，僅存清人所輯殘文。明張溥輯其文爲揚侍郎集。漢書有傳。

【揚飯】揚散飯中熱氣。禮曲禮上："毋固獲，毋揚飯。"疏："飯熱當待冷，若揚去熱氣，則爲貪快，傷廉也。"

【揚粵】也作"揚越"，爲古代我國越族的一支，以居古揚州一帶得名。因也稱其地爲揚粵。漢書十九鼂錯傳："南攻揚粵。"注："張晏曰：'揚州之南越也。'"又六五南粵王趙佗傳："秦并天下，略定揚粵。"注："本揚州之分，故云揚粵。"

【揚搉】約略，舉其大概。莊子徐无鬼："頡滑有實，古今不代，而不可以虧，則可不謂有大揚搉乎！"漢書一〇〇下敍傳："揚搉古今，監世盈虛。"注："揚，舉也，搉，引也。揚搉者，舉而引之，陳其趣也。"

【揚塵】㊀激起塵土。文選戰國楚宋玉風賦："夫庶人之風，塕然起於窮巷之間，堀堁揚塵。"㊁傳説仙人麻姑謂王方平云："已見東海三爲桑田，蓬萊水亦淺於往時。"方平笑曰："聖人皆言海中復揚塵也。"見舊題晉葛洪神仙傳七麻姑。因以揚塵喻時勢變易之速。參見"滄桑"。

【揚厲】禮樂記："發揚蹈厲，大公之志也。"本爲威武奮發之意，後稱發揚光大爲揚厲。唐韓愈昌黎集三九潮州刺史謝上表："鋪張對天之閎休，揚厲無前之偉績。"

【揚歷】表揚其所經歷，指居官的治績。三國志魏管寧傳："斯亦聖朝，同符唐虞，優賢揚歷，垂聲千載。"注："今文尚書曰：'優賢揚歷'謂揚其所歷試。"文選晉左太沖(思)魏都賦："優賢著於揚歷，匪孽形於親戚。"後稱仕宦所經歷爲揚歷。參見"敭歷"。

【揚聲】㊀高聲。晏子諫上："兌上豐下，倨身而揚聲。"㊁振起聲名。文選三國魏孔文舉(融)論盛孝章書："今孝章實丈夫之雄也，天下談士，依以揚聲。"㊂故意對外宣揚。三國志蜀趙雲傳："明年，(諸葛)亮出軍，揚聲由斜谷道，曹真遣大衆當之。"㊃喪家使人號哭以助哀。唐李匡乂資暇集下揚聲："喪筵之室，俾妓婢唱悲切聲，以助主人之哀者，謂之揚聲，不知起自何代。"

【揚攉】約略，舉其大概。同"揚搉"。淮南子俶真："物豈可謂無大揚攉乎？"注："揚攉，無慮大數名也。"

【揚觶】舉觶。觶(zhì)，酒器。春秋晉大臣知悼子(荀盈)卒，未葬；師曠李調侍晉平公飲酒，鼓鐘作樂。杜蕢以爲有大臣之喪，國君不應飲酒舉樂，乃罰師曠李調飲酒，以示規諫。平公謂已亦有過，使杜蕢酌酒飲之，杜蕢遂洗而揚觶。見禮檀弓下。本謂進酒以示罰，後用爲國君停樂之典。周書武帝紀上天和元年詔："甲子、乙卯，禮云不樂。萇弘表昆吾之稔，杜蕢有揚觶之文。……宜依是日，省事停樂。"

【揚州夢】唐杜牧樊川集外集遣懷詩："十年一覺揚州夢，占(一作贏)得青樓薄倖名。"牧隨牛僧孺出鎮揚州，曾出入倡樓。後分務洛陽，常追思感舊，謂繁華如夢，故云。元喬孟符據此撰揚州夢雜劇。又清嵇留山撰揚州夢演杜子春爲揚州巨商，後遇老君得道事。

【揚州慢】詞牌名。宋姜夔自度中吕宮曲。雙調九十八字，前段十句，後段九句，各四平韻。見詞譜二六。

【揚州八家】即揚州八怪。指清乾隆年間曾寓揚州的著名畫家八人，即金農汪士慎黃慎李鱓鄭燮李方膺高翔羅聘(一説有閔貞高鳳翰，無李方膺高翔)。八人之畫，皆不拘泥舊法，獨創風格，自成一家，當時目之爲怪，因有"八怪"之稱。

【揚眉吐氣】謂久困之後，一旦舒展懷抱。唐李白李太白詩二六與韓荊州書："今天下以君侯爲文章之司命，人物之權衡，……而君侯何惜階前盈尺之地，不使白揚眉吐氣，激昂青雲耶？"

【揚湯止沸】播揚開水，使沸騰暫時停息。比喻非治本之道。吕氏春秋盡數："夫以湯止沸，沸愈不止，去其火，則止矣。"三國志魏董卓傳"卓未至，進敗"注引典略卓上表："臣聞揚湯止沸，不如滅火去薪。"

【揚葩振藻】喻文采煥發。北史文苑傳序："漢自孝武之後，雅尚斯文，揚葩振藻者如林，而二馬王揚爲之傑；東京之朝，茲道逾扇，咀徵含商者成市，而班傅張蔡爲之雄。"

【揚州十日記】清王秀楚撰。一卷。清兵初入揚州，殺戮慘酷。秀楚自述其身受目睹之事，而成此書。

【揚州畫舫録】清李斗撰。十八卷。作者於乾隆間寓居揚州，據耳目見聞，撰成此書。記載揚州的城市、河流、園林、古蹟、工藝、文物以及文人軼事、里巷瑣聞等，可補地方志書之缺。末附工段營造録，可藉以見當時工人創造之規模及程式。

揭 1. jiē ㄐㄧㄝ
居竭切，入，月韻，見。
居列切，入，薛韻，見。
其謁切，入，月韻，羣。
丘謁切，入，薛韻，溪。
渠列切，入，薛韻，羣。

㊀高舉。詩小雅大東："維北有斗，西柄之揭。"戰國策齊四："於是乘其車，揭其劍，過其友曰：'孟嘗君客我。'"參見"揭竿"。㊁蹶起，顯露。詩大雅蕩："人亦有言，顛沛之揭。"傳："揭，見根貌。"戰國策韓二："脣揭者其齒寒。"參見"揭曉"。

㈢標識。文選晉郭景純(璞)江賦:"峨嵋爲泉陽之揭。"㈣見"揭揭"。㈤姓。元有揭傒斯。

2. qì 去例切,去,祭韻,溪。
ㄑㄧˋ

㈥掀起衣服。詩邶風匏有苦葉:"深則厲,淺則揭。"傳:"揭,褰衣也。"

【揭示】列舉事由,布告大衆。宋史食貨志上五:"又令州縣録丁産及所産役使,前期揭示。"

【揭車】香草名。楚辭屈原離騷:"畦留夷與揭車兮,雜杜衡與芳芷。"注:"揭車,亦芳草,一名䒗輿。"爾雅釋草作"藒車"。本草綱目十四作"藒車香"。謂生於徐州,高數尺,黄葉白花。

【揭帖】古時公文書的一種。元虞集道園學古録八京畿都漕運使善政記:"其出納也,務爲均平。收支之數,有所勘會,止從本司揭帖圖帳申報,無煩文也。"明戚繼光練兵實紀雜集三:"凡有大事申報上司,于文書之外,仍附以揭帖,備言其事之始末情節,利害緣由。"

【揭竿】㈠舉竿,持竿。莊子庚桑楚:"若規規然若喪父母,揭竿而求諸海也。"㈡史記秦始皇紀:"斬木爲兵,揭竿爲旗。"本謂陳涉起義,竪竿爲旗。後因稱農民起義爲揭竿而起。

【揭揭】㈠長、高之貌。詩衛風碩人:"葭菼揭揭。"傳:"揭揭,長也。"楚辭漢劉向九歎遠遊:"服覺皓以殊俗兮,貌揭揭以巍巍。"注:"揭揭,高皃也。"㈡動摇不定貌。淮南子兵略:"因其勞倦、怠亂、飢渴、凍暍,推其旝旝,擠其揭揭,此謂因勢。"注:"揭揭,欲拔也。"㈢疾馳貌。漢焦延壽易林二需之小過:"猋風忽起,車馳揭揭。"

【揭陽】縣名,屬廣東省。漢置縣,屬南海郡。晉併入海陽縣。宋復置。元屬潮州路,明清皆屬潮州府。参閲寰宇通志一〇四潮州府揭陽縣。

【揭貼】揭示,謂揭而貼之。明方以智通雅三一器用書札:"宋元豐中詔中書例寫一本納執政,分令諸房揭貼,謂揭而貼之。古貼、帖通用。世説(雅量)以'如意帖之'是也。今人因有揭帖之名。"

【揭調】高調。明楊慎升菴集五七揭調:"樂府家謂揭調者,高調也。高駢詩:公子邀歡月滿樓,佳人揭調唱伊州。便從席上西風起,直到蕭關水盡頭。"

【揭篋】莊子胠篋:"然而巨盜至,則負匱揭篋擔囊而趨。"[illegible]箱籠而去。後以喻全部抄襲他人文字。南朝梁劉勰文心雕龍九指瑕:"若排人美辭,以爲己力,寶玉大弓,終非其有。全寫則揭篋,傍采則探囊。"

【揭曉】公布使衆人知曉。多指考試出榜。元周密癸辛雜識別集上彭晉叟:"時政放堂試,……揭曉之際,彭已寘理,乃以次名代之。"元吳渭月泉吟社詩:"本社預於小春月望命題,至正月望日收卷,……俟評校畢,三月三日揭曉。"

【揭櫫】同"楬櫫"。見"楬櫫"。

【揭孽】極高貌。文選漢王文考(延壽)魯靈光殿賦:"飛陛揭孽,緣雲上征。"

【揭驕】放肆自得。也作"拮矯"。文選晉潘安仁(岳)射雉賦:"眄箱籠以揭驕,睨驍媒之變態。"注:"揭驕,志意肆也。……楚辭揭驕字作拮矯。"

【揭傒斯】公元1274—1344年。元龍興富州人,字曼碩。早有文名,入翰林,累官至侍講學士。當時朝廷典册碑文,多出其手。曾與修遼金宋三史,爲總裁官。卒謚文安。其文敍事嚴整,詩亦風格清婉。有揭文安公全集十四卷。元史有傳。

揌

sāi 集韻 桑才切,平,咍韻。
ㄙㄞ

填入,堵住。通"塞"。西遊記三:"他將那寶貝顛在手中,叫:'小!小!小!'即時就小做一個繡花針兒相似,可以揌在耳朵裏面藏下。"

揣

1. chuǎi 初委切,上,紙韻,初。
ㄔㄨㄞˇ

㈠量度。左傳昭三二年:"士彌牟營成周,計丈數,揣高卑,度厚薄。"注:"度高曰揣。"孟子告子下:"不揣其本,而齊其末。"㈡忖度,試探。史記九七陸賈傳:"陳平曰:'生揣我何念?'"三國志蜀魏延傳:"(楊)儀令(費)禕往揣(魏)延意指。"㈢姓。明有永樂舉人揣本。見正字通。

2. chuāi
ㄔㄨㄞ

㈣懷藏。元曲選關漢卿救風塵四:"馬揣駒了。"指馬懷駒。西遊記十一:"懷揣一本生死簿,注定存亡。"㈤見"揣$_{2}$與"。

3. zhuī 集韻 朱惟切,平,脂韻。
ㄓㄨㄟ

㈥捶擊。老子:"揣而梲之,不可長保。"

4. tuán 集韻 徒官切,平,桓韻。
ㄊㄨㄢˊ

㈦積聚貌。通"團"、"摶"。文選漢馬季長(融)長笛賦:"秋潦漱其下趾兮,冬雪揣封乎其枝。"

【揣$_{4}$丸】和調。淮南子俶真:"其襲微重妙,挺挏萬物,揣丸變化,天地之間,何足以論之。"

【揣度】忖度,料想。淮南子人間:"凡人之舉事,莫不先以其知,規慮揣度,而後敢以定謀。"

【揣骨】舊時相術的一種,揣摸人的骨骼,附會人事禍福。北史皇甫玉傳謂玉善相人,北齊文宣帝試玉相術,以帛巾蒙其眼,使歷摸以相諸人,則其術南北朝時已有之。後來謂牽强附會的考究爲揣骨聽聲,即取此義。宋沈括夢溪筆談十七書畫:"又有觀畫而以手摸之,相傳以謂色不隱指者爲佳畫。此又在耳鑒之下,謂之揣骨聽聲。"清紀昀沈氏四聲考後序:"因吾書而考見今韻之由來,不至揣骨聽聲,自生妄見。"

【揣$_{3}$挫】打擊摧折。後漢書七七酷吏傳序:"若其揣挫彊勢,摧勒公卿,碎裂頭腦而不顧,亦爲壯也。"

【揣情】忖度情理。史記七六虞卿傳贊:"虞卿料事揣情,爲趙畫策,何其工也!"鬼谷子揣:"揣情者,必以其甚喜之時往,而極其欲也。"

【揣量】忖度,估計。唐韓偓玉山樵人集春陰獨酌寄虞部李郎中詩:"詩道揣量疑可進,宦情刓缺轉無多。"

【揣$_{2}$與】給與,强加於人。元曲選鄭德輝倩女離魂四:"不甫能盼得音書至,倒揣與我箇悶弓兒。"又(蕭德祥)殺狗勸夫四:"他道俺哥哥公門踪跡何曾至,平空的揣與這個罪名兒。"

【揣摩】戰國策秦一:"(蘇秦)乃夜發書,陳篋數十,得太公陰符之謀,伏而誦之,簡練以爲揣摩。"注:"揣,定也;摩,合也。"漢王充論衡答佞:"儀秦排難之人也,處擾攘之世,行揣摩之術。"本指悉心求其真意,以相比合。後用爲測度、估量之意。清黄宗羲南雷文定前集九移史館熊公雨殷行狀:"當是時,號爲能諫者,亦必揣摩宛轉以納其說。"又玩賞文字而加以仿效,也稱揣摩。

揩

kāi 口皆切,平,皆韻,溪。
ㄎㄞ

摩擦,擦拭。文選漢張平子(衡)西京賦:"揩枳落,突棘藩。"注:"揩,摩也。"法苑珠林七日月震雷:"譬如樹枝相揩,即有火出。"

【揩擊】樂器名。用以節樂。禮明堂位:"拊搏、玉磬、揩擊、大琴、大瑟、中琴、小瑟,四代之樂器也。"注:"揩擊謂柷敔,皆所以節樂者也。"

援

yuán 雨元切,平,元韻,于。
ㄩㄢˊ

㊀攀緣，拉。詩大雅皇矣：「以爾鉤援，與爾臨衝。」莊子讓王：「王子搜援綏登車。」㊁執，持。左傳成二年：「(郤克)左並轡，右援枹而鼓。」㊂引進。荀子仲尼：「援賢博施。」㊃引據，類推。墨子小取：「援也者，曰：子然，我奚獨不可以然也。」注：「援，引也，謂引彼以例此。」㊄戈之直刃。周禮考工記冶氏：「戈廣二寸，内倍之，胡三之，援四之。」注引鄭司農(衆)：「援，直刃也。」

王眷切，去，線韻，于。
于願切，去，線韻，于。

㊅救助。左傳襄元年：「晉侯衞侯次于戚，以爲之援。」

【援引】 ㊀引證。漢何休公羊傳序：「援引他經，失其句讀。」三國志魏臧洪傳：「重獲來命，援引古今。」㊁提拔，推舉。後漢書三十下郎顗傳奏：「臣願陛下發揚乾剛，援引賢能，勤求機衡之寄，以獲斷金之利。」又七八宦者傳序：「其有更相援引，希附權彊者，皆腐身熏子，以自衒達。」此指拉扯，依附。

【援手】 孟子離婁上：「天下溺，援之以道；嫂溺，援之以手。」本謂執其手而救之，後泛用爲救助之義。清張潮虞初新志五朱一是花隱道人傳：「道人予其自新，亦時援手。」

【援例】 引用成例。舊唐書八九狄仁傑傳附狄兼謨：「會江西觀察使吳士矩違額加給軍士，破官錢數十萬計。兼謨奏曰：『……臨戎賞軍，州有定數，而吳士矩與奪由己，盈縮自專，不唯貽弊一方，必致諸軍援例。請下法司，正行朝典。』」

【援筆】 執筆。韓詩外傳二：「楚史援筆而書之於策曰：楚之霸，樊姬之力也。」

【援鼈失龜】 喻得不償失。淮南子說山：「殺戎馬而求狐狸，援兩鼈而失靈龜，斷右臂而爭一毛，折鏌邪而爭錐刀，用智如此，豈足高乎？」

【援鶉堂筆記】 清姚範撰，五十卷。爲考證類筆記。校勘羣書，訂正經史子集文字音義，兼評論詩文，記錄雜識。清方東樹爲撰勘誤、勘誤補遺各一卷。漢揚雄法言寡見有「春木之芚兮，援我之鶉兮，去之五百歲，其人若存兮」等語。鶉，純美；援鶉，指援引而進於純美之境界，書名取此。

揄

1. yú ㄩˊ 羊朱切，平，虞韻，喻。

亦作「揜」。㊀手揮。莊子漁父：「有漁夫者，下船而來，須眉交白，被髮揄袂。」史記六九貨殖傳：「揄長袂，躡利屣。」㊁見「揄揚」。

2. yóu ㄧㄡˊ 以周切，平，尤韻，喻。

㊂舀取。詩大雅生民：「或舂或揄，或簸或蹂。」傳：「揄，抒臼也。」釋文：「揄，音由，又以朱反。說文作舀，弋紹反。」清陳奐謂說文「舀，抒臼也」引詩作舀，爲舀假借字。見詩毛氏傳疏。

3. yáo ㄧㄠˊ

㊃見「揄₃狄」。

【揄₃狄】 古王后從王祭先公之服，又爲三夫人及上公妻之命服。狄，同「翟」，雉名，以服上刻畫雉形，故名。說文作「褕」。周禮天官内司服：「掌王后之六服，褘衣、揄狄。」注：「狄當爲翟，翟，雉名。……從王祭先王則服褘衣，祭先公則服揄翟。」禮玉藻：「王后褘衣，夫人揄狄。」注：「揄讀如搖。」

【揄柎】 傳說黄帝時良醫。卽俞跗。周禮天官疾醫「兩之以九竅之變，參之以九藏之動」漢鄭玄注：「岐伯揄柎則兼彼數術者。」釋文「揄」作「榆」，謂本亦作「俞」。參見「俞跗」。

【揄揶】 戲弄，嘲弄。同「揶揄」。唐盧仝玉川子集外集苦雪寄退之：「但恨口中無酒氣，劉伶見我相揄揶。」參見「揶揄」。

【揄揚】 ㊀揮揚，揚起。楚辭漢劉向九歎逢紛：「揄揚滌盪，漂流隕往，觸崟石兮。」㊁宣揚。文選漢班孟堅(固)兩都賦序：「或以抒下情而通諷諭，或以宣上德而盡忠孝，雍容揄揚，著於後嗣，抑亦雅頌之亞也。」文選三國魏曹子建(植)與楊德祖書：「辭賦小道，固未足以揄揚大義，彰示來世也。」

【揄鋪】 以鳥獸毛鋪織的氈毯。方言二：「揄鋪……毳也。荆揚江湖之間曰揄鋪。」清錢繹箋疏：「織毛褥……蓋以鳥獸揄脱之毛鋪陳之，義與毛席同。」

揜

yú ㄩˊ

同「揄」。見「揄」。

揜

yǎn ㄧㄢˇ 衣儉切，上，琰韻，影。
烏敢切，上，敢韻，影。

通「掩」。㊀覆而取之，捕取。穀梁傳昭八年：「揜禽旅。」注：「揜取衆禽。」史記一一七司馬相如傳子虛賦：「載雲罕，揜羣雅，悲伐檀，樂樂胥。」索隱：「揜，捕也。」㊁奪去。淮南子氾論：「怯者夜見立表，以爲鬼也；見寢石，以爲虎也；懼揜其氣也。」注：「揜，奪也。」㊂遮蔽，掩蓋。禮聘義：「瑕不揜瑜，瑜不揜瑕，忠也。」㊃承襲。荀子儒效：「教誨開導成王，使諭於道，而能揜迹於文武。」注：「揜，襲也。」㊄困迫。禮表記：「君子慎以辟禍，篤以不揜，恭以遠恥。」注：「揜，猶困迫也。」

【揜于】 謂猛獸。周書楊忠傳：「嘗從太祖狩於龍門，皇考獨當一猛獸，左挾其腰，右拔其舌。太祖壯之。北臺謂猛獸爲揜于，因以字之。」唐人避李淵(高祖)之祖父李虎諱，故稱「猛獸」。

【揜眼】 眼罩。元曲選戴善夫風光好一：「脖項上搭上套頭皮，面上帶上揜眼。」

【揜覆】 遮蓋，隱瞞。同「掩覆」。元史一八一揭傒斯傳：「立朝雖居散地，而急於薦士，揚人之善惟恐不及，而聞吏之貪墨病民者，則尤不曲爲之揜覆也。」

揫

jiū ㄐㄧㄡ 字彙 卽尤切，酒平聲。

㊀聚斂。新唐書一〇六孫佺傳：「佺揫聚軍中幣萬餘匹，悉袍帶並與之。」㊁抓住，扭住。清平山堂話本二快嘴李翠蓮記：「若是惱咱性兒起，揫住耳朵揉頭髮。」水滸十三：「牛二緊揫住楊志，說道：『我偏要買你這口刀！』」

【揫採】 理會，招呼。也作「揫采」。古今雜劇元戴善夫風光好四：「我爲你離鄉背井，抛家失業來覓男兒，到把我不揫不采，不相不識，相問相思。」又關漢卿蝴蝶夢四：「貪荒處孩兒落了鞋，喚着越不揫採。」元曲選作「睬睬」。

插

chā ㄔㄚ 楚洽切，入，洽韻，初。

㊀刺入。文選南朝宋謝靈運田南樹園激流植援詩：「激澗代汲井，插槿當列墉。」㊁栽植。宋陸游劍南詩稿五八大雨：「緜地千里間，四月秧盡插。」㊂參加，廁入。見「插手」。㊃刺土之器。通「鍤」。戰國策齊六：「坐而織蕢，立則杖插。」

【插天】 極言其高。唐李賀歌詩編四：「碧叢叢，高插天。」唐黄滔黄御史集四壺公山詩：「髣髴嘗聞樂，岧嶤半插天。」

【插手】 言廁身其間。朱子語類三六論語十八：「如魯有三桓，齊有田氏，晉有六卿，比比皆然，如何容聖人插手？」宋詩鈔陳造江湖長翁詩鈔再次韻答許節推：「宦途要處難插手，詩社叢中常引頭。」

【插打】 以叢箭集射。唐韋絢劉賓客嘉話錄：「范希朝將赴鎮太原，辭省中郎官，既拜而言曰：『郎中有事，但處分希朝，希朝第一遍不應，亦且恕，至第三遍不應，卽任郎中員外下手插打得。』插打，謂造箭者插羽打幹，言攢箭射我也。」

【插板】 也作「插版」，守城之具。與城門内外爲重門，距城門五尺，用榆槐製兩夾木，廣狹與城門同，設有夾板，幔以生牛皮，裹以鐵葉，兩旁施鐵環，貫以鐵索。夾木開有槽，容夾板起落，敵至則下之。外實以土，防火攻，内枝以柱，防傾折。參閱明茅元儀武備志一一二軍資乘守三城制、古今圖書集成經濟彙編戎政典二九六攻守諸器部。

【插岸】蟲名，介類。卽馬蛤，一名馬刀，也作"煸岸"。宋詩鈔文同丹淵集鈔過友人溪居："水蟲行插岸，林鳥過提壺。"又寇宗奭本草衍義十七馬刀："京師謂之煸岸，春夏人多食。"

【插架】置書於書架之上。唐韓愈昌黎集七送諸葛覺往隨州讀書詩："鄴侯家多書，插架三萬軸。"宋陳師道後山詩注九絶句之二："三兩作鄰堪共話，五千插架未爲貧。"

【插翅】插上翅膀。喻欲飛翔。唐韓愈昌黎集五寄崔二十六立之詩："安有巢中鷇，插翅飛天陲。"

【插釵】宋時婚俗，男女議婚，兩親相見，謂之相親，若新人中意，卽以金釵插於冠髻中，曰插釵。見宋孟元老東京夢華録五娶婦、宋吳自牧夢粱録二十嫁娶。警世通言十四一窟鬼癩道人除怪："自從當日插了釵，離不得下財納禮，奠雁傳書。"

【插漢】㊀插入河漢。形容甚高。水經注三一淯水："其水南流經魯陽關左右，連山插漢，秀木干雲。"㊁明代蒙古族部落名。亦稱插漢兒察罕察哈爾，本元裔小王子之後，明嘉靖間卜赤(一作布希)駐牧插漢之地，因以爲名。見清文獻通考二九一輿地二三察哈爾、嘉慶一統志五四九察哈爾。

【插標】舊時人出售物品，於物上插茅草爲標以示出售，曰插標。清黃景仁兩當軒集十二得稚存淵如書卽寄詩："插標賣賦愁絶倒，臣朔苦長時不飽。"

【插嘴】不待人語終而插言。景德傳燈録十八興法大師："遮漢來遮裏插嘴。"參閱清翟灝通俗編十七笑言插嘴。

【插科打諢】演劇時，摻入詼諧之語和滑稽動作，引衆人發笑，叫"插科打諢"。明高則誠琵琶記："休論插科打諢，也不尋宫數調，只看子孝與妻賢。"亦作"攙科撒諢"。明李開先一笑散題副淨："攙科撒諢，笑口一齊開。"

揔 zǒng 集韻 祖動切，上，董韻。
ㄗㄨㄥˇ

"總"的異體字。左傳文十八年"以揆百事"唐孔穎達疏："使之揔衆務也。"元刊古今雜劇"總"都作"揔"。

揝 1. zǎn 集韻 子感切，上，感韻。
ㄗㄢˇ

㊀手動。通"揩"。見集韻。

2. zuàn
ㄗㄨㄢˋ

㊀緊握，握住。通"攥"。元曲選石君寶秋胡戲妻四："我這裏便破步撩衣，走向前來，揝住羅裳。"

换 huàn 胡玩切，去，换韻，匣。
ㄏㄨㄢˋ

㊀互易，交易。晉書阮籍傳附阮孚："嘗以金貂换酒，復爲所司彈劾。"㊁更易，變易。墨子備城門："寇在城下，時换吏卒署，而毋换亓養。"後漢書三三朱浮傳上疏："而間者守宰數見换易，迎新相代，疲勞道路。"

【换帖】㊀舊時異姓結爲兄弟，互换書有姓名、年籍、家世的柬帖，謂之换帖。清樂鈞青芝山館駢體文下與姚春木書："附上名紙，兼注年籍，用畣如昆之愛，希歲寒之盟。"所言卽换帖之事。參見"蘭譜"。㊁舊時訂婚，男家遣使送帖至女家，贈首飾羊酒等物。女家答帖，回送書墨筆硯之類，也叫换帖。

【换季】隨春秋季節而改换服裝。清富察敦崇燕京歲時記："每至三月，换戴涼帽，八月换戴暖帽，屆時由禮部奏請。大約在二十日前後者居多。"

【换骨】道家謂學仙者必服金丹，换去凡骨爲仙骨，纔能成仙。唐李商隱李義山詩集五藥轉："鬱金堂北畫樓東，换骨神方上藥通。"佛教亦有换骨之説，景德傳燈録三慧可大師："翊日覺頭痛如刺，其師欲治之，空中有聲曰：'此乃换骨，非常痛也。'"也用爲推陳出新之意。參見"奪胎换骨"。

【换頭】填詞過拍後另起，謂之换頭。詞品三秦少游贈樓東玉："秦少游水龍吟，贈營妓樓東玉者，其中小樓連苑及换頭玉佩丁東，隱樓東玉三字。"

【换錦】花名。葉似水仙，冬生，至夏而落。獨抽一莖，二尺許，開十餘花。花或紅或緑，葉落而花，叫脱紅脱緑；花落而葉，叫换錦花。見清屈大均廣東新語二七草語。

【换鵝書】晉王羲之好鵝，山陰有一道士養好鵝。羲之往觀，求購甚切，道士云："爲寫道德經，當舉羣相贈耳。"羲之欣然寫畢，籠鵝而歸。見晉書本傳。唐李白李太白詩十七送賀賓客歸越："山陰道士如相見，應寫黃庭换白鵝。"按唐人記王羲之書目，有黃庭，無道德，當以黃庭爲是，後來因以换鵝書爲黃庭經法書的别名。元黃庚月屋漫藁雜詠詩："小逕荒苔人不到，閉門閑學换鵝書。"參閱宋洪邁容齋詩話二。

【换字文章】南宋咸淳末年，江東謹思熊瑞諸人倡爲變體，多用莊子列子之語，時人謂之换字文章。見元周密癸辛雜識後集太學文變。

【换巢鸞鳳】詞調名。爲宋史達祖自度曲，因詞中有"换巢鸞鳳教偕老"句，取以爲名，或謂此詞前段用平韻，後段叶仄韻，换巢之義，疑出於此。雙調，一百字。見詞譜二八。

掾 yuàn 以絹切，去，線韻，喻。
ㄩㄢˋ

本爲佐助之義，後通稱副官佐貳吏爲掾。史記項羽紀："項梁嘗有櫟陽逮，乃請蘄獄掾曹咎書抵櫟陽獄掾司馬欣，以故事得已。"

【掾史】分曹治事的屬吏，胥吏。自漢以來，中央及各州縣皆置掾史，如廷掾、獄掾、佐史、令史等。史記一二二張湯傳："奏事卽譴，湯應謝，鄉上意所便，必引正、監、掾史賢者。"

【掾吏】副官佐貳吏等。漢應劭風俗通義九怪神："時太守司空第五倫到官，先禁絶之，掾吏皆諫。"

【掾佐】屬官。隋書百官志中："州自長史以下，逮于史吏；郡縣自丞已下，逮于掾佐，亦皆以帛爲秩。"

【掾屬】佐治的官吏。漢代自三公至郡縣，都有掾屬，人員由主官自選，不由朝廷任命，故長官與屬吏有君臣的名分。魏晉以後，改由吏部任免。參閲清顧炎武日知録八掾屬。

搜 1. sōu 所鳩切，平，尤韻，山。
ㄙㄡ

同"搜"。㊀查索，尋求。莊子秋水："於是惠子恐，搜於國中，三日三夜。"梁書孔休源傳："時太子詹事周捨撰禮疑義，自漢魏至于齊梁，並加搜採。"㊁象聲詞。疾速聲。詩魯頌泮水："角弓其觩，束矢其搜。"

2. shǎo 集韻 山巧切，上，巧韻。
ㄕㄠˇ

㊀攪亂。詳"搜₂攪"。

【搜牢】搜掠物資。後漢書七二董卓傳："是時洛中貴戚，室第相望，金帛財産，家家殷積。卓縱放兵士，突其廬舍，淫略婦女，剽虜資物，謂之搜牢。"注："言牢固者，皆搜索取之也。一曰牢，漉也，二字皆從去聲,今俗有此言。”

【搜括】㊀尋求。宋書明帝紀泰始五年詔:“其有貞栖隱約,息事衡樊,鑿坏遺榮,負鈞辭聘,志恬江海,行高塵俗,在所精加搜括,時以名聞。”㊁徵掠財物。清李玉一捧雪傳奇上婪賄:“休想,縱然搜括盡脂膏,怎肯把大盈支放。”

【搜討】㊀研求,探索。魏書李琰之傳:“嘗謂人曰:‘吾所以好讀書,不求身後之名,但異見異聞,心之所願,是以孜孜搜討,欲罷不能。’”㊁尋求。宋詩鈔韓琦安陽集鈔答陳舜俞推官惠詩求全瓦古硯:“求者如麻幾百年,宜乎今日難搜討。”

【搜索】搜求,搜查。韓非子外儲左下:“陽虎去齊走趙,簡主問曰:‘吾聞子善樹人。’虎曰:‘臣居魯,樹三人,皆爲令尹。及虎抵罪於魯,皆搜索於虎也。’”漢董仲舒春秋繁露五行逆順:“閉門閭,大搜索。”

【搜揚】訪求推舉。晉書羊祜傳劉儈等與杜預牋:“夫舉賢報國,台輔之遠任也;搜揚側陋,亦台輔之宿心也。”書堯典有“明明揚側陋”,語意本此。

【搜檢】搜尋,檢查。世說新語任誕:“(庾冰)單身奔亡,……時(蘇)峻賞募覓冰,屬所在搜檢甚急。”梁書賀琛傳高祖(蕭衍)責琛敕:“若家家搜檢,其細已甚,欲使吏不呼門,其可得乎?”科舉時代,鄉試、會試,不許夾帶文字,設搜檢官搜檢。參閱元史選舉志一科目、明朱國楨湧幢小品七會試搜檢。

【搜羅】尋求而羅致之。猶言搜集。文苑英華九四五唐范傳正贈左拾遺翰林供奉李白墓誌:“代宗之初,搜羅俊逸,拜公左拾遺。”唐陸龜蒙甫里集一奉和襲美二遊詩:“近者隋後主,搜羅勢駢闐。寶函映玉軸,彩翠明霞鮮。”

【搜₂攪】攪亂。唐韓愈昌黎集二岳陽樓別竇司直詩:“炎風日搜攪,幽怪多冗長。”

【搜夾子】蟲名。正字通蟲部“蝬”字注:“蠼蝬,似小蜈蚣,青黑色,足在腹前,尾有叉岐,能夾人物,俗名搜夾子。”

【搜神記】晉干寶撰,二十卷。今本係後人就法苑珠林太平御覽藝文類聚諸書輯錄而成。記敍鬼神靈異、人物變化之事,迷信色彩甚重,但其中也保存了部分優秀的民間傳說,如三王墓、韓憑夫婦、紫玉、李寄等。清王謨所刻漢魏叢書之八卷本搜神記,爲宋以後人據北魏釋曇永所撰搜神論殘卷增補成書,非干寶之作。另有敦煌發現的搜神記一種,乃五代句道興所撰“俗文”小說,其中大部分故事,係從干寶的搜神記譯出。

【搜神後記】舊題晉陶潛撰,十卷,隋書經籍志著錄。所記有陶潛身後事,當出南北朝人依託。內容與搜神記相似,惟較偏重於談神仙。其中白水素女爲著名的民間故事,其丁令威化鶴、阿香雷車諸事,後來詩文中多用爲典故。

【搜章摘句】謂抄襲文辭。新唐書一五三段秀實傳:“舉明經,其友易之。秀實曰:‘搜章摘句,不足以立功。’乃棄去。”後多作“尋章摘句”。

【搜粟都尉】官名。漢武帝置,屬大司農。桑弘羊曾爲搜粟都尉。見漢書六八霍光傳。也作“騪粟都尉”。見漢書百官公卿表上。

【搜巖采幹】比喻多方搜求在野的人材。魏書段承根傳贈李寶詩之二:“剖蚌求珍,搜巖采幹,野無投綸,朝盈逸翰。”

揘 huáng 集韻 呼橫切,平,庚韻。
ㄏㄨㄤˊ

擊。詳“揘畢”。

【揘畢】撞擊。文選漢張平子(衡)西京賦:“但觀罝羅之所羂結,竿殳之所揘畢。”畢,五臣本作“𢫬”。

掔 wàn 集韻 烏貫切,去,換韻。
ㄨㄢˋ

手腕。同“腕”。也作“捥”。儀禮士喪禮:“設決,麗于掔。”注:“掔,手後節中也。”

揅 yán 集韻 倪堅切,平,先韻。
ㄧㄢˊ

研摩,研究。通“研”。易繫辭上:“夫易,聖人之所以極深而研幾也。”釋文:“研,蜀本作揅。”

【揅經室集】清阮元撰。分四集,一集十四卷,二集八卷,三集五卷,四集二卷,詩十二卷。續集十一卷,外集五卷。自一集至四集,爲元自編,以經史子集區別;以六十歲後文字別爲續集。外集別名四庫未收書提要,多出鮑廷博何元錫手,經元審定。參見“四庫未收書目提要”。

揱 xiāo shuò 相邀切,平,宵韻,心。
ㄒㄧㄠ ㄕㄨㄛˋ 所教切,去,效韻,山。
所角切,入,覺韻,山。

人臂細長貌。後凡尖細形態都叫揱。周禮考工記輪人:“望其輻,欲其揱爾而纖也。”注:“揱纖,殺小貌也。”

揫 jiū 即由切,平,尤韻,精。
ㄐㄧㄡ

聚集。後漢書六十馬融傳廣成頌:“揫斂九藪之動物,緩橐四野之飛征。”

搥 1. duī 集韻 都回切,平,灰韻。
ㄉㄨㄟ

㊀投擲,扔掉。詳“搥提”。

2. chuí
ㄔㄨㄟˊ

㊁敲,擊。通“捶”。三國志蜀馬超傳“密書請降”注引典略:“正旦,(小婦弟)种上壽於超,超搥胸吐血曰:‘闔門百口,一旦同命,今二人相賀邪!’”

【搥₂牀】擊牀,表示憤怒的動作。南史茹法亮傳:“近聞王洪範與趙越常徐僧亮萬靈會共語,皆攘袂搥牀。”搥,也作“槌”。玉臺新詠一古詩爲焦仲卿妻作:“阿母得聞之,槌牀便大怒。”

【搥提】拋棄。漢揚雄法言問道:“老子之言道德,吾有取焉耳;及搥提仁義,絕滅禮學,吾無取焉耳。”

十畫

搴 qiān 九輦切,上,獮韻,見。
ㄑㄧㄢ 集韻 丘虔切,平,僊韻。

也作“搴”、“攓”。㊀拔取。楚辭屈原九歌湘君:“采薜荔兮水中,搴芙蓉兮木末。”㊁提,揭。唐盧照鄰幽憂子集五釋疾文:“於是裹糧尋師,搴裳訪古。”一作“褰”。㊂姓。漢有搴揚,見正字通。

【搴旗斬將】拔取敵旗,斬殺敵將。吳子料敵:“然則一軍之中,必有虎賁之士,力輕扛鼎,足輕戎馬,搴旗斬將,必有能者。”

搳 1. xiá 集韻 下瞎切,入,舝韻。
ㄒㄧㄚˊ

㊀搔。見廣雅釋詁。

2. huá
ㄏㄨㄚˊ

㊁見下。

【搳₂拳】即猜拳。一種酒令,兩人相對出手,各猜所伸出手指之合計數,猜對者爲勝。新五代史史弘肇傳:“他日會飲(王)章第,酒酣爲手勢令。”手勢令,似即後來之搳拳。紅樓夢六三:“(寶玉)和芳官兩個先搳拳。”

搾 zhà
ㄓㄚˋ

同“榨”。見“榨”。

搒 1. péng 蒲庚切,平,庚韻,並。
ㄆㄥ

㊀笞擊。詳“搒掠”。

2. bàng 補曠切,去,宕韻,幫。
ㄅㄤ

㊁撑船。宋書朱百年傳:“或遇寒雪,樵

箬不售，輒自搒船送妻還孔氏，天晴復迎之。”唐韓愈昌黎集九叉魚招張功曹詩：“深窺沙可數，靜搒水無摇。”

【搒掠】笞擊。後漢書四三朱暉傳附朱穆：“各言官無見財，皆當出民，搒掠割剝，彊令充足。”

搪 táng 徒郎切，平，唐韻，定。ㄊㄤˊ

㊀見“搪揬”。㊁見“搪挨”。㊂抵擋，應付。西遊記十五：“鬭不數合，小龍委實難搪。”警世通言六俞仲舉題詩遇上皇：“長篇見宰相，短卷謁公卿，搪得幾碗酒吃。”

【搪挨】逼近，接連。宋王安石臨川集六和王微之登高齋詩之二：“魏王兵馬接踵出，旗纛千里相搪挨。”

【搪揬】冒犯，抵觸。也作“唐突”。南齊謝赫古畫品録姚曇度：“豈直棟梁蕭艾，可搪揬璵璠者哉！”也作“搪突”。唐杜甫杜工部詩史補遺八敬寄族弟唐十八使君：“我能汎中流，搪突鼉獺嗔。”參見“唐突”。

【搪塞】敷衍，應付。唐唐彥謙鹿門集下宿田家詩：“忽聞扣門急，云是下鄉隸。……阿母出搪塞，老脚走顛躓。”水滸二：“高殿帥大怒，喝道：‘胡說！既有手本呈來，却不是那廝抗拒官府，搪塞下官？此人即係推病在家，快與我拿來！’”

【搪撐】抵觸。唐韓愈昌黎集五月蝕詩效玉川子作：“赤龍黑烏燒口熱，翎鬣倒側相搪撐。”

搐 chù 集韻 勑六切，入，屋韻。ㄔㄨˋ

牽動，抽縮。漢賈誼新書一大都：“一二指搐，身固無聊也。”漢書四八賈誼傳搐作“慉”。痙攣曰抽搐。紅樓夢八四：“看着是搐風的來頭，只還没搐出來呢！”

搉 què 苦角切，入，覺韻，溪。ㄑㄩㄝˋ jué 苦岳切，入，覺韻，見。ㄐㄩㄝˊ

㊀敲擊。漢書五行志中之上：“先是高后鴆殺如意，支斷其母戚夫人手足，搉其眼，以爲人彘。”㊁引證。漢書一〇〇下敍傳：“揚搉古今，監世盈虛。”注：“搉，引也。”㊂專。文選漢班孟堅(固)答賓戲：“逢蒙絶技於弧矢，般輸搉巧於斧斤。”注：“搉，猶專也。”漢書一〇〇上敍傳作“榷”。㊃商討。北史崔孝芬傳：“商搉古今，間以嘲謔，聽者忘疲。”㊂㊃通“榷”。

【搉揚】推敲，商討。梁書劉孺傳附劉遵(晉安王與劉孝儀令)：“酒闌耳熱，言志賦詩，校覆忠賢，搉揚文史，益者三友，此實其人。”

搧 shān 集韻 尸連切，平，僊韻。ㄕㄢ 式戰切，去，綫韻。

㊀批，用手掌打。集韻：“搧，批也。”清翟灝通俗編三六雜字搧：“今謂以手批面曰搧。”㊁扇動。宋李石方舟集六搗練子佳人詞：“扇兒搧，瞥見些。”㊂發揮，施展。聊齋志異紅玉：“宋官御史，坐行賕免，居林下，大搧威虐。”

搓 1. cuō 七何切，平，歌韻，清。ㄘㄨㄛ

㊀揉搓，捫摸。全唐詩六八二韓偓大慶堂賜宴元璫而有詩呈吳越王：“緑搓楊柳綿初軟，紅暈櫻桃粉未乾。”宋蘇軾東坡集續集二寒具：“纖手搓來玉數尋，碧油輕蘸嫩黄深。”㊁急迫。元袁桷清容居士集十四播州宣撫楊資德詩：“填詞鶯囀切，促軫雁聲搓。”

2. zhǎ ㄓㄚˇ

㊂斫，砍。後漢書六十上馬融傳廣成頌：“冒樧柘，搓棘枳。”注：“搓，斫也，音仕雅反。”一說“搓”當作“槎”。參閲清王先謙後漢書集解。

搠 shuò 集韻 色角切，入，覺韻。ㄕㄨㄛˋ

㊀刺，戳。京本通俗小說錯斬崔寧：“連搠一兩刀，血流在地，眼見得老王養不大了。”水滸二：“王進却不打下來，將棒一掣，却望後生懷裏直搠將來。”㊁見“搠包兒”。

【搠包兒】即掉包。以壞物暗换人好物。元曲選缺名漁樵記二：“旦兒云：‘由你寫，或是跳牆、驀圈、剪柳、搠包兒，做上馬强盜，白晝搶奪。’”

搤 è 於革切，入，麥韻，影。ㄜˋ

通“扼”、“搹”、“搹”。㊀掐住，捉住。史記九九劉敬傳：“今陛下入關而都，案秦之故地，此亦搤天下之亢而拊其背也。”漢書八七下揚雄傳長楊賦：“搤熊羆，拕豪豬。”㊁握持。史記周紀：“發由基怒，釋弓搤劍，曰：‘客安能教我射乎？’”

【搤腕】握住手腕。表示激動、振奮的動作。戰國策魏一：“是故天下之遊士，莫不日夜搤腕瞋目切齒，以言從之便，以說人主。”也作“搤捥”。史記八六荆軻傳：“樊於期偏袒搤捥而進曰：‘此臣之日夜切齒腐心也，乃今得聞教。’遂自剄。”又作“搤掔”。漢書郊祀志上：“(欒)大見數月，佩六印，貴震天下，而海上燕齊之間，莫不搤掔而自言有禁方能神僊矣。”

【搤肮拊背】掐住咽喉，按住後背，謂制其要害。史記九九劉敬傳：“夫與人鬬，不搤其亢，拊其背，未能全其勝也。”亢，通“肮”，亦作“吭”。

搆 gòu ㄍㄡˋ

交搆，結合。通“構”。“搆”後起字，與“構”常互用。國語晉三：“(秦)穆公歸，至于王城，合大夫而謀曰：‘殺晉君，與逐出之，與以歸之，與復之，孰利？’公子縶曰：‘殺之利，逐之，恐搆諸侯。’”莊子齊物論：“其寐也魂交，其覺也形開，與接爲搆，日以心鬬。”疏：“搆，合也。”

【搆兵】交戰。孟子告子下：“吾聞秦楚搆兵，我將見楚王，說而罷之；楚王不說，我將見秦王，說而罷之。”

【搆思】運用心思。多指文藝創作時用心思考。南史王曇首傳附王筠：“(沈)約製郊居賦，搆思積時，猶未都畢。”梁書王筠傳作“構思”。

【搆怨】結成仇怨。淮南子泰族：“分别争財，親戚兄弟搆怨，骨肉相賊。”漢書平帝紀元始四年：“惟苛暴吏多拘繫犯法者親屬，婦女老弱，搆怨傷化，百姓苦之。”

【搆陷】設計陷害。後漢書順帝紀：“王聖等懼有後禍，遂與(樊)豐(江)京共搆陷太子，太子坐廢爲濟陰王。”

【搆隙】結怨。周書趙剛傳：“及魏孝武(元脩)與齊神武(高歡)搆隙，剛密奉旨召東荆州刺史馮景昭率兵赴闕。”

搮 suǒ 集韻 色窄切，入，陌韻。ㄙㄨㄛˇ 蘇各切，入，鐸韻，心。

㊀求，取。通“索”。漢揚雄太玄經八太玄數：“昆侖天地而產蓍，参珍睟精以搮數。”㊁摸索。見玉篇廣韻。

搏 bó 補各切，入，鐸韻，幫。ㄅㄛˊ 匹各切，入，鐸韻，滂。方遇切，去，遇韻，幫。

㊀捕捉。莊子山木：“覩一蟬，方得美蔭而忘其身，螳蜋執翳而搏之。”周禮夏官環人：“搏諜賊。”㊁攫取。史記八七李斯傳：“搏必隨手刑，則盜跖不搏百鎰。”㊂擊，拍。史記一〇七灌夫傳：“夫與長樂衛尉竇甫飲，輕重不得。夫醉，搏甫。”索隱：“搏，音博，謂擊之。”㊃對打，相鬬。左傳僖二八年：“晉侯夢與楚子搏。”注：“搏，手搏。”荀子富國：“是猶烏獲與焦僥搏也。”

【搏手】用兩手相拍擊，表示某種情感。三國志魏倭人傳：“見大人所敬，但搏手以當跪拜。”此言行禮致敬。後漢書五一龐參傳上鄧騭書:"農功消於轉運，資財竭於徵發，田疇不得墾闢，禾稼不得收入，搏手困窮，無望來秋。"此言困窮無計。

【搏拊】㊀拍擊。文選漢馬季長(融)長笛賦:"失容墜席，搏拊雷抃。"此指拍手。㊁古樂器名。也叫"拊搏"。又單稱"拊"。書益稷:"戛擊鳴球、搏拊、琴瑟以詠。"傳:"搏拊，以韋爲之，實之以糠，所以節樂。"明清所製搏拊，形如建鼓而小，鼓腰有環繫繩，作樂時，掛在頸上，用手拍。建鼓擊一下，搏拊擊兩下，互相應和。參閱清文獻通考一六二。

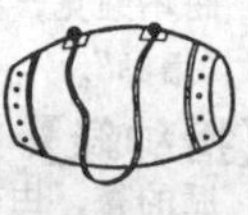
搏拊

【搏風】㊀擊風。指飛翔。藝文類聚二七南朝梁簡文帝阻歸賦:"躡九枝而耀景，摠六翮而搏風。"㊁屋翼。儀禮士冠禮"夙興，設洗直於東榮"漢鄭玄注:"榮，屋翼也。"唐賈公彥疏:"云榮、屋翼也者，卽今之搏風。云榮者，與屋爲榮飾；言翼者，與屋爲翅翼也。"北周庾信庾子山集五晚秋詩:"濕庭凝墜露，搏風卷落槐。"清張爾岐蒿庵閒話二。參見"屋翼"。

【搏埴】拍擊黏土。謂陶工製坯。周禮考工記:"搏埴之工二。"注:"搏之言拍也；埴，黏土也。"舊注疏本誤作"搏埴"，詳見清阮元校勘記。

【搏揜】搏擊別人而奪取其財物。漢書高惠高后孝文功臣表安丘懿侯張說:"元狩元年，侯拾嗣，九年，元鼎四年，坐入上林謀盜鹿，又搏揜，完爲城旦。"一說"搏揜"爲一種賭博，以博戲取人財物。也作"搏掩"。漢書九一貨殖傳:"又況掘冢搏掩，犯姦成富。"

【搏景】同"搏影"。管子兵法:"善者之爲兵也，使敵若據虛，若搏景。"

【搏腊】麻鞋、草鞋的別名。卽"不借"。釋名釋衣服:"不借，言賤易有，宜各自畜之，不假借人也。齊人云搏腊；搏腊猶把鲊，麤貌也。"清畢沅注:"搏腊，猶言不借，聲少異耳。"參見"不借"。

【搏黍】黃鸝的別名。宋韋居安梅磵詩話上:"荊公詩云:'蕭蕭搏黍聲中日，漠漠春鉏影外天。'搏黍，黃鸝也。詩疏云:'黍方熟時，鳴於桑間。'春鉏，鷺也。"按今詩周南葛覃"黃鳥于飛"傳、箋都作"搏黍"。疏稱齊人謂之搏黍。

【搏穀】鳥名。同"布穀"。禮月令仲春之月:"鷹化爲鳩。"漢鄭玄注:"鳩，搏穀也。"呂氏春秋仲春紀漢高誘注作"布穀"。

【搏影】搏擊影子，比喻事之無成。史記一一二主父偃傳:"夫匈奴之性，獸聚而鳥散，從之如搏影。"漢書作"搏景"。

【搏頰】擊臉。三國志魏何晏傳注引魏末傳:"(何晏)有一男，年五六歲，宣王(司馬懿)遣人錄之。晏母歸藏其子王宮中，向使者搏頰，乞白活之，使者具以告宣王。"指引咎自責的形態。

【搏膺】捶擊胸口，表示憤怒。左傳成十年:"晉侯夢大厲，被髮及地，搏膺而踊曰:'殺余孫不義，余得請於帝矣。'"

【搏髀】拍擊其股。史記八七李斯傳諫逐客書:"夫擊甕叩缻彈筝搏髀，而歌呼嗚嗚快耳目者，眞秦之聲也。"指拍股爲節奏。又一〇二馮唐傳:"上既聞廉頗李牧爲人良，說而搏髀曰:'嗟乎！吾獨不得廉頗李牧時爲吾將，吾豈憂匈奴哉！'"此表示歎惋。南朝梁劉勰文心雕龍三諧隱:"夫觀古之爲隱，理周要務，豈爲童稚之戲謔，搏髀而抃笑哉！"此表示歡樂。

【搏鷙】猛擊。淮南子原道:"鷹雕搏鷙，昆蟲蟄藏。"也作"搏摯"。文選漢張平子(衡)西京賦:"雨雪飄飄，冰霜慘烈，百卉具零，剛蟲搏摯。"

【搏牛之蝱】史記項羽紀:"夫搏牛之蝱，不可以破蟣蝨。"索隱:"韋昭云:'蝱大在外，蝨小在內。'故顏師古言'以手擊牛之背，可以殺其上蝱，而不能破其內蝨，喻方欲滅秦，不可與章邯卽戰也。'今按:言蝱之搏牛，本不擬破其上之蟣蝨，以言志在大不在小也。"

搹 è ㄜ 古核切，入，麥韻，見。集韻 乙革切，入，麥韻。

把，握。同"搤"、"扼"。儀禮喪服:"苴絰大搹。"注:"盈手曰搹。搹，扼也。中人之扼，圍九寸。"清段玉裁說文解字注:"此言中人滿手把之，其圍九寸，則其徑約計三寸也。"

搕 1. è ㄜ 烏合切，入，合韻，影。

㊀用手覆蓋。廣韻:"搕，以手盍也。"㊁見"搕𢶍"。

2. kè ㄎㄜ 集韻 克盍切，入，盍韻。

㊂取。見集韻。

字彙 克合切，堪入聲。

㊃打，擊。見字彙。

【搕𢶍】糞便，垃圾。景德傳燈錄二二英州大容諲禪師:"大海不容塵，小谿多搕𢶍。"注:"上音罨，下音靸。"

搘 zhī ㄓ 字彙 旨而切，音支。

支撐，拄持。唐李賀歌詩編三春晝:"越婦搘機，吳蠶作繭。"宋楊萬里誠齋集四二贈臨川嚴泰伯秀才詩:"臨汝嚴夫子，搘笻扣敝廬。"

【搘捂】支撐。新唐書二二二上南詔傳:"夷畏詟，常以石搘捂。"

【搘頤】卽支頤。以手托頰。文苑英華二二七唐王維贈東嶽焦鍊師詩:"搘頤問樵客，世上復何如？"本集"搘"作"支"。

【搘牀龜】史記一二八龜策傳:"南方老人用龜搘牀足，行二十餘歲，老人死，移牀，龜尚生不死。龜能行氣導引。"太平廣記二七一張氏引傳載:"燕文貞公張說，其女嫁盧氏，嘗爲舅求官，候父朝下而問焉。父不語，但指搘牀龜而示之。女拜而歸室，告其夫曰:'舅得詹事矣。'"

摙 liǎn ㄌㄧㄢˇ 力展切，上，獮韻，來。

擔運。南史何遠傳:"盛夏，遠患水溫，每以錢買人井寒水。不取錢者，則摙水還之。"

搭 1. dā ㄉㄚ 集韻 德合切，入，合韻。

㊀擊，打。北齊書神武紀上:"有款軍門者，……訪之，則以力聞，常於并州市搭殺人者。"㊁掛，披。唐白居易長慶集十六石楠樹詩:"傘蓋低垂金翡翠，薰籠亂搭繡衣裳。"景德傳燈錄六禪門規式:"設長連牀，施椸架，持搭道具。"㊂架設。宋李光莊簡集十一論移蹕措置事宜劄子:"其婺州所屯將兵家屬，乞且於衢婺寄留，止發壯勇，仍令本府量度人數，先次搭蓋蓆屋，方得移屯。"㊃乘。宋蘇軾東坡集奏議集六論高麗進奉狀:"仍與限日却差船送至明州，令搭附因便海舶歸國。"㊄配合，夾雜。宋史食貨志下:"收易舊會，品搭入輸。"明賀仲軾兩宮鼎建記中:"將見在木植計算數目，先盡乾清宮坤寧宮，次配殿宮門，均勻搭配，務俾足用。"㊅攙。詳"搭扶"。㊆按。清平山堂話本二快嘴李翠蓮:"張狼因父母做主，只得含淚寫了休書，兩邊搭了手印。"㊇相接，接觸。西遊記五一:"他兩個搭上手，却纔賭鬬。"㊈塊，處。唐盧仝玉川子集一月蝕詩:"摧環破壁眼看盡，當天一搭如煤炲。"水滸十四:"晁蓋把燈照那人臉時，紫黑闊臉，鬢邊一搭硃砂記，上面生一片黑黃毛。"㊉短衣。宋林逋林和靖集二深居雜興詩之一:"中有病夫披白搭，瘦行淸坐詠遺篇。"

2. tà 集韻 託合切,入,合韻。
ㄊㄚˋ

㊀描摹,搨印。通"搨"。宋梅堯臣宛陵集十五觀楊之美畫詩:"韓幹馬本摸搭時,神駿都失存毫釐。"

【搭包】盛財物的布袋。同"搭膊"。紅樓夢二四:"(倪二)一頭説,一頭從搭包內掏出一包銀子來。"參見"搭膊㊀"。

【搭扶】攙架。水滸四二:"到三更時候,又有二百餘人把莊門開了,將我搭扶上轎,擡了。"

【搭拉】低垂。也作"耷拉"。西遊記三九:"搭拉兩個耳,一尾掃箒長。"

【搭面】女子出嫁時蓋頭的巾。聊齋志異蓮香:"蓮香扶新婦入青廬,搭面既揭,歡若生平。"

【搭連】一種盛財物的布囊,兩頭有袋,可搭在肩上。古今小説十九楊謙之客舫遇俠僧:"又知道楊公甚貧。去自己搭連內取十來兩好赤金子,五六十兩碎銀子,送與楊公做盤纏。"古今雜劇明徐渭木蘭女:"有些針兒線兒,也安在你搭連裏了,也預備着,也好連些破衣斷甲。"也作"搭褳"。紅樓夢一:"士隱便説一聲'走罷',將瘋道人肩上的搭褳搶過來背上,竟不回家,同着瘋道人飄飄而去。"參見"搭膊㊀"。

【搭赸】也作"搭訕"。㊀因不好意思而找話説。紅樓夢三十:"寶玉聽説,自己由不得臉上沒意思,只得又搭赸笑道:'怪不得他們拿姐姐比楊貴妃,原來也體胖怯熱。'"㊁兜搭,藉機交談。紅樓夢三四:"晴雯道:'或是送件東西,或是取件東西,不然,找去了,怎麼搭赸呢?'"

【搭救】拯救。古今雜劇元關漢卿救風塵一:"我也勸你不得,有朝一日,準備着搭救你塊望夫石。"

【搭颯】破舊。古今小説三六禁魂張:"趙正去房裏換了一頂搭颯頭巾,底下舊麻鞋,着領舊布衫,手把着金絲罐,直走去大相國寺後院子裏。"也作"搭𩊚"。醒世恒言三一鄭節使立功神臂弓:"便去戴了那頂搭𩊚頭巾,身上披着破衣服,露着腿,赤着脚,離了客店。"

【搭膊】㊀一種盛財物的布袋,中間開口,兩頭有袋,可搭在肩上,故名搭膊。小的也可懸掛在腰帶上。京本通俗小説錯斬崔寧:"却見一個後生,頭戴萬字頭巾,身穿直縫寬衫,背上馱了一個搭膊,裏面却有銅錢。"㊁一種束衣的腰巾。水滸五:"上穿一領圍虎體挽絨金繡綠羅袍,腰繫一條稱狼身銷金包肚紅搭膊。"

【搭護】翻毛的羊皮大襖。宋鄭思肖心史上絶句之八:"騣笠氊靴搭護衣,金牌駿馬走如飛。"自注:"搭護,胡衣名。"也作"搭䙜"。元曲選武漢臣生金閣三:"孩兒,吃下這杯酒去,又與你添了一件綿搭䙜麽!"元史輿服志比肩注:"俗稱襻子搭忽。"

【搭耳帽】五代後唐馬縞中華古今注中搭耳帽:"本胡服,以韋爲之,以羔毛絡縫。趙武靈王更以綾絹皁色爲之,始並立其名爪牙帽子,蓋軍戎之服也。"

【搭截題】清代科舉考試八股文,限於四書內出題。有用上一章的末句,下一章的上句;或上句的後半句或末一字,和下句的前半句或第一字,接連出題,稱搭截題。或省作搭題。參閲明俞汝楫禮部志稿七一試約出題禁割裂。

搽 chá
ㄔㄚˊ

敷,塗抹。元曲選馬致遠漢宮秋一:"將兩葉賽宮樣眉兒畫,把一個宜梳裏臉兒搽。"又:"我則問那待詔別無話,却怎麽這顏色不加搽?"

【搽旦】元時稱花旦爲搽旦,以別於正旦。元曲中常見。元曲選高文秀黑旋風一:"沖末扮孫孔目,搽旦扮郭念兒,同上。"即是一例。

搷 tián 徒年切,平,先韻,定。
ㄊㄧㄢˊ

㊀急擊。楚辭宋玉招魂:"竽瑟狂會,搷鳴鼓些。"注:"搷,擊也。"㊁播揚。見方言十二"扚、搷,揚也"注。

搣 miè 亡列切,入,薛韻,明。
ㄇㄧㄝˋ

拔,捽。參見"揃搣"。

摮 zhì 陟利切,去,至韻,知。
ㄓˋ 陟里切,上,止韻,知。
陟侈切,上,紙韻,知。

㊀刺,指。見説文廣韻。㊁至,到。方言十三:"搣、摮,到也。"漢書八七上揚雄傳甘泉賦:"洪臺掘其獨出兮,摮北極之嶟嶟。"

搢 jìn 即刃切,去,震韻,精。
ㄐㄧㄣˋ

㊀插。見"搢笏"、"搢紳"。㊁振,搖。國語吳:"被甲帶劍,挺鈹搢鐸。"

【搢扑】插扑,以軍法警戒誓衆的意思。扑,教刑之具。禮月令季秋之月:"命僕及七騶咸駕,載旌旐,授車以級,整設于屏外,司徒搢扑,北面誓之。"淮南子時則作"搢朴"。

【搢笏】插笏版於腰帶上。穀梁傳僖三年:"陽穀之會,桓公委端搢笏而朝諸侯。"宋書禮志五:"古者貴賤皆執笏,其有事則搢之於腰帶,所謂搢紳之士者,搢笏而垂紳帶也。紳垂三尺。笏者有事則書之。"

【搢紳】插笏於帶間。紳,大帶。古時仕宦者垂紳搢笏,因稱士大夫爲搢紳。莊子天下:"其在於詩書禮樂者,鄒魯之士,搢紳先生,多能明之。"史記封禪書:"其語不經見,搢紳者不道。"參見"薦紳"、"縉紳"。

【搢紳録】清代記載京朝及外省職官履歷的書,由書坊刊行,詳載各職官的姓氏、籍貫、出身等。取古官吏搢紳垂笏之義爲書名。也叫爵秩全函搢紳全書,通稱搢紳録。

搟 shǎn 集韻 失冉切,上,琰韻。
ㄕㄢˇ

疾動貌。文選晉潘安仁(岳)射雉賦:"搟降丘以馳敵,雖形隱而草動。"注:"搟,疾貌也。言雉雊於高丘之頂,搟然降下向敵,不見其形,而見草動也。"

搦 nuò 女角切,入,覺韻,娘。
ㄋㄨㄛˋ 女白切,入,陌韻,娘。

㊀按抑。文選晉左太沖(思)魏都賦:"搦秦起趙,威振八蕃。"㊁握持。後漢書五八臧洪傳答陳琳書:"每登城臨兵,觀主人之旗鼓;瞻望帳幄,感故友之周旋。撫弦搦矢,不覺流涕之覆面也。"㊂摩。文選漢班孟堅(固)答賓戲:"當此之時,搦朽摩鈍,鉛刀皆能一斷。"㊃挑惹。古今雜劇元鄭德輝虎牢關三戰呂布三:"下將戰書,單搦張飛與某廝殺。"

【搦管】執筆。南朝梁何遜何水部集哭吳興柳惲詩:"含毫徒有屬,搦管竟無摛。"唐劉知幾史通辨職:"搦管操觚,歸其儀的。"

【搦戰】挑戰。太平廣記四九二靈應傳:"余先使輕兵搦戰,示弱以誘之。"水滸七十:"正商議間,小軍來報沒羽箭張清搦戰。"

搎 sūn 思渾切,平,魂韻,心。
ㄙㄨㄣ

捫搎,猶摸索。見玉篇。參見"捫搎"。

搔 1. sāo 蘇遭切,平,豪韻,心。
ㄙㄠ

㊀抓,撓,以指甲輕刮。詩邶風靜女:"愛而不見,搔首踟躕。"唐杜甫杜工部草堂詩箋九春望:"白頭搔更短,渾欲不勝簪。"㊁擾亂。通"騷"。淮南子兵略:"貪昧饕餮之人,殘殺天下,萬人搔動。"

2. zhǎo ㄓㄠˇ

㊁指爪。通"爪"。儀禮士虞禮:"沐浴櫛搔翦。"注:"搔,當爲爪。"

【搔瓜】相傳戰國時梁大夫宋就,曾爲邊縣令,其地與楚鄰界。梁楚邊亭都種瓜,梁亭瓜美,楚人嫉妒,因往偷搔之,致有死焦者。梁亭人亦欲搔楚亭之瓜以報怨,宋就不許,且派人偷澆楚亭之瓜,使楚瓜亦美,以德報怨。梁楚遂和睦相處。見漢劉向新序雜事。

【搔首】抓頭,撓髮。有所思貌。詩邶風靜女:"愛而不見,搔首踟躕。"宋陸游劍南詩稿八秋晚登城北門:"山河興廢供搔首,身世安危入倚樓。"

【搔屑】風聲。同"騷屑"。宋書謝靈運傳山居賦:"寒風兮搔屑,面陽兮常熱。"

【搔頭】猶搔首。也是簪的別名。舊題漢劉歆西京雜記二:"武帝過李夫人,就取玉簪搔頭。自此後宮人搔頭皆用玉,玉價倍貴焉。"玉臺新詠一漢繁欽定情詩:"何以結相於?金薄畫搔頭。"參見"玉搔頭"。

【搔擾】同"騷擾"。漢焦延壽易林解之既濟:"上政搔擾,螟蟲並起。"三國志吳陸凱傳:"既不愛民,務行威勢,所在搔擾,更爲煩苛。"

【搔頭弄姿】謂修飾容貌。後漢書六三李固傳:"初,順帝時諸所除官,多不以次,及固在事,奏免百餘人。此等既怨,又希望(梁)冀旨,遂共作飛章虛誣固罪曰:'……大行在殯,路人掩涕。固獨胡粉飾貌,搔頭弄姿,……曾無慘怛傷悴之心。'"後也稱賣弄姿色爲搔首弄姿。

搚 lā ㄌㄚ 盧合切,入,合韻,來。盧盍切,入,盍韻,來。

拉,折。同"拹"。公羊傳莊元年:"於其乘焉,搚幹而殺之。"

搡 sǎng ㄙㄤˇ

用力推。儒林外史三八:"老和尚大怒,雙手把郭孝子拉起來,提着郭孝子的領子,一路推搡出門。"

搨 tà ㄊㄚˋ 集韻 託合切,入,合韻。

㊀用紙墨從鑄刻器物上捶印出其文字或圖畫。全唐詩十一王建原上新居之十一:"古碣憑人搨,閑詩任客吟。"㊁影摹,以紙覆於書畫真迹上而描摹之。唐張彥遠書法要錄三唐何延之蘭亭記:"帝命供奉搨書人趙模韓道政馮承素諸葛貞等四人,各搨數本,以賜皇太子、諸王近臣。"參見"搨本㊁"。㊂吳語謂漫不經心而作書畫爲搨。初刻拍案驚奇一:"上等金面精巧的,先將禮物求了名人詩畫,免不得是沈石田文衡山祝枝山搨了幾筆,便直上兩數銀子。"㊃垂下。見"搨翼"。㊄囤積。見"搨藏"。㊅見"搨地錢"。

【搨本】㊀用紙墨從鑄刻器物上捶印出其文字或圖畫的墨本。有烏金拓、蟬翼拓、朱拓等數種。清龔自珍定盦集補己亥雜詩之四一:"忙殺奚僮傳搨本,一行翠墨一封書。"㊁書畫真迹的影摹本。唐張彥遠歷代名畫記二論畫體工用搨寫:"好事家宜置宣紙百幅,用法蠟之,以備摹寫。古時好搨畫,十得七八不失神采筆蹤。亦有御府搨本,謂之官搨。"

【搨畫】見"搨本㊁"。

【搨翼】謂鳥垂翅,表現沮喪失意的神態。文選漢陳孔璋(琳)爲袁紹檄豫州文:"方畿之內,簡練之臣,皆垂頭搨翼,莫所憑恃。"

【搨藏】囤積。元周密齊東野語十七景定彗星:"薪茗搨藏,香椒積壓,與商賈爭微利。"

【搨地錢】貨物的存棧費。新唐書食貨志四:"武宗即位,鹽鐵轉運使崔珙又增江淮茶稅。是時茶商所過州縣有重稅,或掠奪舟車,露積雨中。諸道置邸以收稅,謂之搨地錢。"

【搨書手】摹寫書籍文字的人。唐貞觀二十三年於弘文館置搨書手三人。見唐六典八門下省。

損 sǔn ㄙㄨㄣˇ 蘇本切,上,混韻,心。

㊀減少。與"益"相對。易損:"損下益上,其道上行。"墨子七患:"歲饉,則仕者大夫以下,皆損祿五分之一。"㊁喪失。晉書杜預傳表陳伐吳計:"若或有成,則開太平之基,不成,不過費損日月之間。"㊂謙抑,貶降。史記六二晏嬰傳:"其後夫自抑損。"三國志魏管輅傳:"謙則裒多益寡,壯則非禮不履。未有損己而不光大,行非而不傷敗。"㊃傷,害。論語季氏:"益者三友,損者三友。友直、友諒、友多聞,益矣;友便辟、友善柔、友便佞,損矣。"三國志吳樓玄傳華覈疏:"事無大小,皆當關聞,動經御坐,勞損聖慮。"㊄易六十四卦之一。☶☱,兌下艮上。疏:"損者減損之名,此卦明損下益上,故謂之損。"

【損友】對自己有損害的朋友。論語季氏:"益者三友,損者三友。友直、友諒、友多聞,益矣;友便辟、友善柔、友便佞,損矣。"

【損失】傷殘,喪失。後漢書和帝紀永元九年:"今年秋稼爲蝗蟲所傷,皆勿收租、更、芻藁,若有所損失,以實除之。"

【損年】㊀少報年歲。淮南子說林:"損年則嫌於弟,益年則疑於兄。"三國志魏司馬朗傳:"十二,試經爲童子郎。監試者以其身體壯大,疑朗匿年,劾問。朗曰:'朗之內外,累世長大。朗雖稚弱,無仰高之風,損年以求早成,非志所爲也。'"㊁減少壽數。北周庾信庾子山集一小園賦:"崔駰以不樂損年,吳質以長愁養病。"

【損益】㊀增減,改動。論語爲政:"殷因於夏禮,所損益可知也。"荀子榮辱:"不知其義,謹守其數,慎不敢損益也。"㊁利弊。文選三國蜀諸葛孔明(亮)出師表:"至於斟酌損益,進盡忠言,則(郭)攸之(費)禕(董)允之任也。"後漢書六十下蔡邕傳:"闇謙盈之效,迷損益之教。"

【損耗】消耗。漢書六五東方朔傳進諫:"今規以爲苑,絕陂池水澤之利,而取民膏腴之地,上乏國家之用,下奪農桑之業,棄成功,就敗事,損耗五穀,是其不可一也。"後漢書四三何敞傳奏記太尉宋由:"國恩覆載,賞賚過度,但聞臘賜,自郎官以上,公卿王侯以下,至於空竭帑藏,損耗國資,尋公家之用,皆百姓之力。"

【損挹】謙虛退讓。後漢書光武紀中元元年羣臣奏:"今天下清寧,靈物仍降,陛下情存損挹,推而不居,豈可使祥符顯慶,沒而無聞?"也作"損抑"。宋書王僧綽傳:"從兄微,清介士也,懼其太盛,勸令損抑。"

【損書】對別人來信的敬辭,謂其不惜貶抑身分而寫信給自己。文選晉劉越石(琨)答盧諶詩一首并書:"損書及詩,備辛酸之苦言,暢經通之遠旨。"

【損惠】謂損其所有以見惠。對人饋贈的敬詞。北齊顏之推顏氏家訓勉學:"江南有一權貴,讀誤本蜀都賦注,解'蹲鴟,芋也',乃爲羊字。人饋羊肉,答書云:'損惠蹲鴟。'舉朝驚駭,不解事義,久後尋迹,方知如此。"

【損徹】謂減少享受而行儉約。後漢書安帝紀:"至乃損徹膳服,克念政道。"也作"損撤"。陳書宣帝紀太建十五年詔:"雉頭之服既焚,弋綈之衣方襲,損撤之制,前自朕躬。草偃風行,冀以變俗。"

【損人益己】損害別人以利自己。舊唐

書八八陸元方傳附陸象先:"爲政者理則可矣，何必嚴刑樹威。損人益己，恐非仁恕之道。"後多作"損人利己"。西遊記十六:"廣智廣謀成甚用，損人利己一場空。"

【損之又損】莊子知北游:"故曰: 爲道者日損，損之又損之，以至於無爲。"本謂日去其華僞，以歸於純朴無爲，後用爲盛滿時戒懼謙抑之意。晉書宣帝紀魏正始二年:"帝勳德日盛，而謙恭愈甚。……恒戒子弟曰:'盛滿者，道家之所忌，四時猶有推移，吾何德以堪之。損之又損之，庶可以免乎？'"

搵 wèn ㄨㄣˋ

同"揾"。見"揾"。

搰 1. hú ㄏㄨˊ 户骨切，入，没韻，匣。

㊀掘出。國語吳:"夫諺曰:'狐埋之，而狐搰之。'是以無成功。"

2. kū ㄎㄨ 集韻 苦骨切，入，没韻。

㊀見下。

【搰2搰2】用力貌。莊子天地:"子貢……見一丈人，方將爲圃畦，鑿隧而入井，抱甕而出灌，搰搰然用力甚多，而見功寡。"

搖 yáo ㄧㄠˊ 餘昭切，平，宵韻，喻。
弋照切，去，笑韻，喻。

㊀擺動。周禮考工記矢人:"是故夾而搖之，以眂其豐殺之節也。"荀子解蔽:"水動而景搖，人不以定美惡，水勢玄也。"㊁騷擾。左傳成十三年:"帥我蝥賊，以來蕩搖我邊疆。"㊂上升。漢書禮樂志天馬歌:"天馬徠，執徐時，將搖舉，誰與期？"㊃通"遥"。見"逍遥"。㊄姓。漢有海陽侯搖毋餘。見漢書高惠高后文功臣表。

【搖丸】猶弄丸。爲古雜戲之一種。舊題漢劉歆西京雜記四:"京兆有古生者，學從横、揣摩、弄矢、搖丸、摴蒲之術，爲都掾史四十餘年。……京師至今俳戲皆稱古掾曹。"

【搖民】古傳説中的國名。山海經大荒東經:"有易潛出，爲國於獸方食之，名曰搖民。"

【搖江】江河之側以兩舟相對，中間張網，搖小舟徐行以捕蟹，叫搖江。見宋傅肱蟹譜下盪浦搖江。

【搖光】星名，也作瑶光，又名招遥。北斗的第七星。竹書紀年帝顓頊:"母曰女樞，見搖光之星，貫月如虹，感己於幽房之宫，生顓頊於若水。"漢書五七下司馬相如傳大人賦:"悉徵靈圉而選之兮，部署衆神於搖光。"注:"張揖曰:'搖光，北斗杓頭第一星。'"

【搖曳】㊀飄蕩。南朝宋鮑照鮑氏集三代棹歌行:"飂戾長風振，搖曳高帆舉。"㊁放蕩，逍遥。唐李白李太白詩九玉真公主別館苦雨贈衛尉張卿之二:"功成拂衣去，搖曳滄洲旁。"

【搖舌】動舌。謂發言。樂府詩集四十晉傅玄牆上難爲趨:"吐言若覆水，搖舌不可追。"唐元稹長慶集二三出門行:"言者未搖舌，無人敢輕議。"

【搖車】㊀蔓草名。一名柱夫。細葉，紫花，可食。因花翹起搖動，俗呼翹搖車。見爾雅釋草"柱夫搖車"注疏。一説，卽今之野豌豆。見清郝懿行爾雅義疏。㊁卽搖籃。見該條。

【搖扇】㊀揮扇。唐李白李太白詩十七送岑徵君歸鳴皋山:"西來一搖扇，共拂元規塵。"元規，晉庾亮字。㊁急速。方言二:"速、逞、搖扇，疾也。東齊海岱之間曰速，燕之外鄙、朝鮮洌水之間曰搖扇，楚曰逞。"

【搖動】晃動。淮南子精神:"耳目淫於聲色之樂，則五藏搖動而不定矣。"引申爲使之不穩，或惶恐不安之義。史記一〇〇季布傳:"于今創痍未瘳，(樊)噲又面諛，欲搖動天下。"

【搖揚】飄蕩貌。唐張説張説之集五清明日詔宴寧王山池詩:"搖揚花雜下，嬌囀鶯亂飛。"唐李賀歌詩編二感諷之二:"寒食搖揚天，憤景長肅殺。"

【搖落】凋謝，零落。楚辭宋玉九辯:"悲哉秋之爲氣也，蕭瑟兮草木搖落而變衰。"唐杜甫杜工部草堂詩箋十五蒹葭:"江湖後搖落，亦恐歲蹉跎。"

【搖搖】㊀動盪貌。大戴禮武王踐阼:"若風將至，必先搖搖。"㊁心神不安。詩王風黍離:"行邁靡靡，中心搖搖。"戰國策楚一:"寡人卧不安席，食不甘味，心搖搖如懸旌，而無所終薄。"㊂卽遥遥。左傳昭二五年:"鸜鵒之巢，遠哉遥遥。"漢書五行志中之上引作"搖搖"。

【搖蕩】㊀動蕩。吕氏春秋季夏:"無舉大事，以搖蕩於氣。"史記一〇三萬石君傳:"倉廩既空，民貧流亡，而君欲請徙之，搖蕩不安，動危之。"㊁鼓動，鼓舞。莊子天地:"大聖之治天下也，搖蕩民心，使之成教易俗。"南朝梁鍾嶸詩品上:"氣之動物，物之感人，故搖蕩性情，形諸舞詠。"

【搖籃】小兒的卧具。明李詡戒菴漫筆三搖籃:"今人眠小兒竹籃名搖籃。郭晟家塾事親曰:'古人製小兒睡車曰搖車，以兒搖則睡故也。'蓋搖車卽搖籃。"清趙翼甌北詩鈔絶句一舟行:"笑此搖籃引兒睡，老夫奇訣得還童。"

【搖枝粟】傳説漢宣帝時有背明國，產搖枝粟。其枝長而弱，無風長搖，食之益髓。見舊題晉王嘉拾遺記六前漢下。

【搖錢樹】㊀舊時傳説一種樹會結金錢，搖落之，可再生。西南地區漢墓出土的明器中，有搖錢樹。又北京舊俗，歲暮取松柏枝的大者，插於瓶中，綴以古錢、元寶、石榴花等，稱爲搖錢樹。見清富察崇敦燕京歲時記。㊁比喻藉以生財的人。警世通言三二杜十娘怒沉百寶箱:"別人家養的女兒，便是搖錢樹，千生萬活;偏我家晦氣，養了個退財白虎。"

【搖手觸禁】指法令煩苛，動輒得咎。漢書食貨志下:"民搖手觸禁，不得耕桑，繇役煩劇，而枯旱蝗蟲相因。"

【搖尾乞憐】卑屈求媚之態，如狗在人前搖尾乞憐。唐韓愈昌黎集十八應科目時與人書:"然是物也，負其異於衆也，且曰: 爛死於泥沙，吾寧樂之。若俛首帖耳，搖尾而乞憐者，非我之志也。"

【搖尾求食】比喻身不由己，仰人鼻息。漢書六二司馬遷傳報任安書:"猛虎處深山，百獸震恐，及其在穽檻之中，搖尾而求食，積威約之漸也。"

【搖脣鼓舌】謂賣弄口才。莊子盜跖:"不耕而食，不織而衣，搖脣鼓舌，擅生是非。"

【搖旗吶喊】謂作戰時揮動旗幟喊殺以助威。元明雜劇缺名立功勳慶賞端陽三:"者莫是槍共刺箭廝射，搖旗吶喊鼓聲催。"吶也作"納"。元曲選喬孟符兩世姻緣三:"你這般搖旗納喊，簸土揚沙。"

【搖頭擺尾】舉止自得貌。五燈會元六元安禪師:"臨濟門下有箇赤梢鯉魚，搖頭擺尾向南方去，不知向誰家虀甕裏淹殺。"

搯 tāo ㄊㄠ 土刀切，平，豪韻，透。

㊀抽，探取。通"掏"。唐韓愈昌黎集二九貞曜先生墓誌銘:"鉤章棘句，搯擢胃腎。"注:"搯，搯也，刮也。"㊁叩，擊。國語魯下:"請無瘠色，無洵涕，無搯膺，無憂容。"

搶 1. qiāng ㄑㄧㄤ 七羊切，平，陽韻，清。
七兩切，上，養韻，清。
初兩切，上，養韻，初。

㊀觸，撞。通"槍"。莊子逍遥遊:"我決起而飛，搶榆枋。"參見"搶地"。㊁逆，擋。

參見"搶風"。

2. qiǎng ㄑㄧㄤˇ 字集 七兩切,鏘上聲。

㊂爭奪,劫奪。水滸二一:"宋江狠命只一拽,倒拽出那把壓衣刀子在席上,宋江便搶在手裏。"又七三:"你把劉太公的女兒搶的那裏去了?"㊃趕緊,爭先。如搶修、搶救。

3. qiàng ㄑㄧㄤˋ

㊄推搡,拉扯。元曲選李文蔚燕青博魚楔子:"小僂儸,將燕青搶出去,自今日爲始,再也不用他了也。"又缺名漁樵記四:"張千,不與我搶出去,怎的?"

4. chéng ㄔㄥˊ 集韻 鋤庚切,平,庚韻。

㊅見"搶₄攘"。

【搶₂白】用語言頂撞。元王實甫西廂記一本三折:"他又問:'那壁小娘子莫非鶯鶯小姐的侍妾乎?小姐常出來麼?'被紅娘搶白了一頓呵回來了。"又三本四折:"昨夜箇熱臉兒對面搶白,今日箇冷句兒將人廝侵。"

【搶地】觸地,撞地。戰國策魏四:"布衣之怒,亦免冠徒跣,以頭搶地爾。"也作"槍地"。漢書六二司馬遷傳報任安書:"當此之時,見獄吏則頭槍地,視徒隸則心惕息。"

【搶風】㊀逆風。晉庾闡揚都賦:"艇子搶風,榜人逸浪。"正字通"搶":"今舟人曰掉搶。"參閱清顧張思土風錄六搶風。㊁擋風。元曲選李文蔚燕青博魚楔子:"則我這白氊帽半搶風,則我這破搭膊落可的權遮雨,誰曾住半霎兒程途。"

【搶捍】駿馬急奔的樣子。文選漢傅武仲(毅)舞賦:"良駿逸足,搶捍凌越。"注:"搶捍,馬走疾之貌。"一本作"蹌捍"。

【搶₄攘】紛亂貌。漢書四八賈誼傳上疏陳政事:"本末舛逆,首尾衡決,國制搶攘,非甚有紀,胡可謂治?"注引晉灼:"搶音傖,吳人罵楚人曰傖。傖攘,亂貌也。"唐柳宗元柳先生集十九弔屈原文:"支離搶攘兮,遭世孔疚。"

【搶籬】南方人稱竹籬笆爲搶籬。儒林外史四二:"老爺明日到水襪巷,看着外科周先生的招牌,對門一個黑搶籬裏,就是他家了。"

搊 1. chōu ㄔㄡ 楚鳩切,平,尤韻,初。

㊀用手指撥弄箏或琵琶等絃索樂器。見"搊琵琶"、"搊彈家"。㊁抽,束緊。唐陸龜蒙甫里集九新夏東郊閒泛有懷襲美詩:"經略彴時冠暫亞,佩笭箵後帶頻搊。"㊂見"搊搜"、"搊趣"。

2. chǒu ㄔㄡˇ 側九反,上,有韻,莊。

㊃捉,揪。宋米芾寶晉英光集七天衣懷禪師碑:"顒公覺師舉止異常,向前搊定叫賊。"景德傳燈錄十二靈觀禪師:"雪峰驀胸搊住,云:'是凡是聖?'"㊄見"搊₂扇"。

【搊₂扇】明陳貞慧秋園雜佩摺疊扇注:"搊扇,則唐人已有矣,見物理小志。抑亦團扇之摺疊者。"

【搊搜】㊀凶狠,勇悍。金董解元西廂記二:"細端詳,見法聰生得搊搜相,刁厥精神,蹺蹊模樣。"雍熙樂府十三鬭鵪鶉曲:"看了他神將搊搜,天兵勇猛,走的來電掣星馳,喊一聲山摧浪湧。"㊁固執。金董解元西廂記三:"奈何慈母性搊搜,應難歡偶。"元曲選康進之李逵負荊一:"哎!你箇呆老子,暢好是忒搊搜。"

【搊趣】湊趣。明徐復祚投梭記二十齣:"比來老烏何等搊趣,何等幫襯!"

【搊琵琶】即手彈琵琶。唐劉肅大唐新語八文章:"劉希夷……善搊琵琶,嘗爲白頭詠。"唐段安節琵琶錄:"貞觀中裴路兒彈琵琶,始廢撥用手,今所謂搊琵琶是也。"(說郛二十)。國史纂異作裴洛兒(說郛六七)。

【搊彈家】彈奏管絃樂器的樂人。唐崔令欽教坊記:"平人女以容色選入內者,教習琵琶、三絃、箜篌、箏等者,謂搊彈家。"

【搊彈詞】把故事編成聯章韻語,有白有曲,用琵琶或三絃等彈唱,叫搊彈詞。簡稱彈詞。金章宗時董解元作西廂搊彈詞,則有白有曲,專以一人搊彈,並念唱之。參閱清毛奇齡西河詞話。

搗 dǎo ㄉㄠˇ

同"擣"。㊀捶,搭。北周庾信庾子山集三夜聽搗衣詩:"秋夜搗衣聲,飛度長門城。"唐杜甫杜工部草堂詩箋三二雨之一:"柴扉臨野碓,半濕搗香杭。"㊁攪擾。詳"搗鬼"。

【搗子】稱人的貶詞。猶家伙、小子。宋元時俗語。水滸二五:"王婆道:'如今這搗子病得重,趁他狼狽裏,便好下手。'"金瓶梅十九:"平昔在三瓦兩巷行走耍子,搗子每都認的,那時宋時謂之搗子,今時俗呼爲光棍是也。"

【搗鬼】暗中搗亂,耍花招。元曲選馬致遠青衫淚三:"我劉一郎何曾搗鬼,小老婆多應失水。"明蘇元儁黃粱夢境記七作偶:"天生的一副油花骨,搗鬼撮空都慣熟。"

【搗蒜】頻頻磕頭貌。金瓶梅三十:"(太師)喚堂後官取過一張劄付:'我安你在本處清河縣做個駙丞,倒也去的。'那吳興恩慌的磕頭如搗蒜。"

【搗藥】見"擣藥"。

【搗練子】詞調名。一名搗練子令。因五代南唐馮延巳詞(一説李煜作)起結有"深院靜"及"數聲和月到簾櫳"句,又名深院月。單調二十七字,五句,三平韻。雙調三十八字,前後段各五句,三平韻。見詞譜一。

摓 féng ㄈㄥˊ 集韻 符風切,平,東韻。

㊀縫衣。同"縫"。見集韻。㊁大。通"逢"。莊子盜跖:"縫衣淺帶。"釋文作"摓衣"。㊂執持。通"捀"。史記一二八龜策傳:"夫摓策定數,灼龜觀兆,變化無窮。"索隱:"摓謂兩手執著分而扐之,故云摓策。"

搯 1. chōu ㄔㄡ 丑鳩切,平,尤韻,徹。

㊀引出,提取。同"抽"。

2. liù ㄌㄧㄡˋ 集韻 力救切,去,宥韻。

㊁鋪,布。詩小雅斯干"椓之橐橐"漢鄭玄箋:"椓,謂搯土也。"疏:"搯者,以手平物之名。"集韻訓築牆布土。清朱駿聲謂搯爲"擣",疏說非。見說文通訓定聲。

搬 bān ㄅㄢ

㊀挪動,遷移。五燈會元十文益禪師:"師見僧搬土次,乃以一塊土放僧擔上。"宋張鎡南湖集六種蠟梅喜成時欲暫住梁溪詩:"搬處側從新徑裏,種時還向舊臺邊。"㊁扮演。詳"搬唱"。

【搬口】搬弄是非。水滸十六:"那十一個箱禁軍口裏喃喃訥訥地怨悵,兩個虞候在老都管面前絮絮聒聒地搬口,老都管聽了,也不着意,心內自惱他。"也作"搬口弄舌"。水滸四四:"又見我兩日不回,必有人搬口弄舌,想是疑心,不做買賣。"

【搬弄】挑撥,播弄。元王實甫西廂記二本五折:"玉容深鎖繡幃中,怕有人搬弄。"元紀君祥趙氏孤兒楔子:"小官趙朔,……誰想屠岸賈與我父文武不和,搬弄靈公,將俺三百口滿門良賤誅盡殺絕了。"

【搬指】見"扳指"。

【搬唆】挑唆。古今名劇明尚仲賢柳毅傳書楔子:"我今到父王面前搬唆幾句言語,撚他去了,却不好哩!"清平山堂話本二快嘴李翠蓮:"公婆利害由自可,怎當姆姆與姑姑?我若略略開得口,便去搬唆與舅姑。"

【搬唱】扮唱。元明雜劇元高文秀遇上皇一:"搽灰抹粉學搬唱,剃頭削髮爲和尚。"

【搬調】播弄,調唆。元曲選關漢卿竇娥冤二:"這廝搬調咱老母收留你,自藥死親爺待要誑嚇誰。"古今雜劇元缺名隋何賺風魔蒯徹四:"蒯文通,韓信說是你搬調他來,你何嘗認你的罪?"

【搬楦頭】揭發醜事。儒林外史四五:"争風吃醋,打吵起來,又大家搬楦頭,說偷着店裏的店官,店官也跟在裏頭打吵。"

【搬唇遞舌】挑撥是非。古今雜劇元楊文奎翠紅鄉兒女兩團圓三:"不似你這個兩頭白面、搬唇遞舌的歹弟子孩兒。"

十一畫

摋 1. sà ㄙㄚˋ 桑割切,入,曷韻,心。

㊀側手以擊。公羊傳莊十二年:"(宋)萬臂摋仇牧,碎其首。"㊁抹殺,掃滅。見集韻。參見"抹摋"。

2. sǎ ㄙㄚˇ 集韻 師駭切,上,駭韻。

㊂擺摋,抖擻。見集韻。

摩 mó ㄇㄛˊ 莫婆切,平,戈韻,明。摸臥切,去,過韻,明。

㊀摩擦。易繫辭上:"是故剛柔相摩,八卦相盪。"禮內則:"濯手以摩之,去其皽。"㊁撫,撫摩。陳書徐陵傳:"寶誌手摩其頂。"㊂切磋,研究。禮學記:"相觀而善之謂摩。"注:"摩,相切磋也。"戰國策秦一:"得太公陰符之謀,伏而誦之。簡練以爲揣摩。"㊃迫近,接近。左傳宣十二年:"吾聞致師者,御靡旌,摩壘而還。"三國魏曹植曹子建集六野田黃雀行:"飛飛摩蒼天,來下謝少年。"㊄磨滅,磨鍊。通"磨"。莊子徐无鬼:"反古而不窮,循古而不摩。"漢書五六董仲舒傳賢良對策:"漸民以仁,摩民以誼,節民以禮。"注:"摩,謂砥礪之也。"

【摩牙】謂磨其牙使之銳利。摩,通"磨"。漢書八七下揚雄傳長楊賦:"鑿齒之徒,相與摩牙而爭之。"後世稱貪口舌或鬭嘴爲摩牙。見清翟灝通俗編十六摩牙。

【摩尼】㊀古波斯人末摩尼所創立的宗教。其教宣揚光明與黑暗互相對立,爲善惡的本原。摩尼爲明的代表,故摩尼教又叫明教、明尊教。自晉代卽傳入中國,唐武后延載元年,波斯人拂多誕持二宗經(明與暗)來朝,唐大曆三年在長安建摩尼寺,賜額大雲光明寺。其教多在長安洛陽及西域商人中流行,唐人稱其人爲摩尼。會昌三年下令禁絶摩尼教,廢寺入官,教徒勒令還俗。參閱新唐書回紇傳上、唐會要四九摩尼寺、宋贊寧僧史略下大秦末尼、王國維觀堂集林別集一摩尼教流行中國考。㊁梵語。又作末尼,譯曰珠、寶、如意等。珠的總稱。涅槃經九:"如摩尼珠,投之濁水,水卽爲清。"抱朴子廣譬:"摩尼不宵朗,則無別於磧礫;化鯤不凌霄,則靡殊於桃蟲。"

【摩肩】肩挨着肩。形容人多擁擠。太平御覽七七六漢桓譚新論:"楚之郢都,車掛轂,民摩肩,市路相交,號爲朝衣新而暮衣弊。"

【摩陂】地名。在今河南郏縣東南。漢建安二十四年關羽圍曹仁於樊城,曹操自洛陽南救仁,駐軍摩陂,卽此地。魏明帝時,相傳摩陂井中見青龍,因改年號爲青龍元年,改摩陂爲龍陂。見三國志魏武帝紀、明帝紀、水經注二汝水。

【摩些】地名。在今雲南麗江縣。唐宋時爲摩些族居住地,後因以爲地名。見讀史方輿紀要一一七雲南五麗江軍民府。

【摩姑】菌類。卽蘑菇。元袁桷清容居士集十五上京雜詠詩之五:"芍藥團紅斗,摩姑綴玉釘。"

【摩耶】摩伽陀淨飯王之大妃,釋迦牟尼的生母。也叫摩訶摩耶,意爲大術大幻。大唐西域記六:"其側不遠有故基,摩訶摩耶夫人寢殿也。"關於佛生傳說故事,見法苑珠林十四、十五千佛篇降胎、侍養。

【摩芻】地名。今雲南雙柏縣。唐時爲黑爨族所居,寨名摩芻。元初立摩芻千户所,至元十二年,改爲南安州。清康熙六年,裁碍嘉縣併入,仍名南安州。公元1913年改爲摩芻縣,公元1929年改稱雙柏縣。參閱嘉慶一統志四八〇楚雄府。

【摩挲】同"摩娑㊀"。撫摸。漢書七二下薊子訓傳:"後人復於長安東霸城見之,與一老人共摩挲銅人。"唐韓愈昌黎集五石鼓歌:"牧童敲火牛礪角,誰復著手爲摩挲。"也作"摩抄"。馬有八態譬人經·五態者,使人立持軛,摩抄車却行。"

【摩娑】㊀撫摸。釋名釋姿容:"摩娑,猶末殺也,手上下之言也。"樂府詩集二五琅琊王歌辭:"新買五尺刀,懸著中梁柱,一日三摩娑,劇於十五女。"㊁摸索。聊齋志異狐嫁女:"時值上弦,月色昏黃,門户可辨,摩娑數進,始抵後樓。"

【摩頂】㊀見"摩頂放踵"。㊁蓮華經六囑累品:"爾時釋迦牟尼佛從法座起,現大神力,以右手摩無量菩薩摩訶薩頂,而作是言:'我於無量百千萬億阿僧祇劫,修習是難得阿耨多羅三藐三菩提法,今以付囑汝等。'"本指釋迦牟尼以大法付囑摩訶薩時,用右手摩其頂。後來佛教授戒時,也摩受戒者的頂,傳爲定式。

【摩勒】精美的黃金,卽紫磨金。宋書天竺迦毗黎國傳元嘉五年:"奉獻金剛指環,摩勒金環諸寶物。"參閱清郝懿行宋瑣語下。

【摩崖】在山崖石壁上所刻的銘功、記事等文字,稱摩崖。如漢石門頌、唐舜廟碑皆是。也有選刻儒書、詩文、佛經、佛像及題名者。參閱金石索石索一。

【摩訶】㊀梵語音譯。訓大、多或勝。見大智度論三大智度共摩訶比丘僧釋論。㊁曲名。詳"摩訶兜勒"。

【摩戛】猶摩擦。唐杜甫杜工部草堂詩箋六自京赴奉先詠懷五百字:"瑤池氣鬱律,羽林相摩戛。"宋晁補之雞肋集三一新城遊北山記:"窗間竹數十竿相摩戛,聲切切不已。"

【摩跌】踢踏,舞蹈的一種動作。文選漢傅武仲(毅)舞賦:"浮騰累跪,跗蹋摩跌。"注:"跗蹋摩跌,或反足跗以象蹈,或以足摩地而揚跌也。"

【摩竭】㊀梵語。鯨魚,巨鼇。也譯作摩伽羅。北魏楊衒之洛陽伽藍記五:"至辛頭大河,河西岸有如來作摩竭大魚,從河而出。"參閱翻譯名義集二畜生篇。㊁國名,卽中印度摩竭陀的略稱。文選南齊王簡栖(屮)頭陀寺碑:"是以掩室摩竭,用啟息言之津;杜口毗邪,以通得意之路。"參閱翻譯名義集三諸國篇。

【摩廚】樹名。北魏賈思勰齊民要術十引南州異物志:"木有摩廚生于斯調國,其汁肥潤,其澤如脂膏,馨香馥郁,可以煎熬食物,香美如中國用油。"

【摩厲】切磋,磨鍊。國語越上:"其達士,絜其居,美其服,飽其食,而摩厲之於義。"

【摩盪】易繫辭上:"是故剛柔相摩,八卦相盪。"疏:"陽剛而陰柔,故剛柔共相切摩更遞變化也。"後以摩盪形容氣勢雄偉。元詩選郭翼林外野言天台行送友人:

"赤霞壁立百雉城，闖闔天開勢摩盪。"

【摩羅】百合的别名。政和證類本草八百合："(百合)一名重箱，一名摩羅，一名中逢花，一名强瞿，生荆州川谷。"

【摩鏡】同"磨鏡"。古時以銅爲鏡，昏暗則磨之。南朝梁元帝集 相名詩："浮杯度池曲，摩鏡往河陰。"

【摩天嶺】山名。1.即高嶺。在今遼寧本溪縣。相傳唐太宗曾駐蹕於此。參閱嘉慶一統志五九奉天府一。2.在今河北武安縣西北，山西遼縣之東，峰巒峻絶，小徑中通，人馬難行，形勢極險。明末農民起義軍曾敗左良玉於此。參閱嘉慶一統志一九六彰德府。3.在今山東沂水縣境，山南北峻絶。宋末，農民起義軍領袖楊安兒之妹四娘子曾抗擊金元於此。參閱山東通志二五疆域志山川。

【摩由羅】孔雀。梵語音譯。也作"摩由邏"、"摩裕羅"。見翻譯名義集二摩由羅、本草綱目四九孔雀釋名。

【摩伽陀】即"摩竭陀"。見"摩竭陀"。

【摩娑石】即婆娑石。出南海，以如淡色石緑，間微有金星者爲佳。可解毒，也用作裝飾。見宋寇宗奭本草衍義四、本草綱目十婆娑石。

【摩兜鞬】唐段成式酉陽雜俎十一廣知："鄧城西百餘里有穀城，穀伯綏之國，城門有石人焉，刊其腹云：摩兜鞬，摩兜鞬，慎莫言。疑此亦同太廟金人緘口銘。"也作"磨兜堅"。

【摩訶末】伊斯蘭教創立人穆罕默德。新唐書二二一下大食傳作摩訶末。詳"穆罕默德"。

【摩訶池】池名。故址在今四川成都市舊縣城東南。爲隋蕭摩訶所置，故名。也稱汙池。一説爲隋蜀王秀所築。唐杜甫杜工部草堂詩箋二三有晚秋陪嚴鄭公摩訶池泛舟詩，即指此池。前蜀武成元年，改名龍躍池，不久又改名宣華池。後湮廢。參閱太平寰宇記七二益州華陽縣、明曹學佺蜀中廣記四成都府四。

【摩訶曲】曲調名。見"摩訶兜勒"。

【摩訶衍】梵語。即摩訶衍那。譯爲大乘。大智度論一〇〇釋囑累品："佛口所説，以文字語言分爲二種，三藏是聲聞法，摩訶衍是大乘法。"參見"大乘"。

【摩笄山】春秋晉趙毋卹(襄子)以其姊爲代王妻，繼又殺代王，侵併其地。其姊聞之，摩笄自刺而死。代人名其所死之地爲摩笄之山。見戰國策燕一、史記趙世家。山在今河北張家口市東南。本名馬頭山，也稱鷄鳴山。參閱水經注十三濕水。

【摩登伽】㊀人名。釋迦牟尼在世時，有婦摩登伽，使其女鉢吉帝以幻術蠱惑阿難，佛説神咒，使阿難解脱。楞嚴經一："爾時阿難因乞食，次，經歷婬室，遭大幻術。摩登伽女以娑毘迦羅先梵天咒，攝入婬席。"㊁古印度旃陀羅族之一，屬社會最下層，以拂掃、服侍人等爲職業。摩登伽經上："摩登伽種，人所輕賤。"參閱翻譯名義集二四魔。

【摩竭陀】古印度國名。也作摩竭提摩伽陀。其地在今印度比哈爾邦南部。參閱大唐西域記八摩竭陀國上、翻譯名義集三諸國篇。

【摩睺羅】㊀佛書的計時單位，也譯作須臾，相當於一晝夜的三十分之一。法苑珠林三劫量時節："三十羅婆爲一摩睺羅，翻爲一須臾；三十摩睺羅爲一日夜。"㊁佛教神名。即摩睺羅伽，又名大蟒神，爲天龍八部之一，人身蛇首。大毘盧遮那成佛神變加持經(大日經)一："若有衆生應佛度者，即現佛身，或現身聞聲，……乃至摩睺羅伽人非人等身。"參閱翻譯名義集二八部。㊂宋元習俗，七夕供一土偶，名摩睺羅，也作摩睺羅、摩侯羅、磨喝樂、魔合羅。宋吳自牧夢粱録四七夕："内庭與貴宅皆塑賣磨喝樂，又名摩睺羅孩兒，悉以土木雕塑，更以造綵裝欄座，用碧紗罩籠之，下以桌面架之，用青緑銷金桌衣圍護，或以金玉珠翠裝飾尤佳。"宋孟元老東京夢華録八七夕作"磨喝樂"，其自注謂本佛經"摩睺羅"。

【摩多樓子】歌曲名。樂府詩集七八雜曲歌辭載有二首，一首無作者姓名；一首爲唐李賀作，也見於李賀歌詩編四；皆爲詠邊塞之作。

【摩拳擦掌】形容鬭爭或行動前精神振奮的樣子。古雜劇元羅貫中宋太祖龍虎風雲會二："你摩拳擦掌枉心焦，休得下亂下風雹。"古今名劇元康進之李逵負荆二："我這裏摩拳擦掌，行行里按不住莽撞心頭氣。"元曲選作"磨拳擦掌"。

【摩訶止觀】隋天台大師智顗所説，門人章安筆録，十卷。爲天台宗三大部之一。天台宗提倡止觀，止即是定(坐禪)，觀即是慧(義理)，定慧雙修，體現佛性，即入涅槃。摩訶止觀，是入涅槃之要門。

【摩訶迦葉】即大迦葉，釋迦牟尼的大弟子。詳"迦葉㊀"。

【摩訶兜勒】笳曲名。晉崔豹古今注中音樂："横吹，胡樂也。張博望(騫)入西域，傳其法於西京，唯得摩訶兜勒二曲。"一説摩訶兜勒爲一曲。

【摩頂放踵】從頭頂到脚跟都摩傷。孟子盡心上："墨子兼愛，摩頂放踵，利天下爲之。"注："摩突其頂，下至於踵。"言墨子爲推行兼愛，損傷身體，亦所不顧。

【摩厲以須】磨刀以待。比喻作好準備，待時而動。左傳昭十二年："摩厲以須，王出，吾刃將斬矣。"注："以己喻鋒刃，欲自摩厲，以斬王之淫慝。"也作"磨礪以須"。唐白居易長慶集六十因繼集重序："更揀好者寄來，蓋示餘勇，磨礪以須我耳。"

【摩醯首羅】梵語。佛教天神名。又名莫醯伊濕伐羅或濕婆天、自在天。其形像是八臂三眼騎白牛，常同鳩摩羅天相對稱。華嚴經一："善海摩醯首羅天，於法界虚空寂静方便光明法門而得自在。大自在稱光明天。"參閱唐釋慧琳一切經音義二一大方廣佛華嚴經十五賢首品下摩醯首羅。

【摩訶僧祇律】東晉僧佛陀跋陀羅(覺賢)與法顯共譯，四十卷。天竺諸國對佛教戒律皆師師口傳，無原本可寫，法顯乃發願往中天竺，在摩訶衍僧伽藍得摩訶僧祇律，爲釋迦在世時大乘教最初所持守之律。既返國，因與跋陀羅合譯，爲我國佛教戒律的最早譯本。參閱梁釋慧皎高僧傳三法顯。

摮

áo 五勞切，平，豪韻，疑。ㄠ

摮。公羊傳宣六年："趙盾曰：'是何也？'曰：'膳宰也。熊蹯不熟，公怒，以斗摮而殺之。'"注："摮，猶擊也，摮謂旁擊頭項。"

摯

zhì 脂利切，去，至韻，照。ㄓ

㊀握取。文選戰國楚宋玉高唐賦："股戰脅息，安敢妄摯？"又漢王子淵(褒)四子講德論："狼摯虎攫，懷殘秉賊。"㊁至，到。書西伯戡黎："大命不摯，今王其如台。"㊂誠懇，懇切。詩周南關雎"關關雎鳩"漢毛亨傳："鳥摯而有别。"箋："摯之言至也。謂王雎之鳥，雌雄情意至，然而有别。"㊃凶猛。通"鷙"。禮曲禮上："前有摯獸，則載貔貅。"疏："摯獸猛而能擊，謂虎狼之屬也。"㊄見面禮。通"贄"。周禮春官大宗伯："以禽作六摯，以等諸臣。"注："摯之言至，所執以自致。"㊅古諸侯國名。夏奚仲之後，即薛。詩大雅大明："摯仲氏任，自彼殷商，來嫁于周。"傳："摯國任姓之中女也。"參閱清王夫之詩經稗疏三。㊆姓。周有摯荒。見左傳

昭二二年。漢有摯網，見漢書九一貨殖傳。

【摯虞】西晉長安人。字仲洽。少事皇甫謐，著述不倦。武帝泰始中，舉賢良，累官至太常卿，後遇洛陽荒亂餓死。撰文章志四卷、流別集三十卷，注三輔決錄，今僅存佚文。明人輯有摯太常集。晉書有傳。

摰 niè 集韻 倪結切，入，屑韻。
ㄋㄧㄝ

危，不堅牢。周禮考工記輪人："轂小而長則柞，大而短則摰。"注引鄭衆："摰讀爲槷，謂輻危槷也。"

摘 1. zhāi zhé 陟革切，入，麥韻，知。
ㄓㄞ ㄓㄜˊ 他歷切，入，錫韻，透。

本作"擿"。㊀採取，拿下。唐孟浩然集四裴司士見訪詩："廚人具雞黍，稚子摘楊梅。"㊁選取。漢蔡邕蔡中郎集三琅邪王傅蔡朗碑："包洞典籍，刊摘沉祕。"㊂指斥。宋曾鞏元豐類稿二寄王介卿詩："羣兒困不酬，吽啄聚譏摘。"

2. tì 他歷切，入，錫韻，透。
ㄊㄧˋ

㊃發，動。唐元稹長慶集十黄明府詩："便邀連榻坐，兼共摘船行。"指發船。元文類一熊朋來瑟賦："立摘卧摘，竹軋木搕。"指彈瑟。參見"摘阮"。㊄攪擾。後漢書十三隗囂傳："西侵羌戎，東摘濊貊。"注："摘，擾也。"

【摘由】簡摘公文事由，記入册内，以備查考，叫摘由。

【摘印】清制，地方官吏犯事，必須即行撤職，不能等待公文往返者，即由督撫委派人員收繳該官之印，不再治事，限日離任，稱摘印。見六部成語註解訂正吏部摘印。

【摘₂阮】彈奏阮咸。阮咸，樂器名，琵琶之類，傳爲晉阮咸所製，故名。簡稱阮。宋米芾寶晉英光集補遺西園雅集圖記："琴尾冠紫道服摘阮者，爲陳碧虛。"又黄庭堅豫章集四有聽宋宗儒摘阮歌。

【摘遍】詞曲解數不全者，叫摘遍。因裁截大遍中解數以製曲，故名。參見"大遍"。

【摘僻】拳曲手足，謂自加拘束。莊子馬蹄："澶漫爲樂，摘僻爲禮，而天下始分矣。"唐成玄英疏："摘僻是曲拳之行。"一說謂煩碎。清郭慶藩集釋引郭嵩燾："摘僻當作'摘擗'；王逸注楚辭：'擗，析也。'摘者，摘取之；擗者，分之，謂其煩碎也。"

【摘星樓】樓觀名。1.傳說殷紂王有摘星樓，極高峻。元曲選馬致遠漢宮秋二："俺又不曾徹青霄高蓋起摘星樓，不說他伊尹扶湯，則說那武王伐紂。"2.宋范仲淹建，在陝西膚施縣（今延安市）東南嘉嶺山。參閱嘉慶一統志二三四延安府二。

【摘得新】詞調名。本唐教坊曲名。單調二十六字，六句，四平韻。因皇甫松詞首句爲"摘得新"而得名。見詞譜一。

【摘豔薰香】謂文辭之華美。唐杜牧樊川集一冬至日寄小姪阿宜詩："高摘屈宋豔，濃薰班馬香。"

摛 chī 丑知切，平，支韻，徹。
ㄔ

傳布，舒展。文選漢揚子雲（雄）劇秦美新："宜命賢哲，作帝典一篇，舊三爲一，襲以示來人，摛之罔極。"後漢書四十上班固傳西都賦："若摛錦布繡，燭燿乎其陂。"

【摛翰】執筆爲文。文選晉左太沖（思）魏都賦："抗旍則威噞秋霜，摛翰則華縱春葩。"南齊書丘巨源傳與袁粲書："摛翰振藻，非爲乏人。"

【摛辭】抒發文辭。即遣辭作文。晉書陳壽傳贊："彪溥勵節，摛辭綜理。"彪，司馬彪；溥，虞溥。唐孫樵集二與王霖秀才書："儲思必深，摛辭必高，道人之所不道，到人之所不到。"

【摛藻】鋪張辭藻。文選漢班孟堅（固）答賓戲："雖馳辯如濤波，摛藻如春華，猶無益於殿最也。"

摭 zhí 之石切，入，昔韻，照。
ㄓˊ

拾取。禮禮器："君子之於禮也，有直而行也，……有順而摭也。"漢書六二司馬遷傳贊："至於采經摭傳，分散數家之事，甚多疏略。"

【摭言】見"唐摭言"。

【摭稻】雙季稻。廣羣芳譜八穀譜二："摭稻，春種夏穫，七月再插，十月熟。"

摝 lù 盧谷切，入，屋韻，來。
ㄌㄨˋ

振動，搖動。周禮夏官大司馬："三鼓摝鐸，羣吏弊旗，車徒皆坐。"

摔 shuāi
ㄕㄨㄞ

㊀用力往下扔，丢開。古今名劇元康進之李逵負荆一："一把火將你那草團瓢燒做腐炭，盛酩甕摔破了碎磁甌。"紅樓夢六六："（柳）湘蓮不舍，連忙要上來拉住問時，那三姐一摔手便自去了。"㊁跌，摔倒。如摔跤。

摏 chōng 書容切，平，鍾韻，審。
ㄔㄨㄥ

撞，擣。通"舂"。左傳文十一年："敗狄於鹹，獲長狄僑如，富父終甥摏其喉以戈，殺之。"

摫 guī 居隋切，平，支韻，見。
ㄍㄨㄟ

裁衣。方言二："鋠、摫，裁也。梁益之間，裁木爲器曰鋠，裂帛爲衣曰摫。"摫，同"規"。文選晉左太沖（思）蜀都賦："藏鏹巨萬，鋠摫兼呈。"

摶 1. tuán 度官切，平，桓韻，定。
ㄊㄨㄢˊ

㊀環繞，盤旋。莊子逍遥遊："鵬之徙於南冥也，水擊三千里，摶扶搖而上者九萬里。"周禮考工記矢人："凡相笴，欲生而摶。"㊁捏之成團。禮曲禮上："毋摶飯。"㊂圜。楚辭屈原九章橘頌："曾枝剡棘，圜果摶兮。"注："摶，圜也。"㊃持，憑藉。文選漢司馬長卿（相如）長門賦："摶芬若以爲枕兮，席荃蘭而茝香。"

2. zhuàn 持兗切，上，獮韻，澄。
ㄓㄨㄢˋ

㊄猶束、捆。墨子經說下："以楹之摶也見之，其於意也不易。"此謂柴木一捆曰摶。周禮地官羽人："十羽爲審，百羽爲摶。"指以百羽爲一束曰摶。

3. zhuān 集韻 朱遄切，平，僊韻。
ㄓㄨㄢ

古"專"字。㊅專一，集中。管子内業："一意摶心，耳目不淫。"參閱郭沫若等管子集校。商君書農戰："明君修政而壹，去無用，止浮學事淫之民，壹之農，然後國家可富而民力可摶也。"㊆猶言統率。史記田敬仲完世家："（韓）馮因摶三國之兵，乘屈丐之獘，南割於楚。"

4. chuán
ㄔㄨㄢˊ

㊇捲之使緊。周禮考工記鮑人："卷而摶之，欲其無迆也。"注引鄭衆："摶，讀爲'縛一如瑱'之縛。"參閱孫詒讓周禮正義七九。

【摶沙】喻易散。宋蘇軾分類東坡詩十五二公再和亦再答之："親友如摶沙，放手還復散。"

【摶治】同"摶埴"。晏子春秋諫下："景公令兵摶治，當臘，冰月之間而寒，民多凍餒，而功不成。"

【摶風】㊀莊子逍遥遊："摶扶搖而上者九萬里。"扶搖，旋風，謂鵬鳥如旋風團飛而上。後因稱乘風搏上曰搏風。藝文類聚二七南朝梁簡文帝（蕭綱）阻歸賦：

"蹈九枝而耀景，總六翮而摶風。"㊂屋檐角端的翹起部分，即屋翼。儀禮士冠禮"設洗直於東榮"唐賈公彥疏："(注)云'榮，屋翼也'者，即今之摶風；云'榮'者，與屋爲榮飾；言'翼'者，與屋爲翅翼也。"摶，一本作"搏"。

【摶埴】謂以黏土製成陶器之坯。周禮考工記："摶埴之工二。"一說作"搏"，誤；應作"摶"。參閱孫詒讓周禮正義。

【摶飯】團飯成塊。禮曲禮上："毋摶飯。"疏："共器若取飯作摶，則易得多，是欲爭飽，非謙也。"

【摶黍】㊀取黍捏成團。儀禮特牲饋食禮："佐食摶黍授祝，祝授尸。"呂氏春秋異寶："今以百金與摶黍以示兒子，兒子必取摶黍矣。"㊁黃鶯的異名。詩周南葛覃"黃鳥于飛"漢毛亨傳："黃鳥，摶黍也。"疏引陸機："黃鳥，黃鸝留也，或謂之黃栗留，幽州人謂之黃鶯，一名倉庚，……齊人謂之摶黍。"鸎，同"鶯"。

【摶摶】凝聚如團貌。楚辭宋玉九辯："乘精氣之摶摶兮，鶩諸神之湛湛。"注："楚人名圜曰摶也。"

【摶鑪】餅名。太平御覽八六〇引趙録(十六國春秋後趙録)："石勒諱胡，胡物皆改名，胡餅曰摶鑪，石虎改曰麻餅。"一本作"搏鑪"。

【摶土作人】太平御覽七八風俗通："俗說天地開闢，未有人民，女媧摶黃土作人，劇務力不暇供，乃引繩於泥中，舉以爲人，故富貴者，黃土人也，貧賤凡庸者，絙人也。"按世界各民族都有關於天地開闢、人類出現的神話傳說，其以人有貴賤之別，已滲雜階級社會後的思想意識。

【摶₃心揖志】同心一志。揖，通"輯"。史記秦始皇紀二八年琅邪臺刻石："普天之下，摶心揖志。"索隱："摶，古'專'字。揖音集。"

摲 chàn ㄔㄢˋ

芟除，掃蕩。說文作"𢿸"。禮禮器："君子之於禮也，有直而行也，……有摲而播也。"注："摲之言芟也，謂芟殺有所與也。"漢書八七下揚雄傳長楊賦："所麾城摲邑，下將降旗，一日之戰，不可殫記。"

擗 pì ㄆㄧˋ

割。"副"的俗字。通"疈"、"擘"。見正字通。

【擗痤】割治毒瘡。韓非子顯學："夫嬰兒不剔首則腹痛，不擗痤則寖益，剔首擗痤，必一人抱之，慈母治之。""擗"、"揊"同。清王先慎謂應作"疈"或"副"，古本韓非子作"疈"，或改作"副"，寫者又誤加"手"旁，校者又於下文去"刀"旁，展轉譌誤，遂不成字。見集解。

摴 chū ㄔㄨ 丑居切，平，魚韻，徹。

見下。

【摴蒱】也作"樗蒱"。㊀博戲名。漢馬融有樗蒲賦(藝文類聚七四)。晉代尤爲盛行。以擲骰決勝負，得采有盧、雉、犢、白等稱。看擲得的骰色而定。骰之製作久已失傳。後來泛稱賭博曰摴蒱。參閱唐李肇國史補下敍古摴蒱法、太平御覽七五四摴蒱。㊁宋時蜀地織綾，其紋有兩尾尖削、中間寬廣者，既不像花，也非禽獸，名爲摴蒱。古錦也有名摴蒱者。見宋程大昌演繁露六投五木瓊橩玖骰、明曹昭新增格古要論八古錦。㊂海產名。即海蛇，又名水母、石鏡。見本草綱目四四海蛇。

摽 1. piāo ㄆㄧㄠ 撫招切，平，宵韻，滂。

㊀擊。左傳哀十二年："長木之斃，無不摽也。"

2. biāo ㄅㄧㄠ

㊁揮去，棄。孟子萬章下："摽使者出諸大門之外。"公羊傳莊十三年："已盟，曹子摽劍而去之。"㊂高舉貌。管子侈靡："若夫教者，摽然若秋雲之遠。"一本作"標"。㊃通"標"。見"摽₂挎"等。㊄通"鏢"。見"摽₂末"。

3. biào ㄅㄧㄠˋ 匹妙切，去，笑韻，滂。符少切，上，小韻，並。

㊅墜落。詳"摽₃梅"。

【摽₂末】喻微末。摽，刀刃。通"鏢"。漢書九九上王莽傳陳崇奏："乃至青戎，摽末之功，一言之勞，然猶皆蒙丘山之賞。"青，衛青；戎，公孫戎。

【摽拂】彈奏古琴的指法。淮南子脩務："今夫盲者目不能別晝夜，分白黑，然而搏琴撫弦，參彈復徽，攫援摽拂，手若蔑蒙，不失一弦。"注："摽拂，敷也。"

【摽₃梅】詩召南摽有梅："摽有梅，其實七兮。求我庶士，迨其吉兮！"有，助詞。摽梅，言梅熟而落。比喻女子已到結婚年齡。唐詩紀事三鄭世翼看新婚："初笄夢桃李，新粧應摽梅。"

【摽牌】盾。也稱籐牌。用以防禦兵刃矢石的戰具。宋史兵志四河東陝西弓箭手："鬭東成卒，多是硬弩手及摽牌手。"

【摽₂準】衡量事物的準則。晉書袁宏傳三國名臣頌："邈哉太初，宇量高雅，器範自然，摽準無假。"太初，夏侯玄字。一本作"標準"。文選三國名臣序贊作"標准"。

【摽₂挎】稱揚。同"標榜"。後漢書六七黨錮傳："自是正直廢放，邪枉熾結，海內希風之流，遂共相摽挎。"注："摽挎，猶相稱揚也。"後多用爲貶義。參見"標榜"。

【摽₂賣】標價出售。同"標賣"。三國志吳魯肅傳："肅不治家事，大散財貨，摽賣田地，以賑窮弊，結士爲務。"

【摽₂幟】標記。同"標識"、"標幟"。後漢書七一皇甫嵩傳："(張)角等知事已露，晨夜馳勑，諸方一時俱起，皆著黃巾爲摽幟，時人謂之'黃巾'。"

【摽₂顯】摽挎，炫耀。抱朴子袪惑："夫能知要道者，無欲於物也，不徇世譽也，亦何肯自摽顯於流俗哉！"

攐 qiān ㄑㄧㄢ 集韻 親然切，平聲，僊韻。

插。見集韻。俗作"扦"，見正字通。

摸 1. mō ㄇㄛ 慕各切，入，鐸韻，明。莫胡切，平，模韻，明。

㊀撫摩。三國志魏華佗傳："故甘陵相夫人有娠六月，腹痛不安，佗視脈，曰：'胎已死矣。'使人手摸知所在。"㊁見"摸索"。

2. mó ㄇㄛˊ

㊂描摹，摹寫。通"摹"。新唐書九三李靖傳："又敕摸詔本，還賜(李)彥芳，并束帛衣服。"唐韓愈昌黎集十三畫記："余少時常有志乎茲事，得國本，絕人事而摸得之。"㊃見"摸₂稜"。

【摸索】撫摩，探索。唐劉餗隋唐嘉話中："許敬宗性輕傲，見人多忘之，或謂其不聰，曰：'卿自難記，若是何(遜)劉(孝綽)沈(約)謝(朓)暗中摸索著，亦可識。'"

【摸₂稜】不明確表示可否。也作"模稜"。唐蘇味道初拜相，依違無所發明，具位而已。常謂人曰："決事不欲明白，誤則有悔，摸稜持兩端可也。"世號爲模稜手，或摸稜宰相。見太平廣記二五九、新唐書一一四蘇味道傳。今謂模稜兩可，本此。

【摸₂擬】依樣仿效。文選晉袁彥伯(宏)三國名臣序贊："公琰(蔣琬)殖根，不忘中正，豈曰摸擬，實在雅性。"

【摸蘇】繩索。淮南子俶真："以摸蘇牽連物之微妙，猶得肆其志，充其欲。"注："摸蘇，猶摸索。"清郝懿行謂"摸蘇"、"摸索"皆爲"貉縮"之聲轉；貉縮，謂繩。見爾雅義疏釋詁下。

【摸魚兒】原爲唐教坊曲名。後用作詞調名。一名摸魚子。因宋晁補之詞，有

"買陂塘，旋栽楊柳"句，更名買陂塘，又名陂塘柳，或名邁陂塘。辛棄疾賦怪石詞，名山鬼謠。李冶賦並蔕荷詞，有"請君試聽雙蕖怨"句，名雙蕖怨。雙調，有一百十四字，一百十六字，一百十七字諸體。見詞譜三六。

【摸瞎魚】兒童遊戲名。羣兒牽繩爲圓城，中空約方丈。圈内二兒，各用厚帕蒙目，如瞎狀。一兒執木魚，時敲一聲，而旋易其地；一兒聞聲往摸，以巧遇奪得木魚爲勝。舊時北京兒童常於正月間作此遊戲。見明沈榜宛署雜記十七民風一。

【摸金校尉】東漢袁紹移文州郡，列舉曹操罪狀，中有發掘梁孝王墳墓事，並謂操置發丘中郎將、摸金校尉，專事掘墓，掠取金寶。見文選漢陳孔璋(琳)爲袁紹檄豫州文。

𢷬 bài 博怪切，去，怪韻，幫。
ㄅㄞ

古"拜"字。周禮春官大祝："辨九𢷬。"

摳 kōu 恪侯切，平，侯韻，溪。
ㄎㄡ 豈俱切，平，虞韻，溪。

㊀提起。詳"摳衣"。㊁投，擲。列子黄帝："以瓦摳者巧，以鉤摳者憚，以黄金摳者惛。"㊂用手挖。西遊記二："摳眼睛，捻鼻子。"

【摳衣】提裳而行，以示敬謹意。禮曲禮上："摳衣趨隅，必慎唯諾。"又："兩手摳衣，去齊尺；衣毋撥，足毋蹶。"

㩳 qiān 集韻 輕烟切，平，先韻。
ㄑㄧㄢ

牵。漢書八七上揚雄傳羽獵賦："鉤赤豹，㩳象犀。"注："㩳，古牵字。"文選羽獵賦五臣本作"牵"。

摦 huà 胡化切，去，禡韻，匣。
ㄏㄨㄚ

寬，横大。漢書五行志七下之上引左傳昭二一年："小者不窕，大者不摦。"今本左傳作"槬"。

撦 chě 昌者切，上，馬韻，穿。
ㄔㄜ

裂開，撕破。唐詩紀事五七段成式光風亭夜宴妓有醉毆者："擲履仙凫起，撦衣蝴蝶飄。"

【撦冶】猶吐豔。唐皮日休皮子文藪一桃花賦："或幽柔而旁午，或撦冶而倒披。"

【撦裂】撕碎。宋梅堯臣宛陵集七永叔寄澄心堂紙二幅詩："心煩收拾乏匱櫝，日畏撦裂防嬰孩。"

摵 shè 山責切，入，麥韻，山。
ㄕㄜ

殞落貌，凋謝貌。文選晉潘安仁(岳)秋興賦："庭樹摵以灑落兮，勁風戾而吹帷。"一本作"槭"。注："槭，枝空之貌。"

【摵摵】象聲詞。1. 落葉聲。文選晉盧子諒(諶)時興詩："摵摵芳葉零，橤橤芬華落。"唐韓愈昌黎集四贈崔立之評事詩："暉暉簷日暖且鮮，摵摵井梧疎更殞。"2. 風聲。元貢師泰玩齋集至正十一年秋七月巡按松州……詩："秋風摵摵衣綿薄，夜雨蕭蕭燭焰低。"

摕 dì dié 都計切，去，霽韻，端。
ㄉㄧˋ ㄉㄧㄝˊ 特計切，去，霽韻，定。
徒結切，入，屑韻，定。

撮取，捎取。文選漢張平子(衡)西京賦："超殊榛，摕飛鼯。"三國吳薛綜注："摕，捎取之也。"

摺 1. zhé 之涉切，入，葉韻，照。
ㄓㄜˊ

㊀折疊。北周庾信庾子山集一鏡賦："始摺屏風，新開户扇。"㊁曲折。宋米芾海岳名言："石曼卿(延年)作佛號，都無回互轉摺之勢。"

2. lā 盧合切，入，合韻，來。
ㄌㄚ

㊂摧折，毁損。史記魯周公世家桓十八年："(齊襄公)使公子彭生抱魯桓公，因命彭生摺其脅，公死于車。"又七九范雎傳："魏齊大怒，使舍人笞擊雎，折脅摺齒。"索隱："摺，音力答反。謂打折其脅而又拉折其齒也。"

【摺奏】臣下進本，例由通政司轉遞，稱爲題本。其直接達皇帝前者，用摺子，稱摺奏。至雍正時，慮本章有洩漏，因令凡緊急事件，概用摺奏。參見"題本"。

【摺疊扇】今通稱摺扇，又稱聚頭扇。或謂出於日本，自朝鮮傳入我國；或謂源出朝鮮。元胡三省以爲南朝齊之腰扇，卽摺疊扇。明清盛行摺疊扇，不僅用以取凉，也爲文人士大夫的裝飾品。參閱宋趙雲衛雲麓漫鈔四、郭若虛圖畫見聞誌六高麗國、資治通鑑一三五齊高帝建元二年注、明文震亨長物誌七扇扇墜。

【摺疊船】可以折疊的船。清劉獻廷廣陽雜記三："(馬)子騰言，流客木雅零者，本姓朱，……能製奇器，多異技。有鐵標十二枚，藏兩袖中，舉手卽發；……又有摺疊船，可藏巾笥，有急欲渡，卽湊合而成篷桅云。"

摎 1. jiū 集韻 居尤切，平，尤韻。
ㄐㄧㄡ

㊀縛殺，絞死。清段玉裁說文解字注："凡以繩帛等物殺人者曰縛殺，亦曰摎，亦曰絞。"㊁纏繞，糾結。漢書五行志中之下："元帝永光二年八月，天雨草而葉相摎結，大如彈丸。"注："摎，繞也。"㊂求。後漢書四九張衡傳思玄賦："黄靈詹而訪命兮，摎天道其焉如。"

2. liú 力求切，平，尤韻，來。
ㄌㄧㄡ

㊃姓。漢有摎樂摎廣德。見漢書九五南粤王趙佗傳。

3. jiǎo 集韻 吉巧切，上，巧韻。
ㄐㄧㄠ

㊄見"摎$_3$蓼"。

【摎$_3$蓼】搜索。文選漢張平子(衡)西京賦："摎蓼泙浪，乾池滌藪。"注："摎蓼泙浪，謂徧搜索也。"

擄 lǔ 集韻 籠五切，上，姥韻。
ㄌㄨˇ

強取，掠奪。通"虜"。參閱廣雅釋詁清王念孫疏證。

摣 zhā 女加切，平，麻韻，娘。
ㄓㄚ 集韻 莊加切，平，麻韻。

抓，捕捉。文選漢張平子(衡)西京賦："摣狒猬，批窳狻。"也作"揸"。

摢 1. hù 集韻 胡故切，去，莫韻。
ㄏㄨ

㊀遮蔽。見集韻。

2. chū 集韻 抽居切，平，魚韻。
ㄔㄨ

㊁摴蒱。"摴"的異體字。見集韻。

摟 1. lóu 落侯切，平，侯韻，來。
ㄌㄡˊ 力朱切，平，虞韻，來。

㊀拽，牵引。孟子告子下："踰東家牆，而摟其處子。"又："五霸者，摟諸侯以伐諸侯者也。"或亦解作扶持。

2. lǒu
ㄌㄡˇ

㊁攬，抱。西遊記八一："他兩個摟着肩，攜着手，出了佛殿。"紅樓夢三："早被外祖母抱住，摟入懷中，心肝兒肉叫着大哭起來。"

摑 guó 古獲切，入，麥韻，見。
ㄍㄨㄛˊ

打，打耳光子。說文作"敋"。唐盧仝玉川子集一示添丁詩："父憐母惜摑不得，卻生癡笑令人嗟。"宋葉夢得避暑録話下："執之十字路口，痛與百摑。"

撂 liào 集韻 力灼切，入，藥韻。
ㄌㄧㄠˋ

放置。紅樓夢十六："我的東西還沒處撂呢，希罕你們鬼鬼祟祟的。"

摞 luǒ 魯過切，去，過韻，來。
ㄌㄨㄛˇ 落戈切，平，戈韻，來。

理，繫。後漢書輿服志下幘："漢興，續其

顏，卻摞之。……喪幘卻摞反本；禮也。"

摧 1. cuī ㄘㄨㄟ 昨回切，平，灰韻，從。

㊀排擠。易晉："晉如摧如，貞吉。"疏："摧，退也。"㊁譏刺，使沮喪。詩邶風北風："我入自外，室人交徧摧我。"箋："摧者，刺譏之言。"說文引詩作"催"。㊂毀滅，崩壞。詩大雅雲漢："胡不相畏，先祖于摧。"史記孔子世家："泰山壞乎？梁柱摧乎？哲人萎乎？"㊃挫敗，挫折。韓非子存韓："今伐韓未可一年而滅，拔一城而退，則權輕於天下，天下摧我兵矣。"㊄傷痛。文選漢蘇子卿(武)詩之二："長歌正激烈，中心愴以摧……俛仰內傷心，淚下不可揮。"

2. cuò ㄘㄨㄛ 集韻 寸卧切，去，過韻。

㊅剉草。通"莝"。詩小雅鴛鴦："乘馬在廄，摧之秣之。"

【摧方】削去稜角。比喻改變方正的操守。三國志吳賀邵傳諫疏："佞諛之徒，拊翼天飛，干弄朝威，盜竊榮利，而忠良排墜，信臣被害。是以正士摧方，而庸臣苟媚，先意承旨，各希時趣。"

【摧心】極度傷心。文選晉潘安仁（岳）寡婦賦："少伶俜而偏孤兮，痛切怛以摧心。"唐張銑注："如切割其心也。"

【摧折】㊀折斷。漢焦延壽易林一坤之屯："蒼龍單獨，與石相觸，摧折兩角。"㊁挫折，打擊。漢書九十嚴延年傳："其治務在摧折豪彊，扶助貧弱。"

【摧屈】受挫而收斂。舊唐書三七李昭德傳："是時，來俊臣侯思止等枉撓刑法，誣陷忠良，人皆懾懼，昭德每廷奏其狀，由是俊臣黨與少自摧屈。"

【摧辱】挫辱。謂輕視而侮慢之。漢書七二鮑宣傳："丞相孔光四時行園陵，官屬以令行馳道中，宣出逢之，使吏鉤止丞相掾史，沒入其車馬，摧辱宰相。"

【摧剥】猶摧殘。宋王安石臨川集二二丙申八月作詩："秋風摧剝利如刀，漠漠昏煙玩日高。"

【摧捽】挫折。唐李賀歌詩編一送沈亞之歌："吾聞壯夫重心骨，古人三走無摧捽。"

【摧堅】謂挫敗堅銳的敵軍。宋書劉鍾傳："鍾願從餘姚浹口，攻句章海鹽婁縣，皆摧堅陷陣。"梁書武帝紀上詔："接距交綏，電激風掃，摧堅覆銳，咽水塗原。"

【摧陷】挫折，破敗。後漢書二八上馮衍傳："初，衍爲狼孟長，以罪摧陷大姓令狐略。"南史宋武帝紀："軍中多萬鈞神弩，所至莫不摧陷。"

【摧敗】㊀挫敗。漢書六二司馬遷傳報任安書："身雖陷敗，彼觀其意，且欲得其當而報漢，事已無可奈何，其所摧敗，功亦足以暴於天下。"注："謂（李陵）摧破匈奴之兵也。"㊁折傷。後漢書八四董祀妻（蔡琰）傳悲憤詩之一："念我出腹子，匈臆爲摧敗。"

【摧殘】損害，破壞。文選漢張平子（衡）西京賦："梗林爲之靡拉，樸叢爲之摧殘。"文苑英華二四七南朝梁吳均贈王桂陽詩："弱幹可摧殘，纖莖易陵忽。"

【摧愴】悲傷。三國志吳孫皎傳孫權讓皎書："臨書摧愴，心悲淚下。"

【摧頹】㊀蹉跎，失意。漢焦延壽易林三泰之咸："老楊日衰，條多枯枝。爵級不進，日下摧隤。"隤，同"頹"。玉臺新詠二三國魏曹植浮萍篇："何意今摧頹，曠若商與參。"㊁衰敗，衰老。文選三國魏應休璉（璩）侍五官中郎將建章臺集詩："遠行蒙霜雪，毛羽日摧頹。"㊂轉動傾側貌。唐杜甫杜工部詩史補遺九秋日荆南述懷三十韻："琴烏曲怨憤，庭鶴舞摧頹。"㊃墜廢。宋蘇軾分類東坡詩七龜山："元嘉舊事無人記，故壘摧頹今在不？"

【摧藏】㊀摧傷，挫傷。樂府詩集五九漢王嬙昭君怨："離宮絕曠，身體摧藏。"文選晉左太沖（思）吳都賦："莫不衂銳挫芒，拉捭摧藏。"㊁言極度悲哀。玉臺新詠一古詩爲焦仲卿妻作："未至二三里，摧藏馬悲哀。新婦識馬聲，躡履相逢迎。"文選晉成公子安（綏）嘯賦："和樂怡懌，悲傷摧藏。"

【摧鎩】傷殘。宋歐陽修文忠集二水谷夜行寄子美聖俞詩："雲烟一翱翔，羽翮一摧鎩。"

【摧枯折腐】摧折枯枝腐木。比喻極容易作到。後漢書十九耿弇傳："歸發突騎，以轔烏合之衆，如摧枯折腐耳。"

【摧枯拉朽】同"摧枯折腐"。漢書異姓諸侯王表："鐫金石者難爲功，摧枯朽者易爲力。"晉書甘卓傳："將軍之舉武昌，若摧枯拉朽，何所顧慮乎。"

【摧陷廓清】攻破敵陣並加以掃蕩。比喻破除陳言。唐李漢昌黎集序："先生於文，摧陷廓清之功比於武事，可謂雄偉不常者矣。"

【摧鋒陷陣】破敵深入。宋書武帝紀上："高祖（劉裕）常被堅執銳，爲士卒，先每戰輒摧鋒陷陣，賊乃退還浹口。"

摜 guàn ㄍㄨㄢ 古患切，去，諫韻，見。

㊀習慣。通"貫"、"慣"。說文："摜，習也。从手，貫聲。春秋傳曰：'摜瀆鬼神。'"今本左傳昭二六年摜作"貫"。㊁披戴。抱朴子博喻："盤旋揖讓，非禦寇之容；摜甲纓冑，非廟堂之飾。"㊂擲，摔。水滸二六："把那婦人頭望西門慶臉上摜將來。"

搖 yáo ㄧㄠ

搖動。淮南子兵略："因其勞倦怠亂，飢渴凍暍，推其搖搖，擠其揭揭，此謂因勢。"注："搖搖，欲仆也，揭揭，欲拔也。"搖，當爲"搖"，搖，古"搖"字。參閱清王念孫讀書雜志淮南內篇十五兵略搖搖。

摻 1. shān ㄕㄢ 所咸切，平，咸韻，山。

㊀纖細。詳"摻摻"。

2. shǎn ㄕㄢ 所斬切，上，豏韻，山。

㊁執，持。詩鄭風遵大路："遵大路兮，摻執子之手兮。"墨子耕柱："今有燎者於此，一人奉水，將灌之；一人摻火，將益之。"

3. sēn ㄙㄣ 集韻 疏簪切，平，侵韻。

㊂衆多貌。後漢書六十上馬融傳廣成頌："旃旝摻其如林，錯五色以摛光。"

4. càn ㄘㄢ 正字通 七鑒反。

㊃擊鼓。詳"摻₄撾"。

【摻摻】纖細貌。詩魏風葛屨："摻摻女手，可以縫裳。"韓詩作"纖纖"。參閱清陳喬樅韓詩遺說考五（清續經解一五九）。

【摻₄撾】擊鼓的調子。世說新語言語："衡揚枹爲漁陽摻撾。"注引典略："（禰衡）乃著幝帬，復擊鼓摻撾而去。"宋蘇軾分類東坡詩二五病中夜讀朱博士："巧笑在頩頰，哀音餘摻撾。"後漢書八十下禰衡傳作"參撾"。參見"漁陽摻撾"。

擦 1. qì ㄑㄧ 七計切，去，霽韻，清。

㊀挑取。見廣韻。㊁祭。詳"擦鬼"。

2. chá ㄔㄚ 集韻 初戛切，入，黠韻。

㊂推。見集韻。

【擦鬼】民間祭畢聚飲。宋歐陽修文忠集十一初至夷陵答蘇子美見寄詩："俚歌成調笑，擦鬼聚喧嚚。"注："夷陵之俗，……又好祠祭。每遇祠時，里民數百共餕其餘，里語謂之擦鬼。"

摠 zǒng ㄗㄨㄥ 集韻 祖動切，上，董韻。

同"總"。也作"總"、"揔"。書大禹謨："汝惟不怠，摠朕師。"詳"總"。

摐 chuāng 楚江切，平，江韻，初。
ㄔㄨㄤ 七恭切，平，鍾韻，清。

㊀撞，打。史記一一七司馬相如傳子虛賦："摐金鼓，吹鳴籟。"㊁高聳。漢揚雄太玄經四逃："喬木維摐，飛鳥過之或降。"注："上擦稱摐。上擦之木，鳥所不集，故過之而去。"㊂見"摐摐"。

【摐摐】㊀紛錯，景物衆多。唐陸龜蒙甫里集三和憶洞庭觀步十韻次韻："閒君遊靜境，雅具更摐摐。"㊁象聲詞。唐王建詩八霓裳詞之八："絃索摐摐隔彩雲，五更初發滿宮聞。"

摷 zhāo 側交切，平，肴韻，莊。
ㄓㄠ

抄取。文選漢張平子(衡)西京賦："摷鯤鮞，殄水族。"三國吳薛綜注："摷、殄，言盡取之。"

摹 mó 莫胡切，平，模韻，明。
ㄇㄛˊ

㊀謀畫。漢書高帝紀下："雖日不暇給，規摹弘遠矣。"注："鄧展曰：'若畫工規模物之摹。'韋昭曰：'……摹者，如畫工未施采事摹之矣。'"㊁效法。依樣倣作。後漢書四九仲長統傳昌言損益："若是，三代不足摹，聖人未可師也。"㊂描寫。文選南朝梁江文通(淹)別賦："雖淵雲之墨妙，嚴樂之筆精……誰能摹暫離之狀，寫永訣之情者乎！"

【摹本】㊀臨寫、影寫或石刻的翻刻本。宋范成大石湖集二一觀禊帖有感三絶詩之二："寶章薶九泉，摹本範百世。"㊁絲織物名。卽花緞，又稱花累。見清稗類鈔八九物品。

【摹印】秦書八體之一。就小篆稍加變化，字形屈曲縝密，本用於璽文，後也用於一般印章。參閱漢許愼說文解字敍、清陳澧摹印述。

【摹刻】翻刻碑帖，翻印書籍。宋蘇軾經進東坡文集事略五三李君山房記："近歲市人，轉相摹刻，諸子百家之書，日傳萬紙。"又分類東坡詩十八太虛以黃樓賦見寄作詩爲謝："朱蠟爲摹刻，細妙分毫釐。"

【摹姑】小兒癲病。初病時有似巫祝厭蠱之狀，稱爲巫蠱，音轉爲摹姑。見唐顏師古匡謬正俗八摹姑。

【摹倣】仿效。清顧炎武日知錄十九文人摹倣之病："近代文章之病，全在摹倣，卽使逼肖古人，已非極詣。"也作"模放"。宋趙希鵠洞天清錄集："(米芾)其初本不能作畫，後以目所見，日漸模放之，遂得天趣。"

【摹寫】㊀依樣描寫。後漢書六十蔡邕傳下："及碑始立，其觀視及摹寫者，車乘日千餘兩，填塞街陌。"㊁依樣規畫。文選晉潘安仁(岳)西征賦："於斯時也，乃摹寫舊豐，制造新邑，故社易置，枌榆遷立，街衢如一，庭宇相襲。"

【摹擬】模仿。南朝梁鍾嶸詩品中齊光祿江淹："文通詩體總雜，善於摹擬。"文通，江淹字。元楊弘道小亨集一東坡石鍾山記墨迹詩："摹擬徧天下，眞僞雜相半。"指模仿的作品。

十二畫

㩃 qiān
ㄑㄧㄢ

拔取。同"搴"、"攓"。說文引楚辭"朝㩃批之木蘭"，文選楚屈原離騷作"朝搴阰之木蘭兮"。

撞 zhuàng 直絳切，去，絳韻，澄。
ㄓㄨㄤ 宅江切，平，江韻，澄。

㊀擊，衝擊。墨子非樂上："然卽當爲之撞巨鍾，擊鳴鼓，彈琴瑟，吹竽笙，而揚干戚。"戰國策秦一："寬則兩軍相攻，迫則杖戟相撞。"㊁碰，相遇。世說新語尤悔："又或放船從橫撞人觸岸。"元王實甫西廂記五本四折："你撞著箇水浸老鼠的姨夫，這廝壞了風俗，傷了時務。"

【撞挱】撞倒。文選漢張平子(衡)西京賦："叉簇之所攙捔，徒搏之所撞挱。"唐呂延濟注："撞挱，謂撞而挱倒。"

【撞郎】後漢書四一鍾離意傳："(明帝)嘗以事怒郎藥崧，以杖撞之。……崧曰：'天子穆穆，諸侯煌煌，未聞人君，自起撞郎。'帝赦之。"郎，官名。後來因用撞郎爲直臣之典。文苑英華三〇二唐盧照隣哭金陵韋郎中詩："徒令永平帝，千載罷撞郎。"

【撞席】指別人設宴，不請自至。元曲選高文秀誶范叔一："你來是拜辭，還是撞席？"明張四維雙烈記四二："蘇老尚書是我極厚僚友，我今撞席走遭。"

【撞太歲】舊時迷信，以太歲所在爲凶方，因稱行險徼幸爲撞太歲。太歲，卽木星。明王元壽異夢記詭謀："我前拾得小王的碧甸環，如今來到渭塘央人到顧家去說親，這叫做撞太歲，撞得着也是好的。"也以此稱勾結官府的騙子。明陸容菽園雜記十四："京師有勾結官府，誆詐人財物者，名撞太歲。"

【撞門羊】舊婚禮迎娶時男家所送的禮物單。元曲選戴善夫風光好二："我等駟馬車爲祀走你，量他怕是撞門羊。"

【撞門酒】舊婚禮迎娶時男家所送的禮酒。宋龐元英文昌雜錄一："禮部王員外言，昔見朝議大夫李冠卿說，揚州所居堂前杏一窠，極大，花多而不實。適有一媒媪見如此，笑謂家人曰：'來春與嫁了此杏。'冬深，忽擕酒一樽來，云是婚家撞門酒，索處子裙一腰繫杏上，已而奠酒，辭祝再三，家人莫不笑之。至來春，此杏結子無數。"

【撞府衝州】猶言走江湖。古今雜劇元缺名劉千病打獨角牛一："我與你便晝挣〔尊〕神軸，背着案拜岳朝山，撞府衝州。"

【撞頭搕腦】路窮碰壁，行不通的意思。朱子語類四九論語三一："政如義理，只理會得三二分，便道只恁地得了，却不知前面撞頭搕腦。"

撤 chè 丑列切，入，薛韻，徹。
ㄔㄜˋ 直列切，入，薛韻，澄。

㊀撤除。論語鄉黨："不撤薑食。"文選晉張景陽(協)七命："於是撤圍頓罔，捲旆收鳶。"㊁解消。文選三國魏王仲宣(粲)公讌詩："涼風撤蒸暑，清雲却炎暉。"

【撤茶】舊時官場，客來備茶。主人端茶請飲，爲送客的表示，客必辭去。撤茶則表示逐客。明朱國楨湧幢小品十三埋羹撤茶："(王璡)以儒士歷寧波知府，……有給事來謁，具茶；給事爲客居間，公大呼撤去，給事慚而退。又號撤茶太守。"

【撤棘】舊五代史和凝傳："兼權知貢舉。貢院舊例，放牓之日，設棘於門及閉院門，以防下第不逞者。凝令撤棘啟門，是日寂無喧者。"點校本作"徹棘"。後稱考試事竣爲撤棘。清會典事例三三三禮部貢舉："入闈後遇有服制事故，無論曾否送卷，該承辦衙門毋庸知照場內，均俟撤棘日，令其守制。"

【撤瑟】古代士人，遇父母有疾，撤琴瑟，以示孝意。見儀禮既夕禮。後因常以"撤瑟"指死亡。文選南朝梁任彥昇(昉)出郡傳舍哭范僕射詩："寧知安歌日，非君撤瑟晨。"聊齋志異胡四姐："我今名列仙籍，本不應再履塵世，但感君情，敬報撤瑟之期。"

【撤簾】封建時代，皇帝年幼，由其祖母或母親執政，曰垂簾；歸政之日，則稱撤簾。宋王明清揮麈後錄一："元祐八年九月三日，崇慶撤簾，泰陵親政。"崇慶，宋哲宗祖母高太后所居宮名；泰陵，宋哲宗墓名，因以稱哲宗。

撙 zǔn 兹損切，上，混韻，精。
ㄗㄨㄣˇ

㊀節制，節省。管子五輔："節飲食，撙衣

服，則財用足。"㊁壓抑。荀子儒效："不䘏是非然不然之情，以相薦撙，以相恥怍，君子不若惠施鄧析。"

【撙詘】謙抑。管子五輔："整齊撙詘，以辟刑僇。"注："撙，節也，言自節而卑屈也。"

【撙節】㊀約束，克制。禮曲禮上："是以君子恭敬撙節，退讓以明禮。"㊁節制，節約。宋孫光憲北夢瑣言二文宗重王起："今之世祿嚣薄，不能撙節。稍豐則飫其狗彘，少歉則困彼妻孥。"新唐書一六三柳公綽傳："遭歲惡，撙節用度，輟宴飲，衣食與士卒鈞。"

【撙銜】馭馬使就範。撙，節制；銜，馬勒。戰國策秦一："(蘇秦)伏軾撙銜，橫歷天下。"漢書七二王吉傳："大王不好書術，而樂逸遊，馮式撙銜，馳騁不止。"

【撙撙】聚貌。漢書八七上揚雄傳甘泉賦："齊總總撙撙其相膠葛兮，猋駭雲訊奮以方攘。"注："總總撙撙，聚貌也。"

撈 1. lāo ㄌㄠ 魯刀切，平，豪韻，來。

㊀水中取物。唐玄應一切經音義五七佛神呪經二引東漢服虔通俗文："沉取曰撈。"唐元稹長慶集十二酬樂天東南行詩一百韻："泥浦喧撈蛤，荒郊險鬬貙。"

2. láo ㄌㄠ

㊁見"撈₂什子"。

【撈漉】水中探物，亦泛指尋取。同"撈摸"。唐盧仝玉川子集一寄男抱孫："撈漉蛙蟖脚，莫遣生科斗。"景德傳燈錄二八無業國師："有益者，百千人中撈漉一箇半箇，堪爲法器。"

【撈摸】水中探物，亦泛指尋取。景德傳燈錄九唐裴休黃檗希運禪師傳心法要："人不敢忘心，是恐落空無撈摸處。"宋朱熹朱文公集別集六與林擇之書之五："未去之間，亦且試撈摸看，若幸指撥得一二人，亦是一方久遠利害也。"

【撈₂什子】東西，傢伙。同"勞什子"。詳"勞什子"。

撎 yī 丨 乙冀切，去，至韻，影。

拱手禮。同"揖"。周禮春官大祝"九曰肅撎"注引鄭司農(衆)："肅拜，但俯下手，今時撎是也。"釋文："撎，於立反，即今之揖。"文選晉潘安仁(岳)西征賦："肅天威之臨顏，率軍禮以長撎。"

撓 náo ㄋㄠ 奴巧切，上，巧韻，泥。呼毛切，平，豪韻，曉。

㊀攪，擾和。荀子議兵："以桀詐堯，譬之若以卵投石，以指撓沸。"㊁擾亂。莊子駢拇："自虞氏招仁義以撓天下也，天下莫不奔命於仁義。"㊂彎曲，屈服。易大過："棟撓，本末弱也。"戰國策魏四："(唐且)挺劍而起，秦王色撓，長跪而謝之。"㊃奸邪，行爲不正。呂氏春秋知度："法則之用植矣，枉辟邪撓之人退矣。"㊄弱。通"橈"。漢王符潛夫論考績："夫劍不試則利鈍闇，弓不試則勁撓誣。"㊅抓，搔。西遊記一："一個個伸頭縮頸，抓耳撓腮。"

【撓北】敗北，潰散。呂氏春秋忠廉："若此人也，……將衆則必不撓北矣。"淮南子兵略："故將以民爲體，而民以將爲心，心誠則支體親刃，心疑則支體撓北。"

【撓志】屈節，屈從他人。國語晉二："抑撓志以從君，爲廢人以自利也。"漢王符潛夫論愛日："夫直者貞正而不撓志。"

【撓挑】循環，周遊。莊子大宗師："孰能登天遊霧，撓挑無極。"

【撓弱】懦弱，無能。世說新語方正："桓公(温)問桓子野(伊)：'謝安石(安)料萬石(謝萬)必敗，何以不諫？'子野答曰：'故當出於難犯耳。'桓作色曰：'萬石撓弱凡才，有何嚴顏難犯！'"

【撓滑】擾亂。荀子解蔽："案直將治怪說，玩奇辭以相撓滑也。"注："滑，亂也。"淮南子泰族："約縱横之事，爲傾覆之謀，濁亂天下，撓滑諸侯。"滑，音gǔ。

【撓亂】擾亂。左傳成十三年："撓亂我同盟，傾覆我國家。"

【撓擾】騷擾。漢荀悅申鑒政體："私使則民撓擾而無節，是謂傷義。"後漢書四九仲長統傳昌言法誡："貪殘牧民，撓擾百姓，忿怒四夷。"

【撓辭】屈服的話。三國志魏袁紹傳："太祖(曹操)兵與審配戰城中，生禽配，配聲氣壯烈，終無撓辭。"

撢 tàn ㄊㄢ 他紺切，去，勘韻，透。他含切，平，覃韻，透。餘針切，平，侵韻，喻。

同"探"。見"撢人"。

【撢人】古代官名。其職爲探取帝王意旨，以告國人。周禮夏官序官："撢人中士四人，史四人，徒八人。"注："撢人主撢序王意，以語天下。"

撠 jǐ ㄐ丨 几劇切，入，陌韻，見。

㊀擊刺。史記六五孫子傳："夫解雜亂紛糾者不控捲，救鬬者不搏撠。"索隱："撠，以手撠刺人。"㊁接觸，觸及。漢書八七下揚雄傳解難："不階浮雲，翼疾風，虛舉而上升，則不能撠膠葛，騰九閎。"

撶 huá ㄏㄨㄚˊ

撥動。通"划"。唐陸龜蒙甫里集十一和胥門閒泛詩："細槳輕撶下白蘋，故城花謝綠蔭新。"又和釣侶二章詩之一："一艇輕撶看曉濤，接䍦抛下漉春醪。"

【撶湫】船槳。也叫撶楫。水滸十九："(阮小二)樹根頭拿了一把撶湫，只顧盪，早盪將開去。"又："捉了撶楫，只一撶，三隻船厮並着。"撶，也作"樺"。

撕 1. xī ㄒ丨 先稽切，平，齊韻，心。

㊀見"提撕"。

2. sī ㄙ 集韻 相支切，平，支韻。

㊁用手裂物。紅樓夢三一："晴雯果然接過來，'嗤'的一聲，撕了兩半。"參閱清梁紹壬兩般秋雨盦隨筆七撕。

【撕₂羅】排解糾紛。也作"撕擄"、"撕邏"。紅樓夢九："還不快些作個主意，撕羅開了罷。"又八六："許他銀兩，叫他撕擄。"一本作"撕邏"。

撒 1. sǎ ㄙㄚˇ 集韻 桑葛切，入，曷韻。

㊀散布，散播。唐韓愈昌黎集五月蝕詩："星如撒沙出，攢集爭强雄。"㊁散落，灑。古今小說三新橋市韓五賣春情："撒出來的都是血水。"

2. sā ㄙㄚ

㊂放開，張開。元揭傒斯揭文安公集一漁父："夫前撒網如飛輪，婦後搖櫓青衣裙。"㊃施展。見"撒₂嬌"、"撒₂野"。

【撒₂手】㊀放開手，散夥。景德傳燈錄二九同安禪師還鄉曲："撒手到家人不識，更無一物獻尊堂。"宋朱敦儒樵歌下木蘭花慢詞："虛空無礙，你自癡迷不自在。撒手遊行，到處笙歌擁路迎。"㊁婉指死。清趙翼甌北詩鈔五言古三揚州哭秋園之訃："豈期真撒手，遥空馭笙鶴。"

【撒₂村】說下流話或做下流動作，耍流氓。紅樓夢一〇三："我們爲好勸他，那裏跑進一個野男人，在奶奶們裏頭混撒村、混打。"

【撒₂和】㊀騾馬遠行前餵飼草料。元曲選鄭德輝倩女離魂四："行了這些没撒和的長途有十數程，越恁的骨瘦蹄輕。"㊁羣聚宴飲。元楊瑀山居清話："都城豪民，每遇假日，必有飲食，招致省憲僚吏翹傑出羣者款之，名曰撒和。"

【撒₂扇】摺疊扇。收則摺疊，用則撒開，

故一名撒扇。見明沈德符萬曆野獲編二六摺扇、陸容菽園雜記五。

【撒₂唔】癡呆，裝癡。元王實甫西廂記三本四折："似這般乾相思好撒唔。"也作"撒吞"。朝野新聲太平樂府八陸仲良(登善)一枝花套曲："如今腆着臉百事兒粧憨，低着頭凡事兒撒吞。"

【撒帳】舊時婚俗，男女對拜後，就牀坐，婦女散擲金錢綵菓，謂之"撒帳"。此俗相傳始於漢武帝，一說始於漢翼奉。參閱漢武內傳、宋孟元老東京夢華錄五娶婦、缺名戊辰雜鈔(說郛三一)。

【撒₂野】胡鬧，動武。金瓶梅十九："(蔣)竹山道：'我幾時借他銀子來？就是問你借的，也等慢慢好講，如何這等撒野？'"

【撒殿】古代南海注輦三佛齊等國使節，謁見他國皇帝時，以真珠、龍腦、金蓮花等，撒之殿上，稱撒殿。爲其國至敬之禮。見宋沈括夢溪筆談二四、宋史禮志二二。注輦，位在今印度南部；三佛齊，亦稱舊港，位約爲今印度尼西亞之蘇門答臘。

【撒₂潑】放刁逞凶。元曲選關漢卿竇娥冤二："浪蕩乾坤，怎敢行兇撒潑，擅自勒死平民！"水滸十二："原來這人是京師有名的破落戶潑皮，叫做沒毛蟲牛二，專在街上撒潑、行凶、撞鬧。"

【撒暫】舊時小販的一種兜售方法。宋孟元老東京夢華錄二飲食果子："又有賣藥或果實蘿蔔之類，不問酒客買與不買，散與坐客，然後得錢，謂之撒暫。也叫撒嚐。見明田汝成西湖遊覽志十三五間樓。

【撒₂嬌】恃愛作態。明張四維雙烈記三："專會撒嬌使性，那管我債重家傾。"

【撒鏝】猶言揮霍、闊綽。元曲選缺名冤家債主一："你道是使錢撒鏝令人愛，你怎知囊空鈔盡招人怪。"後多作"撒漫"。明顧大典青衫記十七："如今浮梁劉員外，他十分撒漫。"

【撒鹽】比喻下雪。世說新語言語："謝太傅(安)寒雪日內集，與兒女講論文義。俄而雪驟。公欣然曰：'白雪紛紛何所似？'兄子胡兒(謝朗)曰：'撒鹽空中差可擬。'兄女(謝道韞)曰：'未若柳絮因風起。'公大笑樂。"

【撒花銀】好銀子。撒花，好，蒙語。宋彭大雅黑韃事略："撒花者，漢語好也。"宋詩鈔汪元量水雲詩鈔醉歌："北師要討撒花銀，官府行移逼市民。"也省作"撒花"。宋李昴英文溪集六端平丙申召除賜金奏劄："邊臣當如劉錡，所謂背城一戰，於死中求生而併力拒敵，毋徒靠撒花以爲緩圖之策也。"

【撒穀豆】舊時婚俗，新婦下車，有陰陽人持斗，內盛穀、豆、錢、菓、草節之類，望門而撒，謂之"撒穀豆"或"撒豆穀"。此俗相傳始於漢翼奉。參閱宋孟元老東京夢華錄五娶婦、宋高承事物紀原九。

【撒₂科打諢】猶插科打諢。元曲選缺名張生煮海："隨你自去打觔斗，學踢弄，舞地鬼，喬扮神，撒科打諢，亂作胡爲。"參見"插科打諢"。

撅 1. jué ㄐㄩㄝ 居月切，入，月韻，見。其月切，入，月韻，羣。

㊀掘。逸周書周祝："故狐有牙而不敢以噬，貛有蚤而不敢以撅。"漢王充論衡效力："鑿所以〔能〕入水者，椎叩之也；鍤所以能撅者，跖蹈之也。"㊁拔起。韓詩外傳二："草木根荄淺，未必撅也。飄風與，暴雨墜，則撅必先矣。"㊂擊。新唐書一〇五褚遂良傳："昔侯君集李靖皆庸人爾，猶能撅高昌，縶突厥。"

2. guì ㄍㄨㄟˋ 集韻 固衛切，去，霽韻。

㊃掀起衣服。墨子公孟："子以三年之喪，非三日之喪，是猶倮謂撅者不恭也。"禮內則："不涉不撅，褻衣衾不見裏。"注："撅，揭衣也。"

3. juē ㄐㄩㄝ

㊄翹起。清孔尚任桃花扇四選優："(鄭妥娘)撅嘴介：'我老妥又不妥了。'"

【撅筆】敗筆。唐韋絢劉賓客嘉話錄："(王僧虔)嘗以撅筆書，恐帝所忌故也。"僧虔爲王羲之之孫。

【撅豎】卑劣。魏書崔浩傳："(屈丐)撅豎小人，無大經略，正可殘暴，終爲人所滅耳。"

【撅撒】敗露。水滸七二："明日看了正燈，連夜便回，只此十分好了，莫要弄得撅撒了。"

撩 1. liáo ㄌㄧㄠˊ 落蕭切，平，蕭韻，來。

㊀拋擲，掀起。三國志魏典韋傳："太祖募陷陣，韋先占，將應募者數十人，皆重衣兩鎧，棄楯，但持長矛撩戟。"元曲選石君寶秋胡戲妻四："我這裏便破步撩衣，走向前來，揝住羅裳。"

2. liǎo ㄌㄧㄠˇ 盧鳥切，上，篠韻，來。

㊁挑，撥。北齊書陸法和傳："凡人取果，宜待熟時，不撩自落。"㊂招引。北周庾信庾子山集二結客少年場行："歌撩李都尉，果擲潘河陽。"李，漢李延年；潘，晉潘岳。唐元稹長慶集八酬東川李相公十六韻詩："戇直撩忌諱，科儀懲傲頑。"㊃撈取。太平御覽九三六引廣五行記："意欲垂釣往撩取，恐是蛟龍還復休。"

3. liào ㄌㄧㄠˋ

㊄見"撩₃理"。㊅通"撂"。放下。二刻拍案驚奇十九："(寄兒)料道非夢，便把鍥刀草箒一撩。"㊆見"撩₃峭"。

【撩罟】捕魚籠。詩小雅南有嘉魚"烝然汕汕"漢毛亨傳："汕汕，樔也。"鄭玄箋："樔者，今之撩罟也。"樔，爾雅釋器作"罺"。

【撩₂理】逗引。宋蘇軾蘇文忠詩合注五十牡丹和韻："撩理鶯情趣，留連蝶夢魂。"

【撩₃理】整理，照料。唐釋玄應一切經音義十四四分律十三引東漢服虔通俗文："理亂謂之撩理。"南唐史虛白釣磯立談："望其旄纛之所指，舉欣欣然相告曰：'是庶幾其撩理我也。'"

【撩₃峭】春寒。唐韓偓玉山樵人集清興詩："陰沉天氣連翩醉，摘索花枝撩峭寒。"全唐詩作"料峭"，義同。

【撩₂湖】撈去湖中淤泥。五代吳越置都水營田使，募卒淘湖，號爲撩淺。宋蘇軾經進東坡文集事略三四乞開西湖狀："及錢氏有國，置撩湖兵士千人，日夜開浚。"參閱宋吳曾能改齋漫錄十二鄭文肅復西湖舊堤、元史河渠志二吳松江。

【撩亂】紛亂。同"繚亂"。唐韋應物韋江州集五答重陽詩："坐使驚霜鬢，撩亂已如蓬。"樂府詩集三三唐王昌齡從軍行之三："撩亂邊愁彈不盡，高高秋月照長城。"

【撩₂撥】招惹，招引。唐張鷟遊仙窟："憐腸忽欲斷，憶眼已先開。渠未相撩撥，嬌從何處來？"太平廣記一七七五代後周王仁裕玉堂閒話葛周："葛公爲梁名將，威名著於敵中，河北諺曰：'山東一條葛，無事莫撩撥'云。"朱子語類一〇七丙辰後："元祐諸公後來被紹聖羣小治時，却是元祐曾去撩撥它來。"

【撩₂鬭】挑逗。水滸二四："我今日着實撩鬭他一撩鬭，不信他不動情。"

撏 xín ㄒㄧㄣˊ 徐林切，平，侵韻，邪。chán ㄔㄢˊ 視占切，平，鹽韻，禪。昨含切，平，覃韻，從。

摘取。唐賈島長江集八原居即事言懷贈孫員外詩："鑷撏白髮斷，兵阻尺書傳。"

【撏撦】剝取。特指寫作中割裂文義，剽竊詞句。宋劉攽劉貢父詩話："楊大年(億)、錢文僖(惟演)、晏文獻(殊)、劉子儀(筠)爲詩皆宗義山(李商隱),號西崑體,後進多竊取義山詩句。御宴,優人有爲義山者,衣服敗敝,告人曰:'吾爲諸館職撏撦至此!'"(類說五六)

撊 xiàn 集韻 下赧切,上,潸韻。ㄒㄧㄢ

也作"僩"、"撊"。㊀武貌。左傳昭十八年:"今執事撊然授兵登陴,將以誰罪?"㊁遮禁。管子五行:"其氣不足,則發撊瀆盜賊。"注:"撊,謂遮禁也。"

撋 ruán 而緣切,平,仙韻,日。ㄖㄨㄢ

以兩手相揉摩。宋黄庭堅豫章集二一跋奚移文:"搔癢抑痛,炙手撋凍。"

【撋就】㊀遷就,牽合。宋黄庭堅山谷詞歸田樂引之二:"是人驚怪,冤我忒撋就。"又陳亮龍川集二一與辛幼安殿撰書:"四海所係望者,東序惟元晦,西序惟公與子師耳。又覺戛戛然若不相入,甚思無箇伯恭在中間撋就也。"㊁安舒,温存體貼。宋邵雍伊川擊壤集二十首尾吟之三九:"花枝好處安詳折,酒盞滿時撋就持。"又石孝友金谷遺音西江月詞之三:"惜你十分撋就,把人一味禁持。"

撰 1. zhuàn 雛鯇切,上,潸韻,牀。ㄓㄨㄢ 士免切,上,獮韻,牀。

㊀數。謂陰陽變化的自然規律。易繫辭上:"陰陽合德,而剛柔有體,以體天地之撰。"注:"撰,數也。"㊁具,猶事也。論語先進:"異乎三子者之撰。"㊂持。禮曲禮上:"君子欠伸,撰杖屨。"楚辭屈原九歌東君:"撰余轡兮高駝翔,杳冥冥兮以東行。"㊃聚集,編集。三國志魏王粲傳"吳質……封列侯"注引魏略曹丕與吳質書:"頃撰其遺文,都爲一集。"文選南朝梁任彥昇(昉)齊竟陵文宣王行狀:"乃撰四部要略淨住子,並勒成一家。"㊄著作,著述。唐杜甫杜工部草堂詩箋十一洗兵馬:"隱士休歌紫芝曲,詞人解撰河清頌。"

2. xuǎn 集韻 須兖切,上,獮韻。ㄒㄩㄢ

㊅選擇。周禮夏官大司馬:"羣吏撰車徒。"文選漢曹大家(班昭)東征賦:"時孟春之吉日兮,撰良辰而將行。"注:"撰,猶擇也。"

【撰次】編集,編排次序。後漢書六四趙岐傳:"岐欲奏守邊之策,未及上,會坐黨事免,因撰次以爲禦寇論。"

【撰序】以次撰述。文選晉袁彥伯(宏)三國名臣序贊:"風軌德音,爲世作範,不可廢也。故復撰序所懷,以爲之讚云。"

【撰述】著述。三國志魏衛覬傳:"受詔典著作,又爲魏官儀,凡所撰述數十篇。"

【撰録】收集著録。文選晉潘安仁(岳)楊仲武誄:"撰録先訓,俾無隕墜。"

攢 fèi 集韻 父沸切,去,未韻。ㄈㄟ 方問切,去,問韻。

擊倒。淮南子俶真:"且人之情,耳目應感動,心志知憂樂,手足之攢疾蠚,辟寒暑,所以與物接也。"晉書張載傳附張協七命:"𧍝封狶,攢馮豕。"文選七命攢作"僨"。

撜 1. zhěng 蒸,上,拯韻,照。ㄓㄥˇ

㊀救援。通"拯"。見"撜溺"。

2. chéng 集韻 除庚切,平,庚韻。ㄔㄥˊ

㊁接觸。通"棖"。唐韓愈昌黎集二一石鼎聯句:"豈比俎豆古,不爲手所撜。"

【撜溺】救人出水。同"拯溺"。淮南子齊俗:"子路撜溺而受牛謝。"

撥 1. bō 北末切,入,末韻,幫。ㄅㄛ

㊀治,治理。詩商頌長發:"玄王桓撥。"參見"撥亂反正"。㊁分開,挑動。禮曲禮上:"衣毋撥。"清孫希旦集解:"趨走則衣易撥開。"文選南朝宋謝惠連祭古冢文序:"以物棖撥之,應手灰滅。"㊂彈撥絃樂器。也指撥弦之具。唐白居易長慶集十二琵琶引:"轉軸撥絃三兩聲,未成曲調先有情。"又:"曲終收撥當心畫,四絃一聲如裂帛。"㊃斷絶,折。詩大雅蕩:"枝葉未有害,本實先撥。"㊄除去,廢除。史記太史公自序:"秦撥去古文,焚滅詩書。"㊅發放。宋史河渠志七黄巖縣水:"今欲建一牐,約費二萬餘緡,乞詔兩浙運使於窠名錢内支撥。"㊆不正。戰國策西周:"弓撥矢鉤,一發不中。"荀子正論:"不能以撥弓曲矢中。"㊇喪具。即紼,拉棺的大繩。禮檀弓下:"孺子䵣之喪,哀公欲設撥。"㊈梳具。婦女用以理鬢,形如棗核,也稱鬢棗。玉臺新詠七南朝梁簡文帝戲贈麗人詩:"同安鬟裏撥,異作額間黄。"

2. fá ㄈㄚˊ

㊉大盾。用以禦刀矢的戰具。墨子非攻中:"甲盾撥劫〔刧〕,往而靡弊腑〔腐〕冷〔爛〕不反者,不可勝數。"史記孔子世家:"於是旍旄羽袚矛戟劍撥鼓噪而至。"索隱:"撥音伐,謂大楯也。"

【撥冗】排除繁瑣事務,謂抽空。明畢魏三報恩傳奇探獄:"雖然如此,早晚定撥冗而來。"

【撥正】㊀曲直。撥,枉;正,直。楚辭屈原九章懷沙:"巧倕不斲兮,孰察其撥正?"倕,堯之巧工。㊁見"撥亂反正"。

【撥剌】象聲詞。1. 指不正的琴聲。淮南子脩務:"琴或撥剌枉橈,闊解漏越。"注:"撥剌,不正。"2. 張弓聲。一説張弓貌。後漢書張衡傳思玄賦:"彎威弧之撥剌兮,射嶓冢之封狼。"注:"撥剌,張弓貌也。"文選作"拔剌"。3. 魚跳水聲。唐杜甫杜工部草堂詩箋二五漫成:"沙頭宿鷺聯拳静,船尾跳魚撥剌鳴。"參閱宋吳曾能改齋漫録六撥剌跋剌。

【撥食】宋時大内進膳,自殿中省對嘉明殿,禁衛成列,約欄不許過往,省門上有一人呼唱,謂之撥食。見宋孟元老東京夢華録一大内、吳自牧夢粱録八大内。

【撥棄】抛棄,丢開。唐杜甫杜工部草堂詩箋九雨過蘇端:"妻孥隔軍壘,撥棄不擬道。"宋蘇軾分類東坡詩十八答孔周翰求書與詩:"撥棄萬事不復談,百觚之後那辭酒。"

【撥煩】處理繁重的政務。漢書七二龔勝傳:"上知(龔)勝非撥煩吏。"北堂書鈔七五三國吳謝承後漢書謝東吾傳:"鉅鹿劇郡,舊難治,以君有撥煩之才,故特授任。"也作"撥繁"。梁書臧盾傳:"盾爲人敏贍,有風力,長於撥繁,職事甚理。"

【撥穀】鳥名。即布穀。唐李白李太白詩四荆州歌:"繅絲憶君頭緒多,撥穀飛鳴奈妾何!"參閱宋羅願爾雅翼釋鳥二鳲鳩。

【撥醅】未濾過的重釀酒。也作"醱醅"。唐白居易長慶集六一醉吟先生傳:"揭甕撥醅,又引數盃。"

【撥頭】唐樂舞名。本出西域。昔人有父爲虎所噬,其子上山尋虎殺之。山有八折,曲分八疊。舞者披髮素衣,面作啼裝。見舊唐書音樂志二、樂府雜録。也作"鉢頭"。參見"鉢頭"。

【撥蕿】拔除蒲草。比喻毫不費力。蕿,蒲草。荀子富國:"境内之聚也保固,視可,午其軍,取其將,若撥蕿。"

【撥浪鼓】玩具或貨郎叫賣時用手摇的鼓。紅樓夢四七:"只見薛蟠騎着一匹大馬,遠遠的趕來了,張着嘴,瞪着眼,頭似撥浪鼓一般,不住左右亂瞧。"

【撥棹子】蟛蜞的别名。即梭子蟹,又名槍蟹。政和證類本草二一蟹引圖經:"蟹之類甚多,……扁而最大,後足闊者爲蝤蛑,嶺南人謂之撥棹子,以後脚形如棹也。"

【撥鐙法】書法名。其法爲主指實掌虛,

指不入掌，使虎口間空圓如馬鐙，俾易於撥動，因名"撥鐙"。一說：鐙爲古"燈"字，聚大指、食指、中指撮筆管末端，象執鐙挑而撥鐙，故名。參閱全唐文七六八林韞撥鐙序、宋陳賓桃源手聽書法（說郛二九）、佩文齋書畫譜三引宋陳思書苑菁華、明潘之淙書法離鉤二操手、清朱履貞書學捷要下。

【撥雲見日】猶言重見光明。水滸十二："楊志稟道：'……今日蒙恩相抬舉，如撥雲見日一般，楊志若得寸進，當效啣環背鞍之報。'"

【撥亂反正】謂治理亂世，使之恢復正常安定。公羊傳哀十四年："撥亂世，反諸正，莫近諸春秋。"漢桓寬鹽鐵論詔聖："高皇帝時，天下初定，發德音，行一卒之令，權也。非撥亂反正之常也。"

撱 tuǒ ㄊㄨㄛˇ 字彙 吐火切，音妥。

長圓形。使成長圓形。通"橢"。史記平準書："故白金三品：……三曰復小，撱之，其文龜，直三百。"索隱："謂長而方，去四角也。"漢書食貨志下作"橢"。

【撱石】橢圓形之石。宋黃庭堅山谷內集六謝黃從善司業寄惠山泉詩："錫谷寒泉撱石俱，并得新詩蠆尾書。"注："撱石所以澄水也。"

撇 1. piě ㄆㄧㄝˇ 普蔑切，入，屑韻，滂。

說文作"撆"。㊀擊。文選漢王子淵（褒）四子講德論："故膺騰撇波而濟水，不如乘舟之逸也。"又洞簫賦："聯緜漂撇，生微風兮。"㊁拂。文選漢揚子雲（雄）甘泉賦："歷倒景而絕飛梁兮，浮蠛蠓而撇天。"㊂漢字向左橫掠或斜掠的筆劃，叫撇。太平御覽七四八南朝梁武帝觀鍾繇書法："點掣短則法擁腫，掣長則法離澌。"宋辛棄疾稼軒詞四品令族姑慶八十來索俳語："只消得，把筆輕輕去，十字上添一撇。"

2. piē ㄆㄧㄝ

㊃丢，抛棄。宋陳德武白雪遺音沁園春舟中雨夜詞："怎撇下，這兩字相思，萬里虛名。"水滸三："智深雖然酒醉，却認得是長老，撇了捧，向前來打箇問訊。"

【撇₂清】表示清白。水滸二四："潘金蓮言語甚是精細撇清。"明吳炳綠牡丹社集："你不夾帶便罷了，何須如此撇清。"

【撇捩】疾馳貌。唐杜甫杜工部草堂詩箋三五荊南兵馬使太常卿趙公大食刀歌："鋋鍔已瑩虛秋濤，鬼物撇捩辭坑壕。"也作"撇烈"。又十二留花門："渡河不用船，千騎常撇烈。"

【撇莩】極言其微末。唐柳宗元柳先生集十五答問："而僕乃單庸撇莩，離疏空虛。"

【撇脫】㊀飄逸，灑脫。朱子語類九四周子之書："要之持敬頗似費力，不如無欲。撇脫人只爲有欲，此心便千頭萬緒。"明陶宗儀輟耕錄八寫山水訣："畫一窠一石，當逸墨撇脫，有士人家風；纔多，便入畫工之流矣。"㊁爽朗，乾脆。明鄭之文旗亭記二六："不是咱要你告身來圖你，怕你秀才性兒不撇脫，中途有變，累及于我，故此取這一紙爲信。"

【撇漾】扔掉，拋棄。古今雜劇元關漢卿調風月二："把襖子疎剌剌鬆開上拆，將手帕撇漾在田地。"元曲選戴善夫風光好二："你休將容易恩情，等閒撇漾。"

【撇蘭】衆人聚餐商定出錢的一種方式。先在紙上畫蘭，葉數與人數相符，每葉上注明錢數，多寡不等。然後用紙把根帖沒，各人擇一葉寫其名。寫完，揭開所帖之紙，即按所寫數字出錢。其中有一根不寫數字，則不用出錢。見清稗類鈔九二饕餮會飲。

撐 chēng ㄔㄥ

本作"撑"。見"撑"。

撑 chēng ㄔㄥ 集韻 中庚切，平，庚韻。

也作"撐"。㊀抵住，支持。文選漢司馬長卿（相如）長門賦："羅丰茸之遊樹兮，離樓梧而相撑。"唐杜甫杜工部草堂詩箋六自京赴奉先縣詠懷五百字："河梁幸未拆，枝撑聲窸窣。"㊁以篙進船。唐李白李太白詩二二下涇縣陵陽溪至澀灘："漁子與舟人，撑折萬張篙。"㊂斜支柱。也作"橕"、"樘"。唐韓愈昌黎集八城南聯句："浮虛有新斵，摧扤饒孤撑。"㊃美好，漂亮。金董解元西廂一："便是月殿裏嫦娥，也没恁地撑。"

【撑拒】撑持，抗拒。唐柳宗元柳先生集十五問答晉問："其高壯則騰突撑拒，聱岈鬱怒。"聊齋志異潞令："方據案視事，忽瞪目而起，手足撓亂，似與人撑拒狀。"

【撑拄】支持，抵住。玉臺新詠一三國魏陳琳飲馬長城窟行："君獨不見長城下，死人骸骨相撑拄。"也作"撑支"、"撑持"。宋蘇軾分類東坡詩十七次韻孔文仲推官見贈："空堦卧積雨，病骨煩撑支。"元詩選迺賢金臺集潁州老翁歌："獲存衰朽見今日，病骨尚爾難撑持。"

【撑達】周到，懂事。元曲選喬孟符揚州夢三："性格穩重，禮數撑達，衣裳濟楚，本事熟滑。"又張壽卿紅梨花一："這秀才忒撑達，將我問根芽。"

【撑犁】匈奴語。天。漢書九四上匈奴傳："單于姓攣鞮氏，其國稱之曰'撑犁孤塗單于'。匈奴謂天爲'撑犁'，謂子爲'孤塗'，'單于'者，廣大之貌也，言其象天單于然也。"後因"撑犁"爲匈奴語，故亦以泛指外族。清袁昶漸西村人初集九後寰海詩之四："景陵寬大泰陵肅，何物撑犁能弄兵。"景陵泰陵，指康熙雍正。以其墓地而稱。

【撑腸拄肚】滿腹，極言其飽。唐盧仝集一月蝕詩："撑腸拄肚磈傀如山丘，自可飽死更不偷。"也作"撑腸拄腹"。宋蘇軾東坡集三試院煎茶詩："不用撑腸拄腹文字五千卷，但願一甌常及睡足日高時。"

撮 1. cuō ㄘㄨㄛ 倉括切，入，末韻，清。

㊀抓取，摘取。莊子秋水："鴟鵂夜撮蚤，察毫末；晝出瞋目而不見山丘。"史記太史公自序："撮名法之要。"㊁聚合，集攏。詩小雅都人士："彼都人士，臺笠緇撮。"孔子家語始誅："其居處足以撮徒成黨。"㊂容量單位。孫子算經上："量之所起，起于粟。六粟爲一圭，十圭爲一撮，十撮爲一抄，十抄爲一勺，十勺爲一合，十合爲一升，十升爲一斗，十斗爲一斛。"一說四圭爲一撮。見漢書律曆志上"量多少者不失圭撮"注引應劭。㊃量詞。以三指一次抓取的量。禮中庸："今夫地，一撮土之多。"後來泛指小量，如言一小撮。今讀 zuǒ。

2. zuān ㄗㄨㄢ 集韻 祖官切，平，桓韻。

㊄乘載器。集韻引尸子："行險以撮。"

【撮土】猶一撮土。極言其微少。文苑英華一唐蔣防聚米爲山賦："縮地勢於撮土之間，孰云見小；備山形於握粟之內，何慮功虧。"

【撮白】案牘上加具的白紙浮簽。宋江休復江隣幾雜志："審刑奏案，貼黃上更加撮白，撮白上復有貼黃。"

【撮弄】㊀變戲法。亦名手技。元周密武林舊事三社會有"雲機社（撮弄）"。又六諸色技藝人中有"撮弄雜藝"，即指此。參閱清翟灝通俗編三一俳優。㊁戲弄，唆使。西遊記九三："（三藏）回頭埋怨行者道：'你這猴頭，又是撮弄我也！'"儒林外史二四："（牛浦）自心裏明白，自然是石老鼠這老奴才把卜家的前頭娘子賈氏撮弄的來鬧了!"

【撮空】弄虛作假,無中生有。明蘇元儁黃粱夢境記七作偈:"天生的一副油花骨,搗鬼撮空都慣熟。"

【撮要】摘其大要。漢荀悅漢紀一高祖皇帝紀:"撮要舉凡,存其大體。"

【撮壤】一撮之土。形容極其微少。抱朴子疾謬:"其猶烈猛火於雲夢,開積水乎萬仞,其可撲以箒篲,遏以撮壤哉?"

【撮囊】繫而不用之囊。太平御覽六〇七引莊子:"人而不學,謂之視肉,學而不行,命之撮囊。"注:"撮,繫者也。"今本莊子無此文。

【撮合山】指拉攏説合雙方以成事者,多指媒人。京本通俗小説西山一窟鬼:"元來那婆子是個撮合山,專靠做媒爲生。"元曲選鄭德輝傷梅香三:"錦屏前花燭輝煌,那時節,也替我撮合山粧一個謊。"

【撮襟書】南唐李煜(後主)善書畫,作大字不用筆,捲帛而書,皆能如意,當時稱爲撮襟書。宋陸游入蜀記三:"清涼廣慧寺……壞於兵火。舊有德慶堂,在法堂前,堂榜乃南唐後主撮襟書,石刻尚存。"參閲宋陶穀清異録、宣和書譜十二。

【撮鹽入火】比喻性情急躁,如撮鹽入火中,立卽爆裂。古今雜劇元缺名盆兒鬼三:"誰不知道我是不怕鬼的張懺古,我的性兒撮鹽入火。"水滸十三:"爲是他性急,撮鹽入火,……以此人都叫他做'急先鋒'。"

撣 1. dǎn ㄉㄢˇ

㊀見"撣撣"。㊁拂。紅樓夢六七:"猛擡頭,看見那邊葡萄架底下,有人拿着撣子,在那裏撣什麽呢?"

2. dān ㄉㄢ 集韻 唐干切,平,寒韻。

㊂古國名。東漢永元九年、永寧元年(公元 97 年、120 年),其國先後遣使來中國。見後漢書西南夷傳。其地爲今緬甸撣邦。今讀 shàn。

3. tán ㄊㄢˊ

㊃通"彈"。水滸二三:"一頓拳脚,打得那大蟲動撣不得。"

【撣撣】敬謹貌。漢揚雄太玄經三從更至應:"何福滿肩,提禍撣撣。"注:"撣撣然,敬也。"何,通"荷"。

撌 wèi ㄨㄟˋ

排除。淮南子要略:"當此之時,燒不暇撌,濡不給扢。"注:"撌,排去也,音謂。"

撾 zhuā ㄓㄨㄚ 集韻 張瓜切,平,麻韻。

敲打,擊。三國志蜀張飛傳:"先主常戒之曰:'卿刑殺既過差,又日鞭撾健兒,而令在左右,此取禍之道也。'"

【撾婦翁】東觀漢紀十八第五倫傳:"嘗見上曰:'聞卿爲吏,撾妻父,不過從兄飯,寧有之邪?'對曰:'臣三娶妻,皆無父。'"又見後漢書四一本傳。後來因以撾婦翁作爲無故受人誹謗中傷的典故。三國志魏武帝紀建安十年九月令:"昔直不疑無兄,世人謂之盗嫂;第五伯魚三娶孤女,謂之撾婦翁。……此皆以白爲黑,欺天罔君者也。"伯魚,倫字;第五,複姓。

撲 pū ㄆㄨ 普木切,入,屋韻,滂。

㊀壓伏,擊。書盤庚上:"若火之燎于原,不可嚮邇,其猶可撲滅。"淮南子説林:"蔭不祥之木,爲雷電所撲。"㊁拂着。唐杜甫杜工部詩十二大曆三年春白帝城放船出瞿塘峽……凡四十韻:"石苔凌几杖,空翠撲肌膚。"㊂直衝。續傳燈録二九明辯禪師:"不是一番寒徹骨,争得梅花撲鼻香。"水滸二三:"武松見大蟲撲來,只一閃,閃在大蟲背後。"㊃滿,遍。參見"撲地㊀"。㊄倒下。通"仆"。唐韓愈昌黎集八納涼聯句:"危簷不敢憑,朽机懼傾撲。"㊅賭。宋孟元老東京夢華録七池苑内縱人關撲遊戲:"有以一笏撲三十笏者,以至車馬地宅歌姬舞女,皆約以價而撲之。"參見"撲賣"、"關撲"。

【撲地】㊀滿地,遍地。文選南朝宋鮑明遠(照)蕪城賦:"廛閈撲地,歌吹沸天。"唐韓愈昌黎集九遊城南十六首詩風折花枝:"浮豔侵天難就看,清香撲地只遥聞。"㊁摔倒。元曲選缺名盆兒鬼三:"被門桯絆我一個合撲地。"

【撲曲】蠶具。卽曲簿。淮南子時則:"具撲曲筥筐。"

【撲買】宋時税酒,於三京及諸州城内實行官麴公賣;縣鎮鄉閭則由民間承辦釀造,實行包税。南宋建炎以來,爲加緊搜括,任人加價競争,承辦包税,稱撲買或買撲。元時,酒醋課税,仍因宋制,而包税範圍不限於酒醋。太宗時,有富商劉忽篤馬等,以銀一百四十萬兩撲買天下課税之事。參閲宋史食貨志下七酒、元文類五七宋子貞中書令耶律公神道碑、元史食貨二酒醋課。

【撲落】觸落,落下。才調集九釋貫休夜夜曲:"孤燈耿耿征婦勞,更深撲落金錯刀。"全唐詩七五九成彦雄寒夜吟:"猧兒睡魘喚不醒,滿窗撲落銀蟾影。"

【撲漉】象聲詞。拍翅聲。宋陸游劍南詩稿十四自妙相歸將至杜浦堰舟中作:"蒼茫林靄滅,撲漉水禽驚。"也作"撲鹿"。宋楊萬里誠齋集十九春寒早朝詩:"每聞撲鹿初鳴處,正是鬔鬆好睡時。"

【撲滿】蓄錢之器。古名缿。以土製成,有入孔而無出孔,錢滿則撲破取出,故名撲滿。見舊題漢劉歆西京雜記五。唐釋齊己白蓮集六有撲滿子詩。宋陸游劍南詩稿七六自詒:"錢能禍撲滿,酒不負鴟夷。"

【撲罰】古代以犯人從高處擲地的法外刑罰。後漢書六一左雄傳:"是時大司農劉據以職事被譴,召詣尚書,傳呼促步。又加捶撲。雄上言:……孝明皇帝始有撲罰,皆非古典。"

【撲賣】小商販以賭博招攬生意,宋元時稱撲賣。多以擲錢爲之,視錢正反面的多少定輸贏。贏者得物,輸者失錢。宋魯應龍閑窗括異志:"(張湘)夢人持巨盤撲賣,湘一撲五錢皆黑,一錢旋轉不已,竟作字。"宋孟元老東京夢華録三諸色雜賣:"每日如宅舍宫院前,……撲賣冠梳領抹頭面衣着,動使銅鐵器、衣箱、磁器之類。"

【撲朔迷離】撲朔,跳躍貌。迷離,不明貌。撲朔迷離,謂模糊難辨。樂府詩集二五木蘭詩之一:"雄兔脚撲朔,雌兔眼迷離,雙兔傍地走,安能辨我是雄雌?"也作"迷離撲朔"。古今雜劇明缺名女狀元四:"雙兔傍地,難迷離撲朔之分。"後常以形容事物錯綜複雜,不易看清真相。

【撲殺此獠】殺其人。獠,對人之蔑稱。唐褚遂良諫阻高宗廢后立昭儀武氏,帝怒,命引出,武氏在幄後呼曰:"何不撲殺此獠!"見新唐書三十褚遂良傳。

撝 huī ㄏㄨㄟ 許爲切,平,支韻,曉。

亦作"㧑"。㊀裂,破開。後漢書六十上馬融傳廣成頌:"脰完羝,撝介鮮。"㊁指揮。通"揮"、"麾"。公羊傳宣十二年:"左右撝軍舍七里。"後漢書四十下班彪傳附班固典引:"有于德不台淵穆之讓,靡號師矢敦奮撝之容。"注:"撝亦麾也。"㊂謙遜。見"撝挹"、"撝謙"。

【撝挹】謙退,謙遜。挹,通"抑"。文選南齊王仲寶(儉)褚淵碑文:"功成弗有,固秉撝挹。"也作"撝抑"。聊齋志異仙人島:"然故人偶至,必延接盤桓,撝抑過於平日。"

【撝謙】易謙:"無不利撝謙。"注:"指撝皆謙,不違則也。"後來因稱舉止謙遜爲撝謙。聊齋志異恭鬼:"公禮之,乃坐,亦殊撝謙。"

搭 dā ㄉㄚ 都合切,入,合韻,端。

同"搭"。㊀打。魏書李彪傳李沖表:"(李彪)高聲大呼云:'南臺中取我木手去,搭奴肋折!'"北齊書神武紀上:"有款軍門者,……訪之,則以力聞,常於并州市搭殺人者。"一本作"搭"。㊁附掛。唐司空圖司空表聖詩集五歌者之十二:"鶴毳花香搭槿籬,枕前蛩迸酒醒時。"

【搭爪】農具名。用以垛積禾束。明徐光啟農政全書二二農器圖譜二:"搭爪,上用鐵鉤帶榜,中受木柄,通長尺許,狀如彎爪,用如爪之搭物,故曰搭爪,以摞草禾之束,或積或擲,日以萬數,速於手挈。"一本作"搭"。

播 1. bō ㄅㄛ 補過切,去,過韻,幫。

㊀撒,布種。書大誥:"厥父菑,厥子乃弗肯播,矧肯穫?"詩豳風七月:"其始播百穀。"㊁分布,分散。書禹貢:"又北播九河,同爲逆河,入于海。"㊂傳揚,傳布。書盤庚上:"王播告之脩,不匿厥指。"左傳昭四年:"慶封惟逆命是以在此,其肯從戮乎?播於諸侯,焉用之?"㊃流蕩,遷徙。書大誥:"予惟以爾庶邦,于伐殷逋播臣。"疏:"往伐殷逋亡播蕩之臣。"㊄棄。書多方:"爾乃屑播天命。"楚辭漢劉向九嘆思古:"播規榘以背度兮,錯權衡而任意。"

2. bǒ ㄅㄛˇ 集韻 補火切,上,果韻。

㊅搖,揚。通"簸"。論語微子:"播鼗武,入於漢。"莊子人間世:"鼓筴播精,足以食十人。"注:"播,揚土,簡精麤也。"㊆姓。見元和姓纂九引風俗通義。

【播化】播植培育,廣生萬物的意思。唐魏徵魏鄭文公集三道觀內柏樹賦:"覽大鈞之播化,察草木之殊類。"

【播州】唐置。本爲漢牂牁郡地。唐貞觀九年置郎州,十三年改稱播州。宋置安撫司,元改宣撫司,明置遵義府,清因之,隸貴州省。今貴州遵義市地。參閱嘉慶一統志五一一遵義府。

【播弄】執掌。含有顛倒是非、胡作非爲的意思。元曲選白仁甫梧桐雨二:"如今明皇年已昏眊,楊國忠李林甫播弄朝政。"

【播吾】戰國趙邑名。在今河北平山縣東南。韓非子外儲左上:"且先王之賦頌,鍾鼎之銘,皆播吾之迹,華山之博也。"即指此地。史記趙世家作番吾,六國表作鄱吾。漢時爲蒲吾縣,屬常山郡。

【播移】木名。太平御覽九六〇引林邑記:"播移樹,柯節發,根下垂,虛中森羅,望之似懸髮。"

【播琴】播種。山海經海內經:"西南黑水之間,有曠都之野,……百穀自生,冬夏播琴。"注:"播琴,猶播殖,方俗言耳。"

【播揚】㊀散發,宣揚。文選晉成公子安(綏)嘯賦:"散滯積而播揚,蕩埃藹之溷濁。"北齊顏之推顏氏家訓後娶:"播揚先人之辭迹,暴露祖考之長短。"㊁發動,勞作。左傳昭三十年:"我盍姑億吾鬼神,而寧吾族姓,以待其歸,將焉用自播揚焉!"注:"播揚,猶勞動也。"

【播越】離散,流亡。左傳昭二六年:"茲不穀震蕩播越,竄在荊蠻。"國語晉二:"延及寡君之紹續昆裔,隱悼播越,託在草莽,未有所依。"注:"播,散;越,遠也。"

【播厥】詩周頌載芟:"播厥百穀,實函斯活。"厥,代詞,猶言"其"。後來截取"播厥"二字爲播種之意。南史宋衡陽文王義季傳:"今陽和扇氣,播厥之始,一日不作,人失其時。"

【播殖】播種栽植。國語鄭:"周棄能播殖百穀蔬,以衣食民人者也。"棄,后稷名。文選晉潘安仁(岳)藉田賦:"后妃獻穜稑之種,司農撰播殖之器。"也作"播植"。三國魏曹植曹子建集七社頌:"克明播植,農正曰社。"

【播棄】拋棄。書泰誓中:"播棄犂老,昵比罪人。"淮南子俶真:"今夫冶工之鑄器,金踊躍于鑪中,必有波溢而播棄者。"

【播種】撒種。書呂刑:"稷降播種,農殖嘉穀。"稷,后稷。

【播敷】傳布。書康誥:"乃別播敷,造民大譽。"傳:"當分別播布德教,以立民大善之譽。"

【播遷】流離遷徙。列子湯問:"於是岱輿員嶠二山,流於北極,沈於大海,仙聖之播遷者巨億計。"北周庾信庾子山集一哀江南賦:"彼凌江而建國,始播遷於吾祖。"

【播蕩】流亡,流離失所。左傳襄二五年:"夏氏之亂,成公播蕩。"後漢書六四史弼傳上封事:"昔周襄王恣甘昭公,孝景皇帝驕梁孝王,而二弟階寵,終用敖慢,卒周有播蕩之禍,漢有爰盎之變。"

【播糠眯目】謂撒布糠屑以迷人目。莊子天運:"孔子見老聃而語仁義,老聃曰:'夫播糠眯目,則天地四方易位矣。'"

撬 1. qiáo ㄑㄧㄠ

㊀舉起,向上。醒世恒言十三勘皮靴單證二郎神:"撥斷了兩股線,那皮就有些撬起來。"

2. qiào ㄑㄧㄠˋ

㊁撥開,挑開。西遊記二五:"衆仙撬開門板,着手扯下牀來,也只是不醒。"

撫 fǔ ㄈㄨˇ 芳武切,上,麌韻,滂。

㊀摸,摩挲。左傳襄十九年:"宣子盥而撫之曰:'事吳敢不如事主!'"㊁按,執。孟子梁惠王下:"夫撫劍疾視曰:'彼惡敢當我哉!'此匹夫之勇也。"莊子達生:"公撫管仲之手。"㊂體恤,撫慰。書泰誓:"撫我則后,虐我則讎。"左傳定四年:"若以君靈撫之,世以事君。"㊃據有,占有。左傳襄十三年:"撫有蠻夷。"禮文王世子:"西方有九國焉,君王其終撫諸。"㊄敲,拍。見"撫掌"、"撫髀"。㊅官名。巡撫的省稱。明王世貞觚不觚録:"所過遇撫、按,必先顧答拜之。"按,謂巡按。參見"巡撫"。

【撫心】以手摸胸。表示一種感情的動作。文選戰國楚宋玉神女賦:"於是撫心定氣,復見所夢。"古文苑三漢班婕妤擣素賦:"望明月而撫心,對秋風而掩鏡。"

【撫字】撫養愛護。後漢書八四程文矩妻傳:"四子以非母所生,憎毀日積,而穆姜慈愛溫仁,撫字益隆。"穆姜,程文矩妻字。唐韓愈昌黎集外集九順宗實録四:"上考功第,(陽)城自署第曰:'撫字心勞,徵科政拙,考下下。'"

【撫州】㊀三國吳臨川郡地,隋開皇初置撫州,元爲路,明改府,清因之。舊治在今江西撫州市。參閱嘉慶一統志三二二撫州府一。㊁唐新州地,金置撫州,元改興和路,明廢,清置鑲黃等四旗牧廠。其地在今河北張北縣。參閱嘉慶一統志五四八牧廠。

【撫存】體恤救濟。晏子春秋問上:"糾合兄弟,撫存冀州。"後漢書三五張純傳:"修復祖宗,撫存萬姓。"

【撫式】乘車時以手按式,稍俯身,表示致敬。式,車中横木。禮曲禮上:"國君撫式，大夫下之；大夫撫式，士下之。"

【撫育】撫養培育。後漢書明德馬皇后紀："時后前母姊女賈氏亦以選入，生肅宗。帝以后無子，命令養之，……后於是盡心撫育，勞悴過於所生。"

【撫拍】㊀慰恤。詳"撫掩"。㊁親昵，諂媚。後漢書八十趙壹傳刺世疾邪賦："嫗媽名埶，撫拍豪强。"㊂古樂器。以熟皮爲之，中實以糠，拍之以定節奏。見舊唐書音樂志二。

【撫恤】安撫救濟。三國志魏鄧艾傳："(諸葛)恪新秉國政，而內無其主，不念撫恤上下以立根基。"也作"撫卹"。北齊顏之推顏氏家訓名實："鄴下有一少年，出爲襄國令，頗自勉篤。公事經懷，每加撫卹，以求聲譽。"

【撫軍】㊀謂太子從君出征。左傳閔二年："冢子，君行則守，有守則從，從曰撫軍，守曰監國，古之制也。"㊁將軍的稱號。三國魏以司馬懿爲撫軍大將軍，其後晉、南北朝皆有此稱；省稱撫軍。參閱三國志魏文帝紀、晉書宣帝紀及職官志。㊂明清時俗稱巡撫爲撫軍。參見"巡撫"。

【撫冥】古鎮名。北魏六鎮之一，也作撫宜。在武川鎮與柔玄鎮之間，確址不詳。武川鎮故址，在今內蒙古呼和浩特市西北。參閱資治通鑑一三九齊明帝建武元年八月"癸丑，魏主如懷朔鎮"注。

【撫柔】安撫。左傳隱十一年："吾子其奉許叔，以撫柔此民也。"

【撫掩】安慰體恤。爾雅釋訓："矜憐，撫掩之也。"注："撫掩，猶撫拍，謂慰卹也。"

【撫馭】見"撫御"。

【撫掌】拍手。表示高興、得意的神態。三國志魏武帝紀"大破(淳于)瓊等"注引曹瞞傳："公聞(荀)攸來，跣出迎之，撫掌笑曰：'子卿遠〔子遠，卿〕來，吾事濟矣！'"晉書王羲之傳與謝萬書："雖不能興言高詠，銜杯引滿，語田里所行，故以爲撫掌之資，其爲得意，可勝言邪！"

【撫順】縣名。屬遼寧省。原名興仁，清光緒三十四年改稱撫順，屬奉天府，其地即今遼寧撫順市。參閱清續文獻通考三〇六輿地二奉天省。

【撫循】安撫。同"拊循"。墨子尚同中："助之言談者衆，則其德音之所撫循者博矣。"三國志魏武帝紀辛未令："其令死者家無基業不能自存者，縣官勿絕廩，長吏存恤撫循，以稱吾意。"

【撫御】安撫而控御之。世說新語尤悔："劉琨善能招處，而拙於撫御。"也作"撫馭"。北周庾信庾子山集十三周柱國大將軍拓跋儉神道碑："公善於撫馭，長於接引，山藪無棄，苞苴不行。"

【撫綏】安撫，安定。書太甲上："用集大命，撫綏萬方。"宋孫光憲北夢瑣言五楊晟義母："撫綏士民，延敬賓客，洎僧道輩，各得其所。"

【撫寧】㊀安定。文選漢韋孟諷諫詩："彤弓斯征，撫寧遐荒。"㊁縣名。屬河北省。西魏置，屬綏州。隋屬雕陰郡。唐武德二年分置撫寧縣。清屬直隸省永平府。參見隋書地理志、新唐書地理志。

【撫塵】兒童聚沙的遊戲。喻少小即相友善。初學記十八漢東方朔與公孫弘書："大丈夫相知，何必以撫塵而遊，垂髮齊年，偃伏以日數哉！"藝文類聚六三國魏應璩與曹公牋："昔漢光武與戴子高有撫塵之好。"

【撫養】愛護教養。史記六五吳起傳："明法審令，捐不急之官，廢公族疏遠者，以撫養戰鬬之士。"後多指對子女或晚輩言。文選晉李令伯(密)陳情事表："祖母劉，愍臣孤弱，躬親撫養。"

【撫摩】摩挲。後漢書八四董祀妻(蔡琰)傳悲憤詩："號泣手撫摩，當發復回疑。"也泛指安慰、體恤。宋史理宗紀四："蜀罹兵革，吾民重困，所當勞來撫摩，使之樂業。"

【撫標】清制，巡撫直轄的軍隊，稱撫標。參閱清史稿兵志。

【撫膺】捶胸。表示悵恨、慨歎。文選晉張茂先(華)雜詩："永思慮崇替，慨然獨撫膺。"又陸士衡(機)赴洛詩之一："撫膺解攜手，永歎結遺音。"

【撫髀】以手拍大腿。表示嗟歎。同"拊髀"。世說新語賞譽上"謝子微見許子將兄弟"注引汝南先賢傳："(許)虔弟劭，聲未發時，時人以謂不如虔，虔恆撫髀稱劭，自以爲不及也。"也作"撫⿰骨比"。元張憲玉笥集五自臨安往富春過芝泥嶺……詩："憑軾若夢寐，撫⿰骨比傷浮生。"

【撫仙湖】在今雲南澄江縣東南。一名羅伽湖，又名青魚戲月湖。因玉筍山撫其上，宛如仙人，故名。其水出盤江，達於南海。見嘉慶一統志四八一澄江府。

【撫諭使】官名。宋建炎初，因京城自金人退師，人心未安，以路允迪等爲京城撫諭使，掌安撫慰恤之事。後諸路皆設撫諭使，掌采訪民間利病及措置營田等事。或稱撫諭官。見宋史職官志七。

撟 jiǎo 居夭切，上，小韻，見。
ㄐㄧㄠ 舉喬切，平，宵韻，見。

㊀伸出，舉起。史記一〇五扁鵲傳："中庶子聞扁鵲之言，目眩然而不瞚，舌撟然而不下。"漢書八七上揚雄傳甘泉賦："仰撟首以高視兮，目冥眴而亡見。"㊁使之屈從。荀子臣道："率羣臣百吏而相與彊君撟君，君雖不安，不能不聽。"㊂取。見"撟掇"。㊃揉。周禮考工記弓人："撟幹欲孰於火而無贏。"㊄糾正。漢書六三燕刺王旦傳："方今寡人欲撟邪防非，……厥路何由？子大夫其各悉心以對。"㊅詐，假託。周禮秋官士師："掌士之八成：……五曰撟邦令。"注："稱詐以有爲者。"㊆剛强。荀子臣道："忠信而不諛，諫争而不諂，撟然剛折端志而無傾側之心。"㊃㊄㊅通"矯"。

【撟引】用按摩治病的方法。史記一〇五扁鵲傳："醫有俞跗，治病不以湯液醴灑，鑱石撟引。"索隱："撟音九兆反，謂爲按摩之法，夭撟引身，如熊顧鳥伸也。"

【撟舌】舌翹起不能出聲。形容驚訝或害怕的樣子。新唐書一五九吳湊傳："撟舌阿旨固善，有如窮民上訴，詎云罪何？"

【撟拂】猶違反。荀子臣道："事暴君者，有補削，無撟拂。"注："撟，謂屈其性也；拂，違也。"

【撟制】假託皇帝的制詔。同"矯制"。漢書三八高五王傳："今諸呂又擅自尊官，聚兵嚴威，劫列侯忠臣，撟制以令天下。"史記齊悼王世家作"矯制"。

【撟掇】拾取，搜集。淮南子要略："乃始攬物引類，覽取撟掇，浸想宵類。"

【撟誣】欺詐。同"矯誣"。周禮秋官禁暴氏："禁暴氏掌禁庶民之亂暴力正者，撟誣犯禁者，作言語而不信者，以告而誅之。"

【撟虔吏】貪污的官吏。漢書武帝紀元狩六年："將百姓所安殊路，而撟虔吏因乘勢以侵蒸庶邪？"注引孟康："虔，固也。矯稱上命以貨賄用爲固。"又引韋昭："凡稱詐爲矯，强取爲虔。"參見"矯虔"。

【撟枉過正】謂糾正偏差過當。同"矯枉過正"。漢書諸侯王表："而藩國大者夸州兼郡，連城數十，宮室百官，同制京師，可謂撟枉過其正矣。"注："撟與矯同。枉，曲也。正曲曰矯。言矯秦孤立之敗，而大封子弟，過於强盛，有失中也。"

撚 1. niǎn 乃殄切，上，銑韻，泥。
ㄋㄧㄢˇ

㊀執，以手指持物。唐玄應一切經音義

十四四分律五一引東漢服虔通俗文:"手捏曰撚。"唐杜牧樊川集一重送詩:"手撚金僕姑,腰懸玉轆轤。"㊁搓。唐杜甫杜工部草堂詩箋八喜觀即到復題短篇之二:"應論十年事,撚絶始星星。"㊂彈奏琵琶的一種指法。唐白居易長慶集十二琵琶引:"輕攏慢撚抹復挑,初爲霓裳後綠腰。"㊃践踏。淮南子兵略:"進退俱,什伍搏,前後不相撚,左右不相干。"㊄趕走。通"攆"。元曲選(蕭德祥)殺狗勸夫一:"小的每撚這廝出去。兄弟每把盞則管喫酒,不要採他。"

2. yān ㄧㄢ

㊅見"撚₂支"。

【撚₂支】香草名。楚辭漢劉向九歎惜賢:"搴薜荔於山野兮,采撚支於中洲。"也作"撚枝"、"橪支"。宋洪興祖補注:"撚,音煙。(司馬)相如(上林)賦云'枇杷橪柿',其字從木。郭璞云:'橪支,木也。'"

【撚指】以兩指相搓,猶彈指。喻時間短暫。水滸三九:"戴宗撚指間走到跟前,看時,乾乾淨淨有二十付座頭,盡是紅油桌凳。"

【撚錢】以手使錢旋轉的遊戲。宋陸游避暑漫抄:"慈聖光獻曹后,……其在父母家時,與羣女共爲撚錢之戲,而后一錢輒獨旋轉盤中,凡三日方止。"

撆 piě 普蔑切,入,屑韻,滂。ㄆㄧㄝˇ

"撇"本字。見"撇"。

十三畫

擅 shàn 時戰切,去,線韻,禪。ㄕㄢˋ

㊀獨斷專行。鄧析子無厚:"下不得自擅,上操其柄,而不理者,未之有也。"韓非子孤憤:"當塗之人擅事要,則外内爲之用矣。"㊁任意,隨便。墨子號令:"諸吏卒民,非其部部界,而擅入他部者,輒收。"㊂專長。文選南朝梁任彦昇(昉)宣德皇后令:"文擅彫龍,而成輒削藁。"㊃佔有。莊子秋水:"且夫擅一壑之水,而跨跱埳井之樂,此亦至矣。"戰國策趙四:"趙攻中山,取扶柳,五年以擅呼沱。"㊄通"禪"。見"擅讓"。

【擅名】大有名望。元楊瑀山居新話:"後富至十萬,擅名江北。"明葉盛水東日記十三引鄭奕謝(沈)誠莊文:"斯二者,誠莊奉以周旋,而擅名一時者也。"

【擅行】獨斷專行。史記七九范睢傳:"今太后擅行不顧,穰侯出使不報,華陽、涇陽等擊斷無諱,高陵進退不請。四貴備而國不危者,未之有也。"

【擅利】專利,獨占其利。史記一二九貨殖傳:"而巴寡婦清,其先得丹穴,而擅其利數世。"漢王符潛夫論務本:"故爲政者,明督工商,勿使淫僞,困辱游業,勿使擅利。"

【擅兵】謂掌握兵權。戰國策燕三:"彼大將擅兵於外,而内有大亂,則君臣相疑。"

【擅命】擅自發號施令,不受節制。韓非子亡徵:"出軍命將太重,邊地任守太尊,專制擅命,徑爲而無所請者,可亡也。"

【擅美】專美,特有其美。宋書謝靈運傳論:"相如巧爲形似之言,班固長於情理之説,子建(曹植)仲宣(王粲)以氣質爲體,並標能擅美,獨映當時。"南齊謝赫古畫品録吴暕:"體法雅媚,製置才巧,擅美當年,有聲京洛。"

【擅恣】專權放肆。淮南子氾論:"成王既壯,周公屬籍致政,北面委質而臣事之,請而後爲,復而後行,無擅恣之志,無伐矜之色,可謂能臣矣。"

【擅國】獨攬國政。韓非子亡徵:"大臣甚貴,偏黨衆强,壅塞主斷而重擅國者,可亡也。"史記七九范睢傳:"夫擅國之謂王,能利害之謂王,制殺生之威之謂王。"

【擅場】文選漢張平子(衡)東京賦:"秦政利觜長距,終得擅場。"此以鬬雞場爲喻,强者勝弱者,專據一場。後用來稱技藝高超出衆。唐杜甫杜工部草堂詩箋二冬日洛城北謁玄元皇帝廟:"畫手看前輩,吴生遠擅場。"

【擅朝】獨攬朝政。漢書成帝紀贊:"趙氏亂内,外家擅朝,言之可爲於邑。"又六七梅福傳:"是時成帝委任大將軍王鳳,鳳專勢擅朝而京兆尹王章素忠直,譏刺鳳,爲鳳所誅,王氏浸盛。"

【擅興】没有帝王詔旨而擅自發兵。漢律有興律,三國魏以私發兵事附入,名擅興律。北齊稱興擅律。隋唐又改爲擅興律。見唐律疏議十六擅興。

【擅斷】獨斷。韓非子和氏:"主用術,則大臣不得擅斷,近習不敢賣重。"淮南子主術:"法籍禮義者,所以禁君使無擅斷也。"

【擅寵】特受寵信。荀子仲尼:"擅寵於萬乘之國,必無後患之術。"

【擅權】專權,攬權。荀子仲尼:"處重擅權,則好專事而妬賢能,抑有功而擠有罪。"史記九七陸賈傳:"吕太后時王諸吕,諸吕擅權,欲劫少主,危劉氏。"

【擅讓】禪讓。荀子正論:"世俗之爲説者曰:'堯舜擅讓',是不然。"注:"擅與'禪'同,'墠'亦同義,謂除地爲墠,告天而傳位也。後因謂之禪位。"

擁 yōng 於隴切,上,腫韻,影。ㄩㄥ

㊀抱,持。禮玉藻:"肆束及帶,勤者有事則收之,走則擁之。"疏:"擁,謂抱之於懷也。"莊子知北遊:"神農隱几擁杖而起。"㊁圍裹。南史陶潛傳:"敗絮自擁。"㊂聚集。三國志蜀諸葛亮傳:"今操已擁百萬之衆,挾天子而令諸侯,此誠不可與爭鋒。"晉書范弘之傳:"坐擁大衆,侵食百姓。"㊃遮蓋,壅塞。禮内則:"女子出門,必擁蔽其面。"唐韓愈昌黎集十左遷至藍關示姪孫湘詩:"雲横秦嶺家何在?雪擁藍關馬不前。"㊄阻止,積壓。南史梁武帝紀下太清三年:"或遇事擁,日儻移中,便嗽口以過。"文苑英華九五七唐李翱河南府司録參軍盧君墓志銘:"其爲户曹,決斷精速,曹不擁事。"㊅保護。漢書九四下匈奴傳:"今既享單于聘貢之質,而更受其逋逃之臣,是貪一夫之得而失一國之心,擁有罪之臣而絶慕義之君也。"後漢書三三虞延傳:"天下大亂,延常嬰甲冑,擁衛親族。"

【擁帚】猶擁彗。漢書八七下揚雄傳解嘲:"或枉千乘於陋巷,或擁帚彗而先驅。"帚,也作"篲"。文苑英華三五二梁缺名七召:"心絶内戰,事無外慾,横經者比肩,擁篲者繼足。"

【擁書】聚書,藏書。魏書李謐傳:"每曰:丈夫擁書萬卷,何假南面百城。"

【擁彗】即執帚。彗,帚,通"篲"。古人迎候貴客,常擁彗致敬,意謂掃除以待客。史記七四孟軻傳附騶衍:"是以騶子重於齊,……如燕,昭王擁彗先驅,請列弟子之座而受業。"漢書高帝紀下六年:"後,上朝,太公擁彗,迎門卻行。"史記高祖紀彗作"篲"。

【擁遏】阻塞。史記一二八漢褚少孫補龜策傳:"桀紂之時,與天争功,擁遏鬼神,使不得通。"太平御覽二〇八引尚書大傳:"溝瀆擁遏,水爲民害。"今本尚書大傳二作"壅遏"。也作"擁閼"。史記一一〇朝鮮傳:"真番旁衆國欲上書見天子,又擁閼不通。"

【擁隔】阻塞,延擱。三國志魏夏侯尚傳附夏侯玄上議:"若省郡守,縣皆徑達,事不擁隔,官無留滯。三代之風,雖未可必,簡一之化,庶幾可致,便民省費在於此矣。"

【擁腫】隆起不平直。同"臃腫"。莊子逍遥遊:"吾有大樹,人謂之樗,其大本擁腫而不中繩墨,其小枝卷曲而不中規矩。"也泛指肥大之狀。唐韓偓玉山樵人集雨詩:"餉婦寥翹布領寒,牧童擁腫蓑衣濕。"

【擁經】抱經。封建時代,弟子抱持經書往見其師,以爲禮節。東漢桓榮曾爲明帝師,及榮病篤,帝至其家問起居,入街下車,擁經問疾,以示優禮。見後漢書三七桓榮傳。

【擁滯】停留,延擱。宋書劉穆之傳:"穆之内總朝政,外任軍旅,決斷如流,事無擁滯。"

【擁劍】蟹的一種。文選晉左太沖(思)吳都賦:"烏賊擁劍,……涵泳乎其中。"注:"擁劍,蟹屬也。從廣二尺許,有爪,其螯偏大,……利如劍,故曰擁劍。"晉崔豹古今注中魚蟲:"蟚蜞,小蟹,生海邊泥中,食土,一名長卿,其一有螯偏大者名擁劍。"

【擁髻】捧持髮髻。舊題漢伶玄趙飛燕外傳附伶玄自敍:"通德占袖,顧眎燭影,以手擁髻,淒然泣下,不勝其悲!"樊通德,伶玄妾。宋蘇軾分類東坡詩十五九日舟中望見有美堂上魯少卿飲處以詩戲之之二:"遥知通德淒凉甚,擁髻無言怨未歸。"

【擁蔽】同"壅蔽"。㊀遮掩。禮内則:"女子出門,必擁蔽其面。"㊁阻塞。漢王符潛夫論交際:"此姦雄所以逐黨進而處子所以愈擁蔽也。"

【擁護】扶助,保護。漢書七十陳湯傳:"(郅支)怨漢擁護呼韓邪而不助己,因辱漢使者江迺始等。"樂府詩集三九雁門太守行:"擁護百姓,子養萬民。"

【擁身扇】大扇。後漢書三四梁統傳附梁冀:"冀亦改易輿服之制,作平上軿車、埤幘、狹冠、折上巾、擁身扇、狐尾單衣。"

【擁鼻吟】世説新語雅量"方作洛生詠諷"注引宋明帝文章志:"(謝)安能作洛下書生詠,而少有鼻疾,語音濁。後名流多斅其詠弗能及,手掩鼻而吟焉。"事亦見晉書謝安傳。後指用雅音曼聲吟詠。才調集六唐彥謙春陰詩:"天涯已有銷魂别,樓上寧無擁鼻吟。"

撻 tà ㄊㄚˋ 他達切,入,曷韻,透。

㊀用鞭棍等打人。書益稷:"侯以明之,撻以記之。"儀禮鄉射禮:"射者有過,則撻之。"㊁疾速。見"撻伐"。㊂箭溜。大如錢,以皮、骨或金玉爲之,嵌入弓把之側,以别上下。射時在弓之右,矢之上。儀禮既夕禮:"設以撻焉。"㊃見"撻末"。

【撻市】在市朝上受鞭打之刑。意爲受辱於大庭廣衆之間。書説命下:"予弗克俾厥後惟堯舜,其心愧恥,若撻於市。"宋范浚香溪集一述嚴賦:"恥一毫之或挫兮,若撻市之忸怩。"

【撻末】蛺蝶的别名。晉崔豹古今注中魚蟲:"蛺蝶,一名野蛾,一名風蝶,江東呼爲撻末,色白背青者是也。"元詩選薩都剌雁門集快雪軒:"門外青山不得青,刮地東風翻撻末。"

【撻伐】詩商頌殷武:"撻彼殷武,奮伐荆楚。"傳:"撻,疾意也。"箋:"殷道衰而楚人叛,高宗撻然奮揚威武,出兵伐之。"本謂迅疾討伐,後人撻伐連用,解爲撻擊攻伐或征討,如大張撻伐。

【撻尾】腰帶下插的垂頭。視官階高下,分别以金玉犀銀銅鐵爲飾。宋王得臣麈史上禮儀:"古以韋爲帶,反插垂頭,至秦乃名腰帶。唐高祖令下插垂頭,今謂之撻尾是也。"參閱五代後唐馬縞中華古今注上文武品階腰帶。

【撻罰】鞭打處罰。周禮地官閭胥:"凡事,掌其比,觵撻罰之事。"注:"觵撻者,失禮之罰也。觵用酒,其爵以兕角爲之。撻,扑也。"唐元稹長慶集四旱災自咎貽七縣宰詩:"誅求與撻罰,無乃不逡巡。"

擀 gǎn ㄍㄢˇ 集韻 古旱切,上,旱韻。

以手伸物,或用棍棒碾軋。太平廣記二三四大餅引北夢瑣言:"有能造大餅,每三斗麵擀一枚,大於數間屋。……雖親密懿分,莫知擀造之法。"參閱清顧張思土風録六擀麵。

擂 1. léi ㄌㄟˊ 玉篇 力推切。

㊀研磨。玉篇:"(擂),研物也。"

2. lèi ㄌㄟˋ

也作"攂"。㊀擊打。五代前蜀韋莊秦婦吟:"忽看門外起紅塵,已見街中擂金鼓。"㊁守城用的木材工事。水滸九二:"一面準備擂木砲石、强弓硬弩,火箭火器,堅守城池,以待救兵。"

⿰扌雹 pò ㄆㄛˋ 普麥切,入,麥韻,滂。

見下。

【⿰扌雹擈】射中物聲。擈,音 bó。文選漢張平子(衡)西京賦:"飛罕潚箾,流鏑⿰扌雹擈。"

擖 1. jiá ㄐㄧㄚˊ 古鎋切,入,鎋韻,見。恪八切,入,黠韻,見。

㊀刮。見説文。

2. yè ㄧㄝˋ 集韻 弋涉切,入,葉韻。

㊀箕舌。禮少儀:"拚席不以鬣,執箕膺擖。"清段玉裁謂箕底謂之葉,或作"㯷",譌作"揲"。葉又謂之𣓨。少儀擖爲"𣓨"之誤字。參閱説文解字注。

擏 1. qíng ㄑㄧㄥˊ

㊀矯正弓弩之器。通"檠"。淮南子説山:"擏不正,而可以正弓。"注:"擏,弓之掩牀,讀曰檠。"

2. jǐng ㄐㄧㄥˇ 集韻 舉影切,上,梗韻。

㊀儆戒。通"儆"。

撼 hàn ㄏㄢˋ 胡感切,上,感韻,匣。

搖動,打動。唐韓愈昌黎集五調張籍詩:"蚍蜉撼大樹,可笑不自量。"宋史三四八徐勣傳:"蔡京自錢塘召還,過宋見勣,微言撼之。"

【撼頓】搖動顛仆。北周庾信庾子山集一枯樹賦:"森梢百頃,槎枿千年,秦則大夫受職,漢則將軍坐焉,莫不苔埋菌壓,鳥剝蟲穿,或低垂於霜露,或撼頓於風煙。"唐韓愈昌黎集二三祭女挐女文:"撼頓險阻,不得少息。"

擗 pì ㄆㄧˋ 房益切,入,昔韻,並。

㊀撫心,搥胸。玉篇"擗"引詩:"寤擗有摽",今詩邶柏舟作"辟"。㊁析,剖開。楚辭屈原九歌湘夫人:"罔薜荔兮爲帷,擗蕙櫋兮既張。"

【擗筭】剖竹占卜。宋史四八六夏國傳下:"每出兵,則先卜。卜有四,一以艾灼羊脾骨以求兆,名炙勃焦。二擗竹於地,若揲蓍,以求數,謂之擗筭。"

【擗摽】拊心而悲。文選漢馬季長(融)長笛賦:"靁嘆頹息,掐膺擗摽。"也作"辟摽"。楚辭漢王褒九懷思忠:"寤辟摽兮永思,心怫鬱兮内傷。"

【擗踊】搥胸頓足,哀痛之極。孝經喪親:"擗踊哭泣,哀以送之。"注:"男踊女擗。"也作"辟踊"。禮檀弓下:"辟踊,哀之至也。"注:"撫心爲辟,跳躍爲踊。"踊,也作"踴"。晉書劉元海載記:"七歲遭母憂,擗踴號叫,哀感旁隣。"

擋 1. dàng 丁浪切,去,宕韻,端。ㄉㄤˋ

㊀摒。見廣韻。

2. dǎng ㄉㄤˇ

㊀阻攔。水滸一一一:"穆弘李俊過去了,二十個偏將都被擋住在城邊。"

據 jù 居御切,去,御韻,見。ㄐㄩˋ

㊀靠,依託。詩邶風柏舟:"亦有兄弟,不可以據。"莊子德充符:"倚樹而吟,據槁梧而瞑。"㊁處於,占有。戰國策齊三:"猿獮猴錯木據水,則不若魚鼈。"史記八一廉頗藺相如傳附趙奢:"先據北山上者勝,後至者敗。"㊂抓,拏。老子:"毒蟲不螫,猛獸不據。"史記呂后紀:"見物如蒼犬,據高后掖。"㊃憑證。爾雅晉郭璞序:"事有隱滯,援據徵之。"㊄作爲憑證的書面文件。金史百官志一禮部:"凡試僧尼道女冠,……中選者,試官給據,以名報有司。"

【據梁】古力士名。莊子大宗師:"夫无莊之失其美,據梁之失其力,黃帝之亡其知,皆在鑪捶之間耳。"

【據梧】依梧樹而安息。莊子齊物論:"昭文之鼓琴也,師曠之枝策也,惠子之據梧也,三子之知幾乎。"晉郭象注:"夫三子者,皆欲辯非己所明以明之,故知盡慮窮形勞神倦,或枝策假寐,或據梧而瞑。"世說新語排調:"范榮期見都超俗情不淡,戲之曰:'夷齊巢許,一詣垂名,何必勞神苦形,支策據梧也?'"藝文類聚五八梁元帝答劉緰求述制旨義書:"所賴昔經陝服,頗足良書,憑几據梧,靜供遊目。"

【據鞍】漢馬援年六十二,請出征,光武帝以其老,未許。援曰:"臣尚能披甲上馬。"帝令試之。援據鞍顧眄,以示可用。帝笑曰:"矍鑠哉是翁也!"見後漢書五四馬援傳。三國志魏滿寵傳:"昔廉頗彊食,馬援據鞍,今君未老,而自謂已老,何與廉馬之相背耶?"後用爲年老壯志不減的典故。

擄 lǔ 郎古切,上,姥韻,來。ㄌㄨˇ

搶取。通"虜"。宋司馬光涑水記聞十三:"擄婦女小弱者七八萬口。"水滸三八:"李逵也不答應他,便就地下擄了銀子,又搶了別人賭的十來兩銀子,都摟在布衫兜裏。"

【擄掠】搶劫。元王實甫西廂記二本一折:"這廝每於家爲國無忠信,恣情的擄掠人民。"

操 1. cāo 七刀切,平,豪韻,清。ㄘㄠ

㊀執持,拿着。楚辭屈原九歌國殤:"操吳戈兮被犀甲。"㊁掌握,控制。商君書算地:"主操名利之柄而能致功名者,數也。"史記一二二寧成傳:"爲人上,操下如束溼薪。"㊂運用。左傳成九年:"使與之琴,操南音。"㊃演習。見"操練"。㊄姓。漢有操乘、隋有操天成。見姓苑。

七到切,去,号韻,清。

㊅志節,品行。孟子滕文公下:"充仲子之操,則蚓而後可者也。"楚辭漢東方朔七諫謬諫:"怨靈脩之浩蕩兮,夫何執操之不固?"㊆琴曲名。如猗蘭操、龜山操之類。後漢書三五曹褒傳"歌詩曲操"注引劉向別錄:"君子因雅琴之適,故從容以致思焉。其道閉塞悲愁而作者名其曲曰操,言遇災害不失其操也。"

2. càn ㄘㄢˋ

㊇擊鼓的音調。通"摻"。

【操心】費心,用心。孟子盡心上:"獨孤臣孽子,其操心也危,其慮患也深,故達。"唐杜牧樊川集二自遣詩:"遇事知裁剪,操心識卷舒。"

【操切】㊀脅迫,牽制。漢書七二貢禹傳:"姦軌不勝,則取勇猛能操切百姓者,以苛暴威服下者,使居大位。"㊁辦事過於急燥嚴厲。明張居正張文忠集一陳六事疏:"然人情習玩已久,驟一振之,必將曰此拂人之情者也;又將曰此務爲操切者也。"

【操江】見"提督操江"。

【操守】平素的品行志節。新唐書一七三裴度傳:"度退然纔中人,而神觀邁爽,操守堅正,善占對。既有功,名震四夷。"

【操存】操守,志向。宋李光莊簡集四贈趙璚夫詩:"操存有約要真見,記問誇多只謏聞。"

【操行】操守,品行。史記一一七司馬相如傳哀二世賦:"操行之不得兮,墳墓蕪穢而不脩兮,魂無歸而不食。"漢王充論衡幸偶:"凡人操行有賢有愚,及遭禍福,有幸有不幸。"

【操作】猶言勞動。後漢書八三梁鴻傳:"(孟光)乃更爲椎髻,著布衣,操作而前。鴻大喜曰:'此真梁鴻妻也。能奉我矣!'"聊齋志異四珊瑚:"猶不能得臧姑懽,臧姑役母若婢,生不敢言,惟身代母操作,滌器汜掃之事皆與焉。"

【操券】執持契券。謂有憑證在手,以喻事成有把握。史記七六平原君傳:"且虞卿操其兩權,事成,操右券以責;事不成,以虛名德君。君必勿聽也。"清李調元制義科瑣記二元可操券:"明朝制藝,確有分兩,作文與閱者皆可操券而取。"

【操尚】品德理想。三國志魏邴原傳:"少與管寧俱以操尚稱。"魏書閭元明傳:"雖沈屈兵伍而操尚彌高,奉養繼親甚著恭孝之禮。"

【操刺】猶言勇猛。新五代史漢高祖紀:"契丹耶律德光送(晉)高祖至潞州,臨決,指(劉)知遠曰:'此都軍甚操剌,無大故勿棄之。'"注:"世俗謂勇猛爲操剌。"

【操觚】執簡。謂作文。觚,通"箛",古人書寫時所用的木簡。文選晉陸士衡(機)文賦:"或操觚以率爾,或含毫而邈然。"明宋濂宋學士全集十王冕傳:"當風日佳時,操觚賦詩,千百不休。"

【操管】執筆。指寫作。後漢書六十下蔡邕傳上書自陳:"臣得以學問特蒙褒異,執事祕館,操管御前,姓名貌狀,微簡聖心。"又作"操筆"。後漢書五六陳球傳:"(趙)忠笑而言曰:'陳廷尉宜便操筆。'"

【操熛】謂執火。晏子春秋諫下:"五尺童子,操寸之熛,天下不能足之以薪。今君之左右,皆操熛之徒,而君終不知。"熛,火。舊本譌作"煙"。參閱清王念孫讀書雜志八寸之煙。

【操履】操行。抱朴子博喻:"潔操履之拘苦者,所以全拔萃之業;納拂心之至言者,所以無易方之惑也。"宋書江夏文獻王義恭傳上表:"竊見南陽宗炳,操履閑遠,思業貞純,砥節丘園,息賓盛世。"

【操築】打牆。楚辭屈原離騷:"苟中情其好修兮,又何必用夫行媒,說操築於傅巖兮,武丁用而不疑。"

【操縵】調弦。禮學記:"不學操縵,不能安弦。"謂初學彈琴,須先知調協弦音,纔能安弦成曲。後也以操縵稱初學曲調未工。北周庾信庾子山集十一趙國公集序:"若使言乖節目,則曲臺不顧;聲止操縵,則成均無取。"

【操縱】本謂收與放。引申爲掌握處理。明張居正張文忠集書牘十三答宣府巡撫張崌崍言虜情:"頃又思夷情變態不常,在我處之,亦不宜定爲一例,貴隨機應變,操縱適宜可也。"現代漢語多用於貶義,含把持的意思。

【操刀必割】喻時機不可失。漢書四八

賈誼傳陳政事疏:"黃帝曰:'日中必熭,操刀必割。'"注引臣瓚:"太公曰:'日中不熭,是謂失時;操刀不割,失利之期。'言當及時也。"又見六韜守土。

【操刀傷錦】春秋鄭尹何年少,子皮欲使任邑大夫,而學爲政。子產以爲不可,謂人未能操刀而使割,其傷實多;有美錦,尚不肯使人學習剪裁;況官邑更重於美錦乎?見左傳襄三一年。按操刀與割錦,本爲二事,後人并而爲一,比喻才薄難勝重任。北史魏咸陽王禧傳:"夫未能操刀而使割錦,非傷錦之尤,實授刀之責。"藝文類聚四六北魏溫子昇西河王謝太尉表:"常恐執轡輕輪,操刀傷錦。"

【操奇計贏】漢書食貨志上:"而商賈大者積貯倍息,小者坐列販賣,操其奇贏,日游都市,乘上之急,所賣必倍。"注:"奇贏,謂有餘財,而蓄聚奇異之物也。一說:奇謂殘餘物也,音居宜反。"後稱居奇牟利爲操奇計贏。

擇 zé ㄗㄜˊ　場伯切,入,陌韻,澄。

㊀挑選,挑揀。墨子尚同中:"是故擇其國之賢者,置以爲左右將軍大夫。"㊁區別。孟子梁惠王上:"王若隱其無罪而就死地,則牛羊何擇焉。"

【擇木】左傳哀十一年:"鳥則擇木,木豈能擇鳥?"抱朴子嘉遯:"僥求之徒昧乎可欲,集不擇木,仕不料世,貪進不慮負乘之禍,受任不計不堪之敗。"後來因以擇木指擇主而事。

【擇交】選擇友邦、友人。史記六九蘇秦傳:"安民之本,在於擇交,擇交而得則民安,擇交而不得則民終身不安。"唐白居易長慶集二寓意詩之三:"乃知擇交難,須有知人明。"

【擇吉】選擇吉日。古時凡祭祀、婚嫁、安葬等,均選吉日行之。史記封禪書:"輯五瑞,擇吉月日,見四嶽諸牧,還瑞。"魏書肅宗紀正光元年詔:"有司可豫繕國學,圖飾聖賢,置官簡牲,擇吉備禮。"

【擇音】左傳文十七年:"古人有言曰:'……鹿死不擇音。'"音,"蔭"的假借字。言鹿將死,不暇擇蔭庇之處。比喻人遇危急時不擇所從。

【擇婦】諸葛亮娶黃承彥女,貌醜而才堪相配,鄉里有諺曰:"莫作孔明擇婦,正得阿承醜女。"見三國志蜀諸葛亮傳"亮子瞻嗣爵"注引襄陽記。

【擇對】挑選配偶。後漢書八三梁鴻傳:"埶家慕其高節,多欲女之,鴻並絕不娶。同縣孟氏有女,狀肥醜而黑,力舉石臼,擇對不嫁,至年三十。父母問其故,女曰:'欲得賢如梁伯鸞者。'鴻聞而娉之。"

【擇鄰】挑選善鄰。文選三國魏何平叔(晏)景福殿賦:"嘉班妾之辭輦,偉孟母之擇鄰。"唐白居易長慶集十五欲與元八卜鄰先有是贈詩:"每因暫出猶思伴,豈得安居不擇鄰?"參見"三遷"。

【擇壻車】唐進士放榜,例於曲江亭設宴。其日,公卿家傾城縱觀,高車寶馬,於此選取佳婿。見五代王定保唐摭言三。宋蘇軾分類東坡詩二二和董傳留別:"囊空不辦尋春馬,眼亂行看擇壻車。"

【擇善而從】論語述而:"子曰:'三人行,必有我師焉,擇其善者而從之,其不善者而改之。'"晉范甯春秋穀梁傳序:"夫至當無二,而三傳殊說,庸得不棄其所滯,擇善而從乎?"後來多用爲選擇完善者而聽從之意。

擐 1. guān huàn ㄍㄨㄢ ㄏㄨㄢˋ　古還切,平,删韻,見。胡慣切,去,諫韻,匣。

㊀貫,穿。左傳成十三年:"文公躬擐甲冑,跋履山川。"

2. xuān ㄒㄩㄢ　集韻　荀緣切,平,僊韻。

㊀捋起。通"揎"。禮王制"贏股肱"漢鄭玄注:"謂擐衣出其臂脛,使之射御決勝負,見勇力。"

擉 chuò ㄔㄨㄛˋ　測角切,入,覺韻,初。

刺,扎。莊子則陽:"冬則擉鼈於江,夏則休乎山樊。"唐韓愈昌黎集三六鱷魚文:"昔先王既有天下,列山澤,罔繩擉刃,以除蟲蛇惡物爲民害者,驅而出之四海之外。"

擛 shé ㄕㄜˊ　集韻　食列切,入,薛韻。

持點數目。同"揲"。漢書八七下揚雄傳:"擛之以三策,……文之以五行。"參見"揲㊀"。

擒 qín ㄑㄧㄣˊ　巨金切,平,侵韻,羣。

捕捉。古籍通作"禽"。國語吳:"(伍)員不忍稱疾辟易,以見王之親爲越之擒也。"

【擒賊擒王】唐杜甫杜工部草堂詩箋五前出塞之六:"射人先射馬,擒賊先擒王。"後用以比喻作事要先抓住要害。宋王邁臞軒集十二別永福張景山詩:"文亦有活法,先使意氣張,如破勁敵壘,須擒賊中王。"

撳 yú ㄩˊ　集韻　容朱切,平,虞韻。

揶撳。同"揶揄"。見"揶揄"。

撿 1. liǎn ㄌㄧㄢˇ　良冉切,上,琰韻,來。

㊀拱。清段玉裁說文解字注:"凡斂手宜作此字。"

2. jiǎn ㄐㄧㄢˇ　集韻　居奄切,上,琰韻。

㊀約束。漢書八九黃霸傳:"郡事皆以義法令撿式,毋得擅爲條教。"注:"撿,局也。"㊁查考。宋王明清揮麈録前録二:"弟草兄麻,太平美事,禁中已撿見韓絳故事矣。"

擖 1. sà ㄙㄚˋ　私盍切,入,盍韻,心。

㊀見"搕擖"。

2. zá ㄗㄚˊ　才盍切,入,盍韻,從。

㊀見"攋擖"。

擔 1. dān ㄉㄢ　都甘切,平,談韻,端。

㊀用肩挑。戰國策秦一:"負書擔橐。"㊁承當,負責。見"擔負㊁"、"擔當"。

2. dàn ㄉㄢˋ　都濫切,去,闞韻,端。

㊂所負的責任。左傳莊二二年:"赦其不閑於教訓,而免於罪戾,弛於負擔,君之惠也。"㊃擔子。宋辛棄疾稼軒詞鵲橋仙送粉卿行:"轎兒排了,擔兒裝了,杜宇一聲催起。"㊄量詞。1.百斤爲擔,一擔也稱一石。初學記九漢班叔皮(彪)王命論:"饑寒道路,思有短褐之襲;擔石之蓄,所願不過一金。"文選王命論作"儋石"。2.一挑物品爲一擔。水滸十六:"梁中書道:'夫人也有一擔禮物,另送與府中寶眷,也要你領。'"

3. shàn ㄕㄢˋ　集韻　時豔切,去,豔韻。

㊅假借。儀禮喪服:"無爵而杖者何?擔主也。"注:"擔,猶假也。無爵者假之以杖,尊其爲主也。"

【擔₂子】㊀肩輿。唐會要二六命婦朝皇后:"至內命婦朝堂,及夫子官品高,於等從高,仍並不得乘擔子。其尊屬年老,勑賜擔子者,不在此例。"㊁挑子。水滸一六:"把禮物都裝做十餘條擔子,只做客人的打扮行貨。"

【擔石】一擔之量。比喻微少。後漢書二七郭丹傳附范遷:"及在公輔,……在位四年薨,家無擔石焉。"三國志魏華歆傳:"歆素清貧,祿賜以振施親戚故人,家無擔石之儲。"

【擔板】固執,不圓通。也作"擔版"。宋楊萬里誠齋集三五過彭澤縣望淵明祠堂詩:"不聞擔板漢,曾羨采薇人。"續傳燈録三二道顔禪師:"但願官中無事,林下棲禪,水牯牛飽卧斜陽,擔板漢清貧長樂,粥足飯足,俯仰隨時。"

【擔負】㊀肩挑,背負。漢書五八兒寬傳:"大家牛車,小家擔負,輸租繈屬不絶。"㊁承當。詩商頌玄鳥"百祿是何"漢鄭玄箋:"謂當擔負天之多福。"

【擔待】原諒,不計較。古今雜劇明缺名王矮虎大鬧東平府三:"我權時擔待你,須信我情性莽,若不是當着社會受伏降,我這其間着你去見閻王。"

【擔荷】用肩挑起。國語齊:"負任擔荷,服牛軺馬,以周四方。"

【擔鼓】㊀牽牛星的别名。爾雅釋天"何鼓謂之牽牛"晉郭璞注:"今荆楚人呼牽牛星爲擔鼓。擔者,荷也。"擔,也作"檐"。㊁樂器名。通典一四四樂四:"擔鼓如小甕,先冒以革而漆之。"舊唐書音樂志二作"檐鼓"。

【擔當】承受,負責。宋朱熹朱文公集二八答陳同父書:"然使熹不自料度,冒昧直前,亦只是誦説章句,以應文備數而已,如何便擔當許大事?"

【擔閣】耽誤,遲延。也作"擔閤"、"擔擱"。宋朱熹朱文公集續集二答蔡季通書:"近年此説流行,後生好資質者,皆爲所擔閣壞了,甚可歎也。"草堂詩餘前集下宋王介甫(安石)千秋歲引秋思詞:"無奈被些名利縛,無奈被他情擔閣。"水滸十八:"三十六計,走爲上計。若不快走時,更待甚麼?……你們不可擔閣,倘有些疏失,如之奈何!"

【擔饒】寬容,饒恕。元曲選康進之李逵負荆三:"這便是你替天行道,則俺那無情板斧肯擔饒!"

【擔雪塞井】喻徒勞無功。文苑英華二〇〇唐顧況行路難詩:"君不見擔雪塞井徒用力,炊砂作飯豈堪喫?"也作"擔雪填井"。水滸八三:"只是行移鄰近州府,催趲各處逕調軍馬,前去策應,正如擔雪填井一般。"

【擔榜狀元】宋時戲謂進士第五甲末名爲擔榜狀元。見宋趙升朝野類要二擔榜。

【擔驚受怕】提心弔膽。元曲選缺名盆兒鬼三:"俺出門紅日乍平西,歸時猶未夕陽低,怎教俺擔驚受怕着昏迷。"也作"擔驚受恐"。又武漢臣生金閣一:"想前賢不遇,我便似阮嗣宗慟哭在窮途,早知道這般的擔驚受恐,可也圖甚麼衣紫拖朱。"

撽 qiào ㄑㄧㄠˋ 苦弔切,去,嘯韻,溪。
苦擊切,入,錫韻,溪。

旁擊。同"擊"。莊子至樂:"莊子之楚,見空髑髏,髐然有形,撽以馬捶。"

擊 1. jī ㄐㄧ 古歷切,入,錫韻,見。

㊀打,敲打。書益稷:"予擊石拊石。"詩邶風擊鼓:"擊鼓其鏜,踊躍用兵。"㊁殺,刺。儀禮少牢饋食禮:"司馬刲羊,司士擊豕。"左傳昭元年:"子南知之,執戈逐之,及衝,擊之以戈。"㊂攻打,進攻。左傳僖二二年:"既陳而後擊之,宋師敗績。"㊃碰撞,接觸。戰國策齊一:"臨淄之途,車轂擊,人肩摩。"㊄鐵刃。淮南子氾論:"古之兵,弓劍而已矣,槽矛無擊,脩戟無刺。"注:"槽,柔木;矛無擊,無鐵刃也。"

2. xí ㄒㄧˊ 集韻 刑狄切,入,錫韻。

㊅男巫。通"覡"。荀子王制:"主攘擇五卜,知其吉凶妖祥,傴巫跛擊之事也。"注:"擊,讀爲覡,男巫也。古者以廢疾之人主卜筮、巫祝之事,故曰傴巫跛覡。"

【擊衣】戰國趙襄子殺知伯,知伯客豫讓謀刺襄子,爲知伯報仇。豫爲襄子獲,乃請得襄子之衣,拔劍三躍,呼天擊之,以示復仇之意,然後伏劍而死。見戰國策趙一。

【擊竹】即今之打竹板。文獻通考一三八樂十一:"擊竹之制,近世民間多有之。蓋取竹兩片緊厚者,治而爲之。其長數寸,手中相擊爲節,與歌指相和焉。"

【擊缶】敲打缶以和樂曲的拍節。缶,盛水或酒的瓦器,古也用作樂器。詩陳風宛丘:"坎其擊缶,宛丘之道。"缶,也作"缻"。史記八一藺相如傳:"於是秦王不懌,爲一擊缻。"參閲文獻通考一三五樂八古缶。

【擊戾】抵觸,違忤。荀子修身:"行而俯項,非擊戾也。"淮南子主術:"能欲多而事欲鮮者,……能欲多者,文武具備,動靜中儀,舉動廢置,曲得其宜,無所擊戾,無不畢宜也。"

【擊刺】㊀以戈矛相攻。書牧誓"不愆於四伐五伐"傳:"伐謂擊刺。"疏:"戈謂擊兵,矛謂刺兵。"㊁擊劍刺人之術。史記一二七漢褚少孫補日者傳:"齊張仲曲成侯以善擊刺學用劍,立名天下。"

【擊征】隼的别名。禮月令季冬之月"征鳥厲疾"漢鄭玄注:"征鳥,題肩也,齊人謂之擊征,或名曰鷹。"

【擊柝】打更。柝,打更用的梆子。易繫辭下:"重門擊柝以待暴客,蓋取諸豫。"參見"抱關擊柝"。

【擊馬】古代一種博戲。唐李翺五木經:"凡擊馬及王采,皆又投。"唐元革注:"擊馬,謂打敵人子也。打子得雋,王采自專,故皆許重擲。王采累得,累擲之,變則止。"

【擊琴】琴名。南朝梁柳惲所創製。其制以管承弦,又以片竹約而束之,使弦急而聲亮,舉竹擊之,以爲節曲。參閲南史柳元景傳附柳惲、舊唐書音樂志二。

【擊筑】筑,古樂器,似箏,擊之以和歌。戰國燕太子丹遣荆軻入秦刺秦王,送至易水上,高漸離擊筑,荆軻和而歌,爲變徵之聲,士皆涕泣。見戰國策燕三。後用爲慷慨悲歌之意。北周庾信庾子山集十二思舊銘:"壯士一去,燕南有擊筑之悲。"

【擊搏】㊀打擊。文苑英華七二一唐任華桂林送前使判官蘇侍御歸上都序:"亦何異脱騏驥於鹽車,擲秋鷹於天畔,乃騰騁難料,擊搏在卽,亦足以快意矣。"古代御史職司彈劾,如鷹隼擊搏鳥獸,因以擊搏爲喻。新唐書一八二李玨傳:"武昌牛僧孺辟署掌書記,還爲殿中侍御史。宰相韋處厚曰:'清廟之器,豈擊搏才乎?'除禮部員外郎。"㊁爭鬭。宋邵雍伊川擊壤集五觀棋長吟:"座上戈鋋嘗擊搏,面前冰炭旋更移。"

【擊楫】楫,船槳;擊楫,敲打船槳。晉永興以後,黄河南北各地相次爲地方割據,祖逖渡江北伐,中流擊楫而誓曰:"祖逖不能清中原而復濟者,有如大江。"辭色壯烈,衆皆慨慨。見晉書祖逖傳。後用以形容有志恢復的節概。

【擊節】用手或拍板以調節樂曲。文選晉左太沖(思)蜀都賦:"巴姬彈弦,漢女擊節。"晉書謝尚傳:"(王)導以其有勝會,謂曰:'聞君能作鴝鵒舞,一坐傾想,寧有此理不?'尚曰:'佳'。便著衣幘而舞,導令坐者,撫掌擊節,尚俯仰其中,傍若無人。"也指拍節以表示激賞。三國志魏王朗傳"俱以治獄見稱"注引魏略王朗答曹操書:"承旨之日,撫掌擊節。"參閲元李治敬齋古今黈四。

【擊蒙】啟蒙,發蒙。易蒙:"上九,擊蒙,不利爲寇,利禦寇。"注:"處蒙之終,以剛居上,能擊去童蒙,以發其昧者也。"全唐詩四沈佺期酬楊給事兼見贈臺中:"宿昔陪餘論,平生賴擊蒙。"

【擊甌】盛水多少不等的瓷甌十二個列於桌上,用箸擊之作調,爲古擊缶之變。唐大中初郭道源,咸通中吳玭皆以善擊甌著名。唐温庭筠詩集一有郭處士擊甌歌。皇甫枚非烟傳亦稱非烟工擊甌。參閱唐段安節樂府雜録擊甌、文獻通考一三五樂八。

【擊賞】擊節稱賞。謂極其賞識。舊唐書六三封倫傳:"(楊)素負貴恃才,多所凌侮,唯擊賞倫。"參見"擊節"。

【擊劍】以劍相擊刺。史記一一七司馬相如傳:"少時好讀書,學擊劍。"

【擊甕】㊀古時敲甕以和歌。甕,汲水瓦器。史記八七李斯傳諫逐客書:"夫擊甕叩缶,彈箏搏髀,而歌呼嗚嗚快耳者,真秦之聲也。"㊁宋司馬光幼時,與羣兒戲於庭,有一兒掉入大甕水中,羣兒驚散,光獨自用石擊甕,甕破水流,小兒得救。當時京洛間常繪小兒擊甕圖。甕,大腹水缸。見宋釋惠洪冷齋夜話三活人手段。

【擊轅】相傳堯舜在位,時世安樂,百姓敲擊車轅而作歌。轅,車前駕御牲口的直木。因以擊轅爲歌頌太平之意。漢崔駰崔亭伯集上四巡頌表:"唐虞之世,樵夫牧豎,擊轅中韶,感于和也。"文選三國魏曹子建(植)與楊德祖書:"夫街談巷說,必有可采;擊轅之歌,有應風雅。"

【擊鮮】原指殺牲。新宰殺的牲畜,其肉新鮮,後因以泛指美食。漢書四三陸賈傳:"數擊鮮,毋久溷女爲也。"宋陸游劍南詩稿七二秋思:"老子齋居罷擊鮮,木盤竹筋每隨緣。"

【擊壤】㊀相傳堯時,有老人擊壤而歌曰:"日出而作,日入而息,鑿井而飲,耕田而食,帝何力於我哉?"後成爲歌頌盛世太平的典故。文選南朝宋謝靈運初去郡詩:"卽是羲唐化,獲我擊壤聲。"參閱漢王充論衡藝增感虛、晉皇甫謐帝王世紀、樂府詩集八三擊壤歌。㊁古遊戲名。太平御覽七五五魏邯鄲淳藝經:"壤,以木爲之,前廣後銳,長尺四,闊三寸,其形如履。將戲,先側一壤於地,遥於三四十步,以手中壤敲之,中者爲上。"宋有拋堶、明有打瓦,都出於擊壤。參閱宋王應麟困學紀聞二十擊壤、明楊愼升菴集五八拋堶。

【擊石波】書法名。又名缺波。章草及章程行押等用此書法。雖用筆迅捷,而點畫仍有頓折起伏,故稱擊石波。見唐張彥遠法書要録一晉王羲之題衛夫人筆陣圖後。

【擊賊笏】唐德宗時,朱泚謀反,召段秀實議事,秀實奪象笏,唾泚面大罵,投笏中泚頭。秀實旋被執遇害。事見新唐書一五三段秀實傳。後詩文中用爲稱頌忠貞的典故。宋文天祥文山集十四正氣歌:"或爲擊賊笏,逆豎頭破裂。"

【擊壤集】宋邵雍撰,二十卷。全稱伊川擊壤集。雍詩源出唐白居易,不拘詩法聲律,亦不苦吟以求工,貫穿其太極先天之說,别成一格。

【擊鉢催詩】南齊竟陵王蕭子良常夜集學士,刻燭作詩。刻一寸限成四韻。蕭文琰曰:"頓燒一寸燭,而成四韻詩,何難之有。"乃與丘令楷江洪等共打銅鉢立韻,響鉢音止,詩卽成。見南史王僧孺傳。宋陳師道后山詩注十一和李使君九日登戲馬臺:"登高能賦屬吾儕,不用傳杯擊鉢催。"

擎 qíng 渠京切,平,庚韻,羣。ㄑㄧㄥ

舉,向上托。莊子人間世:"擎跽曲拳,人臣之禮也。"世說新語紕漏:"婢擎金澡盤盛水,瑠璃盌盛澡豆。"

【擎天柱】古代神話傳說謂昆侖山有八柱擎天。見楚辭天問"八柱何當"宋洪興祖補注。後因以擎天柱比喻擔當重任的人。宋袁說友東塘集一送誠齋詩之一:"只今小試回天力,它日擎天看柱臣。"元曲選秦簡夫趙禮讓肥四:"誰想道這搭兒重相遇,多謝你個架海梁擎天柱,生死難忘,今古誰如。"

擘 1. bò 博厄切,入,麥韻,幫。ㄅㄛˋ

㊀分剖,分裂。禮内則:"炮之,塗皆乾,擘之。"史記八六專諸傳:"既至王前,專諸擘魚,因以匕首刺王僚。"

2. pì bò 集韻蒲歷切,入,錫韻。ㄆㄧˋ ㄅㄛˋ

㊁大拇指。爾雅釋魚:"蝮虺,博三寸,首大如擘。"參見"巨擘"。

【擘李】水菓名。李之一種。熟則自裂,故名。見廣羣芳譜五五果二李"擘李"注。

【擘張】以手張弩。漢書四二申屠嘉傳"以材官蹶張"唐顏師古注:"今之弩以手張者曰擘張,以足蹋者曰蹶張。"

【擘畫】籌謀,處理。淮南子要略:"齊俗者……擘畫人事之終始者也。"宋蘇軾經進東坡文集事略二四上神宗皇帝書:"凡所擘畫利害,不問何人,小則隨事酬勞,大則量材録用。"也作"擘劃"。金董解元西廂三:"忒孤窮,要一文錢物也擘劃不動。"

【擘窠書】指大字。擘窠,原指篆刻印章時分格,以便匀排。宋趙希鵠洞天清禄集古鐘鼎彝器辨:"漢印多用五字,不用擘窠。"古來寫碑版或題額者,多分格書寫,使其點劃停匀,稱擘窠書。唐顏真卿顏魯公集三乞御書天下放生池碑額表:"緣前書點畫稍細,恐不堪經久,臣今謹據石擘窠大書一本,隨表奉進。"後通稱大字爲擘窠書。明李日華紫桃軒又綴二:"山谷擘窠書學瘞鶴銘,瘦勁清栗,真出鐵石手腕。"山谷,宋黃庭堅字。

【擘箜篌】樂器名。舊唐書音樂志二:"豎箜篌,胡樂也。漢靈帝好之。體曲而長,二十有二弦。豎抱於懷,用兩手齊奏。俗謂之擘箜篌。"

【擘肌分理】喻剖析精細。文選漢張平子(衡)西京賦:"若其五縣遊麗辯論之士,街談巷議,彈射臧否,剖析毫釐,擘肌分理。"注:"雖毫釐肌理之間,亦能分擘。"

擊 qiào 苦弔切,去,嘯韻,溪。ㄑㄧㄠˋ 苦擊切,入,錫韻,溪。

旁擊。也作"撽"。公羊傳宣六年"以斗擊而殺之"注:"擊,猶擊也。擊,謂旁擊頭項。"

十四畫

擰 1. níng ㄋㄧㄥˊ

㊀扭。金瓶梅十一:"(春梅)一隻手擰着秋菊的耳朶,一直往前邊來。"

2. nǐng ㄋㄧㄥˇ

㊁相反,錯誤。兒女英雄傳三五:"張姑娘纔覺得這句話是說擰了,忍着笑扭過頭去,用小手巾握着嘴笑,也顧不得來接煙袋。"

3. nìng ㄋㄧㄥˋ

㊂倔强。兒女英雄傳四十:"玉格這孩子真個的這麽擰啊!"

擯 bìn 必刃切,去,震韻,幫。ㄅㄧㄣˋ

㊀排除,拋棄。戰國策趙二:"六國從親以擯秦,秦必不敢出兵於函谷關,以害山東矣。"史記一一二主父偃傳:"齊諸儒生相與排擯,不容於齊。"㊁導引賓客。通"儐"。論語鄉黨:"君召使擯,色勃如也,足躩如也。"

【擯斥】排斥,棄絶。文選晉劉孝標(峻)辨命論:"昔之玉質金相,英髦秀達,皆擯斥於當年，韞奇才而莫用，……湮没而無聞者，豈可勝道哉！"

【擯相】同"儐相"。迎賓稱儐，贊禮稱相。周禮秋官司儀："掌九儀之賓客擯相之禮，以詔儀容辭令揖讓之節。"後也稱贊禮的人爲擯相。

【擯詔】謂介紹賓主的人。禮禮器："故禮有擯詔，樂有相步，温之至也。"注："擯詔，告道賓主者也。詔，或爲紹。"

【擯落】排斥，棄絶。同"擯斥"。文選晉郭景純(璞)江賦："於是蘆人漁子，擯落江山。"注："謂採蘆捕魚之子也。擯落，謂被斥擯而漂落也。"廣弘明集二三南朝宋謝靈運曇隆法師誄序："慨然有擯落榮華，兼濟物我之志。"

擦 cā ㄘㄚ

㊀摩，蹭。西遊記三："那塊鐵，挽着些兒就死，磕着些兒就亡；挨挨兒皮破，擦擦兒觔傷！"㊁揩，拭。紅樓夢四十："李紈清晨起來，看着老婆子丫頭們掃那些落葉，並擦抹桌椅，預備茶酒器皿。"

【擦坐】宋元都市酒肆中藉賣唱以取錢，稱擦坐。元周密武林舊事六酒樓："又有小鬟，不呼自至，歌吟强聒，以求支分，謂之'擦坐'。"

【擦刮】折磨。二刻拍案驚奇三五："況我當不得這擦刮，受不得這腌臢，不如死了，與他結個來生緣罷。"

擿

1\. zhì ㄓ 直炙切，入，昔韻，澄。

㊀搔，撓。列子黃帝："斫撻無傷痛，指擿無痟癢。"㊁投擲。通"擲"。莊子胠篋："擿玉毁珠，小盜不起。"釋文："擿，持赤反，義與'擲'字同。崔(譔)云：猶投棄之也。"史記八六荆軻傳："荆軻廢，乃引其匕首以擿秦王。"㊂簪股。後漢書輿服志下："簪以瑇瑁爲擿。"

2\. tì ㄊㄧ 集韻 他歷切，入，錫韻。丁歷切，入，錫韻。

㊃挑，撥。漢書宣帝紀元康三年："其令三輔毋得以春夏擿巢探卵，彈射飛鳥。"㊄開，揭發。淮南子本經："擿蚌蜃。"注："開以求珠也。"參見"擿₂伏"、"擿₂發"。㊅指使。漢書八五谷永傳："衛將軍(王)商密擿永令發去。"

3\. zhé zhāi ㄓㄜ ㄓㄞ 集韻 陟革切，入，麥韻。

㊆選取。通"摘"。舊唐書八九姚璹傳附姚珽上節愍太子書："披文擿句，方資審諭之勤。"

【擿₂伏】揭露隱秘之事。漢書七六趙廣漢傳："其發姦擿伏如神，皆此類也。"

【擿₂抉】挑剔。三國志吳步騭傳上疏："伏聞諸典校擿抉細微，吹毛求瑕，重案深誣，輒欲陷人以成威福。"也作"擿觖"。漢書七七孫寶傳："故欲擿觖。以揚我惡。"

【擿₃校】摘取證據以校正疑誤。三國志魏孫禮傳："今二郡爭界八年，一朝決之者，緣有解書圖畫，可得尋案擿校也。"

【擿₂姦發伏】揭露舉發奸邪隱惡的人或事。三國志魏倉慈傳："自太祖迄于咸熙，魏郡太守陳國吳瓘、清河太守樂安任燠，……或哀矜折獄，或推誠惠愛，或治身清白，或擿姦發伏，咸爲良二千石。"

【擿埴索塗】謂盲人以杖點地，尋求道路。漢揚雄法言修身："擿埴索塗，冥行而已矣。"埴，土；指地。

擜 háo ㄏㄠ

集韻 乎刀切，平，豪韻。

較量多少。見集韻。清范寅越諺下單辭隻義："擜，(音)毫。較準秤斗，量定多少。"今江浙間尚有此語。

擠

jǐ 相稽切，平，齊韻，精。

ㄐㄧ 子計切，去，霽韻，精。

㊀推，逼。左傳昭十三年："小人老而無子，知擠于溝壑矣。"史記項羽紀："漢軍却，爲楚所擠。"㊁排斥，陷害。莊子人間世："故其君因其修以擠之，是好名者也。"㊂擁聚。紅樓夢四三："没頓飯的工夫，老的、少的、上的、下的，烏壓壓擠了一屋子。"㊃壓榨。儒林外史十四："擠的乾乾淨淨，抖了包，只擠的出九十二兩銀子來，一釐也不得多。"

【擠抑】排斥，壓抑。新唐書一五四李晟傳："通王府長史丁瓊者，嘗爲(張)延賞擠抑。"通王，李諶封號。

【擠陷】排斥，陷害。新唐書一三九李泌傳："又楊炎罪不至死，(盧)杞擠陷之而相關播。"

【擠眉弄眼】以眉眼示意。水滸三十："武松又見這兩個公人，與那兩個提朴刀的擠眉弄眼，打些暗號。"

擡 tái ㄊㄞ

徒哀切，平，咍韻，定。

㊀合力扛舉。五代後周王仁裕開元天寶遺事上步輦召學士："上令侍御者擡步輦召學士來。"㊁提起，提高。唐王建詩八宫詞之二七："金砌雨來行步滑，兩人擡起隱花裙。"文獻通考十六征榷三宋神宗熙寧七年："以鈔折兑糧草，有虚擡邊糴之患。"㊂揚，起。五代後周王仁裕開元天寶遺事上依冰山："若立身於矮屋中，使人擡頭不得。"朱子語類十七大學四："先生略擡身，露開兩手，如閃出之狀。"㊃量詞。扛擡之物一件爲一擡。明吳應箕樓山堂集十八楊漣傳："(周順昌)請告歸籍，止用肩輿一乘，行李二擡而已。"

【擡估】五代後漢王章爲太尉，同平章事，徵利剥下。時百官俸禄，皆取供軍之餘不堪者，章命有司故意高估其價，估定又增，謂之擡估。見新五代史王章傳。

【擡頦】威嚴，有氣概。也作"台孩"、"胎孩"。元曲選康進之李逵負荆四："他對着有期會的衆英才，一個個穩坐擡頦。"

【擡舉】㊀高舉。唐元稹長慶集八高荷詩："亭亭自擡舉，鼎鼎難藏擫。"㊁獎掖，提拔。唐白居易長慶集五一霓裳羽衣歌："妍蚩優劣寧相遠，大都秪在人擡舉。"㊂扶養，培育。古今雜劇明缺名認金梳孤兒尋母："虧着母擡舉的他這般大來。"培養花卉使肥壯也叫擡舉。宋陶穀清異録花有擡舉牡丹法。

擣 dǎo ㄉㄠ

都晧切，上，晧韻，端。

亦作"搗"。㊀舂，捶。漢書九七下孝成趙王后傳："(趙)昭儀懟，以手自擣，以頭投壁户柱，從牀上自投地，啼泣不肯食。"注："擣，築也。"唐李白李太白詩六子夜吳歌之三："長安一片月，萬户擣衣聲。"㊁衝擊，攻打。見"擣虚"。㊂攪擾。見"擣鬼"。㊃腹痛。通"疛"。詩小雅小弁："我心憂傷，惄焉如擣。"釋文："擣本或作㾨。"韓詩作"疛"。㊄見"擣蓍"。

【擣珍】取牲畜脊肉擣制，以爲珍味。禮内則："擣珍，取牛羊麋鹿麕之肉，必胅，每物與牛若一，捶反側之。"注："胅，脊側肉也。捶，擣之也。"

【擣虚】乘其空虚懈怠而進行攻擊。史記六五孫武傳附孫臏："夫解雜亂紛糾者不空捲，救鬭者不搏撠，批亢擣虚，形格勢禁，則自爲解耳。"

【擣蓍】叢蓍，叢生的蓍草。史記一二八漢褚少孫補龜策傳："上有擣蓍，下有神龜。"索隱："擣蓍，卽叢蓍，擣是古'稠'字也。"

【擣藥】㊀古代傳説月中有白兔搗藥。後漢書天文志上注引張衡靈憲："月者，陰精之宗。積而成獸，象兔，陰之類，其數耦。"後來詩文中常用爲月之故事。太平御覽四晉傅玄擬天問："月中何有白兔擣藥？"唐李白李太白詩二十把酒問月："白兔擣藥秋復春，嫦娥孤棲與誰鄰？"㊁鳥名。以鳴聲如杵藥而名。宋陸游劍南詩稿五有擣藥鳥詩，序云："霧中有此鳥，鳴聲清絶，正如杵藥。"

【擣衣石】陝西沔縣舊褒城縣境內有女郎山，山下有大石，相傳爲東漢道教天師張魯女擣衣所用之石。參閱水經注二七沔水、隋書地理志上漢川郡褒城。又太平御覽七六二碪引荆州記："秭歸縣有屈原宅，女嬃廟，擣衣石猶存。"宋梅堯臣宛陵集二有玉女擣衣石詩。

擩 1. rǔ ruí ㄖㄨˇ ㄖㄨㄟˊ 儒隹切，平，脂韻，日。集韻 蘂主切，上，噳韻。也作"揳"。㊀沾染。儀禮公食大夫禮："賓升席坐，取韭菹以辯，擩于醢上豆之間祭。"注："擩，猶染也。"唐韓愈昌黎集二七清河郡公房公墓碣銘："生長食息，不離典訓之內，目擩耳染，不學以能。""目擩耳染"之"擩"，後通作"濡"，音 rú。

2. ruán ㄖㄨㄢ 集韻 而宣切，平，僊韻。

㊁摩挲。通"撋"。見"擩₂嚌"。

3. nòu ㄋㄡˋ 奴豆切，去，候韻，泥。

㊂見"擣擩"。

【擩祭】古人飲食時的一種祭儀。周禮春官大祝："辨九祭，……六曰擩祭。"注："擩祭，以肝肺菹擩鹽醢中以祭也。"

【擩₂嚌】擩，摩挲；嚌，口嘗。喻研求、玩味。新唐書二〇一文藝傳序上："大曆貞元間，美才輩出，擩嚌道真，涵泳聖涯。"

擥 lǎn ㄌㄢˇ 集韻 魯敢切，上，敢韻。

同"擥"、"攬"。㊀執，持。漢書四五息夫躬傳絶命辭："嗟若是兮欲何留，撫神龍兮擥其須。"又九九中王莽傳："莽自見前顓權以得漢政，故務自擥衆事，有司受成苟免。"㊁引取。漢書五行志上："是以擥仲舒，別向歆，傳載眭孟夏侯勝京房谷永李尋之徒所陳行事。"

擪 yè ㄧㄝˋ

㊀以指按捺。同"擫"。文選漢張平子(衡)南都賦："彈琴擪籥，流風徘徊。"唐李商隱李義山詩集六柳枝序："吹葉嚼蕊，調絲擪管。"㊁壓制。新唐書一〇一蕭瑀傳："然帝素意伐遼，又銜瑀以謀擪其機，謂羣臣曰：'突厥何能爲，瑀乘未解時乃紿恐我！'"

擣 sù ㄙㄨˋ 息逐切，入，屋韻，心。所六切，入，屋韻，山。蘇彫切，平，蕭韻，心。

擊。見廣韻。

【擣箾】見"潚箾"。

擢 zhuó ㄓㄨㄛˊ 直角切，入，覺韻，澄。

㊀抽，拔。韓非子姦劫弑臣："卓齒之用齊也，擢湣王之筋，懸之廟梁。"又見戰國策楚四。參見"擢髮難數"。㊁選拔。戰國策燕二樂毅報惠王書："先王過舉，擢之乎賓客之中，而立之乎羣臣之上。"㊂聳起。文選漢班孟堅(固)西都賦："抗仙掌以承露，擢雙立之金莖。"㊃去掉。禮少儀："不角，不擢馬。"注："擢，去也。"

【擢世】謂超羣出衆。太平廣記五十裴航(唐裴鉶傳奇)："(航)謂嫗曰：'向覩小娘子豔麗驚人，姿容擢世。'"

【擢秀】㊀草木之欣欣向榮。宋書符瑞志下沈演之嘉禾頌："擢秀辰畦，揚穎角澤。"㊁稱人才之出衆。晉潘岳潘黃門集悲邢生辭："妙邦畿而高察，雄州閭以擢秀。"

【擢首】長頸。山海經海內經："黃帝妻雷祖，生昌意；昌意降處若水，生韓流。韓流擢首，謹耳，人面，豕喙，麟身，渠股，豚止。"注："擢首，長咽。"

【擢桂】猶折桂。指登科。中興間氣集上杜誦哭長孫侍御詩："禮闈曾擢桂，憲府舊乘驄。"參見"折桂"。

【擢第】登第。隋書柳機傳附柳謇之："周齊王憲嘗遇謇之於塗，異而與語，大奇之，因奏入國子，以明經擢第。"五代王定保唐摭言三慈恩寺題名遊賞賦詠雜記："蔣泳以故相之子，少年擢第。"

【擢對】貯水器。淮南子說林："涔則具擢對，旱則修土龍。"

【擢髮難數】戰國魏須賈曾誣害范睢。後睢爲秦相，賈使秦，遂謝罪。睢曰："汝罪有幾？"賈曰："擢賈之髮，以續賈之罪，尚未足。"見史記七九范睢傳。後遂以擢髮難數形容罪惡之多。宋書臧質傳柳元景檄："質生與釁俱，不可詳究，擢髮數罪，曾何足言。"唐大詔令集一二五會昌四年平潞州德音："脅從百姓，殘忍一方，積惡成殃，擢髮難數。"

擱 1. gē ㄍㄜ

㊀放，放置。宋畢仲游西臺集十一回范十七承奉書："舊詩數百首悉焚去，擱筆不復論詩。"紅樓夢十六："況且我又年輕，不壓人，怨不得不把我擱在眼裏。"㊁停頓，停滯。紅樓夢七十："原來這一向因鳳姐病了，李紈探春料理家務，不得閒暇；接着過年過節，許多雜事，竟將詩社擱起。"

2. gé ㄍㄜˊ

㊂禁受，承受。紅樓夢十六："不過是臉軟心慈，擱不住人求兩句罷了。"

擭 1. wò ㄨㄛˋ 一虢切，入，陌韻，影。

㊀捕取。文選漢張平子(衡)西京賦："杪木末，擭獑猢。"

2. hù ㄏㄨˋ 胡誤切，去，暮韻，匣。

㊁布擭，遍滿。見廣韻。

3. huò ㄏㄨㄛˋ 胡郭切，入，鐸韻，匣。

㊂捕獸的機檻。逸周書周祝："故虎之猛也而陷于擭。"禮中庸："驅而納諸罟擭陷阱之中，而莫之知辟也。"

擬 nǐ ㄋㄧˇ 魚紀切，上，止韻，疑。

㊀揣度，估量。易繫辭上："聖人有以見天下之賾，而擬諸其形容，象其物宜，是故謂之象。"疏："以此深賾之理，擬度諸物形容也。"墨子經上："舉，擬實也。"㊁計劃，打算。南朝梁劉勰文心雕龍情采："夫能設謨以位理，擬地以置心。"唐杜甫杜工部詩史補遺二丈人山："丈人祠西佳氣濃，緣雲擬住最高峰。"㊂比劃。漢書五四蘇建傳附蘇武："復舉劍擬之，武不動。"㊃比，類似。荀子不苟："言己之光美，擬於舜禹，參於天地，非夸誕也。"漢書五八公孫弘傳："且臣聞管仲相齊，有三歸，侈擬於君，桓公以霸，亦上僭於君。"㊄仿效。文選晉潘安仁(岳)寡婦賦序："昔阮瑀既歿，魏文悼之，並命知舊作寡婦之賦，余遂擬之，以敍其孤寡之心焉。"南朝梁劉勰文心雕龍物色："杲杲爲日出之容，瀌瀌擬雨雪之狀。"㊅起草，編寫。見"擬稿"。

【擬主】越分自比於君主。韓非子說疑："內寵並后，外寵貳政，枝子配適，大臣擬主，亂之道也。"

【擬古】摹仿古人的詩文。文選有陸士衡(機)、陶淵明(潛)、鮑明遠(照)擬古諸詩。後人仿其體，時有擬古之作。宋陳善捫蝨新話下三文章擬古："擬古之詩，難於盡似，觀江文通(淹)雜體詩三十首，便是顏淵具體，叔敖復生也。"

【擬經】摹仿經書。南朝陳徐陵徐孝穆集三讓左僕射初表："臣聞七十之歲，揚雄擬經，六十之年，平津對策，若斯强壯，無歉耆老。"

【擬聖】㊀比於聖人。莊子天地："子非夫博學以擬聖，於于以蓋衆，獨弦哀歌以賣名聲於天下者乎？"㊁摹仿聖人。漢趙岐孟子題辭:"孟子退自齊梁，述堯舜之道而著作焉，此大賢擬聖而作也。"

【擬適】庶子僭越本分，自比於嫡子。韓非子說疑:"孽有擬適之子，配有擬妻之妾，廷有擬相之臣，臣有擬主之寵；此四者，國之所危也。"適，通"嫡"。

【擬議】易繫辭上:"擬之而後言，議之而後動，擬議以成其變化。"注:"擬議以動則蓋變化之道。"本指事前的揣度議論，後稱設計、籌畫爲擬議。文選晉左太沖(思)魏都賦:"遐邇悅豫而子來，工徒擬議而騁巧。"晉書刑法志劉頌疏:"至如非常之斷，出法賞罰，……唯人主專之，非奉職之臣所得擬議。"

擤 xǐng ㄒㄧㄥˇ 正字通 音省。

捏鼻以排出鼻涕。篇海類編:"以手捻鼻，俗擤膿也。"

擈 bó ㄅㄛˊ 蒲角切，入，覺韻，並。

擊，撲。漢揚雄太玄格:"郭其目，觡其角，不庳其體擈。"唐慧琳一切經音義五六玄應音正法念經二四引字林:"手相搏曰擈也，打也。"

擥 lǎn ㄌㄢˇ 盧敢切，上，敢韻，來。

也作"攬"、"擘"。㊀執，舉。楚辭屈原離騷:"擥木根以結茝兮，貫薜荔之落蘂。"㊁撮持，總持。史記一〇一袁盎傳:"文帝從霸陵上，欲西馳下峻阪。袁盎騎，並車擥轡。"三國志蜀諸葛亮傳"軍無私焉"注引魏氏春秋:"諸葛公夙興夜寐，罰二十以上，皆親擥焉。"㊂見"擥涕"。

【擥涕】揩乾涕淚。楚辭屈原九章思美人:"思美人兮，擥涕而竚眙。"

擪 yè ㄧㄝˋ 於葉切，入，葉韻，影。

以指按捺。也作"擫"。莊子外物:"接其鬢，擪其顪。"初學記十六晉夏侯湛笙賦:"擪拈挹按，同覆互移。"

【擪息】按脈。淮南子泰族:"所以貴扁鵲者，非貴其隨病而調藥，貴其擪息脈血，知病之所從生也。"

十五畫

擴 kuò ㄎㄨㄛˋ 集韻 闊鑊切，入，鐸韻。

張大，推廣。漢王充論衡感虛:"樂能亂陰陽，則亦能調陰陽也，王者何須修身正行，擴施善政？"

【擴充】擴大而充實之。孟子公孫丑上:"凡有四端於我者，知皆擴而充之矣，若火之始然，泉之始達。"宋曹輔唐顏文忠公新廟記:"學奧問博，涵演擴充。"(八瓊室金石補正一〇七)

【擴廓帖木兒】卽王保保。詳"王保保"。

擯 shěn ㄕㄣˇ

也作"檣"。見"擯酒"。

【擯酒】用擯木汁釀成的酒。也作"檣酒"。宋書謝靈運傳山居賦:"苦以朮成，甘以擯熟。"注:"朮，朮酒，味苦。擯，擯酒，味甘，並至美，兼以療病。"

擲 zhì ㄓˋ 直炙切，入，昔韻，澄。

㊀投，拋。世說新語任誕:"殷洪喬作豫章郡，臨去，都下人因附百許函書；旣至石頭，悉擲水中。"㊁跳躍。世說新語假譎:"(曹操)與(袁)紹還出，失道墜枳棘中，紹不能得動。(操)復大叫云:'偷兒在此。'紹遑迫自擲出，遂以俱免。"唐段成式酉陽雜俎續集七金剛經鳩異:"中路忽遇虎，吼擲而前。"

【擲丸】遼俗元旦以糯飯和白羊髓爲餅，摶丸如拳，每帳賜四十九枚。戊夜，各於帳內窗中擲丸於外，數偶，動樂飲宴；數奇，令巫十有二人，鳴鈴執箭，繞帳歌呼。帳內爆鹽爐中，燒地拍鼠，謂之驚鬼。居七日乃出。見遼史禮志六嘉儀下歲時雜儀。

【擲卦】古代用蓍草占卜，後人代之以錢。占卜時用三枚錢擲之，三擲卦成，故稱擲卦。參見清王維德輯卜筮正宗一以錢代蓍法。

【擲果】晉潘岳美姿容，每出門，老嫗以果擲之滿車。見世說新語容止"潘岳妙有姿容"注引晉裴啓語林。後因以"擲果"形容美男子爲婦女所愛慕。唐李白李太白詩十六送族弟凝之滁求婚崔氏詩:"遙知向前路，擲菓定盈車。"也作"投果"。唐李商隱李義山詩集四病中聞河東公樂營置酒口占寄上:"必投潘岳果，誰摻禰衡撾。"果，俗字作"菓"。

【擲采】擲骰子，博戲的一種。唐李肇國史補下敍博長行戲:"擲采之骰有二，其法生於握槊，變于雙陸。"

【擲倒】古百戲的一種，卽倒行而舞。猶今之翻筋斗。晉咸康七年散騎侍郎顧臻表云:"末代之樂，設禮外之觀，逆行連倒。"卽指此。南朝梁陳稱擲倒。舊唐書九十王及善傳:"孝敬之居春宮，因宴集，命宮官擲倒，次至及善。"參閱通典一四六樂六散樂。

【擲梭】謂織布時投梭往來不止。唐文粹十六下于濆辛苦吟:"窗下擲梭女，手織身無衣。"後用以比喻迅速。宋胡寅斐然集五和單令除夕詩:"坐閱流年同擲梭，未曾聞道合如何。"

【擲戟】東漢末董卓義子呂布，曾因小失卓意，卓拔手戟擲之，布走避得免，陰怨卓。時王允等密謀殺卓，使布爲內應。布曰:"如父子何？"允曰:"君自姓呂，本非骨肉。今憂死不暇，何謂父子？擲戟之時，豈有父子情也？"見後漢書七五呂布傳。

【擲筊】擲杯筊以卜吉凶。詳"杯筊"。

【擲塗】謂投擲泥土以爲嬉戲。南史齊廢帝鬱林王紀:"又多往文帝崇安陵隧中，與羣小共作諸鄙褻，擲塗、賭跳、放鷹走狗雜狡獪。"

【擲楯】東漢逢萌家貧，爲亭長。時縣尉過亭，萌候迎拜謁，既而擲楯嘆曰:"大丈夫安能爲人役哉！"遂棄職，至長安就學，通春秋經。見後漢書八三逢萌傳。亭長主捕盜賊，故執楯。後以擲楯爲捨棄微職的典故。文苑英華六六三唐羅隱投祕監韋尚書啟:"若某者燎薪就學，擲楯攻文，……永言浮世，堪比多岐。"

【擲鵲】北齊劉晝劉子辯施:"崑山之下，以玉抵烏，彭蠡之濱，以魚食犬，而人不愛者，非性輕財，所豐故也。"本謂以玉石投烏，大材小用。後因謂才能不爲世所用爲擲鵲。唐李咸用披沙集二送人詩:"荊山有玉猶在璞，未遇良工虛擲鵲。"

【擲博齒】賭博的一種。新唐書二二五下董昌傳:"凡民訟，不視獄，但與擲博齒，不勝者死。"博齒，卽骰子。

【擲鼠忌器】比喻有所顧忌，不敢放手行事。後漢書七十孔融傳上疏:"竊聞領荊州牧劉表桀逆放恣，所謂不軌，……愚謂雖有重戾，必宜隱忍，賈誼所謂擲鼠忌器，蓋謂此也。"參見"投鼠忌器"。

【擲地作金石聲】世說新語文學:"孫興公作天台賦成，以示范榮期云:'卿試擲地，要作金石聲。'"原以形容語言文字之美，後也以擲地稱才華之高。宋王禹偁小畜集十六重修北嶽廟碑:"愬非擲地之才，有玷他山之石。"

攆 niǎn ㄋㄧㄢˇ

驅逐，趕走。金瓶梅二一:"你趁早與我出去，我不着丫頭攆你。"

擷 xié ㄒㄧㄝˊ 虎結切，入，屑韻，曉。胡結切，入，屑韻，匣。

㊀摘取。唐宋之問集上秋蓮賦序:"芳心

未成，採擷都盡。”㊁用衣襟兜物。“擷”之異體。見說文。

【擷芳】采摘花草。唐杜牧樊川集三將赴湖州留題亭菊詩：“遥知渡江日，正是擷芳時。”

【擷子髻】晉時婦女髮髻名。晉干寶搜神記七擷子髻：“晉時婦人結髮者，既成，以繒急束其環，名曰擷子髻。始自宮中，天下翕然化之也。”宋書五行志一謂爲晉惠帝元康中事，名擷子紒。

擦 cà sà 七曷切，入，曷韻，清。ㄘㄚˋ ㄙㄚˋ 桑割切，入，曷韻，心。

㊀象聲詞。見廣韻。㊁見“兀擦”。

擾 rǎo 而沼切，上，小韻，日。ㄖㄠˇ

㊀攪亂。書胤征：“俶擾天紀。”左傳襄四年：“各有攸處，德用不擾。”㊁侵掠。新唐書二二五秦宗權傳：“遂圍陳州，樹壁相望，擾鈙梁、宋間。”㊂受人財物飲食。宋司馬光書儀五弔酹：“凡弔及送喪葬者，必助其喪事而勿擾也。”儒林外史三二：“昨日擾了世兄這一席酒，我心裏快活極了。”㊃馴服，安撫。書皐陶謨：“擾而毅。”又周官：“司徒掌邦教，敷五典，擾兆民。”引申指牲畜、家禽。周禮夏官職方氏：“其畜宜六擾。”注：“六擾，馬、牛、羊、豕、犬、雞。”

【擾馴】馴服。漢王符潛夫論志氏姓：“其子伯翳，能議百姓以佐舜禹，擾馴鳥獸。”

【擾亂】㊀破壞，打亂。六韜少衆：“發我伏兵，疾擊其左右車騎，擾亂其前後。”㊁混亂。韓非子制分：“是以賞罰擾亂，邦道差誤，刑賞之不分白也。”

【擾龍】擾，馴養。夏劉累學擾龍於豢龍氏，以事孔甲。相傳漢劉邦即劉累之後。舊唐書音樂志一貞觀十四年勑：“邁呑鷰之生商，軼擾龍之肇漢。”又複姓，漢有侍御史擾龍羣。參閱左傳昭二九年、漢書高帝紀贊、元和姓纂七小。

【擾擾】紛亂貌。國語晉六：“唯有諸侯，故擾擾焉，凡諸侯難之本也。”列子周穆王：“存亡得失，哀樂好惡，擾擾萬緒起矣。”

【擾攘】混亂，紛亂。漢書律曆志上：“戰國擾攘，秦兼天下，未遑暇也，亦頗推五勝。”漢王充論衡答佞：“（張）儀（蘇）秦排難之人也，處擾攘之世，行揣摩之術。”

㩣 huī 集韻 呼韋切，平，微韻。ㄏㄨㄟ

揮動、移動。漢揚雄太玄經七玄攡：“㩣而散之者，人也。”又十玄告：“天渾而㩣，故其運不已。”注：“㩣，猶移也。”

擈 bó pò 蒲角切，入，覺韻，滂。ㄅㄛˊ ㄆㄛˋ 匹角切，入，覺韻，並。

㊀擲擊。晉書石勒載記下：“石季龍攻陷徐龕，送之襄國，勒囊盛於百尺樓，自上擈殺之。”㊁投落。唐陸龜蒙甫里集十三開元寺樓看雨詩：“垂簾珂珮喧，擈瓦珠璣濺。”

攂 lèi 盧對切，去，隊韻，來。ㄌㄟˋ

也作“擂”、“礌”。㊀急擊鼓。宋史禮志：“馳馬爭擊，旗下攂鼓。”㊁古時作戰，從高處推下木石等物打擊敵人以防守。見“攂石車”。

【攂石車】轉石車。推石下擊，以爲防守之具。新唐書一三六李光弼傳：“乃徹民屋爲攂石車，車二百人挽之，石所及，輒數十人死。”

攄 shū 丑居切，平，魚韻，徹。ㄕㄨ

㊀散布，抒發。淮南子泰族：“故攄道以被民而民弗從者，誠心弗施也。”文選漢班孟堅（固）西都賦：“願賓攄懷舊之蓄念，發思古之幽情。”㊁騰躍。後漢書五九張衡傳思玄賦：“僕夫儼其正策兮，八乘攄而超驤。”

【攄意】抒發情意。漢書一〇〇上敍傳答賓戲：“獨攄意乎宇宙之外，銳思於豪芒之內。”

擻 sǒu 蘇后切，上，厚韻，心。ㄙㄡˇ

見“抖擻”。

擺 bǎi 北買切，上，蟹韻，幫。ㄅㄞˇ

㊀分開，排除。文選漢張平子（衡）西京賦：“置互擺牲，頒賜獲鹵。”三國吳薛綜注：“互，所以挂肉。擺，謂破磔懸之。”唐杜甫杜工部草堂詩箋六橋陵三十韻呈縣內諸官詩：“何當擺俗累，浩蕩乘滄溟。”㊁搖晃。唐杜牧樊川集外集歎花詩：“如今風擺花狼藉，緑葉成陰子滿枝。”㊂排列。水滸八七：“你擺九宮八卦陣，待要瞞誰？”西遊記四七：“兩邊擺了三張桌，請他三位坐。”㊃擺布。儒林外史四：“到第二日，把劉先生貶爲青田縣知縣，又用毒藥擺死了。”㊄手擊。通“捭”。晉書張協傳七命：“鉤爪摧，踞〔鋸〕牙擺。”文選七命作“鋸牙捭”。注：“說文曰：捭，兩手擊也。補買切。”

【擺布】安排，處置。宋缺名宋季三朝政要二淳祐四年黃愷伯等上書：“乂擺布私人，以爲去後之地。”明王世貞鳴鳳記陸姑救易：“若不早除了他，如虎生翼，我子孫難保不受其害，孩兒可有擺布他的計策麼？”

【擺忙】突然，猛地。同“百忙”。警世通言二八：“那孫公擺忙的喫他一驚，小腸氣發，跌倒在地。”

【擺弄】搖動。唐韓愈昌黎集十鎮州初歸詩：“別來楊柳街頭樹，擺弄春風只欲飛。”今又有捉弄的意思。

【擺站】古時犯人，被發往驛站充當苦差叫擺站。西遊記三三：“他若有一日脫身出來，他肯饒你！就是從輕，土地也問個擺站，山神也問個充軍。”

【擺脫】撇開，離開；不受拘束。唐韓偓玉山樵人集送人棄官入道詩：“忸怩非壯志，擺脫是良圖。”宣和書譜八李邕：“邕初學變右軍行法，頓剉起伏，既得其妙，復乃擺脫舊習，筆力一新。”

【擺落】撇開。晉陶淵明集三飲酒詩之十二：“擺落悠悠談，請從余所之。”梁書謝朏傳高祖表：“昔居朝列，素無宦情，賓客簡通，公卿罕預，簪紱未褫，而風塵擺落。”

【擺當】即擺設。元曲選缺名凍蘇秦三：“放下一張飯牀，上面都没擺當。”

【擺鉤】垂釣，捕魚。晉書曹毗傳：“安期解褐於秀林，漁父擺鉤於長川。”也指一種捕魚法。宋范致明岳陽風土記：“江上漁人取巨魚，以兩舟夾江，以一人持綸。鉤共一綸，繫其兩端，度江所宜用，餘皆軸之。中至十鉤，有大如秤，鉤皆相連，每鉤相去一二尺，……絕江往來，牽挽以待；魚行，亟取之，謂之擺鉤。”

【擺撥】撇開，擱在一邊。世說新語政事：“王（濛）劉（惔）與林公共看何驃騎（充），驃騎看書不顧之。王謂何曰：‘我今故與林公來相看，望卿擺撥常務，應對玄言，那得方低頭看此邪？’”水滸傳六二：“蔡福得了這個消息，擺撥不下，思量半晌，回到牢中，把上項的事却對兄弟說了一遍。”

【擺鋪】古代傳遞公文的機構。猶驛站。宋紹興末，邱宗卿爲蜀帥，始設擺鋪，置卒四十人，經常遣入行都，投遞公文，報知蜀事。參閱宋李心傳建炎以來朝野雜記乙集九金字牌、宋史輿服志六符券。

擽 lüè 離灼切，入，藥韻，來。ㄌㄩㄝˋ

㊀擊。三國志魏董卓傳注引獻帝紀：“復遣船收諸不能渡者，皆爭攀船，船上人以刃擽斷其指。”㊁衝擊。通“掠”。三國志吳周瑜傳：“瑜親跨馬擽陳，會流矢中右

脅,瘡甚,便還。"㊂堅貌。荀子王霸:"行一不義,殺一無罪,而得天下,仁者不爲也,擽然扶持心國,且若是其固也。"注:"石貌也。"

擸 1. liè ㄌㄧㄝˋ 良涉切,入,葉韻,來。

㊀持,執。儀禮聘禮:"降筵北面,以柶兼諸觶尚擸,坐啐醴。"言執觶坐而飲之。

2. là ㄌㄚˋ 盧盍切,入,盍韻,來。

㊀折。見廣韻。㊁見"擸₂搕"。

【擸₂搕】混雜,邋遢。搕,音zá。清顧祿吳趨風土錄十一月:"俗以冬至前後逢雨雪,主年夜晴;若冬至晴,則主年夜雨雪,道途泥濘。諺云:'乾淨冬至擸搕年。'"參見"垃圾"。

攀 pān ㄆㄢ 普班切,平,删韻,滂。

㊀牽挽,抓牢。國語晉:"是行也,以藩爲軍,攀輦即利而舍。"漢書六七朱雲傳:"御史將雲下,雲攀殿檻,檻折。"㊁依附,拉攏。見"攀龍附鳳"等。㊂拗,折。見"攀折"。

【攀折】拉折,折取。唐許堯佐章臺柳傳:"縱使長條似舊垂,也應攀折他人手。"又白居易長慶集十八憶江柳詩:"遥憶青青江岸上,不知攀折是何人。"

【攀附】㊀援引而上。文選漢陳孔璋(琳)爲曹洪與魏文帝書:"設令守無巧拙,皆可攀附,則公輸已陵宋城,樂毅已拔即墨矣。"㊁依附。後漢書十六寇恂傳:"今聞大司馬劉公,伯升母弟,尊賢下士,士多歸之,可攀附也。"宋史二六八張遜傳:"遜小心謹慎,徒以攀附至貴顯,其訏謀獻替無聞焉。"此指依附權貴,以求登進。

【攀桂】楚辭漢淮南小山招隱士:"攀援桂枝兮聊淹留。"後以攀桂指科舉登第,猶言折桂。才調集七趙嘏東望詩:"同郡故人攀桂盡,把詩吟向泬寥天。"

【攀雲】三國魏曹植曹子建集六苦思行:"我心何踊躍,思欲攀雲追。"本指攀引青雲而上升,後用以比喻仕宦登進。全唐文八一二劉崇望授中書舍人崔凝等充翰林學士制:"周旋鳴玉之儀,頡頏攀雲之路。"

【攀援】㊀援引而登。莊子馬蹄:"是故禽獸可係羈而遊,烏鵲之巢,可攀援而闚。"唐李白李太白詩三蜀道難:"黄鶴之飛尚不得過,猿猱欲度愁攀援。"㊁提拔,支持。漢書八四翟方進傳:"(朱博陳咸等)與(王)立交通厚善,相與爲腹心,有背公死黨之信,欲相攀援,死而後已。"㊂挽留。漢書六十杜周傳附杜欽:"主上照然知之,故攀援不遣。"㊃追隨,趨附。全唐詩五王維同盧拾遺過韋給事東山別業:"蹇步守窮巷,高駕難攀援。"

【攀話】閒談,交談。元曲選關漢卿望江亭一:"他在家中守寡,無男無女,逐朝每日到俺這觀裏來,與俺貧姑攀話。"清平山堂話本雪川蕭琛貶霸王:"霸王不時降于中堂,與太守攀話,郡民皆知此事,不敢作私事。"也作"攀談"。聊齋志異八彭海秋:"邱(生)仰與攀談,輒傲不爲禮。"

【攀髯】傳説黄帝鑄鼎於荆山下,鼎成,有龍下迎,黄帝乘之升天,羣臣後宫從上者七十多人。餘小臣不得上龍身,乃持龍髯,而龍髯拔落,並墮黄帝之弓,百姓遂抱其弓與龍髯而哭號。見史記封禪書。後用爲哀悼皇帝的典故。宋劉攽彭城集十六集英殿觀先帝御容詩:"未梧攀髯遠,如聞棄屣音,當時萬年木,風動亦蕭森。"

【攀緣】㊀援引而上。三國志吳吾粲傳:"其大船尚存者,水中生人皆攀緣號呼。"唐韋應物韋江州集二經少林精舍寄都邑親友詩:"息駕依松嶺,高閣一攀緣。"㊁佛教以身心隨外界事物紛馳而多變,如猿攀樹枝搖曳不定,謂之攀緣。常略稱"緣"。維摩詰所説經上文殊師利問疾品:"何謂病根,謂有攀緣……云何斷攀緣,以無所得,若無所得則無攀緣。"景德傳燈錄二九南朝梁寶誌十四頌事理不二:"忘想本來空寂,不用斷除攀緣。"

【攀龍】比喻依附帝王以建功業。晉陶潛陶靖節集一命子詩:"於赫愍侯,運當攀龍。"

【攀鱗】猶言攀龍。元王惲秋澗集十五送王子初總管奉詔北上詩:"烟霄未遂攀鱗志,葵藿空懷向日誠。"

【攀戀】牽挽車輿戀戀不捨。用以稱頌去職的地方長官。北周庾信庾子山集十五周車騎大將軍贈小司空宇文顯和墓誌銘:"在州遘疾,解任還朝。小馬留廄,餘狀掛衽。吏人攀戀,刊石哩山。"

【攀枝花】㊀木棉花的别名。見明王世懋閩部疏、寰宇通志一〇二廣州府土產攀枝花。㊁地名。在今雲南施甸縣姚關南,明萬曆十三年於此設姚關守備。參閱讀史方輿紀要一一九灣甸州姚關、保山縣志二。

【攀龍附鳳】喻依附有聲望的人而立名。漢揚雄法言淵騫:"攀龍鱗,附鳳翼,巽以揚之,勃勃乎其不可及也。"三國志蜀秦宓傳:"如李仲元不遭法言,令名必淪,其無虎豹之文故也,可謂攀龍附鳳者矣。"後來特指依附帝王以建立功業。同"攀龍"。漢書一〇〇下敍傳:"舞陽鼓刀,滕公廄騶,潁陰商販,曲周庸夫,攀龍附鳳,並乘天衢。"

【攀龍附驥】比喻依附有權勢的人。三國志吳孫權傳黄武元年"此言之誠,有如大江"注引魏略孫權與浩周書:"今子當入侍,而未有妃耦。昔君念之,以爲可上連綴宗室若夏侯氏,雖中間自棄,常奉戢在心。當垂宿念,爲之先後,使獲攀龍附驥,永自固定,其爲分惠,豈有量哉!"

【攀轅卧轍】牽挽車轅,横卧車道,攔阻車行。東漢侯霸爲淮平大尹,有能名。更始元年遣使徵霸,百姓遮使者車,或當道而卧,曰:"願乞侯君復留朞年。"見後漢書侯霸傳。白孔六帖七七:"侯霸字君房,臨淮太守,被徵,百姓攀轅卧轍不許去。"後來多用爲稱頌地方長官之語。也作"攀車卧轍"。文選南朝梁沈休文(約)齊故安陸昭王碑文:"麾旆每反,行悲道泣,攀車卧轍之戀,争塗忘遠。"

【攀鱗附翼】喻依附帝王以立功業。唐温大雅大唐創業起居注二李淵報李密書:"欣戴大弟,攀鱗附翼。"也指依附權貴或效法名家。唐李商隱李義山文集三獻侍郎鉅鹿公啓:"枕石漱流,則尚于枯槁寂寥之句;攀鱗附翼,則先于驕奢豔佚之篇。"

十六畫

擙 qiān ㄑㄧㄢ 集韻 丘虔切,平,僊韻。

以手提衣。同"褰"。見説文。

攏 lǒng ㄌㄨㄥˇ 力董切,上,董韻,來。

㊀湊起,集合。文選晉郭景純(璞)江賦:"聿經始於洛沫,攏萬川乎巴梁。"㊁靠近。樂府詩集二六丁仙芝江南曲之二:"知郎舊時意,且請攏船頭。"㊂梳理。唐韓偓玉山樵人香奩集春悶偶成詩:"有意通情處,無言攏鬢時。"㊃彈奏弦樂器的一種指法。唐白居易長慶集十二琵琶引:"輕攏慢撚抹復挑,初爲霓裳後綠腰。"

攈 jùn ㄐㄩㄣˋ 居運切,去,問韻,見。

拾取。見説文。也作"捃"、"攟"、"攗"。

【攈摭】采集,搜羅。漢揚雄方言二:"攈、摭,取也。"漢書刑法志:"三章之法,不足以禦姦,於是相國蕭何攈摭秦法,取其宜於時者，作律九章。"

攉 1. huò ㄏㄨㄛˋ 虛郭切，入，鐸韻，曉。

㊀手反覆。見集韻。

2. què ㄑㄩㄝˋ

㊁專利，壟斷。通"榷"。漢書九九下王莽傳："如令豪吏猾民辜而攉之，小民弗蒙，非予意也。"參見"辜榷"。㊂揚攉。通"摧"。淮南子俶真："物豈可謂無大揚攉乎？"參見"揚摧"。

擐 huǎn ㄏㄨㄢˇ 集韻 戶版切，上，潸韻。

木柵。指囚繫之所。也用爲拘禁之意。史記八四賈誼傳服鳥賦："拘士繫俗兮，擐如囚拘。"

十七畫

攓 qiān ㄑㄧㄢ 集韻 丘虔切，平，僊韻。九件切，上，獮韻。

㊀采取，拔取。同"搴"。方言一："攓、攓、摭、挻，取也。南楚曰攓。"莊子至樂："列子行食於道從，攓蓬而指之。"㊁簡慢。淮南子齊俗："望我而笑，是攓也。"注："攓，慢也。"㊂以手提衣。通"褰"。淮南子人間："江水之始出於岷山也，可攓衣而越也。"

攘 1. ráng ㄖㄤˊ 汝陽切，平，陽韻，日。

㊀排斥。國語魯下："彼無亦置其同類，以服東夷，而大攘諸夏。"注："攘，却也。"楚辭漢東方朔七諫沉江："正臣端其操行兮，反離謗而見攘。"㊁侵奪。國語齊："西征，攘白翟之地。"漢書六四上嚴助傳："南夷相攘，使邊騷然不安。"㊂竊，偷。墨子非攻上："至攘人之犬豕雞豚者，其不義又甚入人園圃竊桃李。"㊃揎，捋。三國魏曹植曹子建集六美女篇："攘袖見素手，皓腕約金環。"㊄容忍。見"攘詬"。㊅祈禳。通"禳"。禮月令季春之月："九門磔攘，以畢春風。"

2. rǎng ㄖㄤˇ 如兩切，上，養韻，日。

㊆擾亂。淮南子兵略："此四君者，皆有小過而莫之討也，故至於攘天下，害百姓。"

3. ràng ㄖㄤˋ

㊇謙讓。通"讓"。漢書七八蕭望之傳："踞慢不遜攘。"注："攘，古'讓'字。"參見"攘₃辟"。

4. xiǎng ㄒㄧㄤˇ

㊈饋食。通"饟"。詩小雅甫田："攘其左右，嘗其旨否。"箋："攘，讀當爲饟。"

【攘羊】偷羊。論語子路："吾黨有直躬者，其父攘羊，而子證之。"疏："言因羊來入己家，父卽取之。"後以攘羊比喻揚親之過。周書蕭大圜傳："(滕王)逌嘗問大圜曰：'吾聞湘東王作梁史，有之乎？餘傳乃可抑揚，帝紀奚若？隱則非實，記則攘羊。'"

【攘袂】揎袖捋臂，奮起之狀。漢書五一鄒陽傳："能歷西山，徑長樂，抵未央，攘袂而正議者，獨大王耳。"文選晉袁彥伯(宏)三國名臣序贊："然而先賢玉摧於前，來哲攘袂於後，豈非天懷發中，而名教束物者乎？"

【攘除】鏟除。三國志蜀諸葛亮傳出師表："今南方已定，兵甲已足，當獎率三軍，北定中原，庶竭駑鈍，攘除姦凶，興復漢室，還于舊都，此臣所以報先帝而忠陛下之職分也。"

【攘善】掠美。穀梁傳成五年："孔子聞之曰：'伯尊其無績乎？攘善也。"漢書五行志下之上："言大臣得賢者謀，當顯進其人，否則爲下相攘善，茲謂盜明。"

【攘詬】容忍恥辱。楚辭屈原離騷："屈心而抑志兮，忍尤而攘詬。"一說攘，除去。

【攘₃辟】讓避。禮曲禮上："君出就車，則僕並轡授綏，左右攘辟。"注："攘，古讓字。"

【攘瑜】左傳僖四年："且其繇曰：'專之渝，攘公之羭。'"疏："言公若專心愛之，公心必將改變，變乃除公之美。"羭，肥羊；比喻美善。攘羭本指有損美名，後多用爲掠美之意。唐李商隱李義山文集一爲榮陽公桂州謝上表："敢伐善以攘羭，固盡誠以養棟。"

【攘臂】捋衣出臂，表示振奮。莊子人間世："上徵武士，則支離攘臂於其間。"史記六九蘇秦傳："於是韓王勃然作色，攘臂瞋目，按劍，仰天太息曰：'寡人雖不肖，必不能事秦！'"

【攘攘】衆多，豐盛。漢桓寬鹽鐵論論菑引詩"降福攘攘"。今詩周頌執競作"穰穰"。

攔 lán ㄌㄢˊ 落干切，平，寒韻，來。

㊀欄干。通"欄"。廣韻："攔，階際木句攔。亦作'闌'。"㊁阻擋，遮阻。唐杜甫杜工部草堂詩箋二兵車行："牽衣頓足攔道哭，哭聲直上干雲霄。"㊂當，對準。紅樓夢八一："倒像背地裏有人把我攔頭一棍，疼的眼睛前頭漆黑。"

【攔門】宋代娶婦至男家門時，從人及家人索要利市錢物花紅等，謂之攔門。見宋孟元老東京夢華錄五娶婦。

【攔子馬】遼代在大軍前擔任偵察敵人動靜的哨騎。見遼史國語解攔子馬。

攖 yīng ㄧㄥ 於盈切，平，淸韻，影。

㊀接觸，觸犯。孟子盡心下："有衆逐虎，虎負嵎，莫之敢攖。"㊁擾亂。莊子庚桑楚："不以人物利害相攖。"參見"攖寧"。

【攖寧】接觸外界事物而不爲其所擾亂，保持心境寧靜。莊子大宗師："其爲物，無不將也，無不迎也，無不毀也，無不成也，其名爲攖寧。攖寧也者，攖而後成者也。"唐成玄英疏："攖，擾動也。寧，寂靜也……動而常寂，雖攖而寧者也。"

攕 xiān ㄒㄧㄢ 所咸切，平，咸韻，山。

手美貌。通"纖"。說文引詩："攕攕女手。"今詩魏風葛屨作"摻摻"。

【攕攕】纖細貌。唐韓愈昌黎集五酬司門盧四兄雲夫院長望秋作詩："樓頭完月不共宿，其奈就缺行攕攕。"

攙 1. chán ㄔㄢˊ 士咸切，平，咸韻，牀。楚銜切，平，銜韻，初。

㊀刺。通"劖"。見"攙搶"。㊁通"欃"。見"攙搶"。

2. chān ㄔㄢ 字彙 初銜切，挿平聲。

㊂扶，牽挽。宋沈遼雲巢編四禪僧巖詩："吾身久病苦下溼，復畏神怪來相攙。"又方夔富山遺稿一後梁父吟："片言誤相酬，攙我手不釋。"㊃混雜。宋蘇軾經進東坡文集事略四答李端叔書："妄論利害，攙說得失。"又蘇軾東坡詞滿庭芳與劉仲達同游南山："莫上孤峯盡處，縈望眼雲水相攙。"

【攙先】搶前。宋趙鼎臣竹隱畸士集五客舍喜雪呈郡稽仲再和詩："天下紛紛地下勻，攙先來作塞垣春。"明俞汝楫禮部志稿七二嘉靖四十四年御史李邦珍條上革弊四事："舉人有不服搜檢及攙先落後不循序進違規者，輕則扶出，重則參奏，以防喧競抗違之弊。"

【攙搶】貫刺。文選漢張平子(衡)西京賦："叉蔟之所攙搶，徒搏之所撞挽。"

【攙搶】彗星名。卽天攙，天搶。史記一

一七司馬相如傳大人賦："攙搶槍以爲旌兮，靡屈虹而爲綢。"正義引天官書："天攙長四丈，末銳；天搶長數丈，兩頭銳。其形類彗也。"按一本作欃槍。史記天官書搶作"槍"。參見"欃槍"。

十八畫

攛 cuàn cuān 集韻 取亂切，去，換韻。ㄘㄨㄢˋ ㄘㄨㄢ

㊀擲。見集韻。㊁跳，躍。西遊記三八："那獃子又一個猛子，淬將下去，摸着屍首，拽過來，背在身上，攛出水面。"㊂見"攛掇"、"攛斷㊁"。

【攛掇】慫恿，勸誘。宋朱熹朱文公集二八答陳同甫書："奉告老兄，且莫相攛掇，留取閑漢在山裏咬菜根。"水滸三九："黃文炳就攛掇蔡九知府寫了家書，印上圖書。"

【攛嗾】唆使，背後鼓動。明張居正張文忠集八乞鑒別忠邪以定國是疏："而傾危躁進之士，遊談失志之徒，又從而鼓煽其間，相與慫恿攛嗾，冒險釣奇，以覬幸于後日，爲攫取富貴之計。"

【攛箱】元代官府所設、供人投訴狀的箱子。元楊瑀山居新話："桑哥丞相當國擅權之時，同僚張左丞、董參政者，二公皆以書生自稱，凡事有不便者，多沮之。桑哥欲去之而未能，是時都省告狀攛箱，乃暗令人作一狀，投之箱中。"

【攛斷】㊀撥弄，拋擲。元曲選李好古張生煮海一："呀呀呀，偏似那織金梭攛斷錦機聲。"㊁慫恿，勸誘。古今雜劇明缺名魏徵改詔風雲會三折楔子："當初俺兩個勸元帥不要去，都是劉文靖攛斷的唐元帥去來。"

攟 jùn ㄐㄩㄣˋ

拾取。同"攈"。淮南子要略："然而伏羲爲之六十四變，周室增以六爻，所以原測淑清之道，而攟逐萬物之祖也。"

攝 1. shè 書涉切，入，葉韻，審。ㄕㄜˋ

㊀提起，牽引。見"攝齊"。㊁執持，維持。左傳成十六年："臨事而食言，不可謂暇，請攝飲焉。"注："攝，持也。"國語晉四："姓利相更，成而不遷，乃能攝固，保其土房。"㊂收攏，集聚。莊子胠篋："將爲胠篋探囊發匱之盜，而爲守備，則必攝緘縢，固扃鐍。"三國志蜀劉焉傳："州從事賈龍……在犍爲東界，攝斂吏民，得千餘人。"㊃吸引。全唐文五三〇顧況廣陵白沙大雲寺碑："磁石攝鐵，不攝鴻毛。"㊄拘捕。漢書一〇〇上敘傳："諸所賓禮皆名豪，懷恩醉酒，共諫（班）伯宜頗攝錄盜賊。"㊅代理。左傳隱元年："春王周正月，不書卽位，攝也。"又僖二八年："師還，壬午濟河，舟之僑先歸，士會攝右。"注："權代舟之僑也。"㊆整頓。儀禮士冠禮："再醮攝酒。"注："攝，猶整也。"疏："謂更撓攪添益，整頓示新也。"㊇輔佐。詩大雅既醉："朋友攸攝，攝以威儀。"㊈保養。見"攝生㊀"。㊉夾處。論語先進："千乘之國，攝乎大國之間。"㊉㊀通"躡"。史記八九陳餘傳："張耳躡之，使受笞。"集解："徐廣曰：'一作攝'。"㊉㊁春秋齊地名。左傳昭二十年："聊攝以東，姑尤以西。"注："平原聊城縣（在今山東境）東北有攝城。"

2. zhé 集韻 質涉切，入，葉韻。ㄓㄜˊ

㊉㊂畏懼。通"慴"。左傳哀三一年："不然，則武震以攝威之。"史記八六荊軻傳："吾曩者目攝之。"此義也讀如 shè。

3. niè 奴協切，入，怗韻，泥。ㄋㄧㄝˋ

㊉㊃安定。漢書六四上嚴助傳："近者親附，遠者懷德，天下攝然，人安其生。"

【攝主】㊀古時君死，上卿代掌國政曰攝主。禮曾子問："卿、大夫、士，從攝主，北面於西階南。"注："攝主，上卿代君聽國政。"㊁代爲主祭之人。公羊傳昭十五年："大夫聞君之喪，攝主而往。"注："主謂已主祭者。臣聞君之喪，義不可以不卽行，故使兄弟若宗人攝行主事而往，不廢祭者，古禮也。"

【攝生】㊀養生。老子："蓋聞善攝生者，陸行不遇兕虎，入軍不被甲兵。"世說新語任誕："劉伶病酒渴甚，從婦求酒。婦捐酒毀器，涕泣諫曰：'君飲太過，非攝生之道，必宜斷之。'"㊁維持生命。文選晉左太沖（思）吳都賦："土壤不足以攝生，山川不足以周衛。"

【攝音】音韻學名詞。以一字音爲代表，把收聲相同之字與此字歸爲一類，稱攝音或攝。其韻攝有的分爲迦、結、岡、庚、裓、高、該、傀、根、干、鉤、歌十二攝；有的分爲果、假、遇、蟹、止、效、流、咸、深、山、臻、宕、江、曾、梗、通十六攝。方言不同，師承各異。宋司馬光切韻指掌圖所分之二十圖，鄭樵通志七音略所分之四十二圖，均屬此類。參見"韻攝"。

【攝政】代君主處理國政。禮文王世子："周公攝政，踐阼而治。"其他如殷商伊尹代太甲，春秋魯隱公代太子軌，清睿王多爾袞代福臨，醇王載灃代溥儀，都是以長親代幼主執政，稱攝政。

【攝提】㊀星名。史記天官書："大角者，天王帝廷，其兩旁各有三星，鼎足句之，曰攝提。"屬亢宿，共六星。位于大角星兩側，左三星曰左攝提，右三星曰右攝提。㊁寅年。攝提格之簡稱。楚辭屈原離騷："攝提貞于孟陬兮，惟庚寅吾以降。"參見"攝提格"。

【攝葉】不舒展貌。楚辭漢嚴忌哀時命："衣攝葉以儲與兮，左袪挂于榑桑。"葉，也作"偞"。

【攝齊】古時穿長袍，升堂時提起衣襬，防止跌倒，表示恭謹有禮。論語鄉黨："攝齊升堂，鞠躬如也。"齊，衣下之縫。通"齋"。南齊書劉瓛傳與張融王思遠書："既習此歲久，又齒長疾侵，豈宜攝齋河間之聽，廁迹東平之僚？"

【攝養】同攝生、攝衛。世說新語夙惠："晉武帝年十二，冬天晝日，不箸複衣，但箸單練衫五六重，夜則累茵褥。謝公諫曰：'聖體直令有常，陛下晝過冷，夜過熱，恐非攝養之術。'"

【攝篆】謂代理官職，掌其印信。印信刻以篆文，故云。聊齋志異一考城隍："不妨令張生攝篆九年，瓜代可也。"

【攝衛】養生，保護身體。廣弘明集一六南朝梁簡文帝與慧琰法師書："旦來雨氣，殊有初寒，攝衛已久，轉得其力。"

【攝提格】寅年之別稱。古以太歲在天宮運轉的方向紀年。太歲指向寅宮（斗牛之間）之年稱攝提格，省稱攝提。爾雅釋天："太歲在寅曰攝提格。"史記天官書"以攝提格歲"唐司馬貞索隱："李巡云：'言萬物承陽起，故曰攝提格。格，起也。'"

【攝摩騰】傳爲東漢高僧。也叫迦葉摩騰、竺葉摩騰。原係中天竺人，通大小乘經。據高僧傳卷一記載，漢明帝（劉莊）永平中，遣郎中蔡愔、博士弟子秦景等，往西域天竺尋求佛法。在月支遇攝摩騰竺法蘭，邀二人來中國。永平十年至洛陽。明帝於京城西雍門外立伽藍以處之。所譯四十二章經一卷，爲佛教入中國之始。參閱南朝梁釋慧皎高僧傳一、開元釋教錄一釋摩騰。

【攝威擅勢】依仗權勢，專橫跋扈。淮南子氾論："昔者齊簡公釋其國之柄，而專任其大臣，將相攝威擅勢，私門成黨，而公道不行。"

攜 xī xié 户圭切，平，齊韻，匣。ㄒㄧ ㄒㄧㄝˊ

也作"擕"、"㩗"、"携"。㊀提，帶。詩大雅板："如取如攜。"莊子讓王："於是夫負妻戴，攜子以入於海，終身不反也。"㊁牽，挽。見"攜手"。㊂連接。史記天官書："杓攜龍角，衡殷南斗。"㊃離。左傳僖七年："招攜以禮，懷遠以德。"韓非子亡徵："質太子未反，而君易子，如是則國攜，國攜者，可亡也。"

【攜手】挽手，拉手。詩邶風北風："惠而好我，攜手同行。"文選三國魏阮嗣宗（籍）詠懷詩十七首之四："攜手等歡愛，宿昔同衣裳。"

【攜角】古音律名，姑洗三十四律之一。古以三百六十音，當一歲之日。宋胡錡耕祿藁代良耜謝表："土脈起膏，俶嚴斵木之教。天田攜角，誤躋司稷之班。"參閱隋書律曆志上律直日。

【攜爽】離心。爽，差、失。魏書盧淵傳上表："逮孫晧暴戾，上下攜爽，水陸俱進，一舉始克。"

【攜貳】猶言離心。攜，離；貳，二心。左傳襄四年："諸侯新服，陳新來和，將觀於我，我德則睦，否則攜貳。"也指離心未歸附的人。後漢書十三公孫述傳："發間使，招攜貳。"

【攜離】背叛。文選南朝梁丘希範（遲）與陳伯之書："況偽孽昏狡，自相夷戮，部落攜離，酋豪猜貳。"

【攜手曲】樂府雜曲歌名。樂府詩集七六攜手曲題注："攜手曲，梁沈約所制也。樂府解題曰：'攜手曲，言攜手行樂，恐芳時不留，君恩將歇也。'"共收錄三首，沈約吳均各一首，皆五言八句；又田娥一首，七言六句。

㩳 sǒng 集韻 筍勇切，上，腫韻。
ㄙㄨㄥˇ

㊀挺，直立。唐杜甫杜工部草堂詩箋一畫鷹："㩳身思狡兔，側目似愁胡。"㊁推。醒世恒言三賣油郎獨占花魁："直到西湖口，將美娘㩳下了湖船，方纔放手。"

十九畫

攟 jùn 集韻 俱運切，去，焮韻。
ㄐㄩㄣˋ 舉蘊切，上，隱韻。

拾取。也作"捃"、"攈"、"攗"。國語魯上："收攟而蒸，納要也。"

【攟載】搜取。管子小匡："諸侯之使，垂橐而入，攟載而歸。"攟，一本作"梱"。清俞樾諸子平議二管子二謂梱字當從禾，即稛字。傳寫誤從木。或謂"攟"即"綑"字，當讀綑。參閱郭沫若等管子集校。

【攟摭】摘取，收集。新唐書一三二柳芳傳附柳璟："初（柳）芳永泰中……撰永泰新譜二十篇。璟因召對，帝歎新譜詳悉，詔璟攟摭永泰後事綴成之，復爲十篇。"

攠 mí 集韻 忙皮切，平，支韻。
ㄇㄧˊ

㊀敝，破損。周禮考工記梟氏："梟氏爲鍾。兩欒謂之銑，銑間謂之于，……于上之攠，謂之隧。"注："攠，所擊之處。攠，敝也。"此指鐘上擊損之處。㊁滅。後漢書八十上杜篤傳論都賦："東攠烏桓，蹂轔濊貊。"

攡 chī 集韻 抽知切，平，支韻。
ㄔ

舒張。同"摛"。漢揚雄太玄玄攡："玄者，幽攡萬類而不見形者也。"題注："攡，張也；言張舒其大目也。"

攦 lì 集韻 郎計切，去，霽韻。
ㄌㄧˋ 所綺切，上，紙韻。

㊀折斷。莊子胠篋："毀絕鉤繩，而棄規矩，攦工倕之指，而天下始人有其巧矣。"㊁擺，掄。見"攦脫"。

【攦脫】擺脫。醒世恆言三四一文錢小隙造奇冤："這些家人媳婦，見家主走了，各要攦脫逃走，一路揪扭打將出來。"

攤 tān 他干切，平，寒韻，透。
ㄊㄢ

㊀鋪開，展開。唐杜甫杜工部草堂詩箋三五又示宗武："覓句新知律，攤書解滿床。"宋張鎡南湖集六南湖二亭落成各書長句一首詩："窗前細雨攤魚網，壁上斜陽曬釣筒。"㊁分擔，分任。唐大詔令集一〇四張九齡處分朝集使敕之五："況在豐年，不能招輯，遂使戶多虛掛，人苦均攤。"唐白居易長慶集五四自到郡齋僅經旬日……仍呈吳中諸客詩："削使科條簡，攤令賦役均。"㊂攤子，陳設銷售物品之處。明馬佶人荷花蕩傳奇七："不免在書鋪廊外，擺個書攤，賺他幾貫何如？"

【攤破】突破某一詞調的譜式稱攤破。詞的字數、句數、平仄、用韻，都有定式，填詞，須按一定譜式填寫。如采桑子，爲小令，雙調，每調四句共八句四十四字。用平聲韻，一韻到底。而攤破采桑子，則爲中調，雙調，每調六句，共十二句，六十字，前調四平韻，後調三平韻一重韻。對原詞譜式，有所突破，別成一體，故稱攤破，以示區別。他如攤破江城子、攤破南鄉子、攤破浣溪沙等，均屬此類。參閱詞譜一三、二一、一四。

【攤黃】見"灘黃"。

【攤飯】謂飯後小睡。宋陸游劍南詩稿二四春晚村居雜賦絕句之五："澆書滿挹浮蛆瓮，攤飯橫眠夢蝶牀。"自注："東坡先生謂晨飲爲澆書，李黃門謂午睡爲攤飯。"

【攤蒱】賭博的一種。宋洪邁容齋隨筆五筆一俗語有出："今人意錢賭博，皆以四數之，謂之攤。案廣韻'攤'下云：'攤蒱，四數也。'"參見"攤錢"。

【攤錢】賭博的一種。也叫"詭億"、"射意"。賭時隨手取數十錢，納於器中，開時數其錢，以每四枚爲盈數，後統計餘零，或一、或二、或三、或成數，分爲四組，以壓得者爲勝。唐杜甫杜工部草堂詩箋二八夔州歌之七："長年三老長歌裏，白晝攤錢高浪中。"又李匡乂資暇集中錢戲："錢戲有每以四文爲一列者，即史傳所云意錢是也，俗謂之攤錢，亦曰攤鋪。"

【攤戲】攤錢之戲。南史梁昭明太子統傳："又見後閤小兒攤戲，後屬有獄牒攤者法：士人結流徒，庶人結徒。"

攧 diān
ㄉㄧㄢ

㊀跌，摔。水滸七："張三李四便拜在地上，不肯起來，只指望和尚來扶他，便要動手。（魯）智深見了心裏早疑忌道：這夥人不三不四，又不肯近前來，莫不要攧洒家？"㊁頓。陽春白雪後集五元關漢卿侍香金童曲："玉筍頻搓，繡鞋重攧。"古今小說十五史弘肇龍虎君臣會："三轉身，兩攧脚，旋風響，卧烏鳴。"

【攧窨】愁悶，怨恨。窨，音yìn。元王實甫西廂記二本三折："星眼朦朧，檀口嗟咨，攧窨不過。"

【攧撲】蹉跌，挫折。古今小說十五史弘肇龍虎君臣會："不知這貴人直有許多攧撲。"

【攧鶻風】能使鶻鳥跌墜的大風。宋釋惠洪石門文字禪十一大風夕懷道夫敦素詩："方收一霎挂龍雨，忽作千林攧鶻風。"

【攧撲不破】攧，跌；撲，敲。比喻理義正當，不能推翻。宋朱熹朱文公集三六答陸子美書："語精密微妙無窮，而向下所說許多道理，條貫脈絡，井井不亂，只今便在目前，而亘古亘今，攧撲不破。"

攢 1. cuán 在玩切，去，換韻，從。
ㄘㄨㄢˊ 字彙 徂官切，音欑。

㊀聚集。墨子備城門："城上爲攢火。"史記一一七司馬相如傳上林賦："攢立叢

倚，連卷累佹。」㊁停放棺木，暫時不葬。也作「欑」。宋史二四三哲宗孟皇后傳：「遺命擇地攢殯，俟軍事寧，歸葬園陵。」參見「攢宮」。

2. zǎn ㄗㄢˇ

㊂積蓄。西遊記七六：「我前日曾聞得沙僧說，他攢了些私房，不知可否。」㊃趕。通「趲」。元曲選孟漢卿魔合羅二：「小人是蕭令史，正在司房裏攢造文書。」

3. zuān 集韻 祖官切，平，桓韻。ㄗㄨㄢ

㊄穿孔。通「鑽」。禮內則：「柤梨曰攢之。」釋文：「本又作鑽。」參見「攢₃犀」。

【攢仄】聚集。文選漢馬季長（融）長笛賦：「繁手累發，密櫛疊重，踾踧攢仄，蜂聚蟻同。」

【攢典】吏役的通稱。元曲選缺名陳州糶米一：「則這攢典哥哥休强挺，你可敢教我親自秤？」清代凡首領官、佐貳官、雜職官吏，皆稱攢典。見續修清會典十二。

【攢宮】舊稱帝王暫殯之所爲攢宮。宋史高宗紀七紹興十二年：「九月乙未，以孟忠厚爲樞密使，充攢宮總護使。」宋南渡後，帝后塋塚多稱攢宮。因陵寢皆在河南，此處不過暫厝，故有此稱。

【攢眉】蹙眉，皺眉。憂慮不快的神態。樂府詩集五九漢蔡琰胡笳十八拍之五：「攢眉向月兮撫雅琴，五拍泠泠兮意彌深。」

【攢茶】配有攢盒（果盤）的茶。果盤分成不同形狀的格子，裝各種果品糕點。儒林外史四九：「當下主客六人，閑步了一回，從新到西廳上坐下，管家叫茶上點上一巡攢茶。」

【攢₃犀】古漆器之一種。用朱黃黑三色漆，雕刻人物，鑽其間處，使層見疊出。又名西皮、犀皮、犀毗。明曹昭格古要論八攢犀：「攢犀器皿，漆堅者多是宋朝舊做槍金人物景致，用攢攢空閑處，故謂之攢犀。」參見「犀毗㊀」。

【攢蛾】緊皺雙眉。唐李賀歌詩編四神弦：「相思木帖金鳳鸞，攢蛾一啑重一彈。」

【攢蹄】謂馬疾馳時，前後蹄緊接，狀如相聚。唐韓愈昌黎集三汴泗交流贈張僕射詩：「分曹決勝約前定，百馬攢蹄近相映。」

【攢簇】聚集，簇擁。景德傳燈錄六澧州茗谿道行禪師：「攢簇不得底病。」西遊記二：「悟空見他凶猛，即使身外身法，拔一根毫毛，……叫一聲'變'，即變做三二百個小猴，周圍攢簇。」

【攢蹙】密集。唐柳宗元柳先生集二九始得西山宴遊記：「尺寸千里，攢蹙累積，莫得遯隱。」

攣 1. luán 呂員切，平，仙韻，來。ㄌㄨㄢˊ

㊀聯繫，牽繫。易小畜：「有孚攣如，富以其鄰。」漢書一〇〇上敘傳：「既繫攣於世教矣，何用大道爲自眩曜？」㊁卷曲而不能伸。史記七七蔡澤傳：「先生曷鼻，巨肩，魋顏，蹙齃，膝攣。」集解：「攣，兩膝曲也。」㊂抽搐。素問皮部論：「其留於筋骨之間，寒多則筋攣骨痛。」三國志魏文帝紀黃初二年注引（司馬彪）續漢書：「（楊）彪見漢祚將終，自以累世爲三公，恥爲魏臣，遂稱足攣不復行，積十餘年。」

2. liàn ㄌㄧㄢˋ

㊃眷念不捨。通「戀」。見「攣₂攣₂」。

【攣屈】蜷曲。梁釋慧皎高僧傳九耆域：「時衡陽太守滕永文在洛寄住滿水寺，得病經年不差，兩腳攣屈不能起行。」

【攣弱】踡曲而孱弱。新唐書七七章敬吳皇后傳：「（皇后）生代宗，爲嫡皇孫。生之三日，帝臨澡之。孫體攣弱，負姆嫌陋，更取他宮兒以進，帝視之不樂，姆叩頭言非是。」

【攣踠】手足曲而不伸之病。唐柳宗元柳先生集十六捕蛇者說：「永州之野，産異蛇，……以齧人，無禦之者，然得而腊之以爲餌，可以已大風、攣踠、瘻癘，去死肌，殺三蟲。」

【攣鞮】複姓。漢書九四上匈奴傳：「單于姓攣鞮氏，其國稱之曰『撐犁孤塗單于』。」

【攣躄】謂手足蜷曲殘廢。宋陸游劍南詩稿五四養生：「攣躄豈不苦，害猶在四支。」也作「攣癖」。梁釋慧皎高僧傳二佛陀耶舍：「有一沙門從其家乞，其父怒使人打之，父遂手脚攣癖，不能行止。」

【攣₂攣₂】愛戀不忘。漢書九七孝武李夫人傳：「上所以攣攣顧念我者，乃以平生容貌也。」

二十畫

攩 1. tǎng 他朗切，上，蕩韻，透。ㄊㄤˇ
胡廣切，上，蕩韻，匣。
乎曠切，去，宕韻，匣。

㊀搥打。列子黃帝：「既而狎侮欺詒，攩拯挨抌，亡所不爲。」

2. dǎng 集韻 底朗切，上，蕩韻。ㄉㄤˇ

㊁朋羣。通「黨」。清段玉裁說文解字注：「此鄉黨、黨與本字，俗用黨者，叚借字也。」㊂阻攔，抵擋。西遊記七：「他看大聖縱橫，掣金鞭近前攩住道：『潑猴何往？有吾在此，切莫猖狂！』」

攫 jué 居縛切，入，藥韻，見。ㄐㄩㄝˊ

用爪抓取。戰國策齊六：「且今使公孫子賢，而徐子不肖。然而使公孫子與徐子鬭，徐子之狗，猶將攫公孫子之腓而噬之也。」引申爲奪取。荀子不苟：「知則攫盜而漸，愚則毒賊而亂。」

【攫拏】争奪。漢書八七下揚雄傳解嘲：「攫拏者亡，默默者存。」拏，也作「挐」。唐柳宗元柳先生集四二同劉二十八院長述舊言懷感時書事詩：「屋鼠從穿穴，林狙任攫拏。」

【攫搏】謂鳥獸之抓取、搏擊。禮儒行：「鷙蟲攫搏，不程勇者。」疏：「但以脚取之，謂之攫；以翼擊之，謂之搏云。」淮南子說山：「熊羆之動以攫搏，兕牛之動以觝觸。」

【攫醳】史記田完世家：「攫之深，醳之愉者，政令也。」攫醳，指琴絃的一張一弛。宋蘇軾分類東坡詩十二聽僧昭素琴：「至和無攫醳，至平無按抑。」

攪 jiǎo 古巧切，上，巧韻，見。ㄐㄧㄠˇ

㊀擾亂。詩小雅何人斯：「胡逝我梁，祇攪我心。」注：「攪，亂也。」㊁拌和。唐張彥遠歷代名畫記三論裝背褾軸：「凡煑糊必去筋，稀緩得所，攪之不停，自然調熟。」

【攪搜】㊀水聲。文選漢王子淵（褒）洞簫賦：「攪搜澩捎，逍遙踊躍，若壞頹兮。」注：「攪搜澩捎，水聲也。」㊁翻覆尋求。宋李光莊簡集四陳氏園亭詩：「酒杯棊局平生事，莫把枯腸數攪搜。」

【攪撓】擾亂，打擾。唐元稹長慶集三競渡詩：「羣動皆攪撓，化作流渾渾。」宋蘇軾東坡集續集四與滕達道書之二一：「若得請居常，則固當至治下攪撓公數月也。」

【攪擾】打擾，擾亂。唐白居易長慶集五三分司詩：「錢塘五馬留三匹，還擬騎遊攪擾春。」五代王定保唐摭言十一無官受黜：「無何，執政間復有惡，奏（溫）庭筠攪擾場屋，黜隨州縣尉。」

【攪海翻江】形容聲勢浩大，鬭爭激烈。古雜劇缺名陽平關五馬破曹一：「忙牽豹目烏騅馬，手持丈八點鋼槍；領兵親到關前去，你看我攬海翻江戰一場。」

二十一畫

攬 lǎn ㄌㄢˇ 盧敢切，上，敢韻，來。

同「擥」，也作「擥」。㊀持，把持。文選戰國楚宋玉登徒子好色賦：「遵大路兮攬子袪，贈以芳華辭甚妙。」樂府詩集七六楊方合歡詩之四：「踟躕向壁歎，攬筆作此文。」後漢書光武帝紀下中元二年：「故能明慎政體，總攬權綱，量時度力。」㊁收攏，引取。莊子在宥：「而欲爲人國者，此攬乎三王之利，而不見其患者也。」引申爲招引、拉攏。三國志蜀諸葛亮傳：「總攬英雄，思賢如渴。」宋蘇軾東坡集奏議十二論綱梢欠折利害狀：「蓋祖宗以來，通許綱運攬載物貨。」㊂採摘。楚辭屈原離騷：「朝搴阰之木蘭兮，夕攬洲之宿莽。」

【攬秀】挹取秀麗的景色。元詩選丁復檜亭集同永嘉李季和望鍾山聯句：「攬秀目顒顒，討幽心養養。」

【攬持】掌握。唐韓愈昌黎集外集九順宗實錄四：「德宗在位久，益自攬持機柄，親治細事，失君人大體，宰相益不得行其事職。」

【攬減】歉收，荒年。宋詩鈔陳造江湖長翁詩鈔送學生歸赴秋試因省別業之二：「寧堪再攬減，又抱兩嘔鴉。」自注：「淮人謂歲飢爲年歲攬減；越人以嬰兒爲嘔鴉。」

【攬結】猶挹取。晉書五行志中：「安帝隆安中，百姓忽作懊憹之歌，其曲曰：『草生可攬結，女兒可攬擷。』」唐李白李太白詩二一登廬山五老峯詩：「九江秀色可攬結，吾將此地巢雲松。」

【攬勝圖譜】清高兆作。講博戲之書。其法爲圖列天下名勝，以勞勞亭爲起點，長安爲終點。以六人合局，分詞客、羽士、劍俠、美人、漁父、緇衣各名色，用一骰挨次遞擲前進，以先至終點者爲勝。高自作譜，清楊復吉刊入昭代叢書。

【攬轡澄清】後漢書六七范滂傳：「時冀州飢荒，盜賊羣起，乃以滂爲清詔使，按察之。滂登車攬轡，慨然有澄清天下之志。」後因以「攬轡澄清」指官吏初到職任即能澄清政治，穩定亂局。舊唐書八九姚璹傳：「是用命卿出鎮，寄茲存養。果能攬轡澄清，下車整肅。」

攂 lì ㄌㄧˋ 字彙 力霽切，音例。

分判貌。荀子賦：「忽兮其極之遠也，攂兮其相逐而反也。」注：「攂兮，分判貌。」清王念孫謂攂爲雲氣旋轉之貌。見讀書雜志十二荀子八。

二十二畫

攮 nǎng ㄋㄤˇ 字彙 乃黨切，音曩。

㊀推，搡。見字彙。㊁扎，刺。儒林外史六：「半夜裏不見了鎗頭子，攮到賊肚裏。」

支 部

支 zhī ㄓ 章移切，平，支韻，照。

㊀枝條。詩衛風芄蘭：「芄蘭之支，童子佩觿。」㊁一本旁出，或一源而分流曰支。詩大雅文王：「文王孫子，本支百世。」新唐書一九七驃國傳：「海行五日，至佛代國，有江，支流三百六十。」㊂支持。左傳定元年：「天之所壞，不可支也。」㊃分散。見「支離」、「支離」。㊄給付。宋史兵志八：「每歲寒食端午冬至有特支，特支有大小差，亦有非時給者。」㊅度量，計算。大戴禮保傅：「燕支地計衆，不與齊均也。」㊆地支的簡稱。史記曆書「焉逢攝提格太初元年」唐司馬貞索隱：「爾雅釋天，……歲陰者，子丑寅卯辰巳午未申酉戌亥十二支是也。」參見「干支」。㊇通「肢」。見「四支」。㊈通「梔」。見「支子㊁」。

【支子】㊀封建宗法，嫡長子及繼承先祖的兒子爲宗子，其餘的兒子爲支子。儀禮喪服：「何如而可以爲人後，支子可也。」疏：「支者，取支條之義，不限妾子而已。」禮曲禮下：「支子不祭，祭必告于宗子。」㊁植物名。支，通「梔」。唐韓愈昌黎集三山石詩：「昇堂坐階新雨足，芭蕉葉大支子肥。」

【支公】晉釋支遁(道林)善清言，當時有盛名。後來以支公泛稱高僧。宋蘇軾東坡集續集二書辯才白雲堂壁：「不辭清曉叩松扉，却值支公久不歸。」

【支分】㊀分割，分配。戰國策秦三：「支分方城膏腴之地以薄鄭。」宋仲并浮山集二花前有感……詩：「四時輪轉春常少，百刻支分夜苦長。」㊁支解身體。古代的一種酷刑。後漢書三十上蘇竟傳與劉龔書：「王氏雖乘間偷篡，而終嬰大戮，支分體解，宗氏屠滅。」㊂支使，應付。唐白居易長慶集七一自詠老身示諸家屬詩：「支分閑事了，把背向陽眠。」㊃分章細說。宋朱熹中庸章句序：「支分節解，脈絡貫通。」

【支吾】㊀抵拒。同「枝梧」。舊五代史孟知祥傳：「知祥慮唐軍驟至，與遂閬兵合則勢不可支吾。」㊁勉强撑持。元王實甫西廂記一本二折：「縱然酬得今生志，着甚支吾此夜長。」㊂言語牽强，有應付搪塞的意思。京本通俗小說馮玉梅團圓：「(賀)承信言語支吾，似有羞愧之色。」

【支那】古代某些國家對中國的別稱。也作脂那至那震旦真丹等。唐義淨南海寄歸内法傳三師資之道：「且如西國名大唐爲支那者，直是其名，更無別義。」

【支伯】即子州支伯，字支父。傳說爲堯舜時賢人。見莊子讓王。文選三國魏阮嗣宗(籍)爲鄭沖勸晉王牋：「然後臨滄洲而謝支伯，登箕山而揖許由，豈不盛乎？」支伯，即指此人。

【支使】㊀官名。唐時節度使、觀察使屬官皆有支使，位在副判官之次，他官亦置之。見新唐書百官志四下外官、文獻通考五三職官七監察侍御史。㊁唆使或指派別人作事。紅樓夢五四：「他如今也有些拏大了，單支使小女孩兒出來。」

【支派】宗族的分支。北齊書魏收傳：「收曰：『往因中原喪亂，人士譜牒，遺逸略盡，是以具書其支派。』」唐釋齊己白蓮集九寄金陵幕中李郎中詩：「龍門支派富才能，年少飛翔使大鵬。」

【支計】收支會計之事。晉書安平獻王孚傳：「初，魏文帝置度支尚書，專掌軍國支計，朝議以征討未息，動須節量。」

【支度】㊀計算。周書王悅傳：「時懸兵深入，悅支度路程，勒其部伍，節減糧食。」㊁支出。宋史食貨志下一會計：「乾德三年，始詔諸州支度經費外，凡金帛悉送闕下，毋或占留。」㊂官名。唐各道節度使有帶支度營田招討經略使、支度使，其屬有支度判官。金都轉運司內有支度判官。參閱新唐書百官志四下外官、金史百官志三。

【支郎】三國時，月支國僧支謙，細長黑瘦，眼多白而睛黄，但覽經籍，莫不精究，世間技藝多所綜習。時人爲之語曰："支郎眼中黄，形軀雖細是智囊。"見隋費長房歷代三寶紀五魏吳録。後通稱僧人爲支郎。唐韋莊浣花集一下第題青龍寺僧房詩："酒薄恨濃消不得，却將惆悵問支郎。"

【支持】㊀支撐，援助。漢劉向戰國策序："五伯之後，時君雖無德，人臣輔其君者，若鄭之子產，晉之叔向，齊之晏嬰，挾君輔政，以並立於中國，猶以義相支持，歌説以相感，聘禮以相交，期會以相一，盟誓以相救。"淮南子本經："標抹欂櫨，以相支持。"㊁對付。元曲選（蕭德祥）殺狗勸夫二："他覺來，我自支持他，包你没事。"

【支配】調度。北齊書唐邕傳："及世宗（高澄）崩，事出倉卒，顯祖（高洋）部分將士，鎮壓四方，夜中召邕支配，造次便了，顯祖甚重之。"

【支婆】庶母的別稱。宋陸游家世舊聞："八月祖母生先君，九月杜支婆生叔父。"注："先世以來，庶母皆稱支婆。"

【支庶】宗族旁出支派。史記漢興以來諸侯王年表序："及天子支庶子爲王，王子支庶爲侯，百有餘焉。"漢書九九上王莽傳："成王廣封周公庶子六子，皆有茅土；及漢家名相大將蕭霍之屬，咸及支庶。"

【支移】宋時賦税調運制度之一。歲賦之物，其輸有常處，而以有餘補不足，則移此輸彼，移近輸遠，謂之支移。見文獻通考四田賦四、宋史食貨志上二方田賦税。

【支運】明初徵調南糧，承元之舊，仍用海運。永樂間罷海運，始興支運。命江浙秋糧，撥運淮安倉。揚州鳳陽淮安徐州兗州秋糧，酌運濟寧倉。令淺河船於會通河支淮安糧運濟寧，支濟寧糧運赴通州，每歲四次。其天津通州等衛，各撥軍接運至京。又令浙直軍自淮運徐，京衛軍自徐運德，各置倉收囤。山東河南軍自德運通。至宣德時，改行官軍兑運，而支運漸廢。參閱明史食貨志三漕運。參見"兑運"。

【支提】梵語塔的譯音。也作"制底"、"際多"、"浮圖"。南朝陳真諦譯金剛般若波羅密經："當知此處於世間中即成支提。"唐玄應謂支提義譯爲聚相，謂累寶及石等，高以爲相。見一切經音義三。又唐道世諸經要集三敬塔興造引僧祇律稱有舍利者名塔，無舍利者名支提。見法苑珠林五十興造部。

【支遁】公元314—366年。晉陳留人，或云河東林慮人，字道林，本姓關氏，家世事佛，隱居餘杭山，深思道行，年二十五出家。通莊子及維摩經等。世稱支公、林公。終於洛陽。世説新語言語嘗記其好鶴、好馬故事。參閱南朝梁釋慧皎高僧傳四支遁。

【支當】應付，承當。元曲選李行道灰闌記一："自喪了親爺，撇下個娘，偏你敢不姓張？怎教咱辱門敗户的妹子去支當？"

【支節】四肢骨節。漢書九九下王莽傳："就識，斬莽首，軍人分裂莽身，支節肌骨臠分。"列子湯問："內則肝膽心肺脾腎腸胃，外則筋骨支節皮毛齒髮。"

【支解】分解四肢，古時酷刑之一。公羊傳宣六年："熊蹯不熟，公怒，以斗摮而殺之，支解，將使我棄之。"戰國策秦三："（吳起）功已成矣，卒支解。"也作"肢解"。韓詩外傳八："齊有得罪於景公者，景公大怒，縛置之殿下，召左右肢解之。"參見"枝解"。

【支閡】限止來敵突襲的防禦工事，如拒馬、鹿角等。後漢書十三隗囂傳："囂復上言：'白水險阻，棧閣絶敗。'又多設支閡。帝知其終不爲用，叵欲討之。"注："支柱障閡。"

【支撥】猶言劃付。宋歐陽修文忠集一一七乞放行牛皮膠鰾："亦曾聞奏及申三司，乞自京師支撥。"宋文鑑四七余靖論常平倉："起置常平倉，……其出息本利錢，只委司農寺專掌，三司轉運使不得支撥。"

【支骸】肢體骸骨。後漢書質帝紀："又兵役連年，死亡流離，或支骸不斂，或停棺莫收，朕甚愍焉。"

【支頤】以手托頰。唐白居易長慶集十六除夜詩："薄晚支頤坐，中宵枕臂眠。"又陸龜蒙甫里集十二春思詩之一："此時憶着千里人，獨坐支頤看花落。"

【支謙】漢末高僧，一名越，字恭明。月支國人，三國時先遊洛陽，又避亂入吳地。通漢語梵語。孫權頗重其才，拜爲博士。自黄武元年至建興末年，三十餘載，廣收衆經舊本，譯爲吳言，所譯有大般泥洹法句瑞應本起經等。參閱南朝梁僧佑出三藏記集二、隋費長房歷代三寶紀五魏吳録。

【支應】㊀供應的食物。西遊記六八："正説處，有管事的送支應來，乃是一盤白米，……一盤木耳。"㊁伺候。紅樓夢三八："山坡桂樹底下鋪下兩條花毯，命支應的婆子并小丫頭等也都坐了。"

【支繚】分散來回巡邏。荀子富國："其候徼支繚，其竟關之政盡察，是亂國已。"注："支繚，支分繚繞，言委曲巡警也。"

【支離】㊀分散。文選漢王文考（延壽）魯靈光殿賦："捷獵鱗集，支離分赴。"㊁形體不全，衰弱。莊子人間世："夫支離其形者，猶足以養其身，終其天年，又況支離其德者乎。"南齊謝朓謝宣城集三遊山詩："託養因支離，乘閑遂疲蹇。"宋蘇軾分類東坡詩十八次韻王定國馬上見寄："昨夜霜風入裌衣，曉來病骨更支離。"㊂古代善屠者支離益之簡稱。文選晉張協（景陽）七命："爾乃命支離，飛霜鍔，紅肌綺散，素膚雪落。"㊃兵陣名。左傳哀二五年："公爲支離之卒。"注："支離，陳名。"陳，通"陣"。

【支蘭】㊀遮攔。史記十扁鵲傳："扁鵲曰：夫以陽入陰支蘭藏者生，以陰入陽支蘭藏者死。"正義引素問："支者順節，蘭者横節。"㊁藥草名。毒草狼牙的別名。苗似蛇莓而厚大，深綠色，根黑若獸之牙。見本草綱目十七草部。

【支孽】旁出的宗族。史記呂后紀唐司馬貞索隱述贊："諸呂用事，天下示私，大臣葅醢，支孽芟夷。"

【支騰】支吾，搪塞。紅樓夢七二："暫且把老太太查不着的金銀家伙，偷着運出一箱子來，暫押千數兩銀子，支騰過去。"

【支屬】親屬。史記秦始皇紀六年："秦出兵，五國兵罷。拔衛，迫東郡，其君角率其支屬徙居野王。"又一〇七灌夫傳："遣吏分曹逐捕諸灌氏支屬，皆得弃市罪。"

【支體】同"肢體"。呂氏春秋孝行："能全支體以守宗廟，可謂孝矣。"史記孝文紀十三年："夫刑至斷支體，刻肌膚，終身不息，何其楚痛而不德也！"

【支祈井】在今江蘇盱眙縣東北下龜山寺後，相傳是夏禹鎖水怪無支祈處。一名聖母井。參見嘉慶一統志一三四泗州直隸州山川。

【支硎山】在今江蘇蘇州市西。又名報恩山。唐陸廣微吳地記："支硎山，在吳縣西十五里，晉支遁字道林，嘗隱於此山。"平石爲硎，山有平石，故支遁以支硎爲號，而山又因支遁得名。參閱宋朱長文吳郡圖經續記上山、讀史方輿紀要二四蘇州府長洲縣陽山。

【支諾皋】書篇名。唐段成式酉陽雜俎前集卷十四、十五爲諾皋記上下二卷。續集卷一至三爲支諾皋三卷。自稱因覽歷代怪書，偶疏所記而成。宋陸游劍南詩稿三七題夷堅志後詩：“筆近反離騷，書非支諾皋。”参見“諾皋記”。

【支髻枕】枕名。晉張敞東宮舊事：“皇太子納妃，有漆龍頭，支髻枕一。”

【支機石】神話傳説漢武帝令張騫尋覓河源，乘槎至天河，見有一婦人浣紗，婦人與騫一石。騫既歸，以石問成都卜人嚴君平，嚴謂是織女支機石。唐宋之問集上明河篇：“更將織女支機石，還訪成都賣卜人。”又杜甫杜工部草堂詩箋三二天池：“欲問支機石，如臨獻寶宮。”

【支離疏】莊子寓言中所説形體不全的怪人。莊子人間世：“支離疏者，頤隱於臍，肩高於頂，會撮指天，五管在上，兩髀爲脇，挫鍼治繲，足以餬口；鼓筴播精，足以食十人。上徵武士，則支離攘臂而遊於其間；上有大役，則支離以有常疾不受功；上與病者粟，則受三鍾與十束薪。”宋黄庭堅山谷集外集三次韻師厚病問詩之三：“古來支離疏，粟帛王所仁。”

【支羅服】蘿菔根。漢王符潛夫論思賢：“夫治世不得真賢，譬猶治疾不得真藥也。治疾當得真人參，反得支羅服。當得麥門冬，反得烝穬麥。已而不識真，合而服之，病以侵劇。”太平御覽九八〇引正論作‘蘿菔根”。

二　畫

攰 guì ㄍㄨㄟˋ 集韻 居僞切，去，寘韻。

精疲力盡。同“攱”。三國志魏蔣濟傳上疏：“弊攰之民，儻有水旱，百萬之衆，不爲國用。”殿本、標點本作“攱”。参閲北齊顔之推顔氏家訓書證。

六　畫

攱 1. qí ㄑㄧˊ 去奇切，平，支韻，溪。

㊀見“攱嘔”。

2. guì ㄍㄨㄟˋ 詭僞切，去，寘韻，見。

㊁同“攰”。見“攰”。

【攱嘔】傾斜不平。北周庾信庾子山集一小園賦：“攱嘔兮狹室，穿漏兮茅茨，簷直倚而妨帽，户平行而礙眉。”也比喻經歷患難。宋書袁湛傳附弟豹檄蜀文：“(譙)縱之淫虐，日月增播，刑殺非罪，死以澤量。而待命寇讎之戮，攱嘔豺狼之吻，豈不遡誠南凱，延首東雲，普天有來蘇之望，而一方懷後予之怨。”

攲 zhī ㄓ 章移切，平，支韻，照。支義切，去，寘韻，照。

多。文選漢張平子(衡)西京賦：“炙炰夥，清酤攲。”

八　畫

攲 qī ㄑㄧ 去奇切，平，支韻，見。居綺切，上，紙韻，見。

傾斜。也寫作“攱”、“欹”。漢陸賈新語懷慮：“故管仲相桓公，詘節事君，專心一意，身無境外之交，心無攲斜之慮。”

【攲案】可躺着看書的斜榻。相傳漢末曹操初作攲案。南朝梁劉孝綽昭明太子集序：“猶臨書幌而不休，對攲案而忘怠。”宋周邦彦稱爲倚書牀。参閲元陸友研北雜誌下。

【攲器】傾斜易覆之器。荀子宥坐二八：“孔子觀於魯桓公之廟，有攲器焉。……此蓋爲宥坐之器。”注：“宥與右同。言人君可置於坐右以爲戒也。”又見韓詩外傳三、淮南子道應、漢劉向説苑敬慎、孔子家語三恕。

十二畫

攳 xún ㄒㄩㄣˊ 集韻 徐心切，平，侵韻。

長。見下。

【攳枝】長枝。後漢書馬融傳廣成頌：“陵喬松，履修橚，踔攳枝，杪標端。”

攴　部

攴 pū ㄆㄨ 普木切，入，屋韻，滂。

輕擊。説文：“攴，小擊也。”隸書作“攵”。

攵 1. pū ㄆㄨ 普木切，入，屋韻，滂。

㊀同“攴”。唐唐玄度新加九經字樣：“攵音撲，説文作攴，隸省作攵。”

2. wén ㄨㄣˊ

㊁借用作“文”字。宋郭忠恕佩觿上：“用攵代文，將无混旡，若斯之流，便成兩失。”

二　畫

攷 kǎo ㄎㄠˇ 苦浩切，上，皓韻，溪。

考核。周禮夏官大司馬：“以待攷而賞誅。”攷爲攷核；考爲壽考，後世通作“考”字，諸經中惟周禮多作“攷”。

【攷古編】宋程大昌撰。十卷。雜論經義異同，辨證歷史故實，多發新義。函海本作考古編。

收 shōu ㄕㄡ 式州切，平，尤韻，審。

㊀拘捕。詩大雅瞻卬：“此宜無罪，女反收之。”世説新語言語：“孔融被收，中外惶怖。”㊁收成，取。易井：“井收，勿幕有孚。”疏：“凡物可收成者，則謂之收，如五穀之有收也。”墨子七患：“一穀不收謂之饉。”左傳隱元年：“大叔又收貳以爲己邑。”㊂止息，結束。禮月令仲秋之月：“雷始收聲。”文選三國魏應休璉(璩)與廣川長岑文瑜書：“今者，雲重積而復散，雨垂落而復收。”㊃整齊。禮學記：“夏楚二物，收其威也。”注：“收謂收斂整齊之。”㊄車箱下的横木。以聚衆材而收束故名。也叫軫。詩秦風小戎：“小戎俴收。”参閲清陳奐詩毛氏傳疏。㊅古冠名。儀禮士冠禮：“周弁，殷冔，夏收，三王共皮弁素積。”参閲史記五帝紀“黄收純衣”集解。

【收口】瘡口癒合。元曲選缺名氣英布三：“俺漢王本爲足上箭瘡未曾收口，要洗的乾淨，好貼膏藥。”

【收支】錢物的收入與支出。玉海一八五乾道會計録：“乾道元年十一月十七日，執政進呈户部每歲收支總數。”宋蘇轍等撰元祐會計録三十卷，分五門，其一爲收支，敍見欒城集後集十五。

【收司】督察檢舉。史記六八商君傳：“令民爲什伍，而相收司連坐。”索隱：“收司，謂相糾發也。一家有罪，而九家連舉發，若不糾舉，則十家連坐。”

【收生】爲産婦接生。接生婆也稱“穩婆”、“收生嫗”。元曲選王仲文救孝子楔子:"我那裏會做收生的老娘?"參閱明謝肇淛五雜俎五人部一穩婆。

【收成】農作物的收穫。文選漢張平子(衡)東京賦:"度秋豫以收成,觀豐年之多稌。"宋朱熹朱文公集二六與福建顏漕劄子:"道間詢問收成次第,云僅可得六七分。"

【收没】即没收。將私産收爲官有。南史東昏侯紀永元三年:"或云寄附隱藏,復加收没。"

【收孥】古有連坐之律,因一人犯法,即拘執本人妻子,没爲官奴婢,稱收孥。孥,也作"帑"。史記孝文紀元年詔:"今犯法已論,而使毋罪之父母妻子同産坐之,及爲收帑,朕甚不取。"集解引應劭:"帑,子也,秦法一人有罪,并坐其家室。"又六八商君傳:"事末利及怠而貧者,舉以爲收孥。"

【收恤】收容賑濟。史記孝文紀景帝詔:"賞賜長老,收恤孤獨,以育羣生。"恤,也作"邺"。漢賈誼新書過秦下:"百姓困窮,而主不收邺。"

【收拾】㊀收聚,整理。後漢書光武帝紀建武二十二年詔:"日者地震,南陽尤甚。……吏人死亡,或在壞垣毁屋之下,而家羸弱不能收拾者,其以見錢穀取傭,爲尋求之。"漢王充論衡別通:"蕭何入秦,收拾文書。"舊題宋岳飛滿江紅詞:"待從頭收拾舊山河,朝天闕。"㊁解除,擺脱。元王實甫西廂記三本三折:"畢罷了牽挂,收拾了憂愁。"

【收香】鳥名。即桐花鳳。元伊士珍瑯嬛記中引宋缺名林下詩談:"桐花鳳小于玄鳥,春暮來集桐花。一名收香倒掛,又名探花使。性馴。"又虞集道園遺稾七東家四時詞:"海南新送收香鳥,轉覺清寒入翠帷。"

【收殺】結局。明章懋楓山章先生集三與姪以道書之三:"吾嘗論人之處世,如舟在江中,或遇安,或遭風浪,任其飄蕩,皆未知如何收殺。"

【收責】㊀引罪自責。責,音 zé。後漢書十三隗囂傳:"范蠡收責句踐,〔乘〕偏舟於五湖;舅犯謝罪文公,亦逡巡於河上。"言范蠡爲句踐破吴以償會稽之敗。㊁索回債務。責,同"債"。戰國策齊四:"後孟嘗君出記,問門下諸客,誰習計會,能爲文收責於薛者乎?"史記七五孟嘗君傳作"債"。

【收陰】傳説中織女神名。見南朝梁宗懔荆楚歲時記。

【收國】金阿骨打(太祖)年號。公元1115—1116年。

【收場】下場,結局。清李玉清忠譜上就逮:"我如此收場,殊不慚愧。"

【收復】奪回,多指失地。唐詩紀事六二鄭嵎津陽門:"湟中土地昔湮没,昨夜收復無瘡痍。"舊唐書肅宗紀:"上素知房琯名,至是琯請爲兵馬元帥收復兩京,許之,仍令兵部尚書王思禮爲副。"

【收穀】㊀收藏穀物。後漢書四七班超傳:"但當收穀堅守,彼飢窮自降,不過數十日決矣。"㊁收養。資治通鑑四周紀赧王三十六年:"王朝日宜召田單而揖之於庭,口勞之。乃布令求百姓之饑寒者,收穀之。"宋史炤釋文:"穀,猶養也。"

【收齒】録用。北史李諤傳:"學必典謨,交不苟合,則擯落私門,不加收齒。"

【收舉】收捕檢舉。後漢書六一周舉傳:"其刺史二千石有臧罪顯明者,驛馬上之;墨綬以下,便輒收舉。"

【收斂】㊀收聚,收藏。禮月令孟秋之月:"命百官始收斂。"此指秋季收穫農作物。墨子尚賢中:"收斂關市山林澤梁之利,以實官府。"指聚積財富。漢王充論衡效力:"蕭何所以能使樊酈者,以入秦收斂文書也。"指收藏。㊁約束身心。漢書七十陳湯傳贊:"陳湯儻蕩,不自收斂,卒用困窮,議者閔之。"㊂同"收殮"。斂,通"殮"。漢書宣帝紀地節四年詔:"自今諸有大父母,父母喪者勿繇事,使得收斂送終,盡其子道。"

【收藏】收聚貯存。墨子備城門:"灰、康、粃、杯、馬矢,皆謹收藏之。"也指收藏之物。荀子議兵:"故制號政令欲嚴以威,慶賞刑罰欲必以信,處舍收臧欲周以固。"注:"收藏,財物也。"臧,同"藏"。

【收穫】收割農作物。漢桓寬鹽鐵論相刺:"非良農不得食於收穫,非執政不得食於官爵。"後漢書章帝紀建初七年:"車駕行,秋稼觀收穫。"

【收繫】拘禁。漢書十六王章傳:"書遂上,果下廷尉獄,妻子皆收繫。"

【收藏家】專門收集珍藏古代文物如書籍、字畫、金石、古董的人。清洪亮吉北江詩話三:"藏書家有數等:……次則搜采異本,上則補石室金匱之遺亡,下可備通人博士之瀏覽,是謂收藏家。"

【收視反聽】謂無視無聞。文選晉陸士衡(機)文賦:"其始也,皆收視反聽,耽思傍訊,精騖八極,心遊萬仞。"注:"收視反聽,言不視聽也。"參見"內視反聽"。

三 畫

攻 ㄍㄨㄥ 古冬切,平,冬韻,見。

㊀進攻。易同人:"乘其墉,弗克攻吉。"㊁指責過失。論語先進:"非吾徒也,小子鳴鼓而攻之可也。"疏:"使其門人鳴鼓以聲其罪而攻責之。"㊂治療。周禮天官瘍醫:"凡療瘍,以五毒攻之。"㊃從事某事,進行某項工作。詩大雅靈臺:"庶民攻之,不日成之。"指營建。周禮考工記:"凡攻木之工七,攻金之工六,攻皮之工五。"指加工。論語爲政:"攻乎異端,斯害也已。"唐韓愈昌黎集十二師説:"聞道有先後,術業有專攻。"指學習。㊄堅固。詩小雅車攻:"我車既攻,我馬既同。"㊅巧,善於。通"工"。戰國策西周:"蘇厲謂周君曰:'敗韓魏,殺犀武,……皆白起,是攻用兵,又有天命也。'"㊆供給。通"共"。書甘誓:"左不攻於左,右不攻於右。"墨子明鬼引攻作"共"。韓非子存韓:"陷鋭之卒懃於野戰,負任之旅罷於內攻。"

【攻心】從精神或思想上瓦解對方,使之心服。戰國策韓三:"昔先王之攻,有爲名者,有爲實者。爲名者攻其心,爲實者攻其形。"漢賈誼新書九脩政語下:"凡有攻心者,必結之以約,而諭之以信,然後能以得也。"三國志蜀馬良傳附馬謖"自晝達夜"注引襄陽記:"夫用兵之道,攻心爲上,攻城爲下;心戰爲上,兵戰爲下。"

【攻苦】從事勞苦之事,多指苦心求學。唐缺名大唐傳載:"楊京兆憑兄弟三人,皆能文學,甚攻苦,或同賦一篇,共坐庭石,霜積襟袖,課成乃已。"參見"攻苦食淡"。

【攻砭】古時醫師用石針扎刺以治病。宋史三六〇趙鼎傳:"今日之事,如人患羸,當靜以養之,若復加攻砭,必傷元氣矣。"喻峻烈的施政措施。

【攻書】讀書,學習。清趙翼甌北詩鈔絶句二目力:"自從六歲攻書起,我已勞他七十年。"

【攻堅】進擊强敵或攻取堅城。管子制分:"故凡用兵者,攻堅則軔,乘瑕則神。"注:"所攻既堅,則軔而難入。"三國志魏賈詡傳"謂詡有良平之奇"注引九州春秋:"旬月之間,神兵電掃,攻堅易於折枯,摧敵甚於湯雪。"

【攻鈔】劫掠。也作"攻抄"。後漢書七三公孫瓚傳陳袁紹罪疏:"剋會期日,攻鈔郡縣,此豈大臣所當施爲?"

【攻剽】搶劫。史記一二二義縱傳:"爲少年時,嘗與張次公俱攻剽爲羣盜。"索隱:"剽,劫人。"

【攻駒】閹割幼馬。周禮夏官廋人:"教以

臯馬佚特、教駣、攻駒。"注："攻駒，制其踶齧者。"清阮元謂制當作"騬"。騬，騸馬，閹割善踶齧的馬。見校勘記。一說指教幼馬拉車。大戴禮夏小正："攻駒也者，教之服車數舍之也。"見清孔廣森補注。

【攻禜】古祭名。周禮秋官翦氏："翦氏掌除蠹物，以攻禜攻之，以莽草熏之。"按大祝六祈，四曰禜，五曰攻。攻禜，先以辭告其神，繼行鳴鼓攻逐的儀式。

【攻錯】詩小雅鶴鳴："它山之石，可以爲錯。……它山之石，可以攻玉。"傳："錯，石也，可以琢玉。"本指玉的加工，後借喻爲借人之長，治己之短，多指研究學術。文苑英華六九二唐符載上襄陽樊大夫書："此乃小子夙夜孜孜不怠也，攻錯未半，歸寧蜀道。"

【攻媿集】宋樓鑰撰。原本一百二十卷，至清稍有闕佚，修四庫全書時，館臣删削重編爲一百十二卷。包括詩賦、表奏、序書、志傳等著述。鑰官至參知政事，在南宋後期稱博學，文章暢達，與汪藻李邴稱三大家。攻媿，鑰之別號。集中題跋諸篇，考證多有新見。

【攻苦食淡】生活艱苦，辛勤自勵。史記九九叔孫通傳："呂后與陛下攻苦食啖，其可背哉！"集解引徐廣："攻，猶今人言擊也。啖一作'淡'。"宋路振九國志十一劉昌魯與馬殷書："因深爲壍，憑高作壘，攻苦食淡，以勸士卒。"宋史四五九徐中行傳："熟讀精思，攻苦食淡，夏不扇，冬不爐，夜不安枕者踰年。"

【攻其無備，出其不意】乘敵無備而進擊之。孫子計："攻其無備，出其不意。此兵家之勝，不可先傳也。"漢曹操注："擊其懈怠，出其空虛。"

改 gǎi ㄍㄞˇ 古亥切，上，海韻，見。

㊀變更，改正。易益："君子以見善則遷，有過則改。"㊁姓。秦有大夫改產。見通志二九氏族略五。

【改火】古時鑽木取火，因四季不同而改用不同的木材，稱爲改火。論語陽貨："鑽燧改火，期可已矣。"注引馬融："周書月令有更火之文，春取榆柳之火，夏取棗杏之火，季夏取桑柘之火，秋取柞楢之火，冬取槐檀之火。一年之中，鑽火各異木，故曰改火也。"也作"更火"、"變火"（周禮司爟）、"易火"（管子禁藏）。後來也以改火指一年。文苑英華八二四唐符載鍾陵東湖亭記："於戲！牧鍾陵之民五改火矣。"

【改元】漢武帝卽帝位，以建元爲年號。以後新君卽位，例於次年改用新年號紀年，稱改元。歷代相承。其間一帝在位，往往多次更改年號，亦稱改元。如漢宣帝年號有本始地節元康神爵五鳳甘露黃龍諸名，唐高宗有永徽顯慶龍朔麟德乾封總章咸亨上元儀鳳調露永隆開耀永淳弘道諸名，宋仁宗有天聖明道景祐寶元康定慶曆皇祐至和嘉祐諸名。明清行一帝一元制，中途皆不改元。參閱漢班固白虎通爵、宋高承事物紀原一朝廷注措部改元、清趙翼陔餘叢考二五改元。

【改正】㊀更改正朔。禮大傳："改正朔，易服色。"疏："正謂年始，朔謂月初。言王者得改，示從我始，改故用新。"如夏建寅（以農曆正月爲歲首），殷改建丑（以十二月爲歲首），周改建子（以十一月爲歲首），卽爲改正。參見"改歲"。㊁修正錯誤。漢書八五谷永傳："不求之身，無所改正。"南史梁昭明太子統傳："太子明於庶事，每所奏謬誤巧妄，皆卽辯析，示其可否，徐令改正，未嘗彈糾一人。"

【改年】㊀同"改正㊀"。史記秦始皇紀二十六年："方今水德之始，改年始，朝賀皆自十月朔。"正義："周以建子之月爲正，秦以建亥之月爲正，故其年始用十月而朝賀。"㊁改換年號。漢書九九下王莽傳地皇四年："平林新市下江兵將王常朱鮪等共立聖公爲帝，改年爲更始元年，拜置百官。"聖公，劉玄。

【改易】改變，更換。漢書地理志上："先王之迹既遠，地名又數改易。"又八六何武傳："哀帝亦欲改易大臣，遂策免武。"

【改物】改變前朝的文物制度，主要指改正朔、易服色。左傳昭九年："文之伯也，豈能改物？"注："言文公雖霸，未能改正朔、易服色。"國語周中："叔父若能光裕大德，更姓改物，以創制天下，自顯庸也。"

【改服】更衣。禮曾子問："孔子曰：'男不入，改服於外次；女入，改服於內次，然後卽位而哭。'"漢張衡張河間集二觀舞賦："於是飲者皆醉，日亦既昃；美人興而將舞，乃修容而改服。"

【改革】變換，革新。後漢書六一黃瓊傳："瓊復上言：'覆試之作，將以澄洗清濁，覆實虛濫，不宜改革。'"梁書武帝紀下大通元年詔："百官俸祿，本有定數，前代以來，皆多評准，頃者因循，未遑改革。"

【改容】改變儀容。莊子德充符："子產蹵然改容更貌。"漢書四八賈誼傳陳政事疏："今自王侯三公之貴，皆天子之所改容而禮之也。"也指變換狀態。全唐詩六九四鄭準江南清明："吳山楚驛四年中，一見清明一改容。"

【改悔】追悔前言或過失而改變之。戰國策燕三："頃之未發，太子遲之，疑其有改悔。"漢王符潛夫論述赦："雖脫桎梏而出囹圄，終無改悔之心。"

【改造】㊀重新製作。詩鄭風緇衣："緇衣之好兮，敝予又改造兮。"箋："造，爲也。"㊁重新選擇。荀子議兵："中試則復其戶，利其田宅，是數年而衰，而未可奪也。改造，則不易周也。"注："改造，更選擇也。"

【改張】重新作起。改弦更張的省稱。晉書陳頵傳與王導書："今宜改張，明賞信罰，……然後大業可舉，中興可冀耳。"參見"改弦更張"。

【改常】改變常態。宋孫光憲北夢瑣言十："左軍容使嚴遵美，……嘗一日發狂，手足舞蹈，傍有一貓一犬，貓忽謂犬曰：'軍容改常也，顛發也。'"明陶宗儀輟耕錄十七改常："今人謂易其所守者曰改常。"

【改道】㊀謂改變方法、制度。漢劉向說苑政理："臣請改道易行，而治東阿。"班固白虎通三正："王者有改道之文，無改道之質。"㊁江河改變故道。清傅澤洪行水金鑑八二："蓋其時濟水改道，從蒲臺東北，與河渾濤而入海也。"

【改琦】公元1774—1829年。清松江人，字伯蘊，號香白，又號七薌，別號玉壺外史。善畫人物、佛像，尤以士女畫著稱；兼工山水、花卉等小品。落墨潔淨，設色姸雅。

【改塗】改變途徑。抱朴子廣譬："故識否泰於獨見者，雖劫以鋒鋭，猶不失正而改塗焉。"

【改節】㊀喪失節操。孔子家語在厄："君子修道立德，不爲窮困而改節。"㊁節候改變。藝文類聚三四三國魏文帝（曹丕）寡婦賦："去秋兮就冬，改節兮時寒。"

【改歲】由舊歲進入新年。詩豳風七月："十月蟋蟀，入我牀下。……曰爲改歲，入此室處。"清陳奐詩毛氏傳疏："改，更也。改歲，更一歲也。周建子，以十一月爲歲始。"

【改圖】改變計劃。左傳哀二年："郢不足以辱社稷，君其改圖。"

【改選】重行選授官職。晉書江統傳："（統）遷中郎。選司以統叔父春爲宜春令，統因上疏曰：'故事，父祖與官職同名，皆得改選。'"

【改操】改變操行。後漢書三一孔奮傳："奮自爲府丞，已見敬重，及拜太守，舉郡莫不改操。"指去惡爲善。周書柳虯傳："虯脫略人間，不事小節，弊衣疎食，未嘗改操。"指改變平素的操行。

【改竄】指文字的修改塗抹等。晉書阮籍傳："使者以告，籍便書案，使寫之，無所改竄，辭甚清壯。"

【改轍】㊀改變行車的路徑。文選三國魏曹子建(植)贈白馬王彪詩："霖雨泥我塗，流潦浩縱橫，中逵絕無軌，改轍登高崗。"㊁猶改弦更轍。比喻改變作法。唐馬總意林一晏子："臣請改轍更治，三年必有譽也。"隋書禮儀志一："而世載遐邈，風流訛舛，必有人情，將移禮意，殷周所以異軌，秦漢於焉改轍。"

【改醮】改嫁。醮，結婚時以酒祭神。晉書李密傳："李密字令伯，……父早亡，母何氏改醮。"

【改觀】改變本來的看法、觀感。後漢書五六王龔傳附王暢："尋拜南陽太守，……奮厲威猛，……功曹張敞奏記諫曰：'五教在寬，著之經典，……以明府上智之才，日月之曜，敷仁惠之政，則海內改觀，實有折枝之易，而無挾山之難。'"又八十上黃香傳："(帝)顧謂諸王曰：'此天下無雙江夏黃童者也。'左右莫不改觀。"

【改土歸流】散居在雲南貴州四川廣西等地的少數民族，明以前概由土司轄治。永樂後，於雲貴部分地區廢除土司，改設布政使司，實行官府統一治理。清雍正時，採用雲貴總督鄂爾泰改土歸流建議，推行於西南諸省，加强了中央對邊疆地區的統一管理。參閱明史貴州土司、雲南土司、廣西土司，碑傳集二一清袁枚鄂爾泰行略。

【改步改玉】左傳定五年："季平子行東野，還未至，丙申，卒于房。陽虎將以璵璠斂，仲梁懷弗與，曰：'改步改玉。'"注："昭公之出，季孫行君事，佩璵璠祭宗廟。今定公立，復臣位，改君步，則亦當去璵璠。"也作"改玉改行"。國語周中："晉文公既定襄王於郟，王勞之以地，辭。請隧焉，王不許，曰：'……先民有言曰：改玉改行。'"注："玉，佩玉，所以節行步也。君臣尊卑，遲速有節，言服其服器則行其禮，以言晉侯尚在臣位，不宜有隧也。"後來用以比喻隨着情況的不同而改變作法。

【改弦更張】調整樂器之弦，使聲音和諧。比喻改變法度或作法。漢書五六董仲舒傳："竊譬之琴瑟不調，甚者必解而更張之，乃可鼓也；爲政而不行，甚者必變而更化之，乃可理也。"宋書樂志四何承天鼓吹鐃歌上邪篇："琴瑟時未調，改弦當更張。矧乃治天下，此要安可忘。"也作"改絃易張"。三國志吳孫亮等傳評："(孫)休以舊愛宿恩，任用(濮陽)興(張)布，不能拔進良才，改絃易張，雖志善好學，何益救亂乎？"

【改弦易轍】同"改弦更張"。宋袁甫蒙齋集三應詔封事："暨乎土木畢興，輪奐復舊，陛下晏然處之，不思改絃易轍。"絃，同"弦"。

【改過自新】改正錯誤，重新作人。史記孝文紀："其少女緹縈自傷泣，乃隨其父至長安，上書曰：'……妾傷夫死者不可復生，刑者不可復屬，雖復欲改過自新，其道無由也。'"

【改頭換面】比喻表面上改變，而實質不變。唐寒山寒山子詩集寒山詩之二一四："改頭換面孔，不離舊時人。"朱子語錄一〇九朱子六："今人作經義，正是醉人說話，只見許多說話，改頭換面，說了又說，不成文字。"也作"改頭換尾"。唐彥琮唐護法沙門法琳別傳下："增加卷軸，添足篇章，依傍佛經，改頭換尾。"

攸 yōu 以周切，平，尤韻，喻。
ㄧㄡ

㊀水流貌。流水順其性，故有自得義。孟子萬章上："少則洋洋焉，攸然而逝。"㊁久，長遠。漢冀州從事張表碑："令德攸兮宣重光，仕郡州兮迪民康。"(隸釋八)㊂危險貌。左傳昭十二年："南蒯之將叛也，其鄉人或知之，過之而嘆，且言曰：'恤恤乎，湫乎，攸乎。'"注："攸，懸危之貌。"一說爲憂愁義。清洪亮吉春秋左傳詁："說文：'恤，憂也。'案湫、攸與愁同音，亦即恤恤之義。"㊃居住之所。詩大雅韓奕："爲韓姞相攸，莫如韓樂。"箋："相，視。攸，所也。……視其所居，韓國最樂。"㊄是。書禹貢："九州攸同，四隩既宅。"詩小雅斯干："風雨攸除，鳥鼠攸去，君子攸芋。"㊅助詞。書盤庚："女不憂朕心之攸困。"又洪範："予攸好德。"參閱清王引之經傳釋詞一。

【攸女】傳說爲夏禹之妃。太平御覽一三五晉皇甫謐帝王世紀："禹始納塗山氏女曰女媧，至是爲攸女。故連山易曰：'禹娶塗山之子，名曰攸女。'"

【攸攸】遠貌。漢書一〇〇下敘傳兩越傳贊："攸攸外寓，閩越東甌。"

【攸縣】縣名。屬湖南省。漢置，以地瀕攸水而名。隋廢入湘潭縣。唐武德四年復置，明清屬長沙府。參閱元和郡縣志二九江南道衡州、寰宇通志五五長沙府攸縣。

四　畫

放 1. fàng 甫妄切，去，漾韻，幫。
ㄈㄤ

㊀拋棄，放逐。書舜典："放驩兜于崇山。"楚辭屈原漁父："屈原既放，遊於江潭，行吟澤畔。"封建時代官員被貶謫或京官外任，也稱放。㊁恣縱，放任。書武成："歸馬于華山之陽，放牛于桃林之野。"孟子滕文公下："葛伯放而不祀。"注："放縱無道，不祀先祖。"㊂釋放，開放。唐白居易長慶集三七德舞詩："怨女三千放出宮，死囚四百來歸獄。"元曲選關漢卿謝天香一："你種的桃花放，砍的竹竿折。"㊃放置，放下。淮南子兵略："放乎九天之上。"三國志魏高貴鄉公紀甘露五年注引魏末傳："兵交，帝曰：'放仗！'大將軍士皆放仗。"㊄發放。紅樓夢三九："這個月的月錢，連老太太、太太還沒放呢！"

2. fǎng 分罔切，上，養韻，幫。
ㄈㄤ

㊅依據。論語里仁："放於利而行，多怨。"國語晉四："君定王室，而殘其姻族，民將焉放？"注："放，依也。"㊆仿效。通"倣"。漢書七二貢禹傳上奏："後世爭爲奢侈，轉轉益甚，臣下亦相放效。"㊇至。禮祭義："推而放諸東海而準。"列子楊朱："伯夷非亡欲，矜清之郵，以放餓死；展季非亡情，矜貞之郵，以放寡宗；清貞之誤善之若此！"

3. fāng 集韻 分房切，平，陽韻。
ㄈㄤ

㊈併船。同"方"。荀子子道："不放舟，不避風，則不可涉也。"注："放，讀爲方。"說文："方，併船也。"

【放刁】耍無賴，欺負人。元曲選關漢卿望江亭一："好個出家的人，偏會放刁。"又孟漢卿魔合羅一："那個央人的到會放刁！我今日破了戒，我則寄你這一個信。"

【放人】隱居放浪的人。隋王通中說立命："或問陶元亮(潛)，子曰：'放人也，歸去來有避地之心焉。'"

【放士】被放逐的人。山海經南山經："(柜山)有鳥焉，其狀如鴟，而人手，其音如痺，其名曰鴸，其鳴自號也，見則其縣多放士。"晉陶潛陶淵明集四讀山海經詩之十二："鶡鵝見城邑，其國有放士。"

【放心】㊀放縱之心。書畢命："雖收放心，閑之惟艱。"㊁消除戒心和憂慮。水滸八："休得要胡思亂想，只顧放心去。"

【放火】放燈。詳"州官放火"。

【放手】㊀鬆手。唐杜甫杜工部草堂詩箋六示從孫濟："刈葵莫放手，放手傷葵根。"㊁謂伸手。指恣意妄爲。後漢書明帝紀詔："今選舉不實，邪佞未去，權門請託，殘吏放手，百姓愁苦，情無告訴。"注："放手，謂貪縱爲非也。"

【放目】縱目遠望。宋陳師道后山詩註十一和寇十一同登寺山："圍山缺西北，放目不可制。"

【放生】釋放魚鳥等小生物。列子說符："邯鄲之民，以正月之旦獻鳩於(趙)簡子，簡子大悅，厚賞之。客問其故，簡子曰：'正旦放生，示有恩也。'"

【放斥】放逐，斥退。後漢書五六王龔傳："龔深疾宦官專權，志在匡正，乃上書極言其狀，請加放斥。"宋王安石臨川集十二有感詩："放斥僕與馬，獨身步田疇。"

【放言】㊀放棄言談。指不議論世事。論語微子："(子)謂虞仲夷逸，隱居放言，身中清，廢中權。"一說爲放縱其言。參閱清劉寶楠論語正義。㊁縱談。後漢書七十孔融傳路粹奏融狀："又前與白衣禰衡跌蕩放言。"又六二荀韓鍾陳傳論："漢自中世以下，閹豎擅恣，故俗遂以遁身矯潔放言爲高。"注："放肆其言，不拘節制也。"

【放良】舊時奴婢皆入籍，子孫相承。須向官署、主人交納錢財，纔能取得執憑改變身分，成爲平民，名曰放良。元典章十七戶部三籍册："招收到附籍、漏籍、放良、還俗等人戶。"又戶口條畫中有放良民戶一項。參閱唐律疏議十二戶婚上"諸放部曲爲良"、又中"若婢有子及經放爲良者"注，明陶宗儀輟耕錄十七奴婢。

【放走】急促快行，相當於今之競走，指元代每年舉行一次的長途競走比賽。亦名貴由赤。

【放告】舊時官府每月定期開衙受理訴訟，叫放告。古今雜劇元關漢卿四春園二："小官身姓賈，房上去跑馬，……今日坐起早衙，喝攛廂放告。"元明雜劇明誠齋(朱有燉)繼母大賢二："俺來這衙門伺候了七八日，今日好歹放告也。"

【放夜】古代都市有夜禁，街道斷絕通行。定期或暫時弛禁，稱爲放夜。自唐以來，正月十五夜前後幾日內，京師例行放夜。太平御覽三十唐韋述西京新記："西都京城街衢，有執金吾，曉暝傳呼以禁夜行。惟正月十五日夜，勑許弛禁前後各一日以看燈。"宋周邦彥片玉詞下解語花上元："因念都城放夜，望千門如晝，嬉笑游冶。"

【放牧】於野放養牲畜。後漢書九十烏桓傳："烏桓者，本東胡也。……隨水草放牧，居無常處。"

【放洋】船隻出遠洋航行。宋朱彧萍州可談二："廣州自小海至㴇州七百里，……商船去時至㴇州少需以訣，然後解去，謂之放洋。"

【放春】春時草木生發。管子小問："桓公放春三月，觀於野。"注："春物放發，故曰放春。"唐杜甫杜工部草堂詩箋三六留別公安太易沙門："沙村白雪仍含凍，江縣紅梅已放春。"

【放₂悲】好像，類似。同"仿佛"、"髣髴"。漢書禮樂志郊祀歌："靈之至，慶陰陰，相放悲，震澹心。"

【放風】監獄規定犯人按時在牢房外活動行走叫放風。清黃六鴻福惠全書十三監禁："禁中原有女監，早間放風，禁卒拘管出入，不許男犯近前。"

【放浪】放蕩不羈。晉書郭璞傳客傲："無巖穴而冥寂，無江湖而放浪，玄悟不以應機，洞鑒不以昭曠。"又王羲之傳蘭亭集序："夫人之相與，俯仰一世，或取諸懷抱，悟言一室之内，或因寄所託，放浪形骸之外。"

【放₂效】摹倣，效法。同"倣效"。漢書八一匡衡傳上疏："今長安天子之都，親承聖化，然其習俗，無以異於遠方，郡國來者，無所法則，或見侈靡而放效之。"注："放，依也。"也作"放効"。後漢書六十下蔡邕傳封事六："豈有伏罪懼考，反求遷轉，更相放効，臧否無章？"

【放恣】驕縱恣肆。孟子滕文公下："聖王不作，諸侯放恣，處士橫議，楊朱墨翟之言盈天下。"

【放逐】流放驅逐。戰國策魏一："昔者，三苗之居，……爲政不善，而禹放逐之。"史記項羽紀論："及羽背關懷楚，放逐義帝而自立，怨王侯叛己，難矣！"

【放眼】縱目遠望。唐白居易長慶集六三洛陽有愚叟詩："放眼看青山，任頭生白髮。"

【放蛆】譏人胡言亂語。詳"嚼蛆"。

【放逸】放任自由。後漢書四九仲長統傳昌言理亂："求士之舍榮樂而居窮苦，棄放逸而赴束縛，夫誰肯爲之者邪！"列子楊朱："口之所欲道者是非，而不得言，謂之閼智；體之所欲安者美厚，而不得從，謂之閼適；意之所欲爲者放逸，而不得行，謂之閼性。"

【放參】舊時官吏放屬官進衙參見叫放參。永樂大典戲文張協狀元："吾今已到梓州，諸衙人從，並未放參，只接見任文武官員。"三國演義二："玄德幾番自往求免，俱被門役阻住，不肯放參。"

【放偷】遼金元時在正月元宵節前夜縱人行竊，不受拘罰，名放偷。宋文惟簡虜廷事實："虜中每至正月十六日夜，謂之放偷。俗以爲常，官亦不能禁。"清厲鶚遼史拾遺二四鶻里尀："燕北錄曰：'正月十三日放國人作賊三日，如盜及十貫以上，依法行遣。北呼爲鶻里尀。漢人譯云，鶻里是偷，尀是時也。'"

【放達】縱放曠達，不拘禮俗。世說新語任誕："劉伶恒縱酒放達，或脫衣裸形在屋中。"晉書戴逵傳："性高潔，常以禮度自處，深以放達爲非道也。"

【放朝】唐制，凡遇酷暑或大雨雪等，免羣臣入朝參見，叫放朝。唐會要二五雜錄："貞元十三年六月詔：'自今以後，時暑及雨雪泥潦，亦量放朝參。'"唐白居易長慶集十四雨雪放朝因懷微之詩："歸時紛紛滿九衢，放朝三日爲泥塗。"

【放弑】放逐而殺之。韓非子忠孝："今舜以賢取君之國，而湯武以義放弑其君，此皆以賢而危主者也，而天下賢之。"弑也作"殺"。史記高祖紀二年："發使告諸侯曰：'天下共立義帝，北面事之，今項羽放殺義帝於江南，大逆無道。'"

【放溜】使舟順流自行。文苑英華二八九梁元帝(蕭繹)早發龍巢詩："征人喜放溜，曉發晨陽隈。"宋范成大石湖集十八崇德廟詩："灘平放溜日千里，已夢鱠鱸如雪堆。"

【放意】㊀恣意，縱意。列子楊朱："藉其先貲，家累萬金，不治世故，放意所好。"晉陶潛陶淵明集四詠二疏詩："放意樂餘年，遑恤身後慮。"㊁猶放心。清平山堂話本快嘴李翠蓮："爺開懷，娘放意；哥寬心，嫂莫慮。"

【放棄】棄置一旁。史記樂書："放弃詩書，極意聲色。"弃，同"棄"。漢趙曄吳越春秋勾踐入臣外傳："放棄忠直之言，聽用讒夫之語。"

【放肆】放縱，不受約束。關尹子六匕："一蜂至微，亦能游觀乎天地；一鰕至微，亦能放肆乎大海。"後漢書四九仲長統傳昌言損益："苟使豺狼牧羊豚，盜跖主征稅，國家昏亂，吏人放肆，則惡復損益之間哉！"

【放鼓】宋時宮禁報更擊鼓憑鼓契，契有二，其一稱放鼓。宋章淵稿簡贅筆鼓契："禁鼓古有契，契有二，一曰放鼓，一曰止鼓。其制，以木刻字于上，凡放鼓契出，禁門外擊鼓然後作，止鼓契出亦然。"

【放解】舊時稱當舖爲解典庫，放人來典當衣物叫放解。元曲選武漢臣老生兒一："我也再不去圖私利狠心的放解，我也再不去惹官司瞞心兒舉債。"又缺名看錢奴二："或是有人家典段疋，或是有人家當鐶釵，你則待加一倍放解。"

【放債】舊時稱借錢給人以收取利息爲放債。又名生放。史記一二九貨殖傳記吳楚七國反時，無鹽氏捐金出貸，其息十之；又漢書八五谷永傳稱"爲人起責，分利受謝"，爲最早關於放債的記載。參閱宋洪邁容齋隨筆三筆九赦放債負、又六俗語放錢，清趙翼陔餘叢考三三放債起利加二加三加四並京債。

【放衙】免去屬吏早晚兩衙的參見。唐白居易長慶集十六北亭招客詩："能來盡日宮(一作"觀")棊否？太守知慵放晚衙。"又李商隱李義山詩集二安平公："華州留語曉至暮，高聲喝吏放兩衙。"宋蘇軾分類東坡詩一入峽："放衙鳴晚鼓，留客薦霜柑。"

【放誕】㊀縱放不羈。舊題漢劉歆西京雜記二："文君姣好，……十七而寡，爲人放誕風流，故悅長卿(司馬相如)之才而越禮焉。"南齊書檀超傳："超少好文學，放誕任氣。"㊁浮誇，虛無。指老莊或方士的玄言。漢書一〇〇下敍傳："季末淫祀，嘗信巫史，大夫臚岱，侯伯僭畤，放誕之徒，緣間而起。"晉書傅玄傳上疏："魏文(曹丕)慕通達而天下賤守節，其後綱維不攝，而虛無放誕之論，盈于朝野。"

【放歌】放聲歌唱。唐杜甫杜工部詩史補遺四聞官軍收河南河北："白日放歌須縱酒，青春作伴好還鄉。"

【放榜】公布考試錄取的名單及名次。也作"放牓"。五代王定保唐摭言三慈恩寺題名遊賞賦詠雜記引唐杜牧詩："東都放榜未花開，三十三人走馬迴。"樊川集外集作及第後寄長安故人詩，榜作"牓"。

【放勳】堯名。書堯典："粵若稽古帝堯，曰放勳，欽明文思安安。"漢馬融趙岐皇甫謐皆以放勳爲堯名。孔傳以放爲效，言堯放上世之功紀。朱熹以爲史臣贊美帝堯之辭，因以爲號。蔡沈傳訓放爲至，言堯之功，大而無所不至。

【放燈】㊀正月元宵張點花燈以爲娛樂的風俗。宋王林燕翼貽謀錄三罷張燈："太祖乾德五年正月甲辰詔曰：'上元張燈，舊止三夜。今朝廷無事，區宇乂安，方當年穀之豐登，宜縱士民之行樂。'其令開封府更放十七、十八兩夜燈，後遂爲例。"蘇軾經進東坡文集事略二九諫買浙燈狀："內廷故事，每遇放燈，不過令內東門雜買務臨時收買。"參閱宋朱翌猗覺寮雜記下、清富察敦崇燕京歲時記燈節。㊁舊時和尚作道場的迷信活動之一。儒林外史四："衆和尚喫完了齋，洗了臉和手，吹打拜懺，行香放燈，施食散花，跑五方，整整鬧了三晝夜，方纔散了。"

【放蕩】恣意放任，没有檢束。漢書六五東方朔傳："其言專商鞅、韓非之語也，指意放蕩，頗復詼諧，辭數萬言，終不見用。"也作"放盪"。三國志魏楊阜傳上疏："誠宜思齊往古聖賢之善治，總觀季世放盪之惡政。……所謂惡政者，從心恣欲，觸情而發也。"

【放踵】見"摩頂放踵"。

【放黜】放逐罷退。書泰誓下："崇信姦回，放黜師保。"晉書陶侃傳附陶瞻庾亮上疏："(陶)斌雖醜惡，罪在難忍，然王憲有制，骨肉至親，親運刀鋸以刑同體，傷父母之恩，無惻隱之心，應加放黜，以懲暴虐。"

【放縱】放任，不循常軌。漢書八六王嘉傳上封事："詔書罷菀，而以賜(董)賢二千餘頃，均田之制，從此墮壞，奢僭放縱，變亂陰陽，災異衆多。"列子楊朱："紂亦藉累世之資，居南面之尊；威無不行，志無不從；肆情於傾宮，縱欲於長夜；不以禮義自苦，熙熙然以至於誅；此天民之放縱者也。"

【放曠】曠達不拘禮俗。晉書桓石秀傳："居尋陽，性放曠，常弋釣林澤，不以榮爵嬰心。"

【放懷】放寬胸懷。唐溫庭筠集四春日偶作："自欲放懷猶未得，不知經世竟如何？"

【放麑】韓非子說林上："孟孫獵得麑，使秦西巴持之歸，其母隨之而啼，秦西巴弗忍而與之。孟孫適至而求麑。答曰：'余弗忍而與其母。'孟孫大怒，逐之。居三月，復召以爲其子傅。……孟孫曰：'夫不忍麑，又將忍吾子乎？'"又見淮南子人間、說苑貴德。後來遂以放麑爲仁慈的典故。後漢書十三公孫述傳："(光武)又讓(吳)漢副將劉尚曰：'城降三日，吏人從服，孩兒老母，口以萬數，一旦放兵縱火，聞之可爲酸鼻！……仰視天，俯視地，觀放麑啜羹，二者孰仁？良失斬將弔人之義也！'"唐陳子昂陳伯玉文集一感遇詩之四："吾聞中山相，乃屬放麑翁。"

【放生池】佛家以不殺生爲善舉。梁武帝崇信佛教，置放生池，謂之長命洲，放養收贖的龜魚螺蚌等。唐太平公主於京西掘地置放生池，肅宗乾元二年通命境內臨江之地各置放生池，凡八十一所，顏真卿爲作天下放生池碑銘序，見顏魯公集四。參閱唐劉餗隋唐嘉話下、宋趙彥衞雲麓漫鈔三。

【放河燈】七月十五日在河上放燈的風俗。明劉侗帝京景物略二春場："七月……十五日諸寺建盂蘭盆會，夜於水次放燈，曰放河燈。"

【放翁詞】宋陸游撰。一卷。放翁，游號。游詩爲南宋一大家，慷慨豪宕、清新沈鬱，兼而有之。其詞現存僅百餘首，纖麗處似秦觀，雄快處似蘇軾，而以婉秀者爲多。

【放歌行】樂府名。古辭孤兒行，一名孤兒生行，亦稱放歌行。晉傅玄、南朝宋鮑照、唐王昌齡都有放歌行詩。見樂府詩集三八瑟調曲。唐白居易長慶集五三答微之詠懷見寄詩："聚散窮通何足道，醉來一曲放歌行。"

【放螢苑】隋朝遺蹟名。唐杜牧樊川集三揚州三首之二："秋風放螢苑，春草鬬雞臺。"按隋書煬帝紀大業十二年五月於景華宮徵求螢火數斛，夜出放之，光徧巖谷。七月煬帝赴江都。是放螢爲東都事，詩中所言爲泛指。參閱清馮集梧樊川詩集注。

【放鶴亭】古蹟名。1. 在江蘇銅山縣南雲龍山下。宋張天驥有兩馴鶴，旦放暮歸，於山下築亭，蘇軾爲作放鶴亭記。文見經進東坡文集事略五一。參閱嘉慶一統志一〇一徐州府二古蹟。2. 在浙江杭州市孤山北。宋林逋愛梅花，嘗蓄二鶴。元至元間，余謙修葺逋墓，於山下建梅亭，郡人陳子安於其旁築放鶴亭。參閱嘉慶一統志二八四杭州府二古蹟、浙江通志四十古蹟二。

【放虎自衞】喻自招災禍。晉常璩華陽國志五公孫述劉二牧志建安十六年："劉主至巴郡，巴郡嚴顏拊心嘆曰：'此所謂獨坐窮山，放虎自衞者也。'"

【放虎歸山】喻放任敵人坐大，後患無窮。三國志蜀劉巴傳注引零陵先賢傳："劉璋遣法正迎劉備，……既入，(劉)巴復諫曰：'若使備討張魯，是放虎於山林也。'"成語"放虎歸山"，本此。

【放飯流歠】猶言大吃大喝。放飯，大

吃而飯粒狼藉；流歠，大喝而湯水從口角流下來。歠，即"飲"。孟子盡心上："放飯流歠，而問無齒決，是之謂不知務。"

【放之四海而皆準】用到任何地方都可作爲準則。禮祭義："推而放諸東海而準，推而放諸西海而準，推而放諸南海而準，推而放諸北海而準。"注："放，猶至也。準，猶平也。"

【放下屠刀，立地成佛】本佛家語，謂停止作惡，立成正果。後借以喻改惡得善之速。景德傳燈録二五法安濟慧禪師："要似他廣額凶屠，抛下操刀，便證阿羅漢果。"五燈會元十九東山覺禪師："廣額正是箇殺人不眨眼底漢，颺下屠刀，立地成佛。"宋彭大翼山堂肆考徵集一釋教成佛在羅漢之先作"放下屠刀，立地成佛"。

五 畫

政 1. zhèng 之盛切，去，勁韻，照。ㄓㄥˋ

㊀政治，政事。論語學而："夫子至於是邦也，必聞其政，求之與？抑與之與？"韓非子五蠹："今欲以先王之政，治當世之民，皆守株之類也。"㊁政權。論語季氏："天下有道，則政不在大夫。"㊂執掌某種政務的人。如學政、鹽政。㊃恰好，只。通"正"。墨子節葬："上稽之堯舜禹湯文武之道，而政逆之；下稽之桀紂幽厲之事，猶合節也。"世説新語規箴："殷覬病困，看人政見半面。"

2. zhēng 諸盈切，平，清韻，照。ㄓㄥ

㊄通"征"。1. 徵税。周禮地官均人："均人掌均地政。"注："政，讀爲征。地征，謂地守、地職之税也。"2. 征伐。逸周書度訓："力争則力政，力政則無讓。"大戴禮用兵："諸侯力政，不朝於天子。"參閲清王念孫讀書雜志一政。

【政化】政事與教化。後漢書孝安帝紀永初五年詔："其令三公、特進、侯……諸侯相舉賢良方正、有道術、達於政化、能直言極諫之士各一人。"

【政令】行政措施與法令。左傳成十六年："魯之有季孟，猶晉之有欒范也，政令於是乎成。"荀子致士："政令不行而上下怨疾，亂所以自作也。"

【政治】㊀政事得以治理。書畢命："道洽政治，澤潤生民。"傳："道至普洽，政化治理，其德澤惠施，乃浸潤生民。"漢賈誼新書大政下："有教然後政治也，政治然後民勸之。"㊁指治理國家所施行的一切措施。周禮地官遂人："掌其政治禁令。"漢書七五京房傳："(石)顯告房與張博通謀，非謗政治，歸惡天子，詿誤諸侯王。"

【政官】掌國内政事的官吏。周禮設官分職，立夏官司馬，政官之屬有大司馬、小司馬、軍司馬等，使帥其屬以掌邦政。見周禮夏官司馬。

【政府】唐宋時稱宰相治理政務的處所爲政府。資治通鑑二一五唐天寶二年："李林甫領吏部尚書，日在政府，選事悉委侍郎宋遥苗晉卿。"注："政府，謂政事堂。"宋史三一九歐陽修傳："其在政府，與韓琦同心輔政，凡兵民官吏財利之要，中書所當知者，集爲總目，遇事不復求之有司。"後泛指國家政權機關。參見"政事堂"。

【政事】施政辦事。書皋陶謨："政事，懋哉！懋哉！"孔門四科中有政事一科。見論語先進。

【政典】㊀治國的典章法制。書胤征："政典曰：先時者殺無赦。"傳："政典，夏后爲政之典籍。"周禮天官大宰："四曰政典，以平邦國，以正百姓，以均萬民。"㊁書名。唐劉秩撰。秩，知幾子，於開元末採經史百家之言，按周禮六官所職，撰分門書三十五卷，號曰政典。後來杜佑以此爲基礎，加以補充，參以開元禮，增至二百卷，成爲通典。

【政和】㊀縣名。屬福建省。本福州寧德縣地。宋咸平三年置，政和五年改名政和。明清均屬福建建寧府。見讀史方輿紀要九七福建三。㊁宋趙佶(徽宗)年號。公元1111—1118年。

【政要】施政的要領。後漢書六十下蔡邕傳詔："宜披露失得，指陳政要，勿有依違，自生疑諱。"新唐書藝文志有貞觀政要十卷，又淩璠唐録政要十二卷。淩書今已佚。

【政柄】猶政權。左傳昭七年："抑諺曰：蕞爾國，而三世執其政柄，其用物也弘矣，其取精也多矣。"

【政務】行政事務。後漢書四十上班彪傳附班固："京兆督郵郭基，孝行著於州里，經學稱於師門，政務之績，有絶異之效。"

【政理】㊀謂爲政之道。猶政治。鬼谷子下本經陰符："原人事之政理，不出户而知天下。"三國志蜀諸葛亮傳答劉備問："外結孫權，内脩政理。"㊁謂有卓越的政績。後漢書五九張衡傳："陰知姦黨名姓，一時收禽，上下肅然，稱爲政理。"

【政教】指刑賞與教化。荀子王制："平政教，正法則，兼聽而時稽之，度其功勞，論其慶賞，以時順脩，使百姓盡免(勉)，而衆庶不偷，冢宰之事也。"史記六三申不害傳："(韓)昭侯用爲相，内脩政教，外應諸侯，十五年，終申子之身，國治兵彊，無侵韓者。"

【政經】政治的常則。左傳宣十二年："今茲入鄭，民不罷勞，君無怨讟，政有經矣。"注："經，常也。"文苑英華六一九唐李彭年論刑法不便表第二表："國用常刑，俯收嚴典，則政經有序，德洽人心。"

【政綱】施政的紀綱。漢賈誼新書大政下："臣忠君明，此之謂政之綱也。"宋史四一九薛極傳上疏："政綱雖舉，必求益其所未至；德澤雖布，必思及其所未周。"南齊顧歡曾上表進政綱一卷。見南史本傳。

【政網】比喻法紀。宋書徐爰傳泰始三年詔："比邊難未静，安衆以惠，戎略是務，政網從簡，故得使此小物，乘寬自縱。"北齊書儒林傳序："幸朝章寬簡，政網疎闊，游手浮惰，十室而九，故横經受業之侣，遍於鄉邑。"

【政論】東漢崔寔撰。寔明於政體，曾論當世事，撰爲政論，范曄稱其"言當世理亂，雖鼂錯之徒，不能過也"。見後漢書五二崔駰傳附崔寔。隋書經籍志法家著録作六卷，舊唐書經籍志作崔氏政論五卷。原書宋時已佚。意林羣書治要等書所載尚多。清嚴可均、馬國翰均有輯本。

【政樞】政治大權。新唐書一一二蘇安恆傳申救魏元忠疏："陛下始革命，勤秉政樞，博逮謀猷，天下以爲明主。"

【政聲】官吏的政治聲譽。後漢書五七杜根傳："位至巴郡太守，政甚有聲。"唐杜荀鶴唐風集上贈秋浦金明府長詩："惟憑野老口，不立政聲碑。"

【政績】指官吏辦事的成效。文選晉潘安仁(岳)在懷縣作詩之一："驅役宰兩邑，政績竟無施。"後漢書二六蔡茂傳："後與(竇)融俱徵，復拜議郎，再遷廣漢太守，有政績稱。"

【政體】施政的要領。後漢書光武帝紀下中元二年："雖身濟大業，兢兢如不及，故能明慎政體，總攬權綱，量時度力，舉無過事。"也指國家的體制。晉書劉頌傳上疏："是以聖王之化，執要而已，委務於下而不以事自嬰也。分職既定，無所豫焉，……誠以政體宜然，事勢致之也。"

【政事堂】唐宋宰相治理政務的處所。唐自武德初，三省長官議事於門下省之政事堂。至武后光宅元年裴炎自侍中遷中書令，乃徙政事堂於中書省。開元中，張説爲相，又改政事堂號中書門下，後列五房(吏、樞機、兵、户、刑禮)，下分曹以主衆務。宋承唐制，也有政事堂，又稱都堂。參閱唐劉肅大唐新語十釐革、新唐書百官志、文獻通考五十職官考四門下省。

㪅 gēng ㄍㄥ

"更"之古體字。

故 gù 古暮切，去，暮韻，見。ㄍㄨˋ

㊀原故，原因。左傳莊三二年："惠王問諸内史過曰：'是何故也？'"史記七十張儀傳："臣請謁其故。"索隱："故，謂陳不宜伐之端由也。"㊁事，變故。易繫辭上："感而遂通天下之故。"又下："又明於憂患與故。"注："故，事故也。"國語鄭："王室多故，余懼及焉，其何所可以逃死？"注："故，猶難也。"㊂故事，成例。商君書更法："苟可以彊國，不法其故；苟可以利民，不循其禮。"成語有"蹈常襲故"。㊃故意。書大禹謨："宥過無大，刑故無小。"傳："不忌故犯，雖小必刑。"呂氏春秋制樂："今故興事動衆，以增國城，是重吾罪也。"㊄舊，久。論語爲政："温故而知新。"管子四時："開久墳，發故屋，辟故窌，以假貸。"㊅死亡。古今小説五窮馬周遭際賣䭔媪："前年趙三郎已故了，他老婆在家守寡。"參見"物故"。㊆副詞。1.原來，本來。荀子性惡："凡禮義者，是生於聖人之僞，非故生於人之性也。"注："故，猶本也。"2.依然，仍舊。抱朴子對俗："江淮間居人爲兒時，以龜枝牀，至後老死，家人移牀而龜故生。"3.必定。戰國策秦三："吴不亡越，越故亡吴。"㊇連詞。因此，所以。論語先進："求也退，故進之；由也兼人，故退之。"左傳昭二十年："奉初以還，不忍後命，故遣之。"

【故人】㊀舊友。墨子貴義："子墨子自魯即齊，遇故人。"史記項羽紀："顧見漢騎司馬呂馬童曰：'若非吾故人乎？'"㊁前妻或前夫。玉臺新詠一古詩之一："新人從門入，故人從閤去。"此指前妻。又古詩爲焦仲卿妻作："新婦識馬聲，躡履相逢迎，悵然遥相望，知是故人來。"此指前夫。㊂對門生故吏的自稱。後漢書五四楊震傳："故人知君，君不知故人。"資治通鑑五三漢建和三年"此咎由故人畏憚禦"注："故人，(高)倫自謂也。漢人於門生故吏之前，率自稱故人。"㊃死者。南齊謝朓謝宣城集四和王主簿李哲怨憤詩："故人心尚爾，故心人不見。"儒林外史八："昔年在南昌蒙尊公骨肉之誼，今不想已作故人。"

【故入】故意將罪狀强加於人。唐律疏議二九斷獄上依告狀鞫獄："諸鞫獄者，皆須依所告狀鞫之，若於本狀之外，別求他罪者，以故入人罪論。"

【故土】故鄉。唐柳宗元柳先生集二九鈷鉧潭記："孰使予樂居夷而忘故土者，非茲潭也歟？"

【故夫】前夫。玉臺新詠一古詩之一："長跪問故夫，新人復何如？"指棄婦之夫。唐李商隱李義山詩集六寄蜀客："金徽却是無情物，不許文君憶故夫。"指已死之夫。

【故出】謂判罪不當，故意以重判輕，或以有作無。唐律疏議二名例人有議請減："故失減者，謂判官故出人罪，放而還獲，減一等。"

【故失】判罪不當，故意失入失出。刑重於罪者謂之失入，刑輕於罪者謂之失出。晉書刑法志張裴上注律表："其知而犯之謂之故，意以謂然謂之失。"唐律疏議二名例人有議請減："又斷獄律云：'斷罪應決配之而聽收贖，應收贖而決配之，各減故失一等。'"參見"故入"、"故出"。

【故宇】同"故居"。楚辭屈原離騷："何所獨無芳草兮，爾何懷乎故宇。"

【故交】舊交。唐盧照鄰幽憂子集三羈卧山中詩："紅顔意氣盡，白璧故交輕。"才調集七趙嘏寒食新曹別友人詩："東風吹淚對花落，顦顇故交相見稀。"

【故衣】舊衣，舊時所着之衣。玉臺新詠一豔歌行："故衣誰當補，新衣誰當綻。"史記外戚世家："於是乃詔使邢夫人衣故衣，獨身來前。"

【故老】年老多閱歷的人。多指元老舊臣。詩小雅正月："召彼故老，訊之占夢。"文選漢班孟堅(固)西都賦："徒觀迹乎舊墟，聞之乎故老，什分而未得其一端。"

【故地】舊地。戰國策齊六："鄢郢大夫不欲爲秦，而在城南下者百數。王收而與之百萬之師，使收楚故地，即武關可以入矣。"指舊屬之地。漢書九四上匈奴傳："單于復以車師王昆弟兜莫爲車師王，收其餘民東徙，不敢居故地。"指舊居之地。

【故吏】㊀曾經爲吏的人。漢書七六尹翁歸傳："會田延年爲河東太守，行縣至平陽，悉召故吏五六十人。"㊁舊時屬吏。後漢書七四袁紹傳："門生故吏，徧於天下。"

【故志】古書，古時的記載。國語楚上："教之故志使知廢興者而戒懼焉。"注："故志，謂所記前世成敗之書。"

【故吾】即故我，舊我。莊子田子方："雖忘乎故吾，吾有不忘者存。"注："故吾去而新吾又來，……則時時有不忘者存焉。"宋詩鈔王炎雙溪詩鈔元日書懷："年光除日又元日，心事今吾非故吾。"

【故里】即故鄉。南朝梁江淹江文通集一別賦："視喬木兮故里，訣北梁兮永辭。"唐李中碧雲集中送人南遊詩："早思歸故里，華髮等閑生。"

【故步】舊時步伐。漢書一〇〇上敍傳："昔有學步於邯鄲者，曾未得其髣髴，又復失其故步，遂匍匐而歸耳。"今稱墨守陳規，不求進步爲故步自封。參見"邯鄲學步"。

【故府】舊府。左傳定元年："子姑受功歸，吾視諸故府。"

【故事】㊀舊事，舊業。商君書墾令："知農不離其故事，則草必墾矣。"史記太史公自序："余所謂述故事，整齊其世傳，非所謂作也。"㊁先例，舊日的典章制度。漢書三六楚元王傳附劉向："是時，宣帝循武帝故事，招名儒俊材置左右。"又五四蘇武傳："衛將軍張安世薦武明習故事，奉使不辱命。"㊂典故。宋歐陽修六一詩話："自西崑集出，時人爭效之。詩體一變，而先生老輩，患其多用故事，至於語僻難曉。"㊃花樣。紅樓夢六一："吃膩了腸子，天天又鬧起故事來了。"

【故居】舊居。楚辭屈原遠遊："春秋忽其不淹兮，奚久留此故居。"注："何必舊鄉可浮遊也。"史記殷紀："盤庚渡河南，復居成湯之故居，迺五遷，無定處。"

【故城】㊀舊時之城。史記七八春申君傳贊："吾適楚，觀春申君故城，宫室盛矣哉！"㊁縣名，屬河北省。宋恩州歷亭縣地，金爲故城鎮，元初置縣，明因之，清屬河間府。參閱寰宇通志二河間府景州。

【故故】㊀屢屢，常常。唐杜甫杜工部草堂詩箋三五月："時時開暗室，故故滿青天。"㊁故意，偏偏。宋徐鉉徐公文集二九月三十夜雨寄故人詩："別念紛紛起，寒更故故遲。"㊂象聲詞。唐白居易長慶集五五人定詩："誰家教鸚鵡，故故語相驚。"宋陸游劍南詩稿七晚起："雞驚故故啼簷角，飛絮翩翩墮枕前。"

【故侯】指舊時曾封侯之人。後泛稱曾任官長之人爲故侯。用漢召平故事。史記蕭相國世家："召平者，故秦東陵侯。秦破，爲布衣，貧，種瓜於長安城東，瓜美，故世俗謂之'東陵瓜'。"後以召平爲故侯，稱其瓜爲故侯瓜。唐王維王右丞集一老將行詩："路傍時賣故侯瓜，門前學種先生柳。"宋蘇軾分類東坡詩十五贈王子直秀才："幅中我欲相隨去，海上何人識故侯。"

【故宮】舊時宮殿。花間集九宋孫光憲後庭花詞之二："石城依舊空江國，故宮春色。"今特指北京故宮博物院。

【故家】謂世家大族。孟子公孫丑上："紂之去武丁未久也，其故家遺俗，流風善政，猶有存者。"

【故記】古書。吕氏春秋至忠："臣之兄嘗讀故記曰：'殺隨兕者不出三月。'"

【故訓】舊時的典章，遺訓。詩大雅烝民："古訓是式，威儀是力。"傳："古，故。"箋："故訓，先王之遺典也。"

【故栗】古栗樹。唐陸龜蒙甫里集十五幽居賦："漆工酒保，幾欲沉淪；故栗空桑，屢瞻摧折。"漢蔡邕有傷故栗賦。

【故殺】故意殺人。唐白居易長慶集四三論姚文秀打殺妻狀："據刑部及大理寺所斷，准律，非因鬬爭無事而殺者，名爲故殺。"元史刑法志四殺傷："諸鬬毆殺人，先誤後故者，即以故殺論。"

【故紙】舊紙，借指古舊書籍和文牘。北齊書韓軌傳："朝廷處之貴要之地，必以疾辭，告人云：'廢人飲美酒、對名勝，安能作刀筆吏返披故紙乎？'"指文牘。宋馬令南唐書周彬傳："君家兄弟皆力田畝，以致豐羡，而獨不調，玩故紙以自困，寧有益耶？"宋朱熹朱文公集四八答吕子約書之三："豈可一向汩溺於故紙堆中，使精神昏弊，失後忘前而可以謂之學乎？"指古書。

【故都】過去的國都。楚辭屈原離騷："國無人莫我知兮，又何懷乎故都。"史記項羽紀："韓王成因故都，都陽翟。"

【故常】舊則，先例。莊子天運："變化齊一，不主故常。"韓非子亡征："而好以名問舉錯，羈旅起貴，以陵故常者，可亡也。"

【故國】㊀古國，舊國。孟子梁惠王下："所謂故國者，非謂有喬木之謂也，有世臣之謂也。"後漢書二八馮衍傳顯志賦："覽河華之泱漭兮，望秦晉之故國。"㊁祖國，本國。戰國策燕三："苟與人之異，惡往而不黜乎，猶且黜乎，寧於故國爾。"史記一一八淮南王安傳："(伍)被曰：'……臣聞微子過故國而悲，於是作麥秀之歌，是痛紂之不用王子比干也。'"㊂故鄉。唐杜甫杜工部草堂詩箋二七上白帝城之一："取醉他鄉客，相逢故國人。"

【故道】㊀舊道。史記項羽紀："長史欣恐，還走其軍，不敢出故道。"㊁縣名。漢置。劉邦引兵從故道出襲雍，即此。見漢書高帝紀上。晉廢。故城在今陝西鳳翔縣西北。參閱嘉慶一統志二三八漢中府二。

【故雄】謂前夫。漢劉向古列女傳四魯寡陶嬰："夜半悲鳴，想其故雄。"

【故智】謂曾經用過的計謀，老辦法。史記韓世家："秦王必祖張儀之故智。"集解："故智，猶前時計謀也。"聊齋志異天宮："此賈后之故智也，仙人烏得如此？"

【故鄉】家鄉。荀子禮論："越月踰時，則必反鉛；過故鄉，則必徘徊焉，鳴號焉。"唐李白李太白詩六静夜思："舉頭望山月，低頭思故鄉。"

【故意】㊀舊友的情意。梁書王僧辯傳："僧辯既入，背(鮑)泉而坐，曰：'鮑郎，卿有罪，令旨使我鏁卿，勿以故意見待。'"唐杜甫杜工部草堂詩箋十四贈衛八處士："十觴亦不醉，感子故意長。"㊁有意，存心。元曲選關漢卿竇娥冤一："你敢是不肯，故意將錢鈔哄我賽盧醫的？"

【故園】舊家園，故鄉。唐駱賓王集三晚憩田家詩："唯有寒潭菊，獨似故園花。"李白李太白詩二五春夜洛城聞笛："此夜曲中聞折柳，何人不起故園情。"

【故實】㊀足以效法的舊事。國語周上："賦事行刑，必問於遺訓，而咨於故實。"注："故實，故事之是者。"史記魯周公世家作"固實"。文選晉陸士衡(機)辯亡論上："從政咨於故實，播憲稽乎遺風。"㊁典故，出處。梁鍾嶸詩品總論："清晨登隴首，羌無故實；明月照積雪，詎出經史。"

【故鄣】縣名。漢置，屬丹陽郡，以其地本秦鄣郡所治，故名故鄣。三國吳屬吳興郡。隋廢。故城在今浙江安吉縣西北。參閱資治通鑑九四晉咸安四年注、嘉慶一統志二八九湖州府一。

【故雌】謂前妻。玉臺新詠五梁沈約效古詩："可憐桂樹枝，單雄憶故雌。"

【故態】舊態，慣常的舉止。後漢書八三嚴光傳："帝笑曰：'狂奴故態也。'"唐韓愈昌黎集奉和武相公鎮蜀時詠……孔雀詩："飄零失故態，隔絶抱長思。"

【故劍】漢宣帝少時，娶許廣漢女平君。及卽位，平君爲倢伃。時公卿議更立霍光女爲皇后，宣帝乃下詔求"微時故劍"，大臣知帝意嚮，乃議立許倢伃爲皇后。見漢書七九上外戚傳孝宣許皇后傳。後因稱舊妻爲故劍。文選晉謝玄暉(朓)齊敬皇后哀策文："空悲故劍，徒嗟金穴。"

【故縱】法律稱故意縱使逃亡爲故縱。漢書刑法志："於是招進張湯趙禹之屬，條定法令，作見知故縱，監臨部主之法。"注："見知人犯法不舉告爲故縱。"

【故舊】故交，老友。論語泰伯："故舊不遺，則民不偷。"也作"舊故"。史記七九蔡澤傳："然則君之主慈仁任忠，惇厚舊故，其賢智與有道之士爲膠漆，義不倍功臣，孰與秦孝公楚悼王越王乎？"

【故轍】舊轍。比喻常規、老路。晉陶潛陶淵明集四詠貧士詩之一："量力守故轍，豈不寒與飢。"元史一八六陳祖仁傳："馭天下之勢，當論其輕重強弱，遠近先後，不宜膠於一偏，狃於故轍。"

【故車脚】即舊車軲轆。同"勞薪"。詳"勞薪"。

【故宮禾黍】詩王風黍離序："周大夫行役，至於宗周，過宗廟宮室，盡爲禾黍，閔周室之顛覆。"史記宋微子世家："其後箕子朝周，過故殷虛，感宮室毁壞，生禾黍。"後以故宮禾黍比喻懷念故國的情思。

敁 diān 丁兼切，平，添韻，端。ㄉㄧㄢ

見下。

【敁敪】用手估量物體輕重。也作"拈掇"、"敁掇"、"點掇"、"敠敪"、"掂掇"。廣韻："敁敪，稱量。"宋朱熹朱文公集五四答吳宜之書之五："然此書體面與他經不同，只得如此點掇説過，多著言語便説殺了。"此指粗略。也泛指忖度事情的輕重利弊。紅樓夢四一："劉老老聽了，心下敁敪道：'我方才不過是趣話取笑兒，誰知他果真竟有！'"

敂 kòu 古厚切，上，厚韻，見。ㄎㄡ

敲擊。古"叩"字。

六畫

效 xiào 胡教切，去，效韻，匣。ㄒㄧㄠ

也作"効"、"傚"。㊀摹仿，效法。易繫辭上："天地變化，聖人效之。"㊁致，授予。戰國策秦四："楚王揚言與秦遇，魏王聞之，效上洛於秦。"㊂呈獻，獻出。禮曲禮上："效馬效羊者右牽之，效犬者左牽之。"注："效，猶呈見。"史記九二淮陰侯傳："顧恐臣計未必足用，願效愚忠。"此意後多作"効"。㊃徵驗，效果。戰國策秦一："願大王少留意，臣請奏其效。"注：

"效，驗也。"淮南子脩務:"夫歌者，樂之徵也;哭者，悲之效也。"

【效力】也作"効力"。㊀盡力效勞。吳子上圖國:"樂以進戰，效力以顯其忠勇者，聚爲一卒。"後漢書七二董卓傳:"乞將之北州，效力邊垂。"㊁功效，效驗。三國志魏辛毗傳:"陛下用(王)思者，誠欲取其効力，不貴虛名也。"宋文同丹淵集七和仲蒙夜坐詩:"少睡始知茶効力，大寒須遣酒爭豪。"

【效尤】明知有錯誤而仿效之。左傳莊二一年:"鄭伯效尤，其亦將有咎。"王子頹享五大夫樂及徧舞，鄭厲公享周惠王樂備，故稱效尤。也作"効尤"。宋書鄧琬傳檄文:"反道効尤，蔑我皇德。"

【效功】㊀考核功效。禮月令孟冬之月:"是月也，命工師效功，陳祭器。"注:"效功，錄見百工所作器物也。"㊁獻納功績。韓非子用人:"治國之臣，效功於國以履位，見能於官以授職，盡力於權衡以任事。"

【效用】㊀效力致用。尉繚子武議:"起兵直使甲胄生蟣者，必爲吾所效用也。"唐獨孤及毘陵集二送陽翟張主簿之任詩:"少年當效用，遠道豈辭艱。"㊁功效，作用。唐劉禹錫劉夢得集十六代謝墨詔之一:"臣昨以羅珣裴靖勵精吏理，效用著明，……急須甄錄，以勸在官。"唐陸贄陸宣公集一奉天改元大赦制:"掩骼薶胔，禮典所先，雖効用而或殊，在惻隱而何間。"効，同"效"。

【效死】盡死效力。孟子梁惠王下:"效死而民弗去，則是可爲也。"國語晉五:"受命於廟，受脤於社，甲胄而效死，戎之政也。"

【效法】摹擬，仿傚。易繫辭上:"成象之謂乾，效法之謂坤。"

【效官】授予國政、官職;服官。左傳昭二六年:"宣王有志，而後效官。"晉書阮籍等傳論:"召以效官，居然尸素。"南朝梁江淹江文通集五拜中書郎表:"臣幼乏篆刻，長睽圖史，智罕効官，志闕從政。"

【效忠】竭盡忠誠。也作"効忠"。楚辭漢王逸九思守志:"焉陳誠兮効忠，攄羽翮兮超俗。"晉書劉琨傳贊:"越石才雄，臨危效忠，枕戈長息，投袂徵功。"越石，琨字。

【效命】舍命報效。史記七七魏公子傳:"今公子有急，此乃臣效命之秋也。"也作"効命"。北史王思政傳:"王思政羇旅歸朝，蒙宰相國士之遇，方願盡心効命，上報知己。"

【效首】授首。指被斬首。漢書七六王尊傳湖三老公乘興等上書:"二旬之間，大黨震壞，渠率效首。"注:"效，致也，斬其首而致之也。"晉書文帝紀景元四年勑:"是以段谷之戰，乘釁大捷，斬將搴旗，效首萬計。"

【效郵】同"效尤"。國語晉四:"夫郵而效之，郵又甚焉。效郵，非禮也。"參見"效尤"。

【效勞】猶服勞，盡力。三國志魏夏侯尚傳評:"左右勳業，咸有效勞。"明唐玉翰府紫泥全書六託人買布答:"承委置布貨，敢不效勞。"

【效款】投誠。效，也作効。宋書孔覬傳:"若能相率歸順，投兵効款，則福鍾當年，祉覃來裔。"新唐書二一二朱滔傳:"始，安史後，山東雖外臣順，實傲肆不廷。至(朱)泚首效款，帝嘉之。"

【效順】㊀恭敬從命。文選晉潘安仁(岳)寡婦賦:"奉蒸嘗以效順兮，供洒掃以彌載。"㊁投誠。唐陸贄陸宣公集一奉天改元大赦制:"但官軍未到京城以前，能去逆效順及散歸本軍本道者，並從赦例原免，一切不問。"也作"効順"。南朝宋鮑照鮑氏集十佛影頌:"俾昏作朗，効順去逆。"

【效誠】表示忠誠。淮南子主術:"抱質效誠，感動天地。"三國魏嵇康嵇中散集四答難養生論:"猶九土述職，各貢方物以効誠耳。"効，同"效"。

【效愚】效忠、效力的謙語。文選漢禰正平(衡)鸚鵡賦:"期守死以報德，甘盡辭以效愚。"

【效節】㊀交出符節。左傳文八年:"司城蕩意諸來奔，效節於府人而出。"㊁猶效忠。文選三國魏吳季重(質)答魏太子牋:"昔侍左右，廁坐衆賢，……自謂可終始相保，並騁材力，效節明主，何意數年之間，死喪略盡!"一本作"効節"。

【效穀】縣名。漢置，屬敦煌郡。至北周廢，併入敦煌縣。按效穀本漁澤障，漢武帝元封六年，濟南崔不意爲漁澤尉，教民力田，以勤效得穀，因立爲縣名。西涼主李暠曾爲效穀令。故城在今甘肅敦煌縣西。參閱漢書地理志下敦煌郡、讀史方輿紀要六四沙州衛。

【效駕】試車。韓非子外儲右下:"造父爲齊王駙駕，渴馬服成，效駕圃中。渴馬見圃池，去車走池，駕敗。"禮曲禮上:"君車將駕，則僕執策立於馬前。已駕，僕展軨效駕。"疏:"僕先試車。"參閱清孫希旦禮記集解。

【效績】㊀猶言獻功。國語魯下:"男女效績，愆則有辟，古之制也。"魏書世祖紀上延和元年詔:"羣司當深思效績，直道正身，立功立事，無或懈怠，稱朕意焉。"㊁成效，功績。三國志蜀先主傳羣下上表:"昔河西太守梁統等值漢中興，限於山河，位同權均，不能相率，咸推竇融以爲元帥，卒立效績，摧破隗囂。"

【效矉】莊子天運:"故西施病心而矉其里，其里之醜人，見而美之，歸亦捧心而矉其里，其里之富人見之，堅閉門而不出，貧人見之，挈妻子而去之走。彼知矉美而不知矉之所以美。"矉，同"顰"。後因謂不善摹仿、弄巧成拙爲效矉。

【效驗】成效。漢王充論衡知實:"凡論事者違實，不引效驗，則雖甘義繁說，衆不見信。"效，也作"効"。南齊書顧歡傳:"事黃老道，解陰陽書，爲數術多効驗。"

【效靈】顯示靈驗。文選南朝梁劉孝標(峻)辨命論:"必御物以效靈，亦憑人而成象。"效，也作"効"。北史隋本紀上大定元年册文:"近者赤雀降祉，玄龜効靈，鍾石變音，蛟魚出穴，布新之貺，煥焉在下。"

【效顰】同"效矉"。唐劉知幾史通摸擬:"蓋左氏爲書，敍事之最，自晉以降，景慕者多，有類效顰，彌益其醜。"宋范祖禹范太史集三六王延嗣傳:"自朱梁篡唐之後，强藩巨鎮，相次僭號改元，(王)審知王閩日久，驕心日滋，屢有效顰之意。"也作"効嚬"。藝文類聚七四南朝梁任孝恭謝示圍棊啟:"効嚬醜友，學步蹇歸。"參見"效矉"。

敉 mǐ 綿婢切，上，紙韻，明。ㄇㄧˇ

安撫，安定。書洛誥:"四方迪亂，未定于宗禮，亦未克敉公功。"

【敉功】安撫之功。書立政:"亦越武王，率惟敉功。"宋蔡沈集傳:"敉功，安天下之功。"

【敉寧】安撫，安定。書大誥:"民獻有十夫予翼，以于敉寧武圖功。"宋李心傳建炎以來繫年要錄九建炎元年九月:"今兩河雖未敉寧，猶一手臂之不伸也。"

敹 xiàn 蘇佃切，去，霰韻，心。ㄒㄧㄢˋ

也作"㪚"。散。見玉篇。唐南卓羯鼓錄:"捲當至勻，……不勻，即鼓面緩急，若琴徽之㪚〔敹〕病矣。"參見"敹聲"。

【敹聲】琴之病聲。宋王觀國學林五敹:"琴之有敹聲者，以琴面不平，或焦尾與聲高低不相應，則阻弦而其聲敖，此琴之病聲也。」

七畫

敎 1. bó 蒲没切，入，没韻，並。ㄅㄛˊ

同「勃」。㊀排除，推倒。淮南子俶眞：「夫疾風敎木而不能拔毛髮。」㊁盛貌。梁書鍾嶸傳詩評序：「太康中，三張二陸兩潘一左，敎爾復興，踵武前王，風流未沫。」

2. bèi ㄅㄟˋ

㊂通「悖」。見「敎₂慢」。

【敎敎】旺盛貌。淮南子時則：「敎敎陽陽，唯德是行。養長化育，萬物蕃昌。」

【敎₂慢】悖逆傲慢。後漢書史弼傳上封事：「昔周襄王恣甘昭公，孝景帝驕梁孝王，而二弟階寵，終用敎慢，卒周有播蕩之禍，漢有爰盎之變。」

敖 1. áo 五勞切，平，豪韻，疑。ㄠˊ

㊀遊玩。詩邶風柏舟：「微我無酒，以敖以遊。」又小雅鹿鳴：「我有旨酒，嘉賓式燕以敖。」㊁喧噪。荀子彊國：「無愛人之心，無利人之事，而日爲亂人之道，百姓讙敖。」㊂煎熬。通「熬」。荀子富國：「天下敖然，若燒若焦。」㊃春秋楚國稱無謚號的國君爲敖。左傳昭十三年：「葬子干於訾實，訾敖。」㊄地名。詩小雅車攻：「搏獸于敖。」箋：「敖，鄭地，今近滎陽。」在今河南鄭州市。㊅姓。宋有敖潁士、敖知言。見通典氏族略四以名爲氏。

2. ào ㄠˋ

㊆傲慢。通「傲」。詩邶風終風：「謔浪笑敖，中心是悼。」疏：「戲謔調笑而敖慢。」禮曲禮上：「敖不可長，欲不可從。」

【敖民】游民。漢書食貨志上：「聖王量能授事，四民陳力受職，故朝亡廢官，邑亡敖民，地亡曠土。」注：「敖，謂逸游也。」

【敖弄】調笑，戲弄。漢書六五東方朔傳：「自公卿在位，朔皆敖弄，無所爲屈。」

【敖客】箕星。史記天官書：「箕爲敖客，曰口舌。」索隱：「宋均云：『敖，調弄也。箕以簸揚，調弄象也；箕又受物，有去去來來，客之象也。』」

【敖敖】㊀長貌。詩衛風碩人：「碩人敖敖，說于農郊。」箋：「敖敖，猶頎頎也。」㊁嘈雜聲。同「嗷嗷」。三國志魏常林傳：「林夜撾吏，不勝痛，叫呼敖敖徹曙。」

【敖倉】秦代所建倉名。亦稱敖庾。在河南滎陽縣東北敖山上。山上有城，秦於其中置倉，因曰敖倉。史記項羽紀：「漢軍滎陽，築甬道屬之河，以取敖倉粟。」泛指糧倉。淮南子說林：「近敖倉者不爲之多飯，臨江河者不爲之多飲，期滿腹而已。」參閱水經注七濟水。

【敖₂倪】側目斜視。傲慢貌。莊子天下：「獨與天地精神往來，而不敖倪於萬物。」

【敖曹】喧鬧。同「嗷嘈」。聊齋志異西湖主：「忽而笙管敖曹。」又彭海秋：「舟落水中，但聞絃管敖曹，鳴聲喤聒。」參見「嗷嘈」。

【敖遊】也作「遨遊」。嬉遊，遊逛。莊子列禦寇：「無能者無所求，飽食而敖遊，汎若不繫之舟，虛而敖遊者也。」

【敖翔】遨遊，飛翔。後漢書四九仲長統傳樂志詩：「敖翔太清，縱意容冶。」三國魏阮籍阮步兵集大人先生傳：「施無有而宅神，永太清乎敖翔。」

【敖₂慢】輕視，怠慢。荀子彊國：「凡人好敖慢小事，大事至然後興之務之，如是，則常不勝夫敦比於小事者矣。」禮哀公問：「今之君子，好實無厭，淫德不倦，荒怠敖慢，固民是盡。」

【敖盪】嬉遊放蕩。漢書七四丙吉傳伍尊上書：「吉即時病，輒使臣尊朝夕請問皇孫，……不得令晨夜去皇孫敖盪，數奏甘毳食物。」注：「敖，游戲也。盪，放也。」

【敖戲】嬉戲。漢書六八霍光傳楊敞等奏：「（昌邑王）從官更持節引内昌邑從官騶宰官奴二百餘人，常與居禁闥内敖戲。」

教 1. jiào 古孝切，去，效韻，見。ㄐㄧㄠˋ

㊀政教，教化。書舜典：「汝作司徒，敬敷五教。」禮經解：「入其國，其教可知也。」㊁教育，訓誨。孟子滕文公上：「飽食煖衣，逸居而無教，則近於禽獸。」㊂文體的一種。爲上對下的告諭。三國志蜀董和傳有諸葛亮與羣下教、文選有南朝宋傅季友（亮）爲宋公修張良廟教。㊃宗教。如佛教、基督教。見「教主」。

2. jiāo 古肴切，平，肴韻，見。ㄐㄧㄠ

㊄傳授。左傳襄三一年：「教其不知，而恤其不足。」玉臺新詠一古詩爲焦仲卿妻作：「十三教汝織，十四能裁衣。」㊅使，令。左傳襄二六年：「通吳於晉，教吳叛楚。」唐詩紀事十五金昌緒春怨：「打起黃鶯兒，莫教枝上啼。」

【教士】受過訓練的士兵。管子小匡：「君有此教士三萬人，以横行於天下。」注：「教士，謂先教習之士。」史記三王世家燕王策：「非教士不得從徵。」

【教化】㊀政教風化。荀子臣道：「政令教化，刑下如影。」詩周南關雎序：「先王以是經夫婦，成孝敬，厚人倫，美教化，移風俗。」㊁教育感化。禮經解：「故禮之教化也微，其止邪也於未形。」

【教主】宗教的創始人或教中地位最高的人。方廣大莊嚴經十一轉法輪品一：「隨應演說法，教化諸羣生，故名爲教主。」宋徽宗迷信道教，使道籙院册封己爲教主道君皇帝。宋朝廢后入道往往稱教主，如仁宗郭后爲金庭教主、哲宗孟后爲華陽教主。參閱宋陸游老學庵筆記二、宋史徽宗紀三。

【教令】㊀命令。韓非子外儲左上：「文公伐宋，乃先宣言曰：『吾聞宋君無道，蔑侮長老，分財不中，教令不信，余來爲民誅之。』」史記孝文紀：「帝親自勞軍，勒兵申教令。」㊁定律，規律。史記太史公自序：「夫陰陽四時、八位、十二度、二十四節，各有教令。」

【教刑】古時學校對生徒的體罰。書舜典：「扑作教刑。」傳：「扑，榎楚也。不勤道業則撻之。」宋蔡沈集傳：「扑作教刑者，夏楚二物，學校之刑也。」參見「夏₂楚」。

【教坊】唐代掌管女樂的官署名。唐高祖於禁中置内教坊，掌教習音樂，其官隸屬太常。武后如意元年，改爲雲韶府。玄宗開元二年，更置内教坊於蓬萊宮側，京都置左右教坊，以教俗樂，以中官爲教坊使。後凡祭祀朝會，則用太常雅樂；歲時宴享，則用教坊諸部樂。宋元也置教坊，明置教坊司。清廢。參閱新唐書百官志三、宋高承事物紀原六教坊。

【教官】㊀掌教化的官員。周禮地官之屬。周禮地官司徒：「乃立地官司徒，使帥其屬而掌邦教，以佐王安擾邦國。教官之屬，大司徒，卿一人。小司徒，中大夫二人。」疏：「自此以下至稾人，總六十官，皆是教官之屬。」㊁掌管學校的官員。元明府學置教授，州學置學正，縣學置教諭訓導，掌教誨所屬生員之事，統叫教官，也叫校官、學官。參閱明史職官志四、歷代職官表五一。

【教育】教誨培育。孟子盡心上：「得天下英才而教育之，三樂也。」宋尹洙河南先生文集四岳州學記：「吏之治大抵尚威罰，嚴期會，欲人奔走其命令，其敺之若是其亟也，又安暇先之以教育，漸之以德義者乎？故號稱循良而能以學校教人者十不一二矣。”

【教門】㊀佛教指佛的教法。教法是入道的門户，故稱教門。法華經二譬喻品：“以佛教門，出三界苦。”㊁教派。全唐文三一九李華荆州南泉大雲寺故蘭若和尚碑：“或問南北教門，豈無差別？”

【教訓】教育訓導。左傳哀元年：“越十年生聚，十年教訓。”漢書高帝紀下六年：“朕親被堅執鋭，自帥士卒，起危難，平暴亂，立諸侯，偃兵息民，天下大安，此皆太公之教訓也。”也作“教馴”。墨子兼愛中：“教馴其臣。”

【教唆】慫恿、指使他人作壞事。宋朱熹朱文公集三四答吕伯恭：“士人犯法者，教唆把持，其罪不一。”元曲選缺名賺蒯通四：“當初，韓信是你教唆他來。”

【教條】法令，規章。唐韓愈昌黎集三二司徒兼侍中中書令贈太尉許國公神道碑銘：“公之爲治，嚴不爲煩，止除害本，不多教條。”宋王安石臨川集十九送真州吴處厚使君詩：“久爲漢吏知文法，當使淮人服教條。”今稱使人盲目信從奉行的規約、信條爲教條。

【教授】㊀傳授學業。史記六七仲尼弟子傳：“孔子既没，子夏居西河教授，爲魏文侯師。”㊁學官名。漢唐置博士，教育諸生，即後世教授之職。宋制，諸路州軍立學，置教授，用經術行義教導諸生，並掌管課試之事。各王府也置教授之官，爲教授名官之始。元諸路州府儒學，都設教授。明府學置教授，清因之。參閲宋史一六七職官志七、王國維觀堂集林四漢魏博士考。

【教習】㊀教練，教授。管子幼官：“器成不守，經不知；教習不著，發不意。”史記八七李斯傳：“(趙)高受詔教習胡亥，使學以法事數年矣。”㊁學官名。掌課試之事。明宣德設學士訓課庶吉士，稱教習。萬曆後，專以禮、吏二部侍郎掌教習。清沿用此制。翰林院設庶常館教習，以滿漢大臣各一人充當。選侍講侍讀以下官，分司訓課，名小教習。各官學也設教習。參閲歷代職官表二三、清通志職官略一。

【教場】演武場。唐詩紀事三五楊巨源贈鄰家老將：“拂雪陳師祭，衝風立教場。”

【教督】教導指正。漢書六六車千秋傳：“每公卿朝會，(霍)光謂千秋曰：‘始與君侯俱受先帝遺詔，今光治内，君侯治外，宜有以教督，使光毋負天下。’”

【教誨】教導，訓誨。書無逸：“古之人，猶胥訓告，胥保惠，胥教誨。”詩小雅小宛：“教誨爾子，式穀似之。”

【教導】教誨開導。國語晉二：“杜原款將死，使小臣圉告於申生曰：‘款也不才，寡智不敏，不能教導，以至於死。’”款，申生傅。也作“教道”。禮月令孟春之月：“土地所宜，五穀所殖，以教道，民必躬親之。”注：“道，音導。”

【教諭】元明清縣學教官。掌文廟祭祀，訓誨所屬生員。參閲明史職官志四、歷代職官表五一。

【教頭】㊀宋熙寧初行保甲制，立團教法，以大保長爲教頭，訓練鄉兵習武。見宋史兵志六。㊁泛指一般傳授技藝的教師。宋王珪華陽集六宫詞：“蜀錦地衣呈隊舞，教頭先出拜君王。”指歌舞的教練。水滸九：“這洪教頭必是柴大官人師父，我若一棒打翻了他，須不好看。”指傳授武藝的人。

【教職】㊀周禮小宰六職之一。掌教導之事。周禮天官小宰：“二曰教職，以安邦國，以寧萬民，以懷賓客。”㊁清代稱教官爲教職。清江藩國朝漢學師承記三錢大昕：“自以不習吏事，就教職，選授江南府學教授。”

【教讇】教以諂媚之道。讇，同“諂”。漢陳萬年諂事權貴，賄賂外戚，不惜傾家。丞相丙吉薦於宣帝，爲御史大夫。子咸，因萬年任爲郎，性抗直，言事多刺譏近臣。萬年在病中，教誡陳咸，語至半夜，咸睡，萬年大怒，責其不聽教戒，咸説：“具曉所言，大要教咸讇也。”見漢書六六陳萬年傳。

【教坊記】唐崔令欽撰。一卷。記述唐代教坊制度、軼聞及曲調來源等，以開元時事爲多，並録教坊大曲雜曲曲名三百二十四本。今通行本皆據説郛，有所删削，已非全書。

【教猱升木】詩小雅角弓：“毋教猱升木，如塗塗附。”宋朱熹集傳：“猱，獼猴也。性善升木，不待教而能也。”後用來比喻引導壞人作壞事。

【教學相長】教與學相互促進。禮學記：“是故學然後知不足，教然後知困；知不足，然後能自反也；知困，然後能自强也。故曰教學相長也。”

【教婦初來，教兒嬰孩】北齊顔之推顔氏家訓教子：“俗諺曰：‘教婦初來，教兒嬰孩。’誠哉斯語。”謂施教必須及早。

救 jiù ㄐㄧㄡˋ 居祐切，去，宥韻，見。

㊀阻止。論語八佾：“季氏旅於泰山，子謂冉有曰：‘女弗能救與？’”周禮地官司救：“司救掌萬民之衺惡過失，而誅讓之，以禮防禁而救之。”㊁援助，救護。詩邶風谷風：“凡民有喪，匍匐救之。”左傳宣十五年：“宋人使樂嬰齊告急于晉，晉侯欲救之。”㊂治。吕氏春秋勸學：“是救病而飲之以堇也。”㊃鞋頭的裝飾。爾雅釋器：“約謂之救。”注：“救絲以爲約。”參見“約”。㊄姓。漢有諫議大夫救仁。見廣韻引風俗通。

【救日】古代迷信，遇日食時，有祈禱鼓噪以救的儀式，稱爲救日。穀梁傳莊二五年：“天子救日，置五麾，陳五兵五鼓。”後漢書禮儀上：“日有變，割羊以祠社，用救日。”

【救月】俗稱護月。古代迷信，當月食時，有祈禱鼓噪以救的儀式，稱救月。周禮地官鼓人：“救日月，則詔王鼓。”又秋官庭氏：“掌射國中之夭鳥，若不見其鳥獸，則以救日之弓，與救月之矢，夜射之。”

【救助】救護援助。戰國策燕：“胡與越人言語不相知，志意不相通，同舟而淩波，至其相救助，如一也。”

【救恤】救濟。三國志魏張範傳：“救恤窮乏，家無所餘，中外孤寡皆歸焉。”

【救援】解救，援助。三國志蜀宗預傳：“及(諸葛)亮卒，吴慮魏或承衰取蜀，增巴丘守兵萬人，一欲以爲救援，二欲以事分割也。”

【救窮】㊀救濟窮困。漢劉向説苑反質：“今當凶年，……得珠者不得粟，得粟者不得珠，子將何擇？禽滑釐曰：吾取粟耳，可以救窮。”㊁藥名。即黄精。抱朴子仙藥：“黄精，一名兔竹，一名救窮，一名垂珠，……凶年可以與老小代糧，人不能别之，謂爲米脯也。”

【救濟】猶救助。三國志吴孫權傳嘉禾二年詔：“思平世難，救濟黎庶，上答神祇，下慰民望。是以眷眷勤求俊傑，將與戮力，共定海内。”

【救藥】治療。唐柳宗元柳先生集十三亡妻弘農楊氏誌：“明年，以謁醫救藥之便，來歸女氏永寧里之私第。”也用來比喻挽救、補救。參見“不可救藥”。

【救護】救助保護。後漢書三三朱浮傳上疏：“連年拒守，吏士疲勞，甲胄生蟣蝨，弓弩不得弛，上下燋心，相望救護，仰希陛下生活之恩。”

【救火揚沸】猶揚湯止沸。比喻不是治本之道。史記一二二酷吏傳序：“當是之時，吏治若救火揚沸，非武健嚴酷，惡能勝其任而愉快乎？”索隱：“言本弊不除，則其末難止。」參見「揚湯止沸」。

【救死扶傷】救護死者，扶持傷者。漢書六二司馬遷傳報任安書：「虜救死扶傷不給，旃裘之君長咸震怖，乃悉徵左右賢王，擧引弓之民，一國共攻而圍之。」

【救荒本草】明周王朱橚撰。二卷。考核能救饑饉的野植物四百一十四種，其中見於本草綱目的一百三十八種，新增二百七十六種。分草、木、米穀、果、菜五部，逐一繪圖説明，記其花實根幹皮葉可食，以備荒年救飢食用，故名救荒本草。明徐光啟輯農政全書，將原書列入荒政部。

敕 chì 恥力切，入，職韻，徹。ㄔˋ

也作「勅」、「勑」。㊀誡飭，告誡。史記樂書：「余每讀虞書，至於君臣相敕，維是幾安。」世説新語賢媛：「王經被收，……涕泣辭母曰：『不從母敕，以至今日。』」按漢時，凡官長告諭僚屬，尊長告諭子孫，都稱敕。南北朝以下，始專稱君主的詔命。參閲清趙翼陔餘叢考二二敕。㊁備。韓非子主道：「賢者敕其材，君因而任之，故君不窮於能。」㊂整飭。見「勑㊂」。

【敕正】飭正。漢書八四翟方進傳平當奏：「方進國之司直，不自敕正以先羣下，前親犯令，行馳道中，司隸(涓)勳平心舉劾，方進不自責悔，而内挾私恨，伺記慶之從容語言，以詆欺成罪。」

【敕甲】授官的文憑稱告身。得官者須繳納朱膠綾軸費始得領取，貧者不能納錢，由吏部發給録有授官文字的敕牒。五代戰亂頻仍，僅由中書省將授官文字編號，不發憑證，名爲敕甲。至後唐以劉岳議，復行告身，由朝廷免費發給。見新五代史劉岳傳。

【敕戒】警戒，教戒。漢書四五息夫躬傳王嘉對：「天之見異，所以敕戒人君，欲令覺悟反正，推誠行善，民心説而天意得矣。」唐韓愈昌黎集一元和聖德詩：「勑戒四方，侈則有咎。」勑，同「敕」。

【敕身】整飭己身。漢書禮樂志安世房中歌：「敕身齊戒，施教申申。」注：「應劭曰：『敕，謹敬之貌。』」

【敕命】㊀命令。多指天命或帝王的詔令。釋名釋書契：「書所敕命於上，付使傳行之也。」㊁明清贈六品以下官職的命令稱敕命。清會典事例十六中書科建置：「六品以下授以敕命。」參見「誥命」。

【敕使】皇帝的使者。晉書何無忌傳：「無忌僞著傳詔服，稱敕使，城中無敢動者。」

【敕書】唐制，皇帝行文臣僚，凡慰諭公卿，誡約朝臣者稱敕書。參閲唐六典九中書省、新唐書百官志二中書省。

【敕躬】同「敕身」。漢書八一孔光傳對：「勤心虚己，延見羣臣，思求其故，然後敕躬自約，總正萬事，……誠爲政之大本，應變之至務也。」

【敕勒】我國古代北方民族名。也稱鐵勒。其先爲匈奴，南北朝時爲突厥所併。其習多乘高輪車，北魏時也稱高車部。參見「鐵勒」、「高車」。

【敕授】唐制，封授三品以上官稱册授，五品以上稱制授，六品以下稱敕授。見資治通鑑二一〇唐景雲元年。

【敕備】恭謹周密。漢書七九馮奉世傳附馮參：「參，昭儀少弟，行又敕備，以嚴見憚，終不得親近侍帷幄。」

【敕葬】也作「勅葬」、「勑葬」。宋代大臣及近戚有病，帝多命醫往治，凡藥必服，家人不敢問。及死，例遣内侍監護葬事，叫敕葬。至敕葬，只聽監護官分付，有傾家蕩産者。當時有「宣醫納命，敕葬破家」之語。見宋葉夢得石林燕語五、陸游老學庵筆記九。

【敕厲】戒勉。漢書七六韓延壽傳：「郡中歙然，莫不傳相敕厲，不敢犯。」

【敕勒歌】北朝樂府詩名。東魏高歡攻西魏玉壁城，不克，恚憤成疾。時西魏傳説高歡中弩，歡乃勉强坐見諸貴，使斛律金唱敕勒歌，歡自和之，以安軍心。其歌本鮮卑語，譯爲齊語，故其句長短不齊。事見北史齊本紀上，詞見樂府詩集八六雜歌謡辭敕勒歌。

敔 yǔ 魚巨切，上，語韻，疑。ㄩˇ

古樂器名。在雅樂結束時擊奏。一名楬。書益稷：「下管鼗鼓，合止柷敔。」爾雅釋樂：「所以鼓敔謂之籈。」疏：「敔如伏虎，背上有二十七鉏鋙，刻以木，長尺櫟之。」參見「楬」。

敔

敗 bài 薄邁切，去，夬韻，並。ㄅㄞˋ 補邁切，去，夬韻，幫。

㊀毁壞。書大禹謨：「侮慢自賢，反道敗德。」左傳僖十五年：「涉河，侯車敗。」㊁腐爛，味變壞。論語鄉黨：「魚餒而肉敗，不食。」㊂失敗，失利。左傳成二年：「畏君之震，師徒橈敗。」也指事不成功。史記九二淮陰侯傳：「夫功者難成而易敗，時者難得而易失也。」㊃歉年。穀梁傳莊二八年：「豐年補敗。」注：「敗，謂凶年。」㊄衰落。唐許渾丁卯集上秋晚雲陽驛西亭蓮池詩：「心憶蓮池秉燭遊，葉殘花敗尚維舟。」

【敗亡】失敗滅亡。史記九二淮陰侯傳：「廣武君辭謝曰：『今臣敗亡之虜，何足以權大事乎！』」漢書五行志中上：「天愍周公之德，痛其將有敗亡之敝，故於郊祭而見戒云。」

【敗子】敗家子。韓非子顯學：「夫嚴家無悍虜，而慈母有敗子。」

【敗北】戰敗而逃。史記項羽紀：「吾起兵至今八歲矣，身七十餘戰，所當者破，所擊者服，未嘗敗北。」也泛稱在競賽中失敗。唐柳宗元柳先生集三六上大理崔大卿應制舉啟：「秉翰執簡，敗北而歸，不可以言乎文！」

【敗衄】戰敗。唐白居易長慶集四三論行營狀：「未立功者，或先封官，已敗衄者，不聞得罪。」

【敗缺】把柄，破綻。水滸二四：「那廝會討縣裏人便宜，且教他來老娘手裏納些敗缺。」

【敗道】㊀失敗之道。後漢書二十王霸傳：「乃閉營堅壁。軍吏皆爭之。霸曰：『(蘇)茂兵精鋭，其衆又多，吾吏士心恐，而捕虜(馬武)與吾相恃，兩軍不一，此敗道也。』」㊁放棄修道。唐李商隱李義山詩集五天平公座中呈令狐令公：「白足禪僧思敗道，青袍御史擬休官。」

【敗筆】㊀用壞的廢筆。猶禿筆。宋蘇軾分類東坡詩三石蒼舒醉墨堂：「君於此藝亦云至，堆牆敗筆如山丘。」㊁書、畫、詩文的疵病。

【敗意】敗壞人意。猶言敗興、掃興。世説新語排調：「嵇(康)阮(籍)山(濤)劉(伶)在竹林酣飲，王戎後往，步兵(阮籍)曰：『俗物已復來敗人意。』王笑曰：『卿輩意亦復可敗邪？』」宋釋惠洪冷齋夜話四滿城風雨近重陽：「臨川謝無逸以書問(潘大臨)有新作否，潘答書曰：『秋來景物件件是佳句，恨爲俗氛所蔽翳。昨日閑卧，聞攪林風雨聲，欣然起，題其壁曰：滿城風雨近重陽。忽催租人至，遂敗意。止此一句奉寄。』」

【敗盟】毁約，違約。宋陸游劍南詩稿四一湖水愈縮戲作：「今秋雨少煙波窄，堪笑沙鷗也敗盟。」

【敗葉】凋零之葉。唐李商隱李義山詩集三五月六日夜憶往歲秋與澈師同宿：「墮蟬翻敗葉，棲鳥定寒枝。」

【敗羣】猶言害羣。史記平準書：「(卜)

式曰:'非獨羊也,治民亦猶是也,以時起居,惡者輒斥去,毋令敗羣。'"

【敗歲】歉收之年。漢董仲舒春秋繁露陽尊陰卑:"肢體移易其處,謂之壬人;寒暑移易其處,謂之敗歲。"

【敗績】㊀軍隊潰敗。書湯誓:"夏師敗績,湯遂從之。"傳:"大崩曰敗績。"㊁事業敗壞。楚辭屈原離騷:"豈余身之憚殃兮,恐皇輿之敗績。"

【敗類】敗壞同類。詩大雅桑柔:"大風有隧,貪人敗類。"集傳:"敗類,猶言圮族也。"後指品行惡劣的人。宋華鎮雲溪居士集六題桃園圖詩:"翦除敗類毓良淑,宛若嘉穀純無稊。"

【敗醬】草名。一名鹿腸,又名苦菜。以氣如敗醬,故名。可入藥。參閱本草綱目十六草五敗醬。

【敗壞】毁壞。史記一二二義縱傳:"乃以縱爲右內史,王溫舒爲中尉,溫舒至惡,其所爲不先言縱,縱必以氣凌之,敗壞其功。"漢書溝洫志:"難者將曰:'若如此,敗壞城郭田廬冢墓以萬數,百姓怨恨。'"

【敗露】惡事敗壞暴露。宋邵雍漁樵對問:"竊人之財謂之盗,其始取之也,唯恐其不多也,及其敗露也,唯恐其多矣。"金史選舉志一:"文士有偶中魁選,不問操履,而輒授翰苑之職,如趙承元,朕聞其無士行,果敗露。"

【敗天公】藥物名。破舊的竹笠,取其竹燒灰用作藥物,謂之敗天公。按初學記一虞昺窮天論:"天形如笠,而冒地之表。"天公之名概本於此。參閱本草綱目三八器敗天公。

【敗軍之將】戰敗的將領。史記九二淮陰侯傳:"臣聞敗軍之將,不可以言勇;亡國之大夫,不可以圖存。"後也稱從事某種事業而失敗的人爲敗軍之將。

【敗鼓之皮】藥物名。唐韓愈昌黎集十二進學解:"玉札、丹砂、赤箭、青芝、牛溲、馬勃、敗鼓之皮,俱收并蓄,待用無遺者,醫師之良也。"政和證類本草十八獸:"敗鼓皮,平,主中蠱毒。"

【敗鱗殘甲】宋蔡絛西清詩話引張元咏雪詩:"戰退玉龍三百萬,敗鱗殘甲滿空飛。"(類説五七)。此用龍身的鱗甲,比方滿空紛飛的雪片。

敍 xù ㄒㄩˋ 徐吕切,上,語韻,邪。

也作"叙"、"敘"。㊀次序,次第。書舜典:"納于百揆,百揆時敍。"疏:"皆得次序。"荀子致士:"德以敍位,能以授官。"㊁按等級次第以進職或獎功。周禮天官宫伯:"行其秩敍。"注:"敍,才等也。"晉書張軌傳附張駿:"陳寓等冒險遠至,宜蒙銓敍。"㊂陳述,敍談。國語晉三:"紀言以敍之,述意以導之。"三國志魏臧洪傳答陳琳書:"前日不遺,比辱雅貺,述敍禍福,公私切至。"㊃同"序"。凡書策舉其綱要列卷首爲敍。宋曾鞏元豐類稿十一梁書目録序:"又集次爲目録一篇而敍之。"

【敍用】分級進用。三國志魏鄧艾傳段灼理艾表:"陛下龍興,闡弘大度,釋諸嫌忌,受誅之家,不拘敍用。"

【敍州】州名。本漢僰爲郡地。南朝梁置戎州。宋政和四年改爲敍州,元爲路,明爲府,屬四川。清因之。公元1913年廢。故地在今四川宜賓市。參閱嘉慶一統志三九五敍州府一。

【敍傳】同"序傳"。見"序傳"。

【敍録】㊀記載。三國志吳薛綜傳華覈舉薛瑩疏:"臣聞五帝三王,皆立史官,敍録功美,垂之無窮。"㊁漢成帝時,命光禄大夫劉向校中藏經傳諸子詩賦,每一書成,向皆條列篇目,撮其指要,録而奏之,謂之敍録,相當於後來之圖書提要。今存管子敍録、戰國策敍録等。

【敍擢】分級提拔,授予官職。陳書虞荔傳附虞寄諫陳寶應書:"且聖朝弃瑕忘過,寬厚得人,改過自新,咸加敍擢。"

敏 mǐn ㄇㄧㄣˇ 眉殞切,上,軫韻,明。

㊀敏捷,疾速。詩小雅甫田:"曾孫不怒,農夫克敏。"論語學而:"敏於事而愼於言。"㊁聰慧。論語顏淵:"回雖不敏,請事斯語矣。"㊂勤勉。禮中庸:"人道敏政,地道敏樹。"注:"敏,猶勉也。"論語公冶長:"敏而好學,不恥下問。"㊃材能。國語齊:"盡其四支之敏,以從事於田野。"㊄足之大趾。詩大雅生民:"履帝武敏,歆。"箋:"敏,拇也。"

【敏行】指勉於修身。漢書六五東方朔傳:"此士所以日夜孳孳,敏行而不敢怠也。"

【敏求】勉力以求學。論語述而:"我非生而知之者,好古敏以求之者也。"清劉寶楠正義:"敏,勉也。言黽勉以求之者也。"清錢曾撰讀書敏求記,書名卽用此義。

【敏疾】迅速。吕氏春秋誣徒:"弟子居處修潔,身狀出倫,聞識疏達,就學敏疾。"舊題漢劉歆西京雜記三:"枚皋文章敏疾,長卿(司馬相如)制作淹遲,皆盡一時之譽。"

【敏惜】猶憫惜。後漢書二七宣秉傳:"(建武)六年,卒於官,帝敏惜之,除子彪爲郎。"

【敏捷】靈敏迅速。漢書六十嚴延年傳:"延年爲人,短小精悍,敏捷於事。"三國志蜀張裔傳:"汝南許文休(靖)入蜀,謂裔幹理敏捷,是中夏鍾元常(繇)之倫也。"

【敏達】聰敏通達。漢書七五京房傳:"淮陽王,上親弟,敏達好政,欲爲國忠。"晉書王育傳:"少孤貧,爲人傭牧羊,……有暇卽折蒲學書,忘而失羊,爲羊主所責,育將鬻己以償之。同郡許子章,敏達之士也,聞而嘉之,代育償羊,給其衣食,使與子同學。"

【敏給】猶敏捷。莊子徐无鬼:"有一狙焉,委蛇攫搔,見巧乎王,王射之,敏給搏捷矢。"史記夏紀:"禹爲人敏給克勤,其德不違,其仁可親,其言可信。"

【敏鋭】聰敏。新唐書一五九吳湊傳:"湊才敏鋭,而謙畏自將,帝數顧訪,尤見委信。"

【敏贍】聰明多智。南史臧盾傳:"盾爲人敏贍,有風力,長於撥繁,職事甚理。"

八畫

敦 1. dūn ㄉㄨㄣ 都昆切,平,魂韻,端。

㊀惇厚,篤厚。易臨:"敦臨,吉,无咎。"老子:"敦兮其若樸,曠兮其若谷。"㊁茂盛。見"敦牂"。㊂督促,勉勵。孟子公孫丑下:"使虞敦匠事。"三國魏曹植曹子建集五贈徐幹詩:"親交義在敦,申章復何言。"

2. duī ㄉㄨㄟ 都回切,平,灰韻,端。

㊃治理。詩魯頌閟宫:"敦商之旅,克咸厥功。"㊄猶投擲,迫逼。詩邶風北門:"王事敦我,政事一埤遺我。"箋:"敦,猶投擲也。"釋文:"韓詩云:敦,迫。"其義亦通。㊅孤獨貌。詩豳風東山:"敦彼獨宿,亦在車下。"㊆見"敦₂敦₂"。

3. duì ㄉㄨㄟˋ 集韻 都內切,去,隊韻。

㊇盛黍稷之器。上下合成圓球形,似彝

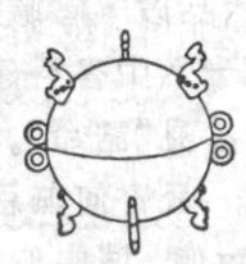

敦

有足。禮明堂位:"有虞氏之兩敦。"參閱王國維觀堂集林二説彝。㊈怒,忽。通"憝"。荀子議兵:"有離俗不順其上,則百姓莫不敦惡,莫不毒孽,若袚不祥。"

4. dùn ㄉㄨㄣ 都困切,去,慁韻,端。

㊉豎。莊子列禦寇:"伯昏瞀人北面而立,敦杖蹙之乎頤。"⑪見"渾敦"、"困敦"。⑫高土堆。見"敦$_4$丘"。

5. tǔn ㄊㄨㄣ

⑬布陳,屯聚。通"屯"。詩大雅常武:"鋪敦淮濆,仍執醜虜。"漢書八七上揚雄傳甘泉賦:"敦萬騎於中營兮,方玉車之千乘。"

6. tuán ㄊㄨㄢ 度官切,平,桓韻,定。

⑭聚攏。詩大雅行葦:"敦彼行葦,牛羊勿踐履。"⑮圓形。通"團"。詩豳風東山:"有敦瓜苦。"釋文:"敦,徒丹反。"

7. diāo ㄉㄧㄠ 集韻丁聊切,平,蕭韻。

⑯采飾。通"雕"。見"敦$_7$弓"、"敦$_7$琢"。

8. dào ㄉㄠ 集韻大到切,去,号韻。

⑰覆蓋。周禮春官司几筵:"每敦一几。"注:"敦,讀曰燾。燾,覆也。"

【敦$_7$弓】有雕畫文飾之弓,爲古代帝王所專用。詩大雅行葦:"敦弓既堅。"疏:"敦與彫,古今之異,彫是畫飾之義,故云敦弓,畫弓也。"參見"雕弓"。

【敦$_2$比】治,辦理。荀子彊國:"凡人好敖慢小事,大事至,然後興之務之,如是,則常不勝夫敦比於小事者矣。"又榮辱:"孝弟原愨,軥録疾力,以敦比其事業,而不敢怠傲,是庶人之所以取煖衣飽食,長生久視,以免於刑戮也。"

【敦化】㊀以淳樸化被萬物。禮中庸:"小德川流,大德敦化,此天地之所以爲大也。"㊁縣名。屬吉林延邊。清光緒八年置縣,隸吉林府。見清續文獻通考三〇七輿地三吉林省。

【敦本】注重根本。古籍中多指重農事。宋書武帝紀中策九錫文:"公抑末敦本,務農重積,采繁實殷,稼穡惟阜。"南齊謝朓謝宣城集三賦貧民田詩:"敦本抑工商,均業省兼并。"

【敦$_4$丘】一層之丘。爾雅釋丘:"丘,一成爲敦丘,再成爲陶丘。"注:"成猶重也。周禮曰:爲壇三成。今江東呼地高堆者爲敦。"又:"如覆敦者,敦丘。"注:"敦,盂也。敦音堆。"前釋其義,此釋其形。

【敦朴】淳真,樸素。鄧析子轉辭:"上古之民,質而敦朴。"史記文帝紀:"所幸慎夫人令衣不得曳地,幃帳不得文繡,以示敦朴,爲天下先。"朴,也作"樸"。三國志魏董昭傳陳末流之敝疏:"凡有天下者,莫不貴尚敦樸忠信之士,深疾虛僞不真之人者,以其毀教亂治,敗俗傷化也。"

【敦至】敦厚周到。東觀漢紀十八鄭均:"均好義篤實,失兄,事寡嫂恩禮敦至。"又見後漢書二七本傳。

【敦序】分其次第順序而親之。史記夏紀:"敦序九族,衆明高翼。"集解:"鄭玄曰:'次序九族而親之。'"尚書皋陶謨作"惇敍"。也作"敦敍"。三國志蜀先主傳建安二十四年諸葛亮等上言:"在昔虞書'敦敍九族,庶明勵翼'。"

【敦固】樸實堅定。荀子成相:"處之敦固,有深藏之能遠思。"後漢書二七吳良傳東平王蒼薦疏:"竊見臣府西曹掾齊國吳良,資質敦固,公方廉恪,躬儉安貧,白首一節,……宜備宿衛,以輔聖政。"

【敦物】山名。在今陝西武功縣東。漢書地理志上右扶風武功:"大壹山,古文以爲終南。垂山,古文以爲敦物。皆在縣東。"書禹貢作"惇物"。

【敦庬】㊀豐足。左傳成十六年:"時無災害,民生敦庬,和同以聽。"羣書治要本庬作"龎"。㊁敦厚篤實。漢王充論衡自紀:"沒華虛之文,存敦庬之朴。"

【敦厚】誠樸寬厚。禮中庸:"温故而知新,敦厚以崇禮。"史記絳侯世家:"(周)勃爲人木彊敦厚,高帝以爲可屬大事。"

【敦勉】㊀勸勉。史記秦始皇紀三十七年會稽刻石:"天下承風,蒙被休經,皆遵度軌,和安敦勉,莫不順令。"㊁諄諄慰勉。晉書魏舒傳:"後以災異遜位,……帝手詔敦勉,而舒執意彌固。"

【敦悦】篤信深好。後漢書三六鄭興傳杜林薦興書:"竊見河南鄭興執義堅固,敦悦詩書,好古博物,見疑不惑,有公孫僑觀射父之德,宜侍帷幄,典職機密。"也作"敦閲"。晉書潘岳傳附潘尼釋典頌:"留精儒術,敦閲古訓。"

【敦圄】古代傳説中的獸名。或謂仙人名。淮南子俶真:"騎蜚廉而從敦圄,馳於方外,休乎宇內。"注:"敦圄,似虎而小。一曰仙人名也。"

【敦牂】古稱太歲星在午之年曰敦牂。見爾雅釋天。淮南子天文:"太陰在午,歲名曰敦牂。"參見"太歲"、"歲陽"。

【敦率】謹守,遵循。文選晉陸士衡(機)辯亡論下:"借使中才守之以道,善人御之有術,敦率遺典,勤民謹政,循定策,守常險,則可以長世永年,未有危亡之患也。"

【敦$_3$圉】盛怒貌。漢書八七上揚雄傳甘泉賦:"蛟龍連蜷於東厓兮,白虎敦圉虖昆侖。"

【敦$_2$敦$_2$】猶言孜孜。唐韓愈昌黎集五寄崔二十六立之詩:"敦敦凭書案,譬彼鳥黏黐。"注:"敦敦或作孜孜。"

【敦$_7$琢】猶雕琢。詩周頌有客:"有萋有且,敦琢其旅。"疏:"敦琢,治玉之名。人而言敦琢,故爲選擇。"此言擇賢如治美玉。

【敦逼】催促逼迫。世説新語賞譽下:"(謝安)屬門生數十人於田曹中郎趙悦子(悦),……趙俄而悉用之,曰:'昔安石在東山,搢紳敦逼,恐不豫人事,況今自鄉選,反違之邪?'"

【敦雅】厚重而文雅。三國志蜀麋竺傳:"竺雍容敦雅,而幹翮非所長。"周書令狐整傳:"太祖又謂整曰:卿勳同婁項,義等骨肉,立身敦雅,可以範人,遂賜姓宇文氏,並賜名整焉。"

【敦喻】敦促開導。魏書景穆十三王傳下陽平王:"未發,遭母憂,詔遣侍臣以金革敦喻。"

【敦煌】也作"燉煌"。㊀郡名。漢武帝元鼎六年分酒泉置敦煌郡。前涼張駿於此置沙州,後復改爲敦煌郡。北魏孝昌二年置瓜州。隋大業三年,罷州爲敦煌郡。唐武德二年復置瓜州,五年改爲沙州。參閱元和郡縣志四十沙州。㊁縣名。屬甘肅省。漢置。爲敦煌郡治,魏晉因之。北周改爲鳴沙縣,隋大業中復改敦煌縣。唐武德初爲瓜州治,元爲沙州路治,明置沙州衞。清雍正初以黨水北衞,乃於故城東築衞城,乾隆二十五年改置敦煌縣。其地位於河西走廊西端,自漢以來成爲中原與中亞交通的門户。漢張騫通西域,唐玄奘往天竺求經,皆經此道。世界著名之莫高窟,即位於敦煌東南鳴沙山東麓。參閱讀史方輿紀要六四沙州衞。參見"敦煌石室"。

【敦睦】親厚和睦。三國魏曹植曹子建集十漢二祖優劣論:"敦睦九族,有唐虞之稱。"也作"敦穆"。晉書夏侯湛傳昆弟誥:"敦穆于九族。"

【敦實】㊀指稻。漢董仲舒春秋繁露十六祭義:"敦實,稻也,冬之所畢熟也。"㊁厚重誠實。北史裴佗傳附皇甫和:"梁州刺史羊靈祐重其敦實,表爲征虜府司馬。"

【敦愨】誠實。荀子王霸：“商賈敦愨無詐，則商旅安，貨通財，而國求給矣。”

【敦$_{3}$槃】指玉敦和珠槃。爲古代天子與諸侯盟會所用的禮器。敦以盛食，槃以盛血，皆用木製，珠玉爲飾。周禮天官玉府：“若合諸侯，則共珠槃、玉敦。”注：“古者以槃盛血，以敦盛食。合諸侯者，必割牛耳取其血，歃之以盟。珠盤以盛牛耳，尸盟者執之。……玉敦，歃血玉器。”

【敦趣】催促。新唐書九八馬周傳：“帝即召之，間未至，遣使者四輩敦趣。”也作“敦促”。聊齋志異考城隍：“吏不言，但敦促之。”

【敦龐】厚大，豐足。國語周上：“夫民之大事在農，……敦龐純固，於是乎成。”龐，一本作“厖”。參見“敦厖㊀”。

【敦洽讎麋】古醜人名。呂氏春秋遇合：“陳有惡人焉，曰敦洽讎麋，椎顙廣顏，色如漆赭，垂眼臨鼻，長肘而盭。陳侯見而甚説之，外使治其國，內使制其身。”省作敦洽。北齊劉晝劉子殊好：“軒皇愛嫫母之醜貌，不易落英之麗容；陳侯悦敦洽之醜狀，弗貿陽文之婉姿。”

【敦煌石室】甘肅敦煌東南有鳴沙山，其麓有三界寺，寺旁石室千餘，舊名莫高窟，俗稱千佛洞，壁畫及塑像極多。自東晉迄元，皆有建造。清光緒庚子，道士掃除積沙，於複壁破處見藏經室，存書甚富，皆唐及五代人手寫，並有雕本，佛經尤多。英人斯坦因、法人伯希和等先後至其地，掠精品以去。石室寫本已經整理印行者有敦煌石室遺書、鳴沙石室古佚書等。全國解放後列爲重點文物保護單位之一。

敢

gǎn 古覽切，上，敢韻，見。
ㄍㄢˇ

㊀無畏，有膽量。詩小雅緜蠻：“豈敢憚行，畏不能趨。”書多士：“非我小國，敢弋殷命。”㊁自言冒昧之詞。論語先進：“敢問死？曰：‘未知生，焉知死？’”儀禮士虞禮：“敢用絜牲剛鬣。”注：“敢，昧冒之辭。”㊂反語。猶言“不敢”、“豈敢”。左傳莊二二年：“敢辱高位。”注：“敢，不敢也。”㊃莫非，大約。元曲選關漢卿竇娥冤一：“你敢是不肯，故意將錢鈔哄我？”參見“敢則”。

【敢言】㊀敢於進直言。國語魯下：“夫外朝，子將業君之官職焉；內朝，子將庀季氏之政焉。皆非吾所敢言也。”新唐書一一五郝處俊傳：“處俊資約素，土木形骸，然臨事敢言。”㊁冒昧陳辭。戰國策秦一：“臣聞之，弗知而言爲不智，知而不言爲不忠。……臣敢言往昔。”

【敢則】大概，莫非。元曲選缺名爭報恩一：“做甚買賣度的昏朝，敢則是靠些賭官博。”

【敢待】該當。推測將然之詞。元曲選關漢卿竇娥冤楔子：“這早晚竇秀才敢待來也。”

【敢死士】謂作戰奮勇、敢於赴死之士。史記七六平原君傳：“於是平原君從之，得敢死之士三千人。”後漢書二二堅鐔傳：“鐔乃引軍赴宛，選敢死士夜自登城，斬關而入。”省作“敢死”。三國志吳董襲傳：“襲與凌統俱爲前部，各將敢死百人。”

【敢言之】古時下屬對上言事時的套語。漢書九九上王莽傳：“宰衡掾史秩六百石，三公稱‘敢言之’。”漢王充論衡謝短：“郡言事二府曰敢言之。”

【敢諫鼓】欲進諫者所擊之鼓。淮南子主術：“故堯置敢諫之鼓，舜立誹謗之木。”參見“諫鼓”。

【敢作敢爲】言行事無所畏懼。清翁方綱石洲詩話四：“石湖（范成大）、誠齋（楊萬里）……與放翁（陸游）並稱，而誠齋較之石湖，更有敢作敢爲之色，頤指氣使，似乎無不如意，所以其名尤重。”

散

1\. sàn 蘇旰切，去，翰韻，心。
ㄙㄢˋ

㊀分散，散布。易説卦：“雷以動之，風以散之。”書武成：“散鹿臺之財，發鉅橋之粟。”引申爲紛亂。淮南子原道：“不與物散，粹之至也。”注：“散，亂。”㊁排遣。南朝宋鮑照鮑氏集八蜀四賢詠：“玄經不期賞，蟲篆散憂樂。”㊂罷休。後漢書五六王龔傳附王暢：“會赦，事得散。”

2\. sǎn 蘇旱切，上，旱韻，心。
ㄙㄢˇ

㊃不自檢束。懶慢。見“散$_{2}$儒㊀”、“散$_{2}$漫㊀”。㊄閒散。宋書孔覬傳：“初，晉世散騎常侍選望甚重，與侍中不異，其後職任閑散，用人漸輕。”㊅疏略。見“散$_{2}$略”。㊆酒尊名。禮禮器：“貴者獻以爵，賤者獻以散。”注：“凡觴一升曰爵，……五升曰散。”王國維謂諸經之散，皆爲斝的誤字，禮有散爵，是雜爵之意，本非器名。見觀堂集林三説斝。㊇摴蒱采名。見“散$_{2}$棊”。㊈屑狀藥。三國志魏華陀傳：“若病結積在內，針藥所不能及，當須刳割者，便飲其麻沸散，須臾便如醉死無所知，因破取。”㊉琴曲名。晉書嵇康傳：“（康）索琴彈之，曰：‘廣陵散於今絶矣！’”宋沈括夢溪筆談五：“散自是曲名。如操、弄、摻、淡、序、引之類，故潘岳笙賦：‘輟張女之哀彈，流廣陵之名散。’……知散爲曲名明矣！”㊀㊀姓。見“散$_{2}$宜生”。

【散$_{2}$人】閒散不爲世用之人。莊子人間世：“且也若與予也皆物也，奈何哉其相物也。而幾死之散人，又惡知散木？”唐陸龜蒙隱居不仕，以散人自居，常以舟載茶竈、筆床、釣具往來各地，時人稱之爲江湖散人。嘗撰江湖散人傳，見甫里集十六。後來常以散人爲隱士的泛稱。

【散亡】散離亡失。楚辭屈原天問：“勳闔夢生，少離散亡。”史記高祖功臣侯者年表：“天下初定，故大城名都散亡，户口可得而數者十二三。”

【散心】㊀佛教指散亂之心，對定心而言。楞嚴經七：“若在道場及餘經行，乃至散心游戲聚落。”㊁排遣煩悶。元曲選關漢卿魯齋郎四：“今日我去雲臺觀散心咱。”

【散$_{2}$文】文體名。對駢文而言。古時文無駢散之別，自六朝文尚駢儷，於是有韻及用對偶者謂之駢文，反之則爲散文。宋羅大經鶴林玉露二：“山谷詩騷妙天下，而散文頗覺瑣碎局促。”現代指與詩歌、小説、戲劇並稱的文學體裁。參見“駢文”。

【散$_{2}$木】不成材之木。莊子人間世：“匠石之齊，至乎曲轅，見櫟社樹，……曰：‘已矣，勿言之矣，是散木也。以爲舟則沈，以爲棺槨則速腐，以爲器則速毁，以爲門户則液樠，以爲柱則蠹，是不材之木也，無所可用。’”也以喻無用之人。北周庾信庾子山集三奉和法筵應詔詩：“羈臣從散木，無以預中天。”

【散$_{2}$水】曲調名。唐白居易長慶集六五代琵琶弟子謝女師曹供奉詩：“一紙展開非舊譜，四絃翻出是新聲。蕤賓掩抑嬌多怨，散水玲瓏峭更清。”

【散$_{2}$仙】道教稱未授職務的仙人爲散仙。唐韓愈昌黎集七酬盧給事曲江荷花行：“上界真人足官府，豈如散仙鞭笞鸞鳳終日相追陪。”也用來比喻放曠不羈的人。唐白居易長慶集六九雪夜小飲贈夢得詩：“久將時背成遺老，多被人呼作散仙。”

【散$_{2}$州】對直隸州而言。元代地方區劃有路、府、州、縣四等，一般以路領州、領縣。州之不隸屬於路而直接隸屬於中書省者，稱直隸州；由路所統屬者，稱散州。明、清時以府所統屬的州爲散州。參見“直隸州”。

【散地】古兵家指在自己領地内與敵作

戰，其士卒在危急時容易逃散，故稱散地。孫子九地："用兵之法，有散地，有輕地，……諸侯自戰其地爲散地。"曹操注："士卒戀土，道近易散。"

【散$_2$地】閒散之地。也借指閒散的官職。唐岑參岑嘉州詩一虢中酬陝西甄判官見贈："微才棄散地，拙宦慙清時。"舊唐書一二〇郭子儀傳："授子儀邠寧鄜坊兩鎮節度使，仍留京師。言事者以子儀有社稷大功，今殘孽未除，不宜置之散地。"

【散$_2$吏】閒散的官吏。猶散官。文選晉干令升(寶)晉紀總論："王彌者，青州之散吏也。"

【散$_2$曲】元、明盛行的一種唱曲的體式。別於劇曲之處，卽不演故事，無賓白科介。散曲包括散套、小令兩種。散套通常用同一宮調的若干曲子組成，長短不論，一韻到底。小令多限於一支曲子，與詞裏的小令不同。

【散$_2$名】雜名，指各個具體事物的名稱。荀子正名："後王之成名：刑名從商，爵名從周，文名從禮，散名之加於萬物者，則從諸夏之成俗曲期。"

【散$_2$材】卽"散木"。常用爲不才之喻。唐姚合姚少監集一送狄尚書鎮太原詩："散材無所用，老向瑣闈眠。"宋張方平樂全集三再入禁林卽事詩："疎籟豈知諧律呂，散材無意入輮輪。"參見"散$_2$木。"

【散$_2$步】閒行。唐韋應物韋江州集三秋夜寄丘二十二員外詩："懷君屬秋夜，散步詠涼天。"散，也讀 sàn。

【散$_2$估】晉及南朝各代雜稅名。估，交易稅。隋書食貨志："晉自過江，凡貨賣奴婢馬牛田宅，有文券，率錢一萬，輸估四百入官，賣者三百，買者一百。無文券者，隨物所堪，亦百分收四，名爲散估。歷宋齊梁陳，如此以爲常。"

【散$_2$兵】㊀潰散之兵。史記九五夏侯嬰傳："漢王既至滎陽，收散兵，復振。"㊁古時非正式編制而在軍中服役的人。隋書禮儀志三："其安營之制，……其馬步隊與軍中散兵，交爲兩番，五日而代。"

【散$_2$官】有官名而無固定職事的官。漢制，朝廷對大僚重臣於本官之外加賜名號，而實無官守。魏晉南北朝因之。隋始定散官之制。唐宋金元因之。文散官有開府儀同三司、特進、光祿大夫等；武散官有驃騎將軍、輔國將軍、鎮軍將軍等。其品秩之高下，待遇之厚薄，各代不一。參閱隋書百官志下，通典三四職官十六文散官、武散官，續通典三八職官文散官、武散官。

【散花】㊀爲供佛而散佈花朵，以示敬意。魏書釋老志："於四月八日，輿諸佛像，行於廣衢，帝親御門樓，臨觀散花，以致禮敬。"參見"散華"。㊁晉舞曲名。隋書音樂志下："其行曲有單交路，舞曲有散花。"㊂樓名。在成都。唐李白李太白詩二一登錦城散花樓："日照錦城頭，朝光散花樓。"

【散$_2$郎】官名。晉書夏侯湛傳抵疑："干當世之務，觸人官之威有效矣，而官不過散郎，舉不過賢良。"指郎中。唐韓愈昌黎集外集十順宗實録五："(韋)執誼嘗爲翰林學士，父死罷官。此時雖爲散郎，以恩時時召入問外事。"指郎官。

【散$_2$朗】灑脫，颯爽。世說新語讒險："王平子(澄)形甚散朗，內實勁俠。"又賢媛："王夫人神情散朗，故有林下風氣。"王夫人，謝道韞。

【散$_2$草】草書的一體。宋蔡襄以散筆作草書，謂之散草，也稱飛草，其法從飛白脫出，自成一家。見宋沈括夢溪筆談十八技藝。

【散$_2$茶】末狀之茶。宋史食貨志下五："茶有二類：曰片茶，曰散茶。……散茶出淮南歸州、江南荊湖，有龍溪、雨前、雨後之類十一等。"

【散$_2$秩】閒散而無一定職守的官職。魏書盧玄傳附盧義僖："散秩多年，澹然自得。"唐白居易長慶集六四贈皇甫六張十五李二十三賓客詩："幸陪散秩同居日，好是登山臨水時。"

【散華】同"散花"。無量壽經下："懸繒然燈，散華燒香，以此廻向，願生彼國。"參見"散花㊀"。

【散$_2$略】疎略，粗糙不完備。後漢書三五曹褒傳："章和元年正月，乃召褒詣嘉德門，令小黃門持班固所上叔孫通漢儀十二篇，勑褒曰：'此制散略，多不合經，今宜依禮條正便可施行，於南宮東觀盡心集作。'"

【散$_2$參】無固定職務而預朝參的散官。隋書李德林傳："因出爲湖州刺史，德林拜謝曰：'臣不敢復望內史令，請預散參。'"

【散逸】奔散，散失。文選晉潘安仁(岳)西征賦："街里蕭條，邑居散逸。"北齊顏之推顏氏家訓雜藝："梁氏祕閣散逸以來，吾見二王真草多矣。"

【散$_2$逸】閒散隱逸。梁書世祖二子(蕭)方等傳："性愛林泉，特好散逸。"

【散$_2$從】㊀散行隨從。南史謝裕傳："(謝)玄出行，殷仲文、卞範之之徒皆騎馬散從，而使景仁陪輦。"㊁隋時小官名。階從九品，主出使。參閱隋書百官志下。㊂宋代衙署的外班差役名。宋蘇轍欒城集三六論差役五事狀："熙寧以前，散從、弓手、手力等役人，常苦接送之勞，遠者至四、五千里，極爲疲弊。"參閱宋史食貨志上五、明楊愼藝林伐山十三衙前散從。

【散場】謂收場結尾。宋劉克莊後村集一八七水調歌頭八月上澣解印……賦詞："莫是散場優孟，又似一棚傀儡，脫了戲衫。"此指散戲。指月録二九六祖下第十五世："(性空妙普庵主)唱曰：'船子當年返故鄉，沒蹤跡處妙難量，真風偏寄知音者，鐵笛橫吹作散場。'"指命終。

【散軼】同"散逸"。宋王應麟困學紀聞十七評文："韓文公(愈)有答，今亦不傳，則遺文散軼多矣。"

【散策】扶杖散步。唐杜甫杜工部草堂詩箋二九鄭典設自施州歸："北風吹瘴癘，羸老思散策。"宋蘇軾分類東坡詩二塵外亭："散策塵外遊，麾手謝此世。"

【散衙】謂衙參已散。明沈周沈石田集七言古暮投承天習靜房與老僧夜酌……詩："臨昏細雨如撒沙，城中官府已散衙。"

【散$_2$漫】㊀彌漫四散。文選南朝宋謝惠連雪賦："其爲狀也，散漫交錯，氛氳蕭索。"文選南齊謝玄暉(朓)觀朝雨詩："空濛如薄霧，散漫似輕埃。"㊁任意，隨便，無拘無束。唐李白李太白詩八懷仙歌："一鶴東飛過滄海，放心散漫知何在？"朱子語類十一學五："人做功課，若不專一，東看西看，到此心已散漫了，如何看得道理出？"

【散$_2$語】㊀不成篇章的語句。唐馮贄雲仙雜記四蟣肝龍首："毛重教授於導江，春日主人宴之，賦散語曰：'蟣肝之奉何堪，龍首之擎可望。'"㊁無韻之文，散文。宋陳善捫蝨新語一辨前輩論古今人文長短："后山居士(陳師道)言：'蘇明允(洵)不能詩，歐陽永叔(修)不能賦，曾子固(鞏)短於韻語，黃魯直短於散語。'"

【散$_2$誕】㊀放誕不羈。南朝梁陶弘景陶隱居集題所居壁詩："夷甫任散誕，平叔坐談空，不意昭陽殿，化作單于宮。"夷甫，王衍字。平叔，何晏字。㊁逍遙自在。宋司馬光司馬文正公集十八月五夜省直詩："留連惜紈扇，散誕脫紗巾。"又范成大石湖集十五步入衡山詩："更無騎吹喧相逐，散誕閒身信馬蹄。"也作"散淡"。紅樓夢七："可知是他誠心，叫你散淡散淡，別孤負了他的心。"

【散齊】古禮於祭祀父母前七日不御不樂不弔，叫作"散齋"。齊，通"齋"。禮祭義："致齊於內，散齊於外。"又祭統："故散齊七日以定之，致齊三日以齊之。"又封建王朝皇帝祭社稷太歲等壇，行散齋，卽在宮中齋戒，以別於祭天地等之行致齋。宋書禮志一："殷祠，皇帝散齋七日，致齋三日。"參見"致齋"。

【散髮】髮不束整，指解冠隱居。後漢書四五袁安傳附袁閎："延熹末，黨事將作，閎遂散髮絕世，欲投迹深林。"唐李白李太白詩十八宣州謝朓樓餞別校書叔雲："人生在世不稱意，明朝散髮弄扁舟。"

【散$_2$樂】古代舞樂名。原指周代民間樂舞，包括俳優歌舞雜奏等，因不在官樂之內，故稱爲散，歷代有之。漢武以來，成爲民間的及從西域傳入的樂舞雜技表演的總稱。也叫百戲。參閱周禮春官旄人、舊唐書音樂志二、又七五孫伏伽傳。參見"百戲"。

【散館】清時翰林院設庶常館，新進士朝考得庶吉士資格者入館學習，三年期滿舉行考試後，成績優良者留館，授以編修、檢討之職，其餘分發各部爲給事中、御史、主事，或出爲州縣官，謂之散館。參閱歷代職官表二三翰林院、清文獻通考八三職官考七翰林院。

【散$_2$儒】㊀不尊崇禮法的儒生。荀子勸學："不隆禮，雖察辯，散儒也。"注："散，謂不自檢束。"㊁不成材之儒。舊題漢劉歆西京雜記三："傅介子年十四，好學書，嘗棄觚而歎曰：'大丈夫當立功絕域，何能坐事散儒？'"

【散$_2$隸】隸書的一體。晉黃門郎衛恆祖覬父瓘，都以蟲篆草隸著名，恆幼傳其法，兼造散隸。見唐唐玄度十體書論。唐張彥遠法書要錄七張懷瓘書斷上飛白："衛恆祖述飛白而造散隸之書，開張隸體，微露其白，拘束於飛白，瀟灑於隸書，處其季孟之間也。"

【散$_2$職】閒散的官職。唐白居易長慶集十三早春獨遊曲江詩："散職無羈束，羸驂少送迎。"舊唐書九九李適之傳："適之懼不自安，求爲散職。五載，罷知政事，守太子少保。"

【散$_2$關】卽大散關。又稱崤谷。在陝西寶鷄縣西南大散嶺上，距寶鷄五十二里，爲秦蜀往來要道。漢末曹操攻張魯，自陳倉出散關至河池；蜀漢諸葛亮出散關圍陳倉，卽此地。宋陸游劍南詩稿五觀長安城圖："三秦父老應惆悵，不見王師出散關。"參閱嘉慶一統志二三六鳳翔府二。

【散鹽】撒鹽。晉書王凝之妻謝氏傳："又嘗內集，俄而雪驟下，(謝)安曰：'何所似也？'安兄子朗曰：'散鹽空中差可擬。'道韞曰：'未若柳絮因風起。'"道韞，王凝之妻。世說新語言語作"撒鹽"。參見"撒鹽"。

【散$_2$鹽】末鹽，粗雜之鹽。周禮天官鹽人："祭祀，共其苦鹽、散鹽。"疏："散鹽，煮水爲之，出於東海。"宋史食貨志下三："鹽之類有二：引池而成者曰顆鹽，周官所謂鹽鹽也；鬻海、鬻井、鬻鹻而成者曰末鹽，周官所謂散鹽也。"

【散水花】花名。宋姚寬西溪叢語下："唐昌觀玉蘂花，今之散水花。"

【散$_2$手仗】隋唐朝會時之儀衛分爲五種，卽供奉仗、親仗、勳仗、翊仗、散手仗。散手仗以親、勳翊衛充任，服緋絁裲襠，繡野馬，列坐於東西廊下。唐謂之衙內五衛。見資治通鑑一八七唐武德二年"令散手執君度、玄恕"注。

【散$_2$氏盤】西周後期青銅器。也作夨人盤。清乾隆中葉出土。盤口飾龍紋，足飾獸面紋，附耳，圖案精美，形制雄偉。有銘文十九行，三百五十七字，記夨散兩族分田事，爲盤中銘文最長的一件。參閱清阮元積古齋鐘鼎彝器款識八、郭沫若兩周金文辭大系圖錄考釋夨人盤。

【散生齋】信佛者乞求病愈、傾家施舍，曰散生齋。魏書京兆王子推傳："初，太興遇患，請諸沙門行道，所有資財，一時布施，乞求病愈，名曰'散生齋'。"

【散$_2$宜生】周初人。相傳受學于太公望，後與太公望南宮括閎夭同輔周文王。曾獻美女珍寶於紂，以釋文王之囚。後佐武王伐紂滅商。事迹見尚書大傳西伯戡黎、史記周紀。散宜生之名，唐孔穎達書君奭疏以散爲氏；大戴禮帝系、漢書古今人表都以散宜爲複姓。自散氏盤出土，似以散作姓爲是。

【散$_2$卓筆】宋宣州諸葛高善製筆。自唐以來，世傳其業，其筆毫約長寸半，藏一寸於管中，一筆可抵他筆數支，稱散卓筆，爲時人所貴重。參閱宋蘇軾東坡題跋五、宋葉夢得避暑錄話上、清梁同書筆史。

【散花菴詞】宋黃昇撰。一卷。昇字叔暘，號玉林、又號花菴詞客。輯有花菴絕妙詞選，末附己詞四十首。此本卽從是集錄出，惟增三首。收入明毛晉輯宋六十名家詞。

【散華貫華】佛教稱經之散文爲散花，稱偈頌爲貫花。花，通"華"。法華經一："佛赴緣作散花貫花兩說。結集者按說傳之，論者依經申之。"

【散騎常侍】官名。秦漢置散騎，又置中常侍。魏以散騎與中常侍合爲一體，謂之散騎常侍，侍從皇帝左右，掌規諫，不典事。自魏至晉，皆以散騎常侍共平尚書奏事。東晉時亦掌表詔。宋齊屬集書省。梁爲散騎省。陳因梁制。北魏北齊爲集書省，掌諷議。隋屬門下省。唐置左右散騎常侍，分屬門下、中書二省。宋因之。遼屬門下省。金元明不設。隋以前，爲清顯之職，以後漸不見重。參閱宋書百官志下、通典二一職官三侍中散騎常侍、續通典二五職官三侍中散騎常侍。

敠 duō 丁括切，入，末韻，端。ㄉㄨㄛ

見"敁敠"。

敝 bì 毗祭切，去，祭韻，並。ㄅㄧˋ

㊀壞，破舊。易井："甕敝漏。"詩鄭風緇衣："緇衣之宜兮，敝予又改爲兮。"㊁疲敗。左傳襄九年："許之盟而還師，以敝楚人。"注："敝，罷也。罷音皮。"莊子列禦寇："小夫之知，不離苞苴竿牘，敝精神乎蹇淺。"㊂棄。禮郊特牲："冠而敝之可也。"㊃謙稱。見"敝邑"。㊄遮擋。通"蔽"。周禮考工記弓人："凡爲弓，方其峻而高其柎，長其畏而薄其敝。"注："鄭司農(衆)云：'敝，讀爲蔽塞之蔽，謂弓人所握持者。'"㊅姓。春秋時齊有敝無存。見左傳定九年。

【敝人】㊀德薄之人。後漢書二五卓茂傳："汝爲敝人矣。"後用爲自謙之詞。㊁疲憊之卒。文選漢鄒陽上書吳王："收敝人之倦，東馳函谷，西楚大破。"唐呂延濟注："收秦疲倦之兵，出函谷關而破項羽。"敝，一本作"弊"。

【敝邑】㊀古代稱己國的謙詞。左傳僖二六年："寡君聞君親舉玉趾，將辱於敝邑，使下臣犒執事。"㊁偏遠的都邑。文選晉左太沖(思)吳都賦："習其敝邑而不覩上邦者，未知英雄之所躔也。"

【敝笱】詩齊風篇名。敝笱，破舊的捕魚具。詩齊風敝笱："敝笱在梁，其魚魴鰥。"箋："魴也，鰥也，魚之易制者，然而敝敗之笱不能制。"

【敝賦】古以田賦出兵卒和戰車，故稱兵卒和戰車爲賦。敝，指不精良，謙詞。左傳成二年："子以君師辱於敝邑，不腆敝賦，詰朝請見。"又襄三一年："是以不敢寧居，悉索敝賦，以來會時事。"

【敝膝】古代衣前蓋膝的圍裙。同“蔽膝”。漢書六五東方朔傳:“上臨山林,主自執宰敝膝,道入登階就坐。”參見“蔽膝”。

【敝蹝】破鞋。喻廢物。孟子盡心上:“舜視棄天下,猶棄敝蹝也。”也作“敝屣”。陳書高祖紀上禪位策:“居之如馭朽索,去之如脫敝屣。”

【敝廬】謙稱己之居室。左傳襄二三年:“若免於罪,猶有先人之敝廬在。”也作“弊廬”。文選晉羊叔子(祜)讓開府表:“願復守先人弊廬,豈可得哉!”

【敝竇】弊端,營私違法的漏洞。明何士晉纂工部廠庫須知一議册庫:“署中向無册庫,案卷漫失,且諸胥有所不便,輒恣意竊燬之,稽覈無從,敝竇百出。”

【敝躧】同“敝蹝”。戰國策燕一:“夫實得所利,名則所願,則燕趙之棄齊也,猶釋敝躧。”

【敝帚千金】東觀漢紀一:“家有敝帚,享之千金。”也作“弊帚千金”。文選魏文帝(曹丕)典論論文:“夫人善於自見,而文非一體,鮮能備善,是以各以所長,相輕所短,里語曰:‘家有弊帚,享之千金’,斯不自見之患也。”言物雖微,而自以爲寶。

【敝帷不棄】言破舊之物亦自有其用。禮檀弓下:“仲尼之畜狗死,使子貢埋之,曰:‘吾聞之也,敝帷不棄,爲埋馬也;敝蓋不棄,爲埋狗也。’”

【敝鼓喪豚】以傷濕病痹,而擊鼓烹豚以禱神。謂徒費而無益。荀子解蔽:“故傷於溼而擊鼓痹 則必有敝鼓喪豚之費矣。”

敞 chǎng ㄔㄤˇ 昌兩切,上,養韻,穿。

㊀寬廣,軒豁。漢書郊祀志下:“泰山東北阯古時有明堂處,處險不敞。”文選晉潘安仁(岳)西征賦:“厭紫極之閑敞,甘微行以游盤。”㊁張開。聊齋志異采薇翁:“敞衣露腹。”㊂模糊。通“惝”。見“敞怳”。

【敞怳】㊀模糊,不真切。漢書五七司馬相如傳大人賦:“視眩泯而亡見兮,聽敞怳而亡聞。”注:“敞怳,耳不諦也。”史記作“惝恍”。㊁謂神情捉摸不定。北史強練傳:“容貌長壯,有異於人,神情敞怳,莫之能測。”

【敞罔】㊀失意貌。史記一一七司馬相如傳難蜀父老:“敞罔靡徙,因遷延而辭避。”索隱:“敞罔,失容也。”㊁大貌。文選漢馬季長(融)長笛賦:“徬徨縱肆,曠瀁敞罔,老莊之槩也。”注:“敞罔,寬大貌。”

敤 kě ㄎㄜˇ 苦果切,上,果韻,溪。 kè ㄎㄜˋ 苦卧切,去,過韻,溪。

㊀研治。見說文。㊁見“敤手”。

【敤手】人名,舜妹。漢書古今人表:“敤手,舜妹。”說文作“敤首”。

敜 niè ㄋㄧㄝˋ 奴協切,入,怗韻,泥。

㊀塡塞。書費誓:“敜乃穽。”傳:“穽,穿地陷獸,當以土窒敜之。”㊁按。通“捻”。見集韻。

九畫

[illegible] dù ㄉㄨˋ 徒古切,上,姥韻,定。

閉塞。通“杜”。見清王筠說文句讀。

敬 jìng ㄐㄧㄥˋ 居慶切,去,映韻,見。

㊀恭敬,端肅。易坤:“君子敬以直內,義以方外。”論語子路:“居處恭,執事敬,與人忠。”㊁尊敬,尊重。論語先進:“門人不敬子路。”世說新語傷逝:“孫子荊(楚)以有才,少所推服,唯雅敬王武子(濟)。”㊂警戒。詩大雅常武:“既敬既戒,惠此南國。”箋:“敬之言警也,警戒六軍之衆。”㊃致敬意皆謂之敬,故以物贈人也叫敬。警世通言十一蘇知縣羅衫再和:“便吩咐門子,於庫房取書儀十兩,送與蘇雨爲程敬。”㊄姓。漢有揚州刺史敬歆。見廣韻。

【敬田】佛教指恭敬供養佛法僧。同“功德田”。爲三福田之一。見優婆塞戒經三。隋智顗摩訶止觀十下:“上不見經佛敬田可尊,下不見親恩之德。”參見“功德田”。

【敬事】㊀敬謹處事。逸周書諡法:“敬事供上曰恭。”論語學而:“敬事而信,節用而愛人,使民以時。”㊁恭敬侍奉。書立政:“以敬事上帝,立民長伯。”國語周上:“肅恭明神,而敬事耈老。”

【敬慎】恭敬謹慎。詩大雅抑:“敬慎威儀,維民之則。”漢書七四丙吉傳:“宗廟至重,而顯不敬慎,亡吾爵者必顯也。”顯,丙吉子。

【敬謝】㊀致歉意。韓詩外傳九:“此亦吾過矣,願夫子爲寡人敬謝焉。”㊁謝絕。史記九七酈食其傳:“沛公敬謝先生,方以天下爲事,未暇見儒人也。”

【敬禮】㊀尊敬並以禮相待。呂氏春秋懷寵:“求其孤寡而振恤之,見其長老而敬禮之。”㊁古時表敬的禮節,如拜揖等。後爲敬詞,用於書信結尾。宋書呵羅單國傳:“是故至誠五體敬禮。呵羅單國王毗沙跋摩稽首問訊。”

【敬事房】清宮內官署名。順治時有乾清宮執事,康熙十六年設敬事房,置總管、副總管,專司宮內一切事務,奉行諭旨及內務府各衙門文移,爲首領太監的辦事處。

【敬亭山】山名。在安徽宣城縣北。一名昭亭山,又名查山。山上有敬亭,相傳爲南齊謝脁賦詩之所,山以此名。唐李白李太白詩二三有獨坐敬亭山詩。山高數百丈,千巖萬壑,爲近郊名勝。參閱嘉慶一統志一一五寧國府一。

【敬新磨】五代後唐莊宗(李存勗)時伶人。常以反語進諫。見新五代史伶官傳。

【敬小慎微】對細小的事也持謹慎小心的態度。淮南子人間:“聖人敬小慎微,動不失時,百射重戒,禍乃不滋。”今通作“謹小慎微”。

【敬史君碑】東魏碑刻。原題禪靜寺刹前銘敬史君之碑。興和二年立石。史君即“使君”。記敬顯儁修建禪靜寺事。顯儁,北齊書、北史有傳,碑記顯儁歷官較詳,可補史闕。碑文及碑陰題名,皆正書。文雜儷體,書則自晉趨唐,爲歐褚前驅。清乾隆三年河南長葛縣民掘地得之,移置陘山書院,今仍存該縣。碑文見金石萃編三十。

【敬恭桑梓】詩小雅小弁:“維桑與梓,必恭敬止。”宋朱熹注:“桑梓,二木。古者五畝之宅,樹之牆下,以遺子孫,給蠶食、具器用者也。”以桑梓爲父母所植,故加恭敬。後以爲尊敬故鄉之義。

【敬業堂集】清查愼行撰,五十卷,續集六卷。彙輯生平的詩作,隨所遊歷,各爲一集。愼行字悔餘,號初白。少師事黃宗羲,研習經學,尤長於詩,古體多法蘇軾,近體則出陸游,爲其師黃宗羲所推重。

【敬業樂羣】敬業,專心致志於學習;樂羣,與同學友朋愉快相處。禮學記:“一年視離經辨志,三年視敬業樂羣。”

【敬齋古今黈】元李治撰。八卷。按經史子集,依類分輯,各爲二卷。書名取淮南子主術“黈纊塞耳”注義,示“不欲其妄聞”之意。書中於諸史謬誤之處,多有訂正。原書久佚,今本從永樂大典中輯出。

敭 yáng ㄧㄤˊ 與章切,平,陽韻,喻。

古“揚”字。宋書武帝紀上授劉裕策:“其

降承嘉策，對敭朕命。"

【敭歷】今文尚書盤庚有"優賢揚歷"(見文選晉左太沖(思)魏都賦注、三國志魏管寧傳注)，後因稱居官經歷多，時間長爲敭歷内外。敭，同"揚"。參閲清劉獻廷廣陽雜記五、孫星衍尚書今古文注疏六。參見"揚歷"。

十 畫

敲 qiāo ㄑㄧㄠ 口交切，平，肴韻，溪。苦教切，去，效韻，溪。

㊀擊，扣。左傳定二年："邾莊公與夷射姑飲酒，私出，閽乞肉焉，奪之杖以敲之。"唐賈島長江集四題李凝幽居詩："鳥宿池邊樹，僧敲月下門。"㊁短杖。文選漢賈誼過秦論："履至尊而制六合，執敲扑以鞭笞天下。"注："臣瓚以爲：短曰敲，長曰扑。"

【敲石】即火石。敲石以取火。唐柳宗元柳先生集四二零陵贈李卿元侍御簡吳武陵詩："陽光竟四溟，敲石安所施。"文苑英華三四一唐韋應物送孫徵赴雲中詩："敲石軍中傳夜火，斧冰河畔汲朝漿。"

【敲金】喻聲音響亮。唐姚合姚少監集十喜覽裴中丞詩卷詩："新詩盈道路，清韻似敲金。"參見"敲金擊石"。

【敲枰】同"敲碁"。宋米芾寶晉英光集補遺送王涣之彥舟詩："神武樂育天下造，不使敲枰使傳道。"參見"敲碁"。

【敲詩】詩謎的一種。也稱"打詩寶"。其法以長四、五寸的紙條，摘録古詩一句，而於句中隱去一字，注於紙尾，以封套籠之，并添擬大意相通者四字於詩旁，合爲五字，射中者勝。見清張燾津門雜記下敲詩。

【敲碁】着圍棋。以每一舉棋必斟酌推敲之，故云。宋詩鈔趙師秀清苑齋集約客："有約不來過夜半，閒敲碁子落燈花。"

【敲冰紙】紙名。浙江剡溪所出。剡水清潔，山多藤楮。相傳以敲冰時取冬水所製，最爲精美，故名。明楊慎升菴全集六六敲冰紙引宋張伯玉蓬萊詩"敲冰呈好手，織素競交鸞"注："越俗競詩敲冰紙。"參見"剡$_2$藤"。

【敲門石】同"敲門磚"。明王鏊震澤集二送温生廉還江西詩："鏤冰刻棘巧何爲，名成至比敲門石。"詳"敲門磚"。

【敲門磚】科舉時代，士人讀書應試，以取功名，名成而棄所學。猶如用磚敲門，既入門，即棄磚，故稱敲門磚。明田藝蘅留青日札摘抄四非文事："又如錦囊集一書，……抄録七篇，偶湊便可命中，子孫祕藏，以爲世寶。其未得第也，則名之曰撞太歲，其既得第也，則號之曰敲門磚。"明西湖居士鬱輪袍傳奇上春遊："小生：'二兄爲何不做詩？'丑：'這是敲門磚，敲開便丢下他。我們既作了官，做詩何用？'"清代又逕稱八股制義文字爲敲門磚。見清俞樾茶香室叢鈔九焚時文。

【敲鏝兒】即敲竹槓。鏝，指錢。元曲選關漢卿救風塵一："但來兩三遭，不問那廝要錢，他便道，這弟子敲鏝兒哩！"

【敲冰戛玉】比喻樂調的清潤。宋楊无咎逃禪詞垂絲釣鄧端友席上贈呂倩倩："聽敲冰戛玉，恨雲怨雨，聲聲總在愁處。"

【敲金擊石】以金石的敲擊喻詩文的聲調鏗鏘。金指鐘，石指磬。唐韓愈昌黎集十六代張籍與李浙東書："籍又善於古詩，……閣下憑几而聽之，未必不如聽吹竹彈絲，敲金擊石也。"

⿰匪攵 fěi ㄈㄟ

人名。南朝宋有河西人趙⿰匪攵，善曆算。見宋書氐胡傳。

敳 ái ㄞ 五來切，平，咍韻，疑。

㊀癡騃。宋王安石臨川集三擬寒山拾得詩之十一："被我入棚中，昨日親看來，方知棚外人，擾擾一場敳。"㊁姓。通志二八氏族四以名爲氏："敳氏，八凱隤敳之後，以王父字爲氏。"

十一畫

敵 dí ㄉㄧˊ 徒歷切，入，錫韻，定。

㊀仇敵。墨子七患："以七患守城，敵至國傾。"左傳僖三三年："一日縱敵，數世之患也。"㊁抵拒，對抗。左傳哀十五年："大子聞之懼，下石乞、盂黶敵子路。"孟子梁惠王下："此匹夫之勇，敵一人者也。"㊂對等，相當。左傳成二年："蕭同叔子非他，寡君之母也。若以匹敵，則亦晉君之母也。"戰國策秦五："四國之兵敵。"注："敵，強弱等也。"

【敵手】對手，指才藝相當的人。晉書謝安傳："安常棊劣於(兄子)玄，是日玄懼，便爲敵手而又不勝。"唐姚合姚少監集九答友人招遊詩："賭棊招敵手，沽酒自扶頭。"

【敵國】㊀敵對之國。周禮夏官環人："訟敵國，揚軍旅。"管子七法："不能彊其兵，而能必勝敵國者，未之有也。"㊁地位勢力相等的國家。孟子盡心下："征者上伐下也，敵國不相征也。"國語周中："敵國賓至，關尹以告，行理以節逆之。"注："敵國，位敵也。"㊂與國相匹敵。史記一二四朱家傳："吳楚反時，條侯(周亞夫)爲太尉，乘傳車將至河南，得劇孟。……天下騷動，宰相得之，若得一敵國云。"指人才繫天下安危與國相匹敵。㊃猶言仇敵。南齊書王敬則陳顯達傳論："加以主猜政亂，危亡慮及，舉手扞頭，人思自免。干戈既用，誠淪犯上之跡，敵國起於同舟，況又疏於此者也？"

【敵愾】抵抗其所恨怒者。左傳文四年："諸侯敵王所愾，而獻其功。"注："敵，猶當也；愾，恨怒也。"東周列國志七一："安得穰苴今日起，大張敵愾慰蒼生。"後多指對敵人的憤怒，如言"同仇敵愾"。

【敵對】敵人，對手。藝文類聚七四三國魏應瑒弈勢："挑誘既戰，見欺敵對。"元曲選岳伯川鐵拐李一："韓魏公見我這等幹辦公勤，決不和我做敵對。"

【敵耦】猶言匹敵。禮内則："舅姑若使介婦，毋敢敵耦於冢婦。"也作"敵偶"。儀禮燕禮"賓升，再拜稽首"漢鄭玄注："此賓拜于君之左，不言之者，不敢敵偶于君。"

【敵樓】即城樓。因可憑以望敵，故亦曰敵樓。宋曾鞏元豐類稿十八瀛州興造記："迺築新城，方十五里，高廣堅壯，率加於舊，其上爲敵樓、戰屋。"

【敵體】指地位相等，無上下尊卑之分。漢班固白虎通三上王者不臣："諸父諸兄者親，與己父兄有敵體之義也。"左傳莊四年"紀伯姬卒"晉杜預注："内女唯諸侯夫人卒葬皆書，恩成於敵體。"

敷 fū ㄈㄨ 芳無切，平，虞韻，滂。

㊀施，布。詩小雅小旻："旻天疾威，敷于下土。"書君牙："弘敷五典，式和民則。"㊁徧。詩周頌般："敷天之下，裒時之對，時周之命。"㊂鋪陳，擴展。穆天子傳六："敷筵席，設几。"南朝梁劉勰文心雕龍七鎔裁："引而伸之，則兩句敷爲一章；約以貫之，則一章删成兩句。"㊃塗，搽。東周列國志八八："龐涓假意啼哭，以刀獪藥敷(孫)臏之膝，用帛纏裹，使人擡至書館。"㊄饒足。三國演義三十："若遷延日月，糧草不敷，事可憂矣。"㊅見"敷愉"。㊆見"敷淺"。

【敷文】㊀鋪敍文字。指寫作。宋書謝靈運傳山居賦："研書賞理，敷文奏懷。"晉書夏侯湛傳論："覩其抵疑詮理，本窮通於自天;作詰敷文,流英聲於孝悌。」㊁宋殿閣名。紹興十年五月建,以置徽宗書翰圖畫,有學士、直學士、待制直閣以次列職。見宋岳珂愧剡錄十四敷文閣。

【敷化】布行教化。三國魏阮籍阮步兵集與晉王薦盧播書:「應期作輔,論道敷化。」文選南齊王元長(融)永明九年策秀才文之一:「或揚旌求士,或設簾待賢,用能敷化一時,餘烈千古。」

【敷弘】廣布,光大。三國志魏高柔傳上疏:「陛下臨政,允迪叡哲,敷弘大猷,光濟先軌,雖夏啟之承基,周成之繼業,誠無以加也。」

【敷施】布化施行。猶布施。書皋陶謨:「翕受敷施,九德咸事,俊乂在官。」史記夏紀作「翕受普施」。

【敷衽】揭開前襟,以示坦率。楚辭屈原離騷:「跪敷衽以陳辭兮,耿吾既得此中正。」宋書謝靈運傳論:「若夫敷衽論心,商榷前藻,工拙之數,如有可言。」

【敷奏】陳述奏進。書舜典:「敷奏以言,明試以功。」傳:「敷,陳也;奏,進也。諸侯四朝各使陳進治理之言。」東觀漢紀十六桓榮:「每朝會,輒令榮於公卿前敷奏經書,帝稱善。」

【敷政】施政。詩商頌長發:「敷政優優,百祿是遒。」南齊書李安民傳詔:「敷政近畿,方申任寄,奄至殞喪,痛傷于懷。」

【敷衍】㊀散布,流播。楚辭漢王褒九懷序:「褒讀屈原之文,嘉其文雅,藻采敷衍。」㊁鋪敍引申。三國吳韋昭國語解敍:「侍中賈君,敷而衍之,其所發明,大義略舉,爲已憭矣,然於文閒時有遺忘。」宋唐庚唐先生集二三上蔡司空書:「所作講義,率皆敷衍前輩所說,無一言一句能自立門戶。」㊂應付。紅樓夢一一〇:「鳳姐這日竟支撐不住,也無方法,只得用盡心力,甚至咽喉嚷啞,敷衍過了半日。」

【敷淺】淺薄。多指學識而言。同「膚淺」。南朝梁顧野王進玉篇啟:「末學敷淺,誠所未詳。」

【敷陳】鋪敍。淮南子要略:「分別百事之微,敷陳存亡之機。」晉范甯春秋穀梁傳集解序:「於是乃商略名例,敷陳疑滯,博示諸儒異宗之說。」

【敷愉】和悅。玉臺新詠一古樂府詩之三隴西行:「好婦出迎客,顏色正敷愉。」

【敷揚】傳布,宣揚。後漢書五六張綱傳上奏:「大將軍冀,河南尹不疑,蒙外戚之援,荷國厚恩,以芻蕘之資,居阿衡之任,不能敷揚五教,翼讚日月,而專爲封豕長蛇,肆其貪叨。」

【敷腴】神采煥發貌。南朝宋鮑照鮑氏集八擬行路難之五:「人生苦多歡樂少,意氣敷腴在盛年。」唐杜甫杜工部詩史補遺九遣懷:「兩公壯藻思,得我色敷腴。」注:「敷腴,顏色充澤貌。」

【敷演】鋪陳論說。同「敷衍」。宋書訶羅陁國傳:「學徒遊集,三乘競進,敷演正法,雲布雨潤。」

【敷榮】開花。漢焦延壽易林十解之渙:「春草萌生,萬物敷榮。」三國魏嵇康嵇中散集二琴賦:「迫而察之,若衆葩敷榮曜春風,既豐贍以多姿,又善始而令終。」

【敷暢】㊀鋪敍發揮。漢孔安國尚書序:「約文申義,敷暢厥旨,庶幾有補於將來。」㊁普遍流行。舊唐書禮儀三:「四海會同,五典敷暢,歲云嘉熟,人用大和。」

【敷藻】猶敷文。鋪陳文藻之意。晉阮籍阮步兵集與晉王薦盧播書:「潛心圖籍,文學之宗;敷藻載述,良史之表。」

【敷蘛】花開貌。文選晉左太沖(思)吳都賦「異荂蓲蘛,夏曄冬蒨」劉淵林注:「敷蘛,華開貌。」

【敷于散】中藥散劑名。南北朝時荊楚俗於正月初一進敷于散,服却鬼丸。南朝梁宗懍荊楚歲時記:「敷于散出葛洪煉化篇,方用柏子人、麻人、細辛、干薑、附子等分爲散,井華水服之。」

【敷淺原】古地名。見書禹貢。各說不同:1. 敷淺原一名博陽山,在今江西德安縣南。見書禹貢「過九江至於敷淺原」傳。參閱漢書地理志上注。2. 即今江西廬山。見宋朱熹朱文公集七二九江彭蠡辨、又三七答程泰之書。3. 廬山東南的平原。清胡渭禹貢錐指三八下引王耕野:「敷淺原恐非廬山,高平曰原,而又名敷淺,則必平曠之地,不爲高山可知。」地在今江西星子縣境。

敺 1. qū ㄑㄩ 豈俱切,平,虞韻,溪。

㊀古「驅」字。孟子離婁上:「故爲淵敺魚者獺也;爲叢敺爵者鸇也。」漢書郊祀志下:「先敺失道。」注:「敺與驅字同。」

2. ōu ㄡ 烏后切,上,厚韻,影。

㊁擊,打,通「毆」。漢書四七文三王傳:「後數復敺傷郎。」注:「敺,捶擊,音一口反。」

敹 liáo ㄌㄧㄠ 落蕭切,平,蕭韻,來。

縫綴。書費誓:「善敹乃甲冑。」疏:「鄭(玄)云:敹,謂穿徹之。謂甲繩有斷絕,當使敹理穿治之。」宋蔡沈集傳:「敹,縫完也。」清翟灝通俗編三六雜字敹:「按今謂麤略治衣曰敹一針。」

數 1. shù ㄕㄨˋ 色句切,去,遇韻,山。

㊀數目。莊子秋水:「號物之數謂之萬。」漢書律曆志上:「數者,一、十、百、千、萬也。」㊁幾個,一個以上不確定的數目。莊子逍遙遊:「我世世爲洴澼絖,不過數金。」孟子盡心下:「堂高數仞,榱題數尺。」㊂算術。古六藝之一。周禮地官大司徒:「三曰六藝:禮、樂、射、御、書、數。」參見「六藝」。㊃技藝,技術。多指博弈、占卜之類。孟子告子上:「今夫弈之爲數,小數也。」淮南子詮言:「渡水而無游,數雖强必沈;有游,數雖羸必遂。」㊄道理,禮數。韓非子孤憤:「夫以疏遠與近愛信爭,其數不勝也。」文選晉應吉甫(貞)晉武帝華林園集詩:「貽宴好會,不常厥數。」注:「數,猶禮也。」㊅命運。見「數奇」。後漢書九十烏桓鮮卑傳論:「然制御上略,歷世無聞,周漢之策,僅得中下,將天之冥數,以至於是乎?」

2. shǔ ㄕㄨˇ 所矩切,上,麌韻,山。

㊆計算,查點。左傳隱五年:「歸而飲至,以數軍實。」莊子秋水:「噴則大者如珠,小者如霧,雜而下者不可勝數也。」㊇責備,數說。左傳昭二年:「使吏數之。」注:「責數其罪。」史記陳涉世家:「宮門令欲縛之。自辯數,乃置。」索隱:「謂自辯說,數與涉有故舊事驗也。」

3. shuò ㄕㄨㄛˋ 所角切,入,覺韻,山。

㊈屢次,多次。論語里仁:「朋友數,斯疏矣。」史記六六伍子胥傳:「吾數諫王,王不用,吾今見吳之亡矣。」

4. cù ㄘㄨˋ 集韻趨玉切,入,燭韻。

㊉細密。孟子梁惠王上:「數罟不入洿池,魚鼈不可勝食也。」注:「數罟,密網也。」

5. sù ㄙㄨˋ

㊀快。通「速」。禮曾子問:「不知其已之遲數,則豈如行哉。」㊁見「數₅珠」。

【數₃四】三四次(個),多次(個)。東觀漢紀十三張純傳:「自郊廟婚冠喪紀禮儀,多所正定,一日或數四引見。」南齊書沈驎士傳沈淵等薦表:「長兄早卒,孤姪數四,攝厄鞠稚,吞苦推甘。」

【數奇】命運乖舛,指遭遇不順當。奇,音ㄐㄧ。史記一〇九李將軍傳:「大將軍(衛)

靑亦陰受上誡，以爲李廣老，數奇，毋令當單于，恐不得所欲。”漢書五四李廣傳：“以爲李廣數奇。”注：“言廣命隻不耦合也。”文選南朝梁徐敬業(悱)古意酬到長史溉登琅邪城詩：“寄言封侯者，數奇良可歎！”

【數家】擅長術數的人。漢書六五東方朔傳：“上嘗使諸數家射覆。”注：“數家，術數之家也。”

【數$_5$珠】佛教徒用以記誦經次數的串珠。梵語鉢塞莫。也稱念珠、佛珠。景德傳燈録十四佛陀和尚：“師常持一串數珠，念三種名號。”宋蘇軾分類東坡詩五乞數珠贈南禪湜老：“從君覓數珠，老境仗消遣。”參閱宋道誠釋氏要覽中道具。

【數$_2$息】佛教静修之法，數鼻息的出入，使心恬静寧一。廣弘明集三十南朝陳江總攝山栖霞寺山房夜坐詩：“梵宇調心易，禪庭數息難。”

【數術】卽術數。古代關於天文、曆法、占卜的學問。漢書藝文志：“步兵校尉任宏校兵書，太史令尹咸校數術。”古文苑十五漢崔瑗河間張平子(衡)碑：“數術窮天地，制造侔造化。”

【數量】事物的多少長短。周禮夏官量人：“凡祭祀饗賓，制其從獻脯燔之數量。”注：“數，多少也；量，長短也。”

【數$_2$棊】弈棋。晉書祖逖傳附祖納：“納好弈棊，王隱謂之曰：‘禹惜寸陰，不聞數棊。’”

【數$_2$落】㊀責備。古雜劇元賈仲名對玉梳三：“猛見他面目事不當初，不合將他千般數落十分怒，料應來命在須臾。”㊁訴説委曲。紅樓夢二七：“只聽山坡那邊有嗚咽之聲，一面數落着，哭的好不傷心。”

【數$_2$説】責備。猶“數落”。儒林外史二十：“匡超人洗了臉，走進去見丈母，被丈母敲桌子打板櫈哭着一場數説：‘總是你這天災人禍的，把我一個嬌滴滴的女兒生生的送死了。’”

【數$_3$數$_3$】㊀急迫。莊子逍遥遊：“彼其於世，未數數然也。”釋文引司馬彪：“猶汲汲也。”㊁屢次。漢書五四李廣傳附李陵：“(任)立政等見陵，未得私語，卽目視陵，而數數自循其刀環，握其足，陰諭之，言可還歸漢也。”唐白居易長慶集十二醉後走筆酬劉五主簿詩：“張賈弟兄同里巷，乘閑數數來相訪。”

【數$_2$一數$_2$二】㊀第一流的。指名在前列。元曲選戴善夫風光好三：“此乃金陵數一數二的歌者。”明[illegible]風流夢情郎印夢：“我柳春卿在廣州學裏，也是數一數二的秀才，捱了些數伏數九的日子。”㊁逐條列舉。警世通言三四王嬌鸞百年長恨：“路人争問其故，孫老兒數一數二的逢人告訴。”

【數$_2$白論黄】計較金錢。白，銀；黄，金。明湯顯祖邯鄲記贈試：“有家兄打圓就方，非奴家數白論黄。”

【數$_2$米而炊】比喻處理事情方法瑣碎，多勞而少益。莊子庚桑楚：“簡髮而櫛，數米而炊，竊竊乎又何足以濟世哉？”疏：“譬如擇簡毛髮，梳以爲髻。格量米數，炊以供餐，利益蓋微，爲損更甚。”淮南子泰族：“稱薪而爨，數米而炊，可以治小而未可以治大也。”後也用來形容人的吝嗇、困窮。警世通言五吕大郎還金完骨肉：“積財聚穀，日不暇給。真個是數米而炊，稱柴而爨。因此鄉里起他一個異名，叫做金冷水，又叫金剥皮。”

【數$_3$見不鮮】史記九七陸賈傳：“過汝，汝給吾人馬酒食……。一歲中往來過他客，率不過再三過，數見不鮮，無久慁公爲也。”索隱：“數見音朔現。謂時時來見汝也。不鮮，言必令鮮美作食，莫令見不鮮之物也。”後指事物經常看見，就不感到新奇。與原義異。

【數$_2$典忘祖】春秋時晉大夫籍談使周，周景王問他晉國何以没有寶器貢王室，談謂晉國從來没有受到過周王室的賞賜，故無器物可獻。周王指出從晉的始祖唐叔起就不斷受到王室的賞賜。責談身爲晉國司典(掌典籍的官)的後人竟不知這些史實。王曰：“籍父其無後乎，數典而忘其祖。”見左傳昭十五年。後用以比喻忘本。今也喻對祖國歷史的無知。

【數$_2$往知來】追數過去，預測將來。易説卦：“數往者順，知來者逆。”注：“易八卦相錯，變化理備。於往，則順而知之；於來，則逆而數之。”逆，預度。明陸容菽園雜記一：“洪武中，朝廷訪求通曉曆數，數往知來，試無不驗者，必封侯，食禄千五百石。”

【數理精藴】淸何國宗梅瑴成等纂，爲康熙勅編律曆淵源的第三部分。專講數理。五十三卷。上編五卷，以立綱明體；下編四十卷，以分條致用；表八卷。是書繪圖立表，貫通中西法的異同，辨訂古今的長短得失，其論借根方一法，敍述尤詳。

【數$_2$黑論黄】猶言説長道短。含有花言巧語、挑唆是非的意思。元明雜劇元缺名關雲長千里獨行四：“他口裏說短論長，數黑論黄，斷不了村沙莽撞，你心中自忖量。”也作“數黄道黑”。西遊記三九：“口裏絮絮叨叨，數黄道黑，真像死了人的一般。”

【數學九章】宋秦九韶撰。十八卷。分大衍、天時、田域、測望、賦役、錢穀、營建、軍旅、市易九類。原本久佚，今從永樂大典録出。書中大衍求一術與正負開方術二法，爲有世界意義的創造。正負開方術較英國和涅(公元1773—1821年)的解法早五百餘年。

敻 1. xiòng 休正切，去，勁韻，曉。ㄒㄩㄥ

亦作“敻”。㊀遠。穀梁傳文十四年：“敻入千乘之國。”注：“敻，猶遠也。”史記一一七司馬相如傳哀二世賦：“敻邈絶而不齊兮，彌久遠而愈休。”

2. xuàn 許縣切，去，霰韻，曉。ㄒㄩㄢ

㊀營求。見廣韻。

【敻反】遠道而歸。南齊書劉祥傳任遐奏：“厥兄浮櫬，天倫無一日之悲；南金弗獲，嫂姪致其輕絶。孤舟敻反，存没相捐，遂令暴客掠奪骸柩，行路流歎，有識傷心。”

【敻古】遠古。晉書后妃傳序：“爰自敻古，是謂元妃；降及中年，乃稱王后。”

【敻絶】寥遠。猶迥絶。文選南朝宋顏延年(延之)赭白馬賦：“别輩越羣，絢練敻絶。”注：“敻絶，迥絶也。”南朝梁陶弘景陶隱居集吴太極左仙公葛公之碑：“九垓敻絶，七度虚懸。”

敻 xiòng ㄒㄩㄥ

同“敻”。見“敻”。

十二畫

整 zhěng 之郢切，上，静韻，照。ㄓㄥ

㊀整備，整理。詩大雅常武：“整我六師，以脩我戎。”㊁整齊，嚴肅。左傳隱九年：“戎輕而不整，貪而無親。”世説新語德行：“華歆遇子弟甚整，雖閒室之内，儼若朝典。”㊂齊備，完全。文苑英華七五一隋盧思道後周興亡論：“器械完整，貨財充實。”不帶零頭的數也叫整。三國志蜀諸葛亮傳“爾來二十有一年矣”南朝宋裴松之注：“亮以建興五年抗表北伐，自傾覆至此整二十年。”

【整治】㊀整頓，整理。六韜敵武：“其來整治精鋭，吾陳不敢當，爲之奈何？”㊁修整，治備。文選晉孫子荆(楚)爲石仲容與孫皓書："自頃國家，整治器械，修造舟楫，簡習水戰。"水滸十："林冲的綿衣裙襖，都是李小二渾家整治縫補。"㊁管束，處置。宋朱熹朱文公集三三答呂伯恭書："損約收斂，此正區區所當從事，……自此向裏漸漸整治，庶幾寡過。"元曲選缺名陳州糶米楔子："我可怎麼整治他？"

【整旆】指出兵征戰。旆，本作"旆"；插於車、船上以雜色鑲邊的旗子。陳書蔡景歷傳答陳霸先書："加以抗威兗服，冠蓋通於北門；整旆徐方，詠歌溢於東道。"

【整旅】整治軍旅。詩大雅皇矣："王赫斯怒，爰整其旅。"左傳昭二三年："請先者去備薄威，後者敦陳整旅。"

【整勑】端謹。同"整飭"。後漢書六六陳蕃傳上疏："臣聞齊桓修霸，務爲内政；春秋於魯，小惡必書。宜先自整勑，後以及人。"

【整娖】整齊。宋梅堯臣宛陵集五四寄題知儀州太保蒲中書齋詩："老繫戰馬向庭下，廚架整娖齊籤牙。"

【整理】謂整齊而有條理。後漢書曹世叔妻傳女誡："所作必成，手迹整理。"也謂整頓之使有條理。三國志蜀諸葛亮傳："立法施度，整理戎旅，工械技巧，物究其極。"

【整暇】形容從容不迫。同"好整以暇"。明葉盛水東日記三："(郭登)自登城視師，酣戰間，馬溺於前，左右急呼用草裹去，公笑曰：'草菓好喫，雞生也。'此亦能示整暇，以安人心。"參見"好整以暇"。

【整飭】㊀整頓。三國志蜀許靖傳與曹操書："知足下忠義奮發，整飭元戎，西迎大駕，巡省中嶽，承此休問，且悲且憙。"㊁整齊，完備。樂府詩集六七晉張華遊獵篇："與徒既整飭，容服麗且妍。"㊂端謹。新唐書一四〇呂諲傳："少力於學，志行整飭。"

【整齊】㊀有秩序。呂氏春秋簡選："離散係系，可以勝人之行陳整齊。"宋楊萬里誠齋集二五題羅溪李店詩："棟宇整齊窗户明，一峯對面一江橫。"㊁整頓之使齊一。六韜犬韜教戰："凡領三軍，有金鼓之節，所以整齊士衆者也。"史記太史公自序："漢既初定，文理未明，(張)蒼爲主計，整齊度量，序律曆。"

【整頓】㊀整飭，整理。史記八九張耳陳餘傳："今范陽令宜整頓其士卒以守戰者也。"唐白居易長慶集十二琵琶行："沉吟放撥插絃中，整頓衣裳起斂容。"㊁整齊。後漢書七六仇覽傳："廬落整頓，耕耘以時。"㊂收拾，準備。宋辛棄疾稼軒詞水龍吟甲辰歲壽韓南澗尚書："待他年整頓乾坤事了，爲先生壽。"元曲選高文秀誶范叔三："院公，你在客館中整頓下茶飯。"

【整肅】㊀猶整頓。漢應劭風俗通正失葉令祠："整肅官司。"㊁整齊嚴肅。三國志吳孫策傳："渡江轉鬭，所向皆破，莫敢當其鋒，而軍令整肅，百姓懷之。"

【整擉】整理。宋朱翌猗覺寮雜記下："今人辦人從行李之類，其言曰整擉。"

【整轡】駕車出行。文選漢禰正平(衡)鸚鵡賦："少昊司辰，蓐收整轡。"文選晉袁彥伯(宏)三國名臣序贊："整轡高衢，驤首天路。"

【整軍經武】整頓軍備，致力武事。左傳宣十二年："見可而進，知難而退，軍之善政也；兼弱攻昧，武之善經也。子姑整軍而經武乎！"晉書文帝紀景帝四年魏帝授九錫册："潛謀獨斷，整軍經武。"

【整襟危坐】整衣端坐。形容嚴肅拘謹。危，端正。宋史四三六李道傳傳："稍長，讀河南程氏書，玩索義理，至忘寢食，雖處暗室，整襟危坐，肅如也。"亦作"正襟危坐"。

敫 jiǎo 居夭切，上，小韻，見。
ㄐㄧㄠˇ

結連。書費誓："敫乃干。"疏："干是楯也。……而小繫於楯以持之。"

十三畫

斁 1. yì 羊益切，入，昔韻，喻。
ㄧˋ

㊀厭棄。詩周南葛覃："爲絺爲綌，服之無斁。"傳："斁，厭也。"文選漢枚叔(乘)七發："高歌陳唱，萬歲無斁。"㊁盛貌。詩商頌那："庸鼓有斁，萬舞有奕。"

2. dù 當故切，去，暮韻，端。
ㄉㄨˋ 徒故切，去，暮韻，定。

㊂敗壞。書洪範："彝倫攸斁。"㊃同"度"。後漢書五九張衡傳思玄賦："惟盤逸之無斁兮，懼樂往而哀來。"注："斁，厭也，音亦；又音徒故反，古'度'字也。"

斂 liǎn 良冉切，上，琰韻，來。
ㄌㄧㄢˇ 力驗切，去，豔韻，來。

㊀收聚。詩小雅大田："彼有不穫穉，此有不斂穧。"書洪範："斂時五福，用敷錫厥庶民。"㊁斂藏。殯殮之殮，經傳皆作"斂"。爲死者易衣曰小斂，入棺曰大斂，又棺埋入墓穴亦謂斂。釋名釋喪制："衣尸棺曰斂，斂藏不復見也。"㊂賦稅。孟子盡心上："易其田疇，薄其稅斂。"㊃約束，節制。漢陸賈新語無爲："秦始皇帝設爲車裂之誅，以斂姦邪。"㊄減少。史記趙世家："去沙丘、鉅鹿斂三百里。"正義："斂，減也。"

【斂手】㊀縮手。表示不敢恣意妄爲。史記太史公自序："使諸侯斂手而事秦者，魏冉之功。"東觀漢紀十四鮑永："貴戚且當斂手，以避二鮑。"㊁拱手。表示恭敬。世說新語賢媛"桓宣武平蜀以李勢妹爲妾"注引妒記："(郡主)見李在窗梳頭，姿貌端麗，徐徐結髮，斂手向主，神色閑正，辭甚悽惋。"唐白居易長慶集一宿紫閣山北村詩："主人退後立，斂手反如賓。"

【斂衣】用收集來的碎布製成的衣。唐馮贄雲仙雜記四斂衣引搔首集："伊處士從衆人求尺寸之帛，聚而服之，名曰斂衣。"

【斂步】收住脚步。謂裹足不前。南朝梁江淹江文通集一待罪江南思北歸賦："虎踡跼而斂步，蛟夔尼而失穴。"

【斂足】同"斂步"。唐白居易長慶集十二陳鴻長恨歌傳："方士屏息斂足，拱手門下。"參見"斂步"。

【斂盂】春秋衛國地名。在今河南濮陽縣。晉文公與齊昭公曾會盟於此。見左傳僖二八年。

【斂迹】㊀謂有所顧忌而收斂檢束。三國志魏武帝紀"遷頓丘令"注引曹瞞傳："靈帝愛幸小黃門蹇碩叔父夜行，卽殺之。京師斂迹，莫敢犯者。"㊁藏身不出。抱朴子知止："夫矰繳紛紜，則鴛雛徊翮，坑穽充蹊，則麟虞斂跡。"跡，同"迹"。唐白居易長慶集二七與陳給事書："可與進也，乞諸一言，小子則磨鉛策蹇，騁力於進取矣；不可進也，亦乞諸一言，小子則息機斂迹，甘心於退藏矣。"㊂退隱。晉書張軌傳令："吾在州八年，不能綏靖區域，又值中州兵亂，秦隴倒懸，加以寢患委篤，實思斂迹避賢。"

【斂袂】整理衣袖。表示敬服。史記一二九貨殖傳："故齊冠帶衣履天下，海岱之間斂袂而往朝焉。"南齊書張敬兒傳報沈攸之書："及與足下斂袂定交，款著分好，何嘗不勸慕古人國士之心，務重前良忠貞之節。"

【斂衽】提起衣襟夾於帶間。表示敬意。戰國策楚一："一國之衆，見君莫不斂衽而拜，撫委而服。"也作"斂袵"。漢桓寬鹽鐵論非鞅："乘燕趙，陵齊楚，諸侯斂袵。"斂衽，古代都指男子而言，元以後，始專指婦女的拜禮。參見清趙翼陔餘叢考二一斂袵、顧張思土風錄十斂衽拜。

【斂眉】皺眉。宋書後廢帝紀："嘗以鐵

椎椎人陰破,左右人見之有斂眉者,昱大怒,令此人袒胛正立,以矛刺胛洞過。"北周庾信庾子山集四傷往詩:"見月長垂淚,花開定斂眉。"

【斂怨】詩大雅蕩:"女炰烋于中國,斂怨以爲德。"箋:"斂聚羣不逞作怨之人,謂之有德而任用之。"後來用作招致怨恨之義。唐陸贄陸宣公集三貞元九年南郊大赦天下:"已後官司應有市糴者,各須先付價直,不得賒取抑配,因兹斂怨擾人。"(唐大詔令集七十)

【斂容】嚴肅其容。漢書六八霍光傳:"光每朝見,上虛己斂容,禮下之已甚。"唐白居易長慶集十二琵琶行:"沉吟放撥插絃中,整頓衣裳起斂容。"

【斂衾】古時大殮蓋尸用的被子。儀禮士喪禮:"士喪禮死於適室,幠用斂衾。"

【斂策】把馬鞭收起來。指歸隱不再出仕。晉陶潛陶淵明集八祭從弟敬遠文:"余嘗學仕,纏綿人事。流浪無成,懼負素志。斂策歸來,爾知我意。"

【斂翼】收束羽翼。謂退縮。文選三國魏應休璉(璩)與侍郎曹長思書:"薄援助者,不能追參於高妙,復斂翼於故枝。塊然獨處,有離羣之志。"

十四畫

斃 bì 毗祭切,去,祭韻,並。ㄅㄧˋ

說文作"獘"。㊀仆倒。左傳隱元年:"多行不義必自斃。"注:"斃,踣也。"禮表記:"俛焉有孳孳,斃而後已。"注:"斃,仆也。"㊁死。國語晉二:"驪姬與犬肉,犬斃。"

十五畫

斄 tái 落哀切,平,咍韻,來。ㄊㄞˊ 土來切,平,咍韻,透。

同"邰"。見下。

【斄縣】古縣名。本有邰氏之國,周后稷所封。秦置縣,東漢初廢。地在今陝西武功縣境。參閱嘉慶一統志二四七乾州。

十六畫

斆 xiào 胡教切,去,效韻,匣。ㄒㄧㄠˋ

㊀教。書盤庚上:"盤庚斆於民。"㊁學。漢外黃令高彪碑:"爲斆者宗。"(隸釋十)㊂效法。大戴禮禮察:"夫用仁義禮樂爲天下者,行五六百歲猶存,用法令爲天下者,十餘年卽亡,是非明斆大驗乎?"

【斆學】卽教學。書說命下:"惟斆學半。"傳:"斆,教也。教然後知所困,是學之半。"宋書文帝紀:"夫所因者本,聖哲之遠教;本立化成,斆學之爲貴。"

十七畫

斄 ráng rǎng 汝陽切,平,陽韻,日。ㄖㄤˊ ㄖㄤˇ 如兩切,上,養韻,日。

古"攘"字。亢倉子君道:"以耳目取人,人皆斄敓以買譽。"

文部

文 1. wén 無分切,平,文韻,明。ㄨㄣˊ

㊀彩色交錯。易繫辭下:"物相雜,故曰文。"禮樂記:"五色成文而不亂。"引申爲文雅,常和"質"或"野"對稱。論語雍也:"質勝文則野,文勝質則史。"㊁紋理,花紋。左傳隱元年:"仲子生而有文在其手曰:爲魯夫人。"史記平準書:"故自金三品,其一曰重八兩,圜文,其文龍。"引申爲刺畫花紋,見"文身"。㊂文字,文辭。孟子萬章上:"故說詩者不以文害辭。"韓非子五蠹:"儒以文亂法,俠以武犯禁,而人主兼禮之,此所以亂也。"也作動詞用,指撰述。宋陳搏太一宮記:"帝親文其碑,以彰神異。"(金石萃編一二三)㊃禮樂制度。論語子罕:"文王既没,文不在兹乎?"集注:"道之顯者謂之文,蓋禮樂制度之謂。"㊄法令條文。史記一二二張湯傳:"與趙禹共定諸律令,務在深文,拘守職之吏。"參見"文深"。㊅美,善。禮樂記:"禮減而進,以進爲文;樂盈而反,以反爲文。"㊆非軍事的。與"武"相對。國語周中:"武不可覿,文不可匿。"㊇南北朝以來,稱錢一枚爲一文。宋書徐羨之傳:"可以錢二十八文埋宅四角。"水經注四十漸江水:"漢世劉寵作郡有政績,將解任去治,此溪父老持百錢出送,寵各受一文。"㊈紡織物量詞。後漢書輿服志下:"凡先合單紡爲一系,四系爲一扶,五扶爲一首,五首成一文。"㊉姓。春秋越有文種,漢有文翁。

2. wèn 集韻文運切,去,問韻。ㄨㄣˋ

㊀文飾。論語子張:"小人之過也必文。"

【文人】㊀有文德的人。書文侯之命:"追孝于前文人。"疏:"追行孝道于前世文德之人。"詩大雅江漢:"釐爾圭瓚,秬鬯一卣,告于文人。"㊁擅長文章的人。漢王充論衡超奇:"采掇傳書以上書奏記者爲文人。"文選三國魏文帝(曹丕)典論論文:"文人相輕,自古而然。"

【文士】讀書能文之士。同"文人"。韓詩外傳七:"君子避三端:避文士之筆端;避武士之鋒端,避辨士之舌端。"

【文才】文學寫作的材能。後漢書四八應劭傳:"弟子瑒璩,並以文才稱。"

【文子】㊀人名、書名。老子弟子,或曰姓辛名妍(一作"鈃"),字文子,號計然,葵丘濮上人,爲范蠡師。著有文子九篇。漢書藝文志道家著錄文子九篇,爲漢人依託之作。唐代與老子莊子並重。天寶元年詔改文子爲通玄真經。其書雜取儒、墨、名、法諸家語,以解道德經。唐柳宗元稱之爲"駮書"。今道藏本有通玄真經默希子(唐徐靈府)注十二卷、宋朱弁注七卷(八卷以下亡)、元杜道堅文子纘義十二卷。參閱唐柳宗元柳先生集四辯文子及題注。㊁指文種。文選晉陸士衡(機)豪士賦序:"則伊生抱明允以嬰戮,文子懷忠敬而齒劍,固其所也。"參見"文種㊀"。㊂見"文孫"。

【文文】古代傳說中的獸名。山海經中山經中次七經:"又東五十二里,曰放皋之山,……有獸焉,其狀如蜂,枝尾而反舌,善呼。其名曰文文。"

【文火】小而緩的火。與火力猛烈的武火對稱。文苑英華二五七唐釋皎然對陸迅飲天目山茶……詩:"文火香偏勝,寒泉味轉嘉。"

【文王】見"周文王"。

【文木】㊀有用的木材。以别於不中材用的散木。莊子人間世:"女將惡乎比予哉?若將比予於文木邪?"參見"散木"。㊁樹名。晉崔豹古今注下:"𣗳木,出交州林邑,色黑而有文,亦謂之文木。"文選晉左太沖(思)吳都賦"文欀楨橿"劉淵林注:"文,文木也,材密緻無理,色黑如水牛角,日南有之。"

【文友】以文德交友。論語顏淵:"君子以文會友,以友輔仁。"後稱經常以詩文酬唱觀摩之友爲文友。唐白居易長慶集六十劉白唱和集解:"常戲微之(元稹)云:僕與足下二十年來爲文友詩敵,幸也,亦不幸也。"

【文引】證明文書。1.鹽茶等物運銷的憑單。金史海陵紀貞元二年:"七月庚申,初設鹽鈔香茶文引印造庫使副。"2.通行證。水滸六一:"(吳用)身邊取出假文引,教軍士看了。"

【文水】㊀水名。在陝西城固縣西北。水經注二七沔水:"漢水又左會文水,水即門水也。"㊁縣名。屬山西省。春秋時晉平陵邑,戰國爲趙大陵地。漢置大陵縣,晉置壽陽縣,北魏改稱受陽,屬幷州。隋開皇十年,改幷州南受陽爲文水,以縣西有文谷水而名。唐屬太原府。參閱資治通鑑二八六後漢天福十二年二月甲戌"至壽陽"注、寰宇通志七八太原府文水縣。

【文化】文治和教化。漢劉向說苑指武:"凡武之興,爲不服也,文化不改,然後加誅。"文選晉束廣微(晳)補亡詩由儀:"文化內輯,武功外悠。"今指人類社會歷史發展過程中所創造的全部物質財富和精神財富,也特指社會意識形態。

【文玉】有文彩之玉。吳越春秋越王無余外傳:"東南天柱,號曰宛委,赤帝在闕,其巖之巔,承以文玉,覆以磐石。"

【文石】㊀有紋理的石塊。山海經中山經:"又北三十五里曰陰山,多礪石文石。"漢書六七梅福傳上書:"故願壹登文石之陛,涉赤墀之塗,當戶牖之法坐,盡平生之愚慮。"㊁宮室名。文選晉左太沖(思)魏都賦:"於後則椒鶴文石,永巷壼術。"注:"聽政殿後有鳴鶴堂椒梓坊木蘭坊文石室,後宮所止也。"㊂瑪瑙的別名。見本草綱目八馬腦。

【文皮】有文彩的獸皮。爾雅釋地:"東北之美者,有斥山之文皮焉。"注:"虎豹之屬,皮有縟綵者。"淮南子道應:"於是散宜生乃以千金求天下之珍怪,得……玄豹、黃羆、青豻、白虎文皮千合,以獻於紂。"

【文甲】玳瑁。漢書九六西域傳贊:"自是之後,明珠、文甲、通犀、翠羽之珍,盈於後宮。"注引如淳:"文甲卽瑇瑁也。"三國志吳陸凱傳附陸胤載華覈薦胤表:"銜命在州,十有餘年,賓帶殊俗,寶玩所生,而內無粉黛附珠之妾,家無文甲犀象之珍。"

【文史】㊀漢書六二司馬遷傳報任安書:"僕之先人非有剖符丹書之功,文史星曆近乎卜祝之間,固主上所戲弄,倡優畜之,流俗之所輕也。"又六五東方朔傳:"年十三學書,三冬文史足用。"本指文書記事而言,後來指文藝和史學。㊁舊時文學評論之類的書。新唐書藝文志四丁部集録總集類有"文史類"一目,文心雕龍、詩評(品)等皆列入該類。

【文母】詩周頌雝:"既右烈考,亦右文母。"文爲贊美祖德之辭,猶言文德之母。烈考,謂文王;文母,謂文王妃太姒。後代也用作后妃的美稱。王莽稱漢元帝王皇后爲新室文母。見漢書九八元后傳。東漢朱寵訟鄧騭疏稱和熹鄧后爲漢文母。見後漢書十六鄧禹傳附鄧騭。

【文江】㊀文章淵博,猶如江河。唐駱賓王集六上司列太常伯啟:"文江散珠,圓波潡驪龍之穴。"又釋皎然集三奉和顏使君修韻海畢州中重宴詩:"九流宗韻海,七字揖文江。"㊁贛江的別名。在江西省。贛江自吉安府城東北注吉水縣西南之墨潭爲吉文水,與永豐江合。有清湖洲橫亘江中,繚繞若吉字,故名吉水,又名文江。參閱嘉慶一統志三二七吉安府一贛江引吉水縣志。

【文字】㊀語言的書寫符號。古代多指單字。漢許慎說文解字敍:"倉頡之初作書,蓋依類象形,故謂之文。其後形聲相益,卽謂之字。字者,言孳乳而浸多也。"依類象形,卽獨體;形聲相益,卽合體。史記秦始皇紀琅邪臺石刻:"器械一量,同書文字。"㊁連綴而成的文章。唐孟郊孟東野詩集三老恨:"無子抄文字,老吟多飄零。"又指案卷、公文。宋王明清揮麈録餘話二劉士祥姦利:"靖康之亂,省部文字失散不存。"宣和遺事前集楊志等押花石綱違限配衛州:"楊志上了枷,取了招狀,送獄推勘,結案申奏文字回來。"

【文安】㊀縣名。漢置,屬勃海郡。晉屬章武國。在今河北省。參閱寰宇通志一順天府文安縣。㊁南詔後理段正淳(文安帝)年號。公元1105—1108年。

【文成】㊀漢代將軍名號。漢武帝拜方士少翁爲文成將軍,後以僞造帛書被誅。見史記封禪書。後漢書四十上班彪傳附班固西都賦:"騁文成之丕誕,馳五利之所刑。"㊁唐代樂舞名。文宗廟用。見新唐書禮樂志十一。㊂縣名。漢置,屬遼西郡。東漢廢。見漢書地理志下。地在今河北盧龍縣。

【文光】㊀指波紋泛起的光影。唐李賀歌詩編一竹:"入水文光動,抽空綠影春。"㊁指述作的文采。樂府羣珠三元鮮于必仁折桂令李翰林曲:"五花馬三春帝鄉,千金裘萬丈文光。"

【文曲】㊀猶文章。荀子正論:"聚人徒,立師學,成文曲。"清王念孫謂曲當爲"典"字之誤。見讀書雜志荀子六成文曲。㊁樂曲。漢董仲舒春秋繁露一楚莊王:"緣天下之所新樂而爲之文曲,且以和政,且以興德。"

【文同】公元1018—1079年。宋梓州永泰人。字與可,號笑笑先生、錦江道人,人稱石室先生。皇祐進士,元豐初任湖州太守,故也稱文湖州。善畫山水,尤長墨竹。自謂"畫竹必先胸有成竹,不能節節葉葉爲之。"評者謂其"疑風可動,不筍而成。"其後學者甚多,稱爲"湖州竹派"。著有丹淵集。宋史有傳。參閱宋郭若虛圖畫見聞志三、元夏文彥圖繪寶鑑三、吳鎮文湖州竹派。

【文竹】㊀竹的一種。卽斑竹。禮玉藻:"笏,天子以球玉,諸侯以象,大夫以魚須文竹。"藝文類聚五八漢蔡邕筆賦:"削文竹以爲管,加漆系之纏束。"㊁山名。藝文類聚八九湘州記:"邵陵高平縣有文竹山,上有石床,四面綠竹扶疎,常隨風委拂此床。"高平縣,卽今湖南新化縣。

【文名】㊀以文飾爲名。墨子說經上:"告以文名,舉彼實也。"一說"文名"應作"之名"。之名,此名。參閱孫詒讓墨子閒詁十。㊁禮節儀式的名稱。荀子正名:"後王之成名,刑名從商,爵名從周,文名從禮。"

【文舟】裝飾華麗的船。樂府詩集三七南朝宋謝靈運折楊柳行之一:"負笮引文舟,飢渴常不飽。"

【文行】文章德行。論語述而:"子以四教,文行忠信。"宋蘇軾東坡集續集五答程彝仲書之一:"老兄循道既久,文行愈粹。"

【文言】㊀文飾之言。韓非子說疑:"文言多,實行寡,而不當法者,不敢誣情以談說。"㊁指聯綴成篇的文字。唐梁肅修禪道場碑:"汝吾徒也,盍紀於文言,刻諸金石。"(金石萃編一〇六)。後也指有別於白話的古漢語書面語。㊂易十翼的一種。專釋乾坤二卦的義理,相傳孔子作。參閱易乾文言疏。

【文杏】杏樹的異種。舊題漢劉歆西京雜記一:"初修上林苑,羣臣遠方各獻名果異樹。……杏二:文杏、蓬萊杏。"注:"材有文采者。"文選漢司馬長卿(相如)

長門賦："刻木蘭以爲榱兮，飾文杏以爲梁。"

【文君】㊀指春秋晉文公。楚辭屈原九章惜往日："介子忠而立枯兮，文君寤而追求。"㊁指周文王。後漢書五九張衡傳思玄賦："文君爲我端蓍兮，利飛遁以保名。"注："文君，文王也。"㊂指漢卓文君。也泛指美女。唐張文成遊仙窟："彈鶴琴於蜀郡，飽見文君。"因卓文君寡居而奔司馬相如，後也稱婦女新寡爲文君。聊齋志異董生："妾適癡郎四五年，翁姑相繼逝，又不幸爲文君。"參見"卓文君"。

【文貝】㊀有花紋的貝殼。書顧命："西序東嚮，敷重底席，綴純，文貝仍几。"山海經西山經西次三經："又西三百里曰陰山，濁浴之水出焉，而南流注于蕃澤，其中多文貝。"㊁中藥名。卽紫貝。本草綱目四六介紫貝引三國吳萬震南州異物志："文貝甚大，質白文紫，天姿自然，不假外飾而光彩煥爛，故名。"

【文告】文德告諭。國語周上："有威讓之令，有文告之辭。"三國志魏鍾會傳檄蜀文："庶弘文告之訓，以濟元元之命。"後稱官府的告示爲文告。

【文身】古代民俗，在身體上刺畫有色的圖案或花紋。禮王制："東方曰夷，被髮文身，有不火食者矣。"疏："越俗斷髮文身，以辟蛟龍之害，故刻其肌，以丹青湼之。"

【文伯】文章宗伯。對著名作家的敬稱。唐張說張說之集二五齊黃門侍郎盧思道碑："吟咏情性，紀述事業，潤色王道，發揮聖門，天下之人，謂之文伯。"

【文妖】封建時代對違反正統思想的文章或作者的蔑稱。唐李肇國史補下敍近代文妖："近代有造謗而著書雞眼苗登二文，有傳蟻穴而稱李公佐南柯太守，有樂妓而工篇什者成都薛濤，有家僮而善章句者郭氏奴，皆文之妖也。"元代楊維楨詩文綺麗，王彝撰文目之爲文妖。見清朱彝尊曝書亭集六二王彝傳。

【文法】法制，法令條文。史記一〇九李廣傳："程不識孝景時以數直諫爲太中大夫，爲人廉，謹於文法。"漢書八九黃霸傳："霸爲人明察內敏，又習文法。"

【文治】㊀謂以文教施政治民。禮祭法："文王以文治，武王以武功。"唐杜牧樊川集一冬至日寄小姪阿宜詩："朝庭用文治，大開官職場。"㊁南詔後理段和譽(宣仁帝)年號。公元1110？—？年。

【文宗】㊀受衆人宗仰的文章大家。後漢書五二崔駰傳贊："崔爲文宗，世禪雕龍。"文選南朝宋沈休文(約)宋書謝靈運傳論"仲文始革孫許之風"唐李善注引續晉陽秋："(許)詢(孫)綽並爲一時文宗，自此作者悉化之。"㊁明清稱提學、學政爲文宗。也泛指試官。聊齋志異書痴："每文宗臨試，輒首拔之，而苦不得售。"

【文定】指納幣定婚。詩大雅大明："文定厥祥，親迎于渭。"箋："問名之後，卜而得吉，則文王以禮定其吉祥，謂使納幣也。"舊時稱訂婚爲文定，本此。

【文官】文職官吏。後漢書禮儀志中："立春，遣使者齎束帛以賜文官。"

【文府】收藏圖書的地方。初學記十二梁沈約到著作省表："珥筆史觀，記言文府。"

【文房】㊀官府掌管文書之處。梁書江革傳任昉與革書："此段雍府妙選英才，文房之職，總卿昆季，可謂駁二龍於長途，騁騏驥於千里。"時革爲雍州刺史建安王記室參軍，革弟觀爲記室，故云。㊁書房。唐杜牧樊川集二奉和門下相公兼領相印出鎮全蜀詩："彤弓隨武庫，金印逐文房。"宋米芾書史："大年收得南唐集賢院御書印，乃墨用于文房書畫者。"㊂指筆墨紙硯。宋吳自牧夢粱錄三士人赴試唱名："其士人止許帶文房及卷子，餘皆不許挾帶文集。"

【文武】㊀文德和武功。詩小雅六月："文武吉甫，萬拜爲憲。"傳："吉甫，尹吉甫也，有文有武。"史記九七陸賈傳："文武並用，長久之術也。"㊁周文王武王的合稱。書洛誥："公稱丕顯德以予小子，揚文武烈。"禮中庸："仲尼祖述堯舜，憲章文武。"㊂指鼓和鐃。禮樂記："始奏以文，復亂以武。"注："文，謂鼓也。武，謂金也。"疏："武，謂金鐃也。"

【文林】文士之林。指文人衆多。後漢書五二崔駰傳論："崔氏世有美才，兼以沈淪典籍，遂爲儒家文林。"

【文虎】㊀獸名，卽雕虎。山海經海外南經："(狄山)爰有熊羆文虎。"㊁以古籍中文句和詩句或人名、地名等爲謎底的謎語，卽燈謎。形容猜謎如射虎難中，故又名燈虎。

【文罔】法網，法禁。罔，同"網"。史記一二四遊俠傳序："漢興有朱家、田仲、王公、劇孟、郭解之徒，雖時扞當世之文罔，然其私義廉絜退讓，有足稱者。"索隱："違扞當代之法網，謂犯於法禁也。"禮檀弓下"舍故而諱新"唐孔穎達疏："時禁緯候，……當(鄭玄)爲注時，時在文網中，嫌引祕書，故諸所牽圖讖，皆謂之說。"

【文具】㊀沒有實際內容的空文。猶具文。史記一〇二張釋之傳："且秦以任刀筆之吏，吏爭以亟疾苛察相高，然其敝徒文具耳，無惻隱之實。"㊁書寫繪畫的工具，指筆墨紙硯等。明屠隆撰有文具雅編一卷。聊齋志異西湖主："登其亭，見案上設有文具。"

【文昌】㊀斗魁上六星的總稱。史記天官書："斗魁戴匡六星曰文昌宮。"漢書九七孝成許皇后傳成帝報后書："流星如瓜，出于文昌。"㊁神名。詳"梓潼帝君"。㊂官署名。唐武后光宅元年改尚書省爲文昌臺，又改爲文昌都省。唐人詩文中因以文昌爲尚書省的別稱。白居易長慶集十七聞楊十二新拜省郎遥以賀詩："文昌新入有光輝，紫界宮牆白粉闈。"參閱新唐書百官志一。㊃縣名。漢紫貝縣地。唐初置平昌縣，貞觀元年更名文昌。在今廣東海南島。參閱寰宇通志一〇六瓊州府文昌縣。

【文典】㊀言之有文而合典則。荀子非十二子："終日言成文典，反紃察之，則偶然無所歸宿，不可以經國定分。"注："紃與循同。……雖言成文典，若反覆紃察，則疏遠無所指歸也。"㊁文章典籍。文苑英華六五二唐張說上東宮請講學啟："幸以問安之暇，應務之餘，引進文儒，詳觀文典，商略前載，討論得失。"

【文明】㊀文采光明，文德輝耀。易大有："其德剛健而文明，應乎天而時行，是以元亨。"書舜典："濬哲文明，溫恭允塞。"疏："經天緯地曰文，照臨四方曰明。"㊁有文化的狀態。與"野蠻"相對。清李漁閑情偶寄三沖場："若因好句不來，遂以俚詞塞責，則走入荒蕪一路，求闢草昧而致文明，不可得矣。"㊂唐李旦(睿宗)年號。公元684年。

【文采】㊀錯雜豔麗的彩色。墨子辭過："刻鏤文采，不知喜也。"也指華麗的衣服。漢書食貨志上："衣必文采，食必粱肉。"又指樂音旋律的絢爛變化。禮樂記："文采節奏，聲之飾也。"注："文采，樂之威儀也。"疏："聲無曲折則太質素，故以文采節奏而飾之使美。"㊁文辭，才華。韓非子難言："捷敏辯給，繁於文采，則見以爲史。"漢書六二司馬遷傳報任安書："所以隱忍苟活，函糞土之中而不辭者，恨私心有所不盡，鄙沒世而文采不表於後也。"

【文命】文德教命。書大禹謨："曰文命敷於四海，祗承于帝。"傳："言其外有文德教命，内則敬承堯舜。"或說文命爲禹之名。見釋文、史記夏紀索隱。

【文物】㊀舊指禮樂典章制度。左傳桓二年："文物以紀之，聲明以發之。"後漢書八九南匈奴傳論："制衣裳，備文物。"㊁具有歷史、藝術價值的古代遺物。唐駱賓王集五夕次舊吳詩："文物俄遷謝，英靈有盛衰。"又杜牧樊川集三題宣州開元寺水閣閣下宛溪夾溪居人詩："六朝文物草連空，天澹雲閑今古同。"

【文服】㊀表面屈服。晉書甘卓傳："光武創業，中國未平，故隗囂斷隴右，竇融兼河西，各據一方，鼎足之勢，故得文服天子，從容顧望。"㊁華美的衣服。唐元稹長慶集二一酬樂天寄生衣詩："羸骨不勝纖細物，欲將文服却還君。"

【文狐】身有花紋的狐。太平御覽九〇九禮斗威儀："君乘火，王政平，南海輸以文狐。"文選三國魏曹子建(植)七啟："曳文狐，揜狡兔。"

【文祖】有文德之祖。古帝王對祖先的美稱。書舜典："正月上日，受終于文祖。"指堯的祖廟。又洛誥："王命予來，承保乃文祖受命民。"指周文王。國語晉九："敢昭告於皇祖文王、烈祖康叔、文祖襄公。"指春秋衛襄公。

【文契】㊀卽書契。南朝梁庾肩吾書品序："未有廣此緘縢，深茲文契。"㊁舊時買賣、借貸時所立的文書契約。東觀漢紀十一樊重傳："臨終，其素所假貸人間數百萬，遺令焚削文契。"

【文軌】㊀禮中庸："今天下車同軌，書同文。"後來因以"同文軌"爲國家統一之稱。廣弘明集十五南朝梁簡文帝菩提樹頌序："一同文軌，萬方共貫。"晉書謝安傳："安方欲混一文軌，上疏求自北征。"㊁文章的軌範。隋書杜正玄傳附杜正藏："又著文章體式，大爲後進所寶，時人號爲文軌。"

【文政】文治之政。管子小匡："武政聽屬，文政聽鄉。"後漢書八九南匈奴傳論："其猛夫扞將，莫不頓足攘手，爭言衞、霍之事。帝方厭兵，閒修文政，未之許也。"

【文苑】舊時文人薈聚之處。南朝梁劉勰文心雕龍十才略："觀夫後漢才林，可參西京，晉世文苑，足儷鄴都。"後漢書立文苑傳，記載文士的言行，後來各史多相承有文苑傳(南齊書、梁書、陳書、隋書、南史作文學，金史作文藝)。

【文按】見"文案"。

【文柄】㊀考選文士的職權。唐姚合姚少監集四寄陝府內兄郭冏端公詩："相府執文柄，念其心專精。薄藝不退辱，特列爲門生。"㊁評定文章的權威。唐劉禹錫劉夢得集外集十祭韓吏部(愈)文："手持文柄，高視寰海，權衡低昂，瞻我所在。"

【文面】㊀在臉上刻畫花紋。新唐書二二二下南蠻傳："有文面濮，俗鏤面，以青涅之。"參見"文身"。㊁在臉上刺字或記號，爲宋金時防止士兵逃走的一種殘酷制度。劉知遠諸宮調二："太原府文面做射糧，欲待去，却徊徨。"

【文降】表面歸降。後漢書六五皇甫規傳："既無它私惠，而多所舉奏，又惡絕宦官，不與交通，於是中外並怨，遂共誣規貨賂羣羌，令其文降。"注："以文簿虛降，非真心也。"

【文則】文章的法則。宋書謝靈運傳山居賦序："才乏昔人，心放俗外，詠於文則，可勉而就之。"

【文思】㊀功業和道德。書堯典："欽明文思安安。"釋文引馬融："經緯天地謂之文，道德純備謂之思。"後常用以稱頌帝王。唐杜甫杜工部草堂詩箋十一收京之二："羽翼懷商老，文思憶帝堯。"㊁指作文的思路。世說新語政事"嵇康被誅"南朝梁劉孝標注引山公啟事："(山)濤薦(嵇紹)曰：'紹平簡温敏，有文思，又曉音，當成濟世。'"南朝梁劉勰文心雕龍六神思："是以陶鈞文思，貴在虛靜。"思，也讀去聲。

【文星】㊀卽文昌星，也稱文曲星。舊時傳說爲主文運的星宿。唐裴庭裕東觀奏記下："初，日官奏文昌星暗，科場當有事。"又用以比擬著名的文人作家。唐劉禹錫劉夢得集外集一白舍人自杭州寄新詩……兼寄浙東元相公詩："莫道騷人在三楚，文星今向斗牛明。"㊁穀精草的別名。見本草綱目十六草五穀精草。

【文囿】文章園地。南朝梁昭明太子(蕭統)文選序："歷觀文囿，泛覽辭林。"

【文科】舊指考試進士等科。別於武舉而言。宋史選舉志三武舉武選："是歲廷試，始依文科給黃牒，榜首賜武舉及第。"清末廢科舉，設學校，文科爲大學各科之一，包括文學、哲學、史學等門。

【文風】文章的風格。宋韓維歐陽修墓誌銘："景祐初，公與尹師魯專以古文相尚，……於是文風一變，時人競爲模範。"見歐陽文忠公集附録二。

【文皇】指唐太宗。又玄集下羅隱聞大駕巡幸詩："靜思貴族謀身易，危覺文皇創業難。"宋史二八一寇準傳："上由是嘉之曰：'朕得寇準，猶文皇之得魏徵也。'"

【文俗】指凡庸而安於習俗。後漢書四七班超傳："超怒曰：'吉凶決於今日。從事文俗吏，聞此必恐而謀泄，死無所名，非壯士也！'"從事，指郭恂。世說新語任誕"阮籍遭母喪"南朝梁劉孝標注引魏氏春秋："籍性至孝，居喪雖不率常禮而毁幾滅性，然爲文俗之士何曾等深所讎疾。"

【文律】㊀法文律令。後漢書八二方術傳論："以爲力詐可以救淪敝，文律足以致寧平，智盡於猜察，道足於法令，雖濟萬世，其將與夷狄同也。"㊁文章的音律。文選晉陸士衡(機)文賦："普辭條與文律，良余膺之所服。"

【文酒】飲酒賦詩等事。梁書江革傳："優遊閑放，以文酒自娛。"又蕭介傳："介性高簡，少交遊，惟與族兄琛、從兄眎素及洽、從弟淑等文酒賞會，時人以比謝氏烏衣之游。"

【文海】文章之府。文苑英華二六二五代南唐陳陶贈江南從事張侍郎詩："幾處談天致雲雨，早時文海得鯨鰲。"

【文案】㊀公文案卷。也作"文按"。北堂書鈔六八漢雜事："先是公府掾多不視事，但以文案爲務。"文選晉陸士衡(機)答張士然詩："終朝理文案，薄暮不遑瞑。"晉書徐邈傳與范甯書："足下慎選綱紀，必得國士，足以攝諸曹。諸曹皆是良士，則足以掌文按。"㊁指舊官府中草擬文稿和管理檔案的人員。清稗類鈔豪侈勝保食必方丈："勝又豪於飲，每食，必傳文案一人侍宴。"

【文冢】文稿埋葬處。唐劉蛻集三梓州兜率寺文冢銘序："文冢者，長沙劉蛻復愚爲文不忍棄其草，聚而封之也。"宋蘇軾分類東坡詩二一次前韻再送周正孺："高風傾石室，舊學鄙文冢。"

【文馬】毛色有文采的馬。左傳宣二年："宋人以兵車百乘，文馬百駟以贖華元于鄭。"注："畫馬爲文四百匹。"五代丘光庭兼明書三文馬："文馬者，馬之毛色自有文彩，重其難得；若畫爲文，乃是常馬，何足貴乎？"

【文軒】㊀雕飾華美之車。墨子公輸："今有人於此，舍其文軒，鄰有敝轝而欲竊之。"後用爲稱人的敬詞，指其所乘之車而言。㊁用彩畫雕飾欄杆門窗的走廊，卽畫廊。三國魏曹植曹子建集五元會詩："俯視文軒，仰瞻華梁。"唐王勃王子安集十二九成宮頌："阿房秦搆，文軒五里。"

【文茵】車上的虎皮坐褥。詩秦風小戎："文茵暢轂，駕我騏馵。"也作"文鞇"。釋名釋車:"文鞇,車中所坐者也,用虎皮,有文采。"後泛指一般華麗的坐墊或褥子。晉張華張茂先集太康六年三月三日後園會詩之三:"朱幕云覆,列坐文茵。"又陶潛陶淵明集六閑情賦:"悲文茵之代御,方經年而見求。"

【文格】文章的風格。全唐詩四七三于頔郡齋卧疾贈晝上人:"夙陪翰墨徒,深論窮文格。"新唐書選舉志上:"文宗從內出題以試進士,謂侍臣曰:'吾患文格浮薄,昨日出題,所試差勝。'"

【文致】㊀文采的極致。指禮樂的繁縟。漢書五六董仲舒傳舉賢良對策三:"今漢繼大亂之後,若宜少損周之文致,用夏之忠者。"注:"致,至極也。"㊁辭藻與情致。南朝梁劉勰文心雕龍五章表:"劉琨勸進,張駿自序,文致耿介,並陳事之美表也。"

【文₂致】㊀粉飾。漢書一〇〇上敍傳:"(王)莽秉政,方欲文致太平。"引申爲僞裝。新唐書二二三上李義府傳:"義府方諂事太子,而文致若謙直者,太子表之,優詔賜帛。"㊁舞文弄法,陷人入罪。漢書景帝紀中五年九月詔:"諸獄疑,若雖文致於法而於人心不厭者,輒讞之。"後漢書四六陳寵傳:"其後遂詔有司,絕鉆鑽諸慘酷之科,解妖惡之禁,除文致之請讞五十餘事,定著于令。"注:"文致謂前人無罪,文飾致於法中也。"

【文殊】菩薩名。梵語"文殊師利"的簡稱。也譯作"曼殊室利"。義譯爲妙德,妙吉祥。與普賢常侍於佛之左右。文殊塑像,頭頂有五髻,象徵大日五智,手持劍,駕獅子。廣弘明集十五殷晉安文殊像讚:"文殊淵睿,式昭厥聲。"也泛作對僧人的尊稱。唐白居易長慶集六八答閑上人問因何風疾詩:"一床方丈向陽開,勞動文殊問疾來。"

【文書】㊀詩書古籍。史記秦始皇紀賈誼過秦論:"禁文書而酷刑法,先詐力而後仁義。"㊁公文,案卷。漢書刑法志:"文書盈於几閣,典者不能徧睹。"㊂契約。元曲選缺名貨郎担二:"情願賣與拈各千户爲兒,恐後無憑,立此文書爲照。"㊃文章與書法。宋張潞浯溪詩:"兩朝功罪乾坤定,二子文書日月光。"(八瓊室金石補正九二)。指唐元結撰、顏真卿書寫的中興頌。

【文孫】原指周文王之孫。書立政:"繼自今,文子文孫。"傳:"文子文孫,文王之子孫。"清孫星衍謂爲"守文之子孫"。見尚書今古文注疏二四。後稱別人之孫曰文孫。見清梁章鉅稱謂録六孫。

【文弱】文雅柔弱。世説新語賞譽下:"(陸)士龍爲人文弱可愛。"又"殷淵源在墓所幾十年"南朝梁劉孝標注引續晉陽秋:"桓溫有平洛蜀之勳,擅彊西陝,(穆)帝自料文弱,無以抗之。"

【文圃】文章園地。藝文類聚四五南朝梁沈約齊臨川王行狀:"洽貫書場,該緯文圃。"

【文豹】豹皮有文彩,故稱文豹。莊子山木:"夫豐狐文豹,棲於山林,伏於巖穴,靜也。"宋陸佃埤雅釋獸豹:"傳曰:'文豹隱霧,十日不食,欲以澤其衣毛,成其文彩。'"

【文翁】漢廬江舒人。景帝末,任蜀郡守,於成都市中起官學,招屬縣子弟入學。入學者免除徭役,成績優者以補郡縣吏。武帝時,令天下郡國立學校官,自文翁爲之始。見漢書八九。後用爲稱頌循吏的典故。漢李翕析里橋郙閣頌:"僉曰大平兮,文翁復存。"(隸釋四)

【文俶】公元1595—1634年。明代女畫家,江蘇長洲人。文徵明玄孫女,字端容。趙均妻。所畫花卉蟲蝶,鮮妍生動。也善畫士女。參閲清徐沁明畫録六。

【文姬】東漢蔡琰字。詳"蔡文姬"。

【文深】㊀思慮周密。史記一〇三萬石君傳:"(石)慶文深審謹,然無他大略,爲百姓言。"㊁用法嚴刻。史記一二二趙禹傳:"然(周)亞夫弗任,曰:'極知禹無害,然文深,不可以居大府。'"

【文情】文辭與情思。世説新語文學:"孫子荆(楚)除婦服,作詩以示王武子,王曰:'未知文生於情,情生於文?覽之悽然,增伉儷之重!'"宋詩鈔趙抃清獻集鈔次韻孔憲山齋:"開樽向幽處,餘論見文情。"

【文章】㊀錯雜的色彩或花紋。古以青與赤相配合爲文,赤與白相配合爲章。莊子胠篋:"滅文章,散五采,膠離朱之目,而天下始人含其明矣。"㊁文字。後漢書七二董卓傳:"又錢無輪廓文章,不便人用。"㊂文辭。史記一二一儒林傳序公孫弘奏:"文章爾雅,訓詞深厚。"也泛指獨立成篇的文字。唐杜甫杜工部詩十五偶題:"文章千古事,得失寸心知。"㊃禮樂法度。論語泰伯:"巍巍乎其有成功也,煥乎其有文章。"禮大傳:"考文章,改正朔。"㊄車服旌旗等。左傳隱五年:"昭文章,明貴賤。"注:"車服旌旗。"㊅指曲折隱蔽的情節。紅樓夢四四:"鳳姐兒見話中有文章,便又問道:'叫你瞧着我做甚麽?'"

【文部】唐天寶十一年改吏部爲文部,至德初復舊。唐獨孤及毘陵集十七吏部郎中廳壁記:"其選部司,列天官文部之目,各因其所革時之先後,冠于其首,以爲志云。"參閲通典二三職官五。

【文旆】有文彩的旗幟。古代帝王所用的儀仗。旆,也省作"斾"。隋書禮儀志七:"齊文宣受禪之後,警衛多循後魏之儀。……旌旗皆囊首,五色節,文旆,悉赭黄。"後用爲對人行蹤的敬稱。古今小説三四李公子救蛇獲稱心:"倘蒙不棄,少屈文旆,至舍下與家尊略敍舊誼,可乎?"

【文旌】有文彩的旗子。古代達官貴人出行時前導的儀仗。後用以稱行旅。明何景明何大復集十八過書院詩之一:"書院新開日,文旌暫過時。"此自稱。清顏光敏輯顏氏家藏尺牘二董含書:"知文旌明晨便發,聚首兩月,依依之情,如讀河梁之什矣。"此稱人。

【文理】㊀區別等級的禮文儀節。荀子禮論:"孰知夫禮義文理之所以養情也。"又:"文理繁,情用省,是禮之隆也。文理省,情用繁,是禮之殺也。"㊁花紋。管子水地:"鳥獸得之,形體肥大,羽毛豐茂,文理明著。"㊂病人的氣色脈理。史記一〇五倉公傳對詔問:"拙工有一不習,文理陰陽失矣。"

【文教】古時指禮樂法度、文章教化。書禹貢:"三百里揆文教。"漢荀悅申鑒政體:"宣文教以章其化,立武備以秉其威。"今爲文化教育的簡稱。

【文華】文章的華采。後漢書四十班彪傳論:"敷文華以緯國典,守賤薄而無悶容。"也指有才華的人與文化昌盛之地。北齊顏之推顏氏家訓名實:"有一士族,讀書不過二三百卷,……朝廷以爲文華。"唐韋應物韋江州集三寄皎然上人詩:"茂苑文華地,流水古僧居。"

【文莫】勉强,努力。論語述而:"文莫吾猶人也。"注:"莫,無也。文無者,猶俗言文不也。文不吾猶人者,凡言文皆不勝於人。"晉樂肇論語樂氏釋疑:"燕齊謂勉强爲文莫。"參閲明楊慎升菴經説十二文莫解。

【文莖】木名。山海經西山經:"又西八十里曰符禺之山。……其上有木焉,名曰文莖。其實如棗,可以已聾。"藝文類聚六一三國魏劉楨魯都賦:"其木則赤楝、青松、文莖、蕙棠。"

【文梓】有斑文的梓木。墨子公輸:"荆有長松、文梓、楩柟、豫章。"史記一二六優孟傳:"臣請以彫玉爲棺,文梓爲椁,楩楓豫章爲題湊。"

【文彩】同"文采"。三國志蜀諸葛亮傳論:"論者或怪亮文彩不豔,而過於丁寧周至。"魏書高閭傳論:"高閭發言有章句,下筆富文彩,亦一代之偉人。"參見"文采㊂"。

【文移】公文。移,箋表之類。後漢書光武帝紀上更始元年:"於是置僚屬,作文移,從事司察,一如舊章。"注:"東觀記曰:文書移與屬縣也。"

【文魚】㊀有斑采之魚。山海經中山經中次八經:"荆山之首曰景山。……睢水出焉,東南流注于江,其中多丹粟,多文魚。"注:"有斑采也。"㊁鯉魚。楚辭屈原九歌河伯:"靈何爲兮水中,乘白黿兮逐文魚。"注:"鯉魚也。"一説指能飛的魚。文選三國魏曹子建(植)洛神賦:"騰文魚以警乘,鳴玉鸞以偕逝。"注:"文魚,有翅能飛。"㊂金魚的一種。朝野新聲太平樂府四元張可久紅綉鞋茅山疏翁索賦曲:"丹井養文魚,青山馴白虎。"樂府羣珠作"金魚"。清李斗揚州畫舫録三新城北録上賞軒揚州夢香詞:"小隊文魚圓似蛋,一缸新水翠于螺。"

【文從】舊時寫信對人的敬稱。不直指其人,而稱其僕從。明唐玉翰府紫泥全書七拜訪不遇式:"別久思深,適感夜舟之興,擅造門下,不意文從他出。"

【文₂過】掩飾錯誤。漢書六六楊敞傳附楊惲報孫會宗書:"言鄙陋之愚心,若逆指而文過。"也作"文過飾非"。宋朱熹朱文公集三二答張敬夫書:"爲機變之巧,則文過飾非,何所不至,無所用恥也。"

【文運】文學盛衰之運會。元袁桷清容居士集四送馬伯庸御史奉使河西詩之三:"清寧闡文運,覽彼古帝都。"

【文焰】文章的光焰。指文章的氣勢。宋周紫芝竹坡詞千秋歲葉審言生日:"當年文焰,蜀錦詞華爛。"

【文場】㊀文人聚集之處。猶言文壇。南朝梁劉勰文心雕龍九總術贊:"文場筆苑,有術有門。"㊁科舉考試的考場。唐白居易長慶集十二醉後走筆酬劉五主簿長句之贈……詩:"齊入文場同苦戰,五人十載九登科。"

【文彭】公元1498—1573年。明代篆刻家。長洲人,字壽承,號三橋。文徵明長子。官至國子博士。能詩文,善書畫,尤以篆刻聞名於當時,與何震並稱文何。參閱明史二八七文徵明傳。

【文雅】指藝文禮樂。漢陸賈新語道基:"以節奢侈,正風俗,通文雅。"文選漢揚子雲(雄)劇秦美新:"遥集乎文雅之囿,翱翔乎禮樂之場。"

【文雄】以文章著名的大作家。漢王充論衡佚文:"孝明世好文人,並徵蘭臺之官,文雄會聚。"唐楊炯楊盈川集二送劉校書從軍詩:"坐謀資廟略,飛檄佇文雄。"

【文犀】有文理的犀角。國語吳:"建肥胡,奉文犀之渠。"注:"文犀,犀之有文理者。"宋蔡伸友古詞浣溪紗賦向伯恭薌林木犀:"木似文犀感月華,寸根移種自仙家。"

【文登】縣名。屬山東省。古名不夜城,漢置縣,屬東萊郡。北齊改文登縣,取縣東文登山爲名。參閱隋書地理志中東萊郡、寰宇通志七六登州府文登縣。

【文敝】謂尚文之極,偏而成害。史記高祖紀論:"三王之道若循環,終而復始,周秦之間可謂文敝矣。"也作"文弊"。唐韓愈昌黎集十八答呂毉山人書:"又自周後文弊,百子爲書,各自名家。"

【文景】西漢文帝和景帝的合稱。漢書景帝紀贊:"周云成康,漢言文景,美矣!"文景時,比較安定富裕。舊史稱爲"文景之治"。

【文筆】㊀南北朝時區分文體爲文、筆兩類,韻文稱文,散體稱筆。南朝梁劉勰文心雕龍九總術:"今之常言,有文有筆,以爲無韻者筆也,有韻者文也。"梁書鮑泉傳:"泉博涉史傳,兼有文筆。"參閱清阮元揅經室集三集五學海堂文筆策問,又續集三文韻説。㊁泛指文章。陳書姚察傳:"察每製文筆,勑便索本。上曰:'我于姚察文章,非唯翫味無已,故是一宗匠。'"㊂文章的筆法,即寫作技巧。唐白居易長慶集六三狂言示諸姪詩:"世欺不識字,我忝攻文筆。"

【文無】中藥當歸的別名。晉崔豹古今注下問答釋義:"芍藥一名可離,故將別以贈之,亦猶相招召,贈之以文無,文無亦名當歸也。"

【文集】輯集一人詩文的專集。南朝梁元帝(蕭繹)金樓子立言上:"諸子興於戰國,文集盛於二漢。至家家有製,人人有集。"宋書范泰傳:"撰古今善言二十四篇及文集傳於世。"

【文統】猶文治。元袁桷清容居士集九壽李承旨詩:"帝運昌文統,師臣秉國鈞。"

【文義】文章的內容和涵義。漢書八七下揚雄傳:"今揚子之書文義至深,而論不詭於聖人。"文選漢孔安國尚書序:"以所聞伏生之書,考論文義,定其可知者爲隸古定,更以竹簡寫之。"

【文資】文職官吏。宋李心傳建炎以來繫年要録十一建炎元年十二月甲子衞膚敏疏:"后族戚里不得任文資,恐撓法而干政也。"

【文葆】文繡的襁褓。葆,同"褓"。史記趙世家:"乃二人謀取他人嬰兒負之,衣以文葆,匿山中。"漢劉向新序節士作"文褓"。唐李商隱李義山詩集一驕兒:"文葆未周晬,固已知六七。"

【文園】漢文帝的墓所。司馬相如曾爲文帝陵園令。見史記本傳。後來詩文中因以文園指相如。唐杜牧樊川集四爲人題贈詩之一:"文園終病渴,休詠白頭吟。"

【文飾】文采,修飾。禮玉藻:"不文飾也不裼。"也指禮節儀式。荀子禮論:"故文飾聲樂恬愉,所以持平奉吉也。"

【文₂飾】掩飾。北齊顏之推顏氏家訓教子:"一行之非,揜藏文飾,冀其自改。"南史孔範傳:"(陳)後主性愚佷,惡聞過失,每有惡事,範必曲爲文飾,稱揚贊美。"

【文禽】羽毛有文采的鳥。如孔雀、山雉、鴛鴦等皆名文禽。文選三國魏應休璉(璩)與滿公琰書:"高樹翳朝雲,文禽蔽綠水。"

【文會】論語顏淵:"君子以文會友。"後來因稱文酒之會爲文會。南朝梁蕭統昭明太子集三錦帶書十二月啓太簇正月:"昔時文會,長思風月之交。"南史顧越傳:"越以世路未平,無心仕進,因歸鄉,棲隱于武丘山,與吳興沈炯、同郡張種、會稽孔奐等,每爲文會。"

【文豪】文壇的大作家。宋歐陽修歸田録一:"楊大年(億)每欲作文,……揮翰如飛,文不加點,……頃刻之際,成數千言,真一代之文豪也。"

【文嘉】公元1501—1585年。明長洲人,字休承,號文水。文徵明次子。官至和州學正。能詩,精於小楷,擅長山水,兼善花卉。著有鈐山堂書畫記。參閱明史二八七文徵明傳、清徐沁明畫録三。

【文貌】禮文儀節。荀子禮論:"故曰祭者,志意思慕之情也,忠信愛敬之至矣,禮節文貌之盛矣。"史記禮書:"文貌繁,情欲省,禮之隆也;文貌省,情欲繁,禮之殺也。"

【文舞】宮廷雅樂舞蹈的一種,唐初郊廟享宴時嘗用之。新唐書禮樂志十一:"初,隋有文舞,武舞,至祖孝孫定樂,更文舞曰治康,武舞曰凱安,舞者各六十四人。

文舞：左籥右翟，與執纛而引者二人，皆委貌冠，黑素，絳領，廣袖，白绔，革帶，烏皮履。……麟德二年詔：郊廟享宴奏文舞。”

【文種】 ㊀猶言讀書種子。舊題唐柳宗元龍城録裴令公訓子：“裴令公（度）常訓其子，凡吾輩但可文種無絶，然其間有成功能致身於萬乘之相，則天也。”㊁春秋越大夫，字少禽，也作子禽，楚國郢人，與范蠡同事越王勾踐，出計滅吳，功成，范蠡勸其引退，不聽，後爲勾踐賜劍自殺。參閲吳越春秋勾踐伐吳外傳。

【文網】 見“文罔”。

【文綺】 華美的絲織品。六韜文韜盈虚：“帝堯王天下之時，金銀珠玉不飾，錦繡文綺不衣。”三國志吳華覈傳上疏：“且美貌者不待華采以崇好，豔姿者不待文綺以致愛。”

【文窮】 舊時文人不得意，自謂以能文而遭受窮困。即文章憎命之意。唐韓愈昌黎集三六送窮文：“又其次曰文窮，不專一能，怪怪奇奇。不可時施，祇以自嬉。”宋劉克莊後村别調一剪梅中秋解宜春郡印詞：“陌上行人怪府公，還是文窮，還是詩窮？”

【文廟】 孔子廟。唐開元二十七年封孔子爲文宣王，稱孔廟爲文宣王廟。見舊唐書玄宗紀下。元明以後通稱文廟。元詩選方回桐江集前參政浙西廉訪徐子方得代送别詩：“武林增炳焕，文廟鬱岧嶢。”

【文選】 書名。南朝梁昭明太子蕭統編，故又名昭明文選。選録先秦至梁的各體詩文，分三十七類，三十卷，爲我國現存最早的文學總集。自序稱選文以“事出於沈思，義歸乎翰藻”的文學作品爲主，故不選經、子、史之文。唐顯慶中李善作注，分爲六十卷。開元六年，呂延祚復集呂延濟劉良張銑呂向李周翰五人共爲之注。稱“五臣注”。其注偏重於解釋字句，與李善注時有出入。南宋以後，兩本合刻，稱六臣注文選，有四部叢刊影印宋刊本。李善注本有清胡克家重刻宋淳熙尤袤本，末附考異十卷。

【文賦】 ㊀辭賦。三國志吳華覈傳評：“華覈文賦之才，有過於（韋）曜，而典誥不及也。”宋蘇軾分類東坡詩一宿建封寺曉登盡善亭望韶石之二：“蜀人文賦楚人詞，堯在崇山舜九疑。”㊁篇名。晉陸機作。機自序稱：“恒患意不稱物，文不逮意。……故作文賦，以述先士之盛藻。”以賦體論思想和藝術的關係、各種文體的特點得失，以及修辭音律等。南朝梁昭明太子（蕭統）録入文選。

【文墨】 指文書寫作。史記蕭相國世家：“今蕭何未嘗有汗馬之勞，徒持文墨議論。”三國志蜀諸葛亮傳：“公誠之心，形于文墨。”

【文魮】 魚名。文選晉郭景純（璞）江賦：“頳鱉胏躍而吐璣，文魮磬鳴以孕璆。”注引山海經：“文魮之魚，其狀如覆銚，鳥首而翼，魚尾，音如磬之聲，是生珠玉。”按今本山海經西山經作“絮魮”。

【文價】 文章的聲價。全唐詩七〇七殷文圭覽陸龜蒙舊集：“先生文價沸三吳，‘白雪千編酒一壺。”宋鄭文寶南唐近事：“高越，燕人也。將舉進士，文價藹然，器宇森挺，時人無出其右者。”

【文質】 ㊀文采與質樸。也指某一時代的風尚。宋書禮志一：“以前檢後，文質相因。”㊁文字與質地。漢書食貨志下：“（王莽）鑄作錢布皆用銅，殽以連錫，文質周郭放漢五銖錢云。”注：“放，依也。”

【文德】 ㊀指以禮樂教化進行統治。常對“武功”而言。詩大雅江漢：“矢其文德，洽此四國。”左傳襄二十七年：“兵之設久矣，所以威不軌而昭文德也。”㊁年號。1.唐李儇（僖宗）。公元 888 年。2.南詔大理段思平（太祖）。公元 937 年。

【文編】 彙編一人或多人的文章爲一集。唐元結自録其文爲文編十卷。見新唐書藝文志四别集類。明唐順之取由周到宋的文章，分類編排爲文編六十四卷。見明史藝文志四總集類。

【文練】 有花紋的熟絲織品。玉臺新詠四南齊鮑令暉古意贈今人詩：“寒鄉無異服，衣氈代文練。”文苑英華一九九唐喬知之從軍行：“曲房理針線，平砧擣文練。”

【文憑】 官府發給的證明文書。唐李德裕會昌一品集别集五王智興度僧尼狀：“訊問惟十四人是舊人沙彌，餘是蘇常百姓，亦無本州文憑，尋已勒還本貫。”文獻通考十四征榷一：“重和元年，以臣僚言，凡民有遺囑并嫁女承書，令輸錢給印文憑。”

【文壇】 文學界。唐陸龜蒙甫里集一奉酬襲美先輩吳中苦雨詩：“文壇如命將，可以持玉鉞。”

【文翰】 ㊀指信札，公文書。三國志吳孫賁傳“皆歷列位”注引孫惠别傳：“惠文翰凡數十首。”梁書鍾嶸傳：“衡陽王元簡出守會稽，引爲寧朔記室，專掌文翰。”㊁鳥名。逸周書王會：“蜀人以文翰，文翰者若皋雞。”注：“鳥有文彩者，皋雞似鳧，冀州謂之澤特也。”

【文縣】 縣名。屬甘肅省。漢爲陰平道，屬廣漢郡。北周設文州，明洪武四年改爲文縣，清因之。參閲嘉慶一統志二七六階州一。

【文戰】 指科舉考試，如武士應戰，故曰文戰。才調集九吳商浩宿山驛詩：“文戰何堪功未圖，又驅羸馬指天衢。”

【文錯】 織花紋，繡金縷。國語晉八：“夫絳之富商，……唯其功庸少也，而能金玉其車，文錯其服。”注：“文，文織；錯，錯鏤。”

【文學】 ㊀指文章博學，爲孔門四科之一。論語先進：“文學子游、子夏。”魏書鄭羲傳：“而羲第六，文學爲優。”㊁指文獻經典。漢書武帝紀元朔元年十一月詔：“選豪俊，講文學。”後來也泛指文才或文藝作品。明楊基眉菴集二句容送蔡惟中詩：“子方年少富文學，面如紅玉肥有光。”㊂官名。漢州郡及王國皆置文學，略如後世的教官。三國魏置太子文學。北周及唐因之。晉諸王置師友、文學各一人。唐代諸王府也設文學。唐初，州縣置經學博士，德宗時改稱文學。參閲晉書職官志、通典三十職官十二、新唐書百官志四下。

【文衡】 舊時以文章試士的取捨權。評文如以秤稱物，故曰“文衡”。唐詩紀事五一殷堯藩：“元和九年韋貫之掌文衡，堯藩雜文黜矣。”宋華鎮雲溪居士集二四上門下許侍郎書：“元豐初，以尹京之暇，榮主文衡，某于是時，實出門下。”

【文繒】 花絹。繡花或織成圖案的絲織物。漢桓寬鹽鐵論散不足：“天羅紈文繡者，人君后妃之服也；繭紬縑練者，婚姻之嘉飾也；是以文繒薄織，不粥於市。”

【文糞】 指無價值的文章。漢王充論衡自紀：“言金由貴家起，文糞自賤室出。淮南呂氏之無累害，所由出者，家富官貴也。”

【文職】 文官的職責。後漢書四一第五倫傳：“於是爭賕抑絶，文職修理。”也作“文墨職”。指文學侍從一類的官員。南齊謝朓謝宣城集四和宋記室省中：“清揚婉禁居，祕此文墨職。”近代凡文官皆稱文職，對“武職”而言。

【文噉】 即淡菜。見元伊世珍瑯嬛記中引余皇日疏。

【文鵠】 瑟的異名。宋缺名致虚雜俎：“瑟曰文鵠，笙曰采庸，鼓曰送君，鍾曰華由，磬曰洗東，皆仙樂也。”（宛委山堂本説郛二）

【文織】有彩色花紋的絲織品。荀子禮論:"卑絻、黼黻、文織、資粗、衰絰、菲繐、菅屨,是吉凶憂愉之情發於衣服者也。"注:"文織,染絲織爲文章也。"周禮天官玉府:"凡王之獻金玉、兵器、文織、良貨賄之物,受而藏之。"

【文藝】指寫作方面的學問。大戴禮文王官人:"有隱於知禮者,有隱於文藝者。"逸周書 官人 知禮作"智理"。唐劉肅大唐新語七知微:"士之致遠,先器識而後文藝也。"今用爲文學與藝術的合稱。

【文辭】㊀有文藻的言語。左傳襄二五年:"晉爲伯,鄭入陳,非文辭不爲功。"㊁文章。史記六一伯夷傳:"余以所聞(許)由(務)光義至高,其文辭不少概見,何哉?"也作"文詞"。史記一二一申公傳:"是時天子方好文詞。"

【文簿】公文案卷。後漢書七六秦彭傳:"每於農月,親度頃畝,分別肥塉,差爲三品,各立文簿,藏之鄉縣,於是姦吏跼蹐,無所容詐。"

【文簫】傳奇中人名。唐大和末書生,在鍾陵西山遇仙女吳彩鸞,互相愛慕,彩鸞吟歌有"若能相伴陟仙壇,應得文簫駕綵鸞"之句,遂結爲夫婦。見全唐詩八六三。後來也用爲戀愛結婚的典故。宋張孝祥于湖詞三醜奴兒四:"楊柳依依,何日文簫共駕歸?"清平山堂話本二快嘴李翠蓮記:"香裏金虬相隱映,文簫今遇彩鸞仙。"

【文牘】公文案牘。宋史三五七梅執禮傳:"比部職勾稽財貨,文牘山委,率不暇經目。"元詩選迺賢 金臺集 贈張直言南歸:"文牘日冗繁,民力愈疲竭。"後也稱在官府中草擬文稿的人爲文牘。

【文繡】繡有彩色花紋的絲織品或衣服。墨子節葬下:"文繡素練,大鞅萬領。"孟子告子上:"令聞廣譽施於身,所不以願人之文繡也。"注:"文繡,繡衣服也。"

【文藻】詞采,文采。三國志蜀秦宓傳:"或謂宓曰:'足下欲自比於巢、許、四皓,何故揚文藻見瓌穎乎?'"唐駱賓王集九帝京篇:"馬卿辭蜀多文藻,揚雄仕漢乏良媒。"

【文獻】文,指有關典章制度的文字資料;獻指多聞熟悉掌故的人。論語八佾:"夏禮吾能言之,杞不足徵也;殷禮吾能言之,宋不足徵也;文獻不足故也,足,則吾能徵之矣。"後指有歷史價值的圖書文物。元詩選 楊維楨 鐵崖集送僧歸日本:"我欲東夸訪文獻,歸來中土校全經。"

【文譽】文章的聲譽。全唐詩六一四皮日休魯望惘承吉之孤爲詩序邀予屬和……:"唯我共君堪便戒,莫將文譽作生涯。"宋葛勝仲丹陽詞虞美人酬衛卿弟見贈:"怪來文譽滿清時,柿葉書殘猶自日臨池。"

【文鷁】船頭畫有鷁鳥形象的船。史記一一七司馬相如傳子虛賦:"浮文鷁,揚桂枻。"初學記十八南朝梁蕭鈞晚景遊泛懷友詩:"浪隨文鷁轉,渡逐彩鴛浮。"

【文鰩】海魚名。文選晉左太沖(思)吳都賦:"精衛銜石而遇繳,文鰩夜飛而觸綸。"注引山海經西山經:"秦器之山,濩水出焉,是多鰩魚,狀如鯉,魚身而鳥翼,蒼文而白首赤喙,常行西海而遊於東海,夜飛而行。"今本山海經秦器作"泰器"、濩水作"觀水"。

【文體】㊀文雅有節的體態。漢賈誼新書道術:"動有文體謂之禮,反禮爲濫。"㊁文章的體裁或風格。宋書謝靈運傳論:"自漢至魏四百餘年,辭人才子,文體三變。"南朝梁鍾嶸詩品中:"宋徵士陶潛詩,其源出於應璩,又協左思風力,文體省靜,殆無長語。"

【文鱗】㊀魚鱗紋。指玉的紋理。文選漢司馬長卿(相如)上林賦:"玫玉旁唐,玢豳文鱗。"唐呂延濟注:"玫玉、旁唐,皆玉名;玢豳文鱗,玉文理也。"㊁泛指魚。抱朴子知止:"文鱗瀺灂,朱羽頡頏,飛繳墮雲,鴻沈淪引。"㊂指信札。唐李商隱李義山詩集五題二首後重又戲贈任秀才:"虛爲錯刀留遠客,枉緣書札損文鱗。"

【文豔】文章華麗,有文采。漢書一〇〇下敍傳:"文豔用寡,子虛烏有,寓言淫麗,託風終始。"也作"文艶"。晉書陳壽傳范頵等表:"雖文艶不若相如,而質直過之。"

【文山集】宋文天祥撰。天祥平生大節,俱見史傳。所作詩文,亦極雄贍,一洗南宋凡陋卑弱之習。詩筆蒼渾勁健,雅近杜甫。集中指南錄,爲其患難中自編,多激昂慷慨之音,寓愛國堅貞之意。紀年錄一卷,亦爲在獄時自述。明嘉靖刻本作二十卷,清四庫著錄本二十一卷。參見"文天祥"。

【文王課】舊時用銅錢代替蓍草的占課法。相傳伏羲作八卦,周文王演爲六十四卦,每卦六爻,故稱文王課。占法以銅錢三枚放在筒內,連搖數次倒出,看錢兩背一面叫拆,一背兩面叫單,三背叫重、三面叫交。如此六次,即成六爻卦,從而附會人事,推斷吉凶。

【文王操】古琴曲名。相傳周文王作。見樂府詩集五七引琴操。

【文天祥】公元1236—1283年。宋江西吉水縣人。字宋瑞,一字履善,號文山。寶祐四年進士第一。官至江西安撫使。元兵至,受命使元軍談判,被扣留。後脫險返回真州。端宗即位於福州,拜爲右丞相,封信國公。募兵抗戰,力圖恢復,兵敗被俘,不屈,作正氣歌以見志。囚於燕京四年。至元十九年十二月就義於柴市。著有指南吟嘯等集。宋史有傳。

【文中子】隋王通的私謚,其所著書名文中子。即中說。參見"中說"、"王通"。

【文中虎】稱頌文章氣勢雄偉。宋歐陽修歸田錄一:"(謝希深)以故事謁見大年(楊億),……大年自書此四句于扇曰:'此文中虎也。'"又劉才邵樧溪居士集二勸兵行詩:"監丞健筆文中虎,須臾作歌繼常武。"

【文字交】以詩文相交往的朋友。宋史三九五陸游傳:"范成大帥蜀,游爲參議官,以文字交,不拘禮法。"清江藩國朝漢學師承記七江德量:"既長,與同郡汪明經容甫爲文字交。"

【文字飲】文人的詩文酒會。唐韓愈昌黎集二醉贈張祕書詩:"不解文字飲,惟能醉紅裙。"

【文字獄】舊時統治者鎮壓知識分子反抗,從其著作中摘取所謂違礙字句,羅織罪狀,稱文字獄。如漢楊惲以報孫會宗書、明高啟以改修府治上梁文皆被腰斬是。清代康熙雍正乾隆時爲箝制漢人反滿言論思想,文字獄尤爲酷烈,往往株連家族親友。清龔自珍定庵文集補古今體詩上詠史詩:"避席畏聞文字獄,著書都爲稻粱謀。"

【文字禪】以詩文參悟禪理。宋朱松韋齋集四送黃彥武西上詩:"未忘大學齏鹽味,時說定林文字禪。"又戴復古石屏詩集一寄報恩長老恭率翁:"好留一室館狂客,早晚來參文字禪。"宋石門寺僧惠洪覺範禪師著有石門文字禪三十卷。

【文字癖】酷好文辭成癖。宋詩鈔陳造江湖長翁詩鈔八月晦試院中作:"官居課程地,生有文字癖。"

【文曲星】即文昌星,簡稱文星。傳說爲主持文運的星宿。有時也用來比擬重要的文職官員。水滸引首:"文曲星乃是南衙開封府主龍圖閣大學士包拯,武曲星乃是征西夏國大元帥狄青。"參見"文星"。

【文宗閣】清代藏書閣名。原在今江蘇鎮江市金山寺，乾隆四十四年建。專藏四庫全書，咸豐三年被焚毁。參見"四庫全書"。

【文林果】林檎。卽今之沙果。唐鄭常洽聞記："永徽中，魏郡人王方言拾得此樹，以果獻刺史紀王愼，王貢於高宗，以爲朱奈，又名五色林檎，或謂之聯珠果。上重賜王方言文林郎，亦號此果爲文林果。"

【文林郎】文散官名。隋置。取北齊徵文學之士以充文林館之義。唐制從九品上曰文林郎，宋因之。金改爲正八品上，元改正七品，明清則爲正七品之文散官階。參閲通典三四、續通典三八職官十六文散官、清通典四十職官十八文武官階。

【文林館】官署名。北齊置，掌著作及校理典籍，兼訓生徒，置學士。北周改稱崇文館。見唐六典八、九。

【文始舞】漢雅樂舞名。舞時執羽籥。相傳爲舜舞，漢高祖六年更名爲文始。見漢書禮樂志、又景帝紀元年。

【文津閣】清藏書閣名。在今河北承德避暑山莊。清乾隆四十年仿浙江范氏天一閣建築，以藏四庫全書。公元 1915 年圖書運至北京，今藏北京圖書館。

【文宣王】自漢以來，歷代王朝尊崇孔子，皆有封號。唐開元二十七年追謚爲文宣王。宋元又在"文宣王"上加謚"玄聖"，"至聖"及"大成至聖"等字樣；明嘉靖九年改稱至聖先師孔子，去王號；清因之。參閲唐會要三五褒崇先聖、宋史禮志八、元史祭祀志五、明史禮志四。

【文彦博】公元 1006—1097 年。宋汾州介休人。字寬夫，仁宗天聖五年進士。慶曆末因鎮壓王則起義，升爲宰相。熙寧初，反對王安石變法，出外，尋退居洛陽。哲宗初年，司馬光復相，盡廢新法，彦博再起，任平章軍國事。元祐五年致仕，封潞國公。著有潞公集四十卷。宋史有傳。

【文思院】㊀唐代宮殿名。唐武宗於大明宮築望仙臺，宣宗卽位後罷。大中八年重加修葺，改稱文思院。見唐裴庭裕東觀奏記上。㊁宋代官府手工藝工場之一，屬少府監。太平興國三年置，掌管製造金銀犀玉工巧之物、金彩繪素裝鈿之飾、輿輦器服之用，取周禮考工記㮚氏量銘"時文思索"之語爲名。金沿宋制，置文思署，明昌七年省入祗應司。參閲宋吳處厚靑箱雜記八、文獻通考六十職官十四文思院、續文獻通考五六職官六少府監。

【文章伯】對善寫文章者的尊稱。同"文伯"。國秀集上孫逖張丞相燕公挽歌詞之一："海内文章伯，朝端禮樂英。"唐杜甫杜工部草堂詩箋十三戲贈閿鄉秦少府短歌："同心不減骨肉親，每語見許文章伯。"

【文康樂】隋舞樂名。隋書音樂志下："(庾)亮卒，其伎追思亮，因假爲其面，執翳以舞，象其容，取其謚以號之，謂之爲文康樂。"

【文華殿】明清宮殿名。在北京舊紫禁城東華門内。規模與式樣比較其它宮殿稍小，但極精工。明清兩代皇帝均在此殿聽講官講解經史。内閣設有文華殿大學士，爲文職之高級官員。參閲明沈德符萬曆野獲編補遺一文華殿、明史職官志一、清通典二三職官一。

【文淵閣】㊀明代宮内藏書閣名，也爲皇帝講讀之所。明太祖始建於南京奉天門東，成祖遷都北京，又於宮内東廡南建文淵閣，後置大學士。㊁清乾隆三十九年在北京舊紫禁城内東南角文華殿後建造文淵閣，專藏四庫全書，並設置提舉閣事、領閣事及校理等官掌管其事。參閲明黄瑜雙槐堂歲鈔四文淵閣銘、清文獻通考八十職官四文淵閣。

【文傷傷】舉止斯文貌。也寫作"文縐縐"。元曲選關漢卿謝天香三："則今番文傷傷的施才藝，從來個撲簌簌没氣力。"也簡作"文謅"。水滸九十："那漢道：'不必文謅了，有肉快切一盤來，俺吃了，要趕路進城公幹。'"

【文溯閣】清代藏書閣名。在今遼寧沈陽市清故宮西面。清乾隆四十七年建，以藏四庫全書。今爲遼寧省圖書館。

【文匯閣】清代藏書閣名。原址在江蘇揚州市大觀堂。清乾隆四十五年修建。以藏四庫全書。咸豐四年焚毁。

【文源閣】清代藏書閣名。原在北京西郊舊圓明園内。乾隆四十年修建，以藏四庫全書。咸豐十年爲英法侵略軍焚毁。

【文瑞樓】清嘉慶時金檀藏書的樓名。檀字星軺，浙江桐鄉縣人，以注明高啟的詩著名。喜藏書，所藏明人集部書尤多，有文瑞樓書目。

【文漵子】唐曲名。也作"文敍子"、"文淑子"。唐長慶中俗講僧文敍，善吟經，講唱變文，因得罪，被流放。樂工黄米飯，依其唸四聲觀世音菩薩，撰文漵子曲。(一説唐文宗采其聲，製成此曲。)參閲唐段安節樂府雜録文敍子、趙璘因話録四角部、宋王灼碧雞漫志五文漵子、明胡震亨唐音癸籤十三文敍子。

【文震孟】公元 1574—1636 年。明吳縣人，字文起，徵明曾孫。天啟殿試第一，授修撰。以忤魏忠賢廷杖調外，遂歸，旋斥爲民。崇禎中召充日講官。擢禮部左侍郎，兼東閣大學士，入閣預政，與温體仁不協，被劾落職，歸卒。著有姑蘇名賢小記二卷。明史有傳。

【文選司】官署名。專掌文職官吏的選授、銓敍、勳階、改調、推陞等事，唐以吏部主管文選，宋文武二選均歸吏部，明設文選清吏司，清設文選司，皆屬吏部。參閲新唐書百官志一、宋史職官志三、明史職官志一、清通志六四職官一吏部。

【文選樓】古蹟名。1. 在湖北襄陽縣。南朝梁昭明太子蕭統建。統集劉孝威庾肩吾徐陵鮑至等十餘人，號曰高齋學士，在此輯文選。參閲宋王象之輿地紀勝八二京西南路襄陽府古蹟。2. 在江蘇揚州市。隋曹憲故居。憲以文選教授生徒。其所居之巷號文選巷，樓因此得名。清阮元居文選巷，因建樓五間，題名爲隋文選樓，用祀曹憲，並作爲藏書之所。阮所輯叢書卽名文選樓叢書。參閲清阮元揅經室集二集二揚州隋文選樓記。

【文徵明】公元 1470—1559 年。明長洲人，初名壁，以字行，後更字徵仲，號衡山居士。以歲貢生薦試吏部，任翰林院待詔，後辭官歸。詩文書畫皆工，而畫尤爲著名，最善山水，兼工花卉、蘭竹、人物等，影響甚大，稱"吳門派"。與沈周唐寅仇英合稱"明四大家"。著有甫田集。明史有傳。

【文瀾閣】清藏書閣名。在今浙江杭州市西湖孤山。清乾隆四十九年建。用以藏四庫全書。咸豐十年倒塌，書多失散。光緒六年重建。書由丁丙丁申二人搜集鈔補大半，以後又陸續根據文津閣本鈔補完全。今屬浙江圖書館。

【文繡院】官署名。宋崇寧三年置。掌編織刺繡，供皇帝服御及賓客祭祀之用。有繡工三百人。金有文繡署。掌繡造御用及妃嬪等服飾。見宋史職官志五少府監、金史百官志二少府監。

【文心雕龍】南朝梁劉勰著。十卷，五十篇。以文章雕縟成體，取戰國齊人騶衍别名雕龍奭爲義，故稱文心雕龍。其書論文章之體制及其工拙。自隋唐卽通行。據序志稱上下篇，可知原分二卷。隋書經籍志四著録已作十卷，蓋後人所分。有清黃叔琳輯注本。參見"劉勰"。

【文不加點】形容文思敏捷，下筆成章。初學記十七漢張衡文士傳："吳郡張純少有令名，嘗謁鎮南將軍朱據，據令賦一物然後坐，純應聲便成，文不加點。"也作"文無加點"。後漢書八十禰衡傳："衡攬筆而作(鸚鵡賦)，文無加點，辭采甚麗。"

【文以載道】指用文章來表達一定的思想、道理。道，舊時多指儒家思想。宋周敦頤周濂溪集六通書二文辭："文所以載道也，輪轅飾而人弗庸，徒飾也，況虛車乎？"題注："此言文以載道，人乃有文而不以道，是猶虛車而不濟於用者。"

【文史通義】清章學誠撰。分內外篇：內篇五卷，闡發經史文義，對古今學術淵源，分條別類；外篇三卷，論修志條例。又補編一卷。學誠主張六經皆史；謂後來史家著作，分以資料爲主的記注和通史性質的撰述，兩者不得偏廢；所言皆有見地，爲繼唐劉知幾史通後之重要史學專著。江標編入靈鶼閣叢書。

【文江學海】比喻文學的豐富，如江海的廣闊。唐著作郎鄭愔柏梁體聯句："文江學海思濟航。"見唐詩紀事一中宗。

【文成公主】公元？—680年。唐宗室女。貞觀十五年嫁吐蕃贊普弄贊（也作松贊幹布）。通過和親，中原的有關糧食種子、養蠶、紡織、建築、造紙等生產技術，傳播入藏，藏地馬匹藥材亦源源運入內地。弄贊亦派藏族青年到中原學習，促進了漢藏兩族文化的交流和雙方的親密關係。今西藏拉薩市有公主設計之大招寺，寺內有公主像。大招北別有小招寺，爲公主自建的靜修之所。參閱新唐書二一六吐蕃傳上、西藏記上寺廟、衛藏通志一考證。

【文房四譜】宋蘇易簡撰。五卷。筆譜二卷，硯、紙、墨譜各一卷。分別敍述原委本末及其故實，並附錄有關辭賦詩文。宋尤袤遂初堂書目作文房四寶譜。

【文房四寶】筆墨紙硯的統稱。文房，書房。宋梅堯臣宛陵集三六九月六日登舟再和潘歙州紙硯詩："文房四寶出二郡，邇來賞愛君與予。"也作"文房四士"。宋陸游劍南詩稿二六閑居無客所與度日筆硯紙墨而已戲作長句："水復山重客到稀，文房四士獨相依。"

【文東武西】舊時文武官吏的排列位次。漢叔孫通定朝儀，功臣列侯諸將軍軍吏按次序排於西方，東向；文官丞相以下排於東方，西向。文武官員東西排列位次始於此。漢田延年爲河東太守，召見故吏，令文員排於東，武員排於西，尹翁歸以文武兼備，獨伏不肯起。參閱史記九九叔孫通傳、漢書七六尹翁歸傳。

【文昌雜錄】宋龐元英撰。六卷，補遺一卷。元英字懋賢，山東單州人。元豐時官主客郎中，在尚書省四年。尚書省稱"文昌天府"，故用以名書。此書所記皆當時親自見聞，偏重朝章國故，旁及瑣聞軼事，詳記時日，有可補宋史之闕處。

【文恬武嬉】指文官武將習於逸樂，苟安度日。唐韓愈昌黎集三十平淮西碑："相臣將臣，文恬武嬉，習熟見聞，以爲當然。"

【文苑英華】宋太宗太平興國七年，李昉扈蒙徐鉉宋白等編，蘇易簡王祐等續修。雍熙三年成書，共一千卷。上承文選，輯錄南朝梁末至唐末作家二千二百餘人，作品近兩萬篇。由於文章體裁的日益繁多，分賦詩等三十八類。其中南北朝詩文居十分之一，唐人詩文占十分之九。唐代散佚諸集，多賴此書而得存。南宋時周必大彭叔夏又加考訂校正，成文苑英華辨證十卷。成書經過，參閱宋程俱麟臺故事三下修纂。

【文泉子集】唐劉蛻撰。六卷。蛻字復愚，長沙人。大中四年進士，咸通中官至左拾遺，後貶爲華陽令。劉蛻主張復古而極自負，其文往往奇奧難解，以文冢銘最有名。自序謂"覃以九流之旨曰文，配以不竭之義曰泉"，因稱其書爲文泉子集。

【文章正宗】宋真德秀編。正續集各二十卷。正集選錄左傳國語以下至唐末的文學作品，分辭令、議論、敍事、詩歌四類。續集皆北宋文，僅分敍事、議論兩類；末卷議論之文只有目錄而無文章，蓋爲未成之本。自序稱選文標準以"明義理、切實用"爲主，否則辭雖工亦不錄。

【文章軌範】宋謝枋得編。七卷。選錄漢晉唐宋之文十五家六十九篇，其中韓愈文幾居其半。前二卷題爲放膽文，後五卷題爲小心文。對所選文多有批注圈點，並闡明其篇章句字之法，供科舉應試者揣摩學習。

【文章鉅公】文章大家。唐文粹十五上李賀高軒過詩："馬蹄隱耳聲隆隆，入門下馬氣如虹，云是東京才子，文章鉅公。"

【文章緣起】舊題南朝梁任昉撰，一卷。一名文章始。此書在隋已散佚，新唐書藝文志三丙部子錄雜家類有目，注曰："張績補。"宋王得臣麈史中論文："梁任昉集秦漢以來文章名之始，目曰文章緣起，自詩、賦、離騷至於勢，約八十五題，可謂博矣。"所言書名與內容，與今本合，或即張績所補，後人誤認爲任昉原著。明陳懋仁曾爲作注，並撰續文章緣起一卷。

【文章辨體】明吳訥編。五十卷，外集五卷。訥字敏德，號思庵，常熟人，官至左副都御史。此書模仿文章正宗而作，分體輯錄明代以前詩文，加以解說。其後明徐師曾撰文體明辨八四卷，賀復徵又編文章辨體彙選七百八十卷，皆據此書增修。

【文從字順】行文用字，妥貼通順。唐韓愈昌黎集三四南陽樊紹述墓誌銘："文從字順各識職，有欲求之此其躅。"宋陸佃陶山集四又尋准尚書省劄子："如臣荒蕪，久廢筆硯，文從字順，與年俱衰。"

【文經武緯】㈠文事與武功。唐顏真卿顏魯公文集七郭公廟碑銘："文經武緯，訓徒陟空。"也作"文經武略"。隋書高帝紀上策九錫文："文經武略，久播朝野。"宋張孝祥于湖詞二水調歌頭送謝倅之臨安："好把文經武略，換取碧幢紅旆，談笑掃胡塵。"㈡菊花的異名。見清富察敦崇燕京歲時記九花山子。

【文質彬彬】原指文采與實質配合均勻適當。論語雍也："質勝文則野，文勝質則史，文質彬彬，然後君子。"注："彬彬，文質相半之貌。"後來泛指人舉動文雅。古今雜劇元費唐臣貶黃州三："見如今御史臺威風凜凜，怎敢向翰林院文質彬彬。"

【文館詞林】唐許敬宗等編。一千卷。分類纂輯先秦至唐初的各體詩文，爲次於文選的最古總集。原書宋初已散佚。日本存有殘本約數十卷，分別刊入粵雅堂叢書古逸叢書佚存叢書適園叢書中。

【文獻通考】元馬端臨撰。三百四十八卷。按通典成例，別增經籍、帝系、封建、象緯、物異五門，共爲二十四門。通典所收材料自上古至天寶，此書自天寶增補續修至南宋嘉定末。自序稱"引古經史謂之文，參以唐宋以來諸臣之奏疏、諸儒之議論謂之獻"，故以文獻通考爲名。內容謹嚴不及通典，而材料詳贍過之。明王圻曾作續考，清乾隆十二年以王書體例雜亂，命四庫館臣別撰續文獻通考二百五十卷。又以清王朝初建至乾隆二十六年止有關材料分出別行，命名爲清(皇)朝文獻通考，三百卷，合稱"三通考"。近人劉錦藻又撰清朝續文獻通考四百卷，事蹟增補至宣統末年，與"三通考"並行。

【文淵閣書目】明初宮內藏書目錄。明成祖永樂十九年,將南京書籍北運,貯存文淵閣內。正統六年,因命楊士奇馬愉曹鼐等編爲書目。著錄各書多不著撰者姓名,又只有册數而無卷數。明萬曆中孫能傳等校理遺籍,成內閣重編書目八卷,與正統書目對勘,藏書已十亡八九,至清代幾全部散失。本不分卷,黃虞稷千頃堂書目著錄作十四卷,清乾隆時纂修四庫,定爲四卷。

【文選樓叢書】清道光中阮亨據其兄阮元所刻諸書彙編而成。共三十二種,四百九十五卷。其中大半爲阮元著作,餘爲同時學者焦循凌廷堪等作品,以考訂經史金石爲主。

六 畫

敚 wéi 無非切,平,微韻,明。ㄨㄟˊ

㊀眇小,細微。同"微"。見說文"敚"。㊁伺察。墨子號令:"期盡匿不占,占不悉,令吏卒敚得,皆斷。"

八 畫

斌 bīn 府巾切,平,真韻,幫。ㄅㄧㄣ

文采。同"彬"。唐陳集原龍龕道場銘:"爰命解劍之夫,運茲不斌之筆。"(金石續編六)

【斌斌】文質俱備貌。同"彬彬"。史記儒林傳序:"自此以來,則公卿大夫士吏斌斌多文學之士矣。"漢蔡邕蔡中郎集二答卜元嗣詩:"斌斌碩人,貽我以文。"

斑 bān 布還切,平,刪韻,幫。ㄅㄢ

㊀雜色、斑點或染色花紋。楚辭屈原離騷:"紛總總其離合兮,斑陸離其上下。"文選三國魏曹子建(植)七啟:"批熊碎掌,拉虎摧斑。"注:"斑,虎文也。"唐宋之問集上晚泊湘江詩:"唯餘望鄉淚,更染竹成斑。"㊁頭髮花白。唐獨孤及毘陵集三和張大夫秋夜書情卽事詩:"方知秋興作,非惜二毛斑。"

【斑子】㊀謂虎。唐戴孚廣異記斑子:"山魈下樹,以手撫虎頭曰:'斑子,我客在,宜速去也。'"又巴人:"老人乃登山呼斑子,倏而有虎數頭,相繼而至。"㊁指河豚魚。宋葉夢得石林詩話:"今浙人食河豚,始於上元前,……柳絮時,人已不食,謂之斑子。"

【斑文】指雜色花紋的虎豹皮。文選漢司馬長卿(相如)上林賦:"被斑文,跨壄馬。"

【斑白】指老人頭髮花白。因以喻老年。禮祭義:"斑白者不以其任行乎道路。"文選晉潘安仁(岳)閑居賦:"昆弟斑白,兒童稚齒。"斑,亦作"班"、"頒"。參見"頒白"。

【斑衣】彩衣。相傳老萊子著彩衣爲兒戲以娛親,後因以斑衣爲老養父母的典故。唐錢起錢考功集八送韋信愛子歸覲詩:"才子學詩趨露冕,棠花含笑待斑衣。"(全唐詩斑作"班")宋劉克莊後村別調賀新郎實之用前韻爲老者壽戲答詞:"老去聊攀萊子例,倒著斑衣戲舞。"

【斑竹】紫竹,竹身有紫色或灰褐色的斑紋。也稱湘妃竹。古代神話謂舜南巡不返,葬於蒼梧,舜妃娥皇女英思帝不已,淚下沾竹,竹悉成斑。見舊題南朝梁任昉述異記。唐韓愈昌黎集二送惠師詩:"斑竹啼舜婦,清湘沈楚臣。"又齊己白蓮集八江上夏日詩:"故園舊寺臨湘水,斑竹煙深越鳥啼。"

【斑杖】㊀斑竹製的手杖。宋釋道潛參寥子集四夏日龍井書事詩之三:"斑杖芒鞵隨步遠,歸來幽火認茆茨。"㊁蒲蒻的異名。見晉崔豹古今注上。

【斑連】同"斑斕"。漢武梁祠堂畫像題字:"老萊子,楚人也。事親至孝,衣服斑連,嬰兒之態,令親有驩。"(隸釋十六)參見"斑衣"。

【斑剝】雜色斑點。明詩別裁二周濆舟中望九華山詩:"嵯霞上斑剝,石乳下碖硱。"

【斑紋】雜色花紋。宋洪适歙硯說:"棗心,青潤可愛,中有小斑紋,中廣,上下皆銳,形若棗核然。"

【斑斑】斑點衆多貌。唐人搜玉小集劉希夷擣衣篇:"莫嫌衣上有斑斑,只爲思君淚相續。"又才調集六李涉寄荊娘寫真詩:"蒼梧九疑在何處,斑斑竹淚連瀟湘。"

【斑鳩】㊀鳥名。鳩之大者。漢揚雄方言作"鴔鳩"。明陳基眉庵集一久雨詩:"今朝雨聲絕,又聽斑鳩啼。"參閱本草綱目四九斑鳩。㊁指女壻。金缺名劉知遠諸宮調三:"團練常便,不圖豪貴,故招知遠做斑鳩。"

【斑管】指毛筆。樂府羣珠一元白仁甫陽春曲題情:"輕拈斑管書心事,細摺銀箋寫恨詞。"朝野新聲太平樂府四作"班管"。

【斑劍】飾以虎皮之劍。文選南朝梁任彥昇(昉)王文憲集序:"給節,加羽葆鼓吹,增斑劍爲六十人。"唐張銑注:"羽葆斑劍,並葬之儀衞。"此指持斑劍之儀衞。參見"班劍"。

【斑駮】色彩相雜貌。全唐詩四四八白居易山石榴花詩:"離披亂剪綵,斑駮未勻妝。"白氏長慶集作"班駮"。

【斑點】雜色點痕。宋華鎮雲溪居士集八石筍詩:"蒼蘚長時斑點露,老藤蟠處節痕紆。"

【斑斕】㊀色彩交錯、鮮明燦爛貌。舊題晉王嘉拾遺記十岱輿山:"玉梁之側,有斑斕自然雲霞龍鳳之狀。"也作"斑蘭"。後漢書八南蠻傳:"衣裳斑蘭,語言侏離。"㊁北堂書鈔一二九孝子傳:"老萊子年七十,父母猶在,常服斑斕之衣,爲嬰兒戲。"後因以斑斕指孝養父母。明朱鼎玉鏡臺記傳奇得書:"違定省,絕溫清,把斑斕疎曠。"

【斑蘭】見"斑斕㊀"。

【斑鬢】鬢髮黑白相雜。文選晉潘安仁(岳)秋興賦:"斑鬢髟以承弁兮,素髮颯以垂領。"宋趙蕃章泉稿二寄送潘文叔恭叔詩之一:"斑鬢寄催老,青衿悔負初。"

斐 1. fěi 敷尾切,上,尾韻,滂。ㄈㄟˇ

㊀五色相錯。詩小雅巷伯:"萋兮斐兮,成是貝錦。"論語公冶長:"吾黨之小子狂簡,斐然成章,不知所以裁之。"㊁地名。春秋鄭邑。公羊傳文十三年:"鄭伯會公于斐。"左傳作"棐"。

2. fēi 集韻 匪微切,平,微韻。ㄈㄟ

㊂姓。春秋晉有斐豹。見左傳襄二三年。

【斐尾】文彩貌。文選三國魏嵇叔夜(康)琴賦:"紛文斐尾,慊縿離纚。"

【斐炳】文彩鮮明。漢王充論衡案書:"廣陵陳子回顏方,今尚書郎班固、蘭臺令楊終傅毅之徒,雖無篇章,賦頌記奏,文辭斐炳。"

【斐斐】㊀有文采貌。三國志蜀楊戲傳季漢輔臣贊贊秦子勑:"藻麗辭理,斐斐有光。"初學記二八晉傅玄棗賦:"斐斐素華,離離朱實。"㊁輕淡貌。文選南朝宋謝惠連泛湖出樓中翫月詩:"斐斐氣冪岫,泫泫露盈條。"

【斐韡】明貌。文選三國魏嵇叔夜(康)琴賦:"豐融披離,斐韡奐爛。"

【斐亹】文采貌。文選晉孫興公(綽)遊天台山賦:"彤雲斐亹以翼櫺,曒日炯晃於綺疏。"

九 畫

斒 bān 布還切,平,删韻,幫。
ㄅㄢ 方閑切,平,山韻,幫。

見下。

【斒斕】色彩錯雜鮮明。唐元稹長慶集五臺中鞫獄憶開元觀舊事……詩:“十過乃一往,遂成相往還,以我文章卷,文章甚斒斕。”宋曾鞏元豐類稿一靖安幽谷亭詩:“倚天巉巖姿,青蒼露斒斕。”

十七畫

斕 lán 力閑切,平,山韻,來。
ㄌㄢ

見下。

【斕斑】色彩錯雜貌。唐白居易長慶集十一郡中春宴因贈諸客詩:“闇淡緋衫故,斕斑白髮新。”又杜牧樊川集二朱坡詩:“蝸壁斕斑蘚,銀筵豆蔻泥。”

【斕斒】同“斒斕”、“斕斑”。唐柳宗元柳先生集四二酬韶州裴曹長史君……二十韻一首詩:“食貧甘莽鹵,被褐謝斕斒。”宋王禹偁小畜集四送朱九齡詩:“楓葉紫斕斒,蓼花紅翠翍。”

斗 部

斗 dǒu 當口切,上,厚韻,端。
ㄉㄡˇ

㊀量器。也是量名。莊子胠篋:“棓斗折衡,而民不爭。”漢書律曆志上:“十升爲斗。……斗者,聚升之量也。”㊁古代酒器,羹斗。詩大雅行葦:“酌以大斗,以祈黃耇。”公羊傳宣六年:“熊蹯不熟,公怒,以斗摮而殺之。”㊂形如斗狀之物。晉書韓伯傳:“母方爲作襦,令伯捉熨斗。”㊃星名。卽北斗。詩小雅大東:“雖北有斗,不可以挹酒漿。”也用來稱南斗。詳“斗宿”。㊄陡峭。通“陡”。史記封禪書:“成山斗入海。”索隱:“斗入海,謂斗絕曲入海也。”㊅突然。唐韓愈昌黎集九答張十一功曹詩:“吟君詩罷看雙鬢,斗覺霜毛一半加。”㊆通“枓”。見“斗栱”、“枓栱”。㊇通“抖”。見“斗藪”、“抖擻”。

【斗力】古時用斗石作爲重量單位以計算挽弓的力量。宋朱熹朱文公集二八辛亥二月與趙帥書:“第斗力必使及格,方許收刺。”宋史兵志九訓練之制:“他日雖强弓弩可以取勝,若止習射親,則斗力不進,此賞格不須行。”

【斗子】管官倉的吏役。宋朱熹朱子文集十六奏紹興府指使密克勤偷盜官米狀:“臣尋取到米樣看視,其米多係糠土拌和,遂喚到斗子康勝對衆斛量。”

【斗山】北斗和泰山。比喻爲衆人所景仰的人。宋樓鑰攻媿集二送張定叟尚書鎮襄陽詩:“南軒傳聖學,後進斗山仰。”南軒,張栻。

【斗方】書畫所用的一尺見方的單幅箋,也指一二寸見方的册頁書畫。儒林外史八:“蘧太守知道了,成事不說,也就此常教他做些詩詞,寫斗方,同諸名士贈答。”

【斗牛】二十八宿中的斗宿和牛宿。漢劉向說苑辨物:“所謂二十八星者,……北方曰斗、牛、須女、虛、危、營室、東壁。”北周庾信庾子山集一哀江南賦:“路已分於湘漢,星猶看於斗牛。”

【斗杓】卽北斗柄。北斗七星,四星象斗,三星象杓。杓卽柄。見後漢書五二崔駰傳注引春秋運斗樞。廣弘明集二一南朝梁昭明太子(蕭統)謝敕賚看講啟:“伏以正言深奧,總一羣經,均斗杓以命四時,等太陽而照萬國。”

【斗甬】斗、甬都是量器。禮月令仲春之月:“角斗甬,正權概。”注:“甬,今斛也。”疏:“十斗爲斛。”吕氏春秋仲春作“斗桶”。清畢沅校注:“桶與甬通用。”

【斗君】道教所說的斗星之神。雲笈七籤二四北斗九星職位總主:“丹元星,天之斗君。”舊時禮斗求福禳災,卽指此。

【斗門】堤堰所設宣洩暴漲洪水的閘門。唐李白李太白詩二五題瓜洲新河餞族叔舍人賁:“海水落斗門,潮平見沙汭。”又韓愈昌黎集二五唐故江西觀察使韋公墓誌銘:“明年,築堤扞江,長十二里,疏爲斗門,以走潦水。”

【斗室】謂極小之室。元詩選盧琦圭峰集至正己亥夏予遊壺山宿真淨巖:“欣然坐我斗室底,滿室嵐氣生清秋。”

【斗城】㊀小城,小邑。資治通鑑一三四宋昇明元年引南朝梁裴子野宋略:“區區斗城之裏,出萬死而不辭。”㊁地名:1.在河南陳留縣南。春秋鄭子產葬大夫良霄(伯有)於斗城,卽此地。參閱水經注二二渠。2.在陝西西安市西北。漢長安故城。三輔黃圖一漢長安故城:“城南爲南斗形,北爲北斗形,至今人呼漢京城爲斗城。”唐嚴武酬別杜二詩:“斗城憐舊路,渦〔涪〕水惜歸期。”卽指長安。見杜工部詩史補遺三送嚴侍郎到綿州……附嚴作。

【斗柄】卽斗杓。國語周下:“日在析木之津,辰在斗柄。”注:“斗柄,斗前也。”鶡冠子環流:“斗柄東指,天下皆春;斗柄南指,天下皆夏;斗柄西指,天下皆秋;斗柄北指,天下皆冬。”

【斗南】㊀晉書天文志上:“相一星在北斗南。相者,總領百司而掌邦教,以佐帝王安邦國,集衆事也。”舊時因以斗南指宰相的職位。㊁北斗以南,猶言中國,或天下、海內。新唐書一一五狄仁傑傳:“藺仁基……每曰:‘狄公之賢,北斗以南一人而已。’”元王實甫西廂記二本一折:“你道是飛虎將聲名播斗南。”

【斗建】卽農曆之月建。古代以北斗星斗柄的運轉計算月分,斗柄所指之辰謂之斗建。如正月指寅,爲建寅之月,二月指卯,爲建卯之月。漢書律曆志上:“斗建下爲十二辰,視其建而知其次。”北周庾信庾子山集十三周上柱國齊王憲神道碑:“斗建麾兵,天離轉戰。”

【斗食】指俸祿較低的官吏。戰國策秦三:“且今邑中自斗食以上,至尉內史及王左右,有非相國之人者乎?”漢書百官公卿表上:“百石以下,有斗食佐史之秩。”按墨子雜守:“斗食終歲三十六石。”以祿少,一年不滿百石,計日以斗爲數而名。

【斗級】主守倉庫務場局院等的役吏。斗謂斗子,級謂節級。明會典二一倉庾一:“景泰三年,令各倉斗級庫子,開寫年甲、鄉貫、住址,編造文册,俟巡視官員點閘。”

【斗栱】也作“枓栱”。在立柱和橫梁交接處加的弓形承重結構叫栱;墊在栱與栱之間的斗形木塊叫斗,是我國建築特有的一種結構。見圖。禮禮器“管仲鏤

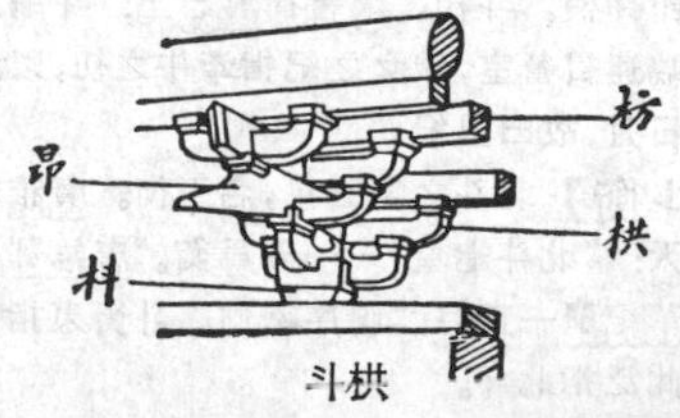

斗栱

篋朱紘,山節藻棁"- 唐孔穎達疏:"山節,謂柱頭爲斗栱,形如山也。"

【斗胸】謂胸部隆起如斗狀。史記高祖紀"美須髯,左股有七十二黑子"正義引河圖:"帝劉季口角戴勝,斗胸,龜背,龍股;長七尺八寸。"

【斗宿】星名。南斗六星,總稱斗宿。見星經下斗宿。北周庾信庾子山集十三周柱國大將軍拓跋儉神道碑:"身圖斗宿,面繞樞星。"

【斗桶】量器。見"斗甬"。

【斗帳】小帳。因形如覆斗,故名。玉臺新詠一古詩爲焦仲卿妻作:"紅羅複斗帳,四角垂香囊。"晉陸翽鄴中記:"石虎御牀辟方三丈,冬月施熟錦流蘇斗帳。"

【斗極】北斗星與北極星。爾雅釋地:"北戴斗極爲空桐。"疏:"斗,北斗也。極者,中宮天極星。其一明者,泰一之常居也。以其居天之中,故謂之極;極,中也。北斗拱極,故云斗極。"淮南子齊俗:"夫乘舟而惑者,不知東西,見斗極則寤矣。"

【斗量】形容數量之多。唐劉禹錫劉夢得集九泰娘歌:"斗量明珠鳥傳意,紺幰迎入專城居。"

【斗絕】陡峭險峻。斗,通"陡"。後漢書八六西南夷傳:"氐人……居於河池,一名仇池,方百頃,四面斗絕。"引申爲孤懸之義。又二三竇融傳:"河西斗絕在羌胡中,不同心勠力,則不能自守。"

【斗頓】頓時,突然。斗,通"陡"。宋趙長卿惜香樂府醉落魄秋夜感懷:"傷離恨別,愁腸又似丁香結,不應斗頓音書絕。"

【斗辟】孤懸偏僻。漢書九四上匈奴傳:"漢亦棄上谷之斗辟縣造陽地以予胡。"注:"斗,絕也。縣之斗曲入匈奴界者,其中造陽地也。"

【斗筲】㊀量器。斗,容十升;筲,竹器,容斗二升。漢桓寬鹽鐵論通有:"家無斗筲,鳴琴在室。"㊁斗筲都是容量很小的量器,因用來比喻人之才識短淺,器量狹小。論語子路:"斗筲之人,何足算也。"也喻職位低微。後漢書六八郭太傳:"早孤,母欲使給事縣廷。林宗(郭太)曰:'大丈夫焉能處斗筲之役乎?'"

【斗綱】謂北斗七星的第五星至第七星。即斗柄,斗杓。漢書律曆志上:"斗綱之端連貫營室,織女之紀指牽牛之初,以紀日月,故曰星紀。"

【斗衡】北斗之第五星,名玉衡。廣雅釋天:"北斗七星,……五爲衡。"唐韓鄂歲華紀麗一正月:"鴈序南迴,斗衡東指。"此泛指北斗。

【斗檢】方形的印盒。宋史輿服志六寶:"中興之後,后寶用金,方二寸四分,高下隨宜,鼻紐以龜,斗檢以銀,塗以金。"又:"至道元年製皇太子受册金寶,方二寸,厚五寸,係以朱組大綬連玉環。金斗金檢,長五寸,闊二寸,厚二分。"參見"斗檢封"。

【斗儲】指極微少的儲糧。樂府詩集三七相和歌辭瑟調曲古辭東門行之一:"盎中無斗儲,還視桁上無懸衣。"文選晉左太沖(思)詠史詩之八:"外望無寸祿,內顧無斗儲。"

【斗擻】見"斗藪"。

【斗藪】㊀搖動,振落。唐白居易長慶集三驃國樂:"珠纓炫轉星宿搖,花鬘斗藪龍蛇動。"又孟郊孟東野集九夏日謁智遠禪師詩:"斗藪塵埃衣,謁師見真宗。"也作"斗擻"。宋梅堯臣宛陵集十七送黃殿丞通判潤州詩:"衣上京塵莫厭多,斗擻中流雲在望。"㊁擺脫,振作。唐白居易長慶集五八贈鄰里往還詩:"但能斗藪人間事,便是逍遙地上仙。"也作"斗擻"。唐王維王右丞集三胡居士臥病遺米因贈詩:"居士素通達,隨意善斗擻。"參見"抖擻"。

【斗膽】三國志蜀姜維傳"魏將士憤發,殺會及維"注引世語:"維死時見剖,膽如斗大。"後以斗膽形容膽氣豪壯。文苑英華三五一南朝梁簡文帝七勵:"至如牽鉤壯氣,斗膽豪心,……標威於鴈門之境,振旅於龍突之鄉。"

【斗圍監】對帳子的擬人化的稱呼。宋陶穀清異録陳設夏清侯傳:"秦王有寒疾,不可以風,席温再幸,兼拜羅大周爲斗圍監。"

【斗檢封】蓋有方形印章的封條。周禮地官司市"凡通貨賄,以璽節出入之"漢鄭玄注:"璽節,印章,如今斗檢封矣。"疏:"漢法,斗檢封,其形方,上有封檢,其內有書,則周時印章上書其物,識事而已。"

【斗酒隻雞】古人弔祭亡友,攜雞酒至墓前爲禮,後常用斗酒隻雞作爲悼友之詞。後漢書五一橋玄傳曹操祭玄文:"又承從容約誓之言:徂沒之後,路有經由,不以斗酒隻雞過相沃酹,車過三步,腹痛勿怨。雖臨時戲笑之言,非至親之篤好,胡肯爲此辭哉!"

【斗酒學士】唐王績於武德初待詔門下省,按故事,由官日給酒三升。或問:"待詔何樂耶?"答曰:"良醞可戀耳!"侍中陳叔達因命日給一斗,時人因稱爲"斗酒學士"。參閱唐李才東皋子集序、新唐書一九六本傳。

【斗粟尺布】諷喻兄弟不能相容。省作"斗粟"。新唐書一三二吳兢傳上言:"陛下即位四年,一子弄兵被誅,一子以罪謫去,惟相王朝夕左右。斗粟之刺,蒼蠅之詩,不可不察。"詳"尺布斗粟"。

【斗轉參橫】北斗轉向,參(shēn)星橫斜。指天將明之時。宋史樂志鼓吹下奉禋歌:"斗轉參橫將旦,天開地闢如春。"

六 畫

料 1. liào ㄌㄧㄠˋ 力弔切,去,嘯韻,來。落蕭切,平,蕭韻,來。

㊀估計其數多少。國語楚上:"楚師可料也。"注:"料,數也。"㊁忖度,估量。史記六七仲尼弟子傳:"勾踐頓首再拜曰:孤嘗不料力,乃與吳戰,困於會稽。"㊂照料,整理。三國志吳陸遜傳:"其所生得,皆加營護,不令兵士干擾侵侮,將家屬來者,使就料視。"世說新語雅量:"人有詣祖(約),見料視財物,客至,屏當未盡,餘兩小簏,著背後傾身障之。"㊃唐宋時職官俸祿以外另加的物品。唐白居易長慶集六二詠所樂詩:"官優有祿料,職散無覊縻。"參見"料錢"。㊄泛指可供使用的材料、物料。唐高適高常侍集五留別鄭三韋九兼洛下諸公詩:"覊旅雖同白社遊,詩書已作青雲料。"又陸贄陸宣公集四優恤畿內百姓并除十縣令詔:"宜令尚食所進膳各減一半,……年食支酒料宜減五百碩。"㊅以多數物品爲一個計算單位,謂之一料。玉海一五一兵制劍戟刀:"乾道元年,命軍器所造雁翎刀,以三千柄爲一料。"又載重計量單位,每料重爲一石。見宋會要食貨四三之十六、四七之十五。

2. liáo ㄌㄧㄠˊ

㊆觸動。撩撥。莊子盜跖:"疾走料虎頭,編虎須,幾不免虎口哉!"釋文:"料音聊。"㊇古樂器名。爾雅釋樂:"大鼗謂之麻,小者謂之料。"注:"料者,聲清而不亂。鼗,桃;料,聊。"

【料民】古代調查人口數。國語周上:"宣王既喪南國之師,乃料民於太原。"注:"料,數也。"

【料戾】孔小而通明。文選晉潘安仁(岳)射雉賦:"衷料戾以徹鑒,表厭躡以密緻。"唐李周翰注:"料戾,小窗隙也。其裏則有小隙,可以徹鑒於外。"

【料事】㊀猜度事情。史記七六平原君

虞卿傳論:"虞卿料事揣情,爲趙畫策,何其工也!"㊁處理事情。世說新語政事:"丞相(王導)嘗夏月至石頭看庾公(冰),庾公正料事。丞相云:'暑,可小簡之。'"

【料持】料理,安排。元王實甫西廂記一本一折:"琴童料持下晌午飯。那裏走一遭,便回來也。"

【料峭】風寒著肌戰慄貌。多形容春寒。唐陸龜蒙甫里集八和開元寺客省早景即事韻詩:"樅樅滿地貝多雪,料峭入樓于闐風。"五燈會元十九法泰禪師:"春風料峭,凍殺年少。"

【料理】㊀照顧,安排。世說新語德行:"韓康伯時爲丹陽尹。母殷在郡,每聞二吳(坦之、隱之)之哭,輒爲悽惻,語康伯曰:'汝若爲選官,當好料理此人。'"晉書王徽之傳:"又爲車騎將軍桓沖騎兵參軍,……沖嘗謂徽之曰:'卿在府日久,比當相料理。'"引申爲排遣。唐韓愈昌黎集遺文飲城南道邊古墓上逢中丞過……詩:"爲逢桃樹相料理,不覺中丞喝道來。"宋黃庭堅山谷外集三催公靜碾茶詩:"睡魔正仰茶料理,急遣溪童碾玉塵。"㊁修理。唐段安節琵琶錄:"內庫有琵琶二面,號大忽雷、小忽雷。因爲題頭脫損,送在崇仁坊南趙家料理。"(說郛二十)。太平御覽五八三引作"修理"。

【料揀】品評選擇,多指人才人品。漢平輿令薛君碑:"料揀真實,好此徽聲。"(隸續一)。也作"料簡"。漢蔡邕蔡中郎文集三太尉楊公碑:"沙汰虛冗,料簡貞實。"

【料量】㊀稱量算數。史記孔子世家:"孔子貧且賤,及長,嘗爲季氏史,料量平。"㊁猶言預料,料想。唐白居易長慶集十九行簡初授拾遺同早朝入閣因示十二韻詩:"老去何僥倖,時來不料量。"

【料嘴】鬭口,亂談。元曲選吳昌齡東坡夢四:"佛印從來快開劈,蘇軾特來鬭料嘴。"又缺名漁樵記一:"可正是天降人皮包草軀,學料嘴,不讀書。"

【料錢】唐宋制,職官於俸祿外,有時另給食料,或准予折錢,謂之料錢。唐白居易長慶集六二首夏詩:"料錢隨月用,生計逐日營。"參閱新唐書食貨志五、宋史職官志十一奉祿制上。

【料檢】料理檢查。宋書王僧綽傳:"頃之,劭料檢太祖巾箱及江湛家書疏,得僧綽所啟饗士並廢諸王事,乃收害焉。"晉書周顗傳:"(王)導後料檢中書故事,見顗表救已,殷勤款至。導執表流涕,悲不自勝。"

【料簡】見"料揀"。

【料絲燈】以瑪瑙、紫石英等做原料,抽絲製成的燈。清王夫之薑齋文集九雜物詠料絲燈:"燒藥石爲之,六方合成,外加絲,內如屏,花卉蟲鳥五采斯備,然鐙其中,尤爲綺麗。"參閱明郎瑛七修類稿四四事物類料絲、清趙翼陔餘叢考三三料絲。

𣁄 hú ㄏㄨˊ 集韻 胡谷切,入,屋韻。

同"斛"。晉書胡奮傳附胡烈:"烈爲秦州刺史,及涼州叛,烈屯於萬𣁄堆,爲虜所圍,無援遇害。"

七畫

㪷 dǒu ㄉㄡˇ 當口切,上,厚韻,端。

同"斗"。漢書平帝紀元始二年:"民捕蝗詣吏,以石㪷受錢。"

斜 1. xiá ㄒㄧㄚˊ xié ㄒㄧㄝˊ 似嗟切,平,麻韻,邪。

㊀不正。文選漢王文考(延壽)魯靈光殿賦:"芝栭攢羅以戢孴,枝牚杈枒而斜據。"禮樂記"中正無邪"釋文:"邪字又作斜。"

2. yé ㄧㄝˊ 以遮切,平,麻韻,喻。

㊁山谷名。見"斜谷"、"褒斜"。又地名有以"斜"爲名的,如陳濤斜、素馨斜。

【斜川】地名。1.在江西星子縣境。晉陶潛陶淵明集二有遊斜川詩並序。參閱清陶澍刻本二附駱庭芝斜川辨。2.在河南郟縣境。宋蘇過葬其父軾於汝州郟城小峨眉山,遂移家潁昌,營湖陰水竹數畝,名爲小斜川,自號斜川居士,並名其所著爲斜川集,即以斜川爲名。

【斜山】正殿屋脊雕作星斗之象稱斗拱,殿旁牆垣斜分成八字形稱斜山。見六部成語註解工部。

【斜₂谷】山谷名。陝西終南山有褒斜二谷口,北口曰斜,南口曰褒,同爲一谷,長百七十里,而山高峻,爲古陝蜀的通道。蜀漢章武六年諸葛亮伐魏,揚言由斜谷道取郿,而自率大軍出祁山,關中震動,即此地。見三國志蜀諸葛亮傳、資治通鑑六十漢初平二年注。

【斜柯】欹側,身體向前傾立。玉臺新詠一古樂府詩六首之四豔歌行:"夫壻從門來,斜柯西北眄。"參閱清紀容舒玉臺新詠考異。

【斜陽】傍晚的太陽。唐杜牧樊川集二憶遊朱坡四韻詩:"秋草樊川路,斜陽覆盎門。"又李商隱李義山詩集六柳:"如何肯到清秋日,已帶斜陽又帶蟬。"

【斜暉】指傍晚的陽光。南朝陳徐陵徐孝穆集一春望詩:"岸煙起暮色,岸水帶斜暉。"唐杜牧樊川集四懷鍾陵舊遊詩:"斜暉更落西山影,千步虹橋氣象兼。"

【斜照】㊀光自側面照射。魏書孝文昭皇后高氏傳:"初,后幼曾夢在堂內立,而日光自窗中照之,灼灼而熱,后東西避之,光猶斜照不已。"㊁夕陽。唐錢起錢考功集一送張少府詩:"愁雲破斜照,別酌勸行子。"宋陳師道后山詞南鄉子:"側帽獨行斜照裏,颼颼。"

【斜漢】天河,銀河。文選南朝宋謝希逸(莊)月賦:"于時斜漢左界,北陸南躔。"注:"漢,天漢也。"南齊謝朓謝宣城集四離夜詩:"玉繩隱高樹,斜漢耿層臺。"

【斜曛】夕陽餘光。元陳旅安雅堂集一題高房山畫:"縹緲房山何處在,晴窗短紙映斜曛。"

【斜簽】側着身。元王實甫西廂記四本三折:"酒席上斜簽著坐的,蹙愁眉死臨侵地。"紅樓夢四:"雨村笑道:'你也算貧賤之交了;此係私室,但坐何妨。'門子纔斜簽著坐了。"

【斜川集】宋蘇過撰。宋史本傳謂過有斜川集二十卷。直齋書錄解題文獻通考經籍考著錄本作十卷,今皆失傳。清乾隆中翁方綱趙懷玉等自永樂大典宋文鑑播芳大全集等書抄輯,定爲六卷,阮元曾以進呈,收入宛委別藏中。知不足齋叢書本又加附錄二卷,附清吳長元訂誤一卷。

【斜封官】唐中宗時,韋后及太平安樂長寧等公主皆仗勢用事,貪納貨賄,別於側門降墨敕,斜封付中書授官,號"斜封官"。見唐劉餗隋唐嘉話下、新唐書選舉志下及八三中宗八女傳。參見"墨敕"。

【斜風細雨】微斜的風,濛濛小雨。花間集補上唐張志和漁歌子詞:"青箬笠,綠蓑衣,斜風細雨不須歸。"

斛 1. hú ㄏㄨˊ 胡谷切,入,屋韻,匣。

㊀量器名。見圖。也爲容量單位。莊子胠篋:"爲之斗斛以量之,則並與斗斛而竊之。"古代以十斗爲一斛。南宋末年改爲五斗一斛,兩斛爲一石。見儀禮聘禮、漢書律曆志上。

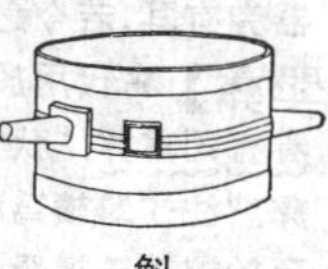

斛

2. jiào ㄐㄧㄠˋ

㊁較量。通"斠"。漢揚雄太玄經九棿:

"日月相斛，星辰不相觸。"注："斛，量也。日月之行，更相量度，或合或覿，故曰相斛也。"參閱清朱駿聲說文通訓定聲。

【斛斗】斛斗皆爲計算糧食的量器，因亦以作糧食的代稱。舊唐書食貨志下："唯貯斛斗疋段絲麻等。"也作"斛㪷"。唐會要八三租稅上："小户本錢不足，任納絲綿斛㪷。"

【斛律】複姓。斛律氏，代人，世爲部落統帥，號斛律部。北齊有斛律金斛律羡等。見通志二九氏族略五代北複姓。

【斛斯】複姓。其先居廣牧，世襲莫弗大人，號斛斯部。北魏有斛斯椿。北周有斛斯徵。唐李白李太白詩二十有下終南山過斛斯山人宿置酒詩。見通志二九氏族略五代北複姓。

【斛薛】部落名。又複姓。北朝魏時屬高車部。高車，或曰敕勒、鐵勒，散處漠北。唐太宗時鐵勒十一部來歸，以斛薛部爲高闕州，隸屬燕然都護府。見新唐書二一七上回鶻傳。

【斛律光】北齊敕勒部人。父金，官至左右丞相。光字明月。善騎射，人稱射雕手。原爲魏衛將軍，入齊，官至左丞相。領兵屢破北周軍，爲周人所憚。時祖珽穆提婆執政，對光有積怨，誣光謀反被殺滅族。北齊書北史均有傳。

八　畫

斝 jiǎ ㄐㄧㄚˇ 古疋切，上，馬韻，見。

古代銅製酒器。似爵而較大，有三足、兩柱、一鋬，圓口平底，盛行於商代。詩大雅行葦："或獻或酢，洗爵奠斝。"注："斝，爵也。夏曰醆，殷曰斝，周曰爵。"參閱王國維觀堂集林三說斝。

斝(商)

【斝耳】古代酒器。左傳昭七年："燕人歸燕姬，賂以瑤罋、玉櫝、斝耳，不克而還。"注："斝耳，玉爵。"疏："言耳者，蓋此器旁有耳，若今之杯，故名耳。"

【斝彝】古代用於祭祀的一種酒器。周禮春官司尊彝："秋嘗，冬烝，祼用斝彝、黄彝。"注："斝讀爲稼。稼彝，畫禾稼也。"孫詒讓正義謂斝稼音近義通。說文謂斝受六升，卽斝彝；爵受一升，二者大小雖殊，器上皆刻鏤禾稼。見周禮正義。

九　畫

斟 zhēn ㄓㄣ 職深切，平，侵韻，照。

㊀羹勺。羹汁。史記七十張儀傳："於是酒酣樂，進熱啜，廚人進斟，因反斗以擊代王，殺之。"索隱："斟謂羹勺故名羹曰斟。"㊁調和，卽調治。漢揚雄方言："斟，協汁也。"注："謂和協也。"參見"斟雉"。㊂注，倒。呂氏春秋任數："孔子窮乎陳蔡之間，藜羹不斟，七日不嘗粒。"注："無藜羹可斟，無粒可食，故曰不斟不嘗。"墨子非儒下、荀子宥坐並作"糂"。南朝宋鮑照鮑氏集五答客詩："歡至猶斟酒，憂來輒賦詩。"㊃古國名，又姓。國語鄭："斟姓無後。"參見"斟尋"、"斟灌"。

【斟酌】㊀酌酒。篩酒不滿叫斟，深叫酌。文選漢班孟堅(固)西都賦："陳輕騎以行炰，騰酒車以斟酌。"晉陶潛陶淵明集二移居詩之二："過門更相呼，有酒斟酌之。"㊁吸取，考慮。荀子富國："故明主必謹養其和，節其流，開其源而時斟酌焉。"三國志蜀諸葛亮傳出師表："至於斟酌損益，進盡忠言，則攸之、禕、允之任也。"㊂安排，擺布。北齊書楊愔傳："太皇太后曰：'豈可使我母子受漢老嫗斟酌。'"

【斟愖】遲疑。後漢書二八下馮衍傳顯志賦："意斟愖而不澹兮，俟回風而容與。"

【斟尋】夏帝太康國都，後封爲同姓諸侯國。地在山東濰縣西南。楚辭屈原天問："覆舟斟尋，何道取之？"尋，也作"鄩"。竹書紀年上帝太康："元年癸未，帝卽位，居斟鄩。"又帝相："二十七年，澆伐斟鄩，大戰于濰，覆其舟滅之。"參閱左傳襄四年"滅斟灌及斟尋氏"注、清劉文淇春秋左氏傳舊注疏證。

【斟量】酌量。北齊顏之推顏氏家訓省事："比較材能，斟量功伐。"北齊書神武紀下天平元年上表："陛下若垂信赤心，使干戈不動，佞臣一二人願斟量廢出。"

【斟雉】調治雉羹。楚辭屈原天問："彭鏗斟雉帝何饗，受壽永多，夫何久長？"注："彭鏗，彭祖也。好和滋味，善斟雉羹，能事帝堯。"

【斟灌】夏帝仲康所封同姓諸侯國名。左傳哀元年："昔有過澆，殺斟灌以伐斟鄩，滅夏后相。"注："二斟，夏同姓諸侯。"史記夏紀"中康崩，子帝相立"正義引括地志："斟灌故城在青州壽光縣東五十四里。"參見"斟尋"。

十　畫

斠 jiào ㄐㄧㄠˋ 古岳切，入，覺韻，見。集韻 居效切，去，效韻。

㊀古時平斗斛的工具。見說文。㊁校正。通"校"。書名如說文解字斠詮、說文經斠、倉頡篇輯補斠證，皆取此義。

斡 1. wò ㄨㄛˋ 烏括切，入，末韻，影。

㊀旋轉，轉運。史記八四賈生傳服鳥賦："斡流而遷兮，或推而還。"集解："如淳曰：'斡，轉也。'應劭曰：'斡音筦。筦，轉也。'"索隱："斡，轉也，烏活反。晉灼云：'斡，古管字也。'"按聲類字林斡、筦同音，自唐以來轉運之"斡"，讀烏活反。見唐顏師古匡謬正俗七斡筦。

2. guǎn ㄍㄨㄢˇ 古緩切，去，旱韻，見。

㊀掌管。漢書食貨志下："浮食奇民欲擅斡山海之貨，以致富羨。"注："斡謂主領也，讀與管同。"史記平準書作"管"。

【斡₂官】漢官名，大司農屬官。漢書百官公卿表上："治粟內史，秦官，掌穀貨，……武帝太初元年更名大司農。屬官有……斡官、鐵市兩長丞。"注引如淳："斡音筦，或作幹。斡，主也，主均輸之事，所謂斡鹽鐵而榷酒酤也。"

【斡流】遷轉。文選漢班孟堅(固)幽通賦："斡流遷其不濟兮，故遭罹而贏縮。"魏書陽固傳演賾賦："知年命之有期兮，慨斡流之不息。"

【斡旋】扭轉，調解。宋蘇轍欒城集二六代三省祭司馬丞相文："一二卿士，代天斡旋。"宋史四〇一辛棄疾傳："棄疾善斡旋，事皆立辦。"

【斡運】旋轉運行。文選晉張茂先(華)勵志詩："大儀斡運，天迴地游。"

【斡維】轉運的樞紐。楚辭屈原天問："斡維焉繫？天極焉加？"注："斡，轉也。維，綱也。言天晝夜轉旋，寧有維綱繫綴，其際極安所加乎？"宋朱熹集注："斡，是車轂之內以金爲筦而受軸者也。維，繫物之縻也。天極，謂南北極，天之樞紐常不動處，譬則車之軸也。蓋凡物之運者，其轂必有所繫，然後軸有所加，故問此天之斡維，繫於何所？而天極之軸，何所加乎？"

【斡耳朵】見"斡魯朵"。

【斡魯朵】遼時宮衛，卽禁衛軍。金元沿用爲宮衛之稱。遼史營衛志上："有遼始大，設制尤密，居有宮衛，謂斡魯朵。"又兵衛志中："太祖……立斡魯朵法，裂州縣，割户丁，以强幹弱支。詔謀嗣續，世建宮衛。入則居守，出則扈從，葬則因以守陵。"也譯作"斡耳朵"(天祚紀)、"斡里朵"。

【斡離不】 公元？—1127年。金太祖(完顏旻)第二子。即完顏宗望，也譯作斡魯補。常隨太祖征伐，滅遼時窮追遼天祚帝，又與粘罕(即完顏宗翰)率兵攻宋，陷汴京，俘宋徽、欽二宗。天會五年卒，謚桓肅。見金史宗望傳。

【斡難河】 即黑龍江，在黑龍江省。古名黑水，也稱鄂倫河、鄂諾河或敖嫩河。蒙古鐵木真於斡難河被推爲大汗，上尊號爲成吉思汗，即此河。參閱嘉慶一統志七一黑龍江山川黑龍江，又五四四喀爾喀山川敖嫩河。

十三畫

斞 jǔ ㄐㄩˇ 舉朱切，平，虞韻，見。

也作"鄭"。㊀舀取。詩小雅大東"維北有斗，不可以挹酒漿"漢毛亨傳："挹，斞也。"文選漢張平子(衡)思玄賦："屑瑤蘂以爲糇兮，斞白水以爲漿。"注："斞，酌也。"㊁舀水器。禮喪大記"君喪，虞人出木角"漢鄭玄注："角以爲斞。"釋文："斞音俱，水斗也。"(南朝梁何胤禮記)隱義云：'容四升也。'"

【斞泉】 舀取泉水。宋陸游劍南詩稿四四新泉絕句之二："斞泉可瀹茗，就泉可洗藥。"元袁桷清容居士集一隱居圖賦："解瓢斞泉，一舉三咽。"

斤部

斤 jīn ㄐㄧㄣ 舉欣切，平，欣韻，見。

㊀斧頭。墨子備穴："爲斤斧鋸鑿钁。"㊁重量單位名。墨子雜守："重五斤已上諸林木，渥水中，無過一茷。"市制十兩爲一斤，舊制十六兩爲一斤。

居焮切，去，焮韻，見。

㊂見"斤斤"。

【斤斤】 聰明鑒察。詩周頌執競："自彼成康，奄有四方，斤斤其明。"漢書一〇〇下敘傳："平津斤斤，晚躋金門。"引申爲拘謹或過分計較細事。後漢書十八吳漢傳："及在朝廷，斤斤謹質，形於體貌。"

【斤斧】 斧頭。引申指以作品請人改正。宋范仲淹范文正公集尺牘中與韓魏公："又竊諸公所賦何以措手，然旨命丁寧，亦勉率成篇，並自寫上呈，所謂將勤補拙，更乞斤斧，免詒衆誚，幸望幸望。"

一畫

斥 1. chì ㄔˋ 昌石切，入，昔韻，穿。

說文作"㡿"。㊀驅逐，廢棄。漢書武帝紀："與聞國政而無益於民者斥。"注："斥謂棄逐之。"㊁開拓，擴大。史記一一七司馬相如傳："除邊關，關益斥。"索隱引張揖："斥，廣也。"㊂指出。詩周頌雝"假哉皇考"漢鄭玄箋："斥文王也。"㊃斥責，詆毀。穀梁傳僖五年："目晉侯斥殺，惡晉侯也。"宋秦觀淮海集三春日雜興詩之十："兒曹獨何事？詆斥幾覆醬。"㊄偵察，探測。史記七三白起傳："趙軍士卒犯秦斥兵。"㊅鹽鹹地。書禹貢："厥土白墳，海濱廣斥。"注："斥謂地鹹鹵。"參見"斥鹵"。㊆大。後漢書六十上馬融傳廣成頌："暴斥虎，搏狂兕。"參見"充斥"。

2. chǐ ㄔˇ

㊇通"尺"。見"斥₂鴳"、"斥₂蠖"。

【斥仙】 古代傳說仙人名。水經注六涑水："有項寧都學道升仙，忽復還此，河東號曰斥仙。"宋陸游劍南詩稿八一書適："太平固自多遺老，獨往何妨是斥仙。"

【斥斥】 廣大貌。文選晉左太沖(思)魏都賦："原隰畇畇，墳衍斥斥。"

【斥地】 開拓土地。漢書七三韋玄成傳："孝武皇帝斥地遠境，起十餘郡。"漢桓寬鹽鐵論結和："故聖主斥地，非私其利；用兵，非徒奮怒也。"

【斥近】 貼近。世說新語棲逸"南陽劉之驎"注引鄧粲晉紀："(桓沖)因請爲長史，固辭，居陽岐，去道斥近，人士往來，必投其家。"

【斥逐】 驅逐。史記秦始皇紀二十三年："西北斥逐匈奴。"楚辭漢東方朔七諫初放："斥逐鴻鵠兮，近習鴟梟。"

【斥候】 放哨。斥，遠；候，偵察。也指偵察的人。左傳襄十一年："納斥候，禁侵掠。"漢書四八賈誼傳陳政事疏："斥候望烽燧，不得卧。"也作"斥堠"。三國志吳孫韶傳："常以警疆埸遠斥堠爲務。"

【斥埴】 鹹質粘土。管子地員："斥埴，宜大菽與麥。"

【斥鹵】 鹽鹹地。吕氏春秋樂成："決漳水，灌鄴旁，終古斥鹵，生之稻粱。"史記夏紀："海岱維青州，……厥田斥鹵。"

【斥賣】 賣去，賣掉。史記一二九貨殖傳："烏氏倮畜牧，及衆，斥賣，求奇繒物，間獻遺戎王。"

【斥澤】 鹽鹹沼澤地帶。孫子行軍："絕斥澤，惟亟去無留。"

【斥₂鴳】 即鶴鶉。莊子逍遙遊："斥鴳笑之曰：'彼且奚適也？'"斥，本作尺，古字通。也作"斥鷃"。淮南子精神："鳳凰不能與之儷，而況斥鷃乎？"注："斥澤之鷃雀，飛不出頃畮，喻弱也。"

【斥₂蠖】 小青蟲。形體細長，伸縮而行。同"尺蠖"。周禮考工記下弓人："麋筋斥蠖灂。"注："斥蠖，屈蟲也。"說文："蠖，尺蠖，屈申蟲也。"斥、尺聲近字通。

四畫

斨 qiāng ㄑㄧㄤ 七羊切，平，陽韻，清。

方孔的斧。詩豳風七月："蠶月條桑，取彼斧斨。"傳："斨，方銎也。"

斧 fǔ ㄈㄨˇ 方矩切，上，麌韻，幫。

㊀斫木的工具。詩齊風南山："析薪如之何？匪斧不克。"㊁兵器。漢書六六王訢傳："繡衣御史暴勝之使持斧逐捕盜賊。"㊂以斧斫物。文選三國魏武帝(曹操)苦寒行："擔囊行取薪，斧冰持作糜。"

【斧斤】 斧子。孟子告子上："中山之木嘗美矣，以其郊於大國也，斧斤伐之，可以爲美乎？"淮南子說林："質的張而弓矢集，林木茂而斧斤入。"

【斧正】 請人修改文字的謙詞。用莊子徐无鬼郢人善斧斤斲削的故事。清顏光敏顏氏家藏尺牘二曹禾書："小詞成之數日，……幸斧正是荷。"參見"郢政"。

【斧柯】 ㊀斧柄。漢賈誼新書審微："焰焰弗滅，炎炎柰何；萌芽不伐，且折斧柯。"比喻政柄。漢蔡邕琴操上龜山操："予欲望魯兮，龜山蔽之，手無斧柯，柰龜山何？"㊁山名，以産端硯石著名。見太平寰宇記一五九端州高要縣。

【斧扆】 狀如屏風，以絳爲質，高八尺，東西當戶牖之間，屏風上繡爲斧文，故名。逸周書明堂解："天子之位，負斧扆南面立。"也作"斧依"。儀禮覲禮:"天子設斧依於戶牖之間。"注:"依,如今綈素屏風也。"

【斧鉞】本爲兩種兵器,也泛指刑罰、殺戮。左傳昭四年:"王弗聽,負之斧鉞,以徇於諸侯。"國語魯上:"大刑用甲兵,其次用斧鉞。"注:"斧鉞,軍戮。"軍戮卽斬刑。

【斧質】鐵鑕,古刑具,置人於鍖上以斧砍之。質,通"鑕"。戰國策秦一:"白刃在前,斧質在後,而皆去走不能死。"韓非子初見秦作"斧鑕"。

【斧繡】繡有斧形的官服。同"黼繡"。元范梈范德機詩集二寄福建杜廉訪使君:"斧繡飄秋隼,泉阿達夜蛩。"參見"黼繡"。

【斧藻】修飾。漢揚雄法言學行:"吾未見好斧藻其德,若斧藻其楶者也。"注:"斧藻,猶刻桷丹楹之飾;楶,櫨也。"南朝梁劉勰文心雕龍原道:"重以公旦多才,褥其徽烈,剬詩緝頌,斧藻羣言。"

【斧鑕】見"斧質"。

【斧鑿痕】原指用斧鑿刻削木石所留的痕迹。唐韓愈昌黎集五調張籍詩:"徒觀斧鑿痕,不矚治水航。"此謂李白杜甫的詩文,雖如夏禹疏鑿江峽,有迹可尋,但渾成之巧,則今不可得而觀。後因以比喻藝術作品達到天然渾成境界的爲無斧鑿痕。宣和畫譜十五花鳥一唐:"邊鸞,長安人,以丹青馳譽於時,尤長於花鳥,……大抵精於設色,如良工之無斧鑿痕耳。"

五　畫

斫 zhuó ㄓㄨㄛˊ 之若切,入,藥韻,照。

㊀斧刃。墨子備穴:"斧〔以〕金爲斫。"㊁劈,用刀斧砍。文選漢枚叔(乘)七發:"於是背秋涉冬,使琴摯斫斬以爲琴。"南史江泌傳:"泌少貧,晝日斫屧爲業。"

【斫營】偷襲敵營。三國志吳甘寧傳:"寧爲前部督,受敕出斫敵前營,……至二更時,銜枚出斫敵,敵驚動,遂退。"魏書傅永傳:"永量吳楚之兵,好以斫營爲事。"

【斫膾】薄切魚片。唐鄭谷鄭守愚集二漂泊詩:"鱸魚斫膾輸張翰,橘樹呼奴羨李衡。"也作"斫鱠"。宋陸游劍南詩稿六八秋興之六:"白頭韭美醃虀熟,赬尾魚鮮斫鱠成。"

斪 qú ㄑㄩˊ 其俱切,平,虞韻,羣。

斪。見下。

【斪斸】古農具名。爾雅釋器:"斪斸謂之定。"釋文:"斪斸,一名定。"郭(璞)云:'鋤屬。'李巡曰:'鋤別名也。'"

七　畫

斬 zhǎn ㄓㄢˇ 側減切,上,豏韻,莊。

㊀砍,殺。墨子非攻下:"芟刈其禾稼,斬其樹木。"國語吳:"斬有罪者以徇。"㊁斷絕。詩小雅節南山:"國既卒斬,何用不監。"孟子離婁下:"君子之澤,五世而斬。"㊂喪服不縫衣旁和下邊。左傳襄十七年:"齊晏桓子卒,晏嬰麤縗斬。"㊃通"嶄"。見"斬新"。

【斬袂】同"斬袪"。晉書涼武昭王傳述志賦:"休矣時英,茂哉儁哲,庶罩網以遠籠,豈徒射鉤與斬袂?"參見"斬袪"。

【斬衰】舊時五種喪服中最重的一種。用粗麻布製成的喪服,左右和下邊不縫。子、未嫁女對父母,媳對公婆,承重孫對祖父母,妻對夫,都服斬衰。周禮春官司服:"凡喪,爲天王斬衰(cuī)、爲王后齊衰。"禮喪服小記:"斬衰括髮以麻。"

【斬袪】左傳僖五年:"(重耳)踰垣而走,(寺人)披斬其袪,遂出奔翟。"注:"袪,袂也。"疏:"總名爲袂,其袂近口,又別名爲袪。此斬其袪,斬其袖之末也。"國語晉四作"寺人勃鞮"。後因用斬袪指舊怨。三國志吳孫休傳永安元年詔:"丹楊太守李衡以往之嫌,自拘有司。夫射鉤斬袪,在君爲君,遣衡還郡,勿令自疑。"

【斬斬】㊀整齊,嚴肅。唐韓愈昌黎集二八曹成王碑:"持官持身,內外斬斬。"又作"嶄嶄"。唐杜牧樊川集一杜秋娘詩:"嶄嶄整冠珮,侍宴坐瑤池。"㊁堆疊貌。唐元稹長慶集十二和樂天送客遊嶺南十二韻詩:"曙潮雲斬斬,夜海火燐燐。"

【斬蛇】漢劉邦醉行澤中,前有大蛇當道,乃拔劍斬之。見史記高祖紀。文苑英華二八一唐薛逢重送徐州李從事商隱詩:"斬蛇澤畔人烟曉,戲馬臺前樹影疎。"卽指此事。

【斬蛟】春秋次非斬繞船兩蛟,見呂氏春秋知分;春秋澹臺滅明賫璧渡河斬蛟,見水經注五河水;晉周處在長橋下斬蛟,見晉書本傳;襄陽太守鄧遐入沔水斬蛟,見初學記七引盛弘之荆州記,皆爲歷史上除害的故事。後來詩文中所言斬蛟,多指周處事。唐劉禹錫劉夢得集九壯士行:"明日長橋上,傾城看斬蛟。"

【斬新】極新。簇新、嶄新,並一音之轉。唐杜甫杜工部詩史補遺一三絕句:"楸樹馨香倚釣磯,斬新花蘂未應飛。"又白居易長慶集十八喜山石榴花開詩:"已憐根損斬新栽,還喜花開依舊數。"參見"嶄新"。

【斬馬劍】漢少府屬官尚方藏斬馬劍,其利可以斬馬。以其藏於尚方,俗稱尚方寶劍。漢成帝時帝師張禹爲丞相,不能有所作爲,朱雲前以罪廢錮,乃上書"請賜尚方斬馬劍,斷佞臣一人,以厲其餘",成爲歷史上著名的直臣故事。見漢書六七朱雲傳。參見"折檻"。

【斬草除根】比喻連根拔除,免生後患。左傳隱六年:"爲國家者,見惡如農夫之務去草焉,芟夷蘊崇之,絕其本根,勿使能殖。"陳書周迪傳尚書符:"雖復朽株將拔,非待尋斧;落葉就殞,無勞烈風;但去草絕根,在于未蔓,撲火止燎,貴乎速滅。"後來通俗作品中多作"斬草除根"。五代史平話梁上:"斬草除根,萌芽不發。"也作"翦草除根"。孤本元明雜劇缺名八大王開詔救忠臣一:"某對天盟誓,某若但得軍權在手,將那楊氏父子殺的翦草除根,纔稱俺平生之願。"

【斬釘截鐵】比喻堅定不移,或果斷利落。景德傳燈錄十七道膺禪師:"師謂衆曰:學佛法底人,如斬釘截鐵始得。"宋朱熹朱文公集四七答呂子約書:"孟子董子所以拔本塞源、斬釘截鐵,便是正怕後人似此拖泥帶水也。"

【斬將搴旗】斬敵將,拔敵旗。史記九九叔孫通傳:"漢王方蒙矢石爭天下……故先言斬將搴旗之士。"也作"斬將刈旗"。史記項羽紀:"今日固決死,願爲諸君快戰,必三勝之,爲諸君潰圍,斬將刈旗,令諸君知天亡我,非戰之罪也。"

八　畫

斮 zhuó ㄓㄨㄛˊ 側角切,入,覺韻,莊。側略切,入,藥韻,莊。

㊀斬。戰國策趙:"天崩地坼,天子下席,東藩之臣田嬰齊後至,則斮之。"㊁敲擊。文選漢張平子(衡)東京賦:"捎魑魅,斮獝狂。"

【斮脛】斬斷脛骨。書泰誓下:"斮朝涉之脛,剖賢人之心。"水經注九淇水:"紂乃于此斮脛而視髓也。"

斯 sī ㄙ 息移切,平,支韻,心。

㊀析,割。詩陳風墓門:"墓門有棘,斧以斯之。"傳:"斯,析也。"莊子則陽:"斯而析之。"㊁距離。列子黃帝:"不知斯齊國

幾千萬里。」注：「斯，離也。」㊂白色。詩小雅瓠葉：「有兔斯首，炮之燔之。」箋：「斯，白也。」㊃卑賤。通「廝」。後漢書六一左雄傳上疏：「鄉官部吏，職斯祿薄。」注：「斯，賤也。」㊄此。論語子罕：「有美玉如斯。」禮檀弓下：「歌於斯，哭於斯。」㊅皆，盡。書金縢：「周公居東二年，則罪人斯得。」疏：「二年之間，罪人皆得。」㊆連詞。猶則、乃。孟子滕文公下：「如知其非義，斯速已矣，何待來年。」㊇助詞。1.猶耳、然。禮玉藻：「二爵而言言斯。」注：「斯，猶耳也。」2.猶其。詩大雅思齊：「大姒嗣徽音，則百斯男。」㊈句尾語氣詞。詩小雅何人斯：「彼何人斯，其心孔艱。」㊉見「斯須」。⑪姓。三國吳有剡縣史斯從。見通志二九氏族五平聲。

【斯文】㊀論語子罕：「天之將喪斯文也，後死者不得與於斯文也！」文，指禮樂制度。後來以斯文指儒者或文人。唐杜甫杜工部草堂詩箋三四壯遊：「斯文崔魏徒，以我似班揚。」崔，崔尚；魏，魏啟心；班，班固；揚，揚雄。警世通言六俞仲舉題詩遇上皇：「帶幾個近侍官，都扮作斯文模樣，一同信步出城。」㊁文雅。西遊記五六：「我俊秀，我斯文，不比師兄撒潑。」

【斯冰】秦李斯、唐李陽冰，皆以篆書著名。清趙翼甌北詩鈔五言古四題李靜庵印譜：「直將斯冰手，妙仿漢唐製。」

【斯須】暫，片刻。孟子告子上：「庸敬在兄，斯須之敬在鄉人。」文選舊題漢李少卿(陵)與蘇武詩之一：「長當從此別，且復立斯須。」

【斯榆】漢時西南地區部落名。又作「斯俞」、「斯臾」。史記一一七司馬相如傳：「司馬長卿便略定西夷，邛、筰、冄、駹、斯榆之君皆請爲內臣。」索隱：「張揖云：『斯俞，國也。』案……華陽國志邛都縣有四部，斯臾一也。」今華陽國志三蜀志邛都縣作斯兒，兒爲臾形近之誤。

【斯翬】詩小雅斯干：「如翬斯飛。」釋文：「翬音輝，雉名。」因稱雉爲斯翬。南史褚裕之傳附褚炫：「從宋明帝射雉，帝至日中無所得，甚猜羞……炫獨曰：『今節候雖適，而雲霧尚凝，故斯翬之禽，驕心未警。』」

【斯彌】謂蟲。莊子至樂：「鴝掇千日爲鳥，其名爲乾餘骨，乾餘骨之沫爲斯彌。」

【斯事體大】猶言此是大事。史記一一七司馬相如傳：「然斯事體大，固非觀者之所覯也。」

九 畫

新 xīn ㄒㄧㄣ 息鄰切，平，真韻，心。

㊀初次出現的。與「舊」相對。莊子刻意：「吐故納新。」釋文引李頤：「吐故氣納新氣也。」㊁更新。書胤征：「舊染污俗，咸與維新。」傳：「皆與更新。」春秋莊二九年：「春，新延廄。」注：「言新者，皆舊物不可用，更造之辭。」㊂開始。如歲首稱「新年」，始出之月稱「新月」。㊃纔，剛。荀子不苟：「新浴者振其衣，新沐者彈其冠，人之情也。」㊄朝代名。漢王莽封新都侯，後廢漢，建號曰新。見漢書九九上王莽傳。㊅姓。新稺穆子之後。見元和姓纂三。

【新人】㊀新娶的妻。玉臺新詠一古詩之一：「新人雖言好，未若故人姝。」㊁新嫁的丈夫。後漢書八四董祀妻傳悲憤詩：「託命於新人，竭心自勗厲。」

【新文】㊀近作。南史謝方明傳附惠連：「靈運見其新文，每曰『張華重生，不能易也』。」唐李白李太白詩十二自梁園至敬亭山……因有此贈：「雪山掃粉壁，墨客多新文。」㊁謂故意標新立異的文章。宋沈括夢溪筆談人事：「會公主文，決意痛懲，凡爲新文者，一切棄黜，時體爲之一變，歐陽(修)之功也。」㊂同「新聞」。紅樓夢四八：「且說平兒見香菱去了，就拉寶釵悄悄說道：『姑娘可聽見我們的新文沒有？』」清李玉一捧雪傳奇邊憤：「只當聽新文的一般，請講完了。」

【新火】古代四季，各用不同的木材，鑽木取火。易季時所取的火叫新火。北史王劭傳：「以此推之，新火舊火理應有異。」唐宋時清明日仍有賜百官新火的儀式。宋蘇軾分類東坡詩二十徐使君分新火：「臨皋亭中一危坐，三月清明改新火。」參見「改火」。

【新月】初出之月。藝文類聚二八南朝陳江總秋日登廣州城南樓詩：「野火初煙細，新月半輪空。」唐錢起錢考功集四晚歸藍田酬王維給事贈別詩：「暮禽先去馬，新月待開扉。」

【新化】縣名。屬湖南省。漢長沙國益陽縣地，宋熙寧五年始置縣，清隸湖南寶慶府。見讀史方輿紀要八一寶慶府。

【新市】地名。1.春秋時鮮虞國地。西漢置縣，屬中山國。地在今河北新樂縣西南。見讀史方輿紀要十四真定府。2.楚新市邑，秦昭襄王八年使芊戎攻楚，取新市，即此地。西漢末，新市人王匡在此起義，稱新市兵。漢光武時，以河北舊有新市，置南新市縣，屬江夏郡，晉宋梁仍名新市。北魏改名富水。宋併入京山。故址在今湖北京山縣東北。參閱讀史方輿紀要七七安陸府京山縣。

【新平】郡縣名。漢爲漆縣地，建安中置新平郡。晉太元九年，姚萇攻前秦新平，即此。北魏置白土縣，屬新平郡。隋開皇三年，罷郡，置邠州。四年改白土縣爲新平縣。唐宋因之，明初廢。故城在陝西彬縣(原邠縣)境。參閱元和郡縣志三邠州、太平寰宇記三四邠州。

【新正】㊀謂新年之正月。唐白居易長慶集六九喜入新年自詠詩：「白鬚如雪五朝臣，又入新正第七旬。」唐詩紀事六三方干除夜：「新正定數隨年減，浮世惟應百遍新。」㊁元旦。唐皎然集四送鄔傪之洪州覲兄弟詩：「久別經離亂，新正憶弟兄。」唐詩紀事五九薛逢元日田家：「相逢但覺新正壽，對舉那愁暮景催。」

【新田】㊀開墾二年的田地。詩小雅采芑：「薄言采芑，于彼新田。」爾雅釋地：「田一歲曰菑，二歲曰新田。」㊁春秋晉地。故城在今山西曲沃縣西南。左傳成六年：「晉人謀去故絳，……夏四月丁丑，晉遷于新田。」㊂縣名，屬湖南省。明萬曆二年置新田營，崇禎十二年置縣。清屬湖南永州府。見湖南通志四一新田縣古城考。

【新安】㊀郡名。漢丹陽郡地，三國吳分置新都郡，晉太康元年改名新安郡。南朝宋、齊沿用。隋移治安徽休寧縣歙縣。宋宣和三年改稱徽州。見讀史方輿紀要二八徽州府、又九十嚴州府。故城在浙江淳安縣西。㊁縣名。屬河南省。項羽坑秦卒二十餘萬人於新安城南，即此地。漢置縣，北魏天平初，置新安郡。隋初郡廢，大業初復爲新安縣。見寰宇通志八五河南府。

【新交】新結交的朋友。詩小雅伐木序「燕朋友故舊也」唐孔穎達疏：「舊則不可更釋，新交則非賢不友。」全唐詩二七三戴叔倫感懷之一：「新交意雖密，中道生怨尤。」

【新州】地名。晉永和七年立新寧郡。改新寧縣爲新興。南朝梁兼置新州，隋郡廢州存。唐天寶初又曰新興郡。宋仍存新州、新興郡二名。元至元十六年升爲新州路，明清改爲新興縣。故城在今廣東新興縣境內。參閱太平寰宇記一六三新州、讀史方輿紀要一〇一肇慶府新興縣及新州城。

【新夷】香草名。同“辛夷”。文選戰國楚宋玉風賦:“槩新夷,被荑楊。”楚辭漢東方朔七諫自悲:“雜橘柚以爲囿兮,列新夷與椒楨。”

【新年】卽新歲。後漢書百官志二:“太史令一人,……掌天時、星曆。凡歲將終,奏新年曆。”北周庾信庾子山集一春賦:“新年鳥聲千種囀,二月楊花滿路飛。”

【新序】漢劉向撰。隋書經籍志著錄新序三十卷,録一卷。新、舊唐書志同。今本十卷,爲殘缺之本,所録多爲舜禹至漢初軼事,分類編纂。文辭頗爲簡潔。惟傳聞異詞,姓名、時代、事實,時與諸書相出入。

【新甫】山名。在山東省新泰縣西北。詩魯頌閟宮:“徂來(徠)之松,新甫之柏。”傳:“新甫,山也。”參閱魏書地形志中魯郡汶陽縣、清陳奐詩毛氏傳疏。

【新法】㊀新制定的法令制度。韓非子定法:“晉之故法未息,而韓之新法又生。”宋史三二七王安石傳:“於是設制三司條例司,……而農田水利、青苗、均輸、保甲、免役、市易、保馬、方田諸役相繼并興,號爲新法。”㊁新曆法。南史祖沖之傳:“始元嘉中,用何承天所製歷,比古十一家爲密。沖之以爲尚疏,乃更造新法,上表言之。”

【新河】㊀縣名。屬河北省。漢堂陽縣地。宋皇祐四年升新河鎮爲新河縣,元初屬冀州,明清因之。見讀史方輿紀要十四真定府。㊁水名。在江蘇江寧縣西南。卽老鸛河。見讀史方輿紀要二十江寧府。

【新林】地名。在江蘇江寧縣西南。南齊永明五年起新林苑。梁太清二年,侯景之叛,韋粲柳中禮等赴援,合軍屯新林。又隋韓擒(虎)大舉伐陳,進攻江南姑熟,次於新林,皆卽其地。參閱隋書韓擒虎傳、嘉慶一統志七三江寧府一新林浦。

【新附】㊀新近歸附的人。後漢書二二王梁傳:“拜山陽太守,鎭撫新附,將兵如故。”㊁指宋徐鉉於説文各部後新附之字。徐鉉等進説文表:“復有經典相承傳寫,及時俗要用而説文不載者,承詔皆附益之。”參閱清王鳴盛蛾術編十八説字四新附。

【新昌】㊀郡名。南朝宋置新昌郡,隋改爲清流縣,唐爲滁州。在今安徽滁縣境。見資治通鑑二九二後周紀顯德三年注。㊁縣名。屬浙江省。唐末錢鏐割據錢塘時,以去溫州道路遥遠,此地人物稍繁,且無館驛,因析剡縣一十三鄉,置新昌縣。明清皆屬紹興府。參閱太平寰宇記九六越州新昌縣。

【新知】新結交的知己。楚辭屈原九歌少司命:“悲莫悲兮生別離,樂莫樂兮新相知。”南朝梁何遜何記室集贈諸遊舊:“新知雖已樂,舊愛盡暌違。”

【新津】縣名。屬四川省。漢犍爲郡武陽縣地,北周閔帝元年置新津縣。清屬四川成都府。見元和郡縣志三一劍南道上成都府蜀州。

【新洲】地名。在江蘇江寧縣北大江中。晉末,孫恩率領的農民起義軍,曾進軍新洲,卽此地。參閱讀史方輿紀要二十江寧府江寧縣新洲。

【新室】王莽廢漢,自建王朝,改號曰新。稱皇室爲新室。見漢書九八元后傳、又九九中王莽傳。

【新亭】亭名。故址在今江蘇江寧縣南,卽勞勞亭。三國吳立,名臨滄觀。晉安帝隆安中丹陽尹司馬恢之重修。東晉時,過江諸人每至春秋佳日,多在此地飲宴。晉末農民起義軍與劉裕相拒於新亭,卽此地。參閱世説新語言語、太平寰宇記九十昇州上元縣。參見“勞勞亭”、“新亭淚”。

【新郎】唐人稱新得科第者爲新郎君。後又稱新婚男子爲新郎。元曲選關漢卿竇娥冤一:“我們今日招過門去也。帽兒光光,今日做箇新郎。”參見“新郎君”。

【新垣】㊀新築的垣牆。南朝陳徐陵徐孝穆集九廣州刺史歐陽頠德政碑:“新垣既築,外户無扃。”㊁複姓。史記八三魯仲連傳有新垣衍,爲魏客將軍。漢又有新垣平。

【新城】㊀地名。1. 春秋宋地。在河南商邱市境。春秋文十四年:“癸酉,同盟于新城。”注:“新城,宋地,在梁國穀熟縣西。”參閱清劉文淇春秋左氏傳舊注疏證。2. 春秋晉地。在山西曲沃縣境。左傳僖四年:“太子奔新城。”注:“新城,曲沃。”㊁縣名。屬河北省。漢置,隸涿郡。唐太和六年屬涿州。五代後唐同光二年,契丹侵新城,卽此地。元至元二年改屬雄州,明洪武六年改屬保定府。

【新故】㊀新與舊。初學記二一漢蔡邕筆賦:“新故代謝,四時次也。”晉孫綽孫廷尉集蘭亭集後序:“往復推移,新故相換,今日之迹,明復陳矣。”㊁新交與故人。唐杜甫杜工部草堂詩箋二十將適吳楚留別章使君留後兼幕府諸公:“相逢半新故,取別隨薄厚。”

【新建】縣名,屬江西省。漢南昌縣西境地。宋太平興國六年分置新建縣。明清屬南昌府。見太平寰宇記一〇六江南西道四洪州。

【新秋】㊀猶言初秋。初學記三南朝陳張正見和衡陽王秋夜詩:“高軒揚麗藻,卽是賦新秋。”㊁謂今秋。北周庾信庾子山集三擬詠懷詩之十八:“殘月如初月,新秋似舊秋。”

【新宫】㊀新建的宫室或宗廟。春秋成三年:“甲子,新宫災。”注:“三年喪畢,宣公神主新入廟,故謂之新宫。”文選晉左太沖(思)蜀都賦:“營新宫於爽塏,擬承明而起廬。”㊁詩小雅逸篇名。左傳昭二五年:“宋公享昭子,賦新宫。”注:“新宫,逸詩。”儀禮燕禮二:“升歌鹿鳴,下管新宫。”注:“新宫,小雅逸篇也。”

【新浦】縣名。故城在四川開縣西南。漢朐䏰縣地,蜀漢爲漢豐縣。南朝宋永初中分漢豐縣置新浦縣。隋開皇三年以縣屬開州。參閱太平寰宇記一三七山南西道五開州、新唐書地理志四。

【新泰】縣名。屬山東省。春秋時魯平陽邑。晉武帝泰始中改爲新泰縣。隋開皇四年屬莒州,唐貞觀八年省莒州,縣屬沂州。見元和郡縣志十一河南道七沂州、太平寰宇記二三河南道二三沂州。

【新桃】新的桃符。古時迷信,於桃木板上畫符,掛在門旁以鎭邪。每年春節更換一次。宋王安石臨川集二七元日詩:“千門萬户曈曈日,總把新桃換舊符。”參見“桃符”。

【新書】漢賈誼撰。漢書藝文志儒家著録賈誼五十八篇,今本佚其三篇。隋書經籍志作賈子十卷。今本亦十卷,但多取誼本傳之文,割裂章段,顛倒次序,又加以標題而成,實非原本。

【新郢】地名。在湖北鍾祥縣西南漢江南岸,與漢江北岸故郢對稱。以石爲城,爲宋末戍守重地。宋史度宗紀咸淳八年:“元兵久圍襄樊,援兵扼關險,不克進,詔荆襄將帥移駐新郢。”參閱讀史方輿紀要七七安陸府鍾祥縣。

【新造】猶言新建成。書君奭:“厥亂明我新造邦。”傳:“其治理足以明我新成國矣。”史記項羽紀:“夫以秦之彊,攻新造之趙,其勢必舉趙。”

【新特】不以禮嫁娶的外來配偶。詩小雅我行其野:“不思舊姻,求爾新特。”傳:“新特,外昏也。”參閱清陳奐詩毛氏傳疏。

【新息】縣名。故城在河南息縣東。春秋息國，爲楚所滅。漢東徙，改爲新息縣，屬汝南郡。東漢馬援封新息侯，賈彪爲新息長，皆指此地。北周武帝宣政元年於此置息州，領此縣。唐貞觀元年廢州，以縣屬豫州。見元和郡縣志九蔡州、太平寰宇記十一蔡州。

【新涼】謂初秋涼爽的天氣。唐韓愈昌黎集六符讀書城南詩："時秋積雨霽，新涼入郊墟。"

【新淦】縣名，屬江西省。因境内淦水爲名。秦九江郡舊縣，治樟樹鎮；漢屬豫章郡；隋遷縣治南市村，屬吉州；明清皆屬臨江府。參閱元和郡縣志二八吉州、太平寰宇記一〇九吉州、讀史方輿紀要八七臨江府。

【新都】㊀漢永始元年，封王莽爲新都侯，治南陽新野之都鄉。見漢書九九上王莽傳。文選晉陸士衡(機)五等諸侯論："是以五侯作威，不忌萬邦，新都襲漢，易於拾遺也。"卽指王莽廢漢自立。㊁縣名，屬四川省。漢置，隋改稱興樂，後又併入成都，唐武德二年復置，明清屬成都府。參閱讀史方輿紀要六七成都府。

【新莽】王莽廢漢自立，建號新，故稱新莽。舊唐書肅宗紀論："新莽據圖，黔首仍思於漢德。"

【新陳】新與舊。宋詩鈔蘇舜欽滄浪集鈔留題樊川李長官莊："酒壓新陳常得醉，花開番次不知秋。"蘇學士文集六"新陳"作"新塵"。後謂除舊更新爲新陳代謝。參見"新故㊀"。

【新野】縣名。屬河南省。漢置，屬南陽郡。漢末劉備投劉表，表遣兵助備，使屯新野，卽此。隋開皇七年屬鄧州，唐末廢入穰縣。元復置縣。明清皆屬河南南陽府。參閱元和郡縣志二一鄧州、太平寰宇記一四二鄧州。

【新進】新入仕途或剛登科第的人。漢書七六趙廣漢傳："所居好用世吏子孫新進年少者，專厲彊壯蠭氣，見事風生，無所回避。"注："言舊吏家子孫而其人後出求進，又年少也。"

【新婦】㊀指新嫁娘。戰國策衞："衞人迎新婦。"漢焦延壽易林四同人三渙："娶於姜呂，駕迎新婦。"㊁稱弟妻。爾雅釋親"女子謂兄之妻爲嫂，弟之妻爲婦"晉郭璞注："猶今言新婦是也。"㊂稱兒媳。後漢書八四周郁妻(趙阿)傳："郁驕淫輕躁，多行無禮。郁父偉謂阿曰：'新婦賢者女，當以道匡夫。'"也作婦人自謙之通稱。世說新語規箴："王衍妻(郭氏)謂平子曰：'昔夫人臨終，以小郎囑新婦，不以新婦囑小郎。'"平子，衍弟王澄。宋吳曾能改齋漫錄五息婦新婦："案今之尊者斥卑者之婦曰新婦，卑對尊稱其妻，及婦人自稱者，則亦然。"

【新婚】男女初成室家。詩邶風谷風："宴爾新昏，如兄如弟。"漢班固白虎通嫁娶引作"燕爾新婚"。文選古詩十九首之八："與君爲新婚，菟絲附女蘿。"

【新渝】同"新喻"。藝文類聚八五南朝梁庾肩吾謝湘東王賚米啟："不待候沙，同新渝之再熟，無勞拜石，均遼倉之重滿。"參見"新喻"。

【新陽】指春天。文選南朝宋謝靈運登池上樓詩："初景革緒風，新陽改故陰。"注："神農本草曰：春夏爲陽，秋冬爲陰。"

【新登】㊀新近擢升或及第登科。左傳哀十六年："子伯季子初爲孔氏臣，新登于公。"注："升爲大夫。"文苑英華二六〇唐姚合寄李頻詩："珍重君名字，新登甲乙科。"㊁新穀上場。宋范成大石湖集十次韻耿時舉王直之夜坐詩："隴上新登穀，江頭舊熄烽。"

【新喻】縣名，屬江西省。漢豫章郡宜春縣地，三國吳孫皓分立新渝縣，因渝水爲名。唐天寶後，因聲變而改爲新喻。明清皆隸江西臨江府。參閱元和郡縣志二八袁州。

【新貴】謂新任高官者。宋陸游劍南詩稿六九夜投山家之一："荮火正紅煨芋熟，豈知新貴築堤沙。"元方回桐江續集二一又次張御史鵬飛詩："馬塵往往逢新貴，鷗夢依依憶舊盟。"

【新鄉】縣名，屬河南省。漢河内郡獲嘉汲二縣地，隋開皇六年置爲新鄉縣。隋末農民起義領袖劉黑闥曾駐此。明清皆屬河南衞輝府。參閱元和郡縣志十六河北道一衞州、太平寰宇記五六河北道五衞州。

【新歲】歲首，新年。漢董仲舒春秋繁露郊義："宗廟因于四時之易，郊因于新歲之初。"

【新會】縣名。屬廣東省。漢南海郡四會縣地。晉置新會郡，隋開皇十年改爲縣。明清皆屬廣州府。縣境産橙，爲嶺南佳果之一。參閱元和郡縣志三四嶺南道一廣州、太平寰宇記一五七嶺南道一廣州。

【新雉】同"辛夷"。漢書八七上揚雄傳甘泉賦："平原唐其壇曼兮，列新雉於林薄。"注："服虔曰：'新雉，香草也，雉、夷聲相近。'師古曰：'……新雉卽辛夷耳，爲樹甚大，非香草也。其木枝葉皆芳，一名新矧。……'"參見"辛夷"。

【新語】舊題漢陸賈撰。二卷，十二篇。史記九七陸賈傳稱賈著十二篇，粗述存亡之徵，號其書爲新語。與漢書藝文志儒家著錄陸賈二十三篇不合。書中多闡述春秋論語之文，旨在崇王黜霸，歸於修身。疑爲唐以前人依託之作。

【新臺】㊀詩邶風篇名。衞宣公爲其子伋娶齊女，而聞其美，欲自娶，作新臺於河上而要之。國人惡之而作是詩，見詩序。水經注五河水："又東逕鄄城縣北……北岸有新臺鴻基，層廣高數丈，衞宣公所築新臺矣。"故址在今河南濮陽境内。㊁卽章華臺，故址在今湖北監利縣境内。左傳昭七年"楚子享公於新臺。"參見"章華臺㊀"。

【新聞】㊀新近聽說的事。後以指最新的消息。也作"新文"。唐李咸用披沙集五春日喜逢鄉人劉松詩："舊業久拋耕釣侶，新聞多說戰爭功。"宋趙昇朝野類要四朝報："朝報，日出事宜也。每日門下後省編定。……率有漏泄之禁，故隱而號之曰'新聞'。"參見"新文"。㊁新知識。宋蘇軾分類東坡詩五次韻高要劉湜峽山寺見寄："新聞妙無多，舊學閑可束。"

【新綠】嫩綠色。唐白居易長慶集十三長安早春旅懷詩："風吹新綠草牙拆，雨灑輕黃柳條濕。"宋周邦彥片玉詞上滿庭芳："人靜烏鳶自樂，小橋外，新綠濺濺。"

【新潮】謂潮水新漲。宋詩鈔孔平仲清江集鈔和常父望吳亭："混混過新潮，峩峩起層浪。"今也指新的社會風氣或新思潮。

【新論】書名。1. 東漢桓譚撰。一名桓子新論。後漢書桓譚傳謂譚著書二十九篇，記當世言事，號新論。此書久佚，清孫馮翼嚴可均並有輯本。2. 北齊劉晝著劉子，一名劉子新論，簡稱新論。參見"劉子"。

【新鄭】縣名。屬河南省。周時號鄶地，鄭武公平鄶後改稱新鄭，以別於初封之舊鄭。韓哀侯滅鄭，自平陽徙都於此。秦以其地爲潁川郡。漢置新鄭縣，屬河南郡。晉齊皆省。隋開皇十六年重置，隸鄭州。明清並屬河南開封府。參閱元和郡縣志八河南道四鄭州、清顧棟高毛詩類釋二鄭。

【新蔡】縣名。屬河南省。古呂國。春秋蔡平侯自上蔡徙都下蔡，也稱新蔡。漢置新蔡縣。隋大業二年改屬蔡州，明淸皆屬河南汝寧府。參閱元和郡縣志九河南道五蔡州、太平寰宇記十一河南道十一蔡州。

【新樣】新式花樣。唐詩紀事四四王建宮詞:"遙索劍南新樣錦,東宮先鈞得魚多。"全唐詩五一一張祜送走馬使:"新樣花文配蜀羅,同心雙帶蹙金娥。"

【新儂】稱新愛的情人。樂府詩集四六吳聲歌曲讀曲歌:"聞歡得新儂,四支懊如垂。"又四九西曲歌下尋陽樂:"雞亭故儂去,九里新儂還。"

【新樂】縣名。屬河北省。春秋鮮虞國,漢爲新市縣地。漢成帝時中山孝王母馮昭儀隨王就國,王爲建宮於樂里,在西鄉,呼爲西樂城,語訛"西"爲"新"。隋開皇十六年置新樂縣,屬定州,取新樂故城以爲名。見元和郡縣志十八定州、太平寰宇記六二定州。

【新興】㊀郡名。東漢建安二十年省雲中定襄五原朔方郡,合以爲新興郡,屬并州。晉廢。故地在山西西北部地區。參閱三國志魏武帝紀、太平寰宇記四九代州雲中縣。㊁縣名。屬廣東。漢臨允縣地,隸合浦郡。晉永和七年置新寧縣。梁改新興縣。明淸皆屬肇慶府。見寰宇通志一〇二肇慶府。

【新曆】㊀歷代常因原來曆法測候有誤,重定曆法,稱爲新曆。如隋開皇十七年(隋書高祖紀)、唐開元九年(舊唐書天文志一),都有改頒新曆之事。辛亥革命後改用公曆,民間尚多沿用陰曆(農曆),故一般稱公曆爲新曆,陰曆爲舊曆。㊁新歲曆書。唐時冬至賜臣下新曆。唐李肇翰林志:"冬至歲酒,兔、野雞,其餘時菓、新茗、瓜、新曆,是爲經制。"又王維王右丞集四春中田園作詩:"歸燕識故巢,舊人看新曆。"

【新築】春秋衛地。故址在河北魏縣西南。春秋成二年記衛孫良夫帥師,及齊師,戰於新築,衛師敗績,卽此。參閱淸劉文淇春秋左氏傳舊注疏證。

【新學】㊀初學。漢書八一張禹傳:"新學小生,亂道誤人,宜無信用。"㊁新倡導的學術。南朝梁劉勰文心雕龍六定勢:"新學之銳,則逐奇而失正。"宋蘇軾經進東坡文集事略五六六一居士集敍:"歐陽子沒十有餘年,士始爲新學。"

【新聲】新作的樂曲。國語晉八:"平公說新聲。"韓非子十過:"昔者衛靈公將之晉,至濮水之上,夜分而聞鼓新聲者而說之。"

【新繁】縣名。屬四川省。漢置繁縣,因繁江以爲名。三國蜀姜維徙涼州降人於此,縣戶以此而繁增,因改名新繁。晉仍爲繁縣,北周又改稱新繁。隋開皇三年省。唐武德三年分廣都縣地重置,用北周舊名。明淸皆屬四川成都府。參閱元和郡縣志三一成都府。

【新鮮】漢揚雄太玄經二務:"次二,新鮮自求,珍絜,精其芳,君子攸行。"注:"新鮮,淸絜之貌也。"此指淸新美好。唐李咸用披沙集二謝僧寄茶詩:"傾筐短甑蒸新鮮,白紵眼細匀於研。"此指新美之物。景德傳燈錄十五大同禪師:"汝諸人來遮裏,擬覓新鮮語句。"此謂不落俗套。今也指希罕、剛出現或少見的。

【新豐】縣名。1.故城在陝西臨潼縣東北。本秦驪邑。漢高祖七年,因太上皇思鄉,遂按豐縣街里格式改築驪邑,並遷來豐民,故稱新豐。唐廢。見漢書地理志上、淸周壽昌漢書注校補二一。參閱元和郡縣志一京兆府。2.屬廣東廣州市。南齊置新豐縣,隋廢。明隆慶三年分屬長寧縣。縣有新豐江,俗猶以故縣爲名。後因與四川長寧同名,改復舊名新豐縣。參閱廣東通志二一六惠州府新豐廢縣。

【新疆】舊省名。現爲新疆維吾爾自治區,位於我國西北部。漢唐爲西域地。漢武帝時,置使者校尉領護,至宣帝神爵三年改置都護。唐太宗貞觀十四年置安西都護府,高宗龍朔元年,分置西域十六都州府,皆隸屬安西都護府。元屬阿力麻里別失八里等行省。淸乾隆二十年在新疆設有伊犂將軍及副都統領隊大臣等官。光緒十年改設行省。參閱嘉慶一統志五一六新疆統部建置沿革、淸續文獻通考三四二外交考六新疆建省事略。

【新羅】朝鮮古國名。也稱斯羅雞林。居朝鮮南部三韓東南之辰韓地,首都慶州,與高句麗百濟並立。後統一朝鮮半島大部,爲新羅最盛時期。五代時,國又分裂,爲王氏高麗(王建)所滅。參閱隋書、舊唐書、新唐書新羅、新五代史三新羅。

【新霽】雨雪停後初晴。文選戰國楚宋玉高唐賦:"遇天雨之新霽兮,觀百谷之俱集。"宋蘇軾東坡集一病中大雪答虢令趙薦詩:"寒更報新霽,皎月懸半破。"

【新元史】柯劭忞撰。二百五十七卷。明宋濂等所修元史,成書不及一年,體例粗略,時有錯誤。劭忞參考宋元以來中外著作,如黑韃事略馬可波羅遊記等書七十餘種,別成新史,於舊用譯名作統一更定,較舊史精審。

【新安江】浙江的上游,源出安徽歙縣黃山。一名歙江,又名歙港。東南入浙江省境,經建德淳安二縣南部,與蘭溪合,東入浙江。見宋修嚴州圖經二建德縣、三淳安縣及浙江通志十九山川十一引萬曆嚴州府志。

【新林浦】又名新林港,源出牛頭山,西流七里入大江。南齊謝朓有之宣城郡出新林浦向版橋詩(文選),唐李白有新林浦阻風寄友人詩(李太白詩十三)。參閱讀史方輿紀要二十江寧府江寧縣新林浦。

【新亭淚】西晉末中原戰亂頻仍,過江人士,每至暇日,相邀至新亭飲宴。元帝時,丞相王導與客宴新亭,周顗中坐而歎曰:"風景不殊,舉目有江河之異。"皆相視流涕。惟王導愀然變色曰:"當共勠力王室,克復神州,何至作楚囚對泣邪!"見世說新語言語、晉書王導傳。後以比喻憂國憂時的悲憤心情。明劉基誠意伯集十七題陳大初畫扇詩:"新亭滿眼神州淚,未識中流擊楫人。"參見"新亭"。

【新郎君】唐時新進士的別稱。五代王定保唐摭言三慈恩寺題名遊賞賦詠雜記:"薛監(逢)晚年厄於宦途,嘗策羸〔馬〕赴朝,值新進士榜下,綴行而出,……前導曰:'迴避新郎君!'"

【新垣平】漢文帝時趙人。以望氣附會人事,議立祠上帝,因作渭陽五帝廟,官至上大夫,賜累千金。後爲人揭發行詐,下獄誅死。見史記封禪書、漢書郊祀志上。

【新唐書】宋歐陽修宋祁等撰,二百二十五卷,自慶曆四年開局,至嘉祐五年成書,共十七年。修撰本紀、志、表,祁撰列傳。曾公亮進書表謂比之劉昫舊唐書,事增文省,如黃巢高駢等傳,較舊傳詳實,但因修祁反對駢文,文字有意求簡,往往不免晦澀。同時吳縝撰新唐書糾謬二十卷,專駁新書,雖有是處,但過當之處亦在不少。

【新秦中】地名。省稱新秦。約在今內蒙古自治區河套平原一帶。秦始皇遣蒙恬將三十萬衆,得黃河以南地,於是築城郭,徙民充實之,名曰新秦。漢武帝元朔末,山東遭水災,徙山東貧民於關以西,及充朔方以南新秦中,亦指此地。至元狩二年,漢得渾邪王地,又徙關東貧民充實河南新秦中。見史記平準書、八八蒙恬傳、一一〇匈奴傳、漢書食貨志下。

【新婦竹】竹名。以柔韌易使,故名。宋僧贊寧筍譜上:"新婦竹筍,出武林、山陰。其竹圓直韌，可爲篾，筍則三月而生，可食。”

【新婦磯】 地名。1. 在浙江天目山西峯，高五丈，面東昂立，與東目新郎石相對。元楊維楨鐵崖古樂府十西湖竹枝歌之三：“家住城西新婦磯，勸君不唱金縷衣。” 2. 見“新婦灘”。

【新婦灘】 地名。在四川萬縣東南。也稱“新婦磯”。以崖石上有婦人狀，故名。宋黄庭堅山谷詞浣溪紗：“新婦磯頭眉黛愁，女兒浦口眼波秋，驚魚錯認月沉鉤。”參閱太平寰宇記一四九山南東道萬州南浦縣、嘉慶一統志三九七夔州府一山川新婦灘。

【新嘉量】 西漢末新王莽始建國元年頒行的標準量器。青銅製，包括斛、斗、升、合、龠五種單位。正中圓柱體上部爲斛下部爲斗，左耳爲升右耳上截爲合，下截爲龠。原器現存我國臺灣省。

新嘉量

【新樂府】 從古樂府演變革新，因事立題的一種新詩體。始於初唐。李白杜甫白居易元稹等都有新樂府之作。參閱舊唐書一六六白居易傳。

【新頭河】 古水名。發源於我國西藏岡底斯山之西。水經注一：“釋法顯曰：度葱嶺已，入北天竺境，於此順嶺西南行十五日，其道艱阻，崖岸險絶。其山惟石，壁立千仞，臨之目眩。欲進則投足無所，下有水名新頭河。”即印度河。

【新五代史】 宋歐陽修撰，徐無黨注。七十五卷。書原名五代史記。以别於薛居正舊五代史，二十四史本改稱新五代史記，簡稱新五代史。唐以後所修諸史，只有此書爲個人私撰，當時未上於朝。修既没，始詔取其書開雕。大致以義例謹嚴，文章高簡爲尚，但重書法而輕事實，傳聞常有謬誤。同時吳縝撰五代史記纂誤三卷。清彭元瑞注，比舊注爲詳。

【新愁舊恨】 指對往事和現況的煩惱、怨恨情緒。唐韓偓韓内翰别集三月詩：“新愁舊恨真無奈，須就鄰家甕底眠。”宋蘇軾蘇文忠詩合注二一四時詞：“新愁舊恨眉生緑，粉汙餘香在蘄竹。”

【新羅山人】 清畫家華嵒的别號。嵒字秋岳。福建長汀人，旅居杭州。能詩工書，善繪人物山水花草鳥蟲，筆意縱横，機趣天然，超越同輩，時稱可與惲壽平(南田)並駕。

【新舊唐書合鈔】 書名。或省新、舊二字。清沈炳震撰，二百六十卷。新、舊唐書各有長短，此編採取新舊兩唐書之長，本紀列傳用舊書，表志多用新書，而以他一書之異同和可補闕遺者，分注於下。又爲宰相世系表作訂誤。已有所見，則加按語，後附丁子復補正六卷，對原書所未及，頗多訂正，後來武英殿校刊二史，多取其説。王先謙又有補注二百六十卷。

十一畫

斲 zhuó ㄓㄨㄛˊ 竹角切，入，覺韻，知。

㊀砍，削。孟子梁惠王下：“匠人斲而小之。”穀梁傳莊二四年：“天子之桷，斲之礱之，加密石焉。”釋文：“斲，削也。”㊁雕飾。禮檀弓上：“是故竹不成用，瓦不成味，木不成斲。”疏：“斲，雕飾也。”

【斲木】 ㊀斫木。易繫辭下：“包犧氏没，神農氏作，斲木爲耜，揉木爲耒。”㊁即啄木鳥。爾雅釋鳥：“鴷，斲木。”注：“口如錐，長數寸，常斲樹食蟲，因名云。鴷，音列。”宋陸游劍南詩稿四九晚興：“不嫌終日無來客，時聽荒園斲木聲。”

【斲堊】 大匠，喻技巧高明。元楊弘道小亨集一次韻張敏之新居詩：“幸遇斲堊手，運斤與删釐。”參見“斲鼻”、“堊慢”。

【斲喪】 傷耗。左傳哀十五年：“齊陳瓘如楚，過衛，仲由見之，曰：‘天或者以陳氏爲斧斤，既斲喪公室，而他人有之，不可知也。’”也指沉溺酒色，傷害身體。清趙翼陔餘叢考四三斲喪：“人不自愛惜，耗其精神於酒色也，曰斲喪。”

【斲鼻】 莊子徐无鬼：“郢人堊慢其鼻端，若蠅翼，使匠石斲之。匠石運斤成風，聽而斲之，盡堊而鼻不傷。”本謂匠人運用斧子的神妙。後因以喻技巧高超。宋黄庭堅山谷内集四謝公定和二范秋懷五首邀予同作詩之二：“雖懷斲鼻巧，有斧且無柯。”

【斲輪】 相傳齊桓公讀書於堂上，輪人扁斲輪於堂下，扁答桓公斲雕車輪之術，要不徐不疾，得心應手，有“行年七十而老斲輪”之語。見莊子天道。後稱經驗豐富、技藝高超的人爲斲輪手，本此。宋蘇軾蘇文忠詩合注七嘲子由：“妙哉斲輪手，堂下笑桓公。”

【斲雕爲樸】 去浮華，崇質樸。史記一二二酷吏傳序：“漢興，破觚而爲圜，斲雕而爲朴。”朴，同“樸”。索隱引晉灼：“斲理凋弊之俗，使反質樸。”漢書九十酷吏傳作“斲琱而爲樸。”注：“抑巧僞而務敦厚也。琱謂刻鏤也，字與彫同。”

十三畫

斶 chù ㄔㄨˋ 集韻 樞玉切，入，燭韻。

同“歜”。用作人名。戰國策齊四：“齊宣王見顏斶。”漢書古今人表作顏歜。

十四畫

斷 duàn ㄉㄨㄢˋ 都管切，上，緩韻，端。
徒管切，上，緩韻，定。
集韻 徒玩切，去，换韻。

㊀截斷，折斷。易繫辭下：“斷木爲杵。”唐杜甫杜工部草堂詩箋六自京赴奉先詠懷五百字：“霜嚴衣帶斷，指直不得結。”㊁隔絶。北周庾信庾子山集三擬詠懷詩之七：“榆關斷音信，漢使絶經過。”㊂禁絶，戒除。梁書劉杳傳：“自居母憂，便長斷腥羶，持齋蔬食。”

丁貫徹，去，换韻，端。

㊃判斷，決斷。易繫辭上：“繫辭焉以斷其吉凶，是故謂之爻。”禮樂記：“臨事而屢斷。”注：“斷，猶决也。”參見“斷獄”。㊄決然無疑，絶對。元王實甫西廂記二本二折：“聘財斷不争，婚姻自有成。”

【斷七】 舊時人死後，每七天稱一“七”，滿四十九天，招僧道誦經，稱斷七。水滸五二：“便是叔叔卧病，不敢移動，夜來已自身故，待斷七了搬出。”

【斷山】 高聳孤立之山。唐杜甫杜工部詩十二遠遊：“江闊浮高棟，雲長出斷山。”世説新語賞譽下：“世目周侯(顗)嶷如斷山。”指顗之風度嚴峻。

【斷火】 斷絶用火烹煮食物。舊俗清明節前一日起禁火三日，稱斷火。藝文類聚四三國魏武帝明罰令：“聞太原、上黨、西河、鴈門，冬至後百五日皆絶火寒食，云爲介子推。”又引晉陸翽鄴中記：“并州俗，冬至後百五日，爲介子推斷火，冷食三日。”

【斷手】 ㊀截斷手。古代一種酷刑。韓非子内儲上七術：“殷之法，棄灰于公道者斷其手，子貢曰：‘棄灰之罪輕，斷手之罰重，古人何太毅也？’”㊁結束，完畢。北魏賈思勰齊民要術二小豆：“初伏斷手爲中時，中伏斷手爲下時。”指播種完畢。唐杜甫杜工部草堂詩箋二十寄題江外草堂梓州作寄成都故居：“經營上元始，斷手寶應年。”指營造完工。

【斷月】 指農曆之正、五、九三個月。佛教宣揚在此三月内斷葷食素。唐人於此三月内延緩執行死刑。宋洪邁容齋隨筆十六三長月:"天帝釋以大寶鏡輪照四天下,寅午戌月,正臨南贍部洲,故當食素以徼福,官司謂之斷月。"參見"三長月"。

【斷見】佛教謂人之見有二種:一爲常見,二爲斷見。不知己身及諸外物本性常住,而反以身死爲斷滅之見稱斷見。參閱大般涅槃經二七、大智度論七。

【斷表】謂拒不接受所上章表。也稱斷章。梁書武帝紀上中興二年:"丙戌,詔曰:'……可進梁公爵爲王。……'公固辭,有詔斷表。"晉書朱序傳:"序以老病,累表解職,不許,詔斷表。遂輒去任,數旬歸罪廷尉,詔原不問。"

【斷金】易繫辭上:"二人同心,其利斷金。"疏:"金是堅剛之物,能斷而截之,盛言利之甚也。"後以指同心協力,堅固不移。後漢書三十下郎顗傳奏四事:"臣願陛下發揚乾剛,援引賢能,勤求機衡之寄,以獲斷金之利。"也指友誼的深厚。唐令狐楚與李逢吉相友善,輯兩人倡酬之作,稱爲斷金集,卽以此取義。

【斷制】決斷,裁定。書呂刑:"惟時庶威奪貨,斷制五刑,以亂無辜。"莊子徐无鬼:"是以一人之斷制利天下,譬之猶一覕也。"

【斷送】㊀消磨,葬送。唐韓愈昌黎集九遣興詩:"斷送一生惟有酒,尋思百計不如閒。"宋李心傳建炎以來繫年要録二建炎元年二月壬申自注引靖康遺録:"上見(孫傅)謂曰:'無煩重相公,斷送我一門家眷。'傅無對而退。"㊁打發,賠送。永樂大典張協狀元戲文:"我去討米和酒并豆腐,斷送你去。"古今雜劇元缺名劉弘嫁婢二:"我問你,與小姐三千貫奩房斷送,不少麽?"㊂作弄,引逗。元王實甫西廂記一本二折:"迤逗得腸荒,斷送得眼亂,引惹得心忙。"

【斷酒】㊀禁止釀酒。南齊書武帝紀永明十一年詔:"水旱成災,穀稼傷弊,……京師二縣,朱方姑熟可權斷酒。"㊁戒酒。唐白居易長慶集五五答蘇庶子詩:"病來從斷酒,老去可禁愁。"

【斷席】割斷坐席。史記一〇四田叔傳漢褚少孫補:"衛將軍從此兩人過平陽主,主家令兩人與騎奴同席而食,此二子拔刀列斷席別坐。"衛將軍,衛青;二子,田仁與任安。

【斷袪】斬斷袖口。文選漢張平子(衡)思玄賦:"文斷袪而忌伯兮,閹謁賊而寧后。"注引國語謂晉獻公使寺人伯楚伐晉文公於蒲城,文公踰垣,伯楚斬其袪。參見"斬袪"。

【斷袖】截斷衣袖。漢書九三董賢傳:"常與上卧起,嘗晝寢,偏藉上褎,上欲起,賢未覺,不欲動賢,乃斷褎而起。"褎,同"袖"。後因稱男寵爲斷袖。南史蕭韶傳:"韶昔爲幼童,庾信愛之,有斷袖歡,衣食所資,皆信所給。"

【斷紋】裂紋。多指古琴的裂紋。宋趙希鵠洞天清録集古琴辨:"古琴以斷紋爲證,蓋琴不歷五百歲不斷,愈久則斷愈多。……凡漆器無斷紋,而琴獨有者,蓋他器用布漆,琴則不用,他器安閒,而琴日夜爲弦所激。"元王實甫西廂記二本四折:"琴呵!小生與足下湖海相隨數年,今夜這一場大功,都在你這神品、金徽、玉軫、蛇腹、斷紋、嶧陽、焦尾、冰絃之上。"

【斷章】斷取詩文之一篇一章。左傳襄二八年:"賦詩斷章,余取所求焉。"注:"譬如賦詩者,取其一章而已。"參見"斷章取義"。

【斷梗】斷枝。比喻微賤的東西。唐李賀歌詩編一詠懷之一:"梁王與武帝,棄之如斷梗。"參見"斷梗飄蓬"。

【斷梅】梅雨季節中有雷聲。宋陸游劍南詩稿六七歸興:"輕雷轣轆斷梅初,殘籜縱横過筍餘。"自注:"鄉語謂梅雨有雷爲斷梅。"

【斷屠】官府下令禁止宰殺牲畜。如北齊武成帝(高湛)河清元年(北齊書武成紀)隋文帝(楊堅)仁壽三年(隋書高祖紀下)皆有斷屠的詔令。參閱事物紀原十律令刑罰部斷屠。

【斷絃】已斷之弦。絃,也作"弦"。北周庾信庾子山集二怨歌行:"爲君能歌此曲,不覺心隨斷弦。"也指妻死。唐白居易長慶集四九甲去妻後妻犯罪請用子蔭贖罪……判:"王吉去妻,斷絃未續;孔氏出母,疎網將加。"宋鄭剛中北山文集二十答潼州宇文龍圖:"自聞抱琴瑟斷絃之悲,日欲修慰。"參見"續絃"。

【斷渡】停渡,禁渡。宋惠洪冷齋夜話四夢中作詩:"三月七日,偶與瑩中濟湘江,是日大風當斷渡,而瑩中必欲宿道林。"宋蘇軾分類東坡詩七大風留金山兩日:"塔上一鈴獨自語,明日顛風當斷渡。"

【斷道】㊀春秋晉地名。在山西沁州東。春秋宣十七年:"公會晉侯衛侯曹伯邾子,同盟于斷道。"注:"斷道,晉地。"又左傳:"會于斷道,討貳也,盟于卷楚。"注:"卷楚卽斷道。"參閱清劉文淇春秋左氏傳舊注疏證。㊁截斷道路。晉書劉隗傳:"周嵩嫁女,門生斷道解廬,斫傷二人,建康左尉赴變,又被斫。"

【斷菑】直立而枯死的斷木。荀子非相:"周公之狀,身如斷菑。"

【斷然】㊀猶截然。宋蘇洵嘉祐集十一上歐陽内翰書之一:"此三者(指孟子韓愈歐陽修)皆斷然自爲一家之文也。"㊁絶對。孤本元明雜劇缺名娶小喬三:"元帥,某等斷然不敢飲酒。"

【斷腕】截斷手腕。宋詩鈔韓琦安陽集鈔蜂蠆:"包藩中善良,斷腕未足駭。"遼應天皇后於義節寺斷腕,置太祖陵。在該寺建斷腕樓並樹碑。見遼史地理志一上京道。

【斷魂】銷魂神往。形容情深或哀傷。唐宋之問集下江亭晚望詩:"望水知柔性,看山欲斷魂。"

【斷腸】形容極度思念或悲傷。樂府詩集二七魏武帝(曹操)蒿里行:"生民百遺一,念之斷人腸。"文選三國魏文帝(曹丕)燕歌行:"念君客遊思斷腸,慊慊思歸戀故鄉。"

【斷漏】消除一切煩惱。佛教稱煩惱爲漏。廣弘明集二八上南朝梁沈約舍身願疏:"雖有供施之緣,而非斷漏之業。"

【斷語】斷定的話,結論。清江藩漢學師承記附經師經義目録詩:"妄下斷語,謂庖犧必不作網罟。"

【斷獄】審理和判決案件。墨子明鬼下:"此二子者,訟三年而獄不斷。"國語晉九:"及斷獄之日,叔魚抑邢侯。"注:"斷,決也。"

【斷穀】斷除穀食以求仙。晉書哀帝紀興寧二年:"帝雅好黄老,斷穀,餌長生藥,服食過多,遂中毒。"

【斷橋】橋名。在浙江杭州市孤山邊。本名寶祐橋,又名段家橋。以孤山之路,至此而斷,故自唐以來皆呼爲斷橋。文苑英華二三八唐張祜杭州孤山寺詩:"斷橋荒蘚澁,空院落花深。"參閱元周密武林舊事五湖山勝迹、明田汝成西湖遊覽志二孤山三提勝蹟。

【斷機】猶斷織。見"斷織"。

【斷鴻】失羣孤雁。全唐詩六一李嶠送光禄劉主簿之洛:"背櫪嘶班馬,分洲叫斷鴻。"宋柳永樂章集夜半樂詞:"凝淚眼,杳杳神京路,斷鴻聲遠長天暮。"

【斷織】傳説戰國孟軻少時,廢學歸家,孟母方績,因引刀斷其機織,曰:"子之廢學,若吾斷斯織也。"軻因勤學自奮,師事子思,遂成大儒。見漢劉向古列女傳一母儀鄒孟軻母。東漢樂羊子遠出求學,以久行懷思,一年卽歸,妻引刀趨機曰:"夫子積學,當日知其所亡,以就懿德。

若中道而歸，何異斷斯織乎？」見後漢書八四樂羊子妻傳。後來詩文中遂以斷織作爲頌揚婦德的典故。唐駱賓王駱臨海集七上兗州張司馬啟：「加以承斷織之慈訓，得銳志於書林；奉過庭之嚴規，遂容情於義圃。」

【斷斷】㊀專誠守一。書泰誓：「如有一介臣，斷斷猗，無他伎。」後漢書五七謝弼傳上封事：「今之四公，唯劉寵斷斷守善，餘皆素餐致寇之人。」㊁確實，決然無疑。宋蘇軾經進東坡文集事略五六梟繹先生集敘：「鑿鑿乎如五穀必可以療飢，斷斷乎如藥石必可以伐病。」

【斷末摩】佛教稱人身的支節爲末摩，譯名死穴。臨命終時，觸及末摩，則起劇痛，使命斷絕。謂之斷末摩。見俱舍論十。

【斷事官】官職名。北齊僧職有斷事沙門，掌斷處僧人犯佛教戒律之事。元至元初設斷事官一員，後增至八員，隸樞密院，掌管裁決軍府刑政獄訟的事務。明初太祖置行樞密院，尋改置大都督府，下設有斷事官，總治五軍刑獄。後廢除。見宋釋贊寧僧史略中雜任職員、元王沂伊濱集十八樞密院斷事官題壁記、明史職官志五五軍都督府。

【斷屠月】禁屠宰、持齋素的月分。宋陸游老學庵筆記八引唐高祖實錄武德三年詔：「至今每年正月、五月、九月十直日，並不得行刑，所在公私宜斷屠殺。」參見「斷屠」、「三長月」。

【斷腸花】㊀指引起人感傷悲哀之花。樂府詩集九十唐劉希夷公子行：「可憐楊柳傷心樹，可憐桃李斷腸花。」唐李白李太白詩二古風之十八：「天津三月時，千門桃與李，朝爲斷腸花，暮逐東流水。」宋楊齊賢注：「言三月之朝，人見桃李爛熳，春心搖蕩，感物傷情，腸爲之斷。」㊁秋海棠的別名。見元伊世珍瑯嬛記中引采蘭雜志、廣羣芳譜三六花譜十五秋海棠。

【斷腸草】即「鉤吻」，亦名「胡蔓草」。參見「鉤吻」。

【斷長續短】猶言截長補短。荀子禮論：「禮者，斷長續短，損有餘，益不足，達愛敬之文，而滋成行義之美者也。」戰國策秦一：「今秦地形，斷長續短，方數千里。」也作「斷長補短」，禮王制：「凡四海之內，斷長補短，方三千里，爲田八十萬億一萬億畝。」

【斷章取義】隨意截取詩文一章一句爲己用，而不顧作者的本意如何。古文孝經開宗明義「大雅云亡」漢孔安國傳：「斷章取誼，上下相成。」誼，同「義」。南朝梁劉勰文心雕龍七章句：「尋詩人擬喻，雖斷章取義，然章句在篇，如繭之抽緒，原始要終，體必鱗次。」

【斷章摘句】㊀成章成句。唐李商隱李義山文集四唐容州經略使元結文集後序：「斷章摘句，如娠始生。」㊁截取一章一句。也作「斷章截句」。宋史選舉志二科目下：「紹定三年，臣僚請學校場屋，并禁斷章截句，破壞義理。」

【斷梗飄蓬】比喻飄流無定。宋石孝友金谷遺音清平樂：「自憐俗狀塵容，幾年斷梗飄蓬。」也作「斷梗飛蓬」、「斷梗流萍」。宋陸游劍南詩稿二拆號前一日作：「飄零隨處是生涯，斷梗飛蓬但可嗟。」又秦觀淮海集後集二別賈耘老詩：「人生百齡同臂伸，斷梗流萍暫相親。」

【斷脰決腹】砍頭剖腹，形容死之壯烈。戰國策楚一：「有斷脰決腹，壹瞑而萬世不視，不知所益，以憂社稷者。」脰，同「頭」。也作「決腹斷頭」。淮南子脩務：「今日距彊敵……決腹斷頭，不旋踵運軌而死。」

【斷髮文身】古代吳越一帶風俗，截短頭髮，身繪花紋，以避水中蛟龍之害。左傳哀七年：「仲雍嗣之，斷髮文身，臝以爲飾。」莊子逍遙遊：「宋人資章甫，而適諸越，越人斷髮文身，無所用之。」

【斷墨殘楮】殘缺不全的典籍。明王世貞弇州山人四部稿一三一題俞紫芝急就章：「子中獨能尋考遺則於斷墨殘楮，遂與仲溫并驅。」

【斷編殘簡】殘缺不全的文字。宋黃庭堅山谷外集補三讀書呈幾復之一：「身入羣經作蠹魚，斷編殘簡伴閑居。」也作「斷簡殘編」。宋陸游劍南詩稿六七對酒：「斷簡殘編不策勛，東皋猶得肆微勤。」

【斷頭將軍】三國蜀張飛領軍至江州，破劉璋將巴郡太守嚴顏，生獲顏。飛呵顏曰：「大軍至，何以不降而敢拒戰？」顏答曰：「卿等無狀，侵奪我州，我州但有斷頭將軍，無有降將軍也。」猶言寧死不屈。

【斷爛朝報】宋王安石以春秋已多殘缺，而解經者每遇疑難之處，即指爲闕文，因稱春秋爲斷爛朝報。本指說經而言，非指左傳本經。朝報即官府的公告。後來多以斷爛朝報作春秋的別稱。參閱宋史王安石傳、清蔡上翔王荊公年譜考略十一。

【斷鶴續鳧】喻事之勉强相代，失其本性。莊子駢拇：「長者不爲有餘，短者不爲不足，是故鳧脛雖短，續之者憂；鶴脛雖長，斷之則悲。」唐成玄英疏：「欲截鶴之長，續鳧之短以爲齊，深乖造化，違失本性。」

【斷鼇立極】古代神話，謂女媧氏斷鼇之足以立地之四極。鼇，巨龜。見列子湯問、漢王充論衡談天。

二十一畫

斸 zhú ㄓㄨˊ 陟玉切，入，燭韻，知。

㊀鋤頭。見「钃斸」。㊁斫，鋤斷根株。全唐詩六〇九皮日休公齋四詠小桂：「歘從山之幽，斸斷雲根移。」㊂掘取。唐杜甫杜工部草堂詩箋十三路逢襄陽楊少府……：「歸來稍暄暖，當爲斸青冥。」又李賀歌詩編三牡丹種曲：「蓮枝未長秦蘅老，走馬駄金斸芳草。」

方部

方 1. fāng ㄈㄤ 府良切，平，陽韻，幫。

㊀方圓之方，指形體正直者。周禮考工記輿人：「圜者中規，方者中矩。」㊁併船。見說文。也指竹木編成的筏。詩周南漢廣：「江之永矣，不可方思。」傳：「方，泭也。」釋文：「孫炎注爾雅云：方木置水爲柎栰也。」引申爲併。儀禮鄉射禮：「不方足。」注：「方猶併也。」㊂方向。詩齊風雞鳴：「東方明矣，朝既昌矣。」引申爲祭名，指四方之祭。詩小雅甫田：「以我齊名，與我犧羊，以社以方。」傳：「迎四方氣於郊也。」㊃地方，方面。漢書六四下終軍傳：「臣年少材下，孤於外官，不足以亢一方之任。」㊄指大地。淮南子本經：「戴圓履方。」又指四境之內，四方。參見「方國」。㊅道，一類。論語雍也：「可謂仁之方也已。」㊆古代用以書寫的木板。見

"方册"、"方策。"㊇藥方,單方。莊子逍遙遊:"客聞之,請買其方百金。"㊈量詞,計量面積或體積之單位。如宋熙寧五年以東西南北各千步當四十一頃六十六畝一百六十步爲一方。參閱文獻通考四田賦四。又一立方也叫一方。㊉比擬。漢書五五衞青霍去病傳贊:"票騎亦方此意,爲將如此。"⑪佔有,依託。詩周南鵲巢:"維鵲有巢,維鳩方之。"傳:"方,有之也。"清王引之謂方爲"依"意,當讀爲放,分罔切。見經義述聞五維鳩方之。⑫違抗。見"方命"。⑬適宜,等同。左傳閔二年:"敬教勸學,授方任能。"注:"方,百事之宜也。"周禮考工記梓人:"梓人爲侯,廣與崇方。"⑭正直。韓非子解老:"所謂方者,内外相應也,言行相稱也。"⑮指穀生未結實。詩小雅大田:"既方既皁,既堅既好。"箋:"方,房也。謂孚甲始生而未合時也。"⑯副詞。1. 一併。書微子:"小民方興,相爲讎敵。"2. 周徧。書立政:"方行天下,至於海表。"3. 正好,正當。詩小雅正月:"民今方殆,視天夢夢。"漢書六六楊敞傳附楊惲報孫會宗書:"惲家方隆盛時,乘朱輪者十人。"⑰地名。詩小雅六月:"侵鎬及方,至於涇陽。"鎬、方皆周代北方地名,約在今陝西寧夏一帶。⑱姓。方雷氏之後,一說周大夫方叔之後,以字爲氏。參閱通志氏族略三、宋鄧名世古今姓氏書辯證十三。

2: páng 集韻 蒲光切,平,唐韻。
ㄆㄤ

⑲見"方$_{2}$羊"、"方$_{2}$皇"等。

3. fáng 符方切,平,陽韻,並。
ㄈㄤ

⑳見"方$_{3}$與"。

4. wǎng 集韻 文紡切,上,養韻。
ㄨㄤ

㉑見"方$_{4}$良"。

【方人】評論他人的短長。論語憲問:"子貢方人。"一說言人之過失。釋文:"方人,如字,孔(安國)云比方人也,鄭(玄)本作謗,謂言人之過惡。"參閱清劉寶楠論語正義十七。

【方干】公元?—約886年。唐浙江桐廬人,字雄飛。太中時舉進士,以其貌醜兔脣,不第。後隱居會稽鏡湖,終身不出,以詩聞名江南。死後門人私謚爲玄英先生,並輯其遺詩三百七十餘首,分爲十卷,題爲玄英先生詩集。參閱元辛文房唐才子傳七、文獻通考二四三經籍七十。

【方土】鄉土,土地。漢王符潛夫論浮侈:"各取方土所出,膠漆所致。"又指各地方特有的風俗、人情、物産等。晉書王渾傳:"可令中書指宣明詔,問方土異同,賢才秀異,風俗好尚,農桑本務。"

【方士】㊀周代官名,掌管王子弟、公卿以及大夫采地的獄訟。周禮秋官方士:"方士掌都、家,聽其獄訟之辭,辨其死刑之罪而要之。"㊁方術之士。指古代求仙、鍊丹,自言能長生不死的人。起源於戰國齊、燕濱海地區,至秦漢以後漸盛。史記秦始皇紀三五年:"悉召文學方術士甚衆,欲以興太平,方士欲練以求奇藥。"後泛稱醫、卜、星、相之流爲方士。素問至真要大論:"余錫以方士,而方士用之尚未能十全。"此指醫生。

【方寸】㊀謂一寸見方,言其小。孟子告子下:"不揣其本,而齊其末,方寸之木,可使高於岑樓。"淮南子說山:"視方寸於牛,不知其大於羊。"㊁指心。三國志蜀諸葛亮傳:"亮與徐庶並從,爲曹公所追破,獲庶母。庶辭先主而指其心曰:'本欲與將軍共圖王霸之業者,以此方寸之地也。今已失老母,方寸亂矣,無益於事,請從此別。'"

【方丈】㊀一丈見方。孟子盡心下:"食前方丈。"形容殽饌豐盛。㊁傳說仙山名。史記秦始皇紀:"齊人徐市等上書,言海中有三神山,名曰蓬萊、方丈、瀛洲,僊人居之。"水經注一河水:"東方朔十洲記曰:方丈在東海中央,東西南北岸相去正等方丈,面各五千里,上專是羣龍所聚,有金玉琉璃之宮,三天司命所治處,羣仙不欲升天者,皆往來也。"㊂佛寺長老及住持說法之處。法苑珠林三八感通聖迹:"以笏量基止,有十笏,故號方丈之室也。"唐元稹長慶集十六觀心處詩:"滿坐喧喧笑語頻,獨憐方丈了無塵。"後用爲對寺院長老及住持的代稱。文苑英華二三四唐綦毋潛宿龍興寺詩:"燈明方丈室,珠繫比丘衣。"參閱宋道誠釋氏要覽上住處。㊃道教觀主的住室稱方丈,也稱觀主爲方丈。宋王安石臨川集十五寄福公道人詩:"曾同方丈宿,燈火夜沈沈。"

【方上】墓穴。漢書九十田延年傳:"昭帝大行時,方上事暴起。"注:"方上謂壙中也。"

【方巾】明代有秀才以上功名的人所戴的方形軟帽。也稱四方平定巾,洪武三年頒行。三才圖會:"方巾,此卽古所謂角巾也,制同雲巾,特少雲文,相傳國初(明初)服此,取四方平定之意。"(古今圖書集成禮儀典三三三冠冕引)。儒林外史一:"那邊去過三個人來,頭帶方巾,一個穿寶藍夾紗直裰,兩人穿元色直裰,都有四五十歲光景。"

【方山】㊀山名。在今江蘇江寧縣東南,秦淮河東岸。四面等方,孤絕聳立,故名方山。又名天印山。相傳卽秦始皇鑿金陵山以疏通淮水處。六朝時,方山爲交通要道,商旅聚集。南朝宋謝靈運有鄰里相送方山詩,見文選。參閱元和郡縣志二五浙西觀察使上元縣、嘉慶一統志七三江寧府一。㊁古縣名。在江蘇儀徵縣西,六合縣東。隋開皇四年改尉氏曰六合,將方山縣併入。參閱隋書地理志下江都郡、嘉慶一統志七四江寧府二。㊂今縣名。屬山西省。隋始置,元省入離石縣,公元1918年復置。參閱嘉慶一統志一四四汾州府。

【方心】方正之心。管子霸言:"夫先王之爭天下也,以方心,其立之也以整齊,其理之也以平易。"唐柳宗元柳先生集十八乞巧文:"鑿臣方心,規以大圓。"

【方中】㊀正中。卽南天之中。詩鄘風定之方中:"定之方中,作于楚宮。"疏:"毛以爲言定星之昏正四方而中,取則視之以正其南,因準極以正其北,作爲楚丘之宮也。"定,定星,卽營室星。㊁漢代爲皇帝預築的墓穴。漢書五九張湯傳:"調茂陵尉,治方中。"注引孟康:"方中,陵上土作方也。"也指墓中。後漢書和熹鄧皇后紀:"以連遭大憂,百姓苦役,殤帝康陵方中祕藏,及諸工作,事事減約,十分居一。"

【方内】㊀猶言世俗。莊子大宗師:"孔子曰,彼游方之外者也,而丘游方之内者也。外内不相及,而丘使女往弔之,丘則陋矣。"注:"夫弔者方内之近事也,施之於方外則陋矣。"唐王勃王子安集二忽夢遊仙詩:"僕本江上客,牽跡在方内。"參見"方外"。㊁四境之内,國中。史記孝文紀遺詔:"方内安寧,靡有兵革。"㊂同"方枘"。内,通"枘"。漢劉向新序雜事二:"淳于髡曰:'方内而員釭如何?'"參見"方枘圓鑿"。

【方比】比方,比擬。舊題晉王嘉拾遺記九晉時事:"石氏之富,方比王家,驕侈當世。"唐李白李太白詩四于闐採花:"乃知漢地多名姝,胡中無花可方比。"

【方今】㊀當今,現在。墨子尚同中:"方今之時之以正長,則本與古者異矣。"史記孝文紀:"方今高帝子獨淮南王與大王。"㊁向時,當時。文選漢張平子(衡)

南都賦:"方今天地之睢剌,帝亂其政,豺虎肆虐,真人革命之秋也。"

【方正】㊀端平正直。管子明法:"明主者,有法度之制,故羣臣皆出於方正之治,而不敢爲姦。"也指人的品行正直不阿。韓非子姦刼弑臣:"必曰,我不以清廉方正奉法,乃以貪污之心,枉法以取私利,是猶上高陵之顛,墮峻谿之下而求生,必不幾矣。"㊁漢代選擧科目之一。史記平準書:"當是之時,招尊方正賢良文學之士,或至公卿大夫。"漢書六六陳萬年傳附陳咸:"紅陽侯立擧咸方正,爲光禄大夫給事中。"清代科擧制度中有孝廉方正之名。參見"孝廉方正"。

【方古】㊀比之於古。後漢書光武帝紀下中元二年:"退功臣而進文吏,戢弓矢而散馬牛,雖道未方古,斯亦止戈之武焉。"㊁耿直不隨俗。北史司馬子如傳附司馬膺之:"性方古,不會俗務。與楊愔同爲黄門郎,至愔爲尚書令,抗禮如初。"

【方召】方叔召虎。兩人爲輔佐周宣王中興的大臣。後因以方召稱國家的重臣。晉書王鑒傳上疏:"愚謂尊駕宜親幸江州,然後方召之臣,其力可得而宣;熊羆之士,其鋭可得而奮。"也作方邵。宋書王鎮惡傳劉裕表:"入渭之捷,指麾無前,遂廓定咸陽俘執僞后,克成之効,莫與爲疇,實扞城所寄,國之方邵也。"

【方田】㊀古九章算術之一,即由邊線長短計算諸形田地面積之法。參閱三國魏劉徽注九章算術方田。㊁方田均税法的簡稱。宋神宗時行方田法,熙寧五年重加修定,以東西南北各千步當四十一頃六十六畝一百六十步爲一方,視其地之肥瘠分爲五等(後又增爲十等),以定税則。先自京東路行之,然後行於各路。元豐五年以奉行官吏擾民,乃罷方田法。紹聖時蔡京又重行方田,至宣和再罷。參閱宋史三二七王安石傳、文獻通考四、五田賦。

【方兄】孔方兄之省。指錢。宋楊萬里誠齋集十七食鵪鶉詩:"方兄百輩買一隻,可惜羽衣錦狼藉。"又胡寅斐然集五李溥攜具詩:"方兄無勢寧能熱,窮鬼多羞祇自苞。"

【方外】㊀世俗之外。莊子大宗師:"孔子曰:彼游方之外者也,而丘遊方之内者也。"文選三國魏曹子建(植)七啓:"俯倚金較,仰撫翠蓋,雍容暇豫,娱志方外。"也指神仙居住之處。楚辭屈原遠遊:"覽方外之荒忽兮,沛罔象而自浮。"唐白居易長慶集七十白蘋洲五亭記:"此不知方外也,人間也,又不知蓬瀛崑閬復何如哉。"㊁指邊遠地區。史記孝文紀詔:"朕既不明,不能遠德,是以使方外之國或不寧息。"

【方册】謂典籍。抱朴子外篇自敍:"方册所載,罔不窮覽。"宋程大昌演繁露七:"方册云者,書之於版,亦或書之竹簡也。通版爲方,聯簡爲册。"

【方丘】古代夏至日祭地之壇。周禮春官大司樂:"夏日至,於澤中之方丘奏之。"疏:"言澤中方丘者……因下以事地,故於澤中。取方丘者,水鍾曰澤,不可以水中設祭,故亦取自然之方丘,象地方故也。"

【方州】㊀大地。淮南子覽冥:"背方州,抱圓天。"注:"方州,地也。"㊁京都。文選漢班孟堅(固)典引:"日月邦畿,卓犖乎方州,洋溢乎要荒。"㊂指地方州郡。世説新語德行:"殷仲堪既爲荆州,……每語子弟云:'勿以我受任方州,云我豁平昔時意,今我處之不易!'"

【方$_2$羊】徘徊,遊蕩。左傳哀十七年:"如魚竀尾,衡流而方羊裔焉。"參見"方$_2$洋"、"仿佯"。

【方回】㊀古仙人名。相傳爲堯時人,曾隱於五柞山,鍊食雲母粉,爲人治病。道成,被刼持,閉於室中,欲求其傳道,回乃化身而去。參閱舊題漢劉向列仙傳上。㊁公元 1227—1306 年。元歙縣人,字萬里,號虚谷。宋景定進士,官至嚴州郡守。媚事賈似道,元兵至嚴州,降元。能詩,初學張耒,後學陳師道,所作近萬首。著有桐江集、桐江續集、瀛奎律髓及續古今考等。清館臣於永樂大典中輯出桐江續集三十六卷。

【方竹】竹之一種,節莖呈四棱形。亦稱"四方竹"。深秋出筍,經歲成竹,質堅勁,可作手杖及觀賞之用。相傳唐李德裕嘗以方竹杖贈甘露寺老僧,老僧竟削圓而漆之。見唐馮翊桂苑叢談。後以削圓方竹爲庸俗不解事之誚。參閱唐段公路北户録方竹杖、宋張淏雲谷雜記竹之異品(説郛三十)、元李衎竹譜詳録四竹品譜。

【方色】古代帝王祭五方之神,以一方爲一色,稱方色。晉書輿服志:"漢制,五歲一郊,天子與執事者所服各如方色,百官不執事者服常服絳衣以從。"參閱文獻通考一一二王禮七。

【方名】東、西、南、北四方的名稱。禮内則:"子能食食,教以右手……六年,教之數與方名。"

【方伎】同"方技"。史記一〇五倉公傳:"詔問故太倉長臣意:'方伎所長,及所能治病者?'"北齊書舊唐書明史等皆有方伎傳。參見"方技"。

【方任】一方的重任。指地方長官所居的職位。藝文類聚五一曹操謝襲費亭侯表:"雙金重紫,顯以方任,雖不識義,庶知所尤。"三國志魏徐胡二王傳評:"(徐邈胡質王昶王基)皆掌統方任,垂稱著績。"

【方行】横行。國語齊:"君有此士也三萬人,以方行於天下,以誅無道,以屏周室,天下大國之君莫之能禦也。"

【方舟】兩船相併。莊子山木:"方舟而濟於河。"國語齊:"方舟設泭,乘桴濟河。"注:"方,併也。"亦作"方船"。史記九七酈生傳:"諸侯之兵,四面而至;蜀漢之粟,方船而下。"

【方言】㊀地方語言。唐王維王右丞集六早入滎陽界:"因人見風俗,入境聞方言。"㊁漢揚雄撰。全名輶軒使者絶代語釋别國方言。原爲十五卷,隋書經籍志以後定爲十三卷。劉歆七略及漢書藝文志因當時其書未成,皆未著録。至東漢末應劭始稱揚雄作方言,魏晉以後,援引者漸多。該書仿爾雅體例,彙集古今各地同義詞語,分别注明通行範圍;取材或來自古籍,或爲直接調查所得,可見漢代語言的分布狀況,爲研究我國古代詞彙的珍貴材料。晉郭璞有方言注,清戴震有方言疏證、錢繹有方言箋疏、杭世駿有續方言,對原書均有增補和闡發。

【方$_4$良】傳説中的山精鬼怪名,食死人腦。亦作"罔兩"、"罔閬"、"魍魎"。周禮夏官方相氏:"及墓,入壙。以戈擊四隅,敺方良。"文選張平子(衡)東京賦:"斬蝼蛇,腦方良。"注:"方良,草澤之神也。"

【方志】地方志。周禮地官誦訓:"誦訓,掌道方志,以詔觀事。"注:"説四方所識久遠之事。"文選晉左太沖(思)吳都賦:"方志所辨,中州所羨。"唐張銑注:"方志,謂四方物土所記録者。"其後,凡記述全國或一地的地理、風俗、教育、物産、人物、名勝、古蹟等特徵及沿革之書,如統志、省志、府志、縣志等,皆稱方志。

【方技】古代指醫、卜、星、相之術。漢書藝文志:"方技者,皆生生之具,王官之一守也,太古有岐伯、俞拊,中世有扁鵲、秦和,……漢興有倉公。"自新、舊唐書至明史都有方技傳。

【方位】指東西南北中的位置。文選漢

張平子(衡)東京賦:"辯方位而正則,五精帥而來摧。"

【方伯】一方諸侯之長。禮王制:"千里之外設方伯。"史記周紀:"平王之時,周室衰微,諸侯彊并弱,齊楚秦晉始大,政由方伯。"後來泛稱地方長官爲方伯。宋書武帝紀中韓延之報劉裕書:"甘言詫方伯,襲之以輕兵,遂使席上靡款懷之士,閫外無自信諸侯。"唐韓愈昌黎集十九送許郢州序:"于公身居方伯之尊。"

【方法】㊀量度方形之法。墨子天志中:"中吾矩者,謂之方,不中吾矩者,謂之不方。是以方與不方,皆可得而知之。此其故何?則方法明也。"㊁辦法。唐韓愈昌黎集二一送水陸運使韓侍御歸所治序:"而又爲之奔走經營,相原隰之宜,指授方法。"㊂方術,法術。唐張籍張司業集四書懷詩:"別從仙客求方法,時到僧家問苦空。"

【方空】紗名。古時一種細而薄的方孔紗。後漢書章帝紀建初二年:"詔齊相省冰紈、方空縠、吹綸絮。"注:"方空者,紗薄如空也。或曰空,孔也,卽今之方目紗也。"明朱謀㙔駢雅三釋服食:"方空、吹綸、輕容,細紗也。"

【方祇】大地。文選南朝宋顏延年(延之)宋文皇帝元皇后哀策文:"圓精初爍,方祇始凝。"宋書符瑞志下何承天上表:"圓神降祥,方祇薦裕。"

【方底】書囊。漢書九七孝成趙皇后傳:"中黃門田客持詔記,盛綠綈方底,封御史中丞印。"注:"方底,盛書囊,形若今之算縢耳。"

【方表】邊遠地區。後漢書和帝紀章和二年:"文加殊俗,武暢方表,界惟人面,無思不服。"宋書樂志四天命篇:"入則綜萬機,出則征四方。朝廷無遺理,方表寧且康。"

【方事】醫者治病的處方。史記一〇五倉公傳:"意少時好諸方事,臣意試其方,皆多驗。"晉葛洪神仙傳六李少君:"少君乃病困,帝往視之,並使人受其方事,未竟而卒。"

【方奇】地方所產珍奇之物。後漢書八八西域傳論:"自兵威之所肅服,財賂之所懷誘,莫不獻方奇,納愛質,露頂肘行,東向而朝天子。"

【方叔】周宣王時卿士,受命北伐玁狁,南征荆楚,有功於周。詩小雅采芑:"方叔元老,克壯其猶。"

【方明】㊀上下四方神明之象。古代諸侯朝見天子、會盟或天子祭祀時所置。儀禮覲禮:"諸侯覲於天子,爲宮方三百步,四門壇十有二尋,深四尺,加方明于其上。方明者,木也,方四尺,設六色,東方青,南方赤,西方白,北方黑,上玄,下黃。"漢書律曆志下:"以冬至越茀祀先王于方明以配上帝。"參閱清胡培翬儀禮正義二十。㊁傳說中人名。莊子徐无鬼:"黃帝將見大隗乎具茨之山,方明爲御。"

【方命】㊀抗命,違命。書堯典:"方命圮族。"孟子梁惠王下:"方命虐民,飲食若流。"㊁遍告。詩商頌玄鳥:"方命厥后,奄有九有。"注:"方命其君,謂徧告諸侯也。"

【方牧】方伯、州牧之合稱。指一方之軍政長官、封疆大吏。古以治民喻放牧,故稱牧。晉書王濬傳:"陛下粗察臣之愚款,而識其欲自效之誠,是以授臣以方牧之任,委臣以征討之事。"

【方物】㊀土產。書旅獒:"無有遠邇,畢獻方物。"㊁辨別名分。國語楚下:"民神雜糅,不可方物。"注:"方,猶別也。物,名也。"

【方岳】四方之岳。岳,高大之山。亦作"方嶽"。書周官:"又六年,王乃時巡,考制度于四岳,諸侯各朝于方岳,大明黜陟。"謂天子巡狩至某方岳,則某方諸侯卽會朝於此。左傳昭四年"四嶽"唐孔穎達疏:"嶽,桷也;桷考功德黜陟也。然則四方方有一山,天子巡狩至其下,桷考諸侯功德而黜陟之,故謂之嶽也。"後因以方岳稱地方長官,如太守、刺史等。三國志魏滿寵傳"見而遣還"注引世語:"寵爲汝南太守、豫州刺史二十餘年,有勳方岳。"世說新語識鑒:"時殷仲堪在門下,雖居機要,資名輕小,人情未以方嶽相許。"參見"四嶽㊁"。

【方₂洋】遨遊,馳騁。漢書三五吳王濞傳:"吳王內以朝錯爲誅,外從大王後車,方洋天下,所向者降,所指者下,莫敢不服。"注:"方洋,猶翱翔也。"史記一〇六吳王濞傳作"彷徉"。

【方穿】方孔。史記田敬仲完世家:"狶膏棘軸,所以爲滑也,然而不能運方穿。"索隱:"狶膏,豬脂也。棘軸,以棘木爲車軸,至滑而堅也。然而穿孔若方,則不能運轉,言逆理反經也。"

【方珍】地方所產珍貴之物。晉書張軌傳附張寔:"遣督護王該送諸郡貢計,獻名馬方珍、經史圖籍于京師。"

【方城】㊀春秋時楚北的長城。古爲我國九塞之一。淮南子地形:"何謂九塞,曰:太汾、澠阨、荆阮、方城、殽阪、井陘、令疵、句注、居庸。"其城由今之河南方城縣北至鄧縣。㊁山名。1.春秋時庸地,在今湖北竹山縣東南。左傳文十六年:"(楚)使廬戢梨侵庸,及庸方城。"2.春秋時楚地,在今河南葉縣南。左傳僖四年:"楚國方城以爲城。"㊂縣名。屬河南省。漢陽堵地。隋置方城縣,取方城山爲名,屬淯陽郡。唐貞觀八年改屬唐州。宋元豐初,復置方城縣。清爲裕州。公元1913年改爲方城縣。參閱元和郡縣志二一唐州、嘉慶一統志二一〇南陽府一。

【方軌】兩車並行。戰國策齊一:"車不得方軌,馬不得並行。"也用以比喻不相上下。宋書謝靈運傳論:"爰逮宋氏,顏謝騰聲,靈運之興會標舉,延年之體裁明密,並方軌前秀,垂範後昆。"

【方苞】公元1668—1749年。清安徽桐城人,字靈皋,號望溪。康熙進士。曾因戴名世南山集文字獄案株連入獄,後得釋。官至禮部侍郎。治經信奉程朱。長於散文,提倡"義法",推崇左傳史記及唐宋八大家,其弟子劉大櫆、再傳弟子姚鼐皆桐城人,後人稱爲桐城派。著有周官集注禮記析疑春秋通論望溪先生文集等。參閱碑傳集二五。

【方相】古代驅疫避邪之神像。周禮夏官方相氏:"方相氏掌蒙熊皮,黃金四目,玄衣朱裳,執戈揚盾,帥百隸而時難,以索室毆疫。大喪,先匶;及墓,入壙,以戈擊四隅,毆方良。"後來民間紮製模型,用以送喪,亦稱方相。舊時出殯,以紙竹等糊紮高大猙獰之開路神,作儀仗之前驅,卽古方相之遺制。

【方面】㊀一個方面,東西南北中之一方。漢書九九中王莽傳:"每一將各置左右前後中帥,凡五帥。衣冠車服駕馬,各如其方面色數。"也指一方的軍政事務。後漢書二三竇融傳:"融以兄弟各受爵位,久專方面,懼不自安,數上書求代。"㊁方向。後漢書五九張衡傳:"雖一龍發機,而七首不動,尋其方面,乃知震之所在。"㊂四面。文選南朝梁陸佐公(倕)石闕銘:"區宇乂安,方面靜息。"注:"方面,四方之面也。"

【方重】端方持重。後漢書二六牟融傳:"明年,代伏恭爲司空,舉動方重,甚得大臣節。"

【方₂皇】徘徊。同"仿偟"、"彷徨"。荀子禮論:"方皇周挾,曲得其次序。"漢書八七上揚雄傳甘泉賦:"寬樛流於高光兮,溶方皇於西清。"參見"仿₂偟"、"彷徨"。

【方便】㊀佛教語，指因人施教，誘導之使領悟佛之真義。唐孟浩然集一還山贈湛禪師詩："念兹泛苦海，方便示迷津。"景德傳燈録九弘辯禪師："帝（唐宣宗）問曰：'何爲方便？'對曰：'方便者，隱實覆相，權巧之門也。被接中下，曲施誘迪，謂之方便。'"㊁隨方見便，隨機行事。宋書褚叔度傳："（褚）淡之兄弟並盡忠事高祖，恭帝每生男，輒令方便殺焉，或誘賂内人，或密加毒害，前後非一。"唐白居易長慶集二七與楊虞卿書："性又愚昧，不識時之忌諱，凡直奏密啟外，有合方便聞於上者，稍以歌詩導之。"㊂便利。玉臺新詠十答扇歌："動摇郎玉手，因風託方便。"唐韓偓玉山樵人集偶見詩："小疊紅箋書恨字，與奴方便寄卿卿。"

【方俗】地方風俗。後漢書六十下蔡邕傳："（樂松等）憙陳方俗閭里小事，帝甚悦之，待以不次之位。"宋書孝武紀元嘉三十年詔："可分遣大使巡省方俗。"

【方家】㊀謂道術修養深湛的人。莊子秋水："吾長見笑於大方之家。"唐成玄英疏："方，猶道也。"後稱飽學或一藝之專精者爲方家。㊁醫家，醫生。醫以方劑治疾，故稱。唐六典十一尚藥局："凡合藥宜用一君，三臣，九佐，此方家之大經也。"

【方袍】僧衣。唐白居易長慶集六三題天竺南院贈閑元旻清四上人詩："白衣一居士，方袍四道人。"景德傳燈録三三泉州慧忠禪師述偈三首之二："多年塵事謾騰騰，雖着方袍未是僧。"也指僧侶。唐權德輿權載之集十八唐故章敬寺百巖禪師碑銘："以中庸之自誠而明，以盡萬物之性；以大易之寂然不動，感而遂通；則方袍褒衣，其極致一也。"五代南唐劉崇遠金華子雜編下："以南朝衆寺，方袍且多，其中必有妙通易道者。"

【方夏】謂中國。書武成："誕膺天命，以撫方夏。"後漢書七二董卓傳贊："方夏崩沸，皇京煙埃。"注："方，四方，夏，華夏也。"

【方格】品行端正。後漢書五八傅燮傳："由是朝廷重其方格，每公卿有缺，爲衆議所歸。"注："方，正也。格猶標準也。"

【方書】㊀醫書。史記一〇五倉公傳："盡去而方書，非是也。"唐白居易長慶集八病中逢秋招客夜酌詩："合和新藥草，尋檢舊方書。"㊁文書，案牘。史記九六張蒼傳："秦時爲御史，主柱下方書。"集解如淳曰："方，版也，謂書事在版上者也。……或曰四方文書。"

【方望】帝王郊祀四方羣神之禮。公羊傳僖三一年："天子有方望之事，無所不通。"注："方望，謂郊時所望，祭四方羣神、日月星辰、風伯雨師、五嶽四瀆及餘山川，凡三十六所。"文選南朝宋顏延年（延之）車駕幸京口侍遊蒜山詩："園縣極方望，邑社揔地靈。"

【方域】四方疆域，全國。後漢書四二光武十王傳東平憲王蒼上疏："今方域晏然，要荒無儆，將遵上德無爲之時也。"

【方陳】方形之陣，古代陣法之一。陳，通"陣"。國語吳："爲萬人以爲方陳，皆白常白旍素甲白羽之矰。"唐太宗李衛公問對上："諸葛亮以石縱横，布爲八行方陳之法，即此圖也。"

【方略】計謀策略。荀子仲尼："鄉方略，審勞佚，畜積、修鬭而能顛倒其敵者也。"史記一一一霍去病傳："天子嘗欲教之孫吳兵法，對曰：'顧方略何如耳，不至學古兵法。'"

【方國】㊀四方諸侯之國。詩大雅大明："厥德不回，以受方國。"後來也泛稱州郡爲方國。宋夏竦文莊集十三進策退巧宦："特遣英賢，專任剛毅，按行方國，分驗治狀。"㊁四鄰之國。宋書師子國傳："四海之外，無往不服，方國諸王，莫不遣信奉獻，以表歸德之誠。"

【方將】將要，正要。詩邶風簡兮："簡兮簡兮，方將萬舞。"箋："將，且也。"宋蘇軾分類東坡詩二二送江公著知吉州："方將華省起彈冠，忽憶釣臺歸洗耳。"

【方釳】乘輿馬頭上插翟毛之具。漢蔡邕獨斷下："金鍐者，馬冠也。高廣各五寸，上如玉華形，在馬髦前。方釳者，鐵也。廣數寸，在馬鍐後。"一説"方釳"在車轅兩邊。文選漢張平子（衡）東京賦："方釳左纛。"三國吳薛綜注："方釳，謂轅旁以五寸鐵，鏤錫。中央低，兩頭高，如山形，而貫中以翟尾，結著之轅兩邊，恐馬相突也。"

方釳

【方術】㊀道術。莊子天下："天下之治方術者多矣。"唐成玄英疏："方，道也。自軒頊已下，迄于堯舜，治道藝術方法甚多。"㊁指醫、卜、星、相之術。史記秦始皇紀："悉召文學方術士甚衆，欲以興太平。"後漢書有方術傳。文心雕龍五書記："方者隅也，醫藥攻病，各有所立，專精一隅，故藥術稱方。術者路也，筭歷極數，見路乃明，九章積微，故以爲術。"

【方船】併船。漢書四三酈食其傳："蜀漢之粟，方船而下。"梁書元帝紀承聖二年詔："江、湘委輸，方船連軸。"

【方壺】㊀方形之壺，古代禮器。儀禮燕禮："司宫尊于東楹之西，兩方壺。"公羊傳昭二五年"國子執壺漿"何休注："壺，禮器，腹方口圓曰壺，反之曰方壺。"㊁古代傳説中的仙山，即方丈山。列子湯問："渤海之東，不知幾億萬里，有大壑焉。……其中有五山焉：一曰岱輿，二曰員嶠，三曰方壺，四曰瀛洲，五曰蓬萊。"

【方雅】大方文雅。晉書胡貴嬪傳："帝每有顧問，不飾言辭，率爾而答，進退方雅。"北史婁昭傳："昭方雅正直，有大度深謀。"

【方隅】邊境四隘。三國志魏陳思王植傳陳審舉之義疏："疆埸騷動，方隅內侵，沒軍喪衆，干戈不息者，邊將之憂也。"文選晉羊叔子（祜）讓開府表："今道路未通，方隅多事，乞留前恩，使臣得速回屯；不爾留連，必於外虞有闕。"

【方幅】㊀四方端正。梁書徐勉傳誡子崧書："前割西邊施宣武寺，既失西廂，不得方幅，意亦謂此逆旅舍爾，何事須華。"又以指人端正之品格。北史樊子蓋傳："今以二孫委公與衛文昇耳，宜選貞良宿德有方幅者教習之。"㊁古代書寫典誥、詔命、表奏等皆用方幅箋册，因以方幅指此等重要文件。陳書姚察傳："察每言論製述，咸爲諸人宗重，儲君深加禮異，情越羣僚，宫内所須方幅手筆，皆付察立草。"新唐書百官志三："凡有彈劾，御史以白大夫，大事以方幅，小事署名而已。"㊂公然。晉宋時方言。世説新語巧藝"王中郎以圍棊是坐隱"注引語林："王（坦之）以圍棋爲手談，故其在哀制中，祥後客來，方幅會戲。"宋書吳喜傳太宗詔："且欲防微杜漸，憂在未萌，不欲方幅露其罪惡，明當嚴詔切之，令自爲其所。"

【方策】㊀同"方册"。禮中庸："文武之政，布在方策。"注："方，版也。策，簡也。"後漢書六十上馬融傳："然猶詠歌於伶蕭，載陳於方策，豈不哀哉。"也作"方筴"。宋書後廢帝紀："方筴所不書，振古所未聞。"㊁計謀策略。三國志魏滿田牽郭傳評："郭淮方策精詳，垂問秦、雍。"

【方程】九章算術之一，相當於今之解多元一次方程組。呈矩形的排列曰方。諸物間之關係，即計算程序曰程。求一物者需一程，二物者再程，三物者三程，程數皆如物數。諸程並列，悉成爲方，故曰方程。參閲九章算術八方程。

【方勝】兩個菱形壓角相疊組成的圖案

或花樣。勝本首飾，即今所謂綵結。宋史輿服志四："六梁冠：方勝宜男錦綬爲第三等，左右僕射至龍圖、天章、寶文閣直學士服之。"指服飾。元王實甫西廂記三本一折："不移時把花牋錦字，疊做箇同心方勝兒。"指將信箋疊成菱形花樣。

【方絮】紙。宋蘇易簡文房四譜四引漢服虔通俗文："方絮曰紙。"又引唐段成式與温庭筠雲藍紙絶句序："紅方絮中，更擬相思之曲。"

【方裔】邊陲之地。晉書張軌傳附張寔："建威將軍西海太守張肅，寔叔父也。以京師危逼，請爲先鋒擊劉曜。寔以肅年老弗許，肅曰：'狐死首丘，心不忘本；鍾儀在晉，楚弁南音。……寔安方裔，難至不奮，何以爲人臣？'"

【方載】指地。唐孔穎達禮記正義序："猶襄陵之浸，修隄防以制之；覂駕之馬，設銜策以驅之；故乃上法圓象，下參方載；道之以德，齊之以禮。"

【方賄】地方所貢的財物土產。國語魯下："昔武王克商，通道于九夷百蠻，使各以其方賄來貢。"注："方賄，各以所居之方所出貨賄爲貢也。"唐李商隱李義山文集二爲滎陽公進賀正銀狀："前件銀，出非大冶，貨在中金，取以元正，式陳方賄。"

【方圓】㊀物之形體。荀子禮論："規矩者方圓之至。"也作"方員"、"方圜"。孟子離婁上："不以規矩，不能成方員。"禮記經解："規矩誠設，不可以欺方圜。"㊁權宜，酌情辦理。舊唐書食貨志上："貢入之奏，皆曰臣於正稅外方圓，亦曰羡餘。"又："所以先有告示，許有方圓，意在他時，行法不貸。"㊂周圍，範圍。宣和遺事亨集："徽宗道：'見説月宮方圓八百里，若到廣寒宮，須有一萬億，如何得到？'"

【方罫】棋盤上的方格。三國志吳韋曜傳博奕論："今世之人多不務經術，好翫博奕，廢事棄業，忘寢與食，……然其志不出一枰之上，所務不過方罫之間。"

【方稜】方正嚴厲。梁慧皎高僧傳六釋慧遠："遠神韻嚴肅，容止方稜，凡豫瞻睹，莫不心形戰慄。"

【方₃與】春秋戰國時宋邑。秦置縣，屬山陽郡。北齊廢，隋復置，唐以縣西北有魯侯觀魚臺，改爲魚臺。史記陳涉世家記秦末秦嘉起兵，立景駒爲楚王，引兵之方與，欲擊秦軍定陶下，即此地。故城在今山東魚臺縣地。參閱讀史方輿紀要三二兖州府魚臺縣。

【方蓬】方壺蓬萊，傳説的海上神山。唐李白李太白詩九贈盧徵君昆弟："水落海上清，鼇背覩方蓬。"又十一流夜郎半道承恩放還……書懷示息秀才詩："寄言息夫子，歲晚涉方蓬。"

【方聞】猶博聞。漢書武帝紀元朔五年詔："今禮壞樂崩，朕甚閔焉。故詳延天下方聞之士，咸薦諸朝。"

【方領】直衣領。漢書七六韓延壽傳："延壽衣黄紈方領。"注："以黄色素作直領也。"後漢書儒林傳序："建武五年迺修起太學，稽式古典；籩豆干戚之容，備之于列；服方領習矩步者，委它乎其中。"指儒生之裝束。亦用爲儒生之代稱。參見"方領矩步"。

【方諸】㊀古代於月下承露取水之器，遠古用蚌殼，後來用銅鑄。淮南子天文："方諸見月，則津而爲水。"注："方諸，陰燧，大蛤也。熟摩令熱，月盛時以向月下，則水生，以銅盤受之，下水數滴，先師説然也。"漢王充論衡亂龍："今伎道之家，鑄陽燧取飛火於日，作方諸取水於月，非自然也，而天然之也。"參見"明水"。㊁銅鑄方諸，可以照人。諸、鑑音近。詩文中因以方諸指銅鏡。唐陸龜蒙甫里集十一自遣詩三十首之十五："月娥如有相思淚，秖待方諸寄兩行。"

【方輦】兩輦並行。隋書獨孤皇后傳："上每臨朝，后輒與上方輦而進，至閤乃止。"

【方慝】四方的忌諱。周禮地官誦訓："掌道方慝，以詔辟忌，以知地俗。"注："方慝，四方言語所惡也。"

【方駕】兩車並行。後漢書二四馬援傳附馬防："臨洮道險，車騎不得方駕。"文選晉陸士衡（機）擬古詩擬青青陵上柏："方駕振飛轡，遠遊入長安。"也比喻不相上下，並駕齊驅。文選南朝梁劉孝標（峻）廣絶交論："近世有樂安任昉，……遒文麗藻，方駕曹（植）、王（粲）；英特儁邁，聯衡許（劭）郭（泰）。"

【方儀】謂地。古稱天地爲兩儀；地方，故曰方儀。文選晉盧子諒（諶）時興詩："亹亹圓象運，悠悠方儀廓。"參見"兩儀"。

【方畿】猶言國境以內。文選漢陳孔璋（琳）爲袁紹檄豫州文："方今漢室凌遲，綱維弛絶，……方畿之内，簡練之臣，皆垂頭搨翼，莫所憑恃。"宋書文帝紀元嘉八年詔："郡守賦政方畿，縣宰親民之主，宜思獎訓，導以良規。"

【方澤】夏至日祭地之處。掘地爲方池，貯水以祭，故稱方澤。廣雅釋天："圓丘大壇祭天也，方澤大折祭地也。"唐韓愈昌黎集外集一明水賦："或將祀圓丘於玄冬，或將祭方澤於朱夏。"明嘉靖九年，建方澤於北京安定門外，即地壇。參閱續通典四七禮三郊天。參見"方丘"。

【方劑】藥方，處方。梁書陸襄傳："襄母卒患心痛，醫方須三升粟漿，……忽有老人詣門貨漿，量如方劑。"新唐書二〇四甄權傳附許胤宗："脈之妙處不可傳，虚著方劑，終無益於世。"

【方頭】耿直、倔强，不馴順。唐代已有此語。宋趙令時侯鯖録八："今人謂質直者曰方頭。陸魯望（龜蒙）作有懷詩云：'頭方不會王門事，塵土空緇白苧衣。'亦有此出處矣。"宋呂南公灌園集六寄鄧師厚詩："俛睫游從真醜謬，方頭言論易乖違。"參見"不劣方頭"。

【方瞳】方形瞳孔。道家説眼方者壽千歲，因以方瞳爲仙人之徵。舊題晉王嘉拾遺記三："惟有黄髮老叟五人，或乘鴻鶴，或衣羽毛，耳出於頂，瞳子皆方。"唐李白李太白詩二十遊泰山之二："山際逢羽人，方瞳好容顔。"也作"方瞳子"。唐李咸用披沙集二臨川逢陳百年詩："麻姑山下逢真士，玄肩碧眼方瞳子。"

【方輿】指地。古謂天圓地方，易説卦以坤爲地，又爲大輿。謂其能載萬物，故稱地爲方輿。文選晉束廣微（晳）補亡詩："漫漫方輿，迴迴洪覆。"

【方嶽】同"方岳"。

【方鎮】指掌握一方兵權的軍事長官。如晉持節都督、唐節度使之類。唐代方鎮大者連州十餘，小者三四，完全成爲地方割據勢力。晉書范甯傳陳時政："又方鎮去官，皆割精兵器仗以爲送，故米布之屬，不可稱計，監司相容，初無彈糾。"新唐書憲宗紀贊："由是朝廷益弱，而方鎮愈彊，至於唐亡，其患以此。"新唐書有方鎮表。

【方藥】醫方藥物。漢書六十杜周傳附杜延年："昭帝末，寢疾，徵天下名醫，延年典領方藥。"

【方麴】竹織方扇，用以障面。北齊書楊愔傳："後有選人魯漫漢自言猥賤，獨不見識。愔曰：'卿前在元子思坊，騎禿尾草驢，經見我不下，以方麴鄣面，我何不識卿？'"也作"方麯"。明楊愼丹鉛録八："方言：薄謂之曲。此云方麯障面，蓋竹織方扇也。"或謂方麴形如餅而四稜，以木爲之。見明李日華紫桃軒又綴。

【方臘】公元？—1121年。北宋末年農

民起義領袖。傭工出身。原籍歙州，以牟尼教組織羣衆，於宣和二年秋，在睦州起義，自號聖公，建元永樂。先後占有睦州杭州等七州四十八縣。宣和三年四月在戰鬬中被俘，同年八月在東京就義。參閱桂林方氏宗譜、青溪寇軌附容齋逸史、宋史四六八童貫傳附方臘。

【方攘】分散奔離。文選漢揚子雲（雄）甘泉賦："猋駭雲迅，奮以方攘。"

【方嚴】方正嚴肅。三國志吳魯肅傳"肅年四十六"注引吳書："肅爲人方嚴，寡於玩飾，內外節儉，不務俗好。"宋書蔡廓傳附蔡興宗："尚書僕射顏師伯謂王躭之曰：'蔡豫章昔在相府，亦以方嚴不狎，武帝宴私之日，未嘗相召。'"興宗父廓，官豫章太守。

【方響】古打擊樂器，磬類，銅鐵製，始創於南朝梁。以十六枚鐵片組成，其制上圓下方，大小相同，厚薄不一，分兩排，懸於一架。以小銅鎚擊之，其聲清濁不等，爲隋唐燕樂中常用之樂器。唐白居易長慶集五四偶飲詩："千聲方響敲相續，一曲雲和戛未終。"杜牧樊川集外集有方響詩。方響，南宋時猶盛行，其制已久失傳。參閱通典一四四樂四金一、清俞樾茶香室叢鈔二三醴陵出方響。

方響

【方于魯】明歙縣人。本名大激，以字行，後改字建元。初學爲詩，汪道昆招入豐干社，著有方建元詩集十二卷。後得程君房墨法，乃改而製墨，有獨創，名遂顯，與君房不相上下。著有方氏墨譜六卷，凡列墨三百八十五式，摹繪精細。參閱清張仁熙雪堂墨品。

【方士庶】公元1692—1751年。清江蘇江都人，字洵遠，號環山，晚號小師道人。善畫山水，受學於黃尊古（鼎），落筆蒼秀。工詩，有環山詩集四卷。參閱碑傳集補五六洵遠方君傳、國朝耆獻類徵初編四二八毛晉附方士庶。

【方寸匕】古盛藥量器，猶今之藥匙。政和證類本草一序例上："凡散藥有云刀圭者，十分方寸匕之一，准如梧桐子大也。方寸匕者，作匕正方一寸，抄散取不落爲度。"

【方寸地】㊀指心。列子仲尼："吾見子之心矣，方寸之地虛矣。"宋羅大經鶴林玉露六："俗語云：'但存方寸地，留與子孫耕。'指心而言也。"參見"方寸"。㊁猶言一小塊地。新唐書一一二員半千傳："行年三十，懷志潔操，未蒙一官，不能陳力歸報天子。陛下何惜玉陛方寸地，不使臣披露肝膽乎？"

【方山子】宋陳慥晚年隱於光黃間，不與世相聞，人莫能識，見其所戴帽，方聳而高，似古方山冠，因稱之爲方山子。蘇軾謫官黃州，識之，爲作方山子傳。參閱宋史二九八陳希亮傳。

【方山巾】儒生所戴之冠。唐李白李太白詩二五嘲魯儒："足著遠遊履，首戴方山巾。"

【方山冠】漢代祭祀宗廟時，樂舞者所戴之冠。後漢書輿服志下："方山冠，似進賢，以五采縠爲之。祠宗廟，大予、八佾、四時、五行樂人服之，冠衣各如其行方之色而舞焉。"

方山冠

【方口食】佛教指以巧言令色求食四方的僧人。大智度論三："有出家人曲媚豪勢，通使四方，巧言多求，不淨活命者，是名方口食。"

【方以智】公元1611—1671年。明桐城人，字密之，號鹿起，爲明末四公子之一。崇禎十三年進士，官翰林院檢討。入清，南走廣西，桂王亡，棄家爲僧，名弘智，字無可，別號藥地和尚。博覽羣書，所著通雅，論者謂精審在楊慎陳耀文焦竑三家之上。精音韻，創發聲送氣收聲之說，兼通天文、地理、歷史、生物、醫藥、文學等。著有物理小識、浮山集、藥地炮莊、易袽、古今性說合觀、一貫問答、東西均等。參閱明王夫之船山遺書永曆實錄五。

【方正字】文具，界尺的擬人名稱。見宋洪林文房圖贊。

【方司格】北魏時按門第高低列次爲舉選格，謂之方司格。新唐書一九九柳沖傳："魏氏立九品，置中正，尊世胄，卑寒士，權歸右姓已。其州大中正、主簿，郡中正、功曹，皆取著姓士族爲之，以定門胄，品藻人物。……魏太和時，詔諸郡中正，各列本土姓族次第爲舉選格，名曰'方司格'，人到于今稱之"。

【方目紗】古紡織物名。漢書四五江充傳"冠襌纚步搖冠，飛翮之纓"唐顏師古注："纚，織絲爲之，即今方目紗是也。"也稱方空，參見"方空"。

【方外士】不受禮教所拘之士。晉書阮籍傳："（裴）楷曰：'阮籍既方外之士，故不崇禮典。'"南史謝晦傳附謝澹："帝以爲澹方外士，不宜規矩繩之。"也指僧道。宋蘇軾分類東坡詩四留別蹇道士拱辰："屢接方外士，早知俗緣輕。"

【方外友】指與僧道結成的朋友。如唐陳子昂、趙貞固、盧藏用、杜審言、宋之問、畢隆澤、郭襲微、司馬承禎、釋懷一、陸餘慶號方外十友（唐詩紀事八陳子昂）。宋趙悅道休官歸三衢，與鍾山佛慧禪師爲方外友（釋惠洪冷齋夜話十延一僧對飯）。也稱方外交。宋李曾伯可齋續藁後十勉時思王和尚留詩："平時欲定方外交，白石清泉正相屬。"

【方式濟】清安徽桐城人，字屋源。康熙四十八年進士，官內閣中書。父登嶧，以戴名世獄，受株連戍邊卜奎（今齊齊哈爾），式濟隨往，與父並死於戍地。工詩，樂府尤勝。居卜奎時，著龍沙紀略，記我國黑龍江流域的地理環境、歷史沿革。

【方竹杖】見"方竹"。

【方孝標】公元1617—?年。清安徽桐城人，本名玄成，避玄燁（康熙）諱，以字行，別號樓岡。順治進士，累官至內弘文院侍讀學士，坐事流放寧古塔，後得釋。入滇，仕吳三桂，爲翰林承旨。據在滇黔時所聞所見明末清初事，著滇黔紀聞。同邑戴名世著南山集，多採其言。後名世被禍，並及孝標。時孝標已死，掘墓剉骨，親族坐死及流徙者甚多。參閱清李元度國朝先正事略十四。

【方孝孺】公元1357—1402年。明浙江寧海人，字希直，又字希古。宋濂弟子。洪武時，爲漢中教授，蜀獻王聘爲世子師，名其書室爲正學，人稱正學先生。建文時，任侍講學士。燕王朱棣起兵，當時朝廷詔檄多出其手。燕兵入京師（今南京），棣命孝孺草即位詔，孝孺不從，被殺。宗族親友連坐死者，凡十族，達八百四十七人。著有遜志齋集。明史有傳。參閱明儒學案四三。

【方相氏】周官名。見"方相"。

【方便門】佛教指引人入佛的門徑。唐王勃王子安集十六廣州寶莊嚴寺舍利塔碑："維摩見柄，蓋申方便之門；道安謝歸，思遠朝廷之事。"四十二章經："視方便門，如化寶聚。"引申謂予人便利，爲開方便之門。參見"方便"。

【方便囊】手提袋。宋陶穀清異錄器具："唐季王侯競作方便囊，重錦爲之，形如今之照袋。每出行雜置衣、巾、篦、鑑、香藥、詞册，頗爲簡快。"

【方國珍】公元1319—1374年。元末黃巖人，名珍，字國珍。世以販鹽浮海爲業。至正八年，聚衆數千人，打劫元漕運糧食，屢敗官兵。後乞降求官，任海道漕運萬户，累進至江浙行省左丞相、衢國公，割據温州台州慶元三路。至正二七年降朱元璋，授廣西行省左丞，卒於京師。明史有傳。

【方崧卿】公元 1135—1195 年。宋莆田人，字季申。隆興元年進士。官至京西轉運判官。家藏書數萬卷，手自校讎，曾校正韓昌黎文集，又爲韓詩編年韓詩擧正。參閲宋葉適水心集十九京西運判方公神道碑、宋陳振孫直齋書録解題十六別集上。

【方觀承】公元 1696—1768 年。清安徽桐城人，字宜田，號問亭。雍正時，爲平郡王記室。乾隆七年授直隸清河道，官至直隸總督，太子太保。督直隸二十年，皆掌治水，前後奏上治河方略數十疏，延趙一清戴震輯直隸河渠書一百三十餘卷。研三禮，與秦蕙田同撰五禮通考。自著有述本堂詩宜田彙稿問亭集。謚恪敏。

【方以類聚】同類事物相聚一處。易繫辭上:“方以類聚，物以羣分，吉凶生矣。”禮樂記“方以類聚”疏:“方以類聚者，方謂走蟲禽獸之屬，各以類聚，不相雜也。”

【方外司馬】言身雖居官，而不拘於禮法。世説新語簡傲:“俄而(桓温)引(謝)奕爲司馬，奕既上，猶推布衣交。在温坐，岸幘嘯詠，無異常日。宣武每曰:‘我方外司馬。’”又見晉書謝安傳附謝奕。

【方言疏證】清戴震撰，十三卷。自序稱從永樂大典内得善本方言，又廣搜羣籍中引用方言及注者，交互參訂，改訛、補脱、删衍字三百餘處，逐條詳加考證。

【方底圓蓋】猶言圓鑿方枘，兩不相合。北齊顔之推顔氏家訓兄弟:“今使疏薄之人，而節量親厚之恩，猶方底而圓蓋，必不合矣。”

【方枘圜鑿】方榫圓孔，彼此不合。比喻格格不入。楚辭宋玉九辯:“圜鑿而方枘兮，吾固知其鉏鋙而難入。”淮南子氾論:“世之法籍與時變，禮義與俗易，爲學者循先襲業，據籍守舊教，以爲非此不治，是猶持方枘而周員鑿也，欲得宜，適致固焉，則難矣。”員，通“圓”。也作“方鑿圓枘”。唐孔穎達春秋正義序:“此乃以冠雙屨，將絲綜麻，方鑿圓枘，其可入乎?”

【方桃譬李】言美如桃李。藝文類聚四四南朝梁簡文帝箏賦:“乃有燕餘麗妾，方桃譬李，本住南城，經居東里。”

【方趾圓顱】指人。因人首圓而足方，故稱。南史陳武帝紀進位相國策:“日者，昊天不弔，鍾亂于我國家，……茫茫宇宙，慄慄黎元，方趾圓顱，萬不遺一。”

【方領矩步】指儒生的服飾與儀態。方領，直衣領。矩步，步履規矩合度。也泛指儒生。隋書儒林傳序:“方領矩步之徒，亦多轉死溝壑。”參見“方領”。

【方興未艾】正在發展，没有終止。宋陳亮集二三祭周賢董文:“連歲有江上之役，欲爲公壽而不果奔也，謂公之壽方興未艾，而此心終未泯也。”

【方頭不律】倔强，執拗，轉爲凶暴。古今雜劇元鄭廷玉金鳳釵:“見一箇方頭不律的人，欺負一箇年老的，要扯他跳河。”亦作“方頭不劣”。又關漢卿緋衣夢四:“俺這裏有箇裴炎，好生方頭不劣。”

【方輿勝覽】宋祝穆撰，七十卷。所記分十七路，僅限於宋南渡後的疆域，而以京城臨安府爲首。書中詳於名勝古蹟，並多列詩賦序記之類，而略於建置沿革、疆域道里、關塞險要。

二 畫

㫃 yǎn 於幰切，上，阮韻，影。
ㄧㄢˇ 於蹇切，上，獮韻，影。

旌旗飛揚貌。説文:“旌旗之游，㫃蹇之貌。”参閲清徐灝説文解字注箋。

四 畫

斻 háng 集韻 寒剛切，平，唐韻。
ㄏㄤˊ

兩船相併。説文:“斻，方舟也。”後泛指以舟渡水。後漢書一一〇杜篤傳:“造舟于渭，北斻涇流。”注:“斻，舟度也。”

㫄 páng 集韻 蒲光切，平，唐韻。
ㄆㄤˊ

“旁”本字。見“旁”。

旊 fǎng
ㄈㄤˇ

同“斻”。見“斻”。

於 1. wū 哀都切，平，模韻，影。
ㄨ

㊀古“烏”字。穆天子傳三:“比徂西土，爰居其野，虎豹爲羣，於鵲與處。”晉郭璞注:“於讀曰烏。”㊁贊歎詞。書堯典:“僉曰:‘於！鯀哉！’”

2. yú 央居切，平，魚韻，影。
ㄩˊ

㊂居，相依以居。三國魏曹植曹子建集六當來日大難:“廣情故，心相於。”㊃介詞。與“于”同。1.在。論語憲問:“子路宿於石門。”2.從，到。老子:“千里之行，始於足下。”莊子逍遥遊:“海運則將徙於南冥。”3.比，如。禮檀弓下:“苛政猛於虎也。”4.給，對。論語衛靈公:“己所不欲，勿施於人。”論語述而:“不義而富且貴，於我如浮雲。”5.被，由。左傳成二年:“郤克傷於矢。”6.以，用。韓非子解老:“慈，於戰則勝，以守則固。”㊄連詞。與“于”同。猶“與”。戰國策齊一:“今趙之與秦，猶齊之於魯也。”㊅助詞。無義。詩大雅靈臺:“於論鼓鐘，於樂辟廱。”參閲清王引之經傳釋詞一。㊆姓。漢書景武昭宣元成功臣表有涉安侯於單。明史太祖紀二有總兵官於顯。

【於$_{2}$于】夸誕自得貌。莊子天地:“子非夫博學以擬聖，於于以蓋衆，獨弦哀歌以賣名聲於天下者乎?”釋文:“司馬(彪)云夸誕貌。一云行仁恩之貌。”於于猶于于。參見“于于㊀”。

【於乎】感歎詞。同“嗚呼”。詩大雅桑柔:“於乎有哀，國步斯頻。”荀子仲尼:“於乎，夫齊桓公有天下之大節焉，夫孰能亡之?”參見“於戲”。

【於邑】憂悒鬱結，哽咽。楚辭屈原九章悲回風:“傷太息之愍憐兮，氣於邑而不可止。”史記八六聶政傳:“(榮)乃大呼天者三，卒於邑悲哀而死政之旁。”也作“於悒”，見下。

【於$_{2}$則】人名。相傳爲古時始製鞋者。太平御覽六九七引世本:“於則作履屝。”注:“於則，黄帝臣。草曰屝，麻曰履也。”

【於皇】贊歎詞。詩周頌臣工:“於皇來牟，將受厥明。”又般:“於皇時周，陟其高山。”

【於悒】同“於邑”。楚辭漢東方朔七諫哀命:“念女嬃之嬋媛兮，涕泣流乎於悒。”文選三國魏曹子建(植)求自試表:“今臣志狗馬之微功，竊自惟度，終無伯樂韓國之擧，是以於悒而竊自痛者也。”

【於菟】㊀虎的別名。左傳宣四年:“楚人謂乳穀，謂虎於菟。”釋文:“於音烏，菟音徒。”漢書一〇〇上敍傳菟作“檡”。元詩百一鈔迺賢答祿將軍射虎行:“白額於菟踞當道，城邊日落無人過。”㊁地名。在今湖北雲夢縣北，古稱於菟鄉。相傳爲春秋時楚鬬穀於菟(令尹子文)出生後被遺棄，爲虎哺育之處。參見太平寰宇記一三二淮南道安州雲夢縣。

【於$_{2}$陵】㊀地名。戰國齊於陵邑。西漢置縣，屬濟南郡。南朝宋改爲武强縣。隋開皇十八年改長山縣。在今山東鄒平縣境。參閲漢書地理志上濟南郡、嘉慶一統志一六三濟南府二古蹟。㊁姓。戰國齊陳仲子避地居於陵，後人因以爲氏，漢有於陵欽。見漢應劭風俗通姓氏篇上(清張澍輯本)。

【於₂越】 即春秋時越國。春秋定十四年:“五月,於越敗吳于檇李。”地在今浙江一帶。

【於赫】 贊歎詞。詩商頌那:“於赫湯孫,穆穆厥聲。”漢書七三韋賢傳諫詩:“於赫有漢,四方是征。”注:“於讀曰烏。烏,歎辭也。赫,明貌。”

【於₂潛】 縣名。西漢置於晉縣,屬丹揚郡。東漢改爲於潛。明清屬杭州府。地在今浙江臨安縣境。參閱漢書地理志上丹揚郡、讀史方輿紀要九十浙江二杭州府。

【於穆】 贊歎詞。詩周頌清廟:“於穆清廟,肅雝顯相。”傳:“於,歎辭也。穆,美。”

【於戲】 感歎詞。同“嗚呼”、“於乎”。禮大學:“詩云:‘於戲,前王不忘。’”今詩周頌烈文作“於乎”。漢書七三韋賢傳附韋玄成:“於戲後人,惟肅惟栗。”注:“於戲讀曰嗚乎。”參閱唐顏師古匡謬正俗二烏呼。

【於鑠】 贊歎詞。詩周頌酌:“於鑠王師,遵養時晦。”傳:“鑠,美。”樂府詩集二七曹操度關山詩:“於鑠賢聖,總統邦域。”

【於₂陵子】 ㊀戰國齊人。即陳仲子。因居於於陵,故號於陵子。戰國策齊四作於陵子仲,漢書古今人表作於陵中子。漢劉向列女傳稱楚人。參見“陳仲子”。㊁書名。舊本題齊陳仲子撰。一卷,十二篇。清王士禎謂爲明姚士粦僞作。

【於₂微閭】 神話中的山名。楚辭屈原遠遊:“朝發軔於太儀兮,夕始臨乎於微閭。”注:“一名微毋閭。”宋洪興祖補注引顏師古曰:“即所謂醫巫閭。”

五　　畫

施 1. shī ㄕ 式支切,平,支韻,審。施智切,去,寘韻,審。

㊀散布。易乾:“雲行雨施,品物流形。”注:“使雲氣流行,雨澤施布,故品類之物,流布成形。”㊁推行。論語衛靈公:“己所不欲,勿施於人。”㊂給予。國語吳:“施民所欲,去民所惡。”㊃陳尸示衆。國語晉三:“秦人殺冀芮而施之。”㊄加惠,恩惠。易乾:“見龍在田,德施普也。”㊅尺度名。管子地員:“夫管仲之匡天下也,其施七尺。”注:“施者,大尺之名也,其長七尺。”㊆姓。參見宋鄧名世古今姓氏書辨證三支。

2. yì ㄧ 集韻 以豉切,去,寘韻。

㊇蔓延,延續。詩大雅旱麓:“莫莫葛藟,施于條枚。”莊子在宥:“施及三王,而天下大駭矣。”

3. yí ㄧ 集韻 余支切,平,支韻。

㊈逶迤行進。通“迤”。孟子離婁下:“蚤起,施從良人之所之。”

4. shǐ ㄕ 集韻 賞是切,上,紙韻。

㊉棄置,改易。通“弛”。論語微子:“君子不施其親,不使大臣怨乎不以。”後漢書光武紀下:“遣驃騎大將軍杜茂將衆郡施刑屯北邊。”注:“施,讀曰弛;弛,解也。”

【施工】 按照計劃動工。宋朱熹朱文公集別集五西原崔嘉彥書:“向說栽竹木處,恐亦可便令施工也。”

【施予】 給與,惠與。漢書五四蘇建傳附蘇武:“武所得賞賜,盡以施予昆弟故人,家不餘財。”新五代史張筠傳:“然筠爲人好施予,以其富,故所至不爲聚斂,民賴以安。”

【施主】 即檀越。梵語爲陀那鉢底。佛教寺院對布施者的敬稱。優婆塞戒經五:“施主施時爲破彼苦,非爲作罪。是故施主應得善果。”唐義淨南海寄歸內法傳一受齋規則:“梵云陀那鉢底,譯爲施主。陀那是施,鉢底是主,而云檀越者,本非正譯。……舊云達嚫者訛也。”

【施生】 給人以生路。漢書三六楚元王傳附劉德:“德寬厚,好施生,每行京兆尹事,多所平反罪人。”

【施全】 宋錢塘人。爲殿司小校。時秦檜爲相,殺岳飛,收諸將兵權,一意求和。紹興二十年正月,檜趨朝,全直前刺檜,不中,磔於市。自是檜每出,列五十兵,持長梃以自衛。見宋史四七三秦檜傳。

【施行】 實行。荀子性惡:“故坐而言之,起而可設,張而可施行,豈不過甚矣哉!”史記蕭相國世家:“即不及奏上,輒以便宜施行。”

【施₂行】 流行。唐韓愈昌黎集二一石鼎聯句詩:“願君莫嘲誚,此物方施行。”

【施身】 謂捨身。全唐文八一三公乘億魏州故禪大德獎公塔碑:“漢明推入夢之祥,梁武顯施身之願。”參見“捨身”。

【施法】 施行法令。周禮天官大宰:“乃施法於官府而建其正。”史記秦紀:“(商)鞅之初爲秦施法,法不行,太子犯禁。鞅曰:‘法之不行,自於貴戚,君必欲行法,先於太子;太子不可黥,黥其傅師。’於是法大用,秦人治。”

【施舍】 ㊀給與優惠的待遇。墨子非攻中:“於是退不能賞孤,施舍羣萌。”左傳宣十二年:“老有加惠,旅有施舍。”注:“旅客來者,施之以惠,舍,不勞役。”㊁猶興廢。後漢書四九王充傳論:“施舍之道,宜無殊典。”㊂旅邸,客寓。國語周中:“國無寄寓,縣無施舍。”注:“四甸爲縣,縣方六十里。施舍者,賓客負任之處。”

【施₄舍】 免役。周禮天官小宰:“令百官府共其財用,治其施舍,聽其治訟。”注:“施舍,不給役者。”

【施秉】 縣名。漢無陽縣地。元置施秉前江等軍民長官司。明正統九年改置縣。清因之。地在今貴州黔東南苗族侗族自治州北部。參閱嘉慶一統志五〇三鎮遠府。

【施施】 ㊀徐行貌。詩王風丘中有麻:“彼留子嗟,將其來施施。”傳:“施施,難進之意。”箋:“施施,舒行伺閒,獨來見己之貌。”㊁喜悅自得貌。孟子離婁下:“(妻)與妾訕其良人,而相泣於中庭,而良人未之知也,施施從外來,驕其妻妾。”

【施南】 府名。春秋戰國時楚地。北周置施州。清雍正六年改爲恩施縣,十三年升爲施南府。治所在今湖北恩施縣。參閱嘉慶一統志三五一施南府。

【施食】 佛教故事。餓鬼焰口爲解脫苦身,得生天上,請阿難設法會,向餓鬼各施一斛食,解除宿孽,阿難之功德福壽亦得以增長。後遂用爲轉障消災延年益壽而向餓鬼施食的一種儀式。俗名放焰口,又稱瑜伽焰口。參閱唐不空佛說救拔焰口餓鬼陀羅尼經及瑜伽集要焰口施食儀起教阿難陀緣由。

【施浪】 唐時六詔之一。詳“六詔”。

【施設】 設施,安排。史記六五孫子吳起傳論:“世俗所稱師旅,皆道孫子十三篇,吳起兵法,世多有,故弗論,論其行事所施設者。”漢書七六尹翁歸傳:“(田)延年親臨見,令有文者東,有武者西。閱數十人,次到翁歸,獨伏不肯起,對曰:‘翁歸文武兼備,唯所施設。’”

【施琅】 公元1621—1696年,字琢公,福建晉江人。初爲明總兵鄭芝龍部將,降清後,任水師提督。康熙二十二年(公元1683年),率師攻滅臺灣鄭氏政權。主張在臺灣建制設防,鞏固海疆。封靖海侯。謚襄壯。有奏議、靖海紀事。參閱碑傳集十五施琅傳、國朝先正事略十一施琅。

【施勞】 自誇耀其功勞。論語公冶長:“顏淵曰:‘願無伐善,無施勞。’”一說爲不以勞苦之事加予他人。三國魏何晏集解引孔安國曰:"不以勞事置施於人。"清俞樾謂伐古訓敗;施與"弛"通,訓毀。謂人有善,宜獎成而勿敗之;人有功,宜保全而勿毀之。見俞樓雜纂十四。

【施報】施惠與酬報。禮記曲禮上:"其次務施報,禮尚往來。"管子版法:"審用財,慎施報,察稱量。……施報不得,禍乃始昌。"

【施惠】施予恩惠。禮月令孟春之月:"命相布德和令,行慶施惠,下及兆民。"

【施鉤】古遊戲之一種,似後來之拔河。南朝梁宗懍荊楚歲時記:"施鉤之戲,以緪作篾纜相罥,綿亙數里,鳴鼓牽之。"

【施與】以財物濟人。漢書八六王嘉傳:"孝宣皇帝賞罰信明,施與有節。"三國志吳魯肅傳:"家富於財,性好施與。"

【施齋】對僧人施食。文苑英華三四二唐韋蟾道林寺詩:"他方居士來施齋,彼岸上人投結夏。"

【施₂靡】連綿不斷貌。史記一一七司馬相如傳上林賦:"隱轔鬱𡾰,登降施靡。"漢書作"阤靡"。文選漢揚子雲(雄)甘泉賦:"遝遝離宮般以相燭兮,封巒石關施靡乎延屬。"

【施藥】免費布施藥物。唐韓偓玉山樵人集騰騰詩:"烏帽素餐兼施藥,前身多恐是醫僧。"唐闕史下王居士神丹:"嘗持珠誦佛,施藥里巷。"

【施讎】漢沛人,字長卿。從田王孫學易。宣帝時博士。甘露中,曾於石渠閣參與五經同異之議。授易于張禹、魯伯,並再傳彭宣、毛莫如等,於是易有"施氏之學"。平帝時又有戴賓劉昆,劉授弟子施氏易有五百餘人。著章句二篇,經晉永嘉之亂散失。清馬國翰玉函山房輯有施氏章句一卷。參閱漢書儒林傳、後漢書一〇九劉昆傳。

【施世綸】清福建晉江人,施琅次子,字文賢。由蔭生授江蘇泰州知州,累官户部侍郎,總督漕運。以清廉知名。有南堂集。見國朝先正事略十一。後人傳會傳説,演其事爲施公案。

【施耐庵】公元1296?—1370?年,元末明初人,名子安,字耐庵。原籍錢塘(一説蘇州)。後遷居江蘇興化(一説淮安)。元至順進士,曾官錢塘兩年,後終身不仕,矢志著述。其加工、寫定的水滸一書,爲我國重要文學遺産之一。參見"水滸"。

【施國祁】清歸安人,字非熊,號北研。專攻金史,善詩古文詞。著有金源劄記、金史詳校、元遺山集箋注、禮耕館詩文集等。

【施閏章】公元1618—1683年,清宣城人,字尚白,號愚山。順治六年進士,康熙十八年舉博學鴻詞,纂修明史,官至侍讀。工詩文,文宗歐陽修曾鞏,詩與宋琬齊名。所著有學餘堂文集、詩集、矩齋雜記、蠖齋詩話等。

斿 1. yóu ㄧㄡˊ 以周切,平,尤韻,喻。

㊀浮游。漢書禮樂志:"泛泛滇滇從高斿。"禮學記"卜禘不視學,游其志也"釋文本游作"斿"。斿,爲"游"之省體。㊁見"斿貢"。

2. liú ㄌㄧㄡˊ 集韻 力求切,平,尤韻。

㊂古代旌旗的下垂飾物。周禮春官巾車:"建大常,十有二斿。"注:"大常,九旗之畫日月者。正幅爲縿,斿則屬焉。"釋文:"音留。"㊃古代帝王、諸侯冠冕前後垂懸的玉串。周禮夏官弁師:"諸侯之繅斿九就。"

【斿車】即游車。古代帝王田獵或巡行時所乘的車。周禮春官司常:"道車載旞,斿車載旌。"注:"斿車,木路也,王以田以鄙。"木路,即木輅。

【斿貢】周九貢的一種。周禮天官大宰:"以九貢致邦國之用。一曰祀貢,……八曰斿貢,九曰物貢。"注:"斿貢,燕好珠璣琅玕也。"

六畫

旁 1. páng ㄆㄤˊ 步光切,平,唐韻,並。

㊀側,邊。儀禮公食大夫禮:"旁四列,西北上。"漢書八九黄霸傳:"食於道旁。"㊁枝。莊子人間世:"其可以爲舟者,旁十數。"釋文:"旁,旁枝也。"一説旁爲語詞,讀爲"方","且"義。參閱清俞樾諸子平議十七。㊂輔佐。楚辭屈原九章惜誦:"吾使厲神占之兮,曰'有志極而無旁'。"注:"旁,輔也。"㊃別的。南朝宋鮑照鮑氏集三代別鶴操:"心自有所存,旁人那得知。"㊄邪,偏頗。荀子議兵:"旁辟曲私之屬爲之化而公。"㊅橫。見"旁行㊂"。㊆徧,廣。書説命下:"旁招俊乂,列于庶位。"

2. bàng ㄅㄤˋ

㊇依,近。通"傍"。莊子齊物論:"旁日月,挾宇宙。"逸周書王會:"旁天子而立於堂上。"

【旁户】隸屬於豪門貴族下的佃户。宋史三〇四劉師道傳:"川陝豪民多旁户,以小民役屬者爲佃客,使之如奴隸,家或數十户,凡租調庸斂,悉佃客承之。"

【旁支】嫡親以外的支屬。左傳隱八年"胙之土而命之氏"唐孔穎達疏:"族者,屬也。與其子孫共相連屬,其旁支別屬則各自立氏。"聊齋志異陽武侯:"襲侯某公薨,無子,止有遺腹,因暫以旁支代。"

【旁仄】旁邊,旁側。漢書七二鮑宣傳:"罷退外親及旁仄素餐之人。"注:"仄,古側字。"

【旁午】交錯,紛繁。漢書六八霍光傳:"受璽以來二十七日,使者旁午,持節詔諸官署徵發,凡千一百二十七事。"注:"如淳曰:'旁午,分布也。'師古曰:'一縱一橫爲旁午,猶言交橫也。'"唐柳宗元柳先生集三十寄京兆許孟容書:"詆訶萬端,旁午搆扇。"

【旁生】佛教謂禽獸等畜生。法苑珠林十六道會名:"依新婆沙論名爲旁生。故問:'云何旁生趣。'答:'其形旁,故行亦旁;以行旁,故形亦旁,是故名旁生。'"也作"傍生"。參見"傍生"。

【旁行】㊀通行,遍行。易繫辭上:"旁行而不流,樂天知命,故不憂。"漢書地理志上:"昔在黄帝,作舟車以濟不通,旁行天下。"注:"旁行,謂四出而行之。"㊁步行不正貌。文選戰國楚宋玉登徒子好色賦:"旁行踽僂,又疥又痔。"㊂謂横行的文字。史記一二三大宛傳:"安息……畫革旁行,以爲書記。"索隱引韋昭云:"外夷書皆旁行。"唐劉禹錫劉夢得集七送僧元暠南遊引:"繇是在硯席者,多旁行四句之書;備將迎者,皆赤髭白足之侶。"

【旁求】遍求,廣求。書説命上:"夢帝賚予良弼,其代予言,乃審厥象,俾以形,旁求于天下。"新唐書一一七魏玄同傳:"竊見制書,三品至九品並得薦士,此誠仄席旁求意也。"

【旁坐】猶連坐,謂一人獲罪而株連親屬。新唐書一三二蔣乂傳:"故罪止(李)錡及子息,無旁坐者。"

【旁迕】氣盛貌。文選漢王子淵(褒)洞簫賦:"氣旁迕以飛射兮,馳散渙以邌律。"注:"旁迕,言氣競旁出,遞相逆迕也。"

【旁注】正文旁的小注。宋黄伯思東觀餘論上法帖刊誤弟九王大令書上:"静息帖云:賴消息内外極生冷。内外二字,本行旁注,故字差小,而昧者摹填著行中,非也。"明朱升有尚書旁注。

【旁妻】妾，小妻。宋史二六七劉昌言傳："又短其委母妻鄉里，十餘年不迎侍，別娶旁妻。"參見"傍妻"。

【旁舍】附近的房舍。史記高祖紀："老父已去，高祖適從旁舍來。"

【旁勃】白蒿的別名。三國吳陸璣毛詩草木鳥獸蟲魚疏："蘩，皤蒿。凡艾白色爲皤蒿，今白蒿，春始生，及秋香美，可生食，又可蒸食。一名游胡，北海人謂之旁勃。"參閱清吳其濬植物名實圖考長編七隰草白蒿。

【旁要】古代算學名詞。九數之一，即勾股。周禮地官保氏"六曰九數"漢鄭玄注："九數，方田、粟米，……旁要。"參見"九數"、"九章算術"。

【旁旁】强勁貌。詩鄭風清人："清人在彭，駟介旁旁。"釋文："旁，補彭反。"

【旁訓】經文旁附注釋義或音讀，謂之旁訓。如清乾隆時徐之綱著有五經旁訓、五經旁訓增訂精義。

【旁唐】磅礴，廣大。史記一一七司馬相如傳上林賦："瑉玉旁唐，玢豳文鱗。"索隱引郭璞云："旁唐言盤薄。"也作"磅磄"、"磅唐"。古文苑二宋玉笛賦："其處磅磄千仞，絶谿凌阜，隆崛萬丈。"文選漢馬季長(融)長笛賦："鄲琅磊落，駢田磅唐。"

【旁通】四方通達。易乾："六爻發揮，旁通情也。"唐李鼎祚周易集解一引陸績曰："乾六爻發揮變動，旁通于坤，坤來入乾，以成六十四卦，故曰旁通情也。"指卦爻的陰陽互爲通達。後引申爲融會貫通之意。漢揚雄揚子法言問明："問行，曰旁通厥德。"晉李軌注："動静不能由一塗，由一塗不可以應萬變，應萬變而不失其正者，惟旁通乎？"

【旁紐】㊀同"傍紐"。見"傍紐"。㊁舊詩八病之一。如十字中已有田字，不得再用寅延字。詩家論聲病者，也多用此說。見宋梅堯臣續金針詩格、明胡震亨唐音癸籤體凡八病。參見"八病"。

【旁排】盾。古代擋禦兵刃矢石的武器。急就篇三"矛、鋋、鑲、盾、刃、刀、鉤"唐顔師古注："盾，一名瞂，亦謂之干，卽今旁排也。"也作"旁牌"。宋史兵志十一康定元年："八月詔陝西製柳木旁牌。"旁牌，木質，皮革裹束，騎兵爲圓形，步兵爲長形。參閱武備志一四〇軍資乘。

【旁婦】同"旁妻"。唐李商隱李義山詩集行次西郊一百韻："健兒疵旁婦，衰翁舐童孫。"參見"旁妻"。

【旁尊】指伯、叔父。儀禮喪服："然則昆弟之子何以亦期也，旁尊也。"也作"傍尊"。宋書禮志四："晉景帝之於世祖，肅祖之於孝武，皆傍尊也。"

【旁牌】見"旁排"。

【旁魄】見"旁薄㊀"。

【旁親】旁系親屬。宋書禮志二："太學博士王應之議：……禮，天子止降旁親，外舅緦麻，本在服例，但衰絰不可以臨朝饗，故有公除之議。"也作"傍親"。晉書河間平王洪傳："太常賀循議章武新蔡，俱承一國不絶之統，義不得替其本宗，而先後傍親。"

【旁薄】也作"旁礴"、"旁魄"、"磅礴"。㊀混同。莊子逍遥遊："之人也，之德也，將旁礴萬物，以爲一世蘄乎亂。"淮南子俶真："渾渾蒼蒼，純樸未散，旁薄爲一，而萬物大優。"㊁廣博，宏偉。荀子性惡："齊給便敏而無類，雜能旁魄而無用。"文選晉陸士衡(機)挽歌詩之二："旁薄立四極，穹隆放蒼天。"引申爲廣被，普及。漢書八七下揚雄傳解難："今吾子乃抗辭幽說，閎意眇指，獨馳騁於有亡之際，而陶冶大鑪，旁薄羣生。"注："旁薄，猶言蕩薄也。"

【旁蟹】蟹。也作螃蟹。宋陸佃埤雅二釋魚："旁行，故今里語謂之旁蟹。"旁行，卽横行。

【旁囊】同"鞶囊"。隋書禮儀志七："班固與弟書，遺仲升獸頭旁囊，金錯鉤也。古佩印皆貯懸之，故有囊稱。或帶於旁，故班氏謂爲旁囊，綬印鈕也。"也作"傍囊"。參見"鞶囊"。

【旁觀】㊀廣泛觀察。史記唐司馬貞補三皇紀："旁觀鳥獸之文與地之宜，近取諸身，遠取諸物。"㊁從旁觀察。同"傍觀"。參見"傍觀"。

【旁生魄】古時常用作陰曆每月初十日的代稱。一說指初十日至十五、六日這一段時間。旁，廣大；魄，也作"霸"，月光。逸周書世俘："惟一月丙辰，旁生魄。"注："旁，廣大，月大時也。"參閱王國維觀堂集林一生霸死霸考。

【旁死魄】月亮大部分無光。古代常用作農曆每月二十五日的代稱。一說指二十五日至三十日這一段時間。書武成："惟一月壬辰，旁死魄。"漢劉歆三統曆以死魄爲初一，則旁死魄爲初二。王國維以古者一月之日爲四分，以既生魄爲自八九日以降至十四五日，則旁死魄爲十日至十七日。說詳王國維觀堂集林一生霸死霸考。參見"旁生魄"。

【旁行斜上】梁書劉杳傳："工僧孺被敕撰譜，訪杳血脈所因。杳云：'桓譚新論云：太史三代世表旁行邪上，並效周譜。以此而推，當起周代。'"本指史記三代世表、十二諸侯年表等諸表而言，後來泛指用表格行式排列的系表、譜牒等。

【旁見側出】從不同的角度和側面所表現的形象。宋蘇軾東坡集正集二三書吳道子畫後："道子畫人物，如以燈取影，逆來順往，旁見側出，横斜平直，各相乘除。"

【旁若無人】雖有人在側，但視若無睹。史記八六荆軻傳："高漸離擊筑，荆軻和而歌於市中，相樂也，已而相泣，旁若無人者。"也以形容態度傲慢，不把身邊的人放在眼裏。世說新語任誕"阮步兵喪母"注引名士傳："阮籍喪親不率常禮，裴楷往弔之，遇籍方醉，散髮箕踞，旁若無人。"

旆 pèi 蒲蓋切，去，泰韻，並。
ㄆㄟˋ

俗作"斾"。㊀古代旐末形如燕尾的垂旒。詩小雅六月："織文鳥章，白旆央央。"左傳昭十三年："八月辛未治兵，建而不旆。"旆，一本作"斾"。㊁旗幟的通稱。詩商頌長發："武王載旆，有虔秉鉞。"

【旆旆】㊀下垂貌。詩小雅出車："彼旟旐斯，胡不旆旆。"傳："旆旆，旒垂貌。"一說爲飛揚之貌。見宋朱熹集傳。㊁茂盛貌。詩大雅生民："蓺之荏菽，荏菽旆旆。"疏："其旆旆、穟穟，幪幪，皆言生長茂盛之貌。"

旊 fǎng 集韻 甫兩切，上，養韻。
ㄈㄤˇ

說文作"瓬"。搏土製作瓦器。周禮考工記："搏埴之工二。……搏埴之工：陶、旊。"注："搏之言拍也；埴，黏土也。"

【旊人】陶工。周禮考工記旊人："旊人爲簋。"

旄 1. máo 莫袍切，平，豪韻，明。
ㄇㄠˊ 莫報切，去，号韻，明。

㊀旄牛尾。荀子王制："西海則有皮革文旄焉。"注："旄，旄牛尾。文旄，謂染之爲文綵也。"旄，也作"氂"、"犛"、"氂"。㊁竿頂用旄牛尾爲飾的旗。詩鄘風干旄："孑孑干旄，在浚之郊。"傳："注旄於干首，大夫之旃也。"㊂見"旄丘"。

2. mào
ㄇㄠˋ

㊃年老。通"眊"、"耄"。禮射義："旄期稱道不亂。"注："八十、九十曰旄。"史記七八春申君傳："後制於李園，旄矣。"

【旄人】周代官名。掌教樂舞。周禮春

官旄人："掌教舞散樂，舞夷樂，凡四方之以舞仕者屬焉。"序官注："旄，旄牛尾，舞者所持以指麾。"

【旄牛】㊀牦牛。產於我國西南地區。山海經北山經："有獸焉，其狀如牛，而四節生毛，名曰旄牛。"注："今旄牛背膝及胡尾皆有長毛。"後漢書八六西南夷傳冉駹夷："有旄牛，無角，一名童牛，肉重千斤，毛可爲旄。"㊁縣名。原爲羌族旄牛部所居，漢初因名置縣。南朝宋廢。故地在今四川漢源縣南。參閱嘉慶一統志四〇三雅州府二古蹟。

【旄丘】前高後低的山丘。詩邶風旄丘："旄丘之葛兮，何誕之節兮。"爾雅釋丘："前高旄丘，後高陵丘。"

【旄車】官名。春秋時掌兵車，從行。左傳宣二年："趙盾爲旄車之族，使屏季以其故族爲公族大夫。"參見"公路"。

【旄₂倪】老幼的合稱。旄，通"耄"，老人；倪，小兒。孟子梁惠王下："王速出令，反其旄倪，止其重器，謀於燕衆，置君而後去之。"

【旄節】使臣所持之節。用作信物。史記秦始皇紀："衣服旄旌節旗皆上黑。"又鎮守一方的軍政長官也擁有旄節。新唐書一七五楊汝士傳："開成初，繇兵部侍郎爲東川節度使。時嗣復鎮西川，乃族昆弟，對擁旄節，世榮其門。"參見"旌節"。

【旄鉞】旄和鉞。借指軍權。三國志蜀後主傳"五年春，丞相亮出屯漢中"注引諸葛亮集(劉)禪三月詔："今授之以旄鉞之重，付之以專命之權。"唐李白李太白詩十五聞李太尉大舉秦兵百萬出征東南……詩："太尉仗旄鉞，雲騎繞彭城。"

【旄舞】周代六種小舞之一，舞者執旄牛尾以指麾。周禮春官樂師："樂師，掌國學之政，以教國子小舞。凡舞，有帗舞，有羽舞，有皇舞，有旄舞，有干舞，有人舞。"參見"六舞"。

【旄騎】卽旄頭騎。皇帝儀仗中警衛先驅的騎兵。後漢書光武紀下建武二八年："賜東海王彊虎賁旄頭鍾虡之樂。"注："漢官儀曰：'舊選羽爲旄頭，被髮先驅。'魏文帝列異傳曰：'秦文公時，梓樹化爲牛，以騎擊之。騎不勝，或墮地髻解被髮，牛畏之，入水。故秦因是置旄頭騎，使先驅。'"也作"旄頭"。漢書八八梁丘賀傳："會八月飲酎，行祠孝昭廟，先敺旄頭劍挺墮地。"

旃 zhān ㄓㄢ 諸延切，平，仙韻，照。

㊀赤色曲柄的旗。左傳昭二十年："旃以招大夫。"漢書五二田蚡傳："前堂羅鐘鼓，立曲旃。"㊁毛織物。通"氈"。史記一一〇匈奴傳："自君王以下，咸食畜肉，衣其皮革，被旃裘。"漢書七二王吉傳："夫廣夏之下，細旃之上。"注："旃與氈同。"㊂助詞。相當於"之"或"之焉"。詩唐風采苓："舍旃舍旃。"箋："旃之言焉也。舍之焉，舍之焉。"左傳襄二八年："天其殃之也，其將聚而殲旃。"注："旃，之也。"

【旃帳】氈製的帳幕，如"蒙古包"。漢書五四蘇武傳"賜武馬畜服匿穹廬"唐顏師古注引孟康："穹廬，旃帳也。"旃，通"氈"。

【旃然】古水名，卽索河，在河南滎陽縣南。春秋時楚伐鄭，右師城上棘，渡潁水，次於旃然，卽此水。參閱水經注七濟水、嘉慶一統志一八六開封府一索河。

【旃裘】氈製之衣。史記六九蘇秦傳："君誠能聽臣，燕必致旃裘狗馬之地，齊必致魚鹽之海，楚必致橘柚之園，韓魏中山皆可致湯沐之奉。"

【旃蒙】古代紀年，太歲星在天干中之乙，謂之"旃蒙"。爾雅釋天："太歲在甲曰閼逢，在乙曰旃蒙。"史記曆書作"端蒙"。

【旃檀】卽檀香。梵語爲旃檀那。唐釋慧琳一切經音義二七妙法蓮華經序品旃檀："旃檀那，謂牛頭旃檀等，赤卽紫檀之類，白謂白檀之屬。"

【旃陀羅】見"旃荼羅"。

【旃荼羅】古印度種姓制度下社會地位最卑微的受壓迫最深的賤民階層，不准與其他階層通婚，不得與其他種姓接觸。又作"旃陀羅"。梵語，義譯嚴熾惡業。南朝宋法顯佛國記："舉國人民，悉不殺生，不飲酒，不食葱蒜，唯除旃荼羅，旃荼羅名爲惡人，與人別居，若入城市，則擊木以自異，人則識而避之，不相搪揬。"參閱唐釋慧琳一切經音義一大般若波羅密多經四旃荼羅、翻譯名義集二人倫。

【旃檀佛】相傳釋迦牟尼在世時，拘睒彌國優填王欲見無從，乃用旃檀木仿釋迦的形容造像，謂之旃檀佛。後傳入中國，元代存燕京聖安寺，明代存鷲峯寺，清乾隆間移北京皇城旃檀寺內。八國聯軍侵華時，寺被侵略者所毀，像不知下落。參閱增一阿含經二八、元程鉅夫雪樓集九旃檀佛像記、清震鈞天咫偶聞一皇城。

旅 lǚ ㄌㄩˇ 力舉切，上，語韻，來。

㊀軍隊編制單位。左傳哀元年："有田一成，有衆一旅。"注："五百人爲旅。"又泛指軍隊。書大禹謨："班師振旅。"㊁衆。左傳昭三年："敢煩里旅。"注："旅，衆也。"引申爲衆子弟。詩周頌載芟："侯亞侯旅。"㊂客。易復："先王以至日閉關，商旅不行。"釋文："鄭(玄)曰：資貨而行曰商；旅，客也。"㊃共同。見"旅進旅退"。㊄陳列。詩小雅賓之初筵："籩豆有楚，殽核維旅。"㊅次序。儀禮燕禮："賓以旅酬於西階上。"注："旅，序也。以次序勸卿大夫飲酒。"㊆寄旅，客處。左傳莊二二年："羈旅之臣。"又襄二八年："歲棄其次，而旅於明年之次。"㊇蔬穀之類不種而生叫旅。見"旅生"。㊈祭祀名。書禹貢："蔡蒙旅平。"論語八佾："季氏旅於泰山。"㊉易卦名。☶☲，艮下離上。易旅："象曰，山上有火，旅。"⑪通"膂"。見"旅力㊁"。⑫姓。漢書高惠高后文功臣表有旅卿、旅罷師。

【旅力】㊀衆力。詩小雅北山："旅力方剛，經營四方。"國語周中："四軍之帥，旅力方剛。"注："旅，衆也。"㊁膂力。旅，通"膂"。三國志魏典韋傳："形貌魁梧，旅力過人。"又董卓傳："卓有才武，旅力少比。"㊂獻力，出力。後漢書七十班固傳典引："宜亦勤恁旅力，以充厥道。"注："旅，陳也。"

【旅人】㊀周代官名。掌割烹之事。儀禮公食大夫禮："雍人以俎入，陳于鼎南；旅人南面加匕于鼎，退。"注："旅人，雍人之屬，旅食者也。"參見"雍人"。㊁旅客。客居在外的人。國語晉八："旅人所以事子也，唯事是待。"注："旅，客也。言客寄之人，不敢違命。"南朝宋謝靈運謝康樂集五登上戍石鼓山詩："旅人心長久，憂憂自相接。"

【旅生】野生。後漢書光武紀上建武二年："至是野穀旅生，麻尗尤盛。"注："旅，寄也。不因播種而生，故曰旅。今字書作'穭'，音呂，古字通。"梁書武帝紀下："是月，北徐州境內，旅生稻稗二千許頃。"

【旅次】旅途中寄居之所。易旅："旅卽次。"注："次者，可以安行旅之地也。"唐杜甫杜工部詩史補遺九毒熱寄簡崔評事十六弟："老夫轉不樂，旅次兼百憂。"

【旅行】成羣而行，結伴而行。禮曾子問："三年之喪練，不羣立，不旅行。"宋蘇軾經進東坡文集事略四八凌虛臺記："見山之出於林木之上者，㶿㶿如人之旅行於牆外而見其髻也。"今用爲離家出行之義。

【旅況】旅途的景況。明高啟高太史集十八送丁孝廉之錢塘就簡張著作方員外詩："若見故人詢旅況，知君解說不煩書。"

【旅店】旅客停居之所。全唐詩五五四項斯曉發昭應："旅店開偏早，鄉帆去未收。"文苑英華二九四作"野店"。

【旅舍】旅客住宿之所。北周庾信庾子山集一哀江南賦："旅舍無煙，巢禽無樹。"

【旅思】旅途中的思念。南齊謝朓謝宣城集三之宣城郡出新林浦向板橋詩："旅思倦搖搖，孤游昔已屢。"

【旅食】㊀古代稱已入官而未受正祿之士。儀禮燕禮："尊士旅食於門西，兩圜壺。"注："旅，衆也。士旅食，謂未得正祿，所謂庶人在官者也。"參閱清胡培翬儀禮正義。㊁寄食，客居。南齊謝朓謝宣城集四江孝嗣北戍琅邪城詩："薄暮苦羈愁，終朝傷旅食。"唐韓愈昌黎集二三祭十二郎文："故捨汝而旅食京師，以求斗斛之祿。"

【旅帥】周代官名。周禮夏官司馬："凡制軍，……五百人爲旅，旅帥皆下大夫。"孫詒讓正義引江永云："黨出五百人爲旅，旅帥下大夫，卽黨正也。"參見"黨正"。

【旅師】周代掌徵粟稅之官。周禮地官旅師："旅師掌聚野之耡粟、屋粟、閒粟，而用之以質劑致民。"耡，通作鋤。孫詒讓周禮正義三十："此官掌野民興積之事，故主聚此三粟，……謂會合儲之以待用也。此三粟本非農賦之正法，賈疏謂此旅師斂六遂之稅，非是。六遂之正稅，非旅師所掌。"

【旅賁】古代帝王或諸侯出巡時護車的勇士。周禮夏官旅賁氏："旅賁氏掌執戈盾，夾王車而趨。左八人，右八人。車止則扶輪。"國語魯下："諸侯有旅賁，禦災害也。"漢衛尉屬官有旅賁令、丞，見漢書百官公卿表上。

【旅揖】同官爵者互相作揖。周禮夏官司士："孤卿特揖，大夫以其等旅揖，士旁三揖。"注："旅，衆也。大夫爵同者，衆揖之。……王揖之乃就位。"參閱孫詒讓周禮正義。

【旅距】聚衆抗拒。後漢書五四馬援傳："若大姓侵小民，黠羌欲旅距，此乃太守事耳。"注："旅距，不從之貌。"也作"旅拒"。周書異域傳上論："彊則旅拒，弱則稽服。"

【旅程】旅人的行程。唐韓愈昌黎集二陪杜侍御遊湘西兩寺……因獻楊常侍詩："旅程愧淹留，徂歲嗟荏苒。"宋蘇軾東坡集續集一再過泗上二首之一："旅程已付夜帆風，客睡不妨背船雨。"

【旅順】港名。位遼東半島之南，黃海北岸。有南北二城，俱爲明初所建。港口二山交抱，門戶天成。清光緒六年，於此設要塞。中日之戰，爲日所據，光緒二十三年，又爲帝俄強佔。日俄之戰後，復由日本强租。抗日戰爭勝利後由我國收復。今屬遼寧旅大市。

【旅酬】古祭畢而宴，舉杯酬賓，賓交錯互答，謂之旅酬。禮曾子問："祭如之何則不行旅酬之事矣？"疏："酬賓訖，主人洗爵于阼階上獻長兄弟及衆兄弟及內兄弟于房中。獻畢，賓乃坐，取主人所酬之觶於阼階前，獻長兄弟。長兄弟受觶於西階前，酬衆賓，衆賓酬衆兄弟，所謂旅酬也。"按次序勸飲酒，也稱旅酬。儀禮燕禮："賓以旅酬於西階上。"注："旅，序也。以次序勸卿大夫飲酒。"

【旅瑣】旅居困頓。易旅："旅瑣瑣，斯其所取災。"注："寄旅不得所安，而爲斯賤之役，所取致災，志窮且困。"宋張方平樂全集一送客遊兗海詩："訪舊自堪寬旅瑣，賢侯況似蜀文翁。"

【旅鴈】猶征雁。文選南朝宋謝靈運九日從宋公戲馬臺集送孔令詩："季秋邊朔苦，旅鴈違霜雪。"一說爲羣雁。又南朝梁沈休文（約）詠湖中鴈詩："白水滿春塘，旅鴈每迴翔。"注引范甯曰："衆禽也。"

【旅館】客寓。文選南朝宋謝靈運遊南亭詩："久痗昏墊苦，旅館眺郊岐。"唐高適高常侍集八除夜作詩："旅館寒燈獨不眠，客心何事轉悽然。"

【旅櫬】在旅居之地停放之靈柩。唐杜甫杜工部詩史補遺九哭李尚書："客亭鞍馬歇，旅櫬網蟲懸。"

【旅進旅退】與衆人共進退。禮樂記中："今夫古樂，進旅退旅。"注："旅，猶俱也。俱進俱退，言其齊一也。"國語越上："吾不欲匹夫之勇也，欲其旅進旅退。"也用作貶義詞。形容隨波逐流。宋王禹偁小畜集十六待漏院記："復有無毀無譽，旅進旅退，竊位而苟祿，備員而全身者，亦無所取焉。"

旂 qí 渠希切，平，微韻，羣。ㄑㄧ

㊀上畫龍形、竿頭繫鈴的旗。詩大雅韓奕："王錫韓侯，淑旂綏章。"周禮春官司常："日月爲常，交龍爲旂。……王建大常，諸侯建旂。"參見"九旗"。㊁旗幟的總稱。左傳桓二年："三辰旂旗，昭其明也。"疏："旂旗，是九旗之總名。"

旂

【旂常】旗名。古代王用太常，諸侯用旂，以作紀功授勳的儀制。晉書王承傳論："雖崇勳懋績，有闕於旂常，素德清規，足傳於汗簡矣。"參見"太常㊀"、"大常"。

七畫

旋 1. xuán 似宣切，平，仙韻，邪。ㄒㄩㄢ

㊀盤旋，旋轉。莊子達生："工倕旋而蓋規矩，指與物化而不以心稽。"列子黃帝："鯢旋之潘爲淵。"㊁返還，歸來。易履："視履考祥，其旋元吉。"三國魏曹植曹子建集五朔風詩："昔我初遷，朱華未希。今我旋止，素雪云飛。"㊂頃刻，不久。史記一〇五倉公傳："則刺其足心各三所，案之無出血，病旋已。"正義："謂旋轉之間，病則已止也。"㊃懸鍾之環。周禮考工記鳧氏："鍾縣謂之旋。"注："旋屬鍾柄，所以縣之也。"㊄小便。左傳定三年："夷射姑旋焉。"㊅通"琁"。美玉。參見"旋室"。

2. xuàn 辝戀切，去，線韻，邪。ㄒㄩㄢ

㊆圓圈形回旋。見"旋風"。㊇溫酒。水滸五："那莊客旋了一壺酒，拿了一隻盞子，篩下酒與智深喫。"

【旋₂毛】拳曲的馬毛。爾雅釋畜："回毛在膺，宜乘。"注："樊光云：'伯樂相馬法，旋毛在腹下如乳者，千里馬。'"

【旋目】鳥名。文選漢司馬長卿（相如）上林賦："交精旋目，煩鶩庸渠。"

【旋式】轉動星盤。古代占卜時的一種程序。史記一二七日者傳："分策定卦，旋式正棊。"索隱："式卽栻也。旋，轉也。栻之形上圓象天，下方法地，用之則轉天綱加地之辰，故云旋式。"

【旋花】多年生蔓草，山野自生。全草及根均入藥，味甘溫。參閱神農本草經一、本草綱目十八旋花。

【旋門】關名。又名旋門阪。漢靈帝時，爲河南八關之一。文選漢曹大家（班昭）東征賦："望河洛之交流兮，看成皋之旋門。"故地在今河南滎陽縣西。參閱讀史方輿紀要四七開封府鄭州汜水縣。

【旋室】曲折回環的宮室。文選漢王文考(延壽)魯靈光殿賦："旋室㛹娟以窈窕，洞房叫窱而幽邃。"淮南子地形："傾宮、旋室、縣圃、涼風、樊桐，在昆侖閶闔之中。"或以爲以旋玉飾室爲旋室。見漢高誘注。

【旋胡】即胡旋舞。元楊維楨鐵崖先生古樂府二城東宴："客狂起舞作旋胡，主亦擊缶呼嗚嗚。"

【旋背】轉身。資治通鑑一二〇宋文帝元嘉元年："時(傅)亮已與徐羨之議害晉陽王(得蔡廓勸止)，乃馳信止之，不及。羨之大怒，曰：'與人共計議，如何旋背卽賣惡於人邪？'"宋書蔡廓傳作"轉背"。

【旋₂風】回旋的疾風。後漢書八一王忳傳："主人悵然良久，乃曰：'被隨旋風與馬俱亡，卿何陰德而致此二物？'"北齊書權會傳："權方處學堂講說，忽有旋風，瞥然吹雪入戶。"

【旋宮】秦漢以前諧音之法。以十二律與七聲相配而成衆調。禮禮運："五聲、六律、十二管，還相爲宮也。"釋文："還音旋。"自秦而下，旋宮聲廢，至唐祖孝孫作唐雅樂，以十二律各順其月，旋相爲宮，旋宮之義復出。宋孔平仲續世說六術解："旋宮之義，亡絕已久。唐祖孝孫得毛爽之法，以一律生五音，十二律爲六十音；因而六之，故有三百六十音，以當一歲之日。又以十二月旋相爲六十聲、八十四調。其法因五音生二變，因變徵爲正徵，因變宮爲清宮。七音起黃鍾，終南呂。造爲紀綱，一朝復古，自孝孫始也。"參閱舊唐書音樂志一、册府元龜五六九作樂五貞觀二年六月。

【旋馬】掉轉馬身。形容地方狹窄。宋史二八二李沆傳："治第封邱門內，廳事前僅容旋馬。"明李東陽懷麓堂集詩稿德部十六次韻賀彭閣老先生："文靖舊無旋馬地，敏中元有耐官心。"

【旋旋】㊀漸漸，緩緩。唐韓偓玉山樵人集有矚詩："晚涼閑步向江亭，默默看書旋旋行。"㊁迅卽，隨時。唐徐寅釣磯文集八曲江宴上呈諸同年："天知惜日遲遲暮，春爲催花旋旋紅。"宋范仲淹范文正公集奏議上奏乞差官看詳投進利見文字："其看詳官每季或半年一替，所看文字，須旋旋了當，不得交割後人。"

【旋復】回還，歸來。藝文類聚二三漢傳毅迪志詩："日月逾邁，豈云旋復。"三國魏曹植曹子建集二九愁賦："知犯君之招咎，恥干媚而求親，顧旋復之無軌，長自棄於遐濱。"

【旋辟】逡巡，退讓不前。宋蘇詢嘉祐集十四仲兄字文甫說："揖讓旋辟，相顧而不前。"

【旋機】古代觀測天文的儀器。漢書律曆志："其在天也，佐助旋機，斟酌建指，以齊七政。"書舜典作"璿璣"。

【旋踵】㊀轉足之間。形容迅速。史記六五吳起傳："往年吳公吮其父，其父戰不旋踵，遂死於敵。"韓詩外傳十："夫夭怨不全日，人怨不旋踵。"㊁退縮。管子小匡："平原廣牧，車不結轍，士不旋踵，鼓之而三軍之士，視死如歸。"文選漢司馬長卿(相如)諭巴蜀檄："觸白刃，冒流矢，議不反顧，計不旋踵，人懷怒心，如報私讎。"

【旋螺】指回旋曲折的螺紋圖案。宋張掄紹興內府古器評下周虬紐鐘："是器銘文，磨滅不可識，故作旋螺之狀。"

【旋蟲】古鐘紐名。旋爲懸鐘之環，其銜環之紐以蟲爲飾，或鑄爲獸形，故稱旋蟲。周禮考工記鳧氏："鍾縣謂之旋，旋蟲謂之幹。"參閱清王引之經義述聞九。

【旋歸】謂還鄉。詩小雅黃鳥："言旋言歸，復我邦族。"疏："故我今迴旋，我今還歸。"文選古詩十九首之十九："客行雖云樂，不如早旋歸。"

【旋₂風砲】古代軍器名。三朝北盟會編六六："金人攻東水門，矢石飛注如雨，或以磨磐及碌碡絆之，爲旋風砲。王師以纜結網承之，殺其勢。"武備志一一一軍資乘有旋風砲圖。

【旋₂風葉】古書裝幀方法。又名旋風裝。取卷子把首尾用褾紙連在一起，摺而成疊，翻閱時，宛轉如旋風。爲由卷子發展爲書的一種過渡形式。故宮博物院藏有宋人所裝唐吳彩鸞所書唐韻，卽爲旋風裝。

【旋覆花】多年生草本，菊科，葉如大菊，八九月開花，圓而覆下。入藥。參閱神農本草經三、政和證類本草十。

【旋乾轉坤】猶言回轉天地。形容力量之大。唐韓愈昌黎集三九潮州刺史謝上表："陛下卽位以來，躬親聽斷，旋乾轉坤，關機闔開，雷厲風飛。"

旎 nǐ ㄋㄧˇ 女氏切，上，紙韻，娘。

見"旖旎"。

【旎旎】盛貌。猶旖旎。唐盧仝玉川子外集寄贈含曦上人："春鳥嬌關關，春風醉旎旎。"宋辛棄疾稼軒詞三御街行："冰肌不受鉛華汙，更旎旎真香聚。"

旍 jīng ㄐㄧㄥ 子盈切，平，清韻，精。

同"旌"。逸周書月令："載旍旐。"禮月令季秋之月作"旌"。參見"旌"。

【旍旗】同"旌旗"。文選漢枚叔(乘)七發："旍旗偃蹇，羽毛肅紛。"也作"旍旆"。宋書謝晦傳："晦率衆二萬，發自江陵，舟艦列自江津至于破冢，旍旆相照，蔽奪日光。"

【旍麾】同"旌麾"。三國志蜀後主傳"五年春，丞相亮出屯漢中"注引諸葛亮集(劉)禪詔："今旍麾首路，其所經至，亦不欲窮兵極武。"

【旍幣】旌旗與幣帛。古代帝王徵聘賢才的禮物。南齊書明僧紹傳："昇明中，太祖爲太傅，教辟僧紹及顧歡、臧榮緒以旍幣之禮，徵爲記室參軍，不至。"

旌 jīng ㄐㄧㄥ 子盈切，平，清韻，精。

㊀用旄牛尾和彩色鳥羽作竿飾的旗。周禮春官司常："全羽爲旞，析羽爲旌。"按古禮，君有所命，招喚大夫用旌、旃，招喚士用弓，招喚虞人用皮冠。參閱左傳昭二十年、孟子滕文公下。㊁旗的通稱。儀禮鄉射禮："旌各以其物。"注："旌，總名也。"楚辭屈原九歌國殤："旌蔽日兮敵若雲，矢交墜兮士爭先。"㊂表彰。左傳莊二八年："且旌君伐。"國語周上："故爲車服旗章以旌之。"注："旌，表也。車服旗章上下有等，所以章明貴賤爲之表識也。"

【旌車】漢時朝廷用旌帛蒲車徵聘民間人士，合稱旌車。後漢書六一左雄傳論："於是處士鄙生，忘其拘儒，拂巾衽褐，以企旌車之招矣。"參見"旌帛"、"蒲車"。

【旌別】識別，甄別。書畢命："旌別淑慝，表厥宅里，彰善癉惡，樹之風聲。"

【旌表】表彰。晉書荀崧傳虞預與王導牋："今承大弊之後，淳風頹散，苟有一介之善，宜在旌表之例。"自漢以來，歷代王朝，提倡封建禮教，對"義夫、節婦、孝子、順孫"，常由官府立牌坊，賜匾額，稱爲旌表。

【旌門】古代帝王出行，在所住的帷幕前樹立旗幟，其狀若門，叫"旌門"。周禮天官掌舍："爲帷宮，設旌門。"後來泛指旗門。文選南朝宋顏延之(延年)三月三日曲水詩序："旌門洞立，延帷接枑。"

【旌忠】表揚忠節。新唐書一一五狄仁傑傳："俄轉幽州都督，賜紫袍、龜帶，後自製金字十二於袍，以旌其忠。"宋史二八一寇準傳："皇祐四年詔翰林學士孫抃撰神道碑，帝爲篆其首曰'旌忠'。"

【旌命】表揚徵召。晉書戴逵傳王雅等薦逵疏："逵年在耆老，清風彌劭。東宮虛德，式延事行，宜加旌命，以參僚佐。"

【旌帛】漢廷招聘民間人才，致送束帛，表示旌賢，因稱旌帛。後漢書八三逸民傳序："光武側席幽人，求之若不及，旌帛蒲車之所徵賁，相望於巖中矣。"

【旌旃】泛指旗幟。唐李白李太白詩二古風："蟣虱生虎鶡，心魂逐旌旃。"

【旌夏】大旌。古樂舞所用。左傳襄十年："舞師題以旌夏。"注："旌夏，大旌也。題，識也。以大旌表識其行列。"

【旌善】㊀表揚良善。左傳僖二四年："以志吾過，且旌善人。"東觀漢紀朱勃傳："懷旌善之志，有烈士之風。"㊁亭名。見"申明亭"。

【旌陽】縣名。三國吳置。晉屬南郡，南朝宋廢。故地在今湖北枝江一帶。參閱讀史方輿紀要七八荊州府枝江縣。

【旌節】㊀古代使者所持之節。節，竹節，以旄牛尾作飾，爲信守的象徵。周禮地官掌節："道路用旌節。"參閱孫詒讓周禮正義。㊁旌與節。唐制節度使專制軍事，給雙旌雙節，行則建節，樹六纛，旌以專賞，節以專殺。宋制，命節度使，給門旗二，龍虎旗一，麾槍二，豹尾二，有旌無節。唐韓愈昌黎集六除官赴闕至江州寄鄂岳李大夫詩："故人辭禮闈，旌節鎮江圻。"參閱新唐書百官志四下、宋岳珂愧郯錄十旌節、宋史輿服志二。

【旌旗】旗幟的通稱。周禮春官司常："凡軍事，建旌旗。"戰國策楚一："於是楚王游於雲夢，結駟千乘，旌旗蔽日。"

【旌銘】舊時靈柩前的旗幡。上寫死者姓名、官銜，以表示哀思。後漢書三九趙咨傳："復重以牆翣之飾，表以旌銘之儀。"注："禮記曰：'銘，明旌也。以死者爲不可別，故以其旗識之。'"參見"銘旌"。

【旌麾】帥旗。三國志魏夏侯淵傳："大破(韓)遂軍，得其旌麾。"

【旌德】縣名。屬安徽省。漢涇縣地。唐初爲太平縣地。寶應三年分出太平九鄉置縣。以後各朝因之。參閱太平寰宇記一〇三宣州。

【旌繁】車馬的裝飾。旌，車飾；繁，馬鬣飾。左傳哀二三年："有不腆先人之產馬，使求薦諸夫人之宰，其可以稱旌繁乎。"注："稱，舉也；繁，馬飾，繁纓也。"

【旌節花】花名。多花少葉，葉又翹起，狀如旌節。又名錦葵。供觀賞。太平廣記四〇九旌節花引黎州漢源縣圖經："黎州漢源縣有旌節花，去地三、二尺，行行皆如旌節也。"參閱清吳其濬植物名實圖考三錦葵。

族 1. zú ㄗㄨˊ 昨木切，入，屋韻，從。

㊀有血緣關係之親屬的合稱。如家族、宗族、氏族。詩周南麟趾："麟之角，振振公族，于嗟麟兮！"傳："公族，公同祖也。"左傳昭八年："陳，顓頊之族也。"㊁品類。書堯典："帝曰：'吁咈哉，方命圮族。'"傳："族，類也。"國語魯上："非是族也，不在祀典。"㊂聚結，集中。莊子在宥："雲氣不待族而雨，草木不待黃而落。"釋文引司馬彪："未聚而雨，言澤少。"淮南子泰族漢高誘注："泰言古今之道，萬物之指，族於一理，明其所謂也。"㊃羣，衆。逸周書程典："工不族居。"晉孔晁注："族謂羣也。"莊子養生主："族庖月更刀，折也。"㊄刑及父母妻子曰族。史記項羽紀："(項)梁掩其口曰：毋妄言，族矣！"參見"族誅"。

2. zòu ㄗㄡˋ 集韻 則候切，去，候韻。

㊅節奏。通"奏"。漢書六四嚴安傳："調五聲使有節族，雜五色使有文章。"注："蘇林曰：'族音奏。'"

3. còu ㄘㄡˋ 集韻 千候切，去，候韻。

㊆音律名。通"蔟"。漢書律曆志上："律以統氣類物，一曰黃鐘，二曰太族。"注："族音千豆反。"參見"太蔟"。

【族人】同宗族之人。禮大傳："君有合族之道，族人不得以其戚，戚君位也。"北齊顏之推顏氏家訓風操："同昭穆者，雖百世猶稱兄弟。若對他人稱之，皆云族人。"

【族子】同族兄弟之子。史記五帝紀："高辛於顓頊爲族子。"朱子語類八五禮二："據禮，兄弟之子當稱從子爲是，自曾祖而下三代稱從子，自高祖四世而上稱族子。"

【族女】同族兄弟之女。遼史天祚帝紀一乾統五年："三月壬申，以族女南仙封成安公主，下嫁夏國王李乾順。"

【族父】族兄弟之父。泛指同族之伯叔。爾雅釋親："父之從祖晜弟爲族父。"後漢書十四泗水王歙傳："泗水王歙字經孫，光武族父也。"

【族正】清制，凡聚族而居之地，挑選族中地位最高者主持與裁斷本族事務，名爲族正。清會典事例一五八戶部戶口："又議准，聚族而居，丁口衆多者，擇族中有品望者一人，立爲族正，該族良莠，責令查舉。"

【族兄】同高祖昆弟的兄輩。泛指同族之兄。後漢書十一劉玄傳："劉玄，字聖公，光武族兄也。"參見"族兄弟"。

【族母】族兄弟之母。泛指同族伯叔之妻。清梁章鉅稱謂錄三："父之從祖昆弟之妻爲族母。"參見"族父"。

【族夷】同"族滅"。見該條。

【族弟】同高祖昆弟的弟輩。泛指同族之弟。南史劉懷珍傳附劉歊："不娶不仕，與族弟訏並隱居求志。"參見"族兄弟"。

【族長】掌管宗族事務之人。儀禮士喪禮："族長涖卜，及宗人吉服立于門西東面南上。"注："族長，有司掌族人親疏者也。"

【族居】㊀聚居，羣居。呂氏春秋辯土："樹肥無使扶疏，樹墝不欲專生而族居。"漢書五七司馬相如傳上林賦："族居遞奏，金鼓迭起。"注："族，聚也。聚居而遞奏也。"㊁猶言祖居，即籍貫。聊齋志異八彭海秋："相揖環坐，便詢族居。客曰：小生廣陵人，與君同姓，字海秋。"

【族味】鶺鴒的別名。宋陶穀清異錄上禽："鶺捕之者多，綸網而獲，故雌雄羣子同被鼎俎，世人文其名爲族味。"

【族姓】㊀指同族和異姓。書呂刑："王曰：'嗚呼，敬之哉！官伯族姓，朕言多懼。'"㊁指大族，望族。後漢書八一陸續傳："陸續，字智初，會稽吳人也，世爲族姓。"㊂指同姓之親族。清會典九戶部戶口："凡旗人立後，先兄弟之子，次從兄弟之子，次族姓。擇昭穆相當者聽立爲後。"

【族姻】指有血緣關係的同族和有婚姻關係的親戚。左傳襄二六年："雖楚有材，晉實用之。子木曰：'夫獨無族姻乎？'"也作"族婣"。清會典十九戶部蠲卹："或利及族婣，或施及鄉里。"

【族夏】周代樂章名。爲鐘鼓樂九夏之一。詳"九夏㊀"。

【族孫】同族兄弟的孫子。唐趙璘因話錄三商部下："尚書(柳公權)與族孫璟，開成中，同在翰林。"

【族師】官名。周制，以百家爲一族，設族師治理政事，任命上士一人充當。周禮地官序官："族師：每族上士一人。"又族師："各掌其族之戒令政事。"

【族望】㊀指封建社會的名門大族。魏書高允傳："顯祖平青齊，徙其族望於代。"唐李商隱李義山詩集五賜趙協律晳詩：

"已叩鄒馬聲華末,更共劉盧族望通。"㊁宗族或家族的聲望。陳書周敷傳:"(周)迪素無簿閥,恐失衆心,倚敷族望,深求交結。"

【族帳】我國古代少數民族聚族而居所張的帳幕。也借指這些部族。宋史眞宗紀咸平五年:"壬戌,環慶部署張凝襲諸蕃,焚族帳二百餘。"又二八一寇準傳:"帝因命準使渭北安撫族帳。"

【族雲】凝聚的雲氣。南朝宋鮑照鮑氏集六喜雨詩:"族雲飛泉室,震風沉羽鄉。"

【族滅】整個家族被誅滅。史記一二二郅都傳:"至則族滅瞷氏首惡,餘皆股栗。"也作"族夷"。又九四田儋傳附田横:"高皇帝迺詔衛尉酈商曰:'齊王田横即至,人馬從者敢動搖者族夷!'"

【族葬】謂同族合一處而葬。古代墓地皆由公家所給,不得請求他地,所以同族合葬一處。周禮春官墓大夫:"令國民族葬,而掌其禁令。"注:"族葬,各從其親。"參閱孫詒讓正義。

【族談】聚語。周禮秋官朝士:"禁慢朝,錯立族談者。"注:"錯立族談,違其位僔語也。"疏:"僔,亦聚也;聚語,解族談也。"

【族類】㊀指同族。左傳成四年:"史佚之志有之,曰:'非我族類,其心必異。'楚雖大,非吾族也。"㊁指同類。周禮春官鐘師"凡樂事,以鐘鼓奏九夏"漢鄭玄注:"以文王鹿鳴言之,則九夏皆詩篇名,頌之族類也。"文選晉張茂先(華)鷦鷯賦:"繁滋族類,乘居匹游。"

【族譜】宗族或家族的譜系。南史賈希鏡傳:"希鏡三世傳學,凡十八州士族譜,合百帙,七百餘卷,該究精悉,皆如貫珠,當時莫比。"

【族黨】聚居的同族親屬。也指聚族而居的村落。左傳襄二三年:"晉人克欒盈于曲沃,盡殺欒氏之族黨。"

【族屬】同族之親屬。禮大傳:"同姓從宗,合族屬。"注:"合,合之宗子之家,序昭穆也。"

【族纍】神名。史記封禪書:"秦巫祠社主、巫保、族纍之屬。"注:"巫保、族纍,二神名。"

【族兄弟】見"族昆弟"。

【族昆弟】同高祖的兄弟。即三從兄弟。爾雅釋親:"族父之子相謂爲族晜弟。"儀禮喪服禮四:"族昆弟。"疏:"己之三從兄弟皆名爲族。"清胡培翬正義:"族昆弟者,高祖之玄孫,己之三從昆弟也。"又稱族兄弟。漢賈誼新書六術:"曾祖昆弟又有子,子爲族兄弟。"參見"三從兄弟"。

【族祖母】族父的母親。一說爲族母。爾雅釋親:"父之從祖晜弟之妻爲族祖母。"清胡培翬儀禮正義二四族父母:"爾雅父之從祖晜弟爲族父,父之從祖晜弟之妻爲族母。今本爾雅作族祖母,誤。"

【族家子】即族子。漢書六四嚴助傳:"嚴助,會稽吳人,嚴夫子子也,或言族家子也。"注:"張晏曰:'夫子,嚴忌也。'亦云夫子族子也。"

旉 fū 字彙 芳無切,音孚。ㄈㄨ

古"敷"字。說文作"尃"。易說卦:"震爲雷,爲龍,爲玄黄,爲旉。"疏:"爲旉,取其春時氣至,草木皆吐,旉布而生也。"參見"敷"。

【旉與】舒展,生長。漢書禮樂志郊祀歌朱明四:"朱明盛長,旉與萬物。"注:"旉與,言開舒也。"

八畫

旐 zhào 治小切,上,小韻,澄。ㄓㄠ

㊀上畫龜蛇的旗。詩大雅桑柔:"四牡騤騤,旟旐有翩。"㊁魂幡。出喪時爲棺柩引路的旗。禮檀弓上:"孔子之喪,……綢練設旐,夏也。"文選晉潘安仁(岳)寡婦賦:"龍轜儼其星駕兮,飛旐翩以啟路。"

九畫

旒 liú 力求切,平,尤韻,來。ㄌㄧㄡ

㊀古旗幟下邊懸垂的飾物。詩商頌長發:"受小球大球,爲下國綴旒。"箋:"旒,旌旗之垂者也。"禮明堂位:"旂十有二旒。"釋文:"本又作斿,力求反。"參見"斿㊂"。㊁冕冠前後懸垂的玉串。禮禮器:"天子之冕,朱綠藻,十有二旒。"見"斿㊃"。

【旒扆】皇帝的代稱。旒,帝冕;扆,帝座後的屏風。唐姚崇于知微碑:"朝廷稱歎,聲聞旒扆。"(金石萃編七一)。又柳宗元柳先生集三七禮部文武百寮請聽政第三表:"伏以萬機至重,遺旨難違,再獻表章,上塵旒扆。"

【旒旐】出殯時在靈柩前的幡旗。世說新語傷逝"庾文康(亮)亡"注引靈鬼志謠徵:"文康初鎮武昌,出石頭,百姓看者於岸歌曰:'庾公上武昌,翩翩如飛鳥。庾公還揚州,白車牽旒旐。'"

【旒旗】出殯時在靈柩前的幡旗。文選晉潘安仁(岳)楊荆州誄序:"行以號彰,德以述美,敢託旒旗,爰作斯誄。"

【旒纊】帝王的代稱。唐李尚一開業寺碑:"遂能上聞旒纊,光動絲綸。"(金石萃編五九)。宋張孝祥于湖詞二水調歌頭送劉帥趙朝:"旒纊釋南顧,戈甲濯銀潢。"

旓 shāo 所交切,平,肴韻,山。ㄕㄠ

旌旗上的飄帶。文選漢揚子雲(雄)甘泉賦:"建光耀之長旓兮,昭華覆之威威。"注引埤蒼曰:"旓,旌旗斿也。"

十畫

旗 qí 渠之切,平,之韻,羣。ㄑㄧ

㊀上畫熊虎圖像的旗,軍將所建。釋名釋兵:"九旗之名……熊虎爲旗,軍將所建,象其猛如虎。"也泛指旗幟。周禮春官司常:"司常掌九旗之物名。"㊁見"旗槍"、"一鎗一旗"。㊂表識。左傳閔二年:"佩,衷之旗也。"注:"旗,表也,所以表明其中心。"㊃古星名。史記天官書:"東宮蒼龍,房,心。……東北曲十二星曰旗。"㊄內蒙古等省(區)的行政區劃單位,相當於縣。㊅姓。齊欒施字子旗,其後代以其字爲姓。東漢有旗況。見通志二七氏族三以字爲氏。

【旗丁】指押船運糧的兵。清代以綠旗兵領運,旗丁多由綠旗兵中的富户子弟充當。清會典事例六二一兵部綠營處分例:"旗丁管駕一船,即以一船之糧計算,如有掛欠,各按其分數,發南限一年究完。"

【旗人】指清代編入旗籍的人。努爾哈赤(清太祖)於明萬曆二十九年創立正黄、正白、正紅、正藍四旗。又於明萬曆四十四年增立鑲黄、鑲白、鑲紅、鑲藍四旗,共八旗。以後皇太極(清太宗)又編蒙古、漢軍各八旗,共二十四旗。凡被編入旗籍的人,稱旗人。又稱旗下人。後來一般作爲對滿族人的泛稱。參見"八旗"。

【旗手】執旗前行之人。金史强伸傳:"(韓)帥奔陣,率步卒數百奪橋,伸軍一旗手獨出拒之,殺數人。伸乃手解都統銀符與之佩,士卒氣復振。"

【旗志】同"旗幟"。史記九九叔孫通傳:"設兵張旗志。"集解引徐廣:一作幟。

【旗門】旗幟所樹的門。古時帝王出行或軍帥出征,於所住的帷幕前設之。孫子軍爭"交和而舍"曹操注:"軍門爲和門,左右門爲旗門。”全唐詩一五三李華詠史十一首之四：“魏闕心猶在，旗門首已懸。”

【旗星】星名。史記封禪書“侯獨見填星出如瓜，食頃復入焉”唐司馬貞索隱：“樂產、包愷並作‘旗星’。旗星即德星也。符瑞圖云‘旗星之極，芒豔如旗’。本亦作‘旗’也。”

【旗亭】㊀市樓。古時建於集市之中，上立旗爲觀察指揮集市之所。史記三代世表褚少孫曰：“臣爲郎時，與方士考功會旗亭下。”文選漢張平子(衡)西京賦：“爾乃廓開九市，通闤帶闠，旗亭五重，俯察百隧。”㊁酒樓。唐李賀歌詩編三開愁歌：“旗亭下馬解秋衣，請貰宜陽一壺酒。”宋范成大攬轡録：“過相州市，有秦樓、翠樓、康樂樓、月白風清樓，皆旗亭也。”

【旗章】旌旗和名號。古以不同樣式的旌旗與服飾，作爲區別等級的標志。禮月令季夏之月：“以給郊廟祭祀之服，以爲旗章，以別貴賤等級之度。”漢劉向説苑指武：“異其旗章，勿使冒亂。”

【旗牌】擔任傳遞號令等職的小吏。清李玉牛頭山：“岳鵬舉(飛)蓋世英雄，怎麽謫他做旗牌賤職？”

【旗鼓】㊀旗和鼓。古時軍中號令之具。左傳成二年：“師之耳目，在吾旗鼓，進退從之。”史記九二淮陰侯傳：“平旦，信建大將之旗鼓，鼓行出井陘口。”㊁使槍棒的架式。水滸二：“王進道：‘恕無禮。’去槍架上拿了一條棒在手裡，來到空地上，使個旗鼓。”

【旗號】旗幟表示的名號。唐太宗李衛公問對上：“八陳(陣)本一也，分爲八焉。若天地者，本乎旗號；風雲者，本乎旛名；龍、虎、鳥、蛇者，本乎隊伍之別。”

【旗節】同“旌節”。新唐書一七六韓愈傳：“愈曰：‘田公(弘正)以魏、博六州歸朝廷，官中書令，父子受旗節，劉悟、李祐皆大鎮，此爾軍所共聞也。’”

【旗槍】綠茶的一種。由帶頂芽的小葉製成。因葉展如旗，芽尖似槍，故稱旗槍。唐釋齊己白蓮集九聞道林諸友嘗茶因有寄詩：“旗槍冉冉綠叢園，穀雨初晴叫杜鵑。”也作“槍旗”。宋王千秋審齋詞生查子：“花飛錦繡香，茗碾槍旗嫩。”參見“一鎗一旗”。

【旗幢】古時直幅之旗。多用於儀仗。韓非子大體：“雄俊不創壽於旗幢，豪傑不著名於圖書。”

【旗幟】旗的通稱。墨子雜守：“候出置田表，斥坐郭内外立旗幟。”史記高祖紀：“於是沛公乃夜引兵從他道還，更旗幟。”

【旗頭】㊀旗的頂端。唐韓偓韓内翰別集邊上看獵贈元戎：“搜山閃閃旗頭遠，出樹斑斑豹尾長。”㊁隊前掌旗的人。宋史儀衛志四：“旗頭三人，槍手五人。”

【旗纛】用鳥羽裝飾的大旗。唐韓愈昌黎集三一南海神廟碑：“旗纛旄麾，飛揚晻藹。”新唐書二一二張仲武傳：“率鋭兵三萬破之，獲馬、牛、橐它、旗纛不勝計。”

【旗扁銀】清制。發給鄉、會試得中者立扁、樹旗桿的銀兩。清會典事例三二九禮部貢舉：“鄉、會試中式人員，應得旗扁銀兩及表裏緞疋，應照舉人、進士例給予。”

【旗鼓相當】猶言兩軍對峙，勢均力敵。三國志魏管輅傳“故人多愛之而不敬也”南朝宋裴松之注引輅別傳：“(管輅)問(單)子春曰：‘今欲與輅爲對者，若府君四坐之士邪？’子春曰：‘吾欲自與卿旗鼓相當。’”也作“鼓旗相當”。後漢書四三隗囂傳光武報囂書：“如今子陽(公孫述)到漢中、三輔，願因將軍兵馬，鼓旗相當。”後指雙方勢均力敵，不相上下。文苑英華九六唐楊炯楊去盈墓誌銘：“神鋒太俊，旗鼓相當。”

【旗開得勝】首戰告捷。元明雜劇元關漢卿五侯宴楔子：“俺父親手下兵多將廣，有五百義兒家將，人人奮勇，個個英雄，端的是旗開得勝，馬到成功。”古今雜劇元缺名敬德不伏老：“跨下騎者深烏馬，腕懸着水磨鞭，旗開得勝，馬到成功。”

旖 yǐ 於離切，平，支韻，影。
ㄧˇ 於綺切，上，紙韻，影。

見“旖旎”。

【旖旎】㊀輕盈柔順貌。史記一一七司馬相如傳上林賦：“旖旎從風，瀏莅芔吸。”索隱：“張揖云：‘旖旎，阿那也。’”漢書作“猗柅”，文選作“猗狔”。參閲清段玉裁説文解字注“旖”。㊁繁盛貌。楚辭宋玉九辯：“竊悲夫蕙華之曾敷兮，紛旖旎乎都房。”

【旖旎山】用香料塑成的一種假山。宋陶穀清異録薰燎：“高麗舶主王大世，選沈水(沉香)近千斤，疊爲旖旎山，象衡岳七十二峯。”一本作“旖旎山”。

十二畫

㫋 huǎng 字彙呼廣切，音恍。
ㄏㄨㄤˇ

舊時酒店前的標幟叫望子，音訛作㫋子，也作幌子。參閲字彙、正字通、清翟灝通俗編二六望子。

十四畫

旛 fān 孚袁切，平，元韻，滂。
ㄈㄢ 附袁切，平，元韻，並。

長幅下垂的旗。同“幡”。舊時儀仗中，以繡帛爲長幅，上圍圓罩，幅下結鈴，曲柄建之，如信幡、引幡之類。有懸豹尾的，稱豹尾旛。後也作旌旗的總稱。

【旛勝】唐宋時立春日，用紙、絹等物剪成旌旗、燕蝶、金錢等狀，作爲戴在鬢髮上或掛在花下的飾物。宋范成大石湖集十七鞭春微雨：“旛勝絲絲雨，笙歌步步塵。”也作“幡勝”。參見“幡勝”。

十五畫

旜 zhān 諸延切，平，仙韻，照。
ㄓㄢ

赤色曲柄的旗。同“旃”。周禮春官司常：“通帛爲旜。”

旜

旞 suì 徐醉切，去，至韻，邪。
ㄙㄨㄟˋ

古導車所載用五彩鳥羽作裝飾的旗。周禮春官司常：“道車載旞，斿車載旌。”

旝 kuài 古外切，去，泰韻，見。
ㄎㄨㄞˋ

旌旗的一種。左傳桓五年：“戰于繻葛，命二拒曰：旝動而鼓。”注：“旝，旃也，通帛爲之。蓋今大將之麾也，執以爲號令。”後漢書六十上馬融傳廣成頌：“旃旝摻其如林，錯五色以摛光。”漢賈逵、許慎以發石爲旝。參閲清劉文淇春秋左氏傳舊注疏證。

旟 yú 以諸切，平，魚韻，喻。
ㄩˊ

㊀繪有鳥隼圖像的旗。詩鄘風干旄：“孑孑干旟，在浚之都。”周禮春官司常：“鳥隼爲旟。……州里建旟。”一說用於車。參閲清陳奐詩毛氏傳疏二鄘風干旄。㊁飛揚貌。詩小雅都人士：“匪伊卷之，髮則有旟。”傳：“旟，揚也。”

旟

无 部

无 wú 武夫切,平,虞韻,微。ㄨˊ

“無”的别體字。今易“無”字皆作“无”。參見“無”字各條。

【无尤】没有過失。老子:“夫惟不争,故无尤也。”晉書摯虞傳對問:“若推之於物則无忤,求之於身則无尤,萬物理順,内外咸宜。”點校本作“無”。

【无妄】㊀易卦名,震下乾上。☰☳。易无妄:“无妄,元亨利貞。其匪正有眚,不利有攸往。”无妄,真實無僞之意。㊁不測,偶然。妄,通“望”。漢書八五谷永傳:“遭无妄之卦運,直百六之災阸。”注引應劭曰:“无妄者,無所望也。”也作“無妄”。戰國策楚四:“朱英謂春申君曰:‘世有無妄之福,又有無妄之禍,今君處無妄之世,以事無妄之主,安不有無妄之人乎?’”

【无咎】易乾:“君子終日乾乾,夕惕若厲,无咎。”易中“无咎”有二義。一指無過失。一指過由自取,无所怨咎。易節:“六三,不節,若則嗟,若无咎。象曰,不節之嗟,又誰咎也?”後人以无咎爲名,皆取第一義。

【无妄之災】不測之禍。易无妄:“六三,无妄之災,或繫之牛,行人之得,邑人之災。”唐李商隱李義山文集三爲賀拔員外上李相公啟:“三醫畢訪,百藥皆投,竟非无妄之災,莫見有瘳之候。”

旡 jì 居豙切,去,未韻,見。ㄐㄧˋ

飲食氣逆哽塞。見説文。

五 畫

旣 jì ㄐㄧˋ

同“既”。見“既”。

七 畫

既 1. jì 居豙切,去,未韻,見。ㄐㄧˋ

㊀食盡,日全蝕。春秋桓三年:“日有食之,既。”公羊桓三年:“既者何?盡也。”㊁盡。莊子應帝王:“吾與汝既其文,未既其實。”上“既”字,列子黄帝作“無”。㊂已,已經。左傳僖二二年“宋人既陣列,楚人未既濟。”書堯典:“九族既睦,平章百姓。”

2. xì 集韻 許既切,去,未韻。ㄒㄧˋ

㊃通“餼”。見“既₂稟”。

【既夕】古喪禮士葬前最後一次弔哭的晚上。儀禮有既夕禮篇。

【既且】已經去過。詩鄭風溱洧:“女曰觀乎?士曰既且。”箋:“既,已也。士曰已觀矣,未從之也。”清阮元謂且即古“祖”字。既且,猶言終始。參閲揅經室一集一釋且。

【既望】殷周曆以陰曆每月十五、十六日至二十二、二十三日爲既望。後來稱農曆十五爲望,望後一日爲既望。書召誥:“惟二月既望。”宋蘇軾經進東坡文集事略一前赤壁賦:“壬戌之秋,七月既望,蘇子與客泛舟遊於赤壁之下。”

【既₂稟】古代官府所發的給養。既,通“餼”。米糧。禮中庸:“日省月試,既稟稱事,所以勸百工也。”

【既濟】易卦名。離下坎上。☵☲。易既濟:“既濟,亨小利貞,初吉終亂。”疏:“濟者,濟渡之名。既者,皆盡之稱。萬事皆濟,故以既濟爲名。”

【既生魄】古代利用月的缺、圓、晦、明來記日期的一種方法。魄,經古文作“霸”,指月未盛明時所發的光。既生魄指月從上弦到月望之間的一段期間。書武成:“既生魄,庶邦冢君暨百工受命于周。”舊説以月黑處爲魄,既生魄指陰曆十七日。

【既死魄】農曆每月二十三日至晦之間的一段時間。逸周書世俘:“二月既死魄,越五日甲子。”參閲清王國維觀堂集林一生霸死霸考。舊以朔日(初一)爲始死魄,二日爲旁死魄。參見“既生魄”。

【既往不咎】對以往的過錯不再責備追究。論語八佾:“成事不説,遂事不諫,既往不咎。”三國志魏曹爽傳“皆伏誅,夷三族”注引魏略曰:“中護軍蔣濟表曰:畢軌前失,既往不咎,但恐是後難可以再。”

【既來之,則安之】論語季氏:“夫如是,故遠人不服,則修文德以來之。既來之,則安之。”本指招徠遠人,並加以安撫;今指已經來了,應該安心。

九 畫

旤 huò 胡果切,上,果韻,見。ㄏㄨㄛˋ

同“禍”。荀子仲尼:“故知者之舉事也,滿則慮嗛,平則慮險,安則慮危,曲重其豫,猶恐及其旤,是以百舉而不陷也。”

日 部

日 rì 人質切,入,質韻,日。ㄖˋ

㊀太陽。詩衛風伯兮:“其雨其雨,杲杲出日。”也指晷影。詩豳風七月:“春日遲遲,采蘩祁祁。”㊁晝,白天。詩唐風葛生:“夏之日,冬之夜。”㊂一晝夜。書洪範:“一曰歲,二曰月,三曰日。”疏:“從夜半以至明日夜半,周十二辰爲一日。”㊃每天,一天一天地。論語學而:“吾日三省吾身。”禮大學:“苟日新,日日新,又日新。”㊄從前,往日。左傳文七年:“日衛不睦,故取其地。”㊅他日。列子湯問:“日以俱來,吾與若俱觀之。”㊆光陰,時間。詩唐風山有樞:“且以喜樂,且以永日。”左傳昭元年:“主民翫歲而愒日,其與幾何?”㊇舊時指日辰禁忌。唐柳宗元柳先生集十九三戒永某氏之鼠:“永有某氏者,畏日,拘忌異甚。”

【日力】孟子公孫丑下:“去則窮日之力而後宿哉?”本指一天的力量。也泛指時間、光陰。文選三國吳韋弘嗣(昭)博弈論:“經之以歲月,累之以日力。”

【日干】紀日的十干,即甲乙丙丁戊己庚辛壬癸。參見“干支”。

【日下】㊀指京都。封建社會以帝王比日，因以皇帝所在之地爲日下。世説新語排調："陸(雲)舉手曰：'雲間陸士龍。'荀(隱)答曰：'日下荀鳴鶴。'"唐錢起錢考功集二送薛判官赴蜀詩："邊陲勞帝念，日下降才傑。"清朱彝尊撰日下舊聞四十二卷，專記北京自遼代建都以來的事蹟。㊁目前。唐大詔令集八六咸通七年大赦："日下但嚴守封疆，且備要害。"㊂傳説中的古國名。爾雅釋地"日下"宋邢昺疏："日下者，謂日所出處其下之國也。"

【日子】㊀指某日。古代紀日的一種方法。日，指某日，如初一、初二。子，指那一天的干支，如甲子、乙丑等。文選漢陳孔璋(琳)檄吳將校部曲文："年月朔日子。"隋書袁充傳上表："今與物更新，改年仁壽，歲月日子。"後來泛指某一天。明缺名白兔記傳奇成婚："今日好個日子，就結了親便了。"參閱清顧炎武日知録二十年月朔日子。㊁時光，生活。京本通俗小説錯斬崔寧："胡亂去開個柴米店，撰〔賺〕得些利息來過日子。"

【日及】朝菌的别名。藝文類聚八九晉潘尼朝菌賦序："朝菌者，蓋朝華而暮落。世謂之木槿，或謂之日及，詩人以爲舜華，宣尼以爲朝菌。"參見"朝菌"。

【日夕】㊀近黄昏時。詩王風君子于役："日之夕矣，羊牛下來。"晉陶潛陶淵明集三飲酒詩之五："山氣日夕佳，飛鳥相與還。"㊁日夜。宋書王歆之傳羊希與孫詵書："足下同僚似有陸録事者，此生東南名地，又張玄外孫，持身至清，雅有志節，……計當日夕相與中意。"

【日中】㊀日正午。易豐："日中則昃，月盈則食。"左傳昭元年："且及日中，不出。"㊁指春分、秋分。書堯典："日中星鳥，以殷仲春。"左傳莊二九年："凡馬，日中而出，日中而入。"疏："春秋分而晝夜等，謂之日中。"㊂一天之內。荀子議兵："贏三日之糧，日中而趨百里。"㊃比喻事物之光明昌盛。漢焦延壽易林十二升之履："日中明德，盛興兩國。"

【日分】日子。五代梁史評話上："(黄巢)來到長安，討一個店舍歇泊，明日到試院前打探試日分。"

【日月】㊀太陽和月亮。易離："日月麗乎天，百穀草木麗乎土。"㊁一天和一月，每天每月。論語雍也："回也，其心三月不違仁，其餘則日月至焉而已矣。"漢蔡邕蔡中郎集七難夏育上言鮮卑仍犯諸郡："方今郡縣盜賊，劫摽人財，攻犯官民，日月有之。"㊂季節，光陰。詩小雅小明："昔我往矣，日月方奥。"楚辭屈原離騷："日月忽其不淹兮，春與秋其代序。"㊃比喻皇帝皇后。禮昏義："故天子之與后，猶日之與月。"史記一〇七魏其武安侯傳論："魏其之舉以吳楚，武安之貴在日月之際。"

【日本】國名。亞洲東部的島國。自漢武帝以來，日本與我國已有正式交往。至隋唐時期，兩國友好關係繼續發展。在我國古籍中，又有"倭國"、"扶桑"等名稱。

【日兄】古以日喻帝王，故帝王之弟、妹稱帝王爲日兄。唐詩紀事三五陸暢詔作(雲安公主)催妝詩："天母親調粉，日兄憐賜花。"

【日母】太陽。文選漢枚叔(乘)七發："流攬無窮，歸神日母。"注引春秋内事："日者，陽德之母。"

【日用】詩小雅天保："民之質矣，日用飲食。"後因以日用指日常生活的費用。明沈鯨雙珠記傳奇假恩圖色："我家空房儘多，憑你揀幾間住下，一應日用，都在我身上。"

【日圭】㊀古代祭日時所用之玉圭。宋史禮志一："朝日日圭，夕月月圭，皆五寸。"㊁古代測日影的儀器。清會典八一欽天監天文科："曰日圭，則陳於室，而竅以承日焉。"

【日至】冬至或夏至，或兼指二者。古人認爲，天行赤道，日行赤道南北，於冬至運行到極南之處，於夏至運行到極北之處，故稱日至。冬至日至短，稱短至；夏至日至長，稱長至；也有稱冬至爲長至者。左傳莊二九年："凡土功……日至而畢。"此指冬至。孟子告子上："今夫麰麥，……浡然而生，至於日至之時，皆熟矣。"此指夏至。

【日完】㊀一天所爲之事。國語周中："月會，旬修，日完不忘。"注："日完，一日之所爲。"㊁太陽完整無缺。卽朔日不發生日蝕，古代迷信以爲天下太平之象。文選南朝宋顏延年(延之)應詔宴曲水作詩："日完其朔，月不掩望。"注："漢書曰：天下太平，日不蝕朔，月不掩望。"

【日車】太陽。太陽每日運行不息，故喻作日車。莊子徐无鬼："有長者教予曰：'若乘日之車而遊於襄城之野。'"唐杜甫杜工部草堂詩箋二十將適吳楚留别章使君留後兼幕府諸公得柳字詩："日車隱崑崙，鳥雀噪戶牖。"也引申指時光。唐李賀歌詩編二感諷之二："奇俊無少年，日車何躃躃。"

【日君】謂太陽。兼喻君主。唐韓愈昌黎集一元和聖德詩："日君月妃，煥赫婐妮。"

【日旰】日已晚。左傳襄十四年："衛獻公戒孫文子甯惠子食，皆服而朝，日旰不召。"漢書五九張湯傳："湯每朝奏事，語國家用，日旰，天子忘食。"史記作"日晏"。

【日角】額骨中央隆起，形狀如日。舊時認爲是大貴之相。漢王符潛夫論五德志："大人迹出雷澤，華胥履之生伏羲，其相日角。"後以比喻帝王。唐李商隱李義山詩集五隋宫："玉璽不緣歸日角，錦帆應是到天涯。"日角，指唐高祖李淵。

【日注】茶名。卽日鑄。宋歐陽修歸田録一："草茶盛於兩浙；兩浙之品，日注爲第一。"宋蘇軾分類東坡詩十三錢安道寄惠建茶："粃糠團鳳友小龍，奴隸日注臣雙井。"參見"日鑄"。

【日官】古代掌天文曆數之官，也指史官。左傳桓十七年："天子有日官，諸侯有日御。"注："日官，……典曆數者。"後漢書五九張衡傳應閒："曩滯日官，今又原之。"注："日官，史官也。"

【日表】㊀日晷，古代測日影定時辰的儀器。後漢書律曆志上："記稱大橈作甲子，隸首作數。二者既立，以比日表，以管萬事。"注："表卽晷景。"㊁稱帝王的儀表。元詩選陳益稷安南集送駕至上都過關口而回："喜見重瞳開日表，何勞八翼夢天門。"㊂在日之外，比喻極遠之地。宋書符瑞志下沈演之嘉禾頌："日表地外，改服請教。"

【日者】㊀以占候卜筮爲業的人。墨子貴義："子墨子北之齊，遇日者。"史記有褚少孫補日者傳。㊁往日。戰國策趙三："日者樓緩坐魏三月，不能散齊魏之交。"

【日來】近來。元陳鎰午溪集六和程淏翁見惠詩韻詩："若問日來新況味，飯牛聊復卧南山。"

【日昃】太陽開始偏西，約未時。卽下午兩點左右。易離："日昃之離，何可久也。"也作"日側"、"日仄"。儀禮既夕禮："有司請祖期，曰日側。"漢書七八蕭望之傳周堪奏記："興周召之遺業，親日仄之兼聽，則下走其庶幾願竭區區，底厲鋒鍔，奉萬分之一。"

【日冠】日暈的一種，出現在太陽上方，形如冠。見初學記一日引雜兵書。

【日要】每日的統計。北周庾信庾子山集十四周隴右總管長史贈太子少保豆盧公神道碑:"其年授司會,八法斯掌,九賦是均,事總歲成,功參日要。"

【日南】郡名。秦象郡,漢武帝元鼎六年更名,以其地在日之南而稱。屬交州。見漢書地理志下。

【日省】每日考查或探望。禮中庸:"日省月試,既廩稱事,所以勸百工也。"新唐書一六二姚南仲傳上疏:"今國人皆曰后陵在邇,陛下將日省而時望焉。"

【日昳】同"日昃"。書無逸"自朝至于日中昃"漢孔安國傳:"從朝至日昳不暇食。"疏:"昃亦名昳,言日蹉跌而下,謂未時也。"史記天官書:"旦至食,爲麥;食至日昳,爲稷。"漢書天文志作"日跌"。

【日食】㊀卽日蝕。月運行至太陽與地球之間,成一直線,太陽被月遮掩而成日蝕。古人迷信,以日食附會人事的變化。左傳昭七年:"四月甲辰朔,日有食之。晉侯問於士文伯曰:'誰將當日食?'"也作"日蝕"。史記天官書論:"蓋略以春秋二百四十二年之間,日蝕三十六。"㊁每天的飲食。戰國策趙四:"日食飲得無衰乎?"宋歐陽修文忠集一送唐生詩:"日食不自飽,讀書依主人。"

【日差】日晷所測日影逐日長短之差。古法立表測日影,夏至影最短,冬至影最長,逐日遞差,曆家常根據日差推求氣至的時刻。元史曆志一授時曆議上驗氣:"劉宋祖冲之嘗取至前後二十三四間晷景,折取其中,定爲冬至;且以日差比課,推定時刻。宋皇祐間周琮則取立冬立春二日之景,以爲去至既遠,日差頗多,易爲推考。"

【日記】漢劉向新序雜事一:"司君之過而書之,日有記也。"後因稱每日記事的册子爲日記。宋陸游老學庵筆記三:"黄魯直(庭堅)有日記,謂之家乘,至宜州猶不輟書。"

【日家】舊時推算星命的術士。明陶宗儀輟耕錄二九日家安命法:"日家者流,以日月五星及計羅炁孛四餘氣躔度過宮遲留伏逆,推人之生年月日時,可以知休咎,定壽夭。"

【日珥】日暈的一種。周禮春官眡祲"四曰監"唐賈公彥疏:"云'監冠珥也'者,謂有赤雲氣在日旁,如冠耳。珥卽耳也,今人猶謂之日珥。"

【日逐】㊀匈奴王號,也爲官名。漢書九四上匈奴傳:"(左賢王)病死,其子先賢撣不得代,更以爲日逐王。日逐王者賤於左賢王。"文選漢王子淵(褒)四子講德論:"日逐舉國而歸德,單于稱臣而朝賀。"㊁每日。五代後周王仁裕開元天寶遺事上銷恨花:"帝與貴妃日逐宴於樹下。"

【日晏】日暮。史記一二二張湯傳:"湯每朝奏事,語國家用,日晏,天子忘食。"漢書作"日旰"。

【日氣】日光散發的熱氣。漢王充論衡詰術:"陽燧鄉日,火從天來。由此言之,火,日氣也。"唐杜甫杜工部詩史補遺七晴之二:"雨聲衝塞盡,日氣射江深。"

【日秩】帝王賜給年老官吏之每日膳食。禮王制:"七十不俟朝,八十月告存,九十日有秩。"注:"秩,常也。有常膳。"三國志魏劉放傳附孫資"各年老遜位"注引(孫)資別傳:"置舍人官騎,加以日秩肴酒之膳焉。"

【日域】㊀日出處。漢書八七下揚雄傳長楊賦:"西厭月窟,東震日域。"㊁日照的區域。指天下。魏書李孝伯傳李豹子上書:"伏惟世祖太武皇帝英叡自天,籠罩日域。"

【日華】㊀太陽的光華。文選南齊謝玄暉(朓)和徐都曹詩:"日華川上動,風光草際浮。"㊁道家指太陽的精華。雲笈七籤十一上清黄庭内景經瓊室章"專閉御景乃長寧"注:"瞑目握固,存日中五色流霞來繞一身,於是日光流霞俱入口中,名曰日華。"唐釋皎然晝上人集二贈張道士詩:"玉京真子名太一,因服日華心如日。"㊂宮殿名,又殿門名。舊題漢劉歆西京雜記四:"河間王德築日華宮。"唐杜甫杜工部草堂詩箋十二奉答岑參補闕見贈:"君隨丞相後,我往日華東。"注:"郭偲家住日華門東畔。"

【日常】㊀指太陽永恆存在。宋史樂志十四淳熙十六年皇后册寶樂章:"乾健坤順,羣生首資。日常月升,四時叶熙。"㊁猶言平日。明缺名劉玄德三顧草廬記傳奇四七:"日常以詩酒爲業,琴書自娛。"

【日參】日日上朝。新唐書百官志三:"文官五品以上及兩省供奉官、監察御史、員外郎、太常博士日參,號常參官。"

【日富】日益富有。詩小雅小宛:"彼昏不知,壹醉日富。"箋:"童昏無知之人飲酒一醉,自謂日益富,夸淫自恣,以財驕人。"後因以日富比喻飲酒。晉陶潛陶淵明集一榮木詩:"志彼不舍,安此日富。"唐陸龜蒙甫里集七對酒詩:"且須謀日富,不要道家貧。"卽且謀一醉之意。

【日馮】傳説爲樹木的祖先。淮南子地形:"日馮生陽閼,陽閼生喬如,喬如生幹木,幹木生庶木。"注:"日馮,木之先也。"

【日道】太陽運行的軌道。後漢書律曆志中永元十四年十一月甲寅詔:"昏明長短,起於日去極遠近,日道周不可以計率分,當據儀度,下參晷景。"禮月令題下唐孔穎達疏:"赤道之北二十四度爲夏至之日道,去北極六十七度也;赤道之南二十四度爲冬至之日道,去南極亦六十七度。"

【日馭】太陽。日形如輪,周行不息,故稱。廣弘明集三十下北齊盧思道從駕經大慈照寺詩:"日馭非難假,雲師本易憑。"周書劉璠傳雪賦:"日馭潛於濛汜,地險失於華嵩。"

【日陽】太陽光。唐白居易長慶集六八就暖偶酌戲諸詩酒舊侶詩:"低屏軟褥臥籐床,舁向前軒就日陽。"也作"日暘"。又六三飽食閒坐詩:"箕踞擁裘坐,半身在日暘。"

【日圍】見"日畿"。

【日景】㊀日光。文選漢班孟堅(固)西都賦:"上反宇以蓋戴,激日景而納光。"注:"言宮殿光輝外激於日,日景下照而反納其光也。"㊁卽日影。景,影的本字。周禮地官大司徒:"以土圭之法測土深,正日景以求地中。"也作"日影"。列子湯問:"夸父不量力,欲追日影,逐之於隅谷之際。"

【日晷】㊀日影。藝文類聚七七北齊邢子才(劭)景明寺碑:"及日晷停流,星光輟運。"也引申爲時間、時刻。宋王安石臨川集四一本朝百年無事劄子:"臣以淺陋,誤承聖問,迫於日晷,不敢久留,語不及悉,遂辭而退。"㊁古代測日影定時刻的儀器。秦漢時已流行於民間。漢書藝文志曆譜有日晷書三十四卷。

【日程】㊀每日的行程。宋李廌師友談記:"(蔣穎叔)嘗於所居公署前立一旗曰占風旗,使人日候之,置籍焉,令諸漕綱日程,亦各記風之便逆。"㊁逐日安排的工作程序。元程端禮有讀書分年日程三卷。元史世祖紀四:"戊申,詔以治事日程諭中外官吏。"

【日御】㊀古代掌天文曆數之官。左傳桓十七年:"天子有日官,諸侯有日御,……日御不失日以授百官于朝。"㊁古代神話中爲太陽駕車的神,名羲和。御,通"馭"。楚辭屈原離騷"吾令羲和弭節兮"漢王逸注:"羲和,日御也。"後也指帝王的車駕。文苑英華一七六唐李乂奉和初春幸太平公主南莊應制詩:"地出東郊迴日御,城臨南斗度雲車。"

【日給】㊀一日食用豐足。漢桓寬鹽鐵

論通有:"日給月單,朝歌暮戒。"㊁每日的供給。晉書食貨志杜預疏:"交令饑者盡得水産之饒,百姓不出境界之内,旦暮野食,此目下日給之益也。"㊂花名。太平御覽九七〇三國魏杜恕篤論:"日給之華與椋相似也,椋結實而日給零落。"

【日窟】日出之處。藝文類聚七八南朝梁陶弘景水仙賦:"東卷長桑日窟,西斡龍築月阿。"

【日新】㊀日日更新。易繫辭上:"富有之謂大業,日新之謂盛德。"禮大學:"湯之盤銘曰:'苟日新,日日新,又日新。'"㊁大理段正嚴(宣仁帝)年號。公元1109年。

【日魂】太陽的魂魄、精氣。漢魏伯陽參同契上中篇:"陽神日魂,陰神月魄,魂之與魄,互爲室宅。"也指太陽。全唐詩六一三皮日休早春以橘子寄魯望:"剖似日魂初破後,弄如星髓未銷前。"

【日禁】舊時迷信,謂某日不宜作某事,稱爲日禁。漢王充論衡譏日:"世俗既信歲時,而又信日。舉事若病死災患,大則謂之犯觸歲月,小則謂之不避日禁,歲月之傳既用,日禁之書亦行。"

【日暈】太陽周圍時或出現的彩色光圈。史記天官書:"兩軍相當,日暈。"晉書天文志中十煇:"日旁有氣,員而周帀,内赤外青,名爲暈。日暈者,軍營之象。"

【日照】㊀陽光照射。玉臺新詠七南朝梁簡文帝怨歌行:"十五頗有餘,日照杏梁初。"㊁傘。二刻拍案驚奇十九:"我在華胥國裏是個貴人,今要一把日照也不能够了,却叫我擎着荷葉遮身。"㊂縣名。屬山東省。本漢琅琊郡日照鎮。金改爲縣。見金史地理志中莒州。

【日脚】穿過雲隙下射的日光。唐岑參岑嘉州詩三送李司諫歸京:"雨過風頭黑,雲開日脚黄。"又杜甫杜工部草堂詩箋十一羌村之一:"峥嶸赤雲西,日脚下平地。"

【日精】㊀太陽的精華。晉書天文志上天體:"陽燧可以取火於日,而無取日於火之理,此則日精之生火,明矣。"道家稱爲"日華"。雲笈七籤十一上清黄庭内景經口爲章"口爲玉池太和官"注:"服食日精,金華充盈。"唐宋之問集上王子喬詩:"白虎摇瑟鳳吹笙,乘騎雲氣喰日精。"㊁菊花的别名。一説爲菊根的别名。見神農本草經一鞠華、初學記二七晉周處風土記。㊂指楊梅果。唐馮贄雲仙雜記二日精引常奉真湘潭記:"陸展郎中見楊梅,嘆曰:'此果恐是日精。'"㊃雲母的别名。見宋葉廷珪海録碎事十四百工醫技部藥名門日精。

【日蝕】見"日食㊀"。

【日種】佛教故事。傳説大茅草王無子,出家成王仙,被獵師誤射,有血墮地,生出二甘蔗。蔗經日炙成熟,剖莖,一莖蔗出男童一人,另一莖蔗出女童一人。相師言此男童在甘蔗内經日炙熟而出,故名日種,立以爲王。女童年長大,納爲王第一妃。見佛本行集經五賢劫王種品下。

【日課】每天的功課。課,也作動詞用。唐元稹長慶集三十敍詩寄樂天書:"與詩人楊巨源友善,日課爲詩。"宋陸游劍南詩稿八二獨至遯菴避暑在大竹林中之二:"一卷隱書爲日課,數聲啼鳥謝年光。"

【日輪】太陽。日形如輪,故名。北周庾信庾子山集一鏡賦:"天河漸没,日輪將起。"也指帝王車駕。唐鮑溶集集外詩讀淮南李相行瞀至楚州詩:"來年二月登封禮,去望台星扈日輪。"

【日餔】申時,午後四點左右。史記吕太后紀:"日餔時,遂擊(吕)産,産走。"也作"日晡"。南齊書垣崇祖傳:"至日晡時,決小史埭,水勢奔下,虜攻城之衆漂墜塹中。"

【日稷】午後申時。猶"日昃"。穀梁傳定十五年:"戊午,日下稷,乃克葬。"注:"稷,昃也。下昃,謂晡時。"文選南朝宋顔延年(延之)赭白馬賦"實有騰光吐圖"注引尚書中候:"帝堯即政七十載,修壇河洛,仲月辛日禮備,至于日稷,榮光出河,龍馬銜甲。"

【日畿】京畿,首都周圍。也稱日圍。宋葉廷珪海録碎事四上地部下京都門日畿:"天子之畿方千里,象日月徑圍,故曰日畿,又曰日圍。"

【日廩】古時官吏每日的廩給禄米。晉書會稽文孝王道子傳:"于時軍旅荐興,國用虚竭,自司徒已下,日廩七升。"也作"日稟"。後漢書四九仲長統傳昌言損益:"今田無常主,民無常居,吏食日稟,班禄未定。"

【日壇】舊時祭日之處,在今北京市朝陽門外。明嘉靖九年建。明清二代均於每年春分日遣官致祭,清制遇甲丙戊庚壬年由皇帝親祭。參閱明王三聘古今事物考五禮義日月壇、清會典事例四三三禮部中祀。

【日頭】㊀太陽。宋楊萬里誠齋集三二山村詩之二:"歇處何妨更歇些,宿頭未到日頭斜。"㊁日子,天。元曲選孟漢卿魔合羅三:"老夫上任三個日頭,今日陞廳。"

【日曆】㊀曆書之類。漢王充論衡譏日:"夫如是,沐之日無吉凶,爲沐立日曆者,不可用也。"清避高宗弘曆名諱,改稱日曆爲"時憲書"。參見"時憲書"。㊁史官按日記載朝政事務的册子。唐永貞元年九月始令史官撰日曆,其法以事繫日,以日繫月,以月繫時,以時繫年。宋制,歷朝在修實録以前,先修日曆,有日曆所,隸祕書省。參閱宋吴曾能改齋漫録二日曆之始、宋史職官志四祕書省。

【日録】㊀史書記事的一種體例,記其事並記其時日。公羊傳隱元年"所見異辭,所聞異辭,所傳聞異辭"漢何休注:"於所聞之世,……大夫卒,無罪者日録,有罪者不日,略之。"後以指史官按日的記録。宋史二五六周常傳:"陛下於災嘅可畏之候,暫停進對,亦人情之常;若著爲定令,則必記於日録,傳之史筆。"㊁日記。宋羅大經鶴林玉露十:"山谷(黄庭堅)晚年作日録,題曰家乘。"

【日薄】㊀日色掩蔽。宋書五行志五:"晉孝懷帝永嘉元年十一月乙亥黄黑氣掩日,所炤皆黄。案河圖占曰:'日薄也。'其説曰:'凡日蝕皆於晦朔,有不於晦朔者爲日薄。'"㊁傍晚。國語吴:"今會日薄矣,恐事之不集,以爲諸侯笑。"

【日轂】指帝王車駕。宋華鎮雲溪居士集五次韻和曹公衡山行詩:"拂掠朱鸞毛羽輕,朗聽日轂聲鉤鉤。"參見"日輪"。

【日邊】猶言天邊。指極遠的地方。世説新語夙惠:"(晉元帝)問明帝:'汝意謂長安何如日遠?'答曰:'日遠。不聞人從日邊來,居然可知。'"唐李白李太白詩二一望天門山:"兩岸青山相對出,孤帆一片日邊來。"後以比喻京都附近或帝王左右。又玄集下高蟾下第後獻高侍郎詩:"天上碧桃和露種,日邊紅杏倚雲栽。"

【日躔】太陽運行的度次。文選南朝宋顔延年(延之)三月三日曲水詩序:"日躔胃維,月軌青陸。"元史曆志一:"列宿著於天,爲舍二十有八,爲度三百六十五有奇,非日躔無以校其度,非列舍無以紀其度。"

【日鑄】亦作"日注"。山名。在浙江紹興縣。以産茶著名,所産之茶即以日鑄爲名。宋蘇轍欒城集九宋城宰韓秉文惠日鑄茶詩:"君家日鑄山前住,冬後茶芽麥粒麤。"又陸游劍南詩稿二三游洞前巖下小潭水甚奇取以煎茶:"囊中日鑄傳天下,不是名泉不合嘗。"參閱宋史食貨志下六茶下、明一統志四五紹興府。

【日觀】泰山觀日出處峰名。水經注二四汶水引漢應劭漢官儀:"泰山東南山頂名曰日觀。日觀者,雞一鳴時,見日始欲出,長三丈許,故以名焉。"文選南朝宋顏延年(延之)車駕幸京口侍遊蒜山作詩:"元天高北列,日觀臨東溟。"

【日天子】佛教觀世音菩薩的化身。亦作"寶光天子"、"寶義天子"。法華義疏一:"寶光天子者,謂日天子也……復有經云:觀世音名寶意,作日天子。"

【日月山】山名。1.山海經大荒西經:"大荒之中有山,名曰日月山,天樞也。"2.在青海青海湖東南,主峯在湟源縣南。蒙古李兒只斤蒙哥四年會諸汗於顆顆腦兒之西,祭天於日月山。卽此。見元史憲宗紀。

【日月相】肩胛上的紅痣,舊時迷信以爲極貴之相。南齊書江祏傳:"高宗(蕭道成)胛上有赤誌。……晉壽太守王洪範罷任還,上袒示之,曰:'人皆謂此是日月相,卿幸無泄言。'"

【日月食】卽日食(蝕)、月食(蝕)。論語子張:"君子之過也,如日月之食焉。"周禮春官宗伯:"凡日月食……令去樂。"

【日月旗】古帝王儀仗中繪有日月圖象之旗。穆天子傳六:"日月之旗,七星之文。"注:"言旗上畫日月及北斗七星也。"全唐詩二七〇戎昱辰州聞大駕還宫:"自慚出守辰州畔,不得親隨日月旗。"

【日返塢】農諺。日落前的回光返照。明婁元禮田家五行雜占論日:"日没返照,主晴,俗名爲'日返塢'。"

【日知録】清顧炎武撰。三十二卷。爲作者讀書心得,隨時札記,故以日知爲名。内容涉及經義、政事、史地、藝文、兵事、天象、術數等方面。顧氏積三十年之力成此書,自稱平生之志與業盡在此中。不專爲考訂而作,而考證精審,頗多可取。清閻若璩撰潛邱劄記,補正此書五十餘條。黄汝成又爲作集釋,採輯至九十六家。流傳刻本多有删改,後人據其稿本編成日知録之餘四卷。

【日南至】冬至日。夏至以後,日躔自北而南;冬至以後,又自南而北。故冬至日又稱日南至。左傳僖五年:"春,王正月,辛亥朔,日南至。"注:"周正月,今十一月,冬至之日,日南極。"

【日重光】樂府瑟調曲名。相傳漢明帝爲太子,樂人爲作歌詩四章:一日重光,二月重輪,三星重輝,四海重潤。古以日比皇帝,對太子言,故曰重光。後二章漢末亡佚。見晉崔豹古今注中音樂。

【日遊神】㊀舊曆書所載凶神名。元授時曆卽有此名目。相傳以癸巳至戊申十六日在房内東西南北中五方;己酉至壬辰四十四日出遊。人宜避忌遊神所在之方。見協紀辨方書三義例一日遊神。元曲選缺名桃花女三:"今日他出門之時,正與日遊神相觸,便不至死,也要帶傷。"㊁綽號,諷刺奔走鑽營的人。永樂大典二九四八引秦京雜記:"皇祐、嘉祐中未有謁禁,士人多馳騖請託,一人號望火馬,其中又一人號爲日遊神,蓋日有奔競故也。"

【日黄簿】私家帳簿。元孔齊靜齋至正直記三出納財貨:"私記謂之日黄簿。又曰帳目。"

【日喀則】城名。屬西藏自治區。爲西藏第二大城。日喀,藏語爲村落;則,高地。位於雅魯藏布江與年楚河匯流處。原西藏地方政府設日喀則宗,公元1960年改縣,今爲日喀則地區所在地。有札什倫布寺,舊爲班禪喇嘛所居。

【日聞録】元李翀撰。記歷代典章制度,間及元人軼事,多有可採。末篇論辨佛教的虚誕。原書已佚,清錢熙祚據永樂大典所載,輯集排比爲一卷。

【日下無雙】京師無人可比。言才高出衆。梁書伏挺傳:"及長,有才思,好屬文,爲五言詩,善效謝康樂體。父友人樂安任昉深相歎異,常曰:'此子日下無雙'"。

【日下舊聞】清朱彝尊撰。四十二卷。記述北京掌故史蹟,分星土、世紀、形勝、宫室、城市、郊坰、京畿、僑治、邊障、户版、風俗、物産、雜綴等十三門,附石鼓考。徵引羣書與金石文字一千四百四十九種。彝尊子昆田又作補遺;乾隆三十九年復繼此書纂日下舊聞考百二十卷,增苑囿、官署二門,計十五門。

【日上三竿】日出離地面有三根竹竿之高。約爲午前八、九點。南齊書天文志上日光色:"永明五年十一月丁亥,日出高三竿,失色赤黄。"唐韓鄂歲華紀麗一春"日上三竿"注引古詩:"日上三竿風露消。"也作"日三竿"或"日出三竿"。宋陸游劍南詩稿八十示兒輩:"坐使乃翁無一事,高眠常到日三竿。"又蘇轍欒城集九春日耕者詩:"雨深一尺春耕利,日出三竿曉餉遲。"

【日不暇給】事務繁多而時間不足。史記封禪書:"雖受命而功不至,至梁父矣而德不洽,洽矣而日有不暇給,是以卽事用希。"漢書高帝紀下:"漢興,撥亂反正。日不暇給。"

【日中必彗】日中陽光方盛,正好曬物。比喻作事應及時。六韜文韜守土:"日中必彗,操刀必割。……日中不彗,是謂失時;操刀不割,失利之期。"漢書四八賈誼傳彗作"熭"。注引孟康:"熭音衞。日中盛者,必暴熭也。"

【日中則昃】太陽到正午就要偏斜。比喻事物發展到一定程度,就會向着相反的方向轉化。易豐:"日中則昃,月盈則食。"疏:"盛必有衰,自然常理。日中至盛,過中則昃。"

【日月入懷】形容心胸開朗。世説新語容止:"時人目夏侯太初(玄)朗朗如日月之入懷。"

【日月交食】用以比喻作對,爭鬭。元曲選康進之李逵負荆二:"俺兩箇半生來豈有些嫌隙,到今日却做了日月交食。"

【日月合璧】日月同升,古人附會爲祥瑞。漢書律曆志上:"宦者淳于陵渠復覆太初曆晦朔弦望,皆最密,日月如合璧,五星如連珠。"注引孟康:"謂太初上元甲子夜半朔旦冬至時,七曜皆會聚斗、牽牛分度,夜盡如合璧連珠也。"後也稱日月同宫、日月對照爲合璧。清欽天監復以合朔爲限。

【日月如梭】形容光陰過得很快。京本通俗小説碾玉觀音上:"時光似箭,日月如梭,也有一年之上。"

【日月參辰】喻作對,不和。參、辰,卽參商二星。元曲選(蕭德祥)殺狗勸夫一:"也不是我特故的把哥哥來恨,他他他不思忖一爺娘骨肉,却和我做日月參辰。"

【日升月恒】日初升,月趨滿。比喻事物方興未艾,蒸蒸日上。恒,音gèng,月上弦貌。詩小雅天保:"如月之恒,如日之升。"後祝人事業發展曰"日升月恒",本此。參閲清馬瑞辰毛詩傳箋通釋十七。

【日長一綫】指冬至後白晝漸長。宋陳元靚歲時廣記三八冬至添紅綫:"歲時記:魏晉間,宫中以紅綫量日影,冬至後日影添長一綫。"又增綉功:"唐雜録言:宫中以女功揆日之長短,冬至後日晷漸長,比常日增一綫之功。"也作"一綫長"。唐杜甫杜工部草堂詩箋十三至日遣興奉寄兩院故人之一:"何人錯憶窮愁日,愁日愁隨一綫長。"

【日東月西】喻遠隔兩地,不能相聚。樂府詩集五九琴曲歌辭蔡琰胡笳十八拍之十六:"十六拍兮思茫茫，我與兒兮各一方，日東月西兮徒相望，不得相隨兮空斷腸。"

【日居月諸】日月。居、諸，語氣助詞。詩邶風日月:"日居月諸，照臨下土。"後用以指歲月流逝。唐陸贄陸宣公集二貞元改元大赦制:"日居月諸，歲聿云暮。"

【日削月朘】連續不斷，進行剝削。漢書五六董仲舒傳:"民日削月朘，寖以大窮。"也作"日朘月削"。新唐書一二三蕭至忠傳上時政疏:"若公器而私用之，則公義不行而勞人解體;私謁開而正言塞，日朘月削，卒見凋弊。"

【日省月試】經常進行考核。禮中庸:"日省月試，既廩稱事，所以勸百工也。"也作"日省月課"。魏書李彪傳:"日省月課，實勞神慮。"

【日食萬錢】見"食日萬錢"。

【日記故事】書名。宋楊億家訓謂童稚日記故事，如黄香扇枕、陸績懷橘之類，只如俗説，便曉此道理。元虞韶本此意編小學日記切要故事十卷，爲村塾啟蒙讀物。後人續加補訂，今傳最早的有明熊大木校注的嘉靖本和鄭世豪刊萬曆本，内容以宣揚封建禮教爲多。入清有署名寄雲齋學人的日記故事續集，内容近似。參閱清翟灝通俗編七文學。

【日就月將】日有所得，月有所進。詩周頌敬之:"日就月將，學有緝熙于光明。"北齊書儒林傳序:"自餘多驕恣傲佷，動違禮度，日就月將，無聞焉爾。"

【日試萬言】以日寫萬言爲試。極言才思敏捷。唐李白李太白集二六與韓荆州書:"請日試萬言，倚馬可待。"舊唐書一二七張涉傳:"亦能爲文，嘗請有司日試萬言，時呼張萬言。"唐時取士考試有日試萬言科。參閱五代王定保唐摭言十一薦舉不捷、宋趙彦衛雲麓漫鈔六。

【日暮途遠】秦漢前習用成語，謂日景已暮而行程尚遠，喻力竭計窮。史記六六伍子胥傳:"爲我謝申包胥曰:'吾日暮途遠，吾故倒行而逆施之。'"北周庾信庾子山集二哀江南賦序:"日暮途遠，人間何世!"途，也作"道"、"路"。吳子治兵:"日暮道遠，必數上下。"尉繚子兵教下:"日暮路遠，還有挫氣。"

【日暮途窮】猶"日暮途遠"。唐杜甫杜工部草堂詩箋三投贈哥舒開府翰二十韻:"幾年春草歇，今日暮途窮。"清侯方域壯悔堂集三癸未去金陵日與阮光禄書:"君子稍知禮義，何至甘心作賊!萬一有焉，此必日暮途窮，倒行而逆施。"

【日積月累】不斷積累。宋史四一七喬行簡傳上疏:"借納忠效勤之意，而售其陰險巧佞之姦，日積月累，氣勢益張;人主之威權，將為所竊弄而不自知矣。"

【日薄西山】太陽迫近西山，比喻人衰老，臨近死亡。漢書八七上揚雄傳反離騷:"臨汨羅而自隕兮，恐日薄於西山。"文選晉李令伯(密)陳情事表:"過蒙拔擢，寵命優渥，豈敢盤桓，有所希冀。但以(祖母)劉日薄西山，氣息奄奄;人命危淺，朝不慮夕，……是以區區不能廢遠。"今也用以比喻事物接近衰敗腐朽。

【日轉千街】指乞丐沿街叫化。元曲選張國賓合汗衫三:"哎!婆婆也，喒去來波，可則索與他日轉千街。"

【日久見人心】相處日久，可見真心。元曲選缺名爭報恩一:"路遥知馬力，日久見人心。"明徐畛殺狗記傳奇下二九:"聽咱説事因，一人心痛，一個腰疼，假意佯推病，果然日久見人心，方知没義人。"

【日近長安遠】晉明帝司馬紹數歲時，父問曰:"汝謂日與長安孰遠?"對曰:"日近。舉目見日，不見長安。"見世説新語夙惠、晉書明帝紀。後比喻向往帝都而不得至。元王實甫西廂記一本一折:"望眼連天，日近長安遠。"

一 畫

旦 dàn ㄉㄢˋ 得按切，去，翰韻，端。

㊀天明，早晨。左傳昭元年:"叔孫歸，曾夭御季孫以勞之，旦及日中不出。"㊁天，日子。戰國策趙四:"一旦山陵崩，長安君何以自託於趙?"㊂明亮。尚書大傳虞夏傳卿雲歌:"日月光華，旦復旦兮。"注:"言明明相代。"㊃生日。明陸華甫雙鳳齊鳴記傳奇四:"今日賤旦，想有官員慶賀。"㊄傳統戲劇中扮演女子的角色。女主角稱正旦，又有副旦、貼旦、外旦、小旦、大旦、老旦、花旦、色旦、搽旦等名目。宋釋文瑩玉壺野史十:"韓熙載……畜聲樂四十餘人，閫檢無制，往往時出外齋，與賓客生旦雜處。"明祝允明猥談:"生淨旦末等名……此本金元闤闠談吐，所謂鶻伶聲嗽，今所謂市語也。生即男子，旦曰粧旦色。"㊅樂曲聲調名。隋書音樂志中:"然就此七調，又有五旦之名，旦作七調。"遼史樂志大樂:"大樂亦有七聲，謂之七旦。……自隋以來，樂府取其聲，四旦二十八調爲大樂。"

【旦夕】㊀早晚，日常。書冏命:"其侍御僕從，罔匪正人，以旦夕承弼厥辟。"史記八六聶政傳:"客游以爲狗屠，可以旦夕得甘毳以養親。"㊁喻短時間。玉臺新詠一古詩爲焦仲卿妻作:"蒲葦一時紉，便作旦夕間。"

【旦日】㊀天明時。即平旦。左傳昭五年:"日上其中，食日爲二，旦日爲三。"史記陳涉世家:"卒皆夜驚恐。旦日，卒中往往語，皆指目陳勝。"㊁明日。穀梁傳宣八年:"繹者，祭之旦日之享賓也。"史記一〇五倉公傳:"臣意復診之，曰:當旦日日夕死。"

【旦月】品評人物。同"月旦"。隋陳叔明墓誌:"二子連環，高談旦月。"(漢魏南北朝墓誌集釋圖版六〇九之二)參見"月旦"。

【旦旦】㊀天天。莊子外物:"投竿東海，旦旦而釣，期年不得魚。"㊁誠懇。詩衛風氓:"言笑晏晏，信誓旦旦。"箋:"言其懇惻款誠。"後因稱盟誓爲"旦旦"。北史孫搴傳:"搴要其爲誓，(温)子昇笑曰:'但知劣於卿便是，何勞旦旦!'"㊂明亮。隋書音樂志中北齊享廟樂辭:"離光旦旦，載焕載融。"

【旦宅】旦暮改易的宅舍。謂形骸。莊子大宗師:"且彼有駭形而无損心，有旦宅而无情死。"唐成玄英疏:"旦，日新也;宅者，神之舍也。以形之改變，爲宅舍之日新耳。"釋文:"李(頤)本作'怛佗'……云驚惋之貌。"

【旦昔】早晚，日常。猶"旦夕"。管子小匡:"旦昔從事於此，以教其子弟。"

【旦明】天明時。儀禮少牢饋食禮:"旦明行事。"淮南子天文:"日出于暘谷，浴于咸池，拂于扶桑，是謂晨明。登于扶桑，爰始將行，是謂朏明。至于曲阿，是謂旦明。"

【旦兒】傳統戲劇中扮演女子的角色。清毛奇齡西河詞話二:"至元人造曲，……每入場以四折爲度，謂之雜劇，其有連數雜劇……但唱者祇二人，末泥主男唱，旦兒主女唱。"

【旦氣】早晨的空氣。明錢宰臨安集二過城南田舍詩:"泠然旦氣清，逍遥散塵緒。"

【旦望】㊀朔望。即農曆的初一、十五。宋史禮志十二神御殿:"一遇旦望諸節序，下降香表，薦獻行禮。"㊁周公旦與太公望。三國志魏高柔傳上疏:"成湯仗阿衡(伊尹)之佐，文武憑旦望之力。"

【旦晝】白天。孟子告子上:"則其旦晝之所爲，有梏亡之矣。"注:"旦晝，晝日也。"一説明日。清焦循正義:"旦晝，猶云明日。"

【旦雲】即"朝雲"。文選戰國楚宋玉高唐賦:"妾在巫山之陽,高丘之阻,旦爲朝雲,暮爲行雨。"玉臺新詠六何思澄南苑逢美人:"洛浦疑迴雪,巫山似旦雲。"參見"朝雲"。

【旦會】元旦朝會。南齊書禮志上:"秦人以十月旦爲歲首,漢初習以大饗會,後用夏正,饗會猶未廢十月旦會也。"

【旦暮】㊀朝夕,從早到晚。國語齊:"旦暮從事,施於四方。"荀子儒效:"積土而爲山,積水而爲海,旦暮積謂之歲。"㊁指時間短促。莊子齊物論:"萬世之後而一遇大聖,知其解者,是旦暮遇之也。"戰國策韓一:"魏且旦暮亡矣。"

【旦奭】謂周公旦、召公奭,皆周初功臣。漢蔡邕蔡中郎集四太傅安樂鄉文恭侯胡公碑:"傅聖德於幼沖,率旦奭於舊職。"後漢書袁術傳孫策與術書:"又聞幼主明智聰敏,……若輔而興之,則旦奭之美,率土所望也。"

二畫

早 zǎo 子晧切,上,晧韻,精。 ㄗㄠˇ

㊀早晨。詩召南小星"夙夜在公"漢鄭玄箋:"或早或夜,在於君所。"引申爲初時。見"早春㊀"。㊁在一定時間以前。與"遲"、"晚"相對。左傳宣二年:"(趙盾)盛服將朝,尚早,坐而假寐。"戰國策齊一:"早救之,孰與晚救之便。"㊂本來,已經。宋秦觀淮海詞阮郎歸之一:"日長早被酒禁持,那堪更別離。"又河傳之二:"雲雨未諧,早被東風吹散。"㊃幸而。水滸三七:"那大漢失驚道:'真個是我哥哥!早不做出來!'"

【早月】初月。唐李頻梨嶽詩集送劉山人歸洞庭:"半湖乘早月,中路入疎鐘。"

【早世】早死。左傳昭三年:"早世隕命,寡人失望。"故後稱夭死爲早世。後漢書桓帝紀和平元年:"詔曰:'曩者遭家不造,先帝早世。'"注:"謂順帝崩也。"

【早來】本來,已經。宋程垓書舟詞醉落魄別少城舟宿黃龍:"早來最苦離情毒,唱我新詞,掩著面兒哭!"又張榘芸窗詞水龍吟之二:"問晚山亭下,山茶經雨,早來開麼?"

【早春】㊀初春。五代後蜀花蕊夫人宮詞之三一:"早春楊柳引長條,倚岸沿堤一面高。"㊁茶名。明許次紓茶疏採摘:"往日無有於秋日摘茶者,近乃有之。秋七八月重摘一番,謂之早春,其品甚佳。"

【早則】幸而。元曲選缺名鴛鴦被二:"小姐!你也早些兒來波!着我遙遙的等着你。早則不是臘月,凍下我脚來。"

【早是】㊀本是,已是。唐詩紀事六八韋莊長安清明:"早是傷春夢雨天,可堪芳草更芊芊。"尊前集五代南唐馮延巳擣練子詞:"早是夜長人不寐,數聲和月到簾櫳。"㊁幸虧是。元王實甫西廂記一本二折:"早是妾身,可以容恕,若夫人知其事呵,決無干休。"

【早晚】㊀隨時,天天。全唐詩九韓翃送山陰姚丞攜妓之任……:"他日如尋始寧墅,題詩早晚寄西人。"宋曾慥樂府雅詞中舒信道(亶)鵲橋仙:"兩堤芳草一江雲,早晚是西樓望處。"㊁何時,何日。唐李白李太白集九口號贈楊徵君詩:"不知楊伯起,早晚向關西?"早,一本作"旦"。㊂多久。唐白居易長慶集十六除夜詩:"潯陽來早晚?明日是三年。"㊃那得,何曾。全唐詩二九釋拾得詩之三一:"箇箇入地獄,早晚出頭時!"宋柳永樂章集剔銀燈詞:"如斯佳致,早晚是讀書天氣?"㊄時候。元王實甫西廂記三本二折:"我這一封書去,必定成事,這早晚(紅娘)敢待來也。"指現在。元曲選缺名謝金吾三:"想你當初不得志時,提着個灰罐兒,賣詩寫狀,那早晚也是東廳樞密使來!"指過去。元曲選高文秀黑旋風三:"我隨身帶着這蒙汗藥,我如今攪在這飯裏,他吃了呵!明日這早晚他還不醒哩!"指將來。

【早婚】不到相當年齡而結婚。隋王通文中子魏相:"早婚少娉,教人以偷。"也作"早昏"。詩召南摽有梅序唐孔穎達疏:"文王十五生武王,武王有兄伯邑考。故知人君早昏,所以重繼嗣。"

【早達】年少獲得高位。南朝陳徐陵徐孝穆集七與王吳郡僧智書:"鄧仲華服袞之年,荀令則擁麾之日,徒云早達,未可同功。"梁書張緬傳附張纘:"纘時年二十三,……俄爲長史兼侍中,時人以爲早達。"

【早惠】即早慧。惠,通"慧"。後漢書七十孔融傳:"(陳)煒曰:'夫人小而聰了,大未必奇。'融應聲曰:'觀君所言,將不早惠乎?'"

【早爲】已是。猶"早是"。花間集十二五代前蜀李珣浣沙溪詞之三:"早爲不逢巫峽夢,那堪虛度錦江春。"

【早衙】舊時官府早晚坐衙治事,早晨的一次稱早衙。唐白居易長慶集五二舒員外游香山寺……詩:"白頭老尹府中坐,早衙纔退暮衙催。"

【早熟】農作物或果實早成熟。北史高熲傳:"江北地寒,田收差晚,江南土熱,水田早熟。"後也指人的身心成熟較早。

【早慧】智慧發育較早,年幼時即表現聰明出衆。北周庾信庾子山集十四周兗州刺史廣饒公宇文公神道碑:"公弱齡早慧,幼志夙成。"北齊王紘年十五與侯景論掩衣左右,不足是非。景奇其早慧,賜以名馬。見北齊書王紘傳。

【早稻】水稻的一種,即秈稻。因成熟期較早,故稱早稻。唐白居易長慶集五三春題湖上詩:"碧毯線頭抽早稻,青羅裙帶展新蒲。"宋蘇軾分類東坡詩一白塔鋪歇馬:"吳國晚蠶初斷葉,占城早稻欲移秧。"參閱本草綱目二二秈。

【早難道】豈不聞。元曲選白仁甫梧桐雨二:"早難道羽扇綸巾笑談間,破強虜三十萬。"又關漢卿魯齋郎三:"早難道'君子斷其初',今日箇親者便爲疎。"

【早知如此,悔不當初】追悔以前不應作之事。元曲選缺名舉案齊眉二:"早知如此掛人心,悔不當初莫相識。"

叶 xié 集韻 檄頰切,入,帖韻。 ㄒㄧㄝˊ

和,合。"協"之古文。漢書五行志上:"次四曰叶用五紀。"注:"叶讀曰叶,和也。"又引應劭曰:"叶,合也。"

旯 lá ㄌㄚˊ

見"旮旯"。

旨 zhǐ 職雉切,上,旨韻,照。 ㄓˇ

㊀味美,美味。詩小雅頍弁:"爾酒既旨,爾殽既嘉。"論語陽貨:"食旨不甘,聞樂不樂。"也用以形容事物的美好。書說命中:"王曰:'旨哉!說乃言惟服。'"㊁意義,意思。易繫辭下:"其旨遠,其辭文,其言曲而中。"宋書謝靈運傳論:"妙達此旨,始可言文。"㊂意见,主張。漢書八一孔光傳:"數使録冤獄,行風俗,振贍流民,奉使稱旨。"此指帝王之意见。後漢書三五曹褒傳:"今承旨而殺之,是逆天心,順府意也。"此指長官之意见。宋以後始專稱皇帝的意见、命令为旨。參閱宋岳珂愧剡録二聖旨教令之別、清趙翼陔餘叢考二二旨。

【旨甘】美好的食品。多用於養親。禮內則:"昧爽而朝,慈以旨甘,……日入而夕,慈以旨甘。"慈,孝敬,供奉。漢書七六張敞傳敞奏書諫游獵:"口非惡旨甘,耳非憎絲竹也。"

【旨要】要旨，主要的意思。孫子曹操序：“吾觀兵書戰策多矣，孫武所著深矣。……行於世者失其旨要，故撰爲略解焉。”世説新語品藻“王夷甫(衍)以王東海(承)比樂令(廣)”注引江左名士傳：“承言理辯物，但明其旨要，不爲辭費，有識伏其約而能通。”

【旨酒】美酒。詩小雅鹿鳴：“我有旨酒，以燕樂嘉賓之心。”孟子離婁下：“禹惡旨酒，而好善言。”

【旨揮】帝王的詔勅、命令。宋王明清揮塵後録六：“又元厚之作參知政事日，有下狀陳乞恩例者啟曰：‘爲部中不肯依元降旨揮。’”

【旨統】旨趣的系統，即思想體系。晉書向秀傳：“莊周著內外數十篇，歷世才士雖有觀者，莫適論其旨統也。”

【旨意】主旨，意圖。後漢書二五魯丕傳上疏：“覽詩人之旨意，察雅頌之終始，……觀乎人文，化成天下。”又五四楊震傳上疏：“周廣謝惲兄弟……與樊豐王永等分威共權，屬託州郡，傾動大臣，宰司辟召，承望旨意。”

【旨蓄】儲備過冬的食品。詩邶風谷風：“我有旨蓄，亦以御冬。”箋：“蓄聚美菜者，以禦冬月乏無時也。”後也泛指儲藏的美味。宋秦觀淮海集六寄䓁薑法魚糟蟹詩：“淮南風俗事瓶罌，方法相傳爲旨蓄。”

【旨麾】調遣，指揮。宋蘇軾東坡集續集四與林天和長官書之八：“豐樂橋數木匠請假暫歸，多日不至，敢煩旨麾旬押送來爲幸。”宋王明清揮塵後録五：“於是登城大呼而旨麾，兵乃小却。”

【旨趣】宗旨，意義。漢荀悦前漢紀二五孝成紀二：“孔子既歿，後世諸子各著篇章，欲崇廣道藝，成一家之説，旨趣不同，故分爲九家。”文選晉嵇叔夜(康)琴賦序：“覽其旨趣，亦未達禮樂之情也。”

旬 1. xún ㄒㄩㄣˊ 詳遵切，平，諄韻，邪。

㊀十天。書堯典：“朞，三百有六旬有六日，以閏月定四時成歲。”禮曲禮上：“凡卜筮日，旬之外曰遠某日，旬之內曰近某日。”㊁十歲。唐白居易長慶集六八偶吟自慰兼呈夢得詩：“且喜同年滿七旬，莫嫌衰病莫嫌貧。”㊂滿，足。見“旬月”、“旬歲”。㊃周徧。見“旬宣”。㊄光陰，時間。文選晉左太沖(思)魏都賦：“量寸旬，涓吉日。”注：“旬，時也。”

2. jūn ㄐㄩㄣ 集韻 規倫切，平，諄韻。

㊅通“均”。易豐：“遇其配主，雖旬无咎。”旬，一本作“均”。參閱周禮地官均人“凡均力政”疏。

【旬日】十天。周禮地官泉府：“凡賒者，祭祀無過旬日。”也作“旬時”。文選三國魏吳季重(質)答東阿王書：“自旋之初，伏念五六日，至於旬時。”

【旬月】㊀滿一月。漢王充論衡程材：“説一經之生，治一曹之事，旬月能之；典一曹之吏，學一經之業，一歲不能立也。”㊁十整月。漢書六六車千秋傳：“特以一言寤意，旬月取宰相封侯，世未嘗有也。”參閱明王志堅表異録一天文二歲時。

【旬年】㊀一年。後漢書四三何敞傳上疏：“復以愚陋，旬年之閒，歷顯位，備機近。”㊁十年。三國志魏劉廙傳上疏：“廣農桑，事從節約，脩之旬年，則國富民安矣。”

【旬休】唐宋時官吏每十日休息一天稱旬休。唐元稹長慶集二四五絃彈樂府詩：“旬休節假暫歸來，一聲狂殺長安少。”宋史二九二丁度傳：“時西疆未寧，二府三司雖旬休，不廢務。”參見“休沐”。

【旬呈】親身報到畫卯。宋岳珂桯史十二秦檜死報：“王盧溪在夜郎，郡守承風旨，待以囚隸，至不免旬呈。”參閱清惲敬大雲山房雜記一。

【旬始】㊀皇天名。楚辭屈原遠遊：“集重陽入帝宮兮，造旬始而觀清都。”注：“遂至天皇之所居也。旬始，皇天名也。”㊁星名。史記天官書：“旬始，出於北斗旁，狀如雄雞。其怒，青黑，象伏鼈。”又一一七司馬相如傳大人賦：“垂旬始以爲幓兮，抴彗星而爲髾。”也以作妖孽的徵象。文選漢張平子(衡)東京賦：“欃槍旬始，羣凶靡餘。”

【旬宣】周遍巡視各地，宣布德教。詩大雅江漢：“王命召虎，來旬來宣。”傳：“旬，徧也。”明唐玉翰府紫泥全書八上知縣取束脩：“賢科發跡於王庭，花縣旬宣乎聖苑。”

【旬浹】泛指十天左右的時間。宋鄭文寶南唐近事：“李之夫人素賢明，……至是匿何(敬洙)後堂中，旬浹之間，李(簡)怒未解，夫人亦不敢救。”又葉紹翁四朝聞見録丁寧皇即位：“垂簾之事，止可行之旬浹，久則不可。”

【旬朔】十天或一月。藝文類聚三五三國魏應璩與尚書諸郎書：“壁立之室，無旬朔之資。”宋書謝靈運傳：“郡有名山水，靈運素所愛好，出守既不得志，遂肆意遊遨，偏歷諸縣，動踰旬朔。”也泛指時日。文館詞林六九五南朝梁孝元帝策勳令：“自白波作寇，亟淹旬朔；黑山搆逆，多歷弦望。”白波、黑山，東漢末的農民起義軍。

【旬液】十日一雨。舊唐書音樂志三孟夏雩祀上帝于南郊樂章：“旬液應序，年祥叶慶。”

【旬假】義同“旬休”。唐會要八二休假永徽三年：“每至旬假，許不視事，以與百僚休沐。”

【旬歲】滿一年。漢書八四翟方進傳：“方進旬歲間免兩司隸，朝廷由是憚之。”注：“旬歲猶言滿歲也。”

【旬課】對工程的每十天一次的檢查驗收。宋王明清揮塵餘話一：“中都二防製造兵器，旬一進視，謂之旬課。”宋史兵志十一器甲之制：“京師所造，十日一進，謂之旬課。上親閱視，置五庫以貯之。”

旭 xù ㄒㄩˋ 許玉切，入，燭韻，曉。

㊀日出光明貌。晉陶潛陶淵明集二歸園田居詩之五：“歡來苦夕短，已復至天旭。”㊁初出的太陽。南齊謝朓宋海陵王墓銘：“西光已謝，東旭又良。”一本作“東龜”。見宋沈括夢溪筆談十五藝文二。㊂光。唐張舉墓志銘：“玄明一掩，寒燈無旭。”(金石續編五)

【旭日】初出的太陽。詩邶風匏有苦葉：“雝雝鳴雁，旭日始旦。”藝文類聚一晉傅玄日昇歌詠：“逸景何晃晃，旭日照萬方。”

【旭月】明月。文苑英華五八唐林琨駕幸温泉宮賦：“於是旭月霽野，慶雲羃天。”

【旭卉】幽暗貌。文選漢揚子雲(雄)甘泉賦：“上天之縡，杳旭卉兮。”注：“旭卉，幽味之貌。”漢書八七揚雄傳注解作疾速。

【旭旦】日出時。藝文類聚五南朝梁任昉苦熱詩：“旭旦煙雲卷，烈景入東軒。”唐駱賓王集九疇昔篇：“昨夜琴聲奏悲調，旭旦含顰不成笑。”

【旭旭】㊀日將出貌。漢賈誼新書脩政語下：“君子將入其職，則其於民也，旭旭然如日之始出也。”㊁得意驕傲之貌。爾雅釋訓：“旭旭、蹻蹻，憍也。”注：“皆小人得志憍蹇之貌。”漢書八七上揚雄傳河東賦：“嘻嘻旭旭，天地稠嶅。”注：“嘻嘻旭旭，自得之貌。”㊂形容聲響的猛烈。文選漢揚子雲(雄)羽獵賦：“洶洶旭旭，天動地岋。”

【旭霽】雨後出太陽。唐韋應物韋江州

集五和吳舍人早春歸沐西亭言志詩:"陽春美時澤,旭霽望山暉。"

【旭烈兀】公元1219—1265年。蒙古人。一作煦烈。成吉思汗之孫,拖雷之子。蒙哥三年至九年間,率兵攻占木乃兮、乞石迷等國,留鎮其地,建立伊兒汗國。參閱清錢大昕十駕齋養新録九旭烈兀大王。

旮 1. xù ㄒㄩ̀

同"旭"。見字彙。

2. gā ㄍㄚ

見"旮₂旯"。

【旮₂旯】角落。方言。兒女英雄傳二七:"解扣鬆裙,在炕旮旯裏换上。"也泛指狹窄偏僻之處。

三 畫

旰 1. gàn ㄍㄢ̀ 古案切,去,翰韻,見。

㊀晚,遲。左傳襄十四年:"日旰不召,而射鴻於囿。"

2. hàn ㄏㄢ̀

㊀盛貌。見"旰₂旰₂"。

【旰₂旰₂】盛貌。史記河渠書武帝瓠子歌:"匏子決兮將奈何?皓皓旰旰兮閭殫爲河!"漢書溝洫志作"浩浩洋洋",指水勢。藝文類聚九晉郭璞鹽池賦:"揚赤波之煥爛,光旰旰以晃晃。"指光彩。廣弘明集二十南朝梁簡文帝大法頌序:"鏘鏘旰旰,瓌譎維錯,邈乎其不可名。"指事物。

【旰昃】天晚。喻勤於政事。南齊書明帝紀建武四年大赦詔:"永言古昔,無忘旰昃。"文苑英華五七三唐常袞久旱陳讓相表:"陛下發勤閔之慮,躬旰昃之勞。"

【旰食】晚食,指事忙不能按時喫飯。左傳昭二十年:"(伍)奢聞員不來,曰:'楚君大夫其旰食乎!'"注:"將有吳憂,不得早食。"後指勤於政事。三國志吳韋曜傳博弈論:"且君子之居室也,勤身以致養,其在朝也,竭命以納忠,臨事且猶旰食,而何博弈之足耽。"

【旰食宵衣】日已晚方進食,天未明即穿衣。形容帝王勤於政事。唐白居易長慶集十二附陳鴻長恨歌傳:"玄宗在位歲久,倦於旰食宵衣,政無大小,始委於右丞相。"

旱 hàn ㄏㄢ̀ 胡笴切,上,旱韻,匣。

㊀久不下雨。詩大雅雲漢:"旱既大甚,蘊隆蟲蟲。"莊子秋水:"春秋不變,水旱不知。"㊁陸。與"水"相對。水滸十一:"此間要去梁山泊,雖只數里,却是水路,全無旱路。"㊂山名。詩大雅旱麓:"瞻彼旱麓,榛楛濟濟。"傳:"旱,山名也。"㊃迅猛。通"悍"。史記八四賈誼傳服鳥賦:"水激則旱兮,矢激則遠。"索隱:"此乃淮南子及鶡冠子文也。彼作'水激則悍'。"

【旱母】即旱魃。也用以諷刺封建統治者。梁書安成康王秀傳附南浦侯(蕭)推:"出爲戎昭將軍、吳郡太守。所臨必大旱,吳人號'旱母'焉。"元詩選李俊民莊靖先生集埽晴婦:"見説周人憂旱母,寧知東海無冤婦?"

【旱芹】蔬菜類。堇之别名。也供藥用。見本草綱目二六菜一堇。

【旱海】寧夏靈武縣東南的沙漠。五代梁朔方節度使馮暉引兵過旱海,至輝德,大敗拓跋彦超,卽此。資治通鑑二八五後晉開運三年八月注:"趙珣聚米圖經曰:'鹽、夏、清遠軍間,並係沙磧,俗謂之旱海。'"

【旱乾】乾旱無雨。孟子盡心下:"犧牲既成,粢盛既絜,祭祀以時,然而旱乾水溢,則變置社稷。"宋樓鑰攻媿集四送淳丞上虞詩:"陂湖謹蓄洩,可以救旱乾。"

【旱祭】求雨的祭祀。古稱雩。公羊傳桓五年:"大雩者何?旱祭也。"

【旱湛】大旱和久雨。漢王充論衡案書:"陰陽相混,旱湛相報。"

【旱蓮】藥草名。有二種,苗似旋覆而花白細者爲鱧腸,花黄紫而結房如蓮房者爲小連翹。均可入藥。北周庾信庾子山集六和迴文詩:"旱蓮生竭鑊,嫩菊養秋鄰。"參閲本草綱目十六草五鱧腸。

【旱魃】舊時謂能致旱災的神。詩大雅雲漢:"旱魃爲虐,如惔如焚。"疏:"神異經曰:'南方有人,長二三尺,袒身,而目在頂上,走行如風,名曰魃,所見之國大旱,赤地千里,一名旱母。'"

【旱暵】不雨乾熱。周禮地官舞師:"教皇舞,帥而舞旱暵之事。"注:"旱暵之事,謂雩也。暵,熱氣也。"宋樓鑰攻媿集三它山堰詩:"旱時反此水亦足,坐使千年忘旱暵。"

【旱龍】虹的俗稱。見明楊慎丹鉛總録一天文類虹霓。

【旱麓】㊀詩大雅篇名。頌揚周自后稷公劉以來,後人承其事業,享受福祿。旱,山名。宋蘇軾東坡集十八復次㵒字韻記龍井之游詩:"歸來煮瓠葉,弟子歌旱麓。"㊁乾旱的山脚。唐劉禹錫劉夢得集三十牛頭山第一祖融大師新塔記:"以慧力感通,故旱麓泉湧;以神功示現,故皓雪蓮生。"

【旱藕】藥草名。又名王孫、牡蒙。根莖供藥,有補氣、治寒濕等作用。見本草綱目十二草一王孫。

【旱水晶】硼砂的别名。硼砂潔白晶瑩,狀似水晶石,故名。見宋陶穀清異録藥譜。

旳 dì ㄉㄧ̀ 集韻丁歷切,入,錫韻。

明顯。"的"之古字。説文"旳"引易:"爲旳顙。"今本易説卦作"的顙"。

【旳旳】明顯貌。淮南子説林:"旳旳者獲,提提者射。"注:"旳旳,明也。爲衆所見,故獲。"漢司隸校尉魯峻碑:"永傳億齡,晻兮旳旳。"(隸釋九)

四 畫

昔 1. xī ㄒㄧ 思積切,入,昔韻,心。

㊀古,從前。與"今"相對。書堯典:"昔在帝堯,聰明文思,光宅天下。"詩小雅采薇:"昔我往矣,楊柳依依。今我來思,雨雪霏霏。"㊁久遠,久舊。詩陳風墓門:"知而不已,誰昔然矣。"傳:"昔,久也。"史記田敬仲完世家:"弓膠昔幹,所以爲合也。"㊂終了。呂氏春秋任地:"孟夏之昔,殺三葉而穫大麥。"注:"昔,終也。"㊃夜晚。通"夕"。穀梁傳莊七年:"日入至於星出謂之昔。"㊄乾肉。見説文。㊅姓。漢有烏傷令昔登。見廣韻。

2. cuò ㄘㄨㄛ̀ 集韻倉各切,入,鐸韻。

㊆粗糙。通"錯"。周禮考工記弓人:"稺牛之角直而澤,老牛之角紾而昔。"注:"鄭司農(衆)云……昔讀爲交錯之錯,謂牛角觕理錯也。玄謂昔讀履錯然之錯。"

【昔邪】即烏韭,生長在屋瓦上的苔類。廣雅釋草:"昔邪,烏韭也。在屋曰昔邪,在牆曰垣衣。"玉臺新詠六南朝梁吳均鼓瑟曲有所思:"夜風吹熠燿,朝光照昔邪。"

【昔昔】㊀夜夜。列子周穆王:"夜亦昏憊而寐,昔昔夢爲人僕。"㊁曲名。昔昔鹽之簡省。元詩選楊維楨鐵崖集元夕與婦飲:"右蠻舞裊裊,左瓊歌昔昔。"

【昔者】㊀從前,往日。易説卦:"昔者聖

人之作易也，幽贊於神明而生蓍。」疏：「據今而稱上世，謂之昔者也。」㊁昨日。孟子公孫丑下：「昔者辭以病，今日弔，或者不可乎？……昔者疾，今日愈，如之何不弔？」㊂昨夜。莊子田子方：「於是旦而屬之大夫曰：『昔者寡人夢，見良人，黑色而頾。』」注：「昔者夜者也。古謂夜爲昔。」

【昔酒】久釀之酒。周禮天官酒正：「辨三酒之物，……二曰昔酒。」疏：「久釀乃熟，故以昔酒爲名。」

【昔席】平日的講席。荀子大略「臨患難而不忘細席之言」唐楊倞注引尸子：「臨大事不忘昔席之言。」意謂不忘平素所講習忠義之言。

【昔陽】地名。1. 春秋鼓國都。隋開皇間置昔陽縣，尋改鼓城。左傳昭十二年晉荀吳假道於鮮虞遂入昔陽。即此。杜預注以爲肥國都，誤。故地在今河北晉縣。參閱清顧炎武日知録三一昔陽、顧祖禹讀史方輿紀要十四真定府晉州。2. 縣名。屬山西省。漢爲樂平縣，歷代屢有廢置，公元 1914 年改今名。

【昔歲】昨歲，去年。左傳宣十二年：「昔歲入陳，今茲入鄭，民不罷勞，君無怨讟，政有經矣。」

【昔昔鹽】曲名。隋薛道衡作。昔昔，夜夜之意；鹽，猶「豔」，曲的別名，如詩詞中的吟、行、曲、引。寫婦女對出征丈夫的懷念。其「空梁落燕泥」之句，曾爲隋煬帝所嫉。樂府詩集七九引樂苑：「昔昔鹽，羽調曲，唐亦爲舞曲。昔，一作『析』。」參閱宋洪邁容齋隨筆續筆七昔昔鹽。

旻 mín ㄇㄧㄣˊ 武巾切，平，真韻，明。

㊀秋季的天。見「旻天㊁」。㊁天空。唐柳宗元柳先生集十八憎王孫文：「毁成敗實兮更怒喧，居民怨苦兮號穹旻。」㊂痛傷。通「閔」。詩大雅召旻序：「旻，閔也，閔天下無如召公之臣也。」

【旻天】㊀泛指天。書大禹謨：「日號泣于旻天。」詩小雅小旻：「旻天疾威，敷于下土。」參閱漢許慎五經異義引尚書說（輯本）。㊁秋天。楚辭漢王逸九思哀歲：「旻天兮清涼，玄氣兮高朗。」

【旻序】秋爲旻天，故稱秋季爲旻序。全唐詩五八李嶠八月奉教作：「清尊對旻序，高宴有餘歡。」

昉 fǎng ㄈㄤˇ 分兩切，上，養韻，幫。

天方明。引申爲開始。公羊傳隱二年：「始不親迎，昉于此乎？」列子黃帝「衆昉同疑」晉張湛注：「昉，始也。」通作「放」。參閱清鄭珍說文新附考三昉。

昈 hù ㄏㄨˋ 侯古切，上，姥韻，匣。

㊀明白。說文：「昈，明也。从日，户聲」。參見「昈分」。㊁文采貌。見方言十二注。新唐書一〇二姚思廉傳附姚璹：「時九鼎成，后欲用金塗之。璹奏：『鼎者神器，貴質朴，不待外飾。臣觀其上先有五采雜昈，豈待塗金爲符曜耶？』」參見「昈昈」。

【昈分】明白分別。文選漢揚子雲（雄）羽獵賦：「羽騎營營，昈分殊事，繽紛往來，轠轤不絕。」注：「昈分，謂羽騎明白分別，各殊其事也。」

【昈昈】光彩貌。文選漢張平子（衡）西京賦：「漸臺立於中央，赫昈昈以弘敞。」

旺 wàng ㄨㄤˋ 于放切，去，漾韻，于。

光美。說文作「暀」。引申爲火勢熾烈，或興隆繁盛。

【旺相】㊀得時，運氣好。漢王充論衡命祿：「春夏囚死，秋冬旺相。」後世術士按五行謂春三月爲木旺、火相、土死、金囚、水休；夏三月爲火旺、土相、金死、水囚、木休等。遇旺相則諸事吉利。參閱清翟灝通俗編十祝誦。㊁旺盛。明湯顯祖牡丹亭婚走：「又以美酒香酥，時時將養，數日之間，稍覺精神旺相。」㊂吉慶。明田汝成西湖遊覽志餘二十熙朝樂事：「正月朔日，……以春餅爲上供，爇栗炭於堂中，謂之旺相。」

昊 hào ㄏㄠˋ 胡老切，上，晧韻，匣。

㊀昊天。詩小雅巷伯：「有北不受，投畀有昊。」參見「昊天㊀」。㊁姓。相傳爲昊英氏之後。一說爲少昊之後。見漢應劭風俗通姓氏篇下。㊂通「皞」。古帝伏羲太皞氏，漢書古今人表作太昊氏。參見「太皞」。

【昊天】㊀天。昊，元氣博大貌。書堯典：「乃命羲和，欽若昊天，曆象日、月、星辰，敬授人時。」詩小雅蓼莪：「欲報之德，昊天罔極。」㊁指一定季節的天。爾雅釋天：「夏爲昊天。」詩王風黍離「悠悠蒼天」疏引今尚書歐陽生說：「春曰昊天。」又指一定方位的天。吕氏春秋有始覽：「西方曰顥天。」顥與「昊」通。楚辭屈原天問「九天之際」漢王逸注：「九天，東方皞（昊）天。」

【昊穹】天。文選漢司馬長卿（相如）封禪文：「伊上古之初肇，自昊穹之生民。」注引張揖曰：「昊穹，春、夏天名。」

【昊英】傳說古帝名，商君書畫策：「昔者，昊英之世，以伐木殺獸，人民少而木、獸多。」也作「皞英」。見晉皇甫謐帝王世紀。

【昊蒼】天，太空。文選漢班孟堅（固）答賓戲：「超忽荒而躆昊蒼也。」注引項岱：「昊蒼，皆天名也。」三國魏曹植曹子建集六五遊詩：「曜靈未移景，倏忽造昊蒼。」

【昊樞】傳說黃帝母名。舊題晉王嘉拾遺記：「軒轅出自有熊之國，母曰昊樞。」

【昊天塔】雜劇名。全名昊天塔孟良盜骨，又名孟良盜骨殖。元朱凱撰。寫鎮守三關的宋將楊景（延昭）同部將孟良到幽州昊天寺塔盜回亡父楊業遺骨，途經五台山與兄楊五郎相遇，打死遼追將韓延壽。朱凱字士凱，所作雜劇尚有醉走黃鶴樓一種，今佚。元曲選録入，題缺名字。

昃 zè ㄗㄜˋ 阻力切，入，職韻，莊。

太陽偏西。同「昗」、「仄」。易豐：「日中則昗。」荀子哀公：「君平明而聽朝，日昃而退。」

【昃食】晚食。太陽偏西時纔吃飯，表示勤於政事。文選南齊王元長（融）永明九年策秀才文：「朕所以明發動容，昃食興慮。」南朝陳徐陵徐孝穆集十陳文皇帝哀册文：「勤民聽政，昃食宵衣。」

昌 chāng ㄔㄤ 尺良切，平，陽韻，穿。

㊀善，正當。見「昌言㊀」。㊁美好、壯盛貌。詩齊風猗嗟：「猗嗟昌兮，頎而長兮。」㊂興盛，成長。書仲虺之誥：「推亡固存，邦乃其昌。」荀子禮論：「江河以流，萬物以昌。」㊃指有生之物。莊子在宥：「今夫百昌皆生於土而反於土。」㊄通「菖」。見「昌本」。㊅通「猖」。見「昌披」。㊆姓。相傳出黃帝子昌意之後。東漢有昌豨。見漢應劭風俗通姓氏篇、三國志魏張遼傳。

【昌九】菖蒲。宋陶穀清異録草：「宜春太守虞杲，郡齋植菖蒲五檻，次子夢髯翁自號昌九，言：『願賜保養。』」

【昌化】縣名。1. 本漢儋耳郡地，隋分置昌化縣，屬珠崖州。清初屬廣東瓊州府，光緒三十一年改屬崖州直隸州。公元 1914 年以與浙江昌化縣重名，改稱昌江。參閱嘉慶一統志四五二瓊州府一。2. 漢於潛縣地，唐五代時有改置，後晉改曰橫山，宋太平興國三年改曰昌化縣。明清屬浙江杭州府。公元1960年併入臨安縣。參閱嘉慶一統志二八三杭州府一。

【昌平】㊀縣名。屬北京市。漢置昌平、軍都二縣。北朝魏併昌平入軍都，後改軍都爲昌平。明升爲州，屬順天府，清因之。公元1913年復改爲縣，屬河北省。境北有天壽山明十三陵，西北有軍都山(居庸山)居庸關。參閱遼史地理志四南京道昌平縣、嘉慶一統志六順天府一昌平州。㊁山名。在今山東曲阜縣東南。孔子生魯昌平鄉陬邑，即此。地有昌平山，昌平鄉即以此山取名。見史記孔子世家正義引括地志。㊂東晉列國西燕段隨年號。公元386年。

【昌本】菖蒲根。周禮天官醢人："朝事之豆，其實韭菹、醓醢，昌本、麋臡，菁菹、鹿臡，茆菹、麇臡。"注："昌本，菖蒲根，切之四寸爲菹。"

【昌江】水名。1.一名大河，又名北河。上源爲安徽祁門縣的大北港，西南流匯小北港，入江西浮梁縣界爲昌江。又經景德鎮市西南至鄱陽縣，會合樂安江爲鄱江。參閱嘉慶一統志三一一饒州府一。2.一名昌化江。發源於廣東海南島五指山，西南流經樂東縣，折向西北，經昌江縣境入海。參閱嘉慶一統志四五二瓊州府一。

【昌羊】菖蒲。淮南子說林："昌羊去蚤蝨而來蛉窮，除小害而致大賊，欲小快而害大利。"

【昌吉】縣名。屬新疆維吾爾自治區。漢爲蒲類後國。清乾隆間於昌吉河建寧邊城，尋改昌吉縣，屬甘肅迪化直隸州。參閱嘉慶一統志二八〇迪化州。

【昌光】天空中的赤氣。舊以爲祥瑞之氣。後漢書四十上班彪傳附班固西都賦"仰寤東井之精，俯協河圖之靈"注引河圖："昌光出軫，五星聚井。"晉書天文志中雲氣："瑞氣：……三曰昌光，赤，如龍狀；聖人起，帝受終，則見。"

【昌言】㊀善言，正言。書大禹謨："禹拜昌言曰'俞'。"文苑英華八唐楊炯老人星賦："獻仙壽兮祝堯，奏昌言兮拜禹。"㊁直言無隱。三國志魏高柔傳："知卿忠允，乃心王室，輒克昌言。"㊂放言，大言。唐韓愈昌黎集十四重答張籍書："今夫二氏之所宗，而事之者下乃公卿輔相，吾豈敢昌言排之哉！"㊃書名。東漢仲長統撰。統每論說古今及時俗行事，恒發憤嘆息，因著昌言，凡三十四篇(繆襲昌言表謂二十四篇)。其書久佚，後漢書本傳錄入理亂、損益、法誡三篇。羣書治要亦錄其一部分。清馬國翰拾補散佚，輯爲二卷，刊入玉函山房輯佚書。參閱三國志魏劉劭傳注引繆襲昌言表。

【昌邑】縣名。1.秦置。漢初屬梁國，景帝時周亞夫引兵東北走昌邑壁守，即此。先後爲漢山陽國昌邑國山陽郡及兗州治所。晉爲高平國，南朝宋省入金鄉。隋初復置，尋廢。故城在今山東金鄉縣西北。參閱嘉慶一統志一八三濟寧州。2.屬山東省。漢初爲都昌縣，屬北海郡。宋置昌邑縣，屬濰州。明清屬萊州府。參閱寰宇通志十六萊州府平度州昌邑縣。

【昌谷】水名。一名昌澗，又稱刀轅(輾)川。源出河南澠池縣界，東南流至宜陽入於洛。唐詩人李賀的故里，即在今昌水與洛河匯流處的三鄉鎮、後園村一帶，與洛河南的女几山遥遥相對。李賀歌詩編三昌谷："昌谷五月稻，青細滿平水。"參閱嘉慶一統志二〇五河南府一。

【昌武】東晉列國夏赫連勃勃(世祖)年號。公元418—419年。

【昌披】放縱妄行，不整飭。文選戰國楚屈平(原)離騷："何桀紂之昌披兮，夫唯捷徑以窘步。"楚辭補注本作"猖披"。漢焦延壽易林五觀之大壯："心志無良，昌披妄行。"

【昌松】地名。漢蒼松縣，東漢曰倉松，東晉列國後涼改曰昌松，兼置昌松郡。北周郡廢。隋初改縣曰永世，後復曰昌松，屬武威郡。唐屬涼州，乾元後廢。晉末張天錫自將三萬人屯倉松以擊李儼，即此地。故城在今甘肅古浪縣西。參閱嘉慶一統志二六七涼州府一。

【昌門】春秋吳國西郭門。也作"閶門"。吳越春秋及越絕書均謂闔閭所作；闔閭欲西破楚，故又名破楚門。資治通鑑六二漢建安三年注引孫權記謂夫差作，以天門通閶闔而名，後春申君改曰昌門。

【昌明】茶之一種。以産於四川昌明縣故名。唐白居易長慶集六九春盡日詩："醉對數叢紅芍藥，渴嘗一盌綠昌明。"昌明縣，唐置。今爲江油縣。

【昌侯】鯧魚的別名。亦名鱠魚、鯧鯸魚、昌鼠。昌，美，以味名。見本草綱目四四鯧魚、明彭大翼山堂肆考羽集三二昌侯。

【昌容】仙人名。漢劉向列仙傳下昌容："昌容者，常山道人也。自稱殷王子，食蓬虆根，往來上下，見之者二百餘年，而顏色如二十許人。"文選晉左太沖(思)魏都賦："昌容練色，犢配眉連。"

【昌盍】謂秋風。漢班固白虎通六八風："昌盍風至，戒收藏也。"淮南子天文、史記律書作"閶闔"。

【昌時】昌盛興隆的時期。唐柳宗元柳先生集三七爲王京兆皇帝即位禮畢賀表："臣某等幸覩昌時，獲奉大慶，踴躍之至，倍萬恆情。"

【昌都】縣名。屬西藏自治區。舊名察木多，其地有昌水都水，故又名昌都。清宣統三年設昌都府。公元1913年改縣。參閱清續文獻通考三二二輿地十八附西康。

【昌陵】陵墓名。1.宋趙匡胤(太祖)墓。本名永昌陵，省稱昌陵。在今河南鞏縣。2.清愛新覺羅顒琰(仁宗)墓。在今河北易縣永寧山。

【昌國】㊀地名。古齊邑，又名昌城。後屬燕，燕昭王封樂毅於此，號昌國君。漢置昌國縣，屬齊郡。北齊時廢。故城在今山東淄博市東北。參閱嘉慶一統志一六三濟南府二。㊁縣名。春秋時爲越之甬東，左傳哀二十二年，越滅吳，請使吳王居甬東，即此。漢爲句章縣地，宋熙寧六年置昌國縣，屬明州。元改州，明復爲縣，旋改衛，清改置定海縣。參閱嘉慶一統志二九一寧波府一。

【昌寓】莊子徐无鬼："黃帝將見大隗乎具茨之山，方明爲御，昌寓驂乘。"後傅會以爲仙人。唐杜甫杜工部集十九封西嶽賦："方明夾轂，昌寓侍衣。"

【昌期】昌盛興隆的時期。唐盧照鄰幽憂子集三登封大酺歌之四："千年聖主應昌期，萬國淳風王化基。"

【昌陽】菖蒲別名。唐韓愈昌黎集十二進學解："忘己量之所稱，指前人之瑕疵，是所謂詰匠氏之不以杙爲楹，而訾醫師以昌陽引年，欲進其豨苓也。"按昌陽與昌蒲，梁陶弘景名醫別錄謂是二物，自韓愈謂昌陽引年，作爲一物，其後宋人聖濟總錄卽相承以昌陽爲昌蒲別名。參閱宋吳曾能改齋漫錄十五昌蒲昌陽。參見"菖蒲"。

【昌意】人名。相傳黃帝娶西陵之女，是爲嫘祖，爲正妃，生二子：其一曰玄囂，其二曰昌意。見史記五帝紀。華陽國志三蜀志："至黃帝爲其子昌意娶蜀山氏之女，生子高陽，是爲帝嚳，封其支庶於蜀，世爲侯伯。"

【昌圖】㊀假託天命、表示瑞應的圖。唐垂拱四年，武后姪承嗣僞造瑞石，表稱獲於洛水。石上有文："聖母臨人，永昌帝業。"武后號其石爲"寶圖"，又改曰"天授聖圖”。自制樂章曰:“氾水初呈祕象,溫洛薦表昌圖。”見舊唐書則天皇后紀及音樂志三。㊁縣名。屬遼寧省。明遼海衞地,清嘉慶時設昌圖廳,光緒三年升府,公元 1913 年改縣。參閱清續文獻通考三〇六輿地二。

【昌僕】傳爲古帝顓頊母。史記五帝紀:“昌意娶蜀山氏女曰昌僕,生高陽。”亦稱女樞。見正義引華陽國志及十三州志。大戴禮帝繫作“昌濮”,帝王世紀作“景僕”,宋羅泌路史後記八作“景𡡾”。

【昌黎】㊀郡名。漢交黎縣地,東漢置遼東屬國。三國魏立昌黎郡,轄境約爲今遼河以西,綏中以東,新民朝陽以南濱海地區。北魏昌黎郡以龍城縣爲治所(今遼寧朝陽縣治)。隋開皇三年郡廢。參閱讀史方輿紀要十八大寧衞、嘉慶一統志四二承德府一朝陽縣。㊁縣名。1.屬河北省。漢爲絫縣,屬遼西郡。隋唐爲盧龍縣地,後僑置營州柳城縣。五代時入遼,改曰廣寧。金大定二十九年改曰昌黎。明清屬直隸永平府。參閱嘉慶一統志十八永平府一。2.唐置。唐貞觀二年置北黎州,寄治營州東北廢陽師鎮。八年改爲崇州,並置昌黎縣。後契丹占有營州,徙治於潞縣之古潞城。故址在今北京市通縣東。參閱太平寰宇記七一崇州昌黎縣、嘉慶一統志八順天府三潞縣故城。㊂唐韓愈世居潁川,常據先世郡望自稱昌黎人。門人李漢編愈詩文,因題名爲昌黎先生集。參閱清顧炎武京東考古錄昌黎。

【昌樂】㊀興盛康樂。史記一一〇匈奴傳:“寢兵休卒養馬,世世昌樂。”㊁縣名。屬山東省。古營丘地,漢置營陵縣,爲北海郡治。宋初改置安仁縣,尋改曰昌樂。元省入北海縣。明初復置,屬青州府,清因之。參閱寰宇通志七五青州府昌樂縣。

【昌熾】昌盛。詩魯頌閟宮:“俾爾昌而熾,俾爾壽而富。”漢劉向說苑建本:“夫穀者,國家所以昌熾,士女所以姣好,禮義所以行,而人心所以安也。”

【昌歜】用蒲根切製成的鹽菜。左傳僖三十年:“王使周公閱來聘,饗有昌歜、白、黑、形鹽。”釋文:“歜,在感反。”唐韓愈昌黎集五送無本師(賈島)歸范陽詩:“家住幽都遠,未識氣先感。來尋吾何能,無殊嗜昌歜。”清顧炎武據玉篇謂昌歜之“歜”爲“歜”字之誤。見日知錄四昌歜。

【昌辭】宏麗的文辭。漢書八七上揚雄傳反離騷:“圖纍承彼洪族兮,又覽纍之昌辭。”

【昌化石】浙江昌化縣(今臨安縣)所產彫刻印章之石。石上有紅點若硃砂,石色有青紫如玳瑁。見浙江通志一〇一物產一瑪瑙石注。

【昌谷集】書名。1.唐李賀撰。四卷,外集一卷。原名李賀集,因賀家在昌谷(今河南宜陽縣西),後人改稱今名。賀字長吉,故亦名李長吉歌詩。2.南宋曹彥約撰。二十二卷。彥約家居巷名昌谷,因以名集。原書久佚,清乾隆修四庫全書,館臣自永樂大典輯出。

【昌華苑】五代南漢就唐荔園故址修建的苑囿。在廣州市內。清阮元揅經室詩錄二唐荔園詩,附子阮福唐荔園記:“廣州城西荔灣,舊謂劉漢昌華苑。”

昆 1. kūn ㄎㄨㄣ 古渾切,平,魂韻,見。

㊀同。漢書八七上揚雄傳校獵賦:“羣族虖其中,噍噍昆鳴。”㊁兄。也作“翼”。詩王風葛藟:“終遠兄弟,謂他人昆。”㊂後。書大禹謨:“帝曰:‘禹,官占惟先蔽志,昆命于元龜。’”傳:“官占之法,先斷人志,後命於元龜,言志定然後卜。”後嗣、子孫亦稱昆。也作“翼”。見爾雅釋親。文選五晉左太沖(思)吳都賦:“其居則高門鼎貴,魁岸豪傑,虞、魏之昆,顧、陸之裔。”㊃羣,衆。大戴禮夏小正二月:“昆小蟲抵抵,昆者衆也。”㊄姓。見廣韻。

2. hún ㄏㄨㄣˊ 集韻胡昆切,平,魂韻。户衮切,上,混韻。

㊅通“渾”。見“昆₂侖”。

【昆山】㊀崑崙山之省稱。史記八七李斯傳上書:“今陛下致昆山之玉,有隨和之寶。”正義:“昆岡在于闐國東北四百里,其岡出玉。”參見“崑崙山”。㊁地名。漢置昆山侯國,屬琅玡郡,以其境有昆山而爲名。故址在今山東諸城縣西南。參閱嘉慶一統志一七〇青州府諸城縣。

【昆友】兄弟。唐韋應物韋江州集四自尚書郎出爲滁州刺史留別朋友兼示諸弟詩:“徘徊親交戀,愴悢昆友情。”參見“友于”。

【昆仍】後代子孫。宋樓鑰攻媿集十三顏侍郎(度)輓詞詩之二:“清忠與公恕,餘慶啟昆仍。”

【昆玉】稱人兄弟的敬詞。元明雜劇元關漢卿單刀會四:“因將軍賢昆玉無尺寸地,暫供荆州以爲養軍之資。”

【昆布】海藻類植物。也稱綸布。有海帶、鵝掌菜、裙帶菜等,供食用、藥用。參閱本草綱目十九草八昆布。

【昆夷】殷周時我國西北部少數民族部落。詩小雅采薇序:“文王之時,西有昆夷之患,北有玁狁之難。”箋:“昆夷,西戎也。”詩大雅緜作“混夷”,皇矣作“串夷”,漢書九四匈奴傳作“畎夷”。

【昆仲】稱人兄弟的敬詞。昆,兄,其次曰仲。舊唐書一九〇下王維傳:“維以詩名盛於開元天寶間,昆仲宦遊兩都,凡諸王駙馬豪右貴勢之門,無不拂席迎之。”昆仲指維、縉兄弟。唐羅隱甲乙集八詩題有寄京闕陸郎中昆仲詩。

【昆弟】兄弟。莊子徐无鬼:“聞人足音跫然而喜矣,又況乎昆弟親戚之謦欬其側者乎?”引申爲友好親愛。戰國策齊一:“今秦楚嫁子取婦,爲昆弟之國。”漢書四四衡山王傳:“過淮南,淮南王迺昆弟語。”注:“爲相親愛之言。”

【昆₂邪】漢時匈奴的一個部落。亦作“渾邪”、“渾耶”、“混邪”。活動地區在今甘肅中部的武威至酒泉一帶。漢武帝元狩二年票騎將軍霍去病將萬騎出隴西擊敗匈奴,取焉支山祁連山等地。匈奴單于以昆邪屢敗,謀誅殺昆邪王,王乃於元狩三年以所部四萬人歸漢,漢封昆邪王萬户漯陰侯,爲漢屬國。參閱漢書五五衞青霍去病傳、九四匈奴傳。

【昆吾】㊀山名。山海經中山經:“又西二百里曰昆吾之山,其上多赤銅。”晉郭璞注:“此山出名銅,色赤如火,以之作刀,切玉如割泥也。”後又泛稱貴重之石爲昆吾。文選漢司馬長卿(相如)子虛賦:“其石則赤玉玫瑰,琳瑉昆吾。”㊁日正午所經之處。淮南子天文:“日出于暘谷……至于昆吾,是謂正中。”注:“昆吾邱,在南方。”文選漢張平子(衡)思玄賦:“躋日中于昆吾兮,憩炎火之所陶。”㊂夏商之間部落名。己姓。初封地在今河南濮陽縣。夏衰,昆吾爲夏伯,遷於舊許(今河南許昌縣)。後爲商湯所滅。參閱國語鄭“昆吾爲夏伯矣”注。㊃見“昆吾刀”。

【昆明】地名。1.昆明市,屬雲南省。漢爲建伶穀昌縣地。唐爲晉寧縣。元至元十三年置昆明縣。公元 1953 年併入昆明市。參閱嘉慶一統志四七六雲南府。2.漢定莋縣。唐武德二年置昆明縣。清爲鹽源縣,屬四川。公元 1964 年改爲鹽源彝族自治縣。參閱嘉慶一統志四〇〇寧遠府。3.漢代昆明,即今雲南大理市。參見“昆明池”。

【昆侖】㊀山名。也作“崐崘”、“崑崙”。在西藏新疆之間。淮南子原道:"經紀山川，蹈騰昆侖，排閶闔，淪天門。"漢書八七下揚雄傳長楊賦:"橫鉅海，票昆侖。"㊁古障塞名。又名昆侖障，西漢置。在今甘肅安西縣境。後漢書明帝紀永平十七年:"遣奉車都尉竇固、駙馬都尉耿秉、騎都尉劉張出敦煌昆侖塞。"漢書地理志下云"敦煌郡廣至縣有宜禾都尉治昆侖障"，即此。參閱後漢書八八西域傳"昆侖塞"注。㊂漢時"明堂"的走道。詳"昆侖道"。㊃唐代前後對南洋地區諸國的泛稱。參閱唐義淨大唐西域求法高僧傳下、太平御覽七八六、七八八。

【昆$_2$侖】廣大無垠貌。昆，通"渾"。漢揚雄太玄一中:"昆侖旁薄，思之貞也。"宋司馬光注:"昆，音魂;侖，盧昆切。"

【昆季】兄弟。長者爲昆，幼者爲季。梁書江革傳任昉與革書:"此段雍府妙選英才，文房之職，總卿昆季，可謂馭二龍於長途，騁騏驥於千里。"時革爲雍州刺史建安王記室參軍，革弟觀爲記室。

【昆孫】兄之孫。左傳昭十六年:"孔張，君之昆孫，子孔之後也。"

【昆蚑】猶言昆蟲。蚑，爬行。文選晉張景陽(協)七命之七:"于時昆蚑感惠，無思不擾。"

【昆莫】見"昆彌"。

【昆彭】昆吾和大彭，傳説夏商兩代的重臣。梁書武帝紀上受梁王令:"望昆彭以長想，欽桓文而歎息，思弘政塗，莫知津濟。"桓文，齊桓公、晉文公。

【昆陽】㊀地名。戰國時屬魏地。漢置昆陽縣，屬潁川郡。元時併入葉縣。有昆水經城西南。漢劉秀(光武)以兵三千大破王莽軍數十萬於昆陽，爲歷史上著名的以寡勝衆的戰役之一。今爲河南葉縣地。參閱嘉慶一統志二一〇河南南陽府一。㊁州名。漢益州郡地。晉屬建寧郡，隋唐爲昆州，天寶後屬南詔。元憲宗立巨橋萬户，至元十三年改爲昆陽州，屬中慶路，明清屬雲南府。公元 1913 年改爲縣。參閱寰宇通志一一一雲南府昆陽州。

【昆媦】弟妹。新唐書一〇二姚思廉傳附姚璹:"璹字令璋，少孤，撫昆媦友愛。"

【昆裔】後嗣，子孫。國語晉二:"天降禍於晉國，讒言繁興，延及寡君之紹續昆裔，隱悼播越，託在草莽，未有所依。"

【昆臺】㊀漢宮室名。本名甘泉居室，武帝太初元年更名。見漢書百官公卿表上少府。㊁傳説黃帝鑄鼎於鼎湖，湖之最高處有昆臺。鼎鑄成，黃帝乃厭世於昆臺之上，留其冠劍佩舄而仙去。見舊題晉王嘉拾遺記(宋曾慥類説五)。

【昆駼】馬名。即騉駼。文選漢張平子(衡)西京賦:"陵重巘，獵昆駼。"三國吳薛綜注:"昆駼，如馬，歧蹄。"參見"騉駼"。

【昆彌】漢時烏孫王的名號。也譯作"昆莫"。自漢宣帝甘露元年起，烏孫有大、小二昆彌，各有人民，土地，均受漢王朝册封。見漢書宣帝紀、又九六下西域傳。

【昆蹏】駿馬。即騉蹄。秦有騉蹄苑。漢承秦制，太僕屬官有牧橐、昆蹏令、丞。蹏、蹄古今字，同。見漢書百官公卿表上太僕。參見"騉蹄"。

【昆蟲】蟲類的統稱。猶言衆蟲。荀子富國:"然後昆蟲萬物生其間，可以相食養者不可勝數也。"禮王制:"昆蟲未蟄，不以火田。"

【昆雞】鳥名。文選漢司馬長卿(相如)上林賦:"蹷玄鶴，亂昆雞。"注:"張揖曰，昆雞似鶴，黃白色。"

【昆吾刀】古刀名。舊題漢東方朔十洲記鳳麟洲:"昔周穆王時西胡獻昆吾割玉刀及夜光常滿杯，刀長一尺，……刀切玉如切泥。"參見"昆吾劍"。

【昆吾劍】古劍名。亦作"錕鋙劍"。列子湯問:"周穆王大征西戎，西戎獻錕鋙之劍，火浣之布。其劍長尺有咫，鍊鋼赤刃，用之切玉如切泥焉。"藝文類聚六十南朝梁吳均詠寶劍詩:"我有一寶劍，出自昆吾溪。照人如照水，切玉如切泥。"

【昆明池】湖澤名。1.漢武帝欲通身毒，爲越嶲昆明所阻，元狩三年乃象昆明滇池，於長安近郊穿地作昆明池，以習水戰。池周圍四十里，廣三百三十二頃。池水東出爲昆明渠。至十六國後秦姚興時，池水涸竭。唐德宗貞元十三年又加修浚，引交水灃水合流入池。後因堰廢，池水乾涸，宋以後湮没。參閱三輔黃圖四池沼、太平御覽七六九漢宮殿疏。2.即今之雲南滇池。元史六一地理志雲南中慶路昆明縣:"其地有昆明池，五百餘里，夏潦必冒城郭。"詳"滇池"。

【昆明灰】即劫灰。北周庾信庾子山集三奉和闡弘二教應詔詩:"無勞問待詔，自識昆明灰。"參見"劫灰"。

【昆明湖】在今北京市西郊頤和園萬壽山下。水經注十三濕水稱爲西湖。金時稱金海，元稱甕山泊。清乾隆十六年廣爲疏濬，導西山玉泉之水，周三十餘里，始稱昆明湖。參閱嘉慶一統志二京師二。

【昆侖道】漢時明堂的走道。漢武帝元封二年，在泰山傍奉高縣汶上按濟南人公玉帶所獻黃帝明堂圖作明堂。明堂有殿，圜宮垣爲複道。上有樓。皇帝祀明堂，從西南入，其道稱昆侖道。見史記武帝紀、封禪書。

昐 fēn 集韻 方文切，平，文韻。
ㄈㄣ

㊀日光。見玉篇。㊁姓。山海經大荒北經:"深目民之國，昐姓，食魚。"

明 míng 武兵切，平，庚韻，微。
ㄇㄧㄥ

㊀光明，明亮。易繫辭下:"日往則月來，月往則日來。日月相推，而明生焉。"詩齊風雞鳴:"東方明矣，朝既昌矣。"㊁聰明。書太甲下:"視遠惟明，聽德唯聰。"也用於對人的尊稱。見"明上"、"明公"。㊂顯示，顯著。易繫辭下:"因貳以濟民行，以明失得之報。"戰國策齊一:"則秦不能害齊，亦已明矣。"㊃白晝，陽。見"晦明"、"幽明"。㊄目睛，視力。禮檀弓上:"子夏喪其子而喪其明。"孟子梁惠王上:"明足以察秋毫之末，而不見輿薪。"也謂明白事理。荀子不苟:"公生明，偏生闇。"㊅神明，泛指祭神、供神之物。施於神者皆曰明，如水曰明水，火曰明火，以至明齍、明燭、明竈，皆祭神之物。參閱宋陳祥道禮記義疏檀弓上三。㊆今之次。謂明日或明年。唐王維王右丞集四宿鄭州詩:"明當渡京水，昨晚猶金谷。"㊇朝代名。朱元璋建。公元 1368—1661 年。㊈姓。南齊有明僧紹，元末有明玉珍。

【明刀】古代刀形貨幣的一種。因上有"明"字，故名。戰國時代行於齊燕趙諸國，流通範圍很廣。參閱近人丁福保歷代古錢圖説二周與列國。

【明了】清楚，明白。後漢書八二下華佗傳:"魯女生數説顯宗時事，甚明了，議者疑其時人也。"

【明上】對君王的尊稱。猶言聖上。晏子春秋問下:"命之曰狂僻之民，明上之所禁也。"三國志魏張邈傳注引英雄記:"(呂)布遣許汜王楷告急于(袁)術，……汜、楷曰:'明上今不救布，爲自敗耳。布破，明上亦破也。'術時僭號，故呼爲明上。"

【明文】明確的文字記載。漢書九九上王莽傳:"今制禮作樂，實考周爵五等，地四等，有明文;殷爵三等，有其説，無其文。"

【明火】古代占卜和祭祀時，用銅鏡映日聚光所取的火。周禮春官菙氏:"凡卜，以明火爇燋。”舊唐書禮儀四:“欲爲祭饌,將陽燧望日取火,謂之明火。”參見“陽燧”。

【明王】㊀賢聖之君。書說命中:“明王奉若天道,建邦設都。”㊁舊時社神封號。魏書地形志,勃海縣有東海明王神。佛家也有明王的稱號,如不動明王大威德明王等。明者,光明之義,以有智力摧破一切魔障之威德,故云明王。

【明瓦】用蠣殼磨成半透明的薄片,以竹木爲小格,嵌於窗間或頂篷上,用以透光。廣東通志九八輿地略十六:“海鏡……又名蠔光。其肉爲蠣黃,可爲醬;其殼爲明瓦。崖州產者佳。”

【明尹】對地方長官的敬稱。明,謂賢明。唐文粹二一王維京兆尹張公德政碑頌:“此天子至公,內舉不避親,錫汝明尹,張公之力也。”

【明中】謂通曉天文曆法。文選南朝梁陸佐公(倕)石闕銘:“乃命審曲之官,選明中之士,陳圭置臬,瞻星揆地。”按“明”爲“通曉”,“中”謂“中星”。參見“中星”。

【明水】古代祭祀時用銅鑑所取的露水。周禮秋官司烜氏:“以鑑取明水於月。”禮郊特牲:“酒醴之美,玄酒明水之上,貴五味之本也。”注:“明水,司烜以陰鑑所取於月之水也。”

【明分】㊀明確職分。商君書修權:“故立法明分,而不以私害法則治。”㊁本分。後漢書七四列女傳:“怨塞身死,妾之明分;結罪理獄,君之常理;何敢苟生,以枉公法。”

【明公】對權貴長官的尊稱。後漢書十六鄧禹傳:“光武見之甚歡,謂曰:‘我得專封拜,生遠來,寧欲仕乎?’……禹曰:‘但願明公威德加於四海,禹得效其尺寸,垂功名於竹帛耳。’”

【明本】㊀通曉事物的本原。管子幼官:“執務明本,則士不偷。”㊁明代所刊的書籍。詳“明版”。

【明史】三百三十二卷,目錄四卷。清順治二年設明史館,修撰明史,徐元文張玉書陳廷敬王鴻緒等先後爲總裁,先成列傳,黃宗羲弟子萬斯同以布衣參史局,主編纂事。至康熙末紀、志、表亦脫稿。雍正二年又以張廷玉任總裁,據史稿加以修訂,乾隆四年成書刊行。自初修至刊行,歷時六十年,即今二十四史之明史。明史紀述自洪武元年至崇禎十七年明朝一代二百餘年之史實,在唐代以後官修的正史中,以材料豐富、體例比較嚴謹著稱。但清王朝入關時,壓制民族思想,文網甚密,修史諸臣對建州女真諸事及南明史迹,諱莫如深,曲文偏辭,亦爲前史所罕見。

【明白】㊀清楚。墨子旗幟:“建旗其署,令皆明白知之,曰某子旗。”㊁確鑿。漢書六六楊惲傳:“事下廷尉,廷尉(于)定國考問,佐驗明白。”

【明江】水名。源出廣西東興各族自治縣分茅嶺,分南北兩支。北支流經上思寧明龍州等縣入左江;南支流入北部灣。參閱嘉慶一統志四七一南寧府、四七二太平府。

【明安】金代軍事編制中的千夫長。金史兵志作“猛安”,續文獻通考一二一兵一作“明安”。詳“猛安”。

【明衣】行禮或祭服的貼身單衫。論語鄉黨:“齊必有明衣,布。”南朝梁皇侃疏:“謂齋浴時所著之衣也。浴竟身未燥,未堪著好衣,又不可露肉,故用布爲衣,如衫而長身也,著之以待身燥。”穆天子傳六:“贈用文錦明衣九領。”參閱清蔡德晉袒裼襲說(清經解一三八二)。

【明州】州、府名。漢會稽郡地。唐開元二十六年置州,以境內有四明山得名。治所在鄮縣(五代吳越改名鄞縣)。宋紹熙五年升爲慶元府。明初改爲明州府,洪武十四年改名寧波府。今爲浙江寧波市。參閱嘉慶一統志二九一寧波府一建置沿革。

【明刑】刑罰名。將犯人所犯罪狀寫在板上,著其背以公開示衆。周禮地官司救:“三罰而士加明刑。”注:“加明刑者,去其冠飾,而書其衺惡之狀,著之背也。”

【明夷】易卦名。☷☲離下坤上:“明夷,利艱貞。”周易集解注引鄭玄:“夷,傷也,日出地上,其明乃光,至其明則傷矣,故謂之明夷。”後因以喻主暗於上,賢人退避的亂世。宋書龔穎傳陸徽表:“臣聞運纏明夷,則艱貞之節顯;時屬棟撓,則獨立之操彰。”清黃宗羲撰明夷待訪錄卽取此爲義。

【明光】漢代宮殿名。後也泛指宮殿。唐張籍張司業集二節婦吟:“妾家高樓連苑起,良人執戟明光裏。”詳“明光宮”。

【明妃】漢元帝宮人王嬙字昭君,晉人避司馬昭(文帝)諱,改稱明君,後人又稱明妃。文選南朝梁江文通(淹)恨賦:“若夫明妃去時,仰天太息,……望君王兮何期,終蕪絕兮異域。”唐杜牧樊川集四題木蘭廟詩:“幾度思歸還把酒,拂雲堆上祝明妃。”參見“王昭君”。

【明祀】神明之祀。左傳僖二一年:“崇明祀,保小寡,周禮也。”

【明玕】竹的別稱。晉陶潛陶淵明集四讀山海經詩之三:“亭亭明玕照,落落清瑤流。”參閱宋周紫芝竹坡詩話一。

【明廷】㊀卽名堂。古帝王祀神靈、朝諸侯之地。史記封禪書:“其後黃帝接萬靈明廷。明廷者,甘泉也。”漢書郊祀志上作“明庭”。㊁漢代人對縣令的敬稱。猶云明公、明大夫。後漢書七六張儉傳:“(李)篤曰:‘篤雖好義,明廷今日載其半矣。’”明廷,指外黃縣令毛欽。

【明法】㊀修明的法令。史記秦始皇紀二十九年之罘刻石:“普施明法,經緯天下,永爲儀則。”又:“皇帝臨朝,作制明法。”㊁漢唐宋各代察舉人才及科舉取士的科目名稱。漢建元初令郡察舉人材,設四科,其三曰明習法令,爲明法之始。唐宋科舉都有明法科。參閱通典十三選舉一、十五選舉三、續通典十八選舉二。㊂宋時南詔大理段素英(昭明帝)年號。

【明河】天河。唐宋之問集上明河篇:“明河可望不可親,願得乘槎一問津。”宋歐陽修文忠集十五秋聲賦:“星月皎潔,明河在天。”

【明治】宋時南詔大理段素英(昭明帝)年號。約在宋眞宗景德(公元1004年)前後。

【明空】明朗的天空。雲笈七籤九八雲林右英夫人喓楊眞人許長史詩之八:“四旌曜明空,朱軒飛靈丘。”

【明府】㊀猶言官府。管子君臣上:“而君發其明府之法,瑞以稽之。”注:“府,謂百吏所居之官曹也,立府必有明法,故曰明府之法。”㊁漢魏以來對太守牧尹,皆稱府君,或明府君,省稱明府。郡所居曰府,明爲賢明之意。漢韓延壽爲潁川太守,孫寶爲京兆尹,晉殷浩爲荊州刺史,人皆稱爲明府。見漢書七五韓延壽傳、七七孫寶傳、世說新語巧藝。唐人稱縣令爲明府。如杜甫杜工部草堂詩箋十九有敬簡王明府詩。參見“明廷㊁”。

【明兩】易離:“明兩作離,大人以繼明照于四方。”疏:“明兩作離者,離爲日,日爲明。今有上下二體,故云明兩作離也。”本謂離卦☲☲離下離上,爲兩明前後相續之象。後以明兩指帝王,頌揚其明照四方。文選南朝宋謝宣遠(瞻)張子房詩:“明兩燭河陰,慶霄薄汾陽。”注:“明兩、慶霄,皆喻宋高祖(劉裕)。”又謝靈運擬魏太子鄴中集詩王粲:“不謂息肩願,一旦値明兩。”

【明昌】金完顏璟(章宗)年號。公元1190—1196年。

【明明】㊀明察貌。多用於歌頌帝王、神靈。詩大雅常武:"赫赫明明,王命卿士。"又小雅小明:"明明上天,照臨下土。"㊁察舉賢能之士。書堯典:"明明揚則陋。"上明字爲明察,明舉;下明字指明德之人。㊂猶黽黽,勉力。詩魯頌有駜:"夙夜在公,在公明明。"漢書六六楊惲傳報孫會宗書:"明明求仁義,常恐不能化民者,卿大夫之義也。"㊃明亮。宋書樂志三漢曹操短歌行對酒:"明明如月,何時可掇。"

【明版】明代所刻的書版。明代官刻之風極盛。除以朝廷名義編著刊行者外,各部院、南北國子監和司禮監都自行雕板刻書。地方有藩府、各省布政司、按察司等刊本。地方官吏往往在地刻書,以一書一帕作饋贈的禮品,稱爲"書帕本"。私家所刻更多。精刻的明版可與宋版媲美,如無錫華氏安氏的銅活字印本,吳興閔氏凌氏的套版,尤具特色。但一般明代刻本,訛漏頗多,書坊所刻尤甚,不爲藏書家所重視。參閱葉德輝書林清話七。

【明神】古代對神的尊稱。詩大雅雲漢:"敬恭明神,宜無悔怒。"左傳僖二八年:"癸亥王子虎盟諸侯于王庭,要言曰:'皆獎王室,無相害也,有渝此盟,明神殛之!'"

【明前】綠茶名。因採於清明節之前,故名。又名"火前"。參閱清稗類鈔九二茶肆品茶。

【明政】隋末李子通年號。公元619—621年。

【明威】㊀顯赫威靈。書多士:"我有周佑命,將天明威,致王罰,勑殷命終于帝。"㊁見"明畏"。

【明星】㊀金星。也叫啟明、太白。詩鄭風女曰雞鳴:"子興視夜,明星有爛。"參見"啟明㊀"。㊁指衆星。南朝宋鮑照鮑氏集六詠史詩:"明星晨未稀,軒蓋已雲至。"

【明畏】猶言賞罰。書皋陶謨:"天明畏,自我民明威。"宋蔡沈集傳:"威,古文作畏,二字通用。明者顯其善,畏者威其惡。"

【明皇】唐玄宗(李隆基)謚至道大聖大明孝皇帝。唐人詩文多稱爲明皇。全唐詩五四八薛逢金城宮:"憶昔明皇初御天,玉輿頻此駐神仙。"新唐書藝文志著録有李康明皇政録、鄭處晦明皇雜録、宋巨明皇幸蜀記等,皆記開元天寶時事。

【明侯】對地方官長的敬稱。魏書張普惠傳:"時中山莊弼遺書普惠曰:'明侯淵儒碩學,身負大才。'"

【明效】明顯的效果。漢書四八賈誼傳陳政事疏:"是非其明效大驗邪?"

【明庭】同"明廷"。詳"明廷㊀"。

【明朗】㊀光澤。淮南子泰族:"瑤碧玉珠,翡翠玳瑁,文彩明朗,潤澤若濡。"㊁光明磊落。晉書何曾傳詔:"太傅明朗高亮,執心弘毅,可謂舊德老成,國之宗臣者也。"

【明珠】㊀珍珠。漢班固白虎通五封禪:"江出大貝,海出明珠。"後也以比喻可寶貴的人或物。梁書劉孺傳:"此兒,吾家之明珠也。"指人。唐韓愈昌黎集七奉酬盧給事雲夫四兄曲江荷花行……詩:"遺我明珠九十六,寒光映骨睡驪目。"指盧汀詩字字似明珠。㊁道書中指眼睛。雲笈七籤十一天中:"眉號華蓋覆明珠。"㊂人名。公元1635—1708年。清滿洲正黃旗人。姓納喇氏。康熙時,官至兵部尚書武英殿大學士,力贊撤藩,爲玄燁所寵信,權勢煊赫。二十七年以植黨營私,招權納賄罪革職。後授内大臣,不復柄用。

【明哲】猶言明智,謂洞察事理。書説命上:"知之曰明哲,明哲實作則。"孔傳:"知事則爲明智,明智則能制作法則。"也作"明悊"。漢書七三韋賢傳在鄒詩:"赫赫天子,明悊且仁。"悊,同"哲"。

【明眎】兔的別名。眎,同"視"。見"明視"。

【明通】㊀明白通達。荀子哀公:"仁義在身而色不伐,思慮明通而辭不爭。"㊁見"明通天聖"。

【明時】㊀闡明天時的變化。易革:"君子以治厤明時。"疏:"修治厤數以明天時也。"㊁指政治清明的時代。古時多用以稱頌本朝。三國志魏陳思王植傳求自試表:"志欲自效於明時,立功於聖世。"唐王勃王子安集五滕王閣序:"屈賈誼於長沙,非無聖主;竄梁鴻於海曲,豈乏明時。"

【明旌】喪具。書死者姓名的旗幡。豎於柩前,或斂於棺上。禮檀弓下:"銘,明旌也。以死者爲不可別已,故以其旗識之。"也作"銘旌"。參見該條。

【明啟】宋時大理段素廉(宣肅帝)年號。公元1010—?。

【明視】古代祭宗廟所用兔的特稱。禮曲禮下:"凡祭宗廟之禮……兔曰明視。"疏:"兔肥則目開而視明也。"後因用爲兔的别名。唐韓愈昌黎集三六毛穎傳:"毛穎者,中山人也。其先明眎,佐禹治東方土,養萬物有功,因封卯地。"眎,古文"視"字。

【明梏】刑具。梏,木製之手銬。古代把犯人的姓名、罪狀寫在梏上,公布於衆,故稱明梏。周禮秋官掌囚:"士加明梏,以適市而刑殺之。"

【明黄】顔色名。元費著蜀箋譜:"謝公有十色箋,曰深紅、粉紅、杏紅、明黄、深青、淺青、深綠、淺綠、銅綠、淺雲。"

【明教】㊀舊時對別人言論或書札的敬稱。戰國策魏一:"寡人不肖,未嘗得聞明教。"㊁古波斯人摩尼創立摩尼教,於七世紀末傳入中國。入華後吸收佛道兩教的部分教義,在民間傳布,發展爲一種宗教組織,稱爲明教、末尼教、明尊教。明教名稱見於九姓迴鶻可汗碑(碑文見清李文田和林金石録)。唐會昌三年禁斷,但仍在江浙閩一帶民間祕密流傳。摩尼原始教義,以光明與黑暗爲善惡的本源,光明最終必將戰勝黑暗。教徒奉摩尼爲光明之神,崇拜日月,斷葷酒,裸葬,務節儉,相親相邮,互濟互助,謂爲一家。自唐以來農民起義,往往藉以宣傳及組織羣衆,著名者如後梁母乙、宋方臘等。宋代官書或私家著作,蔑稱爲"喫菜事魔"或"事魔食菜"。參閱宋莊季裕雞肋篇上、宋李心傳建炎以來繫年要録七六、宋陸游渭南文集五條對狀、王國維觀堂集林摩尼教流行中國考。

【明都】古澤名。也作孟諸、望諸。史記夏紀:"道荷澤,被明都。"索隱:"明都,音孟豬。"周禮夏官職方氏:"其澤藪曰望諸"注:"望諸,明都也,在睢陽。"此澤久已湮没,故址在今河南商丘縣東北。參見"孟諸"、"望諸"。

【明堂】㊀古代帝王宣明政教的地方。凡朝會、祭祀、慶賞、選士、養老、教學等大典,均在此舉行。其後宮室漸備,另在近郊東南建明堂,以存古制。關於古代明堂之説,歷代禮家聚訟紛紜,漢高誘蔡邕,晉紀瞻皆以明堂、清廟、太廟、太室、太學、辟雍爲一事,似可信。參閱淮南子本經"明堂之制"注、蔡中郎集十明堂月令論、晉紀瞻傳、清阮元揅經室集三明堂論。㊁星宿名。史記天官書:"東宮蒼龍,房、心。心爲明堂。"索隱引春秋説題辭:"房、心爲明堂,天王布政之宮。"㊂傳説雷公問人的經絡血脈,黄帝坐明堂以授之。故後世醫家稱標名人體經絡、針灸穴位之圖爲明堂圖。參閱宋于惟德銅人腧穴灸圖經序。㈣舊時看風水所用的術語，指墓前地氣聚合的地方。見明繆希雍葬經翼明堂論。

【明道】㈠申明道理。漢書五一賈山傳："忠臣之事君也，言切直則不用而身危，不切直則不可以明道。"㈡宋程顥的私謚。顥死後，文彥博題其墓曰明道先生之墓。宋元學案稱程顥及其弟子的學説爲明道學案。㈢宋趙禎（仁宗）年號，公元1032—1033年。

【明粢】古代祭祀所用的穀物。禮曲禮下："稷曰明粢。"疏："稷，粟也。"也作"明齍"。周禮秋官司烜氏："以共祭祀之明齍。"也作"明齊"。儀禮士虞禮："嘉薦普淖，明齊溲酒。"

【明朝】㈠清晨。朝，讀 zhāo。玉臺新詠二晉左思嬌女詩："明朝弄梳臺，黛眉類掃跡。"㈡盛明之朝。朝，讀 cháo。詩文中常稱本朝爲明朝。宋王禹偁小畜集十一送淳于中舍懸車侍養詩："懸車東去謝明朝，擺脱簪纓似一毛。"

【明揚】舉用，選拔。三國志魏武帝紀建安十五年令："二三子其佐我明揚仄陋，唯才是舉。"魏書太祖紀天興四年："詔有司明揚隱逸。"

【明犀】文犀的角。因角表面光澤發亮而名。舊題漢郭憲洞冥記二："吠勒國貢文犀四頭，狀如水兕，角表有光，因名明犀。置暗中有光影，亦曰影犀。"

【明發】㈠黎明，平明。詩小雅小宛："明發不寐，有懷二人。"宋朱熹集傳："明發，謂將旦而光明開發也。二人，父母也。"後因以明發稱孝思。宋書禮志四："伏惟至尊孝越姬文，情深明發。"㈡清代軍機處草擬上諭有明發、廷寄之别，有關巡幸、上陵、經筵、蠲賑、及内侍郎以上，外臣總兵、知府以上黜陟調補的諭旨，稱爲明發，經内閣傳鈔以次交於部科。參閱清梁章鉅樞垣紀略十三規則一。參見"廷寄"。

【明貺】謂神明之賜。宋史樂志八紹興親享明堂樂章之二三："熙事既畢，忽乘青雲。敢拜明貺，永清世氛。"

【明媚】光淨美好，妍麗悦目。南朝宋鮑照鮑氏集一芙蓉賦："爍彤輝之明媚，粲雕霞之繁悦。"唐康駢劇談録下曲江："其南有杏園慈恩寺，花卉環周，烟水明媚。"又杜甫杜工部詩史補遺五數陪章梓州泛江有女樂在諸舫戲爲豔曲二首贈章之一："競將明媚色，偷眼豔陽年。"

【明滅】謂時隱時現，忽明忽暗。唐王維王右丞集十八山中與裴秀才迪書："輞水淪漣，與月上下，寒山遠火，明滅林外。"又杜甫杜工部草堂詩箋十一北征："回首鳳翔縣，旌旗晚明滅。"

【明瑟】瑩淨。水經注八濟水："池上有客亭，左右楸桐，負日俯仰，目對魚鳥，水木明瑟。"

【明聖】北宋初，大理段素英（昭明帝）年號。

【明殿】契丹君主葬後，於墓側起室，名明殿。相當於漢族皇帝的陵寢下宫。殿置官屬職司，歲時奉表起居如事生；另立明殿學士一人，掌答書詔。見新五代史四夷附録一契丹。

【明敭】選拔。同"明揚"。梁書庾詵傳詔："明敭振滯，爲政所先；旌賢求士，夢佇斯急。"參見"明揚"。

【明經】㈠通曉經術。漢書三六楚元王傳附劉向："薦更生宗室忠直，明經有行，擢爲散騎宗正給事中。"更生，向本名。又七一平當傳："以明經爲博士，公卿薦當論議通明，給事中。"㈡漢代以明經射策取士。隋煬帝置明經進士二科，唐因隋制，增置秀才、明法、明字、明算并前爲六科，以經義取者爲明經，以詩賦取者爲進士。明經又有五經、三經、二經、學究一經、三禮、三傳、史科等名目。宋改以經義論策試進士，明經始廢。參閱新唐書選舉志一、文獻通考三一選舉四、清顧炎武日知録十六明經。㈢明清對貢生的敬稱。儒林外史十八："此位是石門隋岑庵先生，是老明經。"

【明齊】同"明粢"。見"明粢"。

【明臺】傳説爲黄帝聽政之所。管子桓公問："黄帝立明臺之議者，上觀於賢也。"三國志魏文帝紀延康元年令："軒轅有明臺之議，放勳有衢室之問，皆所以廣詢於下也。"

【明駝】駱駝。樂府詩集二五木蘭詩："願馳千里足，送兒還故鄉。"唐段成式酉陽雜俎前集十六毛引木蘭篇上句作"願借明駞（駝）千里足"，並謂駝卧時，腹不帖地，屈足漏明，則行千里，故稱明駝。

【明樓】碉樓。舊時北方鄉居，樓房蓋瓦者爲暗樓，上層作雉堞形，作候望偵伺用者，稱爲明樓。見清紀昀閱微草堂筆記十三、二十。

【明德】㈠完美的德性。書君陳："黍稷非馨，明德惟馨。"禮大學："大學之道，在明明德。"㈡年號。1. 五代後蜀孟知祥（高祖）。公元934—936年。次年知祥死，子昶繼位，年號不改。2. 宋時南詔大理段思聰（廣慈帝）年號。

【明器】㈠帝王分封諸侯時所賜的寶器祭器。左傳昭十五年："諸侯之封也，皆受明器于王室，以鎮撫其社稷。"注："謂明德之分器。"㈡古代用竹、木或陶土專爲隨葬而製作的器物。禮檀弓下："其曰明器，神明之也。塗車芻靈，自古有之，明器之道也。"後世又有用紙紮成的送葬物稱爲冥器。見宋趙彥衛雲麓漫鈔五。

【明應】宋時南詔大理段素英（昭明帝）年號。公元985年。

【明鮝】鹽乾的烏賊魚。淡乾的叫脯鮝。見本草綱目四四鱗烏賊魚。

【明璫】用珠玉串成的耳飾。藝文類聚八七漢王逸荔支賦："皮似丹罽，膚若明璫。"文選三國魏曹子建（植）洛神賦："無微情以效愛兮，獻江南之明璫。"

【明齍】見"明粢"。

【明瓊】瓊，古博具，如後世的骰子。投瓊得五白曰明瓊。列子説符："樓上博者，射明瓊張中。"注："明瓊，齒五白也。"

【明蟾】古代神話稱月中有蟾蜍，後來詩文中因以明蟾爲月的代稱。明劉基誠意伯集十六次韻和十六夜月再次韻詩："永夜涼風吹碧落，深秋白露洗明蟾。"

【明鏡】明亮的銅鏡。淮南子俶真："莫窺形於生鐵，而窺於明鏡者，以覩其易也。"比喻高明的識見。唐杜甫杜工部詩十四洗兵馬："司徒清鑑懸明鏡，尚書氣與秋天杳。"水滸八："林冲告道：'恩相明鏡，念林冲負屈銜冤。'"

【明灘】見"拽白"。

【明鑑】即明鏡。鑑，也作"鑒"。莊子德充符："鑑明則塵垢不止，止則不明也。"後來稱人善於識别事物爲明鑑。三國志魏楊俊傳："俊自少及長，以人倫自任。同郡審固、陳留衛恂本皆出自兵伍，俊資拔奬致，咸作佳士；……其明鑒行義多此類也。"鑑所以照形，後因稱以往事成敗作今日的取法或警戒爲明鑑。後漢書六六陳蕃傳諫疏："明鑒未遠，覆車如昨，而近習之權，復相扇結。"

【明文在】清薛熙編。一百卷。集明代詩文二千餘篇，仿文選體例，於諸體之中，各以類從。其取捨以唐宋派古文爲標準。

【明文海】清黄宗羲編。四八二卷。宗羲先編明文案二一七卷，後得徐乾學傳是樓所藏明人文集三百餘家，增編爲明文海。此書選録繁富，分體二十八種，每體之中各分子目。推崇宋濂王守仁趙貞吉徐渭，而極貶李夢陽王世貞。對明代散失文史篇章多所保存，但體例不免蕪雜。閻若璩謂爲宗羲晚年未定之本，後由其子主一排纂成書。

【明文衡】 原名皇明文衡。明程敏政編。九十八卷，補缺二卷，目録二卷。收賦、樂府、奏議、論説等三十八類。所録皆爲明初至成化年間的作品。仿玉臺新詠例，每篇前均題作者姓名。

【明王夢】 相傳殷高宗武丁因夢得傅説爲相，使攝政事。文苑英華一七五唐李乂奉和幸韋嗣立山莊侍宴應制詩："祗應感發明王夢，遂得邀迎聖帝遊。"即用其事。參閱書説命上"高宗夢得説"注疏。

【明天曆】 曆法名。宋治平二年周琮等所造的新曆。琮撰有義略冠於曆首，説明治曆源流，並評論古曆的得失。因測算不甚精密，僅行三年即罷。參閱宋史律曆志七、八。

【明太祖】 公元 1328—1398 年。卽朱元璋，字國瑞。濠州鍾離人。幼貧苦，入皇覺寺爲僧。元末爆發農民大起義，元璋率衆投紅巾軍，屬郭子興部。子興死，代領其衆，遥奉小明王韓林兒爲首領。後攻據集慶(今江蘇南京市)，稱吳國公，依朱升"高築牆，廣積糧，緩稱王"的建議，實行屯田，壯大軍力，先後擊破陳友諒張士誠。公元 1367 年，遣軍北伐。翌年，建立明王朝，年號洪武。同年攻克大都(今北京市)，推翻元朝統治，逐步統一全國。明王朝初建，曾實行一系列改革措施，如普查户口、丈量土地、興修水利、置衞屯田。又罷中書省，廢丞相等職，加强了封建皇權。科舉以八股取士也始於元璋。明史有紀。

【明月池】 水名。1. 水經注三七沅水："沅水又東歷臨沅縣西爲明月池、白璧灣，灣狀半月，清潭鏡澈。"臨沅縣卽今湖南桃源縣。參閱嘉慶一統志三六四常德府一。2. 水經注二七沔水："(壻)水北有七女池，池東有明月池，狀如偃月，皆相通注，謂之張良渠，蓋良所開也。"池在今陝西城固縣北。參閱嘉慶一統志二三七漢中府一七女池。

【明月珠】 卽夜光珠。因珠光晶瑩似月光，故名。史記八七李斯傳諫逐客書："垂明月之珠，服太阿之劍。"省作"明月"。文選戰國楚屈平(原)九章涉江："被明月兮佩寶璐，世溷濁而莫余知兮，吾方高馳而不顧。"

【明月峽】 峽名。在四川巴縣境。峽首南岸壁高四十丈，其壁有圓孔，形若滿月，因以爲名。見太平寰宇記一三六渝州巴縣。

【明月灣】 地名。在江蘇省吳縣太湖石公山西。全唐詩六一〇皮日休明月灣："試問最幽處，號爲明月灣。"卽指此。參閱嘉慶一統志七七蘇州府一銷夏灣。

【明玉珍】 公元1331—1366年。元隨州人。元末農民大起義，率衆投紅巾軍徐壽輝部。至正十七年，由巫峽入川，先後攻克重慶成都，二十二年稱帝，建號夏，年號天統。死後子昇嗣位。明洪武四年，明兵入川，昇敗降。明史有傳。參閱清谷應泰明史紀事本末十一太祖平夏。

【明世宗】 公元1507—1566年。卽朱厚熜，年號嘉靖。在位四十五年，而二十餘年深居宫中，不見朝臣，悉由太監傳達政令。先後任用張璁桂萼夏言嚴嵩爲首輔。政治腐敗，貪污成風。國防廢弛，倭寇韃靼交相侵襲，南北無寧歲，軍費浩大，財政支絀，賦役繁苛，危機四伏。他迷信道教，求長生，終以服方士丹藥而死。明史有紀。

【明成祖】 公元1360—1424年。卽朱棣。朱元璋第四子。初封燕王，守北平(今北京)。元璋死，孫允炆(建文帝)立，議削藩，棣舉兵反，自稱"靖難"。建文四年破京師(今南京市)，奪取帝位，年號永樂。十九年遷都北京。其時韃靼瓦剌勢力漸盛，棣五次北征。又派遣鄭和至西洋(今南洋及印度洋沿岸)，前後六次，最遠至東非，加强與亞非各國在經濟、文化上的交流。對内則繼續削藩，加强中央集權。始設内閣，爲皇帝的幕僚機關。命解縉等編纂永樂大典，對保存我國古代文化典籍有所貢獻。重用宦官，導明中葉後宦官專政之漸。明史有紀。

【明光宫】 漢宫名。漢武帝置。一在北宫，太初四年秋建，南與長樂宫相連。一在甘泉宫，爲武帝求仙而建。見三輔黄圖三北宫甘泉宫。

【明光錦】 東晉時後趙置織錦署，在中尚方，有大登高、小登高、大明光、小明光等錦。石虎冬月施熟錦流蘇斗帳，或用紫綈及小明光錦。見太平御覽八一五引晉陸翽鄴中記。世説新語文學："孫興公(綽)道曹輔佐(毗)才如白地明光錦，裁爲負版絝，非無文采，酷無裁製。"

【明神宗】 公元 1563—1620年。卽朱翊鈞，年號萬曆。十歲卽位。張居正爲首輔，曾進行政治改革，丈量土地，推行一條鞭法。但自親政後，深居宫中，荒淫享樂，聚斂財貨，大肆營造，政治日益腐朽。自萬曆二十四年起，以徵商、開礦爲名，派遣礦監、税使，四出搶劫勒索，民間騷然，激起普遍反抗。朝内大臣，結黨紛爭，又以東北兵事，藉口軍需，横徵暴斂，遍及全國，終於導致明王朝的覆滅。在位四十八年死。明史有紀。

【明思宗】 公元 1611—1644年。卽朱由檢，年號崇禎。明自中葉以後，腐朽不堪，農村破産，民不聊生。加以災害頻仍，至是爆發全國農民大起義；同時東北(後金)勢力日盛。由檢剛愎忌刻，堅持鎮壓農民起義政策，於崇禎十七年(甲申)李自成農民起義軍攻克北京時自縊死。在位十六年。清人入關，謚爲懷宗，後改莊烈帝。南明先謚思宗，後改毅宗。明史有紀。

【明通榜】 清順治初年定舉人中副榜者，免其廷試，由禮部咨送吏部授職。至雍正乾隆年間，因雲南貴州廣東廣西四川福建路遠，特於會試落榜考卷中選文理明通者，於正榜外别出一榜，以學正、教諭任用，稱爲明通榜。但有時也不限於以上六省。參閱清會典事例三五三貢舉、清通典十八選舉。

【明通鑑】 清夏燮撰。一百卷。記載元末朱元璋起義至明亡，以及南明諸王史事。自元至正十二年至二十七年爲前紀，四卷；自明洪武元年至崇禎十七年爲後紀，九十卷；以弘光隆武永曆及魯王爲附紀，六卷。燮得永樂正德嘉靖等朝實録，並參照大量有關典籍，編纂成書，用力甚勤。敍述較陳鶴之明紀爲詳。

【明倫堂】 孟子滕文公上："夏曰校，殷曰序，周曰庠；學則三代共之，皆所以明人倫也。"人倫卽指五常，爲封建社會中所規定的人與人相處的關係。舊時各地孔廟的大殿稱明倫堂，本此。

【明庶風】 卽東風。淮南子天文："距日冬至四十五日條風至；條風至四十五日明庶風至。"史記律書："明庶風，居東方。明庶者，明衆物盡出也。"參見"八風"。

【明窗塵】 道家形容丹藥的形狀。言其狀氤氳閃爍，如明窗空隙中日光映射的飛塵。周易參同契下："形體如灰土，狀若明窗塵。"唐李白李太白詩十草創大還贈柳官迪："髣髴明窗塵，死灰同至寂。"

【明惠帝】 公元 1377—1402？年。卽朱允炆。朱元璋孫。父標爲皇太子，先死，立爲皇太孫。卽位，年號建文。用齊泰黄子澄謀，削諸藩。及燕，叔燕王朱棣卽起兵自稱"靖難"，四年攻占南京。宫中起火，帝自焚而死。一説從地道出亡，不知所終。清乾隆元年追謚爲恭閔惠皇帝。

明史有紀。

【明詩綜】清朱彝尊編。一百卷。搜集明代各家作品,每人皆略敘始末,備載諸家評論,並以所作靜志居詩話分附於後。彝尊深貶李攀龍,故於後七子之作,入選甚少。清初文網甚密,對明末遺老的作品,恐干時諱,也選入不多。

【明遠樓】明清科舉,各省鄉試皆在省城舉行,其試院稱貢院。貢院至公堂前置高樓,名明遠樓。考試時,巡察官登樓眺望,居高臨下,監視考場,提防作弊。

【明聖湖】浙江杭州市西湖的舊名。相傳漢時有金牛出現湖中,謂爲明聖之祥瑞,因稱明聖湖。參閱水經注四十漸江水、初學記七劉道真錢塘記。

【明火執仗】指手執火把及兵器,公然搶劫。水滸一〇四:"鄰舍及近村人家,平日畏段家人物如虎,今日見他每明火執仗,又不知他每備細,都閉着門,那裏有一個敢來攔阻。"

【明日黃花】宋蘇軾分類東坡詩六九日次韻王鞏:"相逢不用忙歸去,明日黃花蝶也愁。"又東坡詞南鄉子重九涵輝樓呈徐君猷:"萬事到頭都是夢,休休,明日黃花蝶也愁。"明日,指重陽節後;黃花,菊花。古人多於重陽節賞菊,明日黃花兼寓遲暮不遇之意。後人因用來比喻已過時的事物。

【明月入懷】比喻人心胸明朗。南朝宋鮑照鮑氏集三代淮南王詩之二:"朱城九門門九閨,願逐明月入君懷。"唐溫庭筠集二醉歌:"朔風繞指我先笑,明月入懷君自知。"

【明正典刑】依法公開處置。宋呂頤浩忠穆集三辭免赴召乞納節致仕劄子:"如是託疾,自當明正典刑;如委實抱病,伏望天慈,放臣閑退。"

【明目張膽】謂無所畏避。晉書王敦傳王導遺王含書:"今日之事,明目張膽,爲六軍之首,寧忠臣而死,不無賴而生矣。"陳書傅縡傳明道論:"呼吸顧望之客,脣吻縱横之士,奮鋒穎,勵羽翼,明目張膽,披堅執鋭。"後多用作貶詞,猶言公然無所避忌。醒世姻緣三一:"後來以強凌弱,以衆暴寡,明目張膽的把活人殺吃。"

【明見萬里】西漢末,竇融據河西,劉秀(漢光武帝)與書有"今之議者,必有任囂效尉佗制七郡之計"。當時辯士張玄等正慫恿竇融自立,故書至河西,衆人驚以爲劉秀能明見萬里之外。見後漢書二三竇融傳。後稱人能預見事勢爲明見萬里。

【明知故犯】明知不應該而故意去作。清錢大昕十駕齋養新録十六律詩失粘:"如陸放翁字務觀,觀本讀去聲,而當時即有押入平聲爲放翁所譏者。朱錫鬯(彝尊)詩'石湖居士范成大,鑑曲詩人陸務觀',正用此事,所謂明知故犯,欲自矜奥博也。"後也指知法犯法。

【明皇雜録】唐鄭處誨撰。二卷,又補遺一卷。均記開元天寶時軼聞,多與唐李德裕次柳氏舊聞相同,今本已非完書。清錢熙祚刊入守山閣叢書,並搜集太平御覽太平廣記孔氏六帖等書所引爲逸文,凡三十則,附於校勘記後。

【明珠闇投】史記八三鄒陽傳:"臣聞明月之珠,夜光之璧,以闇投人於道路,人無不按劍相眄者,何則?無因而至前也。"後多用"明珠暗投"比喻懷才不遇。唐李白李太白詩十五留別賈舍人至:"遠客謝主人,明珠難暗投。"暗,同"闇"。

【明恥教戰】嚴明軍紀,使士兵以怯懦爲恥而勇於作戰。左傳僖二二年:"明恥教戰,求殺敵也。"注:"明設刑戮,以恥不果。"

【明哲保身】指明哲的人,能擇安去危,以保全其身。詩大雅烝民:"既明且哲,以保其身。"唐白居易長慶集三八杜佑致仕制:"盡悴事君,明哲保身,進退始終,不失其道。"

【明通天聖】宋時南詔大理段素隆(秉義帝)年號。公元1023—1026年。一作"明通"。

【明眸善睞】美女顧盼的姿態。三國魏曹植曹子建集洛神賦:"丹脣外朗,皓齒内鮮。明眸善睞,靨輔承權。"

【明眸皓齒】明亮的眼睛和潔白的牙齒。形容女子的美貌。也代指美女。唐杜甫杜工部草堂詩箋九哀江頭:"明眸皓齒今何在?血污遊魂歸不得。"

【明道學案】清黃宗羲所撰宋元學案中的一部分,爲論述北宋思想家程顥一派學説源流的著作。顥發揮周敦頤的學説,主張天卽爲父子君臣之理,理存在人心,故心卽是天。與其弟頤同稱洛學,門人有謝良佐等。參閱宋元學案十三、十四。

【明察秋毫】謂能察見極細微的事物。孟子梁惠王上:"明足以察秋毫之末,而不見輿薪。"藝文類聚十七愼子:"離朱之明,察秋毫之末。"

【明罰勑法】嚴明刑罰,整飭法度。易噬嗑:"雷電噬嗑,先王以明罰勑法。"晉書郭璞傳永昌元年上疏:"可因皇孫之慶,大赦天下,然後明罰勑法,以肅理官。"

【明儒學案】清黃宗羲撰。六十二卷。根據明代講學諸家文集語録,摘其要點,辨别宗派,各立學案。對上無師承或下無傳人的人,總列爲諸儒學案。每案先爲學者小傳,次録其精要語,以明論學宗旨。所録共二百餘人。明三百年學術流派的授受分合以及各家主張的得失發展,大致可見。明史儒林傳敘述明代學術淵源,大體卽取材於此書。

【明夷待訪録】清黃宗羲撰。一卷,二十一篇。易明夷爻:"箕子之明夷。"意謂箕子身有明德而逢紂之惡,乃以明爲暗。宗羲當易代之際,自感不遇,又不欲出仕,因取明夷爲名。自序曰:"吾雖老矣,如箕子之見訪,或庶幾焉。"其書揭露封建君主的罪惡,申明民重君輕的民主思想,稱"天下之治亂,不在一姓之興亡,而在萬民之憂樂",以君爲天下之大害。清全祖望鮚埼亭集外編三一書明夷待訪録後謂原本不止於此,以多嫌諱,未盡出。清乾隆間列爲禁書。

【明季南北略】清計六奇撰。北略二十四卷,南略十八卷。北略自萬曆遼事起,至清兵入關鎮壓農民起義止,結以門户黨禍諸論。南略自弘光(福王)監國起,至永曆(桂王)被殺止,終以洪承疇行狀節略,於明季史實存其梗概。南略以事多耳聞目見,舛誤較少。杭州大學圖書館藏舊鈔本,内容較通行刻本爲繁。通行刻本對有觸清廷忌諱者,多被删去。

【明堂鍼灸圖】舊題西方子撰,三卷;四庫著録作明堂灸經,八卷。其書專論灸法,有銅人圖式,於人體正背左右側伏,各詳其穴處,並論述各穴何者可灸,何者不可灸,較銅人鍼灸經爲備。素問稱雷公問黃帝以人身經絡,黃帝坐明堂以授之。書名本此。

【明史考證攟逸】清王頌蔚編輯。四十二卷。補遺一卷。明史在乾隆四十年後,有重行修訂本。内惟改定的本紀二十四卷,業經刊行。光緒中頌蔚入值軍機處,於方略館得見明史考證列傳部分之稿本、進呈本、正本及初刊樣本各卷,參閱互證,删去文義重複和空論,輯成此書。其子季烈又就文津閣四庫寫本校對,增補三十餘條,爲補遺一卷。參見"明史"。

【明史紀事本末】清谷應泰撰。八十卷。成書在明史之前,對談遷國榷、張岱列傳,多所采録。所記明代典章事跡,如設立三衛、沿海倭寇、議復河套,皆較明史詳盡,且多出入。所記自元末朱元璋起兵起至崇禎十七年農民起義軍進佔北京止，列爲八十個專題，以二字、三字、四字爲題，每題各爲一卷。後有彭孫貽撰明朝紀事本末補編五卷，倪在田撰續明史紀事本末十八卷。

【明季稗史彙編】清留雲居士輯。收顧炎武聖安本紀、夏完淳續幸存録等十六種。記崇禎朝及福唐桂諸王時事。其中嘉定屠城紀略揚州十日記等篇，對當時政局實況，清兵入關屠殺淫掠的慘狀，以及各地紛起抗清的事實，多親歷目擊的記述，爲考訂明末歷史的重要資料。

【明修棧道，暗度陳倉】古今雜劇韓元帥暗度陳倉二:"着樊噲明修棧道，俺可暗度陳倉古道。這楚兵不知是智，必然排兵在棧道守把。俺往陳倉古道抄截，殺他箇措手不及也。"後來因稱用明顯的行動迷惑對方、使人不備的策略爲"明修棧道，暗度陳倉"。

【明槍好躲，暗箭難防】公開攻擊，容易對付；暗地陷害，難於防備。古今雜劇元缺名劉千病打獨角牛二:"孩兒也，一了説，明槍好趓，暗箭難防。"趓，同"躲"。

易 yì ㄧˋ 羊益切，入，昔韻，喻。

㊀交易，交换。易繫辭下:"交易而退，各得其所。"孟子滕文公上:"以粟易械器者，不爲厲陶冶。"㊁改變。易繫辭下:"上古結繩而治，後世聖人易之以書契。"㊂古卜筮之書。有連山歸藏周易三種，合稱三易。見周禮春官大卜。今僅存周易，即易經。也指占易之官。禮祭義:"易抱龜南面，天子卷冕北面。"㊃邊界。通"埸"。荀子富國:"觀國之治亂臧否，至於疆易而端已見矣。"

以豉切，去，寘韻，喻。

㊄容易。與"難"相對。墨子親士:"是故君子自難而易彼，衆人自易而難彼。"㊅和悦，安穩。詩小雅何人斯:"爾還而入，我心易也。"史記魯周公世家:"平易近民，民必歸之。"㊆平坦。淮南子兵略:"易則用車，險則用騎。"㊇簡慢。論語八佾:"禮，與其奢也寧儉；喪，與其易也寧戚。"㊈輕視。左傳僖二二年:"國無小，不可易也。"㊉修治。孟子盡心上:"易其田疇，薄其税斂。"

【易卜】指易經及其卜筮之術。漢書三六劉歆傳責讓太常博士書:"漢興，……天下唯有易卜，未有它書。"晉書杜不愆傳:"少就外祖郭璞學易卜，屢有驗。"

【易人】容易應付的人。新唐書八四李密傳:"關中四塞之地，彼留守衛文昇，易人耳。"

【易于】易，簡易，謂臣禮；于，廣大，謂君禮。禮檀弓下:"諸侯之來辱敝邑者，易則易，于則于；易于雜者，未之有也。"唐柳宗元柳先生集二二幸南容歸使聯句詩序:"吾儕器其略，南聘天朝，相禮述職，公卿多其儀，合度於易于之間，雖枚生之節，長卿之道，無以尚也。"

【易心】列子湯問記古醫人扁鵲爲魯公扈趙齊嬰二人治病，剖胸探心，易而置之。後因以易心比喻改變意志。韓詩外傳六:"小人易心，百姓易俗。"晉書吳隱之傳酌貪泉詩:"試使夷齊飲，終當不易心。"

【易牙】㊀人名。春秋齊桓公幸臣。雍人，名巫，亦稱雍巫。長調味，善逢迎，傳説曾烹其子以進桓公。管仲死，與豎刁開方專權；桓公死，易牙等立公子無虧，齊遂大亂。見左傳僖十七年、史記齊太公世家。大戴禮保傅、漢王充論衡譴告作"狄牙"。㊁换牙。脱胎换骨之意。喻更新或地位上升。唐黄滔黄御史集三喜陳先輩及第詩:"飛離海浪從燒尾，嚥却金丹定易牙。"

【易内】互换妻妾。左傳襄二八年:"齊慶封好田而耆酒，與慶舍政，則以其内實，遷于盧蒲嫳氏，易内而飲酒。"

【易水】水名。戰國策燕一:"燕南有呼沲易水。"其水有三，皆發源河北易縣。起自定興西南入拒馬河，爲中易，今大部已乾涸。在定興西沙河流入合於中易者爲北易，即今之易水。經徐水縣名瀑河者爲南易。

【易田】古代因土地肥瘠不同施行輪耕制時所分土地的等級。漢書食貨志上:"歲耕種者爲不易上田；休一歲者爲一易中田；休二歲者爲再易下田，三歲更耕之，自爰其處。"參見"易地㊂"。

【易字】㊀變易姓名或字號。漢焦延壽易林一蒙之需:"范公鴟夷，善賈飾資，東之營丘，易字子皮。"㊁改易文字。唐陸德明經典釋文序録:"爾雅本釋墳典，字讀須逐五經，而近代學徒，好生異見，改音易字，皆采雜書，唯止信其所聞，不復考其本末。"改字之例：1.以本字改讀古籍中的假借字。如詩衛風氓"隰則有泮"箋:"泮讀爲畔。"2.用別字解釋本字。如釋名釋天:"天，顯也，在上高顯也。"又釋形體:"腹，複也，富也。"

【易地】㊀互相變易所處的地位。孟子離婁下:"禹稷顔子易地則皆然。"也作"易地而處"。唐劉知幾史通忤時:"儻使士有澹雅若嚴君平，清廉如段干木，與僕易地而處，亦將彈鋏告勞，積薪爲恨。"㊁互换土地。史記七十張儀傳:"秦要楚欲得黔中地，欲以武關外易之。楚王曰:'不願易地，願得張儀而獻黔中地。'"㊂古代輪耕制分田地的等級。周禮地官大司徒:"不易之地，家百畮；一易之地，家二百畮；再易之地，家三百畮。"注引漢鄭衆:"不易之地，歲種之，地美，故家百畮；一易之地，休一歲乃復種，地薄，故家二百畮；再易之地，休二歲乃復種，故家三百畮。"畮，同"畝"。㊃平坦之地。六韜戰車:"戰於易地，暮不能解，卽陷之。"漢書四九鼂錯傳上言兵事:"若夫平原易地，輕車突騎，則匈奴之衆易撓亂也。"

【易名】爲死者立謚，謂易本名而改稱其謚。禮檀弓下:"公叔文子卒，其子戍請謚於君曰:'日月有時，將葬矣，請所以易其名者。'"文選南朝梁任彦昇(昉)齊竟陵文宣王行狀:"黜殯之請，至誠懇惻；易名之典，請遵前烈。"

【易京】城名。故址在今河北雄縣西北。本漢之易縣，東漢末，公孫瓚據幽州，徙鎮易，盛修營壘樓觀，號易京，臨易河，其城三重，周圍六里。後爲袁紹所破。參閲後漢書七三公孫瓚傳、讀史方輿紀要十二保定府。

【易林】舊題漢焦延壽撰。十六卷。其書以每一卦演爲六十四卦，凡四千零九十六卦，卦下有韻文繇辭，用以占驗吉凶，爲後來以術數談易者所宗。唐宋以來著録皆以爲延壽所作，至明鄭曉古言(清朱彝尊經義考六引)、清顧炎武日知録十八以延壽爲昭宣時人，而書多引昭宣後事，疑爲東漢後人託名所作。清沈炳巽權齋老人筆記三、牟庭翟雲升易林校略序考爲東漢崔篆所作。

【易易】極言容易。禮鄉飲酒義:"吾觀於鄉，而知王道之易易也。"又見荀子樂論。

【易姓】古代帝王以國家爲一姓所私有，故稱改朝换代爲易姓。史記曆書:"王者易姓受命，必慎始初。"漢書八五谷永傳永對尚書問:"如使危亡之言輒上聞，則商周不易姓而迭興。"

【易音】清顧炎武撰。三卷。古代繇辭大都有韻，所以易也用韻。然用韻或不用韻，或參用方言以爲韻，與詩之必須協聲律者不盡相同。此書根據周易探求古音，爲顧氏音學五書中之第三種。

【易道】㊀易之道。漢孔安國尚書序:

"約史記而修春秋,讃易道以黜八索。"㊂不同道。戰國策趙三:"齊,秦之深讎也,得王五城,并力而西擊秦也。……一舉結三國之親,而與秦易道也。"㊂肅清道路。國語晉四:"輕關易道,通商寬農。"注:"輕關,輕其税;易道,除盜賊。"㊃平坦之路。淮南子説林:"易道良馬,使人欲馳。"

【易傳】㊀周易的組成部分。包括彖象繫辭文言序卦 説卦 雜卦等,史記稱 易大傳。是儒家學者對古代占筮用周易所作的各種解釋。緯書稱孔子所作,不足信。參見"十翼"。㊁書名。多爲後人輯佚而成。如周卜商易傳、漢京房易傳等。又宋程頤作、門人楊時校正易傳四卷,只解上下經及彖象文言,用三國魏王弼注本,大旨黜數崇理,與邵雍各明一義。

【易與】輕鄙之詞,猶言容易對付。史記七三白起傳:"秦之所惡,獨畏馬服子趙括將耳,廉頗易與,且降矣。"又九二淮陰侯傳:"龍且曰:'吾平生知韓信爲人,易與耳。'"

【易墓】芟治墓地草木。禮檀弓上:"易墓,非古也。"疏:"易謂芟治草木,不使荒穢。……殷以前墓而不墳,是不治易也。"

【易蜴】守宫之類 的爬蟲。方言八:"守宫,……其在澤中者,謂之易蜴。"

【易種】謂惡人影響善人變 壞。書 盤庚中:"無俾易種于兹新邑。"疏:"易種者,即今俗語云相染易也。"

【易緯】緯書至唐代皆佚,惟易緯獨存。有乾坤鑿度周易乾鑿度易緯稽覽圖易緯辨終備易緯通卦驗易緯乾元序制記易緯是類謀 易緯坤靈圖 等。原書 皆漢 鄭玄注。今多殘缺不完,有輯佚本。

【易樂】簡易和樂。國語周下:"夫 旱麓之榛楛殖,故君子得以易樂干祿焉。"

【易縣】縣名。屬河北省。戰國時燕地,秦爲上谷郡地。漢置故安縣,屬涿郡。晉改稱固安。隋開皇元年置易州,後置易縣爲州治。明初省縣入州,屬保定府。公元1913年裁州改易縣。縣境有戰國燕下都遺址、清西陵。參閱嘉慶一統志四七易州一。

【易簀】調換寢席。簀,竹席。春秋魯曾參臨終,以寢席過於華美,不合當時禮制,命子曾元扶起易簀。既易,反席未安而死。見禮檀弓上。後因以易簀喻將死。唐柳宗元柳先生集九唐故衡州刺史東平呂君誄:"廩不餘食,藏無積帛,……恒是懸罄、逮兹易簀。"又李邃盧夫人崔氏墓志:"以咸通六年乙酉歲十二月六日奄鍾易簀之歎於東都集賢里第。"(金石續編十一)

【易簡】平易簡單。易繫辭上:"易則易知,簡則易從。……易簡而天下之理得矣。"文選晉應吉甫(貞)晉武帝華林園集詩:"游心至虛,同規易簡。"

【易轍】改變行車 的軌道。比 喻變更行事的方法。晉書江統傳徙戎論:"今子遭弊事之終而不圖更制之始,愛易轍之勤而得覆車之軌,何哉?"

【易繫】卽周易繫辭。也名繫辭傳。相傳文王周公作辭,繫於卦爻之下,後孔子作繫辭傳,通論一經的大體。漢王符潛夫論五德志:"故略依易繫,記伏羲以來,以遺後賢。"參見"繫辭"。

【易水歌】戰國燕太子丹命荆軻入秦刺秦王,白衣冠送之,至易水上,高漸離擊筑,荆軻和而歌曰:"風蕭蕭兮易水寒,壯士一去兮不復還!"見戰國策燕三。後人題名易水歌,演其事爲琴曲。也泛指送別的悲歌。唐駱賓王集二夏日遊德州贈高四詩:"嘆息將如何,遊人意氣多。白雪梁山曲,寒風易水歌。"

【易玄光】墨的擬人稱呼。也作"易元光"。易,指易水。唐以後易水産名墨,製作者有祖、奚、李、張、陳諸家。墨以黑而有光爲貴,故稱玄光。見宋蘇易簡文房四譜五墨譜易元光傳、元陸友墨史上唐。

【易筋經】舊題達摩撰,般剌蜜諦譯義。二卷。內容論鍛鍊身體之術,分內外功,內功主静,外功主動。或取其十二勢圖,與十二段錦合刻,統名內功圖説。

【易漢學】清惠棟撰。八卷。掇拾漢至三國諸家易説,加以考證。計孟喜二卷,虞翻一卷,京房二卷(干寶附),鄭玄一卷,荀爽一卷。末卷爲棟發明漢易之理,以辨正"河圖"、"洛書"、"先天"、"太極"之學。此書收入皇清經解續編。

【易纂言】元吳澄撰。十卷。用宋呂祖謙古易本經文,增删改訂,皆援引古義,具有源流。其解釋經義,詞簡理明。以義例散見各卦,不相統貫,因又作易纂言外翼八卷加以系統説明。

【易知由單】繳納田賦的通知書。也稱由帖、由單。單上刊明田地等級、人口多少、應徵款額和起交存留各項,發給納户。起於明正德初,清代因之。清黄六鴻福惠全書六錢穀部催徵查實徵:"則本年徵收之額,賦役全書、易知由單,尤必預爲改刊。"

【易堂九子】明末清初,魏際瑞魏禧魏禮彭士望林時益李騰蛟丘維屏曾燦彭任講學於江西寧都縣翠微峰之易堂,提倡古文實學,世稱易堂九子。見清李元度國朝先正事略三七魏叔子先生事略。清彭玉雯曾輯有易堂九子文鈔十九卷,道光十七年刊行。

【易緯通卦驗】易緯 八種之一。漢 鄭玄注,二卷。上卷説明稽應的道理,下卷説明卦氣的徵驗。書久失傳,四庫館臣從永樂大典中輯出。

【易緯稽覽圖】易緯八種之一,漢鄭玄注。二卷。首言卦氣起中孚,而以坎離震兑爲四正卦。所述如六日七分、消息、徵應等,爲孟喜京房之學所自出。書久失傳,四庫館臣從永樂大典中輯出。

昒 hū 呼骨切,入,没韻,曉。
ㄏㄨ 文弗切,入,物韻,明。

見下。

【昒昕】天將明而未明之時,拂曉。文選漢班孟堅(固)幽通賦:"昒昕寤而仰思兮,心矇矇猶未察。"初學記十九漢蔡邕青衣賦:"昒昕將曙,雞鳴相催。"

【昒爽】天色未明之時。漢書郊祀志上:"十一月辛巳朔旦冬至,昒爽,天子始郊拜泰一。"史記封禪書作"昧爽"。

昂 áng 五剛切,平,唐韻,疑。
ㄤ

㊀高。禮曲禮"奉席如橋衡"漢鄭玄注:"横奉之,令左昂右低。"㊁上升。新唐書一〇九崔神基傳:"有詔改錢幣法,州縣布下,俄而物價踊昂,百賈驚擾。"㊂仰起。宋蘇軾東坡集續集二和子由次王鞏韻如囊之句可爲一噱詩:"簡書見迫身今老,樽酒聞呼首一昂。"

【昂昂】挺特貌,志行高超貌。楚辭屈原卜居:"寧昂昂若千里之駒乎?將氾氾若水中之鳧乎?"文選晉袁彦伯(宏)三國名臣序贊:"昂昂子敬,拔迹草萊。"子敬,魯肅字。

【昂霄】高出霄漢。形容才能傑出。新唐書九六房玄齡傳:"吏部侍郎高孝基名知人,謂裴矩曰:'僕觀人多矣,未有如此郎者,當爲國器,但恨不見其聳壑昂霄云。'"宋陸游劍南詩稿三四陵霄花:"古來豪傑少人知,昂霄聳壑寧自期。"

【昂藏】高峻,軒昂。水經注九淇水:"又東北,沾水注之。水出壺關東沾臺下,石壁崇高,昂藏隱天。"此指山的高峻。晉陸機陸士衡集十晉西平將軍孝侯周處碑:"汪洋廷闕之傍,昂藏寮寀之上。"此指人的氣概高朗。唐張彦遠法書要録五唐竇臮述書賦:"觀乎吐納僧虔,擠排子敬,昂藏鬱拔,勝草負正,猶力穡牛刀,水展龍性。」此指書法勁道。

昇 shēng 識蒸切，平，蒸韻，審。ㄕㄥ

同「升」。㊀上升。南朝梁江淹江文通集一石蚴賦：「日照水而東昇，山出波而隱没。」唐韓愈昌黎集四送侯参謀赴河中幕詩：「洲沙厭晚坐，嶺壁窮晨昇。」㊁進級。舊唐書七四馬周傳貞觀十一年上疏：「自古郡守、縣令，皆妙選賢德，欲有擢昇宰相，必先試以臨人。」

【昇山】山名。1. 在浙江吳興縣境。又名烏山、歐餘山、歐亭山。太平寰宇記九四湖州烏程縣引南朝梁吳均入東記：「王羲之爲太守，常遊踐，因昇此山，顧謂賓客曰：『百年之後，誰知王逸少與諸卿遊此乎？』因有昇山之號。」2. 在福建福州市附近。傳説越王勾踐時，此山於一夜間從會稽飛來，因名飛山。又傳臨海人任敦於此昇仙，天寶六載敕改爲昇山。見太平寰宇記一〇〇福州。

【昇天】道家謂修道成仙，飛昇登天。同「升天」。三國魏曹植有升天行。晉葛洪神仙傳二白石先生：「白石先生者，中黄丈人弟子也。至彭祖時，已二千餘歲。不肯修昇天之道，但取不死而已。」

【昇元】五代時南唐李昇（烈祖）年號。公元 937—942 年。

【昇平】謂太平之世。唐柳宗元柳先生集三八代裴中丞賀分淄青爲三道節度表：「復昇平之土宇，拔妖孽之根源。」參見「升平」。

【昇州】州名。唐乾元元年改江寧郡置。以上元爲治所，五代時，吳楊氏改爲金陵府，南唐李氏改江寧府。宋開寶間復爲昇州，後升建康府。轄境相當今江蘇南京市及江寧、句容、溧水等縣地。參閲嘉慶一統志七三江寧府一。

【昇名】猶言奏名。唐文粹九一楊嗣復唐丞相禮部尚書文公權德輿文集序：「貞元中，奉詔考定賢良，草澤之士昇名者十七人。」通作「升名」。禮王制「升之司徒」唐孔穎達疏：「謂鄉人入學，德業有成，升名進於司徒。」

【昇明】南朝劉準（宋順帝）年號。公元 477—479 年。

【昇堂】猶言登堂。唐韓愈昌黎集三山石詩：「昇堂坐階新雨足，芭蕉葉大支（梔）子肥。」

【昇元帖】法帖名。五代南唐李後主出祕府珍藏，命徐鉉刻帖四卷，每卷後刻「昇元二年三月建業文房摹勒上石」，因又名建業帖。以刻於淳化閣帖之前，故也稱淳化祖石帖。見清周行仁淳化祕閣法帖源流考。

【昇仙橋】橋名。在四川成都市北。相傳爲秦李冰所建。晉常璩華陽國志蜀志蜀郡州治：「城北十里有昇仙橋，有送客觀。司馬相如初入長安，題市門曰：『不乘赤車駟馬，不過汝下也。』」

【昇平寶筏】傳奇劇本。清張照撰。演唐玄奘西域取經故事。係參照元楊訥雜劇西遊記和明吳承恩小説西遊記而作，多達二百四十齣。與所作勸善金科（演目連救母故事）及莊恪親王鼎峙春秋（演三國故事）、忠義璇圖（演水滸故事）合稱「内廷四大本戲」。

昕 1. xīn 許斤切，平，欣韻，曉。ㄒㄧㄣ

㊀日將出時，黎明。禮文王世子：「天子視學，大昕鼓徵，所以警衆也。」注：「早昧爽擊鼓以召衆也。」南齊謝朓謝宣城集五阻雪聯句沈約詩：「初昕逸翮舉，日昃駑馬疲。」㊁鮮明，明亮。初學記十二漢揚雄太僕箴：「檀車孔夏，四騵孔昕。」

2. xuān ㄒㄩㄢ

㊂高低貌。通「軒」。見「昕₂天」。

【昕夕】朝暮。明唐肅丹崖集一日觀賦：「且臣聞日者衆陽之宗，大君之象，出入以時，昕夕靡爽。」

【昕₂天】舊説天體北高南低，謂之昕天。晉書天文志上天體引三國吳姚信昕天論：「今人頤前侈臨胸，而項不能覆背。近取諸身，故知天體之南入地，北則偏高。」爾雅釋天宋邢昺疏：「四曰昕天。昕讀爲軒，言天北高南下，若車之軒。是吳時姚信所説。」

【昕昕】明亮。北周衛元嵩元包經太陽昔：「坒幵幵，畀昕昕。」唐蘇源明傳：「畀昕昕，日之明也。」幵，音荓；畀，音杲。唐劉禹錫劉夢得集一有僧言羅浮事……詩：「咿喔天雞鳴，扶桑色昕昕。」

昄 bǎn 布綰切，上，潸韻，幫。ㄅㄢ

見下。

【昄章】彰明。詩大雅卷阿：「爾土宇昄章，亦孔之厚矣。」傳：「昄，大也。」集傳：「昄章，大明也。或曰，昄當作版，版章，猶版圖也。」

昏 1. hūn 呼昆切，平，魂韻，曉。ㄏㄨㄣ

本作「昬」，唐人避太宗（李世民）諱，改爲「昏」。㊀日暮，天剛黑時。詩陳風東門之楊：「昏以爲期，明星煌煌。」國語吳：「吳王昏乃戒令秣馬食士。」㊁昏暗。文選晉左太沖（思）吳都賦：「揮袖風飄，而紅塵晝昏。」又南朝宋王僧達和琅邪王依古詩：「白日無精景，黄沙千里昏。」引申爲時世混亂。文選晉劉越石（琨）勸進表：「自元康以來，艱禍繁興。永嘉之際，氛厲彌昏。」㊂迷亂，糊塗。莊子天地：「若愚若昏。」國語晉四：「童昏不可使謀。」㊃目不明。見「昏眊」。㊄昏迷，失去知覺。水滸六二：「打的皮開肉綻，鮮血迸流，昏暈去了三四次。」㊅出生後未起名而死。左傳昭十九年：「寡君之二三臣，札、瘥、夭、昏。」疏：「子生三月，父名之。未名之曰昏，謂未三月而死也。」㊆結婚。婚，本作「昏」，後加女旁作「婚」。詩北風谷風：「宴爾新昏，不我屑以。」

2. mǐn ㄇㄧㄣ

㊇勉力。通「敃」。書盤庚上：「惰農自安，不昬作勞，不服田畝，越其罔有黍稷。」釋文：「本或作敃，音敏。」爾雅昬敃皆訓强。」 ㊈見「昏₂棄」。

【昏札】夭死。唐柳宗元柳先生集二六興州江運記：「屬當惡歲，府庾甚虚，器備甚殫，飢饉昏札，死徙充路。」

【昏君】糊塗、凶暴的君主。新唐書二〇七宦者傳序：「小人之情，猥險無顧藉，又日夕侍天子，狎則無威，習則不疑，故昏君蔽於所昵，英主禍生所忽。」

【昏₂作】勉力勞作。三國志魏武帝紀建安十八年策魏公命：「君勸分務本，穡人昏作，粟帛滯積，大業惟興。」

【昏昃】遲暮，日西斜與黄昏時。南齊書海陵王紀延興元年十月詔：「静言多愠，無忘昏昃。」昃，也作「昊」。

【昏昕】天將曉而未明之時。儀禮士昏禮：「凡行事，必用昏昕。」疏：「昕即明之始，君子舉事尚早，故用朝旦也。」宋方夔富山遺稿二夜坐苦蚊詩：「萬物有常理，動息隨昏昕。」

【昏昏】㊀糊塗貌。孟子盡心下：「賢者以其昭昭使人昭昭，今以其昏昏使人昭昭。」㊁寂静無爲貌。莊子在宥：「至道之精，窈窈冥冥。至道之極，昏昏默默。」㊂陰暗貌。初學記十四南朝陳陰鏗行經古墓詩：「霏霏野霧合，昏昏壟日沉。」

【昏迷】㊀糊塗迷惘。書大禹謨：「蠢兹有苗，昏迷不恭。」㊁神志不清。水滸六五：「如今哥哥神思昏迷，水米不喫，看看待死，不久臨危。」

【昏眊】視力模糊。唐柳宗元柳先生集三十與蕭翰林俛書：「昏眊重膇，意以爲常。”

【昏姻】謂嫁娶。詩鄘風蝃蝀:“乃如之人兮,懷昏姻也。”左傳成十三年:“申之以盟誓,重之以昏姻。”參見“婚姻”。

【昏第】行冠禮、昏禮之處。南史陳始興王伯茂傳:“時六門之外有別館,以爲諸王冠昏之所,名爲昏第。至是,命伯茂出居之。”陳書作“婚第”。

【昏椓】奄人,卽太監。詩大雅召旻:“昏椓靡共。”箋:“昏、椓皆奄人也。昏,其官名也;椓,椓毀陰者也。”

【昏黃】指光色朦朧暗淡。唐韓偓玉山樵人集曲江晚思詩:“水冷鷺絲立,煙月愁昏黃。”

【昏黑】天色黑暗。唐杜甫杜工部詩六茅屋爲秋風所破歌:“俄頃風定雲墨色,秋天漠漠向昏黑。”宋歐陽修文忠集三憎蚊詩:“翾翾伺昏黑,稍稍出壁屋。”

【昏鈔】破舊的紙幣。因用久幣面字跡磨損而模糊,故稱昏鈔。宋金元明皆有昏鈔更換法。明史食貨志:“以鈔用久昏爛,立倒鈔法,令所在置行用庫,許軍民商賈以昏鈔納庫易新鈔。”參閱續文獻通考八、九、十錢幣。

【昏₂棄】蔑絕。書牧誓:“今商王受惟婦言是用,昏棄厥肆祀弗答。”清王引之謂昏讀作泯,訓蔑。言紂蔑棄其道王父母子弟而弗用。見經義述聞三昏棄。

【昏睡】倦睡,瞌睡。北齊顏之推顏氏家訓雜藝:“有時疲倦,則儻爲之,猶勝飽食昏睡,兀然端坐耳。”梁書劉峻傳:“自課讀書,常燎麻炬,從夕達旦,時或昏睡,爇其髮。”

【昏媾】姻親,結親。左傳隱十一年:“唯我鄭國之有請謁也,如舊昏媾。”也作“婚媾”。易屯:“乘馬班如,求婚媾,往吉無不利。”

【昏蒙】晦暗,愚昧。唐韓愈昌黎集二二獨孤申叔哀辭:“衆萬之生,誰非天邪?明昭昏蒙,誰使然邪?”也作“昏瞢”。明劉基誠意伯集十四題羣龍圖詩:“吹之呼龍出石鍘,使我一見開昏瞢。”

【昏墊】陷溺,迷惘無所適從。書益稷:“洪水滔天,浩浩懷山襄陵,下民昏墊。”文選南朝宋謝靈運遊南亭詩:“久痗昏墊苦,旅館眺郊岐。”

【昏𣇈】陷溺,迷惘困惑。書益稷“下民昏墊”漢孔安國傳:“言天下民昏𣇈墊溺皆困水災。”宋王安石臨川集六十乞罷政事表一:“惟亮天工,必用强明,乃能協濟,豈容昏𣇈,可以叨居。”

【昏暮】傍晚。孟子盡心上:“民非水火不生活,昏暮叩人之門户,求水火,無弗與者,至足矣。”

【昏墨】謂官吏枉法妄爲,貪贓納賄。左傳昭十四年:“己惡而掠美爲昏,貪以敗官爲墨,殺人不忌爲賊。夏書曰:昏墨賊殺,皋陶之刑也。”隋書刑法志梁天監元年定梁律詔:“殺傷有法,昏墨有刑。”

【昏曉】猶朝夕。也指明暗。南齊書東昏侯紀宣德太后令:“干戈鼓譟,昏曉靡息。”唐杜甫杜工部詩四望嶽:“造化鍾神秀,陰陽割昏曉。”

【昏禮】婚娶之禮。古時娶妻之禮,於黃昏舉行,故稱昏禮。詳儀禮士昏禮題疏。參見“六禮㊀”。

【昏定晨省】舊時子女侍奉父母朝夕問定的禮節。禮曲禮上:“凡爲人子之禮,冬温而夏凊,昏定而晨省。”謂昏時爲父母安定牀衽,晨起省問安否。也作“晨昏定省”。紅樓夢三六:“不但將親戚朋友一概杜絕了,而且連家庭中晨昏定省,一發都隨他的便了。”

五 畫

昶 chǎng chàng ㄔㄤˇ ㄔㄤˋ 丑兩切,上,養韻,徹。丑亮切,去,漾韻,徹。

㊀日長。見玉篇。㊁舒暢,通達。通“暢”。文選三國魏嵇叔夜(康)琴賦:“雅昶唐堯,終詠微子。”注:“達則兼善天下,無不通暢,故謂之暢。昶與暢同。”又晉陸士衡(機)五等論:“譬猶衆目營方,則天綱自昶。”參閱清鄭珍說文新附考三昶。

【昶衍】指五代後蜀主孟昶、前蜀主王衍,兩人皆爲亡國之君。宋蘇軾分類東坡詩一入峽:“遺民悲昶衍,舊俗接魚鳧。”

春 1. chūn ㄔㄨㄣ 昌脣切,平,諄韻,穿。

㊀四季之首,卽農曆正、二、三月。公羊傳隱元年:“春者何?歲之始也。”注:“昬,斗指東方曰春。”因北斗指向東方稱春,故也以春指東方。文選漢張平子(衡)東京賦:“飛雲龍於春路,屯神虎於秋方。”注:“春路,東方道也。”㊁指一年。唐杜甫杜工部詩十四往在:“千春薦陵寢,永永傳無窮。”㊂比喻生機。唐劉禹錫劉夢得集外集一酬樂天揚州初逢席上見贈詩:“沉舟側畔千帆過,病樹前頭萬木春。”㊃春情,情慾。詩召南野有死麕:“有女懷春,吉士誘之。”㊄唐人多稱酒爲春。唐司空圖詩品典雅:“玉壺買春,賞雨茆屋。”又李肇國史補下:“酒則有郢州之富水、烏程之若下、滎陽之土窟春、富平之石凍春、劍南之燒春。”

2. chǔn ㄔㄨㄣˇ 集韻尺尹切,上,準韻。

㊀振作。周禮考工記梓人:“張皮侯而棲鵠,則春以功。”注:“春讀爲蠢。蠢,作也,出也。”

【春人】春天的遊人。北周庾信庾子山集十二望美人山銘:“禁苑斜通,春人常聚。”

【春工】以春天擬人。指生物得春而發育滋長。宋楊萬里誠齋集二農家嘆:“春工只要花遲著,愁損農家管得星。”金元好問遺山集十三賦瓶中雜花詩之二:“一樹百枝千萬結,更應薰染費春工。”

【春女】懷春之女。淮南子繆稱:“春女思,秋士悲,而知物化矣。”詩豳風七月“女心傷悲”漢鄭玄箋:“春女感陽氣而思男,秋士感陰氣而思女,是其物化,所以悲也。”

【春心】㊀春日的傷感心情。楚辭屈原招魂:“目極千里兮傷春心。”唐李商隱李義山詩集五錦瑟:“莊生曉夢迷蝴蝶,望帝春心託杜鵑。”㊁懷春的心情。唐李白李太白詩八江夏行:“憶昔嬌小姿,春心亦自持。”元王實甫西廂記一本二折:“我則怕漏洩春光與乃堂,夫人怕女孩兒春心蕩。”

【春分】農曆二十四節氣之一。在公曆三月二十或二十一日。是日晝夜長短平均,正當春季九十日之半,故稱“春分”。漢董仲舒春秋繁露陰陽出入上下:“至於中春之月,陽在正東,陰在正西,謂之春分。春分者,陰陽相半也,故晝夜均而寒暑平。”參見“二十四氣”。

【春牛】卽土牛。舊時用以表示勸農和春耕的開始。宋孟元老東京夢華錄六立春:“立春前一日,開封府進春牛入禁中鞭春。開封、祥符兩縣,置春牛於府前,至日絕早,府僚打春,如方州儀。”參閱唐李涪李氏刊誤上出土牛、元陳元靚歲時廣記九繪春牛。參見“土牛”。

【春汛】卽桃花汛。詳該條。

【春忙】指春日農忙時。宋黃庭堅山谷外集補三同孫不愚過昆陽:“田園恰恰值春忙,驅馬悠悠昆水陽。”

【春冰】春天的冰。樂府詩集三七南朝宋謝靈運折楊柳行:“未覺泮春冰,已復謝秋節。”春冰薄而易解,多以比喻容易消失的事物或險境。文選南齊王元長(融)三月三日曲水詩序:“念負重於春冰,懷御奔於秋駕。”

【春光】春天的風光。文選南朝梁沈休文(約)鍾山詩應西陽王教:“春光發壟首,秋風生桂枝。”玉臺新詠八南朝宋吳孜春閨怨詩:“春光太無意，窺窗來見參。”

【春色】 ㊀春天的景色。文選南齊謝玄暉(朓)和徐都曹詩:“宛洛佳遨游，春色滿皇州。”詩家鼎臠宋葉紹翁遊園不值詩:“春色滿園關不住,一枝紅杏出牆來。”㊁形容喜色。宋陶穀清異録作用:“婁師德位貴而性通豁,尤善捧腹大笑,人謂師德笑爲齒牙春色。”

【春社】 祭名,祭祀土地，以祈豐收。周代用甲日，後多於立春後第五個戊日舉行。禮明堂位:“是故夏礿、秋嘗、冬烝、春社、秋省，而遂大蜡，天子之祭也。”全唐詩六九〇王駕社日:“桑柘影斜春社散,家家扶得醉人歸。”

【春坊】 魏晉以來,太子宮稱春坊。北齊書顔之推傳觀我生賦:“予武成之燕翼，遵春坊而原始,唯驕奢之是脩,亦佞臣之云使。”唐置詹事府,以比尚書省;置左右春坊,以比門下、中書兩省;各率其屬。歷代相承,屬官互有增損,清末始廢。參閱新唐書百官志四上、歷代職官表二六詹事府。

【春困】 謂春日精神疲倦。宋曾鞏元豐類藁六錢塘上元夜祥符寺陪咨臣郎中文燕席詩:“金地夜寒消美酒，玉人春困倚東風。”又范成大石湖集二六春困詩題注:“吳俗立春日兒童以春困相呼，以掉頭不應者爲黠。”

【春官】 古代常以春夏秋冬四季名設官。唐賈公彦周禮正義序引左傳昭十七年服虔注謂顓頊以來，春官爲木正。周禮以宗伯爲春官，掌邦禮。唐光宅間,曾改禮部爲春官,旋復舊,而春官遂爲禮部的別稱。唐劉禹錫劉夢得集四宣上人遠寄賀禮部王侍郎放牓後詩因而繼和詩:“一日聲名徧天下，滿城桃李屬春官。”唐宋到明清,司天官屬有春官正、夏官正等五官正。明太祖也立春夏秋冬官，謂之四輔。參閱舊唐書職官志二禮部尚書注、歷代職官表三五欽天監、明史一三七安然傳。

【春事】 農事，春季耕種之事。管子幼官:“十二,地氣發，戒春事。”唐李白李太白詩十三寄東魯二稚子:“春事已不及,江行復茫然。”

【春明】 唐都長安,東面有三門，中名春明。見唐六典七工部尚書。因以“春明”爲京都的通稱。唐王建詩八寄廣文張博士:“春明門外作卑官，病友經年不得看。”清孫承澤著春明夢餘録，專記北京事。

【春帖】 即春帖子。元袁桷清容居士集十六翰林故事莫盛於唐宋聊述舊聞擬宮詞之四:“春帖分裁閣分多，宮娥爭餽纈綃羅。”詳“春帖子”。

【春苑】 春天的林園。樂府詩集四四晉宋齊子夜四時歌春歌之八:“佳人步春苑，繡帶飛紛葩。”三家宮詞宋王珪宮詞之六:“遥聞春苑櫻桃熟，先進金盤奉紫宸。”

【春秋】 ㊀歲月,四季。歲有四季而以春秋代表之。詩魯頌閟宮:“春秋匪懈，享祀不忒。”左傳襄十三年:“唯是春秋窀穸之事。”皆指歲時的祭祀。㊁謂年齡。戰國策秦五:“王之春秋高,一日山陵崩,太子用事,君危於累卵,而不壽於朝生。”史記八七李斯傳:“且陛下富於春秋，未必盡通諸事。”㊂古籍名。爲編年體史書,相傳孔子據魯史修訂而成。所記起魯隱公元年,迄魯哀公十四年西狩獲麟,凡十二公(隱桓莊閔僖文宣成襄昭定哀),二百四十二年。敍事多極簡，以用字爲褒貶，今傳已有闕文。傳春秋者有左氏公羊穀梁三家,左氏詳事實,公穀釋義例。宋胡安國撰春秋傳三十卷，爲元明所崇尚,通稱胡傳。㊃古編年史的通稱。如墨子明鬼下有周之春秋、燕之春秋、宋之春秋、齊之春秋。漢以後的史書,也多以春秋爲名。如漢陸賈楚漢春秋、漢趙曄吳越春秋、北魏崔鴻十六國春秋。㊄時代名。孔子春秋記事，從魯隱公元年至哀公十四年(公元前722—前481年)共二百四十二年，稱爲春秋時代。今以周平王東遷至韓趙魏三家分晉(公元前770—前476年)共二百九十五年，爲春秋時代。㊅謂褒貶。因春秋寓褒貶之意而借用。聊齋志異郭生:“王諦玩之，其所塗留,似有春秋。”

【春風】 ㊀春風温和,比喻温和可親的氣象或境界。宋朱熹近思録十四:“侯師聖(仲良)云: 朱公掞(光庭)見明道(程顥)於汝，歸謂人曰:‘光庭在春風中坐了一箇月。’”㊁見“春風風人”。

【春皇】 傳説中古帝庖犧(伏羲)的別稱。因其以木德稱王，故名春皇。見舊題晉王嘉拾遺記一春皇庖犧。

【春宮】 ㊀古代傳説中東方青帝居住的地方。楚辭屈原離騷:“溘吾遊此春宮兮，折瓊枝以繼佩。”㊁即東宮，太子所居。藝文類聚二南朝梁劉孝威和皇太子春林晚雨詩:“明離信養德，能事畢春宮。”也以指太子。唐王建詩五送振武張尚書:“迴天轉地是將軍，扶助春宮上五雲。”㊂即祕戲圖。見該條。

【春酒】 冬季釀製,及春而成，故稱。也叫凍醪。詩豳風七月:“爲此春酒，以介眉壽。”文選漢張平子(衡)東京賦:“因休力以息勤，致歡忻於春酒。”

【春料】 每年孟秋，爲防春汛河決儲備的防汛物料。宋史河渠志一:“舊制: 歲虞河決,有司常以孟秋預調塞治之物,梢芟、薪柴、楗橛、竹石、茭索、竹索凡千餘萬，謂之春料。”

【春草】 ㊀春日之草。樂府詩集六二南朝宋謝靈運悲哉行:“萋萋春草生，王孫遊有情。”㊁草名。1. 爾雅釋草:“葞，春草。”注:“一名芒草。”即莽草,可以毒魚。參閲清郝懿行義疏。2. 白薇的別名。見本草綱目十三草二白薇。

【春書】 即春帖子。北朝婦人常在立春時進春書。見唐段成式酉陽雜俎前集一禮異。全唐詩一一六張子容除日:“拾樵供歲火,帖牖作春書。”

【春卿】 ㊀周禮以宗伯爲春官,掌邦禮。故後稱禮部長官爲春卿。唐柳宗元柳先生集二三送元秀才下第東歸序:“從計京師,受丙科之薦;獻藝春卿,當三黜之辱,可謂屈抑矣。”㊁南朝梁以太常、宗正、司農爲春卿。見隋書百官志上。

【春紗】 生絲織成的薄紗。唐詩紀事二十萬楚五月五日觀妓:“西施漫道浣春紗，碧玉今時鬬麗華。”

【春情】 ㊀春日的情景或意興。文苑英華一五七唐太宗月晦詩:“披襟歡眺望，極目暢春情。”㊁男女愛戀之情。玉臺新詠四南齊王元長(融)詠琵琶詩:“絲中傳意緒，花裏見春情。”

【春華】 喻少壯之時。文選漢蘇子卿(武)詩四首之三:“努力愛春華，莫忘歡樂時。”

【春祭】 古代春日宗廟之祭。禮祭統:“凡祭有四時,春祭曰礿。”管子禁藏:“舉春祭，塞久禱。”

【春陽】 春日的和煦陽光。漢焦延壽易林四井:“春陽生草，夏長條枝，萬物蕃滋,充實益有。”漢荀悦申鑒雜言上:“喜如春陽,怒如秋霜,威如雷霆之震，惠若雨露之降。”

【春喚】 鳥名,即百舌。又名報春鳥。詳“喚起㊁”。

【春畬】 春季放火燒荒,整地備種。唐白居易長慶集十九送客南遷詩:“春畬煙勃勃,秋瘴霧冥冥。”

【春筍】 春季的筍。古文苑九南朝梁蕭琛餞謝文學離夜詩:“春筍方解籜，弱柳向低風。”春筍形狀纖細，常用以比喻女子的手指。花間集補下南唐李後主(煜)擣練子詞:"斜托杏腮春笋嫩,爲誰和淚倚闌干?"笋,同"筍"。

【春勝】㊀祝春好的吉語。唐李商隱李義山詩集一驕兒:"請爺書春勝,春勝宜春日。"㊁舊時正月初一婦女所戴的綵勝。勝,像綵結一類的首飾。宋蘇軾分類東坡詩二十章錢二君見和復次韻答之:"分無纖手裁春勝,況有新詩點蜀酥。"參閱元陳元靚歲時廣記八賜春勝。

【春意】㊀愛戀的情意。樂府詩集四四子夜四時歌春歌之四:"溫風入南牖,織婦懷春意。"㊁春天的氣象。唐白居易長慶集十九西省對花憶忠州東坡新花樹因寄題東樓詩:"花含春意無分別,物感人情有淺深。"

【春試】唐代考試定在春夏之間。宋諸路州軍科場並限八月引試,而禮部試士,常在次年的二月,殿試則在四月;於是有春試、秋貢之名。元代於八月鄉試,二月會試,明清相沿。故也稱會試爲春試。參閱宋史選舉志二科目下、清趙翼陔餘叢考二八試期。參見"春闈㊀"。

【春禊】古代民俗於春時在水邊舉行祭禮,以消除不祥,謂之春禊。漢儀,季春上巳,官吏百姓,皆禊於東流,在水邊澆濯,除去宿垢。自魏以後,遂專於農曆三月初三日行之。如晉王羲之蘭亭修禊,南北朝時的曲水宴,俱爲春禊。初學記四隋江總三日侍宴宣猷堂曲水詩:"上巳娛春禊,芳辰喜月離。"唐王維王右丞集二奉和聖制與太子諸王三月三日龍池春禊應制詩:"故事修春禊,新宮展豫遊。"參閱漢應劭風俗通八禊、晉書禮志下。參見"上巳"。

【春葱】舊時比喻女子纖細的手指。唐白居易長慶集六四箏詩:"雙眸剪秋水,十指剝春葱。"明詩鈔九陳完閨怨:"金鳳花開照壁紅,風前細擣染春葱。"

【春暉】㊀春陽,春光。太平御覽九九二晉傅咸款冬花賦:"顧見款冬,煒然始敷,華豔春暉,既麗且姝。"唐李白李太白詩一惜餘春賦:"見遊絲之橫路,網春暉以留人。"㊁唐孟郊孟東野集一遊子吟:"慈母手中線,遊子身上衣,臨行密密縫,意恐遲遲歸。誰言寸草心,報得三春暉?"後來取詩意,以春暉比喻母愛。如明俞顯卿自題書室名春暉堂,清黃丕烈書室亦名春暉堂,朱右曾有春暉軒,皆取此義。

【春鉏】白鷺的別名。爾雅釋鳥:"鷺,春鉏。"參見"搏黍"。

【春節】猶春季。古以立春爲春節。後漢書五四楊震傳上疏:"又冬無宿雪,春節未雨,百僚燋心,而繕修不止,誠致旱之徵也。"今以農曆正月初一爲春節。

【春榮】春日的繁盛。三國魏曹植曹子建集九與吳季重書:"得所來訊,文采委曲,曄若春榮,瀏若清風。"也用以比喻少年。文選晉潘安仁(岳)金谷集作詩:"春榮誰不慕,歲寒良獨希。"

【春臺】㊀指登眺遊玩的勝處。老子:"衆人熙熙,如享太牢,如登春臺。"唐杜甫杜工部草堂詩箋二六王十五前閣會:"楚岸收新雨,春臺引細風。"㊁舊稱禮部爲春臺。

【春蒐】古代帝王春時的射獵。左傳隱五年:"故春蒐、夏苗、秋獮、冬狩,皆於農隙以講事也。"注:"蒐,索。擇取不孕者。"唐杜甫杜工部草堂詩箋二十冬狩行:"春蒐冬狩侯得同,使君五馬一馬驄。"

【春夢】春日之夢。唐岑參岑嘉州詩三關鄉送上官秀才歸關西別業:"醉眠輕白髮,春夢渡黃河。"也常以比喻世事無常,繁華易逝。唐劉禹錫劉夢得集外集一春日書懷詩:"眼前名利同春夢,醉裏風情敵少年。"宋蘇軾分類東坡詩十七正月二十日與潘郭二生出郊尋春:"人似秋鴻來有信,事如春夢了無痕。"

【春榜】科舉時代春試中式及第的榜。唐齊己白蓮集一送劉蛻秀才赴舉詩:"都人看春榜,韓字在誰前?"宋歐陽修文忠集五七同年祕書丞陳動之挽詞之二:"青衫照日誇春牓,白首餘年哭故人。"牓,同"榜"。

【春凳】一種長方形的板凳。聊齋志異宅妖:"嘗見廈有春凳,肉紅色,甚修潤。"也作"春櫈"。紅樓夢三三:"還不快進去把那藤屜子春櫈擡出來呢!"

【春鳸】也作"春扈"。㊀鳥名。農桑候鳥。爾雅釋鳥:"春鳸,鳻鶞。"㊁官名。漢蔡邕獨斷上:"至少昊之世,置九農之官如左:春扈氏農正,趣民耕種。"晉書食貨志:"昔在金天,勤於民事,命春鳸以耕稼,召夏鳸以耘耡,秋鳸所以收斂,冬鳸於焉蓋藏。"參見"九扈"。

【春餅】食品名。宋吳自牧夢粱錄十六葷素從食店:"常熟糍糕,餶飿瓦鈴兒,春餅,菜餅,圓子湯。"舊俗於立春日食餅,伴以蔬菜,亦謂之春餅。清富察敦崇燕京歲時記打春:"是日富家多食春餅,婦女等多買蘿蔔而食之,曰咬春,謂可以却春困也。"參見"咬春"。

【春駒】蛺蝶的別名。見宋缺名採蘭雜志。

【春幡】春旗。幡,旗幟,通"旛"。舊俗於立春日掛春幡,作爲春至的象徵。亦剪綵做成小幡,插在頭上,或掛在樹枝上爲戲。玉臺新詠九南朝陳徐陵雜曲:"立春歷日自當新,正月春幡底須故。"宋吳自牧夢粱錄一立春:"街市以花裝欄,坐乘小春牛,及春幡、春勝,各相獻遺與貴家宅舍,示豐稔之兆。"

【春盤】古俗於立春日,取生菜、果品、餅、糖等,置於盤中爲食,取迎新之意,稱爲春盤。皇帝於立春前一日,以春盤並酒賜近臣;民間也互相饋贈。唐杜甫杜工部詩史補遺七立春:"春日春盤細生菜,忽憶兩京梅發時。"又白居易長慶集五四歲日家宴戲示弟姪等詩:"歲盞後推藍尾酒,春盤先勸膠牙餳。"參閱宋陳元靚歲時廣記八賜春餜、作春餅、饋春盤。

【春瘴】春日發生的瘴氣。宋蘇軾東坡集前集十三再和潛師詩:"江南無雪春瘴生,爲散冰花除熱惱。"

【春賽】春時里社舉行祭祀以酬報神祇。元戴表元剡源集二九林村寒食詩:"聞說舊時春賽罷,家家鼓笛醉成團。"參見"賽神"。

【春聯】舊俗除夕以紅紙書吉語爲對聯,貼於門上,謂之春聯,源出於古時的桃符。春聯之名,傳說起於明初。參閱清姚之駰元明事類鈔三春聯、翟灝通俗編三時序春聯。

【春闈】㊀猶春試。闈,考場。唐姚合姚少監集二別胡逸詩:"記得春闈同席試,逡巡何啻十年餘。"明清會試,均在春季舉行,故也稱春闈。紅樓夢一:"且喜明歲正當大比,兄宜作速入都,春闈一捷,方不負兄之所學。"參見"春試"、"會試"。㊁猶春宮,太子所居,也指太子。唐陸贄陸宣公集七李勉太子太師制:"輔翼春闈,是資教諭。"

【春醪】酒名。晉陶潛陶淵明集二和劉柴桑詩:"谷風轉淒薄,春醪解飢劬。"相傳晉河東人劉白墮釀酒香美,北魏永熙中青州刺史賫酒至部,路中逢劫盜,飲之皆醉而被擒。時爲語曰:"不畏張弓拔刀,唯畏白墮春醪。"見北魏楊衒之洛陽伽藍記四城西。

【春關】唐宋時舉進士,登記入選,謂之春關;發給的憑證,也稱春關。進士放榜,俟正敕下,關報南曹都省御史臺,然後貢院寫春關散給。唐黃滔黃御史集三送人明經及第東歸詩:"亦從南院看新榜,旋束春關歸故鄉。"參閱唐李肇國史補下敘進士科舉、宋史選舉志一。

【春羅】絲織品的一種。唐韋應物韋江州集一雜體詩之三:"春羅雙鴛鴦,出自寒夜女。"唐代地方貢物有春羅。見新唐書地理志三鎮州常山郡。

【春𩞄】食物名。猶今之春捲。𩞄,同"繭"。宋時市食點心,有米薄皮春𩞄,也作"萊菔皮春𩞄"。見宋吳自牧夢粱録十六葷素從食店。

【春纈】形容少女紅潤的面色。纈,有花紋的絲織品。明楊基眉菴集二金陵對雪詩:"脂凝香靨罷晨粧,臉暈微渦散春纈。"

【春纖】形容女子的手指。宋張孝祥于湖集三二滿江紅思歸寄柳州詞:"倩春纖縷鱠搗香虀,新篘熟。"雍熙樂府十元關漢卿新水令:"綻黃花遍撒金錢,露春纖把花笑撚。"

【春不老】㊀謂青春長在。宋范成大石湖詞千秋歲重到桃花塢:"萬桃春不老,雙竹寒相對。"明田汝成熙朝樂事:"(二月)二日,士女皆戴蓬葉。諺云:'蓬開先日草,戴了春不老。'"㊁醃菜的一種。清譚吉璁鴛鴦湖櫂歌:"甕菜但攜春不老,匏尊莫問夜何其。"

【春月柳】比喻人風儀出衆,秀美多姿。世説新語容止:"有人歎王恭形茂者云:'濯濯如春月柳。'"宋晁沖之晁具茨詩集四和十二兄之一:"孰云醉無度,婉婉春月柳。"

【春申江】也名春申浦,卽黃浦江。以戰國楚春申君(黃歇)得名。舊稱上海為申江,本此。參閱讀史方輿紀要二四江南六蘇州府。

【春申君】公元前?——前238年。名黃歇。戰國楚人。頃襄王時,出使於秦,止秦之攻。考烈王立,以歇爲相,封春申君,賜淮北地十二縣;後改封於江東。曾救趙卻秦,攻滅魯國。相楚二十五年,有食客三千餘人,與齊孟嘗君、趙平原君、魏信陵君,俱以養士著稱,後人稱之爲四公子。考烈王死,歇爲李園所殺。史記有傳。

【春在堂】清俞樾堂名,在江蘇省吳縣城內。樾於道光三十年參加進士覆試,以"花落春仍在"之句,爲試官所賞,因名所居爲春在堂。見俞樾春在堂隨筆一。

【春光好】詞調名。1.唐教坊曲,傳説因唐玄宗賞春晴而取名。後以爲詞調,因宋晏幾道詞有"拌却一襟懷遠淚,倚闌看"句,又名愁倚闌令、倚闌令等。雙調,有四十字、四十一字諸體;平韻。見宋王灼碧雞漫志五、詞譜三。2.卽喜遷鶯。因五代南唐馮延巳詞有"拂面春風長好"句,亦名春光好。雙調,有四十七字、四十六字、一百零三字諸體;平韻。見詞譜六。

【春帖子】亦稱"春端帖子"、"春端帖"、"春帖"。宋制:翰林書春詞,以立春日剪貼於宮中門帳,謂之春端帖子。文字以工麗爲尚,體近宮詞,多用絶句;大都粉飾太平,或寓規諫之意。見宋周煇清波雜志十、元陳元靚歲時廣記八撰春帖、請春詞。

【春秋傳】宋胡安國撰。三十卷。也名春秋胡氏傳。書成於紹興十年。胡有感於時政,往往借春秋以寓意,發抒民族思想,元至元延祐二年科舉廢置不用,傳習者甚少。明初用安國傳爲科舉取士的教科書,清因之。

【春秋緯】有關春秋的緯書。有元命包演孔圖合誠圖文耀鉤運斗樞感精符考異郵潛潭巴説題辭漢含孳佐助期保乾圖握誠圖內事命歷序等篇。又隋書經籍志一春秋災異注著録梁春秋緯三十卷,宋均注。各書皆久佚,唯明孫穀古微書中有輯本。參見"緯書"。

【春風面】指女子美麗的容貌。唐杜甫杜工部草堂詩箋三一詠懷古跡之三:"畫圖省識春風面,環珮空歸月夜魂。"元王實甫西廂記一本一折:"我見他宜嗔宜喜春風面,偏宜貼翠花鈿。"

【春扈氏】見"春鳸㊁"。

【春端帖】卽春帖子。宋楊萬里誠齋集四一端午獨酌詩:"一生幸免春端帖,可遣漁歌譜大章。"詳"春帖子"。

【春膏紙】宋代紙名。宋陳槱負暄野録下論紙品:"又吳人取越竹,以梅天水淋晾令稍乾,反覆硾之,使浮茸去盡,筋骨瑩澈,是謂春膏。其色如蠟,若以佳墨作字,其光可鑑,故吳箋近出,而遂與蜀產抗衡。"又春膏紙詩:"吳門孫生造春膏紙,尤造其妙。"

【春夢婆】相傳宋蘇軾貶官昌化,一日行歌田野,有老婦謂曰:"內翰昔日富貴,一場春夢!"里中因呼此婦爲春夢婆。軾有被酒獨行徧至子雲威徽先覺四黎之舍詩:"投梭每困東鄰女,換扇唯逢春夢婆。"(分類東坡詩十七)後來把有關春夢婆的傳説作爲感歎富貴無常的典故。金元好問遺山集九出都詩之一:"神仙不到秋風客,富貴空悲春夢婆。"參見"一場春夢"。

【春燈謎】傳奇名。明阮大鋮作。共四十齣。敍述宇文彥兄弟與韋影娘姊妹遇合至成婚事。因以宇文彥韋影娘元宵夜巧逢,共猜燈謎爲線索,故名春燈謎;中經十次錯認始成夫婦,故又稱十錯認。據傳崇禎時,大鋮欲向東林諸人辨白其依附魏忠賢爲誤上賊船,已罪實被誤認,故作此劇以寄意。

【春鶯囀】曲調名。唐崔令欽教坊記:"春鶯囀,高宗曉聲律,晨坐聞鶯聲,命樂工白明達寫之,遂有此曲。"鶯,也作"鸎"。唐詩記事五二張祜春鸎囀:"內人已唱春鸎囀,花下傞傞軟舞來。"

【春山如笑】形容春天山色明媚可喜。宋郭熙林泉高致山水訓:"真山水之烟嵐,四時不同:春山澹冶而如笑,夏山蒼翠而如滴,秋山明淨而如粧,冬山慘淡而如睡。"

【春王正月】春秋隱元年:"春王正月。"意謂隱公的始年,爲周王的正月。公羊家認春秋爲孔子所作,"春王正月"表示孔子尊王室、大一統的思想。

【春祈秋報】春秋鄉里的社祭。古人春耕時祈禱豐年,秋收後報答神功。詩周頌載芟序:"載芟,春籍田而祈社稷也。"又良耜序:"良耜,秋報社稷也。"唐孔穎達詩周頌譜疏:"既謀事求助,致敬民神,春祈秋報,故次載芟、良耜也。"

【春秋繁露】漢董仲舒撰。十七卷。發揮春秋之旨,多主公羊之學;雜陰陽五行之説,宣揚天人感應的説法。其論雖本於春秋,然其內容大部分與春秋無關,性質與尚書大傳、詩外傳等相近,宋人崇文總目及程大昌疑其爲後人依託之作。

【春秋釋例】晉杜預撰。十五卷。其釋例援據春秋經傳,與集解一經一緯,相爲表裏。大旨謂經之條貫,必出於傳;傳之義例,總歸於凡。左傳全書稱凡者五十處,皆爲史書的舊章。其土地名本泰始郡國圖,世族譜本漢劉向的世本,經傳長歷則備成一家之學。原書久佚,今本從永樂大典中輯出。清孫星衍撰校勘記二卷。

【春風風人】比喻給人以教益或幫助。漢劉向説苑貴德:"吾不能以春風風人,以夏雨雨人,吾窮必矣。"

【春風得意】唐孟郊孟東野集三登科後詩:"春風得意馬蹄疾,一日看盡長安花。"後用指進士及第。元曲選喬孟符金錢記四:"他見我春風得意長安道,因此上迎頭兒將女婿招。"

【春蚓秋蛇】比喻書法拙劣。晉書王羲之傳制曰:"子雲近出,擅名江表,然僅得成書,無丈夫之氣,行行若縈春蚓,字字如綰秋蛇。"子雲，南朝梁蕭子雲。宋蘇軾分類東坡詩十和流杯石上草書小詩："蜂腰鶴膝嘲希逸，春蚓秋蛇病子雲。"希逸，南朝宋謝莊字。

【春渚紀聞】筆記名。宋何薳撰。十卷。分雜記五卷，東坡事實詩詞事略雜書琴事附墨説記硯記丹藥各一卷。記雜事藝文，多有神怪之言。薳父去非嘗以蘇軾之薦得官，故書中述軾事甚詳。

【春華秋實】比喻文采與德行。三國魏曹植家丞邢顒，品行高潔，庶子劉楨美於文辭，植親楨而疏顒，楨上書諫曰："私懼觀者將謂君侯習近不肖，禮賢不足，採庶子之春華，忘家丞之秋實。"見三國志魏邢顒傳。北齊顏之推顏氏家訓勉學："夫學者，猶種樹也，春玩其華，秋登其實。講論文章，春華也；脩身利行，秋實也。"

【春盛擔子】遊春時攜帶的食品擔子。元曲選武漢臣生金閣一："下次小的每，安排些紅乾臘肉，春盛擔子，……郊外打獵走一遭去。"

【春誦夏弦】春日誦詩，夏以弦樂和奏而歌。禮文王世子："春誦夏弦，大師詔之。"注："誦，謂歌樂也；弦，謂以絲播詩。"本指春夏學詩之法，因時而異。後泛指學習詠誦。藝文類聚十六南朝梁陸倕爲豫章王慶太子出宮表："而冬書秋記，夙表睿資；春誦夏絃，幼彰神度。"絃，同"弦"。

【春樹暮雲】唐杜甫杜工部草堂詩箋二春日憶李白："渭北春天樹，江東日暮雲。何時一罇酒，重與細論文。"渭北，杜所居之地，江東，李所居之地；借雲樹以寫思念之情。後遂以"春樹暮雲"爲懷念遠方友人之辭。

【春蘭秋菊】謂物當其時，各有佳勝。楚辭屈原九歌禮魂："春蘭兮秋菊，長無絶兮終古。"後多以比喻各極一時之勝。傳説隋煬帝(楊廣)夢遇陳後主(陳叔寶)得見張麗華。後主問煬帝："蕭妃何如此人？"煬帝曰："春蘭秋菊，各一時之秀也。"見唐顏師古隋遺録。全唐詩五五二石貫和主司王起："絳帳青衿同日貴，春蘭秋菊異時榮。"

【春露秋霜】㊀禮祭義："是故君子合諸天道，春禘秋嘗。霜露既降，君子履之，必有悽愴之心，非其寒之謂也。春，雨露既濡，君子履之，必有怵惕之心，如將見之。"謂春秋祭祀之典，爲感於節令追念先人而成。後因以"春露秋霜"指對祖先的歲時祭祀。南朝陳徐陵徐孝穆集二陳公九錫文："春露秋霜，允恭粢盛。"㊁比喻恩澤與威嚴。南朝梁劉勰文心雕龍四詔策："青災肆赦，則文有春露之滋；明罰勑法，則辭有秋霜之烈；此詔策之大略也。"

【春江花月夜】樂府吳聲歌曲名。南朝陳後主(陳叔寶)作。後主常與宮中女學士及朝臣相和爲詩，太常令何胥又善於文詠，採其豔麗者，製成此曲。原詞已亡，今存隋煬帝(楊廣)作二首及唐張若虛溫庭筠等擬題之作。見樂府詩集四七。

【春明退朝録】宋宋敏求撰。三卷。多述唐宋典制，也記雜説瑣事。敏求於熙寧三年以諫議大夫奉朝請，每退朝，觀唐宋名人撰著，補記其所聞見，纂輯是書。因所居在春明里，故名春明退朝録。

【春明夢餘録】清孫承澤撰。七十卷。專輯明代北京舊聞之作。體例介於地理志、通考、筆記之間，首列建置、形勝、城池、畿甸，次敍城防、宮殿、壇廟，再次爲官署，最後爲名蹟、寺廟、石刻、巖麓、川渠、陵園等門；對官署所述特詳。

【春秋十二國】春秋時代與周同姓之國有魯衛晉鄭曹蔡燕，異姓之國有齊宋陳楚秦，共十二國，故通稱春秋十二國。史記有十二諸侯年表。按年表列吳於最後，實爲十三國。

【春秋大事表】清顧棟高撰。五十卷，附輿圖一卷，附録一卷。表以春秋時天文、地理、典制、史事、人物等分類排列，每表皆有敍論；輿圖以紅、黑字樣分標古今地名，附録爲補諸表及敍論之遺，並辨訂舊説之誤，條理詳明。阮元以表論、輿地、列國地名考異、論辨表敍説等，刻入清經解，分十卷。

【春秋左傳詁】清洪亮吉撰。二十卷。洪以晉杜預注左傳，疏於訓詁、地理，且多望文生義，於是搜輯舊訓，以欲存春秋左傳的古學，故名春秋左傳詁。論訓詁，以漢賈逵許慎鄭玄服虔等人之説爲主；考地理，以漢班固應劭及司馬彪等人之説爲主，並酌取晉以前輿地圖經；兼據漢唐石經與唐陸德明經典釋文等，以校正俗字。

【春秋左氏傳説】亦名左氏傳説。宋呂祖謙撰。二十卷。論述左傳內容，據事發揮，指陳得失；本爲當時講稿，由門人鈔録成書。又有續説，以補所未及。原書已佚，今本十二卷，爲乾隆時四庫館臣從永樂大典中輯出。

【春秋左氏傳舊注疏證】清劉文淇撰，子毓崧、孫壽曾續纂。止於襄公五年，爲未完之稿。劉氏搜輯漢賈逵服虔鄭玄等舊注，博考羣籍，加以疏證；意在駁斥晉杜預注的謬誤，恢復舊注本來面目。注例稱，"釋春秋必以周禮明之"，故對典章名物，訓釋尤詳。清人注左傳諸書，其內容以此書爲最豐富；好古及崇尚漢儒，排斥杜注，也以此書爲甚。解放後由科學出版社整理出版。

昚 shèn 時刃切，去，震韻，禪。
ㄕㄣˋ

謹飭，小心。"慎"之古文。見説文。也作"昚"。

昬 hūn 呼昆切，平，魂韻，曉。
ㄏㄨㄣ

"昏"本字。見"昏"。

昱 yù 余六切，入，屋韻，喻。
ㄩˋ

㊀明亮，照耀。漢揚雄太玄經十告："日以昱乎晝，月以昱乎夜。"注："昱，明也。"㊁明天。通"翌"。參閱清段玉裁説文解字注。

【昱昱】明亮貌。藝文類聚八一晉傅玄紫華賦："渙渙昱昱，而奪人目精。"

【昱嶺】在浙江臨安縣西，與安徽接界，舊時置關於此。元至正十七年，朱元璋軍克徽州，經昱嶺，敗元將李克魯軍，取建德路，即此。參閱讀史方輿紀要八九浙江昱嶺。

昡 xuàn 集韻 熒絹切，去，霰韻。
ㄒㄩㄢˋ

見下。

【昡曜】惑亂。楚辭屈原離騷："世幽昧以昡曜兮，孰云察余之善惡？"文選作"眩曜"。

昧 1. mèi 莫佩切，去，隊韻，明。
ㄇㄟˋ

㊀昏暗。楚辭屈原離騷："惟黨人之偷樂兮，路幽昧以險隘。"㊁愚昧。書仲虺之誥："兼弱攻昧，取亂侮亡。"戰國策趙二："愚者昧於成事，智者見於未萌。"㊂目不明。左傳僖二四年："目不別五色之章爲昧。"㊃掩蔽，隱藏。荀子大略："蔽公者謂之昧，隱良者謂之妒。"唐杜甫杜工部草堂詩箋三九迴棹："吾家碑不昧，王氏井依然。"㊄貪冒，冒犯。左傳襄二六年："晉楚將平，諸侯將和，楚王是故昧於一來。"注："昧，猶貪冒。"㊅古樂名。禮明堂位："昧，東夷之樂也。"周禮春官韎師作"韎"，文選漢班孟堅(固)東都賦作"佅"。參見"僸佅兜離"。

2. wěn
ㄨㄣˇ

㊆見"昧₂雉"。

【昧旦】天未全明之時。詩鄭風女曰雞鳴:"女曰雞鳴，士曰昧旦。"文選晉左太冲（思）吳都賦:"唱棹轉轂，昧旦永明。"

【昧死】冒死，不避死罪。秦漢羣臣上書習用"昧死"，猶言冒昧而犯死罪。韓非子初見秦:"臣昧死，願見大王，言所以破天下之從。"漢書高帝紀下五年諸侯上疏，稱"楚王韓信、韓王信……昧死再拜言。"又霍光胡建賈捐之等傳中上書皆言"昧死"。王莽代漢，去昧死改稽首，後漢因而不改，如蔡邕成邊上章，末云"臣頓首死罪稽首再拜以聞"。參閱清周壽昌漢書注校補一高帝紀下昧死再拜言。

【昧没】隱晦。唐柳宗元柳先生集三四答韋中立論師道書:"故吾每爲文章，……未嘗敢以昏氣出之，懼其昧没而雜也。"

【昧谷】傳說爲日入之處。書堯典:"分命和仲，宅西，曰昧谷。"傳:"昧，冥也，日入於谷而天下冥，故曰昧谷。"古文苑五漢張衡髑髏賦:"西經昧谷，東極浮桑。"

【昧明】同"昧旦"。國語吳:"昧明，王乃秉枹，親就鳴鐘鼓、丁寧、錞于振鐸。"

【昧昧】㊀昏暗貌。楚辭屈原九章懷沙:"進路北次兮，日昧昧其將暮。"泛指模糊、不分明。楚辭宋玉九辯:"世雷同而炫曜兮，何毁譽之昧昧。"㊁沉思貌。書秦誓:"昧昧我思之。"宋蔡沈集傳:"昧昧而思者，深潛而靜思也。"㊂純厚貌。淮南子俶真:"至伏羲氏，其道昧昧芒芒然。"

【昧信】失信。水滸傳四四:"我想他回薊州探母參師，期約百日便回，今經日久，不知信息，莫非昧信不來。"

【昧視】暗中觀察。漢焦延壽易林二蠱之豫:"昧視無光，夜不見明。"

【昧莫】廣大貌。文選晉左太冲（思）吳都賦:"相與聊浪乎昧莫之垧。"

【昧爽】拂曉，天未全明之時。書太甲上:"先王昧爽丕顯，坐以待旦。"荀子哀公:"君昧爽而櫛冠，平明而聽朝。"

【昧₂雉】殺雉。春秋衛獻公與其弟公子鱄約，不殺甯喜，既而食言殺之。公子鱄憤而離衛，將渡河，與其妻子盟曰:"苟有履衛地食衛粟者，昧雉彼視。"見公羊傳襄二七年。漢何休注:"昧，割也。時割雉以爲盟。猶曰視彼割雉，負此盟則如彼矣。"釋文:"昧，舊音刎，亡粉反。一音末。又音蔑。"或以爲昧雉卽死雉，雉死目瞑，故曰昧雉。參閱清黃生義府上昧雉。

【昧瞀】昏聵，糊塗。瞀，音 mòu，無知。唐權德輿權載之集四三齊賓客相公進所賜馬表:"踈愚昧瞀，隕越無地。"

是

shì ㄕˋ 承紙切，上，紙韻，禪。

本作"昰"，隸作"是"。㊀正確。與"非"相對。論語陽貨:"偃之言是也。"世說新語賞譽下:"王公（導）每發言，衆人競贊之。（王）述於末坐曰:'主非堯舜，何得事事皆是。'"㊁認爲是正確的。墨子尚同上:"國君之所是，必皆是之，國君之所非，必皆非之。"㊂表示肯定判斷。論語爲政:"知之爲知之，不知爲不知，是知也。"㊃訂正。見"是正"。㊄此，這。論語述而:"子於是日哭，則不歌。"莊子逍遥遊:"是鳥也，海運則將徙於南冥。"㊅凡，所有。唐姚合姚少監集四贈張籍太祝詩:"古風無手敵，新語是人知。"㊆連詞。1.於是。書禹貢:"桑土既蠶，是降丘宅土。"2.雖。元曲選李直夫虎頭牌二:"則俺那山壽馬姪兒是軟善，犯着的休想他便肯見憐。"㊇助詞。左傳僖二四年:"除君之德，唯力是視。"㊈姓。古是、氏同字。三國吳有是儀，本姓"氏"，後改爲"是"。見三國志吳是儀傳。

【是月】㊀此月。禮月令孟春之月:"是月也，以立春。"㊁月晦，月末。公羊傳僖十六年:"是月，六鷁退飛，……是月者何？僅逮是月也。"注:"是，月邊也，魯人語也，在正月之幾盡，故曰劣及是月也。"

【是勿】猶言什麽。唐趙璘因話録四諧戲:"玄宗問黃幡綽:'是勿兒得人憐？'對曰:'自家兒得人憐。'"注:"是勿兒，猶言何兒也。"

【是正】審定，校正。漢韋昭國語解敍:"及劉光禄於漢成世，始更考校，是正疑謬。"後漢書安帝紀永初四年:"詔謁者劉珍及五經博士，校定東觀五經、諸子、傳記、百家藝術，整齊脱誤，是正文字。"

【是古】以古事爲是。漢書三六劉向傳附劉歆移讓太常博士書:"陵夷至于暴秦，燔經書，殺儒士，設挾書之法，行是古之罪，道術由是遂滅。"參見"是古非今"。

【是非】㊀正確和錯誤。莊子天道:"是非已明，而賞罰次之。"㊁辨別是非，褒貶得失。孟子公孫丑上:"是非之心，智之端也。"史記太史公自序:"孔子知言之不用，道之不行也，是非二百四十二年之中，以爲天下儀表。"㊂指糾紛，爭執。莊子盜跖:"搖脣鼓舌，擅生是非。"唐杜甫杜工部草堂詩箋三十秋野之二:"吾老甘貧病，榮華有是非。"

【是答兒】到處。是，凡。明湯顯祖牡丹亭十驚夢:"則爲你如花美眷，似水流年，是答兒閑尋遍。"

【是古非今】以古事爲是，以今事爲非。漢書元帝紀:"宣帝作色曰:'……且俗儒不達時宜，好是古非今，使人眩於名實，不知所守，何足委任。'"

【是可忍，孰不可忍】論語八佾:"孔子謂季氏八佾舞於庭，是可忍，孰不可忍也。"指事情惡劣或受侮辱到不可容忍的地步。世說新語方正"高貴鄉公薨"注引魏氏春秋:"帝將誅大將軍（司馬昭），……明日，遂見王經等，出黃素詔於懷，曰:'是可忍也，孰不可忍！今當決行此事。'"

【是非只爲多開口】舊時社會黑暗，壞人當道，自宋元以來民間流行"是非只爲多開口，煩惱皆因强出頭"一語，初見於宋末元初陳元靚所輯事林廣記人事類下，元曲選楊顯之瀟湘夜雨一、史敬先蝴蝶夢三、缺名鴛鴦被一皆有此語。

昞

bǐng ㄅㄧㄥˇ 兵永切，上，梗韻，幫。

光明，顯著。同"昺"、"炳"。唐孫文才石碑像銘:"建毫倫於額上，昞萬字於胸衿。"（金石續編五）

昺

bǐng ㄅㄧㄥˇ 兵永切，上，梗韻，幫。

光明。同"昞"、"炳"。抱朴子行品:"文彪昺而備體，獨澄見以入神者，聖人也。"南宋末帝衛王名昺。

昜

yáng ㄧㄤˊ 與章切，平，陽韻，喻。

與"陰"相對。同"陽"。古代銅幣如安陽布、安陽刀等的"陽"字大都作"昜"。見金石索金索四。漢書地理志下交趾郡有曲昜縣，注:"昜，古陽字。"

昭

zhāo ㄓㄠ 止遥切，平，宵韻，照。

㊀光，明亮。書文侯之命:"昭升于上，敷聞在下。"楚辭屈原大招:"青春受謝，白日昭只。"㊁彰明，顯示。詩大雅文王:"文王在上，於昭于天。"左傳隱三年:"風有采蘩采蘋，雅有行葦泂酌，昭忠信也。"㊂古宗廟之制，在始祖廟之左者爲昭。詳"昭穆"。㊃姓。與屈景並爲春秋時楚王族三姓。楚宣王時有大臣昭奚恤。見戰國策楚一。

【昭山】山名。在今湖南長沙縣南、湘潭

縣北交界處，又名馬山。臨湘水，有深潭，傳爲湘水最深之處。傳說周昭王南征曾到此，故名。參閱嘉慶一統志三五四長沙府一。參見"昭潭"。

【昭文】㊀顯揚文彩。左傳桓二年："火、龍、黼、黻，昭其文也。五色比象，昭其物也。"文苑英華一一三唐張何授衣賦："是以帶裳表儉，黻冕昭文。"㊁縣名。清雍正三年分江蘇常熟爲常熟昭文二縣，昭文轄城東偏，二縣同城而治。相傳爲孔子弟子子游的鄉里。或謂爲南朝梁昭明太子(蕭統)讀書選文之處，故名。參閱嘉慶一統志七七蘇州府一。

【昭化】舊縣名。漢廣漢郡葭萌縣地，宋開寶五年改名昭化。明清屬四川保寧府。公元 1959 年撤併廣元縣。參閱嘉慶一統志三九〇保寧府。

【昭平】縣名。屬廣西。漢臨賀縣地，梁分置龍平縣，宋宣和中更名昭平，尋復舊。明初省入平樂縣，萬曆四年復置，仍屬平樂府，清因之。參閱嘉慶一統志四六七平樂府一。

【昭代】清明的時代。舊時多用以稱頌本朝。文苑英華三〇二唐褚亮傷始平李少府正己詩："聲華滿昭代，形影委窮塵。"唐杜甫杜工部草堂詩箋三奉留贈集賢院崔于二學士："昭代將垂老，途窮乃叫閽。"

【昭丘】春秋楚昭王墓。在湖北當陽縣東南。文選三國魏王仲宣(粲)登樓賦："北彌陶牧，西接昭丘。"注引荆州圖記："當陽東南七十里，有楚昭王墓，登樓則見，所謂昭丘。"參閱水經注三二沮水。

【昭州】州名。三國吳置平樂縣，屬始安郡，唐武德四年於平樂縣置樂州，貞觀八年改名昭州。元大德中改平樂府，明清因之。今廣西平樂縣即其舊治。參閱嘉慶一統志四六七平樂府一。

【昭回】詩大雅雲漢："倬彼雲漢，昭回于天。"雲漢卽天河，意爲雲漢星辰光照運轉於天，夜空晴朗。後借以比喻日月的光輝。文苑英華一七八唐上官婉兒和九月九日登慈恩寺浮圖應制詩："睿詞懸日月，長得御昭回。"

【昭兆】寶龜之稱。左傳定六年："成之昭兆。"疏："成公新得此龜，蓋以灼之出兆，兆文分明，故名爲昭兆。"

【昭灼】鮮明，顯著。文選南朝齊王元長(融)三月三日曲水詩序："昭灼甄部，駔駿函列。"南朝梁劉勰文心雕龍三頌讚："必結言於四字之句，盤桓於數韻之辭，約舉以盡情，昭灼以送文，此其體也。"

【昭君】人名。1. 漢王嬙。詳"王昭君㊀"。2. 王莽時方士。漢涿郡人。見漢書九九下王莽傳。3. 北齊神武帝(高歡)婁后，名昭君。見北齊書神武婁后傳。

【昭余】古九藪之一，卽昭餘祁。淮南子地形以越之具區、燕之昭余等爲九藪。注："昭余，今太原郡是，古者屬燕也。"參見"九藪"。

【昭武】㊀謂致力於軍備。後漢書七三公孫瓚傳論："緒兵昭武，以臨羣雄之隙。"㊁舞名。三國曹丕稱帝建魏朝。改漢巴渝舞爲昭武舞。見通典一四一樂一。㊂縣名。漢置，晉改臨澤，北魏廢。故城在今甘肅張掖縣西北。參閱嘉慶一統志二六六甘州府。㊃隋唐時的政權名。在今中亞阿姆錫爾兩河流域，有康安曹石米何火尋戎地史，均為康居之後。其先康王舊居祁連山北昭武城，被匈奴所破，西踰葱嶺至兩河流域，子孫繁殖，分王九國，並以昭武為姓，示不忘本，總稱昭武九姓。見隋書康國傳。

【昭明】㊀顯明，光明。書堯典："百姓昭明，協和萬邦。"詩大雅既醉："君子萬年，介爾昭明。"㊁星名。史記天官書："昭明星，大而白，無角，乍上乍下。所出國，起兵多變。"索隱："釋名爲筆星。"㊂人名。1. 夏禹之臣。相傳與伯封叔作衍曆。見宋羅泌路史後紀十二夏后氏。2. 南朝梁武帝太子蕭統的謚號。詳"昭明太子"。

【昭昭】㊀明亮。楚辭屈原九歌雲中君："靈連蜷兮既留，爛昭昭兮未央。"史記天官書："昭昭有光，利行兵。"㊁清朗。詩魯頌泮水："其馬蹻蹻，其音昭昭。"㊂明白。老子："俗人昭昭，我獨昏昏。"孟子盡心下："賢者以其昭昭使人昭昭，今以其昏昏使人昭昭。"㊃不安貌。猶耿耿。荀子富國："墨子之言，昭昭然爲天下憂不足。"一說，小貌。

【昭衍】光明廣布。史記封禪書："德星昭衍，厥維休祥。"

【昭涉】複姓。漢初有平州侯昭涉掉尾。見史記高祖功臣侯年表。也作"昭沙"。見通志二九氏族五複姓。

【昭宮】宮殿名。相傳爲周穆王時所建。竹書紀年下穆王十七年："王西征，至昆侖丘，見西王母。其年，西王母來朝，賓于昭宮。"

【昭容】㊀漢舞樂名。漢書禮樂志："高祖六年又作昭容樂、禮容樂。昭容者，猶古之昭夏也，主出武德舞。"㊁古女官名。漢武帝置，三國魏以爲九嬪之一，南朝或置之，唐亦列九嬪，正二品。參閱南史后妃傳序、新唐書百官志二"內官貴妃"注。參見"九嬪"。

【昭泰】清明安泰。文選南齊王元長(融)三月三日曲水詩序："宮鄰昭泰，荒憬清夷。"

【昭夏】古樂名。爲九夏之一。周禮春官大司樂："王出入，則令奏王夏。尸出入，則令奏肆夏。牲出入，則令奏昭夏。"漢書五七下司馬相如傳封禪文："繼昭夏，崇號謚，略可道者七十二君。"史記一一七相如傳作"韶夏"。參見"九夏㊀"。

【昭通】縣名。屬雲南省。漢爲牂牁郡地，明屬烏蒙府。清雍正九年改烏蒙府爲昭通府，以恩安縣爲治所。公元 1913 年廢府，改恩安縣爲昭通縣。參閱嘉慶一統志四九〇昭通府。

【昭章】㊀光明。後漢書二八下馮衍傳顯志賦序："乃作賦自厲，命其篇曰顯志，顯志者，言光明風化之情，昭章玄妙之思也。"㊁照耀。文選南齊王元長(融)三月三日曲水詩序："昭章雲漢，暉麗日月，牢籠天地，彈壓山川。"

【昭雪】洗清冤誣。舊唐書九十朱敬則傳："今陛下龍興寶位，凶黨就戮，敬則尚銜冤泉壤，未蒙昭雪。"宋孫光憲北夢瑣言五令狐公密狀："唐大和中，閹官恣横，因甘露事王涯等皆罹其禍，竟未昭雪。"

【昭華】㊀玉名。淮南子泰族："贈以昭華之玉而傳天下焉。"文選南齊王元長(融)三月三日曲水詩序："昭華之珍既徙，延喜之玉攸歸。"㊁樂器名，卽玉管。傳說秦咸陽宮有玉管長二尺三寸，二十六孔，銘曰"昭華之琯"。見舊題漢劉歆西京雜記三、晉書律曆志上。㊂古池名。韓詩外傳九："齊景公出弋昭華之池。"㊃古女官名。魏明帝置，位在夫人、淑妃之下，爵比鄉侯。見三國志魏后妃傳序。

【昭晢】亦作"昭晣"。㊀光顯。史記一一七司馬相如傳封禪書："首惡湮没，闇昧昭晢。"文選作"昭晣"。㊁清晰，明白。文選晉陸士衡(機)文賦："情曈曨而彌鮮，物昭晣而互進。"

【昭陵】㊀陵墓名。1. 唐太宗(李世民)墓，在陝西醴泉縣東北九嵕山，自貞觀十年開始營建，至二十三年完成。舊有李世民所乘六駿石刻。參閱宋宋敏求長安志十六醴泉。2. 明穆宗(朱載垕)墓。在北京市昌平縣大峪山東，爲明十三陵之一。3. 清太宗(皇太極)墓，在遼寧沈陽市北隆業山。也稱北陵。㊁宋仁宗(趙禎)葬永昭陵，宋人以昭陵作仁宗的代稱。宋樓鑰攻媿集七一王岐公立英宗詔草:"昭陵以英宗爲皇子。"

【昭著】彰明,明顯。文選漢揚子雲(雄)劇秦美新:"臣誠樂昭著新德,光之罔極。"南齊書高帝紀上將作匠陳文建奏符命:"驗往揆今,若斯昭著。"

【昭陽】㊀歲時名。太歲在癸曰昭陽,即癸年。淮南子天文:"子在癸曰昭陽。"北周庾信庾子山集一三月三日華林園馬射賦:"歲次昭陽,月在大梁。"㊁縣名。漢侯國,三國吳置縣,晉改邵陽。故城在今湖南邵陽縣東南。參閱嘉慶一統志三六一寶慶府二。㊂宮殿名。漢武帝時後宮八區中有昭陽殿,成帝時趙飛燕居之。文選漢班孟堅(固)西都賦:"昭陽特盛,隆乎孝成。"唐詩紀事二四王昌齡長信宮:"玉顏不及寒鴉色,猶帶昭陽日影來。"後世小說、戲劇多以"昭陽"指皇后之宮。參閱漢書孝成趙皇后傳、三輔黃圖三未央宮。㊃湖名。有大小二湖相連,北屬山東滕縣,南屬江蘇沛縣。二縣之水皆滙此東入運河。也稱山陽湖三陽湖刀陽湖。參閱嘉慶一統志一〇〇徐州府一、一六五兗州府一。

【昭媛】唐女官名,爲九嬪之一。唐承隋制,於后妃下置昭儀、昭容、昭媛等各一人,正二品。見舊唐書后妃傳序。參見"九嬪"。

【昭虞】虞舜樂名。史記八七李斯傳諫逐客書:"鄭衞桑閒昭虞武象者,異國之樂也。"文選李斯上書秦始皇作"韶虞"。

【昭寧】東漢劉辯(少帝)年號。公元189年。

【昭潭】在湖南長沙縣南、湘潭縣北昭山下。亦名湘州潭。相傳其下無底,爲湘水最深處。或謂周昭王南征不復,沒於此潭,因以爲名。參閱水經注三八湘水、初學記八南朝宋郭仲產湘州記。

【昭儀】古女官名。漢元帝所置,位視丞相,爵比諸侯王。魏制:王后、夫人之下有昭儀,爵比縣侯。昭儀,言昭顯其儀,以示隆重。後代雖沿用此名號,地位已不如漢魏之尊崇。參閱漢書九七上外戚傳序,三國志魏后妃傳序。

【昭質】㊀明潔純粹的品質。楚辭屈原離騷:"芳與澤其雜糅兮,唯昭質其猶未虧。"㊁謂明旦。楚辭大招:"昭質既設,大侯張只。"宋洪興祖補注:"記云:質明而始行也。"

【昭融】光明,長遠。詩大雅既醉:"昭明有融,高朗令終。"傳:"融,長。朗,明也。"文苑英華六一一唐錢珝史館王相公進和詩表:"徒偶昭融之運,獲聞雅正之音。"轉爲指帝王的鑒察。唐杜甫杜工部草堂詩箋三投哥舒開府翰:"策行遺戰伐,契合動昭融。"

【昭穆】古代宗法制度,宗廟或墓地的輩次排列,以始祖居中。二世、四世、六世,位於始祖的左方,稱昭;三世、五世、七世位於右方,稱穆;用來分別宗族內部的長幼、親疏和遠近。周禮春官小宗伯:"辨廟祧之昭穆。"後來泛指家族的輩分。晉陶潛陶淵明集一贈長沙公詞序:"長沙公於余同族,祖同出大司馬,昭穆既遠,以爲路人。"

【昭繆】同"昭穆"。荀子王制:"分未定也,則有昭繆。"參見"昭穆"。

【昭曠】寬宏,豁達。史記八三鄒陽傳獄中上書:"秦信左右而亡,周用烏集而王,何則?以其能越攣拘之語,馳域外之議,獨觀於昭曠之道也。"文選南朝宋謝靈運富春渚詩:"懷抱既昭曠,外物徒龍蠖。"

【昭關】地名。在安徽含山縣北。春秋時吳楚之界,兩山對峙,因以爲關,爲兩國往來要衝。史記七九范睢傳:"伍子胥橐載而出昭關。"即此。宋紹興中,張浚曾因山築城,以阻金兵。參閱嘉慶一統志一三一和州。

【昭蘇】蘇醒。禮樂記:"蟄蟲昭蘇,羽者嫗伏。"注:"昭,曉也。蟄蟲以發出爲曉,更息曰蘇。"泛指重獲生機,恢復元氣。文苑英華八一〇唐韋愨重脩滕王閣記:"令肅而兵戎讋服;政和而疲瘵昭蘇。"

【昭耀】照耀。漢書九九中王莽傳:"或黃氣熏烝,昭耀章明,以著黃虞之烈焉。"

【昭文帶】壓紙文具的一種。古稱璏。明文震亨長物志七壓尺:"以紫檀烏木爲之,上用舊玉璏爲紐,俗所稱昭文帶是也。"參閱清錢泳履園叢話二玉昭文帶。

【昭文館】官署名。唐武德四年於門下省置修文館,九年改爲弘文館。神龍元年避孝敬皇帝(李弘)諱,改名昭文館。置學士,掌詳正圖籍、教授生徒、參議朝廷制度禮儀。宋承唐制,以上相爲昭文館大學士,監修國史;學士、直學士不常置,直館以京朝官充任,掌書籍修寫校讎之事。參閱新唐書百官志二、宋程俱麟臺故事一官聯。

【昭仁殿】殿名。在北京市故宮內乾清宮之左。清乾隆時殿內貯宋金元明舊版善本書。殿額題"天祿琳琅",後樞爲五經萃室,藏宋岳珂刊本五經。

【昭君怨】㊀琴曲名。傳爲漢王嬙(昭君)嫁於匈奴後,怨恨漢元帝而作。出後人依託。參閱樂府詩集五九昭君怨解題。㊁詞調名。雙調,四十字,前後段各四句,兩仄韻,兩平韻。宋朱敦儒詞,詠洛妃,名洛妃怨。侯寘詞,名宴西園。又名一痕沙。見詞譜三、詞律三。

【昭臺宮】漢宮名。在上林苑中。漢宣帝霍后、成帝許后被廢後,均退居昭臺宮。見漢書九七外戚傳、三輔黃圖三。

【昭餘祁】古藪澤名。也名昭余,或稱嘔夷澤,又名祁藪。周禮夏官職方氏稱并州之澤藪爲昭餘祁,爲九藪之一。爾雅釋地謂燕有昭餘祁,爲十藪之一。水經注六汾水:"(太谷水)出谷西北流,逕祁縣故城南,自縣連延,西接鄔澤,是爲祁藪也;即爾雅所謂昭餘祁矣。"在山西祁縣平遙介休三縣之界,爲汾水瀦成。其水久涸,元至元間濬得細流,稱昭餘池。至明又涸,清初復溢,通塞不常。參閱嘉慶一統志一三六太原府一。參見"九藪"。

【昭德舞】漢代雅舞名。漢文廟奏昭德文始四時五行之舞。見漢書禮樂志。又五代後晉天福五年詔有司復修正至朝會二舞之制,以文舞爲昭德之舞,武舞爲成功之舞。見樂府詩集五二晉昭德成功舞歌引唐餘錄。

【昭代叢書】清康熙時張潮初輯,乾隆時楊復吉續輯,道光時沈楙德重輯。共收十一集,五百六十種,以瑣記雜說爲多。以作者限於清人,故題名昭代。

【昭明太子】公元501—531年。南朝梁武帝(蕭衍)長子,名統,字德施。天監元年立爲太子,中大通三年卒,三十一歲,諡昭明。好文學,博覽羣書。曾招集文士劉孝威庾肩吾等多人編撰文選三十卷(今本分六十卷),輯錄秦漢以來詩文,世稱昭明文選,是我國現存最早的詩文總集。著有文集二十卷,已佚。今本昭明太子集,爲明人所輯。梁書有傳。參見"文選"。

【昭陵六駿】唐太宗墓昭陵前的石刻。爲太宗建立唐王朝戰爭中所乘馬的雕像。其中"拳毛騧"、"颯露紫"於公元1910年爲帝國主義分子竊走,其餘四座現藏陝西博物館。參閱宋宋敏求長安志十六醴泉、清張弨昭陵六駿贊辯。參見"六駿"。

【昭然若揭】昭然,明白貌;揭,高舉。莊子達生:"今汝飾知以驚愚,修身以明汙,昭昭乎若揭日月而行也。"後以昭然若揭形容真相畢露、明白清楚。清吳棠杜詩鏡銓序:"而杜公真切深厚之旨,益昭然若揭焉。"

昵 1. nì ㄋㄧˋ 尼質切,入,質韻,娘。

㊀親近。同"暱"。書説命中:"官不及私昵,惟其能。"逸周書官人:"昵之以觀其不狎。"

2. nǐ ㄋㄧˇ

㊁父廟。通"禰"。書高宗肜日:"典祀無豐于昵。"釋文:"昵,又乃禮反。馬(融)云:昵,考也。謂禰廟也。"

3. zhī ㄓ 集韻 質力切,入,職韻。

㊂黏,脂膏。通"膱"。周禮考工記弓人:"凡昵之類不能方。"

【昵友】親密的朋友。藝文類聚八一晉傅咸芸香賦:"攜昵友以逍遥兮,覽偉草之敷英。"北齊書劉禕傳:"禕性弘裕,有威重,雖昵友密交,朝夕遊處,莫不加敬。"

【昵比】親近勾結。書泰誓中:"今商王受力行無度,播棄犂老,昵比罪人。"新唐書一三四韋堅傳:"堅妻,姜皎女,李林甫舅子也。初甚昵比,既見其寵,惡之。"

【昵近】親近。韓非子難言:"(伊尹)身執鼎俎,爲庖宰,昵近習親,而湯乃僅知其賢而用之。"

【昵昵】親切,親密。唐韓愈昌黎集五聽穎師彈琴詩:"昵昵兒女語,恩怨相爾汝。"

【昵愛】親近,親愛。文選南朝宋謝惠連七月七日夜詠牛女詩:"遐川阻昵愛,脩渚曠清容。"北齊書穆提婆傳:"提婆因陸令萱嘗配入掖庭,後主襁褓之中,令其鞠養,謂之乾阿㜷,遂大爲胡后所昵愛。"

昲 fèi ㄈㄟˋ 芳未切,去,未韻,滂。

㊀曬,曬乾。方言十:"昲,曬,乾物也。揚楚通語也。"列子周穆王:"視其前,則酒未清,肴未昲。"㊁見"昲悅"。

【昲悅】鬱結。晉陸雲陸士龍集一南征賦:"曜靈翕赫以增熾,憤氣昲悅而凌煙。"

映 yìng ㄧㄥˋ 於敬切,去,映韻,影。
烏朗切,去,蕩韻,影。

也作"暎"。㊀照耀。後漢書四九張衡傳思玄賦:"冠咢咢其映蓋兮,佩綝纚以煇煌。"藝文類聚二晉嵇含悅晴詩:"夕景映玉芝,翔鳳晞輕翮。"㊁反影,反映。古文苑三漢中山王文木賦:"脩竹映池,高松植巘。"文選晉潘安仁(岳)閑居賦:"長楊映沼,芳枳樹籬。"㊂光影。文選三國魏王仲宣(粲)七哀詩:"山光有餘映,巖阿增重陰。"藝文類聚九南朝梁任昉落日泛舟東谿詩:"交柯谿易陰,反景澄餘映。"㊃猶遮蔽。初學記十九南朝宋謝靈運江妃賦:"出月隱山,落日映嶼,收霞斂色,迴飈拂渚。"

【映紅】寶石名。寶石有紅藍諸色,其中映紅、映藍最爲珍貴。見清趙翼粵滇雜記。

【映帶】景物相互關聯襯託。晉書王羲之傳蘭亭序:"此地有崇山峻嶺,茂林脩竹,又有清流激湍,映帶左右。"

【映媚】映襯生姿。南史丘靈鞠傳附丘遲:"遲辭采麗逸,時有鍾嶸著詩評云:'范雲婉轉清便,如流風回雪。遲點綴映媚,似落花依草。'"詩評卽詩品。

【映奪】謂光輝奪目。宋葉適水心集十北村記:"而甲觀大囿,照耀而映奪者,非惟不敢望,亦不敢羨焉。"

【映蔚】互相映襯而茂密。文選南朝宋謝靈運石壁精舍還湖中作詩:"芰荷迭映蔚,蒲稗相因依。"

【映徹】照耀深徹。世説新語賞譽下:"殷仲堪喪後,桓玄問仲文:'卿家仲堪,定是何似人?'仲文曰:'雖不能休明一世,足以映徹九泉。'"仲堪,仲文從兄。

【映山紅】杜鵑花的別名。宋楊萬里誠齋集三四明發西館晨炊藹岡詩:"日日錦江呈錦樣,清溪倒照映山紅。"參閲宋洪邁容齋隨筆十玉蘂杜鵑、宋阮閲詩話總龜二一。

【映日果】無花果的別名。卽佛書中的優曇鉢樹。參閲本草綱目三一果三無花果。參見"優曇鉢"。

【映雪讀書】藉雪的反光讀書。文選南朝梁任彦昇(昉)爲蕭揚州薦士表"至乃集螢映雪,編蒲緝柳"唐李善注引孫氏世録:"孫康家貧,常映雪讀書,清介,交遊不雜。"後遂用爲勤學的典故。雍熙樂府十三元蘇彦文鬬鵪鶉冬景曲:"休强呵映雪讀書,且免了這掃雪烹茶。"

昢 pò ㄆㄛˋ 普没切,入,没韻,滂。

見"昢昢"。

【昢昢】日月始出光未盛明貌。也作"朏朏"。楚辭漢王逸九思疾世:"時昢昢兮旦旦,塵莫莫兮未晞。"注:"日月始出光明未盛爲昢。"宋洪興祖補注:"昢,日將曙。朏,月未盛明。"

昪 biàn ㄅㄧㄢˋ 皮變切,去,線韻,並。

㊀喜樂。通"弁"、"忭"。參閲清王筠説文句讀。㊁光明貌。見玉篇。

星 xīng ㄒㄧㄥ 桑經切,平,青韻,心。

㊀宇宙間發射或反射光的天體,如恒星、行星、衛星、彗星、流星等。通常指夜間天空發光的點狀物。詩召南小星:"嘒彼小星,三五在東。"太平御覽六漢應劭風俗通:"月與星並無光,日照之乃光耳。"㊁星宿名。二十八宿之一。藝文類聚一晉成公綏天地賦:"玄龜匿首於女虛,朱鳥奮翼於星張。"參見"星宿㊁"。㊂古代以星象占驗吉凶的方術。漢書藝文志天文:"然星事兇悍,非湛密者弗能由也。"㊃指細碎如星之物。禮內則"豕望視而交睫,腥"漢鄭玄注:"腥當爲星,聲之誤也。星肉中如米者。"也借以形容輕微。元曲選喬夢符兩世姻緣二:"到如今玉肌骨減了九停,粉香消没了半星。"㊄古代婦女面上裝飾的花點。北周庾信庾子山集一鏡賦:"靨上星稀,黄中月落。"㊅衡器上記數的點。唐賈島長江集贈牛山人詩:"鑿石養蜂休買蜜,坐山秤藥不爭星。"也作量詞用,指兩以下的數。如銀子一錢叫一星,一兩叫一金。宋蘇軾東坡集續集七與子由書之二:"程德孺言弟令出銀二百星見借,兄度手下尚未須如此,已辭之矣。"㊆儀仗名。雕木六瓣聚合,上端圓頂如星,柄長八尺餘。見清會典八三鑾儀衛。㊇樂器名。又稱碰鐘。狀如兩杯,銅質,相碰發聲。見清會典事例五二九樂部樂制樂器一。

【星土】古代以星位(二十八宿或十二星次)分主九州土地或諸國封域,稱星土。周禮春官保章氏:"以星土辨九州之地所封,封域皆有分星,以觀妖祥。"參見"分野"。

【星工】通曉星象之學的人。後漢書七三公孫瓚傳上疏:"(袁)紹令星工伺望祥妖。"注:"星工,善星者。"

【星士】替人占算命運之術士。明張四維雙烈記傳奇推詳:"前面有個星士來了,你我要求功名,何不求他決問前程何如?"參見"星命"。

【星子】㊀縣名。屬江西省。本漢豫章郡柴桑縣地,唐爲潯陽縣地,五代吳置星子鎮,因境內有落星石而名。宋太平興國三年升爲星子縣,屬江州。元屬南康路,明、清屬南康府。參閲嘉慶一統志三一六南康府一。㊁山名。在陝西西鄉縣東南,洋水發源於此。參閲嘉慶一統志二三七漢中府一。

【星斗】泛指天上的星。晉書元帝紀論:"星斗呈祥,金陵表慶。"唐李白李太白詩十一宿清溪主人:"蒼檻挂星斗，枕席響風水。"也借以形容事物之燦爛。唐杜牧樊川集二華清宮詩:"雷霆馳號令，星斗煥文章。"

【星文】星象。南齊書孔稚珪傳:"頗解星文，好術數。"唐李白李太白詩二十侍從游宿温泉宮作:"羽林十二將，羅列應星文。"

【星火】㊀古星名。書堯典:"日永星火，以正仲夏。"傳:"火，蒼龍之中星。舉中則七星見，可知以正仲夏之氣節。"文選晉張茂先(華)勵志詩:"星火既夕，忽焉素秋。"注:"星火，火星也。"㊁燈火，小火。全唐詩十九張祜題金陵渡:"潮落夜江斜月裏，兩三星火是瓜州。"又五五九薛能洛下寓懷:"冰霜谷口晨樵遠，星火爐邊夜坐寒。"㊂流星的光。比喻急迫。文選晉李令伯(密)陳情事表:"郡縣逼迫，催臣上道，州司臨門，急於星火。"

【星平】宋徐子平著珞琭子賦注，以星命之說附會人事禍福，後因稱其術爲子平術，也稱"星平"。明王元壽景園記傳奇二:"我兒，你學業雖成，但不知命運如何？此間有個術士李半仙，星平有準。我已約他到來，與你算命。"

【星次】古代天文學以日月所會之處爲次。日月一年十二會，故有十二次，其名稱爲降婁、大梁、實沈、鶉首等，稱星次。新唐書曆志三上:"故三代之興，皆揆測天行，考正星次，爲一代之制。"參閱宋高承事物紀原一星次。

【星回】星宿回復原位，謂一年將終。禮月令季冬之月:"是月也，日窮于次，月窮于紀，星回于天，數將幾終，歲且更始。"疏:"星回于天者，謂二十八宿隨天而行，每日雖周天一匝，早晚不同，至於此月，復其故處，與去年季冬早晚相似，故云星回于天。"也作"星迴"。文選晉陸士衡(機)演連珠之一:"臣聞日薄星迴，穹天所以紀物。"

【星行】戴星而行。形容趕路急迫。三國志魏高貴鄉公髦紀甘露二年詔:"民王簡負擔(鄭)熙喪，晨夜星行，遠致本州。"後漢書七四上袁紹傳:"許攸進曰:'曹操兵少，……若分遣輕軍，星行掩襲，許拔，則操爲成擒。"

【星沙】長沙的別名。湖南浯溪有宋"星沙淩登龍"題名。見八瓊室金石補正九三。

【星辰】衆星的總稱。一說星指金木水火土五星，辰指二十八宿。莊子天道:"日月固有明矣，星辰固有列矣。"藝文類聚七八梁元帝南岳衡山九貞館碑:"星辰奪采，燈燭非明。"也指歲月、光陰。唐孟郊孟東野集二感懷詩之三:"中夜登高樓，憶我舊星辰。"

【星車】同"星軺"。宋王禹偁小畜集七送羅著作兩浙按獄詩:"使印星車適舊遊，陶潛今日在瀛州。"參見"星軺"。

【星河】天河，銀河。太平御覽一七七引南朝宋劉義慶幽明録:"海中有金臺，出水百丈，結構巧麗，窮極神功，橫巖雲渚，竦曜星河。"藝文類聚六二引作"星漢"。南齊書張融傳海賦:"湍轉則日月似驚，浪動而星河如覆。"唐杜甫杜工部詩史補遺六閣夜:"五更鼓角聲悲壯，三峽星河影動搖。"

【星官】㊀天星的總稱。古代觀測星象，命衆星以百官的名稱，如將相輔弼之類，故稱星官。史記天官書題唐司馬貞索隱:"案：天文有五官。官者，星官也。星座有尊卑，若人之官曹列位，故曰天官。"㊁觀測天文的官。後漢書天文志上:"軒轅始受河圖鬬苞授，規日月星辰之象，故星官之書自黃帝始。"唐韓愈昌黎集二八殿中侍御史李君墓誌銘:"星官曆翁，莫能與其校得失。"㊂星神。宋郭若虛圖畫見聞誌一論婦人形相:"歷觀古名士畫金童玉女及神仙星官，中有婦人形象者，貌雖端嚴，神必清古。"也作對道士的敬稱。元張之翰西巖集一訪李道士不遇詩:"出逢老星官，面槁腹復曲。"

【星夜】有星光的夜晚。多用於形容連夜趕路。三國志吳呂岱傳:"岱自表輒行，星夜兼路。"晉書潘岳傳客舍議:"又行者貪路，告糴炊爨，皆以昏晨。盛夏晝熱，又兼星夜。"

【星奔】形容疾速，有如流星飛奔。三國志吳陸抗傳上疏:"若敵汎舟順流，舳艫千里，星奔電邁，俄然行至，非可恃援他部以救倒縣也。"文選晉劉越石(琨)答盧諶詩:"裹糧攜弱，匍匐星奔。"

【星門】軍門。唐楊炯楊盈川集二送劉校書從軍詩:"天將下三宮，星門召五戎。"

【星命】術數家認爲人的命運常同星宿的位置、運行有關，故把人的生年月日時配以天干地支成八字，按天星運數，附會人事，推算人的命運，稱爲星命。清龔自珍定盦文集補已亥雜詩之三二:"嗜好畢同星命異，大郎尤貴二郎清。"大郎、二郎指何紹基、紹業兄弟。

【星使】古代天文家認爲天節八星主使臣持節，宣威四方，因稱皇帝的使者爲星使。唐高適高常侍集七送柴司户充劉卿判官之嶺外詩:"月卿臨幕府，星使出詞曹。"又劉禹錫劉夢得集六送裴司徒令公……詩:"星使出關東，兵符賜上公。"參見"使星"。

【星郎】後漢書明帝紀:"館陶公主爲子求郎，不許，而賜錢千萬。謂羣臣曰:'郎官上應列宿，出宰百里，有非其人，則民受其殃。'"後因稱郎官爲星郎。唐岑參岑嘉州詩三送李別將還伊吾令充使赴武威便寄崔員外:"遥知竹林下，星使對星郎。"

【星相】星命與相術。明沈德符萬曆野獲編七內閣星相:"兩御史(王相蕭鳴鳳)俱起南宮，俱拜西臺，何以神於星相乃爾。"參見"星命"。

【星星】㊀星辰。唐李賀歌詩編二感諷之五:"桂露對仙娥，星星下雲逗。"㊁鬢髮花白貌。藝文類聚十七晉左思白髮賦:"星星白髮，生於鬢垂。"因以星星指花髮。宋書謝靈運傳何長瑜與何勗書:"青青不解久，星星行復出。"㊂細小，如言點點。漢書天文志:"軫爲車，主風。其旁有一小星，曰長沙，星星不欲明。"全唐詩六一三皮日休病孔雀:"盡日春風吹不起，鈿毫金鏤一星星。"

【星紀】㊀十二星次之一。在十二支中爲丑，在二十八宿中爲斗宿和牛宿。左傳襄二八年:"歲在星紀，而淫於玄枵。"注:"歲，歲星也，星紀在丑，斗牛之次，玄枵在子，虛危之次。"爾雅釋天:"星紀，斗牽牛也。"注:"牽牛斗者，日月五星之所終始，故謂之星紀。"㊁泛指歲月。晉陶潛陶淵明集二五月旦作和戴主簿詩:"發歲始俛仰，星紀奄將中。"

【星流】像流星一樣飛逝。形容疾速。文選漢張平子(衡)東京賦:"煌火馳而星流，逐赤疫於四裔。"文選南朝梁劉孝綽(峻)廣絶交論:"故絪緼相感，霧涌雲蒸，嚶鳴相召，星流電激。"

【星海】㊀星和海。漢書郊祀志下:"祀四望，祭山川。……四望，蓋謂日月星海也。"㊁星之海。比喻廣大。文苑英華七一九唐張説鄭公園池餞韋侍郎神都留守序:"大君垂藻，承月露之光榮；元良賜服，被星海之耀潤。"

【星家】天文術數家和算命測字看相的人。新唐書一八〇李德裕傳:"時天下已平，數上疏乞骸骨，而星家言熒惑犯上相，又懇丐去位，皆不許。"京本通俗小説菩薩蠻:"五行偏我遭時蹇，欲向星家問短長。"

【星座】星的位置。史記天官書題唐司馬貞索隱:"星座有尊卑,若人之官曹列位,故曰天官。"唐杜牧樊川集二送容州中丞赴鎮詩:"交趾同星座,龍泉似斗文。"

【星旆】羽旄,旌旗。逸周書王會:"樓煩以星旆;星旆者,珥旄。"也作"星旄"。文選漢揚子雲(雄)甘泉賦:"流星旄以電爥兮,咸翠蓋而鸞旗。"唐張銑注:"旄,以旄牛尾爲之,飾以星文,其光如電,懸於竿上以指麾也。"

【星軒】指軒轅星。古星家以軒轅星爲女主的徵象,故詩文中以星軒稱嫁女之車。文選南朝宋顏延年(延之)宋文皇帝元皇后哀策文:"坤則順成,星軒潤飾。"藝文類聚十六南朝宋謝莊豫章長公主墓志銘:"稟中樞之照,體星軒之華。"

【星速】速如流星。形容趕路急速。南齊書始安貞王道生傳附蕭遥光:"弟遥欣在荆楚,擁兵居上流,密相影響。遥光當據東府號令,使遥欣便星速急下。"

【星氣】㊀古代占星望氣之術。史記一二五佞幸傳:"北宫伯子以愛人長者,而趙同以星氣幸。"又一一八衡山王傳:"與奚慈、張廣昌謀,求能爲兵法候星氣者,日夜從容王密謀反事。"㊁比喻光陰、歲月。晉陶潛陶淵明集三飲酒詩之十九:"冉冉星氣流,亭亭復一紀。"

【星宿】㊀二十八宿之一,朱鳥七宿之第四宿。又名七星。參閱史記天官書。㊁泛指列星。漢書三六劉向傳:"專積思於經術,晝誦書傳,夜觀星宿,或不寐達旦。"又用以狀物或喻人。唐杜甫杜工部草堂詩箋二九見螢火:"忽驚屋裏琴書冷,復亂簷邊星宿稀。"又李商隱李義山詩集四贈送前劉五經映:"星宿森文雅,風雷起退藏。"

【星眸】明亮的瞳人。泛指鋭利或清瑩的目光。文苑英華三二八唐章孝標見人臂蒼鷹詩:"星眸未放瞥秋毫,頻掣金鈴試雪毛。"宣和遺事前集十二月預賞元宵:"星眸與秋水爭光,素臉共春桃鬭豔。"也作"星眼"。南朝宋王韶之太清記華嶽夫人:"華嶽三夫人媚。李湜云:'笑開星眼,花媚玉顏。'"

【星術】以星象占吉凶的方術。新五代史南漢世家劉隱:"(周)桀恥以星術事人,常稱疾不起。"

【星軺】古代稱帝王使者爲星使,因稱使者所乘的車爲星軺。也作爲使者的代稱。唐宋之問集下奉和梁王宴龍泓應教詩:"水府淪幽壑,星軺下紫微。"又錢起錢考功集八送裴頔侍御使蜀詩:"朝天繡服乘恩貴,出使星軺滿路光。"

【星期】指農曆七月初七。民間傳説牽牛、織女二星會合之期。唐王勃王子安集一七夕賦:"佇靈匹於星期,眷神姿於月夕。"後因稱男女成婚之日爲星期。明汪廷訥種玉記傳奇夢俊:"年少,夢中恍惚相逢,想是星期將到。"

【星散】分散,潰散。三國志蜀王平傳:"(馬)謖舍水上山,舉措煩擾,平連規諫謖,謖不能用,大敗于街亭,衆盡星散。"

【星發】戴星出發。言急速。資治通鑑一〇二晉太和五年六月:"秦王(苻)堅送王猛於灞上,曰:'今委卿以關東之任,……吾當親督萬衆,繼卿星發,舟車糧運,水陸俱進。'"

【星象】指星體明、暗、薄、蝕等現象,古代天文術數家據以占驗人事的吉凶。後漢書律曆志中賈逵論:"願請太史官日月宿簿及星度課,與待詔星象考校。"文選晉王元長(融)永明十一年策秀才文之二:"惟王建國,惟典命官,上叶星象,下符川嶽。"

【星馳】如流星飛馳。形容迅急。藝文類聚十三晉潘岳世祖武皇帝誄:"羽檄星馳,鉦鼓日戒。"也指戴星馳行。抱朴子安貧:"觚蹇星馳以兼路,豺狼奮口而交爭。"也作"星驅"。南朝梁江淹江文通集七慰勞雍州文:"刺史張敬,義氣雲騰,秣馬星驅,全羽十萬,殄玆氛鯨,曾不旋踵。"

【星榆】玉臺新詠一隴西行:"天上何所有?歷歷種白榆。"以榆樹林立形容天星的密布。後因以星榆指衆星。全唐詩四九一王初即夕:"風幌涼生白袷衣,星榆纔亂絳河低。"也用以形容樹木繁密。文苑英華一七〇唐劉憲奉和登驪山高頂寓目應制詩:"直城如斗柄,宫樹似星榆。"

【星隕】謂星墜於地。春秋莊七年:"夏四月辛卯夜,恒星不見;夜中,星隕如雨。"也作"星殞",比喻名人之死亡。北周庾信庾子山集十五周大將軍聞喜公柳遐墓志銘:"智士石折,賢人星殞。"

【星歲】歲月。南朝宋鮑照鮑氏集九謝永安令解禁止啟:"迄無犬馬,孤懟星歲。"藝文類聚四六南齊王融爲王儉讓國子祭酒表之二:"敬遜務時,遂奪星歲。"

【星禽】舊時星相術士以五行二十八宿與各禽相配,附會人事,以占吉凶,謂之星禽。宋司天監王處納爲僧録贊寧推命,稱寧命孤薄,三命星禽、晷祿、壬遁俱無壽貴之處。見宋釋文瑩湘山野録下。宋史藝文志五五行類有七曜神星禽經三卷。參見"禽星"。

【星經】㊀記星象之書。唐楊炯楊盈川集一老人星賦:"稽元命之攸述,按星經之所紀,見則化平主昌,明則天下多士。"唐杜甫杜工部草堂詩箋二四八哀詩之七鄭虔:"圭臬星經奧,蟲篆丹青廣。"㊁漢書藝文志天文有海中五星經雜事二二卷。新唐書藝文志三天文類有石氏星經簿贊一卷。皆不傳。今傳星經一書,舊題漢甘公石申撰。據清錢大昕考訂,乃後人採晉隋二志之文而成,詞意淺近,非先秦書。見潛研堂文集三十跋星經。

【星漢】天河,銀河。南齊書樂志曹操碣石辭:"日月之行,若出其中。星漢粲爛,若出其裏。"樂府詩集三十題作步出夏門行。文選三國魏文帝(曹丕)燕歌行:"明月皎皎照我床,星漢西流夜未央。"

【星旗】指飾以星文的旌旗。也作"星旂"。南朝陳徐陵徐孝穆集一關山月詩之一:"星旗映疎勒,雲陣上祁連。"

【星精】星宿之精。舊時迷信認爲偉大或特殊的人物出生,多爲星精下降。北周庾信庾子山集十三周太子少保步陸碑銘:"降兹岳瀆,誕此貞明,祥符雲氣,慶合星精。"文苑英華八四八隋薛道衡老氏碑頌:"真人出世,星精下斗。"

【星槎】神話傳説天河與海相通,漢代有人曾乘槎到天河,遇牽牛織女。回來後問嚴君平,嚴説:某年月日有客星犯牽牛宿。正是此人到達天河之時。見晉張華博物志三。後因用星槎比喻貴賓駕臨或稱頌人官位遷升。唐宋之問集下宴安樂公主宅詩:"賓至星槎落,仙來月宇空。"又劉禹錫劉夢得集四逢王二十學士入翰林因以詩贈:"廐馬翩翩禁外逢,星槎上漢杳難從。"

【星管】星,二十八宿;管,十二律管。古人以十二律與十二月相配,星、管皆十二月一周轉,因稱一周年爲星管。宋書黄回傳順帝答齊王劾黄回詔:"李安民述任河、濟,星管未周,貪據襟要,苦祈回奪。"也作"星琯"。南朝陳徐陵徐孝穆集四與王僧辯書:"自東都紹漢,南亳興殷,修好徵兵,彌留星琯。"

【星算】天文算數。後漢書三十郎顗傳:"父宗,字仲綏,學京氏易,善風角、星算、六日七分,能望氣占候吉凶,常賣卜自奉。"

【星鳳】景星和鳳凰都是罕見之物,因以星鳳喻珍寶。元詩選蒲道源閑居叢藁偶記少時小年能綴文:"稚齒爲星鳳,清姿秀玉冰。"明清人題善本碑帖,常有"墨林星鳳"之語。

【星駕】星夜駕車馳行。詩鄘風定之方中:"星言夙駕,說于桑田。"後漢書七四上袁紹傳上獻帝書:"會公孫瓚師旅南馳,陸掠北境,臣卽星駕席捲,與瓚交鋒。"

【星橋】銀河之橋,卽神話中的鵲橋。玉臺新詠八北周庾信七夕詩:"星橋通漢使,機石逐仙槎。"唐李商隱李義山詩集六七夕:"鸞扇斜分鳳幄開,星橋横過鵲飛迴。"也泛指橋梁。又駱賓王集四送吳七遊蜀詩:"日觀分齊壤,星橋抵蜀門。"

【星曆】㊀星辰。淮南子原道:"日月以之明,星曆以之行。"㊁天文曆數。漢書六二司馬遷傳報任安書:"文史星曆近乎卜祝之間。"唐劉禹錫劉賓客集三和令狐相公尋白閣老見留小飲因贈詩:"文章管星曆,情興占年華。"

【星學】觀測天文、占驗星象之學。後來也稱星命之說爲星學。明萬民英有星學大成十卷。

【星牖】山洞巖穴内透光的竅孔。明楊慎藝林伐山九星牖月窗:"凡山洞岩穴,有竅通明,小者曰星牖,大者曰月窗。"

【星霜】星一年一周轉,霜每年因時而降,故以星霜指年歲。唐張九齡曲江集三與弟遊家園詩:"星霜屢爾别,蘭麝爲誰幽?"又柳宗元柳先生集三八代柳公綽謝上任表:"歷踐中外,星霜屢移,曾無涓塵,上答鴻造。"

【星離】㊀如星之散布。形容衆多。文選晉郭景純(璞)江賦:"雹布餘糧,星離沙鏡。"注:"雹布,星離,言衆多也。"㊁四處分散。晉書殷仲堪傳與桓玄書:"胡亡之後,中原子女鬻於江東者不可勝數,骨肉星離,荼毒終年。"唐李白李太白詩十三憶舊遊寄譙郡元參軍:"當筵意氣凌九霄,星離雨散不終朝。"

【星躔】星宿的位置、序次。樂府詩集六四南朝梁武帝閶闔篇:"長旗掃月窟,鳳迹輾星躔。"南朝陳徐陵徐孝穆集三勸進(梁)元帝表:"星躔東井,時破峭潼。"

【星靨】面頰的笑渦,以星狀其明麗。唐詩紀事四許敬宗七夕賦詠:"情催巧笑閒〔開〕星靨,不惜呈露解雲衣。"

【星鬢】花白的鬢髮。南齊謝朓謝宣城集五詠風詩:"時拂孤鸞鏡,星鬢視參差。"唐盧照鄰幽憂子集一宿晉安寺詩:"汎灔月華曉,徘徊星鬢垂。"

【星子炭】麩炭。宋陶穀清異錄下器具星子炭:"唐宣宗命方士作丹餌之,病中熱,不敢衣緜擁爐;冬月冷坐殿中,宫人以金盆置麩炭火少許進御,止暖手而已,禁闈因呼麩炭爲星子炭。"

【星回節】唐時南詔以十二月十六日爲星回節。是日遊於避風臺,命清平官賦詩。見五代蜀缺名玉溪編事震旦。關於星回節的傳說不一。或謂卽火把節。參閱明沈德符萬曆野獲編二四風俗火把節及清錢枋按語。

【星官錢】錢面作本命星官像及辰蟲,或二十八宿,背作符籙,爲古時厭勝禳解之物。參閱宋洪遵泉志十四青溪宅錢、錢錄十六符印錢。

【星宿川】卽星宿海。唐侯君集率師與吐谷渾戰,過星宿川,至柏海,卽此。見舊唐書六九侯君集傳。

【星宿劫】佛教語。指三大劫中的未來大劫。謂此劫中有千佛出世,多如星宿,故名。佛祖統紀三十:"未來星宿劫,千佛出興,如天星宿。"明黄瑜雙槐歲鈔六皇極觀物:"佛氏之書曰:過去名莊嚴劫,現在名賢劫,未來名星宿劫,謂之三世。"

【星宿海】在青海省鄂陵湖以西,爲黄河源散流地面而形成的淺湖羣,羅列如星,故名。宋史河渠志序:"今西蕃朵甘思南鄙曰星宿海者其源也。四山之間,有泉近百泓,匯而爲海,登高望之,若星宿布列,故名。"參閱元潘昂霄河源志。

【星貨鋪】卽雜貨鋪。唐李匡乂資暇集中星貨:"肆有以筐以筥,或倚或垂,鱗其物以鬻者,曰星貨鋪,言其列貨叢雜,如星之繁。今俗呼爲星火鋪,誤也。"

【星火燎原】喻小事可以釀成大變。書盤庚上:"若火之燎于原,不可嚮邇,其猶可撲滅。"明張居正張文忠集書牘八答雲南巡撫何萊山論夷情:"究觀近年之事,皆起於不才武職、貪黷有司及四方無籍姦徒竄入其中者激而搆扇之,星星之火,遂成燎原。"今以星火燎原比喻開始時弱小的新生事物有偉大的發展前途。

【星行電征】喻馳行之速,如星流電閃。漢應劭風俗通十反但望:"望自劾去,星行電征,數日歸,趨詣府。"

【星鳳樓帖】字帖名。宋曹彦約刻於南康軍,以地支順序編集,共十二卷,刻年約在慶元嘉定間。摹刻宋以前人書,精善不苟。原石早佚,至明已無全帙。曹彦約字簡甫,都昌人,淳熙八年進士,官至兵部尚書。宋史有傳。參閱宋趙希鵠洞天清祿集古今石刻辨。

【星羅棋布】形容羅列分布,有如天上的星衆、棋盤上的棋子。東魏中岳嵩陽寺碑:"塔殿宫堂,星羅碁布。"唐劉軻玄奘塔銘:"至於星羅碁布,五法三性,……各有攸處,曾未暇也。"(金石萃編三十、一一三)。棊、碁,同"棋"。也作"星羅雲布"。後漢書四十上班彪傳附班固西都賦:"列卒周帀,星羅雲布。"

昳 1. dié ㄉㄧㄝˊ 徒結切,入,屑韻,定。

㊀日昃,午後日偏斜。史記天官書:"食至日昳,爲稷。"漢書九二原涉傳:"諸客奔走市買,至日昳皆會。"

2. yì ㄧˋ

㊀見"昳₂麗"。

【昳₂麗】光豔美麗。戰國策齊一:"鄒忌脩八尺有餘,身體昳麗。"一本作"容貌昳麗"。

昨 1. zuó ㄗㄨㄛˊ 在各切,入,鐸韻,從。

㊀前一天,隔日。莊子外物:"周昨來,有中道而呼者。"㊁過去。晉陶潛陶淵明集五歸去來兮辭:"寔迷途其未遠,覺今是而昨非。"唐杜甫杜工部詩史補遺一野人送朱櫻:"憶昨賜霑門下省,退朝擎出大明宫。"

2. zuò ㄗㄨㄛˋ

㊀通"酢"。見"昨₂席"。

【昨非】昔日之非。晉陶潛陶淵明集五歸去來兮辭:"寔迷途其未遠,覺今是而昨非。"宋陸游劍南詩稿十二書感:"會憑香火消前業,已築茆茨訟昨非。"自注:"余村居築小軒,以昨非名之。"

【昨和】古時關西複姓。北周聖母寺四面像碑(金石萃編三六)題名中姓此者甚多,如昨和遵昨和善。參閱通志二九氏族五。

【昨₂席】帝王受酢的席位。周禮春官司几筵:"祀先王昨席,亦如之。"注:"(鄭)玄謂昨讀曰酢,謂祭祀及王受酢之席。"參閱清俞樾俞樓雜纂七禮記異文箋。

【昨夢錄】宋康與之撰,一卷。也名退軒筆錄。與之曾居汴梁,於南渡後追述北宋舊事,故以昨夢爲名。所記黄河卷埽事、竹牛角事,皆可資考證。亦有傳說附會之辭,如述開封尹李倫事,類似傳奇小說。

【昨暮兒】初出生的嬰兒,極言其幼稚。隋書蘇威傳:"後議樂事,(蘇)夔與國子博士何妥各有所持,於是夔、妥俱爲一議,使百僚署其所同。朝廷多附威,同夔者十八九。妥恚曰:'吾席間函文四十餘年,反爲昨暮兒之所屈也!'"

【昨葉何草】瓦松的別名。詳"瓦松"。

昫 xù ㄒㄩˋ 香句切,去,遇韻,曉。

溫暖。見說文。玉篇廣韻皆謂同"煦"。

【昫伏】鳥孵卵。比喻對後輩或下屬的撫育、栽培。三國志吳孫權傳"三公上君過失,皆有本末"注引魏略魏三公奏:"吳王孫權,……少蒙翼卵昫伏之恩,長含鴟梟反逆之性,背棄天施,罪惡積大。"百衲本作"煦伏"。

昴 mǎo ㄇㄠˇ 莫飽切,上,巧韻,明。

星名。二十八宿之一。西方白虎七宿,有星四顆。書堯典:"日短星昴,以正仲冬。"傳:"昴,白虎之中星。"也稱"髦頭"。見史記天官書。又作"旄頭"。見爾雅釋天"大梁,昴也"注。

【昴降】傳說漢相蕭何爲昴星之精降生。初學記一引春秋佐助期:"漢相蕭何,長七尺八寸,昴星精。"後因以"昴降"爲頌揚顯貴之詞。五代前蜀韋莊浣花集七饒州餘干縣琵琶洲……感舊詩:"已覺地靈因昴降,更聞川媚有珠生。"

【昴畢】昴宿與畢宿。古代天文說以昴畢爲冀州的分野。史記天官書:"昴、畢,冀州。"續古文苑三隋李播天文大象賦:"自胃倉而昴畢,實趙地之交衢。"

昝 zǎn ㄗㄢˇ 子感切,上,感韻,精。

姓。廣韻作"昝"。晉書桓溫傳有昝堅。宋有昝居潤,宋史有傳。

【昝殷】唐蜀人。大中初,白敏中守成都,以婦女多患難產之證,訪求名醫,殷因集婦科備驗方藥,撰成經效產寶一書,三卷,四十一論,二百七十六方,爲現存最早的婦產科專著。

六畫

晉 jìn ㄐㄧㄣˋ 卽刃切,去,震韻,精。

說文作"晉"。也作"晋"。㊀進。易晉:"晉,進也。"疏:"古之晉字,卽以進長爲義。"㊁易六十四卦之一。☷☲,坤下離上。疏:"此卦明臣之昇進,故謂之晉。"㊂古代侯國名。周成王封弟叔虞於唐,叔虞子燮父改國號爲晉,春秋時據有今山西省大部與河北省西南地區,地跨黃河兩岸。後被其大夫韓趙魏三家所分而亡。㊃朝代名。1.司馬炎代魏稱帝,國號晉。都洛陽。共四帝,爲前趙所滅。公元265—316年。史稱西晉。司馬睿卽位建康,保有江南之地。共十一帝,爲劉裕所取代。公元317—420年。史稱東晉。2.五代時石敬瑭滅後唐稱帝,國號晉。公元936—946年。史稱後晉。詳"後晉"。㊄姓。戰國魏有晉鄙。㊅插。通"搢"。周禮春官典瑞:"王晉大圭,執鎭圭。"

【晉水】水名。源出山西太原市西南懸甕山,分北、中、南三渠,東流入汾河。春秋晉知伯遏晉水以灌晉陽,卽此水的北渠。唐貞觀中,長史李勣以太原井枯不可飲,引北渠入東城,以供民食,謂之晉渠。參閱太平寰宇記四十平晉縣、讀史方輿紀要四十平晉縣。

【晉江】㊀水名。古名南安江。上游有二源,出福建永春安溪二縣,至南安縣西北雙溪口合流,東達岱嶼入海。相傳東晉南渡士族多沿江而居,故名。參閱嘉慶一統志四二八泉州府。㊁縣名。屬福建省。本漢冶縣地,隋爲南安縣。唐開元八年分南安縣置晉江縣,因晉江取名。明淸均爲泉州府治所縣城。形如鯉,也名鯉城。唐時環城植刺桐,因又號刺桐城。參閱讀史方輿紀要九九晉江縣刺桐城、嘉慶一統志四二八泉州府。

【晉安】㊀郡名。晉太康三年分建安置,治侯官,隋開皇九年廢。故治所在今福建福州市。參閱晉書地理志下晉安郡、隋書地理志下建安郡。㊁縣名。三國吳置東安縣,晉改晉安,南朝陳改南安縣,今屬福建省。參閱讀史方輿紀要九九泉州府南安縣。參見"南安㊂"。

【晉州】地名。1.南朝梁置豫州,大寶元年改曰晉州,隋開皇初廢。卽舊安徽安慶府地。參閱隋書地理志下同安郡、嘉慶一統志一〇九安慶府一。參見"安慶"。2.北魏置東雍州,後改唐州,建義元年又改爲晉州,治所在平陽城東北白馬城。宋政和六年升爲平陽府,淸屬山西。參閱嘉慶一統志一三八平陽府一。3.見"晉縣"。

【晉年】晉陶潛自以曾祖陶侃爲晉世宰輔,不欲出仕新朝。故所著文章,在義熙以前均題晉氏年號,永初以後則只記甲子,以示追思前朝之心(說見文選唐劉良注)。後來詩文中遂以晉年指懷念故朝之思。元薩都剌鴈門集七上趙涼國:"新亭不必悲王導,彭澤何曾改晉年。"

【晉祠】在山西太原市西南懸甕山麓,爲周初唐叔虞始封地。原有祠,祀叔虞,正殿之右有泉,爲晉水發源處。北齊天統五年改爲大崇皇寺。後復原名。唐李淵(高祖)起兵時,曾祈禱於此。貞觀二十年李世民御製晉祠之銘,立碑於祠。今存宋代建聖母殿,保存當時彩裝侍女泥塑像。爲全國重點文物保護單位之一。參閱讀史方輿紀要四十太原府一、嘉慶一統志一三六太原府一。

【晉城】縣名。屬山西省。漢高都縣地,隋爲丹川縣,唐武德三年析置晉城縣,明廢。淸雍正六年於此置鳳臺縣。公元1914年復置晉城縣。參閱嘉慶一統志一四五澤州府。

【晉紀】唐以前私家修晉史者甚多,其用編年體以"晉紀"爲名者,隋書經籍志二著錄有晉陸機晉紀四卷、干寶晉紀二十三卷、曹嘉之晉紀十卷、鄧粲晉紀十一卷、南朝宋劉謙之晉紀二十三卷、徐廣晉紀四十五卷、王韶之晉紀十卷、郭季產續晉紀五卷。自官修晉書刊行,諸家均廢,已佚。文選中錄干令升(寶)晉紀總論一篇。淸湯球有晉紀輯本。

【晉記】淸郭倫撰,六十八卷。倫以晉書內容蕪雜,體例未善,乃删其繁宂,積五十年而成是書。較原書簡明。

【晉書】唐房玄齡褚遂良等撰。一百三十卷。唐貞觀十八年,太宗以舊有各家晉書未能盡善,乃命玄齡等以臧榮緒晉書爲主,參考各家,至二十年書成。太宗自撰宣帝紀武帝紀及陸機王羲之傳論,因號其書曰御撰。李淳風深明星曆,作天文志律曆志。修史設局,出於衆手,開後來官修諸史的先例。全書分紀十、志二十、列傳七十;其載記三十,記五胡十六國事(缺前涼與西涼)。取材豐富,但列傳多採小說傳聞,每涉神怪。總論用駢儷體。淸吳士鑑撰晉書斠注,對原書有所增補改正。

【晉接】易晉:"晉,康侯用錫馬蕃庶,晝日三接。"疏:"晝日三接者,言非惟蒙賜蕃多,又被親寵頻數,一晝之間,三度接見也。"後稱他人的接見爲晉接,用作敬詞。

【晉授】淸制,已得封典的官員,遇朝廷慶典,得再次請封。本人稱授,尚存的曾祖父母、祖父母、父母及妻稱封,已死者稱贈。也稱晉授、晉封、晉贈。參閱淸會典十二吏部。

【晉陵】㊀郡名。晉置毘陵郡,後以避東海王(司馬越)世子司馬毘諱,改爲晉陵,治所在晉陵縣。隋開皇九年廢郡,置常州。大業初復置毘陵郡。唐又改晉陵郡。參閱晉書地理志下毘陵郡、通典一八二州郡十一常州。㊁縣名。本名延陵，漢改爲毘陵縣，晉時與毘陵郡俱改爲毘陵。隋廢郡，以縣屬常州。治所在今江蘇常州市。參閱嘉慶一統志八七常州府二。

【晉略】清周濟撰。濟因晉書蕪雜，乃參照宋司馬光編資治通鑑的體例改撰爲此書。全書分本紀六篇，表五篇，列傳三十六篇，國傳十一篇，彙傳七篇，序目一篇，共六十六篇，除表五篇自撰，爲晉書所無外，皆取材舊文，刪削成篇。

【晉棘】晉垂棘之璧。用爲美玉的通稱。梁書范縝傳神滅論："猶馬殊毛而齊逸，玉異色而均美。是以晉棘、荆和，等價連城；驊騮，騄驥，俱致千里。"參見"垂棘"。

【晉陽】縣名。1.古唐國地，春秋晉邑。晉趙鞅入晉陽以叛，知伯遏晉水以灌晉陽，卽此。秦置縣，屬太原郡。北齊河清四年移晉陽縣於汾水東，武平六年又於故城置龍山縣。隋開皇十年改龍山縣爲晉陽縣，改晉陽縣爲太原縣。宋太平興國四年置新城於故址北，改名平晉縣。故城在今山西太原市。參閱讀史方輿紀要四十太原府太原縣、嘉慶一統志一三六太原府一晉陽故城。2.梁武帝置，隋初廢，併入彭澤縣，故城在今江西彭澤縣東北。見太平寰宇記一一一江州彭澤縣。

【晉鼓】古樂器，作樂時與鍾相應。周禮地官鼓人："以晉鼓鼓金奏。"注："晉鼓長六尺六寸。金奏，謂樂作擊編鍾。"後也泛指晉國之鼓。文苑英華七一南朝梁簡文帝金錞賦："揮秦筝之慷慨，代晉鼓之嘽哼。"

【晉寧】㊀縣名。屬雲南省。在滇池之南。漢滇池縣，隋置昆州，後廢。唐武德初置晉寧縣。元至元十二年改爲晉寧州。明清因之，屬雲南府。公元 1913 年改縣。參閱嘉慶一統志四七六雲南府。㊁路名。元置。初名平陽路，大德九年改晉寧路，卽明清的山西平陽府，今屬山西臨汾地區。參閱嘉慶一統志一三八平陽府一。

【晉壽】地名。1.漢廣漢郡葭萌縣地，三國蜀析置漢壽縣，晉泰始三年改爲晉壽縣，太元十五年置晉壽郡，北周廢。也稱西晉壽。故城在今四川廣元縣（舊昭化縣地）。參閱嘉慶一統志三九一保寧府二。2.晉初爲晉壽縣地，太元中析置興安縣，屬晉壽郡。南齊分爲東晉壽郡，北魏置益州。故城在今四川廣元縣。參閱嘉慶一統志三九〇保寧府一廣元縣。

【晉熙】郡名。晉置，隋開皇初廢，大業三年改置同安郡。故所在今安徽懷寧縣。參閱隋書地理志下同安郡懷寧、讀史方輿紀要二六懷寧縣皖城。

【晉鄙】戰國魏將。魏安釐王二十年，秦伐趙，兵圍邯鄲，魏使將軍晉鄙將十萬衆救趙，因魏畏秦，按兵不動，實持兩端以觀望。魏公子無忌（信陵君）用侯生策，因如姬竊兵符奪晉鄙軍，晉鄙疑之不肯授，無忌客朱亥袖四十斤鐵椎椎殺晉鄙，攻秦軍，解邯鄲之圍。見史記七七魏公子傳。

【晉謁】進見，拜見。明章懋楓山集二與陶都憲書："晉謁臺下，飫聞高論，式慰平生願見之私，何其快也！"

【晉縣】縣名。屬河北省。春秋鼓子國地，漢置下曲陽縣，隋開皇十八年改爲鼓城。蒙古成吉思汗十年置晉州。明清因之，屬正定府。公元 1913 年改縣。參閱嘉慶一統志二七正定府一。

【晉文公】公元前？—前 628 年。春秋時晉君，名重耳，獻公之子。獻公寵驪姬，殺太子申生，重耳奔翟。流亡十九年，以秦穆公之力得返爲君。用狐偃趙衰賈佗先軫等爲輔，尊周室，平王子帶之亂，納周襄王，救宋破楚，遂霸諸侯。在位九年。見左傳、史記晉世家。

【晉元帝】公元 276—322 年。司馬睿，字景文，司馬懿曾孫。襲封琅邪王。初爲安東將軍，鎮建鄴。匈奴族劉淵攻陷長安時，稱晉王。愍帝死後，王導等擁立睿卽帝位。史稱東晉。永昌元年因王敦起兵武昌，進迫建康，憂憤而死。見晉書元帝紀。

【晉世寧】晉時栢槃舞之歌，取歌詞首句"晉世寧"三字爲名。詳"栢槃舞"。

【晉武帝】公元 236—290 年。司馬炎，字安世，司馬昭之子。昭死，嗣爲晉王，後廢魏稱帝，都洛陽。時蜀已先滅，遂大舉伐吳，統一全國，結束漢末以來的紛亂局面。鑒於曹魏的孤立而亡，大封宗室，使居要地，又盡去州郡的守備。其後遂有八王及五胡十六國之亂。在位二十六年。見晉書武帝紀。

【晉惠帝】公元 259—306 年。司馬衷，字正度。昏庸愚暗，一任皇后賈氏專政。釀成"八王之亂"。光熙元年爲東海王（司馬越）所毒死。在位十七年。見晉書惠帝紀。

【晉陽甲】公羊傳哀公十三年，記晉趙鞅與晉陽之甲，以清君側爲名，逐荀寅士吉射。後因稱地方長吏不滿朝廷舉兵內向爲興晉陽之甲。世說新語規箴："殷覬病困，看人政見半面。殷荆州（仲堪）興晉陽之甲。往與覬別，涕零屬以消息所患。"

【晉陽武】唐鼓吹鐃歌曲名。柳宗元作。共十二曲，晉陽武爲首。歌頌隋末李淵（唐高祖）、李世民（唐太宗）起兵晉陽以征伐事。曲二十六句，句三字，首句爲"晉陽武"，故名。歌詞見柳先生集一唐鐃歌鼓吹曲。

【晉陽秋】晉孫盛撰。盛先後爲陶侃庾亮桓温參軍。書中記桓温枋頭戰敗事，温威脅盛子改之。盛曾寫兩定本，太元中孝武帝於遼東得之，以相考校，多有不同，書遂兩存。盛又別撰魏氏春秋。見晉書孫盛傳。隋書經籍志二著録作三十二卷，新唐書藝文志二作二十二卷。原書已佚，清湯球有輯本。

晏

yàn 烏澗切，去，諫韻，影。ㄧㄢˋ

㊀清朗無雲。淮南子繆稱："暉目知晏，陰諧知雨。"注："天將晏静，暉目先鳴。"㊁鮮盛貌。詩鄭風羔裘："羔裘晏兮，三英粲兮。"㊂安逸，安謐。見"晏晏"。㊃晚。論語子路："冉子退朝，子曰：'何晏也？'"晏子尚賢中："蚤朝晏退。"㊄姓。春秋齊有晏嬰。見左傳襄六年。

【晏平】西晉列國李雄（成漢武帝）年號。公元 306—310 年。

【晏安】安逸。晉陶潛陶淵明集一答龐參軍詩之五："豈忘晏安，王事靡寧。"

【晏如】安然。史記一一三南越王尉佗傳："今呂嘉、建德等反，自立晏如。"漢書諸侯王表："高后女主攝位，而海内晏如。"

【晏城】㊀鎮名。在山東齊河縣西北。春秋時爲齊晏嬰食邑，故名。見嘉慶一統志一六三濟南府二。㊁縣名。隋開皇十六年，分鹿城置，大業初廢。見嘉慶一統志十四保定府三。故址在今河北東鹿縣西。

【晏食】謂晚食時。約當酉時之初。淮南子天文："（日）至於曲阿，是謂旦明；至於曾泉，是謂蚤食；至於桑野，是謂晏食。"

【晏衍】邪聲，怪腔異調。漢書八七下揚雄傳長楊賦："抑止絲竹晏衍之樂，憎聞鄭衛幼眇之聲。"楚辭漢王逸九思傷時："聲噭誂兮清和，音晏衍兮要婬。"

【晏殊】公元 991—1055 年。北宋臨川人。字同叔。少時以神童薦，賜同進士出身。慶曆三年以刑部尚書居相位，范仲淹孔道輔歐陽修皆出其門。文章贍麗，尤工於詞，多爲宴遊之餘的消遣之作。著有珠玉詞蘿軒外集等書。卒謚元獻。

宋史有傳。

【晏晏】㊀温和,安和。詩衛風氓:"總角之宴,言笑晏晏。"後漢書二八下馮衍傳顯志賦"思唐虞之晏晏兮"注引尚書考靈曜:"放勛欽明文塞晏晏。"今本書堯典作"文思安安"。㊁柔順。楚辭宋玉九辯:"被荷裯之晏晏兮,然潢洋而不可帶。"

【晏陰】㊀安静無事。指夏至静憩。禮月令仲夏之月:"是月也,日長至,……百官静,事毋刑,以定晏陰之所成。"參閲清孫希旦禮記集解月令仲夏。㊁晴陰。韓非子外儲左上:"雨霽日出,視之晏陰之間。"宋蘇軾分類東坡詩十四次韻曹子方龍山真學院瑞香花:"置酒要妍暖,養花須晏陰。"

【晏處】謂安然處之。晉書温嶠傳上疏:"王敦剛愎不仁,忍行殺戮。……且敦爲大逆之日,拘録人士,自免無路,原其私心,豈遑晏處。"

【晏晡】天將黑時。素問標本病傳論:"冬大晨,夏晏晡。"注:"晏晡,謂申後九刻,向昏之時也。"

【晏温】天氣晴暖。史記孝武紀:"至中山,晏温,有黄雲蓋焉。"集解:"如淳曰:'三輔謂日出清濟爲晏。晏而温也。'"又封禪書作"曣䁍"。一説晏温、曣䁍與氤氲音近義同,形容雲氣垂覆之狀。

【晏朝】日落時。禮禮器:"質明而始行事,晏朝而退。"

【晏然】安逸。莊子山木:"聖人晏然體逝而終矣。"

【晏駕】古人諱言帝王死亡,稱曰晏駕。戰國策秦五:"秦王老矣,一日晏駕,雖有子異人,不足以結秦。"

【晏嬰】公元前?—前500年。春秋齊夷維人。字平仲(一説謚平仲;又説平爲謚,仲爲字)。繼其父弱(桓子)爲齊卿,後相景公,以節儉力行,名顯諸侯。史記有傳。

【晏子裘】春秋齊晏嬰以節儉力行著稱,着苴布之衣、麋鹿之裘。孔子弟子有若謂其衣一狐裘至三十年。後遂以晏子裘爲稱人節儉的典故。唐高適高常侍集七東平旅遊奉贈薛太守二十四韻詩:"不改任棠水,仍傳晏子裘。"參閲禮檀弓下、漢劉向晏子敍録。

【晏幾道】約公元1030—1106年。北宋臨川人。字叔原,號小山。晏殊幼子。曾任穎昌府許田鎮監及開封府推官。能文章,以詞名,與其父齊名。稱二晏。其詞多悽婉感傷,工於言情。有補亡一編,即後來流傳的小山詞。

【晏子春秋】舊題春秋齊晏嬰撰。所述皆嬰遺事,當爲後人摭集而成。書名始見於史記晏嬰傳,漢書藝文志但稱晏子,列於儒家。有漢劉向校本,向並著有敍録一篇。內篇多有崇尚節儉之説,外篇仲尼之齊欲封節與墨子非儒同,故唐柳宗元疑爲墨子之徒齊人者所作。晁公武郡齋讀書志及文獻通考皆列入墨家。有清孫星衍校本。今本凡八卷。

【晏安酖毒】耽溺於安樂,爲害猶如酖毒,可以致命。酖毒,同"鴆毒"。三國志魏鍾會傳檄蜀文:"明者見危于無形,智者規禍于未萌,……豈晏安酖毒,懷禄而不變哉?"參見"宴安酖毒"。

晈

jiǎo 古了切,上,篠韻,見。
ㄐㄧㄠ

㊀潔白,明亮。見"晈晈"。㊁明白。抱朴子博喻:"英儒碩生,不飭細辯於淺近之徒;達人偉士,不變晈察於流俗之中。"

【晈晈】潔白明亮貌。楚辭屈原九歌東君:"撫余馬兮安驅,夜晈晈兮既明。"補注:"晈字從日,與皎同。"

【晈潔】純潔,清明。楚辭漢嚴忌哀時命:"形體白而質素兮,中晈潔而淑清。"晈,通作"皎"。

晐

gāi 古哀切,平,咍韻,見。
ㄍㄞ

兼覆,具備。通"該"、"賅"。

【晐姓】納女於天子。國語吳:"勾踐請盟,一介嫡女,執箕箒,以晐姓於王宮。"注:"晐,備也。姓,庶姓。曲禮曰:'納女於天子曰備百姓。'"

時

shí 市之切,平,之韻,禪。
ㄕ

㊀季,季節。書堯典:"敬授人時。"左傳桓六年:"謂其三時不害,而民和年豐也。"注:"三時,春夏秋。"㊁時辰。以一晝夜分爲十二時辰,並與十二干支相配;每一時辰又分初、正,合爲二十四小時。舊唐書七九吕才傳:"若依葬書,多用乾艮二時,並是近半夜。"參閲清錢大昕十駕齋養新録十七二十四時。㊂泛指光陰,歲月。吕氏春秋首時:"天不再與,時不久留。"㊃時侯,時機。莊子養生主:"始臣之解牛之時,所見無非牛者。"論語陽貨:"好從事而亟失時,可謂知乎?"㊄時代。荀子堯問:"時世不同,譽何由生?"南朝梁蕭統文選序:"自姬漢以來,眇焉悠邈,時更七代,數逾千祀。"㊅應時,合時。孟子萬章下:"孔子,聖之時者也。"㊆按時。論語學而:"學而時習之,不亦説乎?"莊子秋水:"秋水時至,百川灌河。"㊇時常,經常。唐岑參岑嘉州詩二函谷關歌送劉評事使關西:"請君時憶關外客,行到關西多致書。"㊈時尚。唐詩紀事四六朱慶餘閨意:"粧罷低聲問夫壻,畫眉深淺入時無?"㊉善。詩小雅頍弁:"爾酒既旨,爾殽既時。"⑪伺候,窺伺。論語陽貨:"陽貨欲見孔子,孔子不見。歸孔子豚。孔子時其亡也,而往拜之。"⑫掌管,司。見"時夜"。⑬此,是。書無逸:"自時厥後,亦罔或克壽。"詩大雅生民:"厥初生民,時爲姜嫄。"⑭姓。東漢有鉅鹿時苗。見三國志魏常林傳注。

【時人】當時的人。三國志魏夏侯尚傳附夏侯玄:"與曹爽共興駱谷之役,時人譏之。"晉書左思傳:"自以所見不博,求爲祕書郎。及賦成,時人未之重。"

【時力】古時强弩名。戰國策韓一:"天下之强弓勁弩,皆自韓出。谿子、少府時力、距來,皆射六百步之外。"史記六九蘇秦傳:"谿子、少府時力、距來者,皆射六百步之外。"集解:"按時力者,謂作之得時,力倍於常,故名時力也。"

【時女】指處女。莊子逍遥遊:"是其言也,猶時女也。"疏:"時女,少年處室之女也。"

【時文】㊀當代的文明。指禮樂制度。文選晉張景陽(協)七命:"羣萌反素,時文載郁。"㊁科舉應試之文。對"古文"而言。宋歐陽修文忠集四一蘇氏文集序:"其後天子患時文之弊,下詔書諷勉學以近古,由是其風漸息,而學者稍趨於古焉。"又吕本中東萊吕紫微師友雜志:"汪信民試南省第一,頗收畜時文,無逸同試被黜,問信民用此何爲,曰:'恐登科須作學官,要此用爾。'"明清稱八股文爲時文。參見"八股"。

【時方】指宋元以來通行的藥方。對"古方"、"經方"而言。清陳念祖有時方妙用四卷、時方歌括二卷,即選時俗通用之藥方編輯而成。

【時日】猶吉日。古時迷信,以卜筮定日之吉凶。禮曲禮上:"卜筮者,先聖王之所以使民信時日、敬鬼神、畏法令也。"漢書禮樂志郊祀歌:"練時日,侯有望。"注:"練,選也。"

【時中】儒家指立身行事,合乎時宜,無過與不及爲時中。易蒙:"蒙亨,以亨行,時中也。"注:"時之所願,唯願亨也。以亨行之,得時中也。"禮中庸:"君子之中庸也,君子而時中。"

【時水】㊀水名。亦名耏水、如水。因水

色黑，故又稱黑水。其水源淺易涸，亦名乾時，俗呼烏河。源出山東臨淄縣西南矮槐樹，北合澅水系水，流入博興縣境，北匯於麻大湖；東爲小清河。漢書地理志上謂齊郡臨淄有如水，西北至梁鄒入泲；水經注二六淄水謂"時水出齊城西北二十五里，平地出泉"，即指此。參閱嘉慶一統志一六二濟南府一、一七〇青州府一、山東通志三二臨淄縣博興縣。㈡縣名。隋開皇十六年置，大業二年廢。唐武德四年復置，屬青州，八年又廢。故城在今山東臨淄縣西北。參閱嘉慶一統志一七一青州府二。

【時分】時間，時刻。宋書曆志中和帝永元十四年："漏所以節時分，定昏明。昏明長短，起於日去極遠近，日道周圜，不可以計率分。"

【時月】四時及月分。書舜典："協時月正日，同律度量衡。"傳："合四時之氣節，月之大小，日之甲乙，使齊一也。"後指一定的節令。宋書明帝紀泰始三年詔："自今鱗介羽毛，肴核衆品，非時月可採，器味所須，可一皆禁斷，嚴爲科制。"

【時世】時代。荀子堯問："時世不同，譽何由生。"楚辭宋玉九辯："竊美申包胥之盛氣兮，恐時世之不固。"

【時田】指四時田獵。周禮天官獸人："時田，則守罟。"大戴禮夏小正："十有一月，王狩。狩者，言王之時田。冬獵爲狩。"

【時令】㈠按季節制定的政令。古人紀十二月之政，稱月令，即時令之意。禮月令季冬之月："天子乃與公卿大夫，共飭國典，論時令，以待來歲之宜。"後漢書明帝紀永平二年："班時令，勑羣后。"注："時令謂月令也，四時各有令。"㈡季節。唐白居易長慶集二贈友詩："時令一反常，生靈受其病。"㈢圖書分類目録名。宋以前有關時令之書，皆入子部農家，但諸書所載，上自國家典制，下至民間風俗，不專限於農事，故中興館閣書目，別列時令一類。清代修四庫全書，沿用宋人舊例，仍立時令一目。

【時光】㈠當時的景物。唐韋應物韋江州集一西郊燕集詩："濟濟衆君子，高宴及時光。"㈡時間，光陰。唐劉禹錫劉夢得集外集一和令狐相公春日尋花有懷白侍郎閣老詩："花逕須深入，時光不少留。"

【時匠】指當時掌政柄的大臣。南史范泰傳附范曄："初，何尚之處銓衡，自謂天下無滯才。及(孔)熙先就拘，帝詰尚之曰：'使孔熙先年三十猶作散騎侍郎，那不作賊。'熙先死後，又謂尚之曰：'孔熙先有美才，地冑猶可論，而翳迹仕流，豈非時匠失乎？'"

【時巡】指帝王按時巡狩。書周官："又六年，王乃時巡，考制度于四岳。"傳："周制十二年一巡守，春東，夏南，秋西，冬北，故曰時巡。"唐張説張説之集四扈從南出雀鼠谷詩："豫動三靈贊，時巡四海威。"

【時序】時間的先後，季節的次序。史記六九蘇秦傳論："吾故列其行事，次其時序，毋令猶蒙惡聲焉。"文選晉陸士衡(機)贈尚書郎顧彥先詩之一："淒風迕時序，苦雨遂成霖。"

【時祀】四季的祭祀。周禮地官牧人："凡時祀之牲，必用牷物。"注："時祀，四時所常祀。"宋史樂志七高宗祀昊天上帝樂章："欽若高穹，吉蠲時祀。"

【時忌】當時的忌諱。後漢書五七李雲謝弼傳贊："弼忤宦情，雲犯時忌。成仁喪己，同方殊事。"

【時見】㈠定期會見。左傳昭四年："寡君有社稷之事，是以不獲春秋時見。"㈡指諸侯對帝王的不定期朝見。周禮春官大宗伯："春見曰朝，夏見曰宗，秋見曰覲，冬見曰遇，時見曰會，殷見曰同。"注："時見者，言無常期。"

【時宜】時勢所宜。漢書元帝紀："宣帝作色曰：'……且俗儒不達時宜，好是古非今，使人眩於名實，不知所守，何足委任！'"世說新語方正："(司馬)冏設宰會，召葛旟董艾等共論時宜。"

【時享】宗廟四時的祭祀。古代帝王及臣民，都行時享之禮。國語周上："日祭、月祀、時享、歲貢、終王，先王之訓也。"又楚下："百姓夫婦，擇其令辰，奉其犧牲，……帥其子姓，從其時享。"也作"時饗"。唐柳宗元柳先生集三十寄許京兆孟容書："每當春秋時饗，孑立捧奠，顧眄無後繼者。"

【時夜】指雞。莊子齊物論："見卵而求時夜。"釋文："崔(譔)云：時夜，司夜；謂雞也。"

【時雨】應時之雨。國語齊："時雨既至，挾其槍、刈、耨、鎛，以旦暮從事於田野。"韓非子主道："是故明君之行賞也，暖乎如時雨，百姓利其澤。"

【時事】㈠適合於天時之事。周禮地官遂師："巡其稼穡，而移用其民，以救其時事。"指農耕之事。荀子王制："論百工，審時事，辨功苦，尚完利，……工師之事也。"指施工之事。㈡指諸侯、大夫對帝王的四時貢職。左傳襄二六年："晉士起，將歸時事於宰旅，無他事矣。"㈢當時之事。三國志魏李通傳注引王隱晉書："每與之言，言及玄遠，而未曾評論時事，臧否人物。"唐白居易長慶集五七過温尚書舊莊詩："村人都不知時事，猶自呼爲處士莊。"

【時命】㈠隨時的索取。左傳昭三十年："事大，在共其時命。"注："隨時共所求。"謂小國事大國，當隨時供其所求。㈡朝廷的命令。晉書杜夷傳："皇太子三至夷第，執經問義。夷雖逼時命，亦未嘗朝謁。"㈢指命運。唐岑參岑嘉州集一陪狄員外早秋登府西樓詩："時命難自知，功業豈暫忘。"

【時客】木槿的別稱。見宋姚寬西溪叢語上。參見"十客㈡"。

【時彥】當時的賢俊、名流。世說新語文學："張憑舉孝廉，出都，負其才氣，謂必參時彥，欲詣劉尹(惔)，鄉里同舉者共笑之。"

【時珍】㈠當代的名人。唐韋應物韋江州集送陸侍御還越詩："英聲頗籍甚，交辟迺時珍。"㈡應時的珍品。唐柳宗元柳先生集三八爲武中丞謝賜櫻桃表："天睠特深，時珍薦降。寵驚里巷，恩溢圓方。"

【時政】㈠時令，順時的政令。左傳文六年："閏以正時，時以作事，事以厚生。生民之道，於是乎在矣，不告閏朔，弃時政也，何以爲民？"漢書成帝紀陽朔二年："今公卿大夫或不信陰陽，薄而小之，所奏請多違時政。"注引李奇："時政，月令也。"㈡當時的政治措施。後漢書四七班超傳論："時政平則文德用，而武略之士無所奮其力能。"

【時既】時盡，謂壽終。淮南子俶真："是故傷死者其鬼嬈，時既者其神漠。"注："既，盡也。時既當老者，則神寂漠。"

【時則】四時的法則。藝文類聚三九漢馬融東巡頌："若時則，運璇衡。"淮南子時則題注："則，法也。四時寒暑十二月之常法也，故曰時則，因以題篇。"

【時食】時新食物。禮中庸："設其裳衣，薦其時食。"宋朱熹集注："時食，四時之食，各有其物，如春行羔豚膳膏香之類是也。"

【時風】應時的風。書洪範："曰聖，時風若。"也比喻良好的教化。後漢書八十上杜篤傳論都賦："今國家躬脩道德，吐惠含仁，湛恩沾洽，時風顯宣。"

【時俗】當時的習俗風氣。管子算地：

"不觀時俗，不察國本，則其法立而民亂，事劇而功寡。"楚辭宋玉九辯："何時俗之工巧兮，背繩墨而改錯。"

【時律】合於季節的音律。後漢書明帝紀永平二年："望元氣，吹時律，觀物變。"注："時律者，即月令'孟春律中太蔟，仲春律中夾鍾'之類。"

【時流】猶時人。世說新語文學："裴郎作語林始出，大爲遠近所傳，時流年少，無不傳寫，各有一通。"宋書蔡廓傳："廓年位並輕，而爲時流所推重。"

【時宰】當時的執政官。晉書謝安傳論："並階時宰，無墮家風。"唐李綽尚書故實："又說顧況志尚疎逸，近於方外，有時宰曾招致，將以好官命之。"

【時病】㊀當時的弊病。新唐書一五七陸贄傳贊："觀贄論諫數十百篇，譏陳時病，皆本仁義，可爲後世法。"㊁時令病。因感四時六氣而成的季節性多發病。如冬傷於寒，春傷於風，夏傷於暑，秋傷於涼之類。清雷豐著有時病論八卷。

【時疾】季節性流行病。周禮夏官司爟："司爟掌行火之政令，四時變國火，以救時疾。"

【時哲】當代賢達之士。文選南朝宋謝靈運九日從宋公戲馬臺集送孔令詩："鳴葭戾朱宮，蘭巵獻時哲。"

【時務】㊀農事。國語楚上："民不廢時務，官不易朝常。"晉陶潛陶淵明集三癸卯歲始春懷古田舍詩之二："秉耒歡時務，解顏勸農人。"㊁謂當世的要事。漢書禮樂志："今之刑非皐陶之法也，而有司請定法，削則削，筆則筆，救時務也。"三國志蜀諸葛亮傳"時先主屯新野"注引襄陽記："劉備訪世事於司馬德操(徽)。德操曰：'儒生俗世，豈識時務？識時務者在乎俊傑。'"

【時乘】易乾："時乘六龍，以御天也。"後因以時乘指帝王即位。南齊謝脁謝宣城集一三日侍宴曲水代人應詔詩之二："於皇克聖，時乘御辯。寶曆載暉，瑶光重踐。"

【時氣】㊀四季的氣候。漢書七四丙吉傳："方春少陽用事，未可大熱，恐牛近行用暑故喘，此時氣失節，恐有所傷害也。"㊁時疫，流行病。漢書七二鮑宣傳："時氣疾疫，七死也。"山海經東山經"(澧)水其中多珠蟞魚，……食之無癘"晉郭璞注："無癘，無時氣病也。"

【時候】季節，節候。禮王制"獺祭魚，然後虞人入澤梁"漢鄭玄注："取物必順時候也。"宋黃裳演山集十二菊花詩："意靜氣清時候好，醉歸日月更相尋。"

【時師】謂當世的儒者。漢書三六劉向傳附劉歆移太常博士書："尚書初出于屋壁，朽折散絶，今其書見在，時師傳讀而已。"

【時邕】指時世安定、太平。同"時雍"。見該條。

【時羞】應時的美味。羞，同"饈"。魏書崔光傳諫靈太后頻幸王公第宅表："豐廚嘉醴，罄竭時羞。"唐韓愈昌黎集二三祭十二郎文："使建中遠具時羞之奠，告汝十二郎之靈。"

【時望】謂當時有威信、著聲望的人。晉書孝懷帝紀永興元年："二相經營王室，志寧社稷，儲貳之重，宜歸時望，親賢之舉，非大王而誰？"文選南齊王仲寶(儉)褚淵碑文："明皇不豫，儲后幼沖，貽厥之寄，允屬時望。"

【時鳥】應時而鳴的鳥。三國魏曹植曹子建集一節遊賦："凱風發而時鳥讙，微波動而水蟲鳴。"晉陸機陸士衡集六悲哉行："蕙草饒淑氣，時鳥多好音。"

【時貨】謂供日用的穀帛畜產等物。管子八觀："故曰：時貨不遂，金玉雖多，謂之貧國也。"

【時祭】四時的祭祀。左傳昭四年："曹邾辭以難，公辭以時祭，衛侯辭以疾。"漢書七三韋賢傳附韋玄成："又園中各有寢、便殿。日祭於寢，月祭於廟，時祭於便殿。"

【時運】㊀四時的運行。淮南子要略："知逆順之變，避忌諱之殃，順時運之應。"晉陶潛陶淵明集一時運詩："邁邁時運，穆穆良朝。"㊁當時的運數。文選漢班叔皮(彪)北征賦："諒時運之所爲兮，永伊鬱其誰愬。"後漢書七一荀彧傳論："方時運之屯邅，非雄才無以濟其溺。"

【時揖】拱手當心以作揖。王見諸侯的作揖禮式。周禮秋官司儀："詔王儀，南鄉見諸侯，土揖庶姓，時揖異姓，天揖同姓。"注："時揖，平推手也。"

【時間】目前，一時。古今雜劇元高文秀襄陽會三："奈時間將少兵微，你則去訪覓英賢可便廝扶持。"又秦簡夫剪髮待賓一："我恰纔覷了陶秀才相貌，雖則時間受窘，久後必然發跡。"

【時景】當時的景致。唐韋應物韋江州集八縣齋詩："仲春時景好，草木漸舒榮。"宋陳師道后山居士詩話："范文正公(仲淹)爲岳陽樓記，用對語說時景，世以爲奇。"

【時牌】揭報時辰的牙牌。以象牙爲質，刻字填金。其牌有七，自卯至酉七時用之。宋王禹偁小畜集十有傷詩："壁上時牌催晝夜，案頭朝報見存亡。"參閱宋史律曆志三漏刻。

【時幾】時期，時日。書益稷："勑天之命，惟時維幾。"傳："惟在順時，惟在慎微。"墨子尚同中："春秋祭祀，不敢失時幾。"清俞樾諸子平議九墨子一："不敢失時幾者，不敢失時期也。國語周語注曰，期將事之日也，是期以日言，不敢失時，并不敢失日，故曰不敢失時幾。"

【時新】應時的新異物品。隋書許善心傳："善心母范氏，梁太子中舍人孝才之女，少寡養孤，博學有高節。高祖知之，勑尚食每獻時新，常遣分賜。"唐詩紀事四四王建宫詞："御廚不食索時新，每見花開即苦春。"指食品。才調集五元稹雜思詩之四："紅羅著壓逐時新，吉了花紗嫩麴塵。"宋范成大石湖集十二相國寺詩："聞說今朝恰開寺，羊裘狼帽趁時新。"指裝束式樣。

【時雍】猶言和善。時，善；雍，和。書堯典："百姓昭明，協和萬邦，黎民於變時雍。"漢書刑法志："順稽古之制，成時雍之化。"後來詩文多以時爲時世，以時雍指時世安定、太平。也作"時邕"。文選晉張景陽(協)七命："六合時邕，巍巍蕩蕩。"晉書張協傳作"時雍"。

【時勢】當時的情況趨向。莊子秋水："當堯舜而天下無窮人，非知得也；當桀紂而天下無通人，非知失也；時勢適然。"戰國策趙二："君非徒不達於兵也，又不明其時勢。"

【時禁】㊀有關季節的禁令、忌諱。荀子王制："汙池淵沼川澤，謹其時禁，故魚鼈優多而百姓有餘用也。"漢書七五李尋傳："夫以喜怒賞罰，而不顧時禁，雖有堯舜之心，猶不能致和。"㊁對非時出入者的禁止。周禮天官宮正："辨內外而時禁。"注引鄭司農(衆)："分別外人、內人，禁其非時出入。"

【時會】猶言時運。文選漢班叔皮(彪)北征賦："故時會之變化兮，非天命之靡常。"參見"時運㊁"。

【時節】㊀指四時的節序。史記天官書："攝提者，直斗杓所指，以建時節，故曰攝提格。"文選古詩十九首之七："白露沾野草，時節忽復易。"㊁時候。文選漢孔文舉(融)論盛孝章書："歲月不居，時節如流。"唐杜甫杜工部草堂詩箋三七江南逢李龜年："正是江南好風景，落花時節又逢君。"㊂合時而行有禮節。國語晉八：

"夫德廣遠而有時節，是以遠服而邇不遷。"漢書地理志下:"酒禮之會，上下通焉,吏民相親,是以其俗風雨時節，穀糴常賤,少盜賊,有和氣之應,賢於內郡。"

【時髦】謂一時的傑出人物。後漢書順帝紀贊:"孝順初立，時髦允集。"注:"爾雅曰:'髦,俊也。'郭璞注曰:'士中之俊,猶毛中之髦。'時張晧王龔龐參張衡李郃李固黄瓊之儔也。"文選南朝宋謝靈運擬魏太子鄴中集詩徐幹:"華屋非蓬居，時髦豈余匹。"今稱新異應時爲時髦。

【時臺】古時諸侯所設觀察四時氣象之臺。公羊傳莊三一年"春，築臺于郎"漢何休注:"禮,天子有靈臺以候天地,諸侯有時臺以候四時。"

【時談】時人的稱道。世說新語賞譽:"王長史(王濛)與大司馬(桓温)書，道淵源(殷浩)識致安處，足副時談。"魏書崔休傳:"休聰明强濟,雅善斷決,……加之公平清潔,甚得時談。"

【時論】當時的輿論。三國志魏常林傳:"時論以林節操清峻,欲致之公輔。"唐白居易長慶集三八牛僧孺監察御使制:"訪諸時論,宜當朝選。"

【時賢】當時的賢達之人。世說新語文學:"桓宣武(温)命袁彥伯(宏)作北征賦,既成,公與時賢共看,咸嗟歎之。"

【時樣】入時的式樣。宋陳師道后山詩註十謝寇十一惠端硯:"琢爲時樣供翰墨,十襲包藏百金貴。"

【時弊】當時的弊病。晉書姚萇載記:"萇還安定,修德政，布惠化，省非急之費，以救時弊。"新唐書一八一李蔚傳:"蔚上疏切諫,引狄仁傑、姚元崇、辛替否所言，譏病時弊。帝不聽，但以虛禮褒答。"

【時輩】當時的有名人物。三國志魏孫禮傳:"禮與盧毓同郡時輩，而情好不睦。"後漢書二三竇融傳附竇章:"章謙虛下士,收進時輩,甚得名譽。"

【時價】當時的物價。三國志魏王昶傳"樂安任昭先(嘏)"注:"又與人共買生口,各雇八匹。後生口家來贖,時價直六十匹。共買者欲隨時價取贖，嘏自取本價八匹。共買者慚，亦還取本價。"宋朱熹朱文公集別集九取會管下都分富家及闕食之家:"開倉依時價出糶，應接民間食用。"

【時憲】書說命中:"惟天聰明，惟聖時憲。"傳:"憲，法也。言聖王法天以立教。"後稱當時的教令爲時憲。藝文類聚三六晉潘岳許由頌:"通於時憲，頃匡不盈。"

【時諺】當時流行的諺語。宋郭若虛圖畫見聞志二五代:"高道興,成都人,事王蜀爲內圖畫庫使,工佛道雜畫，用筆神速，觸類皆精，蜀之寺觀，尤多牆壁。時諺云:'高君墜筆亦成畫。'"

【時諱】猶言時忌。晉書周浚傳附周嵩上疏:"臣兄弟受遇,無彼此之嫌,而臣干犯時諱,觸忤龍鱗者何？誠念社稷之憂,欲報之於陛下也。"

【時邁】光陰的流轉。邁,行、前進。世說新語文學"孫子荆除婦服作詩"注引孫楚集:"時邁不停,日月電流，神爽登遐，忽已一周。"

【時機】時宜,機會。三國志吳孫登傳"於是東宮號爲多士"注引江表傳:"精識時機,達幽究微,則顧譚。"唐魏徵魏鄭公集三唐故邢國公李密墓誌銘:"應時機以鼓之,總羣策以決之。"

【時曆】當時通用的曆書。晉書杜預傳:"預以時曆差舛,不應晷度，奏上二元乾度曆,行於世。"

【時艱】時世的艱難困苦。樂府詩集三二南朝宋顏延年從軍行:"苦哉遠征人，畢力幹時艱。"梁書沈約傳郊居賦:"伊皇祖之弱辰,逢時艱之孔棘。"

【時鮮】應時的美味。樂府詩集六七晉張華遊獵篇:"鷹隼始擊鷙，虞人獻時鮮。"文館詞林一五七晉曹攄贈石崇詩:"飲必酃緑,肴則時鮮。"

【時難】㊀當時的災難。漢書藝文志:"春秋所貶損大人當世君臣，有威權勢力，其事實皆形於傳，是以隱其書而不宣，所以免時難也。"三國志魏管寧傳:"遂避時難，乘桴越海，羈旅遼東三十餘年。"㊁古時按時驅疫的儀式。難，通"儺"。周禮夏官方相氏:"帥百隸而時難,以索室毆疫。"注:"時難，四時作，方相氏以難卻凶惡也。"參見"儺㊁"。

【時譽】當時的聲譽。後漢書二七吳良傳:"後遷司徒長史，每處大議，輒據經典，不希旨偶俗，以徼時譽。"晉書傅玄傳:"與東海繆施俱以時譽選入著作，撰集魏書。"

【時饗】見"時享"。

【時變】㊀四時季節的變化。易賁:"觀乎天文，以察時變。"史記天官書:"爲天數者，必通三五。終始古今，深觀時變，察其精粗,則天官備矣。"㊁時世的變化。史記九九叔孫通傳:"於是叔孫通使徵魯諸生三十餘人,魯有兩生不肯行,……叔孫通笑曰:'若真鄙儒也,不知時變。'"北周庾信庾子山集二哀江南賦:"但坐觀於時變,本無情於急難。"

【時大彬】明末宜興製作陶壺的名家。所製壺具樸雅堅緻的特色。初仿供春,喜作大壺,其後改作小壺,前後諸家皆不能及。其壺以柄上拇痕爲標識。父朋亦以製陶著名。參閱明周高起陽羨茗壺系、清李斗揚州畫舫録四。

【時世粧】婦女的入時裝飾。唐白居易長慶集三上陽白髮人詩:"小頭鞋履窄衣裳,青黛點眉眉細長。外人不見見應笑,天寶末年時世粧。"又卷四有時世粧詩。

【時政記】唐制:自長壽二年,宰相每上朝奏論政事後,退歸中書,由知印宰相記述當日奏對之語,送付史館,名時政記。史官憑此,編入簡策。參閱唐杜牧樊川集十五論閣内延英奏對書時政記狀、舊唐書八九姚璹傳、清顧炎武日知録十八記注。

【時務策】論時務的對策。唐代科舉考試,凡明經,先試帖文,然後口試經義,答時務策三道;凡進士,試時務策五道,帖一大經,經、策全通者爲甲第。參閱唐封演封氏聞見記三貢舉、新唐書選舉志上。

【時裏白】魚名。又名時白魚。明王鏊王文恪公集一洞庭兩山賦:"水族則時裏之白,鱠殘之銀,魴鱸鮒鯊,自昔所珍。"參閱清顧張思土風録五時白魚。

【時和年豐】時世安定，五穀豐收。用以稱頌太平盛世。詩小大雅譜疏:"萬物盛多,人民忠孝,則致時和年豐,故次華黍,歲豐宜黍稷也。"

【時絀舉贏】當衰敝之時，而行奢侈之事。絀，不足;贏，多餘。史記韓世家:"往年秦拔宜陽，今年旱,昭侯不以此時卹民之急,而顧益奢,此謂時絀舉贏。"

【時運多難】晉鼓吹曲名。漢魏短簫鐃歌之樂，有朱鷺雍離等曲。晉司馬炎建晉王朝，命傅玄製鼓吹曲二十二篇，頌揚公德，改雍離爲時運多難，頌司馬懿伐吳之事，爲第五篇。見晉書樂志下。

晅 xuān ㄒㄩㄢ 集韻 許元切,平,元韻。火遠切,上,阮韻。

㊀曝乾。易說卦:"雨以潤之，日以烜之。"釋文作"晅"，又作"暅"。㊁太陽的光暈。集韻:"晅,日氣也。"

晒 shài ㄕㄞ

"曬"之異體。也作"晱"。曝，曝物使乾。唐李商隱李義山詩集四自桂林奉使江陵途中感懷寄獻尚書:"亂鴉銜晒網，寒女簇遙碪。"一本作"晱"。又齊己白蓮集二題終南山隱者室詩:"風吟窗樹老，日晒窗雲乾。"

晟 shèng 承正切,去,勁韻,禪。ㄕㄥˋ

㊀光明。元詩選郝經陵川集原古上元學士:"昂頭冠三山,俯瞰旭日晟。"㊁盛美。楚辭屈原九章懷沙:"內厚質正兮，大人所晠。"晠,同"晟"。一本作"盛"。

晃 1. huǎng 胡廣切,上,蕩韻,匣。ㄏㄨㄤˇ

説文作"晄"。㊀明亮。藝文類聚九晉郭璞鹽池賦:"爛然漢明,晃爾霞赤;望之絳承，即之雪積。"㊁閃耀。北周庾信庾子山集一鏡賦:"朝光晃眼，早風吹面。"㊂疾閃而過。

2. huàng ㄏㄨㄤˋ

㊃搖擺。見"晃₂蕩㊀"。

【晃朗】明亮貌。文選晉潘安仁(岳)秋興賦:"天晃朗以彌高兮，日悠陽而浸微。"抱朴子喻蔽:"守燈燭之宵曜，不識三光之晃朗。"

【晃晃】明盛貌。藝文類聚一晉傅玄日昇歌詠:"逸景何晃晃，旭日照萬方。"又九郭璞鹽池賦:"揚赤波之煥爛，光旰旰以晃晃。"

【晃蕩】閃爍不定貌。宋蘇軾分類東坡詩一過宜賓見夷中亂山:"江寒晴不知，遠見山上日。朦朧含高峯，晃蕩射峭壁。"

【晃₂蕩】也作"晃盪"。㊀空曠貌。樂府詩集四四子夜四時歌冬歌:"何處結同心，西陵柏樹下;晃蕩無四壁，嚴霜凍殺我。"宋蘇軾分類東坡詩二碧落洞:"槎牙亂峯合，晃蕩絕壁橫。"㊁搖曳，搖動。唐張説張説之集九山夜聽鐘詩:"前聲既春容，後聲復晃盪。"

【晃燿】閃爍照耀。宋書樂志四魏陳思王(曹植)靈芝篇:"榮華相晃燿，光采曄若神。"

【晃曜】閃鑠照耀。同"晃燿"。三國魏曹植曹子建集七宜男花頌:"光采晃曜，配彼朝日。"

晁 1. cháo 直遥切,平,宵韻,澄。ㄔㄠˊ

同"鼂"。㊀姓。北魏有晁崇，宋有晁補之。漢鼂錯，本傳作"鼂"，景帝紀作"晁"。參閱宋鄧名世古今姓氏書辨證十四宵。

2. zhāo ㄓㄠ

㊁早晨。通"朝"。文選漢馬季長(融)長笛賦:"山雞晨羣，埜雉晁雊。"注:"晁，古朝字。"

【晁₂采】玉名。文選漢司馬長卿(相如)上林賦:"晁采琬琰，和氏出焉。"注:"司馬彪曰:'晁采，玉名。'善曰:'晁，古朝字。'"漢書司馬相如傳作"鼂采"。

【晁錯】見"鼂錯"。

【晁公武】宋鉅野人，字子止。父沖之。紹興進士，乾道中，以敷文閣直學士，爲臨安府少尹。家富藏書。守普州時，撰郡齋讀書志，二十卷。因祖居開封昭德坊，人稱昭德先生。參見"郡齋讀書志"。

【晁補之】公元 1053—1110 年。宋鉅野人，字無咎。元豐二年進士，元祐初爲大學正，後以禮部郎中出知河中府。葺歸來園，自號歸來子。紹聖中落職監處州酒，後知泗州，卒於官。補之善爲文，與秦觀黃庭堅張耒等人稱蘇門四學士，爲蘇軾所稱。有雞肋集晁氏琴趣外篇等傳世。宋史有傳。

【晁氏客語】宋晁説之撰。一卷。此書彙輯雜論，體近語錄。其中亦記北宋士大夫遺事。以書中所記凡聞於他人者，多注出姓名，故稱客語。

【晁氏琴趣外篇】宋晁補之撰，六卷。也稱晁無咎詞。補之詞格調與蘇軾相近，不喜綺靡。以其另有雞肋集，不收長短句，故此書以外篇爲名。有宋六十名家詞本。

【晁氏寶文堂書目】明晁瑮及子晁東吳合撰。三卷。著錄頗廣。書名下多注明某刻，足以查考明代版本及源流。中卷所列小説，戲曲等書目，在舊有書目中尤具特色。

晌 shǎng 字彙 始兩切，音賞。ㄕㄤˇ

㊀午時。詳"晌午"、"晌睡"。㊁好久，片刻。元王實甫西廂記一本一折:"櫻桃紅綻，玉粳白露，半晌恰方言。"花草粹編五南唐李後主(煜)浪淘沙:"夢裏不知身是客，一晌貪歡。"草堂詩餘前集上作"一餉"。㊂田地面積單位名。清楊賓柳邊紀略三:"寧古塔地，不計畝而計晌。晌者，盡一日所種之謂也。約當浙江田四畝零。"

【晌午】正午。元曲選缺名桃花女楔子:"到今蚤日將晌午，方纔着我開鋪面。"又鄭廷玉冤家債主二"留着一隻手上油待吃晌午飯，不想我睡着了。"

【晌睡】午睡。古今雜劇元關漢卿救風塵一:"夏天我好的一覺晌睡，他替你妹子打着扇。"

七畫

晢 zhé 旨熱切,入,薛韻,照。ㄓㄜˊ

㊀光亮。見"晢晢"。㊁明白，明顯。易大有:"明辯晢也。"後漢書二八上馮衍傳:"明者見於無形，智者慮於未萌，況其昭晢者乎!"㊂明智。通"哲"。書洪範:"從作乂，明作晢。"

【晢晢】光亮貌。詩陳風東門之楊:"昏以爲期，明星晢晢。"箋:"晢晢，猶煌煌也。"

晝 zhòu 陟救切,去,宥韻,知。ㄓㄡˋ

㊀白天。詩豳風七月:"晝爾于茅，宵爾索綯。"易繫辭上:"剛柔者，晝夜之象也。"㊁春秋齊邑名。孟子公孫丑下:"孟子去齊，宿於晝。"地在今山東臨淄縣境。㊂姓。本春秋齊邑名，因爲封邑，遂以爲氏。見元和姓纂九宥引風俗通義。

【晝日】㊀一日，一晝之間。易晉:"晝日三接。"㊁白天。呂氏春秋博志:"蓋聞孔丘墨翟晝日諷誦習業，夜親見文王周公旦而問焉。"㊂太陽。韓詩外傳九:"虛之與虛，如薄冰之見晝日。"

【晝分】日至午時，即中午。三國魏曹植曹子建集八上責躬詩表:"晝分而食，夜分而寢。"

【晝晦】白天而天色暗。楚辭屈原九歌山鬼:"雲容容兮而在下，杳冥冥兮羌晝晦，東風飄兮神靈雨。"

【晝漏】漏，漏壺，古時滴水計時的器具。晝漏，謂白天的時間。後漢書律曆志下"夏至"注引蔡邕月令章句:"夏至之爲極有三焉:晝漏極長，去極極近，晷景極短。"

【晝餔】午餐。餔，申時之食，泛指飲食。莊子盜跖:"子之罪大極重，疾走歸。不然，吾將以子之肝益晝餔之膳。"

【晝錦】秦末項羽入關，屠咸陽，或勸其留居關中。羽見秦宮已燬，思歸江東，曰:"富貴不歸故鄉，如衣繡夜行，誰知之者!"見史記項羽紀。後因稱富貴還鄉爲晝錦。唐劉禹錫劉夢得集五贈致仕滕庶子先輩詩:"朝服歸來晝錦榮，登科記上更無光。"宋韓琦章得象皆爲宰相，致仕歸里，各建晝錦堂。宋歐陽修爲琦作相州晝錦堂記，文見歐陽修文忠集四十。

晜 kūn 古渾切,平,魂韻,見。ㄎㄨㄣ

同"昆"。㊀兄。爾雅釋親:"父之晜弟，先生爲世父，後生爲叔父。"㊁見"晜孫"。

【昦孫】第五世孫。爾雅釋親:"子之子爲孫,孫之子爲曾孫,曾孫之子爲玄孫,玄孫之子爲來孫,來孫之子爲昦孫。"釋名釋親屬作"昆孫"。

哱 pèi ㄆㄟˋ 集韻 蒲昧切,去,隊韻。

暗。見"晻哱"。

晡 bū ㄅㄨ 集韻 奔模切,平,模韻。

㊀申時,卽下午三點至五點。漢書天文志:"跌至晡,爲黍;晡至下晡,爲叔;下晡至日入,爲麻。"㊁泛指晚間。唐杜甫杜工部草堂詩箋三五大曆三年春白帝城放船出瞿塘峽……凡四十韻:"絕島容煙霧,環洲納曉晡。"

【晡夕】傍晚。文選戰國楚宋玉神女賦序:"晡夕之後,精神怳忽,若有所喜,紛紛擾擾,未知何意。"注:"晡,日昳時也。"

晣 zhé ㄓㄜˊ 旨熱切,入,薛韻,照。

同"晢"。㊀光亮。文選戰國楚宋玉高唐賦:"其少進也,晣兮若姣姬揚袂鄣日,而望所思。"㊁明白。文選南朝宋顏延年(延之)宋文皇帝元皇后哀策文:"謂道輔仁,司化莫晣。"

【晣晣】光亮貌。同"晢晢",詩小雅庭燎:"夜如何其?夜未艾,庭燎晣晣。"

晨 chén ㄔㄣˊ 植鄰切,平,真韻,禪。

㊀清早。詩小雅庭燎:"夜如何其,夜鄉晨。"㊁雞鳴報曉曰晨。書牧誓:"古人有言曰:牝雞無晨。"㊂星名。卽房星。詳"晨正"。

【晨正】房星正月中晨見南方,指立春之日。周曆正月爲夏曆三月。國語周上:"農祥晨正,日月底于天廟,土乃脈發。"注:"農祥,房星也。晨正,謂立春之日,晨中於午也。農事之候,故曰農祥。"文選漢張平子(衡)東京賦:"及至農祥晨正,土膏脈起,……躬三推於天田,修帝籍之千畝。"

【晨牝】謂雌雞司晨。比喻干預朝政的后妃。晉陸機陸士衡集九愍懷太子誄:"如何晨牝,穢我朝聽。"指惠帝賈后。

【晨門】管城門開閉的人。論語憲問:"子路宿於石門,晨門曰:'奚自?'"後漢書五六王龔傳論:"然則立德者以幽陋好遺,顯登者以貴塗易引,故晨門有抱關之夫,柱下無朱文之軫也。"

【晨明】天將亮時。猶黎明。淮南子天文:"日出于暘谷,浴于咸池,拂于扶桑,是謂晨明。"

【晨昏】禮曲禮上:"冬温而夏凊,昏定而晨省。"後來因以晨昏指對父母的侍養。文選南朝梁任彥昇(昉)啟蕭太傅固辭奪理:"飢寒無甘旨之資,限役廢晨昏之半。"唐王勃王子安集五滕王閣詩序:"舍簪笏於百齡,奉晨昏于萬里。"參見"昏定晨省"。

【晨星】晨見的星。玉臺新詠二晉張華情詩之二:"東帶俟將朝,廓落晨星稀。"星至晨而漸没,後常用以比喻稀少。明史可法史忠正公集一請行徵辟保舉疏:"東南缺員不少,安能復填西北?使無致嘆於晨星,則銓選法窮,不得不改爲徵辟。"

【晨風】㊀詩秦風篇名。詩序謂爲諷刺春秋秦康公忘穆公舊業,棄其賢臣之作。後放逐之臣常以晨風指遭時不遇。東漢楊終被罪充邊,又遭母喪,乃作詩抒憤,題曰晨風行。見樂府詩集八晨風行題解。㊁鳥名。卽鸇。詩秦風晨風:"鴥彼晨風,鬱彼北林。"

【晨烏】初出的太陽。古代神話謂日中有金烏,因以烏作爲日之代稱。南齊書張融傳海賦:"晨烏宿於東隅,落河浪其西界。"

【晨鳧】㊀野鴨。文選晉左太沖(思)蜀都賦:"晨鳧旦至,候鴈銜蘆。"注:"晨鳧,常以晨飛也。"㊁船名。也稱"鳧舟"。太平御覽七七〇晉周處風土記:"晨鳧卽青桐大舡名。(三國吳)諸葛恪所造鴨頭舡也。"

【晨嬰】漢武內傳記西王母戴"太真晨嬰之冠",詩文中因用爲女仙的冠名。唐文粹五二楊炯少室山少姨廟碑銘序:"建晨嬰之寶冠,踐遠遊之文履。"

【晨鵠】鳥名。猛禽鶻鶚之屬。山海經西山經鍾山:"欽䲹化爲大鶚,其狀如鵰,而黑文白首,赤喙而虎爪,其音如晨鵠。"文選晉郭景純(璞)江賦:"其羽族也,則有晨鵠天雞,鴾鶩鷗𪀚。"

【晨鐘】寺院早晨報時之鐘聲。北周庾信庾子山集三陪駕幸終南山和宇文內史詩:"戍樓鳴夕鼓,山寺響晨鐘。"唐杜甫杜工部草堂詩箋一遊龍門奉先寺詩:"欲覺聞晨鐘,令人發深省。"參見"晨鐘暮鼓"。

【晨風行】樂府雜曲歌辭。詳"晨風㊀"。

【晨鐘暮鼓】佛寺早撞鐘、暮擊鼓以報時。晨鐘暮鼓,本謂時日推移,循環不已。宋陸游劍南詩稿十四短歌行:"百年鼎鼎世共悲,晨鐘暮鼓無休時。"後多指對人及時的警戒。

晤 wù ㄨˋ 五故切,去,暮韻,疑。

㊀相遇,見面。詩陳風東門之池:"彼美淑姬,可與晤歌。"樂府詩集二三南朝梁元帝關山月:"夜長無與晤,衣單誰爲裁?"㊁聰明,明白。通"悟"。唐李儼道因法師碑:"司徒以威容之盛,垂範漢朝;侍中以才晤之奇,飛芳晉牒。"又:"將超八難,卽晤三空。"(金石萃編五四)

【晤言】見面談話。詩陳風東門之池:"彼美淑姬,可與晤言。"

【晤語】見面交談。詩陳風東門之池:"彼美淑姬,可與晤語。"唐杜甫杜工部草堂詩箋九大雲寺贊公房之二:"晤語契深心,那能總鉗口。"

晛 xiàn ㄒㄧㄢˋ 胡典切,上,銑韻,匣。奴甸切,去,霰韻,泥。

㊀日氣。詩小雅角弓:"雨雪瀌瀌,見晛曰消。"㊁明亮。明楊基眉庵集四春風行:"今朝棠梨開一花,天氣自佳日色晛。"

晗 hán ㄏㄢˊ 玉篇 胡南切。

天將明。見玉篇。

晞 xī ㄒㄧ 香衣切,平,微韻,曉。

㊀乾。"濕"之反。詩秦風蒹葭:"蒹葭萋萋,白露未晞。"㊁曉,天明。詩齊風東方未明:"東方未晞,顛倒裳衣。"

【晞堁】乾土。淮南子説山:"螾無筋骨之强,爪牙之利,上食晞堁,下飲黃泉,用心一也。"大戴禮勸學作"晞土"。

【晞髮】披髮使乾。楚辭屈原九歌少司命:"與女沐兮咸池,晞女髮兮陽之阿。"晉陸雲陸士龍集七九愍行吟:"朝彈冠以晞髮,夕振裳而濯足。"

【晞髮集】宋謝翶撰。十卷,遺集二卷,遺集補一卷,附天地間集一卷,西臺慟哭記注一卷,冬青引注一卷。翶曾參文天祥幕,宋亡不仕。自號晞髮子,故以名其集。

晙 jùn ㄐㄩㄣˋ 子峻切,去,稕韻,精。私閏切,去,稕韻,心。

早,明。見爾雅釋詁下及注。唐有王晙,新、舊唐書有傳。

晧 hào ㄏㄠˋ 胡老切,上,晧韻,匣。

㊀光明。楚辭漢劉向九歎遠遊:"服覺晧以殊俗兮,貌揭揭以巍巍。"注:"晧,猶明也。"㊁通"浩"。見"晧然"。

【晧旰】㊀明亮貌。楚辭漢劉向九歎遠逝:"曳慧星之晧旰兮,撫朱爵與鵕鸃。"

㊁盛貌。文選三國魏曹子建(植)七啟:"丹旗曜野,戈殳晧旰。"疊語作"晧晧旰旰"。史記河渠書:"瓠子決兮將柰何,晧晧旰旰兮閭殫爲河!"漢書溝洫志作"浩浩洋洋"。

【晧然】同"浩然"。漢三公山碑:"或有恬淡,養晧然兮。"(隸釋三)參見"浩然"。

晦 huì ㄏㄨㄟˋ 荒内切,去,隊韻,曉。

㊀農曆每月的最後一日。春秋成十六年:"甲午晦,晉侯及楚子鄭伯戰于鄢陵。"㊁晚,夜。易隨:"君子以嚮晦入宴息。"左傳昭元年:"晦淫惑疾,明淫心疾。"㊂昏暗,暗昧。詩鄭風風雨:"風雨如晦,雞鳴不已。"莊子田子方:"一晦一明。"㊃深微,含蓄。左傳成十四年:"春秋之稱,微而顯,志而晦,婉而成章。"㊄敗謝,凋零。文選南朝梁江文通(淹)雜體詩王徵君(微):"寂歷百草晦,欻吸鶤雞悲。"注:"草木華實榮茂謂之明,枝葉彫傷謂之晦。"㊅倒霉。見"晦氣"。

【晦盲】昏暗。荀子賦:"列星殞墜,旦暮晦盲。"

【晦明】㊀從夜到明,晝夜。楚辭屈原九章抽思:"望孟夏之短夜兮,何晦明之若歲!"㊁陰晴,明暗。國語楚上:"地有高下,天有晦明。"河嶽英靈集中儲光羲使過彈箏峽作詩:"雙壁隱靈曜,莫能知晦明。"㊂易明夷:"利艱貞,晦其明也。"疏:"既處明夷之世,外晦其明,恐陷於邪道,故利在艱固其貞,不失其正。"後遂指韜晦隱迹爲晦明。文選南朝梁任彥昇(昉)宣德皇后令:"在昔晦明,隱鱗戢翼。"

【晦迹】謂隱居匿迹。南朝梁釋慧皎高僧傳五竺道壹:"少出家,貞正有學業,而晦迹隱智,人莫能知。"也作"晦跡"。唐陸贄陸宣公集一奉天改元大赦制:"天下有隱居行義、才高德遠、晦跡丘園、不求聞達者,委所在長吏,具姓名聞奏,當備禮邀致。"

【晦冥】昏暗。史記高祖紀:"是時雷電晦冥,太公往視,則見蛟龍於其上。"也作"晦暝"。晉書戴洋傳:"至(咸和)三年五月,大風雷雨西北來,城内晦暝。"

【晦昧】昏暗,模糊不明。南朝梁吳均吳朝請集送柳吳興竹亭集詩:"躑躅牛羊下,晦昧崦嵫色。"宋張炎詞源下清空:"詞要清空,不要質實,清空則古雅峭拔,質實則凝澀晦昧。"

【晦朔】㊀農曆月的末一日及初一日。後漢書律曆志下:"晦朔合離,斗建移辰,謂之(月)。"㊁指早晚。莊子逍遙遊:"朝菌不知晦朔,惠蛄不知春秋。"

【晦氣】壞運氣,倒霉。宋張鎡南湖集七園步雜興詩之五:"從此五行無晦氣,一聞成就萬篇詩。"水滸四二:"宋江道:'卻不又是晦氣,這遭必被擒捉!'"

【晦菴】宋朱熹自題其書室爲晦庵,自稱晦翁。後人遂稱之爲晦菴先生。晦菴原址在今福建建陽縣蘆峯山的雲谷。熹有雲谷二十六詠晦菴詩,見朱文公集七。

【晦蒙】昏暗。文苑英華一〇五唐崔膺金鏡賦:"宇宙晦蒙,我獨皎潔。"

【晦澀】文辭隱晦,不流暢。宋陳振孫直齋書録解題十六絳守(居)園池記注:"爲文而晦澁若此,其湮没弗傳也宜哉。"清顧炎武日知録十八監本二十一史:"舊唐書病其事之遺闕,新唐書病其文之晦澀,當兼二書刻之。""澁"、"澀"同。

【晦翁學案】宋朱熹學説之論述。熹之學源出楊時,以主敬爲立身之本,窮理爲致知之方。爲宋明理學的主要代表人物。其門人著名者有蔡元定黄榦李燔張洽等。見宋元學案四八、四九。

晚 wǎn ㄨㄢˇ 無遠切,上,阮韻,明。

㊀日暮。楚辭漢嚴忌哀時命:"白日晼晚其將入兮,哀余壽之弗將。"㊁夜晚。京本通俗小説錯斬崔寧:"是我在京中早晚無人照管。"㊂後,遲。墨子節用上:"其欲晚處家者,有所四十年處家。"荀子法言:"刑已至而呼天,不亦晚乎?"㊃終,將盡。文選古詩十九首之一:"思君令人老,歲月忽已晚。"㊄老年。史記孔子世家:"孔子晚而喜易。"㊅舊時後輩對前輩、下屬對上司稱晚生,簡言曰晚,多用於書信。

【晚世】㊀猶末世。指一個時代或一個朝代將終之時。淮南子本經:"晚世之時,帝有桀紂。"㊁近世。漢劉向説苑建本:"然晚世之人,莫能閒居心思,鼓琴讀書,追觀上古。"

【晚生】㊀謂中年以後得子。孔子家語七十二弟子解:"吾恐子自晚生耳,未必妻之過。"㊁晉人稱己之子爲晚生。晉書元四王琅邪悼王(煥)傳:"今晚生矇弱,何論於此!"此爲晉元帝稱其子煥。㊂舊時官場後輩對前輩的自謙之稱。宋代士大夫對位高年長者自稱晚生;明清翰林入館,投刺於先登甲第者,書晚生。參閲宋邵伯溫河南邵氏聞見前録八、明王世貞觚不觚録。

【晚成】謂成就較晚。老子:"大器晚成,大音希聲。"後漢書二四馬援傳:"(援)嘗受齊詩,意不能守章句,乃辭況,欲就邊郡田牧。況曰:'汝大才,當晚成,良工不示人以朴,且從所好。'"況,援兄。參見"大器晚成"。

【晚年】年老之時。梁書夏侯亶傳:"晚年頗好音樂。"唐杜甫杜工部草堂詩箋二四八哀詩贈太子太師汝陽郡王璡:"晚年務置醴,門引申白賓。"

【晚色】傍晚的天色。唐王建詩送人遊塞:"初晴天墮絲,晚色上春枝。"宋詩鈔蘇舜卿滄浪集鈔晚意:"晚色微茫至,前山次第昏。"

【晚吹】即晚風。唐劉長卿劉隨州集九觀校獵上淮西相公詩:"笳隨晚吹吟邊草,箭没寒雲落塞鴻。"

【晚唐】舊時對唐詩的分期,有初、盛、中、晚四期,大和以後爲晚唐。也有僅分初、盛、晚三期的,以元和以後爲晚唐。參見"三唐"、"中唐"。

【晚晚】對叔父的俗稱。明史惇痛餘雜録:"呼叔曰晚晚,言晚得也。有稱父爲晚晚者,認爲伯之子,言易長養,無刑剋也。"

【晚進】謂資淺新進之人。猶言後輩。新唐書一六一張薦傳:"其論著率詆誚蕪猥,然大行一時,晚進莫不傳記。"宋陳師道后山詩注十二題王平甫帖:"可恨治朝無此老,卻嫌晚進不同生。"

【晚運】末年。運,指時際,時期。宋書恩倖傳序:"及太宗晚運,慮經盛衰,權幸之徒,慴憚宗戚,欲使納主孤立,永竊國權,……寶祚夙傾,實由於此。"南齊書高帝紀上:"(沈)攸之爲郢州,値明帝晚運,陰有異圖。"

【晚達】晚年得官。文選南朝宋顏延年(延之)拜陵廟作詩:"早服身義重,晚達生戒輕。"南史袁湛傳附袁昂:"臣生四十七年于兹矣,四十以前,臣之自有,七年以後,陛下所養。七歲尚書,未爲晚達。"

【晚塗】指晚年。晉書簡文三子會稽文孝王道子傳:"道子張目謂人曰:'桓温晚塗欲作賊,云何?'(桓)玄伏地流汗不得起。"宋蘇軾分類東坡詩十九次韻王鬱林:"晚塗流落不堪言,海上春泥不〔手〕自翻。"

【晚歲】㊀遲熟的莊稼。三國魏曹植曹子建集五贈徐幹詩:"良田無晚歲,膏澤多豐年。"㊁年老時。唐杜甫杜工部草堂詩箋十一羌村之二:"晚歲迫偷生,還家少懽趣。"

【晚照】夕陽餘暉。藝文類聚四南朝宋孝武帝七夕詩:"白日傾晚照,絃月外初光。"唐杜甫杜工部草堂詩箋三十秋野之四:"遠岸秋沙白,連山晚照紅。"

【晚節】㊀晚年。史記外戚世家:"(呂后)及晚節色衰愛弛,而戚夫人有寵。"㊁末世，謂一代將終之時。漢書五一鄒陽傳:"(秦)至其晚節末路,張耳陳勝連從兵之據,以叩函谷,咸陽遂危。"㊂指晚年節操。宋書陸微傳薦士表:"冰心與貪流爭激，霜情與晚節彌茂。"宋龔昱編樂庵語錄三:"韓魏公(琦)嘗言初節易保晚節難,在北門九日燕諸曹詩有曰:'莫羞老圃秋容淡,要看寒花晚節香。'"

【晚衙】舊時官署長官一日早晚兩次坐衙,受屬吏參拜治事。晚間坐衙稱晚衙。唐白居易長慶集二十城上詩:"城上鼕鼕鼓,朝衙復晚衙。"

【晚蓋】春秋晉驪姬向武公進讒言,說太子申生有奪位的陰謀:"彼將惡始而美終,以晚蓋者也。"見國語晉一。意思指申生奪位後,將取悅於民,掩飾前非。後來多泛作改過自新之意。清尹會一健餘先生尺牘三與王罕皆太史書之三:"匪直老益懷人,亦因晚蓋是亟,切望有道之扶持。"

【晚翠】㊀指樹木經冬仍保綠色。南朝梁周興嗣千字文:"枇杷晚翠,梧桐早凋。"㊁日暮時蒼翠的景色。唐詩紀事六一高蟾金陵晚望:"曾伴浮雲悲晚翠,猶陪落日泛秋聲。"

【晚魄】指月亮。月體黑處曰魄。南史王誕傳附王藻:"夕不見晚魄,朝不識曙星。"

【晚駕】指君主死亡。同"晏駕"。北史祖瑩傳附祖珽:"珽私於士開曰:'君之寵幸,振古無二。宮車一日晚駕,欲何以克終?'"

【晚暮】㊀謂歲時已晚。藝文類聚三南朝宋謝靈運彭城宮中直感歲暮詩:"晚暮非獨已,鳴鶗歇春蘭。"㊁形容年高老邁。藝文類聚一東漢李尤九曲歌:"年歲晚暮時已斜,安得力士翻日車?"三國魏曹植曹子建集六種葛篇:"行年將晚莫,佳人懷異心。"莫,通"暮"。㊂指末路,絕境。後漢書五四楊震傳:"(震)常客居於湖,不答州郡禮命數十年,衆謂之晚暮,而震志愈篤。"

【晚輩】後輩。宋蘇軾分類東坡詩十一過廣愛寺見三學演師觀楊惠之塑寶山朱瑤畫文殊普賢之三:"朱瑤唐晚輩,得法尚雄深。"朱瑤,唐長安人,工畫佛。

【晚稻】霜降節後成熟之稻。唐劉禹錫劉夢得集外集八歷陽書事七十韻詩:"場黄堆晚稻,籬碧見冬菁。"全唐詩六七一唐彥謙蟹:"湖田十月清霜墮,晚稻初香蟹如虎。"

【晚學】㊀謂晚年求學。北齊顏之推顏氏家訓勉學:"然人有坎壈,失於盛年,猶當晚學,不可自棄。"㊁後輩學子。後漢書六〇下蔡邕傳:"邕乃自書册於碑,使工鐫刻,立於太學門外,於是後儒晚學,咸取正焉。"㊂對輩行較早者的自謙之稱。宋衛涇後樂集十四與陸侍制游劄子:"且時事如此,自揆晚學荒拙,亡毫髮裨補,日夕惴懼,未知免戾之所。"

【晚籟】傍晚時各種天然聲響。宋王禹偁小畜集九村行:"萬壑有聲含晚籟,數峰無語立斜陽。"

【晚豔】後開之花。唐王建詩七野菊:"晚豔出荒籬,冷香著秋水。"元詩選成廷珪居竹軒集三月二十五日過上洋十六保徐居士柯莊之二:"孤花餘晚豔,芳草亂春愁。"指春暮之花。

【晚甘侯】茶之異名。宋陶穀清異錄茗荈:"孫樵送茶與焦刑部書云:'晚甘侯十五人,遣侍齋閣,此徒皆請雷而摘,拜水而和,蓋建陽丹山碧水之鄉,月澗雲龕之侶,慎勿賤用之。'"(說郛六一)

【晚侍生】清時禮部司官投刺内院學士、宗人府大堂官、巡撫、副僉都稱晚侍生。見清梁章鉅稱謂錄三二同官謙稱。

【晚學生】後學對前輩的自謙之稱。清時禮部司官投刺内院大學士、吏部都察院正堂官,稱晚學生。見清錢大昕恆言錄三友生晚生、梁章鉅稱謂錄三二同官謙稱。

【晚食當肉】戰國策齊四:"斶願得歸,晚食以當肉,安步以當車。"斶,顏斶。古仕者得食肉,斶不願出仕,言飢而後食,美如食肉。後以泛指甘於淡泊。宋朱熹朱文公集六公濟惠山蔬四種……詩芹:"晚食寧論肉,知君薄世榮。"即用斶言之意。

八畫

普 pǔ　滂古切,上,姥韻,滂。
ㄆㄨˇ

㊀遍,全面。易乾:"見龍在田,德施普也。"㊁廣大。墨子尚賢中:"聖人之德,若天之高,若地之普。"㊂北魏十姓之一。獻帝次兄爲普氏,後改爲周氏。見魏書官氏志。

【普屯】複姓。北周辛威從賀拔岳征伐有功,及宇文泰統岳衆,以戰功累遷至開府儀同三司,賜姓普屯氏。見北史本傳。周書威傳誤作普毛氏。

【普氾】普遍。淮南子本經:"紀綱八極,經緯六合,覆露照導,普氾無私。"注:"普,太也;氾,衆也。"也作"普汎"。魏書孝莊帝紀建義二年:"内外百僚,普汎加一級。"

【普安】㊀縣名。1.見"普寧"。2.屬貴州省。清順治十八年置,屬安順府,雍正五年改隸南籠府,即後之興義府。參閱嘉慶一統志五一〇興義府。㊁廳名。漢牂牁郡地。唐爲盤川,後屬南詔。元置普安路,明改爲州,清嘉慶十四年升爲直隸州,十六年改直隸廳。即今貴州盤縣。參閱嘉慶一統志五一四普安廳。

【普里】地名。宋時可劉等族所居地,稱普里部,元爲普定路,清屬安順府。今貴州安順市地。參閱嘉慶一統志五〇一安順府。

【普定】縣名。屬貴州省。元置,兼爲路,後改爲府。明爲衞。清改縣,爲安順府治所。公元1913年裁府留縣。參閱嘉慶一統志五〇一安順府。

【普陀】山名。亦稱補陀落迦補怛洛迦,皆梵文的音譯。意譯爲小白花山或小花樹山。相傳漢梅福煉丹於此,又名梅岑山。山在今浙江普陀縣,四面環海,風景佳麗。舊時與九華峨眉五臺並稱爲佛教四大名山。參閱遼釋希麟續一切經音義三新華嚴經十六補陁落迦、翻譯名義集三衆山。

【普門】指佛法周徧融通,可使人得無上解脫。法華義疏十二觀世音菩薩普門品:"所言普門者,普以周普爲義,門是開通無滯之名。"文苑英華八六三唐封演魏州開元寺新建三門樓碑:"上座僧志高、都維那僧道圓及諸徒衆等,並精通妙法,堅持密行,名稱普門,威儀無缺。"

【普洱】縣名。屬雲南省。清雍正七年分車里宣慰司所轄境置寧洱縣,屬寧洱府。公元1913年裁府留縣,1950年改名普洱縣。參閱嘉慶一統志四八六普洱府。

【普度】廣施法力,使衆生徧得解脫。也指廣行剃度。宋史二七六孔承恭傳:"嘗勸上不殺人,又請於征戰地修寺及普度僧尼,人多言其迂闊云。"

【普浹】猶言普及。全唐文一六九狄仁傑請曲赦河北諸州疏:"昔董卓之亂,神器播遷,及卓被誅,部曲無赦,事窮變起,毒害生人,京室丘墟,化爲禾黍,此由恩不普浹,失在機先。"

【普淖】卽黍稷。儀禮士虞禮:"敢用絜牲剛鬣、嘉薦、普淖、香合、明齊、溲酒。"注:"普淖,黍稷也。普,大也;淖,和也,德能大和，乃有黍稷，故以爲號云。”一說普淖爲鉶羹，加五味作料的湯菜。見清王引之經義述聞十普淖。

【普泰】北魏元恭（節閔帝）年號。公元531—532年。

【普通】梁蕭衍（武帝）年號。公元520—527年。

【普寧】縣名。屬廣東省。漢揭陽縣地，東晉後爲潮陽縣。明嘉靖四十三年析置普安縣，萬曆十三年改稱普寧。清因之，屬潮州府。參閱嘉慶一統志四四六潮州府。

【普賢】菩薩名。梵文爲“三曼多跋陀羅”，也譯爲“遍吉”。與文殊並稱，佛教稱爲釋迦牟尼之二脇士。寺院塑像，侍立於釋迦兩旁，乘青獅者爲文殊，乘白象者卽普賢。法華經七有普賢菩薩勸發品。參閱法華義疏十二普賢菩薩勸發品。

【普羅】絨毛織品名。也稱氆氌。明曹昭格古要論三：“普羅，出西蕃及陝西甘肅。亦用絨毛織者，闊一尺許，與氊海剌相似，却不緊厚。”

【普六茹】複姓。亦作“普陋如”。元魏諸姓之一，後改爲茹氏。隋文帝（楊堅）父忠從宇文護有功，賜姓普六茹氏。見魏書官氏志、隋書高祖紀上。

【普兒錢】清代新疆西藏地區通行的錢幣。也作“普爾錢”。清乾隆時在阿克蘇設局鑄造，質以紅銅爲之，正面書“乾隆通寶”，背面標“阿克蘇”，左滿文，右維吾爾文。重二錢，每錢五十文。嘉慶以後所鑄，仍多用乾隆字樣。參閱淸文獻通考十七錢幣五、清續文獻通考十九錢幣一。

【普濟方】明朱橚撰，一百六十八卷。橚取古今醫方，彙輯成編，凡一千九百六十論，二千二百七十五類，七百七十八法，二萬一千七百三十九方，二百三十九圖，自古經方，以此書最爲完備。李時珍本草綱目中所附方，多採自此書。

【普天同慶】天下之人共同慶祝。舊時多用爲歌頌帝王喜慶的套語。晉書禮志下庾弘之議：“今皇太子國之儲副，既已崇建，普天同慶，諸應上禮奉賀。”也作“溥天同慶”。三國志魏郭淮傳：“今溥天同慶而卿最留遲，何也。”

【普天率土】孟子萬章上引詩：“普天之下，莫非王土，率土之濱，莫非王臣。”普天，猶言遍天下；率土，四海之內。古代認爲中國四面環水，沿着大地四周的水濱，所以叫率土之濱。普天，今本詩小雅北山作“溥天”。後漢書四十下班彪傳附班固東都賦明堂詩：“普天率土，各以其職。”

晳

xī ㄒㄧ 集韻 先的切，入，錫韻。

皮膚白。同“皙”。詩鄘風君子偕老：“揚且之晳也。”唐石經作“皙”。

晼

wǎn ㄨㄢ 於阮切，上，阮韻，影。

見下。

【晼晚】日將暮，遲暮。楚辭宋玉九辯：“白日晼晚其將入兮，明月銷鑠而減毀。”文選晉陸士衡（機）歎逝賦：“時飄忽其不再，老晼晚其將及。”

【晼晼】日暮。樂府詩集三二魏明帝燕歌行：“白日晼晼忽西傾，霜露慘悽塗階庭。”

晾

liàng ㄌㄧㄤ

㊀置物於太陽下或通風處，使之乾燥。元曲選石君寶秋胡戲妻三：“我這一會兒熱了，也脫下我這衣服來，我試晾一晾咱。”㊁見“晾鷹臺”。

【晾鷹臺】元時遊獵之所。獵者有所獲，攜鷹休憩於此，故稱晾鷹臺。其地在今北京市永定門外南海子內。參閱明劉侗于奕正帝京景物略三南海子。

晬

zuì ㄗㄨㄟ 子對切，去，隊韻，精。

㊀一周時。靈樞經十上膈：“下膈者，食晬時乃出。”㊁嬰兒周歲，嬰兒滿百日。唐顏真卿顏魯公集九茅山玄靖先生廣陵李君碑銘：“先生孩提則有殊異，晬日獨取孝經如捧讀焉。”參見“百晬”。

【晬盤】舊俗於嬰兒周歲日，以盤盛紙筆刀箭等物，聽其抓取，以占其將來之志趣，謂之試兒，也叫試晬、抓周。盛物之盤名晬盤。宋樓鑰攻媿集九阿虞試晬戲作詩：“阿虞匍匐晬盤中，事事都拏要學翁。”參閱北齊顏之推顏氏家訓風操。

晴

qíng ㄑㄧㄥ 疾盈切，平，清韻，從。

雨止無雲，天氣清朗。說文作“姓”。文選晉潘安仁（岳）閑居賦：“微雨新晴，六合清朗。”

【晴空】清朗的天空。唐李白李太白詩二一秋登宣城謝朓北樓：“江城如畫裏，山晚望晴空。”

【晴朗】天氣清明。抱朴子廣譬：“常制不可以待變化，一塗不可以應無方，……故翠蓋不設於晴朗，朱輪不施於涉川。”

【晴嵐】晴日山中的霧氣。唐鄭谷鄭守愚集一華山詩：“峭仞聳巍巍，晴嵐染近畿。”

【晴絲】蟲類所吐的絲，常飛揚空中，通稱游絲，也稱晴絲。唐杜甫杜工部草堂詩箋二三春日江村之四：“燕外晴絲卷，鷗邊水葉開。”宋范成大石湖集一初夏詩之二：“晴絲千尺挽韶光，百舌無聲燕子忙。”

【晴曛】日光照射。唐杜甫杜工部草堂詩箋十二宣政殿退朝晚出左掖：“天門日射黃金牓，春殿晴曛赤日旗。”又十四寄嶽州賈司馬六丈……：“陰散陳倉北，晴熏太白顛。”熏，一本作“曛”。

【晴川閣】古蹟。在今湖北漢陽龜山東麓，隔江與黃鶴樓相對。明建。唐崔顥黃鶴樓詩有“晴川歷歷漢陽樹”句，閣名本此。崔詩見才調集八。參閱湖北通志十五古蹟一。

景

1\. jǐng ㄐㄧㄥ 居影切，上，梗韻，見。

㊀亮光，日光。後漢書四十下班彪傳附班固東都賦寶鼎詩：“嶽修貢兮川效珍，吐金景兮歊浮雲。”文選晉潘安仁（岳）寡婦賦：“獨指景而心誓兮，雖形存而志隕。”引申爲光明之意。見“景行”。㊁景象，風物。漢書六七梅福傳：“陰盛陽微，金鐵爲飛，此何景也。”文選南朝宋謝靈運擬魏太子鄴中集詩序：“天下良辰美景，賞心樂事，四者難并。”㊂大。詩小雅楚茨：“以妥以侑，以介景福。”傳：“景，大也。”國語晉二：“景霍以爲城，而汾河涑澮以爲渠。”注：“景，大也。霍，晉山名也。”㊃仰慕，敬愛。詳“景仰”。㊄出門禦塵的外衣。儀禮士昏禮：“婦乘以几，姆加景，乃驅。”注：“今文景作憬。”㊅姓。戰國楚有景差。

2\. yǐng ㄧㄥ 音韻闡微 倚警切，上，梗韻，影。

㊆“影”本字。晉葛洪字苑始於景字加彡爲陰影字。見北齊顏之推顏氏家訓書證。漢魏人書今本作影者，皆後人所改。詩邶風二子乘舟“二子乘舟，汎汎其景。”釋文：“景，如字，或音影。”墨子經說下：“首蔽上光，故成景於下。”

【景山】㊀大山。詩鄘風定之方中：“望楚與堂，景山與京。”㊁高墳。文選南朝梁任彥昇（昉）爲范始興作求立太宰碑表：“瞻彼景山，徒然望慕。”注：“景山，謂墳也。”㊂山名。1. 在河南偃師縣南。詩商頌殷武：“陟彼景山，松柏丸丸。”文選三國魏曹植洛神賦：“經通谷，陵景山。”2. 在北京市。又名萬歲山煤山。

【景天】螢火的別名。見晉崔豹古今注

中魚蟲。

【景元】三國魏曹奐(元帝)年號。公元260—264年。

【景平】南朝宋劉義符(少帝)年號。公元423—424年。

【景光】㊀猶言祥光。史記封禪書:"脩祠太一,若有象景光,屑如有望。"漢書武帝紀元鼎五年:"辛卯夜,若景光十有二明。"㊁光陰。文選漢蘇子卿(武)詩四首之四:"願君崇令德,隨時愛景光。"注:"景光,即光景也。"

【景仰】詩小雅車舝:"高山仰止,景行行止。"箋:"古人有高德者,則慕仰之;有明行者,則而行之。"後稱仰慕爲景仰。後漢書三九劉愷傳賈逵上書:"今愷景仰前脩,有伯夷之節,宜蒙矜宥,全其先功。"

【景行】高尚的德行。詩小雅車舝:"高山仰止,景行行止。"文選漢蔡伯喈(邕)郭有道碑文:"於是樹碑表墓,昭銘景行。"

【景初】三國魏曹叡(明帝)年號。公元237—239年。

【景定】南宋趙昀(理宗)年號。公元1260—1264年。

【景₂刻】漏刻。指時間。文選南朝宋謝靈運擬魏太子鄴中集八首之三陳琳:"愛客不告疲,飲讌遺景刻。"

【景炎】㊀光焰。漢書八七上揚雄傳甘泉賦:"揚光曜之燎燭兮,乘景炎之炘炘。"此指日光。後漢書四十班彪傳附班固典引:"將絣萬嗣,煬洪暉,奮景炎,扇遺風,播芳烈,久而愈新,用而不竭。"此喻大德。㊁宋趙昰(端宗)年號。公元1276—1278年。

【景東】地名。屬雲南省。元至元十二年置開南州,明洪武十五年改爲景東府。清初因之,乾隆三十五年改景東廳。公元1913年改爲縣。參閱嘉慶一統志四九五景東廳。

【景₂附】互相依附,如影隨形。漢書一〇〇上敍傳答賓戲:"其餘猋飛景附,煜霅其間者,蓋不可勝載。"後漢書七四下劉表與袁譚書:"太公殂殞,賢胤承統,以繼洪業,……顧定疆宇,虎視河外,凡我同盟,莫不景附。"

【景明】北魏元恪(宣武帝)年號。公元500—503年。

【景命】古時帝王自稱受命於天。景命,意卽上天授予王位之命。詩大雅既醉:"君子萬年,景命有僕。"後漢書四十下班彪傳附班固典引:"逢吉丁辰,景命也。"

【景和】南朝宋劉子業(前廢帝)年號。公元465年。

【景物】風景。晉陸雲陸士龍集二大安二年夏四月大將軍出祖王羊二公於城南堂皇被命作此詩之一:"景物臺暉,棟隆玉堂。"文選南朝宋鮑明遠(照)舞鶴賦:"既而氛昏夜歇,景物澄廓,星翻漢迴,曉月將落。"

【景₂迹】㊀猶業迹。藝文類聚二一晉夏侯湛鮑叔像贊:"遙遙景迹,君子攸欽。"㊁赤頭蠅的別名。宋歐陽修文忠集十五憎蒼蠅賦:"尤忌赤頭,號爲景迹,一有霑汙,人皆不食。"

【景祐】宋趙禎(仁宗)年號。公元1034—1038年。

【景星】㊀雜星名,也稱瑞星、德星。史記天官書:"天精而見景星。景星者,德星也。其狀無常,常出於有道之國。"參閱晉書天文志中雜星氣。㊁漢郊祀歌名。見漢書禮樂志。

【景風】夏至後暖和的風。淮南子天文:"清明風至四十五日,景風至。"文選三國魏文帝(曹丕)與朝歌令吳質書:"方今蕤賓紀時,景風扇物,天氣和暖,衆果具繁。"淮南子地形以景風爲南風,說文以景風爲東南風。參見"八風"。

【景差】戰國楚人。仕頃襄王爲大夫。善爲賦,與宋玉、唐勒齊名。楚辭所收大招或題景差所作。漢書古今人表作"景瑳"。

【景亳】地名。商都三亳之一。左傳昭四年:"商湯有景亳之命。"注:"或言亳卽偃師。"參見"三亳"。

【景泰】明朱祁鈺(代宗)年號。公元1450—1457年。

【景致】風景。唐白居易長慶集十五題周皓大夫新亭子二十二韻詩:"規模何日創,景致一時新。"又南卓羯鼓録:"自西南來,始臨嘉陵江,頗有山水景致。"

【景氣】景致,景象。文選晉殷仲文南州桓公九井作詩:"景氣多明遠,風物自淒緊。"唐韓愈昌黎集十獨釣詩之三:"獨往南塘上,秋晨景氣醒。"

【景部】晉荀勗中經新簿分圖書爲甲、乙、丙、丁四部,列經、史、子、集四庫,丙部卽子部,唐人因避高祖李淵父李昞諱,改爲景部。唐六典十祕書省祕書郎:"祕書圖書分爲甲乙景丁四部,使祕書郎中四人各掌一焉。"又:"景部爲子,其類一十有四。"

【景教】基督教的支派。五世紀初敍利亞人聶斯托良所創。唐貞觀九年,波斯人阿羅本以其經典入長安,太宗詔准建寺傳教。初稱波斯經教。後稱景教。其寺稱波斯寺。天寶時改名大秦寺。信奉者主要爲來華的西域人。唐武宗會昌五年與佛教並禁。景教古經現存者有敦煌本景教三威蒙度讚,末附景教經目三十種。唐代大秦景教流行中國碑,湮没地下,明末出土。今藏陝西省博物館碑林。

【景陵】墓名。1. 北魏元恪(宣武帝)墓。也名宣武陵。在今河南洛陽市東北北邙山。2. 唐李純(憲宗)墓。在今陝西乾縣。3. 金完顏宗堯(睿宗)墓。在今北京市房山縣西北大房山。4. 明朱瞻基(宣宗)墓。在今北京市昌平縣東北天壽山。參見"十三陵"。5. 清愛新覺羅玄燁(聖祖)墓。在今河北遵化縣西北昌瑞山。

【景₂從】緊相追隨,如影隨形。史記秦始皇紀論引賈誼過秦論:"天下雲集響應,贏糧而景從。"

【景雲】㊀祥雲。又名慶雲。禮禮運疏引孝經援神契:"德至山陵則景雲出,德至深泉則黃龍見。"後漢書六十下蔡邕傳釋誨:"連光芒於白日,屬炎氣於景雲。"注引瑞應圖:"景雲者太平之應也,一曰慶雲。"參見"慶雲"。㊁唐李旦(睿宗)年號。公元710—711年。

【景陽】戰國楚將。齊魏韓共攻燕,燕使太子求救於楚,楚王命景陽爲將救燕。景陽不赴燕而逕攻魏之雝丘,取之以與宋。三國懼,乃罷兵,燕得解圍。見戰國策燕三、淮南子氾論。

【景象】㊀吉祥的徵兆。漢書武帝紀元封元年詔:"遭天地況施,著見景象,屑然如有聞。"㊁情景,景物氣象。唐鄭谷鄭守愚集三中年詩:"漠漠秦雲澹澹天,新年景象入中年。"宋張方平樂全集三雲詩:"終古光陰寧變壞,四時景象自遷流。"

【景福】㊀大福。詩小雅楚茨:"以妥以侑,以介景福。"㊁宮殿名。三國魏明帝建。故址在河南許昌縣。文選三國魏何平叔(晏)有景福殿賦。㊂年號。1. 唐李曄(昭宗)。公元892—893年。2. 遼耶律宗真(興宗)。公元1031—1032年。

【景瑞】吉祥的徵兆。宋書符瑞志下何承天上白鳩頌表:"休珍雜沓,景瑞畢臻。"

【景業】大業。多指帝位。隋書煬帝紀上大業四年詔:"朕嗣膺景業,傍求雅訓,有一弘益,欽若令典。"

【景寧】地名。今浙江省雲和縣地。唐爲青田縣。明景泰三年析置景寧縣,屬處州府。清因之。公元1960年併入麗水縣，1962年改併入雲和縣。參閱嘉慶一統志三〇五處州府。

【景慕】崇敬景仰。藝文類聚五三南朝梁簡文帝圖雍州賢能刺史教："矧彼前賢，寧忘景慕，可並圖象廳事，以旌厥事。"隋書經籍志四："辭人景慕，並自記載，以成書部。"

【景德】宋趙恒（真宗）年號。公元1004—1007年。

【景龍】唐李顯（中宗）年號。公元707—710年。

【景邁】猶言時晚。晉傳玄傳鶉觚集九曲歌："歲莫景邁羣光絶，安得長繩繫白日？"

【景鍾】㊀國語晉七："昔克潞之役，秦來圖敗晉功，魏顆以其身却退秦師於輔氏，親止杜回，其勳銘於景鍾。"注："景鍾，景公鍾。"後因以景鍾爲褒功的典故。文選漢楊德祖（修）答臨菑侯牋："若乃不忘經國之大美，流千載之英聲，銘功景鍾，書名竹帛，斯自雅量，素所畜也。"㊁傳説爲黄帝時五鍾之一。管子五行："昔黄帝以其緩急作五聲，以政五鍾。令其五鍾：一曰青鍾大音，二曰赤鍾重心，三曰黄鍾洒光，四曰景鍾昧其明，五曰黑鍾隱其常。"

【景曜】光彩，光焰。文選漢班孟堅（固）答賓戲："歷世莫眡，不知其將含景曜，吐英精，曠千載而流光也。"又張平子（衡）西京賦："飾華榱與璧璫，流景曜之韡曄。"

【景耀】三國蜀劉禪（後主）年號。公元258—263年。

【景₂響】如影隨形，如響留聲。楚辭屈原九章悲回風："入景響而無應兮，聞省想而不可得。"荀子富國："三德者誠乎上，則下應之如景嚮。"嚮，通"響"。

【景初曆】曆法名。三國魏楊偉造。以魏景初改元施行，故名。其後自晉至南朝宋元嘉二十一年，北魏自天興元年至正元元年，皆沿用此曆。隋書經籍志三著録有景初曆三卷，舊唐書經籍志下著録有魏景初曆三卷，書已散佚。參閱晉書律曆志下、宋書曆志上。

【景君碑】漢代碑刻。額題漢故益州太守北海相景君銘十二字，篆書；碑文以隸書體記景君爵里行誼，以年久字迹漫滅，名字籍貫履歷已無可考。碑陰有羽忠等題名。其碑在今山東濟寧市。碑文見宋洪适隸釋六。

【景延廣】公元892—947年。五代後晉陝州人，字航川。從石敬瑭，有戰功，官至侍衛親君都指揮使、檢校太尉。石敬瑭死，少帝嗣位，加同平章事。延廣不欲向契丹稱臣，告契丹使人曰："晉朝有十萬口横磨劍，翁若要戰則早來。"開運三年冬，契丹南攻，滅晉，延廣被執，次年自殺。舊五代史有傳。

【景泰藍】銅胎珐瑯器皿。即明之大食窯。景泰間始大量製作，多用藍色珐瑯彩釉，尤爲精美。後通稱景泰藍。清製品又稱銅掐絲珐瑯。北京爲此種工藝品的主要産地。參閱明曹昭新增格古要論七大食窯。

【景陽井】南朝陳景陽殿之井，又名胭脂井。禎明三年，隋兵南下過江，攻占臺城，後主聞兵至，與張妃麗華投此井。至夜，爲隋兵所執，後人因稱此井爲"辱井"。故址在今南京市玄武湖側。參閱陳書後主紀、張貴妃傳。

【景陽鍾】南齊武帝（蕭賾）以宫深不聞端門鼓漏聲，置鍾於景陽樓上。宫人聞鍾聲，早起裝飾。後人稱之爲景陽鍾。唐李賀歌詩編三畫江潭苑之四："今朝畫眉早，不待景陽鍾。"景陽樓故址在今南京市玄武湖側。參閱南齊書武穆裴皇后傳。

【景德鎮】鎮名。今爲江西景德鎮市。原名新平，以在昌江南岸，改名昌南鎮，宋景德中，改名景德，屬浮梁縣。舊時與佛山漢口朱仙鎮稱國内四大鎮。其地素以産瓷著名。明宣德初於此設官窑，清代有專供内廷用之御窑，各窑所出産品，在世界享有盛名。公元1960年自浮梁縣分出，設市。參閱嘉慶一統志三一三饒州府二。

【景山官學】清康熙二十四年設，爲内務府三旗子弟學習書射的學堂。乾隆四年規定每三年委官考試一次，一等以筆帖式用，二等以庫使庫守用，三等仍留學讀書，四等革退。堂址在景山北上門兩旁。見清會典事例一二〇〇内務府官學、嘉慶一統志四京師。

【景迂生集】宋晁説之撰，二十卷。説之著述繁富，然多燬於靖康戰火。後其孫子健訪輯遺文，編成此集。説之素慕司馬光爲人，因光號迂叟，故自稱景迂生，名其集曰景迂生集，又題爲嵩山集。參閱宋元學案二二景迂學案。

【景岳全書】醫書名。明張介賓（景岳）撰。分二十四集，自傳忠録脈神章至外科古方等十六種，六十四卷。内容包括醫論、診斷、本草、方劑等。大旨謂人的生氣以陽爲本，陽難得而易失，既失而難復，故力主治病以温補爲主。

【景星鳳皇】傳説太平之世始得見景星與鳳凰。後以比喻珍奇罕見之物。唐韓愈昌黎集外集二與少室李拾遺書："朝廷之士，引頸東望，若景星鳳皇之始見也，争先覩之爲快。"也作"景星麟鳳"。元史一九八同恕傳："恕自京還，家居十三年，縉紳望之若景星麟鳳，鄉里稱爲先生而不姓。"

【景德傳燈録】簡稱傳燈録。宋釋道原撰，三十卷。刊行於景德年間。燈能照暗，以法傳人，如同傳燈，故以爲名。書中專記佛教禪宗各家語録，自七佛以下，凡五十二世，一千七百零一人，附有語録者九百五十一人。

睞

mào ㄇㄠˋ

睞睞，求知貌。淮南子俶真："而知乃始昧昧睞睞，皆欲離其童蒙之心，而覺視於天地之間。"注："昧昧，欲明而未也；睞睞，欲所知之貌也。"清王念孫謂睞爲楙字之形誤。參閱讀書雜志二淮南内篇二。文子上禮篇作"昧昧楙楙"。

晰

xī ㄒㄧ 集韻 先的切，入，錫韻。

明白，清楚。南朝梁劉勰文心雕龍徵聖："書契斷決以象夬，文章昭晰以象離，此明理以立體也。"

晻

1\. ǎn ㄢˇ 集韻 烏感切，上，感韻，影。集韻 烏紺切，去，勘韻。

㊀昏暗。同"暗"。漢書五行志下之下："天無雲，日光晻。"暗，今讀àn。

2\. yǎn ㄧㄢˇ 衣儉切，上，琰韻，影。

㊀日無光。詳"晻晻"。㊁陰雨。吕氏春秋務本引詩："有晻凄凄，興雲祁祁。"今本詩小雅大田作"渰"，毛傳："雲興貌。"㊂相同。通"奄"。荀子儒效："張法而度之，則晻然若合符節。"

【晻世】昏暗之世。荀子不苟："是姦人將以盗名於晻世者也，險莫大焉。"

【晻昧】㊀昏暗。漢書元帝紀永光二年詔："然而陰陽未調，三光晻昧，元元大困，流散道路。"㊁愚昧，或愚昧之人。文選漢司馬長卿（相如）封禪文："首惡鬱没，晻昧昭晰。"史記一一七司馬相如傳作"闇昧"。漢書八五谷永傳："忽天地之明戒，聽晻昧之瞽説。"㊂指言行不光明正大。漢書六六楊惲傳："惲，宰相子，少顯朝廷，一朝［以］晻昧語言見廢，内懷不服。"㊃埋没，湮没。漢書藝文志方技："漢興有倉公，今其技術晻昧，故論其書，以序方技爲四種。」

【晻㖷】昏暗貌。文選晉左太冲(思)吳都賦:「宵露霮䨴,旭日晻㖷。」

【晻莫】黃昏,傍晚。漢書九七班倢仔傳自悼賦:「白日忽已移光兮,遂晻莫而昧幽。」列女傳八班女倢仔作「奄莫」。

【晻$_2$晻$_2$】㊀日光漸暗貌。楚辭漢劉向九歎惜賢:「孰契契而委棟兮,日晻晻而下頹。」玉臺新詠一古詩爲焦仲卿妻作:「晻晻日欲暝,愁思出門啼。」㊁抑鬱。楚辭漢劉向九歎逢紛:「心怊悵以永思兮,意晻晻而自頹。」

【晻薆】雲氣陰暗貌。同「晻靄」。漢書禮樂志郊祀歌象載瑜:「露夜零,晝晻薆。」薆,音 ǎi。

【晻薆】指香氣散發。漢書五七司馬相如傳上林賦:「肸蠁布寫,晻薆咇茀。」史記作「晻曖」,文選作「晻薆」。晻,也讀 yǎn。

【晻翳】遮蔽。楚辭漢王逸九思遭厄:「雲霓紛兮晻翳,參辰回兮顛倒。」「雲霓」,一本作「霄霓」。

【晻曖】暗貌。文選漢張平子(衡)南都賦:「晻曖蓊蔚,含芬吐芳。」注:「言草木闇瞑而茂盛也。」晉書左貴嬪傳離思賦:「日晻曖而無光兮,氣慘懔以洌清。」

【晻藹】㊀蔭蔽,陰暗貌。楚辭屈原離騷:「揚雲霓之晻藹兮,鳴玉鸞之啾啾。」一本作「晻靄」。宋書謝靈運傳撰征賦:「冒沈雲之晻藹,迎素雪之紛非。」㊁盛貌。文選三國魏曹子建(植)王仲宣誄:「榮耀當世,芳風晻藹。」唐呂延濟注:「晻藹,盛貌。」

【晻靄】㊀蔭蔽貌。南朝陳徐陵徐孝穆集七與李那書:「山澤晻靄,松竹參差。」㊁昏暗的雲氣。宋王安石臨川集二定林示道原詩:「迢迢晻靄中,疑有白玉臺。」

晫 zhuó ㄓㄨㄛˊ 竹角切,入,覺韻,知。
敕角切,入,覺韻,徹。

明盛貌。詩大雅雲漢:「倬彼雲漢,昭回於天。」又韓奕:「有倬其道。」韓詩作「晫」。

晶 jīng ㄐㄧㄥ 子盈切,平,清韻,精。

㊀清明,晴朗。唐宋之問集上明河篇:「八月涼風天氣晶,萬里無雲河漢明。」本作「淸」。㊁明亮,閃閃發光。唐杜甫杜工部草堂詩箋二四八哀詩贈左僕射鄭國公嚴公武:「鄭公瑚璉器,華岳金天晶。」㊂日,太陽。北周衛元嵩元包明夷:「晶冥炎潛。」注:「晶,日也。」㊃水晶的略稱。如茶晶、墨晶等。

【晶光】㊀比喻神彩。唐杜甫杜工部草堂詩箋十三瘦馬行:「見人慘淡若哀訴,失主錯莫無晶光。」㊁形容乾淨,一無所有。猶精光。明陳羆齋裴度香山還帶記傳奇三:「鬢毛拔得晶光。」

【晶晶】明亮。唐歐陽詹歐陽行周集智達上人水精念珠歌:「皎晶晶,彰煌煌,陸離電烻紛不常。」

【晶熒】明亮。唐白居易長慶集二六三遊洞序:「俄而峽山昏合,雲破月出,光氣含吐,互相明滅,晶熒玲瓏,象生其中。」

【晶瑩】明亮透徹。宋范成大石湖集二六月七日夜起坐殿廡取涼詩:「晶瑩卧銀漢,錯落低玉繩。」

【晶輝】明亮的光彩。多指日月、星辰之光。唐杜甫杜工部草堂詩箋三四前苦寒行之二:「楚人四時皆麻衣,楚天萬里無晶輝。」又白居易長慶集五二和晨興因報問龜兒詩:「冬旦寒慘憺,雲日無晶輝。」

【晶盤】指月亮。清龔鼎孳定山堂詩餘一念奴嬌中秋得南鴻喜賦詞:「小字鴛鴦顛倒認,憑仗晶盤凝碧。」

晷 guǐ ㄍㄨㄟˇ 居洧切,上,旨韻,見。

㊀影,日影。文選漢張平子(衡)西京賦:「白日未及移其晷,已獮其什七八。」㊁光陰,時間。文選晉潘正叔(尼)贈陸機出爲吳王郎中令詩:「寸晷惟寶,豈無璵璠。」㊂日規。測日影以定時刻的儀器。晉書魯勝傳正天論:「以冬至之後,立晷測影,準度日月星。」㊃通「軌」。漢書一〇〇下敍傳:「應天順民,五星同晷。」

【晷刻】㊀猶言時刻。梁書賀琛傳:「琛前後居職,凡郊廟諸儀,多所創定。每見高祖,與語常移晷刻,故省中爲文語曰:『上殿不下有賀雅。』」㊁片刻,頃刻。梁書侯景傳報高澄書:「築圍堰水,三板僅存,舉目相看,命懸晷刻,不忍死亡,出戰城下。」

【晷度】日規的刻度。文選晉張茂先(華)雜詩:「晷度隨天運,四時互相承。」魏書律曆志上公孫崇表:「請此數人在祕省參候。而伺察晷度,要在冬夏二至前後各五日,然後乃可取驗。」

【晷漏】晷與漏皆爲測時的儀器。轉指時刻。梁書范雲沈約傳論:「昔木德將謝,昏嗣流虐,惵惵黔黎,命懸晷漏。」

晲 nǐ ㄋㄧˇ 研啟切,上,薺韻,疑。

明。也作「晲」。見廣韻。

晆 wàng ㄨㄤˋ 于兩切,上,養韻,于。
于放切,去,漾韻,于。

光盛。通「旺」。見下。

【晆晆】美盛貌。爾雅釋詁:「晆晆、皇皇、藐藐……美也。」

智 1. zhì ㄓˋ 知義切,去,寘韻,知。

㊀聰明,才能。國語晉七:「知張老之智而不詐也,使爲元侯。」又周下:「言智必及事。」注:「能處事物爲智。」㊁謀略,機智。史記項羽紀:「吾寧鬬智,不能鬬力。」㊂知識。荀子正名:「所以知之在人者,謂之知。知有所合謂之智。」注:「知有所合,謂所知能合於物也。」㊃姓。春秋晉有智莊子,即荀首。見國語晉七。也作「知」。參閱左傳宣十二年「知季曰」注。

2. zhī ㄓ

㊄知道,認識。通「知」。墨子經說下:「夫名,所以明正所不智,不以所不智疑所明。」

【智力】智謀,材能。韓非子八經:「故聽言不參則權分乎姦,智力不用則君窮乎臣。」漢王充論衡定賢:「夫賢者才能未必高也而心明,智力未必多而舉是。」

【智牙】智齒。一般成年以後長出的盡根牙。北齊書徐之才傳:「武成(帝)生䶖牙,問諸醫。……後以問之才,拜賀曰:『此是智牙,生智牙者聰明長壽。』武成悅而賞之。」

【智永】隋僧。晉王羲之後裔。善書,筆力縱橫,真草兼備,初立志書札,於所居起樓,誓曰:「書不成不下此樓!」求書者衆,門限爲之穿,不得不用鐵以加固,人號爲鐵門限。所用退筆貯有數瓮,作銘埋入土內,稱退筆塚。曾作心成頌以示字法,又作真草千文傳於世。見宣和書譜十七。

【智巧】智謀和巧詐。韓非子揚權:「聖人之道,去智與巧,智巧不去,難以爲常。」漢書七二貢禹傳:「商賈求利,東西南北各用智巧,好衣美食,歲有十二之利而不出租稅。」

【智旭】公元1598—1654年。明僧。吳縣人。俗姓鍾,名際明,字藕益,號八不道人,又稱靈峯老人。二十四歲出家,改名智旭。初廣涉諸宗,晚年皈依淨土宗,主張禪淨合一。著述有六十二部二百三十餘卷。其閱藏知津四十四卷,爲研習諸經的入門書。

【智光】智慧之光。佛教徒指佛法。景德

傳燈録二第二十七祖般若多羅:“(香至王)又施無價寶珠,……第三子菩提多羅曰:‘此是世寶未足爲上;於諸寶中法寶爲上。此是世光未足爲上;於諸光中,智光爲上。’”

【智局】才智,智度。三國志吳顧雍傳評:“顧雍依杖素業,而將之智局,故能究極榮位。”晉書任愷傳:“愷既免而毁謗益至,帝漸薄之。然山濤明愷爲人通敏有智局,舉爲河南尹。”

【智防】智慮,智計。三國志魏荀攸傳:“攸深密有智防,自從太祖征伐,常謨謀帷幄,時人及子弟莫知其所言。”又吳張溫傳:“張溫才藻俊茂,而智防未備,用致艱患。”

【智故】巧飾,巧詐。淮南子原道:“夫鏡水之與形接也,不設智故,而方圓曲直弗能逃也。”注:“智故,巧飾也。”三國志蜀郤正傳釋譏:“於是從横雲起,狙詐如星,奇邪蠭動,智故萌生。”

【智叟】我國古代寓言愚公移山中的人名。詳“愚公移山”。

【智珠】指本性的智慧。文苑英華二二三唐張祜贈志凝上人詩:“願爲塵外契,一就智珠明。”

【智能】智謀和才能。吕氏春秋審分:“不知乘物而自怙恃,奪其智能,多其教詔,而好自以,……此亡國之風也。”三國志魏崔琰傳注引晉司馬彪九州春秋:“(孔)融在北海,自以智能優贍,溢才命世,當時豪傑,皆莫能及。”

【智略】智謀才略。史記一〇四田叔傳漢褚少孫補:“趙禹以次問之,十餘人無一人習事有智略者。”三國志魏夏侯尚傳“尚薨,謚曰悼侯”注引魏書載詔:“智略深敏,謀謨過人,不幸早殞,命也奈何!”

【智將】多謀善斷的將領。吳子論將:“觀敵之來,一坐一起,其政以理,其追北佯爲不及,其見利佯爲不知,如此將者,名爲智將,勿與戰矣。”

【智量】計策。元曲選王曄桃花女三:“老夫周公,昨日使了個智量,着彭祖拿那紅酒去,謝了任二公,隨後着媒婆去説親。”

【智禽】雁的别稱。抱朴子詰鮑:“蜂蠆挾毒以衛身,智禽銜蘆以扞網。”

【智筭】猶計謀。後漢書八七西羌傳:“時燒何有婦人比銅鉗者,年百餘歲,多智筭,爲種人所信向,皆從取計策。”

【智調】聰明局度。三國志蜀孟光傳:“吾今所問,欲知其權略智調何如也。”

【智慧】㊀聰明,才智。墨子尚賢中:“若使之治國家,則此使不智慧者治國家也。”孟子公孫丑下:“齊人有言曰:‘雖有智慧,不如乘勢。’”又作“智惠”。荀子正論:“天子者……道德純備,智惠甚明。”㊁佛教指破除迷惑證實真理的識力。梵語般若之意譯,有徹悟意。大智度論四三:“般若者,一切諸智慧中最爲第一,無上無比無等,更無勝者,窮盡到邊。”注:“般若,秦言智慧。”

【智慮】才智,謀慮。荀子榮辱:“志意致修,德意致厚,智慮致明,是天子之所以取天下也。”

【智數】指謀略,心計。後漢書五八臧洪傳:“(張)超曰:‘臧洪海内奇士,才略智數,不比於超矣。’”世説新語假譎:“范玄平(汪)爲人好用智數,而有時以多數失。”

【智謀】智巧計謀。韓非子五蠹:“上古競於道德,中世逐於智謀,當今争於氣力。”後漢書一一八吳漢傳:“其人勇鷙有智謀,諸將鮮能及者。”

【智器】才智器量。北堂書鈔五七引晉王隱晉書華簡傳:“簡字奉駿,有智器文藻,以遷中書郎。”

【智識】聰明識别的能力。韓非子解老:“故視强則目不明,聽甚則耳不聰,思慮過則智識亂,……智識亂則不能審得失之地。”

【智瓊】神女名。晉干寶搜神記一記魏弦超與神女知瓊離合事。知,也作“智”。全唐詩三五九劉禹錫夔州竇員外使君見示……:“寂寞魚山青草裏,何人更立智瓊祠。”參見“知瓊”。

【智顗】公元538—597年。隋僧。字德安。本姓陳,年十八出家,後就業於南嶽慧思,受法華經。陳光大元年至金陵,止瓦官寺,前後八年。隋開皇十七年入天台。時稱之爲智者大師,名其宗派爲天台宗。有法華玄義法華文句摩訶止觀等作。參閲隋灌頂隋天台智者大師别傳、續高僧傳十七。參見“天台宗”。

【智囊】指足智多謀的人。古史記載以智囊稱者甚多,著名的有戰國秦樗里子(史記七一),漢鼂錯(史記一〇一),後漢魯匡(後漢書二五魯恭傳),三國魏桓範(三國志魏曹爽傳),唐王德儉(大唐新語酷忍)等。

【智度論】佛書名。見“大智度論”。

【智慧海】比喻佛法無邊。無量壽經下:“頌曰:‘……如來智慧海,深廣無崖底。’”

【智慧劍】佛教語。比喻佛法犀利如劍,能破除人煩惱。維摩詰所説經下菩薩行品:“聞佛無量志而不倦,以智慧劍,破煩惱賊。”

【智者大師】隋僧智顗的别號。詳“智顗”。

【智員行方】知識通達而行爲方正。員,通“圓”。淮南子主術:“凡人之言曰,心欲小而志欲大,智欲員而行欲方,能欲多而事欲鮮。……智員者,無不知也,行方者有不爲也。”又見文子微明。

九 畫

暋 1. mǐn ㄇㄧㄣˇ 眉殞切,上,軫韻,明。

㊀勉力。書盤庚上“不昏作勞”唐孔穎達疏:“鄭玄讀昏爲暋,訓爲勉也。”參見“暋作”。㊁强悍。書康誥:“殺越人于貨,暋不畏死,罔弗憝。”注:“暋,强也。”

2. mín ㄇㄧㄣˊ 集韻眉貧切,平,真韻。

㊂鬱悶。莊子外物:“心若縣於天地之間,慰暋沈屯,利害相摩,生火甚多。”

【暋作】勉力勞作。宋書何尚之傳:“遂使歲月增貴,貧室日虚,暋作肆力之氓,徒勤不足以供贍。”

暄 xuān ㄒㄩㄢ 況袁切,平,元韻,曉。

温,暖。素問五運行大論:“在藏爲肝,其性爲暄。”注:“暄,温也。”文選南朝梁劉孝標(峻)廣絶交論:“敍温郁則寒谷成暄,論嚴苦則春叢零葉。”

【暄谷】山谷名。水經注十一滱水:“又東合温泉水,水出西北暄谷,其水温熱若湯,能愈百病,故世謂之温泉焉。”

【暄妍】天氣晴和,景物鮮媚。南朝宋鮑照鮑氏集五詠採桑詩:“是節最暄妍,佳服又新爍。”唐張九齡曲江集五冬中至玉泉山寺……詩:“靈境信幽絶,芳時重暄妍。”

【暄風】春風。初學記三南朝梁元帝纂要:“春日青陽……風曰陽風、春風、暄風、柔風、惠風。”全唐詩二九〇楊凝送客歸淮南:“畫舫照河堤,暄風百草齊。”

【暄氣】陽氣,暑氣。文選晉張景陽(協)七命:“若乃龍火西頹,暄氣初收,飛霜迎節,高風送秋,……撫促柱則酸鼻,揮危絃則涕流。”

【暄涼】㊀和暖與寒冷。宋楊萬里誠齋集三八己未春日山居雜興十二解詩之十一:“半晴半雨半暄涼,拖帶春光未要忙。”㊁寒暑更易。指年月。宋楊萬里誠齋集十四四月十三日度鄱陽湖詩:“近歲六暄涼，此水三往返。"㊁猶言"寒暄"。古時相見或書信往來表示問候的套語。南朝梁釋慧皎高僧傳十一支曇蘭："俄而有人著幘，稱珠欺王通，……既至蘭所，暄涼訖，蘭問住在何處。"

【暄寒】同"暄涼"。㊀寒暑更易，冷暖。梁書王僧孺傳與何烱書："近別之後，將隔暄寒，思子爲勞，未能忘弭。"唐杜甫杜工部詩史補遺七南楚："南楚青春異，暄寒早早分。"㊁應酬套語。南史蔡廓傳附蔡撙："自詹事以下咸來造謁，……及其引進，但暄寒而已，此外無復餘言。"

【暄暖】和暖。唐杜甫杜工部草堂詩箋十三路逢襄陽楊少府……："歸來稍暄暖，當爲斸青冥。"宋王安石臨川集八春從沙磧底詩："游人出暄暖，鳥語辭陰翳。"

暗 àn ㄢˋ 烏紺切，去，勘韻，影。

㊀光線不足，不亮。"明"之對。漢王充論衡説日："日中光明故小，其出入時光暗故大。"藝文類聚二九南朝梁何遜從鎮江州與遊故別詩："夜雨滴空階，曉燈暗離室。"㊁黑夜，天黑。晉書職官志："太康末，武帝嘗出射雉，(陳)勰時已爲都水使者，散從。車駕逼暗乃還。"㊂昏亂，愚昧。荀子天論："上暗而政險，則是雖無一至者，無益也。"世説新語言語"南郡龐士元聞司馬德操在潁川"注引司馬徽別傳："居荆州，知劉表性暗，必害善人。"㊃隱藏不露，祕不公開。晉書庾亮傳附庾彬："温嶠嘗隱暗但之，彬神色恬如也。"唐韓偓玉山樵人集香奩集無題詩之二："明言終未寔，暗祝始應真。"

【暗火】將滅未滅之火。唐白居易長慶集七郭虛舟相訪詩："寒灰埋暗火，曉焰凝殘燭。"也用以比喻潛在的力量。宋蘇軾分類東坡詩十五(段喬)二公再和亦再答之："二豪沉下位，暗火埋濕炭。"

【暗水】潛流的溝水。唐杜甫杜工部草堂詩箋一夜宴左氏莊："暗水流花逕，春星帶草堂。"

【暗地】私下，背地。元曲選缺名貨郎旦一："我如今暗地裏央着人去與他説知。"

【暗合】指非出有意而相合。文選晉陸士衡(機)文賦："必所擬之不殊，乃暗合乎曩篇。"唐劉知幾史通自敍："其後見張衡范曄集序，果以二史爲非，其有暗合於古人者，蓋不可勝紀。"

【暗花】㊀暗夜之花。南朝梁簡文帝集二夜遊北園詩："暗花舒不覺，明波動見流。"也指昏暗的燈花。唐元稹長慶集六酬樂天書懷見寄詩："書罷月亦落，曉燈垂暗花。"㊁器物花紋之不明顯者，即隱花。宋史地理志二相州："貢暗花牡丹花紗、知母、胡粉。"

【暗室】㊀幽暗無人之處。梁書武帝紀下："性方正，雖居小殿暗室，恒理衣冠。"又簡文帝紀題壁自序："弗欺暗室，豈況三光。"㊁墓室。唐張九齡曲江集十七惠莊太子哀册文："夜漏盡兮暗室啟，庭燎殘兮曉挽催。"

【暗相】即舊時的摸骨相法。以不用目視人，故稱暗相。北齊高歡嘗因出獵遇老嫗，雙目皆盲，自言善暗相，遍捫諸人，皆貴。見北齊書神武紀上。

【暗昧】㊀昏暗，真僞不明。漢王充論衡謝短："上古久遠，其事暗昧，故經不載而師不説也。"㊁愚昧，愚昧的人。國語鄭："今王棄高明昭顯，而好讒慝暗昧。"三國志魏高貴鄉公髦傳甘露二年詔："吾以暗昧，愛好文雅。"㊂隱祕，陰祕不正之事。漢書八二王商傳："(王鳳)使人上書言商閨門内事。天子以爲暗昧之過，不足以傷大臣。"元曲選喬吉金錢記三："可怎生這金錢落在你手裏？其中必有暗昧也。"

【暗香】清幽的香氣。唐元稹長慶集六春月詩："風柳結柔援，露梅飄暗香。"全唐詩五三〇許渾過故友舊居："高竹動疏翠，早蓮飄暗香。"

【暗約】忖度。同"啽約"。元曲選李直夫虎頭牌三："告相公心中暗約，將法度也須斟酌。"

【暗流】伏流，潛流。唐王勃王子安集三焦岸早行和陸四詩："複嶂迷晴色，虛巖辨暗流。"今也用以比喻潛在的思想或動態。

【暗海】傳説之海名。漢武帝思李夫人，聽李少君言，求得暗海潛英石，刻爲像，不異真人。見舊題晉王嘉拾遺記五前漢上。

【暗記】㊀默記。後漢書四八應奉傳："奉少聰明，自爲兒童及長，凡所經履，莫不暗記。"㊁祕密的記號。唐李商隱李義山詩集二無愁果有愁曲北齊歌："白楊別屋鬼迷人，空留暗記如蠶紙。"也稱"暗號"。水滸四六："但是官人當牢上宿，要我掇香桌兒放在後門外，便是暗號。"

【暗弱】懦弱而不明事理。三國志蜀後主傳降鄧艾書："每惟黃初中，文皇帝命虎牙將軍宣温密之詔，……而否德暗弱，竊貪遺緒，俛仰累紀，未率大教。"亦作"闇弱"。

【暗笋】未出土的竹笋。宋唐庚眉山集三雜詩之六："翻泥逢暗笋，汲井得飛梅。"

【暗淡】不鮮豔，不光明。唐白居易長慶集十六見紫薇花憶微之："一叢暗淡將何比，淺碧籠裙襯紫巾。"也作"暗澹"。唐杜牧樊川集四江上雨寄崔碣詩："暗澹遮山遠，空濛着柳多。"引申爲無望，如言"前途暗淡"。

【暗虛】陰影。隋書律曆志下："然月食以月行虛道，暗氣所衝，日有暗氣，天有虛道，正黃道常與日對，如鏡居下，魄耀見陰，名曰暗虛，奄月則食。"

【暗渠】地下溝渠。宋梅堯臣宛陵集四一與正仲屯田遊廣教寺詩："古寺入深樹，野泉鳴暗渠。"

【暗暗】㊀幽隱貌。漢書八七上揚雄傳甘泉賦："惟弸環其拂汨兮，稍暗暗而靚深。"㊁暗中，私下裏。金董解元西廂記四："似恁淒涼何時是了，心頭暗暗疑猜。"

【暗漠】昏暗。楚辭宋玉九辯："卒壅蔽浮雲兮，下暗漠而無光。"

【暗算】私下計算。全唐詩六九二杜荀鶴旅寓："暗算鄉程隔數州，欲歸無計淚空流。"也指暗中圖謀害人。古今小説四十沈小霞相會出師表："嚴世蕃這廝，被我使氣逼飲酒，他必然記恨來暗算我。"

【暗潮】潛伏的潮流。宋楊萬里誠齋集十五過沙頭詩之二："暗潮已到無人會，只有篙師識水痕。"今也以喻暗中發展尚未公開的事態。

【暗器】㊀便於匿藏、可出其不意以擊人的武器，如鏢、袖箭等。㊁武器。水滸六九："史進隨即收拾金銀，安在包袱裏，身邊藏了暗器，拜辭動身。"

【暗曖】昏暗不明貌。文選漢張平子(衡)思玄賦："繽連翩兮紛暗曖，儵眩眃兮反常閭。"唐呂延濟注："暗曖，猶恍忽間也。"

【暗藹】㊀衆盛貌。漢書八七上揚雄傳甘泉賦："儐暗藹兮降清壇，瑞穰穰兮委如山。"注："暗藹，神之形影也。"文選注："暗藹，衆盛貌。"㊁遥遠貌。後漢書五九張衡傳思玄賦："據開陽而頫眡兮，臨舊鄉之暗藹。"

【暗麝】猶言暗香。宋蘇軾謫儋耳(今屬廣東儋縣)見黎女競簪茉莉，含檳榔，戲書几間云："暗麝著人簪茉莉，紅潮登頰醉檳榔。"指茉莉花的香氣。見廣羣芳譜四三茉莉。

【暗箭子】暗中放箭。比喻暗中傷人。宋邵博聞見後録三十："客問劉貢父(攽)

曰:'某人有隱過否?中司將鳴鼓而攻之。'貢父曰:'中司自可鳴鼓兒,老夫難爲暗箭子。'客笑而去。"貢父,劉攽字。

【暗中摸索】暗裏探索。唐劉餗隋唐嘉話中:"許敬宗性輕傲,見人多忘之。或謂其不聰。曰:'卿自難記,若遇曹(植)劉(楨)沈(約)謝(朓),暗中摸索著亦可識之。'"宋陳師道后山詩注一次韻答學者之三:"暗中摸索不難知,眼裏輪囷却見稀。"也用以比喻無人指引,獨自探求。

【暗度陳倉】漢高祖(劉邦)用韓信計,偷度陳倉定三秦。元曲選缺名賺蒯通四:"一不合明修棧道,暗度陳倉。"後多以比喻祕密的行動或男女私通。清朱佐朝軒轅鏡傳奇解糧:"軍情事,令所當,須教暗裏渡陳倉。"

【暗香疎影】宋林逋林和靖集二山園小梅詩之一:"疎影橫斜水清淺,暗香浮動月黃昏。"宋姜夔採林逋語創製暗香、疎影二詞。見白石道人歌曲四。後遂以暗香疎影爲梅花的代稱。

【暗箭難防】喻陰謀詭計難以預防。古今雜劇元缺名劉千病打獨角牛二:"孩兒也,一了說明槍好趓,暗箭難防。"箭,也作"劍"。明葉憲祖鸞鎞記傳奇挫權:"叫他明鎗容易躲,暗劍最難防。"參見"暗箭子"。

暈

yùn 王問切,去,問韻,于。
ㄩㄣˋ

㊀日月周圍的光圈。史記天官書:"日月暈適,雲風,此天之容氣。"集解引孟康:"暈,日旁氣也。"㊁光影、色澤四圍模糊的部分。唐韓愈昌黎集九宿龍宮灘詩:"夢覺燈生暈,宵殘雨送涼。"宋蘇軾分類東坡詩十一墨花:"花心起墨暈,春色散毫端。"㊂眩暈,昏厥。全唐詩五〇二姚合閒居:"頭風春飲苦,眼暈夜書多。"水滸三六:"(宋江)向前來扶他,不覺自家也頭暈眼花,撲地倒了。"

【暈珥】太陽兩旁的光氣。呂氏春秋明理:"其日有鬬蝕,有倍僪,有暈珥。"注:"倍僪暈珥,皆日旁之危氣也。……在上內向爲冠,兩旁內向爲珥。"

【暈氣】日光經折射後發出的彩色光氣。爾雅釋天"弇日爲蔽雲"晉郭璞注:"即暈氣,五彩覆日也。"

【暈裙】裙名,俗稱月華裙。宋史樂志十七教坊:"女弟子隊……六曰採蓮隊,衣紅羅生色綽子,繫暈裙,戴雲鬟髻,乘綵船,執蓮花"。

暉

huī 許歸切,平,微韻,曉。
ㄏㄨㄟ

㊀光輝,日光。易未濟:"君子之光,其暉吉也。"文選三國魏王仲宣(粲)公讌詩:"涼風撤蒸暑,清雲却炎暉。"㊁明,光彩照耀。莊子天下:"不靡於萬物,不暉於數度。"藝文類聚三十南朝梁元帝與蕭挹書:"唯昆與季,文藻相暉。"

【暉目】鴆鳥的別名。淮南子繆稱:"暉目知晏,陰諧知雨。"注:"暉目,鴆鳥也,晏,無雲也,天將晏靜,暉目先鳴。"參見"運日"。

【暉光】猶光輝。漢揚雄太玄經一差:"其亡其亡,將至于暉光。"文選晉張茂先(華)勵志詩:"進德修業,暉光日新。"

【暉夜】螢火的別名。初學記三十晉崔豹古今注:"螢火一名暉夜,一名景天,……一名夜光。"今本古今注魚蟲作"耀夜"。

【暉素】月光。文選晉何敬祖(劭)雜詩:"閑房來清氣,廣庭發暉素。"

【暉暉】晴明貌。南朝梁何遜何記室集登石頭城詩:"擾擾見行人,暉暉視落日。"樂府詩集七七南朝陳江總燕燕于飛:"二月春暉暉,雙燕理毛衣。"

【暉暎】光彩照耀。晉書武悼楊皇后傳附左貴嬪納悼后頌:"我后戾止,車服暉暎。"也作"暉映"。藝文類聚八二南朝宋傅亮芙蓉賦:"既暉映於丹墀,亦納芳於綺疏。"

【暉範】北齊女官名。爲二十七世婦之一,比從三品。見北史后妃傳序。

暆

yí 弋支切,平,支韻,喻。
ㄧˊ

㊀日徐行貌,日斜。見說文。越絕書荆平王內傳漁者歌:"日昭昭,侵以暆。"今本作"施"。㊁東暆,漢縣,屬樂浪郡。見漢書地理志下。

暑

shǔ 舒呂切,上,語韻,審。
ㄕㄨˇ

熱,盛夏。易繫辭下:"寒往則暑來,暑往則寒來。"左傳襄二一年:"方暑,闕地下冰而牀焉。"

【暑伏】夏天三伏時。水經注三七夷水:"(楊溪)北流注于夷水,此水清泠,甚于大溪,縱暑伏之辰,尚無能澡其津流也。"

【暑門】南極之山。淮南子地形:"八紘之外,乃有八極:……南方曰南極之山,曰暑門。"注:"南方盛陽,積溫所在,故曰暑門。"

【暑氣】夏天的熱氣。周禮天官凌人"夏,頒冰掌事"漢鄭玄注:"暑氣盛,王以冰頒賜,則主爲之。"淮南子地形:"暑氣多夭,寒氣多壽。"

【暑溽】夏天濕熱的氣候。宋史四三九朱昂傳廣閒情賦:"願在地而爲簟,當暑溽而冰寒。"

【暑暍】中暑病。漢王充論衡言毒:"盛夏暴行,暑暍而死,熱極爲毒也。"

【暑歲】炎熱乾旱之年。漢書五行志中之下:"一曰,暑歲羊多疫死。"

【暑鵲】一種應候的鳥。初學記三易通卦驗:"立夏,清明風至,而暑鵲鳴。"

【暑雨祁寒】夏大雨,冬大寒。書君牙:"夏暑雨,小民惟曰怨咨;冬祁寒,小民亦惟曰怨咨。"宋蔡沈集傳:"暑雨祁寒,小民怨咨,自傷其生之艱難也。"

暕

jiǎn 古限切,上,產韻,見。
ㄐㄧㄢˇ

陰且日明。見廣韻。明亮。見玉篇。也用爲人名。隋煬帝次子暕,封齊王。隋書有傳。

暎

yìng 於敬切,去,映韻,影。
ㄧㄥˋ

同"映"。㊀照。舊題漢劉歆西京雜記二:"(匡)衡乃穿壁引其〔燭〕光,以書暎光而讀之。"北周庾信庾子山集五杏花詩:"依稀暎村塢,爛熳開山城。"㊁光影。文選三國魏王仲宣(粲)七哀詩之二:"山崗有餘暎,巖阿增重陰。"

暖

nuǎn 乃管切,上,緩韻,泥。
ㄋㄨㄢˇ

溫暖。同"暖"、"煖"、"煗"。文選漢班孟堅(固)答賓戲:"孔席不暖,墨突不黔。"

【暖翠】指春晴的山色。宋詩鈔陳造江湖長翁詩鈔到房交代:"簷外浮嵐暖翠堆,道人親眼爲渠開。"也作"暖翠"。元詩鈔吳景奎藥房樵唱和韻春日之一:"江上數峯浮暖翠,日邊繁杏倚春紅。"

暇

1\. xià xiá 胡駕切,去,禡韻,匣。
ㄒㄧㄚˋ ㄒㄧㄚˊ

㊀空閒。詩小雅何草不黃:"哀我征夫,朝夕不暇。"也指無事之時。國語楚上:"官僚之暇,於是乎臨之。"㊁閒散,無所事事。書酒誥:"成王畏相,惟御事厥棐有恭,不敢自暇自逸。"㊂悠閒。世說新語任誕:"謝(尚)便起舞,神意甚暇。"

2\. jiǎ
ㄐㄧㄚˇ

㊃贊歎,壯大。方言一:"凡物之壯大者而愛偉之謂之夏,周鄭之間謂之暇。"注:"音賈。"㊄借。通"假"。文選三國魏王仲宣(粲)登樓賦:"登茲樓以四望兮,聊暇日以銷憂。"注:"暇或爲假。"

【暇日】休息閒暇的時間。孟子梁惠王上:"壯者以暇日,修其孝悌忠信。"引申爲閒散、怠惰,無所事事。荀子修身:"道雖邇,不行不至;事雖小,不爲不成。其爲人也,多暇日者,其出入不遠矣。"

【暇景】空閒的時間。南朝梁元帝(蕭繹)集丹陽尹傳序:"求瘼餘晨,頗多暇景。"文苑英華五八唐太宗臨層臺賦:"惟萬機之暇景,屏千慮於巖廊。"

【暇隙】空隙,閒時。文苑英華二七唐許敬宗掖庭山賦:"聽甘棠之暇隙,想叢桂之幽情。"隙,同"隟"。

【暇豫】悠閒逸樂。國語晉二:"(優施)謂里克妻曰:'主孟啗我,我教兹暇豫事君。'"注:"暇,閒也;豫,樂也。"文選漢馬季長(融)長笛賦:"於是遊閒公子,暇豫王孫,……乃相與集乎其庭。"也指空閒。文選三國魏何平叔(晏)景福殿賦:"鳩經始之黎民,輯農功之暇豫。"

暐

wěi 于鬼切,上,尾韻,于。
ㄨㄟˇ

光盛貌。通"煒"。南朝梁江淹江文通集八蕭被尚書敦勸重讓表:"不謂過延渥洽,謬攀河漢,榮宗葛茲,寵華暐映。"

【暐暐】光彩貌。三國魏曹植曹子建集三車渠椀賦:"豐玄素之暐暐,帶朱榮之葳蕤。"

【暐曄】㊀光盛貌。文選晉左太沖(思)吳都賦:"崇臨海之崔嵬,飾赤烏之暐曄。"臨海赤烏,殿名。㊁雜彩貌。梁釋慧皎高僧傳四竺僧度與楊苕華書:"且披袈裟,振錫杖,飲清流,詠波若,雖王公之服,八珍之饍,鏗鏘之聲,暐曄之色,不與易也。"

暌

kuí 玉篇 去圭切。
ㄎㄨㄟˊ

隔開,分離。通"睽"。南朝梁何遜何記室集入西塞示南府同僚詩:"伊余本羈客,重暌復心賞。"唐陳子昂陳伯玉集七別冀侍御崔司業序:"暌闊良會,我心愍然。"參見"睽"。

【暌索】離散。南朝梁何遜何記室集寄江州褚諮議詩:"五載同衣裘,一朝異暌索。"

【暌違】隔離,別離。南朝梁何遜何記室集贈諸遊舊詩:"新知雖已樂,舊愛盡暌違。"又仰贈從兄興甯寘南詩:"一朝異言宴,萬里就暌違。"

【暌絶】斷絶,隔絶。宋文鑑六二陳瓘論蔡京疏:"自今觀之,(蔡)京之所以與(章)惇暌絶者,爲國事乎?爲己事乎?"

【暌闊】久違。樂府詩集五一南朝宋鮑照採蓮歌之三:"暌闊逢暄新,悽怨值妍華。"

【暌離】分離。宋蘇軾分類東坡詩十六今年正月十四日與子由別於陳州五月子由復至齊安未至以詩迎之:"暌離動作三年計,牽挽當爲十日留。"

𥇵

wēn 集韻 烏昆切,平,魂韻。
ㄨㄣ

㊀日出而溫。見集韻。㊁見"曣𥇵"。

暘

yáng 與章切,平,陽韻,喻。
ㄧㄤˊ

㊀日出。唐顔真卿顔魯公集四宋開府(璟)碑銘:"吁嗟廣平,宅此不暘。"也指初出的太陽。宋蔡襄蔡忠惠公集七自漁梁驛至衢州大雪有懷詩:"薄吹消春凍,新暘破曉晴。"㊁晴。書洪範:"曰雨,曰暘。"漢王充論衡寒温:"夫雨者陰,暘者陽也。"

【暘夷】鎧甲名。文選晉左太沖(思)吳都賦:"干鹵、殳鋌、暘夷、勃盧之旅。"注引越絶書:"越王身披暘夷之甲,扶勃盧之矛。"今本越絶書越絶外傳記地傳作"句踐乃身被暘夷之甲,帶步光之劍,杖物盧之矛"。

【暘谷】日所出處。書堯典:"分命羲仲宅嵎夷,曰暘谷。"傳:"日出於谷而天下明,故稱暘谷。"淮南子天文:"日出于暘谷,浴于咸池。"也作"湯谷"。參見"湯谷"。

【暘烏】太陽。古代神話,稱日中有烏,因稱日爲暘烏。唐韓愈昌黎集十二訟風伯:"暘烏之仁兮,念此下民。"元方回桐江續集五和陶淵明飲酒詩之二十:"風雨驟晦冥,暘烏出還新。"也作"陽烏"。參見"陽烏"。

㬊

huǎn 胡管切,上,緩韻,匣。
ㄏㄨㄢˇ

㊀明。見玉篇。㊁姓。晉有西中郎將㬊清。見宋邵思姓解三爰。

暖

1. nuǎn 乃管切,上,緩韻,泥。
ㄋㄨㄢˇ

同"煖"、"煗"、"㬉"。㊀温暖。墨子節用中:"冬服紺緅之衣,輕且暖。"楚辭屈原天問:"何所冬暖?何所夏寒?"

2. xuān 集韻 許元切,平,元韻。
ㄒㄩㄢ

㊁見"暖₂姝"。

【暖耳】耳套。唐人稱耳衣,明人稱暖耳。參閱明楊慎丹鉛總録二十詩話耳衣。參見"耳衣"。

【暖孝】舊俗喪家於出殯前夕鼓樂宴客稱暖孝。此風漢時已有。漢桓寬鹽鐵論散不足即有"因人之喪以求酒肉,歌舞俳優,連笑伎戲"之語。宋李廌師友談記:"宣仁上仙,……至七日,忽有旨下光禄供羊酒若干,欲爲太后、太妃、皇后暖孝。"

【暖房】舊俗備禮賀人新居或新婚,皆稱暖房。唐王建詩八宮詞之七四:"太儀前日暖房來,囑向朝陽乞藥栽。"元施惠幽閨記招商諧偶:"明日再取一罇酒與你暖房。"也作"暖屋"。宋周煇清波別志暖屋:"里巷間有遷居者,鄰里醵金治具過之,名暖屋,乃古考室之義。"

【暖律】古代以時令合樂律。暖律,指温暖的節候。唐羅隱甲乙集五歲除夜詩:"厭寒思暖律,畏老惜殘更。"

【暖₂姝】猶沾沾自喜,自滿貌。莊子徐无鬼:"所謂暖姝者,學一先生之言,則暖暖姝姝,而私自説也,自以爲足矣。"釋文:"暖,吁爰反,又吁晚反,柔貌。姝,昌朱反,妖貌。"

【暖流】温泉。唐詩紀事三越王貞和過温湯詩:"坎德疎温液,山限派暖流。"

【暖眼】親熱看待。與"冷眼"相對。唐杜甫杜工部草堂詩箋四十與嚴二郎奉禮別:"別君誰暖眼,將老病纏身。"

【暖帽】㊀冬天所戴之帽。宋洪邁夷堅志乙志二承天寺:"是日徙倚門間,望一僧頂暖帽,策杖而來。"㊁清制,官吏冠服分暖帽、涼帽,按例於立冬前數日換戴暖帽。清會典事例三二八禮部冠服:"(順治)九年議准,涼帽、暖帽上圓月,官員用紅片金,庶人用紅緞。"

【暖塵】松軟的塵土。明楊基眉菴集八寓江寧村居病起寫懷詩之九:"十里吴堤踏暖塵,老懷忽憶故鄉春。"

【暖翠】春晴的山色。見"㬉翠"。

【暖閣】㊀舊時爲防寒而從大屋分隔出的小間。唐許渾丁卯集上同韋少尹傷故衛尉李少卿詩:"香街寶馬嘶殘月,暖閣佳人哭曉風。"㊁舊日官署大堂設案之閣。儒林外史二三:"我要下驢,差人不肯,兩個人牽了我的驢頭,一路走上去,走到暖閣上。"

【暖講】宋馬永卿嬾真子一司馬端明講書:"温公之任崇福,春夏多在洛,秋冬在夏縣,每日與本縣從學者十許人講書。……公每五日作一暖講,一盃一飯一麪一肉一菜而已。"謂以酒食與聽講者相勞。温公,司馬光。

【暖轎】四周有帷幔的轎子。宋楊萬里誠齋集三一三月三日上忠襄墳因之行散得十絶句之一:"暖轎行春底見春,遮欄春色不教親。"

【暖鞾】冬季穿的靴子。宋史輿服志五:"校獵從官兼賜紫羅錦旋襴暖鞾。"

【暖玉鞍】傳說唐岐王有暖玉鞍，冬日坐鞍上，自然溫暖。見五代後周王仁裕開元天寶遺事下暖玉鞍。

暒 qíng 集韻 慈盈切,平,清韻。ㄑㄧㄥˊ

雨止,晴空無雲。通"晴"。見玉篇。清龔自珍定盦集續集三阮尚書年譜第一敍:"天暒地坱,日穆月燿。"

暍 yē hè 於歇切,入,月韻,影。ㄧㄝ ㄏㄜˋ 許葛切,入,曷韻,曉。

中暑,傷於暴熱。莊子則陽:"夫凍者加衣於春,暍者反冬乎冷風。"荀子富國:"使民夏不宛暍,冬不凍寒。"

【暍人】中暑的人。淮南子人間:"(周)武王蔭暍人於樾下,左擁而右扇之,而天下懷其德。"

【暍死】中暑而死。漢書武帝紀元封四年:"夏,大旱,民多暍死。"

【暍暍】形容熱氣極盛。素問刺瘧:"先寒後熱,熇熇暍暍然。"

喚 huàn 集韻 呼玩切,去,換韻。ㄏㄨㄢˋ

光明貌。通:"煥"。漢司隸校尉魯峻碑:"永傳意(億)齡,喚矣昀昀。"(隸釋九)

十 畫

暨 jì 其冀切,去,至韻,羣。ㄐㄧˋ 居家切,去,未韻,見。居乙切,入,質韻,見。居乙切,入,迄韻,見。

㊀與,及。書堯典:"帝曰:咨汝羲暨和。"㊁至,到。國語周中:"上求不暨,是其外利也。"注:"暨,至也。"莊子列禦寇:"列子提屨,跣而走,暨乎門。"㊂姓。三國吳有暨豔。見三國志吳張溫傳。

【暨陽】縣名。晉太康二年分無錫毗陵立,屬毘陵郡,隋廢。唐武德三年復置,九年併入江陰縣。故城在今江蘇江陰縣。也作溉陽旣陽。參閱元和郡縣志二五江陰縣、太平寰宇記九二江陰軍。

【暨暨】果斷剛毅貌。禮玉藻:"戎容暨暨,言容詻詻。"注:"暨暨,果毅貌也。"唐韓愈昌黎集二六魏博節度觀察使沂國公先廟碑銘:"暨暨田侯,兩有文武。"

【暨羅女】指西施。唐李商隱李義山詩集一李肱所遺畫松詩書兩紙得四十韻:"亦若暨羅女,平旦粧顏容。"相傳西施生於諸暨縣之苧羅鄉,故云。

暠 1. gǎo 古老切,上,晧韻,見。ㄍㄠˇ

㊀明亮。見"暠暠"。

2. hào 集韻 下老切,上,晧韻。ㄏㄠˋ

㊀白,潔白。漢書五七下司馬相如傳大人賦:"暠然白首戴勝而穴處兮,亦幸有三足烏爲之使。"文選晉潘安仁(岳)懷舊賦:"晨風淒以激冷,夕雪暠以掩路。"

【暠暠】明亮貌。南朝梁江淹江文通集一待罪江南思北歸賦:"上暠暠以臨月,下淫淫而愁雨。"

暝 1. míng 莫經切,平,青韻,明。ㄇㄧㄥˊ

㊀晦,昏暗。漢書五行志下之上:"釐公十五年'九月己卯晦,震夷伯之廟'。劉向以爲晦,暝也;震,雷也。"

2. mìng 莫定切,去,徑韻,明。ㄇㄧㄥˋ

㊀天黑,日暮。玉臺新詠一古詩爲焦仲卿妻作:"晻晻日欲暝,愁思出門啼。"世說新語賞譽下:"謝太傅(安)爲桓公(溫)司馬,桓詣謝,……因下共語,至暝。"

【暝₂色】夜色。文選南朝宋謝靈運石壁精舍還湖中作詩:"林壑斂暝色,雲霞收夕霏。"

【暝₂暝₂】猶寂寂。玉臺新詠八南朝梁劉孝綽春宵詩:"誰能對雙燕,暝暝守空牀。"

暗 jìn ㄐㄧㄣˋ

國名。通"晉"、"鄑"。呂氏春秋悔過:"使其三臣丙也、術也、視也,於東邊候暗之道。"注:"暗,晉國也。"

暢 chàng 丑亮切,去,漾韻,徹。ㄔㄤˋ

㊀通達,通暢。易坤:"美在其中,而暢於四支。"文選漢孔安國尚書序:"約文申義,敷暢厥旨。"㊁舒展,盡情。文選戰國楚宋玉神女賦:"交希恩踈,不可盡暢。"元王惲秋澗集十二春夜宴史右相宅詩:"相逢成夜集,暢飲厭流霞。"㊂旺盛。見"暢茂"。㊃長。詩秦風小戎:"文茵暢轂,駕我騏馵。"傳:"暢轂,長轂也。"㊄甚,真正。金董解元西廂四:"青衫忒離俗,裁得暢可體。"㊅祭名。大戴禮夏小正:"暢也者,終歲之用祭也。"㊆琴曲名。漢應劭風俗通六聲音琴:"其道行和樂而作者,命其曲曰暢。"㊇姓。漢代有暢曾;唐代有暢璀,舊唐書有傳。

【暢心】充分表達心意。續古文苑九晉歐陽建言盡意論:"言不暢心,則無以相接。"

【暢月】農曆十一月。禮月令仲冬之月:"命之曰暢月。"注:"暢,猶充也。"疏:"言名此月爲充實之月,當使萬物充實,不發動故也。"清俞樾謂暢疑當讀爲"暘",暘,說文訓不生;十一月大陰用事,萬物未生,故名暢月。見茶香室經說九暢月。

【暢外】摩擦肌膚之養生方法。唐司馬承禎天隱子齋戒:"手常摩擦,皮膚溫熱,熨去冷氣,此所謂暢外也。"

【暢好】真好,正好。金董解元西廂二:"暢好台孩,舉止沒俗態。"也作"暢好是",謂正好是。元曲選缺名賺蒯通四:"呀!暢好是沒算計的漢賢良,左使着這一片狠心腸。"

【暢洽】普遍深透。隋書薛道衡傳高祖文皇帝頌:"雖五行之舞每陳於清廟,九德之歌無絕於樂府,而玄功暢洽,不局於形器,懿業遠大,豈盡於揄揚。"

【暢茂】繁榮旺盛。孟子滕文公上:"草木暢茂,禽獸繁殖。"

【暢敍】盡情敍說。世說新語企羨注引晉王羲之臨河敍:"雖無絲竹管絃之盛,一觴一詠,亦足以暢敍幽情矣。"

【暢適】開拓順適。宋陸游渭南文集二十居室記:"休息取調節氣血,不必成寐;讀書取暢適性靈,不必終卷。"

【暢暢】和樂貌。晉書樂志下濟濟篇:"暢暢飛舞氣流芳,追念三五大綺黃。"

【暢春園】園名。清康熙時,就明代李偉舊園址改建,爲玄燁(聖祖)弘曆(高宗)治事遊憩之所。故址在北京西直門外海淀。參閱嘉慶一統志四京師四苑囿。

暡 wěng 集韻 鄔孔切,上,董韻。ㄨㄥˇ

昏暗不明。見下。

【暡曚】日光不明。元戴良九靈山房集十七出游聯句:"宿期凌沆瀣,晨集侵暡曚。"

【暡靉】昏暗。唐寒山子詩集寒山之四四:"室中雖暡靉,心裏絕喧囂。"

十一畫

暬 xiè 私列切,入,薛韻,心。ㄒㄧㄝˋ

狎近,輕慢。同"褻"。說文:"暬,日狎習相嫚也。"參見"暬御"。

【暬御】近侍小臣。詩小雅雨無正:"曾我暬御,憯憯日瘁。"傳:"暬御,侍御也。"

暫 zàn 藏濫切,去,闞韻,從。ㄗㄢˋ

㊀一時,不久。謂時間短。書盤庚中:"顛越不恭,暫遇姦宄。"後漢書五三黃憲傳:

"友人勸其仕，憲亦不拒之，暫到京師而還。"㊂倉卒，突然。左傳僖三三年："武夫力而拘諸原，婦人暫而免諸國。"注："暫，猶卒也。"史記一〇九李將軍傳："廣暫騰而上胡兒馬。"

【暫面】猝然見面。魏書宗欽傳贈高允詩："披衿暫面，定交一言。"

【暫時】短時間內。唐杜甫杜工部草堂詩箋十喜達行在所之二："生還今日事，間道暫時人。"又元稹長慶集十七望喜驛詩："滿眼文書堆案邊，眼昏偷得暫時眠。"

【暫勞永逸】一時勞苦而永久安逸。文選漢張平子(衡)西京賦："暫勞永逸，無爲而治。"參見"一勞永逸"。

暮 mù ㄇㄨˋ 莫故切，去，暮韻，明。

本作"莫"。㊀日落時，傍晚。國語晉五："范文子暮退於朝。"㊁遲，晚。呂氏春秋謹聽："夫自念斯學，德未暮。"注："暮，晚。"梁書王筠傳沈約書："自謝朓諸賢零落已後，平生意好，殆將都絕，不謂疲暮，復逢於君。"

【暮子】爾雅釋鳥："雉之暮子爲鷚。"疏："鷚，是雉晚生之子名也。"後因稱老年所生之兒爲暮子。宋王明清揮麈錄餘話二："王仲嶷，字豐父，岐公暮子。"

【暮月】一季的末月。藝文類聚四南朝宋傅亮登陵囂館賦："歲九旻之暮月，肅晨駕而北逝。"唐韓鄂歲華紀麗三重陽："重陽佳辰，九旻暮月。"

【暮世】晚近之世。素問移精變氣論："暮世之治病也則不然，治不本四時，不知日月，不審逆從。"

【暮年】晚年，老年。宋書樂志三魏武帝(曹操)步出夏門行碣石："烈士暮年，壯心不已。"

【暮色】傍晚的天色。唐柳宗元柳先生集二九始得西山宴游記："引觴滿酌，頹然就醉，不知日之入，蒼然暮色，自遠而至，至無所見而猶不欲歸。"

【暮序】一年之末，指暮冬。南朝梁簡文帝集二雪朝詩："同雲凝暮序，嚴陰屯廣隰。"全唐詩二八四李端長安書事寄薛戴："時芳一憔悴，暮序何蕭索。"

【暮春】春末，農曆三月。北堂書鈔一五五晉王廙洛都賦："若乃暮春嘉禊，三巳之辰，麗服靚莊(粧)，祓乎洛濱。"文選南朝梁丘希範(遲)與陳伯之書："暮春三月，江南草長，雜花生樹，羣鶯亂飛。"暮，本作"莫"。暮春，先秦古籍中作"莫春"，如詩周頌臣工"惟莫之春"，論語先進"莫春者"皆是。

【暮秋】晚秋，農曆九月。藝文類聚八一三國魏曹植迷迭香賦："芳暮秋之幽蘭兮，麗崑崙之芝英。"宋書傅亮傳感物賦序："余以暮秋之月，述職內禁，夜清務隙，遊目藝苑。"

【暮律】古謂推曆生律，以十二律與十二月相應。暮律謂一年之末，多指冬季。文苑英華三二四唐李嶠槐詩："暮律移寒火，春宮長舊栽。"

【暮氣】㊀日暮的景象。宋陸游劍南詩稿十一訪毛平仲……觀王質爛柯遺跡："林巒巉絕秋風瘦，樓堞參差暮氣昏。"㊁比喻精神衰頹，意志不振。孫子軍爭："是故朝氣銳，晝氣惰，暮氣歸。"宋文鑑六九張舜民謝諫議大夫表："率是以行，爲國何有，敢不激昂暮氣，緝理空文。"

【暮商】商音屬秋，暮商即暮秋。初學記三南朝梁元帝纂要："九月季秋，亦曰暮秋、末秋、暮商、杪秋。"

【暮景】㊀傍晚的景色。唐杜甫杜工部草堂詩箋二二院中晚晴懷西郭茅舍："復有樓臺銜暮景，不勞鐘鼓報新晴。"㊁老年的光景。宋胡宿文恭集七乞楊安國改官奏："安國授經老臣，年近八十，桑榆暮景，光陰幾何？"

【暮歲】㊀一年將盡之時。魏書李平傳附李諧述身賦："迫玄冬之暮歲，歷關山之遐阻。"㊁晚年。宋書謝靈運傳撰征賦："屈盛績於平生，申遠期於暮歲。"

【暮節】㊀農曆九月九日，重陽節。文選南朝宋謝靈運九日從宋公戲馬臺集送孔令詩："良辰感聖心，雲旗興暮節。"㊁農曆十二月。初學記三南朝梁元帝纂要："十二月季冬，亦曰暮冬、……暮節。"㊂晚年。新唐書一一九白居易傳："暮節惑浮屠道尤甚，至經月不食葷。"

【暮境】老境，晚年境況。宋陸游劍南詩稿十二小憩前平院戲書觸目："上車欲去復回首，那將暮境供浮名。"

【暮齒】晚年。南朝梁釋慧皎高僧傳六釋道䂮姚興下書："僧䂮法師學優早年，德芳暮齒，可爲國內僧正。"北周庾信庾子山集一哀江南賦序："信年始二毛，即逢喪亂，藐是流離，至於暮齒。"

【暮齡】晚年。南齊書劉善明傳遺崔祖思書："藿羹布被，猶篤鄙好；惡色憎聲，暮齡尤甚。"

【暮靄】日暮時之雲氣。文選南朝宋顏延年(延之)陶徵士誄："晨煙暮靄，春煦秋陰，陳書輟卷，置酒絃琴。"

【暮夜金】後漢楊震道經昌邑，故所舉昌邑令王密夜懷金十斤與震，並言"暮夜無知者"。見後漢書五四本傳。後因稱賄賂爲"暮夜金"。明石珤石閭老集暮夜金詩："暮夜金，光陸離，故人心，君不知。"參見"四知"。

【暮四朝三】見"朝三暮四"。

【暮鼓晨鐘】佛寺中早晚報時的鐘鼓。"晨鐘"也作"朝鐘"。唐李咸用披沙集五山中詩："朝鐘暮鼓不到耳，明月孤雲長掛情。"宋蘇軾分類東坡詩二三書雙竹湛師房之二："暮鼓朝鐘自擊撞，閉門孤枕對殘釭。"也用以比喻使人警悟的言語。元曲選劉君錫來生債三："我愁的是更籌漏箭，我怕的是暮鼓晨鐘。"

【暮虢朝虞】春秋晉假道於虞以滅虢，歸而滅虞。事見左傳僖五年。後以比喻覆滅變遷之速。金元好問遺山集十二俳體雪香亭雜詠詩之二："洛陽城闕變灰煙，暮虢朝虞只眼前。"

暴 1. bào ㄅㄠˋ 薄報切，去，號韻，並。

㊀凶惡。易繫辭上："上慢下暴，盜思伐之矣。"史記六一伯夷傳采薇歌："以暴易暴兮，不知其非矣。"㊁急疾，突然。詩邶風終風："終風且暴，顧我則笑。"史記項羽紀："今暴得大名，不祥。"㊂短促。大戴禮保傅："何殷周有道之長，而秦無道之暴？"㊃急躁。元曲選李壽卿伍員吹簫三："爲我平生性子懆暴，路見不平，便與人廝打。"㊄欺侮，糟蹋。商君書畫策："神農既沒，以強勝弱，以衆暴寡。"禮王制："田不以禮，曰暴天物。"㊅徒手搏擊。詩鄭風大叔于田："襢裼暴虎，獻于公所。"傳："暴虎，空手以搏之。"㊆古地名。春秋文八年："公子遂會雒戎，盟于暴。"注："暴，鄭地。"㊇姓。戰國魏有將暴鳶。見史記七二穰侯傳。

2. pù ㄆㄨˋ 蒲木切，入，屋韻，並。

本作"暴"。後又加日旁作"曝"。㊈曬。孟子滕文公上："江漢以濯之，秋陽以暴之。"㊉顯露。孟子萬章上："暴之於民，而民受之。"漢書六二司馬遷傳報任安書："其所摧敗，功亦足以暴於天下。"

3. bó ㄅㄛˊ 集韻北角切，入，覺韻。

⑪鼓起，脫落。周禮考工記旊人："凡陶旊之事，髺墾薜暴不入市。"注："暴，讀爲剝。……薜，破裂也。暴，墳起不堅致也。"薜暴，破裂剝落之貌。參見"暴$_{3}$樂"。

【暴人】惡人。墨子尚同下："善人賞而暴人罰，則國必治矣。"

【暴下】突然腹瀉。二刻拍案驚奇二九:"果然別後,那官人暴下不止,依言贖平胃散服過纔好。"

【暴₃布】已經曝曬的布。管子乘馬:"經暴布百兩當一鎰。"清張佩綸謂"經"當作"絟",絟布卽細布。近人聞一多謂"絟"同"荃",荃爲細葛;暴卽暴樂,有稀疏之義,聲轉爲薄,"絟暴布"謂以荃葛織成的薄布。參閱郭沫若等管子集校。

【暴行】凶惡殘酷的行爲。孟子滕文公下:"世衰道微,邪說暴行有作。"

【暴₂行】行於日中。淮南子說山:"足蹍地而爲迹,暴行而爲影。"

【暴兵】不義的戰爭。吳子圖國:"其名又有五:一曰義兵……四曰暴兵。"

【暴卒】㊀突然死亡。漢焦延壽易林一蒙之明夷:"奄忽暴卒,痛傷我心。"㊁凶殘的兵士。藝文類聚四九漢揚雄衛尉箴:"闕爲城衛,以待暴卒。"

【暴₂炙】日曬火烤。比喻影響感化。荀子富國:"名聲足以暴炙之,威强足以捶笞之。"

【暴忽】迅疾。猶飄忽。宋詩鈔孔平仲清江集鈔秋夜舟中:"人言風怒未渠央,我觀暴忽勢不長。"

【暴₂室】漢官署名,屬掖廷令,主織作染練,取暴曬爲名。宮中婦女有病及皇后貴人有罪,亦就此室,古文稱暴室獄。漢書宣帝紀:"旣壯,爲取暴室嗇夫許廣漢女。"泛指宮廷內織作之所。宋蘇轍欒城集十六學士院端午貼子皇太后閣詩之三:"蠶宮罷採擷,暴室獻朱黃。"參閱後漢書桓帝鄧皇后紀注引漢官儀、又百官志三掖廷令。

【暴客】盜賊。易繫辭下:"重門擊柝,以待暴客。"

【暴虐】㊀凶惡殘酷。書泰誓上:"沈湎冒色,敢行暴虐。"㊁凶暴虐殺,猶侵侮。漢書九四上匈奴傳:"戎狄交侵,暴虐中國,中國被其苦。"

【暴₂骨】暴露屍骨。指死於野外。左傳宣十二年:"今我使二國暴骨,暴矣。"

【暴風】疾猛的風。禮月令孟冬之月:"行夏令,則國多暴風。"也簡稱爲"暴"。爾雅釋天:"日出而風爲暴。"

【暴桀】桀驁不馴。史記七五孟嘗君傳論:"吾嘗過薛,其俗閭里率多暴桀子弟,與鄒魯殊。"

【暴₂師】指軍隊在外,蒙受風霜雨露。孫子作戰:"久暴師則國用不足。"史記九五樊噲傳:"且沛公先入咸陽,暴師霸上,以待大王。"

【暴徒】强暴不法的人。漢桓寬鹽鐵論大論:"山東關內暴徒,保人阻險。"

【暴₂章】揭露。漢書八三薛宣傳與楊湛書:"又念十金法重,不忍相暴章,故密以手書相曉。"

【暴掠】强行劫奪。史記高祖紀:"懷王約入秦無暴掠。"

【暴富】驟富,突然發財。宋蘇軾東坡集續集七答程全父推官書之五:"兒子比抄得唐書一部,又借得前漢欲抄,若了此二書,便是窮兒暴富也。"

【暴₂著】明白顯露。漢書九二原涉傳:"涉治冢舍,奢僭踰制,罪惡暴著。"

【暴₂揚】洩露,宣揚。漢書八四翟方進傳劾司隸校尉陳慶:"又暴揚尚書事,言遲疾無所任,虧損聖德之聰明,奉詔不謹,皆不敬。"

【暴發】㊀突然發作。史記一〇五扁鵲傳:"太子病血氣不時,交錯而不得泄,暴發於外,則爲中害。"㊁突然發迹。明朱葵心回春記傳奇惡奴騈首:"吾想你們名位也微,俸錢也少,如何這樣暴發?"後也稱突然發財或得勢之家爲暴發戶。儒林外史五三:"也是那些暴發户人家,若是我家,他怎敢大膽!"

【暴貴】驟得高位。禮曲禮下:"已孤暴貴,不爲父作諡。"疏:"本爲士庶,今起爲諸侯,非一等之位,故云暴貴也。"

【暴鈔】搶劫財物。新唐書一四七辛雲京傳:"回紇恃舊勳,每入朝,所在暴鈔。"

【暴棄】不愛重。暴,害;棄,絶。清周亮工尺牘新鈔八明陳龍正復塞菴閣老書:"若云胸懷蕩蕩,無復䕫䕫,去暴棄幾何?"

【暴雷】迅雷。史記殷紀:"武乙獵於河渭之間,暴雷,武乙震死。"

【暴察】荀子彊國:"威有三:有道德之威者,有暴察之威者,有狂妄之威者。此三威者,不可不孰察也。"注:"暴察,謂暴急嚴察也。"

【暴橫】凶暴强橫。後漢書十七馮異傳:"今諸將皆壯士屈起,多暴橫,獨有劉將軍所到不虜掠。"

【暴暴】猝起貌。荀子富國:"若是則萬物得宜,事變得應,……則財貨渾渾如泉源,汸汸如河海,暴暴如丘山,……夫天下何患乎不足也。"

【暴興】突然興起。後漢書二一耿純傳:"因說(李)軼曰:'大王……期月之間兄弟稱王,而德信不聞於士民,功勞未施於百姓,寵祿暴興,此智者之所忌也。'"

【暴₃樂】脫落稀疏貌。猶剝落。通"爆爍"。爾雅釋詁下:"毗、劉,暴樂也。"注:"謂樹木葉缺落,蔭疏暴樂。見詩(大雅桑柔'捋采其劉'傳)。"清郝懿行義疏:"木枝葉稀疏不均爲爆爍,然則爆爍之爲言,猶剝落也。"

【暴謔】過分的玩笑。北齊顏之推顏氏家訓:"禁童子之暴謔,則師友之誡,不如傅婢之指揮。"宋司馬光司馬温公詩話:"梅聖俞(堯臣)之卒也,……子才(宋選)曰:'比見聖俞面光澤特甚,意爲充盛,不知乃爲不祥也。'時欽聖(韓宗彥)面亦光澤,文通(沈遘)指之曰:'次至欽聖矣。'衆皆尤其暴謔。"

【暴₂露】㊀露天而處,無所隱蔽。左傳襄三一年:"不敢輸幣,亦不敢暴露。"國語魯上:"寡君不佞,不能事疆場之司,使君盛怒,以暴露於敝邑之野。"言辛苦不能安居。㊁揭露,宣揚。漢書九七下孝成趙皇后傳耿育上疏:"愚臣……又不知推演聖德,述先帝之志,乃反覆校省內,暴露私燕,誣汙先帝傾惑之過。"

【暴集客】倉猝湊合之客。指趨炎附勢之人。後漢書四三朱暉傳附朱穆論注引蔡邕正交論:"是以君子愼人所以交己,審己所以交人,富貴則無暴集之客,貧賤則無棄舊之賓矣。"

【暴戾恣睢】粗暴强橫,任意橫行。史記六一伯夷傳:"盜蹠日殺不辜,肝人之肉,暴戾恣睢,聚黨數千人橫行天下。"正義:"睢,仰白目,怒貌也。"

【暴虎馮河】空手搏虎,徒步渡河。比喻冒險蠻幹,有勇無謀。詩小雅小旻:"不敢暴虎,不敢馮河。"論語述而:"暴虎馮河,死而無悔者,吾不與也。必也臨事而懼,好謀而成者也。"

【暴殄天物】任意殘害天生萬物。書武成:"今商王受無道,暴殄天物,虐害烝民。"後指任意浪費。唐杜甫杜工部詩史補遺三又觀打魚:"吾徒胡爲縱此樂,暴殄天物聖所哀。"

【暴₂腮龍門】比喻挫折、困頓。藝文類聚六九引辛氏三秦記:"河津一名龍門,大魚集龍門下數千,不得上。上者爲龍,不上者魚,故云曝腮龍門。"曝,本作"暴"。唐高適高常侍集四酬裴員外以詩代書詩:"一夕瀍洛空,生靈悲暴腮。"參見"曝鰓"。

暵 hàn 呼旱切,上,旱韻,曉。
ㄏㄢ 呼旰切,去,翰韻,曉。

㊀枯。通"熯"。詩王風中谷有蓷:"中谷有蓷,暵其乾矣。"㊁乾旱。周禮春官女巫:"旱暵則舞雩。"元詩選鄧文原素履齋

稿登五嶺:“維時清秋暵,老龍猶泥蟠。”

【暵赫】猶熏炙。全唐詩九五沈佺期被彈:“是時盛夏中,暵赫多瘵疾。”

【暵暵】烈日曝曬貌。太平御覽三漢賈誼書:“既入其職,則於其民,暵暵然如日之正中也。”今本新書脩政語下作“暵暵”,誤。

暱 nì ㄋㄧˋ 尼質切,入,質韻,娘。

親近。同“昵”。詩小雅菀柳:“上帝甚蹈,無自暱焉。”也指親近之人。國語晉六:“急教而重斂,大其私暱。”注:“暱,近也。私近,謂嬖臣。”

【暱就】親近。左傳成十三年:“不穀惡其無成德,是用宣之,以懲不壹。諸侯備聞此言,斯是用痛心疾首,暱就寡人。”

【暱嫌】私恨。列子湯問:“魏黑卵以暱嫌殺丘邴章,丘邴章之子來丹,謀報父之讎。”

曃 dài ㄉㄞˋ 他代切,去,代韻,透。

見“暧曃”。

暹 xiān ㄒㄧㄢ 息廉切,平,鹽韻,心。

㊀日光升起。宋王安石臨川集十二和平甫舟中望九華山詩之一:“卧送秋月没,起看朝陽暹。”㊁見“暹羅”。

【暹羅】泰國的舊名。原爲暹與羅斛二國,後合併稱暹羅。公元 1939 年改名泰國。1945 年復稱暹羅,1949 年又改稱泰國。參閱元周達觀真臘風土記總敍、元史暹國傳、明吳人槇海國廣記暹羅國。

十二畫

曄 yè ㄧㄝˋ 筠輒切,入,葉韻,于。
ㄧㄝˋ 爲立切,入,緝韻,于。

同“燁”、“爗”、“曅”、“嘩”。㊀光輝燦爛。後漢書五七張衡傳思玄賦:“豐隆軒其震霆兮,列缺曄其照夜。”㊁盛貌。文選戰國楚宋玉神女賦序:“須臾之間,美貌橫生,曄兮如華,溫乎如瑩。”

【曄煜】繁盛貌。後漢書四十下班彪傳附班固兩都賦:“鐘鼓鏗鎗,管絃曄煜。”

【曄踕】繁多急速貌。文選漢王子淵(褒)洞簫賦:“嚐嚴曄踕,跳然復出。”注:“嚐戳曄踕,衆聲疾貌。”

【曄曄】明盛美茂貌。後漢書四十上班彪傳附班固兩都賦:“蘭茝發色,曄曄猗猗。”注引郭璞注爾雅云:“曄曄猗猗,美茂之貌。”

曆 lì ㄌㄧˋ 郎擊切,入,錫韻,來。

古作“厤”。通“歷”。㊀推算日月星辰之運行以定歲時節氣的方法。易革:“君子以治曆明時。”大戴禮曾子天圓:“聖人慎守日月之數,以察星辰之行,以序四時之順逆,謂之厤。”也指治曆的人或記錄年月日節氣的書册。莊子齊物論:“自此以往,巧曆不能得,而況其凡乎?”玉臺新詠一古詩爲焦仲卿妻作:“視曆復開書,便利此月内。”㊁年代,壽命。漢書諸侯王表:“周過其曆,秦不及期。”注:“武王克商,卜世三十,卜年七百,今乃三十六世,八百六十七歲,此謂過其曆也。”唐劉禹錫劉夢得集十五代慰義陽公主薨表:“豈意遘兹短曆,奄謝昌辰。”㊂數。管子海王:“終月大男食鹽五升少半,大女食鹽三升少半,吾子食鹽二升少半,此其大曆也。”㊃日記本。宋蘇軾東坡志林三修身曆:“子宜置一卷曆,晝日之所爲,莫夜必記之。”

【曆元】古代曆法以冬至爲一歲之始,平朔爲一月之始,夜半爲一日之始,以平朔冬至同在夜半之一日作爲曆元,用以推算以後各月的朔望及每年的節氣。宋書曆志上:“明帝永平中,待詔楊岑張盛景防等典治曆,但改易加時朔望,未能綜校曆元也。”

【曆日】曆本。猶日曆。周禮春官馮相氏“以會天位”漢鄭玄注:“若今厤日太歲在某月某甲朔日直某也。”梁書傅昭傳:“(傅昭)隨外祖於朱雀航賣曆日。”元曲選關漢卿玉鏡臺一:“梅香,取曆日來,教學士選個好日子。”轉指歲月。全唐詩七八四太上隱者答人:“山中無曆日,寒盡不知年。”

【曆正】掌管曆法的官。左傳昭十七年:“我高祖少皡摯之立也,鳳鳥適至,故紀於鳥,爲鳥師而鳥名,鳳鳥氏,曆正也。”注:“鳳鳥知天時,故以名曆正之官。”

【曆本】排列月日時令節候的書。清李玉清忠譜傳奇創祠:“地理看得弗精,曆本也不熟套。”參見“時憲書”。

【曆尾】曆書的末尾。也指除夕。宋宋祁景文集二二除夕詩:“曆尾無餘日,更籌促曙鷄。”

【曆法】推算天象以定歲時的方法。漢書律曆志上:“箕子言大法九章,而五紀明曆法。”新唐書二〇四李淳風傳:“貞觀初,與傅仁均爭曆法,議者多附淳風。”

【曆始】同“曆元”。新五代史司天考一:“必得甲子朔旦夜半冬至,而日月五星皆會于子,謂之上元,以爲曆始。”

【曆室】觀測推算曆象的館所,猶後來的觀象臺。漢焦延壽易林九大壯之升:“數窮廓落,困於曆室。”

【曆紀】㊀日月運行軌道的分紀。素問三部九候論:“上應天光星辰曆紀,下副四時五行貴賤。”注:“歷紀謂日月行歷於天,二十八宿三百六十五度之分紀也。”歷,通“曆”。㊁曆數綱紀。漢書律曆志上:“故自殷周皆創業改制,咸正曆紀,服色從之。”文選漢揚子雲(雄)劇秦美新:“摘秦政慘酷尤煩者,應時而蠲,如儒林、刑辟、歷紀、圖典之用稍增焉。”

【曆草】即蓂莢。古代傳説的一種瑞草。文選南齊王元長(融)三月三日曲水詩序:“侯枝植,歷草孳。”注引田俅子:“堯爲天子,蓂莢生於庭,爲帝成歷。”歷,通“曆”。也作“曆莢”。

【曆紙】宋代考績的日記册,規定官吏按日自記功過上繳。宋史選舉志一:“宋初承唐制,……考課雖密,而莫重于官給曆紙,驗考批書。”

【曆莢】即曆草。宋書符瑞志下江夏王劉義恭嘉禾甘露頌:“昔在放勳,曆莢數朝。”

【曆象】推曆觀象,觀測推算天體的運行。書堯典:“厤象日月星辰,敬授人時。”也指天文星象。全唐詩三明皇帝(李隆基)春晚宴兩相及禮官麗正殿學士探得風字:“陰陽調曆象,禮樂報玄穹。”

【曆數】㊀推算節氣之度。書洪範:“四、五紀:一曰歲,……五曰曆數。”疏:“筭日月行道所歷,計氣朔早晚之數,所以爲一歲之厤。”㊁天道。也指朝代更替的次序。書大禹謨:“天之歷數在汝躬,汝終陟元后。”疏:“歷數謂天歷運之數,帝王易姓而興,故言歷數謂天道。”歷,通“曆”。唐杜甫杜工部草堂詩箋十一重經昭陵:“草昧英雄起,謳歌曆數歸。”

【曆頭】曆本的開頭。也泛指曆本。草堂詩餘一宋朱希真(敦儒)鷓鴣天除夕詞:“檢盡曆頭冬又殘,愛他風雪耐他寒。”又吳泳鶴林集三冬至詩:“閒居罕人事,慵把歷頭開。”歷,通“曆”。

【曆象考成】清康熙間官撰,爲律曆淵源的第一部,四十二卷。上編題揆天察紀,十六卷,闡明理論;下編題明時正度,十卷,詳述方法。附表十六卷,備運算之用。雍正間又增補日躔、月離二表。乾隆二年續撰後編十卷,增補圖説。

【曆算全書】清梅文鼎撰。全稱勿菴曆算全書。六十卷。文鼎精於曆算之學。魏荔彤得其遺稿，屬楊作枚校正，分法原、法數、曆學、算學，收平三角舉要、割圜八線之表、曆學疑問、古算演略等二十九種，首尾貫通，成一家之學。

暜 jìn 卽刃切，去，震韻，精。ㄐㄧㄣˋ

"晉"的本字。見說文。

曈 tóng 徒紅切，平，東韻，定。ㄊㄨㄥˊ 他紅切，上，董韻，透。

見下。

【曈曈】日初出漸明貌。南朝梁何遜何水部集苦熱詩："曈曈風逾静，曈曈日漸旰。"唐李商隱李義山詩集一李肱所遺畫松詩書兩紙得四十韻："形魄天壇上，海日高曈曈。"

【曈曚】日初出將明未明貌。文苑英華四唐紇干俞登天壇山望海日初出賦之三："浩渺無涯，曈曚在望。高居崢嶸之頂，下視赫曦之狀。"

【曈曨】暗而漸明貌。文選晉陸士衡(機)文賦："其致也，情曈曨而彌鮮，物昭晰而互進。"指感情思路。藝文類聚一南朝梁劉孝綽望月有所思詩："曈曨入牀簟，髣髴鑑窗簾。"指月光。文苑英華四唐紇干俞登天壇山望海日初出賦之一："登岧嶤之峻極，見曈曨之初出。"指日光。

暾 tūn 他昆切，平，魂韻，透。ㄊㄨㄣ

㊀初升的太陽。楚辭屈原九歌東君："暾將出兮東方，照吾檻兮扶桑。"隋書音樂志下朝日歌："扶木上朝暾，嵫山沉暮景。"㊁温暖。文選南朝宋謝靈運石門新營……詩："早聞夕飈急，晚見朝日暾。"㊂漸出貌。文選晉潘安仁(岳)射雉賦："暾出苗以入場，愈情駭而神悚。"

【暾暾】明亮，熾盛。楚辭漢劉向九歎遠遊："日暾暾其西舍兮，陽焱焱而復顧。"唐岑參岑嘉州詩三春尋河陽聞處士別業："風暖日暾暾，黄鸝飛近村。"指日光。新唐書五行志一："是歲，洪州、潭州災，延燒州署，州人見有物赤而暾暾飛來，旋卽火發。"指火光。

曇 tán 徒含切，平，覃韻，定。ㄊㄢˊ

㊀密布的雲氣。明楊慎升菴全集三二雨後見月詩："雨氣斂青靄，月華揚彩曇。"漢成陽靈臺碑有人名仲曇(隸釋一)。清鄭珍說本字作"黕"，黑色。見說文新附考三曇。㊁譯音字。見"曇華"、"曇摩"、"曇花一現"等。

【曇華】梵語優曇鉢華的簡稱。明李昌祺剪燈餘話一聽經猿記："坐穩蒲團忘出定，滿身香雪墜曇華。"參見"優曇鉢"。

【曇摩】㊀佛教故事，舍衞國中須達家内有二鸚鵡，曾聽阿難說法，歡喜誦持，死後再生爲人，一名曇摩，二名修曇摩，出家修道，無師成佛。見法苑珠林二五敬法聽法。㊁卽曇摩羅。文苑英華一七八唐釋廣宣紅樓院應制詩："支遁愛山情慢切，曇摩泛海路空長。"參見"曇摩羅"。

【曇曇】陰雲密布貌。初學記二八三國魏陳琳柳賦："蔚曇曇其杳藹，象翠蓋之葳蕤。"晉陸雲陸士龍集一愁霖賦："雲曇曇而疊結之兮，雨淫淫而未散。"

【曇籠】明代婦女冠名。明楊慎升菴外集十六器用巾幗："巾幗，女子未笄之冠，燕京名雲髻，蜀中名曇籠。"

【曇摩羅】僧名。又名曇摩迦羅，省作曇摩。義譯法時。烏萇國人，通習諸經。北魏嘉平時入華，曉習魏語，戒行精勤，傳習戒律。在洛陽西城建法雲寺，爲京師大寺。見北魏楊衒之洛陽伽藍記四城西、翻譯名義集一宗翻譯主。

【曇花一現】長阿含經四遊行經："(佛)告諸比丘，汝等當觀，如來時時出世，如優曇鉢花時一現耳。"言轉輪王出世，曇花始生，本謂難得出現，後比喻事物乍出現卽消失。參見"優曇鉢"。

曀 yì 於計切，去，霽韻，影。ㄧˋ

天色陰沉而多風。詩邶風終風："終風且曀。"泛指事物晦暗不明。晉書禮志上："哀公十一年，孔子自衞反魯，迹三代之典，垂百王之訓，時無明后，道曀不行。"

【曀曀】陰晦貌。詩邶風終風："曀曀其陰，虺虺其靁。"後漢書二八下馮衍傳顯志賦："日曀曀其將暮兮，獨於邑而煩惑。"

曉 xiǎo 馨皛切，上，篠韻，曉。ㄒㄧㄠˇ

㊀明亮，天明。莊子天地："冥冥之中，獨見曉焉。"世說新語文學："真長(劉惔)延之上坐，清言彌日，因留宿至曉。"㊁知道，理解。漢書六二司馬遷傳報任安書："明主不深曉，以爲僕沮貳師，而爲李陵游說。"列子仲尼："公子牟曰：'智者之言，固非愚者之所曉。'"㊂告訴，喻告。漢書九八元后傳："上召見(劉)欣，……欲以爲中常侍，……左右皆曰：'未曉大將軍(王鳳)。'上曰：'此小事，何須關大將軍？'"又七六趙廣漢傳："(廣漢)使長安丞龔奢叩堂户曉賊。"注："曉謂喻告之。"

【曉了】㊀了解。廣弘明集二七下南齊蕭子良淨住子淨行法門迴向佛道門："深悟在別世，曉了因緣法。"㊁僧名，禪宗六祖慧能的嫡嗣，住匾擔山。見景德傳燈録五曉了禪師。

【曉人】對人詳細講明道理。漢元帝祭宗廟，欲乘船往，薛廣德諫阻，請乘車從橋過，言辭過激，元帝不悦。光禄大夫張猛婉勸，元帝曰："曉人不當如是邪！"見漢書七一薛廣德傳。後也稱通情達理的人爲"曉人"。

【曉示】明白開導。後漢書七六童恢傳："吏人有犯違禁法，輒隨方曉示。"

【曉字】啓事，告白。警世通言十五金令史美婢酬秀童："你可出個曉字，凡五日内來贖典者免利，只收本錢。"

【曉光】早晨的陽光。文苑英華一五八駱賓王除夜詩三於西京守歲："夜將寒色去，年共曉光新。"

【曉事】明白事理。文選漢楊德祖(脩)答臨淄侯牋："脩家子雲老不曉事，强著一書，悔其少作。"子雲，揚雄字。三國志魏曹真傳附曹爽"於是收爽、羲……夷三族"注引魏略："(桓)範前在臺閣，號爲曉事。"

【曉悟】㊀領會，理解。列子力命："四人相與游於世，胥如志也。窮年不相曉悟，自以爲才之得也。"漢孔安國尚書序"約文申義，敷暢厥旨"唐孔穎達疏："既義暢而文要，則覩者曉悟。"㊁聰明。世說新語賞譽上"鍾士季目王安豐"注引王隱晉書："(王)戎少清明曉悟。"

【曉梵】早晨誦讀佛經聲。唐陸龜蒙甫里集十和重送圓載上人歸日本國詩："曉梵陽烏當石磬，夜禪陰火照田衣。"

【曉習】通曉，熟悉。後漢書六五皇甫規傳上疏："土地山谷，臣所曉習；兵埶巧便，臣已更之。"

【曉喻】明白開導。史記一一七司馬相如傳喻巴蜀檄："故遣信使曉喻百姓以發卒之事。"漢書五七下、文選作"曉諭"。

【曉暢】明瞭通達。三國志蜀諸葛亮傳出師表："將軍向寵，性行淑均，曉暢軍事，試用於昔日，先帝稱之曰能。"

【曉魄】早晨的月亮。藝文類聚六南朝梁丘遲夜發密巖口詩："敞朗朝霞澈，鰲明曉魄懸。"

【曉諭】同"曉喻"。見"曉喻"。

【曉譬】明白譬解。後漢書四七班超傳班昭上書："超以一身轉側絶域，曉譬諸國，因其兵衆，每因攻戰，輒爲先登。”又六二陳寔傳：“寔在鄉閭，平心率物，其有爭訟，輒求判正，曉譬曲直，退無怨者。”

【曉霞粧】三國魏文帝宮人薛夜來於夜間面觸水晶屏上，傷處如曉霞將散。宮人倣效，用臙脂描染，名曉霞粧。見南唐張泌粧樓記曉霞粧。

【曉菴新法】清王錫闡撰。六卷。曉菴，錫闡別號。第一卷述句股割圜諸法，後五卷皆推步七政交食淩犯之術。清梅文鼎稱其學在薛鳳祚之上。

【曉讀書齋雜録】清洪亮吉撰。分初、二、三、四録，各二卷，共八卷。皆爲考訂經史疑義之作。以隨時劄記，未及審正，故亦不免疏漏。

曊 fèi ㄈㄟˋ 集韻 芳微切，平，微韻。

照耀。淮南子地形：“扶木在陽州，日之所曊。”

暱 niàn ㄋㄧㄢˋ 奴甸切，去，霰韻，泥。

日光。同“晛”。見廣韻。

曌 zhào ㄓㄠˋ

唐武后所造字，自取爲名，以代照字。見宋郭忠恕佩觿辨。

曏 1. xiàng ㄒㄧㄤˋ 許兩切，上，養韻，曉。書兩切，上，養韻，審。許亮切，去，漾韻，曉。式亮切，去，漾韻，審。

㊀舊時，往日。儀禮士相見禮：“曏者，吾子辱使某見。”注：“曏，曩也。”㊁對着。通“向”。儀禮鄉射禮“主人以觶適西階上酬大夫”唐賈公彥疏：“其既實觶進西南面立，曏所酬。”㊂向往。通“嚮”。莊子秋水：“知量无窮，證曏今故。”一說曏訓“明”，證曏即證明。見釋文。

2. shǎng ㄕㄤˇ

㊃頃刻，一會兒。“晌”的本字。清段玉裁說文解字注七上“曏”：“今人語曰向午向時，向者卽曏字也，又曰一晌，曰半晌，皆是曏字之俗。”

【曏來】從前。資治通鑑一六二梁太清三年：“見城闕荒圮，異於曏來。”

十三畫

曙 shǔ ㄕㄨˇ 常恕切，去，御韻，禪。

天剛亮。楚辭屈原九章悲回風：“涕泣交而淒淒兮，思不眠以至曙。”亦作動詞用，謂破曉，日出。淮南子天文：“日入於虞淵之汜，曙於蒙谷之浦。”

【曙月】曉月。唐王維王右丞集過沈居士山居哭之詩：“曙月孤鶯囀，空山五柳春。”

【曙光】黎明時的陽光。文苑英華一五八唐太宗守歲詩：“對此歡終晏，傾壺待曙光。”

【曙戒】早晨警惕一日之事。管子形勢：“曙戒勿怠。”注：“每曙而戒，所以戒此日之事，以待曙戒，戒勿爲倦怠也。”

【曙更】五更，天明時。唐錢起錢考功集六夏日陪史郎中宴杜郎中果園詩：“引滿不辭醉，風來待曙更。”

【曙星】昧旦之星。宋書孝武文穆王皇后傳江敩讓婚表：“召必以三晡爲期，遣必以日出爲限，夕不見晚魄，朝不識曙星。”晨星稀落，亦喻人物零落。唐劉禹錫劉夢得集六送張盥赴舉詩引：“嚮所謂同年友，……今來落落如曙星之相望。”

【曙後星孤】唐崔曙作奉試明堂火珠詩云：“夜來雙月滿，曙後一星孤。”詩成傳誦，因得名。次年卒，僅遺一女名星星。事見唐孟棨本事詩休徵、太平廣記一九八崔曙引明皇雜録、唐詩紀事二十。後稱人死後僅遺孤女者爲曙後星孤。

曖 ài ㄞˋ 烏代切，去，代韻，影。

㊀昏暗，不明。文選南朝宋謝希逸(莊)宋孝武宣貴妃誄：“庭樹驚兮中帷響，金釭曖兮玉座寒。”注：“曖，不明也。”㊁隱蔽。後漢書五三周燮傳贊：“韜伏明姿，甘是堙曖。”注：“曖，猶翳也。”㊂濃雲遮蓋貌。韓非子主道：“是故明君之行賞也，曖乎如時雨，百姓利其澤。”

【曖迺】舟行搖櫓聲。宋姚寬西溪叢語上：“劉言史瀟湘游云：‘野花滿鬢妝色新，聞歌曖迺深峽裏。’……曖迺卽欸乃字。”參見“欸乃”。

【曖昧】㊀昏暗，幽深。後漢書六十下蔡邕傳釋誨：“胡老慠然笑曰：‘若公子，所謂覩曖昧之利，而忘昭晳之害；專必成之功，而忽蹉跌之敗者已。’”文選三國魏何平叔(晏)景福殿賦：“其奧秘，則翳蔽曖昧，髣髴退槪，若幽星之纚連也。”㊁模糊不清。晉書杜預傳上表：“臣心實了，不敢以曖昧之見，自取後累。”㊂指陰私或曉蹊之事。宋司馬光涑水紀聞三：“(趙)槩獨上書言(歐陽)修以文章爲近臣，不可以閨房曖昧之事輕加汚衊。”古今雜劇元孫仲章勘頭巾三：“勘時節也無人，取時節又無人見，這公事深藏着曖昧。”

【曖曃】昏暗不明貌。楚辭屈原遠遊：“時曖曃其曭莽兮，召玄武而奔屬。”注：“日月晻黮而無光也。”

【曖曖】昏暗不明貌。楚辭屈原離騷：“時曖曖其將罷兮，結幽蘭而延佇。”文選漢崔子玉(瑗)座右銘：“在涅貴不淄，曖曖内含光。”

曬 1. shài ㄕㄞˋ

㊀晾曬。同“曬”。唐白居易長慶集十感情詩：“中庭曬服玩，忽見故鄉履。”又王建詩八秋日後：“在處近山常作雨，聞晴曬曝舊芳茵。”

2. shà ㄕㄚˋ

㊁甚。通“煞”、“殺”。宋歐陽修六一詞漁家傲之六：“昨日爲逢青傘蓋，慵不採，今朝斗覺凋零曬。”㊂雖。金董解元西廂二：“這書房裏往日曬曾來，不曾見這般物事。”㊃是。與“可”字連用，表疑問。宋楊無咎逃禪詞雨中花令之一：“月照紗窗，曉燈殘夢，可曬惡滋味？”

十四畫

曜 yào 一ㄠˋ 弋照切，去，笑韻，喻。

㊀日光，明亮。詩檜風羔裘：“羔裘如膏，日出有曜。”㊁照耀，炫耀。漢書五七下司馬相如傳封禪文：“使獲曜日月之末光絶炎，以展采錯事。”史記作“燿”。文選漢張平子(衡)東京賦：“三農之隙，曜威中原。”㊂日、月、星的總稱。素問天元紀大論：“九星懸朗，七曜周旋。”注：“七曜，謂日、月、五星。”宋書曆志下：“(祖)沖之曰：‘臣以爲辰極居中，而列曜貞觀。’”

【曜魄】北斗星。尚書大傳：“北辰謂之曜魄。”(淵鑑類函四引)

【曜靈】太陽。楚辭屈原天問：“角宿未旦，曜靈安藏。”文選漢張平子(衡)歸田賦：“于時曜靈俄景，係以望舒。”

暡 duì ㄉㄨㄟˋ 集韻 徒對切，去，隊韻。

茂盛貌。文選戰國楚宋玉高唐賦：“王曰：‘朝雲始出，狀若何也？’玉對曰：‘其始出也，暡兮若松榯。’”

曚 méng ㄇㄥˊ 莫孔切，上，董韻，明。集韻 謨蓬切，平，東韻。

昏暗不明。見下。

【曚昧】混沌未開。晉書紀瞻傳：“太極者，蓋謂混沌之時，曚昧未分。”也指知識未開，昏昧糊塗。

【曚曨】日光不明。唐李咸用披沙集二隴頭吟：“薄日曚曨秋，怨氣陰雲結。”宋梅堯臣宛陵集九依韻和守賢上人晚秋書事詩:"秋霧鬱不開,曚曨夾溪樹。"

曛 xūn ㄒㄩㄣ 許云切,平,文韻,曉。

㊀日落的餘光。文選南朝宋謝靈運晚出西射堂詩:"曉霜楓葉丹,夕曛嵐氣陰。"㊁落日,黃昏時。南朝宋鮑照鮑氏集六冬日詩:"曛霧蔽窮天,夕陰晦寒地。"文苑英華八四二南朝梁王僧孺從子永寧令謙誄:"唯昏及旦,自旭至曛。"㊂赤黃色。素問六元正紀大論:"少陰所至爲高明,焰爲曛。"注:"曛,赤黃色也。"

【曛旭】夕日與朝日。猶早晚。唐李白李太白詩七豳歌行上新平長史兄粲:"吾兄行樂窮曛旭,滿堂有美顏如玉。"

【曛黃】日暮。猶昏黃。南史朱異傳:"起宅東陂,窮乎美麗,晚日來下,酣飲其中,每迫曛黃。"唐柳宗元柳先生集二夢歸賦:"頖曛黃之黲漠兮,欲周流而無所極。"

【曛黑】黃昏時。文選南朝宋謝靈運擬魏太子鄴中集詩陳琳:"夜聽極星闌,朝遊窮曛黑。"唐杜甫杜工部草堂詩箋十彭衙行:"延客已曛黑,張燈啟重門。"

【曛暮】傍晚。宋陳師道后山詩注一送外舅郭大夫槩西川提刑:"畏與妻子別,已復迫曛暮。"

十五畫

曠 kuàng ㄎㄨㄤˋ 苦謗切,去,宕韻,溪。

㊀開朗。文選南朝宋謝靈運富春渚詩:"懷抱既昭曠,外物徒龍蠖。"後漢書二三竇融傳光武帝報融詔:"忠臣則酸鼻流涕,義士則曠若發矇。"㊁遼闊,寬大。左傳昭元年:"居于曠林,不相能也。"老子:"曠兮其若谷,渾兮其若濁。"㊂空缺。孟子離婁上:"曠安宅而弗居,舍正路而不由,哀哉!"㊃荒廢,耽誤。墨子耕柱:"楚四竟之田,曠蕪而不可勝辟。"呂氏春秋無義:"以義動,則無曠事矣。"㊄間隔。文選三國魏劉公幹(楨)贈五官中郎將詩:"自夏涉玄冬,彌曠十餘旬。"㊅姓。清有曠敏本。見國朝耆獻類徵一二六。

【曠土】不耕種的荒地。禮王制:"無曠土,無游民。"漢書食貨志上:"故朝亡廢官,邑亡敖民,地亡曠土。"

【曠士】心胸開闊的人。文選南朝宋鮑明遠(照)放歌行:"小人自齷齪,安知曠士懷?"

【曠夫】成年而無妻的男子。孟子梁惠王下:"內無怨女,外無曠夫。"

【曠世】㊀曠絕一世,猶言舉世無雙。文選三國魏曹子建(植)洛神賦:"奇服曠世,骨像應圖。"後漢書六十蔡邕傳:"伯喈曠世逸才,多識漢事,當續成後史,爲一代大典。"㊁時間長久。漢書九九上王莽傳陳崇稱莽功德奏:"(霍光)割斷歷久,統政曠世。"

【曠古】㊀古來所無,空前。北史趙彥深傳:"彥深小心恭慎,曠古絕倫。"㊁遠古,往昔。梁書袁昂傳謝啟:"臣之所荷,曠古不書;臣之死所,未知何地。"

【曠代】㊀猶絕代,當代無人能比。藝文類聚三四南朝宋謝靈運傷己賦:"丁曠代之渥惠,遭謬眷於君子。"㊁隔世,指歷時長久。文館詞林一五六晉鄭豐答陸士龍詩之三:"在昔延州,鵠鳴江涯,今我陸子,曠代繼奇。"

【曠宇】㊀遼闊無人的原野。楚辭宋玉招魂:"旋入雷淵,爢散而不可止些;幸而得脫,其外曠宇些。"㊁寬廣的心胸。三國志吳虞翻傳評:"虞翻古之狂直,固難免乎末世,然(孫)權不能容,非曠宇也。"

【曠任】出缺。北魏元茂墓誌:"又陳留曠任,紆君懟撫。"(漢魏南北朝墓誌集釋圖版五七六)

【曠劫】極言過去時之長久。曠,久遠;劫,梵語"劫波"之略。宋書謝靈運傳山居賦:"析曠劫之微言,說像法之遺旨。"南朝梁釋慧皎高僧傳六釋慧遠:"遠藉慧解於前因,發勝心於曠劫,故能神明英越,機鑒遐深。"

【曠宗】滅絕宗族。左傳昭十年:"喪夫人之力,棄德曠宗,以及其身,不亦害乎!"

【曠官】㊀曠廢職守,才不稱其任。書皋陶謨:"無曠庶官,天工人其代之。"傳:"曠,空也。位非其人爲空官。"北齊書邢邵傳請置學奏:"臣又聞官方授能,所以任事,事既任矣,酬之以祿。如此,則上無曠官之譏,下絕尸素之謗。"㊁空缺,懸而待補的官位。後漢書八一李業傳:"朝廷貪慕名德,曠官缺位,于今七年。"

【曠典】罕見難逢的典禮。宋王明清揮麈前錄二:"國朝自外拜相者,文潞公(彥博)、韓康公(絳)、章子厚(惇),近年陳原公亦曠典也。"宋史樂志五:"百年曠典,至是舉行。"

【曠度】開朗的氣度。文選晉夏侯孝若(湛)東方朔畫贊:"若乃遠心曠度,贍智宏材……合變以明筭,幽贊以知來。"

【曠席】廣座。樂府詩集五六南齊王融齊明王歌辭散曲:"層閨橫綠綺,曠席緬朱纏。"

【曠朗】㊀遠明貌。文選晉張景陽(協)七命:"天清冷而無霞,野曠朗而無塵。"㊁空虛寂寞貌。文選晉潘安仁(岳)寡婦賦:"奉虛坐兮肅清,愬空宇兮曠朗。"

【曠野】空闊的原野。詩小雅何草不黃:"匪兕匪虎,率彼曠野。"

【曠達】心胸開闊,舉止無檢束。晉書裴頠傳崇有論:"是以立言藉於虛無,謂之玄妙;處官不親所司,謂之雅遠;奉身散其廉操,謂之曠達。"世說新語任誕"張季鷹(翰)縱任不拘"注引文士傳:"翰任性自適,無求當世,時人貴其曠達。"

【曠貴】指居高位而才不勝任。漢書八二王商傳贊:"陽平之王多有材能,好事慕名,其勢尤盛,曠貴最久。"注:"陽平謂王鳳之家也。言居非其位,是爲曠官,故云曠貴。"

【曠隔】遠隔。玉臺新詠九晉傅玄擬四愁詩之三:"日月迴曜照景天,參辰曠隔會無緣。"

【曠廢】荒廢,耽誤。漢書八一孔光傳哀帝免光策:"而百官羣職曠廢,姦軌放縱,盜賊並起。"

【曠澹】心胸開闊,淡於名利。世說新語品藻:"王丞相(導)辟王藍田(述)爲掾。庾公(亮)問丞相:'藍田何如?'王曰:'真獨簡貴,不減父祖,然曠澹處自當不如爾。'"

【曠蕩】空闊無邊。後漢書六十上馬融傳廣成頌:"徒觀其坰場區宇,恢胎曠蕩。"也指度量寬弘或性情曠達。文選三國魏陳孔璋(琳)檄吳將校部曲文:"聖朝開弘曠蕩,重惜民命。"宋黃庭堅山谷外集二送吳彥歸番陽詩:"人生要得意,壯士多曠蕩。"

【曠瀁】寬大貌。文選漢馬季長(融)長笛賦:"徬徨縱肆,曠瀁敞罔,老莊之槩也。"

【曠職】曠廢職務。漢書九八元后傳王鳳乞骸骨疏:"臣久病連年,數出在外,曠職素餐。"

【曠曠】㊀廣大。淮南子繆稱:"故言之用者,昭昭乎小哉;不言之用者,曠曠乎大哉。"㊁明朗。唐韓愈昌黎集八城南聯句:"掃淨豁曠曠(韓愈),騁遙略苹苹(孟郊)。"

【曠懷】開闊的胸懷。唐杜甫杜工部草堂詩箋二四八哀詩李邕:"例及吾家詩,曠懷掃氛翳。"

【曠日持久】空費時日,相持長久。戰國策趙四:"今得強趙之兵以杜燕將,曠日持久，數歲。”

【曠日經年】亦作“曠日经久”。㊀空費時日。漢書郊祀志下:“曠日經年，靡有毫氂之驗，足以揆今。”㊁经過較長時間。唐韓愈昌黎集十四省試學生代齋郎議:“自非天姿茂異，曠日經久，以所進業發聞於鄉閭，稱道于朋友，薦於州府，而升之司業，則不可得而齒乎國學矣。”

曝 pù 蒲木切，入，屋韻，並。
ㄆㄨˋ 薄報切，去，号韻，並。

曬。本作“暴”。東觀漢紀十八高鳳傳:“妻嘗之田，曝麥于庭。”北齊顏之推顏氏家訓書證:“案字書，古者暴曬字與暴疾字相似，唯下少異，後人專輒加傍日耳。”參見“暴”各條。

【曝衣】曬衣。全唐詩一三六儲光羲樵父詞:“清澗日濯足，喬木時曝衣。”

【曝芹】謙言所贈之物微薄。明唐玉翰府紫泥全書三謝冠賓贊:“謾有某物，少寓謝忱。愧非酬賓之禮，聊申曝芹之私。”曝，指曝背取暖；芹，指芹萍子。參見“獻曝”、“獻芹”。

【曝背】㊀背向烈日。漢賈誼新書春秋連語:“夫百姓煦牛而耕，曝背而耘。”引申爲耕作。三國志蜀秦宓傳答王商書:“僕得曝背乎隴畝之中，……安身爲樂，無憂爲福。”㊁以背向日取暖。河嶽英靈集上唐李頎野老曝背詩:“百歲老翁不種田，唯知曝背樂殘年。”

【曝書】曬書。太平御覽三一王隱晉書:“時七月七日，高祖(司馬懿)方曝書。”

【曝獻】也作“獻曝”。寓言故事。宋國有田夫，自曝於日，謂其妻曰:“負日之暄，人莫知者，以獻吾君，將有重賞。”見列子楊朱。後以獻曝作爲貢獻意見或贈物表示物微而意誠的謙词。

【曝鰓】古時傳説，大魚集於龍門之下，得上者成龍，不得上者，僅得曝鰓龍門。見藝文類聚九六辛氏三秦記。因以比喻挫折、困頓。南齊書王僧虔傳檀珪與僧虔書:“經涉五朔，踰歷四晦，書牘十二，接覲六七，遂不荷潤，反更曝鰓。”梁書何敬容傳謝郁與敬容書:“且曝鰓之鱗，不念杯杓之水；雲霄之翼，豈顧樊籠之糧。何者？所託已盛也。”

【曝書亭集】清朱彝尊撰。八十卷。賦、詩、詞三十卷，文五十卷，附録葉兒樂府一卷。彝尊名其書室曰曝書亭，故集稱曝書亭集。清孫銀槎有曝書亭集箋注二十二卷，馮登府輯曝書亭集外稿八卷。

十六畫

曨 lóng 盧紅切，平，東韻，來。
ㄌㄨㄥˇ 力董切，上，董韻，來。

見下。

【曨聰】日初明貌。唐白居易長慶集五八和夢得冬日晨興詩:“帳下從容起，窗間曨聰明。”

【曨曨】微明貌。玉臺新詠八南朝梁劉孝威郗縣遇見人織率爾歌婦詩:“曨曨隔淺紗，的的見粧華。”唐白居易長慶集十六早發楚城驛詩:“曨曨煙樹色，十里始天明。”

曦 xī 許羈切，平，支韻，曉。
ㄒㄧ

日色，陽光。晉陸雲陸士龍集二四言失題詩前八章之五:“沉曦含輝，芳烈如蘭。”南齊謝朓謝宣城集五奉和隨王殿下詩之十一:“氣爽深遥矚，豫永聊停曦。”

【曦軒】太陽。水經注二十漾水:“山高入雲，遠望增狀，若嶺紆曦軒，峰枉月駕矣。”

【曦舒】日月。曦，赫曦。舒，望舒。宋扈蒙新修唐高祖廟碑:“體曦舒之至明，稟融結之元精。”(金石萃編一二四)

【曦輪】太陽。舊唐書音樂志三又祀朝日樂章之二:“永流洪慶，式動曦輪。”

曣 yàn 集韻 於諫切，去，諫韻。
ㄧㄢˋ 伊甸切，去，霰韻。

晴暖無雲。説文作“晏”。隸作“曣”。見下。

【曣晛】日出晴朗貌。晉書武悼楊皇后傳附左貴嬪納悼后頌:“曣晛沾濡，柔潤中畿。”

【曣嗢】日出温暖。史記封禪書:“至中山，曣嗢，有黄雲蓋焉。”漢書郊祀志上作“晏温”。

【曣㬓】温暖。見廣雅釋詁。

十七畫

曩 nǎng 奴朗切，上，蕩韻，泥。
ㄋㄤˇ

往昔，從前。左傳襄二四年:“曩者志入而已，今則怯也。”

【曩昔】從前。文選晉向子期(秀)思舊賦:“鄰人有吹笛者，發聲寥亮，追思曩昔遊宴之好，感音而歎，故作賦云。”

【曩時】昔時。漢書三一項籍傳贊引賈誼過秦論:“深謀遠慮，行軍用兵之道，非及曩時之士也。”史記秦始皇紀論作“鄉時”。

【曩篇】前人的文章。文選晉陸士衡(機)文賦:“必所擬之不殊，乃闇合乎曩篇。”

十九畫

曬 shài 所賣切，去，卦韻，山。
ㄕㄞˋ 所蟹切，上，蟹韻，山。
所寄切，去，寘韻，山。

㊀在日光下取暖或曝物使乾。世説新語任誕:“七月七日，北阮盛曬衣，皆紗羅錦綺。”㊁日光照射。漢書五三中山靖王勝傳:“臣聞白日曬光，幽隱皆照。”元詩選郝經陵川集狠牆歎:“東日曬透西日炙，周興鐵瓮熾火逼。”

【曬背】就日取暖。猶言曝背。唐釋貫休禪月集二田家作詩:“只向堦前曬背眠，赤桑大葉時時落。”

二十畫

曭 tǎng 他朗切，上，蕩韻，透。
ㄊㄤˇ

不明。見玉篇。

【曭朗】日光不明貌。廣弘明集二九上南朝梁蕭子雲玄圃園講賦:“朝曭朗而戒旦，雲依霏而卷簇。”文苑英華三五二南朝梁何遜七召:“地不寒而蕭瑟，日無雲而曭朗。”

【曭莽】晦暗，曚曨。楚辭屈原遠遊:“時曖曃其曭莽兮，召玄武而奔屬。”也作“曭漭”。晉陸機陸士衡集一感時賦:“望八極以曭漭，普宇宙而寥廓。”

曮 yǎn 魚掩切，上，儼韻，疑。
ㄧㄢˇ

見下。

【曮晛】日行的軌道。借指天道。淮南子要略:“而兆見得失之變，利病之文，所以使人不妄没於勢利，不誘惑於事態，有符曮晛，兼稽時勢之變，而與化推移者也。”

曰 部

曰 yuē ㄩㄝ 王伐切,入,月韻,影。

㊀說。易乾:"子曰:'同聲相應,同氣相求。'"㊁謂,稱爲。書洪範:"一曰水,二曰火,三曰木,四曰金,五曰土。"禮王制:"國無九年之蓄曰不足;無六年之蓄曰急。"㊂助詞。詩秦風渭陽:"我送舅氏,曰止渭陽。"又小雅角弓:"雨雪瀌瀌,見晛曰消。"釋文:"韓詩作'聿'。"

【曰若】句首助詞。書堯典:"曰若稽古帝堯。"宋蔡沈集傳:"曰若者,發語辭。"

二 畫

曲 1. qū ㄑㄩ 丘玉切,入,燭韻,溪。

㊀彎曲。書洪範:"木曰曲直。"㊁不正。與直相對。左傳僖二八年:"師直爲壯,曲爲老。"後漢書四九王符傳愛日:"鄉亭部吏亦有任決斷者,而類多枉曲。"㊂曲折,婉轉。易繫辭下:"其旨遠,其辭文,其言曲而中。"㊃深隱之處。詩秦風小戎:"在其板屋,亂我心曲。"也指偏僻之所。文選漢司馬子長(遷)報任少卿書:"僕少負不羈之行,長無鄉曲之譽。"㊄蠶箔,用葦或竹編成飼蠶的器具。禮月令季春之月:"具曲植籧筐。"㊅古代軍隊編制名。後漢書百官志一:"部下有曲,曲有軍候一人,比六百石。"參見"部曲"。㊆姓。見通志氏族三以邑爲氏。

2. qǔ ㄑㄩˇ

㊇樂曲。國語周上:"使公卿至於列士獻詩,瞽獻曲,史獻書。"㊈樂曲的唱詞。又韻文的一種文體。秦漢以來各種可以入樂的樂曲,如漢以及唐宋的大曲、民間小曲等,皆稱曲。也專指宋以後的南曲和北曲。

【曲士】寡聞陋見的人。莊子秋水:"曲士不可語於道者,束於教也。"釋文引晉司馬彪:"曲士,鄉曲之士也。"

【曲₂引】樂曲。引,亦曲。文選漢馬季長(融)長笛賦:"故聆曲引者,觀法於節奏,察變於句投,以知禮制之不可踰越焉。"又三國魏嵇叔夜(康)琴賦:"曲引向闌,衆音將歇。"

【曲尺】矩形之尺。史記禮書"規矩誠錯"唐司馬貞索隱:"矩,曲尺也。"唐白居易長慶集十六雨夜贈元十八詩:"把酒循環飲,移牀曲尺眠。"言兩牀相接成矩形如曲尺。

【曲水】古代風俗於農曆三月上旬巳日,在水濱宴樂,以祓除不祥,稱爲曲水。世說新語企羨注引晉王羲之臨河敍:"又有清流激湍,映帶左右,引以爲流觴曲水,列坐其次。"文選有南朝宋顏延年、南齊王融三月三日曲水詩序。

【曲江】㊀水名。1.指江蘇揚州南長江的一段。文選漢枚叔(乘)七發:"將以八月之望,與諸侯遠方交遊兄弟,並往觀濤乎廣陵之曲江。"參閱初學記六、清汪中述學內篇三廣陵曲江證。2.即錢塘江。本名浙江,因潮水經浙山下曲折而東入海,故又名曲江。見浙江通志九山川一錢塘江。3.即曲江池。在今陝西西安市東南。秦爲宜春苑,漢爲樂遊原,有河水水流曲折,故稱曲江。史記一一七司馬相如傳哀二世文:"臨曲江之隑州兮,望南山之參差。"即其地。隋文帝以曲名不正,更名芙蓉園。唐復名曲江。開元中更加疏鑿,爲都人中和、上巳等盛節遊賞勝地。唐末水涸池廢。參閱太平寰宇記二五雍州長安縣曲江池。㊁縣名。屬廣東省。漢置。以湞水回曲爲名。舊治在今韶關市南,五代梁移今治。明清皆爲韶州府治。參閱太平寰宇記一五九韶州、宋張禮游城南記。

【曲池】㊀人體經穴名。在兩肘橫紋外端骨凹陷處。見靈樞經本輸。㊁地名。春秋桓十二年:"公會杞侯莒子,盟于曲池。"注:"曲池,魯地。魯國汶陽縣北有曲水亭。"故城在今山東寧陽縣東北。

【曲成】多方設法使有成就。易繫辭上:"曲成萬物而不遺。"注:"曲成者,乘變以應物,不係一方者也。"荀子臣道:"推類接譽,以待無方,曲成制象,是聖臣者也。"注:"委曲皆成制度法象。"

【曲全】委曲求全。老子上:"曲則全,枉則直。"莊子天下:"人皆求福,己獨曲全。"疏:"委曲隨物,保全生道。"

【曲沃】地名。1.春秋晉地。晉文侯封弟成師於曲沃,卽此。至成師孫稱滅晉爲晉君,以曲沃爲別都。故城在今山西聞喜縣東北。參閱寰宇通志七九平陽府曲沃縣。2.戰國魏地。魏襄王五年秦圍焦曲沃,哀王五年秦取曲沃,卽此。見史記魏世家。故城在今河南靈寶縣東曲沃鎮。3.北朝魏曲沃縣。故城在今山西曲沃縣東北。見讀史方輿紀要四一平陽府。

【曲庇】曲意包庇。宋史三八九袁樞傳:"通州民高氏,以產業事下大理。殿中侍御史冷世光納厚賂,曲庇之。"

【曲折】㊀委曲,事情的曲折經過。史記一〇七灌夫傳:"創少瘳,又復請將軍曰:'吾益知吳壁中曲折,請復往。'"又一〇九李廣傳:"(衞)青欲上書報天子軍曲折。"正義:"言委曲而行迴折。"㊁曲意承順。後漢書二七趙典傳:"朝廷每有災異疑議,輒諮問之。典據經正對,無所曲折。"

【曲防】遍設隄防。孟子告子下:"無曲防,無遏糴,無有封而不告。"宋朱熹集注:"無曲防,不得曲爲隄防,壅水激水,以專小利,病鄰國也。"清焦循謂曲設防隄,以障遏水泉,使鄰國受水旱之災。參閱孟子正義。

【曲兵】鉤曲的兵器。韓詩外傳二:"崔杼謂晏子曰:'子與我,吾將與子分國;子不與我,殺子。直兵將推之,曲兵將鉤之。'"

【曲局】㊀卷曲。詩小雅采綠:"予髮曲局,薄言歸沐。"㊁枉邪不正。宋蘇軾蘇文忠詩合注三三龐公:"杜口如今不復言,龐公爲人不曲局。"

【曲房】深邃幽隱的密室。文選漢枚叔(乘)七發:"往來游醼,縱恣于曲房隱間之中。"晉陸機陸士衡集六擬明月何皎皎詩:"涼風繞曲房,寒蟬鳴高柳。"

【曲巷】偏僻的狹巷。南朝梁蕭統昭明太子集一古樂府相逢狹路間詩:"京華有曲巷,巷曲不通輿。"後也指妓院。聊齋志異林氏:"戚不以爲醜,愛戀逾於平昔。曲巷之遊,從此絕迹。"

【曲枕】曲臂以爲枕。論語述而:"曲肱而枕之。"元薩都剌薩天錫詩集後集華清曲題楊妃病齒詩:"九華帳裏薰蘭煙,玉肱曲枕珊瑚偏。"

【曲阿】㊀屋的曲角。文選晉陸士衡(機)吳趨行:"重欒承游極,回軒啓曲阿。"㊁地名。戰國雲陽邑,秦始皇以其地有天子氣,鑿北岡敗其勢,截直道使阿曲,因名曲阿縣,漢因之。三國吳嘉禾三年改名雲陽,晉太康二年復稱曲阿,唐天寶元年改名丹陽。卽今江蘇丹陽縣。參閱宋書州郡志一、讀史方輿紀要二五鎭江府。㊂湖名,卽練湖。在丹陽縣城北,晉陳敏據有江東,遏馬林溪以溉雲陽,號曲阿後湖。參閱讀史方輿紀要二五鎭江府。

【曲知】一知半解。荀子解蔽:"曲知之人,觀於道之一隅,而未之能識也。"

【曲周】縣名。屬河北省。漢高祖封酈商爲曲周侯,邑於此。屬廣平國。東漢屬鉅鹿郡。晉省。唐武德四年復置。宋熙寧三年,併入雞澤縣,元祐中復置。明清皆屬直隸廣平府。今屬邯鄲地區。縣西有鉅橋,相傳卽武王伐紂發粟賑民處。見讀史方輿紀要十五廣平府。

【曲录】刻木屈曲貌。續傳燈錄二二慧和禪師:"拈起拄杖曰:'孤根自有擎天勢,不比尋常曲录枝。'"僧家所用的椅牀多刻木爲之。宋圜悟佛果禪師語錄五:"三萬二千師子座,爭及此箇曲录木。"宋陸游劍南詩稿三八新作火閣之二:"中安煮藥膨脝鼎,傍設安禪曲录牀。"

【曲阜】縣名。屬山東省。周武王封弟周公旦於曲阜,爲魯國都。以城中有阜,委曲長七八里,故名。漢置魯縣。隋開皇十六年改曲阜縣。宋大中祥符五年又改爲仙源縣。金復爲曲阜縣。明清因之。屬山東兗州府。故城在今山東曲阜縣西北。爲孔子故里。見讀史方輿紀要三二兗州府。

【曲室】深邃的密室。三國魏阮籍阮步兵集達莊論:"且燭龍之光,不照一堂之上,鐘山之口,不談曲室之內。"世說新語賞譽下:"許掾(詢)嘗詣簡文,爾夜風恬月朗,乃共作曲室中語。"

【曲₂度】樂曲的節度。後漢書五四馬援傳附馬防:"多聚聲樂,曲度比諸郊廟。"文選魏文帝(曹丕)典論論文:"譬諸音樂,曲度雖均,節奏同檢。"

【曲逆】㊀戰國時地名。屬中山國。漢高祖過曲逆封陳平爲曲逆侯。見史記陳平世家。漢書地理志下中山國,曲逆注引張晏曰:"濡水於城北曲而西流,故曰曲逆。章帝醜其名,改曰蒲陰,在蒲水之陰。"故城在今河北完縣東南。㊁水名。卽古濡水。見水經注滱水。㊂夏桀的女樂名。管子輕重甲:"女華者,桀之所愛也,湯事之以千金。曲逆者,桀之所善也,湯事之以千金。"

【曲₂品】明呂天成撰。分上下二卷。著錄明天啓以前傳奇、散曲作家一百十五人及作品一百九十二種的名目。對嘉靖前、隆慶後的作家、作品分等級爲評論,大抵以音律爲標準,王國維吳梅據舊鈔本校錄刊行。

【曲泉】人體經穴名。靈樞經本輸:"爲經入于曲泉,曲泉,輔骨之下,大筋之上也,屈膝而得之。"

【曲律】彎曲。複言"乞留曲律"。元曲選康進之李逵負荆一:"曲律竿頭懸草稕,綠楊影裏撥琵琶。"

【曲紅】卽廣東曲江縣。水經注三八溱水:"曲江縣昔號曲紅。曲紅,山名也。"宋朱翌猗覺寮雜記下:"曲江周府君碑,府君後漢人,碑陰載門吏,皆曲紅。古字簡,多借用,故以紅爲江。酈道元不曉其義,載曲江縣,乃云昔號曲紅。"

【曲₂胤】樂曲。文選漢馬季長(融)長笛賦:"詳觀夫曲胤之繁會叢雜,何其富也。"注:"胤亦曲也,字或爲引。"引,也卽曲。參見"曲₂引"。

【曲₂海】清黃文暘等撰。乾隆四十二年,巡鹽御史伊齡阿奉旨於揚州設局修改曲劇中的違礙文字,聘黃文暘李經爲總校,凌廷堪等四人爲分校,四年完稿。黃文暘因據當時蘇州織造進呈詞曲,提要述其本事,撰成曲海,共二十卷。其中總目一卷,載元明清雜劇傳奇一千零十三種,劇目並見清李斗揚州畫舫錄五新城北錄下。此總目今已不存,當時稿成未刊行,僅有傳奇彙考樂府考略等抄本流傳,彙考並坊間印本,均不易得。近人董康搜集兩書殘本,刪除重複,輯爲曲海總目提要四十六卷。約當曲海原目三分之二。

【曲宴】猶言私宴,多指宮中之宴。文選三國魏曹植曹子建集五贈丁翼詩:"吾與二三子,曲宴此城隅。"三國志魏明悼毛皇后傳:"景初元年,帝游後園,召才人以上曲宴極樂。"

【曲席】連席,座席相連接。史記秦紀:"(繆公)因與由余曲席而坐,傳器而食。"正義:"按牀在穆公左右,相連而坐,謂之曲席也。"

【曲旃】用整幅帛製成的曲柄旌幡。古禮,大夫建旃。史記一〇七武安侯傳:"前堂羅鍾鼓,立曲旃。"

【曲拳】屈體爲禮。莊子人間世:"擎跽曲拳,人臣之禮也。"唐成玄英疏:"擎手跽足,磬折曲躬,俯仰拜伏者,人臣之禮也。"

【曲₂破】唐宋樂舞名。大曲的第三段稱破,單演唱此段稱曲破。節奏緊促,有歌有舞。唐元稹長慶集二六琵琶歌:"月寒一聲深殿磬,驟彈曲破音繁併。"宋代宮廷大宴時常演曲破。宋史樂志十七教坊隊舞:"太宗洞曉音律,前後親製大小曲及因舊曲剏新聲者,總三百九十。凡製大曲十八,……曲破二十九。"又如淳熙三年教坊大使申正德進新製萬歲興龍曲樂破對舞,小劉婉容進自製十色菊、千秋歲曲破等。並見元周密武林舊事七。

【曲躬】折腰,形容恭順。漢王符潛夫論二本政:"而欲使志義之士匍匐曲躬以事己,毀顏諂諛以求親,然後乃保持之。"三國志魏公孫瓚傳"連年不能拔"注引漢晉春秋袁紹與瓚書:"而足下二三其德,彊弱易謀,急則曲躬,緩則放逸,行無定端,言無質要,爲壯士者固若此乎?"

【曲赦】因特殊情況而赦免。宋書孝武帝紀大明五年:"庚午,曲赦雍州。"南朝梁江淹江文通集九曲赦丹陽等四郡詔:"京輔及二吳昔歲水災,……可曲赦揚州所統丹陽吳興、南徐州所統義興等四郡。"

【曲張】弓神名。抱朴子雜應:"弓名曲張,氐星主之。"又見北堂書鈔一二五引龍魚河圖、太平御覽三四七引太公兵法。

【曲陽】㊀地名。戰國趙地。因在太行山之南而得名。趙武靈王二十一年攻中山,合軍曲陽,卽此地。見史記趙世家。漢時置上曲陽縣,屬常山郡。北齊改今名。隋改爲恒陽。唐元和十五年避穆宗(李恒)諱,更名曲陽縣,屬定州。在今河北省定縣境。參閱資治通鑑二七六後唐天成三年、寰宇通志四真定府定州。㊁漢侯國。屬九江郡。以在淮曲之陽而名。見漢書地理志上、太平寰宇記一二九壽州。

【曲筆】㊀史官和史家編史、紀事有所顧忌或徇情避諱,而不直書其事的謂之曲筆。後漢書五八臧洪傳答陳琳書:"昔晏嬰不降志於白刃,南史不曲筆以求存,故身傳圖象,名垂後世。"㊁指徇情枉法定案。魏書游明根傳附游肇:"肇之爲廷尉也,世宗嘗私敕肇有所降恕。肇執而不從,曰:'陛下自能恕之,豈足令臣曲筆也。'其執意如此。"

【曲₂牌】曲之調名。如點絳唇山坡羊掛枝兒皆是,名色多至幾千。每一曲牌均有一定的曲調、唱法、字數、句法、平仄,可據以填寫詞。有的曲牌有調無詞,只供演奏。曲調音節,古皆書於牌上,故稱曲牌。參閱明王驥德曲律一論調名。

【曲須】門窗上的環紐。明周祈名義考十一物部:"京師人謂門環曰曲須,當爲屈膝。蓋門環雙曰金鋪,單曰屈膝,言形如膝之屈也。古烏棲曲作'屈戌'。"參見

"屈戌"。

【曲靖】縣名，屬雲南省。漢益州郡地，三國蜀爲建寧郡。唐貞觀八年改爲郎州。元至元十三年置路。明洪武十五年改爲曲靖軍民府。清爲曲靖府治。公元1913年裁府，改附郭首縣南寧縣爲曲靖縣。參閱讀史方輿紀要一一四曲靖軍民府。

【曲意】委曲己意而奉承別人。後漢書六五段熲傳："熲曲意宦官，故得保其富貴。"三國志吳陸瑁傳上疏："夫所以越海求馬，曲意於(公孫)淵者，爲赴目前之急，求腹心之疾也。"

【曲當】委曲變通，皆得其宜。荀子儒效："其言有類，其行有禮，其舉事無悔，其持險應變曲當。"

【曲照】光的曲折照射。指恩澤無所不至。晉陸機陸士衡集九謝平原內史表："不悟日月之明，遂垂曲照，雲雨之澤，播及朽瘁。"抱朴子廣譬："震雷不能細其音以協金石之和，日月不能私其耀以就曲照之惠。"

【曲說】片面之說。管子宙合："是故辯於一言，察於一治，攻於一事者，可以曲說而不可以廣舉。"注："一曲之說。"

【曲端】宋鎮戎人。高宗建炎初，與夏人金人戰，皆有功。累官至宣州觀察使。時川陝宣撫處置使張浚，欲仗其聲威，拜爲威武大將軍。然端性剛愎，與浚意見不合，又爲人所讒構，紹興元年下獄，死於獄中，年僅四十一。宋史三六九有傳。

【曲臺】秦漢宮殿名。漢書五一鄒陽傳上吳王書："臣聞秦倚曲臺之宮。"注引應劭："始皇帝所治處也，若漢家未央宮。"漢時作天子射宮，又立爲署，置太常博士弟子。故自漢以來，有關禮制的著作，常以曲臺爲名。漢書藝文志禮類有曲臺后倉九篇。新唐書禮樂志一唐元和十三年太常博士王彥威撰曲臺雜記三十卷。又採元和以後王公士民婚祭喪葬之禮爲續曲臺禮三十卷。

【曲蓋】儀仗用的曲柄傘。晉書馬隆傳："其假節宣威將軍，加赤幢、曲蓋、鼓吹。"參閱晉崔豹古今注上輿服。

【曲暢】曲折周盡而通暢。唐文粹八六韋處厚上宰相薦皇甫湜書："微會理軸，遣訓詞波，無不蹈正超常，曲暢精旨。"宋朱熹朱文公集七六中庸章句序："而凡諸說之同異得失，亦得以曲暢旁通，而各極其趣。"

【曲踊】左傳僖二八年："魏犨束胸見使者曰：'以君之靈，不有寧也。'距躍三百，曲踊三百。"曲踊有三說。1. 向上跳(左傳疏)；2. 橫跳(清顧炎武左解杜注補正)；3. 倒行(清劉文淇春秋左氏傳舊注疏證)。後來詩文中泛指跳躍，表示勇厲的氣概。唐陸龜蒙甫里集四江南秋懷寄華陽山人詩："匹夫能曲踊，萬騎可橫行。"

【曲領】圓領，也指有圓領的外衣。急就篇二："袍襦表裏曲領帬。"注："著曲領者，所以禁中衣之領，恐其上擁頸也。其狀闊大而曲，因以名云。"唐宋職官公服，因襲古制，三品、五品、七品、九品以上皆曲領大袖。見新唐書車服志、宋史輿服志五。

【曲頞】額凹凸不平。古文苑六漢王延壽王孫賦："突高匡而曲頞，暱眼歷而壞離。"注："頞音遏，額也。"一說鼻梁彎曲不直。後漢書五三周燮傳："燮生而欽頤折頞，醜狀駭人。"注："頞，鼻莖也。折亦曲也。"

【曲撓】㊀枉屈。戰國策齊一："戰不勝，田忌不進，戰而不死，曲撓而誅。"㊁彎曲。北魏賈思勰齊民要術五種榆白楊："白楊，性甚勁直，堪爲屋材，折則折矣，終不曲撓。"轉爲不能堅持而屈從。晉書劉毅傳："言議切直，無所曲撓，爲朝野之所式瞻。"

【曲頤】下巴骨微向前伸。說文頁部："頏(pī)，曲頤也。"漢書八七下揚雄傳解嘲"頷頤折頞，涕垂流沫"唐顏師古注："頷，曲頤也，音欽。"

【曲澤】㊀人體經穴名。在肘窩中央，大筋內側。見靈樞經本輸。㊁周徧的恩澤。陳書宣帝紀太建六年詔："且肇元告慶，邊服來荒，始覩皇風，宜覃曲澤。"

【曲頰】下額角，其曲如環形，故名曲頰。靈樞經本輸："手太陽當曲頰，足少陽在耳下曲頰之後。"

【曲縣】周禮，諸侯之樂，室內三面懸樂器，形曲，謂之曲縣。縣，通"懸"。左傳成二年："請曲縣繁纓以朝，許之。"注："軒縣也。周禮，天子樂宮縣四面，諸侯軒縣，闕南方。"疏引王肅："軒縣闕一面，故謂之曲縣。"

【曲學】㊀偏頗狹隘的言論。也指孤陋寡聞的人。戰國策趙二："窮鄉多異，曲學多辨。"㊁背離或歪曲自己的所學。史記一二一轅固生傳："(公孫弘)側目而視固，固曰：'公孫子務正學以言，無曲學以阿世。'"

【曲禮】㊀儀禮的別名。儀禮士冠禮"儀禮"唐賈公彥疏："且儀禮亦名曲禮，故禮器云：'經禮三百，曲禮三千。'鄭(玄)注云：'曲猶事也。'事禮謂今禮也，其中事儀三千，言儀者見行事有威儀，言曲者見行事有屈曲，故有二名也。"㊁禮記篇名。以其委曲說吉、凶、賓、軍、嘉五禮之事，故名曲禮。見禮曲禮上疏。

【曲謹】見"小廉曲謹"。

【曲蟮】蟲名，卽蚯蚓。也作"曲蟺"、"曲善"。晉崔豹古今注中魚蟲："蚯蚓，一名曲蟮，善長吟於地中。"

【曲$_2$譜】㊀清康熙五十四年王奕清等奉敕撰。十四卷。首載諸家論說及九宮譜定論一卷，次北曲譜四卷、南曲譜八卷，再次，以失宮犯調諸曲別爲一卷附於末。南北曲各以宮調提綱，每曲詳注音律，並辨正舊譜的訛字。㊁卽工尺譜。如納書楹曲譜、遏雲閣曲譜等，皆於曲詞旁注工尺、板眼，學者可依譜演唱。

【曲藝】古指醫卜一類的技能。禮文王世子："曲藝皆誓之。"疏："曲藝謂小小技術，若醫卜之屬也。"唐元稹長慶集十代曲江老人百韻詩："曲藝爭工巧，彫機變組紃。"

【曲瓊】玉鉤。瓊，美玉。文選戰國楚宋玉招魂："砥室翠翹，絓曲瓊些。"玉臺新詠九南朝梁簡文帝東飛伯勞歌之二："網戶珠綴曲瓊鉤，芳茵翠被香氣流。"

【曲薄】蠶箔，飼蠶的器具。用萑葦或細竹織成方四丈的簾箔。用以育蠶，可以卷舒。也稱"薄曲"。參閱農政全書三一養蠶法。參見"薄曲"。

【曲女城】古印度北部大城名，爲戒日王都城。梵名羯若鞠闍。法顯佛國記作罽饒夷城。佛教傳說故事，國王梵授有百女，時有大樹仙人詣王請女，除最幼者外，無一應聘，仙人懷怒，呪九十九女悉令腰曲形毀，因名王城爲曲女城。參閱大唐西域記五羯若鞠闍國、翻譯名義集三羯若鞠闍。

【曲江集】唐張九齡撰。二十卷。九齡字子壽，曲江人。爲李林甫所厄，罷相家居，人稱曲江公。文章典實，所草詔命，明白切當，詩如感遇諸作，高澹沖遠，開後來孟浩然王維儲光羲韋應物等風氣之先。

【曲江會】唐時考中的進士，放榜後大宴於曲江亭，謂之曲江會。宋人稱聞喜宴。參閱唐李肇國史補下、又韓鄂歲華紀麗一。

【曲阿酒】傳說故事，丹徒有高驪山，有東海之神乘船致酒，欲聘高驪女爲妻，女不肯，神撥船覆酒，流入曲阿湖。後來遂以美酒著名。見魏書劉藻傳、太平寰宇記八九江南東道一潤州丹徒縣高驪山。

【曲柄笠】類似曲蓋之笠。世說新語言語:"謝靈運好戴曲柄笠。孔隱士(淳之)謂曰:'卿欲希心高遠,何不能遺曲蓋之貌?'謝答曰:'將不畏影者,未能忘懷。'"

【曲$_{2}$子相公】五代晉相和凝的綽號。宋孫光憲北夢瑣言六以歌詞自娛:"晉相和凝,少年時好爲曲子詞,布於汴洛。洎入相,專託人收拾,焚毀不暇。然相國厚重有德,終爲豔詞玷之。契丹入夷門,號爲曲子相公。"

【曲洧舊聞】宋朱弁撰。十卷。弁,婺源人,建炎元年奉詔使金,被留十七年。書作於留金時,多追述北宋遺聞軼事,間及詩話、文評、神怪傳說,無一語及金,故以舊聞爲題。

【曲突徙薪】傳說齊人淳于髡見鄰人竈直突而傍有積薪,告以改直突爲曲突,並遠徙其薪,否則,將失火。鄰人不從,後竟失火,幸共救得息。於是殺牛置酒,先言曲突徙薪者不爲功,而救火者焦頭爛額爲上客。突,煙囱。見淮南子說山"淳于髡之告失火者"注、漢書六八霍光傳。藝文類聚二三三國魏應璩雜詩:"曲突不見賓,燋爛爲上客。"也用此事爲典。後因以曲突徙薪喻防患於未然。

【曲$_{2}$高和寡】文選戰國楚宋玉對楚王問:"客有歌於郢中者,其始曰下里巴人,國中屬而和者數千人。其爲陽阿薤露,國中屬而和者數百人。其爲陽春白雪,國中屬而和者不過數十人。引商刻羽,雜以流徵,國中屬而和者不過數人而已。是其曲彌高,其和彌寡。"意謂曲調高雅,能和者少。比喻言行、作品高超,知音難得。藝文類聚四四三國魏阮瑀箏賦:"曲高和寡,妙伎難工。"

【曲$_{2}$終奏雅】漢書五七下司馬相如傳贊:"相如雖多虛辭濫說,然要其歸,引之於節儉,此亦詩之風諫何異。揚雄以爲靡麗之賦,勸百而風一,猶騁鄭衛之聲,曲終而奏雅。不已戲乎?"本爲揚雄非難相如之語。後來截取"曲終奏雅"語,轉指結局的美善。

曳

yè 餘制切,去,祭韻,喻。
ㄧㄝ

㊀拖,牽引。莊子天下:"推而行,曳而後往。"禮檀弓上:"孔子蚤作,負手曳杖,消搖於門。"㊁困頓。後漢書二八下馮衍傳:"貧而不衰,賤而不恨,年雖疲曳,猶庶幾名賢之風。"㊂踰越,超過。文選漢王子淵(褒)洞簫賦:"狀若捷武,超騰踰曳,迅漂巧兮。"

【曳白】卷紙空白,考試交白卷。唐天寶時選進士,初選六十四人判入等,御史中丞張倚子奭判高等。落第者不服,上訴,玄宗於勤政殿親臨覆試,惟十二人稍優,餘並下第。張奭不措一字,時人稱爲曳白。見唐劉存事始(類說三五)、舊唐書一一三苗晉卿傳。又乾符中,蔣凝應宏辭試,爲賦止及四韻,遂曳白而去。見五代王定保唐摭言十載應不捷聲價益振。

【曳曳】連綿不絕貌。唐孟浩然集三行至汝墳寄盧徵君詩:"洛川方罷雪,嵩嶂有殘雲;曳曳半空裏,溶溶五色分。"宋歐陽修文忠集十五鳴蟬賦:"四無雲以青天,雷曳曳其餘聲。"

【曳剌】契丹語。原譯爲"曳落河",意爲壯士、健兒。後也泛指走卒、衙役。元明雜劇馬致遠薦福碑二:"見一個帶牌子的曳剌隨着。"遼史百官志二作"拽剌"。參見"曳落河"。

【曳婁】牽引。詩唐風山有樞:"子有衣裳,弗曳弗婁。"傳:"婁亦曳也。"文苑英華一四八唐蕭穎士庭莎賦:"承滴瀝之甘潤,蔽衣衿之曳婁。"

【曳銜】楚辭屈原天問:"妖夫曳銜,何號于市?"注:"昔周幽王前世有童謠曰:'檿弧箕服,實亡周國。'後有夫婦賣是器,以爲妖怪,執而曳戮之於市也。"言夫婦相引,行賣於市。

【曳影】㊀搖晃的影子。初學記四南朝梁簡文帝三日侍宴林光殿曲水詩:"風旗争曳影,亭午共生陰。"㊁神話傳說中的劍名。見舊題晉王嘉拾遺記一顓頊。

【曳練】成匹的白絹。初學記二九南朝宋謝莊舞馬賦:"寫秦坰之駬塵,狀吳門之曳練。"按古代傳說,孔子登山,望東吳閶門歎曰:"吳門有白氣如練。"參閱唐陸廣微吳地記。

【曳踵】拖着脚後跟,足不離地緩步行走。禮曲禮下:"行不舉足,車輪曳踵。"又玉藻:"舉前曳踵,蹜蹜如也。"疏:"謂將行之時,初舉足前,後曳足跟,行不離地。"

【曳落河】契丹語。意爲壯士、健兒。也譯作"曳剌"、"拽剌"。宋元時多指走卒、衙役。新唐書一三九房琯傳:"琯雅自負,以天下爲己任,然用兵本非所長。其佐李揖、劉秩等皆儒生,未嘗更軍旅。琯每詫曰:'彼曳落河雖多,能當我劉秩乎?'"

【曳尾塗中】莊子秋水:"吾聞楚有神龜,死已三千歲矣,王巾笥而藏之廟堂之上。此龜者,寧其死爲留骨而貴乎?寧其生而曳尾於塗中乎?"仕宦爲官,受爵祿刑罰的管束,不如隱居而安於貧賤,像泥路上拖着尾巴的烏龜,保持逍遥自在。比喻自由自在的隱逸生活。三國志蜀郤正傳:"寧曳尾於塗中,穢濁世之休譽。"

【曳裾王門】指奔走於王侯權貴之門。裾,外衣的大襟。漢書五一鄒陽傳上吳王書:"飾固陋之心,則何王之門不可曳長裾乎?"唐李白李太白詩三行路難之二:"彈劍作歌奏苦聲,曳裾王門不稱情。"省作"曳裾"。唐高適高常侍集七信安王幕府詩:"曳裾誠已矣,投筆尚悽然。"

【曳瑟知林】見"杖林"。

三畫

更

1. gēng 古行切,平,庚韻,見。
ㄍㄥ

㊀改正。國語越上:"此則寡人之罪也,寡人請更。"㊁易換,替代。左傳襄二八年:"公膳日雙雞,饔人竊更之以鶩。"史記一〇三萬石君傳:"兒寬等推文學至九卿,更進用事。"㊂連續,交替。國語晉四:"姓利相更,成而不遷。"㊃經過,經歷。史記一二三大宛傳:"因欲通使(大月氏),道必更匈奴中。"新唐書一三九房琯傳:"其佐李揖、劉秩等皆儒生,未嘗更軍旅。"㊄秦漢力役名。漢書七七蓋寬饒傳:"衛卒數千人,皆叩頭自請願復留共更一年。"注:"更,猶今言上番也。"參見"更賦"。㊅古夜間計時單位。一更約兩小時,一夜分爲五更。見北齊顏之推顏氏家訓六書證。

2. gèng 古孟切,去,映韻,見。
ㄍㄥˋ

㊆副詞。1.再,又。左傳僖五年:"晉不更舉矣。"2.愈加。史記六二管仲傳:"吾嘗爲鮑叔謀事,而更窮困。"3.反,却。史記一二四郭解傳:"少時陰賊,慨不快意,身所殺甚衆。……及解年長,更折節爲儉,以德報怨,厚施而薄望。"

【更生】㊀再生。史記一一二主父偃傳嚴安上書:"元元黎民得免於戰國,逢明天子,人人自以爲更生。"㊁菊花的别名。見抱朴子仙藥、政和證類本草六菊花。

【更代】替換。史記項羽紀:"(趙高)亦恐二世誅之,故欲以法誅將軍以塞責,使人更代將軍以脱其禍。"

【更衣】換衣。換衣休息之處。史記外戚世家衛皇后:"是日,武帝起更衣,子夫侍尚衣軒中得幸。"漢書六五東方朔傳:"後乃私置更衣。"注:"爲休息易衣之處。"帝王陵寢的便殿也叫更衣。憩息處或備有廁所，賓主入廁，即託言更衣。參閱清黄生義府下更衣。

【更次】㊀輪班。管子度地："常以冬少事之時，令甲士以更次益薪積之水旁。"㊁夜間一個更時也叫更次。紅樓夢七七："寶玉又翻轉了一個更次。"

【更老】卽三老五更。文選晉潘安仁(岳)閒居賦："祗聖敬以明順，養更老以崇年。"注："養三老五更，所以崇年也。"參見"三老五更"。

【更休】輪番休息。宋蘇軾經進東坡文集事略五七稼説："其田美而多，則可以更休，而地力得全。"宋史三三二滕元發傳："八月，邊遽來告，請八將皆防秋。元發曰：夏若併兵犯我，雖八將不敵；若其不來，四將足矣，卒遣更休防秋。"

【更行】改嫁。南史徐孝嗣傳："父被害，孝嗣在孕，母年少，欲更行，不願有子。"按詩鄘風蝃蝀"女子有行"箋："行，道也，婦人生而有適人之道。"故謂婦女改嫁曰更行。

【更步】改變道路。三國志蜀吕凱傳答雍闓檄："將軍若能翻然改圖，易跡更步，古人不難追，鄙土何足宰哉！"

【更卒】古時輪番服役的兵卒。漢書食貨志上："(秦)用商鞅之法，改帝王之制，……又加月爲更卒，已復爲正。"注："更卒謂給郡縣一月而更者也，正卒謂給中都官者也。"唐元稹長慶集二四和李校書新題樂府之四西涼伎："鄉人不識離别苦，更卒多爲沈滯遊。"

【更事】㊀經歷世事。漢書平帝紀詔："及選舉者，其歷職更事有名之士，則以爲難保，廢而弗舉，其謬於赦小過，舉賢材之義。"三國志魏武帝紀建安十九年："吾預知當爾，非聖也，但更事多耳。"參見"少不更事"。㊁常事。史記秦紀："晉旱，來請粟。……繆公問公孫支，支曰：'饑穰更事耳，不可不與。'"

【更直】輪流值班。後漢書二三竇融傳附竇憲"其所將諸郡二千石子弟從征者，悉除太子舍人"注引續漢志："太子舍人秩二百石，無員，更直宿衛也。"三國志蜀十二周羣傳："(羣)專心候業，於庭中作小樓……常令奴更直於樓上，視天災。"

【更迭】更易，交替。也稱"更遞"。詩召南小星"嘒彼小星"唐孔穎達疏："四時之中，更迭見之。"易繫辭上"是故剛柔相摩"唐孔穎達疏："陽剛而陰柔，故剛柔共相切摩，更遞變化。"

【更姓】改姓。越絶書八越絶外傳紀地傳："傳聞越王子孫在丹陽皋鄉，更姓梅，梅里是也。"也指改易朝代，參見"更姓改物"。

【更始】㊀重新開始。莊子盗跖："與天下更始，罷兵休卒。"文選漢司馬長卿(相如)上林賦："出德號，省刑罰，改制度，易服色，革正朔，與天下爲更始。"㊁年號。1. 新末劉玄(淮陽王)。公元 23—25 年。2. 西燕慕容沖(威帝)。公元 385 年。3. 西秦乞伏乾歸(高祖武元王)。公元409—411 年。

【更張】重新張設。漢書禮樂志："譬之琴瑟不調，甚者必解而更張之，迺可鼓也。"宋范成大石湖集八古風二首上湯丞相詩之一："知音顧之笑，解絃爲更張。"參見"改弦更張"。

【更番】輪班調换。也作"番更"。南齊書文惠太子傳："太子使宫中將吏更番役築，宫城苑巷制度之盛，觀者傾京師。"唐王建詩八霓裳詞之二："自直梨園得出稀，更番上曲不教歸。"

【更新】改舊爲新，改過自新。舊唐書七五孫伏伽傳："既云常赦，不免皆赦除之，此非直赦其有罪，亦是與天下斷，當許其更新。"

【更鼓】報更的鼓。宋蘇軾分類東坡詩十五夜過舒堯文戲作："先生骨清少眠卧，長夜默坐數更鼓。"

【更號】㊀改變名號。史記晉世家："曲沃武公已卽位三十七年矣，更號曰晉武公。"指名位稱號的改變。唐韓愈昌黎集二薦士詩："五言出漢時，蘇李首更號。"指詩體的革新。㊁值更巡邏時的信號。資治通鑑一八六唐高祖武德元年："知其虚實，得其更號。"注："更號，持更之號。"

【更漏】古時視刻漏以報更，故稱刻漏爲更漏。唐李肇國史補中："惠遠以山中不知更漏，乃取銅葉製器，狀如蓮花，置盆水之上，底孔漏水，半之則沉，每晝夜十二沉爲行道之節，雖冬夏短長，雲陰月黑，亦無差也。"也常用以指夜晚的時間。唐許渾丁卯集上韶州驛樓宴罷詩："主人不醉下樓去，月在南軒更漏長。"

【更端】另一事。禮曲禮上："侍坐於君子，君子問更端，則起而對。"疏："更端，别事也；謂嚮語已畢，更問他事。"

【更嘗】親身經歷，實際體驗。宋蘇軾分類東坡詩二一次韻子由送趙屼歸觀錢塘遂赴永嘉："宦遊無遠近，民事要更嘗。"又陸佃埤雅釋獸羝："智如禹湯，不如更嘗，是以樊遲請學稼。……故曰：'三折肱知爲良醫。'"

【更僕】更番相代。唐杜甫杜工部草堂詩箋二八行官張望補稻畦水歸："更僕往方塘，決渠當斷岸。"箋："更，代也，更番相代往視田也。"宋蘇泂泠然齋詩集二春日懷詹梁："歲寒相見願始終，且莫嗔怪屢更僕。"參見"更僕難數"。

【更賦】秦漢時所徵一種以錢代更役的賦税。男子年二十三至五十六，按規定輪番戍邊服兵役，稱爲更。不能行者得出錢入官，雇役以代，稱更賦。漢書昭帝紀元鳳四年："三年以前逋更賦未入者，皆勿收。"後漢書明帝紀中元二年："赦隴西囚徒，減罪一等，勿收今年租調。又所發天水三千人，亦復是歲更賦。"注："更，謂戍卒更相代也；賦，謂雇更之錢也。"

【更箭】浮在刻漏水上指示時間的箭頭。唐杜甫杜工部集二湖城東送孟雲卿……詩："豈知驅車復同軌，可惜刻漏隨更箭。"草堂詩餘上宋周邦彦過秦樓詞："人静夜，久憑欄，愁不歸眠，立殘更箭。"

【更闌】更深夜盡。唐方干元英詩集一元日："晨雞兩遍報更闌，刁斗無聲曉露乾。"宋辛棄疾稼軒詞水龍吟愛李延年歌淳于髡語令爲詞……："堂上更闌燭滅，記主人留髡送客。"

【更嬴】古之善射者。戰國策楚四："更嬴與魏王處京臺之下，仰見飛鳥。更嬴謂魏王曰：'臣爲王引弓虚發而下鳥。'……有間，鴈從東方來，更嬴以虚發而下之。"也作"更羸"。文選晉左太沖(思)魏都賦："控弦簡發，妙擬更嬴。"列子湯問作"甘蠅"。

【更籌】古代夜間報更的牌。文苑英華一七九南朝梁庾肩吾奉和春夜應令詩："燒香知夜漏，刻燭驗更籌。"也泛指時間。宋辛棄疾稼軒詞水調歌頭和馬叔度游月波樓："西樓著意吟賞，何必問更籌。"

【更籤】報更的竹簽。同"更籌"。陳書世祖紀天康元年："每雞人伺漏，傳更籤於殿中，乃敕送者，必投籤於階石之上，令鎗然有聲，云'吾雖眠，亦令驚覺也'。"

【更衣曲】唐新樂府名，劉禹錫作。用漢平陽公主家歌者衛子夫侍武帝更衣得幸，於元朔元年立爲皇后事爲題材。詩見劉夢得集八。參見"更衣"。

【更名地】明代分封諸王及勳戚大臣，占有大量田地，名目有王莊、畿輔皇莊、官莊及賜田等名目。清人入關圈地屬八旗，康熙八年編入所在州縣，給民爲業，稱更名地。參閱清會典十七户部、黄六鴻福惠全書八雜課部更名地。

【更姓改物】王朝更迭，改正朔，易服

色。國語周中:"叔父若能光裕大德，更姓改物，以創制天下，自顯庸也。"

【更僕難數】禮儒行:"遽數之不能終其物，悉數之乃留，更僕未可終也。"元陳皓禮記集說:"卒遽而數之，則不能終言其事;詳悉數之，非久留不可。僕，臣之擯相者。久則疲倦，雖更代其僕，亦未可得盡言之也。"後以"更僕難數"或"更難僕數"形容事物繁多，數不勝數。清孫郁雙魚珮傳奇巧佑:"婚姻之事……或無意中立成佳耦，或極穩處卒致落空，聚散變遷，更難僕數。"

【更₂上一層樓】文苑英華三一二唐王之渙登鸛雀樓詩:"欲窮千里目，更上一層樓。"後常用作鼓勵人上進之辭。

四畫

曶 hū ㄏㄨ 呼骨切，入，没韻，曉。

忽。隸變作"曶"。㊀輕視。漢書八七下揚雄傳:"於時人皆曶之。"注:"曶與忽同，謂輕也。"㊁小數名，分的萬分之一。後漢書律曆志下贊:"象因物生，數本杪曶。"㊂疾速。見"曶曶"。㊃見"曶鼎"。

【曶曶】時間流逝迅速。同"忽忽"。楚辭屈原九章悲回風:"歲曶曶其若頽兮，時亦冉冉而將至。"注:"年歲轉去而流没也。"

【曶鼎】西周中期青銅器。高二尺，圍四尺，深九寸，款足作牛首形。原器已亡，今僅存銘文四百零三字。記周王對曶的策命，曶與其他貴族進行奴隸交易和訴訟事。見清阮元積古齋鐘鼎彝器款識四。

【曶霍】一開一合，迅疾貌。文選漢揚子雲(雄)甘泉賦:"翕赫曶霍，霧集而蒙合兮，半散照爛，粲以成章。"

五畫

曷 1. hé ㄏㄜˊ 胡葛切，入，曷韻，匣。

㊀何，何故。書盤庚中:"曷虐朕民?"又五子之歌:"嗚呼曷歸，余懷之悲!"㊁盍，何不。詩唐風有杕之杜:"中心好之，曷飲食之?"

2. è ㄜˋ

㊂止。通"遏"。詩商頌長發:"如火烈烈，則莫我敢曷。"漢書刑法志引詩作"遏"。

3. xiē ㄒㄧㄝ

㊃通"蝎"。見"蝎₃鼻"。

【曷₃鼻】仰鼻。史記七九蔡澤傳:"先生曷鼻，巨肩。"唐司馬貞索隱謂曷鼻爲鼻形如蝎蟲。參閱清王念孫讀書雜志史記四曷鼻。

【曷懶路】金代行政區名。屬上京路會寧府。也作合懶路、海蘭路，皆譯音異名。在今吉林省琿春附近及大小海蘭河流域。參閱金史地理志上上京路、嘉慶一統志六八吉林二古蹟。

【曷蘇館】遼時女真部落名。也作"合蘇衮"、"和碩館"。契丹阿保機移其大姓於遼陽之南。金時在遼陽的南部置曷蘇館路，治所在今遼陽蓋縣。天會七年徙治寧州。參閱三朝北盟會編政宣三、金史地理志上上京路、讀史方輿紀要三七蓋州衞。

六畫

書 shū ㄕㄨ 傷魚切，平，魚韻，審。

㊀記載，寫作。墨子尚賢:"書之竹帛。"周禮地官黨正:"正歲，屬民讀法，而書其德行道藝。"㊁文字，字體。易繫辭下:"上古結繩而治，後世聖人，易之以書契。"漢書藝文志:"六體者，古文、奇字、篆書、隸書、繆篆、蟲書。"㊂書籍。論語先進:"何必讀書，然後爲學。"說文解字敍:"著於竹帛謂之書。"㊃書法。北齊顏之推顏氏家訓雜藝:"王逸少(羲之)風流才士，蕭散名人，舉世但知其書，翻以能自蔽也。"㊄書信，尺牘。左傳昭六年:"叔向使詒子産書。"㊅尚書的簡稱。論語爲政:"書云:'孝乎惟孝。'"

【書刀】用以在竹木簡上刻字或削改的刀。古稱削，漢人稱書刀。釋名釋兵:"書刀，給書簡札有所刊削之刀也。"漢國三老袁良碑:"今特賜錢十萬，雜繒卅匹，玉具劍佩、書刀、繡文印衣、無極手巾各一。"(隸釋六)。參見"削㊄"。

【書工】㊀繕寫的人。新唐書二〇一崔行功傳:"初，太宗命祕書監魏徵寫四部羣書，將藏内府，置讎正二十員，書工百員。"㊁書法家。宋蘇軾分類東坡詩二五題王逸少帖:"顛張醉素兩禿翁，追逐世好稱書工。"顛張，張旭;醉素，懷素。

【書尺】尺牘，書信。宋詩鈔韓駒陵陽詩鈔送范叔器次路公弼韻:"小駐鄱陽未宜遠，欲憑書尺問寒温。"宋袁説友東塘集十九跋韓忠獻魏王帖:"前輩書尺，語簡而情有餘;後世道不情語，至一帖累數百言，猶恨不足，是真可鄙也。"

【書手】擔任抄寫工作的書吏。太平廣記一〇六宋衎(唐臨報應記):"宋衎，江淮人，……爲鹽鐵院書手，月錢四千。"

【書丹】古時刻碑，先用朱筆在石上書寫，叫書丹。水經注十六谷水:"蔡邕以熹平四年與五官中郎將堂谿典……等奏求正定六經文字，靈帝許之，邕乃自書丹于碑，使工鐫刻，立于太學門外。"後也泛指書寫碑志等爲書丹。參閱宋姜夔續書譜書丹。

【書可】批閱公文，書字認可。三國志吳孫亮傳太平二年注引吳歷:"亮數出中書，視孫權舊事，問左右侍臣:'先帝數有特制，今大將軍(孫綝)問事，但令我書可邪?'"

【書札】書信，信札。文選古詩十九首之十七:"客從遠方來，遺我一書札。"三國志蜀譙周傳:"研精六經，尤善書札。"

【書目】圖書目録。梁書任昉傳:"(昉)聚書至萬卷，率多異本。昉卒後，高祖使學士賀縱共沈約勘其書目，官所無者，就昉家取之。"也指書的題目。唐姚合姚少監集九和座主相公……秋日即事:"海圖裝玉軸，書目記牙籤。"

【書田】㊀以耕田比喻讀書，故稱書爲書田。宋王邁臞軒集十二送族姪千里歸漳浦詩:"願子繼自今，書田勤種播。"㊁封建社會地主官僚，於所有田地中撥出一部分，以地租所得，作爲族中子弟讀書的補貼，謂之書田。

【書史】㊀記事的史官。舊題晉王嘉拾遺記三周穆王:"穆王即位三十二年，巡行天下，……有書史十人，記其所行之地。"㊁典籍，指經史一類書籍。南朝梁江淹江文通集四雜體詩顔特進侍宴:"揆日粲書史，相都麗聞見。"㊂宋米芾撰。二卷。上卷記晉唐人墨蹟，下卷記唐人墨蹟及摹本刻石，兼及紙本、裝褙、印章、跋尾等。芾書詩畫皆名家，書中所論各件多所親見，爲研究古代書法名蹟較早的著作。

【書生】㊀讀書人，多指儒生。後漢書六七夏馥傳:"少爲書生，言行質直。"三國志吳孫權傳建安二五年注引吳書:"(趙)咨曰:'吳王……雖有餘閑博覽書傳，籍採奇異，不效書生尋章摘句而已。'"㊁繕抄的人。唐唐臨冥報記上:"大起房廊爲寫經之室，莊嚴清淨，供給豐厚，書生常數十人。"

【書册】書籍。宋朱熹朱文公集九出山道中口占詩:"書册埋頭無了日，不如拋却去尋春。"宋陸游劍南詩稿十三醉眠曲:"鼻間鼾聲欲撼屋，手中書册正墮前。"

【書衣】包裹書卷的布帛。後來也指書籍

的外套。唐皎然集一答韋應物郎中詩:"書衣流埃積,硯石駮蘚生。"

【書吏】承辦文書的吏員。漢書九二陳遵傳:"既至官,當遣從史西,召善書吏十人於前,治私書謝京師故人。遵凭几口占書吏,且省官事。"清制,凡吏員充補內閣供事及在京各衙門有書吏,均有定額。外省總督、巡撫、學政、各倉各關監督之吏,亦皆稱書吏。書吏皆父子兄弟相傳,雖職位卑微,熟於吏事成例,往往與長官狼狽爲姦,陰操實權。參閱清顧炎武亭林文集一郡縣論、(乾隆)清會典七吏部書吏、(光緒)清會典十二吏部。

【書序】書序,漢班固馬融鄭玄王肅等謂孔子所作;宋朱熹謂決非孔子之言,林光朝馬廷鸞謂歷代史官轉相授受而成;元金履祥謂爲齊魯諸儒次第附會而作;今文家謂係西漢末劉歆所僞造。參閱清朱彝尊經義考七三書百篇之序。古文尚書有書序一篇,列於全書之後,自僞孔傳出,始引小序,分冠各篇之首。

【書社】㊀古制二十五家立社。把社内人名登録簿册,謂之書社,以指按社登記入册的人口及其土地。左傳哀十五年:"因與衛地,自濟以西,禚媚杏以南,書社五百。"注:"二十五家爲一社,籍書而致之。"史記孔子世家:"(楚)昭王將以書社地七百里封孔子。"㊁讀書作詩的會社。宋蘇軾分類東坡集十八杭州故人信至齊安:"相期結書社,未怕供詩帳。"

【書坊】㊀唐代朝省藏書的館院。亦爲文臣學士校書、修史之所。文苑英華一六八唐韋述奉和聖制送張說上集賢院學士賜宴:"臺座徵人傑,書坊應國華。"㊁刻印、售賣書籍的店舖。五代時書肆,北宋時書林、書堂,南宋時書棚以及明清時書舖,皆泛稱書坊。宋朱熹朱文公集五三答胡季隨書:"誤本之傳,不但書坊而已,黄州印本亦多有。"

【書局】㊀官家編書的機構。宋司馬光司馬温公集一進資治通鑑表:"陛下俯從所欲,曲賜容養,差判西京,留司御史臺,及提舉嵩山崇福宫,前後六任,仍聽以書局自隨,給之禄秩,不責職業。"㊁官立刊印書籍的單位。清同治年間,各省先後成立書局,如江蘇金陵書局、揚州淮南書局、廣州廣州書局,二十四史有江寧蘇州揚州杭州武昌五書局合刻本。參閱葉德輝書林清話九古今刻書人地之變遷。

【書佐】主辦文書的佐吏。漢制州郡及諸曹皆有書佐,在外由州郡長官自行辟除。如漢樊毅復華下民租碑,前書年月朔日,弘農太守臣毅,後有掾臣條,屬臣淮,書佐臣謀(隸釋二)。參閱通典三二職官十四總論州佐。

【書法】㊀古代史官修史,對材料處理、史事評論、人物褒貶,各有體例,謂之書法。左傳宣二年:"董狐,古之良史也,書法不隱。"㊁漢字的書寫藝術。南齊書周顒傳:"少從外氏車騎將軍臧質家得衛恒散隸書法,學之甚工。"

【書空】㊀用手指在空中虚劃字形。世說新語黜免:"殷中軍(浩)被廢,在信安終日恒書空作字。揚州吏民尋義逐之,竊視唯作'咄咄怪事'四字而已。"唐杜甫杜工部草堂詩箋九對雪:"數州消息斷,愁坐正書空。"㊁雁在空中成列而飛,其行如字,故稱書空。宋趙師俠坦菴詞菩薩蠻春陵迎陽亭:"殘角起江城,書空征雁横。"

【書房】藏書室。唐元稹長慶集二十和樂天過祕閣書省舊廳詩:"聞君西省重徘徊,祕閣書房次第開。"泛指讀書的房間。宋洪邁夷堅志支志乙十陳如塤:"一妹嫁遠鄉何屯田之孫,嘗往其家,見一樓寬敞,……已灑掃書房延待矣。"

【書卷】古代藏書多作卷軸,故稱書爲書卷。南史臧燾傳附臧巖:"孤貧勤學,行止書卷不離手。"唐杜甫杜工部草堂詩箋二五水閣朝霽奉簡雲安:"雨檻卧花叢,風牀展書卷。"

【書林】㊀文人學者之羣。漢書八七下揚雄傳長楊賦:"今朝廷純仁,遵道顯義,並包書林,英華沈浮,洋溢八區。"㊁藏書處。言書多如林。東觀漢紀二和帝永元十三年:"親幸東觀,覽書林,閱篇籍。"

【書門】嶧山絶崖。水經注二五泗水:"秦始皇觀禮于魯,登于嶧山之上,命丞相李斯以大篆勒銘山嶺,名曰書門。"按太平御覽四二嶧山引及永樂大典本、戴校本均作"晝門",水經注趙琦美三校本、讀史方輿紀要、山東通志均作"書門"。

【書函】封套曰函,書一套、信一封皆稱書函。後漢書祭祀志上:"以吉日刻玉牒書函藏金匱璽印封之。"明高啟高太史集四送王推官赴譙陽詩:"濯冠捧書函,平明獻朝堂。"

【書帕】明代地方官吏入京,見長官送禮,具一書一帕,故稱書帕。萬曆以後,官場日益腐化,公行賄賂,改用金銀珠寶,但仍沿稱書帕。清姚之駰元明事類鈔七書帕長安引趙南星疏:"司選者每遇退朝,羣遮留講昇調;至署則公書私書,闐户盈几,所謂面皮世界,書帕長安也。"

【書帙】書卷的外套。舊題晉王嘉拾遺記秦始皇:"(張儀、蘇秦)二人每假食於路,剥樹皮編以爲書帙,以盛天下良書。"帙,又寫作"袠"。

【書牀】㊀書架。唐白居易長慶集十六東南行……詩:"書牀鳴蟋蟀,琴匣網蜘蛛。"㊁臨帖習字的文具。用染黑的絹,緊綳於長方形木框中,以筆蘸清水寫在絹上,既不傷筆,又省紙張。見清魯一曾、張廷相玉燕樓書法書床。

【書客】㊀文友。唐張籍張司業集二和左司元郎中秋居詩之五:"書客多呈帖,琴僧與合弦。"又許渾丁卯集上長慶寺遇阮秀才詩:"高閣晴軒對一峯,毗陵書客此相逢。"㊁流動兜售書籍文具的書販。儒林外史一:"(王冕)走到村學堂裏,見那闖學堂的書客,就買幾本舊書。"㊂木筆花的别名。見宋程棨三柳軒雜識(說郛二一)。

【書計】文字與籌算。禮内則:"十年,出就外傅,居宿於外,學書計。"漢書食貨志上:"八歲入小學,學六甲五方書計之事。"

【書祖】指某種書體的創始者。如唐張懷瓘以蒼頡爲古文之祖。也指藝術成就很高的書法家。宋董逌廣川書跋八唐經生字:"世稱王逸少(羲之)爲書祖。觀其遺文,可以得之。"宋史藝文志一小學類有古文大篆書祖一卷,也取此義。

【書契】㊀猶言文字。書序:"古者伏羲氏之王天下也,始畫八卦,造書契,以代結繩之政,由是文籍生焉。"釋文:"書者文字。契者,刻木而書其側。"㊁契約之類的文書憑證。周禮天官小宰:"六曰聽取予以書契。"注:"鄭司農(衆)云:'書契,符書也。'玄謂書契,謂出、予、受、入之凡要,凡簿書之最目,獄訟之要辭,皆曰契。"又地官質人:"掌稽市之書契。"注:"書契,取予市物之券也,其券之象書兩札刻其側。"

【書城】書籍環列如城,言其多。明陳繼儒太平清話二:"宋政和時,都下李德茂環集墳籍,名曰書城。"清汪琬三儂贅人廣自序:"琬夙遭屯難,沉痼書城,雕蟲瑣事,不足名家。"(虞初新志二十)

【書眉】書頁上端的白邊。也叫天頭。又指書封面所題的標簽。

【書品】㊀評論書法優劣的書。歷代以書品爲題名者甚多,著名的有:1.南朝梁庾肩吾有書品一卷,載漢至齊梁能書者一百二十餘人,分爲九品,各附短論,品評各家書法優劣。2. 明楊愼有書品一卷,概論書法與書家的優劣,不分品。3. 淸楊景曾有書品一卷,分書爲二十四品,不及書家。㊁書法的風格造詣。文苑英華八一六唐張又新東林寺建碑記:"北海守李公,文人之雄,書品之能者也。"

【書笈】小書箱。晉葛洪神仙傳十封衡:"有二侍者,一負書笈,一攜藥笥。"唐李賀歌詩編一送沈亞之歌:"白藤交穿織書笈,短策齊裁如梵夾。"

【書香】古人以芸香草藏書辟蠹,故有書香之稱。後用爲讀書風氣的美稱或指讀書的家風。宋詩鈔林景熙白石樵唱鈔述懷次柴主簿:"書香劍氣俱寥落,虛老乾坤父母身。"宋劉克莊後村集序:"至若以文名世者,家有賢子孫,能紹祖父書香,昭箕裘於不墜,則其文久而彌彰,流傳不朽矣。"

【書信】古代,書指函札,信指使人,書信有別。後來泛稱書札爲書信。晉書陸機傳:"我家絶無書信,汝能齎書取消息不?"唐元稹長慶集二一酬樂天嘆窮愁見寄詩:"老去心情隨日減,遠來書信隔年聞。"

【書後】文體之一。卷前謂之序,卷後謂之書後,亦稱跋。宋蘇軾撰書六一居士傳後、書遊湯泉詩後,明王士貞著讀書後八卷,皆屬此體。參見"跋"。

【書家】㊀書法家。宋董逌廣川書跋八徐浩開河碑:"書家貴在得筆意。若拘于法者,正似唐經所傳者爾,其於古人極地不復到也。"㊁古時宮中侍書官。宋孫光憲北夢瑣言九雲芳子魂事李茵:"(唐)僖宗幸蜀年,有進士李茵,襄州人,奔竄南山民家,見一宮娥,自云宮中侍書家雲芳子,有才思,與李同行詣蜀。……行及綿州,逢內官田大夫識之,乃曰:'書家何得在此?'逼令上馬與之前去。"

【書記】㊀指用以記事的書寫文字,如書籍、書牘、奏記之類。史記一二三大宛傳:"安息在大月氏西,可數千里。……畫革旁行以爲書記。"漢書五一賈山傳:"涉獵書記,不能爲醇儒。"後漢書五六王龔傳:"在位恭愼,自非公事,不通州郡書記。"㊁掌管書牘記錄的官員。文選南朝梁任彥昇(昉)齊竟陵文宣王行狀:"謀出股肱,任切書記。"唐呂向注:"書記謂文學之士也。"唐元帥府及節度使屬官有掌書記,主撰文字,省稱書記。唐杜甫有送韋書記赴安西詩,宋丁用晦芝田錄稱唐杜牧爲杜書記。參閱宋高承事物紀原六撫字長民部書記。

【書庫】㊀藏書之處。唐白居易長慶集三八別集池上篇序:"(樂天)又曰:雖有子弟,無書不能訓也,乃作池北書庫。"宋太宗立崇文院,以藏原貯三館之書,又分三館書萬餘卷,別爲書庫,稱祕閣。見宋史藝文志一。㊁喻博學之士。隋書公孫景茂傳:"少好學,博涉經史,……時人稱爲書庫。"

【書格】㊀一種文具。書寫時用以支臂,使腕不著紙,以防墨污。南齊書庾易傳:"安西長史袁彖欽其風,通書致遺,易以連理机、竹翹書格報之。"㊁書法的風格。明徐樹丕識小錄四李嗣眞:"李嗣眞論右軍書格不同:樂毅論、太史箴,皆正大有忠臣烈士之象;誓墓文、曹娥碑,其容憔悴,有孝子順孫之象。"㊂供摹寫用的範本。因常以方格爲界,故名。俗又稱仿格。淸厲鶚樊榭山房續集二悼亡姬詩序:"影搨書格,略有楷法。"

【書院】㊀唐代中書省修書或侍講的機構。玄宗開元六年,設麗正書院,十三年改集賢殿書院,置學士、直學士、侍讀學士、修撰官等,掌刊輯經籍、搜求遺書、辨明典章,以備顧問應對。參閱唐會要六四、新唐書藝文志一、又百官志二。㊁宋至淸私人或官府所立講學肄業之所。宋代書院以講論經籍爲主,其最有名者有白鹿、石鼓(一說爲嵩陽)、應天、嶽麓書院,有四大書院之稱。元代書院遍及各路、州、府,明淸書院益增,但多爲習舉業而設。淸光緒二十七年後,改全國省縣書院爲學堂,書院之名遂廢。參閱玉海一七六宋朝四書院、宋洪邁容齋三筆五州郡書院、元史選舉志一學校、淸史稿選舉志。

【書倉】藏書的倉庫。舊題晉王嘉拾遺記六後漢:"及世亂,家家焚廬,(曹)曾慮先文湮沒,乃積石爲倉以藏書,故謂曹氏爲書倉。"

【書淫】稱嗜書入迷的人。北堂書鈔九七晉皇甫謐玄晏春秋:"余學或兼夜不寐,或臨食忘餐,或不覺日夕,方之好色,號余曰書淫。"梁書劉峻傳:"峻好學,家貧,寄人廡下,自課讀書,常燎麻炬,從夕達旦。……淸河崔慰祖謂之書淫。"

【書訣】明豐坊撰。一卷。坊善書,此書論筆訣書勢、篆隸法,品第古今書家,辨其優劣,皆別有見地。書中列舉法帖、書迹數百種,今多已亡佚。

【書問】書信,通音問。文選魏文帝(曹丕)與朝歌令吳質書:"足下所治僻左,書問致簡,益用增勞。"晉書解系傳:"(荀)勗又曰:'我與尊先使君親厚。'系曰:'不奉先君遺教。公若與先君厚,往日哀頓,當垂書問,親厚之誨,非所敢承。'"

【書袋】㊀裝書卷、文件的口袋。唐王起有獺皮書袋賦,見文苑英華一〇六。五代王定保唐摭言十海敍不遇:"平曾謁華州李相(固言)不遇,因吟一絶而去曰:'詩卷却抛書袋裏,譬如閒看華山來。'"㊁金大定十六年規定,官吏束帶上懸書袋子,作爲區別於士民的標志。其質料、顏色,因品級高下而有所不同。參閱金史輿服志下衣服通志。

【書魚】蛀書的小蟲。即衣魚、蠹魚。宋蘇軾蘇文忠詩合注三三次韻曹子方運判雪中同遊西湖:"尊前侑酒只新詩,何異書魚餐蠹簡。"

【書紳】把要牢記的話寫在紳帶上。論語衞靈公:"子張書諸紳。"疏:"紳,大帶也。子張以孔子之言書之紳帶,意其佩服無忽忘也。"後因稱記住別人的話爲書紳。文館詞林一五七晉孫綽答許詢詩:"且戢讜言,永以書紳。"

【書巢】宋陸游渭南文集十八書巢記:"陸子既老且病,猶不置讀書,名其室曰書巢。……吾室之內,或栖於櫝,或陳於前,或枕藉於床,俯仰四顧,無非書者。"指書室狹小,故以巢稱。

【書裙】晉王獻之以書名,爲吳興太守。嘗乘羊欣晝寢,於欣著新絹裙上,題書數幅而去。欣本善書,得此爲揣摩,書法益工。事見宋書羊欣傳。後來詩文中多用書裙事,作爲文士酬應的典故。宋蘇軾分類東坡詩十七客有美堂周郊長官與數僧同泛湖……之二:"載酒無人過子雲,掩關晝卧客書裙。"

【書雲】古代於春分、秋分、夏至、冬至、立春、立夏、立秋、立冬之日,登觀臺瞻望雲氣物色,把所見的天象,刻在簡策上,附會人事吉凶,謂之書雲。左傳僖五年:"公既視朔,遂登觀臺以望,而書,禮也。凡分、至、啟、閉,必書雲物,爲備故也。"宋元人詩文中遂常稱冬至日爲書雲。宋李曾伯可齋續稿十雪夜不寐偶成詩:"底事陽和尚未回,書雲已久未逢梅。"參閱宋洪邁容齋四筆十一用書雲之誤、淸劉文淇春秋左氏傳舊注疏證。

【書疏】上書、奏疏、信札之類。史記一〇一袁盎傳:"且陛下從代來,每朝,郎官上書疏,未嘗不止輦受其言。"晉陶潛陶淵明集八祭程氏妹文:"尋念平昔,觸事未遠,書疏猶存。"

【書鈔】資料之輯錄。南朝梁劉勰文心雕

龍四論説："孔融孝廉，但談嘲戲；曹植辨道，體同書抄。"抄，也作"鈔"。又鍾嶸詩品："大明、泰始中，文章殆同書鈔。"隋書經籍志著録有東方朔書鈔二卷，今亡。

【書策】書册。策，書簡。禮曲禮上："先生書策琴瑟在前，坐而遷之，戒勿越。"

【書筒】盛書信的郵筒，也代指書信。唐李白李太白詩十九酬宇文少府見贈桃竹書筒："桃竹書筒綺繡文，良工巧妙稱絶羣。"宋趙蕃淳熙稿十四呈季承詩："但恐衡陽無過雁，書筒不至費人思。"參見"黄耳"。

【書傭】後漢班超隨母至洛陽，家貧，受雇官府，以抄寫文件維持生活。見後漢書四七班超傳。後來文人生活清苦，賣文或授徒自活，常以書傭自稱。例如清許希沖別號書傭博徒。

【書肆】售書的店鋪。漢揚雄法言吾子："好書而不要諸仲尼，書肆也。"注："賣書市肆，不能釋義。"唐劉肅大唐新語勸勵："(徐文遠)兄林鬻書爲事，文遠每閲書肆，不避寒暑，遂通五經。"

【書聖】指造詣最高的書法家。漢皇象胡昭張芝鍾繇，晉索靖等皆有書聖之名。見抱朴子辨問、唐張懷瓘書斷中神品。

【書業】著述之事。三國志吳韋曜傳華覈疏："曜年已七十，餘數無幾。乞赦其一等之罪，爲終身徒。使成書業，永足傳示，垂之百世。"

【書會】宋元間説話人、戲曲作者與藝人的同業性團體。宋灌圃耐得翁都城紀勝三教外地："其餘鄉校、家塾、舍館、書會，每一里巷須一二所，弦誦之聲往往相聞。"元周密武林舊事六諸色伎藝人中有"書會"一項。明永樂大典戲文之小孫屠，題古杭書會撰，張協狀元題九山書會編。

【書腦】書脊。書籍裝訂時打眼穿線的部分。清孫從添藏書紀要："訂書眼要細，打得正而小，草打眼亦然。又須少，多則傷書腦。"參閲清潘永田宋稗類鈔八搜遺。

【書傳】㊀典籍、著述和傳述。史記八一廉頗藺相如傳附趙奢："(趙)括徒能讀其父書傳，不知合變也。"漢書三六楚元王傳附劉向："晝誦書傳，夜觀星宿。"㊁古文尚書之注。以傳述解釋經義，故稱爲傳。舊題漢孔安國所注曰孔傳，宋蔡沈書集傳謂之蔡傳，簡稱書傳。清代尚書學者以古文尚書爲僞作，稱孔傳爲"僞傳"或"僞孔傳"。

【書滴】儲水供磨墨用的水盂。舊題漢劉歆西京雜記六："唯玉蟾蜍一枚，大如拳，腹空，容五合水，光潤如新。(廣川)王取以爲書滴。"也指磨墨時所用的水滴。西京雜記一："以酒爲書滴，取其不冰；以玉爲硯，亦取其不冰。"

【書語】書傳中的話。隋書李密傳："密與(宇文)化及隔水而語，密數之……。化及默然，俯視良久，乃瞋目大言曰：'共你論相殺事，何須作書語邪？'"含有引經據典、咬文嚼字之義。後亦指書信中的話。

【書臺】讀書用的桌子。北周庾信庾子山集十高鳳好書不知流麥贊："流連經笥，對翫書臺。"引申爲讀書之所。南朝宋雷次宗豫章古今記："徐孺宅在梅福宅東，……又云孺宅北去城一里，亦曰書臺。"

【書獃】不通世務只知鑽研書本之人。即書呆子。明西湖居士詩賦盟傳奇訂盟："官人，且莫書獃氣，起來與你講緊要話。"

【書種】世代相承的讀書人，猶言讀書種子。省作"書種"。宋楊萬里誠齋集三十送李侍制季允擢第皈蜀詩："高文大册傳書種，怨句愁吟惱化工。"

【書僮】㊀讀書的兒童。説文："籥，書僮竹笘也。"即漢王充論衡自紀所稱書館小僮。㊁助官吏抄寫或辦雜務的少年人。晉宋蘭臺寺正書令史，皆有品秩，朱衣執板，官給書僮。見通典二二職官四歷代都事主事令史。㊂舊時侍候主人子弟讀書並做雜役的未成年奴僕。僮，亦作"童"。儒林外史二三："萬家他自小是我們這河下萬有旗程家的書童，自小跟在書房伴讀。"

【書廚】㊀藏書的廚櫃。比喻學問淹博。宋史三四七吳時傳："時敏於爲文，未嘗屬稿，落筆已就，兩學目之曰'立地書廚'。"又宋李邦、鄭格、李綱皆以博學强記，人號"書廚"。見清翟灝通俗編七文學。㊁諷喻讀書多而不能應用的人。與"書簏"義近。南齊書陸澄傳："當世稱爲碩學，讀易三年不解文義，欲撰宋書竟不成。王儉戲之曰：'陸公，書廚也。'"

【書櫷】承書夾，書的套殼。也作書帙、書襆。藝文類聚五五引漢杜篤書撌賦作"撌"。宋黄伯思東觀餘論上記與劉無言論書："劉在洛中一僧房中於書櫷上寫之，即所謂書襆者。"

【書幣】記載聘問他國所需的財物數。儀禮聘禮："宰書幣。"注："書聘所用幣多少也，宰又掌制國之用。"後指書信與禮物。戰國策趙四："秦王使使者報曰：'吾所使趙國者，小大皆聽吾言，則受書幣。若不從吾言，則使者歸矣。'"

【書影】清周亮工撰。全名因樹屋書影。十卷。爲作者獄中所作，記敘生平見聞，大抵爲雜論雜事。所録舊文多爲明末清初人作品。取"老人讀書惟存影子于胸"之意，故名書影。

【書鋪】售書的店鋪。唐張籍張司業集四送楊少尹赴鳳翔詩："得錢只了還書鋪，借宅常時事藥欄。"南宋陳起陳思等在臨安睦親坊設鋪賣書，並自刊印書籍，其所刻書，卷後多題有書籍鋪、經籍鋪字。參閲葉德輝書林清話二宋陳起父子刻書之不同。

【書劍】書和劍。唐陳子昂陳伯玉集二送別出塞詩："平生聞高義，書劍百夫雄。"指能文能武。唐孟浩然集三自洛之越詩："遑遑三十載，書劍兩無成。"指讀書作官，仗劍從軍。

【書儀】㊀舊時士大夫私家關於書札體式、典禮儀注之著述，通名書儀。北齊顔之推顔氏家訓二風操："江南輕重各有謂號，具諸書儀。"隋書經籍志、唐書藝文志及崇文總目著録有關的著作甚多，現僅存宋司馬光書儀。書十卷，分表奏、公文、私書、家書式一卷，冠儀一卷，昏儀二卷，喪儀六卷。內容大抵本於儀禮，又參以可以通行於當時者，而稍加變通。㊁餽贈的禮金。明湯顯祖牡丹亭折寇："餘無可使，煩公一言，左右取書儀來，倘説得李全降順，便可歸奏朝廷，自有個出身之處。"

【書儈】經手買賣書籍書畫的商人。唐李綽尚書故實："京師書儈孫盈者，名甚著；盈父曰仲容，亦鑒書畫，精於品目，豪家所寶，多經其手，真僞無逃焉。"(説郛九二)

【書辦】管辦文書的屬吏。明入直文華殿中書房者，稱文華殿書辦，爲皇帝近臣。內閣又有制勑、誥勑兩房，係閣臣屬吏，署銜爲文淵閣書辦或內閣書辦。後兩房年資較長者，改署爲掌房事，以自別於書辦。自此書辦一名遂專屬於大小部曹及地方衙署的掌案胥吏。參閲明沈德符萬曆野獲編九內閣兩殿兩房中書、書辦。

【書謁】通報求見的名帖。古未有紙，削竹木以書姓名，漢代叫謁、刺。史記一〇三萬石君傳："(高祖)以(石)奮爲中涓，受書謁，徙其家長安中戚里，以姊爲美人故也。"參見"名刺"。

【書翰】書札。翰，羽毛。古以羽翰爲筆，故泛稱筆書的書面文字爲書翰。南朝宋鮑照鮑氏集四擬青青陵上柏詩:"書翰幸閑暇,我酌子紫紘。"宋書劉弘傳:"凡動止施爲及書翰儀體,人皆依倣之,謂爲王太保家法。"

【書館】書塾。漢王充論衡自紀:"八歲出於書館。書館小僮百人以上,皆以過失袒謫,或以書醜得鞭。充書日進,又無過失。"

【書録】㊀書籍目録。新唐書藝文志著録唐毋煚古今書録四十卷。宋陳振孫撰直齋書録解題,皆取此義。㊁原名皇宋書録,宋董史撰。分上、中、下三卷,記宋代書法家一百六十一人,各繫前人有關評論。外篇一卷,記女書法家七人。

【書檄】泛指軍中及官府文書。三國志魏王粲傳:"太祖並以(陳)琳(阮)瑀爲司空軍謀祭酒,管記室,軍國書檄,多琳瑀所作也。"宋蘇軾分類東坡詩二一送表弟程六知楚州:"我正含毫紫微閣,病眼昏花困書檄。"

【書簏】㊀藏書用的竹箱子。全唐詩六一四皮日休醉中卽席贈潤卿博士:"茅山頂上攜書簏,笠澤心中漾酒船。"㊁譏諷讀書多而不解書義的人。北堂書鈔九八南朝梁沈約俗説:"劉柳爲僕射,傅迪爲左丞。傅大讀書而不解其義。……劉道傳云:'讀書雖多而無所解,可謂書簏。'"唐李商隱李義山詩集四詠懷寄祕閣舊僚二十六韻:"自哂成書簏,終當祝酒卮。"

【書蟲】漢書五行志中之下:"昭帝時,上林苑中大柳樹斷仆地,一朝起立,生枝葉,有蟲食其葉,成文字。"後因用書蟲形容蟲蠧食樹葉。宋蘇軾分類東坡詩十六宿餘杭法喜寺……:"稻涼初吠蛤,柳老半書蟲。"

【書鎮】壓書、紙的文具。南史垣護之傳附垣榮祖:"帝嘗以書案下安鼻爲楯,以鐵爲書鎮如意,甚壯大,以備不虞,欲以代杖。"

【書簡】簡牘,書函。韓非子五蠹:"故明主之國,無書簡之文,以法爲教;無先王之語,以吏爲師。"三國志吳趙達傳:"又有書簡上作千萬數,著空倉中封之,令達算之。"

【書斷】唐張懷瓘撰。三卷。所録爲古今書體及書法家的姓名小傳。上卷敍古文、大篆、小篆、隸書、草書等十體的源流,中下卷共記書家八十六人,分爲神、妙、能三品,每品又各以體分,並加評論,多詳允。唐張彦遠法書要録卷七至九,全收此書。

【書譜】唐孫過庭撰。原本六篇,分二卷,今傳本只有總序。張懷瓘書斷稱之爲筆意論。宋姜夔撰續書譜一卷,宋代官修宣和書譜二十卷,皆爲論書家、書法的著作。

【書癡】書呆子。舊唐書九五竇威傳:"威家世勳貴,諸昆弟並尚武藝,而威耽翫文史,……諸兄哂之,謂爲書癡。"宋陸游劍南詩稿三送范西叔赴召之二:"白頭尚作書癡在,賸乞朱黄與校讎。"

【書藝】㊀經書。三國志吳孫和傳:"年十四,爲置宫衛,使中書令闞澤教以書藝。"㊁書法的技巧。宋黄庭堅山谷題跋卷五跋李康年篆:"余嘗論二王以來,書藝超軼絶塵,惟顔魯公(真卿)楊少師(凝式)相望數百年,若親見逸少。"㊂明清時指科舉應試的八股文。聊齋志異于去惡:"書藝經論各一,夫人而能之,策論邪僻固多,而世風至今日,奸情醜態愈不可名。"

【書顛】㊀指唐代書法家張旭。旭嗜酒,每大醉,呼叫狂走,乃下筆;或以頭濡墨而書,當時呼爲張顛。唐張彦遠歷代名畫記二論顧陸張吳用筆:"張既號書顛,吳宜爲畫聖。"吳指吳道玄。參閲新唐書二〇二張旭傳。㊁讀書入迷,忘形似顛。宋陸游劍南詩稿十九寒夜讀書之二:"不是愛書卽欲死,任從人笑作書顛。"

【書牘】書信簡牘之類的總稱。梁書范雲傳:"及居選官,任守隆重,書牘盈案,賓客滿門,雲應答如流,無所壅滯。"

【書籍】原指典籍。後漢書六十馬融傳廣成頌序:"職在書籍,謹依舊文,重述蒐狩之義,作頌一篇。"後指一般書籍。三國志魏王粲傳:"(蔡邕)聞粲在門,倒屣迎之,曰:'……此王公孫也,有異才,吾不如也。吾家書籍文章,盡當與之。'"

【書囊】盛公文或書的袋子。太平御覽六九九益部耆舊傳:"漢文帝連上事書囊以爲帳,惡聞紈素之聲。"唐元稹長慶集十八酬孝甫見贈之五:"一自低心翰墨場,箭靫拋盡負書囊。"也用爲書籍的通稱。明蘇復之金印記傳奇刺股讀書:"叔爹,書囊無底,如何讀得盡。"

【書髓】法書的精華。宋陸游渭南文集二九跋東坡書髓:"成都西樓下石刻東坡法帖十卷,擇其尤奇逸者爲十編,號東坡書髓。"

【書籤】懸在卷軸一端的書名牙簽,或書册封面上的書名簽條。唐杜甫杜工部草堂詩箋三二題柏大兄弟山居屋壁之二:"筆架霑窗雨,書籤映隙曛。"又韓愈昌黎集七送諸葛覺往隨州讀書詩:"鄴侯家多書,插架三萬軸;一一懸牙籤,新若手未觸。"

【書小史】宋陳思撰。十卷。收自太古傳説中之伏羲神農,至五代郭忠恕能書之人,共五百三十三人,各爲小傳。爲彙敍歷代書法家史傳草創之書。

【書古微】清魏源撰。十二卷。爲闡發西漢今文尚書,批駁東漢古文尚書的著作。古文尚書自宋吳棫朱熹以來卽疑其僞,至清閻若璩撰古文尚書疏證,僞作遂成定論。此書力主今文家説,謂不僅東晉時出現之古文尚書和尚書孔氏傳係僞書,卽東漢馬融作傳、鄭玄作注的古文尚書也不可信。

【書令史】古代佐理案牘的官吏。晉宋有內臺書令史,九品。隋諸省府寺各有令史、書令史、書吏之屬。參閲宋書百官志下、通典二二職官四歷代都事主事令史。

【書帕本】明代官吏任滿入覲,或奉使出差回京,常以書帕作爲饋贈的禮品。其書多刻工拙劣,校勘粗疏,往往不如坊本。送書時附之以帕,時稱之爲書帕本。參閲清顧炎武日知録十八監本二十一史、近人葉德輝書林清話七明時書帕本之謬。

【書院本】舊時書院刊印的書。如宋紹興四年象山書院所刊袁燮絜齋家塾書鈔、清光緒間南菁書院所刊皇清經解續編等。

【書帶草】卽沿階草。葉堅韌勝他草,相傳漢鄭玄門下取以束書,故名。後漢書郡國志四東萊郡注引(晉伏琛)三齊記:"鄭玄教授不期山,山下生草大如薤,長一尺餘,堅刃異常,土人名曰康成書帶。"唐李羣玉詩集下經費拾遺所居呈封員外:"空餘書帶草,日日上階長。"參閲清阮元小滄浪筆談二。

【書畫船】宋黄庭堅山谷內集十五戲贈米元章(芾)诗之一:"滄江静夜虹貫月,定是米家書畫船。"注:"崇寧間,元章爲江淮發運,揭碑於行舸之上曰:'米家書畫船'云。"米芾喜蓄書畫,行止不離。也作書畫舫。元詩百一鈔六周砥芝雲堂:"邀我醉眠書畫舫,月明吹笛看雲汀。"

【書集傳】南宋蔡沈撰。六卷。蔡受其師朱熹命注書。自序中稱"參考衆説,融會貫通"。其書較僞尚書孔氏傳爲清晰,並於各卷中分別今文古文,故名"集傳"。元代科舉,自延祐二年書用蔡氏,與古注疏並行。明永樂中,胡廣奉敕撰書傳大全,用蔡傳爲主,自後至清末廢科舉止,一直用爲試士的標準注本。

【書塾本】 書塾即家塾。宋元本書常有標明某人刊於書塾者，故稱書塾本。如岳珂之相臺家塾、廖瑩中之世綵堂家塾等所刻書，皆明標有木記。參閱葉德輝書林清話三宋私宅家塾刻書。

【書目答問】 清張之洞撰。五卷。分經、史、子、集、叢書，每部又分若干類，以時代先後爲序，著録之書二千二百餘種，以通行習見本爲主。末附別録目及清代著述諸家姓名略，依學術流派分類。近人范希增撰補正，除改正原書的錯誤外，還增補了原書刊行以後的通行版本和一部分同類的後出書籍。於各目之下補列各種版本，更爲完備。

【書史會要】 明陶宗儀撰。九卷，補遺一卷。前八卷輯録上古三皇至元末能書者小傳，卷九爲書法。明末朱謀垔又撰書史會要續編一卷，專録陶著所未載的明代書家，與陶書合刻刊行。

【書法正傳】 清馮武撰。主要論述楷書書法。十卷。前七卷輯前人關於書法的論著並加評注，八卷爲書法家小傳，九卷爲書法名蹟源流，十卷爲其從父馮班所著鈍吟書要。

【書空咄咄】 見"書空"。

【書記翩翩】 猶言文風高雅。文選三國魏文帝（曹丕）與吳質書："元瑜書記翩翩，致足樂也。"元瑜，阮瑀字。瑀與陳琳參曹操軍事，操之書檄，多出於兩人之手。

【書缺有閒】 史記五帝紀："書缺有閒矣，其軼乃時時見於他説。"正義："言古文尚書缺失其閒多矣，而無説黄帝之語。"後亦泛指古書殘缺已有多年。

七畫

曼 màn ㄇㄢˋ 無販切，去，願韻，明。

㊀長。詩魯頌閟宮："新廟奕奕，奚斯所作，孔曼且碩，萬民是若。"箋："曼，脩也，廣也。"㊁展開，延長。楚辭屈原九章哀郢："曼余目以流觀兮，冀壹反之何時。"漢書禮樂志安世房中歌："德施大，世曼壽。"㊂美，細膩。楚辭屈原天問："平脅曼膚，何以肥之？"㊃姓。見宋鄧名世古今姓氏書辯證三二願。

【曼丘】 複姓。尸子有曼丘氏。漢書高帝紀下："韓王信……其將曼丘臣。"注："曼丘、毋丘，本一姓也，語有緩急耳。"通志氏族略以地爲氏作曼邱氏。

【曼延】 ㊀連綿延續。文選漢王文考（延壽）魯靈光殿賦："長途升降，軒檻曼延。"㊁古代百戲的一種。後漢書安帝紀延平元年："乙酉，罷魚龍曼延百戲。"文選漢張平子（衡）西京賦："巨獸百尋，是爲曼延。"三國吳薛綜注："作大獸長八十丈，所謂魚龍曼延也。"

【曼帛】 美的絲帛。淮南子氾論："裘不可以藏者，非能具綈綿曼帛温煖於身也。"

【曼胡】 長戟。漢時叫曼胡。方言九作"鏝胡"。見周禮考工記冶氏"是故倨句外博"漢鄭玄注。

【曼衍】 ㊀指變化無窮。莊子齊物論："和之以天倪，因之以曼衍。"釋文："司馬（彪）云：曼衍，無極也。"㊁連綿不絶。漢書八七上揚雄傳甘泉賦："駢交錯而曼衍兮，崚巆隗㕒其相嬰。"注："言宮室臺觀相連不絶也。"又四九鼂錯傳："土山丘陵，曼衍相屬。"㊂古百戲名。宋陸游劍南詩稿十七小舟過御園："盡除曼衍魚龍戲，不禁芻蕘雉兔來。"見"曼延㊁"。

【曼殊】 ㊀佛教菩薩名。全名文殊師利。也作曼殊室利。省作"曼殊"。參見"文殊"。㊁滿洲別稱。又作"滿珠"、"曼珠"，譯音無定字。見清通志一氏族一。

【曼姬】 美婦。史記一一七司馬相如傳子虛賦："於是鄭女曼姬，被阿錫，揄紵縞。"正義："文穎云：'鄭國出好女。曼者，其色理曼澤也。'如淳云：'鄭女，夏姬也。曼姬，楚武王夫人鄧曼。'"漢書注主文穎説。

【曼理】 細膩的肌膚。韓非子二揚權："曼理皓齒説情而捐精。"藝文類聚五七漢張衡七辨："于是紅華曼理，遺芳酷烈。"

【曼曼】 長遠貌。楚辭屈原離騷："路曼曼其脩遠兮，吾將上下而求索。"文選六臣注本作"漫漫"。又九章悲回風："終長夜之曼曼兮，掩此哀而不去。"

【曼睇】 媚視。玉臺新詠六梁楊皦詠舞："羣容生翠羽，曼睇出横波。"

【曼煖】 輕細暖和。文選漢枚叔（乘）七發："衣裳則雜遝曼煖，燂爍熱暑。"注："曼，輕細也。"

【曼羨】 擴大散布。文選漢司馬長卿（相如）封禪文："大漢之德，逢涌原泉，沕潏曼羨。"史記一一七司馬相如傳作"漫衍"。

【曼睩】 眼珠轉動發亮。楚辭宋玉招魂"蛾眉曼睩，目騰光些。"注："曼，澤也。睩，視貌。"也作"漫睩"。唐張説張説之集十鄴都引："鄴旁高冢多貴臣，娥眉漫睩共灰塵。"張燕公集作"睴睩"。

【曼漶】 模糊不清。漢書八七下揚雄傳："爲其泰曼漶而不可知，故有首、衝……十一篇。"注："曼漶，不分別貌。"後多作"漫漶"，參見該條。

【曼壽】 長壽。漢書禮樂志安世房中歌："德施大，世曼壽。"注："曼，延也。"

【曼綽】 古代戲曲聲腔之一，俗稱高腔。清王昶秦雲擷英小譜小惠："院本之後，演而爲曼綽，……曼綽流於南部，一變爲弋陽腔。"注："俗稱高腔，在京師者稱京腔。"

【曼澤】 細膩而光亮。楚辭大招："曼澤怡面，血氣盛只。"注："肌膚曼緻，面貌怡懌，血氣充盛，身體强壯也。"

【曼頭】 饅頭。初學記二六晉束晳餅賦："三春之初，陰陽交際，寒氣既消，温不至熱，於時享宴，則曼頭宜設。"

【曼聲】 發聲而引之延長；舒緩的長聲。淮南子氾論："韓娥秦青薛談之謳，侯同曼聲之歌，憤於志，積於內，盈而發音，則莫不比於律而和於人心。"南朝梁劉勰文心雕龍二樂府："延年以曼聲協律，朱馬騷體製歌。"

【曼矰】 射鳥所用結有絲繩的長箭。文選漢王子淵（褒）四子講德論："空柯無刃，公輸不能以斵；但懸曼矰，蒲苴不能以射。"

【曼靡】 形容樂聲長而柔和。南朝梁蕭統昭明太子集補遺七契："與金石而鏗鏘，共絲竹而曼靡。"

【曼鬋】 光亮垂下的鬢髮。楚辭宋玉招魂："長髮曼鬋，豔陸離些。"

【曼麗】 美麗。後漢書八十上杜篤傳論都賦："曼麗之容，不悦於目，鄭衛之聲，不過於耳。"

【曼辭】 美飾之辭。漢書六二司馬遷傳報任安書："今雖欲自彫瑑，曼辭以自解，無益，於俗不信，祇取辱耳。"注："曼，美也。"

【曼陀羅】 花名。梵語音譯，義譯爲悦意花。阿彌陀經："晝夜六時，天雨曼陀羅華。"

【曼胡纓】 結冠的粗帶子。莊子説劍："然吾王所見劍士，皆蓬頭、突鬢、垂冠，曼胡之纓，短後之衣，瞋目而語難，王乃説之。"也作"縵胡纓"、"鬘胡纓"。晉張協張景陽集雜詩之七："舍我衡門衣，更被縵胡纓。"唐李白李太白詩十五聞李太尉大舉秦兵出征東南……留別金陵崔侍御十九韻："拂劍照嚴霜，彫戈鬘胡纓。"

【曼荼羅】 念誦佛經的壇場。梵語音譯，也作曼吒羅、曼拏羅等。唐權德輿權載之集二八唐故東京安國寺契微和尚塔銘序:"九歲，于薦福寺金剛三藏發心入曼荼羅道場，傳持聖印。"參閱慧琳一切經音義十大樂、金剛理趣經曼荼羅。

曹 cáo ㄘㄠˊ 昨勞切,平,豪韻,從。

㊀羣,衆。國語周下:"且民所曹好，鮮其不濟也；其所曹惡，鮮其不廢也。"注:"曹，羣也。"㊁輩,儕。呂氏春秋知度:"貪得僞詐之曹遠矣。"史記一〇一袁盎傳:"臣受梁王金來刺君,君長者,不忍刺君。然後刺君者十餘曹,備之!"㊂偶，對。楚辭宋玉招魂:"分曹並進,遒相迫些。"㊃古時分職治事的官署或部門。西漢置尚書五人，其一爲僕射，四人分爲四曹。郡縣之屬官亦曰曹。漢書八三薛宣傳:"及日至休吏,賊曹掾張扶獨不肯休，坐曹治事。"㊄春秋時國名。周武王克商，封其弟叔振鐸於曹，春秋哀八年爲宋所滅。故地在今山東菏澤定陶曹縣一帶。參閱詩曹風蜉蝣傳及疏。㊅姓。見通志二六氏族二周同姓國曹氏。

【曹公】㊀漢末曹操位至三公,人皆號曹公。三國志蜀關羽傳:"吾極知曹公待我厚。"晉陸雲陸士龍集八與平原書:"一日三上(銅雀)臺，曹公藏石墨數十萬斤。"㊁梅子的別稱。宋沈括夢溪筆談二三譏謔:"吳人多謂梅子爲曹公，以其嘗望梅止渴也。……有一士人遺人醋梅與熻鵝，作書云:醋浸曹公一甏。"

【曹仁】公元168—223年。三國魏沛國譙人。字子孝。曹操堂弟。漢末從曹操起兵,破袁術呂布袁紹，官拜征南將軍。文帝(曹丕)時任大將軍，遷大司馬。見三國志魏曹仁傳。

【曹丕】公元187—226年。三國魏沛國譙人。曹操次子。操死,襲位爲魏王。代漢稱帝，爲魏文帝。喜文學，著有典論及詩賦一百餘篇，現存約四十餘篇。所作燕歌行是現存最早的七言詩。見三國志魏文帝紀。

【曹司】官署，謂諸曹郎中職司的所在。新唐書一〇六劉祥道傳上疏:"且掖省崇峻，王言祕密，尚書政本，人物所歸，專責曹司，理有未盡。"

【曹丘】曹丘生。漢季布任俠義勇,得楚之辯士曹丘生爲之揄揚，而名益著。見史記一〇〇季布傳。後因以曹丘或曹丘生作爲薦引的代稱。聊齋志異嬌娜:"(少年)勸設帳授徒,生曰:'羈旅之人，誰作曹邱者?'"又封三娘:"妾非毛遂，乃曹邱生,十一娘願締永好，請倩冰也。"清代避孔丘諱,丘字皆作"邱"。

【曹衣】見"吳帶曹衣"。

【曹州】州、府名。周武王封弟振鐸於此,爲曹國。北周置曹州,歷代因之,略有變遷。清雍正時升爲府，治菏澤。公元1913年裁府留菏澤縣。唐末黃巢起義於此。清同治四年，捻軍在此擊斃清帥僧格林沁。參閱寰宇通志七三兗州府曹州。

【曹社】左傳哀七年:"初，曹人或夢衆君子立于社宮，而謀亡曹。"後來用曹社作爲國家將亡的典故。北周庾信庾子山集二哀江南賦:"鬼同曹社之謀，人有秦庭之哭。"

【曹沫】春秋時魯人。齊桓公伐魯,魯莊公請和,會盟於柯,沫以匕首劫桓公，迫其盡歸侵地。左傳莊十年作曹劌，呂氏春秋貴信、博志作曹翽。見史記八六刺客列傳。

【曹長】唐人好以它名標榜官稱,尚書丞郎、郎中相呼爲曹長。見唐李肇國史補下、宋洪邁容齋隨筆四筆十五官稱別名。

【曹洪】公元?—232年。三國魏沛國譙人。字子廉，曹操堂弟。漢末募兵助操，屢從征伐。文帝時，官至驃騎將軍。洪家富而吝嗇,帝少時有所假求不如意,因借辭下洪獄，當死，賴帝母卞太后救得免。見三國志魏曹洪傳。

【曹奐】公元246—302年。字景明，曹操孫。司馬昭既殺高貴鄉公，乃立奐爲帝(元帝)。昭死，子炎繼，代魏稱帝，建立晉王朝，廢奐爲陳留王。見三國志魏陳留王奐傳。

【曹馬】㊀猶言魏晉。魏爲曹氏，晉爲司馬氏,故云。北齊書文宣紀天保七年:"洎兩漢承基，曹馬屬統，其間損益，難以勝言。"㊁指三國魏曹真、晉司馬懿而言。文選南朝梁任彥昇(昉)齊竟陵文宣王行狀:"蕭傅之賢，曹馬之親，兼之者公也。"

【曹務】謂官署分科掌管的事務。北齊書崔㥄傳附崔瞻:"吏部尚書尉瑾性褊急，以瞻舉指舒緩，曹務繁劇，遂附驛奏聞，因而被代。瞻遂免歸鄉里。"隋書百官志下尚書省:"凡三十六侍郎，分司曹務，直宿禁省,如漢之制。"

【曹娥】東漢時會稽郡上虞縣人。相傳其父五月五日迎神，溺死江中，屍骸流失。娥年十四，沿江哭號十七晝夜，投江而死。三國魏邯鄲淳撰曹娥碑，文見古文苑十九。事見後漢書八四孝女曹娥傳、世說新語捷悟注引晉虞預會稽典錄。

【曹寅】公元1658—1712年。清滿洲正白旗人,祖籍河北豐潤縣。字子清，號荔軒，又號楝亭。爲紅樓夢作者曹霑(雪芹)之祖父。官至通政使，久任江寧織造,巡視兩淮鹽政。能詩詞，校刊古書頗精。有楝亭詩鈔詞鈔楝亭藏書十二種。

【曹彬】公元931—999年。宋真定靈壽人。字國華。歷仕後漢後周。宋太祖伐江南,以彬將行營之師,攻破金陵，生俘後主(李煜),不妄焚殺。官至樞密使、忠武軍節度使。死謚武惠。見宋史二五八。

【曹爽】公元?—249年。字昭伯。曹操族孫。魏明帝(曹叡)時爲武衛將軍。叡死，曹芳繼位，以大將軍受遺詔與司馬懿同輔政。用何晏鄧颺等謀奪懿權。正始十年懿乘爽隨帝謁高平陵之際，勒兵收爽等,誅死,夷三族。見三國志魏曹真傳附曹爽。

【曹偶】儕輩，同類。史記九一黥布傳:"麗山之徒數十萬人,布皆與其徒長豪桀交通,迺率其曹偶,亡之江中爲羣盜。"索隱:"曹，輩也；偶，類也。"漢書三四黥布傳作"曹耦"。

【曹參】公元前?—公元前190年。漢初沛縣人。秦末曾爲沛縣獄吏。佐劉邦滅項羽,封平陽侯。惠帝時,繼蕭何爲相,以無爲爲治,一遵何之所規。參閱史記曹相國世家、漢書本傳。參見"蕭規曹隨"。

【曹植】公元192—232年。字子建。曹操第三子，曹丕之弟。少善詩文，操屢欲立爲嗣以代丕，故深爲丕所嫉忌。操死,丕廢漢稱帝,藉故貶爵徙封，抑鬱不得意。丕死，子叡(明帝)繼，植屢上疏求自試，皆不見用。所作詩現存八十餘首，文章辭賦有四十餘篇，在建安作家中，影響最大亦最受後人推崇。以封陳王,謚曰思,稱陳思王。今傳有曹子建集十卷。三國志魏志有傳。

【曹陽】俗名七里澗，在陝縣西南七里，以在曹水之陽而名。漢獻帝興平二年東遷，李傕郭汜追戰於弘農東澗，獻帝與隨從諸人露次於曹陽之墟，卽此地。參閱後漢書七二董卓傳、元和郡縣志六陝州曹陽墟。

【曹溪】㊀水名。在廣東曲江縣東南雙峯山下。唐儀鳳中，邑人曹叔良捨宅建寶林寺,故名曹溪。參閱祖庭事苑一曹溪、廣東通志一〇三曲江縣山川略四。㊁禪宗別號。以六祖慧能在曹溪寶林寺演法而名。唐柳宗元柳先生集六曹溪第六祖賜謚大鑒禪師碑:"凡言禪，皆本曹溪。"參見"慧能"。

【曹幹】諸曹的幹事人員。隋書禮儀志六:"文官曹幹,白紗單衣,介幘。尚書二臺曹幹亦同。」

【曹髦】公元241—260年。字彥士。曹丕孫。初封高貴鄉公,司馬師廢曹芳,立髦爲帝。師死,昭繼爲大將軍,專朝政。甘露五年,以不甘坐受廢辱,自率親隨數百人,謀誅昭,反爲昭所殺。髦好學,善書畫,曾與太學諸儒論書易及禮。見三國志魏高貴鄉公髦。

【曹綱】唐人。也作曹剛曹鋼。綱彈琵琶,善運撥若風雨,而不事扣絃。同時有裴興奴者,長於攏撚。時人謂曹綱有右手,興奴有左手。見唐段安節樂府雜録琵琶。唐白居易長慶集五六聽曹剛琵琶兼示重蓮詩:「誰能截得曹剛手,插向重蓮衣袖中?」

【曹劉】㊀指曹操劉備。晉陸機陸士衡集十辨亡論上:「夫曹劉之將,非一世所選。」宋辛棄疾稼軒詞三南鄉子:「天下英雄誰敵手?曹劉。生子當如孫仲謀。」㊁指曹植劉楨。南朝梁劉勰文心雕龍八比興:「至於揚班之倫,曹劉以下,圖狀山川,影寫雲物。」唐杜甫杜工部草堂詩箋三四壯遊:「氣劘屈賈壘,目短曹劉牆。」

【曹霑】見「曹雪芹」。

【曹操】公元155—220年。漢沛國譙人。字孟德,小名阿瞞。年二十舉孝廉,除洛陽北部尉,遷頓丘令。靈帝中平元年,以騎都尉參加鎮壓黃巾起義。遷濟南相。後起兵討董卓,建安元年迎獻帝都許,先後擊滅袁術袁紹劉表,逐漸統一黃河流域。位至丞相、大將軍,封魏王。子丕代漢稱帝,追尊操爲太祖武帝。操善用兵,又長於文學,今存樂府詩二十餘首,氣魄沉雄,慷慨悲壯。參閱三國志魏武帝紀。

【曹叡】公元205—239年。字元仲。曹丕子。繼丕位,廟號明帝。能詩,與操丕並稱爲魏之三祖。見三國志魏明帝紀。

【曹魏】朝代名。卽三國魏。因係曹氏所建,故後稱曹魏,以別於拓跋魏。舊唐書地理志一:「曹魏之時,三分鼎峙。」

【曹騰】東漢沛國譙人。字季興。曹操祖父。宦官。順帝時由小黃門遷中常侍。後與長樂大僕州輔等七人立桓帝(劉志)有功,封費亭侯,遷大長秋,加位特進。三國魏明帝(曹叡)時追尊騰爲高皇帝。後漢書有傳。

【曹霸】唐譙縣人。三國魏曹髦之後。善畫馬。天寶末,常奉詔畫御馬及功臣像。官至左武衛大將軍。其弟子韓幹亦以善畫馬著名。曹霸是杜甫最稱道的一位畫家。杜詩丹青引卽爲贈霸而作。見宣和畫譜十三。

【曹大家】卽班昭。家,讀作「姑」。詳「班昭」。

【曹不興】三國吳吳興人。善畫人物,龍、虎及馬。南齊謝赫古畫品録列爲第一品第二人。唐張彥遠歷代名畫記四亦以不興善畫,定爲八絕之一。參閱三國志吳趙達傳注引吳録。宣和畫譜、元夏文彥圖繪寶鑑二作曹弗興。

【曹全碑】全稱郃陽令曹全碑。靈帝中平二年立。分書,無額。記曹全爵里行誼及爲西域戊部司馬時與疏勒交戰事。碑陰岐茂等題名,分書。明萬曆初在陝西郃陽縣莘里村出土,不久卽斷裂。今存西安市碑林。碑文見金石萃編十八。參閱清顧炎武金石文字記一郃陽令曹全碑。

【曹洞宗】佛教禪宗五家之一。唐禪宗六祖慧能傳弟子行思,行思傳希遷,希遷傳藥山,藥山傳雲巖,雲巖傳良价。良价住瑞州洞山,作寶鏡三昧歌,傳本寂,住撫州曹山,故稱曹洞。見祖庭事苑七曹山。

【曹娥江】水名。在浙江省,爲剡溪之下流。至嵊縣各支流匯合,曲折北流經曹娥廟前,故名曹娥江。至上虞縣又名上虞江,也稱舜江或東小江。自曹娥以下水勢轉大,流入杭州灣入海。參閱讀史方輿紀要九二曹娥江、嘉慶一統志二九四紹興府一山川。

【曹娥碑】曹娥的墓碑。東漢上虞度尚立,其弟子邯鄲淳撰文。碑已不存,文見古文苑十九。參閱宋陳思寶刻叢編一三。後世所傳曹娥碑帖,一爲晉人墨跡摹刻的拓本,宋拓臨江戲魚堂帖本題作晉右將軍王羲之書。刻本以宋越州石氏本爲最早,又收入鼎帖羣玉堂帖星鳳樓帖停雲館帖三希堂帖中。一爲宋元祐八年蔡卞重書,題作「後漢會稽上虞孝女曹娥碑」。行書。文見金石萃編一四〇。

【曹雪芹】(公元?—1763(一說爲1764)年。名霑,字夢阮,號雪芹、芹圃、芹溪。祖籍豐潤,後遷遼陽,入滿洲正白旗,屬內務府包衣。曾祖璽、祖寅、父頫先後任江寧織造六十年,爲康熙親信。雍正時頫被革職抄家,遷北京。乾隆時又遭巨變,家頓落。雪芹工詩善畫多才藝,中年後居北京西郊,貧至舉家食粥。所著紅樓夢八十回,爲我國古典長篇小說的傑作。

【曹國舅】八仙之一。名友,傳說宋仁宗曹太后之弟,入山修道,被漢鍾離呂洞賓度去成仙。按宋史曹太后弟曹佾,年七十二卒,無入道事。參閱元苗善時純陽帝君神仙妙通記度曹國舅第十七化,明吳元泰東遊記四五、清趙翼陔餘叢考三四八仙。

【曹學佺】公元1574—1647年。明福建侯官人。字能始,號石倉。萬曆二十三年進士。官至四川按察使。以私撰野史紀略被劾削職。家居二十餘年。唐王在閩中稱帝,授禮部尚書。清兵入閩,自縊山中。藏書甚富,所著有石倉詩文集蜀中廣記石倉十二代詩選等。見明史二八八曹學佺傳。

【曹蜍李志】晉曹茂之字永世,小字蜍,彭城人;李志字温祖,江夏鍾武人。皆善書。但爲人無可稱,不爲時人所重。世說新語品藻:「庾道季(龢)云:『廉頗藺相如雖千載上死人,懔懔恆如有生氣。曹蜍李志雖見在,厭厭如九泉下人。』」宋黃庭堅豫章集二八書右軍帖後:「曹蜍李志輩書字,政與右軍父子爭衡,然不足傳也。」

八畫

曾 1. zēng 作滕切,平,登韻,精。ㄗㄥ

㊀高舉貌。楚辭屈原九歌東君:「翾飛兮翠曾,展詩兮會舞。」注:「曾,舉也。」㊁重。見「曾孫」。㊂增加。通「增」。孟子告子下:「所以動心忍性,曾益其所不能。」宋朱熹集注:「曾與增同。」㊃乃。詩衛風河廣:「誰謂河廣?曾不容刀;誰謂宋遠?曾不崇朝。」戰國策趙四:「老臣病足,曾不能疾走。」㊄豈,怎。論語八佾:「嗚呼!曾謂泰山不如林放乎?」宋楊萬里誠齋集四二退休集病中春雨聞東園花盛詩:「花底報來開已鬧,雨中過了更曾知!」㊅姓。夏少康封其少子曲烈於鄫。襄公六年莒滅之,鄫太子巫仕魯,去邑爲曾氏。見世本。

2. céng 昨棱切,平,登韻,從。ㄘㄥ

㊆嘗,曾經。公羊傳閔元年:「莊公存之時,樂曾淫于宮中。」史記一〇一袁盎傳:「梁王以此怨盎,曾使人刺盎。」㊇重疊。通「層」。淮南子本經:「大廈曾加,擬於昆侖。」參見「曾雲」。

【曾子】公元前505—前435年。春秋魯南武城人,名參,字子輿。孔子弟子。其事跡散見論語各篇及史記仲尼弟子傳。漢書藝文志有曾子十八篇,已佚。大戴禮記中有曾子十篇。宋王晫、明曾承業取大戴禮之文割裂爲輯本。清阮元重新鳌定,並加注釋,定名曾子,凡四卷。

【曾玄】曾孫玄孫。宋書樂志四三國魏曹植大魏篇:"皇嗣繁且熾,孫子列曾玄。"晉書劉頌傳上疏:"泰始之初,陛下踐阼,其所服乘皆先代功臣之胤,非其子孫,則其曾玄。"

【曾$_2$加】層疊高架。曾,通"層"。淮南子本經:"大厦曾加,擬於昆侖。"注:"曾,重。架,材木相乘架也。"

【曾史】曾參與史鰌的合稱。古代把他們認做分別表現仁和義的典型人物。莊子在宥:"下有桀跖,上有曾史。"文選晉陸士衡(機)演連珠:"是以淫風大行,貞女蒙冶容之悔;淳化殷流,盜跖挾曾史之情。"注:"曾,曾參;史,史魚。"史魚卽史鰌。參見"曾子"、"史魚"。

【曾臣】猶末臣。古代諸侯對天子自稱的謙詞。左傳襄十八年:"曾臣彪將率諸侯以討焉。"注:"彪,晉平公名。……曾臣猶末臣。"

【曾坑】茶名。宋時福建建安北苑蘇氏園所產。曾坑在蘇氏園最高處。宋蘇軾分類東坡詩二五病中夜讀朱博士:"曾坑一掬春,紫餅供千家。"注:"曾坑,茶名,蓋因地得名也。"參閱宋葉夢得避暑録話下、宋子安東溪試茶録北苑。

【曾$_2$青】礦產名。色青,可供繪畫及化金屬用。道士常用爲鍊丹的藥品。荀子王制:"南海則有羽翮、齒革、曾青、丹干焉。"注:"曾青,銅之精,可繢畫及化黃金者,出蜀山越巂。"明李時珍謂曾音"層",其青層層而生,故名。見本草綱目十金石曾青。

【曾門】曾祖。唐段行琛碑(石墨鐫華三)、又楊休烈比丘尼惠源誌銘(金石萃編八二)、新唐書一九五程袁師傳皆以曾門稱曾祖。

【曾祖】祖父之父。卽"曾祖王父"的簡稱。漢班固白虎通宗族:"宗其爲曾祖後者,爲曾祖宗。"參見"曾孫㊀"、"曾祖王父"。

【曾祝】主祭祝的重臣。穆天子傳一:"南面立於寒下,曾祝佐之。"唐杜甫杜工部草堂詩箋十三奉同郭給事湯東靈湫:"鮫人獻微綃,曾祝沉豪牛。"箋:"曾祝沉牛以爲牲也。曾,重也。祝,史也。"

【曾城】㊀傳說中地名。後漢書五九張衡傳思玄賦:"登閬風之曾城兮,搆不死而爲牀。"注引淮南子:"崐崘山有曾城九重,高萬一千里,上有不死樹在其西。"今本淮南子地形作"增城"。文選作"層城"。參見"增$_2$城"。㊁指高大的城闕。晉陶潛陶淵明集二遊斜川詩序:"臨長流,望曾城。"

【曾思】再三思考。楚辭屈原九章惜誦:"矯茲媚以私處兮,願曾思而遠身。"宋洪興祖補注:"曾,音增。"

【曾$_2$泉】指多水之地。淮南子天文:"(日)至于曾泉,是謂蚤食;至于桑野,是謂晏食。"初學記一引注:"曾,重也。早食時在東方多水之地,故曰曾泉。"北堂書鈔一四九日"至于曾泉"注:"曾,源也。"

【曾逝】高飛。淮南子覽冥:"曾逝萬仞之上,翱翔四海之外。"參見"增逝"。

【曾孫】㊀孫之子。見爾雅釋親。晉書荀勗傳:"荀勗字公曾,潁川潁陰人,漢司空爽曾孫也。……年十餘歲能屬文。從外祖魏太傅鍾繇曰:'此兒當及其曾祖。'"㊁自曾孫以下的統稱。詩周頌維天之命:"駿惠我文王,曾孫篤之。"箋:"曾,猶重也。自孫之子而下,事先祖皆稱曾孫。"

【曾翁】稱別人的曾祖父。唐杜甫杜工部草堂詩箋三十寄狄明府博濟:"汝門請從曾翁說,太后當朝多巧詆。"曾翁,指狄仁傑,博濟是他的曾孫。杜工部集作"曾公",義同。

【曾$_2$陰】重疊的陰雲。藝文類聚三八晉陸冲詩:"洿澤無夷軌,重巒有曾陰。"文選南朝梁江文通(淹)從冠軍建平王登廬山香爐峯詩:"落日長沙渚,曾陰萬里生。"注:"曾,重也。蔡邕月令章句:'陰者,密雲也。'"

【曾$_2$累】層層積累。文選戰國楚宋玉高唐賦:"巫山赫其無疇兮,道互折而曾累。"注:"曾,重也,謂橫斜而上。"淮南子主術:"削薄其德,曾累其刑。"

【曾$_2$雲】重疊的雲層。同"層雲"。文選晉陸士衡(機)文賦:"浮藻聯翩,若翰鳥纓繳,而墜曾雲之峻。"陸士衡集作"層雲"。又園葵詩:"曾雲無溫液,嚴霜有凝威。"注:"曾,重也。"

【曾閔】曾參與閔損(子騫)的合稱。孔子弟子,皆以有孝行著稱。後漢書明帝紀永平十二年詔:"昔曾閔奉親,竭歡致養。"唐元稹長慶集二陽城驛詩:"昔公孝父母,行與曾閔儔。"

【曾閎】高大。楚辭漢劉向九歎遠逝:"山峻高以無垠兮,遂曾閎而迫身。"注:"曾,重也;閎,大也。"參見"嶒竑"。

【曾晳】春秋魯國南武城人,名蒧,曾參之父,孔子弟子。見史記六七仲尼弟子列傳。

【曾$_2$經】已經歷過。唐盧照鄰幽憂子集二長安古意詩:"借問吹簫向紫煙,曾經學舞度芳年。"全唐詩話二元稹離思:"曾經滄海難爲水,除却巫山不是雲。"

【曾鞏】公元1019—1083年。宋建昌南豐人。字子固。嘉祐二年進士,嘗編校史館書籍,官至中書舍人。藏書至二萬卷,皆手自校定。工文章,以簡潔著稱。爲唐宋古文八大家之一。嘗集古今篆刻爲金石録五卷。既沒,後人集其遺稿爲元豐類稿五十卷、續稿四十卷、外集十卷。宋史有傳。

【曾頰】面容豐滿,頰肉若重頤。楚辭大招:"曾頰倚耳,曲眉規只。"

【曾$_2$繭】脚上磨起的多層硬皮,俗稱"老繭"。淮南子脩務:"(申包胥)曾繭重胝,七日七夜至於秦庭。"漢書一〇〇敍傳作"重繭"。

【曾大父】卽曾祖父。唐韓愈昌黎集二四崔評事墓銘:"曾大父知道,仕至大理司直,大父玄同,爲刑部侍郎。"又省稱"曾父"。唐玄奘塔銘:"曾父欽,後魏上黨太守。祖康,北齊國子博士。"(金石萃編一一三)

【曾公亮】公元998—1078年。宋泉州晉江人。字明仲。天聖進士。累官吏部侍郎同中書門下平章事,封魯國公。晚年推薦王安石於神宗,同輔政。以太傅致仕,年老自請罷。謚宣靖。熟悉法令兵事,嘗主編武經總要。宋史有傳。

【曾國藩】公元1811—1872年。清湖南湘鄉人。字滌生,號伯涵。道光進士,後入禮部、兵部任侍郎。太平天国時,在湖南辦團練,後擴編爲湘軍,成爲鎮壓起義軍的主力。任兩江總督並節制浙蘇皖贛四省軍務,力主"借洋兵助剿",終於攻陷天京(南京)。謚文正。論學主義理、考據、詞章並重,三者闕一不可。遺稿經後人編爲曾文正公文集。

【曾祖王父】曾祖父。爾雅釋親:"王父之考爲曾祖王父。"注:"曾,猶重也。"

【曾祖王母】曾祖母。祖父之母。爾雅釋親:"王父之妣爲曾祖王母。"

【曾參殺人】春秋時,費人有與曾參同姓名者殺人,人告曾母曰:"曾參殺人。"曾母曰:"吾子不殺人。"織自若。頃之又有人告,其母尚織自若。後有一人又告之,其母懼,投杼踰牆而走。事見戰國策秦二。唐韓愈昌黎集十三釋言:"市有虎,而曾參殺人,讒者之效也。"後以"曾參殺人"比喻流言可畏。

替

tì 去] 他計切,去,霽韻,透。

㊀廢棄。書旅獒:"無替厥服。"傳:"使無

廢其職。"文選屈平(原)離騷:"余雖好脩姱以鞿羈兮,謇朝誶而夕替。"㊁衰敗。文選晉潘安仁(岳)西征賦:"寮位儡其隆替,名節漼以隳落。"㊂代替。宋書廬陵孝獻王義真傳:"高祖遣將軍朱齡石替義真鎮關中。"㊃抽屜。南史后妃傳上殷淑儀:"及薨,帝常思見之,遂爲通替棺,欲見輒引覩屍。"宋孔平仲孔氏雜説引作"抽替棺"。(説郛二四)

【替人】接替的人。唐張籍張司業集六贈主客劉郎中詩:"誰知二十餘年後,來作客曹相替人。"又封演封氏聞見記九推讓:"準例,替人五月以前到者得職田。"

【替身】替代别人的人。對正身而言。明俞汝楫禮部志稿一〇〇移兵部咨文:"照得本部三堂,原有班頭二名,棍頭二名,轎夫八名,積年宿弊,多是替身。其正身却潛跡於外,駆騙銀物。"

【替漏】缺漏。三國志魏文帝紀"以肅承天命"注引蘇林董巴上表:"故堯捐骨肉而禪有虞,終無恡色;舜發隴畝而君天下,若固有之。其相受授,間不替漏。"指禪代受授之間,不廢不漏。

【替僧】明時代替皇帝出家的僧人。明張居正張文忠公集四勑建承恩寺碑文:"皇朝凡皇太子生,率剃度幼童一人爲僧,名替度,雖非雅制,而宮中率沿以爲常。皇上替僧名志善,向居龍泉寺。"

【替壞】衰敗。唐白居易長慶集三立部伎詩:"雅音替壞一至此,長令爾輩調宮徵!"

【替懈】廢棄,懈怠。宋孫光憲北夢瑣言八裴相國及第後進業:"夫世之干祿,先資名第,既得之後,鮮不替懈。"

【替戾岡】西晉末,石勒將攻劉曜,羣下咸諫以爲不可。勒問佛圖澄,澄曰:"相輪鈴音云:'秀支替戾岡,僕谷劬秃當。'此羯語也。秀支,軍也。替戾岡,出也,僕谷,劉曜胡位也。劬秃當,捉也。此言軍出捉得曜也。"後勒果生擒曜。事見晉書佛圖澄傳。後因以替戾岡作爲"出"的隱語。宋蘇軾分類東坡詩十七景純復以二篇……仍次其韻之二:"背城借一吾何敢,慎莫樽前替戾岡。"言不敢再出和篇。

【替天行道】代行上天的旨意。宋元以來小説、戲曲中寫農民起義,常用爲鼓動羣衆的口號。元曲選康進之李逵負荆一:"澗水潺潺遶寨門,野花斜插滲青巾,杏黄旗上七箇字:替天行道救生民。"

最

zuì 祖外切,去,泰韻,精。
ㄗㄨㄟ

㊀軍功上者曰最。史記絳侯周勃世家:"攻槐里、好畤,最。"集解:"如淳曰:於將率之中功爲最。"官吏考課之高者也曰最,詳"最吏"、"最殿"。㊁極其,尤。史記五帝紀:"而蚩尤最爲暴。"又項羽紀:"夫秦滅六國,楚最無罪。"㊂總計。史記五七絳侯周勃世家:"最從高帝得相國一人,丞相二人,將軍二千石各三人。"索隱:"最,都凡也。謂總舉其從高祖攻戰克獲之數也。"㊃會聚。公羊傳隱元年:"曷爲或言會?……會,猶最也。"注:"最,聚也。"史記殷紀:"大最樂戲於沙丘。"集解:"最,一作聚。"

【最凡】總結之目。周禮天官司會"凡在書契版圖者之貳"漢鄭玄注:"書,謂簿書,契,其最凡也。"疏:"最凡,謂計要之多少,以爲契要。"孫詒讓周禮正義五:"最凡,與最目義同。"參見"最目"。

【最尤】特異。新唐書一五〇趙憬傳:"今内庶僚,外刺史,課最尤者,擢以不次。"

【最目】總目。周禮天官小宰"聽取予以書契"漢鄭玄注:"凡簿書之最目,獄訟之要辭,皆曰契。"方言附漢劉歆與揚雄書:"求代語、僮謡、歌戲,欲得其最目。"新唐書一〇二岑文本傳:"從伐遼東,事一委倚,至糧漕最目、甲兵凡要、料配差序,籌不廢手。"

【最吏】考績優秀的官吏。新唐書一三〇陽嶠傳:"時議建都督府,擇最吏,故嶠爲涇州都督。"舊唐書作"精擇良吏"。

【最殿】考績紀功的最末位。上功曰最,下功曰殿。商君書境内:"其先入者舉爲最啟,其後入者舉爲最殿,其陷隊也。"

【最上乘】佛教指最高明圓滿的教法。唐柳宗元柳先生集二八永州龍興寺修淨土院記:"上人者,修最上乘,解第一義。"宋嚴羽滄浪詩話詩辯:"禪家者流,乘有小大,宗有南北,道有邪正,學者須從最上乘,具正法眼,悟第一義。"

九畫

會

1. huì 黄外切,去,泰韻,匣。
ㄏㄨㄟ

㊀聚合,匯合。易乾:"亨者,嘉之會也。"書禹貢:"會于渭汭。"人、物會集之地也稱會。唐王勃王子安集十二九成宮頌序:"名都廣會,閭閻萬室。"㊁會面,相見。左傳桓十五年:"公會齊侯于艾,謀定許也。"文選南朝宋謝惠連雪賦:"怨年歲之易暮,傷後會之無因。"㊂時機,機會。文選漢陳孔璋(琳)爲袁紹檄豫州文:"此乃忠臣肝腦塗地之秋,烈士立功之會。"㊃恰巧,適逢。史記陳涉世家:"會天大雨,道不通,度已失期。"㊄應當。玉臺新詠一古詩爲焦仲卿妻作:"吾已失恩義,會不相從許。"㊅能。景德傳燈録十二睦州龍興寺陳尊宿:"師彈指一聲云:'會麽?'云:'不會。'"㊆領悟,理解。韓非子解老:"其智深則其會遠,其會遠衆人莫能見其所極。"晉書陶潛傳五柳先生傳:"好讀書,不求甚解,每有會意,便欣然忘食。"㊇雜彩色。通"繪"。書益稷:"日月星辰山龍華蟲作會。"傳:"會,五采也。以五采成此畫焉。"釋文:"會,胡對反,馬(融)鄭(玄)作繪。"㊈姓。漢有會栩。見廣韻。

2. kuài 古外切,去,泰韻,見。
ㄎㄨㄞ

㊉總計。周禮天官小宰:"聽出入以要會。"注:"月計曰要。歲計爲會。"⑪食器之蓋,可覆可仰,也用以盛食。儀禮士喪禮:"敦啓會。"釋文:"古外反。"又公食大夫禮:"啓簋會。"參閲宋黄伯思東觀餘論上周螭足豆説。⑫見"會₂稽"。

3. kuò 集韻古括切,入,末韻。
ㄎㄨㄛ

⑬見"會₃撮"。

【會子】㊀宋代發行的一種紙幣。宋史食貨志下三會子:"(紹興)三十年,户部侍郎錢端禮被旨造會子,儲見錢,於城内外流轉,其合發官錢,並許兑會子,輸左藏庫。……會子初行,止於兩浙,後通行於淮浙湖北京西。"會子由會子局印行。參閲文獻通考九錢幣二歷代錢幣之制會子。㊁約會的帖子。金董解元西廂五:"是五言四韻,八句新詩,若使顆硃砂印,便是偷期帖兒,私期會子。"

【會文】論語顔淵:"君子以文會友。"後因稱文人相聚談藝爲會文。文苑英華一五八唐嚴維九日陪崔郎中北山讌詩:"上客南臺至,重陽此會文。"明王世貞鳴鳳記傳奇鄒林游學:"請回寓所看書,三六九日會文便了。"

【會心】㊀領悟,領會。世説新語言語:"簡文入華林園,顧謂左右曰:'會心處不必在遠,翳然林水,便自有濠濮閒想也。'"㊁情意相合,知心。唐杜甫杜工部草堂詩箋九晦日尋崔戢李封:"晚定崔李交,會心真罕儔。"

【會元】科舉時代,鄉試中式爲舉人。舉人會試中式第一名爲會元,也稱會魁。殿試一甲第一爲狀元。參閲明史選舉志二。

【會友】結聚朋友。詳"以文會友"。

【會弔】集合弔唁。後漢書九一周舉傳:"其令將大夫以下到喪發日,復會弔。"新唐書一四二楊綰傳："未幾薨，帝驚悼，……詔百官如第弔，遣使會弔。"

【會州】州名。北周郭威爲西魏相，曾於此地會師，因置州以會爲名。保定二年廢。唐貞觀八年，復置會州。天寶元年改爲會寧郡。宋天聖以後屬西夏，元符二年復歸宋，仍置會州。明正統二年，改置靖鹵衞。其地相當於今甘肅靖遠會寧二縣地。清又改爲靖遠衞。參閱元和郡縣志四會州、讀史方輿紀要六二靖遠衞。

【會次】朝會之際。魏書張彝傳："彝少而豪放，出入殿庭，步眄高上，無所顧忌。文明太后雅尚恭謹，因會次見其如此，遂召集百寮督責之，令其修悔。"

【會同】㊀會合在一起。書禹貢："九河既道，雷夏既澤，灉沮會同。"㊁古代諸侯以事朝見帝王，曰會，衆見曰同。詩小雅車攻："赤芾金舄，會同有繹。"傳："時見曰會，殷見曰同。繹，陳也。"後來泛指朝會。晉書熊遠傳上疏："陛下憂勞於上，而羣官未同戚容，每有會同，務在調戲酒會而已。"㊂遼耶律德光（太宗）年號。公元 938—947 年。

【會合】聚集。三國魏曹植曹子建集五七哀詩："浮沉各異勢，會合何時諧。"

【會府】㊀古星名，即斗魁。新唐書天文志一："斗魁謂之會府。"㊁尚書省爲會試之地，也稱會府。唐李商隱李義山文集五代李玄爲崔京兆祭蕭侍郎文："及春闈獻藝，會府試才。"㊂都會。唐杜甫杜工部草堂詩箋二四八哀贈左僕射鄭國公嚴公武："四登會府地，三掌華陽兵。"宋呂頤浩忠穆集六賀建康張龍圖啟："惟金陵之會府，號江左之要邦。"

【會昌】㊀縣名。屬江西省。本雩都縣，宋太平興國中析雩都九州鎮置，時鑿井得瓴甋十二，上有篆文唐會昌年號，因以名縣。元元貞初升爲會昌州。明洪武二年復爲縣。清因之，屬贛州府。參閱太平寰宇記一〇八虔州、寰宇通志四四贛州府。㊁唐李瀍（武宗）年號。公元 841—846 年。

【會典】記載一個朝代官署職掌制度的書。源出於周官（周禮），唐人擬而作唐六典，名雖爲六，實包括中央地方所有官署的體制。明清改稱會典，仍以六部爲綱。清又有會典則例，與會典並行。

【會$_2$計】管理財物及其出納等事。孟子萬章下："孔子嘗爲委吏矣，曰：'會計當而已矣。'"後漢書十靈思何皇后傳附王美人："聰敏有才明，能書會計。"注："會計謂總會其數而筭。"

【會郎】舊婚俗，成婚後新郎隨新娘回娘家會親。宋吳自牧夢粱錄二十嫁娶："其兩新人於三日或七朝九日，往女家行拜門禮，女家廣設華筵，款待新壻，名曰會郎。"

【會要】分立門類，記一代典章制度、文物、故實之書。始自唐蘇冕撰高祖至德宗九朝會要，已佚。楊紹復等又採德宗至宣宗事爲續會要。宋王溥因兩書又續至唐末，編爲唐會要一百卷；又撰五代會要三十卷，內容略如正史諸志，書中所記史實，往往有爲正史所不載。宋代官撰會要，今已不存，清嘉慶時徐松自永樂大典中輯成宋會要約五百卷，有北京圖書館影印本。

【會食】相聚而食。史記九二淮陰侯傳："令其裨將傳飱，曰：今日破趙會食。"宋蘇軾分類東坡詩五遊靈隱寺李杞寺丞見和遊孤山復用前韻："高堂會食羅千夫，撞鐘擊鼓喧朝晡。"

【會通】會合變通。易繫辭上："聖人有以見天下之動，而觀其會通，以行其典禮。"轉指隨事處理。晉書桓温傳上疏："今主上富於陽秋，陛下以聖淑臨朝，恭己委任，責成羣下，方寄會通於羣才，布德信於遐荒。"

【會師】行軍時，兩路或數路相會合曰會師。左傳文十六年："楚子乘馹，會師于臨品。"

【會理】縣名。屬四川省。元至元十五年置會理州，屬會川路。明廢。清康熙二十九年復置州於會通河西岸，屬寧遠府，移治會川。改爲縣。參閱讀史方輿紀要七四會川衞軍民指揮使司。

【會萃】見"會稡"。

【會朝】諸侯或羣臣朝會盟主或天子。左傳昭十六年："會朝之不敬。"宋史二七八王超傳附王德用："詔五日一會朝。"

【會$_2$朝】早晨之始。借指一朝、一旦。詩大雅大明："肆伐大商，會朝清明。"傳："會，甲也，不崇朝而天下清明。"清陳奐謂會，古外切。甲朝猶云一朝，甲者十之首，一者數之始。見詩毛氏傳疏。

【會飯】猶言聚餐。新唐書一三〇裴漼傳附裴寬："寬兄弟八人，……於東都治第，八院相對，甥姪亦有名稱，常擊鼓會飯。"

【會$_2$飯】指黍稷之飯。簋蓋叫作"會"，用蓋盛黍稷食物。儀禮公食大夫禮："賓卒食，會飯，三飲。"注："會飯，謂黍稷也。"

【會須】猶該當。唐李白李太白詩三將進酒："烹羊宰牛且爲樂，會須一飲三百杯。"又杜甫杜工部詩史補遺一三絶句之三："會須上番看成竹，客至從嗔不出迎。"

【會意】㊀六書之一。會意，指合二字三字之義，以成一字之義。如合止與戈爲"武"，人與言爲"信"。說文敍："會意者，比類合誼，以見指撝，武、信是也。"參見"六書"。㊁領悟。晉陶潛陶淵明集五五柳先生傳："好讀書，不求甚解。每有會意，便欣然忘食。"

【會試】宋制以秋取解，冬集禮部，來春考試。至元皇慶二年詔行科舉，舉人各給解據，咨送禮部會試，會試之名始此。明清科舉制度，每三年，各省舉行考試曰鄉試，中式者爲舉人。次年，以舉人試之京師爲會試。

【會聖】有超人的本領。花草粹編十一宋曹組（元寵）憶瑤姬詞："恁時節若要眼兒廝覷，除非會聖。"金董解元西廂四："淚漫漫地會聖也難交睫，空自攧。"

【會葬】㊀會合行送葬之禮。左傳隱元年："改葬惠公，……衞侯來會葬。"穀梁傳文元年："天王使叔服來會葬。"注："言會，明非一人之辭。"㊁合葬。史記八五呂不韋傳："始皇十九年，太后薨，謚爲帝太后，與莊襄王會葬茝陽。"

【會當】該當，當須。藝文類聚五四三國魏丁儀刑禮論："會當先別男女，定夫婦，分土地，班食物，此先以禮也。"唐杜甫杜工部草堂詩箋一望嶽："會當臨絶頂，一覽衆山小。"

【會盟】古代諸侯間聚會而結盟。左傳昭三年："令諸侯三歲而聘，五歲而朝，有事而會，不協而盟。"史記秦紀桓十年："當是之時，楚霸，爲會盟合諸侯。"

【會稡】匯集。晉郭璞爾雅序："是以復綴集異聞，會稡舊說，……別爲音圖，用袪未寤。"也作"會萃"。宋史三四七顏復傳："請令禮官會萃古今典範爲五禮書。"

【會寧】㊀府名。金置上京會寧府，爲金代早期都城，故城在今黑龍江阿城縣南的白城。㊁縣名。1. 屬甘肅省。金爲西寧縣，元移會州治此。明改今名，清仍之，屬鞏昌府。2. 西魏置會州，北周廢。唐復置會州及會寧郡會寧縣。故城在今甘肅靖遠縣東北。見嘉慶一統志四六吉林志二、又二〇〇鞏昌府志、一九九蘭州府志。

【會課】㊀文人結社，定期集會，研習功課，傳觀所作文字。宋呂本中東萊呂紫微師友雜志："崇寧初，予家宿州，汪信民爲州教授，黎確介然初登科，……嘗與予及亡弟揆中由義會課，每旬作雜文一篇，四六表啟一篇，古律詩一篇。旬終會課，不如期者罰錢二百。”㊁舊時考核官吏成績及學校考課。漢書七八蕭望之傳附蕭育：“爲茂陵令，會課，育第六。”金史選舉志：“凡學生會課，三日作策論一道，又三日作賦及詩各一篇，……中選者以上五名申部。”

【會₃撮】後頸的椎骨。莊子人間世：“肩高於頂，會撮指天。”釋文：“司馬(彪)云：會撮，髻也。向(秀)云：兩肩竦而上，會撮然也。”參閱王先謙集解。

【會₂稽】㊀山名。在浙江紹興縣東南。相傳禹會諸侯江南計功，故名。一名防山，又名棟山。左傳哀元年：“越子以甲楯五千，保于會稽。”越絶書越絶外傳記地傳：“(禹)更名茅山曰會稽。”即其地。參閱讀史方輿紀要八九浙江一。㊁郡名。秦置，治所在吳縣。地當今江蘇東南部及浙江西部。參閱讀史方輿紀要二四江南六蘇州府。㊂縣名。隋開皇九年析山陰縣置。唐因之。明清時與山陰縣併爲紹興府治。公元1912年併二縣爲紹興縣。參閱元和郡縣志二六江南道二越州。

【會戰】兩軍作戰，雙方集中主力以決勝負的戰役。孫子虛實：“故知戰之地，知戰之日，則可千里而會戰。”史記七〇張儀傳：“山東之士被甲蒙冑以會戰。”

【會館】同籍貫或同行業的人在京城及各大城市所設立的機構，建有館所，供同鄉同行集會、寄寓之用。明劉侗帝京景物略四稽山會館唐大士像：“嘗考會館設于都中，古未有也，始嘉(靖)隆(慶)間，……用建會館，士紳是主。凡出入都門者，籍有稽，游有業，困有歸也。”

【會應】猶會當。宋王安石臨川集二十次韻徐仲元詠梅詩之二：“搖落會應傷歲晚，攀翻賸欲寄情親。”

【會鼂】同“會朝”。也作“會晁”。楚辭屈原天問：“會鼂爭盟，何踐吾期。”

【會獵】會合打獵。三國志吳孫權傳建安十三年春“多勸權迎之”注引江表傳載曹操與孫權書：“今治水軍八十萬衆，方與將軍會獵於吳。”操南征，以兵盛威脅孫權，不欲直言戰爭，故以會獵爲稱。

【會議】集衆議事。漢蔡邕獨斷上：“凡章表皆啟封，其言密事，得帛囊盛；其有疑事，公卿百官會議。”

【會心侶】知心伴侶。唐杜甫杜工部草堂詩箋二十寄題江外草堂……：“惟有會心侶，數能同釣船。”會心侶，指其妻。甫進艇詩又有“晝引老妻乘小艇”句。

【會元曆】曆法名。宋劉孝榮造。孝榮先後造乾道、淳熙、會元三曆，未嘗測景。會元曆計用十七年，即自紹熙二年訖開禧三年。以未經實測，不爲曆家所重。見宋史律曆志十五。

【會₂計司】宋官署名。三司之一。職掌總核國家財賦。熙寧七年置於中書省，以宰相韓絳提舉。見宋史職官志一三司會計司。

【會₂計録】核算出入的簿籍。宋代有景德會計録皇祐會計録元祐會計録紹興會計録等，録全國賦入、在職及退休官員，作爲政府定出入開支的根據。參閱建炎以來繫年要録八六紹興五年。

【會真記】唐元稹撰。亦名崔鶯鶯傳。記崔鶯鶯與張生事。會真，言與仙真相會之意。相傳記中張生即稹的託名，自述其親歷之事。後金元人的諸西廂記故事，都取材於此。

【會通河】水名。元至元二十六年，開鑿運河，自山東東平至臨清一段，謂之會通河，計長二百五十餘里。明永樂九年，疏浚故道，並從濟寧北至臨清，凡三百八十五里；南至沛縣，凡三百里。因地置閘，定時啟閉。自清末罷漕運，黃河以北部分已經淤塞。參閱元史河渠、明史河渠、寰宇通志七三兗州府會通河。

【會同四譯館】官署名。明置四夷館，隸翰林院。清初設會同館，改四夷館爲四譯館。乾隆年間合二爲一，稱會同四譯館，屬禮部，掌管接待國內少數民族及外國使節，以及語言文書的翻譯事務。參閱清朝通典職官三禮部、清會典事例五一四禮部朝貢象譯。

【會昌一品集】唐李德裕撰。又題李衛公文集，二十卷，皆爲唐武宗時所作制誥詔册表疏；又別集十卷，皆賦詩雜文；外集四卷，皆遷謫閒居論史之文。

十 畫

輴 yìn ㄧㄣˋ 羊晉切，去，震韻，喻。

也作“輔”。小鼓名。周禮春官大師：“下管，播樂器，令奏鼓輴。”注：“鄭司農(衆)云：輴，小鼓也。先擊小鼓，乃擊大鼓。小鼓爲大鼓先引，故曰輴。輴，讀爲道引之引。玄謂鼓輴，言擊輴。”釋文：“輴，音胤。”

朅 1. jiē ㄐㄧㄝ 丘竭切，入，薛韻，溪。

㊀離去。楚辭宋玉九辯：“車既駕兮朅而歸，不得見兮心傷悲。”㊁英武壯大貌。詩衛風碩人：“庶姜孽孽，庶士有朅。”韓詩作“桀”。

2. hé ㄏㄜˊ

㊂何。通“曷”。見“朅₂至”。㊃通“盍”。見“朅₂來”。

【朅₂至】猶言何至。吕氏春秋慎大貴因：“武王至鮪水，殷使膠鬲候周師。……武王曰：‘不子欺，將之殷也。’膠鬲曰：‘朅至。’”注：“朅，何也；言以何日來至殷也。”

【朅休】停止。藝文類聚七漢劉楨黎陽山賦：“自魏都而南邁，迄洪川以朅休。”

【朅伽】㊀犀牛。梵語音譯。毗婆沙論作“偈伽”，月藏經作“佉伽”，宋王闢之澠水燕談録作“朅伽”。參閱唐慧琳一切經音義四七顯揚聖教論三朅迦。㊁劍。佛教祝願儀式所用七物之一。唐慧琳一切經音義三六大毗盧遮那經三朅伽：“唐云劍，即是持劍仙也。”

【朅來】㊀即去來。常偏義使用。唐張九齡曲江集三歲初巡屬縣登高安南樓言懷詩：“朅來彭蠡澤，載經敷淺原。”此偏在來義。唐李白李太白詩十六送王屋山人魏萬還王屋：“朅來遊嵩峯，羽客何雙雙。”此偏在去義。㊁猶爾來。唐柳宗元柳先生集四三韋道安詩：“朅來事儒術，十載所能逞。”㊂助詞，無義。唐陳子昂陳伯玉集一感遇詩之三十：“朅來豪遊子，勢利禍之門。”張九齡曲江集二奉和吏部崔尚書雨後大明朝堂望南山詩：“朅來青綺外，高在翠微先。”

【朅₂來】㊀何來。史記一一七司馬相如傳大人賦：“回車朅來兮，絶道不周，會食幽都。”舊釋爲去來，非是。文選南朝宋顏延年(延之)秋胡詩：“高節難久淹，朅來空復辭。”㊁何不來。唐李白李太白詩十九詶王補闕惠翼莊廟宋丞泚贈別：“勿踏荒溪波，朅來浩然津。薜帶何辭楚，桃源堪避秦。”李商隱李義山詩集一井泥：“我欲秉鈞者，朅來與我偕。”

【朅朅】壯武貌。唐韓愈昌黎集三十唐故中散大夫少府監胡良公墓神道碑：“朅朅胡公，既果以方。”

月 部

月 yuè 魚厥切，入，月韻，疑。ㄩㄝˋ

㊀月球，月亮。詩齊風雞鳴："匪東方則明，月出之光。"國語周下："月在天駟。"參見"太陰㊀"。㊁計時單位。農曆從初一至月末爲一月。一年分十二月。書洪範："一曰歲，二曰月。"疏："從朔至晦，大月三十日，小月二十九日，所以紀一月也。"㊂形狀或顏色似月的事物。見"月琴"、"月白㊀"。㊃姓。金有月彥明，明洪武中有月輝月文憲。見正字通。

【月子】月亮。子，語助詞，猶言月兒。宋詩鈔汪元量水雲詩鈔湖州歌之八："月子纖纖雲裏見，吳江不盡莫潮來。"宋趙彥衛雲麓漫鈔九記吳中舟師歌："月子彎彎照幾州，幾家歡樂幾家愁。"

【月上】佛教傳説維摩詰之女。見法苑珠林一一九雜要雜行部引月上女經。後也用爲女兒之典。唐白居易長慶集六九病中看經贈諸道侶詩："何煩更請僧爲侶，月上新歸伴病翁。"自注："時適談氏女子自太原初歸。維摩詰有女名月上也。"

【月夕】㊀月末。荀子禮論："然後月朝卜日，月夕卜宅，然後葬也。"㊁月夜。唐杜牧樊川集外集贈漁夫詩："蘆花深澤靜垂綸，月夕煙朝幾十春。"㊂特指農曆八月十五日。對二月十五日之花朝言。宋吳自牧夢粱錄四八月："八月十五日中秋節，此日三秋恰半，故謂之中秋。此夜月色倍明于常時，又謂之月夕。"

【月支】㊀射帖名。練習射箭用的一種箭靶。文選三國魏曹子建（植）白馬篇："控絃破左的，右發摧月支。"注引三國魏邯鄲淳藝經："馬射，左邊爲月支三枚，馬蹄二枚。"㊁古西域國名。卽月氏。梁書王僧孺傳致何炯書："腦日逐，髓月支。"詳"月氏"。

【月牙】新月。金元好問中州集八金張澄和林秋日感懷寄張丈御史詩之二："別家六見月牙新，萬里風霜老病身。"也稱物之狀如新月者。元楊維楨鐵崖古樂府逸編七瓊花珠月兩名姬："葡萄酒蠡沉櫻顆，翡翠裙翻蹋月牙。"指弓鞋。又八題芭蕉美人圖："髻雲淺露月牙彎，獨立西風意自閑。"指眉。

【月水】㊀月光照地如水，故稱月水。唐杜甫杜工部草堂詩箋四十愁坐："十月山寒重，孤城月水昏。"㊁月經。宋王袞博濟方四桃仁煎："治月水不調，阻滯不通。"

【月午】月至午夜，卽半夜。唐李賀歌詩編二感諷之三："月午樹無影，一山唯白曉。"宋范成大石湖集十李次山自畫兩圖……詩："船頭月午坐忘歸，不管風鬟露滿衣。"

【月氏】古西域城國名。氏，讀 zhī。也作"月支"。其族先居今甘肅敦煌縣與青海祁連縣之間。漢文帝時被匈奴攻破，西遷至今伊犂河上游，擊大夏，佔塞種故地，稱大月氏；其餘不能去者入祁連山區，稱小月氏。其族類風俗，與安息匈奴同。月氏古又作"禺氏"。見逸周書王會、管子國蓄。參閱史記一一〇匈奴傳、漢書九六上西域傳、通典一九二邊防八大月氏、小月氏。

【月主】秦漢祠八神，月之神稱月主。詳"八神㊀"。

【月半】㊀每月之十五日。儀禮士喪禮："月半不殷奠。"㊁月的上、下弦。漢劉熙釋名釋天："弦，月半之名也。"參見"下弦"、"上弦"。

【月平】每月評定市價。周禮天官小宰"聽賣買以質劑"注引鄭衆："質劑謂市中平賈，今時月平是也。"孫詒讓正義："月平者，漢時市價蓋每月評定貴賤，若今時朔望爲長落也。"

【月旦】㊀農曆每月初一。世説新語雅量："顧和始爲揚州從事，月旦當朝，未入頃，停車州門外。"㊁後漢書六八許劭傳："初，劭與（從兄）靖俱有高名，好共覈論鄉黨人物，每月輒更其品題，故汝南俗有'月旦評'焉。"後因稱品評人物爲月旦評，或省作月旦。文選南朝梁劉孝標（峻）廣絶交論："近世有樂安任昉，……雌黃出其脣吻，朱紫由其月旦。"唐陸龜蒙甫里集一襲美先輩以龜蒙所獻五百言見和……再抒鄙懷用伸酬謝詩："縱有月旦評，未能天下知。"

【月令】禮記篇名。傳爲周公所作，實爲秦漢間人抄合呂氏春秋十二月紀的首章，收入禮記，題曰月令。記述每年農曆十二個月的時令、行政及相關事物。較夏小正爲豐富。又漢蔡邕撰明堂月令，卽禮月令鄭玄注中所引的今月令。

【月生】誕生的月日。二刻拍案驚奇十七："杜子中與聞俊卿同年，又是聞俊卿月生大些。"

【月白】㊀淺藍色。史記封禪書："太一宰則衣紫及繡。五帝各如其色，日赤，月白。"月白色名稱本此。紅樓夢五七："跟他的小丫頭子小吉祥兒没衣裳，要借我的月白綾子襖兒。"㊁月色皎潔。唐杜牧樊川集別集猿詩："月白煙青水暗流，孤猿銜恨叫中秋。"

【月吉】農曆每月初一日。周禮地官族師："月吉，則屬民而讀邦法。"注："月吉，每月朔日也。"

【月老】媒人。"月下老人"的省稱。元曲選曾瑞卿留鞋記一："何須尋月老？則你是良媒。"參見"月下老人"。

【月朶】菊花的別稱。唐陸龜蒙甫里集八重憶白菊詩："月朶暮開無絶豔，風莖時動有奇香。"

【月忌】舊俗迷信以農曆初五、十四、二十三爲月忌。凡事必避之。術數家認爲九宮數起於一，初一一宮，初二二宮，初三三宮，初四四宮，初五則入中宮，中宮爲星位之極，至尊之地，故當避忌。初六六宮，初七七宮，初八八宮，初九九宮，而宮數盡，至初十復至一宮。循環數中，十四、二十三又入中宮。參閲元周密齊東野語二十月忌。

【月局】風月場所。指妓館。元曲選缺名謝金吾三："王樞密云：'國姑！良吏不管月局，貴人不踏嶮地，這個所在便不來也罷。'"

【月尾】月末，每月之終。元詩選郭翼林外野言春日有懷詩之二："客里青春愁不禁，月頭月尾雨陰陰。"參見"年頭月尾"。

【月角】舊時相術把人的右額稱爲月角，在天庭的右邊。文苑英華八四八隋薛道衡老氏碑："珠衡月角，天表冠於百王。"

【月姊】謂嫦娥。唐李商隱李義山詩集五楚宮之一："月姊曾逢下彩蟾，傾城消息隔重簾。"又司空圖司空表聖詩集三遊仙之二："月姊殷勤留不住，碧空遺下水精釵。"

【月波】㊀形容月光如水。藝文類聚四南朝宋王僧達七夕月下詩："遠山斂氛祲，廣庭揚月波。"唐李羣玉詩集上湘西寺齋夜："月波蕩如水，氣爽星朗滅。"㊁樓名。舊在湖北黄岡縣西，即黄州府治西北城上。宋王禹偁小畜集六有月波樓詠懷詩。又朱敦儒樵歌中好事近詞："吹笛月波樓下，有何人相識？"

【月官】清制，每月京外官有缺，由吏部選補，謂之月官。清會典事例四四吏部漢員銓選月官考驗："(雍正)十二年議准，月官掣籤後，將各官名單咨送各衙門會同九卿科道驗看。"詳"月選"。

【月空】叢辰名。月中之陽辰。指寅午戌月之壬日，辛卯未月之庚日，申子辰月之丙日，已酉丑月之甲日。見協紀辨方書五義例三月空。參見"叢辰"。

【月府】即月宫。南朝梁蕭統昭明太子集三錦帶書十二月故林鍾六月："藏形月府，遁跡冰宫。"唐唐彦謙鹿門集下叙别："蟠拏對月吸深杯，月府清虚玉兔吼。"參見"廣寒宫"。

【月奉】舊時官吏每月所得的錢米。奉，同"俸"。周禮天官大宰"四曰禄位"漢鄭玄注："禄，若今月奉也。"疏："古者禄皆月别給之，漢之月奉，亦月給之。"全唐詩二四〇韓翃送金華王明府："家貧陶令酒，月俸沈郎錢。"

【月表】按月紀事之表。史記有秦楚之際月表。索隱引張晏："時天下未定，參錯變易，不可以年記，故列其月。"

【月事】月經。素問上古天真論："女子……二七而天癸至，任脈通，太衝脈盛，月事以時下，故有子。"史記一〇五倉公傳："内寒，月事不下也。"

【月孟】每月之初。藝文類聚二十南朝宋謝靈運孝感賦："于時月孟節季，歲亦告暨。離鄉眷壤，改時懷氣。"

【月陂】隋唐時洛水經上陽宫東流，宇文愷因築斜堤束水令東北流，爲減殺水力，堤堰九折，有水泊形如偃月，俗稱月陂。又唐玄宗時詔令李適之以禁錢作三大防，名上陽積翠月陂，以禦水患。唐王建詩八宫詞之八八："忽地金輿向月陂，内人接著便相隨。"參閲唐崔令欽教坊記、太平御覽七二河南圖經、新唐書一三一李適之傳。

【月斧】古代民間傳説，月由七寶合成，常有八萬二千户修之。後喻能文者爲修月手，文章能事爲月斧。宋蘇軾分類東坡詩二四王文玉挽詞："才名誰似廣文寒，月斧雲斤琢肺肝。"

【月季】花名，薔薇科。逐月開花，故稱月季。一名長春花，俗稱月月紅。宋宋祁益部方物略記月季花："此花即東方所謂四季花者，翠蔓紅蘤。"宋楊萬里誠齋集四二久病小愈雨中端午試筆詩之四："月季元來插得成，瓶中花落葉猶青。"

【月城】大城外用以障蔽城門的半圓形小城，即甕城。新唐書八四李密傳："(王)世充乘勝進攻密月城。"資治通鑑二九三後周顯德四年："至泗州城下，太祖皇帝先攻其南，因焚城門，破水寨及月城。"注："月城者，臨水築城，兩頭抱水，形如卻月。"太祖，即趙匡胤。

【月要】每月的統計。周禮天官宰夫："月終，則令正月要。"疏："謂每月終則令羣吏正其月要，月要，謂月計曰要也。"

【月面】㊀形容人面貌豐滿如滿月。廣弘明集十六南朝梁簡文帝千佛願文："而紺髮日光，蓮眸月面。"明宋濂宋文憲公集四七思春辭："歌扇但疑遮月面，舞衫猶記倚雲筝。"㊁形容紙張的光潔。宋陶穀清異録文用："先君畜白樂天(居易)墨迹兩幅，背之右角有方長小黄印，文曰：'剡淡小等月面松文紙。'"

【月建】農曆每月所置之辰爲月建，如正月建寅、二月建卯等。淮南子天文："大時者，咸池也；小時者，月建也。"咸池，指太歲。北周庾信庾子山集一象戲賦："從月建而左轉，起黄鍾而順行。"

【月眉】半環如初月形的眉裝。唐李賀歌詩編三昌谷："泉樽陶宰酒，月眉謝郎妓。"唐詩紀事六九羅虬比紅兒之十："詔下人間選好花，月眉雲髻盡君家。"

【月食】㊀月蝕。禮昏義："月食則后素服，而脩六宫之職。"詳"日月蝕"。㊁月俸。宋詩鈔石介徂徠詩鈔蜀道自勉："我乏尺寸效，月食二萬錢。"

【月信】月經。按月而至，如潮有信，故名。宋王袞博濟方四保生丸："月信不通，當歸酒下。"

【月律】古代以樂律與時令相合稱月律。後漢書順帝紀陽嘉二年："作樂器，隨月律。"注："隨月律謂月令'正月律中太蔟，二月律中夾鍾，三月律中姑洗，四月律中仲吕，五月律中蕤賓，六月律中林鍾，七月律中夷則，八月律中南吕，九月律中無射，十月律中應鍾，十一月律中黄鍾，十二月律中大吕'。……蔟音湊。"

【月浦】㊀月光映照的水濱。藝文類聚七南朝梁元帝玄圃牛渚磯碑："桂影浮池，仍爲月浦。"㊁指月亮。元曲選關漢卿望江亭三："仙子初離月浦，嫦娥忽下雲衢。"

【月宫】神話傳説月中的宫殿。舊題漢東方朔海内十洲記："始青之下，月宫之間。"唐人小説故事記明皇(李隆基)曾偕方士夢遊月宫。見唐鄭棨開天傳信記、舊題柳宗元龍城録。五代前蜀韋莊浣花集一貴公子詩："瑶池宴罷歸來醉，笑説君王在月宫。"

【月朔】農曆每月初一。書胤征："乃季秋月朔，辰弗集于房。"唐文粹十二王昌齡放歌行："明堂坐天子，月朔朝諸侯。"

【月扇】滿月形團扇。北周庾信庾子山集三北園新齋成應趙王教："文絃入舞曲，月扇掩歌兒。"注引漢班婕妤怨歌行："裁爲合歡扇，團團似明月。"唐李商隱李義山詩集四擬意："雲屏不取暖，月扇未障羞。"

【月珥】月旁的光暈。太平御覽四荆州占："月珥且戴，不出百日，主有大喜。"

【月桂】㊀巖桂之一種，四季開花結實，稱爲月桂，也名真桂。又天竺桂也稱月桂，與巖桂别爲一種。唐白居易長慶集五三留題天竺靈隱兩寺詩："宿因月桂落，醉爲海榴開。"參閲廣羣芳譜四十巖桂。㊁月中桂樹，也指月亮。藝文類聚六八南朝梁元帝漏刻銘："宫槐晚合，月桂宵輝。"文苑英華一五二南朝陳張正見薄帷鑒明月詩："長河上月桂，澄彩照高樓。"㊂喻登科。唐詩紀事五五李潛和主司王起："恩波舊是仙舟客，德宇新添月桂名。"詳"月中桂"。

【月恩】叢辰名。舊時迷信指月建所生之干。子母相從，謂之月恩。如正月建寅，陽木，生丙，陽火；二月建卯，陰木，生丁，陰火之類。見協紀辨方書五義例三月恩。

【月息】按月計算的利息。元史盧世榮傳："宜令各路立平準周急庫，輕其月息，以貸貧民。"

【月卿】書洪範："卿士惟月，師尹惟日。"清孫星衍謂卿統於王，如月統於歲；師尹統於卿士，如日統於月。後因稱朝中貴官爲月卿。唐高適高常侍集七送柴司户充劉卿判官之嶺外詩："月卿臨幕府，星使出詞曹。"

【月娥】傳説的月中仙女。唐李商隱李義山詩集二燕臺之四冬："浪乘畫舸憶蟾蜍，月娥未必嬋娟子。"唐詩紀事五六李郢中元夜："江南水寺中元夜，金粟欄邊見月娥。"

【月望】農曆每月十五日。吕氏春秋精通："月也者，羣陰之本也，月望則蚌蛤實，羣陰盈。"資治通鑑一〇三晉成安元年："詰朝月望，文武並會，吾將討焉。"注："日行遲，一年一周天；月行速，一月一周天而與日會。日月之會，謂之合朔。自合朔之後，月又先日而行，至十五日，日月相望，謂之月望。"

【月華】㊀月光，月亮。文選南朝宋江文通(淹)雜體詩王徵君微："清陰往來遠，月華散前墀。"北周庾信庾子山集四舟中望月詩："舟子夜離家，開舲望月華。"㊁月亮周圍的光環。常見於農曆中秋或十三至十八夜。因其光彩華美而名。參閱明馮應京月令廣義十五八月令日次月華。

【月陰】農曆紀月的別名。爾雅釋天："正月爲陬，二月爲如，三月爲寎，四月爲余，五月爲皋，六月爲且，七月爲相，八月爲壯，九月爲玄，十月爲陽，十一月爲辜，十二月爲涂，月名。"按：月陰別名可與月陽別名配合稱月。如正月得甲，可稱畢陬；二月得乙，可稱橘如。餘類推。參見"月陽"。

【月堂】見"偃月堂"。

【月將】見"日就月將"。

【月魚】唐代出入宮殿門及城門，發給交魚符、巡魚符以爲憑信。雄雌各十二(按十二個月)，雄者存宮內，雌者授人。並發蕃屬，遇使臣入都，隨帶月魚。見新唐書車服志。

【月湖】湖名。在浙江鄞縣西南，中有十景，爲四明遊觀勝地。宋陸游劍南詩稿二一簡何同叔："盡捐塵世事，細看月湖詩。"即此湖。參閱浙江通志十三山川五月湖。

【月窗】山洞巖穴內透光的竅孔。明楊慎藝林伐山九星牖穴窗："凡山洞巖穴，有竅通明，小者曰星牖，大者曰月窗。"

【月琴】樂器名。古稱阮咸。正圓形，後也有改爲八角形者。四絃，用撥子彈奏。以其形狀如月，發音似琴，故名。參閱清通典六六樂四月琴。參見"阮咸"。

月琴

【月朝】每月的頭幾天。荀子禮論："然後月朝卜日，月夕卜宅。"注："月朝，月初也。"也專指初一日。元詩選趙文青山稾銅雀臺："望望不復歸，月朝又十五。"

【月陽】舊曆以十干紀月的別名。爾雅釋天："月在甲曰畢，在乙曰橘，在丙曰修，在丁曰圉，在戊曰厲，在己曰則，在庚曰室，在辛曰塞，在壬曰終，在癸曰極。月陽。"

【月御】㊀傳說中月的御者。史記一一七司馬相如傳子虛賦"纖阿爲御"索隱引服虔："纖阿爲月御。"又引樂產："纖阿，山名，有女子處其巖，月歷巖度，躍入月中，因名月御也。"參見"望舒"。㊁指月的運行。廣弘明集十五梁王僧孺禮佛唱導發願文："或方火宅，乍擬駛河，故以尺波寸景，大力所不能駐；月御日車，雄才莫之能遏。"

【月窟】㊀月中。晉書摯虞傳思遊賦："擾毚兔於月窟兮，詰姮娥於蓐收。"唐杜甫杜工部草堂詩箋四十瞿塘懷古："地與山根裂，江從月窟來。"㊁古以月的歸宿處在西方，因借指極西之地。廣弘明集二十南朝梁簡文帝大法頌："西踰月窟，東漸扶桑。"唐岑參岑嘉州集一北庭貽宗學士道別詩："荷戈月窟外，擐甲崑崙東。"

【月稟】月俸。即俸米。稟，通"廩"。新唐書一四二楊綰傳："又定府、州官月稟，使優狹相均。"宋陸游劍南詩稿六二村飲："白稻登場喜食新，太倉月廩厭陳陳。"

【月暈】環繞月亮周圍的光氣。史記天官書："平城之圍，月暈參、畢七重。"北周庾信庾子山集三奉報寄洛州詩："星芒一丈燄，月暈七重輪。"

【月腳】下射的月光。宋蘇軾分類東坡詩一牛口見月："掩窗寂已睡，月腳垂孤光。"

【月精】㊀月的精華。漢書一〇〇下敘傳："元后娠母，月精見表。"初學記一引淮南子："羿請不死之藥於西王母，羿妻姮娥竊之奔月，託身於月，是爲蟾蠩，而爲月精。"㊁指兔。唐權德輿權載之集四四中書門下賀河陽獲白兔表："惟此瑞獸，是稱月精。"

【月臺】賞月的露天平臺。藝文類聚七八南朝梁元帝南嶽衡山九貞館碑："上月臺而遺愛，登景雲而忘老。"唐杜甫杜工部草堂詩箋十九徐少尹見過："賞靜憐雲竹，忘歸步月臺。"

【月厭】舊謂厭魅之神。與月建相反，月建順行十二辰，稱陽建；月厭逆行十二辰，稱陰建。遼釋希麟續一切經音義五觀自在多羅菩薩經月厭："按月厭，神殺名也。正月建寅，月厭在戌(戌)，以此逆推，至十二月，月厭在亥。"參閱協紀辨方書四義例二月厭。

【月團】㊀茶名。唐盧仝玉川子集二走筆謝孟諫議新茶詩："開緘宛見諫議面，手閱月團三百片。"㊁墨名。宋陶穀清異錄文用月團："徐鉉兄弟工翰染，崇飾書具，嘗出一月團墨曰：此價直三萬。"

【月螖】即月窟。指極西之地。漢書八七下揚雄傳長楊賦："西厭月螖，東震日域。"注引服虔："螖音窟，穴。月螖，月所生也。"參見"月窟"。

【月餅】一種圓形有餡的餅餌。爲農曆中秋節應時食品。取團圓之義。元周密武林舊事六蒸作從食有"月餅"名。

【月蝕】月所得的日光爲地球所掩，稱月蝕。也作"月食"。漢書七六韓延壽傳："延壽又取官銅物，候月蝕鑄作刀劍鉤鐔。"詳"日月蝕"。

【月魄】㊀月初生或始缺時不明亮的部分。也泛指月亮。藝文類聚七六南朝梁簡文帝相宮寺碑銘："珠生月魄，鍾應秋霜。"唐高適高常侍集上塞下曲："日輪駐霜戈，月魄懸琱弓。"㊁道家語。以日爲陽，故稱日魂；以月爲陰，故稱月魄。漢魏伯陽參同契下："陽神日魂，陰神月魄，魂之與魄，互爲室宅。"

【月輪】指月亮。北周庾信庾子山集一象戲賦："月輪新滿，日暈重圍。"全唐詩一四三王昌齡春宮曲："昨夜風開露井桃，未央前殿月輪高。"

【月選】元明清吏部銓選官吏的法制。元制從七品以下官歸吏部注擬，流外人員(不在品級之內者)一月一次銓注。明清月選法，分雙月大選，單月急選。除班升班(初授官)於雙月大選，補班(改授官)於單月急選，統稱月選。所選出之官稱月官。參閱元史選舉志三銓法中、明史選舉志三、續修清會典九吏部。

【月德】㊀指白兔。北周庾信庾子山集七齊王進白兔表："月德符徵，金精表瑞。"以神話故事稱月中有兔，故云月德。㊁喻皇后的品德。古時以日喻君，以月喻后。梁書高祖郗皇后傳："先皇后應祥月德，比載坤靈。"㊂叢辰名。舊時迷信所說的月之德神。正、五、九月在丙，二、六、十月在甲，三、七、十一月在壬，四、八、十二月在庚。見協紀辨方書五義例三月德。

【月諱】舊指每月禁忌的事。南朝梁宗懍荊楚歲時記："俗人月諱，何代無之，但當矯之歸于正耳。"

【月頭】每月之始。猶月初。宋劉攽貢父詩話引五代後蜀花蕊夫人詩："月頭支給買花錢，滿殿宮娥近數千。"

【月壇】帝王祭月的壇。宋蘇軾分類東坡詩三次韻蔣穎叔扈從景靈宮："道人幽夢曉初還，已覺笙簫下月壇。"今月壇爲明嘉靖九年所建，方廣四丈，高四尺六寸，每年秋分酉時祭月。在今北京市阜成門外。參閱清孫承澤天府廣記八夕月壇。

【月曆】記一月中所行政事的書。後漢書禮儀志上合朔："禮威儀，每月朔旦，太史上其月曆，有司、侍郎、尚書見讀其令，奉行其政。"今指每月紀日紀節氣的曆書。

【月竁】謂極西之地，猶月窟。宋書樂志二顏延之宋南郊雅樂登歌天地郊夕牲歌："月竁來賓，日際奉土。"詳"月窟"。

【月闌】卽月暈。元王實甫西廂記二本四折："姐姐，你看月闌，明日敢有風也？"

【月額】㊀每月初一日。南朝梁元帝（蕭繹）金樓子六自序："余初至荆州卜雨，時孟秋之月，陽亢日久，月旦雖雨，俄而便晴。有人云：諺曰'雨月額，千里赤。'蓋旱之徵也。"㊁月亮的半面。元詩選袁士元書林外集喜雨："天瓢乍滴終傾倒，月額初開漸復連。"㊂每月的定額。宋史食貨志下五鹽下："然鹹脉有盈縮，月額有登耗。"

【月題】馬絡頭。莊子馬蹄："夫加之以衡扼，齊之以月題。"釋文引司馬（彪）崔（譔）："月題，馬額上當顱如月形者也。"

【月攘】孟子滕文公下："今有人日攘其鄰之雞者，或告之曰：'是非君子之道。'曰：'請損之，月攘一雞，以待來年然後已。'"後因以月攘喻不能痛下決心改正錯誤。宋朱熹朱文公集續集二答蔡季通書："毋以此等爲愧，而深求可愧之實，不必更爲月攘之計，以俟來年，庶乎於遷善改過，有日新之功。"

【月子房】明代宫中的産房。宫人有娠，先鋪月子房，臨産時居之。清王譽昌崇禎宫詞之五七："眉間喜氣報新黄，隔月先鋪月子房。"

【月天子】佛教菩薩大勢至的别稱。大勢至又名寶吉祥，爲阿彌陀佛右脅侍者。法華經義疏一序品："後有名月天子者。注解云帝釋輔臣也。……大勢至名寶吉祥，爲月天子。"參見"大勢至"。

【月中兔】古代神話傳説，月中有白兔，爲嫦娥擣藥。楚辭屈原天問："夜光何德？死則又育。厥利維何？而顧菟在腹。"菟，同"兔"。初學記一漢劉向五經通義亦言月中有兔與蟾蜍。漢嵩嶽少室闕卽有蟾兔杵臼形畫像。見清褚峻金石圖臨拓。

【月中桂】古代神話傳説月中有桂樹，下有一人，名吳剛，常斫之，樹創隨合。見初學記一晉虞喜安天論、唐段成式酉陽雜俎前集一天咫。唐李白李太白詩十贈崔司户文昆季："欲折月中桂，特爲寒者薪。"科舉時代以月中折桂爲登科之典。唐許渾丁卯集上下第貽友人詩："人心高下月中桂，客思往來波上萍。"參見"折桂"。

【月月紅】卽月季。逐月開花，色深紅，故名。見本草綱目十八草七月季花。借作每月成爲老例之意。警世通言二五："他喫了甜頭，只管思想，借草留根，到是個月月紅了。"

【月面佛】佛教傳説壽命最短之佛，僅活一日一夜。碧巖録一第三則："馬大師不安，院主問：'和尚近日尊候如何？'大師云：'日面佛、月面佛。'"日面佛相傳壽一千八百歲。

【月重輪】樂府曲名。相傳漢明帝爲太子時，樂人作歌詩四章以贊其德，其二卽月重輪。三、四兩章亡佚。見晉崔豹古今注音樂。

【月椿錢】南宋爲支應軍餉而加徵的税款名目。紹興二年，韓世忠駐軍建康（今南京），由江東漕司每月撥餉十萬緡。漕司以指定科目不足支應，又不肯動用本身税款，轉向地方攤派，州縣於正税外另立各種名目，如有麴引錢、納醋錢、賣紙錢、户長甲帖錢、保正牌限錢、折納牛皮筋角錢，兩訟不勝者有罰錢，勝者又令交歡喜錢等，附加徵收，極爲民害。因係計月椿辦錢物，故總名爲月椿錢。參閲文獻通考十九征榷六月椿錢、宋史食貨志下一。

【月儀帖】每月致友人問候的書札。相傳爲晉索靖章草書，曾刻入宋元祐祕閣續帖、鼎帖及明萬曆金壇王氏鬱岡齋帖中。鬱岡齋帖又附刻唐人草書十二月朋友相聞書，亦爲月儀之類。

【月下老人】唐人小説記韋固夜經宋城，遇一老人倚囊而坐，向月檢書。固問所檢何書？答曰：天下之婚牘。又問囊中赤繩？答曰：以繫夫妻之足。雖仇家異域，此繩一繫，終不可避。見唐李復言續幽怪録四定婚店。後因稱主管男女婚姻之神爲月下老人或月下老。明張四維雙烈記傳奇就婚："豈不聞月下老人之事乎？千里姻緣着綫牽。"紅樓夢五七："若是月下老人不用紅綫拴的，再不能到一處。"後因以爲媒人之代稱，省稱"月老"。

【月下花前】唐白居易長慶集五六老病詩："盡聽笙歌夜醉眠，若非月下卽花前。"本指遊息的環境，後來詩文中多指男女談情説愛的場所。元曲選喬吉兩世姻緣二："想着他錦心繡腹那才能，怎教我月下花前不動情？"

【月中蟾蜍】淮南子精神："日中有踆烏而月中有蟾蜍。"注："蟾蜍，蝦蟆。"古代傳説月中黑影爲蟾蜍，是后羿妻姮娥奔入月中的化身。

【月白風清】形容幽静美好的夜晚。宋蘇軾經進東坡文集事略一後赤壁賦："有客無酒，有酒無肴，月白風清，如此良夜何！"元楊維楨鐵崖樂府逸編八相思："深情長是暗相隨，月白風清苦相思。"

【月地雲階】指天上。也比喻景物美好的境界。唐牛僧孺周秦行紀："香風引到大羅天，月地雲階拜洞僊。"宋蘇軾分類東坡詩十四次韻楊公濟奉議梅花之四："月地雲階漫一樽，玉奴終不負東昏。"

【月光太子】釋迦如來。佛教傳説釋迦過去世爲國王之子，稱月光太子。見大智度論十二。

【月光童子】佛教人名。一名月光兒。其父德護爲摩揭陀國王舍城長者，不信佛，作火坑欲害佛，月光童子諫止之，不聽。及佛到，火坑變爲涼池，父自悔責而歸依佛法。佛言童子來世當生秦國爲護法聖君。參閲申日經。

【月泉吟社】宋亡後遺民所立詩社名。浦江吳渭，字清翁，號潛齋。宋時爲義烏令，入元後退居吳溪，立月泉吟社，延請鄉里遺老方鳳、謝翺、吳思齊等主持社事。至元二十三年春，以春日田園雜興爲題，徵五、七言律詩，次年正月得詩二千七百三十五卷，選中二百八十名，並將前六十名的詩彙爲一卷刊行，卽名月泉吟社詩。集中詩多隱含故國之思。姓名均爲假託，別注本名於下。如第一名連文鳳改稱羅公福之類。參閲清高士奇天禄識餘下月泉吟社。

【月缺花残】喻美女之死，或美好事物遭到摧残。唐温庭筠集四和友人傷歌姬詩："月缺花残莫愴然，花須終發月終圓。"

【月裏嫦娥】比喻美麗的女性。元曲選曾瑞卿留鞋記四："有口難言，月裏嫦娥愛少年。"也作"月裏姮娥"。元王實甫西廂記一本三折："似湘陵妃子斜偎舜廟朱扉，如月裏姮娥微現蟾宫玉户。"

二畫

有 1. yǒu ㄧㄡˇ 云久切，上，有韻，于。

㊀取得，佔有。與"無"相對。詩周南芣苢："采采芣苢，薄言有之。"論語公冶長："陳文子有馬十乘。"㊁表示存在、發生。詩小雅大東："東有啟明，西有長庚。"左傳襄二六年："遂襲我高魚。有大

雨，自其竇入。"後引申爲活着、還在。元曲選缺名看錢奴四："正末云：'死的好，死的好。打俺孩兒的那婦人有嗎？'陳德甫云：'那婆婆又早些死了也。'"㊂豐收，多。詩魯頌有駜："自今以始，歲其有。"傳："歲其有，豐年也。"又小雅魚麗："君子有酒，旨且有。"宋朱熹集傳："有猶多也。"㊃爲。國語晉一："克國得妃，其有吉孰大焉。"孟子滕文公上："人之有道也，飽食煖衣，逸居而無教，則近於禽獸。"㊄州域。詩商頌玄鳥："方命厥後，奄有九有。"韓詩作"九域"。㊅親愛，友愛。通"友"。詩王風葛藟："謂他人母，亦莫我有。"左傳昭二十年："若不獲扞外役，是不有寡君也。"注："有，相親有。"㊆助詞，無義。一字不成詞，則加有字以配之。置於名詞前者，特別是朝代的名稱，如有虞有夏有唐有明。也置於形容詞前。詩邶風擊鼓："不我以歸，憂心有忡。"㊇姓。孔子弟子有若。漢有有禄。見漢應劭風俗通姓氏下。

2. yòu 集韻 尤救切，去，宥韻。
ㄧㄡˋ

㊈通"又"。1.復，更加。詩邶風終風："終風且曀，不日有曀。"2.用於整數與零數之間。論語爲政："吾十有五而志于學。"書堯典："朞，三百有六旬有六日。"

【有口】敢言善辯。史記九七陸賈傳："孝惠帝時，吕太后用事，欲王諸吕，畏大臣有口者，陸生自度不能爭之，迺病免家居。"

【有方】㊀四方。有，助詞。書多方："猷告爾有方多士，暨殷多士。"㊁有一定的處所、方向。論語里仁："父母在，不遠遊，遊必有方。"宋朱熹集注："如已告云之東，即不敢更適西。"㊂有道，得法。莊子人間世："與之爲有方，則危吾身。"釋文："方，道也。"後指辦法好。如言領導有方，指揮有方。

【有分】一部分。左傳昭十二年："四國皆有分，我獨無有。"注："四國，齊晉魯衞；分，珍寶之器。"分，讀 fèn。

【有仍】古國名。夏帝相妃后緡爲有仍氏女，有窮君澆滅帝相，后緡懷孕在身，逃歸有仍而生少康。見左傳哀元年。漢書古今人名表作"有扔"。故址在今山東濟寧縣。

【有司】官吏。古代設官分職，事各有專司，故稱有司。書大禹謨："好生之德，洽于民心，兹用不犯于有司。"孟子梁惠王下："凶年饑歲，……有司莫以告，是慢而殘下也。"

【有北】北方嚴寒荒野的地區。詩小雅巷伯："豺虎不食，投畀有北。"舊題晉王嘉拾遺記一高辛："軒轅去蚩尤之凶，遷其民善者於鄒屠之地，遷其惡者於有北之鄉。"

【有生】有生命者。列子楊朱："有生之靈者，人也。"文選晉袁彥伯(宏)三國名臣序贊："夫萬歲一期，有生之通途；千載一遇，賢智之嘉會。"

【有守】有操守。書洪範："凡厥庶民，有猷、有爲、有守，汝則念之。"宋史三三八蘇軾傳論："至於禍患之來，節義足以固其有守。"

【有年】㊀豐收之年。詩小雅甫田："我取其陳，食我農人，自古有年。"春秋桓三年："有年。"穀梁傳桓三年："五穀皆熟，爲有年也。"㊁多年。晉陶潛陶淵明集二移居詩之一："懷此頗有年，今日從兹役。"

【有豸】可以消解。左傳宣十七年："余將老，使郤子逞其志，庶有豸乎？"注："豸，解也。"晉士會(范武子)自謂郤克方有憾於齊，使得執政以逞其志，庶幾可以消解其怒氣。

【有身】㊀懷孕。詩大雅大明："大任有身，生此文王。"史記一一八淮南厲王長傳："厲王母得幸焉，有身。"㊁猶言有我。老子："吾所以有大患者，爲吾有身；及吾無身，吾有何患？"

【有宗】㊀有一定的主旨。老子："言有宗，事有君。"宋書傅亮傳感物賦："領三百於無邪，貫五千於有宗。"㊁佛教流派之一。見"俱舍宗"。

【有奇】有餘。奇，餘，零數。讀 jī。漢書食貨志："而罷大小錢，改作貨布，長二寸五分，廣一寸，首長八分有奇。"

【有昊】昊，昊天。有，助詞。詩小雅巷伯："有北不受，投畀有昊。"

【有命】古代帝王自以爲天命所歸，故稱有命。書伊訓："皇天降災，假手于我有命。"

【有邰】古國名。炎帝之後，姜姓。周后稷母姜嫄，卽有邰氏女。詩大雅生民："實穎實栗，即有邰家室。"故址在今陝西武功縣西南。

【有室】㊀指卿大夫。書立政："古之人迪惟有夏，乃有室大競。"傳："古之人道，惟有夏禹之時，乃有卿大夫，室家大强。"清孫星衍尚書今古文注疏："有室，猶云有家，謂卿大夫也。"參見"有家"。㊁指男子娶妻。禮曲禮上："三十曰壯，有室。"

【有若】公元前 518？—？年。春秋魯人。字子有。孔子弟子。主"禮之用，和爲貴"，見論語學而。孔子死後，門人以有若貌似孔子，曾一度奉以爲師。參閱史記六七仲尼弟子傳、孔子家語七十二弟子解。

【有苗】古部落名。詳"三苗"。

【有相】佛教主張萬有皆空，心體本寂。稱造作之相或虛假之相爲有相。相，指事物外部的形象狀態。大日經疏一："可見可現之法，卽爲有相。"金剛經如理實見分："佛告須菩提，凡所有相，皆是虛妄。"唐羅隱甲乙集十寄無相禪師詩："有緣有相應非佛，無我無人始是僧。"

【有限】有一定的限度或限制；數量不多，程度不高。文選三國魏文帝(曹丕)與朝歌令吳質書："塗路雖局，官守有限。"南朝陳徐陵徐孝穆集四與楊僕射書："散有限之微財，供無期之久客。"

【有秋】有收穫。謂豐收。書盤庚上："若農服田力穡，乃亦有秋。"唐孟浩然集二同獨孤使君東齋作詩："廨宇宜新霽，田家賀有秋。"

【有家】㊀家。有，助詞。易家人："王假有家，交相愛也。"唐韓愈昌黎集三十平淮西碑："天旣全付予有家。"㊁指卿大夫。書皋陶謨："日宣三德，夙夜浚明有家。"㊂指女子出嫁。孟子滕文公下："丈夫生而願爲之有室，女子生而願爲之有家。"宋朱熹集注："男以女爲室，女以男爲家。"明朱鼎玉鏡臺記傳奇探姑："女潤玉年方及笄，未遂有家。"

【有素】久已熟悉。唐段成式劍俠傳三宣慈寺門子："爾何人？與諸郎阿誰有素？而能相爲如此。"宋蘇軾分類東坡詩三越州張中舍壽樂堂："高人自與山有素，不待招邀滿庭戶。"

【有鬲】古國名。夏時爲鬲國，也稱有鬲氏。有窮國君寒浞滅夏帝相，夏臣靡奔有鬲氏，收集遺民，滅浞，立少康。見左傳襄四年。其地後屬齊，爲鬲邑。漢置鬲縣，北齊廢。故址在今山東德州市北。

【有夏】㊀指中國。書君奭："惟文王尚克修和我有夏。"傳："文王庶幾能修政化，以和我所有諸夏。"參見"夏㊀"。㊁指夏代。書召誥："我不可不監于有夏，亦不可不監于有殷。"

【有秩】㊀有常。詩商頌烈祖："嗟嗟烈祖，有秩斯祜。"文選漢張平子(衡)東京賦："登聖皇於天階，章漢祚之有秩。"聖皇，指漢光武帝劉秀。㊁古代鄉官名。漢承秦制，鄉五千戶則置有秩，秩百石，掌管一鄉之人。見史記七九范雎傳、漢書百官公卿表上、後漢書百官志五及注引漢官。

【有娀】古國名。殷契母簡狄，即有娀氏女。詩商頌長發：“有娀方將，帝立子生商。”淮南子地形謂有娀在不周之北。史記殷紀正義謂當在蒲州。故址在今山西永濟縣。

【有涯】有限，有止境。莊子養生主：“吾生也有涯，而知也無涯。”唐杜甫杜工部草堂詩箋二二春歸：“世路雖多梗，吾生亦有涯。”

【有扈】古國名。夏帝啟與戰於甘，滅之。其子孫以國爲姓，扈氏卽其後。故址在今陝西鄠縣(今作户縣)北。參閱書甘誓、漢應劭風俗通姓氏篇下（清張澍輯注本）。

【有庳】古地名。也作有鼻，又名鼻墟、鼻亭。相傳舜封其弟象於此。見漢書六三昌邑哀王髆傳。故址在今湖南道縣北。曾立有象祠，唐元和中道州刺史薛伯高毀去。見唐柳宗元柳先生集二八道州毀鼻亭神記。

【有情】㊀有情感。世說新語言語：“(衞玠)語左右云：‘見此芒芒，不覺百端交集。苟未免有情，亦復誰能遣此！’”唐李賀歌詩編二金銅仙人辭漢歌：“衰蘭送客咸陽道，天若有情天亦老。”㊁有交情。世說新語賞譽下：“王恭始與王建武(忱)有情，後遇袁悅之間，遂致疑隙。”也特指男女相互愛慕。元王實甫西廂記五本四折：“願普天下有情的都成了眷屬。”㊂佛教語。梵語“薩埵”的意譯，也譯爲“衆生”，爲動物的總名。成唯識論述記一：“梵云薩埵，此言有情，有情識故。今談衆生，有此情識，故名有情。”

【有莘】古國名。也作有辛、有侁、有㜸。1.姒姓，夏禹之後。周文王妃太姒卽有莘之女。故址在今陝西合陽縣東南。參閱太平寰宇記二八同州夏陽縣。2.商湯娶有莘氏之女，卽其國。左傳僖二八年“晉侯登有莘之虛以觀師”、孟子萬章上“伊尹耕於有莘之野”，皆卽此地。故址在今河南開封縣舊陳留縣東。一說在今山東曹縣北。參閱史記殷紀正義引括地志、讀史方輿紀要三三兗州府下曹縣。

【有頃】不久。戰國策秦一：“孝公已死，惠王代後，莅政有頃，商君告歸。”

【有渰】濃雲密布貌。詩小雅大田：“有渰萋萋，興雨祁祁。”傳：“渰，雲興貌。”渰，亦作“弇”。文選南朝梁江文通(淹)雜體詩張黃門：“有弇興春節，愁霖貫秋序。”

【有道】㊀有道德、有才藝的人。論語學而：“敏於事而慎於言，就有道而正焉。”周禮春官大司樂：“凡有道者、有德者，使教焉。”注：“道，多才藝者。”舊時書信中常用作對人的敬稱。㊁指政治清明。論語衞靈公：“邦有道則仕，邦無道則可卷而懷之。”㊂漢代選舉科目之一。東漢郭泰、張奐子芝以有道徵，時人稱爲郭有道、張有道。見後漢書本傳。

【有喜】㊀有喜慶之事。易无妄：“无妄之疾，勿藥有喜。”㊁指婦女有孕。明孫鍾齡東郭記二五：“且大姐姐近日身兒覺粗，敢是有了喜也。”參閱清翟灝通俗編二二婦女有喜。

【有間】間，讀 jiàn。㊀短時間，一會兒。戰國策燕三：“居之有間，樊將軍(於期)亡秦之燕。”㊁爲時已久。史記五帝紀論：“書缺有間矣。”索隱：“言古典殘缺有年載，故曰有間。”㊂有閒暇。宋歐陽修文忠集九讀書詩：“古人重温故，官事幸有間。”㊃有嫌隙。左傳昭十三年：“諸侯有間矣。”注：“間，隙也。”㊄病情稍有好轉。左傳襄十年：“晉侯有間。”注：“間，疾差〔瘥〕也。”

【有爲】㊀有作爲，有志氣。爲，讀 wéi。易繫辭上：“是以君子將有爲也。”孟子滕文公上：“舜何人也，予何人也，有爲者亦若是。”㊁有所爲，有緣故。爲，讀 wèi。全唐詩五九九于濆擬古諷：“草木本無情，此時如有爲。”

【有漏】佛教語。含有煩惱的事物，謂爲有漏。一切世間的事體，都是有漏法。脫離煩惱的出世間事體，都是無漏法。漏，佛家稱煩惱的別名。涅槃經十二聖行品：“有漏法者有二種，有因有果……有漏果者，是則名苦；有漏因者，則名爲集。”唐文粹六三王維六祖能禪師碑銘：“有漏聖智，無義章句。”

【有截】詩商頌長發：“海外有截。”截，整齊；有，助詞，無義。後來詩文中割取有截二字，作爲海外的代稱。北齊書樊遜傳對問刑罰寬猛：“後服之徒，既承風而慕化；有截之內，皆蹈德而詠仁。”唐杜牧樊川集二奉和門下相公送西川相公……詩：“無私天雨露，有截舜衣裳。”

【有鼻】卽有庳。漢書六三武五子傳昌邑哀王髆傳：“舜封象於有鼻，死不爲置後。”注：“有鼻在零陵，今鼻亭是也。”詳“有庳”。

【有熊】古國名。相傳黃帝軒轅氏本是有熊國君少典之子，故號有熊。故地在今河南新鄭縣。參閱史記五帝紀集解引徐廣、譙周、皇甫謐說。

【有窮】㊀有止境，有限度。莊子則陽：“君以意在四方上下有窮乎？”㊁夏代國名。相傳有窮國君羿善射，奪夏帝相的王位。其相寒浞殺羿，代立爲王，襲有窮之號，爲夏之遺臣靡所滅。故地在今山東德州市南。參閱史記夏紀。

【有數】㊀有節度，有差別。左傳桓三年：“夫德，儉而有度，登降有數。”漢書文帝紀十二年六月詔：“賜天下孤寡布帛絮各有數。”㊁有氣數，有因緣。舊時迷信謂命中注定。唐白居易長慶集六村中留李三宿詩：“如我與君心，相知應有數。”㊂不可多得，爲數有限。唐杜甫杜工部草堂詩箋十九敬簡王明府：“神仙方有數，流落竟無窮。”

【有緡】古國名。左傳昭四年：“夏桀爲仍之會，有緡叛之。”春秋時屬宋，漢置東緡縣，晉廢。故址在今山東金鄉縣東北，舊有東緡故城。參閱嘉慶一統志一八三濟寧州。

【有緣】指人事遇合都有機緣。三國志魏董昭傳：“曹(操)今雖弱，然實天下之英雄也，當故結之。況今有緣，宜通其上事，並表薦之。”玉臺新詠一古詩爲焦仲卿妻作：“下官奉使命，言談大有緣。”

【有謂】㊀有言。莊子齊物論：“今我則已有謂矣，而未知吾所謂之其果有謂乎？其果无謂乎？”唐成玄英疏：“謂，言也。”㊁有緣故，有用意。全唐詩六七八許彬經李翰林廬山屏風疊所居：“深居應有謂，濟代豈無才。”唐于頔撰順聖樂，其曲將半，獨一卒舞於其中，韋綬笑曰：“何用窮兵獨舞？”李肇謂其“言雖詼諧，一時亦有謂也。”見唐李肇國史補下于公順聖樂。㊂有所訴說或表示。唐杜甫杜工部詩二三杜鵑行：“聲音咽咽如有謂，號啼略與嬰兒同。”

【有㜸】卽“有莘”。商湯妃有㜸氏之女。見古列女傳一、漢書古今人表。史記殷紀作“有莘”。參見“有莘”。

【有識】㊀指有卓識遠見之人。史記一〇〇季布傳：“夫陛下以一人之譽而召臣，一人之毀而去臣，臣恐天下有識聞之有以闚陛下也。”㊁指成年。文選晉張茂先(華)答何劭詩之二：“自予及有識，志不在功名。”唐呂延濟注：“有識，自三十成立之後。”

【有蘇】古國名。己姓。殷紂妃妲己卽有蘇氏女。見國語晉一。故地在今河南武陟縣東。

【有心人】專心注意被人忽略過去的

事物之人。宋趙長卿惜香樂府七臨江仙楊柳詞:“還將無意眼,識徧有心人。”

【有肚皮】有默契,心照不宣之意。五代史平話梁上:“尚讓與小人有肚皮,咱密地招之,令他先叛,然後謀取葛從周。”

【有所思】漢鐃歌十八曲之一。以首句“有所思”作篇名。描寫女子與情人決絶時的悲思。一説與十八曲之另一曲上邪合,表示男女問答。南朝宋何承天、南齊王融、梁劉繪都有擬作,以思親離别爲主題。參閲樂府詩集十六有所思引樂府題解。

【有首尾】有聯繫,勾結串通。水滸二六:“原來縣吏都是與西門慶有首尾的,官人自不必説。”

【有相宗】佛教派别之一。佛教法相宗認爲萬法有相,一切唯識所變。三論宗認爲萬法皆空,一切無相無著。故稱三論宗爲無相宗,相對而稱法相宗爲有相宗。

【有相業】佛教語。指信有“淨土”而念佛,求往生,佛家稱爲有相的作業,謂之有相業。往生要集下:“有相業,謂或觀相好,或念名號,徧厭穢土,專求净土。”

【有情樹】木名。花如牡丹而香,種有雌雄,並種緣生花,晝開夜合,故又名夜合。見元伊世珍瑯嬛記中引採蘭雜志。

【有頂天】佛教語。㊀色界天的第四處,本名色究竟天,以其在有形世界(包括欲界、色界)之最上,故又名有頂天。簡稱有頂。法華經一序品:“從阿鼻獄,上至有頂。”㊁無色界的第四處,即非想非非想天,以其位於有形世界和無形世界(包括欲界、色界、無色界三界)極頂之處,故亦名有頂天,也簡稱有頂。妙句解六:“非非想天,名爲有頂。是於三界有漏世間,極頂之故。”

【有巢氏】傳説遠古發明巢居的人。其初,人民穴居野處,有巢氏教民構木爲巢,居住樹上,避免野獸侵害,因稱有巢氏。這一傳説反映出我國原始時代由穴居進入巢居的情況。參閲韓非子五蠹。

【有爲法】佛教指因緣所生的世間事物,亦簡稱有爲,對無爲法而言。金剛經應化非真分三二:“一切有爲法,如夢幻泡影,如露亦如電,應作如是觀。”

【有虞氏】古部落名。古史傳説,部落聯盟的首領舜受堯禪,都蒲阪(今山西永濟縣東南)。國語魯上:“故有虞氏禘黄帝而祖顓頊。”詳“虞舜”。

【有學集】清初錢謙益撰。五十卷。繼初學集作,爲謙益入清前後的詩文手編稿本,康熙三年鄒鎡刊行。集中有明弘光紀元而無清順治年號,多觸犯當時忌諱之語。書刻成後不久即被禁燬。後又有金匱山房重定五十一卷本,多有改易,非原來面目。四部叢刊據鄒刻本影印,又據金匱本輯補一卷。

【有聲畫】指詩。因詩中有畫意,故稱。元詩選岑安卿栲栳山人集次韓明善題推篷圖:“無聲詩生有聲畫,吟咏工夫見揮灑。”又方回桐江續集十四丹陽道中大雪詩:“此是老夫有聲畫,丹陽道上雪天詩。”

【有一無二】謂事物獨特,極其難得。明姚子翼遍地錦傳奇勸主:“似這等才調,也算得有一無二的了。”

【有才無命】有才幹而運氣不佳,指不得志。唐杜甫杜工部草堂詩箋三十寄狄明府博濟:“比看叔父四十人,有才無命百寮底。”

【有口皆碑】人人滿口稱頌,像記載功德的石碑。五燈會元十七安禪師:“勸君不用鐫頑石,路上行人口似碑。”

【有口難分】蒙受冤屈,無法分辯。元曲選(蕭德祥)殺狗勸夫一:“直着我有口難分,進退無門。”儒林外史二:“把個荀老爹氣得有口難分。”

【有天無日】比喻黑暗無公理或放肆無所顧忌。元曲選康進之李逵負荆二:“元來個梁山泊有天無日,就恨不砍倒這一面黄旗。”也作“有天没日頭”。明郎瑛七修續藁五詩文俗語本詩句引宋神童詩:“真箇有天没日頭。”又作“有天没日”。紅樓夢七:“衆小廝見他説出來的話有天没日的,唬得魂飛魄散。”

【有死無二】意志堅定,雖死不變。唐白居易長慶集七十淮南節度使……趙郡李公家廟碑銘序:“誠貫神明,有死無二。”

【有名無實】謂空有名義或名聲而無實際。國語晉八:“(韓)宣子曰:‘吾有卿之名,而無其實,無以從二三子,吾是以憂。’”六韜:“有名無實,慎勿與謀。”(類説三九)

【有志竟成】有決心和毅力,事情終可成功。後漢書四九耿弇傳:“帝(光武)謂弇曰:‘……將軍前在南陽建此大策,常以爲落落難合,有志者事竟成也。’”宋陸游劍南詩稿二一雪夜作:“君勿輕癯儒,有志事竟成。”

【有始無終】作事有頭無尾,不能堅持到底。晉書劉聰載記:“小人有始無終,不能如貫高之流也。”警世通言二一:“你若邪心不息,俺即撒開雙手,不管閒事,怪不得我有始無終了。”

【有恃無恐】春秋齊孝公侵魯,魯僖公使展喜犒師,齊孝公問:“室如縣罄,野無青草,何恃而不恐?”展喜答:“恃先王之命。”見左傳僖二六年。唐韓愈昌黎集十四鄆州溪堂詩序:“惟鄆也,截然中居,四鄰望之,若防之制水,恃以無恐。”後稱有所依仗而無顧忌爲有恃無恐,本此。

【有條不紊】作事有條理而不雜亂。書盤庚上:“若網在綱,有條而不紊。”唐王勃王子安集十四梓州玄武縣福會寺碑:“有條不紊,施緩政於繁繩;斷訟有神,下高鋒於錯節。”

【有教無類】施教不分對象。論語衛靈公:“子曰:‘有教無類。’”

【有眼無珠】形容見識淺薄,没有辨别能力。元曲選缺名舉案齊眉一:“就似那薰蕕般各别難同處,怎比你有眼却無珠。”西遊記四二:“那妖精……痛聲苦告道:‘菩薩,我弟子有眼無珠,不識你廣大法力!’”

【有朝一日】將來有一天。元曲選關漢卿救風塵一:“恁時節船到江心補漏遲,煩惱怨他誰,事要前思免後悔。我也勸你不得,有朝一日,準備着搭救你塊望夫石。”

【有備無患】事先有準備,可以避免禍患。書説命中:“惟事事乃其有備,有備無患。”左傳襄十一年:“書曰:‘居安思危,思則有備,有備無患。’”

【有意無意】意思在有無之間,真率不拘泥的意思。世説新語文學:“庾子嵩(敳)作意賦成,從子文康(亮)見問曰:‘若有意邪,非賦之所盡;若無意邪,復何所賦?’答曰:‘正在有意無意之間。’”

【有脚書廚】對博學者的美稱。宋龔程自幼好學,手不釋卷,博覽羣書,記問精確,鄉人稱之爲“有脚書廚”。見宋龔明之中吴紀聞三有脚書廚。

【有脚陽春】五代後周王仁裕開元天寶遺事下有脚陽春:“宋璟愛民恤物,朝野歸美,時人咸謂璟爲有脚陽春,言所至之處,如陽春煦物也。”後因用爲比喻地方官吏施行德政之詞。宋李昴英文溪詞摸魚兒送王子文知太平州:“丹山碧水含離恨,有脚陽春難駐。”

【有頭無尾】猶有始無終,不能堅持到底。朱子語類四二論語二四:“若是有頭無尾底人,便是忠也不久。”

【有聲有色】形象鮮明,十分生動。清洪亮吉北江詩話一:“寫月有聲有色如此，後人復何從著筆耶？"指唐李白杜甫詠月詩。

【有治人無治法】貴有治國之人，沒有一成不變的治國之法。荀子君道："有亂君，無亂國；有治人，無治法。"

【有眼不識泰山】常用作冒犯或得罪人後，向對方賠禮道歉的客氣話。水滸二："師父如此高强，必是個教頭，小兒有眼不識泰山。"二刻拍案驚奇三三："這是有眼不識泰山，罪應萬死。"

【有錢使得鬼推磨】舊時形容金錢萬能。古今小説二一臨安里錢婆留發跡："正是官無三日緊，又道是有錢使得鬼推磨。"

【有則改之，無則加勉】論語學而"曾子曰吾日三省吾身"宋朱熹集注："曾子以此三者日省其身，有則改之，無則加勉，其自治誠切如此，可謂得爲學之本矣。"本爲自勉之語，後指勉勵人接受意見，改過從善。明實録英宗正統實録六八："如或受諂諛，納侵潤，則賢受抑，不肖者得志，孰與成功？爾等有則改之，無則加勉。"

四畫

服 1. fú ㄈㄨˊ 房六切，入，屋韻，並。

㊀使用。包括對各種事物的利用。易繫辭下："服牛乘馬，引重致遠。"楚辭屈原天問："何惡輔弼，讒諂是服？"㊁穿着，執持。墨子節用中："冬服紺緅之衣，輕且暖。"國語吳："夜中，乃令服兵擐甲。"注："服，執也。"㊂食用。山海經中山經："(歷兒之山)多橿木，……其實如楝，服之不忘。"禮曲禮下："醫不三世，不服其藥。"㊃事，職務。書旅獒："王乃昭德之致于異姓之邦，無替厥服。"詩大雅蕩："咨汝殷商，曾是彊禦，曾是掊克，曾是在位，曾是在服。"㊄從事，擔任。如出仕曰服官，務農曰服田，經商曰服賈。論語爲政："有事，弟子服其勞。"㊅習慣，適應。楚辭屈原九章橘頌："后皇嘉樹，橘徠服兮。"注："服，習也。"㊆順從。書舜典："(舜)流共工于幽州，放驩兜于崇山，竄三苗于三危，殛鯀于羽山，四罪而天下咸服。"㊇佩服。也用指制服、征服。孟子公孫丑上："以力服人者，非心服也，力不贍也。"漢陸賈新語無爲："秦始皇……將師橫行，以服外國。"三國志魏鍾會傳注引晉何劭王弼傳："弼與鍾會善，會論議以校練爲家，然每服弼之高致。"㊈古王畿以外的地方。詩大雅文王："商之孫子，……侯於周服。"參見"五服㊀"。㊉衣服。詩曹風候人："彼其之子，不稱其服。"有時也包括宮室車騎。泛稱爲器服。周禮春官都宗人："正都禮，與其服。"注："服謂衣服及宮室車騎。"⑪舊時喪禮規定穿戴的喪服。禮檀弓下："齊穀(告)王姬之喪，魯莊公爲之大功。或曰由魯嫁，故爲之服姊妹之服。或曰外祖母也，故爲之服。"也指居喪。史記一〇七灌夫傳："夫安敢以服爲解！"⑫役馬名。古代一車駕四馬，居中的兩匹稱服。詩鄭風大叔于田："兩服上襄，兩驂鴈行。"⑬古盛箭的器具。通"箙"。詩小雅采薇："四牡翼翼，象弭魚服。"國語齊："弢無弓，服無矢。"⑭鳥名。通"鵩"。史記八四賈誼傳服鳥賦："單閼之歲兮，四月孟夏，庚子日施兮，服集予舍。"文選作"鵩"。⑮伏地。通"匐"。見"扶服"。⑯姓。漢有江夏太守服徹、九江太守服虔。見漢應劭風俗通姓氏篇下

2. fù ㄈㄨˋ 集韻 扶缶切，上，有韻。

⑰中藥一劑或煎一次稱一服。北周庾信庾子山集二燕歌行："定取金丹作幾服，能令華表得千年。"⑱車箱。也指負荷。見"服箱"。

3. bì ㄅㄧˋ 集韻 弼力切，入，職韻。

⑲鬱結。通"偪"。見"服臆"。

【服刀】佩帶腰間的短刀。漢書九六上西域傳婼羌："山有鐵，自作兵，兵有弓、矛、服刀、劍、甲。"注引漢劉德："服刀，拍髀也。"

【服日】道家一種修煉法。晝服日，夜服月。服日法，存想日在心中，大如錢，赤色有光芒，從心中上升，出喉嚨至牙齒間，然後迴還胃中。服月法，存想月在泥丸中(兩眉間)，有白色光芒，從腦中下入喉嚨，至牙齒間，然後嚥入胃中。道家認爲行此法可除疾、消災、辟百邪。參閱南朝梁陶弘景真誥十四、雲笈七籤四五祕要訣法服日月光芒。

【服月】見"服日"。

【服田】從事耕種。書盤庚上："若農服田力穡，乃亦有秋。"樂府詩集八二唐薛能昇平樂之五："奇器皆歸朴，征夫亦服田。"

【服汙】指營私請託，同流合污。大戴禮子張問入官："邇臣便辟不正廉，而羣臣服汙矣。"注："服，事也；汙，濫也。言私謁也。"

【服色】古時每個王朝所定車馬祭牲的顏色。如夏尚黑，商尚白，周尚赤之類。禮大傳："改正朔，易服色。"注："服色，車馬也。"後也指各級官員的服飾。唐白居易長慶集十八初除尚書郎脱刺史緋詩："親賓相賀問何如？服色恩光盡反初。"

【服休】古代帝王的近臣。書酒誥："矧惟爾事，服休服采。"疏："鄭玄以服休爲燕息之近臣，服采爲朝祭之近臣。"宋蔡沈集傳："服休，坐而論道之臣；服采，起而作事之臣。"

【服車】㊀駕車。左傳哀二七年："今君命女以是邑也，服車而朝，毋廢前勞。"㊁官車。周禮春官巾車："服車五乘。"注："服事者之車。"

【服役】㊀擔任勞役，効勞。韓非子五蠹："故以天下之大，而爲服役者七十人，而爲仁義者一人。"漢書食貨志上鼂錯論貴粟疏："今農夫五口之家，其服役者不下二人。"注："服，事也。給公事之役也。"也指服役的人或僕從。莊子漁父："先生不羞，而比之服役，而身教之。"㊁役使，操縱。淮南子本經："明於禁舍開閉之道，乘時因勢，以服役人心也。"

【服妖】奇裝異服。古人認爲奇裝異服，預兆人事的非常變亂，故稱服妖。尚書大傳洪範五行傳："貌之不恭，是謂不肅，……時則有服妖。"漢書五行志中之上："風俗狂慢，變節易度，則爲剽輕奇怪之服，故有服妖。"

【服法】有罪就刑。清周坦綸玉鴛鴦傳奇山操："近聞仇家犯事服法，意欲返邪歸正。"

【服官】㊀禮內則："五十命爲大夫，服官政。"後因稱作官爲服官。㊁漢代官名。漢齊郡臨淄産紈縠，陳留郡襄邑産錦緞，在兩地設服官，掌管宮廷服用的供應。在臨淄者也稱三服官，因供應春夏冬三季衣料而名。參閱漢書文帝紀初元五年四月詔、地理志上陳留郡、齊郡。參見"三服官"。

【服享】諸侯對天子歸順朝貢。左傳昭二六年："在定王六年，秦人降妖，曰：'周其有頿王，亦克能脩其職，諸侯服享，二世共職。'"

【服玩】服用與玩賞的物品。後漢書七八曹節傳審忠上書："(朱瑀)盜取御水，以作魚釣，車馬服玩，擬於天家。"也作"服翫"。北魏楊衒之洛陽伽藍記二城東正始寺："惟(張)倫最爲豪侈，齋宇光麗，服翫精奇，車馬出入，逾於邦君。"

【服事】㊀諸侯定期朝貢，各依服數以事

天子，稱爲服事。論語泰伯："三分天下有其二，以服事殷。"㊁從事公職。周禮地官大司徒："分職事十有二于邦國都鄙，使以登萬民：一曰稼穡，二曰樹藝，……十有二曰服事。"指在官府擔任府史、胥徒一類的差使。㊂供奔走勞役，伺候。漢陸賈新語愼微："分財取寬，服事取勞。"元吳昌齡西遊記雜劇四："小妮子們爲甚不服事娘子？"

【服具】應用的器具。史記九七朱建傳："及平原君（朱建）母死，……平原君家貧，未有以發喪，方假貸服具。"指喪事所用的車馬等用具。

【服采】見"服休"。

【服念】反覆思考。書康誥："要囚，服念五六日，至于旬時，丕蔽要囚。"傳："要囚，謂察其要辭以斷獄。既得其辭，服膺思念五六日至于十日，至于三月，乃大斷之。言必反覆思念，重刑之至也。"

【服舍】居喪時的住室。漢制，子遇父母之喪，未葬居服舍，既葬居廬墓。史記一〇六吳王濞傳："鼂錯因言楚王戊往年爲薄太后服，私姦服舍，請誅之。"漢書五三江都易王非傳："易王薨，未葬，（子）建居服舍。"

【服制】㊀按身分等級所定的服飾車馬制度。史記一〇七田蚡傳："令列侯就國，除關，以禮爲服制，以興太平。"㊁舊時喪服制度。按其與死者關係的親疏，分斬衰、齊衰、大功、小功、緦麻五等。南齊書禮志下："（王）儉曰：'送往有已，復生有節，罔極非服制所申，祥縞明示終之斷。'"也專指爲父母服喪的喪服。元施惠幽閨記傳奇兄妹籌咨："只因服制在身，難以進取。"

【服物】㊀衣服、織品及器物。國語周中："服物昭庸，采飾顯明。"周禮秋官大行人："（采服）四歲一見，其貢服物。"注："服物，玄纁絺纊也。"㊁折服人心。晉書石苞傳："苞旣勤庶事，又以威德服物。"

【服侍】服事侍候。明沈鯨易鞋記傳奇求名："張二！就把你與琴童兩人同服侍他前去。"

【服度】遵禮守法。管子牧民："上服度則六親固，四維張則君令行。"

【服食】㊀服用飲食之物。書旅獒："無有遠邇，畢獻方物，惟服食器用。"㊁道家養生法。指服食丹藥。文選古詩十九首之十三："服食求神仙，多爲藥所誤。"

【服席】見"服匿"。

【服馬】㊀古代一車四馬，中二馬夾轅者稱服馬，兩旁之馬曰驂馬。㊁也泛指乘馬。詩鄭風叔于田："叔適野，巷無服馬。"箋："服馬，猶乘馬也。"文選南朝宋顏延年（延之）宋文皇帝元皇后哀策文："僕人按節，服馬顧轅。"參見"服㊂"。㊂馴服馬性。山海經東山經："（東始之山）有木焉，其狀如楊而赤理，其汁如血，不實，其名曰芑，可以服馬。"注："以汁塗之，則馬調良。"

【服貢】周九貢之一。指各地向朝廷貢納的絲麻織品。周禮天官大宰："以九貢致邦國之用：一曰祀貢，……七曰服貢。"注："服貢，絺紵也。"參見"九貢"。

【服連】古車名。連，讀爲輦。管子海王："行服連軺輂者，必有一斤一鋸一錐一鑿，若其事立。"注："輂名，所以載任器，人挽者。"

【服虔】漢河南滎陽人。初名重，又名祇，字子愼。舉孝廉。中平末，任九江太守。曾以左傳駁何休所論漢事六十條。著有春秋左氏傳解誼。東晉元帝時，服氏左傳曾立博士；南北朝時北方尚通行服注。自唐孔穎達撰左傳正義，專用杜預注，服注遂亡。清王謨袁鈞馬國翰黃奭等均有輯佚本，一至十二卷不等。後漢書有傳。

【服氣】道家修養法。也作"食氣"。晉書張忠傳："恬靜寡欲，清虛服氣，餐芝餌石，修導養之法。"唐白居易長慶集五六贈王山人詩："玉芝觀裏王居士，服氣飡霞善養身。"

【服乘】泛指衣服車馬。三國志魏崔琰傳："世子仍出田獵，變易服乘，志在驅逐。"世子謂曹丕。

【服秩】官吏制服的品級。晉書職官志："僕射，服秩印綬與令同。"

【服章】指表示官吏身分品秩的服飾。唐韓愈昌黎集七朝歸詩："服章豈不好，不與德相稱。"

【服匿】古時盛酒酪的器具。亦作"服席"。漢書五四蘇建傳附蘇武："單于弟於靬王弋射海上。……三歲餘，王病，賜武馬畜服匿穹廬。"注引孟康："服匿如甖，小口大腹方底，用受酒酪。"參閱宋程大昌演繁露一服匿。

【服習】㊀反覆練習，熟悉。管子七法："爲兵之數，……在乎服習，而服習無敵。"左傳僖十五年："古者大事，必乘其產，生其水土，而知其人心，安其教訓，而服習其道。"㊁習慣。三國魏嵇康嵇中散集七附張邈叔自然好學論："且晝坐夜寢，明作闇息，天道之常，人所服習。"

【服從】禮內則："四十始仕，方物出謀發慮，道合則服從，不可則去。"清孫希旦集解："服從，謂服其事而從君也。"後謂順服、遵從曰服從。商君書畫策："是以兵出而無敵，令行而天下服從。"三國志蜀諸葛亮傳："亮說（孫）權曰：'……今將軍外託服從之命，而懷猶豫之計，事急而不斷，禍至無日矣。'"

【服善】㊀服用美好。漢劉向說苑反質："君子服善則益恭，小人服善則益倨。"㊁聽從善言。清袁于令西樓記傳奇私契："這箇人極不服善，一時高興，都把他塗壞了，怎麼處？"

【服勞】服事勤勞。書君牙："惟乃祖乃父世篤忠貞，服勞王家。"也指做勞力的事。論語爲政："有事，弟子服其勞。"

【服馭】㊀駕馭。荀子王霸："王良造父者，善服馭者也。"㊁泛指衣服車馬。唐沈旣濟枕中記："由是衣裝服馭，日益鮮盛。"參見"服御㊀"。

【服期】服一年之喪。期，也作"朞"，指期服。新唐書一七六韓愈傳："嫂鄭喪，爲服期以報。"

【服喪】爲父母守喪。韓非子內儲上七術："宋崇門之巷人，服喪而毀，甚瘠。"史記一一二公孫弘傳："後母死，服喪三年。"

【服御】㊀衣服車馬之類。戰國策趙四："葉陽君涇陽君之車馬衣服，無非大王之服御者。"後漢書桓帝懿獻梁皇后紀："恣極奢靡，宮幄彫麗，服御珍華，巧飾制度，兼倍前世。"㊁使用。文選三國魏嵇叔夜（康）琴賦："永服御而不厭，信古今之所貴。"㊂駕馭。文選南朝宋顏延年（延之）赭白馬賦："服御順志，馳驟合度。"

【服義】奉行仁義。楚辭宋玉招魂："朕幼清以廉潔兮，身服義而未沬。"文選南齊謝玄暉（朓）拜中軍記室辭隋王牋："況迺服義徒擁，歸志莫從，邈若墜羽，翩似秋蔕。"

【服賈】經商。書酒誥："肇牽車牛，遠服賈。"傳："農功既畢，始牽車牛，載其所有，求易所無，遠行賈賣。"金元好問遺山集二雁門道中書所見詩："傾身營一飽，豈樂遠服賈？"

【服勤】服侍勤勞。禮檀弓上："事親有隱而無犯，左右就養無方，服勤至死。"疏："言服勤者，謂服持勤苦勞辱之事。"

【服罪】伏罪，認罪。荀子君子："世曉然皆知夫爲姦則雖隱竄逃亡之由不足以免也，故莫不服罪而請。"公羊傳文十五年："父母之於子，雖有罪，猶若其不欲服罪然。"

【服飾】衣服及裝飾。周禮春官典瑞:"辨其名物,與其用事,設其服飾。"漢書九九中王莽傳:"五威將乘乾文車,駕坤六馬,背負鷩鳥之毛,服飾甚偉。"

【服養】衣服飲食等物。韓非子五蠹:"堯之王天下也,……糲粢之食,藜藿之羹,冬日麑裘,夏日葛衣,雖監門之服養,不虧於此矣。"

【服瑣】細布名。急就篇二:"服瑣緰帛與繒連。"注:"服瑣,細布織爲連瑣之文也。"

【服餌】道家修養法。指服食丹藥。魏書裴伯茂傳豁情賦序:"余攝養舛和,服餌寡術,自春徂夏,三嬰湊疾。"

【服₂箱】負車箱,卽駕車。詩小雅大東:"睆彼牽牛,不以服箱。"傳:"服,牝服也;箱,大車之箱也。"清陳奐傳疏:"牝卽牛,服者負之假借字,大車重載,牛負之,故謂之牝服。"後漢書五九張衡傳思玄賦:"斥西施而弗御兮,羈要裹以服箱。"注:"服,駕也;箱,車也。"

【服劍】佩劍。隨身佩帶,相當於漢人的班劍,後來的象劍。戰國策齊四:"遣太傅齎黃金千斤,文馬二駟,服劍一,封書一,謝孟嘗君。"

【服澤】古地名。相傳堯舉舜於此。墨子尙賢上:"故古者堯舉舜於服澤之陽,授之政,天下平。"清畢沅注:"未詳其地。服與蒲,音之緩急,或卽蒲澤,今蒲州府。"按,清蒲州府,今山西運城地區。

【服膺】牢記在胸中,衷心信服。禮中庸:"得一善,則拳拳服膺而弗失之矣。"世說新語品藻:"支道林問孫興公(綽):'君何如許掾(詢)?'孫曰:'高情遠致,弟子蚤已服膺;一吟一詠,許將北面。'"

【服翼】蝙蝠。也作"伏翼"。爾雅釋鳥:"蝙蝠,服翼。"漢劉向新序雜事五:"黃鵠、白鶴,一舉千里,使之與燕、服翼試之堂廡之下、廬室之間,其便未必能過燕、服翼也。"參見"伏翼"。

【服闇】在黑暗中作事。禮曲禮上:"孝子不服闇,不登危,懼辱親也。"注:"服,事也;闇,冥也。不於闇冥之中從事,爲卒有非常,且嫌失禮也。"

【服闋】古喪禮規定,父母死後,服喪三年,期滿除服,稱服闋。闋,終了。漢應劭風俗通十反汝南范滂孟博:"父字叔矩,遭母憂,……三年服闋,二兄仕進。"漢蔡邕蔡中郎集二陳留范史雲銘:"除郎中君、萊蕪長,未出京師,喪母行服。故事,服闋後,還郎中君。"

【服₃臆】心氣鬱結,悲痛貌。史記一〇五扁鵲傳:"(虢君)言未卒,因噓唏服臆,……悲不能自止,容貌變更。"漢王充論衡別通:"父兄在千里之外,且死,遺教戒之書,子弟賢者求索觀讀,服臆不舍。"也作"愊臆"、"腷臆"。參見各該條。

【服霧】道家修煉法。於早晨或坐或卧,先閉目內視,如見五臟,口呼出氣二十四過,使目見五色之氣繚繞面上,然後口納此五色氣五十過,咽唾六十過。見南朝梁陶弘景真誥十三稽神樞。

【服藥】吃藥。史記一〇五扁鵲傳:"故病有六不治:……形羸不能服藥,五不治也。"紅樓夢五三:"這賈宅中的祕法:無論上下,只略有些傷風咳嗽,總淨以餓爲主,次則服藥調養。"

【服辯】舊時犯法者畫押承認的供狀。服,心服;辯,辯理。當則服,不當則辯,故稱。也作"伏辯"。唐律疏議三十斷獄下獄結竟取服辯:"諸獄結竟,徒以上各呼囚及其家屬具告罪名,仍取囚服辯;若不服者,聽其自理,更爲詳審。"參見"伏辯"。

【服屬】順從,歸屬。史記九一黥布傳:"諸侯兵皆以服屬楚者,以布數以少敗衆也。"

【服聽】歸順聽命。戰國策燕一蘇代遺燕昭王書:"天下服聽,因驅韓魏以攻齊。"史記九二淮陰侯傳:"割大弱彊,以立諸侯,諸侯既立,天下服聽而歸德於齊。"

【服不氏】古掌馴養猛獸的官名。以其能馴服不服之獸,故稱。周禮夏官服不氏:"掌養猛獸而教擾之。"

【服低做小】卑躬屈節,低聲下氣。明沈孚中綰春園傳奇議姻:"況養嬌生性,怕他不慣服低做小。"參見"伏低做小"。

朋 péng 步崩切,平,登韻,並。ㄆㄥˊ

說文以"朋"爲"鳳"字的重文。㊀朋友。論語學而:"有朋自遠方來,不亦樂乎?"易蹇疏、周禮地官司諫疏並引漢鄭玄:"同門曰朋,同志曰友。"㊁黨與,同類。書洛誥:"孺子其朋。"楚辭屈原離騷:"世並舉而好朋兮,夫何煢獨而不予聽。"㊂成羣。山海經北山經:"有鳥焉,羣居而朋飛。"㊃並,比。詩唐風椒聊:"彼其之子,碩大無朋。"㊄同,一致。後漢書六三李固杜喬傳贊:"李杜司職,朋心合力。"㊅古代貨幣單位。相傳五貝爲一朋。一說兩貝爲一朋;又一說五貝爲一系,二系爲一朋。詩小雅菁菁者莪:"既見君子,錫我百朋。"漢王莽製貨幣五品,均以二枚爲一朋。見漢書食貨志下。參閱清王引之經義述聞一十朋之龜、王國維觀堂集林三說玨朋。㊆姓。宋有朋水朋山。見明夏樹芳奇姓通四。

【朋友】㊀同師同志的人。易兌:"君子以朋友講習。"論語學而:"與朋友交而不信乎?"㊁指羣臣。詩大雅假樂:"之綱之紀,燕及朋友。"㊂明代士大夫對儒學生員的稱呼。明王世貞鳴鳳記鄒林游學:"今早有個柬帖來,說鄒朋友要相訪,不免啟扉等候呀。"儒林外史二:"開蒙的時候,他父親央及集上新進梅朋友替他起名。"

【朋比】依附勾結。新唐書一五二李絳傳:"趨利之人,常爲朋比,同其私也。"

【朋甲】猶朋黨。五代南唐劉崇遠金華子雜編上:"先是中朝流品相率爲朋甲,以名德清重之最者爲其首。咸通之際,推李公都爲大龍甲頭,沙汰名士,以經緯其伍。"

【朋朋】象聲詞。元詩選釋祖銘古鼎外集宿徑山婆羅林之二:"林風來朋朋,吹我形影弔。"指風聲。

【朋故】朋友舊交。唐盧照鄰幽憂子集一贈益府裴録事詩:"停弦變霜露,對酒懷朋故。"

【朋曹】猶朋輩。楚辭漢東方朔七諫哀命:"賢良蔽而不羣兮,朋曹比而黨譽。"

【朋酒】兩尊酒。詩豳風七月:"朋酒斯饗,曰殺羔羊。"傳:"兩尊曰朋。"後泛指親友相聚歡飲。晉書陶潛傳:"性不解音,而畜素琴一張,絃徽不具,每朋酒之會,則撫而和之。"

【朋家】卽朋黨。書泰誓中:"朋家作仇,脅權相滅。"傳:"臣下朋黨,自爲仇怨。"參見"朋黨"。

【朋淫】羣聚作荒淫玩樂之事。書益稷:"朋淫于家,用殄厥世。"

【朋從】同類相從。易咸:"憧憧往來,朋從爾思。"唐高適高常侍集二漣上題樊氏水亭詩:"異縣少朋從,我行復迍邅。"

【朋游】猶朋舊。元王逢梧溪集三哭成元章詩之二:"世事餘黃石,朋游半列星。"

【朋僚】㊀卽同僚,同事。舊時稱同在一起作官的人。晉書裴秀傳論:"秀則聲蓋朋僚,稱爲領袖。"也作"朋寮"。唐白居易長慶集六一唐故溧水縣令太原白府君墓誌銘序:"自尉下邽至宰溧水,皆以潔廉通濟見知於郡守,流譽於朋寮。"㊁朋友。南齊謝朓謝宣城集四和劉繪入琵琶峽望積布磯詩:"山川隔舊賞,朋僚多雨散。"

【朋賭】聚賭。世說新語排調:"桓玄出

射，有一劉参軍與周参軍朋賭，垂成，唯少一破。」

【朋儔】朋輩。唐韓愈昌黎集三六送窮文：「子之朋儔，非六即四。」宋蘇軾分類東坡詩二二送晁美叔：「我年二十無朋儔，當時四海一子由。」子由，軾弟轍字。

【朋舊】朋友舊交。唐張說張說之集六送高唐州詩：「常時好閑獨，朋舊少相過。」宋蘇軾東坡集續集五答范蜀公書：「新居已成，池圃勝絶，朋舊子舍皆在，人間之樂復有過此者乎！」

【朋簪】易豫：「由豫，大有得，勿疑朋盍簪。」疏：「盍，合也；簪，疾也。若能不疑於物，以信待之，則衆陰羣朋合聚而疾來也。」後因稱朋友爲朋簪。全唐詩二七三戴叔倫卧病：「滄洲詩社散，無夢盍朋簪。」宋蘇軾分類東坡詩二二太夫人以無咎生日置酒留予夜歸書小詩賀上：「壽樽餘瀝到朋簪，要與郎君語夜深。」

【朋黨】㊀爲私利目的而勾結同類。韓非子有度：「交衆與多，外内朋黨，雖有大過，其蔽多矣。」晉書郤詵傳對策：「動則争競，争競則朋黨，朋黨則誣誷，誣誷則臧否失實，真僞相冒，主聽用惑，姦之所會也。」㊁排斥異己的宗派集團。漢有黨錮，唐之牛（僧孺）、李（德裕），宋之蜀、洛、朔三黨，明末東林幾社復社等，舊史皆稱爲朋黨。宋仁宗時，歐陽修尹洙余靖等被人指爲朋黨，修因作朋黨論以自明。文見文忠集十七。

【朋黨比周】結黨營私，排斥異己。荀子臣道：「朋黨比周，以環主圖私爲務，是篡臣者也。」韓非子飾邪：「羣臣朋黨比周以隱正道，行私曲，而地削主卑者，山東是也。」

五　畫

朏 fěi pèi 敷尾切，上，尾韻，滂。ㄈㄟˇ ㄆㄟˋ 滂佩切，去，隊韻，滂。

㊀新月初見貌。書召誥：「三月，惟丙午朏。」傳：「朏，明也。月三日明生之名。」因又用爲農曆每月初三日的代稱。漢書律曆志下：「古文月采篇曰『三日曰朏』。」㊁天剛亮。見「朏明」。

【朏明】天剛亮。淮南子天文：「（日）登于扶桑，爰始將行，是謂朏明。」

【朏朏】㊀日月初出，光明未盛貌。楚辭漢王逸九思疾世：「時朏朏兮且旦，塵漠漠兮未晞。」一本作「昢昢」，參見「昢昢」。㊁堆積貌。舊題漢劉歆西京雜記六：「（哀王冢）開鑰得石牀，方七尺，……牀上石枕一枚，塵埃朏朏甚高，似是衣服。」㊂獸名。山海經中山經：「（霍山）有獸焉，其狀如貍，而白尾有鬣，名曰朏朏，養之可以已憂。」宋汪若海麟書：「安得朏朏之與遊，而釋我之憂也哉！」

【朏朒】指月的盈缺。宋蘇軾分類東坡詩二四贈眼醫王生彥若：「空花誰開落，明月自朏朒。」

【朏魄】新月的光亮。常指農曆每月初三晚上的月光。晉庾闡海賦：「朏魄昏微，乍明乍滅。」（淵鑑類函三六引）。文選南朝宋顏延年（延之）應詔讌曲水作詩：「朏魄雙交，月氣參變。」注：「朏魄雙交，謂三日也。凡朏魄之交，皆在月三日之夕；今月未夕，故以前之文唯止有二，故曰雙交也。」一説，承大月月生二日謂之魄，承小月月生三日謂之朏。

朐 qú 字彙 其俱切，音渠。ㄑㄩˊ

車軛兩邊叉馬頸的曲木。通「軥」。左傳昭二六年：「師及齊師戰于炊鼻。齊子淵捷從洩聲子，射之中楯瓦，繇朐汏輈，匕入者三寸。」注：「朐，車軛；輈，車轅；繇，過也；汏，矢激；匕，矢鏃也。」釋文：「朐，其俱反，本又作軥，同。」

六　畫

朗 lǎng 盧黨切，上，蕩韻，來。ㄌㄤˇ

㊀明亮。詩大雅既醉：「昭明有融，高朗令終。」箋：「融，長；朗，明也。」世説新語企羡注引晉王羲之臨河敍：「是日也，天朗氣清，惠風和暢。」㊁響亮。文選晉孫興公（綽）遊天台山賦：「凝思幽巖，朗詠長川。」㊂高明。文選晉袁彥伯（宏）三國名臣序贊：「公瑾（周瑜）英達，朗心獨見。」㊃姓。見廣韻引姓苑。

【朗白】明亮閃白光。漢王充論衡率性：「今妄以刀劍之鈎月，磨拭朗白，仰以嚮日，亦得火焉。」

【朗州】州名。春秋戰國時楚地，漢爲武陵郡，隋平陳廢郡，改爲朗州。唐天寶初又稱武陵郡，乾元初復爲朗州。宋大中祥符五年改爲鼎州，乾道初，升爲常德府，明清因之。治所在武陵縣，即今湖南常德市。參閱讀史方輿紀要八十常德府。

【朗吟】高聲吟咏。唐蘇鶚杜陽雜編上：「上試制科於宣政殿，或有詞理乖謬者，即濃筆抹之至尾；如輒稱旨者，必翹足朗吟。」

【朗抱】開朗的胸懷。唐李羣玉詩集下長沙陪裴大夫登北樓：「朗抱雲開月，高情鶴見秋。」

【朗朗】㊀非常明亮。世説新語容止：「時人目夏侯太初（玄）朗朗如日月之入懷；李安國（豐）頹唐如玉山之將崩。」㊁聲音清晰響亮。唐韓愈昌黎集十奉使常山早次太原呈副使吳郎中詩：「朗朗聞街鼓，晨起似朝時。」

【朗悟】聰敏。北齊顏之推顏氏家訓省事：「古人云：『多爲少善，不如執一。』……近世有兩人，朗悟士也，性多營綜，略無成名。」

【朗晃】蛤蜊的一種。形厚而唇黑。見清厲荃事物異名録三八蛤引興化府志。

【朗陵】縣名。漢置，屬汝南郡，因朗陵山得名。後漢爲侯邑，臧宫封朗陵侯；三國魏封何曾爲朗陵侯，皆即其地。南朝宋時縣廢。故址在今河南確山縣西南。參閱元和郡縣志九蔡州朗山縣、讀史方輿紀要五十汝寧府。

【朗照】指日月光輝的照耀。借喻明察。唐杜牧樊川集二昔事文皇帝詩：「重雲開朗照，九地雪幽冤。」舊時書信結尾，常有「伏惟朗照不宣」，猶言明鑒。

【朗彈】高聲彈奏。唐段安節樂府雜録琵琶：「後遇良辰，飲於花下，酒酣，不覺朗彈數曲。」

【朗讀】高聲誦讀。唐李商隱李義山文集四與陶進士書：「又有默而視之，不暇朗讀者；又有始朗讀而中有失字壞句，不見本意者。」也作「朗誦」。宋陸游劍南詩稿十八浮生：「橫陳糲飯側，朗誦短檠前。」

【朗鑑】明亮的鏡子。文選晉陸士衡（機）君子行：「朗鑑豈遠假，取之在傾冠。」注：「抱朴子曰：『明鏡舉，則傾冠見矣。』」

【朗目疏眉】形容眉目清秀。梁書陶弘景傳：「及長，身長七尺四寸，神儀明秀，朗目疏眉，細形長耳。」

朔 shuò 所角切，入，覺韻，山。ㄕㄨㄛˋ

㊀農曆初一月亮運行到地球與太陽之間，地面上看不見月光。這種現象叫朔。以出現在農曆每月初一，因此稱初一爲朔日或朔。書舜典「正月上日」漢孔安國傳：「上日，朔日也。」唐孔穎達疏：「月之始日，謂之朔日。」唐韓鄂歲華紀麗三月「朔晦」注「朔，月初之名。朔，蘇也，如死復蘇。」㊁平旦，天明時。莊子逍遥遊：「朝菌不知晦朔，蟪蛄不知春秋。」釋文：「朔，旦也。」夏以平旦爲朔，殷以雞鳴爲朔，周以夜半爲朔。見漢班固白虎通三正。㊂初，開始。禮禮運：「後聖有作，然後脩火之利，范金合土，……皆從其朔。」㊃生，出

現。後漢書六十上馬融傳廣成頌:"大明生東,月朔西陂。" ㈤北方。書禹貢:"朔南暨,聲教訖于四海。"疏:"其北與南雖在服外,皆與聞天子威聲文教。"參見"朔方㈠"。㈥姓。見廣韻引何氏姓苑。

【朔土】北方的土地。藝文類聚六漢揚雄幷州箴:"盡兹朔土,正真幽方。"

【朔方】㈠北方。書堯典:"申命和叔,宅朔方,曰幽都。"史記五帝紀作"申命和叔居北方。"㈡地名。1. 詩小雅出車:"天子命我,城彼朔方。"宋朱熹集傳:"今靈夏等州之地。"即今寧夏回族自治區靈武縣一帶。2. 漢元朔二年以河南地爲朔方郡。其地在今內蒙古自治區境內。見漢書地理志下、五五衛青傳、清吳卓信漢書地理志補注六四朔方郡。

【朔日】農曆每月的初一日。呂氏春秋季秋紀:"合諸侯,制百縣,爲來歲受朔日。"素問六元正紀大論:"夫六氣者,行有次,止有位,故常以正月朔日平旦視之,覩其位而知其所在矣。"

【朔月】猶言月朔。農曆每月的初一日。詩小雅十月之交:"十月之交,朔月辛卯,日有食之。"儀禮士喪禮:"朔月,奠用特豚魚腊。"注:"朔月,月朔日也。"

【朔州】州名。戰國時趙地。秦置馬邑縣,漢屬雁門郡,北魏孝昌後僑置朔州,北齊置北朔州。隋大業初廢,後改爲馬邑郡,唐武德四年復名朔州。五代後晉天福初割燕雲十六州與契丹,朔州爲十六州之一。宋宣和五年歸宋,改名朔寧府,後入於金,仍爲朔州。明因之。清雍正三年改屬山西省朔平府,公元 1912 年改爲朔縣。參閱嘉慶一統志一四八朔平府。

【朔吹】北風。藝文類聚九七陳張正見寒樹晚蟬疎詩:"寒蟬噪楊柳,朔吹犯梧桐。"文苑英華二〇九唐太宗擬飲馬長城窟詩:"寒沙連騎迹,朔吹斷邊聲。"

【朔易】㈠指北方隨歲時改易而變換生活方式。書堯典:"平在朔易。"傳:"北稱朔,亦稱方。……易,謂歲改易於北方。"疏:"人則三時在野,冬入隩室;物則三時生長,冬入囷倉;是人之與物皆改易也。"㈡指朔方易水之地。後漢書八九南匈奴傳論:"南面而朝單于,朔易無復匹馬之蹤。"

【朔客】指北邊的豪士。唐李賀歌詩編二申胡子觱篥歌:"朔客騎白馬,劍把懸蘭纓。"

【朔政】古代帝王每年季冬頒發來年十二個月的政事於諸侯。諸侯亦於月初告祖廟,受而行之,稱爲朔政。公羊傳文六年"不告朔也"漢何休注:"禮,諸侯受十二月朔政於天子,藏於太祖廟,每月朔朝廟,使大夫南面奉天子命,君北面而受之。比時,使有司先告朔,謹之至也。"參見"告$_2$朔"。

【朔食】古時自帝王以下每月初一日所進膳食較平時爲豐富稱朔食。禮內則:"男女夙興,沐浴衣服,具視朔食。"注:"朔食,天子大牢,諸侯少牢,大夫特豕,士特豚也。"新唐書一九九彭景直傳:"譙周曰:天子始祖、高祖、曾祖、祖考之廟,皆朔加薦,以象生時朔食,號日祭。"日祭或作"月祭"。

【朔風】北風。文選三國魏曹子建(植)朔風詩:"仰彼朔風,用懷魏都。"又阮嗣宗(籍)詠懷詩之十二:"朔風厲嚴寒,陰氣下微霜。"

【朔氣】㈠節氣。周禮春官大史"正歲年以序事"唐賈公彥疏:"一年之內有二十四氣:正月,立春節,啟蟄中;二月,雨水節,春分中。……皆節氣在前,中氣在後。節氣一名朔氣。朔氣在晦,則後月閏;中氣在朔,則前月閏。"㈡寒氣。樂府詩集二五木蘭詩:"朔氣傳金柝,寒光照鐵衣。"

【朔望】農曆每月的初一日和十五日。漢書九七下孝成許皇后傳成帝報皇后書:"其孝東宮,毋闕朔望。"指朔望朝謁之禮。文選晉潘安仁(岳)悼亡詩之三:"茵幬張故房,朔望臨爾祭。"指朔望之祭。

【朔晦】農曆初一日和月之最末一日。漢書七五李尋傳對問:"朔晦正終始,弦爲繩墨,望成君德,春夏南,秋冬北。"參見"晦朔"。

【朔奠】古時爲哀悼死者,於未葬前的月初舉行祭奠,稱朔奠。禮檀弓上:"有薦新如朔奠。"疏:"薦新謂未葬中間得新味而薦者。如朔奠者,謂未葬前月朔大奠於殯宮者。"

【朔裔】北方邊境。藝文類聚五七魏文帝(曹丕)連珠:"是以申胥流音於南極,蘇武揚聲於朔裔。"

【朔禽】雁。宋書謝靈運傳山居賦:"海鳥違風,朔禽避涼。"自注:"朔禽,雁也。"

【朔漠】北方沙漠地帶。後漢書四五袁安傳:"今朔漠既定,宜令南單于反其北庭,並領降衆。"唐杜甫杜工部草堂詩箋三一詠懷古跡之三:"一去紫臺連朔漠,獨留青冢向黄昏。"

【朔蓬】堅硬的箭材。列子湯問:"乃以燕角之弧、朔蓬之簳射之,貫蝨之心而懸不絕。"注:"以彊弓勁矢貫蝨之心,言其用手之妙也。"

【朔管】即羌笛。文選南朝宋謝希逸(莊)月賦:"聆臯禽之夕聞,聽朔管之秋引。"注:"朔管,羌笛也。說文曰:'管,十二月,位在北方。'故云朔。"

【朔鼙】古代奏樂開始時所擊的小鼓,以其爲始鼓,故名朔鼙。儀禮大射:"朔鼙在其北。"釋名釋樂器:"鼙,裨也,裨助鼓節也。聲在前曰朔;朔,始也。"

【朔方備乘】清何秋濤撰。六十八卷,凡例目録一卷,卷首十二卷,共八十一卷。原名北徼彙編。用方志外紀之體,紀述北方邊界部屬城邑、山脈水道、歷代沿革及俄國形勢等。

朕

zhèn ㄓㄣˋ 直稔切,上,寢韻,澄。

㈠我,我的。書臯陶謨:"臯陶曰:朕言惠,可底行。"楚辭屈原離騷:"回朕車以復路兮,及行迷之未遠。"古時自稱爲朕,無貴賤之分,自秦始皇起專用爲皇帝的自稱。又皇太后臨朝聽政時也自稱朕。後漢書和帝紀章和二年三月竇太后詔:"今皇帝以幼年,煢煢在疚,朕且佐助聽政。"參閱史記秦始皇紀二十六年、漢蔡邕蔡中郎集外集獨斷上。㈡形迹,預兆。莊子應帝王:"體盡無窮,而遊無朕。"淮南子兵略:"凡物有朕,唯道無朕。所以無朕者,以其無常形勢也。"㈢皮甲縫合之處。也泛指縫隙。周禮考工記函人:"眡其朕,欲其直也。"參閱清段玉裁說文解字注"𦨣"。

【朕兆】朕,縫隙;兆,龜坼。皆極細微,以喻事物的微兆。文苑英華八七唐溫岐再生檜賦:"窮勝負於朕兆,慕休祥於邦國。"清劉獻亭謂朕當作"眹"。參閱廣陽雜記三。

【朕迹】迹象。文苑英華八五五唐李嶠宣州大雲寺碑:"察動用於神機,推朕迹於冥數。"迹,也作"跡"。唐元稹長慶集二四望雲騅馬歌:"掣開流電有輝光,突過浮雲無朕跡。"

【朕垠】兆頭,迹象。淮南子覽冥:"日行月動,星燿而玄運,電奔而鬼騰,進退屈伸,不見朕垠。"也作"朕埑"。又兵略:"進退詘伸,不見朕埑。"埑,古"垠"字。

【朕虞】朕,我;虞,掌山澤之官。書舜典:"咨益,汝作朕虞。"疏:"此官以虞爲名,帝言作我虞耳,朕非官名也。……漢書王莽自稱爲予,立予虞之官,則莽謂此官名爲朕虞,其義必不然也。"按,史記五帝紀以朕虞爲官名。

朒 nǜ 正字通 女六切，音衄。ㄋㄩˋ

㊀農曆月初月見於東方。文選南朝宋謝希逸(莊)月賦：“朒朓警闕，朏魄示冲。”注引說文：“朒，朔而月見東方，縮朒然。”㊁退縮。漢書五行志下之下：“當春秋時，侯王率多縮朒不任事。”㊂虧缺，不足。九章算術七“盈不足”唐李淳風注：“按：盈者謂之朓，不足者謂之朒。”

朓 tiǎo 吐彫切，平，蕭韻，透。ㄊㄧㄠˇ 土了切，上，篠韻，透。

㊀農曆月底月見於西方。漢書四六張敞傳：“月朓日蝕，晝冥宵光。”㊁盈餘。見“朒㊂”。

七畫

望 wàng 巫放切，去，漾韻，明。ㄨㄤˋ 武方切，平，陽韻，明。

㊀向遠處看。詩衛風河廣：“誰謂宋遠，跂余望之。”戰國策齊六：“其母曰：女朝出而晚來，則吾倚門而望；女暮出而不還，則吾倚閭而望。”㊁盼望，希望。荀子天論：“望時而待之，孰與應時而使之。”史記九一黥布傳：“出就舍，帳御飲食從官如漢王居，布又大喜過望。”㊂敬仰。詩小雅都人士：“行歸于周，萬民所望。”引申爲聲譽或有聲譽的人。詩大雅卷阿：“如圭如璋，令聞令望。”㊃古代祭祀山川的專稱。遙望而祭，故稱。書舜典：“望于山川，徧于羣神。”左傳宣三年：“望，郊之屬也。”㊄窗口。晉書輿服志：“(畫輪車)上起四夾板，左右開四望。”㊅門族，郡望。魏書孫紹傳上表：“中正賣望於下里，主按舞筆於上臺。”㊆月圓之時。常指農曆每月十五日。書召誥：“惟二月既望。”傳：“周公攝政七年二月十五日，日月相望，因紀之。”釋名釋天：“望，月滿之名也。月大十六日，小十五日，日在東，月在西，遙相望也。”㊇唐州縣等級有六雄、十望、十緊及赤、畿、望、緊等名目。見通典三三職官十五、新唐書地理志一。㊈怨恨，責怪。史記八九張耳陳餘傳：“不意君之望臣深也！”又一〇一袁盎傳：“已而絳侯(周勃)望袁盎曰：‘吾與而兄善，今兒廷毀我！’”㊉酒旗。即“望子”。水滸二九：“但遇着一個酒店，便請我吃三碗酒，若無三碗時，便不過望子去。這個喚作無三不過望。”⑪比較。通“方”。禮表記：“以人望人，則賢者可知已矣。”⑫姓。宋有望儼。見漢應劭風俗通姓氏篇下、通志二八氏族四景祐登科記。

【望八】指年齡將近八十。唐韓愈昌黎集二三祭竇司業文：“踰七望八，年孰非翁，在君無憾，我竟不充。”年將七十或九十也可稱“望七”、“望九”。宋釋文珦潛山集四冬日山中遣興詩：“吾年亦云衰，逾六已望七。”清周亮工尺牘新鈔十二明吳晉與林茂之前輩書：“先生以望九之年，猶燈下書蠅頭字。”

【望子】㊀盼望您。子，尊稱。史記齊太公世家：“(周西伯)與語大説，曰：……吾太公望子久矣。”㊁想念兒子。北周庾信庾子山集一哀江南賦：“石望夫而逾遠，山望子而逾多。”求子心切也稱望子。㊂舊時酒店的招帘，即酒旗。宋孟元老東京夢華録八中秋：“至午未間，家家無酒，拽下望子。”也泛指其他店鋪的招帘。清翟灝通俗編二六器用望子：“廣韻：青帘，酒家望子。按今江以北，凡市賈所懸標識，悉呼望子。訛其音，乃云幌子。”

【望山】古時弩上用以瞄準的物件。宋沈括夢溪筆談十九器用：“予頃年在海州人家，穿地得一弩機，其望山甚長，望山之側爲小矩，如尺之有分寸，原其意，以目注鏃端，以望山之度擬之，準其高下，正用算家勾股法也。”

【望外】在希望或預料之外。北周庾信庾子山集九謝趙王賚絲布等啓：“望外之恩，實符大賚；非常之錫，乃溢生涯。”唐白居易長慶集四二九月九日謝恩賜宴曲江會狀：“寵賜忽降於寰中，慶幸實生於望外。”

【望江】縣名。屬安徽省。漢皖縣地，東晉時置爲新治縣。隋初爲義鄉縣，開皇十八年改名望江縣。唐武德四年於縣置高州，不久改稱智州。宋屬安慶府，元屬安慶路，明清均屬安慶府。參閱嘉慶一統志一〇九安慶府一。

【望羊】仰視貌，一説遠視貌。晏子春秋諫上：“晏子朝，杜扃望羊待于朝。”孔子家語辯樂：“(孔丘)近黮而黑，頎然長，曠如望羊。”注：“望羊，遠視也。”也作“望陽”、“望佯”、“望洋”。漢王充論衡骨相：“文王四乳，武王望陽。”釋名釋姿容：“望佯，佯，陽也，言陽氣在上，舉頭高，似若望之然也。”參見“望洋”。

【望地】郡望及地位。唐張彥遠法書要録六竇臮述書賦下：“國署年名，家標望地。”

【望色】望氣色以察病情。史記一〇五扁鵲傳：“越人之爲方也，不待切脈、望色、聽聲、寫形，言病之所在。”參見“望聞問切”。

【望祀】遙望而祝祭。史記秦始皇紀三七年：“十一月，行至雲夢，望祀虞舜於九疑山。”參見“望秩”、“望祭”。

【望空】魏晉之際，稱爲官者只署文牘、不問政務爲望空。文選晉干令升(寶)晉紀總論：“當官者以望空爲高，而笑勤恪。”唐呂延濟注：“望空謂不識是非，但望空署白而已。”

【望表】㊀古代祭祀山川時所立的木製牌位。國語晉八：“置茅蕝，設望表。”注：“望表，謂望祭山川，立木以爲表，表其位也。”㊁望外，超過希望之外。南史王藻傳：“榮出望表，恩加典外。”宋歐陽修文忠集九二謝特轉吏部侍郎表：“雖榮踰於望表，亦寵與其憂并。”

【望幸】㊀希望皇帝親臨。漢書郊祀志上：“於是郡國各除道，繕治公館名山神祠所，以望幸矣。”也指妃嬪希望得皇帝的寵幸。唐杜牧樊川集一阿房宮賦：“縵立遠視而望幸焉，有不見者三十六年。”㊁希望徼幸的事。漢焦延壽易林二訟之遯：“疾貧望幸，使伯行販，闌牢擇羊，多得大牂。”

【望洋】仰視貌。莊子秋水：“(河伯)順流而東行，至於北海，東面而視，不見水端。於是焉河伯始旋其面目，望洋向若而歎曰：‘野語有之，曰：聞道百以爲莫己若者，我之謂也。’”後多以望洋或望洋興嘆比喻因大開眼界而驚奇，或爲舉辦某事而力量不足，感到無可奈何。元吳萊淵穎文集四次定海候濤山詩：“寄言漆園叟，此去真望洋。”清周亮工尺牘新鈔八明趙明鑣答周五溪書：“恐後學不得其旨，徒深望洋，奈何！”

【望帝】相傳戰國時蜀王杜宇稱帝，號望帝，爲蜀除水患有功，不久禪位，退隱西山，化爲杜鵑鳥。見晉常璩華陽國志三蜀志。後人因以望帝爲杜鵑的別稱。唐杜甫杜工部草堂詩箋二三杜鵑行：“古時杜宇稱望帝，魂作杜鵑何微細。”又李商隱李義山詩集五錦瑟：“莊生曉夢迷蝴蝶，望帝春心託杜鵑。”

【望亭】鎮名。在江蘇無錫縣南。三國吳時置亭於此，名御亭。唐常州刺史李襲譽因南朝梁庾肩吾詩有“御亭一回望”句，因改名爲望亭。唐光化初，錢鏐將顧全武取蘇州，追敗淮南將周本於望亭，即此。舊時爲運河所經，有望亭堰。見嘉慶一統志七八蘇州府二。

【望祠】即望祀。史記武帝紀：“臨渤海，將以望祠蓬萊之屬，冀至殊庭焉。”

【望春】㊀隋唐宮名。故址在今陝西長安縣東。隋文帝(楊堅)建。臨滻水，有南北二宮，宮東有廣運潭。見新唐書地理志一京兆府萬年。㊁樓名。唐初建於長安城東龍首山上。見舊唐書一五三姚南仲傳、又一三七郭子儀傳。㊂百舌鳥的別名。見明彭大翼山堂肆考羽二一羽蟲百舌。

【望拜】㊀遠遠望見即行叩拜。表示極其恭敬。戰國策齊三:"顛蹶之請，望拜之謁，雖得則薄矣。"㊁遠望而拜祭。史記武帝紀:"於是天子遂東，始立后土祠汾陰脽上，如寬舒等議。上親望拜，如上帝禮。"

【望衍】㊀古祝祭的一種。周禮春官男巫:"男巫掌望祀、望衍、授號，旁招以茅。"注:"杜子春云:'望衍，謂衍祭也。'……玄謂衍讀爲延，聲之誤也。……延，進也；謂但用幣致其神。"孫詒讓稱望衍與望祀同，但禮有詳略。見周禮正義五十。參見"望祀"。㊁唐西域國名。即帆延，也稱梵衍那。見新唐書二二一下西域傳謝䫻。

【望風】㊀想望風采。自遠處瞻望其人。文選舊題漢李少卿(陵)答蘇武書:"遠託異國，昔人所悲，望風懷想，能不依依。"唐李周翰注:"望風，謂遠望也。"㊁觀察風頭、氣勢。漢書六十杜周傳附杜欽姪杜業上書:"(翟方進)專作威福，……天下莫不望風而靡。"三國志魏曹爽傳:"(何)晏等專政，……因緣求欲州郡，有司望風莫敢忤旨。"

【望氣】古代迷信占卜法，望雲氣附會人事，預言吉凶。墨子迎敵祠:"凡望氣，有大將氣，有小將氣，有往氣，有來氣，有敗氣，能得明此者，可知成敗吉凶。"史記文帝紀:"趙人新垣平以望氣見，因說上設立渭陽五廟。"

【望秩】望祭，謂按等級望祭山川。書舜典:"歲二月，東巡守，至于岱宗，柴，望秩于山川。"傳:"東嶽諸侯竟內名山大川，如其秩次望祭之。謂五嶽牲禮視三公，四瀆視諸侯，其餘視伯子男。"

【望望】一再瞻望。1. 表示依戀。禮問喪:"其往送也，望望然，汲汲然，如有追而弗及也。"2. 失意貌。孟子公孫丑下:"推惡惡之心，思與鄉人立，其冠不正，望望然去之，若將浼焉。"注:"望望，慙愧之貌也。"3. 急切盼望貌。唐杜甫杜工部詩十四洗兵馬:"田家望望惜雨乾，布穀處處催春種。"

【望族】有聲勢的世家豪族。晉書石季龍載記上:"雍秦二州望族，自東徙已來，遂在戍役之例，既衣冠華胄，宜蒙優免。"宋秦觀淮海集二二王儉論:"自晉以閥閱用人，王謝二氏最爲望族，江左以來，公卿將相出其門者十七八。"

【望視】仰視，遠視。左傳哀十四年:"有陳豹者，長而上僂，望視。"禮內則:"豕望視而交睫腥。"注:"望視，視遠也。"

【望都】㊀縣名。屬河北省。戰國時爲趙慶都邑。漢置望都縣，屬中山國。北齊併入北平縣。隋開皇六年復置望都縣，大業初廢。唐武德四年又置，屬定州。金改慶都。清乾隆十一年仍名望都，屬直隸保定府。見嘉慶一統志十二保定府一。㊁山名。在今河北唐縣東北，當堯山之南。一名都山。登堯山見都山，故名望都。也稱孤山。見嘉慶一統志十三保定府二。

【望祭】㊀祭山川。公羊傳僖三一年:"三望者何？望祭也。然則曷祭？祭泰山河海。"宋代郊壇有望祭殿，遇雨雪時在此望拜祭天。見宋史禮志一。㊁遙望而致祭。舊唐書九一張東之傳請罷姚州屯戍表:"今減耗國儲，費用日廣，而使陛下之赤子身膏野草，骸骨不歸，老母幼子，哀號望祭於千里之外。"

【望雲】仰望白雲。隨所感而有不同含義。1. 指企求自由。文選晉陶淵明(潛)始作鎮軍參軍經曲阿作詩:"望雲慙高鳥，臨水愧游魚。"注:"言魚鳥咸得其所，而己獨違其性也。"2. 指仰慕君王。史記五帝紀:"帝堯者，……就之如日，望之如雲。"唐駱賓王文集六上司列太常伯啓:"指帝鄉以望雲，赴長安而就日。"3. 指思念父母。舊唐書八九狄仁傑傳:"登太行山，南望見白雲孤飛，謂左右曰:'吾親所居，在此雲下！'瞻望佇立久之。"明金懷玉望雲記傳奇望雲思親:"老爺望雲尚然思親，我等遠行未曾有別。"

【望舒】神話傳說中爲月亮駕車的仙人。楚辭屈原離騷:"前望舒使先驅兮，後飛廉使奔屬。"注:"望舒，月御也。"後用爲月亮的代稱。後漢書六十下蔡邕傳釋海:"元首寬則望舒朓，侯王肅則月側匿。"注:"望舒，月也。"藝文類聚二八三國魏文帝(曹丕)在孟津詩:"曜靈忽西邁，炎燭繼望舒。"

【望歲】盼望豐收。左傳昭三二年:"閔閔焉如農夫之望歲，懼以待時。"文選晉潘安仁(岳)藉田賦:"無儲稸以虞災，徒望歲以自必。"

【望實】聲名與實際。文選南朝梁任彥昇(昉)王文憲集序:"經師人表，允資望實。"也指名實相副的人。晉書桓彝傳:"丹楊尹溫嶠上言:'宣城阻帶山川，頻經變亂，宜得望實居之，竊謂桓彝可充其選。'"

【望潮】一種蟹類動物。殼白色。潮欲來時，常舉螯如望，不失常期，故稱。一名招潮。見明彭大翼山堂肆考羽三三甲蟲蟹招潮。

【望諸】古澤名。書禹貢稱孟豬，屬豫州。也作孟諸。春秋屬宋，名望諸。見周禮夏官職方氏。戰國時爲齊地，後歸趙；燕將樂毅自齊奔趙，趙封毅於觀津，號望諸君。見史記八十樂毅傳索隱。故地在今河南睢縣與山東荷澤市之間。

【望慕】仰慕。文選三國魏劉公幹(楨)贈五官中郎將詩之二:"望慕結不解，貽爾新詩文。"三國志魏管寧傳黃初四年上疏:"望慕閶闔，徘徊闕庭。"

【望樓】望遠守禦之樓。全唐詩六〇五邵謁顯茂樓:"繁華朱翠盡東流，唯有望樓對明月。"宋路振九國志九南漢蘇章:"從(劉)隱討盧延昌於韶州，……翌日進逼其城，城上望樓中有人罵隱，言頗穢褻。"

【望頭】希望。頭，名詞詞尾。二刻拍案驚奇二:"父母見他年長，要替他娶妻，(周)國能就心裏望頭大了。"

【望火馬】對熱衷作官、日夜奔競的人的諷稱。詳"日遊神"。

【望夫山】山名。所在多有，其著者如下：1. 在安徽當塗縣西北。一名棗子磯。傳說昔有人往楚，數年未還，其妻登此山眺望，乃化爲石。見嘉慶一統志一二〇太平府一。2. 在江西德安縣西北。傳說昔有人服役未回，其妻登山而望，每次登山，必用藤箱盛土，使山漸益高峻，故以爲名。見水經注三五江水三、宋王象之輿地紀勝三十江州景物下。3. 在山西黎城縣西北。一名石姶山。山之南有石如人作對空凝望之狀，因以爲名。參閱水經注十濁漳水、嘉慶一統志一四二潞安府一。

【望夫石】古蹟名。各地多有。均屬民間傳說，出於一源，大同小異。初學記五南朝宋劉義慶幽明錄:"武昌北山有望夫石，狀若人立。古傳云：昔有貞婦，其夫從役，遠赴國難，攜弱子餞送北山，立望夫而化爲立石。"又，遼寧興城縣西南望夫山上有望夫石，相傳爲孟姜女望夫之處；寧夏德隆縣西南、江西分宜縣西昌山峽水中、貴州貴陽市北谷頂壩、廣東清遠縣均有望夫石。分別見嘉慶一統志六四錦州府一、二五九平涼府二、三二六袁州府、五〇〇貴陽府，清屈大均廣東新語五望夫石。

【望夫歌】詞調名。唐元稹贈浙東劉采春詩，有"更有惱人腸斷處，選詞能唱望夫歌"句。望夫歌卽羅嗊曲。見唐詩紀事三七元稹。

【望仙樓】樓名。唐内苑有望仙樓。元稹長慶集二四連昌宮詞："上皇正在望仙樓，太真同凭欄干立。"卽此。又唐武宗會昌五年於神策軍作望仙樓。見新唐書武宗紀會昌五年。

【望江亭】㊀亭名。1.在今安徽貴池縣北黄龍山。以其見大江，可望淮南，故名。一名貴池亭。見嘉慶一統志一一八池州府一。2.在今江西南昌市東湖百花洲上。唐韋丹築南塘堤以抗澇，因建此亭。見嘉慶一統志三〇九南昌府二。㊁元雜劇名。關漢卿撰。全稱望江亭中秋切鱠。寫楊衙内倚權挾勢，欲娶白士中之妻譚記兒爲妾，妄奏皇帝，擬置白於死地。譚乃巧裝漁婦，設計智取楊的勢劍金牌，適都御史李秉忠也查訪得楊妄奏不實等情，於是將楊削職，譚與白終得偕老。見元曲選。

【望江南】詞調名。原爲樂曲，自唐起用爲詞調。初僅單調，宋以後增雙調。單調五句二十七字，三平韻；雙調加倍，分前後兩段。另有一體雙調，前後段各五句，二仄韻、二平韻，前段二十九字，後段三十字。此調異名甚多。初名謝秋娘，相傳爲李德裕悼念亡妓謝秋娘所作。後因白居易詞有"江南好"及"能不憶江南"句，遂名憶江南或江南好；劉禹錫詞有"春去也，多謝洛城人"句，因名春去也；温庭筠詞有"梳洗罷，獨倚望江樓"句，復名望江南；皇甫嵩詞有"閒夢江南梅熟日"句，又名夢江南，李煜詞作望江梅。此外，尚有夢仙游歸塞北安陽好步虛聲等名稱。參閱唐段安節樂府雜録望江南、宋王灼碧雞漫志五、詞譜一。

【望夷宮】秦宮名。以臨涇水，可望北夷，故名。故址在今陝西涇陽縣東南。秦末趙高殺二世胡亥於此。宋王安石臨川集四桃源行："望夷宮中鹿爲馬，秦人半死長城下。"參閱史記秦始皇紀二世三年。

【望門寡】舊時女子訂婚後而未婚夫死，稱望門寡。三國演義五四："汝做六郡八十一州大都督，直恁無條計策去取荆州，却將我女兒爲名，使美人計，殺了劉備，我女便是望門寡，明日再怎的說親？"

【望海堝】古要塞名。故址在今遼寧金縣東南。臨海，地勢險峻，可屯兵瞭望，爲海防重地。明洪武初都督耿忠築堡於其上，防備倭寇。永樂十七年總兵劉江增修工事，設伏待敵，盡殲來犯的倭寇。見嘉慶一統志五九奉天府一。

【望烏臺】春秋越臺名。舊題晉王嘉拾遺記三周靈王："初，越王（勾踐）入國，有丹烏夾王而飛，故勾踐入國，起望烏臺，言丹烏之異也。"

【望湖亭】傳奇名。明沈自晉撰。寫吴江顏俊欲騙娶洞庭西山高氏女，請其表弟錢選代爲迎親，反成就了錢選與高女的婚姻。故事見曲海總目提要五。一說爲沈璟撰。見王季烈螾廬曲談四餘論傳奇家姓名事跡考略。

【望雲霓】比喻想望之切。孟子梁惠王下："民望之，若大旱之望雲霓也。"

【望舒荷】荷花的一種。舊題晉王嘉拾遺記六後漢："靈帝初平三年，遊於西園。……渠中植蓮，大如蓋，長一丈，南國所獻。其葉夜舒晝卷，一莖有四蓮叢生，名曰夜舒荷；亦云月出則舒也，故曰望舒荷。"又九晉時事："太始十年，有浮支國獻望舒草，其色紅，葉如荷，團團似蓋。亦云月出則葉舒，月没則葉卷。植於宮中，因穿池廣百步，名曰望舒荷池。"

【望鄉臺】㊀古人久戍不歸，或流離外地，往往登高或築臺眺望家鄉，後世因稱爲望鄉臺。如漢成帝時，王潰率兵戍邊，以與王莽有隙，逃離國境，士卒紛紛築臺，爲望鄉之處。又晉永嘉年間，安陽平城兩公主遇亂爲民家妻，常思故鄉，村民爲築臺以居住，稱公主望鄉之館。見舊題南朝梁任昉述異記下。又，四川華陽縣北，舊亦有望鄉臺。見太平寰宇記七二益州記。唐王勃王子安集三蜀中九日登玄武山旅眺詩："九月九日望鄉臺，他席他鄉送客杯。"㊁舊時迷信，謂陰間有望鄉臺，人死後鬼魂可登臺望見陽世家中情況。元曲選關漢卿竇娥冤四："我每日哭啼啼守住望鄉臺，急煎煎把讐人等待。"明湯顯祖牡丹亭傳奇冥判："則這水玻璃堆起望鄉臺，可哨見紙銅錢夜市揚州界。"

【望溪集】清方苞撰。方苞號望溪，因以爲集名。原爲其弟子王兆符程崟輯刊，不分卷；四庫全書著録本爲八卷。咸豐年間，戴鈞衡予以重編，分十八卷，又附集外文十卷、補遺二卷及蘇惇元方望溪先生年譜，爲較完備的版本。苞精於經學，集中多說經論史之作。爲文强調義法，推崇史記漢書，力求雅潔，爲桐城派之先驅。

【望齊門】春秋吴門名。吴越春秋闔閭内傳："吴王因爲太子波聘齊女，女少，思齊，日夜號泣，因乃爲病。闔閭乃起北門，名曰望齊門，令女往遊其上。"

【望諸君】戰國時樂毅的封號。詳"望諸"。

【望文生義】指讀書不求甚解，只從字面上附會，作出錯誤的解釋。清葉廷琯吹網録二胡注望文生義之誤："昔顧澗翁（廣圻）謂梅磵雖熟乙部，間有望文生義，乃違本事。"梅磵，元胡三省别號。此指胡注資治通鑑有誤解之處。

【望杏瞻蒲】指勸勉耕種。南朝陳徐陵徐孝穆集九徐州刺史侯安都德政碑："望杏敦耕，瞻蒲勸穡。"也作"望杏瞻榆"。隋書音樂志下社稷歌辭春祈稷奏誠夏辭："瞻榆束耒，望杏開田。"參見"杏花菖葉"。

【望門投止】見有人家，便去投宿。形容逃難或出奔時的急迫情況。後漢書六七張儉傳："儉得亡命，困迫遁走，望門投止，莫不重其名行，破家相容。"

【望洋興嘆】見"望洋"。

【望穿秋水】形容盼望非常急切。元王實甫西廂記三本二折："你若不去啊，望穿他盈盈秋水，蹙損他淡淡春山。"秋水，喻眼睛。春山，喻眉。聊齋志異鳳陽士人："聽蕉聲，一陣陣細雨下。何處與人閒嗑牙？望穿秋水，不見還家。潸潸淚似麻。"

【望秋先零】比喻未老先衰。晉簡文帝（司馬昱）問顧悦頭髮何故早白？顧悦答："松柏之姿，經霜猶茂；臣蒲柳之質，望秋先零。"見世說新語言語注引顧凱〔愷〕之所作父（悦）傳。全唐文二〇七宋璟梅花賦："然而豔於春者，望秋先零；盛於夏者，未冬已萎。"

【望風希指】迎合别人的意旨。三國志魏杜畿傳附杜恕諫聽廉昭言事疏："近司隸校尉孔羨辟大將軍狂悖之弟，而有司嘿爾，望風希指，甚於受屬。"也作"望風承旨"。晉書石苞傳附石崇自表："（王）駿戚屬尊重，權要赫奕。内外有司，望風承旨。"

【望梅止渴】世說新語假譎："魏武（曹

操)行役,失汲道,軍皆渴,乃令曰:'前有大梅林,饒子,甘酸可以解渴。'士卒聞之,口皆出水,乘此得及前源。"後因以望梅止渴比喻用空想安慰自己,常與畫餅充饑並稱。水滸五一:"白秀英道:'官人今日眼見一文也無,提甚三五兩銀子?正是教俺望梅止渴、畫餅充饑!'"也作"望梅消渴"。宋趙長卿惜香樂府十好事近詞:"猶勝望梅消渴,對文君眉蹙。"

【望眼欲穿】唐白居易長慶集十七江樓夜吟元九律詩三十韻:"白頭吟處變,青眼望中穿。"後因以望眼穿或望眼欲穿形容盼望殷切。元王惲秋澗文集十二送李郎中北還詩:"落日鄉音杳,秋空望眼穿。"明西湖居士明月環傳奇詰環:"小姐望眼欲穿,老身去回覆小姐去也。"

【望塵不及】只望見前面人馬急行所揚起的塵土而不能追及。莊子田子方:"顏淵問於仲尼曰:'……夫子奔逸絕塵,而回瞠若乎其後矣?'"後漢書三九趙咨傳:"復拜東海相,之官,道經滎陽,令敦煌曹暠,咨之故孝廉也,迎路謁候,咨不爲留。暠送至亭次,望塵不及。"後用爲對人敬佩之詞,表示自己遠遠落後。也作"望塵莫及"。

【望塵而拜】指迎候顯貴,望見來車車塵卽行叩拜。形容卑躬屈膝的神態。晉書潘岳傳:"與石崇等諂事賈謐,每候其出,與崇輒望塵而拜。"又石季龍載記上:"於是(申扁)權傾內外,刺史二千石多出其門,九卿以下,望塵而拜。"

【望聞問切】中醫的用語。望指觀氣色;聞,聽聲息;問,詢證狀;切,摸脈象。合稱四診。難經六十一難:"望而知之者,望見其五色以知其病;聞而知之者,聞其五音以別其病;問而知之者,問其所欲五味以知其病所起所在也;切脈而知之者,診其寸口,視其虛實,以知其病,病在何藏府也。"元施惠幽閨記傳奇抱恙離鸞:"(末):翁大醫你還要看症真仔細下藥。(淨):這等待我再望聞問切。"

【望衡對宇】門庭相對,形容住處接近,可以望見。水經注二八沔水:"沔水中有魚梁洲,龐德公所居。士元(龐統)居漢之陰,……司馬德操(徽)宅洲之陽,望衡對宇,歡情自接。"清周亮工尺牘新鈔一熊文舉與減齋書:"今春與士業社兄望衡對宇,宛其一洲,所謂伊人,時勞蒹葭。"

八 畫

期 1. qī ㄑㄧ 渠之切,平,之韻,羣。

㈠邀約,會合。詩鄘風桑中:"期我乎桑中,要我乎上宮,送我乎淇之上矣。"楚辭屈原離騷:"路不周以左轉兮,指西海以爲期。"㈡希望。書大禹謨:"刑期于無刑。"韓非子五蠹:"是以聖人不期脩古,不法常可。"㈢必,決定。左傳哀十六年:"期死,非勇也。"㈣期限。詩王風君子于役:"君子于役,不知其期。"又小雅南山有臺:"樂只君子,萬壽無期。"也指限度。呂氏春秋懷寵:"徵斂無期,求索無厭。"㈤至,及。韓詩外傳五:"比期三年,果有越裳氏重九譯而至。"㈥姓。見期思㈡"。

2. jī ㄐㄧ

㈦一周年、一整月或一晝夜。同"朞"。書堯典:"朞,三百有六旬有六日,以閏月定四時成歲。"指一年。左傳昭二三年:"叔孫旦而立,期焉。"注:"從旦至旦爲期。"指一晝夜。參見"期₂年"、"期₂月㈠"。㈧喪服制度,期服的簡稱。墨子公孟:"伯父叔父兄弟期。"詳"期₂服"。㈨助詞,表示詢問。詩小雅頍弁:"有頍者弁,實爲何期?"箋:"何期,猶伊何也。期,辭也。"

【期日】約定的日數、日期。周禮地官山虞:"令萬民時斬材,有期日。"列子說符:"至期日之夜,聚衆積兵,以攻虞氏。"

【期₂月】㈠一整月。禮中庸:"擇乎中庸,而不能期月守也。"㈡一整年。論語子路:"苟有用我者,期月而已可也,三年有成。"疏:"期月,周月也,謂周一年之十二月也。"

【期₂功】古代喪服的名稱。期,服喪一年。功,指大功和小功,大功服喪九月,小功服喪五月。文選晉李令伯(密)陳情事表:"外無期功强近之親,內無應門五尺之僮,煢煢獨立,形影相弔。"

【期₂年】一年。莊子德充符:"不至乎期年,而寡人信之。"左傳僖十四年:"沙鹿崩。晉卜偃曰:'期年將有大咎,幾亡國。'"沙鹿,山名。

【期門】官名。漢武帝建元三年置,掌執兵出入護衛。武帝好微行,與待詔隴西北地良家子能騎射者期諸殿門,故有期門之號。平帝元始元年更名虎賁郎。見漢書百官公卿表上、六五東方朔傳。

【期命】㈠約期和名物。荀子正論:"凡言議期命是非,以聖王爲師,聖王之分榮辱是也。"㈡期限和命數。文選漢陳孔璋(琳)檄吳將校部曲文:"萬里尅期,五道並入,(孫)權之期命,於是至矣。"

【期₂服】舊時喪服名。卽齊衰一年之服。凡長輩如祖父母、伯叔父母、在室姑等之喪;平輩如兄弟、姊妹、妻之喪;小輩如姪、嫡孫等之喪,均服之。又子之喪,其父反服,亦爲期服。此外如已嫁之女爲祖父母、父母服喪,也服期服。服者用杖稱杖期,不用杖稱不杖期。參閱清會典五四禮部喪禮五九族五服正服圖。

【期度】限度。漢書六八霍光傳:"而(妻)顯及諸女,晝夜出入長信宮殿中,亡期度。"後漢書四二濟南安王康傳:"出入進止,宜有期度。"

【期要】㈠邀約。三國志魏毌丘儉傳注引文欽與郭淮書:"夫當仁不讓,況救君之難,度道遠艱,故不果期要耳。"㈡約定的日期。唐律疏議十四戶婚下違律爲婚:"卽應爲婚雖已納娉,期要未至而强娶,及期要至而女家故違者,各杖一百。"要,均讀 yāo。

【期限】規定的時限。漢郎中鄭固碑:"以疾錮辭,未滿期限。"(隸釋六)

【期思】㈠縣名。1. 春秋楚邑。漢封賁赫爲期思侯,卽其地。後置縣,屬汝南郡。梁以後廢。故址在今河南固始縣西北。2. 隋置。故址在今河南商城縣界。均見嘉慶一統志二二二光州一。㈡複姓。楚大夫居期思城,因以爲姓。後又有去"思"單爲期氏。見宋鄧名世古今姓氏書辯證四之。

【期望】希望,等待。宋詩鈔鄒浩道鄉詩鈔秋蠅:"期望秋風回,一掃無餘孽。"明汪廷訥三祝記傳奇修學:"過承期望,感篆五中。"

【期運】運數,氣數。晉書羊祜傳上疏:"夫期運雖天所授,而功業必由人所成。"

【期₂朝】一晝夜。禮內則:"漬,取牛肉必新殺者,薄切之,必絕其理,湛諸美酒,期朝,而食之以醢若醯醷。"

【期期】㈠以約定的日期爲期限。左傳僖二三年:"(晉)懷公命無從亡人,期期而不至,無赦。"釋文:"期期,上如字;下音基。"㈡形容口吃重言。史記九六張丞相傳:"(周)昌爲人吃,又盛怒,曰:'臣口不能言,然臣期期知其不可。陛下雖欲廢太子,臣期期不奉詔。'"正義:"昌以口吃,每語故重言期期。"期,極。極知其不可,因語吃重言而作期期。參閱朱子語類一三六。

【期程】時間和路程。唐張説張説之集八蜀道後期詩：“客心争日月，來往預期程。”元曲選闕漢卿望江亭三：“我在這船隻上，個月期程，也不曾梳篦的頭。”

【期會】㊀約期聚集。史記項羽紀：“與淮陰侯韓信、建成侯彭越期會而擊楚軍。㊁指定期限，也泛指政令的施行。史記一二九貨殖傳：“此寧有政教發徵期會哉？”漢書七二王吉傳上疏：“其務在於期會簿書，斷獄聽訟而已。”

【期數】氣數，運數。論衡道虛：“其意以爲有，求仙之未得，期數未至也。”後漢書十七彭岑傳論：“昔高祖忌柏人之名，違之以全福；征南惡彭亡之地，留之以生災。豈幾慮自有明惑，將期數使之然乎？”

【期$_2$親】服喪一年的親屬。元曲選李直夫虎頭牌四：“尋思來這朞親尊長多妨礙，俺今日謝罪也在宅門外。”參見“期$_2$服”。

【期頤】稱百歲之人。百年爲生人年數之極，故曰期。此時起居生活待人養護，故曰頤。禮曲禮上：“百年曰期頤。”三國志魏管寧傳注引晉皇甫謐高士傳：“舍足於不損之地，居身於獨立之處，延年歷百，壽越期頤。”南史褚裕之傳附褚炤：“名德不昌，遂有期頤之壽。”

【期會狀】官府定有期限的文書。漢書九二陳遵傳：“遵耆酒，每大飲，賓客滿堂，輒關門，取客車轄投井中，雖有急，終不得去。嘗有刺史奏事，過遵，值其方飲，刺史大窮，候遵霑醉時，突入見遵母，叩頭自白當對尚書有期會狀。母乃令從〔後〕閤出去。”參見“期會”。

【期期艾艾】西漢周昌口吃，往往重説“期期”；三國魏鄧艾也口吃，也重言“艾艾”。後因以期期艾艾形容口吃。書言故事射集庸劣殘疾：“口訥曰期期艾艾。”見史記九六張丞相傳、世説新語言語。

朞

jī ㄐㄧ 居之切，平，之韻，見。

同“期”。見“期”字各條。

朝

1. zhāo ㄓㄠ 陟遥切，平，宵韻，知。

㊀早晨。論語里仁：“朝聞道，夕死可矣。”㊁一日，一整天。孟子告子下：“雖與之天下，不能一朝居也。”㊂初。荀子禮論：“然後月朝卜日，月夕卜宅，然後葬也。”㊃姓。春秋蔡有大夫朝吾。見左傳昭十五年。

2. cháo ㄔㄠ 直遥切，平，宵韻，澄。

㊄古時凡訪人皆稱朝。後來專指臣見君爲朝。書舜典：“羣后四朝。”孟子公孫丑下：“孟子將朝王。”指臣朝君。春秋隱十一年：“滕侯、薛侯來朝。”指諸侯相見。史記項羽紀：“項羽晨朝上將軍宋義。”指僚屬謁長官。史記一一七司馬相如傳：“臨邛令(王吉)繆爲恭敬，日往朝相如。”指拜訪朋友。禮内則：“男女未冠笄者，……昧爽而朝。”指子女問候父母。㊅聚會。禮王制：“耆老皆朝于庠。”注：“朝，猶會也。”㊆朝廷，帝王受朝議事之處。孟子梁惠王上：“使天下仕者皆欲立於王之朝。”引申爲政事。吕氏春秋直諫：“(荆文王)得丹之姬，淫朞年不聽朝。”㊇漢唐稱郡治爲郡朝，府治爲府朝，藩王爲藩朝。晉末劉裕爲宋王，南朝宋末蕭道成爲齊王，稱霸朝。自宋以後專稱皇帝之朝。㊈朝代。指整個王朝或某一皇帝的整個統治時期。貞觀政要八刑法魏徵疏：“張湯輕重其心，漢朝之刑以弊。”唐杜甫杜工部草堂詩箋十八蜀相：“三顧頻煩天下計，兩朝開濟老臣心。”兩朝，指蜀先主劉備、後主劉禪。㊉宫室。老子五三：“朝甚除，田甚蕪，倉甚虚。”晉王弼注：“朝，宫室也。”⑪對，向。水滸二一：“宋江便向杌子上朝着牀邊坐了。”⑫潮水。通“潮”。見“朝$_2$夕池”。⑬姓。唐有拾遺朝衡。見宋邵思姓解三車。又作“鼂”、“晁”。

3. zhū ㄓㄨ 集韻追輸切，平，虞韻。

⑭見“朝$_3$那”。

【朝$_2$士】㊀周代官名。掌朝士官次及刑禁之類。見周禮秋官朝士。㊁泛稱中央的官吏。漢陸賈新語懷慮：“戰士不耕，朝士不商。”唐劉禹錫劉夢得集五聽舊宫中樂人穆氏唱歌詩：“休唱貞元供奉曲，當時朝士已無多。”

【朝夕】㊀早晚，天天，時時。書説命上：“朝夕納誨，以輔台德。”詩小雅北山：“偕偕士子，朝夕從事。”㊁早晚朝見。詩小雅雨無正：“邦君諸侯，莫肯朝夕。”箋：“王流在外，三公及諸侯隨王而行者，皆無君臣之禮，不肯晨夜朝暮省王也。”㊂測日影的表。管子七法：“不明於則，而出號令，猶立朝夕於運均之上。”唐房玄齡注：“均，陶者之輪〔輪〕。立朝夕所以正東西也。”

【朝$_2$元】道教徒禮拜神仙。唐白居易長慶集十七尋郭道士不遇詩：“郡中乞假來相訪，洞裏朝元去不逢。”

【朝$_2$天】謁見帝王、天帝。唐杜甫杜工部草堂詩箋十二偪仄行：“東家蹇驢許借我，泥滑不敢騎朝天。”宋范成大石湖集三十祭竈詞：“古傳臘月二十四，竈君朝天欲言事。”

【朝日】早晨初出的太陽。藝文類聚十八漢蔡邕協初賦：“面若明月，輝似朝日。”三國魏曹植曹子建集六美女篇：“容華耀朝日，誰不希令顔。”

【朝$_2$日】㊀古代帝王祭日之禮。禮玉藻：“玄端而朝日於東門之外，聽朔於南門之外。”周禮天官掌次：“王……朝日祀五帝。”㊁帝王坐朝聽政之日。戰國策齊六：“(襄)王至朝日，宜召田單而揖之於庭，口勞之。”漢書七一于定國傳：“上於是數以朝日引見丞相御史。”注：“五日一聽朝，故云朝日也。”

【朝市】早晨的市集。與夕市對言。周禮地官司市：“朝市，朝時而市，商賈爲主。”參見“夕市”。

【朝$_2$市】朝廷與市肆。左傳襄十九年：“婦人無刑，雖有刑，不在朝市。”注：“謂犯死刑者，猶不暴尸。”史記七十張儀傳：“臣聞争名者於朝，争利者於市。今三川、周室，天下之朝市也，而王不争焉。”後因以朝市泛指名利之場。文選晉王康琚反招隱詩：“小隱隱陵藪，大隱隱朝市。”

【朝$_2$正】㊀古代諸侯於正月朝見天子稱朝正。左傳文四年：“昔諸侯朝正於王。”清劉文淇春秋左氏傳舊注疏證：“朝正，……以正月朝京師也。”後稱外官入朝覲見爲朝正。唐韓愈昌黎集二二歐陽生哀辭：“余以徐州從事，朝正於京師。”㊁國君於歲首祭享宗廟曰朝正。左傳襄二九年：“公在楚，釋不朝正于廟也。”是年襄公在楚，故不能祭享於廟。

【朝$_2$右】㊀州郡的輔佐官吏，即别駕。文選晉盧子諒(諶)贈劉琨詩：“謬其疲隸，授之朝右。”參見“别駕”。㊁位列朝班之右，指大官。宋書何承天傳：“承天爲性剛愎，不能屈意朝右。”

【朝生】木槿的别名。戰國策秦五：“一日山陵崩，太子用事，君危於累卵，而不壽於朝生。”注：“朝生，木堇也。朝榮夕落。”

【朝$_2$寺】舊官署。文選晉潘安仁(岳)在懷縣作詩：“登城望郊甸，游目歷朝寺。”

【朝$_2$考】清代每科殿試録取者爲新科進士，由禮部以名册送翰林院掌院學士，奏請皇帝，再試於保和殿，稱朝考。按詩文四六各體出題，視其所能，或一篇、或二三篇、或各體皆作，悉聽其便。朝考後按成績等第分別授職，前列者用爲庶吉士，次者分別用爲主事、中書、知縣等職。進士朝考始於雍正元年。見清會典事例三六一禮部貢舉朝考。

【朝₂列】官吏在朝廷的位次。泛指百官。文選晉潘安仁（岳）秋興賦序："攝官承乏，猥廁朝列。"又南朝宋謝靈運九日從宋公戲馬臺集送孔令詩："歸客遂海嵎，脫冠謝朝列。"

【朝₃那】縣名。1.漢置，屬安定郡。漢初匈奴冒頓單于至朝那。又文帝十四年匈奴入邊攻朝那塞，皆卽此地。北魏末廢。故址在今甘肅平涼縣西北。見史記文帝紀、又一〇〇匈奴傳。2.西魏大統元年置，隋廢。故址在今甘肅靈臺縣西北。參閱嘉慶一統志二五九平涼府二、二七二涇州一。

【朝邑】縣名。漢爲臨晉縣地，北魏於此置南五泉縣，屬澄城郡。西魏改爲朝邑縣，以地據朝阪而名。清屬陝西省同州府。公元1958年撤併大荔縣。參閱寰宇通志九二同州朝邑縣。

【朝₂廷】帝王接受朝見和處理政事的地方，也用作中央政府的代稱。論語鄉黨："其在宗廟朝廷，便便言，唯謹爾。"荀子臣道："故正義之臣設，則朝廷不頗；諫諍輔拂之人信，則君過不遠。"又用爲帝王的代稱。後漢書六六王允傳："朝廷幼少，恃我而已，臨難苟免，吾不忍也。"注："朝廷謂天子也。"也作"朝庭"。漢書七九馮奉世傳："四方饑饉，朝庭方以爲憂。"

【朝秀】蟲名。太平御覽九四四引淮南子："朝秀不知晦朔。"漢許愼注："朝生暮死蟲也。生水上，似蠶蛾。一曰玆母。"今本淮南子道應作"朝菌"。也作"朝蜏"。廣雅釋蟲："朝蜏，孳母也。"一說卽蜉蝣。見清王念孫廣雅疏證。

【朝₂宗】㊀謂百川之歸海。書禹貢："江漢朝宗于海。"傳："二水經此州而入海，有似於朝。百川以海爲宗；宗，尊也。"詩小雅沔水："沔彼流水，朝宗于海。"㊁諸侯或地方長官朝見帝王。周禮春官大宗伯："春見曰朝，夏見曰宗。"文苑英華六〇九唐李舟爲崔大夫請入奏表之二："將臨元會之期，倍切朝宗之戀。"

【朝₂定】契丹語，意爲朋友。宋楊伯嵒臆乘："契丹主聞唐莊宗爲亂兵所害，哭曰：'我朝定死也。'"資治通鑑二七五後唐天成元年七月"死"作"兒"。

【朝₂官】㊀朝庭之官。魏書世宗紀正始二年六月己丑詔："言念前績，情有親疏，宗及庶族，祖曾功績可紀，而無朝官。有官而才堪優引者，隨才銓授。"唐白居易長慶集四二論元稹第三狀："況聞劉士元踏破驛門，奪將鞍馬，仍索弓箭，嚇辱朝官。承前已來，未聞此事。"㊁指一品以下常參之官。明柯維騏宋史新編三九職官四："凡一品以下常參者，謂之朝官；祕書郎以下未常參者，謂之京官。"

【朝₂享】宗廟之祭。周禮春官司尊彝："凡四時之間祀，追享、朝享，祼用虎彝蜼彝。"新唐書玄宗紀："（天寶十載）正月壬辰，朝獻于太清宮。癸巳，朝享太廟。"唐杜甫有朝享太廟賦。見唐文粹三。

【朝₂房】封建時代百官上朝前休息的地方。明湯顯祖牡丹亭傳奇耽試："這是朝房裏面，府州縣道，告遺才哩。"

【朝₂奉】宋有朝奉郎、朝奉大夫等官名。見文獻通考六四職官十八。南宋以後因以朝奉爲富翁、土豪之通稱，舊時徽州人尤多稱之。水滸四六："莊主太公祝朝奉有三個兒子。"亦用以稱典當中之店員。儒林外史五二："那毛鬍子的小當鋪開在西街上，……幾個朝奉在裏面做生意。"

【朝事】古代旦朝用血腥祭宗廟。禮祭義："建設朝事，燔燎羶薌。"注："朝事謂薦血腥時也。"周禮天官籩人："朝事之籩。"注："朝事，謂祭宗廟薦血腥之事。"

【朝₂事】㊀國家的政事。漢書六八霍光傳："皇后親（上官）安女，光乃其外祖，而顧專制朝事，繇是與光爭權。"㊁猶言臣服。釋名釋州國："趙，朝也。本小邑，朝事於大國也。"

【朝₂典】朝廷的典章。世說新語德行："華歆遇子弟甚整，雖閑室之內，嚴若朝典。"南朝宋鮑照鮑氏集九論國判啟："上著朝典藩邦之度，下揆國訓繁簡之誼。"

【朝₂服】㊀君臣朝會時所著的禮服，如皮弁、玄端之類。論語鄉黨："吉月，必朝服而朝。"文選漢司馬長卿（相如）上林賦："於是歷吉日以齋戒，襲朝服，乘法駕。"史記一一七司馬相如傳作"朝衣"。㊁喻不戰而勝。國語齊："齊教大成，定三革，隱五刃，朝服以濟河而無怵惕焉，文事勝矣。"文選晉阮嗣宗（籍）爲鄭沖勸晉王牋："由斯征伐，則可朝服濟江，掃除吳會。"

【朝₂祖】舊時喪禮，於發引前一日，奉魂帛朝拜祖廟，謂之朝祖。象生前遠出必辭尊之意。古時本須家人奉柩朝祖，後因家廟狹隘，難於遷轉，因改以魂帛代柩。見清吳榮光吾學錄十七喪禮門遷柩朝祖。

【朝₂眷】皇帝的恩寵。魏書崔亮傳附崔光韶："元顥受制梁國，稱兵本朝，……何但大王家事所宜切齒，等荷朝眷，未敢仰從。"

【朝₂城】縣名。春秋衛之東部。漢置東武陽縣。唐開元間改朝城。清屬山東東昌府。公元1953年與觀城縣合併設觀朝縣。1956年又撤銷觀朝縣，劃歸范縣莘縣壽張縣；1964年撤銷壽張縣，劃歸陽穀縣范縣。參閱資治通鑑二七二後唐同光元年"帝引兵屯朝城"注、寰宇通志七二東昌府濮州朝城縣。

【朝₂侯】漢官名。漢時列侯中有功於朝廷，賜有朝位，參加春秋祭祀的稱朝侯。無朝位而侍祀郊廟的稱侍祀侯。朝侯位次九卿下，皆平冕文衣。見漢蔡邕獨斷下。

【朝₂家】舊時指國家、朝廷。後漢書七八應奉傳附應劭："鮮卑隔在漠北，……計獲事足，旋踵爲害。是以朝家外而不內，蓋爲此也。"注："朝家猶國家也。"宋朱熹朱文公集別集八回衆解元啟："顧念朝家設科以取士，本務得賢。"

【朝₂班】朝官排列的位次。宋書徐湛之傳上表："顯居官次，垢穢朝班，厚顏何地，可以自處。"唐杜甫杜工部草堂詩箋三二秋興之五："一卧蒼江驚歲晚，幾回青瑣點朝班。"

【朝₂珠】清代官服上佩戴的串珠。以珊瑚、水晶、金珀、蜜蠟、奇楠香等物製成，共一百零八粒，懸於胸前。凡文官五品，武官四品以上，及翰林中書科道、侍衞等官，皆得佩戴。婦女受封在五品以上者同。皇帝所佩朝珠，以東珠製成。參閱清會典事例三二八禮部冠服。

【朝氣】㊀新銳振奮的士氣。對暮氣而言。孫子軍爭："是故朝氣銳，晝氣惰，暮氣歸。"㊁早上清新的空氣。全唐詩九六沈佺期岳館："空濛朝氣合，窈窕夕陽開。"

【朝₂寄】朝廷的委託。南朝陳徐陵徐孝穆集五答諸求官人書："但忝衡流，應須粉墨，庶其允當，無負朝寄耳。"晉書謝安傳："安雖受朝寄，然東山之志，始末不渝。"

【朝₂章】朝廷的典章。後漢書四四胡廣傳："達練事體，明解朝章。"

【朝₂望】朝廷中有聲威的大臣。晉書裴秀傳附裴頠："（趙王）倫又潛懷篡逆，欲先除朝望，因廢賈后之際，遂誅之，時年三十四。”

【朝$_2$堂】漢代正朝左右百官治事之所。國家有大事，皆於朝堂會議。後漢書四十班彪傳附班固西都賦：“左右廷中，朝堂百僚之位，蕭(何)曹(參)魏(相)邴(吉)，謀謨乎其上。”參閱周禮考工記匠人“外有九室”注及疏、後漢書四五袁安傳。

【朝$_2$常】朝廷的常務。國語楚上：“先君莊王爲匏居之臺，……民不廢時務，官不易朝常。”

【朝$_2$野】朝廷與民間。後漢書五七劉陶傳上疏：“死者悲於窀穸，生者戚於朝野。”晉書傅玄傳上疏：“魏文(曹丕)慕通達而天下賤守節，其後綱維不攝，而虛無放誕之論，盈于朝野。”

【朝$_2$參】官吏上朝參見皇帝。舊唐書輿服志：“八品、九品著碧，朝參之處，聽兼服黃。”唐杜甫杜工部草堂詩箋三重過何氏：“頗怪朝參懶，應耽野趣長。”

【朝$_2$報】封建王朝的公報。刊載詔令、奏章及官吏任免等事。漢唐諸朝由諸藩京邸傳鈔轉報，謂之邸鈔或邸報。後世有由內閣鈔發的，稱爲閣鈔。清代稱爲朝報，又名京報。參閱宋趙昇朝野類要四朝報、清王士禎池北偶談四朝報。參見“京報”。

【朝雲】㊀女神名。戰國楚懷王嘗遊高唐，夢一婦人曰：“妾在巫山之陽，高丘之阻，旦爲朝雲，暮爲行雨。”見文選戰國楚宋玉高唐賦。後來好事者因爲立廟，號曰朝雲。宋陸游劍南詩稿三十三峽歌之二：“朝雲暮雨渾虛語，一夜猿啼明月中。”㊁人名。1.北魏河間王元琛之婢，善吹篪。曾喬裝貧嫗，吹篪行乞，樂聲感動當地羌族，使與漢人和睦相處。秦民語曰：“快馬健兒，不如老嫗吹篪。”見北魏楊衒之洛陽伽藍記四城西壽邱里。2.宋蘇軾之妾。姓王氏，錢塘人。軾貶惠州，雲相隨，後卒於惠州，年三十四。見東坡集續集十二朝雲墓誌銘、分類東坡詩四悼朝雲詩引。

【朝菌】菌類植物，朝生暮死。借喻極短的生命。莊子逍遙遊：“朝菌不知晦朔。”釋文引司馬彪：“大芝也。天陰生糞上，見日則死。一名日及，故不知月之終始也。”唐駱賓王集十樂大夫挽辭之四：“一旦先朝菌，千秋掩夜臺。”一說卽木槿。見藝文類聚八九晉潘尼朝菌賦序。一說蟲名。見淮南子道應“朝菌不知晦朔”注。

【朝陽】㊀初升的太陽。文選晉潘安仁(岳)藉田賦：“若湛露之晞朝陽，似衆星之拱北辰也。”㊁山的東面。詩大雅卷阿：“梧桐生矣，于彼朝陽。”爾雅釋山：“山西曰夕陽，山東曰朝陽。”

【朝$_2$陽】縣名。1.漢置，屬南陽郡。在朝水之陽，故名。南朝宋廢。故址在今河南鄧縣東南。2.漢置侯國，屬濟南郡。東漢稱東朝陽，南朝宋仍稱朝陽，北齊北周時廢。故址在今山東章丘縣西北。參閱嘉慶一統志二一一南陽府二、一六三濟南府二。

【朝$_2$貴】朝中有權勢的貴官。世說新語賞譽上：“王忱死，西鎮未定，朝貴人人有望。”南齊書江斅傳：“斅好文辭，圍棊第五品，爲朝貴中最。”

【朝$_2$聘】古代諸侯定期朝見天子。禮王制：“諸侯之於天子也，比年一小聘，三年一大聘，五年一朝。”注：“比年，每歲也。小聘使大夫，大聘使卿，朝則君自行。”又昏義：“夫禮始於冠，本於昏，重於喪祭，尊於朝聘。”春秋時期，政在霸主，諸侯朝見霸主，也稱“朝聘”。左傳襄八年：“公如晉朝，且聽朝聘之數。”

【朝暉】早晨的陽光。文選晉陸士衡(機)日出東南隅行：“扶桑生朝暉，照此高臺端。”唐杜甫杜工部草堂詩箋三二秋興之三：“千家山郭靜朝暉，日日江樓坐翠微。”

【朝$_2$會】諸侯或臣屬朝見君主。春見曰朝，時見曰會。漢書八四翟方進傳：“方進新視事，而涓勳亦初拜爲司隸，不肯謁丞相、御史大夫，後朝會相見，禮節又倨。”

【朝衙】卽早衙。唐白居易長慶集二十城上詩：“城上鼕鼕鼓，朝衙復晚衙。”參見“早衙”。

【朝$_2$端】位居首席的朝臣。指尚書省的長官。宋書王弘傳彈謝靈運奏：“臣弘忝承人乏，位副朝端，若復謹守常科，則終莫之糾正。”時弘爲尚書僕射。唐王維王右丞集五送丘爲往唐州詩：“朝端肯相送，天子繡衣臣。”

【朝$_2$臺】臺名。也作朝漢臺。故址在今廣東南海縣東北。相傳爲漢初尉佗初遇陸賈之處。佗因岡作臺，北面朝漢，朔望升拜，名曰朝臺。參閱水經注三七泿水、元和郡縣志三四廣州。

【朝歌】地名。1.殷都城。武乙所都，紂因之。周武王滅殷，封康叔於此，爲衞國。地後屬晉。戰國屬魏。漢置縣，屬河內郡，隋大業二年改爲衞縣。故址在今河南淇縣。2.南朝宋置縣。南齊北魏因之，北齊北周時廢。故址在今安徽鳳陽縣。參閱嘉慶一統志二〇〇衞輝府二、一二六鳳陽府二。

【朝$_2$綱】朝廷的法度紀律。後漢書七九下儒林傳論：“朝綱日陵，國隙屢啟。”

【朝$_2$審】明制：每年霜降後定期將法司在監重囚引赴承天門外，三法司會同五府九卿衙門並錦衣衞各堂上官及科道官逐一審録，稱爲朝審。清制：刑部於每年霜降後將在監重囚的犯罪情節，摘要制册，送九卿各官詳審，分別情實、緩決、可矜等項，請皇帝裁定，謂之朝審。見明會典(圖書集成祥刑一三七)、清通志七八刑法四刑制。

【朝$_2$請】㊀漢律，諸侯春朝皇帝叫朝，秋朝叫請。後來泛指朝見。史記一〇六吳王濞傳：“吳王身有內病，不能朝請二十餘年。”又一〇七魏其侯傳：“竇太后除竇嬰門籍，不得入朝請。”㊁官名。卽奉朝請。詳“奉朝請”。

【朝暮】㊀早晚。孟子公孫丑下：“王驩朝暮見。”漢書六八霍光傳連名奏昌邑王狀：“服斬縗，亡悲哀之心，……朝暮臨，令從官更持節從。”㊁不久，謂時間短促。漢書五行志中之下：“獨有極言待死，命在朝暮而已。”又六六楊敞傳附楊惲：“太僕定有死罪數事，朝暮人也。”注：“言不久活也。”

【朝槿】卽木槿。花朝開暮落，喻事物的短暫。玉臺新詠六南朝梁王僧孺爲何庫部舊姬擬靡蕪之句詩：“妾意在寒松，君心逐朝槿。”

【朝$_2$踐】古代祭祀的名稱。周禮春官司尊彝：“其朝踐用兩獻尊。”注：“朝踐，謂薦血腥酌醴，始行祭事，后於是薦朝事之豆籩。”孫詒讓正義謂朝踐爲薦腥後之獻。參見“朝$_2$獻㊀”。

【朝$_2$儀】朝廷中的禮儀。周禮夏官司士：“正朝儀之位，辨其貴賤之等。”史記九九叔孫通傳：“臣願徵魯諸生，與臣弟子共起朝儀。”

【朝$_2$憲】朝廷的典章、制度。梁書謝幾卿傳：“幾卿詳悉故實，……然性通脫，會意便行，不拘朝憲。”

【朝霞】早晨日光照映的雲彩。六氣之一。楚辭屈原遠遊：“飡六氣而飲沆瀣兮，漱正陽而含朝霞。”世說新語容止：“海西時，諸公每朝，朝堂猶暗，唯會稽王來，軒軒如朝霞舉。”參見“六氣”。

【朝暾】早晨的陽光。隋書音樂志下朝日奏誠夏辭：“扶木上朝暾，嵫山沉暮景。”

【朝儛】山名。孟子梁惠王下：“吾欲觀

於轉附朝儛。"注:"轉附、朝儛,皆山名也。"山東諸城縣東南一百五十里有琅邪山,山下有朝儛城。見清閻若璩四書釋地。或又以朝儛爲二水名。見清宋翔鳳四書釋地辨證。

【朝霜】晨霜,見日則消,喻不能久存。三國魏曹植曹子建集五送應氏詩之二:"天地無終極,人命若朝霜。"晉陸機陸士衡集六短歌行:"人壽幾何?逝如朝霜。"

【朝$_2$隱】謂官吏雖在朝任職而淡泊恬退與隱居無異。漢揚雄法言淵騫:"或問柳下惠非朝隱者歟?"抱朴子君道:"良才遠量無援之士,或被褐而朝隱,或沈淪於窮否。"

【朝$_2$鮮】國名。在古營州外域,傳周初箕子封此。漢初衞氏繼之,爲武帝所滅,其南部爲三韓諸國,皆屬於漢。後分爲高句麗新羅百濟三國。唐高宗滅高句麗百濟,其地悉歸新羅,五代時前蜀王建主之,稱高麗,至明洪武二十五年李成桂繼之,始復朝鮮之號。公元 1910 年爲日本侵占。1948 年朝鮮北半部成立朝鮮民主主義人民共和國。

【朝$_2$覲】臣子朝見君主。孟子萬章上:"朝覲訟獄者,不之益而之啟。"周禮春官大宗伯:"以賓禮親邦國。春見曰朝,秋見曰覲。"注:"覲,謂使之相親。"

【朝$_2$議】在朝廷中商議國政。史記一〇八魏其侯傳:"孝景時每朝議大事,條侯(周亞夫)、魏其侯(竇嬰),諸列侯莫敢與亢禮。"也指朝廷中的評議。文選晉潘安仁(岳)關中詩:"翹翹趙王,請徒三萬,朝議惟疑,未逞斯願。"

【朝$_2$獻】㊀古祭祀名。尸(代表受祭者的活人)入室食祭品畢,主人酌酒飲尸,名朝獻。周禮春官司尊彝:"其朝獻用兩著尊。"注:"朝獻,謂尸卒食,王酳之。"酳,飯畢嗽口。宋王安石周官新義九:"朝獻卽朝踐也。以籩豆言之則曰踐,以爵言之則曰獻。"㊁諸侯或屬國朝覲時貢獻方物。漢書高帝紀下十一年二月詔:"令諸侯王、通侯常以十月朝獻。"晉書張華傳:"歷世未附者二十餘國,並遣使朝獻。"

【朝$_2$籍】朝官的名册。唐姚合姚少監集四寄九華費拾遺詩:"闕下無朝籍,林間有詔書。"又陸龜蒙甫里集十八書李賀小傳後:"玉溪生官不挂朝籍而死。"玉溪生,李商隱別號。

【朝露】早晨的露水。1.比喻明澈純淨。韓非子大體:"故至安之世,法如朝露,純樸不散。"2.比喻存在時間的短促。史記六八商君傳:"君之危若朝露,尚將欲延年益壽乎?"文選三國魏武帝(曹操)短歌行:"譬如朝露,去日苦多。"

【朝$_2$饗】帝王祭太廟稱朝饗。宋沈括夢溪筆談一故事一:"上親郊廟,册文皆曰恭薦歲事。先景靈宮,謂之朝獻;次太廟,謂之朝饗;末乃有事於南郊。"

【朝$_2$大夫】官名。周禮秋官朝大夫:"朝大夫掌都家之國治。"注:"都家,王子弟公卿及大夫之采地也。主其國治者,平理其來文書於朝者。"也泛指朝中大夫的官職。宋書樂志三豔歌羅敷行:"十五府小史,二十朝大夫,三十侍中郎,四十專城居。"

【朝$_2$夕池】海的別名。朝夕,卽潮汐。漢書五一枚乘傳復說吳王書:"遊曲臺,臨上路,不如朝夕之池。"注引蘇林:"吳以海水朝夕爲池也。"初學記六海:"海一云朝夕池。"參見"潮汐"。

【朝夕烏】早晚來去的烏鴉。漢書八三朱博傳:"又其(御史)府中列柏樹,常有野烏數千棲宿其上,晨去暮來,號曰'朝夕烏'。"北齊顏之推謂應作朝夕鳥,"烏"是誤字。見顏氏家訓文章。

【朝$_2$元閣】閣名,在陝西臨潼縣驪山。唐王朝崇奉道教,玄宗天寶七載傳說玄元皇帝(老子)見於朝元閣,因改名降聖閣。唐李商隱李義山詩集六華清宮:"朝元閣迥羽衣新,首按昭陽第一人。"又杜牧樊川集外集華清宮詩:"行雲不下朝元閣,一曲淋鈴淚數行。"參閱宋程大昌雍錄四温泉朝元閣。

【朝$_2$天宮】道教宮觀名。在今江蘇南京市。卽吳冶城。五代楊吳建紫極宮,宋改天慶觀,明洪武中改今名。並爲當時朝賀習禮的場所。參閱明朱國禎湧潼小品十九朝天宮、嘉慶一統志七五江寧府三。

【朝$_2$天髻】五代後蜀時髮髻名。宋史五行志三木:"建隆初,蜀孟昶末年,婦女競治髮爲高髻,號朝天髻。"

【朝$_2$天嶺】山名。在四川廣元縣北。路徑絕險,嶺上有朝天驛,相傳三國蜀諸葛亮出師曾於此駐軍,卽古籌筆驛。見讀史方輿紀要六八保寧府。

【朝$_2$日蓮】植物名。宋宋祁益部方物略記朝日蓮:"花色或黃或白,葉浮水上,翠厚而澤,形如葵花,差大。開則隨日所在,日入輒斂而自藏於葉下,若葵藿傾太陽之比。"宋范鎮東齋記事四:"蜀有朝日蓮,蔓生,其花似蓮而色白,其大如錢,人家以盆貯水而植之。"

【朝$_2$宿邑】古時諸侯朝見君王時,在京師住宿之處曰朝宿邑。公羊傳桓元年:"天子之郊,諸侯皆有朝宿之邑焉。"

【朝雲曲】卽樂府江南弄曲。南朝梁武帝(蕭衍)製。曲本宋玉高唐賦關於巫山神女的故事,取賦中"旦爲朝雲,暮爲行雨"句,名朝雲曲。沈約也有詞意相同的詞曲。見樂府詩集五十清商曲辭江南弄。

【朝陽鳳】比喻清高正直、世上少有者。語本詩大雅卷阿"鳳凰鳴矣,于彼高岡"句。唐元稹長慶集一春蟬詩:"豈無朝陽鳳,羞與微物爭。"參見"鳳鳴朝陽"。

【朝$_2$集使】漢代每年各郡派掌管財政的官吏赴京報告政情及一年收入情況,稱爲上計使者。唐因漢制,各道每年遣使者朝集於京師,謁見皇帝宰相,稱朝集使。周禮天官小宰"歲終,則令羣吏致事"唐賈公彥疏:"漢之朝集使,謂之上計吏,謂上一年計會文書及功狀也。"舊唐書太宗紀下貞觀五年正月:"癸未,朝集使請封禪。"

【朝三暮四】莊子齊物論:"狙公賦芧,曰:'朝三而暮四。'衆狙皆怒。曰:'然則朝四而暮三。'衆狙皆悅。"本指實質不變,用改換名目的手法,使人上當。後常用來指變化多端或反覆無常。朝野新聲太平樂府四元喬吉山坡羊冬日寫懷曲:"朝三暮四,昨非今是,癡兒不解榮苦事。"也指數目之多。唐崔仁渷白月栖雲塔銘:"來者如雲,朝三暮四。"(八瓊室金石補正一二九)

【朝不謀夕】朝夕,自晨至晚。又作"朝不及夕"、"朝不慮夕"。1.指很短的時間。左傳僖七年:"朝不及夕,何以待君?"2.苟安度日。左傳昭元年:"老夫罪戾是懼,焉能恤遠?吾儕偷食,朝不謀夕,何其長也?"3.指時間緊迫,情況危急。左傳襄十六年:"敝邑之急,朝不及夕。"文選晉李令伯(密)陳情事表:"人命危淺,朝不慮夕。"

【朝升暮合】零碎買米,形容生活貧困,家無隔宿之糧。二刻拍案驚奇二八:"若有得一兩二兩贏餘,便也留着些做個根本,而今只好綳綳拽拽,朝升暮合過去,那得贏餘?"

【朝令暮改】形容政令無常。也作"朝令夕改"。漢書食貨志上鼂錯說漢文帝:"急政暴賦,賦斂不時,朝令而暮改。"宋范祖禹唐鑑十九穆宗:"凡用兵舉動,皆自禁中授以方略,朝令夕改,不知所從。"

【朝$_2$衣東市】史記一〇一鼂錯傳:"上

令鼂錯衣朝衣斬東市。"後因稱大臣就戮爲朝衣東市。清龔自珍全集九行路易詩:"朝衣東市甘於飴,玉體須爲美人惜。"

【朝思暮想】形容想念之深。宋柳永樂章集傾杯樂詞:"朝思暮想,自家空恁添情瘦。"

【朝秦暮楚】㊀戰國時蘇秦張儀輩,或勸秦王連横,或勸楚王合縱,當時山東諸國,時而事秦,時而事楚,變化無常。後因以朝秦暮楚比喻反覆無常。明畢魏竹葉舟傳奇黨聚:"因見貴戚王愷,富堪敵國,比太僕更覺奢華,爲此我心未免朝秦暮楚。"太僕指石崇。㊁朝在秦,暮在楚。比喻行蹤無定。宋晁補之雞肋集二北渚亭賦:"託生理於四方,固朝秦而暮楚。"

【朝梁暮陳】比喻隨時變節,反覆無常。明楊慎升菴詩話二蕭子顯春別:"'淇水昨送淚沾巾,紅妝宿昔已迎新,昨別下淚而送舊,今已紅妝而迎新。'……六朝君臣,朝梁暮陳,何異於此?"

【朝華夕秀】比喻有新意的文章。文選晉陸士衡(機)文賦:"謝朝華於已披,啟夕秀於未振。"唐張銑注:"朝華已披,謂古人已用之意謝而去之;夕秀未振,謂古人未述之旨開而用之。"

【朝$_2$野僉載】舊題唐張鷟撰,六卷。記隋唐兩代朝廷和民間的故事遺聞,對封建統治者的凶殘,記敍尤多。書中考證資料,宋司馬光修通鑑,亦多引用。鷟死於開元年間,書中有記及開元以後的事,當爲後人竄入。

【朝$_2$野雜記】見"建炎以來朝野雜記"。

【朝$_2$野類要】宋趙昇撰。五卷。於宋代朝廷故事,以類相從,分二十類,三百三十事,各立標題,加以說明。宋代案牘文辭、特殊的官場用語,有不可以文義推求者,書中多有解釋。

【朝過夕改】形容改正錯誤迅速。漢書八四翟方進傳成帝報書:"定陵侯長已伏其辜,君雖交通,傳不云乎:'朝過夕改,君子與之。'君何疑焉?"也作"朝聞夕改"。晉書周處傳:"古人貴朝聞夕改。……且患志之不立,何憂名之不彰?"世說新語自新作"朝聞夕死"。

【朝乾夕惕】易乾:"君子終日乾乾,夕惕若厲,無咎。"後人用易意而變其詞爲朝乾夕惕,形容終日勤奮謹慎,不稍懈怠。多用以稱頌帝王或大臣。紅樓夢十八:"惟朝乾夕惕,忠於厥職。"

【朝$_2$散大夫】隋代設置的散官。唐至元因之。見隋書百官志下、通典三四、續通典三八職官十六文散官。簡稱"朝散"。唐白居易長慶集五四閑行簡忽賜章服喜成長句寄之詩:"吾年五十加朝散,爾亦今年賜服章。"

【朝發夕至】早上動身,晚上到達。形容路程短。唐韓愈昌黎集三六祭鱷魚文:"潮之州,大海在其南。……鱷魚朝發而夕至也。"

【朝$_2$議大夫】隋代設置的散官。取漢諸大夫得上奉朝議而名。唐因之。明從四品陞授朝議大夫。見隋書百官志下、通典三四、續通典三八職官十六文散官。

【朝齏暮鹽】形容飲食菲薄不堪,生活清苦。齏,切碎的腌菜。唐韓愈昌黎集三六送窮文:"太學四年,朝齏暮鹽。"

【朝朝寒食夜夜元宵】形容豪奢作樂的生活景象,早晚都像過節一樣。元曲選白仁甫梧桐雨一:"寡人自從得了楊妃,真所謂朝朝寒食,夜夜元宵也。"

【朝$_2$野新聲太平樂府】元楊朝英撰。爲戲曲中散曲之總集。詳"太平樂府"。

十畫

⿰月荒 huǎng 呼晃切,上,蕩韻,曉。ㄏㄨㄤˇ

見"⿰月黨⿰月荒"。

十一畫

⿰月悤 cōng ㄘㄨㄥ

見下。

【⿰月悤朧】明亮。文苑英華一八一唐柴宿初日照華清宮詩:"璇題生炯晃,珠綴引⿰月悤朧。"

十二畫

朣 tóng 集韻 徒東切,平,東韻。ㄊㄨㄥˊ

見下。

【朣朦】㊀不明貌。後漢書五九張衡傳應間:"吉凶紛錯,人用朣朦。"㊁將明貌。河嶽英靈集上唐陶翰宿天竺寺詩:"湖色濃蕩漾,海光漸朣朦。"

【朣朧】㊀似明不明貌。文選晉潘安仁(岳)秋興賦:"月朣朧以含光兮,露淒清以凝冷。"唐韓愈昌黎集三謁衡嶽廟遂宿嶽寺題門樓詩:"夜投佛寺上高閣,星月掩映雲朣朧。"㊁疊鼓聲。樂府詩集六一三國魏左延年秦女休行:"刀未下,朣朧擊鼓赦書下。"

十四畫

朦 1. méng ㄇㄥˊ

㊀迷糊,半睜着。元王實甫西廂記二本二折:"覷他雲鬟微墜,星眼微朦。"㊁遮掩。元王實甫西廂記一本三折:"把個臉兒朦着,擊磬的頭陀意惱,添香的行者心焦。"㊂欺騙,蒙蔽。清黄六鴻福惠全書六錢穀部催徵户頭總催說:"自不敢任意以少增多,以欠作完,朦官取咎。"

2. měng ㄇㄥˇ

㊃見"朦$_2$朣"。

【朦狡】指愚昧狡詐的人。南朝梁陶弘景登真隱訣序:"真人立象垂訓,本不爲朦狡設言。"

【朦混】欺騙,以假亂真。清黄六鴻福惠全書三莅任部查交代:"正以其錢糧款項繁多,頭緒急難清理,故思朦混新官,以希接受。"

【朦蔽】蒙蔽,欺騙。清黄六鴻福惠全書七錢穀部比較摘拿頑户:"恐事忙忽略,被奸書朦蔽。"

【朦$_2$朣】模糊,不真切。宋翟耆年贈米友仁詩:"善畫無根樹,能描朦朣雲。"(元湯垕古今畫鑑宋畫引)

【朦朧】模糊不清。文苑英華二九七唐李嶠早發苦竹館詩:"合沓巖嶂深,朦朧煙霧曉。"言形狀。唐白居易長慶集五六卧聽法曲霓裳詩:"朦朧閑夢初成後,宛轉柔聲入破時。"言夢境。唐李羣玉詩集上湖中古愁之三:"朦朧波上瑟,清夜降此渚。"指聲音。京本通俗小說:"劉官人酒量不濟,便覺着有些朦朧起來,抽身作別。"指酒醉,神志不清。西遊記三:"怎麼朦朧,又敢來勾我?"指人糊塗。

十六畫

朧 lóng 盧紅切,平,東韻。來。ㄌㄨㄥˊ

㊀微明貌。唐元稹長慶集十七嘉陵驛詩之一:"仍對牆南滿山樹,野花撩亂月朧明。"㊁見"朦朧"。

【朧月】微明之月。北齊劉晝劉子兵術:"是以列宿滿天,不及朧月,形不一,光不同也。"宋宋白牡丹詩之九:"朧月輕寒應不慣,夜深渾擬傍簾眠。"(金石萃編一三一)

【朧光】謂月光。玉臺新詠二晉張華情詩之二:"明月曜清景,朧光照玄墀。"

【朧朧】㊀明亮貌。文選晉潘安仁(岳)悼亡詩之二:"歲寒無與同,朗月何朧朧。"㊁暗淡貌。初學記三晉侯湛秋可哀賦:"月翳翳以隱雲,星朧朧而没光。"

二十畫

䑃 tǎng 他郎切,上,蕩韻,透。ㄊㄤˇ

見下。

【䑃⿰月荒】月不明亮貌。也作"䑃胼",義同。均見廣韻。

木 部

木 mù 莫卜切,入,屋韻,明。ㄇㄨˋ

㊀樹,木本植物的通稱。詩小雅角弓:"毋教猱升木,如塗塗附。"管子權修:"十年之計,莫如樹木。"㊁木材,木料。莊子馬蹄:"匠人曰:我善治木,曲者中鉤,直者應繩。"㊂指某些木製的器物。左傳僖二三年:"又如是而嫁,則就木焉。"指棺材。莊子列禦寇:"爲外刑者,金與木也。"指刑具。唐柳宗元柳先生集十七種樹郭橐駝傳:"鳴鼓而聚之,擊木而召之。"指柝。㊃五行之一。書洪範:"五行:一曰水,二曰火,三曰木,四曰金,五曰土。"參見"五行"。㊄八音之一。周禮春官大師:"皆播之以八音,金、石、土、革、絲、木、匏、竹。"參見"八音"。㊅質樸。見"木訥"。㊆星名。見"木星"。㊇姓。晉時有木華。見元和姓纂十屋。

【木人】㊀木製人形。戰國策燕二:"宋王無道,爲木人以寫寡人,射其面。"太平御覽七五二鄴中記:"石虎有指南車及司里車,又有舂車木人。"㊁指冷酷無情或癡獃不慧的人。晉書夏統傳:"統危坐如故,若無所聞。(賈)充等各散曰:'此吳兒是木人石心也。'"史記一〇七灌夫傳"且帝寧能爲石人邪"注:"按,今俗云人不辨事,罵云杌杌若木人也。"

【木工】㊀官名。殷制,天子六工之一。見禮曲禮下。漢時將作大匠屬官有東園主章,武帝太初元年改名木工。見漢書百官公卿表上。㊁木材工藝,木製品。淮南子本經:"土事不文,木工不斲,金器不鏤。"㊂伐木工,木匠。吳越春秋勾踐陰謀外傳:"越王乃使木工千餘人入山伐木。"

【木子】㊀楊桃。又名獼猴桃、藤梨。宋書謝靈運傳山居賦"楊勝所拮,秋冬藴獲"自注:"楊,楊桃也,山間謂之木子。"參閱本草綱目三三果五獼猴桃。㊁木本植物的果實。相傳唐堯之時,高陽氏有才子曰庭堅,爲大理,以官命族爲理氏。其後理徵得罪於紂,其妻契和氏,攜子利貞逃隱伊侯之墟,食木子而得全,遂改理爲李氏。見北史序傳。

【木丸】古刑具。木製球形,塞入人口,使不能出聲。新唐書一一五郝處俊傳:"(郝象賢)臨刑,極罵乃死,(武)后怒。……自是訖后世,將刑人,必先以木丸窒口云。"

【木王】梓木的代稱。宋陸佃埤雅釋木梓:"今呼牡丹謂之華王,梓爲木王。蓋木莫良於梓,故書以梓材名篇,禮以梓人名匠也。"

【木天】㊀指高大宏壯的木結構建築物。南朝梁元帝(蕭繹)金樓子雜記上:"(廬陵威王)齋前悉施木天以蔽光景,春花秋月之時,暗如深夜撤燭。"指天棚。宋劉延世孫公談圃中:"玉清昭應宮丁晉公(謂)領其使監造,土木之工,極天下之巧,……以其餘材,建五岳觀,世猶謂之木天,則玉清之宏壯可知。"宋沈括夢溪筆談雜誌一:"內諸司舍屋,惟秘閣最宏壯,閣下穹隆高敞,謂之木天。"㊁指翰林院。明王翃紅情言三九:"先生薇省鴻才,木天時彥,遠臨幕府,深荷輝光。"清周召雙橋隨筆一:"文徵仲先生以布衣徵入史局,同事諸公皆以其不由科目,濫竽木天而嗤笑之。"

【木介】雨雪沾附於樹枝,凝結成冰,如披介胄,故稱木介。也稱木冰、木稼、樹稼。漢書五行志上:"今之長老名木冰爲木介。介者,甲。甲,兵象也。"宋薛季宣浪語集五誠臺望雪懷子都詩之四:"此情誰與度,木介響琤瑽。"

【木公】㊀仙人名。也名東王公東王父。常與西王母(即金母)並稱。漢初童謠云:"著青裙,入天門,揖金母,拜木公。"見南朝梁陶弘景真誥五甄命授。宋蘇軾蘇文忠詩三九贈陳守道:"樓臺十二紅玻璃,木公金母相東西。"㊁松的別名。松拆字爲木公。元缺名湖海新聞前集一貴顯稱旨除官:"(宋神宗問葉濤)曰:'自山路來木公木母如何?'濤曰:'木公正傲歲,木母正含春。'木公,松也;木母,梅也。"

【木牛】㊀運載工具。三國志蜀諸葛亮傳:"亮性長於巧思,損益連弩,木牛流馬,皆出其意。"明劉基誠意伯集十六次韻和石末公秋日感懷見寄詩之一:"典章淪落悲芻狗,餽餉倭遲想木牛。"參見"木牛流馬"。㊁耕具。清屈大均廣東新語十六木牛:"木牛者,代耕之器也。以兩人字架施之,架各安轆轤一具,轆轤中繫以長繩六丈,以一鐵環安繩中,以貫犁之曳鉤。用時一人扶犁,二人對坐架上,此轉則犁來,後轉則犁去,一手而有兩牛之力,耕具之最善者也。"

【木主】爲死者立的木製牌位。卽神主。史記周本紀:"(武王)東觀兵,至于盟津,爲文王木主,載以車,中軍。"

【木末】樹梢。楚辭屈原九歌湘君:"采薜荔兮水中,搴芙蓉兮木末。"宋辛棄疾稼軒詞一水調歌頭題張晉英提舉玉峯樓:"木末翠樓出,詩眼巧安排。"

【木正】傳説上古有木正、火正、金正、水正、土正,稱五行之官,死後都爲神。木正爲春官,其神稱句芒。見左傳昭二九年、漢書百官公卿表上"爲民師而命以民事"注引漢應劭説。

【木札】木片。唐段成式酉陽雜俎九盜俠:"韋(行規)下馬負一樹,見空中有電光相逐,如鞠杖勢,漸逼樹杪,覺物紛紛墜其前,韋視之,乃木札也。"

【木石】㊀樹木和山石。孟子盡心上:"舜之居深山之中,與木石居,與鹿豕遊。"㊁比喻無知覺無情感之物。漢書六二司馬遷傳報任安書:"身非木石,獨與法吏爲伍,深幽囹圄之中,誰可告愬者?"

【木母】㊀木刻母像。東漢丁蘭早年喪母,刻木爲像以事之。廣弘明集二九梁武帝孝思賦:"顧丁蘭其何人,家河內之野王,……刻木母以供事,常朝夕而在傍。"參見"丁蘭"。㊁梅的別名。詳"木公㊁"。

【木禾】㊀穀類植物。也叫玉山禾。山海經海內西經:"昆侖之虛,方八百里,高萬仞。上有木禾,長五尋,大五圍。"注:"木禾,穀類也,生黑水之阿,可食。"後漢書八九張衡傳思玄賦:"發昔夢於木禾兮,穀昆崙之高岡。」㊁藥用植物。卽飛廉。詳該條。

【木瓜】㊀植物名。落葉灌木或喬木。也稱楙。果實秋季成熟,橢圓,有香氣,經蒸煮或蜜漬後供食用,可入藥。參閱爾雅釋木、本草綱目三十果二木瓜。㊁詩衛風篇名。詩中有"投我以木瓜,報之以瓊琚"句,後人因用以比喻互相餽贈。唐賈島長江集二投張太祝詩:"欲買雙瓊瑶,慙無一木瓜。"㊂山名。在湖南常德縣東。唐李白李太白詩 二一 望木瓜山:"早起見日出,暮見棲鳥還。客心自酸楚,况對木瓜山。"

【木奴】㊀指柑橘。三國吳丹陽太守李衡於宅邊種橘千株,臨死謂其子曰:"汝母惡我治家,故窮如是。然吾州里有千頭木奴,不責汝衣食,歲上一匹絹,亦可足用耳。"見三國志吳三嗣主傳孫休注引襄陽記。唐元稹長慶集十二酬樂天東南行一百韻詩:"綠粽新菱實,金丸小木奴。"自注:"巴橘酸澀,大如彈丸。"㊁泛指果實。北魏賈思勰齊民要術四種梅杏注:"木奴千,無凶年。蓋言果實可以市易五穀也。"

【木冰】卽木介。春秋成十六年:"春王正月,雨木冰。"注:"記寒過節,冰封著樹。"參見"木介"。

【木耳】植物名。形如耳,色褐,附生朽木上。供食用,可入藥。白色者名白木耳,亦稱銀耳。宋陳晧禮記集説內則注:"芝如今木耳之類",則宋時已有此稱。參閱本草綱目二八菜五木耳。

【木匠】卽木工。漢王充論衡量知:"能斲削柱梁,謂之木匠。"也稱"手民"、"手貨"。見宋陶穀淸異錄人事。

【木羽】㊀仙人名。文選晉左太沖(思)魏都賦:"玄俗無影,木羽偶仙。"注:"木羽者,鉅鹿南和人也。母貧賤,常助産婦。兒生自下唼母,母大怖。暮夢見大冠赤幘守兒,言此兒司命君也,當報汝恩,使子與木羽俱仙。母陰信識之。後兒生,字之爲木羽。兒至年十五,夜有車馬來迎之,呼木羽木羽,爲我御來!遂俱去。"㊁箭名。宋眞宗咸平元年石歸宋獻木羽弩箭,能致遠,入鎧甲。見宋史兵志十一。

【木舌】㊀木鐸的鈴舌。漢揚雄法言學行:"仲尼駕説者也,不在茲儒乎?如將復駕其所説,則莫若使諸儒金口而木舌。"參見"木鐸"。㊁比喻不能或不敢説話。後漢書六一黃瓊傳上疏:"言之者必族,附之者必榮,忠臣懼死而杜口,萬夫怖禍而木舌。"

【木車】古代帝王喪葬用的不加漆飾之車。周禮春官巾車:"王之喪車五乘:木車、蒲蔽、犬禊、尾櫜、疏飾,小服皆疏。"後漢書光武帝紀下:"古者帝王之葬,皆陶人瓦器,木車茅馬。"

【木豆】㊀古祭祀的用器。簡稱豆,也作梪。爾雅釋器:"木豆謂之豆,竹豆謂之籩。"注:"豆,禮器也。"參見"豆㊀"。㊁植物名。常綠小灌木。種子可供食用,葉作飼料,根入藥。參閱廣羣芳譜十木豆。

【木芝】菌類。又名靈芝、紫芝。南朝梁江淹江文通集四郭弘農遊仙詩:"傲倪摘木芝,陵波採水碧。"參見"靈芝"。

【木材】樹木採伐後,可供建築及製造器物之用的材料。周禮地官委人:"掌斂野之賦,斂薪芻,凡疏材木材,……喪紀共其薪蒸木材,軍旅共其委積薪芻。"

【木李】果名。卽榠樝,又名木梨。詩衛風木瓜:"投我以木李,報之以瓊玖。"後來用詩意以木李比喻互相投贈酬答。元耶律楚材湛然居士集一和南質張學士敏之見贈七首之一:"和我新詩使予起,卻得瓊瑰酬木李。"參閱本草綱目三十果二榠樝。

【木夾】傳遞文書用的木製夾板。資治通鑑二五二唐僖宗乾符三年:"蠻遣(李)瑶還,遞木夾以遺(高)駢。"注:"遞牒以木夾之,故云木夾。"也稱木契。參閱宣和書譜十八章孝規。

【木吾】木棒名。吾,假借爲"御",卽防禦用的木棒。秦有中尉,漢武帝更名執金吾。他官如御史、校尉、郡守、都尉、縣長之類,皆以木爲吾。用以夾車,故謂之車輻。一曰以形似輻而名。參閱晉崔豹古今注輿服。參見"執金吾"。

【木表】㊀木標,木牌。三國志魏田疇傳:"乃引軍還,而署大木表于水側路旁曰:'方今暑夏,道路不通,且俟秋冬,乃復進軍。'"後漢書五八蓋勳傳:"勳被三創,堅不動,乃指木表曰:'必尸我如此。'"㊁樹木的表面。詩小雅角弓"如塗塗附"唐孔穎達疏:"桴謂木表之麤皮也。"

【木柿】木片,木屑。晉書王濬傳:"濬造船於蜀,其木柿蔽江而下。"柿,也寫作"杮"。唐李商隱李義山詩集五南朝:"敵國軍營漂木柹,前朝神廟鎖烟煤。"

【木杪】木末,樹端。宋書謝靈運傳山居賦:"蹲谷底而長嘯,攀木杪而哀鳴。"

【木易】㊀楊姓的代稱。隋書庶人秀傳:"重述木易之姓,更治成都之宮。"案楊字右從"昜",非從"易"。俗誤以木易爲楊姓。㊁複姓。北朝魏有木易于。見通志氏族五代北複姓。

【木狗】遏水的土袋。見"土狗㊁"。

【木兔】㊀鳥名。似鴟鵂而小,頭似兔而有角,毛腳,夜飛,好食雞。見爾雅釋鳥"萑,老鵵"注。㊁遼俗三月三日爲上巳,刻木爲兔,分朋走馬射之。先中者勝。勝者馬上飲酒,負者下馬列跪進酒。見遼史禮志六。

【木客】㊀伐木工。相傳越王句踐使人入山伐木爲桴以運其父允常柩。一説伐木以獻吳,木工久不得歸,作木客吟。後人因名其地爲木客村,稱允常冢爲木客冢。參閱越絕書八越絕外傳記地傳、水經注四十漸江水。㊁傳説爲山中怪獸。形頗似人,手腳爪如鉤。見太平御覽八八四晉鄧德明南康記。全唐詩六一四皮日休寄瓊州楊舍人:"行遇竹王因設奠,居逢木客又遷家。"㊂鳥名。見"木客鳥"。

【木契】木刻的符信。唐代國有大事出納符節,有木契。凡皇帝巡幸、太子監國、有軍旅之事則用之,王公征討皆給焉,左右各十九。行用法式,與魚符同。又平時皇帝勅召人入宮內,亦用木契,左以進內,右以授監門。見唐六典八門下省符寶郎、新唐書車服志。新唐書百官志一司門郎中:"凡有召者,降墨敕,勘銅魚、木契然後入。"

【木枴】木製手杖。契丹以賜重臣。舊五代史漢高祖紀上:"帝遣牙將王峻奉表於契丹,契丹主賜詔褒美,呼帝爲兒,又賜木枴一。蕃法,貴重大臣方得此賜,亦猶漢儀賜几杖之比也。"

【木威】木名。也稱木威子。生嶺南山谷,樹高丈餘,葉似楝葉,子如橄欖而堅,亦似棗,削去皮可爲粽食。見本草綱目三一果三木威子。

【木屐】木底鞋。後漢書五行志一:"延熹中,京都長者皆著木屐,婦女始嫁至,作漆畫五采爲系。"太平御覽六九八引汝南先賢傳:"戴良嫁女,布裳木屐。"

【木禺】見"木偶"。

【木星】太陽系行星之一。古稱歲星。繞日公轉周期約十二年。金史宣宗紀中:"(興定元年八月)木星晝見于昴,六十有七日乃伏。"參見"歲星"。

【木食】指隱士山居,採野果爲食。晉書庾袞傳:"庾賢絕塵避地,超然遠跡,固窮安陋,木食山棲,不與世同榮,不與人爭利。"

【木香】㊀本名蜜香，又曰青木香。多年生草本，根可入藥。因馬兜鈴根亦有青木香之稱，又呼此爲南木香、廣木香。隋書樊子蓋傳煬帝將入吐谷渾，子蓋獻青木香以禦霧露，卽此。參閱本草綱目十四草三、廣羣芳譜四三木香。㊁酴醾花的別名。見宋張邦基墨莊漫録九。

【木侯】卽"沐猴"。漢揚雄法言重黎："生捨其木侯，而謂人木侯。"參見"沐猴"、"沐猴而冠"。

【木馬】㊀木製之馬，練習騎術者用之。南史東昏侯紀："始欲騎馬，未習其事，俞靈運爲作木馬，人在其中，行動進退，隨意所適。其後遂爲善騎。"㊁獨輪車的一種。宋沈括夢溪筆談二三譏謔："行人以獨輪小車，馬鞍蒙之以乘，謂之木馬。"

【木索】刑具。木謂腳鐐手銬，索卽繩索，用以械繫犯人。漢書六二司馬遷傳報任安書："今交手足，受木索，暴肌膚，受榜箠，幽於圜牆之中。"唐杜牧樊川集二華清宮三十韻詩："北扉閑木索，南面富循良。"

【木茹】同木食。後漢書五二崔駰傳："故士或掩目而潛淵，或盥耳而山棲，或草耕而僅飽，或木茹而長飢。"參見"木食"。

【木桂】木名。又名梫、牡桂。喬木。樹皮和小枝可入藥。爾雅釋木："梫，木桂。"注："今南人呼桂厚皮者爲木桂。桂樹葉似枇杷而大，白華。"參見"梫"。

【木桃】果名。卽樝子。詩衛風木瓜："投我以木桃，報之以瓊瑤。"唐錢起錢考功集八重贈趙給事："能迂騶馭尋蝸舍，不惜瑤華報木桃。"或謂木桃乃桃之大者。見舊題南朝梁任昉述異記下。參見"樝子"。

【木通】植物名。也稱通草。莖有細孔貫通，故名。掌狀複葉，花紫或白色，果可食，莖入藥。參閱本草綱目十八通草。

【木訥】質樸而不善於言辭。論語子路："剛毅木訥，近仁。"注："木，質樸；訥，遲鈍。"後漢書二六韋彪傳上疏："宜鑒嗇夫捷急之對，深思絳侯（周勃）木訥之功也。"

【木陵】地名。河南光山縣南有木陵山，地界湖北麻城縣，山上有木陵關，南北朝時爲軍爭要地。梁天監初，張囂之攻北魏淮南，取木陵戍，卽此。參閱讀史方輿紀要五十光州光山縣。參見"穆陵關"。

【木强】見"木彊"。

【木魚】㊀佛教法器名。相傳佛家謂魚晝夜不合目，故刻木象魚形，擊之以警戒僧衆應晝夜思道。有兩種：一爲團狀魚鱗形，誦經禮佛時用之；一爲挺直魚形，粥飯或集會衆僧時用之，俗稱梆。唐司空圖司空表聖詩集一上陌梯寺懷舊僧之一："松日明金像，山風響木魚。"參閱元德煇百丈清規法器木魚。㊁木刻魚形符信。用法與銅魚、木契同。隋書高祖紀下開皇十年："冬十月甲子，頒木魚符於京師官五品已上。"㊂椶筍。宋蘇軾分類東坡詩十四椶筍："贈君木魚三百尾，中有鵝黃子魚子。"

【木偶】木刻偶像。史記七五孟嘗君傳："今旦（蘇）代從外來，見木禺人與土禺人相與語。"禺，一本作"偶"。引申以比喻無知或無用之人。南史鮑泉傳："面如冠玉，還疑木偶；鬚似蝟毛，徒勞繞喙。"

【木粟】卽苜蓿。見該條。

【木棉】植物名。亦作"木緜"、"木綿"。1.落葉喬木。也稱攀枝花、英雄樹。先葉開花，大而紅。結實長橢圓形，中有白棉，可絮茵褥。唐元稹長慶集十七送嶺南崔侍御詩："大布垢塵須火浣，木綿溫軟當綿衣。"2.草本或灌木。通稱棉花。花黃色或帶紅紫。結實如桃，中有白棉，供紡織用。子可榨油。明詩紀事九孫蕡平原田家行："春絲夏絹輸税錢，木綿紡布寒暑穿。"3.杜仲的别名。詳"杜仲"。參閱本草綱目三六木綿、三五上杜仲。

【木雁】莊子山木寓言記山中大木以有用而被伐，不材者以無用而得免；又主人享客殺所畜之雁，不能鳴者以無用而見殺，能鳴者以有用而獲全。弟子問莊子："昨日山中之木以不材得終其天年，今主人之雁以不材死，先生將何處？"莊子笑曰："周將處夫材與不材之間。"後來因以木、雁比喻善處於材與不材之間，以全生遠禍。南史檀道濟傳論："道濟始因録用，故得忘瑕，晚因大名，以至顛覆。韶祇克傳胤嗣，其木雁之間乎。"唐白居易長慶集三四偶作："木雁一篇須記取，致身才與不才間。"

【木犀】桂花的别稱。别名丹桂、箘桂、巖桂、九里香。以木材紋理如犀而名。花有濃香，可作香料。白花者稱銀桂，黃稱金桂，紅稱丹桂。宋范成大石湖集二四巖桂詩之一："病著幽窗知幾日，瓶花兩見木犀開。"參閱本草綱目三四箘桂。

【木畫】舊題漢劉歆西京雜記一："中設木畫屏風，文如蜘蛛絲縷。"後以木底、上加鑲嵌作山水、人物、花鳥等圖案者爲木畫。

【木筆】花名。卽辛夷。以花苞有毛尖長如筆，故名。宋陸游劍南詩稿三四幽居初夏之一："籜龍已過頭番筍，木筆猶開第一花。"參見"辛夷"。

【木觚】木製的書板。急就篇一"急就奇觚與衆異"唐顏師古注："觚者，學書之牘，或以記事，削木爲之，蓋簡屬也。……今俗猶呼小兒學書簡爲木觚章，蓋古之遺語也。"

【木聖】指技藝精巧的木工。抱朴子辨問："善刻削之尤巧者，則謂之木聖，故張衡馬鈞於今有木聖之名焉。"

【木酪】木漿。漢書食貨志上："北邊及青徐地人相食，雒陽以東米石二千……（王莽）又分遣大夫謁者教民煮木爲酪；酪不可食，重爲煩擾。"

【木賊】植物名。又稱節節草。多年生草本。莖中空，每寸許結節，通常不分枝。莖可作木材、骨、金屬等的磨光材料。莖入藥。參閱本草綱目十五木賊。

【木路】帝王所乘的一種車。周禮春官巾車："木路，前樊鵠纓。"注："木路，不鞔以革，漆之而已。"也作"木輅"。晉書禮志上："於是乘輿御木輅以耕，以太牢祀先農。"

【木腸】木石般的心腸。比喻不易動感情。宋蘇軾分類東坡詩八次韻滕大夫之二沈香石："欲隨楚客紉蘭佩，誰信吳兒是木腸。"參見"木人"。

【木經】宋初喻皓曾營建開寶寺塔，在諸塔中最高，制度甚精，司馬光稱爲"國朝以來，木工一人而已"。曾撰木經三卷。其後李誡編撰營造法式，多取材此書。木經，宋史藝文志未著録，已佚。參閱宋歐陽修歸田録一、宋沈括夢溪筆談十八技藝。

【木蜜】木名。㊀卽香樹。也卽蜜香。漢楊孚異物志："木蜜名曰香樹，生千歲，根本甚大，先伐僵之，四五歲乃往看，歲月久，樹材惡者腐敗，惟中節堅直芬香者獨在耳。"參閱晉崔豹古今注下草木。參見"蜜香"。㊁卽枳椇。詳"枳椇"。

【木實】樹木的果實。戰國策秦三："臣聞之，木實繁者枝必披，枝之披者傷其心。"

【木蓮】木名。1.俗稱黃心樹。常綠喬木，大者高五丈，涉冬不凋。身如青楊有白文，葉如桂，花如蓮。唐白居易長慶集十八有木蓮樹圖序。2.卽薜荔。本草拾遺始著録。詳"薜荔"。江以南名木饅頭。參閱清吳其濬植物名實圖考二十木蓮。3.木芙蓉别名。詳"木芙蓉"。

【木熙】緣木爲戲。古代雜技之一。熙，遊戲。淮南子脩務:"木熙者，舉梧檟，據句枉，蝯自縱，好茂葉，龍夭矯，燕枝拘，援豐條，舞扶疏，龍從鳥集，搏援攫肆，蔑蒙踊躍，且夫觀者莫不爲之損心酸足。"

【木鳶】木製形狀像鳶的飛行物。韓非子外儲左上:"墨子爲木鳶，三年而成，蜚一日而敗。"唐段成式酉陽雜俎續集四貶誤記魯般作木鳶乘之以飛，公輸般作木鳶以窺宋城。鳶，墨子魯問作"鵲"，抱朴子釋滯作"䳄"、應嘲作"雞"。

【木閣】用木架設於懸崖峭壁間的通道。戰國策齊六:"故爲棧道木閣，而迎王與后於城陽山中。"

【木圖】木製的浮雕地圖。宋沈括夢溪筆談二五雜誌二:"予奉使按邊，始爲木圖，寫其山川道路。……至官所，則以木刻上之。上召輔臣同觀，乃詔邊州皆爲木圖，藏於內府。"

【木幔】一種裝有木板作掩護的攻城車。宋書武帝紀上:"張綱治攻具成，設諸奇巧飛樓木幔之屬，莫不畢備;城上火石弓矢，無所用之。"通典一六〇兵十三攻城戰具:"以板爲幔，立桔槔於四輪車上，懸幔逼城堞間，使趫捷者蟻附而上，矢石所不能及，謂之木幔。"

【木魅】舊指樹木之妖。文選南朝宋鮑明遠(照)蕪城賦:"木魅山鬼，野鼠城狐。"

【木綿】見"木棉"。

【木䖟】生於木葉上的䖟蟲。幼蟲初出如白蛆，成蟲形如蠅而較大，夏秋間羣飛，吸吮牛馬血。參閱本草綱目四一蟲三木䖟。

【木撥】彈撥樂器絲弦的木片。舊唐書音樂志二:"舊琵琶皆以木撥彈之，太宗貞觀中始有手彈之法。"

【木槿】木名。落葉灌木，夏秋開紅、白或紫色花，朝開暮斂。唐錢起錢考功集八避暑納涼詩:"木槿花開畏日長，時搖輕扇倚繩牀。"參閱本草綱目三六木三木槿。

【木賜】孔子弟子子貢，姓端木名賜，簡稱木賜。舊唐書一〇二元行沖傳釋疑:"卜商疑聖，納誚於曾輿;木賜近賢，貽嗤於武叔。"

【木劍】木製之劍。漢時朝服帶劍，晉始改用木製，稱班劍、象劍。南史陳始興王叔陵傳:"及倉卒之際，又命左右取劍。左右不悟，乃取朝服所佩木劍以進。"參閱晉書輿服志、宋史儀衞志六。又遼以木劍爲刑具。見遼史刑法志上。

【木稼】即木介。宋王安石臨川集三五忠獻韓公輓辭之二:"木稼嘗聞達官怕，山頹果見哲人萎。"參見"木介"。

【木稷】高粱。廣雅釋草:"藋粱，木稷也。"清王念孫疏證:"今之高粱，古之稷也。秦漢以來，誤以粱爲稷，而高粱遂別名木稷矣。"

【木德】秦漢方士有五行之説，以金木水火土相生相勝，爲帝王受命之符。以木勝者爲木德。史記封禪書:"夏得木德，青龍止於郊，草木暢茂。"參見"五德㊀"。

【木龍】㊀木名。唐段成式酉陽雜俎續集九支植上:"木龍樹。徐之高冢城南有木龍寺……塔側生一大樹，縈繞至塔頂，枝幹交橫，上平，容十餘人坐。枝杪四向下垂，如百子帳。"㊁護堤的木欄。宋史河渠志一:"(天禧)五年正月，知滑州陳堯佐以西北水壞城，無外禦，築大隄……復就鑿橫木，下垂木數條，置水旁以護岸，謂之木龍。"

【木燧】鑽取火種的用具。禮內則:"右佩玦、捍管、遰、大觿、……木燧。"疏:"皇氏云:晴則以金燧取火於日，陰則以木燧鑽火也。"

【木頭】㊀尺度名。工匠量材伐木，以人頭取度而名。後來整塊木材，通稱木頭。參閱周禮考工記車人"半矩謂之宣"注、清戴震考工記圖、桂馥札樸三木頭。㊁以木喻人，言感覺鈍，不靈活。唐釋寒山寒山子詩集五言之一三一:"世有一等流，悠悠似木頭，出語無知解，云我百不憂。"紅樓夢三五:"你姨娘可憐見的，不大說話，和木頭似的，公婆跟前就不獻好兒。鳳姐嘴乖，怎麼怨得人疼他?"

【木樨】即木犀。宋朱敦儒樵歌下菩薩蠻詞:"新窨木樨沈，香遲斗帳深。"參見"木犀"。

【木樵】高木樓。多用以瞭望敵情。漢書六九趙充國傳:"部曲相保，爲壍壘木樵，校聯不絕。"注:"樵與譙同，謂爲高樓以望敵也。"

【木彊】質樸而倔强。史記五七周勃世家:"勃爲人木彊敦厚，高帝以爲可屬大事。"漢書四十周勃傳作"木强"。

【木錧】車軸頭上固定輪子的小棍。古喪禮用木爲車轄，取其聲小。儀禮既夕禮下:"御以蒲菆、犬服、木錧。"

【木雕】木製能飛的雕。漢張衡嘗作木雕，能飛空中。後漢書五九張衡傳應閒:"叁輪可使自轉，木雕猶能獨飛，已垂翅而還故棲，盍亦調其機而銛諸?"

【木聲】木質之聲，擊木之聲。靈樞經經脈:"聞木聲則惕然而驚。"莊子山木:"孔子窮於陳蔡之間，七日不火食，左據槁木，右擊槁枝，而歌猋氏之風，……木聲與人聲，犂然有當於人心。"也指樂器木質部分的共鳴聲。唐柳宗元柳先生集外集上箏郭師墓誌:"生善音，能鼓十三弦……使木聲絲聲均其所自出。"

【木薦】木製防禦武器。形如盾。漢書四九鼂錯傳上書言兵事:"材官騶發，矢道同的，則匈奴之革笥木薦弗能支也。"注:"木薦，以木板作如楯。"

【木檄】獨幹直上的樹材。宋史二九一李若谷傳:"補長社縣尉，州葺兵營，課民輸木檄。"

【木鍾】大木材。木鍾，本呼木章，音訛爲鍾。古謂大木爲章，故漢書貨殖傳云"木千章"。參閱唐顏師古匡謬正俗六木鍾。

【木瀆】鎮名。在今江蘇吳縣西南。近太湖口，明嘉靖三十四年明軍民追擊倭寇，殲之於此。舊設巡司，轄木瀆、橫塘、新郭三鎮。清移縣丞駐此。參閱讀史方輿紀要二四蘇州府。

【木藍】植物名。常綠小灌木。今屬豆科馬棘屬。莖如決明，葉如槐葉，可製藍色染料。也作藥用。參閱北魏賈思勰齊民要術五種藍、本草綱目十六草五藍。

【木曜】謂歲星。詳"七曜"。

【木雞】㊀莊子達生:"紀渻子爲王養鬬雞，……十日又問，曰:'幾矣，雞雖有鳴者，已无變矣。望之似木雞矣，其德全矣。異雞无敢應者，反走矣。'"唐成玄英疏:"神識安閑，形容審定，……其猶木雞不動不驚，其德全具，他人之雞，見之反走。"後因以木雞稱修養深淳、以鎮定取勝的人。唐白居易長慶集三十禮部試策第三道:"事有躁而失，靜而得者，故木雞勝焉。"㊁木製能飛之雞。抱朴子應嘲:"黑子刻木雞以厲天。"參見"木鳶"。

【木簡】古時用以書寫文字的木片。漢書六三昌邑哀王髆傳"佩玉環簪筆，持牘趨謁"唐顏師古注:"牘，木簡也。"參見"竹簡"。

【木鵝】㊀木製的鵝。1.攻城的戰具。舊唐書一八七下薛愿傳:"愿爲潁川太守，……賊將阿史那承慶悉以銳卒併攻，爲木驢木鵝，雲梯衝棚，四面雲合。"2.測水深淺的工具。唐顏師古隋遺録上:"大業十二年，煬帝……命雲屯將軍麻叔謀濬黃河入汴堤，使勝巨艦。叔謀銜命甚酷，以鐵脚木鵝試彼淺深，鵝止，謂濬河之夫不忠，隊伍死水下。"3.浮水工具。隋書堯君素傳:"時圍甚急,行李斷絶,君素乃爲木鵝,置表於頸,具論事勢,浮之黄河,沿流而下。河陽守者得之,達於東都。"㊁洲名。安徽桐城縣有木鵝洲。相傳五代周世宗與南唐劃江爲界,以木鵝浮江中,隨其所至,以定南北;鵝沿洲東下,故以木鵝爲名。參閲讀史方輿紀要二六安慶府桐城縣樅陽河。

【木獺】 一種木製獺形的捕魚工具。唐張鷟朝野僉載六:"郴州刺史王琚刻木爲獺,沈於水中取魚,引首而出。蓋獺口中安餌爲轉闗,以石縋之則沈,魚取其餌,闗卽發,口合則啣魚,石發則浮出矣。"

【木難】 寶珠名。文選三國魏曹子建(植)樂府四首美女篇:"明珠交玉體,珊瑚間木難。"注引南越志:"木難,金翅鳥沫所成碧色珠也。"也作"莫難"。晉崔豹古今注下雜注:"莫難珠一名木難,色黄,出東夷。"

【木蘭】 ㊀香草名。楚辭屈原離騷:"朝搴阰之木蘭兮,夕攬洲之宿莽。"㊁木名。又名杜蘭、林蘭。狀如楠樹,質似柏而微疏,可造船。皮辛香似桂,厚者似厚朴。葉大。晚春先葉開花。皮、花可入藥。文選晉潘安仁(岳)西征賦:"門磁石而梁木蘭兮,構阿房之屈奇。"參閲本草綱目三四木一木蘭、清吳其濬植物名實圖考三三木蘭。㊂人名。見"木蘭詩"。㊃圍場名。約當今河北圍場縣地。清康熙雍正諸朝,皇帝常於每年秋率王公等於此圍獵習武,稱木蘭秋獮,其地稱木蘭圍場。木蘭,滿語吹哨引鹿之意。公元 1913 年改爲圍城縣。參閲清朝通典五八禮軍一大狩。

【木罌】 ㊀木製盛水容器。墨子備城門:"用瓦木罌容十升以上者,五十步而十,盛水且用之。"㊁用木柙夾縛衆罌而成的浮渡工具,甕筏。罌,也作"甖"。史記九二淮陰侯傳:"以木罌缻渡軍。"集解引服虔:"以木押(柙)縛罌缻以渡。"參閲通典一六〇兵十三軍行渡水附。

【木鐸】 ㊀ 以木爲舌的大鈴。古代宣布政教法令,巡行振鳴以引起衆人注意。周禮天官小宰:"徇以木鐸。"注:"古者將有新令,必奮木鐸以警衆,使明聽也……文事奮木鐸,武事奮金鐸。"疏:"鐸,皆以金爲之,以木爲舌則曰木鐸,以金爲舌則曰金鐸。"㊁比喻宣揚某種政教、學説的人。論語八佾:"天下之無道也久矣,天將以夫子爲木鐸。"

【木癭】 樹節。巧匠常利用樹節的天然形狀,雕刻製成爲用具及工藝品。宋陸游劍南詩稿八二夏日之三:"竹根斷作枕雲眠,木癭刳成貯酒尊。"

【木鑣】 木製的馬銜。古喪禮用木爲馬鑣,取其聲小。儀禮既夕禮下:"御以蒲菆……木鑣。"

【木驢】 ㊀木製驢形的運載工具。多爲攻城時用。孫子謀攻"修櫓轒轀"唐杜牧注:"轒轀,四輪車,排大木爲之,上蒙以生牛皮,下可容十人往來運土填塹,木石所不能傷,今所謂木驢是也。"梁書侯景傳:"明日,景又作木驢數百攻城,城上飛石擲之,所值皆破碎。"參閲通典一六〇兵十三攻城戰具附。參見"木鵝㊀1"。㊁一種刑具。爲裝有輪軸的木架,載犯人示衆並處死。宋陸游南唐書胡則傳:"卽舁置木驢上,將磔之,俄死,腰斬其屍以狥。"元曲選關漢卿竇娥冤四:"押付市曹中,釘上木驢,剮一百二十刀處死。"

【木乃伊】 乾尸,用香料防腐劑填充塗布使乾,可以久存至千餘年。相傳亦有用蜜浸使尸體久存的。木乃伊爲阿拉伯語没藥的音譯。見明陶宗儀輟耕録三木乃伊。

【木上座】 手杖。景德傳燈録二十杭州佛日和尚:"夾山又問:'闍梨與什麽人爲同行?'師曰:'木上座。'"宋蘇軾分類東坡詩十三送竹几與謝秀才:"留我同行木上座,贈君無語竹夫人。"

【木半夏】 木名。落葉灌木。葉長橢圓形,背面銀灰色,密布鱗片。初夏,葉腋開花,黄白色。果實橢圓形或圓形,色黄赤,甘酸可食。俗稱野櫻桃,因立夏後成熟,又稱四月子。根、葉、果入藥。參閲本草綱目三六木三胡頽子。

【木老鴉】 武器名。又名不藉木。用兩三尺堅木,削尖兩端,與矢石俱下。多用於水師。南宋初鍾相楊么農民起義軍曾用以摧擊官軍。參閲宋陸游老學菴筆記一、李心傳建炎以來繫年要録六九紹興三年十月。

【木芍藥】 ㊀牡丹别名。晉崔豹古今注記芍藥有草芍藥、木芍藥,花大而色深者爲木芍藥,卽牡丹。太平廣記二〇四李龜年引松牕録:"開元中禁中初重木芍藥,卽今牡丹也。"自注:"開元天寶花木記云:禁中呼木芍藥爲牡丹。"參閲宋吳曾能改齋漫録四漢以牡丹爲木芍藥。㊁赤芍藥别名。見本草綱目十四草三芍藥。

【木芙蓉】 木名。俗稱芙蓉,或稱芙蓉花。也稱地芙蓉、木蓮等,以别於蓮花之稱芙蓉。落葉灌木。插枝卽生。葉掌狀淺裂。秋開白、黄或淡紅色花。唐白居易長慶集二十木芙蓉花下招客飲詩:"莫怕秋無伴愁物,水蓮花盡木蓮開。"參閲本草綱目三六木三木芙蓉。

【木居士】 木製的神像。迷信的人奉事以乞靈。唐韓愈昌黎集九題木居士之一:"火透波穿不計春,根如頭面榦如身。偶然題作木居士,便有無窮求福人。"

【木客吟】 歌辭名。吳王好起宫室,越王勾踐乃使木工三千餘人入山伐木以獻吳。工人久不得歸,憂思而作木客吟。參閲吳越春秋勾踐陰謀外傳、水經注四十漸江水。

【木客鳥】 傳説鳥名。廬陵有木客鳥,大如鵲,千百爲羣,不與衆鳥相厠。俗云是古之木客花所化。見太平御覽九二七漢楊孚異物志、舊題南朝梁任昉述異記下。

【木面獸】 木製獸形面具。舊時迷信用以驅鬼。後漢書禮儀志中:"先臘一日,大儺,謂之逐疫。……百官官府各以木面獸能爲儺人師訖,設桃梗、鬱櫑、葦茭畢,執事陛者罷。"

【木馬子】 ㊀防禦戰具。一横木,下置三足,高三尺,長六尺,縱横重疊,以阻敵騎。見武備志一一二軍資乘。㊁木製馬桶。見宋歐陽修歸田録二。

【木野狐】 棋盤的别稱。宋朱彧萍洲可談二:"弈者多廢事,不論貴賤嗜之,率皆失業。故人目棋枰爲木野狐,言其媚惑人如狐也。"

【木等子】 卽山茱萸。宋黄庭堅宜州乙酉家乘四月:"市人始賣木等子,皮殷紅,肉甘酸,生者微澀,核猥大而肉少。余舊聞嶺南木等子,卽藥中山茱萸也。"注:"等,多改切。"

【木葉山】 山名。在今遼寧西北部老哈河(一名土河)與西拉木倫河(一名潢河)合流處。遼時屬上京道永州。爲遼之發祥地。參閲遼史地理志一永州、嘉慶一統志五三四蒙古統部。

【木腳道】 木跳板。宋趙溍養痾漫筆:"曹彬潘美伐江南,城既破,李煜白衫紗帽見二公。…… 二公先登舟,召煜飲茶,船前獨設一木腳道。……(煜)徘徊不能進。"

【木綿菴】 廟名。故址在今福建漳州市南。宋末以賈似道誤國,詔貶循州安置,遣使監押之貶所。會稽縣尉鄭虎臣請行。至漳州木綿菴，虎臣曰："吾爲天下殺似道，雖死何憾！"遂殺似道。參閱宋史四七四賈似道傳、明陳邦瞻宋史紀事本末一〇六蒙古陷襄陽。

【木槵子】 法苑珠林四六攝念："若欲滅煩惱障者，當貫木槵子一百八，常以自隨，至心無散，稱南無佛陀、南無達磨、南無僧伽名，乃遇一木槵子。"本草綱目三五下作無患子、菩提子。亦作木梡子、木患子。其果實可作念珠。

【木齒丹】 木梳的別稱。宋陶穀清異録下器具："修養家謂梳爲木齒丹。"

【木饅頭】 ㊀即無花果。宋張師政倦遊雜録："木饅頭爲無花果，味甘酸，食之發瘴。嶺南尤多，州郡多取爲茶牀、高飣，故云公筵多飣木饅頭。"(曾慥類説十六)。又見彭乘續墨客揮犀七。參見"無花果"。㊁即薜荔。詳"薜荔"。參閱本草綱目十八下草七木蓮。

【木蘭舟】 用木蘭樹木材造的船。舊題南朝梁任昉述異記下："木蘭洲在潯陽江中，多木蘭樹。昔吳王闔閭植木蘭於此，用構宮殿也。七里洲中，有魯般刻木蘭爲舟，舟至今在洲。詩家云木蘭舟，出於此。"後常用爲船的美稱，並非實指木蘭木所製。唐柳宗元柳先生集四二酬曹侍御過象縣見寄詩："破額山前碧玉流，騷人遥駐木蘭舟。"

【木蘭花】 詞調名。唐、五代詞中，有五十二字、五十四字、五十五字三體，都用仄韻。另有五十六字體，七字八句，用仄韻者，名玉樓春。二者區分甚明。自五代人輯尊前集以木蘭花混入玉樓春，宋人因之，不復區別。惟增減體仍只用木蘭花名。其減爲四十四字、雜用平韻者名減字木蘭花，減爲五十字、雜用平韻者名偷聲木蘭花，增爲一百零一字、全用平韻者名木蘭花慢。參閱詞律七、發凡。

【木蘭詩】 古樂府歌辭篇名。南朝陳釋智匠輯古今樂録中最早著録，樂府詩集收入梁鼓角横吹曲。詩用雜言六十二句，歷敍女子木蘭扮男裝代父從軍出征、轉戰、勝利歸來的故事。傳統戲曲小説常以此爲題材。故事根據民間傳説，經藝術加工；後來有關木蘭姓氏、鄉里、事蹟的各種記載，多出附會，不足信。

【木欒子】 木欒樹的果實。圓黑堅硬，可穿孔作念珠。見宋寇宗奭本草衍義五十欒華、農政全書五四救荒本草木欒樹。

【木變石】 松木的化石。清西清黑龍江外記八："松入黑龍江，歲久化爲青石，號安石，俗呼木變石，中爲礎，可發箭鏃。"

【木蠹蟲】 蛀木蟲。也叫木蠹、蝎、蝤蠐、蛣蝠、蛀蟲。天牛的幼蟲。形似蠶，節長足短，穿木如錐。參閱爾雅釋蟲、本草綱目四一蟲三木蠹蟲。

【木鼈子】 植物名。也叫木鼈、木蟹。藤本。葉如葡萄，面光。夏初開黄花。結實似瓜，表面多軟刺，扁圓如鼈、蟹，故名木鼈子。供藥用。參閱宋寇宗奭本草衍義十五木鼈子、本草綱目十八上草七木鼈子。

【木已成舟】 比喻事體已成定局，無法改變。鏡花緣三五："到了明日，木已成舟，衆百姓也不能求我釋放，我也有詞可託了。"

【木牛流馬】 古時運載工具名。三國蜀諸葛亮伐魏，曾以木牛、流馬運糧。三國志蜀諸葛亮傳注引亮集記製作的規格。南齊祖沖之又倣亮木牛流馬自造運器，不因風水，不勞人力，於機自運，今已不傳。見南齊書祖沖之傳。

【木本水原】 樹之根本，水之源頭。表示推本溯源之意。左傳昭九年："王使詹桓伯辭於晉，曰：'……我在伯父，猶衣服之有冠冕，木水之有本原，民人之有謀主也。'"按，周與晉同姓，晉爲周所封，故以木本水原爲喻。原，今通作"源"。

【木石之怪】 山中的怪物。國語魯下："丘聞之，木石之怪曰夔、蝄蜽。"注："木石謂山也。或云夔，一足，越人謂之山繅，或作猱。富陽有之。人面猴身能言。或云獨足蝄蜽，山精，傚人聲而迷惑人也。"

【木雕泥塑】 木雕或泥塑。比喻如偶像之神情呆滯。紅樓夢二七："那黛玉倚着牀闌杆，兩手抱着膝，眼睛含着淚，好似木雕泥塑的一般，直坐到二更多天，方纔睡了。"

【木鐘學案】 對以宋陳埴和葉味道爲代表的理學學派的論述。陳葉都是朱熹的門人，陳早年曾師事葉適。陳埴編集與弟子的問答，取禮學記"善問者如攻堅木，善待問者如撞鐘"之意，名木鐘集。故世稱木鐘學派。又因後人稱陳爲潛室先生，故又稱潛室學派。見清黄宗羲宋元學案六五木鐘學案。

【木皮散人鼓詞】 簡稱木皮詞。一卷。明末賈鳧西作。木皮即鼓板。木皮散人是賈氏的自署。鳧西身當王朝更易，用嬉笑怒罵的筆墨敍述歷代的興亡治亂，寄託他追念舊朝的感慨之情。

一 畫

未 wèi ㄨㄟˋ 無沸切，去，未韻，微。

㊀地支的第八位。爾雅釋天："大歲……在未曰協洽。"秦漢以後用十二生肖配十二地支，以羊爲未。漢王充論衡物勢："丑禽牛，未禽羊也。"㊁未時。十二時辰之一。相當於下午一點到三點。書無逸"自朝至於日中昃"唐孔穎達疏："昃亦名昳，言日蹉跌而下，謂未時也。"㊂未來。荀子正論："凡刑人之本，禁暴惡惡，且徵其未也。"㊃否定詞。1. 不曾，没有，不。論語陽貨："其未得之也，患得之；既得之，患失之。"左傳莊十年："肉食者鄙，未能遠謀。"2. 表示疑問，義同"否"。史記一〇七武安侯傳："君除吏盡未？吾亦欲除吏。"後漢書七四下劉表傳："今日上不至天，下不至地，言出子口而入吾耳，可以言未？"

【未央】 ㊀未盡。詩小雅庭燎："夜如何其？夜未央。"楚辭屈原離騷："及年歲之未晏兮，時亦猶其未央。"㊁未央宮的省稱。全唐詩一四三王昌齡春宮曲："昨夜風開露井桃，未央前殿月輪高。"參見"未央宮"。

【未來】 佛教語。與現在對稱，以後爲未來；與今生對稱，來生爲未來世。魏書釋老志："凡其經旨，大抵言生生之類，皆因行業而起，有過去、當今、未來，歷三世，識神常不滅。"北齊顏之推顏氏家訓歸心："凡夫蒙蔽，不見未來，故言彼生與今非一體耳。"今泛指現在以後的時間。

【未冠】 古禮男子二十而冠，故未滿二十歲爲未冠。周禮天官冢宰"内豎"漢鄭玄注："豎，未冠者之官名。"唐呂温呂和叔集二讀小弟詩有感因口號以示之詩："憶君未冠賞年華，二十年間在咄嗟。"

【未殊】 ㊀未斷氣，未死。後漢書十五來歙傳："蜀人大懼，使刺客刺歙，未殊。"㊁一樣，没有差異。唐高適高常侍集七真定即事奉贈韋使君二十八韻詩："解榻情何限，忘言道未殊。"

【未常】 見"未嘗"。

【未萌】 事情發生以前。戰國策趙二："愚者闇於成事，智者見於未萌。"韓非子心度："親法則姦無所萌。故治民者，禁姦於未萌。"

【未傅】指没有成年的人。史記項羽紀:"(劉邦)至滎陽,諸敗軍皆會,蕭何亦發關中老弱未傅悉詣滎陽,復大振。"集解:"孟康曰:'古者二十而傅。三年耕有一年儲,故二十三年而後役之。'"參見"傅㊀"。

【未追】來不及。後漢書八九南匈奴傳:"光武初,方平諸夏,未追外事。"

【未幾】㊀不久。詩齊風甫田:"未幾見兮,突而弁兮。"後漢書二四馬廖傳上疏:"前下制度未幾,後稍不行,雖或吏不奉法,良由慢起京師。"㊁不多。晉書慕容皝載記附陽裕:"范陽盧諶每稱之曰:'吾及晉之清平,歷觀朝士多矣,忠亮簡毅,篤信義烈,如陽士倫者,實亦未幾。'"士倫,裕字。

【未嘗】未曾,不曾。論語雍也:"非公事,未嘗至於偃之室也。"左傳襄二八年:"昔先大夫相先君適四國,未嘗不爲壇。"也作"未常"。古今雜劇元關漢卿裴度還帶三:"小子相人多矣,未常有這等一椿事。"

【未濟】㊀易卦名。☲☵。六十四卦之一。卦象爲離上坎下,火在水上,火不能燒水,水不能滅火,不能相互發生作用,故稱未濟。㊁渡河未到岸。左傳僖二二年:"宋(襄)公及楚人戰于泓。宋人既成列,楚人未既濟,司馬(目夷)曰:'彼衆我寡,及其未既濟也,請擊之。'"史記宋微子世家"未既濟"皆作"未濟"。㊂不曾取得成就。荀子王霸:"德雖未至也,義雖未濟也,然而天下之理略奏矣。"孤本元明雜劇元關漢卿單刀會一:"想玄德未濟時,曾問俺東吳家借荆州爲本,至今未還。"

【未了因】佛教指此生尚未了結的因緣。宋蘇軾東坡集續集二獄中寄子由詩之一:"與君世世爲兄弟,更結人間未了因。"也作"未了緣"。明高啟高太史集十八和遜菴效香奩體詩:"揚州夢斷十三年,底事猶存未了緣。"

【未入流】唐代官員品級,曾在九品外設有流外勳品一至九品,官職爲自諸録事及五省内史以下人員。明清官員品級,自正一品至從九品。不到從九品的,如典史、驛丞等官,爲未入流。參閲明王三聘古今事物考四爵禄。

【未亡人】舊時寡婦自稱之詞。左傳莊二八年:"(令尹子元)爲館於其宫側而振萬焉,(文王)夫人聞之泣曰:'先君以是舞也,習戎備也,今令尹不尋諸仇讎,而於未亡人之側,不亦異乎!'"又成九年:"穆姜出於房,再拜曰:'大夫勤辱,不忘先君,以及嗣君,施及未亡人。'"

【未央宫】西漢的宫殿名。故址在今陝西省西安市西北長安故城内西南角。高祖七年蕭何主持營造。倚龍首山建前殿,立東闕、北闕、武庫、太倉等,周圍二十八里。王莽時改名壽成室,末年毁於兵火。東漢隋唐曾屢加修葺,唐末毁。參閲三輔黄圖二漢宫、宋程大昌雍録二。

【未見書】前所未見的祕藏珍貴書籍。相傳漢黄香十二歲時,卽博學經典。元和元年章帝下詔要黄香到東觀,讀所未嘗見書。見後漢書八十上黄香傳。北齊書李鉉傳:"以鄉里寡文籍,來遊京師,讀所未見書。"唐段成式酉陽雜俎續集四貶誤:"開成初,予職在集賢,頗獲所未見書。"清黄丕烈名其書齋爲讀未見書齋,本此。

【未易才】不易得的人才。世説新語雅量"王東亭爲桓宣武主簿"注引南朝宋檀道鸞續晉陽秋:"珣初辟大司馬掾,桓温至重之,常稱王掾必爲黑頭公,未易才也。"又見晉書王珣傳。

【未視狗】初生尚未開眼的小狗。比喻蒙昧無知的人。漢劉向説苑雜言:"子之比我蒙蒙,如未視之狗耳。"

【未渠央】卽未遽央。指未能倉猝卽盡。詩小雅庭燎"夜未央"漢鄭玄箋:"夜未央,猶言夜未渠央也。"釋文:"渠,其據反。"樂府詩集三五南齊王融三婦豔:"丈夫且安坐,調弦詎未央。"注:"一作未渠央。"參閲唐顔師古匡謬正俗一央。

【未遽央】同"未渠央"。晉陶潛陶淵明集四雜詩之三:"嚴霜結野草,枯悴未遽央。"指未立卽萎死。

【未卜先知】舊時迷信,以爲占卜能預知吉凶。未卜先知,形容有先見之明。清平山堂話本楊温攔路虎傳:"一日,出街市閑走,見一個掛肆,名牌上寫道:'未卜先知'。"明許恒二奇緣傳奇二:"有這等事,真個未卜先知!"

【未可厚非】不可過分指責、非難,或不要過多否定。漢書九九中王莽傳:"莽怒,免(馮)英官。後頗覺寤,曰:'英亦未可厚非。'"

【未老先衰】唐白居易長慶集十三歎髪落詩:"多病多愁心自知,行年未老髮先衰。"後稱人年齡不大而身體衰弱者爲未老先衰。

【未雨綢繆】詩豳風鴟鴞:"迨天之未陰雨,徹彼桑土,綢繆牖户。"綢繆,緊相纏縛之意,引申爲修補。指鴟鴞在未下雨時就啄剥桑樹皮修補窩巢。後用以比喻事前準備或預防。清朱用純治家格言:"宜未雨而綢繆,毋臨渴而掘井。"

【未能免俗】謂不能免除俗例的做法。世説新語任誕:"七月七日,北阮盛曬衣,皆紗羅錦綺,仲容(阮咸)以竿挂大布犢鼻幝於中庭。人或怪之,答曰:'未能免俗,聊復爾耳。'"舊俗陰曆七月七日例應曬衣。金元好問遺山集八被檄夜赴鄧州幕府詩:"未能免俗私自笑,豈不懷歸官有程。"

【未達一間】指兩者極其接近,只差一點。漢揚雄法言問神:"昔乎,仲尼潛心於文王矣,達之;顔淵亦潛心於仲尼矣,未達一間耳。"

末 mò ㄇㄛˋ 莫撥切,入,末韻,明。

㊀樹梢。左傳昭十一年:"末大必折。"疏:"以樹方喻也。"楚辭屈原九歌湘君:"采薜荔兮水中,搴芙蓉兮木末。"㊁泛指物的端、尾。孟子梁惠王上:"明足以察秋毫之末。"指毫毛尖。禮曲禮上:"獻杖者執末。"此指杖尾。㊂指四肢。見"末疾"。㊃終,最後。書立政:"我則末惟成德之彦。"傳:"我則終惟有成德之美。"參見"始末㊀"。㊄老,衰。禮中庸:"武王末受命。"後漢書六七黨錮傳序:"叔末澆訛,王道陵缺。"指春秋末之衰世。㊅非根本的、不重要的事物。論語子張:"抑末也,本之則無,如之何?"荀子大略:"以其本知其末。"古籍中言本末,末常指工商而言。商君書壹言:"治國能摶民力而壹民務者,强;能事本而禁末者,富。"㊆邊,遠。見"末庭"。㊇渺小,淺薄。易咸:"咸其晦,志末也。"吕氏春秋精諭:"淺智者之所争則末矣。"㊈碎屑,粉末。晉書鳩摩羅什傳:"乃以五色絲作繩結之,燒爲灰末。"㊉無,没有。論語子罕:"如有所立,卓爾,雖欲從之,末由也已。"禮文王世子:"命膳宰曰:末有原。"參見"末殺"。⑪傳統戲劇脚色名。一般扮演中年以上男子。宋雜劇有末泥、副末。元雜劇中末泥也稱正末,另有小末、冲末等名目。⑫語氣詞,同"麽"。古今雜劇缺名黄花峪:"兀那賣酒的有酒末?"⑬姓。見宋鄧名世古今姓氏書辯證三七末。

【末上】猶言最後。景德傳燈録十:"人問和尚還入地獄否?師云:老僧末上入。"

【末世】近於衰亡的時期。易繫辭下:"其當殷之末世,周之盛德邪?"指朝代末期。

荀子勸學:"上不能好其人,下不能隆禮,……則末世窮年,不免爲陋儒而已。"指人生晚年。

【末民】古代常以農爲本,因稱工商業者爲末民。漢書食貨志下:"以臨萬貨,以調盈虛;以收奇羨,則官富實而末民困。"參見"末業"。

【末尼】寶珠。亦作"摩尼"。見"摩尼㊀"。

【末甲】古科舉制度,殿試録取的等級稱甲,最低一等叫末甲。宋史三六〇宗澤傳:"進士第,廷對,極陳時弊。考官惡直,寘末甲。"

【末生】指工商業。同"末業"。管子重令:"菽粟不足,末生不禁,民必有飢餓之色。"注:"末生,謂以末業爲生者也。"參見"末業"。

【末代】猶末世。文選南朝宋謝靈運七里瀨詩:"既秉上皇心,豈屑末代誚。"

【末光】㊀餘光。史記蕭相國世家太史公曰:"及漢興,依日月之末光,何謹守管籥,因民之疾秦法,順流與之更始。"文選晉左太沖(思)魏都賦:"彼桑榆之末光,踰長庚之初暉。"唐吕向注:"桑榆末光,謂日將西謝也。"㊁微光。三國志魏陳思王植傳求自試疏:"冀以塵露之微補益山海,螢燭末光增輝日月。"

【末行】㊀小節,微不足道的行爲。漢書七七蓋寬饒傳王生與寬饒書:"君不惟蘧氏之高蹤,而慕子胥之末行。"㊁卑下的位次。晉書王羲之傳與會稽王牋:"古人處閭閻行陣之間,尚或干時圖謀,評裁者不以爲譏,況廁大臣末行,豈可默而不言哉!"

【末技】㊀古代指工商業。漢書食貨志上賈誼説積貯曰:"今敺民而歸之農,皆著於本,使天下各食其力,末技游食之民轉而緣南畮,則畜積足而人樂其所矣。"㊁小技。文選漢班孟堅(固)幽通賦:"操末技猶必然兮,矧耽躬於道真。"

【末坐】座次的末位。儀禮士冠禮:"興,筵末坐啐醴。"世説新語賞譽下:"嘗集衆,王公(導)每發言,衆人競贊之。(王)述於末坐曰:'主非堯舜,何得事事皆是。'"也作"末座"。全唐詩六六九章碣陪浙西王侍郎夜宴:"小儒末座頻傾耳,祇怕城頭晝角催。"

【末利】㊀從事工商業而獲利。也泛指工商業。史記六八商君傳:"僇力本業,耕織致粟帛多者復其身;事末利及怠而貧者,舉以爲收孥。"㊁花名,卽茉莉。晉嵇含南方草木狀上:"末利花,似薔靡之白者,香愈於耶悉茗。"參見"茉莉"。

【末作】古時指工商業。管子治國:"凡爲國之急者,必先禁末作文巧。"韓非子亡徵:"公家虛而大臣實,正户貧而寄寓富,耕戰之士困,末作之民利者可亡也。"參見"末業"。

【末泥】宋金雜劇及院本中之脚色名。一作"末尼",後簡稱"末"。雜劇中每場演員四人或五人,曰:末泥、引戲、副淨、副末、裝孤。以末泥爲長,主持演出。王國維謂末泥卽戲頭,職能引戲,如舞頭之引舞。參閱宋吴自牧夢粱録二十妓樂、王國維古劇脚色考。

【末官】卑小的官。多爲官吏的謙稱。南朝梁江淹江文通集三從建平王游紀南城詩:"恭承此嘉德,末官至南荆。"

【末命】帝王臨終時的遺命。書顧命:"皇后憑玉几,道揚末命。"三國志魏齊王芳紀詔:"大將軍、太尉奉受末命,夾輔朕躬。"

【末宦】卑官。文選南朝梁任彦昇(昉)上蕭太傅固辭奪禮啟:"昉往從末宦,禄不代耕,飢寒無甘旨之資,限役廢晨昏之半。"

【末契】對人謙稱自己的情誼。文選晉陸士衡(機)歎逝賦:"託末契於後生,余將老而爲客。"唐杜甫杜工部草堂詩箋二一莫相疑行:"晚將末契託年少,當面輸心背面笑。"

【末胄】子孫,後裔。楚辭漢劉向九歎逢紛:"伊伯庸之末胄兮,諒皇直之屈原。"

【末俗】末世的衰敗習俗。古文苑三漢董仲舒士不遇賦:"生不丁三代之盛隆兮,而丁三季之末俗。"漢書八三朱博傳:"今末俗之弊,政事煩多,宰相之材,不能及古,而丞相獨兼三公之事,所以久廢而不治也。"

【末流】㊀河水的下游。後漢書五八傅燮傳上疏:"臣之所懼,在於治水不自其源,末流彌增其廣耳。"也用以比喻事勢的後來發展狀態。後漢書四十上班彪傳:"昔周爵五等,諸侯從政,本根既微,枝葉彊大,故其末流有從横之事,埶數然也。"㊁指衰亂時代的不良風習。史記一二四游俠傳:"此皆學士所謂有道仁人也,猶然遭此菑,況以中材而涉亂世之末流乎?"㊂末列。漢書九七下班倢伃傳賦:"奉共養于東宫兮,託長信之末流。"㊃遺業,餘緒。漢書六二司馬遷傳:"惟漢繼五帝末流,接三代絶業。"後也指學術流派。清黄宗羲明儒學案師説羅念菴洪先:"末流衍蔓,浸爲小人之無忌憚。"

【末疾】四肢的疾病。左傳昭元年:"陰淫寒疾,陽淫熱疾,風淫末疾,雨淫腹疾。"漢賈逵服虔謂爲首疾,卽風眩;晉杜預謂爲四支緩急之疾。見注疏。宋陳師道后山詩注九寄曹州晁大夫:"虛名不救飢腸厄,晚歲仍遭末疾纏。"

【末席】猶末座,席次的末位。唐元稹長慶集十二獻滎陽公詩五十韻序:"今月十七日,公會儒於便廡,稹亦謬容末席。"又李商隱李義山詩集四寄太原盧司空三十韻:"何由叨末席,還得叩玄扃。"

【末庭】朝堂遠處的末位。荀子哀公:"君平明而聽朝,日昃而退,諸侯之子孫必有在君之末庭者。"楚辭漢劉向九歎愍思:"恐登階之逢殆兮,故退伏於末庭。"注:"末,遠也。"

【末孫】末代子孫。大戴禮十一少閒:"禹崩十有七世,乃有末孫桀卽位。"漢書三六楚元王傳附劉向諫營昌陵疏:"雖有禹湯之德,不能訓末孫之桀紂。"

【末殺】㊀掃滅。漢書八五谷永傳:"欲末殺災異,滿讕誣天。"㊁用手摩弄。釋名釋姿容:"摩娑,猶末殺也,手上下之言也。"

【末造】末世。儀禮士冠禮:"公侯之有冠禮也,夏之末造也。"又見禮郊特牲。一説指末代的制作。後漢書四十下班彪傳附班固東都賦:"吾子曾不是睹,顧燿後嗣之末造,不亦闇乎?"注:"言吾子曾不睹度埶權宜之由,而反眩燿後嗣子孫末代之所造。"參見"末世"。

【末梢】端尾,結局。朱子語類二七論語九:"如人做塔,先從下面大處做起,到末梢,自然合尖。"明陳獻章與賀克恭:"人要學聖賢,畢竟要去學他,若道只是個希慕之心,却恐末梢未易湊泊,卒至廢弛。"(明儒學案五白沙學案)

【末將】次於上將軍和次將的將領。史記項羽紀:"(楚)王召宋義與計事而大説之,因置以爲上將軍;項羽爲魯公,爲次將;范增爲末將,救趙。"後也爲將官的謙稱。封神演義三二:"陳梧帶笑,欠身而言曰:'末將知大王必往西岐,以投明主。'"

【末游】漢書食貨志上賈誼説積貯:"今敺民而歸之農……末技游食之民轉而緣南畮,則畜積足而人樂其所矣。"末,指商賈,商民游以求食,故稱末技游食之民,簡稱末游。

【末減】從輕論罪或減等處刑。左傳昭十四年:"治國制刑,不隱於親。三數叔魚之惡,不爲末減,曰義也夫,可謂直矣。"注:"末,薄也;減,輕也。"按漢服虔王肅皆讀減爲"咸",以"咸"字下屬爲句。參閱清臧琳經義雜記咸曰義也(清經解本)。宋蘇轍欒城集四七爲兄軾下獄上書:"臣欲乞納在身官以贖兄軾,非敢望末減其罪,但得免下獄死爲幸。"

【末富】指經營工商業而致富。史記一二九貨殖傳:"是故本富爲上,末富次之,姦富最下。"

【末喜】夏桀之妃。也作妺喜、末嬉。荀子解蔽:"桀蔽於末喜、斯觀而不知關龍逢,以惑其心而亂其行。"參見"妺喜"。

【末著】最後的計策。元詩選黄溍日損齋藁四皓圍棋圖:"顛嬴蹶項非君事,賴有安劉末著高。"金華黄先生文集六"末著"作"一著"。

【末厥】宋歐陽修六一居士詩話引宋陶谷詩:"尖簷帽子卑凡廝,短靿鞾兒末厥兵。"末厥爲當時俗語,解者有三説:1.卑賤之意。宋呼禿尾狗爲厥尾,衣之短後者也稱厥。見宋劉攽貢父詩話。2.倔强之意。猶俗語木厥,即木强刁厥之意。見元李治敬齋古今黈八。3.短後之意。見明方以智通雅諺原。

【末塗】同"末路"。韓非子顯學:"授車就駕而觀其末塗,則臧獲不疑駑良。"指路程終點。漢書四九鼂錯傳:"秦始亂之時,吏之所先侵者貧人賤民也;至其中節,所侵者富人吏家也;及其末塗,所侵者宗室大臣也。"指朝代末期。魏書崔浩傳:"謀雖蓋世,威未震主,末途邂逅,遂不自全。"指人生晚年。

【末葉】㊀末世。指王朝末期。三國志魏高堂隆傳諫增崇宮殿疏:"爰及末葉,闇君荒主,不崇先王之令軌,不納正士之直言,以遂其情志,恬忽變戒,未有不尋踐禍難,至於顛覆者也。"文選晉陸士衡(機)辯亡論上:"爰及末葉,羣公既喪,然後黔首有瓦解之志,皇家有土崩之釁。"今謂世紀的最後幾年爲末葉。參見"末世"。㊁猶言後代子孫。漢蔡邕蔡中郎集三司空楊秉碑:"其先蓋周武王之穆,晉唐叔之後也。末葉以支子食邑于楊,因氏焉。"

【末照】餘光。唐李白李太白詩二古風之十:"却秦有振聲,後世仰末照。"

【末路】㊀最後一段路程。戰國策秦五:"詩云:行百里者半於九十,此言末路之難。"㊁朝代的末期或人的晚年。漢書五一鄒陽傳上吳王書:"臣聞秦倚曲臺之宫,懸衡天下,畫地而不犯,兵加胡越。至其晚節末路,張耳陳勝,連從兵之據,以叩函谷,咸陽遂危。"文選南朝宋謝靈運酬從弟惠連詩:"末路值令弟,開顏披心胸。"注:"衰老始得逢令弟,開解我心胸也。"㊂猶末位,末列。文選漢王子淵(褒)四子講德論:"曩從末路,望聽玉音,竊動心焉。"㊃比喻没落衰亡、失意潦倒的境地。宋陸游劍南詩稿一晨起偶題:"幽人不負秋來睡,末路偏諳世上情。"

【末業】指工商業。漢以後多指商業。史記一二九貨殖傳:"夫用貧求富,農不如工,工不如商,刺繡文不如倚市門,此言末業,貧者之資也。"後漢書四九王符傳潛夫論浮侈:"今舉俗舍本農,趨商賈,……今察洛陽,資末業者什於農夫,虛偽游手什於末業。"

【末節】小節,小事。禮樂記:"鋪筵席,陳尊俎,列籩豆,以升降爲禮者,禮之末節也。"史記一一二主父偃傳:"且夫怒者逆德也,兵者凶器也,争者末節也。"

【末旗】茶葉名。茶葉初生如針而有白毫,稱爲粉鎗;漸大而展開如旗,稱爲末旗。參閲明郎瑛七修類稿二十茶旗鎗。

【末蒙】吐蕃君長妻子的稱號。見新唐書二一六吐蕃傳上。參見"贊普"。

【末學】膚淺、無本之學。晉范甯春秋穀梁傳集解序:"釋穀梁傳者,雖近十家,皆膚淺末學,不經師匠。"或用爲謙詞。後漢書六十下蔡邕傳對:"褭臣學末,特垂訪及,非臣螻蟻,所能堪付。"參見"末學膚受"。

【末麗】見"末利㊁"、"茉莉"。

【末藝】小技藝。梁書王僧孺傳與何炯書:"直以章句小才,蟲篆末藝,含吐緗縹之上,翩躚樽俎之側。"

【末議】謙稱自己的議論。漢書六二司馬遷傳報任安書:"僕亦嘗廁下大夫之列,陪外廷末議。"宋蘇洵嘉祐集十上韓樞密書:"昨因請見,求進末議。"

【末屬】親族。後漢書七九上儒林傳:"其後復爲功臣子孫、四姓末屬別立校舍,搜選高能,以受其業。"

【末鹽】粉末狀的鹽類。宋史食貨志下三:"鹽之類有二:引池而成者曰顆鹽,周官所謂鹽鹽也;鬻海鬻井鬻鹻而成者曰末鹽,周官所謂散鹽也。"鬻,古"煮"字。

【末尼教】見"摩尼教"。

【末那識】佛教唯識論(法相宗)八識中的第七識。末那,梵語,意譯爲思量,又譯爲意。此識爲二執(我執、法執)的根本。起有聯繫前六識(眼識、耳識、鼻識、舌識、身識、意識)與第八識(阿賴邪識)的作用。參閲翻譯名義集六心意識法。

【末耐何】猶没奈何。新唐書八三承天皇帝倓傳:"帝泣下曰:'事已爾,末耐何!'"

【末羅遊】南海地名。南海寄歸傳一:"末羅遊州,即今尸利佛逝國是。"大唐西域求法高僧傳下作末羅瑜洲,尸利佛逝國作室利佛逝國。明稱三佛齊,在今蘇門答臘。參見"三佛齊"。

【末大不掉】同"尾大不掉"。唐柳宗元柳先生集三封建論:"余以爲周之喪久矣,徒建空名於公侯之上耳。得非諸侯之盛强,末大不掉之咎歟?"參見"尾大不掉"。

【末學膚受】指學問不求根本,淺嘗即止,僅及皮毛。文選東漢張平子(衡)東都賦:"乃莞爾而笑曰:'若客所謂末學膚受,貴耳而賤目者也。'"三國吳薛綜注:"末學,謂不經根本;膚受,謂皮膚之不經於心胸。"

朮

1. zhú ㄓㄨˊ 直律切,入,術韻,澄。

㊀草名。根莖可入藥。有白朮、蒼朮等數種。爾雅釋草:"朮,山薊。"疏:"本草云:'一名山薊,一名山薑,一名山連。'"參閲本草綱目十二草一朮。

2. shú ㄕㄨˊ 食聿切,入,術韻,神。

㊁黏穀子。説文:"秫,稷之黏者。……或省禾。"玉篇:"朮,穀也。"參見"秫"。

本

bĕn ㄅㄣˇ 布忖切,上,混韻,幫。

㊀草木的根、幹。詩大雅蕩:"枝葉未有害,本實先撥。"莊子逍遥遊:"吾有大樹,人謂之樗,其大本擁腫而不中繩墨。"也用作草木記數的單位。猶株、棵等。荀子富國:"然後瓜桃棗李一本數以盆鼓,然後葷菜、百疏以澤量。"㊁事物根基或主體。論語學而:"君子務本。"商君書定分:"法令者,民之命也,爲治之本也,所以備民也。"古籍中常以本指農桑,以末指工商。世説新語文學:"殷仲堪云:'三日不讀道德經,便覺舌本間强。'"舌本,舌根。㊂根據,執掌。易乾:"本乎天者親上;本乎地者親下。"漢書四九爰盎傳:"是時絳侯爲太尉,本兵柄。"㊃原始,本原。禮樂記:"樂者,音之所由生也,其本在人心之感於物也。"也用作副詞。謂原來,本來。史記項羽紀:"都尉董翳者,本勸章邯降楚。"㊄母金,本錢。唐韓愈昌黎集三二柳子厚墓誌銘:"其俗以男女質錢,約不時贖,子本相侔,則没爲奴婢。"㊅自己或自己方面的。淮南子氾論:"立之于本朝之上,倚之于三公之位。"元刊雜劇關漢卿拜月亭二:"你

孩兒無挨靠，沒倚仗，深得他本人將傍。”㊉書畫碑帖及公文書，如奏摺等也稱本。太平御覽六一八劉向別傳：“讎校者，一人持本，一人讀析，若怨家相對，故曰讎也。”又稱圖書的版本爲本，如刻本、善本等。也引申爲書畫的記數單位。如書畫一册稱一本。宋許月卿先天集六次韻用學禮詩：“見說章泉詩刻梓，幸分一本洗塵埃。”

【本土】本鄉，本地。後漢書光武帝紀下：“南單于遣子入侍，奉奏詣闕。於是雲中、五原、朔方、北地、定襄、鴈門、上谷、代八郡民歸於本土。”

【本心】㊀孟子告子上：“此之謂失其本心。”宋朱熹集解：“本心，謂羞惡之心。”此指心的天賦性能，卽舊時所謂天良。㊁草木的根幹。漢書七八蕭望之傳：“附枝大者賊本心，私家盛者公室危。”注：“本心，樹之本株也。”也指草木的心蕊。唐張九齡曲江集二感遇詩：“草木有本心，何求美人折。”㊂本意，原來想法。文選三國魏阮元瑜（瑀）爲曹公作書與孫權：“加劉備相扇揚，事結釁連，推而行之，想暢本心，不願於此也。”

【本分】分，讀 fèn。㊀恰如其身分地位。荀子非相：“小辯不如見端，見端不如見本分。”注：“分，上下貴賤之分。”南朝陳徐陵徐孝穆集五答諸求官人書：“所見諸君，多踰本分，猶言太屈，未喻高懷。”㊁猶言本身分內。景德傳燈録十八慧稜禪師：“師在西院問詵上座曰：‘爲什麽不到(象骨山)?’曰：‘自有本分事。’”宋朱熹二程語録一：“有道者亦自分明，只作尋常本分事說了。”㊂安分守己。宋王明清摭青雜說鹽商厚德：“今我既不留爲子婦，寧陪些少結束，嫁一本分人。”(說郛三七)元曲選李文蔚燕青博魚三：“怎知他欠本分，少至誠。”

【本支】樹木的根幹和枝葉。也用以比喻嫡系和庶出子孫。詩大雅文王：“文王孫子，本支百世。”傳：“本，本宗也；支，支子也。”左傳莊六年引詩作“本枝百世”。

【本主】原主。隋書李士謙傳：“有牛犯其田者，士謙牽置涼處飼之，過於本主。”

【本末】樹木的根和梢。也用以比喻：1.事物的始終、原委。易繫辭下：“其初難知，其上易知，本末也。”荀子禮論：“本末相順，始終相應。”2.主次，先後。荀子富國：“故禹十年水，湯七年旱，而天下無菜色者，十年之後，年穀復熟，而陳積有餘，是無它故焉，知本末源流之謂也。”3.指農業與工商業。史記文帝紀十三年：“農，天下之本，務莫大焉。今勤身從事而有租稅之賦，是爲本末者毋以異，其於勸農之道未備。”古也稱禮義爲本，法制爲末。漢賈誼新書一過秦下：“故周王序得其道，千餘載不絕，秦本末並失，故不能長。”

【本生】出繼的兒子的親生父母稱本生。唐律疏議十二戶婚上：“若自生子及本生無子欲還者，聽之。”隋書薛道衡傳附薛孺：“與道衡偏相友愛，收初生，卽與孺爲後，養於孺宅。至於成長，殆不識本生。”

【本旨】原意。漢蔡邕蔡中郎集十月令問答：“及前儒特爲章句者，皆用意傳，非其本旨。”也作“本指”。三國志蜀魏延傳：“原延意不北降魏而南還者，但欲除殺(楊)儀等。平日諸將素不同，冀時論必當以代(諸葛)亮。本指如此，不便背叛。”

【本色】㊀本來的顏色。南朝梁劉勰文心雕龍六通變：“夫青生於藍，絳生於蒨，雖踰本色，不能復化。”㊁本行，本業。唐大詔令集一〇〇釐革使術官制：“自今本色出身：解天文者，進轉官不得過太史令；音樂者，不得過太樂，鼓吹署令；醫術者，不得過尚藥奉御。”宋陳師道后山集二三詩話：“退之(韓愈)以文爲詩，子瞻(蘇軾)以詩爲詞，如教坊雷大使之舞，雖極天下之工，要非本色。”又嚴羽滄浪詩話詩辯：“詩道亦在妙悟，……惟悟乃爲當行，乃爲本色。”㊂自唐末至明清，繳納的實物田賦稱本色；折成錢幣或它物的稱折色。參閱宋洪邁容齋續筆十六宋齊丘、明王瓊雙溪雜記。

【本初】東漢劉纘(質帝)年號。公元146年。

【本利】㊀根本的利益。荀子富國：“人之生，不能無羣，羣而無分則爭，爭則亂，亂則窮矣。故無分者，人之大害也；有分者，天下之本利也。”㊁本錢和利息。西夏天慶十一年典麥契殘卷十五件之四：“……加四利，共本利大麥四斗二升。”(見敦煌資料一)元曲選缺名鴛鴦被一：“你老相公借他十個銀子，如今該本利二十個，須要還他哩。”

【本兵】㊀本部軍隊。三國志魏武帝紀：“以劉表大將文聘爲江夏太守，使統本兵。”㊁執掌兵權。唐姚崇爲相王府長史，復兼夏官尚書。崇建言：“臣事相王，而夏官本兵，臣非惜死，恐不益王。”見新唐書一二四姚崇傳。後來明代稱兵部尚書爲本兵。清孔尚任桃花扇設朝：“史老先生現居本兵，禮當大拜。”

【本系】本宗族的世系。左傳文十八年“高陽氏有才子八人”唐孔穎達疏：“不能知其出生本系、枝派遠近，故略言其苗裔耳。”唐劉知幾史通序傳：“又近古人倫，喜稱閥閱，其蓽門寒族，百代無聞，而騂角挺生，一朝暴貴，無不追述本系，妄承先哲。”

【本事】㊀指農業。荀子王制：“務本事，積財物，而勿忘棲遲屑越也。”管子治國：“舍本事而事末作，則田荒而國貧矣。”㊁原事，實事。漢書藝文志：“(左)丘明恐弟子各安其意，以失其真，故論本事而作傳。”㊂本領，技能。元曲選缺名賺蒯通一：“我想韓信，淮陰一餓夫，他有什麽功勞，甚些本事?”㊃詩、詞、戲劇等文藝作品所指的故事原委。詳“本事詩”。

【本枝】見“本支”。

【本居】原籍。唐劉知幾史通邑里：“昔五經、諸子，廣書人物，雖氏族可驗，而邑里難詳。逮太史公始革玆體，凡有列傳，先述本居。”

【本始】㊀原始，本原。荀子禮論：“性者，本始材朴也；僞者，文理隆盛也。”㊁漢劉詢(宣帝)年號。公元前73—前70年。

【本紀】㊀根本綱紀。管子問：“凡立朝廷，問有本紀，國有常經，人知終始，此霸王之術也。”注：“所問之事必有根本綱紀。”㊁源流委曲，前後始末。三國志蜀秦宓傳：“願明府勿以仲父之言假於小草，民請爲明府陳其本紀。”㊂史書記帝王事跡的各篇。本紀與列傳對舉，傳以紀爲本，故紀稱本紀；紀所不能詳者，於傳中列敍，故稱列傳。漢司馬遷撰史記，有十二本紀，後來各史，皆倣其體。南朝梁劉勰文心雕龍四史傳：“故本紀以述皇王，列傳以總侯伯，八書以鋪政體，十表以譜年爵。”參閱唐劉知幾史通本紀、史記五帝紀索隱正義。

【本家】㊀已嫁女的娘家。後漢書五梁節王暢傳：“其無子者願還本家。”才調集二唐顧況棄婦詞：“本家零落盡，慟哭來時路。”㊁泛指同宗同姓。儒林外史六：“他有個本家在這省裏住，是做過應天巢縣的，所以到省去會會他。”

【本草】本名神農本草經。三卷。因書中所記各藥以草類爲多，故稱本草。本草之名始見於漢書平帝紀。但漢書藝文志僅記黄帝内外經，無本草，至南朝梁阮孝緒七録始著録神農本草經，共收藥三百六十五種。書中所載郡縣也多爲東漢地名，疑爲漢人所作。梁陶弘景又增三百六十五種，爲名醫別録。唐顯慶中命蘇恭等修定本草，增藥一百十四種，爲唐本草，開元時有陳藏器撰本草拾遺。五代後蜀韓保昇等又取唐本草參校增補註釋，世謂之蜀本草。宋仁宗時命掌禹錫等增八十二種爲嘉祐補注本草，徽宗時命曹孝忠等册定爲政和重修經史證類本草。至明，李時珍博采諸家之説，删繁補缺，勘訂訛誤，著本草綱目五十二卷，爲本草總結性的巨著。神農本草經原書已佚，有清孫星衍輯本。參閱新唐書一〇四于志寧傳、本草綱目一歷代諸家本草。

【本根】草木的根莖。也比喻：1.事物的根基。左傳文七年："公族，公室之枝葉也，若去之，則本根無所庇蔭矣。葛藟猶能庇其本根，故君子以爲比。"晉書汝南王亮傳序："徒分茅社，實傳虛爵，本根無所庇蔭，遂乃三葉而亡。"2.事物的來歷。漢王充論衡正説："説論語者，但知以剝解之問，以纖維之難，不知存問本根篇數章目。"

【本原】根源。左傳昭九年："猶衣服之有冠冕，木水之有本原，民人之有謀主也。"管子水地："地者，萬物之本原，諸生之根菀也。"也作"本源"。後漢書四九王符傳潛夫論述赦："此未昭政亂之本源，不察禍福之所生也。"

【本務】㊀本業。古常指農桑之事。荀子王制："立身則憍暴，事行則傾覆，……好用其籍斂矣而忘其本務，如是者滅亡。"㊁根本的大事。吕氏春秋孝行："夫孝，三皇五帝之本務，而萬事之紀也。"漢書食貨志上鼂錯論貴粟疏："粟者，王者大用，政之本務。"

【本秩】原來的官職品級。後漢書七五劉焉傳："出焉爲監軍使者，領益州牧，太僕黄琬爲豫州牧，宗正劉虞爲幽州牧，皆以本秩居職。"

【本師】㊀老師。指傳授自己學業或技能的人。史記八十樂毅傳論："樂臣公學黄帝、老子，其本師號曰河上丈人。"後漢書三七桓榮傳："(何湯)以尚書授太子。世祖從容問湯本師爲誰，湯對曰：'事沛國桓榮。'" ㊁佛教語。謂釋迦如來爲根本的教師。意卽祖師。唐白居易長慶集七十畫西方幀記："我本師釋迦如來言，從是西方過十萬億佛土，有世界號極樂，以無八苦四惡道故也。" 後也指剃度、授戒的師父。唐釋齊己白蓮集三勉道林謙光鴻蘊詩："舊林諸侄在，還住本師房。"

【本貫】原籍，本籍。宋司馬光涑水記聞十六："王安國追出身以來敕誥，放歸田里；曉容勒歸本貫。"元王實甫西廂記一本一折："本貫西洛人也。"

【本朝】㊀朝廷。古以朝廷爲國之本，故稱。孟子萬章下："立乎人之本朝，而道不行，恥也。"漢書七五李尋傳："拔進英雋，退不任職，以彊本朝。夫本彊則精神折衝，本弱則招殃致凶。"㊁稱自己曾任職的王朝。三國志魏毌丘儉傳"幽州牧譙侯"注引文欽降吳表："欽累世受魏恩……退惟不能扶翼本朝，抱愧俛仰，靡所自厝。"㊂漢時官吏稱郡治爲本朝。漢司隸從事郭究碑："本朝察孝，貢器帝庭。"(隸釋十)參閱清顧炎武日知録十三本朝。參見"朝㊀"。

【本等】㊀本來，原來。元曲選張國賓薛仁貴一："薛仁貴本等是個莊農，倒着他做了官；我本等是官，倒着我做莊農。"㊁分內應得之物或應作之事。明史槃鵜釵記傳奇侵尋："這落銀子是我幫閒的本等。"

【本統】傳統，正統。荀子議兵："齊桓、晉文、楚莊、吳闔閭、越句踐是皆和齊之兵也，可謂入其域矣，然而未有本統也。"唐柳宗元柳先生集六岳州聖安寺無姓和尚碑："和尚紹承本統，以順中道。"

【本溪】縣名。屬遼寧省。清光緒三二年分遼陽興京鳳凰地合置本溪縣，屬奉天府。參閱清朝續文獻通考輿地二奉天省。

【本意】主旨，原意。後漢書二三竇融傳："又京師百僚，不曉國家及將軍本意，多能採取虛偽，誇誕妄談，令忠孝失望，傳言乖實。"唐劉知幾史通探賾："於是考衆家之異説，參作者之本意。"

【本義】㊀根本的義理。漢書七三韋賢傳附韋玄成："違離祖統，乖繆本義。"㊁原來的意義。宋朱熹撰周易本義，卽爲解釋周易原義之書。文字的原來意義亦稱本義，由本義派生之義爲引申、假借等。

【本剽】意卽始末。剽，末。莊子庚桑楚："有實而无乎處，有長而无乎本剽。"也作"本標"、"本剽"。淮南子天文："物類相動，本標相應。"鶡冠子道端："此萬物之本剽，天地之門户，道德之益也。"

【本幹】植物的根幹，比喻事物的主體。吕氏春秋決勝："夫兵有本幹，必義必智必勇。"史記漢興以來諸侯王年表："而漢郡八九十，形錯諸侯間，犬牙相臨，秉其阸塞地利，彊本幹，弱枝葉之勢，尊卑明而萬事各得其所矣。"

【本業】㊀農業。史記六八商君傳："僇力本業，耕織致粟帛多者復其身。事末利及怠而貧者，舉以爲收孥。"㊁原來的行業，本身的行業。紅樓夢九三："他也攢了幾個錢，家裏已經有兩三個鋪子，只是不肯放下本業，原舊領班。"

【本領】才能，技藝。唐裴休傳心法要下："你如今把什麽本領擬學他？"唐貞元中康崑崙和僧善本(姓段)均擅長彈琵琶，但崑崙不及善本。德宗令善本給崑崙傳授彈技。善本要崑崙"不近樂器十餘年，使忘其本領"，然後纔教。見唐段安節樂府雜録琵琶。元曲選缺名賺蒯通一："某家元是屠户出身，不可忘其本領，正在我宅中演習我舊時手段，殺狗兒耍子。"

【本質】㊀事物本來的形體。續古文苑九晉劉智論天："言闇虛者，以爲當日之衝，地體之蔭，日光不至，謂之闇虛。凡光之所照，光體小於蔽，則大於本質。"㊁事物的根本性質。文苑英華二〇四隋薛道衡昭君怨："蛾眉非本質，蟬鬢改真形。"唐劉知幾史通言語："夫本質如此，而推過史臣，猶鑑形者見嫫姆多媸，而歸罪於明鏡也。"

【本謀】㊀主要的策畫者。史記太史公自序："吕氏之事，(陳)平爲本謀，終安宗廟，定社稷。"㊁原來的謀畫，本來的打算。後漢書六五張奐傳："以奐新徵，不知本謀。"元曲選缺名陳州糶米二："待不要錢呵，怕違了衆情；待要錢呵，又不是咱本謀。"

【本錢】資本。舊唐書玄宗紀下："長安萬年兩縣各與本錢一千貫，收利供馹。"也指成本。宋樓鑰攻媿集二六論福建鹽法："官無本錢，而豪民出其資，故大半之利歸于私家。"

【本職】㊀原來的職位。宋書顧琛傳："凡尚書官，大罪則免，小罪遣出。遣出者百日無代人，聽還本職。"㊁本身的職責。文苑英華六三八唐白居易薦李晏韋楚狀："念功振滯，前王之令猷；貢士推能，長吏之本職。"

【本願】㊀原意，本意。晉書涼武昭王傳："今日之舉，非本願也。"㊁佛教指立志成佛的誓願。無量壽經上："此皆無量壽佛威神力故，本願力故。"唐白居易長慶集七十畫彌勒上生幀記："所以表不忘初心，而必果本願也。"

【本事方】宋許叔微撰。全名類徵普濟本事方。十卷。書中載經驗諸方，並記病例醫案，仿本事詩體例，故名。參見“本事詩”。

【本事詩】唐孟棨（一作啟）撰。一卷。分條記述詩人作詩的事實原委，並錄所作之詩，故稱本事詩。分情感、事感、高逸、怨憤、徵異、徵咎、嘲戲七類。除樂昌公主、宋武帝二條外，均錄唐人作品。書中保存了唐代詩人許多軼事和民間傳說。

【本命星】與人生干支相值的星。新唐書一三九李泌傳：“代宗將葬，帝（德宗）號送承天門，而輼車行不中道，問其故，曰：‘陛下本命在午，故避之。’帝曰：‘安有枏靈駕以謀身利？’命直午而行。”對當年出生的人，稱本命年。唐白居易長慶集六四七年元日對酒詩之四：“夢得君知否？俱逢本命年。”也簡稱“本命”。元方回桐江續集十四過白土市詩：“丙寅小運流年換，丁亥當生本命過。”參閱宿曜經下。

【本末倒置】主次顛倒。本末，比喻事物的根本和枝節。金缺名綏德州新學記：“然非知治之審，則亦未嘗不本末倒置。”（金石萃編一五八）

【本來面目】佛教指人本有的心性，自己的本分。景德傳燈錄四袁州蒙山道明禪師：“不思善，不思惡，正恁麼時，阿那個是明上座本來面目。”又十二郢州慧清禪師：“僧問：不問二頭三首，直指本來面目。”後用來指事物原來的模樣。明王守仁王文成公全書十九觀傀儡次韻詩：“本來面目還誰識？且向樽前學楚狂。”清陳鱣經籍跋文吳骞序：“今觀所撰諸經跋文，鉤深索隱，凡古本之爲後之妄人竄亂芟併者，莫不審考其原來次第，而字之更改淆混者，一一校正，令人復得見本來面目。”

【本草綱目】明李時珍撰。五十二卷。分十六部，六十類。在博採前代諸家本草，和長期深入民間調查考察的基礎上，刪繁補闕，勘訂訛誤，前後歷三十年成書，爲本草學的總結性著作。全書收載藥物一千八百九十二種，其中歷代諸家本草所載藥物一千五百一十八種，新增加藥物三百七十四種。全書收集古代醫家和民間流傳單方一萬一千零九十六條，並附藥物形態圖一千一百二十七幅。對每種藥物逐一敍述。以“釋名”確定名稱；“集解”、“氣味”介紹産地、形態、栽培和採集方法等；“修治”、“主治”說明製作和服用要旨；“附方”列舉經驗諸方。以“正誤”考訂歷史文獻記載中的錯誤。爲我國醫藥學和動植物學研究的重要參考書。已譯成多種外文，爲世界藥物學者、植物學者所稱道。參見“李時珍”、“本草”。

札 zhá 側八切，入，黠韻，莊。ㄓㄚˊ

㊀古時書寫用的小木簡。史記一一七司馬相如傳：“上許，令尚書給筆札。”㊁書信，公私文書。同“劄”。文選古詩十九首之十七：“客從遠方來，遺我一書札。”也用以指書寫。宋書謝晦傳：“高祖嘗訊囚，其旦刑獄參軍有疾，札晦代之。”㊂鎧甲上用皮革或金屬製成的葉片。左傳成十六年：“潘尫之黨，與養由基，蹲甲而射之，徹七札焉。”㊃船槳。釋名釋船：“在旁撥水曰櫂。……又謂之札，形似札也。”㊄疫病，因遭瘟疫而死亡。周禮地官大司徒：“大荒大札，則令邦國移民通財。”㊅拔除。孔子家語觀周：“毫末不札，將尋斧柯。”㊆刺。元曲選馬致遠薦福碑二：“兀那秀才，揀你那不痛處，我札一刀子。”

【札札】象聲詞。1. 機織聲。文選古詩十九首之十：“纖纖擢素手，札札弄機杼。”2. 墾地聲。唐柳宗元柳先生集四三田家詩之一：“札札耒耜聲，飛飛來烏鳶。”3. 蟬鳴聲。小蟬叫麥札。因鳴聲札札，故稱。參閱清朱駿聲說文通訓定聲“札”。

【札付】官府上行下的文書，多指手諭。水滸十七：“且說濟州府尹自從受了北京大名府留守司梁中書札付，每日理論不下。”

【札迻】孫詒讓撰。十二卷。校勘秦漢及齊梁故事雜記七十七種，倣盧文弨羣書拾補例，附識舊本異文，訂正文字誤謬。以聲類通轉爲本，摘錄校語，匯成此書。

【札記】讀書時摘記的要點、心得或隨筆記事等文字。古稱小木簡爲札，條記於札，故稱。清姜宸英有湛園札記，盧文弨有龍城札記鍾山札記。參閱清葉名澧橋西雜記札。

【札鼓】鼓的一種。形如杖鼓而小，左持而右擊之，爲元代宴會時的樂器。見元史禮樂志五。參見“杖鼓”。

【札瘥】因瘟疫而死亡。國語周下：“是以民生有財用而死有所葬，然則無夭昏札瘥之憂，而無飢寒乏匱之患。”注：“疫死曰札；瘥，病也。”後來也用以稱荒年飢歲。樂府詩集一〇〇唐皮日休卒妻悲：“況當札瘥年，米粒如瓊瑰。”

【札厲】因瘟疫而死亡。列子湯問：“土氣和，亡札厲。”注：“札厲，疫死也。”

【札翰】書信。魏書夏侯道遷傳：“道遷雖學不淵洽，而歷覽書史，閑習尺牘，札翰往還，甚有意理。”

【札樸】㊀木牘削下的碎片。見說文“柿”。㊁清桂馥撰。十卷。自稱追念舊聞，隨筆疏記，以其瑣碎，比之匠人削木牘所棄的餘片，故名。分溫經覽古匡謬金石文字鄉里舊聞滇游續筆六門。馥精於文字之學，書中於名物訓詁，研析獨精。

【札薩克】清初，將蒙古族部衆編爲旗，一旗之長名札薩克。以蒙古貴族王、貝勒、貝子、公、台吉等充任。總管旗務，統治部衆。其輔佐官員名協理台吉，其屬有管旗章京、副章京、參領、佐領、驍騎校、領催、什長等。受理藩院監督。參閱清會典六三、六四理藩院、清福格聽雨叢談二。

【札什倫布】地名。即今西藏日喀則。舊爲後藏首府。位於雅魯藏布江及其支流年楚河匯流處。城西二里都布山有札什倫布寺，相傳爲永樂中黃教徒根敦珠巴所建。後以寺名其地。參閱清續文獻通考三三〇輿地二六。

二畫

朿 cì 七賜切，去，寘韻，清。ㄘˋ

木芒。今作“刺”。說文作“朿”。

朾 1. chéng 宅耕切，平，耕韻，澄。ㄔㄥˊ

㊀通“虰”。見“朾蟶”。

2. tīng 集韻 湯丁切，平，青韻。ㄊㄧㄥ

㊁古地名用字。春秋成十八年：“同盟于虛朾。”確址今無可考。

【朾蟶】大赤蟻。爾雅釋蟲：“蠪，朾蟶。”注：“赤駮蚍蜉。”疏：“蟶，通名也。其大者別名蚍蜉，俗呼馬蚍蜉；小者即名蟶……其大而赤色斑駁者名蠪，一名朾蟶。”

朽 xiǔ 許久切，上，有韻，曉。ㄒㄧㄡˇ

㊀腐爛。詩周頌良耜：“荼蓼朽止，黍稷茂止。”荀子勸學：“鍥而舍之，朽木不折。”㊁衰老。晉書張忠傳：“年朽髮落，不堪衣冠。”㊂臭。列子周穆王：“饗香以爲朽，嘗甘以爲苦。”

【朽月】指九月。四川夔州一帶九月多雨，物易朽壞，故名。明楊慎丹鉛總錄二一詩話汎月朽月引宋黃仁傑夔州苦雨：

"九月不虛爲朽月,今年賴得是豐年。"

【朽索】腐爛的繩索。言其易斷。後漢書八二下費長房傳:"又卧於空室,以朽索懸萬斤石於心上。"參見"朽馭"。

【朽敗】腐爛破舊。後漢書三九劉平傳序:"器物取朽敗者,曰:'我素所服食,身口所安也。'"

【朽貫】貫穿方孔錢的腐爛繩索。用以形容錢多而積存過久。史記平準書:"京師之錢累巨萬,貫朽而不可校。"後漢書四九王符傳潛夫論貴忠:"寧見朽貫千萬,而不忍貸人一錢。"

【朽馭】書五子之歌:"予臨兆民,懍乎若朽索之馭六馬。"以已經腐敗的繩索駕馬,形容十分危險。後取文中朽馭字,表示戒懼的意思。文苑英華四七九唐薛稷臨難不顧徇節寧邦策之一:"懍乎朽馭,既識爲君之難;蹈此春冰,未見爲臣之易。"

【朽筆】國畫起稿用土筆,以白色土淘澄之,裹作筆頭,用時可逐次改易,數至九而朽定。至清人改用柳木炭起稿謂之朽筆。見清方薰山靜居書論上。參見"九朽一罷"。

【朽鈍】衰朽笨拙。樂府詩集三二漢王粲從軍行:"竊慕負鼎翁,願厲朽鈍姿。"唐呂溫呂和叔集五衡州刺史謝上表:"謹當罄竭精誠,策磨朽鈍。"

【朽邁】年老衰敗。三國志魏曹爽傳司馬懿奏罷曹爽等典兵:"天下洶洶,人懷危懼,……此非先帝詔陛下及臣升御牀之本意也,臣雖朽邁,敢忘往言?"

【朽壤】腐土。左傳成五年:"山有朽壤而崩,可若何?"

【朽蠹】腐爛和蟲蝕。左傳昭三年:"民參其力,二入於公,而衣食其一。公聚朽蠹,而三老凍餒。"

【朽木不雕】論語公冶長:"朽木不可雕也。"腐爛的木頭無法加以雕刻。後來用以比喻事物和局勢敗壞,不可救藥。周書楊乾運傳:"今大賊(侯景)初平,生民離散,理宜同心戮力,保國寧民。今乃兄弟親尋[干戈],取敗之道也。可謂朽木不雕,世衰難佐。"

【朽木死灰】比喻没有生機。元曲選石君寶曲江池四:"小官已爲朽木死灰,若非你拯救吹噓,安能到此?"參見"槁木死灰"。

【朽木糞牆】腐爛的木頭和污穢的土牆。比喻不堪造就的人或不可收拾的事。論語公冶長:"宰予晝寢。子曰:'朽木不可雕也,糞土之牆不可杇也。'"漢書五六董仲舒傳舉賢良對策一:"今漢繼秦之後,如朽木糞牆矣,雖欲善治之,亡可柰何。"

朸 lì 林直切,入,職韻,來。
ㄌㄧˋ 盧則切,入,德韻,來。

㊀木紋,樹木的年輪。見説文"朸"字清段玉裁注。㊁稜角。詩小雅斯干:"如矢斯棘。"傳:"棘,稜廉也。"釋文:"韓詩作朸。朸,隅也。"㊂地名。在今山東商河縣。漢書地理志上平原郡有朸縣。漢文帝時封劉辟光爲朸侯,武帝時劉讓爲朸節侯。見史記惠景間侯者年表、漢書王子侯表。

朴 1. pò ㄆㄛˋ 匹角切,入,覺韻,滂。

㊀樹皮。太平御覽三八二漢崔駰博徒論:"膚如桑朴,足如熊蹄。"參見"原朴"。

2. pǔ ㄆㄨˇ

㊁大木材。楚辭屈原九章懷沙:"材朴委積兮,莫知余之所有。"注:"條直爲材,壯大爲朴。"史記八四屈原傳朴作"樸"。引申爲大。楚辭屈原天問:"恆秉季德,焉得夫朴牛。"注:"朴,大也。"㊂質樸。通"樸"。老子:"朴散則爲器。"一本作"樸"。莊子胠篋:"焚符破璽,而民朴鄙。"㊃未晾乾之鼠肉。戰國策秦三:"鄭人謂玉未理者璞,周人謂鼠未腊者朴。"

3. pū ㄆㄨ

㊄擊打。通"扑"。史記八六刺客傳:"舉筑朴秦皇帝,不中。"㊅打人的器具。通"扑"。史記陳涉世家:"執敲朴以鞭笞天下。"

4. pō ㄆㄛ

㊆見"朴₄刀"。

5. pōu ㄆㄡ 集韻 披尤切,平,尤韻。

㊇姓。集韻:"朴,夷姓也,魏有巴夷王朴胡。"

【朴₄刀】窄長有短把的刀。京本通俗小説錯斬崔寧:"只見跳出一個人來……脚下蹬一雙烏皮皂靴,手執一把朴刀。"水滸二:"將了朴刀,各跨口腰刀。"

【朴₂忠】樸實忠誠。史記平準書:"上以爲(卜)式朴忠,拜爲齊王太傅。"水滸十一:"仗義是林冲,爲人最朴忠。"

【朴₂茂】樸實厚道。唐韓愈昌黎集十八答呂毉山人書:"以吾子自山出,有朴茂之美意。"宋史一三八陳公輔傳:"願擇人臣中朴茂純直,能安貧守節,不附權倖,慷慨論事者列之臺諫,則所任得人。"

【朴₂陋】質樸簡陋,不重修飾。唐李綽尚書故實:"佛像本胡夷,朴陋,人不生敬。今之藻繪雕刻,自戴顒始也。"金元好問遺山集二宿張靖田家詩:"殘民安朴陋,倦客喜幽屏。"

【朴消】藥名。因其見水即消,又能消化諸物,故謂之"消"。狀如末鹽,可用來處理毛皮,使皮板柔軟,故又稱"鹽消"、"皮消"。從地上或牆上刮掃粗消,煎煉入盆,凝結在下面含雜質較多者爲朴消。見本草綱目十一石五朴消、明宋應星天工開物下佳兵消石。消,今作"硝"。

【朴₂鈍】不犀利。漢書七十陳湯傳:"兵刃朴鈍,弓弩不利。"

【朴₂澀】樸實而遲鈍。南齊書焦度傳:"爲人朴澀,欲就太祖求州,比及見,意色甚變,竟不得一語。"

【朴₂實頭】樸實厚重之人。宋朱熹朱文公集四二答林擇之書:"此中見有朋友數人講學,其間亦難得朴實頭負荷得者。"

杊 jiū 居虯切,平,幽韻,見。
ㄐㄧㄡ 居求切,平,尤韻,見。
居黝切,上,黝韻,見。

樹木向下彎曲。通"樛"。爾雅釋木:"下句曰杊,上句曰喬。"文選戰國楚宋玉高唐賦:"雙椅垂房,杊枝還會。"

朳 bā ㄅㄚ 博拔切,入,黠韻,幫。

農具,無齒耙。亦作掃除之用。方言五"杷"晉郭璞注:"無齒爲朳。"類篇:"朳,坌具。"

朼 bǐ ㄅㄧˇ 卑履切,上,旨韻,幫。

大木匙。古祭祀用以挑起鼎中的牲置於俎上;或用以盛出甑甗中的飯食。喪祭用桑木朼,吉祭用棘木朼。通"匕"、"枇"。儀禮士喪禮:"乃朼載。"參見"匕"、"枇"。

机 jī 居夷切,平,脂韻,見。
ㄐㄧ 居履切,上,旨韻,見。

㊀木名。榿木樹。山海經北山經:"北山經之首,曰單狐之山,多机木。"注:"机木,似榆,可燒以糞稻田,出蜀中,音飢。"古文苑四漢揚雄蜀都賦:"春机楊柳,褭弱蟬抄。"按:机、榿古今字。見清段玉裁説文解字注。㊁几案,小桌子。通"几"。易渙:"渙奔其机。"注:"机,承物者也。"史記八三魯仲連傳:"攝衽抱机,視膳於堂下。"

【机上肉】案板上的肉。用以比喻任人宰割者。三國志魏王粲傳附吳質注引(吳)質別傳:"質案劍曰:'曹子丹,汝非居机上肉，吳質吞爾不摇喉，咀爾不摇牙，何敢恃勢驕邪？'"机，一本作"几"。新唐書一二〇桓彦範傳："會日暮事遽，彦範不欲廣殺，因曰：'(武)三思机上肉爾，留爲天子藉手。'"

朹 1. qiú ㄑㄧㄡˊ 巨鳩切，平，尤韻，羣。

㊀木名。又稱檕梅。結紅色小果，名朹子，又名山樝，可食。見爾雅釋木、本草綱目三十果二山樝。參見"山樝"。

2. guǐ ㄍㄨㄟˇ

㊀"簋"的古文。見説文。

朱 zhū ㄓㄨ 章俱切，平，虞韻，照。

㊀大紅色。古代稱爲正色。詩豳風七月："我朱孔陽，爲公子裳。"論語陽貨："惡紫之奪朱也。"㊁朱木，木名。山海經大荒西經蓋山國："有樹赤皮支幹，青葉，名曰朱木。"㊂姓。周封高陽氏後裔於邾，子孫去邑(阝)爲氏。見明陳士元姓觿二。㊃見"朱提"。

【朱文】㊀紅色花紋，古代王侯貴族多繪於車上爲裝飾。後漢書五六張皓王龔傳論："故晨門有抱關之夫，柱下無朱文之軫也。"注："朱文，畫車爲文也。"唐王維王右丞集六送崔五太守詩："長安廐吏來到門，朱文露網動行軒。"㊁印章上凸起的文字，鈐蓋現出紅字，故稱。也叫陽文。漢魏印章多白文，自唐以來多用朱文。參閲清倪濤六藝之一録二一印文。

【朱方】地名。春秋吳邑。今江蘇丹徒縣地。左傳襄二八年："(齊慶封)奔吳，吳句餘予之朱方。"文選南朝宋謝靈運廬陵王墓下作詩："曉日發雲陽，落日次朱方。"

【朱户】以朱紅所漆之門。古代帝王賞賜有功大臣或諸侯的九種物品之一。韓詩外傳八："諸侯之有德，天子錫之。一錫車馬……六錫朱户。"漢書九九上王莽傳："今加九命之錫……朱户納陛。"後也泛指貴族豪門。全唐詩四八一李紳過吳門二十四韻："朱户千家室，丹楹百處樓。"參見"九錫"。

【朱火】㊀紅色的火燄。文選漢傅武仲(毅)舞賦："朱火曄其延起兮，燿華屋而熺洞房。"唐呂向注："朱火，燭也。"又晉張茂先(華)雜詩："朱火青無光，蘭膏坐自凝。"注："古詩曰：朱火然其中，青煙颺其間。"㊁道家傳説神仙居住的地方。漢武帝内傳："後造朱火丹陵，食靈瓜，味甚好。憶此未久，而已七千歲矣。"

【朱天】古代將天劃爲中央和八方共九野，西南叫朱天。見"九天㊀"。

【朱升】明休寧人。字允升。元末，任池州學正。蘄黄地區爆發徐壽輝農民起義時，棄官隱居石門。朱元璋攻下徽州，由鄧愈推薦，被召見，提出"高築牆，廣積糧，緩稱王"。爲朱元璋所采納。明朝建立，任翰林學士，擬定宗廟四時祭祀禮制，修女誡，宣揚禮教。著有尚書旁注、詩旁注、書傳補正輯注等。明史有傳。

【朱衣】紅色的公服。禮月令孟夏之月："天子居明堂左个……衣朱衣，服赤玉。"後也指穿此服色的職位。後漢書六〇下蔡邕傳上封事："臣自在宰府，及備朱衣。"注："朱衣，祭官也。"唐宋四品五品官員衣緋服，也稱朱衣。唐杜牧樊川集三新轉南曹……書此篇以自見志詩："喜抛新錦帳，榮借舊朱衣。"

【朱亥】戰國魏人，以屠爲業。秦圍趙邯鄲，魏遣晉鄙率兵救趙，因懼秦兵，逗留不敢進。信陵君既以計盜兵符，帥魏軍，又慮晉鄙不肯受代，侯生薦亥偕行。至軍，鄙疑有詐，亥卽出鐵椎擊殺鄙，遂進軍破秦師，解邯鄲之圍。參閲史記七七魏公子傳。

【朱光】㊀日光。文選晉張孟陽(載)七哀詩之二："朱光馳北陸，浮景忽西沉。"㊁表示火德。文選漢張平子(衡)南都賦："曜朱光於白水，會九世而飛榮。"注："朱光，火德也。"參見"火德"。㊂夏季。猶朱明。文選晉陸士衡(機)贈尚書郎顧彦先二首之一："大火貞朱光，積陽熙自南。"注："朱光，朱明也。爾雅曰：'夏爲朱明。'"

【朱朱】㊀唤雞聲。初學記三十漢應劭風俗通："呼雞曰朱朱。"北魏楊衒之洛陽伽藍記四白馬寺："把粟與雞呼朱朱。"也作"喌喌"。見説文。又作"祝祝"。見藝文類聚九一晉張華博物志。㊁紅花鮮豔繁多貌。唐韓愈昌黎集七感春詩之三："晨遊百花林，朱朱兼白白。"

【朱竹】㊀朱筆所畫之竹。宋蘇軾在試院時，興到以朱筆畫竹。至元漸盛行。趙孟頫妻管道昇常畫懸崖朱竹。見明談遷棗林雜俎中榮植竹、清姚之駰元明事類鈔十八畫學朱竹。㊁鐵樹的别稱。詳"朱蕉"。

【朱仲】㊀仲夏。文苑英華一唐賈嵩夏日可畏賦："赫爾陽精，當朱仲兮，厥狀難明，杲杲而威棱。"㊁傳説中人名。詳"朱仲李"。

【朱序】公元？—393年。晉義陽人。字次倫。寧康初任梁州刺史，鎮襄陽。太元三年前秦苻堅命苻丕率軍攻城，序母韓氏帶領婦女預於城内補築新城，外城破，衆守新城，軍民稱爲夫人城。後因防守不謹，部將叛變，城破被俘入秦。太元八年苻堅攻晉，淝水之戰，秦兵小却，序於陣後大呼兵敗，秦兵大潰，遂歸晉，戍守洛陽襄陽等地。晉書有傳。

【朱邪】本爲西突厥部族名，後改稱沙陀，族人以朱邪爲複姓。也作"朱耶"。唐德宗時，有朱邪盡忠。其孫朱邪赤心歸唐後，唐王朝賜姓名爲李國昌，國昌子李克用，克用子存勗(莊宗)建後唐王朝。參閲新五代史莊宗紀上。

【朱波】驃國古名朱波，東接真臘，西接東天竺，去長安萬四千里。見新唐書南蠻傳下。

【朱卷】㊀古代傳説中西南方的國名。山海經海内經："又有朱卷之國，有黑蛇，青首，食象。"㊁見"硃卷"。

【朱來】鳥名。唐蘇鶚杜陽雜編上："建中二年，南方貢朱來鳥，形有類於戴勝，而紅嘴紺尾，尾長於身，巧解人語，善别人意，其音清響，聞於庭外數百步。"

【朱門】紅漆門。古代王侯貴族的住宅大門漆成紅色，表示尊貴。因稱豪門爲朱門。晉書麴允傳："麴允，金城人也。與游氏世爲豪族，西州爲之語曰：'麴與游，牛羊不數頭。南開朱門，北望青樓。'"唐杜甫杜工部草堂詩箋六自京赴奉先縣詠懷五百字："朱門酒肉臭，路有凍死骨。"

【朱明】㊀夏季。爾雅釋天："夏爲朱明。"注："氣赤而光明。"漢書禮樂志郊祀歌朱明："朱明盛長，旉與萬物。"㊁日。楚辭宋玉招魂："朱明承夜兮，時不可以淹。"㊂道書有十大洞天。羅浮山洞，周迴五百里，名曰朱明耀真之洞天。宋蘇軾分類東坡詩四次韻定慧欽長老見寄之三："羅浮高萬仞，下看扶桑卑。默坐朱明洞，玉池自生肥。"參閲雲笈七籤二七洞天福地。㊃朱元璋建明王朝，後人因稱明朝爲朱明。

【朱兒】硃砂。唐陸龜蒙甫里集九和懷華陽潤卿博士詩之三："清齋若見茅司命，乞取朱兒十二斤。"

【朱邸】漢制，諸侯朝天子在京師立舍名邸。諸侯王以朱紅漆門，故稱朱邸。後亦泛指大官豪門的第宅。世説新語言語"竺法深在簡文坐"注引高逸沙門傳："司徒會稽王……與法師結殷勤之歡，師躡升履丹墀，出入朱邸，泯然曠達，不異蓬宇也。”文選南齊謝玄暉(朓)拜中軍記室辭隨王牋:“朱邸方開,效蓬心於秋實。”

【朱泚】公元742—784年。唐幽州昌平人。任盧龍節度使。建中三年其弟朱滔叛唐,泚被免職,赴長安,以太尉銜留京師。次年,涇原節度使姚令言軍在長安譁變,德宗奔奉天。姚軍擁泚爲帝,國號大秦,年號應天。旋改爲漢,改元天皇,與朱滔相應。興元元年,唐將李晟收復長安,泚出逃爲部將所殺。新唐書有傳。

【朱宣】即少昊(皞)氏。文選南齊王元長(融)永明十一年策秀才文五首之二:“是以五正置於朱宣,下民不忒。”注:“河圖曰:‘大星如虹,下流華渚,女節意,感生白帝朱宣。’宋均曰:‘朱宣,少昊氏。’”參見“少昊”。

【朱冠】指動物頭上紅色的冠狀物。莊子達生:“(齊桓)公曰:‘請問委蛇之狀何如?’皇子曰:‘委蛇其大如轂,其長如轅,紫衣而朱冠……見之者殆乎霸。’”文選晉潘安仁(岳)射雉賦:“摛朱冠之絶赫,敷藻翰之陪鰓。”

【朱冥】南海。也指南方。冥,通“溟”。楚辭漢劉向九歎遠遊:“絶都廣以直指兮,歷祝融於朱冥。”參見“南冥”。

【朱英】㊀朱紅染的絲。用作矛的裝飾。詩魯頌閟宮:“朱英緑縢,二矛重弓。”疏:“朱英,矛飾;蓋絲纏而朱染之,以爲矛之英飾也。”一説朱英爲紅色羽毛。見清陳奐毛詩傳疏。㊁朱草。文選南齊王元長(融)三月三日曲水詩序:“紫脱華,朱英秀。”注引瑞應圖:“朱草亦曰朱英。”㊂紅花。全唐詩八八二王績階前石竹:“萋萋結緑枝,曄曄垂朱英。”

【朱柯】靈芝的赤色莖。文選漢張平子(衡)西京賦:“浸石菌於重涯,濯靈芝以朱柯。”

【朱柑】紅色的柑子。宋蘇軾分類東坡詩六與毛令方尉遊西菩提寺之二:“黑黍黄粱初熟後,朱柑緑橘半甜時。”一説朱柑似洞庭柑而較大,色鮮紅,味酸,破開漬鹽纔能吃。見宋韓彦直橘録上。

【朱砂】也作“硃砂”。㊀礦物名。爲煉汞的主要原料,也可製作顔料、藥劑。古代方士用爲煉丹的主要材料。南史陶弘景傳:“弘景既得神符祕訣,以爲神丹可成,而苦無藥物。帝給黄金、朱砂、曾青、雄黄等。”唐白居易長慶集八自詠:“朱砂賤如土,不解燒爲丹。”㊁朱紅牡丹或海棠的品種。宋歐陽修文忠集二洛陽牡丹圖詩:“壽安細葉開尚少,朱砂玉版人未知。”宋陸游劍南詩稿六花時遍遊諸家園其七“重尋丹砂品最高,可憐寂寞棄蓬蒿”自注:“小東門外,有千葉朱砂海棠一株,奇麗絶代。”

【朱耷】人名。見“八大山人”。

【朱家】秦末漢初魯人。好結交豪士,藏匿亡命,以任俠聞名。項羽敗死,漢高祖追捕羽部將季布時,家用計解布之厄。後季布尊貴,家終身不與相見。後來以朱家爲俠士的通稱。唐李白李太白詩九早秋贈裴十七仲堪:“歷抵海岱豪,結交魯朱家。”

【朱記】紅色印記。古代公文書簡以膠泥封口。隋唐以後改用紅色顔料塗印面,鈐於封口,稱朱記。五代宋初的官印亦稱朱記。文獻通考一一五王禮考印:“宋因唐制,諸司皆用銅印……又有朱記以給京城及外處職司及諸軍校等。其制長一寸七分,廣一寸六分。”

【朱粉】胭脂和鉛粉。多用作化妝品。南史王裕之傳:“左右嘗使二老婦女,戴五條辮,著青紋袴襬,飾以朱粉。”唐白居易長慶集六四題令狐家木蘭花詩:“膩如玉指塗朱粉,光似金刀剪采霞。”

【朱珪】公元1731—1806年。清順天大興人。字石君,號南崖,晚號盤陀老人。乾隆十三年進士,官至工部尚書。卒謚文正。與兄筠齊名,時有二朱之稱。有知足齋集二十四卷。

【朱琦】公元1769—1850年。清涇縣人。字玉存,號蘭坡。嘉慶七年進士。授編修。前後主講鍾山正誼紫陽書院二十五年。著有小萬卷齋詩文集、説文假借義證等。輯有國朝古文彙鈔、詁經文鈔、續鈔等。

【朱軒】㊀古代王侯或朝廷使者所乘的紅漆車。尚書大傳帝告:“未命爲士者,不得乘朱軒。”後漢書陳忠傳上疏:“比遣中使致敬甘陵,朱軒駢馬,相望道路。”㊁紅色房舍。唐白居易長慶集六遊悟真寺詩:“迴首寺門望,青崖夾朱軒。”

【朱草】一種紅色的草。可作染料。方士附會爲瑞草。文選漢東方曼倩(朔)非有先生傳:“甘露既降,朱草萌芽。”注:“尚書大傳曰:德光地序則朱草生。”漢王充論衡異虚:“朱草、蓂莢,皆草也,宜生於野,而生於朝,是爲不吉。何故謂之瑞?”

【朱夏】爾雅釋天:“夏爲朱明。”因稱夏季爲朱夏。三國魏曹植曹子建集四槐賦:“在季春以初茂,踐朱夏而乃繁。”唐杜甫杜工部草堂詩箋二三晉屋:“我有陰江竹,能令朱夏寒。”

【朱殷】赤黑色。左傳成二年:“張侯曰:‘自始合,而矢貫余手及肘,余折以御,左輪朱殷,豈敢言病?吾子忍之。’”注:“朱,血色;血色久則殷。”文苑英華一〇〇〇唐李華弔古戰場文:“荼毒生民,萬里朱殷。”

【朱梁】五代時朱温建立的後梁王朝。唐詩紀事六三司空圖:“又案梁室大臣,如敬翔、李振、杜曉、湯涉等,皆唐朝舊族,……一旦委質朱梁,其甚者贊成殺逆。”

【朱華】紅花。三國魏曹植曹子建集五公宴詩:“秋蘭被長坂,朱華冒緑池。”指荷花。南朝梁江淹江文通集四謝臨川遊山詩:“南中氣候暖,朱華凌白雪。”指木蓮。

【朱勔】公元1075—1126年。宋蘇州人。宋徽宗好奇花異石,設奉應局於蘇州,由朱勔掌管,大事搜刮,舟車相接,運往京城,號爲花石綱。服役者往往家破人亡。荼毒東南達二十年。民怨沸騰,斥爲“六賊”之一。方臘起義,聲討花石綱所造成的罪惡,要誅殺朱勔。朝廷被迫而罷勔職。方臘失敗後,勔又復職擅權。後被欽宗所殺。參見“花石綱”。

【朱陳】村名。在今江蘇豐縣東南。唐白居易長慶集十朱陳村詩:“徐州古豐縣,有村曰朱陳……一村唯兩姓,世世爲婚姻。”宋蘇軾分類東坡詩十一陳季常所蓄朱陳村嫁娶圖:“何年顧陸丹青手,畫作朱陳嫁娶圖。”亦用爲締結婚姻之詞。宋王安石臨川集二十和文淑溢浦見寄詩:“相看楚越常千里,不及朱陳似一家。”明朱同覆瓿集二嚴陵舟還喜晴贈陳大用詩:“通家喜有朱陳舊,努力躬耕待歲豐。”參閱嘉慶一統志一〇一徐州府二。

【朱陵】道書洞天名。朱陵洞天,周迴七百里。在湖南衡山縣。唐陸龜蒙甫里集十和傷開元觀顧道士詩:“多應白簡迎將去,即是朱陵鍊更生。”參閱雲笈七籤二七洞天福地。

【朱雀】㊀南方七星宿的總名。三輔黄圖三漢宫:“蒼龍、白虎、朱雀、玄武,天之四靈,以正四方,王者制宫闕殿閣取法焉。”參見“朱鳥㊀1”。㊁旌旗名。見“朱鳥㊀2”。

【朱崖】㊀赤色山崖。唐陸龜蒙甫里集五秋熱詩:“午氣朱崖近,宵聲白羽隨。”㊁郡名。即珠崖。舊題南朝梁任昉述異記下:“香州在朱崖郡,州中出諸異香,往往不知名。”參見“珠崖”。

【朱鳥】㊀ 一作"朱雀"。1.二十八宿中南方七宿(井、鬼、柳、星、張、翼、軫)的總名。七宿聯起來像鳥形;朱,赤色,象火,南方屬火,所以叫朱鳥。朱鳥取象於丹鶉:井、鬼二宿爲鶉首,柳、星、張三宿爲鶉火,翼、軫二宿爲鶉尾。史記天官書:"南宮朱鳥。"唐杜甫杜工部草堂詩箋三七望嶽:"南嶽配朱鳥,秩禮自百王。"參閱宋沈括夢溪筆談七象數。2.古代軍事家按天文四宫布列前後左右軍陣,軍旗畫四種圖形爲標識,前方的叫朱鳥。禮曲禮上:"行,前朱鳥而後玄武,左青龍而右白虎。"正義:"此明軍行象天文而作陣法也。前南,後北,左東,右西,朱鳥,玄武,青龍,白虎,四方宿名也。"又:"今之軍行,畫此四獸於旌旗,以標左右前後之軍陳。"㊁宮殿及殿門名稱。文選漢張平子(衡)西京賦:"麒麟、朱鳥,龍興、含章。"注:"漢宮闕名,有麒麟殿、朱鳥殿。"漢書九九中王莽傳:"十月戊辰,王路朱鳥門鳴。"㊂南方之神。太平御覽八八一河圖:"南方赤帝,神名赤熛怒,精爲朱鳥。"㊃鳥名。1.燕。燕頷下色赤,故名。漢揚雄法言問明:"朱鳥翾翾,歸其肆矣。"2.鳳。後漢書五九張衡傳思玄賦:"前祝融使舉麾兮,纚朱鳥以承旗。"

【朱絃】樂器上的紅色絲絃。荀子禮論:"清廟之歌,壹倡而三歎也。縣一鐘,尚拊之膈,朱絃而通越也,一也。"唐劉禹錫劉夢得集外集彭陽唱和集引:"鏘然如朱絃玉磬,故名聞於世間。"

【朱紱】㊀紅色的祭服或朝服。易困:"困于酒食,朱紱方來。"疏:"紱,祭服也。"漢書七三韋賢傳韋孟諫詩:"黼衣朱紱,四牡龍旂。"注:"朱紱爲朱裳畫爲亞文也。"㊁古代繫佩玉或印章的紅色絲帶。文選三國魏曹子建(植)求自試表:"是以上慚玄冕,俯愧朱紱。"注:"禮記曰:'諸侯佩山玄玉而朱組綬。'蒼頡篇曰:'紱,綬也。'"

【朱雲】漢魯人,字游。少任俠。元帝時爲槐里令,數忤權貴,以是獲罪被刑。成帝時復上書,願借上方劍,斬佞臣張禹,帝怒欲殺之,御史將雲去,雲攀折殿檻,以辛慶忌救得免。後當治檻,帝命勿易,以旌直臣。漢書有傳。後來用指直諫之人。元詩選迺賢金臺集投贈趙祭酒詩:"諫垣屢賞朱雲節,宣室重陳賈誼辭。"參見"折檻"。

【朱黄】古人校點書籍用朱黄兩色筆以示區別。唐陸龜蒙甫里集十六甫里先生傳:"值本即校,不以再三爲限,朱黄二毫未嘗一日去手。"宋陸游南唐書徐鍇傳:"既多處業,朱黄不去手,非暮不出。"

【朱提】㊀山名。在雲南昭通縣境。漢書地理志上犍爲郡:"縣十二……朱提,山出銀。"注:"應劭曰:朱提山在西南。蘇林曰:朱,音銖;提,音時。"又食貨志下:"朱提銀重八兩爲一流,直一千五百八十。"後亦以朱提爲銀的代稱。㊁郡、縣名。漢武帝時置朱提縣,因境内朱提山而名。治所在今雲南昭通縣境。後立爲郡。東漢省,改爲犍爲屬國。建安十九年,劉備又改爲朱提郡。郡所仍舊。唐天寶中,原朱提地入南詔,遷治所於今四川宜賓市西南,仍名朱提縣。參閱元和郡縣志三二劍南道中曲州、讀史方輿紀要七〇朱提廢縣、嘉慶一統志三九五敍州府朱提山。

【朱虚】古縣。西漢屬琅邪郡,漢初吕后封劉章爲朱虚侯。東漢改爲北海國。晉屬東莞郡。南朝宋屬平昌郡。北齊省。故城在今山東臨朐縣東。參閱讀史方輿紀要三五青州府臨朐縣。

【朱雁】赤雁。雁,也作"鴈"。古以爲瑞鳥。漢書武帝紀太始三年:"行幸東海,獲赤鴈,作朱鴈之歌。"歌載禮樂志。新唐書百官志禮部:"凡景雲、慶雲爲大瑞,蒼烏、朱雁爲中瑞。"

【朱紫】㊀論語陽貨:"惡紫之奪朱也。"集解:"朱,正色;紫,間色之好者。惡其以邪好而亂正色。"後用朱紫比喻正邪、是非、優劣等。東觀漢記二一宗資傳:"任用善士,朱紫區别。"後漢書三六陳元傳:"夫明者獨見,不惑於朱紫。"㊁古代高級官員的服色。1.朱衣紫綬。晉書夏侯湛傳抵疑:"若乃羣公百辟,卿士常伯,被朱佩紫,耀金帶白。"藝文類聚四八南朝梁王僧孺吏部郎表:"方愧朱紫,永慚鈞衡。"2.唐三品以上官服用紫,五品以上用朱。因以朱紫指代高級官員。唐高適高常侍集一宋中送族侄式顔……遂有此作詩:"部曲盡公侯,輿臺亦朱紫。"新唐書六五鄭餘慶傳:"每朝會,朱紫滿庭而少衣緑者。"緑衣,爲唐代六品以下服色。參閱新唐書車服志。

【朱圉】山名。在今甘肅甘谷縣西南。一名白巖山。書禹貢:"西傾、朱圉、鳥鼠。"漢書地理志下作"朱圄"。禹貢朱圉山所在,記載各殊。大抵此山連峯疊嶂,綿亘於甘谷縣西南,非指一峯一嶺。其錦鏡、石鼓、木梅、天門諸山,皆隨地異名。參閱嘉慶一統志二五五鞏昌府一。

【朱溫】公元852—912年。唐末宋州碭山人。乾符四年參加黄巢起義軍,任同州防禦使。中和二年叛變降唐,賜名全忠。先後任河中行營招討使、宣武節度使,天復三年,入長安,盡殺諸宦官,封梁王。次年殺唐昭宗,立太子祝,並於天祐四年廢帝自立,改名晃,都汴(今河南開封),建號梁,旋遷都洛陽。乾化二年,爲其子朱友珪所殺。追尊爲梁太祖。新舊五代史有紀。

【朱軾】公元1664—1736年。清高安人。字若瞻,號可亭。康熙三十三年進士。官至文華殿大學士、吏部尚書。謚文端。曾與怡賢親王允祥共治畿輔水利,溉田甚廣。工古文,學宗張載。有朱文端公集。

【朱愚】愚鈍。莊子庚桑楚:"不知乎,人謂我朱愚;知乎,反愁我軀。"朱爲"銖"之省借,銖又爲"錭"之借字。錭,訓鈍。見清朱珔説文叚借義證。

【朱筠】公元1729—1781年。清順天大興人。字竹君,又字美叔,號笥河。乾隆十九年進士。授編修,官安徽福建學政。總纂日下舊聞考。建議就永樂大典搜輯遺書。少與弟珪皆以文名,好奬掖後進,如汪中戴震王念孫章學誠黄景仁輩,或出其門,或入其幕。著十三經文字同異未成。詩文有笥河集。

【朱實】指成熟的果實。文選晉劉越石(琨)重贈盧諶詩:"朱實隕勁風,繁英落素秋。"晉陶潛陶淵明集四讀山海經十三首之四:"黄花復朱實,食之壽命長。"

【朱塵】紅色的承塵。承塵,屋頂棚。楚辭宋玉招魂:"經堂入奥,朱塵筵些。"文選南朝梁江文通(淹)别賦:"鏡朱塵之照爛,襲青氣之烟煴。"

【朱厭】傳説中的獸名。山海經西山經:"小次之山,……有獸焉,其狀如猿,而白首赤足,名曰朱厭。"

【朱蒙】傳説中高句麗始祖。母,河伯女,爲夫餘王所得,感日而生一卵,有一男破殼而出,長而善射,其俗謂善射爲朱蒙,因以爲名。後夫餘人欲殺之,逃去至普述水之紇升骨城,遂居焉,號曰高句麗。見魏書高句麗傳。

【朱輪】古代高官所乘之車,用朱紅漆輪,故名。漢書六六楊敞傳附楊惲報孫會宗書:"惲家方隆盛時,乘朱輪者十人。"晉陸機陸士衡集五贈馮文羆遷斥丘令詩:"居陪華幄,出從朱輪。"參見"朱輪華轂"。

【朱槿】花名。木槿别種。又名扶桑、日及。樹高四五尺,枝條柔弱,葉深緑,似桑；花色深紅，大如蜀葵。盛産於我國南方，爲著名觀賞植物。唐王維王右丞集二瓜園詩：“黄鸝轉深木，朱槿照中園。”參閱晉嵇含南方草木狀中、明李時珍本草綱目三六木三扶桑。

【朱樓】華麗的紅色樓房。後漢書二八下馮衍傳顯志賦：“伏朱樓而四望兮，採三秀之華英。”南齊謝朓謝宣城集二入朝曲：“逶迤帶緑水，迢遞起朱樓。”

【朱墨】㊀朱紅色和黑色。1. 用朱筆和墨筆分别批注或編撰書籍。三國志魏王肅傳附董遇“亦歷注經傳”注引魏略：“遇善治老子，爲老子作訓注。又善左氏傳，更爲作朱墨别異。”2. 用紅黑兩色書寫的公文。北史蘇綽傳：“綽始制文案程式，朱出墨入，及計帳户籍之法。”後也用作公文的代稱。宋歐陽修文忠集外集二答謝景山遺古瓦硯歌：“嗟予奪得何所用，簿領朱墨徒紛淆。”3. 紅黑套色的印刷品。宋初民間流通的紙幣交子，用一色紙刷造，幣面印有樹木、房屋、人物各種圖形和鋪户簽押的隱密題署，用朱墨兩色套印，以爲私記。參閱宋李攸宋朝事實十五財用。㊁朱砂或銀硃製的墨。宋蘇易簡文房四譜五墨有造朱墨法。

【朱餘】古地名。在今浙江海寧縣境。越絶書八記地傳：“朱餘者，越鹽官也，越人謂鹽曰餘。去縣三十五里。”

【朱羲】日。朱明爲日别稱，羲和爲古代神話中駕日車的神，合稱朱羲。文選晉郭景純（璞）遊仙詩之七：“蓐收清西陸，朱羲將由白。”

【朱熹】公元 1130—1200 年。宋徽州婺源人。父松，宣和中官閩，生熹於延平。字元晦，一字仲晦，號晦菴、遯翁。晚年徙居建陽考亭，又主講紫陽書院，故亦别稱考亭、紫陽。曾任祕閣修撰等職，歷仕四朝，而在朝不滿四十日。熹爲程頤三傳弟子李侗的學生，闡發儒家思想中的“仁”和大學中庸的哲學思想，繼承和發展二程（程顥、程頤）理氣關係的學説，集理學之大成，後世並稱程朱。自元以來，歷代王朝科舉，均采用熹四書集注。朱熹整理文獻，注釋古籍，疑古文尚書之僞，不信詩序，多有新解。著作有四書章句集注詩集傳周易本義楚辭集注通鑑綱目及後人編輯的朱文公集朱子語類等。

【朱蕉】木名。通體鐵色，微朱，枝柔不甚挺直，葉像芭蕉，色紫紅，故名。樹幹有節，自根至梢一寸間三四節或六七節，很像棕竹，因又名朱竹。由於生長極慢，也稱鐵樹。夏季開花，淡紅色至青紫色。果實爲漿果。爲觀賞植物。元袁桷清容居士集十五戲題樺皮詩：“褐裳新脱玉層層，紅葉朱蕉謝未能。”參閱清屈大均廣東新語二七草朱焦。

【朱穆】公元 99—163 年。漢宛人。字公叔。年五十，奉書趙康，稱弟子。有感時俗，著崇厚論及絶交論。永興初，爲冀州刺史，劾抑權貴。後爲尚書。死後，蔡邕與門人私謚爲文忠先生。後漢書有傳。

【朱儒】見“侏儒”。

【朱獳】傳説中的異獸。山海經東山經：“耿山……有獸焉，其狀如狐而魚翼，其名曰朱獳。其鳴自訆。”

【朱顔】紅潤的面容。楚辭宋玉招魂：“美人既醉，朱顔酡些。”初學記二南朝梁劉孝儀北使還與永豐侯書：“未改朱顔，略多自醉。”也泛指少時美好的面容。花間集補下南唐李煜虞美人：“雕欄玉砌應猶在，只是朱顔改。”

【朱藍】朱藍兩色爲正色，因以喻純正的品德和文風。南朝梁劉勰文心雕龍七情采：“正采耀乎朱藍，間色屏於紅紫。”南齊書文學傳論：“顔謝並起，乃各擅奇；休鮑後出，咸亦標世。朱藍共妍，不相祖述。”

【朱離】古舞曲名。詩小雅鼓鐘“以雅以南，以籥不僭”漢毛亨傳：“西夷之樂曰朱離。”後漢書四十下班彪傳附班固兩都賦作“兜離”。參見“侏離㊀”。

【朱蘭】蘭花的一種。葉寬而柔，花紅色，有光澤。多産於廣東。另一種花色黄，榦葉長而瘦。參閱宋王貴學王氏蘭譜白蘭（説郛六二）、廣羣芳譜四四朱蘭。

【朱櫻】深紅色的櫻桃。古代視爲珍果。文選晉左太沖（思）蜀都賦：“朱櫻春熟，素柰夏成。”參閱政和證類本草二三櫻桃引圖經。

【朱權】公元 1378—1448 年。明太祖朱元璋第十七子。封於大寧，爲寧王。永樂元年，徙封於南昌。謚獻，史稱寧獻王。少時自稱大明奇士，晚年號臞仙、涵虚子、丹邱先生。仁宗時，請改封地，論宗室不應定品級，數受斥責，乃託志學道，專心著述。精音律，工戲曲。所著太和正音譜，爲研究元明北曲重要資料。創作雜劇十二種，今僅存大羅天私奔相如兩劇。

【朱欒】酸橙之一種。形色圓正，其圍有至尺餘者。皮厚而粗，酸惡不可食。摘置案間，發香如蘭。參閱宋韓彦直橘録中朱欒、明李時珍本草綱目三十果二柚。

【朱鷺】㊀鳥名。嘴長而下曲，黑色。脚粗短，肉色，羽毛白，略帶淡紅，故又名紅鶴。隋書盧思道傳孤鴻賦：“望玄鶴而爲侶，比朱鷺而相依。”㊁古樂曲名。漢鼓吹鐃歌十八曲的第一曲。傳説戰國楚威王時曾有朱鷺合沓飛翔而來舞。一説古代在鼓上飾畫作鷺形，因以爲名。也作朱鷺曲。唐陸龜蒙甫里集十和寄毗陵魏處士朴詩：“溪籟自吟朱鷺曲，沙雲還作白鷗媒。”參閱樂府詩集十六朱鷺、明楊慎升菴詩話一朱鷺。

【朱鼈】㊀傳説中的魚名。吕氏春秋本味：“醴水之魚，名曰朱鼈，六足，有珠百碧。”也作“珠鼈”、“顏鼈”。㊁鼈的一種。大如錢，腹紅如血，故名。産於南海。參閱本草綱目四五介一朱鼈。

【朱一貴】公元 ?—1721 年。明末福建長泰人。明亡後居臺灣，以養鴨爲業。康熙六十年夏初，聯絡黄殿李勇吴外等率衆起義抗清，各地紛起響應，佔領全臺，稱中興王，建元永和。此爲康熙年間最大的一次農民起義。六月，清廷派兵自閩浙渡海反撲，起義軍失敗，朱被俘，後在北京就義。

【朱之瑜】公元 1600—1682 年。明末浙江餘姚人。字魯璵，號舜水。明亡後，曾欲據舟山抗清。又奔走於日本安南等地，以圖復明，不成，避居日本。水户藩主德川光國待爲賓師，立館講學，反對程朱理學與王守仁心學，提倡務實而重事功。日本稻葉岩結編其所作爲朱舜水全集。其後馬浮又重訂爲舜水遺書二十五卷。

【朱元璋】即明太祖。見該條。

【朱世傑】元人。字漢卿，號松庭。寓居燕山。他發展李冶“天元術”，於大德七年提出“四元術”，即今代數學中之四元高次方程組。其“四元消法”，即四元高次方程組消去法，較法國數學家畢朱（一譯別卓）的早出近五個世紀。還精於“垜積”（即高階等差級數的求和）和“招差法”（即逐差法），也較歐洲數學家的早出近四個世紀。著有四元玉鑑三卷、算學啓蒙三卷。參閱清羅世琳輯續疇人傳四七。

【朱仙鎮】地名。在河南開封縣西南。相傳爲朱亥故里，故名。宋紹興十年，岳飛大敗金兵於郾城，進軍於此。元以來爲商品集散地，舊時與景德漢口佛山並稱四大鎮。參閱嘉慶一統志一八七開封府二朱仙鎮巡司。

【朱衣吏】穿紅衣在前引路或傳告的小

吏。唐制，兩省官出使，得朱衣吏前導。宋制，朝殿日，皇太子、親王、使相參政、翰林學士，各有朱衣吏二人，自下馬處導至殿門。唐鄭谷鄭守愚集一獻制誥楊舍人詩:"隨行已有朱衣吏，伴直多招紫閣僧。"宋歐陽修文忠集十四毬場看山詩:"自嫌前引朱衣吏，不稱閑行白髮翁。"參閱新唐書一七九賈餗傳、宋周必大玉堂雜記下。

【朱有燉】公元1379—1439年。明太祖孫，周定王朱橚長子，襲封周王，謚憲，稱周憲王。別號全陽子老狂生錦窠老人誠齋。好文辭，能書畫，曉音律。所作雜劇凡三十一種，包括散曲，名誠齋樂府。又集古名蹟，摹臨勒石，名東書堂集古法帖。詩有誠齋録、新録等。

【朱全忠】見"朱温"。

【朱仲李】朱仲培育的李樹。文選晉潘安仁(岳)閑居賦:"周文弱枝之棗，房陵朱仲之李。"注引漢王逸荔枝賦:"房陵縹李。"又引荆州記:"房陵縣有好李，甚美。仙人朱仲來竊。"也省稱朱李。舊題南朝梁任昉述異記下:"李尤果賦云:'三十六園朱李'是也。"

【朱柏廬】公元1617—1688年。明末江蘇崑山縣人。名用純，字致一，自號柏廬。明末生員，入清隱居不仕。學尊程朱，主張知行並進，而歸於主敬。著有愧訥集大學中庸講義。所著治家格言，宣揚封建倫理道德，流行甚廣。

【朱砂泉】安徽歙縣黄山第四峯下的水泉。泉如湯沸，相傳曾湧出朱砂，故名。道家傳説黄帝曾與容成子浮邱公合丹於此。參閱嘉慶一統志一一二徽州府一黄山。

【朱思本】公元1273—1333年。元臨川人。字本初，號貞一。學道於龍虎山中，後赴大都。以奉詔代祀境内名山大川，得以實地考察所至地理情況，參校前人著作，編繪廣達七尺的輿地圖二卷，已佚。明羅洪先廣輿圖即以此爲藍本加以增補而成。有貞一齋詩文稿。

【朱淑真】宋錢塘人，一説海寧人。號幽棲居士。相傳其對婚姻不滿，故詩詞多幽憤哀傷情調。後人輯有斷腸詩集斷腸詞傳世。

【朱雀桁】晉南北朝時建康正南朱雀門外的古浮橋。横跨秦淮河上，故址在今江蘇南京市鎮淮橋東。三國吴時稱南津橋，晉時改名朱雀桁。桁，一作"航"。自晉大寧二年以後，航以船舶連接而成，長九十步，寬六丈，戰時有警，則撤航爲備。當時秦淮河上共有二十四航，此航最大，稱大航。又因在都城正南，也稱南航、南桁。隋滅陳後廢去。參閱讀史方輿紀要二十江寧縣朱雀桁。

【朱雀橋】卽朱雀桁。東晉時王導謝安等豪門世族聚居朱雀橋附近的烏衣巷。唐劉禹錫劉夢得集四金陵五題烏衣巷詩:"朱雀橋邊野草花，烏衣巷口夕陽斜。舊時王謝堂前燕，飛入尋常百姓家。"

【朱鳥牖】南窗之別稱。亦作"朱鳥窗"。朱鳥爲神話中的南方之神，故名。傳説漢武帝好仙道，西王母乘紫雲車至九華殿西南，時東方朔竊從殿西南廂朱鳥牖中窺母。見晉張華博物志三。南朝陳徐陵玉臺新詠序:"朱鳥窗前，新妝已竟。"北周庾信庾子山集三奉和法筵應詔詩:"星窺朱鳥牖，雲宿鳳凰門。"

【朱極三】古代拉弓射箭套在居中三個手指上的紅色皮套。儀禮大射儀:"贊設決，朱極三。"注:"極，猶放也，所以韜指利放弦也，以朱韋爲之。三者，食指、將指、無名指。無極放弦，契於此指，多則痛。小指短，不用。"

【朱買臣】公元前?—前115年。漢吴縣人。字翁子。武帝時，爲中大夫侍中，後任會稽太守。與韓説破東越有功，官主爵都尉。因與張湯相傾軋，爲武帝所殺。朱初家貧，其妻求離去。後朱爲本郡太守歸故鄉，道上見其故妻和後夫，接至官署，住在園中。其故妻不久自縊死。漢書有傳。後人取其夫妻離異事，作爛柯山劇，卽舊時傳説的"朱買臣休妻"、"馬前潑水"故事。參見"馬前潑水"。

【朱絲繩】紅色的琴瑟弦。用以比喻正直。文選南朝宋鮑明遠(照)樂府之六白頭吟:"直如朱絲繩，清如玉壺冰。"

【朱載堉】公元1536—約1610年。明鄭恭王厚烷長子。字伯勤，號句曲山人。精研曆數之學，著樂律全書四十七卷(明刊本三十八卷，四庫全書著録四十二卷)，凡書十一種，其中律吕精義一種，考辨詳盡，斟酌前人樂律理論，提出新見，是聲學史上有價值的著作。見明史一一九諸王傳四仁宗諸子。

【朱震亨】公元1281—1358年。元婺州義烏人。字彥脩。世居丹溪，人稱爲丹溪翁丹溪先生。初事同郡許謙讀經，轉而學醫，曾廣求名師，得羅知悌之傳，治病多奇效。其醫論認爲陽易動，陰易虧，故陽常有餘，陰常不足，治法注重滋陰降火。著有格致餘論局方發揮丹溪心法等書。

【朱墨本】㊀以朱筆和墨筆分寫的書稿。宋陸游老學庵筆記十:"(宋)太宗時，史官張洎等撰太祖史，凡太宗聖論及史官采摭之事，分爲朱墨書以別之，此國史有朱墨本之始也。"㊁用紅黑兩色套印的書本。元至元六年(公元1269年)，中興路資福寺所刻無聞和尚金剛經注，用紅色印經文和圈，用黑色印注，爲已發現的最早木刻套印本。明萬曆間，烏程閔齊伋所刊諸書，以墨印字，朱印評點，兩色相套，世稱朱墨本，亦稱閔刻。清康熙間又改進爲五色本。

【朱墨史】宋元祐間，吕大防等撰神宗實録，中多非難新法。紹聖中命蔡卞改修，以舊録爲本，用墨書，添入者用朱書，删去者用黄抹，號爲朱墨史。焚毁元祐舊本，敢私藏者受重法。南渡以後，又詔命范冲重撰，紹興六年書成，仍用朱墨黄三書，題名神宗實録考異二百卷。參閱宋晁公武郡齋讀書志神宗實録、陳振孫直齋書録解題四神宗實録考異。

【朱襄氏】炎帝的別號。吕氏春秋古樂:"昔古朱襄氏之治天下也，多風而陽氣畜積。"

【朱駿聲】公元1788—1858年。清江蘇元和人。從錢大昕學。嘉慶時舉人。咸豐二年，進所著説文通訓定聲，加國子監博士銜。於説文原有九千餘字外，又增附七千多字，分析形聲聲符一千一百三十七，再依古韻歸併爲十八部，釋義聲訓，多有發明。其他著作有詩傳箋補尚書古註便讀經史答問天算瑣記數度衍約小學識餘等二十餘種。

【朱彝尊】公元1629—1709年。清浙江秀水人。字錫鬯，號竹垞。清康熙十八年，以布衣舉博學鴻詞科，授檢討。參與修撰明史。藏書八萬卷，室號曝書亭。學問博洽，精於考證金石，長於古文詩詞。詩與王士禛齊名，時稱"南朱北王"。詞宗姜夔張炎，爲浙西詞派的創始者，與陳維崧合稱朱陳，刻有朱陳村詞。著有曝書亭集日下舊聞經義考。輯有明詩綜詞綜。

【朱鷺曲】漢鼓吹鐃歌十八曲的第一曲。詳"朱鷺㊀"。

【朱干玉戚】古代武舞所執的兵器。朱干，赤色盾牌；玉戚，玉飾大斧。禮明堂位:"朱干玉戚，冕而舞大武。"

【朱子全書】南宋朱熹著作的彙編。清康熙中李光地熊賜履等奉詔就朱熹文集語録等分類編排，共十九門，六十六卷。

本尊朱(熹)闢陸(九淵)原則，删除與陸相似的言論。以康熙"御纂"名義頒行。

【朱子語類】南宋朱熹講學語録彙集。又名朱子語録。朱熹既没，門人各記其所聞之語。蜀人李道傳(貫之)始取三十三家，刻之於池州爲語録。其弟性傳又取四十二家，刻之於饒州爲續録。建安蔡抗又取二十三家，刻之於饒州爲後録。莆田王士毅(子洪)復因而類分之曰語類，刻於蜀。東陽王佖(元敬)更爲續類，刻於徽州，凡三録二類，並行。景定癸亥導江黎靖德乃合五書參校之，去其重複謬誤，因士毅門目，以類相附，名爲語類大全，凡一百四十卷。其後又取建安所刻天台吴堅別録附入。見陸稼書問學録三。

【朱衣點頭】相傳宋歐陽修主持貢院舉試，每閲試卷，常覺坐後有朱衣人時復點頭，凡朱衣人點頭的，都是合格的文章，因有"唯願朱衣一點頭"之句。後用爲科舉中選的代稱。參閲明陳耀文天中記三八引侯鯖録(今本趙令畤侯鯖録無此文)。

【朱脣皓齒】紅脣白齒。形容貌美。楚辭大招："魂乎歸徠，聽歌譔只。朱脣皓齒，嫭以姱只。"

【朱陸異同】朱，朱熹；陸，陸九淵。朱熹認爲理是天地萬物的本原，窮盡事理，即體現誠意正心。陸九淵認爲"心即理"，發明本心，即可應萬物之變。陸譏朱爲支離，朱譏陸爲禪學，乃派別之爭。參閲清黄宗羲宋元學案四八晦翁學案、五八象山學案。

【朱絲營社】用紅色絲繩纏繞在土地神身上。舊説以爲能以陽勝陰，消除災禍。公羊傳莊二五年："日食則曷爲鼓用牲于社？求乎陰之道也。以朱絲營社。或曰脅之，或曰爲闇，恐人犯之，故營之。"營，一作"縈"，纏繞；社，土神。參閲漢王充論衡順鼓。

【朱輪華轂】紅漆車輪，彩繪車轂。古代貴官所乘的車。史記八九陳餘傳："令范陽令乘朱輪華轂，使驅馳燕趙郊。"漢書三六楚元王傳附劉向："今王氏一姓乘朱輪華轂者二十三人，青紫貂蟬充盈幄内，魚鱗左右。"

【朱儒飽欲死】漢書六五東方朔傳："朱儒長三尺餘，奉一囊粟，錢二百四十。臣朔長九尺餘，亦奉一囊粟，錢二百四十。朱儒飽欲死，臣朔饑欲死。"用以表示待遇不公平。朱，一作"侏"。唐白居易長慶集十五得微之到官後書……因成四章詩之三："侏儒飽笑東方朔，薏苡讒憂馬伏波。"此用以表示小人得志而嘲弄有才而位低的人。

朵 duǒ 丁果切，上，果韻，端。
ㄉㄨㄛˇ

亦作"朶"。㈠花朵。北周庾信庾子山集一春賦："釵朵多而訝重，髻鬟高而畏風。"唐杜甫杜工部詩集十一題新津北橋樓得郊字："白花簷外朵，青柳檻前梢。"㈡量詞。唐杜甫杜工部詩集十二江畔獨步尋花之六："黄四娘家花滿蹊，千朵萬朵壓枝低。"㈢用手捉物，或用手引小兒學步，皆稱爲朵。見宋莊季裕雞肋編下。參見"朵頤"。㈣耳朵之朵，本作"䏮"，指耳垂。轉指兩旁。參見"朵殿"、"朵樓"。

【朵雲】對別人書信的敬稱。宋王洋東牟集十二回謝王參議啟："尚稽尺牘之馳，先拜朵雲之賜。"也作"雲朵"。宋趙鼎臣竹隱畸士集十問候蘇内翰啟："賜韋公之雲朵，圭賓生輝；頒文舉之酒樽，龜腸徑醉。"

【朵殿】殿的東西側堂。宋范鎮東齋記事一："(仁宗)冬不御爐。每御殿，則於朵殿設爐以禦寒氣。"宋史儀衛志一："陳腰輿、小輿於東西朵殿。"清俞樾謂本作"垛"，以從土爲不美，故止作朵。見茶香室叢鈔二四。

【朵樓】正樓兩旁的樓。宋孟元老東京夢華録六元宵："宣德樓上，皆垂黄緣簾……兩朵樓各掛燈毬一枚。"

【朵頤】鼓動腮頰，嚼食的樣子。易頤："觀我朵頤，凶。"疏："朵是動義，如手之捉物，謂之朵也。今動其頤，故知嚼也。"唐柳宗元柳先生集四三遊南亭夜還敘志七十韻詩："朵頤進芰實，擢手持蟹螯。"又用以比喻享有名位利禄。唐陳子昂陳伯玉文集一感遇詩之十："深居觀元化，悱然爭朵頤。"

三 畫

朱 máng 莫郎切，平，陽韻，明。
ㄇㄤˊ

屋的正梁。爾雅釋宫："朱廇謂之梁。"注："屋大梁也。"唐韓愈昌黎集一二進學解："夫大木爲朱，細木爲桷，……各得其宜，施以成室者，匠氏之工也。"

束 shù 書玉切，入，燭韻，審。
ㄕㄨˋ

㈠細，縛。詩鄘風牆有茨："牆有茨，不可束兮。"史記八一廉頗傳："燕畏趙，其勢必不敢留君，而束君歸趙矣。"㈡把，小綑。詩小雅白駒："皎皎白駒，在彼空谷。生芻一束，其人如玉。"㈢五匹爲束。禮雜記下："納幣一束，束五兩，兩五尋。"㈣約束，限制。商君書畫策："行間之治連以五，辨之以章，束之以令，拙無所處，罷無所生。"莊子秋水："曲士不可以語於道者，束於教也。"㈤聚集，夾緊。漢書食貨志下："故貨寶於金，利於刀，流於泉，布於布，束於帛。"唐韓愈昌黎集三貞女峽詩："江盤峽束春湍豪，雷風戰鬭魚龍逃。"㈥事的末尾、收梢。詳"結束"。㈦姓。漢疏廣曾孫避王莽難，自東海遷居陽平，將疏去足，以爲束氏。見晉書束晳傳。

【束手】㈠捆住雙手。史記七八春申君傳上秦昭王書："頭顱僵仆，相望於境，父子老弱係脰束手爲羣虜者相及於路。"㈡自縛其手，表示不抵抗，或無能爲力，事無可爲。後漢書十三隗囂傳："詔告囂曰：'若束手自詣，父子相見，保無佗也。'"㈢縮手，停手。唐陸龜蒙甫里集八正月十五日惜春寄襲美詩："花匠礙寒應束手，酒龍多病尚垂頭。"

【束甲】㈠卷甲，以示決戰。史記七六虞卿傳："秦趙戰於長平，趙不勝，亡一都尉。趙王召樓昌與虞卿曰：'軍戰不勝，尉復死，寡人使束甲而趨之，何如？'"新唐書九二苑君璋傳："今束甲深入，無踵軍，有失不可償。"猶言輕裝直前。㈡喻投降，歸順。三國志蜀諸葛亮傳説孫權："若能以吴越之衆，與中國抗衡，不如早與之絶。若不能當，何不案兵束甲，北面而事之！"

【束矢】一束之矢。古者物十則束之，如束脩、束帛。惟束矢之束，或以爲五十矢。詩魯頌泮水："角弓其觩，束矢其搜。"傳："五十矢爲束。"或以爲一百矢。周禮秋官大司寇："以兩造禁民訟，入束矢於朝，然後聽之。"注："古者一弓百矢，束矢其百个與？"或以爲十二矢。國語齊："索訟者三禁，而不可上下，坐成以束矢。"注："十二矢爲束。"

【束阨】羣山相聚而形成的要隘。文選晉左太沖(思)魏都賦："由重山之束阨，因長川之裾勢。"晉劉淵林注："重山束阨，謂蜀也；長川裾勢，謂吴也。"

【束身】㈠約束自己，謹守職事。後漢書二五卓茂傳光武詔："乃下詔曰：'前密令卓茂，束身自修，執節淳固，誠能爲人所不能爲。'"㈡比喻歸順，投案。淮南子人間："衛君之來也，衛國之半曰：'不若朝於晉'，其半曰：'不若朝於吴'，然衛君以爲吴可以歸骸骨也，故束身以受命。"梁書袁昂傳:"永元末,義師至京師,州牧郡守皆望風降款,昂獨拒境不受命。……建康城平,昂束身詣闕,高祖(蕭衍)宥之不問也。"

【束金】見"束脩㊀"。

【束帛】古代聘問的禮物。也用作婚喪、朋友相饋贈的禮品。帛五匹爲束。易賁:

束帛

"束帛戔戔。"周禮春官大宗伯"孤執皮帛"唐賈公彥疏:"束者十端,每端丈八尺,皆兩端合卷,總爲五匹,故云束帛也。"

【束素】形容女子細腰猶束帛。文選戰國楚宋玉登徒子好色賦:"腰如束素,齒如含貝。"唐張銑注:"素,白;貝,玉也。"

【束芻】綑草成束。詩唐風綢繆:"綢繆束芻,三星在隅。"

【束躬】檢束自己,不使放任。漢劉向說苑修文:"修德束躬,以自申飭,所以檢其邪心,守其正意也。"

【束脩】也作"束修"。㊀十條乾肉。脩,即脯。古代上下親友之間相互贈獻的一種禮物。論語述而:"自行束脩以上,吾未嘗無誨焉。"禮少儀:"其以乘壺酒、束脩、一犬,賜人;若獻人,則陳酒執脩以將命,亦曰乘壺酒、束脩、一犬。"後多指致送教師的酬金。北史馮偉傳:"門徒束脩,一毫不受。"㊁古十五歲入學,入學必用束脩,因指入學爲束脩。漢桓寬鹽鐵論貧富:"余結髮束脩,年十三,幸得宿衛,給事輦轂之下,以至卿大夫之位。"後漢書六四延篤傳與李文德書:"且吾自束脩已來,爲人臣不陷於不忠,爲人子不陷於不孝。"注:"束脩,謂束帶脩飾。鄭玄注論語曰:'謂年十五已上'也。"㊂約束整飭。後漢書二八上馮衍傳:"且大將軍之事,豈得珪璧其行,束修其心而已哉?將定國家之大業,成天地之元功也。"也指整肅儀容。晉書王凝之妻謝氏傳:"太守劉柳聞其名,請與談議,道韞素知柳名,亦不自阻,乃簪髻素褥坐於帳中,柳束脩整帶造於別榻。"㊃收拾行裝、家什。詩大雅緜"古公亶父"疏引書傳略說:"(大王)遂杖策而去,過梁山,邑岐山,周人束修奔而從之者三千乘。"

【束鹿】縣名。屬河北省。漢鄡縣。隋爲鹿城縣,唐至德二年改今名。清屬直隸保定府。參閱寰宇通志二保定府祁州束鹿縣。

【束帶】整飭衣冠,束緊衣帶。表示恭敬。論語公冶長:"子曰:'赤也,束帶立於朝,可使與賓客言也。'"世說新語棲逸"南陽翟道淵"注引尋陽記:"初庾亮臨江州,聞翟湯之風,束帶躡屐而詣焉。"晉書陶潛傳:"郡遣督郵至縣,吏白應束帶見之。"

【束晳】公元261?—約300年。晉陽平元城人。字廣微。博學多聞,官著作佐郎、尚書郎。咸寧五年(一說太康三年)汲郡人從戰國魏襄王墓(或言魏安釐王墓)中得竹簡數十車,晳與荀勗衛恒等加以整理辨析,成書七十五篇,其著者爲竹書紀年穆天子傳等。著有晉書紀志、文集等,皆亡佚;現存補亡詩及文十餘篇,分見文選、文苑英華。明人輯有束廣微集。晉書有傳。

【束筍】唐韓愈昌黎集四贈崔立之評事詩:"深藏篋笥時一發,戢戢已多如束筍。"言詩卷積累,如成束的竹筍。宋晁補之雞肋集九酬李唐臣贈山水短軸詩:"齊紈如雪吳刀裁,小毫束筍縑囊開。"指畫筆毫鋒如束筍。

【束溼】綑縛溼物。形容舊時官吏對下屬的嚴酷急切。漢書九十寧成傳:"好氣,爲少吏,必陵其長吏。爲人上,操下急如束溼。"注:"束溼,言其急之甚也,溼物則易束。"史記一二二作"操下如束溼薪"。

【束裝】整理行裝。三國志蜀諸葛亮傳注引郭沖五事:"去者束裝以待期,妻子鶴望而計日。"梁釋慧皎高僧傳六釋慧持與桓玄書:"本欲棲病峨嵋之岫,觀化流沙之表,不能負其發足之懷,便束裝首路。"

【束髮】古代男孩成童,將頭髮束成一髻。因用以代指成童。大戴禮保傅:"束髮而就大學,學大藝焉,履大節焉。"漢書一〇〇下敍傳:"皃生亹亹,束髮修學,偕列名臣,從政輔治。"

【束縕】漢書四五蒯通傳記寓言齊母束麻絮(縕)成引火物,向鄰家求火種藉爲逐婦解紛,後因以束縕比喻說情、推薦。唐駱賓王集七上瑕丘韋明府啟:"是以臨邛遣婦,寄束縕於齊鄰;邯鄲下客,效處囊於趙相。"也作"束藴"。唐李德裕會昌一品集別集一積薪賦:"時束藴以請火,訪蓬茨於善鄰。"參見"乞火"。

【束縛】㊀綑綁。韓非子難一:"桓公解管仲之束縛而相之。"㊁約束,拘限。呂氏春秋論人:"意氣宣通,無所束縛,不可收也。"後漢書四九仲長統傳昌言理亂:"求士之舍榮樂而居窮苦,弃放逸而赴束縛,夫誰肯爲之者邪?"

【束伍令】古時一種更休迭戰的陣法,又叫疊陣法。宋史三六六吳璘傳:"凡陣,以拒馬爲限,鐵鈎相連,俟其傷則更代之。遇更代則以鼓爲節,騎兩翼以蔽於前,陣成而騎退,謂之'疊陣'。……璘曰:'此古束伍令也,軍法有之,諸君不識爾!得車戰餘意,無出於此。'"

【束之高閣】言棄置不用。世說新語豪爽"庾稺恭(翼)既常有中原之志"注引漢晉春秋:"是時杜乂殷浩諸人,盛名冠世,翼未之貴也,常曰:'此輩宜束之高閣,俟天下清定,然後議其所任耳。'"又見晉書庾翼傳。也作"束高閣"。唐韓愈昌黎集五寄盧仝詩:"春秋三傳束高閣,獨抱遺經究終始。"又省作"束閣"。宋陸游劍南詩稿二一醉歌:"讀書三萬卷,仕宦皆束閣。"

【束手無策】喻遇事拿不出辦法對付。五代史平話唐下:"唐軍又到,倉皇駭愕……諸將相束手無策。"也作"束手無措"。元周密癸辛雜識續集下束手無措:"束元嘉知泰州,禁醋甚嚴。有大書于郡門曰:'束手無措'。"

【束帛加璧】束帛之上又加玉璧,古代貴重的禮物。禮郊特牲:"束帛加璧,往德也。"疏:"玉以表德,今將玉加於束帛或錦繡黼黻之上,是以表往歸於德故也,謂主君有德而往貴之。"史記一二一申公列傳:"於是天子使使束帛加璧,安車駟馬迎申公。"

【束馬懸車】管子封禪:"(齊桓公)西伐大夏,涉流沙,束馬懸車,上卑耳之山。"唐尹知章注:"將上山,纏束其馬,懸鈎其車也。"此指行山路時,包裹馬脚,掛牢車子,以防跌滑。形容險隘難行。晉書羊祜傳:"蜀之爲國,非不險也,高山尋雲霓,深谷肆無景,束馬懸車,然後得濟。"也作"懸車束馬"。國語齊:"懸車束馬,踰太行與辟耳之谿拘夏。"辟耳,即卑耳。

杆

1. gàn ㄍㄢˋ 古案切,去,翰韻,見。

㊀木名。廣韻謂即檀木。一說即柘樹。見清王念孫廣雅疏證釋木。

2. gān ㄍㄢ 集韻 居寒切,平,寒韻。

㊁長木棍。漢王充論衡變動:"旌旗垂旒,旒綴於杆,杆東則旒隨而西。"

3. gǎn ㄍㄢˇ

㊂器物上象棍子的細長部分,如筆杆、秤杆。元曲選馬致遠薦福碑三:"遮莫是箭杆雨過,雲雨可更,淋漓辰霤。"也作

"桿"。又戴善夫風光好一："怎發付這一千斤鐵磨桿。"

杅 1. yú ㄩˊ 集韻 雲俱切，平，虞韻。

㊀浴盆。禮玉藻："浴用二巾，上絺下綌。出杅，履蒯席。"注："杅，浴器也。"㊁盛湯漿或食物的器皿。通"盂"。儀禮旣夕禮："兩敦、兩杅、槃匜，匜實于槃中南流。"後漢書七八呂強傳："尸子曰：'君如杅，民如水，杅方則水方，杅圓則水圓。'"注："杅，椀屬也，音于，字亦作盂。"參閱宋王黼等博古圖二十杅總說。㊂通"于"。見"杅杅"。

2. wū ㄨ

㊃牽掣。見"焚杅"。

【杅皮】 公羊傳宣十二年"古者杅不穿，皮不蠹，則不出於四方。"杅，飲水器；皮，裘。穿、蠹，指敗壞。出於四方，指朝聘征伐。意謂旣外出行動，就不免有所損耗，並非意外之事。

【杅杅】 廣大富足貌。杅，通"于"。荀子儒效："是杅杅亦富人已，豈不貧而富矣哉！"注："杅杅，卽于于也，自足之貌。"言廣於學問，猶多財富。

杇 wū ㄨ 哀都切，平，模韻，影。

㊀抹子，塗飾牆壁的工具。爾雅釋宮："鏝謂之杇。"疏："鏝者，泥鏝也。一名杇，塗工之作具也。"㊁塗飾，粉刷。論語公冶長："朽木不可雕也，糞土之牆不可杇也。"

杠 gāng ㄍㄤ 古雙切，平，江韻，見。

㊀牀前橫木。見方言五。急就篇三："奴婢私隸枕牀杠。"㊁竹木等做的竿子。如旌旗的竿子，車蓋的柄等。儀禮士喪禮："竹杠長三尺，置于宇西階上。"宋書禮志五："又漢制，唯賈人不得乘馬車，其餘皆乘之矣。除吏赤蓋杠，餘則青蓋杠云。"㊂小橋。一說獨木橋。孟子離婁下："歲十一月，徒杠成。"㊃星名。晉書天文志上："大帝上九星曰華蓋，所以覆蔽大帝之坐也。蓋下九星曰杠，蓋之柄也。"

【杠梁】 橋。唐柳宗元柳先生集二六興州江運記："杠梁以成，人不履危。"

【杠轂】 指物的中心。車蓋的柄爲杠，車輻湊集的圓木爲轂。隋書天文志上："漢末，揚子雲難蓋天八事，以通渾天。……其八曰：'視蓋橑與車輻間，近杠轂卽密，益遠益疏。今北極爲天杠轂，二十八宿爲天橑輻。以星度度天，南方次地星間當數倍，今交密，何也？'"

杜 dù ㄉㄨˋ 徒古切，上，姥韻，定。

㊀木名。卽杜棃、棠棃。詩小雅杕杜："有杕之杜，有睆其實。"杜樹爲栽培棃的良好砧木。見北魏賈思勰齊民要術四種棃。㊁堵塞，拒絕。書費誓："杜乃擭，敜乃穽。"傳："擭，捕獸機檻，當杜塞之。"釋文："杜，本又作敷。"史記八六李斯傳："彊公室，杜私門，蠶食諸侯，使秦成帝業。"世說新語棲逸"山公（濤）將去選曹"注引嵇康別傳："（山濤）舉康，康辭之，並與山絕，豈不識山之不以一官遇己情邪？亦欲標不屈之節，以杜舉者之口耳。"㊂凡隨意臆造而無根據者稱杜。見"杜撰"。㊃古國名。陶唐氏之後，祁姓。一說卽唐杜氏。也稱蕩杜。春秋初爲秦寧公所滅。見宋羅泌路史國名紀丁。故地在今陝西西安市東南。㊄姓。見廣韻姥、通志二六氏族二以國爲姓。

【杜口】 閉口不言。戰國策秦三："（范睢曰）臣之所恐者，獨恐臣死之後，天下見臣盡忠而身蹷也，是以杜口裹足，莫肯卽秦耳。"漢書六十杜周傳："自尚書近臣皆結舌杜口，骨肉親屬莫不股栗。"

【杜心】 絕念，絕望。晉書周浚傳附周嵩上疏："功業垂就，晉祚方隆，而一旦聽孤臣之言，惑疑似之說，乃更以危爲安，以疏易親，放逐舊德，以佞伍賢，……將令賢智杜心，義士喪志。"

【杜父】 見"杜預"。

【杜主】 ㊀杜伯，周宣王大夫，封於杜，故名。無罪被殺。後三年宣王田於圃，見杜伯乘白馬素車，朱衣冠，射殺宣王。見墨子明鬼下、史記封禪書。㊁見"杜宇"。

【杜田】 宋沈作喆寓簡一："漢田何善易，言易者本田何。何以齊諸田徙杜陵，號杜田生。今之俚諺謂白撰無所本者爲杜田。"因稱臆造無依據者爲杜田。清孫星衍芳茂山人詩錄唐仲冕序："（孫）所著周易尚書，悉取漢晉以前說，縷列綜貫，不作一杜田語。"

【杜母】 見"杜詩㊀"。

【杜宇】 古蜀帝名，化爲杜鵑。後人因稱杜鵑爲杜宇。太平御覽一六六漢揚雄蜀王本紀："杜宇……乃自立爲蜀王，號曰望帝。"又十三州志："當七國稱王，獨杜宇稱帝於蜀，……望帝使鼈冷鑿巫山治水有功，望帝自以德薄，乃委國禪鼈冷，號曰開明，遂自亡去，化爲子規。"子規，卽杜鵑，一稱杜主。文選晉左太沖（思）蜀都賦："碧出萇弘之血，鳥生杜宇之魄。"參閱晉常璩華陽國志蜀志。參見"杜鵑㊀"。

【杜曲】 地名。在今陝西長安縣東少陵原東南。唐時爲大姓杜氏聚居處。杜曲稱北杜，杜固稱南杜。其西爲韋曲，爲韋氏聚居之處。以地近宮闕，又世爲貴官，故當時語曰："城南韋杜，去天尺五。"二家各名其鄉謂之杜曲韋曲。參閱新唐書一〇六杜正倫傳。參見"去天尺五"。

【杜仲】 藥名。又名思仲、思仙、木棉等。皮、葉和果實含膠脂，稱杜仲膠。中醫以皮入藥。相傳昔有杜仲，服此得道，故名。參閱本草綱目三五上木二喬木。

【杜甫】 公元712—770年。字子美。杜審言孫。原籍湖北襄陽，生於河南鞏縣。因居杜曲，在少陵原之東，自稱杜陵布衣少陵野老。舉進士不第，玄宗時獻三大禮賦待制集賢院，又爲宰相李林甫所抑。安祿山攻陷長安，玄宗奔蜀，甫逃至鳳翔肅宗行在，任左拾遺。官軍收復長安後，因疏救房琯，被貶爲華州司功參軍。不久棄官入蜀，依劍南節度使嚴武，在成都西郭築草堂以居。武薦爲檢校工部員外郎。武死，出蜀入湘，病沒於衡陽至耒陽的湘江旅途中。甫工詩歌。因生活在唐由盛轉衰的安史戰亂年代，經歷長期流亡，其詩反映社會動亂和人民疾苦，語言精煉，風格沈鬱，被稱爲"詩史"，與李白同爲唐代第一流詩人，並稱李杜。因有別於杜牧，亦稱老杜，又依其官職，稱杜拾遺杜工部。有杜工部集。新、舊唐書有傳。

【杜佑】 公元735—812年。唐京兆萬年人。字君卿，歷任嶺南淮南等節度使、檢校司徒同平章事等職，封岐國公。精於吏事，勤於學問，著通典二百卷，爲我國記述歷代典章制度的通史巨著。新、舊唐書有傳。參見"通典"。

【杜伯】 ㊀人名。見"杜主㊀"。㊁蠍的別名。見晉陸璣毛詩草木鳥獸蟲魚疏下。

【杜林】 公元？—47年。漢扶風茂陵人。字伯山。光武時，官至侍御史、大司空。父鄴字子夏，長於文字之學，多藏書。林受學於張竦，爲倉頡篇作訓詁。又治經學，曾得漆書古文尚書一卷，傳於衛宏。訓詁已亡，有玉函山房輯佚書本一卷。後漢書有傳。參閱漢書藝文志、倉頡篇清孫星衍序。

【杜門】 閉門，堵門。國語晉一："讒言益起，狐突杜門不出。"史記六八商君傳："公子虔杜門不出已八年矣，……君之危若朝露，尚將欲延年益壽乎？"公子虔，太子傅，以不能教太子守法，商君處以劓刑。

【杜固】地名。見"杜曲"。

【杜牧】公元 803—852 年。京兆萬年人。字牧之，杜佑孫。太和二年擢進士第，復舉賢良方正。曾任監察御史、黄池睦等州刺史，後官至中書舍人。時值中、晚唐，作罪言，提出削藩、強兵、固邊、反佛等主張，又注孫子兵法。詩長於近體，七絶清新俊邁，尤爲後人所推崇。文章奇警縱橫，皆有爲而發。爲別於杜甫，人稱小杜。臨死，悉焚其文章，其甥裴延翰輯其稿，編次爲樊川集。新、舊唐書附杜佑傳。

【杜度】東漢京兆杜陵人。章帝時爲齊相，善草書。建初年間，章帝詔令其草書上章奏，後世稱爲章草。參見"章草"。

【杜若】香草名。一名杜蘅、杜蓮、山薑。葉廣披作針形，味辛香。見政和證類本草七杜若。楚辭屈原九歌湘君："采芳洲兮杜若，將以遺兮下女。"

【杜衍】㊀公元 978 — 1057 年。宋山陰人，字世昌。大中祥符元年進士。仁宗時官御史中丞，拜樞密使。慶曆四年授同平章事，與晏殊韓琦范仲淹富弼同時執政，譏革時弊，爲衆所不便。會衍婿蘇舜欽以用公款宴官，爲言官所劾，除名，衍不自安。又以陳執中譖，罷相。卒謚正獻。宋史有傳。㊁縣名。漢置，屬南陽郡。高祖封王翳爲杜衍侯；東漢建武三年，祭遵擊叛將鄧奉弟終於杜衍，破之。卽此。故地在今河南南陽市西南。參閱後漢書二十祭遵傳、讀史方輿紀要五一南陽府南陽縣。

【杜連】傳說爲春秋時善琴者伯牙之師。文選漢枚叔(乘)七發："景春佐酒，杜連理音。"又作田連。又三國魏嵇叔夜(康)琴賦："伶倫比律，田連操張。"參見"成連"。

【杜格】古代的一種軍事防禦工具，卽陷阱中的尖樁。墨子備蛾傳："杜格，貍四尺，高者十尺，木長短相雜，兑其上，而外內厚塗之。"清孫詒讓閒詁："杜格義難通，疑當作柞格。國語魯語云：'設穽鄂。'韋注云：'穽，柞格也。'柞、杜形近而誤。"

【杜密】公元 ?—169 年。東漢潁川陽城人。字周甫。任泰山太守、北海相時，捕治爲惡之宦官子弟。桓帝時，累官太僕，因黨錮之禍免官。太學生稱之爲"天下良輔杜周甫"。與李膺齊名，時稱李杜。靈帝時陳蕃輔政，復爲太僕。蕃等謀誅宦官曹節王甫，反爲節等所殺，宦官因興大獄，殺李膺等百餘人，目爲黨人。密自殺。參閱後漢書六七黨錮傳。

【杜康】傳說爲最早造酒的人。見世本。因轉稱酒爲杜康。文選三國曹操(魏武帝)短歌行："何以解憂？唯有杜康。"

【杜陵】地名。在今陝西西安市東南。古爲杜伯國。本名杜原，又名樂遊原。秦置杜縣。漢宣帝在此築陵，改名杜陵。三國魏復名杜縣。杜陵東南十餘里有小陵，爲許后葬處，稱少陵。唐杜甫居此，故自稱杜陵布衣少陵野老。宋陸游劍南詩稿三雪晴行益昌道中頗有春意："杜陵雁下歲將殘，匹馬西遊雪擁關。"

【杜郵】古地名。又名杜郵亭孝里亭。在今陝西咸陽市。戰國秦昭王遣武安君白起不得留咸陽，起出咸陽十里，至杜郵，秦王又使使者賜之劍自裁。起遂引劍自殺。卽此地。後常作大將見忌被殺的典故。後漢書五八傅燮傳上疏："夫孝子疑於屢至，市虎成於三夫，若不詳察真僞，忠臣將復有杜郵之戮矣。"參閱史記七三白起傳。

【杜陽】地名。秦杜陽邑。漢置縣，屬右扶風。晉廢。隋改爲麟遊縣。戰國策記蘇代說向壽以杜陽封小令尹，卽此。故地在今陝西麟遊縣西北。參閱清陳芳績歷代地理沿革表十九縣表一、嘉慶一統志二三六鳳翔府。

【杜棃】見"杜㊀"。

【杜絶】堵塞，斷絶。後漢書桓帝紀本初元年詔："臧吏子孫，不得察舉，杜絶邪僞請託之原，令廉白守道者得信(申)其操。"

【杜詩】㊀公元 ?—38 年。東漢河南汲縣人。字君公。建武中官侍御史，七年出任南陽太守。時人以其與西漢時南陽太守邵信臣相比，語曰："前有邵父，後有杜母。"造作水排，鼓風煉鐵，鑄爲農器。又修治陂池，開拓耕地。後漢書有傳。唐李商隱李義山詩集四今月二日……亦詩人詠嘆不足之義也："疲民呼杜母，鄰國仰羊公。"㊁唐杜甫詩的簡稱。清仇兆鰲有杜詩詳注，楊倫有杜詩鏡銓。

【杜預】公元 222—284 年。晉京兆杜陵人。官河南尹、度支尚書。力贊伐吴，繼羊祜都督荆州諸軍事、鎮南大將軍，鎮襄陽。徵發民工，興修水利，灌田萬餘頃，被稱爲杜父。太康元年率兵滅吴，以功封當陽縣侯。博學，多謀略，人稱杜武庫。自謂有"左傳癖"，著春秋左氏傳集解，爲流傳至今最早的左傳注解。晉書有傳。

【杜園】宋方言。宋魏泰東軒筆録："陳繹晚爲敦朴之狀，時謂之熱熟顔回。熙寧中，台州推官孔文仲，舉制科，廷試對策，言時事有可痛哭太息者；執政惡而黜之。繹時爲翰林學士，語與衆曰：'文仲狂躁，真杜園賈誼也。'……杜園、熱熟，皆當時鄙語。"意爲無根據的，假的；猶言杜田。參見"杜田"。

【杜撰】没有根據的臆造。續傳燈録二七宗杲禪師："我也不曾看郭象解並諸家注解，只據我杜撰，說破爾道默然。"朱子語類八十詩一："因論詩，歷言小序大無義理，皆是後人杜撰，先後增益，湊合而成。"杜撰之源，說法不一，或以宋杜默作詩不合格而起(宋王楙野客叢書二十杜撰)；或以爲宋盛度，本作度撰(宋釋文瑩湘山野録)；或以漢田何，治易號杜陵生，由"杜田"轉爲杜撰(宋沈作喆寓簡一)；或以爲南朝梁陶弘景有弟子杜道士，不甚識字，作文往往貽誤後人(清洪亮吉北江詩話五)。皆不足信。

【杜魄】杜鵑鳥的別名。舊傳杜鵑爲古蜀帝杜宇所變，故稱。唐詩紀事三三武元衡送柳侍御裴起居："望鄉臺上秦人去，學射山中杜魄哀。"

【杜諫】諫阻。南史齊廢帝鬱林王紀："與(何)胤謀誅(梁)鸞，令胤受事，胤不敢當，依違杜諫，乃止。"

【杜蔽】蒙蔽。後漢書八十上崔琦傳："今將軍累世台輔，任齊伊、公……不能結納貞良，以救禍敗，反復欲鉗塞士口，杜蔽主聽，將使玄黄改色、馬鹿易形乎？"

【杜舉】春秋晉荀盈(知悼子)卒。平公飲酒擊鐘。宰夫杜蕢責以大臣喪日，不應舉樂。平公引過命蕢揚觶(舉杯)，謂"如我死則必無廢斯爵也"。欲後世以爲戒。事見禮檀弓下。後因以稱享宴禮畢而舉杯爲杜舉。猶後來表示乾杯。文苑英華五七唐裴度黄目樽賦："自合禮於宗彝，匪齊名於杜舉。"

【杜衡】香草名。也作杜蘅。又名杜葵、馬蹄香、土鹵、土細辛。似葵而香，根入藥。楚辭屈原離騷："畦留夷與揭車兮，雜杜衡與芳芷。"又九歌山鬼："被石蘭兮帶杜衡，折芳馨兮遺所思。"一本衡作"蘅"。參閱本草綱目十三草二山草。

【杜黜】排斥。後漢書七四上袁紹傳上書："今賞加無勞，以攜有德；杜黜忠功，以疑衆望。斯豈腹心之遠圖？將乃讒慝之邪說使之然也？"

【杜鵑】㊀鳥名。又作子嶲、子規、鶗鴂、

催歸。唐白居易長慶集十二琵琶引:"其間旦暮聞何物?杜鵑啼血猿哀鳴。"參見"杜宇"。㊁植物名。又名映山紅。春季開紅花。唐李白李太白詩二五宣城見杜鵑花:"蜀國曾聞子規鳥,宣城還見杜鵑花。"

【杜蘭】植物名。1.木蘭,一名杜蘭,皮似桂而香,生零陵山谷及泰山,狀如楠樹。見宋羅願爾雅翼。2.石斛的别名。見"石斛"。

【杜子春】約公元前30—約公元58年。西漢末緱氏人。從劉歆學周禮。至東漢明帝時尚存,年將九十,鄭衆賈逵皆從其受業。始傳周禮之學,鄭玄注周禮多采用其說。玉函山房輯佚書有周禮杜氏注三卷。

【杜父魚】魚名。又名渡父魚、黄鮒魚、舩矴魚、伏念魚。生溪澗中,長二三寸。狀如吹沙而短,歧尾大頭闊口,色黄黑有斑,脊背上有鬐刺,螫人。參閱晉崔豹古今注中魚蟲、本草綱目四四鱗三杜父魚。

【杜光庭】公元850—933年。唐末京兆杜陵人;一說處州縉雲人。懿宗時,應進士不第,入天台山爲道士,著道書多種。僖宗時,任麟德殿文章應制。後避亂入蜀。前蜀王衍任爲諫議大夫,賜號廣成先生傳真天師。晚年隱居青城山白雲溪,號東瀛子。能詩文,作傳奇虬髯客傳,流傳甚廣。著有廣成集。參閱宋張唐英蜀檮杌上、魯迅中國小說史略九唐之傳奇文下。

【杜伏威】公元?—624年。隋末齊州章丘人。大業九年與輔公祏參加長白山起義軍,後向淮南發展,匯合當地各部起義軍,衆至數萬。大業十三年大敗隋軍,攻佔高郵,進軍歷陽,佔有江淮廣大地區。次年,上表隋越王楊侗,被任爲東南道大總管,封楚王。唐武德二年降唐,任東南道行臺尚書令、江淮安撫大使,封吴王。五年,至長安,被留不遣。七年被毒死。新、舊唐書有傳。

【杜如晦】公元585—630年。唐京兆杜陵人。字克明。武德初,爲秦王府兵曹參軍,參與機密。太宗卽位,官至尚書僕射,與房玄齡共掌朝政,朝章制度,多由二人訂定,時人並稱房杜。房多謀,杜善斷,世稱"房謀杜斷"。新、舊唐書有傳。

【杜武庫】見"杜預"。

【杜韋娘】㊀唐歌女名。後爲唐教坊曲名,見唐崔令欽教坊記。唐劉禹錫有贈李紳歌妓詩:"鬖鬌梳頭宫樣粧,春風一曲杜韋娘。"見唐孟棨本事詩情感。㊁詞調名。宋人借唐舊曲另創慢詞,雙調,一百零九字,仄韻。又爲曲牌名。屬南曲仙吕宫。字數與詞調不同。見詞律十九、曲譜五。

【杜秋娘】唐金陵女子。卽杜秋。善歌金縷衣曲。初爲鎮海節度使李錡妾。錡叛唐被殺,杜秋没籍入官,爲憲宗所寵。穆宗立,爲皇子漳王保姆。皇子廢,歸金陵,窮老以終。杜牧樊川集一有杜秋娘詩。唐羅隱甲乙集九金陵思古:"杜秋在時花解言,杜秋死後花更繁。"

【杜荀鶴】公元846—907年。唐末池州石埭人。字彦之,嘗居九華山,自號九華山人。唐昭宗大順二年以第一名擢進士第,依附朱溫(全忠),入梁,官至翰林學士知制誥。以詩名,自成一家,有唐風集三卷。兼工書法,宣和書譜十九稱其筆力遒健,有晉唐遺風。舊五代史有傳。

【杜黄裳】公元738—808年。唐京兆萬年(一說京兆杜陵)人。字遵素。由太常卿升門下侍郎、同平章事。憲宗時,力主討伐割據蜀地的西川節度副使劉辟,削弱藩鎮。後出任河中晉絳等州節度使,封邠國公。新、舊唐書有傳。

【杜審言】約公元645—約708年。字必簡。唐襄陽人,遷河南鞏縣。杜甫祖。中宗時,官至修文館直學士。恃才傲世,自稱:吾文章當得屈宋作衙官,吾筆當得王羲之北面。青年時與李嶠蘇味道崔融並稱"文章四友"。神龍初,以與張易之張昌宗交通罪,流嶺外,歸授國子監主簿。詩多五律。明人輯有杜審言集。新、舊唐書有傳。

【杜蘭香】神話中的仙女名。晉干寶搜神記一有杜蘭香别傳。唐李商隱李義山詩集三重過聖女祠:"萼緑華來無定所,杜蘭香去未移時。"

【杜工部集】唐杜甫詩文集。新唐書藝文志著録樊晃集杜甫集六十卷、小集六卷。散佚。宋王洙編成二十卷,補遺一卷,爲杜詩定本。有商務印書館續古逸叢書影印本。歷代注本甚多,分卷也不同。現存有宋人分門集注杜工部詩,宋郭知達編九家集注杜詩,宋黄希注、黄鶴續黄氏補注杜詩,宋魯訔編、蔡夢弼會箋杜工部草堂詩箋,宋高楚芳輯集千家注杜工部詩集、文集,明王嗣奭杜臆,清錢謙益杜工部集箋注等。清仇兆鰲杜詩詳注,附有年譜和諸家集序,資料最富。

【杜門却掃】閉門息迹。指屏居不與世交接。魏書李謐傳孔璠等上書:"(謐)每曰:'丈夫擁書萬卷,何假南面百城。'遂絶跡下幃,杜門却掃,棄產營書,手自删削,卷無重複者四千有餘矣。"

【杜陽雜編】唐蘇鶚撰。三卷。鶚居武功杜陽,故名。記代宗至懿宗十朝事,共五十二則。所述遠方奇技異物,多出虚構。文詞華麗,後來詩文常取材此書以爲典故。

【杜漸防萌】指防患於未然。後漢書三七丁鴻傳上封事:"若勑政責躬,杜漸防萌,則凶妖銷滅,害除福湊矣。"也作"杜漸防微"。抱朴子明本:"昔之達人,杜漸防微,色斯而逝,夜不待旦,覩幾而作,不俟終日。"

村 cūn ㄘㄨㄣ 此尊切,平,魂韻,清。

本作"邨"。㊀村莊。晉陶潛陶淵明集五桃花源記:"村中聞有此人,咸來問訊。"唐杜甫杜工部草堂詩箋十三石壕吏:"暮投石壕村,有吏夜捉人。"㊁粗俗,土氣。宋戴復古石屏詞望江南:"賈島形模元自瘦,杜陵言語不妨村,誰解學西崑?"元王實甫西廂記一本四折:"老的小的,村的俏的,没顛没倒,勝似鬧元宵。"轉爲劣、狠之意。宋蘇軾東坡集九戲王鞏自謂惡客詩:"連車載酒來,不飲外酒嫌其村。"元曲選關漢卿金線池一:"我老人家如今性子淳善了,若發起村來,怕不筋都敲斷你的!"㊂樸實。元張昱可聞老人集四古邨爲曹迪賦詩:"魏國南來有子孫,至今人物古而村。"題注:"宋曹利用之後人。"㊃有冒犯、衝撞之意。水滸二:"王進道:'小官人若是不當村時,較量一棒耍子。"紅樓夢六二:"黛玉自悔失言,原是打趣寶玉的,就忘了村了彩雲了。"

【村沙】粗野,土氣。元曲選康進之李逵負荆二:"宋江云:'你看黑牛(李逵)這村沙樣勢那。'"古今雜劇缺名王矮虎大鬧東平府三:"我如今變了姓名,改了穿張,俺莊家乍入城池,改不了村沙的勢樣。"

【村客】㊀鄙俗的人。唐白居易長慶集十五渭村酬李二十見寄詩:"莫歎學官貧冷落,猶勝村客病支離。"㊁宋張景修(敏叔)作十客圖,品花爲十客,如以牡丹爲貴客,梅花爲清客,安石榴爲村客等。參見"十客㊀"。

【村校】舊時鄉村的學塾。唐元稹白氏長慶集序:"予嘗於平水市中,見村校諸童競習詩,召而問之,皆對曰:'先生教我樂天微之詩'。固亦不知予之爲微之也。"

【村書】舊時農村幼童的啟蒙讀物。宋陸游劍南詩稿二五秋日郊居:"授罷村書閉門睡，終年不著面看人。"自注："農家十月乃遣子入學，謂之冬學；所讀雜字百家姓之類，謂之村書。"

【村氣】土氣，俗氣。唐劉餗隋唐嘉話中："薛萬徹尚丹陽公主，太宗嘗謂人曰：'薛駙馬村氣。'主羞之，不與同席數月。"

【村落】鄉人聚居之處。三國志魏鄭渾傳："入魏郡界，村落齊整如一，民得財足用饒。"梁書張弘策傳："緣江至建康，凡磯浦村落，軍行宿次，立頓處所，弘策逆爲圖測，皆在目中。"

【村塢】村莊。塢，周圍高而中間低的地方。北周庾信庾子山集四杏花詩："依稀暎村塢，爛熳開山城。"唐杜甫杜工部草堂詩箋二十發閬中："前有毒蛇後猛虎，溪行盡日無村塢。"

【村墟】鄉村集市。北周庾信庾子山集四寒園卽目詩："寒園星散居，摇落小村墟。"唐王維王右丞集十八山中與裴秀才迪書："村墟夜舂，復與疎鐘相間。"

【村學】舊時鄉村的學塾。宋胡仔苕溪漁隱叢話三二："若石曼卿(延年)紅梅詩'認桃無綠葉，辨杏有青枝'，此至陋語，蓋村學中體也。"東坡志林十七作"村學究體"。

【村夫子】指鄉村塾師。宋劉攽貢父詩話："楊大年(億)不喜杜工部詩，謂爲村夫子。"宋陸游渭南文集四七入蜀記："泊沱漖。皆聚落，竹樹鬱然，民居相望，亦有村夫子聚徒教授。"又劍南詩稿八一春日雜興之五："今朝偶遇村夫子，借得齊民一卷書。"

【村學究】鄉村塾師。宋缺名道山清話："予頃時於陝府道間，舍於逆旅，因步行田間，有村學究教授二三小兒，閒與之語，皆無倫次。"元曲選缺名百花亭二："你是個豫章城落了第的村學究。"

材 cái ㄘㄞˊ 昨哉切，平，咍韻，從。

㊀木料。孟子梁惠王下："斧斤以時入山林，材木不可勝用也。"國語鄭："祝融亦能昭顯天地之光明，以生柔嘉材者也。"㊁原料，材料。凡自然資源，可供製造成品者，均稱材。左傳隱五年："凡物不足以講大事，其材不足以備器用，則君不舉焉。"注："材謂皮革齒牙骨角毛羽也。"又襄二七年："天生五材，民並用之，廢一不可。"注："金木水火土也。"㊂果實。周禮地官委人："掌斂野之賦斂，薪芻，凡疏材木材，凡畜聚之物。"疏："疏是草之實，材是木之實。"㊃資質。禮中庸："故天之生物，必因其材而篤焉。"㊄棺材的簡稱。陳書周弘正傳附周弘直："氣絶已後，便買市中見材，材必須小形者。"㊅才能，才幹。通"才"。書咸有一德："任官惟賢材，左右惟其人。"㊆安排。同"裁"。國語鄭："計億事，材兆物。"荀子富國："治萬變，材萬物，養萬民。"

【材力】㊀勇力，膂力。吴子料敵："其有工用五兵，材力健疾，志在吞敵者，必加其爵列，可以決勝。"史記殷紀："(紂)材力過人，手格猛獸。"㊁才能。漢書六五東方朔傳："徵天下舉方正賢良文學材力之士，待以不次之位。"

【材人】㊀有才能的人。左傳文十六年："國之材人，無不事也。"㊁量材任人。荀子君道："材人，愿慤拘録，計數纖嗇而無敢遺喪，是官人使吏之材也。"㊂天子內官名。漢書藝文志歌詩著録有詔賜中山靖王子噲及孺子妾冰未央材人歌詩四篇。參見"才人"。

【材士】㊀勇武之士。墨子備水："選材士有材力者三十人共船。"戰國策東周："宜陽城方八里，材士十萬，粟支數年。"㊁智謀之士。呂氏春秋報更："魏氏人張儀，材士也。"

【材吏】猶言能吏。新唐書一二九嚴挺之傳："舉進士，並擢制科，調義興尉，號材吏。"

【材技】卓越的技藝。荀子王制："案謹募選閱材技之士。"注："材技，武藝過人者，猶漢之材官也。"一本技作伎。唐韓愈昌黎集三六祭鱷魚文："刺史則選材技吏民，操强弓毒矢，以與鱷魚從事。"

【材官】㊀區別各物的特性，使物盡其能。荀子解蔽："經緯天地而材官萬物。"注："材謂當其分，官謂不失其任。"㊁勇武之卒。史記九六申屠嘉傳："以材官蹶張從高帝擊項籍，遷爲隊率。"漢應劭漢官儀上："高祖命天下郡國選能引關蹶張材力武猛者，以爲輕車、騎士、材官、樓船，常以立秋後講肄課試，各有員數。平地用車騎，山阻用材官，水泉用樓船。"㊂官名。1. 漢置材官將軍，領郡國材官士以出征，師還則省。史記一〇八韓長孺傳："太中大夫李息爲材官將軍。"2. 魏晉以後，置材官校尉，領工匠土木之事。見晉書職官志少府。

【材武】有材力而又勇武。史記九三韓王信傳："上以韓信材武，所王北近鞏洛，南迫宛葉，東有淮陽，皆天下勁兵處。"宋史孝宗紀三淳熙十一年："二月甲申詔兩淮、京西、湖北萬弩手令在家閲習，每州許歲上材武者一二人，試授以官，如四川義士之制。"

【材氣】同才氣。漢書五四李廣傳："李廣材氣，天下亡雙。"史記一〇九李將軍傳作"才氣"。

【材望】才德和聲望。唐張景毓大唐朝散大夫行潤州句容縣令岑君德政碑："君之兄羲，材望冠時，聲名動俗。"(觀妙齋藏金石文考略六)。

【材略】才智謀略。漢書六十杜周傳附杜欽姪業上書："竊見朱博忠信勇猛，材略不世出，誠國家雄俊之寶臣也。"參見"才略"。

【材幹】㊀木材。漢書九一貨殖傳序："五穀六畜及至魚鼈鳥獸雚蒲材幹器械之資，所以養生送終之具，靡不皆育。"㊁材能。史記一一八淮南王安傳："騎上下山若蜚，材幹絶人。"

【材質】才能資質。漢書哀帝紀："臣幸得繼父守藩爲諸侯王，材質不足以假充太子之宫，……臣願且得留國邸，旦夕奉問起居。"

【材樸】指尚未製成器具的木材。史記八五屈原傳懷沙賦："材樸委積兮，莫知余之所有。"唐王勃王子安集十五梓州郪縣兜率寺浮圖碑："則知威容下麗，羣生鮮瞻仰之因；材樸重琱，黎人有子來之地。"

【材器】㊀材木之屬。周禮夏官掌固："任其萬民，用其材器。"㊁才能器識。漢書七二王吉傳："自吉至崇，世名清廉，然材器名稱稍不能及父，而祿位彌隆。"

【材疎志大】志向雖大而才能不足。宋陸游劍南詩稿九大風登城："材疎志大不自量，西家東家笑我狂。"

杙 yì ㄧˋ 與職切，入，職韻，喻。

㊀木名。爾雅釋木："劉，劉杙。"注："劉子生山中，實如梨，酢甜，核堅，出交趾。"㊁一頭尖的短木，小木樁。左傳襄十七年："齊人獲臧堅……(臧堅)以杙抉其傷而死。"梁釋慧皎高僧傳三曇無竭："行經三日，復過大雪山，懸崖壁立，無立足處。石壁皆有故杙孔，處處相對，人各執四杙，先拔下杙，手攀上杙，展轉相攀，經日方過。"㊂拴繫於木樁。唐劉禹錫劉夢得集二五救沈志："相與乘堅舟，挾善器，維以修紼，杙於崇丘。"宋王安石臨川集一後元豐行："老翁塹水西南流，楊柳中間杙小舟。"

杕 1. dì ㄉㄧˋ 特計切，去，霽韻，定。

㊀樹木孤零獨立。詩唐風杕杜："有杕之杜，其葉湑湑。"

2. duò ㄉㄨㄛˋ 集韻 待可切,上,哿韻。

㊀船尾梢木。同"柁"。淮南子說林:"心所說,毁舟爲杕;心所欲,毁鐘爲鐸。"注:"杕,舟尾。"

【杕杜】孤生的杜棃樹。詩篇名。有二:1.唐風杕杜序:"刺時也。君不能親其宗族,骨肉離散,獨居而無兄弟。"宋朱熹集傳:"此無兄弟者,自傷其孤特而求助於人之辭。"後多用以比喻骨肉情誼。南朝梁江淹江文通集四王侍中懷德詩:"既傷蔓草別,方知杕杜情。"2.詩小雅杕杜序:"勞還役也。"後多用爲歡慶凱旋的典故。南朝梁沈約沈隱侯集正陽堂宴凱旋詩:"昔往歌采薇,今來歡杕杜。"唐杜甫杜工部草堂詩箋十一收京:"賞應歌杕杜,歸及薦櫻桃。"

杖

zhàng ㄓㄤˋ 直兩切,上,養韻,澄。

㊀手杖,枴杖。禮曲禮上:"大夫七十而致事,若不得謝,則必賜之几、杖。"㊁棍棒或棍狀物。孔子家語六本:"舜之事瞽瞍……小棰則待過,大杖則逃走。"唐王維王右丞集四過盧員外宅看飯僧詩:"上人飛錫杖,檀越施金錢。"宋司馬光涑水記聞一:"太祖(趙匡胤)姊面如鐵色,方在廚,引麪杖逐太祖擊之。"㊂兵器。通"仗㊀"。漢書九六上西域傳:"(烏弋)以金銀飾杖。"注:"杖謂所持兵器也。"㊃刑具。魏書刑罰志:"民多不勝而誣引,或絕命於杖下。"又刑法名。用大荆條、大竹板或棍棒抽擊人的背、臀或腿部。自隋起定爲五刑(笞、杖、徒、流、死)之一。參閱隋書刑法志、唐律疏議一名例。㊄搒打。後漢書三九劉平傳序:"(薛)包日夜號泣,不能去,至被毆杖。"宋王讜唐語林六穆寧:"寧命諸子直饌,稍不如意,則杖之。"㊅執持。通"仗㊃"。書牧誓:"王左杖黃鉞,右秉白旄以麾。"㊆憑倚。左傳襄八年:"舍之聞之,'杖莫如信'。完守以老楚,杖信以待晉,不亦可乎?"

【杖式】古時刑杖的式樣。金史刑志:"上以法不適平,……鑄銅爲杖式,頒之天下。"又:"外官尚苛刻者不遵銅杖式,輒用大杖,多致人死。"

【杖林】梵語曳瑟知林,義譯杖林。佛教故事,說有婆羅門不信釋迦身長丈六,乃以丈六竹杖,以量佛身。婆羅門於杖端增長,佛身亦隨長,不可窮究,乃投杖而去,後遂成林。見大唐西域記九。

【杖咸】放置手杖的匣子。周禮秋官伊耆氏:"掌國之大祭祀,共其杖咸。"注:"咸讀爲函。老臣雖杖於朝,事鬼神尚敬,去之。有司以此函藏之,既事乃授之。"

【杖架】度量刑杖長短的架具。新唐書一三四宇文融傳附宇文審:"後擢進士第,累遷大理評事。以夏楚大小無制,始創杖架,以高庳度杖長短。"

【杖拏】莊子漁父:"(孔子)乃下求之,至於澤畔,(漁父)方將杖拏而引其船。"釋文:"拏,女居反。司馬云:橈也。"卽船篙。後用爲漁父的代稱。北周庾信庾子山集五奉和永豐殿下言志詩之九:"漢陰逢荷蓧,緇林見杖拏。"

【杖記】宋代武官把帶領兵伍之數寫在所執杖梃上的一種記事方式。宋曾慥類說五三談苑杖記:"先是軍校皆以所掌兵甲之數,細書著所持梃,謂之杖記,如笏記焉。"又見宋史二六〇黨進傳。

【杖國】古代一種尊老禮制。禮王制:"五十杖於家,六十杖於鄉,七十杖於國,八十杖於朝。"又曲禮上:"大夫七十而致事。"後因以杖國指大臣七十歲告老致仕。文苑英華六〇三唐上官儀盧岐州請致仕表:"是以杖國之儀,曩籍之通訓。"又代劉幽州請致仕表:"加以鐘漏已殫,齒歷云暮,杖國之年斯及,夜行之懼載深。"

【杖期】舊時一種服喪禮制。凡守喪一年者稱期(jī)服;期服中用杖的稱"杖期"。如嫡子、衆子爲庶母喪,或父母已亡,夫爲妻喪,都服杖期。期服中不用杖的稱"不杖期"。參閱儀禮喪服傳、禮喪大記。參見"不杖期"。

【杖朝】禮王制:"八十杖於朝。"古代大臣年老不告退,則賜杖。因以杖朝指年老而繼續在朝。唐韓偓玉山樵人集歲九月在蕭灘鎮……因批四十字詩:"若爲將朽質,猶擬杖於朝。"

【杖鄉】禮王制:"六十杖於鄉。"後因用作六十歲的代稱。南朝梁任昉任中丞集答到建安餉杖詩:"勞君尚齒意,矜此杖鄉辰。"北周庾信庾子山集四園庭詩:"杖鄉從物外,養學事閑郊。"參見"杖國"。

【杖策】策,也作"筴"。㊀執鞭。指驅馬而行。莊子讓王:"大王亶父居邠,狄人攻之,……因杖筴而去之。"呂氏春秋審爲作"杖策"。後漢書十六鄧禹傳:"及聞光武安集河北,卽杖策北渡,追及於鄴。"㊁扶杖。晉陸雲陸士龍集一逸民賦:"杖短策而往兮,乃枕石而漱流。"唐杜甫杜工部詩史補遺六別常徵君:"兒扶猶杖策,卧病一秋强。"

【杖義】憑正義而行事。三國志魏桓階傳:"曹公雖弱,杖義而起,救朝廷之危,奉王命而討有罪,孰敢不服?"點校本作"仗"。參見"仗義"。

【杖鼓】樂器名。以木爲框,細腰,以皮冒之,上飾五綵繡帶,右擊以杖,左拍以手。新唐書禮樂志:"革有杖鼓、第二鼓、第三鼓、腰鼓、大鼓。"宋沈括夢溪筆談五樂律:"唐之杖鼓木,謂之兩杖鼓,兩頭皆用杖。今之杖鼓,一頭以手拊之,則唐之漢震等二鼓也。"

【杖節】執持符節。古代大臣出使或大將出師,皇帝授予符節,作爲憑證及權力的徵象。漢書一〇〇下敍傳:"博望杖節,收功大夏。"博望,卽張騫。又九九上王莽傳:"以太保甄邯爲大將軍,受鉞高廟,領天下兵,左杖節,右把鉞,屯城外。"

【杖鉞】書牧誓:"(武)王左杖黃鉞,右秉白旄以麾。"漢書五行志上:"出軍行師,把旄杖鉞,誓士衆,抗威武,所以征畔逆止暴亂也。"指手持黃色大斧,表示威力。後因用以比喻掌握兵權或鎮守一方。晉書張軌傳:"軌少府司馬楊胤言於軌曰:'今(韓)稚逆命,擅殺張輔,明公杖鉞一方,宜懲不恪。'"

【杖端】同"杖頭"。宋蘇軾分類東坡詩十五贈王子直秀才:"萬里雲山一破裘,杖端閑挂百錢遊。"詳"杖頭錢"。

【杖劍】持劍。同"仗劍"。史記陳丞相世家:"陳平懼誅,乃封其金與印,使使歸項王,而平身閒行杖劍亡。"也用以比喻舉兵起事。後漢書六七黨錮傳序:"及漢祖杖劍,武夫敦興。"

【杖錫】執持錫杖。錫杖,僧人所用法器。梁釋慧皎高僧傳一康僧會:"僧會欲使道振江左,興立圖寺,乃杖錫東遊。"借指僧人雲遊。唐杜甫杜工部草堂詩箋十四宿贊公房:"杖錫何來此,秋風已颯然。"因亦稱僧人爲"杖錫客"。唐白居易長慶集五二遊坊口懸泉偶題石上詩:"時逢杖錫客,或值垂綸叟。"參見"錫杖"。

【杖屨】屨,也作"屦"。㊀禮內則:"父母姑舅之衣、衾、簟、席、枕、几,不傳;杖、屨,祇敬之,勿敢近。"古禮五十歲老人得扶杖,又古人入室,鞋必脫於室外。爲尊敬長輩,長者可入室而後脫鞋。後遂用"杖屨"爲敬老之詞,不指其人,以示敬意。唐李商隱李義山詩集五贈華陽宋眞人兼寄清都劉先生:"不因杖屨逢周史,徐甲何曾有此身?"又文集三爲山南薛從事謝辟啟:"方思捧持杖履,廁列生徒,豈意便上仙舟,遽塵蓮府。"㊂扶杖漫步。唐杜甫杜工部草堂詩箋三七祠南夕望:"興來猶杖屨,目斷更雲沙。"宋辛棄疾稼軒詞水調歌頭盟鷗:"先生杖屨無事,一日走千回。"

【杖藜】持藜莖爲杖。泛指扶杖而行。莊子讓王:"子貢乘大馬……往見原憲。原憲華冠縰履,杖藜而應門。"唐杜甫杜工部詩史補遺一漫興九絶:"腸斷春江欲盡頭,杖藜徐步立芳洲。"

【杖鼓曲】樂曲名。用杖鼓爲伴奏的樂曲。宋張端義貴耳集中:"唐詩:'媚賴吳娘唱是鹽,更奏新聲利骨鹽。'謂之'鹽'者,吟行曲引之類,樂府解題謂之杖鼓曲也。"

【杖頭錢】世說新語任誕:"阮宣子(脩)常步行,以百錢掛杖頭,至酒店便獨酣暢。"又見晉書阮脩傳。後因稱買酒錢爲杖頭錢。唐駱賓王集四冬日宴詩:"二三物外友,一百杖頭錢。"省作"杖錢"。明詩別裁十一顧夢游社集天界循公房:"杖錢曾不繫,隨意乞香廚。"

【杖杜宰相】唐李林甫典選部時,選人嚴迥判語中有"杕杜"二字,林甫不識"杕"字,讀爲"杖杜",時人因譏爲"杖杜宰相"。見舊唐書一〇六李林甫傳。

杌 wù ㄨˋ 五忽切,入,没韻,疑。

㊀樹無枝。見玉篇。㊁搖。史記一一七司馬相如傳上林賦:"揚翠葉,杌紫莖。"集解:"郭璞曰:杌,搖也。"㊂坐具。一種小凳子。宋史二八三丁謂傳:"(帝)遂賜坐,左右欲設墩,謂顧曰:'有旨復平章事。'乃更以杌進。"亦稱杌子。參見該條。㊃見"杌隉"。

【杌子】坐具。宋曾慥類說三四引摭遺:"唐明皇召安祿山,用矮金裹脚杌子賜坐。"水滸二四:"(武松)掇個杌子,自近火邊坐地。"

【杌杌】痴獃貌。史記一〇七魏其侯傳附灌夫"且帝寧能爲石人邪"唐張守節正義:"顏師古云:'言徒有人形耳,不知好惡。'按:今俗云人不辨事,罵云杌杌若木人也。"

【杌隉】不安貌。書秦誓:"邦之杌隉,曰由一人。"元趙孟頫松雪齋集四晉公子奔狄圖邀端父御史同賦:"杌隉居蒲日,艱難奔狄時。"參見"臲卼"。

杞 qǐ ㄑㄧˇ 墟里切,上,止韻,溪。

㊀木名。1.枸杞。詩小雅四牡:"翩翩者鵻,載飛載止,集于苞杞。"2.杞柳。詩鄭風將仲子:"將仲子兮,無踰我里,無折我樹杞。"㊁古國名。相傳周武王封夏禹後人東樓公於杞。後爲楚所滅。地在今河南杞縣。參閲史記周紀及六國年表。㊂姓。以國爲姓。見元和姓纂六。

【杞狗】即枸杞。宋蘇軾東坡集續集和陶一百二十首和桃花源詩:"苓龜亦晨吸,杞狗或夜吠。"舊傳千歲枸杞,其形如犬,故曰杞狗。參閲本草綱目三六木三枸杞。

【杞柳】木名。枝條韌,可編製箱筐等器物。孟子告子上:"告子曰:'性猶杞柳也,義猶桮棬也,以人性爲仁義,猶以杞柳爲桮棬。'"

【杞梓】指杞和梓兩種優質木材。用以比喻優秀人材。國語楚上:"晉卿不若楚,其大夫則賢。其大夫皆卿材也,若杞梓、皮革焉,楚實遺之。"晉書陸機陸雲傳論:"觀夫陸機陸雲寔荆衡之杞梓,挺珪璋於秀實,馳英華於早年。"

【杞菊】枸杞與菊花。其嫩苗均可供食用。唐陸龜蒙甫里集十四杞菊賦序:"天隨子宅荒,少牆屋,多隙地,著圖書所,前後皆樹以杞菊,春苗恣肥,日得以採擷之以供左右杯案。"

【杞憂】"杞人憂天"的省略。詳該條。

【杞縣】縣名。屬河南省。古雍國。相傳周武王封夏後代東樓公於此。漢爲雍丘縣,隋唐爲杞州。五代晉改爲縣。明清皆屬河南開封府。見寰宇通志八三開封府上杞縣。

【杞梁妻】㊀春秋齊大夫杞梁,一作芑梁,名殖(一作植),齊莊公四年,齊襲莒,杞梁戰死。其妻迎喪於郊,枕屍哭甚哀,過者莫不揮涕,十日而城爲之崩。按孟子告子下、左傳襄二三年、禮檀弓下、韓詩外傳六,皆謂迎喪而哭,無向城而哭、城爲之崩事。至列女傳貞順始有哭城城崩之說,城指莒城。王充論衡變動以哭城與城崩爲偶然巧合,可見故事在東漢已經流行。至孟子宋孫奭疏始言其妻名孟姜,以後遂演爲孟姜女哭長城之傳說故事。㊁歌曲名。傳說杞梁妻妹悲其姊事而作。參閲晉崔豹古今注中音樂。

【杞人憂天】列子天瑞:"杞國有人,憂天地崩墜,身亡所寄,廢寢食者。"後因稱没有根據或不必要的憂慮爲杞人憂天。唐李白李太白詩三梁甫吟:"白日不照吾精誠,杞國無事憂天傾。"或省作"杞憂"。清趙翼甌北詩鈔絶句二冬暖:"陰陽調變何關汝,偏是書生易杞憂。"

【杞宋無徵】論語八佾:"子曰:'夏禮吾能言之,杞不足徵也;殷禮吾能言之,宋不足徵也。文獻不足故也。'"後因稱事之缺乏證明資料者爲杞宋無徵。

杝 1. yí ㄧˊ 弋支切,平,支韻,喻。

㊀木名。即椴木。形似白楊。古人多用以作棺。禮檀弓上:"杝棺一,梓棺二。"爾雅釋木作"椸"。

2. chǐ ㄔˇ 池爾切,上,紙韻,澄。

㊁順着木紋劈開。詩小雅小弁:"伐木掎矣,析薪杝矣。"一本作"扡"。

3. lí ㄌㄧˊ 集韻鄰知切,平,支韻。

㊂籬笆。廣雅釋宮:"欏、柞、藩、篳、欐、落,杝也。"唐釋玄應一切經音義十四四分律"柵欐"引通俗文:"柴垣曰杝,木垣曰柵。"也作"椸"。北魏賈思勰齊民要術序:"椸落不完,牆垣不牢。"

4. duò ㄉㄨㄛˋ

㊃船舵。通"柁"。後漢書八十下趙壹傳刺世疾邪賦:"安危亡於旦夕,肆嗜慾於目前,奚異涉海之失杝,積薪而待燃。"注:"杝可以正船也。音徒我反。"

李 lǐ ㄌㄧˇ 良士切,上,止韻,來。

㊀木名。果圓形,紫紅色,可食。詩大雅抑:"投我以桃,報之以李。"㊁星名。史記天官書:"左角,李;右角,將。"㊂通"理"。古獄官叫司理,也叫司李。管子法法:"皋陶爲李。"注:"古治獄之官。"參見"李法"。㊃使者。見"行李"。㊄姓。皋陶爲堯大理,以官命族爲理氏,理、李字古通。見通志二八氏族三以官爲氏。

【李下】㊀樂府詩集三二古辭君子行:"瓜田不納履,李下不正冠。"瓜田與李下,皆爲容易引起嫌疑之地。南朝陳徐陵徐孝穆集三謝兒報坐事付治中啟:"夫拾金樵路,高士所羞;整冠李下,君子斯慎。"參見"瓜田李下"。㊁新唐書一一九李乂傳:"進吏部侍郎,仍知制誥。與宋璟等同典選事,請謁不行,時人語曰:'李下無蹊徑。'"蹊徑,小路,李樹下無小路,比喻李乂秉公無私。取古諺"桃李不言,下自成蹊"之意而反用之。參見"桃李不言"。

【李玉】明末吳縣人。字玄玉,號蘇門嘯侶一笠庵嘯人。崇禎末,中鄉試副榜。所作傳奇四十餘種,今存一捧雪人獸關永團圓占花魁(合稱“一人永占”)清忠譜等十餘種。又在徐于室鈕少雅所輯基礎上,編訂北詞廣正譜,爲研究北曲的重要資料。

【李白】公元701—762年。唐隴西成紀人。其先代隋末流寓西域,故白出生於安西都護府所屬碎葉城。神龍初年,遷居蜀中綿州彰明縣(一作昌明縣)青蓮鄉。嘗寓居山東,亦稱山東人。字太白,號青蓮居士。天寶初,入長安,經賀知章吳筠推薦,任翰林院供奉。以蔑視權貴,遭讒出京。遊歷江湖,縱情詩酒。以坐永王(李璘)之亂,被流放夜郎,途中遇赦,依族人當塗令李陽冰。不久病卒。李白詩歌想像豐富,語言豪放,氣勢雄偉,繼承詩經楚辭樂府和民歌傳統,不受格律束縛,古風歌行,尤具特色。與杜甫齊名,世稱李杜。有李太白詩三十卷。新、舊唐書有傳。

【李冰】戰國秦昭王時蜀郡守。鑿離堆,避沫水害,分岷江爲內外二支,修隄作堰,清除水患,卽今之都江堰。參閱史記河渠書、漢書溝洫志。

【李耳】㊀卽老子。見“老子”。㊁虎的别名。方言八:“虎,陳魏宋楚之間或謂之李父,江淮南楚之間謂之李耳。”本草綱目五一上獸二虎:“李耳當作狸兒,蓋方言狸爲李,兒爲耳也。今南人猶呼虎爲貓,卽此意也。”

【李成】公元919—967年。五代人。字咸熙。其先世本唐朝宗室,五代時,避地北海,遂居青州營丘。擅畫山水。初學王維荆浩畫法,後又着意觀察自然景物,融會貫通之。畫平遠寒林尤工,其法用淡墨拖抹,善加剪裁,人稱其惜墨如金。與長安關同、華原范寬號爲五代北宋山水畫三大宗師。時人尊稱李營丘而不名。參閱宣和畫譜十一李成傳、佩文齋書畫譜五十畫家傳六。

【李沆】公元947—1004年。宋洺州肥鄉人。字太初。太平興國五年舉進士。太宗時爲右補闕知制誥,禮部侍郎。真宗時爲相。時以西北用兵,沆謂少有憂勞,足爲警戒。後與契丹和親,沆又謂邊患既息,恐人主漸生侈心,因日取四方水旱災情等事奏之,以使知四方艱難。及沆卒,真宗果大肆封禪山川,修建宫觀,時人乃推沆有先識之遠。謚文靖。宋史有傳。

【李赤】唐柳宗元撰李赤傳,敍赤爲江湖浪人,自云爲詩類李白,因號李赤。後發狂,而移情易性,以致是非向背顛倒。見唐柳宗元柳先生集十七。後人因附會李赤爲廁鬼。見元周密齊東野語十都廁。

【李杜】同時著名的李杜二人。1. 東漢李固杜喬因反對權臣梁冀而被殺,世稱李杜。後漢書六三李杜傳贊:“李杜司職,朋心合力。”2. 東漢李膺、杜密同被黨錮之禍,入獄,稱李杜。後漢書六七杜密傳:“黨事既起,免歸本郡,與李膺俱坐,而名行相次,故時人亦稱李杜焉。”3. 東漢李雲以忠諫獲罪,杜衆上書願與雲同日死,時稱李杜。見後漢書三十下襄楷傳。4. 唐詩人李白杜甫齊名,並稱李杜。唐韓愈昌黎集五調張籍:“李杜文章在,光焰萬丈長。”5. 李商隱杜牧同爲晚唐詩人,後人亦有稱爲“李杜”或“小李杜”者。

【李泌】公元722—789年。字長源。先世遼東襄平人,徙居京兆。唐天寶中,以翰林供奉東宫,歷仕玄肅代德四朝,以圖謀畫策見重,出入中禁,位至宰相。數爲權倖忌嫉,常以智免,屢退屢進,封鄴縣侯,世稱李鄴侯。新、舊唐書有傳。

【李法】古兵書名。漢書六七胡建傳上奏:“黃帝李法曰:‘壁壘已定,穿窬不繇路,是謂姦人,姦人者殺。’”注:“李者,法官之號也,總主征伐刑戮之事也,故稱其書曰李法。”理、李古通。

【李昉】公元925—996年。宋深州饒陽人。字明遠。五代時曾仕後漢後周兩朝,至宋兩任中書侍郎平章事。爲文淺近易曉,有文集五十卷,已佚。曾主編太平御覽太平廣記文苑英華三書,與册府元龜,合稱北宋四大書。又參與編纂舊五代史。宋史有傳。

【李杲】公元1180—1251年。金真定人。字明之,自號東垣老人。曾從張元素學醫,盡傳其業,名乃出於元素上。對治傷寒、癰疽、眼目等疑難重症,尤爲專精,有“神醫”之稱。其論以爲內傷病因,多由於飲食勞倦,故主張調理脾胃。脾胃屬土,所以又被稱爲“補土派”。著有傷寒辨惑論脾胃論蘭室祕藏等書。元史有傳。

【李昇】唐末成都人,小字錦奴。其畫初學李思訓筆法,後乃自闢路徑,筆意幽閒,與王維相似。見宣和畫譜三。

【李牧】公元前?—前229年。戰國趙人。守趙北邊。習騎射,謹烽火,多間諜,匈奴不敢犯邊。趙王遷三年,以戰敗秦軍功,封武安君。七年秦遣王翦伐趙,趙以牧與司馬尚爲將,秦行反間,言牧等欲反,趙王使趙葱顏聚代牧,牧不受命,被殺。次年,王翦滅趙。見史記八一李牧傳。

【李侗】公元1093—1163年。宋劍浦人。字愿中。從同郡羅從彥習理學。以爲學問之道,不在多言,祇須靜坐澄心,可從靜中看喜怒哀樂未發之前的氣象如何,以體認天理。世號延平先生。其弟子朱熹輯侗平時講授語録爲延平答問。宋史四二八有傳。參閱宋元學案三九豫章學案。

【李春】隋人。大業年間設計修建安濟橋(在今河北趙縣,一名大石橋,簡稱趙州橋),是當時跨度最大的石拱橋,也是我國現存最古的大石橋。長期以來,當地流行着“華北四寶”的民謠:“滄州獅子應州塔,正定菩薩趙州橋。”唐李翱有趙州石橋銘(李文公集十七)。參閱嘉慶一統志五一趙州一津梁。

【李昪】公元888—943年。五代徐州人。本名李知誥,字正倫。爲吳國丞相徐温養子,改名徐知誥。繼温執政,封齊王。天祚三年,吳主楊溥讓位於昪,建號大齊,改元昇元,都金陵(今江蘇南京市)。後自稱唐玄宗後裔,因又改姓李氏,名昪,建號唐,史稱南唐。公元937—943年在位。參閱新五代史南唐世家。

【李唐】㊀李淵建王朝號唐,故稱李唐。全唐詩六七三周朴弔李羣玉:“羣玉才名冠李唐,投書换得校書郎。”㊁約公元1050—?年。宋河陽三城人,字晞古。徽宗時,入畫院。高宗時,授成忠郎、畫院待詔。善畫人物山水,晚年去繁就簡,筆力益健。尤以畫牛著稱。與劉松年馬遠夏陸合稱南渡以後的四大畫家。參閱元夏文彥圖繪寶鑑四。

【李悝】約公元前455—前395年。一作李克。戰國初期魏國人。爲魏文侯相,廢除世卿世禄,提倡耕作,獎勵開荒,以盡地力;儲糧備荒,實行平糴,使魏國富强。整理諸國刑法,編成法經六篇。又有李子三十二篇,已佚。參閱漢書食貨志上。

【李益】公元748—827年。唐姑臧人。字君虞。大曆四年進士。長於詩歌,與李賀齊名。尤長七絕,每作一篇,常爲當時樂工入樂傳唱,或繪於圖畫。憲宗時,爲祕書少監,集賢殿學士。時又有太子庶子李益同在朝,故人言文章李益以别之。有李益集。新、舊唐書有傳。

【李晟】公元727—793年。唐洮州臨潭人。字良器。初爲邊鎮裨將,後任右神策軍都將。德宗時,率軍討藩鎮田悅等叛亂。建中四年擊敗叛據長安的朱泚，收復京師。累官至太尉兼中書令，封西平郡王。新、舊唐書有傳。

【李邕】公元678—747年。唐揚州江都人。字泰和。李善之子。玄宗時，曾爲北海太守，世稱李北海。能文，尤長碑頌；善書，初學王羲之，後乃擺脱形迹，自具風格，時稱"書中仙手"。爲人剛强激烈，屢忤權貴，數遭貶斥，後爲李林甫所殺。杜甫八哀詩中有悼邕之作。碑刻拓本存麓山寺碑、東林寺碑、雲麾將軍李思訓碑等。明人輯有李北海集，新、舊唐書有傳。參閱宣和書譜八行書二。

【李密】㊀公元224—287年。晉犍爲武陽人。字令伯，一名虔。少孤，母改嫁，由祖母劉撫養長成。少時曾仕蜀爲郎。晉泰始初，徵爲太子洗馬，因須侍奉祖母，上陳情表，辭官不就。祖母死後，方出任温令、漢中太守等官。晉書有傳。㊁公元582—618年。其先世爲遼東襄平人。後遷居京兆長安。字玄邃，一字法主。少時好讀書，常以蒲鞍騎牛背，掛漢書於牛角上，且行且讀。大業九年楊玄感起兵黎陽，密爲謀主，玄感不久敗死，密被捕，中途逃脱。大業十二年，參加翟讓爲首的瓦崗起義軍，攻克滎陽等地，遠近響應，擁衆數十萬人，被推爲主，稱魏公，改元永平。起用隋軍降官降將，並殺害翟讓。次年爲王世充所敗，投唐；旋又背唐再舉，兵敗被殺。隋書及新、舊唐書皆有傳。

【李郭】同時著名的李、郭二人。1.東漢李膺與太學生首領郭泰相交結，嘗同舟共濟，世稱李郭。文苑英華二四七南朝梁陸倕以詩代書別後贈："李郭或同舟，潘夏時方駕。"潘夏，指晉潘岳和夏侯湛。後漢書有傳。2.唐大將李光弼與郭子儀齊名。也並稱李郭。唐顏真卿顏魯公集四開府儀同三司……李公神道碑銘："廓清河朔，保乂皇室，翼戴三聖，天下之人，謂之李郭。"

【李陵】公元前？—前74年。漢隴西成紀人。字少卿。名將李廣之孫。武帝時任騎都尉。天漢二年，率步兵五千人擊匈奴，戰敗投降。史記漢書有傳。

【李紳】公元？—846年。唐潤州無錫人。字公垂。元和元年進士。身材短小，時號"短李"；與元稹李德裕合稱"三俊"。武宗時任宰相。有追昔遊詩三卷，批答一卷。新、舊唐書有傳。

【李淵】公元566—635年。祖籍隴西成紀。字叔德。仕隋，襲封唐國公。大業十三年，爲太原留守。隋末農民大起義，淵乘機起兵晉陽，攻取長安，立煬帝孫楊侑爲帝。次年廢侑自立。建唐王朝，改元武德。九年六月秦王世民發動政變，殺太子建成、齊王元吉，淵乃傳位世民，自稱太上皇。廟號高祖。新、舊唐書有紀。

【李善】約公元630—689年。唐揚州江都人。顯慶中爲崇賢館學士、蘭臺郎。學問博洽，然不能屬辭，人號爲書簏。後被流姚州，遇赦還，居汴鄭間，講授文選，注有文選六十卷，開元初呂延濟劉良張銑呂向李周翰有新注，與善注本別行。見新、舊唐書李邕傳。

【李斯】公元前?—前208年。戰國末楚上蔡人。從荀卿學。以六國皆弱，不足有爲，乃入秦，爲秦相呂不韋舍人。因説秦王併六國，拜爲客卿。時議逐諸侯客，斯亦在逐中，乃上書諫，復官，二十餘年卒滅六國。始皇稱帝統一六國，斯爲丞相。定郡縣制，下禁書令，變籀文爲小篆。始皇死，與趙高定謀，矯詔殺長子扶蘇，立少子胡亥爲帝。後趙高欲專朝政，誣斯謀反，腰斬咸陽市中。史記有傳。

【李陽】㊀晉人，字景祖。京師大俠，晉武帝時任幽州刺史。王衍妻郭氏，聚斂無厭，干預人事，衍不能禁，但懼李陽。衍每謂郭曰："非但我言卿不可，李陽亦謂卿不可。"郭氏乃稍加收斂。見世説新語規箴、晉書王衍傳。宋蘇軾分類東坡詩十五戲孫公素："不須戚戚如馮衍，便與時時説李陽。"㊁晉上黨武鄉人。與石勒同鄉。以爭漚麻池相鬬毆。勒稱王，建號後趙，召陽，酒酣，引陽臂笑曰："孤往日厭卿老拳，卿亦飽孤毒手。"事見晉書石勒載記下。唐韓愈昌黎集八鬥雞聯句："毒手飽李陽，神槌困朱亥。"

【李賀】公元790—816年。唐河南昌谷人。宗室鄭王(李亮)之後。字長吉。以父名晉肅，避諱不舉進士。曾官協律郎。少能文，爲韓愈皇甫湜所重。相傳賀常騎驢出，從小奚奴，背古錦囊，途中得佳句，即書投囊中，及暮歸，整理成篇。其詩想像豐富，煉詞琢句，險峭幽詭，但因過於矜奇，有時流於晦澀。尤長於樂府，能合之弦管。卒年僅二十七歲。有詩二百三十三首，四編，杜牧爲作序。新、舊唐書有傳。

【李順】宋青城人。出身茶販，王小波妻弟。淳熙四年，王小波以官府横徵暴斂，率衆起義，以"均貧富"爲號召。王作戰犧牲後，衆推順爲首。次年攻克成都，建立政權，號大蜀，年號應運。其時轄境北到綿州(今四川綿陽縣)，東到巫峽，衆至數十萬人。宋官軍入川鎮壓，成都陷落，順就義。一説順在羣衆掩護下，流徙至廣州，三十餘年後始被捕遇害。參閱宋楊仲良皇朝通鑑長編紀事本末十三李順之變、沈括夢溪筆談二五雜志。

【李絳】公元764—830年。唐贊皇人。字深之。貞元八年進士。元和中拜相。歷仕憲穆敬文諸朝。直言敢諫，無所遷就，以直道進退。太和初，出爲山南西道節度使，兵士譁變，被殺。死後其甥夏侯孜輯其生前論諫文字爲李相國論事集六卷。新、舊唐書有傳。

【李靖】公元571—649年。唐京兆三原人，本名藥師。隋大將軍韓擒虎甥。精熟兵法。大業末，爲馬邑丞。唐初，從李世民征王世充，授開府。其後參加征蕭銑，鎮壓輔公祏起義。貞觀二年爲代州行軍總管，破突厥，四年俘頡利克汗。又爲西海道行軍大總管，破吐谷渾。以功封衛國公。著有李衛公兵法，原書久佚，清汪宗沂有輯本三卷。新、舊唐書有傳。

【李勣】公元594—669年。唐曹州離狐人。本姓徐，名世勣，字懋功。曾參加瓦崗寨起義軍。後降唐，賜姓李，因避太宗李世民諱，單名勣。從太宗破王世充、竇建德、劉黑闥。又隨李靖破東突厥，封英國公。治并州十六年，突厥不敢南向。高宗時任尚書左僕射，進位司空。新、舊唐書有傳。

【李塨】公元1659—1733年。清蠡縣人。字剛主，號恕谷。康熙二十九年舉人。從顏元學習，主張經世致用，世稱"顏李學派"。後南至江浙，與毛奇齡閻若璩交遊，北至京師，與萬斯同等論學。晚歲授通州學正，不久歸家。其學以實用爲主，不尚空談，主張"知先於行"、"理見於事"。著有大學辨業論語傳注問恕谷文集等書。參閱清李元度國朝先正事略三十。

【李會】見"駐色酒"。

【李愬】公元773—821年。唐臨潭人。字元直。李晟之子，有謀略，善騎射。元和中，藩鎮割據，十年，淮西節度使吳元濟反，朝廷遣裴度宣慰淮西行營，以愬爲鄧州節度使，率兵討伐，十二年，愬率師雪夜襲蔡州，生擒吳元濟，淮西平，以功封涼國公。新、舊唐書有傳。

【李綱】公元1083—1140年。宋邵武人。字伯紀。政和二年進士，累官至太常少卿。靖康元年，金兵侵圍汴京，以尚書右丞任親征行營使。堅主抗戰，反對遷都,爲主和派所排擠,罷官。高宗卽位後爲相。整軍經武,力圖恢復,主張聯合兩河義軍抗擊金兵。時高宗意存苟安,綱執政僅七十日,卽罷。卒謚忠定。著有梁溪集一百二十卷。宋史有傳。

【李廣】公元前?—公元前119年。漢隴西成紀人。善騎射,文帝時擊匈奴有功,爲武騎常侍。武帝時爲右北平太守,匈奴不敢犯境,號曰"飛將軍"。廣爲將,與士卒共飲食,家無餘財,衆樂爲用。與匈奴前後七十餘戰,然未得封侯。元狩四年隨大將軍衛青擊匈奴,迷失道路受處分,自以恥對刀筆吏,因自殺。史記、漢書有傳。

【李嶠】公元 644—713 年。唐趙州贊皇人,字巨山。麟德元年進士,歷仕高宗武后中宗玄宗四朝,官至中書令。善詩文,與同鄉蘇味道齊名,合稱"蘇李"。又與蘇味道崔融杜審言合稱"文章四友"。現存李嶠集,爲明人所輯。新、舊唐書有傳。

【李貓】唐李義府貌狀温恭,與人語必嬉怡微笑,而褊忌陰賊。當時人言義府笑中有刀,又以其柔而害物,稱爲"李貓"。見舊唐書八二本傳。明缺名鳴鳳記二四世蕃奸計:"笑裏藏刀勝李貓,偏宜相府爲牙爪。"參見"李義府"。

【李膺】公元 110—169 年。漢潁川襄城人。字元禮。初舉孝廉,桓帝時累官至司隸校尉。與太學生首領郭泰等相結交,反對宦官專權。太學生稱之爲"天下楷模李元禮",以得其接見者爲"登龍門"。後被宦官誣爲結黨誹謗朝廷,逮捕入獄,釋放後禁錮終身。靈帝卽位,被起用爲長樂少府,又與陳蕃竇武謀誅宦官,失敗被殺。後漢書有傳。

【李贄】公元 1527—1602 年。明晉江人。號卓吾,又號宏甫,別號温陵居士龍湖師。曾任雲南姚安知府。後從事講學著作。反對禮教,抨擊道學,自標異端,屢遭明廷迫害,終以"敢倡亂道,惑世誣民"罪名,被捕入獄,自刎而死。著有焚書續焚書藏書續藏書李温陵集等。至清多被列入"禁毁書目"。事跡附明史耿定向傳。

【李燾】公元 1115—1184 年。宋四川丹稜人。字仁甫,一字子貞,號巽岩。淳熙八年進士,累官禮部侍郎,進爲敷文閣學士,同修國史。博覽羣書,熟悉掌故,所作續資治通鑑長編九八〇卷、舉要目録六八卷(後卷次有合併),費時四十年,對北宋一百六十餘年史事,記載頗爲翔實。宋史有傳。

【李顒】公元 1627—1705 年。明末盩厔人。字中孚。山曲稱"盩",水曲爲"厔",故又號二曲。刻苦自學,通覽經史百家。與富平李因篤、郿縣李柏,號"關中三李"。清康熙二十八年,薦舉博學鴻詞,絶食拒不應命。以闡明關學爲己任,主張調和朱(熹)、陸(九淵),各取所長,而偏向陸王的心學。著有四書反身録、二曲集。參閱 清 李元度 國朝先正事略二七。

【李八百】道家傳説仙人名。本名脱,蜀郡人,蜀人歷代見之,約其往來八百餘年,因號爲李八百。唐時賜號紫陽真人。唐符載有八百洞詩:"後世何人來飛昇,紫陽真人李八百。"(全唐詩四七二)後來也作仙人的通名。宋蘇軾分類東坡詩二三與子由同遊寒溪西山:"何當一遇李八百,相哀白髮分刀圭。"參閱抱朴子道意、晉書周札傳、舊題葛洪神仙傳、明曹學佺蜀中廣記七一引集仙録。

【李心傳】公元 1166—1243 年。宋井研人,字微之。慶元初,鄉試落第,不再應考,專門著述。晚年爲史館校勘,賜進士。曾主修中興四朝帝紀(完成三朝)、十三朝會要。所著建炎以來繫年要録二百卷,述高宗一朝三十六年史事,與李燾續資治通鑑長編相銜接;建炎以來朝野雜記,又與要録相表裏。此外尚有春秋考讀史考舊聞正誤等。宋史有傳。

【李天下】五代後唐莊宗(李存勗)知音能度曲,自演唱,取名李天下。明詩別裁十一沈欽圻後詠史之二:"樂奏李天下,歌傳郭順時。"參閱五代史伶官傳。

【李公麟】公元 1049—1106 年。宋舒州舒城人。字伯時,熙寧三年進士,官至朝奉郎。晚年退居龍眠山,因號龍眠居士。擅長書畫,尤工山水佛像,山水似李思訓,人物似韓滉,鞍馬勝韓幹。除摹臨古畫,用絹素着色外,其餘多不設色,用白描,稱爲宋畫第一。故宮博物院等現藏有李公麟臨韋偃放牧圖、維摩演教等圖卷。宋史有傳。參閱宣和畫譜七人物三。

【李世民】見"唐太宗"。

【李吉甫】公元 758—814 年。唐趙郡人。字弘憲。德宗時任太常博士,外遷忠州等地刺史。憲宗時,曾參與討平劍南節度副使劉辟及鎮海節度使李錡的叛亂。元和二年及六年,兩度爲相,先後更易藩鎮三十六人,以削弱割據勢力。因功封贊皇縣侯,徙趙國公。著有元和郡縣圖志。新、舊唐書有傳。

【李百藥】公元565—648年。唐安平人。字重規。能詩文。隋時署禮部員外郎,奉詔定五禮、律令。後官建安郡丞。入唐,歷任中書舍人、散騎常侍等職。貞觀時奉詔修史,據其父李德林所撰齊史,兼採他書,歷時七年,成北齊書五十卷。新、舊唐書有傳。

【李存勗】公元 885—926 年。本西突厥沙陀族人。繼父李克用爲晉王,據太原。後梁龍德三年稱帝,仍號唐,史稱後唐。同年滅梁,都洛陽,改元同光。四年鄴都兵亂,命成德節度使李嗣源往討,嗣源反攻洛陽,存勗爲宮内伶人所殺。見舊五代史莊宗紀、新五代史唐紀莊宗下。

【李光弼】公元 708—764 年。唐營州柳城人。契丹族。天寶末,任河東節度使,平定安史之亂,與郭子儀齊名,世稱李郭。寶應初,封臨淮郡王。新、舊唐書有傳。

【李自成】公元 1606—1645 年。明陝西米脂人。長爲銀川驛卒。崇禎二年投闖王高迎祥爲闖將,英勇善戰,富有謀略。數月之間,縱横五省。崇禎八年攻克明中都鳳陽。次年秋,高迎祥被俘就義,自成繼爲闖王,轉戰各地,衆至百萬。時有"殺牛羊,備酒漿,開了城門迎闖王,闖王來時不納糧"等歌謠。崇禎十六年在襄陽稱新順王。後建立大順政權,年號永昌。崇禎十七年春攻克北京,思宗(朱由檢)自殺。同年明山海關守將引清兵入關,起義軍戰敗退出北京,轉戰河南陝西等地。永昌二年,在湖北通山縣九宮山爲地主武裝所殺害,時年僅三十九歲。參閱明史三〇九李自成傳、明史紀事本末七八李自成之變、罪惟録三一李自成傳等。

【李克用】公元 856—908 年。唐西突厥沙陀族人。其父朱邪赤心助唐鎮壓龐勛起義,賜名李國昌。克用別號鵶兒,又因一目失明,綽號獨眼龍。曾帶領沙陀兵鎮壓黄巢起義軍,進逼長安。被任爲河東節度使,封晉王。以後割據一方,與朱温長期混戰。死後,其子存勗建立後唐,被尊爲太祖。見舊五代史武皇紀、新五代史唐紀莊宗上。

【李廷珪】五代南唐人。自易水遷居歙縣。本姓奚,世爲南唐墨官,賜姓李。其所製墨,堅如玉,紋如犀,自宋以來推爲第一。時稱"廷珪墨"。與"澄心堂紙"、"龍尾硯"合稱"文房三寶"。其弟廷寬及廷寬子承晏,晏子文用,世傳其業。參閱宋王欽臣王氏談録、元陸友墨史上李超。

【李延壽】唐相州人。貞觀中，任崇賢館學士、御史臺主簿，兼修國史。曾參與編纂五代史志和晉書，並撰寫太宗政典。又繼承其父大師遺志，以十六年工夫，獨力修南史八十卷、北史一百卷。新、舊唐書有傳。參見"南北史"。

【李定國】公元?—1662年。明末陝西延安人。初名如靖，字寧宇，少時參加農民起義軍張獻忠部。入川後，爲撫南將軍。獻忠死後，與孫可望等轉移雲貴，聯明抗清。永曆六年攻克桂林，清將孔有德自殺；又入湖南，設伏擊殺清帥尼堪於衡州。因遭孫可望猜忌，被迫退往廣西。明永曆(桂王)封爲晉王，以孤軍支持殘局。永曆十五年清將吳三桂執殺桂王，次年，定國病卒軍中，明亡。參閱清王夫之永曆實録、清史稿。

【李東陽】公元1447—1516年，明茶陵人。字賓之，號西涯。天順八年進士。歷仕英憲孝武四朝，官至少師、大學士，武宗朝太監劉瑾專朝政，依諾其間，不敢立異。以臺閣大臣地位，主持詩壇，爲茶陵詩派領袖。其論詩附和嚴羽，宗法杜甫，而以音調、法度爲主。爲文典雅流麗，書法擅長篆隸。卒諡文正。著有懷麓堂集。明史有傳。

【李林甫】公元?—752年。唐宗室。小字哥奴。玄宗時宰相，封晉國公。厚結宦官妃嬪，迎合玄宗意旨，任職十九年，排除異己，政事敗壞。其爲人往往陽示和好，而陰謀中傷，無所不至，世稱"口蜜腹劍"。新、舊唐書有傳。參見"口蜜腹劍"。

【李若水】公元1093—1127年。宋洺州曲周人。字清卿。太學上舍登第，由元城尉累官吏部侍郎。靖康元年金兵攻入京城，隨欽宗至金營，爲金人所留，不屈，被刃裂斷舌而死。諡忠愍。著有忠愍集。宋史有傳。

【李思訓】公元651—716年。唐宗室，字建。開元初，官武衛大將軍，封彭國公。善畫山水樹石，筆致遒勁，金碧輝映，自成家法。後人畫着色山水，多取其法。其子昭道也以山水著名。思訓以官稱大李將軍，昭道又因父而稱小李將軍。參閱唐張彥遠歷代名畫記九、舊唐書六十長平王叔良傳。

【李後主】公元937—978年。卽李煜，五代南唐後主。字重光，號鍾隱。嗣位之初，爲宋趙匡胤(太祖)稱帝之三年，宋已先後滅後蜀南漢，南唐形勢岌岌。後主十年自貶國號爲江南，改稱國主，遣使朝宋。煜好聲色，迷信佛教，唯恃歲貢方物，乞憐於宋廷，苟延求存。十三年(宋開寶七年)宋遣曹彬率師南伐，次年占金陵，俘煜入汴。太宗太平興國二年被毒死。煜長於詞，內容大部分歌詠宮廷的腐化生活，風格浮靡，自入汴以後，所作多寓身世感慨，情致凄婉。後人以其詞與其父李璟(中主)所作合刻爲南唐二主詞。宋史新五代史有傳。

【李時珍】公元1518—1593年。明蘄州人。字東璧，號瀕湖。曾任楚王府奉祠正。一生致力整理我國醫藥文獻，重實踐，主革新。上山採藥，深入民間。參考有關文獻八百餘種，博採衆説，芟繁補闕，訂正訛誤，歷時二十七年，稿凡三易，成本草綱目五十二卷。又著有奇經八脈考瀕湖脈學等書。明史有傳。參見"本草綱目"。

【李師師】宋汴京人。相傳其幼年曾舍身爲尼，俗呼佛弟子爲師，故名李師師。爲妓，與名士周邦彥等往來，以歌舞著名京師。徽宗(趙佶)荒淫喜微行，屢宿其家，後入宮封瀛國夫人。靖康中流落南方。一説金兵攻破汴梁時，被張邦昌送往金營，不屈，吞金簪自殺。參閱宋張邦基汴都平康記、元周密浩然齋雅談下、缺名李師師外傳。

【李淳風】公元602—670年。唐岐州雍人。明天文曆算。貞觀初，以將仕郎直太史局，造渾天儀；參與修撰史志；累遷至太史令。高宗時，與算學博士梁述等校注五曹孫子十部算經；撰麟德曆。新、舊唐書有傳。

【李清照】公元1081—?年。宋濟南人。號易安居士。禮部員外郎李格非女，太學生趙明誠妻。與夫搜集古代書畫金石甚多，因金兵入侵，流寓南方，所藏大部散失。明誠不久亦病卒。清照工詩文，尤長於詞，爲宋代著名女詞人。宋史藝文志著録有易安居士文集七卷，易安詞六卷；現存有詞七十八首，詩十五首，中多雜他人之作。後人輯有漱玉詞一卷。相傳清照後再嫁張汝舟，又以不相能而離異。參閱宋晁公武郡齋讀書志別集、清俞正燮癸巳類稿十五易安居士事輯。

【李商隱】公元813—858年。唐懷州河內人。字義山，號玉谿生。開成二年進士，累官東川節度使判官、檢校工部員外郎。時牛僧孺李德裕兩黨不相容如水火，商隱本爲牛黨令狐楚門客，後又娶李黨王茂元女，故爲楚子綯所深惡。後綯爲相，商隱長期受排斥。工詩，時與溫庭筠齊名，人稱溫李。李詩律絕尤工，富於文彩，長於抒情，語言凝煉，典麗精工，爲唐代一大家。有樊南文集樊南文集補編。新、舊唐書有傳。

【李虛中】公元762—813年。唐魏郡人。字長容。進士及第，官至殿中侍御史。通五行書，以人之始生年月日所直日辰干支，推算壽夭貴賤，信道士長生不死之説。後來星相術士推之爲星命説之祖。宋史藝文志著録有李虛中命書格局二卷，爲宋人僞託之作。參閱唐韓愈昌黎集二八殿中侍御史李君墓誌銘。

【李善長】公元1314—1390年。明定遠人。字百室。元至正十三年，參加朱元璋起義軍，建議行仁義，禁殺掠，結民心。常留守後方。朱元璋稱帝，建明王朝，參與制訂各項制度。官至右丞相，封韓國公。洪武二十三年，因胡惟庸案被族誅。明史有傳。

【李陽冰】唐趙郡人。字少温，一作仲温。李白從叔，寶應元年爲當塗令，白晚年依陽冰以終。白没，編白詩並爲作序。後爲將作少監。擅長篆書，筆致清峻，學秦李斯而能獨創一格，有碑刻恬亭銘等。刊定説文三十卷，已佚。參閱宣和書譜二。

【李義府】公元614—666年。唐瀛州饒陽人，後遷永泰。貞觀中以對策中旨，任門下省典儀。時人以其笑裏藏刀，柔而害物，故稱之爲"李貓"。高宗時因贊立武則天爲后，累升至中書令，封河間郡公。曾奏請委派呂才等重修氏族志，不論門第，凡得五品官者，皆升士流，並收天下舊志焚之。後因罪長期流放嶲州。新、舊唐書有傳。

【李敬業】公元?—684年。卽徐敬業。唐曹州離狐人。李勣孫。少從勣出征，有勇名。歷任太僕少卿、眉州刺史，襲封英國公。武后當政，貶柳州司馬。光宅元年至揚州，自署領揚州大都督，以匡復唐室相號召，與駱賓王等舉兵討武后，移檄遠近。不久敗死。新、舊唐書有傳。

【李夢陽】公元1473—1530年。明慶陽人。號空同子。弘治七年進士。官至江西提學副使。工詩文，尤長七古，主張説實話，記實事，抒真情。反對明初臺閣體浮薄華靡的文風。倡言"文必秦漢，詩必盛唐"。與何景明等號稱"前七子"。但盲目尊古，徒尚形式，末流至以模擬剽竊爲能，以艱深的文字掩蓋內容的淺薄。

著有空同集。明史有傳。參見"七子㊂"。

【李德裕】公元787—849年。唐趙郡人。字文饒。父李吉甫爲宰相，以蔭補校書郎。歷仕憲穆敬文武諸朝，爲李黨首領，與牛僧孺李宗閔爲首的牛黨鬭争激烈，舊史稱"牛李黨争"。武宗時，自淮南節度使入相，力主削弱藩鎮。執政六年，進太尉，封衛國公。宣宗立，遭牛黨打擊，貶潮州司馬，再貶崖州司户，卒於貶所。著有會昌一品集。新、舊唐書有傳。參見"牛李黨争"。

【李龜年】唐代樂師。通音律，能自撰曲，善歌唱，專長羯鼓。開元中與弟彭年鶴年在梨園中供職。安史亂後，流落江南，不知所終。杜甫有江南逢李龜年詩。參閲唐李濬松窗雜録、宋王讜唐語林五。

【李鵶兒】李克用的别名。克用少驍勇，軍中呼爲"鵶兒"。詳"李克用"。

【李攀龍】公元1514—1570年。明歷城人。字于鱗，號滄溟。嘉靖二十三年進士。謂文自西京、詩自天寶以下，皆無足觀，承李夢陽何景明等前七子的遺説，主張復古，與謝榛、梁有譽、宗臣、王世貞、徐中行、吴國倫號稱"後七子"。其作品以模擬先秦漢人爲能，文章詰屈聱牙，往往不堪卒讀。著有滄溟集。明史有傳。參見"七子㊁"。

【李代桃僵】宋書樂志三古辭雞鳴高樹巔："桃生露井上，李樹生桃傍。蟲來齧桃根，李樹代桃僵。樹木身相代，兄弟還相忘。"原意以桃李喻兄弟，言桃李能共患難，諷弟兄却不能共甘苦。後轉用爲以此代彼或代人受過之意。舊題明王衡真傀儡："古來史書上呵，知多少李代桃僵。"也作"僵李代桃"。聊齋志異胭脂："彼踰牆鑽隙，固有玷夫儒冠，而僵李代桃，誠難消其寃氣。"

杈 1. chā 初牙切，平，麻韻，初。 ㄔㄚ

㊀樹幹的分枝或樹枝的分岔。見"杈枒"。㊁叉形的用具。1.刺取魚類的工具。見周禮天官鱉人"以時籍魚鼈龜蜃凡貍物"注引鄭司農（衆）説。一本作"扠"。2.箝禾草的農具。歧頭長柄，木製。也有木柄鉄首者。見元王禎農書十四農器圖譜六杷朳門。

2. chà 集韻 楚嫁切，去，禡韻。 ㄔㄚˋ

㊂見"杈₂子"。

【杈₂子】舊時用以阻攔人馬通行所置的木架。由一横木連接數對兩相交叉的竪木構成。古稱梐枑，也稱行馬，俗稱拒馬叉子。北宋開封御街，兩旁爲御廊，各安立黑漆杈子，路心又安朱漆杈子兩行。中心御道，人馬不得通行，行人皆在廊下朱杈子之外。參閲宋孟元老東京夢華録二御街、程大昌演繁露一。

【杈枒】樹枝歧出貌。文選漢王文考（延壽）魯靈光殿賦："芝栭欑羅以戢孴，枝牚杈枒而斜據。"

极 jí 其輒切，入，葉韻，羣。 ㄐㄧˊ

㊀放在驢背上用以載物的木架。即馱架。説文："极，驢上負也。"㊁書箱。同"笈"。見五代南唐徐鍇説文繫傳。

杏 xìng 何梗切，上，梗韻，匣。 ㄒㄧㄥˋ

木名。落葉喬木，果名杏子。禮內則："桃李梅杏，楂梨薑桂。"管子地員："五沃之土……其梅其杏，其桃其李。"

【杏山】山名。1.在遼寧錦縣西南四十里。舊設杏山驛，爲交通、軍事要地，明崇禎十五年，後金皇太極（清太宗）攻破後毁平。見嘉慶一統志六五錦州府。2.在安徽鳳陽縣南四十里。傳説三國時吴董奉曾居此。參閲太平寰宇記一二八濠州鍾離縣。

【杏仁】杏核中的仁。有甜、苦二種，可入藥。參閲政和證類本草二三杏核仁。

【杏田】三國吴董奉隱居廬山，種杏成林，以杏實换穀。後人因稱之爲杏田，也用以比喻退隱者的田園。唐李白李太白詩十八送二季之江東："禹穴藏書地，匡山種杏田。"又錢起錢考功集五送宋徵君讓官還山詩："魏闕辭花綬，春山有杏田。"詳"杏林"。

【杏林】傳説三國吴董奉隱居匡山（今江西廬山。一説居安徽鳳陽縣杏山），爲人治病不取錢，但使重病愈者植杏五株，輕者一株。積年愈人無數，得杏樹十餘萬株，蔚然成林。以董在此修煉成仙，因稱"董仙杏林"。見太平廣記二董奉引神仙傳。後遂以"杏林春滿"、"譽滿杏林"等稱頌醫師的醫術高明。明高啟高太史集十八有杏林爲蕭沈二醫師題，即本此義。

【杏梁】文杏所製的屋梁。文選漢司馬長卿（相如）長門賦："刻木蘭以爲榱兮，飾文杏以爲梁。"後用杏梁泛指華麗的屋宇。南朝齊謝朓謝宣城集五詠燭詩："杏梁賓未散，桂宫明欲沈。"唐白居易長慶集二寓意詩之四："偶因銜泥處，復得重相見。彼矜杏梁貴，此嗟茅棟賤。"

【杏梅】木名。梅的一種。花供觀賞，果可食。宋范成大梅譜："杏梅，花比紅梅，色微淡。結實甚扁，有斕斑色，全似杏味，不及紅梅。"

【杏粥】即杏酪。南朝梁宗懍荆楚歲時記引陸翽鄴中記："寒食三日作醴酪。又煮粳米及麥爲酪，擣杏仁煮作粥。"唐韋應物韋江州集六清明日憶諸弟詩："杏粥猶堪食，榆羹已稍煎。"

【杏酪】杏仁造的糊狀物。卽杏仁粥。隋杜臺卿玉燭寶典二二月仲春："（寒食）又作醴酪。……酪，擣杏子人（仁）煮作粥。"注："今世悉作大麥粥，研杏人爲酪。"明高啟高太史集十四清明呈館中諸公詩："新烟著柳禁垣斜，杏酪分香俗共誇。"參閲北魏賈思勰齊民要術九煮醴酪。

【杏園】㊀園名。故址在今陝西西安市郊大雁塔南。秦時爲宜春下苑地。唐時與慈恩寺南北相直，在曲江池西南，爲新進士遊宴之地。全唐詩五八六劉滄及第後宴曲江："及第新春選勝遊，杏園初宴曲江頭。"因也用以喻進士及第。唐温庭筠集四春日將欲東歸寄先及第苗紳先輩詩："幾年辛苦與君同，得喪悲歡盡是空。……知有杏園無計入，馬前惆悵滿枝紅。"參閲宋張禮遊城南記。㊁鎮名。在今河南汲縣東南。舊爲黄河渡口，有兵戍守。唐郭子儀自杏園渡河討安慶緒，卽此處。唐杜甫杜工部草堂詩箋十三垂老别："土門壁甚堅，杏園渡亦難。"參閲嘉慶一統志二〇〇衛輝府。

【杏壇】㊀傳説孔子聚徒講學處。莊子漁父："孔子遊乎緇帷之林，休坐乎杏壇之上，弟子讀書，孔子絃歌鼓琴。"釋文："杏壇，司馬（彪）云：澤中高處也。李（頤）云：壇名。"莊子寓言，本非實指，後人因在山東曲阜縣孔廟大成殿前，爲之築壇，建亭，書碑，植杏。至宋乾興間孔子四十五代孫道輔增修祖廟，移大殿於後，因以講堂舊基甃石爲壇，植以杏，取杏壇之名名之，以後歷代相承。後也泛指授徒講學處。宋王禹偁小畜集十一贈浚儀朱學士新知貢舉詩："潘岳花陰覆杏壇，門生參謁絳紗寬。"參閲清顧炎武日知録三一杏壇。㊁傳説三國吴董奉在杏林修煉成仙，後因謂道士修煉處所爲杏壇。唐宋時多指道觀。唐白居易長慶集十六尋王道士藥堂因有題贈詩："行行見路緣松嶠，步步尋花到杏壇。"

【杏花村】明謝榛四溟詩話一引唐杜牧清明詩："借問酒家何處有，牧童遥指杏花村。"（今本樊川集無此詩）後因以杏花村泛指賣酒之處。明高啟高太史集十一五禽言和張水部詩:"提胡蘆,趣沽酒,杏花村中熅家有。"

【杏花雨】清明前後杏花盛開時節的雨。提要録引古詩:"沾衣欲濕杏花雨,吹面不寒楊柳風。"(元陳元靚歲時廣記一杏花雨)

【杏黄旗】傳統戲曲、小説中綠林豪傑聚衆起事的義旗,佛道神怪作戰時的帥旗。因其色金黄,故名。元曲選康進之李逵負荆一:"澗水潺潺遶寨門,野花斜插滲青巾,杏黄旗上七個字:'替天行道救生民'。"水滸七三:"李逵那裏答應,睜圓怪眼,拔出大斧,先砍倒了杏黄旗,把'替天行道'四個字扯做粉碎。"封神演義四七:"只見杏黄旗招展,黑虎上坐一道人。"

【杏花菖葉】文選南朝齊王元長(融)永明九年策秀才文之二:"將使杏花菖葉,耕穫不愆。"注引氾勝之書:"杏始華榮,輒耕輕土弱土。望杏花落,復耕之,輒藺之。此謂一耕而五穫。"指杏花開放,菖蒲始生。用以比喻不違農時,及時耕作,必多收穫。

【杏葉沙參】中藥沙參的别名。又名薺苨、杏参、苨苨、甜桔梗、白麪根。本草綱目十二草一薺苨:"其根如沙參而葉如杏,故河南人呼爲杏葉沙參。"參見"沙參"。

【杏花春雨江南】元虞集任翰林學士時,作風入松詞一首,自道厭倦仕宦生活,思返江南故鄉。詞云:"爲報先生歸也,杏花春雨江南。"(道園學古録四)當時機坊以此詞織於羅帕上,流傳甚廣。元張翥蜕巖詞摸魚兒:"但留意江南杏花春雨,和淚在羅帕。"即指此。參閲明瞿佑歸田詩話下翰院憶江南。

杓 1. sháo 市若切,入,藥韻,禪。 ㄕㄠˊ

㊀ 舀東西的器具。有柄,略近半球形。同"勺"。韓詩外傳八:"譬猶渴操壺杓就江海而飲之。"㊁見"杓倈"。

2. biāo 甫遥切,平,宵韻,幫。 撫招切,平,宵韻,滂。 ㄅㄧㄠ

㊂獨木小橋。宋韓拙山水純全集三論人物橋杓……四時之景:"通船曰橋,不通船曰杓。杓,以横木渡于溪澗之上,但使人跡可通也。"㊃星名。指北斗七星柄部的三顆星。又稱斗柄 杓星。見史記天官書。唐李商隱李義山詩集四送從翁從東川宏農尚書幕:"少減東城飲,時看北斗杓。"也稱"標"。春秋運斗樞:"北斗七星……第五至第七爲標。"(古微書九)㊄引,拉開。淮南子道應:"孔子勁杓國門之關而不肯以力聞。"注:"杓,引也。"㊅擊。淮南子兵略:"故淩人者勝,待人者敗,爲人杓者死。"㊆見"杓₂窊印"。

3. dí 都歷切,入,錫韻,端。 ㄉㄧˊ

㊇標準。莊子庚桑楚:"我其杓之人邪?"注:"不欲爲物標杓。"

【杓倈】傻瓜,糊塗人。古今雜劇元賈仲名對玉梳二:"不曉事的頹人認些回和,没見識的杓倈知甚死活,無廉恥的喬才惹場折挫,難退送的寃魂相個甚麽?"又明朱有燉曲江池一:"俺兄弟二人去郊外尋兩個杓倈,閧他些錢鈔使去來。"

【杓雲】雲形的一種。史記天官書:"陣雲如立垣。杼雲類杼。……杓雲如繩者,居前亘天,其半半天。"

【杓₂窊印】古契丹語。杓窊,鷙鳥的總稱。刻印紐爲鳥形,調發軍馬用之。遼史聖宗紀二統和四年:"遣抹只謀魯姑勤德等領偏師以助(耶律)休哥,仍賜旗鼓,杓窊印撫諭將校。"又儀衛志三:"道宗賜耶律仁先鷹紐印。"即杓窊印的義譯。

杉 shān 所咸切,平,咸韻,山。 ㄕㄢ

木名。也作"椾"。通"煔"。俗稱沙木。有赤、白二種。唐杜牧樊川集一題池州弄水亭詩:"杉樹碧爲幢,花駢紅作堵。"參閲本草綱目三四木一杉。

【杉錦】杉木紋理細密而美者稱杉錦。見宋陸佃埤雅十四釋木樧。

【杉雞】鳥名。太平御覽九一八三國吴沈瑩臨海異物志:"杉雞,黄冠青綬,常在杉樹下,頭上有長黄毛,頭及頰正青如垂綏。"廣弘明集二九上南朝梁蕭子雲玄圃園講賦:"鳥則杉雞繡質,木容錦章。"

【杉關】在今福建光澤縣西北杉嶺上,舊時爲贛閩往來通道。相傳唐廣明元年置。明太祖遣王溥自建昌出杉關攻陳友定,即此。參閲嘉慶一統志四三二邵武府。

【杉槽漆斛】浴所。宋蘇軾分類東坡詩五宿海會寺:"高堂延客夜不扃,杉槽漆斛江湖傾。"注:"杉槽漆斛謂浴室也。"

四畫

東 dōng 德紅切,平,東韻,端。 ㄉㄨㄥ

㊀日出的方向。禮禮器:"大明生於東。"㊁向東,東行。左傳僖三二年:"秦師遂東。"㊂主人。禮曲禮上有"主人就東階,客就西階"之語,後來因以"東"作主人的代稱。參見"東人㊂"。

【東丁】象聲詞。宋陸游老學庵筆記六:"漢嘉城西北山麓有一石洞,泉出其間,時聞洞中泉滴聲,良久一滴,清如金石。黄魯直題詩云:'古人題作東丁水,自古東丁直到今。'"又吴文英夢窗丙稿風入松詞:"湘波山色青天外,紅香蕩玉珮東丁。"

【東人】㊀詩小雅大東:"東人之子,職勞不來;西人之子,粲粲衣服。"本指周代東方諸侯國的居民。後相沿稱陝西以東地區的居民爲東人。唐李商隱李義山詩集六舊頓:"東人望幸久咨嗟,四海于今是一家。"㊁東家,主人。水滸二:"高俅向前跪下道:'小的是王都尉親隨,受東人使令,賫送兩般玉玩器來,進獻大王。'"

【東土】古代泛指今陝西以東地區。書康誥:"乃寡兄勗,肆汝小子封,在兹東土。"國語鄭:"(鄭)桓公爲司徒,甚得周衆與東土之人。"注:"東土,陝以東也。"也用以代指中國。西遊記八:"菩薩道:'我領了佛旨,上東土尋取經人。'"

【東山】㊀詩豳風篇名。寫遠征軍士還鄉。舊説爲周公所作。文選三國魏武帝(曹操)苦寒行:"悲彼東山詩,悠悠使我哀。"㊁山名。在浙江上虞縣西南。晉謝安早年隱居於此。又臨安金陵均有東山,也是謝安遊憩之地。後因以東山指隱居。唐王維王右丞集三戲贈張五弟諲詩之一:"吾弟東山時,心尚一何遠!"

【東川】㊀地區名。今四川省的東部。唐肅宗於梓潼置劍南東川節度使。宋因之。參閲太平寰宇記八二梓州。㊁縣名。宋時大理置東川郡。元爲路。明爲府,屬四川。清亦爲東川府,改屬雲南省,置會澤縣爲府治。今爲東川市。參閲嘉慶一統志四八九東川府。

【東女】古代西域城國名。爲羌族的一支。地在今四川青海及西藏部分地區。有八十城,統四萬户。以女爲君,子從母姓。因西海亦有女王,故稱東女以示區别。唐初受册封。開元後以男子爲王。參閲新唐書二二一西域傳東女。

【東方】㊀東邊,東面。詩齊風雞鳴:"匪東方則明,月出之光。"㊁複姓。漢有東方朔。漢書有傳。

【東井】星名。即井宿。禮月令:"仲夏之月,日在東井。"詩小雅大東"維南有箕"唐孔穎達疏:"鄭(玄)稱參傍有玉井,則井星在參東,故稱東井。"

【東内】㊀唐大明宫。位於西内東北,故

稱。高宗後諸帝常居此。參見“大明宮”。㊁泛指宮内東面的宮。全唐詩七九八五代後蜀花蕊夫人宮詞：“東内斜將紫禁通，龍池鳳苑夾城中。”

【東丹】遼耶律德光天顯元年平渤海國，改爲東丹。即東方契丹之意。耶律隆緒時併入遼。見遼史太祖紀下及屬國表。

【東汜】㊀東海之濱。晉陸雲陸士龍集三贈鄭曼季往返八首之七：“聲播東汜，響溢南雲。”㊁古代傳説日從海出，因以指日出之處。文選南朝梁沈休文(約)和謝宣城詩：“牽拙謬東汜，浮惰及西崑。”注：“東汜，謂湯谷，日之所出也。”

【東市】漢代在長安東市處決判死刑的人，後因以東市指刑場。史記一〇六吳王濞傳：“(鼂)錯衣朝衣斬東市。”世説新語雅量：“嵇中散(康)臨刑東市，神氣不變，索琴彈之，奏廣陵散。”參見“東市朝衣”。

【東平】縣名。屬山東省。漢晉爲東平國。取禹貢“東原底平”之意而名。西漢在此置有鐵官。北魏改國爲郡。宋稱鄆州，政和初升爲東平府。境内有梁山泊，相傳爲北宋末年農民起義軍根據地。元改路。明洪武八年降爲州，十八年改屬兗州府。清雍正十三年改屬泰安府。公元 1913 年改縣。參閲寰宇通志七三兗州府東平州。

【東司】唐代設於東都洛陽的官署總稱。唐白居易長慶集六二再授賓客分司詩：“分命在東司，又不勞朝謁。”參見“分司㊁”。

【東江】水名。1. 太湖的支流。在江蘇吳江縣東南。又名上江。水經注二九沔水：“今太湖東注爲松江，下七十里有水口分流，東北入海爲婁江，東南入海爲東江。”久已湮廢。參閲史記夏紀“震澤致定”正義。2. 在廣東番禺縣東南。又名龍江。自博羅縣西流，經增城縣入海。水經注三八溱水：“東溪亦名東江，又名始興水。”參閲嘉慶一統志四四一廣州府一。

【東安】縣名。1. 屬湖南省。漢泉陵縣地。晉應陽縣。自漢以來於此置驛。宋雍熙元年置東安縣。明清均屬永州府，即今湖南零陵地區。參閲嘉慶一統志三七〇永州府一。2. 漢安次縣。元中統四年置東安州，明洪武元年改爲縣，屬順天府。清因之。公元 1914 年改爲安次縣。今屬河北省。參閲清孫承澤天府廣記二府縣治、寰宇通志一順天府。3. 漢端溪縣。明萬曆五年置東安縣，屬羅定州。清因之。公元 1914 年改爲雲浮縣，今屬廣東省。參閲嘉慶一統志四五七羅定州。

【東夷】古代華夏族對東方諸民族的稱呼。孟子離婁下：“舜生於諸馮，遷於負夏，卒於鳴條，東夷之人也。”後漢書三國志等皆有東夷傳。

【東西】㊀東方與西方。孟子告子上：“人性之無分於善不善也，猶水之無分於東西也。”楚辭漢劉向九嘆遠逝：“水波遠以冥冥兮，眇不睹其東西。”㊁從東到西。周禮地官大司徒“周知九州之地域廣輪之數”唐賈公彦疏：“東西爲廣，南北爲輪。”㊂物産於四方，約言之曰東西，猶記四季而約言春秋。南齊書豫章王嶷傳：“上曰：‘百年復何可得，止得東西一百，於事亦濟。’”唐大中二年正月制：“所在逃户見在桑田屋宇等，多是暫時東西，便被鄰人與所由等計會推去代納税錢，悉將斫伐折毁。”(文獻通考十户口一引)皆指産業而言。後來泛指物件爲東西。清平山堂話本曹伯明錯勘贓記：“一日去一家偷得些東西駝着，正走到五更頭，撞見曹伯明。”也用作對人和物的厭惡或喜愛之詞。元曲選馬致遠青衫淚三：“但犯着吃黄虀者，不是好東西。”

【東光】縣名，屬河北省。漢置，屬勃海郡。唐宋分屬滄州、永静軍，元明屬景州。清屬河間府。參閲寰宇通志二河間府景州。

【東后】㊀東方的國君。指諸侯。書舜典：“肆覲東后。”漢書郊祀志上：“柴，望秩于山川。遂見東后。東后者，諸侯也。”㊁司春之神。北周庾信庾子山集七青帝雲門舞：“甲在日，鳥中星，禮東后，奠蒼靈。”注：“東后、蒼靈，謂東方青帝也。”

【東牟】㊀縣名。漢置，屬東萊郡。南朝宋廢。故城在今山東文登縣西北。參閲太平寰宇記二十登州。㊁郡名。東魏置，北齊廢。隋開皇三年改置牟州，大業三年廢。唐初又置。治所在今山東蓬萊縣。參閲元和郡縣志十一登州、通典一八〇州郡十東牟郡。㊂山名。在今遼寧瀋陽市東北。唐時渤海王大祚榮起於此。清順治十六年改名天柱山。參閲新唐書二一九渤海傳、嘉慶一統志五九奉天府一。

【東序】㊀相傳爲夏代的大學。禮王制：“夏后氏養國老於東序，養庶老於西序。”注：“東序，東膠，亦大學，在國中王宮之東。”又文王世子：“凡學世子，及學士，必時。春夏學干戈，秋冬學羽籥，皆於東序。”後來作爲學校的通稱。抱朴子漢過：“雲觀變爲狐兔之窟，象魏化爲虎豹之蹊，東序烟燼於委灰，生民燋淪於淵火。”㊁東邊的廂房。書顧命：“東序西嚮。”藝文類聚八漢班彪覽海賦：“松喬坐於東序，王母處於西箱。”

【東冶】古地名。相傳爲越王勾踐冶鑄之所。漢初閩越王無諸的都城。武帝平閩越，置冶縣，或稱東冶。建安初置侯官縣。故城在今福建閩侯縣東北冶山之麓。參閲讀史方輿紀要九六福州城、嘉慶一統志四二五福州府一。

【東君】神名和仙人名。1. 太陽之神。楚辭屈原九歌東君，即爲祭日神之歌。2. 卽東王公。宋書樂志三魏武帝(曹操)陌上桑：“濟天漢，至崑崙，見西王母謁東君。”3. 司春之神。全唐詩七五九成彦雄柳枝詞之三：“東君愛惜與先春，草澤無人處也新。”

【東里】㊀地名。在河南新鄭縣故城内。春秋鄭國大夫子産居此。論語憲問：“東里子産潤色之。”㊁複姓。三國魏有南陽太守東里袞。見三國志魏高貴鄉公紀甘露三年。

【東作】春耕生産。書堯典：“寅賓日出，平秩東作。”傳：“歲起於東，而始就耕，謂之東作。”藝文類聚二南朝宋傅亮喜雨賦：“且東作之未晏，庶雨露之夙濡。”

【東河】清代河道管理，區分爲三：直隸總督兼管北河，漕運總督管理南河，河東河道總督管理東河。河南山東境内的黄河與運河，都屬東河。俗稱總督爲東河總督。參閲清會典事例九〇一河工。

【東京】㊀東漢都洛陽，時人稱爲東京，而稱漢故都長安爲西京。後漢書五四楊震傳附楊彪：“自震至彪，四世太尉，德業相繼，與袁氏俱爲東京名族云。”後也稱東漢爲東京。晉書儒林傳序：“逮于孝武，崇尚文儒，爰及東京，斯風不墜。”參見“二京㊀”。㊁五代後梁以汴州爲開封府，建爲東都。後晉天福三年改稱東京。後漢後周及北宋皆以此爲都城。參閲新五代史職方考三、宋史地理志一。

【東府】㊀東晉南朝時揚州刺史的治所。在今江蘇南京市東。南朝陳顧野王輿地志：“晉安帝義熙十年築東府城，西本簡帝爲會稽王時第，其東則丞相會稽文孝王道子府。謝安石薨，以道子代領揚州，第在州東，故時人號爲東府。”㊁宋初朝廷設立三省，與樞密院各分班奏事，稱爲二府。東府爲宰相及中書所居。參閲宋魏了翁鶴山集十八應詔封事。參見“二府㊀"。

【東坡】地名。在湖北黃岡縣東。宋元豐間,蘇軾貶官爲黃州團練副使,築室於此,自號東坡居士。見蘇轍欒城集東坡先生墓誌銘。

【東坦】指女壻。爲"東牀坦腹"的略語。宋丁謂談録:"晉公嘗謂竇二侍郎今之師曠也。晉公即參政之東坦也。"(説郛)晉公,即丁謂;參政,指竇偁;丁謂是竇偁的女壻。宋許月卿先天集二挽妹壻汪三午詩之四:"九京逢桂老,東坦愧羲之。"參見"坦腹㊀"。

【東門】複姓。春秋魯莊公子公子遂,字襄仲,居東門,號東門襄仲。後人因以爲氏。漢有荆州刺史東門雲。又有善相馬者東門京。見通志二七氏族三以地爲氏。

【東阿】縣名。1.春秋齊柯邑。春秋莊十三年魯莊公會齊侯盟於柯,即此。漢置東阿縣,歷代因之。宋移縣治,故城遂廢。地在今山東陽穀縣東北。參閱寰宇通志七三兗州府東阿縣。2.屬山東省。春秋齊穀邑。東漢置穀城縣。北齊併入東阿縣。宋開寶二年移東阿縣治所於今縣之南穀鎮。以後縣治屢遷,明洪武六年移治於故穀城,屬東平州。清雍正十三年改屬泰安府。參閱嘉慶一統志一七九泰安府一。

【東昌】府名。秦爲東郡地,兩漢因之。隋置博州。蒙古汗國至元四年置博州路,十三年改爲東昌路。明洪武初改府,清因之。公元1913年廢。今爲山東聊城縣地。參閱嘉慶一統志一六八東昌府一。

【東明】縣名。屬山東省。漢離狐縣,唐天寶元年改南華縣,金徙東明縣於此。明清改屬直隸大名府。公元1963年由河南省劃歸山東省。按東明故城有三:其一在河南蘭考縣,即漢東昏縣,王莽改稱東明。其二、三皆在今東明縣,一在縣南,金時所徙,稱南東明集;一在縣西,明初所徙,稱西東明集。參閱嘉慶一統志三五大名府一。

【東牀】指女壻。唐劉長卿劉隨州集四登遷仁樓酬婿李穆詩:"賴有東床客,池塘免寂寥。"床,同"牀"。五代王定保唐摭言三散序:"曲江之宴,行市羅列,長安幾於半空。公卿家率以其日揀選東牀。"參見"坦腹㊀"。

【東垂】㊀堂屋東頭近階之處。書顧命:"一人冕執戣立于東垂,一人冕執瞿立于西垂。"傳:"戣、瞿皆戟屬。立于東西下之階上。"㊁東邊,東方。漢書九六上西域傳:"然樓蘭國最在東垂,近漢。"藝文類聚三南朝宋孝武帝秋夜詩:"局景薄西隅,升月照東垂。"

【東周】㊀朝代名。公元前770—前256年。周自平王至赧王,都於洛邑(今河南洛陽市),在舊都鎬京(今陝西長安縣西南)之東,故稱東周。爲秦所滅。參見"西周"。㊁古國名。公元前367年—前249年。周顯王二年,西周惠公封其少子班於鞏(今河南鞏縣),號東周。爲秦所滅。

【東昏】㊀縣名。古户牖鄉。漢置東昏縣,屬陳留郡。故城在今河南蘭考縣東北。參閱嘉慶一統志一八七開封府二。㊁南齊廢帝蕭寶卷荒淫無道,爲梁蕭衍(武帝)所殺,追貶爲東昏侯。唐詩紀事六九羅虬比紅兒之七:"當時若遇東昏主,金葉蓮花是此人。"參見"潘妃"。

【東洋】㊀泛指大海。元王實甫西廂記一本一折:"只疑是銀河落九天,淵泉雲外懸,入東洋不離此逕穿。"元曲選缺名來生債三:"你便積趲下高北斗殺身的錢,……可也填不滿這東洋是非海。"㊁清代以來稱日本爲東洋。如清陳倫炯有東洋記,王之春有東洋瑣記,皆記日本事。

【東洛】隋唐以洛陽爲東都,在京師長安之東,故稱東洛。唐李白李太白詩七鳴皋歌送岑徵君:"掃梁園之羣英,振大雅於東洛。"又韓愈昌黎集二縣齋有懷詩:"求官去東洛,犯雪過西華。"

【東帝】㊀東方之帝。戰國魏昭王八年,齊湣王秦昭王相約稱帝,齊稱東帝,秦稱西帝,月餘,皆復稱王,去帝號。見史記魏世家。漢景帝時吳王濞舉兵叛亂,也自稱東帝。見漢書三五吳王濞傳。㊁司春之神。宋詩鈔戴昺農歌集鈔初冬梅花偷放頗盛:"妝點南枝無數雪,探支東帝幾分春。"

【東音】東方的音樂。相傳夏孔甲作破斧之歌,爲東音之始。見吕氏春秋音初。南朝梁劉勰文心雕龍二樂府:"夏甲歎於東陽,東音以發;殷整思於西河,西音以興。"

【東垣】㊀縣名。1.秦置,漢改真定,清改正定。故城在今河北正定縣南。參閱嘉慶一統志二八正定府二。2.戰國魏王垣邑。漢垣縣。又名東垣。故城在今山西垣曲縣西。東漢末張白騎農民起義軍攻東垣,即此。參閱嘉慶一統志一五五垣縣故城。3.東魏興和中置。東晉末前秦苻丕爲西燕慕容永擊敗,奔東垣,即此地。隋大業初改新安。唐武德元年復置。故城在今河南新安縣東。參閱嘉慶一統志二〇六河南府二。㊁指唐代門下省。文苑英華一九一唐令狐楚南宮夜直宿寄李給事東省詩:"北極絲綸句,東垣翰墨蹤。"參見"東省"。

【東城】縣名。秦置。秦二世二年陳勝部將葛嬰至東城;漢高帝五年項羽兵敗,自陰陵至東城;皆此地。東晉後廢。故城在今安徽定遠縣東南。參閱嘉慶一統志一二六鳳陽府二。

【東胡】古族名。因居匈奴之東,故名。春秋戰國期間,其地南鄰燕國,後爲燕將秦開所破,遷於今西遼河上游一帶。燕築長城,並置上谷漁陽遼西遼東諸郡。秦末東胡强盛,後爲匈奴冒頓單于所擊破。餘衆退居烏桓山和鮮卑山,分別稱烏桓鮮卑。參閱史記一一〇匈奴傳。

【東省】指門下省。唐宮内有宣政殿,殿前東廊名日華門,門下省在門東,故稱東省,又稱左省。唐杜甫杜工部草堂詩箋十二紫宸殿退朝口號:"宮中每出歸東省,會送夔龍集鳳池。"杜甫當時任左拾遺,屬門下省,故稱東省。參閱唐六典七工部尚書、宋程大昌雍録八唐兩省。

【東風】㊀春風。禮月令孟春之月:"東風解凍,蟄蟲始振。"㊁草名。先春而生,故稱。文選晉左太沖(思)吳都賦:"草則……石帆、水松、東風、扶留。"北魏賈思勰齊民要術十菜茹作"冬風"。參閱本草綱目二七菜二東風菜。

【東皇】神名。1.天神。楚辭屈原九歌首篇爲東皇太一。參見"太一㊀"。2.司春之神。唐杜甫杜工部詩史補遺十幽人:"風帆倚翠蓋,暮把東皇衣。"注:"東皇,乃東方青帝也。"

【東流】㊀水向東流。書禹貢:"嶓冢導漾,東流爲漢。"莊子徐无鬼:"故海不辭東流,大之至也。"也泛指流水,比喻時光消逝,事物廢棄。唐李白李太白詩七金陵歌送別范宣:"四十餘帝三百秋,功名事跡隨東流。"古今小説一蔣興哥重會珍珠衫:"再延挨幾日,他丈夫回來,此事便付東流。"㊁縣名。漢彭澤縣地,唐置東流場。南唐保大十一年,升縣,以長江自溢城而下曲折東注而名。清屬安徽池州府。公元1959年與安徽至德縣合併爲東至縣。參閱寰宇通志十二池州府。

【東海】㊀海名。1.古稱東海,所指不一。禮王制:"自東河至東海。"注:"徐州域。”相當於今之黄海。左傳襄二九年:“爲之歌齊,曰:美哉,泱泱乎,大風也哉!表東海者,其大公乎!”相當於今渤海的一部分。戰國策楚一:“楚國僻陋,託東海之上。”相當於今東海的一部分。西漢封越王搖爲東海王,其所指始和今之東海相當。2.今海名。北起長江口北岸,南以廣東南澳島到台灣南端一線與南海爲界,東到琉球羣島。3.泛指東方的大海。荀子正論:“淺不足與測深,愚不足與謀知,坎井之鼃,不足與語東海之樂。”元關漢卿西蜀夢四:“來時節玉蟾出東海,去時節殘月下西樓。”㊁郡名。1.秦薛郡地,楚漢間稱郯郡。漢初改爲東海郡,郡治在郯,即今山東郯城縣。參閱讀史方輿紀要二東海郡。2.東晉元帝初割吳郡之海虞縣北境置東海郡,立郯朐利城三縣。永和中郡縣俱移出京口。故治在今江蘇常熟縣北。參閱嘉慶一統志七八蘇州府二。3.東魏置海州,隋改爲東海郡,治朐山。轄境相當今江蘇東海沭陽漣水以東,淮水以北地區。唐初復稱海州。天寶至德時也曾改海州爲東海郡。參閱通典一八〇州郡十海州。㊂縣名。屬江蘇省。秦朐縣地,北周建德六年改爲朐山縣。明清爲海州。公元1912年改爲東海縣。參閱嘉慶一統志一〇五海州。

【東宮】㊀太子所居之宮。也指太子。詩衛風碩人:“東宮之妹,邢侯之姨。”傳:“東宮,齊太子也。”疏:“太子居東宮,因以東宮表太子。”㊁諸侯妾媵所居之宮。公羊傳僖二十年:“西宮者何?小寢也。小寢則曷爲謂之西宮?有西宮則有東宮矣。”注:“禮,夫人居中宮,少在前;右媵居西宮,左媵居東宮,少在後。”後因稱妃嬪爲東宮、西宮。㊂太后所居之宮。漢制,太后居長樂宮,在未央宮東,故稱太后爲東宮。亦稱東朝。漢書三六楚元王傳附劉向:“依東宮之尊,假甥舅之親,以爲威重。”㊃複姓。齊大夫東宮得臣之後。見明陳士元姓觿一引姓源。

【東家】㊀東鄰。孟子告子下:“踰東家牆而摟其處子,則得妻,不摟則不得妻,則將摟之乎?”唐杜甫杜工部草堂詩箋十二偪仄行:“東家蹇驢許借我,泥滑不敢騎朝天。”㊁寓主,傭主。元曲選馬致遠薦福碑一:“多謝哥哥,賜我這三封書,我辭別東家,便索長行也。”

【東亳】見“三亳”。

【東秦】戰國時秦昭王曾稱西帝,齊湣王曾稱東帝,因齊在秦東,故稱。後也稱齊地爲東秦。晉書慕容德載記:“青齊沃壤,號曰東秦。”參見“東帝㊀”

【東珠】指松花江下游及其支流所產的珍珠。也稱北珠。清阿桂等滿洲源流考十九物產東珠:“東珠出混同江及烏拉寧古塔諸河中,勻圓瑩白,大可半寸,小者亦如菽顆。王公等冠頂飾之,以多少分等秩,昭寶貴焉。”

【東夏】中國的東部。夏,中國的古稱。書微子之命:“庸建爾于上公,尹茲東夏。”宋蔡沈集傳:“宋亳在東,故曰東夏。”此指周代宋國地。文選漢陳孔璋(琳)爲袁紹檄豫州:“於是提劍揮鼓,發命東夏。”此指三國時的渤海郡。

【東原】古地區名。書禹貢:“大野既豬,東原底平。”疏:“東原,即今之東平郡也。”清蔣廷錫尚書地理今釋:“東原,今山東兗州府東平州及濟南府泰安州之西南境也。”

【東晉】朝代名。公元317—420年。西晉爲前趙所滅,琅邪王司馬睿在建康(今江蘇南京市)即位,爲元帝,重建政權,保有江南之地,史稱東晉。共十一帝。後爲南朝宋劉裕所取代。

【東郡】郡名。秦取魏地置,以在秦東,故名。治所在濮陽,即今河南濮陽縣南。漢時轄今山東河南部分地區。晉咸寧二年改爲濮陽國,後復置郡。隋開皇九年廢。參閱宋書州郡志一、魏書地形志上。

【東烏】太陽。古代神話說太陽中有三足烏,故稱。常與西兔對用。全唐詩六八三韓偓蹤跡:“東烏西兔似車輪,劫火桑田不復論。”

【東徐】州名。北朝魏孝昌元年置,轄下邳武原郯臨清四郡,治下邳,也稱南徐州。治所在今江蘇邳縣南。參閱魏書地形志中、隋書地理志下下邳郡。

【東淀】舊時河北省境內六大澤之一,即古雍奴藪之一部分。合河北省天津市南之三角淀及附近諸淀泊,總稱東淀。承大清河之水,流經霸縣文安大城武清安次靜海諸縣境。舊惟三角淀最大,又當西沽之上,故諸水皆匯入於此。參閱畿輔通志五八、七八三角淀。

【東郭】複姓。春秋時齊國有東郭賈東郭書。齊公族大夫居東郭、南郭、北郭者,皆以居里爲姓。見宋鄧名世古今姓氏書辯證二東。

【東都】歷代王朝在統治境內東部的都城。1.周成王時營建洛邑,在鎬京之東,稱東都。見左傳昭三二年。故址在今河南洛陽市西。2.漢光武帝都洛陽,也稱東都。漢班固有東都賦。3.隋唐都長安以洛陽爲東都。唐白居易長慶集九西明寺牡丹花時憶元九詩:“何況尋花伴,東都去未迴。”

【東莞】㊀郡名。1.春秋鄆邑。漢屬琅琊國。晉泰始元年分琅琊置郡,尋省。太康十年又立,治莒。北齊廢。郡治即今山東莒縣。參閱宋書州郡志一、清徐文范東晉南北朝輿地表郡縣表二。2.東晉明帝時,僑置南東莞郡於今江蘇武進縣地,南齊廢。㊁縣名。1.漢置。隋改稱沂水,即今山東沂水縣。參閱嘉慶一統志一七七沂州府一。2.唐置。本漢博羅縣地。晉置寶安縣,唐至德二年改爲東莞。故城在今廣東寶安縣東。參閱嘉慶一統志四四二廣州府二。3.今縣。屬廣東省。唐東莞縣,宋開寶六年移置今縣地。明清均屬廣州府。縣屬虎門,清林則徐曾在此銷毀英商鴉片。參閱嘉慶一統志四四一廣州府一。

【東陵】㊀古地名。書禹貢:“過九江,至于東陵。”宋蔡沈集傳:“東陵,巴陵也。今岳州巴陵縣也。”清蔣廷錫尚書地理今釋:“東陵,即巴邱山,一名天岳山,臨大江。今湖廣岳州府城是其遺址。”近人以爲九江澧水皆在江北,東陵應不在江南,其地當在今湖北廣濟東北及黃梅縣境。㊁清朝皇帝的陵墓。1.在河北遵化縣西北馬蘭峪。順治孝陵、康熙景陵、乾隆裕陵、咸豐定陵、同治惠陵及慈禧太后陵均在此。以位於北京之東,故稱東陵,別於易縣的西陵。2.在遼寧瀋陽市東天柱山上,爲清太祖努爾哈赤陵墓。本名福陵,也稱東陵。㊂複姓。相傳是秦東陵侯邵平之後。見宋鄧名世古今姓氏書辯證二引風俗通。

【東堂】㊀東廂的堂屋。古時習射的地方。書顧命:“一人冕執劉,立于東堂。”南史庾悅傳:“劉毅家在京口,酷貧,嘗與鄉曲士大夫往東堂共射。”㊁指晉宮的正殿。晉郤詵試東堂(殿試)得第,自稱“桂林一枝”。後因稱試院爲東堂。全唐詩五八八李頻送友人遊蜀:“東堂雖不捷,西去復何愁。”宋王珪出歐陽修門下,後來與修同入翰林院,同爲主試官,珪有詩與修:“十五年前出門下,最榮今日預東堂。”見歐陽修歸田録二。參閱宋程大昌演繁露三東堂桂。

【東野】㊀古地名。春秋時魯國季孫氏封地。左傳定五年:“六月,季平子行東野。”注:“東野,季氏邑。”㊁齊東野語的省語。世說新語言語“潁川太守髡陳仲弓”南朝梁劉孝標注：“豈有盛德感人若斯之甚而不自衛，反招刑辟，殆不然乎！此所謂東野之言耳。”仲弓，東漢陳寔字。㊁複姓。莊子達生有善御者東野稷。

【東國】㊀指東都洛陽。洛在周鎬京（今陝西長安縣西南）之東，故稱東國。書康誥：“周公初基，作新大邑于東國洛。”文選南朝梁劉孝標（峻）廣絶交論：“陸大夫宴喜西都，郭有道人倫東國。”注：“東國，洛陽也。”㊁指古代齊魯徐夷等國。因皆位於我國東方，故稱東國。史記七五孟嘗君傳：“其攻秦也，欲王之令楚王割東國以與齊。”正義：“東國，齊、徐夷。”文選晉陸士衡（機）演連珠：“是以三卿世及，東國多衰弊之政；五侯並軌，西京有陵夷之運。”注：“東國，謂魯也。”

【東第】王侯貴族的住宅。史記一一七司馬相如傳喻巴蜀檄：“位爲通侯，居列東第。”索隱：“列甲第在帝城東，故云東第也。”全唐詩一三六儲光羲秦中歲晏馬舍人宅宴集：“故人處東第，清夜多新歡。”

【東湖】㊀湖名。1.在江西南昌市。新唐書地理志五洪州南昌：“縣南有東湖，元和三年，刺史韋丹開南塘斗門以節江水，開陂塘以溉田。”2.在陝西鳳翔縣東門外。水味甘美，多芰荷修竹，舊爲遊覽勝地。宋蘇軾有鳳翔八觀東湖詩。參閱嘉慶一統志二三五鳳翔府一。3.在湖北武漢市東郊。今有屈原紀念館、行吟閣及湖光閣、九女墩等名勝，爲著名遊覽勝地。㊁縣名。漢夷陵縣，南朝梁置宜州，明爲夷陵州。清雍正十三年改置東湖縣，爲湖北宜昌府治。公元1912年改名宜昌縣。參閱嘉慶一統志三五〇宜昌府。

【東道】㊀左傳僖三十年有“若舍鄭以爲東道主”語，後省“主”字，以東道作主人的代稱。元曲選馬致遠薦福碑一：“兄弟，請你那東道出來，我和他廝見。”參見“東道主”。㊁設宴請客曰作東道。宋施元之注蘇軾約公擇飲是日大風詩引文酒清話：“東京周默未嘗作東道，一日請客，時久旱，忽風雨交作。”元曲選高文秀黑旋風一：“哦！我再做個東道，請你那一班落保的都吃一個爛醉，何如？”

【東朝】㊀古代宮殿的別稱。1.漢長樂宮，太后所居，在未央宮之東，稱東朝。史記一〇七灌夫傳：“東朝廷辯之。”集解引如淳：“東朝，太后朝。”2.太子所居稱東宮，也稱東朝，因以借指太子。文選晉陸士衡（機）答賈長淵詩：“東朝既建，淑問峩峩。”注：“謂愍懷太子也。”3.唐大明宮稱東内，也稱東朝。唐詩紀事十崔日用正月七日宴大明殿：“新年宴樂坐東朝，鍾鼓鏗鍠大樂調。”㊁指三國吳。三國志吳孫翊傳蜀諸葛亮與兄瑾書：“既受東朝厚遇，依依於子弟。”蜀在西，吳在東，故稱吳爲東朝。

【東越】古代越人的一支。相傳爲越王勾踐的後裔，居今福建浙江一帶。秦末，越人無諸搖曾助劉邦擊項羽。漢高帝五年，立無諸爲閩越王，都東冶；惠帝三年，立搖爲東海王，都東甌。武帝建元六年又立閩越的餘善爲東越王，元封元年爲其下所殺，漢因遷其民於江淮間。參閱史記一一四東越傳。

【東萊】郡名。春秋時萊子國。在齊國之東，故名東萊。漢初置東萊郡，屬青州。轄山東舊登州萊州之地。治所在掖，即今山東掖縣。晉爲東萊國，南朝宋復稱東萊郡。隋初改爲萊州，大業初仍稱東萊郡。唐以後爲萊州，明清爲萊州府。參閱通典一八〇州郡十萊州。

【東菑】東邊的田畝。梁書沈約傳郊居賦：“緯東菑之故耜，浸北畝之新渠。”唐張九齡曲江集二在洪州答綦毋學士詩：“課成非所擬，人望在東菑。”

【東極】東方邊遠之地。也指東海或日出之處。史記秦始皇紀二十八年泰山刻石：“登茲泰山，周覽東極。”唐杜甫杜工部草堂詩箋二五長江之二：“浩浩終不息，乃知東極臨。”

【東陽】㊀春秋時地名。1.魯地。左傳哀八年吳伐魯，克東陽而進，即此。故址在今山東費縣西南。2.晉地。左傳襄二三年：“趙勝帥東陽之師以追齊軍。”注：“東陽，晉之山東魏郡廣平以北。”相當於今河北太行山以東地區。3.齊地。左傳襄二年齊晏弱城東陽以逼萊國，即此。故址在今山東臨朐縣東南。㊁郡名。三國吳寶鼎元年置，治所在長山縣，即今浙江金華縣。南朝陳改爲金華郡。隋改爲婺州，大業初及唐天寶初曾復稱東陽郡。參閱元和郡縣志二六婺州、嘉慶一統志二九九金華府一。㊂縣名。1.秦置。秦末陳嬰爲東陽令史，東陽少年殺縣令推嬰爲首，率衆二萬人參加項梁起義，即此。南朝陳廢。故址在今安徽天長縣西北。參閱嘉慶一統志一三四泗州。2.今縣。屬浙江省。唐垂拱二年分義烏縣置，屬婺州。明清均屬金華府。參閱嘉慶一統志二九九金華府一。㊃水名。有二源，一源南自浙江永康縣界流入，一源東自義烏縣界流入，至金華縣合成一水，稱東陽江。見元和郡縣志二六婺州金華縣。又名婺港。見嘉慶一統志二九九金華府一。㊄複姓。南朝宋有東陽无疑，撰齊諧記七卷。見隋書經籍志二。

【東隅】㊀居室的東角。儀禮士昏禮：“直室東隅。”㊁日出東隅，故以東隅指早晨。後漢書十七馮異傳：“可謂失之東隅，收之桑榆。”也指東方。隋書許善心傳神雀頌：“李虔僻處西土，陸機少長東隅。”參見“桑榆”。

【東勝】㊀州名。遼置。因唐於南河地置決勝州，故稱此爲東勝州。治所在今内蒙古托克托縣。明洪武初改建左右二衛。參閱嘉慶一統志一六〇歸化城六廳。㊁縣名。屬内蒙古。清光緒三十二年置東勝廳，公元1912年改縣。參閱清朝續文獻通考三一〇輿地六東勝廳。

【東皐】田野或高地的泛稱。文選三國魏阮嗣宗（籍）奏記詣蔣公：“籍無鄒卜之德而有其陋，猥煩大禮，何以當之。方將耕於東皐之陽，輸黍稷之税，以避當塗者之路。”晉陶潛陶淵明集五歸去來兮辭：“登東皐以舒嘯，臨清流而賦詩。”

【東鄉】㊀縣名。1.西魏置，元廢。故城在今四川宣漢縣東北。明復置。清屬四川綏定府。公元1914年改宣漢縣。參閱嘉慶一統志四〇八綏定府一。2.今縣。屬江西省。明正德八年置，屬江西撫州府，清因之。參閱嘉慶一統志三二二撫州府一。㊁複姓。漢有并州護軍東鄉子琴。見宋鄧名世古今姓氏書辯證二下。

【東溟】東海。文選南朝宋顏延之（延年）車駕幸京口侍遊蒜山作詩：“元天高北列，日觀臨東溟。”唐李白李太白詩二古風之十一：“黄河走東溟，白日落西海。”

【東楚】古地區名。1.徐州以東江蘇全境之地。史記一二九貨殖傳：“彭城以東，東海吳廣陵，此東楚也。”2.淮河以南，跨今江蘇安徽浙江三省部分地區。晉書伏滔傳正淮上：“淮南者，三代揚州之分也。當春秋時，吳楚陳蔡之舆地。戰國之末，楚全有之，而考烈王都焉。秦併天下，建立郡縣，是爲九江。劉項之際，號曰東楚。”參見“三楚㊀”。

【東訾】古邑名。又名訾城。在今河南鞏縣西南。左傳昭二四年記陰不佞獻玉於周敬王而得東訾之地，即此。參閱嘉慶一統志二六〇河南府二。

【東園】㊀漢官署名。屬少府，掌管陵墓內器物的製造和供應。見漢書百官公卿表上。參見"東園祕器"、"東園溫明"。㈡漢陵墓名。漢成帝時邛成太后葬杜陵，位於宣帝陵之東，故稱東園。見漢書九七上外戚傳孝宣王皇后。㈢園名。在江蘇儀徵縣東。宋施昌言建，歐陽修作記，蔡襄書。後人稱園、記、書爲三絕。參閱宋歐陽修文忠集四十真州東園記、嘉慶一統志九七揚州府二。

【東漸】向東流。漸，浸潤。書禹貢："東漸于海，西被于流沙，朔南暨，聲教訖于四海。"注："漸，入也。"後用作向東流傳之意。廣弘明集二十南朝梁簡文帝(蕭綱)大法頌："西踰月窟，東漸扶桑。"

【東漢】朝代名。1.公元25—220年。從劉秀(漢光武帝)稱帝起，到曹丕廢劉協(漢獻帝)止，共十二帝。因都洛陽，在漢舊都長安(今陝西西安市)之東，史稱東漢，也稱後漢。2.五代時北漢，也稱東漢。新五代史有東漢世家。參見"北漢㈡"。

【東臺】㈠官署名。唐高宗時改門下省爲東臺，中書省爲西臺。見唐趙璘因話錄五。宋蘇軾分類東坡詩三次韻張昌言給事省宿："朔野按行猶爵躍，東臺瞑坐覺烏飛。"㈡榭名，湖名。在安徽壽縣境。水經注三二肥水："肥水又西逕東臺下，臺卽壽春外郭東北隅阿之榭也。東側有一湖，三春九夏，紅荷覆水，引瀆城隍，水積成潭，謂之東臺湖。"㈢縣名。屬江蘇省。本泰州地，清乾隆三十二年析置。參閱嘉慶一統志九六揚州府一。

【東閣】㈠東廂房樓。樂府詩集二五木蘭詩："開我東閣門，坐我西間牀。"㈡閣名。故址在今四川簡陽縣東。也指東亭。唐杜甫杜工部草堂詩箋二五和裴迪登蜀州東亭："東閣官梅動詩興，還如何遜在揚州。"㈢見"東閤"。

【東閤】漢書五八公孫弘傳："時上方興功業，婁舉賢良。弘……數年至宰相封侯，於是起客館，開東閤以延賢人，與參謀議。"注："閤者，小門也，東向開之，避當庭門而引賓客，以別於掾史屬官也。"後因以稱宰相招致款待賓客之所。也作"東閣"。唐李商隱李義山詩集五九日："郎君官貴施行馬，東閣無因再得窺。"宋蘇軾分類東坡詩六九日次韻王鞏："聞道郎君閉東閤，且容老子上南樓。"參閱舊題漢劉歆西京雜記四"平津侯"、宋戴埴鼠璞下東閣。

【東蒙】蒙山。在山東蒙陰縣南。因在魯東，故又稱東蒙。論語季氏："夫顓臾，昔者先王以爲東蒙主。"唐高適高常侍集四魯郡途中遇徐十八錄事詩："前臨少昊墟，始覺東蒙長。"

【東銘】宋張載(橫渠)嘗於學堂雙牖，右書"訂頑"，左書"砭愚"。程頤(伊川)改"訂頑"爲"西銘"、"砭愚"爲"東銘"。載後撰西銘東銘正蒙。程朱理學常以兩銘教人。見宋朱熹近思錄二爲學。後以喻指道學家迂腐的套語。花草粹編七徐淵子一剪梅詞："道學從來不則聲，行也東銘，坐也西銘。"參見"西銘"。

【東維】莊子大宗師："傅說得之，以相武丁，奄有天下，乘東維，騎箕尾，而比於列星。"釋文引司馬彪："東維，箕斗之間，天漢津之東維也。"後因以東維指東方。全唐詩六四九方干送人遊日本國："波濤含左界，星斗定東維。"

【東廠】明代官署名。永樂十八年，成祖設東廠於京師東安門北，緝訪謀逆、妖言、大奸惡事，採用特務手段，監視官員，鎮壓人民。以親信宦官掌管。舊選各監中一人充任，後專用司禮監秉筆太監第二人或第三人。屬吏有貼刑官二員，由錦衣衛千户、百户充當；隸役、緝事人員也由錦衣衛撥給。成化十三年又立西廠，由太監汪直掌管，權在東廠之上。正德三年又設內廠，由司禮監劉瑾掌管，兼監東西廠。五年瑾誅死，與西廠俱廢。僅存東廠。因東西廠與錦衣衛均權勢，狼狽爲奸，故常合稱"廠衛"。參閱明沈德符萬曆野獲編六東廠、明史職官志三。

【東廚】廚房。古人庖廚多設在堂東，故稱。三國魏曹植曹子建集六當來日大難詩："日苦短，樂有餘，乃置玉樽辦東廚。"文苑英華二二〇唐顧況歸陽蕭寺有丁行者……況歸命稽首作詩："蕭寺百餘僧，東廚正揚烟。"

【東閭】複姓。漢霍光嫡妻爲東閭氏。見漢書六八霍光傳"光長女爲桀子安妻"注。東閭本齊之門名，以居里爲氏，古有東閭子。見宋鄧名世古今姓氏書辯證二東閭。

【東鄰】㈠東邊的鄰居。易既濟："東鄰殺牛，不如西鄰之禴祭，實受其福。"藝文類聚六四南朝梁庾肩吾謝東宮賜宅啓："池通西舍之流，窗映東鄰之棗。"㈡文選戰國楚宋玉登徒子好色賦中有"東家之子"語。藝文類聚十八漢司馬相如美人賦："臣之東鄰，有一女子，玄髮豐豔，蛾眉皓齒。"皆指美女。後因以東鄰指美女。唐李白李太白詩二四效古之二："自古有秀色，西施與東鄰。"又四白紵辭之一："揚清歌，發皓齒，北方佳人東鄰子。"參見"東家女"。

【東樓】㈠相傳爲夏禹的後裔。周武王滅殷得禹後東樓公，封之於杞。見史記陳杞世家。㈡複姓。東樓公之後。周有杞大夫東樓羽。見元和姓纂一。

【東甌】㈠古城名。1.古越族東海王搖的都城。故地在今浙江永嘉縣西南。參見"東越"。2.漢會稽郡南部都尉治所。漢景帝時吳王濞世子駒發兵圍東甌，卽此。故地在今福建建甌縣東南。見讀史方輿紀要九七建寧府。㈡星名。宋史天文志四二十八舍下："東甌五星，在翼南。"晉書天文志上作"東區"，在二十八宿之外。

【東選】唐王朝既建，集應選者於京師長安，選取官員。太宗貞觀元年，以歲旱穀貴，命關東應選者集於洛州，稱爲東選。見新唐書選舉志下。

【東虢】周初諸侯國名。故地在今河南滎陽縣。本虢叔封邑。後爲鄭所滅。參閱通典一七七州郡七汜水、讀史方輿紀要一歷代州域形勢虢。

【東箭】東方的竹箭。古人視爲珍品，借以比喻可貴的人品。南朝梁蕭統梁昭明集十二月啟無射九月："敬想足下秀標東箭，價重南金。"晉書虞潭顧衆傳贊："顧實南金，虞惟東箭。"

【東膠】周代大學。膠，學校。夏周都以東爲上，故稱東膠。禮王制："周人養國老於東膠，養庶老於虞庠。"注："東序、東膠，亦大學，在國中王宮之東。……膠之言糾也。"

【東壁】壁宿別名。爲玄武七宿之一。爾雅釋天："娵觜之口，營室、東壁也。"注："營室、東壁星，四方似口，因名云。"按，東壁二星相對出，與營室連成正方形，以在室東，故名。晉書天文志上二十八舍："東壁二星，主文章，天下圖書之祕府也。"後因以東壁稱藏書之所。唐張說張說之集五恩制賜食於麗正書院宴詩："東壁圖書府，西園翰墨林。"參閱詩小雅大東"維南有箕"疏、清郝懿行爾雅義疏。

【東錢】南朝梁鐵錢名。梁普通中，罷銅錢改鑄鐵錢。因鐵賤易得，私鑄者日多。鐵錢泛濫，交易者不復計數，而唯論貫。大同後，嶺東以八十爲百，名東錢；江郢以上，七十爲百，名西錢；京師以九十爲百，名長錢。見隋書食貨志。

【東龜】古占卜用龜。龜有六種，青色者稱東龜。周禮春官龜人："東龜曰果屬。"後漢書五九張衡傳思玄賦："懼筮氏之長短兮，鑽東龜以觀禎。”

【東嶽】泰山。又名岱宗 岱嶽，或省稱岱。詩大雅崧高“崧高維嶽”漢毛亨傳：“嶽，四嶽也。東嶽岱，南嶽衡，西嶽華，北嶽恆。”

【東魏】朝代名。公元 534—550 年。北魏末，元修(孝武帝)受高歡迫脅，逃往關中投宇文泰。高歡另立元善見爲帝(孝靜帝)，徙都鄴(今河南臨漳縣西南)。史稱東魏。擁有洛陽以東原北魏領土。武定八年高歡子高洋廢孝靜，自稱帝，建北齊王朝。

【東儲】東宮儲君。指皇太子。南齊書文惠太子傳：“初，太祖(蕭道成)好左氏春秋，太子承旨諷誦，以爲口實。既正位東儲，善立名尚，禮接文士，畜養武人。”

【東瀛】東海。唐 劉禹錫 劉夢得集四漢壽城春望詩：“不知何日東瀛變，此地還成要路津？”後也稱日本爲東瀛。如清俞樾選编日本詩作，卽題名爲東瀛詩記。

【東關】㊀關隘名。見“東興隄”。㊁複姓。漢有北亭侯東關義。見宋鄧名世古今姓氏書辯證二下引風俗通。

【東鯷】古國名。漢書地理志下吳地：“會稽海外有東鯷人，分爲二十餘國，以歲時來獻見云。”文選晉左太沖(思)魏都賦：“於時東鯷卽序，西傾順軌。”

【東蘠】植物名。卽“沙蓬”。產於北方沙地。九、十月間成熟。籽可食，也可榨油。漢書五七上司馬相如傳子虛賦：“其埤溼則生藏莨蒹葭、東蘠彫胡。”注：“東蘠似蓬，其實如葵子也。”史記一一七司馬相如傳作“東薔”；後漢書九十烏桓傳作“東牆”；政和證類本草二六米穀下作“東廧”。

【東蠡】草名。爾雅釋草：“芃，東蠡。”清郝懿行謂疑卽本草之蠡實，一名荔，又稱馬藺。北人呼爲馬楝子。葉似薤而長厚，三月開紫碧花，五月結實。見爾雅義疏。

【東籠】潰散貌。荀子議兵：“圜居而方止，則若磐石然，觸之者角摧，案角鹿埵隴種東籠而退耳。”注謂鹿埵、隴種、東籠“蓋皆摧敗披靡之貌”；或說“東籠與‘涷瀧’同，沾溼貌，如衣服之沾溼然”。參見“籠東”。

【東觀】㊀傳說孔子任魯國司寇時，殺少正卯於東觀之下。見漢劉向說苑指武。後因用東觀之殃指殺身之禍。漢桓寬鹽鐵論頌賢：“未覩功業所至而見東觀之殃，身得重罪，不得以壽終。”㊁在漢洛陽南宮。東漢明帝時，命班固等人在此修撰漢記，書成名爲東觀漢記。章和二帝以後爲聚藏圖書之處。安帝永初四年，詔令謁者劉珍及五經博士校定東觀五經、諸子、傳記、百家藝術，卽此。見後漢書安帝紀。後泛指宮中藏書和著書之處。北周庾信庾子山集六皇夏樂：“南宮樂已開，東觀書還聚。”晉書陳壽傳論：“(左)丘明旣没，班(固) 馬(司馬遷)迭興，奮鴻筆于西京，騁直詞于東觀。”

【東籬】晉陶潛陶淵明集三飲酒詩之五：“採菊東籬下，悠然見南山。”後因以借指菊花或種菊之處。唐岑參岑嘉州集五九日使君席奉餞衛中丞赴長水詩：“爲報使君多泛菊，更將弦管醉東籬。”

【東上閤】見“閤門使”。

【東山寺】寺名。1. 故址在今福建閩侯縣東山(卽鼓山)上。南朝陳天嘉二年虞寄因避陳寶應之亂，隱居於此。參閱陳書虞荔傳附虞寄、讀史方輿紀要九六福州府鼓山。2. 故址在今湖北蘄春縣雙峯山上。唐釋道信與弘忍並住於此，稱其法爲東山法門。參閱舊唐書一九一神秀傳。

【東山府】漢吳王劉濞收藏財物的庫房。漢書五一枚乘傳說吳王：“夫漢併二十四郡，十七諸侯，方輸錯出，運行數千里，不絕於道，其珍怪不如東山之府。”文選晉左太沖(思)吳都賦：“窺東山之府，則瓌寶溢目。”

【東方朔】公元前 154—前 93 年。漢平原厭次人。字曼倩。武帝時待詔金馬門，官至太中大夫。以奇計俳辭得親近，爲武帝弄臣。著有答客難非有先生論七諫等。漢書謂朔作八言七言詩，各有上下篇，今不傳。因其以詼諧滑稽著名，後人傳其異聞甚多，方士又附會之爲神仙。南北朝人所撰神異經海內十洲記，皆託名朔作。史記漢書有傳。

【東王公】神話中仙人。也稱木公東木公東華帝君等。與西王母(金母)並稱。領男仙，掌諸仙名籍。神異經東荒經：“東荒山中有大石室，東王公居焉。長一丈，頭髮皓白，人形鳥面而虎尾，載一黑熊，左右顧望。”參閱吳越春秋句踐陰謀外傳、太平廣記一木公(仙傳拾遺)。

【東平樹】漢劉宇(東平思王)封於東平，思歸京師。死後葬無鹽(今山東東平縣地)，傳說墳上松柏皆向西傾。見漢書八十東平思王宇傳“立三十三年薨”注引皇覽。後因以東平樹爲久客思歸的典故。文選南朝梁劉孝標(峻)重答劉秣陵沼書：“冀東平之樹，望咸陽而西靡；蓋山之泉，聞絃歌而赴節。”北周庾信庾子山集十一周使持節大將軍廣化郡開國公丘乃敦崇傳：“遊魂冤結，非無廣漢之城；久客思歸，唯有東平之樹。”

【東坡巾】古頭巾名。相傳爲宋蘇東坡(軾)所戴，故稱。其巾制有四牆，牆外有重牆，比內牆稍窄小。前後左右各以角相向，戴之則有角，介在兩眉間。明楊基眉菴集二贈許白雲詩：“麻衣紙扇趿兩屐，頭帶一幅東坡巾。”參閱古今圖書集成禮儀典三三三引三才圖會東坡巾圖說。

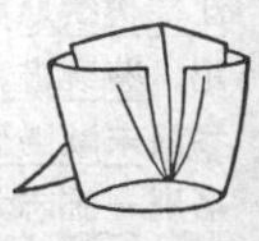
東坡巾

【東坡肉】據宋周紫芝竹坡詩話二記，蘇軾(東坡)在黃岡，戲作食豬肉詩云：“黃州好豬肉，價賤如糞土。富者不肯喫，貧者不解煮。慢着火，少着水，火候足時他自美。每日起來打一碗，飽得自家君莫管。”後餚饌中有所謂東坡肉，本此。明沈德符萬曆野獲編二六物帶人號：“肉之大胾不割者，名東坡肉。”

【東林寺】寺名。故址在今江西廬山。晉江州刺史桓伊爲釋慧遠所建。時有釋慧永，先居西林，此在其東，故名東林。太元十一年建成。唐會昌三年寺廢，大中三年復修。宋改名太平興國寺。相傳南朝宋謝靈運在寺中翻譯涅槃經，鑿池爲臺，植白蓮於池中，名其臺爲翻經臺。因稱其法門爲白蓮社。參閱唐白居易長慶集二六東林寺經藏西廊記、全唐文二六四李邕東林寺碑、宋陳舜俞廬山記二敍山北篇三十八賢傳。

【東林黨】明萬曆間，吏部郎中無錫人顧憲成被革職還鄉，倡議重修東林書院，與高攀龍等講學其中，評議朝政。天啟時宦官魏忠賢專權，東林諸人與之相抗，被目爲黨人，附閹者造東林點將録，謀作一網打盡之計。天啟五年殺楊漣左光斗魏大昌周順昌等，詔毀各地書院，並榜示東林黨人，顧憲成先死，亦被削奪贈官。崇禎卽位，魏失勢自殺，黨禁始解。清陳鼎有東林列傳，載諸人本末頗詳。參閱明史紀事本末六六東林黨議。

【東武吟】樂府楚調曲名。晉陸機、南朝宋鮑照、梁沈約、唐李白等皆有擬作。詩中多感嘆人生短暫、榮華易逝等消極厭世的思想。唐劉禹錫劉夢得集一和董中庶古散調辭贈尹果毅詩：“昔聽東武吟，壯年心已悲。”按漢有東武郡，在今山東高密縣諸城縣一帶。故或說東武爲東地歌謠之名。參閲樂府詩集四一東武吟行引古今樂録。

【東門行】樂府瑟調曲名。宋書樂志三歸入大曲。古辭有"出東門，不顧歸，來入門，悵欲悲"等語，爲貧士因困苦不能生存，抒發悲憤而作。南朝宋鮑照、唐柳宗元皆有擬作。鮑詩僅傷離別，柳作則詠兵事，皆與古辭異意。參閲樂府詩集三七東門行引古今樂録。

【東門吴】人名。戰國策秦三:"梁人有東門吴者，其子死而不憂，其相室曰:'公之愛子也，天下無有，今子死不憂，何也?'東門吴曰:'吾嘗無子，無子之時不憂；今子死，乃卽與無子時同也。臣奚憂焉?'"按列子力命作魏人。後因用爲達觀者之稱。文選晉潘安仁(岳)悼亡詩之二:"上慙東門吴，下愧蒙莊子。"

【東南寶】東南地方的珍寶。指人才。世説新語賞譽上:"張華見褚陶，語陸平原(機)曰:'君兄弟龍躍雲津，顧彦先鳳鳴朝陽，謂東南之寶已盡，不意復見褚生!'"梁書顧協傳湘東王薦協表:"顧協行稱鄉閭，學兼文武，……可謂東南之遺寶矣。"

【東家丘】傳説孔丘的西鄰不知孔丘之才學，逕稱之爲東家丘。後用爲典故，示不識人之意。三國志魏邴原傳引原別傳:"欲遠游學，詣安丘孫崧。崧辭曰:'君鄉里鄭君(玄)，……誠學者之師模也。君乃舍之，躡屣千里，所謂以鄭爲東家丘者也。'"亦用以指多知之人。宋王之道相山集四和江和仲司理喜雨詩:"老蟾宿畢君知否?欲煩更問東家丘。"參見"家丘"。

【東庫本】宋絳帖之一本。宋潘師旦刻絳帖二十卷，死後其二子分帖石爲二。長子欠官錢，没入上十卷帖石於絳州公庫，絳守摹刻下十卷以補足，合稱東庫本。今傳絳帖，以此本爲多。參閲宋趙希鵠洞天清禄集古今石刻辯、曹士冕法帖譜系雜説下東庫本。參見"絳帖"。

【東原録】宋龔鼎臣撰。一卷。辨訂經史，考論訓詁，兼記宋代掌故、雜事。

【東皋子】唐王績别號。見"王績"。

【東郭履】漢武帝時齊方士東郭先生，家貧，履有上無下，行走雪中，足盡踐地。見史記一二六滑稽傳。後因用以形容人窮困潦倒。唐李白李太白詩十二贈宣城趙太守悦:"自笑東郭履，側慙狐白温。"

【東郭㕙】古傳説善跑的兔。㕙，音cūn。漢劉向新序五雜事:"昔者齊有良兔曰東郭㕙，蓋一旦而走五百里。"唐元稹長慶集十代曲江老人詩:"箭倒南山虎，鷹擒東郭㕙。"戰國策齊三作"東郭逡"。也省作"東郭"。文選漢張平子(衡)西京賦:"毚兔聯猭，陵巒超壑。比諸東郭，莫之能獲。"

【東華門】北京故宫東門。參見"紫禁城"。

【東華録】清乾隆三十年，重開國史館，蔣良騏任纂修，採内閣之實録檔案等編成。三十三卷。述愛新覺羅·努爾哈赤天命至胤禎雍正五朝間事。因國史館在東華門内，故名。光緒時王先謙以其簡略，爲之增補；輯集乾隆嘉慶道光同治朝史料，共四百二十四卷，名十朝東華録。潘頤福輯咸豐朝東華録六十九卷，王先謙增補爲一百卷；又自輯同治朝東華録一百卷。後朱壽朋據當時邸鈔、京報等，又增光緒朝史料，輯光緒朝東華續録二百二十卷。

【東陵瓜】漢初有召(邵)平，本秦東陵侯。秦亡，爲民，種瓜於長安城東。相傳瓜味甜美，俗稱東陵瓜。見史記蕭相國世家。文選三國魏阮嗣宗(籍)詠懷詩之九:"昔聞東陵瓜，近在青門外。"也稱青門瓜。南朝梁何遜何水部集南還道中送贈劉諮議別詩:"目想平陵柏，心憶青門瓜。"

【東陵侯】召(邵)平。秦東陵侯，秦滅後爲民，種瓜長安城東以營生。北周庾信庾子山集三擬詠懷之二四:"昔日東陵侯，惟有瓜園在。"信以梁臣，奉命使北周，被留不返，故以東陵侯自喻。參見"召平"。

【東道主】春秋時晉秦合兵圍鄭，鄭文公使燭之武説秦穆公使解圍，曰:"若舍鄭以爲東道主，行李之往來，共其乏困，君亦無所害。"見左傳僖三十年。按鄭在秦東，可隨時供應往來的秦使節的所缺，故稱東道主。史記晉世家作"東道交"。後泛指主人。明王世貞弇州山人四部稿一二四復楊都督書:"武林游目，大是佳事，況重之以東道主哉。"參見"東道"。

【東萊集】又名東萊吕太史文集。宋吕祖謙著，四十卷。其中文集十五卷，家訓書信之類爲别集十六卷，應試文字爲外集五卷，年譜遺事爲附録三卷，又拾遺(麗澤論説集録)一卷。爲其弟祖儉及從子喬年所編。近人胡宗楙著考異四卷，附於近代刻本續金華叢書東萊集後。

【東園公】人名。也稱園公。漢初商山四皓之一。姓唐字宣明，居園中，因以爲號。見史記留侯世家"顧上有不能致者，天下有四人"唐司馬貞索隱引陳留志。一説姓園名秉，號園公，陳留襄邑人。見晉陶潛陶淵明集九集聖賢羣輔録上。參見"商山四皓"。

【東寧省】清順治十八年鄭成功以臺灣爲承天府，名東都。至其子鄭經改爲東寧省。康熙二十三年改置臺灣府，屬福建省。參閲嘉慶一統志四三七臺灣府。

【東興隄】堤名。故址在今安徽含山縣西南。三國吴黄龍二年始築，以遏巢湖水，後廢。建興元年十月，諸葛恪會衆於東興，更築大堤，並於左右兩側傍山築兩城。一名東關，在濡須山；一名西關，在七寶山。同年十二月，恪以四萬兵力大敗魏七萬之師於東關。見三國志吴諸葛恪傳、魏齊王紀嘉平四年。

【東山再起】晉謝安(安石)初爲佐著作郎，因病辭官，隱東山。朝廷屢詔不仕，時人因言:"安石不肯出，將如蒼生何!"年四十出爲桓温司馬，遷中書令，官至司徒。見世説新語排調、晉書謝安傳。後因以東山起爲隱士出仕的典故。唐杜甫杜工部草堂詩箋三八暮秋……呈蘇渙侍御:"無數將軍西第成，早作丞相東山起。"也以"東山再起"比喻重新得勢。參見"東山"。

【東方千騎】玉臺新詠一古樂府日出東南隅行:"東方千餘騎，夫婿居上頭。"此爲詩中女子羅敷自述其夫居官高貴，儀從煊赫。樂府詩集六四南朝梁簡文帝采菊篇:"東方千騎從驪駒，豈不下山逢故夫。"卽用此故事。後因用爲指女子的夫貴之詞。也作"東方騎"。唐詩紀事四褚亮燭花:"言是東方騎，來尋南陌車。"

【東市朝衣】漢景帝時，御史大夫鼂錯衣朝衣斬東市。見史記一〇一鼂錯傳。後因以"東市朝衣"代指大臣被殺。清吴偉業梅村家藏稿三鴛湖曲:"東市朝衣一旦休，北邙坯〔抔〕土亦難留。"參見"東市"。

【東西洋考】明張燮撰。十二卷。成書於萬曆四十五年。主要記載與我國通商國家的沿革、事迹、形勢、物産以及交易情況等。計西洋十五國，東洋七國。不通互市者，列爲外紀。爲研究明代對外交通以及東南亞地區史地的重要參考資料。

【東西梁山】山名。卽東梁山和西梁山，都在安徽省境内。東梁山卽當塗縣的博望山，西梁山卽和縣的梁山。二山隔江相對，遠望如門，又有天門山之稱。

參閱嘉慶一統志一二〇太平府一博望山、一三一和州梁山。

【東扶西倒】形容力不能支，不克自立。宋楊萬里誠齋集二四過南蕩詩：“笑殺槿籬能耐事，東扶西倒野酴醾。”朱子語類一二五老氏：“如某此身已衰耗，如破屋相似，東扶西倒，雖欲修養，亦何能有益耶？”

【東里全集】明楊士奇著。九十七卷，又別集四卷。士奇在明初與楊榮楊溥並稱三楊。當時詔令碑版文字，多出其手。古文敍事平穩，似宋歐陽修。

【東坡七集】宋蘇軾撰，通行本一百一十卷。分前集、後集、續集、奏議集、外制集、內制集、應詔集，故稱東坡七集。與其弟轍所撰軾墓誌著録的集名、卷數相校，多續集應詔集二種二十二卷。所收爲詩文，詞另有東坡樂府，不在七集之內。又有經進東坡文集事略六十卷，爲宋郎曄注本。單行詩集，注本尤多。著者有宋王十朋的集注分類東坡先生詩、施元之注蘇詩、清查慎行補注東坡編年詩、馮應榴的蘇詩合注等。

【東坡志林】宋蘇軾著。一名東坡手澤。通行本五卷。爲軾後人輯其所遺筆記而成。內容包括紀遊誌異、議物論人，旁及幽冥夢幻、道果僊緣等。另有十二卷本，又經增益，單行的仇池筆記，亦在其中。

【東林書院】故址在今江蘇無錫市。本宋楊時講學處。元廢爲僧舍。明顧憲成等於萬曆間倡議重修，講學於此，因被目爲東林黨。明天啟五年詔毀。清康熙間又重修。清許獻等有東林書院志二十二卷。參見“東林黨”。

【東門黃犬】秦丞相李斯，因趙高誣以謀反而腰斬，臨刑謂其中子曰：“吾欲與若復牽黃犬俱出上蔡東門逐狡兔，豈可得乎！”見史記八七李斯傳。後因以東門黃犬指作官遭禍，抽身悔遲。南朝陳徐陵徐孝穆集六梁貞陽侯重與王太尉書：“東門黃犬，固以長悲；南陽白衣，何可復得！”

【東施效顰】顰，皺眉。也作“矉”。古越國美女西施因患心病而捧心皺眉，同村醜女以爲美，亦捧心效其顰，而醜益增。見莊子天運。莊子只說醜人，未指爲誰。太平寰宇記九六越州載諸暨縣巫里有西施東施家。後人指醜女爲東施，用東施效顰比喻以醜拙强學美好。紅樓夢三十：“(寶玉)因又自笑道：‘若真也葬花，可謂東施效顰了，不但不爲新奇，而且更是可厭。’”

【東食西宿】藝文類聚四十漢應劭風俗通兩袒：“俗說齊人有女，二人求之。東家子醜而富，西家子好而貧。父母疑不能決，問其女，定所欲適。‘難指斥言者，偏袒，令我知之。’女便兩袒，怪問其故。云：‘欲東家食，西家宿。’此爲兩袒者也。”其後因以東食西宿比喻貪利之人，企圖兼有兩利。聊齋志異黃英：“黃英曰：‘東食西宿，廉者當不如是。’”

【東皇太一】神名。楚辭九歌首篇篇名。參見“東皇”、“九歌”。

【東海揚塵】傳說仙人麻姑與王方平會晤時，自言已見東海三爲桑田，近日蓬萊水淺，意將復爲陵陸。王方平因嘆道：“聖人皆言海中行復揚塵也。”見神仙傳二王遠。後因用東海揚塵比喻世事變化無常。

【東家雜記】宋孔傳撰。二卷。傳爲孔子四十七代孫。成書於紹興年間，專記孔子事。上卷分九類，敍世系封爵；下卷分十二類，述孔廟古蹟。

【東軒筆録】宋魏泰撰。十五卷。成書於宋元祐間，多記宋代雜事。尚有可採。

【東都事略】宋王偁撰。一百三十卷。偁父賞曾爲實録修撰。偁承其家學，博採北宋史略，輯成此書。敍北宋九朝之事，起太祖建隆，至欽宗靖康，分本紀十二、世家五、列傳一百五、附録八。元人所修宋史的北宋部分，多取材於此書。

【東張西望】窺探之狀。明缺名西湖記傳奇毆媒改悔：“掩在門後，東張西望，側耳聽聲。”

【東窗事犯】也作“東窗事發”。宋元間傳說，秦檜殺岳飛，曾與其妻預謀於東窗之下。檜死，在陰間受審，對一道士說：“可煩傳語夫人，東窗事犯矣。”見元張昱張光弼詩集三詠何立事注、明田汝成西湖遊覽志餘四。元孔文卿(學詩)有地藏王證東窗事犯雜劇，卽演此事。也作秦太師東窗事犯。或說爲元金仁傑撰。後稱陰謀敗露將被懲治爲東窗事犯或東窗事發，本此。參閱明郎瑛七修類稿二三。

【東萊博議】見“東萊左氏博議”。

【東萊詩集】宋呂本中撰。二十卷。其詩得法於黃庭堅，於江西詩派中，自居殿軍。集刻於宋乾道初，有曾幾序。舊鈔本有慶元二年陸游序，爲後來傳鈔所增，有四部叢刊續編影宋本。

【東勝身洲】佛經所說四大部洲之一。梵語弗于逮、弗婆提，義譯爲勝身。地形如滿月，居民身形殊勝，體無諸疾，故名勝身。明吳承恩西遊記一作“東勝神洲”。參閱唐慧琳一切經音義一大般若波羅密多經一東勝身洲、翻譯名義集三世界。

【東塗西抹】唐薛逢晚年失意，曾騎瘦馬赴朝，值新進士列隊而出，前導責逢讓路。逢遣人答曰：“報道莫貧相，阿婆三五年少時，也曾東塗西抹來。”見五代王定保唐摭言三慈恩寺題名遊賞賦詠雜記。本以婦女裝飾爲喻。後用爲對自己寫作的謙詞。宋陸游劍南詩稿六九山房：“東塗西抹非無意，皺面朱鉛太不宜。”金元好問遺山集十四自題寫真詩：“東塗西抹竊時名，一線微官悞半生。”

【東園祕器】漢有官署稱東園，掌管王公貴族墓內器物的製作，故稱棺木爲東園祕器。漢書九三董賢傳：“及至東園祕器，珠襦玉柙，豫以賜賢，無不備具。”注引漢舊儀：“東園祕器作棺梓，素木長二丈，崇廣四尺。”晉書王祥傳：“詔賜東園祕器，朝服一具。”參閱後漢書禮儀志下。

【東園温明】古代王公貴族的葬具之一。漢霍光死，宣帝賜以東園温明。見漢書六八霍光傳。注引服虔：“東園處此器，形如方漆桶，開一面，漆畫之，以鏡置其中，以懸屍上，大斂并蓋之。”參見“東園㊀”。

【東園叢說】舊題宋李如篪撰。三卷。大都爲考證經傳，評論史事之說。自序謂作於紹興二年，但書中記有紹興二十四年、三十一年事；亦有不似南宋人語處，或爲後人因如篪書名，採舊文依託而成。

【東頭供奉】唐從官名。高宗永徽以後，皇帝多居大明宮，別置從官，稱爲東頭供奉官。因大明宮稱東內，故云。原西內從官人員不廢，稱西頭供奉官。參閱宋沈括夢溪筆談一故事一。

【東齋記事】宋范鎮撰。成於元豐中。原書久佚，今本爲清人從永樂大典中輯出，分五卷。又輯別本所引續爲補遺一卷。約存原書的大半。雜記前朝故事傳聞。鎮蜀人，書爲其退仕家居後作，所記以蜀事爲多。

【東觀奏記】唐裴庭裕撰，三卷。用編年體記敍宣宗一朝之事。爲其在史局時監修宣宗實録的稿本。自序稱成書後進奏記於監修國史丞相晉國公杜讓能，藏之於閣，以備討論。在唐代諸雜史中以翔實著稱，宋司馬光等纂資治通鑒采入三十二條，考異采入一條。

【東觀漢記】東漢官修本朝紀傳體史書。明帝時創修，至靈帝熹平中，成書一百四十三卷。班固劉珍李尤崔寔盧植馬日磾蔡邕等先後參與編纂。初無書名，後稱漢記，隋書經籍志著録始題爲東觀漢記。體例皆同史記漢書。魏晉時與史記漢書並稱三史。自南朝宋范曄後漢書流行以來，漸歸廢佚。今本二十四卷，爲清人據永樂大典等書輯成。分帝紀三卷、年表一卷、志一卷、列傳十七卷，載記和佚文各一卷。

【東觀餘論】宋黄伯思著，二卷。伯思精於辨析考證碑帖、古器。此書爲其子訒合其所著法帖刊誤、古器説兩書及論辨題跋而成。伯思别有集百卷，故此稱餘論。跋稱十卷，今本僅二卷。

【東西南北人】禮檀弓上：“今丘也，東西南北之人也，不可以弗識也。”注：“東西南北言居無常處也。”因以稱飄流在外，行踪不定的人。唐高適高常侍集五人日寄杜二拾遺詩：“龍鍾還忝二千石，愧爾東西南北人。”宋陳與義簡齋集十九寄何子應詩：“綸巾老子無遠策，長作東西南北客。”

【東京夢華録】宋孟元老撰，十卷。爲作者南渡後追憶北宋東京汴梁（今河南開封市）的繁盛景況而作。列子黄帝篇説黄帝夢遊華胥氏之國，其國自然而治，其民安樂無窮。書名夢華，以此取義。所記有汴梁坊市、商肆、節序、風土習俗以及典禮、儀制等。保存了許多有關當時經濟、文學藝術等資料。

【東風射馬耳】指風過馬耳邊。比喻漠然無所動心。射，也作“吹”。唐李白李太白詩十九答王十二寒夜獨酌有懷：“世人聞此皆掉頭，有如東風射馬耳。”

【東塾讀書記】清陳澧著，二十五卷。分論經、史、子及文字訓詁。完稿十五卷，論史十卷未成。

【東風壓倒西風】紅樓夢八二黛玉道：“但凡家庭之事，不是東風壓了西風，就是西風壓了東風。”意卽兩種對立的力量，一方必然壓倒另一方。

【東萊左氏博議】宋吕祖謙著，二十五卷，一百六十八篇。四庫全書總目作詳注東萊左氏博議。簡稱東萊博議。成書於乾道四年。門人張成招爲作注。以左傳記載的某些史實爲題加以評論，舊時常作初學寫文章的入門書。

杰 jié 集韻 巨列切，入，薛韻。
ㄐㄧㄝ

多用於人名。南朝梁有斸杰。見玉篇及宋龐元英文昌雜録六。今爲“傑”的簡體字。

枓 1. zhǔ 之庾切，上，麌韻，照。
ㄓㄨˇ

㊀勺子。舀水用具。禮喪大記：“浴水用盆，沃水用枓。”史記七十張儀傳“乃令工人作爲金斗”唐司馬貞索隱：“凡方者爲斗，若安長柄，則名爲枓，音主。”

2. dǒu 當口切，上，厚韻，端。
ㄉㄡˇ

㊁見“枓₂栱”。

【枓₂栱】木結構建築柱上支持棟梁的方木。也作“料拱”、“斗栱”、“斗拱”。爾雅釋宫“大者謂之栱”清郝懿行義疏：“柱上枓栱，所以拱持梁棟，故廣韻云：‘枓，柱上方木也。’”

枋 1. fāng 府良切，平，陽韻，幫。
ㄈㄤ

㊀木名。莊子逍遥遊：“我決起而飛，槍榆枋。”釋文引李頤謂爲檀木。㊁大木椿。爲築堤堰之用。水經注九淇水引晉盧諶征艱賦：“後背洪枋巨堰，深渠高堤。”

2. bìng 集韻 陂病切，去，映韻。
ㄅㄧㄥˋ

㊂權柄。通“柄”。周禮春官内史：“内史掌王之八枋之法。”釋文引作“八柄”。參見“八柄”。

【枋₂司】權柄的掌握。指作宰相一類的高官。宋文鑑六七吕公著定州謝上表：“久預枋司，積有妨賢之畏；洊祈麾寄，更圖陳力之方。”枋，一本作“材”。

【枋箄】用竹木編成的桴筏。後漢書十七岑彭傳：“公孫述遣其將任滿、田戎、程汎將數萬人乘枋箄下江關。”注：“枋箄，以木竹爲之，浮於水上。……枋，卽舫字，古通用耳。”

【枋頭】地名。在今河南浚縣西南淇門渡。古稱淇水口。漢建安九年，曹操在淇水口用大枋木作堰，堵截淇水使東入白溝，以運軍糧民食，其地遂稱爲枋頭。晉太和四年，桓温伐後燕，爲慕容垂所襲，大敗於此。參閲水經注九淇水、晉書桓温傳、苻洪傳。

杭 1. háng 胡郎切，平，唐韻，匣。
ㄏㄤˊ

㊀渡，渡船。通“航”。詩衛風河廣：“誰謂河廣，一葦杭之。”楚辭屈原九章惜誦：“昔余夢登天兮，魂中道而無杭。”㊁杭州杭縣皆省稱杭。㊂姓。宋有杭開。見通志二九氏族五。

2. kāng
ㄎㄤ

㊃見“杭₂莊”。

【杭州】府名。春秋時吴越二國之境。本名錢塘。漢爲會稽郡。隋置杭州，大業初改爲餘杭郡。唐復置杭州。五代時吴越王錢鏐建都於此，稱西府。宋建炎三年高宗自鎮江奔杭州，升爲臨安府，爲浙西路治所。元爲杭州路，明改府，清因之，爲浙江省治所。公元1912年廢。改爲杭縣。公元1927年置杭州市。參閲太平寰宇記九三杭州、嘉慶一統志二八三杭州府一。

【杭₂莊】寬闊平坦的大道。卽康莊。管子輕重丁：“請以令決瓁洛之水，通之杭莊之間。”清王念孫謂當爲“抗”，抗，古讀若康。抗莊卽康莊。參閲郭沫若等管子集校。

【杭縣】縣名。秦置錢唐縣，東漢併入餘杭縣，三國吴復置，唐改爲錢塘。南宋改爲臨安府治。明清爲杭州府治。公元1912年併仁和錢塘二縣置杭縣，屬浙江省。公元1958年撤銷，併入杭州市。公元1961年改入餘杭縣。參閲嘉慶一統志二八三杭州府一。

【杭世駿】公元1696—1773年。清浙江仁和人。字大宗，號堇甫。博覽羣書，工詩文。乾隆元年舉博學鴻詞，授編修，官至御史。曾校勘武英殿十三經、二十四史，纂修三禮義疏。因上書言事，被罷官還鄉，自號秦亭老民。長期爲粤秀安定兩書院主講。著有石經考異史記考異漢書疏證三國志補注經史質疑續方言道古堂詩文集等書。

枕 1. zhěn 章荏切，上，寝韻，照。
ㄓㄣˇ

㊀枕頭。詩陳風澤陂：“寤寐無爲，輾轉伏枕。”㊁枕骨。字本作“煩”。内經素問骨空論：“頭横骨爲枕。”指人枕骨。爾雅釋魚：“魚枕謂之丁。”注：“枕在魚頭骨中，形似篆書丁字。”㊂車後横木。通“軫”。方言九：“軫謂之枕。”釋名釋車：“枕，横也。”清畢沅疏證：“横在前如卧牀之有枕也。”今鐵路承軌的横木叫枕木，本此。

2. zhèn 之任切，去，沁韻，照。
ㄓㄣˋ

㊃以頭枕物。論語述而：“曲肱而枕之。”㊄臨，靠近。漢書六四嚴助傳：“會稽東接於海，南近諸越，北枕大江。”

【枕$_2$干】頭枕盾牌。干，盾；泛指武器。禮檀弓上："子夏問於孔子曰：'居父母之仇，如之何？'夫子曰：'寢苫，枕干，不仕。'"枕干而寢，謂復仇志切。

【枕函】中間可以放置物件的匣狀枕頭。唐司空圖司空表聖詩集三楊柳枝壽盃詞之六："偶然樓上捲珠簾，往往長條拂枕函。"也叫枕匣。宋史三六三李光傳："嘗寘匕首枕匣中。"

【枕席】枕與席，指臥具。借指睡眠。呂氏春秋順民："身不安枕席，口不甘厚味。"

【枕$_2$席】縱橫相枕而臥。猶枕藉。淮南子本經："凍餓飢寒，死者相枕席也。"

【枕$_2$疾】臥病。晉書桓溫傳上疏："夫盛衰常理，過備無害，故漢高枕疾，呂后問相；孝武不豫，霍光啟嗣。嗚噎以問身後，蓋所存者大也。"

【枕幃】採香花縫入囊內製成的枕。幃，香囊。宋黃庭堅山谷內集六見諸人唱和酴醿詩輒次韻戲詠詩："名字因壺酒，風流付枕幃。"也作"枕囊"。又山谷外集十二觀王主簿家酴醿詩："風流徹骨成春酒，夢寐宜人入枕囊。"又陸游劍南詩稿十九詩題："余年二十時，嘗作菊枕詩，頗傳於人，今秋偶復采菊縫枕囊，悽然有感。"

【枕$_2$腕】寫字時以右手腕枕左手腕而書。詳"懸腕"。

【枕$_2$塊】古時居父母之喪，用土塊做枕頭，表示悲痛之極。墨子節葬下："寢苫枕凷。"凷，即"塊"字。荀子禮論："齊衰苴杖，居廬食粥，席薪枕塊，所以爲至痛飾也。"

【枕$_2$藉】縱橫相枕而臥。漢書九十尹賞傳："其餘盡以次內虎穴中，百人爲輩，覆以大石。數日壹發視，皆相枕藉死。"宋蘇軾經進東坡文集事略一前赤壁賦："相與枕藉乎舟中，不知東方之既白。"也作"枕籍"。引申爲沉溺、埋頭。漢桓寬鹽鐵論殊路："夫重懷古道，枕籍詩書，危不能安，亂不能治，郵里逐雞，雞亦無黨也。"

【枕$_2$麴】沉溺於酒，嗜酒。晉書劉伶傳酒德頌："先生於是方捧罌承槽，銜杯漱醪，奮髯箕踞，枕麴藉糟。"唐劉禹錫劉夢得集外集五酬馬大夫以愚獻通草茇葜酒感通拔二字因而寄別之作詩："莫訝提壺贈，家傳枕麴風。"

【枕囊】見"枕幃"。

【枕中記】唐沈既濟著。述盧生於邯鄲旅舍中，藉呂翁授枕而臥，夢已登第拜相，榮寵非常。醒來店主所蒸黍飯尚未熟，因悟富貴功名如同一夢。故事本南朝宋劉義慶幽明録楊林玉枕，沈作録入唐陳翰異聞集，已佚。見文苑英華八三三。太平廣記八二録異聞集，題作呂翁。明湯顯祖作邯鄲記即以此故事爲題材。參見"黃粱夢"。

【枕中書】㊀藏在枕匣裏的書。指珍祕的書籍。越絕書外傳枕中："以丹書帛，置之枕中，以爲邦寶。"也省作"枕中"。唐白居易長慶集五八對鏡偶吟贈張道士抱元詩："今日逢師雖已晚，枕中治老有何方。"參見"枕中鴻寶"。㊁書名。舊題晉葛洪撰。一卷。記神仙方術之事，爲後來術士所僞託。

【枕$_2$山棲谷】比喻隱居山林。後漢書六一黃瓊傳李固與瓊書："誠遂欲枕山棲谷，擬跡巢、由，斯則可矣，若當輔政濟民，今其時也。"

【枕$_2$戈待旦】枕着兵器，等待天明，形容殺敵心切。世說新語賞譽"劉琨稱祖車騎爲朗詣"注引晉陽秋："劉琨與親舊書曰：'吾枕戈待旦，志梟逆虜，常恐祖生（逖）先吾著鞭耳！'"

【枕$_2$戈寢甲】睡時以戈爲枕，不脫鎧甲，形容經常在戰爭之中。晉書赫連勃勃載記："朕無撥亂之才，不能弘濟兆庶，自枕戈寢甲，十有二年，而四海未同，遺寇尚熾。"也作"枕戈坐甲"。周書文帝紀上與侯莫陳悅書："如其首鼠兩端，不時奉詔，專戮違旨，國有常刑，枕戈坐甲，指日相見。"此指作好戰爭的準備。

【枕中鴻寶】漢書三六楚元王傳附劉向："上（宣帝）復興神僊方術之事，而淮南有枕中鴻寶、苑祕書，書言神僊使鬼物爲金之術。"注："鴻寶苑祕書，並道術篇名。臧在枕中，言常存録之不漏泄也。"淮南，漢淮南王劉安。後以枕中鴻寶泛指珍祕的書籍。

【枕$_2$石漱流】比喻隱居山林。宋書樂志三魏武帝（曹操）秋胡行晨上："名山歷觀，遨遊北極。枕石漱流飲泉。"三國志蜀彭羕傳薦秦宓："伏見處士綿竹秦宓，……枕石漱流，吟詠縕袍，偃息於仁義之途，恬惔於浩然之域。"

【枕$_2$流漱石】見"漱石枕流"。

枉

wǎng 紆往切，上，養韻，影。ㄨㄤˇ

㊀彎曲。荀子王霸："辟之是猶立直木，而求其景之枉也。"㊁不正直，邪惡。論語爲政："舉直錯諸枉，則民服。"㊂冤屈。漢王充論衡："恒人多枉，衆多非一。"㊃屈就。戰國策韓二："不遠千里，枉車騎而交臣。"用於別人，含有敬意。唐杜甫杜工部草堂詩箋十六西枝村尋置草堂地夜宿贊公土室之一："昨枉霞上作，盛論巖中趣。"㊄徒然，白費。唐李白李太白詩五清平調之二："一枝紅豔露凝香，雲雨巫山枉斷腸。"

【枉矢】㊀不直的箭。禮投壺："某有枉矢、哨壺，請以樂賓。"注："枉、哨，不正貌，爲謙辭。"㊁箭名。周禮夏官司弓矢："凡矢，枉矢、絜矢利火射，用諸守城、車戰。"注："枉矢者，取名變星，飛行有光，今之飛矛是也。"㊂星名。史記天官書："枉矢，類大流星，虵行而倉黑，望之如有毛羽然。"文選漢張平子（衡）西京賦："弧旌枉矢，虹旃蜺旄。"唐呂延濟注："弧旌枉矢皆星名，畫以飾幟也。"

【枉法】違法，以私意歪曲法律。商君書定分："天下之吏民，雖有賢良辯慧，不能開一言以枉法。"韓非子姦劫弒臣："我不以清廉方正奉法，乃以貪污之心枉法以取私利，是猶上高陵之顛，墮峻谿之下而求生，必不幾矣。"凡官吏受賄曲斷，均謂枉法；其所得之贓，稱枉法贓。參閱唐律疏議十一受人財請求。

【枉狀】誣告別人的書狀。後漢書十二彭寵傳："又與吳漢蓋延等書，盛言（朱）浮枉狀，固求同徵。"又七十孔融傳："（曹操）遂令丞相軍謀祭酒路粹枉狀奏融。"

【枉渚】㊀在枉水上的一個小河灣，爲流入沅水之處。在今湖南常德縣南。也作"枉陼"。楚辭屈原九章涉江："朝發枉陼兮，夕宿辰陽。"參閱嘉慶一統志三六四常德府。㊁即琵琶洲。在今甘肅兩當縣南。舊因洲渚迂迴，人跡罕至，故又名枉渚。唐杜甫杜工部草堂詩箋十六兩當縣吳十侍御江上宅"鵾雞號枉渚"，即此。參閱嘉慶一統志二七四秦州。

【枉道】㊀不用正道以求容取媚。論語微子："枉道而事人，何必去父母之邦？"㊁繞道。文選魏文帝（曹丕）與朝歌令吳質書："今遣騎到鄴，故使枉道相過。"

【枉結】㊀冤屈，冤結。後漢書十七馮異傳："懷來百姓，申理枉結。"㊁下交，交結。後漢書六十下蔡邕傳論："董卓一旦入朝，辟書先下，分明枉結，信宿三遷。"

【枉駕】屈駕。稱人走訪的敬辭。三國志蜀諸葛亮傳："此人可就見，不可屈致也，將軍宜枉駕顧之。"文選古詩十九首："良人惟古懽，枉駕惠前綏。"

【枉橈】枉謂違法曲斷，橈謂有理不申。禮月令孟秋之月："斬殺必當，毋或枉橈。"淮南子時則作"枉撓"。

【枉濫】指無辜受害，擴大冤獄。魏書高恭之傳上疏："竊見御史出使，悉受風聞，雖時獲罪人，亦不無枉濫。"

【枉騎】猶言枉駕。史記七七魏公子傳："臣有客在市屠中，願枉車騎過之。"文苑英華九一二唐嚴識玄潭州都督楊志本碑："耿純自結，早申獻帛之誠；吳質舊遊，時蒙枉騎之眷。"

【枉攘】紛亂貌。也作"俇攘"。楚辭漢嚴忌哀時命："摡塵垢之枉攘兮，除穢累而反真。"參見"俇攘"。

【枉顧】屈尊看望。稱人來訪的敬辭。宋歐陽修文忠集一四六與趙康靖公書熙寧三年："嚮嘗辱許枉顧，雖日企竚，乃出於乘興，不敢坐邀。"

【枉人山】山名。1.在河南浚縣西北。又名上陽山。傳說商紂枉殺比干於此，故稱。見太平寰宇記五七通利軍黎陽縣。水經注九淇水："淇水東北逕枉人山東、牽城西。"卽此。2.在湖南常德縣東南。水經注三七沅水："沅水又東歷小灣，謂之枉渚。渚東里許，便得枉人山。"參閱嘉慶一統志三六四常德府。

【枉己正人】孟子萬章上："吾未聞枉己而正人者也，況辱己以正天下者乎？"此指不正已身而欲正人，爲不可能之事。

【枉口拔舌】胡言亂語。多指造謠生事，惡意中傷。金瓶梅二五："是那個嚼舌根的，没空生有，枉口拔舌，調唆你來欺負老娘！"

【枉尺直尋】孟子滕文公下："且志曰：'枉尺而直尋'，宜若可爲。"八尺爲一尋。屈一尺而得伸直八尺，指小有所屈而大有所獲。後漢書張衡傳應閒："枉尺直尋，議者譏之，盈欲虧志，孰云非羞？"

【枉費心力】白費心力。宋朱熹朱文公集六三答甘道士書："所云築室藏書，此亦恐枉費心力。"也作"枉費心計"。紅樓夢一〇六："如今枉費心計，掙了一輩子的强，偏偏兒的落在人後頭了！"

枅 jī ㄐㄧ

同"枅"。見"枅"。

杬 yuán ㄩㄢ 愚袁切，平，元韻，疑。

㊀木名。文選晉左太沖(思)吳都賦："緜杬杶櫨。"注："杬，大樹也，其皮厚，味近苦澀，剥乾之，正赤，煎訖，以藏衆果，使不爛敗，以增其味，豫章有之。"㊁草名。通"芫"。其汁可以毒魚，故又名魚毒。見爾雅釋木。參閱清郝懿行爾雅義疏。

【杬子】食品名。取杬木皮，斫碎煮汁，趁熱加鹽，冷却後，以浸鴨蛋，蛋鹹卽可煮食。卽今之鹹鴨蛋之類。北魏賈思勰齊民要術六養鵝鴨有作杬子法。宋楊萬里誠齋集三二野店詩："深紅杬子輕紅鮓，難得江西鄉味美。"

枎 fú ㄈㄨ 防無切，平，虞韻，並。

㊀木名。管子地員："五沃之土……宜彼羣木，桐、柞、枎、櫄。"㊁花萼。通"柎"。見集韻虞。㊂見"枎疏"。

【枎疏】形容枝葉茂盛，四下分布。也作"扶疏"。參閱清段玉裁說文解字"枎"注。

杮 fèi ㄈㄟ 芳廢切，去，廢韻，滂。

削下的木片。同"𣏟"。按此字右从"朩"，隸變作"杮"，與果名"柿"之从"市"者別爲一字。文選晉潘安仁(岳)馬汧督誄序："爨陳焦之麥，杮梠桷之松。"

枝 zhī ㄓ 章移切，平，支韻，照。

㊀樹幹旁出的枝條。詩小雅采薇："維柞之枝，其葉蓬蓬。"國語晉八："枝葉益長，本根益茂。"㊁分支。荀子儒效："故以枝代主而非越也。"韓非子說疑："內寵並后，外寵貳政，枝子配適，大臣擬主，亂之道也。"枝子卽庶子。㊂分散。易繫辭下："中心疑者其辭枝。"疏："枝，謂樹枝也。中心於事疑惑，則其心不定，其辭分散，若閒枝也。"㊃支持，抵拒。通"支"。左傳桓五年："蔡衛不枝，固將先奔。"參見"枝梧"。㊄通"肢"。荀子儒效："行禮要節而安之，若生四枝。"四枝卽四肢。㊅量詞。多用於杆狀之物。玉臺新詠六南朝梁費昶華觀省中夜聞城外搗衣詩："衣薰百和屑，鬢搖九枝花。"

【枝水】支流。管子度地："水別於他水，入於大水及海者，命曰枝水。"

【枝江】縣名。屬湖北省。春秋羅國地。漢置縣，屬南郡。以江水於縣西別出爲沱，而東復合於江，故名。唐屬江陵府，明清屬荆州府。參閱寰宇通志五三荆州府枝江縣。

【枝官】冗官，多餘的官。韓非子和氏："不如使封君之子孫三世而收爵祿，絕滅百吏之祿秩，損不急之枝官，以奉選練之士。"

【枝拄】支撑。文選漢王文考(延壽)魯靈光殿賦："浮柱岹嵽以星懸，漂嶢峴而枝拄。"晉張載注："枝拄，言無根而倚立也。"

【枝指】歧生的指頭。莊子駢拇："駢拇枝指，出乎性哉，而侈於德。"釋文："如字。三蒼云：枝指，手有六指也。崔(譔)云：音歧，謂指有歧也。"

【枝柱】抵觸，不順從。漢書地理志下："(楚地)信巫鬼，重淫祀。而漢中淫失枝柱，與巴蜀同俗。"注："枝柱，言意相節卻，不順從也。"

【枝格】突出的枝條。淮南子說林："懸垂之類，有時而隧；枝格之屬，有時而弛。"史記一一七司馬相如傳上林賦："夭蟜枝格，偃蹇杪顛。"

【枝梧】㊀本指斜而相抵的支柱，引申爲抗拒、抵觸。史記項羽紀："項羽晨朝上將軍宋義，卽其帳中斬宋義頭，……當是時，諸將皆慴服，莫敢枝梧。"集解："如淳曰：梧音悟。枝梧猶枝拄也。(薛)瓚曰：小柱爲枝，邪柱爲梧，今屋梧邪柱是也。"唐杜甫杜工部草堂詩箋七夜聽許十一誦詩愛而有作："陶謝不枝梧，風騷共推激。"㊁支持，支撑。宋陸游劍南詩稿五十村居書事："藥物枝梧病漸蘇，門前野老笑相呼。"

【枝戚】謂親屬。陳書始興王伯茂傳詔："日者皇基肇建，封樹枝戚，……其徙封嗣王頊爲安成王，封第二子伯茂爲始興王，以奉昭烈王祀。"

【枝詞】易繫辭下："中心疑者其辭枝。"後以枝辭(詞)指無關要旨或浮華的言辭。唐李商隱李義山文集二爲濮陽公檄劉稹文："足下，前以肺肝，布諸簡素，仰承復命，猶奉枝詞。"宋蘇軾東坡集前集二四鳧繹先生詩集敍："其遊談以爲高，枝詞以爲觀美者，先生無一言焉。"

【枝棲】唐李義府見太宗，作咏烏詩，有"上林許多樹，不借一枝棲"之句，爲太宗所賞識，破格授予監察御史。見唐劉肅大唐新語七知微。語本莊子逍遙遊"鷦鷯巢於深林，不過一枝"，用鳥藉枝棲，比喻託身之處。

【枝葉】㊀枝和葉。莊子山木："見大木枝葉盛茂。"㊁比喻同宗旁支，親屬。左傳文七年："昭公將去羣公子，樂豫曰：'不可。公族，公室之枝葉也，若去之，則本根無所庇陰矣。'"後漢書五四楊震傳上疏："周廣、謝惲兄弟，與國無肺腑枝葉之屬，依倚近倖姦佞之人，與樊豐王永等分威共權，屬託州郡，傾動大臣。"㊂比喻無關要旨或瑣碎、浮華的言辭。禮表記："天下無道，則辭有枝葉。"唐白居易長慶集二四有唐善人墓碑："前後著文，凡一百五十二首，皆詣理撮要，詞無枝葉。"㊃比喻部屬或從屬的事物。史記漢興以來諸侯王年表："而漢郡八九十，形錯諸侯間，犬牙相臨，秉其阸塞地利，彊本幹，弱枝葉之勢，尊卑明而萬事各得其所矣。"資治通鑑一〇五晉太元八年："國兵新破，四方皆有離心，宜徵集名將，置之京師，以固根本，鎮枝葉。"

【枝幹】㊀枝條和樹幹。常喻主次或大宗和旁支。文選三國魏曹元首（冏）六代論："至於王赧降爲庶人，猶枝幹相持，得居虛位。"㊁天干地支。同"支干"。宋王應麟小學紺珠一律曆類十幹："甲乙謂之幹，子丑謂之枝；枝幹相配，以成六旬。"

【枝節】比喻次要、瑣細或橫生旁出的事情。朱子語類十讀書法上："讀書且就那一段本文意上看，不必又生枝節。"元曲選楊景賢劉行首三："無名火未斷絶，又生出閒枝節。"

【枝解】古代分割四肢的酷刑。同"支解"。韓非子難言："吳起收泣於岸門，痛西河之爲秦，卒枝解於楚。"

【枝撑】支持，抵住。唐杜甫杜工部草堂詩箋六自京赴奉先詠懷："河梁幸未折，枝撑聲窸窣。"

【枝蔓】指枝條和藤蔓。比喻事情糾纏牽連或煩瑣紛雜。舊五代史刑法志桑簡能上封事："竊以諸道州府都郡縣，應見禁罪人，或有久在囹圄，稍滯區分，胥吏侮文，枝蔓乃衆。"

【枝蹄】偶蹄。爾雅釋畜："騉駼，枝蹄趼，善陞甗。"釋文引孫炎："騉駼之馬，枝蹄如牛而下平。"

【枝瀆】支流。水經注三七澧水："澧水又東，南注于沅水，曰澧口，蓋其枝瀆耳。"

【枝鵲】漢甘泉宮外的宮觀名。漢書八七上揚雄傳："甘泉本因秦離宮……宮外近則洪厓、旁皇、儲胥、弩阹，遠則石關、封巒、枝鵲、露寒、棠梨、師得，遊觀屈奇瑰瑋。"史記一一七司馬相如傳上林賦作"雉鵲"。

【枝屬】宗族。史記項羽紀："諸項氏枝屬，漢王皆不誅。"又五宗世家："中山靖王勝……爲人樂酒好內，有子枝屬百二十餘人。"

【枝頭乾】沒有摘而枯乾在樹枝上的果實。宋張文潛晁無咎任館職，久不升遷，時蘇轍（子由）從中書舍人授户部侍郎，無咎曰："子由此除不離核。"文潛答曰："豈不勝汝枝頭乾乎？"言其滯於原職，久不升遷。參閱宋葉夢得石林燕語五。

林 lín 力尋切，平，侵韻，來。
ㄌㄧㄣˊ

㊀成片的樹木。詩小雅車舝："依彼平林，有集維鷮。"也指叢生的草、竹等。晉陸機陸士衡集五招隱詩："激楚佇蘭林，回芳薄秀木。"㊁泛指人或事物的會聚、彙集。如儒林、藝林。漢書六二司馬遷傳報任安書："士有此五者，然後可以託於世，列於君子之林矣。"㊂指鄉里或退隱的地方。唐張説張説之集七和魏僕射還鄉詩："富貴還鄉國，光輝滿舊林。"參見"林下"。㊃盛貌。詩小雅賓之初筵："百禮既至，有壬有林。"宋朱熹集傳："林，盛也。"毛傳謂林，君也。㊄姓。相傳爲殷比干後，避難於長林山，因以爲氏。春秋魯有林放，孔子弟子。見元和姓纂五。

【林下】樹林之下。本指幽静之地。1. 形容閒雅、超脱。世説新語賢媛："王夫人神情散朗，故有林下風氣。"王夫人，晉王凝之妻謝道藴。後因稱婦女超逸之致爲林下風。宋樓鑰攻媿集十四茅夫人挽詞詩："清心玉映許誰同，更有飄飄林下風。"2. 指退隱之所。南朝梁釋慧皎高僧傳五竺僧朗："朗常蔬食布衣，志耽人外，……與隱士張忠爲林下之契，每共遊處。"唐韋丹曾寄釋靈澈詩，示欲退隱，靈澈答詩云："相逢盡道休官去，林下何曾見一人。"見唐范攄雲溪友議四。舊稱罷官爲退歸林下，即此意。

【林牙】遼官名。遼置大林牙院，掌文翰之事，設有北面都林牙、左林牙、右林牙等官。宋黄庭堅山谷外集四和謝公定河朔漫成詩之六："漢庭數遣林牙使，羌種來窺雁塞耕。"參閱遼史百官一、又國語解。

【林光】秦離宫名。胡亥時所造，縱横各五里。漢又於其旁起甘泉宫。漢書郊祀志下載成帝時雷震林光宫門，又六八金日磾傳記武帝往林光宫，即此。文選漢張平子（衡）西京賦："覜往昔之遺館，獲林光於秦餘。"參閱三輔黄圖一宫。

【林邑】南海古國名。秦爲林邑，晉隋稱林邑國。五代後周時稱占城。參見"占城"。

【林甸】樹林與郊野。唐王勃王子安集十五梓州郪縣靈瑞寺浮圖碑："山川霽而風景涼，林甸清而雲霧絶。"

【林於】竹名。北周庾信庾子山集五奉和永豐殿下言志詩之六："含風摇古度，防露動林於。"也作"林箊"。唐高適高常侍集三苦雨寄房四昆季詩："彌望無端倪，北風擊林箊。"晉戴凱之竹譜作"箖箊"。

【林表】㊀林外，林端。文選南齊謝玄暉（朓）休沐重還道中詩："雲端楚山見，林表吳岫微。"㊁漢宫中女官名。漢書一〇〇上敍傳："時長信庭林表適使來，聞見之。"注："長信宫庭之林表也。林表，官名耳。庭，非官稱也。"

【林坰】林野。文選三國魏陳孔璋（琳）爲曹洪與魏文帝書："夫緑驥垂耳於林坰，鴻雀戢翼於汙池，褻之者固以爲園囿之凡鳥，外廄之下乘也。"注："爾雅曰：野外謂之林，林外謂之坰。"唐杜甫杜工部草堂詩箋六橋陵三十韻呈縣内諸官："朝儀限霄漢，客思迴林坰。"

【林林】紛紜衆多貌。唐柳宗元柳先生集一貞符："惟人之初，揔揔而生，林林而羣。"後來稱事物繁多爲"林林總總"。

【林屋】山洞名。在江蘇吳縣洞庭西山（古稱包山）。周迴四百里，名左神幽墟之天，道家列爲十大洞天之九。唐陸龜蒙甫里集二奉和太湖詩入林屋洞："知名十小天，林屋當第九。"見雲笈七籤二七洞天福地。

【林泉】山林與泉石。指幽静宜於隱遁之所。梁書庾詵傳："經史百家無不該綜，緯候書射，棊筭機巧，並一時之絶，而性託夷簡，特愛林泉。"亦用以稱退隱。宋徐鉉徐公文集五奉和子龍大監與舍弟贈答之什詩："懷恩未遂林泉約，竊位空慙組綬懸。"

【林逋】公元 967—1028 年。宋錢塘人。字君復。隱居西湖孤山，二十年不入城市。工行書，喜爲詩。不娶；種梅養鶴以自娱，因有"梅妻鶴子"之稱。卒謚和靖先生。有林和靖詩三卷，桑世昌輯其遺事爲西湖紀逸一卷。參閱宋史四五七林逋傳、明田汝成西湖遊覽志二放鶴亭。

【林莽】草木深邃平遠的境域。漢書八七下揚雄傳長楊賦："羅千乘於林莽，列萬騎於山隅。"注："草平曰莽。"三國志吳賀邵傳上諫疏："發江邊戍兵，以驅麋鹿，結罝山陵，芟夷林莽。"

【林熙】爬樹的遊戲。漢王充論衡自紀："儕倫好掩雀、捕蟬、戲錢、林熙，充獨不肯。"

【林閭】㊀村莊的里門。文選南朝宋顏延年（延之）贈王太常詩："林閭時晏開，亟迴長者轍。"也指郊居的住宅。唐張九齡曲江集三南山下舊居閑放詩："塊然屏塵事，幽獨坐林閭。"㊁複姓。漢有蜀人林閭翁孺。見方言後附漢揚雄答劉歆書。

【林慮】㊀縣名。見"林縣"。㊁山名。

卽隆慮山。在河南林縣西北。漢夏馥、隋盧太冀皆避地於此。見嘉慶一統志一九六彰德府一。

【林澤】山林與水澤。也指隱逸的地方。史記一二九貨殖傳:"故其民齪齪。頗有桑麻之業,無林澤之饒。"世說新語賞譽下:"王右軍(羲之)道謝萬石(萬)在林澤中爲自遒上。"又:"謝太傅(安)稱王脩齡(胡之)曰:'司州可與林澤遊。'"

【林縣】縣名。屬河南省。戰國韓置臨慮邑,漢置隆慮縣,又改林慮縣。北魏併入鄴縣,後復爲林慮縣。金置林州,明洪武三年改爲縣,清代承之。屬河南彰德府。參閱寰宇通志九一彰德府林縣。

【林錯】林木交錯。形容繁多。晉陸機陸士衡集八七徵:"萬宇雲覆,千楹林錯。"藝文類聚三六晉張華歸田賦:"豐疏果之林錯,茂桑麻之紛敷。"

【林衡】古官名。周禮地官之屬,掌保護巡守林木。文選晉左太沖(思)魏都賦:"儷拱木於林衡,授全模於梓匠。"

【林薄】草木叢雜的地方。楚辭屈原九章涉江:"露申辛夷,死林薄兮。"注:"叢木曰林,草木交錯曰薄。"也借指隱居的地方。晉書束皙傳玄居釋:"是士諱登朝而競赴林薄。"

【林檎】果名。卽沙果。也稱花紅、來禽、文林郎果。或謂此果味甘,果林能招衆禽,故有林檎、來禽之名。宋書謝靈運傳山居賦:"枇杷林檎,帶谷映渚。"明李時珍云:林檎卽柰之小而圓者,其味酢者爲楸子。參閱本草綱目三十果二。

【林壑】山林與澗谷。指景物幽深之境。文選南朝宋謝靈運石壁精舍還湖中作詩:"林壑斂暝色,雲霞收夕霏。"宋歐陽修文忠集三九醉翁亭記:"環滁皆山也。其西南諸峯,林壑尤美。"

【林鍾】古樂十二律之一。禮月令季夏之月:"其音徵,律中林鍾。"史記律書:"林鍾者,言萬物就死,氣林林然。其於十二子爲未。"周禮大司樂作"函鍾"。

【林離】㊀衆盛貌。史記一一七司馬相如傳大人賦:"滂濞泱軋,灑以林離。"㊁古樂名。文選漢班孟堅(固)東都賦"僸佅兜離"注引孝經鉤命決:"西夷之樂曰林離。"

【林藪】山林水澤之間。1.借指隱居的地方。漢蔡邕蔡中郎集七薦皇甫規表:"藏器林藪之中,以辭徵召之寵。"後漢書七九上儒林傳序:"先是四方學士多懷協圖書,遁逃林藪。"2.比喻聚集的處所。後漢書四十下班固傳典引:"與之乎斟酌道德之淵源,肴覈仁義之林藪。"世說新語賞譽上:"裴僕射(頠),時人謂爲言談之林藪。"

【林巒】樹林與峰巒。泛指山林。文選南齊孔德璋(稚珪)北山移文:"望林巒而有失,顧草木而如喪。"也借指隱居的地方。唐李白李太白詩九贈參寥子:"長揖不受官,拂衣歸林巒。"

【林宗巾】東漢郭太,字林宗,品學爲時人所重。嘗外出遇雨,頭巾一角陷下。人争效之,故折頭巾一角,稱爲林宗巾。見後漢書六八郭太傳。文苑英華二四七南朝梁吳均贈周散騎興嗣詩之二:"唯安萊蕪甑,兼慕林宗巾。"

【林則徐】公元1785—1850年。清福建侯官人。字元撫,一字少穆。嘉慶十六年進士,道光十七年任湖廣總督,次年爲欽差大臣,赴廣州查禁鴉片,於虎門銷毁繳獲英美商人之鴉片二百餘萬斤,並嚴設海防。英國發動鴉片戰争,則徐屢敗入侵之英艦。十九年爲兩廣總督。後以英商勾結官僚琦善,被譖革職。二十七年復起爲雲貴總督,加太子太保。奕詝(咸豐)卽位,命爲欽差大臣,赴廣西督辦軍務,至潮州病卒。謚文忠。著有政書、信及録、雲左山房詩鈔等。

【林爽文】公元?—1788年。清臺灣人,爲天地會領袖。乾隆五十一年發動起義,攻克彰化等地,建號順天。清廷命福康安率師入臺鎮壓,爽文戰敗被俘,在北京就義。參閱皇朝經世文編八四趙翼平定臺灣述略。

【林歷山】山名。在安徽黟縣西南。山峰四面壁立,高數十丈,地勢絶險。漢末建安十三年山越人陳僕祖山等據此以抗孫權,後爲賀齊所破。參閱讀史方輿紀要二八徽州府。

【林靈素】宋温州人。政和三年至京師,以方術爲徽宗寵信,先後賜號通真達靈先生金門羽客玄妙先生,並爲建上清寶籙宫。喜爲大言,欺世惑衆,門徒近兩萬人,生活豪奢,所爲恣横,大爲民患。曾建議設立道學,欲盡廢佛教,爲衆所痛恨。政和二年,因路遇皇太子不迴避,斥還鄉里。旋病死。參閱宋史四六二方技傳。

【林下神仙】指隱士。全唐詩七六〇張令問與杜光庭:"試問朝中爲宰相,何如林下作神仙?"

【林泉高致】書名。宋郭熙撰。一卷。分山水訓畫意畫訣畫題畫格拾遺畫記六篇。由熙子思(若虛)記其父論畫山水之語,纂集整理成書,爲我國古代山水畫論的系統著作。

梻 fèi ㄈㄟˋ 字彙 芳未切,音費。

削下的木片。說文作"柿",廣韻作"柹",或作"梻"。參見"柿"。

栝 hù ㄏㄨˋ 胡誤切,去,暮韻,匣。

古時官府門前所設的障礙物。也稱行馬。用木頭交插製成,以阻擋行人。說文:"栝,行馬也。"文選晉潘安仁(岳)藉田賦:"於是乃使甸師清畿,野廬掃路,封人壝宫,掌舍設栝。"參見"梐栝"、"行馬"。

杶 chūn ㄔㄨㄣ 丑倫切,平,諄韻,徹。

木名。椿樹。也作"櫄"。書禹貢:"(荊州)厥貢……杶、榦、栝、柏。"參見"櫄"。

枒 1. yá ㄧㄚˊ 五加切,平,麻韻,疑。

㊀見"枒杈"。

2. yé ㄧㄝˊ 吾駕切,去,禡韻,疑。集韻 余遮切,平,麻韻。

㊁木名。說文:"枒,木也。"文選晉左太沖(思)蜀都賦:"其樹則有木蘭梫桂、杞櫹椅桐、椶枒楔樅。"也作"梛"、"椰"。參見"椰"。

【枒杈】樹枝縱横雜出貌。元王惲秋澗集七趙邈齪虎圖行:"巔崖老樹纏冰雪,石觜枒杈横積鐵。"

枕 yóu ㄧㄡˊ 羽求切,平,尤韻,于。

木名。樟樹,也稱章枕。太平御覽九六〇交州記:"枕赤色,堪作船作牀。"

杯 bēi ㄅㄟ 布回切,平,灰韻,幫。

盛飲料的器皿。也作"桮"、"柸"、"盃"。莊子逍遥遊:"覆杯水於坳堂之上,則芥爲之舟;置杯焉則膠,水淺而舟大也。"史記項羽紀:"必欲烹而翁,則幸分我一桮羹。"唐白居易長慶集四黑潭龍詩:"神之去兮風亦静,香火滅兮盃盤冷。"

【杯杓】酒杯和杓子。也作"桮杓"。借指飲酒。史記項羽紀:"沛公不勝桮杓,不能辭。"漢書四五息夫躬傳:"霍顯之謀將行於杯杓,荊軻之變必起於帷幄。"

【杯珓】占卜吉凶的用具。用兩片蚌殼(或以竹、木製成其形),投空擲於地,視其俯仰,以定吉凶,稱爲卜珓或擲珓。也作"盃珓"、"柸筊"。唐韓愈昌黎集三謁衡嶽廟遂宿嶽寺題門樓詩:"手持杯珓導我擲,云此最吉餘難同。"參閱宋程大昌演繁露三卜教、葉夢得石林燕語一。

【杯圈】一種木製的飲器。禮玉藻："母没而杯圈不能飲焉，口澤之氣存焉爾。"注："圈，屈木所爲，謂卮匜之屬。"後因稱思念亡母爲杯圈之思。參見"桮棬"。

【杯渡】晉宋時僧人，不知姓名。亦作"杯度"。傳說其曾乘木杯渡水，故以杯渡爲名。廣東寶安縣南九龍半島有屯門山，亦稱杯渡山。即以杯渡曾居此而得名。參閱南朝梁釋慧皎高僧傳十杯度、嘉慶一統志四四一廣州府一。後以杯渡故事稱僧人的出行。唐杜甫杜工部詩八題玄武禪師屋壁："錫飛常近鶴，杯渡不驚鷗。"

【杯中物】指酒。晉陶潛陶淵明集三責子詩："天運苟如此，且進杯中物。"唐杜甫杜工部草堂詩箋二二戲題寄上漢中王之一："忍斷杯中物，眠看座右銘。"

【杯柈舞】晉代舞名。漢有柈舞，晉太康中加杯，以手接杯盤反覆而舞，故名。也稱晉世寧舞。見晉書樂志下。宋書樂志一作"桮槃舞"。柈、槃，通"盤"。

【杯弓蛇影】漢應劭風俗通九怪神記杜宣飲酒，見杯中似有蛇，酒後胸腹作痛，多方醫治不愈；後知爲壁上所懸赤弩照於杯，形如蛇，病即愈。晉書樂廣傳也有類似的記述。後因以杯弓蛇影或蛇影杯弓形容疑神疑鬼，自相驚擾。

【杯水車薪】比喻力量太小，無濟於事。孟子告子上："今之爲仁者，猶以一杯水救一車薪之火也。"宋李曾伯可齋雜藁九淮西總領謝平章："杯水救薪，豈能甦涸；籌沙作米，安足療飢。"也作"杯水輿薪"。宋曹輔唐顏文忠公新廟記："杯水輿薪，勢且莫抗。"（八瓊室金石補正一〇七）

【杯盤狼藉】形容宴飲後杯盤等放置零亂。杯，也作"盃"。藉，也作"籍"。史記一二六淳于髡傳："履舄交錯，杯盤狼藉。"唐白居易長慶集六六酬鄭二司録與李六郎中寒食日相過同宴見贈："盃盤狼藉宜親夜，風景闌珊欲過春。"

杼 1. zhù ㄓㄨˋ 直吕切，上，語韻，澄。

㊀織布梭。戰國策秦二："其母懼，投杼踰牆而走。"參見"杼軸"。㊁削薄，削尖。周禮考工記輪人："凡爲輪，行澤者欲杼，行山者欲侔。"注："杼，謂削薄其踐地者。"又玉人："大圭長三尺，杼上終葵首。"注："杼，閷也。"

2. shù ㄕㄨˋ 神與切，上，語韻，神。

㊂木名。即柞樹。莊子山木："逃於大澤，衣裘褐，食杼栗。"爾雅釋木："栩，杼。"注："柞樹。"參見"柞"。㊃排洩。管子禁藏："鑽燧易火，杼井易水，所以去茲毒也。"

3. shū ㄕㄨ

㊄抒發。通"抒"。史記七六平原君傳"及鄒衍過趙"集解引漢劉向別録："杼意通指，明其所謂。"索隱："杼音墅。杼者，舒也。"

【杼首】長頭。古人認爲長壽之相。方言二："趙魏之郊，燕之北鄙，凡大人謂之豐人。燕記曰：'豐人杼首。'杼首，長首也。"文選晉左太沖(思)魏都賦："宵貌蕞陋，稟質遳脆。巷無杼首，里罕耆耋。"注："交益之人，率皆弱陋，故曰無杼首也。"

【杼柚】見"杼軸"。

【杼3情】抒發情思。楚辭屈原九章惜誦："惜誦以致愍兮，發憤以杼情。"後多作"抒情"。

【杼雲】形如織梭的雲。史記天官書："杼雲類杼，軸雲摶兩端兑。"漢書天文志軸作"柚"。

【杼軸】㊀織布機上的兩個部件。杼，即"梭"，司緯綫；軸，本作"柚"，滚筒，即卷織物之軸。也用以泛指紡織。詩小雅大東："小東大東，杼柚其空。"三國志吴賀邵傳上疏："百姓罹杼軸之困，黎民罷無已之求。"㊁古時男耕女織，以杼軸作妻子或婦女的代稱。藝文類聚三二南朝梁何遜爲衡山侯與婦書："遲枉瓊瑶，慰其杼柚。"㊂杼軸組織經緯而成布，故用以比喻詩文的組織、構思。文選晉陸士衡(機)文賦："雖杼軸於予懷，怵他人之我先。"注："杼軸，以織喻也。"清洪亮吉北江詩話五："太僕(施朝幹)詩，以四言、五言爲最，次則歌行，即近體亦別出杼軸，迥不猶人。"

【杼山集】唐釋皎然撰，十卷。也稱晝上人集。皎然字清晝，南朝宋謝靈運十世孫，居杼山，與貫休齊己皆以詩名，論者謂其詩較齊己爲弱，而高潔過於貫休。集末附有雜文數篇。明毛晉輯唐三高僧詩本，有補遺一卷。

杷 1. pá ㄆㄚˊ 蒲巴切，平，麻韻，並。白駕切，去，禡韻，並。

㊀農具名。有齒，用以耙梳、聚攏。用竹、木或鐵等製成。急就篇三："捃穫秉把插捌杷。"注："無齒爲捌，有齒爲杷，皆所以推引聚禾穀也。"㊁用手挖掘。漢書七二貢禹傳："農夫父子暴露中野，不避寒暑，捽屮杷土，手足胼胝。"注："杷，手掊之也。"㊂耙梳。北魏賈思勰齊民要術一耕田："耕荒畢，以鐵齒鍋楱，再徧杷之。"㊃見"枇杷"。㊄姓。見姓觿三。

2. bà ㄅㄚˋ 集韻必駕切，去，禡韻。

㊅柄，把。通"欛"。晉書王濛傳："臨殯，劉惔以犀杷麈尾置棺中。"世説新語傷逝作"犀柄"。

【杷車】兵車。又名李公車、孩兒杷。車上設有機伏，下牽繩引發，可飛石擊遠，用於攻城破寨。見明黄一正事物紺珠。一說，杷車屬飛梯一類，登高時使用。武備志一〇九軍資繪有"杷車"圖。

杷車

杻 1. niǔ ㄋㄧㄡˇ 女久切，上，有韻，娘。

㊀木名。多彎曲，可爲弓弩。詩唐風山有樞："山有栲，隰有杻。"傳："杻，檍也。"參見"檍"。

2. chǒu ㄔㄡˇ 敕久切，上，有韻，徹。

㊁刑具名。即手銬。舊唐書刑法志："又繫囚之具，有枷、杻、鉗、鎖，皆有長短廣狹之制，量罪輕重，節級用之。"參見"扭"。

【杻2械】手銬脚鐐。在手曰杻，在足曰械。唐杜甫杜工部草堂詩箋二二草堂："眼前列杻械，背後吹笙竽。"

杪 miǎo ㄇㄧㄠˇ 亡沼切，上，小韻，明。

㊀樹梢，木末。史記一一七司馬相如傳上林賦："夭蟜枝格，偃蹇杪顛。"南史王元規傳："梁时，山陰縣有暴水，流漂居宅……(元規)留其男女三人，閣於樹杪。及水退，俱獲全。"㊁末尾，末端。禮王制："冢宰制國用，必於歲之杪。"漢書九九上王莽傳："同時斷斬，懸頭竿杪。"

【杪小】微小。後漢書二八下馮衍傳顯志賦論："常務道德之實，而不求當世之名，闊略杪小之禮，蕩佚人間之事。"

【杪冬】暮冬，農曆十二月。太平御覽二七南朝梁元帝纂要："十二月季冬，亦曰暮冬、杪冬、餘月、暮節、暮歲。"

【杪季】末世。抱朴子詰鮑："降及杪季，智用巧生。"

【杪春】暮春。農曆三月。文苑英華二七五唐李端送友人遊江東詩："江上花開盡，南行見杪春。"

【杪秋】暮秋，農曆九月。楚辭宋玉九辯："靚杪秋之遥夜兮，心繚悷而有哀。"

太平御覽二五南朝梁元帝纂要："九月季秋，亦曰暮秋、末秋、暮商、季商、杪秋。"

【杪歲】歲暮。晉書桓彝傳論："況交霜雪於杪歲，晦風雨於將晨。"

杫 1. sì ㄙˋ 斯義切，去，寘韻，心。

㊀几案。方言五："俎，几也，西南蜀漢之郊曰杫。"後漢書四一鍾離意傳附藥崧："家貧爲郎，常獨直臺上，無被，枕杫。"注："杫音思漬反，謂俎几也。"

2. xǐ ㄒㄧˇ 集韻 想氏切，上，紙韻。

㊁木名。同"榹"。見集韻。

枏 nán ㄋㄢˊ 集韻 那含切，平，覃韻。 如占切，平，鹽韻。

木名。同"柟"、"楠"。史記一二九貨殖傳："江南出枏梓。"參見"楠"。

杳 yǎo ㄧㄠˇ 烏皎切，上，篠韻，影。

昏暗，深遠。楚辭屈原九歌山鬼："雲容容兮而在下，杳冥冥兮羌晝晦。"管子內業："是故民氣，杲乎如登於天，杳乎如入於淵。"引申爲不見踪影之意。參見"杳茫"。

【杳杳】深遠幽暗貌。楚辭屈原九章懷沙："眴兮杳杳，孔靜幽默。"又漢劉向九嘆遠逝："日杳杳以西頹兮，路長遠而窘迫。"

【杳冥】㊀高遠不能見的地方。文選戰國楚宋玉對楚王問："鳳皇上擊九千里，絕雲霓，負蒼天，翱翔乎杳冥之上。"也作"杳溟"。又晉郭景純(璞)江賦："凌波縱柂，電往杳溟。"㊁幽暗。漢書五三中山靖王劉勝傳對問："臣聞白日曬光，幽隱皆照，明月曜夜，蚉蝱宵見。然雲蒸列布，杳冥晝昏，……何則？物有蔽之也。"

【杳眇】深遠貌。也作"杳渺"。史記一一七司馬相如傳上林賦："俛杳眇而無見，仰攀橑而捫天。"又大人賦："紅杳渺以眩湣兮，猋風涌而雲浮。"

【杳茫】遼闊無際。猶渺茫。廣弘明集五南朝梁沈約均聖論："至於太虛之空曠，無始之杳茫，豈唯言象莫窺，良以心慮事絕。"

【杳淼】同"杳眇"。唐元稹長慶集七遣春詩之二："空濛天色嫩，杳淼江西平。"

【杳篠】幽深貌。多形容山水宮室。後漢書四十上班彪傳附班固西都賦："步甬道以縈紆，又杳篠而不見陽。"

【杳藹】深遠貌。文選漢張平子(衡)南都賦："杳藹蓊鬱於谷底，森蓴蓴而刺天。"也作"杳靄"。唐韋應物韋江州集六往雲門郊居塗經迴流作詩："明滅泛孤景，杳靄含夕虛。"

枘 ruì ㄖㄨㄟˋ 而銳切，去，祭韻，日。

榫頭。莊子天下："鑿不圍枘。"

【枘鑿】榫頭和卯眼。楚辭屈原離騷："不量鑿而正枘兮，固前脩以菹醢。"又宋玉九辨："圜鑿而方枘兮，固知其鉏鋙而難入。"以方榫插圓孔，難以插入。後略去方圓字而以枘鑿指兩不相合之意。宋劉克莊後村集十三贈施道州詩之二："拮据自笑營巢拙，枘鑿明知合轍難。"參見"鑿枘"。

枇 1. pí ㄆㄧˊ 房脂切，平，脂韻，並。

㊀見"枇杷"。

2. bǐ ㄅㄧˇ 卑履切，上，旨韻，幫。

㊁大木匙。通"朼"、"匕"。古祭祀時，用以挑起牛羊等牲體放在以木爲架的祭器俎上。喪禮用桑木，吉禮用棘木。禮雜記上："枇以桑，長三尺，或曰五尺。"

3. bì ㄅㄧˋ 毗至切，去，至韻，並。

㊂櫛。篦子。通"梐"、"篦"。後漢書五五濟北惠王壽傳梁太后詔："頭不枇沐，體生瘡腫。"

【枇杷】常綠樹木。果可食，葉能入藥。產於我國南方各省。或謂以葉形似琵琶而名。史記一一七司馬相如傳上林賦："枇杷橪柿，楟柰厚朴。"參閱本草綱目三十果二枇杷。

【枇杷門巷】唐胡曾贈蜀妓薛濤詩："萬里橋邊女校書，枇杷花下閉門居。"見五代後蜀何光遠鑒誡錄十蜀才婦。全唐詩胡曾王建名下皆有此詩。後稱妓家爲枇杷門巷，本此。

枍 xín ㄒㄧㄣˊ 徐林切，平，侵韻，邪。

木葉。見廣韻。

枍 yì ㄧˋ 於計切，去，霽韻，影。

木名。即檍樹。

【枍詣】漢建章宮中有枍詣宮。因美木茂盛得名。後漢書四十上班彪傳附班固西都賦："經駘盪而出馺娑，洞枍詣與天梁。"也作宮殿的泛稱。初學記二四隋江總侍宴瑤泉殿詩："水亭通枍詣，石路接堂皇。"

枌 fén ㄈㄣˊ 符分切，平，文韻，並。

㊀木名。白榆。詩陳風東門之枌："東門之枌，宛丘之栩。"疏引孫炎："榆白者名枌。"㊁重屋的梁。文選晉左太沖(思)魏都賦："枌橑複結，欒櫨疊施。"注："說文：'棼，複屋棟也。'棼與枌，古字通。"

【枌邑】漢高祖初起兵，禱於枌榆社。後因以枌邑指帝鄉。文選南朝梁江文通(淹)雜體詩袁太尉："宮廟禮哀敬，枌邑道嚴玄。"

【枌榆】漢高祖爲豐枌榆鄉人，初起兵時禱於枌榆社，見史記封禪書。後因以枌榆爲故鄉的代稱。文選漢張平子(衡)西京賦："豈伊不虔思于天衢，豈伊不懷歸于枌榆。"南齊書沈文季傳："文季（謂褚淵）曰：'惟桑與梓，必恭敬止，豈如明公亡國失土，不識枌榆。'"

松 sōng ㄙㄨㄥ 祥容切，平，鍾韻，邪。

㊀木名。常綠樹。書禹貢："(青州)厥貢鹽絺，海物惟錯，岱畎絲、枲、鉛、松、怪石。"因其經冬不彫，松齡長久，常以喻堅貞，祝壽考。詩小雅斯干："如竹苞矣，如松茂矣。"㊁姓。見宋邵思姓解二。

【松山】地名。在今遼寧錦州市南。傍山築城，地勢險要。爲錦州重要屏障。明崇禎十二年，洪承疇總督薊遼，駐師於此。十五年後金兵破松山，承疇兵敗被俘降清，明廷盡失關東之地。參閱嘉慶一統志六四錦州府。

【松子】赤松子的省稱。三國魏曹植曹子建集五贈白馬王彪："虛無求列仙，松子久吾欺。"梁書阮孝緒傳："願迹松子於瀛海，追許由於穹谷，庶保促生，以免塵累。"

【松文】狀如松文之花紋。文，亦作"紋"。宋何薳春渚紀聞八蘇浩然斷金碎玉："支離居士蘇澥浩然所製，皆作松紋皴皮，而堅緻如玉石。"指墨上的圖案。宋沈括夢溪筆談十九器用："魚腸，即今蟠鋼劍也，又謂之松文。"因劍上花紋而名。水滸五四："公孫勝在馬上早掣出那一把松文古定劍來。"

【松江】㊀水名。即吳淞江。古稱笠澤，一名松陵江。爲太湖支流三江之一。由吳江縣東流與黃浦江合，再北上出吳淞口入海。參見"吳淞㊀"、"笠澤"。㊁府、縣名。元至元十五年，改原華亭府爲松江府，治所在華亭縣。清屬江蘇省。公元 1912 年廢府，併婁縣入華亭縣；公元 1914 年，改華亭縣爲松江縣，仍屬江蘇省。今屬上海市。參閱嘉慶一統志八二松江府一。

【松州】州名。隋嘉誠縣地，唐武德元年

改置爲松州，轄今四川松潘縣一部分。貞觀二年於此設都督府，管轄二十五州，後增爲一百零四州。天寶初改稱交川郡，乾元初復爲松州。廣德後至宋屬吐蕃地。元隸吐蕃宣慰司。明併入松潘衞。參閱讀史方輿紀要七三松潘衞。

【松肪】松脂。宋陸游劍南詩稿五六初春書懷之六："半池墨瀋臨章草，一盌松肪讀隱書。"

【松明】燃以照明的松木。宋蘇軾分類東坡詩十四花落復次松風亭下梅花盛開韻："松明照坐愁不睡，井花入腹清而暾。"宋趙汝騰庸齋集二贈魏子安詩序："魏子垂槖而歸，笑買松明一擔，曰：'是可以資夜讀也。'"

【松柏】松樹與柏樹，枝葉繁茂，經冬不凋。論語子罕："歲寒然後知松柏之後彫也。"後來詩文中常以松柏作志操堅貞的象徵。又古人墓地多種松柏，以能歷久長存，因用以指墳墓。文選南朝梁丘希範(遲)與陳伯之書："將軍松柏不翦，親戚安居，高臺未傾，愛妾尚在，悠悠爾心，亦何可言！"

【松扇】古扇的一種。多用柔嫩松皮製成。宋黃庭堅豫章集二有次韻錢穆父贈松扇詩。一說用水柳皮製成，其紋酷似松皮，故稱。見宋鄧椿畫繼十雜說論近。

【松羔】小松樹。金元好問遺山集一種松詩："百錢買松羔，植之我東牆。"

【松脂】松樹分泌的膠汁。也稱松膏、松肪、松膠、松香等。藥用，亦燃以照明。本草經一："松脂，味苦温，主疽、惡瘡、頭瘍、白禿、疥搔、風氣，安五藏，除熱，久服輕身不老延年。"唐劉禹錫劉夢得集八桃源行："筵羞石髓勸客飧，燈爇松脂留客宿。"

【松黄】松花粉。宋蘇轍欒城集十一次韻毛君燒松花詩之二："餅雜松黄二月天，盤敲松子早霜寒。"參閱政和證類本草十二松脂。

【松釵】即松之枝葉。元周密癸辛雜識前集松五粒："凡松葉皆雙股，故世以爲松釵。獨栝松每穗三鬚，而高麗所產，每穗乃五鬣焉，今所謂華山松是也。"宋汪藻浮溪集三二龜山上方詩："僧盂收柏子，樵徑埽松釵。"

【松滋】縣名，屬湖北省。漢高城縣地，屬廬江郡。後漢省。晉室東渡，以松滋流民在江陵地僑置松滋縣，即今縣治。參閱寰宇通志五三荊州府。

【松陽】縣名。漢回浦縣地。東漢建安四年析置。故城在浙江松陽縣西，唐貞元中徙今治所。明清皆屬浙江處州府。公元 1958 年撤銷，併入遂昌縣。參閱嘉慶一統志三〇五處州府。

【松喬】赤松子與王子喬，傳說之古仙人。古文苑四漢揚雄太玄賦："納傿祿於江淮兮，揖松喬於華嶽。"也用來指隱士。南齊書劉善明傳："齊臺建，爲右衞將軍，辭疾不拜。司空褚淵謂善明曰：'高尚之事，乃卿從來素意，今朝廷方相委待，詎得便學松喬耶？'"

【松腴】㊀松脂。宋蘇軾分類東坡詩四送喬仝寄賀君之一："結茆窮山啖松腴，路逢逃秦博士盧。"㊁松煙用以製墨，因以作墨汁的代稱。宋蘇軾分類東坡詩十二六觀堂老人草書："蒼鼠奮髯飲松腴，剡藤玉版開雪膚。"

【松溪】縣名。屬福建省。漢冶縣地，五代南唐保大中置松源縣，宋開寶八年改曰松溪。明清均屬福建建寧府。見嘉慶一統志四三一建寧府。

【松煙】用松木燒出的煙灰。古代製墨多用此爲料。太平御覽六〇五三國魏曹植樂府詩："墨出青松煙，筆出狡兔翰。"唐張彥遠法書要録一晉衞夫人筆陣圖："其墨取廬山之松煙，代郡之鹿膠，十年已上強如石者爲之。"參閱宋晁貫之墨經一松、宋趙彥衞雲麓漫鈔十。

【松楸】松樹與楸樹。因多植於墓地，常用爲墓地的代稱。文選南齊謝玄暉(朓)齊敬皇后哀策文："陳象設於園寢兮，映輿鏤於松楸。"唐劉禹錫劉夢得集外集二訓樂天見寄詩："若使吾徒還早達，亦應簫鼓入松楸。"

【松筠】松與竹。因其材質堅韌，經冬不凋，常用以比喻節操堅貞。古文苑九南齊王融奉和南海王殿下詠秋胡妻詩："日月共爲照，松筠俱以貞。"梁書元法僧等傳論："(羊)侃則臨危不撓，(羊)鴉仁守義殞命，可謂志等松筠，心同鐵石。"

【松節】松樹的節心。富油脂。入藥。古常用於照明。南史顧歡傳："夕則然松節讀書，或然糠自照。"

【松漠】唐都督府名。貞觀二十二年以契丹摩哥等部求內屬，乃置松漠都督府，領峭落無逢羽陵白連徒河芝黎赤山萬丹等八州，轄境相當於今遼寧省西南部。參閱新唐書地理志七下。

【松潘】縣名。屬四川省。明洪武十一年置松州潘州二衞，不久併爲松潘衞。清乾隆二十五年改爲直隸廳，屬四川省。公元 1914 年改爲松潘縣。參閱讀史方輿紀要七三松潘衞、嘉慶一統志四一九松潘廳。

【松篠】赤松子荷篠丈人，皆古之隱士。因以松篠泛指隱士。唐白居易長慶集五二和我年詩之三："夙懷慕箕潁，晚節期松篠。"

【松濤】風吹松林發出的波濤般的響聲。元趙孟頫松雪齋文集五宿五華山懷德清別業詩："一夜松濤枕上鳴，五華山館夢頻驚。"

【松檟】松與檟，材木可以製棺。因以松檟爲墓地之代稱。文選南朝梁任彥昇(昉)爲范始興作求立太宰碑表："人之云亡，忽移歲序，鵷鶵東徙，松檟成行。"唐白居易長慶集二三祭浮梁大兄文："今屬時叶吉，窀穸有期，下邽南原，永附松檟。"

【松醪】用松膏釀的酒。唐劉禹錫劉夢得集六送王師魯協律赴湖南使幕詩："橘樹沙洲暗，松醪酒肆香。"又李商隱李義山詩集五復至裴明府所居："賒取松醪一斗酒，與君相伴灑煩襟。"

【松蘿】㊀地衣類植物。常寄生松樹上，絲狀，蔓延下垂。詩小雅頍弁："蔦與女蘿"漢毛亨傳："女蘿，菟絲、松蘿也。"釋文："女蘿，力多反，在田曰菟絲，在水〔木〕曰松蘿。"唐盧照鄰幽憂子集二懷仙引詩："石瀨潺湲橫石徑，松蘿冪㕞掩松門。"㊁茶名。產於安徽歙縣松蘿山上。也作"松羅"。明許次紓茶疏產茶："若歙之松蘿，吳之虎丘，錢塘之龍井，香氣穠郁，並可雁行，與岕頡頏。"

【松廳】唐時察院諸廳，各有別名。禮察廳，以其南有古松，因謂之松廳；刑察廳，以寢于此多魘，因謂之魘廳。見唐趙璘因話録五。

【松花江】黑龍江支流之一。古稱粟末水。發源於長白山，流經吉林黑龍江兩省。參閱清朝通志二四地理略水道一。

【松花酒】用松花釀的酒。唐岑參岑嘉州詩六題井陘雙溪李道士所居："五粒松花酒，雙溪道士家。"參閱本草綱目三四木一松花。

【松花紙】一種淡黃色的箋紙。也稱松花箋或薛濤牋。相傳唐元和中，元稹使蜀，營妓薛陶(即薛濤)造十色彩牋相寄，稹於松花紙上題詩贈濤。見五代後晉李石續博物志十。參閱唐李匡乂資暇集下薛陶牋、明屠隆考槃餘事二造松花箋法。

【松花餅】用松花製成的餅。廣羣芳譜七十附松花引居山雜志："松至二三月花，以杖叩其枝，則紛紛墜落，張衣裓盛之，囊負而歸，調以蜜，作餅遺人，曰松花餅。市無鬻者。」

【松亭關】關名。故址在今河北平泉縣西南。地勢險要。宋遼時，自燕京至中京(今內蒙古喀剌沁旗南大寧故城)，常取道於此。明建文初，燕王朱棣謀取大寧，因松亭關難下，遂改道攻取大寧，再回兵取松亭，卽此。參閱讀史方輿紀要十一薊州。

【松陵集】唐陸龜蒙編，皮日休序。爲陸與皮等唱和的詩集。共十卷，六百五十八首。松陵，唐代爲蘇州鎮名(今吳江縣)，當時崔璞任蘇州刺史，皮日休爲從事，陸龜蒙往訪，相互爲詩唱和，因題名松陵集。

【松滋侯】古時製墨，多用松煙，宋人因戲稱墨爲松滋侯。宋蘇易簡文房四譜五墨譜引有文嵩松滋侯易元光傳。

【松煙墨】用松煙和膠製成的墨。詳"松煙"。

【松葉酒】用松葉釀的酒。北周庾信庾子山集五贈周處士詩:"方欣松葉酒，自和遊仙吟。"也簡稱"松葉"。唐李商隱李義山詩集五飲席戲贈同舍:"唱盡闕山無限疊，半盃松葉凍頗黎。"

【松筠菴】廟名。故址在今北京市宣武門外達智橋。爲明楊繼盛(椒山)故宅，後人修爲禪院。繼盛舊有諫馬市、劾嚴嵩兩疏草稿藏於家，清道光二十七年，其九世孫承澤持至北京。適嘉興張受之(辛)寓松筠菴，爲之刻石。次年二月石刻成，三月，受之病死。住持僧心泉特爲建屋，將所刻石碑嵌於壁上，題爲諫草廬;江陰吳儁(冠英)畫受之遺像，並存菴內。見清何紹基東洲草堂文鈔十三張受之傳略。

【松醪春】酒名。唐人於酒名末，往往加春字。見太平廣記一五二鄭德璘引德璘傳。參見"松醪"。

【松江鱸魚】松江所產的鱸魚。以四鰓著名，也稱四鰓魚。後漢書八二下左慈傳:"嘗在司空曹操坐，操從容顧衆賓曰:'今日高會，珍羞略備，所少吳松江鱸魚耳。'"注:"松江在今蘇州東南，首受太湖。神仙傳云:松江出好鱸魚，味異它處。"太平御覽九三七唐杜寶大業拾遺錄:"六年，吳郡獻松江鱸魚乾鱠。鱸魚肉白如雪，不腥，所謂金齏玉鱠，東南之佳味也。"

【松雪齋集】元趙孟頫撰，其子趙雍所編。十卷，外集一卷。有元大德二年戴表元序及至元五年何貞立序。計賦一卷，詩四卷，文五卷;外集收詩一首，餘皆爲文。表元謂其古賦在楚漢之間，古詩沈涵鮑(照)、謝(靈運)，自餘諸作，猶傲睨高適、李翺，推崇甚至。

【松窗雜錄】舊題唐李濬或韋濬撰。一卷。筆記體。記唐代瑣聞，以玄宗時史事爲詳，多可補史書之闕。

【松陽鈔存】清陸隴其撰。二卷。陸原輯有問學錄及三魚堂日記。康熙二十六年任靈壽縣知縣時，將此二書摘要錄爲一編，共七十八條。初名衛濱日鈔。衛濱松陽皆爲靈壽別名。後張伯行爲刊行，删去與問學錄重複各條，僅存二十八條。

【松漠紀聞】宋洪皓撰。紹興間，其長子洪适所編，有正續二卷。乾道中，其次子洪遵又增補所遺十一事。洪皓於建炎三年出使至金，被拘十五年始歸，此書記金朝雜事，隨筆纂錄，以在拘留中，多據傳聞，眞僞相雜。皓所居留的冷山爲唐松漠都督府地，故題曰松漠紀聞。

杵 chǔ 昌與切，上，語韻，穿。ㄔㄨˇ

㊀舂米、搥衣、築土用的棒槌。易繫辭下:"斷木爲杵，掘地爲臼。"古文苑三漢班婕妤(昭)擣素賦:"於是投香杵，扣玟砧。"唐張籍張司業集一築城詞:"築城處，千人萬人抱把杵。"㊁兵器名。形如杵，故稱。宋史二七九呼延贊傳:"及作破陣刀、降魔杵，鐵折上巾，兩旁有刃，皆重數十斤。"㊂搗，砸。漢賈誼新書六春秋:"傲童不謳歌，舂築者不相杵。"宋陸游劍南詩稿五擣藥鳥:"幽禽似欲嘲衰病，故學禪房杵藥聲。"

【杵歌】㊀築土時唱的夯歌。宋高承事物紀原九杵歌:"春秋左氏傳曰:襄公十七年十一月，宋皇國父爲平公築臺，妨農功。子罕請俟農畢，公弗許。築者謳曰:'澤門之皙(指皇國父)，實興我役;邑中之黔(指子罕)，實慰我心。'……今版築役夫，歌以應杵者，此蓋其始也。"㊁宋元雜曲之一。元周密南渡宮禁典儀大禮南郊:"每隊各有歌頭，以綵旗爲號，唱和杵歌等曲以相。"明陶宗儀輟耕錄二七雜劇曲名唱曲題目也列有杵歌。

【杵臼交】東觀漢記吳祐傳:"公沙穆游太學，無資糧，乃變服客傭，爲祐賃舂。祐與語，大驚。遂共訂交於杵臼之間。"後因以杵臼交指不計身份而結交的朋友。聊齋志異成仙:"文登周生與成生少共筆研，遂訂爲杵臼交。"

枚 méi 莫杯切，平，灰韻，明。ㄇㄟˊ

㊀樹榦。詩周南汝墳:"遵彼汝墳，伐其條枚。"傳:"枝曰條，榦曰枚。"㊁馬鞭。左傳襄十八年:"以枚數闔。"注:"枚，馬檛也;闔，門扇也。"㊂古代行軍時，士卒口銜的用以防止喧嘩的器具，形如筷子。詩豳風東山:"制彼裳衣，勿士行枚。"參見"銜枚"。㊃鍾乳，鍾上隆起的部分。周禮考工記鳧氏:"鍾帶謂之篆，篆間謂之枚。"㊄量詞。約相當於"個"、"件"。墨子備城門:"槍二十枚。"史記一二九貨殖傳:"木器髤者千枚。"㊅姓。漢有枚乘。參見"枚乘"。

【枚卜】古代以占卜法選官，逐一占卜，故也泛指選官爲枚卜。書大禹謨:"枚卜功臣，惟吉之從。"注:"枚，謂歷卜之而從其吉。"左傳哀十七年:"王與葉公枚卜子良，以爲令尹。"明代專指拜相。明史三〇八溫體仁傳:"但枚卜大典，宗社安危所係。"

【枚枚】細密貌。詩魯頌閟宮:"閟宮有侐，實實枚枚。"傳:"實實，廣大也;枚枚，礱密也。"一曰閑暇無人之貌。見釋文。

【枚馬】西漢辭賦家枚乘司馬相如的合稱。南朝梁劉勰文心雕龍二詮賦:"漢初辭人，順流而作，陸賈扣其端，賈誼振其緒，枚馬同其風，王楊騁其勢。"

【枚乘】?—公元前140年。淮陰人，字叔。先後爲吳王濞、梁孝王武文學侍從之臣。景帝召任乘爲弘農都尉。後以病去官。武帝卽位後，以安車蒲輪徵，死於途中。有賦九篇，今存七發等三篇。玉臺新詠有乘五言詩九首，爲東漢人託名之作。近人輯有枚叔集。漢書有傳。

【枚皋】漢淮陰人。字少孺，枚乘子。武帝時上書自陳，拜爲郎。好詼諧，善辭賦，才思敏捷，諷刺不避權貴，時以比東方朔。有賦一百二十篇，今多不傳。漢書附枚乘傳。

【枚賈】西漢辭賦家枚乘賈誼的合稱。南朝梁劉勰文心雕龍一辨騷:"自九懷以下，遽躡其跡，而屈宋逸步，莫之能追，……是以枚賈追風以入麗，馬揚沿波而得奇。"

【枚數】枚舉。詩家鼎臠上宋劉過送王簡卿歸天台詩"枚數人才難例指，有如公者又東歸。"

【枚舉】一一列舉。書無逸"其在祖甲，不義惟王"宋蔡沈集傳:"又下文周公言，自殷主中宗及高宗及祖甲及我周文王。及云者，因其先後次第而枚舉之辭也。"

杴 xiān 虛嚴切,平,嚴韻,曉。
ㄒㄧㄢ
農具名。形如鍬,而鏟端較方闊,柄端無短拐。有鐵杴,用於土工;有木杴,用於拌撒肥料和取揚穀物。玉篇:"杴,計嚴切,耕土具,鍬屬。"今也作"鍁"。

杸 shū 市朱切,平,虞韻,禪。
ㄕㄨ
古代撞擊用的兵器。竹製,一端有稜。同"殳"。急就篇:"鐵錘檛杖棁柲杸。"注:"杸,亦杖名也。古者以積竹八觚爲殳,士所執殳者,名之杸……杸與殳音同。一曰:杸殳,古今字也。"

析 xī 先擊切,入,錫韻,心。
ㄒㄧ
分解,劈開。通"析"。楚辭屈原九章惜誦:"令五帝以析中兮,戒六神與嚮服。"韓詩外傳二:"易子而食之,析骸而爨之。"左傳、公羊宣十五年析皆作"析"。

杹 huà 呼霸切,去,禡韻,曉。
ㄏㄨㄚˋ
木芙蓉的別名。本草綱目三六木三木芙蓉:"俗呼爲杹皮樹,相如賦謂之華木。"

枊 áng 五剛切,平,唐韻,疑。
ㄤ 五浪切,去,宕韻,疑。
㊀繫馬的柱子。三國志蜀先主傳:"縛督郵,杖二百,解綬繫其頸着馬枊。"㊁斗拱。文選三國魏何平叔(晏)景福殿賦:"飛枊鳥踊,雙轅是荷。"注:"今人名屋四阿栱曰欂枊也。"北齊朱曇思等造塔記:"綿基細枊,白虎遊南。"(金石萃編三三)

柹 1. shì
ㄕˋ
㊀木名。説文作"柹"。廣韻作"柿"。俗从"市"作"柿"。葉圓而光澤,四月開黃白色小花,果實叫柿子,可食,也入藥。禮內則:"棗、栗、榛、柹。"石經柹作"柹"。見清阮元校勘記。參閱本草綱目三十果二柹。

2. fèi
ㄈㄟˋ
㊀削下的木片。同"杮"、"柿"。見"杮"、"柿"。

【柹蔕】唐時綾名。見白孔六帖八。也作"柿蔕"。唐白居易長慶集二十杭州春望:"紅袖織綾誇柹蔕,青旗沽酒趁梨花。"柹,同"柿"。

【柹漆】椑柹果小,色青黑,搗碎浸汁,可染罾扇等物,因叫柹漆。參閱本草綱目三十果二椑柹。

【柹餅】用柹子製成的餔餅。其法將大柹去皮壓扁,日曬夜露使乾,置甕中,待生白霜即成。供食用,味甜美。白霜及其製成品稱柹霜,供藥用。參閱本草綱目三十果二柹。

【柹霜】見"柹餅"。

【柹子金】形如乾柹的金錠。即褭蹏金。參見"褭蹏"。

【柹葉書】唐鄭虔好書,常苦無紙,知慈恩寺貯柹葉數屋,遂往日取葉以習書。見新唐書二〇二鄭虔傳。宋楊萬里誠齋集二十食雞頭子詩之二:"却憶吾廬野塘味,滿山柹葉正堪書。"柹,同"柿"。

析 xī 先擊切,入,錫韻,心。
ㄒㄧ
㊀劈開。詩齊風南山:"析薪如之何?匪斧不克。"㊁分散。書堯典:"厥民析。"傳:"其民老壯分析也。"論語季氏:"邦分崩離析,而不能守也。"㊂分析。莊子天下:"判天地之美,析萬物之理。"晉陶潛陶淵明集二移居詩之一:"奇文共欣賞,疑義相與析。"㊃古邑名。春秋時楚邑,一名白羽。故地在今河南西峽境。漢置析縣,因析水爲名。南朝宋廢。參閱嘉慶一統志二一一南陽府二。㊄姓。春秋時齊有析歸父。見左傳襄二三年。

【析支】古西戎族名。也作鮮支、賜支。漢代又稱河曲羌。居地約在今青海積石山至貴德縣河曲一帶。書禹貢"析支渠搜,西戎卽敍",卽此。參閱後漢書八七西羌傳、通典一八九西戎一序略。

【析木】㊀十二星次之一。與黃道十二宮之人馬宮相當。從尾宿十度至南斗十一度爲析木。國語周下:"昔武王伐殷,歲在鶉火,月在天駟,日在析木之津。"古以十二星次配十二野,以析木爲燕之分野,屬幽州。參閱晉書天文志上十二次度數。㊁卽尾宿。

【析羽】古時裝飾在旗杆上散開的羽毛,也用以借指旗幟。周禮春官司常:"司常掌九旗之物名……全羽爲旞,析羽爲旌。"唐王勃王子安集一春思賦:"析羽摇初日,繁笳思曉風。"

【析津】府名。古幽燕地。五代晉薊縣。遼開泰元年改幽都府置析津府,以燕分野爲析木星之津,故名。治所在析津縣。金貞元元年改爲大興府,自會寧遷都於此,爲中都。二年改薊北縣爲大興縣,爲析津府治。卽今北京市大興縣地。參閱遼史地理志四南京道、清孫承澤天府廣記一建置。

【析城】山名。在山西陽城縣西南。山峰四面如城,高大險峻,上平坦。書禹貢"厎柱析城,至于王屋",卽此。參閱嘉慶一統志一四五澤州府。

【析珪】古時封諸侯,按爵位高低,分頒珪玉,稱爲析圭。珪,瑞玉。也作"圭"。史記一一七司馬相如傳喻巴蜀檄:"故有剖符之封,析珪而爵,位爲通侯,居列東第。"文選南朝梁沈休文(約)齊故安陸昭王碑文:"受瑞析珪,遂荒雲野。"

【析產】分家財。宋史食貨志上二:"其分煙析產、典賣割移,官給契,縣置簿,皆以今所方之田爲正。"

【析煙】分爨。卽分家。煙,炊煙。宋張今范子嚴墓志:"逮歸,季孟已有析煙之議。"(金石萃編一四六)

【析箸】分家。箸,筷子。清紀昀閱微草堂筆記六:"先祖有莊曰廠裏,今分屬從弟東白家。聞未析箸時,場中一柴垜有年矣。"

【析骸】也作"析骨"。春秋時楚圍宋,宋使華元夜入楚師,登子反之牀而告之曰:"敝邑易子而食,析骸以爨。雖然,城下之盟,有以國斃,不能從也。去我三十里,唯命是聽。"見左傳宣十五年。史記宋世家作"析骨而炊"。極言被圍日久、糧盡援絕的困境。

【析翳】指虹霓。文選漢班孟堅(固)西都賦"虹霓迴帶於棼楣"注引尸子:"虹霓爲析翳。"

【析爨】各起爐竈。卽分家。聊齋志異江城:"我不能爲兒女任過,不如各立門戶,卽煩主析爨之盟。"

【析律貳端】分破條律,妄生端緒,以加重人罪。漢書宣帝紀元康二年詔:"用法或持巧心,析律貳端,深淺不平,增辭飾非,以成其罪。"

板 bǎn 布綰切,上,潸韻,幫。
ㄅㄢˇ
説文作"版"。㊀片狀的木頭。後片狀物皆稱板,如鐵板、石板等。左傳宣十一年:"(築城)平板榦。"疏:"板,在(牆)兩旁卧障土者。"指築牆的夾板。唐杜甫杜工部草堂詩箋二二過故斛斯校書莊之二:"斷橋無復板,卧柳自生枝。"指橋板。㊁古時帝王詔書或官府的文件、記錄都寫刻在板上,故稱板,通行紙張後,仍沿稱板。後漢書五四楊震傳附楊賜上疏:"宜絕慢慠之戲,念官人之重,割用板之恩,慎貫魚之次。"參見"板籍"。㊂以板授官。南齊書褚炫傳:"宋義陽王昶爲太常,板炫補五品。"㊃笏,手板。梁書王僧孺傳與何炯書:"及除舊布新,清暑方旦,……而猶限一吏於岑石,隔千里於泉亭,不得奉板中涓，預衣裳之會，提戈後勁，劇龍豹之謀。”㊄印板。見“印板”、“板本”。㊅舊時笞刑刑具，卽板子。元曲選關漢卿金綫池四：“既然韓解元在此替你哀告，這四十板便饒了。”㊆樂器中用以打節拍的板。隋煬帝集望江南詞：“檀板輕聲銀甲緩。”唐杜牧樊川集一逢裴坦判官歸宣州因題贈詩：“畫堂檀板秋拍碎，一引有時聯十觥。”也指樂曲的節拍、板眼。㊇拘滯，嚴正不通融。宋郭若虛圖畫見聞誌一論用筆得失：“又畫有三病，皆繫用筆。……版者，腕弱筆癡，全虧取與，物狀平褊，不能圓混也。”清姚之駰元明事類鈔八户部張板知名：“及張鳳改南户部侍郎，特勅鳳兼督，蓋以出納嚴慎，故時人以其執法，號爲張板。”㊈板結，結成硬塊。明宋應星天工開物一乃粒菽：“凡種綠豆，一日之内，遇大雨板土，則不復活。”

【板巾】道士戴的帽子。也稱瓦楞帽。二刻拍案驚奇三九：“嬾龍應允，卽閃到白雲房，將衆道常戴板巾盡取了來。”

【板本】用木板雕刻印刷的書籍。也作“版本”。隋唐之際始有雕板印刷，其初用於雕造佛像、佛經。唐代間刻字書，五代時開始正式雕印經傳，雕印技術逐漸達於精美純熟，至宋盛行全國各地。其後板本的研究成爲專門之學。參閱近人葉德輝書林清話。

【板官】晉南北朝時，王公大臣得自委任屬官。委官有板，長一尺二寸，闊七寸，在板上書授官之詞，稱板官。文選晉陸士衡（機）謝平原内史表“假臣爲平原内史”唐李善注：“凡王封拜，謂之板官。”參閱明楊愼丹鉛總録十六虎爪板。

【板板】㊀邪僻，乖戾。詩大雅板：“上帝板板，下民卒癉。”傳：“板板，反也。”疏：“釋訓云：‘板板，僻也。’邪僻，卽反戾之義，故爲反也。”㊁見“板板六十四”。

【板兒】指劣質的銅錢。以銅錢俗呼銅板，故稱。明初至弘治年間，通行銅質較好的錢，每白銀一分，準銅錢七枚，以青色者爲上。及至正德中，錢質皆低劣，以二折一，時人稱之爲板兒。見明董穀碧里雜存上板兒。

【板屋】用木板建造的房屋。詩秦風小戎：“在其板屋，亂我心曲。”南齊書氐傳：“氐於上平地立宫室菓園倉庫，無貴賤，皆爲板屋土牆。”也作“版屋”。文選晉左太沖（思）三都賦序：“見在其版屋，則知秦野西戎之宅。”

【板桐】山名。楚辭漢嚴忌哀時命：“擥瑶木之橝枝兮，望閬風之板桐。”注：“板桐，山名也，在閬風之上。”水經注一河水：“崑崙説曰：崑崙之山三級，下曰樊桐，一名板桐。”

【板渚】卽板城渚口。古爲黄河中段重要渡口。故址在今河南滎陽縣汜水鎭東北。水經注五河水：“河水又東逕板城北，有津，謂之板城渚口。”隋大業元年，開通濟渠，自洛陽西苑引穀、洛水達於河，再由板渚引河水入汴、泗，而與淮水相通。見隋書煬帝紀上。清王士禛漁洋山人精華録五秋柳詩之二：“空憐板渚隋堤水，不見琅琊大道王。”

【板授】晉南北朝時，授官有板，板上書授官之辭，地方長官臨時授官稱板授。其不授實職或死後追贈稱板贈。周書明帝紀二年六月：“板授高年刺史守令。”北朝東魏穆子容太公吕望表碑陰有板授頓丘太守尚沉流、板授北平縣令尚雲龍等。見金石萃編三二。

【板眼】奏樂或唱曲時，每一小節中强拍以鼓板敲擊，稱板；次强拍和弱拍用簽敲鼓按拍，稱眼。分一板一眼（二拍）和一板三眼（四拍）兩種。明王驥德曲律二論板眼：“古拍板無譜，唐明皇命黄幡綽始造爲之。牛僧孺目拍板爲‘樂句’，言以句樂也。蓋凡曲，句有長短，字有多寡，調有緊慢，一視板以爲節制，故謂之板眼。”

【板障】阻礙，間隔。如以板障隔。劉知遠諸宫調一快活年曲：“只愁李洪乂與洪信生脾鱉，中間做板障。”元曲選關漢卿救風塵一：“引章，那周舍親事，不是我百般板障，只怕你久後自家受苦。”

【板蕩】詩大雅有板蕩二篇，譏刺周厲王無道，敗壞國家。後因以板蕩指政局變亂或社會動蕩不安。文選南朝宋謝靈運擬魏太子鄴中集詩王粲：“幽厲昔崩亂，桓靈今板蕩。”北周庾信庾子山集一傷心賦：“在昔金陵，天下喪亂，王室板蕩，生民塗炭。”也作“版蕩”。舊唐書六三蕭瑀傳太宗詩：“疾風知勁草，版蕩識誠臣。”

【板橋】用木板架設的橋。唐韋應物韋江州集六往雲門郊居途經迴流作詩：“緣遵板橋曲，復此清澗紆。”又温庭筠集七商山早行詩：“雞聲茅店月，人跡板橋霜。”

【板築】㊀築牆的用具。板，牆板；築，杵。築牆時，以兩板夾土，用杵夯，使之結實。管子度地：“以冬無事之時，籠臿板築各什六，土車什一，雨輂什二。”史記九一黥布傳：“項王伐齊，身負板築，以爲士卒先。”㊁相傳商傅説築於傅巖，武丁舉以爲相，見孟子告子下。後因以板築指隱遁之士。又比喻地位低微的人。宋書袁淑傳上議：“謂宜懸金鑄印，要壯果之士；重幣甘辭，招摧決之將。舉薦板築之下，抽登臺皁之間。”

【板輿】古時老人的一種代步工具。也作“版輿”。北堂書鈔一四〇晉諸公讚：“司徒傅樞以足疾遜位，板輿上殿。”文選晉潘安仁（岳）閑居賦：“微雨新晴，六合清朗，太夫人乃御版輿，升輕軒，遠覽王畿，近周家園。”後因以指官吏在任奉養的父母。唐岑參岑嘉州詩一酬成少尹駱谷見行呈：“榮祿上及親，之官隨板輿。”又白居易長慶集六八送唐州崔使君侍親赴任詩：“烏府一抛霜簡去，朱輪四從板輿行。”

【板藍】草名。卽馬藍。見本草綱目十六草五藍。

【板籍】户口册。也作“版籍”。南齊書虞玩之傳：“今户口多少，不減元嘉，而板籍頓闕，弊亦有以。”

【板橋雜記】清余懷撰，三卷。所記爲明末南京妓院瑣聞，乃唐孫棨北里志之類。以妓家聚居之舊院有長板橋，故書稱板橋雜記。記反映明末統治腐敗，士大夫空虚糜爛的生活，提供了當時社會風氣和民間生活習俗的材料。

【板板六十四】板，指鑄銅錢的模子。宋時鑄錢，每板六十四文，不得私增。後因以板板六十四形容呆板，固執，或不知變通。清范寅越諺上數目之諺：“板板六十四，鑄錢定例也，喻不活。”參閱清錢泳履園叢話二錢范、翟灝通俗編三二數目板板六十四。

杲

gǎo ㄍㄠˇ 古老切，上，晧韻，見。

㊀光明。説文：“杲，明也。从日在木上。”引申爲明顯、明亮。管子内業：“是故民〔名〕氣杲乎如登於天。”文苑英華七七二南朝梁簡文帝南郊頌：“如海之深，如日之杲。”㊁白。南朝宋謝莊謝光禄集和元日雪花應詔詩：“積曙境寓明，聯萼千里杲。”

【杲杲】明亮貌。詩衛風伯兮：“其雨其雨，杲杲出日。”南朝梁劉勰文心雕龍十物色：“杲杲爲出日之容，瀌瀌擬雨雪之狀。”

果

1. guǒ ㄍㄨㄛˇ 古火切，上，果韻，見。

㊀樹木所結之實。易説卦：“爲果蓏。”疏：“木實爲果，草實爲蓏。”管子四時：“時

雨乃降,五穀百果乃登。”㊁結局。南史范雲傳附范縝:“貴賤雖復殊途,因果竟在何處。”隋書經籍志四佛經:“由其道者,有四等之果。”參見“果報”。㊂充實,飽足。莊子逍遥遊:“適莽蒼者,三飡而反,腹猶果然。”㊃有決斷。論語子路:“言必信,行必果。”㊄成爲事實。事與預期相合的稱果,不合的稱不果。孟子梁惠王下:“嬖人有臧倉者沮君,君是以不果來也。”晉陶潛陶淵明集五桃花源記:“南陽劉子驥,高尚士也,聞之,欣然規往。未果,尋病終。”㊅當真。禮中庸:“果能此道矣,雖愚必明,雖柔必强。”㊆副詞。竟然,終於。國語晉三:“佞之見佞,果喪其由。”注:“果,猶竟也。”吕氏春秋忠廉:“吴王不能止,果伏劍而死。”注:“果,終也。”

2. wǒ ㄨㄛˇ 字彙 烏果切,音婐。

㊇女侍,侍候。孟子盡心下:“(舜)被袗衣,鼓琴,二女果。”參見“婐”。

3. luǒ ㄌㄨㄛˇ 集韻 魯果切,上,果韻。

㊈赤露。通“裸”、“臝”。周禮春官龜人:“東龜曰果屬。”疏:“杜子春讀果爲臝者,此龜前甲長,後甲短,露出邊,爲臝露,得爲一義。”

【果下】矮小的馬牛,因乘之可行於果樹之下,故名。漢書六八霍光傳“召皇太后御小馬車”注引漢張晏:“漢廐有果下馬,高三尺,以駕輦。”爾雅釋畜“犤牛”晉郭璞注:“犤牛庳小,今之㹅牛也,又呼果下牛,出廣州高涼郡。”三國魏曹植曹子建集八上牛表:“不見果下之乘,不别龍馬之大。”

【果木】結果可食的樹木。管子地員:“蓄殖果木,不若三土。”文選南朝宋謝靈運還舊園作見顔范二中書詩:“果木有舊行,壤石無遠延。”

【果丞】官名。漢太官令屬官,掌管果類菜蔬。見漢書平帝紀元始元年、後漢書百官志三。

【果決】果敢決斷。謂能當機立斷。文選晉潘安仁(岳)西征賦:“健子嬰之果決,敢討賊以紓禍。”晉書樂道融傳:“(甘)卓性不果決,且年老多疑。”

【果食】宋時汴京習俗,農曆七月七日人家以油麪糖蜜製成食品笑靨兒,有各種樣式,稱爲果食。見宋孟元老東京夢華録八七夕。

【果烈】剛直。文選漢陳孔璋(琳)檄吴將校部曲文:“凡此之輩數百人,皆忠壯果烈,有智有仁。”晉書劉毅傳附劉暾:“(子)白果烈有才用,東海王越忌之。”

【果報】佛教語。因果報應,即謂種善因,報以善果;種惡因,報以惡果。法苑珠林七七無三昧經:“一善念者,亦得善果報;一惡念者,亦得惡果報。”南史江革傳:“時帝(梁武帝)惑於佛教,……又手勅曰:果報不可不信。”

【果敢】當機立斷,敢作敢爲。論語陽貨:“惡果敢而窒者。”國語晉九:“彊毅果敢則賢。”

【果然】㊀當真如此。表示事情應驗,不出所料。韓非子内儲下:“乃召其堂下而譙之,果然,乃誅之。”史記一二〇汲黯傳:“天下謂刀筆吏不可以爲公卿,果然。”㊁飽足貌。唐白居易長慶集六三夏日作詩:“飯訖盥漱已,捫腹方果然。”參見“果㊂”。㊂長尾猴,太平御覽九一〇山海經:“果然獸,似獼猴,以名自呼,色蒼黑,羣行,老者在前,少者在後,得果食,輒與老者,似有義焉。”今本山海經無此文。也作“猓然”。文選晉左太沖(思)吴都賦:“狖鼯猓然。”

【果腹】肚子飽或吃飽肚子。唐柳宗元柳先生集十八憎王孫文:“充嗛果腹兮,驕傲驩欣。”參見“果㊂”。

【果實】果樹所結之實。吕氏春秋貴信:“風不信,其華不盛;華不盛,則果實不生。”

【果爾】當真如此。宋書何承天傳:“元嘉三年,(謝)晦將見討,其弟黄門郎皭密信報之。晦問承天曰:‘若果爾,卿令我云何?’”

【果貍】獸名。又名香貍。清李調元南越筆記九香貍:“雪州產香貍,所觸草木生香,臍可代麝。本草稱靈貓,自爲牝牡者也。亦名果貍。其食惟美果,故肉香肥而甘。秋冬百果皆熟,肉尤肥。”

【果毅】㊀果斷而堅忍。書泰誓下:“爾衆士其尚迪果毅,以登乃辟。”國語周中:“故制戎以果毅,制朝以序成。”注:“殺敵爲果,致果爲毅。”㊁唐時統府兵之官。如薛仁貴授游擊將軍、雲泉府果毅,郭知運補秦州三度府果毅。見新唐書一一一、一三三本傳。

【果斷】有決斷,不遲疑猶豫。書周官:“惟克果斷,乃罔後艱。”晉書長沙王乂傳:“乂身長七尺五寸,開朗果斷,才力絶人。”

【果蠃】細腰蜂。爾雅釋蟲:“果蠃,蒲盧。”注:“即細腰蠭也。俗呼爲蠮螉。”詩小雅小宛作“蜾蠃”。

【果臝】植物名。可入藥。詩豳風東山:“果臝之實,亦施于宇。”爾雅釋草:“果臝之實,栝樓。”

【果子局】宋代官府,設四司、六局,掌備辦筵席之事。專管供應果品的稱果子局。參閱宋灌圃耐得翁都城紀勝四司六局。參見“四司六局”。

五畫

桼 qī ㄑㄧ 親吉切,入,質韻,清。

㊀同“桼”、“漆”。木名。山海經西山經:“又西百二十里,曰剛山,多桼木。”清畢沅校:“當爲桼。”按桼爲“漆”古字。也指漆樹的膠汁。唐范氏夫人墓誌:“凝脂點桼,獨授天姿。”(金石萃編八六)㊁數目字。七字的大寫。

染 rǎn ㄖㄢˇ 而琰切,上,琰韻,日。

㊀使布帛等物着色。周禮天官有染人。墨子所染:“染於蒼則蒼,染於黄則黄。”也指書畫着色落墨。圖繪寶鑑一六法三品:“筆墨超絶,傅染得宜。”㊁沾上,感受。書胤征:“舊染汙俗,咸與維新。”吕氏春秋當染:“舜染於許由伯陽,禹染於臯陶伯益。”也指病疫的蔓延,災禍的牽連。晉書庾袞傳:“始疑疫癘之不相染也。”參見“染逮”。㊂豆醬,豉醬。吕氏春秋當務:“於是具染而已。”注:“染,豉醬也。”㊃姓。即冉氏。東晉列國後趙有染閔,也作冉閔。見通志二八氏族四以名爲氏。

【染人】㊀官名。周禮天官之屬,掌染絲帛。㊁染匠。唐白居易長慶集十二醉後狂言酬贈蕭殷二協律詩:“因命染人與針女,先製兩裘贈二君。”

【染化】感受教化。晉范寧春秋穀梁傳序:“是以妖災因釁而作,民俗染化而遷。”

【染服】指僧徒穿的緇衣。緇衣由黑色染成,故稱染服。南史劉虯傳附劉之遴:“先是,平昌伏挺出家,之遴爲詩嘲之曰:‘傳聞伏不鬭,化爲支道林。’及之遴遇亂,遂披染服,時人笑之。”

【染指】左傳宣四年:“楚人獻黿於鄭靈公,公子宋(字子公)與子家將見,子公之食指動,以示子家,曰:‘他日我如此,必嘗異味。’……及食大夫黿,召子公而弗與也。子公怒,染指於鼎,嘗之而出。”本指以手指蘸鼎内黿羹。後因以比喻沾取非所應得的利益。全唐詩六一〇皮日休酒中十詠酒牀:“開眉既壓後,染指偷嘗處。」也作「染翰」。唐黄滔黄御史集七謝試官(代):「非敢染翰,所希留馬,干瀆清嚴,下情不任惶惕屏營之至。」

【染夏】染五彩。周禮天官染人:「凡染,春暴練,夏纁玄,秋染夏,冬獻功。」注:「染夏者,染五色。謂之夏者,其色以夏狄爲飾。禹貢曰:『羽畎夏狄。』是其總名,其類有六:……其毛羽五色,皆備成章。染者擬以爲深淺之度,是以放而取名焉。」

【染逮】沾污,牽連。後漢書六五皇甫規傳:「及黨事大起,天下名賢多見染逮。」資治通鑑五五漢延熹九年:「時黨人獄所染逮者,皆天下名賢。」注:「染,謂獄辭所汙染也。逮,謂連及也。」

【染著】佛教指愛欲之心浸染外物,執着不離。無量壽經下:「於其國土,所有萬物,無我所心,無染著心,去來進止,情無所係。」廣弘明集二八下梁武帝摩訶般若懺文:「願諸衆生,離染著相,迴向法喜,安住禪悦。」

【染惹】猶言沾染、感染。宋柳永樂章集滿朝歡:「巷陌乍晴,香塵染惹,垂楊芳草。」

【染豪】以筆蘸墨,指作書繪畫寫作。豪,毛筆,也作「毫」。南齊謝赫古畫品録顧駿之:「天和氣爽之日,方乃染毫。」唐柳宗元柳先生集四二同劉二十八院長述舊言懷感時書事……詩:「染毫東國素,濡印錦溪砂。」

【染翰】以筆蘸墨。翰,筆。文選晉潘安仁(岳)秋興賦:「於是染翰操紙,慨然而賦。」梁書蕭介傳:「初高祖(蕭衍)招延後進二十餘人,置酒賦詩,……介染翰便成,文無加點。」

【染指書】用手指蘸墨寫的字。宋馬永卿嬾真子五:「温公私第,在縣宇之西北數十里,……諸處榜額,皆公染指書。其法以第二指尖抵第一指頭,指頭上節微屈,染墨書之。」

【染潢法】古時染紙的方法。將紙放入蘖汁中浸染,染至減白便止,如太深則年久色闇。見北魏賈思勰齊民要術三雜説、明胡侍真珠船七裝潢。

柬 jiǎn ㄐㄧㄢˇ 古限切,上,産韻,見。

㊀選擇。荀子修身:「安燕而血氣不惰,柬理也。」注:「言柬擇其事理所宜而不務驕逸。」㊁字帖,信札,名刺。通「簡」。全唐詩六一四皮日休魯望以竹夾膝見寄因次韻酬謝:「大勝書客裁成柬,頗賽谿翁截作筒。」

【柬寄】猶簡放。指選拔並委任職務。宋歐陽修文忠集八六賜外任臣寮進奉乾元節銀絹馬勑書:「汝夙以敏材,膺于柬寄。」

【柬埔寨】國名。在印度支那半島。隋唐以來卽與我國有友好往來。古稱扶南真臘,明萬曆以後稱柬埔寨。見明史三三四外國傳五。

某 1. mǒu ㄇㄡˇ 莫厚切,上,厚韻,明。

㊀代詞。1.指一定的不明説的或不定的人、地、事、物,都可用某。論語衛靈公:「某在斯,某在斯。」禮少儀:「問品味,曰:『子亟食於某乎?』問道藝,曰:『子習於某乎,子善於某乎?』」2.自指。多用於傳統小説戲曲中。元曲選缺名氣英布一:「某姓英名布,祖貫壽州六安縣人氏。」

2. méi ㄇㄟˊ

㊁酸果名。「梅」字的古寫。見説文。也作「楳」、「槑」。

【某甲】人名的代稱。1.指一定的人。三國魏嵇康嵇中散集十家誡:「一旦事敗,便言某甲昔知吾事,以宜備之深也。」2.指對方。三國志魏崔琰傳「南陽許攸」注引魏略:「攸自恃勳勞,時與太祖相戲,每在席,不自限齊,至呼太祖小字,曰:『某甲,卿不得我,不得冀州也。』」資治通鑑六四後漢建安九年注:「曰某甲者,史隱其辭。」3.自稱。五燈會元十三佛日本空禪師:「參夾山,……師曰:『某甲不求挂搭,暫來禮謁和尚。』」

柁 1. duò ㄉㄨㄛˋ 徒可切,上,哿韻,定。

㊀控制行船方向的器具。裝在船尾。俗字作「柂」。見廣韻。

2. tuó ㄊㄨㄛˊ

㊁今稱屋内兩柱間的大横梁叫柁。

柱 1. zhù ㄓㄨˋ 直主切,上,麌韻,澄。

㊀支撑房屋的柱子。莊子人間世:「散木也,……以爲柱則蠹。」㊁柱狀物。墨子備城門:「藉車之柱,長丈七尺。」指墊車的滚木。漢王充論衡譴告:「鼓瑟者誤於張絃設柱,宫商易聲,其師知之,易其絃而復移其柱。」指樂器上的絃枕木。㊂直立若柱,並形容其高。莊子徐无鬼:「夫逃虚空者,藜藋柱乎鼪鼬之逕。」山海經大荒東經:「上有扶木柱三百里。」

2. zhǔ ㄓㄨˇ 知庾切,上,麌韻,知。

㊃支撑。通「拄」。三國志魏鍾會傳:「内人共舉机以柱門,兵斫門,不能破。」

【柱下】相傳老子曾爲周柱下史,後因以柱下爲老子或老子道德經的代稱。宋書謝靈運傳山居賦:「見柱下之經二,覩濠上之篇七。」後漢書四九王充等傳論:「貴清静者以席上爲腐議,束名實者以柱下爲誕辭。」參見「柱下史」。

【柱₂天】撑天,支天。史記曹相國世家有「柱天侯」。王莽時,劉縯劉秀起兵,縯發舂陵子弟,合七八千人,自稱柱天都部,及進兵圍宛,又自號柱天上將軍。見後漢書十四齊武王縯傳。參閲清洪亮吉曉讀書齋雜録初録下。

【柱₂夫】草名。蔓生,細葉,紫花,可食。通稱翹摇,俗名野蠶豆、紅花菜、翹翹花。見爾雅釋草、清吴其濬植物名實圖考四翹摇。

【柱石】擔當國家重任的人。謂其如柱支梁,如石承柱。漢書六八霍光傳:「(田)延年曰:『將軍爲國柱石,審此人不可,何不建白太后,更選賢而立之。』」三國志魏蔣濟傳上疏:「當今柱石之士雖少,至於行稱一州,智效一官,忠信竭命,各奉其職,可並驅策,不使聖明之朝有專吏之名也。」

【柱史】㊀官名。柱下史的簡稱。相傳老子曾爲此官。水經注十九渭水:「昔李耳爲周柱史,以世衰入戎。」後漢書五九張衡傳應閒:「庶前訓之可鑽,聊朝隱乎柱史。」㊁唐代侍御史相當於周柱下史,故唐人也用爲侍御史的美稱。唐杜甫杜工部詩史補遺四陪王侍御同登東山最高頂……:「邑中上客有柱史,多暇日陪驄馬遊。」參見「柱下」、「柱下史」。㊂星名。晉書天文志上:「柱史北一星曰女史。」

【柱州】傳説中的古地名。水經注一河水:「遁甲開山圖曰:『五龍見教天皇被跡,望在無外柱州崑崙山上。』」後漢書五九張衡傳思玄賦「越卬州而愉敖」注引河圖:「天有九部八紀,地有九州八柱。……西北柱州曰肥土。」州,或作「洲」。

【柱臣】國家所倚重之臣。後漢書五七劉陶傳上疏:「(朱穆李膺)斯實中興之良佐,國家之柱臣也,宜還本朝,挾輔王室。」

【柱帖】柱上的對聯。也稱楹帖、楹聯、抱柱。清洪亮吉北江詩話三:「今關神武廟徧海内,然柱帖絶少佳者。」

【柱後】古代御史一類官員所戴的一種帽子。又名惠文冠,獬豸冠。高五寸,用纚(方目紗)作展筩,後面有兩根上端卷曲的鉄柱。秦漢御史、唐御史臺、監察御史以上的官皆戴此冠。也用以代指担任糾弹之職的官員。漢書七六張敞傳:"梁國大都,吏民凋敝,且當以柱後、惠文彈治之耳。"參閱後漢書輿服志下法冠。

【柱國】㊀官名。戰國楚有上柱國子良、柱國景翠,趙有柱國韓向。見戰國策東周、楚二、趙四。原爲保衛國都之官,後以爲最高武官或勛官。參見"上柱國"。㊁國都。戰國策齊三:"安邑者,魏之柱國也;晉陽者,趙之柱國也;鄢郢者,楚之柱國也。"宋鮑彪注:"言其於國,如室有柱。"㊂負重任的大臣。後漢書五四楊震傳贊:"楊氏載德,仍世柱國。"參見"柱臣"。

【柱徹】古時卜者灼龜,視龜甲裂紋附會人事,占測吉凶。直貫的裂紋叫柱徹。參閱史記六八龜策傳。

【柱下史】㊀周秦官名。相當於漢以後的御史。以其所掌及侍立常在殿柱之下,故名。史記九六張丞相傳:"張丞相蒼者,……秦時爲御史,主柱下方書。"後來遂以柱下史爲御史的代稱。唐李白李太白詩十二贈宣城趙太守悦:"公爲柱下史,脱繡歸田園。"㊁指老子。見"柱下"。㊂星名。也稱柱史。見晉書天文志上。

【柱厲叔】春秋莒人。爲莒敖公臣,因不見知而去居海上,後敖公有難,又前往共死。自謂:"以醜後世人主之不知其臣者。"事見吕氏春秋恃君、列子説符。漢劉向説苑立節亦記此事,但敖公作穆公,柱厲叔作朱厲。後用爲稱美人臣不受重視而能死難的典故。唐柳宗元柳先生集五唐故特進……南府睢陽廟碑:"柱厲不知而死難,狼曋見黜而奔師。"

柿

shì
ㄕ

同"杮"。見"杮㊀"。

柲

bì 兵媚切,去,至韻,幫。
ㄅㄧ 鄙密切,入,質韻,幫。

㊀柄。多指兵器的柄。左傳昭十二年:"君王命剥圭以爲鏚柲。"周禮考工記廬人:"戈柲六尺有六寸。"㊁保護弓的器具。卽弓檠。多用竹製,形狀與弓同。當弓不用時,缚于弓裏,以防受損。儀禮既夕禮:"弓矢之新沽功,……有柲。"參閱漢鄭玄注。㊂見"柲丘"。

【柲丘】上有樹木的小山坡。見廣雅釋丘。

柈

pán 薄官切,平,桓韻,並。
ㄆㄢ

盤子。同"槃"、"盤"。漢王充論衡無形:"猶陶者用土爲簋廉,冶者用銅爲柈杅矣。"舊題漢劉歆西京雜記四:"俎上蒸豘一頭,廚中荔枝一柈,皆可爲設。"

【柈舞】漢有柈舞,晉太康中發展爲杯柈舞,用手接杯盤反復而舞。參見"盃槃舞"。

枰

píng 符兵切,平,庚韻,並。
ㄆㄧㄥ 皮命切,去,映韻,並。

㊀木名。卽平仲。漢書五七上司馬相如傳上林賦:"沙棠櫟櫧,華楓枰櫨。"注:"枰,卽平仲木也。"史記一一七司馬相如傳作"檘"。㊁獨坐的板床。初學記二五漢服虔通俗文:"牀三尺五曰榻,板獨坐曰枰,八尺曰牀。"釋名釋床帳:"枰,平也。以板作之,其體平正也。"㊂博局,棋盤。文選三國吳韋弘嗣(昭)博奕論:"然其所志不出一枰之上,所務不過方罫之閒。"注:"方言曰:'投博謂之枰。'"晉書杜預傳:"時帝與中書令張華圍棋,而預表適至,華推枰斂手。"

柰

nài 奴帶切,去,泰韻,泥。
ㄋㄞ

㊀果木名。林檎的一種。也稱花紅、沙果。三國魏曹植曹子建集八謝賜柰表:"卽夕殿中虎賁宣詔,賜臣等冬柰一奩。"參閱本草綱目三十果二柰。㊁如何,怎樣。説文無"奈"字。漢隸變而爲奈,以别於果木的"柰"。廣韻泰:"奈,那也。本亦作柰。"參見"奈"和"奈"字各條。參閱清俞樾曲園雜纂二九正毛。㊂姓。明有柰亨。見續通志八七氏族七。

【柰何】如何,怎樣。書召誥:"嗚呼!曷其柰何弗敬!"楚辭宋玉九辯:"專思君兮不可化,君不知兮可柰何!"一本作"奈何"。

【柰苑】見"柰園"。

【柰園】佛經中柰氏樹園的簡稱。佛説維摩詰經處。維摩詰經上佛國品:"聞如是,一時佛遊於維耶離柰氏樹園,與大比丘衆俱。"柰,同"柰"。後因稱寺院爲柰園或柰苑。唐王勃王子安集三八仙逕詩:"柰園欣八正,松巖訪九仙。"文苑英華八五五唐李嶠宣州大雲寺碑:"四倒八謬,瞻柰苑而心迴;伍蓋六纏,經竹園而累盡。"

【柰何木】守城用具。在垛牆横置木架,木上錯綜釘以竹簽,並用粗草繩繫虎怕莿、石塊纏於木上,垂牆頭之外。敵如攀援上城,則木石隨而下墜,使人有無可柰何之感,故稱。見明茅元儀武備志一一一設柰何、一一二器式。

柠

niè 五割切,入,曷韻,疑。
ㄋㄧㄝ

樹木經斫伐後重新生長的枝條。同"櫱"、"蘖"。書盤庚上"若顛木之有由蘖"漢馬融注:"顛木而肆生曰柠。"文選漢張平子(衡)東京賦:"山無槎柠,畋不麑胎。"

柜

jǔ 居許切,上,語韻,見。
ㄐㄩˇ

㊀木名。後漢書六十上馬融傳廣成頌:"椿、梧、栝、柏,柜、柳、楓、楊。"參見"柜柳"。㊁規矩。通"矩"。漢碑規矩字,多作"規柜"。如濟陰太守孟郁修堯廟碑、成陽靈臺碑、童子逢成碑(隸釋一、九)。

【柜柳】木名。1.杞柳。孟子告子上"性猶杞柳也"漢趙岐注:"杞柳,柜柳也。"2.卽楓楊。又名櫸柳、鬼柳。多生溪邊及河谷低地。參閱本草綱目三五木二櫸。

柯

kē 古俄切,平,歌韻,見。
ㄎㄜ

㊀草木的枝莖。韓非子喻老:"豐殺莖柯,毫芒繁澤,亂之楮葉之中而不可别也。"文選漢張平子(衡)西京賦:"濯靈芝以朱柯。"注:"朱柯,芝草莖赤色也。"㊁斧柄。詩豳風伐柯:"伐柯如何?匪斧不克。"周禮考工記車人:"一欘有半〔謂〕之柯。"注:"伐木之柯,柄長三尺。"㊂碗、盂之類的器物。荀子正論:"故魯人以榶,衛人用柯,齊人用一革。土地刑制不同,械用備飾不可不異也。"方言五:"盌謂之盂,……盂謂之柯。"㊃木名。材可製船,皮入藥。見本草綱目三五木二柯樹。㊄地名。在今山東東阿縣西南。春秋莊十三年:"公會齊侯盟于柯。"注:"此柯今濟北東阿,齊之阿邑。"㊅姓。北魏有柯祇。見宋鄧名世古今姓氏書辯證十二歌。

【柯欖】果名。北魏賈思勰齊民要術十橄欖:"臨海異物志曰:餘甘,子如梭形,初入口舌澀,後飲水更甘,大於梅實,核兩頭銳。東岳呼餘甘、柯欖,同一果耳。"

【柯九思】公元1312—1365年。元台州仙居人,字敬仲,號丹丘生。官至奎章閣鑒書博士。能詩文,擅長書畫。尤善畫枯木、墨竹,師法宋文同蘇軾。又善於鑒别古代鐘鼎器物。元宫廷所藏法書名畫,多由其鑒定。著有任齋詩四卷。

【柯山集】宋張耒撰,五十卷。耒與黄庭堅秦觀晁補之稱蘇門四學士。蘇軾稱其文汪洋沖澹,有一唱三歎之音。晚歲詩務平淡,效白居易,樂府效張籍。其文集在南宋已非一本,卷數多寡不同,今通行者有宛丘集七十六卷(四庫本)、張右史集六十卷(四部叢刊本)。清陸心源輯柯山集拾遺十二卷,缺名輯續拾遺一卷。

【柯亭竹】竹名。可製笛的上等竹材。玉臺新詠十梁武帝詠笛詩:"柯亭有奇竹,含情復抑揚。"參見"柯亭笛"。

【柯亭笛】相傳東漢末蔡邕經會稽柯亭(也稱高遷亭)時,見屋東十六椽竹,取以作笛,能發妙聲。晉桓伊有蔡邕柯亭竹,常自吹之。見後漢書六十蔡邕傳"遠跡吳會"注、晉書桓伊傳。

【柯維騏】公元1497—1574年。明莆田人,字寄純。嘉靖二年進士,授南京户部主事,不就職而歸。專研宋代歷史,合宋史與遼史金史爲一書,以宋朝爲正統,附以遼金,積二十年之力撰成宋史新編。對元人所修宋史的錯誤和疏漏,多有補正。又著史記考要、續莆陽文獻志及詩文集等。明史載文苑傳。

柹

shì 鉏里切,上,止韻,牀。
ㄕ

木名。同"柿"、"柹"。見"柹㊀"。

柄

bǐng bìng 陂病切,去,映韻,幫。
ㄅㄧㄥˇ ㄅㄧㄥˋ

㊀器物的把。墨子備蛾傳:"斧柄長六尺。"世説新語容止:"(王衍)恒捉白玉柄麈尾,與手都無分別。"㊁根本。易繫辭下:"謙,德之柄也。"㊂比喻權力。左傳襄二三年:"既有利權,又執民柄。"韓非子八説:"今生殺人柄在大臣,而主令得行者,未嘗有也。"㊃執掌,主持。通"秉"。如柄政、柄國等。參見"柄用"、"秉"。

【柄用】被信任而掌權。漢書八五谷永傳:"永知(王)鳳方見柄用,陰欲自託。"

【柄臣】掌權的大臣。漢書六七朱雲傳匡衡對:"傳曰:下輕其上爵,賤人圖柄臣,則國家搖動而民不靜矣。"

柑

1. gān 古三切,平,談韻,見。
ㄍㄢ

㊀果木名。橘屬。其果實也稱柑,似橘而圓大。皮色生青熟黃,味酸甜不一。閩中稱柑,廣東稱爲甜橙,浙江柑、橙並稱。種類不一。果皮、核、葉都可入藥。參閱本草綱目三十果二柑、廣羣芳譜六五柑。本作"甘"。見晉崔豹古今注下草木。

2. qián
ㄑㄧㄢˊ

㊀以木銜馬口。通"鉗"。公羊傳宣十五年:"圍者,柑馬而秣之。"釋文:"柑,其廉反。"

【柑₂口】閉口不言。漢書五行志中之上:"君炕陽而暴虐,臣畏刑而柑口。"殿本作"拑口",晉書五行志作"箝口"。

枯

kū 苦胡切,平,模韻,溪。
ㄎㄨ

㊀枯槁,乾涸。禮月令孟夏之月:"行冬令,則草木蚤枯。"荀子致士:"川淵枯則龍魚去之。"也指已枯之木。國語晉二:"人皆集於苑,已獨集於枯。"㊁憔悴。荀子修身:"安燕而血氣不惰,勞勸而容貌不枯。"

【枯竹】指陳舊的古書。竹,竹簡。漢桓寬鹽鐵論利議:"諸生無能出奇計,遠圖匈奴安邊境之策,抱枯竹,守空言,……此豈明主之所欲聞哉?"

【枯坐】乾坐。多指寂坐而無所事事。明莊元臣叔苴子内編一:"瞽者終日閉目,祇名爲覺,不名爲寢;躁者終日枯坐,祇名爲動,不名爲静。"

【枯城】故墟。指舊城的遺址。太玄經一差:"過其枯城,或蘖青青。"注:"枯,虛也。枯城,謂故都也。"唐陳子昂陳伯玉集一感遇詩十一:"誰見枯城蘖,青青成斧柯。"

【枯骨】枯朽的骨骼。指死屍。漢書九十尹賞傳:"生時諒不謹,枯骨後何葬?"也喻指喪失生氣的無能之人。三國志蜀先主傳:"袁公路(術)豈憂國忘家者邪?冢中枯骨,何足介意!"

【枯索】枯萎無生機。漢王充論衡順鼓:"蝗蟲時至,或飛或集。所集之地,穀草枯索。"

【枯寂】枯燥寂寞。金元好問遺山集四鹿泉新居詩:"巖居枯寂朝市喧,喧寂兩間差有趣。"

【枯梧】㊀列子説符:"人有枯梧樹者,其鄰父言枯梧之樹不祥,其鄰人遽而伐之。鄰人父因請以爲薪。其人乃不悦曰:'鄰人之父,徒欲爲薪,而教吾伐之也。'"後以喻用心雖好而行事失檢,以致招人疑忌。㊁泛指枯木。比喻卑微的職位。宋蘇軾分類東坡詩十六次韻和劉貢甫登黃樓寄子由:"數奇逢惡歲,計拙集枯梧。"參見"枯㊀"。

【枯魚】乾魚。莊子外物:"吾得斗升之水然活耳,君乃言此,曾不如早索我於枯魚之肆。"梁庾肩吾庾度支集看放市詩:"既非隨鶴舞,聊思索枯魚。"後常用來比喻處境困窘者。樂府詩集七四古樂府枯魚過河泣:"枯魚過河泣,何時悔復及!"南齊卞彬擯廢數年,撰枯魚賦,以枯魚自喻。見南史卞彬傳。

【枯腊】乾枯的肉。指屍體。漢書六七楊王孫傳:"裹以幣帛,鬲以棺槨,支體絡束,口含玉石,欲化不得,鬱爲枯腊。"宋蘇舜欽蘇學士集二吳越大旱詩:"蛟龍久遁藏,魚鼈盡枯腊。"

【枯腸】㊀空腸,腸中無物。唐詩紀事六二鄭嵎津陽門:"開爐滿飲相獻酬,枯腸渴肺忘朝飢。"㊁比喻才思苦窘。唐盧仝玉川子集二走筆謝孟諫議新茶詩:"三椀搜枯腸,唯有文字五千卷。"宋朱熹朱文公集三再用韻題翠壁詩:"珍重詩翁莫相惱,枯腸攪斷鬢絲華。"

【枯槁】㊀乾萎,乾竭。老子:"萬物草木之生也柔脆,其死也枯槁。"唐李白李太白詩十四自漢陽病酒歸寄王明府:"去歲左遷夜郎道,琉璃硯水長枯槁。"㊁憔悴。戰國策秦一:"形容枯槁,面目犂黑,狀有歸色。"㊂困苦,貧困。莊子天下:"墨子真天下之好也,……雖枯槁不舍也。"晉陶潛陶淵明集三飲酒詩之十一:"雖留身後名,一生亦枯槁。"

【枯磔】古時兩種酷刑。枯,棄市暴屍;磔,車裂。也叫"辜磔"。荀子正論:"詈侮捽搏,捶笞臏脚,斬斷枯磔,藉靡舌縛,是辱之由外至者也。"

【枯禪】佛教徒稱静坐參禪爲枯禪。宋楊萬里誠齋集十二晚晴詩:"先生老態似枯禪,解後東風也欲顛。"因其長坐不臥,呆若枯木,故又稱枯木禪。宋詩鈔吳儆竹洲詩鈔 吳子既結茆竹洲以娱親……:"厭煩以静勝,又類枯木禪。"

【枯木堂】和尚參禪打坐的房間。元王實甫西廂記一本二折:"也不要香積廚,枯木堂,遠著南軒,離著東牆,靠著西廂。"

【枯木衆】唐代僧人慶諸禪師,棲止潭州石霜山二十年,其徒衆參禪有長坐不臥,呆如枯木者,時人稱之爲枯木衆。見景德傳燈録十五圓智禪師法嗣。

【枯木朽株】壞木頭,爛樹樁。史記一一七司馬相如傳諫獵疏:"今陛下好陵阻險,射猛獸,猝然遇軼材之獸,駭不存之地,犯屬車之清塵,輿不及還轅,人不暇施巧,雖有烏獲逢蒙之伎,力不能用,枯木朽株盡爲害矣。"也借指老廢無用的人。史記八三鄒陽傳上梁孝王書:"故無因至前,雖出隨侯之珠,明月之璧,猶結怨而不見德。故有人先談,則以枯木朽株樹功而不忘。"世説新語棲逸"南陽翟道淵"注引尋陽記:"初庾亮臨江州,聞翟湯之風,束帶躡屐而詣焉。亮禮甚恭,湯曰:'使君直敬其枯木朽株耳。'"

【枯魚銜索】串在繩索上的乾魚。形容存日不多。韓詩外傳一:"枯魚銜索,幾何不蠹。二親之壽,忽如過隙。"又見漢劉向説苑建本、王肅孔子家語致思。謂爲家貧親老，不能擇官而仕。後用爲思念已故父母之詞。北周庾信庾子山集一哀江南賦："泣風雨於梁山，惟枯魚之銜索。"

【枯楊生稊】乾枯的楊樹重發嫩芽。易大過："枯楊生稊，老夫得其女妻。"注："稊者，楊之秀也。"後多用以比喻老人娶少妻或老年得子。

【枯樹生華】喻絶境逢生。三國志魏劉廙傳上疏："臣罪應傾宗，禍應覆族，遭乾坤之靈，值時來之運，揚湯止沸，使不燋爛，起煙於寒灰之上，生華於已枯之木，……可以死效，難用筆陳。"華，即"花"。

【枯樹逢春】比喻絶望中獲得生機。元曲選缺名凍蘇秦四："恰便似旱苗纔得雨，枯樹恰逢春。"

枻 yì ㄧˋ 餘制切，去，祭韻，喻。

㊀船舷。同"栧"。楚辭屈原九歌湘君："桂櫂兮蘭枻，斲冰兮積雪。"注："枻，船旁板也。"㊁楫，短槳。史記一一七司馬相如傳子虛賦："浮文鷁，揚桂枻。"集解："韋昭曰：'枻，楫也。'"漢書五七上司馬相如傳作"抴"。

柩 jiù ㄐㄧㄡˋ 巨救切，去，宥韻，羣。

已裝屍體的棺材。禮曲禮下："在牀曰尸，在棺曰柩。"

【柩輅】載柩出殯之車。文選晉潘安仁(岳)夏侯常侍誄："柩輅既祖，客體長歸。"也作"蜃路"。周禮春官巾車："小喪，共蜃路，與其飾。"注："柩路，載柩車也。"參見"柩轝"。

【柩轝】載柩出殯之車。轝，同"輿"。其制：用兩長杠作主幹，在車箱下面鈎住車軸的木頭上安裝小方床，用以載柩。參閲清吳榮光吾學録十七喪禮三。

柘 zhè ㄓㄜˋ 之夜切，去，禡韻，照。

㊀木名。桑屬。葉可飼蠶。木材密緻堅韌，可製弓。木汁能染赤黄色。詩大雅皇矣："其檿其柘。"參閲本草綱目三六木三柘。㊁甘蔗。通"蔗"。見"柘漿"。㊂姓。春秋有越大夫柘稽。見史記句踐世家。

【柘弓】用柘材製的良弓。太平御覽九五八引風俗通："柘材爲弓，彈而放快。"北周庾信庾子山集一春賦："金鞍始被，柘弓新張。"

【柘山】山名。在今上海市金山縣北原柘湖中。湖已乾涸。山多柘樹，因以爲名。參閲嘉慶一統志八二松江府一。

【柘火】鑽柘木所取的火。周禮夏官司爟"司爟掌行火之政令"注引鄭子："春取榆柳之火，夏取棗杏之火，季夏取桑柘之火，秋取柞楢之火。"梁元帝集樹名詩："杏梁始東照，柘火未西馳。"

【柘林】㊀郡、縣名。故治所在今河南唐河縣西。北魏置順陽郡，西魏改爲柘林郡。北周省郡，改置柘林縣，隋大業初廢入湖陽縣。參閲嘉慶一統志二一一南陽府二。㊁鎮名。在今上海市奉賢縣境。明嘉靖三十四年曾爲倭寇强據。明軍平倭後，建堡駐軍防守。清增設守備。參閲嘉慶一統志八三松江府二。

【柘岡】山名。在江西金溪縣西，與臨川縣靈谷山相接。上有宋王安石讀書堂。所著臨川集三十柘岡詩"柘岡西路花如雪"，即此。參閲嘉慶一統志三二二撫州府一。

【柘城】縣名。屬河南省。春秋陳株野地，戰國爲楚柘邑。秦漢置柘縣。秦末陳勝起義攻銍酇苦柘譙皆下之，又漢將灌嬰擊破柘公王武，皆此地。隋開皇十六年置柘城縣。故城在今縣北，明嘉靖中移今治所。清屬歸德府。參閲讀史方輿紀要五十歸德府。

【柘袍】赤黄色的袍子。唐以來始爲帝王常服。也借指帝王。宋蘇軾分類東坡詩十一書韓幹牧馬圖："柘袍臨池侍三千，紅粧照日光流淵。"元歐陽玄圭齋集三陳摶睡圖詩："陳橋一夜柘袍黄，天下都無鼾睡牀。"參閲舊唐書輿服志、文獻通考一一二王禮考七君臣冠冕服章。

【柘皐】見"橐皐"。

【柘黄】㊀用柘木汁所染的赤黄色。自唐以來爲帝王的服色。才調集一唐王建宮中三臺詞之一："日色柘黄相似，不着紅鸞扇遮。"也指柘黄衫袍。唐元稹長慶集十八酬孝甫見贈詩之四："雉尾扇開朝日出，柘黄衫對碧霄垂。"㊁柘樹上所生木耳。見本草綱目三六木三柘。

【柘絲】柘蠶絲。北魏賈思勰齊民要術五種桑柘："柘葉飼蠶，絲可作琴瑟等絃，清鳴響徹，勝於凡絲遠矣。"文苑英華三五一梁昭明太子(蕭統)七契："加以荆和之飾照耀，柘絲之絃激揚。"

【柘彈】柘材所製的彈弓。玉臺新詠五南朝梁何遜擬輕薄篇詩："柘彈隨珠丸，白馬黄金勒。"樂府詩集二四南朝梁車𣪺驄馬詩："驄馬鏤金鞍，柘彈落金石。"

【柘漿】甘蔗汁。楚辭宋玉招魂："胹鼈炮羔，有柘漿些。"注："柘，藷蔗也。"漢書禮樂志郊祀歌十一："百末旨酒布蘭生，泰尊柘漿析朝酲。"

【柘橋】用柘枝作成的橋形木架。北魏賈思勰齊民要術五種桑柘："欲作鞍橋者，生枝長三尺許，以繩繫旁枝，木橛釘著地中，令曲如橋，十年之後，便是渾成柘橋。"

【柘館】漢上林苑中館名。漢書九七下班倢伃傳作賦自傷悼："痛陽禄與柘館兮，仍繈褓而離災。"也作"柘觀"。見三輔黄圖。後來泛指後宮。宋方夔富山遺稿八四時宮詞詩之四："手推梅花暗斷魂，十年柘館未承恩。"

【柘蠶】用柘葉飼養的蠶。北魏賈思勰齊民要術五種桑柘引永嘉記："柘蠶，四月初績。"元袁桷清容居士集九舟中雜書詩之四："春洲蘆雁少，曉戶柘蠶勻。"

【柘枝舞】古羽調有柘枝曲，商調有屈柘枝，此舞因曲而名。舞時以二女童藏於蓮花形道具中，花瓣開放，出而對舞，女童帽加金鈴，舞時轉動作聲。宋時發展爲多人隊舞。官樂有柘枝隊。專舞柘枝的藝人稱柘枝伎。其舊曲遍數極多，宋時曲已大部散失，而舞尚盛行；寇準宴客，必舞柘枝，有柘枝顛之稱。參閲樂府詩集五六柘枝詞解題、宋沈括夢溪筆談五樂律一、宋史樂志十七。

柸 1. bēi ㄅㄟ

㊀飲食器。同"杯"、"桮"。山海經海內北經："犬封國曰犬戎國，狀如犬，有女子方跪進柸食。"明藏本作"杯"。古文苑十七漢王褒僮約："汲水作餔，滌柸整桉。"注："柸，食器也。"

2. pēi ㄆㄟ

㊁見"柸$_2$治"。

【柸$_2$治】淮南子道應："盧敖仰而視之，弗見，乃止駕柸治，悖若有喪也。"注："楚人謂'恨不得'爲柸治也。"按：漢王充論衡道虛記盧敖事，文作"不見乃止，喜心不怠，悵若有喪"。清俞樾以爲"柸治"即"不怡"之聲誤。見諸子平議三一淮南內篇三。

【柸食】見"柸㊀"。

柫 fú ㄈㄨˊ 分勿切，入，物韻，幫。

脫粒用的農具。說文："柫，擊禾連枷也。"方言五："(僉)自關而西謂之棓，或謂之柫。"

柅 ní ㄋㄧˊ 女夷切，平，脂韻，娘。ㄋㄧˇ 女履切，上，旨韻，娘。

㊀木名。其實如梨。見說文。㊁塞於車

輪下的制動木塊。易姤:"繫於金柅。"疏引馬融:"柅者,在車之下,所以止輪令不動者也。"一說,柅爲絡絲工具。參閱易姤疏、清俞正燮癸巳存稿一柅。㊂遏止,阻塞。新唐書一六四王彥威傳:"彥威雖自謂楗柅姦冒,著定其費,於利害無益也。"㊃見"柅柅"。

【柅杜】杜絶,遏止。新唐書一七四牛僧孺傳附牛徽:"徽治以剛明,柅杜干請,法度復振。"

【柅柅】草木茂盛貌。文選晉左太沖(思)蜀都賦:"總莖柅柅,裛葉蓁蓁。"

柀 1. bǐ ㄅㄧˇ 甫委切,上,紙韻,幫。

㊀ 木名。卽杉。爾雅釋木:"柀,煔。"注:"煔似松,生江南,可以爲船及棺材;作柱,埋之不腐。"疏:"柀,一名煔,俗作杉。"說文煔作"梛"。一說,柀卽榧。見宋羅願爾雅翼釋木二柀。參閱本草綱目三一果三榧實。參見"榧"。

2. pī ㄆㄧ

㊁離析,破裂。義同"披"。銀雀山漢墓竹簡孫臏兵法擒龐涓:"環涂擊柀其後,二大夫可殺也。"清段玉裁謂柀訓分析,从木;披,訓从旁扶持。後來柀多訛作披字。見說文解字注"柀"。

枷 1. jiā ㄐㄧㄚ 古牙切,平,麻韻,見。

㊀脫粒用的農具。卽連枷。國語齊:"權節其用,耒耜枷芟。"釋名釋用器:"枷,加也。加杖於柄頭以撾穗而出其穀也。"也作"䈒"。㊁古刑具名。隋書刑法志:"凡死罪枷而拲,流罪枷而梏。"也指上枷鎖銬。京本通俗小說錯斬崔寧:"將兩人大枷枷了,送入死囚牢裏。"見圖。

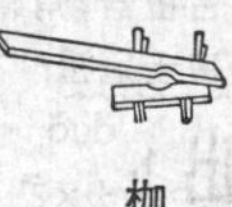
枷

2. jià ㄐㄧㄚˋ

㊂衣架。通"架㊀"。禮曲禮上:"男女不雜坐,不同椸枷,不同巾櫛。"釋文:"枷,本又作架,徐(爰)音稼。"

【枷號】古代刑法。將木枷套在犯人頸上,寫明罪狀示衆。明俞汝楫禮部志略二三科場禁例:"(洪武)七年奏准生儒點名進場時,嚴行搜檢,入舍後詳加伺察,如有犯者,照例於舉場前枷號一月,滿日問罪革爲民。"

【枷鎖】木枷和鐵鎖。古代的兩種刑具。隋書刑法志:"勒集囚徒於闕前,撾鼓千聲,釋枷鎖焉。"元曲選李文蔚燕青博魚楔子:"遇着晁蓋哥哥,打開枷鎖,救某上山。"

查 1. chá ㄔㄚˊ 鉏加切,平,麻韻,牀。

㊀木筏。本作"楂"。通"槎"。舊題晉王嘉拾遺記一唐堯:"有巨查浮於西海。"㊁考察,檢點。明陸容菽園雜記二:"移文中字,……今云查理、查勘,有稽考之義。"

2. zhā ㄓㄚ 集韻 莊加切,平,麻韻。

㊂山楂。也作"樝"、"楂"、"柤"。見"柤㊁"。㊃渣滓。通"渣"。見"查₂滓"。㊄姓。五代南唐有查文徽。見宋馬令南唐書二一。

【查牙】同"杈枒"、"槎枒"。唐李賀歌詩編二馬詩之六:"飢卧骨查牙,粗毛刺破花。"爲瘦骨突出貌。唐孫樵集一出蜀賦:"嵌嵒嵒而查牙兮,上攢羅而戛天。"爲山巖峭拔錯出貌。

【查₂沙】張開,伸開。也作"扎煞"。元曲選尚仲賢氣英布三:"查沙着打死麒麟手,這半合兒敢罵徧了諸侯。"

【查抄】搜查並沒收罪人的財產。紅樓夢一〇五:"聞得他侄兒賈璉現在承總管家,不能不盡行查抄。"

【查₂浦】地名。1.在江蘇江寧縣西。晉成帝咸和三年,蘇峻攻據建康,陶侃溫嶠起兵入討,曾在此築壘。又名查下。文選晉左太沖(思)吳都賦:"橫塘查下,邑屋隆夸。"注:"查下,查浦。在橫塘西。"參閱讀史方輿紀要二十江寧府。2.見"查₂瀆"。

【查₂滓】同"渣滓"。理學家指沒有消盡的人欲私意。朱子語類二一論語三:"三省固非聖人之事,然是曾子晚年進德工夫,蓋微有這些子查滓去未盡耳。"元張憲玉笥集八寄中山隱講師詩:"無因淨查滓,來共上堂鐘。"

【查₂瀆】地名。在浙江蕭山縣西南。東漢末,孫策攻王朗於固陵,不克,乃分軍夜投查瀆道,襲高遷屯,卽此。一名查浦,又名柤瀆。參閱三國志吳孫靜傳、嘉慶一統志二九四紹興府一。

【查覈】查對檢驗。覈,同"核"。清續文獻通考十九錢幣一:"按季報部,以憑查覈。"也作"查核"。紅樓夢一〇六:"惟抄出借券,令我們王爺查核。"

【查₂慎行】公元1650—1727年。清浙江海寧人。初名嗣璉,字夏重。後更名慎行,字悔餘。晚號初白。康熙四十二年進士,授編修。曾受業於黃宗羲。工詩,古體學蘇軾,近體似陸游。著有敬業堂集補注東坡編年詩經史正譌人海記等。

柤 1. zhā ㄓㄚ 側加切,平,麻韻,莊。

㊀木欄。廣雅釋器:"柤、橕、柱,距也。"㊁山楂。本作"樝"。也作"楂"、"查"。莊子天運:"故譬三皇五帝之禮義法度,其猶柤、梨、橘、柚邪,其味相反而皆可於口。故禮義法度者,應時而變者也。"㊂春秋楚地名。春秋襄十年:"會吳於柤。"

2. zǔ ㄗㄨˇ

㊃陳列祭神牲畜的禮器。通"俎"。漢魯相韓勑造孔廟禮器碑:"爵鹿柤梪。"(隸釋一)

【柤中】古地名。也作沮中。在今湖北宜城縣西。三國魏時夷族梅敷兄弟三人及部曲萬餘家屯此。土地平敞,宜植桑麻,有水陸良田,爲沔南沃壤。一說柤中在襄陽縣南沮水左右。見宋王應麟通鑑地理通釋十一。參閱三國志吳朱然傳、嘉慶一統志三四七襄陽府二。

【柤浦】地名。卽查浦。見"查₂浦"。

柙 1. xiá ㄒㄧㄚˊ 胡甲切,入,狎韻,匣。

㊀關獸的木籠。論語季氏:"虎兕出於柙,龜玉毀於櫝中,是誰之過與?"韓非子說林下:"惠子曰:'置猿於柙中,則與豚同。'"也指囚籠或囚車。管子小匡:"於是魯君乃不殺,遂生束縛而柙以予齊。"㊁匣,櫃。莊子刻意:"夫有干越之劍者,柙而藏之,不敢用也。"此用爲動詞,指裝匣。史記八六荊軻傳:"荊軻奉樊於期頭函,而秦舞陽奉地圖柙,以次進。"此用爲名詞。

2. jiǎ ㄐㄧㄚˇ

㊂木名。文選晉左太沖(思)吳都賦:"木則楓、柙、櫲、樟。"柙,注音甲。

3. yā ㄧㄚ

㊃簾押。壓簾子的器具。通"押"。太平御覽八〇三漢武故事:"上起神屋,以白珠爲簾,瑇瑁爲柙。"北周庾信庾子山集五詠畫屏風詩之十二:"玉柙珠簾捲,金鉤翠幔懸。"

柛 shēn ㄕㄣ 失人切,平,真韻,審。

樹木自死。爾雅釋木:"木自獘,柛。"注:"獘,踣。"疏:"自斃者,生木自倒。"

柚 1. yòu 余救切,去,宥韻,喻。ㄧㄡˋ

㊀果木名。果實卽柚子。書禹貢:"厥篚織貝,厥包橘柚錫貢。"

2. yóu 集韻 夷周切,平,尤韻。ㄧㄡˊ

㊁見"柚₂梧"。

3. zhú 直六切,入,屋韻,澄。ㄓㄨˊ

㊂杼柚。織機上用來繞經紗的圓軸。通"軸"。詩小雅大東:"小東大東,杼柚其空。"釋文:"柚,音逐,本又作軸。"今讀zhóu。

【柚₂梧】竹的一種。文選晉左太沖(思)吳都賦:"其竹則篔簹、箖箊、桂、箭、射筒、柚梧有篁,篻簩有叢。"也作"由梧"。北魏賈思勰齊民要術十:"(晉嵇含)南方草木狀曰:'由梧竹,吏民家種之。長三四丈,圍一尺八九寸。作屋柱。出交阯。'"

柟 1. nán 那含切,平,覃韻,泥。ㄋㄢˊ

㊀木名。同"楠"。漢書五七上司馬相如傳子虛賦:"其北則有陰林巨樹,楩柟豫章。"注:"柟音南,今所謂楠木。"史記一一七司馬相如傳作"枏"。

2. rán 汝鹽切,平,鹽韻,日。ㄖㄢˊ

㊁木名。卽梅。見廣韻。

枵 xiāo 許嬌切,平,宵韻,曉。ㄒㄧㄠ

空虛。新唐書九十殷開山傳:"糧盡衆枵,乃可圖。"此指腹空,飢餓之義。宋吳子良荊溪林下偶談三詞科習氣:"意主於諂,辭主於誇,虎頭鼠尾,外肥中枵,此詞科習氣也。"此指內容空洞無物。

【枵腹】空腹,指飢餓。宋陸游劍南詩稿六九幽居遣懷:"大患元因有此身,正須枵腹對空囷。"

枳 zhǐ 諸氏切,上,紙韻,照。ㄓˇ 居帋切,上,紙韻,見。

㊀木名。木如橘而小,高五七尺,葉多刺。春生白花,至秋成實。果小味酸,不能食,可入藥。周禮考工記序目:"橘踰淮而北爲枳。"參閱本草綱目三六木三枳。㊁古縣名。戰國楚有枳邑。漢置枳縣,屬巴郡。今爲四川涪陵縣。參閱史記六九蘇秦傳"楚得枳而國亡"正義、漢書地理志上。㊂傷害。通"疻"。孔叢子刑論:"率過以小罪謂之枳。"注:"猶傷也。"

【枳句】彎曲的枳樹枝。句,彎曲。文選戰國楚宋玉風賦:"枳句來巢,空穴來風。"按枸木多枝而彎曲,鳥雀常來結巢於上。也作"枳枸"。莊子山木:"王獨不見乎騰猿乎?……及其得柘棘枳枸之間也,危行側視,振動悼慄。"

【枳道】亭名。故址在今陝西咸陽市東北。秦末劉邦破關入至灞上,秦王子嬰素車白馬,係頸以組,降枳道旁,卽此。見漢書高帝紀。史記高祖紀作"軹道"。

【枳殼】枳實。唐朱慶餘集商州王中丞留吃枳殼詩:"若交盡乞人人與,采盡商山枳殼花。"參見"枳實"。

【枳棘】枳木與棘木。韓非子外儲左下:"樹枳棘者,成而刺人。"二木皆多刺,因常用以比喻艱難險惡的環境。後漢書六一黃瓊傳臨終疏:"光武以聖武天挺,繼統興業,創基冰泮之上,立足枳棘之林,……興復洪祚,開建中興。"也比喻違命作梗的人。文選漢陳孔璋(琳)檄吳將校部曲文:"今者枳棘翦扞,戎夏以清,萬里肅齊,六師無事。"

【枳椇】木名。高三、四丈,葉圓大如桑柘。夏月開花,枝頭結實,如雞爪形,長寸許,味甘可食,也能入藥。參閱晉崔豹古今注下草木六、本草綱目三一果三枳椇。

【枳落】枳木所編成的籬笆。文選漢張平子(衡)西京賦:"揩枳落,突棘藩。"

【枳園】佛寺名。故址在今江蘇江寧縣。晉車騎將軍王劭,於其父王導廟北修造枳園精舍,其始以枳爲籬,故名。劭玄孫南齊王奐於永明六年就舊寺擴建,沈約爲作枳園寺刹下石記,文見廣弘明集十六。唐李商隱李義山文集三上河東公啟之二:"某聞周朝貝葉,列妙引于王褒;梁日枳園,洒芳詞於沈約。"

【枳實】枳樹的果實。供藥用。其小而未熟者稱枳實,大而成熟已乾者稱枳殼。新唐書地理志四金州:"土貢枳殼,枳實。"元王逢梧溪集三留別陸芳潤……詩:"楓葉殷紅枳實肥,蘋風蕭颯芰荷衣。"參閱本草綱目三六木三枳。

【枳維】維護。取枳籬藩衛之義。逸周書小開:"德枳維大人,大人枳維公,公枳維卿,卿枳維大夫,大夫枳維士。"一說枳當"則"解,爲副詞。見楊樹達詞詮五。

【枳首蛇】兩頭蛇。亦名弩絃。見爾雅釋地。省稱枳首。抱朴子吳失:"都枳首之爭莓,而亡同身之禍。"

柍 1. yǎng 於兩切,上,養韻,影。ㄧㄤˇ

㊀木名。文選漢張平子(衡)南都賦:"柍、柘、檍、檀。"

2. yàng 集韻 於亮切,去,漾韻。ㄧㄤˋ

㊁脫粒用的農具。卽連枷。方言五:"僉,齊楚江淮之間謂之柍。"

3. yāng ㄧㄤ

㊂中間。通"央"。見"柍₃桭"。

【柍₃桭】屋端。漢書八七揚雄傳甘泉賦:"列宿乃施於上榮兮,日月纔經於柍桭。"注引服虔:"柍,中央也;桭,屋梠也。"清王念孫認爲"柍當作央,振與'宸'同,謂屋檐;柍桭,謂半檐也。"見讀書雜志漢書十三。

柷 zhù 之六切,入,屋韻,照。ㄓㄨˋ 昌六切,入,屋韻,穿。

打擊樂器名。又名"椌"。狀如漆筩,中有椎,樂開始時,先擊柷。禮王制:"天子賜諸侯樂,則以柷將之。"見圖。

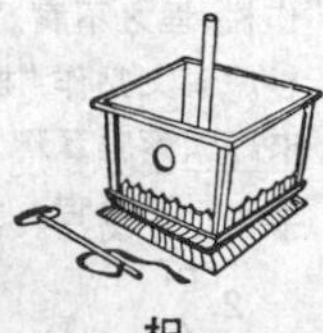

柷

【柷敔】樂器名。樂開始時擊柷,樂終止時刷敔。書益稷:"下管鼗鼓,合止柷敔。"

【柷圉】卽柷敔。圉,又名"敔"。詩周頌有瞽:"應田縣鼓,鞉磬柷圉。"參見"柷"、"敔"。

枴 guǎi 乖買切,上,蟹韻,見。ㄍㄨㄞˇ

杖,枴棍。舊五代史漢高祖紀上:"又賜木枴一。"今通用"拐"。

柶 sì 息利切,去,至韻,心。ㄙˋ

古禮器,角製,狀如匙,用來舀取食物。儀禮士冠禮:"有篚實、勺觶、角柶。"

柮 1. duò 當没切,入,没韻,端。ㄉㄨㄛˋ

㊀木頭。詳"榾柮"。

2. nà 集韻 女滑切,入,黠韻。ㄋㄚˋ

㊁斷。見說文。

柣 1. zhì 直一切,入,質韻,澄。ㄓˋ 千結切,入,屑韻,淸。

㊀門下橫木。卽門限。爾雅釋宮:"柣謂之閾。"

2. dié 集韻 徒結切,入,屑韻。ㄉㄧㄝˊ

㊁見"桔柣"。

柂 1. yí 集韻 餘支切,平,支韻。ㄧˊ

㊀木名。也作"杝"。爾雅釋木:"椵,

柂。"注："白桵也，椅似白楊。"

2. duò 集韻 待可切，上，哿韻。
ㄉㄨㄛˋ

㈢船舵。通"舵"、"柁"。太平御覽七七一漢趙壹刺世疾邪賦："奚異涉海之失柂，坐積薪而待燃。"後漢書八〇下本傳柂作"杝"。文選晉郭景純(璞)江賦："淩波縱柂，電往杳溟。"㈣引，溝通。文選南朝宋鮑明遠(照)蕪城賦："柂以漕渠，軸以崐崗。"

【柂₂工】船上掌舵的人。三國志吳孫權傳黃武五年注引江表傳："谷利令柂工取樊口，……工即轉柂入樊口。"也作"柂師"。宋陸游劍南詩稿二瞿塘行："千艘萬舸不敢過，篙工柂師心膽破。"

柞 1. zuò 在各切，入，鐸韻，從。
ㄗㄨㄛˋ 則落切，入，鐸韻，精。

㈠木名。1.柞木。木質堅韌，可爲鑿柄，俗名鑿子木。也可製家具。樹皮及葉可入藥。參閱本草綱目三六木三柞木。2.柞櫟。詩大雅緜："柞棫拔矣，行道兌矣。"㈡客以酒回敬主人。通"酢"。戰國策趙一："著之盤盂，屬之讎柞。"

2. zé 集韻 側格切，入，陌韻。
ㄗㄜˊ 實窄切，入，陌韻。

㈢砍削樹木。通"斮"。詩周頌載芟："載芟載柞，其耕澤澤。"傳："除草曰芟，除木曰柞。"㈣狹窄。周禮考工記輪人："轂小而長，則柞。"㈤聲大。周禮考工記鳧氏："(鍾)侈則柞。"注："柞，讀爲咋咋然之咋，聲大外也。"

【柞氏】官名。周禮秋官之屬。掌管砍除樹木雜草，以便開田種穀。見周禮秋官柞氏。

【柞格】見"柞鄂"。

【柞鄂】設於陷阱中的捕獸裝置。周禮秋官雍氏"春令爲阱"漢鄭玄注："堅地阱淺，則設柞鄂於其中。"疏："柞鄂者，或以爲豎柞於中，向上鄂鄂然，所以載禽獸使足不至地，不得躍而出，謂之柞鄂也。"或以爲在陷阱中嵌以柞木格，故又稱柞格。國語魯上"水虞於是禁罝罜䍡設穽鄂"三國吳韋昭注："鄂，柞格，所以誤獸也。"

【柞溪】水名。在湖北江陵縣北二十里。諸水散流，匯而成川。晉安帝隆安三年桓玄襲擊殷仲堪，逼令自殺，又安帝義熙元年魯宗之破桓玄將溫楷兵，都在這一帶。參閱晉書安帝紀、殷仲堪傳、讀史方輿紀要七八荊州府。

【柞櫟】木名。即詩唐風鴇羽"集于苞栩"之栩。三國吳陸璣毛詩草木鳥獸蟲魚疏上集于苞栩："栩，今柞櫟也。徐州謂櫟爲杼，或謂之爲栩。"

【柞蠶】蠶的一種。以食柞櫟之葉而名。太平御覽八二五引廣志："有柞蠶，食柞葉，可以作綿。"

枸 1. jǔ 俱雨切，上，麌韻，見。
ㄐㄩˇ

㈠木名。即枳椇。詩小雅南山有臺："南山有枸，北山有楰。"參見"枳椇"。㈡見"枸櫞"。㈢見"枸醬"。

2. gǒu 古厚切，上，厚韻，見。
ㄍㄡˇ

㈣見"枸₂杞"。㈤見"枸₂骨"。

3. gōu 古侯切，平，侯韻，見。
ㄍㄡ

㈥彎曲。荀子性惡："故枸木必將待檃栝烝矯然後直，鈍金必將待礱厲然後利。"

【枸₂杞】木名。也作"枸檵"。夏秋開淡紫色花，結實形如棗核。果實（即枸杞子）和根皮（即地骨皮）入藥。嫩莖和葉可食。宋陸游劍南詩稿二玉笈齋書事之二："雪霽茆堂鐘磬清，晨齋枸杞一杯羹。"參閱政和證類本草十二枸杞。

【枸₂骨】木名。因木質白如狗骨，故名。又以葉有五刺，如貓形，因稱貓兒刺。參閱三國吳陸璣毛詩草木鳥獸蟲魚疏上、本草綱目三六木三枸骨。

【枸桹】木名。文選晉左太沖(思)吳都賦："木則楓柙櫲樟栟櫚枸桹。"注引異物志："枸桹，樹也。直而高，其用與栟櫚同。栟櫚出武陵山，枸桹出廣州。"

【枸醬】用枸子製成的醬。漢時產於蜀中。史記一一六西南夷傳："獨蜀出枸醬。"集解引徐廣曰："枸，一作'蒟'，音窶。"索隱引劉德："蒟樹如桑，其椹長二三寸，味酢；取其實以爲醬，美。"也作"蒟醬"。明李時珍説蒟子可以調食，故謂之醬。參閱本草綱目十四草三蒟醬。

【枸櫞】木名。即香櫞，也作"香圓"。果實入藥。本草綱目三十果二枸櫞："枸櫞產閩廣間。木似朱欒而葉尖長，枝間有刺。植之近水乃生。其實狀如人手，有指，俗呼爲佛手柑。……味不甚佳而清香襲人。"

枹 1. fú 防無切，平，虞韻，並。
ㄈㄨˊ 縛謀切，平，尤韻，並。

㈠擊鼓杖。同"桴"、"鞄"。左傳成二年："(郤克)左并轡，右援枹而鼓。"楚辭屈原九歌國殤："霾兩輪兮縶四馬，援玉枹兮擊鳴鼓。"

2. bāo 布交切，平，肴韻，幫。
ㄅㄠ

㈡枹木，叢生的樹木。詩大雅棫樸"芃芃棫樸"漢毛亨傳："樸，枹木也。"參閱爾雅釋木"樸，枹者"晉郭璞注。

【枹罕】古郡、縣名。故治所在今甘肅臨夏縣。漢置縣，屬金城郡；東漢屬隴西郡。晉惠帝時置枹罕護軍。東晉時西秦乞伏熾磐於永康元年遷都於此。後爲河州治所，北魏太平真君六年置鎮。北周置枹罕郡，隋初廢。大業三年又改河州爲枹罕郡。唐廢郡，元廢縣。參閱嘉慶一統志二五三蘭州府二。

【枹鼓】鼓槌和鼓。古時作戰，擊鼓以示進軍。也作"桴鼓"。國語齊："執枹鼓立於軍門，使百姓皆加勇焉。"也指擊鼓警衆，以備非常。漢書六七張敞傳："由是枹鼓稀鳴，市無偷盜。"也用以比喻軍旅。漢書八七下揚雄傳解嘲："叔孫通起於枹鼓之間，解甲投戈，遂作君臣之儀，得也。"

【枹₂木履】枹木所製的鞋子。唐劉恂嶺表録異中："枹木，產江溪中，葉細如檜，身堅類桐，……用其根，刳而爲履，……輕如通草。暑月著之，隔卑濕地氣。"

柵 zhà 所晏切，去，諫韻，山。
ㄓㄚˋ 測戟切，入，陌韻，初。
楚革切，入，麥韻，初。

柵欄。莊子天地："內支盈於柴柵。"後漢書六五段熲傳："乃遣千人於西縣結木爲柵。……遮之。"宋陸游劍南詩稿三八過鄰家："羣散雞歸柵，聲喧雀噪囷。"

【柵塘】有柵欄圍護的水塘。梁書嚴植之傳："嘗緣柵塘行，見患人臥塘側。"

【柵壘】柵欄與營牆。多作軍事上防禦用。魏書楊津傳："柵壘未安，不可擬敵。"也作"壘柵"。梁書武帝紀上："傍山帶水，築壘柵以自固。"

柊 zhōng 職戎切，平，東韻，照。
ㄓㄨㄥ

見下。

【柊葉】草本植物。產於粵東。葉長尺許，形如芭蕉，可以包粽。能隔濕防腐，以包參茸等物，經久不壞。參閱清屈大均廣東新語二五木語柊葉、吳其濬植物名實圖考九柊葉。

【柊楑】椎。擊物的器具。廣雅釋器："柊楑、殺、棲，椎也。"也作"終葵"。周禮考工記玉人："大圭長三尺，杼上終葵首。"疏："齊人謂椎爲終葵。故云終葵，椎也。"清王念孫謂柊楑即"終葵"，是"椎"的反語。見廣雅疏證。

柎 1. fū 甫無切，平，虞韻，幫。
ㄈㄨ

㊀花萼。山海經西山經:"(崇吾之山)有木焉,員葉而白柎。"注:"今江東人呼草木子房爲柎,音府。一曰:柎,花下鄂。"㊁器物的足部。通"跗"。急就篇三"鍛鑄鉛錫鐙錠鐎"唐顏師古注:"有柎者曰鐙,無柎者曰錠。柎謂下施足也。"㊂斗栱上的横木。文選漢王文考(延壽)魯靈光殿賦:"狡兔跧伏於柎側,猨狖攀椽而相追。"㊃木筏。通"泭"、"桴"。見集韻虞。

2. fǔ ㄈㄨˇ 集韻 斐父切,上,噳韻。

㊄樂器名。以皮革爲面,内裝糠,形如小鼓。通"拊"。見集韻噳。㊅角弓柄部兩側的骨片。周禮考工記弓人:"於挺臂中有柎焉,故剽。"疏:"謂角弓於把處兩畔有側骨,骨堅强,所以與弓爲力,故剽疾也。"㊆倚扶。通"撫"。管子輕重戊:"父老柎枝而論,終日不歸。"

3. fù ㄈㄨˋ

㊇塗附。儀禮士冠禮:"素積白屨,以魁柎之。"注:"柎,注者。"疏:"云'柎,注者',以蛤灰塗注於上,使色白也。"

柏

1. bó bǎi ㄅㄛˊ ㄅㄞˇ 博陌切,入,陌韻,幫。

也作"栢"。㊀木名。也稱椈,說文作"鞠"。木質堅硬,不畏霜雪,經冬不彫。葉入藥。爾雅釋木:"柏,椈。"論語子罕:"歲寒,然後知松柏之後彫也。"㊁古國名。故地在今河南西平縣。左傳僖五年:"於是江黄道柏,方睦於齊。"㊂姓。漢有柏始昌。見漢書九五西南夷傳。

2. bó ㄅㄛˊ

㊃大。通"伯"。見"柏$_2$車"。

3. pò ㄆㄛˋ

㊄逼近,貼近。通"迫"。周禮春官司几筵:"其柏席用萑黼純。"注引鄭司農(衆):"柏席,迫地之席。"史記河渠書:"魚沸鬱兮柏冬日。"集解引徐廣:"柏猶迫也。冬日行天邊,若與水相連矣。"

【柏人】古縣名。屬趙國。故城在今河北唐山市西。春秋時晉邑。漢置縣。北魏改名柏仁,唐天寶元年改爲堯山,金改爲唐山。左傳哀四年,齊國夏伐晉,會於鮮虞,接納荀寅於柏人;史記八九張耳陳餘傳載:漢八年,高祖過柏人不宿,皆卽此地。參閱嘉慶一統志三十順德府一。

【柏舟】詩鄘風有柏舟篇。小序謂衛世子共伯早死,父母欲迫其妻共姜改嫁,姜作詩以自誓。後稱婦喪夫爲"柏舟之痛",夫死不嫁爲"柏舟之節",本此。文苑英華九五六唐權德輿鄜坊節度推官大理評事唐君墓誌銘:"繼娶天水權氏,……結褵周月,遭罹柏舟之痛。"宋朱熹朱文公集二六與陳師中書:"朋友傳說,令女弟甚賢,必能養老撫孤,以全柏舟之節。"

【柏$_2$車】大車。釋名釋車:"柏車:柏,伯也。伯,大也。"一說爲能行山路的大車。周禮考工記車人:"柏車,轂長一柯,其圍二柯,其輻一柯。"疏:"柏車,山車,對大車爲平地之車也。"

【柏谷】古地名。春秋晉邑。在今河南靈寶縣西南。有柏谷水經此,北流入黄河。春秋晉獻公二十二年,公子重耳避驪姬之讒出亡,自蒲城逃往柏谷;又漢武帝曾微行至柏谷,亭長不納,有逆旅主人妻爲帝殺雞作食,皆此地。文選晉潘安仁(岳)西征賦"長傲賓於柏谷,妻覩貌而獻餐",卽指漢武帝事。參閱國語晉二、水經注四河水。

【柏招】傳說古帝帝嚳之師。柏招,也作"伯招"。見呂氏春秋尊師。漢書古今人表九等列上中仁人。晉書景帝紀詔:"顓頊受學於綠圖,高辛問道於柏招。"

【柏城】唐制,帝王陵園周圍築牆,種植柏樹,稱爲柏城。唐白居易長慶集四陵園妾詩:"松門到曉月徘徊,柏城盡日風蕭瑟。"新唐書二〇〇韋彤傳:"且寢宫所占,在柏城中,距陵不遠。"

【柏皇】傳說古帝名。漢書古今人表九等列上中仁人。莊子胠篋作"伯皇"。易繫辭下"包犧氏没"疏作"柏黄"。

【柏侯】複姓。漢有尚書令柏侯奮。見通志二九氏族五以國爵爲氏。也作"白侯"。三國時有白侯子安。見三國志吳張昭傳。

【柏酒】古代風俗,以柏葉後凋而耐久,因取其葉浸酒,元旦共飲,以祝長壽。南朝梁宗懍荆楚歲時記正月一日:"長幼悉正衣冠,以次拜賀,進椒、柏酒,飲桃湯。"藝文類聚三南朝梁庾肩吾歲盡詩:"聊開柏葉酒,試奠五辛盤。"唐杜甫杜工部草堂詩箋三五元日示宗武:"飄零還柏酒,衰病只藜牀。"

【柏梘】山名。在安徽宣城縣東南,接寧國縣界。以谿谷深邃、峰巖迴曲著名。清梅曾亮所居在此山附近,故稱其集爲柏梘山房集。見嘉慶一統志一一五寧國府一。

【柏陵】帝王墓多植松柏,因稱帝王墓爲柏陵。唐李賀歌詩編四官街鼓:"漢城黄柳映新簾,柏陵飛燕埋香骨。"參見"柏城"。

【柏鄉】縣名。屬河北省。春秋晉鄗邑地。漢置鄗縣,又分置柏鄉侯國。東漢併合鄗與柏鄉改爲高邑。隋開皇十六年於縣南分置柏鄉縣,大業初屬趙郡。唐以後屬趙州。參閱寰宇通志四眞定府趙州。

【柏署】御史官署的别稱。也稱柏臺。文苑英華八〇七唐舒元輿御史臺新造中書院記:"中丞能革之,豈直柏署之光乎!"參見"柏臺㊀"。

【柏寢】春秋齊臺名。晏子春秋雜下:"(齊)景公新成柏寢之臺。"韓非子外儲右上:"景公與晏子遊於少海,登柏寢之臺而還望其國。"柏寢,舊說或以爲臺名,或以爲地名而有臺。今山東廣饒縣(舊樂安縣)境有柏寢臺。參閱史記孝武紀及漢書郊祀志上、嘉慶一統志一七一青州府二。

【柏臺】㊀卽御史臺。漢御史府中列植柏樹,常有野烏數千棲宿其上。見漢書八三朱博傳。後因稱御史臺爲柏臺。唐宋之問集下和姚給事寓直之作詩:"柏臺遷烏茂,蘭署得人芳。"宋蘇軾分類東坡詩二五予以事繫御史獄……以遺子由之二:"柏臺霜氣夜淒淒,風動琅璫月向低。"㊁柏梁臺的簡稱。文苑英華一七四唐李嶠奉和幸長安故城未央宫應制詩:"今日聯章處,猶疑上柏臺。"參見"柏梁臺"。

【柏歷】古時人始死,立木於庭中,上横一木如門,叫作重。横木下懸鬲,卽歷,中盛粥,謂爲死者神所憑依,葬後始改用木主。魏晉以來又有凶門柏歷,置於門外以表喪,略似後世的喪事牌樓。如晉元帝子司馬奐、成帝后杜氏,死皆立凶門柏歷。見宋書禮志二、晉書琅邪悼王煥傳。參見"凶門㊁"。

【柏壁】地名。在今山西新絳縣西南。北魏明元帝於此置柏壁鎮。北周武成初年,達奚武築柏壁城。唐武德二年,秦王李世民曾屯兵於此,地勢險要,有巨坂尤高峻,上有秦王堡。參閱周書達奚武傳、新唐書太宗紀、嘉慶一統志一五五絳州一。

【柏$_2$舉】春秋時楚地名。在今湖北麻城縣境。左傳定四年載:楚圍蔡,吳人救援,大敗楚師於柏舉,卽此。戰國策燕二作"伯舉"。參閱元和郡縣志二七。

【柏露】柏葉上的露水。舊傳用以拭眼可以明目。南朝梁吳均續齊諧記載:鄧紹八月上華山採藥，見一童子持五彩囊，盛柏葉上露水，如珠滿囊。問其何用，答曰：“赤松先生取以明目。”唐韓鄂歲華紀麗三、宋陳元靚歲時廣記三也有八月採柏露以明目的記載。

【柏梁臺】漢時臺名。故址在今陝西長安縣西北長安故城内。三輔黄圖五臺榭：“柏梁臺，武帝元鼎二年春起此臺，在長安城中北闕内。三輔舊事云：‘以香柏爲梁也。帝嘗置酒其上，詔羣臣和詩，能七言詩者乃得上。’太初中臺災。”漢書武帝紀元鼎二年起柏梁臺注引服虔，謂以百頭梁作臺而名。參閲嘉慶一統志二二八西安府。

【柏梁體】七言古詩的一體。相傳漢武帝於元封三年在柏梁臺上與羣臣賦七言詩，人各一句，每句用韻。後世模仿其體，稱柏梁體。唐中宗於景龍四年曾在大明殿同羣臣仿柏梁體聯句。見唐詩紀事一。參閲古文苑八柏梁詩。

【柏葉酒】見“柏酒”。

柢 dǐ ㄉㄧˇ 都禮切，上，薺韻，端。

樹根。老子：“是謂深根固柢，長生久視之道。”

柳 liǔ ㄌㄧㄡˇ 力久切，上，有韻，來。

㊀木名。枝條柔韌，葉狹長。常與楊合稱。參見“楊”。㊁古代裝飾棺車的帷蓋。飾物在旁曰帷，在上曰荒，以及新用木材等總名曰柳。周禮天官縫人：“衣翣柳之材。”見禮檀弓上“飾棺牆置翣”唐孔穎達疏。㊂車名。史記一〇〇季布傳：“置廣柳車中。”唐司馬貞索隱據服虔鄧展等説，以爲柳車本喪車名，後爲大車的通稱。㊃星宿名。見“柳宿”。㊄瘤。莊子至樂：“俄而柳生其左肘。”㊅姓。魯展禽采邑在柳，後以邑爲氏。見廣韻有。

【柳七】指宋詞人柳永。宋劉克莊後村集十三哭孫李蕃詩之二：“相君未識陳三面，兒女多知柳七名。”參見“柳永”。

【柳火】古人鑽木取火，春季取自榆柳。見周禮夏官“司爟掌行火之政令”注。唐宋時，皇帝於清明節取榆柳之火賜其近臣姻戚。宋徐鉉徐公集四和門下殷侍郎新茶二十韻：“正當鑽柳火，遥想湧金泉。”參閲元陳元靚歲時廣記十七取新火。

【柳中】古縣名。本東漢柳中城。故地在今新疆鄯善縣魯克沁一帶。東漢永平十七年置西域都護、戊己校尉，以謁者關寵爲戊己校尉，屯柳中城；延光中班勇爲西域長史屯柳中，均此地。唐貞觀中置柳中縣，屬西州交河郡。現存有開元中該縣户籍殘卷兩份。參閲後漢書十九耿弇傳附耿恭、四七班超傳附班勇、新唐書地理志四。

【柳永】宋崇安人。字耆卿，初名三變，排行第七，也稱柳七。景祐元年進士。官至屯田員外郎，世稱柳屯田。工於詞，多寫歌妓生活和城市風光，表達羈旅行役、離情別思等，音律諧和，語言清新。唐五代至宋初，詞人所作多爲小令，至永自創新聲，致力於慢詞的創作，對宋詞的發展有促進的作用。有樂章集，收詞一百九十四闋。

【柳州】秦桂林郡地。唐武德四年置昆州。貞觀八年改南昆州爲柳州。宋稱柳州龍城郡。元改路。明清爲府。治所在今廣西柳州市。唐柳宗元參與永貞革新，失敗後貶官永州司馬，元和十年改爲柳州刺史，卒於任所，世號柳柳州。參閲嘉慶一統志四六三柳州府。

【柳耳】寄生於柳樹上的木耳。入藥。唐韓愈昌黎集十獨釣詩之一：“雨多添柳耳，水長減蒲芽。”參閲本草綱目二八菜五木耳。

【柳花】柳花，鵝黄色。成子後，上有白色絨毛，隨風飄落爲柳絮。古人詩篇中，往往絮花不別。唐杜甫杜工部草堂詩箋十二曲江陪鄭八丈南史飲：“雀啄江頭黄柳花，鵁鶄鸂鶒滿晴沙。”參閲宋楊伯嵒臆乘（説郛二一）。

【柳季】春秋魯大夫柳下惠。季，柳字，故也稱柳季。三國志蜀郤正傳釋譏：“溷柳季之卑辱，褊夷叔之高懟。”參見“柳下惠”。

【柳眉】柳葉纖細如眉，舊時常用以形容女子細長秀美的眉毛。唐李商隱李義山詩集五和人題真娘墓：“柳眉空吐效顰葉，榆莢還飛買笑錢。”

【柳浪】㊀柳枝隨風擺動狀。明高啓高太史集十七入郭過南湖望報恩浮屠詩：“雨過春波柳浪香，布帆歸緩怕斜陽。”㊁唐王維在輞川有別墅，地多勝景，有孟城坳華子崗柳浪等二十處。見王維王右丞集四輞川集序並詩。

【柳浦】地名。六朝時稱柳浦埭，故地在今浙江杭州市東南鳳凰山下。舊時爲浙江南北交通要津。官府在此設戍收税。參閲南齊書顧憲之傳、讀史方輿紀要九十杭州府。

【柳眠】形容柳條下垂静止之態。宋朱松韋齋集四再答諸公詩：“柳眠猶自困，花笑爲誰含。”參見“三眠㊀”。

【柳宿】二十八宿之一。也稱鶉火。南方朱鳥的第三宿，有星八顆。參閲爾雅釋天、晉書天文志上。

【柳眼】初生柳葉，細長如人睡眼初展。唐元稹長慶集十五生春詩之九：“何處生春早，春生柳眼中。”

【柳貫】公元 1270—1342 年。元婺州浦江人。字道傳，受經於金履祥，受文學於方鳳謝翱等，先後爲教諭、學正、儒學副提舉，至正元年召爲翰林院待制，前後在弟子列者千餘人，中以宋濂爲最著。貫與黄溍虞集揭傒斯齊名，時稱四先生。著有柳待制集四十卷、金石文字十卷。元史有傳。

【柳開】公元 947—1001 年。宋大名人。以向慕韓愈柳宗元，取名肩愈，字紹元。後自以爲能“開聖道之塗”，改名開，字仲塗。開寶六年進士。歷任州、軍長官，殿中侍御史。五代宋初文格淺弱，開與穆修倡古文，有轉變文風的作用。著有河東集十五卷。宋史有傳。

【柳黄】柳葉初生時的嫩黄顔色。元趙孟頫松雪齋集三贈相者詩：“樓前山色横翠靄，湖上柳黄飛亂鶯。”也爲顔色名。見明陶宗儀輟耕録十一采繪法。

【柳幄】柳條下垂如帷幄貌。唐杜牧樊川集二朱坡詩：“眉點萱芽嫩，風條柳幄迷。”

【柳絮】成熟的柳樹種子，上有白色絨毛，隨風飛落如飄絮，故稱柳絮。也叫柳綿。晉謝安雪日與子姪輩講論文義，問白雪紛紛何所似？其姪謝朗説：“撒鹽空中差可擬。”姪女道藴説：“未若柳絮因風起。”見世説新語言語。宋蘇軾分類東坡詩七謝人見和雪後……之一：“漁蓑句好真堪畫，柳絮才高不道鹽。”

【柳腰】柳樹的柔條。舊時用以形容女子纖柔的腰肢。北周庾信庾子山集五和人日晚景宴昆明池詩：“上林柳腰細，新豐酒徑多。”唐韓偓玉山樵人集頻訪盧秀才詩：“藥訣棋經思致論，柳腰蓮臉本忘情。”

【柳衙】唐時曲江池畔多柳，行列如排衙，號柳衙。曲江池後湮，故地在今陝西長安縣東南。見五代南唐尉遲偓中朝故事。

【柳緑】柳葉的嫩緑顔色。唐王維王右丞集四田園樂詩之六：“桃紅復含宿雨，柳緑更帶春煙。”也爲顔色名。見明陶宗儀輟耕録十一采繪法。

【柳課】苛税名。課,税。元時南皮百姓在御河水邊種柳,官府強行徵税,稱柳課。後河決柳没,税仍照舊徵收,以致有父祖輩種柳,子孫貧不能償的情況。見元史王思誠傳。

【柳綫】柳條。因其細長如綫,故稱。玉臺新詠五南朝梁范雲送別詩:"東風柳綫長,送郎上河梁。"

【柳營】㊀水名。即九龍江下游。在今福建漳州市東。六朝時,防守閩地的軍隊屯駐漳州,阻江爲界,插柳爲營,故名。唐時也曾駐重兵於此。參閲讀史方輿紀要九九漳州府龍溪縣。㊁漢周亞夫治軍嚴明,曾營於細柳。後人因稱軍營爲柳營。唐劉禹錫劉夢得集六送國子令狐博士赴興元覲省詩:"伯仲到家人盡賀,柳營蓮府遞相歡。"

【柳臉】對柳樹的擬人化描寫。全唐詩五三六許渾及第後春情:"細摇柳臉牽長帶,慢撼桃株舞碎紅。"

【柳鑵】用柳條編成的斗狀汲水器,即戽斗。北魏賈思勰齊民要術三種葵:"井,别作桔槔,轆轤,柳鑵,令受一石。"

【柳三變】即宋柳永。詳"柳永"。

【柳下惠】即春秋魯大夫展禽。魯僖公時人,又字季。因食邑柳下,謚惠,故稱柳下惠。任士師時,三次被黜。與伯夷並稱夷惠。參閲論語微子、孟子萬章下、左傳僖二六年、國語魯上。參見"夷惠"。

【柳公權】公元778—865年。唐京兆華原人。字誠懸。元和初進士,官至太子太師。擅長楷書,結體勁媚,法度謹嚴。世稱"顔筋柳骨"。相傳穆宗嘗問用筆法,對曰:"用筆在心,心正則筆正。"所書碑刻,傳世者有送梨帖跋玄祕塔金剛經神策軍碑。新、舊唐書有傳。

【柳宗元】公元773—819年。唐河東人。字子厚。貞元九年進士,中博學宏辭科。順宗永貞元年任禮部員外郎,參與王叔文爲首的政治改革活動。失敗後貶爲永州司馬。元和十年改任柳州刺史,卒於任。世稱柳柳州,也稱柳河東。詩文皆工,尤擅長散文,峭拔簡鍊,獨具風格。與韓愈同爲古文運動的倡導者。傳世有柳河東集,也稱唐柳先生集。新、舊唐書有傳。

【柳葉篆】篆書之一種。用筆像柳葉,故名。宋張世南游宦紀聞六:"太宗搜天下書畫,悉以進呈,……皆篆文,或古體,或玉筯,或柳葉。"參閲佩文齋書畫譜書家傳二衛瓘。

【柳敬亭】公元1587—1670?年。明末泰州人。一説通州人。本姓曹,因避捕改姓柳。善説書,得雲間莫後光指點,技益精進,周旋於士大夫之間。後入左良玉幕府。明亡,仍操故業,潦倒而死。清孔尚任桃花扇以重要配角演其事。清黄宗羲南雷文定十、吳偉業梅村家藏藁五二皆有柳敬亭傳。

【柳毅傳】傳奇小説。唐李朝威作。記洞庭龍女遭夫家虐待,柳毅助其脱離苦難,遂相愛慕。幾經波折,終成夫妻。見太平廣記四一九引異聞集柳毅。作品描寫委曲動人,反映了封建社會婦女的痛苦。金人已取其事入雜劇(語見董解元絃索西廂中),元尚仲賢更依此作柳毅傳書雜劇。

【柳仲郢母】唐韓皋女。教子甚嚴,相傳嘗和熊膽爲丸,使仲郢夜咀嚥以助勤。舊時談母教,常述及之。見新唐書一六三、舊唐書一六五柳仲郢傳。

【柳巷花街】舊指妓院聚集之處。也作"花街柳巷"。續傳燈録十二廣慧沖雲禪師:"諸佛出興,隨緣設教,或茶坊酒肆,徇器投機;或柳巷花街,優游自在。"參見"花街柳巷"。

【柳骨顔筋】唐柳公權書法結體瘦健,顔真卿書法剛勁多姿,世稱"柳骨顔筋"。元王實甫西廂記五本二折:"這的堪爲字史,當爲款識,有柳骨顔筋,張旭張顛,羲之獻之。"也稱"顔筋柳骨"。參見"柳公權"。

【柳暗花明】綠柳成蔭,繁花耀眼的美景。唐王維王右丞集六早朝詩之二:"柳暗百花明,春深五鳳城。"宋陸游劍南詩稿一游山西村:"山重水複疑無路,柳暗花明又一村。"也作"花明柳暗"。唐李商隱李義山詩集六夕陽樓:"花明柳暗繞天愁,上盡重城更上樓。"今以"柳暗花明"指又是一番情景,意本陸游詩句。

柝

tuò 他各切,入,鐸韻,透。ㄊㄨㄛˋ

㊀巡夜所敲的木梆。同"欜"。易繫辭下:"重門擊柝,以待暴客。"釋文:"馬(融)云:兩木相擊以行夜。"㊁開擴。通"拓"。淮南子原道:"夫道者,覆天載地,廓四方,柝八極,高不可際,深不可測。"漢王符潛夫論五救邊:"武皇帝攘夷柝境,面數千里。"

柧

gū 古胡切,平,模韻,見。ㄍㄨ

棱角。也指八棱之木。通"觚"。銀雀山漢墓竹簡孫臏兵法上陳忌問壘:"……將戰書柧,所以哀正。"唐釋玄應一切經音義十八"四楞"注引通俗文:"木四方爲棱,八棱爲柧"。

【柧棱】宫殿上轉角處的瓦脊。後漢書四十班固傳西都賦:"設璧門之鳳闕,上柧棱而棲金雀。"文選作"觚棱"。參見"觚棱"。

柗

sì 集韻 象齒切,上,止韻。ㄙˋ

古代翻土農具上的木柄。也作"鈶"、"耜"。見説文。

柔

róu 耳由切,平,尤韻,日。ㄖㄡˊ

㊀嫩,始生。詩豳風七月:"遵彼微行,爰求柔桑。"箋:"柔桑,穉桑也。"又小雅采薇:"采薇采薇,薇亦柔止。"傳:"柔,始生也。"㊁軟,弱。與"剛"相對。易説卦:"立地之道,曰柔與剛。"孫子九地:"剛柔皆得,地之理也。"㊂溫順。禮内則:"柔聲以諫。"公羊傳昭二五年:"且夫牛馬維婁,委己者也,而柔焉。"注:"柔,順。"㊃安定,安撫。書舜典:"柔遠能邇。"左傳文七年:"叛而不討,何以示威;服而不柔,何以示懷。"㊄姓。西夏有武節大夫柔思義。見金史交聘表下。

【柔刃】柔軟而堅韌。禮月令季夏之月"命澤人納材葦"漢鄭玄注:"蒲葦之屬,此時柔刃,可取作器物也。"也作"柔忍"。周禮地官山虞"斬季材"漢鄭玄注:"季猶穉也,服與耜宜用穉材,尚柔忍也。"

【柔木】柔韌之木。多指可製琴瑟的椅、桐、梓、漆等木類。詩小雅巧言:"荏染柔木,君子樹之。"傳:"柔木,椅、桐、梓、漆也。"後用以指代琴瑟。晉陸機陸士衡集八七徵:"激長歌於丹脣,發鏗鏘乎柔木。"

【柔日】古代以干支紀日,天干逢乙、丁、己、辛、癸的日子稱柔日。因均爲偶數,故也稱偶日。禮曲禮上:"外事以剛日,内事以柔日。"參見"剛日"。

【柔毛】㊀古指供祭祀用的肥羊。禮曲禮下:"凡祭宗廟之禮,……羊曰柔毛。"疏:"若羊肥,則毛細而柔弱。"文苑英華八七七唐馮宿魏府狄梁公祠堂碑:"先一日,執事設次于門西,設柔毛翰音腯肥鮮膏之具以俟。"㊁輕暖的皮衣。列子楊朱:"一朝處以柔毛綈幕,薦以粱肉蘭橘,心痟體煩,内熱生病矣。"

【柔玄】鎮名。故址在今内蒙古興和縣境。爲北魏太武帝(拓跋燾)在北方設置的軍事要地六鎮之一。北魏末年,六鎮戍兵和各族人民以及柔玄鎮兵杜洛周起義於此。參閲嘉慶一統志五四九察哈爾。

【柔甲】草木初生的嫩皮。宋梅堯臣宛陵集二六荅水丘詩:"雖憐柔甲長,只恐豔條稀。"

【柔兆】天干中丙的別稱。太歲在丙曰柔兆。見爾雅釋天。淮南子天文:"辰在丙曰柔兆。"注:"在丙,言萬物皆生枝布葉,故曰柔兆也。"史記曆書作"游兆"。

【柔舌】漢劉向說苑敬慎:"夫舌之存也,豈非以其柔耶?齒之亡也,豈非以其剛耶?"本指柔軟的舌頭。後用以指善辯的口才。明劉基誠意伯集十君子有所思詩:"范睢掉柔舌,穰侯去彊嬴。"

【柔色】和悅的臉色。禮內則:"問所欲而敬進之,柔色以溫之。"

【柔克】以柔和之道治事。書洪範:"三德:一曰正直,二曰剛克,三曰柔克。"傳:"和柔能治,三者皆德。"後漢書三四梁統傳:"文帝寬惠柔克,遭世康平。"注:"克,能也,言以和柔能理俗也。"也作"柔剋"。後漢書三六鄭興傳:"宜留思柔剋之政,垂意洪範之法。"

【柔利】古傳說中的國名。一名留利。山海經海外北經:"柔利國在一目東,爲人一手一足,反膝,曲足居上。一云:留利之國,人足反折。"淮南子地形記海外三十六國,有柔利民。

【柔佛】南洋古國名。職方外紀作若耳。今爲馬來西亞最南的一州。明時與我國有貿易關係。明史三二五有柔佛傳。

【柔祇】地的別稱。祇,音 qí,古稱地神。文選南朝宋謝希逸(莊)月賦:"柔祇雪凝,圓靈水鏡。"舊唐書一六九李訓傳論:"柔祇蒼昊,必降於禎祥。"

【柔和】馴順,溫和。史記一〇二張釋之傳:"文帝怒曰:'此人親驚吾馬,吾馬賴柔和,令他馬,固不敗傷我乎?'"三國魏嵇康嵇中散集八難宅無吉凶攝生論:"夫專靜寡欲,莫若單豹,行年七十,而有童孺之色,可謂柔和之用矣。"

【柔則】柔順的準則。指女性道德。晉書列女傳贊:"從容陰禮,婉娩柔則。"

【柔風】和風,春風。管子四時:"然則柔風甘雨乃至,百姓乃壽,百蟲乃蕃。"文選晉陸士衡(機)園葵詩:"時逝柔風戢,歲暮商猋飛。"

【柔荑】軟和的茅草嫩芽。荑,音 tí。用以形容女子手的纖細白嫩。詩衛風碩人:"手如柔荑,膚如凝脂。"也借指女手。唐李咸用披沙集一塘上行:"紅綃撇水蕩舟人,畫橈摻摻柔荑白。"

【柔茹】柔懦,軟弱。茹,通"懦"。也作"柔懦"。韓非子亡徵:"緩心而無成,柔茹而寡斷。"又:"怯懾而弱守,蚤見而心柔懦。"

【柔弱】脆弱,溫順。與剛強相對。老子:"人之生也柔弱,其死也堅強。"又:"天下柔弱,莫過於水。"

【柔麻】浸麻水中,使之軟韌。卽漚麻。詩陳風東門之池"可以漚麻"漢鄭玄箋:"於池中柔麻,使可緝績作衣服。"

【柔華】北魏女官名。爲八十一御女之一,相當於正四品。見北史后妃傳上序。

【柔曼】婉媚豔麗。漢書九三佞幸傳贊:"柔曼之傾意,非獨女德,蓋亦有男色焉。"注:"曼,澤也。言其質柔而色理光澤也。"隋書后妃傳序:"甘心柔曼之容,罔念幽閑之操。"

【柔湯】藥性溫和的湯劑。史記一〇五倉公傳:"臣(淳于)意卽爲柔湯使服之,十八日所而病愈。"

【柔痓】中醫指發熱汗出而不惡寒的病爲柔痓;以發熱無汗而惡寒的病爲剛熱。參閱金匱要略上痓濕暍病脈二。

【柔道】溫和謙順之道。易姤:"繫于金柅,柔道牽也。"疏:"柔道牽者,陰柔之道,必須有所牽繫也。"後多指以溫和安撫爲主的統治方法。後漢書光武紀下建武十七年:"吾理天下,亦欲以柔道行之。"

【柔惠】㊀安順。詩大雅崧高:"申伯之德,柔惠且直。"疏:"言申伯之德安順而且正直。"㊁愛撫。國語晉七:"柔惠小物,而鎮定大事。"

【柔握】指纖手。晉陶潛陶淵明集六閑情賦:"願在竹而爲扇,含淒飆於柔握。"唐陸龜蒙甫里集五秋熱詩:"自昔秋捐扇,今來意未衰。殷勤付柔握,淅瀝待清吹。"

【柔然】古族名。北朝譯爲蠕蠕。南朝譯爲芮芮。本爲東胡族的支屬。初屬拓跋部。南北朝時有木骨閭遷居漠北,其子郁久閭車鹿會,合併各部,勢漸強大,車鹿會五世孫社崘稱豆伐可汗。政權中心在敦煌張掖北部,隨水草畜牧,活動區域廣大。與北魏、南朝各政權有經濟文化聯繫和交往。其後由於高車部的分離獨立,內部變亂頻仍,於西魏廢帝時爲突厥所滅。參閱魏書蠕蠕傳。

【柔媚】柔順奉承。舊唐書一一八庾準傳:"準素寡文學,以柔媚自進,既非儒流,甚爲時論所薄。"

【柔遠】安撫遠方。詩大雅民勞:"柔遠能邇,以定我王。"文選南齊王元長(融)三月三日曲水詩序:"設神理以景俗,敷文化以柔遠。"

【柔腸】柔軟的心腸。多指女性的纏綿情意。宋歐陽修文忠集一三一踏莎行:"寸寸柔腸,盈盈粉淚,樓高莫近危欄倚。"宋李清照漱玉詞點絳唇閨思:"寂寞深閨,柔腸一寸愁千縷。"

【柔嘉】㊀溫和而美善。詩大雅烝民:"仲山甫之德,柔嘉維則。"舊唐書一一二李暠傳:"體含柔嘉,識致明允。"㊁指物嫩而潤美。國語周中:"無亦擇其柔嘉,選其馨香。"樂府詩集六七晉張華輕薄篇:"被服極纖麗,肴膳盡柔嘉。"

【柔種】呂氏春秋辯土:"剛土柔種。"指遇硬土先施肥使軟熟,然後種植。

【柔翰】毛筆。文選晉左太沖(思)詠史詩之一:"弱冠弄柔翰,卓犖觀羣書。"注:"王粲車渠椀賦曰:援柔翰以作賦。"也作"柔毫"。宋梁周翰新修商中宗廟碑:"染柔毫而敍事,終玷清芬。"(金石萃編一二四)

【柔橈】軟弱貌。史記一一七司馬相如傳上林賦:"柔橈嫚嫚,嫵媚孅嫋。"索隱:"郭璞曰:'柔橈嫚嫚,皆骨體耎弱長豔皃也。'"也作"柔撓"。文選晉成公子安(綏)嘯賦:"或冉弱而柔撓,或澎濞而奔壯。"撓,李善本作"橈"。

【柔櫓】船槳,也指船槳輕划聲。宋釋道潛參寥子集一秋江詩:"數聲柔櫓蒼茫外,何處江村人夜歸。"又陸游劍南詩稿八二舟中有賦:"一枝柔櫓聽咿啞,炊稻來依野老家。"

【柔茹剛吐】詩大雅烝民:"人亦有言,柔則茹之,剛則吐之。維仲山甫,柔亦不茹,剛亦不吐,不侮矜寡,不畏彊禦。"茹,吃;吐,吐出。吞吃軟的,吐出硬的。後因比喻欺軟怕硬爲柔茹剛吐。參見"吐剛茹柔"。

架

jià 古訝切,去,禡韻,見。ㄐㄧㄚˋ

㊀支承或置物的用具。文選南朝梁江文通(淹)雜體詩謝光祿:"風散松架險,雲鬱石道深。"北魏賈思勰齊民要術四種桃柰:"蒲萄蔓延,性緣,不能自舉,作架以承之。"引申以泛指骨骼、間架。㊁搭設,支撐。詩召南鵲巢"維鵲有巢"漢鄭玄箋:"鵲之作巢,冬至架之,至春乃成。"西遊記三十:"舉起一根滿堂紅,架住寶刀。"㊂超越,駕乎其上。通"駕"。文選南齊孔德璋(稚珪)北山移文:"籠張趙於往圖,架卓魯於前籙。"西漢張敞趙廣漢,

東漢卓茂魯恭皆爲著名能吏。㈣量詞。儀禮少牢饋食禮"主人獻祝"唐賈公彥疏:"言迫狹,大夫士廟室也,皆兩下五架。"指室內兩柱之間爲一架。後凡有支架的東西,多以架計算。

【架子】本指器物的支架。多用以比喻顯示於外的氣派、排場等。紅樓夢二:"如今外面的架子雖没很倒,內囊却也盡上來了。"也常指驕傲自大、裝腔作勢的作風。

【架田】古時在沼澤水鄉無地可耕之處,用木樁作架,將菰根等水草和泥土置於架上,種植穀物,名爲架田,又稱葑田。飄浮水面,隨水高下,不致浸淹。宋元時,江東淮東兩廣多有。參閱明王禎農書十一田制門。

【架空】㈠凌空。多指建築物高聳入雲。全唐詩一唐太宗置酒坐飛閣:"高軒臨碧渚,飛檐迴架空。"㈡比喻言事不實在。唐劉禹錫劉夢得集十四答饒州元使君書:"今研覈至論,淵乎有味,非游言架空之徒,喜未嘗不至抃也。"明儒學案一吳康齋先生(與弼)語:"累日思平生架空,過了時日。"

【架犁】鳥名,以其叫聲而名。宋陸游劍南詩稿六六禽聲:"布穀布穀天未明,架犂架犂人起耕。"又八二時鳥:"架犂最晚至,適當農事時。"參見"架架格格"。

【架閣】官署貯存文牘案卷的木架。宋崇寧間有管幹架閣庫官,掌儲藏帳籍文案。宣和時罷,紹興三年復置。由尚書省各部差員充任,以主管尚書某部架閣庫爲名。嘉定八年又置三省樞密院架閣官。金元都設有架閣庫官。參閱宋李心傳建炎以來繫年要錄六六建炎三年六月、宋史職官志三六部監門、元史百官志一。

【架槽】卽渡槽。農村簡易引水設施。用竹木樁作架,上放板槽(也稱梘)引水灌溉。如水源低,則車水上板槽,遞相銜接,流送遠處。參閱明王禎農書十八灌溉門。

【架架格格】鳥叫聲。南朝梁宗懍荆楚歲時記:"春分日,民並種戒火草於屋上。有鳥如烏,先雞而鳴,架架格格,民候此鳥則入田,以爲候。"本草綱目四九禽三伯勞附錄鷃鳩:"今俗謂之架犂,農夫以爲候。五更輒鳴曰架架格格,至曙乃止。……古有催鳴之鳥名喚起者,蓋卽此也。"參見"喚起㈠"。

枲 xǐ 胥里切,上,止韻,心。ㄒㄧ

不結子的大麻。玉篇:"麻,有子曰苴,無子曰枲。"也作麻的總稱。史記夏紀:"岱畎絲、枲、鉛、松、怪石。"爾雅釋草:"黂,枲實。"疏:"枲,麻也;黂者,卽麻子名也。"

【枲耳】草名。因葉形如枲麻,子形如婦女裝飾用的耳璫,故名枲耳。古稱卷耳,又名蒼耳、葈耳。嫩苗可食,子可入藥。廣雅釋草:"苓耳、蓾、常枲、胡枲,枲耳也。"

六　畫

案 àn 烏旰切,去,翰韻,影。ㄢ

㈠器具名。1.食器。盤盂之類的器物。周禮考工記玉人:"案十有二寸。"史記一〇四田叔傳:"(高祖)過趙,趙王張敖自持案進食,禮恭甚。"急就篇:"橢杅槃案桮問盌。"注:"無足曰盤,有足曰案,所以陳舉食也。"見圖。

案(戰國)

2.憩坐用具。周禮天官掌次:"王大旅上帝,則張氈案。"疏:"案,謂牀也。"3.几桌。東觀漢記二三劉玄載記:"更始韓夫人尤嗜酒,每侍飲,見常侍奏事,輒怒曰:'帝方對我飲,正用此時持事來乎?'起抵破書案。"㈡官府處理公事的文書、成例及獄訟判定結論叫案。隋書劉炫傳:"今之文簿,恒慮覆治,鍛錬若其不密,萬里追證百年舊案。故諺云:'老吏抱案死。'"㈢界限。國語齊:"參國起案,以爲三官。"注:"案,界也。"㈣猶"於是"、"則"。逸周書武寤:"約期于牧,案用師旅。"荀子臣道:"是案曰是,非案曰非,是事中君之義也。"㈤通"按"。1.依,按照。荀子不苟:"國亂而治之者,非案亂而治之之謂也。"2.考問。史記一〇七灌夫傳:"丞相言灌夫家在潁川,橫甚,民苦之,請案。"3.手撫。史記九七酈生傳:"酈生瞋目案劍叱使者。"4.抑止,控制。見"案節"。5.查考。戰國策趙二:"臣竊以天下地圖案之,諸侯之地,五倍於秦。"漢王充論衡問孔:"案賢聖之言,上下多相違;其文,前後多相伐者,世之學者不能知也。"㈥安定。見"案堵"。

【案比】清理户口。隋唐叫"貌閱"。後漢書禮儀志中:"仲秋之月,縣道皆案户比民。年始七十者,授之以王杖,餔之以糜粥。"又安帝紀元初四年詔:"方今案比之時,郡縣多不奉行。"

【案行】㈠按次第排列成隊。史記一一七司馬相如傳子虛賦:"車案行,騎就隊。"㈡巡視。漢書七七蓋寬饒傳:"冠大冠,帶長劍,躬案行士卒廬室,視其飲食居處。"

【案判】唐制,士人應選,有身、言、書、判四事。取州縣案牘疑義,分析判斷,撰成文字爲判,通稱爲案判。以後成爲文體的一種。見通典十五選舉三、通志七十藝文八。

【案抏】按摩。中醫的一種治療方法。史記一〇五扁鵲傳:"治病不以湯液醴灑,……案抏毒熨。"索隱:"抏,音玩,亦謂按摩而玩弄身體使調也。"抏,古本作"杬",爲誤字。見清錢大昕廿二史考異五。

【案兵】屯兵不動。荀子王制:"偃然案兵無動,以觀夫暴國之相卒也。"三國志吳諸葛恪傳聶友與恪書:"宜且案兵養銳,觀釁而動。"

【案伯】明清時,凡同一年考取的秀才,互稱爲同案,稱對方的父親爲案伯。儒林外史二:"我因先生吃齋,倒想起一個笑話,是前日在城裏我那案伯顏老相公家聽見他説的。"

【案卷】官署中分類存檔的文件,一案一卷,故稱案卷。五代後周王仁裕開元天寶遺事下口案:"張九齡累歷刑獄之司,無所不察,……因於前面分曲直,口撰案卷。"宋胡太初晝簾緒論聽訟:"不若令自逐一披覽案卷,切不要案吏具單。"

【案事】考問情事。史記一二二張湯傳:"武安侯爲丞相,徵湯爲史,時薦言之天子,補御史,使案事,治陳皇后蠱獄,深竟黨與,於是上以爲能。"

【案杬】見"案抏"。

【案首】清代科舉考試,縣、府試及院試的第一名,習稱爲案首。儒林外史十三:"小弟補廩二十四年,蒙歷任宗師的青目,共考過六七個案首,只是科場不利,不勝慚愧!"

【案衍】㈠形容地勢低窪。史記一一七司馬相如傳子虛賦:"其南則有平原廣澤,登降陁靡,案衍壇曼,緣以大江,限以巫山。"索隱:"司馬彪云:'案衍,窳下;壇曼,平博也。'"㈡曲折貌。史記司馬相如傳上林賦:"荆吳鄭衛之聲,韶濩武象之樂,陰淫案衍之音。"文選三國魏嵇叔夜(康)琴賦:"清和條昶,案衍陸離。"

【案酒】下酒。三國吳陸璣毛詩草木鳥獸蟲魚疏上參差荇菜:"荇,一名接余,……鬻其白莖,以苦酒浸之,脆美可案酒。"宋梅堯臣宛陵集十二臘筍詩:"薦盤香更美,案酒味偏清。"後來也指下酒的食物。見"按酒"。

【案脈】切脈，診脈。漢書八六王嘉傳:"前東平王雲與后謁祝詛朕，使侍醫伍宏等內侍案脈，幾危社稷，殆莫甚焉。"

【案部】㊀巡視部伍。後漢書六十上馬融傳廣成頌:"校隊案部，前後有屯，甲乙相伍，戊己爲堅。"㊁地方長官巡視部屬。南齊書武帝紀永明三年詔:"守宰親民之要，刺史案部所先，宜嚴課農桑，相土揆時，必窮地利。"

【案堵】安居，安定。史記高祖紀:"殺人者死，傷人及盜抵罪;餘悉除去秦法。諸吏人皆案堵如故。"漢書高帝紀作"按堵"。參見"安堵"。

【案問】審問。史記秦始皇紀三五年:"諸生在咸陽者，吾使人廉問，或爲訞言以亂黔首，於是使御史悉案問諸生。"

【案節】控制車馬的步伐。文選漢司馬長卿(相如)子虛賦:"案節未舒，卽陵狡獸。"注:"案節，徐行。服虔曰: 謂行遲也。"

【案摩】醫療方法之一，也作按摩。周禮天官疾醫"以五味五穀五藥養其病"疏引漢劉向云:"扁鵲治趙太子暴疾尸蹶之病，使子明炊湯，子儀脈神，子術案摩。"參見"按摩"。

【案舉】考核並薦舉。史記一二二楊僕傳:"楊僕者，宜陽人也，以千夫爲吏。河南守案舉以爲能，遷爲御史。"

【案覆】核實。後漢書十五來歙傳:"歙爲人有信義，言行不違，及往來游說，皆可案覆。"

【案牘】官府文書。南齊謝朓謝宣城集三落日悵望詩:"情嗜幸非多，案牘偏爲寡。"新唐書一二六張九齡傳上言:"臣以謂始造簿書，備遺忘耳，今反求精於案牘，而忽於人才，是所謂遺劍中流，契舟以記者也。"

【案驗】查訊證實。史記八七李斯傳:"乃使人案驗三川守與盜通狀。"漢書四五息夫躬傳:"上惡之，下有司案驗，東平王雲、雲后謁及伍宏等皆坐誅。"

桊 juàn ㄐㄩㄢˋ 居港切，去，線韻，見。

牛拘。穿在牛鼻中套繩的環。廣雅釋器:"桊、桊，枸也。"唐釋玄應一切經音義四大灌頂經七牛桊:"今江南以北皆呼牛拘，以南皆曰桊。"

契 qì ㄑㄧˋ 苦計切，去，霽韻，溪。苦結切，入，屑韻，溪。

刻。見說文。同"鍥"、"栔"。通"契"。見各該條。

栞 kān ㄎㄢ 苦寒切，平，寒韻，溪。

斬除。古作"栞"、"栞"。今作"刊"。說文引夏書:"隨山栞木。"今書益稷禹貢作"刊木"。漢書地理志序作"栞木"。

【栞旅】古祭山時砍樹以通道路。史記夏紀:"九山栞旅。"集解:"孔安國曰: 九州名山已槎木通道而旅祭也。"

栽 1. zāi ㄗㄞ 祖才切，平，咍韻，精。

㊀種植。禮中庸:"故栽者培之。"唐劉禹錫劉夢得集四元和十年……戲贈看花諸君子詩:"玄都觀裏桃千樹，盡是劉郎去後栽。"㊁幼苗。漢王充論衡初稟:"朱草之莖如鍼，紫芝之栽如豆。"㊂强加，硬給安上。見"栽害"。

2. zài ㄗㄞˋ 昨代切，去，代韻，從。

㊃築牆立板。左傳莊二九年:"凡土功，……水昏正而栽。"注:"謂今十月，定星昏而中，於是樹板幹而興作。"

【栽害】誣陷。西遊記四五:"行者道:'……他說毀了三清，鬧了觀宇，這又是栽害我也。'"

【栽培】種植並培育。禮中庸:"天之生物，必因其材而篤焉，故栽者培之，傾者覆之。"唐韓偓玉山樵人集湖南梅花一冬再發……詩:"湘浦梅花兩度開，別應天意作栽培。"後引申爲對人的培育或提拔。宋張榘芸窗詞沁園春代人上吳履齋集賢壽:"栽培多少英才，更霖雨看看徧九垓。"

栗 1. lì ㄌㄧˋ 力質切，入，質韻，來。

㊀木名。實可食，亦入藥。詩唐風山有樞:"山有漆，隰有栗。"參閱本草綱目二九果一。㊁堅實，剛硬。禮聘義:"縝密以栗，知也。"㊂嚴密，嚴肅。書舜典:"命汝典樂，教冑子，直而溫，寬而栗。"司馬法嚴位:"凡戰之道，位欲嚴，政欲栗。"㊃因恐懼或寒冷而發抖。通"慄"。論語八佾:"哀公問社於宰我，宰我對曰:夏后氏以松，殷人以栢，周人以栗，曰使民戰栗。"漢書六六楊惲傳報孫會宗書:"下流之人，衆毀所歸，不寒而栗。"㊄通"歷"。見"栗階"。㊅姓。戰國燕有栗腹，漢有栗融。參閱通志二八氏族以名爲氏。

2. liè ㄌㄧㄝˋ 集韻 力蘖切，入，薛韻。

㊆分開。通"裂"。詩豳風東山:"有敦瓜苦，烝在栗薪。"箋:"栗，析也。"

【栗主】栗木做的神主。公羊傳文二年:"虞主用桑，練主用栗，用栗者藏主也。"舊唐書禮儀六:"謹按典禮，虞主用桑，練主用栗，重作栗主則埋桑主。"後通稱宗廟神主爲"栗主"。

【栗尾】以鼬鼠毛所製成的筆。宋歐陽修文忠集一二七歸田録二:"蔡君謨(襄)既爲余書集古録目序，……余以鼠鬚栗尾筆、銅緑筆格、大小龍茶、惠山泉等爲潤筆。"又蘇軾分類東坡詩九孫莘老求墨妙亭:"書來乞詩要自寫，爲把栗尾書溪藤。"

【栗里】地名。在今江西九江市南陶村西。晉陶潛(淵明)曾居於此。唐白居易長慶集七訪陶公舊宅詩:"柴桑古村落，栗里舊山川。"

【栗房】栗苞，栗的外殼。宋羅願爾雅翼二一彙:"彙之爲獸……圓輥如栗房，攢毛外刺，不可搏執。"明劉基誠意伯集十六和劉宗保秋懷詩之一:"牆角蟲號瓜蔓索，樹頭禽嚇栗房開。"

【栗亭】縣名。北魏置，屬廣業郡，後廢爲鎮。五代後唐復置，元又廢。其地在今甘肅成縣東。唐杜甫杜工部草堂詩箋十七發秦州:"栗亭名更佳，下有良田疇。"參閱嘉慶一統志二七六階州二。

【栗栗】㊀衆多。詩周頌良耜:"穫之挃挃，積之栗栗。"㊁恐懼貌。韓非子初見秦:"戰戰栗栗，日愼一日。"

【栗烈】猶凜冽，形容嚴寒。詩豳風七月:"一之日觱發，二之日栗烈，無衣無褐，何以卒歲?"

【栗留】見"黃栗留"。

【栗陸】㊀傳說古帝名。在女媧氏之後。漢書古今人表九等列上中、仁人。參閱莊子胠篋、易繫辭"包犧氏没"疏。㊁俗稱忙碌爲"栗六"，也作"栗陸"。

【栗黃】栗子。因去殼肉色黃，故名。宋史禮志十一:"元豐元年，宗正寺奏據太常寺報，選日薦新兔、藷藇、栗黃。"

【栗斯】戒懼貌。楚辭屈原卜居:"將呢訾栗斯，喔咿儒兒，以事婦人乎?"文選作"慄斯"。

【栗階】相傳周制下見上登階之禮有四:連步、栗階、歷階、越階。一步一級而升爲栗階。儀禮燕禮:"凡公所辭，皆栗階。凡栗階，不過二等。"疏:"栗階，左右足各一發而升堂。"參閱清王引之經義述聞十栗階。

【栗鼠】卽松鼠。宋陸游劍南詩稿三十山寺:"林深栗鼠健，屋老瓦松長。"也爲貂的別稱。見宋羅願爾雅翼二一釋獸四。

【栗皺】栗子的外殼。唐杜甫杜工部詩

史補遺二野望因過常少仙："入村樵徑引，嘗果栗園開。"注謂園一作"皺"，疑當作"皴"，皮裂也。

【栗駭】 栗熟殼裂，實爆出如驚躍。東觀漢記二四佚文："栗駭蓬轉，因遇際會。"

【栗縮】 戰慄畏縮。宋王讜唐語林政事下："徐州軍士平居自恃呑噬，及(王)式衣襖子半臂，曳履危坐，拱手栗縮就死，無一人敢拒者。"

【栗爆】 ㊀栗子煨在火裏爆裂。五代後蜀何光遠鑑戒録容易格："(太祖王建)旋令宫人於火爐中煨栗子，俄有數栗爆出，燒損繡褥子，……太祖良久曰：'栗爆燒氈破，貓跳觸鼎翻。'"㊁彎曲手指戳打小孩頭額。清錢彩説岳全傳三："遂將王貴頭上一連幾個栗爆。"也作"栗暴"。古今小説十滕大尹鬼斷家私："'小畜生，敢挺撞我！'牽住他衣袖兒，捻起拳頭，一連七八個栗暴，打得頭皮都青腫了。"

【栗犢】 小牛犢，其角小如栗，故名。比喩年少名微。西京雜記二："長安有儒生曰惠莊，聞朱雲折五鹿充宗之角，乃嘆息曰：'栗犢反能爾邪？吾終恥溺死溝中！'遂裹糧從雲。"

桉 àn ㄢ 類篇 於旰切。

同"案"。戰國策趙四："秦堅三晉之交，攻齊國，……秦桉兵攻魏，取安邑，是秦之一舉也。"參見"按"。

校 1. jiào ㄐㄧㄠ 古孝切，去，效韻，見。

㊀古代刑具枷械之統稱。易噬嗑："象曰：屨校滅趾，不行也。"又："貞厲无咎，得當也，上九，何校滅耳，凶。"疏："何，謂擔何，處罰之極。惡積不改，故罪及其首，何擔枷械，滅没於耳，以至誥没。"何，負擔；俗作"荷"。㊁較量，計較。論語泰伯："有若無，實若虛，犯而不校。"㊂考核。荀子君道："知慮取舍，稽之以成，日月積久，校之以功。"禮學記："比年入學，中年考校。"㊃計數。荀子王霸："闇君必將急逐樂而緩治國，故憂患不可勝校也。"史記平準書："京師之錢累巨萬，貫朽而不可校。"㊄考訂。國語魯下："昔正考父校商之名頌十二篇於周太師。"㊅遮攔禽獸而獵取之。詳"校獵"。

2. xiào ㄒㄧㄠ 胡教切，去，效韻，匣。

㊆學校。漢制郡國曰學，縣、道、邑、侯國曰校，校學置經師一人。孟子滕文公上："夏曰校，殷曰序，周曰庠。學則三代共之。"㊇木栅欄。周禮夏官校人："六廄成校，校有左右。"㊈本謂軍營，後指軍隊之一部。漢書五五衛青傳："護軍都尉公孫敖三從大將軍擊匈奴，常護軍傅校獲王。"注："校者，營壘之稱，故謂軍之一部爲一校。"㊉軍職級別。商君書境内："軍爵自一級已下至小夫，命曰校、徒、操、公士。"⑪姓。唐有校杰。參閲通志二八氏族四以官爲氏。

3. jiǎo ㄐㄧㄠ 集韻 吉巧切，上，巧韻。

⑫牢固。通"絞"。周禮考工記廬人："轂兵同强，舉圍欲細，細則校。"注："鄭司農(衆)云：校讀爲絞而婉之絞。"

4. xiáo ㄒㄧㄠ 集韻 何交切，平，爻韻。

⑬几足。通"骹"。儀禮士昏禮："主人拂几授校。"又高脚碗下的直撑柱。禮祭統："夫人薦豆執校。"疏："校，謂豆之中央直者，夫人薦豆之時，手就此校。"

【校$_{2}$人】 周代官名。1.馬官的頭目。周禮夏官校人："校人掌王馬之政。"2.管理池沼的小官。孟子萬章上："昔者有饋生魚於鄭子産，子産使校人畜之池。"注："校人，主池沼之小吏也。"

【校比】 考核比較。周禮地官黨正："正歲，屬民讀法而書其德行道藝，以歲時涖校比。"

【校$_{2}$正】 掌管牧馬的官。左傳成十八年："弁糾御戎，校正屬焉。"

【校治】 校對整理。漢書九九中王莽傳："使侍中講禮大夫孔秉等與州部衆郡曉知地理圖籍者，共校治于壽成朱鳥堂。"

【校官】 察探情事之官。三國志吴諸葛恪傳："於是罷視聽，息校官，……衆莫不悦。"參見"校事"。

【校$_{2}$官】 學官。三國志魏武帝紀建安八年："其令郡國各脩文學，縣滿五百户置校官，選其鄉之俊造而教學之。"後漢書明帝紀永平十年："幸南陽……召校官弟子作雅樂，奏鹿鳴。"

【校$_{2}$長】 ㊀古代下級軍官職稱。管子度地："請爲置水官，令習水者爲吏，大夫、大夫佐各一人，率部校長官佐各財足。"史記九十彭越傳："越謝曰：'……誅最後者一人。'令校長斬之。"㊁守衛皇帝陵園的官。後漢書百官志二："先帝陵，每陵園令各一人……丞及校長各一人。本注曰：校長，主兵戎盜賊事。"

【校事】 官名。三國魏吴皆有校事，爲皇帝或執政耳目，刺探臣民言行。也作校官、校曹。曹操初置校事，至曹丕爲帝，權任益重，上察宫廟，下攝衆官，校事盧洪趙達等常以憎愛擅作威福。吴孫權信任校事吕壹，用法深刻。孫晧時有校曹張立，皆爲吏民之害。魏嘉平中程曉爲黄門侍郎，以校事放横，上疏極言其弊，於是遂罷校事官。見三國志魏武帝紀、程昱傳附程曉、吴孫權傳、陸凱傳。參閲清俞正燮癸巳存稿七校事。

【校$_{2}$舍】 學舍。後漢書七九上儒林傳序："其後復爲功臣子孫，四姓末屬，别立校舍，搜選高能以受其業。"今稱學校的房屋爲校舍，本此。

【校書】 ㊀校勘書籍。漢書三六楚元王傳附劉向："而上方精於詩書，觀古文，詔向領校中五經祕書。"後漢書三十上蘇竟傳："王莽時，〔與〕劉歆等共典校書。"後以此爲官名。參見"校書郎"。㊁舊時對妓女的雅稱。詳"女校書"。

【校理】 校勘和整理書籍。漢書三六楚元王傳附劉歆："乃陳發祕臧，校理舊文。"後以爲官名，掌管皇宫藏書的校勘整理。唐韓愈昌黎集二一送鄭十校理序："祕書，御府也。天子猶以爲外且遠，不得朝夕視。始更聚書集賢殿，别置校讐官：曰學士，曰校理。"

【校曹】 見"校事"。

【校勘】 比較審定。特指將書籍的不同版本和有關資料加以對比，審定原文的正誤真僞。唐封演封氏聞見記四定謚："太常博士掌謚，職事三品以上薨者，故吏録行狀，申尚書省考功校勘，下太常博士擬議訖，申省，省司議定，然後聞奏。"宋歐陽修文忠集七三書春秋繁露後："予在館中校勘羣書，見有八十餘篇，然多錯亂重複。"古書流傳，頗多錯亂，清代官私刻本，往往列舉各本異同，以求恢復原本面目，或於書後寫校勘記，如阮元刻十三經附校勘記。

【校$_{2}$尉】 武職名。秦末，項梁初起事，部署吴中豪傑爲校尉、候、司馬，則是秦有此職。漢武帝初置八校尉，即中壘、屯騎、步兵、越騎、長水、胡騎、射聲、虎賁，爲西漢時掌管特種軍隊的將領。又有城門校尉、司隸校尉等官。東漢略同。掌管少數民族地區長官，亦有稱校尉者。如漢在西域置戊己校尉。在西羌、烏桓分别置護羌校尉、烏桓校尉。隋唐以後爲武散官；清制八品以下爲校尉。明清也稱衛士爲校尉。參閲通典三四職官十六、續通典三八武散官。

【校場】 操演或比武的場地。也稱教場。文苑英華八一唐李濯内人馬伎賦："始爭鋒於校場，遽寫鞚於金埒。"

【校量】較量，競勝。舊唐書七八張行成傳上書:"陛下盛德含光，規模弘遠，雖文武之烈，實兼將相，何用臨朝對衆與其校量，以萬乘至尊，共臣下爭功哉?"校，一本作"較"。

【校試】㊀檢驗校準。晉書律曆志上:"中書監荀勖、中書令張華出御府銅竹律二十五具，部太樂郎劉秀等校試。"㊁考試。新唐書選舉志:"凡貢舉非其人者、廢舉者、校試不以實者，皆有罰。"

【校飾】裝飾。宋書禮志五:"第六品以下，加不得服金鐶、綾、錦、錦繡、七緣綺、貂豽裘、金叉鐶鉺、及以金校飾器物、張絳帳。"梁書何敬容傳:"何氏……世奉佛法，並建立塔寺。至敬容又捨宅東爲伽藍，趨勢者因助財造構，敬容並不拒，故此寺堂宇校飾，頗爲宏麗。"

【校實】核實。晉書劉弘傳:"循名校實，倫列行狀。"資治通鑑一〇〇晉升平二年:"令州郡校實見丁，戶留一丁，餘悉發爲兵。"

【校綴】將散佚的書校對整理，排列前後。晉書束晳傳:"初，太康二年，汲郡人不準盜發魏襄王墓，或言安釐王冢，得竹書數十車。……文既殘缺，不復詮次，武帝以其書付祕書校綴次第，尋考指歸，而以今文寫之。"

【校閱】查核。魏書太宗紀神瑞元年:"詔使者巡行諸州，校閱守宰資財，非自家所齎，悉簿爲贓。"也指檢閱軍隊。文苑英華八一唐李濯內人馬伎賦:"搴旗命伍，抽戈按節，倖三邊之挑戰，壯六軍之校閱。"

【校獵】設柵欄以便圈圍野獸，然後獵取。文選漢枚乘(叔)七發:"恐虎豹，慴鷙鳥，逐馬鳴鑣，魚跨麋角，……此校獵之至壯也。"

【校覈】考核。南朝梁蕭統昭明太子集答湘東王……書:"校覈仁義，源本山川，旨酒盈罍，嘉肴益俎。"

【校讎】謂核對書籍，糾正其誤。一人獨校爲校，二人對校爲讎。後人嫌讎字，易稱校對。漢劉向管子序:"所校讎中管子書三百八十九篇。"唐韓愈昌黎集二一送鄭十校理得洛字詩:"才子富文華，校讎天祿閣。"

【校定本】經過校對的善本。簡稱"校本"。宋朱熹朱文公集七六書韓文考異前:"此集今世本多不同，惟近歲南安軍所刊方氏校定本，號爲精善。"

【校₂官碑】漢碑名。漢靈帝光和四年溧陽曹屬爲其長潘乾立，頌其興學，故立於學舍，額題"校官之碑"。文、額皆隸書。宋紹興十一年，溧水尉喻仲遠得於固城湖濱，置之官舍，後移至孔廟大門右側。宋洪景曾作釋文。元至順時，文學掾單禧作釋文碑，立於校官碑側。今在南京博物館。參閱金石萃編十七漢碑十三。

【校書郎】西漢的蘭臺和東漢的東觀都是藏書室，置學士於其中，典校藏書，但未置官。以郎充任，則稱校書郎；以郎中充任，則稱校書郎中。至三國魏始置官，稱祕書校書郎。晉南朝無聞，北魏有此官。北周及隋有校書郎。唐置八人，掌校讐典籍。宋遼金減到四至一人，掌校勘祕書監文籍。元置二人，掌辨驗書畫。明廢。參閱通典二六職官八、續通典三十職官八祕書監、太平御覽二三四職官。

核 hé 下革切，入，麥韻，匣。ㄏㄜˊ

㊀果實中包藏果仁的中心部分。禮曲禮上:"賜果於君前，其有核者懷其核。"㊁有核的果實。詩小雅賓之初筵:"籩豆有楚，殽核維旅。"疏:"籩實有桃梅之屬，故稱核也。"㊂真實。通"覈"。漢書六二司馬遷傳贊:"其文直，其事核，不虛美，不隱惡，故謂之實錄。"㊃對照，考查。通"覈"。漢書宣帝紀贊:"孝宣之治，信賞必罰，綜核名實，政事文學法理之士咸精其能。"

【核桃】胡桃的別名。胡桃外形如桃，取其核而去其皮，故稱核桃。參閱本草綱目三十果二胡桃。

【核實】謂考核是否屬實。三國志魏崔琰傳"魯國孔融"注引魏氏春秋曹操宣示孔融罪狀令:"太中大夫孔融既伏其罪矣，然世人多採其虛名，少於核實，見融浮豔，好作變異，眩其誑詐，不復察其亂俗也。"

【核練】指能幹而精密。世說新語政事"賈充初定律令"注引王隱晉書:"(鄭)沖字文和，……有核練才，清虛寡欲，喜論經史。"

栨 cì 字彙 七四切，音次。ㄘˋ

門窗上下框的橫木。

栟 bīng ㄅㄧㄥ

同"栟"。見"栟"。

桋 1. yí 以脂切，平，脂韻，喻。ㄧˊ

㊀木名。卽赤楝。詩小雅四月:"隰有杞桋。"釋文:"桋，本亦作荑。"參閱清吳其濬植物名實圖考三七桋樹。

2. tí 杜奚切，平，齊韻，定。ㄊㄧˊ

㊀見"桋₂桑"。

【桋₂桑】初生的嫩桑。爾雅釋木:"女桑，桋桑。"注:"今俗呼桑樹小而條長者爲女桑。"參見"女桑"。

栻 shì 恥力切，入，職韻，徹。ㄕˋ 集韻 設職切，入，職韻。

古代占時日的器具，用棗心木製造，形狀像後世的羅盤。漢書九九下王莽傳:"天文郎桉栻於前。日時加某，莽旋席隨斗柄而坐。"也作"式"。史記一二七日者傳漢褚少孫補:"分策定卦，旋式正棊。"索隱:"式卽栻也。"

桂 guì 古惠切，去，霽韻，見。ㄍㄨㄟˋ

㊀木名。1.木犀，別稱桂花、巖桂、丹桂、九里香。楚辭屈原遠遊:"嘉南州之炎德兮，麗桂樹之冬榮。"2.肉桂，月桂。急就篇四:"芎藭厚朴桂栝樓。"注:"桂，謂菌桂、牡桂之屬，百藥之長也。"㊁姓。見明宋濂宋學士集四九桂氏家乘序。

【桂山】山名。1.在廣西桂林市郊。俗稱北山。有三峯連屬，前峯拔起，如獅昂首。參閱讀史方輿紀要一〇七桂林府臨桂縣。2.在廣東始興縣西北。參閱讀史方輿紀要一〇二韶州府始興縣。3.在廣東韶關市西。桂水所出，其山多桂。參閱太平寰宇記一五九韶州。

【桂心】桂樹皮的裏層。味辛香，可入藥，又可供調味。參閱政和證類本草十二桂。

【桂王】公元?—1661年，卽朱由榔，南明永曆帝。明神宗孫。崇禎時封永明王。南明隆武時襲封桂王。清軍破福州後，由丁魁楚瞿式耜等擁立於肇慶，建元永曆。後由李定國迎往雲南。永曆十三年(順治十六年)清軍攻陷雲南省城，出走緬甸。十五年爲吳三桂所執，次年(康熙元年)被殺於昆明。明史有傳。參閱清徐鼒小腆紀年附考。

【桂父】古仙人。文選晉左太沖(思)吳都賦:"桂父練形而易色，赤須蟬蛻而附麗。"注:"列仙傳曰:'桂父，象林人也。常服桂葉，以龜腦和之，顏色如童。'"

【桂月】㊀神話說月中有桂，因以桂月爲月的別稱。樂府詩集六八古辭東飛伯勞歌:"南窗北牖桂月光，羅帷綺帳脂粉香。"北周庾信庾子山集十二終南山義谷銘:"桂月危懸，風泉虛韻。"㊁指農曆八月。

【桂平】縣名。屬廣西。漢爲布山阿林二縣地，晉爲鬱林郡地。梁置桂平郡。隋改郡爲縣。唐貞觀七年爲潯州治。宋因之。明清爲潯州府治。參閱讀史方輿紀要一〇八潯州府。

【桂玉】戰國蘇秦至楚，三日便行。楚王問其故，蘇秦曰：“楚國之食貴於玉，薪貴於桂，謁者難得見如鬼，王難得見如天帝。”見戰國策楚三。後因以桂玉喻生活費用的昂貴。唐羅隱讒書五答賀蘭友書：“家在江表，歲一寧覲，旨甘所資，桂玉之困，何嘗不以事力干人。”宋范仲淹范文正公集奏議下奏杜杞等充館職：“今館閣臣寮，率多清貧，僑居桂玉之地，皆求省府諸司職任，或聞在館供職者，惟三兩人。”參見“米珠薪桂”。

【桂布】唐時桂林地區出產的木棉布。唐白居易長慶集一新製布裘詩：“桂布白似雪，吳綿軟於雲。”

【桂皮】箘桂等類桂樹的皮，入藥。參閱本草綱目三四木一箘桂。

【桂江】卽廣西境內的灕水，爲西江上源之一，入臨桂縣境名桂江。詳“灕水”。

【桂州】州名。南朝梁置，隋廢，唐復置，宋廢。明清爲桂林府地。參閱讀史方輿紀要一〇七桂林府。參見“桂林”。

【桂竹】竹的一種。山海經中山經：“(雲山)無草木，有桂竹甚毒，傷人必死。”晉戴凱之竹譜：“桂竹，高四五丈，大者二尺圍，闊節大葉，狀如甘竹而皮赤，南康以南所饒也。”參閱元李衎竹譜詳錄三竹品一。

【桂坊】隋唐太子屬官有司經局，掌太子宮中圖書刊輯等事。唐龍朔三年改爲桂坊，至咸亨中復舊。參閱通典三十東宮官太子庶子、新唐書百官志四。

【桂林】㊀桂樹林。楚辭漢王褒九懷株昭：“步驟桂林兮，超驤卷阿。”㊁苑名。三國吳置。故址在今南京市北。文選晉左太沖(思)吳都賦：“數軍實乎桂林之苑，饗戎旅乎落星之樓。”㊂郡名：1.秦置。漢改爲鬱林郡。其地域約相當於今廣西及廣東西南部一帶。史記秦始皇紀：“三十三年，發諸嘗逋亡人、贅壻、賈人略取陸梁地爲桂林、象郡、南海，以適遣戍。”2.晉置。約相當於今廣西柳州桂林兩地區。故治在今象州縣西北馬坪。參閱讀史方輿紀要一〇九柳州府。㊃府名。秦桂林郡，三國至隋爲始安郡，唐爲桂州，宋紹興三年改靜江府，元爲靜江路。明洪武初改爲桂林府，清因之。治臨桂(今桂林市)。參閱嘉慶一統志四六一桂林府。㊄古縣名。隋開皇中置，屬始安郡。大業初省。故址在今廣西象州縣東南。參閱讀史方輿紀要一〇九柳州府象州。

【桂冠】桂花編製的冠，取其清香高潔。藝文類聚三五三國魏繁欽弭愁賦：“整桂冠而自飾，敷綦藻之華文。”

【桂科】唐人稱科舉考試及第爲折桂，因稱科考爲桂科。唐李商隱李義山文集三爲東川崔從事謝辟並聘錢啟：“仰覩蓮幕，俯度桂科，卵翼不自他門，頂踵實非己物。”文苑英華二八八唐杜荀鶴辭鄭員外入關赴舉詩：“男兒三十尚蹉跎，未敍青雲一桂科。”

【桂宮】㊀漢宮名。武帝時建，在未央宮北，亦曰北宮。故址在今陝西長安縣西北。文選漢班孟堅(固)西都賦：“自未央而連桂宮，北彌明光而亘長樂。”舊題漢劉歆西京雜記二：“武帝爲七寶牀、雜寶桉、廁寶屏風、列寶帳，設於桂宮，時人謂之四寶宮。”參閱三輔黃圖二漢宮。㊁神話謂月中有桂樹，因以桂宮爲月的代稱。玉臺新詠九南朝梁沈約登臺望秋月詩：“桂宮裛裛落桂枝，早寒凄凄凝白露。”明高啟高太史集九會客成均……因戲呈宋學士詩：“白兔如嫌桂宮冷，走入杏花壇下井。”

【桂酒】用桂花浸製的酒。楚辭屈原九歌東皇太一：“蕙肴蒸兮蘭藉，奠桂酒兮椒漿。”注：“桂酒，切桂置酒中也。”漢書禮樂志二郊祀歌練時日：“牲繭栗，粢盛香，尊桂酒，賓八鄉。”

【桂海】卽南海。文選南朝梁江文通(淹)雜體詩袁太尉：“文軫薄桂海，聲教燭冰天。”注：“南海有桂，故曰桂海。”宋范成大石湖集十四乾道癸巳臘後二日桂林大雪尺餘……次其韻詩：“須知桂海接蓬瀛，滿目三山白銀闕。”

【桂粉】卽鉛粉。宋范成大桂海虞衡志志金石：“鉛粉，桂州所作最有名，謂之桂粉。”(說郛五十)

【桂荏】卽紫蘇。爾雅釋草：“蘇，桂荏。”注：“蘇，荏類，故名桂荏。”後漢書六十上馬融傳廣成頌：“其土毛則推牧薦草……桂荏、鳧葵、格、韮、菹、于。”參見“紫蘇”。

【桂茶】見“祝餘”。

【桂戚】漢未央宮北有桂宮。桂戚指后妃的戚屬。漢蔡邕蔡中郎集一故太尉喬公廟碑：“時有椒房桂戚之託，周公累息，功不爲之動。”

【桂陵】地名。故址在今河南長垣縣西北，一說在今山東菏澤縣東北。戰國時，齊將孫臏在圍魏救趙之戰中，大敗魏軍於此。見史記魏世家。

【桂陽】㊀郡名。漢置。隋唐曾改置郴州。五代後晉名敦州。宋爲郴州桂陽郡。元廢。其地約相當於今湖南郴州地區。參閱讀史方輿紀要八二郴州。㊁州名。秦屬長沙郡。漢分長沙南境置郡，以在桂洞之陽，故稱桂陽郡。唐末置桂陽監。宋南渡後升爲軍。元改爲路。明改爲州，屬湖南，治所平陽。清雍正十年，升直隸州。參閱嘉慶一統志三七五桂陽州。㊂縣名。漢郴縣地。唐改爲義昌縣，後唐改爲郴義縣。宋避太宗（趙匡義）諱，改爲桂陽。故治在今湖南汝城。參閱寰宇通志六十郴州。

【桂窟】神話謂月中有桂樹，故名月爲桂窟。又俗稱登科爲折桂，因沿用爲登科的比喻。金元好問中州集十醉軒姚先生孝錫引王元老挽詩：“妙齡探桂窟，雅志傲蒲輪。”

【桂圓】果名。卽龍眼。見“龍眼”。

【桂管】唐時桂林地區的代稱。武德四年，平蕭銑，置桂州總管府，管桂象等九州。後改爲都督府。貞觀後裁併，置嶺南西道，於桂州置桂管經略觀察使，管桂蒙等十五州。參閱舊唐書地理志四。

【桂魄】月的別稱。唐王維王右丞集十五秋夜曲：“桂魄初生秋露微，輕羅已薄未更衣。”宋蘇軾東坡詞念奴嬌中秋：“桂魄飛來光射處，冷浸一天秋碧。”

【桂輪】月的別稱。文苑英華一五一唐方干月詩：“桂輪秋半出東方，巢鵲驚飛夜未央。”

【桂醑】桂花酒。醑，美酒。梁書沈約傳郊居賦：“席布騂駒，堂流桂醑。”也作“桂花醑”。唐蘇鶚杜陽雜編下：“上每賜御饌湯物，……其酒有凝露漿、桂花醑。”

【桂館】漢武帝宮館名。漢書郊祀志下：“於是令長安則作飛廉、桂館，甘泉則作益壽、延壽館，使(公孫)卿持節設具而候神人。”

【桂嶺】山名。1.在湖南臨武縣北三十里，又名香花嶺。參閱嘉慶一統志三七五桂陽直隸州。2.在廣東韶關市西郊，又名桂山。詳“桂山3”。3.在廣西賀縣東北百餘里處，與湖南江華、廣東連縣接界，卽古臨賀嶺，北與萌渚嶺相連。嶺南有桂嶺墟，爲隋桂嶺縣故治。參閱讀史方輿紀要一〇六越城嶺附萌渚嶺。

【桂櫂】以桂木製成的船槳。楚辭屈原九歌湘君：“桂櫂兮蘭枻，斲冰兮積雪。”櫂，也作“棹”。唐王維王右丞集五送別

詩:"行當浮桂棹,未幾拂荆扉。"(全唐詩一二五作"桂櫂",詩題作送綦毋潛落第還鄉)

【桂籍】科舉考試登第人員的名籍。宋徐鉉徐公集四廬陵別朱觀先輩詩:"桂籍知名有幾人,翻飛相續上青雲。"又歐陽修文忠集十四送道州張職方詩:"桂籍青衫憶共遊,憐君華髮始爲州。"

【桂蠹】寄生在桂樹上的蟲。漢書九五南粵王趙佗傳:"謹北面因使者獻……桂蠹一器。"注:"此蟲食桂,故味辛,而漬之以蜜食之也。"楚辭漢東方朔七諫怨世:"桂蠹不知所淹留兮,蓼蟲不知徙乎葵菜。"注:"桂蠹,以喻食禄之臣也。"

【桂子飄香】指桂花散發濃香。語出唐孟棨本事詩徵異宋之問靈隱寺詩"桂子月中落,天香雲外飄"。宋虞儔尊白堂集二有懷漢老弟詩:"芙蓉泣露坡頭見,桂子飄香月下聞。"

【桂林一枝】喻出類拔萃。晉書郤詵傳:"累遷雍州刺史,武帝於東堂會送,問詵曰:'卿自以爲何如?'詵對曰:'臣舉賢良對策,爲天下第一,猶桂林之一枝,崑山之片玉。'"

【桂宫柏寢】比喻壯麗的宫室。南朝宋鮑照鮑氏集三代白紵舞歌詞之二:"桂宫柏寢擬天居,朱爵文牕韜碧疏。"

【桂林風土記】唐莫休符撰。三卷。今存一卷。記述桂林的山水、名勝及有關人物、掌故、傳説,共四十二則。所録唐人詩篇,多爲已佚之作。

【桂苑筆耕集】唐代新羅國人崔致遠撰。二十卷。致遠來華曾参加唐朝的科舉考試,任唐宣州溧水縣尉,後入淮南節度使高駢幕,掌文書。本集大部分是他在淮南任内公私應酬之作。在華近三十年,回國後以所作表進唐王朝。有四部叢刊影印高麗初刻本。

【桂海虞衡志】宋范成大撰。原書三卷,今存一卷。成大於隆興中爲静江(桂林)地方長官,就其見聞所得,記述嶺南地區的山川風物,共十三篇,多爲前此方志所不載。

桔 1. jié ㄐㄧㄝˊ 古屑切,入,屑韻,見。

㊀桔梗,藥草名。見"桔梗"。

2. jú ㄐㄩˊ

㊀同"橘"。清屈大均廣東新語二五木語:"又有桔,亦與柑類。"

【桔柣】春秋鄭城門名。左傳莊二八年:"子元以車六百乘伐鄭,入于桔柣之門。"注:"鄭遠郊之門也。"

【桔桀】高峻深遠貌。文選漢張平子(衡)西京賦:"駿娑駘盪,燾奡桔桀。"

【桔梗】草名,一名梗草,草莖入藥。戰國策齊三:"今求柴胡、桔梗於沮澤,則累世不得一焉。"本草經三:"桔梗,味辛,微温,主胸脅痛如刀刺,……生山谷。"

【桔橰】井上汲水的工具。莊子天運:"且子獨不見夫桔橰者乎?引之則俯,舍之則仰。"也作"桔皋"。淮南子氾論:"斧柯而樵,桔皋而汲。"

【桔柏津】水名。在四川昭化縣東北嘉陵白水二江合流處,也叫桔柏渡。唐杜甫杜工部草堂詩箋十八有桔柏渡詩。

【桔橰烽】史記七七魏公子傳"而北境傳舉烽"集解引漢文穎:"作高木櫓,櫓上作桔橰,桔橰頭兜零,以薪置其中,謂之烽。常低之,有寇即火然舉之以相告。"樂府詩集九三張仲素塞下曲之五:"陰磧茫茫塞草腓,桔橰烽上暮烟飛。"

栳 lǎo ㄌㄠˇ 盧皓切,上,皓韻,來。

見"栲栳"。

栲 kǎo ㄎㄠˇ 苦浩切,上,皓韻,溪。

木名,即山樗。説文作"椃"。詩唐風山有樞:"山有栲,隰有杻。"

【栲栳】也作"[illegible]"。㊀用柳條或竹篾編成的笆斗之類的盛物器具。全唐詩七一五盧延讓樊川寒食之二:"五陵年少粗於事,栲栳量金買斷春。"㊁指彎曲如栲栳形狀。元史輿服志輿輅:"玉輅。青質,金裝,青緑藻井,栲栳輪蓋。"古今雜劇元闕漢卿玉鏡臺一:"梅香,前廳上將老相公坐的栲栳圈銀交椅來,請學士坐着。"

桓 huán ㄏㄨㄢˊ 胡官切,平,桓韻,匣。

㊀表柱。以横木交柱頭,作道路的標識。也作和表、華表。漢書九十尹賞傳:"瘞寺門桓東。"參見"和表"、"華表"。㊁木名。葉似柳,皮黄白色。㊂大。見"桓撥"。㊃憂。見方言一、廣雅釋詁。㊄姓。齊桓公之後,以謚爲氏。見宋鄧名世古今姓氏書辯證八桓。

【桓山】孔子家語顔回:"回聞桓山之鳥生四子焉,羽翼既成,將分于四海,其母悲鳴而送之。哀聲有似於此,謂其往而不返也。"説苑辨物作"完山"。後用以喻兄弟離散分别之悲。梁書元帝紀告四方檄:"慄慄黔首,路有銜索之哀;蠢蠢黎民,家隕桓山之泣。"

【桓文】春秋五霸中的齊桓公和晉文公的合稱。孟子梁惠王上:"仲尼之徒,無道桓文之事者。"荀子議兵:"秦之鋭士不可以當桓文之節制。"

【桓水】水名。書禹貢:"西傾因桓是來,浮于潛,逾于沔。"漢書地理志八上稱爲白水。水經注三六桓水:"桓水出蜀郡岷山,西南行羌中,入於南海。"

【桓玄】公元369—404年。晉譙國龍亢人。字敬道。桓温之子,襲父爵爲南郡公。初守義興,棄官歸。安帝時爲江州刺史,都督荆江等八州軍事,據江陵。元興元年,舉兵東下,攻入建康,迫安帝禪位,建號楚,年號建始,旋改永始。劉裕起兵討玄,玄兵敗被執,斬於江陵。見晉書桓玄傳。

【桓圭】周禮以玉作六瑞,表爵秩等級。公執桓圭。圭兩面各琢二棱,長九寸。周禮春官大宗伯:"公執桓圭。"孫詒讓周禮正義:"桓圭蓋兩面,面各琢二棱,合之爲四棱,正與四桓楹相似。"參見"圭㊀"。

【桓伊】晉譙國銍縣人。字叔夏,小字野王。歷任淮南太守、豫州刺史等官職。前秦苻堅率軍南下攻晉,伊與謝玄大破秦軍於淝水,東晉以安。因功封永修縣侯。伊善吹笛,藏漢蔡邕柯亭笛,時稱江左第一。晉書有傳。唐杜牧樊川集三潤州詩之一:"月明更想桓伊在,一笛聞吹出塞愁。"

【桓沖】公元328—384年。晉譙國龍亢人。字幼子,小字買德郎。初從兄温累遷振威將軍、江州刺史。温死,謝安執政,沖任中軍將軍、揚豫二州刺史。寧康三年,解揚州刺史職,出爲都督江荆諸州軍事領荆州刺史,擁重兵而無所作爲。太元九年,聞謝安大破苻堅,慚病而死。晉書附桓彝傳。

【桓桓】威武貌。書牧誓:"勗哉夫子!尚桓桓。"詩魯頌泮水:"桓桓于征,狄彼東南。"

【桓焉】公元?—143年。東漢沛郡龍亢人,字叔元,桓榮孫。以父任爲郎。明經學,授安帝及順帝經,官至大鴻臚、太尉。弟子傳經者數百人,最著名者有黄瓊楊賜。兩女適孫儁李膺,皆當時名士,人稱桓女乘龍。見後漢書三七桓榮傳附桓焉、藝文類聚四十楚國先賢傳。

【桓温】公元312—373年。晉譙國龍亢人。字元子。桓彝之子,明帝女婿。初爲荆州刺史,定蜀,攻前秦,破姚襄,威權日盛,官至大司馬。太和四年北伐,與燕慕容垂戰於枋頭，大敗。回建康，以大司馬專朝政。廢帝奕，立簡文帝。溫嘗謂："既不能流芳後世，不足復遺臭萬載邪！"與郗超等謀廢晉自建王朝，事未及成而死。見晉書本傳。

【桓楹】天子、諸侯葬時下棺之柱。柱上有孔，以穿綍索，懸棺以入墓穴，事畢即閉納壙中。禮檀弓下："公室視豐碑，三家視桓楹。"注："斲之形如大楹耳，四植謂之桓。"

【桓榮】東漢沛郡龍亢人。字春卿，少學長安，習歐陽尚書，教授徒衆數百人。光武時拜議郎，授太子經，累遷太子少傅，後遷太常。明帝即位，以帝師之尊，拜爲五更，封關內侯，其門徒多貴至公卿。後漢書有傳。

【桓寬】漢汝南人。字次公。治公羊春秋。宣帝時爲郎，後任廬江太守丞。博通善文，撰成鹽鐵論，記錄昭帝始元中御史大夫桑弘羊與郡賢良文學辯難國家鹽鐵專賣事，共六十篇。參閱漢書六六鄭弘傳贊。

【桓撥】撥亂反正；自亂而至大治。詩商頌長發："玄王桓撥。"傳："玄王，契也。桓，大。撥，治。"文選晉陸士衡（機）演連珠之三二："是以蒲密之黎，遺時雍之世；豐沛之士，忘桓撥之君。"

【桓彝】公元276—328年。晉譙國龍亢人。字茂倫。元帝時爲吏部郎。明帝時，王敦專朝政，彝參與討敦謀議，以功封萬寧縣男。後任宣城內史。蘇峻起兵反晉，彝固守涇縣，城陷爲峻將韓晃所殺。晉書有傳。

【桓譚】約公元前23—公元50年。漢沛國相人。字君山，官至議郎。好音樂，善鼓琴，徧習五經，精天文，主張渾天說。因宋弘薦拜議郎給事中。光武信讖緯，譚極言其非，帝怒，出爲六安郡丞。在赴任途中病卒。著新論二十九篇。後漢書有傳。

【桓少君】漢鮑宣妻。初嫁宣，裝送資財甚多，宣不悅。少君乃盡送還父家，改著短衣裳，與宣共挽鹿車回鄉里。拜姑禮畢，提甕出汲。見後漢書八四鮑宣妻傳。全唐詩六一三皮日休臨頓宅將有歸之日魯望以詩見貺……："幾枚竹筍送德耀，一乘柴車迎少君。"德耀，梁鴻妻孟光字，舊時與少君同被視爲能勤儉持家、自甘守貧之賢妻典型。

栖 1. qī 先稽切，平，齊韻，心。
ㄑㄧ 蘇計切，去，霽韻，心。

同"棲"。㊀鳥類止息。莊子至樂："夫以鳥養養鳥者，宜栖之深林。"泛指停留、居住。又盜跖："於是民皆巢居以避之，晝拾橡栗，暮栖木上，故命之曰有巢氏之民。"

2. xī
ㄒㄧ

㊀見"栖$_2$栖$_2$"。

【栖泊】停泊。唐高適高常侍集四淇上酬薛三據兼寄郭少府詩："酒肆或淹留，漁潭屢栖泊。"

【栖$_2$栖$_2$】忙碌不安貌。論語憲問："微生畝謂孔子曰：'丘何爲是栖栖者與？無乃爲佞乎？'"參見"棲$_2$棲$_2$"。

【栖$_2$遑】㊀忙碌不安，到處奔波。魏書太祖紀論："雖冠履不暇，栖遑外土，而制作經謨，咸存長世。"㊁窘迫。唐杜甫杜工部草堂詩箋十六秦州見勑目……兼述索居："栖遑分半菽，浩蕩逐流萍。"

【栖遁】隱居。南齊書袁彖傳："今栖遁之士，排斥皇王，陵轢將相，此偏介之行，不可長風移俗。"

【栖跱】止息。文選漢禰正平（衡）鸚鵡賦："故其嬉遊高峻，栖跱幽深，飛不妄集，翔必擇林。"

【栖遲】遊息，居住。漢書一〇〇上敘傳："栖遲於一丘，則天下不易其樂。"

【栖薄】居住靠近。水經注十四鮑丘水："窟內有水，淵而不流，栖薄者取給焉。"元戴良九靈山房集三同子充渚仲遊北山夜宿覺慈院詩："佛廬既栖薄，僧榻聊息偃。"

栮 ěr 集韻 忍止切，上，止韻。
ㄦ

木耳。枯木上寄生的蕈類。形狀像耳，故稱木耳。同"栭"、"檽"。見類篇。

【栮脯】乾木耳。宋陸游劍南詩稿十七冬夜與溥庵主説川食戲作："唐安薏米白如玉，漢嘉栮脯美勝肉。"

栱 gǒng 居悚切，上，腫韻，見。
ㄍㄨㄥˇ

立柱和橫梁之間成弓形的承重結構。爾雅釋宮："欂謂之杙，……大者謂之栱。"文選三國魏何平叔（晏）景福殿賦："欂櫨各落以相承，欒栱夭蟜而交結。"參見"枓$_2$栱"。

框 kuāng 去王切，平，陽韻，溪。
ㄎㄨㄤ

㊀門檻。嵌在壁間用以裝置門窗。今亦讀 kuàng。㊁棺門。見廣韻。

栵 lì 力制切，去，祭韻，來。
ㄌㄧˋ 良薛切，入，薛韻，來。

㊀木名。其實稱橡栗，亦曰茅栗，木材可作車輞。爾雅釋木："栵，栭。"參見"橡栗"。㊁叢生的小樹。詩大雅皇矣："脩之平之，其灌其栵。"清王引之謂栵爲木經斬伐而重生者。見經義述聞六其灌其栵。

栭 ér 如之切，平，之韻，日。
ㄦ

㊀柱頂上承托棟梁的方木，即欂，又稱斗栱。文選漢張平子（衡）西京賦："雕楹玉碣，繡栭雲楣。"㊁枯木上生的菌類植物。同"栮"。禮內則："芝，栭，蔆，椇。"疏引王肅："無華而實者名栭，皆芝屬也。"㊂木名。見"栭栗"。

【栭栗】木名。爾雅釋木"栵，栭"晉郭璞注："樹似槲樕而庳小，子如細栗可食。今江東亦呼爲栭栗。"

【栭楄】承托棟梁的方形椽子。舊題晉王嘉拾遺記三周靈王："大幹爲桁棟，小枝爲栭楄。"

栫 jiàn 在甸切，去，霰韻，從。
ㄐㄧㄢˋ

㊀用柴木堵塞。左傳哀八年："囚諸樓臺，栫之以棘。"注："栫，雍也。"文選晉郭景純（璞）江賦："栫澱爲涔，夾漈羅筌。"㊁籬笆。廣雅釋宮："樓、栫、藩、篳、欏、落，杝也。"清王念孫疏證："杝，今籬字也。"

栯 1. yù 於六切，入，屋韻，影。
ㄩˋ

㊀果名。即郁李。見廣韻。參見"郁李"。

2. yǒu 云久切，上，有韻，于。
ㄧㄡˇ

㊀木名。見"栯$_2$木"。

【栯$_2$木】木名。山海經中山經："（泰室之山）其上有木焉，葉狀如梨而赤理，其名曰栯木。"

桎 zhì 之日切，入，質韻，照。
ㄓˋ

㊀足械，脚鐐。參見"桎梏"。㊁束縛，窒礙。莊子達生："工倕旋而蓋規矩，指與物化而不以心稽，故其靈臺一而不桎。"

【桎梏】刑具。脚鐐手銬。易蒙："利用刑人，用説桎梏。"疏："在足曰桎，在手曰梏。"引申爲束縛人的事物。莊子德充符："彼且蘄以諔詭幻怪之名聞，不知至人之以是爲己桎梏邪？"

【桎檻】囚禁。抱朴子博喩："九斷四屬者，蘊藻所以表靈；摧柯碎葉者，茝蕙所以增芬；是以夷吾桎檻而建匡合之績。"夷吾，管仲字。

【桎鎋】車轄。鎋，同"轄"，大車軸頭上穿着的小鐵棍。車轄能使車輪不脫落，故用以比喻股肱之臣或事物的關鍵。詩小雅節南山"尹氏大師,維周之氐"漢鄭玄箋:"氐,當作桎鎋之桎,毗輔也,言尹氏作大師之官,爲周之桎鎋。"

枅 jī 古奚切,平,齊韻,見。ㄐㄧ

㊀柱上的方木。莊子齊物論:"大木百圍之竅穴,似鼻似口,似耳似枅,似圈似臼,似洼者,似污者。"釋文:"枅,音雞,又音肩。字林云:柱上方木也。"淮南子主術:"短者以爲朱儒枅櫨。"見圖。㊁掛大秤的橫木。南齊書王敬則傳:"步行,從市過,見屠肉枅。歎曰:'吳興昔無此枅,是我少時在此所作也。'"參閱清桂馥札樸四枅。

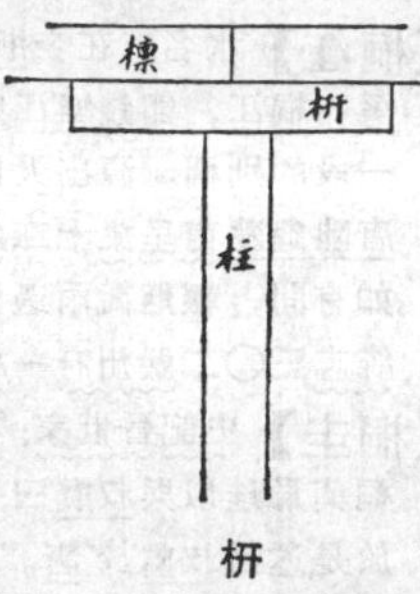

根 gēn 古痕切,平,痕韻,見。ㄍㄣ

㊀草木的根。左傳文七年:"公族,公室之枝葉也,若去之,則本根無所庇廕矣。"管子水地:"(水)集於草木,根得其度,華得其數,實得其量。"㊁物體的下基。北周庾信庾子山集十二明月山銘:"風生石洞,雲出山根。"唐白居易長慶集七早春詩:"滿庭田地濕,薺葉生牆根。"㊂事物的本源、依據。老子:"玄牝之門,是謂天地根。"漢河上公注:"根,元也。"宋蘇軾經進東坡文集事略五三李君山房記:"近歲市人轉相摹刻諸子百家之書,日傳萬紙,學者之於書多且易致如此,其文詞學術當倍蓰於昔人,而後生科舉之士,皆束書不觀,游談無根,此又何也?"㊃杜絕,徹底清除。管子君臣下:"審知禍福之所生,是故愼小事微,違非索辯以根之。"後漢書八七西羌傳論:"若攻之不根,是養疾疴於心腹也。"㊄量詞。水經注九沁水:"廟側有攢柏數百根。"㊅見"根牟"。

【根牙】㊀猶言首尾。牙,"芽"之本字。三國志吳胡綜傳僞作吳質降文:"今若內兵淮泗,據有下邳、荆揚二州,聞聲響應,臣從河北席捲而南,形勢一連,根牙永固。"㊁指事物的根本和表見於外的迹象。晉書刑法志張斐注律表:"律者,幽理之奥,不可以一體守也。或計過以配罪,或化略以循常,……皆所以臨時觀釁,使用法執詮者幽於未制之中,採其根牙之微,……然後乃可以理直刑正。"

【根本】本下曰根,木下曰本。後比喻事物的本源或關鍵部分。淮南子繆稱:"根本不美,枝葉茂者,未之聞也。"詩大雅民勞"惠此中國"漢鄭玄箋:"京師者,諸夏之根本。"

【根由】根源,來歷。唐敦煌變文季布罵陣詞:"用却百金爲買得,不曾子細問根由。"元曲選鄭廷玉楚昭公二:"他他他,懷着幾年的怨恨,倚着蓋世的才名,來尋問俺往日的根由。"

【根生】寄生。文選漢張平子(衡)思玄賦:"桑末寄夫根生兮,卉既凋而已育。"桑末,木名。

【根牟】春秋時國名,宣公九年爲魯所滅。在今山東沂水縣境。後其子孫以"根牟"爲姓。參閱宋鄧名世古今姓氏書辯證二四痕。

【根究】徹底查究。宋歐陽修文忠集一一三論牧馬草地劄子:"其已爲民間侵耕地土,更不根究,蓋以本議欲以見在牧地,給與民耕,豈可却根究已耕之地,重爲搔擾。"

【根車】漢人讖緯之說,謂帝王有盛德,則山出根車。根車,指未經斲治、自然圓曲的車子。藝文類聚七一引孝經援神契:"德至山陵則山出根車。"後泛指帝王的乘車。後漢書禮儀下:"太常上祖奠,中黄門尚衣奉衣登容根車。"指帝王出喪時載容衣的車。又有桑根車、金根車等名稱。參閱宋書禮志五。

【根治】徹底追究審理。宋蘇軾經進東坡文集事略三五乞將章疏降付有司劄子:"伏望聖慈,盡將臺諫官章疏降付有司,令盡理根治,依法施行。"

【根垓】草木的根。垓,通"荄"。漢劉向說苑建本:"樹本淺,根垓不深,未必橛也。"也指事物的根本。

【根茇】草根。淮南子地形:"凡根茇草者,生於庶草。……凡浮生不根茇者,生於萍藻。"說文:"茇,草根也。……春草根枯,引之而發土爲撥,故謂之茇。"

【根苗】指事物的根源和來歷。古今雜劇元劉唐卿降桑椹蔡順奉母二:"他可便單提着咱名號,我須索從頭至尾問箇根苗。"

【根柢】草木的根。柢卽根。史記八三鄒陽傳獄中上書:"蟠木根柢,輪囷離詭。"引申爲事業、學問的基礎或底子。後漢書四九仲長統傳論:"百家之言政者尚矣,大略歸乎寧固根柢,革易時敝也。"

【根索】徹底搜求。宋蘇舜欽蘇學士集十一投匭疏:"沉淪高蹈者,則令諸郡守宰根索其名而籍奏之。"

【根荄】卽植物的根。荄,草根。韓詩外傳二:"草木根荄淺,未必撅也。飄風興,暴雨墜,則撅必先矣。"漢書禮樂志郊祀歌青陽:"青陽開動,根荄以遂。"也作"根核"。漢書五行志中之上:"入地則孕毓根核,保藏蟄蟲。"注:"核,亦荄字也。"也指事物的根本。漢王充論衡正說:"及時蚤仕,汲汲競進,不暇留精用心,考實根核,故虛說傳而不絕,實事没而不見。"

【根核】見"根荄"。

【根株】樹木的根,比喻基礎。漢王充論衡超奇:"有根株於下,有榮葉於上;有實核於內,有皮殼於外。"漢書七六趙廣漢傳:"廣漢爲人彊力,……郡中盜賊,閭里輕俠,其根株窟穴所在,及吏受取請求銖兩之姦,皆知之。"

【根基】基礎。三國志魏鄧艾傳上書司馬師:"(諸葛)恪新秉國政,而內無其主,不念撫卹上下以立根基,競於外事,虐用其民,……此恪獲罪之日也。"

【根勘】徹底查究。宋朋九萬東坡烏臺詩案中使皇甫遵到湖州勾至御史臺:"今年五月二十八日中使皇甫遵至湖州勾攝前來,至六月十八日赴御史臺出頭。當日准問目,方知奉聖旨根勘。"

【根壹】指天地的創始者。晉書摯虞傳思遊賦:"觀玄鳥之參趾兮,會根壹之神籌。"

【根菀】植根之處。猶言根本。管子水地:"地者,萬物之本原,諸生之根菀也。"

【根著】植根於地。漢書四九鼂錯傳對策:"故衆生之類亡不覆也,根著之徒亡不載也。"也指生根落脚之處。金元好問遺山集一出京詩:"半生無根著,飄轉如斷梗。"

【根窩】清代鹽商專賣的憑證。或稱窩根。起源於明萬曆時綱法的窩本。清初沿明制,兩淮課鹽,招商人認窩繳納銀兩,發給專賣憑證,謂之根窩。持有根窩的鹽商,世襲其業。至道光十二年,兩江總督陶澍改行票法,根窩遂廢。參閱清陶澍陶文毅公全集十二欽差籌議兩淮鹽務章程、清史稿食貨志四鹽法。

【根痼】長期没有治好的病。宋書顏延之傳自陳表:"自去夏侵暑,入此秋變,頭齒眩疼,根痼漸劇。"

【根幹】猶言根本。韓非子揚權:"虛靜無爲,道之情也;參伍比物,事之形也。參之以比物,伍之以合虛,根幹不革,則動泄不失矣。"

【根業】佛教語。根指根性，業指業力。根業即由根性造作所生的果報作用。衆生因根業不同，修行證果也不同，聲聞、緣覺乘根業的人，只能證得阿羅漢果；菩薩乘根業的人，纔能證得佛果。魏書釋老志："初階聖者，有三種人，其根業各差，謂之三乘。"

【根嗣】指長子。漢相府小史夏堪碑："夏堪，……零陵太守之根嗣也。"（隸釋十二）

【根腳】㊀基礎，底子。宋朱熹朱文公集五二答吳伯豐："元來道學不明，不是上面欠却工夫，乃是下面元無根脚。"㊁家世。元典章解由式："三代後即開本官根脚，元係何出身。"

【根塵】佛教以眼、耳、鼻、舌、身、意爲六根，色、聲、香、味、觸、法爲六塵。合稱根塵。楞嚴經五："根塵同源，縛脱無二。"宋蘇軾東坡集續集三和陶詩和贈羊長史："故知根塵在，未免病藥俱。"參見"六根"、"六塵"。

【根蔕】猶根柢。三國志蜀蔣琬傳上疏："今魏跨帶九州，根蔕滋蔓，平除未易。"晉陶潛陶淵明集四雜詩："人生無根蔕，飄如陌上塵。"

【根頭】以頭向地翻身跳轉。即筋斗。西遊記六六："抓腸蒯腹，翻根頭，豎蜻蜓，任他在裏面擺布。"

【根據】㊀盤據。漢書六八霍光傳："自昭帝時，光子禹及兄孫雲皆中郎將，……黨親連體，根據於朝廷。"㊁依據。元虞集道園學古録十五牟伯成墓碑："與人交，樂易真實，不以矜厲爲容，談笑傾倒，援引根據，不見涯涘。"

【根器】佛教以木譬喻人性曰根，根能堪物曰器。泛指稟賦。文苑英華八六二唐李華潤州鶴林寺故徑山大師碑銘："羣生根器，各各不同，唯最上乘，攝而歸一。"景德傳燈録四慧方禪師："後入牛頭山，謁(智)巖禪師，諮詢祕要，巖觀其根器，堪任正法，遂示以心印。"

【根鬚】植物幼根周圍叢生的密毛。南史晉安王(藹)子懋傳："有獻蓮華供佛者，衆僧以銅甖盛水漬其莖。……七日齋畢，華更鮮紅，視甖中稍有根鬚。"

【根生土長】當地出生、長大；世代居住。元曲選吳昌齡張天師三："却不道一般兒根生土長，開花結子，帶葉連枝。"也作"土長根生"。又王實甫麗春堂四："這裏是土長根生父母邦。"

【根深柢固】根基牢固，不可動摇。也作"深根固柢"。柢，又作"蔕"或"蒂"。老子下："有國之母，可以長久，是謂深根固柢，長生久視之道。"唐李鼎祚周易集解四否："言五二包繫，根深蔕固，若山之堅，若地之厚者也。"宋范成大石湖集二四送劉唐卿户曹擢第西歸詩之三："學力根深方蔕固，功名水到自渠成。"

栩 xǔ ㄒㄩˇ 況羽切，上，麌韻，曉。

㊀木名。柞樹。詩唐風鴇羽："肅肅鴇羽，集于苞栩。"㊁見"栩栩"。㊂姓。漢書九三董賢傳有栩丹。

【栩栩】歡暢貌。莊子齊物論："昔者莊周夢爲蝴蝶，栩栩然蝴蝶也。"宋王安石臨川集十四獨飯詩："栩栩幽人夢，夭夭老者居。"今形容生動活潑的樣子曰栩栩如生。

桄 1. guāng ㄍㄨㄤ 古黄切，平，唐韻，見。

㊀見"桄榔"。

2. guàng ㄍㄨㄤˋ 古曠切，去，宕韻，見。

㊁車、船、梯、牀等器物上的横木都稱桄。見唐釋玄應一切經音義十四作桄。

【桄榔】木名。常緑樹。果實名桄榔子。花序的汁可製糖，莖髓可製澱粉。文選漢揚子雲(雄)蜀都賦："布有橦華，麪有桄榔。"注："桄榔，樹名也，木中有屑如麪，可食，出興古。"參閲晉嵇含南方草木狀中、太平御覽七九一引臨海異物志。

栧 yì 一ˋ 集韻 以制切，去，祭韻。

船槳。同"枻"。文選漢司馬長卿(相如)子虛賦："浮文鷁，揚旌栧。"晉郭璞注："栧，船舷。樹旌於上。"按史記作"揚桂枻"，集解引韋昭："枻，檝也。"漢書作"揚旌枻"，注引張揖："枻，柂也。"

桐 1. tóng ㄊㄨㄥˊ 徒紅切，平，東韻，定。

㊀木名。有梧桐、油桐、泡桐等種，科屬不同。古書多指梧桐。也名榮。詩鄘風定之方中："椅桐梓漆，爰伐琴瑟。"㊁地名。書太甲上："伊尹放諸桐。"詳"桐宮"。㊂春秋國名。左傳定二年："桐叛楚。"注："桐，小國，廬江舒縣西南有桐鄉。"故城在今安徽桐城縣北。參閲嘉慶一統志一〇九安慶府一。㊃姓。見通志二九氏族五。

2. tōng ㄊㄨㄥ 集韻 他東切，平，東韻。

㊄輕脱貌。漢書六三廣陵厲王胥傳："毋桐好逸。"史記作"侗"。㊅通達。通"通"。漢書禮樂志："桐生茂豫，靡有所詘。"注："桐讀爲通。茂豫，美盛而光悦也。"

【桐人】桐木偶。殉葬品，也叫甬。漢桓寬鹽鐵論散不足："匹夫無貌領，桐人衣紈綈。"參閲太平御覽五五二三國魏王肅喪服記。

【桐子】猶童子。漢揚雄法言學行："師哉！師哉！桐子之命也。"注："桐子洞然未有所知之時，制命於師也。"

【桐江】水名。在今浙江桐廬縣北，合桐溪叫桐江，即錢塘江中游自嚴州至桐廬一段的别稱。源出天目山，流入浙江。唐陸龜蒙甫里集十二釣車詩："洛客見時如有問，輾烟衝雨過桐江。"參閲嘉慶一統志三〇二嚴州府一桐溪。

【桐圭】史記晉世家："成王與叔虞戲，削桐葉爲珪以與叔虞曰：'以此封若！'……於是遂封叔虞於唐。"吕氏春秋重言作"梧葉"。圭，古代作爲瑞信的玉，也作"珪"。後因以桐圭指帝王封拜。唐王勃王子安集十一乾元殿頌序："桐圭作瑞，鳳毛曜丹穴之英；芳壤分維，麟趾冠玄丘之俊。"

【桐竹】指琴笛等絃樂、管樂器。唐李賀歌詩編二公莫舞歌："華筵鼓吹無桐竹，長刀直立割鳴箏。"

【桐君】㊀相傳爲黄帝時醫師。曾結廬於浙江桐廬縣東山桐樹下。識草木金石性味，定爲三品，舊題桐君采藥録、藥性，爲後人僞託。參閲南朝梁陶弘景本草序(政和證類本草序例引)。㊁山名。也名桐廬山，在浙江桐廬縣東。參閲明一統志嚴州府。㊂桐木可爲琴，因稱琴爲桐君。宋陳師道后山集一次韻蘇公西湖觀月聽琴詩之一："人生亦何須，有酒與桐君。"

【桐乳】桐子似乳形，故名。太平御覽九五六引莊子："空門來風，桐乳致巢。"司馬彪注曰：門户空，風喜投之；桐子似乳，著葉而生，鳥喜巢之。"今本莊子無此文。宋陳翥桐譜敍源："其花開有先後，先者未有葉而開。自春徂夏，迺結其實。實如乳尖，長而成穟。莊子所謂桐乳致巢是也。"

【桐城】㊀縣名。屬安徽省。春秋時爲楚之附庸桐國。漢置樅陽縣。唐至德二年改爲桐城縣。參閲寰宇通志十八安慶府。㊁福建泉州的别名。明陳懋仁泉南雜志下："刺桐城，今泉州。築城時，環城皆植刺桐，故號桐城。"

【桐柏】㊀山名。在今河南桐柏縣西南。東南接湖北隨縣，西接棗陽。淮河所出。書禹貢："導淮自桐柏。"參閲嘉慶一統志二一〇南陽府一。㊁縣名。屬河南省。

漢置平氏、復陽二縣，晉省爲平氏縣，隋改爲今名。明清皆屬南陽府。參閱嘉慶一統志二一〇南陽府一。

【桐宮】相傳爲商湯墓地，建有宮室，伊尹曾放太甲於此。書太甲上：“太甲既立，不明，伊尹放諸桐。”傳：“湯葬地。”又：“營于桐宮。”傳：“經營桐墓，立宮令太甲居之。”故地在今河北省臨漳縣。參閱元和郡縣志二河東道一絳州聞喜縣。

【桐孫】桐樹新生的小枝。北周庾信庾子山集五詠樹詩：“楓子留爲式，桐孫待作琴。”明楊升庵丹鉛總録四：“凡木本實而末虛，惟桐反之。試取其小枝削之，皆堅實如蠟，而其本皆虛。故世所以貴孫枝者，貴其實也。”後稱他人之孫爲桐孫，義卽本此。

【桐梓】㊀桐與梓。詩鄘風定之方中：“樹之榛栗，椅桐梓漆。”孟子告子上：“拱把之桐梓，人苟欲生之，皆知所以養之者。”㊁縣名。屬貴州省。漢牂牁郡地，唐置夜郎縣，明初置桐梓驛，萬曆二十七年改爲縣。參閱嘉慶一統志五一一遵義府一。

【桐魚】桐木刻成的魚。1.漢董仲舒春秋繁露十六求雨：“其神少昊，祭之以桐木魚九。”指魚形的祭品。2.南朝宋劉敬叔異苑二：“晉武帝時，吳郡臨平岸崩，出一石鼓，打之無聲，以問(張)華。華云：‘可取蜀中桐材刻爲魚形，打之則鳴矣。’於是如言，音聞數十里。”指魚形的擊鼓用具。3.宋毛滂東堂集二陪曹使君飲郭別乘舍夜歸奉寄詩：“回頭一笑墮渺茫，卧聽桐魚喚僧粥。”指僧寺木魚。

【桐棺】桐木做的棺材。指質地樸素的棺木。墨子節葬下：“(禹)葬會稽之山，衣衾三領，桐棺三寸，葛以緘之。”後漢書三九周磐傳：“若命終之日，桐棺足以周身，外椁足以周棺，斂形懸封，濯衣幅巾。”

【桐鄉】㊀地名。春秋時桐國地，在今安徽桐城縣北。漢大司農朱邑曾任桐鄉嗇夫，爲民敬信，死後葬於此。見漢書八九朱邑傳。文選晉潘安仁(岳)河陽縣作詩之一：“齊都無遺聲，桐鄉有餘謡。”㊁縣名。屬浙江省。本漢由拳地，三國吳以後爲嘉興縣地，五代晉以後爲崇德縣地，明宣德五年割崇德梧桐八鄉分置桐鄉縣。參閱嘉慶一統志二八七嘉興府一。

【桐雷】桐君和雷公的合稱。相傳皆爲黃帝時掌醫藥之臣。政和證類本草一敍例上南朝梁陶隱居序：“至於藥性所主，當以識識相因，不爾，何由得聞？至於桐雷，乃著在於編簡。”廣弘明集三十下隋王胄卧疾閩越述淨名意詩：“桐雷邈已遠，砭石良難訪。”

【桐膏】製墨原料。古法用松烟，後世始用桐油燒烟製墨。明麻三衡墨志權貨引墨談：“松煤不膚光，桐膏太骨露。要之，松煤則君子闇然，桐膏乃文士符采。”參見“桐花烟”。

【桐譜】宋陳翥撰。陳手植桐樹於故里西山之南，乃述桐事十篇爲桐譜。論述桐的種類、種植、采伐、用途等，爲植桐專著。

【桐廬】縣名。屬浙江杭州市。漢爲富春縣之桐溪鄉，三國吳分置桐廬縣。故城在今縣治西。參閱寰宇通志二六嚴州府桐廬縣。

【桐爨】後漢書六十下蔡邕傳：“吳人有燒桐以爨者。邕聞火烈之聲，知其良木，因請而裁爲琴，果有美音，而其尾猶焦，故時人名曰‘焦尾琴’焉。”宋陸游劍南詩稿五五雜言示子聿：“鶴生於野兮，何有於軒？桐爨則已兮，豈慕爲琴？”言任其自然，不干求謀進。

【桐花烟】用桐油燒煙，爲製墨的原料。宋何薳墨記桐花烟如點漆：“潭州胡景純專取桐油燒烟，名桐花烟。其製甚堅薄，……每磨研間，其光可鑑，畫工寶之，以點目瞳子，如點漆云。”

【桐花鳳】鳥名。以暮春來集桐花而名。唐李德裕李文饒集別集一畫桐花鳳扇賦序：“成都夾岷江，磯岸多植紫桐。每至暮春，有靈禽五色，小於玄鳥，來集桐花，以飲朝露。及華落則烟飛雨散，不知其所往。”參閱明曹學佺蜀中廣記五九方物紀鳥。

【桐城派】清代散文之一重要流派。其代表人物方苞劉大櫆姚鼐等皆安徽桐城人，故後人稱其流派爲桐城派。提倡學習先秦、兩漢及唐宋八大家散文，反對八股；主張義理、考據、辭章合而爲一。作品以典雅、凝煉見稱；但在寫作形式上制定了一些戒律，行文時受束縛；過重“載道”，內容亦不免陳腐。與之主張相近者有陽湖派，以陽湖人惲敬爲代表。參見“陽湖派”。

栺

1. zhī ㄓ 旨夷切，平，脂韻，照。

㊀栺栭，木名。見廣韻。

2. yì ㄧ 五計切，去，霽韻，疑。

㊁枍栺，漢殿名，見廣韻。按文選班固西都賦、三輔黃圖三皆作“枍詣”。參見“枍詣”。

栓

shuān ㄕㄨㄢ 山員切，平，仙韻，山。

㊀木釘。廣雅釋器：“栓、[illegible]，釘也。”後如木釘狀的器物也叫栓。如門栓。㊁盂。敞口器皿的一種。見廣雅釋器。

㭘

1. jié ㄐㄧㄝ 其輒切，入，葉韻，羣。古沓切，入，合韻，見。巨業切，入，業韻，羣。

㊀劍鞘。説文：“㭘，劍柙也。”玉篇引莊子：“㭘而藏之。”今本莊子刻意作“柙”。

2. hé ㄏㄜ 侯閤切，入，合韻，匣。

㊁見“㭘₂榙”。

【㭘₂榙】木名。一作“合昏”。俗轉爲“合歡”。其葉朝舒暮卷。卽馬纓花，又稱絨樹。參閱類篇木。參見“合昏”、“合歡”。

株

zhū ㄓㄨ 陟輸切，平，虞韻，知。

㊀露出地面的樹根。易困：“臀困于株木。”韓非子五蠹：“宋人有耕田者，田中有株，兔走觸株，折頸而死。”㊁泛指草木。漢焦延壽易林五觀之巽：“澤枯無魚，山童無株。”㊂鬭雞得勝者爲株。藝文類聚九一莊子逸篇：“羊溝之雞，三歲爲株。”注：“株，魁帥。”㊃量詞。樹的根數。三國志蜀諸葛亮傳：“成都有桑八百株。”

【株守】比喻拘泥守舊不知變通。語本韓非子五蠹“守株待兔”的故事。儒林外史四六：“余大先生道：‘愚兄老拙株守，兩家至戚世交，只和老弟氣味還投合的來。’”參見“守株待兔”。

【株拘】枯樹根。莊子達生：“吾處身也，若厥株拘。”也作“株駒”。列子黃帝：“吾處也，若橜株駒。”注：“株駒，亦枯樹本也。”

【株林】地名。春秋陳國夏姬子徵舒的封地。詩陳風株林：“胡爲乎株林，從夏南。”故址在今河南西華縣夏亭鎮北。

【株洲】地名。屬湖南省。三國吳及南朝陳時曾在此置建寧縣，有舊城遺址。清長沙府同知駐此。公元1951年設市，爲京廣浙贛湘黔鐵路交會之處。

【株連】一人被認爲有罪而牽連多人。釋名釋喪制：“罪及餘人曰誅。誅，株也，如株木根，枝葉盡落也。”新唐書二〇九吉溫傳：“於是慎矜兄弟皆賜死，株連數十族。”也作“株聯”。新唐書八二十一宗諸子懷懿太子湊傳：“(王守澄)又以王賢，有中外望，因欲株聯大臣族夷之。”

【株塊】木頭和土塊。比喻愚昧無知。

列子楊朱:"名者,固非實之所取也。雖稱之弗知,雖賞之不知,與株塊無以異矣。"

【株蔓】即株連。宋史三三一張問傳:"諸葛公權之亂,郡縣株蔓連逮,至數百千人。"參見"株連"。

【株戮】因牽連而被殺。新唐書一三八路嗣恭傳:"嗣恭起州縣吏,以課治進至顯官,及晃事株戮舶商,没其財數百萬私有之。"

【株離】㊀舞曲名。尚書大傳虞夏傳:"陽伯之樂,舞株離。"注:"株離,舞曲名。言象物生育離根株也。"㊁古代我國少數民族樂名。周禮春官鞮鞻氏"掌四夷之樂"漢鄭玄注:"四夷之樂,東方曰靺,南方曰任,西方曰株離,北方曰禁。"公羊傳昭二五年"以舞大夏"漢何休注:"東夷之樂曰株離。"

【株送徒】史記平準書:"所忠言:'世家子弟富人或鬬雞走狗馬,弋獵博戲,亂齊民。'乃徵諸犯令,相引數千人,命曰'株送徒'。"索隱:"李奇云:'先至者爲魁株。'……先至之人令之相引,似若得其株本,則枝葉自窮,故曰'株送徒'。"謂以先至之人爲招,而使連引其同黨諸人。

栴 zhān 諸延切,平,仙韻,照。
ㄓㄢ

栴檀,香木名。觀佛三昧海經一:"牛頭栴檀雖生此林,未成就故,不能發香;仲秋月滿,卒從地出,成栴檀樹,衆人皆聞牛頭栴檀之香。"

栝 1. guā kuò 古活切,入,末韻,見。
ㄍㄨㄚ ㄎㄨㄛ

㊀木名。即檜樹。書禹貢:"杶榦栝柏。"傳:"柏葉松身曰栝。"㊁箭末扣絃處。字也作"筈"。莊子齊物論:"其發若機栝。"國語魯下:"故銘其栝曰:'肅慎氏之貢矢。'"㊂見"檃栝"。

2. tiǎn 他玷切,上,忝韻,透。
ㄊㄧㄢ

㊃撥火棍。説文:"栝,炊竈木。"

【栝松】松的一種。元周密癸辛雜識前集松五粒:"凡松葉皆雙股,故世以爲松釵,獨栝松每穗三鬚,而高麗所産,每穗乃五鬣焉,今所謂華山松是也。"又稱"栝子松"。本草綱目三四木一松:"然(松)葉有二鬣三鬣五鬣之别。三鬣者爲栝子松,五鬣者爲松子松,其子大如柏子。"

【栝樓】卽果蓏。其根和子可入藥。爾雅釋草:"果蓏之實,栝樓。"注:"今齊人呼之爲天瓜。"參閱本草綱目十八草七栝樓。

桅 1. wéi 五灰切,平,灰韻,疑。
ㄨㄟ

㊀桅杆,船上掛帆用的柱杆。唐韓愈昌黎集三憶昨行和張十一詩:"念昔從君渡湘水,大帆夜劃窮高桅。"參見"桅檣"。

2. guǐ 過委切,上,紙韻,見。
ㄍㄨㄟ

㊁短矛。通"恑"。見廣韻。

【桅檣】桅杆。南朝梁何遜何水部集初發新林詩:"桅檣迥不進,沓浪高難拒。"

栒 1. xún 集韻 須倫切,平,諄韻。
ㄒㄩㄣ

㊀木名。山海經北山經:"(繡山)其木多栒。"清畢沅新校正謂卽説文中"椾"的省文,也叫"杶"。

2. sǔn 集韻 聳尹切,上,準韻。
ㄙㄨㄣ

㊁鐘磬架上的横木。詩大雅靈臺"虡業維樅"疏引晉郭璞:"懸鐘磬者,兩端有植木,其上有横木。謂直立者爲虡,謂横牽者爲栒。"

【栒邑】縣名。屬陝西省。秦置縣,屬內史。漢屬右扶風郡。晉改稱邠邑,屬新平郡,後廢。北魏稱三水縣,仍屬新平郡。隋屬北地郡。唐屬邠州。五代宋金因之。元併入淳化縣。明復置,仍屬邠州。清因之。公元1914年以與廣東三水縣名重複,仍稱栒邑。今作"旬邑"。參閱嘉慶一統志二四八邠州。

【栒虡】懸掛鐘磬的木架。隋書音樂志上引南朝梁沈約禋雅曲就燎:"雲孤清引,栒虡高懸。"

移 yí 弋支切,平,支韻,喻。
ㄧ 成臡切,平,齊韻,禪。

木名,卽唐棣。爾雅釋木:"唐棣,移。"注:"似白楊,江東呼夫移。"

【移楊】木名。1.漢書八七上揚雄傳甘泉賦:"回猋肆其碭駭兮,翍(披)桂椒,鬱移楊。"注:"移,唐棣也。楊,楊樹也。"2.楊樹的一種。圓葉弱蒂,微風大搖。一名高飛,一名獨搖,又名蒲移。見晉崔豹古今注下草木。

【移中監】漢初官名,掌管鞍馬鷹犬射獵等物。以馬廐在移園之中,故稱移中。漢書昭帝紀始元六年:"移中監蘇武,前使匈奴。"

栙 xiáng 下江切,平,江韻,匣。
ㄒㄧㄤ

見下。

【栙雙】篾席編成的船帆。疊韻詞。也作"夅雙"。見説文、廣雅釋器。

格 1. gé 古伯切,入,陌韻,見。
ㄍㄜ 古落切,入,鐸韻,見。

㊀來,至。書舜典:"光被四表,格于上下。"逸周書成開:"思若不及,禍格無日。"㊁感通。書説命下:"格于皇天。"參見"格天"。㊂糾正。書冏命:"繩愆糾謬,格其非心。"論語爲政:"有恥且格。"㊃窮究。見"格物"。㊄打擊,抗拒。逸周書武稱:"窮寇不格。"荀子議兵:"服者不禽,格者不舍。"㊅被阻遏。漢書四七梁孝王傳:"太后議格。"注:"張晏曰:止也。"㊆風格,度量。文選南朝宋鮑明遠(照)蕪城賦:"格高五嶽,袤廣三墳。"㊇法式,標準。禮緇衣:"言有物而行有格也。"後漢書五八傅燮傳:"由是朝廷重其方格。"㊈律法之一種。官吏處事的規則。新唐書刑法志:"唐之刑書有四,曰律、令、格、式。……格者,百官有司之所常行之事也。"㊉古代酷刑的一種刑具。吕氏春秋過理:"糟丘、酒池、肉圃爲格。"注:"格,以銅爲之,布火其下,以人置上,人爛墮火而死。"淮南子覽冥:"身枕格而死。"注:"格,搒牀也。……搒之於格,上不得下,枕格而死。"清王念孫云:"格音胡格反,與輅同,謂輓車之横木也。……身枕格而死,謂因極而仆,身枕輓車之木而死也。"見讀書雜志淮南內篇第六。⑪支架。周禮地官牛人"凡祭祀共其牛牲之互"漢鄭玄注:"互,若今屠家縣肉格。"⑫方框。唐楊炯盈川集一卧讀書架賦:"伊國工而嘗巧,度山林以爲格。"⑬姓。漢有侍御史格班,唐有地官尚書格輔元。見元和姓纂二十陌、舊唐書七十岑文本傳。

2. luò 集韻 歷各切,入,鐸韻。
ㄌㄨㄛ

⑭通"落"。史記一二二王溫舒傳:"置伯格長以牧司姦盜賊。"集解:"徐廣曰:一作'落'。古'村落'字亦作'格'。"

3. gē
ㄍㄜ

⑮象聲詞。見"格$_3$格$_3$"。

【格力】詩文的格調氣勢。唐元稹長慶集五六唐故工部員外郎杜君墓誌銘序:"宋齊之間,……文章以風容色澤放曠精清爲高,蓋吟寫性靈,流連光景之文也,意義格力無取焉。"

【格人】書西伯戡黎:"天既訖我殷命,格人元龜,罔敢知吉。"疏:"格訓爲至。至人,謂至道之人,有所識解者也。"史記殷紀作"假人"。

【格心】正心。禮緇衣:"夫民教之以德,

齊之以禮，則民有格心。"

【格天】古代統治者自稱受命於天，凡所作爲，感通於天，叫格天。書君奭："成湯既受命，時則有若伊尹，格於皇天。"文選南齊王簡棲(屮)頭陁寺碑文："祖武宗文之德，昭升嚴配；格天光表之功，弘啟興復。"

【格五】博戲名。漢書六四上吾丘壽王傳："年少，以善格五召待詔。"注："劉德曰：格五，棊行。簺法曰：簺白乘五，至五格不得行，故云格五。"清翟灝通俗編三一俳優格五："今兒童以黑白棋子各五，共行中道，一移一步，遇敵則跳越，以先抵敵境爲勝。卽此。"

【格令】法令。隋書蘇威傳："所修格令章程，並行於當世。"舊唐書刑法志："建中二年，罷刪定格令使並三司使。……其格令委刑部刪定。"

【格外】出於規定之外，額外。南齊書張緒傳："元徽初，東宮罷，選曹擬舍人格外記室。"北史賀若敦傳附賀弼："公卿奏弼怨望，罪當死。……弼曰：'臣恃至尊威靈，將八千兵度江，卽禽陳叔寶，竊以此望活。'上曰：'此已格外酬賞，何用追論。'"後用作副詞，有特別、極其之義。

【格式】隋書高祖紀下仁壽四年："自古哲王，因人作法，前帝後帝，沿革隨時，律令格式，或有不便於事者，宜依前勑修改，務當政要。"隋唐以來，法有律、令、格、式之別：格指官吏處事的規例；式指則例；格式通指有關官署制度組織、官員職權等的法規。後來泛指規格樣式爲格式。

【格言】含有教育意義可作爲準則的話。三國志魏崔琰傳諫書："蓋聞盤于遊田，書之所戒；魯隱觀魚，春秋譏之；此周孔之格言，二經之明義。"晉書夏侯湛傳昆弟誥："爾其專乃心，一乃聽，砥礪乃性，以聽我之格言。"

【格佞】破除諂媚。宋書鄭鮮之傳："(劉裕)謂人曰：'我本無術學，言義尤淺。比時言論，諸賢多見寬容，唯鄭(鮮之)不爾，獨能盡人之意，甚以此感之。'時人謂爲'格佞'。"

【格非】糾正錯誤。書冏命："繩愆糾謬，格其非心。"孟子離婁上："惟大人爲能格君心之非。"

【格物】㊀推究事物的原理。禮大學："致知在格物，物格而后知至。"㊁糾正事物之所不正。三國志魏和洽傳上言："儉素過中，自以處身則可，以此節格物，所失或多。"又管寧傳注引傅子："邴原性剛直，淸議以格物，(公孫)度以下心不安之。"參閱明楊愼升庵經説十格物致知。

【格的】箭靶子。淮南子兵略："夫射，儀度不得，則格的不中。"注："格，射之椹質也。的，射準也。"

【格是】已經是。唐白居易長慶集十九聽夜箏有感詩："如今格是頭成雪，彈到天明亦任君。"也作"隔是"。又元稹長慶集十五日高睡詩："隔是身如夢，頻來不爲名。"

【格律】指詩詞曲關於對仗、平仄、押韻等方面的格式和規律。古典詩歌中的近體詩特別講究格律嚴整，因稱爲格律詩。唐白居易長慶集十六編集拙詩成一十五卷因題卷末戲贈元九李二十詩："每被老元偷格律，苦教短李伏歌行。"繪畫作品講求筆力布局的嚴整，也稱格律。宋郭若虛圖畫見聞誌二紀藝上："郭乾暉將軍，北海人，工畫鷙鳥雜禽，疏篁槁木，格律老勁，巧變鋒出，曠古未見其比。"

【格格】滿語，意爲"小姐"。爲清皇族女兒的統一稱呼。皇帝的女兒封公主，稱固倫格格；親王女封郡主，稱和碩格格；郡王女封縣主，貝勒女封郡君，都稱多羅格格；貝子女封縣君，稱固山格格；鎮國公、輔國公女封鄉君，稱格格。參閱清史稿職官四、公主表。

【格₃格₃】象聲詞。南朝梁宗懍荊楚歲時記："有鳥如烏，先雞而鳴，架架格格。"唐溫庭筠詩集二晚歸曲："格格水禽飛帶波，孤光斜起夕陽多。"

【格致】㊀格物致知的簡稱。謂窮究事物的原理而獲得知識。元金履祥仁山集一告魯齋先生誄文："稟剛明高大之操，躬格致服行之學。"清末於西方傳入的聲、光、電、化等自然科學統稱爲"格致學"。參閱清史稿一〇七選舉二十。㊁風格與情趣。宋歐陽修文忠集一二七歸田録二："(趙)昌花寫生逼真，而筆法輭俗，殊無古人格致。"

【格殺】擊殺。相拒而殺曰格。史記荊燕世家："郢人等告定國，定國使謁者以他法劾捕格殺郢人以滅口。"

【格術】我國古代推求球面鏡原理及其製作方法的算術。宋沈括夢溪筆談三辯證一："陽燧照物皆倒，中間有礙故也。算家謂之格術。"清鄒伯奇撰格術補一卷，介紹有關球面鏡及其製作的數理。

【格詩】今體詩，對古詩而言。清納蘭性德淥水亭雜識四："建安無偶句，西晉頗有之，日盛月加，至梁陳謂之格詩，有排偶至無粘。沈(佺期)宋(之問)又加翦裁，成五言唐律。(白居易)長慶集中尚有半格體。"參見"半格詩"。

【格虜】桀驁不馴的奴僕。史記八七李斯傳："故韓子曰'慈母有敗子而嚴家無格虜'者，何也？則能罰之加焉必也。"今本韓非子顯學作"夫嚴家無悍虜，而慈母有敗子。"

【格調】指作家或作品的藝術風格。也指人的風格品質。五代前蜀韋莊浣花集六送李秀才歸荊溪詩："人言格調勝玄度，我愛篇章敵浪僊。"唐詩紀事六三秦韜玉貧女："誰愛風流高格調，共憐時勢儉梳妝。"

【格₃磔】鳥叫聲。唐錢起錢考功集九江行無題詩之二九："秖知秦塞遠，格磔鷓鴣啼。"宋辛棄疾稼軒詞行香子雲巖道中："聽小綠蠻，新格磔，舊呢喃。"

【格澤】星名。一名鶴鐸。史記一一七司馬相如傳大人賦："建格澤之長竿兮，總光耀之采旄。"參閱史記天官書、晉書天文志中雜星氣。

【格戰】戰鬬。法苑珠林七三宿障佛被木槍刺脚緣："水至之日，與嚴治者著鉾持杖，共相格戰。"

【格鬬】搏鬬。漢書六三武五子戾太子傳："主人公遂格鬬死。"玉臺新詠一漢陳琳飲馬長城窟行："男兒寧當格鬬死，何能怫鬱築長城。"

【格登山】山名。在新疆昭蘇縣境。"格登"是準噶爾語，爲腦後骨高起之意。清乾隆二十年，將軍班第等平定伊犂，立有乾隆寫作的平定準噶爾碑文。爲國家重點保護文物。參閱清魏源聖武記四、清朝通考二八四輿地十六、嘉慶一統志五一七伊犂。

【格古要論】明曹昭撰。三卷。上卷四論，論古銅器、古畫、古墨蹟、古碑法帖，中卷四論，論古琴、古硯、珍奇、金鐵，下卷五論，論古窰器、古漆器、錦綺、異木、異石。景泰時，王佐又增補爲十三卷，更名爲新增格古要論。

【格致叢書】明胡文煥編刊。分三十七類，凡三百四十六種。收輯古今考證名物的各種專著。有摘印本，收輯其中四十六種。四庫本著録的有一百八十一種，分十二類。

【格致鏡原】清陳元龍撰。全書一百卷，分三十類，都是關於博物源流和內容的紀述。以內容皆爲博物之學，故稱格致；每物皆溯其淵源，略如高承事物紀原，故稱鏡原。

栿 fú ㄈㄨˊ 房六切，入，屋韻，並。

房梁。水經注十六穀水："其一水自千秋門南流，逕神虎門下，東對雲龍門，二門衡栿之上皆刻雲龍風虎之狀。"

栰 fá 房越切，入，月韻，並。ㄈㄚˊ

渡水用的竹木排。同"橃"（說文）、"筏"（廣雅）。論語公冶長"乘桴浮於海"三國魏何晏集解："馬（融）曰：桴，编竹木，大曰栰，小曰桴。"

柏 jiù 正字通 其九切，求上聲。ㄐㄧㄡˋ

木名。卽烏柏。廣羣芳譜七九烏臼引蓬窗續錄："陸子淵豫章錄：言饒信間柏樹，冬初葉落，結子放蠟。每顆作十字裂，一叢有數顆，望之若梅花初綻。"

桁 1. héng 户庚切，平，庚韻，匣。ㄏㄥˊ

㊀屋梁上或門窗框上的横木。今稱檁子、桁條。文選三國魏何平叔（晏）景福殿賦："桁梧複疊，勢合形離。"注："桁，梁上所施也，桁與衡同。"

2. háng 胡郎切，平，唐韻，匣。ㄏㄤˊ

㊁加在犯人頸上或脚上的大型刑具。隋書刑法志："罪刑年者鎖，無鎖以枷。流罪以上加杻械，死罪者桁之。"㊂浮橋。通"航"。水經注十六穀水："對閶闔門南，直洛水浮桁。"世說新語捷悟："王敦引軍垂至大桁，……帝令斷大桁。"大桁，卽朱雀橋。

3. hàng 集韻 下浪切，去，宕韻。ㄏㄤˋ

㊃衣架。宋書樂志三古詞東門行："盎中無斗儲，還視桁上無縣衣。"唐韓愈昌黎集五寄崔二十六立之詩："桁掛新衣裳，盎棄食殘糜。"

【桁₂楊】加在頸上或脚上的刑具。莊子在宥："今世殊死者相枕也，桁楊者相推也，刑戮者相望也。"疏："桁楊者械也，夾脚及頸，皆名桁楊。"

桃 táo 徒刀切，平，豪韻，定。ㄊㄠˊ

㊀果木名。也指桃實。詩周南桃夭："桃之夭夭，灼灼其華。"㊁地名。春秋時魯邑。左傳襄十七年："秋，齊侯伐我北鄙，圍桃。"故地在今山東汶上縣。參閱嘉慶一統志一六六兗州府二古蹟。㊂姓。戰國時有桃應，孟子弟子。見孟子盡心上。

【桃人】古時迷信，以爲鬼畏桃樹，因削桃木爲人形，立於户側，用以驅鬼辟邪。漢應劭風俗通八祀典桃梗："於是縣官常以臘除夕飾桃人，垂葦茭，畫虎於門，皆追效於前事，冀以衛凶也。"

【桃夭】詩周南篇名。詩以桃花盛開爲比，贊美男女及時嫁娶，以首句"桃之夭夭"名篇。藝文類聚十八三國魏阮瑀止欲賦："思桃夭之所宜，願無衣之同裳。"

【桃氏】周代製造刀劍的工匠。見周禮考工記桃氏。

【桃丘】古地名。見"桃城1"。

【桃印】漢時迷信，刻桃木爲印掛在門户上，稱爲桃印，以爲可以辟邪。後漢書禮儀志中："仲夏之月，萬物方盛，日夏至陰氣萌作，恐物不楙。……以桃印長六寸，方三寸，五色書文如法，以施門户。"宋書禮志一作"桃卯"。參見"剛卯"。

【桃奴】卽桃梟。見"桃梟"。

【桃竹】竹的一種。又名桃枝竹、桃絲竹。隋書北狄傳西突厥："帝取桃竹白羽箭一枝以賜射匱。"唐李白李太白詩十九訓宇文少府見贈桃竹書筒："桃竹書筒綺繡文，良工巧妙稱絕羣。"

【桃李】韓詩外傳七："夫春樹桃李，夏得陰其下，秋得食其實；春樹蒺藜，夏不可採其葉，秋得其刺焉。"後因以桃李實多喻所栽培門生或所薦士之衆。唐劉禹錫劉夢得集四宣上人遠寄賀禮部王侍郎放牓後詩因而繼和："一日聲名徧天下，滿城桃李屬春官。"又白居易長慶集六六春和令公綠野堂種花詩："令公桃李滿天下，何用堂前更種花。"資治通鑑二〇七唐久視元年："（狄）仁傑又嘗薦夏官侍郎姚元崇……等數十人，率爲名臣。或謂仁傑曰：'天下桃李，悉在公門矣。'"

【桃枝】竹名。可以織席作杖。書顧命"敷重篾席"漢孔安國傳："篾，桃枝竹。"古文苑十三國魏曹操與楊太尉書論刑楊修："謹贈足下錦裘二領，八節角桃枝一枚。"注："桃枝竹爲杖。"參閱元李衎竹譜詳錄三竹品一。

【桃林】㊀地名。又名桃林塞桃原桃園。書武成："乃偃武修文，歸馬于華山之陽，放牛于桃林之野。"左傳文十三年："春，晉侯使詹真處瑕，以守桃林之塞。"其地約相當於今河南靈寶縣以西、陝西潼關縣以東地區。參閱宋王應麟通鑑地理通釋十一潼關。㊁縣名。秦函谷關地。漢爲弘農縣地。隋開皇十六年析爲桃林縣，取古桃林塞爲名。唐天寶初於此地得老子寶符，因更名靈寶。卽今河南靈寶縣。參閱太平寰宇記六陝州靈寶縣。

【桃板】卽桃符板。南朝梁宗懔荆楚歲時記："正月一日，……造桃板著户，謂之仙木。"也作"桃版"。元方回桐江續集二一乙未歲除詩之二："諸公富貴新桃版，我是春前舊土牛。"參見"桃符"。

【桃拔】獸名。漢書九六上西域傳："烏弋地暑熱莽平……而有桃拔、師子、犀牛。"注引孟康："桃拔一名符拔，似鹿，長尾。一角者或爲天鹿，兩角者或爲辟邪。"

【桃城】地名。1.卽桃丘。春秋時衛邑。左傳桓十年"公會衛侯於桃丘"晉杜預注："桃丘，衛地。濟北東阿縣東南有桃城。"故地在今山東陽穀縣東北。參閱嘉慶一統志一七九泰安府一古蹟。2.戰國時魏地。史記七八春申君傳"拔燕、酸棗、虛、桃"集解引徐廣："燕縣有桃城。"故地在今河南延津縣北。參閱嘉慶一統志二〇〇衛輝府二古蹟。

【桃茢】桃枝编的掃帚。茢，苕帚。古時迷信，謂鬼畏桃木，用以掃除不祥。左傳襄二九年："乃使巫以桃茢（liè）先祓殯。"周禮夏官戎右："贊牛耳，桃茢。"

【桃根】晉王獻之妾桃葉之妹。樂府詩集七十雜曲歌辭十梁費昶行路難："君不見長安客舍門，娼家少女名桃根。"參見"桃葉"。

【桃原】地名。卽桃林。水經注四河水："述征記曰：全節，地名也。其西名桃原，古之桃林，周武王克殷休牛之地矣。"參見"桃林㊀"。

【桃康】神名。雲笈七籤十一脾長："男女徊九有桃康。"注："桃康，下神名。主陰陽之事。"宋蘇軾蘇東坡集後集二雨中招吳子野先生一絕詩："辟穀賴君能作客，暫來煎蜜餉桃康。"

【桃都】神話中的大樹名。藝文類聚九一引玄中記："東南有桃都山，上有大樹，名曰桃都，枝相去三千里。上有天雞，日初出照此木，天雞卽鳴，天下雞皆隨之。"元楊維楨鐵崖樂府十小遊仙詩之十九："東逾弱水赤流深，夜得桃都息羽旌。"

【桃梗】㊀用桃木雕製的木偶。戰國策齊三："今者臣來，過於淄上，有土偶人與桃梗相與語。"㊁晉書禮志上："歲旦，常設葦茭、桃梗，磔雞於宮及百寺之門，以禳惡氣。"相傳鬼畏桃木，故立桃梗以辟邪。參見"桃符"。

【桃陵】地名。在今河南杞縣東南。唐至德二年，真源縣令張巡守雍丘抗擊安祿山叛軍，與敵遭遇於白沙渦，還至桃陵，卽此。參閱嘉慶一統志一八六開封府一山川。

【桃雀】鳥名，卽鷦鷯。漢焦延壽易林六噬嗑之渙："桃雀竊脂，巢於小枝。"參見"桃蟲"。

【桃笙】桃枝竹所編的席子。文選晉左太沖（思）吳都賦："桃笙象簟，韜於筒中。"劉淵林注："桃笙，桃枝簟也。吳人謂簟爲笙。"唐柳宗元柳先生集四三行路難詩之三："盛時一失貴反賤，桃笙葵扇安可常。"

【桃符】相傳東海度朔山有大桃樹，其下有神荼、鬱櫑二神，能食百鬼。故俗於農曆元旦，用桃木板畫二神於其上，懸於門户，以驅鬼辟邪。南朝梁宗懍荆楚歲時記："正月一日，……帖畫雞户上，懸葦索於其上，插桃符其旁，百鬼畏之。"五代後蜀始於桃符板上書寫聯語，其後改書於紙，演爲後代的春聯。參閱元陳元靚歲時廣記四一寫桃符引古今詩話、清趙翼陔餘叢考三十門帖。

【桃梟】經冬不落的桃子。本草經名桃奴。桃子乾懸，如梟首磔木之狀，故名。稱奴，言其不能結實。參閱本草綱目二九果一桃梟。

【桃湯】古時迷信以桃能驅鬼，因用桃煮湯揮灑。漢書九九下王莽傳："又感漢高廟神靈，遣虎賁武士入高廟，……桃湯赭鞭，鞭灑屋壁。"後俗於春節以桃湯爲飲料，用以辟邪祈福。南朝梁宗懍荆楚歲時記："正月一日……長幼悉正衣冠，以次拜賀，進椒柏酒，飲桃湯。"

【桃萊】春秋魯孟僖子家臣謝息，爲孟孫氏守郕邑有功，於是以桃萊兩地授予謝息。事見左傳昭七年。後因以桃萊爲忠於其主而獲利的典故。後漢書二八上馮衍傳遺田邑書："內無鈞頸之禍，外無桃萊之利，而被畔人之聲，蒙降城之辱，竊爲左右羞之。"

【桃源】㊀晉陶潛桃花源記虛構的與世隔絕的樂土，言其地人人豐衣足食，怡然自樂，不知世間有禍亂憂患。後因稱這種理想境界爲世外桃源。唐杜甫杜工部草堂詩箋十一北征："緬思桃源內，益歎身世拙。"㊁縣名。屬湖南省。漢臨沅縣地，屬武陵郡。隋唐爲武陵縣地。宋乾德中析置桃源縣，以其地桃花源而名。參閱寰宇通志五七常德府。

【桃葉】晉王獻之妾，其妹曰桃根。詳"桃葉渡"、"桃葉歌"。

【桃園】地名。卽桃林。文選晉潘安仁（岳）西征賦："問休牛之故林，感徵名於桃園。"參見"桃林㊀"、"桃原"。

【桃諸】桃乾。禮內則："桃諸、梅諸、卵鹽。"疏引王肅："諸，菹也。謂桃菹、梅菹，卽今之藏桃也，藏梅也。欲藏之時，必先稍乾之，故周禮謂之乾䕩。"

【桃膠】桃樹枝幹上溢出的脂膠。入藥。抱朴子仙藥："桃膠以桑灰汁漬服之，百病癒。"唐李賀歌詩編一南園之三："桃膠迎夏香琥珀，自課越傭能種瓜。"

【桃蟲】鳥名。卽鷦鷯。詩周頌小毖："肇允彼桃蟲，拚飛維鳥。"疏引陸璣："今鷦鷯是也。微小於黃雀，其雛化而爲鵰，故俗語鷦鷯生鵰。"

【桃皮管】樂器名。又名桃皮篳篥（隋書音樂志下）、卷桃皮（通典一四四樂四）、桃皮（舊唐書音樂志二）。以桃皮卷而吹之，聲應簫笳。參閱文獻通考一三九樂十二桃皮管。

【桃李子】隋開皇時民間流傳桃李子歌。其詞爲："桃李子，莫浪語，黃鵠繞山飛，宛轉花園裏。"（唐溫大雅大唐創業起居注一）又："桃李子，洪水繞楊山。"（舊唐書五行志）舊史附會爲唐王朝（李氏）將代隋王朝（楊氏）的前兆。

【桃李年】喻女子的青春時期。玉臺新詠十南朝梁武帝詠筆〔華〕："昔聞蘭蕙月，獨是桃李年。"全唐詩三一七武元衡代佳人贈張郎中："洛陽佳麗本神仙，冰雪容顏桃李年。"

【桃花水】㊀卽桃花汛。花，也作"華"。漢書溝洫志："如使不及今冬成，來春桃華水盛，必羡溢，有填淤反壤之害。"注："蓋桃方華時，既有雨水，川谷冰泮，衆流猥集，波瀾盛長，故謂之桃華水耳。"唐杜甫杜工部詩史補遺八南征："春岸桃花水，雲帆楓樹林。"㊁果名。清楊賓柳邊紀略三："桃花水，草本。狀若楊梅而無核，色紅，味甘，質輕脆，過手卽敗矣。五六月間，遍地皆是。"

【桃花石】石名。以石色粉紅而名。宋杜綰雲林石譜下桃花石："韶州桃花石出土中，其色粉紅斑斕，稍潤，扣之無聲，可琢器皿，或爲鎮紙。"本草綱目九石三桃花石："義陽產桃花石，似赤石脂，可入藥，其氣味、功用皆同石脂。"

【桃花汛】農曆二三月桃花盛開時節，冰化雨積，黃河等處水猛漲，稱爲桃花汛。簡稱桃汛或春汛，又稱桃花水。宋吳文英夢窗詞集水龍吟之二："怕煙江渡後，桃花又汛，宮溝上春流緊。"參見"三汛"。

【桃花米】次等米。略如今之糙米。南史任昉傳："卒於官，唯有桃花米二十石。"全唐詩六一六皮日休苦雨雜言寄魯望："桃花米斗半百錢，枯荒濕壞炊不然。"

【桃花行】唐樂曲名。唐中宗景龍四年春，宴桃花園，羣臣畢從。學士李嶠等各獻桃花詩，中宗令宮女歌之，辭既清婉，歌仍妙絕。其中二十篇入樂府，號曰桃花行。見唐武平一景龍文館記（太平御覽九六七）、明胡震亨唐音癸籤十三樂通二唐曲桃花行。

【桃花泉】泉名。也稱桃花井。在江蘇揚州城內原清代鹽政署中。其水清澈，用於泡茶，味美色佳。參閱清麟慶鴻雪因緣圖記二下桃泉煮茗。

【桃花浪】卽桃花汛。唐杜甫杜工部詩史補遺一春水："三月桃花浪，江流復舊痕。"

【桃花扇】傳奇名。清孔尚任撰。凡四十四齣。劇本以明代南都爲背景，以侯方域與秦淮名妓李香君的愛情故事爲線索，抒寫明末亡國之痛，比較真實地反映了南明弘光王朝的腐敗情況。劇中李香君堅拒田仰奪婚，倒地撞頭，血濺扇面，楊文驄就血點畫成桃花一枝，故劇名桃花扇。

【桃花粉】指胭脂。宋趙彥衛雲麓漫鈔七："燕脂……以紅藍汁凝而爲之，官賜宮人塗之，號爲桃花粉。"

【桃花馬】白毛紅點的馬。文苑英華二一三唐杜審言戲贈趙使君美人詩："紅粉青娥映楚雲，桃花馬上石榴裙。"

【桃花紙】紙名。唐馮贄雲仙雜記二桃花紙引鳳池篇："楊炎在中書，後閣糊窗用桃花紙，塗以水油，取其明甚。"宋蘇易簡文房四譜四紙譜一敍事："桓元詔平淮，作桃花箋紙，縹綠青赤者，蓋今蜀箋之製也。"

【桃花粧】舊時婦女用胭脂淡抹兩頰，稱桃花粧。唐宇文士及粧臺記："美人粧，面既敷粉，復以胭脂暈掌中，施之兩頰，濃者爲酒暈粧，淡者爲桃花粧。"

【桃花菊】菊之一種。宋孟元老東京夢華錄八重陽："九月重陽，都下賞菊，有數種：其黃白色蘂若蓮房，曰萬齡菊；粉紅色曰桃花菊。"元王惲秋澗集十八桃花菊詩："騷客賦詩憐晚節，野人修譜是頭花。"以開於諸菊之前，故稱頭花。參閱宋范成大菊譜、劉蒙菊譜。

【桃花粥】舊俗寒食節的食品。唐馮贄雲仙雜記一洛陽歲節引金門歲節："洛陽人家……寒食，裝萬花輿，煮楊〔桃〕花粥。"元陳樵鹿皮子集二樂府寒食詞："綿上火攻山鬼哭，霜華夜入桃花鬻。"鬻，同"粥"。

【桃花源】㊀即桃源。見"桃源㊀"。㊁宋時臨安縣嘉會門外冷水峪，夾山多桃花，中有流水，人稱桃源，爲都人遊集之地。宋蘇軾分類東坡詩二二介亭餞楊傑次公："丹青明滅風篁嶺，環佩空響桃花源。"

【桃花塢】地名。在江蘇蘇州市。宋時爲樞密章楶別墅，後爲蔬圃，明唐寅於此地築桃花庵。天啟時楊大濚改爲準提菴。清初宋犖爲江蘇巡撫重加修葺，嘉慶時唐仲冕又拓菴東別室，祀唐寅祝允明文徵明。見清徐錫麟熙朝新語十六。

【桃花綬】漢九卿二千石的印綬。漢應劭漢官儀下："二千石，綬，羽青地，桃花縹，三采。"文苑英華一二六南朝梁蕭繹(元帝)玄覽賦："或帶桃花之綬，乍響玄山之玉。"

【桃花潭】古蹟名，在今安徽涇縣西南。潭上有釣隱臺、彩虹岡、壘玉墩。唐李白與汪倫萬巨曾遊於此。唐李白李太白詩十二贈汪倫："桃花潭水深千尺，不及汪倫送我情。"

【桃花鹽】鹽的一種。色如桃花，俗名紅鹽。唐段公路北户録二紅鹽："鄭公虔云：琴湖池桃花鹽，色如桃花，隨月盈縮，在張掖西北。"張掖在今甘肅省。

【桃金孃】草花名，叢生田野，似梅花而瓣微尖，似桃而色更紅。八九月實熟。花實皆入藥。見清屈大均廣東新語草語。

【桃葉渡】渡口名。地在江蘇南京市秦淮河畔。相傳因晉王獻之在此歌送其妾桃葉而得名。元虞集道園學古録三題柯敬仲雜畫詩之九："水深桃葉渡，風急竹枝歌。"

【桃葉歌】樂府吴聲歌曲名。南朝陳時，江南盛歌王獻之桃葉之詞："桃葉復桃葉，度江不用楫，但度無所苦，我自迎接汝。"(隋書五行志上)。樂府詩集四五清商曲辭二吴聲曲辭桃葉歌引古今樂録："桃葉歌者，晉王子敬之所作也。桃葉，子敬妾名，緣於篤愛，所以歌之。"子敬，王獻之字。

【桃之夭夭】詩周南桃夭有"桃之夭夭"句，後以桃諧言爲"逃"，戲言逃亡不知所往。醒世恒言三賣油郎獨占花魁："將店中資本席卷，雙雙的桃之夭夭，不知去向。"今通作"逃之夭夭"。

【桃花夫人】春秋時楚國息夫人的別稱。唐杜牧樊川集四題桃花夫人廟詩題注："即息夫人。"唐劉長卿劉隨州集二過桃花夫人廟詩："寂寞應千歲，桃花想一枝。"廟原在湖北漢陽縣北桃花洞上。見湖北通志十五古蹟漢陽縣。參見"息夫人"。

【桃弧棘矢】桃木製的弓，棘枝做的箭。古人用以辟邪。左傳昭四年："桃弧棘矢，以除其災。"又十二年："昔我先王熊繹，辟在荆山，……唯是桃弧棘矢，以共禦王事。"

【桃紅柳緑】唐王維王右丞集十四田園樂詩之六："桃紅復含宿雨，柳緑更帶春煙。"後來泛言春景爲桃紅柳緑，本此。

【桃源憶故人】詞調名。雙調，四十八字；前後段各四句，四仄韻。又有四十九字者，爲變格。見詞譜七。

【桃李不言，下自成蹊】比喻實至名歸。史記李將軍傳贊："諺曰：'桃李不言，下自成蹊。'"索隱："按姚氏云：桃李本不能言，但以華實感物，故人不期而往，其下自成蹊徑也。"

桚

zǎn ㄗㄢˇ

同"拶"。見"拶"。

桑

sāng ㄙㄤ 息郎切，平，唐韻，心。

㊀木名。落葉樹。葉卵圓形，可飼蠶；皮可製紙；果實名桑椹，可食。葉、果、皮、根，皆入藥。詩衛風氓："桑之未落，其葉沃若。"㊁姓。魯有大夫子桑伯子，秦有公孫枝字子桑，子孫也以字爲氏。漢有桑弘羊。見宋鄧名世古今姓氏書辯證十五唐、通志二七氏族三以字爲氏。

【桑土】㊀適宜種桑的土。書禹貢："桑土既蠶。"㊁桑根。詩豳風鴟鴞："迨天之未陰雨，徹彼桑土，綢繆牖户。"釋文："土音杜。"

【桑户】㊀桑條編的門户。貧者所居。戰國策秦一："且夫蘇秦特窮巷掘門桑户棬樞之士耳。"㊁古隱士名。莊子大宗師："子桑户孟子反子琴張三人相與友。"户，也作"扈"。詳"桑扈㊁"。

【桑井】㊀井田制度，五畝之宅，樹之以桑，故稱桑井。魏書李孝伯傳附李安世上疏："愚謂今雖桑井難復，宜更均量，審其經術，令分藝有準，力業相稱。"㊁指家鄉。魏書高謙之傳上疏："況且頻年以來，多有徵發，民不堪命，動致流離，苟保妻子，競逃王役，不復顧其桑井，憚比〔此〕刑書。"

【桑孔】漢桑弘羊和孔僅，皆以善理財著名。宋史四二三李韶傳上疏："今土地日蹙者未反，人民喪敗者未復，……就使韓白復生，桑孔繼出，能爲陛下强兵理財，何補治亂安危之數，徒使國家負不韙之名。"

【桑中】詩鄘風桑中："期我乎桑中，要我乎上宫。"後以喻私奔幽會。左傳成二年："異哉！夫子有三軍之懼，而又有桑中之喜，宜將竊妻以逃者也。"

【桑公】即長桑君。全唐詩二七八盧綸行藥前軒呈董山人："桑公富靈術，一爲保餘生。"參見"長桑君"。

【桑主】古代虞祭所立的神主。用桑木製成，故名。國語周上："及期，命於武宫，設桑主，布几筵。"按古禮，人死改葬，還祭於殯宫叫虞。虞主用桑。期年練祭，乃改用栗木爲主，埋桑主。

【桑田】㊀植桑的土地。泛指田地。詩鄘風定之方中："星言夙駕，説于桑田。"㊁太平廣記六十麻姑引晉葛洪神仙傳："麻姑自説云：'接侍以來，已見東海三爲桑田。向到蓬萊，水又淺於往者會時略半也，豈將復還爲陵陸乎？'"後以滄海桑田喻世事變遷。參見"滄海"。㊂古地名。左傳僖二年："虢公敗戎于桑田。"注："桑田，虢地。在弘農陝縣東北。"

【桑丘】㊀地名。戰國燕之南界，故址在今河北徐水縣西南。史記韓世家："(文侯)七年，伐齊，至桑丘。"參閲讀史方輿紀要十二保定府。㊁複姓。舊題晉王嘉拾遺記一少昊："皇娥生少昊，號曰窮桑氏，亦曰桑丘氏。至六國時，桑丘子著陰陽書，即其餘裔也。"參閲元和姓纂五唐。

【桑朴】桑樹皮。太平御覽三八二漢崔駰博徒論："膚如桑朴，足如熊蹄。"

【桑花】即桑錢，一名桑蘚。生於桑樹的白蘚，如地錢花樣。刀割取炒用，可入藥。參閲本草綱目十六草五桑花。

【桑林】㊀樂曲名。左傳襄十年："宋公享晉侯於楚丘，請以桑林。"注："桑林，殷天子之樂名。"㊁地名。古代傳説，湯之時，七年旱，以五事自責，身禱於桑林之際。見淮南子主術、王充論衡明雩。㊂春秋宋城門名。左傳昭二一年："六月庚午，宋城舊鄘及桑林之門而守之。"注："舊鄘，故城也；桑林，城門名。"

【桑門】僧。梵語，即"沙門"的異譯。後漢書四二楚王英傳："其還贖，以助伊蒲塞桑門之盛饌。"魏書釋老志："諸服其道者，則剃落鬚髮，釋累辭家，結師資，遵律度，相與和居，治心修淨，行乞以自給。謂之沙門，或曰桑門，亦聲相近，總謂之僧，皆胡言也。"

【桑封】桑木做的神主。山海經中山經：

"縣嬰用桑封，瘞而不糈。桑封者，桑主也。方其下而銳其上，而中穿之，加金。"

【桑飛】鳥名，即鷦鷯。方言八："桑飛，自關而東謂之工爵，或謂之過鸁，或謂之女匠。自關而東，謂之鸋鴂；自關而西，謂之桑飛，或謂之懱爵。"近人章炳麟謂即麻雀。見新方言十。

【桑海】桑田滄海的簡稱。喻世事變遷。唐李商隱李義山詩集五一片："人間桑海朝朝變，莫遣佳期更後期。"金元好問遺山集十龍興寺閣詩："桑海幾經塵劫壞，江山獨恨酒腸乾。"

【桑根】㊀藥名，指桑根的白皮。政和證類本草十三桑根白皮引圖經："桑根白皮，……今處處有之，採無時不可。用出土上者，用東行根益佳。"㊁紙名。宋蘇易簡文房四譜四紙譜一敍事："雷孔璋曾孫穆之，猶有張華與其祖書。所書乃桑根紙也。"

【桑屐】桑木做的木屐。南齊書祥瑞志："(世祖)及在襄陽，夢著桑屐行度太極殿階。"唐姚合姚少監集七杏溪之五溪路："此路何瀟灑，永無公卿跡。日日多往來，藜杖與桑屐。"

【桑麻】桑和麻。管子牧民士經："藏於不竭之府者，養桑麻，畜六畜也。"晉陶潛陶淵明集二歸園田居詩之二："相見無雜言，但道桑麻長。"也泛指農事。唐孟浩然集四過故人莊詩："開筵面場圃，把酒話桑麻。"

【桑扈】㊀鳥名。又名竊脂、青雀。詩小雅桑扈："交交桑扈，有鶯其羽。"㊁古隱士名。楚辭屈原九章涉江："接輿髡首兮，桑扈臝行。"論語雍也作子桑伯子，莊子山木作子桑雽，又大宗師作桑戶。㊂傳說之古官名。九扈之一。詳"九扈"。㊃複姓。以官爲氏。參閱通志略四以官爲氏。

【桑乾】㊀水名。源出山西馬邑縣桑乾山。東入河北及北京市郊外，下流入大清河(即今永定河)。唐駱賓王集四送鄭少府入遼詩："邊烽警榆塞，俠客度桑乾。"參閱嘉慶一統志一四八朔平府。㊁縣名。漢置，屬代郡。東漢建安二十三年，曹操遣子彰擊代郡烏桓，追至桑乾之北，即此。地在今河北蔚縣東北。參閱讀史方輿紀要四四大同府。

【桑梓】詩小雅小弁："惟桑與梓，必恭敬止。"桑與梓爲古代住宅旁常栽之樹木，東漢以來遂用以喻故鄉。文選漢張平子(衡)南都賦："永世克孝，懷桑梓焉；真人南巡，覩舊里焉。"晉陸機陸士衡集七百年歌之八："辭官致祿歸桑梓，安居駟馬入舊里。"

【桑野】㊀植桑的田野。詩豳風東山："蜎蜎者蠋，烝在桑野。"唐劉禹錫劉夢得集八初夏曲之三："麥田雉朝雊，桑野人暮歸。"㊁古代東方的代稱。淮南子地形："東方曰棘林，曰桑野。"

【桑眼】桑葉芽。宋楊萬里誠齋集三四桑茶坑道中詩之四："桑眼未開先著椹，麥胎纔茁便生鬚。"又陸游劍南詩稿七四初春："土膏動後麥苗長，桑眼綻來蠶事興。"

【桑植】縣名。屬湖南省。元明置桑植安撫司。清雍正七年，改置桑植縣。參閱嘉慶一統志三七二永順府。

【桑欽】漢河南人。字君長。從平陵塗惲受古文尚書毛詩。撰水經三卷。見漢書八八儒林傳。參見"水經注"。

【桑雍】喻媚君禍國之人。雍，通"癰"。戰國策趙四："客曰：'燕郭之法，有所謂桑雍者，王知之乎？'王曰：'未之聞也。''所謂桑雍者，便嬖左右之近者，及夫人優愛孺子也。'"元吳師道注："桑中有蠹，以膏液流於外，如癰潰然。"

【桑落】㊀洲名。在湓城東北大江中。漢屬彭澤縣，唐屬江州都昌縣。宋屬宿松縣。晉安帝元興三年何無忌駐軍桑落，大破固守湓口之桓玄將庾稚祖、桓道恭軍，即此。參閱資治通鑑一一三晉元興三年。㊁桑葉枯落。詩衛風氓："桑之落矣，其黃而隕。"後多用以指暮秋。荀子宥坐："故居不隱者思不遠，身不佚者志不廣。女庸安知吾不得之桑落之下？"注："桑落，九月時也。"㊂酒名。水經注四河水："民有姓劉名墮者，宿擅工釀，採挹河流，醞成芳酎。懸食同枯枝之年，排于桑落之辰，故酒得其名矣。"唐杜甫杜工部草堂詩箋八九日楊奉先會白水崔明府："坐開桑落酒，來把菊花枝。"

【桑葚】桑實。詩衛風氓："于嗟鳩兮，無食桑葚。"也作"桑黮"、"桑椹"。詩魯頌泮水："食我桑黮，懷我好音。"三國志魏武帝紀"始興屯田"注引魏書："袁紹之在河北，軍人仰食桑椹。"

【桑榆】㊀喻日暮。太平御覽三引淮南子："日西垂景在樹端，謂之桑榆。"注："言其光在桑榆上。"文選南齊王元長(融)三月三日曲水詩序："桑榆之陰不居，草露之滋方渥。"注："桑榆，日所入也。"㊁後漢書十七馮異傳："始雖垂翅回谿，終能奮翼黽池。可謂失之東隅，收之桑榆。"日出東隅，入於桑榆，比喻先負後勝，先失敗後成功。㊂喻晚年。三國魏曹植曹子建集五贈白馬王彪詩："年在桑榆間，影響不能追。"

【桑鳩】鳥名。即布穀。三國吳陸璣毛詩草木鳥獸蟲魚疏："今梁宋之間，謂布穀爲鵠鵴，一名擊穀，一名桑鳩。"

【桑蓋】言桑樹枝葉茂密如車蓋。三國志蜀先主傳："先主(劉備)……舍東南角籬上有桑樹生高五丈餘，遙望見童童如小車蓋。……先主少時，與宗中諸小兒於樹下戲，言吾必當乘此羽葆蓋車。"後因以借指劉備。唐羅隱甲乙集八題潤州妙善前石羊詩："紫髯桑蓋此沈吟，銀石猶存事可尋。"題注："傳云：吳主孫權與蜀主劉備嘗此置會云。"

【桑穀】古時迷信以桑、穀二木生於朝爲不祥之兆。書咸有一德："伊陟相太戊，亳有祥，桑穀共生于朝。"疏："桑穀二木，共生于朝。朝非生木之處，是爲不善之徵。"唐柳宗元柳先生集二愈膏肓疾賦："桑穀生庭而自滅，野雉雊鼎而自息。誠天地之無親，曷膏肓之能極。"

【桑蔭】桑樹的影。三國志魏文帝紀受禪册注引尚書令桓階等奏："舜受大麓，桑蔭未移而已陟帝位。"抱朴子良規："孫琳〔綝〕桑蔭未移，手足異所。"桑蔭未移，喻時間短暫。參閱宋吳曾能改齋漫錄七桑蔭不移。

【桑樞】用桑條編成之門。喻貧寒之家。莊子讓王："原憲居魯，環堵之室，茨以生草，蓬戶不完，桑以爲樞。"文選南朝梁江文通(淹)詣建平王上書："下官本蓬戶桑樞之人，布衣韋帶之士。"

【桑濮】桑間濮上的省語。文選晉潘安仁(岳)笙賦："故絲竹之器未改，而桑濮之流已作。"詳"桑間濮上"。

【桑鵝】即桑耳。也作"桑蛾"。宋陶穀清異錄上蔬五鼎芝："北方桑上生白耳，名桑鵝，貴有力者咸嗜之，呼五鼎芝。"又黃庭堅豫章集十五謝張寬夫送楔楫頌："張子羞我助貧餐，桑鵝楮鷄不足云。"參閱本草綱目二八菜三木耳。

【桑繭】蠶。爾雅釋蟲："蟓，桑繭。"注："食桑葉作繭者。即今蠶。"

【桑蠹】蝤蠐，桑的害蟲，能深入桑樹幹中，使之枯死。爾雅釋蟲："蝎，桑蠹。"參見"蝤蠐"。

【桑皮紙】用桑樹皮製造之紙。宋蘇易簡文房四譜四紙譜二造："江浙間多以嫩竹爲紙，北土以桑皮爲紙。"明王世貞弇州山人四部稿一二九宋板前後漢書後："二漢書尤爲諸本之冠，桑皮紙勻潔如玉。」

【桑弘羊】公元前152—前80年。西漢洛陽人。商家子。武帝時任治粟都尉，領大司農。主張重農抑商，推行鹽鐵酒類由國家專賣政策。武帝臨終，授御史大夫，與大將軍霍光等，受遺詔，輔少主(昭帝)。始元六年，詔問諸郡賢良文學，皆要求取消郡國官辦鹽鐵，弘羊力主專賣之利，終不罷。後因與上官桀等謀立燕王劉旦、奪霍光權而被殺。漢桓寬集弘羊與賢良文學辯難之語爲鹽鐵論。參閱漢書六八霍光傳、桓寬鹽鐵論。

【桑根車】古代帝王所乘之車。也叫山車。禮明堂位「大路，殷路也」漢鄭玄注：「漢祭天，乘殷之路也。今謂之桑根車也。」宋書禮志五：「殷有山車之瑞，謂桑根車，殷人制爲大路。」參見「山車」、「金根車」。

【桑條韋】唐高宗永徽末，民間有桑條韋女時韋歌，言蠶桑事。韋，詞尾。中宗時，韋后專朝政，有迦葉志忠撰桑韋歌十二篇，附會爲韋后當柄政的預兆，請編入樂府。見資治通鑑二〇九唐景龍二年。

【桑寄生】中藥名。政和證類本草十二桑上寄生：「桑上寄生，味苦，甘平，無毒。……生弘農川谷桑樹上。」

【桑維翰】公元899—947年。五代後晉河南人。字國僑。後唐同光中進士。爲石敬瑭掌書記，主謀引契丹兵滅後唐，並親赴契丹求援。敬瑭建後晉王朝，累官中書侍郎平章事兼樞密使。接受賂遺，積貨巨萬。後契丹軍入汴，叛降契丹的後晉將張彥澤，欲奪其家產，使人縊殺之。新、舊五代史皆有傳。

【桑螵蛸】螳螂生於桑樹上的卵，可入藥。參閱政和證類本草二十桑螵蛸。

【桑弧蓬矢】古時男子出生，以桑木作弓，蓬草爲矢，使射人射天地四方，寓志在四方之意。禮內則：「國君世子生，……射人以桑弧蓬矢六，射天地四方。」也作「桑弧蒿矢」。後漢書七九上劉昆傳：「每春秋饗射，常備列典儀，以素木瓠葉爲俎豆，桑弧蒿矢，以射菟首。」省作「桑蓬」。宋朱熹朱文公集五次韻擇之進賢道中漫成詩之二：「豈知男子桑蓬志，萬里東西不作難。」

【桑間濮上】禮樂記：「桑間濮上之音，亡國之音也。」注：「濮水之上，地有桑間者，亡國之音，於此之水出也。昔殷紂使師延作靡靡之樂，已而自沈於濮水。」漢書地理志下：「衛地……有桑間濮上之阻，男女亦亟聚會，聲色生焉，故俗稱鄭衛之音。」後以桑間濮上指男女幽會之處。

【桑落瓦解】言事勢敗壞如桑葉枯落、屋瓦解體。後漢書七十孔融傳上疏：「案(劉)表跋扈，擅誅列侯，遏絕詔命，斷盜貢篚，……桑落瓦解，其埶可見。」

柴 1. chái 士佳切，平，佳韻，牀。ㄔㄞˊ

㊀小木散材。也指作燃料的木柴。左傳僖二八年：「欒枝使輿曳柴而僞遁。」禮月令季冬之月：「乃命四監，收秩薪柴。」注：「大者可析謂之薪，小者合束謂之柴，薪試炊爨，柴以給燎。」㊁燒柴祭天。書舜典：「東巡守至于岱宗，柴。」禮王制：「柴而望祀山川。」參見「柴望」。㊂姓。漢有棘蒲侯柴將軍。見漢書三八濟北王興居傳。

2. zhài 集韻 仕懈切，去，卦韻。ㄓㄞˋ

㊃用木圍護四周。公羊傳哀四年：「亡國之社蓋揜之，揜其上而柴其下。」淮南子道應：「乃封比干之墓，表商容之閭，柴箕子之門。」注：「舊居空，故柴護之也。」㊄用於防守的柵欄、籬障。通「寨」、「砦」。莊子外物：「柴生乎守。」三國魏曹植曹子建集六鰕䱇篇詩：「燕雀戲藩柴，安識鴻鵠遊。」

3. zì 集韻 疾智切，去，寘韻。ㄗˋ

㊅堆積物。詩小雅車攻：「射夫既同，助我舉柴。」韓詩作「⿱此手」，魯詩作「胔」。參閱清陳喬樅韓詩遺說考七。

4. cī 集韻 叉宜切，平，支韻。ㄘ

㊆見「柴₄池」、「柴₄虒」。

【柴立】如枯木之獨立。莊子達生：「無入而藏，無出而陽，柴立其中央。」後多用以形容人之清瘦。宋洪邁夷堅三志壬一吳仲權郎中：「膳食盡廢，清瘦柴立。」

【柴市】舊北京的街名。南宋抗元名臣文天祥就義處。見元王惲玉堂嘉話五。其地疑即今北京市宣武門外菜市口。一說爲菜市口以西的舊柴炭市。參閱明劉侗、于奕正帝京景物略一文丞相祠、清孫承澤天府廣記九廟記。

【柴册】遼代皇帝即位後，積薪爲壇，受羣臣所上玉册，禮畢，燒柴祀天，稱柴册禮。遼史太宗紀上：「癸亥，謁太祖廟，丙寅，行柴册禮。」

【柴₄池】參差不齊。同「差池」。管子輕重甲：「請以令高杠柴池，使東西不相睹，南北不相見。」史記一一七司馬相如傳上林賦：「柴池茈虒，旋環後宮。」文選作「偨池」。池，讀cī。參見「差₄池」。

【柴車】簡陋無飾的車子。一名棧車。韓詩外傳十：「駑馬柴車，可得而乘也。」

【柴門】用柴作的門。言其簡陋。也用以指貧寒之家。三國魏曹植曹子建集六梁甫行：「柴門何蕭條，狐兔翔我宇。」晉陶潛陶淵明集三癸卯歲始春懷古田舍詩：「長吟掩柴門，聊爲隴畝民。」

【柴₂門】猶杜門，閉門。後漢書五四楊震傳：「夜遣使者策收震太尉印綬，於是柴門絕賓客。」

【柴胡】藥草名。戰國策齊一：「今求柴胡、桔梗於沮澤，則累世不得一焉，及之睪黍梁父之陰，則郄車而載耳。」柴胡，又作「茈胡」，生山中。苗嫩時可食，故有芸蒿、山菜、茹草等名，根叫柴胡。參閱本草綱目十三草二茈胡。

【柴荆】用柴荆做的簡陋之門。也指村舍。文選南朝宋謝靈運初去郡詩：「恭承古人意，促裝返柴荆。」唐杜甫杜工部草堂詩箋十一羌村之三：「驅雞上樹木，始聞扣柴荆。」

【柴桑】古縣名。在今江西九江市西南。西漢置，屬豫章郡。因縣西南有柴桑山得名。東漢建安十三年曹操南下謀取荆州，劉備派諸葛亮見孫權於柴桑，即此。三國吳時改屬武昌郡。晉咸和中爲尋陽郡治，咸康中爲江州治，宋齊以後因之。隋開皇初，縣廢。晉陶潛故里爲栗里原，或稱柴桑里，即近柴桑山。參閱嘉慶一統志三一八九江府一。

【柴₄虒】參差不齊。同「柴₄池」。漢書八七上揚雄傳甘泉賦：「柴虒參差，魚頡而鳥䀿。」文選六臣本作「偨傂」。

【柴望】柴，指燒柴祭天；望，指望祭山川。禮王制：「歲二月東巡守，至于岱宗，柴而望祀山川。」後漢書光武帝紀下：「辛卯，柴望岱宗，登封太山。」

【柴紹】唐臨汾人。字嗣昌。幼矯捷有勇力，以任俠聞。李淵妻以第三女(唐王朝建立後封平陽公主)。隋煬帝東遊，淵起兵太原，紹爲馬軍總管。紹妻時在鄠縣，散家財招引亡命得數百人起兵響應，與紹各置幕府，營中號稱娘子軍。紹累官右驍衛大將軍。貞觀中爲華州刺史，卒贈荆州都督。新、舊唐書皆有傳。

【柴扉】猶柴門。也用以指貧寒的家園。唐王維王右丞集五送別詩：「山中相送罷，日暮掩柴扉。」

【柴棘】荆棘。比喻心胸狹窄，對人忌刻。

世説新語輕詆："深公云：'人謂庾元規(亮)名士，胸中柴棘三斗許。'"

【柴棱】用柴編的栅欄。唐韓愈昌黎集十二守戒："今人有宅于山者，知猛獸之爲害，則必高其柴棱而外施窞穽以待之。"

【柴毀】瘦損如柴。晉書許孜傳："俄而二親没，柴毀骨立，杖而能起，建墓于縣之東山。"

【柴榮】公元921—959年。卽五代後周世宗。邢州龍岡人。太祖郭威養子。在位時曾改革弊政，廢佛寺佛像。整頓軍事，獎勵農業生産。先後攻取後蜀的階成秦鳳四州和南唐的江北淮南地區十四州。又北攻契丹，重取莫瀛易三州。爲北宋之統一奠定基礎。參閱新、舊五代史世祖本紀。

【柴窰】古代著名瓷窰之一。相傳爲五代後周世宗柴榮指令建造，故名。故址當在今河南鄭州市一帶。據稱所燒瓷質"青如天，明如鏡，薄如紙，聲如磬。"傳當日請瓷器式，世宗批其狀曰："雨過天青雲破處，者般顏色作將來。"世因稱柴窰爲雨過天青瓷，爲古代青瓷上品，惜傳留極少。參閱明曹昭格古要論七柴窯(窰)、清梁同書古銅瓷器考柴窯、朱琰陶説二後周柴窰。

【柴瘠】骨瘦如柴。陳書姚察傳："後主嘗召見，見察柴瘠過甚，爲之動容。"

【柴蓽】卽柴門蓽户。指窮人所居。北齊劉晝劉子薦賢："賢士有脛而不肯至，殆蘊材於幽岫，毁迹於柴蓽者，蓋人不能自薦，未有爲之舉也。"

【柴$_{2}$營】營寨。六韜軍用："山林野居，結虎落、柴營。"三國志吳甘寧傳："(關)羽聞之，住不渡，而結柴營。"參閱宋曾公亮等撰武經總要六柴營。

【柴燎】燒柴祭天。文選晉潘安仁(岳)閑居賦："天子有事于柴燎，以郊祖而展義。"

【柴轂】簡陋的小車。轂，車輪的中心部分。後漢書七四袁紹傳上："士無貴賤，與之抗禮，輜軿柴轂，填接街陌。"注："柴轂，賤者之車。"

【柴篳】木杖。晉書賀循傳司馬睿遺書："虛薄寡德，忝備近親，謬荷寵位，受任方鎮，……常願棄結駟之軒軏，策柴篳而造門，徒有其懷，而無從賢之實者何？"

【柴關】柴門。全唐詩二七四戴叔倫遣興："詩名滿天下，終日掩柴關。"

【柴中行】宋餘干人。字與之。紹興元年進士。累官右文殿修撰，主管鴻慶宫。嘗與弟中守中立講學南溪，人稱南溪先生。謚獻肅。著有易繫集傳書集傳詩講義論語童蒙説。宋史有傳。

【柴米油鹽醬醋茶】日常生活所需的七樣東西，稱"開門七件事。"詳"七件事"。

桌 zhuō 竹角切，入，覺韻，知。ㄓㄨㄛ

几案。本作"卓"，後人加"木"作桌、槕。見正字通。

桀 jié 渠列切，入，薛韻，羣。ㄐㄧㄝˊ

㊀小木樁。詩王風君子于役："雞棲于桀。"㊁古代分裂犯人肢體的酷刑。通"磔"。説文："桀，磔也。"㊂凶暴。史記平準書："其明年，南越反，西羌侵邊爲桀。"㊃舉起。通"揭"。左傳成二年："齊高固入晉師，桀石以投人。"㊄突出，傑出的人。通"傑"。詩衛風伯兮："伯兮朅兮，邦之桀兮。"箋："桀，英桀，言賢也。"㊅夏代最後一個君主名。爲古時暴君之典型，與商紂並稱。史記夏紀："帝發崩，子帝履癸立，是爲桀。"集解："謚法：'賊人多殺曰桀。'"㊆姓。古有隱者桀溺、漢襄城侯桀龍。見通志二九氏族五。

【桀出】突出。水經注四河水："自砥柱以下，五户以上，其間百二十里，河中竦石桀出。"

【桀宋】指戰國時宋康王偃。史記宋微子世家："(偃)淫於酒婦人，羣臣諫者輒射之。於是諸侯皆曰'桀宋'。"索隱："晉太康地記言其似桀也。"

【桀步】螃蟹的别名。宋陸佃埤雅二蠏："一名桀步。豈非以其横行，故謂之桀步歟？"

【桀逆】凶狠忤逆。漢王符潛夫論考績："羣僚舉士者，或以頑魯應茂才，以桀逆應至孝。"後漢書七十孔融傳上疏："劉表桀逆放恣，所爲不軌。"

【桀俊】特出的人才。禮月令孟秋之月："選士厲兵，簡練桀俊。"

【桀紂】夏桀商紂都是暴君，後用爲暴君的代稱。楚辭屈原離騷："何桀紂之猖披兮，夫唯捷徑以窘步。"

【桀桀】茂盛貌。詩齊風甫田："無田甫田，維莠桀桀。"

【桀溺】春秋隱士。論語微子："長沮桀溺耦而耕。孔子過之，使子路問津焉。"

【桀黠】凶暴狡詐。史記一二九貨殖傳："桀黠奴，人之所患也，唯刀間收取，使之逐漁鹽商賈之利。"世説新語任誕"祖車騎(逖)過江時"注引晉陽秋："逖性通濟，不拘小節，又賓從多是桀黠勇士，逖待之皆如子弟。"

【桀驁】凶暴乖戾。漢書九四下匈奴傳贊："匈奴人民每來降漢，單于亦輒拘留漢使以相報復。其桀驁尚如斯，安肯以愛子而爲質乎？"也作"桀傲"。二程全書遺書附録門人朋友敍述："人有不及，開導誘掖，惟恐不至，故雖桀傲不恭，見先生，莫不感悦而化服。"

【桀犬吠堯】漢書五一鄒陽傳獄中上書："今人主誠能去驕傲之心，懷可報之意，……則桀之犬可使吠堯，而跖之客可使刺由。"後用以喻壞人的爪牙攻擊好人。也謂各爲其主。晉書康帝紀史臣曰："桀犬吠堯，封狐嗣亂，方諸后羿，曷若斯之甚也。"

條 1. tiáo 徒聊切，平，蕭韻，定。ㄊㄧㄠˊ

㊀木名。詩秦風終南："終南何有？有條有梅。"傳："條，槄。"疏引郭璞："今之山楸也。"一説卽柚。見爾雅釋木。㊁細長的樹枝。詩周南汝墳："遵彼汝墳，伐其條枚。"傳："枝曰條，榦曰枚。"㊂繩子。禮雜記上："喪冠條屬，以别吉凶。"注："條屬者，通屈一條繩若布爲武，垂下爲纓，屬之冠。"㊃泛稱長條形物體。北周庾信庾子山集一七夕賦："縷條緊而貫矩，針鼻細而穿中。"亦作量詞。南齊謝朓謝宣城集五詠兔絲詩："爛熳已萬條，連綿復一色。"㊄長。書禹貢："厥草惟繇，厥木惟條。"疏："言草茂而木長也。"㊅條理。書盤庚上："若網在綱，有條而不紊。"㊆條款，項目。戰國策秦一："科條既備，民多僞態。"亦作量詞。漢書刑法志："大辟四百九條，千八百八十二事。"也指分條列舉。史記建元已來王子侯者年表漢武帝詔："諸侯王或欲推私恩分子弟邑者，令各條上。"㊇通達。漢書禮樂志郊祀歌天地："聲氣遠條鳳鳥翔，神夕奄虞蓋孔享。"㊈姓。殷民六族有條氏。見左傳定四年。漢平帝時有勃海條真，後趙石虎時有太常條枚。見宋鄧名世古今姓氏書辯證十蕭。

2. tiāo 字彙他彫切，音祧。ㄊㄧㄠ

㊉挑取。詩豳風七月："蠶月條桑。"韓詩作"挑"。清馬瑞辰謂條乃"挑"之假借，爲挑撥而取之。見毛詩傳箋通釋十六。

3. dí 字彙杜歷切，音狄。ㄉㄧˊ

⑪見"條$_{3}$狼氏"。

【條支】漢西域國名。在安息以西，臨西海。在底格里斯幼發拉底兩河之間。見漢書九六西域傳上、後漢書八八西域傳。史記一二三大宛傳作"條枝"。參閱清洪鈞元史譯文證補二七中條支。

【條目】按内容分列的細目。漢書六六公孫賀傳贊："(桓寬)推衍鹽鐵之議，增廣條目，極其論難，著數萬言。"也指法令規章的項目。晉書刑法志："侍中盧珽、中書侍郎張華又表：'抄新律諸死罪條目，懸之亭傳，以示兆庶。'"

【條印】舊時官印的一種，即長形戳記。宋高承謂起原於北齊督攝萬機之印。見事物紀原三衣裘帶服部條印。

【條件】㊀逐條逐件。北史郎基傳："致密網久施，得罪者衆。遂條件申臺省，仍以情量事科處。"㊁猶條款。唐陸贄翰苑集一奉天改元大赦制："其餘敍録及功賞條件，待收京日並準去年十月十七日、十一月十四日勅處分。"又："應内外官有冗員及百司有不急之費，委中書門下即商量條件，停減聞奏。"

【條谷】㊀山名。山海經中山經："東北五百里曰條谷之山，其木多槐桐。"㊁琴名。宋虞汝明古琴疏："帝相元年條谷貢桐，……羿乃伐桐爲琴以進帝，帝善之，名曰條谷。"

【條例】㊀著作的義例、體例。漢何休春秋公羊注疏序："往者略依胡毋生條例，多得其正。"後漢書四十班彪傳論史記："又進項羽、陳涉而黜淮南、衡山，細意委曲，條例不經。"㊁分條訂立的規則。宋史神宗紀一熙寧二年："陳升之王安石創制三司條例，議行新法。"

【條苗】細長柔美。猶言苗條。宋史達祖梅溪詞臨江仙："草脚青回細膩，柳梢緑轉條苗。"

【條風】春天的東北風。八風之一。淮南子天文："距日冬至四十五日，條風至。"注："艮卦之風，一名融。"初學記三易通卦驗："立春條風至。"宋均注："條風者，條達萬物之風。"左傳隱五年"而行八風"唐孔穎達疏引作"調風"。參見"八風㊀"。

【條約】以條文爲約束的文件。新唐書二二二中南詔傳下："詔殿中監段文楚爲經略使，數改條約，衆不悦。"也指條件規章。宋范仲淹范文正公集奏議上答手詔陳十事："臣請重定外郡發解條約，須是履行無惡，藝業及等者方得解薦。"

【條流】條例，綱目。宋書謝靈運傳："令靈運撰晉書粗立條流。"

【條記】㊀逐條記載。通典一四二樂二歷代沿革下後魏："恐諸曲名後致亡失，今輒條記，存之於樂府。"㊁明清官印皆方印，未入流者，用長方印，明代稱條記，清代稱鈐記，如清縣丞、主簿、州縣儒學以及屯莊、守邊門官，皆用長方形銅質直紐條記。參閲清會典三四禮部鑄印局條記、俞樾茶香室叢鈔八印、關防、條記。

【條$_{2}$桑】挑取桑葉，俗謂採桑。詩豳風七月："蠶月條桑。"箋："條桑，落採其葉也。"晉干寶搜神記九魏舒："舒問所生兒何在？曰：'因條桑爲斧傷而死。'"

【條鬯】暢達。漢書律曆志上："指顧取象，然後陰陽萬物，靡不條鬯該成。"注："條，達也。鬯與暢同。"

【條條】㊀謂有條理。爾雅釋訓："條條、秩秩，智也。"漢董仲舒春秋繁露如天之爲："其在人者，亦宜行而無留，若四時之條條然也。"㊁逐條。唐詩紀事十蘇頲寒食宴于中舍兄弟宅："晴花處處因風起，御柳條條向日開。"

【條理】脈絡，層次。孟子萬章下："金聲也者，始條理也；玉振之也者，終條理也。始條理者，智之事也；終條理者，聖之事也。"三國志吴薛綜傳附薛瑩："答問處當，皆有條理。"

【條教】條文，教令。漢書五六董仲舒傳："仲舒所著，皆明經術之意，及上疏條教，凡百二十三篇。"後來多指郡守等地方長官所下的教令。後漢書六四史弼傳注引續漢書："(史)敞爲京兆尹，化有能名，尤善條教，見稱於三輔。"晉書殷仲堪傳："領晉陵太守，……所下條教，甚有義理。"

【條陳】分條陳述。漢書七五李尋傳對詔問災異："臣謹條陳所聞。"後稱分條陳述意見的文件爲條陳。

【條脱】手鐲、腕釧之類。南朝梁陶弘景真誥一運象篇萼緑華詩："並致火澣布手巾一枚，金玉條脱各一枚。條脱似指環而大，異常精好。"唐李商隱李義山詩集五中元作："羊權雖得金條脱，温嶠終虚玉鏡臺。"也作"條達"、"跳脱"。參見"條達㊁"、"跳脱"。

【條貫】㊀條理，系統。史記八四屈原傳："明道德之廣崇，治亂之條貫，靡不畢見。"晉杜預春秋序："專脩(左)丘明之傳以釋經，經之條貫，必出於傳。"㊁辦事的程序手續。宋范仲淹范文正集奏議上奏乞重定三班審官院流内銓條貫："臣竊見審官三班院並銓曹，自祖宗以來，條貫極多，逐旋衝改，久不删定，主判臣僚，卒難詳悉。"又馬永卿元城語録上蕭籠："太祖怒曰：'誰做這般條貫來約束我。'"

【條達】㊀條理通達。莊子至樂："名止於實，義設於適，是之謂條達而福持。"戰國策魏一："地四平，諸侯四通，條達輻湊。"宋鮑彪注："如木枝分布而四方湊之，如輻於轂。"也指文章層次分明、説理明白。宋蘇洵嘉祐集十一上歐陽内翰第一書："執事之文，紆餘委備，往復百折，而條達疏暢，無所間斷。"㊁手鐲。即條脱。見明陳繼儒枕譚條脱。詳"條脱"。

【條款】文件契約上所定的事項。朝野新聲太平樂府九元高安道哨遍皮匠説謊曲："念條款依然説是非。"清龔自珍定盦集補編三與人箋之四："此次恩詔條款，皆依嘉慶元年條款推恩如故事。"

【條晝】分條規劃。宋史河渠志二黄河中元祐四年："四月戊午尚書省言大河東流，爲中國之要險。……詔范百禄趙君錫條晝以聞。"明胡震亨唐詩談叢一："杜牧之門第既高，神穎復雋，感慨時事，條晝率中機宜。"

【條禁】禁令。宋書文帝紀論："及正位南面，歷年長久，綱維備舉，條禁明密，罰有恒科，爵無濫品。"

【條對】就所問逐條對答。漢書六七梅福傳："求假軺傳，詣行在所條對急政。"注："條對者，一一條録而對之。"

【條暢】㊀條直通暢。禮樂記："感條暢之氣，而滅平和之德。"文選漢王子淵(褒)洞簫賦："條暢洞達，中節操兮。"㊁滋長茂盛。文選晉潘安仁(岳)西征賦："黄壤千里，沃野彌望，華實紛敷，桑麻條暢。"

【條舉】逐條舉出。宋梅堯臣宛陵集五五得王介甫常州書詩："事成條舉作書尺，不肯勞人魚腹將。"

【條例司】宋官署名。"制置三司條例司"的簡稱。熙寧二年置。掌經晝邦計，議變舊法。按宋沿五代舊制，分鹽鐵、度支、户部爲三司，各設一使，或總設三司使；至熙寧中設制置三司條例司，有專使以制置三司的條例，當時即省稱條例司，爲元豐變官制併三司爲户部的張本。熙寧三年五月罷歸中書。參閲宋史職官志一、二。

【條$_{3}$狼氏】官名。周禮秋官之屬。掌辟除行人，清潔道路。周禮秋官："條狼氏下士六人。"注："杜子春云：'條當爲滌器之滌。'(鄭)玄謂滌，除也；狼，狼扈道上。"

【條鞭法】即一條鞭賦税法的簡稱。清

會典十八戶部："凡賦役之法，各覈其地丁之數，析之以科則，而約於條鞭。"注："科則載於賦役全書，其於易知由單，則但刊列地丁應徵之數，俾民不惑，是爲條鞭法。"詳"一條鞭"。

七畫

梁 liáng 吕張切，平，陽韻，來。ㄌㄧㄤˊ

㊀橋。詩大雅大明："造舟爲梁，不顯其光。"國語周中："九月除道，十月成梁。"注："成梁所以便民，使不涉也。"㊁築以捕魚的矮壩堰。詩邶風谷風："毋逝我梁，毋發我笱。"注："梁，魚梁；笱，所以捕魚也。"㊂河堤。爾雅釋宮："隄謂之梁。"水經注七濟水一："梁，水隄也。"㊃屋梁，門梁。爾雅釋宮："宲廇謂之梁。"注："屋大梁也。"又："楣謂之梁。"注："門戶上橫梁。"見圖。

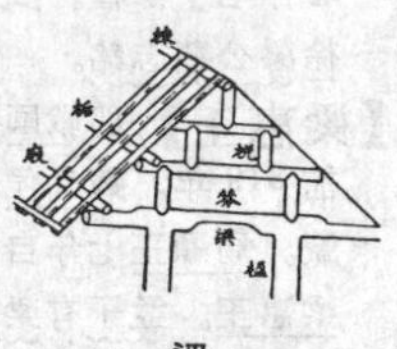

梁

㊄冠上橫脊。後漢書輿服志下進賢冠："公侯三梁，中二千石以下至博士兩梁。"㊅國名。1.周時諸侯國。國語晉二："夷吾逃於梁。"注："梁，嬴姓之國，伯爵也。"2.戰國七雄之一。卽魏。魏惠王於公元前362年徙都大梁，故稱梁。㊆朝代名。1.南朝蕭衍（梁武帝）所建。公元502—557年。2.五代朱温（梁太祖）所建，史稱後梁。公元907—923年。㊇姓。嬴姓伯益之後。春秋有梁由靡梁饋。見史記仲尼弟子傳、通志二六氏族二以國爲氏。

【梁山】㊀山名。1.在陝西韓城縣境，接郃陽縣界。書禹貢："治梁及岐。"詩大雅韓奕："奕奕梁山，維禹甸之。"參閱嘉慶一統志二四三同州府一。一說禹貢所指梁山在今山西離石縣。參閱宋蔡沈書經集傳。2.在陝西乾縣西北。孟子梁惠王下："（太王）去邠，踰梁山，邑于岐山之居焉。"卽此。秦於此建梁山宮。唐德宗使高重傑屯此禦朱泚。參閱嘉慶一統志二四七乾州山川。3.在安徽和縣當塗間。在和縣者爲西梁山，在當塗者爲東梁山，原名博望山。兩山隔江對峙如門，故又稱天門山。山川形勢險要，六朝以來爲兵家必争之地。南朝宋孝武帝大明七年，車駕習水軍於梁山，在博望梁山設雙闕。見宋書孝武帝紀。唐李白李太白詩三十天門山銘："梁山博望，關扃楚濱，夾據洪流，實爲吳津。"參閱明一統志十五太平府、讀史方輿紀要十九江南一梁山。參見"天門"、"博望"。4.在山東東平縣西南。本名良山。史記梁孝王世家："北獵良山。"索隱："漢書作梁山。"正義："梁山在鄆州壽張縣南三十五里，卽獵處也。"山上有虎頭崖、宋江寨。參閱讀史方輿紀要三三東平州。5.在四川梁山縣東北，與萬縣接界。亦稱劍門山、高梁山。東西數千里，山嶺長峻，形勢險要，古爲軍事要衝。參閱太平寰宇記一四九萬州南浦縣、讀史方輿紀要六九夔州府。㊁縣名。屬四川省。漢朐忍縣地，西魏置梁山縣，宋置梁山軍，元改軍爲州，明改州爲縣。公元1952年改爲梁平縣。參閱嘉慶一統志四一六忠州。

【梁木】棟梁之材。喻肩負重任的人。禮檀弓上："泰山其頹乎？梁木其壞乎？哲人其萎乎？"唐劉禹錫劉夢得集十五代慰王太尉薨："鼎臣云亡，梁木斯壞。"

【梁父】山名。泰山下的一座小山，在山東新泰縣西。史記封禪書："管仲曰：古者封泰山禪梁父者七十二家，而夷吾所記者十有二焉。"也作"梁甫"。大戴禮保傅："是以封泰山而禪梁甫，朝諸侯而一天下。"

【梁丘】㊀古地名。春秋魯地，故址在今山東成武縣東北。春秋莊三二年："宋公齊侯遇于梁丘。"參閱嘉慶一統志一八一曹州府一古蹟。㊁複姓。春秋齊有梁丘據，漢有梁丘賀。見左傳昭二十年、漢書儒林傳。

【梁州】州名。1.古九州之一。東界華山，南至於長江，北爲雍州，西無可考。書禹貢："華陽黑水惟梁州。"2.三國蜀置，晉因之，隋廢，唐復置。興元初，升爲興元府。故治在今陝西南鄭縣東。參閱讀史方輿紀要五六漢中府。

【梁門】地名。卽戰國趙汾門。宋爲安肅軍治。在今河北徐水縣。參閱讀史方輿紀要十二保定府安肅縣。

【梁孟】東漢梁鴻孟光爲夫婦，守貧高義，相敬如賓。後因以梁孟爲稱人夫婦的美詞。唐李商隱李義山文集五重祭外舅司徒文："紵衣縞帶，雅況或比於僑吳；荆釵布裙，高義每符于梁孟。"

【梁昌】處境狼狽，進退失據。楚辭漢王逸九思疾世："居嵺廓兮尠疇，遠梁昌兮幾迷。"注："梁昌，陷據失所也，迷惑欲還也。"三國志魏毌丘儉傳"將士諸爲儉、欽所迫脅者，悉歸降"注引文欽與郭淮書："孤軍梁昌，進退失所。"也作"梁倡"。抱朴子行品："居己梁倡，受任不舉。"

【梁津】卽津梁，橋梁與渡口。楚辭屈原離騷："麾蛟龍使梁津兮，詔西皇使涉予。"注："以蛟龍爲橋，乘之以渡。"漢劉向説苑權謀："於是衛君乃修梁津而擬邊城，智伯聞衛兵在境上，乃還。"參見"津梁"。

【梁苑】園囿名。在今河南開封市東南。漢梁孝王（劉武）築。爲遊賞與延賓之所，當時名士司馬相如枚乘鄒陽皆爲座上客。一名梁園，又稱兔園。藝文類聚二九南齊王融奉辭鎮西應教詩："霤庭參辯奭，梁苑豫才鄒。"唐李白李太白詩七有梁園吟。參閱嘉慶一統志一八七開封府二古蹟。

【梁書】唐姚思廉撰。五十六卷。思廉父察在隋時曾修梁陳二史，未完。貞觀三年，思廉受命續之。所記自蕭衍（梁武帝）建國至蕭方智（梁敬帝），首尾五十六年。貞觀十年成書。前此紀傳或編年體的各家梁書，今皆散失，梁朝一代原始史料，多賴此書以存。

【梁倚】如屋梁之互相倚靠。史記五七司馬相如傳大人賦："跮踱輵轄容以委麗兮，綢繆偃蹇怵㚟以梁倚。"集解引漢書音義："梁倚，相著也。"

【梁渠】㊀山名。山海經北山經："又北三百五十里，曰梁渠之山。"㊁獸名。山海經中山經歷石之山："有獸焉，其狀如貍而白首虎爪，名曰梁渠。"

【梁溪】水名。在江蘇無錫縣西。源出惠山，流入太湖。古溪極窄，梁時曾疏浚，故名。或傳以東漢梁鴻居此而名。見嘉慶一統志八六常州府一。

【梁輈】古代車上用以駕馬的曲轅，突出車前爲穹隆形，如屋梁，故名。詩秦風小戎："小戎俴收，五楘梁輈。"傳："梁輈，輈上句衡也。"

【梁楷】南宋畫家。善畫人物、山水、僧道、鬼神。師賈師古。嘉泰間畫院待詔，賜金帶，不受，掛於院內。嗜酒自樂，號梁風子。見元夏文彥圖繪寶鑑四。

【梁園】卽"梁苑"。隋書煬三子傳虞世基元德太子哀策："風高楚殿，雅盛梁園。"唐李白李太白詩十書情贈蔡舍人雄："一朝去京國，十載客梁園。"參見"梁苑"。

【梁興】宋平陽人。一名梁青。紹興五年，梁興等在太行山組織太行忠義社，聚衆數千抗金。後因衆寡不敵，引精騎百餘人歸岳飛。紹興十年，興奉飛命，與太行義軍趙雲等會合，大敗金人於垣曲沁水等地，復破懷衛二州，斷金人山東河北之道，威震河東。參閱宋史紀事本末七十岳飛規復中原、續資治通鑑一一六宋紀。

【梁冀】公元?—159年。東漢安定烏氏人。字伯卓。爲順帝、桓帝皇后之兄。父大將軍商死，冀繼，驕横不法，質帝稱之爲"跋扈將軍"。後毒殺質帝，迎立桓帝，專斷朝政二十餘年，殘暴淫逸，殺人無度；廣建苑囿，强迫數千人爲其奴婢，名曰"自賣人"。延熹二年，桓帝與中常侍單超等五人共謀，派兵捕冀，冀自殺。見後漢書三四梁統傳附梁冀。

【梁鴻】東漢扶風平陵人。字伯鸞。家貧好學，不求仕進。娶同縣孟光字德曜。後夫婦同入霸陵山中，以耕織爲業。鴻因事過京師，作五噫歌。後避禍去吳，爲人舂米，既歸來，孟光爲之備食，舉案齊眉。見後漢書八三本傳。唐李白李太白詩八和盧侍御通塘曲："梁鴻德曜會稽日，寧知此中樂事多。"

【梁闇】指皇帝居喪。也作"諒陰"、"亮陰"、"涼陰"、"諒闇"。尚書大傳毋逸："書曰：'高宗梁闇，三年不言。'何謂梁闇也？傳曰：'高宗居倚廬，三年不言。'"今書說命上、無逸皆作"亮陰"。參見"亮陰"。

【梁鵠】漢安定烏氏人。字孟皇。受書法於師宜官，以善八分書知名於時。靈帝時官至選部尚書，遷幽州刺史。後附劉表，復歸曹操。操愛其書法，以爲勝於宜官，官殿題署，多爲鵠書。參閱晉書衛瓘傳附衛恒、唐張彥遠書法要録八張懷瓘書斷中。

【梁麗】房屋的棟梁。莊子秋水："梁麗可以衝城，而不可以窒穴，言殊器也。"也作"梁欐"。列子湯問："昔韓娥東之齊，匱糧。過雍門，鬻歌假食。既去，而餘音繞梁欐，三日不絕。"

【梁顥】公元963—1004年。宋鄆州須城人。字太素。太宗雍熙二年中進士第一。累官至翰林學士。景德元年權知開封府，暴卒。宋史有傳。舊時傳說顥八十二歲及第，宋洪邁容齋隨筆四筆十四據顥謝啟及國史，謂顥卒年四十二歲，傳說不足信。

【梁山伯】晉會稽人。字處仁。相傳曾與上虞女扮男裝之祝英臺同學三年。後訪上虞，始知祝爲女，求婚不得，憂疾而死。後人攙入神話，謂祝後嫁馬氏，過梁墓，大慟，墓忽開，祝身隨入，同化爲蝴蝶。見清吳騫桃溪客語一梁祝同學引寧波府志。

【梁山泊】卽古鉅野澤。又名梁山濼張澤濼。在山東東平、鄆城間，梁山脚下。古時汶濟二水會此成湖泊，宋時黃河潰決，河水匯入其中，遂成數百里巨澤。北宋時爲農民起義軍根據地，宋江等曾結寨於此。後河徙水退，歲久塡淤，遂成平陸。參閱嘉慶一統志一六五兗州府一。

【梁王懺】佛經名，慈悲道場懺法傳的簡稱。又稱梁皇懺、梁武懺。相傳梁武帝懺悔皇后郗氏往業，命法師撰集經文，成十卷。參閱慈悲道場懺法傳序、南史梁武德郗皇后傳。

【梁玉繩】清錢塘人。字曜北，自號清白士。增貢生。長於考訂。有史記志疑，以二十年之力成書。又著瞥記、人表考、元號略、吕子校補、誌銘廣例等。

【梁丘賀】漢琅邪諸人。字長翁。從京房、田王孫學易。宣帝時，因京房門人得進，官至少府。子臨，專行京房法。與施讎孟喜易說共列於學官。見漢書八八梁丘賀傳。

【梁州令】詞調名。本唐教坊曲名，卽涼州令，宋以後稱梁州令。雙調有五十字、五十二字、一百零四字諸體。見詞譜四十。

【梁同書】公元1723—1815年。清浙江錢塘人，梁詩正子，字元穎。乾隆舉人，特賜進士，改庶吉士，累遷侍講，以父喪歸，不復出。工書法，與劉墉王文治並稱於時。著有頻羅庵遺集。

【梁甫吟】樂府楚調曲名。也作"梁父吟"。梁甫，山名，卽梁父，在泰山下。梁甫吟蓋言人死葬此山，爲挽歌，歌詞悲涼慷慨。今所傳古辭相傳爲諸葛亮作。三國志蜀諸葛亮傳："(父)玄卒，亮躬耕隴畝，好爲梁父吟。"一說卽琴曲梁山操。參閱樂府詩集四一梁甫吟題解。

【梁武帝】公元464—549年。南蘭陵人，姓蕭名衍，字叔達。南齊時官雍州刺史，鎭守襄陽。兄懿爲豫州刺史，爲齊主所殺，衍起兵入建康，廢齊主，奉南康王蕭寶融爲帝，自爲大司馬，專朝政。次年廢殺寶融，稱帝，建號梁。太淸二年正月接納東魏叛將侯景，八月景又叛梁，次年攻陷臺城，衍幽死。子綱立，追尊爲武皇帝。衍長於文學、樂律、書法，原有集，已佚。迷信佛教，三次捨身同泰寺，寺院遍境內。

【梁亭瓜】傳梁楚邊亭皆種瓜。梁亭瓜勝於楚亭瓜，楚亭人心懷嫉妒，夜往偷竊，致使梁亭瓜藤枯死。梁亭人欲報復，邊令宋就不許，反令夜往灌溉楚亭瓜，楚亭瓜日亦盛美。楚王聞之，謝以重幣。梁楚因此交歡。見漢劉向新序四雜事。後人用以喻以德報怨。

【梁紅玉】宋大將韓世忠妻。本京口倡女。識世忠於微時，結爲夫婦。世忠旣貴顯，封安國夫人，世稱梁夫人。建炎四年，世忠與金兀朮戰於黃天蕩，梁親擂鼓助戰，金兵終不得渡。後世忠屯兵楚州，與士卒同勞役，以鼓勵士氣，梁亦親自"織薄爲屋"。事見宋史三六四韓世忠傳。

【梁章鉅】公元1775—1849年。清福建長樂人。字茝林，一字芷林，號退菴。嘉慶七年進士。道光間官至江蘇巡撫，署兩江總督。著有經塵夏小正通釋三國志旁證文選考證稱謂録金石書畫題跋等著作七十餘種。參閱碑傳集補十四林則徐梁公墓志銘。

【梁惠王】卽戰國魏惠王。公元前400—前319年。魏武侯子，名罃，惠爲其謚號。周顯王七年自安邑遷都大梁，故稱梁惠王。孟子有梁惠王篇，記孟子以仁義王道之術，說梁惠王及列國諸侯的問答語。

【梁詩正】公元1697—1763年。清錢塘人。字養仲，號薌林。雍正八年進士，授編修。乾隆間升東閣大學士兼吏部尚書。朝廷重要文字皆出其手。總裁國史、續文獻通考各館，體例多爲其所定。著有矢音集。卒謚文莊。

【梁履繩】公元1748—1793年。清錢塘人，梁玉繩弟。字處素。乾隆五十三年舉人。通聲韻，尤精左傳。著有左通，分補釋駁證考異廣傳古音臆說六部，僅補釋三十卷刊行。

【梁谿集】宋李綱撰。一百八十卷，附録六卷。分賦四卷，詩二十八卷，雜文一百三十八卷，靖康傳信録三卷，建炎進退志四卷，建炎時政記三卷。附年譜行狀之類六卷。綱以人品器識著稱，其詩文亦雄深雅健，非尋常文士所及。

【梁上君子】後漢書六二陳寔傳："時歲荒民儉，有盜夜入其室，止於梁上。寔陰見，乃起自整拂，呼命子孫，正色訓之曰：'夫人不可不自勉。不善之人未必本惡，習以性成，遂至於此。梁上君子者是矣！'盜大驚，自投於地。"後因以爲竊賊的代稱。宋蘇軾東坡志林三："近日頗多賊，兩夜皆來入吾室。吾近護魏王葬，得數千緡，略已散去，此梁上君子當是不知耳。"

【梁溪遺稿】宋尤袤撰，淸尤侗輯。一卷。袤與楊萬里范成大陸游並稱南宋四家，楊范陸三集皆存，獨尤詩文散佚，僅存此殘卷。

【梁谿漫志】宋費衮撰。十卷。記述朝廷典故，考證史傳，評論詩文，或述雜事，末卷言神怪。其持論頗具根柢，引證舊典遺文，多有糾正前人錯誤之處。

【梁簡文帝】公元 503—551 年。梁武帝第三子，名綱，字世纘。太清三年侯景攻破臺城，武帝幽死，乃立綱爲帝，建號大寶。次年爲景所殺。其著作有昭明太子傳老子義等書。所爲詩，以綺靡之詞，寫宮廷生活，自謂傷於輕豔，當時號爲宮體。見梁書本紀。

桬 shā 所加切，平，麻韻，山。ㄕㄚ

見下。

【桬棠】木名。即沙棠。玉篇作"桬棠"。參見"沙棠"。

桭 zhēn 側詵切，平，臻韻，莊。ㄓㄣ 仄謹切，上，隱韻，莊。

木名。同"榛"。說文："桭，果實如小栗。……春秋傳曰：'女摯，不過桭栗。'"今本左傳莊二十四年作"榛"。

桫 suō 素何切，平，歌韻，心。ㄙㄨㄛ

見下。

【桫欏】木名。莖高而直，含澱粉，可供食用；葉片大，羽狀分裂。見廣韻。

梡 1. huán 胡官切，平，桓韻，匣。ㄏㄨㄢ 胡管切，上，緩韻，匣。

㊀木名。出蒼梧，子可食。也指束薪。見廣韻。㊁刮摩。漢揚雄法言吾子："斷木爲棋，梡革爲鞠，亦皆有法焉。"

2. kuǎn 苦管切，上，緩韻，溪。ㄎㄨㄢ

㊂四足的案板。禮明堂位："俎，有虞氏以梡。"宋聶崇義三禮圖集注十三有梡俎圖。

梓 zǐ 即里切，上，止韻，精。ㄗ

㊀木名。落葉樹。木質輕而易割，古常用作琴瑟及建築木料。詩鄘風定之方中："樹之榛栗，椅、桐、梓、漆。"也泛指木材。書梓材釋文："治木器曰梓。"也指木工。周禮考工記："攻木之工，輪、輿、弓、廬、匠、車、梓。"參見"梓人"、"梓匠"。㊁印刷刻版。因製版以梓木爲上，故稱。參見"付梓"。㊂"桑梓"的簡稱，借指故鄉。見"梓里"、"桑梓"。㊃姓。春秋魯有梓慎。見宋邵思姓解二木。

【梓人】木工。儀禮大射："工人士與梓人，升自北階兩楹之間。"注："工人士、梓人，皆司空之屬。"周禮考工記總序稱攻木之工七，其一爲梓人，專造樂器懸架（筍簴）、飲器、侯（箭靶）等。舊時因稱建築師爲梓人。唐柳宗元柳先生集十七梓人傳："裴封叔之弟在光德里，有梓人款其門，願傭隟宇而處焉。"

【梓州】州名。隋置。宋改爲梓潼府。即今四川三台縣治。唐杜甫杜工部草堂詩箋四十去蜀："五載客蜀郡，一年居梓州。"即此。見嘉慶一統志四〇六潼川府一。

【梓匠】木工。墨子節用中："凡天下羣百工，……陶冶梓匠，使各從事其所能。"新唐書百官志三："左校署……掌梓匠之事。"

【梓行】刻版發行。明張居正張文忠集書牘三答奉常陸五台："聞以華嚴合論梓行，此希有功德也，刻成，幸惠寄一部。"

【梓材】梓人治材。喻量材爲政。書梓材："若作梓材，既勤樸斲。"傳："爲政之術，如梓人治材爲器。"後也用以喻優異的才能。唐白居易長慶集十五酬盧祕書二十韻："聞有蓬壺客，知懷杞梓材。"

【梓里】故鄉。宋范成大石湖集十楊君居士挽詞詩："孝至蘭陔茂，身脩梓里恭。"參見"桑梓"。

【梓宮】帝后所用以梓木製的棺材。漢書六八霍光傳："賜金錢，繒絮，繡被百領，衣十五篋，璧珠璣玉衣，梓宮、便房、黃腸題湊各一具，……皆如乘輿制度。"文選南齊謝玄暉（朓）齊敬皇后哀策文："敬皇后梓宮，啟自先塋，時祔于某陵。"

【梓童】皇帝對皇后的稱呼。西遊記八四："那國王急睜眼睛，見皇后的頭光，他連忙爬起來道：'梓童，你如何這等？'"

【梓潼】㊀縣名。屬四川省。漢元鼎元年置，以地倚梓林而枕潼水爲名。爲廣漢郡治。蜀漢爲梓潼郡治。唐屬劍州，宋屬隆慶，元復屬劍州，明因之，清初屬保寧府，後改屬綿州。參閱寰宇通志六三保寧府劍州梓潼縣。㊁郡名。1. 漢末建安二十二年劉備置，晉因之，即今四川梓潼縣治。2. 南朝宋置，南齊北魏因之，今四川綿陽縣治。㊂水名。源出四川平武縣山溪，東南流經梓潼鹽亭，入於涪江。以上均參閱嘉慶一統志四一四綿州。

【梓澤】地名。晉石崇有別館在河陽之金谷，一名梓澤。見晉書石崇傳。水經注十五瀍水："瀍水出其北梓澤中。梓澤，地名也。"唐王勃王子安集五滕王閣詩序："蘭亭已矣，梓澤丘墟。"

【梓器】棺材。後漢書七九上戴憑傳："卒於官，詔賜東園梓器。"

【梓潼帝君】道教神名。相傳姓張名亞子，居蜀七曲山，仕晉戰死，後人立廟紀念。唐宋時屢封爲英顯王。元仁宗延祐三年曾封爲"輔文開化文昌司祿宏仁帝君"，道家謂玉帝命梓潼掌文昌府及人間功名、祿位事，因此稱爲梓潼帝君。參閱明俞汝楫禮部志稿八四會議釐正神祀、清錢大昕十駕齋養新錄十九梓潼神。

梳 shū 所葅切，平，魚韻，山。ㄕㄨ

㊀梳子。北堂書鈔一三六漢崔寔正論："無賞罰，是無君，苟欲治之，是猶不畜梳而欲髮之理也。"㊁梳頭。文選漢揚子雲（雄）長楊賦："頭蓬不暇梳，飢不及餐。"也用以比喻理事。唐韓愈昌黎集二十送鄭尚書序："蜂屯蟻雜，不可爬梳。"

【梳粧】婦女梳頭打扮。才調集五唐秦韜玉貧女詩："誰愛風流高格調，共憐時世儉梳粧。"金董解元西廂一："把蓋頭兒揭起，不甚梳粧，自然異常。"

【梳裹】梳髮裹頭巾。宋柳永樂章集定風波詞："暖酥銷，膩雲嚲，終日厭厭倦梳裹。"朝野新聲太平樂府六元馬致遠賞花時掬水月在手曲："寶鑑粧奩準備着，就這月華乘興梳裹。"

【梳櫳】㊀梳掠髮鬢。宋梅堯臣宛陵集五一和孫端叟蠶具詩之六："競以採桑歸，曾非事梳櫳。"㊁舊時妓女第一次接客伴宿。謂此後即當梳髻。古今雜劇明朱有燉劉盼香守志香囊怨二："這周生說的是甚話，你纔到俺家，不曾喫得兩遭酒兒，怎地便要梳櫳我女兒！"

桹 láng 魯當切，平，唐韻，來。ㄌㄤ

桄桹。漁人結在船舷敲擊以驅魚入網的長棒。詳"鳴桹"、"鳴榔"。

【桹桹】木相擊聲。唐元結元次山集五訟木魅："榴槐槐兮未堅，樟桹桹兮可屈。"宋梅堯臣宛陵集七送師厚歸南陽……同至姜店詩："桹桹殘夜木魚響，起看昴畢傾西躔。"

梯 tī 土雞切，平，齊韻，透。ㄊㄧ

㊀木階，登高用具。孫子九地："帥與之期，如登高而去其梯。"引申爲事故的因由。國語越下："無曠其衆，以爲亂梯。"㊁如登梯攀升。見"梯天"。㊂梯形之物。見"梯田"。㊃憑倚。山海經海內北經："西王母梯几而戴勝杖。"㊄私，近。通"體"。見"梯己"。㊅姓。北魏有建中校

尉梯儁。見明夏樹芳奇姓通二。

【梯己】同"體己"。㊀私藏的財物。清翟灝通俗編二三貨財梯己引宋鄭思肖心史："元人謂自已物則曰梯己物。"㊁親密，心腹。水滸三十："我帳前見缺恁地一個人，不知你肯與我做親隨梯己人麽？"

【梯山】緣梯攀登險山。後漢書一一八西域傳論："梯山棧谷繩行沙度之道，身熱首痛風災鬼難之域，莫不備寫情形，審求根實。"參見"梯山航海"。

【梯天】猶登天。唐杜牧樊川集一感懷詩："取之難梯天，失之易反掌。"

【梯田】坡地上建成的梯級形田地。宋范成大驂鸞録："至仰山，緣山腹喬松之磴甚危，……嶺阪之上皆禾田，層層而上至頂，名梯田。"

【梯氣】同"梯己"、"體己"。古今雜劇元李文蔚燕青博魚三："自家同樂院裏見了衙内，又不曾説的一句梯氣話。"

【梯航】梯與船，登山航海之具。唐呂溫呂衡州文集三與族兄皋請學春秋書："翹企聖域，莫知所從，如仰高山，臨大川，未獲梯航，而欲濟乎深而臻乎極也。"也指登山與航海。又元稹長慶集十代曲江老人百韻詩："山澤長孳貨，梯航競獻珍。"

【梯媒】推薦，介紹。也指推薦介紹的人。唐李商隱李義山文集三爲東川崔從事謝辟及聘錢啟："某早辱梯媒，獲沾科第。"又蘇鶚杜陽雜編上："天下賣寶貨求大官職，無不恃(元)載權勢，指薛(瑶英)、卓(倩)爲梯媒。"

【梯衝】雲梯與衝車，皆攻城之具。後漢書一〇三公孫瓚傳與子續書："袁氏之攻，狀若鬼神，梯衝舞吾樓上，鼓角鳴於地中。"

【梯橋】㊀園林中的一種梯形通道，備遊覽用。舊唐書一七〇裴度傳："東都立於集賢里，築山穿池，竹木叢萃，有風亭水榭，梯橋架閣，島嶼迴環，極都城之勝概。"㊁戰守工具。宋史二七一吴虔裕傳："李守貞出兵五千餘，設梯橋，分五路，於長連城西北以禦周祖。"

【梯山航海】登山航海。喻長途跋涉，經歷險阻。宋書明帝紀泰始元年詔："日月所照，梯山航海，風雨所均，削衽襲帶。所以業固盛漢，聲溢隆周。"藝文類聚五五南朝梁元帝職貢圖序："梯山航海，交臂屈膝，占雲望日，重譯至焉。"

梲 1. zhuó ㄓㄨㄛˊ 職悦切，入，薛韻，照。

㊀梁上短柱。論語公冶長："臧文仲居蔡，山節藻梲。"注："梲者，梁上楹。"

2. tuō ㄊㄨㄛ 他骨切，入，没韻，透。他括切，入，末韻，透。

㊁木棒。淮南子説山："執彈而招鳥，揮梲而呼狗，欲致之，顧反走。"㊂疏略。通"脱"。荀子禮論："凡禮始乎梲，成乎文，終於梲校〔恔〕。"史記作"脱"。

3. ruì ㄖㄨㄟˋ 集韻俞芮切，去，祭韻。

㊃尖鋭。通"鋭"。老子："揣而梲之，不可長保。"注："既揣末令尖，又鋭之令利。"一本作"鋭"。

【梲₂杖】木杖。後漢書八十下禰衡傳："手持三尺梲杖，坐大營門，以杖捶地大罵。"宋王安石臨川集二示安大師詩："手扶梲杖雖老矣，走險尚可追麏麚。"

械 xiè ㄒㄧㄝˋ 胡介切，去，怪韻，匣。

㊀器物。莊子天地："有械於此，一日浸百畦，用力甚寡而見功多。"荀子王制："農夫不斲削，不陶冶，而足械用。"㊁兵器。墨子公輸："公輸盤爲楚造雲梯之械。"㊂枷鎖、鐐銬一類刑具。漢書六二司馬遷傳報任安書："淮陰(韓信)，王也，受械於陳。"也比喻爲束縛。宋蘇軾分類東坡詩二三與胡祠部遊法華山："嗟予少小慕真隱，白髮青衫天所械。"

【械用】器物。荀子議兵："械用兵革攻完便利者强，械用兵革窳楛不便利者弱。"

【械器】器物。孟子滕文公上："以粟易械器者，不爲厲陶冶。"

【械機】指機心巧智。宋范成大石湖集二讀史詩之一："百歲虧成費械機，烏鳶螻蟻竟同歸。"

【械繫】加脚鐐手銬等刑具拘禁起來。史記蕭相國世家："乃下相國廷尉，械繫之。"

【械鬭】聚衆持械毆鬭。清會典事例八〇四刑部刑律人命鬭毆及故殺人："廣東福建廣西江西湖南浙江等六省糾衆互毆之案，除尋常共毆謀毆，雖人數衆多，並非械鬭。"

梂 qiú ㄑㄧㄡˊ 巨鳩切，平，尤韻，羣。

櫟實。外有裹橐，有刺如猬毛，狀如球子。爾雅釋木："櫟，其實梂。"注："有梂彙自裹。"

桲 bó ㄅㄛˊ 蒲没切，入，没韻，並。

㊀打穀的工具，即連枷。方言："僉，……齊楚江淮之間謂之柍，或謂之桲。"㊁見"榅桲"。

梪 dòu ㄉㄡˋ 田候切，去，候韻，定。

㊀古代禮器名。同"豆"。漢魯相韓勑造孔廟禮器碑："爵鹿柤梪，籩柉禁壺。"(隸釋一)。㊁古量器名。廣雅釋器："合十曰升，升四曰梪。"

梀 sù ㄙㄨˋ 桑谷切，入，屋韻，心。

木名。即桋。桋之木理赤者。爾雅釋木作"赤梀"。

梗 gěng ㄍㄥˇ 古杏切，上，梗韻，見。

㊀有刺的草木。文選漢張平子(衡)西京賦："梗林爲之靡拉，樸叢爲之摧殘。"唐呂延濟注："木有刺曰梗。"㊁草木的直莖。戰國策齊三："有土偶人與桃梗相與語。"㊂强硬，挺直。楚辭屈原九章橘頌："淑離不淫，梗其有理兮。"㊃病，災禍。詩大雅桑柔："誰生厲階，至今爲梗。"㊄抵禦，阻塞。周禮天官女祝："掌以時招梗禬禳之事，以除疾殃。"注："梗，禦未至也。"梁書高帝紀上移檄京邑："元惡未黜，天邑猶梗。"㊅大略。見"梗概"。

【梗泛】戰國策齊三寓言，刻桃梗爲人，雨至，漂浮淄水，不知所止。後因以梗泛指飄蕩無定止。清黄景仁兩當軒集四送容甫歸里詩："經年梗泛判游蹤，一笑驚從意外逢。"

【梗直】剛直。北史汝陰王天賜傳附修義："子文都，性梗直，仕周，爲右侍上士。"

【梗梗】正直堅强貌。三國志吴陸凱傳評："潘濬公清割斷，陸凱忠壯質直，皆節槩梗梗，有大丈夫格業。"

【梗陽】複姓。晉大夫食采梗陽，其後代以此爲姓。漢有梗陽真，晉有梗陽巫臯。梗陽故址在今山西清徐縣。見宋鄧名世古今姓氏書辯證二七梗、通志氏族三以地爲氏。

【梗塞】阻塞。宋書鄧琬傳："(袁)顗怒(劉)胡不戰，謂曰：'糧運梗塞，當如此何？'胡曰：'彼尚得泝流越我上，此運何以不得沿流越彼而下邪？'"

【梗概】大略，大概。後漢書八十上杜篤傳論都賦："臣所欲言，陛下已知，故略其梗概，不敢具陳。"文選漢張平子(衡)東京賦："不能究其精詳，故粗爲賓言其梗槩如此。"槩，同"概"。

【梗澀】指道路阻塞不通。晉書王承傳："是時道路梗澀，人懷危懼，承每遇艱險，處之夷然。"唐黄滔黄御史公集六祭司勳孫郎中:"今則江湖梗澀,京洛迢遥,權卜靈崗,寓安壽域。"

桭 zhēn 職鄰切,平,真韻,照。
ㄓㄣ

屋檐。漢書八七上揚雄傳甘泉賦:"列宿乃施於上榮兮,日月纔經於柍桭。"注:"服虔曰:柍,中央也。桭,屋相也。"

梧 1. wú 五呼切,平,模韻,疑。
ㄨˊ

㊀木名。梧桐。禮雜記上:"暢臼以椈,杵以梧。"㊁支架,支柱。文選三國魏何平叔(晏)景福殿賦:"桁梧複疊,勢合神離。"㊂支撐。後漢書一一二下徐登傳:"(趙)炳乃故升茅屋,梧鼎而爨。"㊃見"枝梧"。㊄姓。春秋田敬仲的子孫有梧氏。見漢王符潛夫論志氏姓。

2. wù 集韻 五故切,去,莫韻。
ㄨˋ

㊅見"魁梧"。㊆對面。儀禮既夕禮:"若無器,則捂受之。"釋文作"梧"。參見"抵梧"。

3. yǔ 集韻 偶舉切,上,語韻。
ㄩˇ

㊇見"彊梧"。

【梧₂丘】當道的高地。爾雅釋丘:"當途梧丘。"疏:"途,道也;梧,遇也。當道有丘名梧丘,言若相遇於道路然也。"晏子春秋雜下:"景公畋於梧丘。"

【梧州】地名。1.府名。唐武德四年置,五代因之。元改路,明改府,屬廣西,清因之。公元1913年廢。舊治所在今廣西蒼梧縣。參閱嘉慶一統志四六九梧州府。2.今市名,屬廣西,在西江及其支流桂江匯合處。

【梧宮】戰國齊宫名。漢劉向説苑奉使:"楚使使聘於齊,齊王饗之梧宮。"

【梧桐】㊀木名。詩大雅卷阿:"梧桐生矣,于彼朝陽。"㊁鳥名。清富察敦崇燕京歲時記梧桐:"京師十月以後,則有梧桐鳥等。梧桐者,長六七寸,灰身黑翅,黃嘴短尾,市兒買而調之,能於空中接彈丸,謂之打彈兒。"

【梧臺】古梧宫之臺。故址在今山東臨淄縣西北。臺東即闞子所謂宋愚人得燕石處,臺西舊有漢熹平五年梧臺里石社碑。見水經注二六淄水。

【梧檟】孟子告子上:"舍其梧檟,養其樲棘,則爲賤場師焉。"梧、檟皆爲美材,因用以喻傑出的人物。宋曾鞏元豐類稿五送程公闢使江西詩:"雲裘數曲秀蘭蕙,鳳蓋相摩擢梧榎。"榎,同"檟"。

【梧鼠技窮】荀子勸學:"螣蛇無足而飛,梧鼠五技而窮。"注:"梧鼠當爲鼫鼠。……五技,謂能飛不能上屋,能緣不能窮木,能游不能度谷,能穴不能掩身,能走不能先人。"後因以梧鼠技窮喻才能短绌。

梦 mèng
ㄇㄥˋ

"夢"之異體字。見"夢"。

梵 1. fàn 扶泛切,去,梵韻,並。
ㄈㄢˋ

㊀梵語音譯詞梵摩、婆羅賀摩、梵覽磨的略音,意爲寂静、清淨。晉葛洪要用字苑:"梵,潔也。"法華經序品:"常修梵行。"㊁梵語爲古印度書面語,故對印度等地事物,常冠以梵字,以示與中華有别。又佛經原用梵語寫成,故凡與佛有關的事物,皆稱梵。廣弘明集五南朝梁沈約均聖論:"雖葉書橫字,華梵不同。"又十三唐釋法琳九箴篇:"在梵則禿髮露頂。"㊂佛書傳説創造文字的人。法苑珠林十五千佛召師:"昔造書之主,凡有三人,長名曰梵,其書右行,次曰佉盧,其書左行,少者倉頡,其書下行。"毘婆沙論作瞿毗陀羅門。參見"佉盧"。㊃姓。宋有梵禹餘。見正字通。

2. féng 房戎切,平,東韻,並。
ㄈㄥˊ

㊄見"梵₂梵₂"。

【梵文】古印度的書面語言文字。書體右行。法苑珠林十五千佛召師:"西方寫經,同祖梵文。"唐許渾丁卯集下冬日開元寺贈元孚上人詩:"梵文明處譯,禪衲暖時縫。"

【梵王】大梵天王的簡稱。藝文類聚七六南朝梁劉勰剡縣石城寺彌勒佛石像碑銘:"梵王四鶴,徘徊而不去。"詳"大梵天王"。

【梵天】佛經有梵衆天,爲梵民所居;梵輔天,爲梵佐所居;大梵天,爲梵王所居。統稱梵天。見法苑珠林五諸天部辨位。隋張通妻陶貴墓誌:"定知善果,還生梵天。"(八瓊室金石補正二六)。也作"梵摩天"。資治通鑑一八一隋大業八年:"值我兵解時至,我應生梵摩天。"

【梵本】梵文書寫的佛經。梁釋慧皎高僧傳三譯經下佛陀什:"先沙門法顯於師子國得彌沙塞律梵本,未被翻譯,而法顯遷化。"

【梵宇】佛寺。梁書張纘傳南征賦:"經法王之梵宇,覩因時之或躍;從四海之宅心,故取亂而誅虐。"

【梵字】印度古文字,也稱梵書,梵文,書體右行。唐王維王右丞集二苑舍人能書梵字……詩:"楚詞共許勝揚馬,梵字何人辨魯魚。"參見"梵文"。

【梵志】即婆羅門。佛教謂爲外道之一。相傳婆羅門爲梵天之苗裔而行梵法,故婆羅門也稱梵志。婆沙論三四:"我今應往誑而惱之,遂自化作婆羅門像,……至彼王所。……王言:'梵志,從何所來?'婆羅門言:'從大海外。'"南朝梁蕭統昭明太子集二僧正詩:"能令梵志遣,亦使羣魔驚。"

【梵夾】佛書以貝葉作書,貝葉重叠,以板木夾兩端,用繩串結,故稱梵夾。唐李賀歌詩編一送沈亞之歌:"白藤交穿織書笈,短策齊裁如梵夾。"宋夏竦文莊集二二重校妙法蓮華經序:"又以悉曇梵夾,傍行右讀,中原傳譯,始創卷軸。"

【梵刹】梵指清淨;刹,梵名剌瑟致,此指竿,即幡柱。僧人居處,當豎幡以告四方。後來泛稱佛寺爲梵刹。唐唐彦謙鹿門集下遊南明山詩:"金銀拱梵刹,丹青照廊宇。"參閱釋氏要覽上住處梵刹。

【梵音】誦經聲。法華經一序品:"梵音深妙,令人樂聞。"唐王勃王子安集三遊梵宇三覺寺詩:"蘿幌棲禪影,松門聽梵音。"

【梵皇】指佛。佛教謂佛生於西北梵地,爲法中之皇帝,故稱梵皇。止觀輔行傳弘決序:"古先梵皇,乘時利見。"也作梵帝。唐王勃王子安集十五益州綿竹縣武都山淨慧寺碑:"須彌山頂,仍開梵帝之宫。"

【梵宫】即梵宇。本指梵天的宫殿。法華經化城喻品:"梵天宫殿光明照曜。"後泛指佛寺。廣弘明集十六南朝梁沈約瑞石像銘:"永言鷲室,栖誠梵宫。"南朝梁釋慧皎高僧傳十二經師論:"至如億耳細聲於宵夜,提婆颺響於梵宫。"也作"梵王宫"。宋蘇軾分類東坡詩二三金門寺中見李留臺與二錢唱和四絶句戲用其韻跋之之三:"一紙淸詩弔興廢,塵埃零落梵王宫。"

【梵唄】佛教作法事時的讚歎歌詠之聲。楞嚴經六:"梵唄詠歌,自然敷奏。"南朝梁釋慧皎高僧傳十三經師論:"然天竺方俗凡是歌詠法言,皆稱爲唄;至於此土詠經,則稱爲轉讀,歌讚則號爲梵唄。"參閱唐釋玄應一切經音義六妙法蓮華經一歌唄引宣驗記、翻譯名義集四唄匿。

【梵₂梵₂】植物茂盛貌。漢都鄉正衞彈碑:"□耕千耦,梵梵黍稷。"(隸釋十五)梵,也音逢,通"芃芃"。

【梵衆】僧徒。藝文類聚七七南朝陳徐陵四元畏寺刹下銘："梵衆朝禮，天歌夜清。"

【梵嫂】宋陶穀清異録釋族："相國寺星辰院比丘澄暉，以豔倡爲妻。……後忽一少年踵門謁暉，願置酒參會梵嫂，暉難之。"此指僧妻。

【梵經】佛書。文苑英華二二〇唐司空曙贈岳陽隱禪師詩："講席舊逢山鳥至，梵經初向竺僧求。"

【梵輪】佛教語。"法輪"的異名。智度論二五："問曰：'佛或時名法輪，或時名梵輪，有何等異？'答曰：'説梵輪、法輪無異。'"廣弘明集十六南朝梁蕭綱謝敕賚柏刹柱並銅萬斤啟："永曜梵輪，方興寶塔。"

【梵學】佛學。唐袁郊甘澤謡圓觀："圓觀者，大曆末雒陽惠林寺僧，能事田園，富有粟帛。梵學之外，音律貫通。"

【梵聲】誦經聲。廣弘明集三十上南朝梁蕭衍(武帝)和太子懺悔詩："繚繞聞天樂，周流揚梵聲。"也作"梵響"。北周庾信庾子山集三和從駕登雲居寺詩："隔嶺鐘聲度，中天梵響來。"

梛 yé ㄧㄝ 集韻 余遮切，平，麻韻。

木名。同"椰"。唐柳宗元柳先生集四二同劉二十八院長寄……贈二君子詩："御寒衾用罽，挹水勺仍梛。"詳"椰"各條。

梜 jiā ㄐㄧㄚ 古洽切，入，洽韻，見。

㊀夾書板。説文："柙，檢柙也。"徐鍇説文繫傳："謂書封函之上，恐磨滅文字，更以一版于上柙護之。……今人言文書柙署是也。"㊁筷子。同"筴"。見"梜提"。

【梜提】筷子。禮曲禮上"羹之有菜者用梜"漢鄭玄注："梜，猶箸也。今人或謂箸爲梜提。"釋文："字林作筴。"

桮 bēi ㄅㄟ 布回切，平，灰韻，幫。

㊀同"杯"。詳"杯"字各條。㊁盤盞之屬。漢書八三朱博傳："自微賤至富貴，食不重味，案上不過三桮。"

【桮杓】酒具。也作"杯杓"。史記項羽紀："沛公不勝桮杓，不能辭。"

【桮圈】同"桮棬"、"桮棬"。元丁鶴年集四題九曲山房圖詩："瀧岡墓表情何極，手把桮圈淚滿袍。"

【桮棬】器名。也作"杯棬"。先用枝條編成杯盤之形，再以漆加工製爲杯盤。孟子告子上："孟子曰：子能順杞柳之性而以爲桮棬乎，將戕賊杞柳而後以爲桮棬也？"疏："桮，素樸也。棬，器之似屈轉木作也，以其杞柳可以揉而作棬也。"

桶 tǒng ㄊㄨㄥˇ 他孔切，上，董韻，透。
徒揔切，上，董韻，定。

㊀量器名。方斛稱之謂桶，容量六升。史記六八商君傳："平斗桶權衡丈尺。"索隱："音統，量器名也。"㊁圓柱形容器。漢史游急就篇"槫杅槃案桮閜盌"唐顔師古注："槫，小桶也，所以盛鹽豉。"

【桶底脱】五燈會元十四真州長蘆真歇清了禪師："師一日入廚，看煮麪次，忽桶底脱。衆皆失聲曰：'可惜許。'師曰：'桶底脱自合歡喜，因甚麽却煩惱？'"後佛家用以喻坐化。金趙渢黄山集仙和尚坐脱詩："桶底脱時無一物，棧輪轉處有三元。"

梫 qǐn ㄑㄧㄣˇ 七稔切，上，寑韻，清。
子心切，平，侵韻，精。
楚簪切，平，侵韻，初。

牡桂。桂的一種。爾雅釋木："梫，木桂。"注："今南人呼桂厚皮者爲木桂。"文選晉左太沖(思)蜀都賦："其樹則有木蘭梫桂，杞櫹椅桐。"

桾 jūn ㄐㄩㄣ 舉云切，平，文韻，見。

見下。

【桾櫏】果木名。其木似柿而葉長，實小而長，形如瓠，乾熟則紫黑色。文選晉左太沖(思)吴都賦："平仲桾櫏，松梓古度。"也作"君遷"。參見"君遷"。

梎 zhǐ ㄓˇ

同"栺"。見"栺"。

梮 jú ㄐㄩˊ 居玉切，入，燭韻，見。

㊀抬物的器具。國語周中："收而場功，待而畚梮。"注："梮，舉土之器。"左傳襄九年："陳畚挶。"唐石經本作"梮"。㊁登山的轎。漢書溝洫志："山行則梮。"史記河渠書作"山行即橋"。近人馬敍倫認爲梮、橋都是轎的假借字。見其讀書小記一。

梢 1. shāo ㄕㄠ 所交切，平，肴韻，山。

㊀樹枝的末端。北周庾信庾子山集一枯樹賦："森梢百頃，槎枿千年。"唐杜甫杜工部草堂詩箋二一送韋郎司直歸成都："爲問南溪竹，抽梢合過牆。"也泛指事物的末尾。宋史二六四宋琪傳上平燕薊十策："陣梢不可輕動，蓋防横騎奔衝。"他如"眉梢"、"春梢"等均取此義。㊁短木。淮南子兵略："曳梢肆柴，揚塵起堨。"注："梢，小柴也。"㊂竿子，舞者所持。漢書禮樂志郊祀歌天門："飾玉梢以舞歌，體招搖若永望。"㊃桶。宋君山鐵梢款："孟府十位鑄到鐵梢壹樣貳隻，各重壹仟斤。"清陸增祥跋："梢卽桶也。今中州人猶呼桶爲梢。"(八瓊室金石補正一一九)。㊄船舵之尾。通"艄"。唐柳宗元柳先生集四三遊朝陽巖遂登西亭詩："所賴山水客，扁舟枉長梢。"㊅旌旗之旒。通"旓"。漢書八七上揚雄傳河東賦："揚左纛，被雲梢。"㊆打擊。通"揱"。文選戰國楚宋玉風賦："蹷石伐木，梢殺林莽。"漢書八七上揚雄傳甘泉賦："屬堪輿以壁壘兮，梢夔魖而抶獝狂。"㊇捎帶。通"捎"。明陳與郊麒麟罽傳奇室家許語："韓官人便未得回，雁往魚來，定梢音信。"

2. xiāo ㄒㄧㄠ 集韻 思邀切，平，宵韻。

㊈沖激。周禮考工記匠人："梢溝三十里而廣倍。"注引鄭衆："梢讀爲桑螵蛸之蛸，蛸謂水漱齧之溝。"

【梢人】船家。古今小説二三張舜美燈宵得麗女："數日之間，雖水火之事，亦自謹慎，梢人亦不知其爲女人也。"

【梢子】㊀𩏼鼓的别名。宋曾三異因話録撚梢子："𩏼鼓，古樂也。今不言'播𩏼'，而曰'撚梢子'，世俗之陋也。"㊁撑船的人，船家。西遊記九："曉行夜宿，不覺已到洪江渡口。只見梢子劉洪李彪二人，撑船到岸迎接。"明董谷碧里雜存上梅梢："吴人謂舟子爲梢子。"㊂一種褲子。明田藝蘅留青日札二二褌袴松："(犢鼻褌)以三尺布爲之，形如牛鼻，蓋前後各一幅，中裁兩尖襠交輳，卽今之牛頭子褌，一名梢子。"

【梢公】船家，或對船家的尊稱。元曲選鄭廷玉楚昭公三："自家是個梢公，每日在這江邊捕魚爲生。"水滸三七："也難得這個梢公救了我們三個性命。"

【梢芟】樹枝、蘆荻之類的防汛護堤材料。宋史河渠志一："舊制，歲虞河決，有司常以孟秋預調塞治之物，梢芟、薪柴、楗橛、竹石、茭索、竹索凡千餘萬，謂之春料。……凡伐蘆荻謂之芟，伐山木榆柳枝葉謂之梢。"

【梢梢】㊀風聲。南朝宋鮑照鮑氏集二野鵝賦："風梢梢而過樹，月蒼蒼而照臺。"㊁勁挺貌。南齊謝朓謝宣城集三酬王晉安詩："梢梢枝早勁，塗塗露晚晞。"㊂尾垂貌。唐李賀歌詩編一唐兒歌："竹馬梢梢搖緑尾，銀鸞睒光踏半臂。"

【梢雲】高雲，瑞雲。文選晉左太沖(思)

吳都賦：“梢雲無以踰，嶰谷弗能連。”注：“漢書天文志曰：見梢雲，其說梢如樹也。”按漢書作“捎雲”，史記天官書作“梢雲”。一說梢雲爲山名，出竹。見文選注。又晉郭景純（璞）江賦：“驪虯摎其址，梢雲冠其嶸。”注引孫氏瑞應圖：“梢雲，瑞雲。……若樹木梢梢然也。”

桿 gǎn ㄍㄢˇ

“杆”的異體字。正字通：“俗杆字。舊註：音汗，木也。誤。”

【桿棒】用作武器的粗木棒。水滸引首：“一條桿棒等身齊，打四百座軍州都姓趙。”

桯 1. tīng ㄊㄧㄥ 集韻 湯丁切，平，青韻。

㊀牀前几。見說文。方言五：“榻前几，江沔之間曰桯。”

2. yíng ㄧㄥˊ 集韻 怡成切，平，清韻。

㊁古時車蓋柄下較粗的一段。周禮考工記輪人：“輪人爲蓋，達常圍三寸；桯圍倍之，六寸。”注：“鄭司農（衆）云：‘達常，蓋斗柄，下入杠中也。……桯，蓋杠也。’桯，讀爲楹，音盈。”疏：“此蓋柄下節，粗大常一倍，向上含達常也。”㊂屋柱。同“楹”。元曲選關漢卿竇娥冤四：“怎不容我到燈影前，却攔截在門桯外！”

【桯史】宋岳珂撰。十五卷，附錄一卷。一百四十餘條。大部記敘宋代朝政得失和士大夫軼聞，間加評論。亦載詼諧瑣事，近於小說。

【桯凳】牀前長凳。也稱“春凳”。章炳麟新方言釋器：“今淮南謂牀前長凳爲桯凳，音如晴，江南浙江音如檉。”

梩 lí sì ㄌㄧˊ ㄙˋ 里之切，平，之韻，來。

說文“相”的異體字。鍬臿一類的挖土器具。孟子滕文公上：“蓋歸反虆梩而掩之。”

棴 bèi ㄅㄟˋ 集韻 博蓋切，去，泰韻。

木名。見“棴多”。

【棴多】木名。本作“貝”，俗作“棴”。出印度。樹高六、七丈，經冬不凋。其葉可用以書寫，稱爲“貝葉”。見唐段成式酉陽雜俎前集十八木篇。

梘 jiǎn ㄐㄧㄢˇ 集韻 吉典切，上，銑韻。

過水槽。明宋應星天工開物乃粒水利：“凡河濱有制筒車者，堰陂障流，繞於車下，激輪使轉，挽水入筒，一一傾於梘內，流入畝中。”又稱屋檐下的水霤爲水梘。也作“筧”。

梱 1. kǔn ㄎㄨㄣˇ 苦本切，上，混韻，溪。

㊀門限。通“閫”。禮曲禮上：“外言不入於梱，內言不出於梱。”史記一一九孫叔敖傳：“王必欲高車，臣請教閭里使高其梱。”㊁使齊平。儀禮大射：“既拾，取矢梱之。”㊂箭靶。見“梱復”。

2. wén ㄨㄣˊ 牛昆切，平，魂韻，疑。

㊃木名。見爾雅釋木。清郝懿行爾雅義疏謂與“棞”聲義近，指沒有劈開的梡木。

【梱復】箭射到靶上不著而彈回。儀禮大射：“中離維綱，揚觸梱復。”注：“梱復，謂矢至侯不著而還復，復，反也。”

梠 lǚ ㄌㄩˇ 力舉切，上，語韻，來。

楣，屋檐。也稱梍、櫋。方言十三：“屋梠謂之欞。”注：“雀梠，卽屋檐也。”文選三國魏何平叔（晏）景福殿賦：“梍梠緣邊，周流四極。”

梣 chén ㄔㄣˊ 鋤針切，平，侵韻，牀。
昨淫切，平，侵韻，從。

木名。其皮入藥，卽秦皮。淮南子俶真：“夫梣木色青翳，而蠃瘉蝸睆，此皆治目之藥也。”注：“梣木，苦歷木名也。生於山，剝取其皮，以水浸之，正青，用洗眼，瘉人目中膚翳。”

梐 bì ㄅㄧˋ 傍禮切，上，薺韻，並。
邊兮切，平，齊韻，幫。

見下。

【梐枑】用木條交叉製成的柵欄，置於官署前以截人馬。又叫行馬。周禮天官掌舍：“設梐枑再重。”也作“梐梱”。吳越春秋七勾踐入臣外傳：“幸來涉我壤土，入吾梐梱。”

桴 fú ㄈㄨˊ 芳無切，平，虞韻，滂。
縛謀切，平，尤韻，並。

㊀屋棟。爾雅釋宮：“棟謂之桴。”文選漢班孟堅（固）西都賦：“列棼橑以布翼，荷棟桴而高驤。”㊁鼓槌。通“枹”。禮禮運：“蕢桴而土鼓。”韓非子功名：“至治之國，君若桴，臣若鼓，技若車，事若馬。”㊂以竹木編成的舟，大曰筏，小曰桴。論語公冶長：“道不行，乘桴浮於海。”正義：“桴，木表之粗皮也。”㊃通“浮”。見“桴炭”。㊄通“孵”。見“桴粥”。㊅通“罘”。見“桴思”。

【桴苡】木名，卽芣苡。逸周書王會：“康民以桴苡者，其實如李，食之宜子。”

【桴思】同“罘罳”，卽屏風。禮明堂位“疏屏，天子之廟飾也”漢鄭玄注：“屏謂之樹，今桴思也。”

【桴炭】卽木炭。桴，通“浮”。宋陸游老學庵筆記六：“謝景魚家有陳無已手簡一編，有十餘帖，皆與酒務官託買浮炭，其貧可知。浮炭者，謂投之水中而浮。今人謂之桴炭，恐亦以投之水中則浮故也。白樂天詩云：‘日暮半爐桴炭火。’則其語亦已久矣。”今本白居易長慶集五二和自勸詩之一作“麩炭”。

【桴粥】孵育。桴，通“孵”；粥，通“鬻”。大戴禮夏小正：“鷄桴粥。粥也者，相粥之時也。或曰：桴，嫗伏也；粥，養也。”

【桴鼓】卽枹鼓。鼓槌和鼓。桴，通“枹”。㊀戰鼓，警鼓。漢劉向說苑脩文：“被甲攖冑，立于桴鼓之間，士卒莫不勇者。”文選晉孫子荆（楚）爲石仲容與孫皓書：“師次遼陽而城池不守，桴鼓一震而元凶折首。”㊁枹與鼓。喻相應。韓非子功名：“至治之國，君若桴，臣若鼓。”漢書七五李尋傳尋對哀帝問：“順之以善政，則和氣可立致，猶枹鼓之相應也。”

桵 ruí ㄖㄨㄟˊ 儒隹切，平，脂韻，日。

木名。爾雅釋木：“棫，白桵。”注：“桵，小木。叢生有刺，實如耳璫，紫赤可啖。”疏：“其材理全白，無赤心者爲白桵，直理易破，可爲櫝車輻，又可爲矛戟矜。”參見“棫”。

梌 tú ㄊㄨˊ 同都切，平，模韻，定。

木名。南方謂之楓，北方謂之梌。見畿輔通志七三輿地二八物產一木屬。

梎 zhèn ㄓㄣˋ 集韻 直刃切，去，稕韻。

木名。汁可作酒。字也作“槇”。見集韻。詳“梎酒”。

【梎酒】梎木汁釀製的酒。梁書劉杳傳：“又在任昉坐，有人餉昉梎酒而作榐字。昉問杳：‘此字是不？’杳對曰：‘葛洪字苑作木旁䀭。’”

桼 qī ㄑㄧ 親吉切，入，質韻，清。

㊀木名。漆的本字。其汁也稱“桼”。漢書五一賈山傳：“冶銅錮其內，桼塗其外。”又九一貨殖傳巴寡婦清：“陳夏千畝桼。”參見“漆”。㊁數詞。通“柒”、“七”。見“七㊀”。

【桼政】卽七政。漢揚雄太玄經七玄攡：“運諸桼政。”注：“桼政，日月五星也。”詳“七政”。

【桼娥】猶七美。桼，亦作"𣘻"。漢揚雄方言二："故吳有館娃之宮，秦有𣘻娥之臺。"注："𣘻，音七。"晉書束晳傳玄居釋："夕宿七娥之房，朝享五鼎之食。"

梆 bāng 博江切，平，江韻，幫。ㄅㄤ

巡更或官衙用以示集散所用的響器。用挖空的木頭或竹筒做成。俗稱梆子。水滸二："我莊上打起梆子，你衆人可各執鎗棒，前來救應。"明呂維祺四彝館增定館則十五："諸生每日辰初入館，……候擊梆散館，不許先出。"

【梆子腔】戲曲聲腔，以用梆子伴奏得名。如秦腔（陝西梆子）、晉劇（山西梆子）、豫劇（河南梆子）等。

梃 tǐng 徒鼎切，上，迥韻，定。ㄊㄧㄥˇ

㊀木棒。孟子梁惠王上："殺人以梃與刃，有以異乎？"㊁勁直。荀子勸學："木直中繩，輮以爲輪，其曲中規，雖有槁暴不復挺者，輮使之然也。"㊂條狀物的計量單位。魏書李孝伯傳："（武陵王）駿遣人獻酒二器、甘蔗百梃，并請駱駝。"

【梃擊】明神宗時，鄭貴妃有寵，朝臣多疑帝欲立妃之子福王。後光宗立爲太子，忽有男子張差持梃入光宗所居的慈慶宮。被執訊問，供爲內監劉成龐保所指使。人疑鄭貴妃所爲。神宗不願深究，乃殺成保張差。史稱"梃擊"案，與紅丸、移宮稱爲三案。參閱明史神宗紀、清谷應泰明史紀事本末六八三案。

梏 1. gù 古沃切，入，沃韻，見。ㄍㄨˋ

㊀刑具名。即手銬。周禮秋官掌囚："凡囚者，上罪梏拲而桎，中罪桎梏，下罪梏。"㊁械繫，拘禁。左傳莊三十年："鬬射師諫，則執而梏之。"又襄六年："子蕩怒，以弓梏華弱於朝。"注："張弓以貫其頸，若械之在手，故曰梏。"山海經海內西經："貳負之臣，……殺窫窳，帝乃梏之疏屬之山。"

2. jué 古岳切，入，覺韻，見。ㄐㄩㄝˊ

㊂正直。禮射義"發而不失正鵠者"漢鄭玄注："畫曰正，棲皮曰鵠。……鵠之言梏也，梏，直也；言人正直乃能中也。"㊃大。通"覺"。禮緇衣："詩云：有梏德行。"今詩大雅抑作"有覺德行，四國順之。"

【梏亡】孟子告子上："其日夜之所息，平旦之氣，其好惡與人相近也者幾希，則其旦晝之所爲，有梏亡之矣。"按此言爲利欲所束縛而喪失本心。漢趙岐注梏作"牿"。一說應作搰。搰，通"攪"，擾亂的意思。參閱漢趙岐注、清焦循正義。

梅 méi 莫杯切，平，灰韻，明。ㄇㄟˊ

本作"某"。亦作"楳"、"槑"。㊀果木名。早春開花，色有紅白二種。白者初開時微帶綠色，叫綠萼梅。開花後生葉。果實味酸，立夏後熟。生者青色，叫青梅；熟者黃色，叫黃梅。古代用之作調味品。詩召南摽有梅："摽有梅，其實七兮。"書說命下："若作和羹，爾惟鹽梅。"㊁節候名。初夏江南氣候濕潤多雨，適當黃梅成熟，俗稱此時爲梅天。元周密癸辛雜志續集下壬日扦種："芒種後壬日入梅。"㊂姓。殷紂時有梅伯，以國爲氏。見元和姓纂十五灰。

【梅山】㊀地名。春秋楚地。在河南新鄭縣西北。左傳襄十八年："蔿子馮公子格率銳師侵費滑胥靡獻于雍梁。右回梅山，侵鄭東北。"即此。參閱明一統志二六開封府上。㊁山名。1.在湖南新化縣安化縣間，在新化者稱上梅山，在安化者稱下梅山。宋神宗熙寧中章惇開梅山，置安化縣，即此。見嘉慶一統志三五四長沙府一。2.在安徽含山縣東南五里。山上多梅，俗傳爲曹操行軍望梅止渴處。參閱讀史方輿紀要二九和州含山縣、嘉慶一統志一三一和州。

【梅天】黃梅天氣。唐呂溫呂和叔集一宗禮欲往桂州苦雨因以戲贈詩："農人辛苦綠苗齊，正愛梅天水滿堤。"

【梅瓜】以梅汁醃製的瓜。見北魏賈思勰齊民要術九作菹藏生菜法。

【梅州】漢揭陽縣地。東晉爲海陽縣，南齊分置程鄉縣。五代南漢乾和三年置敬州。宋因避太祖（趙匡胤）之祖父趙敬諱，改稱梅州。元升爲梅州路，明復爲程鄉縣，清升爲嘉應州，公元 1912 年改爲梅縣，屬廣東省。參閱太平寰宇記一六六、嘉慶一統志四五六嘉應州。

【梅妃】唐明皇（玄宗）之妃。莆田人。姓江名采蘋。開元初，高力士選歸侍明皇。善屬文，自比謝道蘊。性喜梅，居所均植梅花，明皇戲名之爲梅妃。明皇後寵楊貴妃，逼遷上陽宮，帝每念之，曾封珍珠一斛密賜梅妃，不受。也稱江妃。見舊題唐曹鄴梅妃傳。參見"一斛珠㊁"。

【梅李】鎮名。在江蘇常熟縣東北。五代吳越時梅世忠李開山屯兵於此，因以兩將姓氏得名。明嘉靖中爲與倭寇爭戰之地。見讀史方輿紀要二四蘇州府。

【梅里】㊀地名。1.周太王子泰伯所居，詳"泰伯城"。2.古越王無餘及子孫所居。越絕書越絕外傳記地傳："自無餘初封於越以來，傳聞越王子孫在丹陽皋鄉，更姓梅，梅里是也。"3.在浙江嘉興縣王店鎮，以多梅著稱。參閱浙江通志四一古蹟三嘉應府引嘉興縣志。㊁遼代官名。遼史太宗紀上天顯十二年："遣郎君的烈古、梅里迭烈使晉。"國語解梅里："貴戚官名，述律皇后族有慎思梅里、婆姑梅里，未詳何職。"又百官志一載掌皇族軍政的舍利司下也設有小官名曰梅里。

【梅岑】浙江普陀山的別名。元吳萊淵穎吳先生文集七甬東山水古蹟記："東到梅岑山，梅子真煉藥處，梵書所謂補怛陀洛迦山也。"

【梅伯】傳說殷紂臣，以數諫爲紂所殺。楚辭屈原天問："梅伯受醢，箕子詳狂。"

【梅雨】江南梅子黃熟時，常陰雨連綿，稱梅雨。初學記二南朝梁元帝纂要："梅熟而雨曰梅雨。"注："江東呼爲黃梅雨。"文苑英華二唐太宗詠雨詩："和風吹綠野，梅雨灑芳田。"也泛指連綿雨。唐溫庭筠集四西江上送漁父詩："三秋梅雨愁楓葉，一夜篷舟宿葦花。"

【梅苑】宋黃大輿撰。十卷。所收皆詠梅之詞。起於唐代，止於北宋南宋之間。

【梅香】㊀梅花的香氣。文苑英華二崔日用奉和人日重宴大明宮恩賜綵縷勝應制："曲池苔色冰前液，上苑梅香雪裏嬌。"㊁元明雜劇小說中用作婢女的通稱。古今雜劇元白仁甫東牆記一："更有箇小妮子，是小姐使喚的梅香，亦能吟詩寫染。"

【梅紅】如紅梅的顏色。宋孟元老東京夢華錄八端午："端午節物……紫蘇、菖蒲、木瓜，並皆茸切，以香藥相和，用梅紅匣子盛裹。"宋史禮志十七："玉牒，舊制以梅紅羅面簽字。"

【梅梅】昏暗。猶昧昧。禮玉藻："視容瞿瞿梅梅。"疏："梅梅，猶微微，謂微昧也。"

【梅祿】回紇官名。舊唐書一六五柳公綽傳："是歲，北虜遣梅祿將軍李暢，以馬萬匹來市。"也譯作"梅錄"。又一九五回紇傳："乃遣達比特勒梅錄將軍告忠貞可汗之哀於我。"

【梅福】漢九江壽春人。字子真。少學於長安，明尚書穀梁春秋，爲郡文學，補南昌尉。後去官歸里，數上書言宜封孔子後世以奉湯祀，並譏刺王鳳。及王莽專政，福乃棄妻子去九江。後有人遇福於會稽,已變名姓爲吳市門卒。見漢書本傳。後世江南各地以至閩粵,關於梅福成仙的傳説甚多,均屬附會。

【梅塢】種有梅花的土障。宋黃庭堅山谷内集九出禮部試院……戲答詩之二:"舍人梅塢無關鎖,攜酒俗人來未曾?"

【梅諸】即梅菹,乾梅。詳"桃諸"。

【梅醞】酒名。宋蘇軾東坡集續集七書簡答程天侔之二:"惠酒絶佳。舊在惠州,以梅醞爲冠,此又遠過之。"

【梅嶺】山名。1. 即大庾嶺。古時嶺上多梅,故又稱梅嶺。唐杜甫杜工部詩史補遺九哭李常侍嶧之二:"短日行梅嶺,寒山落桂林。"參見"大庾嶺"。2. 在江西寧都縣東北。史記一一四東越傳:"令諸校屯豫章梅嶺待命。"參閲嘉慶一統志三三三寧都州。

【梅關】在江西大庾嶺上。宋嘉祐八年,廣東轉運使蔡抗與弟挺,令民植松夾道,供行者休憩,且爲江西廣東分界。關上石壁對峙,形勢險要。參閲嘉慶一統志三三二南安府。

【梅文鼎】公元1633—1721年。清安徽宣城人。字定九,號勿庵。爲學甚勤,攻曆算,著書七十餘種,今所傳以承學堂所刻梅氏叢書輯要三十九種最爲完備。參閲清阮元疇人傳三七、三八。

【梅村集】清吳偉業撰。詩十八卷,詞二卷,文二十卷。偉業文不如詩,其詩取法盛唐以及元(稹)、白(居易),號爲"婁東派"。集中歌行如圓圓曲永安宫詞楚兩生行尤爲有名。其集別刻有梅村家藏稿五十八卷、補一卷、年譜四卷,靳榮藩注吳詩集覽二十卷,吳翌鳳注梅村詩集箋注十八卷。參見"吳偉業"。

【梅花江】水名。在福建長樂縣東北五十里,爲福州門户。潮漲潮落,均可通航,故向稱要隘。舊時設梅花千户所。見長樂縣志四山川。

【梅花村】在廣東博羅縣羅浮山飛雲峯下。舊時梅樹成林,村人賴以釀酒營生。宋蘇軾分類東坡詩十四松風亭下梅花盛開再用前韻:"羅浮山下梅花村,玉雪爲骨冰爲魂。"參閲舊題唐柳宗元龍城録、清屈大均廣東新語三山語羅浮。

【梅花使】南朝宋陸凱與范曄交善,自江南寄梅花一枝至長安贈曄,並與詩曰:"折梅逢驛使,寄與隴頭人。江南無所有,聊贈一枝春。"見太平御覽九七〇南朝宋盛弘之荆州記。後遂以梅花使喻驛使。元王實甫西廂記五本二折:"不聞黄犬音,難得紅葉詩,驛長不遇梅花使。"

【梅花脯】食品。宋林洪山家清供下:"山栗、橄欖,薄切同拌,加鹽少許同食,有梅花風韻,名梅花脯。"

【梅花粧】相傳南朝宋武帝女壽陽公主人日卧於含章簷下,梅花落於公主額上,成五出之花,拂之不去,自後有梅花粧。見唐韓鄂歲華紀麗一人日梅花粧。唐李商隱李義山詩集五對雪之二:"侵夜可能争桂魄,忍寒應欲試梅粧。"參見"壽陽公主"。

【梅花落】漢横吹曲名。本笛中曲。南朝宋鮑照、梁吳均、陳後主、陳徐陵、隋江總等所作樂府,都有此篇。皆見樂府詩集二四横吹曲詞。唐李白李太白詩二三與史郎中欽聽黄鶴樓上吹笛:"黄鶴樓中吹玉笛,江城五月落梅花。"即用此意。

【梅花碑】石名。福建泉州城内承天寺山門,有梅花石,呈青黛色,長丈餘,寬三尺餘,厚約一尺。石中隱梅樹一株,枝疏蕊密,栩栩如生,似雕刻,撫之又平滑無痕。俗名梅花碑。現此石猶存。參閲清施鴻保閩雜記五。

【梅花數】古占法。相傳乃宋邵雍所作,其法任取一字畫數,以八減之,餘數得卦;再取一字,以六減之,餘數得爻,然後依易理,附會人事,以斷吉凶。

【梅花嶺】土丘名。在江蘇揚州市廣儲門外。明萬曆中,州守吳秀濬河積土成丘,丘上植梅,故名。明末,清兵攻破揚州,史可法死事,次年,家人葬其衣冠於此。清在此設梅花書院。參閲明史二七四史可法傳、嘉慶一統志九六揚州府一。

【梅花譜】清王再越著。前後兩集,六卷。專論象棋着法,對順手炮、列手炮、過宫炮、屏風馬對當頭炮等布局及中局的變化,歸納總結,系統論述。

【梅根冶】鎮名。在安徽貴池縣梅根港東五里。晉及六朝以來皆在此煉銅鑄錢幣。唐置梅根監。北周庾信庾子山集一枯樹賦:"北陸以楊葉爲關,南陵以梅根作冶。"唐孟浩然集二夜泊宣城界詩:"火熾梅根冶,烟迷楊葉洲。"參閲讀史方輿紀要二七池州府貴池縣。

【梅曾亮】公元1786—1856年。清江蘇上元人。字伯言。道光進士,官户部郎中。告歸後主揚州書院。古文學姚鼐,爲鼐以後桐城派重要作家。有柏梘山房集,文六十卷,詩十五卷。

【梅堯臣】公元1002—1060年。宋宣城人。字聖俞。宣城古名宛陵,故世稱宛陵先生。仁宗時賜進士出身,官至尚書都官員外郎。工詩,與歐陽修爲詩友。著有宛陵集四十卷、唐載記、毛詩小傳等。宋史有傳。參閲宋歐陽修文忠集三三梅聖俞墓誌銘。

【梅溪詞】宋史達祖撰。一卷。達祖在韓侂冑門下主文書,韓敗,受黥刑。其詞雅麗工巧,常有秀句,但内容單薄,多爲抒寫男女戀情和個人哀樂之作。有宋六十名家詞本。

【梅溪集】宋王十朋撰。五十四卷。其子聞詩聞禮同編。十朋,紹興二十七年進士第一名。文章專尚理致,詩亦渾厚質直,不事浮虛靡麗之詞。

【梅瑴成】清安徽宣城縣人,文鼎之孫。康熙五十四年進士,官至左都御史,謚文穆。精於天算學。曾預修明史天文志、律曆淵源。著有算法統宗赤水遺珍操縵卮言等書。

【梅花屋主】元末王冕,以天下將亂,攜妻兒隱居九里山,植梅千株,自號梅花屋主。見明史二八五王冕傳。

【梅花書院】明清講學之所。在江蘇揚州市廣儲門外。明嘉靖中建,初名甘泉書院,又名崇雅書院,清雍正十二年改爲梅花書院。見嘉慶一統志九六揚州府一。

【梅妻鶴子】宋林逋,杭錢塘人。結廬西湖孤山,不趨榮利。逋不娶無子,所居多植梅畜鶴。客至則放鶴致之,人稱爲梅妻鶴子。參閲宋沈括夢溪筆談十人事二、明田汝成西湖遊覽志二、宋詩鈔和靖詩鈔序。

【梅勒章京】滿語,八旗封爵名。天聰(太宗皇太極)八年,定副將爲梅勒章京,分三等。又副都統也稱梅勒章京。順治四年,議定世職,改梅勒章京爲阿思罕尼哈番。見清文獻通考七七職官一。

【梅花喜神譜】宋宋伯仁作。二卷。共寫梅花百圖,神態不同,皆有標目,各綴以五言絶句一首。宋時方言以畫像爲喜神,故名。見清錢大昕十駕齋養新録十四。

桻

1. fēng ㄈㄥ 敷容切,平,鍾韻,滂。

㊀樹梢。玉篇:"桻,木上也。"

2. fèng ㄈㄥˋ

㊁見"桻$_2$子"。

【桻$_2$子】肩負竹簍的商販。唐張讀宣室志一:"師當備食於商山逆旅中,遇桻子即犒而於商山餽焉。"注:"音奉,即荷竹橐而販者。"

桷 jué ㄐㄩㄝˊ 古岳切,入,覺韻,見。

方形的椽子。詩魯頌閟宮:"路寢孔碩,松桷有舄。"穀梁傳莊二四年:"刻桓宮桷。"釋文:"桷,榱也。方曰桷,圓曰椽。"也指平直如桷的樹枝。易漸:"鴻漸于木,或得其桷。"疏:"桷,榱也。之木而遇堪爲桷之枝,取其易直可安也。"

梴 1. chān ㄔㄢ 丑延切,平,仙韻,徹。

㊀木長貌。詩商頌殷武:"松桷有梴,旅楹有閑。"

2. yán ㄧㄢˊ

㊁几筵。通"筵"。墨子節葬下:"諸侯死者虛車府,……又必多爲屋幕鼎鼓几梴壺濫。"

梬 yǐng ㄧㄥˇ 集韻 以井切,上,静韻。

果名。史記一一七司馬相如傳子虛賦:"樝梸梬栗,橘柚芬芳。"又上林賦:"梬棗楊梅。"集解引徐廣:"梬棗似柿。"宋羅願爾雅翼釋木二梬:"梬,今之梜棗也。結實似柿而極小,其蒂四出,枝葉皮核皆似柿,秋晚而紅。乾之則紫黑如蒲萄,其大小亦然,今人謂之丁香柿,又謂之牛乳柿。"清段玉裁謂卽羊棗,俗呼爲羊矢棗。見說文解字注。

梔 zhī ㄓ 章移切,平,支韻,照。

木名。常綠灌木,仲春開白花,花甚芳香。夏秋結實如訶子,生青熟黃,可入藥,並可作黃色染料。見本草綱目三六木三巵子。

【梔鞭】用梔染爲黃色的鞭子,指售僞欺世。元方回桐江續集十次韻酬郝潤甫詩之一:"俯仰此心了無媿,冷看擧世售梔鞭。"參見"梔蠟"。

【梔蠟】唐柳宗元柳先生集二十鞭賈載:有富家子以五萬錢買一鞭,色黃而有光澤,歸以示宗元。宗元燒湯洗鞭,則色澤盡褪,原形枯白。其色澤乃染黃上蠟爲之。因曰:"今之梔其貌蠟其言,以求賈技於朝者……亦良多矣!"以諷僞飾欺世之人。元姚燧牧庵集三二烏木杖賦:"昔賈鬻鞭,梔蠟其膚,市者一濯,已呈蒼枯。"

梭 suō ㄙㄨㄛ 蘇禾切,平,戈韻,心。

梭子。牽引緯線的織具。藝文類聚十八南朝梁元帝古意詩:"停梭還斂色,何時勸使君。"唐白居易長慶集十朱陳村詩:"機梭聲札札,牛驢走紛紛。"也比喻往復頻繁。南朝宋鮑照鮑氏集三代堂上歌行:"暉暉朱顏酡,紛紛織女梭。"

【梭布】土布。明陳羆齋躍鯉記傳奇十:"那一日買一疋大梭布,我問他與那一個做衣服,他説與婆婆慶壽。"

【梭巡】指往來巡察。清會典事例二三一户部鹽法:"並查近年鹽船,動輒捏故淹消,多有划船乘機搶奪,現飭員會同總卡委員,各派丁役,不分晝夜,在於各墙口梭織巡邏。"

【梭福】毛織布。元朱德潤存復齋文集五異域説:"其地又能撚毛爲布,謂之梭福,用密昔丹葉染成沉綠,浣之不淡。"

【梭化龍】南朝宋劉敬叔異苑一:"釣磯山者,陶侃嘗釣於此山下水中,得一織梭,還掛壁上。有頃雷雨,梭變成赤龍,從空而去。"本是傳説故事,後人用以喻飛黃騰達。唐李咸用披沙集三夜吟:"落筆思成虎,懸梭待化龍。"

【梭尾螺】卽法螺。詳"法螺"。

梨 lí ㄌㄧˊ 力脂切,平,脂韻,來。

同"棃"。見"棃"。

梟 xiāo ㄒㄧㄠ 古堯切,平,蕭韻,見。

㊀鳥名。也作"鴞"。俗名貓頭鷹。益鳥。舊傳梟食母,故以喻惡人。詩大雅瞻卬:"懿厥哲婦,爲梟爲鴟。"㊁雄豪,勇健。淮南子原道:"其魂不躁,其神不嬈,湫漻寂寞,爲天下梟。"㊂舊時指私販食鹽的人。清會典事例二二二户部鹽法:"東省鹺務,官引滯銷,總由私梟充斥。"㊃古博戲的采名。楚辭宋玉招魂:"成梟而牟,呼五白些。"韓非子外儲左:"博者貴梟,勝者必殺梟。"㊄頂。管子地員:"其山之梟,多桔、符、榆。"注:"梟,猶顛也。"㊅殺人而懸其頭於木上。史記高祖紀四年:"梟故塞王欣頭櫟陽市。"㊆撓。見"梟亂"。㊇薄。見"梟薄"。

【梟示】舊時稱斬頭而懸掛木上示衆爲梟示。古今小説四十沈小霞相會出師表:"買出屍首,囑付獄卒:若官府要梟示時,把個假的答應。"

【梟令】殺以示禁。明宋應星天工開物上甘嗜蜂蜜:"凡蝙蝠最喜食蜂,投隙入中,吞噬無限。殺一蝙蝠,懸于蜂前,則不敢食,俗謂之梟令。"

【梟羊】狒狒。爾雅釋獸"狒狒"晉郭璞注:"梟羊也。"也作"梟楊"。楚辭漢嚴忌哀時命:"使梟楊先導兮,白虎爲之前後。"

【梟夷】殺戮誅滅。文選三國魏陳孔璋(琳)爲袁紹檄豫州:"往者伐鼓北征公孫瓚,……(曹)操因其未破,陰交書命,……會其行人發露,瓚亦梟夷。"後漢書桓帝紀:"中常侍單超……尚書令尹勳等激憤建策,内外協同,漏刻之間,桀逆梟夷。"

【梟窂】空虛。窂,同"牢"。古文苑五漢劉歆遂初賦:"天烈烈以厲高兮,廖㻌窗以梟窂。"明朱謀㙔駢雅釋詁:"廖㻌、梟窂、泬寥,空虛也。"

【梟首】舊時的酷刑,斬頭而懸掛木上。史記秦始皇紀九年:"衛尉竭、内史肆、佐弋竭、中大夫令齊等二十人皆梟首。"集解:"懸首於木上曰梟。"後漢書八二崔駰傳附崔寔政論:"昔高祖令蕭何作九章之律,有夷三族之令,黥、劓、斬趾、斷舌、梟首,故謂之具五刑。"

【梟帥】驍勇的將帥。文選舊題漢李少卿(陵)答蘇武書:"以五千之衆,對十萬之軍,……然猶斬將搴旗,追奔逐北,滅跡掃塵,斬其梟帥。"

【梟風】驍勇之風。文選晉陸士衡(機)漢高祖功臣頌:"烈烈黥布,耽耽其眄,名冠彊楚,鋒猶駭電,……肇彼梟風,翻爲我扇。"

【梟張】猖狂,放肆。明范世彥磨忠記傳奇奉旨貶竄:"鷙伏梟張,總是尋常運。"

【梟將】勇猛的將領。史記留侯世家:"(張)良進曰:'九江王黥布,楚梟將。'"

【梟梟】諠譁聲。卽囂囂。漢王充論衡論死:"聲色俱通,并稟於天,青青之色,猶梟梟之聲也。"

【梟雄】㊀凶狠專橫。文選三國魏陳孔璋(琳)爲袁紹檄豫州:"幕府方詰外姦,未及整訓,……而(曹)操豺狼野心,潛包禍謀,……除滅忠正,專爲梟雄。"㊁雄傑,含有凶狠專横的意思。三國志吳周瑜傳:"劉備以梟雄之姿,而有關羽、張飛熊虎之將,必非久屈爲人用者。"

【梟陽】獸名。卽狒狒。山海經海内南經:"梟陽國,在北朐之西,其爲人,人面長脣,黑身有毛,反踵,見人笑亦笑。"參見"嘄陽"。

【梟亂】擾亂。荀子非十二子:"假今之世,飾邪説,文姦言,以梟亂天下。"

【梟獍】舊説梟爲惡鳥,生而食母;獍乃惡獸,生而食父。因以喻不孝與忘恩負義之人。北魏楊衒之洛陽伽藍記一城内永寧寺:"若(尒朱)兆者,蜂目豺聲,行窮梟獍。"文館詞林六六二魏收後魏孝静帝伐元神和等詔:"(元神和等)了無犬馬之識，便有梟獍之心。」

【梟盧】古時博戲樗蒱的采名。幺爲梟，最勝；六爲盧，次之。唐杜甫杜工部草堂詩箋二今夕行：「憑陵大叫呼五白，袒跣不肯成梟盧。」唐韓愈昌黎集二送靈師詩：「六博在一擲，梟盧叱迴旋。」

【梟薄】輕薄無情義。猶澆薄。清朱佐朝吉慶圖傳奇露訂：「但大舅爲人梟薄，若知小壻難中，必然不允，還宜瞞過才好。」

【梟瞯】深目貌。文選漢王子淵(褒)四子講德論：「编結沮顏、燋齒梟瞯(xián)、剪髮黥首、文身裸祖之國，靡不奔走貢獻，懽忻來附。」注：「大宛深目多鬚，蓋梟瞯也。」

【梟羹】以梟肉製羹湯。除絕邪惡之意。史記武帝紀「祠黃帝用一梟破鏡」集解引如淳：「五月五日爲梟羹以賜百官。以惡鳥，故食之。」宋蘇轍欒城集十六學士院端午帖子太皇太后閣詩之五：「百官却拜梟羹賜，凶去方知舜有功。」

【梟騎】勇猛的騎兵。漢書高帝紀上四年：「北貉、燕人來致梟騎助漢。」

【梟鏡】同「梟獍」。史記武帝紀：「祠黃帝用一梟破鏡。」集解引孟康：「梟，鳥名，食母。破鏡，獸名，食父。黃帝欲絕其類，使百姓祠皆用之。」宋書明帝紀泰始元年即位詔：「比遂圖犯玄宫，志窺題湊，將肆梟鏡之禍，騁商頓之心。」按獍本應作「鏡」，唐人石刻如美行本碑張琮碑等都作「梟鏡」。參閱清鄭業斆獨笑齋金石文考残稿。

八 畫

棄 qì 詰利切，去，至韻，溪。ㄑㄧˋ

同「弃」。㊀拋棄。詩周南汝墳：「既見君子，不我遐棄。」論語子路：「以不教民戰，是謂棄之。」引申爲違背。左傳宣二年：「棄君之命，不信。」㊁忘記。左傳昭十三年：「南蒯子仲之憂，其庸可棄乎？」㊂廢置。左傳昭二九年：「水官棄矣，故龍不生得。」㊃人名。即后稷。詳「后稷」。

【棄人】㊀廢人。老子：「是以聖人常善救人，故無棄人。」河上公注：「使貴賤各得其所也。」也指因犯罪而被流放到荒遠地區的人。管子問：「問國之棄人，何族之子弟也？」㊁棄其人。左傳昭元年：「莒展之不立，棄人也夫！人可棄乎？」

【棄井】廢井。孟子盡心上：「有爲者辟若掘井，掘井九軔而不及泉，猶爲棄井也。」文選南朝齊王簡栖(屮)頭陀寺碑：「慨深覆簣，悲同棄井。」

【棄市】古代在鬧市執行死刑，陳尸街頭示衆，稱棄市。禮王制：「刑人於市，與衆棄之。」梁書何敬容傳：「御史中丞張綰奏敬容挾私罔上，合棄市刑，詔特免職。」也作「弃市」。史記秦始皇紀三十四年：「有敢偶語詩書者弃市。」

【棄世】㊀超出世俗。莊子達生：「夫欲免爲形者，莫如棄世，棄世則無累。」㊁離開人世，婉言死亡。三國志魏陳思王(曹)植傳求自試疏：「臣竊感先帝早崩，威王棄世，臣獨何人，以堪長久。」

【棄甲】喻戰敗。左傳宣二年：「睅其目，皤其腹，弃甲而復。于思于思，弃甲復來。」弃，同「棄」。孟子梁惠王上：「兵刃既接，棄甲曳兵而走。」後也用以比喻考試落第。清洪亮吉北江詩話二羅世材題號舍詩：「年年棄甲笑于思，依舊青鞋布襪來。」

【棄灰】殷代對棄灰於道者斷其手，商鞅治秦有棄灰於道者處黥刑，用以立威。見韓非子内儲上七術、史記八七李斯傳。宋蘇軾經進東坡文集事略十四始皇論下：「商鞅立信於徙木，立威於棄灰，禍其親戚師傅，積威信之劇，以及始皇。」

【棄言】㊀不能實踐諾言。左傳宣十五年：「楚師將去宋，申犀稽首於王之馬前曰：『毋畏知死，而不敢廢王命，王棄言焉。』王不能答。」注：「(楚王)未服宋而去，故曰棄言。」㊁已廢棄之言。新唐書一四五黎幹傳十難之三：「蓋鄭玄所説不當於經，不質于聖，先儒置之不用，是爲棄言。」

【棄妻】被夫遺棄的妻子。文選漢禰正平(衡)鸚鵡賦：「放臣爲之屢歎，棄妻爲之歔欷。」

【棄物】廢物。老子：「常善救物，故無棄物。」

【棄背】㊀指尊長親屬的死亡。三國志魏齊王芳紀復用夏正詔：「烈祖明皇帝以正月棄背天下。」北齊顏之推顏氏家訓終制：「先夫人棄背之時，屬世荒饉，家塗空迫。」㊁拋棄。唐白居易長慶集三太行路詩：「古稱色衰相棄背，當時美人猶怨悔。」

【棄捐】拋棄，廢棄不用。淮南子覽冥：「棄捐五帝之恩刑，推蹶三王之法籍。」後多指婦女不得於其夫或文人不得於時而言。史記外戚世家：「已而棄捐吾女，壹何不自喜而倍本乎！」漢劉向戰國策敍：「故孟子孫卿儒術之士，弃捐於世，而游説權謀之徒，見貴於俗。」弃，同「棄」。

【棄婦】猶棄妻。玉臺新詠二有棄婦詩。文苑英華三四六唐顧況棄婦詞：「古人雖棄婦，棄婦有歸處。今日妾辭君，辭君欲何去？」

【棄觚】觚，竹簡，古人用以作書。棄觚與投筆同義，指拋棄文字工作。西京雜記三：「傅介子年十四，好學書，嘗棄觚而嘆曰：『大丈夫當立功絕域，何能坐事散儒！』」

【棄置】㊀拋棄擱置。後漢書七三公孫瓚傳上疏：「(袁)紹不能開設權謀，以濟君父，而弃置節傳，迸竄逃亡，忝辱爵命，背違人主。」弃，同「棄」。㊁不被任用。唐王維王右丞集一老將行：「自從棄置便衰朽，世事蹉跎成白首。」

【棄養】謂父母死亡。人子當奉養父母，故謂父母死曰棄養。文苑英華九三三唐蘇頲章懷太子良娣張氏神道碑：「粵景龍二載孟夏之月，遘疾棄養於京延康第之寢。」

【棄稷】廢棄農事。國語周上：「及夏之衰也，棄稷不務，我先王不窋用失其官，而自竄放戎翟之間。」注：「廢稷之官，不復務農。」藝文類聚四九晉張華大司農箴：「弃稷勿修，不籍千畝。」

【棄舊】遺棄舊人。國語周中：「夫禮，新不閒舊。王以狄女閒姜任，非禮，且棄舊也。」朝野新聲太平樂府八元趙顯宏一枝花行樂曲：「也不怕偷暖送寒倈勤，也不怕棄舊憐新女嫌，也不怕愛錢巴鏝娘嚴。」

【棄繻】漢終軍年十八被選爲博士弟子，徒步入關就學。關吏予軍繻。軍謂「大丈夫西遊，終不復傳還」。棄繻而去。後軍爲謁者，使行郡國，持節出關，關吏識之，曰：「此使者乃前棄繻生也。」繻，古時出入關津的憑證，書帛裂而分之，出關時取以合符，乃得復出。見漢書六四下終軍傳。後用爲少年立志的典故。唐杜甫杜工部草堂詩箋二六七月一日題終明府水樓之二：「虙子彈琴邑宰日，終軍棄繻英妙時。」

【棄杖草】即淫羊藿。有强筋骨、祛風濕的功能。言老人服此，可以棄杖不用，故名。參閱本草綱目十二草一淫羊藿。

【棄堂帳】謂死亡。唐顏真卿顏魯公文集八朝議大夫贈梁州都督上柱國徐府君神道碑銘：「(夫人)春秋六十有八，棄堂帳於相州之安陽。」

【棄瓢巖】地名。在今河南登封縣東南箕山上。相傳堯時許由居此。巢父贈由一瓢盛水，由掛瓢於樹，風吹瓢鳴，由以爲煩，棄於崖下。後人稱其地爲棄瓢巖。唐 胡曾 詠史詩二箕山："棄瓢巖畔中宵月，千古空聞屬許由"。

【棄蘇農】見"棄宗弄贊"。

【棄宗弄贊】公元 617—650 年。也作棄蘇農。今譯松贊幹布。唐時吐蕃贊普（君長）。十三歲繼位。貞觀八年遣使至長安，十五年娶唐文成公主。二十二年受封爲駙馬都尉西海郡王。在位時統一西藏各部，以拉薩爲都城，對後來藏族的形成，以及促進吐蕃與漢民族之間的關係和文化交流，皆有重要的貢獻。參閱新、舊唐書吐蕃傳。

【棄短取長】舍其所短而用其所長。後漢書七九王符傳潛夫論實貢："智者弃短取長，以致其功。"也作"弃短就長"。後漢書七十孔融傳肉刑議："故明德之君，遠度深惟，弃短就長，不苟革其政者也。"

【棄暗投明】比喻背棄邪惡勢力，投向正義一方。明 梁辰魚 浣紗記傳奇 交征："何不反邪歸正，棄暗投明？"

【棄瑕録用】録用曾有過失或缺點的人。後漢書七四上袁紹傳檄豫州文："於是提劍揮鼓，發命東夏，廣羅英雄，棄瑕録用。"文選南朝梁丘希範（遲）與陳伯之書："聖朝赦罪責功，棄瑕録用，推赤心於天下，安反側於萬物。"

椉 chéng 食陵切，平，蒸韻，神。
ㄔㄥˊ

古"乘"字。見"乘"。

棨 qǐ 康禮切，上，薺韻，溪。
ㄑㄧˇ

㊀古代用木製成的一種符信，憑此可通過關津。以木製的稱棨，以繒帛製成的稱繻。㊁有繒衣的戟，爲官吏出行的儀仗之一。漢書七六韓延壽傳："延壽衣黄紈方領，加四馬，傅總，建幢棨，植羽葆，鼓車歌車。"又文帝紀十三年"除關無用傳"唐顔師古注："'棨者，刻木爲合符也。'"

【棨信】傳信的符證。即信幡。漢晉南朝凡宮城門啟閉，皆須取棨信爲憑。後漢書六九竇武傳："取棨信，閉諸禁門。"注："漢官儀曰：'凡居宮中，皆施籍於掖門，案姓名當入者，本官爲封棨傳，審印信，然後受之。'"

【棨戟】有繒衣或油漆的木戟，用爲官吏出行時前導的儀仗。漢書七六韓延壽傳："功曹引車，皆駕四馬，載棨戟。"後漢書輿服志上："公以下至二千石，騎吏四人，千石以下至三百石，縣長二人，皆帶劍，持棨戟爲前列。"唐制，官吏三品以上，得門列棨戟。唐王勃王子安集五滕王閣詩序："都督閻公之雅望，棨戟遥臨。"

棗 zǎo 子皓切，上，皓韻，精。
ㄗㄠˇ

㊀木名。枝有刺，葉卵形，實橢圓可食。棗木堅硬，供器具、雕板等材用。詩豳風七月："八月剥棗，十月穫稻。"㊁姓。春秋棘子成之後，避仇改姓棗，後漢有棗祇，晉有棗據。見通志二七氏族三。

【棗心】㊀硯名，以形如棗而名。宋洪适歙硯説："棗心，青潤可愛，中有小斑紋，中廣，上下皆鋭，形若棗核然。"㊁筆名。宋黄庭堅豫章集二五書侍其瑛筆："今侍其瑛秀才以紫毫作棗心筆，含墨圓健。"

【棗本】以棗木刻版印刷的書本。宋劉克莊後村集九答楊雙詩："棗本流傳容有僞，箋家穿鑿苦求奇。"

【棗脩】棗與肉脯，古代婦女贄見的禮物。左傳莊二四年："女贄，不過榛栗棗脩，以告虔也。"疏："棗，取其早起也；脩，取其自脩也。"南齊書張融傳與叔張永書："布衣葦席，弱年所安，簞食瓢飲，不覺不樂。但世業清平，民生多待，榛栗棗脩，女贄既長，束帛禽鳥，男禮已大。"

【棗强】縣名。屬河北省。漢置，屬清河郡，因棗木强盛故名。東漢廢。晉復置，屬長樂國。縣治數遷，金移今治。參閱嘉慶一統志四九冀州一。

【棗陽】縣名。屬湖北省。漢置蔡陽縣，屬南陽郡。隋仁壽元年改今名。宋紹興十二年升爲軍。元仍改爲縣，屬襄陽路。明清屬襄陽府。參閱嘉慶一統志三四六襄陽府一。

【棗梨】猶梨棗。指木刻書版。清周亮工尺牘新鈔一王士禎與程崑崙書："（林茂之）詩自萬曆甲辰末付棗梨，茂翁貧且甚，不能自謀板行，行恐盡淪煙草。"參見"梨棗"。

【棗膏】香膏名。宋書 范曄傳 和香方序："又棗膏昏鈍，甲煎淺俗，非唯無助於馨烈，乃當彌增於尤疾也。"序中所言，皆以比類朝士，棗膏昏鈍，比羊玄保。宋趙鼎臣竹隱畸士集十一謝路帥啟："伏念某植性斯下，賦才僅中，資蟠木以輪囷，類棗膏而昏鈍。"

【棗糕】食品名。漢崔寔四民月令："齊人呼寒食爲冷節，以麵爲蒸餅樣，團棗附之，名曰棗糕。"

【棗騮】赤色良馬。史記秦紀"得驥、溫驪、驊騮、騄耳之駟"集解引晉郭璞："今名馬驃赤者爲棗騮（騮）。"

【棗穰金】金、銀錠的一種。元明雜劇元馬致遠半夜雷轟薦福碑二："俺那相公認的你，着我與你十兩棗穰金。"

棘 1. jí 紀力切，入，職韻，見。
ㄐㄧˊ

㊀叢生的小棗樹。即酸棗樹。詩魏風園有桃："園有棘，其實之食。"傳："棘，棗也。"也泛指有刺的草木。楚辭屈原九章橘頌："曾枝剡棘，圓果摶兮。"方言三："凡草木棘人……自關而西謂之刺，江湘之間謂之棘。"㊁稜角整飭。詩小雅斯干："如跂斯翼，如矢斯棘，如鳥斯革。"韓詩作"朸"。參閱清段玉裁説文解字注"棘"。㊂刺傷。宋黄庭堅豫章集一龍眠操之一："我爲直兮棘余趾，我爲曲兮不如其已。"㊃危急。通"急"。詩小雅採薇："豈不日戒，玁狁孔棘。"箋："棘，急也。"㊄瘦瘠。通"瘠"。吕氏春秋任地："棘者欲肥，肥者欲棘。"㊅姓。春秋衛有棘子成。見論語顔淵。

2. jǐ
ㄐㄧˇ

㊆古兵器名。通"戟"。左傳隱十一年："公孫閼與潁考叔争車，潁考叔挾車以走，子都（閼字）拔棘以逐之。"

3. jì
ㄐㄧˋ

㊇見"棘₃下"。

【棘匕】棘木做的羹匙，用以盛鼎肉而升之於俎。詩小雅大東："有饛簋飧，有捄棘匕。"

【棘人】詩檜風素冠："庶人素冠兮，棘人欒欒兮。"箋："急於哀慼之人。"後人居父母喪時，自稱棘人。

【棘₃下】地名。1. 同"稷下"。戰國時齊學者會聚之處。見水經注二六淄水。參見"稷下"。2. 春秋魯城内地名。左傳定八年："陽虎劫公與武叔，……又戰於棘下，陽氏敗。"

【棘心】棘木的心。詩北風凱風："棘心夭夭，母氏劬勞。"棘爲難長之木，棘之初生叫棘心，人子自比如棘心的稚弱，靠母親養育成長。後因稱人子思親之心爲棘心。唐劉禹錫劉夢得集七送僧元暠南遊詩引："或問師隳形之自？對曰：'少失怙恃，推棘心以求上乘。'"

【棘手】比喻事情難辦，如荆棘刺手。清龔自珍定盦文集補編三在禮曹日與堂上官論事書："署中因循，憚於舉事，若再積數年，難保案牘無遺失者，他日必致棘手。」

【棘寺】㊀九卿官署。北齊書邢邵傳北魏李崇請置學奏：「槐宮棘寺，顯麗於中。」唐駱賓王集五久戍邊城有懷京邑詩：「棘寺遊三禮，蓬山箋八儒。」㊁大理寺的別稱。古代聽訟於棘木之下，大理寺爲掌刑法的最高機關，故稱。唐劉長卿劉隨州集三西庭夜燕喜評事兄拜會詩：「棘寺初銜命，梅仙已誤身。」宋洪邁容齋隨筆五筆四棘寺棘卿：「今人稱大理爲棘寺，卿爲棘卿，丞爲棘丞。」

【棘竹】竹的一種。晉戴凱之竹譜：「棘竹生交州諸郡，叢初有數十莖，大者二尺圍，内至厚，實中，夷人破以爲弓，枝節皆有刺。」也稱刺竹。見太平御覽九六三唐劉恂嶺表録異。

【棘刺】㊀棘的一種。卽白棘。列子湯問：「紀昌遺一矢，既發，飛衞以棘刺之端扞之，而無差焉。」也指棘木的刺。韓非子外儲左上：「宋人有請爲燕王以棘刺之端爲母猴者，必三月齋，然後能觀之。」藝文類聚八七後秦趙整詠棗詩：「外雖多棘刺，内實有赤心。」㊁喻正直嚴厲。晉書崔洪傳：「洪少以清厲顯名，骨鯁不同於物，……尋爲尚書左丞，時人爲之語曰：『叢生棘刺，來自博陵。』」按洪乃博陵人。也喻人之刻薄。北齊書孫搴傳：「嘗服棘刺丸，李諧等調之曰：『卿棘刺應自足，何假外求？』」

【棘林】㊀棘木之林。文選晉左太沖(思)吳都賦：「西蜀之於東吳，小大之相絶也，亦猶棘林螢燿而與夫樳木龍燭也。」㊁古代傳説東方荒遠之地。淮南子地形：「東方曰棘林，曰桑野。」㊂古代大司寇在棘樹下聽訟。見禮王制。後因稱法庭爲棘林。文選南齊王元長(融)永明九年策秀才文之三：「肺石少不冤之人，棘林多夜哭之鬼。」

【棘₂門】㊀古代帝王外出，在止宿處插戟爲門，稱棘門。棘，通「戟」。周禮天官掌舍：「爲壇壝宮棘門。」注引鄭司農(衆)：「棘門，以戟爲門。」㊁古代宮門插戟，故稱宮門爲棘門。戰國策楚四：「楚考烈王崩，李園果先入，置死士止於棘門之內。」㊂地名。史記絳侯周勃世家：「祝茲侯徐厲爲將軍，軍棘門。」故址在今陝西咸陽市東北。水經注十九渭水：「(咸陽)外郭有都門，有棘門。徐厲曰：『棘門在渭北。』孟康曰：『在長安北，秦時宮門也。』」唐錢起錢考功集八送馬員外拜官覲省詩：「歸覲屢經槐里月，出師常笑棘門軍。」

【棘₂矜】戟柄。史記秦始皇紀論引賈誼：「鉏櫌棘矜，非錟於句戟長鎩也。」漢書六四上徐樂傳上書：「陳涉無千乘之尊，尺土之地……然起窮巷，奮棘矜，偏袒大呼，天下從風，此其故何也？」注：「棘，戟也。矜者，戟之把也。時秦銷兵器，故但有棘之把耳。」

【棘盆】用棘圍繞的場所。宋孟元老東京夢華録六元宵：「至正月七日，……自燈山至宣德門樓橫大街，約百餘丈，用棘刺圍遶，謂之棘盆。內設兩長竿，高數十丈，以繒綵結束，紙糊百戲人物，懸於竿上，風動宛若飛仙。」又見宋陳元靚歲時廣記十引皇朝歲時雜記。

【棘原】地名。故址在今河北平鄉縣南。秦末，項羽渡漳水，救鉅鹿，大破秦軍。秦章邯軍在棘原，羽軍在漳南相持，卽此。見史記項羽紀。

【棘院】科舉時代的試院。舊五代史和凝傳：「貢院舊例，放牓之日，設棘於門及閉院門，以防下第不逞者。」元詩選劉詵桂隱集中秋留故居兄弟對月分韻得多字：「棘院功名風雨過，柴門兄弟月偏多。」參見「棘圍㊁」、「棘闈㊁」。

【棘針】㊀卽棘刺。晉書顧愷之傳：「嘗悅一鄰女，挑之弗從，乃圖其形於壁，以棘針釘其心，女遂患心痛。」㊁喻寒氣刺骨。唐孟郊孟東野集三寒地百姓吟：「冷箭何處來，棘針風騷勞。」

【棘卿】卽大理寺卿。宋王讜唐語林八：「凡言九寺，皆曰棘卿。周禮三槐九棘……皆三公九卿之位也。唐世惟大理得言棘卿，他寺則否。」參見「棘寺㊁」。

【棘梁】山名。在今山東梁山縣北。山頂有石崖，東西判爲二，其上架石爲橋，以通往來，名天橋。參閱嘉慶一統志一七九泰安府一。

【棘圍】㊀卽棘闈，見「棘闈㊀」。㊁唐五代試士，用棘圍試院，以防止放榜時士子喧噪。其後又用以杜塞傳遞夾帶之弊。後因稱試院爲「棘圍」。元王實甫西廂記一本一折：「將棘圍守暖，把鐵硯磨穿。」參見「棘闈㊁」。㊂用荆棘圍成的特定場所。新唐書一六三柳公綽傳附柳子華：「設棘圍於市，徇邑中曰：『民有得華清(宮)瓦石材用，投圍中。踰三日不還者死。』不終日，已山積矣。」

【棘猴】戰國宋有人請爲燕王在棘刺尖做母猴。後覺其虛妄，乃殺之。見韓非子外儲左上。後以棘猴喻欺詐誕妄。宋蘇軾分類東坡詩十九次韻王都尉偶得耳疾：「病客巧聞牀下蟻，癡人强覷棘端猴。」元詩選貢師泰玩齋集寄静庵上人：「世事同蕉鹿，人心類棘猴。」

【棘楚】卽荆棘。淮南子人間：「故師之所處，生以棘楚。」注：「楚，大荆也。」

【棘闈】㊀春秋楚棘邑之門。左傳昭十三年：「乃求王，遇諸棘闈以歸。」疏引孔晁：「棘，楚邑；闈，門也。」一本作「棘圍」。㊁科舉時代的試院。宋李昴英文溪集十三再用觀入試韻詩：「棘闈投卷姑應之，桂籍題名先定矣。」參見「棘院」、「棘圍㊁」。

【棘鬣】魚名。明屠本畯閩中海錯疏上棘鬣：「似鯽而大，其鬣如棘，色紅紫。嶺表録異名吉鬣，泉州謂之髻鬣，又名奇鬣。」

【棘針門】指朝廷或官署。元曲選馬致遠漢宮秋一：「你便晨挑菜，夜看瓜，春種穀，夏澆麻，情取棘針門粉壁上除了差法。」

棊

qí 渠之切，平，之韻，羣。
ㄑㄧˊ

「棋」的本字。也作「碁」。淮南子說林：「行一棊不足以見智，彈一弦不足以見悲。」參見「棋」字各條。

棸

zōu 直由切，平，尤韻，澄。
ㄗㄡ 除柳切，上，有韻，澄。

㊀木名。見集韻。㊁姓。詩小雅十月之交：「棸子內史。」疏：「棸氏之子爲內史。」漢書古今人表作內史掫子。晉有棸儁。見元和姓纂七有。

棻

fēn 撫文切，平，文韻，滂。
ㄈㄣ 符分切，平，文韻，並。

㊀香木。說文作「棼」。㊁茂盛貌。通「紛」。後漢書四十上班彪傳附班固西都賦：「五穀垂穎，桑麻敷棻。」

棕

zōng
ㄗㄨㄥ

同「椶」。見「椶」字各條。

椗

dìng
ㄉㄧㄥˋ

㊀木墊。莊子馬蹄「編之以阜棧」唐成玄英疏：「棧，編木爲椗，安馬脚下，以去其濕，所謂馬床也。」㊁繫船的石墩或鐵錨。同「碇」。㊂見「椗花」。

【椗花】卽山礬。樹之大者高丈許，淩冬不凋。三月開花，繁白如雪，六出，黄蕊，甚芬香。子可食，葉可染色。參閱本草綱目三六木三山礬。

棺

1. guān 古丸切，平，桓韻，見。
ㄍㄨㄢ

㊀棺材。墨子節葬下：「棺三寸，足以朽體。」

2. guàn 古玩切，去，换韻，見。
ㄍㄨㄢ

㊀以棺殮屍。左傳僖二八年："爲其所得者，棺而出之。"

【棺材】裝殮屍體的用具。南齊書三六劉祥傳："(亡弟母)楊死不殯葬，崇聖寺尼慧首剃頭爲尼，以五百錢爲買棺材，以泥洹轝送葬劉墓。"

【棺椁】棺材和套在棺外的外棺。孟子梁惠王下："謂棺椁衣衾之美也。"韓非子内儲上："齊國好厚葬，布帛盡於衣衾，材木盡於棺椁。"椁，也作"槨"。管子禁藏："棺槨足以朽骨。"

【棺櫝】薄板小棺，古稱櫘(huì)。魏書高祖紀上延興三年詔："自今京師及天下之囚，罪未分判，在獄致死無近親者，公給衣衾棺櫝葬埋之，不得露曝。"

椌 qiāng 苦江切，平，江韻，溪。
ㄑㄧㄤ

古代樂器。禮樂記："然後聖人作爲鞉、鼓、椌、楬、壎、篪，此六者，德音之音也。"注："椌、楬，謂柷敔也。"參見"柷敔"。

椀 wǎn 烏管切，上，緩韻，影。
ㄨㄢ

盛食物的器皿。同"盌"、"碗"。三國魏曹植曹子建集三車渠椀賦："惟斯椀之所生，于凉風之浚濱。"南朝齊謝朓謝宣城集二金谷聚詩："渠椀送佳人，玉桮要上客。"

【椀珠伎】古雜技，相當於今舞盤弄椀之戲。舊唐書音樂志二："又有弄椀珠伎、丹珠伎。"元吴萊淵穎集二椀珠伎詩："椀珠閒自宫掖來，長竿寳椀手中迴。"

棓 1. bàng 步項切，上，講韻，並。
ㄅㄤ 縛謀切，平，尤韻，並。

㊀杖，棍棒。通"棒"。淮南子詮言："王子慶忌死於劍，羿死於桃棓。"也指用杖打擊。戰國策秦三："(大夫文種)成霸功，勾踐終棓而殺之。"㊁農具名，卽連枷。方言五："僉……自關而西謂之棓。"注："今連枷，所以打穀者。"

2. póu 集韻 蒲侯切，平，侯韻。
ㄆㄡˊ

㊂鋪設在不平處的跳板。公羊傳成二年："蕭同姪子者，齊君之母也，踊于棓而窺客。"釋文："高下有絶，加躡板曰棓。"

3. péi 薄回切，平，灰韻，並。
ㄆㄟˊ

㊃姓。漢有棓生。見史記一〇一袁盎傳。

椄 1. jiē 卽葉切，入，葉韻，精。
ㄐㄧㄝ

㊀嫁接花木。說文："椄，續木也。"清段玉裁注："今栽華植果者，以彼枝移椄此樹，而華果同彼樹矣。"椄之言接也，今接行而椄廢。"

2. jié 集韻 疾葉切，入，葉韻。
ㄐㄧㄝˊ

㊁見"椄₂槢"。

【椄₂槢】連接桎梏兩孔的木梁。莊子在宥："吾未知聖知之不爲桁楊椄槢也，仁義之不爲桎梏鑿枘也。"釋文："椄槢，桎梏梁也。淮南曰：'大者爲柱梁，小者爲椄槢也。'"今本淮南子主術作"大者以爲舟航柱梁，小者以爲楫楔。"

椁 guǒ 古博切，入，鐸韻，見。
ㄍㄨㄛˇ

㊀古代棺木有兩重，外曰椁，内曰棺。亦作"槨"。左傳成二年："宋文公卒，始厚葬。……椁有四阿，棺有翰檜。"㊁測度。周禮考工記輪人："椁其漆内而中詘之。"注引鄭衆："椁者，度兩漆之内相距之尺寸也。"

椋 liáng 吕張切，平，陽韻，來。
ㄌㄧㄤˊ

木名。又名卽來。葉對生似柿，子細圓如牛李子，生青熟黑。其木堅重，煮汁赤色。見爾雅釋木。參閱政和證類本草十三椋子木。

【椋鳥】卽白頭翁。見"白頭翁㊀"。

棜 yù 依倨切，去，御韻，影。
ㄩˋ

古代承放酒器的禮器。長方形的木盤，下有兩杠。無足。見儀禮特牲饋食禮、禮禮器玉藻。

棜

【棜禁】古代禮器名。無足者名棜，有足者名禁。禮禮器："大夫士棜禁。"注："謂之棜者，無足有似於棜，……大夫用斯禁，士用棜禁。"疏："大夫士棜禁者，謂大夫用棜，士用禁。……棜長四尺，廣二尺四寸，深五寸，無足，赤中，畫青雲氣菱苕華爲飾；禁長四尺，廣二尺四寸，通局足高三寸，漆赤中，青雲氣菱苕華爲飾，刻其足爲褰帷之形也。"

棙 lì 集韻 郎計切，去，霽韻。
ㄌㄧˋ

㊀機紐。唐羅隱廣陵妖亂志："刻木鶴，大如小駟，羈轡中記機棙。人或逼之，奮然飛動。"㊁撥奏琵琶琴箏等弦樂器的樂具。也作"捩"。見集韻。

棎 chán 視占切，平，鹽韻，禪。
ㄔㄢˊ

果名。似柰，味酸。文選晉左太沖(思)吴都賦："龍眼橄欖，棎榴禦霜。"注引晉薛瑩荆揚已南異物志："棎，棎子樹也。生山中，實似梨，冬熟，味酸，丹陽諸郡皆有之。"

棬 1. quān 丘圓切，平，仙韻，溪。
ㄑㄩㄢ

㊀木條編製成的盂。孟子告子上："子能順杞柳之性，而以爲桮棬乎？"

2. juàn 玉篇 居媛切。
ㄐㄩㄢˋ

㊁牛鼻環，牛棬。同"桊"。吕氏春秋重己："使烏獲疾引牛尾，尾絶力勯，而牛不可行，逆也；使五尺豎子引其棬，而牛恣所以之，順也。"

3. quán
ㄑㄩㄢˊ

㊂見"棬₃棬₃"。

【棬₃棬₃】用力貌。吕氏春秋離俗："棬棬乎后之爲人也，葆力之士也。"莊子讓王作"捲捲"。

【棬樞】以木條爲户樞，形容居處簡陋。戰國策秦一："且夫蘇秦特窮巷掘門桑户棬樞之士耳。"

棪 yǎn 以冉切，上，琰韻，喻。
ㄧㄢˇ

木名。爾雅釋木："棪，槤其。"注："棪實似柰，赤，可食。"山海經南山經："又東三百里曰堂庭之山，多棪木。"

栟 bīng 府盈切，平，清韻，幫。
ㄅㄧㄥ

木名。卽椶櫚。唐韓愈昌黎集八城南聯句詩："買養馴孔翠(孟郊)，遠苞樹蕉栟(韓愈)。"參見"栟櫚"。

【栟櫚】卽椶櫚。文選漢張平子(衡)南都賦："楈枒栟櫚，柍柘檍檀。"也作"栟閭"。三國志吴董襲傳："(黄)祖橫兩蒙衝挾守沔口，以栟閭大紲繫石爲矴。"

棒 bàng 步項切，上，講韻，並。
ㄅㄤˋ

㊀棍，杖。通"棓"。晉崔豹古今注上輿服："漢朝執金吾，金吾亦棒也，以銅爲之，黄金塗兩末，謂爲金吾。"三國志魏武帝紀"除洛陽北部尉，遷頓丘令"南朝宋裴松之注："造五色棒，縣門左右各十餘枚。"㊁以棍、棒打擊。北齊書琅邪王(儼)儼傳："王公皆遥住車，……其或遲違，則赤棒棒之。"

【棒喝】佛教禪宗祖師重觸機，其接待初學，常當頭一棒，或大喝一聲，提出問題令答，藉以考驗其悟境，叫棒喝。續傳燈錄二五繼成禪師："茫茫盡是覓佛漢，舉世難盡閑道人。棒喝交馳成藥忌，了忘藥忌未夭真。」後因稱警醒人們的迷誤爲棒喝。宋王安石臨川集十八答張奉議詩：「思量何物堪酬對，棒喝如今總不親。」

【棒打鴛鴦】喻拆散夫妻。明孟稱舜鸚鵡墓貞文記傳奇死要：「他一雙兒女兩情堅，休得棒打鴛鴦作話傳。」

【棒頭出孝子】宋元諺語。言訓子須實施嚴格的教育。續傳燈録三二徑山了明禪師：「人言棒頭出孝子，我道憐兒不覺醜。」古今雜劇元秦簡夫陶母剪髮待賓二：「你待要閨中養甕妹，姐姐也，我則理會的棒頭出孝子。」

棲 1. qī 先稽切，平，齊韻，心。ㄑㄧ

同「栖」。㊀鳥類歇息。詩王風君子于役：「雞棲于塒。」也指人居住、停留。國語越上：「越王勾踐棲於會稽之上。」注：「山處曰棲。」㊁棲息的地方。戰國策秦一：「諸侯不可一，猶連雞之不能俱止於棲之明矣。」唐孟郊孟東野集六鵶路溪行呈陸中丞：「疲馬戀舊秣，羈禽思故棲。」㊂牀。孟子萬章上：「二嫂使治朕棲。」注：「二嫂娥皇、女英，使治牀欲以爲妻也。」

2. xī 集韻千西切，平，齊韻。ㄒㄧ

㊃見「棲₂棲₂」、「棲₂遑」。

【棲神】同「棲真」。淮南子泰族：「今夫道者，藏精於内，棲神於心，静漠恬淡，訟繆胸中。」南朝梁陶弘景真誥二運象二：「爲道者常淵滄以獨處，每棲神以遊閑。」

【棲苴】樹上的水草。詩大雅召旻：「草不潰茂，如彼棲苴。」唐柳宗元柳先生集四二同劉二十八院長述舊言懷感時書事……詩：「不應虞竭澤，寧復歎棲苴。」

【棲約】安於儉約。文選南朝梁任彥昇(昉)爲蕭揚州薦士表：「前晉安郡侯官令東海王僧孺，年三十五，字僧孺，理尚棲約，思致恬敏。」

【棲託】寄託，安身。宋書謝靈運傳山居賦：「企山陽之游踐，遲鸞鷖之棲託。」託，也作「托」。唐羅隱甲乙集五秋寄張坤詩：「未知棲托處，空羨聖明朝。」

【棲真】道家以性命之根本爲真。棲真謂保其根本，養其元神。南朝梁陶弘景真誥二運象二：「宗道者貴無邪，棲真者安恬愉。」晉書葛洪傳論：「游德棲真，超然事外。」

【棲₂屑】往來奔波。北史裴駿傳附裴安祖：「有人勸其仕進，安祖曰：'高尚之事，非敢庶幾，但京師遼遠，實憚於棲屑耳。'」魏書作「栖屑」。唐杜甫杜工部草堂詩箋三八詠懷之一：「疲薾苟懷策，棲屑無所施。」

【棲息】隱遁。唐韋應物韋江州集五答裴處士詩：「況子逸羣士，棲息蓬蒿間。」

【棲₂棲₂】忙碌，不能安居貌。詩小雅六月：「六月棲棲，戎車既飭。」漢書一〇〇上敍傳：「是以聖喆之治，棲棲皇皇，孔席不煖，墨突不黔。」

【棲₂遑】奔忙不定。文選晉陸士衡(機)演連珠：「利盡萬物，不能叡童昏之心；德表生民，不能救棲遑之辱。」

【棲遁】隱居。晉書郄鑒傳附郄超：「性好聞人棲遁，有能辭榮拂衣者，超爲之起屋宇，作器服，畜僕豎，費百金而不吝。」陳書虞荔傳附虞寄：「性沖静，有棲遁之志。」

【棲遲】㊀遊息。詩陳風衡門：「衡門之下，可以棲遲。」引申爲飄泊失意。唐李賀歌詩編一致酒行：「零落棲遲一杯酒，主人奉觴客長壽。」㊁分散遺棄。荀子王制：「積財物，而勿忘棲遲薛越。」㊂淹留，隱遁。後漢書二八下馮衍傳：「久棲遲於小官，不得舒其所懷。」世説新語排調「頭責秦子羽」注引張敏集頭責子羽文：「子欲爲隱遁也，則當如榮期之帶索，漁父之澆滑，棲遲神丘，垂餌巨鼇，此一介之所以顯身成名者也。」

【棲霞】㊀縣名。屬山東省。漢腄縣地，屬東萊郡。唐宋皆爲蓬萊縣地。金天會二年，劉豫析登州之楊疃鎮置棲霞縣，屬登州。元明清皆屬登州府。參閲寰宇通志七六登州府棲霞縣。㊁嶺名。又名劍門嶺。在浙江杭州市葛嶺西。嶺上有劍門關、棲霞洞。舊日多桃花，開時燦然如霞，故名。嶺下有岳飛墓。爲西湖古蹟之一。參閲嘉慶一統志二八三杭州府一。

【棲隱】隱居。隋書徐則傳晉王下書：「草褐蒲衣，餐松餌朮，棲隱靈岳，五十餘年。」

【棲鴽】三國魏正始元年，有戴鴽鳥築巢於張臶門陰，臶以爲凶兆，旬日而卒。見三國志魏管寧傳附張臶。後因以棲鴽爲死亡的預兆。唐國子律學直講仇道朗墓誌銘：「不謂棲鴽斂羽，俄歎沉舟之酷。」(八瓊室金石補正四四)

【棲神域】指墓地。宋史二八四陳堯佐傳自誌其墓：「壽八十二不爲夭，官一品不爲賤，使相納禄不爲辱，三者粗可歸息於父母棲神之域矣。」

棖 chéng 直庚切，平，庚韻，澄。ㄔㄥ

㊀門兩旁所豎的木柱。禮玉藻：「士介拂棖。」疏：「棖謂門之兩旁長木，所謂門楔也。」後也指門。唐韓愈昌黎集八城南聯句：「幸得履中氣(孟郊)，忝從拂天棖(韓愈)。」㊁支柱。南齊書魏虜傳：「以繩相交絡，紐木枝棖，覆以青繒，形制平圓，下容百人座，謂之爲'繖'。一云'百子帳'也。」㊂木棒。晉書周訪傳：「(杜)弢作桔槔打官軍船艦，訪作長岐棖以距之。」㊃觸動。見「棖撥」、「棖觸」。

【棖棖】絃聲。唐李賀歌詩編一秦王飲酒：「龍頭瀉酒邀酒星，金槽琵琶夜棖棖。」

【棖撥】撥動。文選南朝宋謝惠連祭古冢文序：「初開，見悉是人形，以物棖撥之，應手灰滅。」注：「南人以物觸物爲棖。」

【棖闑】棖，門兩旁長木；闑，門中間豎木。禮玉藻：「大夫中棖與闑之間。」釋文：「闑，魚列反，門橛；棖，直衡反，門楔也。」後因稱家門爲棖闑。唐權德輿權載之集十一大唐銀青光禄大夫……岐國公淮南遺愛碑銘序：「視闔境如棖闑之内，撫編人有父母之愛。」

【棖觸】㊀觸撥。唐陸龜蒙笠澤叢書乙蠹化：「橘之蠹大如小指……人或棖觸之，輒奮角而怒。」㊁感觸。唐李商隱李義山詩集一戲題樞言草閣三十二韻：「君時卧棖觸，勸客白玉杯。」

棱 1. léng 魯登切，平，登韻，來。ㄌㄥ

同「稜」。㊀觚，有四角的木。唐釋玄應一切經音義十八立世阿毗曇論八引通俗文：「木四方爲棱，八棱爲柧。」後漢書四十上班彪傳附班固西都賦：「設壁門之鳳闕，上柧棱而棲金雀。」㊁器物的棱角。宋蘇軾分類東坡詩七聚星堂雪：「未嫌長夜作衣棱，却怕初陽生眼纈。」㊂嚴厲。後漢書六六王允傳：「允性剛棱疾惡。」㊃威勢。漢書五四李廣傳：「名聲暴於夷貉，威棱憺乎鄰國。」注引李奇：「神靈之威曰棱。」後漢書四十下班彪傳附班固東都賦：「目中夏而布德，瞰四裔而抗棱。」

2. lèng ㄌㄥˋ

㊄田埂。唐宋人約計田畝遠近的單位。唐杜甫杜工部草堂詩箋三十秋日夔府詠懷奉寄鄭監李賓客一百韻：「塹抵公畦棱，村依野廟壖。」棱，即「稜」。參閲清顧張思土風録十四田畦曰棱。

【棱角】物體的尖角。唐韓愈昌黎集一南山詩：「晴明出棱角，縷脉碎分繡。」引申爲鋒芒。清計六奇明季北略十五鄭鄤本末:"棱角不無太露。"

【棱層】㊀山勢高峻貌。同"峻嶒"。唐岑參岑嘉州集一出關經華嶽寺訪法華雲公:"開門對西嶽,石壁青棱層。"㊁猙獰貌。法苑珠林九六道阿脩羅述意:"脩羅道者,……體貌精鄙,每懷瞋毒,稜層可畏。"

【棱嚴經】佛經名。卽楞嚴經。明人刻經,以"楞"字不見說文,改楞爲"棱"。詳"楞嚴"。

楮 chǔ 丑吕切,上,語韻,徹。
ㄔㄨˇ 當古切,上,姥韻,端。

㊀木名。卽構樹,也叫穀樹。葉似桑,皮可製紙。山海經西山經:"(鳥危之山)其陰多檀楮。"㊁山名。山海經中山經:"楮山多寓木。"㊂紙的代稱。宋蘇軾分類東坡詩十一書鄢陵王主簿所畫折枝之二:"若人富天巧,春色入毫楮。"㊃錢幣。宋史四二一常楙傳:"值水災,捐萬楮以振之。"也指舊時迷信焚化用的紙錢。明李昌祺剪燈餘話一兩川都轄院志:"牲牢酒楮,祭日無虛。"

【楮券】同"楮幣"。宋華岳翠微南征錄四述懷詩:"楮券不堪供虜幣,沙籌那解足軍糧。"宋史三四七席旦傳:"遂言蜀用鐵錢,以其艱於轉移,故權以楮券。"

【楮葉】韓非子喻老:"宋人有爲其君以象爲楮葉者,三年而成。豐殺莖柯,毫芒繁澤,亂之楮葉之中而不可別也。"後因用爲摹倣亂真的典故。宋米芾硯史用品:"楮葉雖工,而無補於宋人之用。"

【楮幣】宋金元時發行的紙幣,多用楮皮紙做成,故稱"楮幣"。宋周必大二老堂雜志四辨楮幣二字:"近歲用會子,蓋四川交子法,特官券耳。不知何人目爲楮幣,……遂入殿試御題。"元方回桐江續集五憶我詩之一:"朝廷易楮幣,百姓駢嘆吁。"

【楮墨】紙和墨。也指文字或書畫。唐劉知幾史通暗惑:"無禮如彼,至性如此,猖狂生態,正復躍見楮墨間。"明楊士奇東里文集九題誠齋楊公易傳藁後:"此小畜同人大有三卦,……至今二百餘年,楮墨如新,誠可寶也。"

【楮錢】舊俗祭祀時用的紙錢。宋趙□就日錄:"康節先生(邵雍)春秋祭祀,約古今禮行之,亦焚楮錢。"元袁桷清容居士集十送虞伯生降香還蜀省墓詩之二:"叢竹雨留銀燭淚,落花風颺楮錢灰。"

【楮雞】楮樹上生的木耳。宋陸游劍南詩稿三一偶得長魚巨蟹命酒小飲……:"老生日日困鹽齏,異味棱魚與楮雞。"參見"樹雞"。

【楮先生】唐韓愈昌黎集三六毛穎傳,以物擬人,稱筆爲毛穎,紙爲楮先生。後來遂以楮先生爲紙的別名。宋釋文珦潛山集八野老詩:"交遊木上座,疏闊楮先生。"也作"楮生"。元詩選許有壬圭塘小藁李惟中學士自西臺侍御召入以未央宮瓦硯爲貺……:"楮生毛穎賀得友,坐令几案增光輝。"

【楮知白】以紙擬人,楮可製紙,紙白色,故稱。宋蘇易簡文房四譜四紙引文嵩好時侯楮知白傳:"楮知白,字守元,華陰人也。中常侍蔡倫搜訪得之於耒陽,貢于天子,功業昭著,封好時侯。"時與"紙"音近。廣羣芳譜七五木楮引明閔文振楮待制傳:"楮待制初名藤,及長爲世用,更名知白,會稽剡溪人。"時剡溪產藤,紙工斬藤以造紙,故云。

楝 dòng 多貢切,去,送韻,端。
ㄉㄨㄥˋ

㊀屋中的正梁。易繫辭下:"上古穴居而野處,後世聖人易之以宮室,上棟下宇,以待風雨。"儀禮鄉射禮:"序則物當棟。"注:"是制五架之屋也,正中曰棟,次曰楣,前曰庪。"㊁比喻重要的人或事物。國語晉一:"太子,國之棟也。"又魯上:"不厚其棟,不能任重,重莫如國,棟莫如德。"㊂星名。見"棟星"。

【棟宇】棟,屋之正中;宇,屋之四垂。也泛指房屋。文選漢王文考(延壽)魯靈光殿賦:"神靈扶其棟宇,歷千載而彌堅。"晉書向秀傳思舊賦:"棟宇在而弗毀兮,形神逝其焉如?"

【棟星】大角星的別名。廣雅釋天:"大角謂之棟星。"參見"大角㊀"。

【棟梁】房屋的大梁。莊子人間世:"仰而視其細枝,則拳曲而不可以爲棟梁。"也喻能爲國任重的人才。三國志魏高柔傳:"今公輔之臣,皆國之棟梁,民所瞻具。"

【棟桴】屋梁。棟,正梁;桴,二梁。文選漢班孟堅(固)西都賦:"列棼橑以布翼,荷棟桴而高驤。"宋黃庭堅豫章集六庭堅老懶衰惰……詩:"莫斬猨狙杙,明堂待棟桴。"

【棟隆】易大過:"棟隆之吉,不橈乎下也。"疏:"下得其拯,猶若所居屋棟隆起,下必不橈。"本指屋梁高大厚實,比喻能擔負重任。晉書蔡謨傳讓侍中司徒疏:"上虧聖朝棟隆之舉,下增微臣覆餗之釁,惶懼戰灼,寄顏無所。"

【棟幹】喻擔當國家重任的人。漢書九三佞倖傳贊:"主疾無嗣,弄臣爲輔,鼎足不彊,棟幹微撓。"宋書劉延孫傳詔:"器允棟幹,勳實佐時,……奄至薨殞,震慟兼深。"

【棟甍】正梁和屋脊。比喻擔當重任的人物。後漢書八二上謝夷吾傳班固爲第五倫薦夷吾文:"誠社稷之元龜,大漢之棟甍。"

【棟撓】屋梁脆弱。易大過:"大過,棟撓,利有攸往,亨。"疏:"棟撓者,謂屋棟也。本之與末俱撓弱,以言衰亂之世,始終皆弱也。"清阮元校勘記謂撓爲"橈"字之誤。後以比喻形勢危急。戰國策魏一:"夫使士卒不崩,直而不倚,棟撓而不避者,此吳起餘教也。"宋鮑彪注:"撓,折也,喻敵之壓己。"宋書龔穎傳陸徽表:"臣聞運纏明夷,則艱貞之節顯,時屬棟撓,則獨立之操彰。"

【棟折榱崩】指房屋倒塌。棟,正梁;榱,椽子。比喻傾覆。左傳襄三一年:"子產曰:……子(指子皮)於鄭國,棟也,棟折榱崩,僑將厭(壓)焉,敢不盡言。"僑,子產名。晉書鍾雅傳:"庾亮臨去,顧謂雅曰:'後事深以相委。'雅曰:'棟折榱崩,誰之責也?'"

棫 yù 雨逼切,入,職韻,于。
ㄩˋ

木名。詩大雅皇矣:"柞棫斯拔,松柏斯兌。"三國吳陸璣毛詩草木鳥獸蟲魚疏上柞棫拔矣:"柞棫,三蒼說,棫卽柞也。"本草綱目三六木三蕤核以爲晉郭璞注爾雅"棫,白桵",卽蕤核。

【棫陽】宮名。秦昭王時建。始皇九年,夷嫪毐三族,遷太后於雍陽棫陽宮,卽此。故址在今陝西扶風縣東北。參閱史記八五呂不韋傳、漢書地理志上右扶風、三輔黃圖一宮。

【棫樸】詩大雅篇名。棫,白桵;樸,枹木。意謂棫樸叢生,根枝茂密,共相附着;喻賢人衆多,國家蕃興。後也用以喻人才衆多。梁書裴子野傳范縝上表:"且皇朝淳耀,多士盈庭,官人邁乎有嬀,棫樸越於姬氏。"

椏 1. yā 於加切,平,麻韻,影。
ㄧㄚ 烏可切,上,哿韻,影。

㊀草木分枝處。宋詩鈔韓琦安陽集鈔再出行田:"蕎麥方足翫,蔓青未入椏。"宋蘇過斜川集一人蔓詩:"移根植膏壤,椏葉粲以長。"

2. yà
ㄧㄚˋ

㊀掩，閉。雍熙樂府二元李子昌梁州令曲：“春晝永，朱扉半椏；東風靜，湘簾低掛。”

【椏杈】樹枝分歧處。詩話總龜 二 幼敏引唐蔣堂梔子花：“庭前梔子樹，四畔有椏杈。”

棋 1. qí ㄑㄧˊ 集韻 渠之切，平，之韻。

㊀弈具。說文作“棊”。也作“碁”。古時通稱博弈的子爲棋。左傳襄二五年：“弈者舉棋不定，不勝其耦。”淮南子說林：“行一棊不足以見智，彈一弦不足以見悲。”

2. jī ㄐㄧ 集韻 居之切，平，之韻。

㊀根柢。史記律書：“箕者，言萬物根棋，故曰箕。”

【棋山】地名。在福建莆田縣西北。山有仙掌峯文筆峯香爐峯仙人臺出風穴等名勝，號五奇。參閱嘉慶一統志四二七興化府。

【棋布】繁密如棋子的分布。關尹子三極：“道雖絲紛，事則棊布。”文選晉左太沖(思)吳都賦：“屯營櫛比，廨署棊布。”

【棋列】如棋之布列。後漢書七八宦者傳序：“府署第館，棊列於都鄙。”

【棋劫】圍棋打劫時來回互提的戰局。周書樂遜傳：“譬猶棊劫相持，争行先後。若一行非當，或成彼利。”參見“劫争”。

【棋局】㊀棋盤。文選 三國 吳 韋弘嗣(昭)博弈論“枯棊三百，孰與萬人之將”注引三國魏邯鄲淳藝經：“棊局縱横各十七道，合二百八十九道，白黑棊子各一百五十枚。”唐以前棋局之制如此，今則縱横各十九道，合爲三百六十一道。㊁弈棋一次曰一局，故亦稱弈棋的事爲棋局。後漢書五九張衡傳應間：“弈秋以棊局取譽，王豹以清謳流聲。”

【棋炒】食品名。明 嘉靖時令宛平 大興二縣的燒餅鋪用白麵少和香油芝蔴，做成棋子塊樣，炒熟，以備軍用，名棋炒。見清查慎行人海記下棋炒。

【棋枰】即棋盤。唐 陸龜蒙 甫里集十五幽居賦序：“仲宣方戲於棊枰，叔夜還眠於鍛竈。”宋王禹偁小畜集八春遊南静川詩：“峰巒開畫障，畎畝列棊枰。”

【棋品】圍棋棋藝的等級。宋書 羊玄保傳：“善弈棊，棊品第三。”宋晏天章(也作張儗)謂圍棊之品有九：入神、坐照、具體、通幽、用智、小巧、鬭力、若愚、守拙。參閱棊經品格。

【棋峙】謂相持之勢，如下棋時之對峙。淮南子漢 高誘 敍：“會遭兵災，天下棋峙。”峙，也作“跱”。三國志吳陸遜傳：“方今英雄棊跱，豺狼闚望，克敵寧亂，非衆不濟。”

【棋格】猶棋品。宋 陸游 劍南詩稿五七幽居雜題之二：“久閑棋格長，多病酌徒疎。”

【棋聖】下棋的高手。抱朴子辨問：“故善圍棋之無比者，則謂之棋聖；故嚴子卿馬綏明於今有棋聖之名焉。”

【棋置】猶棋布。史記 一二九 貨殖傳：“銅鐵則千里往往山出棊置。”索隱：“言如置棊子，往往有之。”

【棋槊】古代一種棋戲，猶後世之雙陸。棋爲子，槊爲局。唐韓愈昌黎集七示兒詩：“酒食罷無爲，棊槊以相娱。”

【棋盤】下棋所用的盤。唐韋應物韋江州集五假中枉盧二十二書……詩：“花裏碁盤憎鳥污，枕邊書卷訝風開。”碁，同“棋”。

【棋戰】下棋。宋 何薳 春渚紀聞五晝字行棋：“又弈棋，古亦謂之行棋，……蓋棋戰所以爲人困者，以其行道窮迫耳。”宋陸游劍南詩稿七十識喜：“僧招決棋戰，客讓主詩盟。”

【棋譜】論圍棋或象棋着法的書。隋書經籍志三載有碁勢碁法碁圖勢等書，都附於兵家，後漸亡佚不傳。現存的以宋張儗（亦題晏天章）的棋經十三篇爲最古。清范西屏所著桃花泉棋譜，施定庵所著弈理指歸，都是論起手布局的方法，爲學圍棋的入門書。象棋譜如橘中祕、象棋百局之類，有通行本，多不著撰人姓名。

【棋逢敵手】喻雙方本領不相上下。棋，亦作“碁”、“棊”。唐詩紀事七七釋尚顏懷陸龜蒙處士詩：“事厄傷心否，碁逢敵手無？”五燈會元十九台州護國此庵景元禪師：“棊逢敵手難藏行，詩到重吟始見功。”也作“棋逢對手”。孤本元明雜劇元缺名狄青復奪衣襖車三：“却便是黑殺神，撞着個霹靂鬼，强搶刀會，棋逢對手好相持。”

【棋高一着，縛手縛脚】本指棋藝而言。後用以比喻技高一等，使對方不能施展本領。二刻拍案驚奇二：“正所謂棋高一着，縛手縛脚。”

棷 1. zōu ㄗㄡ 側鳩切，平，尤韻，莊。子侯切，平，侯韻，精。

㊀木柴。見說文。清王念孫廣雅疏證釋木：“凡薪蒸之屬多名棷。”㊁麻秆。通“菆”。漢書五行志下之上：“民驚走，持稾或棷一枚，傳相付與，曰行詔籌。”㊂木名。山海經中山經：“(風雨之山)其木多棷樿。”

2. sǒu ㄙㄡˇ 集韻 蘇后切，上，厚韻。

㊃大澤。通“藪”。禮禮運：“鳳皇麒麟，皆在郊棷。”注：“棷，聚草也。”釋文：“澤也。本或作藪。”

植 zhí ㄓˊ 直吏切，去，志韻，澄。常職切，入，職韻，禪。

㊀栽種。也泛指草木。根生之屬皆曰植。戰國策燕二樂毅報燕王書：“薊丘之植，植於汶篁。”上植字，植物；下植字，種植。文選漢張平子(衡)東京賦：“植華平於春圃，豐朱草於中唐。”㊁樹立。墨子非攻下：“植心不堅，與國諸侯疑。”周禮夏官田僕：“令獲者植旌及獻比禽。”㊂户植。謂門外閉，中立直木用以加鎖。墨子非儒下：“季孫與邑人争門關，決植。”㊃築城兩端所立的木柱。周禮 夏官 大司馬：“大役，與慮事，屬其植。”注：“植，築城楨也。”楨，築牆兩端所立之木柱。㊄懸掛飼蠶器具的柱子。禮月令季春之月：“具曲植籧筐。”注：“植，槌也。”方言五：“槌，宋魏陳楚江淮之間謂之植。”注：“縣蠶薄柱也。”㊅監督工事的將領。左傳宣二年：“宋城，華元爲植，巡功。”注：“植，將主也。”㊆安放。通“置”。書金縢：“植璧秉珪。”疏：“鄭云：‘植，古置字。’”史記八四賈誼傳：“賢聖逆曳兮，方正倒植。”

【植耳】聳耳細聽。淮南子人間：“(魏)宣子曰：‘求地不已，爲之奈何？’任登曰：‘與之使喜，必將復求地於諸侯，諸侯必植耳，與天下同心而圖之。’”注：“植耳，竦耳而聽也。”

【植志】立志。唐 柳宗元 柳先生集二五凌助教蓬屋題詩序：“守道端莊，植志不回。”

【植物】百穀草木的總稱。周禮 地官 大司徒：“一曰山林，其動物宜毛物，其植物宜早物。”文選漢張平子(衡)西京賦：“繚垣緜聯，四百餘里，植物斯生，動物斯止。”

【植黨】結黨，培植黨羽。新唐書一二三蕭至忠傳：“時(宗)楚客懷姦植黨，而韋巨源、楊再思、李嶠務自安，無所弼正，至忠介其間，獨不詭隨。”

【植鰭】荀子非相：“傅説之狀，身如植鰭。”王先謙集解引郝懿行：“鰭在魚之背，立而上見，駝背之人似之。然則傅説亦背僂歟？”

【植物名實圖考】清吳其濬撰。先成植物名實圖考長編二十二卷，收集植物八百三十八種。後成此書，計三十八卷，收集植物一千七百十四種，分爲穀、蔬、山草、隰草、石草、水草、蔓草、芳草、毒草、羣芳、果、木等十二類。附有插圖。辨識植物形、色、性、味、產地、用途等，大半得自親自察訪。

森 sēn ㄙㄣ 所今切，平，侵韻，山。

㊀樹木叢生貌。文選晉左太沖(思)蜀都賦：“鼯貂氓於葽草，彈言鳥於森木。”㊁衆盛貌。後漢書五九張衡傳思玄賦：“百神森其備從兮，屯騎羅而星布。”文選晉潘安仁(岳)籍田賦：“森奉璋以階列，望皇軒而肅震。”㊂陰沉幽暗貌。文苑英華二〇七唐顧況遊子吟：“浟寥羣動異，眇默諸境森。”㊃森嚴。唐杜甫杜工部詩史補遺八李潮八分小篆歌：“況潮小篆逼秦相，快劍長戟森相向。”秦相，指李斯。

【森列】繁密排列。三國魏曹植曹子建集四槐賦：“憑文昌之華殿，森列峙乎端門。”唐李白李太白詩二古風之五：“太白何蒼蒼，星辰上森列。”

【森岑】陰冷。金元好問遺山集十四僧寺阻雨詩：“山氣森岑入葛衣，砧聲偏與客心期。”

【森伯】即茶。宋陶穀清異錄茗荈：“湯悅有森伯頌，蓋茶也。方飲而森然嚴乎齒牙，既久，四肢森然。”

【森林】叢生的羣木。文苑英華三一八唐蔡希寂同家兄題渭南王公別業：“素暉射流湫，翠色綿森林。”

【森衰】下垂貌。一說足多貌。文選晉郭景純(璞)江賦：“蜛蝫森衰以垂翹，玄蠣磈磥而碨砈。”

【森森】㊀繁密貌。文選晉陸士衡(機)文賦：“播芳蕤之馥馥，發青條之森森。”指樹木。又張景陽(協)雜詩之四：“翳翳結繁雲，森森散雨足。”指雨。藝文類聚五九南朝梁沈約憫國賦：“矛森森而密豎，旗落落而疎布。”指武器。㊁高聳貌。世說新語賞譽：“庾子嵩(敳)目和嶠森森如千丈松。”㊂羽毛豐長貌。藝文類聚九一晉曹毗(鸚鵡)賦：“森森修尾，蔚蔚紅臆。”文選晉孫興公(綽)遊天台山賦：“被毛褐之森森，振金策之鈴鈴。”㊃寒噤貌。元曲選武漢臣玉壺春三：“硬鼻凹寒森森掃下雪來。”

【森疎】挺秀貌。晉陶潛陶淵明集三庚子歲五月中從都還阻風於規林詩之一：“高莽眇無界，夏木獨森疎。”梁釋慧皎高僧傳八釋慧隆：“汝南周顒目之曰：隆公蕭散森疎，若霜下之松竹。”

【森標】叢樹的梢頂。標，樹末。晉陶潛陶淵明集一歸鳥詩之四：“遊不曠林，宿則森標。”

【森豎】因恐怖而毛髮聳立。新唐書一八〇李德裕傳：“宣宗即位，德裕奉冊太極殿。帝退，謂左右曰：‘向行事近我者，非太尉邪？每顧我，毛髮爲森豎。’”

【森衞】護衞林立。猶言警衞森嚴。宣和畫譜二道釋二唐趙德齊：“命德齊畫西平王儀仗，車輅旌旂，森衞嚴整。”

【森羅】㊀森然羅列。南朝梁陶弘景陶隱居集茅山長沙館碑：“萬象森羅，不離兩儀所育。”㊁迷信傳說陰間閻羅王所居之殿爲森羅殿。元曲選關漢卿竇娥冤三：“頃刻間游魂先赴森羅殿，怎不將天地也生埋怨？”

【森藹】盛貌。文選南朝宋顏延年(延之)應詔觀北湖田收：“攢素既森藹，積翠亦葱芊。”

【森嚴】整肅，整飭。唐杜牧樊川集二朱坡詩：“偃蹇松公老，森嚴竹陣齊。”新唐書二〇一文藝傳序：“於是韓愈倡之，柳宗元、李翺、皇甫湜等和之，排逐百家，法度森嚴。”

【森羅萬象】紛然羅列的各種事物或現象。景德傳燈錄二八慧海和尚：“迷時人逐法，悟時法由人，如森羅萬象，至空而極，百川衆流，至海而極。”宋廖行之省齋集三和周少哲咏梅詩：“銀色諸天渺不窮，森羅萬象匪磨鎔。”

棧 1. zhàn ㄓㄢˋ 士限切，上，產韻，牀。
士諫切，去，諫韻，牀。
士免切，上，獮韻，牀。

㊀棚，閣。墨子備城門：“鑿扇上爲棧。”㊁在山巖上架木爲路。藝文類聚五二北周王褒上庸公陸騰勒功碑：“建平督郵之道，棧徑威紆。”參見“棧道”。㊂儲存貨物或留宿旅客的房屋。如貨棧、客棧。㊃竹木編成的車子。見“棧車”。也指柩車。儀禮既夕禮：“賓奠幣於棧。”㊄養牲畜的木柵。莊子馬蹄：“連之以羈馽，編之以皁棧。”也指在木柵內加料精養。宋陶穀清異錄饌羞玉尖麪：“鹿以倍料精養者曰棧。”水滸二五：“你說沒麥稃，你怎的棧得肥腯腯地？”㊅高峻貌。文選漢張平子(衡)西京賦：“坻崿鱗眴，棧齴巉嶮。”注：“棧、嶮，皆高峻貌。”㊆姓。三國魏有棧潛。見三國志魏高堂隆傳。

2. zhǎn ㄓㄢˇ 集韻 阻限切，上，產韻。

㊇小鐘。爾雅釋樂：“大鐘謂之鏞，……小者謂之棧。”

3. chén ㄔㄣˊ 集韻 鋤臻切，平，臻韻。

㊈見“棧₃棧₃”。

【棧木】木名。爾雅釋木：“棧木，干木。”疏：“棧木，一名干木。郭云：‘橿木也，江東呼木觡。’”

【棧羊】在木柵內加料精養肥羊。宋陳師道后山詩註十二送晁無咎出守蒲中：“聖世急才常患少，棧羊歸酒待公歸。”

【棧車】以竹木散材製成的車。周禮春官巾車：“士乘棧車，庶人乘役車。”注：“棧車，不革輓而漆之。”韓非子外儲左下：“孫叔敖相楚，棧車牝馬，糲餅菜羹，枯魚之膳，冬羔裘，夏葛衣，面有飢色。”也稱“棧輿”。漢桓寬鹽鐵論散不足：“古者椎車無柔，棧輿無植。”

【棧豆】馬房豆料，常用以比喻現成的利益。三國志魏曹爽傳“爽於是……歸罪請死，乃通宣王奏事”注引晉干寶晉書：“桓範出赴爽，宣王(司馬懿)謂蔣濟曰：‘智囊往矣。’濟曰：‘範則智矣，駑馬戀棧豆，爽必不能用也。’”宋陸游劍南詩稿七五恩封渭南伯……：“棧豆十年空病馬，煙波萬頃著浮鷗。”

【棧香】即伽南香。晉嵇含南方草木狀中：“交趾有蜜香樹，……其幹爲棧香。”唐劉恂嶺表錄異中：“廣管羅州，多棧香樹，身似柳，其花白而繁，其葉如橘，皮堪作紙，名爲香皮。”

【棧道】㊀在險絕的地方傍山架木而成的道路。戰國策秦三：“棧道千里於蜀漢。”史記留侯世家：“(張)良因說漢王曰：‘王何不燒絕所過棧道，示天下無還心。’”又稱閣道，參見“閣道”。㊁連接樓閣的複道。淮南子本經：“延樓棧道。”注：“棧道，飛閣複道相通。”

【棧₃棧₃】衆盛貌。漢書四五息夫躬傳絕命辭：“叢棘棧棧，曷可棲兮！”注：“棧棧，衆盛貌。”王先謙補注：“宋祁曰：‘棧，當作棧。’王先慎曰：‘字書無棧字，宋說是也。’”

【棧閣】㊀即棧道。以架木爲閣故名。戰國策齊六：“爲棧道木閣而迎王與后於城陽山中。”後漢書十三隗囂傳：“囂復上言：‘白水險阻，棧閣絕敗。’”注：“棧閣者，山路懸險，棧木爲閣道。”㊁存放東西的屋子。唐白居易長慶集四八策林五六論刑法之弊：“矧又律令塵蠹於棧閣，制敕堆盈於案几，官不徧覩，法無定科。”

【棧山航海】指跋山涉水，踰越險阻。

文選南朝宋顏延年(延之)三月三日曲水詩序:"棧山航海,涉沙軼漠之貢,府無虛月。"

棽 shēn 所今切,平,侵韻,山。
ㄕㄣ 丑林切,平,侵韻,徹。
見下。

【棽麗】盛貌。文選漢班孟堅(固)東都賦:"鳳蓋棽麗,龢鑾玲瓏。"說文"棽"解作"棽儷"。

棼 1. fén ㄈㄣˊ 符分切,平,文韻,並。
㊀閣樓的棟。一說房屋承塵上互相交錯疊置的樑。文選漢班孟堅(固)西都賦:"列棼橑以布翼,荷棟桴而高驤。"三國志吳太史慈傳:"賊於屯裏緣樓上行詈,以手持樓棼,慈引弓射之,矢貫手著棼。"㊁麻布。周禮春官巾車:"素車棼蔽。"㊂紊亂。左傳隱四年:"臣聞以德和民,不聞以亂。以亂,猶治絲而棼之也。"
2. fēn ㄈㄣ
㊃見"棼$_2$棼$_2$"。

【棼$_2$棼$_2$】紛擾貌。猶紛紛。書呂刑:"民興胥漸,泯泯棼棼。"疏:"棼棼,擾攘之狀。"

椅 1. yī ㄧ 於離切,平,支韻,影。
㊀木名。又稱山桐子、水冬瓜。初夏開黃花,結小紅果。材木可爲小家具。詩鄘風定之方中:"樹之榛栗,椅桐梓漆。"文選戰國楚宋玉高唐賦:"雙椅垂房,糾枝還會。"
2. yǐ ㄧˇ 於綺切,上,紙韻,影。
㊁椅子。本字作"倚"。新五代史景延廣傳:"延廣所進器物,鞍馬、茶牀、椅榻,皆裹金銀,飾以龍鳳。"宋王銍默記:"徐(鉉)引椅少偏,乃敢坐。"㊂見"椅$_2$柅"。

【椅$_2$子】有靠背的坐具。宋丁謂談錄:"又(竇)儀因於堂前雕起花椅子二隻,以祇備右丞洎太夫人同坐。"

【椅$_2$披】卽"椅背"。見"椅$_2$背"。

【椅$_2$柅】木弱貌。南齊謝朓謝宣城集二芳樹詩:"椅柅芳若斯,葳蕤紛可繼。"

【椅$_2$背】披於椅背以爲裝飾的彩帛。俗稱椅披。金史儀衛志下皇太子鹵簿:"坐麒麟金浮圖椅,用金鍍銀圈雙戲麒麟椅背。"顏氏家藏尺牘二曹禾書:"敢借卓圍二條,椅披坐褥各六。"

椓 zhuó ㄓㄨㄛˊ 集韻 竹角切,入,覺韻。
㊀敲擊,捶築。詩周南兔罝:"肅肅兔罝,椓之丁丁。"又小雅斯干:"約之閣閣,椓之橐橐。"疏:"既投土於板,以杵椓築之。"㊁古代割去男性生殖器的酷刑,卽宮刑。書呂刑:"殺戮無辜,爰始淫爲劓、刵、椓、黥。"㊂閹人。詩大雅召旻:"昏椓靡共。"箋:"昏、椓,皆奄人也。昏,其官名也;椓,毁陰也。"㊃攻訐,告訴。通"諑"。左傳哀十七年:"衞侯辭以難,大子又使椓之。"

【椓杙】捶釘繫牲口的小木樁。尙書大傳洛誥:"椓杙者有數。"舊唐書一五三劉迺傳與宋昱書:"彼干霄蔽日,誠巨樹也,當求尺寸之材,必後於椓杙。"

棣 1. dì ㄉㄧˋ 特計切,去,霽韻,定。
㊀木名。果實名山櫻桃。爾雅釋木:"常棣,棣。"注:"今山中有棣樹,子如櫻桃,可食。"文選晉潘安仁(岳)閑居賦:"梅杏郁棣之屬,繁榮麗藻之飾。"參見"常棣"。㊁兄弟。通"弟"。詩小雅常棣序:"常棣,燕兄弟也。"故借用爲"弟"字。唐鄒敦願董惟靖墓志:"萼萼正華,霜凋其棣。"(八瓊室金石補正七五)。㊂姓。漢王莽時有司馬棣立。見通志二九氏族五。
2. dài ㄉㄞˋ 集韻 待戴切,去,代韻。
㊃見"棣$_2$棣$_2$"。
3. tì ㄊㄧˋ 集韻 他計切,去,霽韻。
㊄通,達。見"棣$_3$通"。

【棣友】謂兄弟友愛。宋陶穀清異錄君子:"范陽竇禹鈞生五子,儀等友愛天至。儀曰:'吾與汝等雖兄弟之拘牽,真棣友也。'"

【棣州】地名。秦齊郡地。南朝宋爲樂陵郡。隋開皇十年於郡置厭次縣;十七年又於陽信縣置棣州。唐貞觀十七年自陽信移治厭次。清置惠民縣。故址在今山東惠民縣東南。參閱資治通鑑二九四後周顯德六年"發濱棣丁夫數千人城霸州"注。

【棣$_3$通】通達,貫通。漢書律曆志上:"正月,乾之九三,萬物棣通。"注:"棣,音替。"

【棣華】詩小雅常棣:"常棣之華,鄂不韡韡。凡今之人,莫如兄弟。"後因以棣華喻兄弟。晉書張載傳贊:"載協飛芳,棣華增映。"協,載弟。

【棣$_2$棣$_2$】文雅安和的樣子。詩邶風柏舟:"威儀棣棣,不可選也。"禮孔子閒居引詩作"威儀逮逮"。漢書七三韋賢傳附韋玄成戒子孫詩:"儀服此恭,棣棣其則。"

【棣棠】木名。春暮開花,金黃色。宋孟元老東京夢華錄七駕回儀衞:"是月季春,萬花爛熳。牡丹、芍藥、棣棠、木香種種上市。"

【棣蕚】猶棣華。喻兄弟友愛。也作"棣鄂"。晉書孝友傳序:"夫天倫之重,共氣分形,心睽則葉頓荆枝,性合則華承棣蕚。"唐岑參岑嘉州詩三送薛彥偉擢第東都覲省:"一枝誰不折,棣蕚獨相輝。"參見"棣華"。

【棣蕚榜】謂兄弟同榜。元詩選周伯琦伯溫近光集紀事之二注:"(至正十一年)二月十二日禮闈揭榜,傳宣張宴,……又有三家兄弟聯中,號棣蕚榜。"

極 jí ㄐㄧˊ 渠力切,入,職韻,羣。
㊀屋脊之棟。莊子則陽:"孔子之楚,舍於蟻丘之漿,其鄰有夫妻臣妾登極者。"文選漢張平子(衡)西京賦:"跱遊極於浮柱,結重欒以相承。"注:"三輔名梁爲極。"引申爲井上轆轤。漢書五一枚乘傳諫吳王書:"泰山之霤穿石,單極之綆斷幹。"㊁頂點,最高地位。世說新語文學:"不知便可登峯造極。"舊時也指君位。南朝宋鮑照鮑氏集十河清頌序:"聖上天飛踐極,迄兹二十有四載。"㊂中,中正的準則。書君奭:"作汝民極。"傳:"爲汝民立中正矣。"詩大雅江漢:"匪疚匪棘,王國之極。"㊃至,達到最高限度。詩大雅崧高:"崧高維嶽,駿極于天。"箋:"極,至也。"國語魯下:"齊朝駕,則夕極於魯國。"史記八七李斯傳:"當今人臣之位無居臣上者,可謂富貴極矣。"㊄窮盡,終了。詩唐風鴇羽:"悠悠蒼天,曷其有極。"呂氏春秋制樂:"聖人所獨見,衆人焉知其極?"注:"極,猶終。"㊅遠。楚辭屈原九歌湘君:"望涔陽兮極浦,橫大江兮揚靈。"㊆邊境。爾雅釋地:"東至於泰遠,西至於邠國,南至於濮鈆,北至於祝栗,謂之四極。"注:"皆四方極遠之國。"淮南子地形:"六合之間,四極之內。"㊇最,很,狠。漢王充論衡本性:"告子之以決水喻者,徒謂中人,不指極善極惡也。"晉書索紞傳:"(宋)桷手把兩杖,極打之。"㊈疲困。漢書六四王襃傳聖主得賢臣頌:"匈喘膚汗,人極馬倦。"世說新語言語:"顧司空(和)未知名,詣王丞相(導),丞相小極,對之疲睡。"㊉手指套。古時射箭,套在右手食指、中指、無名指上便於引放弓弦。儀禮大射:"贊設決、

朱極三。”㊉北極星。楚辭漢劉向九歎遠逝:“引日月以指極兮,少須臾而釋思。”㊉急。通“亟”。荀子賦:“出入甚極,莫知其門。”注:“極讀爲亟,急也。”淮南子精神:“隨其天資而安之不極。”㊉懲罰,殺。通“殛”。詩小雅菀柳:“俾予靖之,後予極焉。”箋:“極,誅也。”㊉春秋魯附庸國名。春秋隱二年:“無駭帥師入極。”故址在今山東魚臺縣西南。

【極力】盡力。唐杜甫杜工部草堂詩箋十八劍門:“併吞與割據,極力不相讓。”

【極口】盡力褒揚或抨擊。金元好問遺山集十寄劉光甫詩:“因風寄謝劉夫子,極口推稱恐太高。”宋史四四三賀鑄傳:“雖貴要權傾一時,小不中意,極口詆之無遺辭,人以爲俠。”

【極目】遠望,盡目力所及。文選三國魏王仲宣(粲)登樓賦:“平原遠而極目兮,蔽荊山之高岑。”三國志蜀許靖傳“東海王朗”注引魏略王朗與許靖書:“子雖在裔土,想亦極目而迴望,側耳而遐聽,延頸而鶴立也。”

【極刑】最重的刑罰。漢書六二司馬遷傳報任安書:“是以就極刑而無慍色。”指宮刑。漢書五一鄒陽傳:“昔玉人獻寶,楚王誅之;李斯竭忠,胡亥極刑。”此指死刑。也指殘酷之刑具。明鄒玉卿青虹嘯傳奇宴勘:“可備鐮鈎煎盤,一應極刑伺候。”

【極行】最善或最高的操行。漢書六二司馬遷傳報任安書:“立名者行之極也。”晉書卞壼傳:“此在三之大節,臣子之極行也。”

【極言】盡力主張,盡情說出。禮禮運:“言偃復問曰:‘夫子之極言禮也,可得而聞與?’”文選南朝梁任彥昇(昉)天監三年策秀才文:“悉意以陳,極言無隱。”

【極位】最高地位。漢蔡邕蔡中郎集三文烈侯楊公碑:“人臣之極位,兼而有之。”文選三國魏陳孔璋(琳)爲袁紹檄豫州文:“故太尉楊彪典歷二司,享國極位。”指臣位。宋書武帝紀:“高祖以爲(桓)玄未據極位,且會稽遙遠,事濟爲難,俟其篡逆事著,徐于京口圖之。”指帝位。

【極法】同“極刑”。北齊書酷吏傳:“(宋)遊道剛直,疾惡如讎,見人犯罪,皆欲致之極法。”

【極武】濫用武力。猶黷武。史記九七陸賈傳:“昔者吳王夫差、智伯極武而亡。”文選晉潘安仁(岳)西征賦:“志勤遠以極武,良無要於後福。”

【極服】最美的衣服。文選戰國楚宋玉神女賦序:“其盛飾也,則羅紈綺繢盛文章,極服妙采照萬方。”

【極則】最高準則。景德傳燈錄二三智洪大師:“(僧)問如何是極則處?師曰:‘懊惱三春月,不及九秋光。’”

【極星】北極星。周禮考工記匠人:“晝參諸日中之景,夜考之極星,以正朝夕。”注:“極星,謂北辰。”也喻指皇帝。金元好問遺山集八鄭州上致政賈左丞相公詩:“帝城此後瞻依近,長傍弧南候極星。”

【極品】最高的品级或品類。宋史職官志六内侍省:“凡内侍初補曰小黄門,……次遷都都知,遂爲内臣之極品。”宋葉夢得避暑録話下北苑茶:“草茶極品惟雙井、顧渚。”

【極浦】遥遠的水邊。楚辭屈原九歌湘君:“望涔陽兮極浦,横大江兮揚靈。”宋書謝靈運傳山居賦:“入極浦而邅回,迷不知其所適。”

【極致】最高的造詣。後漢書五二崔駰傳附崔篆慰志賦:“豈修德之極致兮,將天祚之攸適。”漢何休春秋公羊注疏序:“昔者孔子有云:‘吾志在春秋,行在孝經。’此二學者,聖人之極致,治世之要務也。”

【極望】盡目力所及。同“極目”。史記一二三大宛傳:“則離宫别觀旁盡種蒲萄、苜蓿極望。”藝文類聚三十漢蘇武報李陵書:“窮目極望,不見所識。”

【極陽】㊀農曆十月遇天干之“癸”字時曰極陽。見爾雅釋天“(月)在癸曰極”疏。㊁謂太陽。漢書七五李尋傳説王根:“日數湛于極陽之色。”注:“衆陽之宗,故爲極陽也。”㊂謂皇帝。北魏高宗文成皇帝嬪耿氏墓志:“哀痛感于極陽,追贈過于殊限。”(漢魏南北朝墓志集釋圖版二三)

【極塞】最遥遠的邊塞。文苑英華二唐王貞白出自薊北門行:“薊北連極塞,塞色晝冥冥。”遼史地理志五:“天成縣,本極塞之地。”

【極意】盡意,恣意。史記樂書:“放弃詩書,極意聲色,祖伊所以懼也。”三國志魏曹爽傳司馬懿奏:“昔趙高極意,秦氏以滅;吕霍早斷,漢祚永世。”

【極罰】最重的刑罰。魏書文成文明皇后馮氏傳:“宰人昏而進粥,有蝘蜓在焉,后舉匕得之,高祖侍側,大怒,將加極罰,太后笑而釋之。”

【極網】猶極刑。網,法網。陳書傅縡傳論:“(蕭濟陸瓊顧野王傅縡)並一代之英靈矣,然縡不能循道進退,遂寘極網,悲夫!”

【極談】暢論,盡情議論。宋史二六三張昭傳:“程生者,專史學,以爲專究經旨不通今古,率多拘滯,繁而寡要,若極談王霸經緯治亂,非史不可。”宋陸游老學庵筆記:“毛德昭,名文,江山人。……喜大罵極談。”

【極論】透徹地論述,暢談。漢王充論衡須頌:“恢國之篇,極論漢德非常,實然乃在百代之上。”明陳霆兩山墨談五:“東萊吕成公(祖謙)退居金華,陳同甫(亮)間往視之,極論至夜分。”

【極廟】秦宫名。史記秦始皇紀二七年:“作信宫渭南,已,更命信宫爲極廟,象天極。”索隱:“爲宫廟象天極,故曰極廟。”

【極選】入選的最優者,猶上選。藝文類聚九三三國魏文帝與孫權書:“此二馬,朕之常所自乘,甚調良善走,數萬疋之極選者,乘之真可樂也。”指馬。宋歐陽修文忠集八九除文彥博易鎮判大名府制:“朕惟將相之崇資,是爲文武之極選。”指人。

【極諫】盡力規勸。古多用於臣下對君主。韓非子外儲左下:“犯顏極諫,臣不如東郭牙。”史記文帝紀二年:“舉賢良方正,能直言極諫者,以匡朕之不逮。”

【極歡】極盡歡樂之情。詩唐風有杕之杜“中心好之,曷飲食之”漢鄭玄箋:“言中心誠好之,何但飲食之,當盡禮極歡以待之。”也作“極驩”、“極懽”。史記高祖紀:“沛父兄諸母故人日樂飲極驩,道舊故爲笑樂。”文選三國魏王仲宣(粲)公讌詩:“今日不極懽,含情欲待誰?”

【極觀】最好看的。漢書八七揚雄傳長楊賦:“羅千乘於林莽,列萬騎於山隅,……木擁槍纍,以爲儲胥,此天下之窮覽極觀也。”

【極天際地】形容十分高大。古今小説二五晏平仲二桃殺三士:“據卿之功,極天際地,無可比者。”

【極深研幾】謂窮極幽深,研核幾微。易繫辭上:“夫易,聖人之所以極深而研幾也。”注:“極未形之理,則曰深;適動微之會,則曰幾。”

【極樂世界】佛教指阿彌陀佛所居的世界。阿彌陀經:“從是西方,過十萬億佛土,有世界名曰極樂。……其國衆生,無有衆苦,但受諸樂,故名極樂。”唐白居易長慶集七十畫西方幀記:“有世界號極樂,以無八苦四惡道故也;其國號淨土,以無三毒五濁業故也。」又：「極樂世界清淨土，無諸惡道及衆苦。」

椐 jū ㄐㄩ 九魚切，平，魚韻，見。去魚切，平，魚韻，溪。居御切，去，御韻，見。

木名。卽靈壽木。詩大雅皇矣：「啟之辟之，其檉其椐。」三國吳陸璣毛詩草木鳥獸蟲魚疏上：「椐，樻。節中腫，似扶老，今靈壽是也。今人以爲馬鞭及杖。」

【椐椐彊彊】相隨貌。文選漢枚叔(乘)七發：「顒顒卬卬，椐椐彊彊。」

棳 zhuō ㄓㄨㄛ 集韻 朱劣切，入，薛韻。

梁上短柱。通「梲」。爾雅釋宮：「杗廇謂之梁，其上楹謂之梲。」釋文作「棳」。

【棳儒】梁上短柱。卽梲。釋名釋宮室：「棳儒也，梁上短柱也。棳儒，猶侏儒短，故以名之也。」

椒 jiāo ㄐㄧㄠ 卽消切，平，宵韻，精。

㊀椒聊，木名。說文作「茮」。詩唐風椒聊：「椒聊之實，蕃衍盈升。」三國吳陸璣毛詩草木鳥獸蟲魚疏上：「椒聊，聊，語助也。椒樹似茱萸，有鍼刺，莖葉堅而滑澤。蜀人作茶，吳人作茗，皆合煮其葉以爲香。」㊁草名。有番椒、辣椒等。參閱廣羣芳譜十三椒。㊂山頂。漢書九七上孝武李夫人傳武帝賦：「釋輿馬於山椒兮，奄脩夜之不陽。」文選南朝宋謝希逸(莊)月賦：「菊散芳於山椒，鴈流哀於江瀨。」㊃姓。春秋楚有椒舉，卽伍舉。伍參之子，伍奢之父。見左傳襄二十六年、國語楚上。

【椒目】花椒內的黑子。北魏賈思勰齊民要術四種椒「熟時收取黑子」注：「俗名椒目。」

【椒丘】㊀尖削的高丘。楚辭屈原離騷：「步余馬於蘭皐兮，馳椒丘且焉止息。」注：「土高四墮曰椒丘。」一說丘上有椒。㊁地名。在今江西新建縣北。漢末，孫策屯軍椒丘，遣功曹虞翻說豫章太守華歆歸順，卽此地。見三國志魏華歆傳注引虞溥江表傳。參閱嘉慶一統志三〇九南昌府二。

【椒房】漢皇后所居的宮殿，以椒和泥塗壁，取温、香、多子之義。漢書六六車千秋傳詔：「曩者，江充先治甘泉宮人，轉至未央椒房，……今丞相親掘蘭臺蠱驗，所明知也。」注：「椒房，殿名，皇后所居也。」後因以椒房爲后妃的代稱。三國志魏文德郭皇后傳「宜各自慎，無爲罰首」注引魏書：「后常勑戒表、武等曰：『漢氏椒房之家，少能自全者，皆由驕奢，可不愼乎！』」唐杜甫杜工部草堂詩箋四麗人行：「就中雲幕椒房親，賜名大國虢與秦。」

【椒室】卽椒房。元耶律楚材湛然居士集十二懷古一百韻寄張敏之詩：「國事歸椒室，民飢詢肉糜。」

【椒風】漢宮閣名。漢書九三董賢傳：「又召賢女弟以爲昭儀，位次皇后，更名其舍爲椒風，以配椒房云。」注：「皇后殿稱椒房。欲配其名，故云椒風。」後泛指妃嬪所居。文選南朝宋謝希逸(莊)宋孝武宣貴妃誄：「巡步櫚而臨蕙路，集重陽而望椒風。」

【椒酒】用椒實浸製的酒。古俗，元旦子孫向家長進此酒。初學記四漢崔寔四民月令：「正月之朔，是謂正日。……子婦曾孫，各上椒酒於家長，稱觴舉壽，欣欣如也。」宋詩鈔陳造江湖長翁詩鈔聞師文過錢塘：「椒酒須分歲，江梅巧借春。」

【椒庭】指宮內。南朝宋鮑照鮑氏集三代昇天行：「冠霞登綵閣，解玉飲椒庭。」樂府詩集二九隋薛道衡明君詞：「我本良家子，充選入椒庭。」參見「椒房」。

【椒桂】椒與桂，都是芳香木，常用以比喻賢人。漢桓寬鹽鐵論刺議：「山林不讓椒桂，以成其崇；君子不辭負薪之言，以廣其名。」楚辭漢劉向九歎逢紛：「椒桂羅以顛覆兮，有竭信而歸誠。」

【椒除】宮殿間的道路。漢書九九下王莽傳：「羣臣扶掖莽，自前殿南下椒除。」注：「除，殿陛之道也。椒，取芬香之名也。」

【椒聊】詩唐風篇名。椒聊，卽椒；聊，助詞。楚辭漢劉向九歎愍命：「懷椒聊之蔎蔎兮，乃逢紛以罹詬也。」由於椒的子實蕃衍，故用以比喻子孫衆多。周書李賢傳論：「位高望重，光國榮家，跗萼連暉，椒聊繁衍，冠冕之盛，當時莫比焉。」

【椒第】卽椒房。南朝梁江淹江文通集六建平王太妃周氏行狀：「躬謹蘭閨，身撝椒第。」

【椒塗】㊀皇后居住的宮室。因用椒和泥塗壁，故名。文選南朝宋顏延年(延之)宋文皇帝元皇后哀策文：「蘭殿長陰，椒塗弛衞。」㊁布椒的道路，取意芳香。三國魏曹植曹子建集三洛神賦：「踐椒塗之郁烈，步蘅薄而流芳。」㊂地名。文選漢揚子雲(雄)解嘲：「前番禺，後椒塗。」注引應劭：「漁陽之北界。」漢書揚雄傳下作「陶塗」。

【椒殿】后妃居住的宮殿。南朝梁簡文帝(蕭綱)昭明太子集序：「搆傾椒殿，沴結堯門。」也泛指宮殿。廣弘明集十六南朝梁沈約瑞石像銘序：「素毫月舉，騰光於梵室；妙趾神行，布武於椒殿。」

【椒圖】神話謂龍生九子，其一爲椒圖，形似螺螄，好閉口，故古時畫其形象爲門上之裝飾。元曲選武漢臣生金閣一：「雖不見門排十二戟，户列八椒圖。」參閱明陸容菽園雜記二。

【椒糈】祭神用的以椒香拌精米製成的食物。楚辭屈原離騷：「巫咸將夕降兮，懷椒糈而要之。」注引孟康：「椒糈，以椒香米饎也。」漢書八七上揚雄傳作「椒稰」。

【椒漿】以椒浸製的酒漿。古代多用以祭神。楚辭屈原九歌東皇太一：「蕙肴蒸兮蘭藉，奠桂酒兮椒漿。」漢書禮樂志郊祀歌赤蛟：「勺椒漿，靈已醉。」

【椒盤】古時正月初一日用盤進椒，飲酒則取椒置酒中，稱椒盤。唐杜甫杜工部草堂詩箋二杜位宅守歲：「守歲阿戎家，椒盤已頌花。」參閱宋羅願爾雅翼十一釋木三椒。

【椒觴】盛椒酒的杯子。樂府詩集十五北周庾信晉朝饗樂章舉酒：「椒觴再獻，寶歷萬年。」

【椒蘭】㊀椒與蘭都是芬香之物，用以比喻所敬愛的人。荀子議兵：「而其民之親我，歡若父母；其好我，芬若椒蘭。」㊁楚辭屈原離騷：「余以蘭爲可恃兮，羌無實而容長。……椒專佞以慢慆兮，樧又欲充夫佩幃。」注：「蘭，楚懷王少弟司馬子蘭也。……椒，楚大夫子椒也。」後因以椒蘭指佞人。唐韓愈昌黎集二陪杜侍御遊湘西兩寺……詩：「椒蘭爭妬忌，絳灌共讒諂。」㊂比喻貴戚。晉陸機陸士衡集六擬青青陵上柏：「高門羅北闕，甲第椒與蘭。」文選南朝宋謝靈運擬魏太子鄴中集詩徐幹：「已免負薪苦，仍遊椒蘭室。」唐李周翰注：「椒蘭室，貴人之居也。」

【椒花雨】酒名。宋楊萬里(誠齋)退休後，名酒之和者爲金盤露，勁者爲椒花雨。宋張鎡南湖集六以洞庭橘寄楊祕監詩：「遥知老監開奩處，爲酹椒花雨一觴。」參閱宋羅大經鶴林玉露四。

【椒花頌】晉劉臻妻陳氏嘗在正月初一獻椒花頌。見晉書列女傳。後用爲新年祝詞之典。全唐詩二七三戴叔倫二靈寺守歲：「無人更獻椒花頌，有客同參柏子禪。」

【椒子枇杷】無核之枇杷，白色者上，黃次之。見咸淳臨安志五八物產果之品枇杷。

棹 1. zhào ㄓㄠˋ 直教切,去,效韻,澄。

㊀划水行船。通"櫂"。晉陶潛陶淵明集五歸去來辭:"或命巾車,或棹孤舟。"也指划船的工具。文選南朝宋謝靈運登臨海嶠與從弟惠連詩:"隱汀絕望舟,鶩棹逐驚流。"又作船的代稱。唐杜甫杜工部草堂詩箋二八贈李十五丈別:"北回白帝棹,南入黔陽天。"

2. zhuō ㄓㄨㄛ

㊀木名。晉嵇含南方草木狀中:"棹樹,幹葉俱似椿,以其葉鬻汁漬果,呼爲棹汁。……出高涼郡。"㊁桌子。通"桌"。正字通:"又椅棹,或單作卓。"

【棹夫】船家。宋范成大石湖集十四六月十五日夜汎西湖風月温麗詩:"棹夫三弄笛,跳魚翻素光。"

【棹卒】水軍。後漢書十七岑彭傳:"又發桂陽、零陵、長沙委輸棹卒,凡六萬餘人。"

【棹歌】船工行船時所唱之歌。文選漢武帝秋風辭:"簫鼓鳴兮發棹歌,歡樂極兮哀情多。"樂府詩集八三唐張志和漁父歌之五:"青草湖中月正圓,巴陵漁夫棹歌連。"

椇 jǔ ㄐㄩˇ 俱雨切,上,麌韻,見。

㊀木名。也指其果實,即枳椇。禮曲禮下:"婦人之摯,椇、榛、脯、脩、棗、栗。"疏:"椇,即今之白石李也。形如珊瑚,味甜美。"㊁放祭品的禮器。禮明堂位:"俎,有虞氏以梡,夏后氏以嶡,殷以椇。"元陳澔集說:"椇者,俎之足間橫木,爲曲橈之形,如椇枳之樹枝也。"宋聶崇義三禮圖集注十三有椇圖。

棵 1. kuǎn ㄎㄨㄢˇ 苦管切,上,緩韻,溪。胡管切,上,緩韻,匣。

㊀斷木。見廣韻。

2. kē ㄎㄜ

㊀量詞。植物一株叫一棵。

棍 1. gùn ㄍㄨㄣˋ 正字通 古困切,禪去聲。

㊀棍棒。元曲選紀君祥趙氏孤兒三:"是那一個實丕丕將着贏棍敲,打的來痛殺殺精皮掉。"㊁無賴、惡徒。見"棍徒"、"光棍"。

2. hùn ㄏㄨㄣˋ 胡本切,上,混韻,匣。

㊂綑束。漢書八七上揚雄傳反離騷:"棍申椒與菌桂兮,赴江湖而漚之。"注:"棍,大束也。"㊃混同。通"混"、"掍"。漢書八七下揚雄傳解難:"形之美者,不可棍於世俗之目。"注:"棍,亦同也。"

【棍₂成】自然而成。同"混成"。文選漢揚子雲(雄)甘泉賦:"乘雲閣而上下兮,紛蒙籠以棍成。"

【棍徒】無賴之徒。古今名劇元康進之李逵負荊四:"山兒,我如今放你去,若拿得這兩個棍徒,將功折罪;若拿不得,二罪俱罰。"明張居正張文忠集書牘十三答撫院辛公應乾:"僕從來不以私干人,內親中亦無所謂李應龍者,此必京師棍徒局騙木商者也。"

棡 gāng ㄍㄤ 集韻 居郎切,平,唐韻。

㊀橫牆木。見集韻。㊁兩人相對舉物。唐釋玄應一切經音義十一中阿含經十五棡輿引阮孝緒文字集略:"相對舉物曰棡也。"今字作"扛"。

【棡鼓曲】相傳黃帝作棡鼓之曲十章。見歸藏啟筮。隋樂有棡鼓部,其樂器有棡鼓、金鉦等七種。棡鼓金鉦一曲,夜警用之。見樂府詩集二一橫吹曲辭題解。

棌 cǎi ㄘㄞˇ 倉代切,去,代韻,清。集韻 此宰切,上,海韻。

木名。漢書六二司馬遷傳司馬談論六家要指:"茅茨不翦,棌椽不斲。"注:"棌,柞木也。"

棯 rěn ㄖㄣˇ 如甚切,上,寑韻,日。

木名。棗的一種。爾雅釋木:"還味,棯棗。"

𣚜 xiáo ㄒㄧㄠˊ 胡茅切,平,肴韻,匣。

𣚜桃。即梔子。見廣雅釋木。

棅 bǐng bìng ㄅㄧㄥˇ ㄅㄧㄥˋ 陂病切,去,映韻,幫。

同"柄"。莊子天道:"天下奮棅而不與之偕。"釋文:"司馬(彪)云:威權也。"

棰 chuí ㄔㄨㄟˊ

通"捶"。㊀杖擊。荀子儒效:"笞棰暴國,齊一天下。"周禮天官腊人"腒腊"漢鄭玄注:"薄析曰脯,棰之而施薑桂曰鍛脩。"㊁杖,棍棒。莊子天下:"一尺之捶,日取其半,萬世不竭。"釋文作"棰"。

【棰拊】即棰杖。史記秦始皇紀論引賈誼過秦論:"執棰拊以鞭笞天下,威振四海。"文選作"敲扑",賈誼新書過秦上作"槁朴"。

【棰楚】木棒和荊杖,都是古代打人的用具,因以稱杖刑。漢書五一路温舒傳上書言緩刑:"夫人情安則樂生,痛則思死,棰楚之下,何求而不得。"

㮇 tiàn ㄊㄧㄢˋ 他念切,去,㮇韻,透。

㊀撥火棍。見廣韻:"㮇,火杖。"說文作"栝"。清段玉裁注:"今俗語云竈㮇是也。"㊁古式板門上的部件,有立㮇、撥㮇。見宋李誡營造法式三二小木作制作圖樣第一。

椈 jú ㄐㄩˊ 居六切,入,屋韻,見。

木名。即柏樹。禮雜記上:"暢臼以椈,杵以梧。"宋陸佃埤雅釋木柏:"柏性堅緻,有脂而香,故古人破爲暢臼,用以擣鬱。"

棚 péng ㄆㄥˊ 步崩切,平,登韻,並。薄庚切,平,庚韻,並。薄萌切,平,耕韻,並。

㊀用竹、木搭成的篷架或小屋。隋書柳彧傳請禁絕角抵戲奏:"高棚跨路,廣幕陵雲。"唐義淨南海寄歸內法傳三卧息方法:"所有資生之具,並棚上安之。"㊁朋黨,幫派。唐封演封氏聞見記三貢舉:"元宗時,士子殷盛。每歲進士到省者常不減千餘人。在館諸生更相造詣,互結朋黨,以相漁奪,號之爲棚。推聲望者爲棚頭,權門貴盛,無不走也,以此熒惑主司視聽。"㊂清代陸軍騎兵編制單位。清史稿兵制:"其馬隊營制,設營官一人,幫辦二人,督隊官五人,每哨五棚,每棚什長一人,正兵九人。"

【棚扒】捆綁折磨。朝野新聲太平樂府九元睢玄明耍孩兒詠鼓曲:"鬏鬏的打得我難存濟,緊緊的棚扒的我没奈何。"

【棚菊】即藤菊。宋范成大菊譜黃花:"藤菊,花密,條柔,以長如藤蔓,可編作屏幛,亦名棚菊。"

【棚閣】敵樓。資治通鑑二一九唐至德二載:"賊又以鉤車鉤城上棚閣。"注:"棚閣者,於城上架木爲棚,跳出城外四五尺許,上有屋宇,以蔽風雨,戰士居之,以臨禦外敵,今人謂之敵樓。"

【棚頭】㊀宋代獵養鳥獸草蟲或依此賭博爲生的閒漢稱棚頭。宋耐得翁都城紀勝閑人:"又有專爲棚頭,又謂之習閑,凡擎鷹、駕鷂、調鵓鴿、養鵪鶉……之類。"又范成大石湖集十二臨洺鎮詩:"北人争勸臨洺酒,云有棚頭得兔歸。"㊁朋黨,幫派爲頭的人。見"棚㊁"。

【棚車鼓笛】宋真宗咸平景德間,洛陽風俗,富家以車載酒食聲樂,遊於通衢,

謂之棚 車鼓笛。見宋邵伯温聞見前錄三。

椆 chòu 直由切,平,尤韻,照。ㄔㄡˋ

㊀木名。山海經中山經:"丑陽之山,其上多椆椐。"㊁水名。莊子讓王:"(卞隨)乃自投椆水而死。"

椎 chuí 直追切,平,脂韻,澄。ㄔㄨㄟˊ

㊀捶擊的工具。墨子備城門:"長椎,柄長六尺,頭長尺。"㊁用椎打擊。史記七七魏公子傳:"朱亥袖四十斤鐵椎,椎殺晉鄙。"也泛指打擊。元曲選關漢卿救風塵一:"早努牙突嘴,拳椎脚踢,打的你哭啼啼。"㊂樸實。史記周勃世家:"勃不好文學,每召諸生說士,東鄉坐而責之:'趣爲我語。'其椎少文如此。"

【椎牛】殺牛。史記一〇二馮唐傳:"五日一椎牛,饗賓客軍吏舍人。"

【椎布】椎髻布衣。後漢書八三梁鴻傳:"乃更爲椎髻,著布衣,操作而前。"後因以椎布形容貧苦。聊齋志異細侯:"與其從窮措大以椎布終也,何如衣錦而厭粱肉乎?"

【椎車】用整塊圓木做車輪的原始車子。借喻事物的草創。漢桓寬鹽鐵論遵道:"隨古不革,襲故不改,是文質不變而椎車尚在也。"參見"椎輪"。

【椎埋】殺人而埋之,一說謂盜掘坟墓。史記一二二王溫舒傳:"王溫舒者,陽陵人也,少時椎埋爲姦。"集解:"徐廣曰:椎殺人而埋之,或謂發冢。"文選南朝梁沈休文(約)齊故安陸昭王碑文:"烽鼓相望,歲時不息,椎埋穿掘之黨,阡陌成羣。"

【椎結】見"椎髻"。

【椎塘】臼。明田汝成炎徼紀聞四龙家:"人死,以杵擊椎塘,和歌哭。椎塘者,臼也。"

【椎剽】殺人劫財。史記一二九貨殖傳:"起則相隨椎剽,休則掘冢作巧姦冶。"

【椎輪】原始的無輻車輪。南朝梁昭明太子(蕭統)文選序:"若夫椎輪爲大輅之始,大輅寧有椎輪之質?"後因以喻事物的草創。唐白居易長慶集七十白蘋洲五亭記:"蓋是境也,實柳守(惲)濫觴之,顏公(真卿)椎輪之,楊君(漢公)繢素之,三賢始終,能事畢矣。"

【椎魯】魯鈍。宋蘇軾經進東坡文集事略十四六國論:"其力耕以奉上,皆椎魯無能爲者。雖欲怨叛而莫爲之先,此其所以少安而不即亡也。"

【椎髻】一撮之髻,形狀如椎。史記一二九貨殖傳:"程鄭,山東遷虜也,亦冶鑄,賈椎髻之民,富埒卓氏,俱居臨邛。"也作"椎結"。漢劉向說苑善說:"西戎左衽而椎結,由余亦出焉。"

【椎鍛】錘煉。韓非子外儲右:"是以說在椎鍛平夷,榜檠矯直。"也作"鎚鍛"。唐白居易長慶集十六東南行一百韻……詩:"漂流隨大海,鎚鍛任洪爐。"

【椎儲】語言訥鈍。漢書四十周勃傳"其椎少文如此"注引漢應劭:"今俗名拙語爲椎儲。"

【椎心泣血】形容極度悲痛。文選漢李少卿(陵)答蘇武書:"何圖志未立而怨已成,計未從而骨肉受刑,此陵所以仰天椎心而泣血也!"文苑英華九九三唐李商隱祭裴氏姨文:"椎心泣血,孰知所訴?"

【椎拍輐斷】用椎拍合,圓轉截斷。謂能適應事物,不露稜角。莊子天下:"椎拍輐斷,與物宛轉。"王先謙集解:"凡物稍未合,以椎重拍之,無不合。是椎拍之義,言强不合者使合也。輐斷謂雖斷而甚圓,不見決裂之迹。皆與物宛轉之意也。"

梲 1. ní 五稽切,平,齊韻,疑。ㄋㄧˊ

㊀古代大車車轅前横木上的木門。說文"輗"的或體。

2. niè 集韻 倪結切,入,屑韻。ㄋㄧㄝˋ

㊁不安。通"臲"。漢揚雄太玄經六鬭:"初一,闘方杌梲,其内窾换。"注:"杌梲,不安也。"

3. nǐ ㄋㄧˇ

㊂比擬。通"掜"。漢揚雄太玄經九梲:"梲,擬也,……梲擬之三八。"漢書八七下揚雄傳作"掜"。

棉 mián 武延切,平,仙韻,明。ㄇㄧㄢˊ

植物名。通"綿"。草本,一年生。七世紀從印度傳入我國。南史西域高昌傳:"有草實如繭,繭中絲如細纑,名曰白疊子,國人取織以爲布,布甚輭白。"元詩選成廷珪居竹軒集夜泊青蒲邨:"薺菜登盤甘似蜜,蘆花紉被暖如棉。"

椑 1. pí 部迷切,平,齊韻,並。ㄆㄧˊ

㊀古代一種橢圓形的盛酒器。急就篇:"槫榼椑榹匕箸籫。"㊁橢圓。周禮考工記廬人:"是故句兵椑,刺兵摶。"注:"椑,隋圜也。"㊂斧柄。玉篇:"齊人謂斧柯爲椑。"

2. bēi 府移切,平,支韻,幫。ㄅㄟ

㊃果木名。柿的一種。詳"椑₂柹"。㊄縣名。漢置,屬琅邪郡。見漢書地理志上。故址在今山東莒縣南。

3. bì 扶歷切,入,錫韻,並。ㄅㄧˋ 房益切,入,昔韻,並。

㊅最裏面的一層棺。禮檀弓上:"君即位而爲椑,歲壹漆之。"注:"椑,謂杝棺親尸者。"

【椑₃車】載皇帝内棺的車子。古制,皇帝初即位,即製内棺,每年加漆,表示"存不忘亡";外出用車載内棺隨行,稱椑車。至唐玄宗始廢此制。見唐劉肅大唐新語十釐革。

【椑₂柹】木名。柹之短而小者。果實小,色青黑,搗碎浸汁,稱柹漆,可染漁網,漆雨傘、雨帽等物。今稱油柹。宋書謝靈運傳山居賦:"椹梅流芬於回巒,椑柹被實於長浦。"柹,同"柿"。參閱本草綱目三十果二椑柹。

【椑榼】盛酒之器。漢書六一張騫傳"以其頭爲飲器"唐顏師古注:"椑榼,即今之偏榼,所以盛酒耳,非用飲者也。"

棔 hūn 呼昏切,平,魂韻,曉。ㄏㄨㄣ

合棔,木名。葉朝開夕合,即合歡。見廣韻。參見"合歡㊀"。

楰 yú 羊朱切,平,虞韻,喻。ㄩˊ 以主切,上,麌韻,喻。

木名。苦楸,楸的一種。詩小雅南山有臺:"南山有枸,北山有楰。"爾雅釋木:"楰,鼠梓。"注:"楸屬也,今江東有虎梓。"清郝懿行義疏:"今一種楸,大葉如桐葉而黑,山中人謂之檟楸,即郭(璞)所云虎梓。"

棠 táng 徒郎切,平,唐韻,定。ㄊㄤˊ

㊀木名。有紅白兩種。紅者木質堅韌;白者果實可食,亦稱杜梨、棠梨。山海經西山經:"(崑崙之丘)有木焉,其狀如棠。"注:"棠梨也。"參見"棠梨㊀"。㊁地名。1.春秋魯邑。春秋隱五年:"公矢魚於棠。"在今山東魚臺縣北。參閱嘉慶一統志一八三濟寧州。2.春秋齊邑。春秋襄二五年:"齊棠公之妻,東郭偃之姊也。"注:"棠公,齊棠邑大夫。"在今山東聊城縣西北。參閱讀史方輿紀要三四東昌府。3.春秋楚地。左傳襄十四年:"子囊師於棠以伐吳。"伍奢長子尚爲棠君,即此。在江蘇六合縣。參閱讀史方輿紀

要二十江寧府。4. 春秋萊地。左傳襄六年:"萊共公浮柔奔棠。"在山東即墨縣南。參閱嘉慶一統志一七四萊州府一古蹟。㊂姓。春秋齊有棠無咎。參閱通志二七氏族略三以邑爲氏。

【棠芾】詩召南甘棠:"蔽芾甘棠,勿翦勿伐,召伯所茇。"蔽芾,小貌。後因以棠芾喻惠政。宋李公昂文溪詞賀新郎陪廣帥方右史登越臺:"清明官府歌棠芾,且蕭閒事外,下看玉城珠市。"參見"棠陰㊀"。

【棠陰】㊀傳説周召公奭巡行南國,在棠樹下聽訟斷案,後人思之,不忍伐其樹。見詩召南甘棠。後因以喻惠政。藝文類聚十三南朝宋謝莊孝武帝哀策文:"陝左清郊,棠陰虛館。"唐劉長卿劉隨州集二餞前蘇州韋使君詩:"幸容棲託分,猶戀舊棠陰。"㊁傳説落棠山爲日入之處。見淮南子覽冥。後因以棠陰指傍晚。文選南朝梁沈休文(約)齊故安陸昭王碑文:"怨天德之無厚,痛棠陰之不留。"唐呂向注:"言其光陰不復留也。"

【棠棣】㊀木名。見"常棣㊀"。㊁草花名。唐李商隱李義山詩集三寄羅劭興:"棠棣黃花發,忘憂碧葉齊。"㊂詩小雅有常棣篇,詩序稱召公燕兄弟所作。漢書八五杜鄴傳引作"棠棣"。後常以指兄弟的情誼。三國魏曹植曹子建集八求通親親表:"中詠棠棣匪他之誡,下思伐木友生之義。"宋書彭城王義康傳遜位表:"陛下推恩睦親,以隆棠棣。"

【棠棃】㊀木名。一名甘棠,俗稱野梨。樹似梨而小,春初開小白花,結實如小楝子大,可食。北周庾信庾子山集一小園賦:"有棠棃而無館,足酸棗而非臺。"參閱本草綱目三十果二棠棃。㊁漢宮名。史記一一七司馬相如傳上林賦:"下棠棃,息宜春。"三輔黃圖三:"棠棃宮在甘泉苑垣外雲陽南三十里。"

【棠谿】㊀春秋楚地名,戰國屬韓。故址在今河南遂平縣西北。鑄劍戟有名。戰國策韓一:"韓卒之劍戟,皆出於冥山、棠谿、墨陽……"後即用爲劍的代稱。楚辭漢劉向九嘆怨思:"執棠谿以刜蓬兮,秉干將以割肉。"㊁複姓。也作"堂谿"。參見"堂谿㊁"。

【棠梂子】山楂的別名。即爾雅釋木的"杌"。參閱本草綱目三十果二山樝。

【棠陰比事】宋桂萬榮撰。共一四四條,四字標目。萬榮,宋寧宗時餘干縣尉。本書以疑獄集折獄龜鑑兩書的事例爲根據,內容有案情分析,試驗方法等。明吳訥有棠陰比事續編、補編各一卷。

棐 fěi 府尾切,上,尾韻,幫。ㄈㄟˇ

㊀輔導。書洛誥:"公功棐迪篤,罔不若時。"傳:"公之功輔道我已厚矣,天下無不順而是公之功。"㊁非薄。通"菲"。漢書六三燕剌王旦傳武帝賜旦策:"悉爾心,毋作怨,毋作棐德。"注:"菲,薄也。"㊂盛物的橢圓竹器。通"篚"。漢書食貨志上:"各因所生遠近,賦入貢棐。"注:"棐,竹器也,所以盛。"又地理志上:"厥棐織文。"注:"棐與篚同。"史記夏紀作"篚"。㊃木名。通"榧"。可以製几,故也稱几爲棐。宋蔣捷竹山詞滿江紅:"問如何清晝,倚籐憑棐。"㊄春秋鄭地名。左傳文十三年:"鄭伯會公於棐。"故地在今鄭州市南。

【棐几】用榧木做的几。晉書王羲之傳:"嘗詣門生家,見棐几滑淨,因書之,真草相半。"宋陸游劍南詩稿五八草書歌:"小兒勸我當自珍,勿爲門生書棐几。"

【棐忱】輔助誠信。書康誥:"天畏棐忱。"傳:"天德可畏,以其輔誠。"後漢書五九張衡傳思玄賦:"彼天監之孔明兮,用棐忱而佑仁。"

【棐常】輔行常法。書呂刑:"明明棐常,鰥寡無蓋。"傳:"皆以明明大道,輔行常法。"

【棐諶】即棐忱。諶,通"忱"。文選漢班孟堅(固)幽通賦:"觀天網之紘覆兮,實棐諶而相訓。"三國志吳吳主傳:"天高聽下,靈威棐諶。"參見"棐忱"。

【棐彝】輔行常法。書呂刑:"故乃明於刑之中,率乂於民棐彝。"傳:"天下皆勸立德,故乃能明於用刑之中正,循道以治於民,輔成常教。"

棃 lí 力脂切,平,脂韻,來。ㄌㄧˊ

同"梨"。㊀木名。果實多汁,可食。莊子天運:"故譬三皇五帝之禮義法度,其猶柤、梨、橘、柚邪,其味相反,而皆可於口。"㊁草名。山海經中山經:"又東南十里曰太山,有草焉,名曰棃。"清郝懿行箋疏:"本草別錄云:芥一名棃,葉如大青,即此。"㊂年老。方言一:"眉、棃、耋、鮐,老也。東齊曰眉,燕代之北鄙曰棃。"注:"言面色如凍棃。"㊃黎民。通"黎"。見"棃氓"。㊄割裂。通"剺"。管子五輔:"是故博帶棃,大袂列,文繡染,刻鏤削,雕琢采。"唐房玄齡注:"棃博帶以就狹也。棃,割也。"漢書八七下揚雄傳長楊賦:"分棃單于,磔裂屬國。"

【棃氓】黎民。南朝梁徐勉始興忠武王(蕭憺)碑:"公褰襜以化棃氓,張袖以納夷狄。"(金石萃編二六)

【棃面】割面。後漢書十九耿弇傳附耿秉:"匈奴聞秉卒,舉國號哭,或至棃面流血。"注:"棃即'剺'字,古通用也。"

【棃庶】老百姓。漢桐柏淮源廟碑:"棃庶賴祉。"(隸釋二)

【棃渦】宋羅大經鶴林玉露十二:"胡澹庵(銓)十年貶海外,北歸之日,飲於湘潭胡氏園,題詩云:'君恩許歸此一醉,傍有棃頰生微渦。'謂侍伎棃倩也。厥後朱文公(熹)見之,題絕句云:'十年浮海一身輕,歸對棃渦却有情。'"後遂以指女子面頰上的酒渦。

【棃棗】舊時多用梨木、棗木刻版印書,故以"棃棗"爲書版的代稱。清顧炎武亭林文集三答曾庭聞書:"音學五書四十卷,今方付之剞劂,其棃棗之工,悉出於先人之所遺,故國之遺澤,未嘗取諸人也。"

【棃園】㊀唐玄宗曾選樂工三百人,宮女數百人,教授樂曲於棃園,親自訂正聲誤,號"皇帝棃園子弟"。見新唐書禮樂志十二。後世因稱戲班爲棃園,戲曲演員爲棃園子弟。棃園故址一在長安(今陝西西安市)禁苑中,見舊唐書中宗紀景龍四年;一在宜春院,見舊唐書音樂志一。㊁地名。雲陽車箱坂下有棃園,植棃樹百株,漢武帝時所築。後以爲鎮名。唐末李克用攻王行瑜,進屯棃園寨,即此。宋淳化初建爲縣。故址在今陝西涇陽縣西北。參閱三輔黃圖四苑囿、讀史方輿紀要五三西安府。

【棃頭】小梨。宋陸游劍南詩稿四一東村之二:"舍後攜籃挑菜甲,門前喚擔買棃頭。"注:"村人謂小棃爲棃頭。"

【棃花春】酒名。唐時杭人釀酒,趁棃花熟時,因名棃花春。唐白居易長慶集二十杭州春望詩:"紅袖織綾誇柿蒂,青旗沽酒趁棃花。"參閱宋孔傳六帖十五造酒棃花春。

【棃花槍】古代槍法的一種。俗傳出於宋楊業,子孫傳其術。宋史四七七李全傳下:"(李全妻)楊氏諭鄭衍德等曰:'二十年棃花槍,天下無敵手,今事勢已去,撐拄不行。'"

【棃花大鼓】曲藝名。即山東的大鼓書。起源山東農村,清末進入濟南等城市。棃花本名犂鏵片,即農器之碎鐵片,農民唱農歌,用以相擊作爲拍板;後改用銅片,並以三絃、二胡伴奏,演唱故事。

【棃園弟子】唐玄宗時棃園歌舞藝人的

稱呼。唐杜甫杜工部草堂詩箋三三觀公孫大娘弟子舞劍器行："棃園弟子散如煙，女樂餘姿寒映日。"後用以稱戲曲演員。參見"棃園"。

九 畫

楶 jié ㄐㄧㄝˊ 子結切，入，屑韻，精。

柱頭斗栱。說文作"楶"。通作"節"。爾雅釋宮："栭謂之楶。"注："卽櫨也。"疏："皆謂斗栱也。"漢揚雄法言學行："吾未見好斧藻其德，若斧藻其楶者也。"

【楶棁】柱頭斗栱與梁上短柱。比喻小才。漢書一〇〇上敍傳班彪王命論："楶棁之材不荷棟梁之任。"

楦 xuàn ㄒㄩㄢˋ

"楥"的俗字。見"楥"。

楟 tíng ㄊㄧㄥˊ 特丁切，平，青韻，定。

果木名。卽山梨。文選晉左太沖(思)蜀都賦："其園則有林檎枇杷，橙柿梬楟。"注引張揖："楟，山梨。"舊題漢劉歆西京雜記一："(上林苑)楟十株。"

【楟花】卽棠梨花，曝乾可以充蔬。元楊維楨鐵崖古樂府一履霜操："衣荷之葉兮葉易穿，採楟花以爲食兮食不下咽。"

【楟柰】山梨，棠梨。史記一一七司馬相如傳上林賦："枇杷橪柿，楟柰厚朴。"索隱引張揖："楟柰，山梨也。"又引司馬彪："上黨謂之楟柰。"

椸 yí ㄧˊ 弋支切，平，支韻，喩。

㊀衣架。禮曲禮上："男女不雜坐，不同椸枷。"釋文："椸，……衣架也。枷，本又作架。"唐柳宗元柳先生集十九三戒永某氏之鼠："某氏室無完器，椸無完衣，飲食大率鼠之餘也。"㊁牀前的小桌。方言五："榻前几，江沔之間曰桯，趙魏之間謂之椸。"

㭭 tuò ㄊㄨㄛˋ 他各切，入，鐸韻，透。

巡夜時打更用的梆子。"柝"本字。也作"欜"。易繫辭下"重門擊柝"，說文"㭭"引作"重門擊㭭"，"欜"引作"重門擊欜"。漢書九一貨殖傳："自天子公侯卿大夫士至于皁隸抱關擊㭭者。"注："擊㭭，守夜擊木以警衆也。"

楎 1. hún ㄏㄨㄣˊ 戶昆切，平，魂韻，匣。

㊀三爪犂。一說犂上曲木。說文："楎，六叉犂。一曰犂上曲木，犂轅也。"清朱駿聲說文通訓定聲："按每犂三叉，二牛耦耕，共用三人，其上爲樓，貯穀下種，亦名三脚樓。"按樓當作"耬"。

2. huī ㄏㄨㄟ 許歸切，平，微韻，曉。

㊁釘在牆上的木橛。爾雅釋宮："樴謂之杙，在牆者謂之楎。"參見"楎₂椸"。

【楎₂椸】懸掛衣服的竿架。禮內則："男女不同椸枷，不敢縣於夫之楎椸。"注："竿謂之椸。楎，杙也。"疏："植曰楎，橫曰椸。"

榔 láng ㄌㄤˊ 魯當切，平，唐韻，來。
ㄌㄤˇ 盧黨切，上，蕩韻，來。

同"桹"。㊀高木。又木名。見"榔榆"、"檳榔"。㊁漁人驅魚的用具。宋柳永樂章集夜半樂詞："殘日下，漁人鳴榔歸去。"㊂船板。唐李白李太白詩十七送殷淑之一："惜別耐取醉，鳴榔且長謠。"

【榔榆】木名。榆樹的一種。本草綱目三五木二榆："榆有數十種，今人不能盡別，惟知莢榆、白榆、刺榆、榔榆數者而已。"又榔榆："大榆二月生莢，榔榆八月生莢，可分別。"

【榔槺】形容體積長大、笨重，不靈便。西遊記三："奈我這口刀着實榔槺，不遂我意，奈何？"也作"榔杭"(二二回)、"郎伉"(二三回)、"狼犺"(四七回)。

【榔頭】錘子。明陳與郊靈寶刀傳奇賢婦櫜饘："受用盡榔頭荆杖，打熬些悶棍皮。"紅樓夢三九："我們村莊上的人商量着還要拿榔頭砸他呢？"

楄 pián ㄆㄧㄢˊ 部田切，平，先韻，並。
房連切，平，仙韻，並。

㊀短方木椽。文選三國魏何平叔(晏)景福殿賦："爰有禁楄，勒分翼張。"注："楄，附陽馬之短桷也。"一說扁額。楄，同"扁"。㊁底板。宋書五行志一："舊爲屐者，齒皆達楄上，名曰'露卯'。"

【楄柎】古時棺中墊屍體的木板，又名笭牀、楄部。左傳昭二五年："唯是楄柎所以藉幹者，請無及先君。"注："楄柎，棺中笭牀也。幹，骸骨也。"

揃 jiān ㄐㄧㄢ 則前切，平，先韻，精。

書信。古文"牋"字。也作"箋"。玉篇廣韻都作"萴"。

楢 yóu ㄧㄡˊ 以周切，平，尤韻，喩。
尺沼切，上，小韻，穿。

木名。山海經中山經："(岷山)其木多楢杻。"注："楢，剛木也，中車材。"古代用以取火。周禮夏官司爟"四時變國火"漢鄭玄注："秋取柞楢之火。"一說柔木。見說文。

【楢溪】水名。一作油溪。在浙江天台縣東。文選晉孫興公(綽)遊天台山賦："濟楢溪而直進，落五界而迅征。"

楔 xiē ㄒㄧㄝ xiè ㄒㄧㄝˋ 先結切，入，屑韻，心。
古黠切，入，黠韻，見。

㊀門兩旁的木柱。爾雅釋宮："棖謂之楔。"注："門兩旁木。"唐韓愈昌黎集十二進學解："欂櫨侏儒，根闑扂楔。"㊁插入木榫縫或空洞中的上平下銳的木塊，起固定作用。淮南子主術："大者以爲舟航柱梁，小者以爲楫楔。"引申爲小說戲曲的引子。參見"楔子"。㊂用楔形物插入。禮喪大記："小臣楔齒用角柶。"疏："楔，柱也。柶以角爲之，長六寸，兩頭曲屈。爲將含，恐口閉急，故使小臣以柶柱張尸齒令開也。"㊃木名。1. 櫻桃。爾雅釋木："楔，荊桃。"注："今櫻桃。"2. 似松有刺者。文選晉左太沖(思)蜀都賦："杞櫹椅桐，椶枒楔樅。"晉劉淵林(逵)注："楔似松有刺也。"

【楔子】㊀用以塞緊器物的竹木片。水滸五四："水底下早鑽起四五十水軍，盡把船尾楔子拔了，水都滾入船裏來。"一本作"屑子"。參見"楔㊁"。㊁戲曲小說的引子。一般在劇首或篇首，用以點明、補充正文之用。元人雜劇中以情節複雜，意有未盡，也有在本與本或折與折之間加楔子的。王實甫西廂記一、三、四、五各本之前均有楔子；武漢臣玉壺春雜劇第二折前有楔子。

【楔轂】舊時酷刑之一。用鐵圈緊箍囚首，加楔子塞緊。舊唐書一八六索元禮傳周矩上疏："又推劾之吏，皆以深刻爲功，鑿空爭能，相矜以虐：泥耳籠頭，枷研楔轂，……號爲'獄持'。"

楱 còu ㄘㄡˋ 倉奏切，去，候韻，淸。

果名。卽柚子，又名文旦。文選漢司馬長卿(相如)上林賦："於是乎盧橘夏熟，黃甘橙楱。"注引張揖："楱，小橘也。出武陵。"又晉張景陽(協)七命："商山之果，漢皋之楱。"

椿 chūn ㄔㄨㄣ 丑倫切，平，諄韻，徹。

㊀木名。也作"櫄"。通稱香椿。太平御覽九六一左傳襄十八年："孟莊子斬雍門之椿爲公琴。"今本左傳作"櫄"。㊁古代傳說大椿長壽，後因用以喩父。五代後周竇禹鈞五子相繼登科，馮道贈詩有"靈椿一株老，丹桂五枝芳"之句。見宋史竇儀傳。參見"椿年"。

【椿年】莊子逍遙遊:"上古有大椿者,以八千歲爲春,八千歲爲秋。"後因以椿年爲祝人長壽之詞。唐錢起錢考功集七柏崖老人……詩:"帝力言何有,椿年喜漸長。"

【椿庭】莊子逍遙遊載上古有大椿長壽,論語季氏有孔鯉趨庭接受父訓,後因以椿庭爲父的代稱。明朱權荆釵記傳奇二:"不幸椿庭殞喪,深賴萱堂訓誨成人。"

【椿萱】父母的代稱。椿,父。萱,母。全唐詩四六七牟融送徐浩:"知君此去情偏切,堂上椿萱雪滿頭。"元丁鶴年集四送奉祠王良佐奔訃還鄖城詩:"霜風一夜吹庭闈,椿萱並瘁色養遲。"

【椿齡】祝人長壽之詞。唐文粹十三吳筠步虛詞之七:"緜緜慶不極,誰謂椿齡多。"宋柳永樂章集御街行詞:"椿齡無盡,蘿圖有慶,常作乾坤主。"參見"椿年"。

楝

liàn ㄌㄧㄢˋ 郎甸切,去,霰韻,來。

木名。淮南子時則:"七月官庫,其樹楝。"宋羅願爾雅翼釋木一楝:"楝木高丈餘,葉密如槐而尖,三四月開花,紅紫色,芬香滿庭,其實如小鈴,至熟則黄,俗謂之苦楝子,亦曰金鈴子。可以練,故名楝。"

【楝花風】最後的花信風。宋詩鈔何夢桂潛齋詩鈔再和昭德孫燕子韻:"處處社時茅屋雨,年年春後楝花風。"參見"二十四番花信風"。

【楝亭十二種】叢書名。清曹寅輯刻。十二種爲:梅苑聲畫集法書考琴史墨經硯箋千家詩禁扁釣磯立談都城紀勝糖霜譜録鬼簿。有康熙四十五年刊本及影印本。寅字子清,號楝亭,滿洲人。曾任通政使、江寧織造。

楅

fú ㄈㄨˊ 方六切,入,屋韻,幫。
bī ㄅㄧ 彼側切,入,職韻,幫。

㊀加在牛角上的横木。見"楅衡"。㊁古時行鄉射禮時承箭的器具。兩端龍首,中央蛇身,其背覆以韋,射則置矢其上。儀禮鄉射禮:"命弟子設楅。"注:"楅,猶幅也,所以承笴齊矢者。"㊂古式板門上的部件,附於門頁上的横木。見宋李誡營造法式六小木作制度一版門。

【楅衡】縛在牛角上以防觸人的横木。一説楅設於角,衡設於鼻。詩魯頌閟宫:"秋而載嘗,夏而楅衡。"傳:"楅衡,設牛角以楅之也。"箋:"楅衡其牛角,爲其觸觝人也。"周禮地官封人:"凡祭祀,飾其牛牲,設其楅衡。"注:"楅設於角,衡設於鼻,如椵狀也。"

椰

yē ㄧㄝ 以遮切,平,麻韻,喻。

木名。也作"枒"、"梛"。葉如栟櫚,高六七丈,無枝條,實大如寒瓜,肉可食,果汁可作飲料。見晉嵇含南方草木狀下。文選晉左太沖(思)吳都賦:"檳榔無柯,椰葉無陰。"

【椰盃】椰子殼製成的杯。唐陸龜蒙甫里集九和寄瓊州楊舍人詩:"酒滿椰盃消毒霧,風隨蕉扇下瀧船。"

【椰珠】椰子胚芽結石或椰殼製成的裝飾用珠。清袁枚隨園詩話補遺一:"近來習尚,丈夫多臂纏金鐲,手弄椰珠。余頗以爲嫌。"參閱明黄衷海語二辟珠。

【椰瓢】椰子殼做的瓢。詞林紀事宋秦觀醉鄉春:"社甕釀成微笑,半缺椰瓢共舀。"金元好問遺山集五飲酒詩:"椰瓢朝傾荔支綠,螺杯暮捲珍珠紅。"

椹

1\. zhēn ㄓㄣ 知林切,平,侵韻,知。

㊀砧板。有木砧、鐵砧等。也作"鍖"、"碪"。爾雅釋宫:"椹謂之榩。"注:"斫木櫍也。"

2\. shèn ㄕㄣˋ 集韻 食荏切,上,寑韻。

㊁桑樹果實。同"葚"。詩衛風氓:"于嗟鳩兮,無食桑葚。"釋文:"葚,本又作椹。"唐柳宗元柳先生集四三聞黄鸝詩:"閉聲迴翅歸務速,西林紫椹行當熟。"㊂木上生的菌。晉張華博物志三異草木:"江南諸山郡中大樹斷倒者,經春夏生菌,謂之椹。"北周庾信庾子山集四對雨詩:"濕楊生細椹,爛草變初螢。"

【椹質】㊀砧板。詩大雅公劉"取厲取鍛"箋"鍛石所以爲鍛質也"唐孔穎達疏:"質,椹也。言鍛金之時須山石爲椹質。"戰國策秦三:"今臣之胸不足以當椹質,要不足以待斧鉞,豈敢以疑事嘗試於王乎?"㊁射箭所用的靶。周禮夏官司弓矢:"王弓弧弓,以授射甲革椹質者。"注:"質,正也。樹椹以爲射正。"

楪

1\. yè ㄧㄝˋ 與涉切,入,葉韻,喻。

㊀窗户。玉篇:"楪,餘涉切,牖也。"㊁地名。詳"楪榆"。

2\. dié ㄉㄧㄝˊ

㊂盛食物的小盤。同"碟"。唐白居易長慶集六四七年元日對酒詩之三:"三盃藍尾酒,一楪膠牙餳。"宋史二六五呂蒙正傳:"吾面不過楪子大,安用照二百里哉?"

【楪榆】地名。在今雲南大理縣東北。史記一一六西南夷傳:"其外西自同師以東,北至楪榆,名爲巂昆明。"集解引韋昭:"在益州。楪音葉。"也作"葉榆"。見漢書地理志上益州郡。

楳

méi ㄇㄟˊ 集韻 謨杯切,平,灰韻。

"梅"的異體字。也作"某"、"槑"。詳"梅"。

楛

1\. hù ㄏㄨˋ 侯古切,上,姥韻,匣。

㊀木名。荆類。可作箭杆、器物。書禹貢:"惟箘簵楛。"傳:"楛,中矢榦。"説文楛引夏書作"枯"。詩大雅旱麓:"瞻彼旱麓,榛楛濟濟。"疏:"楛,其形似荆而赤,莖似蓍。上黨人以爲牛笞、箱器,又屈以爲釵。"

2\. kǔ ㄎㄨˇ

㊁謂器物粗製濫造。荀子議兵:"械用兵革窳楛不便利者弱。"注:"楛,濫惡,謂不堅固也。"也用以比喻事情的不正當或態度的惡劣。又勸學:"問楛者,勿告也。"注:"楛與苦同,惡也。"

【楛矢】用楛木做桿的箭。國語魯下:"於是肅慎氏貢楛矢石砮,其長尺有咫。"禮鄉射禮注引國語作"枯"。

【楛₂優】粗疏輕慢。荀子榮辱:"其慮之不深,其擇之不謹,其定取舍楛優,是其所以危也。"

【楛₂耕傷稼】粗糙的耕作,有害於莊稼。荀子天論:"楛耕傷稼,耘耨失薉。"注:"楛耕,謂粗惡不精也。"清王念孫謂"耘耨失薉"應作"楛耘失薉"。見讀書雜志荀子五。

楉

ruò ㄖㄨㄛˋ 而灼切,入,藥韻,日。

見下。

【楉榴】果名。即石榴,又名安石榴。見廣韻。也作"若留"。文選漢張平子(衡)南都賦:"樗棗若留。"注:"廣雅曰:石留,若留也。"

楠

nán ㄋㄢˊ 那含切,平,覃韻,泥。

木名。本作"枏",也作"柟"。生南方,幹甚端偉,高者十餘丈,巨者數十圍,木材堅密芳香,爲建築及製造器物的良材。戰國策宋:"荆有長松文梓,楩楠豫章。"宋陸游渭南文集四九烏夜啼詞之二:"簷角楠陰轉日,樓前荔子吹花。"

【楠榴】生瘤的楠木。文選晉左太沖

(思)吳都賦:"楠榴之木,相思之樹。"注引劉成:"南榴,木之盤結者,其盤節文尤好,可以作器。"宋梅堯臣宛陵集二七和王仲儀詠瘿詩:"在木曰楠榴,刳之可爲皿。"

楔 ruǎn 而兗切,上,獮韻,日。ㄖㄨㄢ

㊀果名。即梬棗。文選漢司馬長卿(相如)子虛賦"樝梨梬栗,橘柚芬芳"注引說文:"梬棗,似柿而小,名曰楔。"今本說文"梬"無"而小,名曰楔"五字。㊁即紅藍,又名紅花。見廣韻。

椷 1. xián 胡讒切,平,咸韻,匣。ㄒㄧㄢ

㊀泛指杯、篋等容器。見說文。方言五:"盃、椷,……杯也,秦晉之郊謂之盃,自關而東趙魏之間曰椷,或曰盞。"廣雅釋器:"匧謂之椷。"

2. hán 集韻 胡南切,平,覃韻。ㄏㄢ

㊁容納。通"含"。漢書天文志:"辰星過太白,間可椷劍。"注引蘇林:"椷音函。函,容也,其間可容一劍也。"

3. jiān 集韻 居咸切,平,咸韻。ㄐㄧㄢ

㊂信封,信件。通"緘"。元詩選鄭東鄭氏聯璧集和郭熙仲:"太乙頻來觀象帙,麻姑相許寄銀椷。"

椳 wēi 於非切,平,微韻,影。ㄨㄟ

見下。

【椳窬】便桶。史記一〇三萬石君傳"取親中帬廁牏"集解引呂静:"椳窬,褻器也,音威豆。"又引蘇林:"牏音投。賈逵解周官:椳,虎子也。窬,行清也。"虎子所以小便,行清所以大便。

㮈 nài 玉篇 那賴切。ㄋㄞ

果木名,同"柰"。即海棠果。古文苑四漢揚雄蜀都賦:"杏李枇杷,杜樼栗㮈。"太平御覽九七〇晉太始起居注:"太始二年六月,嘉㮈一蔕十五實或七實,生於酒泉。"

楚 chǔ 創舉切,上,語韻,初。ㄔㄨ 瘡據切,去,御韻,初。

㊀木名,即牡荆。枝幹堅勁,可以作杖。詩周南漢廣:"翹翹錯薪,言刈其楚。"也泛指叢莽。南齊謝朓謝宣城集三宣城郡内登望詩:"寒城一以眺,平楚正蒼然。"㊁刑杖,或學校扑責生徒的小杖。儀禮鄉射禮:"楚扑長如笴。"後漢書六四史弼傳:"命左右引出,楚捶數百。"參見"捶楚"、"夏₂楚"。㊂痛苦。文選晉陸士衡(機)於承明作與士龍詩:"俯仰悲林薄,慷慨含辛楚。"㊃整齊。詩小雅賓之初筵:"籩豆有楚,殽核維旅。"傳:"楚,列貌。"參見"楚楚㊀"。㊄華美。玉臺新詠五南朝梁沈約少年新婚爲之詠詩:"腰肢既軟弱,衣服亦華楚。"㊅傖俗。宋書長沙景王道憐傳:"道憐素無才能,言音甚楚,舉止施爲,多諸鄙拙。"㊆古國名。1.芈(mǐ)姓。熊繹受封於周成王,立國於荆山一帶,都丹陽。周人稱爲荆蠻。後建都於郢。春秋戰國時,國勢强盛,疆域擴大。其後漸弱,屢敗於秦,遷都至陳,又遷壽春。至王負芻爲秦所滅。參閱史記楚世家。2.五代十國之一。馬殷據今湖南,都長沙,稱楚王。至馬希萼、希崇時,爲南唐所滅。歷六主,五十六年(公元896—951年)。見新五代史楚世家。㊇姓。春秋晉有楚隆,爲趙襄子家臣。見左傳哀二十年。

【楚天】楚地的天空。因楚在南方,也泛指南方天空。唐杜甫杜工部詩史補遺八暮春:"楚天不斷四時雨,巫峽常吹千里風。"全唐詩二八六李端宿淮浦憶司空文明:"秦地故人成遠夢,楚天涼雨在孤舟。"

【楚切】悽苦。藝文類聚九二晉傅咸斑鳩賦:"慨感物而哀鳴,聲楚切以懷傷。"

【楚引】琴曲名。見"龍丘引"。

【楚水】㊀水名。一名乳水。在陝西商縣南。山海經西山經:"數歷之山,……楚水出焉而南流,注于渭。"㊁泛指古楚地的河流。北周庾信庾子山集一三月三日華林園馬射賦:"横弧于楚水之蛟,飛鏃于吳庭之虎。"按楚王、漢武射蛟的雲夢、潯陽,古皆爲楚地。唐劉禹錫劉夢得集外集一酬樂天揚州初逢席上見贈詩:"巴山楚水凄涼地,二十三年棄置身。"

【楚囚】左傳成九年:"晉侯觀于軍府,見鍾儀,問之曰:'南冠而縶者,誰也?'有司對曰:'鄭人所獻楚囚也。'"本指被俘的楚國人。後用以借指處境窘迫的人。世説新語言語:"周侯(顗)中坐而歎曰:'風景不殊,正自有山河之異!'皆相視流淚。唯王丞相(導)愀然變色曰:'當共勠力王室,克復神州,何至作楚囚相對!'"唐李商隱李義山詩集五與同年李定年曲水閑話戲作:"相攜花下非秦贅,對泣春天類楚囚。"

【楚丘】㊀地名。1.春秋戎地。春秋隱七年:"戎伐凡伯于楚丘。"即此。秦屬碭郡,漢爲己氏縣,隋改楚丘縣(稱南楚丘),唐以後仍之,明併入曹縣。故地在今山東曹縣東南。2.春秋衛地。左傳僖二年:"諸侯城楚丘而封衛焉。"即此。秦屬三川郡,漢爲白馬縣地,隋置楚丘縣(稱北楚丘),旋改衛南縣,至金仍入白馬縣。故地在今河南滑縣東。參閱舊唐書地理志滑州宋州、嘉慶一統志一八一曹州府、一九九衛輝府。㊁人名。春秋魯卜人。見左傳昭五年。㊂複姓。戰國齊有楚丘先生,年七十,披裘帶索往説孟嘗君。見漢劉向新序雜事五。

【楚老】西漢末龔勝,楚彭城人,曾任諫官等職。及王莽篡漢,不再應徵作官。病中曾言"豈以一身事二姓,下見故主哉";死後,有老父來弔,曰:"嗟虖!薰以香自燒,膏以明自銷,龔生竟夭天年,非吾徒也!"遂趨而出,莫知其誰。事見漢書七二龔勝傳。後因以指鄉里故舊的賢者。文選南朝宋謝靈運廬陵王墓下作詩:"延州協心許,楚老惜蘭芳。"北周庾信庾子山集二哀江南賦:"燕歌遠别,悲不自勝;楚老相逢,泣將何及!"

【楚妃】楚王之妃。所指因文而異。南朝宋鮑照鮑氏集三代白紵舞歌詞之三:"寒光蕭條候蟲急,荆王流嘆楚妃泣。"指楚莊王姬樊姬。唐李白李太白詩三十望夫石:"有恨同湘女,無言類楚妃。"指楚文王夫人息嬀。參見"息嬀"、"樊姬"。

【楚材】楚國的人才。又泛指南方的人才。左傳襄二六年:"雖楚有材,晉實用之。"唐孟浩然集二韓大侯東齋會岳上人諸學士詩:"郡守虛陳榻,林間召楚材。"參見"楚材晉用"。

【楚狂】論語微子:"楚狂接輿歌而過孔子。"疏:"接輿,楚人,姓陸名通。昭王時政令無常,乃披髮佯狂不仕,時人謂之楚狂。"後因用爲狂士的通稱。唐李白李太白詩十四廬山謠寄盧侍御虛舟:"我本楚狂人,鳳歌笑孔丘。"又韓愈昌黎集外集一芍藥歌詩:"花前醉倒歌者誰?楚狂小子韓退之。"

【楚些】楚辭招魂句尾皆有"些"(suò)字,爲楚人習用的語氣詞。後因以泛指楚地的樂調或楚辭。宋蘇軾分類東坡詩十九次韻杭人裴維甫:"悽涼楚些緣吾發,邂逅秦淮爲子留。"辛棄疾稼軒詞二沁園春戊申歲奏邸忽騰報謂余以病挂冠因賦此:"山中友,試高吟楚些,重與招魂!"

【楚氛】左傳襄二七年:"伯夙謂趙孟曰:'楚氛甚惡,懼難。'"注:"氛,氣也。"言楚有襲晉之氣。後也用以比喻俗惡之氣。宋黄庭堅山谷内集十四以古銅壺送王觀復詩："酌酒時在傍，可用弭楚氛。"

【楚服】㊀楚國的服裝。戰國策 秦五："異人至，(呂)不韋使楚服而見。"宋鮑彪注："以王后楚人，故服楚制以說之。"一說楚服爲盛服，見漢高誘注。㊁借指楚國的疆土。唐駱賓王集 四 夕次舊吳詩："維舟背楚服，振策下吳畿。"

【楚奏】謂奏楚地的音樂。左傳 成九年記，晉侯命楚囚鍾儀奏琴，儀操南音。士燮(范文子)贊揚他："樂操土風，不忘舊也。"文選三國魏王仲宣(粲)登樓賦："鍾儀幽而楚奏兮，莊舄顯而越吟。人情同於懷土兮，豈窮達而異心。"

【楚毒】㊀墨子明鬼下："昔者殷王紂，……楚毒無罪，刳剔孕婦。"楚毒，本作"焚炙"，即古代炮烙之刑。見孫詒讓墨子閒詁。也泛指苦刑。後漢書六十下蔡邕傳上書自陳："臣一入牢獄，當爲楚毒所迫，趣以飲章，辭情何緣復聞？"㊁痛苦。宋蘇軾經進東坡文集事略四六與朱鄂州書："去歲夏中，其妻一產四子，楚毒不可堪忍，母子皆斃。"

【楚苗】楚之苗山。文選漢枚叔(乘)七發："楚苗之食，安胡之飰。"注："楚苗山出禾，可以爲食。"

【楚宮】㊀楚丘的宮殿。詩鄘風定之方中："定之方中，作於楚宮。"傳："楚宮，楚丘之宮也。詩序稱衛文公徙居楚丘，建城市而營宮室。㊁楚國之宮。唐杜甫杜工部草堂詩箋三一詠懷古迹之二："最是楚宮俱泯滅，舟人指點到今疑。"

【楚掠】拷打。北史 魏獻文六王傳 趙郡王幹："數日間(拓跋)謐召近州人夫，閉四門，內外嚴固，搜掩城人，楚掠備至。"新唐書一八〇李德裕傳 附 李燁："吳汝納之獄，朝廷公卿無爲辯者，惟淮南府佐魏鉶就逮，吏使誣引德裕，雖痛楚掠，終不從，竟貶死嶺外。"

【楚雀】即黃鳥。爾雅釋鳥："鵹黃，楚雀。"注："即倉庚也。"方言八："驪黃，自關而東謂之創鶊，……或謂之黃鳥，或謂之楚雀。"

【楚惻】悲傷。藝文類聚 二一 晉潘岳哭弟文："終皓首兮何時忘，情楚惻兮常苦辛。"

【楚焞】灼龜之木。古代占卜時用點燃着的荊木枝條鑽灼龜殼，視其坼裂的兆紋，附會人事，以卜吉凶。儀禮 士喪禮："楚焞置於燋，在龜東。"注："楚，荊也。荊焞所以鑽灼龜者。燋，炬也，所以然火者也。"

【楚雄】縣名。屬雲南省。漢益州郡地。唐時南詔置安州及威楚縣。元立千户所，後改威州，又置威楚縣。明洪武十四年改今名，爲楚雄府治。清因之。參閱寰宇通志一一二楚雄府。

【楚塞】指楚地邊界。南朝梁江淹江文通集四望荊山詩："奉義至江漢，始知楚塞長。"唐孟浩然集二盧明府九日宴袁使君詩："地理荊州分，天涯楚塞寬。"

【楚魂】詩中言楚魂，含有追弔古楚人的含意，所指隨所詠而異。唐李賀歌詩編四巫山高："楚魂尋夢風颸然，曉風飛雨生苔錢。"指楚懷王遊於高唐，夢遇巫山神女。西崑酬唱集上宋劉筠梨詩："宋玉有情終未識，蔗漿無奈楚魂迷。"指楚屈原。元詩選錢惟善湘淚竹管詩："翠帷塵滴不乾雲，湘水無聲楚魂咽。"指舜二妃娥皇女英。

【楚葵】水芹。見爾雅釋草。

【楚楚】㊀鮮明貌。詩曹風蜉蝣："蜉蝣之羽，衣裳楚楚。"也謂才能出衆，顯露頭角。北史祖瑩傳："京師楚楚袁與祖，洛中翩翩祖與袁。"㊁茂密貌。詩小雅楚茨："楚楚者茨，言抽其棘。"㊂悽苦。唐元稹長慶集 九聽庾及之彈烏夜啼引詩："後人寫出烏啼引，吳調哀弦聲楚楚。"

【楚鳩】鳥名。布穀鳥。文選戰國 楚 宋玉高唐賦："王睢鸝黃，正冥楚鳩。"參見"夫不"。

【楚腰】韓非子二柄："楚靈王好細腰，而國中多餓人。"後因以楚腰泛稱女子的細腰。唐詩紀事三二楊炎贈薛瑤英："玉山翹翠步無塵，楚腰如柳不勝春。"

【楚夢】㊀楚國雲夢澤的省語。文選晉陸士衡(機)齊謳行："孟諸吞楚夢，百二侔秦京。"注："子虛賦曰：齊浮渤澥，游孟諸，吞若雲夢者八九於其胸中，曾不蔕芥。"㊁文選戰國楚宋玉高唐賦神女賦有楚王夢巫山神女事。後因用楚夢形容好夢不長。西崑酬唱集上宋 劉筠 槿花詩："吳宮何薄命，楚夢不終朝。"

【楚歌】楚人之歌。史記項羽紀："夜聞漢軍四面皆楚歌，項王乃大驚曰：'漢皆已得楚乎？是何楚人之多也！'"又留侯世家劉邦謂戚夫人："爲我楚舞，吾爲若楚歌。"參見"四面楚歌"。

【楚鳳】傳說楚人有以山雉爲鳳凰者，將以獻楚王，經宿而鳥死，國人傳爲真鳳凰。見尹文子大道上。後因稱贗品、僞物爲楚鳳。唐張彥遠法書要錄三李嗣真書品後："雖古迹昭然，永不覺悟，而執燕石以爲寶，玩楚鳳而稱珍，不亦謬哉！"

【楚調】㊀樂府相和歌辭之一。樂府詩集二六相和歌辭："楚調者，漢房中樂也。高帝樂楚聲，故房中樂皆楚聲也。"又四一相和歌辭楚調曲："古今樂錄曰：王僧虔技錄：'楚調曲有白頭吟行泰山吟行梁甫吟行東武琵琶吟行怨詩行；其器有笙、笛、弄節、琴、箏、琵琶、瑟七種。'"㊁楚地的曲調。常與"吳弦"或"吳歌"對舉。唐白居易長慶集六四醉別程秀才詩："吳弦楚調瀟湘弄，爲我殷勤送一杯。"河嶽英靈集上陶翰燕歌行："請君留楚調，聽我吟吳歌。"

【楚撻】拷打。後漢書八四曹世叔妻(班昭)傳女誡敬慎："忿怒不止，楚撻從之。"初學記十二北周鍾離岫會稽後賢記："(孔)坦到官，躬執辭狀，口辨曲直，小大以情，不加楚撻。"

【楚館】㊀楚地館舍，也泛指旅舍。宋詩鈔趙抃清獻詩鈔和戴天使……宿長沙驛："楚館夜衾涼，離人念故鄉。"元薩都剌薩天錫集後集再過界首驛詩："官船到岸人多識，楚館題詩客又來。"㊁指歌舞場所。詳"楚館秦樓"。

【楚謠】指楚辭。南朝梁鍾嶸詩品上序："夏歌曰：'鬱陶乎余心。'楚謠曰：'名余曰正則'。雖詩體未全，然是五言之濫觴也。"也指楚地歌謠。南朝梁江淹江文通集四雜體三十首序："夫楚謠漢風，既非一骨；魏製晉造，固亦二體。"宋王安石臨川集二十 籌思亭 詩："坐聽楚謠知歲美，想銜杯酒問花朝。"

【楚聲】楚地的曲調。同"楚調"。漢書禮樂志："高祖樂楚聲，故房中樂楚聲也。"

【楚醪】楚地所產的酒。唐 李商隱 李義山詩集三自桂林奉使江陵……："尚憐秦痔苦，不遣楚醪沈。"又羅隱甲乙集八經耒陽杜工部墓詩："紫菊馨香覆楚醪，奠君江畔雨蕭騷。"

【楚辭】騷體類文章的總集。西漢劉向輯。收有戰國楚人屈原 宋玉 景差諸賦，附以屈賦形式的漢人賈誼惜誓、淮南小山招隱士、東方朔七諫、嚴忌哀時命、王褒九懷以及劉向自作的九嘆，計十六篇。因都具有楚地的文學樣式、方言聲韻、風土色彩，故名楚辭。"楚辭"之名，西漢初已有之；集部之目，以此爲最古。東漢王逸又加自作的九思及班固的兩敍，分章加注成楚辭章句十七卷。宋洪興祖作補注。朱熹作集注八卷，辨證二卷，後語六卷。其他注釋者尚多。也作"楚詞"。漢書六四上朱買臣傳："召見，説春秋，言楚詞，帝甚説之。"

【楚騷】指戰國楚屈原所作的離騷。文苑英華七四二梁裴子野雕蟲論:"若悱惻芳芬,楚騷爲之祖。"宋蘇軾分類東坡詩六次韻秦少游王仲至元日立春詩:"詞鋒雖作楚騷寒,德意還同漢詔寬。"

【楚纍】指屈原。宋陳與義簡齋詩集十九晚步湖邊:"楚纍經行地,處處餘離騷。"宋范成大石湖集八寄題向撫州采菊亭詩:"落英楚纍手,東籬陶令家。"

【楚鐵】史記七九范睢傳:"昭王曰:吾聞楚之鐵劍利而倡優拙。"後因用楚鐵代指劍。北周庾信庾子山集十五吳明徹墓誌銘:"長沙楚鐵,更入兵欄;洞浦藏犀,還輸甲庫。"

【楚之平】三國魏鼓吹曲名。漢時短簫鐃歌之樂,有朱鷺曲,及魏代漢,繆襲改之爲楚之平。見晉書樂志下。樂府詩集十八引古今樂録作"初之平"。

【楚公鐘】古鐘名。又名夜雨雷鐘。周楚公逆鑄。一說爲其父熊麗鑄。高二尺多,紐上坐一裸鬼,卽雷神。銘文四十二字。字體與他國不同,當在未稱王之時。參閱清阮元積古齋鐘鼎彝器款識三。

【楚江王】也作"初江王"。舊時迷信傳說十冥王之一。見西遊記三。

【楚江萍】傳說楚昭王渡江,得萍實,詢於孔子,孔子謂可以剖而食之,爲吉利之兆。見孔子家語致思。後因用楚江萍比喻吉祥之物。唐杜甫杜工部草堂詩箋三四奉酬薛十二丈判官見贈:"榮華貴少壯,豈食楚江萍!"宋梅堯臣宛陵集四五答宣閫司理詩:"便言楚江萍,光彩牟旭日。"

【楚妃歎】樂府吟歎曲之一。晉石崇作辭。內容詠嘆春秋楚莊王夫人樊姬諫莊王狩獵及進賢事。事見漢劉向列女傳二。參閱初學記十六晉石崇楚妃歎序、樂府詩集二九石崇楚妃歎。

【楚兩龔】見"兩龔"。

【楚呼楚】地名。今新疆塔城縣。清置塔爾巴哈臺廳,本治雅爾。乾隆三十二年改治於楚呼楚,名曰綏靖城。參閱嘉慶一統志五一九塔爾巴哈臺。

【楚莊王】公元前?一前591年。春秋楚國君。穆王子。名旅(一作呂、侶)。先後滅庸,伐宋,伐陳,圍鄭,伐陸渾戎;觀兵於周境,問九鼎之大小輕重,隱有滅周之意。爲五霸之一。見史記楚世家。

【楚懷王】人名。1.公元前?一前296年。戰國楚王。威王子。熊氏,名槐(一作相)。信任靳尚及幸姬鄭袖,疏遠屈原,國政腐敗,先後爲秦、齊所敗,又聽張儀計,入朝於秦,被留,死於秦國。見史記楚世家。2.公元前?一前205年。熊槐孫,名心。秦末項梁起義後,擁立爲王,仍稱楚懷王,都盱台。曾與諸將約,先入關者爲王,劉邦先入,懷王堅持如約。項羽自立爲西楚霸王,陽尊爲義帝,强迫遷徙於長沙,都郴縣。羽又命人擊殺之於江中。見史記項羽紀。

【楚弓楚得】傳說春秋楚共王出獵,遺失寶弓,左右請求之。共王曰:"止。楚人遺弓,楚人得之,又何求焉?"見漢劉向說苑至公、孔叢子、公孫龍、孔子家語好生。呂氏春秋貴公作"荆人"。後因稱雖有所失而利不外溢爲楚弓楚得。明蘇復之金印記傳奇十二:"喜楚得楚弓,免被傍人笑。"

【楚材晉用】左傳襄二六年:"如杞、梓、皮革,自楚往也。雖楚有材,晉實用之。"又見國語楚上。後來列國之際稱引用他國的人材。周書沈重傳:"建德末,重自以入朝既久,且年過時制,表請還梁。高祖優詔答之曰:'……不忘戀本,深足嘉尚,而楚材晉用,豈無先哲,……'重固請,乃許焉。"

【楚尾吳頭】謂地當吳楚之間。古豫章一帶(今江西省),位於春秋時吳之上游,楚之下游,如首尾相接,故稱。中興以來絕妙詞選二宋張安國(孝祥)念奴嬌飲雪呈朱漕:"家在楚尾吳頭,歸期猶未,對此驚時節。"宋楊萬里誠齋集四二六月二十四日病起喜雨聞鶯……詩之三:"秋生楚尾吳頭外,涼殺天涯地角中。"也作"吳頭楚尾"。參見該條。

【楚楚可憐】世說新語言語:"(孫綽)齋前種一株松,恒自手壅治之。高世遠(柔)時亦鄰居,語孫曰:'松樹子非不楚楚可憐,但永無棟梁用耳!'"此本指幼松整齊纖弱可愛,後多用以形容女子的嬌弱。

【楚館秦樓】舊時指歌舞場所。明高則誠琵琶記三十:"敢只是楚館秦樓有箇得意人兒也,悶懨懨,常掛懷。"

楂 1. chá 鉏加切,平,麻韻,牀。ㄔㄚˊ

㊀水中浮木,木筏。通"槎"。南朝梁何遜何水部集渡連圻詩之二:"絕壁無走獸,窮岸有盤楂。"

2. zhā 音韻闡微 菑鴉切,平,麻韻,照。ㄓㄚ

㊁果名。通"樝"、"柤"。管子地員:"五沃之土,……其陰則生之楂藟。"宋蘇軾分類東坡詩十四月十一日初食荔支:"雲山得伴松檜老,霜雪自困楂梨麤。"參見"樝"。

楙 mào 莫候切,去,候韻,明。ㄇㄠˋ

㊀茂盛。通"茂"。文選漢司馬長卿(相如)上林賦:"夸條直暢,實葉葰楙。"㊁美盛。漢書四九鼂錯傳文帝策賢良文學詔:"是以大禹能亡失德,夏以長楙。"㊂貿易。通"貿"。漢書食貨志上:"楙遷有無,萬國作乂。"㊃果木名。卽木瓜。見爾雅釋木。

概

同"槪"。見"槪"。

楗 1. jiàn 其偃切,上,阮韻,羣。ㄐㄧㄢˋ

㊀關門的木門。老子:"善閉,無關楗而不可開。"㊁河工以埽料所築的柱樁。史記河渠書:"而下淇園之竹以爲楗。"索隱:"楗者,樹於水中,稍下竹及土石也。"漢書溝洫志作"揵"。㊂遏制,堵塞。墨子兼愛中:"以楗東土之水,以利冀州之民。"注:"此蓋言限也。"㊃骨骼名。素問十一骨空論:"輔骨上、横骨下爲楗。"

2. jiǎn 集韻 紀偃切,上,阮韻。ㄐㄧㄢˇ

㊄行走困難。周禮考工記輈人:"終日馳騁,左不楗。"注引杜子春:"楗讀爲蹇。左面不便,馬苦蹇;輈調善,則馬不蹇也。"

椵 1. jiǎ 古疋切,上,馬韻,見。ㄐㄧㄚˇ

㊀果木名。爾雅釋木:"櫠,椵。"注:"柚屬也。子大如盂,皮厚二三寸,中似枳,食之少味。"清郝懿行義疏引桂海虞衡志謂卽臭柚,其皮甚厚,可染墨打碑。唐陸龜蒙甫里集九和襲美謝友人惠人參詩:"五葉初成椵樹陰,紫團峯外卽雞林。"

2. jiā 集韻 居牙切,平,麻韻。ㄐㄧㄚ

㊁古時套在項上的刑具。通"枷"。見集韻。㊂枷狗之具。周禮地官封人"設其楅衡"漢鄭玄注:"楅設於角,衡設於鼻,如椵狀也。"疏:"云如椵狀者,漢時有置於犬之上謂之椵。"

楈 xū 相居切,平,魚韻,心。ㄒㄩ 私呂切,上,語韻,心。

見下。

【楈枒】木名。卽椰子樹。文選漢張平子(衡)南都賦:"楈枒栟櫚,柍柘檍檀。"也作"胥餘"、"胥邪"。史記一一七司馬相如傳上林賦:"留落胥餘，仁頻并閭。"漢書二七上司馬相如傳作"胥邪"。詳"椰"。

楣 méi ㄇㄟˊ 武悲切,平,脂韻,明。

㊀房屋的橫樑，即二樑。儀禮鄉射禮:"序則物當棟，堂則物當楣。"注:"是制五架之屋也。正中曰棟，次曰楣。"㊁門框上的橫木。也叫門楣。楚辭屈原九歌湘夫人:"桂棟兮蘭橑，辛夷楣兮葯房。"㊂屋檐口椽端的橫板。宋書謝靈運傳山居賦:"因丹霞以赬楣，附碧雲以翠椽。"

楫 jí ㄐㄧˊ 即葉切,入,葉韻,精。

㊀船槳。短曰楫，長曰櫂。同"檝"。易繫辭下:"刳木爲舟，剡木爲楫。"也指划船。詩大雅棫樸:"淠彼涇舟，烝徒楫之。"又指船。唐賈島長江集三送董正字常州覲省詩:"輕楫浮吳國，繁霜下楚空。"㊁林木。呂氏春秋明理:"有若水之波，有若山之楫。"㊂聚集。通"輯"。書舜典:"輯五瑞。"漢書五八兒寬傳:"陛下躬發聖德，統楫羣元。"注:"輯、楫與集，三字並同。"

【楫師】船工。文選晉左太沖（思）吳都賦:"篙工楫師，選自閩禺。"一本作"檝師"。

【楫櫂】船槳。文選三國魏曹元首（冏）六代論:"譬猶芟刈股肱，獨任胸腹；泛舟江海，捐棄楫櫂。"又指搖槳、划船。三國志魏明帝紀"築總章觀"注引魏略:"又於芳林園中起陂池，楫櫂越歌。"也借指船。宋姜夔白石道人歌曲四湘月序:"長溪楊聲伯，典長沙檝櫂，居瀕湘江。"

椙 mào ㄇㄠˋ 莫報切,去,號韻,明。 莫沃切,入,沃韻,明。

門框上的橫木。見說文。爾雅釋宮"楣謂之梁"釋文:"楣，忘悲反；或作椙，亡報反。"

楊 yáng ㄧㄤˊ 與章切,平,陽韻,喻。

㊀木名。與柳同科異屬，惟枝上挺，其實亦成白絮飛散。但古詩文中楊柳常通用，如垂柳亦稱垂楊。詩秦風車鄰:"阪有桑，隰有楊。"㊁周代諸侯國名。春秋時併於晉，爲羊舌氏邑。左傳襄二九年:"虞虢焦滑霍揚韓魏，皆姬姓也。"揚，石經初刻作"楊"。漢於此置楊縣，屬河東郡。故址在今山西洪洞縣東南。參閱讀史方輿紀要四一平陽府。㊂姓。傳爲晉唐叔之支裔，食邑於楊，因以爲氏。見漢蔡邕蔡中郎文集三司空楊秉碑。

【楊子】見"楊朱"。

【楊口】地名。古楊水入漢之口。晉書桓玄傳:"玄既至巴陵，(殷)仲堪遣衆距之，爲玄所敗。玄進至楊口，又敗仲堪弟子道護。"一作"揚口"。

【楊幺】公元？—1135年。宋龍陽人。名太。建炎四年從鍾相起義，活動於洞庭湖地區，在起義將領中年最幼，故稱楊幺。紹興三年夏鍾相犧牲，被推爲領袖，稱大聖天王，有衆二十萬人。在根據地內長期實行"陸耕水戰"，兵農相兼。紹興五年，爲宋將岳飛所破，被俘遇害。

【楊朱】戰國時魏人。字子居。又稱楊子、陽子或陽生。後於墨翟，前於孟軻。其說重在愛己，不以物累，不拔一毛以利天下，與墨子的"兼愛"相反，同爲當時儒家斥爲異端。著述不傳，其說散見於孟子、莊子、荀子、韓非子中。列子有楊朱篇，所記不盡可信。

【楊炎】公元727—781年。唐鳳翔天興人，字公南。德宗時，官至門下侍郎同平章事。建中元年，定議廢除"以丁夫爲本"的租庸調舊制，改行以家產多寡爲標準的兩稅法，自宋以來，歷代王朝皆沿用此制。後爲盧杞陷害，貶崖州司馬，被迫自殺。新、舊唐書有傳。參見"兩稅"。

【楊花】柳絮。北周庾信庾子山集一春賦:"新年鳥聲千種囀，二月楊花滿路飛。"

【楊枝】㊀楊樹枝。隋書真臘傳:"每旦澡洗，以楊枝淨齒，讀誦經咒。"五代前蜀韋莊浣花集七和李秀才郊墅早春吟興十韻詩:"綠擺楊枝嫩，紅挑菜甲香。"㊁指白居易的侍妾樊素。宋蘇軾分類東坡詩四朝雲:"不似楊枝別樂天，恰如通德伴伶玄。"楊枝以善唱楊柳枝得名，也作"柳枝"。白氏長慶集六八有別柳枝詩。

【楊泉】三國吳人，字德淵。徵聘不就，從事著述。今僅存物理論殘篇，雜入晉傅玄傅子一書中。上繼漢桓譚王充，主張人死之後無遺魂，開范縝神滅論之先河。其書有清孫星衍輯、錢保塘重校本。

【楊風】楊風子之簡稱。即楊凝式。宋蘇軾分類東坡詩十八和何長官六言次韻之二:"學道未從潘盎，草書猶似楊風。"詳"楊凝式"。

【楊紆】古時九澤之一。又作"陽華"、"陽紆"、"楊陓"。周禮夏官職方氏:"河內曰冀州，其山鎮曰霍山，其澤藪曰楊紆。"其故址舊說不一：或謂在今陝西隴縣，或謂在鳳翔，或謂在華陰西，或謂在涇陽，或謂在今河北，近人又說在今陝西華陰東。

【楊桃】果名。也作"羊桃"。1.五斂子，一名五棱子。北魏賈思勰齊民要術十果蓏引臨海異物志:"諺曰：楊桃無蹙，一歲三熟。"參見"五斂子"。2.指獼猴桃。

【楊時】公元1053—1135年。宋南劍州將樂人。字中立。晚年隱居龜山，人稱龜山先生。師事程顥程頤，與呂大臨謝良佐游酢並稱程門四大弟子。曾任右諫議大夫兼國子祭酒、工部侍郎等官。致仕後，專門著書講學，在傳播理學方面影響很大。東南學者奉爲"程氏正宗"，朱熹即爲其三傳門人。著有二程粹言龜山集。宋史有傳。

【楊炯】公元650—？年。唐弘農華陰人。舉神童，授校書郎，爲崇文館學士，後授盈川令，以嚴酷稱。與王勃盧照鄰駱賓王並稱"初唐四傑"，時謂王楊盧駱。炯嘗曰:"吾愧在盧前，恥居王後。"詩長於五律。著有盈川集。舊唐書載文苑傳，新唐書附王勃傳。

【楊基】公元1326—？年。明長洲人。字孟載，號眉庵。元末曾入張士誠幕。洪武中官至山西按察使，被讒奪官，罰服勞役，死於工所。早年以鐵笛歌見賞於楊維楨，與高啟張羽徐賁並稱吳中四傑，以詩著稱，兼工書畫。著有眉庵集。明史附高啟傳。

【楊梅】果木名。史記一一七司馬相如傳上林賦:"梬棗楊梅，櫻桃蒲陶。"索隱引荆揚異物志:"其實外肉著核，熟時正赤，味甘酸。"

【楊惲】公元前？—前54年。漢華陰人。字子幼。楊敞子，司馬遷外孫。宣帝時任左曹，因告發霍氏謀反功，封平通侯，遷中郎將。後因過爲人所告，免爲庶人。家居大治產業，接待賓客。友人西河太守孫會宗以書勸戒，惲在答書中有怨懟之辭，宣帝見而惡之，當惲大逆無道，腰斬。漢書附楊敞傳。

【楊溝】古長安城溝渠。晉崔豹古今注上都邑:"長安御溝謂之楊溝，謂植高楊於其上也。又曰羊溝，謂羊喜牴觸垣牆，故爲溝以隔之，故曰羊溝。"

【楊漣】公元1572—1625年。明應山人。字文孺，號大洪。萬曆三十五年進士。天啟四年官至左副都御史，上疏劾宦官魏忠賢二十四大罪。次年，被誣受遼東督師熊廷弼賄，下詔獄，拷掠至死。著有楊大洪集。明史有傳。

【楊溥】公元1372—1446年。明石首人。

字宏濟。建文二年進士，授編修。永樂時爲太子洗馬。太子監國，遣使迎帝，以遲獲罪，在獄十年。仁宗卽位獲釋，任翰林學士。宣宗時任禮部尚書。英宗初年，進武英殿大學士，與楊士奇楊榮並稱三楊。溥嘗自署郡望曰南郡，因號爲南楊。明史有傳。

【楊愼】公元1488—1559年。明四川新都人。字用修，號升庵，正德六年試進士第一，授翰林修撰，嘉靖時充經筵講官。父廷和爲首輔，以議禮忤世宗，乞休去。愼執前議力諫，兩受廷杖，謫戍雲南。謫居多暇，書無所不覽，好學窮理，老而彌篤。記誦之博，著作之富，爲明代第一。論理學極詆陸九淵王守仁，論經學極詆鄭玄，好博務欲勝人，甚至依託杜撰。著有升庵集八十一卷、外集一百卷、遺集二十六卷及雜著多種，其丹鉛雜錄、續錄、餘錄等尤著稱，後其弟子梁佐又刪同校異，分類合輯，署曰丹鉛總錄。明史有傳。

【楊載】公元1271—1323年。元浦城人，後居杭州。字仲弘。少孤，博涉羣書。以布衣召爲翰林院編修官。延祐初，登進士第。其詩文爲趙孟頫所推重，與虞集范梈揭傒斯齊名。有楊仲弘集。元史有傳。

【楊業】公元？—986年。宋幷州太原人。又名繼業。初爲五代北漢將領，善騎射，以驍勇著名，人稱"無敵"。歸宋後，任知代州兼三交駐泊兵馬都部署。太平興國五年，以數千騎大敗契丹攻雁門軍，由是契丹望見其旌旗卽引去。雍熙三年，宋軍分路北征，以潘美任雲應路行營都部署，業副之，連拔雲應寰朔四州。因東路軍失利，諸路撤退，與潘美奉命掩護新收四州民衆內遷，監軍王侁逼業出戰，矢盡援絕，被俘，絕食而死。宋史有傳。後來戲曲、小說中楊家將故事，卽以楊業事爲骨幹，傅會傳說，演飾而成。

【楊榮】公元1371—1440年。明建安人。字勉仁。初名子榮。建文二年進士。授編修。永樂時入文淵閣，更名榮。以多謀善斷，爲成祖所重，多次隨行巡邊，升文淵閣大學士。仁宣兩朝及英宗初年，皆在朝輔政。與楊士奇楊溥並稱三楊。以居第在東，號東楊。明史有傳。

【楊廣】見"隋煬帝"。

【楊震】公元？—124年。漢弘農華陰人。字伯起。通曉諸經，當時稱爲"關西孔子"。任荆州刺史時，有人夜贈金十斤，謂"夜無知者"。楊拒之曰："天知，神知，我知，子知，何謂無知？"安帝時官至太尉。以直言忤權貴大將軍耿寶及中常侍樊豐等，策免，遣歸本郡，憤而自殺。後漢書有傳。

【楊輝】宋末浙江錢塘人。字謙光。論證弧矢公式，被稱爲"輝術"。其詳解九章算法中開方作法本源，論證二項式系數可排成三角形（永樂大典一六三四四），比法國市列兹·巴斯加(公元1623—1662年)的巴斯加三角形早約三百五十年。他對民間數學，如珠算的除法"九歸"口訣，以及乘法互換、加減代乘除、斤求兩等算法，都有論述。著作今存者有詳解九章算法、續古摘奇算法、楊氏算法、楊輝算法、田畝比類乘除捷法、算法通變本末、乘法通變算寶、法算取用本末(與史仲恭合著)。參閱淸阮元疇人傳二二。

【楊墨】楊朱墨翟。楊朱主爲我，墨翟主兼愛，是戰國時期和儒家對立的兩個重要的學派。孟子滕文公下："楊朱墨翟之言盈天下，天下之言，不歸楊，則歸墨。……楊墨之道不息，孔子之道不著，是邪說誣民，充塞仁義也。"參見"楊朱"、"墨翟"。

【楊億】公元974—1020年。宋建州浦城人。字大年。淳化三年進士。真宗時任翰林學士，兼史館修撰判館事。主纂册府元龜太宗實錄。億博聞强記，熟習歷代典章制度。與劉筠錢惟演等唱和之作，輯爲西崑酬唱集，時稱西崑體。今存武夷新集二十卷。宋史有傳。參閱宋晁公武郡齋讀書志四中。參見"西崑體"。

【楊劉】宋楊億劉筠齊名，時號楊劉。宋歐陽修文忠集一二八詩話："蓋自楊劉唱和，西崑集行，後進學者爭效之，風雅一變，謂之崑體。"

【楊簡】公元1141—1225年。宋慈溪人。字敬仲。乾道五年進士。官終寶謨閣學士。陸九淵弟子。曾築室德潤湖上，號慈湖，人稱慈湖先生。主張心卽是道，宇宙變化卽人心的變化過程，以明心爲修養之本。著作由其弟子編爲慈湖遺稿。宋史有傳。參閱宋元學案七四慈湖學案。

【楊士奇】公元1365—1444年。明泰和人。名寓，以字行。建文初，以史才薦入翰林，充太祖實錄編纂官。成祖北巡，留輔太子。仁宗卽位，擢禮部侍郎兼華蓋殿大學士。宣宗英宗時，與楊榮楊溥同掌國政，並稱三楊。以居第在西，稱西楊。著有東里文集九十七卷、別集四卷，並編撰歷代名臣奏議三百五十卷、文淵閣書目四卷。明史有傳。

【楊文廣】公元？—1074年。宋幷州太原人。字仲容。祖楊業，父延昭，累世在邊，著戰功。仁宗時，爲范仲淹屬將，後從狄青南征，爲廣西鈐轄，知宜、邕二州。英宗時任興州防禦使，後遷步軍都虞侯。宋遼爭奪代州，文廣獻陣圖及取幽燕之策，不久病死。宋史附楊業傳。

【楊文驄】公元1597—1645年。明貴陽人。字龍友。萬曆末舉人。弘光時官兵備副使、右僉都御史。隆武時爲兵部右侍郎兼右僉都御史，率師援衢州，兵敗爲淸兵所俘，不屈被殺。善書，畫擅山水，筆墨蒼潤。有洵美堂集。明史有傳。

【楊太真】公元719—756年。唐蒲州永樂人。小名玉環。楊玄琰女。曉音律，善歌舞。初爲壽王妃，後爲女道士，號太真。入宫後，得玄宗寵，封爲貴妃。姊妹皆顯貴。堂兄楊國忠爲相，敗壞朝政。安祿山亂起，玄宗出奔，至馬嵬坡，六軍殺國忠，太真亦被迫縊死。新、舊唐書皆載后妃傳上。

【楊公忌】舊俗迷信以農曆正月十三日，以後每月遞前二日爲楊公忌或楊忌。其日百事禁忌。相傳其說始於宋術士楊救貧。參閱協紀辨方書三六辨訛、淸張祖同諏吉述正十六辨惑編。

【楊白花】樂府雜曲歌辭名。楊華，本名白花，北魏名將楊大眼之子。有勇力，偉容貌。胡太后逼通之，華懼及禍，降南朝梁。胡太后追思不已，因作楊白花歌辭。見梁書、南史王神念傳。歌辭載樂府詩集七三。唐柳宗元柳先生集三五有楊白花詩。

【楊行密】公元852—905年。唐合肥人。初名行愍，字化源。唐末起兵據廬州。中和三年任廬州刺史；景福元年爲淮南節度使。後封吳王。割據淮南、江東一帶。至其子溥稱帝，追尊爲太祖。新唐書及新、舊五代史有傳。

【楊秀清】公元1820？—1856年。先世花縣人。太平天国元年(咸豐元年)與天王洪秀全起義於廣西桂平金田村，轉戰各地，屢敗淸兵，建立太平天国，封東王。居功驕傲，挾制天王，壓制同僚，引起領導內部分裂，爲北王韋昌輝所殺。當時官書文件常以與洪秀全並稱洪楊。

【楊伴兒】也作"楊叛兒"。樂府西曲歌名。本童謠。相傳南齊隆昌時，女巫之子楊旻隨母入內宫，長大後，爲何后所寵愛。當時童謠云："楊婆兒，共戲來。"訛傳爲"楊伴兒"。見舊唐書樂志二淸樂、樂府詩集四九。

【楊枝水】佛教喻稱能使萬物蘇生的甘露。元詩選張翥蛻菴集送謨侍者還江陰："楊枝偏灑缾中水，貝葉時繙笈內經。"

【楊林渡】渡口名。故址在今安徽和縣東。宋紹興三十一年金主完顏亮南侵，兵臨西采石楊林渡，虞允文督舟師，大敗金兵於東采石，卽此。見宋王應麟通鑑地理通釋十三采石。

【楊柳枝】漢橫吹曲辭。本作折楊柳。至隋時始爲宮詞。唐白居易依舊曲翻爲新歌。長慶集六四楊柳枝詞之一："古歌舊曲君休聽，聽取新翻楊柳枝。"居易有妓樊素，善唱楊柳枝，人以曲名名之。見長慶集七十不能忘情吟序。當時詩人繼和此曲，多以之詠柳抒懷，七言四句，與竹枝詞相類。參閱宋王灼碧雞漫志五楊柳枝、樂府詩集八一。

【楊國忠】公元?—756年。唐蒲州永樂人。原名釗，後賜名國忠。因從妹楊貴妃得寵，爲唐玄宗所信任。天寶十一年李林甫死，以國忠爲右相，兼吏部尚書、判度支等要職，結黨營私，獨攬朝政，橫徵暴斂，搜括民財。十四年范陽節度使安祿山以誅國忠爲名，起兵叛亂。次年祿山兵破潼關，國忠隨玄宗出逃，在馬嵬坡爲隨從士兵所殺。新、舊唐書有傳。

【楊衒之】北魏北平人。楊，一作"陽"或"羊"。曾任期城郡太守、祕書監等職，武定五年至北魏舊都洛陽，值喪亂之後，見城郭崩毀，宮室傾覆，寺觀廟塔多成廢墟，因摭拾舊聞，追述故迹，作洛陽伽藍記，記洛陽城佛寺盛衰始末，以寓規諷之意。參閱廣弘明集六敍列代王臣滯惑解。

【楊惠之】唐開元中，與吳道子同師張僧繇學畫。道子學成，惠之恥居其次，改學雕塑。後來吳畫楊塑皆爲天下第一。著有塑訣，已失傳。相傳江蘇崑山慧聚寺天王像卽爲惠之所塑。參閱宋鄧椿畫繼九雜說論遠。

【楊朝英】元青城人。號澹齋。擅長散曲。楊維楨爲周月湖作今樂府序，謂關漢卿庾吉甫楊澹齋盧蘇齋四人之新樂府最爲奇巧。曾編陽春白雪及朝野新聲太平樂府，元人散曲多賴以傳。

【楊貴妃】見"楊太真"。

【楊萬里】公元1127—1206年。宋吉水人。字廷秀，號誠齋。紹興二十四年進士。累官至祕書監。遇事敢言，忤孝宗意，故不得大用。其詩平易自然，清新活潑，自具風格，當時稱爲楊誠齋體。與陸游范成大尤袤並稱"南宋四大家"。著有誠齋易傳誠齋集誠齋詩話等。宋史載儒林傳。

【楊維楨】公元1296—1370年。元山陰人。字廉夫，號東維子。因讀書鐵崖山中，又號鐵崖，晚年自稱老鐵。泰定四年進士。元末爲江西儒學提擧。農民大起義時，居富春山。晚年居松江。明洪武二年，太祖召諸儒纂修禮樂書，遣使詣門聘請，維楨作老客婦謠以明志。不久，被放還山。維楨工詩，其樂府尤著名，稱鐵崖體。又善行草書。著有東維子集三十卷、鐵崖文集五卷、詩集六卷、古樂府十六卷。明史載文苑傳。

【楊震碑】漢代碑刻。分書，額篆書，陽文。震孫楊統之門人陳熾等立石，無年月，約在建寧以後。記楊震爵里行誼及子孫官秩。舊在河南閿鄉縣，原石已佚，有翻刻本傳世。宋洪适隸釋十二載有碑陰一百九十餘人，皆楊統門人。

【楊凝式】公元873—954年。五代後周華陰人。字景度，號虛白、希維居士。唐昭宗時進士。任祕書郎，直史館。後歷仕梁唐晉漢周五朝，皆以心疾罷職。佯狂自放，人謂之楊風子。在後漢時歷少傅、少師，故世稱楊少師。善草書、隸書，尤工顛草，筆法端勁。草書宗張旭，隸書師歐陽詢、顏真卿。傳世有韭花帖、夏熱帖、神仙起居法等。舊五代史有傳。參閱宋岳珂寶真齋法書贊八楊凝式烟柳詩帖、宣和書譜十九五代。

【楊繼盛】公元1516—1555年。明容城人。字仲芳，號椒山。嘉靖二十六年進士。官兵部員外郎時，上疏論開馬市"十不可、五謬"，得罪大將軍咸寧侯仇鸞，下錦衣獄，貶爲狄道典史。仇鸞敗露，繼盛遷官至兵部武選員外郎，又上疏劾權相嚴嵩十大罪、五奸，下獄，備受酷刑，在獄三年，送刑部論死。嵩敗，贈太常少卿，諡忠愍。著有楊忠愍集。明史有傳。參閱昭代經濟言十徐階椒山銘。

【楊顯之】元大都人。與關漢卿友善，傳關有撰作，常與之商酌修改，因有"楊補釘"之稱。賈仲名稱其"寰宇知名"。所著雜劇八種，現存瀟湘夜雨、酷寒亭二種。

【楊花水性】比喻女子用情不專。也作"水性楊花"。清李玉一捧雪傳奇二十："楊花水性隨風折，怎顧得生離死別？喜孜孜早覓個俏冤家，把姻緣再來接。"

【楊孟文碑】見"石門頌"。

【楊柳觀音】法華經普門品謂觀音說法，曾現三十三種化身，後來畫家因畫出三十三種觀音像，所據不明。楊柳觀音，右手持柳枝，左手當胸上，作大慈悲狀。

【楊璉真加】元代僧人。加，也作"珈"。世祖(忽必烈)時爲江南釋教總統，殺害平民，掠奪財物，無惡不作。曾掠取田地二萬三千畝。又發掘南宋在錢塘紹興一帶的帝后大臣墳墓一百零一所，盜取殉葬珍寶。後犯罪被籍沒，計金一千七百兩、銀六千八百兩、鈔十一萬六千二百錠，其他珠玉珍寶無數。見元史二〇二釋老傳。後世詩篇中簡稱楊璉。明楊維楨鐵崖古樂府逸編七錢塘懷古……詩："劫火自焚楊璉塔，箭鋒猶抵伍胥潮。"

楬

1. jié ㄐㄧㄝˊ 其謁切，入，月韻，羣。渠列切，入，薛韻，羣。

㊀作標志用的小木樁。周禮秋官蜡氏："若有死于道路者，則令埋而置楬焉。"注引鄭衆："楬，欲令其識取之，今時楬櫫是也。"又地官泉府："以其賈買之物楬而書之，以待不時而買者。"

2. qià ㄑㄧㄚˋ 枯鎋切，入，鎋韻，溪。

㊁用以止樂的虎狀木製樂器。卽敔。禮樂記："然後聖人作爲鞉、鼓、椌、楬、壎、篪。"釋文："楬，苦瞎反，敔也。"參見"柷敔"。㊂見"楬$_2$豆"。

【楬$_2$豆】古祭器。無飾的木豆。卽木製的高脚碟。禮明堂位："夏后氏以楬豆。"注："楬，無異物之飾也。……齊人謂無髮爲禿楬。"

【楬著】標志。卽楬櫫。周禮地官泉府"楬而書之"注引鄭衆："書其賈，楬著其物也。"漢書九十尹賞傳："瘞寺門桓東，楬著其姓名。"注："楬，杙也。椓杙於瘞處而書死者名也。"

【楬櫫】標志，植木以爲表記。周禮秋官職金"辨其物之媺惡，與其數量，楬而璽之"注引鄭衆："既楬書揃其數量，又以印封之。今時之書，有所表識，謂之楬櫫。"

椳

wēi ㄨㄟ 烏恢切，平，灰韻，影。

承托門戶轉軸的門臼。爾雅釋宮："樞謂之椳。"唐韓愈昌黎集十二進學解："欂櫨侏儒，椳闑扂楔，各得其宜，施以成室者，匠氏之工也。"

楇

gē ㄍㄜ 古禾切，平，戈韻，見。

㊀盛塗車軸油膏之器。見說文。方言九作"鍋"。參閱清朱駿聲說文通訓定聲。㊁紡車收絲具。見廣韻。

楨

zhēn zhēng ㄓㄣ ㄓㄥ 陟盈切，平，清韻，知。

㊀木名。卽女貞。山海經東山經："又東

二百里曰太山，上多金玉楨木。」注：「女楨也，葉冬不凋。」文選晉左太沖(思)吳都賦：「緜杬杶櫨，文欀楨橿。」參見「女貞」。㊁築牆時豎立在兩邊的木柱。引申爲主幹、支柱。詩大雅文王：「王國克生，維周之楨。」傳：「楨，幹也。」漢書八一匡衡傳上疏：「願陛下留神動靜之節，使臣下得望盛德休光，以立基楨。」參見「楨幹」。

【楨固】支柱，骨幹。漢蔡邕蔡中郎集八薦皇甫規表：「忠臣賢士，國家之元龜，社稷之楨固也。」

【楨幹】築牆時所用之木柱，豎於兩端的叫楨，豎於兩旁的叫幹。書費誓：「峙乃楨榦。」引申爲根本、骨幹及能勝重任的人才。也作「楨幹」。漢書八一匡衡傳上疏：「朝廷者，天下之楨幹也。」三國志吳陸凱傳上疏：「姚信、樓玄，……皆社稷之楨幹，國家之良輔。」也指支撐，支持。後漢書四二阜陵質王延傳章帝復詔：「昔周之爵封千有八百，而姬姓居半者，所以楨幹王室也。」

楞 1. léng ㄌㄥˊ 魯登切，平，登韻，來。

㊀棱角。說文作「棱」。禮儒行「毀方而瓦合」唐孔穎達疏：「圭角，謂圭之鋒鋩有楞角。」明缺名玉環記傳奇十六：「好似溫元帥手裏七星碰，楞楞角角人驚怕。」㊁量詞。一般用於少量。如「一楞地」、「一楞兒瓜」等。二刻拍案驚奇二八：「老圃慌了手脚，忙把鋤頭鋤開一楞地來，把屍首埋好。」㊂譯音字。見「楞伽」。

2. lèng ㄌㄥˋ

㊃失神。晉干寶搜神記四胡母班：「班驚楞，逡巡未答。」本亦作「愣」。㊄凶猛。古今雜劇元關漢卿四春園三：「批頭棍大腿上十分楞，不由他怎不招承。」

【楞伽】佛經名。全稱楞伽阿跋多羅寶經，或譯大乘入楞伽經。譯本三種：1. 南朝宋釋求那跋多羅譯本四卷；2. 北魏菩提流支譯入楞伽經十卷；3. 唐于闐實叉難陀譯大乘入楞伽經七卷兩次譯本。楞伽，也作「駿迦」、「駿識」，爲師子國山名。佛在此山所說，故名。主旨在於提出五法(名、相、妄想、正智、如如)、三性(遍計、依他、圓成)、八識(眼、耳、鼻、舌、身、意、末那、阿賴耶)等，述說宇宙一切事物皆自心所見，虛假不實。第八識(即「心」)是認識世界一切的根本。否認客觀世界的真實性，歸結到建立一個虛幻的不生不滅的涅槃境界。是佛教中禪宗、法相宗、法性宗的理論依據。有明釋宗泐如玘的注解。參閱唐釋慧琳一切經音義三一大乘入楞伽經序楞伽、翻譯名義集四十二分教楞伽。

【楞梅】宋時，越州楊梅最佳，當地人稱爲楞梅。宋吳曾能改齋漫錄十五方物楮子引吳正仲詠楮子詩：「五月霏霏雨不開，若耶溪畔摘楞梅。」

【楞梨】梨的一種。唐李直方嘗品第果實名，以綠李爲首，楞梨爲副。見唐李肇國史補下第果實進士。

【楞層】猙獰，嚴厲。大唐三藏取經詩話上入香山寺：「法師與猴行者不免進上寺門歇息，見法門上左右金剛，精神猛烈，氣象生獰，古貌楞層，威風凜冽。」

【楞嚴】佛經名。全稱大佛頂如來密因修證了義諸菩薩萬行首楞嚴經。十卷。唐天竺沙門般剌密諦(華名極量)主譯，烏萇國沙門彌伽釋伽譯語，房融筆授，懷迪證譯。經名「首楞嚴」，華語乃「一切事究竟堅固」。經中闡述心性本體，屬大乘祕密部。因經中多長生神仙之說，且標出地、水、火、風、雷、見、識「七大」，與佛教顯宗的「四大」，密宗的「五大」，宗旨有所不同，此經又不列入唐、宋、元、明四大藏，故後人對其真僞頗有爭議。

【楞₂子眼】不正常地直瞪着眼。紅樓夢六五：「這裏喜兒喝了幾杯，已是楞子眼了。」

【楞伽山】佛書山名。亦作駿迦山，在僧伽羅國(師子國)東南隅。相傳釋迦牟尼佛曾在此山說楞伽經。見大唐西域記十一。

【楞嚴會】佛教舊法。從農曆四月十三日到七月十三日九十天中，衆僧要禁足安居，設楞嚴壇，每日早晨粥罷，服裝整齊地在壇前集合，諷誦經咒，咒罷，唱摩訶，舉行楞嚴會。參閱百丈清規七大佛頂首楞嚴經正脈疏七。

楷 1. jiē ㄐㄧㄝ 古諧切，平，皆韻，見。

㊀木名。卽黃連木。見說文、唐段成式酉陽雜俎前集十八木篇楷。㊁喻剛直。三國魏劉劭人物志體別：「彊楷堅勁，用在楨幹，失在專固。」

2. kǎi ㄎㄞˇ 苦駭切，上，駭韻，溪。

㊂典範，法式。禮儒行：「今世行之，後世以爲楷。」晉書齊王攸傳：「清和平允，親賢好施，……善尺牘，爲世所楷。」㊃漢字書體的一種，卽正書、真書。晉書衛恒傳四體書勢：「上谷王次仲始作楷法。」唐張彥遠法書要録二南朝梁陶弘景與武帝論書啓之二：「此書雖不在法例，而致用理均，背間細楷，兼復兩翫。」詳「楷₂書」。

【楷₂式】法則，典範。老子：「能知楷式，是謂玄德。」漢蔡邕蔡中郎集二貞節先生陳留范史雲碑：「事長惟敬，養稚惟愛。言行舉動，斯爲楷式。」

【楷₂法】㊀楷書之法。唐張彥遠法書要録一南齊王僧虔論書：「丞相(王)導亦甚有楷法。」㊁法式，模範。晉書辛謐傳：「博學善屬文，工草隸書，爲時楷法。」唐柳宗元柳先生集二七永州新堂記：「宗元請志諸石，措諸壁，編以爲二千石楷法。」

【楷₂則】法式。後漢書十四齊武王縯傳附北海靖王興：「(子睦)又善史書，當世以爲楷則。」

【楷₂書】也稱真書、正書。漢字字體之一。減省隸書之波磔而成，形體方正，筆畫平直。唐白居易長慶集六遊悟真寺詩：「素屏有楷書，墨色如新乾。」又唐以前，楷書亦指八分與隸書。唐張彥遠法書要録七張懷瓘書斷上八分：「(八分)本謂之楷書。楷者，法也，式也，模也。」

【楷₂模】模範。三國志魏盧毓傳注引續漢書曹操令：「(盧植)名著海內，學爲儒宗，士之楷模，乃國之楨幹也。」梁書庾肩吾傳：「文章之冠冕，述作之楷模。」

【楷₂隸】㊀指隸書。南史梁武帝諸子傳：「確字仲正，少驍勇，有文才，尤工楷隸。」㊁楷書與隸書。明陶宗儀輟耕録十四瘞鶴銘：「東漢末多善書，惟隸最盛。……元魏間盡習隸法。自隋平陳，中國多以楷隸相參。」

楥 1. xuàn ㄒㄩㄢˋ 虛願切，去，願韻，曉。

㊀木製的鞋楦。說文：「楥，履法也。从木，爰聲。讀若指撝。」也泛指填塞物體中空部分的模架或其他實物。字也作「楦」。宋吳自牧夢粱録十三諸色雜貨名目有鞋楦。

2. yuán ㄩㄢˊ 集韻于元切，平，元韻。

㊁木名。爾雅釋木：「楥，柜柳。」注：「未詳。或曰柳當爲柳，柜柳似柳，皮可煮作飲。」參見「柜柳」。㊂欄，籬笆。唐韓愈昌黎集十二守戒：「今人有宅於山者，知猛獸之爲害，則必高其柴楥而外施窞穽以待之。」

【楥頭】鞋楦。削木爲足形，填鞋中以合足式。也作「楦頭」。明方以智通雅四九諺原楥："鞋工木胎爲楥頭，改作楦。"

榆

yú 羊朱切，平，虞韻，喻。ㄩˊ

㊀木名。皮褐色，葉橢圓形，花淡紫色。葉、果可食。木材堅固，可製器物或供建築用。詩唐風山有樞："山有樞，隰有榆。"莊子逍遥遊："我決起而飛，槍榆枋。"㊁姓。東漢有將軍榆㯳。見正字通。

【榆火】從榆木所取之火。周禮夏官司爟"四時變國火，以救時疾"漢鄭玄注："春取榆柳之火。"文苑英華一五七唐李嶠寒食清明日早赴王門率成詩："槐烟乘曉散，榆火應春開。"

【榆中】㊀要塞名。卽榆林塞，也叫榆谿。戰國趙武靈王二十年向西拓地到榆中。見戰國策趙二、史記趙世家。故址在今内蒙古準格爾旗。參閲資治通鑑三周赧王九年注。參見"榆林㊀"㊁縣名。屬甘肅省。戰國秦榆中地。漢置榆中縣，屬金城郡。唐爲五泉縣地。宋元豐四年置龕谷寨，屬蘭州；金大定間升爲龕谷縣。明清爲金縣。公元 1921 年改榆中縣。參閲嘉慶一統志二五二蘭州府一。

【榆次】縣名。屬山西省。春秋晉爲魏榆。戰國屬趙，稱榆次。漢置榆次縣，屬太原郡。北齊改爲中都縣，隋開皇間復改爲榆次。明清皆屬太原府。參閲嘉慶一統志一三六太原府一。

【榆沈】古喪禮用來潤滑靈車的榆皮汁。禮檀弓下："天子龍輴而椁幬，諸侯輴而設幬。爲榆沈，故設撥。"注："以水澆榆白皮之汁，有急，以播地，於引輴車滑。"

【榆社】縣名。屬山西省。漢涅氏縣地。晉置武鄉縣，屬上黨郡。隋開皇十六年分武鄉故地置榆社縣，屬韓州。唐屬遼州樂平郡。明清皆屬遼州。參閲嘉慶一統志一五九遼州。

【榆谷】地名。有大小二榆谷。在今青海貴德縣東。漢時羌族燒當種所居地。後漢書八七西羌傳："迷唐不利，引還大小榆谷。"卽此。唐時也叫九曲。參閲嘉慶一統志二五二蘭州府一。

【榆河】水名。又名濕餘河、温餘河、富河。在今北京市北境。自居庸關南流，經昌平縣、順義縣，至通縣，北入白河。參閲嘉慶一統志七順天府二。

【榆林】㊀塞名。一名榆谿塞，秦長城所在。秦蒙恬於此"累石爲城，樹榆爲塞"，因以爲名。見漢書五二韓安國傳、五五衛青傳。故址在今内蒙古準格爾旗。㊁郡名。隋開皇二十年置。唐改勝州。轄境當今内蒙古準格爾旗黄河東岸托克托縣和林格爾縣一帶。㊂縣名。1.隋開皇七年置。見隋書地理志上。治所在今内蒙古準格爾旗東北。五代初廢。參閲嘉慶一統志五四三鄂爾多斯。2.屬陝西省。漢置龜兹縣，屬上郡，晉廢。東晉列國時，赫連勃勃於此建夏政權。後魏爲夏州地。宋時，屬西夏。清改榆林縣。參閲嘉慶一統志二三九榆林府一。㊃衛、府名。明成化間置榆林衛，爲長城線上軍事重鎮。清雍正間置府。治所在今榆林縣城。

【榆眉】古地名。卽隃麋。故地在今陝西隴縣東南。西晉末羌族姚弋仲乘永嘉之亂，東徙榆眉，自稱雍州刺史，其後人建後秦政權，卽此地。見晉書載記姚弋仲。

【榆莢】㊀榆樹的果實。榆樹未生葉前先生莢，形似錢而小，聯綴成串，也稱榆錢。可食。太平御覽九五六漢崔寔四民月令："二月榆莢成者，收乾以爲醬。"北周庾信庾子山集五燕歌行："桃花顔色好如馬，榆莢新開巧似錢。"㊁漢代錢名。卽莢錢。重三銖，錢上有"漢興"二字。見史記平準書"更令民鑄錢"索隱。文選南齊王元長（融）永明九年策秀才文之四："但赤側深巧學之患，榆莢難輕重之權。"

【榆粥】用榆莢或榆皮所煮之粥。新唐書一九四陽城傳："歲饑，屏跡不過隣里，屑榆爲粥，講論不輟。"政和證類本草十二榆皮引梁陶弘景名醫别録："（榆）初生莢仁，以作糜羹。"

【榆景】比喻晚年。卽"桑榆晚景"的縮語。明朱鼎玉鏡臺記傳奇二二："松柏南山，榆景身康健。"

【榆塞】漢書五二韓安國傳："累石爲城，樹榆爲塞。"注引如淳："塞上種榆也。"此本指榆林塞，也用爲邊塞的通稱。唐駱賓王集四送鄭少府入遼詩："邊烽警榆塞，俠客度桑乾。"

【榆筴】卽榆莢。唐李商隱李義山詩集五一片："榆筴散來星斗轉，桂花尋去月輪移。"

【榆麪】以榆皮磨製之粉。用爲黏劑。本草綱目三五木二榆："今人採其白皮爲榆麪，水調和香劑，黏滑勝於膠漆。"

【榆錢】同"榆莢㊀"。唐岑參岑嘉州集七戲問花門酒家翁詩："道旁榆葉青似錢，摘來沽酒君肯否？"又皮日休皮子文藪一桃花賦："近榆錢兮粧翠靨，映楊柳兮顰愁眉。"

【榆關】地名。1.在今河南中牟縣南。史記楚世家悼王十一年："三晉伐楚，敗我大梁、榆關。"索隱："此榆關當在大梁之西也。"2.卽山海關。也作"渝關"。在今河北秦皇島市。是長城的起點，北依角山，南臨渤海，形勢險要。隋開皇三年築城關，設榆關總管。明洪武初徐達修建，改名山海關。唐于志寧崔敦禮碑："建節榆關，塵清柳室。"（金石續編五）參閲嘉慶一統志十九永平府二。參見"山海關"。

【榆木川】地名。在今内蒙古錫林郭勒盟多倫縣西北。明永樂二十二年成祖（朱棣）率軍抵禦韃靼阿魯台，回師病死於此。參閲明史成祖紀三、讀史方輿紀要十八附開平故衛。

【榆莢雨】三月間的春雨。藝文類聚八八漢氾勝之書："種木無期，因地爲時。三月榆莢雨時，高地強土可種木。"宋詩鈔佘靖武溪詩鈔暮春："農家榆莢雨，江國鯉魚風。"

【榆瞑豆重】文選三國魏嵇叔夜（康）養生論："且豆令人重，榆令人瞑，合歡蠲忿，萱草忘憂，愚智所共知也。"本指多食大豆使人發胖，食榆使人能久睡。後用以形容人的本性難改。唐李商隱李義山文集三爲柳珪謝京兆公啟之一："木朽石頑，雕鐫莫就；榆瞑豆重，性分難移。"

椶

zōng 子紅切，平，東韻，精。ㄗㄨㄥ

木名。椶櫚的省稱。也作"棕"。山海經西山經："又西六十里，曰石脆之山，其木多椶枏。"文選漢張平子（衡）西京賦："木則樅栝椶柟，梓棫楩楓。"

【椶衣】椶毛製的衣，卽蓑衣。唐韋應物韋江州集三寄廬山椶衣居士詩："兀兀山行無處歸，山中猛虎識椶衣。"

【椶竹】植物名。卽椶櫚竹。常緑灌木。葉形略似椶櫚，但質薄尖細如竹葉，故名。宋宋祁益部方物略記："葉似椶，有刺，徑不三二寸，或曰桃竹。"陸游劍南詩稿二八有占城椶竹拄杖詩。

【椶魚】椶櫚花苞。又名"椶筍"。椶櫚於農曆三月幹端莖中出數黄苞，苞中有細子成列，狀如魚腹孕子，謂之椶魚。可入藥。宋陸游劍南詩稿三一偶得長魚巨蟹……："老生日日困鹽齏，異味椶魚與楮雞。"參閲本草綱目三五木二椶櫚。

【椶筍】椶櫚花苞。又名椶魚。宋蘇軾分類東坡詩十四椶筍序："椶筍狀如魚，剖之得魚子，味如苦筍而加甘芳。……蜜煮酢浸，可致千里外。"

【椶殿】元故宮中殿名。用椶毛以代陶瓦,故名。也作"棕殿"、"棕毛殿"。元袁桷清容居士集十二伯庸開平書事次韻七首之一:"沈沈椶殿内門西,曲宴名王舞馬低。"

【椶綦】椶毛製的鞋。綦,鞋帶,借指鞋。宋梅堯臣宛陵集一元政上人遊終南詩:"環錫恣探勝,椶綦方踐陸。"

【椶櫚】木名。亦稱栟櫚,葉簇生幹頂,狀似蒲葵。皮中毛縷如馬之騣鬣,故名。唐杜甫杜工部詩史補遺七枯椶:"蜀門多椶櫚,高者十八九。"參閱本草綱目三五木二椶櫚。

楸 qiū 七由切,平,尤韻,清。
ㄑㄧㄡ

㊀木名。木材可造船、製棋盤等器物,種子可入藥。莊子人間世:"宋有荆氏者,宜楸柏桑。"爾雅釋木:"槐〔楸〕小葉曰榎,大而皵,楸。"參閱本草綱目三五木二楸。㊁棋盤。全唐詩七二二李洞對棋:"側楸敲醒睡,片石夾吟詩。"

【楸局】楸木所製的圍棋棋盤。唐鄭谷鄭守愚集二寄棊客詩:"松窗楸局穩,相顧思皆凝。"參閱唐蘇鶚杜陽雜編下。

【楸枰】棋盤。古代多用楸木做成,故名。全唐詩五八三温庭筠(一作段成式)觀棋:"閑對楸枰傾一壺,黄華坪上幾成盧。"宋陸游劍南詩稿五二自嘲:"遍遊竹院尋僧語,時拂楸枰約客棋。"

【楸線】楸樹至秋垂條如線,稱楸線。見宋陸佃埤雅釋木。宋陸游劍南詩稿四六中庭納涼:"搖搖楸線風初緊,颭颭荷盤露欲傾。"

楹 yíng 以成切,平,清韻,喻。
ㄧㄥ

㊀廳堂的前柱。春秋莊二三年:"秋,丹桓宮楹。"注:"楹,柱也。"文選漢張平子(衡)西京賦:"雕楹玉碣,繡栭雲楣。"㊁量詞,屋一間爲一楹。一説一列爲一楹。唐陸龜蒙甫里集十六甫里先生傳:"先生之居,有地數畝,屋三十楹。"

【楹書】晏子春秋雜下:"晏子病,將死,鑿楹納書焉,謂其妻曰:'楹語也,子壯而示之。'"引申指先人的遺言。北齊鄭述祖天柱山銘:"敢慕楹書,仰宣庭誨。"(八瓊室金石補正二二)

【楹鼓】樂器,卽"建鼓"。禮明堂位:"夏后氏之鼓足,殷楹鼓,周縣鼓。"詳"建鼓"。

【楹聯】對聯,也稱"楹帖"。相傳五代後蜀主孟昶於蜀亡前一年除夕自題桃符板於寢門云:"新年納餘慶,佳節賀長春。"見宋張唐英蜀檮杌下。後世題聯語於楹柱,故名。參閱清梁章鉅楹聯叢話。

楓 fēng 方戎切,平,東韻,幫。
ㄈㄥ

木名。爾雅釋木:"楓,欇欇。"注:"楓樹似白楊,葉員而岐,有脂而香,今之楓香是。"楚辭宋玉招魂:"湛湛江水兮上有楓。"

【楓人】楓木上所生像人形的瘿瘤。晉嵇含南方草木狀中楓人:"五嶺之間多楓木,歲久則生瘿瘤,一夕遇暴雷驟雨,其樹贅暗長三五尺,謂之楓人。"唐元稹長慶集十九遭風二十韻詩:"水客暗遊燒野火,楓人夜長吼春雷。"

【楓林】楓樹林。楓葉至秋而色變紅,詩文中常以楓林形容秋色。唐杜甫杜工部詩七寄柏學士林居:"赤葉楓林百舌鳴,黄泥(一作花)野岸天雞舞。"又杜牧樊川集外集山行:"停車坐愛楓林晚,霜葉紅於二月花。"

【楓宸】宮殿。漢宮殿中多植楓;宸,北辰所居,泛指帝王的殿庭。文選三國魏何平叔(晏)景福殿賦:"芸若充庭,槐楓被宸。"宋蘇軾分類東坡詩十九次韻韶倅李通直之一:"迴首天涯一惆悵,却登梅嶺望楓宸。"

【楓陛】朝廷。漢宮殿中多植楓;陛,帝王宮殿的臺階。全唐詩四五陳元光示珦:"恩銜楓陛渥,策向桂淵弘。"宋王邁臞軒集八回何丞啟:"出綸楓陛,涉筆槐廳。"

【楓膠】楓脂。可以製香。太平御覽九八二漢曹操令:"房屋不潔,聽得燒楓膠及蕙草。"唐陸龜蒙甫里集十二鄴宮詞之一:"魏武平生不好香,楓膠蕙炷潔宮房。"

【楓橋】橋名。在江蘇吴縣閶門西。本稱封橋,後因唐張繼楓橋夜泊詩(見文苑英華二九二),得此名,故相承作"楓"。全唐詩五一一張祜楓橋:"唯有别時今不忘,暮煙疏雨過楓橋。"參閱嘉慶一統志七八蘇州府二。

【楓子鬼】楓樹瘿瘤,如人面形,雨後驟長,稱楓人,亦稱楓子鬼。舊題南朝梁任昉述異記下:"南中有楓子鬼,老者爲人形。"全唐詩二九二司空曙送流人:"山村楓子鬼,江廟石郎神。"

【楓落句】新唐書二〇一崔信明傳:"嘗矜其文,謂過李百藥,……(鄭世翼)遇信明江中,謂曰:'聞公有"楓落吴江冷",願見其餘。'信明欣然多出衆篇。世翼覽未終,曰:'所見不逮所聞!'投諸水,引舟去。"後因用楓落句代指詩文的警句。宋陸游劍南詩稿五九秋興:"才盡已無楓落句,身存又見雁來時。"

【楓天棗地】占卜器具。卽星盤。因以楓木爲蓋,棗木爲底盤,故稱。唐張鷟龍筋鳳髓判四太卜袁綱善卜:"楓天棗地,觀倚伏於無形。"宋陸佃埤雅十三釋木楓:"其材可以爲式(星盤)。兵法曰:'楓天棗地,置之槽則馬駭,置之轍則車覆'是也。舊説,楓之有瘿者,風神居之,……故造式(星盤)者以爲蓋,又以大霆(雷)擊棗木載之,所謂'楓天棗地',蓋其風雷之靈在焉,故能使馬駭車覆也。"

【楓窗小牘】宋袁褧撰,子袁頤續。二卷。所記多汴京及臨安見聞,涉及政事、禮儀、文章、風俗等方面,多可與史傳相參證。

椵 duàn 徒玩切,去,换韻,定。
ㄉㄨㄢ

木名。1.椵樹。爾雅釋木:"椵,柂。"注:"白椵也,樹似白楊。"2.木槿。爾雅釋草:"椵,木槿。"説文作"蕣"。

楩 pián 房連切,平,仙韻,並。
ㄆㄧㄢ 符善切,上,獮韻,並。

木名。墨子公輸:"荆有長松、文梓、楩、柟、豫章。"漢書五七上司馬相如傳:"楩柟豫章,桂椒木蘭。"注:"楩……卽今黄楩木也。"

楖 1. zhì 阻瑟切,入,櫛韻,莊。
ㄓ

㊀梳篦之總稱。同"櫛"。見集韻。㊁梳頭。莊子庚桑楚"簡髮而櫛",釋文本作"楖"。

2. jí 資悉切,入,質韻,精。
ㄐㄧ

㊂見"楖₂栗"。

【楖人】治木之工。周禮考工記:"刮摩之工:玉、楖、雕、矢、磬。"又有楖人,文闕。

【楖₂栗】木名。可作杖。後借爲杖的代稱。唐賈島長江集六送空公往金州詩:"七百里山水,手中楖栗粗。"宋范成大石湖集二六丙午新正書懷詩之二:"病憐楖栗隨身慣,老覺屠蘇到手遲。"

槌 chuí 直追切,平,脂韻,澄。
ㄔㄨㄟ 馳僞切,去,寘韻,澄。

㊀棒槌,捶擊工具。同"椎"。漢王充論衡效力:"鑿所以入木者,槌叩之也。"世説新語簡傲:"(嵇)康方大樹下鍛,向子期(秀)爲佐鼓排,康揚槌不輟,傍若無人。"㊁敲擊。通"搥"、"捶"。三國志魏袁紹傳注引英雄記:"(朱漢)收得(韓)馥

大兒，椳折兩脚。"玉臺新詠一古詩爲焦仲卿妻作："阿母得聞之，椳床便大怒。"一本作"搥"。㊂架掛蠶箔的木柱。方言五："椳，宋魏陳楚江淮之間謂之植，自關而西謂之椳。"注："絲蠶薄柱也。"北魏賈思勰齊民要術五種桑柘："宜於屋裏簇之，薄布薪於箔上，散蠶訖，又薄以薪覆之，一椳得安十箔。"

【椳輪】棧車，竹木做成的貨車。北周庾信庾子山集四蒲州刺史中山公許乞酒一車未送詩："瑩角非難取，椳輪稍可催。"一本作"搥"。

椶 sāo 蘇遭切，平，豪韻，心。ㄙㄠ

船隻計數的量詞。漢書溝洫志："謁者二人發河南以東漕船五百椶，徙民避水居丘陵。"注："一船爲一椶。"魏晉以後皆作"艘"。今讀 sōu。參閱清周壽昌漢書注校補二七。

楀 jǔ yǔ 俱雨切，上，麌韻，見。ㄐㄩˇ ㄩˇ 玉矩切，上，麌韻，于。

㊀木名，見說文。㊁姓。詩小雅十月之交："楀維師氏。"箋："番棸蹶楀皆氏。"漢書古今人表作"萬"。

楯 shǔn 食尹切，上，準韻，神。ㄕㄨㄣˇ 詳遵切，平，諄韻，邪。

㊀欄杆的橫木。文選三國魏何平叔(晏)景福殿賦："楯類騰蛇，槢似瓊英。"㊁載棺木的車。莊子達生："自爲謀，則苟生有軒冕之尊，死得於腞楯之上、聚僂之中則爲之。"

集韻 豎尹切，上，準韻。

㊂古代武器名。卽盾牌。通"盾"。左傳定六年："(樂祁)獻楊楯六十於(趙)簡子。"今讀 dùn。

【楯瓦】盾的突起處。左傳昭二六年："師及齊師戰于炊鼻，齊子淵捷從洩聲子，射之中楯瓦。"注："瓦，楯脊。"釋文："楯瓦，常允反，又音允；瓦，楯脊也。"

【楯軒】有欄杆的長廊或小室。史記一一七司馬相如傳上林賦："奔星更於閨闥，宛虹拖於楯軒。"正義："楯，軒之闌板也。"

【楯墨】宋蘇軾分類東坡詩二一送曹輔赴閩漕："詩成橫槊裏，楯墨何曾乾。"行軍時在盾上磨墨作檄文，後來詩文中多用楯墨指文人從軍擔任書記文翰的工作。

椽 chuán 直攣切，平，仙韻，澄。ㄔㄨㄢˊ

㊀椽子，放在檩子上架屋瓦的木條。左傳桓十四年："冬，宋人以諸侯伐鄭，……以(鄭)大宮之椽歸，爲盧門之椽。"釋文："椽，榱也。圓曰椽，方曰桷。"㊁也指房屋間數。宋陸游劍南詩稿二六夜雨之二："寒雨連三夕，幽居只數椽。"

【椽筆】晉書王導傳附王珣："珣夢人以大筆如椽與之，既覺，語人云：'此當有大手筆事。'俄而帝崩，哀册謚議，皆珣所草。"後因以椽筆稱頌重要文章或寫作才能。宋陸游劍南詩稿四十二月十一日視築堤："安得椽筆記始終，插江石崖堅可鑿。"

【椽燭】如椽之燭。形容燭的粗大。宋陸游劍南詩稿十懷成都十韻："椽燭那知夜漏殘，銀貂不管晨霜重。"

椔 zī 側持切，平，之韻，莊。ㄗ 側吏切，去，志韻，莊。

通作"椔"。直立着的枯木。同"菑"。爾雅釋木："木自獘，神。立死，椔。"唐韓愈昌黎集十三燕喜亭記："鉏黄壤，燔椔翳。"參見"菑"。

楘 mù 莫卜切，入，屋韻，明。ㄇㄨˋ

車轅上加固的革帶。也作爲裝飾品。詩秦風小戎："小戎俴收，五楘梁輈。"傳："五，五束也；楘，歷録也。"梁輈，車上居中彎曲隆起的木杠；歷録，色彩相間貌。

㮚 lì 力質切，入，質韻，來。ㄌㄧˋ

㊀果名。同"栗"。周禮天官籩人："加籩之實，蔆、芡、㮚、脯。"釋文："㮚，古栗字。"㊁古代金工的一種。周禮考工記總敘："攻金之工：築、冶、鳧、㮚、段、桃。"疏："㮚氏爲量。"

【㮚氏】周代掌管冶煉鑄造的官名之一，掌製量器。周禮考工記㮚氏："㮚氏爲量，改煎金錫則不耗。"

業 yè 魚怯切，入，業韻，疑。ㄧㄝˋ

㊀版，大版。1.古時樂器架上裝飾用的大版。刻如鋸齒狀，用以懸掛鐘、鼓、磬等。詩周頌有瞽："設業設虡，崇牙樹羽。"2.築牆板。爾雅釋器："大版謂之業。"注："築牆板也。"3.古代書册之板。禮曲禮上："請業則起。"注："業，謂篇卷也。"㊁事務，職業。國語周上："庶人工商，各守其業。"莊子大宗師："芒然彷徨乎塵垢之外，逍遥乎無爲之業。"荀子王霸："百畝一守，事業窮，無所移之也。"注："事業，耕稼也。"漢書六二司馬遷傳報任安書："故絕賓客之知，忘室家之業。"㊂學業。孟子告子下："願留而受業於門。"唐韓愈昌黎集十二進學解："業精於勤，荒於嬉。"㊃產業。韓非子六反："受賞者甘利，未賞者慕業。"漢書七八蕭望之傳："家世以田爲業。"㊄功烈，基業。易繫辭上："盛德大業，至矣哉！"國語楚上："不穀不德，失先君之業。"注："業，伯業也。"㊅高，大。後漢書四十上班彪傳附班固西都賦："增槃業峨，登降炤爛。"㊆繼承或創始。左傳昭元年："臺駘能業其官。"史記一三〇太史公自序："項梁業之，子羽接之。"㊇從事於。宋史食貨志下："民賣茶資衣食，與農夫業田無異。"㊈既然，已經。史記留侯世家："父曰：'履我！'良業爲取履，因長跪履之。"又一一七司馬相如傳："相如欲諫，業已建之，不敢。"㊉危貌。通"𡾰"。詩商頌長發："昔在中葉，有震且業。"㊀梵語"羯磨"。佛教謂在六道中生死輪迴，是由業決定的。業包括行動、語言、思想意識三個方面，分別稱身業、口業(或語業)、意業。業有善有惡，一般偏指惡業。四十二章經二："心不繫道，亦不結業。"引申爲罪孽。也用爲詈罵之辭。宣和遺事亨集："業畜不要作業，收來收來！"

【業力】㊀業行與能力。宋書蔡廓傳論："蔡廓雖業力弘正，而年位未高。"㊁佛教指善惡報應的一種不可抗拒的力量。廣弘明集十五南朝梁沈約佛記序："分五道於人天，設重牢於厚地，各隨業力，的焉不差。"舊唐書一一八王縉傳："以爲國家慶祚靈長，皆福報所資，業力已定，雖小有患難，不足道也。"

【業人】可憐人，造孽人。也用作駡人語。元曲選缺名冤家債主一："氣的我老業人忘魂喪魄。"又關漢卿金線池一："茶房裏那一伙老業人，酒杯間有多少閒議論。"

【業火】㊀佛教指惡業害身譬如火，故稱業火。楞嚴經八："阿難，是等皆以業火乾枯，酬其宿債，傍爲畜生。"㊁怒火。水滸七："那一把無明業火，焰騰騰的按納不住，從肉案上搶了一把剔骨尖刀，托地跳將下來。"

【業主】產業的所有人。宋劉安世盡言集三論胡宗愈除右丞相不當四："臣風聞宗愈，任御史中丞，稅周氏之第以居，每月僦直一十八千，自去年七月二十一日後至今年二月終，止償兩月之直，其業主三班奉職周知哲，累次令人乞取餘緡。"元周密齊東野語十七景定行公田："只業主佃主之分，當時用事者亦不能曉。"

【業次】生業。國語晉四"信於事，則民從事有業"三國吳韋昭注："猶業次也。"

唐韓愈昌黎集三九論佛骨表:"老少奔波,棄其業次。"

【業因】造成善惡果報的原因。四十二章經四妄言注:"八,種誹謗業因緣。"

【業尚】學問和品德。晉書范甯傳:"宜驗其鄉黨,考其業尚,試其能否,然後升進。"

【業果】佛教指善業或惡業所產生的果報。南朝梁釋慧皎高僧傳序:"考業果之幽微,則循復三世;言至理之高妙,則貫絶百靈。"舊唐書一一八王縉傳:"又見縉等施財立寺,窮極瑰麗,每對揚啓沃,必以業果爲證。"

【業相】詛咒語。造孽相,可惱相。金董解元西廂四:"業相的日頭兒不轉角,敢把愁人刁虐殺。"又:"業相的明月兒不疾落,慵懶的雞兒甚不唱叫。"

【業風】謂善惡之業能使人轉而輪迴三界,故譬之爲風。隋張濤妻禮氏墓誌:"但塵芳不寂,終謝業風。"(漢魏南北朝墓誌集釋圖版六〇五之二)也指惡業所感的猛風、劫末大風災及地獄中所吹的風。元張雨句曲外史貞居集一四月十九日杭城災毁數萬家……詩:"在山業風飄,在世劫火聚。"明瞿佑剪燈新話二令狐生冥夢録:"復以神水灑之,業風吹之,仍復本形。"

【業海】佛教指種種惡因,使人淪溺之海。四十二章經注:"罪始濫觴,禍終滅頂,惡心不息,業海轉深。"宋范成大石湖集二六雪中聞牆外鬻魚菜者……有感三絶詩之二:"憂渴焦山業海深,貪渠刀蜜坐成禽。"

【業務】職業上的事務。法苑珠林三一慚愧引證:"出家人所作業務者,一者坐禪,二者誦經法,三者勸化。"

【業師】受業的老師。清朱㿥翡翠園傳奇八:"就是舒德溥,這是我業師。"

【業冤】猶業障,冤家。元曲選關漢卿魯齋郎一:"你箇不識憂愁小業冤。"又岳伯川鐵拐李二:"你如今值着業冤,使着死錢。"

【業報】業果。佛教謂由過去的善惡業因,招來現在的果報。宋釋延壽宗鏡録二六:"命是一期之業報,曷等真詮!"

【業業】㊀畏懼貌。書臯陶謨:"兢兢業業,一日二日萬幾。"㊁強健貌。詩小雅采薇:"戎車既駕,四牡業業。"㊂高大貌。文選漢張平子(衡)西京賦:"反宇業業,飛檐巘巘。"

【業障】罪孽。業,指過去所作;障,即障礙。業障,謂前世所作種種惡果,致爲今生的障礙。華嚴經二世主妙嚴品九:"若有衆生一見佛,必使淨除諸業障。"唐釋道世諸經要集四入道述意:"是以三界六趣,造業障而自迷;八解十智,尊歸宗而虛豁。"

【業種】㊀駡人語。即孽種。元曲選紀君祥趙氏孤兒三:"把這一個小業種剁了三劍,兀的不稱了我平生所願也。"㊁暱稱。含有厭煩、憐愛的意思。元曲選關漢卿魯齋郎二:"撇下了親夫主不須提,單是這小業種好孤悽,從今後誰照覷他饑時飯、冷時衣?"此指小兒女。

【業緣】佛教指善業生善果、惡業生惡果的因緣。謂一切衆生的境遇、生死都由前世業緣所決定。法華經序品:"諸世界中六道衆生,生死所趣,善惡業緣,受報好醜,於此悉見。"也用爲緣分、夙緣之意。唐元稹長慶集九哭子詩之四:"彼此業緣多障礙,不知還得見兒無?"

【業鏡】佛教指冥界照映衆生善惡業的鏡子。楞嚴經八:"故有惡友業鏡火珠披露宿業,對驗諸事。"宋釋元照四分律事鈔資持記下三釋導俗:"年三者正五九月,冥界業鏡輪照南洲,若有善惡,鏡中悉現。"

【業確滿】爲非作歹,已至末日。惡貫滿盈之意。元曲選武漢臣玉壺春三:"慚愧也,老虔婆業確兒滿,小杓俫死限該。"金瓶梅二二:"也怎的叫王八調戲我這丫頭,我知道賊王八業確子滿了。"

【業精於勤】學業的純熟在於勤奮。唐韓愈昌黎集十二進學解:"業精於勤,荒於嬉。"

【業爾倉巴】清代西藏官名。管糧,秩五品。見清會典事例九七七理藩院設官西藏官制。

十畫

槀 1. gǎo ㄍㄠˇ 苦浩切,上,晧韻,溪。

同"槁"。㊀乾枯。禮曲禮下:"槀魚曰商祭。"又樂記:"故歌者上如抗,下如隊,曲如折,止如槀木。"㊁箭幹。文選漢馬季長(融)長笛賦:"特箭槀而莖立兮,獨聆風於極危。"㊂乾草。通"藁"。見"槀葬"。

2. kào ㄎㄠˋ

㊃通"犒"。見"槀₂人"。

【槀人】官名。掌管弓弩箭矢。也作"槁人"。周禮夏官序官:"槀人,中士四人。"注:"鄭司農(衆)云:槀讀爲芻槀之槀,箭幹謂之槀。此官主弓弩箭矢,故謂之槀人。"

【槀₂人】官名。掌供散吏飲食。也作"犒人"。周禮地官槀人:"槀人掌共外内朝冗食者之食。"疏:"外内朝上直諸吏謂之冗吏,亦曰散吏,以上直不歸家食,槀人供之,因名冗食者。"周禮地官序官"槀人"注引鄭衆:"槀讀爲犒師之犒。"

【槀本】植物名。同"藁本"。香草,根可入藥。楚辭漢王逸九思憫上:"蘭蘩兮青葱,槀本兮萎落。"

【槀街】漢時長安街名。當時屬國邸第皆在此街。漢書七十陳湯傳:"斬郅支首及名王以下,宜縣頭槀街蠻夷邸間,以示萬里。"注:"槀街,街名,蠻夷邸在此街也。邸,若今鴻臚客館也。"文選晉左太沖(思)魏都賦:"廣成之傳無以疇,槀街之邸不能及。"

【槀葬】草草埋葬。也作"藁葬"。後漢書二四馬援傳:"援妻孥惶懼,不敢以喪還舊塋,裁買城西數畝地槀葬而已。"注:"槀,草也。以不歸舊塋,時權葬,故稱槀。"

【槀鞂】見"藁鞂"。

槎 chá 鉏加切,平,麻韻,牀。
ㄔㄚˊ 士下切,上,馬韻,牀。

㊀斜砍。古也作"茬"。國語魯上:"且夫山不槎蘖,澤不伐夭,……蕃庶物也,古之訓也。"漢書九一貨殖傳:"然猶山不茬蘖,澤不伐夭。"注:"茬,古槎字也。槎,邪斫木也。"㊁竹、木筏。晉張華博物志三:"年年八月,有浮槎去來不失期。"唐杜甫杜工部草堂詩箋三二秋興之二:"聽猿實下三聲淚,奉使虛隨八月槎。"

【槎牙】錯雜不齊貌。宋蘇軾分類東坡詩七江上看山:"前山槎牙忽變態,後嶺雜沓如驚奔。"又陸游劍南詩稿七四鄰曲相過:"扶行足蹉跎,半落齒槎牙。"

【槎枿】樹木砍後的再生枝。斜斫曰槎,斬而復生曰枿。文選漢張平子(衡)東京賦:"山無槎枿,畋不麛胎。"北周庾信庾子山集一枯樹賦:"森梢百頃,槎枿千年。"

【槎桎】攔截野獸的一種木欄。三國志魏蘇則傳:"後則從(魏文帝)行獵,槎桎拔,失鹿。"

【槎頭鯿】魚名,即鯿魚。也稱槎頭。縮頭,弓背,大腹,色青,味美,以產漢水中者尤著名。人常用槎攔截,禁止擅捕,因又稱爲槎頭縮項鯿。唐孟浩然集一峴潭作詩:"試垂竹竿釣,果得槎(一作查)頭鯿。"唐杜甫杜工部草堂詩箋三二解悶之六:"卽今耆舊無新語，漫釣槎頭縮頸(一作項)鯿。"參閱宋吳曾能改齋漫録六槎頭縮項鯿、羅願爾雅翼二八釋魚一魴。

槊 shuò 所角切,入,覺韻,山。ㄕㄨㄛˋ

㊀古代兵器，卽長矛。同"矟"。南齊書垣榮祖傳:"昔曹操曹丕上馬横槊，下馬談論，此於天下可不負飲食矣。"宋蘇軾經進東坡文集事略一赤壁賦:"釃酒臨江，横槊賦詩。"㊁古代一種博戲。又名握槊。唐韓愈昌黎集七示兒詩:"酒食罷無爲,棊槊以相娛。"參見"握槊"。

榮 róng 永兵切,平,庚韻,于。ㄖㄨㄥˊ

㊀桐木。見爾雅釋木、説文。本草綱目作"榮桐"。㊁草本植物花，也作花的通稱。楚辭屈原九章橘頌:"緑葉素榮，紛其可喜兮。"文選古詩十九首之九:"庭中有奇樹，緑葉發華滋。攀條折其榮，將以遺所思。"㊂屋檐兩端上翹的部分。今通稱飛檐。儀禮士冠禮:"夙興，設洗直于東榮。"注:"榮，屋翼也。"文選晉左太沖(思)魏都賦:"廈屋一揆，華屏齊榮。"㊃繁茂,盛多。素問一四氣調神大論:"天地俱生,萬物以榮。"荀子大略:"湯旱而禱曰:'……宫室榮與？婦謁盛與？何以不雨而至斯極也！'"㊄光榮。與"辱"相對。易繫辭上:"樞機之發，榮辱之主也。"荀子榮辱:"先義而後利者榮，先利而後義者辱。"㊅惑亂。商君書農戰:"上作壹,故民不榮,則國力摶。"韓非子内儲下六微:"乃遺之屈産之乘，垂棘之璧，女樂六,以榮其意而亂其政。"㊆中醫指人體的營養作用或血液循環功能的一個方面。詳"榮衛。"也指血。素問八八正神明論:"刺必中其榮，復以吸排鍼也。"注:"鍼入至血,謂之中榮。"㊇姓。見通志二七氏族以邑爲氏。

【榮公】榮啟期,春秋時隱士。唐白居易長慶集六八晚起詩:"榮公三樂外，仍弄小男兒。"又吾土詩:"榮先生老何妨樂，楚接輿歌未必狂。"詳"榮啟期"。

【榮成】縣名。屬山東省。北齊時爲文登縣，唐宋及元因之。明置成山衛。清升爲縣。見嘉慶一統志一七三登州府。

【榮光】彩色的雲氣。古時迷信以爲吉祥之兆。初學記六尚書中候:"榮光出河,休氣四塞。"南史王摛傳:"永明八年，天忽黄色照地,衆莫能解,司徒法曹王融上金天頌，摛曰:'是非金天，所謂榮光。'"

【榮伍】指官吏的行列。宋書謝方明傳附謝惠連:"坐被徙廢塞,不豫榮伍。"

【榮利】名位利禄。三國志魏張範傳:"性恬静樂道，忽于榮利，徵命無所就。"世説新語賞譽下:"簡文(司馬昱)道:'王懷祖(述)才既不長,於榮利又不淡,直以真率少許,便足對人多多許。'"

【榮河】縣名。戰國爲魏汾陰邑，漢汾陰縣，唐改寶鼎縣，宋改榮河縣，明清因之，屬山西蒲州府。公元1954年與萬泉縣合併置萬榮縣。參閱嘉慶一統志一四〇蒲州府一。

【榮昌】縣名。屬四川省。唐置昌元縣，元改爲昌寧縣，明初改榮昌縣，屬重慶府，清因之。參閱寰宇通志六二重慶府榮昌縣。

【榮命】光榮任命。漢蔡邕蔡中郎集五太尉汝南李公碑:"帝念其勳家，被榮命漁陽太守。"

【榮哀】生榮死哀。論語子張:"其生也榮，其死也哀。"後來以榮哀作爲頌揚死者的套語。文選南朝宋傅季友(亮)爲宋公求加贈劉前將軍表:"榮哀既備，寵靈已泰。"舊時有集哀輓死者的應酬文字爲一編者,稱"榮哀録"。

【榮施】榮耀的施與。譽人施惠之辭。左傳昭三二年:"今我欲徼福假靈於成王，修成周之城……其委諸伯父，使伯父實重圖之,俾我一人無徵怨於百姓,而伯父有榮施,先王庸之。"

【榮枯】㊀謂草木的盛衰。文選南朝宋顔延年(延之)秋胡詩:"孰知寒暑積，僶俛見榮枯。"㊁喻政治上的得志和失意。三國魏曹植曹子建集五贈丁翼詩:"積善有餘慶,榮枯立可須。"也作"枯榮"。參見該條。

【榮原】動物名。卽蠑螈。屬兩棲類,形似蜥蜴，也作"榮螈"。周禮考工記梓人"以胷(胸)鳴者"漢鄭玄注:"胷鳴，榮原屬。"疏:"揚雄以爲蛇醫,或謂之榮原。"

【榮悴】興盛衰敗,猶榮枯。文選晉潘安仁(岳)秋興賦:"雖末士之榮悴兮，伊人情之美惡。"後漢書十六鄧禹傳論:"榮悴交而下無二色,進退用而上無猜情。"

【榮問】好名聲。問,通"聞"。文選舊題漢李少卿(陵)答蘇武書:"勤宣令德，策名清時,榮問休暢,幸甚幸甚。"

【榮華】㊀草木的花。楚辭屈原離騷:"及榮華之未落兮,相下女之可詒。"淮南子原道:"草木榮華，鳥獸卵胎。"㊁興旺茂盛。管子度地:"當夏三月,天地氣壯,大暑至，萬物榮華。"㊂華美的辭藻。莊子齊物論:"道隱於小成，言隱於榮華。"唐成玄英疏:"榮華者，謂浮辯之辭，華美之言也。"㊃富貴榮耀。莊子田子方:"子三爲令尹而不榮華，三去之而無憂色。"史記外戚世家漢褚少孫補:"丈夫當時富貴,百惡滅除,光耀榮華,貧賤之時何足累之哉!"㊄指旺盛的血氣。靈樞經天年:"榮華頹落,髮頗斑白。"

【榮禄】官職和俸禄。漢蔡邕蔡中郎集六郡掾吏張玄祠堂碑銘:"沈静寡欲，不求榮禄。"唐李白李太白詩十七送賀監歸四明應制:"久辭榮禄遂初衣，曾向長生説息機。"

【榮楯】飾有文采的欄杆。文選晉左太沖(思)吴都賦:"抗神龍之華殿,施榮楯而捷獵。"注引越絶書:"昔越王勾踐伐吴，大夫種對以九術，於是作榮楯，嬰以白璧，鏤以黄金，狀類龍蛇，以獻吴王夫差，夫差大悦。"今本越絶書榮作"策"。

【榮路】作官的門路。後漢書六一左雄傳論:"中興以後,復增敦朴、有道、賢能、直言、獨行、高節、質直、清白、敦厚之屬,榮路既廣，觖望難裁。"唐元稹長慶集十二酬盧祕書詩:"未容榮路穩，先蹋禍機開。"

【榮經】㊀縣名。漢嚴道縣。唐武德三年改置榮經縣，以榮經二水得名。明清屬四川雅州府。參閱嘉慶一統志四〇二雅州府一。今作榮經縣。㊁水名。卽邛水。在北叫榮水，源出相公嶺；在南叫經水，源出瓦屋山。二水在榮經縣城北會流，故稱榮經水。見嘉慶一統志四〇二雅州府一。

【榮養】贍養父母。晉書趙至傳:"初至自恥士伍，欲以宦學立名，期於榮養。"唐徐夤釣磯文集九贈楊著作詩:"藻麗熒煌冠士林,白華榮養有曾參。"

【榮齒】高級官員的行列。齒,序列。宋書王僧達傳求徐州啟:"直以廕託門世,夙列榮齒。"

【榮衛】也作"營衛"。㊀經營保衛。吕氏春秋士容"德行尊理，而羞用巧僞"漢高誘注:"尊重道理而行，羞以巧媚自營衛也。"㊁中醫指人體的營養作用、衛外機能和血氣循環。素問九熱論:"五藏已傷,六府不通，榮衛不行，如是之後，三日乃死。"也泛指氣血。抱朴子道意:"若乃精靈困於煩擾，榮衛消於役用，煎熬形氣,刻削天和。"

【榮縣】縣名。屬四川省。漢南安縣地。隋置大牢縣。唐武德元年置榮州。天寶初改和義郡。乾元初仍稱榮州。宋寶祐後廢。元又置榮州。明洪武九年降州爲榮縣。清仍之，屬嘉定府。參閱嘉慶一統志四〇四嘉定府一。

【榮寵】官位和恩寵。漢蔡邕蔡中郎集二汝南周巨勝碑："瞻彼榮寵，譬諸雲霄。"後漢書十五李通傳："時天下略定，通思欲避榮寵，以病上書乞身。"

【榮懷】安樂。書秦誓："邦之榮懷，亦尚一人之慶。"

【榮耀】光榮，顯耀。三國魏曹植曹子建集九王仲宣誄："入侍帷幄，出擁華蓋，榮耀當世，芳風晻藹。"也作"榮曜"。北周庾信庾子山集十六周趙國夫人紇豆陵氏墓誌銘："榮曜夙彰，徽華早茂。"

【榮觀】㊀宮闕。觀，音guàn。老子："雖有榮觀，燕處超然。"河上公注："榮觀，謂宮闕。"宋書王敬弘傳上表："臣抱疾東荒，志絶榮觀，不悟聖恩，猥復加寵。"㊁榮耀或壯觀的景象。觀，音 guān。舊唐書德宗紀上："命宰臣諸將送(李)晟入新賜第，教坊樂，京兆府供帳食饌，鼓吹導從，京城以爲榮觀。"

【榮侍下】宋人自述履歷於姓名前的用語，表示祖、父、祖父母或父母俱存。宋宋祁景文集十五送保定張員外詩"蘭薰夕膳三林案"自注："君榮侍二親而行。"又樓鑰攻媿集七三跋金花帖子綾本小録："祖、父俱存者，今日重慶，而第四人張景書榮侍下。"

【榮啟期】春秋時隱士。傳説嘗行於郕之野，鹿裘帶索，鼓琴而歌，語孔子，以得爲人，又爲男子，又行年九十，爲三樂。故事見列子天瑞。或省作榮期。世説新語排調"頭責秦子羽"注引張敏集："子欲爲隱遁也，則當如榮期之帶索，漁父之瀺灂，棲遲神丘，垂餌巨壑，此一介之所以顯世成名者也。"

【榮錡氏】古地名。周時榮公之封地。在今河南鞏縣西。左傳昭二二年："(周景)王有心疾，乙丑，崩於榮錡氏。"即指此地。

榖 gǔ 古祿切，入，屋韻，見。ㄍㄨˇ

木名。樹皮纖維，可爲造紙原料。又名楮(名醫別録)、構(物類相感志)。詩小雅鶴鳴："爰有樹檀，其下維榖。"三國吳陸璣毛詩草木鳥獸蟲魚疏："榖，幽州人謂之榖桑，或曰楮桑，荆揚交廣謂之榖。"參見"楮"。

【榖皮】榖樹的皮。纖維堅韌，可作造紙原料。古時或用作束髮之巾。三國吳陸璣毛詩草木鳥獸蟲魚疏："今江南人績其皮以爲布，又擣以爲紙，謂之榖皮紙。"後漢書八三周黨傳："乃著短單衣，榖皮綃頭。"

榦 gàn 古案切，去，翰韻，見。ㄍㄢˋ

㊀木名。柘樹。書禹貢："杶榦栝柏。"釋文："榦，本又作幹。"詳"柘"。㊁築牆時立在兩頭之木。左傳宣十一年："平板榦，稱畚築。"詳"楨榦"。㊂主幹。淮南子主術："故枝不得大於榦，末不得强於本。"引申爲本質。又原道："是故柔弱者，生之榦也。"注："榦，質也。"㊃欄。莊子秋水："吾樂與？吾跳梁乎井榦之上。"釋文："司馬(彪)云：井欄也。"

榕 róng 集韻餘封切，平，鍾韻。ㄖㄨㄥˊ

木名。常綠樹。產於熱帶地方，樹形高大，榦既生枝，枝復生根，其蔭極廣。參閱晉嵇含南方草木狀中。

【榕城】福建福州市的別稱。又名榕海。宋治平中於城内遍植榕樹，因名。參閱清姚之駰元明事類鈔三六榕城。

【榕廈】榕樹榦枝拂地，互相撐持，高大茂密，望之如大廈，故名榕廈。見清屈大均廣東新語二五木語。

【榕村集】清李光地撰，四十卷，合詩文筆記共爲一編，其中詩爲光地自定，餘皆爲其孫植所編。於天算及諸經皆有注解，其詩文不脱道學家講學氣味。光地以首告耿精忠陰通吳三桂及提倡程朱理學，爲康熙所寵信。

【榕壇問業】明黄道周撰，十八卷。前十六卷爲家居講學之語，後二卷爲與友人通訊討論之辭，於天文地志經史百家之説都有論述，範圍甚廣。

榨 zhà 側駕切，去，禡韻，莊。ㄓㄚˋ

㊀擠壓出物體汁液的器具。宋穆脩河南穆公集一和秀才江墅幽居好詩之五："酒醲新出榨，魚活旋離鈎。"㊁擠壓。宋文鑑七周邦彦汴都賦："坤靈因贔屭而蹋踏，土怪畏榨壓而妥貼。"

【榨牀】擠壓出物體汁液的器具。用以製酒、油、糖等。參閱宋王灼糖霜譜四。

榜 1. bǎng 北朗切，上，蕩韻，幫。ㄅㄤˇ

㊀木片，匾額。通"牓"。宋書鄧琬傳："(沈)攸之繕治船舸，板材不周，計無所出。會琬送五千片榜供(劉)胡軍用。"世説新語巧藝："韋仲將(誕)能書，魏明帝起殿，欲安榜，使仲將登梯題之。"㊁揭示取録的名單。唐杜牧樊川集外集及第後寄長安故人詩："東都放榜未花開，三十三人走馬迴。"㊂公開張貼的文書、告示。後漢書五二崔駰傳附崔烈："靈帝時，開鴻都門榜賣官爵。"

2. bàng 北孟切，去，映韻，幫。ㄅㄤˋ

㊃船槳。楚辭屈原九章涉江："乘舲船余上沅兮，齊吳榜以擊汰。"借指船。唐李賀歌詩編二馬之十："催榜渡烏江，神騅泣向風。"

3. bēng 薄庚切，平，庚韻，並。ㄅㄥ 集韻晡橫切，平，庚韻。

㊄矯正弓弩的器具。見"榜$_3$檠"。

4. péng ㄆㄥˊ

㊅鞭打。通"搒"。史記八九張耳傳："吏治榜笞數千，刺剟，身無可擊者，終不復言。"

【榜$_2$人】船工。漢書五七司馬相如傳子虛賦："榜人歌，聲流喝。"文選三國魏曹子建(植)朔風詩："誰忘汎舟，愧無榜人。"

【榜子】即摺子。榜，也作"牓"。唐王建詩八宮詞之五九："自寫金花紅榜子，前頭先進鳳凰衫。"宋歐陽修文忠集一二七歸田録二："唐人奏事，非表非狀者，謂之牓子，亦謂之録子，今謂之劄子。"

【榜$_2$子】船工。宋梅堯臣宛陵集三望芒碭山詩："迴頭問榜子，前巘是芒碭。"

【榜元】見"牓元"。

【榜花】科舉考試中姓氏稀僻而被録取的人。宋錢易南部新書丙："大中以來，禮部放牓，歲取三二人姓氏稀僻者，謂之色目人，亦謂曰榜花。"

【榜帖】㊀官府的公告。全唐文七二四李騭徐襄州碑："與韋宙僕射爲元從押衙，齎榜帖先至江西，安存百姓。"㊁科舉録取的報單。明陳繼儒太平清話四："宋朝吳郡士登科者始於龔識，其家……猶藏金花榜帖。"

【榜首】科舉考試第一名。宋蘇軾東坡集奏議集四放榜後論貢舉合行事件："自來釋褐舉人，惟南省榜首或本場第一人唱名近下者，或有旨升一甲。"

【榜$_4$掠】鞭笞。史記八七李斯傳："趙高治斯，榜掠千餘，不勝痛，自誣服。"漢書七七孫寶傳上書："按尚書令(趙)昌奏僕射(鄭)崇下獄覆治，榜掠將死，卒無一辭，道路稱冤。"注："榜掠，謂笞擊而考問之也。"

【榜眼】榜眼之名，始於北宋初，當時科舉考試經殿試録取的第二、三名皆稱榜眼。至明、清專指第二名。宋王禹偁小畜集十一送第三人朱嚴先輩從事和州詩："貨船東下歷陽湖，榜眼科名釋褐初。"宋史二六一陳思讓傳附陳若拙："當時以第二人及第者爲榜眼。"參閱清趙翼陔餘叢考二八狀元榜眼探花。

【榜$_4$楚】榜掠。文選三國魏陳孔璋（琳）爲袁紹檄豫州："故太尉楊彪典歷二司，享國極位，（曹）操因緣眦睚，被以非罪，榜楚參并，五毒備至。"

【榜$_2$歌】舟人之歌。藝文類聚二七南朝梁虞騫尋沈剡夕至嵊亭詩："榜歌唱將夕，商子處方昏。"唐孟浩然集三夜泊牛渚趁薛八船不及詩："榜歌空裏失，船火望中疑。"

【榜$_4$箠】刑杖。漢書六二司馬遷傳："今交手足，受木索，暴肌膚，受榜箠，幽於圜牆之中。"也作"榜棰"。梁書沈瑀傳："悉使（縣吏）著芒屩粗布，侍立終日，足有蹉跌，輒加榜棰。"

【榜樣】模樣。宋張鎡南湖集七俯鏡亭詩："何妨雲影雜，榜樣自天成。"又王洋東牟集四病痰有感詩："待盡生涯蠶作繭，就衰榜樣鬢繰絲。"

【榜$_3$檠】矯正弓弩的器具。檠，也作"檄"。韓非子外儲右下："椎鍛平夷，榜檠矯直。"北齊劉晝新論貴言："楚柘質勁，必資榜檄以成弴。榜檄者，矯不正也。"

【榜額】猶匾額。宋彭乘墨客揮犀三："鍾弱翁所至，好貶剥榜額字畫，必除去之，出新意，自立名。"

槁 1. gǎo ㄍㄠˇ 苦浩切，上，晧韻，溪。

也作"槀"。㊀乾枯。孟子公孫丑上："其子趨而往視之，苗則槁矣。"㊁枯木。荀子王霸："及以燕趙起而攻之，若振槁然。"㊂草。通"槀"。詳"槀葬"。

2. kào ㄎㄠˋ

㊃犒勞。周禮秋官小行人："若國師役，則令槁禬之。"注："謂槁師也。……使鄰國合會財貨以與之。"

3. kǎo ㄎㄠˇ

㊄敲打。文選晉潘安仁（岳）河陽縣作詩二首之一："熲如槁石火，瞥若截道飆。"注："槁與'考'古字通。"

4. gāo ㄍㄠ

㊅撑船竿。通"篙"。文選晉左太沖（思）吳都賦："槁工檝師，選自番禺。"注："方言云：刺船曰槁。"

【槁木】枯木。莊子田子方："先生形體掘若槁木，似遺物離人而立於獨也。"五代蜀釋貫休禪月集二三山居詩之十九："但令心似蓮花潔，何必身將槁木齊。"

【槁骨】貝。荀子禮論："晗以槁骨。"注："槁骨，貝也。"

【槁悴】枯萎憔悴。楚辭漢劉向九嘆遠逝："屮木搖落，時槁悴兮。"注："槁，枯也；悴，病也。"

【槁梧】古琴。莊子德充符："倚樹而吟，據槁梧而瞑。"釋文："崔（譔）云：據琴而睡也。"一説夾膝几。見唐成玄英疏。

【槁木死灰】莊子齊物論："形固可使如槁木，而心固可使如死灰乎？"枯木無氣，死灰無熱，後因以喻毫無生氣、意志消沉。宋元學案六八引宋陳淳北溪文集答西蜀史杜諸友："在初學者，理未明，識未精，終日兀坐，是乃槁木死灰，其將何用？"也作"死灰槁木"。宋蘇軾東坡集續集十二觀妙堂記："我所居室，汝知之乎？沉寂湛然，無有喧爭，嗒然其中，死灰槁木。"

【槁項黃馘】枯槁的頸項、黃瘦的面容。馘，音xù，面。莊子列禦寇："（曹商）見莊子曰：夫處窮閭阨巷，困窘織屨，槁項黃馘者，商之所短也。"宋蘇軾經進東坡文集事略十四六國論："不知其槁項黃馘以死於布褐乎？抑將輟耕太息以俟時也。"

榱 cuī ㄘㄨㄟ 所追切，平，脂韻，山。

椽子，放在檁上架屋瓦的木條。國語魯下："夫棟折而榱崩，吾懼壓焉。"急就篇三："榱椽欂櫨瓦屋梁。"注："榱即椽也，亦名爲桷。"

【榱桷】椽子。常比喻擔負重任的人物。世説新語傷逝："孝武（司馬曜）山陵夕，王孝伯（恭）入臨，告其諸弟曰：'雖榱桷惟新，便自有黍離之哀！'"

【榱棟】椽子與脊檁。荀子哀公："君入廟門而右，登自胙階，仰視榱棟，俛見几筵。"

【榱題】屋簷的椽子頭。今通稱出檐。孟子盡心下："堂高數仞，榱題數尺，我得志，弗爲也。"

槉 jí ㄐㄧˊ 秦悉切，入，質韻，從。

柱上承棟的橫木。爾雅釋宮："開謂之槉。"疏："開者，柱上木名也。又謂之槉；又名欂；亦名枅，字林云：枅，柱上方木是也；又曰楷。是一物五名也。"

榶 táng ㄊㄤˊ 徒郎切，平，唐韻，定。

碗。荀子正論："故魯人以榶，衛人用柯，齊人用一革，土地形制不同者，械用備飾不可不異也。"

榠 míng ㄇㄧㄥˊ 莫經切，平，青韻，明。

見下。

【榠樝】果名。木葉花實和木瓜相似，但比木瓜大而色黃。見本草綱目三十果二榠樝。

榷 què ㄑㄩㄝˋ 古岳切，入，覺韻，見。

㊀獨木橋。初學記七引廣志："獨木之橋曰榷，亦曰彴。"㊁專利，專賣。見"榷利"、"榷酤"。㊂商榷，商討。北史崔孝芬傳："商榷古今，間以嘲謔，聽者忘疲。"

【榷利】官府對某些物品專賣以增加收入。漢揚雄法言寡見："或曰：'（桑）弘羊榷利而國用足，盍榷諸？'"

【榷茶】專賣茶葉。也泛指徵茶税或管制茶業取得專利的措施。唐德宗時開始徵茶税，穆宗時置榷茶使。文宗大和九年令狐楚奏罷之。參閱舊唐書食貨志下。

【榷貨】貨物專賣。宋曾三省因話録："榷貨，非揚搉之義。榷，獨木舟也，乃專利而不許他往之義。"（説郛十九）

【榷場】徵收專賣税的交易場所。宋史真宗紀："（景德二年二月）置霸州、安肅軍榷場。"宋李心傳建炎以來繫年要録九建炎元年："（九月）又欲於河陽置榷場，以通南貨。"

【榷酤】官府專利賣酒。也叫"榷酒"、"酒榷"、"榷酒酤"。榷，也作"搉"。漢書武帝紀天漢三年："初榷酒酤。"注："應劭曰：縣官自酤，榷賣酒，小民不復得酤也。"參閱宋高承事物紀原一利源調度榷酤。

【榷會】總計商人財貨而徵税。史記五宗世家："而趙王擅權，使使即縣爲賈人榷會（kuài），入多於國經租税。"集解："韋昭曰：'平會兩家買賣之賈也。榷者，禁他家，獨王家得爲之。'"

【榷鹽】官府食鹽專賣，後也指徵收鹽税。唐第五琦初變鹽法，在各州設立榷鹽鐵使，實行食鹽專賣，每斗加時價百錢。及劉晏爲鹽鐵使，又加榷鹽錢，全國的賦税，鹽利居半。唐韓愈昌黎集四十論變鹽法事宜狀："國家榷鹽，糶與商人，商人納榷，糶與百姓，則是天下百姓無貧富貴賤，皆已輸錢於官矣。"參閱新唐書食貨志四。

榾 gǔ ㄍㄨˇ 古忽切，入，沒韻，見。

㊀木名。玉篇："枸榾木中箭笴。"又見廣

韻。㊀樹蔸，斷木頭。唐元稹長慶集二四縛戎人詩：“平明蕃騎四面走，古墓深林盡株榾。”㊁見下。

【榾柮】塊柴，樹疙瘩。五代前蜀韋莊浣花集九宜君縣北卜居不遂留題王秀才別墅詩之一：“本期同此臥林丘，榾柮爐前擁布裘。”太平廣記一七五路德延孩兒詩：“夜分圍榾柮，朝聚打鞦韆。”

【榾榾】用力貌。同“搰搰”。唐杜甫杜工部草堂詩箋十七鹽井：“汲井歲榾榾，出車日連連。”一本作“搰搰”。參見“搰搰”。

構 1. gòu ㄍㄡˋ 古候切，去，候韻，見。

俗作“搆”。㊀架屋。書大誥：“厥子乃弗肯堂，矧肯構。”注：“子乃不肯爲堂基，況肯構立屋乎？”㊁房屋，屋宇。晉陸雲陸士龍集六祖考頌：“公堂峻趾，華構重屋。”㊂交合，連結。莊子齊物論：“與接爲構，日以心鬭。”戰國策秦四：“秦楚之構而不離。”㊃草擬，造作。多指詩文寫作或作品。三國志魏王粲傳：“善屬文，舉筆便成，無所改定，時人常以爲宿構。”㊄造成，締造。荀子勸學：“邪穢在身，怨之所構。”梁書蔡道恭傳詔：“王業肇構，致力陝西；受任邊垂，効彰所莅。”㊅圖謀。淮南子說林：“糾醢梅伯，文王與諸侯構之。”也指設計陷害。左傳桓十六年：“宣姜與公子朔構急子。”㊆挑撥，離間。左傳僖三三年：“文嬴請三帥，曰：‘彼實構吾二君，寡君若得而食之，不厭。’”㊇通“購”。見“構賞”。㊈木名。楮類。詳“楮㊀”。

2. gōu ㄍㄡ

㊉籠。通“篝”。漢書三一陳勝傳“夜構火”，史記陳涉世家作“夜篝火”。參見“篝火”。

【構兵】交戰。孟子告子下：“吾聞秦楚構兵，我將見楚王說而罷之。”

【構思】運用心思。多指寫作或製作藝術品時的醞釀思考過程。晉書左思傳：“復欲賦三都，……遂構思十年，門庭藩溷皆著筆紙，遇得一句，卽便疏之。”

【構怨】結怨。孟子梁惠王上：“抑王興甲兵，危士臣，構怨於諸侯，然後快於心與？”晉書八王傳贊：“構怨連禍，遞遭非命。”

【構扇】連結扇動。宋書劉湛傳元嘉十七年詔：“無君之心，觸遇斯發，遂乃合黨連羣，構扇同異，附下蔽上，專弄威權。”又薛安都傳：“太祖（劉裕）延見之，求北還構扇河陝，招聚義衆。”

【構造】誣陷，揑造。後漢書四八徐璆傳：“張忠怨璆，與諸閹官構造無端，璆遂以罪徵。”宋書恩幸傳序：“構造同異，興樹禍隙。”

【構陷】設謀陷害，使人獲罪。後漢書順帝紀：“王聖等懼有後禍，遂與（樊）豐（江）京共構陷太子，太子坐廢爲濟陰王。”

【構禍】造成禍亂。詩小雅四月：“我日構禍，曷云能穀？”傳：“構，成。”箋：“構，猶合集也，……言諸侯日作禍亂之行。”也作“遘禍”。後漢書二八下馮衍傳顯志賦：“忿戰國之遘禍兮，憎權臣之擅彊。”

【構結】猶勾結。魏書夏侯道遷傳上表：“會有蕭衍使吳公之至，知臣懷誠，將歸大化，遂與府司馬嚴思……等共楊靈珍父子密相構結，期當取臣。”

【構會】㊀結合聚會。漢書七六韓延壽傳：“先是，趙廣漢爲太守，患其俗多朋黨，故構會吏民，令相告訐。”注：“構，結也。”㊁串同設謀，使人入罪。後漢書十六寇恂傳附寇榮上書：“自生齒以上，咸蒙德澤，而臣兄弟獨以無辜爲專權之臣所見批抵，青蠅之人所共構會。”構，也作“搆”。

【構精】㊀指男女交合。易繫辭下：“男女構精，萬物化生。”詩召南草蟲“亦既覯止”箋引易作“覯精”。㊁聚精會神。魏書釋老志：“覃思構精，神悟妙賾。”

【構賞】懸賞。墨子號令：“其次伍有罪，若能身捕罪人，若告之吏，皆構之。若非伍，而先知他伍之罪，皆倍其構賞。”也作“購賞”。漢書九九中王莽傳馮英上言：“宜罷兵屯田，明設購賞。”

【構難】結爲怨仇，造成禍亂。戰國策趙三：“夫秦趙構難而天下皆說。”史記七十張儀傳：“楚嘗與秦構難，戰於漢中。”

【構釁】結怨。北史楊播傳附楊昱：“太后問狀，昱具對元氏構釁之端，言至哀切。太后乃解昱縛。”

榪 1. mà ㄇㄚˋ 莫駕切，去，禡韻，明。

㊀牀頭橫木。見玉篇。參閱禮曾子問下“遂輿機而往”疏。㊁栓，楔。正字通：“俗謂木片關定器物曰榪子。”

2. mǎ ㄇㄚˇ

㊂榪杈。見下。

【榪杈】三脚木架。四川灌縣都江堰的活動攔水壩，即以多數榪杈和滿裝卵石的竹籠作成。

榛 zhēn ㄓㄣ 側詵切，平，臻韻，莊。

㊀木名。灌木或小喬木。果實叫榛子，果仁可喫。詩曹風鳲鳩：“鳲鳩在桑，其子在榛。”參閱三國吳陸璣毛詩草木鳥獸蟲魚疏上。㊁叢木。廣雅釋木：“木叢生曰榛。”淮南子原道：“木處榛巢，水居窟穴。”注：“聚木曰榛。”

【榛卉】叢草。宋書謝靈運傳撰征賦：“迹階戺而不見，橫榛卉以荒除。”

【榛栗】榛的果實，如栗而小，故名榛栗，又稱榛子。見政和證類本草二三果榛子。

【榛莽】雜亂叢生的草木。唐高適高常侍集四同羣公出獵海上詩：“豺狼竄榛莽，麋鹿罹艱虞。”又柳宗元柳先生集二九始得西山宴遊記：“斫榛莽，焚茅茷。”

【榛梗】阻塞不通。陳書高帝紀上：“長驅嶺嶠，夢想京畿。緣道酋豪，遞爲榛梗。”引申指隔閡、間隙。資治通鑑二七九後唐清泰元年：“朕於兄弟間不至榛梗。”聊齋志異小翠：“夫人捉臂流涕，力白前過，幾不自容。曰：‘若不少記榛梗，請偕歸。’”

【榛楛】指叢生的雜木。詩大雅旱麓：“瞻彼旱麓，榛楛濟濟。”文選晉陸士衡（機）文賦：“彼榛楛之勿剪，亦蒙榮於集翠。”後因以榛楛喻平凡的事物。

【榛榛】草木叢生貌。史記一一七司馬相如傳哀二世賦：“觀衆樹之塕薆兮，覽竹林之榛榛。”漢書八七上揚雄傳反離騷：“枳棘之榛榛兮，蝯狖擬而不敢下。”

【榛蕪】㊀荒蕪，草昧。後漢書七十荀彧傳：“今鑾輿旋軫，東京榛蕪，義士有存本之思，兆人懷感舊之哀。”初學記二五晉潘尼火賦：“榛蕪既除，九野謐清。”㊁比喻微賤、荒廢。唐杜甫杜工部草堂詩箋二贈韋左丞丈濟：“君能微感激，亦足慰榛蕪。”元柳貫柳待制文集三三月十日觀南安趙使君所藏書畫古器物詩：“南唐常侍六書學，凌轢斯邈開榛蕪。”

【榛薄】叢雜的草木。喻指僻陋的地方。淮南子原道：“隱於榛薄之中。”注：“藂木曰榛，深草曰薄。”楚辭漢劉向九嘆愍命：“刜讒賊於中廇兮，選呂管於榛薄。”呂，呂尚；管，管仲。

【榛穢】雜亂污穢。元張雨句曲外史貞居詩集一種柏：“手遷稚柏栽，荷鍤趨晴暄。出彼榛穢區，離立向南墩。”

【榛藪】指山林。晉陸雲陸士龍集六榮啟期讚：“遂放志一丘，滅景榛藪。居真思樂之林，利涉忘憂之沼。”

槈 nòu ㄋㄡˋ 奴豆切,去,候韻,泥。

鋤草農具。同"耨"。說文:"槈,薅器也。"清段玉裁注:"薅,披去田草也。槈者,所以披去之器也。槈,刃廣六寸,柄長六尺。"

槤 1. lián ㄌㄧㄢˊ 力延切,平,仙韻,來。

㊀木名。文選晉郭景純(璞)江賦:"楛槤森嶺而羅峰。"注:"楛、槤亦二木名也。"㊁樓閣邊相連的小屋。即簃。玉篇:"槤,簃也。"也作"連"。爾雅釋宮:"連謂之簃。"注:"堂樓閣邊小屋,今呼之簃廚連觀也。"

2. liǎn ㄌㄧㄢˇ 集韻 力展切,上,獮韻。

㊂古代祭祀時盛黍稷的器皿。說文:"槤,瑚槤也。"參見"瑚璉"。

槓 gàng ㄍㄤˋ

今字。槓杆,一種助力器械。

榬 yuán ㄩㄢˊ 雨元切,平,元韻,于。

㊀絡絲的工具。方言五:"䈪,榬也。"晉郭璞注:"所以絡絲也。"玉篇:"榬,絡絲䈪也。或作篗。"㊁懸掛鐘磬的器具。管子霸形:"於是令之縣鐘磬之榬,陳歌舞竽瑟之樂。"㊂姓。漢有榬終古。見漢書九五兩粵傳。

榰 zhī ㄓ 章移切,平,支韻,照。

㊀柱脚。古用木,今用石。㊁拄,支撑。爾雅釋言:"榰,柱也。"注:"相榰柱。"宋王禹偁小畜集八謫居感事詩:"山翠樓頻上,雲生杖獨榰。"

榼 kē ㄎㄜ 苦盍切,入,盍韻,溪。

㊀古代盛酒或貯水的器具。左傳成十六年:"使行人執榼承飲。"淮南子氾論:"今夫霤水足以溢壺榼,而江河不能實漏巵。"㊁刀劍的套。禮少儀"加夫襓與劍焉"唐孔穎達疏:"謂以木爲劍衣者,若今刀榼。"

【榼榼】象聲詞。唐李賀歌詩編四呂將軍歌:"榼榼銀龜搖白馬,傅粉女郎火旗下。"

【榼藤】植物名。依樹蔓生如通草藤,其子紫黑色,稱榼藤子,一名象豆。見晉嵇含南方草木狀中、宋寇宗奭本草衍義十五榼藤子。

【榼牙料嘴】鬭嘴,閒談。也作"嗑牙嘹嘴"。古今雜劇元缺名孟光女舉案齊眉三:"喒與你不班輩,自來不相會,走將來榼牙料嘴。"參見"嗑牙"。

槅 1. gé ㄍㄜˊ 古核切,入,麥韻,見。

㊀大車之軛。文選漢張平子(衡)西京賦:"商旅聯槅,隱隱展展。"注:"言賈人多,車枙相連屬。"參見"鬲"。㊁窗上用木條作成的格子。金瓶梅三九:"一面請去外方丈,三間敞廳,名曰松鶴軒,多是朱紅亮槅。"參閱清顧張思土風録四槅子。

2. hé ㄏㄜˊ

㊂盛食物的盤。文選晉左太沖(思)蜀都賦:"金罍中坐,肴槅四陳。"注:"槅與核義同。"玉臺新詠二晉左思嬌女詩:"並心注肴饌,端坐理盤槅。"

榑 fú ㄈㄨˊ 防無切,平,虞韻,並。

見下。

【榑桑】傳說中的神樹,爲日出處。淮南子覽冥:"朝發榑桑,日入落棠。"注:"榑桑,日所出也。落棠,山名,日所入也。"參見"扶桑㊀"。

構 bèi ㄅㄟˋ 平祕切,去,至韻,並。

木名。管子地員:"高陵土山,二十施,……其地不乾,其草如茅與走,其木乃構。"一本作"楠"。

【構木】木名。山海經中山經中次六經:"又西五十里曰橐山,其木多樗,多構木。"注:"今蜀中有構木,七八月中吐穗,穗成如有鹽粉著狀,可以酢羹。"即鹽麩子,又名五構。參閱本草綱目三二果四鹽麩子。

榙 tā ㄊㄚ 都合切,入,合韻,端。

ㄊㄚˋ 侯閤切,入,合韻,匣。

見下。

【榙㯩】果名。史記一一七司馬相如傳上林賦:"隱夫薁棣,榙㯩荔枝。"集解引郭璞:"榙㯩似李。"漢書文選作"荅遝"。說文作"榙樑"。

榧 fěi ㄈㄟˇ 府尾切,上,尾韻,幫。

木名。子可食,療白蟲。見廣韻。常綠喬木。略似杉,俗稱野杉。一名柀子。

【榧子】㊀果名。又名柀子。其仁可食,能除蟲;又可榨油。參閱政和證類本草十四木榧實。㊁用拇指和中指相捻,發出清脆的聲音,叫做打榧子。是一種俏皮的動作,含有戲謔的意思。儒林外史五三:"虔婆伸過一隻手來道:'鄒大爺,榧子兒你嗒嗒!'"紅樓夢二六:"寶玉笑道:'我給個榧子喫呢!我都聽見了。'"

榎 jiǎ ㄐㄧㄚˇ 古疋(雅)切,上,馬韻,見。

木名。即楸。同"檟"。爾雅釋木:"槐小葉曰榎。"注:"槐當爲楸。楸細葉者爲榎。"參閱本草綱目三五木二楸。

【榎楚】榎、楚皆木名。古用以作笞罰的刑具。也作"夏楚"、"檟楚"、"賈楚"。三國志魏孫禮傳:"訟者據墟墓爲驗,聽者以先老爲正,而老者不可加以榎楚。"唐柳宗元柳先生集八故銀青光祿大夫……柳公行狀:"倦不知遊息,威不待榎楚。"參見"夏楚"。

榍 xiè ㄒㄧㄝˋ 先結切,入,屑韻,心。

㊀門檻。見說文"榍"。也作"柣"。㊁"楔"的異體字。續傳燈録十二香山法成禪師:"初僧家語箇解粘去縛,拔榍抽釘,已是犯鋒喪手。"

榯 shí ㄕˊ 市之切,平,之韻,禪。

㊀樹木直立貌。文選戰國楚宋玉高唐賦:"其始出也,蹟兮若松榯。"注:"榯,直豎貌。"㊁落榯,支持門樞的木頭。見集韻。爾雅釋宮作"落時"。參見該條。

榲 wēn ㄨㄣ 烏没切,入,没韻,影。

見下。

【榲桲】果木名。落葉灌木或小喬木。其果實與樹同名。又名木李、榠樝。秋熟。味甘酸可食。能入藥。廣羣芳譜五四引述異記:"江淮南人至北,見榲桲,以爲樝子。"參閱政和證類本草二三果榲桲。

榻 tà ㄊㄚˋ 吐盍切,入,盍韻,透。

㊀狹長而低的坐卧用具。後漢書六六陳蕃傳:"郡人周璆,高絜之士。……(蕃)特爲置一榻,去則縣之。"釋名釋牀帳:"人所坐卧曰牀,……長狹而卑曰榻。"㊁几案。三國志吳魯肅傳:"(孫權)乃獨引肅還,合榻對飲。"㊂通"枰"。廣雅釋器:"廣平,榻,枰也。"清王念孫疏證:"廣平爲博局之枰,榻爲牀榻之枰,皆取義於平也。……枰與榻對文則異,散文則通。"㊃套子。通"錔"。筆錔(銅筆套)也作"筆榻"。

【榻布】粗厚的布。史記一二九貨殖傳:"榻布皮革千石。"漢書九一貨殖傳作"荅布"。參見"荅布"。

【榻登】同"毾㲪"。毛毯。置於大牀之前,小榻之上,用以登牀。見漢劉熙釋名六釋牀帳。

榥 huàng 胡廣切,上,蕩韻,匣。
ㄏㄨㄤ

窗格。同"櫎"。晉書孝友傳贊:"揮泗凋柏,對榥巢鷹。"也泛指欄架。初學記二三唐吳少微和崔侍御日用遊開化寺閣詩:"漸出閣榥外,萬里秋景焯。"

㮨 jí 子力切,入,職韻,精。
ㄐㄧˊ

木名。即水松。山海經西山經:"又西四百里曰底陽之山,其木多㮨、柟、豫章。"注:"㮨似松,有刺,細理。"

榩 qián 渠焉切,平,仙韻,羣。
ㄑㄧㄢˊ

木砧。爾雅釋宮:"椹謂之榩。"疏:"椹者,斫木所用以藉者之木名也。一名榩。"也作"虔"。詩商頌殷武"是斷是遷,方斲是虔"漢鄭玄箋:"椹謂之虔。"

榿 qī 音韻闡微 乞漪切,平,支韻,溪。
ㄑㄧ

木名。說文作"机"。落葉喬木。木材堅韌,生長甚速,易於成林。唐杜甫杜工部草堂詩箋二五憑何十一少府邕覓榿木數百栽:"飽聞榿木三年大,與致溪邊十畝陰。"

榽 xī 胡雞切,平,齊韻,匣。
ㄒㄧ 戶佳切,平,佳韻,匣。

見下。

【榽橀】木名。爾雅釋木:"魄,榽橀。"注:"魄,大木細葉似檀,今江東多有之。齊人諺曰:'上山斫檀,榽橀先殫。'"參閱清郝懿行爾雅義疏下之二。

槍 1. qiāng 七羊切,平,陽韻,清。
ㄑㄧㄤ

㊀長柄有尖頭之刺擊兵器。墨子備城門:"槍二十枚。"舊五代史王彥章傳:"彥章少從軍隸太祖帳下,以驍勇聞……常持鐵槍,衝堅陷陣。"㊁掘土除草的農具。國語齊:"時雨既至,挾其槍、刈、耨、鎛,以旦暮從事於田野。"注:"槍,椿也。"又見管子小匡。削竹木插地也叫槍,見"槍纍"。㊂泛指槍形之物。如茶葉的嫩芽叫茶槍、旗槍。參見"槍旗"。㊃衝抵,碰撞。莊子逍遙遊:"我決起而飛,槍榆枋而止。"一本作"搶"。漢書六二司馬遷傳報任安書:"見獄吏則頭槍地,視徒隸則心惕息。"㊄請人代作,代替。見"槍手㊁"。

2. chēng 楚庚切,平,庚韻,初。
ㄔㄥ

㊅星名。又名欃星,即彗星。管子輕重丁:"國有槍星,其君必辱。"爾雅釋天:"彗星爲欃槍。"

【槍手】㊀持槍的士兵。宋史兵志五鄉兵二廣南東路槍手:"熙寧元年,詔廣州槍手十之三教弓弩手。"㊁科舉時代冒名代考叫槍替,代考者稱槍手。清李調元童山文集二奏考竣歲試情形摺子:"又於考試肇慶屬童生時,查出陽江縣文童陳肇光雇倩槍手,……當將本童槍手俱行拿獲。"

【槍城】籬笆。同"槍纍"。樂府詩集三三唐王建從軍行:"槍城圍鼓角,氈帳依山谷。"

【槍旗】茶葉名。以其嫩芽挺立似槍,新葉初展如旗,故稱。宋歐陽修文忠集一蝦蟆碚詩:"共約試春芽,槍旗幾時綠。"又葉夢得避暑漫錄下:"蓋茶味雖均,其精者在嫩芽。取其初萌如雀舌者,謂之槍;稍敷而爲葉者,謂之旗。"參見"旗槍"。

【槍纍】即籬笆。漢書八七下揚雄傳長楊賦:"木雍槍纍,以爲儲胥。"注:"以木擁槍及纍繩連結。"也作"槍壘"。新唐書一五五渾瑊傳:"瑊引衆據險,設槍壘自營。"

【槍仗手】善於用槍的兵士。宋史兵志五:"靖康元年,臣僚言:天下步兵之精,無如福建路槍仗手,出入輕捷。取得其術,一可當十。"

榘 jǔ 俱雨切,上,麌韻,見。
ㄐㄩˇ

規則,法度。同"矩"。楚辭宋玉九辯:"何時俗之工巧兮,滅規榘而改鑿。"

【榘矱】規矩,法度。楚辭屈原離騷:"曰勉陞降以上下兮,求榘矱之所同。"注:"榘,法也。矱,度也。"文選作"矩矱"。也作"榘彠"、"矩彠"。淮南子氾論:"有本主於中,而以知榘彠之所周者也。"唐韓愈昌黎集八晚秋郾城夜會聯句:"告成上云亭,考古垂矩彠。"

【榘彠】同"榘矱"。見"榘矱"。

榫 sǔn 集韻 聳尹切,上,準韻。
ㄙㄨㄣˇ

榫頭,即筍頭。集韻:"榫,剡木相入。"

榭 xiè 辭夜切,去,禡韻,邪。
ㄒㄧㄝˋ

在臺上蓋的高屋。經傳通作"謝"。國語楚上:"故先王之爲臺榭也,榭不過講軍實,臺不過望氛祥。"注:"積土曰臺,無室曰榭。"本爲存置武器之所。左傳成十七年:"三郤將謀於榭。"後來又成爲遊觀之所。左傳襄三一年:"宮室卑庳,無觀臺榭。"文選戰國楚宋玉招魂:"層臺累榭,臨高山些。"

槐 huái 戶乖切,平,皆韻,匣。
ㄏㄨㄞˊ 戶恢切,平,灰韻,匣。

㊀木名。材質致密,可供建築和製器具用。花蕾種子可入藥。山海經中山經:"(歷山)其木多槐。"㊁姓。見通志二七氏族三以字爲氏。

【槐火】用槐木取火。相傳古時隨季節變易,燃燒不同木柴,用以防時疫。周禮夏官司爟"四時變國火,以救時疾"漢鄭玄注:"鄭司農(衆)說以鄹子曰:'……冬取槐檀之火。'"唐王勃王子安集四守歲序:"槐火滅而寒氣消,蘆灰用而春風起。"

【槐市】漢長安市場名。在城東南,常滿倉北。因其地多種槐樹故名。三輔黃圖:"倉之北,爲槐市,列槐樹數百行爲隊,無牆屋。諸生朔望會此市,各持其郡所出貨物及經傳書記、笙磬樂器,相與買賣,雍容揖讓,或議論槐下。"唐駱賓王集九帝京篇:"鉤陳肅蘭所,璧沼浮槐市。"

【槐序】槐樹夏季開花,故稱夏季爲槐序。明楊慎藝林伐山九槐序:"槐序,指夏日也。(南齊)王晏和徐孝嗣詩:'槐序候方調。'"

【槐里】古地名。周名犬丘,秦改名廢丘。劉邦定三秦,引水灌廢丘,遂滅章邯。漢三年改爲槐里。隋初廢。故地在今陝西興平縣東南。唐王維王右丞集八送岐州源長史歸詩:"故驛通槐里,長亭下槿原。"參閱漢書地理志上、嘉慶一統志八三西安府二。

【槐棘】㊀周時,朝廷種三槐九棘,公卿大夫分坐其下。左九棘,爲孤卿大夫之位,右九棘,爲公侯伯子男之位;面三槐爲三公之位。後因以槐棘指三公或三公之位。抱朴子審舉:"上自槐棘,下逮皁隸,論道經國,莫不任職。"藝文類聚五十南朝梁任昉桓宣城碑:"將登槐棘,宏振綱網。"參見"三槐九棘"。㊁指聽訟的處所。也作"棘槐"。初學記二十春秋元命苞:"人君樹棘槐,聽訟於其下。"三國志魏高柔傳上疏:"古者刑政有疑,輒議於槐棘之下。自今之後,朝有疑議及刑獄大事,宜數以咨訪三公。"

【槐榆】喻時序。唐姚崇于知微碑:"俄丁窮罰,殆至滅性。雖槐榆屢變,而創痛猶殷。"(金石萃編七一)

【槐鼎】槐,三槐;鼎,有三足。故用以比喻三公之位。也泛指宰輔等執政大臣。宋書王弘傳遜位疏:"陛下忘其不腆,又重之以今任,正位槐鼎,統理神州。"又臧質傳上表:"臣本凡瑣,少無遠概,因緣際會,遂班槐鼎。」参見「槐棘」。

【槐鉉】猶槐鼎。比喻三公宰輔之位。鉉,抬鼎的杠子。宋書符瑞志下江夏王劉義恭表:「臣以寡立,承乏槐鉉,沐浴芳津,頂覩冥慶。」南朝梁江淹江文通集三爲蕭領軍讓司空並敦勸啟:「臣以爲槐鉉之任,百王攸先。」参見「槐棘」、「槐鼎」。

【槐衙】唐代長安京城内大道兩側,槐樹排列成行,有如排衙,故稱。見南唐尉遲偓中朝故事。

【槐夢】宋蒲壽宬心泉學詩稿四挽吕祕書:「葵心猶白髮,槐夢落黃粱。」又虞儔尊白堂集二再和以蓮心茶送鞏使君小詩將之詩:「竹軒旋碾香塵散,槐夢初回齒頰甜。」参見「槐安夢」。

【槐廳】宋時學士院中廳名。宋沈括夢溪筆談一故事:「學士院第三廳學士閣子,當前有一巨槐,素號槐廳。舊傳居此閣者,多至入相。」又梅堯臣宛陵集三五送王著作赴西京壽安詩:「閑尋前代迹,淨掃古槐廳。」宋王邁臞軒集八回何承啟:「出綸楓陛,涉筆槐廳。」

【槐安國】困學齋雜録引田時秀感興詩:「百年身世槐安國,千古人情蘂頡侯。」詳「槐安夢」。

【槐安夢】也稱南柯夢。唐李公佐作南柯太守傳,稱淳于棼家居廣陵郡,飲酒古槐樹下,醉後夢入古槐穴,見一城樓題大槐安國。其王招爲駙馬,任南柯太守三十年,享盡富貴榮華。醒後在槐下見一大蟻穴,南枝又有一小穴,即夢中的槐安國和南柯郡。明湯顯祖南柯夢傳奇演其事。後多用槐安夢故事比喻人生如夢、富貴得失無常。宋陸游劍南詩稿四十秋晚:「幻境槐安夢,危機竹節灘。」也省作「槐安」。宋范成大石湖集六次韻宗偉閱番樂詩:「盡遣餘錢付桑落,莫隨短夢到槐安。」参見「南柯夢」。

【槐花黃】唐李淖秦中歲時記:「進士下第,當年七月復獻新文,求拔解,曰:『槐花黃,舉子忙。』」(説郛七四)因以槐花黃指舉子忙於準備科舉考試的季節。元曲選馬致遠黃粱夢一:「策蹇上長安,日夕無休歇;但見槐花黃,如何不心急?」参閱宋錢易南部新書乙。

【槐省棘署】三公宰輔的官署。唐大詔令集七三嗣聖元年明堂災告廟制:「槐省棘署,百僚庶尹,宜竭迺誠,各揚其職。」参則「槐棘㊀」。

【槐廳載筆】清法式善撰。二十卷。爲其任國子監祭酒時作。記清初至嘉慶時科名故實,分規制、恩榮、盛事、知遇、掌故、紀實、述異、炯戒、品藻、夢兆、因果、咏歌十二門。凡所輯録,都注明出處,引用書籍達四百種以上。

槔 gāo 古勞切,平,豪韻,見。ㄍㄠ

也作「槹」。桔槔,汲水器。莊子天地:「鑿木爲機,後重前輕,挈水若抽,數如泆湯,其名爲槔。」参見「桔槔」。

榌 pí 房脂切,平,脂韻,並。ㄆㄧˊ

屋檐前板。文選漢張平子(衡)西京賦:「三階重軒,鏤檻文榌。」

榤 jié 渠列切,入,薛韻,羣。ㄐㄧㄝˊ

雞棲息的木樁。爾雅釋宮:「雞棲於弋爲榤,鑿垣而棲爲塒。」也作「桀」。詩王風君子于役:「雞棲于桀。」

榴 liú 力求切,平,尤韻,來。ㄌㄧㄡˊ

果木名。見「石榴」。

【榴火】形容石榴花色紅似火。古詩詞多用之。元詩選曹伯啟漢泉漫稿謝朱鶴皋招飲:「滿院竹風吹酒面,兩株榴火發詩愁。」

【榴花】石榴花。唐韓愈昌黎集九題張十一旅舍三詠詩:「五月榴花照眼明,枝間時見子初成。」

【榴錦】指石榴花。以花鮮豔似錦,故稱。全唐詩四九二殷堯藩端午日:「鬢絲日日添頭白,榴錦年年照眼明。」

榹 sī 息移切,平,支韻,心。ㄙ

㊀盤。急就篇三:「槫榼椑榹匕箸籫。」㊁果名。見下。

【榹桃】果名。即山桃,又名毛桃。其仁多脂,可入藥。文選晉左太沖(思)蜀都賦:「榹桃函列,梅李羅生。」参閱爾雅釋木、廣羣芳譜五四桃。

槃 pán 薄官切,平,桓韻,並。ㄆㄢˊ

通「盤」、「磐」。㊀木盤。禮内則:「進盥,少者奉槃,長者奉水。」注:「槃,承盥水者。」古時洗手,用匜篩水,用槃接水,故稱承槃。㊁犂轅前可轉動的部分。唐陸龜蒙耒耜經:「横於犂轅之前末曰槃,言可轉也,左右繫以樫乎軛也。」㊂快樂。詩衛風考槃:「考槃在澗,碩人之寬。」傳:「槃,樂也。」㊃詳「槃夷」。

【槃木】彎曲的樹。同「蟠木」。山海經大荒北經:「大荒之中,有山名曰衡天,有先民之山,有槃木千里。」後也比喻爲不中用的人。後漢書七六孟嘗傳楊喬薦嘗書:「槃木朽株,爲萬乘用者,左右爲之容耳。」

【槃牙】見「槃互」。

【槃互】互相聯結。三國志魏曹真傳附曹爽,司馬懿奏爽:「今大將軍爽背棄顧命,敗亂國典,……殿中宿衛,歷世舊人皆復斥出,欲置新人以樹私計,根據槃互,縱恣日甚。」宋本晉書宣帝紀嘉平元年引司馬懿奏作「根據槃牙」。按牙當作「𠄢」,𠄢爲「互」的異體字,與「牙」形近,往往沿誤作「牙」。参見「盤互」、「磐牙」。

【槃匜】盥洗的用具。注水用匜(yí),承水用槃。儀禮公食大夫禮:「小臣具槃匜,在東堂下。」國語吴:「一介嫡男,奉槃匜以隨諸御。」

【槃夷】創傷。同「瘢痍」。莊子駢拇「天下莫不以物易其性矣」晉郭象注:「或以槃夷之事易垂拱之性,而況悠悠者哉。」釋文:「槃夷,並如字,謂創傷也。依字應作『瘢痍』。」参見「瘢痍」。

【槃曲】環繞曲折。藝文類聚七漢杜篤首陽山賦:「嗟首陽之孤嶺,形勢窟其槃曲。」

【槃盂】㊀槃,盛水的器皿;盂,盛食物的器皿。墨子尚賢下:「故書之竹帛,琢之槃盂,傳以遺後世子孫。」韓非子大體:「豪傑不著名於圖書,不録功於盤盂,記年之牒空虛。」㊁書名。史記一〇七田蚡傳:「蚡辯有口,學槃盂諸書。」集解:「應劭曰:『黃帝史孔甲所作銘也,凡二十九篇。書槃盂中,所爲法戒。諸書,諸子文書也。』孟康曰:『孔甲槃盂二十六篇,雜家書,兼儒墨名法。』」也作「槃杅」。漢蔡邕蔡中郎集銘論:「黃帝有巾几之法,孔甲有槃杅之誡。」

【槃桓】逗留,流連。後漢書五六种岱傳李燮求加禮於岱書:「稟命不永,奄然殂殞,若不槃桓難進,等輩皆已公卿矣。」参見「盤桓」。

【槃桉】盛食物的木盤。用以指代祭品。後漢書七六王渙傳:「渙喪西歸,道經弘農,民庶皆設槃桉於路。」

【槃旋】環繞,旋轉。同「盤旋」。後漢書六十下蔡邕傳釋誨:「槃旋乎周、孔之庭宇,揖儒、墨而與爲友。」

【槃瓠】古神話中人名。相傳高辛氏有老婦得耳疾,挑之,得物大如繭。婦人盛之瓠中,覆之以槃,頃化爲犬,其文五色,因名槃瓠。後高辛氏遭犬戎侵擾,屢戰不勝。因募能得犬戎吴將軍頭者,賞金千鎰,封邑萬家,妻以少女。槃瓠遂銜吴將軍頭歸,帝不得已,乃以少女配之,生六男六女,自相配偶,子孫繁衍。見晉干寶搜神記十四、後漢書八六南蠻傳。

【槃停】遲迴不進。宋書吳喜傳罪喜詔:"西難既殄,便應還朝,而解故槃停,託云扞蜀。"

【槃遊】遊樂。後漢書五四楊震傳附楊賜上疏:"又聞數微行出幸苑囿,觀鷹犬之埶,極槃遊之荒,政事日墮,大化陵遲。"注:"槃,樂也。"

【槃散】腿脚不便,行步不穩貌。同"蹣跚"。史記七六平原君傳:"民家有躄者,槃散行汲。"

【槃鼓】雜技的一種。相當於今之蹬技。清厲荃事物異名録二六雜戲引事物紺珠:"槃鼓,或石臼或大缸,各以手掌足底跳弄之。"

【槃辟】盤旋,旋轉。漢書八六何武傳:"坐舉方正所舉者召見槃辟雅拜,有司以爲詭衆虛僞。"注:"槃辟猶言槃旋也。"參見"般辟"。

【槃槃】大貌。世說新語賞譽下"諺曰:揚州獨步王文度"注引南朝宋檀道鸞續晉陽秋:"時人爲一代盛譽者語曰:'大才槃槃謝家安,江東獨步王文度(坦之),盛德日新郗嘉賓(超)。'"

【槃薄】盤踞地上。晉書五行志中白眚白祥:"洛陽宮西宜秋里石生地中,始高三尺,如香鑪形,後如偃人,槃薄不可掘。"

【槃礴】箕踞而坐。同"般礴"。宋王安石臨川集五虎圖詩:"想當槃礴欲畫時,睥睨衆史如庸奴。"又秦觀淮海集二田居詩之二:"羸老厭煩敲,解衣屢槃礴。"參見"般礴"。

【槃根錯節】樹根彎曲,木節交錯。比喻事情的複雜困難。後漢書五八虞詡傳:"不遇槃根錯節,何以別利器乎?"今通用"盤根錯節"。

十一畫

樑 liáng 字彙 龍張切,音梁。
ㄌㄧㄤˊ

"梁"俗字。

樟 zhāng 諸良切,平,陽韻,照。
ㄓㄤ

木名。古籍通作"章"。俗稱樟樹或香樟樹。常綠喬木,木材致密,爲製家具等良材。史記一一七司馬相如傳子虛賦"楩枏豫章"唐張守節正義引温活人:"章,今之樟木也。"

【樟亭】地名。在今浙江杭州市。爲觀潮之地。全唐詩三三二羊士諤憶江南舊遊:"曲水三春弄綵毫,樟亭八月又觀濤。"白居易長慶集十三宿樟亭驛詩:"夜半樟亭驛,愁人起望鄉。月明何所見?潮水白茫茫。"新五代史吳越世家:"(錢)鏐遣都將成及、杜稜等攻常州,取周寶以歸,鏐具軍禮郊迎,館寶於樟亭。"即此地。

【樟宮】樟木棺。宋書禮志二:"宋孝武大明五年閏月,皇太子妃薨。樟木爲櫬,號曰樟宮。"

【樟腦】工業和藥物原料。白色晶體或粉末,取樟樹的根幹枝葉乾溜製成。本草綱目三四木一樟腦:"樟腦出韶州漳州,狀似龍腦,白色如雪,樟樹脂膏也。"

樀 1. dí 徒歷切,入,錫韻,定。
ㄉㄧˊ 都歷切,入,錫韻,端。

㊀屋簷。爾雅釋宮:"檐謂之樀。"疏:"屋檐一名樀,一名屋梠,又名宇,皆屋之四垂也。"

2. zhí 集韻 直炙切,入,昔韻。
ㄓˊ

㊁磨牀。即放磨的木架。見集韻。太平御覽七六二引通俗文:"磨牀曰樀。"

槨 guǒ
ㄍㄨㄛˇ

套在棺外的大棺。同"椁"。莊子人間世:"散木也,以爲舟則沉,以爲棺槨則速腐。"

樚 lù 集韻 盧谷切,入,屋韻。
ㄌㄨˋ

樚櫨。安在井上的汲水器上的圓轉木。即轆轤。北周庾信庾子山集三和張侍中述懷詩:"道險卧樚櫨,身危累素殼。"人卧於樚櫨之上,木轉則人將墜井,極言其艱危。

槺 kāng 苦岡切,平,唐韻,溪。
ㄎㄤ

同"康"。見下。

【槺梁】中空貌。同"康筤"。文選漢司馬長卿(相如)長門賦:"施瑰木之欂櫨兮,委參差以槺梁。"注:"言以瑰奇之木以爲欂櫨,委積參差,以承虛梁。方言曰:康,虛也,康與槺同。"清王念孫讀書雜志十六餘編下委參差以槺梁:"今案:參差,雙聲也;槺梁,疊韻也。槺梁者,中空之貌,言衆欂櫨羅列參差而中空也。"

樆 lí 呂支切,平,支韻,來。
ㄌㄧˊ

果木名。即山梨。爾雅釋木:"梨,山樆。"疏:"在山之名則曰樆,人植之曰梨。"

樣 1. yàng 集韻 弋亮切,去,漾韻。
ㄧㄤˋ

㊀樣式,模樣。凡製造器物的模型,繪圖的稿本等都稱"樣"。漢崔寔四民月令:"齊人呼寒食爲冷節,以麵爲蒸餅樣,團棗附之,名曰棗糕。"隋書何稠傳:"凡有所爲,何稠先令(黃)亘、(黃)衮立樣,當時工人皆稱其善,莫能有所損益。"北史宇文貴傳附宇文愷:"愷博考羣籍,爲明堂圖樣奏之。"㊁品類。如物一種稱一樣,幾種稱幾樣。唐王建詩八宮詞之十六:"新衫一樣殿頭黃,銀帶排方獺尾長。"宋范成大石湖集五晚步西園詩:"吹開紅紫還吹落,一種東風兩樣心。"㊂丟下。樂府雅詞拾遺下缺名南歌子:"偏他不肯大家行,樣下扇兒拍手引流螢。"

2. xiàng 集韻 似兩切,上,養韻。
ㄒㄧㄤˋ

㊃栩實。見說文。俗作"橡"。參見"橡子"。

【樣書】書印成作爲樣品的本子。儒林外史十八:"主人道:'……這書刻出來,封面上就刻先生的名號,還多寡有幾兩選金和幾十本樣書送與先生。'"

樗 chū 丑居切,平,魚韻,徹。
ㄔㄨ

木名。落葉喬木。即臭椿。亦名鬼目(圖經本草)、虎目(本草拾遺)。詩豳風七月:"采荼薪樗。"傳:"樗,惡木也。"字也作"樝"。參見"樝"。

【樗材】無用之材,多用爲謙詞。元王逢梧溪集二得尚書汪公凶問詩:"樗材荷推獎,思報輯遺編。"參見"樗櫟"。

【樗散】語意出莊子逍遙遊人間世,本指像樗木那樣被散置的無用之材。比喻不合世用。多用爲自謙之詞。也作"樗散材"。唐杜甫杜工部草堂詩箋十二送鄭十八虔貶台州司户:"鄭公樗散鬢如絲,酒後常稱老畫師。"又杜牧樊川集四鄭瓘協律詩:"廣文遺韻留樗散,雞犬圖書共一船。"元曲選谷子敬城南柳二:"你這個小業種,樗散材,怎能勾做梁作棟。"參見"樗櫟"。

【樗蒱】古代的博戲。藝文類聚七四漢馬融樗蒱賦:"昔有玄通先生,遊于京都,道德既備,好此樗蒱。"世說新語方正:"王子敬(獻之)數歲時,嘗看諸門生樗蒱,見有勝負,因曰:'南風不競。'"也作"樗蒲"。世說新語任誕:"温太真(嶠)位未高時,屢與揚州淮中估客樗蒱,與輒不競。"參見"摴蒱"。

【樗雞】蟲名。爾雅釋蟲"翰,天雞"晉郭

璞注："小蟲，黑身赤頭。一名莎雞，又曰樗雞。"又名"紅娘子"、"灰花蛾"。參閱宋寇宗奭本草衍義十七樗雞、本草綱目四十蟲二樗雞。

【樗繭】蠶類食樗葉所作之繭。繭形橢圓，色褐，小於柞蠶繭；繭厚而絲多，可作織物原料。爾雅釋蟲："雔由，樗繭。"

【樗櫟】莊子逍遙遊："吾有大樹，人謂之樗，其大本擁腫而不中繩墨，其小枝卷曲而不中規矩。立之塗，匠者不顧。"又人間世："匠石之齊，至於曲轅，見櫟社樹，其大蔽數千牛，絜之百圍……散木也，以爲舟則沉，以爲棺槨則速腐，以爲器則速毁，以爲門户則液樠，以爲柱則蠹。是不材之木也，無所可用。"原指樗、櫟兩種不材之木。後用以比喻才能低下。多作爲自謙之詞。唐歐陽詹歐陽行周集二寓興詩："桃李有奇質，樗櫟無妙姿。"宋蘇軾分類東坡詩十九和穆父新涼："常恐樗櫟身，坐纏冠蓋蔓。"

【樗里子】公元前？—前300年。名疾。戰國秦惠王之弟。其里有大樗樹，故號樗里子。能言善辯，滑稽多智，秦人號曰"智囊"。惠王時屢有戰功。武王、昭王世爲右丞相。參閱韓非子外儲右上、史記七一樗里子傳。

槥 huì 祥歲切，去，祭韻，邪。
ㄏㄨㄟ 于歲切，去，祭韻，于。

粗陋而薄的小棺材。漢書高帝紀下八年："令士卒從軍死者爲槥，歸其縣，縣給衣衾棺葬具。"注："應劭曰：'小棺也，今謂之櫝。'"

【槥車】運載棺木的車子。漢書五二韓安國傳："今邊竟數驚，士卒傷死，中國槥車相望，此仁人之所隱也。"

【槥櫝】小棺材。漢書成帝紀河平四年："其爲水所流壓死，不能自葬，令郡國給槥櫝葬埋。"梁書武帝紀中天監十二年二月詔："掩骼埋胔，義重周經。槥櫝有加，事美漢策。"

樁 1. zhuāng 都江切，平，江韻，端。
ㄓㄨㄤ

㊀插入土中的木橛。唐李白李太白詩一大獵賦："下整高頹，深平險谷，擺樁栝，開林叢。"元郭翼林外野言上漁莊詩："野翁歸醉晚，水沒繫船樁。"㊁量詞。多指事情的件數。宋陳亮集十七賀新郎酬辛幼安再用韻見寄詞："斬新换出旗麾别，把當時，一樁大義，拆開收合。"元曲選楊顯之酷寒亭楔子："相公，小人有幾樁事稟相公知道。"㊂儲物備用叫封樁。宋有"封樁庫"。詳該條。㊃舊時賭博頭家稱坐莊，或稱做樁。係取穩定不動之意。元曲選關漢卿謝天香三："我將這色數兒輕放在骰盆内，……我可便做樁兒三個五。"

2. chōng
ㄔㄨㄥ

㊄撞擊。通"措"。晉書宣帝紀太和元年："凡攻敵，必扼其喉而措其心。"措，一作"樁"。

【樁主】㊀總管。水滸六一："因此留你在家看守。自有別人管帳，只教你做個樁主。"㊁根基。醒世恒言三五："那田產莫管好歹，把來放租與人，討幾擔穀子，做了樁主。"

槻 guī 居隋切，平，支韻，見。
ㄍㄨㄟ

木名。常綠喬木。高數丈，葉爲橢圓形，花小而色淡黄，實爲小形核果。木理美，質堅韌，可作弓材。集韻："木名。可作弓，一曰樊槻，木皮水漬和墨書，色不脱。"

槷 niè 五結切，入，屑韻，疑。
ㄋㄧㄝ

或作"臬"。㊀木楔。周禮考工記輪人："牙得則無槷而固。"㊁古代觀測日影的標杆。周禮考工記匠人："置槷以縣，眡以景，爲規識日出之景與日入之景。"釋文："槷亦謂柱也。"㊂危貌。周禮考工記輪人："(轂)大而短則槷。"參見"槷劊"。㊃箭靶的中心。通"臬"。小爾雅廣器："射有張布謂之侯，侯中者謂之鵠，鵠中者謂之正，正方二尺；正中者謂之槷，槷方六寸。"㊄門橛。通"闑"。穀梁傳昭八年："置旃以爲轅門，以葛覆質以爲槷。"

【槷劊】危貌。槷或作"臬"。文選漢馬季長(融)長笛賦："巔根跱之槷劊兮，感迴飆而將頹。"

槫 tuán
ㄊㄨㄢ

圜形。楚辭屈原九章橘頌："曾枝剡棘，圓果槫兮。"注："槫，圜也。楚人名圜爲摶。"一本作"摶"。

槧 qiàn 慈染切，上，琰韻，從。
ㄑㄧㄢ 七豔切，去，豔韻，清。

㊀書版。古代削木爲牘，未經書寫的素版稱槧。古文苑十漢揚雄答劉歆書："雄常把三寸弱翰，齎油素四尺，以問其異語，歸即以鉛摘次之於槧。"漢王充論衡量知："斷木爲槧，析之爲板，力加刮削，乃成奏牘。"印刷術發明以後亦以指書的版本，或刻成的書籍，如舊刻亦稱古槧。㊁簡札，書信。宋詩鈔王令廣陵詩鈔贈别晏成績懋父太祝："幸因西南風，時作寄我槧。"

【槧人】讀書人。漢揚雄法言淵騫："(或問)叔孫通，曰：槧人也。"注："見事敏疾。"

【槧本】刻本。宋黄伯思東觀餘論下跋洛陽所得杜少陵詩後："政和二年夏，……于法堂壁間弊篋中得此帙，所録杜子美詩，頗與今行槧本小異。"

槽 cáo 昨勞切，平，豪韻，從。
ㄘㄠ

㊀四邊高起、中間陷入的器具。如馬槽、池槽。晉書宣帝紀："(曹操)又嘗夢三馬同食一槽。"宋王安石臨川集十七道光泉詩："雲涌浴槽朝自暖，虹垂齋鉢午還晴。"㊁釀酒或注酒器。文選晉劉伯倫(伶)酒德頌："捧甖承槽，銜杯漱醪。"注："劉熙孟子注曰：'槽者，齊俗名之如酒槽也。'"唐李賀歌詩編四將進酒："琉璃鍾，琥珀濃，小槽酒滴珍珠紅。"㊂琵琶一類樂器上架弦的格子。也叫"象"。以檀木或玉石製成的叫檀槽或石槽。唐王建詩八宫詞之九七："黄金捍撥紫檀槽，絃索初張調更高。"㊃水道，溝渠。通"漕"。宋史河渠志一："十月水落安流，復其故道，謂之'復槽水'。"又四一二孟珙傳："水跨九阜，建通天槽八十有三丈，溉田十萬頃。"㊄見"槽矛"。

【槽牙】臼齒。紅樓夢三九："賈母道：'眼睛牙齒還好？'劉姥姥道：'還都好，就是今年左邊的槽牙活動了。'"

【槽矛】柔木所製之矛。淮南子氾論："古之兵弓劍而已矣，槽矛無擊，修戟無刺。"一本作"槽柔"。參閱清王念孫讀書雜志十四槽柔。

【槽頭】豬頸部的肉。本草綱目五十獸一豕："項肉，俗名槽頭，肉肥脆，能動風。"

【槽櫪】養馬之所。後漢書二四馬援傳與楊廣書："往時子陽(公孫述)獨欲以王相待，而春卿拒之，今者歸老，更欲低頭與小兒曹共槽櫪而食，併肩側身於怨家之朝乎？"春卿，廣字。唐韓愈昌黎集十一雜説之四："千里馬常有，而伯樂不常有，故雖有名馬，秖辱於奴隸人之手，駢死於槽櫪之間，不以千里稱也。"櫪本作"歷"。漢書七五李尋傳"馬不伏歷"唐顔師古注："伏歷謂伏槽歷而秣之也。"

標 biāo 甫遥切，平，宵韻，幫。
ㄅㄧㄠ

㊀梢。或作"摽"。管子霸言："大本而小標。"注："標，末也。"文選晉盧子諒(諶)

贈劉琨詩:"緜緜女蘿,施於松標。"與"本"相對而言,引申爲非根本性的,如"治標"。㊂始。與"終"相對而言。素問天元紀大論:"少陰所謂標也,厥陰所謂終也。"㊂標誌,符號。文選晉郭景純(璞)江賦:"標之以翠翳,泛之以遊菰。"注:"標猶表識也。"南史梁臨川靖惠王宏傳:"宏性愛錢,百萬一聚,黃牓標之;千萬一庫,懸一紫標,如此三十餘間。"㊃風度,格調。文選晉孔德璋(稚珪)北山移文:"夫以耿介拔俗之標,蕭灑出塵之想,……吾方知之矣。"㊄顯出,表明。文選南朝梁任彥昇(昉)王文憲集序:"汝郁之幼挺淳至,黃琬之早標聰察,曾何足尚。"㊅書題。文選晉孫興公(綽)遊天台山賦序:"故事絶於常篇,名標於奇紀。"㊆旗幟。宋陶穀清異錄武器:"梁祖(朱全忠)自初起,每令左右持大赤旗,緩急之際,用以揮軍,祖自目爲火龍標。"㊇模範,準的。晉書王楨之傳:"桓玄爲太尉,朝臣畢集,問楨之:'我何如君亡叔(獻之)?'……楨之曰:'亡叔一時之標,公是千載之英。'"又馬隆傳:"隆募限腰引弩三十六鈞,弓四鈞,立標簡試。"㊈兵器。詳"標槍"。㊉清軍制,督撫等管轄的綠營兵,稱標;副將所管轄者稱協。如總督所統率的稱督標,巡撫統率的稱撫標,提督管轄的稱提標,總兵所屬爲鎮標,將軍所屬爲軍標,河道總督所屬爲河標,漕運總督所屬爲漕標。一標有三營。參閱清會典四三兵部。

【標本】本末。中醫稱後起曰標,本原曰本。素問有標本病傳論篇。宋邵伯溫聞見前錄十:"診察有標本,治療有先後。"元張仲深子淵詩集二贈茜涇張伯起:"政如陰陽有驕蹇,必假良醫一詳診。欲探六脈致調和,曷審三因正標本。"

【標目】㊀藝文類聚十四南朝陳沈炯武帝哀策文:"望三靈而摽目,蹐九地而崩心。"猶言觸目傷心。摽同"標"。㊁題寫書名。唐劉知幾史通斷限:"考其濫觴所出,起於司馬氏。案馬(司馬遷)記以史制名,班(固)書持漢標目。"

【標名】題名。後漢書七九上儒林傳序:"若師資所承,宜標名爲證者,乃著之云。"

【標枝】樹梢的枝。莊子天地:"至德之世,……上如標枝,民如野鹿。"釋文:"言樹杪之枝,無心在上也。"

【標金】指立銅柱。金,古代指銅鐵之類金屬。北齊書樊遜傳策對:"標金南海,勒石東山,紀天地之奇功,被風聲於千載。"

【標的】㊀準則,標準。漢高誘呂氏春秋序:"然此書所尚,以道德爲標的,以無爲爲綱紀。"唐司空圖司空表聖詩集一寄鄭仁規:"清才鄭小戎,標的貴遊中。"㊁標誌。晉書王廙傳附王彪之:"爲政之道,以得賢爲急,非謂雍容廊廟,標的而已。"㊂箭靶子。唐韓愈昌黎集二四國子助教河東薛君墓誌銘:"後九月九日,大會射,設標的,高出百數十尺。"引申爲目標或目的。宋張師正括異志:"資聖寺在海鹽縣西,有塔極高峻,層層用四方燈點照,東海行舟者,皆望此爲標的焉。"

【標格】風範,風度。抱朴子重言:"吾特收遠名於萬代,求知己於將來,豈能競見知於今日,標格於一時乎?"言作一時的風範。藝文類聚七七北魏溫子昇寒陵山寺碑:"大丞相渤海王命世作宰,惟機成務,標格千仞,崖岸萬里。"唐李綽尚書故實楊敬之贈項斯詩:"幾度見詩詩盡好,及觀標格過於詩。平生不解藏人善,到處相逢說項斯。"

【標致】㊀揭示其旨趣。魏書文苑傳序:"自昔聖達之作,賢哲之書,莫不統理成章,蘊氣標致。"㊁猶文采、風韻。宋陳振孫直齋書錄解題二十花翁集:"開封孫惟信季蕃撰,在江湖中頗有標致。"又王之道相山集四和王覺民梅花詩:"先生標致良可人,此詩不減花娉婷。"㊂指容貌秀麗。也作"標緻"。元曲選缺名鴛鴦被一:"聞知他有個小姐,生的十分標致。"紅樓夢三:"這熙鳳攜着黛玉的手,上下細細打量了一回,……因笑道:'天下真有這樣標緻人物。'"

【標軸】標明題號的書軸子。古書畫用卷子,卷端的棍桿爲軸。唐韓愈昌黎集十七與陳給事書:"輒自疏其所以,並獻近所爲復志賦已下十首爲一卷,卷有標軸。"

【標程】猶模範,榜樣。宋郭若虛圖畫見聞誌一論三家山水:"畫山水惟營丘李成、長安關同、華原范寬智妙入神,才高出類,三家鼎跱,百代標程。"

【標統】清代軍制,統帶一標的將領,稱標統。清文獻通考一七九兵考一兵制:"各鎮標統轄各協及各營。"

【標準】榜樣,規範。文選晉袁彥伯(宏)三國名臣序贊:"淵哉泰初,宇量高雅,器範自然,標准無假。"晉書袁宏傳作"標準"。泰初,夏侯玄字。唐杜甫杜工部草堂詩箋二三贈鄭十八賁:"示我百篇文,詩家一標準。"

【標置】標舉品格名目,排定地位身分。世說新語賞譽下:"殷中軍(浩)道韓太常(伯)曰:'康伯少自標置,居然是出羣器,及其發言遣辭,往往有情致。'"康伯,韓伯字。晉書劉惔傳:"桓溫嘗問惔:'會稽王談更進邪?'惔曰:'極進,然故第二流耳。'溫曰:'第一復誰?'惔曰:'故在我輩。'其高自標置如此。"

【標誌】用以識別的記號,猶標記。水經注二四汶水:"從征記曰:嬴縣西六十里,有季札兒冢,……前有石銘一所,漢末奉高令所立,無所述敍,標誌而已。"

【標榜】也作"標牓"、"摽搒"。㊀揭示,品評。世說新語文學:"(殷浩)爲謝(尚)標榜諸義,作數百語。"又品藻:"王夷甫(衍)以王東海(承)比樂令(廣),故王中郎(坦之)作碑云,當時標榜,爲樂廣之儷。"㊁宣揚,誇耀。後漢書六七黨錮傳序:"海內希風之流,遂共相摽搒。"㊂題額,書寫榜文。陳書宣帝紀太建十一年:"並勑內外文武車馬宅舍皆循儉約,勿尚奢華,……所由具爲條格,標榜宣示。"北史裴佗傳附皇甫亮:"所居宅洿下,標牓賣之。"

【標槍】古兵器。玉海一三九兵制咸平廣捷兵:"(宋)咸平五年正月甲寅,置廣捷兵五指揮。先是帝聞南方以標槍旁牌爲兵器,命有司製之。"

【標賣】標價出售。也作"剽賣"、"摽賣"。三國志吳魯肅傳:"肅不治家事,大散財貨,摽賣田地,以賑窮弊結士爲務。"後漢書五二崔駰傳附崔寔:"初,寔父卒,剽賣田宅,起冢塋,立碑頌。"注:"剽一作標。"隋書蘇威傳:"遂標賣田宅,罄家所有以贖(元)雄,論者義之。"

【標幟】記號,符號。用以識別。或作"摽幟"。後漢書七一皇甫嵩傳:"(張角等)一時俱起,皆著黃巾爲摽幟。"五代史平話周史平話下:"欲展城外,先立個標幟。"

【標樹】位置,評價。新唐書一一二王義方傳:"淹究經術,性謇特,高自標樹。"

【標舉】㊀揭示,標出。淮南子要略:"人間者,所以觀禍福之變,察利害之反,鑽脈得失之跡,標舉終始之壇也。"北齊顏之推顏氏家訓文章:"文章之體,標舉興會,發引性靈。"㊁猶高舉、高超。宋書謝靈運傳論:"靈運之興會標舉,延年之體裁明密,並方軌前秀,垂範後昆。"

【標點】標記句讀的符號。宋史四三八何基傳:"凡所讀,無不加標點,義顯意明,有不待論說而自見者。"元人有標點五經,見清錢泰吉曝書雜記中。

【標題】標識於器物書籍文章或字畫上的題記文字。南齊書高帝紀下建元元年六月詔:"或枯骸不收,毁櫬莫掩,宜速宜下埋藏營邮。若標題猶存,姓字可識,可即運載,致還本鄉……無棺器標題者,屬所以壐錢供市。"南朝梁蕭繹(元帝)金樓子三說蕃:"劉義康性好吏職,鋭意文案……又聰識過人,一聞必見,嘗所暫遇,終身不忘。稠人廣坐,每標題所憶,以示聰明。"元周密齊東野語六紹興御府書畫式:"訪求法書名畫……其裝褾裁制,各有尺度,印識標題,具有成式。"

【標識】記號,符號。用以標示,便於識別。三國魏嵇康嵇中散集五聲無哀樂論:"夫言非自然一定之物,五方殊俗,同事異號,舉一名以爲標識耳。"

【標顛】頂點。楚辭屈原九章悲回風:"上高巖之峭岸兮,處雌蜺之標顛。"

【標同伐異】助同道而斥異己。世說新語輕詆:"眞長(劉惔)標同伐異,俠之大者。"

【標新立異】提出新的見解。世說新語文學:"莊子逍遙篇舊是難處,……支(遁)卓然標新理於二家之表,立異義於衆賢之外。"二家,指注莊子的郭象向秀。也作"標新領異"。清顧炎武亭林文集三答俞右吉書:"至宋孫劉出而掊擊古人,幾無餘蘊,文定(胡安國)因之以痛哭流涕之懷,發標新領異之論,其去游夏之傳,益以遠矣。"

槲

sù 桑谷切,入,屋韻,心。

ㄙㄨ

樸槲。槲的别名。詩召南野有死麕:"林有樸槲。"傳:"樸槲,小木也。"爾雅釋木作"槲樸"。參見"樸槲"。

槱

yǒu 與久切,上,有韻,喻。

ㄧㄡˇ 余救切,去,宥韻,喻。

聚積。詩大雅棫樸:"芃芃棫樸,薪之槱之。"周禮春官大宗伯:"以槱燎祀司中、司命、飌師、雨師。"文選漢張平子(衡)東京賦:"颮槱燎之炎煬,致高煙乎太一。"

模

mó 莫胡切,平,模韻,明。

ㄇㄛˊ

㊀模型,規範。說文:"模,法也。"清段玉裁注:"以木曰模,以金曰鎔,以土曰型,以竹曰笵,皆法也。"文選晉左太沖(思)魏都賦:"儔拱木於林衡,授全模於梓匠。"㊁模範,楷式。文選漢張平子(衡)歸田賦:"揮翰墨以奮藻,陳三皇之軌模。"又左太沖(思)詠史詩之八:"巢林棲一枝,可爲達士模。"㊂模仿,效法。舊題漢班固漢武帝内傳:"(劉)徹書之金簡,以身模之焉。"㊃木名。廣羣芳譜八十木譜十三淮南草木譜:"模木生周公塚上,其葉春青夏赤,秋白冬黑。"

【模胡】不分明。同"模糊"。宋梅堯臣宛陵集十三和江鄰幾詠雪二十韻詩:"庭槐高臃腫,屋蓋素模胡。"

【模則】榜樣,規範。三國志魏王粲傳附阮瑀:"(阮籍)才藻豔逸,而倜儻放蕩,行己寡欲,以莊周爲模則。"

【模堇】木名。穆天子傳四:"事皇天子之山有模堇。"注:"模堇,木名。"

【模楷】法式,榜樣。三國志魏管寧傳附胡昭:"初,昭善史書,與鍾繇邯鄲淳衞覬韋誕並有名,尺牘之迹,動見模楷焉。"世說新語品藻"汝南陳仲舉"注引張璠漢紀:"時人謂之語曰:'不畏彊禦陳仲舉(蕃),天下模楷李元禮(膺)。'"

【模稜】遇事不加可否。如模稜兩可。同"摸稜"。宋陸游劍南詩稿二七老健:"不怪模稜嗤了了,但驚紾臂勸徐徐。"也作"模棱"。明張居正張文忠集一陳六事疏:"上下務爲姑息,百事悉從委徇,以模棱兩可謂之調停,以委曲遷就謂之善處。"參見"摸稜"。

【模寫】摹仿,描寫。泛指建築構造、文字書畫。梁書太祖五王蕭恭傳:"廣營第宅,重齋步櫚,模寫宮殿。"北史冀儁傳:"善隸書,特工模寫。"也作"摸寫"。唐元稹長慶集五六唐故工部員外郎杜君墓係銘并序:"時山東李白,亦以奇文取稱,時人謂之李杜。予觀其壯浪縱恣,擺去拘束,摸寫物象,及樂府歌詩,誠亦差肩於子美矣。"參見"摹寫"。

【模糊】不分明,不清楚。宋胡宏五峰集二與談子立:"見處要有領會,不可汎濫;要極分明,不可模糊;直到窮神知化處,然後爲是耳。"參見"模糊"。

【模樣】㊀描摹。太平廣記二八二沈亞之引異聞集:"其芳殊明媚,筆不可模樣。"㊁形狀、容貌、神態等。全唐詩六九二杜荀鶴長安道中有作:"子細尋思底模樣,騰騰又過玉關東。"宋陳師道后山詞西江月詠丁香菊:"只消可意更須香,好箇風流模樣。"宋辛棄疾稼軒詞鵲橋仙爲人慶八十席上戲作:"不須更展畫圖看,自是箇壽星模樣。"㊂猶言情況、光景、境地。唐白居易長慶集四二請罷兵第三狀:"一種罷兵,何如早罷,必待事不得已然後罷之,只使陛下威權轉銷,天下模樣更惡。"宋朱熹朱文公集二六與袁寺丞書:"家中碎小,想見無人收拾,亦復不成模樣。"

【模範】㊀製作器物的模型。漢王充論衡物勢:"陶冶者,初埏埴作器,必模範爲形,故作之也。"也指模子。金史食貨志三温迪罕思敬上書:"不若弛限錢之禁,許民自採銅鑄錢,而官製模範,薄惡不如法者令民不得用。"㊁榜樣。漢揚雄法言學行:"師者,人之模範也。"漢王逸楚辭章句敘:"自孔某終後以來,名儒博達之士,著造詞賦,莫不擬其儀表,祖式其模範,取其要妙。"㊂模仿,效法。周書王褒傳:"梁國子祭酒蕭子雲,褒之姑夫也,特善草隸。褒少以姻戚,去來其家,遂相模範,俄而名亞子雲,並見重於世。"

【模擬】模仿。文選晉袁彥伯(宏)三國名臣序贊:"公琰殖根,不忘中正,豈曰摸擬,實在雅性。"晉書袁宏傳作"模擬"。北史魏收傳:"(邢)邵又云:'江南任昉,文體本疏,魏收非直模擬,亦大偷竊。'"

【模山範水】用文字、圖畫描繪山水。南朝梁劉勰文心雕龍十物色:"及長卿(司馬相如)之徒,詭勢瓌聲,模山範水,字必魚貫,所謂詩人麗則而約言,辭人麗淫而繁句也。"

樣

chá 宅加切,平,麻韻,澄。

ㄔㄚˊ

"茶"的别體字。集韻:"茶、樣、荼,茗也。一曰葭荼。"

槿

jǐn 居隱切,上,隱韻,見。

ㄐㄧㄣˇ

木名。見"木槿"。

【槿花】花名。即木槿花。槿花朝開夕凋,因以形容人心之易變。唐孟郊孟東野集二審交詩:"小人槿花心,朝在夕不存。"

【槿籬】植木槿以爲籬。文選南朝梁沈休文(約)宿東園詩:"槿籬疎復密,荆扉新且故。"唐鄭谷鄭守愚集三贈宗人前公安宰君詩:"風中夜犬驚槐巷,月下寒驢齧槿籬。"

樠

mán 武元切,平,元韻,明。

ㄇㄢˊ 母官切,平,桓韻,明。

莫奔切,平,魂韻,明。

㊀木名。左傳莊四年:"(楚武)王遂行,卒於樠木之下。"疏:"木有似榆者,俗呼爲朗榆。"㊁滲出貌。莊子人間世:"以爲門户則液樠,以爲柱則蠹。"釋文引晉司馬彪:"樠,謂脂出樠樠然也。"

樲

nì 集韻尼質切,入,質韻。

ㄋㄧ

古代神話中的木名。舊題漢東方朔神異

經南荒經："南方大荒之中，有樹焉，名曰柤稼櫃。柤，柤梨也；稼，株稼也；櫃，親櫃也。三千歲作華，九千歲作實，其華藥紫色，其實赤色，其高百丈或千丈也。"

樞 shū 昌朱切，平，虞韻，穿。ㄕㄨ

㊀木名。卽刺榆。詩唐風山有樞："山有樞，隰有榆。"爾雅釋木作"櫙"、"茎"。㊁門臼。門上的轉軸。莊子讓王："蓬户不完，桑以爲樞。"漢書五行志下之上："視門樞下，當有白髮。"注："樞，門扇所由開閉者也。"㊂指重要或中心的部分。莊子齊物論："彼是莫得其偶，謂之道樞。樞始得其環中，以應無窮。"戰國策秦三："今夫韓魏，中國之處，而天下之樞也。"㊃指中央發號施令的機構。見"樞府"、"樞庭"。㊄本原。淮南子原道："經營四隅，還反於樞。"㊅星名。北斗七星第一星。也稱天樞。參見"天樞"。

【樞臣】指宰相一類的重臣。宋王禹偁小畜集十一贈密直張諫議詩："先皇憂蜀輟樞臣，獨冒兵戈出劍門。"

【樞近】指親近皇帝或中央政權機要之職。周書文帝紀上傳檄方鎮："孫騰任祥，(高)歡之腹心，並使入居樞近，伺國間隙。"通典二一職官三："魏晉以來，中書監、令掌贊詔命，記會時事，典作文書，以其地在樞近，多承寵任，是以固其位，謂之鳳凰池焉。"

【樞府】政權的中樞。宋代多用以指樞密院。宋蘇轍欒城集五十賀歐陽副樞啟："而況位在樞府，才爲文師，兼古人之所未全，盡天力之所難致，夫復何加。"宋史二九二李諮傳："在樞府，專務革濫賞，抑僥倖，人以爲稱職。"參見"樞密院"。

【樞要】㊀中心。荀子富國："故無分者，人之大害也；有分者，天下之本利也；而人君者，所以管分之樞要也。"南朝梁劉勰文心雕龍四論說："凡說之樞要，必使時利而義貞，進有契於成務，退無阻於榮身。"㊁指中央政權中機要的部門或官職。後漢書二六韋彪傳："天下樞要，在於尚書，尚書之選，豈可不重？"晉書羊祜傳："祜歷職兩朝，任典樞要，政事損益，皆諮訪焉。"

【樞柄】政柄，指機要的職位。南齊書崔祖思傳陳政事："禮誥者，人倫之襟冕，帝王之樞柄。"此指大權。宋洪邁夷堅志甲志一韓郡王薦士："紹興中，韓郡王(世忠)既解樞柄，逍遥家居，常頂一字巾，跨俊騾，周游湖山之間。"此指兵權。

【樞庭】猶樞府。宋李心傳建炎以來繫年要録三五建炎四年："(七月)詔迪功郎王銍權樞密院編修官，纂集祖宗兵制，其後書成，上覽之稱善，命銍改京官，賜名樞庭備檢。"參見"樞密院"。

【樞務】朝廷的重要政務，多指宰相所主管的政事。唐白居易長慶集一一寄隱者詩："云是右丞相，當國握樞務。"唐大詔令集五六王涯兵部侍郎制："宜解職於樞務，俾貳曹於夏官。"

【樞紐】關鍵。比喻事物互相聯繫的中心環節。南齊書崔祖思傳陳政事："是以有恥且格，敬讓之樞紐；令行禁止，爲國之關楗。"南朝梁劉勰文心雕龍十序志："文之樞紐，亦云極矣。"

【樞軸】機關運轉的中軸。比喻朝廷的機要部門。宋范仲淹范文正公集十三資政殿大學士……范公墓誌銘："入輔樞軸，作爲股肱。"

【樞幄】指樞密院。宋吴處厚青箱雜記四："又樞密孫公固，亦小官，時曾謁文莊(夏竦)，文莊許他日當踐樞幄，今亦驗焉。"

【樞筦】同"樞管"。宋代特指樞密院。宋尹洙河南集十答樞密韓諫議書："樞筦事重，伏望善調寢膳，以副禱頌。"

【樞奥】指中央政權的機要部門。晉書陸雲傳薦張贍表："同郡張贍，茂德清粹，器思深通。初慕聖門，棲心重仞，啟塗及階，遂升樞奥。"

【樞管】㊀中心，關鍵。宋書傅亮傳演慎論："慎也者，言行之樞管乎！"㊁指中央政務。資治通鑑一四五梁天監二年："及(范雲)卒，衆謂沈約宜當樞管，上以約輕易，不如尚書左丞徐勉，乃以勉及右衛將軍周捨同參國政。"

【樞機】㊀樞爲户樞，機爲門閫；樞主開，機主閉，故以樞機並言。比喻事物的關鍵部分。易繫辭上："言行君子之樞機，樞機之發，榮辱之主也。"注："樞機，制動之主。"國語周下："夫耳目，心之樞機也。"注："樞機，發動也。心有所欲，耳目爲之發動。"參閱清王引之經義述聞二樞機。㊁朝廷的機要部門或職位。指尚書、中書、宰輔之職。漢書九三石顯傳："(蕭望之)建白，以爲尚書百官之本，國家樞機，宜以通明公正處之。"

【樞衡】指行政權力的中樞，以其權衡要務，故稱。北史李沖傳："僕射執我樞衡，總釐朝務，使我無後顧之憂。"

【樞密院】官署名。唐代宗永泰中始置樞密使，以宦者爲之，掌承受表奏。五代後梁建崇政院，改樞密使爲崇政使，知院事，更用士人。後唐莊宗同光元年改崇政院爲樞密院，崇政使爲樞密使，與宰相分秉朝政，文事出中書，武事出樞密，其權愈重。宋樞密院則與中書省分掌軍政，號爲"二府"，有樞密使、副使等官。遼設北樞密院(相當兵部)、南樞密院(相當吏部)及漢人樞密院(掌漢族地區兵馬)。元代樞密院主要掌握軍事機密、邊防及宫廷禁衛等事務；戰時設行樞密院及樞密分院，掌一方軍政。明太祖下集慶，卽置行樞密院，自兼領，不久，改置大都督府。參閱文獻通考五八職官十二樞密院、宋史職官志二、續文獻通考五六職官六。

槭 1. zú cù 子六切，入，屋韻，精。ㄗㄨ ㄘㄨ

㊀木名。落葉喬木，高數丈。實爲乾果，有二翅，葉霜後變紅，與楓相類而木理頗美。可作車輪材木。全唐詩一五四蕭穎士江有楓："想彼槭矣，亦類其楓。"

2. sè 集韻 士革切，入，麥韻。ㄙㄜ

㊀樹枝光禿貌。文選晉潘安仁(岳)秋興賦："庭樹槭以灑落兮，勁風戾而吹帷。"㊁槭槭。象聲詞。唐劉禹錫劉夢得集十一秋聲賦："草蒼蒼兮人寂寂，樹槭槭兮蟲咿咿。"風吹葉動聲。

槬 huà ㄏㄨㄚ

横大。同"摦"。左傳昭二一年："今鐘槬矣，王心弗堪。"注："槬，横大不入。"釋文："槬，户化反。"

樛 jiū 居虯切，平，幽韻，見。ㄐㄧㄡ

㊀樹木向下彎曲。見"樛木"。㊁絞結。同"摎"。儀禮喪服："故殤之絰不樛垂，蓋未成人也。"石本原刻作"摎"。唐杜甫杜工部草堂詩箋十七乾元中同谷縣作歌之六："南有龍兮在山湫，古木巃嵸枝相樛。"㊂求。文選漢張平子(衡)思玄賦："黄靈詹而訪命兮，樛天道其焉如？"舊注："樛，求也。如，之也。"

【樛木】向下彎曲的樹木。詩周南樛木："南有樛木，葛藟荒之。"文選晉孫興公(綽)遊天台山賦："攬樛木之長蘿，援葛藟之飛莖。"

【樛曲】曲折貌。宋陶穀清異録："後主(李煜)善書，作顫筆，樛曲之狀，遒勁如寒松霜竹，謂之金錯刀。"

【樛流】猶周流、繚繞。漢書八七上揚雄傳反離騷："乘雲蜺之旖柅兮，望昆侖以樛流。"文選漢班叔皮(彪)北征賦："涉長路之緜緜兮，遠紆迴以樛流。"

槢 xí 似入切，入，緝韻，邪。ㄒㄧˊ

㊀堅木。見說文。唐元結元次山集五訟木魅："槢橈橈兮未堅，樟根根兮可屈。"㊁楔。指接合之木。文選三國魏何平叔(晏)景福殿賦："楯類騰蛇，槢似瓊英。"參見"椄$_2$槢"。

樘 1. chēng 丑庚切，平，庚韻，徹。ㄔㄥ

㊀支撐的斜柱。同橕。說文："樘，衺柱也。"清段玉裁注："樘，或作牚，或作撐，皆俗字耳。"

2. táng 玉篇 達郎切。ㄊㄤˊ

㊁車樘。見玉篇。㊂今稱門框、窗框爲門樘、窗樘。又作量詞，稱一副門框、門扇或一副窗框窗扇爲一樘。

樝 zhā 側加切，平，麻韻，莊。ㄓㄚ

果名。同"查"、"柤"、"楂"。莊子天運："故譬三皇五帝之禮義法度，其猶柤梨橘柚邪？其味相反而皆可於口。"初學記二一、太平御覽六一九，又九六六引莊子柤皆作"樝"。爾雅釋木："樝梨曰鑽之。"注："樝，似梨而酢澀。"參見"山樝"。

椇 gēng ㄍㄥ

呂氏春秋爲欲："晨寤興，敄耕疾庸，椇爲煩辱，不敢休矣。"注："椇，古耕字。"康熙字典謂同"耕"，惟清畢沅呂氏春秋校注謂上既云"務耕疾庸"，則椇必非耕字。

樓 lóu 落侯切，平，侯韻，來。ㄌㄡˊ

㊀建造在高處的建築物，古代城牆上和宮殿四角多有樓，用於瞭望。墨子備城門："三十步置坐候樓，樓出於堞四尺。"後漢書十六鄧禹傳："光武舍城樓上，披輿地圖。"㊁兩層以上的房屋。史記封禪書："乃立神明臺、井幹樓，度五十丈，輦道相屬焉。"文選古詩十九首之五："西北有高樓，上與浮雲齊。"㊂船、車有上層者，皆稱樓。見"樓船"、"樓車"。㊃茶肆、酒店，歌舞、遊樂場所，也稱樓。如茶樓、酒樓、青樓、舞樓等。唐駱賓王集五棹歌行："秋帳燈光翠，倡樓粉色紅。"又孟浩然集四盧明府早秋宴張郎中海園卽事詩："鬱島藏深竹，前溪對舞樓。"參閱宋吳自牧夢粱錄十六茶肆 酒肆。㊄姓。周封夏少康之後於杞，爲東樓公，其後人因以爲氏。秦有相樓緩，漢有大尚書樓蝗。見元和姓纂五侯。

【樓車】古代戰車，上設望樓，用以瞭望敵人。左傳宣十五年："(解揚)登諸樓車，使呼宋而告之，遂致其君命。"後世攻城用具，如雲梯、飛梯之類，卽在樓車基礎上改進發展而成。梁書侯景傳："景又攻東府城，設百尺樓車，鉤城堞盡落，城遂陷。"

【樓季】戰國魏善於攀登跳躍的勇士。韓非子五蠹："故十仞之城，樓季弗能踰者，峭也。"史記八七李斯傳對書："是故城高五丈，而樓季不輕犯也。"集解："許愼曰：'樓季，魏文侯之弟。'"

【樓桑】古地名。在今河北涿縣。三國蜀劉備所居里東南有桑樹，高五丈餘，遠望如小車蓋，備幼時常與同族小兒戲於樹下。後因稱爲樓桑里。見三國志蜀先主傳、水經注十二巨馬水。今縣南二十里有大樹樓桑村，相傳卽備故里。

【樓船】有疊層的大船。多作爲戰船。史記平準書："是時，越欲與漢用船戰逐，乃大修昆明池，列觀環之，治樓船，高十餘丈，旗幟加其上，甚壯。"唐劉禹錫劉夢得集四西塞山懷古詩："西晉樓船下益州，金陵王氣漠然收。"也作爲遊船。文選漢武帝秋風辭："汎樓船兮濟汾河，橫中流兮揚素波。"

【樓煩】㊀春秋戰國時國名。以遊牧爲生，精於騎射，東與趙國爲鄰。秦末，服屬於匈奴，移徙河南地。漢武帝元朔二年，衞青破匈奴，取河南地，立朔方郡。參閱史記趙世家、一一〇匈奴傳、一一一衞青傳。㊁古縣名。漢置，屬雁門郡。隋改爲崞縣。故地在今山西神池、五寨二縣境。漢書高帝紀："上從晉陽，乘勝逐北，至樓煩，會大寒，士卒墮指者什二三。"卽其地。參閱漢書地理志下、嘉慶一統志一五一代州府。

【樓臺】高大的臺榭。史記天官書："海旁蜄氣象樓臺。"唐杜牧樊川集三江南春絕句："南朝四百八十寺，多少樓臺煙雨中。"

【樓額】樓臺上的匾額。唐白居易長慶集十五渭村退居……一百韻詩："樓額題鵶鵲，池心浴鳳凰。"

【樓櫓】古時軍中用以瞭望敵軍的無頂蓋高臺。三國志吳朱然傳："(曹)真等起土山，鑿地道，立樓櫓。"後漢書八九南匈奴傳："初，帝造戰車，可駕數牛，上作樓櫓，置於塞上，以拒匈奴。"注："櫓，卽樓也。"也作"樓樐"。後漢書七三公孫瓚傳："今我諸營，樓樐千里，積穀三百萬斛，食此足以待天下之變。"三國志瓚傳作"樓櫓"。

【樓羅】㊀機靈，幹練。宋史二八〇張思鈞傳："思鈞起行伍，征討稍有功。質狀小而精悍，太宗嘗稱其'樓羅'，自是人目爲'小樓羅'焉。"也作"嘍囉"、"僂儸"、"婁羅"。參見各該條。㊁象聲詞。北史王憲傳附王昕："嘗有鮮卑聚語，崔昂戲問昕曰：'頗解此不？'昕曰：'樓羅，樓羅，實自難解'"。

【樓蘭】漢西域城國。在今新疆羅布泊西，地處西域通道上。今尚存古城遺址。漢武帝通西域，使者經此至大宛等國。元封三年歸漢。元鳳四年傅介子殺其王安歸(一作嘗歸)，立尉屠耆爲王，改名爲鄯善。唐岑參岑嘉州詩二胡笳歌送顏眞卿赴河隴："吹之一曲猶未了，愁殺樓蘭征戍兒。"卽此。參閱史記一一〇匈奴傳、漢書九六西域傳。參見"鄯善"。

【樓護】漢時齊人。字君卿。西漢末年爲京兆吏。善辯，與谷永(子雲)同爲元帝后舅王氏五侯(譚商立根時)上客，時長安號曰："谷子雲筆札，樓君卿脣舌。"被擢升爲太守。後依附王莽，封息鄉侯，列於九卿。見漢書九二樓護傳。唐杜牧樊川集二長安雜題句六首詩之二："自笑苦無樓護智，可憐鉛槧竟何功。"

【樓觀】高大建築物的泛稱。禮月令仲夏之月"可以居高明，可以遠眺望"漢鄭玄注："高明，謂樓觀也。"後漢書七八單超傳："皆競起第宅，樓觀壯麗，窮極伎巧。"也偏指樓臺。世說新語巧藝："陵雲臺樓觀精巧，先稱平衆木輕重，然後造構，乃無錙銖相負。"

【樓鑰】宋明州鄞縣人。字大防，號攻媿主人。隆興元年進士，嘉定中官至參知政事。鑰善文，眞德秀稱南宋文章，推鑰與李邴汪藻爲三大家。有攻媿集一百十二卷。諡宣獻。宋史有傳。

【樓船軍】古時水師名號。玉海一四七兵制水戰建炎樓船淩波軍："(宋高宗)建炎元年六月二十一日置水軍以習水戰，號樓船軍，從李綱之請也。"又："瀕河江淮去處，帥府別置水兵二軍……以習水戰，並招募習水善波操舟便利之人，令撥到軍，號樓舡(船)軍、淩波軍。"

【樓羅曆】卽人名册。宋陶穀清異錄花："劉鋹在國，春深，令宮人鬬花，凌晨開後苑，各任採擇，少頃敕還宮，鎖苑門膳訖普集，角勝負於殿中，宦士抱關，宮人出入皆搜懷袖，置樓羅曆以驗姓名，制法甚嚴，時號花禁。"(說郛六一)

【樓子牡丹】花名。明陸容菽園雜記十

二:"江南自錢氏以來及宋元盛時,習尚繁華,富貴之家,以樓前種樹,接各色牡丹於其杪,花時登樓賞翫,近在欄檻,名樓子牡丹。"

槾 1. màn 母官切,平,桓韻,明。ㄇㄢ

㊀抹牆工具。同"鏝"、"墁"。見說文。爾雅釋宮:"鏝謂之杇。"釋文:"本或作槾,又作墁。"

2. wàn 集韻 無販切,去,願韻。ㄨㄢ

㊁木名。文選漢張平子(衡)南都賦:"其木則樫松楔槾,槾栢杻橿。"

樏 1. léi 力追切,平,脂韻,來。ㄌㄟ

㊀登山用具。書益稷"予乘四載"傳:"山乘樏。"史記夏紀作"橋"。說文作"欙"。廣韻:"山行乘樏,亦作欙。"參見"欙"。

2. lěi 力委切,上,紙韻,來。ㄌㄟ

㊁器物名。卽扁榼,似盤,中有隔。世說新語雅量:"王夷甫(衍)嘗屬族人事,經過未行。遇於一處飲燕,因語之曰:'近屬尊事那得不行?'族人大怒,便舉樏擲其面,夷甫都無言。"

槵 huàn 胡慣切,去,諫韻,匣。ㄏㄨㄢ

木名。俗稱菩提子。卽無患子。見"無患子"。

樧 shā 所八切,入,黠韻,山。ㄕㄚ 山列切,入,薛韻,山。

植物名。惡草。似茱萸而小。一名吳茱萸。楚辭屈原離騷:"椒專佞以慢慆兮,樧又欲充夫佩幃。"

樊 1. fán 附袁切,平,元韻,並。ㄈㄢ

㊀籬笆。詩小雅青蠅:"營營青蠅,止于樊。"史記一二六東方朔傳引詩作"蕃",漢書六三戾太子傳、昌邑哀王傳引作"藩"。㊁築籬圍繞。詩齊風東方未明:"折柳樊圃,狂夫瞿瞿。"文選晉左太沖(思)蜀都賦:"樊以葅圃,濱以鹽池。"㊂關鳥獸的籠子。莊子養生主:"澤雉十步一啄,百步一飲,不蘄畜乎樊中。"轉爲止而不前。樂府詩集六一漢阮瑀駕出北郭門行:"駕出北郭門,馬樊不肯馳。"㊃傍,邊。莊子則陽:"冬則擉鼈於江,夏則休乎山樊。"唐白居易長慶集五二中隱詩:"大隱住朝市,小隱入丘樊。丘樊太冷落,朝市太囂諠。"㊄紛雜貌。莊子齊物論:"自我觀之,仁義之端,是非之塗,樊然殽亂。"㊅春秋周京都轄邑。一名陽樊。在今河南濟源縣西南。周宣王封仲山甫爲樊侯。左傳僖二五年:"晉侯辭秦師而下……次于陽樊。"卽此地。㊆姓。殷民七族中有樊氏。見左傳定四年。又相傳出於姬姓。虞仲支孫仲山甫封於樊,後因以爲氏。參閱通志二七氏族三周邑。

2. pán ㄆㄢ

㊇馬腹帶。通"鞶"。見"樊₂纓"。

【樊口】地名。在今湖北鄂城縣西北。因位於樊山脚下,爲樊港入長江之口,故名。水經注三五江水三:"江水右得樊口。"馳名的武昌魚,也稱樊口鯿魚,卽產於此。當地諺語云:"黄州豆腐巴河藕,樊口鯿魚武昌(舊指鄂城)酒。"

【樊川】水名。在今陝西長安縣南。其地本杜縣的樊鄉。漢樊噲食邑於此,川因以得名。文選晉潘安仁(岳)西征賦:"疏南山以表闕,倬樊川以激池。"注:"三秦記曰:長安正南秦嶺,嶺根水流爲秦川,一名樊川。漢武上林,唯此爲盛。"唐鄭谷鄭守愚集二重陽日訪元秀上人詩:"紅葉黄花秋景寬,醉吟朝夕在樊川。"參閱讀史方輿紀要五三西安府。

【樊山】山名。又名袁山、來山、樊岡、壽昌山。今稱雷山。在湖北鄂城縣西北。水經注三五江水三:"今武昌郡治,城南有袁山,卽樊山也。"宋蘇軾有樊山記。參閱嘉慶一統志三三五武昌府一。

【樊城】地名。原屬湖北襄陽縣。卽周仲山甫所封樊國。城北有鄧城,爲春秋鄧國都城遺址,現仍有城牆遺迹。此地南臨漢水,與襄陽隔水相望,自古爲兵家必爭之地。三國蜀關羽與吳爭荆州,敗於此。公元 1950 年合樊城鎭與襄陽爲襄樊市。參閱水經注二八沔水。

【樊素】唐白居易有女伎樊素小蠻。樊素善歌,小蠻善舞。故有詩曰:"櫻桃樊素口,楊柳小蠻腰。"見唐白居易長慶集七十不能忘情吟序、孟棨本事詩事感。宋黄庭堅豫章集九子瞻去歲春夏侍立延英……詩之四:"只欠小蠻樊素在,我知造物愛公深。"後人多以樊素爲題材編劇。元鄭德輝傷梅香、明顧大典青衫記、清桂馥後四聲猿中放楊枝均演樊素故事。

【樊桐】傳說中的山名。淮南子地形:"縣圃、涼風、樊桐,在昆侖閶闔之中。"水經注一河水:"崑崙之山三級,下曰樊桐,一名板桐。"

【樊姬】春秋楚莊王夫人。樊姬諫止莊王狩獵,並激楚相虞丘子使進孫叔敖。莊王以敖爲令尹,三年而霸。見漢劉向列女傳二楚莊樊姬。全唐詩一〇三周曇樊姬:"當時不有樊姬問,令尹何由進叔敖。"

【樊梁】湖名。在江蘇高郵縣西北。水經注三十淮水:"中瀆水自廣陵北出武廣湖東,陸陽湖西……水出其間,下注樊梁湖。"上流卽天長縣石梁河樊梁溪。與新開、甓社爲高郵三大湖。宋紹興初,農民領袖張榮聚衆建水寨於此,抗擊金兵。參閱讀史方輿紀要二三高郵州樊梁湖。

【樊崇】(?—公元 27 年)漢琅琊人。字細君。王莽天鳳五年在莒縣起義,轉入泰山,自號三老,衆至十餘萬人。爲免與莽軍相混,所部皆朱其眉,號曰赤眉。時新市平林諸將,立劉玄爲帝,建號更始,都洛陽,後徙長安。更始二年,崇等赤眉軍入關。次年,別立劉盆子爲帝,號建世元年;九月入長安,旋殺劉玄。同年,劉秀於鄗南稱帝,建號建武。建武三年崇等與漢兵戰於崤底,大敗,遂將盆子等出降,尋爲劉秀所殺。參閱後漢書十一劉盆子傳。

【樊樓】宋代京師(今河南開封市)的著名酒樓。本爲商賈貿白礬之所,因名白礬樓,又謂之礬樓。或謂樓主姓樊,故稱樊樓。後改名豐樂樓。宋詩鈔劉子翬屏山集鈔汴京紀事之十七:"憶得少年多樂事,夜深燈火上樊樓。"後泛指酒樓。參閱宋吳曾能改齋漫錄九白礬樓、孟元老東京夢華錄二酒樓。

【樊遲】公元前 515—? 年。春秋時魯國人(一說齊人)。名須,字子遲。孔子弟子。論語子路:"樊遲請學稼。子曰:'吾不如老農。'請學爲圃。曰:'吾不如老圃。'"參閱史記六七仲尼弟子傳。

【樊嫕】漢成帝后趙飛燕的姑妹。事見舊題漢伶玄飛燕外傳。清吳偉業梅村家藏稿三永和宮詞:"雖云樊嫕能辭令,欲得昭儀喜怒難。"

【樊噲】公元前?—前 189 年。漢沛人。少以屠狗爲業。隨劉邦起義。鴻門之會,項羽欲殺邦,噲面責羽,邦得脱走。滅秦後,與張良諫劉邦勿貪圖咸陽宮室安樂,遂封存重寶財物府庫。以軍功封舞陽侯。史記、漢書皆有傳。

【樊籠】關鳥獸的籠子。比喻受束縛、不自由的境地。晉陶潛陶淵明集二歸園田居詩之一:"久在樊籠裏,復得返自然。"

【樊₂纓】絡馬的帶飾。樊,馬腹帶;纓,馬頸革。同"繁纓"。周禮春官巾車:"樊纓九就。"注:"其樊及纓,以五采罽飾之。"樂府詩集九二唐鮑溶塞上曲:"漢卒馬上老,樊纓空絲繩。"參見"繁纓"。

【樊宗師】 公元？—821？年。唐河中人，一說南陽人。字紹述。官至緜州刺史。著有春秋集傳十五卷，魁紀公、樊子各三十卷，詩文近千篇。今僅存樊紹述集二卷、絳守居園池記一卷。宗師作文力求詼奇險奥，流於艱澀怪僻，至不可卒讀，時號"澀體"。韓愈昌黎集三四有誌。新唐書有傳。

【樊於期】 戰國秦將，避罪奔燕。秦王政曾懸賞千金購其頭。燕太子丹使荆軻刺秦王，荆軻謀以樊於期頭與督亢地圖進獻秦王，於進見時俟機刺殺秦王。於期聞此謀，遂自刎。參閱戰國策燕三、史記八六荆軻傳。

【樊敏碑】 全稱漢巴郡太守樊敏碑。敏於獻帝建安八年卒，年八十四。建安十年三月上旬建碑，文凡五百五十七字，石工劉玉良刻。宋代出土。篆額首尾完好，爲漢碑所罕見。在今四川蘆山縣南五華里，爲四川省級文物保護單位之一。四川省博物館藏有原碑的明代拓本。參閱隸釋十一。

【樊惠渠】 渠名。東漢光和五年京兆尹樊陵領銜在陽陵縣(今陝西咸陽市東)興建的水利工程。漢蔡邕蔡中郎集六有京兆樊惠渠頌。

【樊噲冠】 古冠名。楚項羽於鴻門宴上，欲殺劉邦，樊噲聞事急，於是裂裳包楯，戴以爲冠，直入羽營，斥羽背信，劉邦因得脱走。後人摹噲包楯的冠狀製爲冠。冠廣九寸，高七寸，前後突出各四寸，名樊噲冠。殿門司馬衞士戴用。參閱後漢書輿服志下、宋書禮志五。

【樊川文集】 唐杜牧撰。其甥裴延翰编。牧有别墅在故鄉樊川，故名。詩、文二十卷，外集、别集各一卷。後人又將其中詩四卷合外集、别集輯爲樊川詩集，清馮集梧作注。

【樊南文集】 唐李商隱撰。新唐書藝文志稱樊南甲集二十卷，乙集二十卷，玉溪生詩三卷，賦一卷。本集久佚。清初朱鶴齡始蒐輯諸書编爲五卷，馮浩復编訂爲八卷，加以評注。錢振倫又從全唐文中輯出爲補编，分十二卷，並爲箋注。

【樊榭山房集】 清厲鶚撰。共三十九卷。即詩詞集十卷，續集十卷，文集八卷，集外詩四卷，集外詞五卷，集外曲二卷。其詩詞皆力求新異，語必獨造，而詩尤工，善寫林壑難狀之景，佳作近唐孟浩然、柳宗元。

槮 1. shēn 所今切，平，侵韻，山。
ㄕㄣ 楚簪切，平，侵韻，初。

㊀高聳貌。文選漢馬季長(融)長笛賦："林簫蔓荆，森槮柞樸。"注："槮，木長貌。"

2. sǎn 桑感切，上，感韻，心。
ㄙㄢ

㊀積柴水中以誘捕魚。同"罧"。爾雅釋器："槮謂之涔。"注："今之作槮者，聚積柴於水中，魚得寒，入其裏藏隱，因以簿圍捕取之。"宋王安石臨川集十四次韻昌叔歲暮詩："槮密魚雖暖，巢危鶴更陰。"

槲 hú 胡谷切，入，屋韻，匣。
ㄏㄨ

木名。實圓，味劣，可入藥。葉稱槲若。唐本草始著録。參閱明李時珍本草綱目三十果二槲實。

槪 gài 集韻 居代切，去，代韻。
ㄍㄞ

同"槩"。㊀量粟麥時刮平斗斛的器具。後世俗稱斗趟子。禮月令仲春之月："角斗甬，正權概。"引申爲刮平、削平。荀子宥坐："夫水，……盈不求概，似正。"㊁限量。禮曲禮上："食饗不爲槩。"注："槩，量也。"㊂風度，節操。漢書六六楊敞傳附楊惲報孫會宗書："夫西河魏土，……漂然皆有節槩，知去就之分。"注："槩，度量也。"文選南朝梁范蔚宗(曄)逸民傳論："或垢俗以動其槩，或泚物以激其清。"注："槩，猶操也。"㊃大略。如大概、梗概。史記六一伯夷傳"余以所聞(許)由(務)光義至高，其文辭不少概見，何哉？"索隱："按，概是梗概，謂略也。"㊄景象，狀況。唐杜甫杜工部草堂詩箋三奉留贈集賢院崔于二學士："故山多藥物，勝槩憶桃源。"㊅繫念，關切。史記七九范睢傳上書："意者臣愚而不概於王心邪？"索隱："戰國策'概'作'關'，謂關涉於王心也。"㊆漆飾酒尊。周禮春官鬯人："凡祼事用概。"㊇感慨。通"慨"。莊子至樂："是其始死也，我獨何能無槩然。"釋文："司馬云：'槩，感也。'"㊈洗滌。通"溉"。文選漢枚叔(乘)七發："澡槩胸中，灑練五藏。"

【槪量】 斗斛。宋史理宗紀二："詔諸路和糴，給時直，平概量，毋科抑。"謂平其斗斛。

槔 gāo 古勞切，平，豪韻，見。
ㄍㄠ

同"橰"。見"橰"。

樅 1. cōng 七恭切，平，鍾韻，清。
ㄘㄨㄥ 即容切，平，鍾韻，精。

㊀木名。幹高數丈，可作建築材料。爾雅釋木："樅，松葉柏身。"㊁聳峙，隆起。詩大雅靈臺："虡業維樅，賁鼓維鏞。"傳："樅，崇牙也。"疏："其狀隆然，謂之崇牙，言崇牙之狀樅樅然。"㊂姓。漢有御史大夫樅公。見史記高祖紀。

2. zōng
ㄗㄨㄥ

㊃見"樅₂陽"。

【樅₂陽】 縣名。屬安徽省。漢置，屬廬江郡。漢書武帝紀："自尋陽浮江……薄樅陽而出，作盛唐樅陽之歌。"即此。東漢廢，南朝齊、梁復置爲郡，陳亦爲縣。隋開皇十八年廢。唐至德二年更名爲桐城。元明清因之。公元 1955 年改名樅陽縣。參閱嘉慶一統志一一〇安慶府二。

樔 1. cháo 鉏交切，平，肴韻，牀。
ㄔㄠ

㊀鳥窩。也指未有房屋時人之住處。同"巢"。禮禮運："昔者先王未有宮室，冬則居營窟，夏則居橧樔。"漢王充論衡非韓："堯不誅許由，唐民不皆樔處。"㊁田野中守望的草樓。見説文。南唐徐鍇説文繫傳："謂其高若鳥巢也，今田中守稻屋然。"㊂魚網。通"罺"。詩小雅南有嘉魚"烝然汕汕"漢毛亨傳："汕汕，樔也。"箋："樔者，今之撩罟也。"

2. jiǎo 正韻 子了切，上聲。
ㄐㄧㄠ

㊃斷絶。通"剿"。漢書九七上孝武李夫人傳武帝自作賦："美連娟以脩嫮兮，命樔絶而不長。"注："樔，截也。音子小反。"

槳 jiǎng 卽兩切，上，養韻，精。
ㄐㄧㄤ

划船用具。長大曰櫓，短小曰槳；縱曰櫓，横曰槳。樂府詩集四七黄竹子歌："一船使兩槳，得娘還故鄉。"

槩 gài 古代切，去，代韻，見。
ㄍㄞ

同"槪"。見"槪"。

樂 1. yuè 五角切，入，覺韻，疑。
ㄩㄝ

㊀音樂。五聲八音的總名。易豫："先王以作樂崇德。"吕氏春秋古樂："昔葛天氏之樂，三人操牛尾，投足以歌八闋。"㊁樂器。周禮春官典同："掌六律六同之和，以辨天地四方，陰陽之聲，以爲樂器。"史記周紀唐司馬貞索隱述贊："太師抱樂，箕子拘囚。"㊂詩書禮樂易春秋稱六經。參見"樂經"。㊃樂工。論語微子："齊人歸女樂，季桓子受之。"㊄姓。戰國時有燕將樂毅。

2. lè 盧谷切，入，鐸韻，來。
ㄌㄜ

㈥喜悦，愉快。詩小雅常棣："宜爾家室，樂爾妻帑。"論語學而："有朋自遠方來，不亦樂乎。"㈦樂於，樂意。見"樂$_2$成"、"樂$_2$業"。㈧泛指聲色。國語越下："今吴王淫於樂，而忘其百姓。"

3. yào ㄧㄠˋ 五效切，去，效韻，疑。

㈨喜愛。論語雍也："知者樂水，仁者樂山。"

4. luò ㄌㄨㄛˋ

㈩見"樂$_4$託"。

5. lào ㄌㄠˋ 力角切，入，覺韻，來。

⑪樂亭、樂陵，地名。

【樂人】善歌舞的藝人。禮少儀："問大夫之長幼。長，則曰：'能從樂人之事矣。'"疏："以大夫之子恒習於樂，長則已能習樂，故曰能從樂人之事矣。"史記一二六優孟傳："優孟者，故楚之樂人也。"

【樂$_2$土】安樂之地。詩魏風碩鼠："逝將去女，適彼樂土。"文選三國魏王仲宣（粲）從軍詩："詩人美樂土，雖客猶願留。"

【樂$_2$山】縣名。屬四川省。漢南安縣地。周保定元年置平羌縣。隋開皇十年改龍游。明省。清雍正十二年置樂山縣，爲嘉定府治。參閲嘉慶一統志四〇四嘉定府。

【樂方】音樂的法度。荀子樂論："使其曲直、繁省、廉肉、節奏，足以感動人之善心，使夫邪汙之氣無由得接焉。"樂府詩集三六三國魏文帝善哉行有美篇："知音識曲，善爲樂方。"

【樂户】㊀古時犯罪的婦女或犯人的妻女没入官府，充當官妓，從事吹彈歌唱，供統治階級取樂，名隸樂籍，户稱樂户。魏書刑罰志："諸强盜殺人者，首從皆斬，妻子同籍，配爲樂户；其不殺人，及贓不滿五匹，魁首斬，從者死，妻子亦爲樂户。"參見"樂籍"。㊁供奉皇室音樂的人家。隋書裴藴傳："藴揣知帝意，奏括天下周、齊、梁、陳樂家子弟，皆爲樂户。"參見"教坊"。㊂妓院别稱。古今小説十七單符郎全州佳偶："春娘年十二歲，爲亂兵所掠，轉賣在泉州樂户楊家……鴇母愛之如寶，改名楊玉。"

【樂$_2$平】縣名。1.屬江西省。漢餘汗縣地。三國吴至南朝梁俱爲鄱陽郡樂安縣地。陳爲銀城縣。唐武德四年始置樂平縣，屬饒州。明屬饒州府。清因之。參閲嘉慶一統志三一一饒州府。2.漢置，後魏太平真君九年廢，孝昌中復置，唐復治故城。宋廢，元復置，清併入平定州。故城在今山西昔陽縣。參閲嘉慶一統志一四九平定州。

【樂正】㊀樂官名。周官大司樂，即大樂正，掌大學，爲樂官之長；樂師即小樂正，掌小學，爲樂官之副。均稱樂正。禮王制："樂正崇四術，立四教，順先王詩書禮樂以造士……將出學，小胥，大胥，小樂正，簡不帥教者，以告于大樂正。"荀子成相："得后稷，五穀殖，夔爲樂正，鳥獸服。"唐代亦有樂正，爲太常寺下太樂署的低級官吏。㊁複姓。戰國時有樂正克。見孟子梁惠王下。

【樂世】唐琵琶曲名。即六幺。詳"六幺"。

【樂石】可做樂器的石料。古文苑一秦始皇嶧山刻石文："刻此樂石，以著經紀。"後來亦泛指碑碣。參閲唐顔師古匡謬正俗八樂石、清趙翼陔餘叢考三二樂石。

【樂史】公元930—1007年。宋宜黄人。字子正。原仕南唐，入宋舉進士，太宗時授著作郎直史館，後轉太常博士等官。太平興國間撰太平寰宇記二百卷，爲古地理名著。又撰有傳奇小説緑珠傳、楊太真外傳等。見宋史三〇六樂黄目傳。

【樂句】指樂曲的節奏段落。曲句有長短，字有多少，調有緊慢，以板爲節制，稱爲板眼。唐牛僧孺以拍板定樂音緩速起訖爲句，稱爲樂句。見五代王定保唐摭言六公薦、明王驥德曲律二論板眼。

【樂池】神話中的池名。穆天子傳二："庚戌，天子西征，至于玄池。天子三日休於玄池之上，乃奏廣樂，三日而終，是曰樂池。"文選南朝宋謝希逸（莊）宋孝宣貴妃誄："涉姑繇而環迴，望樂池而顧慕。"

【樂$_2$安】㊀水名。在江西樂平縣南。上游名大溪水，源出安徽婺源縣，西流入德興縣境，又西至樂平縣合長樂水爲樂安江。又西至鄱陽縣界會建節水等爲鄱江。見嘉慶一統志三一一饒州府一。㊁郡名。本隋棣州，唐改樂安郡，後復稱棣州，宋爲棣州樂安郡，明改樂安州，後爲武定州。清爲武定府。故地在今山東惠民縣。參閲嘉慶一統志一七六武定府。㊂縣名。1.漢置，屬千乘郡。晉廢入博昌。故地在今山東博興縣。參閲寰宇通志七三青州府。2.屬江西省。宋割崇仁縣及永豐縣地，立樂安縣，因縣有樂安鄉而名。各朝因之。參閲寰宇通志三五撫州府。

【樂羊】人名。也作"樂陽"。戰國時魏將，封於靈壽。魏文侯令樂羊率兵攻中山，其子爲中山人所獲，樂羊不顧，攻益急。中山人因烹其子而將湯及頭送之。樂羊哭泣飲湯三杯。卒拔中山。歸而論功，文侯出示謗書一篋，樂羊乃曰："此非臣之功，主君之力也。"參閲戰國策秦二、淮南子人間。

【樂$_2$地】快樂境地。世説新語德行："王平子（澄）胡母彦國（輔之）諸人，皆以任放爲達，或有裸體者。樂廣笑曰：'名教中自有樂地，何爲乃爾也！'"唐司空圖司空表聖詩集一長安贈王沄："樂地留高趣，權門讓後生。"

【樂成】奏樂完畢。禮祭義："反饋樂成。"清孫希旦集解："樂成者，樂至合舞而成，合舞當饋食之節也。"

【樂$_2$成】㊀樂於成功，共享成果。商君書更法："民不可與慮始，而可與樂成。"㊁縣名。1.漢侯國。屬南陽郡。見漢書地理志上。故城在今河南鄧縣西南。參閲嘉慶一統志二一一南陽府二。2.漢置，屬河間國。漢文帝立趙幽王子辟彊爲河間王，始别爲國。景帝二年立子德爲河間王，都此。東漢明帝封皇子黨爲樂成王。後魏太和十一年，移樂成縣於樂壽縣西南樂壽亭，隋改廣城，又改爲樂壽縣。故城在今河北獻縣東南。參閲漢書地理志下、嘉慶一統志二二河間府。

【樂志】史書中關於音樂制度、儀節的篇目。史記、晉書、宋書等均有樂志，隋書、舊唐書作音樂志。或與禮合併爲禮樂志，如漢書、新唐書、元史。

【樂官】掌管音樂的官吏、官署。詩周頌有瞽"有瞽有瞽"漢毛亨傳："瞽，樂官也。"漢書藝文志："漢興，制氏以雅樂聲律，世在樂官，頗能紀其鏗鏘鼓舞，而不能言其義。"

【樂府】㊀主管音樂的官署。漢惠帝時已有樂府令，武帝時定郊祀禮，立樂府，掌管宫廷、巡行、祭祀所用的音樂，兼採民歌配以樂曲，以李延年爲協律都尉，樂府之名始此。見漢書禮樂志。㊁詩體名。初指樂府官署所採製的詩歌，後將魏、晉至唐可以入樂的詩歌，以及仿樂府古題的作品，統稱樂府。宋以後的詞、散曲、劇曲因配樂，有時也稱樂府。參閲南朝梁劉勰文心雕龍二樂府、宋郭茂倩樂府詩集十六鼓吹曲辭、二六相和歌辭、四三大曲、四四清商曲辭解題。

【樂$_2$育】樂於培育人材。詩小雅菁菁者莪序："菁菁者莪，樂育材也。君子能長育人材，則天下喜樂之矣。"明宋濂宋學士集補遺一送陳彦正教授之官富州詩："英英我杞梓，芃芃我棫樸，菁菁我臺萊，一一思樂育。”

【樂$_2$事】㊀樂於從事自己所作的事。禮王制：“樂事勸功，尊君親上，然後興學。”疏：“樂事，謂民樂悦事務。”㊁歡樂的事。文選南朝宋謝靈運擬魏太子鄴中集詩序：“天下良辰美景，賞心樂事，四者難並。”明湯顯祖牡丹亭驚夢：“良辰美景奈何天，賞心樂事誰家院。”

【樂$_2$昌】縣名。屬廣東省。漢曲江縣地。梁析置梁化縣，又分置平石縣。隋開皇十八年改爲樂昌縣，屬南海郡。歷代因之。參閱寰宇通志一〇三韶州。

【樂$_2$易】愉快和藹、平易近人。荀子榮辱：“樂易者常壽長，憂險者常夭折。”新唐書一六一李紓傳：“紓性樂易，喜接後進。”

【樂$_2$命】安於命運。唐李白李太白詩六少年行：“男兒百年且樂命，何須徇書受貧病。”參見“樂$_2$天知命”。

【樂和】音樂和諧。呂氏春秋音初：“故君子反道以修德，正德以出樂，和樂以成順，樂和而民鄉方矣。”文選漢班孟堅(固)西都賦：“故令斯人，揚樂和之聲，作畫一之歌。”

【樂$_5$亭】縣名。屬河北省。漢盧龍縣地。唐開元中析置馬城縣以通水運。金大定末析置樂亭縣。歷代因之。參閱寰宇通志三永平府灤州。

【樂$_2$郊】安樂的地方。詩魏風碩鼠：“逝將去女，適彼樂郊。”唐劉禹錫劉夢得集六重送浙西李相公……新加旌旆詩：“碧雞白馬徊翔久，却憶朱方是樂郊。”

【樂祖】音樂的祖神。周禮春官大司樂：“凡有道者，有德者，使教焉，死則以爲樂祖，祭於瞽宗。”注：“死則以爲樂之祖神而祭之。”

【樂$_2$昏】勸民婚嫁，使之安樂。昏，同“婚”。周禮地官遂人：“凡治野以下劑，致甿以田里，安甿以樂昏，擾甿以土宜。”注：“樂昏，勸其昏姻，如媒氏會男女也。”

【樂$_2$浪】郡名。漢武帝元封三年置。晉建興元年地入高句驪。參閱漢書武帝紀。

【樂記】禮記篇名。史記題作樂書。戰國至秦漢間儒家所作。原有二十三篇，戴聖以十一篇輯入禮記。已亡失者十二篇。論述樂之起源、古樂新樂之區别及其社會作用等，因爲記樂之義，故名。爲我國古代音樂理論之代表作。參閱禮樂記疏。

【樂$_4$託】指行爲不拘小節，放蕩不羈。同“落拓”。世説新語賞譽下：“謝中郎(萬)云：‘王脩載(耆之)樂託之性，出自門風。’”參見“落拓”。

【樂書】書名。㊀史記八書之一。見“樂記”。㊁宋陳暘撰。二百卷，第一至九十五卷，引三禮詩書春秋易孝經論語孟子中有關音樂文字予以訓釋。第九十六至二百卷，專論律呂五聲、歷代樂章、樂舞、雜樂等，並紀述諸樂器，附樂圖論。其書於雅俗胡部音器歌舞，下及民間雜戲，無不備載。參閱宋史四三二陳暘傳。

【樂$_2$飢】詩陳風衡門：“泌之洋洋，可以樂飢。”箋：“飢者不足於食也，泌水之流洋洋然，飢者見之，可飲以𤻲飢。”按𤻲卽“療”。本指樂而忘飢。後因用爲安貧樂道的典故。清顏光敏顏氏家藏尺牘二孫侍讀一致：“縱放意於山水，山水果可樂饑。”饑，通“飢”。

【樂師】周禮春官之屬，爲大司樂之副。掌國學之政，以教國子小舞。墨子尚賢下：“此譬猶瘖者而使爲行人，聾者而使爲樂師。”

【樂倡】卽樂人。呂氏春秋古樂：“帝顓頊……乃令鱓先爲樂倡，鱓乃偃寢，以其尾鼓其腹，其音英英。”參見“樂人”。

【樂卿】㊀漢爵名。漢初，民得入粟輸邊，拜爵贖罪。武帝時，國用不足，置賞官，稱爲武功爵。買爵者得試補爲吏，最高者得至樂卿，爲武功爵之第八級。參閱史記平準書、漢書食貨志下。㊁唐太常卿的别稱。宋馬永卿嬾真子一：“自唐以來，呼太常卿爲樂卿。或云：太常禮樂之司，故有此名。”

【樂$_2$清】縣名。屬浙江省。漢回浦縣地。晉寧康三年，析置樂成縣，隋廢。唐武德五年復置，五代吳越避梁朱全忠父諱改爲樂清。參閱浙江通志八建置五。

【樂章】㊀樂書的篇章。禮曲禮下：“喪復常，讀樂章。”晉書樂志上：“漢自東京大亂，絶無金石之樂，樂章亡缺，不可復知。”㊁能入樂的詩詞。新唐書二〇二李白傳：“帝坐沉香子亭，意有所感，欲得白爲樂章。”宋王灼碧雞漫志二：“唐末五代，文章之陋極矣，獨樂章可喜，雖乏高韻，而一種奇巧，各自立格，不相沿襲。”

【樂部】官署名。猶太樂署。北周置，有上士、中士，其職如周之大司樂。唐有樂部名，係指樂隊，分立部、坐部二者。隸屬太常，非官職。清復立樂部，爲主管音樂的官署，以禮部滿洲尚書或王公大臣兼典樂大臣。參閱通典二五職官、新唐書禮儀志十一、清會典五二四樂部。

【樂$_2$都】縣名。屬青海省。漢置破羌縣。東晉列國前涼築城，後涼呂光以爲樂都郡治。南涼禿髮烏孤自西平遷都於此。北魏至唐爲鄯州，宋爲邈州城。清改碾伯縣。公元1928年改爲今縣名。參閱晉書禿髮烏孤載記、嘉慶一統志二七〇西寧府二。

【樂探】教坊司管理僧尼道俗與官妓的小吏。元曲選關漢卿謝天香楔子：“小人張千，在這開封府做着個樂探執事，我管的是那僧尼道俗，樂人迎新送舊都是小人該管。”

【樂$_2$推】老子：“是以聖人處上而民不重，處前而民不害，是以天下樂推而不厭。”後來王朝更迭，常用“樂推”爲詞，言得衆人之擁戴。宋書武帝紀中晉恭帝禪位策：“自非百姓樂推，天命攸集，豈伊在予，所得獨專。”梁書武帝紀上齊和帝禪位策：“四百告終，有漢所以高揖；黃德既謝，魏氏所以樂推。”

【樂$_5$陵】縣名。屬山東省。漢置，初屬平原郡，爲都尉治所。建安末，爲樂陵郡治。隋開皇初廢郡。參閱寰宇通志七一武定州。

【樂$_2$國】安樂的處所。詩魏風碩鼠：“逝將去女，適彼樂國。”宋蘇軾分類東坡詩二一次韻子由送陳侗知陝州：“甘棠古樂國，白酒金叵羅。”

【樂$_2$禍】左傳莊二十年：“哀樂失時，殃咎必至。今王子頽歌舞不倦，樂禍也。夫司寇行戮，君爲之不舉，而況敢樂禍乎！”言遇事不警戒，自招禍至。文選三國魏陳孔璋(琳)爲袁紹檄豫州：“獧狡鋒協，好亂樂禍。”猶言唯恐天下不亂。今成語有“幸災樂禍”，本此。參見“幸災樂禍”。

【樂$_2$道】㊀樂於稱述宣揚。公羊傳哀十四年：“君子曷爲爲春秋？撥亂世反諸正，莫近諸春秋，則未知其爲是與？其諸君子樂道堯舜之道與？”㊁樂守聖賢之道。漢書六五東方朔傳：“今子大夫修先王之術，慕聖人之義，……好學樂道之效，明白甚矣。”晉書左思傳：“(皇甫謐)耽籍樂道，高尚其事。”

【樂酣】樂聲酣暢。漢書五七上司馬相如傳上林賦：“於是酒中樂酣，天子芒然而思，似若有亡。”注：“樂酣，奏樂洽也。”唐李白李太白詩十七送族弟攝宋城主簿：“樂酣相顧起，征馬無由攀。”

【樂喪】指有喪事而奏樂。唐段成式酉陽雜俎前集十三尸穸：“世人死者，有作伎樂，名爲樂喪。”

【樂鄉】㊀漢侯國名。漢高祖過趙，求樂毅後人，得其孫叔，封於樂鄉，號華成君。見漢書高帝紀下。地在今河北清苑縣境。參閱嘉慶一統志十四保定府三。㊁古城名。水經注三五江水:"江水又逕南平郡孱陵縣之樂鄉城北,吳陸抗所築,後王濬攻之,獲吳水軍督陸景于此渚也。"故址在今湖北松滋縣。參閱嘉慶一統志三四四荆州府。

【樂$_2$聖】三國志魏徐邈傳云"平日醉客謂酒清者爲聖人,濁者爲賢人",後因稱嗜酒爲"樂聖"。唐杜甫杜工部草堂詩箋二飲中八仙歌:"左相日興費萬錢,飲如長鯨吸百川,銜盃樂聖稱世〔避〕賢。"

【樂$_3$羣】見"敬業樂羣"。

【樂$_2$歲】豐年。孟子梁惠王上:"樂歲終身飽,凶年免於死亡。"

【樂$_2$業】樂於本業。史記律書:"文帝時,會天下新去湯火,人民樂業。"漢書成帝紀:"衆庶樂業,咸以康寧。"

【樂經】六經之一。莊子天運:"(孔)丘治詩書禮樂易春秋六經。"漢稱爲六藝。今文家謂樂本無經,只是附於詩經的一種樂譜。故漢書藝文志著録古書,六藝略於易書詩禮春秋五類,都注明經若干卷,只有樂類不言經,其下著録樂記二十三篇。西漢各經皆置博士,稱五經博士。古文家認爲樂經亡於秦始皇焚書時。

【樂語】㊀論樂的言辭。周禮春官大司樂:"以樂語教國子。"㊁文體名,自宋以來,宮廷演劇,命詞臣作樂語,使伶人歌唱。先爲對偶韻文,後附以詩,亦有不附詩者。宋蘇軾所作樂語,見蘇東坡集外集下。後來名家全集中,往往有此一類。參閱明徐師曾文體明辨樂語。

【樂廣】公元?—304年。晉南陽淯陽人。字彦輔。父早卒,僑居山陽。官太子舍人、尚書令。與王衍同時,崇尚清談,故時言風流者,以兩人爲稱首。其一女適衛玠,時有"婦翁冰清,女婿玉潤"之語。一女適成都王司馬穎,穎反,廣不自安,以憂卒。晉書有傳。

【樂$_2$壽】縣名。漢樂成縣,北魏移縣治於樂壽亭,因改名樂壽。隋開皇十八年改爲廣城縣,仁壽初改廣成。大業十三年農民起義領袖竇建德稱長樂王,建都於此。其所居金城宮,在樂壽巖西,已堙廢。明併入獻州。故地在今河北獻縣西南。參閱舊唐書五四竇建德傳、嘉慶一統志二二河間府。

【樂餌】聲樂與食物。老子:"樂與餌,過客止。"樂指五音,餌指五味。後以喻人所喜愛或可貴的東西。隋江總江令君集攝山棲霞寺碑頌:"辭題翠琰,字勒銀鉤。賢乎樂餌,過客宜留。"宋陳師道后山詩注十一答黄生:"綈袍不受故人意,樂餌肯爲兒輩留。"

【樂毅】戰國燕將。魏樂羊之後。好研習兵書。自魏使燕,燕昭王任爲上將,聯趙楚韓魏,總領五國兵伐齊,攻占七十餘城,惟莒卽墨未下,以功封於昌國,號昌國君。燕惠王繼位,齊行反間計,惠王使騎劫代毅。毅懼誅,出奔趙。齊因興兵,大破燕軍,盡復失地。毅在趙,趙封於觀津,號望諸君。燕惠王乃致書毅爲謝,毅復通燕,往來燕趙間。卒於趙。史記有傳。

【樂緯】緯書之一。隋書經籍志一著録樂緯三卷,宋均注;梁有樂五鳥圖一卷。皆已亡佚。明孫瑴古微書有輯本。清馬國翰玉函山房輯佚書中有動聲儀、稽曜嘉、叶圖徵等篇。參見"緯書"。

【樂$_2$輸】自願繳納。唐司空圖司空表聖文集十十會齋文:"縉紳不讓於樂輸,齋潔復申於衆懇。"新唐書食貨志:"乃命庸調、資課皆以米。凶年樂輸布絹者亦從之。"

【樂縣】懸掛的鍾磬一類的打擊樂器。縣,同"懸"。周禮春官小胥:"正樂縣之位。"注:"樂縣,謂鍾磬之屬縣於筍簴者。"又指懸掛鍾磬之類樂器的架子,卽簨簴。舊唐書音樂志二:"樂縣,横曰簨,竪曰簴。"新唐書禮樂志十一:"樂縣之制。宮縣四面,天子用之。……軒縣三面,皇太子用之。"

【樂籍】樂户的名籍。古時官伎屬於樂部,故也稱樂籍。唐杜牧樊川集一張好好詩序:"好好年十三,始以善歌來樂籍中。"元曲選關漢卿謝天香二:"妾身樂籍在教坊,量妾身則是箇妓女排場。"儒林外史五三:"把那元朝功臣之後都沒入樂籍,有一個教坊司管着他們。"

【樂$_2$屬】東晉安帝時,太傅會稽王司馬道子與其子元顯專朝政,方鎮王恭桓玄等以請誅道子爲名起兵,元顯乃發東土諸郡免奴爲客者,號曰"樂屬",移屯京師,以充兵役。元興元年,玄兵入建康,殺道子父子。見晉書會稽王道子傳。

【樂$_2$全集】宋張方平撰,四十卷。方平字安道,慶曆二年進士,神宗時官至參知政事。自號樂全居士,因以名集。方平記誦淹博,文章疏暢明白。別有玉堂集二十卷,已佚。

【樂章集】宋柳永撰。永精於音律,善作慢詞、長調,當時教坊樂士每得新腔,多求永爲詞。宋陳振孫直齋書録解題作九卷。彊村叢書本作三卷。

【樂$_2$遊苑】苑名。1. 漢宣帝建。故址在今陝西西安市郊。原爲秦宜春苑。漢宣帝神爵三年修樂遊廟,因以爲名。亦稱樂遊原,唐李白李太白詩五憶秦娥:"樂遊原上清秋節,咸陽古道音塵絶。"又杜牧樊川文集二將赴吳興登樂遊原詩:"欲把一麾江海去,樂遊原上望昭陵。"參閱漢書宣帝紀、宋張禮遊城南記。2. 南朝宋劉裕(太祖)建。故址在今江蘇江寧縣。宋書禮志一:"北郊,晉成帝世始立,本在覆舟山南。宋太祖以其地爲樂遊苑。"文選有南朝梁丘希範(遲)侍宴樂遊苑送張徐州應詔詩,又沈休文(約)應詔樂遊苑餞吕僧珍詩。

【樂$_2$遊原】見"樂$_2$遊苑"。

【樂$_2$善堂】清康熙第七子弘瞻(怡親王)書室名。清初錢謙益絳雲樓藏書未焚前。其宋元精本多歸毛晉錢曾。毛錢兩家散出後,歸徐乾學季振宜。徐季之書,又以何焯介紹,歸於怡府。乾隆開四庫館,藏書家皆有進呈,惟怡府書未進。咸豐末年,慈禧殺端華,其書始散落於外。見葉昌熾藏書紀事詩四怡親王。

【樂舞生】明清舉行郊社之祭及祀孔典禮中的樂生和舞生。合稱佾舞生。明制初皆選道童充任,後舞生改用軍民俊秀子弟。清制於儒童、生員中挑選。參閱明史樂志一、清會典三二禮部。參見"佾生"。

【樂毅論】法帖名。魏夏侯玄作,晉王羲之書。唐褚遂良謂"筆勢精妙,備盡楷則",被稱爲王羲之正書第一。全文四十四行,六百字。有五代梁摹本,收入餘清齋帖。宋黄庭堅豫章集二八題樂毅論後:"予嘗戲爲人評書云,小字莫作癡凍蠅,樂毅論勝遺教經。"參閱唐張彦遠法書要録二智永題右軍樂毅論後,又三唐徐浩古蹟記。

【樂$_2$天知命】舊謂安於天命而自樂。易繫辭上:"樂天知命,故不憂。"宋辛棄疾稼軒詞二水龍吟瓢泉:"樂天知命,古來誰會。行藏用舍,人不堪憂。一瓢自樂,賢哉回也!"

【樂$_2$不可支】快樂之極。後漢書三一張堪傳:"拜漁陽太守……勸民耕種,以致殷富。百姓歌曰:'桑無附枝,麥穗兩岐。張君爲政,樂不可支。'"

【樂$_2$不思蜀】三國蜀亡,後主劉禪舉家遷洛陽。司馬昭與宴,爲作故蜀技,旁人皆感愴,而後主喜笑自若。他日,昭問曰:"頗思蜀否?"後主曰:"此間樂,不思蜀。"見三國志蜀後主傳注引漢晉春秋。後以樂不思蜀稱樂而忘返或樂而忘本。

【樂羊子妻】東漢河南樂羊子,於路得

遺金一餅，其妻謂志士不應拾遺求利，以汙其行。於是樂羊子遠出從師求學。一年後思家歸來，妻又以織布爲喻：織不能中斷，學不能中輟。樂羊子感其言，復出，七年不歸，終成學業。見後漢書八四河南樂羊子妻。

【樂₂此不疲】因篤好而不覺得疲倦。後漢書光武紀下："每旦視朝，日仄乃罷，數引公卿、郎、將講論經理，夜分乃寐。皇太子見帝勤勞不怠，承閒諫曰：'……願頤愛精神，優游自寧。'帝曰：'我自樂此，不爲疲也。'"

【樂府指迷】書名。1.宋沈義父撰。一卷。論作詞技巧，偏重形式，以周邦彥爲宗。2.舊題宋張炎撰。即詞源下卷。分詞源、製曲、句法、字面、虛字、清空等十四篇。末附宋楊萬里作詞五要五則。參見"詞源"。

【樂府雅詞】詞總集名。宋曾慥編。五卷。選録宋人三十四家詞。序稱："涉諧謔則去之，當時豔曲謬爲歐公者悉刪除。故命曰雅詞。"四庫本作三卷，補遺一卷。

【樂府詩集】樂府歌辭總集名。宋郭茂倩編。一百卷。輯録漢魏至唐五代樂府歌辭，兼及先秦歌謠，分十二類。各類有總序，每曲有解題。資料收羅豐富，源流考訂詳備。

【樂府雜録】又稱琵琶録。唐段安節著。一卷。首列樂部，以次爲歌舞俳優、樂器、樂曲舊本。並間述著名歌者及琵琶演奏者軼事。舊本末附五音二十八調圖，今僅存論說，圖已佚。

【樂律全書】明朱載堉撰。明刊本三十八卷，四庫本作四十二卷。彙集樂律論著十餘種而成。其中律呂精義內外篇各十卷，律學新說四卷，鄉飲詩樂譜六卷；其餘各種不分卷數。此書主旨載律呂精義中。載堉精研樂律，闡述"新法密律"（即十二平均律），多有精到之論。

【樂律表微】清胡彥昇撰。度律、審音、制調、考器各二卷。對前人的謬誤，多有糾正。

【樂₂極生悲】喻物極必反。淮南子道應："何謂益而損之，曰：'夫物盛而衰，樂極則悲，日中而移，月盈而虧。'"水滸二六："常言道：'樂極生悲，否極泰來。'"

【樂府古題要解】舊本題唐吳兢撰，就樂府古題詳加解說。四庫提要謂爲元人僞造。

十二畫

檃 yì ㄧ 音韻闡微 疑罯切，去，寘韻，疑。

駿馬名。相傳爲周穆王八駿之一。列子周穆王："右驂赤驥，而左白檃。"注："檃，古犧字。"按穆天子傳作"白義"，晉張華博物志六物名考作"白蟻"。

橤 ruǐ ㄖㄨㄟˇ 集韻 乳捶切，上，紙韻。

㊀花蕊。同"蘂"、"蕊"。文選晉左太沖（思）蜀都賦："敷蘂葳蕤，落英飄颻。"劉淵林注："蘂者，或謂之華，或謂之實；一曰花鬚頭點也。"㊁橤橤，花飄落貌。文選晉盧子諒（諶）時興詩："摵摵芳葉零，橤橤芬華落。"也作"縈"。集韻："縈，垂也，或从木。"

橦 1. tóng ㄊㄨㄥˊ 徒紅切，平，東韻，定。

㊀木名。新唐書一〇三孫伏伽傳："時司農市木橦，倍直與民，右丞韋悰劾吏隱没。"參見"橦布"。

2. chōng ㄔㄨㄥ 尺容切，平，鍾韻，穿。

㊁量詞。木一段謂之一橦。集韻："橦，木一截也。"唐式，柴方三尺五寸曰一橦。"㊂象聲詞。見"橦₂橦₂"。㊃古代陷陣車。通"幢"。晉書宣帝紀："起土山地道，楯轒鉤橦，發矢石雨下，晝夜攻之。"

3. chuáng ㄔㄨㄤˊ 宅江切，平，江韻，澄。

㊄木竿。文選漢張平子（衡）西京賦："烏獲扛鼎，都盧尋橦。"後漢書六十馬融傳廣成頌："建雄虹之旌夏，揭鳴鳶之脩橦。"指旗竿。文選晉木玄虛（華）海賦："決帆摧橦，戕風起惡。"指桅竿。

【橦布】橦花織成的布。又稱賨布。文選晉左太沖（思）蜀都賦："布有橦華，麪有桄榔。"劉淵林注："橦華者，樹名橦，其花柔毳，可績爲布也。出永昌。"唐王維王右丞集五送李員外賢郎詩："魚牋請詩賦，橦布作衣裳。"

【橦₂橦₂】鼓聲。三國魏繆襲尤射志服："榜人擊鼓，其聲橦橦。"

【橦₃末伎】表演爬木杆的雜技。文選漢張平子（衡）西京賦："百馬同轡，騁足並馳；橦末之伎，態不可彌。"

樴 zhí ㄓ 之翼切，入，職韻，照。

小木樁。爾雅釋宮："樴謂之杙。"注："橜也。"清邵晉涵正義："古謂之橛，又謂之樴，又謂之杙，其狀不一，或邪而銳，或大而長，其用至廣。"

槢 xī ㄒㄧ 呼雞切，平，齊韻，曉。

椑槢，木名。見"椑槢"。

樽 1. zūn ㄗㄨㄣ 祖昆切，平，魂韻，精。

㊀盛酒器。本作"尊"。也作"罇"。易習坎："樽酒簋貳，剛柔際也。"左傳襄二三年："新樽絜之。"釋文："樽，音尊，本亦作尊。"唐李白李太白詩三前有樽酒行："春風東來忽相過，金樽淥酒生微波。"

2. zǔn ㄗㄨㄣˇ

㊁抑止，節省。通"撙"。淮南子要略："樽流遁之觀，節養性之和。"參見"撙節"。

【樽俎】同"尊俎"。㊀盛酒食的器具。樽以盛酒，俎以盛肉。莊子逍遥遊："庖人雖不治庖，尸祝不越樽俎而代之矣。"史記樂書："布筵席，陳樽俎，列籩豆，以升降爲禮者，禮之末節也。"㊁借指宴席、宴會。漢劉向新序一雜事："夫不出於樽俎之間，而知千里之外，其晏子之謂也。"宋王安石臨川集二一寄郎侍郎詩："久願作公樽俎客，恨無三畝斸蓬蒿。"

【樽₂節】節省。宋崔與之崔清獻公集五重建東嶽行宮記："張侯鼎來，樽節浮費，纔數月而公帑充牣。"

【樽實】本作"尊實"。漢董仲舒春秋繁露十六："宗廟之祭，物之厚無上也。春上豆實，夏上尊實。……尊實，醴也，夏之所受初也。"此謂古代夏季祭祀時樽內所盛的實物，指大麥。

橉 lìn ㄌㄧㄣˋ 良刃切，去，震韻，來。
良忍切，上，軫韻，來。

㊀木名。又名橉筋木。文選晉郭景純（璞）江賦："橉杞稹薄於潯涘，栛槤森嶺而羅峯。"注："橉、杞，二木名也。"本草綱目三五木二橉木："此木最硬，梓人謂之橉筋木是也。木入染绛用，葉亦可釀酒。"也名檸木。參見"檸"。㊁門限。淮南子氾論："枕户橉而卧者，鬼神蹠其首。"玉篇："楚人呼門限曰橉。"

樣 suì ㄙㄨㄟˋ 徐醉切，去，至韻，邪。

說文作"棪"。㊀木名。詩秦風晨風："山有苞棣，隰有樹樣。"三國吴陸璣毛詩草木鳥獸蟲魚疏上："樣，一名赤蘿，一名山梨，今人謂之楊樣。其實如梨，但實甘小異耳。"㊁順。淮南子齊俗："伐梗柟豫樟而剖梨之，或爲棺椁，或爲柱梁，披斷撥樣，所用萬方，然一木之樸也。"㊂深邃。通"邃"。荀子禮論："疏房樣額越席牀第几筵，所以養體也。"額，古"貌"字，即廟。

橧 zēng ㄗㄥ 作滕切，平，登韻，精。

㊀上古時聚柴薪造的住處。見"橧巢"。

疾陵切,平,蒸韻,從。

㊁豬圈。爾雅釋獸:"豕,……所寢,橧。"方言八:"豬,……吳揚之間謂之豬子,其檻及蓐曰橧。"

【橧巢】上古人聚柴薪所作的鳥巢形住處。禮禮運:"昔者先王,未有宮室,冬則居營窟,夏則居橧巢。"注:"暑則聚薪柴居其上。"釋文:"橧,本又作增,又作曾。"晏子春秋諫下:"古者,嘗有處橧巢窟穴而王天下者,其政而不惡,予而不取。"

樲 èr 而至切,去,至韻,日。
ㄦ

酸棗的別名。爾雅釋木:"樲,酸棗。"注:"樹小,實酢。"參見"樲棘"。

【樲棘】果木名。即酸棗。孟子告子上:"今有場師,舍其梧檟,養其樲棘,則爲賤場師焉。"注:"樲棘,小棘,所謂酸棗也。"

橈 1. náo 奴教切,去,效韻,泥。
ㄋㄠ

㊀彎曲。易大過:"棟橈。"釋文:"曲折也。"周禮考工記輈人:"唯轅直且無橈也。"㊁屈從。荀子榮辱:"重死、持義而不橈,是士君子之勇也。"㊂枉屈。禮月令仲秋之月:"斬殺必當,毋或枉橈。"史記蕭相國世家:"上已橈功臣,多封蕭何,至位次未有以復難之,然心欲何第一。"㊃削弱。史記留侯世家:"漢王恐憂,與酈食其謀橈楚權。"又一〇八韓長孺傳:"今大王列在諸侯,悅一邪臣浮說,犯上禁,橈明法。"

2. ráo 如招切,平,宵韻,日。
ㄖㄠ

㊄船槳。楚辭屈原九歌湘君:"薜荔柏兮蕙綢,蓀橈兮蘭旌。"注:"橈,船小楫也。"淮南子主術:"夫七尺之橈而制船之左右者,以水爲資。"

【橈挑】宛轉,輾轉。莊子大宗師:"孰能登天遊霧,橈挑無極,相忘以生,無所終窮。"一本作"撓挑"。

【橈敗】破敗,挫敗。左傳成二年:"畏君之震,師徒橈敗。"

【橈辭】隱諱或屈從的言詞。漢揚雄法言重黎:"始皇方虎挒而梟磔,噬士猶腊肉也。越與亢眉,終無橈辭,可謂伎矣。"也作"橈詞"。新唐書二〇三李華傳附李翰:"城陷見執,卒無橈詞,慢叱凶徒,精貫白日,雖古忠烈,無以加焉。"

橄 gǎn 古覽切,上,敢韻,見。
ㄍㄢ

見下。

【橄欖】果木名。常綠喬木。果實長圓形,兩頭尖。一名青果,又名諫果;可食,亦入藥。晉嵇含南方草木狀下:"橄欖樹,身聳,枝皆高數丈,其子深秋方熟,味雖苦澁,咀之芳馥,勝含雞骨香。吳時歲貢,以賜近侍。"唐劉恂嶺表録異中引作"橄欖"。參閱宋吳曾能改齋漫録十五、本草綱目三一果三橄欖。

【橄欖糖】用橄欖樹脂和皮葉熬製的膠脂。用以修補船隻等。唐劉恂嶺表録異中橄欖樹:"樹枝節上生脂膏如桃膠,南人採之,和其皮葉煎之,調如黑餳,謂之橄欖糖。用泥船損,乾後堅于膠漆。"

樹 shù 常句切,去,遇韻,禪。
ㄕㄨ 臣庾切,上,麌韻,禪。

㊀木類總名。禮祭義:"樹木以時伐焉。"㊁門屏,照壁。爾雅釋宮:"屏謂之樹。"注:"小牆當門中。"㊂計量樹木花草等的物數單位。如同株棵。新唐書車服志:"首飾大小華十二樹。"㊃種,植。詩小雅巧言:"荏染柔木,君子樹之。"淮南子原道:"夫萍樹根於水,木樹根於土。"㊄建立,設置。書泰誓下:"樹德務滋,除惡務本。"詩周頌有瞽:"崇牙樹羽。"傳:"樹羽,置羽也。"㊅通"豎"。漢書八七下揚雄傳長楊賦:"皆稽首樹頷。"注:"樹,豎也。"

【樹人】培植人才。管子權修:"一年之計,莫如樹穀,十年之計,莫如樹木,終身之計,莫如樹人。"注:"樹人,謂濟而成立之。"

【樹子】古諸侯已立爲世子的嫡長子。孟子告子下:"誅不孝,無易樹子。"注:"樹,立也。已立世子,不得擅易也。"穀梁傳僖九年:"毋訖糴,毋易樹子。"注:"樹子,嫡子。"

【樹介】雨水淋於樹上凝凍成冰,狀似披上介冑,故稱。唐會要二雜録:"開元二十九年冬十月,京城寒甚,凝霜封樹,學者以爲春秋'雨木冰'即是。亦名樹介,言其象介冑也。(讓帝)憲見而歎曰:'此俗爲樹稼者也。諺曰:樹生稼,達官怕。必有大臣當之。'"又見舊唐書九五讓皇帝憲傳。參見"木冰"。

【樹立】建立。漢書六二司馬遷傳報任安書:"特以爲智窮罪極,不能自免,卒就死耳;何也?素所自樹立使然。"宋王安石臨川集十三憶昨詩示諸外弟:"男兒少壯不樹立,挾此窮老將安歸?"

【樹本】㊀樹根。後漢書六三李固傳對上曰:"夫表曲者景必邪,源清者流必絜,猶叩樹本,百枝皆動也。"㊁建立根基。史記八五呂不韋傳:"不以繁華時樹本,即色衰愛弛後,雖欲開一語,尚可得乎?"

【樹怨】結怨。史記八七李斯傳諫逐客書:"今逐客以資敵國,損民以益讎,內自虛而外樹怨於諸侯,求國無危,不可得也。"

【樹惇】立性敦樸。國語周上:"吾聞夫犬戎樹惇,帥舊德而守終純固,其有以禦我矣。"一說爲犬戎王名。

【樹敦】地名。吐谷渾舊都。故地在今青海共和縣境內。舊唐書一八三王子顏傳:"擊吐蕃,收五橋,拔樹敦城。"新唐書一四七王難得傳作"樹惇"。

【樹萱】種植萱草。相傳萱草能使人忘憂,故又稱忘憂草。詩衛風伯兮:"焉得諼草,言樹之背。"傳:"諼草,令人忘憂。"釋文:"諼,本又作萱。"後以樹萱爲消憂之詞。南朝宋鮑照鮑氏集三代貧賤愁苦行:"空庭慙樹萱,藥餌媿過客。"宋文鑑二晏殊中園賦:"若其愈疾栽菊,忘憂樹萱。"

【樹楊】戰國策魏二:"田需貴於魏王。惠子曰:'子必善左右。今夫楊,橫樹之則生,倒樹之則生,折而樹之又生;然使十人樹楊,一人拔之,則無生楊矣,故以十人之衆,樹易生之物,然而不勝一人者,何也?樹之難,而去之易也。'"此以栽楊樹爲例,比喻要善於培養和愛護人材。

【樹蜜】枳椇的別名。晉崔豹古今注下草木:"枳椇子,一名樹蜜,一名木餳,實形拳曲,花在實外,味甜美如餳蜜。"

【樹稼】㊀種植莊稼。漢王充論衡率性:"夫肥沃墝埆,土地之本性也。肥而沃者性美,樹稼豐茂。"㊁同"樹介"。

【樹雞】木耳的別名。也名木樅。唐韓愈昌黎集十答道士寄樹雞詩:"軟濕青黃狀可猜,欲烹還喚木盤迴。"宋蘇軾東坡集續集三和陶詩和丙辰歲八月中於下潠田舍穫詩:"黃崧養土羔,老楮生樹雞。"參閱本草綱目二八菜三木耳。

【樹藝】種植。也作"樹埶"。埶,同"藝"。孟子滕文公上:"后稷教民稼穡,樹藝五穀。"注:"樹,種;藝,植也。"漢書食貨志下:"城郭中宅不樹藝者爲不毛,出三夫之布。"注:"樹藝,謂種樹果木及菜蔬。"

【樹蘭】㊀猶植蘭。唐韓愈昌黎集二合江亭詩:"樹蘭盈九畹,栽竹逾萬个。"㊁蘭的一種。明黎民表瑤石山人詩稿六蘭薰香序:"嶺南有嘉卉曰樹蘭者,枝葉扶疎,高可尋丈,春秋始作花如穗,氣甚清馥,類今時所謂蕙者。"

【樹黨】結爲朋黨。韓非子說林上:"羣臣有內樹黨以驕主,有外爲交以削地,則王之國危矣。"史記齊太公世家:"桓公病,五公子各樹黨爭立。"

【樹大招風】言目標大容易招致別人的嫉妒。金瓶梅四八:"正是樹大招風風損樹,人爲名高名喪身。"

【樹倒猢猻散】比喻以勢利結合之徒,爲首者一倒,依附的人隨卽星散。宋曹詠依附秦檜,官至侍郎,顯赫一時,依附者甚衆,獨其妻兄厲德斯不以爲然,詠百端威脅,德斯卒不屈。及秦檜死,德斯遣人致書於曹詠,啟封,乃樹倒猢猻散賦一篇。見宋龐元英談藪。明徐渭雌木蘭雜劇二:"花開蝶滿枝,樹倒猢猻散。"

【樹欲静而風不止】比喻事物的客觀存在和發展不以個人的意志爲轉移。韓詩外傳九:"樹欲静而風不止,子欲養而親不待也。"

橐 tuó 他各切,入,鐸韻,透。ㄊㄨㄛˊ

㈠盛物的袋子。詩大雅公劉:"迺裹餱糧,于橐于囊。"傳:"小曰橐,大曰囊。"漢書刑法志:"豪桀擅私,爲之囊橐。"注:"有底曰囊,無底曰橐。"參閱戰國策秦一"負書擔橐"漢高誘注。㈡冶鍊時用來鼓風吹火的裝置。猶今風箱。墨子備穴:"具鑪橐,橐以牛皮。"淮南子本經:"鼓橐吹埵,以銷銅鐵。"注:"橐,冶鑪排橐也。"參見"橐籥"。㈢見"橐橐"。

【橐它】同"橐駝"。史記一二三大宛傳:"牛十萬,馬三萬餘匹,驢騾橐它以萬數。"參見"橐駝"。

【橐他】同"橐駝"。史記一一〇匈奴傳:"故使郎中係雩淺奉書請,獻橐他一匹,騎馬二匹,駕二駟。"參見"橐駝"。

【橐吾】草名。常綠多年生草本。急就篇:"半夏皁莢艾橐吾。"注:"橐吾,似款冬而腹中有絲,生陸地,華黄色,一名獸須。"一説橐吾、款冬異名同物。唐柳宗元柳先生集二九柳州山水近治可遊者記:"其山多樫……多橐吾。"參閱本草綱目十六草五款冬花。

【橐佗】同"橐駝"。漢書七十常惠傳:"得馬牛驢臝橐佗五萬餘匹。"參見"橐駝"。

【橐皋】地名。春秋吴地。在今安徽巢縣。春秋哀十二年:"公會吴于橐皋。"故又名會吴城。西漢置橐皋縣,屬九江郡。後因音近訛爲拓皋,又因形似訛爲柘皋。宋紹興十一年,金兵南侵,陷廬州,以拓皋地平坦,利用騎,因屯兵於此。既而爲劉錡等所敗。參閱漢書地理志上、讀史方輿紀要二六廬州府巢縣。

【橐耜】掘運泥土的工具。橐,盛土器;耜,盛水器。莊子天下:"禹親自操槀〔橐〕耜,而九雜天下之川,腓无胈,脛无毛,沐甚雨,櫛疾風,置萬國。"釋文:"舊古考反。崔(譔)、郭(象)音託,字則應作橐。"

【橐𩇕】神話傳説中的鳥名。山海經西山經:"(羭次山)有鳥焉,其狀如梟,人面而一足,曰橐𩇕,冬見夏蟄,服之不畏雷。"注:"𩇕,音肥。"

【橐筆】古代書史小吏,手持囊橐,插筆於頭頸,侍立於帝王大臣左右,以備隨時記事,稱持橐簪筆。簡稱橐筆。漢書六九趙充國傳:"(趙)卬家將軍以爲(張)安世本持橐簪筆事孝武帝數十年。"注:"張晏曰:橐,契囊也;近臣負橐簪筆,從備顧問,或有所紀也。師古曰:橐,所以盛書也;有底曰囊,無底曰橐。簪筆者,插筆於首。"元馬祖常馬石田集三奏對興聖殿後詩:"侍臣橐筆皆鵷鳳,御士櫜弓盡虎羆。"後因用以指文士的筆墨生涯。

【橐駝】也作"橐駞"、"橐他"、"橐它"、"橐佗"。㈠獸名。卽駱駝。史記六九蘇秦傳:"燕代橐駝良馬,必實外廄。"又一一七司馬相如傳上林賦:"獸則麒麟角端,騊駼橐駞。"㈡借指駝背的人。唐柳宗元柳先生集十七種樹郭橐駞傳:"郭橐駞,不知始何名。病瘻,隆然伏行,有類橐駞者,故鄉人號之駞。……因捨其名,亦自謂橐駞云。"

【橐橐】象聲詞。詩小雅斯干:"約之閣閣,椓之橐橐。"宋朱熹集傳:"橐橐,杵聲也。"清谷應泰明史紀事本末十四開國規模太祖洪武三年:"一日,上御東閣,聞履聲橐橐。"

【橐饘】指衣食。橐,衣橐。饘,飯食。左傳僖二八年:"(晉)執衛侯,歸之于京師,寘諸深室,甯子職納橐饘焉。"注:"甯俞以君在幽隘,故親以衣食爲己職。"

【橐籥】古代冶鍊用以鼓風吹火的裝備。猶今之風箱。橐,外面的箱子;籥,裏面的送風管。老子:"天地之間,其猶橐籥乎?虚而不屈,動而愈出。"也比喻爲動力、源泉。隋書經籍志一序:"中庸則可久,通變則可大,其教有適,其用無窮,實仁義之陶鈞,誠道德之橐籥也。"

【橐中裝】指珠玉之類的寶物。史記九七陸賈傳:"(南越王尉他)賜陸生橐中裝直千金。"集解:"張晏曰:珠玉之寶也。裝,裹也。"索隱:"如淳云以爲明月珠之屬也。"漢書四三陸賈傳注:"言其寶物質輕而價重,可入囊橐以齎行,故曰橐中裝也。"

【橐駝坐】佛家屈膝而坐,有如橐駝休息時的姿態,故稱。宋黄庭堅山谷詩注内集六僧景宗相訪寄法航禪師:"抱犢稍退鳧鶩行,倦禪時作橐駝坐。"

橝 1. tán 徒含切,平,覃韻,定。ㄊㄢˊ 徒玷切,上,忝韻,定。

㈠木名。卽橉。樹汁可以染色。太平御覽九六一廣志:"橝樹葉似蘇。"㈡蠶槌。架蠶箔的木柱。見説文。

2. xún 集韻 徐心切,平,侵韻。ㄒㄩㄣˊ

㈢長。通"尋"。楚辭漢嚴忌哀時命:"擥瑶木之橝枝兮,望閬風之板桐。"

横 1. héng 户盲切,平,庚韻,匣。ㄏㄥˊ

㈠闌木。説文:"横,闌木也。"清段玉裁注:"闌,門遮也。引伸爲凡遮之稱,凡以木闌之,皆謂之横也。古多以衡爲横。"㈡直綫爲縱,平綫爲横;南北爲縱,東西爲横;經爲縱,緯爲横。淮南子覽冥:"縱横間之,舉兵而相角。"楚辭漢東方朔七諫沉江:"不開寤而難道兮,不别横之與縱。"注:"緯曰横,經曰縱。"㈢當間截斷,絶流而渡。山海經大荒西經:"處栗廣之野,横道而處。"注:"言斷道也。"漢書八七上揚雄傳:"上乃帥羣臣横大河,湊汾陰。"㈣横放着,成横向。儀禮大射:"有餘純,則横諸下。"唐韋應物韋江州集八滁州西澗詩:"春潮帶雨晚來急,野渡無人舟自横。"㈤交錯。楚辭漢劉向九歎憂苦:"長嘘吸以於悒兮,涕横集而成行。"文選南齊謝玄暉(朓)拜中軍記室辭隨王牋:"攬涕告辭,悲來横集。"唐張銑注:"横,交也。"㈥學舍。通"黌"。見"横舍"、"横塾"。㈦姓。漢應劭風俗通姓氏篇上:"韓王子成,號横陽君,其後爲氏。"㈧充溢。禮祭義:"置之而塞乎天地,溥之而横乎四海。"唐杜甫杜工部草堂詩箋十送韋十六評事充同谷郡防禦判官:"子雖軀幹小,老氣横九州。"參見"横秋"。

2. hèng 户孟切,去,映韻,匣。ㄏㄥˋ

㈨放縱,專横。多指恃勢妄爲。史記一〇六吴王濞傳:"文帝寬,不忍罰,以此吴日益横。"三國志吴賀邵傳:"横興事役,競造姦利。"㈩意外,突然。文選漢楊子幼(惲)報孫會宗書:"懷禄貪勢,不能自退,遂遭變故,横被口語。"三國志吴周瑜傳"惟與程普不睦"注引江表傳曹操與孫權書:"赤壁之役,值有疾病,孤燒船自退,横使周瑜虚獲此名。"參見"横₂禍"。

【横刀】㈠横陳佩刀。三國志魏袁紹傳:"董卓呼紹,議欲廢帝,立陳留王,……紹不應，横刀長揖而去。”㊁兵器，卽佩刀。新唐書一一六王及善傳：“帝曰：……爾佩大横刀在朕側，亦知此官貴乎？”清桂馥札樸五覽古：“通鑑：唐太宗幸未央宮，辟仗已過，忽於草中見一人帶横刀。注云：横刀者，用皮襻帶之刀，横於掖下。案今宮門侍衛及督撫輿前材官所帶者，卽横刀也。”

【横$_{2}$夭】意外地早死。後漢書八一譙玄傳：“立趙飛燕爲皇后，后專寵懷忌，皇(太)子多横夭。”

【横目】㊀代指人類。莊子天地：“夫子無意於横目之民乎？願聞聖治。”唐成玄英疏：“五行之内，唯民横目，故謂之横目之民。”宋王安石臨川集二一次韻酬鄧子儀詩之一：“論心未忍遺横目，于世還憂近逆鱗。”㊁猶怒目。聊齋志異連瑣：“隸横目相讎，言詞凶謾。”㊂草名。卽鼓箏草。爾雅釋草：“傅，横目。”注：“一名結縷，俗謂之鼓箏草。”㊃數字四的隱語。晉書五行志中詩妖：“武帝太康三年平吳後，江南童謠曰：‘局縮肉，數横目，中國當敗吳當復。’……案‘横目’者四字，自吳亡至元帝興幾四十年。”

【横生】㊀指人類以外的世間萬物。逸周書文傳：“故諸横生盡以養從生。”晉孔晁注：“横生，萬物也；從生，人也。”㊁洋溢而出，充分表露出來。文選戰國楚宋玉神女賦：“須臾之間，美貌横生。”初學記三十晉傅玄鷹賦：“雄姿邈代，逸氣横生。”

【横$_{2}$生】意外地發生。孔叢子中陳士義：“何患於人之言，而使横生不然之説。”唐柳宗元柳先生集三十與蕭翰林俛書：“萬罪横生，不知其端。”

【横江】㊀横越江面。宋蘇軾經進東坡文集事略一前赤壁賦：“白露横江，水光接天。”宋陸游劍南詩稿九夜飲：“秋鴻陣密横江去，暮角聲酣戰雨來。”㊁地名。在今安徽和縣東南。也叫横江浦。與南岸采石磯隔江對峙，古爲要津。東漢末孫策攻劉繇，隋韓擒虎伐陳，均取渡於此。唐李白李太白詩七横江詞之二：“横江欲渡風波惡，一水牽愁萬里長。”參閲讀史方輿紀要二九和州。

【横艾】天干中第九位“壬”的别稱。史記曆書：“横艾淹茂，太始元年。”索隱：“横艾，壬也，爾雅作玄黓。淹茂，戌也。”正義：“太始元年，壬戌歲也。”

【横$_{2}$死】指自殺、被害或受意外災禍而死。宋書柳元景傳：“世祖嚴暴異常，元景雖荷寵遇，恒慮及禍。……世祖崩，(江夏王)義恭元景等並相謂曰：‘今日始免横死！’”

【横竹】笛。笛以竹製而横吹，故稱。唐李賀歌詩編集外詩龍夜吟：“鬈髮胡兒眼睛緑，高樓夜静吹横竹。”

【横行】㊀不循正道而行。周禮秋官野廬氏：“禁野之横行徑踰者。”疏：“言横行者，不要東西爲横，南北爲縱，但是不依道塗，妄由田中，皆是横也。”㊁遍行。形容周遊之廣。荀子修身：“體恭敬而心忠信，術禮義而情愛人，横行天下，雖困四夷，人莫不貴。”㊂縱横馳騁。謂所向無阻。史記一〇〇季布傳：“上將軍樊噲曰：臣願得十萬衆，横行匈奴中。”㊃行列。墨子備穴：“左右横行，高廣各十尺，殺。”古文苑五漢馬融圍碁賦：“横行陣亂兮，敵心駭惶。”㊄蟹的别稱。見“横行介士”。

【横$_{2}$行】率意而行。漢書五七上司馬相如傳上林賦：“息從横行，出乎四校之中。”注：“言其跋扈恣縱而行，出於校之四外也。”

【横吹】㊀樂器名，卽横笛，又名短簫。唐王維王右丞集五送宇文三赴河西充行軍司馬詩：“横吹雜繁笳，邊風捲塞沙。”册府元龜九六一土風：“党項羌，三苗之後……有琵琶、横吹。”參閲文獻通考一三八樂考十一。㊁樂曲名。見“横吹曲”。

【横波】㊀横流之水波。楚辭屈原九歌河伯：“與女遊兮九河，衝風起兮横波。”㊁比喻眼神流動，如水閃波。文選漢傅武仲(毅)舞賦：“眉連娟以增繞兮，目流睇而横波。”初學記十五南朝梁楊皦詠舞詩：“顒容生翠羽，慢睇出横波。”

【横空】㊀横越天空。唐詩紀事四虞世南侍宴應詔：“横空一鳥度，照水百花燃。”宋陸游劍南詩稿十三横塘：“農事漸興人滿野，霜寒初重雁横空。”㊁彌漫天空。宋蘇軾東坡詞西江月：“照野瀰瀰淺浪，横空曖曖微霄。”又陸游劍南詩稿十八雪中忽起從戎之興戲作之三：“十萬貔貅出羽林，横空殺氣結層陰。”

【横披】長條形的横幅書畫，其軸在左右兩端。宋米芾書史唐畫附五代：“荆浩畫，畢仲愈(將叔)處有一軸，段緘家有横披。”金元好問遺山集十四有覃彦青飛雨亭横披詩。

【横金】宋代表示官階的一種佩戴。宋洪邁容齋隨筆四筆十二仕宦捷疾：“權尚書、御史中丞、資政端明殿閣學士、直學士、正侍郎、給事中，金御仙花帶，不佩魚，謂之横金。”又徐度卻掃編上：“舊制，執政以上，始服毬文帶，佩魚；侍從之臣，止服遇仙帶，世謂之横金。”

【横舍】學舍。横，通“黌”。後漢書三三朱浮傳上書：“宮室未飾，干戈未休，而先建太學，進立横舍。”注：“横，學也。或作黌，義亦同。”宋書臧燾徐廣傅隆傳論：“蓺重當時，所居一旦成市；黌舍暫啟，著録或至萬人。”

【横$_{2}$逆】强暴不順理。孟子離婁下：“有人於此，其待我以横逆，則君子必自反也。”漢書諸侯王表序：“小者淫荒越法，大者睽孤横逆，以害身喪國。”

【横$_{2}$政】暴虐之政。孟子萬章下：“横政之所出，横民之所止，不忍居也。”宋朱熹集注：“横，謂不循法度。”

【横秋】充塞秋空。文選南齊孔德璋(稚珪)北山移文：“風情張日，霜氣横秋。”轉指爲盛氣、老氣。宋蘇軾蘇文忠詩合注三十次韻王定國得晉卿酒相留夜飲：“短衫壓手氣横秋，更著仙人紫綺裘。”又辛棄疾稼軒詞水調歌頭和馬叔度遊月波樓：“鯨飲未吞海，劍氣已横秋。”

【横$_{2}$流】㊀水不按原道而泛濫。孟子滕文公上：“當堯之時，天下猶未平，洪水横流，氾濫於天下。”㊁充溢，遍布。藝文類聚五一三國魏曹植改封陳王謝恩章：“天恩滂霈，潤澤横流。”㊂形容涕淚交流。漢書九七下班倢伃傳自悼賦：“仰視兮雲屋，雙涕兮横流。”三國志魏田疇傳：“言未卒，涕泣横流。”㊃比喻動蕩的局勢。宋書武帝紀中義熙十三年令：“大拯横流，夷項定漢。”文選南朝梁陸佐公(倕)石闕銘：“拯兹塗炭，救此横流。”

【横海】㊀漢將軍名號，謂能横行海上。史記一一一驃騎霍去病傳附韓説：“元鼎六年，以待詔爲横海將軍，擊東越有功，爲按道侯。”㊁形容龐大。文選晉木玄虛(華)海賦：“魚則横海之鯨，突扤孤遊。”唐李白李太白詩十七送魯郡劉長史遷弘農長史：“魯國一杯水，難容横海鱗。”

【横$_{2}$恣】横暴恣肆。史記一〇七魏其武安侯傳：“武安又盛毁灌夫所爲横恣，罪逆不道。”漢書七六趙廣漢傳：“郡大姓原褚宗族横恣，賓客犯爲盜賊，前二千石莫能禽制。”

【横草】㊀踐踏野草，使之横倒。比喻極輕微之事。漢書六四下終軍傳：“軍自請曰：‘軍無横草之功，得列宿衛，食禄五年。’”注：“言行草中，使草偃卧，故云横草也。”唐李白李太白詩十書情贈蔡舍人雄：“愧無横草功，虛負雨露恩。”㊁雜草。南史何佟之傳：“于時又有遂安令劉澄，爲性彌潔，在縣掃拂郭邑，路無橫草。」

【橫通】旁通。管子八觀：「郭周不可以外通，里域不可以橫通。」注：「橫通，謂從旁而通也。」宋陸游劍南詩稿十四梅雨陂澤皆滿：「暖浸千畦稻，橫通十里村。」

【橫$_2$財】意外獲得的財物。多指不經自己勞動努力而得的財物。唐李冗獨異志上：「公（盧懷愼）曰：理固不同，冥司有三十爐，日夕鼓橐，爲（張）說鑄橫財，我無一焉。」宋陸游劍南詩稿十四哭王季夷：「夢中有客徵殘錦，地下無爐鑄橫財。」

【橫陳】㊀橫卧。古文苑二戰國楚宋玉諷賦：「內怵惕兮徂玉牀，橫自陳兮君之傍。」唐李商隱李義山詩集六北齊之一：「小蓮玉體橫陳夜，已報周師入晉陽。」㊁雜陳。宋陸游劍南詩稿四十二月十一日視築堤：「船舸載石來亡窮，橫陳屹立相疊重。」清袁枚小倉山房詩集三十泊石鐘山正值水落見怪石森布絕無鐘聲：「滿地橫陳怪石供，洞庭不奏鈞天樂。」

【橫野】武官名號，謂能橫行原野。後漢書十五王常傳：「使使者持璽書卽拜常爲橫野大將軍。」南齊蕭道成父承之，肄梁州刺史蕭思話部，以武功爲橫野府司馬、漢中太守。見南齊書高帝紀上。南朝梁吳均吳朝請集邊城將之二：「勳輕賞廢丘，名高拜橫野。」

【橫帳】遼俗東向尚左，故御帳東向，稱橫帳。因作皇族的稱號。遼史百官志一北面皇族帳官：「大橫帳常袞司，掌太祖皇帝後九帳皇族之事。橫帳常袞。亦曰橫帳敞穩。」又耶律頗德傳：「舊制，肅祖以下宗室稱院。德祖宗室號三父房，稱橫帳，百官子弟及籍沒人稱著帳。」

【橫笛】竹笛。古稱橫吹，對直吹者而言。今稱七孔笛。太平御覽五八〇引樂纂：「梁胡歌云：『快馬不須鞭，拗折楊柳枝。下馬吹橫笛，愁殺路傍兒。』此歌辭元出北國，知橫笛是北國名。」唐詩紀事二五張巡夜聞笛：「旦夕更樓上，遙聞橫笛吟。」按宋沈括夢溪筆談樂律一：「或云，漢武帝時，丘仲始作笛；又云起於羌人。後漢馬融所賦長笛，空洞無底，剡其上孔。五孔，一孔出其背，正似今之尺八。李善爲之注云：七孔，長一尺四寸。此乃今之橫笛耳，太常鼓吹部中謂之橫吹，非融之所賦者。」參閱清何夢瑤賡和錄下笛。

【橫逸】縱橫奔放。文選晉潘安仁（岳）笙賦：「新聲變曲，奇韻橫逸。」初學記三十晉傅玄鬪雞賦：「猛志橫逸，勢凌天廷。」

【橫幅】㊀遮覆下身的腰裙。晉書倭人傳：「其男子衣以橫幅，但結束相連，略無縫綴。」南史林邑國傳：「男女皆以橫幅古貝繞腰以下，謂之干漫，亦曰都漫。」㊁猶橫披。宋陸游劍南詩稿九夜飲卽事：「更覺茶甌清絕夢，小窗橫幅畫江南。」又姜夔白石道人歌曲四疏影：「等恁時，再覓幽香，已入小窗橫幅。」參見「橫披」。

【橫$_2$禍】不測之禍。淮南子詮言：「內脩極而橫禍至者，皆天也，非人也。」元曲選張國賓合汗衫三：「只爲那當年認了個不良賊，送的俺一家兒橫禍非災！」

【橫塘】地名。1.在江蘇南京市西南。文選晉左太沖（思）吳都賦：「橫塘查下，邑屋隆夸。」宋張敦頤六朝事迹江河門：「吳大帝時，自江口沿淮築堤，謂之橫塘。」2.在江蘇吳縣西南。以分流東出，故名。宋陸游劍南詩稿十三橫塘：「橫塘南北埭西東，拄杖飄然樂未窮。」參閱嘉慶一統志七七蘇州府一山川。

【橫經】聽講時橫陳經書。初學記二一南朝梁任昉厲吏人講學詩：「旰食願橫經，終朝思擁帚。」北齊書儒林傳序：「故橫經受業之侶，遍於鄉邑；負笈從宦之徒，不遠千里。」

【橫塾】同「橫舍」。橫，通「黌」。後漢書七九下儒林傳論：「其服儒衣，稱先王，游庠序，聚橫塾者，蓋布之於邦域矣。」注：「橫又作黌。」參見「橫舍」。

【橫厲】㊀橫渡。漢書五七司馬相如傳大人賦：「互折窈窕以右轉兮，橫厲飛泉以正東。」注：「厲，渡也。」㊁縱橫凌厲，形容氣盛。漢書四五息夫躬傳絕命辭：「玄雲泱鬱，將安歸兮！鷹隼橫厲，鸞徘徊兮！」又六十杜周傳杜業上書：「（翟方進）專作威福，阿黨所厚，排擠英俊，託公報私，橫厲無所畏忌。」

【橫賜】遍賜，廣賜。漢書文帝紀「其赦天下……酺五日」注引文穎：「漢律，三人以上無故羣飲酒，罰金四兩，今詔橫賜得令會聚五日也。」新唐書七七懿安郭太后傳：「自是畋幸稀，小兒武抃等不復橫賜矣。」

【橫橋】㊀古橋名。在漢時長安城北渭水上，通長樂宮與咸陽宮。三輔黃圖一：「長安故城，漢之舊都……其外郭有都門，有棘門，門外有橫橋。」文選晉潘安仁（岳）西征賦：「騖橫橋而旋軫，歷敝邑之南垂。」㊁泛指橋梁。元曲選馬致遠黃粱夢三：「那里一橫澗，搭着一橫橋。」

【橫騖】縱橫交馳。文選漢班孟堅（固）答賓戲：「侯伯方軌，戰國橫騖。」注：「東西交馳謂之騖。」宋陸游劍南詩稿二三卧龍：「雨來海氣先橫騖，風惡松柯盡倒垂。」

【橫$_2$議】肆意議論。孟子滕文公下：「聖王不作，諸侯放恣，處士橫議。」文選南齊王元長（融）永明十一年策秀才文：「若閑宂畢棄，則橫議無已；冕笏不澄，則坐談彌積。」

【橫吹曲】樂府歌曲名。漢張騫通使西域，得摩訶兜勒一曲，李延年因更造新聲二十八解，作爲軍中樂，馬上奏之。後漢以與邊地將軍。魏晉以來，二十八解已亡。參閱晉崔豹古今注下音樂、樂府詩集二一橫吹曲。

【橫磨劍】比喻精銳善戰的士卒。舊五代史景延廣傳：「告戎王曰……晉朝有十萬口橫磨劍，翁若要戰則早來。」

【橫行介士】螃蟹的別稱。宋傅肱蟹譜下兵權：「出師下砦之際，忽見蟹，則當呼爲橫行介士，權以安衆。」本草綱目四五介一蟹：「以其橫行，則曰螃蟹……，以其外骨，則曰介士。」

【橫眉努目】聳眉張眼，怒惡貌。五代後蜀何光遠鑑戒錄引陳裕詩：「橫眉努目强乾嗔，便作閻浮有力神。禍福豈由泥捏漢，燒香供養弄蛇人。」（說郛九）

【橫槊賦詩】行軍中在馬上橫戈吟詩。舊唐書一九〇下杜甫傳：「曹氏父子鞍馬間爲文，往往橫槊賦詩。」宋蘇軾經進東坡文集事略二後赤壁賦：「舳艫千里，旌旗蔽空，釃酒臨江，橫槊賦詩，固一世之雄也。」

橚

1. sù ㄙㄨˋ 息逐切，入，屋韻，心。xiāo ㄒㄧㄠ 蘇彫切，平，蕭韻，心。

㊀草木茂盛貌。也作「櫹」。見「橚爽」、「橚矗」。

2. qiū ㄑㄧㄡ 集韻雌由切，平，尤韻。

㊁木名。同「楸」。山海經中山經：「（陽華之山）其草多藷藇，多苦辛，其狀如橚。」注：「橚，卽楸字也。」

【橚爽】草木茂盛貌。文選漢張平子（衡）西京賦：「鬱蓊薆薱，橚爽櫹槮。」

【橚槮】見「櫹槮」。

【橚矗】木長而直。文選晉左太沖（思）吳都賦：「橚矗森萃，蓊茸蕭瑟。」注：「橚矗，長直貌。」

樾

yuè ㄩㄝˋ 王伐切，入，月韻，于。

㊀樹蔭。玉篇：「樾……楚謂兩樹交陰之下曰樾。」㊁道旁林蔭樹。新唐書八三太

平公主傳:“自興安門設燎相屬，道樾爲枯。”

【樾蔭】衆木合成的樹蔭。淮南子人間:“武王蔭暍人於樾下，左擁而右扇之，而天下懷其德。”注:“武王哀暍者之熱，故蔭之於樾下。”宋王安石臨川集十六遊北山詩:“客坐苔紋滑，僧眠樾蔭清。”

㯕 sī 先稽切，平，齊韻，心。
ㄙ

櫪㯕。刑具名。清朱駿聲謂卽後世之拶指。見説文通訓定聲。

槔 gū 古胡切，平，模韻，見。
ㄍㄨ

木名。山榆。周禮秋官壺涿氏:“若欲殺其神，則以牡槔午貫象齒而沈之。”注:“杜子春云:槔，讀爲枯。枯，榆木名。”

橑 lǎo 盧皓切，上，皓韻，來。
ㄌㄠˇ

㊀屋椽。楚辭屈原九歌湘夫人:“桂棟兮蘭橑，辛夷楣兮藥房。”注:“以木蘭爲榱也。”一説檐前木。見廣韻。㊁蓋弓。通“轑”。淮南子説林:“蓋非橑不能蔽日，輪非輻不能追疾。”大戴禮保傅“古之爲路車也，蓋圓以象天，二十八橑以象列星。”注:“橑，蓋弓也。”㊂柴薪。管子侈靡:“故嘗至味而罷至樂，而雕卵然後瀹之，雕橑然後爨之。”注:“橑，薪也。”

橛 1. jué 其月切，入，月韻，羣。
ㄐㄩㄝˊ

也作“橜”。㊀木橛子，短木樁。爾雅釋宮:“橛謂之闑。”疏:“門中之橛名闑，一名閫。”又“樴謂之杙”晉郭璞注:“橜也。”㊁樹木或禾杆的殘根。列子黄帝:“吾處也若橜株駒。”注:“崔譔曰:橜株駒，斷樹也。”詩小雅大田“既種既戒，卽備乃事”漢鄭玄箋:“至孟春，土長冒橛，陳根可拔，而事之。”㊂馬口所銜的橫木。卽馬銜。韓非子姦劫弑臣:“無捶策之威，銜橛之備，雖造父不能以服馬。”史記一一七司馬相如傳諫獵書:“且夫清道而後行，中路而後馳，猶時有銜橛之變。”索隱引周遷輿服志:“鉤逆上者爲橜，橜在銜中，以鐵爲之，大如雞子。”㊃量詞。木一小段謂之一橛，景德傳燈録十四石頭希遷大師:“汝從南嶽負一橛柴來，豈不是有力?”㊄敲，打擊。通“撅”。山海經大荒東經東海:“其上有獸……其名曰夔，黄帝得之，以其皮爲鼓，橛以雷獸之骨，聲聞五百里。”

2. guì 集韻 姑衛切，去，祭韻。
ㄍㄨㄟˋ

㊅古代祭祀時陳列牛羊等祭品的几。卽俎。通“蕨”。廣雅釋器:“梡、梂、橛……俎，几也。”集韻:“橛，夏俎名，通作蕨。”參見“蕨”。

【橛飾】加以裝飾的馬銜。莊子馬蹄:“前有橛飾之患，而後有鞭筴之威，而馬之死者已過半矣。”釋文:“飾，徐(邈)音式，司馬(彪)云:排銜也;謂加飾於馬鑣也。”

【橛頭】小木船。宋張元幹蘆川詞漁家傲題玄真子圖:“釣笠披雲青障繞，橛頭雨細春江渺。”

橘 jú 居律切，入，術韻，見。
ㄐㄩˊ

㊀木名。果實爲橘子。書禹貢:“厥包橘柚。”傳:“小曰橘，大曰柚。”疏:“橘柚二果，其種本别，以實相比，則柚大橘小。”㊁古代紀月的名稱。月陽在乙爲橘。爾雅釋天:“月在甲曰畢，在乙曰橘。”廣韻作“檐”。

【橘井】舊題晉葛洪神仙傳九，記有桂陽人蘇仙公成仙前，告其母，明年有疫，可取橘葉井水，以療疫疾。好事者因傳之。橘井故址卽在今湖南郴州蘇仙嶺下。唐杜甫杜工部詩史補遺十奉送二十三舅録事之攝郴州:“郴州可涼冷，橘井尚淒清。”

【橘奴】漢丹陽太守李衡於武陵汜洲上，種橘千株，臨終，謂其子曰:“吾州里有千頭木奴，不責汝衣食，歲上一匹絹，亦可足用。”見三國志吴孫休傳注引襄陽記。種橘如畜奴，後遂以橘奴爲橘樹的别稱。唐杜甫杜工部草堂詩箋三一驅豎子摘蒼耳:“加點瓜薤間，依稀橘奴跡。”參見“木奴”。

【橘官】官名。漢武帝時於産橘地區置橘官，長一人，秩二百石。漢書地理志上巴郡朐忍魚復縣皆有橘官。參閲晉嵇含南方草木狀下。

【橘洲】地名。自古以産橘著名，在湖南長沙市湘江中。又名水鷺洲、水陸洲、橘子洲、長島。水經注三八湘水:“湘水又北逕南津城西，西對橘洲。”唐杜甫杜工部草堂詩箋三九酬郭十五判官:“喬口橘洲風浪促，繫帆何惜片時程。”

【橘叟】見“橘中樂”。

【橘紅】卽橘皮，可入藥。宋韓彦直橘録入藥:“橘皮最有益于藥，去盡脈爲橘紅，青橘則爲青皮，皆藥之所須者。”(説郛七五)

【橘涂】古代紀月的特定名稱。謂農曆得乙之十二月爲橘涂。爾雅釋天:“月在甲曰畢，在乙曰橘……十一月爲辜，十二月爲涂。”疏:“十一月得甲，則曰畢辜;十二月得乙，則曰橘涂。”

【橘黄】橘熟，橘熟之時。唐岑參岑嘉州詩三尋楊郎中宅卽事:“雨滴芭蕉赤，霜催橘子黄。”宋陳郁藏一話腴:“(唐)李守大異伯珍回醫生之書云:‘遣白金三十兩奉納，以備橘黄之需。’始不曉所謂，及觀世説有‘枇杷黄，醫者忙;橘子黄，醫者藏’，乃知時使然耳。”(説郛五)

【橘頌】楚辭九章中的一篇。戰國楚屈原作。以稱頌橘樹，比喻自己的質樸堅貞。漢王逸解題:“美橘之有是德，故曰頌。”南朝梁劉勰文心雕龍二頌讚:“及三閭橘頌，情采芬芳，比類寓意，又覃及細物矣。”

【橘録】宋韓彦直撰。宋史藝文志作永嘉橘録。三卷。上卷記浙江温州所産柑品八種、橙品一種，中卷記橘品十八種，下卷專論種植方法，包括土宜、繁殖、橘園管理、防治病蟲害、採摘等。是我國最早的柑橘專著。

【橘籍】有橘産的户籍。舊題南朝梁任昉述異記:“越多橘柚，歲多橘税，謂之橙橘户，亦曰橘籍。”(類説八)

【橘中樂】象棋遊戲的别稱。唐牛僧孺幽怪録:“巴邛人橘園，霜後兩橘大如三斗盎。剖開，有二老叟相對象戲，談笑自若……一叟曰:‘橘中之樂不減商山，但不得深根固蔕，爲愚人摘下耳。’”(類説十一)。後因稱下象棋爲橘中樂。又稱橘中戲、橘中趣。明朱晉楨有橘中祕一書，輯録象棋譜多種，書題本此。

【橘化爲枳】周禮考工記總序:“橘踰淮而北爲枳……此地氣然也。”後用以比喻因環境不同而引起變化。晏子春秋六雜下:“嬰聞之，橘生淮南則爲橘，生于淮北則爲枳;葉徒相似，其實味不同。所以然者何?水土異也。今民生長于齊不盜，入楚則盜，得無楚之水土使民善盜耶。”

橢 tuǒ 他果切，上，果韻，透。
ㄊㄨㄛˇ

㊀狹長，長圓形。爾雅釋魚:“蟦，小而橢。”注:“橢，謂狹而長。”淮南子修務:“今夫救火者汲水而趍之，或以甕瓴，或以盆盂，方員鋭橢不同，盛水各異，其於滅火鈞也。”㊁長圓形的容器。急就篇三:“橢杅槃案桮問盌。”注:“橢，小桶也，所以盛鹽豉。”

【橢圓】長圓形。清姚鼐惜抱軒詩集二羅兩峯鬼趣圖:“君看隙外光，穿落窗中壤，或方或橢圓，横斜直曲枉。”

樳 xún 徐林切,平,侵韻,邪。
ㄒㄩㄣˊ

高大的樹木。文選晉左太沖(思)吴都賦:“西蜀之於東吴,小大之相絶也,亦猶棘林螢燿而與夫樳木龍燭也。”劉逵注引山海經:“樳木長千里。”按今本山海經海外北經拘纓國作“尋木”。參閲清吴其濬植物名實圖考長編二一諸木。

樨 xī 字彙 先齊切,音西。
ㄒㄧ

木樨,卽木犀。桂花的别稱。元張憲玉笥集六李嵩宋宫觀潮圖:“木樨花開秋可數,兟兟靈鼉振天鼓。”參見“木犀”。

橙 1. chéng 宅耕切,平,耕韻,澄。
ㄔㄥˊ

㊀果木名。史記一一七司馬相如傳上林賦:“葴橙若蓀。”索隱引郭璞云:“橙,柚也。”果實曰橙子,今讀 chén。

2. dèng 都鄧切,去,嶝韻,端。
ㄉㄥˋ

㊁坐具。通“櫈”。晉書王羲之傳附王獻之:“魏時陵雲殿榜未題,而匠者誤釘之,不可下,乃使韋仲將懸橙書之。”

【橙皮】 橙果皮。可入藥。宋寇宗奭本草衍義十八橙子皮:“今人止以爲果,或取皮合湯待賓,未見入藥。宿酒未醒,食之速醒。”參閲本草綱目三十果二橙。

【橙蟹】 用橙子和螃蟹調製的食品。宋林洪山家清供上蟹釀橙:“橙用黄熟大者,截頂剜去穰,留少液,以蟹膏肉實其内,仍以帶枝頂覆之。入小甑,用酒醋水蒸熟,用醋鹽供食,香而鮮,使人有新酒菊花、香橙螃蟹之興。因記危巽齋贊蟹云:‘黄中通理,美在其中,暢於四肢,美之至也。’此本諸易,而於蟹得之矣。今於橙蟹又得之矣。”

【橙黄橘緑】 宋蘇軾分類東坡詩二五贈劉景文:“一年好處君須記,正是橙黄橘緑時。”指秋季。

樺 huà 胡化切,去,禡韻,匣。
ㄏㄨㄚˋ 户花切,平,麻韻,匣。

木名。通稱樺木,也稱白樺。皮可以爲燭。見玉篇。參閲本草綱目三五木二樺木。

【樺巾】 樺皮做的頭巾。唐寒山子集寒山詩之二〇六:“樺巾木屐沿流步,布裘藜杖繞山迴。”

【樺燭】 樺皮捲蠟爲燭。唐白居易長慶集十九行簡初授拾遺同早朝入閤因示十二韻詩:“宿雨沙堤潤,秋風樺燭香。”宋蘇軾分類東坡詩二三至真州再和二首之一:“小院檀槽鬧,空庭樺燭煙。”

樻 kuì 求位切,去,至韻,羣。
ㄎㄨㄟˋ 丘愧切,去,至韻,溪。

木名。卽椐,又名靈壽木。爾雅釋木:“椐,樻。”注:“腫節可以爲杖。”三國吴陸璣毛詩草木鳥獸蟲魚疏上其檉其椐:“椐,樻。節中腫似扶老,今靈壽是也。今人以爲馬鞭及杖。”

樿 shàn 旨善切,上,獮韻,照。
ㄕㄢˋ

木名。又名白理木。木質堅硬,紋白。可製梳、杓等器物。山海經中山經:“風雨之山,……其木多椒、樿。”注:“樿木,白理中節,騶善二音。”禮玉藻:“櫛用樿櫛。”

【樿傍】 每邊用整板做成的棺材。莊子人間世:“宋有荆氏者,宜楸柏桑。……七圍八圍,貴人富商之家求樿傍者,斬之。”釋文:“崔(譔)云:樿傍,棺也。”唐成玄英疏:“樿旁,棺材也。亦言棺之全一邊而不兩合者謂之樿傍。”

檛 zhuā 陟瓜切,平,麻韻,知。
ㄓㄨㄚ

㊀杖,鞭。急就篇三:“鐵錘檛杖棁柲杸。”注:“麤者曰檛,細者曰杖。”㊁擊。三國志魏齊王紀正始七年詔:“道路但當期於通利,聞乃檛捶老小,務崇脩飾,疲困流離,以至哀歎。”㊂笙兩側之管。文選晉潘安仁(岳)笙賦:“脩檛内辟,餘簫外逶。”注:“脩檛,長管也。”

樸 1. pǔ 匹角切,入,覺韻,滂。
ㄆㄨˇ

或作“朴”。㊀未經加工成器的原材料。書梓材:“若作梓材,既勤樸斲,惟其塗丹雘。”釋文:“樸,普角反。馬(融)云:未成器也。”漢王充論衡量知:“無刀斧之斷者謂之樸。”㊁本真,本性。老子:“見素抱樸,少私寡欲。”吕氏春秋論人:“故知知一,復歸於樸。”注:“樸,本也。”㊂質樸,厚重。老子:“敦兮其若樸。”河上本作“朴”。

2. bú 蒲木切,入,屋韻,並。
ㄅㄨˊ 博木切,入,屋韻,幫。

㊃叢生的樹木。詩大雅棫樸:“芃芃棫樸。”傳:“樸,枹木也。”疏:“孫炎曰:樸屬叢生謂之枹。”説文作“𣝗”。㊄附着,依附。商君書墾令:“農民不傷,姦民無樸;姦民無樸,則農民不敗。”

【樸拙】 率真純厚。藝文類聚二六三國魏丁儀厲志賦:“惟受性之樸拙,亮未達乎測度。”

【樸茂】 誠實厚重。唐韓愈昌黎集十八答吕醫山人書:“以吾子自山出,有朴茂之美意,恐未磨礱以世事。”

【樸素】 質樸無文飾。引申爲儉約,不奢華。莊子天道:“樸素而天下莫能與之争美。”新唐書一一二柳澤傳上書:“諸王、公主、駙馬,陛下之所親愛也……惟陛下黜奢僭驕怠,進樸素行業,以勗其非心。”

【樸馬】 ㊀未曾剪鬣的馬。左傳哀十二年:“素車樸馬。”疏:“鄭玄云:髦馬,不鬄落也。則此樸馬,亦謂不鬄落,用此以載柩也。”㊁未經訓練的馬。荀子臣道:“若馭樸馬。”注:“樸馬,未調習之馬。”

【樸訥】 樸實而不善言詞。三國志魏崔琰傳:“少樸訥,好擊劍,尚武事。”

【樸渥】 兔子跳躍貌。借指兔子。宋范成大石湖集五復自姑蘇過宛陵至鄧步出陸詩:“飲溪有跡於菟過,掠草如飛朴渥翻。”朴,同“樸”。參見“撲朔迷離”。

【樸鈍】 ㊀器不鋒利。漢書七十陳湯傳:“夫胡兵五而當漢兵一,何者?兵刃朴鈍,弓弩不利。”朴,同“樸”。㊁謂天資不聰敏。三國志蜀龐統傳:“少時樸鈍,未有識者。”

【樸實】 質樸誠實。宋史四三〇李燔傳:“(朱)熹謂人曰:‘燔交友有益,而進學可畏,且直諒樸實,處事不苟。’”宋人語録中,常作“樸實頭”;頭,詞尾。朱子語録六性理二:“忠信者,真實而無虛僞也,無些欠闕,無些閒斷,樸實頭做去無停住也。”

【樸$_{2}$遬】 見“樸$_{2}$樕”。

【樸鄙】 質樸簡約。莊子漁父:“孔子伏軾而歎曰:‘甚矣由之難化也,湛於禮義有間矣,而樸鄙之心,至今未去。’”宋歐陽修文忠集九十謝知制誥表:“志欲去於雕華,文反成於樸鄙。”

【樸$_{2}$樕】 也作“樸遬”、“僕遬”。㊀小木。詩召南野有死麕:“林有樸樕。”傳:“樸樕,小木也。”唐劉禹錫劉夢得集二飛鳶操詩:“樸樕危巢向暮時,毰毸飽腹蹲枯枝。”按爾雅釋木作“樕樸”,疑爲傳寫之誤。㊁比喻淺陋、平庸。多指才能而言。漢書四五息夫躬傳:“躬上疏歷詆公卿大臣……諸曹以下,僕遬不足數。”唐杜牧樊川集十五賀平黨項表:“臣僻左小郡,樸樕散材。”

【樸魯】 誠樸遲鈍。釋名釋州國:“魯,魯鈍也。國多山水,民性樸魯也。”亦作“朴魯”。宋史地理志一京東路論:“大率東人皆朴魯純直。”

【樸學】 本指上古樸質之學。漢書八八歐陽生傳:“(倪)寬有俊材,初見武帝語經學。上曰:‘吾始以尚書爲樸學,弗好,及聞寬説,可觀。’乃從寬問一篇。”後來泛指經學爲樸學。亦作“朴學”。宋蘇軾分類東坡詩十九和猶子遲贈孫志舉:“我家六男子,朴學非時新。”又陸游劍南詩稿十二雨後極涼料簡篋中舊書有感:“區區樸學老自信,要與萬卷歸林廬。”清代乾嘉學者繼承漢儒學風,致力治經考據,以區別於宋儒性命之學,也稱樸學。

【樸$_2$屬】相附着,依附。周禮冬官考工記序目:“凡察車之道,欲其樸屬而微至。不樸屬無以爲完久也,不微至無以爲戚速也。”注:“樸屬,猶附著,堅固貌也。”詩大雅棫樸“芃芃棫樸”漢鄭玄箋:“白桵相樸屬而生者,枝條芃芃然。”

㯓 tà ㄊㄚˋ 吐盍切,入,盍韻,透。

床。同“榻”。法苑珠林九二十惡邪婬感應緣:“便令坐對㯓上,陳説語言,奇妙非常。”

橁 xún ㄒㄩㄣˊ 玉篇 相倫切,又丑倫切。

杶木的别名。見説文。左傳襄十八年:“孟莊子斬其橁,以爲公琴。”釋文:“橁,勑倫反,又相倫反。”

橇 qiāo ㄑㄧㄠ 起囂切,平,宵韻,溪。

泥行之具。史記夏紀:“陸行乘車,水行乘船,泥行乘橇,山行乘檋。”集解:“孟康曰:‘橇形如箕,擿行泥上。’”正義:“橇形如船而短小,兩頭微起,人曲一脚,泥上擿進,用拾泥上之物。”又河渠書作“毳”。

橅 mó ㄇㄛˊ 莫胡切,平,模韻,明。

規範,法式。同“模”。漢書七八蕭望之傳鄭朋奏記:“今將軍規橅云若管晏而休,遂行日仄至周召乃留乎?”注:“橅讀曰模。其字從木。”

橋 1. qiáo ㄑㄧㄠˊ 巨嬌切,平,宵韻,羣。

㊀橋梁。史記秦紀昭襄王五十年:“初作河橋。”水經注一河水:“(罽賓之境)有盤石之隥,道狹尺餘,行者騎步相持,絙橋相引二十許里。”用爲動詞,指架橋。史記一一七司馬相如傳:“西至沬、若水,南至牂柯爲徼,通零關道,橋孫水以通邛都。”㊁器物上的横梁。儀禮士昏禮:“笲,緇被纁裏,加于橋。”㊂桔槔。井上提水工具。禮曲禮上:“奉席如橋衡。”注:“橋,井上桔槔。”

2. qiāo ㄑㄧㄠ 集韻 丘祆切,平,宵韻。

㊃山行之具。史記河渠書:“陸行載車,水行載舟,泥行蹈毳,山行即橋。”又夏紀作“檋”,漢書溝洫志作“梮”。一説爲泥行所乘。同“橇”,或作“鞽”。見集韻。㊄高聳,高舉。詩鄭風山有扶蘇:“山有橋松,隰有游龍。”釋文:“橋,本亦作喬。毛作橋,其驕反。”㊅木名。見“橋梓”。㊆姓。漢有橋仁、橋玄。參閲急就篇二。

3. gāo ㄍㄠ

㊇勁疾貌。莊子則陽:“欲惡去就,於是橋起。”釋文:“居表反,……又音羔。王(叔之)云高勁,言所起之勁疾也。”

4. jiāo ㄐㄧㄠ

㊈見“橋$_4$泄”。

5. jiǎo ㄐㄧㄠˇ

㊉糾正。通“矯”。荀子儒效:“行法至堅,好修正其所聞,以橋飾其情性。”楊倞注:“橋與矯同。”

【橋山】山名。1.在陝西黄陵縣西北。有沮水穿山而過,山呈橋形,因以爲名。也稱子午山。相傳上有黄帝墓。史記五帝紀:“黄帝崩,葬橋山。”正義引括地志:“黄帝陵在寧州羅川縣東八十里子午山。”2.在河北涿鹿縣東南。魏書太宗紀泰常七年:“辛酉,幸橋山,遣使者祠黄帝唐堯廟。”即此。

【橋$_4$泄】傲慢。橋,通“驕”。荀子榮辱:“橋泄者,人之殃也。”橋,元刻本作“憍”。

【橋門】㊀古代辟雍四門,周圍環水,以橋相通,故稱。後漢書七九上儒林傳序:“饗射禮畢,帝正坐自講,諸儒執經問難於前,冠帶縉紳之人,圜橋門而觀聽者,蓋億萬計。”㊁陝西橋山的北端稱橋門。水經注三河水:“昔段熲追羌出橋門,至走馬水,聞羌在奢延澤,即此處也。門即橋山之長城門也。”

【橋梁】架在水上連接兩岸的建築物。史記一〇五倉公傳:“(信)至莒縣陽周水,而莒橋梁頗壞。”宋書樂志三魏武帝(曹操)苦寒行:“水深橋梁絶,中道正裴回。”

【橋梓】尚書大傳梓材:“伯禽與康叔朝於成王,見乎周公,三見而三笞之。二子有駭色,乃問於商子曰:‘吾二子見於周公,三見而三笞之,何也?’商子曰:‘南山之陽有木名橋,南山之陰有木名梓,二子盍往觀焉。’於是二子如其言而往觀之,見橋木高而仰,梓木晉而俯。反以告商子,商子曰:‘橋者,父道也;梓者,子道也。’”後因稱父子爲橋梓。文選南朝梁任彦昇(昉)王文憲集序:“孝友之性,豈伊橋梓;夷雅之體,無待韋弦。”宋許月卿先天集三次韻黄玉如大章攜先集來訪詩之二:“橋梓風流滿腹經,桂花香裏識魁名。”

【橋陵】㊀黄帝陵。相傳黄帝葬於橋山,因稱橋陵。參見“橋山1”。㊁唐李旦(睿宗)陵。在陝西蒲城縣北的豐山。

【橋閣】棧道,閣道。水經注二七沔水上引三國蜀諸葛亮與兄瑾書:“頃大水暴出,赤崖以南,橋閣悉壞。”三國志魏鄧艾傳:“鑿山通道,造作橋閣。”

橡 xiàng ㄒㄧㄤˋ 徐兩切,上,養韻,邪。

櫟樹的果實。晉書庾袞傳:“又與邑人入山拾橡。”本草綱目三十果二橡實:“櫟有兩種:一種不結實者,其名曰棫,其木心赤,……一種結實者,其名曰栩,其實爲橡。”參見“橡栗”。

【橡斗】即橡實。也指橡實之殼。本草綱目三十果二橡實:“柞木也。實名橡斗,皁斗。謂其斗刓剜,象斗可以染皁也。南人呼皁如柞,音相近也。”

【橡栗】櫟樹的果實。似栗而小。莊子盜跖:“晝拾橡栗,暮栖木上,故命之曰有巢氏之民。”新唐書二〇一杜甫傳:“客秦州,負薪採橡栗自給。”又名橡果。韓非子外儲右下:“秦大饑,應侯請曰:‘五苑之草著,蔬菜、橡果、棗栗,足以活民,請發之。’”通名橡實,俗稱橡子。唐張籍張司業集一野老歌:“歲暮鋤犂倚空室,呼兒登山收橡實。”又皮日休皮子文藪十橡媪歎詩:“秋深橡子熟,散落榛蕪崗。”

【橡實】一名櫟實,一名芧。俗稱橡子。晉書摯虞傳:“糧絶饑甚,拾橡實而食之。”政和證類本草十四木下:“橡實,味苦,微温,無毒。……一名杼斗,槲櫟皆有斗,以櫟爲勝。所在山谷皆有。”參見“橡栗”。

橪 1. rǎn ㄖㄢˇ 人善切,上,獮韻,日。

㊀果名。説文:“橪,酸小棗。”史記一一七司馬相如傳上林賦:“枇杷橪柿。”

2. yān ㄧㄢ 烏前切,平,先韻,影。

㊁見“橪$_2$支”。

【橪$_2$支】香草名。一説木名。也作“撚支”。楚辭漢劉向九歎惜賢:“搴薜荔於山野兮,采撚支於中洲。”注:“撚支,香草也。”宋洪興祖補注:“撚,音煙。……其字從木。郭璞云:橪支,木也。”

樵 qiáo ㄑㄧㄠˊ 昨焦切,平,宵韻,從。

㊀柴薪。左傳桓十二年:"絞小而輕,輕則寡謀,請無扞采樵者以誘之。"梁書阮孝緒傳:"家貧無以爨,僮妾竊隣人樵以繼火。"㊁打柴。詩小雅白華:"樵彼桑薪,卬烘于煁。"㊂打柴的人。宋王安石臨川集四謝公墩詩:"問樵樵不知,問牧牧不言。"㊃焚燒。公羊傳桓七年:"焚之者何,樵之也。"注:"以樵燒之,故因謂樵之。樵之,齊人語。"㊄樓的別稱。通"譙"。漢書六九趙充國傳:"爲塹壘木樵,校聯不絕。"注:"樵與譙同,謂爲高樓以望敵也。"

【樵夫】打柴的人。文選漢揚子雲(雄)長楊賦:"士有不談王道者,則樵夫笑之。"

【樵青】唐張志和,自親亡,不復仕,自號煙波釣徒,著玄真子。有高名,唐肅宗賜以奴婢各一,志和配爲夫婦,號漁童樵青。見唐顏真卿顏魯公文集九浪跡先生玄真子張志和碑。後來詩文中常以樵青爲女婢的通名。

【樵采】打柴。戰國策齊四:"昔者,秦攻齊,令曰:'有敢去柳下季壟五十步而樵采者,死不赦。'"三國志魏董卓傳:"飢窮稍甚,尚書郎以下自出樵采,或飢死牆壁間。"

【樵風】後漢書三三鄭弘傳"會稽山陰人"注引南朝宋孔靈符會稽記:"射的山南有白鶴山,此鶴爲仙人取箭。漢太尉鄭弘嘗采薪,得一遺箭,頃有人覓,弘還之,問何所欲,弘識其神人也,曰:'常患若邪溪載薪爲難,願旦南風,暮北風。'後果然。"因稱若邪溪之風爲鄭公風。也稱樵風,並名其地爲樵風涇。後因以樵風指順風。唐宋之問集下遊禹穴迴出石邪:"歸舟何慮晚,日暮使樵風。"

【樵歌】㊀樵夫之歌。唐杜甫杜工部草堂詩箋三十秋野五首之四:"砧響家家發,樵歌箇箇同。"宋許月卿先天集四贈墨士程雲翁詩:"山屋莫道渾無用,留寫樵歌入錦囊。"㊁書名。宋朱敦儒撰。三卷。其詩詞音律和諧,自成一格。

【樵蘇】打柴割草。史記九二淮陰侯傳:"臣聞千里餽糧,士有飢色,樵蘇後爨,師不宿飽。"集解引漢書音義:"樵,取薪也;蘇,取草也。"也指柴草。文選晉潘安仁(岳)馬汧督誄:"城中鑿穴而處,負户而汲,木石將盡,樵蘇乏竭,芻蕘罄絕。"亦泛指日常生計。全唐詩七一七曹松己亥歲二首之一:"澤國江山入戰圖,生民何計樂樵蘇。"

【樵爨】打柴做飯。北史燕鳳傳:"軍無輜重樵爨之苦,輕行速捷,因敵取資。"唐杜甫杜工部詩史補遺一落日:"芳菲緣岸圃,樵爨倚灘舟。"

【樵蘇不爨】有柴有草,無食爲炊。用以比喻貧困。文選三國魏應休璉(璩)與侍郎曹長思書:"悲風起於閨闥,紅塵蔽於机榻,幸有袁生,時步玉趾,樵蘇不爨,清談而已,有似周黨之過閔子。"注引東觀漢記:"太原閔貢,字仲叔,與周黨相遇,含菽飲水,無菜茹也。"

機 jī ㄐㄧ 居依切,平,微韻,見。

㊀弩機。弓上發箭的裝置。書太甲上:"若虞機張。"傳:"機,弩牙也。"鬼谷子中飛箝:"爲之樞機。"注:"機,所以主弩之放發。"㊁器械。戰國策宋衛:"公輸般爲楚設機,將以攻宋。"注:"機,械,雲梯之屬也。"㊂捕鳥獸的機檻。後漢書八十下趙壹傳窮鳥賦:"罼網加上,機穽在下。"㊃載尸之牀。禮曾子問:"遂輿機而往。"注:"機,輿尸之牀也。"疏:"機者,以木爲之,狀如牀,無脚及輴簣也。"㊄織具。史記九七酈生傳:"農夫釋耒,工女下機。"㊅事物的樞要、關鍵。韓非子十過:"此存亡之機也。"逸周書大武:"此七者,伐之機也。"㊆事物變化之所由。莊子至樂:"萬物皆出於機,皆入於機。"疏:"機者,發動,所謂造化也。"禮大學:"一家仁,一國興仁;一家讓,一國興讓;一人貪戾,一國作亂;其機如此。"㊇事物變化的迹象,徵兆。素問八離合真邪論:"知機道者,不可挂以髮。"注:"機者,動之微,言貴知其微也。"㊈素質,秉賦。莊子大宗師:"其嗜欲深者,其天機淺。"㊉時機,機會。三國志魏荀彧傳:"(袁)紹遲重少決,失在後機。"舊唐書六七李靖傳:"靖曰:兵貴神速,機不可失。"⑪機巧,靈巧。列子仲尼:"大夫不聞齊魯之多機乎?"參見"機心"。⑫危殆。通"幾"。淮南子原道:"處高而不機。"⑬髖骨。素問十六骨空論:"俠髖爲機。"又:"坐而膝痛,治其機。"注:"髖骨兩傍相接處。"⑭星名。見"機衡㊀"。

【機心】智巧變詐的心計。莊子天地:"有機械者必有機事,有機事者必有機心,機心存於胸中則純白不備。"唐白居易長慶集六朝回遊城南詩:"機心一以盡,兩處不亂行。"

【機牙】㊀弩上發箭的含矢之處和鈎絃制動的機件。藝文類聚六十漢李尤弩銘:"機牙發矢,執破醜虜。"㊁比喻互相協調配合。三國志吳周魴傳與曹休牋:"然要恃外援,表裏機牙,不爾以往,無所成也。"標點本牙作"互"。㊂比喻要害或關鍵。唐韓愈昌黎集三二司徒兼侍中中書令贈太尉許國公神道碑銘:"壞其機牙,姦不得發。"

【機巧】㊀機智靈巧。莊子天地:"功利機巧,必忘夫人之心。"三國魏曹植曹子建集五侍太子坐詩:"翩翩我公子,機巧忽若神。"㊁靈巧的裝置。後漢書五九張衡傳:"衡善機巧,尤致思於天文、陰陽、歷筭。"南齊書祖沖之傳:"初,宋武(劉裕)平關中,得姚興指南車,有外形而無機巧,每行,使人於內轉之。"

【機先】事物初露的苗頭。宋書徐爰傳泰始三年詔:"自以體含德厚,識鑑機先,迷塗遂深,罔知革悟。"

【機兆】事機的先兆。三國志蜀先主傳諸葛亮等上漢帝書:"左將軍領司隸校尉……(劉)備,受朝爵秩,念在輸力,以殉國難。覩其機兆,赫然憤發。"唐李白李太白詩十五留別從兄延年從弟延陵:"大賢達機兆,豈獨慮安危。"

【機近】謂處於機密近要的地位。後漢書四三何敞傳:"旬年之間,歷顯位,備機近。"北齊書趙彥深傳:"彥深歷事累朝,常參機近,溫柔謹慎,喜怒不形於色。"

【機宜】㊀得時機之所宜。文選三國魏嵇叔夜(康)與山巨源絶交書:"又不識人情,闇於機宜。"晉書劉頌傳史臣曰:"子雅束髮登朝,竭誠奉國,廣陳封建,深中機宜。"子雅,頌字。㊁依據時機所採取的適宜決策。新唐書一五七陸贄傳上陳防秋之弊:"機宜不以遠決,號令不以兩從。"

【機事】㊀機巧之事。莊子天地:"有機械者,必有機事。"㊁機密要事。漢書九九上王莽傳:"平晏領機事,劉歆典文章。"參見"幾事"。

【機杼】㊀織布機。機以轉軸,杼以持緯。淮南子氾論:"伯余之初作衣也,緂麻索縷,手經指挂,其成猶網羅。後世爲之機杼勝複以便其用,而民得以揜形御寒。"文選古詩十九首之九:"纖纖擢素手,札札弄機杼。"㊁比喻詩文創作中構思和布局的新巧。北齊顏之推顏氏家訓名實:"有一士族,讀書不過二三百卷……疑彼製作,多非機杼。"魏書祖瑩傳:"瑩以文學見重,常語人云:'文章須自出機杼,成一家風骨,何能共人同生活也。'"

【機穽】設有簡易制動裝置的捕獸陷阱。也用以比喻陷人受害的險境、圈套。後漢書八十下趙壹傳窮鳥賦:"有一窮鳥,戢翼原野,畢網加上,機穽在下。"注:"機,捕獸機檻也。穽,穿地陷獸。"新唐書二〇〇趙冬曦傳上書:"夫法易知,則下不敢犯而遠機穽。"

【機要】㊀精義和要點。唐孔穎達尚書正義序:"芟煩亂而翦浮辭,舉宏綱而撮機要。"三國志魏管寧傳:"韜古今於胸懷,包道德之機要。"㊁機密的要政。晉書裴秀傳附裴楷:"以楷爲中書令,加侍中,與張華、王戎並管機要。"世説新語識鑒:"王忱死,西鎮未定,朝貴人人有望。時殷仲堪在門下,雖居機要,資名輕小,人情未以方嶽相許。晉孝武欲拔親近腹心,遂以殷爲荆州。"

【機柄】權柄。三國志魏夏侯尚傳附夏侯玄對司馬懿問:"奚必使中正干銓衡之機於下,而執機柄者有所委仗於上,上下交侵,以生紛錯哉?"唐韓愈昌黎集外集九順宗實録四:"德宗在位久,益自攬持機柄,親治細事,失君人大體,宰相益不得行其事職。"

【機括】弩上發箭的機件。也作"機栝"。書太甲上:"若虞機張,往省括于度,則釋。"莊子齊物論:"其發若機栝。"釋文:"機,弩牙;栝,箭栝。"按此言張弩發矢,以括入機,機動卽發。後因用以比喻治事的權柄。漢應劭風俗通過譽:"(韓)稜統機括,知其虛實。"

【機悟】聰明靈活。南齊書劉繪傳:"繪爲後進領袖,機悟多能。"世説新語捷悟:"王導須臾至,徒跣下地,謝曰:'天盛在顔,遂使温嶠不容得謝!'嶠於是下謝,帝迺釋然。諸公共嘆王機悟名言。"

【機務】機要的事務。多指軍政大事。文選三國魏嵇叔夜(康)與山巨源絶交書:"機務纏其心,世故繁其慮。"晉書桓温傳陳便宜疏:"機務不可停廢,常行文按,宜爲限日。"

【機密】㊀機要而祕密的事。也作"幾密"。漢書三六楚元王傳附劉向上封事:"唯陛下深留聖思,審固幾密。"後漢書三六鄭興傳杜林薦興書:"竊見河南鄭興執義堅固,敦悦詩書,……宜侍帷幄,典職機密。"㊁指機要的職務、部門。唐初典兵禁中,故以機密名官。開元中,設堂後五房,機密自爲一司,其職祕,獨宰相得與,舍人官屬,皆不得知。見宋文鑑八一陳繹新修西府記。

【機舂】水碓。又名"機碓"。唐韓愈昌黎集八城南聯句:"機舂潺湲力,吹簸飄飆精。"元王禎農書十九利用圖譜:"機碓,水搗器也。通俗文云:水碓曰翻車碓。杜穎作連機碓。"

【機械】㊀靈巧的器具,機發的器械。韓非子難二:"審於地形、舟車、機械之利,用力少,致功大。"㊁機巧,巧詐。淮南子原道:"故機械之心,藏于胸中,則純白不粹,神德不全。"注:"機械,巧詐也。"㊂兵器。文選晉陸士衡(機)辨亡論下:"昔蜀之初亡,朝臣異謀,或欲積石以險其流,或欲機械以御其變。"唐李周翰注:"機械,兵器之總名也。"魏書楊播傳附楊津:"修理戰具,更營雉堞,賊每來攻,機械競起。"

【機雲】晉陸機陸雲兄弟的合稱。梁劉勰文心雕龍九時序:"(潘)岳(夏侯)湛曜聯璧之華,機雲標二俊之采。"唐杜牧樊川集四懷鍾陵舊遊詩之一:"陸公餘德機雲在,如我酬恩合執鞭。"

【機惠】機警而敏慧。唐段成式酉陽雜俎前集十二語資:"黄齀皃矮陋機惠,玄宗常憑之行,問外間事。"

【機軸】機,弩牙;軸,車軸。比喻樞要之位。後漢書十七馮異傳李軼報異書:"今軼守洛陽,將軍鎮孟津,俱據機軸,千載一會,思成斷金。"注:"機,弩牙也;軸,車軸也。皆在物之要,故取喻焉。"世説新語讒險:"袁悦有口才,能短長説,亦有精理;始作謝玄參軍,……既下,説司馬孝文王(司馬道子),大見親待,幾亂機軸,俄而見誅。"

【機絶】指機織絶技。舊題晉王嘉拾遺記八吳:"吳主趙夫人,丞相達之妹,善畫,巧妙無雙,能於指間以綵絲織雲霞龍蛇之錦,大則盈尺,小則方寸,宮中謂之機絶。"太平御覽七五二引出歷代名畫記。

【機辟】捕捉鳥獸的工具。一説爲弩身。墨子非儒下:"盗賊將作,若機辟將發也。"莊子山木:"夫豐狐文豹,棲於山林,伏於巖穴,……然且不免於罔羅機辟之患。"也作"機臂"。楚辭漢嚴忌哀時命:"外迫脅於機臂兮,上牽聯於矰谁。"注:"機臂,弩身也。於一作以,臂一作辟。"

【機會】時機和際遇。㊀常指恰當的時間。抱朴子交際:"世俗之人,交不論志,逐名趨勢,熱來冷去,……或事便則先取而不讓,值機會則賣彼以安此。"宋范仲淹范文正公集十六讓樞密直學士右諫議大夫表:"陛下誠能與大臣密議,行臣之策,天下幸甚,如失此機會,行恐後時。"㊁指事物的關鍵、要害。三國志蜀楊洪傳:"洪曰:'漢中則益州咽喉,存亡之機會,若無漢中則無蜀矣。"唐韓愈昌黎集十九與鄂州柳中丞書:"此由天資忠孝,鬱於中而大作於外,動皆中於機會,以取勝於當世,而爲戎臣師。"

【機微】瑣細,微小。多指事勢初現時的徵候。後漢書八四蔡琰傳悲憤詩:"失意機微間,輒言斃降虜。"也作"幾微"。漢書七八蕭望之傳:"願陛下選明經術,温故知新,通於幾微謀慮之士以爲內臣,與參政事。"

【機鋒】機警鋒利。世説新語言語:"丞相(王導)因覺,謂顧(和)曰:'此子珪璋特達,機警有鋒。'"佛教禪宗用以比喻迅捷鋭利、不落跡象、含意深刻的語句。宋楊億景德傳燈録序:"機緣交激,若拄於箭鋒;智藏發光,旁資於鞭影。"又蘇軾分類東坡詩二金山妙高臺:"機鋒不可觸,千偈如翻水。"又十九次韻王定國南遷回見寄:"樂全老子今禪伯,掣電機鋒不容擬。"

【機緘】莊子天運:"天其運乎,地其處乎,日月其爭於所乎。孰主張是,孰維綱是,孰居無事,推而行是。意者,其有機緘而不得已邪?"唐成玄英疏:"機,關也;緘,閉也。……謂有主司關閉,事不得已。"本指推動事物動作的造化力量。後因用以指氣運。宋書謝靈運傳山居賦:"寬明達之撫運,乘機緘而理默。"宋李呂澹軒集一酬令裕見寄之什詩:"機緘默循環,勿用騰口説。"

【機緣】機,時機;緣,因緣。佛教謂衆生皆有善根,時機成熟,起信佛之緣,而得正果。金光明最勝王經一如來壽量品:"隨其器量,善應機緣,爲彼説法,是如來行。"景德傳燈録四嵩嶽慧安禪師:"有坦然懷讓二人來參,……然言下知歸,更不他適;讓機緣不逗,辭往曹谿。"後泛指爲機會和緣分之義。

【機謀】謀畫策略。梁書朱异傳:"自周捨卒後,异代掌機謀,方鎮改換,朝儀國典,詔誥敕書,並兼掌之。"宋張榘芸窗詞燭影搖紅再次虛齋先生梅詞韻:"樓上胡牀,笑談聲裏機謀遠。"

【機衡】㊀北斗七星中第三、第五星,也代指北斗。藝文類聚一春秋運斗樞:"北斗七星,第一天樞,第二旋,第三機,第四權,第五衡,第六開陽,第七搖光。"後漢書二九郅惲傳上王莽書:"臣聞天地重其人,惜其物,故運機衡,垂日月,……顯表紀世,圖録豫設。"注:"機衡,北斗也。"㊁

比喻政權的樞要機關。古文苑五漢劉歆遂初賦:"惟太階之侈闊兮,機衡爲之難運。"注:"機衡,皆北斗星,比喻政之幾要。"特指機務與銓選。北齊書楊愔傳:"及居端揆,權綜機衡,千端萬緒,神無滯用。"

【機臂】見"機辟"。

【機關】㊀機所以發,關所以閉,凡設有機件而能制動的器械,皆稱爲機關。漢書藝文志兵技巧:"技巧者,習手足,便器械,積機關,以立攻守之勝者也。"漢王充論衡儒增:"木人御者,機關備具,載母其上,一驅不還。"㊁權謀機詐。宋黃庭堅山谷別集詩注上牧童:"多少長安名利客,機關用盡不如君。"紅樓夢五:"機關算盡太聰明,反算了卿卿性命。"㊂人體的器官,也稱機關。鬼谷子中權篇:"故口者機關也,所以閉情意也。"素問十二厥論:"少陽厥逆,機關不利。機關不利者,腰不可以行,項不可以顧。"指腰項之屬。

【機警】機敏警覺。三國志魏武帝紀:"太祖少機警,有權數,而任俠放蕩不治行業。"

【機變】㊀謂器械的巧變。墨子公輸:"公輸盤九設攻城之機變。"也指器械的變動。荀子議兵:"固塞不樹,機變不張。"注:"機變,謂器械變動攻敵也。"㊁隨機應變。晉書樂志下釣竿歌:"機變隨物移,精妙貫未然。"南史宋武帝紀永初二年:"謝晦屢從征伐,頗識機變。"

【機速房】官署名。宋置,屬中書省。咸淳時,韓侂冑對外用兵,以樞密院時有漏泄及稽滯情報,乃置機速房於私第,韓死復舊。參閱宋滄州樵叟慶元黨禁、元周密齊東野語十七咸淳三事。

【機不可失】謂時機不可錯過。舊唐書六七李靖傳:"兵貴神速,機不可失。"宋史三六四韓世忠傳:"金人廢劉豫,中原震動,世忠謂機不可失,請全師北討,招納歸附,爲恢復計。"

檿 jué 其月切,入,月韻,羣。
ㄐㄩㄝ 居月切,入,月韻,見。

同"橛"。見"橛"。

十三畫

檕 jì 古詣切,去,霽韻,見。
ㄐㄧ 苦奚切,平,齊韻,溪。

見下。

【檕迷】木名。落葉灌木,實小,色紅,味甘。本草作"荚迷"。詩鄭風將仲子"無折我樹檀"疏引毛詩草木鳥獸蟲魚疏:"檀木皮正青,滑澤與檕迷相似,又似駁馬。……故里語曰:斫檀不諦得檕迷,檕迷尚可得駁馬。檕迷,一名挈榼。故齊人諺曰:上山斫檀,挈榼先殫。"按今本陸璣疏上爰有樹檀作"繫迷"。

【檕梅】山楂的别名。又名朹子、棠梂子。爾雅釋木:"朹,檕梅。"注:"朹樹狀似梅,子如指頭,赤色,似小柰,可食。"

檠 1. qíng 渠京切,平,庚韻,羣。
ㄑㄧㄥ

㊀正弓之器。説文作"檄"。韓非子外儲左上:"夫工人張弓也,伏檠三旬而蹈弦,一日犯機。"淮南子修務:"故弓待檄而後能調,劍待砥而後能利。"㊁燈架。借指燈。北周庾信庾子山集一對燭賦:"刺取燈花持桂燭,還却燈檠下燭盤。"又:"蓮帳寒檠窗拂曙,筠籠熏火香盈絮。"

2. jìng 渠敬切,去,映韻,羣。
ㄐㄧㄥ

㊂有脚的盤碟。漢書地理志下"其田民飲食以籩豆"唐顏師古注:"以竹曰籩,以木曰豆,若今之檠也。"參閱元黃溍日損齋筆記雜辯。

檍 yì 於力切,入,職韻,影。
ㄧ

木名。又名土橿。可作弓材。説文作"杻"。周禮考工記弓人:"弓人爲弓,取六材必以其時,……凡取幹之道七:柘爲上,檍次之。"參閱爾雅釋木、三國吳陸璣毛詩草木鳥獸蟲魚疏上隰有杻。

檀 tán 徒干切,平,寒韻,定。
ㄊㄢ

㊀木名。詩魏風伐檀:"坎坎伐檀兮,寘之河之干兮。"漢王充論衡狀留:"樹檀以五月生葉,後彼春榮之木,其材强勁,車以爲軸。"㊁香木。見"檀香"。㊂淺紅色。全唐詩六六五羅隱牡丹:"艷多煙重欲開難,紅蘂當心一抹檀。"㊃譯音字。見"檀那"、"檀越"。㊄姓。齊太公爲灌檀宰,後以地爲氏。春秋魯有檀弓。見廣韻。

【檀弓】㊀春秋魯人。又禮記篇名。禮檀弓上題疏:"鄭目録云:名曰檀弓者,以其記人善於禮,故著姓名以顯之。姓檀名弓,今山陽有檀氏。"㊁檀木做的弓。後漢書八五高句驪傳:"樂浪檀弓出其地。"

【檀口】淺紅的嘴唇。檀,淺紅色,形容女性嘴唇之美。唐韓偓玉山樵人集余作探使以繚綾手帛子寄賀因而有詩:"黛眉印在微微綠,檀口消來薄薄紅。"

【檀心】淺紅色的花心。宋蘇軾分類東坡詩十四蠟梅一首贈趙景貺:"君不見萬松嶺上黄千葉,玉蘂檀心兩奇絶。"

【檀車】古時車輪多以檀木爲之,故以檀車爲車之通稱。詩小雅杕杜:"檀車幝幝,四牡痯痯。"指役車。又大雅大明:"牧野洋洋,檀車煌煌。"後漢書五七劉陶傳上疏:"目不視鳴條之事,耳不聞檀車之聲。"指兵車。晉陸翽鄴中記:"石虎性好佞佛,衆巧奢靡,不可紀也。嘗作檀車,廣丈餘,長二丈,四輪作金佛像,坐于車上,九龍吐水灌之。又作木道人,恒以手摩佛心腹之間。又十餘木道人,長二尺餘,皆披袈裟繞佛行,當佛前輒揖禮佛。又以手撮香投爐中,與人無異,車行則木人行,龍吐水;車止則止。亦解飛所造也。"指裝飾華麗、構製精巧的檀木車。

【檀那】佛教語。梵語譯音。㊀布施。世説新語文學"殷中軍被廢東陽"南朝梁劉孝標注:"波羅密此言到彼岸也。經云到者有六焉,一曰檀,檀者施也。"翻譯名義集四辨六度法檀那:"法界次第云:秦言布施,若内有信心,外有福田,有財物,三事和合,心生捨法,能破慳貪,是爲檀那。"㊁施主。詳"檀越"。

【檀林】佛寺。北周庾信庾子山集十二秦州天水郡麥積崖佛龕銘:"芝洞秋房,檀林春乳。"全唐詩四八一李紳杭州天竺靈隱二寺……因追思爲詩二首之二:"近日尤聞重雕飾,世人遥禮二檀林。"

【檀板】檀木拍板。唐杜牧樊川集一自宣州赴官入京路逢裴坦判官歸宣州因題贈詩:"畫堂檀板秋拍碎,一飲有時聯十觥。"草堂詩餘後下黄魯直(庭堅)阮郎歸詞:"歌停檀板舞停鸞,高陽飲興闌。"

【檀施】布施,施主。梵語檀那與漢語布施的合稱。文苑英華九〇六唐楊炯後周明威將軍梁公神道碑:"月抽官俸,日減私財,並入薰脩,咸資檀施。"舊唐書八九狄仁傑傳諫武則天疏:"非爲塔廟必欲崇奢,豈令僧尼皆須檀施?"宋余靖武溪集八潭州興化寺新鑄鐘記:"得朱氏捨錢二百萬,爲檀施之首。"

【檀郎】晉潘安小字檀奴,姿儀秀美。後以檀郎爲美男子的代稱。唐李賀歌詩編三牡丹種曲:"檀郎謝女眠何處,樓庭月明燕夜語。"又羅隱甲乙集二七夕詩:"應傾謝女珠璣篋,盡寫檀郎錦繡篇。"參閱清褚人穫堅瓠集四檀郎。

【檀香】香木名。又名旃檀。質堅硬,能作香料,亦入藥;可製摺扇、小匣等物。白者白檀,皮腐而色紫者紫檀。皆有香,而白檀爲勝。參閱本草綱目三四木一檀香。

【檀越】施主。梵語陀那鉢底。亦作"檀那"。宋書謝弘微傳:"慧琳曰:'檀越素既多疾,……卽吉之後,猶未復膳,若以無益傷生,豈所望於得理。'"廣弘明集二三南朝梁沈約南齊禪林寺尼淨秀行狀:"乃得七十檀越,設供果,食皆精。"參閱唐釋義淨南海寄歸內法傳一受齋規則。

【檀溪】古溪名。在今湖北襄樊市西南,已乾涸。三國志蜀先主傳"表疑其心,陰禦之"注引世語:"(劉)備屯樊城,劉表禮焉,憚其爲人,不甚信用。曾請備宴會,蒯越、蔡瑁欲因會取備,備覺之,僞如廁,潛遁出。所乘馬名的盧,騎的盧走,墮襄陽城西檀溪水中,溺不得出。備急曰:'的盧,今日厄矣,可努力!'的盧乃一踊三丈,遂得過。"宋蘇軾分類東坡詩二四秧馬歌:"山城欲閉聞鼓鼙,忽作的盧躍檀溪。"

【檀暈】淺紅色。以與婦女臉上光色相似而稱。宋蘇軾分類東坡詩十四次韻楊公濟奉議梅花之九:"鮫綃剪碎玉簪輕,檀暈妝成雪月明。"又陸游劍南詩稿三和譚德稱送牡丹:"洛陽春色擅中州,檀暈鞓紅總勝流。"參閱明陳繼儒枕譚檀暈。

【檀槽】檀木做的琵琶、琴等絃樂器上架絃的格子。唐李賀歌詩編三感春:"胡瑟今日恨,急語向檀槽。"又李商隱李義山詩集六定子:"檀槽一抹廣陵春,定子初開睡臉新。"也指絃樂器。宋蘇軾分類東坡詩二三至真州再和之一:"小院檀槽鬧,空庭樺燭煙。"

【檀欒】秀美貌。多形容竹。古文苑三漢枚乘梁王菟園賦:"脩竹檀欒,夾池水,旋菟園,並馳道。"後多用作竹的代稱。唐白居易長慶集十五題盧祕書夏日新栽竹二十韻詩:"幾聲清淅瀝,一簇綠檀欒。"又齊己白蓮集八移居詩:"檀欒翠擁青蟬在,菡萏紅殘白鳥孤。"

【檀來歌】樂府名。歌名。南唐保大十五年,後周兵南下,步騎數萬,水陸齊進,軍士唱檀來之歌,以首句"檀來也"而名。見新五代史南唐李昪傳附李景、缺名五國故事。

【檀香梅】臘梅的一種。宋范成大范村梅譜:"(蠟梅)凡三種,……最先開,色深黄,如紫檀,花密香濃,名檀香梅,此品最佳。"(説郛七十)

【檀道濟】公元?—436年。南朝宋高平金鄉人。晉末參劉裕軍事,數有戰功。裕建宋王朝,以佐命功封永修縣公。宋文帝元嘉八年伐北魏,三十餘戰,多捷,因糧盡退兵,用"唱籌量沙"之計,全軍而返。進封司空。道濟立功前朝,威名甚重,文帝慮身後難制,殺之。收捕時,道濟脱幘投地曰:"乃壞汝萬里長城!"後成語"自壞長城",本此。宋書南史均有傳。

檥
yǐ 魚倚切,上,紙韻,疑。
ㄧˇ

整船靠岸。同"艤"。史記項羽紀:"於是項王乃欲東渡烏江。烏江亭長檥船待。"集解:"孟康曰:'檥音蟻,附也,附船著岸也。'如淳曰:'南方人謂整船向岸曰檥。'"參見"艤"。

樣
shē
ㄕㄜ

果名。卽芒果。出福建廣東臺灣等省。實如鵝卵,皮青,肉黄,味甘美。有香樣、木樣、肉樣三種,香樣最上,肉樣次之,木樣最下。參閱嘉慶一統志四三七臺灣府、清施鴻保閩雜記十三。

檑
léi 玉篇 力推切。
ㄌㄟˊ

㊀木名。見玉篇。㊁古代以圓木或巨石自高而下擊退攻敵的守城用具。水滸三四:"只見上面擂木、礮石、灰瓶、金汁,從險峻處打將下來。"明茅元儀武備志一一二軍資乘守器式又有泥檑、磚檑、夜叉檑等,形制各異,用法略同。

橿
jiāng 居良切,平,陽韻,見。
ㄐㄧㄤ

木名。質堅韌,古時用作車輪的外周。一名檍。山海經西山經:"又西七十里曰英山,其上多杻橿。"注:"橿,木中車材。"周禮考工記輪人"斬三材必以其時"漢鄭玄注:"三材所以爲轂、輻、牙也……今世轂用雜榆,輻以檀,牙以橿也。"

檦
biǎo 正字通 比矯切,音表。
ㄅㄧㄠˇ

表記。魏書禮志四之四太祖天賜二年:"內外爲四重,列檦建旌。"標點本作"標"。也作"勡"。鶡冠子道端"此萬物之本勡,天地之門戶。"

【檦株】木柱之類。淮南子本經:"檦株欂櫨,以相支持。"一本作"檦株"。

檟
jiǎ 古疋切,上,馬韻,見。
ㄐㄧㄚˇ

木名。1.卽榎。一名山楸。古人常以做棺槨,或植墓前。左傳襄二年:"穆姜使擇美檟,以自爲櫬,與頌琴。"又哀十一年:"(子胥)將死,曰:'樹吾墓檟,檟可材也,吳其亡乎!'"2.茶樹。爾雅釋木:"檟,苦荼。"清郝懿行義疏:"今'茶'字古作'荼'。……至唐陸羽著茶經,始減一畫作'茶',今則知'茶'不復知'荼'矣。"

【檟楚】用檟木荆條製成的鞭撻刑具。古作"夏楚"。禮學記:"夏楚二物,收其威也。"注:"夏,稻也。楚,荆也。二者所以撲撻犯禮者。"晉書虞預傳上議:"臣聞閒者以來,刑獄轉繁,多力者則廣牽連逮,以稽年月;無援者則嚴其檟楚,期於入重。"用作動詞,指笞打。陳書新安王伯固傳:"爲政嚴苛,國學有惰遊不脩習者,重加檟楚。"

檉
chēng 丑貞切,平,清韻,徹。
ㄔㄥ

㊀木名。卽河柳。詩大雅皇矣:"啓之辟之,其檉其椐。"詳"檉柳"。㊁地名。春秋宋邑。故地在今河南淮陽縣境。春秋僖元年:"八月,公會齊侯宋公鄭伯曹伯邾人于檉。"

【檉乳】檉樹脂。政和證類本草十四赤檉木:"其木中脂,一名檉乳。"

【檉柳】木名。又名觀音柳、山川柳、西河柳、湖柳、紅柳、三春柳。落葉小喬木,供觀賞,枝葉可入藥。漢書九六上西域傳:"(鄯善)多葭葦、檉柳、胡桐、白草。"注:"檉柳,河柳也,今謂之赤檉。"

檋
jú 集韻 拘玉切,入,燭韻。
ㄐㄩˊ

有錐之屐。山行用具。又名檋車。史記夏紀:"泥行乘橇,山行乘檋。"集解:"如淳曰:'檋車,謂以鐵如錐頭,長半寸,施之履下,以上山不蹉跌也。'"正義:"按:上山,前齒短,後齒長;下山,前齒長,後齒短也。"按河渠書作"橋",漢書溝洫志作"梮"。

檠
qǐng 居影切,上,梗韻,見。
ㄑㄧㄥˇ

同"檠"。見該條。

檣
qiáng 在良切,平,陽韻,從。
ㄑㄧㄤˊ

船帆柱,卽桅杆。文選晉郭景純(璞)江賦:"舳艫相屬,萬里連檣。"也借指船隻。宋書謝靈運傳撰征賦序:"靈檣千艘,雷輜萬乘。"

檔
dàng
ㄉㄤˋ

㊀器物上用以分格或支撑的横木條。正字通:"俗謂横木框檔。"又如今之牀檔,算盤檔。㊁存放公文案卷的樹櫃。參見"檔案"。

【檔子】記錄板。清陸隴其三魚堂日記上:"又(汪琬鈍翁類稿)陝西提督李思忠墓誌銘注云:本朝用薄板五六寸,作滿字其上,以代簿籍。每數片,輒用牛皮貫之，謂之檔子。”紅樓夢 十一：“收在賬房裏，禮單都上了檔子了。”

【檔案】檔子。清 楊賓 柳邊紀略三：“邊外文字，多書於木，往來傳遞者曰牌子，以削木片若牌故也；存貯年久者曰檔案，曰檔子，以積累多，貫皮條掛壁若檔故也。然今文字之書於紙者，亦呼爲牌子、檔子。”後來分類立卷歸檔保存的文件，沿稱檔案。清 龔自珍 定盦集補編三與陳博士箋：“惟彗星之出，古無專書，亦無推法，足下何不請于鄭親王，取欽天監歷來彗星舊檔案，𢍜(彙)查出推成一書？”

檝 jí 秦入切，入，緝韻，從。ㄐㄧˊ 卽葉切，入，葉韻，精。

船槳。同“楫”。荀子 勸學：“假舟檝者，非能水也而絶江河。”樂府詩集九三唐 李嶠 汾陰行：“木蘭爲檝桂爲舟，櫂歌微吟綵鷁浮。”

【檝山】卽稷山。詳該條。

檡 1. zhái ㄓㄞˊ 場伯切，入，陌韻，澄。

㊀見“檡棘”。

2. tú ㄊㄨˊ

㊀通“菟”。漢書一〇〇上敍傳：“楚人謂乳‘穀’，謂虎‘於檡’。”注：“檡字或作菟，並音塗。”

【檡棘】木名。儀禮 士喪禮：“決用正，王棘若檡棘。”注：“王棘與檡棘，善理堅刃者，皆可以爲決。”

檎 qín ㄑㄧㄣˊ 巨金切，上，侵韻，羣。

林檎。見“林檎”。

檢 jiǎn ㄐㄧㄢˇ 居奄切，上，琰韻，見。

㊀封書題簽。古書以竹木簡爲之，書成，穿以皮條或絲繩，於繩結處封泥，在泥上鈐印，謂之檢。急就篇：“簡札檢署槧牘家。”後漢書 七三 公孫瓚傳 劾 袁紹 疏：“(袁紹)矯刻金玉，以爲印璽，每有所下，輒皁囊施檢，文稱詔書。”㊁約束，限制。書 伊訓：“與人不求備，檢身若不及。”孟子 梁惠王上：“狗彘食人食而不知檢。”漢書 食貨志贊 引作“斂”。世說新語 任誕“阮公(籍)鄰家婦有美色”注 引 王隱 晉書：“籍鄰家處子有才色，未嫁而卒。籍與無親，生不相識，往哭，盡哀而去，其達而無檢，皆此類也。”㊂法式。文選 魏文帝 典論 論文：“譬諸音樂，曲度雖均，節奏同檢，至於引氣不齊，巧拙有素，雖在父兄，不能以移子弟。”注：“蒼頡篇曰：檢，法度也。”㊃操行。三國志 蜀 向朗傳：“初，朗少時雖涉獵文學，然不治素檢，以吏能見稱。”㊄查察。漢書 食貨志下：“均官有以考檢厥實，用其本賈取之。”後漢書 五三 閔仲叔傳附荀恁：“驃騎(東平王蒼)執法以檢下，故臣不敢不至。”㊅姓。出姓苑。見廣韻。

【檢式】法式，法度。檢與式，義同。荀子 儒效：“禮者，人主之所以爲羣臣寸尺尋丈檢式也。”淮南子 主術：“是故人主之立法，先自爲檢式儀表。”

【檢束】檢點約束。多指謹言慎行。唐 姚合 姚少監集五武功縣中作詩之七：“自嫌多檢束，不似舊來狂。”宋 魏了翁 鶴山題跋五跋邵康節檢束二大字：“二字下注云：‘檢謂檢其行止，束謂束其情性。’”

【檢局】拘束。唐 柳宗元 柳先生集三三與楊誨之第二書：“樂放弛而愁檢局，雖聖人與子同。”宋 劉敞 公是集十七貴閣後小桃同景純作詩：“浩歌大笑忘檢局，座客歡倒知吾眞。”

【檢卷】查閱案卷。金史 高衎傳：“每季選人至，吏部託以檢閱舊籍，謂之檢卷，有滯留至後季猶不得去者。”

【檢事】核查事實。南齊書 王融傳：“上以虜獻馬不稱，使融問曰：‘秦西冀北，實多駿驥。而魏主所獻良馬，乃駑駘之不若。求名檢事，殊爲未孚。’”

【檢制】約束。三國志 蜀 吕乂傳：“丞相諸葛亮連年出軍，調發諸郡，多不相救，乂募取兵五千人詣亮，慰喻檢制，無逃竄者。”晉書 范粲傳：“又郡壤富實，珍玩充積，粲檢制之，息其華侈。”

【檢括】㊀遵守法度。文選 晉 劉越石(琨)答盧諶詩並書：“昔在少壯，未嘗檢括。”抱朴子 疾謬：“誣引老莊，貴於率性，大行不顧細禮，至人不拘檢括，嘯傲縱逸，謂之體道。”㊁考查。梁書 武帝紀下 大同二年詔：“江子四等(極言得失)封事如上，尚書可時加檢括，於民有蠹患者便卽勒停。”魏書 元暉傳：“飢饉積年，户口逃散，……人困於下，官損於上，自非更立權制，善加檢括，損耗之來，方在未已。”

【檢柙】也作“檢押”。㊀法度，規矩。漢 荀悦 申鑒 雜言上：“故檢柙之臣，不虛於側。”後漢書四九仲長統傳昌言法誡：“又中世之選三公也，務於淸慤謹愼，循常習故者，是婦女之檢柙，鄉曲之常人耳，惡足以居斯位耶？”㊁矯正。漢 王充 論衡 對作：“孔子作春秋，……所以檢押靡薄之俗者，悉具密致。”㊂保護書籍的夾板。見說文“柙”。

【檢討】㊀檢查，整理。唐 白居易 長慶集 二八與元九書：“僕數月來，檢討囊袠中，得新舊詩，各以類分，分爲卷首。”㊁官名。宋 有史館檢討。明 時始屬翰林院，位次於編修，與修撰編修同謂之史官。以職掌修國史，故俗稱太史。參閱文獻通考五一職官五史官。

【檢校】㊀查核。晉書 陸雲傳 江統等上疏：“刑誅事大，言(陸)機有反逆之徵，宜令王粹 牽秀檢校其事，令事驗顯然，暴之萬姓，然後加雲等之誅，未足爲晚。”世說新語 政事：“(賀邵)於是至諸屯邸，檢校諸顧 陸役使官兵及藏逋亡，悉以事言上，罪者甚衆。”㊁官名。1. 散官。東晉時有檢校御史。唐有檢校官，如檢校司空，檢校禮部尚書等，指詔除而非正名的加官。宋自檢校太師至檢校各部員外郎均爲檢校官，其位高於正職。2. 屬官。元中書省有檢校官，掌檢校公事文牘。明代中央六部、都察院，地方的布政司、按察司及各府，皆置檢校官。清代僅府有檢校官，爲低級辦事官員。參閱文獻通考六四職官十八、元史百官志一。

【檢勑】整飭。後漢書二九郅惲傳 附 郅壽：“擢爲京兆尹，郡多彊豪，姦暴不禁。三輔素聞壽在冀州，皆懷震竦，各相檢勑，莫敢干犯。”

【檢院】官署名。宋置。唐有理匭使，宋 雍熙元年改匭爲檢，景德 四年立登聞檢院，隸諫議大夫，掌受文武官員及士民章奏表疏。凡言朝政得失，公私利害，軍期機密，陳乞恩賞，理雪冤濫，及奇方異術，皆受以進上。凡進狀者先送鼓院，若爲鼓院所拒，則詣檢院。見文獻通考六十職官十四。

【檢詳】㊀考核審定。宋史 太祖紀一 乾德二年：“甲辰，詔諸道獄詞令大理、刑部檢詳。”又 職官志 四：“檢法一人，掌檢詳法律。”㊁官名。宋 熙寧 四年置，掌審定樞密院諸房公文。地位待遇與中書檢正官相當。見宋史職官志二。

【檢察】㊀稽查。後漢書 百官志 五：“里魁掌一里百家。什主十家，伍主五家，以相檢察。”晉書 曹攄傳：“時天大雨雪，宮門夜失行馬，羣官檢察，莫知所在。”㊁官署名。金於京東 西 南三路設檢察司，掌檢察支散軍糧、軍户實給及軍户差役、私鹽、私醬等事，有檢查使和副使。見金史百官志二。

【檢閱】㊀查看。北史 唐永傳 附 唐瑾：“(周文帝)欲明其虛實，密遣使檢閱之，唯見墳籍而已。”元 周密 齊東野語 十洪景盧："蘇學士敏捷亦不過如此，但不曾檢閱書冊耳。"㊁官名。宋置。史官之屬，掌點校書籍。明屬翰林院，清隸文淵閣。參閱文獻通考五一職官五。

【檢舉】㊀揭發過失或罪行。景德傳燈錄六禪門規式："或有假號竊形，混于清衆，並別致諠撓之事，卽當維那檢舉，抽下本位掛搭，擯令出院者，貴安清衆也。"明黃佐廣州人物傳十一張度："時諸勛臣連姻帝室，多怙勢者，度每事檢舉，風采凜然。"㊁薦拔。宋李光莊簡集十五與胡邦衡書："郊赦雖有檢舉之文，仇人在朝，固已絕望，死生禍福，定非偶然。"

【檢點】㊀整飭。唐劉知幾史通十九五行錯誤："古人此等處多不甚檢點，後世文章益靡，然而犯此者少矣。"唐裴庭裕東觀奏記上："吏部侍郎孔温業白執政求外任。丞相白敏中曰：'我輩亦須自檢點，孔吏部不肯居朝矣。'"㊁官名。也作點檢。五代至宋初有殿前都檢點、副都檢點之名，掌侍衞扈從之事，爲禁軍首領。五代末趙匡胤以後周都檢點廢周建宋王朝，故當時稱點檢作天子。金亦置此官。

【檢覈】考查核實。後漢書光武帝紀下建武十五年："詔下州郡檢覈墾田頃畝及户口年紀，又考實二千石長吏阿枉不平者。"三國志魏和洽傳："洽對曰：'(毛)玠信有謗上之言，當肆之市朝；若玠無此，言事者加誣大臣以誤主聽。二者不加檢覈，臣竊不安。'"

【檢驗】檢查驗證。三國志魏胡質傳："縣民郭政通於從妹，殺其夫程他，郡吏馮諒繫獄爲證。政與妹皆耐掠隱抵，諒不勝痛，自誣，當反其罪。質至官，察其情色，更詳其事，檢驗具服。"晉書束皙傳："時有人於嵩高山下得竹簡一枚，上兩行科斗書，傳以相示，莫有知者。司空張華以問皙，皙曰：'此漢明帝顯節陵中策文也。'檢驗果然，時人伏其博識。"

【檢讎】校訂。新唐書二〇〇褚無量傳："又詔祕書省、司經局、昭文、崇文二館更相檢讎，采天下遺書以益闕文。不數年，四庫完治。"參見"校讎"。

檜 guì ㄍㄨㄟˋ 古外切，去，泰韻，見。古活切，入，末韻，見。

㊀木名。詩衞風竹竿："淇水滺滺，檜楫松舟。"參閱本草綱目三四木一柏。㊁棺蓋的裝飾。左傳成二年："椁有四阿，棺有翰檜。"注："翰，旁飾；檜，上飾。"㊂古列國名。也作鄶。在今河南密縣東北。傳爲祝融之後。周平王東遷，爲鄭武公所滅。詩有檜風。左傳作鄶。

【檜柏】木名。俗稱子孫柏。常綠灌木，幹直立，長丈餘，葉有二種，一小箭簇形，一小鱗片形，花單性，甚小，果實球形。參閱宋羅願爾雅翼九、本草綱目三四木一柏。

檐 1. yán ㄧㄢˊ 余廉切，平，鹽韻，喻。

也作"簷"。㊀屋檐。禮明堂位："復廟，重檐。"釋名釋宮室："簷，檐也。接檐屋前後也。"我國古代建築，檐的名稱，因構件或樣式而異。見宋李誡營造法式序目諸作異名。㊁器物上伸出而狀似屋檐的部分，如傘簷、帽簷等。唐陸龜蒙甫里集十二晚渡詩："各樣蓮船逗村去，笠簷蓑袂有殘聲。"

2. dàn ㄉㄢˋ 集韻都濫切，去，闞韻。

㊂舉，負荷。通"擔"。史記七六虞卿傳："躡蹻檐簦説趙孝成王。"㊃肩輿之類。新唐書車服志："開成末，定制：宰相、三公、師保、尚書令、僕射、諸司長官及致仕官，疾病許乘檐，如漢魏載輿、步輿之制。"參見"檐$_2$子"。

【檐$_2$子】古代出行乘車馬，後又有輿，漢魏時三公及致仕官或年老有病得乘輿。輿有屏障。唐初，盛行檐子，無屏障。以用竹竿由人肩擡，故稱檐子。顯慶二年曾有詔禁止，但依然流行。至宋代南渡，皇帝輿駕，有龍檐子。參閱唐劉肅大唐新語一釐革、唐會要三一內外官章服雜錄、宋會要輯稿帝系二、宋史輿服志一。

【檐$_2$石】一檐之糧。用以形容貧困。唐韓愈昌黎集二二祭裴太常文："檐石之儲，常空於私室。"參見"擔石"。

【檐$_2$板】呆鈍，固執不通。景德傳燈錄十趙州從諗禪師："師云：'饒汝從雪峯雲居來，只是箇檐板漢'。"

【檐$_2$竿】舉竿。管子七法："不明於則，而欲出號令，猶立朝夕於運均之上，檐竿而欲定其末。"注："檐，舉也。夫欲定末者，必先静其本。今既舉竿之本，其末不定也。"

【檐$_2$鼓】牽牛星的别名。也作"擔鼓"。爾雅釋天"何鼓謂之牽牛"晉郭璞注："今荆楚人呼牽牛星爲檐鼓，檐者荷也。"

檞 jiě ㄐㄧㄝˇ 佳買切，上，蟹韻，見。

木名。玉篇："檞，松樠也。"唐温庭筠集七商山早行詩："檞葉落山路，枳花明驛牆。"

檇 zuì ㄗㄨㄟˋ 將遂切，去，至韻，精。醉綏切，平，脂韻，精。

見下。

【檇李】㊀果名。李子的一種。皮色鮮紅，肉多漿質。浙江嘉興、桐鄉一帶所產最著名。㊁地名。古地在今浙江嘉興縣西南。春秋定十四年："於越敗吴于檇李。"公羊傳作醉李。

檄 xí ㄒㄧˊ 胡狄切，入，錫韻，匣。

㊀古代官方文書用木簡，長尺二寸，多作徵召、曉喻、申討等用。若有急事，則插上羽毛，稱爲羽檄。後泛稱這類官文書爲檄。史記八九陳餘傳："誠聽臣之計，可不攻而降城，不戰而略地，傳檄而千里定。"漢書四二申屠嘉傳："嘉爲檄召(鄧)通詣丞相府。"文選有漢司馬相如喻巴蜀檄、三國魏鍾會檄蜀文等皆是。參見"羽檄"。㊁樹木光秃無枝。爾雅釋木："無枝爲檄。"

【檄愈頭風】三國志魏王粲傳附陳琳"軍國書檄，多琳瑀所作也"注引典略："琳作諸書及檄，草成呈太祖(曹操)，太祖先苦頭風，是日疾發，臥讀琳所作，翕然而起曰：'此愈我病。'"本指檄文的辛辣警拔，小説三國演義敷演此事，稱曹操讀檄文，驚而病愈。

檓 huǐ ㄏㄨㄟˇ 許委切，上，紙韻，曉。

木名。花椒樹。爾雅釋木："檓，大椒。"參閱清郝懿行義疏。

檗 bò ㄅㄛˋ 博厄切，入，麥韻，幫。

木名。卽黃檗。或作"蘗"。文選漢司馬長卿(相如)子虛賦："桂椒木蘭，檗離朱楊。"注："張揖曰：檗，皮可染者。"參見"黃檗"。

檃 yǐn ㄧㄣˇ 於謹切，上，吻韻，影。

也作"檼"、"櫽"。見下。

【檃栝】也作"櫽括"、"隱括"、"檃桰"。㊀矯正竹木彎曲的工具。荀子性惡："故枸木必將待檃栝烝矯然後直。"淮南子脩務："木直中繩，揉以爲輪，其曲中規，檃括之力。"㊁就原有文章的内容、情節，加以剪裁或修改。南朝梁劉勰文心雕龍七鎔裁："蹊要所司，職在鎔裁，檃括情理，矯揉文采也。"宋史四四三賀鑄傳："尤長於度曲，掇拾人所棄遺，少加檃括，皆爲新奇。"

十四畫

檾 qǐng ㄑㄧㄥˇ 去潁切，上，靜韻，溪。口迥切，上，迥韻，溪。

植物名。本作“𣏟”。也作“苘”、“蹟”。即苘麻，也叫白麻。說文：“𣏟，枲屬。从林，熒省。詩曰：‘衣錦𣏟衣。’”今詩衛風碩人、鄭風丰作“衣錦褧衣”。參閱清吳其濬植物名實圖考十四苘麻。

檕 hǎn ㄏㄢˇ 呼覽切，上，敢韻，曉。

堅土。通“壏”。周禮 地官 草人：“凡糞種，……彊檕用蕡。”注：“强檕，强堅者。”釋文：“檕，本又作壏。”參見“壏”。

檸 níng ㄋㄧㄥˊ 拏梗切，上，梗韻，娘。

木名。皮可浸酒，入藥。見廣韻。

檳 bīn ㄅㄧㄣ 必鄰切，平，真韻，幫。

見下。

【檳榔】木名。果橢圓，橙紅色，可入藥。文選晉左太沖（思）吳都賦：“檳榔無柯，椰葉無陰。”南史 劉穆之傳：“穆之猶往，食畢求檳榔。江氏兄弟戲之曰：‘檳榔消食，君乃常飢，何忽須此？’”參閱晉嵇含南方草木狀下。

櫅 jī ㄐㄧ 相稽切，平，齊韻，精。

㊀果名。棗的一種。爾雅釋木：“櫅，白棗。”注：“即今棗子，白熟。”㊁木名。榆的一種。可以爲大車軸。古文苑四漢揚雄蜀都賦：“枇櫅楔楬。”宋章樵注：“櫅，榆屬。”

檽 nòu ㄋㄡˋ 集韻 乃豆切，去，候韻。
尼主切，上，麌韻。

木名。後漢書四九王符傳浮侈：“今者京師貴戚，必欲江南檽梓豫章之木，邊遠下土，亦競相放效。”

檷 nǐ ㄋㄧˇ 奴禮切，上，薺韻，泥。

絡絲工具。形似小攪車，中有柄，聽絲旋其外，而軸自轉，俗名絡子。見說文、明方以智通雅器用。

檴 tuò ㄊㄨㄛˋ

古時巡夜打更用的木梆。同“柝”。字或作“㯷”。周禮夏官挈壺氏：“凡軍事，縣壺以序聚檴。”注：“鄭司農（衆）云：‘……以次更聚擊檴，備守也。’玄謂擊檴，兩木相敲，行夜時也。”參見“柝”。

檮 1. chóu ㄔㄡˊ 直由切，平，尤韻，澄。

㊀剛木。見廣韻。

2. táo ㄊㄠˊ 徒刀切，平，豪韻，定。

㊁見下。

【檮₂杌】㊀傳說中的凶獸名。舊題漢東方朔神異經西荒經：“西方荒中有獸焉，其狀如虎而犬毛，長二尺，人面虎足，猪口牙，尾長一丈八尺，攪亂荒中，名檮杌，一名傲狠，一名難訓。”㊁傳說遠古有渾敦窮奇檮杌饕餮，皆爲凶人。或說檮杌即鯀。參見“四凶”。㊂楚史名。孟子離婁下：“晉之乘，楚之檮杌，魯之春秋，一也。”

【檮昧】愚昧無知貌。晉 郭璞 爾雅 序：“璞不揆檮昧，少而習焉。”疏：“檮，謂檮杌，無知之貌。昧，闇也。”

【檮戭】上古傳說中人名。詳“八愷”。

【檮樹】剛木。南朝 陳 徐陵徐孝穆集五東陽雙林寺傅大士碑：“大士熏禪所憩，獨在高巖，爰挺嘉木，是名檮樹。”按傅大士捨宅於松下建寺，此指松樹。

檯 tái ㄊㄞˊ 徒哀切，平，咍韻，定。

木名。見玉篇。今稱几案爲檯。

檴 huò ㄏㄨㄛˋ 胡郭切，入，鐸韻，匣。

木名。榆屬，其葉如榆，皮堅韌，可作絙索、甑帶。爾雅釋木：“檴，落。”疏：“檴，一名落。某氏曰：‘可作杯圈，皮韌，繞物不解。”詩 小雅 大東“無浸穫薪”漢鄭玄箋：“穫，落木名也。”穫爲“檴”的借字。參閱三國吳陸璣毛詩草木鳥獸蟲魚疏無浸穫薪。

檬 méng ㄇㄥˊ 莫紅切，平，東韻，明。

㊀木名，似槐。見玉篇。㊁果名。即宜母果。詳“宜檬子”。

櫃 guì ㄍㄨㄟˋ 求位切，去，至韻，羣。

小匣。韓非子外儲左上：“楚人有賣其珠於鄭者，爲木蘭之櫃，薰以桂椒，綴以珠玉，飾以玫瑰，輯以翡翠。”後泛稱盛放衣物、書籍的家具。唐白居易長慶集五五宿杜曲花下詩：“斑竹盛茶櫃，紅泥罨飥爐。”又六三題文集櫃詩：“破柏作書櫃，櫃牢柏復堅。”

【櫃上】商店有櫃，以藏財物。因泛指櫃臺。水滸二九：“那酒保去櫃上叫那婦人舀兩角酒下來。”

【櫃田】築土堰圍護而成的低窪田。元詩選王禎農務集二櫃田詩：“江邊有田以櫃稱，四起封圍皆力成。”

檻 1. jiàn ㄐㄧㄢˋ 胡黤切，上，檻韻，匣。

㊀欄杆。楚辭屈原九歌東君：“暾將出兮東方，照吾檻兮扶桑。”漢書六七朱雲傳：“御史將雲下，雲攀殿檻，檻折。”㊁關牲畜野獸的柵欄。淮南子主術：“故夫養虎豹犀象者，爲之圈檻。”㊂禁閉，拘囚。漢書八五 谷永傳 上書：“檻塞大異，皆瞽說欺天者也。”文選三國魏吳季重（質）答東阿王書：“今處此而求大功，猶絆良驥之足，而責以千里之任；檻猨猴之勢，而望其巧捷之能者也。”㊃四方加板的船。加板以禦矢石，有如牢檻，故稱。後改木旁爲舟作“艦”。文選晉左太沖（思）吳都賦：“弘舸連軸，巨檻接艫。”參閱釋名釋船。㊄通“濫”。見“檻泉”。

2. kǎn ㄎㄢˇ

㊅門下的橫木，即門限。紅樓夢七：“走至堂屋，只見小丫頭豐兒坐在房門檻兒上。”

【檻羊】檻中之羊。比喻受制於人。後漢書四二廣陵思王荆傳與東海王彊書：“當爲秋霜，無爲檻羊。雖欲爲檻羊，又可得乎！”注：“秋霜，肅殺於物，檻羊，受制於人。”

【檻車】囚禁犯人或裝載猛獸的有柵欄的車。史記陳丞相世家：“以節召樊噲，噲受詔，即反接載檻車，傳詣長安。”文選漢揚子雲（雄）長楊賦：“張羅罔罝罘，捕熊羆豪豬虎豹狖玃狐兔麋鹿，載以檻車，輸長楊射熊館。”

【檻穽】捕捉野獸的機具和陷穽。後漢書四一宋均傳：“（九江）郡多虎暴，數爲民患，常募役設檻穽，而猶多傷害。”注：“檻爲機以捕獸。穽謂穿地陷之。”也作“穽檻”。漢書六二司馬遷傳 報任安書：“猛虎處深山，百獸震恐，及其在穽檻之中，搖尾而求食，積威約之漸也。”

【檻泉】猶濫泉，指噴湧而出的泉水。詩小雅采菽：“觱沸檻泉，言采其芹。”釋文：“銜覽反，徐（邈）下斬反。”

【檻檻】車行聲。詩王風大車：“大車檻檻，毳衣如菼。”釋文：“胡覽反，車行聲。”文選晉左太沖（思）吳都賦：“出車檻檻，被練鏘鏘。”

櫂 1. zhào ㄓㄠˋ 直教切，去，效韻，澄。

㊀划船撥水的用具。狀如槳，短的叫楫、楫，長的叫櫂。也作“棹”。楚辭屈原九歌湘君：“桂櫂兮蘭枻。”也借指船。唐韓愈昌黎集六答柳柳州食蝦蟆詩：“哀哉思慮深，未見許迴櫂。”

2. zhuó ㄓㄨㄛˊ 類篇 直角切，音濁。

㊁方言五：“宋楚魏之間……盌謂之櫂。”

廣雅釋器:"櫂,盂也。"

【櫂歌】船歌,鼓櫂而歌。樂府詩集八四漢武帝秋風辭:"汎樓船兮濟汾河,橫中流兮揚素波,簫鼓鳴兮發櫂歌。"文選作"棹歌"。

【櫂歌行】樂府相和歌辭瑟調曲名。樂府詩集四十櫂歌行五解:"樂府解題曰:晉樂奏魏明帝辭云:'王者布大化',備言平吳之勳。若晉陸機'遲遲春欲莫',梁簡文帝'妾住在湘川',但言乘舟鼓櫂而已。"

檼 yǐn ㄧㄣˇ 於靳切,去,焮韻,影。

屋棟。釋名釋宮室:"檼,隱也。所以隱桷。或謂之望,言高可以望也。或謂之棟,棟,中也,居室之中也。"參閱宋李誡營造法式序目諸作異名。

櫡 1. zhuó ㄓㄨㄛˊ 張略切,入,藥韻,知。

㊀斧、鋤一類器具。說文:"櫡,斫謂之櫡。"清段玉裁注:"櫡,一作鐯,俗字也。凡斫木之斤,斫地之欘,皆謂之櫡。"

2. zhù ㄓㄨˋ 集韻 遲據切,去,御韻。

㊀筷子。同"箸"、"筯"。史記周勃世家:"頃之,景帝居禁中,召條侯(周亞夫)賜食,獨置大胾,無切肉,又不置櫡。"漢書四十周勃傳附周亞夫作"箸"。

櫄 chūn ㄔㄨㄣ 丑倫切,平,諄韻,徹。

木名。同"椿"、"杶"。山海經中山經:"成侯之山,其上多櫄木。"注:"似樗樹,材中車轅。"急就篇三"桐梓樅松榆椿樗"唐顏師古注:"椿字或作櫄,其音同。"

櫋 mián ㄇㄧㄢˊ 玉篇 彌連切。

木名。即杜仲。皮實均可入藥。政和證類本草十二杜仲:"其皮類厚朴,折之內有白絲相連,……江南人謂之櫋,初生葉嫩時採食……謂之櫋芽。"參見"杜仲"。

櫅 jì ㄐㄧˋ 古詣切,去,霽韻,見。

木名。即枸杞。見說文。詳"枸杞"。

檿 yǎn ㄧㄢˇ 於琰切,上,琰韻,影。

木名。柞樹,即檿桑。古稱山桑。木質堅韌,可製弓和車轅等。詩大雅皇矣:"攘之剔之,其檿其柘。"周禮考工記弓人:"凡取幹之道七:柘爲上,檍次之,檿桑次之。"

【檿弧】山桑所製的弓。國語鄭:"宣王之時有童謠曰:檿弧箕服,實亡周國。"

【檿絲】蠶食山桑所吐的絲。絲韌,可做琴瑟弦。書禹貢:"厥篚檿絲。"

十五畫

櫧 zhū ㄓㄨ 章魚切,平,魚韻,照。

木名。常綠喬木,木質堅硬。山海經中山經:"又東二百里曰前山,其木多櫧。"注:"似柞子可食。冬夏生,作屋柱,難腐。"史記一一七司馬相如傳上林賦:"沙棠櫟櫧。"集解引漢書音義:"櫧似柃,葉冬不落也。"

櫎 1. huǎng ㄏㄨㄤˇ 胡廣切,上,蕩韻,匣。

㊀帷幔之類。也作"幌"。文選晉左太沖(思)吳都賦:"房櫳對櫎,連閣相經。"注:"櫎,帷屏屬,然則門牕之廡,通名櫎。櫎音幌,音義同。"

2. guàng ㄍㄨㄤˋ 集韻 古曠切,去,宕韻。

㊀俎跗橫木。見集韻。

櫝 dú ㄉㄨˊ 徒谷切,入,屋韻,定。

㊀木匣,木櫃。論語季氏:"虎兕出於柙,龜玉毁於櫝中,是誰之過與?"㊁函,套子。禮少儀:"劍則啟櫝。"注:"櫝謂劍函也。"㊂盛飯菜的食盒。見"櫝食"。㊃形體較小之棺。左傳昭二九年:"塹而死,公將爲之櫝。"注:"爲作棺也。"㊄收藏。唐文粹八三獨孤郁上禮部權侍郎書:"有照乘之珍而密櫝之。"

【櫝丸】盛放弓矢的器具。左傳昭二五年"公徒釋甲,執冰而踞"晉杜預注:"冰,櫝丸蓋。或云櫝丸是箭筩,其蓋可以取飲。"也作"韇丸"。儀禮士冠禮"筮人執筴抽上韇"漢鄭玄注:"韇,藏筴之器,今時藏弓矢者謂之韇丸。"

【櫝食】以盒供食。宋真宗問杜鎬櫝食起於何時?鎬對曰:"漢景帝爲太子,文帝曰:'太子食料必差殊。'命太官日具兩櫝賜之,此其始也。'"見宋王君玉國老閒談櫝食(類說五二)。

【櫝藏】用木櫃或木匣收藏財物。論語子罕:"有美玉於斯,韞匵而藏諸?求善賈而沽諸?"匵,一本作"櫝"。後因以櫝藏比喻待價而沽。宋黃庭堅豫章集九被褐懷珠玉詩:"櫝藏心有待,褐短義難降。"

櫜 gāo ㄍㄠ 古勞切,平,豪韻,見。

㊀收藏甲衣或弓箭的袋。左傳昭元年:"伍舉知其有備也,請垂櫜而入。"注:"櫜,弓衣也。"禮少儀:"無以前之則袒櫜奉胄。"注:"櫜弢鎧衣也。"㊁收藏。詩周頌時邁:"載戢干戈,載櫜弓矢。"

【櫜鞬】藏箭和弓的器具。左傳僖二三年:"(晉文公)對曰:'若以君之靈,得反晉國,晉楚治兵,遇於中原,其辟君三舍。若不獲命,其左執鞭弭,右屬櫜鞬,以與君周旋。'"注:"櫜以受箭,鞬以受弓。"泛指武將的裝束。新唐書七九李晟傳附李愬:"乃屯兵鞠場以俟裴度,至,愬以櫜鞬見。"

櫔 lì ㄌㄧˋ 力制切,去,祭韻,來。

木名。櫔木。山海經中山經:"歷兒之山,其上多橿,多櫔木。是木也,方莖而員葉,黃華而毛,其實如棟,服之不忘。"

櫌 yōu ㄧㄡ 於求切,平,尤韻,影。

農具。同"耰"。說文"櫌"引論語:"櫌而不輟。"漢石經及今本論語微子皆作"耰"。史記秦始皇紀"太史公曰"引賈誼:"然陳涉以戍卒散亂之衆數百,奮臂大呼,不用弓戟之兵,鉏櫌白梃,望屋而食,橫行天下。"參閱明徐光啓農政全書二一農器。

櫚 lǘ ㄌㄩˊ 力居切,平,魚韻,來。

說文無"櫚"字,漢枚乘七發、司馬相如上林賦、揚雄甘泉賦均有"幷閭"一詞。幷閭,同"栟櫚",即椶櫚。見"栟櫚"、"椶櫚"。

櫢 sǒu ㄙㄡˇ

櫢檽。木茂盛貌。古文苑六漢黃香九宮賦:"即蹴縮以櫢檽,坎埏援以消煬。"

櫑 1. léi ㄌㄟˊ 魯回切,平,灰韻,來。

㊀盛酒器。同"罍"。說文:"櫑,龜目酒尊,刻木作雲雷象,象施不窮也。"

2. lěi ㄌㄟˇ 落猥切,上,賄韻,來。

㊀見"櫑$_2$具"。

【櫑$_2$具】古長劍名。木柄上有蓓蕾形的玉飾等,故稱。漢書七一雋不疑傳:"不疑冠進賢冠,帶櫑具劍。"注引晉灼:"古長劍首以玉作井鹿盧形,上刻木作山形,如蓮花初生未敷時。今大劍木首,其狀似此。"後以櫑具作爲學官的典故。宋蘇軾分類東坡詩十九次韻錢舍人病起:"殿門明日逢王傅,櫑具争先看不疑。"

櫛 zhì ㄓ 阻瑟切,入,質韻,莊。

㊀梳篦的總稱。左傳僖二二年:"寡君之使婢子侍執巾櫛,以固子也。"也指婦女束髮的妝飾。宋蘇軾分類東坡詩九於潛令刁同年野翁亭:"山人醉後鐵冠落,溪女笑時銀櫛低。"注:"於潛婦女皆插大銀櫛,長尺許,謂之蓬沓。"㊁梳理頭髮。莊子庚桑楚:"簡髮而櫛,數米而炊。"㊂清除。唐韓愈昌黎集二八試大理評事王君墓誌銘:"櫛垢爬痒,民獲蘇醒。"

【櫛比】形容密接相連,猶如梳齒般排列。詩周頌良耜:"其崇如墉,其比如櫛,以開百室。"文選漢王子淵(褒)四子講德論:"甘露滋液,嘉禾櫛比。"又晉左太沖(思)吳都賦:"屯營櫛比,解署棋布。"

【櫛沐】指梳頭洗面。後漢書八五東夷傳:"行來度海,令一人不櫛沐,不食肉,不近婦人,名曰'持衰'。"隋書楊伯醜傳:"於是被髮陽狂,遊行市里,行體垢穢,未嘗櫛沐。"

【櫛櫛】密集貌。唐李賀歌詩編一秦王飲酒:"酒酣喝月使倒行,銀雲櫛櫛瑤殿明。"唐杜牧樊川集一赴京初入汴口曉景即事先寄兵部李郎中詩:"檣形櫛櫛斜,浪態迤迤好。"

【櫛風沐雨】以風梳髮,以雨洗頭。比喻不避風雨,奔波勞苦。莊子天下:"腓無胈,脛無毛,沐甚雨,櫛疾風。"三國志魏董昭傳注引獻帝春秋昭與荀彧書:"今曹公(操)遭海內傾覆,宗廟焚滅,躬擐甲冑,周旋征伐,櫛風沐雨,且三十年。"

櫓 lǔ ㄌㄨˇ 郎古切,上,姥韻,來。

㊀兵器。即大盾。左傳襄十年:"狄虒彌建大車之輪,而蒙之以甲,以爲櫓。"文選漢賈誼過秦論:"伏尸百萬,流血漂櫓。"史記秦始皇紀"太史公曰"引作"鹵"。㊁頂部没有覆蓋的望樓。史記一一七司馬相如傳上林賦:"江河爲阹,泰山爲櫓。"集解引郭璞:"櫓,望樓也。"三國志魏袁紹傳:"紹爲高櫓,起土山,射營中,營中皆蒙楯。"參見"樓櫓"。㊂戰車的一種。六韜軍用:"陷堅陳,敗强敵,武翼大櫓,……提翼小櫓。"㊃划船的工具。長大而縱者曰櫓。三國志吳呂蒙傳:"蒙至尋陽,盡伏其精兵𦨴𦪇中,使白衣搖櫓。"

【櫓巢】遠古人類搆木似巢的居處。孔子家語問禮:"昔之王者未有宮室,冬則居營窟,夏則居櫓巢。"注:"有柴謂櫓,在樹曰巢。"

【櫓罟子】果名。宋范成大桂海虞衡志果:"櫓罟子,大如半升椀。諦視之,數十房攢聚成毬,每房有縫,冬生青至夏紅。破其瓣食之,微甘。"即波羅蜜的一種。

櫋 mián ㄇㄧㄢ 武延切,平,仙韻,明。

屋檐板。說文作"櫋"。楚辭屈原九歌湘夫人:"罔薜荔兮爲帷,擗蕙櫋兮既張。"近人謂即室内的隔扇。

櫍 zhì ㄓ 之日切,去,質韻,照。

㊀器物的脚。說文:"櫍,柎也。"又:"柎,闌足也。"㊁古代刑具,鍘刀的墊座。通"質"、"鑕"。參閱廣雅釋器。

櫞 yuán ㄩㄢ 與專切,平,仙韻,喻。

見"枸櫞"。

櫟 1. lì ㄌㄧˋ 郎擊切,入,錫韻,來。

㊀木名。又名棫、栩。俗稱柞櫟或麻櫟。果實叫橡子、橡斗。葉可飼柞蠶,皮可爲染料。詩秦風晨風:"山有苞櫟,隰有六駮。"㊁欄干之類。史記一二六東方朔傳:"建章宮後閤重櫟中有物出焉,其狀似麋。"索隱:"重櫟,欄楯之下有重欄處也。"㊂搏擊。文選晉潘安仁(岳)射雉賦:"櫟雌妒異,倏來忽往。"㊃傳說中的鳥名。山海經西山經:"(天帝之山)有鳥焉,其狀如鶉,黑文而赤翁,名曰櫟。"㊄古地名。在今河南禹縣境。左傳桓十五年:"秋,鄭伯因櫟人,殺檀伯,而遂居櫟。"㊅刮擦器物以作聲。史記楚元王世家:"叔與客來,嫂詳爲羹盡,櫟釜。"索隱:"謂以杓歷釜旁,使爲聲。"漢書作'轑',音勞。"

2. yuè ㄩㄝˋ 以灼切,入,藥韻,喻。

㊆古地名。見"櫟₂陽"。

【櫟社】神社旁的櫟樹。莊子人間世:"匠石之齊,至乎曲轅,見櫟社樹,其大蔽數千牛,絜之百圍。"參見"櫟散"。

【櫟散】莊子人間世:"見櫟社樹……匠石曰:'自吾執斧斤以隨夫子,未嘗見材如此其美也。先生不肯視,行不輟,何邪?'曰:'已矣!勿言之矣!散木也,以爲舟則沈,以爲棺槨則速腐,以爲器則速毀,以爲門户則液樠,以爲柱則蠹,是不材之木也,無所可用,故能若是之壽。'"後因用櫟散比喻無用之材。藝文類聚三六晉戴逵閑遊贊:"櫟散之質,不以斧斤致用。"魏書宗欽傳答高允詩:"伊余櫟散,才至庸微,遭緣幸會,忝與樞機。"參見"樗櫟"、"樗散"。

【櫟₂陽】地名。故城在今陝西臨潼縣東北。戰國秦獻公都此。楚漢之際,項羽封秦降將司馬欣爲塞王,以櫟陽爲都。漢七年,劉邦父葬櫟陽北原,因於其地置萬年縣以奉陵寢。參閱史記秦紀、漢書高帝紀上。參見"萬年㊀"。

【櫟園書影】書名。清周亮工撰。詳"書影"。

櫴 1. liè ㄌㄧㄝˋ 良涉切,入,葉韻,來。與涉切,入,葉韻,喻。

㊀栖端木。見廣韻。㊁見"櫴欇"。

2. là ㄌㄚˋ 正字通 落答切,音拉。

㊂木名。正字通:"樹可放蠟,煎汁爲油,可作燭。今江南北放蠟者謂之水櫴樹。……其樹似女貞而異。"

【櫴欇】藤本植物。虎豆的别名,即紫藤。爾雅釋木"欇,虎櫐"晉郭璞注:"今虎豆纏蔓林樹而生。莢有毛刺,今江東呼爲櫴欇。欇音涉。"宋書謝靈運傳山居賦:"野有蔓草,獵涉蘡薁。"獵涉即櫴欇。參閱清郝懿行爾雅義疏。參見"獵涉"。

櫫 zhū ㄓㄨ 陟魚切,平,魚韻,知。

木簽。用爲表識。參見"揭櫫"。

十六畫

櫬 chèn ㄔㄣˋ 初覲切,去,震韻,初。

㊀棺。左傳僖六年:"許男面縛銜璧,大夫衰絰,士輿櫬。"又襄二年:"穆姜使擇美檟,以自爲櫬。"疏:"櫬,親身棺也。以親近其身,故以櫬爲名焉。"清郝懿行謂櫬本木名,即梧桐。古以桐木爲棺,因亦名棺爲櫬。見爾雅義疏釋木。㊁草木名。1. 梧桐。見爾雅釋木並注。2. 木槿。見爾雅釋草。

櫳 lóng ㄌㄨㄥˊ 盧紅切,平,東韻,來。

也作"襱"。㊀窗上櫺木,窗户。漢書九七下班倢伃傳作賦自傷悼:"廣室陰兮帷幄暗,房櫳虛兮風泠泠。"注:"櫳,疏檻也。"也借指房舍。廣雅釋宮:"櫳……舍也。"文選晉張景陽(協)雜詩之一:"房櫳無行跡,庭草萋以綠。"參見"房櫳"。㊁圈禽獸的柵欄。文選漢禰正平(衡)鸚鵡賦:"順櫳檻以俯仰,闚户牖以踟蹰。"一本作"籠"。

【櫳門】房門。金董解元西廂五:"悶損多情的張秀才,忽聽得櫳門啞地開。"元王實甫西廂記一本一折:"慢俄延,投至到櫳門兒前面,剛那了一步遠,剛剛的打箇照面。」

【櫳樅】木弩。一種利用機械力發射箭的弓。墨子備城門：「播以射衝及櫳樅。」參閱孫詒讓墨子閒詁。

櫰 1. huái 戶乖切，平，皆韻，匣。ㄏㄨㄞ

㊀木名，槐類。爾雅釋木：「櫰，槐大葉而黑。」注：「槐樹葉大色黑者名爲櫰。」

2. guī 公回切，平，灰韻，見。ㄍㄨㄟ

㊀山海經西山經：「中曲之山……有木焉，其狀如棠而圓葉赤實，實大如木瓜，名曰櫰木，食之多力。」

【櫰香】香木名。卽化香樹。根可入藥。本草綱目三四木一櫰香：「櫰香，江淮湖嶺山中有之。……葉青而長，有鉅齒，狀如薊葉而香，對節生；其根狀如枸杞根而大，煨之甚香。」

櫯 tuò 他各切，入，鐸韻，透。ㄊㄨㄛ

打更用的木梆。同「柝」。說文「櫯」引易：「重門擊櫯。」周易集解十五繫辭：「重門擊櫯，以待虣客。」注引九家易：「櫯者，兩木相擊以行夜也。」今本繫辭下櫯作「柝」，虣作「暴」。參見「柝」。

櫪 lì 郎擊切，入，錫韻，來。ㄌㄧ

㊀木名。同「櫟」。文選漢張平子（衡）南都賦：「其木則……楓、柙、櫨、櫪。」注：「櫪與櫟同。」㊁馬槽。樂府詩集三七曹操步出夏門行：「驥老伏櫪，志在千里；烈士暮年，壯心不已。」宋書樂志三櫪作「歷」。

【櫪驥】伏於馬槽的駿馬。比喻有壯志而閒散的人。本曹操詩「驥老伏櫪」一語。宋穆修河南穆公集一送毛得一秀才歸淮上詩：「自傷櫪驥心千里，空羨溟鵬志九霄。」參見「櫪㊁」。

櫲 yù 集韻 羊茹切，去，御韻。ㄩ

木名。文選晉左太沖（思）吳都賦：「木則楓柙櫲樟。」

櫩 yán 余廉切，平，鹽韻，喻。ㄧㄢ

㊀屋檐。同「檐」。淮南子主術：「是故賢主之用人也，猶巧工之制木也，……修者以爲櫩榱，短者以爲朱儒枅櫨，無小大修短，各得其所宜。」文選三國魏何平叔（晏）景福殿賦：「飛櫩翼以軒翥，反宇巘以高驤。」㊁步櫩，走廊。史記一一七司馬相如傳上林賦：「步櫩周流，長途中宿。」

【櫩廡】廊屋的屋檐。南史馬樞傳：「有白鷰一雙，巢其庭樹，馴狎櫩廡，時至几案，春來秋去，幾三十年。」

【櫩鐸】掛在屋檐下的風鈴。唐王勃王子安集十四梓州飛烏縣白鶴寺碑：「鏘鏘櫩鐸，聲傳桂葉之風；焰焰山爐，氣結松陰之靄。」

櫹 xiāo 集韻 先彫切，平，蕭韻。ㄒㄧㄠ

㊀木名。文選晉左太沖（思）蜀都賦：「其樹則有木蘭梫桂，杞櫹椅桐。」劉淵林注：「櫹，大木也。」㊁見「櫹槮」。

【櫹槮】㊀草木彫零貌。楚辭宋玉九辯：「前櫹槮之可哀兮，形銷鑠而瘀傷。」注：「華葉已落，莖獨立也。」㊁草木茂盛貌。文選漢張平子（衡）西京賦：「鬱蓊薆薱，橚爽櫹槮。」

櫨 lú 落胡切，平，模韻，來。ㄌㄨ

㊀木名。一名黃櫨。文選漢張平子（衡）南都賦：「其木則……楓、柙、櫨、櫪。」參見「黃櫨」。㊁果名。卽甘櫨。呂氏春秋本味：「果之美者……箕山之東，青鳥之所，有甘櫨焉。」一本作「櫨橘」。㊂大柱柱頭承托棟梁的方木。卽薄櫨、斗栱。淮南子本經：「擲抹欂櫨，以相支持。」注：「櫨，柱上拊，卽梁上短柱也。」梁書沈約傳郊居賦：「千櫨捷嶫，百栱相持。」

櫱 niè 魚列切，入，薛韻，疑。ㄋㄧㄝ

本作「㯻」。也作「枿」、「蘖」。樹木砍去後重生的枝條。書盤庚：「若顛木之有由櫱。」一本作「蘖」。後泛指事物始生爲櫱。廣雅釋詁：「古、昔、先、方、作、朔、萌、芽、本、根、櫱……始也。」清王念孫疏證：「櫱與萌、芽同義。……芽米謂之櫱，災始生謂之櫱。」

櫸 jǔ 居許切，上，語韻，見。ㄐㄩ

木名。山毛櫸。材質堅實，木理秀美，可供建築、造船及家具之用。皮極粗厚，可入藥。參閱政和證類本草十四櫸樹皮。參見「櫸柳」。

【櫸柳】木名，卽櫸。也作「柜柳」。唐杜甫杜工部草堂詩箋十八田舍：「櫸柳枝枝弱，枇杷樹樹香。」參見「柜柳」。

十七畫

櫰 xiāng 息良切，平，陽韻，心。ㄒㄧㄤ

木名。文選晉左太沖（思）吳都賦：「文櫰楨橿。」劉淵林注：「櫰木，樹皮中有白米屑者，乾擣之，以水淋之，可作餅，似麪，交趾盧亭有之。」正字通云卽莎木。

櫺 líng 郎丁切，平，青韻，來。ㄌㄧㄥ

㊀窗或欄杆上雕有花紋的木格子。文選漢班孟堅（固）西都賦：「舍櫺檻而卻倚，若顛墜而復稽。」㊁檐端與椽相連的板。方言十三：「屋相謂之櫺。」注：「卽屋檐也。」

【櫺牀】有欄杆的牀。三國志魏袁術傳「發病道死」注引吳書：「時盛暑欲得蜜漿，又無蜜。坐櫺牀上，歎息良久，乃大咤曰：『袁術至於此乎！』」

【櫺軒】有窗格的小室或長廊。三國魏曹植曹子建集五贈徐幹：「春鳩鳴飛棟，流猋激櫺軒。」宋王安石臨川集一招約之職方並示正甫書記詩：「櫺軒俯北渚，花氣時度谷。」

【櫺星門】漢高祖命祀靈星，靈星卽天田星。凡祭天，先祭靈星。至宋仁宗天聖六年，築郊臺外垣，置靈星門。其移用於孔廟，始於宋景定建康志、金陵新志所記，本以尊天者尊孔。後人以漢祠靈星祈穀，與孔廟無涉，又見門形如窗櫺，遂改靈爲櫺。參閱清袁枚隨園隨筆下櫺星門之訛。

欂 bó 蒲革切，入，麥韻，並。ㄅㄛ
補各切，入，鐸韻，幫。
弼戟切，入，陌韻，並。

柱首承大梁的方形短木。說文作「欂」。見下。

【欂櫨】柱上承梁的方形短木，卽斗拱。也作「欂櫨」。淮南子本經：「標株欂櫨，以相支持。」文選漢王文考（延壽）魯靈光殿賦：「白鹿孑蜺於欂櫨，蟠螭宛轉而承楣。」

欄 1. liàn 落干切，平，寒韻，來。ㄌㄧㄢ 集韻 郎甸切，去，霰韻。

㊀木名。卽楝。周禮考工記㡛氏：「湅帛以欄爲灰。」注：「以欄木之灰漸釋其帛也。」

2. lán 集韻 郎干切，平，寒韻。ㄌㄢ

本作「闌」。㊀欄干。史記一〇一袁盎傳「百金之子不騎衡」索隱引纂要：「宮殿四面欄，縱者云檻，橫者云楯。」㊁餵養家畜的柵欄。墨子非攻上：「至入人欄廄，取人牛馬者，其不仁義，又甚攘人犬豕雞豚。」三國魏嵇康嵇中散集八宅無吉凶攝生論：「夫一棲之雞，一欄之羊，賓至而有死者，豈居異哉。」㊃紙、帛、織物的分格界記。唐李肇國史補下：「宋亳間有織成界道絹素，謂之烏絲欄，朱絲欄。」

【欄干】用竹木等做成的遮攔物。本作"闌干"。唐元稹長慶集二四連昌宮詞:"上皇方在望仙樓,太真同凭欄干立。"也作"欄杆"。又白居易長慶集十三寄湘靈詩:"遥知别後西樓上,應凭欄杆獨自愁。"

【欄楯】卽欄杆。縱爲欄,横爲楯。南史梁宗室(蕭)正義傳:"正義乃廣其路,傍施欄楯。"

【欄檻】卽欄杆。後漢書四八爰延傳:"昔朱雲廷折欄檻,今侍中面稱朕違,敬聞闕矣。"唐高適高常侍集七酬河南節度使賀蘭大夫見贈之作詩:"高閣憑欄檻,中軍倚旆旗。"

【欄子馬】契丹兵制,在大軍前面先遣大首領三人,各率萬騎,進行搜索巡邏,互爲呼應,稱爲欄子馬,亦稱欄子軍。欄,一本作"攔"。參閱宋葉隆禮遼志兵馬制度、遼史兵衛志上。

櫻 yīng 烏莖切,平,耕韻,影。一ㄥ

㊀果木名。卽櫻桃。宋書謝靈運傳閑居賦:"三桃表櫻胡之别,二柰曜丹白之色。"參見"三桃"。㊁見"櫻花"。

【櫻花】櫻桃花。唐李商隱李義山詩集五無題之四:"何處哀筝隨急管,櫻花永巷垂楊岸。"

【櫻珠】小顆櫻桃。宋陸佃埤雅十四釋木櫻桃:"一名荆桃,一名含桃,……其顆大者,或如彈丸,小者如珠璣,南人語其小者謂之櫻珠。"參見"櫻桃"。

【櫻桃】㊀果木名。落葉喬木,春季先葉開花,淡紅色或白色。又名含桃、荆桃。史記一一七司馬相如傳上林賦:"櫻桃蒲陶。"參閱宋陸佃埤雅釋木櫻桃。㊁舊時比喻女子的口唇。唐孟棨本事詩事感二:"白居易姬人樊素善歌,妓人小蠻善舞,嘗爲詩曰:'櫻桃樊素口,楊柳小蠻腰。'"唐韓偓玉山樵人集裊娜詩:"着詞但見櫻桃破,飛盞遥聞荳蔻香。"

【櫻唇】舊時比喻作女子的口唇。元張憲玉笥集六太真明皇譜笛圖詩:"鳳生龍爪玉星香,露溼櫻唇金縷長。"

【櫻筍】櫻桃與春筍的合稱,因櫻、筍上市季節在春夏之交,故亦用以代指時令。唐陸龜蒙甫里集九和襲美所居首夏適然有作韻詩:"亦以魚鰕供熟鷺,近緣櫻筍識隣翁。"宋劉過龍洲集四上袁文昌知平江詩之二:"明年櫻筍成時候,不在烏臺卽玉堂。"

【櫻桃宴】科舉時代慶賀進士及第之宴。始於唐僖宗時。五代王定保唐摭言三慈恩寺題名遊賞賦詠雜紀:"新進士尤重櫻桃宴。乾符四年,永寧劉公第二子覃及第,……於是獨置是宴,大會公卿。時京國櫻桃初出,雖貴達未適口,而覃山積鋪席,復和以糖酪者,人享蠻榼一小盎,亦不啻數升。"元詩選貢師泰玩齋集和馬伯庸學士擬古宮詞:"近臣侍罷櫻桃宴,更遣黄門送兩籠。"

【櫻筍時】也作"櫻笋時"。櫻桃、春筍上市之時,代指農曆三月。唐鄭谷鄭守愚集三自貽詩:"恨抛水國釣蓑雨,貧過長安櫻笋時。"又齊己白蓮集七寄倪曙郎中詩:"帝鄉久别江鄉往,椿筍何如櫻筍時。"

【櫻筍廚】春夏之交,櫻桃、筍時鮮上市,以此爲佳饌,故稱。也作"櫻笋廚"。唐李淖秦中歲時記:"長安四月十五日,自堂廚至百司廚,通謂之櫻筍廚。"(類説六)宋陸游劍南詩稿三一送陳吏部還朝:"不辭我老雞豚社,且喜公歸櫻笋廚。"

櫾 yòu 余救切,去,宥韻,喻。一ㄡˋ

木名。同"柚"。山海經中山經:"東北百里曰荆山,……其草多竹,多橘櫾。"注:"櫾似橘而大也,皮厚味酸。"

櫼 jiān 所咸切,平,咸韻,山。ㄐ一ㄢ

㊀木楔,木籤。元趙孟頫松雪齋集五老態詩:"扶衰每藉過眉杖,食肉先尋剔齒櫼。"參閱説文。㊁屋上弓形短梁。卽斗栱。文選三國魏何平叔(晏)景福殿賦:"櫼櫨各落以相承,欒栱夭蟜而交結。"宋李誡營造法式序目:"飛昂,其名有五:一曰櫼……。"參見"櫼枊"。

【櫼枊】主柱與横梁交接處的弓形短梁,卽斗栱。文選三國魏何平叔(晏)景福殿賦"飛枊鳥踊,雙轅是荷"唐李善注:"飛枊之形,類鳥之飛,又有雙轅承檐以荷衆材。今人名屋四阿栱曰櫼枊也。"

欃 chán 士咸切,平,咸韻,牀。ㄔㄢˊ

㊀見"欃檀"。㊁星名。見"欃槍"。

【欃槍】彗星的别名。爾雅釋天:"彗星爲欃槍。"史記一一七司馬相如傳大人賦:"攙欃槍以爲旌兮,靡屈虹而爲綢。"一本作"攙槍"。彗星之名欃槍,本取除舊更新之義,故也從手旁。

【欃檀】檀木别名。史記一一七司馬相如傳上林賦:"欃檀木蘭。"集解引漢書音義:"欃檀,檀别名也。"又孔子世家"孔子葬魯城北泗上"集解引皇覽作"毚檀"。

檃 yǐn 於謹切,上,隱韻,影。一ㄣˇ

同"櫽"。見該字。

十八畫

權 quán 巨員切,平,仙韻,羣。ㄑㄩㄢˊ

㊀稱錘。測定物體重量的器具。現存最早的有戰國秦權和楚權,以銅或鐵製成。漢代也稱纍。論語堯曰:"百姓有過,在予一人,謹權量,審法度。"亦謂稱量。孟子梁惠王上:"權,然後知輕重。"㊁均平,權衡。周禮考功記弓人:"九和之弓,角與幹權。"禮王制:"原父子之親,立君臣之義,以權之。"㊂權力。莊子天運:"親權者不能與人柄。"戰國策齊:"恐田忌欲以楚權復於齊。"㊃計謀,詭變。淮南子主術:"任輕者易權。"注:"權,謀也。"㊄變通,機變。常與經相對。古稱道之至當不變者爲經,反經合道爲權。公羊傳桓十一年:"權者何?權者反於經,然後有善者也。"孟子離婁上:"嫂溺援之以手者,權也。"㊅唐代以來稱代理、攝守官職爲權。唐李翱李文公集十一韓吏部(愈)行狀:"改江陵法曹〔參〕軍,入爲權知國子博士,……權知三年,改真博士。"參閱宋戴埴鼠璞權行守試。㊆姑且,暫且。三國志魏王基傳注引司馬彪戰略:"尋敕諸君已上道者,且權停住所在,須後節度。"文選晉左太沖(思)魏都賦:"權假日以餘榮。"參見"權代"。㊇木名。爾雅釋木:"權,黄英。"㊈草名。爾雅釋草:"權,黄華。"注:"今謂牛芸草爲黄華。"㊉面頰。通"顴"。文選三國魏曹子建(植)洛神賦:"明眸善睞,靨輔承權。"注:"權,兩頰。"⑪通"爟"。逸周書大明武:"旁隧外權。"參見"權火"。⑫周列國名。春秋時滅於楚。故都城在今湖北當陽縣東南。左傳莊十八年:"初,楚武王克權。"⑬姓。商武丁裔孫封權,後以爲姓。見新唐書宰相世系表五下。

【權力】權勢和威力。漢書四八賈誼傳陳政事疏:"況莫大諸侯,權力且十此者乎?"後漢書八九南匈奴傳:"各以權力優劣、部衆多少爲高下次第焉。"

【權火】烽火,古祭祀時所舉的燎火。同"爟火"。史記封禪書:"故常以十月上宿郊見,通權火。"集解引張晏:"權火,烽火也,狀若井絜皋矣,其法類稱,故謂之權,欲令光明遠照通祀所也。"

【權右】權門右族。卽顯貴之義。漢荀悦申鑒政體:"嘉守節而輕狹陋,疾威福而尊權右。”三國志魏倉慈傳:“抑挫權右,撫恤貧羸,甚得其理。”

【權代】暫時代理。左傳僖二八年“壬午,濟河,舟之僑先歸,士會攝右”晉杜預注:“權代舟之僑也。”

【權臣】有權勢之臣。多指掌權而專横的大臣。晏子春秋内諫上:“今有車百乘之家,此一國之權臣也。”詩鄭風狡童序:“不能與賢人圖事,權臣擅命也。”

【權利】權勢及貨財。荀子君道:“接之以聲色、權利、忿怒、患險而觀其能無離守也。”史記一〇六魏其武安侯傳附灌夫:“家累數千金,食客日數十百人,陂池田園,宗族賓客爲權利,横於潁川。”

【權宜】變通的措施,隨事勢而採取的適宜辦法。後漢書四十下班彪傳班固東都賦:“故婁敬度執而獻其説,蕭公權宜以拓其制,時豈泰而安之哉,計不得以已也。”

【權幸】指有權勢而得帝王寵幸的人。宋書孔覬傳:“僚類之間,多所凌忽,尤不能曲意權幸,莫不畏而疾之。”也作“權倖”。後漢書五六陳球傳:“(李咸)累經州郡,以廉幹知名,在朝清忠,權倖憚之。”

【權奇】高超,非常。漢書禮樂志二郊祀歌天馬:“志俶儻,精權奇。”王先謙補注:“權奇者,奇譎非常之意。”唐李白李太白詩三天馬歌:“嘶青雲,振緑髮,蘭筋權奇走滅没。”宋李覯直講李先生集三七書松陵唱和詩:“天命相逢陸與皮,當年才調兩權奇。”

【權門】執政的權臣,也指有權勢的豪門。後漢書三七丁鴻傳上封事:“臣愚以爲左官外附之臣,依託權門,傾覆諂諛,以求容媚者,宜行一切之誅。”世説新語賞譽下“王丞相云”注引卞壼别傳:“壼少以貴正見稱,累遷御史中丞,權門屏迹。”

【權典】暫行的法律。隋書刑法志:“梁武帝承齊昏虐之餘,刑政多僻,既即位,乃制權典,依周、漢舊事,有罪者贖。”

【權制】㊀以權力制治。商君書修權:“權制獨斷於君則威。”㊁臨時制訂的法令、措施。漢書八七下揚雄傳解嘲:“甫刑靡敝,秦法酷烈,聖漢權制,而蕭何造律,宜也。”晉書劉毅傳上疏:“夫權制不可以經常,政乖不可以守安。”

【權知】宋命朝臣出守外州,以知縣序資隔一等者稱權知;隔二等而作州者,稱權發遣。號權知軍州事。宋王君玉國老談苑一:“太祖嘗語趙普曰:‘唐室禍源在諸侯難制,何術以革之?’普曰:‘列郡以京官權知,三年一替,則無虞。’因從之。”參閲清袁枚隨園隨筆上權發遣。

【權度】見“度量衡”。

【權首】主謀,肇事者。史記一〇六吴王濞傳論:“‘毋爲權首,反受其咎’,豈(袁)盎(鼂)錯邪?”

【權要】㊀猶言權貴。宋書徐湛之傳:“至是江湛爲吏部尚書,與湛之並居權要,世謂之江徐焉。”㊁猶言機要。舊題漢劉歆西京雜記四:“京兆有古生者,……爲都掾史四十餘年,善訑謾二千石,隨以諧謔,皆極其權要,而得其歡心。”

【權柄】猶權力。左傳襄二三年:“既有利權,又執民柄,將何懼焉。”淮南子要略:“六國諸侯,谿異谷别,水絶山隔,各自治其境内,守其分地,握其權柄,擅其政令。”

【權威】權力威勢。吕氏春秋審分:“萬邪並起,權威分移。”後漢書七八宦者傳序:“和帝即祚幼弱,而竇憲兄弟專總權威。”

【權家】㊀豪門權貴。漢劉向説苑政理:“陂池之魚,入于權家。”南史袁湛傳附袁昂:“昂依事劾奏,不憚權家,當時號爲正直。”㊁兵家。文選三國魏曹子建(植)又贈丁儀王粲詩:“權家雖愛勝,全國爲令名。”注:“權家,兵家也。”

【權書】權宜作書。漢書九四下匈奴傳揚雄上書:“又高皇后嘗忿匈奴,羣臣廷議,樊噲請以十萬衆横行匈奴中,季布曰:‘噲可斬也,妄阿順旨!’於是大臣權書遺之。”注:“以權道爲書,順辭以答之。”

【權骨】即顴骨。宋沈括夢溪筆談九人事:“公滿面權骨,不爲樞輔即邊帥。”

【權時】㊀衡量時勢。即權時度勢之義。後漢書三三朱浮傳與彭寵書:“伯通臨人觀職,愛惜倉庫,而浮秉征伐之任,欲權時救急,二者皆爲國耳。”伯通,寵字。㊁暫時。三國志蜀麋竺傳注引曹公(操)集:“泰山郡界廣遠,舊多輕悍,權時之宜,可分五縣爲嬴郡,揀選清廉以爲守將。”

【權教】見“權實”。

【權略】權變的謀略。後漢書二十祭彤傳:“彤有權略,視事五歲,縣無盜賊,課爲第一。”

【權術】權謀機變的手段、方法。孫子計“故可與之死,可與之生,而民不畏危”唐孟氏注:“故用兵之妙,以權術爲道。……故其權術之道,使民上下同進趨,共愛憎,一利害。”宋史三九七徐誼傳:“誼奏:‘三代聖王,有至誠而無權謀,至誠不息,則可以達天德矣。’”

【權詐】機變狡詐。漢王充論衡定賢:“以權詐卓譎,能將兵御衆爲賢乎?……權詐之臣,高鳥之弓,狡兔之犬也。”唐韓愈昌黎集二縣齋有懷詩:“人情忌殊異,世路多權詐。”

【權軸】中樞。指卿相職位。宋書王弘傳成粲與弘書:“是以周之宗盟,異姓爲後,權軸之要,任歸二南,斯前代之明謨,當今之顯轍。”梁書范縝傳:“縝自迎王師,志在權軸,既而所懷未滿,亦常怏怏。”

【權貴】居高位而有權勢的人。漢書六十杜周傳附杜業:“業有材能,……數言得失,不事權貴。”唐李白李太白詩十五夢遊天姥吟留别:“安能摧眉折腰事權貴,使我不得開心顔。”

【權勢】權柄勢力。莊子徐无鬼:“錢財不積,則貪者憂,權勢不尤,則夸者悲。”史記秦始皇紀:“侯生、盧生相與謀曰:‘始皇爲人,天性剛戾自用,……貪於權勢至如此,未可爲求仙藥。’於是乃亡去。”

【權概】也作“權槩”。禮月令仲春之月:“日夜分,則同度量,鈞衡石,角斗甬,正權概。”注:“稱錘曰權;概,平斗斛者。”

【權實】佛法有權實二教,權教爲凡夫小乘説法,義取權宜,如阿含經是。實教爲大乘菩薩説法,顯示真要,如法華經是。廣弘明集二十南朝梁簡文帝(蕭綱)大法頌:“將欲改權教,示實道……二諦現空有之津,二智包權實之底。”隋釋智顗止觀三下:“五明權實者,權是權謀,暫用還廢,實是實録,究竟旨歸。”

【權數】㊀指權能的類别。管子山權數:“桓公問管子曰:‘請問權數。’管子對曰:‘天以時爲權,地以財爲權,人以力爲權,君以令爲權。’”㊁謀略,權術。三國志魏武帝紀:“太祖少機警,有權數。”後漢書二五魯恭傳:“祖父匡,王莽時爲羲和,有權數,號曰‘智囊’。”

【權謀】隨機應變的謀略。荀子王霸:“故用國者,義立而王,信立而霸,權謀立而亡。”漢書藝文志有兵權謀十三家,二百五十九篇,稱“權謀者,以正守國,以奇用兵,先計而後戰,兼形勢,包陰陽,用技巧者也。”

【權衡】㊀稱量物體輕重之具。權,稱錘;衡,稱杆。禮深衣:“下齊如權衡以應平。”莊子胠篋:“爲之權衡以稱之,則並與權衡而竊之。”㊁權力。晉書潘岳傳:“雖居高位,饗重禄,執權衡,握機祕……不得與之比逸。”㊂平正,衡量。淮南子本經:"故謹於權衡準繩，審乎輕重，足以治其境內矣。"注:"權衡，平也。"唐劉禹錫劉夢得集外集十祭韓吏部文:"手持文柄，高視寰海，權衡低昂，瞻我所在。"㊃星名。史記天官書"南宮朱鳥，權、衡"集解引孟康:"軒轅爲權，太微爲衡。"

【權輿】起始。詩秦風權輿:"今也每食無餘，于嗟乎！不承權輿。"大戴禮誥志:"夏之歷，正建於孟春，於時冰泮發蟄，百草權輿。"參閱清錢大昕潛研堂集十答問。

【權寵】指有權勢而得到皇帝寵幸的人。後漢書三一王堂傳:"阿母王聖、中常侍江京等並請屬於堂，堂不爲用。掾吏〔史〕固諫之，堂曰:'吾蒙國恩，豈可爲權寵阿意，以死守之！'"

【權譎】機巧詭詐。古文苑五漢馬融圍碁賦:"自陷死地兮，設見權譎。"魏書崔浩傳:"若彼有見機之人，善設權譎，乘間深入，虞我國虛，生變不難，非制敵之良計。"

【權變】機變，隨機應變。史記六九蘇秦傳論:"蘇秦兄弟三人，皆游說諸侯以顯名，其術長於權變。"

【權子母】國語周下:"民患輕，則爲作重幣以行之，於是乎有母權子而行，民皆得焉。若不堪重，則多作輕而行之，亦不廢重，於是乎有子權母而行，小大利之。"以重幣爲母，輕幣爲子，權其輕重使之中平。舊時凡以資本經營或借貸生息的，也稱權子母。

【權德輿】公元759—818年。唐天水略陽人。字載之。少時即以文章著稱，由諫官累升至禮部尚書、同中書門下平章事。好讀書，多述作，有權文公集。四庫著錄爲十卷，清朱珪得宋本校刊爲權載之文集五十卷。新、舊唐書皆有傳。

欇 shè 書涉切，入，葉韻，審。
ㄕㄜˋ 時攝切，入，葉韻，禪。

㊀虎桑，即紫藤。爾雅釋木:"欇，虎桑。"注:"今虎豆，纏蔓林樹而生，莢有毛刺。"清郝懿行義疏:"虎桑，即今紫藤。……謂之虎桑者，其莢中子，色斑然如貍首文也。"㊁欇欇。即楓。爾雅釋木:"楓，欇欇。"清郝懿行義疏:"說文:'楓，木也，厚葉，弱枝，善搖。一名桑。'不作重文。"清鈕樹玉謂說文繫傳作"一名欇"，韻會重一欇字，蓋本爾雅釋木增，見說文解字校錄。又姚文田嚴可均謂桑下脫一桑字，見說文校議。按廣韻欇、桑有別，前者釋爲虎桑，後者釋爲風動皃，似爲一字。

【欇殳】打穀的農具，即連枷。一名僉。方言五:"僉，宋魏之間謂之欇殳。"注:"今連架，所以打穀者。"

欋 qú 其俱切，平，虞韻，羣。
ㄑㄩˊ

㊀農具名。即四齒杷。釋名釋道:"齊魯謂四齒杷爲欋。"㊁木根盤曲貌。淮南子說林:"木大者根欋，山高者基扶。"一本作"擢"。

【欋推】唐武后時官員冗濫，時人嘲諷曰:"補闕連車載，拾遺平斗量，欋推侍御史，盌脫校書郎。"謂授官之多，侍御史可用四齒杷推。見資治通鑑二〇五唐長壽元年。

十九畫

欚 lí 呂支切，平，支韻，來。
ㄌㄧˊ

㊀客棧。晉書潘岳傳:"十里一官欚，使老小貧戶守之，又差吏掌主，依客舍收錢。"㊁柴欚。即籬笆。同"籬"。見廣韻、集韻。

欐 lì 郎計切，去，霽韻，來。
ㄌㄧˋ 所宜切，平，支韻，山。

㊀梁棟的別名。列子湯問:"昔韓娥……過雍門，鬻歌假食。既去，而餘音繞梁欐，三日不絕。"㊁見"欐欐"。

【欐佹】支柱。漢書五七上司馬相如傳上林賦:"攢立叢倚，連卷欐佹。"

【欐欐】繁多貌。古文苑三漢枚乘梁王菟園賦:"若乃附巢蹇鷙之傳於列樹也，欐欐若飛雪之重弗麗也。"

欏 luó 魯何切，平，歌韻，來。
ㄌㄨㄛˊ

㊀木名。見玉篇。元周密齊東野語十五腹笥:"霅川南景德寺爲南渡宗子聚居之地，大殿皆欏木爲之，經數百年，略不欹傾。"㊁見"桫欏"。

欑 cuán 在丸切，平，桓韻，從。
ㄘㄨㄢˊ

㊀聚集，叢積。也作"攢"。禮喪服大記:"君殯用輴，欑至于上。"注:"欑，猶菆也。"疏:"欑至于上者，以木欑輴，至于棺上。"後漢書十七岑彭傳:"橫江水起浮橋、鬭樓，立欑柱絕水道。"㊁器物把柄的入孔處。周禮考工記總序"秦無廬"漢鄭玄注:"廬讀爲纑，謂矛戟柄，竹欑柲。"疏:"竹欑柲者，漢世以竹爲之欑；欑謂柄之入鑿處，柲即柄也。"㊂見"欑宮"。

【欑茅】古地名。周畿內邑。故地在今河南修武縣北。左傳隱十一年:"(周武王)與鄭人蘇忿生之田，温原絺樊隰陽欑茅。"又僖二五年:"晉侯朝王……(周襄王)與之陽樊温原欑茅之田。"

【欑宮】帝王的殯宮。宋史禮志二五:"靈駕既還，當崇奉陵寢，或稱欑宮。"

欒 luán 落官切，平，桓韻，來。
ㄌㄨㄢˊ

㊀木名。即欒華。山海經大荒南經:"大荒之中，……有木名曰欒。禹攻雲雨，有赤石焉，生欒；黃本赤枝青葉，羣帝焉取藥。"漢班固白虎通崩薨引春秋含文嘉:"天子墳高三仞，樹以松；諸侯半之，樹以柏；大夫八尺，樹以欒。"參見"欒華"。㊁鐘口的兩角。周禮考工記鳧氏:"兩欒謂之銑。"疏:"欒、銑一物，俱謂鐘兩角。"㊂柱首承梁的曲木。在櫨之上。文選漢張平子(衡)西京賦:"峙遊極於浮柱，結重欒以相承。"㊃雙生子。通"孿"。韓非子外儲右上:"薛公知之，故與二欒博。"㊄姓。春秋晉靖侯孫爲欒，其後以欒爲氏。見左傳桓二年。

【欒大】漢膠東人。武帝時方士。武帝欲求黃金及不死之藥，欒大詭稱"黃金可成，河決可塞，不死之藥可得，仙人可致"。於是，封爲五利將軍。其後，整裝東行入海，求其師。武帝派人檢驗，實無所見。大妄言見其師，其不死之藥亦無效驗。武帝怒，乃殺欒大。見史記封禪書。

【欒巴】公元？—168年。東漢魏郡內黃人，一說蜀郡人。字叔元。順帝時，爲黃門令，先後遷任桂陽、豫章太守和沛相。因上書諫營造順帝憲陵，下獄，抵罪，禁錮還家二十餘年。靈帝時任議郎，黨錮之禍起，上書爲陳蕃竇武辨冤，下獄自殺。後漢書有傳。

【欒布】公元前？—前145年。西漢梁人。少時爲酒家傭，又被掠賣爲奴。後爲梁王(彭越)大夫。漢高祖殺彭越，令不許收視，布獨往哭祭，爲吏所捕。高祖釋其罪封爲都尉。吳楚七國之亂時，以軍功封鄃侯。死後燕齊之間皆爲立社，號欒公社。史記、漢書有傳。

【欒城】縣名。屬河北省。春秋時爲晉欒邑，戰國時屬趙。漢爲關縣，屬恒山郡。東漢改置欒城縣。晉省。唐更名欒氏。五代後唐復故。明屬真定府，清屬正定府。參閱寰宇通志四真定府欒城縣。

【欒荆】木名。一名頑荆。莖葉似石南，乾亦自反，經冬不凋，入藥。參閱政和證類本草十四木欒荆。

【欒書】公元前?—前573年。即欒武子。春秋晉大夫。領下軍，後代郤克爲中軍元帥。晉厲公六年，率師伐鄭，楚兵救鄭，大敗楚師於鄢陵。晉由此威震諸侯。後與荀偃使人刺殺厲公，擁立悼公。卒諡武子。參閱左傳宣十二年、成十八年及史記晉世家。

【欒華】木名。即欒木，也稱燈籠樹。葉似木槿而薄細，花黃似槐而稍長大，子殼似酸漿，其中有實如熟豌豆，圓黑堅硬，可爲數珠。參閱政和證類本草十四欒華。

【欒欒】體瘦瘠貌。詩檜風素冠：“庶見素冠兮，棘人欒欒兮，勞心慱慱兮。”

【欒公社】見“欒布”。

【欒城集】宋蘇轍撰。轍曾官中奉大夫護軍欒城縣，因以題書名。正集五十卷，爲哲宗元祐以前所作。後集二十四卷，爲自元祐九年至徽宗崇寧四年間所作。三集十卷，爲自崇寧五年至政和元年間所作。附應詔集十二卷，爲所集策論及應試諸作。均轍自編。

【欒城遺言】宋蘇籀撰。一卷。籀爲轍之孫，其書追記轍平日言談，故名遺言。對於文章派別及古今人的是非得失，有所辨析。

二十畫

櫃 jiù ㄐㄧㄡˋ

同“柩”、“匶”。新唐書一七二于頔傳：“州地庳薄，葬者不掩櫃。”一本作“柩”。參見“柩”。

櫎 dǎng ㄉㄤˇ 多朗切，上，蕩韻，端。

㊀果木名。即茱萸。廣雅釋木：“櫎……茱萸也。”太平御覽九五八宋春秋：“義熙八年太社櫎樹生于壇側。”參見“茱萸”。㊁器物名。即木桶。水經注十六穀水引張璠漢記：“於是發使天竺，寫致經像，始以榆櫎盛經，白馬負圖，表之中夏，故以白馬爲寺名。此榆櫎後移在城内愍懷太子浮圖中。”

二十一畫

欛 bà ㄅㄚˋ 必駕切，去，禡韻，幫。

㊀器物的柄。同“把”。廣韻：“欛，刀柄名。”㊁農具名。同“耙”。元曲選張國賓薛仁貴三：“他不務老實便把那鎗兒棒兒強温習，偏不肯拽欛扶犁，常只是拋了農器演武藝。”

【欛柄】同“把柄”。明儒學案五白沙學案陳獻章論學書：“得此欛柄入手，更有何事。”

欖 lǎn ㄌㄢˇ 盧敢切，上，敢韻，來。

橄欖，果木名。詳“橄欖”。

欘 1. zhú ㄓㄨˊ 陟玉切，入，燭韻，知。

㊀枝彎曲。山海經海内經：“有鹽長之國，……有木，青葉紫莖，玄華黃實，名曰建木，百仞無枝，有九欘。”注：“枝回曲也。”㊁斧柄。周禮考工記車人：“半矩謂之宣，一宣有半謂之欘。”注：“欘，斵木柄長二尺。”

2. zhuó ㄓㄨㄛˊ 集韻 直角切，入，覺韻。

㊂鋤的别名。管子小匡：“美金以鑄戈劍矛戟，試諸狗馬；惡金以鑄斤斧鉏夷鋸欘，試諸木土。”國語齊一本作“斸”。

欙 léi ㄌㄟˊ 力追切，平，脂韻，來。

山行用具。同“樏”。見廣韻。詳“樏”。

欚 lǐ ㄌㄧˇ 盧啟切，上，薺韻，來。

㊀大船。方言九：“東南丹陽會稽之間，謂艖爲欚。”㊁網。廣雅釋器：“罜、罶、兔罟也；其罥謂之欚。”清王念孫疏證：“欚之言羅也。”

欠部

欠 qiàn ㄑㄧㄢˋ 去劍切，去，梵韻，溪。

㊀倦時張口舒氣，打呵欠。靈樞經經脈：“是動則病，洒洒振寒，善呻數欠。”太平御覽三八七宋元嘉起居注：“尚書僕射孟顗於後堂勑見，亢聲大欠，有違儀禮。”參見“欠伸”。㊁不足，缺少。唐韓愈昌黎集二喜侯喜至贈張籍張徹詩：“今者誠自幸，所懷無一欠。”三國演義四九：“萬事俱備，只欠東風。”參閱唐顏師古匡謬正俗六欠。㊂虧欠，該欠。舊唐書宣宗紀大中二年：“崔龜從奏：‘今後凡隱盜欠負，請如官典犯贓例處分。’”紅樓夢五飛鳥投林曲：“欠命的，命已還；欠淚的，淚已盡。”㊃身體上部稍爲擡起和前伸。紅樓夢三四：“(寶玉)猶恐是夢，忙又將身子欠起來。”參見“欠身”。

【欠伸】倦時打呵欠和伸懶腰。儀禮士相見禮：“君子欠伸，問日之早晏。”注：“志倦則欠，體倦則伸。”唐白居易長慶集十七曉寢詩：“轉枕重安寢，迴頭一欠伸。”也作“欠申”。漢書七五翼奉傳：“五臧象天，六臧象地，故臧病則氣色發於面，體病則欠申動於貌。”

【欠身】身略側動，作欲起立狀。表示尊敬。元曲選孫仲章勘頭巾三：“只教他欠身的立起銀交椅，驚殺了兩行公吏。”

【欠闕】缺少，不够。闕，同“缺”。宋陸九淵象山集三四語錄上：“本無欠闕，不必他求，在自立而已。”

二畫

次 1. cì ㄘˋ 七四切，去，至韻，清。

㊀順序敍事，後項對前項稱次。書洪範：“初一曰五行，次二曰敬用五事，次三曰農用八政……次九曰嚮用五福。”孫子謀攻：“故上兵伐謀，其次伐交，其次伐兵，其下攻城。”㊁第二，副貳。周禮夏官司馬：“大國三軍，次國二軍，小國一軍。”史記殷紀：“有娀氏之女，爲帝嚳次妃。”引申爲追從。參見“次韻”。㊂順序，等第。淮南子詮言：“俎豆之列次，黍稷之先後，雖知弗教也。”漢賈誼新書六術：“六親有次，不可相逾。”㊃爵位，位次。書胤征：“畔官離次。”左傳襄二三年：“恪居官次。”㊄次數，回數。唐張籍張司業集七祭退之詩：“三次論諍退，其志亦剛彊。”㊅行列。左傳桓十三年：“楚屈瑕伐羅，……及鄢，亂次以濟，遂無次，且不設備。”國語晉三：“失次犯令，死。”㊆排比，編列。呂氏春秋季冬：“乃命太史次諸侯之列。”史記太史公自序：“請悉論先人所次舊聞，弗敢闕。”㊇止，停留。書泰誓中：“王次於河朔。”也指行軍在一地停留超過二宿。左傳莊三年：“凡師一宿爲舍，再宿爲信，過信爲次。”引申爲途中止宿的處所。易旅：“旅即次。”左傳襄二六年：“師陳焚次。”㊈泛指所在之處。國語魯上：“五刑三次。”注：“次，處也。三處，

野、朝、市也。」莊子田子方:"喜怒哀樂，不入於胸次。"注:"次，中也。"㊉至，及。見"次骨"。⑪近，接連。唐劉禹錫劉夢得集二賈客詞:"大艑浮通川，高樓次旗亭。"

2. zī ㄗ 集韻 千咨切，平，脂韻。

⑬見"次$_2$且"、"次$_2$次$_2$"。

【次丁】晉制户調之式，以男女年十六已上至六十爲正丁，十五已下至十三、六十一已上至六十五爲次丁。見晉書食貨志。同書范甯傳作全丁、半丁。參見"半丁"。

【次比】㊀並列，同等看待。文選漢司馬子長(遷)報任少卿書:"而世俗又不能與死節者次比。"李善本無"次比"二字。㊁次第，先後。後漢書七九上尹敏傳:"帝以敏博通經記，令校圖讖，使蠲去崔發所爲王莽著録次比。"

【次公】漢蓋寬饒字。宋蘇軾分類東坡詩十五贈孫莘老七絶之六:"時復中之徐邈聖，毋多酌我次公狂。"又黃庭堅山谷琴趣外編三西江月茶:"無因更發次公狂，甘露來從仙掌。"按寬饒性剛猛，嘗在宣帝許后父平恩侯許廣漢座上，拒絶廣漢敬酒，説:"無多酌我，我乃酒狂!"見漢書本傳。又漢人多以"次公"爲字，後亦用以稱排行居次的人。

【次$_2$且】欲進不前貌。同"趑趄"。易夬:"臀无膚，其行次且。"疏:"次且，行不前進也。"參見"趑趄"。

【次$_2$次$_2$】猶豫不安貌。漢揚雄太玄經六養:"次次，一日三飧。"注:"次次，次雎不安之貌。"

【次行】次序，等級。史記秦始皇紀二八年琅邪臺刻石:"尊卑貴賤，不踰次行。"

【次序】㊀先後順序。荀子儒效:"成王鄉無天下，今有天下，非奪也，變勢次序節然也。"漢書外戚恩澤侯表序:"爵以功爲先後，官用能爲次序。"㊁調節。史記樂書:"令侍中李延年次序其聲。"

【次舍】㊀官吏值宿退息的處所及其所居官署。周禮天官宮正:"以時比宮中之官府、次舍之衆寡。"注:"次，諸吏直宿，若今部署諸廬者。舍，其所居寺。"史記一〇六吴王濞傳:"治次舍，須大王。"㊁行軍中的止息營地。史記六四司馬穰苴傳:"士卒次舍井竈飲食問疾醫藥，身自拊循之。"淮南子兵略:"相地形，處次舍，治壁壘，審煙斥，居高陵，舍出處，此善爲地形者也。"

【次室】㊀列女傳記魯穆公時，有漆室女嘗因哀君老而太子少，倚柱而哭。漆室，也作"次室"。漢王符潛夫論釋難:"是以次室倚立而嘆嘯，楚女揭幡而激王。"參見"漆室女"。㊁妾的別稱。金史海陵紀:"命庶官許求次室二人，百姓亦許置妾。"

【次席】竹席的一種。周禮春官司几筵:"加次席黼純。"注:"次席，桃枝席，有次列成文。"按桃枝爲竹的一種。文選漢張平子(衡)東京賦:"冠通天，佩玉璽，紆皇組，要干將，負斧扆，次席紛純，南面以聽矣。"注:"次席，竹席也。"

【次骨】猶言入骨。形容程度極深。史記一二二杜周傳:"其治與(減)宣相放，然重遲，外寬，内深次骨。"集解:"其用罪深刻至骨。"凡用心深刻如入骨者，多以此爲喻。南朝梁劉勰文心雕龍五奏啟:"是以世人爲文，競於詆訶，吹毛求瑕，次骨爲戾。"

【次第】㊀次序。戰國策韓一:"子嘗教寡人，循功勞，視次第。"南史梁元帝紀:"常眠熟大鼾，左右有睡，讀失次第，或偷卷度紙，帝必驚覺，更令追讀，加以檟楚。"㊁依次。漢書六三燕王旦傳:"旦以次第當立，上書求入宿衛。"唐白居易長慶集五五春風詩:"春風先發苑中梅，櫻杏桃梨次第開。"㊂秩序，規模。文選三國魏劉公幹(楨)贈徐幹詩:"起坐失次第，一日三四遷。"南齊書周山圖傳:"乃敕山圖曰:'知卿綏邊撫戎，甚有次第，應變策略，悉以相委。'"㊃情形。宋李清照漱玉詞聲聲慢秋情:"梧桐更兼細雨，到黃昏點點滴滴。這次第，怎一箇愁字了得!"㊄頭緒。元王實甫西廂記三本一折:"他說明日回話，必有個次第。"一本作"分曉"。水滸八一:"且說燕青便和戴宗回店中商議，這兩件事都有些次第。"㊅轉眼，頃刻。唐韓愈昌黎集四落齒詩:"餘存二十餘，次第知落矣。"又白居易長慶集五六觀幻詩:"次第花生眼，須臾燭遇風。"

【次資】唐代官吏酬功的等級之一。詳"上資"。

【次輅】殷周時帝王的副車。書顧命:"大輅在賓階面，綴輅在阼階面；先輅在左塾之前，次輅在右塾之前。"疏:"鄭玄以綴、次是從後之言，二者皆爲副貳之車。"一說天子五輅，次輅卽木輅，一種無飾的大車。也作"次路"。禮禮器:"次路繁纓七就。"參見"大輅"。

【次$_2$睢】同"次$_2$且"。南朝梁劉勰文心雕龍九附會:"若首唱榮華而媵句憔悴，則遺勢鬱湮，餘風不暢，此周易所謂'臀無膚，其行次睢'也。"參見"次$_2$且"。

【次韻】和人的詩並依原詩用韻的次序，叫次韻。始於唐元稹、白居易。舊唐書一六六元稹傳自敍:"(白)居易雅能詩，就中愛驅駕文字，窮極聲韻，或爲千言，或五百言律詩，以相投寄。小生自審不能過之，往往戲排舊韻，別創新辭，名爲次韻相酬，蓋欲以難相挑。"參見"步韻"、"和$_2$韻"。

【次山集】唐元結撰。舊作十卷或十二卷。元結首變六朝排偶綺靡的文風，破偶爲單，化整以散，爲唐代韓柳古文運動的先驅，命題結體，文字樸實，獨具風格。又以生當玄宗至肅代，爲唐王朝自極盛至衰落之際，其詩文多有寄慨時事之作。

【次柳氏舊聞】唐李德裕撰。一卷。所記皆唐玄宗遺事，凡十七則。自序稱原書爲玄宗時史官柳芳所撰，已遺失；德裕父吉甫聞柳芳之子冕轉敍，以告德裕，因追憶録進，故名次柳氏舊聞。

四　畫

欣 xīn ㄒㄧㄣ 許斤切，平，欣韻，曉。

㊀喜悦。本作"訢"。莊子秋水:"於是焉河伯欣然自喜，以天下之美爲盡在己。"國語周上:"事神保民，莫弗欣喜。"㊁愛戴。國語晉一:"昔者之伐也，興百姓以爲百姓也，是以民能欣之。"注:"欣，欣戴也。"㊂姓。五代時有欣彪。見通志二九氏族五。

【欣企】歡喜仰望。唐呂溫呂和叔集三代李侍郎與徐州張尚書書:"拳拳寸誠，夙夜欣企。"

【欣欣】㊀喜樂自得貌。詩大雅鳧鷖:"旨酒欣欣，燔炙芬芬。"楚辭屈原遠遊:"內欣欣而自美兮，聊媮娛以自樂。"㊁草木茂盛貌。宋范成大石湖集一寒食郊行書事之二:"隴麥欣欣緑，山桃寂寂紅。"參見"欣欣向榮"。

【欣羨】同"歆羨"。見該條。

【欣賞】領略，賞玩。晉陶潛陶淵明集二移居詩之二:"奇文共欣賞，疑義相與析。"

【欣慕】猶欣企、欣羨。藝文類聚五三三國魏應璩薦和慮則牋:"方今海內企踵，欣慕捉髮之德。"

【欣戴】樂於擁護。國語周上:"商王帝辛大惡於民，庶民不忍，欣戴武王，以致戎於商牧。"

【欣躍】歡悦而跳躍。漢焦延壽易林一訟之中孚:"舞蹈欣躍，歡樂受福。"初學記二五南朝梁簡文帝(蕭綱)謝賚扇啓:"頂戴曲私,伏增欣躍。"

【欣欣向榮】指草木茂盛。晉陶潛陶淵明集五歸去來兮辭:"木欣欣以向榮,泉涓涓而始流。"後泛指事業蓬勃發展,興旺昌盛。

五 畫

欨 xū 況于切,平,虞韻,曉。ㄒㄩ 況羽切,上,麌韻,曉。

㊀笑貌。見"欨愉"。㊁噓氣以使温暖。亦作"呴"。集韻"呴":"氣以温之也。或作欨、休、咻。"按此字有平、上、去三音,集韻列入去聲遇韻。

【欨愉】欣悦貌。文選三國魏嵇叔夜(康)琴賦:"其康樂者聞之,則欨愉懽釋,抃舞踊溢。"

六 畫

欬 kài 苦蓋切,去,代韻,溪。ㄎㄞ

咳嗽。左傳昭二四年:"余左顧而欬,乃殺之。"禮月令季夏之月:"季夏行春令,則穀實鮮落,國多風欬,民乃遷徙。"

【欬逆】病名。咳喘而氣上逆。素問六元正紀大論:"欬逆嘔吐。"北史楊津傳:"忽欬逆失聲,遂吐血數升,藏之衣袖。"

【欬唾】比喻聲息,談吐。三國志吳甘寧傳:"保(闞)羽聞吾欬唾,不敢涉水。"南朝梁劉勰文心雕龍一辨騷:"顧盻可以驅辭力,欬唾可以窮文致。"

【欬唾成珠】莊子秋水:"子不見乎唾者乎?噴則大者如珠,小者如霧。"後以喻言談珍貴或出口成章、文字優美。後漢書八十下趙壹傳刺世疾邪賦:"埶家多所宜,欬唾自成珠。"也作"咳唾成珠"。晉書夏侯湛傳抵疑:"咳唾成珠玉,揮袂出風雲。"

故 xī 許吉切,入,質韻,曉。ㄒㄧ

歡喜。見説文。

欭 yī 乙冀切,去,至韻,影。ㄧ

見下。

【欭嚘】歎息聲。宋文鑑七周邦彦汴都賦:"搏壤歌骂者萬井,未聞欭嚘而告痡。"

欱 hē 呼合切,入,合韻,曉。ㄏㄜ 呼洽切,入,洽韻,曉。

啜,吸吮。文選漢班孟堅(固)東都賦:"吐燗生風,欱野歕山。"

【欱納】吸納,容納。唐柳宗元柳先生集十五晉問:"黿鼉詭怪,于于汩汩,騰倒趹越,委泊涯涘,呀呷欱納,摧雜失墜。"

七 畫

欲 yù 余蜀切,入,燭韻,喻。ㄩˋ

㊀貪欲。1.物欲。詩大雅文王有聲:"匪棘其欲,遹追來孝。"釋文作"慾"。易損:"君子以懲忿窒欲。"2.情欲。禮禮運:"何謂人情?喜、怒、哀、懼、愛、惡、欲。"左傳桓六年:"今民餒而君逞欲。"3.色欲。素問上古天真論:"以欲竭其精。"注:"樂色曰欲。"㊁婉順貌。禮祭義:"其薦之也敬以欲。"㊂希望,想要,期願。論語述而:"仁遠乎哉?我欲仁,斯仁至矣。"商君書定分:"爲治而去法令,猶欲無饑而去食也,欲無寒而去衣也。"㊃要,應該,將要。馬王堆漢墓帛書相馬經:"角欲長欲約,欲細欲危;陰欲呈毋肉,欲廉。"北魏賈思勰齊民要術一耕田:"凡秋耕欲深,春夏欲淺,犂欲廉,勞欲再。"才調集七許渾咸陽城東樓詩:"溪雲初起日沉閣,山雨欲來風滿樓。"

【欲火】熾如烈火的情欲。楞嚴經八:"是故十方一切如來,色目行婬,同名欲火,菩薩見欲,如避火坑。"南齊王融王寧朔集淨住子頌勸請增進篇頌:"煎灼欲火思雲露,沉汩使水望舟橋。"

【欲界】佛教所稱三界中的第一界。爲地獄、餓鬼、畜生、修羅、人間及六欲天(四天王天、忉利天、夜摩天、兜率陀天、化樂天、他化自在天)的總稱。以此界衆生都貪戀食、色、眠等諸欲,故名。俱舍論分別世品第三之一:"地獄等四及六欲天,并器世間,是名欲界。"唐白居易長慶集六八答閑上人來問因何風疾詩:"欲界凡夫何足道,四禪天始免風災。"參見"三界"。

【欲海】佛家語。比喻情欲深廣如海,使人沉溺。廣弘明集四南朝梁武帝(蕭衍)捨事道法:"度羣迷於欲海,引含識於涅槃。"也作"慾海"。藝文類聚七七北魏温子升定國寺碑序:"漂淪慾海,顛墜邪山。"

【欲漏】梵語稱煩惱爲漏,取漏失之義。佛家以欲漏爲三漏之一。翻譯名義集六陰入界法:"文句云:漏謂三漏。妙樂云:一、欲漏,謂欲界一切煩惱,除無明;二、有漏,謂上兩界一切煩惱,除無明;三、無明漏,謂三界無明。"

【欲速不達】謂不可急於求成,過急反而達不到目的。論語子路:"無欲速,無見小利;欲速則不達,見小利則大事不成。"

【欲蓋彌彰】左傳昭三一年:"或求名而不得,或欲蓋而名章,懲不義也。"原謂欲隱名而名益顯。後用爲貶義,指企圖掩蓋過失真相,結果反而更加顯露。後漢書二八下馮衍傳注引左傳章作"彰"。資治通鑑一九六唐貞觀十六年:"或畏人知,横加威怒,欲蓋彌彰,竟有何益!"

【欲罷不能】論語子罕:"夫子循循然善誘人,博我以文,約我以禮,欲罷不能。"本指學習心切,後來泛指興之所至,不能中止。唐白居易劉禹錫詩序:"彭城劉夢得,詩豪者也,其鋒森然,少敢當者,予不量力,往往犯之,……一往一復,欲罷不能。"(唐詩紀事三九)

欷 xī 香衣切,平,微韻,曉。ㄒㄧ 許既切,去,未韻,曉。

抽咽聲。文選戰國楚宋玉高唐賦:"令人惏悷憯悽,脅息增欷。"

【欷歔】歎息聲,抽咽聲。三國志蜀楊戲傳贊費賓伯:"揚威才幹,欷歔文武。"唐柳宗元柳先生集三十寄許京兆孟容書:"懍懍然欷歔惴惕。"注:"欷歔,哀泣之聲。"參見"歔欷"。

欸 1. āi 烏開切,平,咍韻,影。ㄞ

㊀歎息。楚辭屈原九章涉江:"乘鄂渚而反顧兮,欸秋冬之緒風。"

2. èi 許介切,去,怪韻,曉。ㄟˋ

㊁見"牙欸"。

3. ěi 於改切,上,海韻,影。ㄟˇ

㊂應聲。方言十:"欸、譬,然也。南楚凡言然者,曰欸,或曰譬。"

4. ǎi ㄞˇ

㊃見"欸$_4$乃"。

【欸$_4$乃】行船摇櫓聲。唐元結元次山集三有欸乃曲。又柳宗元柳先生集四三漁翁詩:"煙銷日出不見人,欸乃一聲山水緑。"按"欸乃"象聲詞,本無定字,劉言史詩作"暧迺"、劉蜕詩作"靄迺",自宋黄庭堅以柳詩集注云一本作"褉靄",遂讀欸爲褉,後來多讀作 ǎo。參閲宋釋惠洪冷齋夜話二洪駒父評詩之誤、清黄生義府上欸乃。

【欸$_4$乃曲】㊀唐樂府近代曲名。唐元結作。其自序云:"大曆初,結爲道州刺史,以軍事詣都使。還州,逢春水,舟行不進,作欸乃曲,令舟人唱之,以取適於道路云。”見元次山集三。㊁詞調名。因元結詩而得名。單調二十八字，四句三平韻。見詞譜一。又曲牌名。沿用詞調名。南曲入高大石調正曲，句法和詞同。

八 畫

欻 xū 許勿切，入，物韻，曉。ㄒㄩ

也作“歘”。忽然。文選漢張平子(衡)西京賦：“神山崔巍，欻從背見。”梁書范縝傳神滅論：“夫欻而生者必欻而滅，漸而生者必漸而滅。……有欻有漸，物之理也。”三國志蜀郤正傳釋譏：“家挾殊議，人懷異計，故縱橫者欻披其胸，狙詐者暫吐其舌。”

【欻吸】呼吸之間，用以形容迅疾。文選南朝梁江文通(淹)雜體詩之二六王徵君養疾：“寂歷百草晦，欻吸鵾雞悲。”也作“歘吸”。唐杜甫杜工部草堂詩箋三五虎牙行：“秋風欻吸吹南國，天地慘慘無顏色。”

【欻忽】迅疾貌。宋黃伯思東觀餘論上論張長史書：“始觀張旭所書，猶縱風鳶者，翔戾於空，隨風上下，而綸常在手；擊劍者交光飛刃，歘忽若神，而器不離身。”

【欻翕】突然。南朝梁江淹江文通集二江上之山賦：“既歘翕其未悟，亦繾綣而已遷。”歘，同“欻”。

款 kuǎn 苦管切，上，緩韻，溪。ㄎㄨㄢˇ

說文作“歀”、“款”。俗作“欵”。㊀真誠，懇摯。荀子修身：“愚款端愨，則合之以禮樂，通之以累索。”㊁緩，慢。唐元稹長慶集二三冬白紵詩：“吴宫夜長宫漏款，簾幕四垂燈焰暖。”元曲選白仁甫牆頭馬上二：“教你輕分翠竹，款步蒼苔。”㊂至，留止。文選漢張平子(衡)西京賦：“掩長楊而聯五柞，繞黄山而款牛首。”宋楊萬里誠齋集二同君俞季永步至普澤寺晚泛西湖以歸得四絶句詩之一：“湖山有意留儂款，約束疎鐘未要聲。”引申爲招待。宋詩鈔戴復古石屏集汪見可約遊青原詩：“一茶可款從僧話，數局争先對客棋。”㊃叩，敲。漢劉向列女傳三魏曲沃負：“負因款王門而上書。”㊄服順，服罪。三國志吴吴主傳：“初權外託事魏，而誠心不款。”梁書庾詵傳：“隣人有被誣爲盜者，被治劾，妄款，詵矜之。”陳書沈洙傳：“都官尚書周弘正曰：‘未知獄所測人，有幾人款？幾人不款？’”㊅和，議和。明王家楨王少司馬奏疏二撫甘請餉疏：“蓋自開疆以來，盡九邊而然矣。顧戰款異局也，遠近異勢也。”㊆條目，事項。元曲選缺名神奴兒四：“現如今暴骨停屍，是坐着那一款罪犯招因？”亦指樣式，款式。引申爲架子。儒林外史五三：“鄒泰來笑道：‘這成個甚麽款？’”紅樓夢四四：“今兒當着這些人，倒做起主子的款兒來了。”㊇通“鏉”。原多指鐘鼎彝器上鑄刻的文字，後也指書畫上的題名。如言落款、上款、下款。見“款識”、“款縫”。㊈空，不實。通“窾”。爾雅釋器：“款足者謂之鬲。”漢書六二司馬遷傳：“實不中其聲者謂之款。”史記太史公自序款作“窾”。㊉謂錢幣，經費。如言籌款、撥款、款項等。明王家楨王少司馬奏疏二崇禎戊辰七月十四日召對平臺紀言：“臣部以新餉發關外，以舊餉發宣大；……新舊款項，各自明白。”

【款引】從實認罪。魏書李崇傳：“(苟泰趙奉伯)各言己子，並有隣證，郡縣不能斷。……崇察知之，乃以兒還泰，詰奉伯詐狀，奉伯乃款引云：‘先亡一子，故妄認之。’”

【款冬】卽款東。梁書劉孝綽傳謝東宫啓：“且款冬而生，已凋柯葉；空佇德澤，無謝陽春。”參見“款東”。

【款交】猶至交。南史孔珪傳：“又與琅邪王思遠、廬江何點、點弟胤並款交。”又杜京産傳：“會稽孔覬，清剛有峻節，一見而爲款交。”

【款至】誠摯，懇切。三國志蜀許靖傳：“(袁)渙(王)朗及(陳)紀子羣，魏初爲公輔大臣，咸與靖書，申陳舊好，情義款至。”

【款曲】㊀衷情。玉臺新詠一漢秦嘉贈婦詩之二：“念當遠離別，思念敍款曲。”也指訴說衷情委曲。周書王褒傳與周弘讓書：“賢兄(弘正)入關，敬承款曲。”㊁殷勤應酬。後漢書光武帝紀下建武十七年：“文叔(劉秀)少時謹信，與人不款曲。”清平山堂話本花燈轎蓮女成佛記：“你去房裏款曲，可問他是何原故。”㊂詳盡情況。三國志魏郭淮傳：“每羌胡來降，淮輒先使人推問其親理，男女多少，年歲長幼；及見，一二知其款曲，訊問周至。”

【款言】空話。漢書六二司馬遷傳論六家要指：“其實中其聲者謂之端，實不中其聲者謂之款。款言不聽，姦迺不生，賢不肖自分，白黑乃形。”史記一三○太史公自序款作“窾”。

【款東】植物名。卽款冬。又名顆涷、款涷。以其凌寒叩冰而生，故名。花入藥。急就篇四：“款東貝母薑狼牙。”參閱爾雅釋草“顆涷”注和疏、本草綱目十六草五款冬花。

【款附】誠心歸附。文選晉孫子荆(楚)爲石仲容與孫晧書：“收離聚散，咸安其居，民庶悦服，殊俗款附。”

【款門】叩門。吕氏春秋愛士：“廣門之官夜款門而謁曰：‘主君之臣胥渠有疾。’”

【款服】㊀誠心歸服。文館詞林六九五南朝梁元帝(蕭繹)策勳令：“今九疑既賓，三湘款服。”㊁服罪。太平御覽二六七謝承後漢書：“方儲自呼縣功曹，謂曰：‘君何取粟置冢後積茭中？’功曹款服。”

【款洽】親切，融洽。隋書長孫平傳：“高祖(楊堅)龍潛時，與平情好款洽，及爲丞相，恩禮彌厚。”

【款要】猶言真情。唐韓愈昌黎集五病中贈張十八詩：“雌聲吐款要，酒壺綴羊腔。”

【款段】馬行遲緩貌。後漢書二四馬援傳：“士生一世，但取衣食足，乘下澤車，御款段馬，爲郡掾史，守墳墓，鄉里稱善人，斯可矣。”注：“款猶緩也，言形段遲緩也。”借指駑馬。唐李白李太白詩十一江夏贈韋南陵冰：“昔騎天子大宛馬，今乘款段諸侯門。”

【款案】案卷。宋史刑法志二：“孝宗究心庶獄，每歲臨軒慮囚，率先數日令有司進款案披閱。”

【款留】殷勤留客。唐唐彥謙鹿門集下索蝦詩：“于時同相訪，數日承款留。”

【款密】懇摯，親切。三國志蜀許靖傳與曹公書：“昔在會稽，得所貽書，辭旨款密，久要不忘。”

【款啟】見識狹小。莊子達生：“今(孫)休，款啟寡聞之民也。”釋文：“款，空也；啟，開也。如空之開，所見小也。”宋蘇軾分類東坡詩二二子由自南都來陳三日而別：“嗟我晚聞道，款啟如孫休。”

【款款】也作“欵欵”。㊀忠實誠懇。楚辭屈原卜居：“吾寧悃悃欵欵朴以忠乎，將送往勞來斯無窮乎？”漢書六二司馬遷傳報任安書：“僕竊不自料其卑賤，見主上慘愴怛悼，誠欲效其款款之愚。”㊁徐緩貌。唐杜甫杜工部草堂詩箋十二曲江之二：“穿花蛺蝶深深見，點水蜻蜓款款飛。”一本作“緩緩”。㊂猶每項、每條。元曲選孫仲章勘頭巾四：“王法條條誅濫官，明刑款款去貪殘。”

【款塞】叩塞門。指通好或內附。史記一三○太史公自序：“海外殊俗，重譯款塞。"後漢書八九南匈奴傳:"今南單于攜衆南向,款塞歸命。"

【款誠】懇摯,忠誠。漢書九九上王莽傳莽上書曰:"非有款誠,豈可虛致?"三國志蜀費詩傳:"(孟)達得(諸葛)亮書,數相交通,辭欲叛魏,魏遣司馬宣王(懿)征之,卽斬滅達,亮亦以達無款誠之心,故不救助也。"

【款實】誠懇,樸實。文選三國魏曹子建(植)洛神賦:"執眷眷之款實兮,懼斯靈之我欺。"北史齊紀中:"(高洋)及至并州,慰諭將士,措辭款實。"

【款語】懇談。唐段成式酉陽雜俎前集五怪術:"(普)寂云:'方有小事,未暇款語,且請遲回休憩也。'"宋蘇軾東坡集續集六與開元明師書之四:"泥雨遠煩瓶錫,不克款語。"也作"款話"。唐劉長卿劉隨州集十穎川留別司倉李萬詩:"客裏相逢款話深,如何岐路剩霑襟。"

【款縫】在書箋編連處的縫上刻名字。款,亦作"鐱"。古未有紙之時,所有簿領皆用簡牘,其編連之處,恐有改動,故於縫上刻記之,自魏晉時,呼爲鐱縫。後來於紙縫上署名,猶相沿呼爲鐱縫。參閱唐顏師古匡謬正俗六鐱、清梁同書日貫齋塗說。

【款顏】晤面歡敍。唐白居易長慶集七栽樹詩:"又如所念人,久別一款顏。"又韓偓玉山樵人集離家詩:"款顏唯有夢,怨泣却無聲。"

【款襟】暢訴情懷。晉陶潛陶淵明集一贈長沙公詩:"款襟或遼,音問其先。"

【款識】古代鐘鼎彝器上鑄刻的文字。史記孝武紀:"鼎大異於衆鼎,文鏤毋款識。"索隱:"韋昭曰:'款,刻也。'按:識猶表識也。"款識之說有三:1.陰字凹入者爲款,陽字突出者爲識。2.款在器外,識在器內。3.花紋爲款,篆刻爲識。參閱宋趙希鵠洞天清祿集古鐘鼎彝器辨、明楊愼丹鉛總錄二一詩話石碣陽識類、清劉獻廷廣陽雜記五。

【款關】叩關,叩門。史記六八商君傳:"由余聞之,款關請見。"唐黃滔黃御史集五福州雪峰山故真覺大師碑銘序:"其徒熱纍纍而款關,師拒而久之。"參見"叩關"。

欺 qī ㄑㄧ 去其切,平,之韻,溪。

㊀欺騙。論語子罕:"吾誰欺?欺天乎?"戰國策秦一:"反覆東山之君,從以欺秦。"注:"欺,詐也。"㊁欺負。唐姚合姚少監集三寄王度居士詩:"天公與貧病,時輩復輕欺。"元曲選王仲文救孝子三:"俺孩兒不比塵俗物,怎做那欺兄罪犯,殺嫂的兇徒?"引申爲勝過、超越。多見於詩詞戲曲中。唐王維王右丞集十三附丘爲同詠左掖梨花詩:"冷豔全欺雪,餘香乍入衣。"元曲選馬致遠薦福碑三:"相公文章欺董仲舒,詩才過李太白。"㊂貌醜。通"頬"。見"欺魄"、"欺㹶"。

【欺罔】欺騙蒙蔽。論語雍也:"君子可逝也,不可陷也;可欺也,不可罔也。"漢書郊祀志下谷永對:"及言世有僊人服不終之藥,……皆姦人惑衆,挾左道,懷食詐僞,以欺罔世主。"

【欺昧】欺侮蒙蔽。漢賈誼新書七先醒:"當是時也,周室壞微,天子失制,宋鄭無道,欺昧諸侯。"

【欺負】㊀欺詐負義。漢書七六韓延壽傳:"或欺負之者,延壽痛自刻責:'豈其負之,何以至此?'"㊁欺壓侮辱。元曲選馬致遠薦福碑三:"把似你便逞頭角,欺負俺這秀才。"

【欺侮】欺壓侮辱。宋陸游劍南詩稿二石首縣雨中繫舟戲作短歌:"悲哀秦人真虎狼,欺侮六國囚侯王。"

【欺紿】欺哄。漢桓寬鹽鐵論褒賢:"主父偃以口舌取大官,竊權重,欺紿宗室。"也作"欺詒"。列子黃帝:"旣而狎侮欺詒,攩拯挨扰,亡所不爲。"

【欺㹶】醜貌。文選漢王文考(延壽)魯靈光殿賦:"仡欺㹶以鵰䀣,顤顟顠而睽睢。"注:"欺㹶,大首也。"唐李周翰注:"欺㹶,面狹也。"

【欺誣】同"欺罔"。荀子性惡:"今與不善人處,則所聞者欺誣詐僞也。"

【欺誕】欺騙虛誇。後漢書八九南匈奴傳班彪奏:"今北匈奴見南單于來附,懼謀其國,故數乞和親,又遠驅牛馬,與漢合市,重遣名王,多所貢獻,斯皆外示富强,以相欺誕也。"

【欺誑】猶欺罔。北齊顏之推顏氏家訓歸心:"俗之謗者大抵有五:其一以世界外事及神化無方爲迂誕也。其二以吉凶禍福或未報應爲欺誑也。"唐陸龜蒙甫里集三紀事詩:"歲晏弗躬親,何由免欺誑?"

【欺魄】作鬼怪狀的土偶。列子仲尼:"見南郭子,果若欺魄焉,而不可與接。"注:"字書作欺頬,人面醜也。"宋王安石臨川集二再用前韻寄蔡天啟詩:"始見類欺魄,寒暄粗訓接。"也作"頬魄"。參見該條。

【欺瞞】欺騙蒙混。明張居正張文忠集十一請蠲積逋以安生民疏:"愚民竭脂膏以供輸,未知結新舊之課,里胥指交納以欺瞞,適足增谿壑之欲。"

【欺謾】誑騙,輕慢。史記一〇七武安侯傳:"於是上使御史簿責魏其所言灌夫,頗不讎,欺謾。"唐韓愈昌黎集一謝自然詩:"逶迤不復振,後世恣欺謾。"

【欺世盜名】欺騙世人以竊取名譽。宋文鑑九七蘇洵(?)辨姦:"王衍之爲人也,容貌語言,固有以欺世而盜名者。"

【欺善怕惡】宋人習用語。宋蘇軾東坡志林六:"水族痴暗,人輕殺之,或云不能償冤,是乃欺善怕惡。"宋李石方舟集二遊銅梁縣雲巖詩:"我願石佛須少忍,欺善怕惡神所殲。"

欹 1. qī ㄑㄧ 集韻丘奇切,平,支韻。

㊀斜,傾側。通"敧"。荀子宥坐:"吾聞宥坐之器者,虛則欹,中則正,滿則覆。"北周庾信庾子山集一哀江南賦:"入欹斜之小徑,掩蓬藋之荒扉。"

2. yī ㄧ 於離切,平,支韻,影。

㊁歎詞。通"猗"。見"猗㊀"。

【欹午】指太陽過午偏西。宋王之道相山集三和因老遊水寨府治東軒詩:"我來與公偕,築磚日欹午。"

【欹案】卽懶架。亦稱曲几。南朝梁劉孝綽昭明太子集序:"雖一日二日,攝覽萬機,猶臨書幌而不休,對欹案而忘怠。"參見"曲几"、"懶架"。

【欹器】同"敧器"。見該條。

欽 qīn ㄑㄧㄣ 去金切,平,侵韻,溪。

㊀敬,欽佩。書盤庚上:"不匿厥指,王用丕欽。"晉陶潛陶淵明集四詠貧士詩之三:"豈忘襲輕裘,苟得非所欽。"㊁舊時對皇帝所行事的敬稱。如"欽定"、"欽賜"、"欽命"。㊂曲貌。通"顉"。見"欽身"、"欽頤"。㊃姓。宋有欽德載。見正字通。

【欽工】皇帝營建的工程。清洪昇長生殿下驛備:"這是上用欽工,非同小可。"

【欽身】曲身。唐王琚射經欽身開弓:"開弓發矢,要欽身弝外,分明認帖真。"(重校說郛一〇一)

【欽佇】敬仰,思慕。隋書煬帝紀上詔:"周稱多士,漢號得人,常想前風,載懷欽佇。"

【欽定】舊稱皇帝的著述,或經皇帝指令修纂審定的著述爲欽定。如欽定大清會典等。

【欽命】舊指皇帝的命令。正字通："御音曰欽敕，御使曰欽命。"也指奉皇帝命令所辦理的事務。

【欽恤】慎重，體恤。書舜典："欽哉欽哉，惟刑之恤哉。"宋史刑法志一："可申明條令，以稱欽恤之意。"

【欽挹】欽佩，推重。晉書樂廣傳："裴楷嘗引廣共談，自夕申旦，雅相欽挹，歎曰：'我所不如也。'"

【欽原】鳥名。山海經西山經："崑崙之丘，……有鳥焉，其狀如蜂，大如鴛鴦，名曰欽原，蠚鳥獸則死，蠚木則枯。"注："欽，或作爰，或作至也。"

【欽欽】㊀憂念難忘貌。極言思望殷切。詩秦風晨風："未見君子，憂心欽欽。"唐柳宗元柳先生集三四報崔黯秀才書："今吾子乃始欽欽思易吾病，不亦惑乎？"㊁恭謹貌。三國志吳朱然傳："終日欽欽，常在戰場。"㊂鐘聲。詩小雅鼓鐘："鼓鐘欽欽，鼓瑟鼓琴。"

【欽羨】敬慕。世説新語賞譽下："張天錫世雄涼州，以力弱詣京師，……聞皇帝多才，欽羨彌至。"

【欽慕】欽佩羨慕。漢蔡邕蔡中郎集二陳太丘碑："載德亦世，休有烈光，欽慕在人，舊有憲章。"

【欽遲】敬仰。晉書陶潛傳："刺史王弘以元熙中臨州，甚欽遲之，後自造焉。"

【欽頤】彎曲的下頷。後漢書五三周燮傳："燮生而頤欽折頞，醜狀駭人。"也作"顉頤"。漢書八七下揚雄傳解嘲："蔡澤，山東之匹夫也，顉頤折頞，涕涶流沫。"

【欽鵶】古代傳説中的神名。山海經西山經載：鍾山之神有子曰鼓，人面龍身，與欽鵶殺葆江(或作祖江)於崑崙之陽，遂被天帝戮於鍾山之東。欽鵶化爲大鶚，出現時則有兵災；鼓也化爲鵕鳥，出現時則其邑大旱。也作"欽駓"。晉陶潛陶淵明集四讀山海經之十一："巨猾肆威暴，欽駓違帝旨。"

【欽天監】官署名。掌管天文、曆法等。歷代多設置，名稱不同。周有太史；秦漢以後有太史令，屬太常寺。隋設太史曹，旋改爲太史監。唐初設太史局，武后時改名渾天監，不久復爲太史局，中唐以後又改爲司天臺。宋元爲司天監。明清稱欽天監。參閱文獻通考五六職官十祕書監、清續文獻通考一二八職官十四欽天監。

【欽賢館】漢公孫弘爲宰相時所設招賢館之一。舊題漢劉歆西京雜記四："平津侯自以布衣爲宰相，乃開東閣營客館以招天下之士。其一曰欽賢館，以待大賢；次曰翹材館，以待大才；次曰接士館，以待國士。"

【欽差大臣】由皇帝臨時派遣出外辦理重大事件的官員，稱爲欽差。古今名劇元楊顯之瀟湘雨四："管待欽差猶自可，倒是親隨伴當没人情。"明敖英東谷贅言下："國初設官分職，成有定額，往莅職掌者領部檄焉，皆不頒敕，不稱欽差。其後因事繁難，添設職掌，……各於職銜上加'欽差'二字，於此以見前項職司俱出自朝廷處分，非吏部專擅也。"清制，凡由皇帝特命派遣，並頒發關防的稱爲欽差大臣。

欿 kǎn 胡感切，上，感韻，匣。ㄎㄢˇ

㊀不自滿。孟子盡心上："如其自視欿然，則過人遠矣。"㊁愁苦貌。楚辭漢嚴忌哀時命："欿愁悴而委惰兮，老冉冉而逮之。"㊂坑。通"坎"。左傳襄二六年："至則欿用牲，加書徵之。"

【欿傺】陷止，凋落。楚辭宋玉九辯："收恢台之孟夏兮，然欿傺而沈藏。"注："楚人謂住曰傺。"文選作"坎傺"。

【欿憾】未得到滿足，引以爲恨。楚辭漢嚴忌哀時命："志欿憾而不憺兮，路幽昧而甚難。"注："言己心中欿恨，意識不安。"

【欿窞】地穴。漢揚雄太玄經十玄圖："雷推欿窞，輿物旁震。"説文"欿"清段玉裁注："太玄'雷推欿窞'，即坎窞也。今本太玄'欿'字譌不可識。"參見"坎窞"。

九 畫

歆 xīn 許金切，平，侵韻，曉。ㄒㄧㄣ

㊀鼻嗅，口吸。古謂祭祀時神鬼先享祭物的氣味。詩大雅生民："其香始升，上帝居歆。"漢王充論衡祀義："歆者内氣也。……人之死也，口鼻朽腐，安能復歆？"㊁用食品招待賓客或祭祀鬼神。猶言食、享。周張仲簠："用盛朮稷糕粱，用饗大正，歆王賓。"(積古齋鐘鼎彝器款識七)㊂欣羨，悦服。國語周下："民歆而德之，則歸心焉。"㊃感動，驚異。詩大雅生民："履帝武敏歆。"

【歆享】指鬼神享受祭品。史記孝文紀："朕既不德，上帝神明未歆享。"漢書文帝紀作"歆饗"。漢王充論衡明雩："如雲雨者，氣也；雲雨之氣，何用歆享？"

【歆羨】欣羨，愛慕。詩大雅皇矣："帝謂文王，無然畔援，無然歆羨。"集傳："歆，欲之動也；羨，愛慕也。言肆情以徇物也。"

【歆豔】猶歆羡。禮郊特牲"而豔諸利"漢鄭玄注："豔讀爲豔，行田，示之以禽，使歆豔之，觀其用命不也。"新唐書二一二朱克融傳："冀厚與爵位，使北方歆豔。"

歅 yīn yān 於真切，平，真韻，影。ㄧㄣ ㄧㄢ

㊀人名用字。春秋秦穆公時有九方歅，善相人和馬。見莊子徐无鬼及釋文。淮南子道應作九方堙。列子説符作九方皋。㊁淤塞，凝滯。通"湮"。莊子天運："唯循大變無所湮者，爲能用之。"釋文："司馬(彪)本作歅，疑(凝)也。"

歇 xiē 許竭切，入，月韻，曉。ㄒㄧㄝ

㊀停息，休息。唐白居易長慶集四賣炭翁詩："牛困人飢日已高，市南門外泥中歇。"又十六上香鑪峰詩："倚石攀蘿歇此身，青筇竹杖白紗巾。"㊁盡，竭。老子："神無以靈將恐歇，谷無以虚將恐竭。"左傳宣十二年："得臣猶在，憂未歇也。"引申爲枯萎、衰敗。唐陳子昂陳伯玉集一修竹篇詩："春木有榮歇，此節無凋零。"㊂散發。文選南朝宋顔延年(延之)和謝監靈運詩："芬馥歇蘭若，清越奪琳珪。"㊃番，次。金董解元西廂五仙吕調："送下階來欲待別，又囑付兩三歇。"㊅通"猲"。見"歇驕"。

【歇坐】中宴小憩。宋倪思經鉏堂雜誌筵宴三感："今夫筵宴，以酒十行爲率，酒先三行少憩。"注："俗謂之歇坐。"(重校説郛七五)

【歇泊】安頓，停靠。五代史平話梁上："黄巢登程後，免不得飢餐渴飲，夜宿曉行，來到長安，討一個店舍歇泊。"清平山堂話本刎頸鴛鴦會："樓外乃是官河，舟船歇泊之處。"

【歇拍】㊀唐大曲的組成部分。宋王灼碧雞漫志三："凡大曲有散序、靸、排遍、攧、正攧、入破、虚催、實催、衮遍、歇拍、殺衮，始成一曲，此謂大遍。"參閲宋孟元老東京夢華録九、曾慥樂府雅詞上大曲。㊁填詞每闋末尾叫歇拍，相當於曲的煞尾。

【歇前】屋無前壁叫歇前。春秋宣十六年"成周宣榭火"晉杜預注："爾雅曰：'無室曰榭。'謂屋歇前。"疏："歇前者，無壁也，如今廳是也。"

【歇後】寫作時引用成語或前人成句，字面上只用前面部分，而本意實在於後面部分，叫歇後，亦稱透字。如東漢桓帝時，渤海王悝多不法，史弼上封事："陛下隆於友于，不忍遏絶，恐遂滋蔓，爲害彌大。"（後漢書六四史弼傳）。按書君陳有"惟孝友于兄弟"，用"友于"以指兄弟。唐唐彥謙鹿門集長陵詩："耳聞英主提三尺，眼見愚民盜一抔。"三尺，指劍，用史記高祖紀"吾以布衣提三尺劍"語；一抔，指土，用史記張釋之傳"假令愚民取長陵一抔土"語。參閱宋洪邁容齋詩話二、明楊慎丹鉛雜録九文章似歇後。

【歇浦】戰國楚黄歇爲令尹，考烈王十五年，封於吴，號春申君。後人傳説黄歇曾疏鑿江南港浦，因有黄歇浦之稱，省作歇浦。也稱春申江，省作申江，即今黄浦江。參閱嘉慶一統志八二松江府一。

【歇眼】南宋中秋禁中賞月，大街臨時設置的雜貨鋪，詩多競好，通宵營業，稱歇眼。見元周密武林舊事三中秋。

【歇驕】一種短嘴獵狗。詩秦風駟驖："輶車鸞鑣，載獫歇驕。"傳："獫，歇驕，田犬也。長喙曰獫，短喙曰歇驕。"爾雅釋畜作"猲獢"。文選漢張平子（衡）西京賦"載獫猲獢"唐張銑注作"玁獢"。

【歇馬杯】謂旅途中休息喝酒。五代後周王仁裕開元天寶遺事下歇馬杯："長安自昭應縣至都門，官道左右村店之民，當大路市酒，量錢多少飲之。亦有施者，與行人解乏。故路人號爲'歇馬杯'。"

【歇後鄭五】唐昭宗時，以鄭綮爲禮部侍郎同中書門下平章事，爲宰相之職。綮本善詩，好歇後語，行第五，時人呼爲歇後鄭五。綮聞帝命，歎曰："歇後鄭五作宰相，事可知矣。"參閱舊唐書一七九本傳、唐詩紀事六五鄭綮。

歂 1. chuǎn ㄔㄨㄢˇ 市兖切，上，獮韻，禪。

㊀同"喘"。見"喘"。

2. chuán ㄔㄨㄢˊ 市緣切，平，仙韻，禪。

㊁姓。左傳僖二八年有歂犬，莊十一年有歂孫，漢書古今人表作"顓孫"。

歈 yú ㄩˊ 羊朱切，平，虞韻，喻。度侯切，平，侯韻，定。

歌。楚辭宋玉招魂："吴歈蔡謳，奏大吕些。"

歃 shà ㄕㄚˋ 山輒切，入，葉韻，山。山洽切，入，洽韻，山。

飲，微吸。國語晉八："宋之盟，楚人固請先歃。"

【歃血】古時會盟，雙方口含牲畜之血或以血塗口旁，表示信誓，稱爲歃血。穀梁傳莊二七年："衣裳之會十有一，未嘗有歃血之盟也，信厚也。"淮南子齊俗："故胡人彈骨，越人契臂，中國歃血也，所由各異，其於信一也。"

十畫

歊 xiāo ㄒㄧㄠ 許嬌切，平，宵韻，曉。火酷切，入，沃韻，曉。

㊀氣上升貌。後漢書四十下班彪傳附班固寶鼎詩："嶽脩貢兮川效珍，吐金景兮歊浮雲。"㊁熾熱。宋王安石臨川集二題南康晏使君望雲亭詩："飄然一去掃遺陰，便覺歊煩恨千里。"

【歊烝】熱氣。漢書八七下揚雄傳解難："泰山之高不嶕嶢，則不能浡滃雲而散歊烝。"烝也作"蒸"。文選晉張茂先（華）勵志詩："土積成山，歊蒸鬱冥。"

【歊焮】火盛熾熱。文苑英華三〇六徐彥伯比干墓詩："玉牀逾皜潔，銅柱方歊焮。"焮，全唐詩作"炘"。

【歊陽】炎熱的陽光。唐柳宗元柳先生集四二再至界圍巖水簾遂宿巖下詩："歊陽訝垂冰，白日驚雷雨。"

【歊歊】盛貌。漢書一〇〇下敍傳："成都煌煌，假我明光；曲陽歊歊，亦朱其堂。"成都、曲陽，爲王商王章的封號。

歉 qiàn ㄑㄧㄢˋ 苦簟切，上，忝韻，溪。苦減切，上，豏韻，溪。口陷切，去，陷韻，溪。

㊀收成不好。廣雅釋天："一穀不升曰歉。"穀梁傳襄二四年作"嗛"。㊁食不飽。説文："歉，歉食不滿。"唐李商隱李義山詩集一行次西郊作一百韻："健兒立霜雪，腹歉衣裳單。"㊂抱恨，不安。宋孫光憲北夢瑣言五中書蕃人事："近代吴融侍郎，乃趙崇大夫門生。即世日，天水歎曰：'本以畢（緘）白（敏中）待之，何乖於所望！'歉其不大拜，而亦譏當時也。"紅樓夢九九："祇因調任海疆，未敢造次奉求，衷懷歉仄，自歎無緣。"

【歉歲】荒年。宋史三四七黄廉傳："久飢初稔，累給併償，是使民遇豐年而思歉歲也，請令諸道以漸督取之。"

歌 gē ㄍㄜ 古俄切，平，歌韻，見。

同"謌"。㊀詠，唱，奏樂。詩魏風園有桃："心之憂矣，我歌且謡。"禮檀弓下："歌於斯，哭於斯。"疏："歌謂祭祀時奏樂也。"㊁合樂的曲子。書舜典："詩言志，歌永言。"傳："謂詩言志以導之；歌詠其義以長其言。"歌，古爲詩體之一。後也稱詩爲歌詩或詩歌。㊂作歌。詩陳風墓門："夫也不良，歌以訊之。"箋："歌，謂作此詩也。"

【歌工】舊時宫廷歌唱者。晉書樂志上："雖復象舞歌工，自胡歸晉。"元史祭祀志二："歌工八人，分列于午陛左右。"

【歌女】㊀舊時以歌唱爲生的女子。唐孟郊孟東野集三晚雪吟："甘爲酒伶擯，坐恥歌女嬌。"㊁蚯蚓的别名。晉崔豹古今注中魚蟲："蚯蚓，一名蜿蟺，一名曲蟺，善長吟於地中，江東謂之歌女，或謂之鳴砌。"

【歌功】頌揚功德。文選漢揚子雲（雄）趙充國頌："昔周之宣（王），有方（叔）有（召）虎，詩人歌功，乃列於雅。"

【歌曲】樂歌與詞曲。史記樂書："復次以爲太一之歌。歌曲曰：'太一貢兮天馬下。……今安匹兮龍爲友。'"漢王充論衡講端："歌曲彌妙，和者彌寡。"

【歌行】舊詩的一種體裁。歌爲總名，鋪張本事而歌稱行。漢人或稱歌或稱行，唐人因之，也通稱歌行。唐白居易長慶集十六編集拙詩成一十五卷因題卷末戲贈元九李二十詩："一篇長恨有風情，十首秦吟近正聲，每被老元偷格律，苦教短李伏歌行。"宋嚴羽滄浪詩話詩體："風雅頌既亡，一變而爲離騷，再變而爲西漢五言，三變而爲歌行雜體，四變而爲沈宋律詩。"參閱宋姜夔白石道人詩説、明胡震亨唐音癸籤一體凡。

【歌吟】歌唱吟詠。後漢書八五夫餘國傳："行人無晝夜，好歌吟，音聲不絶。"唐白居易長慶集六七白髮詩："歌吟終日如狂叟，衰疾多時似瘦仙。"

【歌吹】歌聲和鼓吹聲。漢書六八霍光傳："大行在前殿，發樂府樂器，引内昌邑樂人，擊鼓歌吹作俳倡。"南朝宋鮑照鮑氏集一蕪城賦："廛閈撲地，歌吹沸天。"

【歌板】打擊樂器。即拍板。用以定歌曲的節拍。通常用檀木製作，又叫檀板。唐玄宗時樂工黄幡綽善於奏歌板，故也稱綽板。唐杜牧樊川集三八月十二日得替後移居霅溪館因題長句四韻詩："萬家相慶喜秋成，處處樓臺歌板聲。"參見"檀板"。

【歌弦】鼓琴瑟以歌詠。史記一二五李延年傳："延年善歌，爲變新聲，而上方興天地祠，欲造樂詩歌弦之。"參見"弦歌"。

【歌呼】歌唱呼號。史記曹相國世家："相舍後園近吏舍，吏舍日飲歌呼。"宋范成大石湖集三時敍火後意不釋然作詩解之："幕天席地正可樂，爲君鼓旗助歌呼。"

【歌兒】㊀即歌童。史記高祖紀:"高祖所教歌兒百二十人,皆令爲吹樂。"㊁歌女。北周庾信庾子山集三北園新齋成應趙王教詩:"文弦入舞曲,月扇掩歌兒。"

【歌括】同"歌訣"。元周密齊東野語十五算歷約法:"凡推算皆有約法,推閏歌括云:'欲知來歲閏,先算至之餘,更看大小盡,決定不差殊。'"參見"歌訣"。

【歌扇】歌舞時所用的扇子。南朝梁何遜何水部集擬輕薄篇樂府:"倡女掩歌扇,小婦開簾織。"

【歌舫】供歌舞宴樂用的船隻。宋歐陽修文忠集外集三答梅聖俞寺丞見寄詩:"清風滿談席,明月臨歌舫。"

【歌訣】卽口訣。指簡明扼要,字數整齊,便於記誦的句子或句組。如乘法歌訣、關於藥方的湯頭歌訣等。宋史藝文志五有王希逸地理祕妙歌訣一卷。明陶宗儀輟耕錄五披秉歌訣:"凡披秉,須以歌訣次第,則免顛倒之失。"參見"口訣"。

【歌詠】㊀歌唱。史記宋微子世家:"其後箕子朝周,過故殷虛,感宮室毀壞,生禾黍,……乃作麥秀之詩以歌詠之。"漢王充論衡定賢:"以居位治人,得民心歌詠之爲賢乎?"㊁詩歌,歌曲。詩周南關雎序"詩者,志之所之也"唐孔穎達疏:"言作詩者所以舒心志憤懣,而卒成於歌詠,故虞書謂之詩言志也。"

【歌詞】歌曲的文詞。隋書音樂志上:"(陳後主)與幸臣等製其歌詞,綺豔相高,極於輕薄。"詞也作"辭"。新唐書禮樂志十一:"後令……太子右庶子李百藥更製歌辭。"

【歌喉】指歌唱者的音色。也指歌聲。唐白居易長慶集六五寄明州于駙馬使君三絕句詩之三:"何郎小妓歌喉好,嚴老呼爲一串珠。"宋蘇軾分類東坡詩十七有美堂和周邠見寄二:"歌喉不共聽珠貫,醉面何由作纈紋?"

【歌詩】㊀演唱詩歌。左傳襄十六年:"晉侯與諸侯宴于溫,使諸大夫舞,曰:'歌詩必類!'齊高厚之詩不類。"唐杜甫杜工部詩史補遺八暮春江陵送馬大卿公恩命追赴闕下:"薰風行應律,湛露卽歌詩。"㊁指詩歌、歌曲。史記高祖紀十二年:"酒酣,高祖擊筑,自爲歌詩曰:'大風起兮雲飛揚,威加海内兮歸故鄉,安得猛士兮守四方!'"

【歌筵】有樂人歌唱的筵席。南朝陳徐陵徐孝穆集一走筆戲書應令詩:"舞席秋來卷,歌筵無數塵。"

【歌誦】㊀同"歌頌"。後漢書四三何敞傳奏記宋由:"宜先正己以率羣下,……使百姓歌誦,史官紀德,豈但子文逃祿,公儀退食之比哉!"㊁歌唱。左傳僖二八年"聽輿人之誦"晉杜預注:"恐衆畏險,故聽其歌誦。"

【歌管】指唱歌奏樂。管,管樂器,泛指樂器。南朝宋鮑照鮑氏集六送別王宣城詩:"簫爵自惆悵,歌管爲誰清。"唐白居易長慶集三新豐折臂翁詩:"慣聽梨園歌管聲,不識旗槍與弓箭。"

【歌舞】㊀歌唱和舞蹈。詩小雅車舝:"雖無德與女,式歌且舞。"箋:"雖無其德,我與女用是歌舞相樂,喜之至也。"㊁歌頌和贊美。左傳襄三一年:"文王之功,天下誦而歌舞之。"常言歌舞昇平本此。

【歌鳳】論語微子:"楚狂接輿歌而過孔子,曰:'鳳兮鳳兮,何德之衰?'"舊注謂鳳指孔子,諷其世亂而不知休止。後因以歌鳳爲恬淡落漠或隱居避世之詞。漢揚雄法言淵騫:"欲去而恐罹害者也,箕子之洪範,接輿之歌鳳也哉!"唐李商隱李義山詩集四贈送前劉五經映三十四韻:"泣麟猶委吏,歌鳳更佯狂。"

【歌樂】㊀歌曲和音樂。也指歌聲和樂聲。禮儒行:"歌樂者,仁之和也。"唐白居易長慶集五四西樓喜雪命宴詩:"歌樂雖盈耳,慚無五袴謡。"㊁以歌樂贊美。史記周紀:"於是古公乃貶戎狄之俗,……民皆歌樂之,頌其德。"

【歌謡】㊀古代以曲合樂伴奏者曰歌,隨口唱者曰謡。詩魏風園有桃:"心之憂矣,我歌且謡。"傳:"曲合樂曰歌,徒歌曰謡。"唐杜牧樊川集一懷鍾陵舊遊詩之一:"歌謡千里春常暖,絲管高臺月正圓。"後以歌謡合稱,多指民間歌辭,如民歌、民謡、兒歌、童謡等。㊁歌唱。荀子禮論:"歌謡謸笑,哭泣諦號,是吉凶憂愉之情發於聲音者也。"㊂歌頌。淮南子道應:"昔武王伐紂,破之牧野……於此天下歌謡而樂之。"

【歌謳】同"謳歌"。謳,也作"嘔"。㊀歌唱,吟誦。史記七十張儀傳:"以宮中善歌謳者爲媵。"漢書六四上朱買臣傳:"擔束薪,行且誦書。其妻亦負戴相隨,數止買臣毋歌嘔道中。"㊁頌揚。荀子儒效:"故近者歌謳而樂之,遠者竭蹶而趨之。"

【歌鐘】㊀古代打擊樂器名。卽編鐘。銅製。用來配合歌曲,故名。左傳襄十一年:"鄭人賂晉侯……歌鐘二肆。"南朝宋鮑照鮑氏集五數詩:"七盤起長袖,庭下列歌鐘。"參見"編鐘"。㊁泛指樂歌聲。唐李白李太白詩十五魏郡別蘇明府因北遊:"青樓夾兩岸,萬家喧歌鐘。"

【歌驪】歌詠驪駒詩。用於客人告別時。漢書八八王式傳:"式曰:'聞之於師:客歌驪駒,主人歌客毋庸歸。'"注:"服虔曰:'逸詩篇名也,見大戴禮。客欲去歌之。'文穎曰:'其辭云:驪駒在門,僕夫具存;驪駒在路,僕夫整駕也。'"後稱作別爲歌驪,本此。元詩別裁三成廷珪長江送別圖送周平叔之通州丞:"驪駒歌罷將奈何,倚杖江南望江北。"

【歌風碑】見"歌風臺"。

【歌風臺】臺名。相傳爲漢高祖劉邦作大風歌處。後人爲築歌風臺。故址在今江蘇沛縣東泗水西岸。臺上原有亭,亭中有二篆文石碑。東面一碑相傳爲漢曹喜或蔡邕所書;西面一碑爲元大德中摹刻。明唐順之荊川集一歌風臺詩:"我來擬上歌風臺,豈意臺空只平地。琉璃古井亦崩塌,斷碑無字苔蘚翳。"參閱清趙搢金石存三大風歌碑。

【歌功頌德】歌頌功績和恩德。宋王灼頤堂集五再次韻晁子興詩之三:"歌功頌德今時事,側聽諸公出正音。"又趙鼎臣竹隱畸士集十一謝宏詞啟:"而况歌功頌德,用有重於朝廷;馳檄飛書,事或嚴於師律。"

【歌臺舞榭】歌舞的樓臺和廳堂。泛指歌舞場所。文苑英華四五唐呂令問雲中古城賦:"歌臺舞榭,月殿雲堂。"也作"舞榭歌臺"。宋辛棄疾稼軒詞永遇樂京口北固亭懷古:"舞榭歌臺,風流總被雨打風吹去。"

歙 xié ㄒㄧㄝ 虛業切,入,業韻,曉。

閉合。同"噏"。說文:"歙,翕氣也。"宋梅堯臣宛陵集二六初冬夜坐憶相城山行詩:"馬行聞虎氣,豎耳鼻息歙。"參見"噏"。

歍 wū ㄨ 哀都切,平,模韻,影。

㊀嘔吐。山海經大荒北經:"共工臣名曰相繇,……食于九土,其所歍所尼,卽爲源(一作'原')澤。"㊁同"鳴"。見"歍唈"。

【歍唈】失聲,抽泣。淮南子覽冥:"昔雍門子以哭見於孟嘗君。已而陳辭通意,撫心發聲。孟嘗君爲之增欷歍唈,流涕狼戾不可止。"文選南齊謝玄暉(朓)拜中軍記室辭隨王牋:"皐壤搖落,對之惆悵;歧路西東,或以歍唈。"注:"歍,與'嗚'同。"

歋 yí 弋支切,平,支韻,喻。ㄧ

見下。

【歋歈】戲弄,嘲笑。宋文鑑二劉筠大酺賦:"嘈嘈沸潰,鼓譟歋〔歋〕歈。"參見"揶揄"。

十一畫

歎 tàn 他旦切,去,翰韻,透。ㄊㄢ

同"嘆"。㊀歎息。國語楚下:"今吾子臨政而歎,何也?"㊁贊歎。禮郊特牲:"賓入大門而奏肆夏,示易以敬也。卒爵而樂闋,孔子屢歎之。"㊂贊和。多指歌尾曳聲以相助。禮樂記:"清廟之瑟,朱絃而疏越,壹倡而三歎。"

【歎伏】贊歎佩服。後漢書八十下禰衡傳:"因書出之,(黄)射馳使寫碑還校,如衡所書,莫不歎伏。"也作"歎服"。後漢書六一黄瓊傳李固與黄瓊書:"是故俗論皆言處士純盜虛聲,願先生弘此遠謨,令衆人歎服,一雪此言耳。"

【歎息】㊀歎氣。史記七九范雎傳:"昭王臨朝歎息。"樂府詩集二五缺名木蘭詩:"不聞機杼聲,唯聞女歎息。"㊁贊歎。後漢書六二陳寔傳:"寔固自引愆,聞者方歎息,由是天下服其德。"

【歎惋】慨歎惋惜。晉陶潛陶淵明集六桃花源記:"此人一一爲具言所聞,皆歎惋。"

【歎喟】歎息。楚辭屈原九章懷沙:"定心廣志,余何畏懼兮。曾傷爰哀,永歎喟兮。"唐柳宗元柳先生集十九弔屈原文:"託遺編而歎喟兮,渙余涕之盈眶。"

【歎羨】贊歎,羨慕。三國魏嵇康嵇中散集五聲無哀樂論:"奏秦聲則歎羨而慷慨,理齊楚則情一而思專。"

【歎鳳】論語子罕:"(孔)子曰:'鳳鳥不至,河不出圖,吾已矣夫!'"本爲孔子感歎時無明君,故無鳳皇、河圖等瑞應之物。後因以歎鳳比喻生不逢時。南朝梁劉勰文心雕龍四史傳:"夫子閔王道之缺,傷斯文之墜,静居以歎鳳,臨衢而泣麟。"

【歎賞】感歎贊賞。孔子家語七十二弟子解:"公析哀,……鄙天下多仕于大夫者,是故未嘗屈節人臣,孔子特歎賞之。"

【歎百年曲】樂曲名。資治通鑑二五二唐咸通十二年:"上與郭淑妃思公主不已,樂工李可及作歎百年曲,其聲悽惋。"注:"歎百年曲,歷敍人自少而壯,自壯而老,少時娟好,壯時追歡極樂,老時衰颯之狀。"

歐 1. ǒu 烏后切,上,厚韻,影。ㄡˇ

㊀嘔吐。漢書七四丙吉傳:"吉馭吏耆酒,數逋蕩,嘗從吉出,醉歐丞相車上。"

2. ōu 烏侯切,平,侯韻,影。ㄡ

㊁贊頌。通"謳"。漢三公山碑:"百姓歐歌,得我惠君。"(隸釋三)㊂歐打。通"毆"。漢書四十張良傳:"(老父)顧謂良曰:'孺子下取履!'良愕然,欲歐之。"史記留侯世家作"毆"。㊃姓。越王無彊次子蹄封烏程歐餘山之陽,後人以地爲氏。參閲宋羅泌路史後紀十三下。

3. qū ㄑㄩ

㊄驅使。通"驅"。大戴禮禮察:"或導之以德義,或歐之以法令。"

【歐$_2$刀】刑刀。後漢書五八虞詡傳:"(張)防必欲害之,……獄吏勸詡自引,詡曰:'寧伏歐刀以示遠近。'"

【歐血】吐血。史記九六申屠嘉傳:"嘉謂長史曰:'我悔不先斬(鼂)錯,乃先請之,爲錯所賣。'至舍,因歐血死。"

【歐$_2$李】塞外紅果,比櫻桃略大,味甘微酸,似李,可製蜜餞。也叫歐梨、郁李、烏喇柰。參閲廣羣芳譜六七果十四烏喇柰、清西清黑龍江外記八。

【歐泄】上吐下瀉。漢書六四上嚴助傳:"夏月暑時,歐泄霍亂之病相隨屬也。"也作"嘔泄"。唐杜甫杜工部草堂詩箋十一北征:"老夫情懷惡,嘔泄卧數日。"

【歐$_2$梅】指宋歐陽修、梅堯臣。宋黄庭堅豫章集十一次韻文潛立春日三絶句詩之一:"眇然今日望歐梅,已發黄州首更回。"金元好問遺山集十一論詩之二七:"諱學金陵猶有説,竟將何罪廢歐梅。"金陵,指王安石。

【歐$_2$陽】複姓。相傳出自姒姓。越王無彊子蹄封於烏程歐餘山之陽,爲歐陽亭侯,遂以爲氏。見新唐書宰相世系表四下。

【歐絲】吐絲。山海經海外北經:"歐絲之野,在大踵東,一女子跪,據樹歐絲。"注:"言噉桑而吐絲,蓋蠶類也。"梁書元帝紀大寶元年南平王恪等勸進牋:"野蠶自績,何謝歐絲;閑田生稻,寧殊雨粟。"

【歐$_2$褚】指唐代書法家歐陽詢、褚遂良。宋梅堯臣宛陵集十三同蔡君謨江鄰幾觀宋中道書畫詩:"鍾王真蹟尚可覩,歐褚遺墨非因模。"鍾,三國魏鍾繇;王,晉王羲之。

【歐$_2$虞】指唐代書法家歐陽詢、虞世南。唐張彥遠法書要録三唐徐浩論書:"歐虞爲鷹隼,褚薛爲翬翟焉。"宋歐陽修文忠集一三八集古録跋尾五隋龍藏寺碑:"在齊開府長兼行參軍九門張公禮撰,不著書人名氏,字畫遒勁,有歐虞之體。"

【歐$_2$碧】緑牡丹。宋陸游渭南文集四二天彭牡丹譜花釋名:"碧花止一品,名曰歐碧。其花淺碧,而開最晚。獨出歐氏,故以姓著。"

【歐欱】嘔吐。漢揚雄太玄經四竈:"次七,脂牛正肪,不濯釜而烹,則歐欱之疾至。測曰:脂牛歐欱,不絜志也。"注:"歐欱,吐逆之聲也。"

【歐$_2$窯】瓷窯名。明隆慶萬曆間江南常州宜興歐子明所燒造,故世稱歐窯。有倣哥窯紋片者,或倣官、鈞釉色者,又稱宜鈞。彩色甚多,製品都爲花盤奩架諸器。參閲清朱琰陶説三饒州窯。

【歐$_2$冶子】春秋時冶工,應越王聘,鑄湛盧、巨闕、勝邪、魚腸、純鈞(一作"純鈎")五劍。後又與干將爲楚王鑄龍淵、泰阿、工布(一作"工市")三劍。見吴越春秋闔閭内傳、越絶書十一記寶劍。亦稱"區冶"。韓非子顯學:"夫視鍛錫而察青黄,區冶不能以必劍。"福建閩侯縣冶山麓,舊有歐冶池,相傳爲歐冶子鑄劍地。參閲嘉慶一統志四二五福州府山川。

【歐$_2$陽玄】公元1283—1357年。元瀏陽人。字原功,號圭齋。官翰林學士國子祭酒,以文章著名。元王朝修宋遼金三史,其發凡起例以及論贊表奏,多出於玄。有圭齋文集十六卷。元史有傳。

【歐$_2$陽生】西漢千乘人。名容,字和伯。曾從伏生學今文尚書,爲博士,授倪寬。寬授歐陽生子。世世相傳,至曾孫高,再至高孫地餘。二人均爲博士,地餘少子政爲王莽講學大夫。由是尚書世有歐陽氏學。漢書藝文志著録有尚書歐陽章句、歐陽説義,皆亡佚。漢書有傳。參閲清陳喬樅尚書歐陽夏侯遺説考(清經解續編一一一一)。

【歐$_2$陽通】唐潭州臨湘人。字通師,歐陽詢第四子。早孤,母徐教以父書,既長,書法與詢齊名,世號"大小歐陽體"。武后時以司禮卿判納言事爲相,以與岑長倩等反對立武承嗣爲太子,得罪諸武,被誣大逆,下獄死。見新、舊唐書歐陽詢傳。

【歐$_2$陽脩】公元1007—1072年。宋廬陵吉水人。字永叔,自號醉翁、六一居士。

舉天聖八年進士甲科，官至樞密副使、參知政事。因議新法，與王安石不合，致仕，退居潁川，卒謚文忠。一生博覽羣書，以文章著名。反對宋初西崑派的浮豔文風，主張文學須切合實用。撰有毛詩本義、新五代史、集古録等，並與宋祁合修新唐書。後人輯有歐陽文忠集一百五十三卷，附録五卷，其中居士集爲脩晚年自編。宋蘇轍欒城集後集二三有歐陽文忠神道碑。宋史有傳。

【歐₂陽詢】 公元557—641年。唐潭州臨湘人。仕隋爲太常博士。入唐官至弘文館學士。善書，初倣王羲之，而險勁過之，結構嚴整，筆鋒勁道。八體盡能。因曾爲太子率更令，故世稱其書爲率更體。傳世碑刻有九成宮醴泉銘、皇甫誕碑等，故宮博物院藏有所書卜商帖張翰帖。與裴矩（一説令狐德棻）等編撰藝文類聚一百卷。新、舊唐書有傳。

歑 hū 荒烏切，平，模韻，曉。
ㄏㄨ
吹氣。"呼"的異體字。古籍中嗚呼也作"嗚歑"。見説文。

歙 yǐn
ㄧㄣˇ
同"飲"。説文作"㱃"。

十二畫

歘 xū
ㄒㄩ
同"欻"。見"欻"各條。

歕 pēn 普魂切，平，魂韻，滂。
ㄆㄣ 普悶切，去，慁韻，滂。
同"噴"。㊀噴射。文選漢班孟堅（固）東都賦："吐燗生風，欱野歕山。"㊁口含物向外噴散。穆天子傳五黃澤謡："黃之池，其馬歕沙，皇人威儀；黃之澤，其馬歕玉，皇人受（一作'壽'）穀。"

歗 xiào 蘇弔切，去，嘯韻，心。
ㄒㄧㄠ
吟，撮口發長聲。同"嘯"。詩王風中谷有蓷："有女仳離，條其歗矣。"

歔 xū 朽居切，平，魚韻，曉。
ㄒㄩ
㊀鼻口出氣。老子："故物或行或隨，或歔或吹。"㊁見"歔欷"。

【歔欷】 哀歎抽泣聲。楚辭屈原離騷："曾歔欷余鬱邑兮，哀朕時之不當。"也作"欷歔"。見該條。

歙 1. xī 許及切，入，緝韻，曉。
ㄒㄧ
㊀吸入，吸取。通"噏"、"吸"。老子："將欲歙之，必固張之。"㊁和洽。通"翕"。漢書七二鮑宣傳："衆庶歙然，莫不説喜。"

2. xié 集韻 虛涉切，入，葉韻。
ㄒㄧㄝ
㊂收縮。通"脅"。後漢書五九張衡傳應間："捷徑邪至，我不忍以投步；干進苟容，我不忍以歙肩。"

3. shè 書涉切，入，葉韻，審。
ㄕㄜ
㊃地名用字。見"歙₃州"、"歙₃浦"、"歙₃縣"等。

【歙₃州】 州名。隋開皇九年改新安郡爲歙州，大業三年改爲新安郡。唐武德四年置歙州總管府，天寶元年復新安郡，乾元元年又爲歙州。宋宣和三年改名徽州。州治在今安徽歙縣。參閱嘉慶一統志一一二徽州府一。

【歙₃浦】 在今安徽歙縣東南，爲新安江與練溪會口處。漢置。宋范成大石湖集六次韻朱嚴州從李徽州乞牡丹之二："歙浦煙山蟠萬疊，釣臺雲日擁千章。"

【歙₃硯】 江西婺源縣歙溪所產的硯石。婺源舊屬安徽歙州府，故稱歙硯，也稱婺源硯。唐開元時已采發。五代南唐置歙硯務，硯有金星、羅紋、刷絲、眉子等名目，著名尚在端硯以前。參閱宋歐陽修硯譜、唐積歙州硯譜、佚名辨歙石説。

【歙艶】 赤色濃盛貌。文選漢王文考（延壽）魯靈光殿賦："皓壁暠曜以月照，丹桂歙艶而電烻。"也作"翕艶"。文選三國魏嵇叔夜（康）琴賦："珍怪琅玕，瑶瑾翕艶。"

【歙鉢】 火爐一類器具。宋詩鈔韓駒陵陽詩鈔食煮菜簡吕居仁："争貪歙鉢暖，不覺定盌空。"宋陸游劍南詩稿一晨起偶題："風爐歙鉢生涯在，且試新寒芋糝羹。"

【歙₃縣】 縣名。屬安徽省。秦置，以縣南有歙浦而名，屬鄣郡。漢屬丹陽郡。隋開皇九年省，併入休寧縣，十一年復置，屬歙州。隋末因汪華起義，郡治自休寧移此。自後歷代皆爲州、府治。參閱讀史方輿紀要二八徽州府。

【歙歙】 ㊀無所偏執貌。老子："聖人在天下，歙歙爲天下渾其心。"三國魏王弼注："歙歙焉，心無所主也。"河上本作"怵怵"，釋文作"惵惵"，清魏源老子本義作"惵惵"。㊁投合、朋比爲奸貌。同"翕翕"、"潝潝"。漢書三六楚元王傳附劉向上封事："衆小在位而從邪議，歙歙相是而背君子，故其詩曰：'歙歙訿訿，亦孔之哀。……謀之不臧，則具是依！'"按今本詩小雅小旻作"潝潝"。

十三畫

歜 chù 尺玉切，入，燭韻，穿。
ㄔㄨˋ 徂感切，上，感韻，從。
㊀人名用字。左傳文十七年有周大夫甘歜。戰國策齊四齊宣公時有顏歜（或作"斶"）；史記八二田單傳作"蠋"。㊁昌歜，植物名。詳"昌歜"。

歛 hān 呼談切，平，談韻，曉。
ㄏㄢ
欲。見廣韻。歛，與"斂"爲二字，古籍中多誤用作"斂"。

十四畫

歟 yú 以諸切，平，魚韻，喻。
ㄩˊ 余吕切，上，語韻，喻。
羊洳切，去，御韻，喻。
語氣詞。古作"與"。1. 表示疑問。史記七一甘茂傳附甘羅："王聞燕太子丹入質秦歟？"2. 表示感歎。晉陶潛陶淵明集五五柳先生傳："無懷氏之民歟！葛天氏之民歟！"3. 表示反詰。史記八四屈原傳："漁父見而問之曰：'子非三閭大夫歟？'"楚辭屈原卜居作"與"。唐柳宗元柳先生集三一答劉禹錫天論書："子之所以爲異者，豈不以贊天之能生植也歟！"亦用作語中助詞。文選漢班孟堅（固）東都賦明堂詩："猗歟緝熙，允懷多福。"

十五畫

歠 chuò 昌悅切，入，薛韻，穿。
ㄔㄨㄛˋ
通"啜"。㊀飲，喝。楚辭屈原漁父："衆人皆醉，何不餔其糟而歠其釃？"史記八四屈原傳漁父作"啜"。禮檀弓下："歠主人、主婦、室老、爲其病也。"注："歠，歠粥也。"㊁羹湯。戰國策燕一："於是酒酣樂，進取熱歠。廚人進斟羹。"

十七畫

歠 chuī 集韻 姝爲切，平，支韻。
ㄔㄨㄟ
古"吹"字。周禮春官籥師："籥師掌教國子舞羽歠籥。"

十八畫

歡 huān 呼官切，平，桓韻，曉。
ㄏㄨㄢ
也作"懽"、"驩"、"讙"。㊀喜樂。書洛誥："公功肅將祗歡。"注："公功已進大，天下咸敬樂公之功。"禮坊記："三年其惟不言，言乃譆。”㊁古時男女相愛，女稱男子爲歡。樂府詩集四四子夜歌：“歡愁儂亦慘，郎笑儂便喜。”

【歡心】好意。韓非子存韓：“李斯往詔韓王，未得見，因上書曰：‘……斯之來使，以奉秦王之歡心，願便計，豈陛下所以逆賤臣者邪？’”

【歡伯】酒的别名。漢焦延壽易林八坎之兑：“酒爲歡伯，除憂來樂。”宋楊萬里誠齋集一和仲良春晚即事詩之四：“貧難聘歡伯，病敢跨連錢。”

【歡迎】高興地迎接。晉陶潛陶淵明集五歸去來兮辭：“僮僕歡迎，稚子候門。”

【歡門】㊀歡樂之門。漢焦延壽易林一蒙之咸：“憂禍解除，喜至慶來，坐立歡門，與樂爲鄰。”㊁飾有彩色紙、帛的門窗，用以表示歡慶或招徠顧客。宋孟元老東京夢華録二酒樓：“凡京師酒店，門首皆縛綵樓歡門。”又四食店：“近裏門面窗户，皆朱緑裝飾，謂之驩門。”驩，同歡。後來廊間以半月形雕刻爲飾的門，以及舊時僧徒作佛事，剪帛爲門，加以綉繪，掛幡其旁，皆曰歡門。

【歡欣】喜悦，歡樂。國語齊：“人與人相疇，家與家相疇。……其歡欣足以相死。”朱子語類五一孟子一：“當時之人，焦熬已甚，率歡欣鼓舞之民而征之，自是見效速。”

【歡客】㊀猶言佳客。漢焦延壽易林四節之賁：“喜樂忭躍，來迎歡客。”歡客，一本作“名家”。㊁萱草的别名。元程棨三柳軒雜識：“萱草爲歡客。”

【歡娱】歡樂。文選漢蘇子卿(武)詩四首之三：“歡娱在今夕，嬿婉及良時。”後漢書四十下班彪傳附班固西都賦：“於是聖人覩萬方之歡娱，久沐浴乎膏澤。”

【歡場】尋歡作樂之所。清趙翼甌北詩鈔絶句二山塘：“老入歡場感已增，煙花猶記昔遊曾。”

【歡喜】猶欣喜。戰國策中山：“武安君曰：‘長平之事，秦軍大尅，趙軍大破，秦人歡喜，趙人畏懼。’”

【歡虞】同“歡娱”。文選南齊謝玄暉(脁)始出尚書省詩：“零落悲友朋，歡虞讌兄弟。”

【歡會】歡聚。後漢書七一皇甫嵩傳：“(董)卓方置酒歡會，堅壽直前質讓，責以大義，叩頭流涕。”三國魏曹植曹子建集五閨情詩之一：“歡會難再逢，芝蘭不重榮。”

【歡説】歡喜。説，讀 yuè。漢書郊祀志：“是故每舉其禮，助者歡説。”説也作“悦”。三國志魏杜襲傳：“乃遣老弱各分散就田業，留丁彊備守，吏民歡悦。”

【歡謡】㊀歡樂的歌謡。文選漢班孟堅(固)西都賦：“采遊童之歡謡，第從臣之嘉頌。”㊁欣喜歌頌。唐劉禹錫劉賓客集十六賀赦表：“臣謹宣赦文節目，彰示兆人，鼓舞歡謡，自中徂外。”

【歡顔】歡悦，開顔。唐杜甫杜工部詩史補遺二茅屋爲秋風所破歌：“安得廣厦千萬間，大庇天下寒士俱歡顔，風雨不動安如山。”

【歡喜丸】食物名。也叫歡喜團。用麵和合諸果製成。涅槃經三九憍陳如品：“善男子，譬如酥、麵、蜜、薑、胡椒、蓽茇、蒲萄、胡桃、石榴、桵子，如是和合，名歡喜丸。”法苑珠林八八五欲訶欲：“五百鹿車，載種種歡喜丸，皆以衆藥草和之，以婇畫令似雜果。”

【歡喜地】佛教語。即大乘菩薩十地的第一地。菩薩經一大阿僧祇劫修行，已能斷惑證理，始登此地。楞嚴經八：“阿難是善男子，於大菩提善得通達，覺通如來盡佛境界，名歡喜地。”參見“十地”。

【歡喜佛】㊀原爲印度古代傳説中的神，即歡喜天，俗稱歡喜佛。佛教密宗寺廟中塑像有單身、雙身兩種。雙身者，相傳男天是大自在天的長子，凶猛暴戾，觀音菩薩乃化爲女天，與結成夫婦，象頭人身，作擁抱之狀。明清宫廷内亦有此像。今北京雍和宫之歡喜佛像，狀與此異。㊁阿彌陀佛又稱歡喜光佛。見無量壽經上。

【歡喜園】佛教所説樂園。又名歡喜苑、歡樂園、喜林苑，爲忉利天帝釋四園之一。佛經稱諸天入此園，皆生歡喜，故名。大智度論八：“譬如三十三天王歡樂園中，諸天入者，心皆柔軟，歡樂和悦，粗心不生。若阿修羅起兵來時，都無鬬心。”

【歡聞歌】歌曲名。樂府詩集四五清商曲辭歡聞歌引古今樂録：“歡聞歌者，晉穆帝升平初，歌畢輒呼‘歡聞不’以爲送聲。後因此爲曲名。”又歡聞變歌引古今樂録：“歡聞變歌者，晉穆帝升平中，童子輩忽歌於道曰：‘阿子聞’。曲終輒云：‘阿子汝聞不？’無幾而穆帝崩，褚太后哭：‘阿子汝聞不？’聲既悽苦，因以名之。”

【歡天喜地】形容非常歡喜。京本通俗小説錯斬崔寧：“當下權且歡天喜地，並無他説。”元王實甫西廂記二本三折：“只見他歡天喜地，謹依來命。”

【歡喜冤家】兒女或情人的暱稱。含有又愛又恨的意思，多見於戲曲小説中。古今雜劇元馬致遠馬丹陽三度任風子二：“兒女是金枷玉鎖，歡喜冤家，我都割捨了也。”又缺名王月英元夜遺鞋記三：“本待要同衾共枕，則落的帶鎖披枷，倒做了風流話巴，也是箇歡喜冤家。”

止 部

止 zhǐ 諸市切，上，紙韻，照。ㄓˇ

㊀足。“趾”的本字。易噬嗑：“屨校滅趾。”釋文本作“止”。漢書刑法志：“斬左止。”注：“止，足也。”㊁至，臨。詩小雅采芑：“方叔涖止，其車三千。”㊂停止，停息。易艮：“時止則止，時行則行。”㊃居住，棲息。詩商頌玄鳥：“邦畿千里，維民所止。”箋：“止，猶居也。”㊄禁止，阻止。左傳桓六年：“少師歸，請追楚師。隨侯將許之，季梁止之。”㊅留住，拘留。論語微子：“(丈人)止子路宿。”左傳僖十五年：“梁由靡御，韓簡號射爲右，輅秦伯，將止之。”注：“止，獲也。”㊆容止，禮貌。詩鄘風相鼠：“相鼠有齒，人而無止；人而無止，不死何俟。”㊇樂器，擊柷的椎子。爾雅釋樂：“所以鼓柷謂之止。”注：“止者，其椎名。”參見“柷”。㊈只，僅。莊子天運：“止可以一宿，而不可以久處。”北周庾信庾子山集一三月三日華林園馬射賦序：“止立行宫，裁舒帳殿。”㊉助詞。詩齊風南山：“既曰歸止，曷又懷止。”

【止止】莊子人間世：“虚室生白，吉祥止止。”注：“夫吉祥之所集者，至虚至静也。”上“止”字是聚集的意思，下“止”字爲語末助詞。淮南子俶真作“止也”。清俞樾謂下“止”字爲“也”字之誤。參閲清俞樾諸子平議十七莊子一。

【止水】静止不流的水。莊子德充符：“人莫鑒於流水，而鑒於止水。”止水澄清,可以照鑑。後用以比喻心境寧靜,胸懷純潔。唐白居易長慶集三八歸登右常侍制:"朴中沈厚,心無詭詐,介圭不飾,止水無波。"

【止步】停步。廣弘明集十九南朝梁沈約爲齊竟陵王解講疏之一:"止步凝想,空明屬念。"

【止足】卽知止知足,不求名利。老子:"知足不辱,知止不殆。"漢書七一疏廣傳贊:"疏廣行止足之計,免辱殆之絫,亦其次也。"

【止泊】停息,歸宿。晉陶潛陶淵明集四雜詩之五:"前塗當幾許,未知止泊處。"南朝梁鍾嶸詩品:"(詩)但專用賦體,則患在意浮,意浮則文散,嬉成流移,文無止泊,有蕪漫之累矣。"

【止舍】歇息。史記九二淮陰侯傳:"未至井陘口三十里,止舍。"漢書八九召信臣傳:"躬勸耕農,出入阡陌,止舍離鄉亭,稀有安居時。"注:"言休息之時,皆在野次。"

【止酒】戒酒。晉陶潛陶淵明集三止酒:"平生不止酒,止酒情無喜。"

【止殺】停止殺戮。文苑英華三九七南朝梁沈約授蔡法度廷尉制:"門下民命所懸,繫乎三尺,止殺除殘,寔由乎此。"

【止息】停止,平息。楚辭屈原離騷:"步余馬於蘭皋兮,馳椒丘且焉止息。"漢書六三武五子傳贊:"聖人以武禁暴整亂,止息干戈,非以爲殘而興縱之也。"

【止竟】畢竟。唐元稹長慶集九六年春遣懷詩之八:"止竟悲君須自省,川流前後各風波。"又司空圖司空表聖詩集三漫書之三:"愛憎止竟須關分,莫把微才望所知。"

【止戞】古雅樂初奏時擊柷,樂終則擊敔。擊柷的木椎名止戞。見漢禮器制度。

【止筯】餐具名。銅製。高廣約一寸,形如筆架,上有二半月彎,飲宴時用以擱置筷子。見元孔齊靜齋至正直記一。

【止謗】平息毁謗。三國志魏王昶傳戒子書:"諺曰:'救寒莫如重裘,止謗莫如自修。'"

【止觀】佛教語。梵語奢摩他、毘婆舍那的義譯。止,止息、寂靜;觀,明察萬物。天台宗創始人智顗謂入涅槃的主要途徑,不出止觀兩道,以止觀作爲修行方法,故天台宗又稱止觀宗。隋智顗修習止觀坐禪法要:"若夫泥洹之法,論其急要,不出止觀二法。所以然者,止乃伏結之初門,觀是斷惑之正要。止則愛養心識之善資,觀則策發神解之妙術;止是禪定之勝因,觀是智慧之由籍。若人成就定慧二法,斯乃自利利人,法皆具足。"參見"奢摩他"。

【止足傳】舊史人物分類,爲淡於名利、急流勇退的人物立傳,取老子"知足不辱,知止不殆"之意,名爲止足傳。梁書處士傳後,有止足傳,據其序稱,魚豢魏略有知足傳,謝靈運晉書以及宋書均有止足傳;隋書經籍志二雜傳類亦載有止足傳十卷。今諸書早佚,惟梁書止足傳尚存。

【止談風月】梁書徐勉傳:"常與門人夜集,客有虞暠求詹事五官,勉正色答云:'今夕止可談風月,不宜及公事。'"後常以此語表示莫談不宜談論的事。

【止齋文集】宋陳傅良撰,五十一卷,附錄一卷。傅良傳程氏之學,亦諳練掌故,求經世致用,集內多切於實用之文,無宋末文字腐爛冗沓習氣。書爲傅良門人曹叔遠編,所輯文起孝宗乾道三年,至寧宗嘉泰三年,不收乾道以前所作。

【止齋學案】對宋陳傅良的學派的論述。傅良,乾道八年進士,官至中書舍人,國史院修撰。學者稱止齋先生。從學於薛季宣(艮齋),並交呂祖謙(東萊)、張栻(南軒),傳程顥、程頤之學,亦講經世致用,不專於空談心性。門人有蔡幼學曹叔遠呂聲之呂沖之等。季宣,永嘉人,傅良,温州瑞安人,後人稱爲永嘉學派。參閱宋元學案五三。

一畫

正 1. zhèng ㄓㄥˋ 之盛切,去,勁韻,照。

㊀正中、平直。與偏斜相對。書說命上:"惟木從繩則正。"㊁正直,端正。論語憲問:"晉文公譎而不正,齊桓公正而不譎。"國語周下:"且夫立無跛,正也。"㊂整飭,糾正。論語堯曰:"君子正其衣冠。"㊃決定,考定。詩大雅文王有聲:"維龜正之,武王成之。"周禮天官宰夫:"歲終,則令羣吏正歲會。"㊄純一不雜。漢書六三廣陵厲王胥傳:"宮園中棗樹生十餘莖,莖正赤。"㊅正法,治罪。周禮夏官大司馬:"賊殺其親則正之。"注:"正之者,執而治其罪。"㊆長官。書說命下:"昔先正保衡。"又指掌獄訟之官。禮王制:"成獄辭,史以獄成告於正,正聽之。"注:"正,於周鄉師之屬。今漢有平正丞,秦所置。"㊇嫡長。穀梁傳隱四年:"諸侯與正而不與賢也。"㊈作爲主體者。與"副"相對。隋書經籍志:"爲正副二本,藏於宮中。"㊉正面。與"反"相對。紅樓夢十二:"從搭褳中取出個正面反面皆可照人的鏡子來。"⑪恰;止,僅。論語述而:"正唯弟子不能學也。"世說新語自新:"乃自吳尋二陸,平原不在,正見清河。"平原,指陸機;清河,指陸雲。⑫卽使,縱使。漢書八九黃霸傳:"許丞廉吏,雖老,尚能拜起送迎,正頗重聽,何傷?"參閱清王念孫讀書雜志漢書十一終軍傳正。⑬當。書堯典:"日永星火,以正仲夏。"論語陽貨:"其猶正牆面而立也與。"參閱清王引之經義述聞二正乎凶也。⑭政治,政教。通"政"。漢書四三陸賈傳:"夫秦失其正,諸侯豪桀並起。"注:"正亦政也。"⑮憑證。通"證"。儀禮士昏禮:"女出于母左,父西面戒之,必有正焉,若衣若笄。"清胡培翬正義引盛世佐云:"以物爲憑曰正。"⑯姓。春秋宋正考父之後,以字爲氏,漢書郊祀志上有燕人正伯僑。

2. zhēng ㄓㄥ 諸盈切,平,清韻,照。

⑰箭靶。見"正鵠"。⑱農曆一年的第一個月。書舜典:"月正元日。"參閱清黃生字詁正。⑲通"征"。1.賦稅。周禮夏官司勳:"惟加田無國正。"注:"正,謂稅也。"2.力役。禮燕義:"司馬弗正。"疏:"正,役也。"

【正一】㊀道教認爲"一"爲世界萬物之本,永恒不變。南齊書顧歡傳夷夏論:"佛號正真,道稱正一,一歸無死,真會無生,在名則反,在實則合。"南唐譚峭譚子化書道化正一:"命之則四(虛、神、氣、形),根之則一,守之不得,舍之不失,是謂正一。"㊁道教的一派。傳說漢張道陵在鶴鳴山(今四川大足縣境內)得太上老君所授正一盟威祕籙和正一法文,爲正一道創始人。學道者須納米五斗,故俗稱五斗米道。西晉永嘉時,道陵四世孫張盛遷居龍虎山(今江西貴溪縣境內),奉道陵爲正一天師,故又稱天師道。與後來金人王嚞(號重陽子)所創,流行於北方的全真道,並稱道教南北兩大派。此後元時道教南北各派逐漸合流,統稱爲正一道。明洪武中革去前代天師稱號,止稱正一真人。歷明及清,其道主均世襲正一真人稱號。參閱明俞汝楫禮部志稿三四真人名號。

【正丁】西晉時稱服役納稅的適齡男女爲正丁,也稱全丁。史載晉武帝(司馬炎)平吳後,置戶調之式,男女年十六歲至六十歲爲正丁。亦稱全丁。見晉書食貨志。

【正士】㊀正直之士。管子桓公問:"人有非上之所過，謂之正士。"晉書愍懷太子傳論:"信惑姦邪，疏斥正士。"㊁梵語菩薩，也譯爲正士。無量壽經:"又賢護等十六正士。"

【正大】金完顏守緒(哀宗)年號。公元1224—1231年。

【正方】㊀方向端正。禮曲禮上:"立必正方，不傾聽。"疏:"立宜正嚮一方。"㊁法式，準則。楚辭漢東方朔七諫沉江:"滅規榘而不用兮，背繩墨之正方。"

【正元】三國魏曹髦(高貴鄉公)年號。公元254—256年。

【正支】㊀宋制:鹽商用現錢向官府購買鹽鈔，再以鈔向鹽場支鹽，稱爲正支。南宋又有正支文鈔與增剩鈔之分。凡商人所買鈔，支請歲額鹽以内者爲正支文鈔;在歲額以外者爲增剩鈔。參閱宋史食貨志下四。㊁封建宗族譜系以長房長子爲正支，餘爲旁支。

【正牙】即"正衙"。資治通鑑二三六唐貞元十八年:"嘉王府諮議高弘本正牙奏事。"注:"唐東内以含元殿爲正牙，西内以太極殿爲正牙。唐制:天子居曰衙，行曰駕。"參閱明方以智通雅二六事制正牙下牙即衙。

【正$_2$日】農曆正月初一。隋杜臺卿玉燭寶典一引漢崔寔四民月令:"正月元旦，是謂正日。"

【正公】官名。穆天子傳一:"乃命正公郊父，受敕憲。"注:"正公，謂三上公，天子所取正者，郊父爲之。"後漢書八一周嘉傳:"(周燕)當下蠶室，乃歎曰:'我平王之後，正公玄孫，豈可以刀鋸之餘，下見先君!'遂不食而死。"戰國末東西周王皆降稱號爲公，故稱正公。

【正$_2$月】農曆一年的第一個月。春秋隱元年:"春，王正月。"疏:"元年正月，實是一年一月。"古代紀月以十二支配十二月，夏曆以建寅之月爲正月，商曆以建丑之月爲正月，周曆以建子之月爲正月。今農曆沿用夏曆。

【正平】㊀正直公平。莊子達生:"棄世則無累，無累則正平。"新唐書一六三孔戣傳韓愈疏:"其爲人守節清苦，議論正平。"按昌黎集四十論孔戣致仕狀作"平正"。㊁年號:1.北魏拓跋燾(太武帝)。公元451—452年。2.南朝梁蕭正德(臨賀王)。公元548—549年。

【正正】整齊貌。孫子軍爭:"無邀正正之旗，勿擊堂堂之陣。"注:"正正，齊也;堂堂，大也。"參見"堂堂正正"。

【正本】㊀正其本源。淮南子主術:"不正本而反自然，則人主逾勞，人臣逾逸。"後謂從根本上整頓爲正本清源。晉書武帝紀泰始三年詔:"思與天下式明王度，正本清源。"㊁指書籍的正刻本或善本。別於副本、普通本。唐六典十祕書監:"凡四部之書，必立三本，曰正本、副本、貯本，以供進内及賜人。"㊂猶言儐本、够本。本，本錢。金董解元西廂一:"儻或明日見他時分，把可憎的媚臉兒飽看了一頓，便做受了這恓皇也正本。"

【正旦】傳統戲曲脚色名。簡稱"旦"。在劇中扮演女主角。元雜劇、明清傳奇及皮黄劇等皆有此，係由宋雜劇、金院本之"裝旦"演變而來，相當於京劇中之"青衣"。參閱明胡應麟少室山房筆叢四一莊嶽委談下。

【正$_2$旦】農曆正月初一。列子説符:"正旦放生，示有恩也。"北堂書鈔一五五元正"百僚畢會"注引東觀漢記:"正旦朝賀，百僚畢會。"

【正史】正史之名，始見於南朝梁阮孝緒正史削繁。紀傳體的歷史，如史記漢書等，皆以帝王本紀爲綱，故稱正史。隋書經籍志二:"自是世有著述，皆擬班馬，以爲正史，作者尤廣。"唐劉知幾以正史與雜述並舉，凡記一朝大典如尚書春秋等，也稱正史。明史藝文志以紀傳、編年二體，並稱正史。清乾隆四年，定史記至明史等二十四種史書爲正史，私家不得擅增。正史遂爲官修史書的專稱。

【正生】傳統戲曲脚色名。在劇中扮演男主角。明清傳奇中以扮演青年男主角的"生"爲正生，如牡丹亭中的柳夢梅;京劇中以扮演老年男主角的"老生"爲正生，如空城計中的諸葛亮。

【正印】正方形的官印。清制，自布政使至知州、知縣等各級地方官均用正印，故府州縣官又稱正印官。參閱清史稿輿服志三文武官印信關防條記。

【正字】㊀猶言本字。別於假借字、別字和俗字而言。漢書藝文志:"成帝時，將作大匠李長作元尚篇，皆蒼頡中正字也。"㊁官名。掌校讐典籍，刊正文章。南齊集書省有正書，北齊始稱正字，唐宋沿用，屬祕書省。唐孟浩然集三有寄趙正字詩。參閱通典二六職官八祕書監、續通典三十職官八祕書監。

【正安】縣名。屬貴州省。漢牂牁郡地。唐置樂源縣，兼置珍州。宋仍之。明置真安州，屬遵義府。清避世宗(胤禛)諱，改爲正安州。公元1913年改爲縣。參閱嘉慶一統志五一一遵義府。

【正式】正當的法式。南朝梁劉勰文心雕龍六風骨:"若能確乎正式，使文明以健，則風清骨峻，篇體光華。"

【正光】北魏元詡(孝明帝)年號。公元520—525年。

【正名】辨正名分。論語子路:"子路曰:'衛君待子而爲政，子將奚先?'子曰:'必也正名乎!'"指君君、臣臣、父父、子子的名分。荀子有正名篇，論述名實，主張"名定而實辨"，"制名以指實"。指概念與實際的關係。

【正色】㊀古代以純色爲正色，兩色相雜爲間色。禮玉藻:"衣，正色。"疏引南朝梁皇侃:"正色謂青赤黄白黑五方正色也。不正，謂五方間色也，綠紅碧紫騮黄是也。"參見"間色"。㊁表情端莊嚴肅。書畢命:"正色率下。"疏:"正色，謂嚴其顔色，不惰慢，不阿諂。"

【正言】㊀合於正道的話。老子下:"正言若反。"河上公注:"此乃正直之言，世人不知，以爲反言。"楚辭屈原卜居:"寧正言不諱以危身乎?將從俗富貴以媮生乎"㊁端正言論。指規諫。漢書藝文志:"六藝之文，樂以和神，仁之表也;詩以正言，義之用也……"㊂官名。唐有左右拾遺，宋初改爲左右正言，掌規諫，分隸門下、中書二省。參閱文獻通考五十職官四、續通典二五職官二門下省、中書省。

【正告】明白鄭重地告知。戰國策燕二:"秦正告韓曰:'我起乎少曲，一日而斷太行。'"史記六九蘇秦傳:"秦之行暴，正告天下。"索隱:"正告謂顯然而告天下也。"

【正身】㊀猶言修身。荀子法行:"君子正身以俟，欲來者不拒，欲去者不止。"㊁本人。對替身而言。通典十七選舉五:"入試非正身十有三四，赴官非正身十有一二，此又弊之尤者。"

【正法】㊀政治法則。商君書更法:"慮世事之變，討正法之本。"㊁正常法制。漢書六六公孫賀傳贊:"桑大夫據當世，合時變，上權利之略，雖非正法，鉅儒宿學不能自解，博物通達之士也。"㊂易蒙:"利用刑人，以正法也。"本爲正法制之意，後謂依法處決犯人爲正法。古今名劇元白仁甫秋夜梧桐雨三:"祿山反逆，皆由楊氏兄妹，若不正法以謝天下，禍變何時得消?"㊃佛教指釋迦牟尼的佛法，以別於外道而言。無量壽經上:"處兜率天，弘宣正法。"

【正治】㊀猶整治。史記天官書:"視封疆田疇之正治。"漢書天文志作"整治"。淮南子氾論:"天下豈有常法哉!當於世事,得於人理,……則可以正治矣。"㊁中醫療法:實證用攻法,虛證用補法。以熱藥治寒症,寒藥治熱症,爲正治;熱藥治熱症,寒藥治寒症,則爲逆治。內經素問至真要大論:"岐伯曰:逆者正治。"注:"逆病氣而正治,則以寒攻熱,以熱攻寒。"㊂年號。宋時南詔大理段素真(聖德帝)。公元1027—1041年。

【正宗】佛教禪宗稱初祖達摩所傳的嫡系宗派。古尊宿語錄四一題雲峯悅禪師語錄:"不受然燈記莂,自提三印正宗。"後來泛指學業技術的嫡傳正派。如宋真德秀撰文章正宗二十卷,所録爲有關經義之古文,否則文雖工不録。明何良俊四友齋叢説二四:"詩自左思潘陸之後,至義熙永明間又一變矣,然當以三謝爲正宗。"三謝:謝靈運謝惠連謝朓。

【正定】㊀校正審定。後漢書六十下蔡邕傳:"邕以經籍去聖久遠,文字多謬,俗儒穿鑿,疑誤後學,熹平四年,……奏求正定六經文字。"㊁佛教八正道之一,梵語"三昧"之意譯。隋釋慧遠大乘義章十三:"心住一緣,離於散動,故名爲定。言三昧者,是外國語。此名正定,定如前釋;離於邪亂,故説爲正。"宋蘇轍欒城集十六題李公麟山莊圖詩華嚴堂:"佛口如瀾翻,初無一正定。畫作正定看,於何是佛性?"參見"三昧"。㊂府名。原名真定,秦爲鉅鹿郡地。漢武帝元鼎四年置真定國。晉爲常山郡。北周置恒州。唐改鎮州。後唐改真定府。自宋至明仍之。清避世宗(胤禛)諱,改名正定,屬直隸。公元1913年廢。故治在今河北正定縣。參閱嘉慶一統志五直隸統部。㊃縣名。屬河北省。原名真定,秦爲東垣縣。自漢迄明皆爲真定縣。清雍正時隨府名改正定。

【正官】編制内的官吏。對額外官或贈官而言。新唐書選舉志下:"時李嶠爲尚書,又置員外郎二千餘員,悉用勢家親戚,給俸禄,使釐務,至與正官争事相毆者。"

【正直】不偏不曲,端正剛直。書洪範:"平康正直。"詩小雅小明:"靖共爾位,好是正直。"

【正味】味之正者。莊子齊物論:"民食芻豢,麋鹿食薦,蝍且甘帶,鴟鴉耆鼠,四者孰知正味?"清吳錫麟名其集爲有正味齋集,即取此義。

【正果】佛教謂學佛而得證悟者爲證果。謂别於外道,故名正果。元伊世珍瑯嬛記上:"天女本來淨,摩登婬第一。今各成正果,淨婬無分別。"

【正明】五代吳越錢鏐(武肅王)年號。公元926—932年。

【正命】壽終而死。與"非命"相對。孟子盡心上:"盡其道而死者,正命也;桎梏死者,非正命也。"注:"盡修身之道以壽終者,得正命也。"

【正供】法定的賦税。書無逸:"文王不敢盤于遊田,以庶邦惟正之供。"宋蔡沈集傳九謂萬民惟正賦之供。後因稱田賦爲天廚正供。

【正始】㊀正其始。1.詩序:"周南召南,正始之道,王化之基。"舊時説詩以周召二十五篇爲文王周公王業風化之基本,故稱正始。2.穀梁傳定元年:"昭公之終,非正終也;定之始,非正始也。"此謂昭公死在外,定公即位,而春秋無王正月之文。㊁年號。1.三國魏曹芳(齊王)。公元240—249年。2.十六國後燕高雲(惠懿帝)。公元407—409年。3.北魏元恪(宣武帝)。公元504—508年。

【正宣】唐制,詔令由中書省擬定,門下省進畫,尚書省奉行,完備此項手續者爲正宣,以别於皇帝口諭、親書或宫中逕發而不通過外廷的敕書。舊唐書肅宗紀乾元二年:"比緣軍國務殷,或宣口勑處分,今後非正宣,並不得行用。"參見"墨勑"。

【正室】㊀正妻,嫡妻。與"側室"相對。通典八九禮四九引晉虞珍後妻子爲前母服議:"漢時黄司農(昌)爲蜀郡太守,得所失婦,便爲正室,使後婦下之。"㊁正妻之子,嫡子。與"庶子"相對。禮文王世子:"正室守太廟。"注:"正室,適子也。"

【正音】㊀純正的樂音。淮南子天文:"姑洗生應鐘,比於正音,故爲和。"㊁以標準音矯正地方音。南史胡諧之傳:"上(南齊高帝蕭道成)……以諧之家人語傒音不正,乃遣宫内四五人往諧之家教子女語。二年後,帝問曰:'卿家人語音已正未?'諧之答曰:'宫人少,臣家人多,非唯不能得正音,遂使宫人頓成傒語。'"

【正軍】元初徵兵,分正軍户和貼軍户。正軍户出丁應役,其丁曰正軍;貼軍户出錢以貼補正軍户。參閱元史兵志一。元曲選石君寶秋胡戲妻一:"秋胡,我奉上司鈞旨,你是一名正軍,着我來勾你當軍去。"

【正封】封,封地。古代諸侯受封地於天子,各有定分,稱正封。左傳昭七年:"天子經略,諸侯正封,古之制也。"注:"封疆有定分。"

【正軌】猶言正道。漢王符潛夫論班禄:"故明主臨衆,必以正軌。"

【正則】㊀楚辭屈原離騷:"名余曰正則兮,字余曰靈均。"注:"正,平也;則,法也。"屈原名平,字原,正則隱括"平"字之義;靈均隱括"原"字之義。唐賈島長江集五送鄭長史之嶺南詩:"汨水斜陽岸,騷人正則祠。"㊁改正法則。文選張子平(衡)東京賦:"辯方位而正則,五精帥而來摧。"

【正科】科舉時定期舉行鄉試、會試,清制三年一次,稱正科。鄉試逢子午卯酉年爲正科,會試逢丑未辰戌年爲正科。遇皇帝皇后整壽之年或非常慶祝之事,加行鄉、會試,稱恩科。

【正風】詩大序:"至于王道衰,禮義廢,政教失,國異政,家殊俗,而變風變雅作矣。"舊時説詩者遂以周南召南自關雎至騶虞二十五篇爲正風,而以邶風以下十三國風爲變風。參閱清姚際恒詩經通論一國風。

【正朔】元順帝至正初趙普勝年號。公元134?年。

【正₂朔】一年的第一天。正,一年的開始;朔,一月的開始。古時改朝换代,新王朝表示"應天承運",須重定正朔。禮大傳:"改正朔。"疏:"正謂年始,朔謂月初。言王者得政,示從我始,改故用新,隨寅、丑、子所損〔建〕也。"夏正建寅爲人統,殷正建丑爲地統,周正建子爲天統,是爲三正,也稱三統。見尚書大傳略説。秦建亥,以夏之十月爲歲首。漢武帝改以建寅之月爲歲首,歷代沿用,迄於清末。正朔遂通指帝王新頒之曆法。

【正格】古典詩歌中的近體詩,其押韻、平仄、對仗,都有一定的格律。研究詩律者,以常見的或嚴謹的格式爲正格。如五言律絶以首句不入韻爲正格,七言律絶以首句入韻爲正格。宋人沈括以五律首句第二字用仄聲者爲正格,用平聲者爲偏格。清人周春論杜詩之雙聲疊韻,以雙聲對雙聲,疊韻對疊韻爲正格。參閱宋沈括夢溪筆談十五藝文二、清周春杜詩雙聲疊韻譜括略一。參見"偏格"。

【正書】㊀楷書。相傳正書始於漢建初王次仲,至三國魏鍾繇書寫法度已較完備,爲正書之祖。南朝梁釋慧皎高僧傳十安慧則:"少無恆性,卓越異人,而工正書,善談吐。"參閱宣和書譜三正書敍論。

㊁舊時稱經史爲正書，小説戲曲等爲閒書。初刻拍案驚奇二：“從來正書上面説，孔子貌似陽虎，以致匡人之圍。”

【正氣】㊀剛正之氣。楚辭屈原遠遊：“内惟省以端操兮，求正氣之所由。”宋文天祥抗元兵敗被執，在獄中賦正氣歌三十韻，言志自勉，不屈而死。歌見文山集十四。㊁中醫指人體内的元氣。與邪氣相對。素問刺法論：“正氣存内，邪不可干。”也指正常氣候，又稱正風。靈樞經刺節真邪：“正氣者，正風也。”

【正途】㊀正道。途，也作“塗”。漢趙岐孟子題辭：“正塗壅底，仁義荒怠。”㊁科舉時代以進士、舉人出身，與以恩、拔、副、歲、優貢生、恩優監生、廕生出身爲官者稱正途。若由捐納或議敍得官者，則稱異途出身。見清吳榮光吾學錄七仕進出身。

【正脈】猶言正統。宋史四三四蔡元定傳：“父發……以程氏(顥、頤)語録、邵氏(雍)經世、張氏(載)正蒙授元定，曰：‘此孔孟正脈也。’”宋戴復古石屏詩集一題鄭寧夫玉軒詩卷：“詩家體固多，文章有正脈。”

【正徒】服官府勞役的民丁。晉以後稱正丁。左傳襄九年：“使華臣具正徒。”注：“正徒，役徒也。”疏：“司徒所具正徒者，常共官役，若今之正丁也。”

【正紐】㊀唐僧神珙四聲五音九弄反紐圖所立名詞之一。珙序稱：“傍紐者皆是雙聲，正在一紐之中，傍出四聲之外；傍、正之目，自此而分清濁也。”正紐，指同聲母之字，四聲相承。如“真”字的正紐爲“真整正隻”、“整正隻真”之類。㊁南朝梁沈約論詩有八病，其八曰正紐。參見“八病”。

【正晝】大白天。史記一二八龜策傳漢褚少孫補：“正晝無見，風雨晦冥。”唐韓愈昌黎集六猛虎行：“正晝當谷眠，眼有百步威。”

【正堂】㊀正屋。史記曹參世家：“參於是避正堂，舍蓋公焉。”㊁官府治事的大廳。後漢書章帝紀元和三年：“癸酉，還幸元氏，祠光武顯宗於縣舍正堂。”明清時也稱知府知縣等地方正印官爲正堂。

【正道】㊀確當的道理、準則。管子立政：“正道捐弃，而邪事日長。”文選漢班孟堅(固)東都賦：“既聞正道，請終身而誦之。”㊁本來的河道。漢書溝洫志瓠子歌：“正道弛兮離常流。”注：“晉灼曰：言河道皆弛壞。”

【正朝】帝王聽政視朝的正殿。周代，天子、諸侯皆有三朝，卽外朝一，内朝二。正朝爲天子内朝之一，在應門内，路門外。參閲周禮秋官朝士“朝士掌建邦外朝之法”注、疏。

【正雅】對變雅而言，指詩經小雅自鹿鳴至菁菁者莪二十二篇（六篇亡）爲正小雅，大雅自文王至卷阿十八篇爲正大雅，統稱正雅。舊時説詩者認爲這些詩篇皆可見文王武王周公成王的教化，故謂之正。參閲經典釋文六毛詩音義中。參見“變雅”。

【正陽】㊀南方日中之氣。楚辭屈原遠遊：“飡六氣而飲沆瀣兮，漱正陽而含朝霞。”注引陵陽子明經以朝霞、淪陰、沆瀣、正陽和天地玄黄爲六氣。㊁日爲衆陽之宗，古以爲人君之象，因以正陽指帝王。史記一一七司馬相如傳封禪書：“正陽顯見，覺寤黎烝。”索隱引文穎：“正陽，陽明也，謂南面受朝也。”㊂農曆四月爲正陽。藝文類聚三晉傅玄述夏賦：“四月惟夏，運臻正陽。”一説正陽爲四月和十月。見宋沈括夢溪筆談三辯證一。㊃縣名。屬河南省。漢置愼陽縣，屬汝南郡。隋改真陽。清避世宗(胤禛)諱，改爲正陽，參閲嘉慶一統志二一五汝寧府一。

【正隆】金完顏亮（海陵王）年號。公元1156—1161年。

【正閏】正統和非正統。閏爲農曆一年十二個月以外的月份，故有非正常之義。唐文粹六六賈至虎牢關銘序：“盛衰千祀，正閏更王。”宋史二八四宋庠傳：“又輯紀年通譜，區別正閏，爲十二卷。”

【正御】供奉皇帝使用的物品。宋書明帝紀泰豫元年：“每所造制，必爲正御三十，副御、次副又各三十，須一物輒造九十枚。天下騷然，民不堪命。”

【正統】㊀舊稱一系相承、統一全國的封建王朝爲正統。反之則稱爲僭竊、偏安。文選漢班孟堅（固）典引：“膺當天之正統，受克讓之歸運。”㊁嫡系子孫。漢書郊祀志下：“宣帝卽位，由武帝正統興。”宣帝爲武帝曾孫。雖非親生，但按宗法保持繼承關係者，也稱正統。漢書八六師丹傳：“爲人後者爲之子，故爲所後服斬衰三年，而降其父母朞，明尊本祖而重正統也。”後也泛稱學派、宗派一脈相傳的嫡派爲正統。宋陸游劍南詩稿二一喜楊廷秀祕監再入館：“嗚呼大廈傾，孰可任梁棟。願公力起之，千載傳正統。”宋釋宗鑑集天台宗之記傳爲史書，名釋門正統。㊂明朱祁鎮（英宗）年號。公元1436—1449年。

【正義】㊀正當的、公正的道理。荀子正名：“正利而爲謂之事，正義而爲謂之行。”注：“苟非正義，則謂之姦邪。”㊁正確的含義。後漢書二八上桓譚傳上疏：“屏羣小之曲説，述五經之正義。”後人注釋經史，多有以“正義”爲書名者，如唐孔穎達等有五經正義，張守節有史記正義。㊂縣名。在今廣西蒙山縣西北。唐析荔浦置純義縣，永貞元年避李純(憲宗)諱，改爲正義，屬嶺南道蒙州。宋併入立山縣。參閲元和郡縣志三七蒙州、太平寰宇記一六三蒙州。

【正楊】明陳耀文撰。四卷，一百五十條。其書爲糾正楊愼丹鉛録的訛誤而作，故名。後又有人針對其誤，作正正楊。參閲明朱國禎湧幢小品十九正楊。

【正$_2$歲】夏曆正月。周禮天官小宰：“正歲，帥治官之屬，而觀治象之法。”注：“正歲，謂夏之正月。”

【正路】大路。孟子離婁上：“曠安宅而弗居，舍正路而不由。”唐孟郊孟東野集八送丹霞子阮芳顏上人歸山詩：“登山須正路，飲水須直流。”

【正業】古代士子的正式課業，如詩書六藝之類。禮學記：“大學之教也時，教必有正業，退息必有居。”疏：“正業謂先王正典，非諸子百家。是教必用正典教之也。”後也指正當的職務。

【正$_2$會】皇帝元旦朝會羣臣曰正會。亦稱元會。世説新語術解：“荀勗善音聲，……每至正會，殿庭作樂，自調宫商，無不諧韻。”參見“元會”。

【正衙】唐宋時，大臣朝見或陛辭皇帝的前殿。唐以宣政爲前殿，謂之正衙，卽古之内朝；以紫宸爲便殿，謂之入閤，卽古之燕朝。宋代正衙常朝在文德殿。參閲宋司馬光涑水紀聞八。參見“入閤”。

【正經】㊀漢人説詩，以國風周南召南爲正風，大、小雅鹿鳴文王等爲正雅，統稱正經。漢鄭玄詩譜序：“本之由此風雅而來，故皆録之，謂之詩之正經。”也指五經正典，以别於諸子百家。抱朴子百家：“正經爲道義之淵海，子書爲增深之川流。”㊁正當，正派。清李玉清忠譜傳奇上：“都是粗魯之人，草草莽莽幹不得正經。”㊂中醫指人體十二經脈之一，氣血運行的主要通路。難經四十九難：“有正經自病，有五邪所傷。”

【正寧】縣名。屬甘肅省。漢北地郡泥陽縣地。北魏置陽周縣，隋改羅川，唐改真寧，五代至元因之，明改屬慶陽府。清乾隆間以避世宗(胤禛)諱，改爲正寧。參閱嘉慶一統志二六一慶陽府一。

【正寢】古代天子諸侯常居治事之所。也稱路寢。公羊傳莊三二年:"八月癸亥,公薨于路寢。路寢者何?正寢也。"亦泛指居屋之正室。舊唐書七一魏徵傳:"徵宅先無正寢。"後世稱年老病死於家中爲壽終正寢,本此。

【正蒙】宋張載著。九卷。取易"蒙以養正"之文,故稱正蒙。其書本無篇次,載門人蘇昞等分爲大和參兩天道神化等十七篇。張載提出"虛空即氣"的觀點,認爲宇宙萬象,皆由氣成,在我國思想史上有重要影響。注本甚多,清王夫之有張子正蒙注。參見"張載"。

【正嫡】㊀嫡妻,正室。後漢書孝獻帝紀初平元年:"有司奏,……恭懷敬隱恭愍三皇后並非正嫡,不合稱后,皆請除尊號。"㊁嫡子。戰國策楚四:"故弑賢長而立幼弱,廢正適而立不義,春秋戒之。"適,通"嫡"。

【正窯】明正德窯的省稱。見"正德窯"。

【正課】舊稱賦稅爲課。如數繳納者謂之正課,半數者謂之半課。隋書食貨志:"其課,丁男調布絹各二丈,……祿米二石。丁女並半之。男女年十六已上至六十,爲丁。男年十六,亦半課,年十八正課,六十六免課。"

【正調】調,户稅。指官府法令規定的賦役。魏書宣武帝紀景明二年:"正調之外,……一時蠲罷。"

【正德】㊀端正德行。書大禹謨:"正德,利用,厚生,惟和。"疏:"正德者,自正其德。"㊁年號。1.西夏趙乾順(崇宗)。公元1127—1134年。2.明朱厚照(武宗)。公元1506—1521年。

【正諫】正言勸諫。戰國策齊四:"宣王因趨而迎之於門,與入曰:'寡人……聞先生直言正諫不諱。'"

【正₂營】惶恐不安貌。也作"征營"、"怔營"。漢書九九下王莽傳:"人民正營,無所措手足。"注:"正,音征。"參見"征營"、"怔營"。

【正學】漢武帝時排斥百家,獨尊儒術,以儒家學說爲正學。史記一二一轅固生傳:"固之徵也,薛人公孫弘亦徵,側目而視固。固曰:'公孫子務正學以言,無曲學以阿世!'"宋呂祖謙有正學編,明方孝孺書室名爲正學,均取此義。

【正聲】㊀純正的樂聲。荀子樂論:"正聲感人而順氣應之。"也指合於音律的樂聲。文選三國魏嵇叔夜(康)琴賦:"爾乃理正聲,奏妙曲,揚白雪,發清角。"㊁和平中正的詩篇。唐李白李太白詩二古風之一:"正聲何微茫,哀怨起騷人。"參見"正風"。

【正爵】㊀古代賓主行投壺之禮,以矢投壺中,以投中與否分勝負。勝者用負者之爵酌酒飲之。禮投壺:"正爵既行。"疏:"正爵,謂勝飲不勝之爵也。以其正禮,故謂爲正爵。"㊁正式的爵位。漢班固白虎通爵:"侯者,百里之正爵。"

【正₂鵠】射的,箭靶的中心。正、鵠皆爲射的,正大於鵠。或說正與鵠都是鳥中的捷黠者,很難射中,因以爲名。禮中庸:"射有似乎君子,失諸正鵠,反求諸其身。"注:"畫〔布〕曰正,棲皮曰鵠。"釋文:"正、鵠皆鳥名也。一曰:正,正也;鵠,直也。大射則張皮侯而棲鵠,賓射張布侯而設正也。"參閱儀禮大射"大侯之崇,見鵠於參"注。後泛稱正確的目標爲正鵠。

【正韻】洪武正韻的簡稱。見該條。

【正辭】篤實的語言,公正的議論。左傳桓六年:"祝史正辭,信也。"注:"正辭,不虛稱君美。"漢蔡邕蔡中郎集二郭有道林宗碑:"砥節勵行,直道正辭。"

【正臘】臘,祭名,在歲終的一個月舉行。臘祭之日爲臘日,漢以冬至後第三個戌日爲臘日,是日所行之祭爲正臘。東觀漢記十九張酺傳:"適會正臘,公卿罷朝,俱賀歲。"

【正獻】祭祀時,向受祭者行獻爵獻帛之禮,稱正獻;向配饗者分行獻爵獻帛之禮,稱分獻。

【正覺】佛十種名號之一。梵語三菩提的義譯。佛教徒以洞明真諦達到大徹大悟的境界爲正覺,故成佛也稱成正覺。弘明集三晉孫綽喻道論:"(太子)端坐六年,道成號佛,三達六通,正覺無上。"

【正元曆】曆法名。唐德宗時,因五紀曆不合天時,由徐承嗣楊景風等彙合麟德曆大衍曆的曆法作正元曆。建中四年曆成,興元元年頒用,至憲宗元和元年止,共行二十三年。見新唐書曆志五。

【正字通】明張自烈撰。十二卷。或題清廖文英撰,或題自烈文英合撰。據清鈕琇觚賸八粵觚稱,文英係購得自烈原稿,署以己名。此書體例,因襲明梅膺祚字彙,對字彙的漏誤,作了補充和修訂,當時流行甚廣。但徵引過於龐雜,字義解釋常有穿鑿附會之處。清代編康熙字典,即以字彙與此書爲藍本。

【正光曆】曆法名。北魏孝明帝(元詡)神龜年間,合張龍祥李業興等九家曆法而成。正光三年頒用,至北周明帝二年止,共行三十六年。見魏書律曆志上。

【正始體】正始,三國魏齊王(曹芳)年號。自正始至晉,士大夫好老莊玄學,尚清談,其間惟嵇康阮籍作品言約意深,感慨時事,與當時風行的玄言詩不同,後人稱爲正始體。南朝梁劉勰文心雕龍二明詩:"乃正始明道,詩雜仙心,何晏之徒,率多浮淺。唯嵇旨清峻,阮旨遙深,故能標焉。"

【正氣歌】見"正氣㊂"。

【正遍覺】佛十種名號之一。也作"正遍知"。梵語三藐三佛陀的意譯。維摩詰經菩薩行品:"是故名爲三藐三佛陀。"後秦釋肇注:"(羅)什曰:三藐三菩提,秦言正遍知。今言三藐三佛陀,言正遍覺也。見法無差故言正,智無不周故言遍也,出生死夢故言覺也。"亦作"正遍知"。智度論二:"云何名三藐三佛陀?三藐名正,三名遍,佛名知,是名正遍知一切法。"

【正陽門】今北京前門。元大都爲麗正門,明正統間改稱正陽門,清因之。見讀史方輿紀要十一順天府。

【正德窯】明景德鎮官窯。宣德中置督造所丞,專督工匠。正德初改置御器廠,用中官,燒造御用瓷器,稱正德窯,簡稱正窯。其後自雲南得外國回青,因造回青器,以重色貴。其外青花、五彩、仿宣霽青,亦稱佳品。參閱清朱琰陶說三正德窯。

【正德舞】晉雅舞名。晉武帝泰始九年,荀勖典知樂事,使郭夏宋識等造正德大豫之舞,勖及傅玄張華造二舞詩章。咸寧元年,廟樂同用二舞。見宋書樂志一。

【正大光明】正直無私,光明磊落。宋朱熹朱文公集三八答周益公書:"至若范公(仲淹)之心,則其正大光明,固無宿怨,而惓惓之義,實在國家。"

【正法眼藏】佛家指至高無外的真諦妙論。禪宗以全體佛法爲"正法",朗照宇宙謂之"眼",包含萬物謂之"藏"。相傳釋迦牟尼以正法眼藏付與大弟子迦葉,是爲禪宗初祖,爲佛教"以心傳心"授法的開始。五燈會元一七佛釋迦牟尼佛:"世尊在靈山會上,拈花示衆。是時,衆皆默然,惟迦葉尊者破顏微笑。世尊曰:'吾有正法眼藏,……付囑摩訶迦葉。'"後也指學術之正鵠。宋朱熹朱文公集三六答陳同甫書:"蓋修身事君,初非二事,不可作兩般看,此是千聖相傳正法眼藏。"參閱人天眼目五宗門雜録、釋氏稽古略一。

【正法華經】即妙法蓮華經，簡稱法華經。西晉竺法護初譯本，與鳩摩羅什譯本內容次第上略有出入。詳"妙法蓮華經"。

【正始之音】㊀正始，三國魏齊王（曹芳）年號。魏晉之際，尚玄學清談，後人稱當時的風尚言論爲正始之音。世說新語賞譽下："王敦爲大將軍，鎮豫章，衛玠避亂，從洛投敦，相見欣然，談話彌日。于時謝鯤爲長史，敦謂鯤曰：'不意永嘉之中，復聞正始之音。'"㊁猶言正風、正聲。唐李商隱李義山文集三獻相國京兆公啟："宮商資正始之音，寒暑協中和之序。"參見"正始㊀"。

【正點背畫】元時供狀文書，主管者用硃筆在書首作點，書尾作鈎，表示没有增減僞造，然後摺疊，令供狀人在書背畫押，稱爲正點背畫。後也指民間訂立文書契約，有關人看過在紙後簽字畫押。古今雜劇元秦簡夫東堂老楔子："趙國器做寫科云：'這張文書，我已寫了，我就畫個字。揚州奴，你近前來，這紙上你與我正點背畫個字者。'揚州奴云：'惱着我正點背畫，我又無此罪過，正不知寫着什麽哩，兩手搗的嚴嚴的，怕我偷喫了。'"又："你既不知索，你可怎生正點背畫了字來。"

【正襟危坐】理好衣服端正地坐着，表示嚴肅或尊敬。史記一二七日者傳："宋忠、賈誼瞿然而悟，獵纓正襟危坐。"宋蘇軾東坡經進文集事略一前赤壁賦："蘇子愀然，正襟危坐而問客曰：'何爲其然也？'"

【正誼堂全書】清張伯行輯。伯行在康熙中於福建創鰲峯書院，建正誼堂，訪求宋以來理學家著作，共五十五種，刊印行世。同治間，左宗棠增爲六十八種。

二畫

此 cǐ ㄘˇ 雌氏切，上，紙韻，清。

㊀這，這個。"彼"之對。詩周頌振鷺："在彼無惡，在此無斁。"孟子公孫丑下："彼一時，此一時也。"㊁這樣，這般。詩小雅苕之華："知我如此，不如無生。"㊂乃，則。禮大學："有德此有人，有人此有土。"

【此公】猶言此人。晉書劉敏元傳："永嘉之亂，自齊西奔，……爲盜所劫。敏元已免，乃還謂賊曰：'此公(管平)孤老，餘年無幾，敏元請以身代，願諸君舍之。'"

【此君】㊀此人的尊稱。文選南朝梁劉孝標(峻)重答劉秣陵沼書："尋而此君長逝，化爲異物，緒言餘論，蘊而莫傳。"㊁世說新語任誕："王子猷(徽之)嘗暫寄人空宅住，便令種竹。或問：'暫住，何煩爾？'王嘯詠良久，直指竹曰：'何可一日無此君？'"後因以此君爲竹的代稱。唐岑參岑嘉州詩二范公叢竹歌："此君託根幸得所，種來幾時聞已大。"也借指其他嗜好之物。唐白居易長慶集五效陶潛體詩之五："乃知陰與晴，安可無此君。"此謂酒。

【此豸】姿態豔冶。文選漢張平子（衡）西京賦："嚼清商而却轉，增嬋娟以此豸。"三國吳薛綜注："嬋娟此豸，姿態妖蠱也。"五臣注本作"跐豸"，義同。清段玉裁說文解字注，此豸謂婀娜之長；朱駿聲說文通訓定聲謂係雙聲連語，迆邐貌。皆長之引申義。

【此岸】佛教謂生死爲此岸，涅槃爲彼岸。維摩詰經九菩薩行品："不此岸，不彼岸。"注："(道)生曰：此岸者生死也，彼岸者涅槃也。"明宗泐如玘般若波羅蜜多心經注解："衆生由迷慧性居生死，曰此岸。菩薩由修般若悟慧性到涅槃，曰彼岸。"般若，謂佛所修之法；涅槃，指解脱生死的境界。

【此家】猶言此人。漢魏時口語。後漢書十五王常傳："後帝於大會中指常謂羣臣曰：'此家率下江諸將輔翼漢室，心如金石，真忠臣也。'"三國志吳朱然傳："然既獻捷，羣臣上賀，(孫)權乃舉酒作樂，而出然表曰：'此家前初有表，孤以爲難必，今果如其言，可謂明於見事也。'"

【此事體大】指關係重要、牽涉面廣的大事。事體，事的體統。宋范仲淹范文正公集十六讓觀察使第二表："伏望陛下發於獨斷，追還此恩，臣得帶內朝職名，節制邊事，其體且重。……此事體大，乞垂聖鑒，特降中旨。"也作"茲事體大"。

三畫

步 bù ㄅㄨˋ 薄故切，去，暮韻，並。

㊀行走，步行。書武成："王朝步自周。"也指步兵。楚辭宋玉招魂："軒輬既抵，步騎羅些。"注："徒行爲步，乘馬爲騎。"㊁一舉足爲跬，倍跬爲步。荀子勸學："不積跬步，無以致千里。"孟子梁惠王上："以五十步笑百步，則何如？"㊂步伐，步驟。喻道路、時運。三國志蜀呂凱傳答雍闓檄："將軍若能翻然改圖，易跡更步，古人不難追。"參見"天步"、"國步"。㊃跟隨。見"步韻"。㊄推算，測算。如推算曆數稱推步。參見"推步"。㊅長度名。其制歷代不一：周以八尺爲步，秦以六尺爲步；舊時營造尺以五尺爲步。㊆水邊停船之處。通"埠"。水經注三九贛水："贛水又東北逕王步，步側有城，……今謂之王步。蓋齊王(孫奮)之渚步也。"唐柳宗元柳先生集二八永州鐵爐步志："江之滸，凡舟可縻而上下者曰步，永州北郭有步曰鐵爐步。"㊇姓。戰國晉大夫楊食采於步，因以爲氏。三國吳有步騭。

【步士】步兵。漢書六九趙充國傳上奏："今留步士萬人屯田，地勢平易，多高山遠望之便，……兵之利者也。"

【步弓】量地器，木製，似弓形，有柄，兩足相距一步（相當於舊時營造尺五尺），故名。

【步叉】箭袋。即箙。釋名釋兵："步叉，人所帶，以箭叉其中也。"後漢書輿服志上戎車注引通俗文："箭箙謂之步叉。"文苑英華二五四唐韓翃雜言贈哥舒僕射詩："步叉抽箭大如笛，前把兩矛後雙戟。"

【步打】徒步擊球。本軍中球戲，唐宋時盛行於宮中。宋孫光憲北夢瑣言一宣宗稱進士："洎僖宗皇帝好蹴毬鬭雞爲樂，自以能於步打，謂俳優石野猪曰：'朕若作步打進士，亦合得一狀元。'"也稱步擊。宋史禮志二四："打毬，本軍中戲。……又有步擊者，乘驢騾擊者，時令供奉者朋戲以爲樂云。"

【步光】古劍名。史記六七仲尼弟子傳越使大夫種言吳王："因越賤臣種奉先人藏器，甲二十領，鈇屈盧之矛，步光之劍，以賀軍吏。"樂府詩集三九魏文帝（曹丕）大牆上蒿行："吳之辟閭，越之步光。……知名前代，咸自謂麗且美。"

【步伐】書牧誓："今日之事，不愆于六步七步，乃止齊焉，夫子勗哉！不愆于四伐五伐六伐七伐，乃止齊焉，勗哉夫子！"步指軍隊行進，伐指對敵擊刺。後泛指隊伍行進的步子爲步伐。

【步兵】㊀徒步作戰的士兵。史記一〇六吳王濞傳："吳多步兵，步兵利險；漢多車騎，車騎利平地。"㊁官名。步兵校尉的簡稱。晉阮籍曾任此職，世稱阮步兵。

【步卒】即步兵。史記九一黥布傳："陛下發步卒五萬人，騎五千，能以取淮南乎？"

【步武】㊀古以六尺爲步，半步爲武。指相距甚近。國語周下："夫目之察度也，不過步武尺寸之間。"唐權德輿權載之集一書紳詩："謹之在事初，動用各有程。

千里起步武，彗雲自纖莖。”㊁步，舉步；武，足迹。謂追隨，效法。唐柳宗元柳先生集四十爲韋京兆祭杜河中文：“分命邦畿，步武獲陪。同志爲友，星霜屢迴。”宋陸游劍南詩稿五六道室雜詠之一：“豈但煙霄隨步武，故應冰雪換形容。”

【步屈】尺蠖的別名。尺蠖之行，屈而後伸，故名。方言一一“蠀蛾謂之蚇蠖”晉郭璞注：“又呼步屈。”唐釋慧琳一切經音義二五大般涅槃經七步屈：“纂文云：‘吴人以步屈名桑闔。’……今詳此蟲卽槐蟲之類是也。步步屈身要，因前足捉物，方移後足。”

【步盾】兵器名。釋名釋兵：“(盾)狹而長者曰步盾。步兵所持，與刀相配者也。”

【步挽】車名。挽，也作“輓”。用人拉的車。晉書呂纂載記：“乘步輓車將(呂)超等遊于內。”北齊書斛律光傳：“又詔(斛律)金朝見，聽步挽車至階。”魏書尉元傳：“三年，進爵淮陽王，以舊老見禮，聽乘步挽，杖於朝。”

【步師】行軍。左傳僖三三年：“(秦師)及滑，鄭商人弦高將市於周，遇之，以乘韋先，牛十二犒師，曰：‘寡君聞吾子將步師出於敝邑，敢犒從者。’”釋文：“步師，步猶行也。”

【步趾】㊀猶言邁步。晉書成公綏傳嘯賦：“逍遥攜手，躊躇步趾。”㊁猶言追隨。唐杜甫杜工部草堂詩箋二三贈鄭十八賁：“步趾詠唐虞，追隨飯葵堇。”

【步術】觀測天象推算曆法之術。後漢書律曆志下：“月有晦朔，星有合見，月有弦望，星有留逆，其歸一也，步術生焉。”

【步道】只可步行，不能通車的小路。陳書留異傳：“異本謂官軍自錢塘江而上，(侯)安都乃由會稽諸暨步道襲之。”樂府詩集四九安東平：“凄凄烈烈，北風爲雪。船道不通，步道斷絶。”

【步隊】步兵隊伍。新唐書兵志：“每歲季冬，折衝都尉率五校兵馬之在府者，置左右二校尉，位相距百步。每校爲步隊十，騎隊一。”

【步景】㊀測量日影。景，古“影”字。宋史天文志：“步景之法，惟定南北爲難。”㊁神馬名。東方朔得神馬，高九尺，取名步景駒。見舊題漢郭憲洞冥記二。

【步搖】婦女首飾的一種。釋名釋首飾：“步搖，上有垂珠，步則搖動也。”初行於貴族婦女，後也行於民間。玉臺新詠二晉傅玄豔歌行：“頭安金步搖，耳繫

步搖

明月璫。”

【步障】用以遮避風塵或障蔽内外的屏幕。世説新語汰侈：“君夫(王愷)作紫絲布步障、碧綾裏四十里，石崇作錦步障五十里以敵之。”也作“步鄣”。晉書王凝之妻謝氏傳：“凝之弟獻之，嘗與賓客談議，詞理將屈。(謝)道韞遣婢白獻之曰：‘欲爲小郎解圍。’乃施青綾步鄣自蔽，申獻之前議，客不能屈。”

【步輦】輦，車。殷周時用以載物。至秦，去輪爲輿，改由人擡，稱步輦，乃皇帝、皇后所乘。也指乘步輦而行。文選漢班孟堅(固)西都賦：“乘茵步輦，惟所息宴。”注引應劭漢官儀：“皇后婕妤乘輦，餘皆以茵，四人輿以行。”初學記二四三國魏文帝(曹丕)校獵賦：“步輦西園，閑坐玉堂。”參閲史記九九叔孫通傳“於是皇帝輦出房”索隱。

【步屧】散步。屧，木板拖鞋。太平御覽八四四引宋書：“袁粲爲丹陽尹，嘗步屧白楊郊野間，道遇一士大夫，便呼與飲酣。”唐杜甫杜工部詩史補遺三遭田父泥飲美嚴中丞：“步屧隨春風，村村自花柳。”

【步履】行走。履，脚步。唐杜甫杜工部草堂詩箋三五庭草：“步履宜輕過，開筵得屢供。”明楊基眉菴集八春日出郊詩：“偶臨春水賞春晴，便覺身隨步履輕。”

【步頭】泊舟處，渡口。即埠頭。宋蘇舜欽蘇學士集五寄王幾道同年詩：“步頭浴鳧暖出没，石側老松寒交加。”參見“埠頭㊀”。

【步趨】行走。步，徐行；趨，疾行。漢書七二王吉傳上疏：“休則俛仰詘信以利形，進退步趨以實下，吸新吐故以練臧，專意積精以適神，於以養生，豈不長哉。”後引申爲追隨義。聊齋志異封三娘：“方隨喜間，一女子步趨相從，屢望顏色。”參見“亦步亦趨”。

【步爵】行酒。爵，酒器。禮少儀：“未步爵，不嘗羞。”疏：“步，行也。羞，殽羞也。殽羞本爲酒設，若爵未行而先嘗羞，是貪食矣，故不先爵嘗之也。”

【步輿】又名版輿，即轎。文選晉潘安仁(岳)閒居賦“太夫人乃御版輿”唐李善注：“版輿一名步輿。周遷輿服雜事記曰：‘步輿方四尺，素木爲之，以皮爲襻㧓之，自天子至庶人通得乘之。’”晉書潘岳傳作“板輿”。舊唐書六二李綱傳：“時綱有脚疾，不堪踐履。太宗特賜步輿，令綱乘至閣下，數引入禁中，問以政道。”

【步韻】和他人詩詞，韻脚及其先後次序皆與原作相同，叫步韻。始於唐代白居易與元稹的互相唱和，至宋而大盛。參見“和$_2$韻”。

【步壛】同“步櫚”。楚辭大招：“曲屋步壛，宜擾畜只。”注：“步壛，長砌也。壛，一作櫚。”

【步櫚】走廊。史記一一七司馬相如傳上林賦：“步櫚周流，長途中宿。”漢書司馬相如傳注：“步櫚，言其下可行步，即今之步廊也。”也作“步簷”、“步檐”。漢書異姓諸侯王表序“閭閻偪於戎狄”注引應劭：“閻音簷，門閭外旋下廕，謂之步簷也。”文選南朝宋謝希逸(莊)宋孝武宣貴妃誄：“巡步檐而臨蕙路，集重陽而望椒風。”參閲清吴景旭歷代詩話三八孤帷步檐。

【步驟】步，緩行；驟，疾走。引申爲緩急、快慢。荀子禮論：“故君子上致其隆，下盡其殺，而中處其中，步驟馳騁厲騖不外是矣，是君子之壇宇宫庭也。”漢賈誼新書五輔佐：“羽旄旌旗之制，步驟徐疾之節。”今指事情的程序。

【步天歌】相傳爲隋丹元子作，或稱唐王希明作。書中將紫微、太微、天市分爲上中下三垣，四方的星分屬二十八宿，編成七字韻語，條理清楚，便於觀測星象者記誦。

【步兵廚】三國魏阮籍寄情詩酒，遺棄世事，時步兵校尉廚中有酒數百斛，籍因求爲步兵校尉。見世説新語任誕。後因稱儲存美酒之處爲步兵廚。北周庾信庾子山集四有喜致醉詩：“頻朝中散客，連日步兵廚。”

【步非煙】唐人小説人物名。唐河南府功曹參軍武功業妾，容止纖麗，善秦聲，通文墨，尤工擊甌。比隣趙象見而悦之，題詩通意，遂與之私。後事泄，爲功業笞死。見唐皇甫枚三水小牘非煙傳。

【步虛詞】㊀樂府雜曲歌辭。樂府詩集七八引樂府解題：“步虛詞，道家曲也，備言衆仙縹緲輕舉之美。”唐王建詩五贈王處士：“道士寫將行氣法，家童授與步虛詞。”㊁詞調名。即西江月。詳“西江月”。

【步虛聲】道士誦經之聲。南朝宋劉敬叔異苑五：“陳思王(曹植)遊山，忽聞空裏誦經聲，清遠道亮。解音者則而寫之，爲神仙聲；道士效之，作步虛聲。”唐張籍張司業集四送吴鍊師歸王屋詩：“却到瑶壇上頭宿，應聞空裏步虛聲。”

【步搖冠】冠名。漢書四五江充傳：“充衣紗縠禪衣，曲裾後垂交輸，冠禪纚步搖

冠，飛翮之纓。”晉書慕容廆載記：“時燕代多冠步摇冠。莫護跋見而好之，乃斂髮襲冠，諸部因呼之爲步摇。其後音訛，遂爲慕容焉。”

【步壽宮】漢宮名。漢書郊祀志下：“(宣帝)自幸河東之明年正月，鳳凰集祋祤。於所集處得玉寶，起步壽宮。”又見三輔黄圖三。故址在今陝西耀縣東北。參閲嘉慶一統志二二八西安府二。

【步輓車】見“步挽”。

【步里客談】宋陳長方撰。二卷。長方居步里，因以名書。所記多爲北宋名人逸事，間亦評論文章。原書早佚，今本從永樂大典輯出。

【步步爲營】軍隊前進一程，就建立一個營壘。比喻行動謹慎，防守嚴密。三國演義七一：“黄忠即日拔寨而進，步步爲營；每營住數日，又進。”

【步兵校尉】官名。漢置。掌上林苑門屯兵。東漢掌宿衛兵，秩比二千石。下有司馬一人，領員吏七十三人，兵士七百人。見漢書百官公卿表上、後漢書百官志四。

【步軍統領】官名。清康熙十三年置提督九門巡捕五營步軍統領，簡稱步軍統領，也稱九門提督。以最親信的滿族大臣充任，掌京城内外門禁，統率八旗步軍五營將備，以衛京師。徒罪以下詞訟，皆得自理。雖武職二品，威權甚重。參閲清通志六八職官五、福格聽雨叢談一。

【步罡踏斗】道士朝拜星宿，遣神召靈，行走進退步位，轉折略如北斗星象位置，故名。罡，斗柄；斗，北斗。三國演義一〇三：“(孔明)日則計議軍機，夜則步罡踏斗。”也稱禹步。參閲抱朴子仙藥、雲笈七籤六一服五方靈氣法。

【步線行針】比喻周密布置。元曲選康進之李逵負荆二：“那怕你指天畫地能瞞鬼，步線行針待哄誰？”

【步出夏門行】樂府相和歌瑟調曲名。又名隴西行。夏門是漢代洛陽北面西頭的城門，魏晉名大夏門。漢末曹操於建安十二年征烏桓時作詩，宋書樂志三題作碣石步出夏西門行。參閲宋書樂志三、南齊書樂志、樂府詩集三七。因以“東臨碣石”起句，故也稱碣石篇。

【步步生蓮花】南齊東昏侯蕭寶卷窮奢極欲，嘗在宮中爲其寵妃潘玉兒製造貼地金蓮，令潘步行其上，稱之爲步步生蓮花。見南史東昏侯紀。按佛經有鹿女故事，稱有鹿女每步迹有蓮花，後爲梵豫國王第二夫人，生千葉蓮花，一葉有一小兒，得千子，爲賢劫千佛。見雜寶藏經一鹿女夫人緣。此即東昏侯潘妃事所本。

四 畫

武 1. wǔ ㄨˇ 文甫切，上，麌韻，明。

㊀通稱軍事、技擊、强力之事。書大禹謨：“乃武乃文。”㊁勇猛，剛健。詩鄭風羔裘：“羔裘豹飾，孔武有力。”㊂武士。淮南子覽冥：“勇武一人爲三軍雄。”注：“武，士也。江淮間謂士曰武。”㊃樂名。頌武王克殷武功之樂。論語八佾：“謂武，‘盡美矣，未盡善也。’”參見“大武”。㊄足迹。詩大雅生民：“履帝武敏歆。”傳：“帝，高辛氏之帝也。武，迹。”又下武：“昭兹來許，繩其祖武。”㊅繼承。詩大雅下武：“下武維周，世有哲王。”傳：“武，繼也。”箋：“下猶後也。哲，知也。後人能繼先祖者，維有周家最大。”㊆古以六尺爲步，半步爲武。見國語周下“不過步武尺寸之間”注。參見“步武”。㊇姓。漢有武臣。見元和姓纂六麌。

2. hū ㄏㄨ

㊈繫冠之帶。通“幠”。禮玉藻：“居冠屬武”。又：“縞冠玄武。”

【武乙】殷王名。殷紂前第三主。作偶人，謂之天神，與之博，使人代神行，如不勝，卽行戮辱。又爲革囊，盛血，仰而射之，名射天。後獵於河渭之間，遇雷震死。見史記殷紀。

【武丁】㊀殷王名。盤庚弟小乙之子。殷自盤庚死後，國勢衰落。武丁立，用傅説爲相，勤修政事，又趨强盛。在位五十九年，死後稱高宗。見史記殷紀。㊁仙人名。卽桂陽成武丁。嘗告其弟，七月七日織女當渡河會牛郎，諸仙悉還宫；吾已被召，不得停留。遂不知所終。全唐詩七一劉憲奉和七夕宴兩儀殿應制：“殿上呼方朔，人間失武丁。”卽指其事。見南朝梁吴均續齊諧記。

【武力】㊀兵力。戰國策魏一：“今竊聞大王之卒，武力二十餘萬，……車六百乘，騎五千疋，此其過越王勾踐、武王遠矣。”史記六九蘇秦傳作“武士”。㊁勇猛。孔子家語六本姓：“今其人身長十尺，武力絶倫。”

【武人】㊀將帥。詩小雅漸漸之石：“武人東征，不皇朝矣。”箋：“武人，謂將率也。”率，通“帥”。㊁勇武之人。國語晉六：“武人不亂，智人不詐，仁人不黨。”注：“勇而不義，則不爲武。”

【武士】兵士，勇士。墨子備梯：“攻具已備，武士又多，争上吾城，爲之奈何？”也泛指習武之人。韓詩外傳七：“君子避三端：避文士之筆端，避武士之鋒端，避辯士之舌端。”

【武川】縣名。屬内蒙古自治區。漢雲中郡武泉縣地。北魏置武川鎮。唐名黑城，在天德軍北。清改置武川廳。公元1912年改縣。參閲讀史方輿紀要四四武川城。

【武火】急火。對“文火”而言。古文参同契三相類下“首尾武，中間文”集解：“首尾俱用武火，至中宫沐浴則用文火也。”宋詩鈔沈與求龜谿集鈔錢塘賦水母：“絳蔘收涎體紓縈，飛刀鏤切武火烹。”

【武夫】㊀武士，勇士。詩周南兔罝：“赳赳武夫，公侯干城。”㊁似玉的美石。戰國策魏一：“白骨疑象，武夫類玉，此皆似之而非者也。”也作“碔砆”。文選漢司馬長卿(相如)子虛賦：“其石則赤玉玫瑰，……碝石碔砆。”注：“碝石、碔砆，皆石之次玉者。……碔砆，赤地白采，葱蘢白黑不分。”漢書作“武夫”。

【武丑】傳統戲曲角色中丑行之一。重武技與唸白。也稱開口跳。如京戲三岔口中的劉利華，崑曲盗甲中的時遷。

【武水】縣名。在今山東聊城縣西。漢爲陽平縣地。隋開皇十六年析置武水縣，屬武陽郡。唐貞觀初改屬博州。五代周顯德二年割屬聊城。五代末，河決圮廢。參閲讀史方輿紀要三四東昌府、嘉慶一統志一六八東昌府一。

【武穴】鎮名。一名武家穴，今湖北廣濟縣治，爲長江沿岸重要港口之一。參閲嘉慶一統志三四一黄州府二。

【武平】㊀路名。元至元間改大寧路爲武平路，後復名大寧，治所大定，在今遼寧寧城縣西北。見讀史方輿紀要十八大寧衛。㊁縣名。1. 東漢置。建安元年曹操爲武平侯，卽以此城爲封邑。隋改名鹿邑，故城在今河南鹿邑縣。參閲嘉慶一統志一九三鹿邑縣、一九四武平故城。2. 屬福建省。晉新羅縣。唐置武平場。宋淳化五年，置縣。明清均屬汀州府。見嘉慶一統志四三四汀州府。㊂年號。1. 北齊高緯(温公)。公元570—576年。2. 北齊高紹義(范陽王)。公元577—580年。

【武功】㊀戰功。詩大雅文王有聲：“文王受命，有此武功。”㊁縣名。屬陝西省。古邰國，后稷封地。秦孝公置武功縣，以山水爲名。舊在郿縣境，東漢永平八年移古斄城。金改武亭，元復名武功，清屬乾州。參閲寰宇通志九二西安府乾州。㊁山名。1. 在陝西武功縣南，北連太白山。2. 在江西安福縣西北。有白鶴雷嶺諸峯。傳説晉葛鉉葛洪先後在此山修煉。見嘉慶一統志三二七吉安府一。

【武旦】傳統戲曲角色中旦行之一。着重翻跌武打，不重唱念。與刀馬旦之兼重演唱念白者有别。崑曲稱爲刺殺旦。如京劇泗州城中的水母、打焦贊中的楊排風。

【武生】傳統戲曲角色中生行之一。有長靠、短打之分。長靠武生服袍甲，武工多而唱工少，如京劇挑滑車之高寵。短打武生重翻跳武打，其服多短襟窄袖，如京劇四杰村之余千。餘若鐵籠山之姜維、狀元印之常遇春，雖勾臉作淨扮，亦皆以武生應工。

【武丘】㊀山名。即虎丘，在江蘇吳縣境。唐時，因避李淵(高祖)祖父李虎諱，改名武丘。詳"虎丘"。㊁地名。本名丘頭。三國魏甘露三年，司馬昭征諸葛誕，設營於丘頭，事平改名武丘，以示武功，故地在今河南沈丘縣東北。參閲三國志魏三少帝紀甘露三年、太平寰宇記十一潁州沈邱縣。

【武弁】㊀弁，皮弁，用以製冠。武弁，即武冠。詳"武冠"。㊁武官，武士。唐權德輿權載之集四送韋行軍員外赴河陽詩："五年武弁侍明光，輟佐中權拜外郎。"

【武安】㊀縣名。屬河北省。戰國時趙地，趙悼襄王封李牧爲武安君，居武安邑，即此。漢置縣，屬魏郡。清屬河南彰德府。參閲嘉慶一統志一九六彰德府。㊁複姓。秦將白起封武安君，因以爲氏。漢有武安恭。見宋邵思姓解二。

【武州】㊀州名。1. 南朝梁改武陵郡置。隋改朗州，大業初廢。唐武德四年復置，治武陵。宋乾道元年升常德府。治所在今湖南常德市。見嘉慶一統志三六四常德府。2. 本東漢武都郡地。西魏廢帝改爲武州。隋廢。唐武德初復置，景福初改階州，治皋蘭。清直隸甘肅省，治所將利，在今甘肅武都縣西北。參閲嘉慶一統志二七六階州一。3. 唐光啟中置，後改毅州。五代後唐復名武州。後晉石敬瑭割與遼，改歸化州。金改宣化州。清改府，治所文德，後改宣德。故址在今河北張家口市西北。見嘉慶一統志三八宣化府。4. 遼重熙九年置，屬西京道。宋宣和五年，金以武州歸宋，即此。元屬大同路。明改置神池堡，治所神武，在今山西神池縣東北。參閲嘉慶一統志一四七神池縣。㊁縣名。漢置，屬雁門郡，東漢末廢。北魏復置武周縣。清爲左雲縣，屬朔平府，故城在今山西左雲縣南。參閲嘉慶一統志一四八朔平府。

【武夷】山名。在福建崇安縣西南。相傳有漢武夷君居此，故名。其山綿亘百二十里，有三十六峯，三十七巖，溪流繚繞其間，分爲九曲。道書稱爲第十六洞天。所產茶名武夷茶，其中佳品爲"烏龍"、"鐵觀音"。參閲寰宇通志四八建寧府山川。

【武后】見"武則天"。

【武成】㊀年號。1. 北周宇文毓(明帝)。公元559—560年。2. 唐李希烈。公元784—786年。3. 五代前蜀王建。公元908—910年。㊁複姓。戰國趙平原君勝封武成，因以爲氏。漢有武成黑。參閲元和姓纂六慶引風俗通。

【武邑】縣名，屬河北省。漢置，屬信都國。北齊廢，隋復置，唐屬冀州。清初屬正定府，雍正二年還屬冀州。見嘉慶一統志四九冀州一。

【武步】同"步武"。周書令狐整傳："令狐延保西州令望，方城重器，豈州郡之職所可縶維。但一日千里，必基武步，寡人當委以庶務，書諾而已。"延保，整字。參見"步武㊀"。

【武定】㊀州名。東漢末置樂陵郡。隋開皇間析置棣州。明洪武六年改爲樂安州，宣德元年改武定州。清升爲府，治所惠民。故址在今山東惠民縣。參閲嘉慶一統志一七六武定府。㊁縣名，屬雲南省。漢屬越嶲益州二郡。元爲武定路。明萬曆中改府，治和曲州。清乾隆間改爲直隸州。公元1913年改縣。參閲嘉慶一統志四九二武定府。㊂年號。北朝東魏元善見(孝静帝)。公元543—550年。

【武卒】勇士。戰國魏制：凡能衣三屬之甲，使十二石弩，背負服(箙)矢五十個，置戈其上，冠胄帶劍，擕三日之糧，半日中疾行百里者，得中選爲武卒。武卒免全户徭役，給予田宅。見荀子議兵。漢書刑法志："齊愍以技擊强，魏惠以武卒奮，秦昭以鋭士勝。"

【武庚】殷紂王之子，名禄父。周武王滅紂，封武庚以續殷祀。武王没，武庚與管叔蔡叔叛，爲周公所殺。見孟子公孫丑下、史記殷紀。

【武林】㊀山名。即今浙江杭州市西靈隱山。漢書地理志上會稽郡："錢唐，西部都尉治。武林山，武林水所出。"即此。後多用以指杭州。宋蘇軾分類東坡詩一送子由使契丹："沙漠回看清禁月，湖山應夢武林春。"元周密有武林舊事，明高攀龍有武林遊記。皆記杭州事跡。參見"虎林㊁"。㊁城名。即虎林城。三國吳築。孫權封子休爲瑯琊王，鎮武林城。後陸允何遜爲武林城都督，即此。故址在今安徽貴池。參閲嘉慶一統志一一八池州府。

【武岡】縣名。屬湖南省。戰國楚巫黔中地。漢爲都梁侯國，屬零陵郡。晉武帝分置武岡縣(一説三國吳寶鼎元年改名)。南朝梁天監元年避太子蕭綱諱，改爲武强。隋廢，唐復置，宋升爲軍，元爲路，明洪武九年爲州，改屬寶慶府。公元1912年改爲縣。參閲元和郡縣志二九邵州、寰宇通志五六寶慶府。

【武昌】㊀郡名。東漢建安二五年，吳孫權以下雉尋陽新城柴桑沙羡武昌六縣爲武昌郡。隋廢。見元和郡縣志二七武昌縣。㊁府名。元大德五年改鄂州路爲武昌路，以江夏爲治所，明清爲武昌府。即今武漢市。㊂縣名。1. 漢置鄂縣。吳初改名武昌縣，並徙都於此。黄龍元年還都建業，於此設武昌郡，甘露元年，復爲吳都。晉仍爲武昌郡治。明清皆屬湖北武昌府。公元1913年改壽昌，公元1914年又改鄂城，即今湖北鄂城縣。參閲嘉慶一統志三三五武昌府。2. 屬湖北省。漢置沙羨縣，隋改江夏。明清爲武昌府治。公元1912年改武昌。參閲嘉慶一統志三三五武昌府江夏縣。

【武宣】縣名。屬廣西。本漢中溜縣地。隋屬始安郡桂林縣，唐武德間析置武仙縣。明宣德六年改爲武宣。清屬潯州府。參閲嘉慶一統志四〇七潯州府。

【武冠】古代武官之冠。亦稱武弁大冠、繁冠。漢侍中、中常侍加黄金璫，附蟬爲文，貂尾爲飾，名趙惠文冠。或加插雙鶡尾，豎左右。稱鶡冠。相傳乃戰國趙武靈王效胡服時始用。參閲後漢書輿服志下、王國維觀堂集林二二胡服考。

武冠

【武軍】古時戰争，勝者積敵尸封土爲壘，以彰武功，稱武軍。左傳宣十二年："潘黨曰：'君盍築武軍，而收晉尸以爲京觀。臣聞克敵必示子孫，以無忘武功。'"漢書八四翟方進傳附翟義載王莽下詔：

"蓋聞古者伐不敬，取其鱷鯢築武軍，封以爲大戮，於是乎有京觀以懲淫慝。"參閱清劉文淇春秋左氏傳舊注疏證。參見"京觀"

【武城】㊀縣名。1.屬山東省。戰國時趙邑，趙平原君勝封東武城，卽此。漢置東武城縣，屬清河郡。晉太康中去"東"字。唐時縣治在永濟渠西，宋熙寧間移於衛河東。見寰宇通志七二高唐州。2.春秋時魯邑，魯襄公十九年築。論語雍也："子游爲武城宰。"卽此。漢置南城縣，屬東海郡，東漢改屬泰山郡，晉稱南武城縣。故城在今山東費縣西南。參閱嘉慶一統志一七七沂州府一。3.春秋時晉地。左傳文八年，秦伐晉，取武城，卽此。漢置縣，屬左馮翊。故城在今陝西華縣境。參閱嘉慶一統志二四四同州府二。㊁山名。在今甘肅武山縣西南。三國魏甘露元年，姜維從董亭赴南安，鄧艾拒之於武城山，卽此。見三國志魏鄧艾傳。

【武威】㊀郡名。在今甘肅武威。漢元狩二年置(漢書地理志下作太初四年)。三國至唐爲涼州武威郡。宋改爲西涼府，明爲涼州衛，清爲涼州府。見嘉慶一統志二六七涼州府一。㊁縣名。1.漢置，屬武威郡。晉併入宣威縣地。明置鎮番衛，清因之。故城在今甘肅民勤縣東北。參閱嘉慶一統志二六七涼州府一。2.屬甘肅省。漢姑臧縣。唐武德三年分置神烏縣，後廢，總章元年復置，改爲武威。後復名神烏。清雍正二年改置武威縣。見嘉慶一統志二六七涼州府一。

【武韋】唐高宗后武則天，臨朝稱制，後稱帝；中宗后韋氏，亦參預朝政，舊史並稱爲武韋。見新唐書七六后妃上。

【武科】科舉時代選士分文、武兩科。唐武后長安二年置武舉，爲武科之始。其制有長垜、馬射、步射、平射、筒射；又有馬槍、翹關、負重、身材之選。宋有武舉、武選，先閱騎射，而以策爲去留，弓爲高下。明成化十四年始設武科鄉、會試。武舉六年一次。先策略，後弓馬。後改三年一試。崇禎四年始舉行武科殿試。清制，武會試以兵部主之，鄉試以督撫主之，武科試以學政主之，均分內外場。外場試馬、步射及弓、刀、石，內場試武經，須外場中式始得入內場。光緒二十七年廢。參閱文獻通考三四選舉七、明史選舉志二。

【武訓】軍事訓練。國語魯下："天子有虎賁，習武訓也。"

【武庫】㊀儲藏武器的倉庫。史記高祖紀："蕭丞相營作未央宮，立東闕、北闕、前殿、武庫、太倉。"後也用以稱人富有才識，幹練多能。如晉杜預爲度支尚書，在內七年，損益萬機，不可勝數，時人稱爲杜武庫，謂其無所不有。見北堂書鈔六〇諸曹尚書"損益萬機"注引晉朱鳳晉書。又晉裴頠弘雅有遠識，博學稽古，自少知名。御史中丞周弼見而歎曰："頠若武庫，五兵縱橫，一時之傑也。"見晉書本傳。㊁掌管兵器的官署。漢置武庫署，有武庫令、丞，掌藏兵器，屬執金吾。晉以後屬衛尉，至宋始廢。明置武庫司，設武庫郎中，屬兵部，清末廢。參閱後漢書百官志四。㊂星宿名。卽奎宿。晉書天文志上："西方奎十六星，天之武庫也。"

【武泰】北魏元詡(孝明帝)年號。公元528年。

【武烈】勇武威猛。書洛誥："公稱丕顯德，以予小子，揚文武烈。"國語周下："成王能明文昭，能定武烈者也。"注："烈，威也。"

【武陟】縣名。屬河南省。春秋晉懷邑。漢置懷縣，隋開皇間析修武置武陟縣，唐因之，明清屬懷慶府。參閱寰宇通志八九懷慶府。

【武候】官名。隋置，分左右武候，屬左右武候將軍。掌車駕出，先驅後殿，晝夜巡察等。見隋書百官志下。

【武清】縣名。屬天津市。漢置雍奴泉州二縣，屬漁陽郡。北魏併泉州入雍奴，唐天寶初改名武清縣。明屬通州。清屬順天府。參閱嘉慶一統志六順天府一。

【武淨】傳統戲曲角色中淨行之一。重跌打，故也稱跌打二花、武花臉。有長靠、短打之分。長靠武淨服袍帶盔甲，多扮演劇中武將；短打武淨重翻跳武打，其服多短襟窄袖。京戲長靠如竹林計中的余洪，短打如白水灘中的青面虎，皆爲武淨。

【武康】縣名。漢爲烏程縣地，三國吳分烏程餘杭置永安縣。晉武帝太康元年改爲永康，繼改爲武康。唐屬湖州，明清皆屬浙江湖州府，公元1958年併入德清縣。參閱宋書州郡志一、太平寰宇記九四湖州。

【武都】㊀山名。在四川綿竹縣北。參閱嘉慶一統志四一四綿州。㊁郡名。漢元鼎六年置。治武都縣。東漢徙治下辨。西魏改置武川。北周改名永都。隋大業初復置武都郡。唐時數改，有武都武州階州等名稱。唐以後廢。參閱嘉慶一統志二七六階州一、二七七階州二。㊂縣名。故地在今甘肅成縣西。漢置，爲武都郡治。參閱漢書地理志下。

【武陵】㊀山名。貴州苗嶺的一支，分布於貴州湖南湖北三省邊界地區，爲武陵山脈。其湖南邊界部分，迤於澧沅二水之間，至常德西而止。故常德西的平山亦稱武陵山，又稱武山。參閱嘉慶一統志三六四常德府。㊁郡名。秦昭襄王三十年取楚巫黔及江南地，置黔中郡。漢高祖割黔中故治爲武陵郡。隋廢，改朗州。宋建隆間稱朗州武陵郡，大中祥符中改爲鼎州。乾道元年升爲常德府。元爲常德路。明清復爲常德府。自東漢起，郡治武陵。在今湖南常德市。參閱嘉慶一統志三六四常德府。㊂縣名。屬湖南省。漢臨沅縣。隋平陳改爲武陵。明清爲常德府治。公元1913年改常德縣。參閱寰宇通志五七常德府。

【武帳】置有兵器的帷帳，帝王所用。史記一二〇汲黯傳："上(漢武帝)嘗坐武帳中。"集解："孟康曰：'今御武帳，置兵闌五兵於帳中。'韋昭曰：'以武名之，示威。'"

【武略】軍事謀略。後漢書四七班超傳論："時政平則文德用，而武略之士無所奮其力能。"北齊書可朱渾元傳："元寬仁有武略，少與高祖(高歡)相知。"

【武進】縣名。屬江蘇省。漢丹徒曲阿二縣地。三國吳孫權嘉禾三年改丹徒爲武進。晉太康三年復名丹徒，別於縣東置武進縣，屬毗陵郡。梁武帝改爲蘭陵，併入晉陵。唐垂拱中析晉陵復置。見元和郡縣志二五常州、寰宇通志十五常州府。

【武健】勇武剛健。史記一二二酷吏傳序："當是之時，吏治若救火揚沸，非武健嚴酷，惡能勝其任而愉快乎？"

【武術】猶言軍事。文選南朝宋顏延年(延之)皇太子釋奠會詩："偃閉武術，闡揚文令。"後多指强身、自衛等技擊之術。

【武湖】湖名。在湖北黃陂縣東南。卽武口水，又名黃漢湖。東漢江夏太守黃祖閱武習戰之所。參閱元和郡縣志二七黃州、嘉慶一統志三三八漢陽府一山川。

【武强】㊀山名。在浙江淳安縣西北，與安徽休寧縣之白際諸嶺相錯。唐末黃巢農民軍過此，今山下有黃巢坪。參閱嘉慶一統志三〇二嚴州府一山川。㊁縣名。屬河北省。戰國趙武隧地。漢置武遂縣，晉分置武强縣，屬武邑郡。清屬深州。參閱嘉慶一統志五三深州一。

【武陽】㊀郡名。隋大業初改魏州置。唐武德四年復改爲魏州。郡治貴鄉，在今河北大名縣北。參閱嘉慶一統志三五大名府一。㊁縣名。1.漢置。東漢爲犍爲郡治，南朝梁改犍爲郡，西魏又改隆山縣。故城在今四川彭山縣東。周愼王五年，秦遣張儀司馬錯伐蜀，蜀王開明拒戰不利，退走武陽；漢光武將岑彭，攻公孫述，溯都江而上兼行二千里拔武陽，皆卽此地。參閱晉常璩華陽國志三蜀志、後漢書十七岑彭傳、嘉慶一統志四一〇眉州。2.漢置南武陽縣，屬泰山郡。東漢封竇憲爲武陽侯，卽此。南朝宋改爲武陽，隋改爲顓臾。故城在今山東費縣。參閱嘉慶一統志一七七沂州府一。

【武勝】縣名。屬四川省。漢墊江縣地。宋爲合州地。元至元四年置武勝軍，後改爲定遠州，二十四年改爲縣，屬合州。清康熙八年併入合州，雍正六年復置定遠縣。公元1914年改武勝縣。屬重慶府。見嘉慶一統志三八七重慶府一定遠縣。

【武備】軍備。穀梁傳襄二五年："古者雖有文事，必有武備。"

【武街】縣名。晉惠帝分狄道置，後復爲狄道。唐爲驛。故址在今甘肅臨洮縣。參閱嘉慶一統志二五三蘭州府二古蹟。

【武媚】唐武則天的號。武則天十四歲選爲唐太宗才人，賜號武媚。見新唐書七六則天武皇后傳。

【武鄉】㊀郡名。晉初置縣。東晉列國後趙高祖石勒爲武鄉人，因改爲武鄉郡。故城在今山西榆社縣。參閱元和郡縣志十七沁州。㊁縣名。1.在今陝西勉縣。三國蜀建興元年封諸葛亮爲武鄉侯，此卽其封邑。北魏置縣，西魏廢。見嘉慶一統志二三八漢中府二。2.屬山西省。漢爲涅氏縣。東漢稱涅縣。北魏分置鄉縣。唐改爲武鄉縣。明清屬山西沁州。見嘉慶一統志一五八沁州。

【武溪】水名。在湖南瀘溪縣。一名武水，又名盧水。發源於縣西之武山，東流入沅江。參閱水經注三七沅水、嘉慶一統志五六六辰州府一。

【武義】㊀謂武事。漢書八七上揚雄傳校獵賦："仁聲惠於北狄，武義動於南鄰。"㊁縣名。屬浙江省。唐分永康縣地置。明清屬金華府。參閱嘉慶一統志二九九金華府。㊂五代吳楊隆演(高祖)年號。公元919—921年。

【武當】㊀山名。本名仙室山。又名太嶽山太和山參上山謝羅山。在湖北均縣南，爲大巴山脈分支。山有七十二峰、三十六巖、二十四澗、五臺、五井、三泉、三潭。最高峰爲天柱，最大巖爲紫霄。明永樂中建太和紫霄玉虛等觀，又於天柱峰頂建眞武殿。道教奉爲名山，也爲武當派武術起源之所。參閱讀史方輿紀要七九均州。㊁縣名。漢置，以武當山得名，屬南陽郡。至明始廢。故城在今湖北省均縣北。參閱嘉慶一統志三四七襄陽府二古蹟。

【武節】猶武德、武道。漢書武帝紀元封元年詔："朕將巡邊垂，擇兵振旅，躬秉武節，置十二部將軍，親帥師焉。"

【武經】㊀軍事典籍。全唐詩五二六杜牧分司東都寓居履道叨承川尹劉侍郎大夫恩知上四十韻："周孔傳文教，蕭曹授武經。"㊁卽武經七書。見"武經七書"。

【武寧】縣名。屬江西省。東漢建昌縣地，建安中分置西安縣。晉改豫寧縣。唐武后時改今名。縣產紅茶，稱武寧紅茶。參閱嘉慶一統志三〇八南昌府一。

【武廟】卽關羽廟。南宋建炎二年，封三國蜀關羽爲壯繆武安王，其時已有關王廟。明萬曆間進爵爲帝，其廟號英烈，繼又尊爲武廟，祀典亞於文廟。參閱清趙翼陔餘叢考三五關壯繆。

【武震】兵威。左傳襄十一年："君若能以玉帛綏晉，不然則武震以攝威之。"

【武億】公元1745—1799年。淸河南懷慶人。字虛谷，號小石山人。乾隆四十五年進士。任山東博山知縣。大學士兼步兵統領和珅遣番役橫行州縣，億執而杖之，爲上官劾罷。治經史，長於考證。著有羣經義證七卷、經讀考異九卷、偃師金石記四卷、及授堂劄記、授堂文鈔、授堂詩鈔等。參閱清孫星衍五松園文稿一武億傳。

【武德】㊀武道。國語晉九："有孝德以出在公族，有恭德以升在位，有武德以羞爲正卿，有溫德以成其名譽。"㊁唐李淵(高祖)年號。公元618—626年。

【武衞】㊀用武力衞護。書禹貢："三百里揆文教，二百里奮武衞。"㊁軍制名。漢末曹操任丞相，置武衞營。魏文帝置武衞將軍以主禁旅。隋分左右武衞，各置大將軍一人、將軍各二人統領。唐光宅元年改爲左右鷹揚衞，神龍元年復爲武衞。宋沿其制。元至元八年改爲左右中三衞，掌宿衞兼屯田，另有武衞親軍都指揮使司。清代也設武衞左右諸軍。見文獻通考五八左右武衞、續文獻通考五七京衞。

【武興】地名。三國蜀置武興督，晉置武興戍。北魏改爲武興郡，並置武興縣。隋廢郡，縣改名順政。故址在今陝西略陽縣。參閱嘉慶一統志二三七漢中府一、二。

【武樂】頌揚武德的舞樂。公羊傳宣八年"萬者何，干舞也"漢何休注："干謂楯也，能爲人扞難而不使害人，故聖王貴之，以爲武樂。"

【武擔】山名。在四川成都市西北。三國志蜀先主傳："卽皇帝位於成都武擔之南。"注引蜀本紀："武都有丈夫化爲女子，顏色美好，蓋山精也。蜀王娶以爲妻，……無幾物故。蜀王發卒之武都擔土，於成都郭中葬，蓋地數畝，高十丈，號曰武擔也。"

【武學】教習軍事的學校。始於唐。宋仁宗慶曆三年置武學，旋止。神宗熙寧五年復置，生員以百人爲額，選文武官知兵者爲教授，習諸家兵法等；願試陣隊者，酌給兵伍。崇寧間，諸州亦置武學，立考選升貢法。紹興時重整武學，置博士、學諭各一人，武學生仍以百人爲額，分上、內、外三舍，習七書兵法、步騎射。明置京衞武學與各衞武學，皆設教授、訓導。崇禎十年更令各府、州、縣學設武學生員。入學者多爲勳衞子弟，往往違法橫行，爲州縣大害。清以各府、州、縣武生附儒學，習騎射，並教以武經七書、百將傳等。參閱宋史選舉志三、職官志五，明史選舉志一、清顧炎武日知錄十七武學。

【武舉】卽武科。亦用以簡稱武舉人。參見"武科"。

【武戲】古代角力、騎射、毬鞠等遊戲。漢書哀帝紀贊："雅性不好聲色，時覽卞射、武戲。"注："蘇林曰：'手搏爲卞，角力爲武戲也。'"

【武斷】史記平準書："當此之時，網疏而民富，役財驕溢，或至兼并豪黨之徒，以武斷於鄉曲。"索隱："謂鄉曲豪富無官位，而以威勢主斷曲直，故曰武斷也。"後稱自以爲是、主觀妄斷爲武斷，本此。

【武藝】指騎、射、擊、刺等軍事技術。三國志蜀劉封傳："時封年二十餘，有武藝，氣力過人。"宋史兵志九慶曆六年詔："以春秋大教弓射一石四斗、弩蹠三石八斗、槍刀手勝三人者，立爲武藝出衆格。"

【武關】地名。在陝西商南縣西北。戰國時秦之南關。楚懷王三十年，秦昭王遺書楚王，約會於武關，卽此。秦末，劉邦由武關入咸陽。明末李自成率農民起義軍自商、洛山區突圍，經此轉入湖北。見史記高祖紀、楚世家，明史三〇九李自成傳。

【武羅】㊀夏后羿臣。左傳襄四年：“后羿自鉏遷於窮石，因夏民以代夏政。恃其射也，不脩民事，而淫于原獸，棄武羅、伯因、熊髡、尨圉。”注：“四子皆羿之賢臣。”㊁神名。山海經中山經：“(青要之山)魋武羅司之。其狀人面而豹文，小腰而白齒，而穿耳以鐻，其鳴如鳴玉。”

【武露】古時謂從露水降落的不同狀況，可以推斷國人的習性好尚。如降露布散，則人尚武，謂之武露；如降露凝沉，則人尚文，謂之文露。見初學記一春秋佐助期“武露布，文露沈”宋均注。

【武三思】公元？—707年。唐并州文水人，武則天之姪。則天臨朝時，任夏官尚書、春官尚書等職，封梁王，專擅威福。中宗復位，以三思爲司空，與韋后通。景龍元年太子重俊起兵謀廢韋后，率羽林兵殺三思及其子崇訓。太子兵敗脫走，亦爲追軍所殺。參閱新唐書二〇六武三思傳。

【武功爵】漢武帝時，因連年用兵，軍用匱乏，令民得入物補官，置賞官曰武功爵。爵凡十一級：一造士，二閑輿衛，三良士，四元戎士，五官首，六秉鐸，七千夫，八樂卿，九執戎，十左庶長，十一軍衛。每級賣錢十七萬。參閱史記平準書“請置賞官，命曰武功爵”集解、漢書食貨志下王先謙補注。

【武夷君】武夷山神名。史記封禪書：“祠……武夷君用乾魚。”宋朱熹謂：“頗疑前世道阻未通，川壅未決時，夷俗所居，而漢祀者卽其君長。”見宋朱熹朱文公集七六武夷圖序。參見“武夷”。

【武列水】古水名，舊名熱河，今名武烈河，在河北省。水有三源，合而西南流，有温泉注入，始名熱河，南流過承德，再東南流注入灤河。參閱嘉慶一統志四三承德府二。

【武休關】關名。在今陝西留壩縣南。漢築褒斜道，旁連武休關，古代爲入蜀要衝。宋紹興三年，金將撒離曷入興元，宋將劉子羽拒之，乃由斜谷北去，子羽圖邀擊於武休，卽此。參閱宋史三七〇劉子羽傳、嘉慶一統志二三八漢中府二關隘。

【武宗元】宋河南白波人，官虞部員外郎。工畫佛道，學唐吳道子。景德末，真宗建玉清昭應宮，招國內畫家繪壁畫，中選者百餘人，宗元列第一。所作朝元仙仗圖，今故宮博物院有臨本。參閱宣和畫譜四武宗元。

【武岡帖】法帖名。有新舊二種，皆二十卷。舊本碑段稍長，筆畫清勁。新本頗失本真，且有模糊難辨者。宋曹士冕法帖譜系謂均出於“新絳”本。參見“絳帖”。

【武昌魚】三國吳末主孫晧，自建業遷都武昌，百姓泝流供給，以爲苦患。左丞相陸凱上疏引童謠云：“寧飲建業水，不食武昌魚；寧還建業死，不止武昌居。”見三國志吳陸凱傳。後來多以武昌魚指“團头魴”或“團头鯿”，產鄂城縣樊口，以鮮美著稱。

【武狀元】明清武科殿試中式第一名之稱。其制始於明崇禎四年。參閱續文獻通考三九選舉六武舉。

【武英殿】清宮殿名。在今北京市故宮博物院內。殿左右直房置修書處，凡官修各書都在此校刊裝潢。乾隆初，校刻十三經二十四史等書於此，稱武英殿本，省作殿本。殿宇前後二重，皆藏書版。參閱清會典事例八六二工部宮殿。

【武則天】公元624—705年。唐并州文水人。姓武，名曌。父士彠，高祖時工部尚書。曌十四歲選爲太宗才人。太宗死，出爲尼。高宗復召入宮，永徽六年立爲皇后，代決政事，由是掌握國政。高宗死，曌廢黜中宗、睿宗，天授元年自稱神聖皇帝，改國號爲周，爲我國歷史上唯一的女皇帝。曌前後執政達四十餘年，富權略，能用人，但爲鞏固統治，任用酷吏，嚴刑峻法，又崇好佛教，豪奢專橫，弊政亦多。神龍元年，宰相張柬之等實行政變，擁中宗復位，同年末，曌歿於宮中。參見新、舊唐書則天皇后紀。

【武侯祠】卽武侯廟。在四川成都市南。祀三國蜀武鄉侯諸葛亮。祠原在成都少城，東晉時成漢李雄（武帝）建。明時改在今址與昭烈祠合。清康熙年間重修。前殿祀劉備，後殿祀諸葛亮。祠堂內有唐碑，裴度撰文，柳公權書。解放後列爲全國重點文物保護單位。參閱嘉慶一統志三八五成都府二。

【武剛車】古代戰車。史記一一一衛青傳：“見單于兵陳而待，於是大將軍令武剛車自環爲營，而縱五千騎往當匈奴。”後漢書輿服志上：“吳孫兵法云：‘有巾有蓋，謂之武剛車。’武剛車者，爲先驅。”

【武陵春】㊀詞調名。雙調，四十八字；又一體爲四十九字。見清萬樹詞律五武陵春。㊁雜劇名。明許時泉撰。一卷。內容係據晉陶潛桃花源記鋪排而成。見盛明雜劇。

【武陵源】晉陶潛撰桃花源記，稱晉太元中武陵郡漁人入桃花源，所見洞中居民及生活情景，儼然另一世界。故桃花源又稱武陵源。唐王維王右丞集一桃源行：“居人共住武陵源，還從物外起田園。”亦泛指清淨幽美、避世隱居之地。唐劉長卿劉隨州集九送台州李使君兼寄題國清寺詩：“露冕新承明主恩，山城別是武陵源。”

【武勝關】關名。一名武陽關，又名澧山關。在河南信陽縣境與湖北省交界處，爲大別山脈重要隘口之一。見嘉慶一統志二一六汝寧府二。

【武備志】明茅元儀輯。集歷代兵書二千餘種，經十五年，輯成於天啟元年。共二百四十卷。分兵訣評十八卷，輯孫子吳子等九家書；戰略考三十三卷，輯春秋至元各代戰略；陣練制四十一卷，輯歷代陣圖、進退賞罰、搏擊馳射之法；軍資乘五十五卷，輯營、戰、攻、守、水、火、餉、馬諸事；占度載九十三卷，輯占算、方輿、海防、航海等事。清代列爲禁書。

【武備院】官署名。元有武備監，隸衛尉院。後改爲武備寺，與衛尉並立，掌修治戎器，監典受給，置卿、少卿等員。明廢，設兵仗局、盔甲廠。清置武備院，爲內務府所屬三院之一。掌宮廷武備、修造器械及賞賜支放等事。其長官爲兼管事務大臣，無定員，卿二人，正三品。參閱清通典二九職官七。

【武溪集】宋余靖撰。子仲荀編。二十卷。靖與范仲淹歐陽修同時，經制南方軍事，爲帥十年。不以文名，集內文多論述時事，詩亦自成一家，原書久無傳本，明成化中邱濬自文淵閣録出，卷數與歐陽修所撰余氏神道碑銘所載相合。

【武榮碑】全名爲漢執金吾丞武榮碑。榮字含和，桓帝末，官至執金吾丞，靈帝初卒。碑高七尺二寸五分，廣一尺九寸五分，十行，每行三十一字，隸書，陽文。存濟寧州學（今山東濟寧市）。見金石萃編十二。

【武德舞】漢舞名。舞人悉執干戚。漢書禮樂志：“高廟奏武德、文始、五行之舞；……武德舞者，高祖四年作，以象天下樂己行武以除亂也。”漢東平王蒼作武德舞歌詩，一名世祖廟登歌。見樂府詩集五二。

【武成王廟】太公望廟。唐開元十九年於長安洛陽兩京及各州立太公廟，至上元元年又追封太公爲武成王，原有太公廟更名爲武成王廟。見唐會要二三武成王廟。

【武夷新集】宋楊億撰。收詩五卷，文十五卷。宋史三〇五楊億傳載其平生所著詩文達一百九十四卷，藝文志著録億作蓬山集等七種，内武夷新編集二十卷存，餘皆散佚。億詩文大致宗法唐李商隱温庭筠，詞藻華麗，當時號西崑體。今本末附億與劉筠等唱和之作爲西崑酬唱集。

【武夷學案】對宋代胡安國學派的論述。安國，福建崇安人，世稱武夷先生。學崇二程(顥頤)，其學以致知爲始，窮理爲要。與程頤門人謝良佐楊時游酢交好，著有春秋傳資治通鑑舉要補遺等書。子寅寧宏等傳其學。門人有江琦曾幾胡銓等。陸游楊萬里周必大皆其再傳弟子。見宋元學案三四武夷學案。參見"胡安國"。

【武林舊事】元周密撰。十卷。密生於宋末，入元後，追憶南宋都城杭州諸事，撰成此書。杭州別稱武林，故名武林舊事。記南宋朝章典制，杭州山川、風俗、市肆、物産及諸色伎藝。與孟元老東京夢華録、吳自牧夢粱録齊名。

【武經七書】宋時武試，選定六韜孫子吳子司馬法三略尉繚子李衛公問對等兵書七種，供武舉之士研習，名武經七書，簡稱七書。

【武經總要】宋曾公亮丁度等奉敕撰，成於仁宗慶曆四年。共四十卷，分前、後集。前集制度十五卷，邊防五卷；後集故事十五卷，占候五卷。大抵前集備一朝之制度，後集具歷代之得失，可資考證。

【武梁祠畫像】東漢石刻畫像，在今山東濟寧紫雲山。包括武氏家族墓葬的雙闕及四石室畫像，其中以武梁祠最早，故名。始建於桓帝建和元年。陽刻歷史人物、神仙故事等畫像。旁以八分小字題記姓名或贊文。後因黄河改道，石室零落，部分没入土中。清乾隆五十年，黄易等發土，得畫像石、武氏石闕銘及武斑碑等。參閱金石萃编二十漢十六武梁祠堂畫像題字。

【武英殿聚珍版書】清乾隆三十八年敕編。分經、史、子、集四部，共一百三十八種，二千八百九十一卷。多輯自永樂大典。由武英殿修書處用特製木活字排印，名"聚珍版"，總稱武英殿聚珍版叢書或武英殿聚珍版全書。金簡掌其事，著有武英殿聚珍版程式記其始末。其後，福建浙江江西等省都有翻刻，以閩刻最完備，世稱福本。光緒中，廣雅書局校勘重刊，稱粤本。

歧 qí ㄑㄧˊ 巨支切，平，支韻，羣。

説文作"郊"，或作"岐"。俗作"歧"。古籍岐、歧通用。見"岐"字各條。

五畫

歪 wāi ㄨㄞ 字彙 烏乖切。

説文作"竵"。㊀不正，偏斜。古今雜劇元缺名獨角牛二："直打的這壁破，那壁傷，磣可可嘴塌鼻歪。"㊁不正當，不正派。古今雜劇元缺名騙英布二："你休歪云，説的不是了。"㊂側身躺卧。紅樓夢十九："黛玉道：'你就歪着。'"

【歪派】錯怪。紅樓夢三十："我看他素日在姑娘身上就好，皆因姑娘小性兒，常要歪派他，纔這麽樣。"

【歪詩】指不合格調或爲遊戲而作的詩。也用以謙稱自己的詩作。雍熙樂府十四元王德信(實甫)集賢賓退隱曲："捏幾首寫懷抱歪詩句，喫幾杯放心胸的村醪酒。"紅樓夢一："至於幾首歪詩，亦可以噴飯供酒。"

【歪剌骨】駡人語。多用於婦女，有下賤、潑辣、不正派等義。元曲選關漢卿竇娥冤一："這歪剌骨便是黄花女兒，剛剛扯的一把，也不消這等使性，平空的推了我一交，我肯乾罷？"也作"歪刺"。又缺名貨郎旦二："難道你不聽得，任憑這老乞婆臭歪刺駡我哩！"

【歪廝纏】無理取鬧，糾纏不清。元曲選吳昌齡張天師楔子："不要歪廝纏，衙裏久等着哩。"

歫 jù ㄐㄩˋ 其吕切，上，語韻，羣。

㊀阻止，抵拒。通"拒"。參閱説文"歫"清段玉裁注。㊁跳躍。通"距"。漢書八七上揚雄傳校獵賦："騰空虚，歫連卷。"注："歫，即距字也。"

六畫

峙 1. zhì ㄓˋ 直理切，上，止韻，澄。

㊀具備，積儲。説文作"峙"。史記魯周公世家："魯人三郊三隧，峙爾芻茭、糗糧、楨榦，無敢不逮。"參見"峙"。

2. chí ㄔˊ 集韻 陳知切，平，支韻。

㊀見"峙₂躕"。

【峙₂躕】徘徊不前。即"踟躕"。宋書樂志三豔歌羅敷行："使君從南來，五馬立峙躕。"玉臺新詠一題作日出東南隅行，字作"峙蹰"。

歬 qián ㄑㄧㄢˊ 昨先切，平，先韻，從。

前，説文作"歬"。唐釋慧琳一切經音義一大唐三藏聖教序前蹤："説文：不行而進謂之歬，止在舟上也。蔡邕加巜；巜，水也，廣二尋、深二仞曰巜，巜音古外反。俗從刀者非也。"

九畫

歲 suì ㄙㄨㄟˋ 相鋭切，去，祭韻，心。

㊀星名。卽木星。左傳襄二八年："歲在星紀。"注："歲，歲星也。"參見"歲星"。㊁年。一年爲一歲。書堯典："朞，三百有六旬有六日，以閏月定四時，成歲。"詩魏風碩鼠："碩鼠碩鼠，無食我黍。三歲貫汝，莫我肯顧。"㊂指時間、光陰。論語陽貨："日月逝矣，歲不我與。"㊃年齡。詩魯頌閟宫："萬有千歲，眉壽無有害。"㊄一年的收成，年景。左傳昭三二年："閔閔焉如農夫之望歲。"

【歲入】一年收入。舊唐書食貨志下："洎(劉)晏掌國計，復江淮轉運之制，歲入米十萬斛，以濟關中。"後用以指國家一年的財政收入，與"歲出"相對。

【歲夕】卽除夕。宋書沈懷文傳："嘗以歲夕與謝莊、王景文、顔師伯被敕入省。"

【歲中】曆法名詞。一歲之中，有十二中氣，名歲中。漢書律曆志下："歲中十二。以三統乘四時，得歲中。"

【歲月】猶言年月，時序。史記九七酈食其傳："今田廣據千里之齊……足下雖遣數十萬師，未可以歲月破也。"此指短期間内。晉陶潛陶淵明集二和劉柴桑詩："栖栖世中事，歲月共相疎。"南朝梁徐陵徐孝穆集四與楊僕射書："歲月如流，平生何幾。"此泛指時間。

【歲功】㊀一年的時序。漢書律曆志上："四萬六千八十銖者，萬一千五百二十物歷四時之象也，而歲功成就，五權謹矣。"㊁一年的收成。晉陶潛陶淵明集三癸卯歲始春懷古田舍詩之二："雖未量歲功，卽事多所欣。"

【歲出】一年支出。宋史食貨志上六："英宗命增置南北福田院，並東西各廣官舍，日廩三百人。歲出内藏錢五百萬給其費。"後用以指國家一年的財政支出，與"歲入"相對。

【歲次】每年歲星所值的星次與其干支叫歲次。古以歲星紀年，也叫年次。文選南朝梁陸佐公(倕)石闕銘：“於是歲次天紀，月旅太簇。”唐白居易長慶集二三祭廬山文：“維元和十二年，歲次丁酉。”

【歲成】一年的成績。周禮天官司會：“以歲會考歲成。”疏：“歲計曰會，以一歲之會計，考當歲成事文書。”參見“歲會”。

【歲序】猶言時令。序，時序、季節。文選南朝宋王僧達答顏延年詩：“聿來歲序暄，輕雲出東岑。”也泛指時間。唐王勃王子安集一春思賦：“君度山川成白首，應知歲序歇紅顏。”

【歲考】明代提學官和清代學政，對所屬府、州、縣學生員舉行的考試。明史選舉志一：“提學官在任三歲，兩試諸生。先以六等試諸生優劣，謂之歲考。”清時考試生員，三年一次，稱歲試。參閱清會典三二禮部學校。

【歲夜】歲末之夜，卽除夕。唐劉長卿劉隨州集三歲夜喜魏萬成郭夏雪中相尋詩：“歲夜猶難盡，鄉春又獨歸。”

【歲事】㊀一年應辦的事。禮王制：“司會以歲之成，質於天子，……成歲事，制國用。”指財經之事。儀禮特牲饋食禮：“某薦歲事。”漢書武帝紀建元元年詔：“河潤千里，其令祠官修山川之祀爲歲事。”指祭祀之事。詩商頌殷武：“歲事來辟。”此指朝覲。尚書大傳下略説：“耰鉏已藏，祈樂已入，歲事既畢，餘子皆入學。”指農事。㊁一年的時序。猶言歲時。宋蘇軾東坡集續集一再過泗上詩之二：“客行有期日月疾，歲事欲晚霜雪驕。”

【歲杪】年末，年底。禮王制：“冢宰制國用，必于歲之杪。”唐李德裕李文饒集別集三述夢詩序：“今屬歲杪無事，羇懷夕感，因綴其所遺，爲述夢詩。”

【歲計】按年度進行計算。莊子庚桑楚：“今吾日計之而不足，歲計之而有餘。”參見“歲成”。

【歲首】一年的第一個月。按古代歲首所指的月份不一。史記九六張丞相傳：“張蒼爲計相時，緒正律曆。以高祖十月始至霸上，因故秦時本以十月爲歲首，弗革。”又武帝紀：“夏，漢改曆，以正月爲歲首。”參見“正$_{2}$月”。

【歲星】卽木星。史記天官書：“察日、月之行以揆歲星順逆。”索隱：“天官占云：歲星，一曰應星，一曰經星，一曰紀星。物理論云：歲行一次，謂之歲星，則十二歲而星一周天也。”古代用以紀年。又歲星約十二年運行一周天，因以“周歲星”指十二年。宋衛涇後樂集十五謝袁州滕大卿强恕：“某遜違誨度，俄周歲星，人生能幾回別，可爲太息也。”

【歲差】天文學名詞。晉虞喜發現以前曆家謂每年冬至太陽所在位置不變，與實際不符。推算出太陽循黃道向西退行每五十年爲一度，是爲“歲差”。南朝梁何承天、祖冲之加以證實，冲之並將歲差應用於自編的大明曆。至元郭守敬測出六十六年而差一度。按虞喜等所發現的歲差，經現代天文學計算，實爲每年50.2角秒，約七十二年移動一度。

【歲貢】㊀古代諸侯或屬國每年向朝廷貢獻的禮品。國語周上：“日祭月祀，時享歲貢。”也指人民的繳納和地方政權的進貢。魏書甄琛傳上表：“天下夫婦歲貢粟帛。……軍國之資，取給百姓。”㊁古代諸侯郡國每年向中央政權推選人才的制度。漢書食貨志上：“諸侯歲貢少學之異者於天子，學於太學，命曰造士。”明清時每年從各府、州、縣學中，選送廩生升入國子監肄業，也稱歲貢。因挨次升貢，又稱挨貢。出貢者名歲貢生，在外省以州判用，在本省以訓導用。參閱明史選舉志一、清俞樾茶香室四鈔十六歲貢。

【歲破】古代術士所稱凶辰名。歲，太歲。漢王充論衡難歲：“俗人險心，好信禁忌。……移徙法曰：‘徙抵太歲凶，負太歲亦凶。’抵太歲名曰歲下，負太歲名曰歲破，故皆凶也。”

【歲除】舊俗於臘歲前一日擊鼓驅疫，謂之逐儺、逐除。亦稱儺、大儺。故後以年終之日爲歲除。唐孟浩然集三歲暮歸南山詩：“白髮催年老，青陽逼歲除。”參閱呂氏春秋季冬“命有司大儺”注、唐李淖秦中歲時記(説郛本)。

【歲時】㊀歲，指年；時，指春夏秋冬四時。左傳昭七年：“公曰：‘何謂六物？’對曰：‘歲時日月星辰是謂也。’”㊁一年中的季節。禮哀公問：“歲時以敬祭祀，以序宗族。”

【歲華】猶言歲時。文選南朝宋謝玄暉(朓)休沐重還道中詩：“歲華春有酒，初服偃郊扉。”唐孟浩然集四除夜詩：“那堪正漂泊，來日歲華新。”

【歲陰】㊀見“歲陽”。㊁猶言歲暮。北周庾信庾子山集三歲晚出橫門詩：“年華改歲陰，遊客喜登臨。”文苑英華一五九唐太宗(李世民)守歲詩：“歲陰窮暮紀，獻節啟新芳。”

【歲寒】一年的寒冬。比喻暮境、困境。論語子罕：“歲寒，然後知松柏之後彫也。”文選晉潘安仁(岳)金谷集作詩：“春榮誰不慕，歲寒良獨希。”注：“春榮，喻少；歲寒，喻老也。”參見“歲寒松柏”。

【歲朝】一歲之始，卽農曆元旦。後漢書三九周磐傳：“歲朝會集諸生，講論終日。”注：“歲朝，歲旦。”

【歲陽】古代以干支紀年，甲乙丙丁戊己庚辛壬癸十干叫歲陽。爾雅釋天：“太歲在甲曰閼逢，在乙曰旃蒙，在丙曰柔兆，在丁曰强圉，在戊曰著雍，在己曰屠維，在庚曰上章，在辛曰重光，在壬曰玄黓，在癸曰昭陽。”子丑寅卯辰巳午未申酉戌亥十二支叫歲陰。爾雅釋天：“太歲在寅曰攝提格，在卯曰單閼，在辰曰執徐，在巳曰大荒落，在午曰敦牂，在未曰協洽，在申曰涒灘，在酉曰作噩，在戌曰閹茂，在亥曰大淵獻，在子曰困敦，在丑曰赤奮若。”故甲子年也可稱閼逢困敦，甲寅年也可稱閼逢攝提格。餘類推。文苑英華一七一唐梁昇卿奉和聖製答張説扈從南出雀鼠谷：“國佐同時雨，天文屬歲陽。”參閱史記曆書四“焉逢攝提格太初元年”索隱。

【歲試】見“歲考”。

【歲聘】古代諸侯每年遣大夫朝見天子，叫歲聘。左傳昭十三年：“是故明王之制，使諸侯歲聘以志業，間朝以講禮。”也指國與國之間遣使訪問。宋史三四三許將傳：“契丹以兵二十萬壓代州境，遣使請代地，歲聘之使不敢行，以命將。”

【歲會】一年收支的總核。周禮天官司會：“以歲會考歲成。”疏：“歲計曰會，以一歲之會計，考當歲成事文書。”

【歲課】㊀漢時，從太學中選任官吏的考試。漢書八八儒林傳序：“歲課甲科四十人爲郎中，乙科二十人爲太子舍人，丙科四十人補文學掌故云。”㊁按年徵收的捐税。史記平準書：“令封君以下至三百石以上吏，以差出牝馬天下亭，亭有畜牸馬，歲課息。”宋史食貨志下四：“溫州又領場三，而一路歲課視舊減六萬八千石，以給本路及江東之歙州。”

【歲暮】一年將盡時。詩小雅小明：“曷云其還，歲聿云莫。”莫，“暮”本字。文選古詩十九首之十二：“四時更變化，歲暮一何速。”也比喻年老。漢書三六楚元王傳附劉向：“今(周)堪年衰歲暮，恐不得自信。”文選晉張景陽(協)詠史詩：“揮金樂當年，歲暮不留儲。”

【歲豬】年終時供祭祀用的豬。宋蘇軾東坡集續集五與子安兄：“此書到日，相次歲豬鳴矣。”又陸游劍南詩稿三五北園雜詠之七：“林際已看春雉起，屋頭還聽歲豬鳴。”

【歲幣】每年交納的錢幣。宋史食貨志一:“季世金人乍和乍戰,戰則軍需浩繁,和則歲幣重大,國用常恐不足。”又二八二寇準傳:“帝遣曹利用如軍中議歲幣,曰:‘百萬以下皆可許也。’”

【歲遺】按年所獻的財物。漢書七十陳湯傳:“(郅支單于)又遣使責闔蘇、大宛諸國歲遺,不敢不予。”注:“歲遺者,年常所獻遺之物。遺音弋季反。”

【歲德】指土地每年滋長萬物的功德。管子四時:“中央曰土,……實輔四時,春嬴育,夏養長,秋聚收,冬閉藏,大寒乃極,國家乃昌,四方乃服,此謂歲德。”注:“言土能成歲之德也。”

【歲闌】一年將盡時。猶言歲暮、歲杪。文選南朝宋謝希逸(莊)宋孝武宣貴妃誄:“移氣朔兮變羅紈,白露凝兮歲將闌。”唐司空圖司空表聖詩集二有感:“燈影看鬢黑,牆陰惜草青。歲闌悲物我,同是冒霜螢。”

【歲籥】年末祭祀的音樂。籥,古樂器。宋范成大石湖集十七冬至日銅壺閣落成詩:“已辦鬢霜供歲籥,仍拚髀肉了征鞍。”

【歲進士】貢生的别稱。正字通“進”:“各省直鄉試中式曰鄉進士,歲貢曰歲進士。”

【歲時廣記】元陳元靚撰。四卷,一百六十六條。取月令孝經緯三統曆諸書爲綱,而以雜書所記節序按日編排,於小説雜書,多所徵引。羅列典故備録原文,不任意删改。

【歲寒三友】㊀指松、竹、梅。松、竹經冬不凋,梅則耐寒開花,故稱歲寒三友。宋林景熙霽山集四五雲梅舍記:“即其居累土爲山,種梅百本,與喬松、脩篁爲歲寒友。”孤本元明雜劇缺名漁樵閑話四:“那松柏翠竹,皆比歲寒君子,到深秋之後,百花皆謝,惟有松、竹、梅花,歲寒三友。”㊁指山水、松竹、琴酒。以歲寒比喻濁世,而三者爲清高之物,故稱歲寒三友。見清趙翼陔餘叢考四三。參見“三友㊁”。

【歲寒松柏】論語子罕:“歲寒,然後知松柏之後彫也。”因松柏歲寒不彫,故後世詩文中常以歲寒松柏比喻在逆境艱困中而能保持節操的人。唐劉禹錫劉夢得集六將赴汝州途出浚下留辭李相公詩:“後來富貴已零落,歲寒松柏猶依然。”

【歲華紀麗譜】元費著撰。一卷。自唐至宋,常以宰臣出守成都,燕集遊賞,者靡成風,至南宋末因戰亂而漸衰落。著追述舊事,撰成此書。記蜀中節候風俗,自元旦至冬至一一詳載。末附牋紙、蜀錦二譜各一卷。

【歲寒堂詩話】宋張戒撰。戒論古來詩人,由宋蘇軾、黄庭堅上溯漢魏風、騷,以言志爲本,分爲五等,大旨尊崇李白杜甫而推重陶潛阮籍。原書已佚,今本二卷,輯自永樂大典。

十 畫

歰 sè ㄙㄜˋ 色立切,入,緝韻,山。

同“澀”,或作“澁”,也作“澁”。㊀苦澀,不潤滑。楚辭大招:“四酎并孰,不歰嗌只。”㊁口吃。方言十:“謰極,吃也。……或謂之歰。”注:“語歰難也。”

十二畫

歷 lì ㄌㄧˋ 郎擊切,入,錫韻,來。

㊀經過。書畢命:“既歷三紀,世變風移。”㊁度,越過。孟子離婁下:“禮,朝廷不歷位而相與言,不踰階而相揖也。”㊂普遍。書盤庚下:“今予其敷心腹腎腸,歷告爾百姓于朕志。”㊃選擇。楚辭屈原離騷:“靈氛既告余以吉占兮,歷吉日乎吾將行。”㊄列次,依次列出。禮月令季冬之月:“命宰歷卿大夫至於庶民土田之數,而賦犧牲,以共山林名川之祀。”注:“歷,猶次也。”㊅分明。玉臺新詠二晉左思嬌女詩:“吾家有嬌女,……口齒自清歷。”參見“歷歷”。㊆亂。大戴禮子張問入官:“歷者,獄之所由生也。”注:“歷,歷亂也。”㊇稀疎。通“秝”。見“歷齒”。㊈通“櫪”。1.馬廄。漢書六七梅福傳:“伏歷千駟,臣不貪也。”2.排迫。見“歷指”。㊉釜鬲。通“鬲”。史記一二六優孟傳:“以壠竈爲椁,銅歷爲棺。”索隱:“歷,即釜鬲也。”⑪通“曆”。漢書律曆志上:“黄帝調律歷。”史記曆書,百衲本作“歷”。

【歷下】㊀古城名。春秋戰國齊邑,因城在歷山之下,故名。秦滅魏,兵駐歷下,即此。漢置歷城縣。故址在今山東歷城縣西。參閲嘉慶一統志一六三濟南府二。㊁亭名。在今山東濟南市大明湖西。唐杜甫杜工部草堂詩箋一陪李北海宴歷下亭時邑人蹇處士等在坐:“海右此亭古,濟南名士多。”即指歷下亭。

【歷子】宋制,料糧院掌發俸禄,有料錢録,據狀注明各官授官日月,發給本人,憑以赴户部領支俸錢。近思録七出處:“伊川先生(程頤)在講筵,不曾請俸,諸公遂牒户部,問不支俸錢。户部索前任歷子,先生云:‘某起自草萊,無前任歷子。’遂令户部自爲出券歷。”

【歷山】山名。書大禹謨:“帝初于歷山,往于田。”史記五帝紀:“舜耕歷山,歷山之人皆讓畔。”名歷山者甚多,大都附會爲古代舜耕作的遺迹。著名的有:1.在今山東歷城縣南。一名舜耕山、千佛山,有舜祠。2.在今河南范縣東南,即古稱雷澤之地。有舜耕處和陶墟。3.在今山西永濟縣東南,其地有雷首山,一名歷山,有舜泉。4.在今河北涿鹿縣西南,即古潘城地,山上有舜廟。此外,山西翼城縣東南,浙江永康縣南,安徽祁門,湖南桑植,都有歷山,大都傳爲舜蹟。

【歷劫】佛教謂宇宙在時間上一成一毀叫劫。宇宙無窮,成毁也無窮。經歷宇宙的成毁稱歷劫。法華經普門品:“弘誓深如海,歷劫不思議。”後來通稱經歷種種艱辛爲歷劫。

【歷城】縣名。屬山東濟南市。戰國時齊歷下邑。漢置縣,屬濟南郡。晉永嘉後爲濟南郡治。北魏爲齊州濟南郡治。隋爲齊郡治。唐爲齊州治。宋爲濟南府治。元爲濟南路治。明清復爲濟南府治。參閲嘉慶一統志一六二濟南府一。

【歷指】排迫手指。莊子天地:“睆睆然在纆繳之中而自以爲得,則是罪人交臂歷指,而虎豹在於囊檻,亦可以爲得矣。”清朱駿聲説文通訓定聲認爲歷通“櫪”。歷指,如今之拶指。參見“拶指”。

【歷鹿】象聲詞。古文苑六漢王延壽王孫賦:“踡兔蹲而狗踞,聲歷鹿而喔咿。”此象猴聲。廣雅釋器:“維車,謂之厤鹿。”厤,同“歷”,方言作“轣轆”。此象車聲。

【歷階】登階。禮檀弓下:“杜蕢入寢,歷階而升。”史記七六平原君傳:“毛遂按劍歷階而上。”

【歷陽】㊀縣名、郡名。秦置縣,屬九江郡。縣南有歷水,故名。項羽封范增爲歷陽侯,即此。見史記項羽紀。晉永興元年置郡。隋開皇十三年改和州。大業及唐天寶初復改爲歷陽郡,乾元初仍改和州。郡治歷陽,在今安徽和縣境内。參閲嘉慶一統志一三一和州。㊁山名。也稱歷山,又名亭山。在安徽和縣西北四十里。相傳夏桀流放於此。見竹書紀年上。三國志吴孫晧傳:“天璽元年,……歷陽山石文理成字。”即此。

【歷塊】漢書六四下王褒傳聖主得賢臣

頌:“縱騁馳騖,息如影靡,過都越國,蹶如歷塊。”言過都越國,疾如越過一小塊土地。後遂以“歷塊”比喻疾速。唐杜甫杜工部草堂詩箋十三瘦馬行:“當時歷塊誤一蹶,委棄非汝能周防。”後亦以歷塊指駿馬,比喻傑出之人材。宋楊萬里誠齋集一和蕭判官東府韻寄之詩:“尙策爬沙追歷塊,未甘直作水中鳧。”

【歷落】㊀猶言磊落。世說新語容止:“周伯仁(顗)道,桓茂倫(彝)欽崎歷落,可笑人。或云謝幼輿(鯤)言。”㊁參差,疎落。水經注四河水:“其水南流,歷鼓鍾上峽,……峰次青松,巖懸頳石,於中歷落有翠柏生焉。”

【歷亂】㊀淩亂。南朝宋鮑照鮑氏集四紹古辭之七:“憂來無行伍,歷亂如罩葛。”㊁爛漫。玉臺新詠七南朝梁簡文帝採桑詩:“細萍重疊長,新花歷亂開。”

【歷稔】歷年。穀熟叫稔,一年一熟,故稱一年爲一稔。南朝梁何遜何記室集臨行與故遊夜別詩:“歷稔共追隨,一旦辭羣匹。”魏書辛雄傳上疏:“然將士之勳,歷稔不決;亡軍之卒,晏然在家,致令節士無所勸慕,庸人無所畏懾。”

【歷數】同“曆數”。莊子寓言:“天有歷數,地有人據,吾惡乎求之。”

【歷齒】牙齒稀疎不齊。文選戰國楚宋玉登徒子好色賦序:“其妻蓬頭攣耳,齞脣歷齒。”

【歷歷】分明可數。文選古詩十九首之七:“玉衡指孟冬,衆星何歷歷。”才調集八崔顥黃鶴樓:“晴川歷歷漢陽樹,春草萋萋鸚鵡洲。”全唐詩引春草作“芳草”。

【歷録】文采分明貌。詩秦風小戎:“五楘梁輈”漢毛亨傳:“楘,歷録也。”釋文謂一作“歷禄”。宋朱熹集傳:“楘,歷録然文章之貌也,……而輈形穹隆上曲如屋之梁,又以皮革五處束之,其文章歷録然也。”

【歷代史表】清萬斯同撰。五十九卷。斯同以十七史自後漢書以下惟新唐書有表,其餘皆缺,故各爲補撰。全書仿史記漢書新唐書表例,並自創宦者侯表及大事年表二種。諸表悉依各代正史本紀、傳、志,並旁採雜史及有關典册所載,補充訂正而成。

【歷代兵制】宋陳傅良撰。八卷。記述自周秦迄宋歷代兵制,議論得失利弊。對宋代兵制論述尤詳。

【歷代詩話】清吳景旭撰。八十卷。分甲、乙、丙、丁……癸十集。是書摘取上自詩經下迄明詩中的詞語,分條立題,加以論述考辨。每條先引舊説,然後雜採諸書所言以相考證。其體例仿陳耀文學林就正,旨趣同宋胡仔苕溪漁隱叢話。取材豐富,亦有失之枝蔓之處。

【歷代詩餘】清沈辰垣等奉敕編輯。一百二十卷。前百卷録唐至明各代詞一千五百四十調,九千餘首;後二十卷爲歷代詞人姓氏及詞話。

【歷代賦彙】清康熙四十五年陳元龍等奉敕編輯。一百四十卷,外集二十卷,逸句二卷,補遺二十二卷。所録上起周末,下迄明季。凡有關經濟學問及緣情抒慨的作品,都以次輯入。

【歷代名畫記】唐張彥遠撰。十卷。前三卷論畫,議論精審,並及傳授源流。後七卷爲畫家小傳、逸文軼事等。引據頗詳,可資考證。

【歷代建元考】清鍾淵映撰。十卷。其例以年號相同者列前,次以年號分韻排編;次列歷朝帝王及地方政權始末,條理井然,頗便檢查。

【歷代職官表】清乾隆四十五年永瑢等奉敕撰。六十三卷(一作七十二卷)。就清代官制分目,推究歷代沿革,分列於後,考證頗詳,但間有錯誤及牽强比附處。道光中黃本驥又録其原表六十七篇,編爲六卷,仍題原名,頗便閱覽。

【歷代名人年譜】清吳榮光撰。十七卷。此書上起漢高祖,下迄清道光二十三年。用年表體,分爲三欄,上舉紀年,中列重要史事,下紀人名生卒。

【歷代名臣奏議】明永樂十四年黃淮楊士奇等奉敕編。三百五十卷。所録名臣奏議,自商周至宋元,分六十四門,搜羅較備。凡歷代典制沿革,政治得失之迹,可與通鑑及通典、通志、文獻通考相參證。

【歷代紀事年表】清康熙五十一年龔士炯王之樞等奉敕撰。一百卷。此書以年爲序,上起帝堯,下迄元末,條列歷代大事,較爲詳備。

【歷代帝王宅京記】清顧炎武撰。二十卷。所録皆歷代建都之制。上起伏羲,下迄元代,各載城郭、宮室、都邑、寺觀及建置年月事蹟。徵引詳核,考據也較精審。

【歷代地理志韻編今釋】清李兆洛撰。二十卷。此書録歷代正史地志所載郡縣名,考證沿革,並釋以清代所在之處,依韻編次。

【歷代鍾鼎彝器款識法帖】宋薛尚功集。二十卷。詳“薛氏鍾鼎彝器款識”。

十四畫

歸 1. guī ㄍㄨㄟ 舉韋切,平,微韻,見。

㊀返回。詩小雅出車:“執訊獲醜,薄言還歸。”㊁歸還。春秋定十年:“齊人來歸鄆讙龜陽田。”孟子盡心上:“久假而不歸。”㊂出嫁。詩周南桃夭:“之子于歸,宜其室家。”春秋莊元年:“王姬歸于齊。”㊃向往,歸附。詩大雅泂酌:“豈弟君子,民之攸歸。”管子霸形:“近者示之以忠信,遠者示之以禮義,行之數年,而民歸之如流水。”㊄結局,歸宿。易繫辭下:“天下同歸而殊塗。”管子形勢:“異趣而同歸,古今一也。”㊅歸屬。荀子王制:“雖王公士大夫之子孫也,不能屬於禮義,則歸之庶人。”㊆自首。史記九六申屠嘉傳:“(鼂)錯恐,夜入宮,上謁,自歸景帝。”㊇死稱歸。爾雅釋訓:“鬼之爲言歸也。”參見“大歸㊀”。㊈珠算一位數的除法叫歸。參見“歸除”。㊉姓。胡子國,歸姓,爲楚所滅,後以爲氏。見元和姓纂微。

2. kuì ㄎㄨㄟˋ 集韻求位切,去,至韻。

⑪饋贈。通“饋”。論語微子:“齊人歸女樂。”釋文:“歸,如字。鄭(玄)作‘饋’,其貴反。”⑫慚愧。通“愧”。戰國策秦一:“面目犂黑,狀有歸色。”注:“歸當作愧。愧,慙也。音相近,故作歸耳。”

【歸人】㊀歸來的人。晉陶潛陶淵明集二和劉柴桑詩:“荒塗無歸人,時時見廢墟。”㊁死人。列子天瑞:“古者謂死人爲歸人。”唐李白李太白詩二四擬古之九:“生者爲過客,死者爲歸人。”

【歸心】㊀從心裏歸附。論語堯曰:“興滅國,繼絕世,擧逸民,天下之民歸心焉。”宋書樂志三魏武帝(曹操)短歌行:“周公吐哺,天下歸心。”㊁安心。商君書農戰:“聖人知治國之要,故令歸心於農。”㊂回家的念頭。文選晉王正長(讚)雜詩:“朔風動秋草,邊馬有歸心。”

【歸月】落月。南朝宋鮑照鮑氏集七岐陽守風詩:“廣岸屯宿陰,懸崖棲歸月。”

【歸仁】㊀稱之爲“仁”。論語顏淵:“一日克己復禮,天下歸仁焉。”㊁歸服於仁德。孟子離婁上:“民之歸仁也,猶水之就下,獸之走壙也。”㊂縣名。1. 隋開皇中改平州縣爲歸仁縣,屬清化郡。見隋書地理志上。在今四川巴中縣東南。2. 遼置。見遼史地理志二。在今遼寧開原縣東北。

【歸化】㊀歸順，服從。三國志魏鄧艾傳："並作舟船，豫順流之事，然後發使告以利害，吳必歸化，可不征而定也。"㊁地名。1.城名。明時，蒙古西土默特部長諳達駐牧地有城曰庫庫和屯。隆慶年間，明封諳達爲順義王，名其城曰歸化城。在今內蒙古呼和浩特市。參閱嘉慶一統志五四八歸化城。參見"歸綏"。2.縣名。明成化七年置，屬福建汀州府。見明史地理志六。今明溪縣地。3.廳名。清置，屬貴州安順府。見清史稿地理志二二。今爲紫雲苗族布依族自治縣。

【歸市】擁向市集。形容踴躍。孟子梁惠王下："從之者如歸市。"

【歸功】將功績歸於某人。文選漢班孟堅(固)典引："陶唐舍胤而禪有虞，有虞亦名夏后，稷契熙載，越成湯武，股肱既周，天乃歸功元首，將授漢劉。"

【歸正】改正。後漢書七十孔融傳論復肉刑："且被刑之人，慮不念生，志在思死，類多趨惡，莫復歸正。"南宋初稱自金國來者爲歸正，人稱歸正人。見朱子語類四二論語二四。

【歸田】㊀歸還耕種的公田。漢書食貨志上："民年二十受田，六十歸田。"㊁舊時稱辭官還鄉爲歸田。漢張衡有歸田賦。晉書李密傳："賦詩末章曰：'人亦有言，有因有緣。官無中人，不如歸田。'"

【歸禾】饋贈嘉禾。竹書紀年下："(成王十一年)唐叔獻嘉禾，王命唐叔歸禾於周文公。"尚書有歸禾篇，已佚。

【歸安】縣名。宋太平興國七年析烏程縣置。以吳越王錢俶納土，故以歸安爲名。明清爲浙江湖州府治。公元1912年與烏程併爲浙江吳興縣。參閱嘉慶一統志二八九湖州府。

【歸死】接受死刑。左傳文十年："臣免於死，又有讒言，謂臣將逃，臣歸死於司敗也。"司敗，卽司寇，主刑之官。

【歸州】州名。周夔子國。戰國屬楚。唐析秭歸巴東二縣地置歸州。治所在秭歸縣。明省秭歸縣併入歸州。清屬湖北宜昌府。公元1912年改縣，1914年更名爲秭歸縣。參閱寰宇通志五三荊州府。

【歸老】辭官養老。史記一〇三萬石君傳："孝景帝季年，萬石君以上大夫祿歸老於家，以歲時爲朝臣。"

【歸向】歸依。唐韓愈昌黎集二岳陽樓別竇司直詩："洞庭九州間，厥大誰與讓。……自古澄不淸，環混無歸向。"

【歸休】㊀離去，止息。莊子逍遙遊："歸休乎君，余無所用天下爲。"此指離去。晉陶潛陶淵明集二遊斜川："開歲倏五十，吾生行歸休。"此指大歸，死去。㊁回家休息。漢書八一孔光傳："沐日歸休，兄弟妻子燕語，終不及朝省政事。"

【歸忌】不宜回家的忌日。後漢書四六郭躬傳附陳伯敬："桓帝時，汝南有陳伯敬者，行必矩步，坐必端膝，呵叱狗馬，終不言死，目有所見，不食其肉，行路聞凶，便解駕留止，還觸歸忌，則寄宿鄉亭。"注："陰陽書歷法曰：歸忌日，四孟在丑，四仲在寅，四季在子，其日不可遠行歸家及徙也。"

【歸邪】瑞星名。史記天官書："如星非星，如雲非雲，命曰歸邪。歸邪出，必有歸國者。"集解引孟康："星有兩赤彗上向，上有蓋狀如氣，下連星。"又見晉書天文志中雲氣。

【歸宗】㊀指出嫁女子回歸母家。儀禮喪服："婦人雖在外，必有歸宗。"注："歸宗者，父雖卒，猶自歸宗。"梁書張稷傳："稷長女楚媛，適會稽孔氏，無子歸宗。"㊁舊時指出嗣異姓或別支的嗣子仍回本族。宋范祖禹范太史集十九乞優恤蔡延慶家劄子："先出繼伯父故參知政事齊，既而歸宗，盡推財産以與齊子。"

【歸附】投奔依附。漢書九九中王莽傳："是歲，烏孫大小昆彌遣使貢獻。大昆彌者，中國外孫也。其胡婦子爲小昆彌，而烏孫歸附之。"

【歸昌】鳳凰的鳴聲。漢劉向說苑辨物："夫鳳，……飛鳴曰上翔，集鳴曰歸昌。"一說"晝鳴曰上朔，夕鳴曰歸昌"。參閱宋書符瑞志中。

【歸命】㊀歸順。漢賈誼新書二五美："輻湊並進，而歸命天子。"三國吳孫晧降晉，晉號爲歸命侯。見三國志吳孫晧傳。㊁梵語南無，譯爲歸命。見翻譯名義集四。

【歸咎】歸罪，委過於人。左傳桓十八年："禮成而不反，無所歸咎。"

【歸依】佛教指信從依附佛、法、僧三寶。也作"皈依"。大乘義章十："三歸者，歸投依伏，故曰歸依。歸投之相，如子歸父；依伏之義，如民依王，如怯依勇。歸依不同，隨境說三，所謂歸佛、歸法、歸僧。依佛爲師，故曰歸佛；憑法爲藥，故稱歸法；依僧爲友，故名歸僧。"唐王維王右丞集五遊感化寺詩："抖擻辭貧里，歸依宿化城。"

【歸妹】易卦名。☳☱。兌下震上。兌爲少女，故謂妹，以嫁震男，故稱歸妹。疏："婦人謂嫁曰歸，歸妹猶言嫁妹也。"

【歸客】歸去之人。文選南朝宋謝靈運九日從宋公戲馬臺集送孔令詩："歸客遂海隅，脫冠謝朝列。"

【歸計】㊀聽從策劃。史記九二淮陰侯傳："僕委心歸計，願足下勿辭。"㊁歸去的打算。宋陸游劍南詩稿六井研道中："客遊空自入，歸計與誰評。"

【歸首】投案自首。後漢書六三李固傳："赦寇盜前釁，與之更始，於是賊帥夏密等……自縛歸首。固皆原之。"

【歸要】要領。唐柳宗元柳先生集三一答劉禹錫天論書："及詳讀五六日，求其所以異吾說，其歸要曰，非天預乎人也。凡子之論，乃吾天說傳疏耳，無異道焉。"

【歸飛】㊀往回飛。詩小雅小弁："弁彼鸒斯，歸飛提提。"唐李白李太白詩五菩薩蠻："玉階空佇立，宿鳥歸飛急。"㊁鳥名。水經注三六溫水："(林邑)隍塹之外，……時禽異羽，翔集間關。兼比翼鳥，不比不飛，鳥名歸飛，鳴聲自呼。"

【歸省】回家省親。唐朱慶餘詩集二送馬秀才："風塵歸省日，江海寄家心。"

【歸骨】安葬屍骸。左傳成三年："以君之靈，纍臣得歸骨於晉，寡君之以爲戮，死且不朽。"知罃爲楚所俘，故自稱纍臣。歸骨於晉，等於說回到晉國，這是客氣話。後漢書九七下外戚傳班婕妤賦："願歸骨於山足兮，依松柏之餘休。"

【歸耕】㊀琴曲名。文選漢張平子(衡)思玄賦："嘉曾氏之歸耕兮，慕歷阪之嶔崟。"注："琴操曰：'歸耕者，曾子之所作也。曾子事孔子十有餘年，晨覺，眷然念二親年衰，養之不備，於是援琴鼓之曰：歔欷歸耕來兮，安所耕，歷山盤兮。'"㊁指辭官還鄉。呂氏春秋贊能："沈尹莖謂孫叔敖曰：'……子何以不歸耕乎？吾將爲子遊。'"

【歸班】清制，凡進士不授以他項官職，而以知縣用者，稱歸班。清阮葵生茶餘客話二："本房所中，俱歸班，無一授職者。"參閱清會典事例三三七禮部貢舉録送鄉試。

【歸眞】㊀還其本來之謂。文選漢班孟堅(固)東都賦："抑工商之淫業，興農桑之盛務，遂令海內棄末而反本，背僞而歸眞。"參見"歸眞返璞"。㊁佛教對人死的別稱。釋氏要覽下送終初亡："釋氏死謂涅槃、圓寂、歸眞、歸寂、滅度、遷化、順世，皆一義也。"

【歸孫】古代稱姪之子爲歸孫。見爾雅釋親。

【歸寂】佛教對死的别稱。蓮社高賢傳道敬法師:"從遠公出家,……遠公歸寂,乃入若耶山。"景德傳燈録五令韜禪師:"依六祖出家,未嘗離左右。祖歸寂,遂爲衣塔主。"參見"歸真㊀"。

【歸宿】㊀住處,安身之所。淮南子本經:"民之專室蓬廬,無所歸宿,凍餓飢寒,死者相枕席也。"㊁指歸,着落。荀子非十二子:"終日言成文典,反紃察之,則倜然無所歸宿,不可以經國定分。"

【歸莊】公元1613—1673年。清江蘇崑山人。一名祚明,字玄恭,號恒軒。明歸有光的曾孫。曾參加復社。工詩文書畫,與顧炎武相友善,時有歸奇顧怪之目。清軍攻陷南京後,莊曾在崑山參加抗清鬭爭。著萬古愁傳奇。後人輯有歸玄恭遺著、歸玄恭文續鈔等。

【歸終】神獸名。太平御覽九〇八淮南萬畢術:"歸終知來,猩猩知往。"

【歸₂移】轉移輸送。荀子王制:"通流財物粟米,無有滯留,使相歸移也。"注:"歸,讀爲饋,移,轉也。言通商及轉輸相救,無不豐足。"

【歸順】歸附順從。多指投降。宋書南平穆王鑠傳:"虜荆州刺史魯爽及弟秀等,率部曲詣鑠歸順。"

【歸鄉】㊀同"歸向"。詩商頌長發"九有有截"漢鄭玄箋:"故天下歸鄉湯,九州齊一截然。"㊁回鄉。後漢書十上和熹鄧皇后紀:"太后愍陰氏之罪廢,赦其徙者歸鄉,勑還資財五百餘萬。"㊂縣名。晉置,南朝梁廢。今湖北巴東縣地。水經注三四江水:"江水又東逕歸鄉縣故城北。袁山松曰:父老傳言,(屈)原既流放,忽然暫歸,鄉人喜悦,因名曰歸鄉。"

【歸源】返回源頭。唐白居易長慶集五三途中題山泉詩:"決決涌巖穴,濺濺出洞門。向東應入海,從此不歸源。"

【歸誠】投順。北齊書斛律羌舉傳:"永安中,從尒朱兆入洛,有戰功。……高祖(高歡)破兆,方始歸誠。"

【歸福】㊀祭祀獻胙肉。國語晉二:"驪姬以君命命申生曰:'今夕君夢見齊姜,必速祠而歸福。'"㊁祈禱降福。史記孝文紀:"今吾聞祠官祝釐,皆歸福朕躬,不爲百姓,朕甚愧之。"

【歸農】㊀回鄉務農。漢書食貨志鼂錯上疏:"今海内爲一,……而畜積未及者,何也?地有遺利,民有餘力,生穀之土未盡墾,山澤之利未盡出也,遊食之民未盡歸農也。"㊁明制,凡生員歲考列末等者,除去學籍,黜爲民,叫歸農。見清顧公燮消夏閒記上明季歲考等第。

【歸寧】回家省親。詩周南葛覃:"害澣害否,歸寧父母。"晉陸機陸士衡集二思歸賦:"冀王事之暇豫,庶歸寧之有時。"歸寧本通指男女而言,後來多指已嫁女子回至母家。參閲清俞樾茶香室叢鈔五男子亦稱歸寧。

【歸趙】以原物歸還本人。宋鄭興裔鄭忠肅奏議遺集上請禁傳餽疏:"臣累任監司,牧守鄰道餽遺不下數十萬,悉以歸趙,未敢分毫指染。"參見"完璧歸趙"。

【歸獄】㊀歸罪。公羊傳閔元年:"(慶父)使弑子般,然後誅鄧扈樂而歸獄焉。"㊁回監獄。唐太宗李世民於貞觀六年放死囚三百九十人回家,第二年秋都應期歸獄就刑。見新唐書太宗紀。唐白居易長慶集三七德舞詩:"怨女三千放出宫,死囚四百來歸獄。"

【歸墟】指大海最深處,爲衆水所歸。列子湯問:"渤海之東,不知幾億萬里,有大壑焉,實惟無底之谷。其下無底,名曰歸墟。"也作"歸塘"。見顏氏家訓歸心篇、初學記六地引列子。

【歸趣】指歸,旨趣。晉杜預春秋序:"其經無義例,因行事而言,則傳直言其歸趣而已。非例也。"

【歸₂遺】同"饋遺"。漢書六五東方朔傳:"復賜酒一石,肉百斤,歸遺細君。"

【歸德】府名。商爲亳都地,春秋爲宋國,戰國屬魏,秦置碭郡,漢改置梁國,隋唐爲宋州。宋爲南京應天府,金天會八年改爲歸德府。明清因之。府治在今河南商丘市。參閲寰宇通志八三開封府上。

【歸嬉】傳説爲鳳凰飛鳴聲。古微書十一春秋緯潛潭巴:"鳳行鳴曰歸嬉,止鳴曰提扶。"

【歸藏】古易名,相傳爲黄帝作。周禮春官大卜:"掌三易之法:一曰連山,二曰歸藏,三曰周易。"注:"歸藏者,萬物莫不歸而藏於其中。"歸藏在漢初已亡,今所傳古三墳書中的歸藏,爲後人僞作。

【歸獸】將馬牛放歸山野。意謂偃武修文。書武成序:"武王代殷,往伐歸獸,識其政事,作武成。"文選晉左太沖(思)魏都賦:"喪亂既弭而能宴,武人歸獸而去戰。"

【歸去來】㊀辭賦篇名。晉陶潛作。潛自序云:"余家貧,又心憚遠役,彭澤縣去家百里,故便求之。及少日,眷然有歸與之情,自免去職,因事順心,命篇曰歸去來。"也作歸去來辭。㊁詞調名。雙調,仄韻,有四十九字、五十二字二體。

【歸田賦】漢張衡作。見文選十五。因當時宦官用事,衡仕不得志,欲歸田里,故作此賦。

【歸田録】宋歐陽修撰。二卷。爲修晚年辭官居潁州時作。所記自朝廷軼聞及士大夫的瑣事、議論等,大都爲其親身經歷的見聞。

【歸有光】公元1506—1571年。明崑山人。字熙甫,人稱震川先生。嘉靖四十四年進士,官南京太僕丞。有光爲古文,好司馬遷史記,反對前後七子文必秦漢的復古主張,推崇唐宋古文,爲明中葉以後一大作家。有三吴水利録、震川集四十卷。明史載文苑傳。

【歸宗寺】古佛寺名。在江西廬山金輪峯下。原爲晉王羲之故宅。羲之於咸康六年捨宅爲寺,以居那連耶舍尊者(一名達摩多羅),寺中有羲之洗墨池。唐寶曆初,智常禪師住持時,又大加擴建,宋代爲禪宗大道場。參閲宋陳舜俞廬山記二敍山南。

【歸潛志】元劉祁撰。十四卷。祁爲金末太學生。元兵入汴,避居鄉間撰此,因其室名歸潛,故以名書。一至六卷雖意主詩詞,而旁及時事,略如傳體。其餘各卷記金代時事。祁熟於掌故,所記皆其親身聞見,多可徵信。明人修金史,多取材於此書。

【歸馬放牛】喻戰争結束。書武成:"乃偃武修文,歸馬於華山之陽,放牛於桃林之野,示天下弗服。"弗服,不復乘用。指周武王滅商後,不復用兵。

【歸真反璞】去其外飾,還其本真。戰國策齊四:"斶知足矣,歸〔真〕反璞,則終身不辱也。"

歹　部

歹 dǎi ㄉㄞˇ 字彙 多改切，戴上聲。

壞。"好"之對。元曲選關漢卿竇娥冤三："地也，你不分好歹何爲地！天也，你錯勘賢愚枉做天！"紅樓夢五七："他們這裏人多嘴雜，說好話的人少，說歹話的人多。"

【歹人】壞人。古典戲曲中多指盜賊。元曲選李文蔚燕青博魚一："哥，您兄弟不是歹人。"

【歹毒】狠毒。紅樓夢六五："他（王熙鳳）心裏歹毒，口裏尖快。"

二　畫

歽 1. xiǔ ㄒㄧㄡˇ 許久切，上，有韻，溪。

㊀腐爛。同"朽"。墨子尚同上："至有餘力，不能以相勞；腐歽餘財，不以相分。"

2. guǎ ㄍㄨㄚˇ

㊀剔肉。列子湯問："楚之南有炎人之國，其親戚死，歽其肉而棄，然後埋其骨，迺成爲孝子。"釋文云："歽本作咼〔冎〕，音寡，剔肉也。又音朽。"

【歽塗】傳說中的山名。山海經大荒南經："大荒之中，有山名歽塗之山，青水窮焉。"

死 sǐ ㄙˇ 息姊止，上，旨韻，心。

㊀喪失生命。與"生"相對。論語先進："未知生，焉知死。"㊁尸，尸體。左傳哀十六年："白公奔山而縊，其徒微之。生拘白乞而問白公之死焉。"呂氏春秋離謂："鄭之富人有溺者。人得其死者，富人請贖之。"㊂盡，消失。荀子大略："流言止焉，惡言死焉。"才調集一常建弔王將軍墓詩："戰餘落日黃，軍敗鼓聲死。"㊃失去感覺。唐杜甫杜工部草堂詩箋十七乾元中寓居同谷縣作歌之一："中原無書歸不得，手脚凍皴皮肉死。"㊄不通達，不流通。如"死路"、"死水"。㊅表示極度。元曲選楊文奎兒女團圓三："這添添小哥哥，今年十三歲，天生的甚是聰明，父親歡喜死他。"

【死力】謂必死之力，最大的力量。六韜龍韜立將："如此則士衆必盡死力。"淮南子泰族："秦穆公爲野人食駿馬肉之傷也，飲之美酒，韓之戰以其死力報，非券之所責也。"

【死亡】死。左傳成二年："魯衛諫（晉郤克）曰：'齊疾我矣。其死亡者，皆親暱也。子若不許，讎我必甚。'"漢書五一賈山傳至言："昔者夏商之季世，雖關龍逢箕子比干之賢，身死亡而道不用。"

【死士】敢死之士。左傳定十四年："句踐患吳之整也，使死士再，禽焉，不動。"戰國策秦一："於是乃廢文任武，厚養死士，綴甲厲兵，效勝於戰場。"

【死友】交情至死不變，可以託死的朋友。後漢書八一范式傳："少遊太學爲諸生，與汝南張劭爲友，劭字元伯。……後元伯寢疾篤，……臨盡，歎曰：'恨不見吾死友！'"

【死比】謂與死罪案例相比況，以構成死罪。漢書刑法志："姦吏因緣爲市，所欲活則傅生議，所欲陷則予死比，議者咸冤傷之。"

【死公】猶言死老頭子。後漢書八十下禰衡傳："後黃祖在蒙衝船上，大會賓客，而衡言不遜順。祖慚，乃訶之，衡更熟視曰：'死公！云等道？'"注："死公，罵言也。"

【死市】猶棄市。謂死刑。淮南子說山："拘囹圄者以日爲脩，當死市者以日爲短。"又氾論："而立秋之後，司寇之徒繼踵於門，而死市之人血流於路。"參見"棄市"。

【死句】禪宗開示學者語，其出語藏機鋒，非深參不能了悟者爲活句，反之稱死句。五燈會元十五圓明禪師："但參活句，莫參死句。"宋人論詩用其義稱含蓄而有深意者爲活句，一覽無遺，意境淺陋者爲死句。宋陸游劍南詩稿三一贈應秀才："我得茶山一轉語，文章切忌參死句。"茶山，曾幾號。

【死交】至死不變的交誼。北齊書宋遊道傳："與頓丘李奬一面，便定死交。"

【死地】必死之地。孫子九地："投之亡地然後存，陷之死地然後生。"孟子梁惠王上："有牽牛而過堂下者，……王曰：'舍之，吾不忍其觳觫，若無罪而就死地！'"

【死臣】效死以顯忠義之臣。管子大匡："召忽曰：'……子爲生臣，忽爲死臣；忽也知得萬乘之政而死，公子糾可謂有死臣矣；子生而霸諸侯，公子糾可謂有生臣矣。'"越絕書十二越絕內經九術："句踐晝書不倦，晦誦竟旦，聚死臣數萬。"

【死灰】㊀已熄滅的冷灰。莊子齊物論："形固可使如槁木，而心固可使如死灰乎？"注："死灰槁木，取其寂寞無情耳。"唐杜甫杜工部草堂詩箋三五晚晴："泊乎吾生何飄零？支離委絕同死灰。"㊁蒼白色。莊子盜跖："目芒然無見，色若死灰。"淮南子脩務："（申包胥）七日七夜至於秦庭，……晝吟宵哭，面若死灰，顏色黴黑。"

【死肌】失去感覺的肌肉。唐柳宗元柳先生集十六捕蛇者說："永州之野，產異蛇。……可以已大風、攣踠、瘻癘；去死肌，殺三蟲。"

【死志】效死的決心。左傳定四年："楚瓦不仁，其臣莫有死志，先伐之，其卒必奔。"吳子料敵："輕其將，薄其祿，士無死志。"

【死孝】舊時指居父母之喪，因悲痛過甚而忘生的人。世說新語德行："王戎和嶠同時遭大喪，……（劉）仲雄曰：'和嶠雖備禮，神氣不損；王戎雖不備禮，而哀毀骨立。臣以和嶠生孝，王戎死孝。'"又見晉書王戎傳。

【死別】謂永別。玉臺新詠一古詩爲焦仲卿妻作："生人作死別，恨恨那可論！"唐杜甫杜工部草堂詩箋十四夢李白："死別已吞聲，生別長惻惻。"

【死事】效忠國事而死者。禮月令孟冬之月："賞死事，恤孤寡。"管子問："問死事之孤，其未有田宅者有乎？……問死事之寡，其餼廩何如？"

【死狗】佛家譬穢身。涅槃經一："是身可惡，猶如死狗。"

【死屍】死人的骸體。也作"死尸"。關尹子七釜："人之力，有可以奪天地造化者，如：冬起雷，夏造冰，死屍能行，枯木能華。"

【死海】佛教喻生死無邊。無常經："如其壽命盡，須臾不暫停；還漂死海中，隨緣受衆苦。"

【死悌】爲兄弟情誼而死。唐張說張說之集十四贈陳州刺史義陽王碑："王二子配在嶲州，及六道使之用刑也，長曰行遠，以冠就戮；次曰行芳，以童當捨。芳啼號抱行(遠)，乞代兄命。既不見聽，固求同盡。西南傷之，稱爲死悌。」

【死國】死於國事。史記陳涉世家：「今亡亦死，舉大計亦死；等死，死國可乎？」漢書八四翟方進傳：「設令時命不成，死國埋名，猶可以不慙於先帝。」

【死畫】沒有生氣的畫。唐張彥遠歷代名畫記二論顧陸張吳用筆：「夫用界筆直尺，界筆是死畫也；守其神，專其一，是真畫也。死畫滿壁，曷如汙墁；真畫一劃，見其生氣。」

【死義】守節義而死。呂氏春秋離俗：「令此處人主之旁，亦必死義矣。」史記一二〇汲黯傳：「淮南王謀反，憚黯，曰：『好直諫，守節死義，難惑以非。』」

【死勢】死局。南史謝弘微傳：「嘗與友人棊，友人西南棊有死勢，復一客曰：『西南風緊，或有覆舟者。』友悟，乃救之。」

【死殙】悶塞氣絕。呂氏春秋論威：「知其不可久處，則知所免起鳧舉死殙之地矣。」注：「殙，音悶，謂絕氣之悶。」

【死罪】㊀當死之罪。左傳昭二年：「有死罪三，何以堪之？」史記一二二義縱傳：「爲死罪解脫。」㊁奏章、書札中的套語，意爲「冒死」。史記一〇二馮唐傳：「臣誠愚，觸忌諱，死罪死罪。」唐韓愈昌黎集十八與孟尚書書：「辱吾兄眷厚，而不獲承命，惟增慚懼，死罪死罪。」

【死節】同「死義」。韓非子守道：「明於尊位必賞，故能使人盡力於權衡，死節於官職。」漢書六二司馬遷傳報任安書：「假令僕伏法受誅，若九牛亡一毛，與螻蟻何異？而世又不與能死節者比，特以爲智窮罪極，不能自免，卒就死耳。」

【死綏】退軍爲綏。軍敗而退，將當死之，稱死綏。三國志魏武帝紀建安八年己酉令：「司馬法：『將軍死綏。』」注引魏書：「綏，卻也。有前一尺，無卻一寸。」唐杜牧樊川集二聞慶州趙縱使君與黨項戰中箭身死長句詩：「死綏却是古來有，驍將自驚今日無。」

【死魄】農曆每月朔日稱死魄，望日稱生魄。書武成：「惟一月壬辰，旁死魄。」疏：「魄者形也，謂月之輪郭無光之處名魄也。朔後明生而魄死，望後明死而魄生。」也作「死霸」。漢書律曆志下：「死霸，朔也；生霸，望也。」參見「旁死魄」。

【死戰】言盡死力作戰。漢書五四李廣傳附李陵：「上欲陵死戰，召陵母及婦，使相者視之，無死喪色。」

【死職】死於職守。荀子議兵：「將死鼓，御死轡，百吏死職，士大夫死行列。」後漢書二九郅惲傳：「障君於朝，既有其直，而不死職，罪也。」

【死難】死於國難。漢桓寬鹽鐵論憂邊：「夫守節死難者，人臣之職也。」文選三國魏曹子建(植)求自試表：「昔毛遂趙之陪隸，猶假錐囊之喻，以寤主立功，何況巍巍大魏，多士之朝，而無慷慨死難之臣乎？」

【死黨】盡死力於朋黨。漢書八四翟方進傳：「案後將軍朱博、鉅鹿太守孫閎、故光祿大夫陳咸與(王)立交通厚善，相與爲腹心，有背公死黨之信，欲相攀援，死而後已。」後指狼狽爲姦，結成一夥的私黨。宋馬永卿元城語錄解：「公(劉安世)復言蔡確黃履邢恕章惇四人，在元豐之末，號爲死黨。」

【死老魅】猶言死老鬼。後漢書六六陳蕃傳：「遂執蕃送黃門北寺獄，黃門從官騶蹋踧蕃曰：『死老魅！復能損我曹員數，奪我曹稟假不？』」

【死沒騰】癡呆的樣子。元王實甫西廂記二本三折：「荆棘刺怎動那，死沒騰無回豁！」元曲選缺名貨郎旦一：「氣的我死沒騰軟癱做一垜。」也作「死沒堆」。又缺名神奴兒二：「我將你尋到有三千遍，叫道有二千聲，怎這般死沒堆在燈前立。」

【死馬醫】明知病危難醫，而仍積極救治，以求萬一得生，曰死馬當活馬醫。自唐以來即有死馬醫一語，泛指作最後的嘗試。宋集成集宏智禪師廣錄一：「若恁麼會去，許爾有安樂分，其或未然不免作死馬醫去也。」又朱弁曲洧舊聞二：「蔡持正既下殿，謂同列曰：『此事烏可？須作死馬醫始得。』」參閱宋朱翌猗覺寮雜記下、清顧張思土風錄十三死馬當活馬醫。

【死心塌地】形容打定主意，不再改變。元王實甫西廂記三本三折：「得罪波社家，今日便早則死心塌地。」水滸三九：「蕭讓聽了，與金大堅兩個閉口無言，只得死心塌地，再回山寨入夥。」

【死不瞑目】言立志不就，死不甘心。三國志吳孫堅傳：「(董)卓憚堅猛壯，乃遣將軍李傕等來求和親，……堅曰：(董)卓逆天無道，蕩覆王室，今不夷汝三族，縣示四海，則吾死不瞑目！」

【死中求生】在絕境中求生路。後漢書十三公孫述傳：「述謂延岑曰：『事當奈何？』岑曰：『男兒當死中求生，可坐窮乎！』」晉書呂光載紀：「乾歸因大震，泣歎曰：『死中求生，正在今日也。』」

【死生有命】舊謂死生爲命中注定。論語顏淵：「子夏曰：『商聞之矣，死生有命，富貴在天。』」世說新語賢媛：「(趙)飛燕讒班婕妤祝詛，於是考問，辭曰：『妾聞死生有命，富貴在天，修善尚不蒙福，爲邪欲以何望。』」

【死灰復然】比喻失勢的人重新得勢。史記一〇八韓長孺傳：「安國坐法抵罪，蒙獄吏田甲辱安國。安國曰：『死灰獨不復然乎？』田甲曰：『然即溺之。』」然即「燃」。宋陳亮龍川集十八謝曾察院啟：「劫火不燼，玉固如斯；死灰復燃，物有待爾。」

【死有餘辜】謂罪大惡極雖死亦不足以抵罪。漢書五一路溫舒傳上書：「蓋奏當之成，雖咎繇聽之，猶以爲死有餘辜。何則？成練者衆，文致之罪明也。」後漢書六六陳蕃傳：「(侯)覽之從橫，沒財已幸；(徐)宣犯釁過，死有餘辜。」

四　畫

歿 mò 莫勃切，入，沒韻，明。ㄇㄛˋ

終，死。國語晉四：「管仲歿矣，多讒在側。」史記八四屈原傳懷沙賦：「伯樂既歿兮，驥將焉程兮？」楚辭懷沙作「沒」。

【歿世】終身。管子心術下：「聖人之道，若存若亡，援而用之，歿世不亡。」墨子節用中：「是以終身不饜，歿世而不卷。」參見「沒世」。

【歿身】㊀終身。同「歿世」。老子：「歿身不殆。」一本歿作「沒」。㊁殺身。史記八六聶政傳：「妾其奈何畏歿身之誅，終滅賢弟之名！」

殅 xiōng 許容切，平，鍾韻，曉。ㄒㄩㄥ

惡。漢書藝文志天文：「然星事殅悍，非湛密者弗能由也。」注：「殅，讀與凶同。」

殀 yāo 於兆切，上，小韻，影。ㄧㄠ

㊀短命。通「夭」。孟子盡心上：「殀壽不貳，修身以俟之，所以立命也。」楚辭屈原九章惜往日：「何芳草之早殀兮？微霜降而下戒。」㊁殺死，砍伐。禮王制：「不殺胎，不殀夭。」夭，幼物。

歾 1. mò 莫勃切，入，沒韻，明。ㄇㄛˋ

㊀死，終。同「歿」。左傳僖二二年：「叔詹曰：『楚王其不歾乎！』」注：「不以壽終。」㊁盡。漢揚雄太玄經二耎：「詘其節，執其術，共所歾。」

2. wěn ㄨㄣˇ 集韻 武粉切,上,吻韻。

㊀割。同"刎"。荀子彊國:"人知貴生樂安而弃禮義,辟之是猶欲壽而歾頸也。"參閱清鄭珍說文新附考二刎。

五 畫

殂

cú ㄘㄨˊ 昨胡切,平,模韻,從。

死。三國志蜀諸葛亮傳出師表:"先帝創業未半而中道崩殂。"

【殂落】㊀死。書舜典:"二十有八載,帝(堯)乃殂落,百姓如喪考妣。"孟子萬章上引書堯典作"徂落"。文選南朝梁劉孝標(峻)辨命論:"(劉瓛劉璡)相次殂落,宗祀無饗。"㊁凋落。漢書八七上揚雄傳校獵賦:"萬物權輿於內,殂落於外。"

【殂謝】死亡。唐顏真卿顏魯公集十二登峴山觀李左相石尊聯句:"懷賢久殂謝,贈遠空攀援。"

殃

yāng ㄧㄤ 於良切,平,陽韻,影。

㊀災禍。書伊訓:"作不善,降之百殃。"㊁罪,罰。楚辭屈原離騷:"豈余身之憚殃兮,恐皇輿之敗績。"㊂害。孟子告子下:"不教民而用之,謂之殃民,殃民者,不容於堯舜之世。"

【殃咎】禍殃。左傳莊二十年:"哀樂失時,殃咎必至。"後漢書二八上馮衍傳說鮑永:"殃咎之毒,痛入骨髓,匹夫僮婦,咸懷怨怒。"

【殃毒】災害,毒害。逸周書九王佩解:"殃毒在信疑,孽子在聽內。"晉傅玄傅子校工:"上欲無節,衆下肆情,淫奢並興,而百姓受其殃毒矣。"

【殃及池魚】比喻無辜波及而受害。詳"城門失火"。

殆

dài ㄉㄞˋ 徒亥切,上,海韻,定。

㊀危險。老子:"知足不辱,知止不殆。"楚辭屈原九章惜誦:"故衆口其鑠金兮,初若是而逢殆。"㊁大概。孟子盡心下:"齊饑,陳臻曰:'國人皆以爲夫子將復爲發棠,殆不可復。'"史記趙世家:"吾嘗見一子於路,殆君之子也。"㊂近,幾乎。詩小雅節南山:"式夷式已,無小人殆。"箋:"殆,近也。"禮檀弓下:"哀哉!死者而用生者之器也,不殆於用殉乎哉?"㊃始及,趕上。通"迨"。詩豳風七月:"女心傷悲,殆及公子同歸。"傳:"殆,始。"㊄懈怠。通"怠"。詩商頌玄鳥:"商之先后,受命不殆。"商君書農戰:"農者殆則土地荒。"

【殆庶】謂近似。易繫辭上:"顏氏之子,其殆庶幾乎!"本以庶幾爲近似之意,後用"殆庶"爲近乎聖人之稱。宋書武帝紀中經張良廟令:"張子房道亞黃中,照隣殆庶,風雲言感,蔚爲帝師。"

殄

tiǎn ㄊㄧㄢˇ 徒典切,上,銑韻,定。

㊀斷絕,滅絕。書畢命:"利口惟賢,餘風未殄。"詩大雅桑柔:"不殄心憂,倉兄填兮。"㊁消滅。史記秦始皇紀碣石辭:"武殄暴逆,文復無罪。"㊂美善。通"腆"。詩邶風新臺:"燕婉之求,籧篨不殄。"箋:"殄當作腆;腆,善也。"

【殄夷】殺絕。文選漢班孟堅(固)西都賦:"松柏仆,叢林摧,草木無餘,禽獸殄夷。"唐柳宗元柳先生集十八罵尸蟲文:"俟帝之命,乃施于刑。羣邪殄夷,大道顯明。"

【殄沌】混雜不分。文選漢王子淵(褒)洞簫賦:"哮呷呟喚,躋躓連絕,淈殄沌兮。"注:"淈然相亂,殄沌不分也。"

【殄破】敗亡。後漢書七七陽球傳:"拜九江太守。球到,設方略,凶賊殄破,收郡中姦吏盡殺之。"

【殄滅】滅亡。書盤庚中:"乃有不吉不迪,顛越不恭,暫遇姦宄,我乃劓殄滅之,無遺育,無俾易種于茲新邑。"左傳成十三年:"伐我保城,殄滅我費滑,離散我兄弟,撓亂我同盟,傾覆我國家。"

【殄瘁】困病,困苦。殄、瘁,皆病。詩大雅瞻卬:"人之云亡,邦國殄瘁。"瘁,也作"顇"、"悴"。漢書九九上王莽傳引詩作"殄顇"。晉書殷浩傳桓溫罪浩疏:"華夏鼎沸,黎元殄悴。"

【殄殲】殲滅,滅絕。書泰誓下:"誕以爾衆士,殄殲乃讎。"唐柳宗元柳先生集二十劍門銘:"破裂層壘,殄殲羣頑。"

六 畫

殊

shū ㄕㄨ 市朱切,平,虞韻,禪。

㊀死。史記一一八淮南王安傳:"太子即自剄,不殊。"㊁斷絕。左傳昭二三年:"武城人塞其前,斷其後之木而弗殊。"㊂異,不同。易繫辭下:"天下同歸而殊塗。"㊃特出,出衆。樂府詩集二八古辭陌上桑:"坐中數千人,皆言夫壻殊。"㊄超過。後漢書三四梁竦傳梁嫕自訟書:"妾父既冤不可復生,母氏年殊七十,及弟棠等遠在絕域,不知死生。"㊅極,甚。詩魏風汾沮洳:"美無度,殊異乎公路。"文選魏文帝(曹丕)與吳質書:"孔璋(陳琳)章表殊健,微爲繁富。"

【殊方】㊀不同的方向、旨趣。漢書五六董仲舒傳對策:"今師異道,人異論,百家殊方,指意不同,是以上亡以持一統,法制數變,下不知所守。"漢書藝文志:"時君世主,好惡殊方。"㊁異域,他鄉。文選漢班孟堅(固)西都賦:"踰崐崘,越巨海,殊方異類,至於三萬里。"

【殊尤】特異。文選漢司馬長卿(相如)封禪文:"未有殊尤絕迹可考於今者也。"又晉成公子安(綏)嘯賦:"信自然之極麗,羌殊尤而絕世。"

【殊功】特異的功勳。三國志蜀諸葛亮傳詔策:"神武赫然,威震八荒,將建殊功於季漢,參伊周之巨勳。"梁書張緬傳附張纘南征賦:"諒殊功於百王,固無得而稱矣。"

【殊死】㊀斬首之刑。莊子在宥:"今世殊死者相枕也。"漢書高帝紀下:"今天下事畢,其赦天下殊死以下。"注引韋昭:"殊死,斬刑也。"參閱唐顏師古匡謬正俗八殊死。㊁拚死,決死。史記九二淮陰侯傳:"韓信張耳已入水上軍,軍皆殊死戰,不可敗。"

【殊色】㊀不同的顏色。淮南子人間:"鉛之與丹,異類殊色。"㊁美麗的色彩。藝文類聚九一三國魏應瑒鸚鵡賦:"何翩翩之麗鳥,表衆豔之殊色。"㊂絕色。指特別美麗的女子。太平廣記四一九唐李朝威柳毅:"見有婦人,牧羊於道畔。毅怪視之,乃殊色也。"

【殊行】高行。後漢書四十上班彪傳附班固奏記東平王蒼:"此六子者,皆有殊行絕才,德隆當世。"六子,指桓梁晉馮李育郭基王雍殷肅。三國志魏三少帝紀高貴鄉公髦傳甘露二年詔:"玄菟郡……民王簡負擔(鄭)熙喪,晨夜星行,遠致本州,忠節可嘉。其特拜簡爲忠義都尉,以旌殊行。"

【殊技】㊀不同的技能。莊子秋水:"騏驥驊騮,一日而馳千里,捕鼠不如狸狌,言殊技也。"㊁技巧異於尋常。後漢書五九張衡傳:"與世殊技,固孤是求。"

【殊狀】形狀不同。漢王充論衡講瑞:"身形殊狀,生出異土。"文選南朝梁丘希範(遲)旦發魚浦潭詩:"詭怪石異象,嶄絕峯殊狀。"

【殊服】異其衣服。文選漢司馬長卿(相如)上林賦"便姍嫳屑,與俗殊服。"漢書七二王吉傳上疏言得失:"是以百里不同風,千里不同俗,戶異政,人殊服。"借指外國或外族。藝文類聚四七漢張衡司空陳公誄:"萬邦既協,殊服來同。"

【殊姿】㊀特異的姿質。藝文類聚九三三國魏應瑒慜驥賦:"懷殊姿而困遇兮,願遠迹而自舒。"㊁不同的姿態。唐杜甫杜工部草堂詩箋二七楊監又出畫鷹十二扇:"殊姿各獨立,清絕心有向。"

【殊品】㊀不同的品類。文選三國魏應休璉(璩)與廣川岑文瑜書:"今者雲重積而復散,雨垂落而復收,得無賢聖殊品,優劣異姿,割髮宜及膚,翦爪宜侵肌乎?"㊁特異的品種。文選三國魏曹子建(植)七啟:"麗草交植,殊品詭類。"

【殊科】㊀不同類。史記一一二主父偃傳:"德優則行,否則止,與内耆泰而外爲詭服以釣虛譽者殊科。"唐韓愈昌黎集三八月十五夜贈張功曹詩:"君歌且休聽我歌,我歌今與君殊科。"㊁不同的科舉名目。宋蒲壽宬心泉學詩稿三送劉童子試藝天京詩:"殊科自可獻上國,況能文藝超等夷。"

【殊俗】㊀不同的習俗。詩周南關雎傳序:"國異政,家殊俗,而變風變雅作矣。"㊁異方的風俗。吕氏春秋諭大:"禹欲帝而不成,既足以正殊俗矣。"多用以指遠方或異邦。文選漢賈誼過秦論:"始皇既没,餘威振於殊俗。"唐吕延濟注:"殊俗,遠方也。"

【殊效】非常的功績。魏書于栗磾傳附于忠:"可特聽如請,以彰殊效。"效,也作"効"。唐白居易長慶集三五王日簡可朝散大夫德州刺史制:"今寇戎未起,封域未寧,是忠臣奮奇謀,烈士展殊効之日也。"

【殊庭】異域。指神仙所居之處。史記孝武紀:"上親禪高里,祠后土。臨渤海,將以望祠蓬萊之屬,冀至殊庭焉。"索隱:"服虔曰:'蓬萊中仙人。殊庭者,異也。言入仙人異域也。'"又見漢書武帝紀太初元年。

【殊致】㊀不一致。晉范甯春秋穀梁傳序:"春秋之傳有三,而爲經之旨一,臧否不同,褒貶殊致。"唐韋應物韋江州集三贈琮公詩:"出處似殊致,宣静兩皆禪。"㊁特異的景緻。文苑英華二四三唐李夷簡西亭暇日書懷十二韻獻上相公詩:"兹亭有殊致,經始富人侯。"

【殊恩】異常的恩惠。多指皇帝所給的恩惠。後漢書三一杜詩傳上書:"八年上書乞避功德,陛下殊恩,未許放退。"文苑英華一七八唐沈佺期初冬從幸漢故青門應制:"微臣諒多幸,參乘偶殊恩。"

【殊能】㊀異常的才能。後漢書二八桓譚傳:"夫更張難行,而拂衆者亡,……世雖有殊能而終莫敢談者,懼於前事也。"㊁不同的才能。文選漢司馬長卿(相如)上書諫獵:"臣聞物有同類而殊能者,故力稱烏獲,捷言慶忌,勇期賁育。"賁,孟賁;育,夏育。

【殊特】猶言特殊。三國志魏邢顒傳劉楨諫曹植書:"家丞邢顒北土之彦,……楨誠不足,同貫斯人,並列左右,而楨禮遇殊特,顒反疏簡,私懼觀者將謂君侯習近不肖,禮賢不足。"

【殊域】異域,遠方。晉陸雲陸士龍集三贈顧彦先詩之二:"華映殊域,實鎮天庭。"宋書樂志三晉曹毗歌世宗武皇帝:"殊域既賓,僞吴亦平。"

【殊階】優異的官階。南史劉善明傳上表陳事:"忠貞孝悌,宜擢以殊階;清儉苦節,應授以政務。"

【殊遇】特别的待遇。多指恩寵、信任。三國志蜀諸葛亮傳出師表:"然侍衛之臣不懈於内,忠志之士忘身於外者,蓋追先帝之殊遇,欲報之於陛下也。"

【殊量】猶言大器。三國志蜀諸葛亮傳陳壽等言:"時左將軍劉備以亮有殊量,乃三顧亮於草廬之中。"藝文類聚五十晉潘尼益州刺史楊恭侯碑文:"君乾靈之醇德,挺一世之殊量。"

【殊等】不同的等級。後漢書五四楊震傳附楊賜哀策:"禮設殊等,物有服章,今使左中郎將郭儀持節追位特進,贈司空驃騎將軍印綬。"孔叢子記義:"同寮有相友之義,貴賤殊等,不爲同官。"

【殊勝】特異,絶好。太平廣記五五唐薛用弱集異記蔡少霞:"居處深僻,俯近龜蒙,水石雲霞,境象殊勝。"

【殊鄉】仙鄉,異鄉。舊題晉王嘉拾遺記一軒轅黄帝:"帝乘雲龍而遊殊鄉絶域。"唐王勃王子安集五夏日登韓城門樓寓望序:"輟仙駕於殊鄉,遇良朋於異縣。"

【殊榮】特殊的光榮。三國志吴薛綜傳附薛瑩獻孫晧詩:"追録先臣,愍其無成,是濟是拔,被以殊榮。"

【殊獎】特殊的獎勵。南朝陳徐陵徐孝穆集二爲貞陽侯重與王太尉書:"遂蒙殊獎,歸嗣本朝。"唐陳子昂陳伯玉集四爲僧謝講表:"恩勑殊獎,賜有褒稱。"

【殊稱】不同的或特殊的名稱。弘明集九南朝梁蕭琛難神滅論:"名既殊稱,貌亦爽實。"宋詩鈔孫覿鴻慶集鈔題董令升待制明谿:"先生谿上宅,華榜有殊稱。"

【殊賞】特殊的賞賜。北史陳元康傳:"左衛將軍郭瓊以罪死,子婦范陽盧道虔女也,没官。神武(高歡)啟以賜元康爲妻。元康地寒,時以爲殊賞。"

【殊勳】特殊的功勳。三國志魏荀彧傳:"董昭等謂太祖(曹操)宜進爵國公,九錫備物,以彰殊勳。"隋書高祖紀下開皇十七年詔:"申明公(李)穆、鄖襄公(韋)孝寬……等,登庸納揆之時,草昧經綸之日,丹誠大節,心盡帝圖,茂積殊勳,力宣王府。"

【殊禮】㊀不同的禮制。史記高祖功臣侯者年表:"帝王者各殊禮而異務,要以成功爲統紀,豈可緄乎?"㊁特殊的禮遇。漢書九九上王莽傳陳崇奏:"高皇帝褒賞元功,相國蕭何邑户既倍,又蒙殊禮。"後漢書十三隗囂傳:"囂乃上書詣闕,光武素聞其風聲,報以殊禮,言稱字,用敵國之儀。"

【殊類】不同的類别。文選漢司馬長卿(相如)子虛賦:"若乃俶儻瑰瑋,異方殊類,珍怪鳥獸,萬端鱗崪,充牣其中,不可勝記。"史記七六平原君傳"公孫龍善爲堅白之辯"集解引漢劉向别録:"辯者,别殊類使不相害,序異端使不相亂。"

【殊觀】奇觀,大觀。文選三國魏曹植洛神賦:"俯則未察,仰以殊觀,覩一麗人,于巖之畔。"注:"未察,猶未的審,所觀殊異。"晉書索靖傳草書狀:"著絶勢於紈素,垂百世之殊觀。"

【殊塗同致】即殊塗同歸。文選三國魏嵇叔夜(康)與山巨源絶交書:"故君子百行,殊塗而同致,循性而動,各附所安。"晉書本傳無"而"字。也作"殊塗同會"。後漢書四九王充等傳論:"如使用審其道,則殊塗同會;才爽其分,則一豪以乖。"

【殊塗同歸】通過不同道路,達到一個目標。晉書律曆志中引三國魏陳羣奏:"案三公議皆綜盡典理,殊塗同歸,欲使效之璿璣,各盡其法。"抱朴子任命:"或運思於立言,或銘勳乎國器,殊塗同歸,其致一也。"

殉 xùn ㄒㄩㄣˋ 辭潤切,去,稕韻,邪。

說文無"殉",古籍多通用"徇"。㊀以人從葬。左傳文六年:"秦伯任好卒,以子車氏之三子奄息仲行鍼虎爲殉。"又定三年:"先葬以車五乘,殉五人。"後以物從葬也叫"殉"。太平廣記三四崔煒唐裴鉶傳奇:"蓋趙佗以珠爲殉故也。"㊁爲追求理想、道義或某些事物而不惜身。莊子盜跖:"无赴而富,无殉而成。"參見"殉國"、"殉利"等條。㊂巡。後漢書六三李固傳:"南陽人董班亦往哭固，而殉尸不肯去。"注:"殉，巡也。"

【殉名】不惜生命以求名。莊子秋水:"无以人滅天,无以故滅名,无以得殉名。"

【殉利】貪利。莊子駢拇:"小人則以身殉利,士則以身殉名,大夫則以身殉家,聖人則以身殉天下。"文選南朝梁劉孝標(峻)廣絶交論:"此則殉利之情未嘗異,變化之道不得一。"

【殉財】猶殉利。莊子盜跖:"小人殉財,君子殉名,其所以變其情易其性則異矣,乃至於棄其所爲而殉其所不爲,則一也。"也作"徇財"。史記八四賈誼傳服鳥賦:"貪夫殉財兮,烈士徇名。"

【殉國】㊀爲國難而捨生。戰國策燕一:"將軍市被,死以殉國。"文選晉殷仲文解尚書表:"進不能見危授命,亡身殉國;退不能辭粟首陽,拂衣高謝。"㊁猶衛國。漢揚雄太玄經六勤:"勞踖踖,躬殉國也。"注:"殉,衛也,勤力之家,以身衛國也。"

【殉道】爲正義而捨生。孟子盡心上:"天下有道,以道殉身;天下無道,以身殉道。"

【殉葬】用人或物陪葬。禮檀弓下:"陳子車死於衛,其妻與其家大夫謀以殉葬。"聊齋志異連瑣:"刀實妾父出使粤中,百金購之,……大人憐妾夭亡,用以殉葬。"

【殉節】爲節義而死。三國志魏荀彧傳評南朝宋裴松之注:"及至霸業既隆,翦漢迹著,然後忘身殉節,以申素情。"封建社會也指婦女從夫或爲抗拒凌辱而死。儒林外史四八:"我仔細想來,我這小女要殉節的真切,倒也由着他行罷。"

【殉難】爲國難而犧牲。三國志蜀先主傳:"(備)受朝爵秩,念在輸力,以殉國難。"晉書溫嶠傳移告四方征鎮文:"即日護軍庾亮至,宣太后詔,……承問悲惶,精魂飛越。嶠闇弱不武,不能殉難,哀恨自咎,五情摧隕,慚負先帝寄託之重,義在畢力,死而後已。"點校本殉作"徇"。

殈 xù 呼臭切,入,錫韻,曉。ㄒㄩˋ

鳥蛋破裂而不孵化。禮樂記:"胎生者不殰,而卵生者不殈。"注:"殈,裂也。"

七 畫

殑 1. qíng 其矜切,平,蒸韻,羣。ㄑㄧㄥˊ 其拯切,上,拯韻,羣。

㊀病困欲死。明劉基誠意伯集十四贈道士蔣玉壺長歌:"洞晃矇朗眩遙瞪,瘁肌砭髓魂欲殑。"

2. jìng 其餕切,去,證韻,羣。ㄐㄧㄥˋ

㊁見"殑₂伽"。

【殑₂伽】水名。印度恒河的音譯。本爲河神名,又作水名。參閱大唐西域記四秣莵羅國、慧琳一切經音義四七玄應音對法論十二殑伽沙、翻譯名義集三諸水殑伽。

【殑殑】疲憊貌。唐元稹長慶集十一紀懷贈李六戶曹崔二十功曹五十韻:"荒居鄰鬼魅,羸馬步殑殑。"

殍 1. piǎo 平表切,上,小韻,滂。ㄆㄧㄠˇ

㊀餓死的人。說文作"𠬪"。假作殍、莩。孟子盡心下:"有布縷之征,粟米之征,力役之征。君子……用其二而民有殍。"又梁惠王上:"塗有餓莩而不知發。"參見"莩"。

2. pǐ 符鄙切,上,旨韻,滂。ㄆㄧˇ

㊁草木枯落。見廣韻。

八 畫

殖 zhí 常職切,入,職韻,禪。ㄓˊ

㊀種植,孳生。書呂刑:"稷降播種,農殖嘉穀。"又湯誥:"賁若草木,兆民允殖。"㊁生長,繁殖,蕃息。國語晉四:"同姓不婚,惡不殖也。"㊂貨殖。列子楊朱:"子貢殖于衛。"㊃立,樹立。國語周下:"上得民心,以殖義方。"㊄姓。春秋齊有大夫殖綽。見左傳襄二十六年、十九年。

【殖殖】平正。詩小雅斯干:"殖殖其庭,有覺有楹。"唐權德輿權載之集三二開州刺史新宅記:"殖殖廣庭,渠渠中堂。"

殘 cán 昨干切,平,寒韻,從。ㄘㄢˊ

㊀凶惡,凶惡的人。書泰誓中:"取彼凶殘。"史記八九張耳傳:"將軍(陳勝)瞋目張膽,出萬死不顧一生之計,爲天下除殘也。"㊁殺。周禮夏官大司馬:"放弑其君則殘之。"㊂傷害,敗壞。戰國策秦一:"張儀之殘樗里疾也,重而使之楚。"戰國策齊三:"桃梗謂土偶人曰:子西岸之土也,埏土以爲人;至歲八月降雨下,淄水至,則汝殘矣。"㊃毀滅。莊子胠篋:"殫殘天下之聖法,而民始可與論議。"戰國策中山:"魏文侯欲殘中山。"㊄殘缺,剩餘。唐杜甫杜工部草堂詩箋十一洗兵馬:"秪殘鄴城不日得,獨任朔方無限功。"漢書三六楚元王傳附劉歆移太常博士書:"信口説而背傳記,是末師而非往古,……猶欲保殘守缺,挾恐見破之私意,而無從善服義之公心。"㊅煮肉。文選晉張景陽(協)七命:"鷰髀猩脣,髦殘象白。"注:"殘、白,蓋煮肉之異名也。崔駰博徒論曰:'鷰臛羊殘,炙鴈煮鳧。'"

【殘生】㊀自殘其生命。三國魏嵇康嵇中散集四答難養生論:"今談者不覩至樂之情,甘減年殘生,以從所願。"宋王安石臨川集二九示公佐詩:"殘生傷性老耽書,年少東來復起予。"㊁餘生。宋書長沙景王道憐傳附劉秉:"妻蕭氏……每謂秉曰:'君富貴已足,故應爲兒子作計,年垂五十,殘生何足惜耶?'"

【殘夷】殘酷殺戮。後漢書四九仲長統傳理亂:"漢二百年遭王莽之亂,計其殘夷滅亡之數,又復倍乎秦、項矣。"

【殘年】㊀餘年。列子湯問:"甚矣,汝之不惠,以殘年餘力,曾不能毀山之一毛。"唐韓愈昌黎集十九左遷至藍關示姪孫湘詩:"欲爲聖明除弊事,肯將衰朽惜殘年。"㊁歲終。唐白居易長慶集六五冬初酒熟又一首詩:"殘年多少在,盡付此中銷。"

【殘更】最後的更鼓聲。謂天將明。唐羅隱甲乙集五歲除夜詩:"厭寒思暖律,畏老惜殘更。"宋王安石臨川集十五發陶館詩:"促轡數殘更,似(一作"時")聞雞一鳴。"

【殘局】未下完的棋局。唐許渾丁卯集上夜歸驛樓詩:"窗下覆棋殘局在,橘邊沽酒半罏空。"

【殘夜】將盡之夜。唐杜甫杜工部草堂詩箋二七月:"四更山吐月,殘夜水樓明。"

【殘雨】將止之雨。南朝梁江淹江文通集二赤虹賦:"殘雨蕭索,光烟豔爛。"唐高適高常侍集七陪竇侍御靈雲南亭宴詩:"新秋歸遠樹,殘雨擁輕雷。"

【殘炙】吃剩的烤肉。宋書庾悅傳:"悅廚饌甚盛,不以及(劉)毅。毅既不去,悅甚不歡,俄頃亦退。毅又相聞曰:'身今年未得子鵝,豈能以殘炙見惠?'"

【殘客】剩下來的客人。梁書張緬傳附張纘:"初,纘與參掌何敬容意趣不協,敬容居權軸,賓客輻湊,有過詣纘者,輒距不前,曰:'吾不能對何敬容殘客!'"

【殘春】春將盡之時。唐杜甫杜工部草堂詩箋二一將赴成都草堂途中有作先寄嚴鄭公之二:"處處青江帶白蘋,故園猶得見殘春。"又白居易長慶集六八殘春晚起伴客笑談詩:"掩戶下簾朝睡足,一聲黄鳥報殘春。"

【殘紅】指落花。唐白居易長慶集十四微之宅殘牡丹詩:"殘紅零落無人賞，雨打風吹花不全。"宋陸游劍南詩稿八一落花:"未妨老子憑欄興,滿地殘紅點緑苔。"

【殘雪】尚未融盡的雪。樂府詩集八十唐杜審言大酺樂:"梅花落處疑殘雪，柳葉開時任好風。"又元稹長慶集二二和樂天早春見寄詩:"湖添水剤消殘雪，江送潮頭湧漫波。"

【殘逼】殘害逼迫。後漢書獻帝伏皇后紀:"后自是懷懼,乃與父完書,言曹操殘逼之狀,令密圖之。"資治通鑑六七漢建安十九年注:"賊人者謂之殘。逼，言其逼上也。"

【殘陽】㊀夏末陽氣將衰,稱殘陽。漢書郊祀志上"作伏祠"唐顏師古注:"伏者,謂陰氣將起,迫於殘陽而未得升,故爲臧伏，因名伏日也。"㊁夕陽。唐許渾丁卯集下南樓春望詩:"下岸誰家住？殘陽半掩門。"極玄集上司空曙望水詩:"況是蒼茫外,殘陽照最多。"

【殘喘】僅存的喘息。指生命,餘生。唐陳子昂陳伯玉集三爲宗舍人謝贈物表之三:"天德彌厚，殘喘待終。"宋蘇軾東坡集奏議集九杭州召還乞郡狀:"先帝無意殺臣,故復留殘喘,得至今日。"

【殘暑】㊀將盡的暑氣。唐白居易長慶集九曲江早秋詩:"早涼晴後至，殘暑暝來散。"㊁指夏末。宋范成大石湖集十七西樓秋晚詩:"殘暑已隨梁燕去，小春應爲海棠來。"

【殘滅】㊀毀滅。淮南子原道:"宗族殘滅，繼嗣絶祀。"史記高祖紀:"項羽嘗攻襄城,襄城無遺類,皆阬之,諸所過,無不殘滅。"㊁殘酷暴虐。漢書三二張耳傳:"秦爲亂政虐刑,殘滅天下。"後漢書十八臧宫傳:"殘滅之政，雖成必敗。"㊂殘缺磨滅。宋歐陽修文忠集一三四集古録跋尾一後漢北嶽碑:"右漢北嶽碑，文字殘滅尤甚,莫詳其所載何事。"

【殘暉】夕陽。南朝梁何遜何水部集范廣州宅聯句:"濛濛夕烟起，奄奄殘暉滅。"唐羅隱甲乙集十望思臺詩:"芳草臺邊魂不歸,野煙喬木弄殘暉。"

【殘照】夕照,落日。唐孟浩然集二同獨孤使君東齋作詩:"竹間殘照入，池上夕陽浮。"唐李白李太白詩五憶秦娥詞:"西風殘照,漢家陵闕。"

【殘漏】將盡的漏聲。謂天將明。古時以漏壺滴水計時，故云。全唐詩二七〇戎昱桂州臘夜:"曉角分殘漏，孤燈落碎花。"宋趙長卿惜香樂府八眼兒媚:"殢人記得,叮嚀殘漏,且慢明朝。"

【殘膏】剩餘的膏油。指油燈。宋張耒柯山集十上元旦早起贈同遊者詩:"强起相逢酒未醒，殘膏宿火尚熒熒。"宋陸游劍南詩稿二三五更讀書示子:"但令病骨尚枝梧，半盞殘膏未爲費。"

【殘酷】殘忍刻毒。漢書六六陳萬年傳翟方進奏:"(陳)咸前爲郡守,所在殘酷,毒螫加於吏民。"漢王符潛夫論考績:"羣僚舉士者,或……以闒暗應明經,殘酷應寬博。"

【殘醉】殘存的醉意。唐白居易長慶集二十湖亭晚歸詩:"起因殘醉醒，坐得晚涼歸。"又韓偓玉山樵人集錫宴日作詩:"不敢通宵離禁直,晚乘殘醉入銀臺。"

【殘骸】屍骨。唐陳子昂陳伯玉集三爲程處弼慶拜洛表:"況臣久蒙驅策，今日又拔死爲生,溝壑殘骸,而得再造。"宋陸游劍南詩稿二五五鼓不得眠起酌一杯復就枕:"殘骸付螻蟻,汗簡更須名。"

【殘醜】㊀殘忍的醜類。後漢書桓帝紀和平元年詔:"幸賴股肱禦侮之助，殘醜消蕩,民和年稔，普天率土，遐邇洽同。"文選三國魏陳孔璋(琳)爲袁紹檄豫州文:"犬羊殘醜，消淪山谷。"㊁容貌殘缺醜惡。晉書魏詠之傳:"詠之生而兔缺,……貧無行裝,謂家人曰:'殘醜如此,用活何爲!'"

【殘穢】殘暴與穢惡。後漢書五六种暠傳:"又奏請勑四府條舉近臣父兄及知親爲刺史、二千石尤殘穢不勝任者,免遣案罪。"文中子中説王道:"漢之統天下也,其除殘穢,與民更始,而興其視聽乎?"

【殘臘】臘月的盡頭。猶殘冬。宋晏殊珠玉詞瑞鷓鴣咏紅梅之二:"江南殘臘欲歸時,有梅紅亞雪中枝。"又陸游劍南詩稿四五殘臘之一:"殘臘無多寒漸薄，新春已近日微長。"

【殘形操】琴曲名。漢蔡邕琴操上殘形操:"殘形操者，曾子所作也。……曾子曰:'吾晝卧見一貍,見其身而不見其頭。起而爲之弦,因而殘形。'"樂府詩集五八録唐韓愈作一首。

【殘山剩水】唐杜甫杜工部草堂詩箋三陪鄭廣文遊何將軍山林之五:"剩水滄江破，殘山碣石開。"殘山，指假山。剩水，指人工開鑿的池塘。宋范成大吴船録上:"漢嘉登臨山水之勝,既豪西州,而萬景(樓)所見，又甲於一郡。其前大江之所經,犍爲戎瀘，遠山縹緲明滅，煙雲無際,右列三峨，左横九頂，殘山剩水間見錯出,萬景之名,真不濫吹。"指山水景物因有遮蔽,所見不全。後亦指國土分裂,山河不全。明王璲青城山人詩集八題趙仲穆畫詩:"南朝無限傷心事，都在殘山剩水中。"

【殘花敗柳】指生活放蕩或被人蹂躪遺棄的女子。元曲選白樸牆頭馬上三:"休把似殘花敗柳冤仇結，我與你生男長女填還徹。"也作"敗柳殘花"。元王實甫西廂記三本三折:"他是個女孩兒家,……休猜做敗柳殘花。"

【殘杯冷炙】吃剩的酒肉。酒餘謂殘杯,肉餘謂冷炙。指豪門富家的施舍。亦作"殘桮冷炙"。太平御覽七五八引郭子:"王光禄曰:正得殘桮冷炙。"北齊顏之推顏氏家訓雜藝:"今世曲解雖變於古,猶足以暢神情也,唯不可令有稱譽,見役勳貴,處之下座,以取殘杯冷炙之辱。"唐杜甫杜工部草堂詩箋三奉贈韋左丞丈二十二韻:"殘杯與冷炙,到處潛悲辛。"

【殘膏賸馥】猶餘澤。膏,脂膏;馥,香氣。新唐書二〇一杜甫傳贊:"至甫，渾涵汪茫,千彙萬狀,兼古今而有之,它人不足,甫乃厭餘,殘膏賸馥,沾丐後人多矣。"省作"殘賸"。宋吕南公灌園集一遊子篇:"雄豪棄殘賸,聲色化耳目。"

【殘編斷簡】殘缺不全的書籍。宋歐陽修文忠集一一二論删去九經正義中讖緯劄子:"或殘編斷簡,出於屋壁。"也作"斷編殘簡"、"斷簡殘編"。宋史三一九歐陽修傳:"凡周漢以降金石遺文、斷編殘簡,一切掇拾,研稽異同。"古今雜劇元關漢卿拜月亭四:"你貪着個斷簡殘編，恭儉温良好繾綣。"

殗

1. yè 於業切,入,業韻,影。ㄧㄝ

㊀重疊。文選晉左太沖(思)吴都賦:"重葩殗葉。"注:"殗，重也。葉重疊貌。"㊁病。見"殗殜"。

2. yān 集韻 衣廉切,平,鹽韻。ㄧㄢ

㊂死。集韻:"殗,殁也。"

【殗殜】微病貌。方言二:"殗殜，微也。宋衛之間曰殗。自關而西,秦晉之間,凡病而不甚者曰殗殜。"注:"病半卧半起也。"清袁枚小倉山房文集十四祭妹文:"後雖小差,猶尚殗殜。"

殛

jí 紀力切,入,職韻,見。ㄐㄧ

殺。書舜典:"殛鯀于羽山。"

⿰歹委

wēi 於爲切,平,支韻,影。ㄨㄟ

病，枯死。漢桓寬鹽鐵論未通："樹木數徙則矮。"唐釋慧琳一切經音義七十玄應音俱舍論八萎燥："又作矮，同於危反。聲類：萎，草木菸也。關西言菸，山東云蔫，江南亦音矮，方言也。"

殙 hūn 呼昆切，平，魂韻，曉。
1. ㄏㄨㄣ
本作"殙"。㊀迷惑紊亂。謂神志不清。莊子達生："以瓦注者巧，以鉤注者憚，以黃金注者殙。"㊁夭折。廣韻："殙，未立名而死也。"
2. mèn 集韻 莫困切，去，恨韻。
ㄇㄣˋ
㊂氣絕。吕氏春秋論威："則知所兔起鳧舉死殙之地矣。"注："殙，音悶，謂氣絕之悶。"

九　畫

殜 dié 直葉切，入，葉韻，澄。
ㄉㄧㄝˊ 余葉切，入，葉韻，喻。
小病。見"殗殜"。

十　畫

殢 cuó 昨何切，平，歌韻，從。
ㄘㄨㄛˊ
病。同"瘥"。唐柳宗元柳先生集四二同劉二十八院長述舊言懷感時書事奉寄澧州張員外使君……詩："渚行狐作孽，林宿鳥爲殢。"

殟 wēn 烏渾切，平，魂韻，影。
ㄨㄣ 烏没切，入，没韻，影。
見下。

【殟歿】舒緩貌。文選漢傅武仲（毅）舞賦："超踰鳥集，縱弛殟歿。"注："殟歿，舒緩貌。言舞勢超踰，如鳥疾速飛集也。縱弛之際，又且舒緩弛捨也。"

【殟絕】突然昏迷。楚辭漢王逸九思逢尤："仰長歎息氣餇，悒殟絕兮咶復蘇。"注："憤忿晻絕，徐乃蘇也。"

殞 yǔn 于敏切，上，軫韻，于。
ㄩㄣˇ
㊀死亡。史記漢興以來諸侯年表："諸侯或驕奢，忕邪臣計謀爲淫亂，大者叛逆，小者不軌于法，以危其命，殞身亡國。"㊁墜落。通"隕"。荀子賦："列星殞墜，旦暮晦盲。"

【殞越】墜落。同"隕越"。國語周中："昔先王之教，懋帥其德也，猶恐殞越。"明道本作"隕越"。引申指死亡。文選三國魏曹子建（植）王仲宣誄："人命靡常，吉凶異制，此驩之人，孰先殞越？何寤夫子，果乃先逝。"

【殞滅】死亡。唐陳子昂陳伯玉集三爲宗舍人謝贈物表之二："孤臣殃釁，尚未殞滅，荼毒如昨，奄將一旬。"

【殞顛】覆滅。三國魏嵇康嵇中散集十太師箴："喪亂宏多，國乃殞顛。"

殠 chòu 尺救切，去，宥韻，穿。
ㄔㄡˋ 許久切，上，有韻，曉。
朽腐之氣。漢書六七楊王孫傳："昔帝堯之葬也，……其穿下不露泉，上不泄殠。"

十一畫

殥 yín
ㄧㄣˊ
邊遠之地。見"八殥"。

殣 jìn 渠遴切，去，震韻，羣。
ㄐㄧㄣˋ
㊀餓死，餓死的人。左傳昭三年："道殣相望。"注："餓死爲殣。"㊁掩埋。說文"殣"引詩："行有死人，尚或殣之。"今本詩小雅小弁作"墐"。荀子禮論："刑餘罪人之喪，……不得飾棺，不得晝行，以昏殣，凡緣而往埋之。"㊂覲見。漢書禮樂志郊祀歌十一天門："神裴回若留放，殣冀親以肆章。"注："孟康曰：殣音覲。"

殢 tì 他計切，去，霽韻，透。
ㄊㄧˋ 呼計切，去，霽韻，曉。
㊀極困。見玉篇。㊁引逗，煩擾。宋晁補之琴趣外篇一金鳳鉤送者詞："一簪華髮，少歡饒恨，無計殢春且住。"又吕濱老聖求詞思佳客："秋意早，暑衣輕。殢人索酒復同傾。"㊂滯留。唐羅隱甲乙集一西京崇德里居詩："進乏梯媒退又難，强隨豪貴殢長安。"

【殢酒】病酒，困酒。宋秦觀淮海詞夢揚州："殢酒困花，十載因誰淹留。"又辛棄疾稼軒詞二木蘭花慢滁州送范倅："長安故人問我，道愁腸殢酒只依然。"

【殢雨尤雲】纏昵不離。形容男女相愛、歡合。宋柳永樂章集浪淘沙慢詞："殢雨尤雲，有萬般千種相憐惜。"

殤 shāng 式羊切，平，陽韻，審。
ㄕㄤ
㊀未成年而死。儀禮喪服："年十九至十六爲長殤，十五至十二爲中殤，十一至八歲爲下殤；不滿八歲以下，皆爲無服之殤。"逸周書諡法："短折不成曰殤，未家短折曰殤。"㊁戰死者。楚辭九歌有國殤篇。唐陳子昂陳伯玉集四爲副大總管屯營大將軍謝表："將士同心，誓雪孟明之恥；殤魂共憤，思亢杜回之讎。"

十二畫

殪 yì 於計切，去，霽韻，影。
ㄧˋ
㊀死。左傳隱九年："衷戎師前後擊之，盡殪。"楚辭屈原九歌國殤："左驂殪兮右刃傷。"㊁矢一發而死爲殪。詩小雅吉日："發彼小豝，殪此大兕。"㊂跌倒。後漢書光武紀上："莽兵大潰，走者相騰踐，奔殪百餘里間。"注："殪，仆也，或作'噎'。"

殫 dān 都寒切，平，寒韻，端。
ㄉㄢ
㊀盡。孫子作戰："力屈財殫。"淮南子說山："宋君亡其珠，池中魚爲之殫。"㊁病。通"癉"。淮南子覽冥："斬艾百姓，殫盡太半。"注："殫，病也。"

【殫洽】博學。宋葉適水心集二九題張渠雲谷雜記後："張清源篤志苦學，出入羣書，援據殫洽。"

【殫殘】盡毀。莊子胠篋："殫殘天下之聖法，而民始可與論議。"釋文："殫，盡也；殘，毀也。"

【殫悶】昏暈氣絕。戰國策楚一："棼冒勃蘇（申包胥）於是贏糧潛行，……七日而薄秦王之朝，雀立不轉，晝吟宵哭。七日不得告，水漿無入口，瘨而殫悶，旄不知人。"

【殫見洽聞】廣見博聞。謂知識淵博。文選漢班孟堅（固）西都賦："元元本本，殫見洽聞。"

十三畫

殭 jiāng 居良切，平，陽韻，見。
ㄐㄧㄤ
死而不朽腐。同"僵"。廣韻："殭，死不朽也。"引申爲硬化，不活動。唐盧仝玉川子集一月蝕詩："森森萬木夜殭立，寒氣贔屭頑無風。"參見"僵"。

殮 liàn 力驗切，去，豔韻，來。
ㄌㄧㄢˋ
給死者穿着入棺。見廣韻。古籍中殯殮之殮皆作"斂"。

十四畫

殯 bìn 必刃切，去，震韻，幫。
ㄅㄧㄣˋ
㊀停柩。禮檀弓上："殯於五父之衢。"㊁埋葬。文選南齊孔德璋（稚珪）北山移文："道秩長殯，法筵久埋。"五臣本作"擯"。

【殯宮】古代臨時停柩之所。儀禮 既夕禮:"遂適殯宮,皆如啟位。"晉陸機陸士衡集七挽歌之一:"殯宮何嘈嘈,哀響沸中闈。"

【殯斂】入殮和停柩。斂,通"殮"。荀子禮論:"紸纊聽息之時,則夫忠臣孝子亦知其閔已,然而殯殮之具,未有求也。"

十五畫

殰 dú ㄉㄨˊ 徒各切,入,屋韻,定。

流產。禮樂記:"胎生者不殰,而卵生者不殈。"漢書九四上匈奴傳:"匈奴孕重墯殰,罷極苦之。"注:"墯,落也。殰,敗也。"

十七畫

殲 jiān ㄐㄧㄢ 子廉切,平,鹽韻,精。

盡,滅。左傳莊十七年:"遂因氏頒氏工婁氏須遂氏饗齊戍,醉而殺之,齊人殲焉。"

【殲滅】消失。楚辭漢東方朔七諫怨世:"清泠泠而殲滅兮,溷湛湛而日多。"

殳 部

殳 shū ㄕㄨ 市朱切,平,虞韻,禪。

㊀古兵器名。用竹木爲之,一端有稜。也作"杸"。詩衛風伯兮:"伯也執殳,爲王前驅。"傳:"殳長丈二而無刃。"淮南子齊俗:"昔武王執戈秉鉞以伐紂勝殷,搢笏杖殳以臨朝。"注:"殳,木杖也。"參閱清陳啟源毛詩稽古編伯兮(清經解十五)。㊁姓。書舜典有舜臣殳斨。

【殳仗】儀仗的一種。唐代皇帝元日、冬至大朝會及大宴,儀仗隊中有殳仗隊,左右廂千人,執殳、執叉相間。宋代皇帝郊祀,儀仗中有前隊殳仗與後隊殳仗。見新唐書儀衛志上、宋史儀衛志三。

【殳書】古八體書之一。因用於兵器上,故名。說文解字敍上:"自爾秦書有八體:一曰大篆,二曰小篆,三曰刻符,四曰蟲書,五曰摹印,六曰署書,七曰殳書,八曰隸書。"

五畫

殶 zhù ㄓㄨˋ

投射,下賭注。呂氏春秋去尤:"莊子曰:以瓦殶者翔,以鉤殶者戰,以黃金殶者殆。"殶,莊子達生作"注",淮南子說林作"鉒"。

段 duàn ㄉㄨㄢˋ 徒玩切,去,換韻,定。

㊀布帛等之一截。文選漢張平子(衡)四愁詩之四:"美人贈我錦繡段,何以報之青玉案。"亦泛指長度,事物、時間的一部分。如片段、分段、段落等。宋書明恭王皇后傳:"后兄揚州刺史景文……曰:'后在家爲儜弱婦人,不知今段遂能剛正如此!'"南史嚴植之傳:"講說有區段次第,析理分明。"㊁椎擊。說文:"段,椎物也。"清王筠謂段不用火,鍛則用火,而其椎之也同,故經典中二字通用。見說文句讀。參見"段氏"。㊂捶脯。古時於石上捶擊乾肉,加上薑桂,稱爲段脩。字本作"段",後加"肉"旁作"腶"。參見"段脩"。㊃卵不成鳥。通"毈"。管子五行:"然則羽卵者不段。"注:"段謂離散不成。"參見"毈"。㊄姓。春秋鄭共叔段,其後人以段爲姓。又晉有鮮卑族人段匹磾。見晉書本傳。

【段干】㊀地名。史記六三老子傳:"老子之子名宗,宗爲魏將,封於段干。"集解:"段干,應是魏邑名也。"㊁姓。戰國時魏有段干木。見宋鄧名世古今姓氏書辯證三二換。

【段氏】鑄工。周禮考工記輈人:"攻金之工,……段氏爲鎛器。"注:"鎛器,田器錢鎛之屬。"按周禮有段氏,今缺。

【段谷】地名。在上邽以南。有水,名段谷水。三國魏高貴鄉公甘露元年鄧艾大破蜀姜維於段谷,即此。見三國志魏鄧艾傳、蜀姜維傳。故地在今甘肅天水縣。

【段脩】食品名。加薑桂的乾肉。禮昏義:"婦執笲,棗、栗、段脩以見。"釋文:"段脩,……本又作腶,或作鍛,同;脩,脯也。加薑桂曰腶脩。"

【段熲】公元?—179年。東漢武威姑臧人。字紀明。少便習弓馬,尚遊俠,官中郎將、遼東屬國都尉。在邊十餘年,屢破羌衆。入朝官至司隸校尉、太尉。以曲意事宦官,故得保其富貴。光和二年司隸校尉陽球劾殺中常侍王甫,並及熲,在獄中飲鴆自殺。後漢書有傳。

【段干木】戰國魏人。隱居魏國,不受官祿。魏文侯以禮事之,過其門,必伏軾致敬。見呂氏春秋期賢、史記魏世家。

【段玉裁】公元1735—1815年。清江蘇金壇縣人。字若膺,號茂堂。乾隆二十五年舉人,官巫山縣知縣,以父老稱病歸。師事戴震,學通經史,精於音韻訓詁,積數十年精力,專研說文,先成長編說文解字讀五百四十卷,後乃撰說文解字注三十卷,成一家之學。其他著作有六書音韻表 古文尚書撰異 經韻樓集等。參見"說文解字注"。

【段成式】公元?—863年。唐臨淄人。字柯古,官至太常少卿。學問博洽。詩與李商隱温庭筠齊名,因三人皆排行十六,故號其詩爲三十六體。著有酉陽雜俎二十卷、續集十卷。新、舊唐書有傳。

【段秀實】公元719—783年。唐汧陽人。字成公。官至司農卿。朱泚反。秀實陽與泚合,伺機以象笏擊之,中其額。秀實遂遇害。文苑英華八七一録唐德宗贈太尉段秀實紀功碑,唐柳宗元有段太尉逸事狀。新、舊唐書有傳。宋文天祥正氣歌"或爲擊賊笏,逆豎頭破裂",即詠秀實事。見文山集十四。

【段會宗】公元前84—前10年。漢上邽人。字子松。元帝成帝時官西域都護、雁門太守。在西域,著威信。以平定烏孫内争之功,封關内侯。卒於烏孫,城郭諸國爲發喪立祠。漢書有傳。

六畫

𣪠 gāi ㄍㄞ 集韻 柯開切,平,咍韻。

見下。

【𣪠㱾】大剛卯。用金玉或桃木刻的佩印。古代迷信謂佩之可以避邪。㱾,同"改"。見急就篇"射鬾辟邪除羣凶"注、明陶宗儀輟耕録二四剛卯。參見"剛卯"。

殷 1. yīn ㄧㄣ 於斤切,平,欣韻,影。

㊀盛,大。易豫:"先王以作樂崇德,殷薦之上帝。"疏:"用此殷盛之樂薦祭上帝也。"莊子山木:"莊周曰:此何鳥哉?翼

殷不逝，目大不覩。"㊁衆多。詩鄭風溱洧："士與女，殷其盈矣。"㊂富裕。史記六九蘇秦傳："家殷人足，志高氣揚。"㊃居中，當於。書禹貢："九江孔殷。"注："江於此州界分爲九道，甚得地勢之中。"史記天官書："衡，殷中州河、濟之間。"㊄正定。書堯典："日中星鳥，以殷仲春。"㊅深。文選晉陸士衡(機)歎逝賦："在殷憂而弗違，夫何容乎識道。"㊆朝代名。詳"殷商"。㊇姓。武王克紂，子孫分散，以殷爲氏。見廣韻。

2. yān ㄧㄢ 烏閑切，平，山韻，影。

㊈赤黑色。左傳成二年："左輪朱殷。"注："朱，血色。血色久則殷。殷，音近烟。今人謂赤黑爲殷色。"

3. yǐn ㄧㄣˇ 集韻倚謹切，上，隱韻。

㊉雷聲。詩召南殷其雷："殷其雷，在南山之陽。"⑪震動。文選漢司馬長卿(相如)上林賦："車騎雷起，殷天動地。"晉郭璞注："殷，猶震也。"

【殷牛】世説新語紕漏："殷仲堪父病虛悸，聞牀下蟻動，謂是牛鬬。"後因以殷牛形容病重時精神恍惚之狀。五代前蜀韋莊浣花集二賊中與蕭韋二秀才同卧重疾二君尋愈余獨加焉恍惚之中因有題詩："胸中疑晉豎，耳下鬬殷牛。"

【殷同】周代天子會見諸侯的禮制。周禮秋官大行人："殷同以施天下之政。"注："殷同，卽殷見也。王十二歲一巡守，若不巡守則殷同。殷同者，六服盡朝。既朝，王亦命爲壇於國外，合諸侯而命其政。"

【殷見】周代諸侯朝見周天子的禮制。周禮春官大宗伯："時見曰會，殷見曰同。"注："殷，猶衆也。十二歲王如不巡守，則六服盡朝。朝禮既畢，王亦爲壇合諸侯以命政焉。所命之政，如王巡守。殷見，四方四時分來，終歲則徧。"

【殷事】古代帝王於每月初一和十五日爲新死之君舉行的祭祀。禮曾子問："有殷事，則之君所，朝夕否。"注："殷事，朔月、月半薦新之奠也。"

【殷阜】富實。漢揚雄法言孝至："務在殷民阜財。"文選漢張平子(衡)西京賦："地沃野豐，百物殷阜。"

【殷₂紅】深紅，紅中帶黑。唐杜甫杜工部詩史補遺五章諷録事宅觀曹將軍畫馬圖："內府殷紅馬腦盤，婕妤傳詔才人索。"

【殷浩】公元？—356年。晉陳郡長平人。字淵源。好老易，當時負盛名，至有"淵源不起，當如蒼生何"之語。晉簡文擢爲建武將軍、揚州刺史，參綜朝權，謀制桓温。永和六年，以浩爲中軍將軍，都督揚豫徐兗青五州軍事，九年率師北伐，戰敗，盡喪器械軍儲。遂爲桓温奏劾，廢爲庶人。廢黜後，但終日書空，作"咄咄怪事"四字。晉書有傳。

【殷殷】㊀憂傷貌。詩邶風北門："出自北門，憂心殷殷。"釋文："殷，本又作慇，……又音隱。爾雅云：憂也。"㊁衆多。呂氏春秋慎人："丈夫女子，振振殷殷，無不戴説。"注："振振殷殷，衆友之盛。"㊂懇切，依依。猶慇慇。清袁枚隨園詩話六："二樹臨終，滿床堆詩，高尺許，所以殷殷望余者，爲欲校定其全稿而一序故也。"二樹，童鈺别號。

【殷₃殷₃】象聲詞。文選漢司馬長卿(相如)長門賦："雷殷殷而響起兮，聲象君之車音。"

【殷商】朝代名。契封於商，至湯滅夏，因以商爲國號。傳至盤庚，遷都殷(在今河南安陽小屯村)。周人稱爲大邦殷。後來或殷商互舉，或殷商連稱。詩大雅大明："摯仲氏任，自彼殷商，來嫁于周。"參閱宋王應麟詩地理考四殷商。

【殷祭】盛大的祭禮。指每五年舉行一次的祖廟大祭(禘)和合諸祖神主的大合祭(祫)。公羊傳文二年："五年而再殷祭。"注："殷，盛也，謂三年祫，五年禘。禘所以異於祫者，功臣皆祭也。"

【殷富】殷實，富足。詩鄘風定之方中序："文公徙居楚丘，始建城市而營宫室，得其時制，百姓説之，國家殷富焉。"

【殷虛】虛，也作"墟"。商代自盤庚遷都殷(北蒙)，至紂爲周所滅，共歷二百七十三年。自周後其地逐漸荒蕪，故稱殷墟。文選晉向子期(秀)思舊賦："歎黍離之愍周兮，悲麥秀於殷墟。"殷墟地包括今河南安陽市西北小屯村及北面洹河兩岸一帶地方。

【殷軫】衆多貌。淮南子兵略："甲堅兵利，車固馬良，畜積給足，士卒殷軫，此軍之大資也。"漢書八七上揚雄傳校獵賦："殷殷軫軫，被陵緣阪。"注："殷軫，盛也。"

【殷羨】晉陳郡長平人。字洪喬。爲豫章太守，臨去，都人託帶信件百餘封。羨行至石頭，皆投之水中，祝曰："沉者自沉，浮者自浮，殷洪喬不能作致書郵。"見世説新語任誕。後稱書信遺失爲洪喬之誤，本此。

【殷₃雷】大雷聲。詩召南殷其雷："殷其雷，在南山之陽。"文選漢王文考(延壽)魯靈光殿賦："動滴瀝以成響，殷雷應其若驚。"

【殷輅】殷代帝王所乘之車。論語衛靈公："行夏之時，乘殷之輅，服周之冕。"舊唐書輿服志："殷輅周冕，規模不一。"

【殷聘】盛大的聘禮。指古代諸侯遣使互相訪問，以敦睦邦交之禮。周禮秋官大行人："凡諸侯之邦交，歲相問也，殷相聘也，世相朝也。"左傳昭九年："孟僖子如齊，殷聘，禮也。"

【殷勤】也作"慇懃"。漢書六二司馬遷傳報任安書："夫僕與李陵俱居門下，素非相善也，趣舍異路，未嘗銜盃酒接殷勤之歡。"也指親切的情意。史記一一七司馬相如傳："相如乃使人重賜文君侍者，通殷勤。"參見"慇懃"。

【殷覜】猶殷見。古代帝王接見諸侯使者之禮。周禮秋官大行人："時聘以結諸侯之好，殷覜以除邦國之慝。"注："殷覜，謂一服朝之歲也；慝，猶惡也。一服朝之歲，五服諸侯皆使卿以聘禮來覜天子，天子以禮見之，命以政禁之事，所以除其惡行。"參見"殷見"。

【殷實】富足。後漢書十六寇恂傳："今河内帶河爲固，户口殷實，北通上黨，南迫洛陽。"

【殷賑】繁盛富裕。文選漢張平子(衡)西京賦："郊甸之內，鄉邑殷賑。"水經注二八沔水："魏武平荆州，分南郡立襄陽郡，……居邑殷賑，冠蓋相望，一都之會也。"

【殷憂】深切的憂慮。文選三國魏阮嗣宗(籍)詠懷詩之七："感物懷殷憂，悄悄令心悲。"

【殷盤】㊀指殷王盤庚。文選漢張平子(衡)東京賦："是以論其遷邑易京，則同規乎殷盤。"㊁指尚書盤庚篇。唐韓愈昌黎集十二進學解："周誥殷盤，佶屈聱牙。"

【殷薦】奏盛大樂歌，祭祀天地鬼神。易豫："先王以作樂崇德，殷薦之上帝，以配祖考。"

【殷轔】繁盛貌。漢書八七上揚雄傳甘泉賦："八神奔而警蹕兮，振殷轔而軍裝。"唐柳宗元柳先生集二閔生賦："登高岊而企踵兮，瞻故邦之殷轔。"

【殷鑒】詩大雅文王："宜鑒于殷，駿命不易。"又蕩："殷鑒不遠，在夏后之世。"箋："此言殷之明鏡不遠也。近在夏后之世，謂湯誅桀也。"本指殷滅夏，殷後代應以夏亡爲鑒戒。後泛指可作鑒戒的前事。宋書袁湛傳袁豹伐蜀檄："故知逆順有勢，難以力抗，斯又目前殷鑑深切著明者也。"鑑，同"鑒"。

【殷七七】唐代道人。名文祥，又名道筌。自稱七七。傳說其於浙西鶴林寺，秋日使杜鵑花開。全唐詩收其詩二首。宋蘇軾分類東坡詩二三後十餘日復至（吉祥寺）："安得道人殷七七，不論時節把花開。"參閱雲笈七籤一一三續仙傳。

七畫

殺 1. shā ㄕㄚ 所八切，入，黠韻，山。

通作"殺"。㊀殺死。書康誥："非汝封刑人殺人，無或刑人殺人。"詩豳風七月："朋酒斯饗，曰殺羔羊。"㊁滅亡，敗壞。莊子大宗師："殺生者不死，生生者不生。"唐成玄英疏："殺，滅也，死，亦滅也。"參閱"殺風景"。㊂獵獲。禮王制："天子殺，則下大綏。"㊃激戰。三國演義五："殺至天明，(華)雄方引兵上關。"㊄形容極甚之詞。通"煞"。文選古詩十九首之十四："白楊多悲風，蕭蕭愁殺人。"㊅收煞，結束。見"殺字"。

2. shài ㄕㄞ 所拜切，去，怪韻，山。

㊆凋落。詩豳風鴟鴞："予羽譙譙，予尾翛翛。"傳："譙譙，殺也；翛翛，敝也。"漢鄭玄箋："手口既病，羽尾又殺敝，言已勞苦甚。"㊇割削，剪裁。論語鄉黨："非帷裳，必殺之。"㊈省，少。公羊傳僖二二年："春秋辭繁而不殺者，正也。"注："殺，省也。"禮禮器："禮不同，不豐，不殺。"㊉等差。禮中庸："親親之殺，尊賢之等，禮所生也。"

3. sà ㄙㄚ 集韻 桑葛切，入，曷韻。

⑪暗淡貌。史記一〇五倉公傳："故傷脾之色也，望之殺然黃，察之如死青之茲。"

【殺$_2$止】停止。荀子大略："霜降逆女，冰泮殺止。"注："殺，所介反。"

【殺生】㊀宰殺。管子海王："桓公問於管子曰：'……吾欲藉於六畜。'管子對曰：'此殺生也。'"佛教徒有十戒，第一爲不得殺生。㊁砍伐。荀子王制："殺生時，則草木殖。"注："殺生，斬伐。"

【殺矢】田獵用箭。周禮夏官司弓矢："凡矢：枉矢、絜矢，利火射，用諸守城車戰；殺矢、鍭矢，用諸近射田獵；矰矢、茀矢，用諸弋射；恒矢、庳矢，用諸散射。"注："殺矢，言中則死。"韓非子問辯："夫砥礪殺矢而不妄發，其端未嘗不中秋毫也。"

【殺字】收筆。晉書衛瓘傳附衛恒四體書勢："漢興而有草書，不知作者姓名。至章帝時，齊相杜度號善作篇。後有崔瑗、崔寔，亦皆稱工。杜氏殺字甚安，而書體微瘦。崔氏甚得筆勢，而結字小疏。"

【殺伐】㊀征戰。孟子滕文公下："殺伐用張，于湯有光。"㊁殺戮。史記一二二王溫舒傳："其好殺伐行威不愛人如此。"㊂大膽潑辣。紅樓夢十三："從小兒大妹妹頑笑時，就有殺伐決斷，如今出了閣，在那府裏辦事，越發歷練老成了。"

【殺青】㊀漢劉向戰國策敍："其事繼春秋以後，訖楚漢之起，二百四十五年間之事，皆定以殺青，書可繕寫。"後漢書六四吳祐傳："(吳)恢欲殺青簡以寫經書。"注："殺青者，以火炙簡令汗，取其青易書，復不蠹，謂之殺青，亦謂汗簡。"後泛指書籍定稿。唐李善上文選注表："弋釣書部，願言注緝，合成六十卷，殺青甫就，輕用上聞。"(見文選)㊁洗掉浸爛後的竹青。係古代造竹紙的初步工序。見明宋應星天工開物十三殺青。

【殺$_2$哀】減省喪葬禮儀。周禮地官大司徒："以荒政十有二聚萬民：……七曰眚禮，八曰殺哀。"注："眚禮，謂殺吉禮也；殺哀，謂省凶禮。"

【殺氣】㊀陰氣，寒氣。呂氏春秋仲秋："殺氣浸盛，陽氣日衰。"㊁戰爭殺伐之氣氛。南朝梁鍾嶸詩品總論："或冒橫朔野，或魂逐飛蓬，或負戈外戍，或殺氣雄邊。"唐高適高常侍集五燕歌行："殺氣三時作陣雲，寒聲一夜傳刁斗。"㊂凶惡的氣勢。唐劉禹錫劉夢得集二華山詞："靈蹤露指爪，殺氣見稜角。"

【殺蛇】古代傳說，人見兩頭蛇者死。楚令尹孫叔敖兒時路見兩頭蛇，恐人再見，殺而埋之。其後無恙。後因以爲不計個人安危，爲民除害的典故。舊唐書九六姚崇傳："開元四年，山東蝗蟲大起，……乃遣御史分道殺蝗。……黃門監盧懷慎謂崇曰：'蝗是天災，豈可制以人事，外議咸以爲非。'……崇曰：'楚王呑蛭，厥疾用瘳；叔敖殺蛇，其福及降。……若救人殺蟲，因緣致禍，崇請獨受，義不仰關懷。'"參見"兩頭蛇"。

【殺擂】宋詩鈔汪元量水雲詩鈔醉歌："亂點連聲殺六更，熒熒庭燎待天明。"按宋宮廷中，於五更之後，復打一更，爲殺六更。清梁同書直語補證殺擂："殺六更，卽蝦蟆更，俗謂之殺擂也。"

【殺機】殺伐的動機。雲笈七籤十五陰符經："天發殺機，龍蛇起陸；人發殺機，天地反覆。"唐司空圖司空表聖詩集五歌者之六："胸中免被風波撓，肯爲螳螂動殺機。"

【殺虎口】長城關口名。一稱西口。在山西右玉縣北。古爲戍守要地。明嘉靖間築有殺虎堡城。舊時內蒙西部的皮毛多由此輸入內地，稱西口貨。參閱嘉慶一統志一四八朔平府關隘。

【殺狐林】地名。在河北欒城縣北十五里。亦稱殺胡林。遼太宗(耶律德光)攻後晉還至欒城縣，病死於此，時人遂以爲地名。一說唐武后時襲突厥，胡人死於此，故名。或謂以村民於林中射殺狐得名。見宋王應麟困學紀聞十欒城殺胡林原注、資治通鑑二八六天福十二年"契丹主……至殺胡林而卒"注。讀史方輿紀要十四欒城縣稱殺虎林，嘉慶一統志二八正定府二稱殺狄林。

【殺威棒】舊時對新犯人的酷刑。元曲選關漢卿蝴蝶夢三："別過枷梢，來打三下殺威棒。"水滸三七："先皇太祖武德皇帝聖旨事例，但凡新入流配的人，須先吃一百殺威棒。"也稱"殺威棍"。古今雜劇元高文秀黑旋風三："孫孔目帶枷上。牢子云：入牢先吃三十殺威棍。"

【殺風景】喻敗人清興。舊題唐李義山雜纂上殺風景："花間喝道，看花淚下，苔上鋪席，斫卻垂楊，花下曬裩，遊春重載，石筍繫馬，月下把火，妓筵說俗事，果園種菜，背山起樓，花架下養雞鴨。"宋蘇軾分類東坡詩十九次韻林子中春日新堤書事見寄："爲報年來殺風景，連江夢雨不知春。"

【殺人如麻】喻殺人極多。舊唐書刑法志陳子昂上書："遂至殺人如麻，流血成澤，天下靡然思爲亂矣。"唐李白李太白詩三蜀道難："朝避猛虎，夕避長蛇，磨牙吮血，殺人如麻。"

【殺人越貨】殺人並搶奪財物。書康誥："殺越人于貨，愍不畏死，罔弗憝。"傳："殺人顚越人，於是以取貨利。"

【殺身成仁】論語衛靈公："志士仁人，無求生以害仁，有殺身以成仁。"仁爲儒家的道德規範，後來泛指爲正義或理想而捨棄生命。唐李德裕會昌一品集外集一三良論："今周漢迄於巨唐，殺身成仁，代有髦傑。"

【殺妻求將】史記六五吳起傳："齊人攻魯，魯欲將吳起，吳起取齊女爲妻，而魯疑之。吳起於是欲就名，遂殺其妻，以明不與齊也。魯卒以爲將。將而攻齊，大破之。”後因以殺妻求將喻忍心害理以追求功名利祿。

【殺敵致果】左傳宣二年：“殺敵爲果，致果爲毅。”疏：“能殺敵人，是名爲果，言能果敢以除賊。”後因稱勇於殺敵，取得戰績爲殺敵致果。

【殺人不眨眼】喻凶狠殘忍。五燈會元八圓通緣德禪師：“宋大將軍曹翰入廬山寺，緣德禪師不起不揖。翰怒訶曰：‘長老不聞殺人不眨眼將軍乎？’師熟視曰：‘汝安知有不懼生死和尚邪！’”眨也作“劄”。宋張知甫張氏可書：“王韶退居九江，詣佛印求參。佛印語曰：‘太尉自是殺人不劄眼上將軍，立地便成佛大居士，何必參也？’”

【殺君馬者路傍兒】太平御覽八九七引漢應劭風俗通：“又曰：殺君馬者路傍兒也。語云長吏食重祿，芻藁豐美，馬肥希出，路傍小兒觀之，却驚致死。按長吏馬肥，觀者快馬之走驟也，騎者驅馳不足，至於瘠死。”此言馬本嬌貴，偶出，以路傍兒圍觀驚死；觀者譽馬之馳，騎者因鞭策不止，使馬力竭而斃；皆寓“愛之適以害之”之意。又傳漢張敞走馬章臺街，時人鄙笑之，有“毆君馬者路傍兒”之語。見通志四九樂一走馬引。

八 畫

殼 qiào 苦角切，入，覺韻，溪。ㄑㄧㄠ

堅硬的外皮。說文作“㱿”。漢王充論衡超奇：“有根株於下，有榮葉於上，有實核於内，有皮殼於外。文墨辭說，士之榮葉皮殼也。”參閱清段玉裁說文解字注㱿。

【殼物】貝類。也稱介物。宋梅堯臣宛陵集十一送蘇子美詩：“殼物怪瑣屑，蠃蜆固無數。”

【殼漏子】佛教語。指人的軀殼。景德傳燈録十五筠州洞山良价禪師：“師將圓寂，謂衆曰：‘……離此殼漏子，向什麼處與吾相見？’衆無對。”

殽 1. xiáo 胡茅切，平，肴韻，匣。ㄒㄧㄠˊ

㊀混雜。同“淆”。漢書食貨志下：“鑄作錢布皆用銅，殽以連錫。”㊁指菜肴。同“肴”。詩大雅韓奕：“其殽維何？炰鼈鮮魚。”釋文本作“肴”。㊂帶肉的骨。禮曲禮上：“凡進食之禮，左殽右胾。”釋文：“熟肉有骨曰殽。”㊃山名。見“殽函”。㊀㊂㊃也讀 yáo。

2. xiào 集韻 後教切，去，效韻。ㄒㄧㄠˋ

㊄效法。通“效”。禮禮運：“是故夫禮，必本於天，殽於地，列於鬼神。”釋文：“殽，户教反，法也。”

【殽舛】錯訛。新唐書一三二蔣乂傳：“（父）將明在集賢，值兵興，圖籍殽舛，白宰相請引乂入院，助力整比。”

【殽函】殽山與函谷關的合稱。殽，也作“崤”。當今陝西潼關至河南新安縣一帶，形勢險要。史記秦始皇紀引賈誼：“秦孝公據殽函之固，擁雍州之地，君臣固守而窺周室。”春秋晉殲秦穆公之師於殽，生俘孟明等三帥，卽此地。見左傳僖三十三年。

【殽核】菜肴果品。詩小雅賓之初筵：“籩豆有楚，殽核維旅。”文選晉左太沖（思）蜀都賦“肴槅四陳”注引詩作“肴核”。

【殽烝】古時設宴，切肉爲殽，盛於俎内，叫殽烝。左傳宣十六年：“晉侯使士會平王室，定王享之，原襄公相禮，殽烝。”注：“烝，升也，升殽於俎。”也作“殽脀”。儀禮特牲饋食禮：“衆賓及衆兄弟内賓宗婦，若有公有司私臣，皆殽脀。”

【殽亂】錯雜混亂。莊子齊物論：“仁義之端，是非之塗，樊然殽亂，吾惡能知其辯。”

【殽雜】混淆駁雜。漢書食貨志下賈誼諫：“然鑄錢之情，非殽雜爲巧，則不可得贏，而殽之甚微，爲利甚厚。”

九 畫

毄 1. jī 苦擊切，入，錫韻，溪。ㄐㄧ

說文作“毄”。㊀打擊。周禮考工記廬人：“毄兵同强。”疏：“毄，以殳長丈二而無刃，可以擊打人。”㊁拂拭。周禮考工記弓人：“和弓毄摩。”注：“和，猶調也。毄，拂也。將用弓，必先調之拂之摩之。”

2. jì 集韻 吉詣切，去，霽韻。ㄐㄧˋ

㊂拴繫。通“繫”。周禮地官司門“祭祀之牛牲繫焉”唐陸德明釋文：“毄音計，本又作繫。”引申爲飼養。漢書景帝紀元年春正月詔：“郡國或磽陿，無所農桑毄畜。”注：“毄謂食養之，畜謂牧放也。……毄，古繫字。”

殿 diàn 堂練切，去，霰韻，定。ㄉㄧㄢˋ 都甸切，去，霰韻，端。

㊀古代高大房屋，通呼爲殿。後專稱帝王所居及朝會之所或供奉神佛之所爲殿。明清宮殿，前稱殿，後稱宮。如文華武英太和中和保和皆曰殿。乾清門内如乾清坤寧等皆曰宮。戰國策魏四：“倉鷹擊於殿上。”漢書六八霍光傳：“鴞數鳴殿前樹上。”㊁行軍的尾部。論語雍也：“孟之反不伐，奔而殿。”左傳襄二六年：“晉人寘諸戎車之殿。”㊂下等，末等。見“殿最”。㊃鎮撫，鎮守。詩小雅采菽：“殿天子之邦。”左傳成二年：“此車一人殿之，可以集事。”㊄姓。本殷湯之裔。見姓觿八霰。

【殿下】㊀殿階之下。史記八六荆軻傳：“諸郎中執兵皆陳殿下，非有詔召不得上。”㊁秦制，皇帝稱陛下。漢以來通稱諸侯王爲殿下。至唐初制令百官上書皇太后、太后及東宮官上書皇太子，俱稱殿下。參閱唐段成式酉陽雜俎一禮異、後蜀馬鑑續事始殿下、宋葉夢得石林燕語二。

【殿元】科舉時代，進士殿試第一名爲殿元。即狀元。元楊維楨鐵崖古樂府十四宫詞之五：“老娥元是南州女，私喜南人擢殿元。”參見“狀元”。

【殿本】清武英殿刻本的簡稱。也稱殿板、内府本。因刻書機構設在武英殿而名。乾隆四年詔刻十三經注疏、二十一史，三十八年又選四庫全書中善本用活字印行，曰聚珍本。刻印精良，稱善本。

【殿直】皇帝的侍從官。五代時名殿前承旨，後晉改曰殿直。宋熙寧以前，指左右兩班小使臣寄祿官。宋岳珂棠湖詩稿宫詞百首之四：“裏頭殿直催排立，等侯君王出木園。”

【殿軍】行軍時居於尾部。晉書王湛傳王坦之與殷康子書：“故大禹、咎繇稱功言惠而成名於彼，孟反、范燮殿軍後入而全身於此。”後因稱考試或比賽入選的末名爲殿軍。

【殿省】殿，指皇帝所居。省，省中，諸公所居。宋書少帝紀景平二年皇太后令：“親與左右執绋歡呼，推排梓宫，抃掌笑謔，殿省備聞。”又徐爰之傳：“鎮北將軍、南兗州刺史檀道濟先朝舊將，威服殿省。”

【殿最】古代考核軍功或政績時，以上等爲最，下等爲殿。史記絳侯周勃世家：“擊章邯車騎，殿。……攻槐里、好畤，最。”亦有以首要爲最，末尾爲殿者。漢書宣帝紀地節四年詔：“其令郡國歲上繫囚以掠笞若瘐死者所坐名、縣、爵、里，丞相御史課殿最以聞。”也用以指考試録取的首名與末名。漢董仲舒春秋繁露七：“考試之法……九分三三列之，亦有上中下，以一爲最，五爲中，九爲殿。”

【殿試】科舉時代，帝王於宮殿内考試貢

舉之士稱殿試。漢時各地舉賢良文學士，皇帝親加策詔，此爲後世殿試之始。唐武則天時策試貢人於洛城殿。宋開寶五年，禮部試進士諸科三十八人，太祖召對講武殿，始放榜，得進士二十二人，皆賜及第。自此省試之後行殿試，遂爲常制。元時無殿試，省試之後，再試於翰林院國史館。明清兩代，省試之後集中京師會試，會試中式後再行殿試，以定甲第。一甲三名，進士及第；二甲若于名，進士出身；三甲若干名，同進士出身。參閱通典十三選舉三歷代制下、文獻通考三十選舉三、清趙翼陔餘叢考二八殿試。

【殿腳】 隋煬帝楊廣遊江都，所乘龍舟，上設正殿、内殿；浮景九艘，皆水殿；又有漾彩、朱鳥、蒼螭、白虎等數千艘隨行。强制徵用挽船民工達八萬餘人；其挽漾彩以上者九千餘人，謂之殿腳。見隋書食貨志。參見“殿脚女”。

【殿閣】 ㊀宫殿樓閣。漢書九九下王莽傳：“夏，蝗從東方來，蜚蔽天，至長安，入未央宫，緣殿閣。”㊁唐宋時大學士皆帶殿閣銜，以崇其資望，如集賢殿觀文殿資政殿之類。明清以大學士爲宰相之任，皆加殿閣名，如明之華蓋殿謹身殿，清之文華殿武英殿體仁閣等。故相沿稱宰相爲殿閣。參閱清趙翼陔餘叢考二六殿閣大學士。

【殿罰】 見“殿舉”。

【殿撰】 狀元的别稱。詳“修撰㊁”。

【殿舉】 科舉時代，因考試劣等，被罰停止應考稱殿舉。即殿罰。宋史選舉志一：“(乾德元年)定諸州貢舉條法及殿罰之式：進士‘文理紕繆’者殿五舉，諸科初場十‘不’殿五舉，第二、第三場十‘不’殿三舉，第一至第三場九‘不’並殿一舉。殿舉之數，朱書於試卷，送中書門下。”明清稱罰科。殿若干舉，即停止應考若干期。“不”，指文理不通。參閱清顧炎武日知録十七殿舉。

【殿上虎】 喻敢諫之臣。宋劉安世在朝爲諫官，敢於面折廷爭。或皇帝盛怒，則執簡卻立，伺怒稍解，復前抗辭。旁侍者目之爲殿上虎。見宋馬永卿元城語録解、宋史本傳。

【殿中省】 官署名。唐武德元年改隋殿内省爲殿中省，爲六省之一。掌皇帝飲食、服裝、車馬等事。下設尚食、尚藥、尚衣、尚舍、尚乘、尚輦六局。由監一人統領之，少監二人爲副。見新唐書百官志二殿中省。參見“殿中監”。

【殿中監】 官名。三國魏置殿中監官。歷代沿襲，名稱有異。南齊有内外殿中監各八人，梁陳因之。北魏亦設殿中監。北齊有殿中局。隋改爲殿内局，大業三年分門下、太僕二司，取殿内監名以爲殿内省，有監、少監、丞各一人，掌諸供奉等事，屬門下省。唐改爲殿中省，又加置少監二人，丞亦二人，其官局職任一如隋制。參閱通典二六職官八殿中監。

【殿前司】 官署名。殿前軍起於五代後周世宗，是時趙匡胤爲殿前司都虞侯。至宋，殿前司與侍衛司馬軍、步軍爲三衙；殿前司包括都指揮使、副都指揮使、都虞侯使、副都虞侯，掌殿前諸班值與步騎諸指揮的名籍，以及訓練等事。參閱宋葉夢得石林燕語六、文獻通考五八職官十二殿前司。

【殿腳女】 隋煬帝楊廣乘龍舟遊江都，强徵吴越間民女年十五六歲者五百人，爲之牽挽，名曰殿腳女。每船用綵纜十條，每條用殿腳女十人、嫩羊十口，令殿腳女與羊相間而行牽之。見唐缺名開河記。參見“殿腳”。

【殿中尚書】 官名。晉置殿中尚書，與吏部、五兵、田曹、度支、左民爲六曹。北魏有殿中、樂部、駕部、南部、北部五尚書。殿中掌殿内兵馬、倉庫。參閱通典二二職官四歷代尚書。

毁

huǐ 許委切，上，紙韻，曉。
ㄏㄨㄟ 況僞切，去，寘韻，曉。

㊀破壞。詩豳風鴟鴞：“既取我子，無毁我室。”㊁廢除。見“毁廟”。㊂舊指居喪過於哀傷。禮檀弓下：“毁不危身。”參見“毁瘠”、“毁滅”。㊃誹謗。論語衛靈公：“吾之於人也，誰毁誰譽？”史記七七魏公子傳：“公子自知再以毁廢，乃謝病不朝。”

【毁車】 後漢書五三周燮傳：“(馮良)恥在廝役，因壞車殺馬，毁裂衣冠，乃遁至犍爲，從杜撫學。”後因以毁車殺馬表示隱退不仕。宋蘇軾分類東坡詩十六捕蝗至浮雲嶺……有懷子由弟之二：“殺馬毁車從此逝，子來何處問行藏。”又陸游渭南文集七謝曾侍郎啟：“毁車殺馬，逝從此以徑歸；賣劍買牛，分餘生之永已。”

【毁服】 古代服式有等級，毁服指下降服式等級。自行毁服有引咎請罪之意。後漢書二三竇融傳附竇憲：“憲大震懼，皇后爲毁服深謝，良久，乃得解。”皇后爲憲女弟。

【毁疾】 因居喪過哀而致病。文選南齊王仲寶(儉)褚淵碑文：“丁所生母憂，謝職。毁疾之重，因心則至。”也作“毁病”。後漢書三二樊宏傳附樊儵：“及母卒，哀思過禮，毁病不自支。”

【毁短】 揭人之短，加以誹謗。三國志吴顧雍傳：“(吕壹秦博)毁短大臣，排陷無辜，雍等皆見舉白，用被譴讓。”

【毁滅】 舊指因喪親而哀傷過度，至於毁形滅性。孝經喪親：“三日而食，教民無以死傷生，毁不滅性，此聖人之政也。”漢蔡邕蔡中郎集外集二辭郡辟讓申屠蟠書：“喪親盡禮，幾于毁滅。”

【毁節】 變節，敗壞操守。三國志魏龐德傳：“吾聞良將不怯死以苟免，烈士不毁節以求生。”

【毁傷】 ㊀破壞，損害。孟子離婁下：“無寓人於我室，毁傷其薪木。”㊁誹謗，中傷。漢書九十嚴延年傳：“延年本嘗與義俱爲丞相史，實親厚之，無意毁傷也。”

【毁瘠】 哀傷過度而消瘦。禮曲禮上：“居喪之禮，毁瘠不形。”疏：“毁瘠，羸瘦也；形，骨露也。”荀子禮論：“故量食而食之，量要而帶之，相高以毁瘠，是姦人之道也，非禮義之文也。”

【毁廟】 按宗法，親過高祖者，自移神主於太廟中，稱毁廟。公羊傳文二年：“其合祭奈何？毁廟之主，陳于大祖；未毁廟之主，皆升，合食于大祖。”注：“毁廟，謂親過高祖，毁其廟，藏其主于大祖廟中。”文選晉潘安仁(岳)西征賦：“洪鐘頓於毁廟，乘風廢而弗縣。”

【毁齒】 兒童乳齒脱落更生新齒。漢班固白虎通嫁娶：“男八歲毁齒，女七歲毁齒。”也指换齒時的兒童。唐柳宗元柳先生集七南嶽雲峯寺和尚碑：“元臣碩老，稽首受教；髫童毁齒，踴躍執役。”參見“毁齔”。

【毁謗】 誹謗。用不實之詞進行攻擊。魏書李瑒傳：“沙門都統僧暹等忿瑒鬼教之言，以瑒爲毁謗佛法，泣訴靈太后。”

【毁齔】 同“毁齒”。説文：“齔，毁齒也。”宋黄庭堅山谷外集十四過家詩：“親年當喜懼，兒齒欲毁齔。”

【毁顔】 斂顔憂慮。後漢書六六陳蕃傳上疏：“加兵戎未戢，四方離散，是陛下焦心毁顔，坐以待旦之時也。豈宜揚旗曜武，騁心輿馬之觀乎！”資治通鑑五四漢延熹六年十月注：“毁顔，謂面有憂色，臨于臣民之上，無以爲顔也。”

【毁亡律】 魏晉刑律之一。晉書刑法志：“(魏法)金布律有毁傷亡失縣官財物，故分爲毁亡律。”又：“(晉法)分盜律爲請賕詐僞水火毁亡。”

【毁茶論】 唐陸羽善煮茶，著茶經三篇。

御史大夫李季卿宣慰江南，召羽煮茶，羽衣野服，挈具而入，季卿不爲禮，羽愧之，更著毀茶論。見新唐書一九六本傳。宋陸游劍南詩稿四二試茶："難從陸羽毀茶論，寧和陶潛止酒詩。"

【毀家紓難】破家産以救國難。左傳莊三十年："鬭穀於菟爲令尹，自毀其家，以紓楚國之難。"注："鬭穀於菟，令尹子文也。毀，減；紓，緩也。"

十 畫

毃 què qiāo 苦角切，入，覺韻，溪。ㄑㄩㄝ ㄑㄧㄠ 集韻 口教切，去，效韻。

擊。同"敲"。左傳定二年："邾莊公與夷射姑飲酒，私出，閽乞肉焉，奪之杖以敲之。"釋文："敲，苦孝反，又苦學反，説文作毃。"

十 一 畫

毅 yì 魚既切，去，未韻，疑。ㄧ

㊀堅强，果敢。論語泰伯："士不可以不弘毅，任重而道遠。"左傳宣二年："殺敵爲果，致果爲毅。"㊁殘酷。韓非子內儲上："殷之法，棄灰于公道者斷其手。子貢曰：'棄灰之罪輕，斷手之罰重，古人何太毅也？'"注："毅，酷也。"

【毅豹】古寓言中張毅單豹的合稱。單豹强健，七十歲時爲餓虎所食；張毅謹慎，四十歲時因熱病致命。二人都不免一死。見莊子達生。宋蘇軾分類東坡詩二四王中父哀詞："已知毅豹爲均死，未識荆凡定孰存。"

【毅鳥】古稱鶡鳥爲毅鳥。禽經："鶡，毅鳥也。毅不知死。"晉張華注："狀類雞，首有冠。性敢於鬬，死猶不置，是不知死也。"

【毅蟲】指虎豹一類猛獸。後漢書六十上馬融傳廣成頌："若夫鷙獸毅蟲，倨牙黔口……負隅依阻，莫敢嬰禦。"毅與"毅"同。

毆 ōu 烏后切，上，厚韻，影。ㄡ

打擊，棰擊。史記留侯世家："良鄂然，欲毆之。"清段玉裁説文解字注"毆"："按此字即今經典之毆字，廣韻曰俗作毆是也。唐石經周禮射鳥氏：'以弓矢毆烏鳶，……'今版本皆作毆。唐刻獨不誤。"

十 二 畫

磬 sháo 市昭切，平，宵韻，禪。ㄕㄠ

古樂舞名。同"韶"。周禮春官大司樂："以樂舞教國子舞雲門、大卷、大咸、大磬、大夏、大濩、大武。"注："大磬，舜樂也。"

毇 huǐ 許委切，上，紙韻，曉。ㄏㄨㄟ

㊀舂米使精。淮南子主術："大羹不和，粢食不毇。"説文："毇，米一斛，舂爲八斗也。从臼，从殳。"㊁饘，稠粥。廣雅釋器："毇，饘也。"

毈 duàn 徒玩切，去，換韻，定。ㄉㄨㄢ

卵敗壞孵不出禽鳥。淮南子天文："戊子干甲子，胎夭卵毈，鳥蟲多傷。"又原道："鳥卵不毈。"注："卵不成鳥曰毈。"

十 三 畫

縠 què 苦角切，入，覺韻，溪。ㄑㄩㄝ 空谷切，入，屋韻，溪。

卵。藝文類聚六四晉束皙近遊賦："簣雞縠於歲首，收緌雛於物牙。"唐韓愈昌黎集八納涼聯句："筐實摘林珍，盤肴饋禽縠。"也指卵殼。全唐詩二九八王建雉將雛："雉咿喔，雛出縠，毛斑斑，觜啄啄。"

十 四 畫

毉 yī 於其切，平，之韻，影。ㄧ

㊀治療，醫者。同"醫"。漢揚雄太玄經四常："疾其疾，能自毉也。"㊁木名。同"翳"。晉崔豹古今注下草木："翳木，出交州，色黑而有文，亦謂之烏文木也。"注："翳，或作毉。"

【毉無閭】山名。即醫無閭。詳"醫無閭"。

毋 部

毋 1. wú 武夫切，平，虞韻，微。ㄨ

㊀勿，不要。詩小雅角弓："毋教猱升木。"箋："毋，禁辭。"論語雍也："原思爲之宰，與之粟九百，辭。子曰：'毋！'"㊁不。韓非子説林下："以我爲君子也，君子安可毋敬也。"史記七十張儀傳："其妻曰：'嘻！子毋讀書游説，安得此辱乎？'"㊂無。史記秦始皇紀："身自持築臿，脛毋毛。"㊃助詞。見"毋寧"。㊄姓。戰國時魏有毋擇。見漢劉向説苑奉使。

2. móu 集韻 迷浮切，平，侯韻。ㄇㄡˊ

㊅見"毋₂追"。

【毋乃】疑問副詞。豈不。左傳宣十五年："後有辭而討焉，毋乃不可乎？"漢王充論衡問孔："脱驂於舊館，毋乃已重乎？"

【毋₂追】夏代冠名。禮郊特牲："委貌，周道也；章甫，殷道也；毋追（duī），夏后氏之道也。"後漢書輿服志下："委貌冠、皮弁冠同制，長七寸，高四寸，制如覆杯，前高廣，後卑鋭，所謂夏之毋追，殷之章甫者也。"清朱彝尊以爲漢武梁祠碑禹像，冠頂鋭而下卑，即郊特牲之毋追。見曝書亭集四七漢武梁祠碑跋。

【毋害】無比。漢書三九蕭何傳："蕭何，沛人也。以文毋害爲沛主吏掾。"注："蘇林曰，毋害，若言無比也。"史記蕭相國世家作"無害"。漢書九十趙禹傳："極知禹無害，然文深，不可以居大府。"注："無害，言無人能勝之者。"

【毋望】非常。史記七八春申君傳："世有毋望之福，又有毋望之禍。今君處毋望之世，事毋望之主，安可以無毋望之人乎？"戰國策楚四作"無妄"。

【毋庸】無須，不用。漢書九二郭解傳："乃夜去，不使人知，曰：'且毋庸，待我去，令洛陽豪居間乃聽。'"也作"無庸"。參見"無庸"。

【毋寧】寧可，不如。左傳襄二九年："且先君而有知也，毋寧夫人，而焉用老臣？"也作"無寧"。

【毋鹽】複姓。齊毋鹽邑大夫之後。漢景帝時，有毋鹽氏放高利貸，成爲關中巨富。見漢書九一貨殖傳。史記貨殖傳作"無鹽"。

毌 guàn 古玩切，去，換韻，見。ㄍㄨㄢ

㊀古"貫"字。清段玉裁説文解字注："古貫穿用此字。"㊁姓。本毌丘複姓，後分爲毌姓、丘姓。漢書八八高相傳有毌將永。

【毌丘】㊀古地名。在今山東曹縣南。史記田完世家："宣公與鄭人會西城，伐衛，取毌丘。」即此。㊂複姓。漢有毌丘長，見後漢書六四吳祐傳。

一 畫

母 mǔ ㄇㄨˇ 莫厚切，上，厚韻，明。

㊀母親。詩小雅蓼莪：「母兮鞠我。」㊁稱女性尊長。如叔母、從祖母等。見爾雅釋親。㊂老婦的通稱。史記九二淮陰侯傳：「諸母漂，有一母見信飢，飯信。」㊃雌性。孟子盡心上：「五母雞，二母彘。」㊄本源。老子：「無名天下之始，有名萬物之母。」㊅幣有大小輕重，其大者重者稱「母」，小者輕者稱「子」。參見「子母錢㊀」。㊆能使他物滋生者。禮內則：「煎醢加於黍食上，沃之以膏，曰淳母。」本草綱目二五穀麴：「酒非麴不生，故曰酒母。」

【母兄】同母之兄。公羊傳隱七年：「齊侯使其弟年來聘。其稱弟何？母弟稱弟，母兄稱兄。」

【母母】妯娌之間弟婦對兄妻的稱呼。宋呂東萊紫薇雜記家禮：「呂氏舊俗：母母受嬸房婢拜，以受其主母拜也，嬸見母母房婢妮即答拜。」也作「姆姆」。警世通言五呂大郎還金完骨肉：「我丈夫已將姆姆嫁與江西客人，少停，客人就來取親。」

【母后】帝王之母。漢書諸侯王表：「是故王莽……因母后之權，假伊周之稱，顓作威福廟堂之上，不降階序而運天下。」也泛指太皇太后、皇太后、皇后。三國志魏后妃傳：「漢制，帝祖母曰太皇太后，帝母曰皇太后，帝妃曰皇后，其餘內官十有四等。魏因漢法，母后之號，皆如舊制。」

【母弟】同母之弟。左傳宣十七年：「凡大子之母弟，公在曰公子，不在曰弟。凡稱弟，皆母弟也。」

【母昆】同胞兄弟。文選三國魏陳孔璋(琳)爲袁紹檄豫州：「又梁孝王，先帝母昆，墳陵尊顯，桑梓松柏，猶宜肅恭。」漢文帝竇后生景帝與梁孝王武。

【母師】㊀婦人尊號。意爲人母的榜樣。漢劉向列女傳一魯之母師記載魯有九子之寡母，其言行遵守古訓，能以身教，穆公賜以尊號曰母師，使夫人諸姬皆師之。㊁指傅母和女師。後漢書八四曹世叔妻傳女誡：「蒙先君之餘寵，賴母師之典訓。」參見「傅母」、「女師㊀」。

【母教】母親對子女的教育。漢焦延壽易林一否之遯：「失特母教，嘉偶出走。」特，或作「恃」、「持」。清鄭珍撰有母教錄一卷。

【母範】人母的典範。宋史后妃傳序：「昭憲杜后實生太祖、太宗，內助之賢，母範之正，蓋有以開宋世之基業者焉。」

【母儀】猶言母範。列女傳有母儀傳。後漢書光武郭皇后紀：「郭主雖王家女，而好禮節儉，有母儀之德。」

【母錢】本錢。宋史三一〇杜衍傳奏言：「州郡闕母錢，願出官帑助之。」

【母黨】母方的親族。見爾雅釋親。漢書三六楚元王傳附劉向：「方今同姓疏遠，母黨專政，祿去公室，權在外家。」

【母陀羅】梵語譯音，意指佛的心印或佛法。楞嚴經六：「故我能現衆多妙容，能說無邊祕密神呪，其中或現一首三首……乃至一百八臂，千臂萬臂，八萬四千母陀羅臂。」也省作「母陀」。宋黃庭堅豫章集十四觀世音贊：「八萬四千母陀臂，接引有情到彼岸。」

【母難日】稱自己生日。元白珽湛淵靜語二：「近劉極齋(宏濟)，蜀人，遇誕日，必齋沐焚香端坐，曰：『父憂母難之日也。』」西遊記十七：「正說中間，那黑漢笑道：『後日是我母難之日，二公可光顧光顧。』」

【母以子貴】母親因兒子得立而尊貴。公羊傳隱元年：「立嫡以長不以賢，立子以貴不以長。桓何以貴？母貴也。母貴則子何以貴？子以母貴，母以子貴。」言立嫡子則按母的秩次，故子以母貴；立妾子，其母得尊爲夫人，故母以子貴。歷代因之。漢書九九上王莽傳：「春秋之義，母以子貴，丁姬宜上尊號。」

三 畫

每 1. měi ㄇㄟˇ 武罪切，上，賄韻，明。

㊀常，往往。見「每每」。㊁每次，逐一。詩秦風權輿：「於我乎，夏屋渠渠，今也每食無餘。」㊂雖。詩小雅常棣：「每有良朋，況也永嘆。」㊃當。呂氏春秋貴直：「每斮者以吾參夫二子者乎？」注：「每，猶當也。」㊄貪。漢書賈誼傳服鳥賦：「夸者死權，品庶每生。」史記作「馮生」。唐司馬貞索隱：「服虔云：每念生也。鄒誕本亦作每，言唯念生而已。」㊅表多數。猶「們」。古今雜劇元關漢卿竇娥冤一：「滿望你鰥寡孤獨，無捱無靠，母子每到白頭。」㊆見「每牛」。

2. mèi ㄇㄟˋ 集韻莫佩切，去，隊韻。

㊇見「每₂每₂」。

【每牛】小牛。逸周書王會：「數楚每牛。每牛者，牛之小者也。」一說即犛。山海經西山經：「(黃山)有獸焉，其狀如牛而蒼黑，大目，其名曰犛。」

【每每】往往，常常。晉陶潛陶淵明集四雜詩之五：「值歡無復娛，每每多憂慮。」

【每₂每₂】㊀美盛貌。左傳僖二八年：「原田每每，舍其舊而新是謀。」注：「喻晉軍美盛，若原田之草每每然。」參見「莓莓」。㊁昏昏貌。莊子胠篋：「故天下每每大亂，罪在於好知。」釋文引李頤：「每每，猶昏昏也。」

【每下愈況】莊子知北遊：「東郭子問於莊子曰：『所謂道，惡乎在？』莊子曰：『无所不在。』東郭子曰：『期而後可。』莊子曰：『在螻蟻。』曰：『何其下邪？』曰：『在稊稗。』曰：『何其愈下邪？』曰：『在瓦甓。』曰：『何其愈甚邪？』曰：『在屎溺。』東郭子不應。莊子曰：『夫子之問也，固不及質。正獲之問於監市履狶也，每下愈況。』」正，官名，指市令；獲，人名。監市，監市政者。狶，豕。履，踐踏。驗豕之肥瘦，每踐踏其股脚。股脚，難肥之處。況，狀況。言每驗於下，其狀益顯。後多作「每況愈下」，與原義異。

【每況愈下】莊子知北遊本作「每下愈況」，後來多作「每況愈下」，指情況越來越壞。宋胡仔苕溪漁隱叢話後集二六：「子瞻(蘇軾)自言平生不善唱曲，故閒有不入腔處。非盡如此，后山(陳師道)乃比之教坊使雷大使舞，是何每況愈下，蓋其謬耳。」清黃宗羲吾悔集一外舅……葉公改葬墓誌銘：「自公云亡，每況愈下。」

【每飯不忘】史記一〇二馮唐傳：「今吾每飯，意未嘗不在鉅鹿也。」後來稱時刻不忘爲每飯不忘。杜少陵集詳注附錄清陳文燭重修瀼西草堂記：「忠君憂國，每飯不忘。」

四 畫

毐 ǎi ㄞˇ 於改切，上，海韻，影。

秦時人名。見「嫪毐」。

五 畫

毒 1. dú ㄉㄨˊ 徒沃切，入，沃韻，定。

㊀苦惡有害之物。易噬嗑：「六三，噬腊肉，遇毒。」左傳僖二二年：「蠭蠆有毒。」㊁施放毒物。左傳襄十四年：「秦人毒涇上流，師人多死。」㊂禍患。書盤庚上：「汝不和吉言于百姓，惟汝自生毒。」㊃害，傷害。左傳僖二八年：「晉侯聞之，而後喜可知也。曰：莫余毒也已。」㊄役使，

治理。易師:"剛中而應,行險而順,以此毒天下,而民從之。"釋文:"毒,徒篤反,役也。馬(融)云:治也。"老子:"長之育之,亭之毒之。"㈥病,恨。列子湯問:"仙聖毒之,訴之於帝。"後漢書七四上袁紹傳:"每念靈帝,令人憤毒。"㈦凶狠,毒辣。見"毒手"。㈧强烈,猛烈。國語吳:"吾先君闔廬不貰不忍,被甲帶劍,挺鈹搢鐸,以與楚昭王毒逐於中原柏舉。"

2. dài ㄉㄞˋ 集韻 待戴切,去,代韻。

㈨通"瑇"。詳"毒₂冒"。

【毒手】㈠厲害的毆打。晉書石勒載記下:"初,勒與李陽鄰居,歲常争麻池,迭相毆擊。……至是,乃使召陽,既至,勒與酣謔,引陽臂笑曰:'孤往日厭卿老拳,卿亦飽孤毒手!'"㈡暗算,狠毒的手段。西遊記六五:"我們到那廂,決不可擅入,恐遭毒手。"

【毒卉】有毒的花草。文選晉劉越石(琨)答盧諶詩:"英蘂夏落,毒卉冬敷。"唐柳宗元柳先生集二七永州韋使君新堂記:"茂樹惡木,嘉葩毒卉,亂雜而争植,號曰穢墟。"

【毒₂冒】即玳瑁、瑇瑁。漢書地理志下:"粤地……處近海,多犀、象、毒冒、珠璣、銀、銅、果、布之湊。"注:"毒,音代。冒,音莫内反。"

【毒氣】瘴氣。後漢書二四馬援傳:"下潦上霧,毒氣重蒸,仰視飛鳶,跕跕墯水中。"

【毒暑】酷熱的夏季。唐白居易長慶集六九夏日與閑禪師避暑詩:"每因毒暑悲親故,多在炎方瘴海中。"

【毒龍】㈠佛教故事,佛前身曾爲毒龍,衆生受害。但受戒以後,忍受獵人剥皮,諸小蟻噬身,身乾命絶,後卒成佛。見大智度論十四。㈡有毒的龍。後漢書八八西域傳論"身熱首痛風災鬼難之域"注引釋法顯遊天竺記:"葱嶺冬夏有雪。有毒龍,若犯之,則風雨晦冥,飛砂揚礫。過〔遇〕此難者,萬無一全也。"唐王維王右丞集四過香積寺詩:"薄暮空潭曲,安禪制毒龍。"

【毒藥】㈠藥物的一種。周禮天官醫師:"掌醫之政令,聚毒藥以共醫事。"素問藏氣法時論:"毒藥攻邪。"注:"辟邪安正,惟毒乃能,以其能然,故通謂之毒藥也。"史記留侯世家:"且'忠言逆耳利於行,毒藥苦口利於病',願沛公聽樊噲言。"㈡毒物的一種。韓詩外傳十:"能殺我者,是毒藥之死耳。"

【毒蠱】害人的蟲物。周禮秋官庶氏:"掌除毒蠱。"注:"毒蠱,蟲物而病害人者。賊律曰:'敢蠱人及教令者弃市。'"

【毒手尊拳】新五代史唐臣傳李襲吉:"(李克用)使襲吉爲書諭梁,辭甚辨麗,梁太祖(朱全忠)使人讀之,至於'毒手尊拳,交相於暮夜;金戈鐵馬,蹂踐於明時',歎曰:'李公僻處一隅,有士如此,使吾得之,傅虎以翼也。'"本指朱全忠於上源驛陰謀襲殺李克用事。後來泛指無情的打擊。

十 畫

毓 yù ㄩˋ 余六切,入,屋韻,喻。

同"育"。㈠生,養。周禮地官大司徒:"以蕃鳥獸,以毓草木。"文選漢班孟堅(固)東都賦:"發蘋藻以潛魚,豐圃草以毓獸。"㈡孕育,産生。國語晉四:"黷則生怨,怨亂毓災,災毓滅姓。"

【毓慶宫】在今北京故宫博物院日精門内,齋宫之東,南爲敦本殿。毓慶宫和齋宫爲明代神霄宏孝二殿所改。見清吳長元宸垣識餘。

比 部

比 1. bǐ ㄅㄧˇ 卑履切,上,旨韻,幫。

㈠從,和順。詩大雅皇矣:"王此大邦,克順克比。"㈡比擬,類似。禮曲禮上:"不勝喪,乃比於不慈不孝。"㈢比較,考校。周禮天官内宰:"佐后而受獻功者,比其小大,與其粗良,而賞罰之。"又地官小司徒:"及三年,則大比。"㈣比方。漢書五一賈山傳至言:"公卿比諫,士傳言諫。"㈤追徵。清計六奇明季北略十三朱由檢罪己詔:"催錢糧先比火耗,完正額又欲羨餘。"㈥例,則例。禮王制:"衆疑赦之,必察大小之比以成之。"㈦詩六義之一。詩大序:"詩有六義焉:一曰風,二曰賦,三曰比,四曰興,五曰雅,六曰頌。"賦、比、興是寫詩的手法。比,指指物譬喻。參見"六義"。㈧周代地方的基層組織。周禮地官大司徒:"令五家爲比,使之相保,五比爲閭,使之相受。"

毗至切,去,至韻,並。

必至切,去,至韻,幫。

毗必切,入,質韻,並。

房脂切,平,脂韻,並。

㈨並列。書牧誓:"稱爾戈,比爾干,立爾矛。"㈩緊靠,密列。詩周頌良耜:"其崇如墉,其比如櫛。"⑪相近,親近。史記天官書:"危東六星,兩兩相比。"周禮夏官形方氏:"使小國事大國,大國比小國。"唐王勃王子安集三杜少府之任蜀州詩:"海内存知己,天涯若比隣。"⑫勾結。論語爲政:"君子周而不比,小人比而不周。"⑬矢括,箭的入弦處。周禮考工記矢人:"夾其陰陽,以設其比;夾其比,以設其羽。"⑭卦名。六十四卦之一。☷☵坤下坎上。易比:"彖曰:比,吉也;比,輔也,下順從也。"⑮副词。1.接連。禮投壺:"比投不釋。"史記呂太后紀:"孝惠崩,高后用事,春秋高,聽諸呂,擅廢帝更立,又比殺三趙王。"2.皆,都。戰國策齊五:"夫中山千乘之國也,而敵萬乘之國二,再戰比勝。"又秦一:"鬪戰,頓足徒裼,犯白刃,蹈煨炭,斷死於前者,比是也。"3.近來。呂氏春秋先識:"臣比在晉也,不敢直言。"三國志魏徐邈傳:"比來天下奢靡,轉相倣效。"⑯介词。1.及,等到。左傳莊十二年:"陳人使婦人飲之酒,而以犀革裹之。比及宋,手足皆見。"國語齊:"比至,三舋三浴之。"2.替,給。孟子梁惠王上:"寡人恥之,願比死者壹洒之,如之何則可?"3.比起……來。世説新語文學:"方響則金聲,比德則玉亮。"

2. pí ㄆㄧˊ

⑰同"皮"。左傳莊十年:"自雩門竊出,蒙皋比而先犯之。"注:"皋比,虎皮。"

【比干】殷末紂王叔伯父(一説,紂庶兄)。傳説紂淫亂,比干犯顔强諫,紂怒,剖其心而死。與箕子微子稱殷之三仁。見書泰誓武成、史記宋世家。參閲清梁玉繩漢書人表考三。

【比方】㈠比較。漢王充論衡恢國:"比方五代,孰者爲優?"㈡比擬。荀子强國:

"今君人者，辟稱比方則欲自並乎湯武。"㊂順乎其道。莊子田子方:"日出東方而入於西極，萬物莫不比方。"

【比比】㊀頻頻，屢屢。漢書哀帝紀詔:"間者日月亡光，五星失行，郡國比比地動。"㊁處處。宋陸游渭南文集四上殿劄子:"行之數年，而大臣近侍不得職者幾人？帥臣監司之加職者又比比而有。"

【比玉】玉帶名。宋沈括夢溪筆談二二謬誤:"丁晉公(謂)從車駕(宋真宗)巡幸，禮成，有詔賜輔臣玉帶。時輔臣八人，行在祗候庫止有七帶。尚衣有帶，謂之比玉，價直數百萬，上欲以賜輔臣，以足其數。"

【比甲】即馬甲，類似現在的背心。元史一一四世祖后察必傳:"(后)又製一衣，前有裳無衽，後長倍於前，亦無領袖，綴以兩襻，名曰比甲，以便弓馬，時皆倣之。"

【比丘】梵語。又稱苾芻。意爲乞者。佛教指出家修行的男僧。按照佛教的章制，少年出家，初受戒，稱爲沙彌；到二十歲，再受具足戒，成爲比丘。魏書釋老志:"桑門爲息心，比丘爲行乞，……婦人道者爲比丘尼。"因僧人須乞法、乞食，故有此稱。

【比卯】舊時地方官衙中差役的名册叫卯簿。如催徵錢糧，或緝捕罪犯就按卯簿派遣差役，立定期限，按時考校。如到期未能完成，即將差役拘處杖責，叫比卯。

【比年】㊀每年。禮王制:"諸侯之於天子也，比年一小聘，三年一大聘，五年一朝。"注:"比年，每歲也。"㊁連年。漢書食貨志上:"永始二年，梁國、平原郡，比年傷水災，人相食。"㊂近年。後漢書六五皇甫規傳上疏:"臣比年以來，數陳便宜。"

【比竹】㊀笙竽之類的編管樂器。竹，竹製的律管。莊子齊物論:"子游曰:'地籟則衆竅是已，人籟則比竹是已。'"㊁編織竹篾。唐劉禹錫劉夢得集二七機汲:"由是比竹以爲畚，寘于流中。"

【比余】古人辮髮上的銅製飾物。櫛的別稱。史記一一〇匈奴傳:"服繡袷綺衣、繡袷長襦、錦袷袍各一，比余一……使中大夫意、謁者令肩遺單于。"漢書匈奴傳作"比疏"。

【比況】與舊事例相比照。漢書刑法志:"其後姦猾巧法，轉相比況，禁罔寖密。"

【比肩】㊀並肩。淮南子說山:"三人比肩，不能外出戶。"注:"戶不容故也。"㊁喻聲望、地位相等或關係親切。三國志吳吾粲傳:"雖起孤微，與同郡陸遜、卜静等比肩齊聲矣。"又張昭傳:"(孫策)升堂拜母，如比肩之舊。"㊂喻接連而來。漢王充論衡效力:"殷周之世，亂迹相屬，亡禍比肩，豈其心不欲爲治乎？力弱智劣，不能納至言也。"㊃即披肩。披在肩上的一種服裝。元史輿服志一:"服銀鼠，則冠銀鼠暖帽，其上並加銀鼠比肩。"

【比長】周代地方基層組織，五家爲比，其長稱比長。周禮地官大司徒:"令五家爲比，使之相保；五比爲閭，使之相受。"又司徒:"比長，五家，下士一人。"

【比事】㊀就近服役。書多士:"我乃明致天罰，移爾遐逖，比事臣我宗，多遜。"疏:"令汝遠於惡俗，比近服事，臣我宗周，多爲順道。"㊁禮經解:"屬辭比事，春秋教也。"本謂排列史事。後泛指排比事類。南齊書張融傳門律自序:"吾之文章，體亦何異，……政以屬辭多出，比事不羈，不阡不陌，非途非路耳。"參見"屬辭比事"。

【比來】近來。三國志魏徐邈傳:"比來天下奢靡，轉相倣效而徐公雅尚自若，不與俗同，故前日之通，乃今日之介也。"

【比居】㊀檢驗居民的户籍。周禮天官小宰:"以官府之八成經邦治:一曰聽政役以比居。"注:"鄭司農(衆)云:比居，謂伍籍也。"參閱孫詒讓周禮正義。㊁猶言比鄰。晏子春秋諫下:"昧墨而與人比居，庾肆而教人危坐。"法苑珠林七一債負引證:"母歸，不見客，即問比居，皆云已去。"

【比附】㊀互相依倚。晉書索靖傳草書狀:"舉而察之，又似乎和風吹林，偃草扇樹；枝條順氣，轉相比附。"㊁按同類事例比照處理。漢書七十陳湯傳"無比者先以聞"唐顔師古注:"比謂相比附也。"宋范仲淹范文正公集奏議上答手詔條陳十事:"其武臣磨勘年限，委樞密院比附文資定奪開奏。"

【比舍】鄰舍。晉干寶搜神記十五:"李娥，年六十歲，病卒，埋於城外，已十四日。娥比舍有蔡仲聞娥富，謂殯當有金寶，乃盜發冢求金。"

【比和】㊀一心一德。漢劉向說苑臣術:"有能比和同力，率羣下相與彊矯君，……成於尊君安國謂之輔。"㊁舊時術數家以天干、地支中五行同位的爲比和。如天干甲乙與地支寅卯，在五行中都屬木，則二者爲比和。餘類推。

【比周】㊀結黨營私。管子立政:"羣徒比周之說勝，則賢不肖不分。"左傳文十八年:"醜類惡物，頑嚚不友，是與比周。"參見"比⑪"。㊁聯合，集結。韓非子初見秦:"天下又比周而軍華下，大王以詔破之。"

【比部】官名。魏晉南北朝尚書有比部曹，南朝宋時掌法制，北齊時掌詔書律令句檢等事。隋唐爲比部侍郎，至德初復舊，掌內外諸司公廨，及公私債負徒役公程贓物帳及句用度物。金元廢。參閱文獻通考五二職官六刑部尚書。明、清以比部爲刑部司官的通稱。

【比雅】清洪亮吉撰。十九卷。此書仿照爾雅體例，將古籍中意義相近、相對或相關的詞語，加以排比、辨釋。

【比疏】㊀比擬不當。唐韓愈昌黎集二喜侯喜至贈張籍張徹詩:"比疏語徒妍，悚息不敢占。"㊁櫛。見"比余"。

【比量】比較。北齊顔之推顔氏家訓勉學:"世人但知跨馬被甲，長矟彊弓，便云我能爲將；不知明乎天道，辯乎地利，比量逆順，鑒達興亡之妙也。"

【比景】地名。水經注三六温水:"自盧容縣至無變，越烽火至比景縣，日中頭上，景當身下，與景爲比。如淳曰:'故以比景名縣。'闞駰曰:'比，讀蔭庇之庇，景在已下，言爲身所庇也。'"景，同"影"。文選晉左太沖(思)吳都賦:"結根比景之陰，列挺衡山之陽。"注:"一作北景。云漢武時日南郡置北景縣，言在日之南，向北看日，故名。"按:比景縣，東漢屬交州日南郡，晉、南朝宋、齊俱沿其舊。隋爲蕩州比景郡治地。後借指邊遠之地。宋陸游劍南詩稿六六雜題之三:"寧使終身遷比景，莫令一物汚靈臺。"

【比較】官府對差役限期完成差事，到期查驗。如逾期未能完成，即加杖責，稱比較，也叫比卯。元曲選缺名貨郎旦四:"稟爺，這兩箇名下，欺侵窩脫銀一百多兩，帶累小的們比較，不知替他打了多少。"參見"比卯"。

【比歲】每年，連年。管子樞言:"一日不食，比歲歉；三日不食，比歲饑；五日不食，比歲荒。"漢書食貨志下:"此後四年，衛青比歲十餘萬衆擊胡。"注:"比歲，頻歲也。"

【比跡】齊步，並駕。後漢書和熹鄧皇后紀劉毅上書:"齊蹤虞妃，比跡任姒。"

【比閭】㊀周代地方基層組織形式。周禮地官大司徒:"令五家爲比，使之相保；五比爲閭，使之相受。"㊁櫚木。逸周書王會:"白州比閭。比閭者，其華若羽，伐其木以爲車，終行不敗。”

【比鄰】近鄰。漢書七七孫寶傳：“寶徙入舍，祭竈請比鄰。”三國魏曹植曹子建集五贈白馬王彪詩：“丈夫志四海，萬里猶比鄰。”唐王勃王子安集三杜少府之任蜀州詩：“海内存知己，天涯若比鄰。”

【比輪】㊀兩車並行。文選晉左太沖（思）魏都賦：“竦峭雙碣，方駕比輪。”唐李周翰注：“方駕比輪，言並車也。門廣大，可並車而行。”㊁錢幣名。晉書食貨志：“晉自中原喪亂，元帝過江，用孫氏舊錢，輕重雜行，大者謂之比輪，中者謂之四文。”

【比數】同列，相提並論。漢書六二司馬遷傳報任安書：“刑餘之人，無所比數，非一世也，所從來遠矣。”

【比輯】猶言編次。漢書八八瑕丘江公傳：“江公呐於口，上使與仲舒議，不如仲舒。而丞相公孫弘本爲公羊學，比輯其議，卒用董生。”

【比聯】㊀周代地方基層組織形式。周禮地官族師：“五家爲比，十家爲聯。”㊁毗連。新唐書一七三裴度傳：“魏博軍度黎陽，即叩賊境，封畛比聯，易生覦望，是自戰其地。”

【比翼】㊀翅靠翅，齊飛。楚辭屈原卜居：“寧與黃鵠比翼乎？將與雞鶩爭食乎？”文選三國魏阮嗣宗（籍）詠懷詩之四：“願爲雙飛鳥，比翼相翶翔。”㊁比喻夫婦的親密關係。晉書后妃傳上左貴嬪獻誄：“惟帝與后，契闊在昔，比翼白屋，雙飛紫閣。”

【比類】㊀合乎舊例。禮月令仲秋之月：“是月也，乃命宰祝循行犧牲，視全具，案芻豢，瞻肥瘠，察物色，必比類。”㊁比照類推。漢書文帝紀後七年：“它不在令中者，皆以此令比類從事。”史記孝文紀作“比率”。㊂相類的事例。漢王充論衡四諱：“獨有一物，不見比類，乃可疑也。”㊃譬喻。南朝梁劉勰文心雕龍二頌讚：“及三閭橘頌，情采芬芳，比類寓意，又覃及細物矣。”三閭，指屈原。

【比蹤】齊步，並駕。三國魏曹植曹子建集五責躬詩：“超商越周，與唐比蹤。”梁書王筠傳：“筠曰：‘陸平原（機）東南之秀，王文度（坦之）獨步江東，吾得比蹤昔人，何所多恨。’”

【比目魚】即鰈。舊謂此魚一目，須兩兩相並始能游行。爾雅釋地：“東方有比目魚焉，不比不行，其名謂之鰈。”呂氏春秋遇合：“凡遇合也時，不合，必待合而後行，故比翼之鳥死乎木，比目之魚死乎海。”喻形影不離。玉臺新詠一三國魏徐幹室思詩：“故如比目魚，今隔如參辰。”今總稱鰈形目魚類爲比目魚。

【比丘尼】受過具足戒的女僧。新唐書藝文志三著錄有僧寶唱比丘尼傳四卷。參見“比丘”。

【比肩民】爾雅釋地：“北方有比肩民焉，迭食而迭望。”注：“此即半體之人，各有一目、一鼻、一孔、一臂、一脚，亦猶魚鳥之相合更望，備驚急。”按山海經海外西經：“一臂國在其北，一臂、一目、一鼻孔。”晉郭璞注本此。

【比肩獸】蟨和邛邛岠虛二獸的合稱。相傳蟨前足短，後足長，不能走而善覓食；邛邛岠虛前足長，後足短，善走而不能覓食。二獸互相依存，謂之比肩獸。見爾雅釋地。唐白居易長慶集十二長相思詩：“願作遠方獸，步步比肩行。”此遠方獸即比肩獸。

【比紅兒】紅兒，唐鄜州李孝恭歌伎，善爲音聲。與羅虬相交往，後爲虬所殺。虬追悔之餘，作比紅兒絕句百首，歷數古來美人爲比，言其皆不如紅兒。宋陸游劍南詩稿十二夜酌：“比紅有句狂猶在，染白無方老已成。”事見五代王定保唐摭言十、宋邵博邵氏聞見後錄十七。

【比翼鳥】鳥名。爾雅釋地：“南方有比翼鳥焉，不比不飛，其名謂之鶼鶼。”詩文中常以比翼鳥比喻形影不離的好友或愛侶。三國魏曹植曹子建集五送應氏詩之二：“山川阻且遠，別促會日長，願爲比翼鳥，施翮起高翔。”唐白居易長慶集十二長恨歌：“在天願作比翼鳥，在地願爲連理枝。”

【比肩繼踵】形容人多擁擠。繼踵，脚尖碰脚跟。晏子春秋雜下：“臨淄三百閭，張袂成陰，揮汗成雨，比肩繼踵而在，何爲無人？”

【比物連類】連綴相類的事物，進行比較。韓非子難言：“多言繁稱，連類比物，則見以爲虛而無用。”史記八三鄒陽傳太史公曰：“鄒陽辭雖不遜，然其比物連類，有足悲者，亦可謂抗直不橈矣。”

【比屋可封】家家都有德行，人人可以旌表。指教化的成就。尚書大傳五：“周人可比屋而封。”漢陸賈新語無爲：“堯舜之民，可比屋而封；桀紂之民，可比屋而誅者，教化使然也。”

五畫

毗 pí ㄆㄧˊ 房脂切，平，脂韻，並。

本作“𣬈”，也作“毘”。㊀輔佐。書微子之命：“永綏厥位，毗予一人。”㊁比附。詩大雅板：“天之方懠，無爲夸毗。”參見“夸毗”。㊂損傷。莊子在宥：“人大喜邪，毗於陽；大怒邪，毗於陰。”㊃聯接。通“比”。如“毗連”、“毗鄰”。㊄崇厚。詩小雅節南山：“天子是毗，俾民不迷。”㊅譯音字，見“毗尼”、“毗舍”等條。

【毗尼】梵語。佛教各種戒律的統稱。也譯作毘奈耶、毘那耶、鞞尼迦等。楞嚴經一：“嚴淨毗尼，弘範三界。”唐劉禹錫劉夢得集三十唐故衡嶽律大師湘潭唐興寺儼公碑銘：“中有毗尼出塵士，以律視儼猶孫子。”

【毗沙】唐羈縻都督府名。在今新疆和田。本于闐，太宗時内附，高宗上元二年置都督府，屬安西都護府，貞元六年後廢。參閱舊唐書地理志三安西大都護府。

【毗舍】古印度四種姓的第三級。指從事農業畜牧業手工業和商業的等級。亦作“吠奢”、“吠舍”、“鞞舍”。大唐西域記二：“若夫族姓殊者有四流焉，……三曰吠奢，商賈也，貿遷有無，逐利遠近。”

【毗耶】梵語。也譯作維耶離、毗舍離、鞞耆隸夜、吠舍釐等。義譯平整莊嚴。古印度大城名。一說國名。相傳爲釋迦牟尼逝世地。釋迦逝世後一百年，印度名僧七百人曾集中在此整理佛教經典。唐釋玄應一切經音義八維摩詰所說經上毗耶離：“在恒河南中天竺界上，百賢聖於中結集處所也。”

【毗益】輔助，改善。後漢書劉玄傳：“今以所重加非其人，望其毗益萬分，興化致理，譬猶緣木求魚，升山採珠。”

【毗陵】也作“毘陵”。㊀郡名。晉太康二年置，治所在毗陵。晉永嘉五年，避東海王司馬越世子毗諱，改名晉陵，移治所於丹徒，尋還治晉陵。㊁縣名。原爲春秋時吳季札封地延陵邑，西漢改置爲毗陵縣。王莽時曾改稱毗壇。三國吳爲毗陵典農校尉治所。晉改名晉陵。唐改爲武進縣。今屬江蘇省。參閱嘉慶一統志八六常州府一。

【毗補】輔佐，補益。後漢書明德馬皇后紀：“每于侍執之際，輒言及政事，多所毗補。”

【毗貍】獸名。宋王闢之澠水燕談錄八：“契丹國産毗貍，形類大鼠而足短，極肥，其國以爲殊味。”

【毗劉】樹木枝葉枯落，樹蔭稀疏。也作“庛劉”。爾雅釋詁下：“毗劉，暴樂也。”

疏:"木枝葉稀疎不均爲暴樂。"

【毗盧】佛名。毗盧舍那的略稱,也譯作毘盧遮那,即密宗大日如來。一說法身佛的通稱。大日經疏(即大毘盧遮那成佛經疏)十六入祕密漫荼羅位品:"所謂毘盧遮那者,日也。如世間之日,能除一切暗冥,而生長一切萬物,成一切衆生事業,今法身如來亦復如是,故以爲喻也。"宋蘇轍欒城集三集三夜坐詩:"知有毗盧一逕通,信脚直前無別巧。"

【毗舍離】即毗耶城。詳"毗耶"。

【毗陵集】書名。1.唐獨孤及撰。及門人梁肅編。凡詩三卷,文十七卷,其文力除齊梁以來綺靡繁縟舊習,返於樸質,成爲唐古文運動的先聲。2.宋張守撰。原五十卷,久佚,清乾隆間從永樂大典中輯録爲十五卷。守,南宋人,建炎初爲御史中丞。主張經營兩淮,進復中原。其文頗注意經世實用,爲當時所稱。

【毗嵐風】梵語。暴風。翻譯名義集三什物:"毗嵐,亦云隨藍,此云迅猛風。大論云:'八方風不能動須弥山,隨嵐風至,碎如腐草。'"

【毗羅帽】一種僧帽。即毗盧帽。明黄一正事物紺珠:"毗羅帽、寶公帽、僧迦帽、山子帽、班吒帽、瓢帽、六和巾、頂包,八者皆釋冠也。"也作"毘盧帽子"。西遊記三九:"唐僧着了一驚,——把個毘盧帽子打歪——雙手忙扶着那毬。"

【毗婆沙論】毗,或作毘。廣解廣説佛經經義的著作。毘婆沙義譯爲廣解。大小乘著作中別題毘婆沙者,小乘有阿毘達磨大毘沙論 鞞婆沙論 五事毘婆沙論,大乘有十位毘婆沙論。

【毗俱胝觀音】佛教八大觀音之一。又叫毗俱胝菩薩,或毗俱胝天女。毗俱胝,梵語,或譯作毗俱知,"皺"的意思,謂此女是觀音額上皺紋中所生。大日經疏(即大毘盧遮那成佛經疏)五:"觀音左邊持聖者毘俱胝。其身四手,右邊一手垂數珠珠鬘,一手作施願印;左邊一手持蓮花,一手持軍持。面有三目,如摩醯首羅像。"

毘 pí 正字通 頻麋切,音皮。ㄆㄧˊ

同"毗"。見"毗"。

毖 bì 兵媚切,去,至韻,幫。ㄅㄧˋ

㊀謹慎,慎重。詩周頌小毖:"予其懲,而毖後患。"㊁操勞,勞苦。書大誥:"無毖于恤,不可不成乃寧考圖功。"㊂教導,告誡。書酒誥:"王曰:封,汝典聽朕毖。"㊃輔助。書洛誥:"伻來毖殷,乃命寧。"㊄泉涌出貌。通"泌"。詩邶風泉水:"毖彼泉水,亦流于淇。"也借指泉流。唐李賀歌詩編三昌谷:"亂條迸石嶺,細頸喧島毖。"

十三畫

毚 chán 士咸切,平,咸韻,牀。ㄔㄢˊ

見下。

【毚兔】狡兔。詩小雅巧言:"躍躍毚兔,遇犬獲之。"疏:"蒼頡解詁曰:'毚,大兔也。大兔必狡猾,又謂之狡兔。'"文選漢張平子(衡)西京賦:"毚兔聯猭,陵巒超壑。"

【毚欲】貪婪。漢揚雄法言問明:"不慕由則夷矣,何毚欲之有?"注:"許由、伯夷無欲之至,既不可害,亦不可利。"

【毚微】輕微,不嚴重。漢王充論衡定賢:"譬猶醫之治病也,有方篤劇猶治,無方毚微不愈。"

【毚檀】木名。檀樹的別種。也作"欃檀"。史記一一七司馬相如傳上林賦:"欃檀木蘭,豫章女貞。"史記孔子世家"葬魯城北泗上"集解引皇覽:"(孔子)冢塋中樹以百數,皆異種……民傳言:'孔子弟子異國人,各持其方樹來種之。'其樹柞、枌、雒離、安貴、五味、毚檀之樹。"

毛 部

毛 máo 莫袍切,平,豪韻,明。ㄇㄠˊ 莫報切,去,号韻,明。

㊀動植物表皮上所生的絲狀物。詩小雅小弁:"不屬于毛,不罹于裏。"左傳僖十四年:"皮之不存,毛將安傅?"㊁鬚髮。左傳僖二二年:"君子不重傷,不禽二毛。"二毛,謂鬢髮頒白之人,指老者。㊂五穀。左傳隱三年:"澗谿沼沚之毛,蘋蘩薀藻之菜。"注:"毛,草也。"文選三國蜀諸葛孔明(亮)出師表:"故五月度瀘,深入不毛。"參見"不毛"。㊃粗糙,未加工。如毛樣,毛坯。㊄無。後漢書二八上馮衍傳:"飢者毛食,寒者裸跣。"注:"臣賢案:衍集'毛'字作'無'。今俗語猶然者,或古亦通乎?"參閲清錢大昕十駕齋養新録五、趙翼陔餘叢考四三毛作無字。㊅周諸侯國名。姬姓。文王子封此。見左傳僖二四年。地在今河南宜陽。㊆姓。周文王子毛伯明食采於毛,世爲周卿士,子孫以邑爲氏。見通志二七氏族三以邑爲氏。

【毛丸】古代蹋戲用具。亦作"丸毛"。又稱踘、鞠,後來稱毬。太平御覽七五四漢應劭風俗通:"丸毛謂之鞠。"又晉郭璞三蒼解詁:"鞠,毛丸,可蹋戲。"

【毛女】傳説古代仙女,字玉姜,在華陰山中,形體生毛,自言秦始皇宫人,流亡入山,食松葉,遂不飢寒。見舊題漢劉向列仙傳下毛女。唐劉長卿劉隨州集六關門望華山詩:"瓊漿豈易挹,毛女非空傳。"

【毛孔】毛髮之孔。唐盧仝玉川子集二走筆謝孟諫議新茶詩:"四椀發輕汗,平生不平事,盡向毛孔散。"喻極微細。維摩詰所説經中不思議品:"乃見須彌入芥子中,是名住不思議。解脱法門。又以四大海水,入一毛孔。"

【毛公】㊀戰國趙處士。秦兵攻魏時,曾與薛公共勸寄居在趙的魏公子信陵君回國救援,擊敗秦兵。見史記七七信陵君傳。㊁漢初傳授詩經的學者。漢書儒林傳僅言毛公趙人,治詩,爲河間獻王博士。鄭玄詩譜始云魯人大毛公爲訓詁傳,河間獻王得而獻之,以小毛公爲博士。至三國吴陸璣草木鳥獸蟲魚疏乃言有大小二毛公:大毛公爲魯人毛亨,小毛公爲趙人毛萇。參閲經典釋文序録。

【毛目】細節。抱朴子君道:"操綱領以整毛目,握道數以御衆才。"梁書劉勰傳文心雕龍序:"上篇已上,綱領舉矣,……下篇已下,毛目顯矣。"

【毛衣】鳥羽。漢書五行志中之上:"宣帝黄龍元年,未央殿輅軨中雌雞化爲雄,毛衣變化而不鳴,不將,無距。"唐韓偓玉山樵人集鵲詩:"偏承雨露潤毛衣,黑白分明衆所知。"

【毛羽】㊀鳥獸之毛。鳥翼長毛謂之羽。左傳隱五年:"皮革、齒牙、骨角、毛羽,不登於器。"史記六九蘇秦傳:"毛羽未成,不可以高蜚。"㊁指鳥類。淮南子天文:"毛羽者,飛行之類也,故屬於陽。"又兵略:"下至鱗介,上及毛羽。"

【毛竹】竹名。也稱南竹。元劉美之續竹譜:"毛竹生武夷山。……顧愷之竹譜云:'南嶺實傾有毛竹、簹竹、青皮竹、木竹、釣絲竹、桃竹、越王竹。'"(說郛六六)

【毛血】㊀祝薦所用的犧牲。也作"血毛"。禮郊特牲:"毛血,告幽全之物也;告幽全之物者,貴純之道也。"唐韓愈昌黎集二二潮州祭神文之三:"謹卜良日,躬率將吏,薦茲血毛,清酌嘉羞,侑以音聲,以謝神貺。"㊁特指鳥獸被擊殺時所灑落的毛羽和鮮血。文選漢班孟堅(固)西都賦:"風毛雨血,灑野蔽天。"唐杜甫杜工部草堂詩箋一畫鷹:"何當擊凡鳥,毛血灑平蕪。"㊂頭髮和血色。唐韓愈昌黎集二三祭十二郎文:"毛血日益衰,志氣日益微。"

【毛衫】氈毛衫。宋缺名愛日齋叢鈔五:"徐鉉隨後主歸朝,見士大夫寒日多披毛衫,大笑之。"宋俞琰席上腐談上:"今之蒙衫,即古之毳衣。蒙,謂毛之細軟貌,如詩所謂'狐裘蒙茸'之蒙。俗作氄。其實即是毛衫;毛訛爲蒙,蒙又轉而爲氄。"

【毛刺】刺蝟別名。參閱爾雅釋獸、政和證類本草二一蝟皮。

【毛物】獸類,貂狐之屬。周禮地官大司徒:"以土會之法,辨五地之物生。一曰山林。其動物宜毛物。"注:"毛物,貂、狐、貒、貉之屬,縟毛者也。"

【毛段】成段匹的毛織品。宋缺名愛日齋叢鈔五:"張文潛(耒)云,……豳詩曰:'無衣無褐。'鄭玄注:'褐,毛布也'。非今段子乎?"元俞琰席上腐談上:"北方毛段細軟者曰子毷。子,謂毛之細者;毷,温柔貌。書堯典云'鳥獸毷毛',是也。今訛爲紫茸。"其後絲織品之厚密光澤者亦稱段子或絲段,又別取"緞"字以代之。參見"緞"。

【毛病】㊀牲畜的毛色有缺陷。舊題唐李義山雜纂下怕人知:"賣馬有毛病。"明徐咸相馬經:"馬旋毛者,善旋五,惡旋十四,所謂毛病,最爲害者也。"㊁缺點。宋吳泳鶴林集三二答涂安禮書:"蓋文字毛病,如春草漸生,旋剗旋有,不厭朋友切磋也。"參閱清趙翼陔餘叢考四三成語毛病。

【毛席】毛毲的別稱。後漢書八八西域傳天竺國"又有細布、好毾毲"注:"毾音它闔反。毲音登。埤蒼曰:'毛席也。'釋名曰:'施之承大牀前小榻上,登以上牀也。'"參見"毾毲"。

【毛連】毛製的褡褳。宋洪皓松漠紀聞上:"(回鶻人)多爲商賈於燕,載以橐它。過夏地,夏人率十而指一,必得其最上品者。賈人苦之,後以物美惡雜貯毛連中。"注:"毛連,以羊毛緝之,單其中,兩頭爲袋,以毛繩或線封之,有甚粗者,有間以雜色毛者,則輕細。"

【毛晉】公元1599—1659年。明末清初常熟人。字子晉,號潛在;原名鳳苞,字子久。少遊錢謙益門,博學强記。好搜羅圖籍,建汲古閣目耕樓,藏書達八萬四千餘册,多宋元善本。喜刻古書,所刊十三經、十七史、六十種曲及津逮祕書等,皆手自校讎,爲歷來私家刻書最多者。汲古閣版本,亦稱爲毛本。又好鈔録罕見祕籍,繕寫精良,後人稱爲毛鈔。编著有毛詩陸疏廣要、海虞古今文苑、明詩紀事、隱湖題跋、汲古閣珍藏書目、汲古閣刻書目等。

【毛遂】戰國趙平原君趙勝的食客,無所著名。趙孝成王九年,秦攻趙,平原君求救於楚,毛遂自請隨往。既至楚,平原君與楚王言合從,迄日中不決。毛遂按劍迫楚王,說以利害,定從約歸。平原君曰:"毛先生以三寸之舌,强於百萬之師。"遂以爲上客。見史記七六平原君傳。"毛遂自薦"之語,本此。

【毛筍】毛竹筍。以籜有毛而名。見咸淳臨安志。參見"貓頭竹"。

【毛詩】即詩經。以其書爲毛公所傳,故稱毛詩。漢書藝文志有毛詩二十九卷,毛詩故訓傳三十卷,但稱毛公,不著其名。鄭玄詩譜始稱大毛公、小毛公。據三國吳陸璣毛詩草木鳥獸蟲魚疏,謂大毛公爲毛亨,漢魯國人;小毛公爲毛萇,漢趙國人。今所傳者,即漢志之故訓傳。四庫提要定爲毛亨撰。自東漢鄭玄作箋,齊魯韓三家之詩遂廢,獨存毛詩,唐有孔穎達疏,共四十卷。近人王國維謂毛詩故訓多本爾雅,當爲亨(大毛公)作,而今傳專言典制義理,多用周官,當爲萇(小毛公)作。見觀堂集林別集一書毛詩故訓傳後。

【毛義】東漢廬江人,家貧,以孝行稱。南陽張奉慕其名,往候之。府檄以義爲安陽令。義奉檄,喜動顏色。奉心賤之。後義母死去官,舉賢良,公車徵,遂不至。張奉歎曰:"賢者固不可測。往日之喜,乃爲親屈也。斯蓋所謂'家貧親老,不擇官而仕'者也。"見後漢書三九劉平傳序。

【毛羣】獸類。文選漢班孟堅(固)西都賦:"毛羣内闐,飛羽上覆。"又晉左太沖(思)蜀都賦:"毛羣陸離,羽族紛泊。"飛羽、羽族,鳥類。

【毛褐】布衣。文選三國魏曹子建(植)七啟:"玄微子曰:'予好毛褐,未暇此服也'。"又雜詩之二:"毛褐不掩形,薇藿常不充。"

【毛摯】喻施政猛烈。史記一二二義縱傳:"是時趙禹、張湯以深刻爲九卿矣,然其治尚寬,輔法而行,而縱以鷹擊毛摯爲治。"集解:"徐廣曰:'鷙鳥將擊,必張羽毛也。'"

【毛穎】謂毛筆。唐韓愈昌黎集三六有毛穎傳,以筆擬人,爲筆作傳。後來遂以毛穎爲筆的代稱。宋陳淵默堂文集五越中道中雜詩之十三:"我行何所挾,萬里一毛穎。"

【毛錢】小錢,劣質的錢幣。宋史高宗紀七建炎十三年:"辛卯,毁私鑄毛錢。"

【毛舉】言所舉之事如毫毛之輕微、瑣碎。漢書刑法志:"有司無仲山父將明之材,不能因時廣宣主恩,建立明制,爲一代之法,而徒鉤摭微細,毛舉數事以塞詔而已。"宋司馬光司馬公集三九議學校貢舉狀:"只於舊條之中,毛舉數事,微有更張,則於取士之道,並無所益,徒更煩苛,不若悉循舊貫之爲愈也。"

【毛嬙】古美女名。莊子齊物論:"毛嬙麗姬,人之所美也。"釋文:"司馬(彪)云:毛嬙,古美人,一云越王美姬也。"戰國策齊四作毛廧。太平御覽三八一引莊子作"西施毛嬙"。

【毛戴】寒毛豎起。驚駭震怖之貌。晉書夏統傳:"聞君之談,不覺寒毛盡戴,白汗四布。"唐段成式酉陽雜俎前集九盜俠:"衆中有一年少請弄閣,乃投蓋而上,單練䯰,履䩡皮,猿挂鳥跂,捷若神鬼,……覩者無不毛戴。"

【毛蟲】獸類。大戴禮曾子天圓:"毛蟲之精者曰麟,羽蟲之精者曰鳳。"漢王充論衡遭虎:"夫虎,毛蟲;人,倮蟲。"

【毛犢】傳說中獸類的祖先。淮南子地形:"毛犢生應龍,應龍生建馬,建馬生麒麟,麒麟生庶獸。"

【毛公鼎】西周宣王時青銅器。以作者爲毛公厝,又名厝鼎或毛公厝鼎。清道光末年在陝西岐山縣出土。完好無損。銘文三十二行,連重文四

毛公鼎

百九十七字，爲傳世青銅器最長的銘文。參閱王國維毛公鼎銘考釋、郭沫若毛公鼎之年代。

【毛延壽】漢杜陵人。元帝後宮既多，不得常見，使延壽等畫工圖形，按圖召幸。諸宮人皆賂畫工，獨王嬙(昭君)不肯，遂不得見。其後匈奴求美人爲閼氏，遂遣嬙。臨行召見，貌爲後宮第一。元帝窮案其事，毛延壽等諸畫工皆棄市。見舊題漢劉歆西京雜記二。

【毛奇齡】公元 1623—1716 年。清浙江蕭山人。字大可，又名甡。明季諸生，明亡，竄身城南山，讀書土室中。康熙時授翰林院檢討，充明史纂修官。素曉音律，博覽羣書，所自負者在經學，然好爲駁辨，他人所已言者，必力反其詞。著述甚多，後人編爲經集、文集二部，凡二百三十四卷。學者稱西河先生。

【毛錐子】毛筆。以束毛爲筆，形狀如錐，故稱。新五代史史弘肇傳:“弘肇曰:‘安朝廷，定禍亂，直須長鎗大劍，若毛錐子安足用哉？’三司使王章曰:‘無毛錐子，軍賦何從集乎？’毛錐子蓋言筆也。”省稱毛錐。宋楊萬里誠齋集二六跋徐恭仲省幹近詩詩:“仰枕槽丘俯墨池，左提大劍右毛錐。”

【毛胡蘆兵】元明南陽嵩縣等地鄉兵名稱。爲配合官軍鎮壓農民起義而募集的地方武裝。見元史順帝紀六、明史兵志三士兵。

【毛詩本義】宋歐陽修撰，十六卷。自唐初頒行五經正義，說詩者莫敢議毛鄭。至修此書始辨傳箋之說，其後如蘇轍詩傳謂毛序不可盡信，鄭樵作詩傳辨妄，始專攻傳箋及小序，朱熹作詩序辨說專辨大小序，皆由修開其先聲。

【毛詩古音考】明陳第撰。四卷。列舉詩四百四十四字，以詩爲本證，以他書爲旁證，說明古音與今音不同，所謂叶韻，實即古人的本音。如母古音讀米，故常與杞、止、祉、喜等字爲韻。第別有屈宋古音義。至清顧炎武撰詩本音，江永作古韻標準，古音之學益趨精密。

【毛詩稽古編】清陳啟源撰。三十卷。成書於康熙年間。陳曾佐朱鶴齡作詩經通義，兼採衆說。此書則訓詁本爾雅，篇義本小序，詮釋經旨本毛傳鄭箋，名物以陸璣疏爲主。引據賅博，疏證詳明。其所辨正，多針對宋朱熹詩集傳而發。以所取爲唐人以前之說，故書名稱稽古。但以篤信傳箋大小序，傳誤與曲解詩意之處，亦多有之。

【毛詩草木鳥獸蟲魚疏】三國吳陸璣撰。二卷。專釋詩經中動植物名稱，於古今異名者，多能辨明。唐孔穎達毛詩正義以至清陳啟源毛詩稽古編，多採此書。明毛晉爲陸疏作注，號毛詩陸疏廣要，徵引廣博，兼採異同。

六畫

毦 ěr 仍吏切，去，志韻，日。ㄦ

㊀羽毛之飾。說文作“䎶”，字林作“毦”。後漢書七八單超傳:“(左悺具瑗等)皆競起第宅，樓觀壯麗，窮極伎巧，金銀罽毦，施於犬馬。”注:“毦，以羽毛爲飾。”參閱清鄭珍說文新附考四毦。㊁草花。文選晉郭景純(璞)江賦:“揚皜毦，擢紫茸。”注:“毦與茸皆草花也。”

【毦藤】草名。北魏賈思勰齊民要術十:“毦藤，生山中，大小如苹蒿，蔓衍生。人採取剝之以作毦。然不多，出合浦興古。”

罞 mù 莫卜切，入，屋韻，明。ㄇㄨˋ 莫角切，入，覺韻，明。

見下。

【罞罞】㊀謹愿貌。漢書七二鮑宣傳上書:“願賜數刻之間，極竭罞罞之思，退入三泉，死亡所恨。”注:“罞音沐，沐沐猶蒙蒙也。如淳曰:‘謹愿之貌。’”㊁風拂動貌。唐柳宗元龍城錄上帝追攝王遠知易總:“台人既辭去，舟回如飛羽，但覺風罞罞而過，明日至登州。”(說郛七二)

毧 róng ㄖㄨㄥˊ

細毛。見玉篇。

毨 xiǎn 蘇典切，上，銑韻，心。ㄒㄧㄢˇ

毛整齊貌。書堯典:“厥民夷，鳥獸毛毨。”注:“毨，理也，毛更生整理。”疏:“毨者，羽毛美悅之狀，故爲理也。”

七畫

毫 háo 胡刀切，平，豪韻，匣。ㄏㄠˊ

㊀細毛。說文作“𧰲”，隸作“豪”。孟子梁惠王上:“明足以察秋毫之末，而不見輿薪。”特指眉中長毛。藝文類聚七六南朝梁劉潛雍州金像寺無量壽佛像碑:“毫散珠輝，脣開果色。”㊁長度單位。爲寸的千分之一。孫子算經上:“度之所起，起于忽。欲知其忽，蠶吐絲爲忽。十忽爲一絲，十絲爲一毫，十毫爲一釐，十釐爲一分，十分爲一寸。”㊂重量單位。爲錢的千分之一。文獻通考一三三樂六度量衡衡權:“毫則百。”注:“一百毫爲一分，以千毫定爲一錢之則。毫者，毛也。自忽絲毫三者皆斷驥尾爲之者也。”㊃毛筆頭，毛筆。文選晉陸士衡(機)文賦:“或操觚以率爾，或含毫而邈然。”晉崔豹古今注下問答釋義:“蒙恬始造，即秦筆耳；以枯木爲管，鹿毛爲柱，羊毛爲被，所謂蒼毫，非兔毫竹管也。”㊄秤紐。是秤鉤或秤盤與秤錘間的支點。近秤鉤或秤盤的爲初毫，也稱頭毫；其次爲中毫，也稱二毫；再次爲末毫，也稱三毫。見文獻通考一三三樂六度量衡衡權。㊅比喻細微之物。見“毫末”、“毫髮”。㊆姓。漢有毫康。見續通志八六氏族略六。

【毫分】比喻極細微的事物。文選漢班孟堅(固)答賓戲:“若乃牙、曠清耳於管絃，離婁眇目於毫分，……走亦不任廁技於彼列，故密爾自娛於斯文。”漢書一〇〇上敍傳作“豪分”。

【毫毛】㊀細毛。素問刺要論:“病有在毫毛腠理者，有在皮膚者。”靈樞經陰陽二十五人:“血氣盛則美眉，眉有毫毛。”㊁比喻極細微的事物。莊子山木:“故朝夕賦斂，而毫毛不挫。”史記項羽紀:“今沛公先破秦入咸陽，毫毛不敢有所近，封閉宮室，還軍霸上，以待大王來。”

【毫末】比喻極其細微。老子:“合抱之木，生於毫末；九層之臺，起於累土。”荀子子道:“若夫志以禮安，言以類使，則儒道畢矣，雖舜不能加毫末於是矣。”

【毫光】謂光線四射如毫毛。明周賓所識小編:“永樂十七年九月十二日欽頒佛經至大報恩寺。當日夜，本寺塔現舍利光如寶珠，次現五色毫光，慶雲捧日，千佛觀音菩薩羅漢妙相又現。”封神演義十四:“黃金造就玲瓏塔，萬道毫光透九重。”

【毫芒】猶毫末，比喻極其細微。韓非子喻老:“宋人有爲其君以象爲楮葉者，三年而成，豐殺莖柯，毫芒繁澤，亂之楮葉之中，而不可別也。”文選晉陸士衡(機)文賦:“考殿最於錙銖，定去留於毫芒。”

【毫相】佛教指如來三十二相中的白毫相。佛藏經上:“舍利弗，汝來滅後，白毫相中百千億分，其中一分，供養舍利弗及諸弟子。舍利弗，設使一切世間人皆共出家隨順法行，於白毫相百千億分，不盡其一。”文苑英華八一八唐韋皋再修成都府大聖慈寺金銅普賢菩薩記:“儀合天表，制侔神工；蓮開慈顏，月滿毫相。”

【毫楮】筆與紙。南朝梁陶弘景陶隱居

集上梁武帝答隱居書:"此亦非可倉卒運於毫楮,且保拙守中也。"一本作"毫紙"。宋蘇軾分類東坡詩十一書鄢陵王主簿所畫折枝之二:"若人富天巧,春色入毫楮。"因楮皮可造紙,故借爲紙的別稱。

【毫彘】獸名,即豪豬。山海經西山經:"(竹山)有獸焉,其狀如豚而白毛,大如笄而黑端,名曰毫彘。"注:"貆豬也。夾髀有粗豪,長數尺,能以脊上毫射物。……吳楚呼爲鸞豬。"

【毫髮】毛髮。猶言些許。漢王充論衡齊世:"方今聖朝承光武,襲孝明,有浸鄗溢美之化,無細小毫髮之虧。"

【毫翰】謂文字。毫,筆;用筆所書者爲翰。南史王弘之傳:"弘之元嘉四年卒,顏延之欲爲作誄,書與其子曇生曰:'君家高世之善,有識歸重,豫染毫翰,所應載述。"

【毫錐】毛筆。唐白居易長慶集十三代書詩一百韻寄微之:"策目穿如札,毫鋒銳若錐。"自注:"時與微之各有纖鋒細管筆,攜以就試,相顧輒笑,目爲毫錐。"

【毫釐】十絲爲毫,十毫爲釐。比喻細微的事物或微小的數量。也作"毫氂"、"豪氂"。禮經解:"易曰:'君子慎始,差若豪氂,繆以千里。'此之謂也。"大戴禮保傅:"易曰:正其本,萬物理,失之毫釐,差之千里,故君子慎始也。"今本易無此文,當是漢初人易傳文。參閱清雷學淇介庵經說一章句異同。

【毫纖】比喻極細微的事物。文選晉皇甫謐(士安)三都賦序:"大者罩天地之表,細者入毫纖之內,雖充車聯駟,不足以載;廣夏接榱,不容以居也。"

毬 qiú ㄑㄧㄡˊ 巨鳩切,平,尤韻,羣。

今通寫作"球"。㊀即鞠丸。古代習武用具,以皮爲之,中實以毛,足踏或杖擊爲戲。唐釋慧琳一切經音義十三大寶積經四一"如毬":"渠尤反。字書:皮丸也,或步或騎,以杖擊而爭之爲戲也。"又白居易長慶集五六洛橋寒日作詩:"蹴毬塵不起,潑火雨新晴。"參見"蹴鞠"。㊁泛指圓形的物體。唐姚合姚少監集六對月詩:"一片黑雲何處起,皂羅籠却水精毬。"宋寇宗奭本草衍義十五石南:"花甚細碎,每一苞約彈許大,成一毬。一花有六葉,一朵有七八毬。"

【毬露錦】蜀錦名。元周密齊東野語六:"御府臨書六朝羲獻唐人法帖幷雜詩賦等,用毬露錦。"一本作"毬露錦"。按毬露錦爲蜀錦,名真紅雪花毬露錦。見元費著蜀錦譜。

八畫

毯 tǎn ㄊㄢˇ 字彙 吐覽切,榻上聲。

見"毯"。

毰 péi ㄆㄟˊ 薄回切,平,灰韻,並。

見下。

【毰毸】㊀羽毛張開的樣子。河嶽英靈集中儲光羲射雉詞:"蒙蘢疎籬下,毰毸深麥裏。"又劉禹錫劉夢得文集二養鷙詞:"翅重飛不得,毰毸止林表。"㊁比喻怒放、迸發。唐韓愈昌黎集九詠雪贈張籍詩:"狂教詩硉矹,興與酒毰毸。"

毯 tǎn ㄊㄢˇ 吐敢切,上,敢韻,透。

也作"毯"。一種厚實而有毛絨的紡織品。或稱毛席。俗稱毯子。唐缺名補江總白猿傳:"捫蘿引絙,而陟其上,則嘉樹列植,間以名花,其下綠蕪,豐軟如毯。"太平廣記四四四引題作歐陽紇,出續江氏傳。

【毯布】一種細軟的毛織布。晉書張軌傳:"光祿傅祗太常摯虞遣軌書,告京師飢匱,軌即遣參軍杜勳獻馬五百匹,毯布三萬匹。"

毳 cuì ㄘㄨㄟˋ 此芮切,去,祭韻,清。楚稅切,去,祭韻,初。

㊀鳥獸的細毛。說文:"毳,獸細毛也。"漢劉向新序雜事一:"今夫鴻鵠高飛沖天,然其所恃者六翮耳,夫腹下之毳,背上之毛,增去一把,飛不爲高下。"㊁粗糙的毛織物。漢書六四下王褒傳聖主得賢臣頌:"夫荷旃被毳者,難與道純綿之麗密。"㊂脆弱,不堅韌。通"脆"。荀子議兵:"是事小敵毳,則偷可用也;事大敵堅,則渙然離耳。"漢書刑法志引作"事小敵脆"。㊃在泥路上行走的用具。通"橇"。史記河渠書:"泥行蹈毳,山行卽橋。"索隱:"毳字亦作'橇'。"漢書溝洫志:"泥行乘毳,山行則梮。"又音 qiāo。

【毳毛】細毛。周禮天官掌皮:"共其毳毛爲氈,以待邦事。"

【毳衣】㊀禮服之一。天子祀四望山川、子男爵及大夫朝聘天子、助祭或巡行決訟皆服之。詩王風大車:"大車檻檻,毳衣如菼。"按,毳衣,上衣下裳,以五采繪綉虎蜼、藻、粉米、黼、黻之屬爲飾。因用毛布製成;又說因所繪虎蜼毛淺,故稱毳。參閱清雷學淇介菴經說四禮說章服通考。㊁毛皮衣。北齊劉晝劉子適才:"紫貂白狐,製以爲裘,鬱若慶雲,皎如荆玉,此毳衣之美也。"㊂僧服的一種。以鳥毛織成。見法苑珠林一〇一頭陀。

【毳衲】卽毳褐。宋范成大石湖集二三積雨作寒詩:"熨帖重尋毳衲,補苴盡護紙窗。"詳"毳褐"。

【毳帳】氈帳。新唐書二一六上吐蕃傳:"有城郭廬舍不肯處,聯毳帳以居,號大拂廬,容數百人。"

【毳冕】毳衣而冕。周禮春官司服:"王之吉服……祀四望山川則毳冕。"疏:"六服,服雖不同,首同用冕,以首爲一身之尊,故少變,同用冕耳。……冕名雖同,其旒數則亦有異。"參見"毳衣㊀"。

【毳飯】宋錢勰(穆父)折簡召蘇軾食皛飯,及至,設飯一盂,蘿蔔一碟,白湯一盞而已,蓋皛字爲三白。日後,軾請勰食毳飯。至,軾並不設食,勰飢甚,軾曰:"蘿蔔湯飯俱毛也。"見宋曾慥高齋漫錄。參見"三白"。

【毳毤】細毛織物。新唐書二一五上突厥傳:"牧馬之童,乘羊之隸,齎毳毤邀利者,相錯於路。"

【毳褐】毛織物製成的衣服。唐趙璘因話錄五:"有士人退朝,詣其友生,見衲衣道人在坐,不懌而去。他日謂友生曰:'公好衣毳褐之夫,何也?吾不知其賢愚,且覺其臭。'友生應曰:'毳褐之臭外也,豈甚銅乳?銅乳之臭,並肩而立,接跡而趨,公處其間,曾不嫌恥。'"

【毳幕】氈帳。文選舊題漢李少卿(陵)答蘇武書:"韋韝毳幕,以禦風雨;羶肉酪漿,以充飢渴。"唐岑參岑嘉州詩三首秋輪臺:"雨拂氈牆濕,風搖毳幕羶。"

毱 jū ㄐㄩ 渠竹切,入,屋韻,羣。

同"鞠"。卽毬。唐釋玄應一切經音義二二瑜伽師地論二三"拍毱"引三蒼:"毛丸,可戲者也。"

九畫

毻 tuò ㄊㄨㄛˋ 湯卧切,去,過韻,透。他外切,去,泰韻,透。

鳥獸脫毛。同"毤"。文選晉郭景純(璞)江賦:"產毻積羽,往來勃碣。"注:"字書曰:'毤,落毛也。'毤與毻同。音唾。"北周庾信庾子山集三至老子廟應詔詩:"毻毛新鵠小,盤根古樹低。"

毷 mào ㄇㄠˋ

見下。

【毷氉】煩悶。唐李肇國史補下:"(舉

子)不捷而醉飽,謂之打氀毼。"參見"氀毼"。

毼 hé 胡葛切,入,曷韻,匣。
ㄏㄜˊ

㊀毛布。見"氀毼"。㊁毼雞,一種善鬭的鳥。同"鶡"。後漢書八六西南夷傳:"又有五角羊、麝香、輕毛毼雞、牲牲。"注:"郭璞注山海經曰:'毼雞似雉而大,青色,有毛角,鬭敵死乃止。'"㊂素白。儀禮士喪禮:"角觶木柶,毼豆兩。"注:"毼,白也。"

毹 yú 山芻切,平,虞韻,山。
ㄩˊ

見"氍毹"。

毸 sōu 字彙 疏鳩切,音搜。
ㄙㄡ 式朱切,音輸。

見"氍毸"。

毽 jiàn
ㄐㄧㄢˋ

毽子,一種脚踢的玩具。明劉侗帝京景物略二春場:"其謠云:'楊柳兒活,抽陀螺;楊柳兒青,放空鐘;楊柳兒死,踢毽子;楊柳發芽兒,打梭兒。'"

毢 sāi 素回切,平,灰韻,心。
ㄙㄞ

見"毰毢"。

十畫

毾 tà 吐盍切,入,盍韻,透。
ㄊㄚˋ

見下。

【毾㲪】彩紋細毛毯。太平御覽七〇八漢班固與弟書:"月支毾㲪,大小相雜,但細好而已。"後漢書八八西域傳天竺:"又有細布好毾㲪。"唐釋玄應一切經音義二大般涅槃經十一"氍毹"引通俗文:"織毛褥曰氍毹,細者謂之毾㲪。"

毼 tà
ㄊㄚˋ

同"毾"。字彙、正字通作"㲚"。見下。

【毼㲪】同"毾㲪"。樂府詩集七七樂府古辭:"行胡從何方?列國持何來?氍毹毼㲪五木香,迷迭艾蒳及都梁。"詳"毾㲪"。

十一畫

氂 1. máo 莫袍切,平,豪韻,明。
ㄇㄠˊ lí 里之切,平,之韻,來。
ㄌㄧˊ

㊀犛牛尾。見說文。也泛指獸尾。淮南子說山:"執而不釋,馬氂截玉。"此指馬尾。㊁長毛。後漢書十七岑彭傳:"狗吠不驚,足下生氂。"注:"氂,長毛也。"也指强韌而卷曲的毛。漢書九九中王莽傳:"長七尺五寸,好厚履高冠,以氂裝衣,反膺高視,瞰臨左右。"注:"毛之强曲者曰氂,以裝褚衣中,令其張起也。氂音力之反"。㊂毛織物。爾雅釋言:"氂,罽也。"疏:"織毛爲之,若今之氍毹,以衣馬之帶鞅也。"㊃牦牛。通"犛"、"犛"。產西藏。其尾毛細長。漢書郊祀志上:"殺一氂牛,以爲俎豆牢具。"注:"李奇曰:'音狸'。師古曰:西南夷長尾髦之牛也。一音茅。"

2. lí
ㄌㄧˊ

㊄長度單位。通"釐"。禮經解:"易曰:'君子愼始,差若豪氂,繆以千里',此之謂也。"釋文:"氂,李其反,徐音來。本又作釐。"參閱清吳善述說文廣義校訂釐。

氁 mó 字彙 莫胡切,音模。
ㄇㄛˊ

毛緞。見字彙。

【氁衫】明陶宗儀輟耕録十一采繪法:"凡調合服飾器用顏色者,……氁子,用粉土黃檀子入墨一點合;……氁綾,用紫花底、紫粉搭花樣。"氁衫,蓋以此類服色爲衫,或用毛緞製成。

氀 lǘ 力朱切,平,虞韻,來。
ㄌㄩˊ

毛布。見下。

【氀毼】毛織物。地毯之類。後漢書九十烏桓傳:"婦人能刺韋作文繡,織氀毼。"注引廣雅:"氀毼,罽也。"

毵 sān 蘇含切,平,覃韻,心。
ㄙㄢ

毛長貌。見廣韻。

【毵毵】毛細長貌。㊀形容毛髮。詩陳風宛丘"值其鷺羽"唐孔穎達疏:"(白鷺)頭上有毛十數枚,長尺餘,毵毵然,與衆毛異好。"唐白居易長慶集五三除夜寄微之詩:"鬢毛不覺白毵毵,一事無成百不堪。"㊁形容細長的枝葉。唐孟浩然集二高陽池送朱二詩:"澄波澹澹芙蓉發,綠岸毵毵楊柳垂。"又唐彥謙鹿門集中遊陽明洞呈王理得諸君詩:"北斗齋壇天寂寂,東風仙洞草毵毵。"

十二畫

氃 tóng 集韻 徒東切,平,東韻,定。
ㄊㄨㄥˊ

見下。

【氃氋】毛散貌。世說新語排調:"昔羊叔子(祜)有鶴善舞,嘗向客稱之。客試使驅來,氃氋而不肯舞。"也作"氋氃",見集韻。

氄 rǒng 而隴切,上,腫韻,日。
ㄖㄨㄥˇ

細軟絨毛。書堯典:"厥民隩,鳥獸氄毛。"傳:"鳥獸皆生耎毳細毛以自溫焉。"說文"㲠"引書作"鳥獸㲠髦"。參閱清惠棟九經古義三尚書古義。

㲪 dēng 都滕切,平,登韻,端。
ㄉㄥ

見"毾㲪"。

氅 chǎng 昌兩切,上,養韻,昌。
ㄔㄤˇ

㊀鶖鳥的羽毛。見玉篇、集韻。㊁用鳥羽製成的外衣。世說新語企羡:"(孟昶)嘗見王恭乘高輿,被鶴氅裘。"後以泛稱一般外套。㊂古儀仗中用鳥羽爲飾的旌旗。後世以五色帛相間爲之。三才圖會儀制有龍頭竿繡氅圖。參閱新唐書儀衛志。

【氅毦】羽毛裝飾。隋書煬帝紀上大業二年:"先是,太府少卿何稠、太府丞雲定興盛修儀仗,於是課州縣送羽毛。百姓求捕之,網羅被水陸,禽獸有堪氅毦之用者,殆無遺類。"

氆 pǔ
ㄆㄨˇ

見下。

【氆氇】藏語音譯,意爲毛毯,羢毛織物。西藏記下生育:"紡毛線,織氆氇。"正字通"毾":"毾㲪,毛席。中天竺有毾㲪,今曰氆氇,秦蜀之邊有之。似褐,五色方錦。"也作"氆魯"。明湯顯祖紫釵記三十:"俺帽結朝霞,袍穿氆魯。"

十三畫

氈 zhān 諸延切,平,仙韻,照。
ㄓㄢ

也作"氊"。用獸毛碾合成的片狀物。周禮天官掌皮:"掌秋斂皮,冬斂革,春獻之,遂以式法,頒皮革于百工,共其毳毛爲氈,以待邦事。"

【氈車】掛氈毯的大車。宋蘇軾分類東坡詩六臺頭寺步月得人字:"遙知金闕同清景,想見氈車碾暗塵。"

【氈牀】見"氈案"。

【氈案】鋪氈的案桌。周禮天官掌次:"王大旅上帝,則張氈案。"南齊書禮志上太學博士賀瑒議:"國有故而祭,亦曰旅。氈案,以氈爲牀於幄中,不聞郊所置宮宇。"

【氈庫】官署名。清置,隸武備院,掌管督造弓矢韈履氈作等事。見清會典九二武備院。

【氈帳】用氈做的帳篷。樂府詩集二九隋薛道衡王昭君:“毛裘易羅綺，氊帳代帷屏。”元曲選馬致遠漢宮秋楔子:“氈帳秋風迷宿草,穹廬夜月聽悲笳。”

【氈笠】氈帽。宋徐度却掃編下:“(王)亢爲人深目、高準、多髯，事毳裘氊笠。”水滸十:“(林冲)將火炭蓋了，取氈笠子戴上。”

【氈裘】用毛製成的衣服。我國西北少數民族所服。戰國策趙二:“大王誠能聽臣，燕必致氈裘狗馬之地。”借指北方地區少數民族或其君主。後漢書三六鄭興傳附鄭衆:“臣誠不忍持大漢節對氈裘獨拜。”參見“旃裘”。

【氈簾】氈製的簾。元詩紀事十八迺賢塞上曲:“雙鬟小女玉娟娟，自卷氈簾出帳前。”清韓泰華無事爲福齋隨筆上:“北地冬間,多用氈簾,取重暖而壓風也。其製應起於金。”

氉 sào 玉篇 蘇到切。
ㄙㄠ

見“毷氉”。

十四畫

⿰能毛 néng 乃庚切,平,庚韻,泥。
ㄋㄥ

見下。

【⿰能毛⿰能毛】毛多貌。南齊書卞彬傳蚤蝨賦序:“兼攝性懈惰，嬾事皮膚，澡飾不謹，澣沐失時,四體⿰能毛⿰能毛，加以臭穢，故葦席蓬纓之間,蚤蝨猥流。”

⿰賓毛 bīn
ㄅㄧㄣ

見下。

【⿰賓毛⿰分毛】猶繽紛。宋文鑑七宋周邦彥汴都賦:“飛仙降真之縹緲，翔鴳鵜鸜之⿰賓毛⿰分毛。”

⿰監毛 lán 玉篇 汝占切,又音藍。
ㄌㄢ

見下。

【⿰監毛毿】毛羽散垂貌。也作“⿱監毛毿”。宋朱熹朱文公集九淳熙甲辰仲春精舍閒居戲作武夷櫂歌之五:“四曲東西兩石巖，巖花垂露碧⿱監毛毿。”

氋 méng 集韻 謨蓬切,平,東韻。
ㄇㄥ

見“⿰賓毛氋”。

十五畫

氌 lǔ 字彙 郎何切,音羅。
ㄌㄨˇ

見“氆氌”。

十八畫

氍 qú 其俱切,平,虞韻,羣。
ㄑㄩˊ

見下。

【氍毬】有花紋的毛織物。毬 同“毹”。太平御覽七〇八萬震南州異物志:“氍毹以羊毛雜羣獸之毳爲之鳥獸人物草木雲氣,作鸚鵡遠望軒若飛也。”

【氍毹】毛或毛麻混織的毛布、地毯之類，其細者爲毾㲪。三國志魏烏丸鮮卑東夷傳評注引魏略西戎傳:“(大秦國)有織成細布,言用水羊毳,名曰海西布。此國六畜皆出水,或云非獨用羊毛也,亦用木皮或野繭絲作，織成氍毹、毾㲪、罽帳之屬皆好，其色又鮮于海東諸國所作也。”玉臺新詠一古樂府詩隴西行:“請客北堂上,坐客氈氍毹。”

二十二畫

氎 dié 徒協切,入,帖韻,定。
ㄉㄧㄝˊ

細棉布。唐釋慧琳一切經音義六四四分尼羯磨白氎:“音牒。案氎者，西國木綿花如柳絮,彼國土俗皆抽撚以紡爲縷,織以爲布，名之爲氎。”又杜甫杜工部草堂詩箋九大雲寺贊公房之四:“細軟青絲履,光明白氎巾。”

氏 部

氏 1. shì 承紙切,上,紙韻,禪。
ㄕˋ

㊀表明宗族的稱號。上古時代，氏是姓的分支，用以區別子孫之所自出。左傳隱八年:“天子建德，因生以賜姓，胙之土而命之氏。”也有以邑、以官、以祖父的謚號與字爲氏的。故唯貴族有氏，平民則無。漢班固白虎通姓名:“所以有氏者何?所以貴功德，賤伎力。或氏其官，或氏其事。……或氏王父字者何?所以別諸侯之後，爲興滅國繼絕世也。”漢魏以後,姓與氏合,姓也稱氏。參閱清錢大昕十駕齋養新録十二姓氏。參見“姓氏”。㊁遠古傳說中的人物、國名或國號，均繫以氏。如伏羲氏 神農氏 夏后氏 塗山氏等。史記夏紀:“夏后帝啟，禹之子，其母塗山氏之女也。”夏后，國號;塗山，國名。㊂官名。古專家之學，皆爲世業，因以名官,如職方氏、太史氏等。後來亦泛作對人的敬稱。㊃古代婦人稱氏。儀禮士昏禮:“祝告，稱婦之姓曰:‘某氏來婦。’”注:“某氏者，齊女則曰姜氏，魯女則曰姬氏。”㊄古代少數民族支系的稱號。如鮮卑族有慕容氏 拓跋氏。見文獻通考三四二四裔十九。㊅姓。通“是”。三國時有氏儀,後改爲是儀。見三國志吳是儀傳。

2. zhī 章移切,平,支韻,照。
ㄓ

㊆漢西域有大月氏 小月氏國。見史記一二三大宛傳。㊇閼氏。匈奴單于嫡妻的名號。史記九三韓信傳:“匈奴騎圍上，上乃使人厚遺閼氏。”正義:“閼，於連反，又音燕。氏音支。”

【氏族】氏與族。左傳隱八年“胙之土而命之氏”唐孔穎達疏:“氏族一也,所從言之異耳。釋例曰:‘別而稱之謂之氏，合而言之則曰族。’例言別合者，若宋之華元華喜，皆出戴公;向魚鱗蕩，共出桓公。獨舉其人，則云華氏向氏;并指其宗，則云戴族桓族;是其別合之異也。”

【氏族志】論述姓氏源流支系的書。新唐書藝文志二譜牒有大唐氏族志一百卷，高士廉韋挺岑文本令狐德棻撰。通志續通志有氏族略，古今圖書集成有氏族典，皆羅舉古今氏族。清通志的氏族略,專舉清代,與唐氏族志專舉唐代同。

一畫

民 mín 彌鄰切,平,真韻,明。
ㄇㄧㄣˊ

㊀人。詩大雅生民:“厥初生民，時維姜嫄。”此爲通稱。詩 大雅 假樂:“宜民宜人，受祿于天。”此指衆庶，別於君臣之稱。漢書食貨志上:“又曰糴甚貴傷民，甚賤傷農。”此指士工商，別於農之稱。㊁與“神”相對。論語雍也:“務民之義，敬鬼神而遠之。”

【民丁】舊稱能任力役的男子。南齊書王敬則傳:“會(稽)土邊帶湖海，民丁無士庶皆保塘役。”明史九一兵志三民壯土兵："閩浙苦倭，指揮方謙請籍民丁多者爲軍。"參見"丁㊂"、"丁老"。

【民力】㊀民間的人力、財力。左傳昭八年："今宮室崇侈，民力彫盡，怨讟並作，莫保其性。"漢書食貨志上："薄賦斂，省繇役，以寬民力。"㊁民衆的體力。禮月令季秋之月："乃命有司曰：寒氣總至，民力不堪，其皆入室。"

【民户】㊀猶民家。宋書庾悦傳劉毅陳江州不宜置軍府表："其州郡邊江，民户遼落，加以郵亭嶮闊，畏阻風波，轉輸往還，常有淹廢。"㊁清代户口的一種。清會典十七户部："凡户之别，有民户，有軍户，有匠户，有竈户，有漁户……"注："土著者，流寓入籍者，八旗銷除旗檔者，漢軍出旗者，所在安置爲民者，皆爲民户。"

【民王】清代稱非宗室的王爲民王。清雍正四年宣詔革去皇八弟廉親王胤禩黃帶子，易親王爲民王，絶屬籍，留所屬佐領人員。見清史稿世宗紀。

【民天】謂糧食。史記九七酈生傳："臣聞……王者以民人爲天，而民人以食爲天。"抱朴子詰鮑："至於八政首食，謂之民天；后稷躬稼，有虞親耕。"

【民主】民之主宰者。舊指帝王或官吏。書多方："天惟時求民主，乃大降顯休命于成湯。"三國志吳鍾離牧傳："僕爲民主，當以法率下。"

【民功】㊀對民有功。周禮夏官司勳："民功曰庸。"注："法施於民，若后稷。"㊁指農事。國語越下："不亂民功，不逆天時，五穀睦熟，民乃蕃滋。"

【民母】㊀民婦，民間老婦。漢書五五衛青傳："(鄭)季與主家僮衛媪通，生青。……青爲侯家人，少時歸其父，父使牧羊。民母之子皆奴畜之，不以爲兄弟數。"注："言鄭季正妻本在編户之間，以别於公主家也。"㊁指皇后。漢書九九下王莽傳："是月，莽妻死，謚曰孝睦皇后，……郎陽成脩獻符命，言繼立民母。"

【民生】㊀平民的生計。左傳宣十二年："民生在勤，勤則不匱。"楚辭屈原離騷："長太息以掩涕兮，哀民生之多艱。"㊁人的本性。生，通"性"。書君陳："惟民生厚，因物有遷。"傳："言人自然之性敦厚。"㊂明代科舉制度，庶民納粟入官，援生員之例取得監生資格的，叫民生，也稱爲俊秀。參閲明史選舉志一。

【民用】㊀民之財用。國語周下："且絶民用以實王府，猶塞川原而爲潢汙也，其竭也無日矣。"㊁民之器用。國語周上："民用莫不震動，恪恭于農。"注："用，謂田器也。"

【民社】人民與社稷。宋蘇軾分類東坡詩二二送張嘉父長官："微官有民社，妙割無雞牛。"

【民壯】舊時被徵服役的壯丁。明史兵志三民壯："各省官軍、民壯，皆宜罷老稚，易以健卒。"

【民兵】宋以來指鄉兵。以健壯的農民列入兵籍，平時無事，從事生産，有事則徵召入伍。宋王應麟玉海一三九兵制四慶曆兵録："慶曆五年，丁度爲兵録五篇，宋祁爲之序曰：凡軍有四：一曰禁兵，殿前馬步三司隸焉；二曰廂兵，諸州隸焉；三曰役兵，郡有司隸焉；四曰民兵，農之健而材者籍之。"參閲宋史兵志四鄉兵、明史兵志三民壯士兵。

【民事】㊀民衆力役之事。書太甲下："無輕民事，惟難。"傳："無輕爲力役之事，必重難之乃可。"㊁農事。孟子滕文公上："滕文公問爲國，孟子曰：'民事不可緩也。'"㊂政事。國語魯下："天子及諸侯，合民事於外朝，合神事於内朝。"㊃泛指民間諸事。禮月令仲秋之月："是月也，易關市，來商旅，納貨賄，以便民事。"

【民命】㊀民衆的生命。韓詩外傳二："故動則安百姓，議則延民命。"㊁主宰民命的人。書多方："今我何敢多誥，我惟大降爾四國民命。"疏："今我何敢多以言誥告於汝衆而已，我惟大下黜汝管、蔡、商、奄四國之君也。民命，謂民以君爲命，謂誅殺四國之君也。"

【民牧】治理人民之人。陳書世祖紀天嘉六年詔："朕自居民牧之重，託在王公之上，顧其寡昧，鬱于治道。"此爲帝王自稱。後多以民牧稱州郡等地方長官。

【民風】民間風尚。禮王制："歲二月東巡守，……命大師陳詩，以觀民風。"

【民俗】民間習俗。禮緇衣："故君民者，章好以示民俗，慎惡以御民之淫，則民不惑矣。"

【民時】猶農時。國語齊："無奪民時，則百姓富。"

【民氣】民衆的精神。呂氏春秋古樂："民氣鬱閼而滯著，筋骨瑟縮不達，故作爲舞以宣導之。"漢書四九鼂錯傳上書言兵事："竊聞戰勝之威，民氣百倍；敗兵之卒，没世不復。"

【民師】㊀民之官長。左傳昭十七年："自顓頊以來，不能紀遠，乃紀於近。爲民師而命以民事，則不能故也。"疏："天瑞遠，民事近。爲民之師長，而命其官以民事，則爲不能致遠瑞故。"㊁民之師表。漢書景帝紀中元六年五月詔："夫吏者，民之師也，車駕衣服宜稱。"又武帝紀元狩五年："諭三老孝弟以爲民師。"

【民部】即户部。本爲西漢時尚書的民曹。三國時魏文帝置度支尚書寺，吳有户部，掌財用。隋開皇三年，改度支爲民部，統度支、民部、金部、倉部四曹。唐永徽初，因避太宗世民諱，復改民部爲户部，掌全國土地、户籍、賦税、財政等事。歷代基本相沿。參閲文獻通考五二職官六户部尚書。

【民訛】詩小雅沔水："民之訛言，寧莫之懲。"箋："訛，僞也。"後以民訛指民俗詐僞。文選南朝梁劉孝標(峻)廣絶交論："逮叔世民訛，狙詐飇起，谿谷不能踰其險，鬼神無以究其變。"

【民望】㊀民之所望。左傳哀十六年："國人望君，如望慈父母焉。盗賊之矢若傷君，是絶民望也。"㊁民之榜樣。孟子離婁下："寇至，則先去以爲民望。"宋朱熹集注："爲民望，言使民望而效之。"世説新語賢媛："孫秀初欲立威權，咸云樂令(廣)民望不可殺，減李重者又不足殺，遂逼重自裁。"

【民曹】官署名。漢制有民曹尚書，主吏民上書事。東漢改主繕修功作等。魏晉南北朝時，加置左、右民尚書，職與後世工部略同。梁陳兼掌户籍。北周及隋改爲民部尚書。唐改爲户部尚書，始專主户籍、錢穀諸事。參閲後漢書百官志三、通典二二職官四歷代尚書。

【民極】萬民的法則。書君奭："前人敷乃心，乃悉命汝，作汝民極。"傳："前人文、武，布其乃心，爲法度，乃悉以命汝矣，爲汝民立中正矣。"

【民衆】衆民。公羊傳宣六年："趙穿緣民衆不説，起弑靈公。"

【民虜】俘獲的敵國之民。禮曲禮上："獻杖者執末，獻民虜者操右袂。"注："民虜，軍所獲也。"

【民賊】殘害民衆的人。孟子告子下："今之所謂良臣，古之所謂民賊也。"注："賊，傷民也，故謂之賊也。"

【民監】以民爲鏡子。監，通"鑑"。書酒誥："古人有言曰：人無於水監，當於民監。"傳："視水，見己形；視民行事，見吉凶。"

【民喦】民衆中的不同見解。書召誥："王不敢後，用顧畏于民喦。"傳："喦，僭也。"疏："喦，即巖也，參差不齊之意。"

【民瘼】民間疾苦。後漢書七六循吏傳序:"廣求民瘼,觀納風謠。故能內外匪懈,百姓寬息。"

【民謠】民衆口頭詠唱的歌謠。藝文類聚四南朝梁劉孝威三日侍皇太子曲水宴詩:"豫遊光帝則,樂飲盛民謠。"宋王禹偁小畜集五和楊遂賀雨詩:"若有民謠起,當歌帝澤春。"

【民隱】人民的痛苦。國語周上:"是先王非務武也,勤恤民隱而除其害也。"

【民爵】秦漢制:人民賜爵者,得在軍吏之列,分一公士,二上造,三簪裊,四不更,五大夫,六官大夫,七公大夫,八公乘,九五大夫。吏民爵不得過公乘。見漢書百官公卿表上。

【民彝】指民之正常倫理。彝,常理。書康誥:"天惟與我民彝大泯亂。"

【民獻】民之賢者。書大誥:"民獻有十夫,予翼以于枚寧武圖功。"傳:"四國人賢者有十夫,來翼佐我周,用撫安武事,謀立其功。"

【民籍】平民戶籍。南齊書鬱林王紀詔:"宜從蕩宥,許以自新,可一同放遣,還復民籍。"清會典十七戶部:"凡民之著於籍,其別有四:一曰民籍,二曰軍籍,三曰商籍,四曰竈籍。"即除軍戶、商戶、鹽場井竈戶以外,皆爲民籍。

【民譽】民衆所贊譽。左傳成十八年:"凡六官之長,皆民譽也。"文選晉盧子諒(諶)贈崔温詩:"苟云免罪戾,何暇收民譽。"

【民蠹】害民的蛀蟲。喻貪官污吏。商君書修權:"秩官之吏隱下以漁百姓,此民之蠹也。"宋書始安王休仁傳:"(休祐)及拜徐州,未及之任,便徵動萬端,暴濁愈甚,既每爲民蠹,不可復全。"

【民歲臘】道家以十月初一爲民歲臘。見雲笈七籤三七齋戒説雜齋法。

【民不聊生】民衆無法生活。史記八九張耳陳餘傳:"財匱力盡,民不聊生。"

【民不堪命】民衆負擔沉重,痛苦不堪。左傳桓二年:"宋殤公立,十年十一戰,民不堪命。"國語周上:"厲王虐,國人謗王,邵公告曰:'民不堪命矣。'"

【民胞物與】民爲同胞,物爲同輩。猶言泛愛一切人與物。宋張載張横渠集一西銘:"故天地之塞,吾其體;天地之帥,吾其性。民吾同胞,物吾與也。"

【民脂民膏】五代後蜀孟昶廣政四年著令箴二十四句,頒於境內。宋太祖平蜀,摘其中四句十六字:"爾俸爾祿,民膏民脂,下民易虐,上天難欺。"更名爲戒石銘。見宋張唐英蜀檮杌。水滸九四:"庫藏糧餉,都是民脂民膏,你只顧侵來肥己,買笑追歡,敗壞了國家許多大事。"

氐 1. dǐ ㄉㄧˇ 玉篇 丁禮切。

㊀根本。詩小雅節南山:"尹氏大師,維周之氐。"㊁通"柢"。史記秦始皇紀:"自關以東,大氐盡畔秦吏應諸侯,諸侯咸率其衆西鄉。"正義:"氐猶略。"漢書食貨志下:"天下大氐無慮皆鑄金錢矣。"注:"氐讀曰抵。抵,歸也。大歸猶言大凡也。"

2. dī ㄉㄧ 都奚切,平,齊韻,端。

㊂古族名,又稱西戎。詩商頌殷武:"昔有成湯,自彼氐羌。"㊃星名,二十八宿之一。史記天官書:"氐爲天根,主疫。"參見"天根㊀"。㊄通"低"。漢書食貨志下:"封君皆氐首仰給焉。"注:"氐首,猶俯首也。"

【氐人】傳説中的古國名。山海經海內南經:"氐人國,在建木西。其爲人,人面而魚身,無足。"注:"(氐)音觸抵之抵。盡胸以上,人;胸以下,魚也。"參見"人魚"。

【氐$_2$人】氐族之人。

【氐惆】憤悶。方言十:"怋、愂、頓愍,惽也。……江湘之間謂之頓愍,或謂之氐惆。"又:"愁恚憒憒,毒而不發,謂之氐惆。"注:"氐惆,猶懊憹也。"

【氐$_2$賤】同"低賤"。漢書食貨志下:"其賈氐賤減平者,聽民自相與市,以防貴庾者。"注:"貴既爲卬,賤則爲氐。"

四　畫

氓 méng ㄇㄥˊ 莫耕切,平,耕韻,明。

㊀流亡之民。詩衛風氓:"氓之蚩蚩,抱布貿絲。"孟子滕文公上:"(許行)自楚之滕,踵門而告文公曰:'遠方之人聞君行仁政,願受一廛而爲氓。'"㊁草野之民。戰國策秦一:"彼固亡國之形也,而不憂民氓。"注:"野民曰氓。"韓非子初見秦作"萌"。"流氓"之"氓"今音máng。

【氓俗】民俗。文選南朝齊王元長(融)永明九年策秀才文之三:"自氓俗澆弛,法令滋彰,肺石少不冤之人,棘林多夜哭之鬼。"氓,一本作"萌"。

【氓黎】民衆。文選南朝梁劉孝標(峻)辯命論:"與三皇競其氓黎,五帝角其區宇。"氓,一本作"萌"。

【氓隸】平民之充當隸役者。漢賈誼新書過秦上:"然陳涉甕牖繩樞之子,氓隸之人,而遷徙之徒也。"史記陳涉世家作"甿隸"。集解:"徐廣曰:田民曰甿。"也作"萌隸"。文選漢司馬長卿(相如)上林賦:"地可墾闢,悉爲農郊,以贍萌隸。"注:"韋昭曰:萌,民也。司馬彪曰:隸,小臣也。"唐劉良注:"氓隸,百姓也。"

气　部

气 qì ㄑㄧˋ 去既切,去,未韻,溪。

雲气。見説文。清段玉裁謂"气"、"氣"古今字。自以"氣"爲雲气字,乃又作"餼"爲廩氣字。气本雲气,引申爲凡气之稱。見説文解字注。參見"氣"。

四　畫

氛 fēn ㄈㄣ 府文切,平,文韻,幫。

或作"雰"。㊀氣,雲氣。左傳昭二十年:"梓慎望氛。"注:"時魯侯不行登臺之禮,使梓慎望氣。"㊁霜露,霧氣。禮月令仲冬之月:"氛霧冥冥。"注:"霜露之氣散相亂也。"釋名釋天:"氛,粉也。潤氣著草木,因寒凍凝,色白若粉之形也。"㊂預示災禍的凶氣。國語楚上:"故先王之爲臺榭也,榭不過講軍實,臺不過望氛祥。"注:"凶氣爲氛,吉氣爲祥。"㊃喧囂的塵俗之氣。文選南朝宋謝靈運述祖德詩:"達人貴自我,高情屬天雲;兼抱濟物性,而不纓垢氛。"

【氛氳】盛貌。文選南朝宋謝惠連雪賦:"霰淅瀝而先集,雪紛糅而遂多。其爲狀也,散漫交錯,氛氳蕭索。"

六　畫

氣 1. qì ㄑㄧˋ 去既切,去,未韻,溪。

㊀雲氣。泛指一切氣體。參見"气"。㊁

氣息，呼出吸入之氣。論語鄉黨："攝齊升堂，鞠躬如也，屏氣似不息者。"㊂氣味。大戴禮四代："食爲味，味爲氣。"㊃嗅，聞。禮少儀："洗盥，執食飲者，勿氣。"疏："謂不鼻嗅尊長飲食也。"㊄氣候，氣色。左傳昭元年："天有六氣。"注："謂陰、陽、風、雨、晦、明也。"素問六節藏象論："五日謂之候，三候謂之氣，六氣謂之時，四時謂之歲，而各從其主治焉。"㊅氣勢，氣質。左傳莊十年："夫戰，勇氣也。一鼓作氣，再而衰，三而竭。"孟子公孫丑上："我養吾浩然之氣。"㊆我國古代哲學概念，常指構成萬物的物質。易繫辭上："精氣爲物。"疏："謂陰陽精靈之氣，氤氳積聚而爲萬物也。"漢王充論衡自然："天地合氣，萬物自生。"

2. xì ㄒㄧˋ 許既切，去，未韻，曉。

㊇"餼"的本字。見"餼"。

【氣力】㊀猶言力氣。戰國策西周："夫射柳葉者，百發百中，而不已善息，少焉，氣力倦，弓撥矢鉤，一發不中，前功盡矣。"㊁實力，勢力。韓非子五蠹："事異則備變，上古競於道德，中世逐於智謀，當今争於氣力。"北堂書鈔五五缺名梁冀別傳："孫壽姊夫宗䜣不知書，因壽氣力爲太倉令。"㊂才力。南齊謝赫古畫品録夏瞻："雖氣力不足而精彩有餘。"南朝梁劉勰文心雕龍七聲律："氣力窮於和韻。"

【氣户】鼻的別稱。見晉劉彧長沙耆舊傳(說郛七)。

【氣分】㊀氣質。孔子家語六執轡："子夏問於孔子曰：商聞易之生人及萬物鳥獸昆蟲，各有奇耦，氣分不同。"㊁身份，體面。元王實甫西廂記二本一折："小梅香伏侍得勤，老夫人拘繫得緊，則怕俺女孩兒折了氣分。"

【氣化】㊀古指陰陽之氣的變化。大戴禮曾子天圓："陽之專氣爲雹，陰之專氣爲霰，霰雹者，一氣之化也。"宋張載張橫渠集二太和："由太虛，有天之名；由氣化，有道之名；合虛與氣，有性之名；合性與知覺，有心之名。"明王夫之注："氣化者，氣之化也。……氣化者，一陰一陽，動静之幾，品彙之節具焉。"㊁中醫指人體氣機的運行變化。素問至真要大論："不同氣化。"又："從中者，以中氣爲化也。"注："化，謂氣化之元主也。有病以元主氣，用寒熱治之。"

【氣母】㊀元氣的本原。莊子大宗師："夫道，有情有信，無爲無形；……狶韋氏得之，以挈天地；伏戲氏得之，以襲氣母。"釋文："司馬(彪)云：襲，入也；氣母，元氣之母也。"㊁虹的別名。宋陶穀清異録天文引博學記："迷空步障，霧；威屑，霜；教水，露；冰子，雹；氣母，虹。"(說郛六一)

【氣宇】猶言氣概。南朝梁陶弘景陶隱居集尋山誌："於是散髮解帶，盤旋巖上，心容曠朗，氣宇調暢。"

【氣色】㊀面色。荀子勸學："故未可與言而言謂之傲，可與言而不言謂之隱，不觀氣色而言謂之瞽。"㊁景象。文選南朝宋謝惠連西陵遇風獻康樂詩："蕭條洲渚際，氣色少諧和。"㊂色澤。六韜兵徵："凡攻城圍邑，城之氣色如死灰，城可屠。"唐白居易長慶集五三答微之誇越州州宅詩："日出旌旗生氣色，月明樓閣在空虛。"

【氣序】季節的推移。猶言時序。梁書沈約傳："公自至京邑，已移氣序。"唐白居易長慶集十六東南行一百韻詩："氣序涼還熱，光陰旦復晡。身方逐萍梗，年欲近桑榆。"

【氣性】氣質，性情。漢王充論衡無形："人以氣爲壽，形隨氣而動，氣性不均，則於體不同。"唐韓愈昌黎集六猛虎行："自矜無當對，氣性縱以乖。"

【氣拍】舊時官吏坐堂問案時所用的驚堂木或說書人所用的醒木。二刻拍案驚奇十五："知州敲着氣拍，故意問道：'江溶，怎麽說？'"平妖傳十五："瞿瞎子當下打掃喉嚨，將氣拍向桌上一拍，念了四句悟頭詩句，然後說入正傳。"

【氣味】㊀滋味。嗅之曰氣，在口曰味。隋書王劭傳："今温酒及炙肉，用石炭、柴火、竹火、草火、麻荄火，氣味各不同。"㊁喻意趣或情調。唐白居易長慶集十六寒食江畔詩："還似往年春氣味，不宜今日病心情。"又杜牧樊川集外集贈終南蘭若詩："休公都不知名姓，始覺禪門氣味長。"

【氣度】氣概，度量。晉書苻堅載記下附王猛："猛瓌姿儁偉，博學好兵書，謹重嚴毅，氣度雄遠。"

【氣骨】風格骨力。梁書丘遲傳："父靈鞠，有才名，……遲八歲便屬文，靈鞠常謂氣骨似我。"宋黄庭堅豫章集二八題顔魯公帖："觀魯公(真卿)此帖，奇偉秀拔，奄有魏晉隋唐以來風流氣骨。"

【氣海】㊀胸腔。靈樞經海論："人有髓海，有血海，有氣海，有水穀之海。……氣海者，氣滿胸中，悗息面赤；氣海不足，則氣少不足以言。"舊唐書一六五柳公綽傳附柳公度："公度善攝生，年八十餘，步履輕便。或祈其術，曰：'吾初無術，但未嘗以元氣佐喜怒，氣海常温耳！'"㊁穴位名。宋朱肱類證活人書二關元穴："臍下一寸五分，名氣海；二寸，名丹田；三寸，名關元。"

【氣索】意氣索然。漢書七七孫寶傳："(侯)文怪寶氣索，知其有故。"注："索，盡也。"晉劉琨劉越石集與丞相牋："不得進軍者，實困無食。……編草盛糧，不盈二日，夏則桑椹，冬則豋豆，視此哀歎，使人氣索。"

【氣息】呼吸時出入之氣。莊子人間世："獸死不擇音，氣息茀然，於是並生心厲。"文選晉李令伯(密)陳情表："過蒙拔擢，寵命優渥，豈敢盤桓，有所希冀。但以(祖母)劉日薄西山，氣息奄奄，人命危淺，朝不慮夕，……是以區區，不能廢遠。"

【氣候】㊀氣象，節令的變化。文選南朝宋謝靈運石壁精舍還湖中作詩："昏旦變氣候，山水含清暉。"宋陸游劍南詩稿四八圃中書觸目："氣候今年晚，濃霜始自回。"㊁指人的態度。三國志吴朱然傳："然長不盈七尺，氣候分明，内行修絜。"宋李光莊簡集十五與王彦恭書："自公行後，所傳多端，不可具述，大抵幸災樂禍者多。公氣候却一向安樂，吾徒但能寡欲，自可無病。"

【氣習】氣質與習性。猶言氣類。元詩選王冕竹齋集次古詩韻："氣習蟲魚族，風流雁鶩行。"

【氣毬】足球。以皮製就，灌氣其中，故稱。五代前蜀韋莊浣花集九丙辰年鄜州遇寒食城外醉吟之五："永日迢迢無一事，隔街聞築氣毬聲。"唐仲無頗有氣毬賦。見文苑英華一。

【氣窗】通氣的窗眼。借指蟲蛀的小孔。宋歐陽修文忠集七二洛陽牡丹記風俗："花開漸小於舊者，蓋有蠹蟲損之，必尋其穴，以硫黄簪之。其旁又有小穴如鍼孔，乃蟲所藏處，花工謂之氣窗；以大鍼點硫黄末鍼之，蟲乃死。蟲死，花復盛，此醫花之法也。"

【氣運】㊀氣候的變遷，時序的轉移。三國魏曹植曹子建集一節遊賦："感氣運之和順，樂時澤之有成。"㊁猶言命運。世說新語傷逝："戴公(逵)見林法師(支遁)墓，曰：'德音未遠，而拱木已積，冀神理緜緜，不與氣運俱盡耳！'"㊂我國古代醫書以五行的運行象徵五臟氣脈的轉合。

見素問天元紀大論。宋尤袤遂初堂書目醫書類有氣運鈔。

【氣悶】心胸煩悶。景德傳燈録十茱萸和尚:"只恁麽白立,無箇説處,一場氣悶。"清平山堂話本三刎頸鴛鴦會:"誰知張二官家來,心中氣悶,就害起病來。"

【氣量】度量,胸懷。唐杜甫杜工部草堂詩箋二六最能行:"此鄉之人氣量窄,悞競南風疏北客。"氣,一本作"器"。

【氣象】自然界的景色、現象。梁書徐勉傳答客喻:"僕聞古往今來,理運之常數;春榮秋落,氣象之定期。"宋范仲淹范文正集七岳陽樓記:"銜遠山,吞長江,浩浩湯湯,横無際涯,朝暉夕陰,氣象萬千,此則岳陽樓之大觀也。"也泛指景況、情態。宋嚴羽滄浪詩話詩辯:"詩之法有五,曰體製,曰格力,曰氣象,曰興趣,曰音節。"

【氣結】鬱悶。後漢書八十下趙壹傳皇甫規與趙壹書:"謹遣主簿奉書。下筆氣結,汗流竟趾。"三國魏曹植曹子建集五送應氏詩之一:"念我平生親,氣結不能言。"

【氣勢】㊀氣概與聲勢。淮南子兵略:"三軍之衆,百萬之師,志厲青雲,氣如飄風,聲如雷霆,誠積踰而威加敵人,此謂氣勢。"㊁氣象,形勢。唐杜牧樊川集二長安秋望詩:"南山與秋山,氣勢兩相高。"㊂謂文氣流暢。宋陸游渭南文集三十再跋皇甫先生文集後:"司空表聖(圖)論詩有曰:'愚嘗覽韓吏部(愈)詩,其驅駕氣勢,掀雷決電。'"

【氣幹】猶言才幹。宋書臧質傳:"涉獵史籍,尺牘便敏,既有氣幹,好言兵權。"南齊書周山圖傳:"有氣幹,爲吴郡晉陵防郡隊主。"

【氣盡】生氣消失。南史曹景宗傳:"今來揚州作貴人,動轉不得。路行開車幔,小人輒言不可。閉置車中,如三日新婦,此邑邑,令人氣盡。"梁書曹景宗傳作"遭此邑邑,使人無氣。"

【氣調】㊀氣概風度。南史蔡廓傳附蔡撙:"撙風骨鯁正,氣調英嶷,當朝無所屈讓。"㊁氣勢和風格。南朝梁鍾嶸詩品中晉處士郭泰機等:"觀此五子,文雖不多,氣調警拔。"北齊顔之推顔氏家訓文章:"文章當以理致爲心胸,氣調爲筋骨,事義爲皮膚,華麗爲冠冕。"

【氣節】㊀志氣和節操。史記一二〇汲黯傳:"黯爲人性倨,少禮,……然好學,游俠,任氣節,内行修絜。"㊁猶言時節。晉陶潛陶淵明集一勸農詩:"氣節易過,和澤難久。"書洪範五紀唐孔穎達疏:"二十八宿布於四方,隨天轉運,……皆所以敍氣節也。氣節者,一歲三百六十五日有餘,分爲十二月,有二十四氣。"

【氣樓】房頂上用以通風或透光的樓窗。宋陸游南唐書盧絳傳:"往來金陵丹陽間……折簷桷爲薪以自濟;守倉吏召歸,使躍倉簷,自氣樓入倉中盜米,一夕往返數十。"

【氣概】㊀氣派。宋書王玄謨傳:"玄謨幼而不羣,世父蕤有知人鑒,常笑曰:'此兒氣概高亮,有太尉彦雲之風。'"㊁氣節。魏書崔光傳:"光寬和慈善,不逆於物,進退浮沉,自得而已。常慕胡廣、黄瓊之爲人,故爲氣概者所不重。"

【氣數】㊀節氣和運數。宋史樂志三:"初,(吴)良輔在元豐中上樂書五卷,其書分爲四類,以謂'天地兆分,氣數爰定。律厥氣數,通之以聲'。"㊁氣運,命運。元方回桐江續集十一讀宣樞南山朱公遺集詩:"功名拘氣數,文字見精神。"

【氣魄】㊀氣勢。唐張魏賓處士王仲建暨張氏合祔誌:"峯巒裹歸,氣魄聯綿。"(八瓊室金石補正七六)㊁魄力。朱子語類五二孟子二:"且如今人有氣魄,合做事便做得去;若無氣魄,雖自見得合做事,却做不去。"

【氣質】㊀人的心理和生理等素質。朱子語類一理氣:"論天地之性,則專指理言;論氣質之性,則以理與氣雜言之。"㊁猶言風骨、風格。宋書謝靈運傳論:"自漢至魏,四百餘年,辭人才子,文體三變。相如巧爲形似之言,班固長於情理之説,子建(曹植)、仲宣(王粲)以氣質爲體,並標能擅美,獨映當時。"

【氣燄】火始燃燒之勢。比喻人的氣勢。左傳莊十四年:"人之所忌,其氣燄以取之,妖由人興也。"唐顔真卿顔魯公集六金紫光禄大夫……李公神道碑:"公虚中自牧,接下愈恭,與物盡推誠之心,正身無氣燄之忌。"

【氣類】㊀生物之同類者。易乾:"同聲相應,同氣相求,……則各從其類也。"疏:"言天地之間,共相感應,各從其氣類。"三國志蜀蔣琬傳與蔣斌書:"巴蜀賢智文武之士多矣,至於足下,諸葛思遠,譬諸草木,吾氣類也。"斌,琬子;思遠,諸葛亮子瞻字。㊁意氣相投者。文選三國魏曹子建(植)求通親親表:"至於臣者,人道絶緒,禁固明時,臣竊自傷也,不敢乃望交氣類,修人事,敍人倫。"

【氣韻】風格和意境。多用於書畫、文章。南齊謝赫古畫品録:"畫有六法,……一氣韻生動是也,二骨法用筆是也,三應物象形是也,四隨類賦彩是也,五經營位置是也,六傳移模寫是也。"宋陳善捫蝨新話上一:"文章以氣韻爲主,氣韻不足,雖有辭藻,要非佳作也。"

【氣食牛】太平御覽八九一尸子:"虎豹之駒,未成文而有食牛之氣。"後因以氣食牛比喻年雖小而立志甚大。唐杜甫杜工部草堂詩箋二五徐卿二子歌:"小兒五歲氣食牛,滿堂賓客皆迴頭。"

【氣急敗壞】上氣不接下氣,形容十分慌張。水滸六七:"水軍頭領,棹船接濟軍馬,陸續過渡,只見一個人氣急敗壞跑將來,衆人看時,卻是金毛犬段景住。"

【氣湧如山】喻惱怒至極。三國志吴吴主傳"權大怒,欲自征(公孫)淵"注引江表傳:"(權怒曰)朕年六十,世事難易,靡所不嘗,近爲鼠子所前卻,令人氣湧如山。不自截鼠子頭以擲于海,無顔復臨萬國!"百衲本湧作"踴"。

氤 ㄧㄣ yīn 於真切,平,真韻,影。

見"氤氳"。

【氤氳】也作"絪縕"、"烟煴"。㊀指天地陰陽之氣的聚合。易繫辭下:"天地絪縕,萬物化醇。"釋文:"絪,本又作氤;縕,本又作氳。"㊁雲煙瀰漫貌。唐張九齡曲江集四湖口望廬山瀑布詩:"靈山多秀色,空水共氤氳。"

【氤氳大使】傳説中媒妁之神。宋陶穀清異録仙宗:"世人陰陽之契,有繾綣司總統,其長官號氤氳大使。諸夙緣冥數當合者,須鴛鴦牒下乃成。"(説郛六一)

十 畫

氳 ㄩㄣ yūn 於云切,平,文韻,影。

見"氳氛"、"氤氳"。

【氳氛】盛貌。唐李白李太白詩二四觀元丹丘坐巫山屏風:"水石潺湲萬壑分,煙光草色俱氳氛。"參見"氛氳"。